ES
U0145463
ME
VT
NH
MA
CT
RI
WI
MI
NY
PA
NJ
MD
DE
IL
IN
OH
WV
VA
MO
KY
EASTERN
(東岸時區)
NC
TN
AR
SC
GA
MS
AL
LA
FL

前　　言

英語是目前國際間最重要的通用語言，隨著國際社會互動的日益頻繁，國人對英語的學習需求也日趨殷切。長期以來，我們一直以編一本有助於理解英語和使用英語的工具書為目標，在五南《英漢活用辭典》問世，且獲得一些專業人士的肯定後，更堅定此一信念，乃再接再厲，傾注人力、物力，再推出這本《袖珍簡明英漢辭典》。

本辭典以具有中等英語程度的學生及社會人士為對象，全書共收錄十萬餘字，各詞條釋義詳盡、解說周延。48 開版本，方便讀者隨身攜帶，隨時隨地查閱。所收詞彙包括各領域之專有名詞、人名、地名、複合字、衍生字等，同時，大量收錄口語、俚語，甚至俗語。除此之外，為因應時代需求，特別增收最新、最流行的新字、新詞、新義，以及電腦網路用語，如 applet（附屬應用程式），cybercafe（網咖），collagen（膠原蛋白），digital camera（數位相機），emoticon（表情符號），flash drive（隨身碟），muggle（麻瓜），ratatouille（法式雜菜煲），SARS（嚴重急性呼吸道症候群），Tinseltown（好萊塢），Viagra（威而鋼），webcam（網路攝影機）等，以便讀者學習最新字彙。

編一本辭書的確是件大工程，前後三年的時間，雖然每位參與的人員都已各盡其力，我們仍感到尚有改進的空間。對於本辭典的錯誤與缺點，我們期待愛護本辭典的讀者不吝批評指正。

《袖珍簡明英漢辭典》編寫組

2010 年 12 月

目　錄

體例說明

I 解說圖

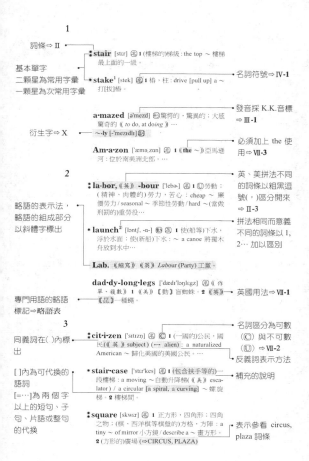

1

詞條⇨ II

基本單字
二顆星為常用字彙
一顆星為次常用字彙

stair [stɛr] ㊔ 1 (樓梯的)梯級：the top ～ 樓梯最上面的一級。

stake[1] [stek] ㊔ 1 樁，柱：drive [pull up] a ～ 打[拔]樁。

名詞符號⇨ IV-1

a·mazed [əˈmezd] ㊒ 驚愕的，驚異的；大感驚奇的 ((*to* do, at do*ing*)) …

發音採 K.K.音標 ⇨ III-1

衍生字⇨ X

～·ly [-ˈmezɪdlɪ] ㊖

Am·a·zon [ˈæmə,zɑn] ㊔ 1 ((**the** ～)) 亞馬遜河：位於南美洲北部。…

必須加上 the 使用⇨ VII-3

2

la·bor, ((英)) **-bour** [ˈlebɚ] ㊔ 1 Ⓤ勞動：(精神、肉體的)勞力，苦心：cheap ～ 廉價勞力 / seasonal ～ 季節性勞動 / hard ～(當做刑罰的)重勞役…

英、美拼法不同的詞條以粗黑逗號(，)區分開來 ⇨ II-3

略語的表示法，略語的組成部分以斜體字標出

launch[2] [lɔntʃ, -ɑ-] ㊐ ㊔ 1 使(船等)下水，浮於水面；使(新船)下水：～ a canoe 將獨木舟放到水中…

拼法相同而意義不同的詞條以 1, 2… 加以區別

Lab. ((縮寫)) ((英)) *Lab*our (Party) 工黨。

dad·dy-long·legs [ˈdædɪˈlɔŋlɛgz] ㊔ ((作單、複數)) 1 ((美)) 【動】盲蜘蛛。2 ((英)) 【昆】一種蠅。

英國用法⇨ VII-1

專門用語的略語標記⇨略語表

3

名詞區分為可數(Ⓒ)與不可數(Ⓤ) ⇨ VII-2

同義詞在( )內標出

cit·i·zen [ˈsɪtɪzn̩] ㊔ Ⓒ 1 (一國的)公民，國民(((英)) subject) (↔ alien)：a naturalized American ～ 歸化美國的美國公民。…

反義詞表示方法

[ ]內為可代換的語詞
[=…]為兩個字以上的短句、子句、片語或整句的代換

stair·case [ˈstɛrˈkes] ㊔ 1 (包含扶手等的)一段樓梯：a moving ～自動升降梯(((美)) escalator) / a circular [a spiral, a curving] ～ 螺旋梯。2 樓梯間。

補充的說明

square [skwɛr] ㊔ 1 正方形，四角形；四角之物；(棋、西洋棋等棋盤的)方格，方陣：a tiny ～ of mirror 小方鏡 / describe a ～ 畫方形。2 (方形的)廣場 (⇨CIRCUS, PLAZA)

表示參看 circus, plaza 詞條

4

***guar·an·tee** [ˌgærən'ti] 名 1 U C (…的)保證《of...》；(做…的)保證《to do, that 子句》；保證書；保證契約；保證物《of...》；售後保證：a letter of ～ 保證書…

標出與名詞連用之介系詞、不定詞、子句及與之相對應的語義

( )內的文字與《 》內的詞語相互對應

形容詞之比較級、最高級⇨ V-2

***greed·y** ['gridɪ] 形 (greed·i·er, greed·i·est) 1 (對財富、利益、勳章、權力等)貪婪的，貪心的《for, after, of...》：～ for money and power 貪求財富和權力 / cast ～ eyes upon [on]... 覬覦。

標出與形容詞連用之介系詞、不定詞、子句及與之相對應的語義

通常用複數形

***man·sion** ['mænʃən] 名 (複～s) C 1 大寓邸[宅第]。 2 《常作～s》《英》= apartment house；《古》住處。

在《 》內註明口語使用上的層次 ⇨ VII-1

用法上的注意事項

man·nered ['mænə·d] 形 1《通常作複合詞》有…(樣的)態度的：ill-mannered 態度不佳的。

5

***get** [gɛt] 動 (got, 或《古》gat, got 或《美》got·ten, ～·ting) 及 1 收到；得到；贏得：～ a gift 獲得禮物 / ～ a letter from... 收到…的信 / He got the first prize in the contest. 他在比賽中得了第一名。/ My room ～s plenty of sunshine. 我的房間採光很好。

不規則的動詞變化⇨ V-1

6

不及物動詞的用法

give in 承認失敗，投降，屈服，服從《to...》：～ *in to* a person's opinion 服從他人的觀點。

give...in / give in... 交上，呈交：～ *in* one's exam papers 交上自己的考卷。

及物動詞用法，以(…)表受詞位置，(/)表 / 兩邊可代換

與主詞相同時用 one，與主詞不同時用 a person ⇨ VIII-3

give it to a person (*hot* [*straight*]) (嚴厲地)責備[懲罰](某人)…

go to (one's) glory 《口》升天，死。

get over (1) 越過，渡過。(2) 使了解。(3) [***get over...***] 自(悲傷，震驚等)中恢復過來；克服(疾病，障礙，困難)：～ *over* a cold 感冒好了 / ～ *over* a shock 從震驚中恢復過來。

不及物動詞用法中，(…)表前一字為介系詞；同形而無(…)時表前一字為副詞

7

***car·ry** ['kærɪ] 動 (-ried, ～·ing) 及 [基本語義：I 運送 II 持有 III 支持]
I [運送]

重要單字先做基本語義的大區分 ⇨ VI-2

Ⅱ 詞條

1 除一般單字外，還收錄專有名詞、字首、字尾、縮寫、衍生字、複合詞等，都依字母順序排列。

2 美、英拼法不同時，以美式拼法優先，英式拼法以《英》註記。必要時，亦將英式拼法另立詞條列出。

3 有二種以上拼法時，以使用頻率較高者優先，共同的部分在音節點前省略。[ ]表可代換，( )表可省略。⇨ I-2

guil·der, gild·er ['gɪldɚ] 名

fa·vored, 《英》 **-voured** ['fevɚd]

ˌinfantile ['child] 'prodigy (即 infantile prodigy 或 child prodigy)

ˌSaint Ber'nard (dog) 名 (dog 可省略)

4 詞條有其他不同拼字時，在該釋義、詞性之後的（ ）內以黑體字標出。

'Ten Con'mandments 名 (複) 《the～》十誡：上帝在西奈山(Sinal)透過摩西(Moses)授予以色列(Israel)人的十條戒律(亦稱 **Decalogue**)。

'Stock in 'trade 名 U 現貨，存貨；營業用具，生財之物（亦作 **stock-in-trade**）。

me·ow [mɪ'aʊ] 名 C 貓叫聲。—動 不及 喵喵叫(亦作 **miaow, miaow, miaul**)。

5 地名、國名部分因應國際情勢的變化收錄最新資料。

Ⅲ 發音

1 本詞典採KK音標注音：主重音符「'」置於重音節的左上方，次重音符「ˌ」置於次重音節的左下方。

in·fect [ɪn'fɛkt]

stock·hold·er ['stɑkˌholdɚ]

2 如果詞條乃由兩個或多個單字組成而且並無連字號「-」

連接時，通常不須注音，但在詞條本字標出其重音型態。如果其中某個單字在本詞典中不爲獨立的詞條，則注出其發音。

'stock ex,change

'ten-gal·lon 'hat ['tɛn,gælən-]

3 即使前述類型的詞條其中的某單字本身也爲獨立詞條，有時也須加以注音，以避免引起拼法雖同而發音卻異的混淆。

,Saint 'Va·lentine's Day [-'vælən,taɪnz-]

4 如果詞條不只一個發音時，則以逗號分開。其第一個發音之後的其餘發音，通常僅列出差異之處，而以短橫「-」省略相同部分。

stock·room ['stɑk,rum, -,rʊm]

im·mo·ral·i·ty [,ɪmə'rælətɪ, ɪmɔ-]

5 如果詞條的兩個（或多個）發音只是重音位置的改變，則以短橫替代原來的音節而僅標出新的重音位置。

gab·er·dine ['gæbɚ,din, ,--'-] [名]

6 如果詞條本字帶有圓括號，表示其拼法上某部分可省略時，則注音上也在相對應之處加上圓括號表示同樣可省略。

man-size(d) ['mæn,saɪz(d)] [形]

7 詞條內如因詞性或釋義不同而發音有別時，有下列數種處理方式：

im·pact ['ɪmpækt] [名]… —[ɪm'pækt] [動]

gang·way ['gæŋ,we] [名] [C] **1** 通道（passageway）。**2** 《英》(戲院、餐廳等座席間的)走道(aisle)。—['-'-] [感]讓路！閃開！

Goth·am ['gɑθəm, 'go-] [名] **1** 歌沙姆：紐約市的別稱。**2** ['gɑtəm, 'go-] 歌譚村。

good afternoon [感] 《午後的招呼語》 **1** [,gudæftɚ'nun] 午安！**2** ['gudæftɚ,nun]…

8 如果詞條的單數和複數形式的發音有根本的差異時，則注出複數形發音不同之處。

goose [gus] 名 (複 **geese** [gis])

maid [med] 名 (複~**s** [-z])

9 外來語的發音，通常以最接近的英語發音或其原音標出。

sa·lon [sa'lõ]

IV 詞性

1 詞性標示方法如下：

名 名詞	介 介系詞
形 形容詞	連 連接詞
代 代名詞	感 感嘆詞
副 副詞	《字首》
動 動詞	《字尾》
及 及物動詞	《縮寫》
不及 不及物動詞	《化學符號》
助 助動詞	

2 詞條包含兩個以上詞性時，第二個詞性前加（—）標示之。

—名

V 字形變化

1 不規則動詞的變化以（過去式、過去分詞、現在分詞）的順序列出。⇨ **I-5**

know [no] 動 (**knew, known,** ~·**ing**) 及

make [mek] 動 (**made, mak·ing**) 及

子音字尾重複時，標示如下：

gad [gæd] 動 (~·**ded,** ~·**ding**)

2 形容詞、副詞的比較級、最高級，若不符合單音節加 -er、-est，雙音節以上加 more、most 之規則者；或符

合規則但發音、拼字上須格外注意者，加以特別標示。⇨ I-4

gor·y ['gorɪ] 形 (**gor·i·er, gor·i·est**)

un·seem·ly [ʌn'simlɪ] 形 (**-li·er, -li·est; more ～; most ～**)

3 名詞的複數形僅列出不規則變化者，必要時亦列出發音。

gad·fly ['gæd,flaɪ] 名 (複**-flies**)

me·di·um ['midɪəm] 名 (複**-di·a** [-dɪə], **～s** [-z])

'**maid of** '**honor** 名 (複 **maids of honor**)

Ⅵ 釋義

1 原則上依使用頻率的高低來排列。

2 多義單字以 1、2、3 等數字區分釋義，必要時以 (1)、(2)、(3) 作細分。部分重要單字的釋義以羅馬數字 Ⅰ、Ⅱ、Ⅲ 作大區分，便於檢索。

point [pɔɪnt] 名[主要語義：I 物的尖端；II 位置；Ⅲ 程度；Ⅳ 時間；Ⅴ 要點；Ⅵ 要素；Ⅶ 單位；Ⅷ 動作]

3 同一釋義條中，意義相近的以（，）區分，差異稍大者以（；）區分。

Ⅶ 用法上的標示

1 使用階層：單字、釋義、例句的使用上有所限制時，其使用限制規定在《 》內。

《美》	美國用法、用語	《方》	方言用語
《英》	英國用法、用語	《古》	古體、古語
《文》	文學、文章用語	《罕》	罕用語
《口》	口語用法	《兒語》	幼兒用語
《俚》	俚語	《諺》	諺語
《粗》	粗俗語	《喻》	比喻用法
《詩》	詩中用語	《蔑》	輕蔑用語

2 名詞

可分為可數（Ⓒ）和不可數（Ⓤ），除專有名詞外，所有名詞皆依此原則區分。⇨ I-3

3 名詞因釋義不同而使用型態不同時，標示如下：

fed·er·al·ist ['fedərəlɪst] 名 Ⓒ **1** 聯邦主義者，擁護聯邦制度者。**2** 《F-》〖美史〗聯邦黨的黨員[擁護者]。

'flying ˌofficer 名 Ⓒ《通常作 **F- O-**》《英》空軍中尉。

其他常見的指示詞如下：

《**the** ～》：常冠以 the 使用

《**a** ～》《**an** ～》：常加 a, an 冠詞使用

《～**s**》：常用複數形

Ⅷ 片語⇨ I-6

1 列在各詞性的末項後，以粗黑斜體字印出。

2 有二個以上的釋義時，以(1)、(2)、(3)作區分。若片語本身意義明確時，謹指示參照某項釋義。

3 片語中出現的 a person('s), one('s) 為細斜體，表示不特定的人，可隨便舉某個人為例。

Ⅸ 例句

1 置於各釋義後的（：）後；例句間以（/）區隔。

2 出現在例句中的詞條本字，除了與詞條不同的不規則變化部分及複合字外，全部以（～）省略詞條本字。

3 盡可能在例句中標出可代換的詞或句子。⇨ I-3

Ⅹ 衍生字

與詞條完全相同的部分以（～）代替，部分相同以（-）代替，省略相同的部分。⇨ I-1

fee·ble-mind·ed ['fibḷ'maɪndɪd] 形 … ～**·ly** 形, ～**·ness** 名

im·mov·a·ble [ɪ'muvəbl̩] 形 … **-bly** 副

XI 同義詞、反義詞

置於各釋義之後，同義詞、反義詞均在（ ）內標出，反義詞以（↔）標示。⇨ **I-3**

XII 符號用法

1 圓括弧( )

用於可省略的部分。

(美麗的)風景

用於釋義的補充。

飛行器(飛機、飛行船等)

2 方括號[ ]

用於可代換的部分。

（因羞愧）而低下頭[掩住臉] ‖ People say [= It is said that]...

3 雙括號 《 》

對用法的說明。

與名詞、動詞和形容詞連用的介系詞、不定詞、動名詞和副詞子句標示於《 》內，與其對應的釋義則標示於（ ）內。

如《 *on*...》中，有（...）時表示此字作介系詞用，無則表示作副詞用。

4 相互參照符號⇨

⇨ROMAN NUMERALS

⇨NOVEL

略　語　表

略語	意味	略語	意味	略語	意味
〖編〗	編織	〖修〗	修辭學	〖簿〗	簿記
〖醫〗	醫學	〖宗〗	宗教	〖裁〗	裁縫・洋裁
〖印〗	印刷	〖繡〗	刺繡	〖法〗	法律
〖影〗	電影	〖商〗	商業	〖紋〗	紋章
〖園〗	園藝	〖釀〗	釀酒	〖棒〗	棒球
〖織〗	紡織	〖城〗	築城	〖冶〗	冶金
〖化〗	化學	〖植〗	植物學	〖藥〗	藥物（學）
〖畫〗	繪畫	〖神〗	神學	〖遊〗	遊戲
〖外〗	外交	〖心〗	心理學	〖郵〗	郵政
〖海〗	海事・航海	〖數〗	數學	〖理〗	物理
〖解〗	解剖學	〖聖〗	聖經	〖力〗	力學
〖革〗	製革	〖政〗	政治（學）	〖倫〗	倫理學
〖樂〗	音樂	〖生〗	生物學	〖聲〗	聲學
〖眼〗	眼科	〖纖〗	纖維	〖詩〗	詩律學・詩學
〖機〗	機械學	〖船〗	造船	〖材〗	製材
〖魚〗	魚類學	〖測〗	測量	〖析〗	解析
〖教〗	教育	〖體〗	體操	〖語言〗	語言（學）
〖菌〗	細菌學	〖代〗	代數學	〖三角〗	三角（學）
〖空〗	航空	〖地〗	地理	〖印神〗	印度神話
〖軍〗	軍事	〖畜〗	畜產	〖歐史〗	歐洲史
〖經〗	經濟（學）	〖鑄〗	鑄造	〖法史〗	法國史
〖刑〗	刑法	〖鳥〗	鳥類（學）	〖舊約〗	舊約聖經
〖藝〗	藝術	〖雕〗	雕刻	〖新約〗	新約聖經
〖劇〗	戲劇	〖哲〗	哲學	〖古生〗	古生物（學）
〖建〗	建築	〖天〗	天文（學）	〖生化〗	生物化學
〖工〗	工程	〖電〗	電學	〖土木〗	土木工程
〖光〗	光學	〖賭〗	賭博	〖教會〗	教會用語
〖考〗	考古學	〖陶〗	製陶	〖理則〗	理則學
〖昆〗	昆蟲學	〖統〗	統計	〖美足〗	美式足球
〖產〗	產科	〖動〗	動物（學）	〖希神〗	希臘神話
〖算〗	算術	〖美〗	美術・美學	〖羅神〗	羅馬神話
〖紙〗	造紙	〖病〗	病理學	〖史語言〗	歷史語言學
〖磁〗	磁學	〖服〗	服飾	〖英國教〗	英國教會
〖射〗	射擊	〖文〗	文學	〖精神醫〗	精神醫學
〖攝〗	攝影	〖保〗	保險		

A a

A, a [e] 名(複 **A's** 或 **As, a's** 或 **as**) **1** U C 英文字母中第一個字母。**2** A 狀物。**3**〖數〗第一個已知數。
from A to B 從這到那，到處。
from A to Z 從頭到尾，全部；完全地；徹底地。

:a[1] [ə,《強》e], **an** [ən,《強》æn] 冠《不定冠詞》**1**《接可數名詞的單數》(1)（非特指的）一個，一位。(2)《作**one**解》一: *a* sheet of paper 一張紙 / *a* dollar twenty (cents) 一元二角 / in *a* day or two 在一、兩天內。(3) 特定的一個，某一: in *a* sense 以某種意義而言。(4)《總稱用法，表同種類的全體》任何一個，凡是。**2**《置於物質名詞前》一種；一份: *a* very good butter 一種品質優良的奶油。**3**《置於抽象名詞前》(1)《表種類、事例、行為》: have *a* rest 休息一下。(2) 些許，相當: at *a* distance 在隔著相當距離之處。**4**《置於專有名詞前》(1)《加在帶有**Mr., Mrs.**等稱謂的人名之前》有個叫…的人。(2) 某某家的人；某某的作品: *a* Rodin 羅丹的一件作品 / *a* Ford 一輛福特牌的汽車。**5**（性格和才能）像…一樣的人[物]: *an* Edison 像愛迪生一樣的大發明家。**6**《加在表獨一無二之物前，表特別狀態》: *a* crescent moon 一鉤新月。**7**《發音為 [e]》極好的。**8**《與表數量的詞連用，表某一限度》: *a* few 少數的 / *a* great many 非常多的 / *a* dozen eggs 一打雞蛋。**9**《與序數連用》再度，再一個。**10**《與形容詞的最高級連用》《強調》實在的，非常的: It was *a most* beautiful sight. 那實在是最美的景色。**11** 每一: once *a* day 每天一次。**12** 同一，相同: Birds of *a* feather flock together.《諺》物以類聚。

a[2] [ə;《強》e] 介 每一: once *a* week 一週一次。

a[3] [ɑ, e] 介《拉丁語》由，從。

a[4], **à** [ɑ, ə] 介《法語》在；往；…的。

a[5], **-a** [ə] 介《口·視覺方言》= of : time *a* day 時刻。

A《縮寫》〖電〗*a*mpere(s);〖理〗*a*ngstrom (unit); *a*nswer.

A [e] 名 **1** 第一號，第一等的東西: Grade *A* milk 最高級牛奶。**2**《偶作 **a**》優等，甲等: all ~'s 全部甲等，全優。**3** U（血液的）A 型。**4** U〖樂〗A 音；A 調；A 音的音符。**5**《化學符號》氬。**6**〖理〗絕對溫度。**7**《英》成人級電影。**8**〖軍〗attack plane（攻擊機）的記號。

Å《縮寫》〖理〗*a*ngstrom unit.

a-[1] [ə]《字首》表「on」「in」「into」「to」「toward」之意: (1)《接在名詞前》*a*foot, *a*shore. (2)〖古〗《接在動名詞前》set the clock *a*striking.

a-[2] [e, æ, ə]《字首》表「非」、「無」之意。

@ [ət, æt]〖商〗單價 (at); 每一…（為）。

A.《縮寫》*A*bsolute; *A*cademy; *a*cre(s); *A*merica(n); *a*ngstrom unit;《拉丁語》*a*nno; *a*nswer;《拉丁語》*a*nte; *A*pril; *A*rmy; *A*rtillery.

a.《縮寫》*a*cre(s); *a*djective; *a*lto; *a*mpere;《拉丁語》*a*nno; *a*nonymous; *a*nswer;《拉丁語》*a*nte;〖度量衡〗*a*re(s);〖球類運動·曲棍球〗*a*ssist(s).

A-1 ['e'wʌn] 名 = A one.

AA《縮寫》《美》*a*ffirmative *a*ction;《英》*A*utomobile *A*ssociation.

A.A.《縮寫》《美》*A*lcoholics *A*nonymous; *a*nti*a*ircraft (*a*rtillery); *A*ssociate in *A*ccounting 會計準學士; *A*ssociate in *A*rts 文學準學士; *a*uthor's *a*lteration 作者所作之更改（亦作 **AA**）。

AAA, A.A.A.《縮寫》(1)《美》*A*merican *A*utomobile *A*ssociation 美國汽車協會。(2)《英》*A*mateur *A*thletic *A*ssociation 業餘運動協會。(3) *A*merican *A*thletic *A*ssociation 美國體育協會。

A.A.A.S.《縮寫》(1) *A*merican *A*ssociation for the *A*dvancement of *S*cience 美國科學促進會（亦作 **AAAS**）。(2) *A*merican *A*cademy of *A*rts and *S*ciences 美國藝術及科學研究院。

aah [ɑ] 感 名，動 不及 = ah.

aard·vark ['ɑrd,vɑrk] 名〖動〗（產於南非的）土豚：食蟻獸的一種。

Aar·on ['ɛrən, 'e-] 名 **1**〖聖〗亞倫：聖經中摩西的長兄。**2**〖男子名〗亞倫。

AB 名 U（血液的）AB 型。

ab-, abs-, a-《字首》表「分離」、「脫離」之意。

ab.《縮寫》*ab*breviation; *ab*out; *ab*sent;〖棒球〗(times) *a*t *b*at 打擊數。

A.B.《縮寫》(1) *a*ble-*b*odied seaman。(2)《拉丁語》*Artium Baccalaureus* (Bachelor of Arts) 文學士。(3) *A*rch*b*ishop (ric).

ab·a·ca [,ɑbə'kɑ] 名 U **1** 馬尼拉麻。**2** 馬尼拉麻的纖維。

a·back [ə'bæk] 副 往後方。
be taken aback 吃驚；嚇了一跳；一下子愣住《*at, by...*》。

ab·a·cus ['æbəkəs] 名 (複 ~**·es**, **-a·ci** [-,saɪ]) **1** 算盤。**2**〖建〗頂板。

A

a·baft [ə'bæft] ㊉在…之後；在…的船尾。—㊀在船尾附近：a wind ～ 順風。

ab·a·lo·ne [,æbə'lonɪ] ㊔ **1** Ⓒ〖貝〗石決明，鮑魚。**2** Ⓤ 鮑魚肉。

·**a·ban·don**¹ [ə'bændən] ㊍㊋ **1** 離棄（故鄉等）；拋棄，遺棄：～ one's country 離棄祖國 / ～ one's wife 拋棄妻子 / ～ a ship 棄船。**2** 放棄（計畫等）；辭去（職務等）：～ one's loosehabits 戒掉惡習 / ～ the world 看破紅塵。**3** 放棄（要塞等）《*to*...》；把…委諸於（命運等）《*to*...》。**4**〖法〗放棄（財產、權利等）；遺棄（妻子）；〖保險〗委付。

abandon oneself to... 縱情於，耽於。

a·ban·don² [ə'bændən] ㊔ Ⓤ 放縱；縱情，自由奔放：sing with ～ 縱情高歌。

a·ban·doned [ə'bændənd] ㊊ **1** 被丟棄的：an ～ house 荒屋 / an ～ child 棄嬰。**2** 無拘無束的，縱情的：sing with ～ joy 縱情歡唱。**3** 不知羞恥的；放縱的；邪惡的：an ～ rascal 無恥的流氓。

a·ban·don·ee [ə,bændə'ni] ㊔〖法〗受領被遺棄財物者。

a·ban·don·ment [ə'bændənmənt] ㊔ Ⓤ **1** 放棄：the ～ of the attempt 放棄嘗試。**2** 自由奔放，放縱。

a·base [ə'bes] ㊍㊋ 降低，貶低（地位等），使卑下：～ oneself 自貶身分；謙恭。～**·ment** ㊔

a·bash [ə'bæʃ] ㊍㊋《通常用被動》使狼狽；使羞愧：be ～*ed* 感到難爲情。

～**·ment** ㊔ Ⓤ 侷促不安。

a·bashed [ə'bæʃt] ㊊ 羞愧的；難爲情的。

a·ba·sia [ə'beʒə] ㊔ Ⓤ〖病〗不能步行症。

a·bask [ə'bæsk] ㊀㊊《敘述用法》沐浴在…光之中地 [的]：～ in the sun 沐浴在陽光中。

·**a·bate** [ə'bet] ㊍ (**-bat·ed, -bat·ing**) ㊋ **1** 減少，使減低：～ a person's pain 減低某人的痛苦 / ～ the force of the opposition 削弱反對的力量。**2**〖法〗除去；停止（訴訟程序）；使無效。**3** 扣除：～ half of the price 照原價打對折。**4** 省掉，省略。—㊌ **1**（勢力等）衰微；減少；減輕。**2**〖法〗非法占有。**3**〖法〗敗訴。

a·bate·ment [ə'betmənt] ㊔ Ⓤ Ⓒ **1** 減少，減退；減輕；（稅等的）減額。**2** 廢止，禁止。**3**〖法〗⑴ 扣減額；減免額；減稅。⑵ 自力除去。

ab·a·tis ['æbətɪs] ㊔(複～ [-'tiz], ～**·es** [-'tɪsɪz]) **1** 鹿砦。**2** 鐵刺網。

ab·at·toir ['æbə,twɑr, ,--'-] ㊔ **1** 公共屠宰場。**2** 競技場（如鬥牛場等）。

ab·ba·cy ['æbəsɪ] ㊔(複 **-cies**) 男修道院院長的階級、職權、管轄區、任期等。

ab·bé [æ'be, 'æbe] ㊔(複 ～**s** [-z]) **1**（法國的）男修道院院長。**2** 神父，教士。

ab·bess ['æbɪs] ㊔女修道院院長。

·**ab·bey** ['æbɪ] ㊔(複 ～**s**) **1** 修道院；修道院房舍。**2**《英》（原爲修道院的）大宅邸。

ab·bot ['æbət] ㊔男修道院院長；住持。

abbr(ev).《縮寫》*abbrev*iated; *abbrev*iation(s).

·**ab·bre·vi·ate** [ə'brivɪ,et] ㊍ (**-at·ed, -at·ing**) ㊋ **1** 簡縮，縮寫《*to*...》。**2** 縮短，提前結束（儀式）。**3**〖數〗約分…。

-a·tor ㊔使用縮寫者，省略者。

ab·bre·vi·at·ed [ə'brivɪ,etɪd] ㊊ **1** 縮短的。**2** 僅能遮身的；短小的：an ～ dress 一件非常暴露的女裝。**3** 矮的，短的。

ab·bre·vi·a·tion [ə,brivɪ'eʃən] ㊔ **1** 縮寫詞《 *of*, *for*... 》。**2**〖樂〗簡略記法。**3** Ⓤ縮短，節略。

ABC¹ [,e,bi'si] ㊔(複～'**s**, ～**s**) **1** 初步，入門，基礎知識：an ～ book 初級讀本 / the ～*'s* of chemistry 化學入門 / (as) easy as ～ 非常容易。**2**《美》《 **the** ～**'s** 》字母。**3** 出生在美國的（美籍）華人（America-born Chinese）。

ABC²《縮寫》⑴ *A*merican *B*roadcasting *C*ompany 美國廣播公司。⑵ *A*udit *B*ureau of *C*irculation《美·加》發行稽核局。

ABC³《縮寫》*a*tomic, *b*iological, and *c*hemical 原子、生物及化學的：～ warfare 核生化戰爭。

ABD《縮寫》*a*ll *b*ut *d*issertation 準博士（已完成課程及考試，但尚未提出論文的博士學位候選人）。

ab·di·cate ['æbdə,ket] ㊍㊋ 放棄，捨棄（地位等）：～ the crown 放棄王位。—㊌退位《 *from*... 》。

ab·di·ca·tion [,æbdə'keʃən] ㊔Ⓤ退位，辭職；棄權：～ from the throne 放棄王位。

ab·di·ca·tor ['æbdə,ketɚ] ㊔ 棄權者；讓位者；辭職者。

·**ab·do·men** ['æbdəmən, æb'do-] ㊔ **1**〖解〗⑴ 腹部。⑵ 腹腔。**2**〖昆〗腹部。

ab·dom·i·nal [æb'dɑmənḷ] ㊊ 腹部的：～ pain 腹痛 / ～ respiration 腹式呼吸。

ab·dom·i·nous [æb'dɑmənəs] ㊊大腹便便的。

ab·duct [æb'dʌkt] ㊍㊋誘拐，綁架。

ab·duc·tion [æb'dʌkʃən] ㊔ Ⓤ Ⓒ 誘拐，綁架：an ～ case 綁架案件 / an ～ charge 誘拐罪。

ab·duc·tor [æb'dʌktɚ] ㊔ **1** 誘拐者，綁架者。**2**〖生理〗外展肌。

Abe [eb] ㊔〖男子名〗亞伯（Abraham的暱稱）。

a·beam [ə'bim] ㊀〖海·空〗與船的龍骨或飛機機身成直角地。

a·be·ce·dar·i·an [,ebɪsɪ'dɛrɪən] ㊔ **1** 初學字母者。**2** 初學者。**3** 啓蒙教師。—㊊ **1** 字母（順序）的。**2** 初步的；基本的。

a·bed [ə'bɛd] ㊀ **1**《文》在床上：lie ～ 躺在床上。**2** 臥病：be sick ～ 臥病在床。

A·bel ['ebḷ] ㊔ **1**〖聖〗亞伯：亞當和夏娃

的次子，為其兄該隱（Cain）所殺。2〖男子名〗亞伯。

Ab·er·deen ['æbɚ,din; 義 1 亦唸作,--'-] 图 1 亞伯丁：(1) 英國蘇格蘭東北部的一郡。(2) 亞伯丁郡的同名首府。2 蘇格蘭的一種粗毛獵狐狗。

-do·ni·an [-'donɪən] 图形 亞伯丁人[的]。

ab·er·rant [æb'ɛrənt] 形 1 偏離正途的，脫離常軌的。2 異常的；變種的。—图 1 行徑異常者。2 變種。**-rance, -ran·cy** 图

ab·er·ra·tion [,æbə'reʃən] 图 Ⓤ Ⓒ 1 脫離常軌，偏離正路。2 迷亂；偏失；越軌行為：~*s* of youth 年輕時的荒唐行徑。3〖生物〗變種，變體。4 悖理，背德；（精神的）異常，迷亂：mental ~ 精神錯亂。5〖天〗光行差；〖光〗像差。

a·bet [ə'bɛt] 動 (~·**ted**, ~·**ting**) 及 煽動；唆使《*in*..., *in* doing》: ~ a person *in* a theft 唆使某人偷竊。

a·bet·tor, -ter [ə'bɛtɚ] 图 煽動者，教唆者。

a·bey·ance [ə'beəns] 图 Ⓤ 1 暫停，中止，擱置：in ~ 處於暫停狀態 / fall into ~ 陷於停頓；（法規等）暫時失效；暫時中止。2〖法〗財產所有人歸屬未定。

·ab·hor [əb'hɔr] 動 (**-horred**, ~·**ring**) 及 1 討厭；憎惡。2 迴避；避免。~·**rer** 图

ab·hor·rence [əb'hɔrəns] 图 1 Ⓤ 憎惡，嫌惡：hold ...in ~ 對…感到嫌惡。2 所憎惡的事物。

ab·hor·rent [əb'hɔrənt] 形 1 厭惡的《*of*...》。2 令人厭惡的；與（事）相悖的：an ~ deed 可憎的行為。3（與…）性質有別的《*from*...》。~·**ly** 副

a·bid·ance [ə'baɪdṇs] 图 Ⓤ 1 逗留；居住；持續。2 遵守《*by*...》: ~ *by* the rules 遵守規則。

:a·bide [ə'baɪd] 動 (**-bode** 或 **-bid·ed**, **-bid·ing**) 不及 1 逗留《*at*, *in*...》；留宿《*with*...》。2《古·文》居住《*at*, *in*...》。3 維持，保持《*in*, *with*...》: the event that ~*s in* her memory 存留在她記憶中的那件事 / a love that ~*s with* him all his days 他終生不渝的愛情。—及 1《用於否定、疑問》忍耐，忍受。2 毫不退縮地承受：~ the enemy's attack 抵抗敵軍的攻擊。3 接受：~ the judge's decision 服從法官的判決。

abide by... (1) 依照（規則等）行事。(2) 服從，承受。(3) 遵守：~ *by* the law 守法。

a·bid·ing [ə'baɪdɪŋ] 形《文》持續的，不變的：her ~ love 她永久不變的愛 / ~ friendship 恆久不渝的友誼。~·**ly** 副

ab·i·gail ['æbɪ,gel] 图 侍女，丫鬟。

:a·bil·i·ty [ə'bɪlətɪ] 图 (複 **-ties**) 1 Ⓤ 能力；本領《*to* do》。2 Ⓤ 技能《*in*, *for*...》；才幹《*to* do》: the ~ *to* manage 管理能力 / ~ *in* music 音樂才能 / beyond one's ~ 超出自己能力之外。3《**-ties**》特殊的才能，稟賦：one's natural *abilities* 個人的稟賦 / a man of manifold *abilities* 多才多藝的人。4 Ⓤ〖法〗（經濟上的）行為能力。

to the best of one's ability 盡最大努力。

-ability《字尾》**-able** 和 **-ity** 的結合形；與 **-able** 字尾連結以形成名詞。

a'bility 'grouping 图 Ⓤ 能力分組，能力分班。

ab in·i·ti·o ['æbɪ'nɪʃɪ,o] 副《拉丁語》從頭開始。

a·bi·o·log·i·cal [,ebaɪə'lɑdʒɪkl] 形 非生物的；無生命的。

a·bi·o·sis [,ebɪ'osɪs] 图 Ⓤ 無生命狀態。

a·bi·ot·ic [,ebɪ'ɑtɪk] 形 1 = abiological. 2〖生化〗抗生的。

·ab·ject ['æbdʒɛkt] 形 1 絕望的；屈辱的；悲慘的：~ poverty 赤貧。2 可恥的，卑賤的；下賤的：an ~ apology 卑屈的道歉。3 卑屈的。~·**ly** 副 卑劣地；悲慘地。

ab·jec·tion [æb'dʒɛkʃən] 图 Ⓤ 1 卑賤；卑屈。2 放逐。3 放出。

ab·ju·ra·tion [,æbdʒʊ'reʃən] 图 Ⓤ Ⓒ 放棄；放棄的誓言：oath of ~《美》移民放棄原來國籍的宣誓。

ab·jure [æb'dʒʊr] 動 及 1（公開地）放棄（信仰等）：~ one's mistakes 正式撤回自己的錯誤。2 發誓放棄：~ allegiance 發誓不再效忠。3 迴避。

abl.《縮寫》*abl*ative.

a·blare [ə'blɛr] 副形《敘述用法》嘟嘟作響地[的]: with trumpets ~ 喇叭齊鳴地。

ab·la·tive ['æblətɪv] 图〖文法〗1 奪格。2 奪格語。—形 奪格的。

ab·laut ['ɑblaʊt, 'æb-] 图 Ⓤ〖文法〗母音交替。

a·blaze [ə'blez] 形《敘述用法》1 著火燃燒的。2 閃耀的《*with*...》。3 激動得發光的；興奮的《*with*...》。

:a·ble ['ebl] 形 (**a·bler**, **a·blest**; 義 1 原則上用 **more** ~; **most** ~) 1 [**be able to** do] 具有某種能力去做…的；〖法〗有資格做…的：*be* ~ *to* vote 有投票資格的 / *be* ~ *to* play tennis 會打網球。2（在某行業）具有相當的能力的《*in*...》；能幹的：an ~ President 一位幹練的總統 / the *ablest* man I know 我所認識最能幹的人。3 顯露才華的：an ~ speech 一篇卓越的演說。

-able, -(i)ble《字尾》加在各種字根上，特別是及物動詞，構成表「可以被…」之意的形容詞；字尾的 e 不發音時，除了 e 之前為 c 或 g 的情況，應該把它去掉：lov*able*, sal*able*; change*able*, peace*able*.

a·ble-bod·ied [,ebl'bɑdɪd] 形 1 強健的，強壯的。2 幹練的，熟練的。

'able(-bodied) 'seaman 图 熟練的船員，幹練的海軍人員；《英》海軍一等兵。略作：A.B.

able-minded ['ebl'maɪndɪd] 形 有才幹的，聰慧的。

a·bloom [ə'blum] 副形《敘述用法》開花地[的]。

a·blush [ə'blʌʃ] 副 形《敘述用法》（因

A

羞愧而）臉紅地[的]。

ab·lu·tion [æb'luʃən, əb-] 名 1 U (宗教儀式上的) 洗淨，沐浴。2《～s》《英》(1)《作複數》軍營中的公共浴室；《作單數》沐浴設備齊全的房間。(2) U《謔》沐浴。

a·bly ['eblɪ] 副 能幹地；巧妙地。

ABM《縮寫》*a*nti*b*allistic *m*issile 反彈道飛彈。

ab·ne·gate ['æbnɪ,get] 動 及 放棄（權利等）；否認（主義等）；克制（享樂等）。**-ga·tor** 名

ab·ne·ga·tion [,æbnɪ'geʃən] 名 U 否認；棄權；克制。

:**ab·nor·mal** [æb'nɔrml] 形 1 異常的；變態的；心智不健全的：～ psychology 變態心理學 / ～ radioactive counts 異常放射能數值。2 特大的：～ losses 巨大的損失。

～**·ly** 副 異常地，反常地。

ab·nor·mal·i·ty [,æbnɔr'mælətɪ] 名 (複 **-ties**) 1 異常的東西 [事件，特徵]：thyroid *abnormalities* 甲狀腺異常。2 U 異常，反常，變態。

:**a·board** [ə'bɔrd] 副 1 在船上，在飛機上；《主美》在（巴士）車上：a jetliner with 93 people ～有 93 名乘客的噴射機 / go ～ ship 乘船 / have... ～ 裝載著…。2〖海〗在舷側：close ～緊靠舷側 / fall ～ of another ship 撞到他船船側 / lay a ship ～ of another ship 使船橫靠他船。3〖棒球〗《俚》在壘上：with three ～ 三人在壘（滿壘）。

***All aboard*!** 各位旅客請上車[船]！趕快！《確認用語》全部人員都上車[上船]了！

—介 在船 [飛機，《美》火車，巴士等] 上：the life ～ a whaler 捕鯨船上的生活 / come ～ a ship 乘船 / climb ～ a plane 登上飛機。

:**a·bode**[1] [ə'bod] 名 1《作單數》《文》住所，住宅：of no fixed ～〖法〗住所不定的 / make one's ～定居。2 U 逗留，投宿《*at, in...*》。

a·bode[2] [ə'bod] 動 **abide** 的過去式和過去分詞。

a·boil [ə'bɔɪl] 形 副 1 沸騰的 [地]。2 非常興奮的 [地]，非常激動的 [地]。

:**a·bol·ish** [ə'bɑlɪʃ] 動 及 1 廢止，廢除；使結束：～ slavery 廢止奴隸制度。2 使徹底毀滅。

～**·ment** 名 U 廢止。

ab·o·li·tion [,æbə'lɪʃən] 名 U 廢止，取消；撲滅《*of...*》：the ～ *of* slavery 奴隸制度的廢除 / the ～ *of* smallpox 天花的撲滅。

ab·o·li·tion·ism [,æbə'lɪʃən,ɪzəm] 名 U 廢止論；（美國的）奴隸制度廢止論。

-ist 名 廢奴主義者；主張廢除死刑者。

ab·o·ma·sum [,æbə'mesəm] 名 (複 **-sa** [-sə])〖動〗皺胃。

A-bomb ['e,bɑm] 名 = atomic bomb.

:**a·bom·i·na·ble** [ə'bɑmənəbl] 形 1 極討厭的；可憎的《*to...*》：an ～ crime 可憎的罪行。2《口》非常令人不愉快的；極惡劣的：～ weather 極惡劣的天氣 / the ～ odor of rotten garbage 腐爛垃圾的惡臭。**-bly** 副

A'bominable 'Snowman 名（生活於喜馬拉雅山的）雪人。

a·bom·i·nate [ə'bɑmə,net] 動 及《文》痛恨，憎惡；《口》討厭《*doing*》：～ unfairness 憎恨不公正 / I ～ danc*ing*. 我討厭跳舞。

·**a·bom·i·na·tion** [ə,bɑmə'neʃən] 名 1 令人厭惡的事物；U 憎惡《*for...*》：hold snakes in ～ 憎惡蛇。2 可憎的行爲《*to...*》：commit an ～ 出洋相。

ab·o·rig·i·nal [,æbə'rɪdʒənl] 形 1 土著的；原始的；《通常作 **A-**》澳洲土著的：～ rites 土著的儀式。2 土生的；原有的：～ fauna 土生動物。—名 原住民，土著；《常作 **A-**》澳洲原住民。～**·ly** 副 原始地。

ab·o·rig·i·ne [,æbə'rɪdʒəni] 名 1 原住民，土著。2《通常作 **A-**》澳洲原住民。

a·born·ing [ə'bɔrnɪŋ] 副《美》正要出生時；事先。—形《敘述用法》正在產生的；日漸成形的。

a·bort [ə'bɔrt] 動 不及 1 流產，小產。2 發育不全；（發展）停頓於初期，（計畫等）夭折；病勢頓挫。3 使（飛機）未完成任務；中止飛行計畫。—及 1 使流產。2 使發育中止；使（計畫等）夭折；使病勢頓挫：～ a project 使計畫流產。3 使未完成任務。—名（太空船等）預定發射的中斷：a launch ～ 暫時延期發射。

a·bort·ed [ə'bɔrtɪd] 形 1 流產的。2 中止的。

a·bor·tion [ə'bɔrʃən] 名 1 U C 流產，小產；墮胎；〖法〗墮胎罪：～ law 墮胎法 / ～ on economic grounds 基於經濟理由的墮胎 / have an ～流產；墮胎。2 早產兒；殘障或畸形的人。3（計畫等的）失敗；流產的計畫。4 U〖生〗發育不全。

a·bor·tion·ist [ə'bɔrʃənɪst] 名 1 墮胎醫生。2 墮胎論者。

a·bor·tive [ə'bɔrtɪv] 形 1 不成功的，無結果的，流產的：an ～ revolution 一次失敗的革命行動 / an ～ coup attempt 一次流產政變。2 流產的，發育不全的：an ～ organ 發育不全的器官。3 導致流產的；頓挫的。

～**·ly** 副

·**a·bound** [ə'baund] 動 不及 1 大量存在（於某地）《*in...*》。2 盛產：places ～*ing* in tourists 有許多觀光客的地方。

:**a·bout** [ə'baut] 介 1 對於，關於：a book ～ animals 有關動物的書 / a quarrel ～ ...針對…的爭辯 / happy ～...爲了…而快樂 / write ～ politics 撰寫有關政治之事。2《通常出現於 **there is** 的句型》關於…本身。3《常承接 **somewhere**》在…附近：*somewhere* ～ the yard 在這院子附近。4《表時間、大小、數量等》大約：～ my size 和我的身材

差不多。**5** 在…四周；遍及…四周：the fence ～ the yard 庭院四周的籬笆。**6** 在…身邊，在…身上：I have no money ～ me. 我沒帶錢。**7** 正要，即將：be ～ to leave 正要離去。**8** 在…四處，去…各處：papers scattered ～ the room 散布在房間四處的文件 / walk ～ the town 在城裡四處逛逛。**9** 正從事於。

***How* [*What*] *about*...?**（你認爲）…怎麼樣？關於…如何？

—副**1** 大約；《口》差不多，幾乎：weigh ～ 150 pounds 約一百五十磅重。**2** 在附近，在周圍。**3** 在周圍長度上：a pillar two feet ～ 周長兩呎的柱子。**4** 轉過來地；改變方向地；迂迴地；〖海〗轉向：turn a boat ～ 改變船的方向 / go the long way ～ 繞遠路 / take the ship ～ 把船迎風轉向。**5** 到處：books lying ～ 到處散放的書本。**6**《通常與 **turn** 連用》交替地，輪流地：*turn* (and *turn*) ～輪流地 / *Turn* ～ is fair play.《諺》輪流才公平。**7** 活動著。**8**（疾病）在流行著；（謠言等）傳開地。

—動及〖海〗《命令》使船轉向；改變航向。

a'bout 'face 图《美》《軍隊的口令》向後轉。

a·bout-face [ə'baut,fes, -'-'-] 图《主美》《只用單數》向後轉；（態度等的）急遽改變（《英·加》about-turn）：an ～ in economic policy 經濟政策一百八十度的轉變。—[-,-'-] 動不及向後轉；做重大改變。

a·bout-turn [ə'baut,tɚn, -'-'-] 图，動不及《英·加》= about-face.

: a·bove [ə'bʌv] 介**1** 從…往上，在…上面：the floor ～ ours 我們上面的一層樓 / float ～ the building 飄浮於該建築物上空。**2** 在…的更北方；在…的上游：five miles ～ Taipei 臺北以北五哩 / a flat high ～ the Thames 俯瞰泰晤士河上游的公寓。**3** 超過；（聲音）高過：～ the average 在中等以上。**4**（地位等方面）高於。**5** 不受（指責等）；非…所能及：～ suspicion 無可置疑 / attempt tasks ～ one's ability 試圖去做非己力所能及的工作。**6** 不屑於，不做（壞事）。**7** 勝過：favor one ～ the other 偏愛某一個勝過另一個。

above all (things) 尤其，最重要者。

***above and beyond*...** 遠遠超過…之上；除…之外。

get above oneself 自命不凡；得意忘形。

over and above = ABOVE and beyond.

—副**1** 在上面；在頭頂上；在樓上；在天上。**2** 在上游。**3** 更上級。**4** 超過。**5** 在前文中。—形上述的。—图**1**《通常作 **the** ～》上述之事[人]。**2** 上蒼，天堂；上級。

a·bove·board [ə'bʌv,bord] 副形光明正大地[的]；率直地[的]。

a·bove·ground [ə'bʌv,graund] 形 **1** 在地上的；活著的。**2**《美》公開的；合法的；正統的；公開製作的。

a·bove-men·tioned [ə'bʌv'mɛnʃənd] 形上述的，前述的。

abp., Abp. 《縮寫》*arch*bisho*p*.

abr. 《縮寫》*abr*idge(d) ; *abr*idgment.

ab·ra·ca·dab·ra [,æbrəkə'dæbrə] 图 **1** 施法或驅邪用咒語；咒文，驅邪符。**2** 莫名其妙的話；胡言亂語。

a·brade [ə'bred] 動及**1** 磨損。**2** 擦傷，磨傷。**3** 把…刮除。**4** 消耗（精神）；使疲乏；使焦躁；激怒。—不及遭到磨損；變得耗弱。

A·bra·ham ['ebrə,hæm] 图**1** 亞伯拉罕：古希伯來民族的始祖。**2**〖男子名〗亞伯拉罕。

'Abraham's 'bosom 图天國。

in Abraham's bosom 與死去的祖先一起安息；處於極樂境界中。

a·bra·sion [ə'breʒən] 图 **1** 傷口，磨損處。**2** Ⓤ 磨損，擦傷；磨耗；（風、水的）侵蝕作用。

a·bra·sive [ə'bresɪv, -zɪv] 图ⓊⒸ研磨材料。—形**1** 有磨損力的；研磨（用）的。**2** 刺耳的；生硬粗暴的。

a·breast [ə'brɛst] 副形**1** 並肩地[的]，並排地[的]：eight-*abreast* seating 橫排八個的座位 / march ～ 並肩前進 / walk three ～ 三人並肩而行。**2 [keep abreast of A]** 跟上 A 的水準，與 A 並駕齊驅：*keep* ～ *of* the most recent research 跟得上最新的研究 / *keep* ～ *with* the times 跟上時代。

a·bridge [ə'brɪdʒ] 動及**1** 刪節：～ a novel 把小說刪節。**2** 縮短…的期間；削減（權限等）：～ a lesson 縮短一堂課 / ～ civil liberties 限制國民自由。**3**《古》剝奪《*of*...》：～ a person *of* his rights 剝奪某人的權利。**-bridg·a·ble,**《英》～**·a·ble**形

a·bridg·ment,《英》**a·bridge-** [ə'brɪdʒmənt] 图 **1** 刪節版，節錄，摘要。**2** Ⓤ 縮短；節略；剝奪：～ of the rights of citizens 剝奪公民權利。

: a·broad [ə'brɔd] 副**1** 在國外，到國外：a trip ～ 國外旅行 / a letter from ～ 來自國外的信 / be famous at home and ～聞名國內外。**2** 流傳地；廣泛地，普遍地：a tree spreading its branches ～ 枝葉扶疏的樹木 / set ～ 散布（謠言等）。

be all abroad (1) 感到莫名其妙。(2) 推測錯誤。

ab·ro·gate ['æbrə,get] 動及 **1** 廢止，廢除，取消。**2** 棄絕。**-'ga·tion** 图

: a·brupt [ə'brʌpt] 形**1** 突然的，出其不意的：an ～ death 暴斃 / an ～ change of plans 突然變更計畫 / ask one or two ～ questions 提出一、兩個突如其來的問題。**2** 粗率的，唐突的：an ～ remark 唐突之詞 / give an ～ answer 粗率地回答。**3**（文章）缺乏連貫性的：an ～ literary style 不連貫的文體。**4**（懸崖等）陡峭的；（地層）斷裂的：an ～ peak 陡峭的山峰 / an ～ cliff 絕壁。

A

～·ly 副, ～·ness 名

ab·rup·tion [əˈbrʌpʃən] 名U（突然的）分離，分裂。

abs- 《字首》ab- 的別體，出現在母音及 c, q, t 之前: *abs*ent, *abs*cond.

ABS 《縮寫》*a*ntilock *b*raking *s*ystem 防鎖死剎車系統。

Ab·sa·lom [ˈæbsələm] 名 押沙龍：猶太王大衛（David）的第三子，後因背叛其父而被殺。

ab·scess [ˈæbˌsɛs, -sɪs] 名〖病〗膿瘍，膿腫。—動不及形成膿腫。

-scessed [-sɛst] 形 有膿腫的。

ab·scis·sa [æbˈsɪsə] 名(複～s, -sae [-si])〖數〗橫座標。

ab·scond [æbˈskɑnd, əb-] 動不及 匿跡，潛逃: ～ with the money 捲款潛逃。

～·er 名 潛逃者。

:**ab·sence** [ˈæbsn̩s] 名 **1** U C 不在；缺席；沒參加: a leave of ～請假許可 / during his ～ in America 在他去美國不在這兒的期間 / in a person's ～ 當某人不在時。**2** 缺席的次數: numerous ～*s* from school 多次缺課 / an ～ of two days 兩天沒來。**3** U 缺乏；不存在《 *of*... 》: the～ *of* evidence 缺乏證據 / ～ *of* mind 魂不守舍，心不在焉 / in the ～ *of*... 因為缺乏…。

:**ab·sent** [ˈæbsn̩t] 形 **1** 不在的；缺席的；沒有參加的《 *from*... 》: be ～ *from* home 不在家 / Long ～, soon forgotten. 《諺》去久情疏。**2** 不存在的，缺少的。**3**《通常爲限定用法》茫然的，心不在焉的: an ～ air 茫然的神情。

absent over leave 逾假未歸

absent with leave ⇨ A.W.L.

absent without leave ⇨ AWOL

—介 缺乏，沒有。—[æbˈsɛnt, əb-] 動及《反身》使缺席《 *from*... 》: ～ *oneself from* school 不到校。

ab·sen·tee [ˌæbsn̩ˈti] 名 缺席者；（不居住於產權所在地的）不在地主；缺席投票者: an ～ with leave 請假外出者 / ～*s* from school 曠課者。

—形 不在者的；缺席投票者的。

ˈabsentee ˈballot 名 不在籍投票。

ab·sen·tee·ism [ˌæbsənˈtiɪzəm] 名 U **1** 地主不在；不在地主制度。**2** 長期缺席；（工人有計畫的）曠工。

ab·sent·ly [ˈæbsn̩tlɪ] 副 心神恍惚地，心不在焉地: nod ～ 心不在焉地點點頭。

ab·sent·mind·ed [ˈæbsn̩tˈmaɪndɪd] 形 心不在焉的。～·ly 副, ～·ness 名

ab·sinth(e) [ˈæbsɪnθ, -ˈ-] 名 **1** U C 苦艾酒：一種烈酒。**2**〖植〗苦艾。

:**ab·so·lute** [ˈæbsəˌlut] 形 **1** 完美無缺的；完全的，徹底的: ～ honesty 完全誠實 / an ～ correspondence between two parts 兩部分完全吻合。**2** 純粹的: ～ alcohol 純酒精。**3** 無限制的；無條件的；具有絕對權力的；獨裁的: an ～ promise 無條件的允諾 / ～ freedom 絕對的自由 / an ～majority 絕對多數 / an ～ monarch 專制君主。**4** 絕對的；極致的；根本的；本質上的: the ～ being 神 / an ～ principle 絕對原理。**5** 確定的；確實的: ～ evidence 確鑿的證據。**6** 真的，明白的。**7**〖文法〗（造句上）獨立的；（及物動詞）不帶受詞的: ～ construction 獨立結構。**8**〖理〗絕對的；絕對單位的: an ～ unit 絕對單位。**9**〖教〗絕對評分標準的: mark on an ～ scale 以絕對評分法來打分數。**10** 絕對的: ～ maximum temperature（一定期間內的）絕對最高溫度。**11**〖數〗絕對的。**12**〖電腦〗用機器語言寫成的。—名 絕對性的事物；完美無缺的事物；《 **the A-** 》宇宙，神；《 **the** ～》〖哲〗絕對。～·ness 名

ˈabsolute ˈalcohol 名U 純酒精。

ˈabsolute ˈaltitude 名 絕對高度。

ˈabsolute ˈceiling 名〖空〗絕對升限。

ˈabsolute huˈmidity 名U〖理〗絕對溼度。

·**ab·so·lute·ly** [ˈæbsəˌlutlɪ] 副 **1** 完全地；整個地；《與否定語連用》全然: ～ impossible 根本不可能 / ～ nothing 什麼也沒有。**2** 確實地。**3** 絕對地；無條件地；無限制地；專制地；斷然地。**4**〖文法〗（及物動詞）沒有受詞地: a verb used ～ 一個獨立使用的動詞。

—[ˌæbsəˈlutlɪ, ˈ--ˈ--] 感 當然！絕對如此！對極了！

ˈabsolute maˈjority 名 絕對多數，過半數。

ˈabsolute ˈmonarchy 名 君主專制政體。

ˈabsolute ˈpitch 名U〖樂〗**1** 絕對音高。**2** 絕對音感。

ˈabsolute ˈtemperature 名〖理〗絕對溫度。

ˈabsolute ˈvalue 名 U C〖數〗絕對值。

ˈabsolute ˈzero 名U〖理〗絕對零度（−273.15℃）。

ˈabsolute ˈweapon 名 絕對武器：指核子武器。

ab·so·lu·tion [ˌæbsəˈluʃən] 名 U C **1** 免除，解除，赦免。**2**〖教會〗⑴ 免罪；赦罪經文: give ～ from sin 赦免（某人的）罪過。⑵ 赦罪儀式。

ab·so·lut·ism [ˈæbsəluˌtɪzəm] 名 U C **1** 絕對主義；專制政治。**2**〖哲〗絕對論。

ab·so·lut·ist [ˈæbsəˌlutɪst] 名 形 專制主義者（的）；〖哲〗絕對論者（的）。

ab·solve [æbˈsɑlv, əb-, -ˈzɑlv] 動及 **1** 赦免；免除；寬恕《 *of*... 》: ～ a person from a duty 免除某人的義務 / ～ a person *of* a sin 赦免某人的罪。**2**〖教會〗⑴ 赦罪。⑵ 宣告解除。

:**ab·sorb** [əbˈsɔrb, -ˈzɔrb] 動及 **1** 吸收（氣體等）；（藉化學作用）吸收；〖生〗把（營養、氧氣等）吸入循環器官；吸收（

聲音等）；緩和。**2** 合併。**3** 使全神貫注；占去（精力等）: ～ oneself in studies 專心於學業。**4** 大量買進。**5** 理解：～ the full meaning of a remark 充分了解一句話的含意。**6** 負擔：～ all charges 負擔一切經費。

ab·sorbed [əb'sɔrbd, -'zɔr-] 形**1** 全神貫注的；沉湎（於…）的《*in...*》: ～ *in* the music 全神貫注於音樂 / be ～ *in* one's grief 沉湎於悲傷中。**2** 被吸收了的；被併吞了的。

ab·sorbed·ly [əb'sɔrbɪdlɪ] 副 入神地，全神貫注地。

ab·sorb·ent [əb'sɔrbənt, -'zɔr-] 形（對溼氣等）有吸收能力的《*of...*》；吸收性的：be ～ *of* water 能吸收水分的 / as ～ as a sponge 如海綿一般有吸收性。

—名ⓊⒸ〖化〗吸收性物質；吸收劑。

ab 'sorbent 'cotton 名Ⓤ《美》脫脂棉（《英》cotton wool）。

ab·sorb·er [əb'sɔrbɚ, -'zɔr-] 名吸收之裝置；吸收者；〖理〗吸收體，吸收劑。

ab·sorb·ing [əb'sɔrbɪŋ, -'zɔr-] 形非常有趣的；占去人全部心神的；極吸引人的：an ～ novel 趣味盎然的小說。

ab·sorp·tion [æb'sɔrpʃən] 名Ⓤ **1** 吸收（作用）；合併。**2**〖生理〗（營養物等的）吸收：～ of nourishment 營養的吸收。**3** 吸收：～ of light 光的吸收。**4**〖理〗吸收：～ spectrum 吸收光譜 / an ～ band（光譜的）吸收帶。**5** 全神貫注，沉湎，熱中《*in...*》: ～ *in* one's study 對於研究的熱中 / listen with ～ 入神傾聽。

-tive形

·**ab·stain** [əb'sten, æb-] 動不及 **1** 戒除《*from...*》；自我克制《*from doing*》: ～ *from* fish and flesh 齋戒 / ～ *from* drink*ing*. 戒酒。**2**〖議會〗（投票）棄權《*from...*》: ～ *from* voting 放棄投票。

ab·stain·er [əb'stenɚ, æb-] 名 克制者，戒酒者；（投票的）棄權者。

ab·ste·mi·ous [əb'stimɪəs, æb-] 形 **1** 有節制的；不流於放縱的；禁慾的：an ～ life 禁慾的生活。**2** 節約的；簡單的：an ～ meal 粗食。～**·ness**名

ab·ste·mi·ous·ly [əb'stimɪəslɪ, æb-] 副 有節制地。

ab·sten·tion [əb'stɛnʃən, æb-] 名**1**Ⓤ 戒絕，克制《*from...*》: ～ *from* drink 戒酒 / ～ *from* hard work 避免過度工作。**2**ⓊⒸ〖議會〗（投票的）棄權《*from...*》；棄權者：～ rate 棄權率。

ab·sti·nence ['æbstənəns] 名Ⓤ**1** 禁戒《*from, in...*》；戒酒；戒絕，克制；禁慾；〖經〗節制支出：～ *from* food 禁食。**2**〖教會〗齋。

'abstinence 'syndrome 名脫癮症狀群。

ab·sti·nent ['æbstənənt] 形= abstemious 1.

:**ab·stract** ['æbstrækt, -'-] 形**1** 抽象的；表抽象概念的：an ～ noun 抽象名詞。**2** 理論性的；觀念上的。**3** 難解的，深奧的。**4**〖美〗抽象主義的；《常作**A-**》（二十世紀的）抽象主義的：～ painting 抽象畫。

—['æbstrækt] 名**1** 摘要，摘錄；精粹：make an ～ of... 選其精華。**2** 抽象（性）。**3** 抽象藝術作品。**4**《**the** ～》理想；抽象觀念。

in the abstract 抽象的[地]，在理論上。

—[æb'strækt] 動 及 **1**（從…）拿掉《*from...*》: ～ salt *from* water 由水中分離出鹽分。**2** ['--] 節略。**3** 引開（注意力）；轉換（氣氛）《*from...*》。**4**《口·委婉》竊取《*from...*》。**5** 使抽象化《*from...*》。

～**·ly**副, ～**·ness**名

ab·stract·ed [æb'stræktɪd] 形 **1** 全神貫注的《*in...*》；心不在焉的：with ～ gaze 目光呆滯地 / ～ *in* one's work 全神貫注於工作。**2** 抽象的；抽出的；分離的。～**·ly** 副, ～**·ness**名

ab·strac·tion [æb'strækʃən] 名**1** 抽象觀念；抽象名詞；不切實際的念頭；虛幻的東西。**2** Ⓤ 抽象化。**3** Ⓤ 除去，提取《*from...*》；《委婉》竊取。**4**Ⓤ 心不在焉，發呆。**5**〖美〗(1)Ⓤ 抽象性；抽象藝術作品。(2) = abstractionism.

ab·strac·tion·ism [æb'strækʃən,ɪzəm] 名Ⓤ〖美〗抽象主義；抽象技巧。

ab·strac·tion·ist [æb'strækʃənɪst] 名 **1** 抽象派藝術家（如畫家、雕刻家等）。**2** 理想主義者。

ab·strac·tive [æb'stræktɪv] 形 **1** 富於抽象力的；抽象性的。**2** 精粹的，摘要的。～**·ly**副, ～**·ness**名

ab·struse [æb'strus] 形難懂的；深奧的：～ calculations 深奧的計算。

～**·ly**副, ～**·ness**名

:**ab·surd** [əb'sɝd, -'zɝd] 形（《偶用》～**·er**, ～**·est**）不合理的；荒謬的，愚蠢可笑的：an ～ suggestion 荒謬的提議。—名《**the** ～, **the A-**》荒唐。～**·ly**副, ～**·ness**名

ab·surd·ism [əb'sɝdɪzəm, -'zɝ-] 名Ⓤ〖哲〗（存在主義中的）荒謬主義，人生無意義論。

ab·surd·ist [əb'sɝdɪst, -'zɝ-] 名 荒謬主義者，荒謬派作家。—形荒謬主義的。

ab·surd·i·ty [əb'sɝdətɪ, -'zɝ-] 名（複 **-ties**）**1**Ⓤ不合理；（戲劇中所描述的）荒謬：the height of ～ 愚不可及。**2**《常作 **-ties**》荒唐的事。

a·bu·li·a [ə'bjulɪə, ,æbju'liə] 名Ⓤ〖精神醫〗意志缺失（症）。**-lic**形

:**a·bun·dance** [ə'bʌndəns] 名 **1**Ⓤ大量；豐富；《**an** ～》多量，多數《*of...*》: money in ～大量的金錢 / a year of ～豐年 / *an* ～ *of* valuable knowledge 豐富的寶貴知識。**2**Ⓤ 富裕，優裕。

:**a·bun·dant** [ə'bʌndənt] 形**1** 豐富的，充

A

裕的：an ～ harvest 豐收 / ～ rainfall 充沛的雨量。2 富於…的《*in...*》：a river ～ *in* fish 有很多魚的河流。～·ly 副

a·bus·age [əˈbjusɪdʒ] 名 U C（語言上的）濫用，誤用：usage and ～ 習慣用法與錯誤用法。

:**a·buse** [əˈbjuz] 動 (-bused, -bus·ing) 及 1 濫用，妄用，誤用：～ one's power 濫用權力。2 虐待；施暴，強姦；過度使用（物）：Don't ～ your eyes. 不要過度使用你的眼睛。3 侮辱，辱罵。
abuse oneself 手淫。
—[əˈbjus] 名 1 U C 濫用，誤用：drug ～ 濫用藥物。2 U 辱罵。3 U 虐待；凌辱；強姦：subject a person to ～虐待某人。4《常作 ～s》弊端：～*s* of the times 時弊。

a·bus·er [əˈbjuzɚ] 名 濫用者，誤用者。

a·bu·sive [əˈbjusɪv] 形 1 辱罵性的，口出惡言的。2 被濫用的；腐化的：an ～ use of authority 濫用職權。3 虐待的。～·ly 副, ～·ness 名

a·but [əˈbʌt] 動 (～·ted, ～·ting) 不及 鄰接，毗連《*on...*》；一端相接《*on, against...*》；緊靠《*on...*》：～ *on* a street 緊接道路。
—及 緊接，鄰接，毗連（國家等）；接於（建築物）的一端；支撐。

a·but·ment [əˈbʌtmənt] 名 1〖建·土木〗橋墩；（拱形水庫的）側壁；接口。2 接合部分；U 鄰接。

a·buzz [əˈbʌz] 副 形《敘述用法》充滿嗡嗡聲地[的]；嘈雜地[的]《*with...*》；活潑地[的]《*with...*》。

a·bys·mal [əˈbɪzml] 形《口》深淵的；無底的；悲慘的。～·ly 副

a·byss [əˈbɪs] 名 1 深淵；無底洞；《喻》深不可測的事物。2（創世之前的）混沌；地獄；地下的大洋。

Ab·ys·sin·i·a [ˌæbəˈsɪnɪə] 名 阿比西尼亞（Ethiopia 的舊稱）。

ab·zyme [ˈæbzaɪm] 名 U 抗體。

Ac 《化學符號》actinium.

AC 《縮寫》〖電〗*a*lternating *c*urrent（亦作 **A.C., ac, a-c, a.c.**）交流電。

A.C. 《縮寫》(1) air conditioning 空調。(2)《拉丁語》*ante Christum* (before Christ) 西元前。

A/c, a/c 《縮寫》*ac*count；*ac*count *c*urrent.

a·ca·cia [əˈkeʃə] 名〖植〗1 相思樹屬樹木或灌木的通稱。2 洋槐，刺槐。3 = gum arabic.

ac·a·deme [ˈækəˌdim, ˌ--ˈ-] 名 1《A-》〖文〗（柏拉圖）學園。2《偶作 A-》〖詩〗教育場所，學校。3 大學；住在大學裡的人；學者；學術界；學究生涯。

ac·a·de·mi·a [ˌækəˈdimɪə] 名 = academe 3.

Acaˈdemia ˈSinica [-ˈsɪnɪkə] 名（中華民國的）中央研究院。

·**ac·a·dem·ic** [ˌækəˈdɛmɪk] 形 1 學校的，學園的；高等教育的，大學的。2《美》純學術的；《美》人文學的。3 理論上的；非實用的；書呆子氣的。4 固守規定的；迂腐的；學院派的。
—名 1 大學生；大學教師；學者；學院派人士。2 = academician.

ac·a·dem·i·cal [ˌækəˈdɛmɪkl] 形 = academic. ～·ly 副

acaˈdemic ˈfreedom 名 U 學術自由。

a·cad·e·mi·cian [əˌkædəˈmɪʃən, ˌækədə-] 名 學院會員，學會會員；院士。

ac·a·dem·i·cism [ˌækəˈdɛməˌsɪzəm] 名 U 傳統主義；形式主義；學院派作風。

acaˈdemic ˈyear 名 學年。

:**a·cad·e·my** [əˈkædəmɪ] 名 (複 -mies) 1 學校，學院；《偶爲蔑》（私立的）中等學校，高等學校；《蘇》= grammar school；專門學校：a military ～ 陸軍軍官學校；《美》採軍隊式訓練的私立中學 / a naval ～ 海軍軍官學校 / an ～ of music 音樂學校。2 學會；藝術院：the *A-* of Motion Picture Arts and Sciences 美國的影藝學院。3 (1)《the A-》柏拉圖哲學；柏拉圖學派。

Aˈcademy Aˈward 名 影藝學院獎（俗稱奧斯卡金像獎）。

A·ca·di·a [əˈkedɪə] 名 阿加地亞：加拿大東南部一地區；現稱 Nova Scotia.

A·ca·di·an [əˈkedɪən] 形 阿加地亞地方[人]的。—名 1 阿加地亞人。2 = Cajun.

a·can·thus [əˈkænθəs] 名 (複 ～·es, -thi [-θaɪ]) 1 爵牀：地中海數種爵牀科植物的通稱。2〖希建〗爵牀葉形裝飾。

a cap·pel·la [ˌɑkəˈpɛlə] 副，形〖樂〗（合唱時）無伴奏地（的）。

acc. 《縮寫》*acc*eptance; *acc*ession; *acc*ompanied; *acc*ount (ant).

ac·cede [ækˈsid] 動 不及 1 同意《*to...*》。2 就任（高位等）；繼承（財產等）；〖國際法〗加盟，參加（條約等）《*to...*》：～ *to* a post 就任某職 / ～ *to* a party 加入某政黨。-ced·er 名

ac·ced·ence [ækˈsidəns] 名 U 1 同意。2 繼承；就任；加入，加盟。

ac·cel·er·an·do [ækˌsɛləˈrændo] 副 形〖樂〗漸快速度地[的]。—名 (複 ～s [-z], -di [-di]) 漸快速度音調。略作：accel.

ac·cel·er·ate [ækˈsɛləˌret] 動 及 1 促進；提早…的時期；使加速。2 使速成；使（學生）提前加速修畢課程。—不及 加速；越級升級。
-at·ed·ly 副, -at·ing·ly 副

ac·cel·er·a·tion [ækˌsɛləˈreʃən] 名 U 1 促進；加速；速度的增加：～ of ten miles per hour 每小時十哩的加速。2 變速；〖理〗加速度：～ of gravity 重力加速度（符號：g）。3《美·加》特別升級。

ac·cel·er·a·tive [ækˈsɛləˌretɪv] 形 加速的，促進的。

ac·cel·er·a·tor [ækˈsɛləˌretɚ] 名 1 促進

者；加速物。2〖汽車〗油門。3〖攝〗顯像加速劑；〖化〗觸媒劑。4〖解·生理〗加速神經；加速肌。5〖理〗粒子加速器。

ac·cel·er·o·graph [ə-k'sɛlərə,græf] 图1記錄地震加速度運動之儀器。2 測量並記錄在密閉空間內爆炸所造成的壓力之儀器。

ac·cel·er·om·e·ter [ə-k,sɛlə'ramɪtə] 图〖航空〗加速計。

:ac·cent ['æksɛnt] 图1ⓊⒸ重音；重音的強弱。2 重音符號：an acute ～ 揚音符號（'）/ a grave ～抑音符號（ˌ）/ a circumflex ～長音符號（^）。3 音調，調子：a rising ～ 上揚調子。4《通常作～s》腔調。5《～s》〖詩〗詞句；語言：the tender ～*s* of love 語調溫柔的情話 / in bold ～*s* 言詞大膽地。6 口音：a local ～土音。7〖樂〗(1) 重音。(2) 重音部。8〖詩〗揚音。9《喻》強調《*on*...》；《口》著重點。—['æksɛnt, -'-] 動及1 重讀；加重音符號於。2《主美》強調（《英》**accentuate**）。

'accent ˌmark 图重音符號。

ac·cen·tu·al [æk'sɛntʃuəl] 形1 重音的；有節奏的。2〖詩〗以重音爲節奏的。～**·ly**副

ac·cen·tu·ate [æk'sɛntʃu,et] 動及1 強調，加強。2 使明顯，使醒目。3 加重音於：～ a word 把某字重讀。

ac·cen·tu·a·tion [æk,sɛntʃu'eʃən] 图Ⓤ 1重讀；重音標示法。2ⓊⒸ強調；所強調的事物。

:ac·cept [ək'sɛpt, æk-] 動及1 領受；採納；接受；（女性）答應求婚：～ an invitation 接受邀請。2 接納；承認；相信；視爲：the generally ～*ed* fact 廣被接受的事實 / ～ the explanation as true 承認此說明爲真。3 接納。4 順應：～ the inevitable 接受不可避免的事。5 了解，理解。6〖商〗承兌：～ a bill 承兌一張票據。7 受理。8 可與…契合。

ac·cept·a·bil·i·ty [ək,sɛptə'bɪlətɪ, æk-] 图Ⓤ 可接受性；合適。

ac·cept·a·ble [ək'sɛptəbl̩, æk-] 形1可接受的，合適的；令人滿意的《*to*...》：an ～ gift 合適的禮物。2 過得去的；可容許的：an ～ performance 差強人意的演技 / ～ risk 在可容許範圍內的危險率。**-bly**副

·ac·cept·ance [ək'sɛptəns, æk-] 图1Ⓤ接受，接納。2Ⓤ承認，支持《*by, with, among*...》：gain general ～廣爲接受。3 Ⓤ（對學說等的）承認，採納；應允《*into*...》。4 = acceptation 2. 5 Ⓤ〖商〗承兌；Ⓒ承兌票據；其金額。

ac·cept·ant [ək'sɛptənt, æk-] 形（對…）樂於接納的《*of*...》。

ac·cep·ta·tion [,æksɛp'teʃən] 图1 Ⓤ承認；相信。2（爲一般人所公認的字句的）涵義。

ac·cept·ed [ək'sɛptɪd, æk-] 形1公認的；被認爲正常的：～ theories 公認的理論。2〖商〗承兌的。～**·ly**副

ac·cept·er [ək'sɛptə, æk-] 图1 接受者，領受者；認可者。2〖金融〗= acceptor 2.

ac·cept·ive [ək'sɛptɪv, æk-] 形1 易接納的《*of*...》：a girl ～ *of* new fashion 易接納流行款式的女孩。2 適宜的：an ～ way of life 一種適當的生活方式。

ac·cep·tor [ək'sɛptə, æk-] 图1 = accepter1. 2〖金融〗（票據）承兌人。3〖理·化〗受體；接受器。

:ac·cess ['æksɛs] 图 1 Ⓤ 抵達（某場所等）的方法《*to*...》；通路，入口。2Ⓤ接近的權利，利用…的機會《*to*...》；（某場所）可接近的狀態：be easy of ～ 易於接近。3 見面（的機會）《*to*...》：gain ～ *to* the king 得以覲見國王。4《**an** ～》發病；（感情的）爆發《*of*...》：*an* ～ *of* fever 發熱 / *a* sudden ～ *of* pity 驟然萌生憐憫心。5《**an** ～》（財產等的）增加《*of*...》。6 Ⓤ〖電腦〗存取。—動及1 得以接觸到[取得]。2〖電腦〗取出（資料）；把（資料）存入記憶體。

ac·ces·sa·ry [æk'sɛsərɪ, ək-] 图（複**-ries**），形〖法〗《英》= accessory.

ac·ces·si·ble [æk'sɛsəbl̩, ək-] 形1容易進入的；易於接近的；易於利用的；易於理解的《*to*...》；（人）可親的。2 可使用的；可見到面的；可進入的；可到達的《*by*...》；以獲得的《*to*...》：an ～ shrine 一般人可進去參觀的祠堂。3 易接納的《*to*...》：be ～ *to* reason 明理的，講理的。**-bly**副

·ac·ces·sion [æk'sɛʃən, ək-] 图1Ⓤ（權利等的）取得，繼承；就任，即位《*to*...》：～ *to* the throne 登基，即位 / ～ *to* an estate 取得產業。2《通常作 **an** ～》（財產等的）增加《*of*...》；增加物；收藏的圖書《*to*...》：new ～*s to* a library 圖書館新增的圖書。3Ⓤ〖法〗添附，天然孳息。4Ⓤ同意《*to*...》；〖國際法〗正式承認，加盟。5Ⓤ接近；加入《*to*...》：the ～ of many members *to* a party 很多黨員入黨。—動及《美》1（按收進順序）登錄。2 收藏。～**·al**形

ac·ces·so·ri·al [,æksə'sorɪəl] 形幫兇的；附屬的；補助的。

ac·ces·so·rize [æk'sɛsə,raɪz, ək-] 動及給…加上附件。—不及佩帶服飾配件。

:ac·ces·so·ry [æk'sɛsərɪ, ək-] 图（複**-ries**）1 附屬品，附帶物；《通常作**-ries**》輔助設備。2〖法〗(1) 事前從犯《*to*...》（亦稱 **accessory before the fact**）。(2) 事後從犯《*to*...》（亦稱 **accessory after the fact**）。—形1 附加的。2〖法〗從犯的。

'access ˌroad 图聯絡道路，匝道。

'access ˌtime 图Ⓤ〖電腦〗存取時間。

ac·ci·dence ['æksədəns] 图 1Ⓤ Ⓒ初步，入門。2Ⓤ〖文法〗字形變化學。

:ac·ci·dent ['æksədənt] 图1 事故；意外事件，偶然行爲；Ⓤ偶然：traffic ～*s* 交通

事故 / a mere ～ 純屬偶然之事 / without ～ 平安無事。/ *Accidents* can happen.《諺》天有不測風雲。2ⓊⒸ附帶的事情；〖哲〗偶有性。

by accident 偶然地，非故意地。

·**ac·ci·den·tal** [ˌæksəˈdɛntl] 形1 偶然的，非故意的：～ homicide 過失殺人。2 偶發的；附屬的：songs ～ to a play 一齣戲的插曲。3〖樂〗臨時記號的。—名1 偶有性；偶發事物。2〖樂〗臨時記號。

ˈaccident inˈsurance 名 Ⓤ 意外保險。

ac·ci·den·tal·ism [ˌæksəˈdɛntlˌɪzəm] 名 Ⓤ 1〖哲〗偶然論。2 偶然，無因。-**ist** 名偶然論者。

·**ac·ci·den·tal·ly** [ˌæksəˈdɛntlɪ] 副 偶然地，意外地；《修飾全句》事出偶然。

ac·ci·dent-prone [ˈæksədəntˌpron] 形 易遭意外事故的。

ac·ci·die [ˈæksədi] 名= acedia.

ac·claim [əˈklem] 動及1 歡呼迎接，喝采；讚揚：a world ～*ed* singer 舉世讚揚的歌手 / ～ a national hero 歡呼迎接民族英雄。2 以歡呼推舉；歡呼地宣布：～ him (as) a great leader 高聲歡呼他為偉大的領袖。3《加》全體一致通過。—不及歡呼，喝采。—名= acclamation 1.

ac·cla·ma·tion [ˌækləˈmeʃən] 名1Ⓤ歡呼，喝采：《通常作～s》歡呼聲，喝采。2Ⓤ（以鼓掌表全場）贊成通過；熱烈的贊同；《加》全體一致通過：carry a motion by ～ 全體（鼓掌）通過動議。

ac·cli·mate [əˈklaɪmɪt, ˈækləˌmet] 動 及 不及《美》使適應（水土、環境等）《to...》；適應。

ac·cli·ma·tion [ˌækləˈmeʃən] 名 Ⓤ（新環境的）適應；〖生〗（水土的）順應。

ac·cli·ma·tize [əˈklaɪməˌtaɪz] 動及不及《英》= acclimate.

ac·cliv·i·ty [əˈklɪvətɪ] 名（複 **-ties**）上行坡；向上傾斜。

ac·co·lade [ˌækəˈled, -ˈlɑd] 名1《古》武士的爵位授予；（在武士爵位授予時）用劍輕按肩膀：receive the ～ 接受武士爵位。2 褒獎；榮譽；讚賞。

:**ac·com·mo·date** [əˈkɑməˌdet] 動(-**dat·ed, dat·ing**)及1 幫忙；遷就；親切招待。2 借錢給（人）；招待吃住《with...》；提供《to...》：～ a friend *with* a night's lodging 讓朋友借宿一晚。3 使適應（環境等）；《反身》調整（以適應於…）《to...》。4 調解：～ a dispute 調停紛爭。5《通常用被動》供給（房間等）的設備。6 容納；載（人）。7 顧及（要求等）：～ the demands 顧及那些要求。8 說明：～ one's thought 說明自己的想法。—動不及 自我調節；配合，適應（於…）《to...》。

ac·com·mo·dat·ing [əˈkɑməˌdetɪŋ] 形 1《作惡意解》迎合別人的；易受人擺布的。2 樂於助人的；待人親切的。～·**ly** 副

:**ac·com·mo·da·tion** [əˌkɑməˈdeʃən] 名1Ⓤ調節；適應，順應；〖社會〗調適，適應《to...》：～ *to* urban life 適應都市生活 / the ～ of one's desires *to* one's income 量入為出。2ⓊⒸ調解；和解：come to an ～ 達成和解 / bring the differences to an ～ 調解歧見。3Ⓤ Ⓒ 方便；給予便利的事物：for one's ～ 為自己的方便起見。4ⓊⒸ《美語通常作～s》住宿設備，（醫院的）收容設施；（飛機等的）座位或床鋪等設備；Ⓤ《英》出租的房間。5Ⓤ 親切，周到。6Ⓤ〖商〗貸款：furnish ～ to a person 給某人融資。

accommoˈdation adˌdress 名 臨時通訊地址。

accommoˈdation ˌbill 名通融票據。

accommoˈdation ˌladder 名舷梯。

accommoˈdation ˌroad 名（通往私人處所的）專用道路。

accommoˈdation ˌtrain 名《美》（每站都停的）普通列車。

ac·com·mo·da·tive [əˈkɑməˌdetɪv] 形 給人方便的；親切的。

ac·com·mo·da·tor [əˈkɑməˌdetɚ] 名 適應者；貸款人；調解者；調節器。

·**ac·com·pa·ni·ment** [əˈkʌmpənɪmənt] 名 1 附屬物《of, to...》。2〖樂〗伴奏（部）《to, for, of...》：to the ～ of... 在…的伴奏下；《喻》伴著…，和著…。

ac·com·pa·nist [əˈkʌmpənɪst] 名〖樂〗伴奏者；伴唱者。

:**ac·com·pa·ny** [əˈkʌmpənɪ] 動(-**nied,** ～·**ing**)及1 陪伴（前往…）《to...》：～ a person *to* the door 送某人到門口。2〖樂〗伴奏《on, at, with...》：～ a singer *on* the piano 以鋼琴為歌者伴奏。3 伴隨…而來，隨著…而發生；《被動》伴隨《by, with...》：an operation *accompanied by* some pain 會有點痛的手術。4 附加《with...》：～ the advice *with* a warning 忠告之外附帶提出警告。

ac·com·plice [əˈkɑmplɪs] 名 共犯；同謀者，幫兇《in, of...》。

:**ac·com·plish** [əˈkɑmplɪʃ] 動及1 完成；達成：～ a purpose 達到目的。2 歷經（歲月）；走完（路程）：～ the age of one hundred years 活到一百歲。3 培育出；《通常用被動》使完美：～ a perfect man 造就一個完美的人。

:**ac·com·plished** [əˈkɑmplɪʃt] 形1 完成了的；既定的。2 熟練的；技藝純熟的，造詣很深的；學識淵博的；惡名昭彰的；有教養的，嫻於社交的：an ～ painter 一位造詣很深的畫家 / be ～ in... 精於…，擅長於…。

:**ac·com·plish·ment** [əˈkɑmplɪʃmənt] 名1Ⓤ完成，達成；實現：the ～ of one's purpose 達到目的 / be difficult of ～ 難完成的。2 成就，成績。3《常作～s》教養，

才藝；技藝：a lady of many ~*s* 一位多才多藝的女士。

:ac·cord [ə'kɔrd] 動 不及一致，符合《*with...*》: ~ *with* one's hopes 合乎希望 / do not ~ *with* one's feelings 不合心意。
—及《文》賜與，給與；把（許可等）給與: ~ a person exceptional opportunities 給某人特別的機會。
—名 1 U 調和；一致《*with...*》；C 協定，協議；和解：a perfect ~ between the ruler and the ruled 統治者與被統治者間的完全和諧 / reach (an) ~ *with*...與…達成協議。2 U〖樂〗和音；和弦。
be in accord with... 與…一致。
be of one accord 一致。
of one's own accord 自願地；主動地。
with one accord 一齊，一致同意地。

·ac·cord·ance [ə'kɔrdn̩s] 名 U 一致。
in accordance with... 依照，根據；與…一致。

ac·cord·ant [ə'kɔrdn̩t] 形 (**more ~; most ~**)（與…）一致的，符合的《*with, to...*》: be ~ *with* one's principles 合乎自己的原則。
~**·ly** 副

:ac·cord·ing [ə'kɔrdɪŋ] 形 1 一致的。2《口》依…而定的。
according as...《連接詞》《接子句》(1) 按照。(2) 如果。
according to...《介系詞》(1) 按照。(2) 照…所說。

:ac·cord·ing·ly [ə'kɔrdɪŋlɪ] 副 1《修飾其前的動詞》按照（所說的）情形。2《連接句子與句子》因此，所以，於是。

·ac·cor·di·on [ə'kɔrdɪən] 名〖樂〗手風琴。—形（像手風琴的風箱般）可摺疊的: an ~ door 摺扇門 / ~ pleats 百褶裙。~**·ist** 名 手風琴師。

ac·cost [ə'kɔst] 動 及 1 上前攀談；搭訕；正面相對。2（乞丐或娼妓）乞討或拉客。

ac·couche·ment [ə'kuʃmənt] 名 U《法語》產褥期；分娩。

ac·cou·cheur [ˌæku'ʃɝ] 名 (複 ~**s** [-z])《法語》產科醫師；男助產士。

ac·cou·cheuse [ˌæku'ʃɝz] 名 (複 ~**s** [-zɪz])《法語》女產科醫師；女助產士。

:ac·count [ə'kaunt] 名 1 敘述《*of...*》；記事；演奏；《通常作 ~**s**》風聞：an ~ *of* a space flight 關於太空飛行的報導 / by his own ~ 照他本人所說 / by all ~*s* 據各方報告。2 U 答辯；說明，解釋。3 U C 理由；根據；原因：on this ~ 基於此一理由。4 U 價值；考慮：things of no ~ 無足輕重的事 / take no ~ of an opinion 不重視某項意見。5 U 評價，意見：in their ~ 根據他們的評估。6 戶頭，帳戶；賒帳；〖商〗信用交易；顧客，客戶：have an ~ with ...與…有交易；在…開有戶頭 / deposit $5,000 in one's ~ 在自己戶頭內存入五千元。7 帳單，帳目；〖簿〗借貸帳；《通常作 ~**s**》算帳；收支計算：render an ~ 送上帳單 / cash ~ 現金帳。8〖商〗委託的廣告業務。9 U 利益。
call a person to account 追究責任《*for...*》；責怪《*for...*》。
for account of... (1) 記在…的帳上；為…代銷。(2) 為某人的利益。
for the account《英》有待定期結清。
give a good account of oneself（比賽等時）表現優異。
go to [=《美》***hand in***] ***one's account***《口》《常用完成式》死，與世長辭。
lay one's account with... 期待，盼望。
money of account ⇨ MONEY（片語）
on a person's account 為了…之故。
on account of... (1) 因為。(2)《主美》為了…之故。
on no account 絕不，無論如何都不。
on one's own account 為了自己的利益；獨力地；自行承擔風險。
on account (1) 賒帳。(2) 分期付款。
settle accounts with... (1) 與…算帳。(2) 向某人報復。
take account of... (1) 注 意，留 神。(2) = take into ACCOUNT.
take...into account / take into account... 考慮。
the great account 最後審判（日）。
turn ...to (good) account 善加利用。
—動 不及 1 說明；作出解釋：There is no ~*ing* for tastes.《諺》嗜好因人而異，沒什麼道理可言。2 負責任《*to...*》。3（金錢上）說明用途；報帳《*to...*》。4 殺掉，虜獲。5 占有（比率）；（在比賽中）得分。—及 1 認為。2 把…歸功或歸咎於《*to...*》。
be much accounted of 很受重視。

ac·count·a·bil·i·ty [əˌkauntə'bɪlətɪ] 名 U 負有責任；會計責任。

ac·count·a·ble [ə'kauntəbl] 形 1 應負責任的，有義務提出說明的《*to...; for...*》。2 可解釋的；可以說明的《*for...*》: an ~ reason 充分的理由。**-bly** 副

ac·count·ant [ə'kauntənt] 名 會計員；會計師。**-an·cy** 名 U 會計人員之職務。

ac'countant 'general 名 (複 **accountants general**) 會計科科長，會計主任。

ac'count ˌbook 名 會計簿冊，帳簿。

ac'count 'current 名 (複 **accounts current**) 往來帳（單）；往來帳戶。

ac'count ˌday 名《通常作 **the** ~》（倫敦證券交易所的）結算日；付款日。

ac'count exˌecutive 名（廣告公司的）客戶經理人。略作：AE

ac·count·ing [ə'kauntɪŋ] 名 U 會計學；會計。

ac'count 'payable 名 (複 **accounts payable**)〖會計〗應付帳款。

ac'count re'ceivable 名 (複 **accounts receivable**)〖會計〗應收帳款。

A

ac'count 'rigging 图 U 造假帳。

ac·cou·ter,《英》**-tre** [ə'kutə] 動 及《常用被動》配備服裝；裝備《with, in ...》。

ac·cou·ter·ments,《英》**-tre·ments** [ə'kutəmənts] 图（複）**1** 裝備；（衣服的）裝飾。**2**〖軍〗裝備，配備。

ac·cred·it [ə'krɛdɪt] 動 及 **1** 視爲功臣《with...》。**2** 歸因於《to...》: an action ～*ed to* her 一個歸因於她的行爲。**3** 授予信任狀；委任，委派《to, at...》: ～ him *to* France 派他爲駐法國大使。**4** 認可；鑑定爲合格。**5** 使具有權威性；信任。**-i-'ta·tion** 图

ac·cred·it·ed [ə'krɛdɪtɪd] 形 被認可的；經鑑定合格的；公認的；品質保證的: an ～ school 正規學校 / an ～ journalist 特派記者。

ac·crete [ə'krit, æ'k-] 動 不及 合生；成爲一體；附著《to...》。一及 使附著；使增大。

ac·cre·tion [ə'kriʃən, æ'k-] 图 **1** U 成長，增大。**2** 經由成長而產生之物；添加物《to...》；〖法〗添加；（土地的）自然增加。**3** U 合生；著生。

ac·cru·al [ə'kruəl] 图 **1** U（利息等的）增值。**2** 增加額。

ac·crue [ə'kru] 動 不及 **1**（因自然增加）產生；（利息）自然增長《from...》: profits *accruing* to the society *from* the sale of pamphlets 協會出售簡介手冊而獲得的利益。**2**〖法〗發生，生效。一及 獲得，積聚。

acct.《縮寫》〖商〗*account*; *accountant*.

ac·cul·tur·ate [ə'kʌltʃə,ret] 動 及 使受同化。一不及 受同化；社會化。

ac·cul·tur·a·tion [ə,kʌltʃə'reʃən] 图 **1** U〖社會〗受同化，涵化；受同化的結果。**2** U 社會化，文化適應。～**·ist** 图《美》文化變遷研究者。

ac·cum·bent [ə'kʌmbənt] 形 **1** 橫臥的；斜靠著的。**2**〖植〗側倚的。

ac·cu·mu·late [ə'kjumjə,let] 動 及 累積，積聚: ～ money 積聚金錢 / ～ one's library 增加自己的藏書。
一不及 累積，堆積，增加。
-la·tive [-,letɪv] 形 累積的；喜歡積聚的。

·**ac·cu·mu·la·tion** [ə,kjumjə'leʃən] 图 **1** U 堆積，積聚；累積。**2** 積聚物，堆積物；積聚的金錢。

ac·cu·mu·la·tor [ə'kjumjə,letə] 图 **1** 積聚者；蓄財者。**2**《英》蓄電池。**3** 累積器（收銀機等）；〖電腦〗累積器。

:**ac·cu·ra·cy** ['ækjərəsɪ] 图 (複-cies) **1** U 正確，準確；精密: be of doubtful ～ 正確性可疑。**2**〖理·化·數〗精度，準確度。

:**ac·cu·rate** ['ækjərɪt] 形 **1** 正確的；精密的，準確的。**2** 嚴謹仔細的，不犯錯的《in, at...》: be ～ *in* one's calculation 在計算上仔細無誤。

·**ac·cu·rate·ly** ['ækjərɪtlɪ] 副 正確地，無誤地。

ac·curs·ed [ə'kɝsɪd, -'kɝst] 形 **1** 被詛咒的；不幸的。**2**《口》很棘手的；可憎的，討厭的。

ac·cus·a·ble [ə'kjuzəbl] 形 可控告的；可指責的。**-bly** 副

ac·cu·sa·tion [,ækjə'zeʃən] 图 **1** U C 控告，控訴；U 罪狀，起訴事實: be under an ～ 被控告 / bring an ～ against a person 控訴某人。**2** U C 指控: be under the ～ of... 被控以…之罪。

ac·cu·sa·tive [ə'kjuzətɪv] 图〖文法〗**1**（拉丁語等的）受格；（英語的）直接受格。**2** 受格的字，直接受格的字。一形 **1**（就拉丁語等而言）受格的；（英語）直接受格的。**2** = accusatory. ～**·ly** 副

ac·cu·sa·to·ry [ə'kjuzə,torɪ] 形 控訴的；非難的: an ～ glance 責怪的眼神。

:**ac·cuse** [ə'kjuz] 動 (-cused, -cus·ing) 及 **1** 控告，控訴《of, for..., of doing, for doing》: be ～*d of* treason 被控以叛國罪 / ～ a person *of* theft 控告某人行竊。**2** 指控（人）是: ～ him as an accomplice 指控他是共犯。**3** 指責，責怪《of, with, for..., for doing》: ～ the times 歸罪於時機不佳。

ac·cused [ə'kjuzd] 形 受到控告[控訴，起訴]的；遭到指責的。一图《the ～》《作單、複數》被告，嫌犯；被指控的人。

ac·cus·er [ə'kjuzə] 图 原告，控告者。

ac·cus·ing [ə'kjuzɪŋ] 形 指責的。～**·ly** 副

:**ac·cus·tom** [ə'kʌstəm] 動 及《常用反身》使習慣於《to..., to doing》: ～ *oneself to* hard work 使自己習慣辛苦的工作 / ～ a dog *to* the gun 使狗習慣於槍聲。

:**ac·cus·tomed** [ə'kʌstəmd] 形 **1** 慣常的，慣例的。**2** 習慣的，習以爲常的《to..., to doing, 偶用 to do》。～**·ly** 副

AC / DC [,esi'disi] 形 **1**《俚》雙性戀的。**2** 搖擺於兩者之間的。

ace [es] 图 **1**（撲克牌、骰子、骨牌的）一點，么點；愛司；（骰子、骨牌的）么點的那一邊。**2**（網球、羽球的）愛司球。**3**〖高爾夫〗一桿進洞；一桿進洞的得分。**4**《口》名家，好手；王牌投手《at...》: an ～ *at* dancing 舞蹈好手。**5** 空戰英雄。

ace in the hole (1)〖牌〗留做底牌的王牌。(2)《美》絕招，壓箱底的法寶。

come within an ace of... 差點就，幾乎。

have an ace up one's sleeve 留了張王牌在手；有錦囊妙計。

have all the aces 占絕對有利的地位。

play one's ace 打出王牌。

一動 及 **1**（網球等）發球得分。**2**《美俚》（考試）得到高分；打敗；勝過《通常用 out》: ～ *out* one's competitors 打敗競爭者。**3**〖高爾夫〗一桿打進（洞）。一形《美口》（飛行員等）最優秀的，一流的；最好的。

a·ce·di·a [ə'sidɪə] 图 U **1** 怠惰，懈怠。**2**（對人生的）冷漠，缺乏生趣。

ace-high ['es'haɪ] 形《美口》1 很受尊重的，人緣好的《*with...*》。2 最好的；身體狀況極好的：feel ～ 覺得棒極了。

a·cen·tric [e'sɛntrɪk] 形離中心的；無中心的：～ motion 離心運動。

a·cer·bic [ə'sɝbɪk] 形（語氣、態度等）尖酸刻薄的。

a·cer·bi·ty [ə'sɝbətɪ] 名（複-ties）1 Ⓤ 酸，苦澀。2 Ⓤ 尖刻；Ⓒ 刻薄的言行。

a·ces·cent [ə'sɛsn̩t] 形 變酸的；帶有酸味的。

ac·e·tate ['æsə,tet] 名 Ⓤ Ⓒ 1〖化〗醋酸鹽；醋酸根。2 醋酸纖維。

a·ce·tic [ə'sitɪk, ə'sɛtɪk] 形 醋（酸）的，產生醋（酸）的：～ acid 醋酸。

a·ce·ti·fy [ə'sɛtə,faɪ] 動（-fied, ～·ing）及 不及（使）醋化，（使）變成醋。

ac·e·tone ['æsə,ton] 名 Ⓤ〖化〗丙酮。

ac·e·tous [ə'sitəs, 'æsə-] 形 含醋（酸）的；產生醋的；似醋的。

a·ce·tyl [ə'sitl̩, 'æsə-, 'æsə,tɪl] 名 Ⓤ〖化〗乙醯基。—形 含乙醯基的。

a·cet·y·lene [ə'sɛtl̩,in] 名 Ⓤ〖化〗乙炔。

A·chae·an [ə'kiən] 形阿奇亞（人）的；希臘（人）的。—名1 阿奇亞人。2 希臘人（阿奇亞同盟的一員）。

:**ache** [ek] 動(ached, ach·ing)不及1 作痛，發疼《*from, with...*》；感到痛苦，同情《*for...*》。2《口》渴望；思念《*for...*》；痛苦，煩惱《*with...*》：～ *for* one's native land 十分懷念故鄉 / ～ *with* longing 渴望得要命。—名 Ⓤ Ⓒ（連續、固定的）疼痛《*in...*》；《複合詞》…痛：an ～ *in* one's head 頭痛 / stomach*ache* 胃痛。

Ach·er·on ['ækə,rɑn] 名1〖希·羅神〗阿克倫河，冥河。2 Ⓤ 地獄；黃泉，陰間。

a·chiev·a·ble [ə'tʃivəbl̩] 形能 夠 達 成的，可完成的。

:**a·chieve** [ə'tʃiv] 動（-chieved, -chiev·ing）及 1 完成，達成。2 獲得；建立：～ success 獲得成功。
—不及達到預期的目標；有所成就。

:**a·chieve·ment** [ə'tʃivmənt] 名1 所達成的事物；成就；偉業：a major scientific ～ 科學上的重大成就。2 Ⓤ 達成，完成：the ～ of one's object 目的之達成。3 Ⓤ〖心〗成績，學力。

a'chievement ˌage 名 Ⓤ Ⓒ〖心〗成就年齡，成績年齡。

a'chievement ˌquotient 名〖心〗成績商數。略作：A.Q.

a'chievement ˌtest 名1〖心〗成績測驗，成就測驗。2 學力測驗：美國大學入學前的測驗。略作：AT

A·chil·les [ə'kɪliz] 名〖希神〗阿奇里斯：特洛伊戰爭的希臘英雄。

A'chilles(') 'heel 名 阿奇里斯的腳後跟；致命傷。

A'chilles 'tendon 名〖解〗阿奇里斯腱。

ach·ing ['ekɪŋ] 形疼痛的；痛心的：an ～ tooth 疼痛的牙齒。～·**ly** 副

a·choo [ɑ'tʃu] 感＝ahchoo.

ach·ro·mat·ic [ˌækrə'mætɪk] 形 1〖光〗(1) 無色的：～ vision 完全色盲。(2) 消色差的。2〖生〗非染色性的；非染色質的。3〖樂〗自然的。-**i·cal·ly** 副

a·chro·ma·tism [ə'kromə,tɪzəm] 名 Ⓤ〖光〗1 無色。2 消色差性。

a·chro·ma·tize [ə'kromə,taɪz] 動 及 使無色；使消去色差。

achy ['eki] 形疼痛的。

:**ac·id** ['æsɪd] 名 1 Ⓤ Ⓒ〖化〗酸。2 酸性物質；尖刻的批評；諷刺。3 Ⓤ《俚》迷幻藥。
—形 1〖化〗酸（性）的。2 有酸味的。3 尖刻的；刻薄的：an ～ tongue 尖酸刻薄的言語。

ac·id·head ['æsɪd,hɛd] 名《俚》吸食迷幻藥成癮的人。

a·cid·ic [ə'sɪdɪk, æ-] 形〖化〗產生酸的，酸基性的。

a·cid·i·fi·ca·tion [ə,sɪdəfɪ'keʃən] 名 Ⓤ 酸化，發酸。

a·cid·i·fy [ə'sɪdə,faɪ, æ-] 動（-fied, -fy·ing）及 不及（使）變成酸，酸化。

a·cid·i·ty [ə'sɪdətɪ, æ-] 名 Ⓤ 1 酸性；酸度；酸味。2 胃酸過多。3 尖刻；刻薄。

'acid ˌjazz 名迷幻爵士樂（融合爵士、藍調及靈魂樂的節奏風格）。

ac·i·do·sis [ˌæsɪ'dosɪs] 名 Ⓤ〖病〗酸中毒。

'acid 'rain 名 Ⓤ酸雨。

'acid reˌflux 名〖醫〗胃酸回流。

'acid ˌrock 名 Ⓤ（聯想吸食 LSD 效應的）迷幻搖滾樂。

'acid 'test 名酸性測驗；嚴格的考驗，決定性的考驗。

ac·id-tongued ['æsɪd'tʌŋd] 形 說話尖酸刻薄的，尖刻的。

'acid 'trip 名《美俚》LSD 迷幻之旅：服食迷幻藥後的幻覺體驗。

a·cid·u·late [ə'sɪdʒə,let, æ-] 動 及 1 使帶有酸味，使變酸。2 使心懷怨恨。

a·cid·u·lat·ed [ə'sɪdʒə,letɪd, æ-] 形 1 帶酸味的。2 脾氣乖僻的，尖酸刻薄的。

a·cid·u·lous [ə'sɪdʒələs] 形 1 有點酸的。2 尖酸刻薄的。

ack-ack ['æk,æk] 名 Ⓤ《俚》1 對空射擊。2 高射炮。

ac·knowl·edge [ək'nɑlɪdʒ] 動(-edged, -edg·ing)及 1 承認；招認：～ one's mistakes 認錯 /～ the truth of it 承認那是事實。2 打招呼；回應（對方的招呼等）《*by, with ...*》：～ an acquaintance *by* bowing 向一位熟人鞠躬致意。3 對…表示謝意：～ a favor 感謝關照，答謝幫助。4 通知對方已接到（信等）。5〖法〗承認，確認：～ a debt 承認債務 / ～ a deed 確認契約有效。

A

ac·knowl·edged [ək'nɑlɪdʒd] 形 被承認的，公認的。

·**ac·knowl·edg·ment,**《主英》**-edge·ment** [ək'nɑlɪdʒmənt] 名 1 U 承認；供認：～ of an error 認錯。2 U C 感謝，答謝；C 表示感謝的行爲[物]：in ～ of... 對…表示答謝 / as an ～ for... 作爲對…的答謝 / bow one's ～*s* to... 對…鞠躬答謝。3 收悉通知。4〖法〗(1) U 承認，確認。(2) 承認書。

a·clut·ter [ə'klʌtɚ] 副 形《敘述用法》零亂地[的]，雜亂地[的]。

ac·me ['ækmɪ] 名《通常作 the ～，用單數》最高峰，頂點；全盛期；無上《*of*...》：attain *the* ～ *of* happiness and comfort 達到幸福與安樂的高峰。

ac·ne ['æknɪ] 名 U〖病〗面皰，粉刺。

ac·o·lyte ['ækə,laɪt] 名 1（禮拜儀式中的）輔祭童子；〖天主教〗（彌撒聖祭時的）輔祭。2 侍從，助手；跟隨者。

A·con·ca·gua [,ɑkoŋ'kɑgwɑ] 名 阿空加瓜峰：南美洲的最高峰（6960 m）。

ac·o·nite ['ækə,naɪt] 名 1 U C〖植〗烏頭屬有毒的草本植物。2 U 由烏頭的根所提煉的強心劑、鎮痛劑。

·**a·corn** ['ekɚn, 'ekɔrn] 名 橡樹果實。

'acorn ,cup 名 殼斗。

a·cous·tic [ə'kustɪk] 形 1 聽覺的；音波的，音響的；聲學的：～ engineering 聲學工程（學），音響工程（學）/ ～ effects 音響效果 / the ～ apparatus of the human ear 人類耳朵的聽覺器官。2（建材）可調節音響的；吸收雜音的；助聽的：～ tiles 吸音磚。3 使用音波的；測定音波的；不用電子設備傳聲的：an ～ guitar 普通吉他。—名 矯正聽力之物（如藥劑、助聽器等）。**-ti·cal·ly** 副 在聲學上；在音響上；在聽覺上。

a·cous·tics [ə'kustɪks] 名 (複) 1《作單數》〖理〗聲學；音響學。2《作複數》音響效果；音響。

:ac·quaint [ə'kwent] 動 及 1 使熟悉[通曉，明白]；告知；《反身》使習慣於：～ *oneself with* Western cultures 使自己熟悉西方文化。2 介紹《*with*...》。

:ac·quaint·ance [ə'kwentəns] 名 (複 -**anc·es** [-sɪz]) 1 熟人；《集合名詞》交遊圈：a passing ～ 偶然相識的朋友 / a chance ～ 萍水之交 / a speaking ～ 有寒暄交情的熟人 / have a wide ～ 交遊廣闊。2 U《或作 **an** ～》相識《*with*...》：make the ～ of... 結識某人 / have only *a* distant ～ *with*... 和…只是泛泛之交 / renew one's ～ *with*...和…重溫舊誼。3 U《或作 **an** ～》知悉，熟悉；知識《*with*...》：have some ～ *with*... 對…多少知道一些。

a bowing acquaintance (1) 點頭之交；淺薄的交情。(2) 膚淺的知識。

ac'quaintance ,rape 名 熟人強暴。

ac·quaint·ance·ship [ə'kwentəns,ʃɪp] 名 U 1 相識，熟識。2 熟悉；知識。

ac·quaint·ed [ə'kwentɪd] 形《敘述用法》1 熟悉的，通曉的《*with*...》：be ～ *with* many tongues 精通多種語言。2 認識的《*with*...》：be ～ *with* a person 認識某人。

ac·qui·esce [,ækwɪ'ɛs] 動 不及 默認，默許；順從，同意《*in*..., 偶用 *to*...》。

ac·qui·es·cence [,ækwɪ'ɛsns] 名 U 1 默認，默許《*in*..., 偶用 *to*...》：～ *to* the general's orders 默默服從將軍的命令。2〖法〗默認，默許。

ac·qui·es·cent [,ækwɪ'ɛsənt] 形 默認的；服從的。～**·ly** 副

·**ac·quire** [ə'kwaɪr] 動 (**-quired, -quir·ing**) 及 1 取得，獲得：～ land 得到土地。2（經努力）使成爲己物，得到；學到；養成（習慣等）：～ a good reputation 獲得美名 / ～ fluency in English 學到一口流利的英語。3（以探測器等）捕捉（目標）：～ a target by radar 以雷達搜索目標。4《口》竊取。

ac·quired [ə'kwaɪrd] 形（經努力而）獲得的；習得的；後天獲得的，後天性的：～ immunity 後天性免疫 / an ～ taste 養成的嗜好 / an ～ trait 後天性的特質。

ac·quire·ment [ə'kwaɪrmənt] 名 1 U 獲得；習得：the ～ of property 財產的取得 / the ～ of knowledge 知識的獲得。2《常作～**s**》習得的事物；技藝，學識：a man of uncommon ～*s* 一位才藝出眾的人。

·**ac·qui·si·tion** [,ækwə'zɪʃən] 名 1 U 取得，獲得：the ～ of land 土地的取得 / the ～ of language 語言的習得。2 獲得物，取得物，增添的人或物。

ac·quis·i·tive [ə'kwɪzətɪv] 形 有求知慾的；欲取得（知識等）的；貪得的《*of*...》：the ～ instinct 獲得本能，物慾本能。～**·ly** 副, ～**·ness** 名

·**ac·quit** [ə'kwɪt] 動 (～**·ted**, ～**·ting**) 及 1 宣告無罪；無罪釋放；洗清嫌疑《*of, on*...》：～ a prisoner 把一名囚犯無罪開釋 / be *acquitted of* the charge of theft 被宣告竊盜罪不成立。2 履行；償還：～ an obligation 履行義務。3《古》免除，解除《*of*...》：～ a person *of* his responsibility 解除某人的責任。

acquit oneself (1) 表現。(2) 履行，達成。

ac·quit·tal [ə'kwɪtl̩] 名 U C 1 宣告無罪；無罪開釋：verdict of ～ 無罪判決 / win an ～ 獲判無罪。2 償還；履行。

ac·quit·tance [ə'kwɪtn̩s] 名 U C 1 無罪開釋。2 履行；清償；免除，解除；償債收據。

:a·cre ['ekɚ] 名 1 英畝：a 400-*acre* farm 四百英畝的農場。2《～**s**》地產，土地：one's ancestral ～*s* 祖傳的地產 / God's ～ 墓園。3《～**s**》《口》大量，多量：a family with ～*s* of money 很有錢的人家。

a·cre·age ['ekərɪdʒ] 名 U 1（以英畝計算

的）面積；《集合名詞》英畝數：cultivable ～ 可耕面積。**2**《美》（每英畝的）地價。

ac·rid ['ækrɪd] 形 **1** 刺激的，辛辣的。**2** 尖刻的，毒辣的。

a·'crid·i·ty 名，**～·ly** 副

ac·ri·mo·ni·ous [ˌækrəˈmonɪəs] 形 尖刻的，毒辣的。**～·ly** 副

ac·ri·mo·ny ['ækrəˌmonɪ] 名 U（言語、態度的）尖刻，刻薄，毒辣。

ac·ro·bat ['ækrəˌbæt] 名 **1** 特技表演者，雜技演員。**2** 善變者：a political ～ 政治立場變化無常的人。

-'bat·ic 形，**-'bat·i·cal·ly** 副

ac·ro·bat·ics [ˌækrəˈbætɪks] 名（複）**1**《作複數》特技，雜技；體操；特技飛行：perform ～ in a circus 在馬戲團表演特技。**2**《作複數》非凡的技巧。**3**《作單數》特技技術，雜技技術。

ac·ro·nym ['ækrənɪm] 名 頭字語，字首組字：如 APEC (*A*sia *P*acific *E*conomic *C*ooperation)

ac·ro·pho·bi·a [ˌækrəˈfobɪə] 名 U〖醫〗懼高症。**'ac·ro·ˌpho·be** 名 懼高症患者。**ˌac·ro·'pho·bic** 形 患懼高症的。

a·crop·o·lis [əˈkrɑpəlɪs] 名 **1**（古希臘城市的）衛城。**2**《**the A-**》希臘首都雅典的衛城：Parthenon 神殿所在地。

:a·cross [əˈkrɔs] 介 **1** 橫過，越過：walk ～ the street 穿越街道 / erect a barrier ～ a street 把障礙物橫置在街道上。**2** 對面：live ～ the river 住在河對面 / face each other ～ the table 隔桌相對。**3** 交叉，成十字形：with a rifle ～ one's shoulder 肩上扛著步槍 / with one's arms ～ one's breast 兩隻手臂交叉在胸前。—副 **1** 橫過，越過；對面地：come ～ 越過 / get ～ 越過（道路等）。**2** 成十字地，交叉地：with one's arms ～ 雙臂交叉。**3**（河等）在寬度上：the distance ～ 從此處到對面的距離。

across from...《美口》在…的對面。

be across to...《口》是…的責任。

come across ⇨ COME（片語）

get across ⇨ GET（片語）

a·cross-the-board [əˈkrɔsðəˈbɔrd] 形 **1** 全盤的，全面性的：an ～ pay raise 全面性的加薪 / ～ tariff cut talks 全面降低關稅的談判。**2**（在賭馬時）下三重注的。

a·cros·tic [əˈkrɔstɪk, əˈkrɑs-] 名 離合詩：詩句或文句組成的遊戲詩或字謎。

—形（亦作 **acrostical**）形成離合句的。

a·cryl·ic [əˈkrɪlɪk] 形〖化〗丙烯酸的。

—名 U C **1** 丙烯酸樹脂，壓克力。**2** 壓克力顏料；壓克力畫。**3** 壓克力纖維。

:act [ækt] 名 **1**《文》行為，作為，舉動：perform an ～ of charity 行善。**2**《**the** ～》現行，行動過程：be caught in *the* ～ 當場就逮。**3** 正式決定；條例；命令；決議；《常作**A-**》法案。**4** 證書：an ～ of sale 轉賣證。**5**《常作 **A-**》（戲劇的）一幕：between ～*s* 於換場休息時間。**6**（穿插在雜耍表演之中的）一段簡短的表演；搭檔：a juggling ～ 變戲法表演。**7** 裝模作樣。

act and deed 日後的證據。

an act of faith 考驗某人的信仰或其信念之堅貞的行為，宗教審判法庭的酷刑。

an act of God〖法〗不可抗力，天災。

an act of war 非法的戰爭行為。

get one's act together《美俚》把自己的事情處理好；（組織等）把內部協調好。

get into the act《俚》（因為想分得利益而）參加，插手。

have act or part in... 參與（犯罪等）。

in the (very) act of... (1) 正在從事…之際。(2) 正要。

put on an act《口》(1) 表演一段穿插節目。(2) 做戲，裝模作樣。(3) 擺架子。

the Acts (of the Apostles)《作單數》〖新約〗使徒行傳。

—動 不及 **1** 做，行動：～ promptly 迅速行動。**2** 下決定，議決。**3** 執行職務；擔任；代表：～ as secretary 當祕書。**4** 生效，有效果《*on, upon...*》；正常操作，運轉。**5**《蔑》假裝；表現出某種樣子。**6** 表演；上演。—及 **1** 扮演，演（戲）。**2**《蔑》裝成…的樣子；表現出…該有的舉止。

act against... 違反；觸犯（法律等）。

act on [upon]... (1) 按照…行事。(2) 對…有作用，對…發生影響。

act...out / act out... (1) 表演出來。(2) 實踐，付諸行動。(3)〖心〗在實際行為中把（感情等）表現出來。

act up《口》(1)《英》反應。(2) 舉止失常；（機器等）失靈。(3) 調皮，搗蛋。(4)（海）起大浪。(5) 炫耀，賣弄。(6)（疾病）復發，惡化。

act up to... 遵照…行事，履行。

ACT《縮寫》*A*merican *C*ollege *T*est 美國大學入學考試。

ac·tin ['æktən] 名 U〖生化〗肌動蛋白。

·act·ing ['æktɪŋ] 形 **1** 代理的，臨時的（略作：a., actg.）：an ～ manager 代理經理 / the ～ principal 代理校長。**2** 活動中的；生效的：long-*acting* 有持續效力的，長效的。**3** 表演的；適於演出的；供演出用的：an ～ company 劇團 / an ～ copy 劇本。—名 U C **1** 表演；演技。**2** 假裝。

ac·tin·ic [ækˈtɪnɪk] 形 光化（學）的，（有）光化性的：～ rays 光化射線。

ac·tin·ism ['æktɪnˌɪzəm] 名 U（放射線的）光化作用。

ac·tin·i·um [ækˈtɪnɪəm] 名 U〖化〗錒。符號 :Ac

ac·ti·no·ther·a·py [ˌæktənoˈθɛrəpɪ] 名 U〖醫〗放射線療法。

:ac·tion ['ækʃən] 名 **1** U 活動；實行；動態：out of ～ 不活動的 / in ～ 活動中。**2** 行為，舉動；《～**s**》平素的行為：good ～*s* 善行 / *Actions* speak louder than words.《諺》坐而言不如起而行；行動勝於空談。**3** U 行動；活力；進取的精神：mental ～

A

心理活動 / prompt ～立即的行動。4 Ⓤ Ⓒ作用（量）；效果；〖生理〗機能；〖理〗主動力：～ and reaction 作用與反作用 / the swift ～ of the drug 該藥物快速的功效 / the ～ of the lungs 肺的機能 / by the ～ of... 由於…的作用。5動作；Ⓤ演技；運轉：a clumsy ～ 笨拙的動作 / *A*-! 〖影〗開演！6 傳動裝置，機構：the breech ～ of a gun 槍的後膛裝置。7ⓊⒸ戰鬥：an encounter ～ 遭遇戰 / clear for ～ 準備戰鬥 / break off an ～ 停止戰鬥 / see ～ 親自參與戰鬥。8《通常作**the** ～》《俚》(1)帶投機性的活動；賭博；最主要的活動。(2)利益，容易賺到手的錢。9《常作 **A-**》行動委員會。10Ⓤ〖詩·劇〗主要情節；〖劇〗一連串事件。11Ⓤ〖美〗（表情等的）生氣，活力，感情。12〖法〗訴訟：bring an ～ against a person 與某人打官司。13 Ⓤ（政府等所做的）決定，決議：take ～ on... 就…做出決議。

a piece of the action 《俚》（事物的）一份。

bring...into action (1)開始工作；實行（計畫等）。(2)使投入戰鬥。

call...into action 發動，使投入戰鬥。

in action (1)在活動中；在實行中；在運轉中。(2)在戰鬥中。(3)在比賽中。

out of action (1)停止運轉的；無法動彈的。(2)（戰鬥機等）喪失戰鬥能力的。

put...into action (1)把（計畫等）付諸行動。(2)發動（機器等）。

put...out of action 使停止轉動；使失去功能；使喪失戰鬥力。

suit the action to the word(s) 言出即行。

take action (1)採取行動；活動起來。(2)提出控訴。

take action against... 對…提出控訴；對…採取行動；壓制，取締。

—動及《英》對…提出控訴。

ac·tion·a·ble [ˈækʃənəbl] 形 1可控訴的。2 該被控訴的。

ˈaction ˈfigure 名公仔，人形玩偶。

ˈaction ˈpainting 名 Ⓤ〖美〗行動繪畫。

ˈaction ˌplatform 名施政綱領。

ac·ti·vate [ˈæktəˌvet] 動及1 使活動，使活躍起來；發動。2〖理〗使活化；賦予放射能；〖化〗使活性化；促進（反應）：～*d* carbon 活性碳 / ～*d* water 活化水。3 淨化：～*d* sludge 活化淤泥。4〖美軍〗編組；把（部隊等）配置於戰場。

ac·ti·va·tion [ˌæktəˈveʃən] 名 Ⓤ 活動化；〖理·化〗活（性）化；〖美軍〗編組。

ac·ti·va·tor [ˈæktəˌvetɚ] 名活化劑。

:ac·tive [ˈæktɪv] 形1 活動的；活躍的：an ～ career 多彩多姿的生涯。2 活動著的；（火山）活的：～ negotiations 正在進行中的交涉 / an ～ volcano 活火山。3 活潑的；充滿活力的；敏捷的；需要體力的，激烈的：an ～ mind 活潑的心智 / an ～ market 活躍的市場。4 現行的；實際在使用中的；〖軍〗現役的：～ laws 現行法 / be on ～ duty 在現役中。5能造成影響的；積極的；引發活動的；實際行動的；實際上的；〖太空〗主動的：～ measures 積極的措施：take an ～ part in... 積極參與…。6 有效的；〖醫〗立刻奏效的；活動（性）的；〖化〗活性的；〖理〗放射性的：～ carbon 活性碳。7〖文法〗主動（態）的。8〖會計〗有利益的；附利息的；買賣旺盛的：an ～ bond 有利息的債券。9〖社會〗行動隊的。—名1《**the** ～》〖文法〗主動語態。2 活動分子。

ac·tive·ly [ˈæktɪvlɪ] 副活動地；活潑地；活躍地；積極地。

ac·tiv·ism [ˈæktɪvˌɪzəm] 名Ⓤ1〖哲〗行動主義。2 實踐主義。

ac·tiv·ist [ˈæktɪvɪst] 名積極分子，行動主義者：a student ～ 鬧學潮的學生。

:ac·tiv·i·ty [ækˈtɪvətɪ] 名(複 **-ties**) 1Ⓤ活動：the ～ of a volcano 火山活動 / be in full ～處於活動鼎盛狀態。2Ⓤ活力；活潑；機敏：with ～ 活潑地。3 行爲；機能；《常作**-ties**》活動。4Ⓤ〖理化〗活度；〖理〗放射性。5《美》（執行特殊職責的）組織單位；（此種組織單位的）機能。

ac·tiv·ize [ˈæktəˌvaɪz] 動及使活動，使活潑。

ˈact of ˈGod 名〖法〗天災。

·ac·tor [ˈæktɚ] 名1 演員，男演員。2 行爲者；參與者。3 做壞事的人；製造麻煩的人。

·ac·tress [ˈæktrɪs] 名女演員。

:ac·tu·al [ˈæktʃuəl] 形 1 實際的；事實上的：an ～ case of bribery 賄賂罪的實際案例 / in ～ life 在真實生活中。2《**the** ～》目前的；現在的：be caught in *the* ～ commission of a crime 犯案當場被捕。

in actual fact 《口》實際上，事實上。

ˈactual ˈcash ˌvalue 名Ⓤ〖經〗實際現金價值。略作：ACV

ac·tu·al·i·ty [ˌæktʃuˈælətɪ] 名 (複**-ties**)1 Ⓤ現存；現實。2《**-ties**》現狀；事實。

in actuality 實際上，事實上。

ac·tu·al·ize [ˈæktʃuəlˌaɪz] 動及1 使成爲事實，實現。2 發揮潛能。—不及實現；自我實現。**-iˈ·za·tion** 名

:ac·tu·al·ly [ˈæktʃuəlɪ] 副1 實際上；真正地。2 現在：the party ～ in power 現今的執政黨。3（或許不相信，但）實際上，事實上，竟然。

ˈactual ˈsin 名Ⓤ〖神〗自罪：指人類出於自身的自由意志所犯的罪。

ac·tu·ar·i·al [ˌæktʃuˈɛrɪəl] 形保險統計的；保險精算師的。～**·ly** 副

ac·tu·ar·y [ˈæktʃuˌɛrɪ] 名 (複**-ar·ies**)〖保險〗精算師。

ac·tu·ate [ˈæktʃuˌet] 動及 1 促使行動；構成行爲的動機；激勵《 *to* do 》。2 發動

(機器等)。-'a·tion 名U發動；驅使。

a·cu·i·ty [ə'kjuətɪ] 名U尖銳；敏銳；(病況的)劇烈：～ of vision 眼光的銳利 / ～ of hearing 聽覺的敏銳。

a·cu·men [ə'kjumən] 名U敏銳；洞察力: business ～ 敏銳的生意眼光。

a·cu·mi·nate [ə'kjumɪnɪt] 形〖植·動〗末端尖銳的。

ac·u·pres·sure ['ækju,prɛʃɚ] 名U指壓，指壓療法。

ac·u·punc·tur·al [,ækju'pʌŋktʃərəl] 形針灸的: ～ anaesthesia 針灸麻醉術。

ac·u·punc·ture ['ækju,pʌŋktʃɚ] 名U 1 針灸療法，針灸術：～ and moxibustion 針灸。2〖醫〗刺穿法。
—[,--'--] 動及施以針灸。-**tur·ist** 名針灸醫師。

:a·cute [ə'kjut] 形(偶作-**cut·er**, -**cut·est**) 1 末端尖的，銳利的: an ～ leaf 尖葉。2(痛苦等)激烈的，強烈的: ～ pain 劇痛。3 急迫的，嚴重的: an ～ problem 重大的問題 / ～ injury 重傷。4(疾病)急性的: ～ pneumonia 急性肺炎。5 敏銳的: an ～ critic 敏銳的批評家 / an ～ sense of smell 敏銳的嗅覺。6〖幾何〗銳角的；完全由銳角形成的: an ～ angle 銳角 / an ～ triangle 銳角三角形。7〖語音〗高音調的；注有揚音符號(')的。—名 揚音符號。～**·ly** 副, ～**·ness** 名

-acy 《字尾》用以構成表「性質」、「狀態」、「職位」之意的名詞。

ad[1] [æd] 名《口》1 廣告: want ～*s*(報紙上的)徵才廣告。2 廣告業。

ad[2] [æd] 名〖網球〗= advantage 名3.
ad in 平手後發球員得一分。
ad out 平手後接球者得一分。

:A.D. 《縮寫》1《拉丁語》*Anno Domini* 西元，公元，從耶穌誕生之年算起。

ad·age ['ædɪdʒ] 名格言，諺語。

a·da·gio [ə'dɑdʒo, ə'dɑdʒɪ,o] 副〖樂〗緩慢地。—形慢板的，徐緩的。
—名(複～**s**) 1 慢板樂曲 [樂章]。2〖芭蕾〗古典芭蕾舞。

a·da·gis·si·mo [,ɑdɑ'dʒɪsəmo] 形副〖樂〗極緩板的 [地]。

A·da ['edə] 名〖女子名〗艾妲。

Ad·am ['ædəm] 名 1 亞當(人類的始祖)。2〖男子名〗亞當。
(as) old as Adam 非常古老的。
from Adam on down 自有人類以來。
not know a person from Adam 《口》完全不認識(某人)。
the old Adam 原罪；人類犯罪的傾向。

ad·a·mance ['ædəməns], -**man·cy** [-mənsɪ] 名U強固；頑固，固執。

ad·a·mant ['ædə,mænt] 名U 1 無比堅硬之物: the ～ of fate 命運天註定。2《古》(傳說中的)任何東西都無法侵蝕的堅硬石頭: as hard as ～ 堅硬無比。
—形 1 非常堅硬的。2 堅定不移的，立場堅定的《*on, about...*》；毫不讓步的《*to...*》；斷然主張的《*that (should)* 子句》): be ～ *to* temptation 不為誘惑所動。

ad·a·man·tine [,ædə'mæntɪn, -tin, -taɪn] 形 1 堅固無比的；像鑽石般的。2 堅定不移的: an attitude of ～ stubbornness 頑固到底的態度。3(牙齒)琺瑯質的。

'Adam's 'ale ['wine] 名U《謔》水。

'Adam's ,apple 名(男性的)喉結。

'Adam's ,Sin 名U原罪。

:a·dapt [ə'dæpt] 動及 1 使順應《*to...*》；使適合《*for...*》；《反身》使適應《*to...*》。2 改寫，改編《*for..., from...*》。
—不及 適應《*to...*》。

a·dapt·a·ble [ə'dæptəbl] 形 1 能夠適應的《*to...*》: soil ～ *to* the growth of apple trees 適合蘋果樹生長的土壤。2 適應力極強的: an ～ person 適應力很強的人。3 可以改寫的。-'**bil·i·ty** 名U適應力，適應性。

:ad·ap·ta·tion [,ædəp'teʃən] 名 1 U 調適；適合，適應《*to...*》；改編，改寫: the complete ～ of means *to* ends 手段與目的完全配合。2(由…)改編的作品《*from, of...*》；改編的作品《*for...*》: a successful ～ *from* another novel 一部把別的小說改編得很成功的作品。
～**·al** 形, ～**·al·ly** 副

a·dapt·er, a·dapt·or [ə'dæptɚ] 名 1 調適之人 [物]；改編者；編曲者。2 轉接器，接頭。

a·dap·tion [ə'dæpʃən] 名U〖社會〗適應。

a·dap·tive [ə'dæptɪv] 形 適應的，能適應的。～**·ly** 副, ～**·ness** 名

ADC 《縮寫》*aide-de-camp* 副官。

ad·craft ['æd,kræft] 名U《美口》《集合名詞》廣告代理商。

:add [æd] 動及 1 加；加入；相加: ～ sugar to coffee 把糖加進咖啡裡 / ～ form to substance 把內容加上形式。2 合計總數《*up, together*》: use a calculator to ～ the bill *up* 用計算機合計帳單總數。3 補充說。—不及 做加法計算。
add...in / add in... 包括進去；加進去。
add it on 《口》浮誇，虛報。
add...on / add on... 補充進去。
add to... 使…增加。
add up (1) 符合應有的總數。(2)《口》(證據等)有道理。
add...up / add up... (1) ⇨ 及2. (2) 檢討，計算；評斷。
add up to... 合計；《口》結果變成；等於……。
to add to... 《常置於句首作副詞》使增加。
—名 1〖報章雜誌〗補充報導。2〖電腦〗加法運算。

ad·dax ['ædæks] 名〖動〗彎角羚羊。

'added ,line 名〖樂〗《美》加線。

ad·dend ['ædɛnd, ə'dɛnd] 名〖數〗《主

A

美》加數。

ad·den·dum [ə'dɛndəm] 名(複-da [-də]) 1 附加物，追加物。2 補遺。

ad·der[1] ['ædɚ] 名〖動〗1（歐洲產的有毒）蝮蛇。2 北美洲產的無毒蛇的通稱。

add·er[2] ['ædɚ] 名計算者；計算機。

ad·dict ['ædɪkt] 名（對麻醉藥等）上癮的人；《口》耽溺者：a drug ～ 有毒癮的人 / a baseball ～ 棒球迷。

—[ə'dɪkt] 動及《常用被動或反身》使上癮，使耽溺於《 *to*... 》：～ *oneself to* drinking 嗜酒成癮 / ～ one's mind *to* speculation 耽於冥想玄思。

ad·dict·ed [ə'dɪktɪd] 形上癮的；耽溺的《 *to*... 》：be ～ *to* drugs 吸食毒品成癮。

ad·dic·tion [ə'dɪkʃən] 名Ⓤ上癮；耽溺《 *to*... 》：～ *to* alcohol 飲酒上癮。

-dic·tive 形上癮的；導致上癮的。

Ad·die ['ædɪ]名〖女子名〗艾蒂（Ada 的暱稱）。

add-in ['ædɪn] 名〖電腦〗外加設備，附加軟體。

Ad·dis A·ba·ba ['ædɪs'ɑbəbə, 'ɑdɪs-] 名阿迪斯阿貝巴：衣索比亞首都。

'Addison's di,sease 名Ⓤ〖病〗亞狄生氏病：一種腎上腺疾病。

:ad·di·tion [ə'dɪʃən] 名 1 Ⓤ附加，添加《 *to*... 》。2ⓊⒸ加法，加法運算。3 加入的人，附加物《 *to*... 》；《美》（房子的）增建部分。4 Ⓤ〖化〗加添，附加。5〖法〗頭銜。

in addition 另外；（除…）以外《 *to*... 》。

:ad·di·tion·al [ə'dɪʃənl] 形附加的；額外的：～ facts 更多的事實 / an ～ tax 附加稅。～**·ly** 副

ad·di·tive ['ædətɪv] 形 1 添加的；累積的：an ～ process 添加過程；〖化〗加成法。2〖數〗加法的：the ～ identity 加法單位元素。

—名添加物，附加物；食品添加物。

ad·dle ['ædl] 動及不及 1（使）昏亂。2（使）腐敗。—形1 錯亂的；混亂的。2 腐敗了的。

ad·dle·brained ['ædl,brend] 形頭腦混亂的；非理性的；輕浮魯莽的。

ad·dle·head·ed ['ædl,hɛdɪd] 形頭腦不清的，愚笨的。

ad·dle·pat·ed ['ædl,petɪd] 形愚鈍的；昏頭昏腦的。

add-on ['æd,ɑn] 形累計方式的；附加的。

—名(複～s)附加物；附加裝置；累計額。

:ad·dress [ə'drɛs, 'ædrɛs] 名 1（指正式的）致詞，演說，談話：an opening ～ 開幕詞 / ～ forms 稱呼的形式 / deliver an ～ 致詞。2 通訊處；住址；〖電腦〗位址：a permanent ～ 永久地址；戶籍 / a man of no fixed ～ 居無定所的人 / change one's ～ 遷居。3Ⓤ談吐，舉止：a man of awkward ～ 不擅應對的人；拙於言詞的人。4Ⓤ熟練的手腕；靈巧：～ in dealing with opponents 應付對手的手腕。5《通常作～es 》獻殷勤：pay ～*es* to a young lady 向年輕女孩殷勤求愛[求婚]。6 請願（書）；《 the A- 》《美》總統國情咨文；《英》口書奉答文。

—[ə'drɛs]動(～ed 或 -drest, ～·ing)及 1 說話；打招呼；致詞，發表演說；稱呼（人）。2 提出（抗議等）；《反身》說話：～ a complaint to the police 向警方申訴 / ～ *oneself* to the proper authority 向有關當局請願。3 寫收件人住址；寄送給《 *to*... 》：～ a package *to* him 把包裏寄給他。4〖商〗托運；委託《 *to*... 》。5 傾注於；《反身》致力於。6 獻殷勤，求愛。7〖電腦〗定出位址；輸入記憶體中。8〖高爾夫〗瞄準。9 面對；針對…而採取對策。

ad'dress ,book 名通訊錄。

ad·dress·ee [,ædrɛ'si] 名收件人，收信者。

ad·dress·er, -dres·sor [ə'drɛsɚ] 名 1 寄件人，發信人；發言者。2 請願者。

ad'dress ,term 名〖語言〗稱呼。

ad·duce [ə'djus] 動及舉出，提出《 *for*... 》；引證：～ a passage 引用一段 / ～ reasons 提出理由。

ad·duc·tion [ə'dʌkʃən] 名Ⓤ 1〖生理〗內收。2（證據等的）提出；引證。

add-up ['æd,ʌp] 名《美口》要旨，主旨。

-ade[1] 《字尾》1 用於表「行動」、「行動中的人或一群人」的名詞字尾。2 用於表特定水果製成的飲料的名詞字尾。

-ade[2] 《字尾》同於-**ad**[1]，表集合數詞的字尾。

Ad·e·laide ['ædl,ed] 名1 阿得雷德：澳洲 South Australia 省的首府。2〖女子名〗艾德蕾德。

Ad·e·line ['ædl,aɪn, -,in] 名〖女子名〗艾德琳（亦稱 **Adelina**）。

A·den ['edn̩, 'ɑdn̩] 名亞丁：葉門共和國西南部的海港，從前南葉門（Southern Yemen）的首都。

ad·e·nine ['ædənɪn, -,naɪn] 名Ⓤ〖化〗腺嘌呤。

ad·e·noid ['ædn̩,ɔɪd] 名《通常作～s 》腺樣增殖（體）；扁桃腺肥大症。—形（亦稱 **adenoidal**）1 腺樣的；淋巴腺的；腺樣增殖體的。2（患了）腺樣增殖症的。3 像患了扁桃腺肥大症般的；用嘴呼吸的；張大嘴巴的；有鼻音的；呆滯的。

ad·ept [ə'dɛpt] 形熟練的；精於…的《 *in..., at* do*ing, in* do*ing* 》：be ～ *in* calculations 擅長於計算 / be ～ *at* fish*ing* 擅長釣魚。～**·ly** 副

—['ædɛpt, ə'd-] 名內行者，專家。

ad·e·qua·cy ['ædəkwəsɪ] 名Ⓤ充分，足夠；適當（性）。

:ad·e·quate ['ædəkwɪt] 形 1 適當的；充分的，足夠的；勝任的《 *to, for*... 》；足

A

以…的《 *to* do 》；〖法〗有理由的：a remedy ～ *for* the disease 適用於這種疾病的治療法。**2** 尚可的，差強人意的。～**·ly** 副，～**·ness** 名

ADHD 《縮寫》 *a*ttention *d*eficit and *h*yperactivity *d*isorder 過動症：children with ADHD 過動兒。

:ad·here [əd'hɪr, æd-] 動 (**-hered, -her·ing**) 不及 **1** 附著《 *to...* 》。**2** 忠實，遵循，堅持《 *to...* 》：～ *to* a schedule 遵照預定計畫 / ～ *to* one's decision 不改初衷。

ad·her·ence [əd'hɪrəns, æd-] 名 U **1** 黏附；依附；堅持；忠實；支持《 *to...* 》：～ *to* the party 忠於黨 / a nominal ～ *to* a religion 名義上皈依宗教。**2** 黏著性《 *to...* 》。

ad·her·ent [əd'hɪrənt, æd-] 名追隨者，支持者《 *of...*, 偶用 *to...* 》：a devoted ～ *of* the king 一位國王的忠實追隨者 / fresh ～*s to* the theory 新近支持這種理論的人們。—形 **1** 黏著性的；依附的《 *to...* 》。**2** 有關聯的；隸屬的；遵從的，忠實的《 *to...* 》。～**·ly** 副

ad·he·sion [əd'hiʒən, æd-] 名 **1** U 黏著（作用）。**2** U 依附；支持；忠實；同意；遵從；加盟：give one's ～ to the policy 表明支持該政策。**3** U〖病·植〗黏連；C 黏連物。**4**〖理〗附著力。

ad·he·sive [əd'hisɪv, æd-] 形 **1** 固存的；執著的《 *of, to...* 》。**2** 黏性的；黏連的：an ～ material 黏性物質 / ～ plaster 橡皮膏。**3**〖理〗黏著（力）的。—名黏合劑；強力膠；膠布。～**·ly** 副

ad'hesive ,tape 名膠黏帶；膠帶。

ad hoc ['æd'hɑk] 副形特別地[的]，為目前某特定的問題地[的]：an ～ committee 特別委員會。

a·dieu [ə'dju] 感再見！—名(複 ～**s**, ～**x** [ə'djuz]) 辭別，告別：make one's ～(*s*) to... 向…辭行。

ad inf. 《縮寫》 *ad inf*initum.

ad in·fi·ni·tum ['æd ,ɪnfə'naɪtəm] 副形無限地[的]，無盡地[的]，永久地[的]：talk on and on ～ 談個沒完沒了。

ad·i·os [,ædɪ'os, 'ɑdi'os] 感再見！

ad·i·pose ['ædə,pos] 形脂肪的；多脂肪的；脂肪性的：～ tissue 脂肪組織。—名 U（動物性）脂肪。

ad·i·pos·i·ty [,ædə'pɑsətɪ] 名 U 肥胖病。

Ad·i·'ron·dack 'Mountains [,ædə'rɑndæk-] 名《 **the** ～ 》阿第倫達克山脈：美國 New York 州東北部的山脈。

ad·it ['ædɪt] 名 **1** 入口；通路；〖礦〗橫坑。**2** 接近之途徑，進路。

ad·i·to·ri·al [,ædə'torɪəl] 名論述廣告。

adj. 《縮寫》 *adj*ective; *adj*oining; *adj*ourned; *adj*udged; *adj*unct; *adj*utant.

ad·ja·cen·cy [ə'dʒesn̩sɪ] 名 (複 **-cies**) **1** U 接近，鄰接。**2**《通常作**-cies**》鄰接物；鄰接地。**3**〖廣播·電視〗（接在另一段節目之前或之後的）鄰接節目。

·ad·ja·cent [ə'dʒesn̩t] 形 **1** 附近的，鄰近的；鄰接的《 *to...* 》：a park ～ *to* a school 與學校鄰接的公園。**2** 緊接著的：a photograph on an ～ page 隔頁的照片。～**·ly** 副

ad·jec·ti·val [,ædʒɪk'taɪvl, 'ædʒɪktɪvl] 形 **1** 形容詞的。**2** 多用形容詞的。～**·ly** 副

·ad·jec·tive ['ædʒɪktɪv] 名〖文法〗形容詞。—形 **1** 形容詞的；有形容詞作用的：～ clause 形容詞子句 / ～ phrase 形容詞片語。**2** 從屬的。**3**〖法〗程序上的：an ～ law 程序法。～**·ly** 副

·ad·join [ə'dʒɔɪn] 動 及 **1** 毗連，鄰接。**2** 結合；附加《 *to...* 》。—不及《主詞為複數》彼此鄰接。

ad·join·ing [ə'dʒɔɪnɪŋ] 形毗連的，鄰接的：an ～ garden 毗鄰的一座花園。

·ad·journ [ə'dʒɝn] 動 及延期；使休會：～ the court 休庭 / ～ a meeting sine die 無限期休會。—不及 **1** 延期；休會。**2**《口》移至他處聚會《 *to...* 》。

～**·ment** 名延期，休會。

adjt. 《縮寫》 *adju*t*ant.

ad·judge [ə'dʒʌdʒ] 動 及 **1** 宣判《 *to...* 》：～ the criminal (*to* be) guilty 判決犯人有罪。**2** 判決。**3** 把…判給《 *to...* 》。**4** 判處《 *to...*; *to* do 》。**5** 認為：～ the drama (to be) a success 認為這齣戲演得很成功。

-judg·ment, 《英》～**·ment** 名

ad·ju·di·cate [ə'dʒudɪ,ket] 動 及判決；裁定；宣告。—不及審斷，裁決《 *upon, on, in...* 》。

-ca·tor 名法官，審判員，仲裁者。**-'ca·tion** 名 U 判決，裁決；破產宣告。

ad·junct ['ædʒʌŋkt] 名 U C **1** 附加物，附屬物《 *to, of...* 》；助手：an ～ *to* ceremonial occasions 典禮外附帶的活動。**2**〖文法〗附加語，修飾語；〖理則〗附屬性。—形 **1** 附屬的，附隨的。**2**（職員等）臨時的。～**·ly** 副

ad·junc·tion [ə'dʒʌŋkʃən] 名 U C 附屬，附加，添加；附加物。

ad·junc·tive [ə'dʒʌŋktɪv] 形附加的，附屬的；輔助的。～**·ly** 形

'adjunct pro'fessor 名《美》（部分大學的）副教授。

ad·ju·ra·tion [,ædʒʊ'reʃən] 名 U C 誓約；命令；祈求，鄭重懇求。

ad·jure [ə'dʒʊr] 動 及 **1**（藉著宣誓或詛咒）命令《 *to* do, *that* 子句 》。**2** 懇求，祈求《 *to* do, *that* 子句 》。

:ad·just [ə'dʒʌst] 動 及 **1** 使配合《 *on, to ...* 》；《反身》使適應《 *to...* 》：～ prices *to* inflation 因應通貨膨脹調整價格 / ～ *oneself* to one's environment 使自己適應環境。**2** 調節，調整；整理，整肅；〖軍〗修正：～ oneself 整理儀容。**3** 調停，調解：～ differences of views 調停意見的歧異。**4**〖保〗核定，核算。—不及調整；適應《 *to...* 》。

A

~·a·ble 形可調整的；能適應的。

ad·just·er [əˈdʒʌstɚ] 名1 調節者，調整者，調停者。2 調整裝置。3 保險公證人；（海損的）理算師。

ad·just·ment [əˈdʒʌstmənt] 名1ⓊⒸ調節，調整。2ⓊⒸ適應；〖社會〗調適；調停，調解。3 調節裝置。4〖保〗核定，理算；理算書。-'ment·al形

ad·jus·tor [əˈdʒʌstɚ] 名= adjuster.

ad·ju·tan·cy [ˈædʒətənsɪ] 名Ⓤ副官之職。

ad·ju·tant [ˈædʒətənt] 名1〖軍〗副官；《英》行政官，（艦長的）副官。2 助手。

'adjutant 'general 名（複 **adjutants general**）〖美陸軍〗1《 **the A- G-** 》副官長，軍務局長。2（師級以上有參謀部的部隊的）副官。

ad lib [ædˈlɪb] 名即席演說，即興表演，即興幽默話語；臨時湊成的東西。—副隨意地。

ad-lib [ædˈlɪb] 動 (**-libbed**, ~**·bing**)及《口》即興演奏，即興表演，臨時穿插；臨時湊出。

—不及臨時穿插，即興演奏。

—形1《限定用法》即興的，臨時穿插的；臨時湊成的。2 任意取用的。3 隨意而爲的。

Adm. 《縮寫》*Adm*iral(ty).

ad·man [ˈædˌmæn] 名 (複**-men**)《口》廣告製作人，廣告商，廣告公司職員。

ad·mass [ˈædˌmæs] 名Ⓤ《英》1 易受廣告影響的大眾。2 以廣告爲手段的銷售方式。

·**ad·min·is·ter** [ədˈmɪnəstɚ, æd-] 動及1 治理；負責處理；管理：~ public affairs 掌理公共事務。2 執行，施行；給予《 *to...* 》；施加：~ justice *to* a person 對某人作法律制裁 / ~ punishment *to* him 對他施加懲罰 / ~ him a box on the ear 打他一記耳光。3 執行（宣誓）《 *to...* 》: ~ an oath *to* a person 執行某人的宣誓。4〖法〗管理（遺產等）。—不及1 效勞，照顧，有益《 *to...* 》。2 管理，治理；〖法〗執行遺產管理人的職責。-**tra·ble**形能夠管理的。

ad·min·is·trate [ədˈmɪnəˌstret, æd-] 動及《美》= administer.

:**ad·min·is·tra·tion** [ədˌmɪnəˈstreʃən, æd-] 名1Ⓤ管理，經營：business ~ 企業管理；《美》企管學。2 Ⓤ統治，治理；行政：internal ~ 內政。3 行政機關；《 **the A-** 》《美》行政部門；內閣，政府。4 Ⓤ任期；《美》總統任期：during the Clinton *A-* 在柯林頓總統任內。5 Ⓤ（法律等的）施行，執行；（內服藥等的）施予，施用。6〖法〗遺產管理。

·**ad·min·is·tra·tive** [ədˈmɪnəˌstretɪv] 形管理上的：~ ability 行政手腕，經營才能 / ~ disposition 行政處分 / ~ injunction 行政命令 / ~ litigation 行政訴訟。

ad·min·is·tra·tor [ədˈmɪnəˌstretɚ] 名1 管理者。2 行政官，主管。3〖法〗（官方指定的）遺產管理人。

ad·min·is·tra·trix [ədˌmɪnəˈstretrɪks, ædmɪnə-] 名（複~**·es** [-ɪz], **-tri·ces** [-trə, siz]）〖法〗女遺產管理人；女管理人。

·**ad·mi·ra·ble** [ˈædmərəbl] 形可讚賞的，令人佩服的；美妙的，極佳的。

-bly副令人讚美地，極佳地，美妙地。

:**ad·mi·ral** [ˈædmərəl] 名1 海軍上將；海軍將領。2 艦隊司令。3《古》海軍總司令。~**·,ship**名Ⓤ海軍上將之職位。

'Admiral of the 'Fleet 名《英》海軍元帥（《美》Fleet Admiral）。

ad·mi·ral·ty [ˈædmərəltɪ] 名(複 **-ties**) 1 Ⓤ海軍上將之職位。2《 **A-** 》（昔日英國的）海軍部；《 **the A-** 》英國海軍部大樓（《美》the Department of the Navy）: the Board of *A-* 《英》海軍總部 / the First Lord of *the A-* 《英》海軍大臣。3 海事法庭。4 Ⓤ海事法。

:**ad·mi·ra·tion** [ˌædməˈreʃən] 名Ⓤ1 讚賞，讚嘆；欽佩，仰慕《 *for...* 》: the ~ of a son *for* his father 兒子對父親的敬慕 / have a great ~ *for*...對…極爲欽佩。2 傾慕；欣賞《 *of...* 》: ~ *of* a beautiful wo-man 對一位美女的傾慕。3《通常作 **the** ~, **an** ~》讚美的對象《 *of...* 》。

to admiration 極佳地，美妙地。

:**ad·mire** [ədˈmaɪr] 動 (**-mired**, **-mir·ing**)及1 欽佩，讚嘆，仰慕《 *for...* 》: ~ a woman *for* her beauty 讚賞一位女士的美貌。2《通常爲諷或反語》驚嘆。3《口》稱讚：~ his dog 稱讚他的狗。

—不及1（對…）感到驚異《 *at...* 》。2《美國南、中部方言》喜歡，願意：I'd ~ to go. 我願意去。

·**ad·mir·er** [ədˈmaɪrɚ] 名讚美者，崇拜者，（女子的）愛慕者，戀人《 *of...* 》。

ad·mir·ing [ədˈmaɪrɪŋ] 形讚美的，仰慕的，欽佩的《 *of...* 》。~**·ly**副

ad·mis·si·ble [ədˈmɪsəbḷ, æd-] 形1 可容許的；可採納的：an ~ explanation 可採納的說明。2〖法〗（證據）可接受的：~ evidence 法庭所認可的證據。3 有資格充任的；可進入的《 *to...* 》: a man ~ *to* office 有就職資格的人。-'**bil·i·ty**名

:**ad·mis·sion** [ədˈmɪʃən, æd-] 名1ⓊⒸ准許進入；入場許可，入場權《 *to, into...* 》: ~ charges 入場費 / ~ tickets 入場券 / ~ *to* a golf club 獲准加入高爾夫俱樂部。2Ⓤ入場費；入會費；入學費用：*A-* free.《告示》免費入場。3 承認；自白《 *of...* 》；供認；承認《 *that*子句 》: make an ~ *of* one's crime 承認自己的罪行。

:**ad·mit** [ədˈmɪt, æd-] 動 (**-mit·ted**, **-mit·ting**)及1 允許…進入《 *to, into...* 》；賦予…入場權利；接納：~ a student *to* a college 讓一名學生進入大學就讀 / be *admitted to* the bar 獲得律師資格。2 容許；承認真實性；認可；供認；自白；承認：~ one's mistake 承認錯誤 / ~ oneself beaten 認輸。3 可容納。—不及 1 可通往。2 承認。3 允許。

ad·mit·tance [əd'mɪtn̩s, æd-] 名 1 U 准許進入；入場權：grant a person ~ to... 允許某人進入…之中 / No ~ (except on business). (非公) 莫入，閒人免進。2〖電〗導納。

ad·mit·ted [əd'mɪtɪd, æd-] 形 公認的；自己承認了的：an ~ fact 公認的事實。

ad·mit·ted·ly [əd'mɪtɪdlɪ, æd-] 副《常修飾全句》公認地，毫無疑問地，不可否認地，明顯地。

ad·mix [æd'mɪks, əd-] 動 及 混合《*with* ...》。—不及 摻合，混合《*with*...》。

ad·mix·ture [æd'mɪkstʃɚ, əd-] 名 1 U 混合，摻合；混合狀態。2 摻入物，雜質；混合物。

ad·mon·ish [əd'mɑnɪʃ, æd-] 動 及 1 勸告，忠告；訓誡《*for*..., *for* doing》；告誡《*against*..., *against* doing》；規勸：~ a student *for* his misconduct 對學生的違規行為加以勸誡 / ~ him not *to* do such a thing 告誡他不要做那種事。2 提醒《*of*, *about* ...》；警告：~ her *of* her duty 提醒她應負的責任。3 要求：~ obedience 要求服從。~·**ment** 名 U 訓誡，告誡。

ad·mo·ni·tion [ˌædmə'nɪʃən] 名 U C 1 忠告；訓誡。2 (溫和的) 責備。

ad·mon·i·tor [əd'mɑnətɚ, æd-] 名 忠告者，訓誡者。

ad·mon·i·to·ry [əd'mɑnəˌtorɪ, æd-] 形 忠告的，訓誡的。

ad nau·se·am ['æd'nɔʃɪˌæm] 副《口》令人作嘔地，令人厭煩地。

:**a·do** [ə'du] 名 U 費力，費事；紛擾，忙亂：without further ~ 不再囉嗦；毫不費力(地) / without much ~ 不費心機(地) / make much ~ 大費周章 / much ~ about nothing 小題大做，無事自擾 / once for ~ 一勞永逸。

a·do·be [ə'dobɪ] 名 1 U (風乾的) 土磚，土坯。2 U 製土磚用黏土。3 土磚建築物。

:**ad·o·les·cence** [ˌædl̩'ɛsn̩s] 名 U 1 青春期。2 青春。

:**ad·o·les·cent** [ˌædl̩'ɛsn̩t] 形 1 青春期的。2 青少年的；幼稚的。—名 青少年。

Ad·olf ['ædɑlf, 'e-] 名〖男子名〗阿道夫 (亦作 **Adolph**)。

A·do·nis [ə'dɑnɪs, -'do-] 名 1〖希神〗亞德尼斯：女神 Aphrodite 所愛的美男子。2 美少年，美男子。

:**a·dopt** [ə'dɑpt] 動 及 1 採納，採取；借用(外國語)；納為己物：~ literature as a profession 選擇文學為職業 / ~ a foreign word to express a new concept 借用一外國字表達一種新概念。2 收養；《美》把(小孩等) 給別人收養《*out*》；選擇：~ a child 收養小孩 / ~ a person as an heir 選定某人為繼承人。3 正式通過：~ a new law 通過新法。4《英》提名…為候選人。

a·dopt·a·ble [ə'dɑptəbl̩] 形 可收養的；可採納的。

a·dopt·ed [ə'dɑptɪd] 形 1 被收養的：an ~ son 養子。2 被採用的，被納為己物的：~ words 外來語。

a·dopt·ee [əˌdɑp'ti] 名 被收養者。

a·dopt·er [ə'dɑptɚ] 名 採用者；領養人。

a·dop·tion [ə'dɑpʃən] 名 U C 1 採納，採用；(外國語的) 借用。2 收養。3 投票通過。

a·dop·tive [ə'dɑptɪv] 形 1 採用的；借用的；傾向於採用的。2 收養關係的：an ~ mother 養母。

a·dor·a·ble [ə'dɔrəbl̩] 形 1 可敬的。2《口》可愛的。-'**bil·i·ty** 名, -**bly** 副

ad·o·ra·tion [ˌædə'reʃən] 名 U 崇拜；敬慕；愛慕；愛慕的對象。

:**a·dore** [ə'dɔr] 動 (-**dored**, -**dor·ing**) 及 1 仰慕；崇拜。2《口》極喜歡。—不及 崇拜。-**dor·er** 名 崇拜者；愛慕者。

a·dor·ing [ə'dɔrɪŋ] 形 崇拜的；仰慕的，敬慕的；愛慕的；喜愛的。~·**ly** 副

:**a·dorn** [ə'dɔrn] 動 及 1 裝飾《*with*...》：~ a room *with* flowers 用花裝飾房間 / ~ oneself *with* jewels 打扮得珠光寶氣。2 使生色，增加光彩：the sincerity which ~*s* his personality 誠懇使他的人格更添光彩。

a·dorn·ment [ə'dɔrnmənt] 名 1 裝飾品。2 U 裝飾。

a·down [ə'daʊn] 副 介〖詩〗《古》= down[1].

ADP《縮寫》*a*utomatic *d*ata *p*rocessing〖電腦〗自動化資料處理。

ad·re·nal [æd'rinl̩] 形〖解·動〗1 腎旁的；近腎的。2 腎上腺的。—名 = adrenal gland.

ad'renal ˌgland 名〖解·動〗腎上腺。

Ad·ren·a·lin [æd'rɛnl̩ɪn] 名〖藥·商標名〗腎上腺素 = epinephrine。

ad·ren·a·line [æd'rɛnl̩ɪn] 名 1 U〖生化〗腎上腺素。2《喻》賦予活力的事物；刺激；興奮劑。

ad·re·nal·ize [ə'drinəlˌaɪz, -'drɛn-] 動 及 刺激，使興奮。

A·dri·at·ic [ˌedrɪ'ætɪk, ˌæd-] 形 亞得里亞海的。—名《**the** ~》亞得里亞海：地中海的一部分。

a·drift [ə'drɪft] 副 形《敘述用法》1 漂流地[的]：set a ship ~ 讓船飄流。2 飄泊無依地[的]；漫無目標地[的]；混亂地[的]；不知所措地[的]。3《英口》偏離正途地[的]。

go adrift (1) 漂流。(2) 偏離《*from*...》。

turn a person adrift 逐出(某人) 使其飄泊無依；解僱。

a·drip [ə'drɪp] 副 形《限定用法》溼淋淋地[的]《*with*...》。

A

a·droit [ə'drɔɪt] 形 靈巧的；機敏的；熟練的《*in, at...*》: an ~ reply 很有技巧的回答。~·**ly** 副, ~·**ness** 名

ADSL 《縮寫》*A*symmetric *D*igital *S*ubscriber *L*ine 非對稱式數位用戶迴路。

ad·sorb [æd'sɔrb] 動及〖理化〗吸附。

ad·sorb·ent [æd'sɔrbənt] 名 形 吸附劑（的）。

ad·sorp·tion [æd'sɔrpʃən] 名U 吸附（作用）。

ad·sorp·tive [æd'sɔrptɪv] 形 有吸附性的。

ad·u·late ['ædʒə,let] 動及 諂媚。-**'la·tor** 名 諂媚者。-**la·to·ry** [-lə,torɪ] 形 諂媚的。

ad·u·la·tion [,ædʒə'leʃən] 名U 奉承，阿諛。

a·dult [ə'dʌlt, 'ædʌlt] 形 **1** 成年的；成熟的: an ~ person 成人。**2** 成人的；適合成人的；針對成人的；《委婉》成人的（即與色情有關的）: ~ movies 成人電影。
—名 **1** 大人；成人（按習慣法《美》二十一歲以上，《英》十八歲以上）。**2** 成體：完全成長的動植物。

a'dult edu'cation 名U 成人教育。

a·dul·ter·ant [ə'dʌltərənt] 名 摻雜物。
—形 摻雜的，使不純的；摻假的。

a·dul·ter·ate [ə'dʌltə,ret] 動及 摻雜；摻假；摻假使變得不純《*with...*》: ~ milk *with* water 用水摻入牛奶 / ~*d* drugs 劣藥。
—[ə'dʌltərɪt, -,ret] 形 **1** 摻了雜質的；摻假的；不純正的。**2** = adulterous.
-**a·tor** 名 摻假的人；偽造者。

a·dul·ter·a·tion [ə,dʌltə'reʃən] 名U 摻雜；摻假；不純物；C 劣製品。

a·dul·ter·er [ə'dʌltərɚ] 名 姦夫。

a·dul·ter·ess [ə'dʌltərɪs] 名 淫婦。

a·dul·ter·ine [ə'dʌltə,rin, -,raɪn] 形 **1** 摻了雜質的；不純的；摻假的。**2** 通姦所生的。**3** 通姦的。**4** 不合法的。

a·dul·ter·ous [ə'dʌltərəs, -trəs] 形 通姦的；不貞的；不合法的。~·**ly** 副

a·dul·ter·y [ə'dʌltərɪ] 名U 通姦；姦情。

a·dult·hood [ə'dʌlt,hud] 名U 成年；成年期。

a·dult-rat·ed [ə'dʌlt,retɪd] 形 成人級的: an ~ computer game 給成人玩的電腦遊戲。

ad·um·brate [æd'ʌmbret, 'ædəm,bret] 動及 **1** 畫出輪廓。**2** 預兆，預示；預告。**3** 使部分變暗；遮蔽；投下陰影。

ad·um·bra·tion [,ædəm'breʃən] 名U 隱約呈現；勾畫；大概的輪廓；預示，預兆；遮蔽；陰影。-**tive** 形 預示的；呈現隱約的輪廓的。-**tive·ly** 副

adv. 《縮寫》*adv*ance; *adv*erb; *adv*erbial(ly); *adv*ertisement.

ad va·lo·rem [,ædvə'lorəm, -'lɔrəm] 形 按照價格的，從價的: an ~ duty 從價稅。

ad·vance [əd'væns] 動 (**-vanced, -vanc·ing**) 及 **1** 使往前移動。**2** 提出，申述: ~ a new theory 提出一種新的理論。**3** 促進: ~ a scheme 推展計畫。**4** 提升《*to...*》。**5** 提高: ~ the price 漲價 / ~ the rate of discount 提高折扣率。**6** 提早；使加速進行: ~ growth 促進成長 / ~ the date of a meeting 把會議的日期提前。**7** 預先發放（薪水等）；墊付；融通: ~ money on a contract 付契約的訂金 / ~ a person 50 dollars 借給某人五十元 / ~ money on his salary 預支他的薪水。**8**《美》預先部署。
—不及 **1** 前進；（時間）往前推移；（夜）漸深。**2**（顏色）醒目。**3** 增長，提高《*in...*》；進展。**4** 上漲。**5**《美》擔任先遣助選員，做預先部署工作。—名 **1** UC 前進；（時間的）進行。**2** 晉升，出人頭地。**3** UC 進展，提高。**4**《通常作 ~s》示好；（向女性的）求愛，挑逗；妥協；（謀求和解的）提議。**5** 漲價。**6** 預付，預支；預先貸予的貨品；預付款；預收款。**7**《美》（競選活動的）事前準備。**8** U 事前寫好的新聞報導。
in advance (1) 領頭。(2) 預先。(3) 預先付給地。
in advance of... (1) 在…的前面。(2) 領先於…；比…先進。
—形 **1** 在最前面的，先遣的。**2** 預先的；預先發給的。

ad'vance 'agent 名（接洽安排活動等的）先遣人員。

·**ad·vanced** [əd'vænst] 形 **1** 被置於前面的。**2** 高級的，高深的；進步的，先進的: ~ ideas 進步的思想。**3** 已往前推移的，（夜）深的；高齡的；進行已久的: die at an ~ age 高齡壽終。

ad'vanced de'gree 名（學士以上）高級學位。

Ad'vanced ,level 名《亦作 a- l-》⇨ A-LEVEL

ad'vanced 'standing 名U **1** 承認學分：大學對轉學生在他校所修習科目學分的承認。**2** 獲得免修學分的資格。

ad'vance 'guard 名 **1**〖軍〗先頭部隊。**2** = avant-garde.

ad'vance ,man 名《美》**1** = advance agent. **2** 先遣（助選）員。

ad·vance·ment [əd'vænsmənt] 名U **1** 前進。**2** 晉升: ~ *in* life 出人頭地。**3** 進步，進展《*of...*》: the ~ *of* learning 學問的進步。**4**〖法〗預早遺贈。

ad'vance 'sale 名UC 預售。

ad'vance 'sheets 名(複)（書本的）樣張。

ad'vance 'ticket 名 預售票。

:**ad·van·tage** [əd'væntɪdʒ] 名 **1** 有利因素，優點《*of...*》；有利地位，優勢《*over...*》: the ~ *of* good health 健康的益處 / the ~*s* that come with age 隨著年歲增長而來的利益。**2** U 利益，好處: of great ~ to... 對…大有好處。**3** U〖網球〗優勢分：一局比賽打成平手之後，任何一方所得的

第一分。

have the advantage of ... 比…占優勢；勝過。

take advantage of... (1) 善加利用。(2) 占（某人）的便宜，利用；《委婉》誘騙。

take a person at advantage 趁（人）不備。

to advantage 有效地；顯示其優點地；更醒目地。

to the advantage of... / to one's advantage 對…有利。

turn... to (one's) advantage 利用，使變得於己有利。

with advantage 有利地，有效地。

—動 (-taged, -tag·ing) 及 **1** 有利於，有益於。**2** 促進，助長。**3** 使處於有利地位；使受惠。

ad·van·taged [əd'væntɪdʒd] 形 得天獨厚的，優勢的。

·**ad·van·ta·geous** [ˌædvən'tedʒəs] 形有利的，有益的，有助的《 *to...* 》: an ~ position 有利的立場。~·**ly** 副

ad·vent ['ædvɛnt] 名《 **the** ~》**1** 出現，到來；《通常作 **A-**》基督降臨：*the* ~ of summer 夏天的來臨。**2**《 **A-** 》降臨節齋期：聖誕節前四個星期。**3**《通常作 **A-**》（最後審判日的）基督再臨，耶穌的降臨。

Ad·vent·ist ['ædvɛntɪst] 名 基督復臨派教友；基督再臨論者。

ad·ven·ti·tious [ˌædvɛn'tɪʃəs] 形 **1** 偶然的，偶發的；外來的。**2**〖植·動〗不定的：an ~ bud 不定芽。~·**ly** 副

'Advent 'Sunday 名 耶穌降臨節中的第一個星期日。

:**ad·ven·ture** [əd'vɛntʃə] 名 **1** Ⓤ Ⓒ 冒險活動；冒險；冒險精神：bold ~*s* 大膽的冒險 / a story of ~ 歷險故事。**2** 不尋常的經歷，奇遇。**3** Ⓤ Ⓒ 冒險，投機。

—動 (-tured, -tur·ing) 及 冒險嘗試；大膽提出。

—不及 **1** 冒險。**2** 冒險從事《 *upon, on...* 》；冒險進入《 *into, on, upon...* 》。

ad'venture ˌplayground 名《英》創意遊樂場。

ad·ven·tur·er [əd'vɛntʃərə] 名 **1** 冒險家。**2** 投機者；投機分子。

ad·ven·ture·some [əd'vɛntʃəsəm] 形 大膽的；冒險的。

ad·ven·tur·ess [əd'vɛntʃərɪs] 名 **1** 女冒險家，女投機分子。**2** 利用不正當手段謀求財富或名位等的女子。

ad·ven·tur·ism [əd'vɛntʃəˌrɪzəm] 名 Ⓤ 冒險主義。-**ist** 名 冒險主義者。

ad·ven·tur·ous [əd'vɛntʃərəs] 形 **1** 愛冒險的。**2** 充滿危險（和刺激）的；需要勇氣的。

~·**ly** 副，~·**ness** 名

:**ad·verb** ['ædvɝb] 名〖文法〗副詞。

—形 副詞的，副詞性的。

ad·ver·bi·al [əd'vɝbɪəl, æd-] 形〖文法〗副詞的；副詞性的。~·**ly** 副 副詞性地，作副詞用地。

ad ver·bum [æd'vɝbəm] 副《拉丁語》逐字地。

ad·ver·sar·y ['ædvəˌsɛrɪ] 名 (複 **-sar·ies**) **1** 敵手；對手。**2**《 **the A-** 》魔鬼，撒旦。

—形 敵手的；牽涉到敵對各方的；〖法〗原告與被告兩造的；兩造對審的。

ad·ver·sa·tive [əd'vɝsətɪv, æd-] 形 轉折的，意義相反的。—名 轉折詞；轉折命題。

ad·verse [əd'vɝs, æd-, 'ædvɝs] 形 **1** 敵對的；懷敵意的《 *to...* 》；逆的：~ criticism 非難 / ~ winds 逆風。**2** 不利的，有害的：under ~ circumstances 在逆境中。**3** 對面的：on the ~ page 在對面一頁。

~·**ly** 副 不利地；相反地。

·**ad·ver·si·ty** [əd'vɝsətɪ] 名 (複 **-ties**) **1** Ⓤ 逆境，厄運。**2** 苦難，災難。

ad·vert[1] [əd'vɝt] 動 不及 **1** 談到，論及《 *to...* 》。**2** 注意到《 *to...* 》。

ad·vert[2] ['ædvɝt] 名《主英》= advertisement.

ad·vert·ence [əd'vɝtn̩s, æd-] 名 Ⓤ Ⓒ **1** 言及。**2** 注意。

ad·vert·en·cy [əd'vɝtn̩sɪ, æd-] 名 (複 **-cies**) = advertence.

ad·vert·ent [əd'vɝtn̩t, æd-] 形 注意的，留心的。~·**ly** 副

:**ad·ver·tise** ['ædvəˌtaɪz, ˌ--'-] 動 (**-tised, -tis·ing**) 及 為…做廣告；使廣為周知；通告；宣揚；宣傳：~ himself as an expert in economics 自吹他是經濟專家 / ~ a car for sale 登廣告賣車。—不及 **1** 登廣告（求才、求職等）《 *for...* 》；做宣傳。**2** 自我宣傳。

:**ad·ver·tise·ment** [ˌædvə'taɪzmənt, əd'vɝtɪz-, -tɪs-] 名 Ⓤ Ⓒ **1** 廣告（略作：ad., adv., advt.）；告示，公告：an ~ column（報紙等的）廣告欄 / a newspaper ~ 報紙廣告 / put an ~ for the new fall fashions in... 在…上推出秋季時裝的廣告。**2** 做廣告，宣傳。

ad·ver·tis·er ['ædvəˌtaɪzə] 名 刊登廣告者，廣告客戶。

·**ad·ver·tis·ing** ['ædvəˌtaɪzɪŋ] 名 Ⓤ **1** 登廣告；《集合名詞》廣告。**2** 廣告業。—形 **1** 廣告的，廣告業的。**2** 努力求名的。

'advertising ˌagency 名 廣告公司，廣告代理商。

ad·ver·to·ri·al [ˌædvə'torɪəl] 名 新聞體廣告，公關（PR）廣告。

:**ad·vice** [əd'vaɪs] 名 **1** Ⓤ 忠告；意見；（醫師的）囑咐；（律師的）建議：a piece of ~ 一句忠告 / take medical ~ 接受醫師的囑咐 / ask for legal ~ in the matter of my father's will 就家父的遺囑問題請教律師。**2** Ⓤ Ⓒ 通知；《通常作 ~**s**》消息，情報；〖商〗通知：a letter of ~ 通知單 / an ~ of payment 付款通知（單）/ diplomatic

A

～s 外交情報。

ad·vis·a·bil·i·ty [əd,vaɪzə'bɪlətɪ] 图 U 值得推薦，可行性，(計策等的)適當。

ad·vis·a·ble [əd'vaɪzəbl] 形 1 值得推薦的，明智的，可行的。2 肯納諫的。

ad·vis·a·bly [əd'vaɪzəblɪ] 副《修飾全句》明智地，得當地。

:**ad·vise** [əd'vaɪz] 動 (-vised, -vis·ing) 及 1 提供意見《*on, about*...》；忠告《*against* do*ing*》: ～ him *against* doing that 勸他不要做那種事 / ～ him to start early 勸告他早點出發。2 建議 : ～ a change of air 建議換換環境。3 通知；〖商〗通知《*of*...》；告知: ～ them *of* the dispatch of the goods 通知他們已經出貨。

—不及 1《主美》求教，請教；商量《*with*...》: ～ *with* him about the matter 就那問題請教他。2 加以忠告《*on*...》。

ad·vised [əd'vaɪzd] 形 1《通常用於複合詞》深思熟慮的，審慎的 : ill-*advised* 失策的，考慮欠周的 / well-*advised* 明智的，深思熟慮的。2 獲悉的。

ad·vis·ed·ly [əd'vaɪzɪdlɪ] 副 深思熟慮地，審慎地；故意地。

ad·vis·ee [ədvaɪ'zi, ,æd-] 图 1 獲得忠告的人。2〖教〗接受輔導的學生。

ad·vise·ment [əd'vaɪzmənt] 图 U 熟思，考慮；商討 : be under ～ with... 正和…商討中 / take the application under ～ 慎重審議該項申請案。

ad·vis·er, -vi·sor [əd'vaɪzɚ] 图 1 忠告者；顧問 : a legal ～ 法律顧問 / an ～ to the President 總統顧問。2〖教〗指導教師，新生的導師。

ad·vi·so·ry [əd'vaɪzərɪ] 形 1 忠告的 : an ～ report 建議書。2 顧問的，諮詢的 : in an ～ capacity 以顧問的資格。

—图 (複-ries)(氣象等的)報告，狀況警示: a traveler's ～《美》旅遊氣象報告。

ad·vo·ca·cy ['ædvəkəsɪ] 图 U 辯護；擁護；倡導《*of*...》: the ～ *of* peace 倡導和平 / in ～ *of*... 爲…辯護。

'advocacy 'journalism 图 U 鼓吹式新聞報導。**'advocacy 'journalist** 图 扮演「鼓吹者」角色的新聞業者。

·**ad·vo·cate** ['ædvə,ket] 動 (-cat·ed, -cat·ing) 及 辯護；擁護；倡導。

—['ædvəkɪt, -,ket] 图 1 支持者，擁護者；提倡者《*of*...》。2 辯護者；《蘇》律師。

ad·vo·ca·tor ['ædvə,ketɚ] 图 提倡者；擁護者。

advt. 《縮寫》*adve*r*t*isement.

ad·y·nam·ic [,ædə'næmɪk] 形 衰弱的，無力的。

adz, adze [ædz] 图 扁斧，手斧。

ad·zu·ki ,bean [æd'zuki-] 图 紅豆。

A.E. and P. 《縮寫》*A*mbassador *E*xtraordinary *and P*lenipotentiary 特命全權大使。

AEC 《縮寫》*A*tomic *E*nergy *C*ommission 原子能委員會。

Ae·ge·an [i'dʒiən] 形 1 愛琴文化的。2 愛琴海的 : the ～ Islands 愛琴海群島。

—图 = Aegean Sea.

Ae'gean ('Sea) 图《the ～》愛琴海 : 希臘和土耳其之間的海域。

ae·gis ['idʒɪs] 图 1〖希神〗神盾 : Zeus 或 Athena 的盾。2 保護，庇護；贊助，支持 : under the royal ～ 受皇室的庇護。

Ae·ne·as [ɪ'niəs] 图〖希神〗伊尼阿斯 : 特洛伊戰爭中的勇士；羅馬之創建者。

Ae·ne·id [ɪ'niɪd] 图 伊尼伊德，伊尼阿斯傳 : 羅馬詩人 Virgil 所著的史詩，敘述 Troy 的勇士 Aeneas 之冒險事蹟。

Ae·o·li·an [i'olɪən] 形 1 (古希臘的)伊歐里斯地方的；伊歐里斯人的(亦稱 **Aeolic**)。2 風神 Aeolus 的；風的。3《通常作 a-》由於風造成的 : ～ rocks 風成岩。

Ae·o·lus ['iələs] 图〖希神〗風神。

ae·on ['iən] 图 1 無限長的時期，永世，永存。2〖地質〗地質學上測定年代的單位；十億年(亦作 **eon**)。

aer·ate ['eə,ret, 'ɛret] 動 及 1 使暴露於空氣中，使空氣流通；供以空氣。2 在(液體)中灌滿氣體 : ～*d* water《主英》汽水。3〖生理〗使(血液)獲得氧氣。

:**aer·i·al** ['ɛrɪəl, e'ɪrɪəl] 形 1 空氣的，大氣的；氣體的 : ～ content of lead 空氣含鉛量 / ～ currents 氣流 / ～ regions 空中。2 在空中生活的；〖植〗氣生的 : an ～ plant 氣生植物。3 架設在空中的；高聳在天空中的 : an ～ tramway 空中纜車 / ～ wire〖無線〗天線 / ～ spires 高聳的尖塔。4 空氣似的；薄的；輕飄飄的；輕快的。5 虛幻的；夢幻般的；輕靈優美的 : ～ beings 虛幻之物 / ～ music 夢幻般的音樂。6 飛機的 : an ～ lighthouse 航空燈塔 / ～ reconnaissance 空中偵察 / ～ acrobatics 飛行特技。—['ɛrɪəl] 图 1〖無線〗天線。2〖美足〗《口》向進攻方向的傳球。～·**ly** 副, ～·**ness** 图

aer·i·al·ist ['ɛrɪəlɪst, e'ɪrɪə-] 图《美》空中特技演員，空中飛人。

aer·i·al·i·ty [,ɛrɪ'ælətɪ, e,ɪrɪ-] 图 U 空洞；虛幻。

'aerial ,ladder 图《美》(消防用)雲梯。

'aerial tor'pedo 图 空投魚雷。

aer·ie ['ɛrɪ, 'ɪrɪ] 图 1 鳥巢；高巢。2 高處的住宅。

aer·o ['ɛro] 形 1 飛機(用)的。2 航空(術)的 : an ～ club 飛行俱樂部。

aero- 《字首》1 表「空氣」、「空中」之意。2 表「飛機」、「航空」之意。

aer·o·bat·ic [,ɛrə'bætɪk] 形 特技飛行的。

aer·o·bat·ics [,ɛrə'bætɪks] 图 (複)《作複數》特技飛行(表演)；《作單數》特技飛行術。

aer·obe ['ɛrob] 图 喜氧(微)生物，喜

氧菌。

aer·o·bee ['ɛrəbi] [名]空蜂火箭。

aer·o·bic [ɛ'robɪk] [形] 1 喜氧的；喜氧菌（所誘發）的。2 有氧的。3 有氧運動的；有關身體對氧氣的使用的：～ dancing 有氧舞蹈。—[名]《～s》《作單數》有氧運動。

aer·o·boat ['ɛrə,bot] [名]水上飛機。

aer·o·bus ['ɛrə,bʌs] [名]《口》空中巴士，客機。

aer·o·drome ['ɛrə,drom] [名]《主英》= airdrome.

aer·o·dy·nam·ic [,ɛrodaɪ'næmɪk] [形]空氣動力學的；航空動力學的。

aer·o·dy·nam·ics [,ɛrodaɪ'næmɪks] [名]（複）《作單數》1 空氣動力學。2 航空動力學。

aer·o·foil ['ɛro,fɔɪl] [名]《主英》= airfoil.

aer·o·gram ['ɛrə,græm] [名] 1《英》無線電報。2 航空郵件。3 航空郵簡。

aer·o·gramme ['ɛrə,græm] [名] =aerogram 1, 3.

aer·o·graph ['ɛrə,græf] [名] 1〖氣象〗高空氣象記錄計。2 噴槍。—[動][不及]用噴槍繪圖。

aer·o·lite ['ɛrə,laɪt], **-lith** [-,lɪθ] [名]隕石（= meteorite）。

aer·ol·o·gy [ɛ'rɑlədʒɪ] [名] [U] 高空氣象學。

aer·o·me·chan·ic [,ɛromə'kænɪk] [名]航空機械士。—[形]航空力學的。

aer·o·me·chan·ics [,ɛromə'kænɪks] [名]（複）《作單數》氣體力學；航空力學。

aer·o·med·i·cine [,ɛrə'mɛdɪsən] [名] [U] 航空醫學。

aer·o·naut ['ɛrə,nɔt] [名] 1 輕航空器的駕駛員。2 輕航空器的乘客。

aer·o·nau·tic [,ɛrə'nɔtɪk], **-ti·cal** [-tɪkl] [形]航空的；飛行器駕駛員的。

aer·o·nau·tics [,ɛrə'nɔtɪks] [名]（複）《作單數》航空學，航空術。

aer·o·na·val [,ɛrə'nevl] [形]〖軍〗海空的。

ae·ron·o·my [ɛ'rɑnəmɪ] [名][U]高層大氣物理學。

aer·o·phobe ['ɛrə,fob] [名]飛行恐懼症患者。

aer·o·pho·bi·a [,ɛrə'fobɪə] [名][U]〖精神醫〗1 高空恐懼症。2 飛行恐懼症。

aer·o·pho·bic [,ɛrə'fobɪk] [形]氣流恐懼症的；飛行恐懼症的。—[名]高空恐懼症患者。

aer·o·pho·to ['ɛro,foto] [名]（複～s）航空攝影照片，空照圖片。

aer·o·pho·tog·ra·phy [,ɛrofə'tɑgrəfɪ] [名][U]航空照相術，空中攝影術。

:**aer·o·plane** ['ɛrə,plen] [名]《主英》= airplane.

aer·o·sol ['ɛrə,sol] [名] 1 [C]噴霧罐。2 [U]噴霧劑。
—[動](-solled, ～·ling)[及]用噴霧器噴出。

aer·o·space ['ɛrə,spes] [名][U] 1 大氣層及太空。2 航空太空學。3 航空太空工業。
—[形]航空太空的。

aer·o·stat·ic [,ɛrə'stætɪk] [形] 1 氣體靜力學的。2 輕航空器的；供輕航空器用的（亦稱 **aerostatical**）。

aer·o·stat·ics [,ɛrə'stætɪks] [名]（複）《作單數》1 氣體靜力學。2 輕航空器學。

aer·o·ti·tis [,ɛrə'taɪtɪs] [名][U]空氣炎。

ae·ru·go [ɪ'rugo] [名][U]銅鏽，銅綠。

aer·y ['ɛrɪ,'ɪrɪ] [名]（複 **aer·ies**）= aerie.

Aes·chy·lus ['ɛskələs] [名]愛斯克勒斯（525-456 B.C.）：希臘悲劇詩人。

Aes·cu·la·pian [,ɛskjə'lepɪən] [形] Aesculapius 的；醫學的，醫療的；醫生的。

Aes·cu·la·pi·us [,ɛskjə'lepɪəs] [名]愛斯邱勒匹厄斯：古羅馬的醫藥與醫術之神。
staff of Aesculapius 醫神之杖。

Ae·sop ['isəp, 'isɑp] [名]伊索（620?– 560? B.C.）：希臘的寓言作家。

Ae·so·pi·an [i'sopɪən] [形]伊索的，伊索寓言（般）的（亦稱 **Ae·sop·ic** [i'sɑpɪk]）。

'Aesop's 'Fables [名]（複）《作單數》伊索寓言。

aes·thete, es- ['ɛsθit] [名]審美家；唯美主義者；自稱愛好藝術者。

aes·thet·ic, es- [ɛs'θɛtɪk] [形] 1 審美的，美學（上）的；愛美的；有審美眼光的；具有美感的：an ～ person 有審美眼光的人 /～ criticism 美術評論 /～ education 美育。2（相對於純粹知性認知的）純感覺上的（亦稱 **aesthetical, esthetical**）。**-i·cal·ly** [副]

aes·the·ti·cian, es- [,ɛsθə'tɪʃən] [名]美學專家。

aes·thet·i·cism, es- [ɛs'θɛtə,sɪzəm] [名][U] 1 唯美主義。2（極端重視美感的）美感的培養。

aes·thet·ics, es- [ɛs'θɛtɪks] [名]（複）《作單數》1〖哲〗美學。2 美學理論。

aes·ti·val ['ɛstəvl, ɛs'taɪvl] [形]= estival.

aes·ti·vate ['ɛstə,vet] [動][不及]= estivate.

aes·ti·va·tion [,ɛstə'veʃən] [名] = estivation.

ae·ta·tis [i'tetɪs] [形]《拉丁語》…歲的，在…歲時的。略作：aet., aetat.

ae·ther ['iθɚ] [名] = ether 2-5.

ae·ti·ol·o·gy [,itɪ'ɑlədʒɪ] [名]（複**-gies**）= etiology.

Aet·na ['ɛtnə] [名] 1〖希神〗埃特納：西西里島的妖精。2 **Mount,** ⇨ ETNA

af- 《字首》ad-的別體，用在 f 之前。

AF 《縮寫》*A*ir *F*orce; *A*nglo-*F*rench.

Af. 《縮寫》*Af*rica(n).

A.F. 《縮寫》*A*ir *F*orce; *A*nglo-*F*rench; *a*udio *f*requency.

a·far [ə'fɑr] [副]《文》《通常作～ **off**》在遠處；從遠處；遙遠地。
—[名]《僅用於以下的片語》
from afar 從遠方。

A

af·fa·bil·i·ty [ˌæfə'bɪlətɪ] 名U親切；和藹可親；溫和。

af·fa·ble ['æfəbl] 形 易於親近的；親切的；溫和的；和藹可親的《 *to*... 》: be ~ *to* everybody 對每個人都很和藹。**-bly** 副

:af·fair [ə'fɛr] 名 **1** 事情，事件：a trifling ~ 瑣事 / the chief ~*s* of the year 當年的大事。**2** 《~**s** 》事務；情況：domestic ~*s* 家務事；國內事務 / international ~*s* 國際事務 / current ~*s* 時事，當前的事務 / as ~*s* stand 在現狀下 / wind up one's ~*s*（在離去前、退休前等）把自己手頭的業務做個結束。**3**《口》《通常與修飾語連用》物，東西；事物。**4**《通常作 **one's** ~》個人的問題。**5** 風流韻事，不正當的愛情關係：an ~ of (the) heart 一段戀情 / have an ~ with... 與…發生戀情。**6** 事件，案件：the Dreyfus ~ 德利福斯案。**7**《美口》聚會：a social ~ 社交聚會。

affair of honor 決鬥。

af·faire de coeur [ə'fɛrdə'kɝ] 名《法語》風流韻事，戀情。

:af·fect[1] [ə'fɛkt] 動 及 **1** 對…造成影響。**2** 使感動：be easily ~*ed* by ... 易受…感動。**3**（疾病等）侵襲。—['æfɛkt] 名U〖心〗情感，情緒。

:af·fect[2] [ə'fɛkt] 動及 **1** 裝出…之狀：~ indifference 佯裝不關心 / ~ the scholar 裝出一副學者模樣。**2** 喜歡採用。**3** 自然形成。**4** 喜歡棲於。**5** 愛好；以…爲目標。

af·fec·ta·tion [ˌæfɛk'teʃən] 名UC **1** 假裝；裝出來的樣子《 *of*... 》: with an ~ *of* careless cordiality 裝出輕鬆自然的熱誠態度。**2** 做作；矯揉造作。

af·fect·ed[1] [ə'fɛktɪd] 形 **1** 受影響的；受感動的。**2** 染患（疾病）的，受感染的：the ~ part 患部。

af·fect·ed[2] [ə'fɛktɪd] 形 **1** 裝出來的；不自然的；裝模作樣的。**2**《用於副詞之後》懷著某種感情的：be *well* ~ toward...對…懷有好感的。**~·ly** 副 矯揉造作地。**~·ness** 名U 矯揉造作。

af·fect·ing [ə'fɛktɪŋ] 形令人感動的，動人的；惹人同情的。**~·ly** 副

·af·fec·tion [ə'fɛkʃən] 名 **1**U愛，喜愛；《~**s** 》愛情《 *for, toward*... 》: with care and ~ 深情款款地 / have ~ *for*... 摯愛，鍾情於… / set one's ~*s* on... 對…情有所鍾 / *A*- blinds reason.《諺》愛情是盲目的；愛情矇蔽理智。**2** U《常作 ~**s** 》感情。**3**〖病〗（染上疾病的）身體狀態；疾病：an ~ of *the lungs* 肺部疾病。**4** UC作用，影響；性向，性質。**5**UC〖哲〗情感，感情。

·af·fec·tion·ate [ə'fɛkʃənɪt] 形 **1** 表露愛意的，充滿情意的：an ~ letter 情書 / watch with an ~ eye 含情脈脈地注視。**2** 摯愛的，親愛的《 *to, toward*... 》。

af·fec·tion·ate·ly [ə'fɛkʃənɪtlɪ] 副親愛地：Yours ~ 你親愛的某某敬上（寫給家人書信結尾簽名前的客套語）。

af·fec·tive [ə'fɛktɪv, æ'f-] 形 **1** 感情的。**2**〖心〗情緒上的。**~·ly** 副

af·fect·less ['æfɛktlɪs, æ'f-] 形 無情的，沒有感情的。**~·ness** 名

af·fi·ance [ə'faɪəns] 動及《古》《通常用被動或反身》使訂婚《 *to*... 》: I am ~*d to* her. 我和她訂婚了。

—名U《古》信賴《 *in*... 》；誓約，婚約。

-anced 形 已訂婚的。

af·fi·da·vit [ˌæfə'devɪt] 名〖法〗宣誓書：swear an ~ 立宣誓書 / take an ~ 錄取口供。

af·fil·i·ate [ə'fɪlɪˌet] 動及 **1**《通常用被動或反身》把…納爲會員；合併；使結盟；使隸屬《《美》 *with*..., 《英》 *to*... 》: an ~*d* company 聯營公司 / the ~*d* countries 加盟國家 / ~ *oneself* with the literary circles 加入文學界。**2** 追溯起源；認爲…源出《 *to, on, upon*... 》: ~ an old manuscript *upon* a courtier 認爲這份古老的手稿是出自一位朝臣的手筆。**3** 收爲養子女；〖法〗確定（非婚生子女）的生父《 *upon, on, to*... 》。—不及 交往，結盟；加入《 *with*... 》。—[ə'fɪlɪɪt, -lɪˌet] 名《美》分支機構；會員。

af·fil·i·a·tion [əˌfɪlɪ'eʃən] 名U C **1** 入會，加盟；合併；密切關係：a sister city ~ 姐妹市關係。**2** 溯源。**3** 認領；〖法〗確認非婚生子女的生父。

af·fin·i·tive [ə'fɪnətɪv] 形有密切關係的《 *to*... 》。

·af·fin·i·ty [ə'fɪnətɪ] 名 (複**-ties**) **1**《常作 **an** ~》愛好；（異性間的）吸引力《 *for, to*... 》；投合，投契《 *between, with*... 》；性情相投的人，對某人特具吸引力的異性：have *an* ~ *for*... 喜歡…。**2**UC親戚關係。**3** 類似性；（語言的）同源（性）；類緣關係《 *between, with*... 》。**4** U《常作 **an** ~》〖生〗親和性；〖化〗親和力。

a'ffinity 'card 名認同卡。

:af·firm [ə'fɝm] 動 及 **1** 肯定，確認；斷言：~ the truth of a report 肯定該報告屬實 / ~ (to me) that it is true（向我）斷言那屬實無訛。**2**〖法〗維持（原判）。—不及 **1** 斷言，肯定《 *to*... 》。**2**〖法〗在不宜宣誓的狀況下保證據實陳述；（對可以取消的契約）加以確認；維持下級法院的判決。

—形《口》《用作答語》肯定的。

~·a·ble 形 可確認的，可斷言的。

af·fir·ma·tion [ˌæfɚ'meʃən] 名 **1** UC 斷言；確認；肯定。**2** U（對原先的判決的）確認，維持。**3**〖法〗（代替宣誓的）保證。

af·firm·a·tive [ə'fɝmətɪv] 形 **1** 肯定的；贊成的：an ~ vote 贊成票。**2**〖理則〗肯定的。**3** 正面的，積極的。—名 **1** 肯定的答覆；〖文法〗肯定詞，肯定語；〖理則〗肯定命題：receive an ~ 獲得肯定的答覆。**2**《 **the** ~》贊成的一方：take the ~

站在贊成的一方。
in the affirmative 肯定地，贊成地。
～**·ly** 副

af'firmative 'action 名 U《美》積極消除差別待遇措施。

af·fix [ə'fɪks] 動 及 **1** 添加；貼上，黏上：～ a label to a package 在包裹上貼上標籤。**2** 在（文件）上簽名或蓋印：～ a signature to a document 在文件上簽名 / ～ a postscript to a letter 在信上加寫附註。**3** 加諸於，歸責於。
—['æfɪks] 名 **1** 附加物。**2**〖文法〗詞綴。

af·fix·a·tion [,æfɪk'seʃən] 名 **1** = affixture. **2** U〖語言〗加詞綴，附加法。

af·fix·ture [ə'fɪkstʃɚ] 名 U 附加；黏貼；附加物。

af·fla·tus [ə'fletəs] 名 U《文》神靈的賜予，靈感。

·**af·flict** [ə'flɪkt] 動 及《常用被動》使痛苦《*with...*》；使苦惱：be ～*ed with* insomnia 爲失眠所苦。

af·flic·tion [ə'flɪkʃən] 名 **1** U C 痛苦，苦惱；苦難。**2** 苦痛的原因。

af·flic·tive [ə'flɪktɪv] 形 令人苦惱的《*to...*》。

af·flu·ence ['æfluəns] 名 **1** U 富裕；（言詞等的）豐富：reach ～ 達富足之境 / live in ～ 生活富裕。**2** 流入，匯聚；湧入。

af·flu·ent ['æfluənt] 形 **1** 富裕的；豐富的《*in...*》：be ～ with extra income 因爲有外快而荷包充實 / land ～ *in* natural resources 富於天然資源的土地。**2** 流量豐富的，滔滔的。
～**·ly** 副

af·flu·en·za [,æflu'ɛnzə] 名 U 財富病。

af·flux ['æflʌks] 名 U C **1** 流入，匯聚。**2**（人群等的）湧入。

:**af·ford** [ə'ford, ə'fɔrd] 動 及 **1**《與 **can, be able to** 連用》《常用於否定或疑問》負擔得起，足以。**2** 給與，提供。～**·a·ble** 形

af·for·est [ə'fɔrɪst] 動 及 使變爲森林；造林於。

af·for·es·ta·tion [ə,fɔrɪs'teʃən] 名 U 造林，植林。

af·fray [ə'fre] —名（在公共場所的）鬧事，打架；〖法〗在公共場所打架罪。

af·fri·cate ['æfrɪkɪt] 名〖語音〗塞擦音。

af·fric·a·tive [ə'frɪkətɪv] 名〖語音〗= affricate. —形 塞擦音的。

af·fright [ə'fraɪt] 動 及《古》使害怕，使受到驚嚇。—名 U 害怕，驚嚇；C 引起恐懼的原因。

af·front [ə'frʌnt] 名 冒犯，公然侮辱《*to, upon...*》：offer an ～ *to* him 對他加以侮辱 / suffer an ～ at her hands 受她的侮辱。
—動 及 **1** 侮辱；冒犯。**2** 勇敢面對。

Af·ghan ['æfgən] 名 **1** 阿富汗人；阿富汗獵犬；U 阿富汗語。**2**《**a-**》阿富汗毯：一種編織或打成幾何圖樣的毛毯。
—形 阿富汗[人，語]的。

'Afghan 'hound 名 阿富汗獵犬。

af·ghan·i [æf'gænɪ, -'gɑnɪ] 名 C 阿富汗元：阿富汗貨幣單位；略作：Agh.

Af·ghan·i·stan [æf'gænə,stæn, ,---'-] 名 阿富汗（共和國）：亞洲西南部的內陸國；首都爲喀布爾（Kabul）。

a·fi·cio·na·do [ə,fɪsjə'nɑdo] 名（複～s [-z]）狂熱愛好者，迷。

a·field [ə'fild] 副 **1** 離開家門；離鄉背井；在國外；在戰場上；在田野中；在鄉下。**2** 脫離常軌；遙遠地；廣泛地。**3** 超出平日的經驗範圍。**4** 偏離主題。
far afield (1) 遠離地。(2) 離題太遠。

a·fire [ə'faɪr] 副 形《敘述用法或置於名詞之後》燃燒地[的]；激動地[的]：with heart ～ 心情激動地 / be ～ with hope 充滿熾烈的希望。

a·flame [ə'flem] 副 形《敘述用法或置於名詞之後》**1** 燃燒著地[的]：set a house ～ 放火燒房子 / be all ～ 整個被火吞沒。**2** 發紅地[的]；激動地[的]，狂熱地[的]《*with...*》：with cheeks ～ 雙頰發紅 / ～ *with* curiosity 好奇得要命。

af·la·tox·in [,æflə'tɑksɪn] 名 U 黃麴毒素。

AFL-CIO《縮寫》*A*merican *F*ederation of *L*abor and *C*ongress of *I*ndustrial *O*rganizations 美國勞工聯盟與產業工會聯合會。

a·float [ə'flot] 副 形《敘述用法或置於名詞之後》**1**（在水上或空中）漂浮著；在航行中；在船上；在水運中；在海上；已離港；（船艦）在服役中：life ～ 海上生涯 / be ～ in the stream 漂在溪流上。**2** 浸在水中。**3** 漂泊不定地[的]：～ from place to place 到處飄泊。**4**（謠言等）流傳著；〖商〗在流通中；在浮動中。**5**（財務上）脫離困境；免於借債；有能力償還債務；在積極進行中。
keep afloat (1) 保持不沉。(2) 維持不借錢的狀態。
keep...afloat / *keep afloat...* (1) 使保持不沉。(2) 使不致陷入困境；使維持不向他人借錢的狀態。(3) 使流通。
set ...afloat / *set afloat...* (1) 使浮上來。(2) 開創；使流傳。

a·flut·ter [ə'flʌtɚ] 副 形《敘述用法或置於名詞之後》飄動地[的]；（翅膀等）拍動地[的]；浮躁不安地[的]，激動地[的]。

a·foot [ə'fut] 副 形《敘述用法或置於名詞之後》**1**《文》徒步地[的]。**2** 已下床走動；在準備中：be early ～ 早起。
get afoot (1) 病癒後下床活動。(2) 展開。
set...afoot / *set afoot...* 引起；展開；散布（謠言等）。

a·fore [ə'fɔr] 副 介 連《方》= before.

a·fore·men·tioned [ə'fɔr'mɛnʃənd] 形〖法〗前述的，上述的。

A

a·fore·said [əˈfɔr,sɛd] 形《文》上述的。

a·fore·thought [əˈfor,θɔt] 形 蓄意的，預謀的：with malice ～ 蓄意傷害，預謀殺人。—名UC預謀。

a for·ti·o·ri [e,forʃɪˈoraɪ, ɑ,fɔrʃɪˈɔrɪ]《拉丁語》更有力的理由是，更加。

a·foul [əˈfaul] 副形《敘述用法》《美》衝突地[的]；撞在一起（的）；糾纏地[的]。

run afoul of... 與…衝突；抵觸；（船）與…相撞；與…糾纏在一起。

AFP 《縮寫》*Agence France-Presse* 法新社（國際通訊社）。

Afr., Afr 《縮寫》*Afr*ica(n).

A.-Fr. 《縮寫》*A*nglo-*Fr*ench.

:**a·fraid** [əˈfred] 形《敘述用法》1 (1) 害怕的《*of...*》: be ～ *of* dogs 怕狗 / be ～ *of* hard exercise 怕苦練。(2) 畏懼的《*of doing*》；不敢的《*to* do》；不情願的《*to* do》: be ～ *of* address*ing* a foreigner 不敢跟外國人說話 / be (very) much ～ *to* pay taxes 極不情願繳稅。2 (1) 擔心的《*about, for, of...*》: be ～ *of* the consequences 擔心後果。(2) 唯恐《*of..., of doing, that*子句*, lest (should)*子句》。

I'm afraid ((that)...) 《口》(1) 恐怕會。(2)《表歉意》恐怕，抱歉。

A-frame [ˈe,frem] 名 1 人字構架。2 A字形的房子。—形 人字構架的；A形房子的。

af·reet [ˈæfrit, əˈfrit] 名〖阿拉伯神話〗惡魔；巨魔。

a·fresh [əˈfrɛʃ] 副 重新；再度。

Af·ric [ˈæfrɪk] 形 = African.

·**Af·ri·ca** [ˈæfrɪkə] 名 非洲。

·**Af·ri·can** [ˈæfrɪkən] 形 非洲（產）的；非洲人的，非洲黑人的。—名 非洲人；非洲黑人。

ˈAfrican Aˈmerican 名C 非洲裔美國人；美國黑人。

ˈAfrican ˈUnion 名 非洲聯盟：2002年由OAU改組而成。略作：AU

ˈAfrican ˈviolet 名〖植〗非洲紫羅蘭。

Af·ri·kaans [,æfrɪˈkɑns] 名U 南非荷蘭語。

Af·ri·ka·ner [,æfrɪˈkɑnɚ] 名 荷蘭裔南非人；南非白人。

Af·ro [ˈæfro] 名(複～s) 1 黑人捲曲蓬鬆呈圓形的髮型，黑人頭。2 非洲裔的黑人。—形 黑人髮型的；（美國非洲裔的）黑人的；非洲的。

Afro- 《字首》Africa 的複合形（表示「非洲的」）。

Af·ro-A·mer·i·can [,æfroəˈmɛrɪkən] 名形 美國黑人（的），具有非洲血統的美國人（的）。

Af·ro-A·sian [,æfroˈeʒən, -ˈeʃən] 形 亞洲和非洲的。—名 亞非居民。

aft [æft] 副〖海·空〗在船尾[機尾]: fore and ～ 從船頭到船尾。—形 後部的。

:**af·ter** [ˈæftɚ] 介 1《表順序》在…之後。2《表時間》在…結束後；過了: the day ～ tomorrow 後天 / the week ～ next 下下星期 / at ten ～ five 在五點十分。3《前後用同一名詞》一而再，接連地: *time* ～ *time* 三番兩次地；經常。4 因爲；鑑於。5《常作～ all》儘管。6《表優劣或等級》低於，次於。7 扣除: the price ～ tax 扣除稅金後的價格。8 仿效；依照；符合: a picture ～ Picasso 有畢卡索風格的一幅畫 / ～ one's own manner 按自己的方式。9 追逐；尋找；追求: go ～ fame 求名。10 關於: ask ～ a person 問候某人 / look ～ a child 照顧小孩子。

after all ⇨ ALL 名（片語）

after you with... 《口》請先…。

—副 1《表順序》隨後，接著。2《表時間》之後: the day ～ 隔天，翌日。

on and after... 從…以後。

—形 1《限定用法》未來的，下一個。2〖海·空〗船尾[機尾]的。—連 在…之後。

after all is said and done 畢竟，到底還是。

—名 1《美俚》下午。2《～s》《英口》餐後的甜點。

af·ter·birth [ˈæftɚ,bɝθ] 名U 胞衣，胎膜。

af·ter·burn·er [ˈæftɚ,bɝnɚ] 名 1〖空〗後燃器。2 再燃燒裝置。

af·ter·burn·ing [ˈæftɚ,bɝnɪŋ] 名U 後燃：噴射引擎尾管中的再燃燒。

af·ter·care [ˈæftɚ,kɛr] 名U 1〖醫〗恢復期調養。2 就業輔導；（出獄後的）更生輔導。

af·ter·clap [ˈæftɚ,klæp] 名 意外後果；節外生枝的事故。

af·ter·crop [ˈæftɚ,krɑp] 名（農作物的）第二次收穫。

af·ter·deck [ˈæftɚ,dɛk] 名 後甲板。

af·ter-din·ner [ˈæftɚˈdɪnɚ] 形 正餐後的，宴會後的。

af·ter·ef·fect [ˈæftərɪ,fɛkt] 名《通常作～s》1 事後影響，後果。2〖醫〗副作用，後效；後遺症。

af·ter·glow [ˈæftɚ,glo] 名《通常作 the ～, an ～》1 晚霞，夕照。2 殘光，餘光。3 美好回憶；餘韻。

af·ter·growth [ˈæftɚ,groθ] 名 再生的草；第二次收穫。

af·ter·heat [ˈæftɚ,hit] 名〖理〗餘熱。

af·ter-hours [,æftɚˈaʊrz] 形 副 在下班之後；在正規的營業時間後繼續營業的: ～ work 加班的工作。

af·ter·im·age [ˈæftɚ,ɪmɪdʒ] 名〖心〗餘像，殘像；後遺感覺。

af·ter·life [ˈæftɚ,laɪf] 名 1 來世（亦稱 future life）。2 U 晚年，下半輩子。

af·ter·light [ˈæftɚ,laɪt] 名U 1 餘暉，晚霞。2 回顧。

af·ter·mar·ket [ˈæftɚ,mɑrkɪt] 名 零件修護市場。

af·ter·math ['æftə,mæθ] 图1 後果；餘波《of, to...》。2 再生草。

af·ter·most ['æftə,most] 形1〖海〗離船尾最近的。2 最後面的。

:**af·ter·noon** [,æftə'nun] 图1 U C 下午：on Tuesday ～ 在星期二下午 / on an ～ in May 在五月的某一個下午。2《文》後半：the ～ of life 後半生。

good afternoon ⇨ GOOD AFTERNOON

—['--'-] 形 午後的。

af·ter·noon·er [,æftə'nunə] 图《美俚》晚報。

af·ter·noons [,æftə'nunz] 副 每天下午；在任何下午。

'afternoon 'tea 图1 下午茶。2 午後茶會。

af·ter·piece ['æftə,pis] 图〖劇〗劇終餘興節目。

af·ters ['æftəz] 图 (複)《英口》(飯後的) 甜點。

'af·ter-,sale(s) 'service ['serving] ['æftə,sel(z)-] 图 U《主英》售後服務。

af·ter·shave ['æftə,ʃev] 形 刮鬍子後的。—图 U C 刮鬍子後用的潤膚液。

af·ter·shock ['æftə,ʃɑk] 图1 (地震的) 餘震。2 餘波，餘悸。

af·ter·taste ['æftə,test] 图1 餘味。2 餘恨，餘悸。

af·ter-tax ['æftə,tæks] 形 稅後的：～profits 稅後利潤。

af·ter·thought ['æftə,θɔt] 图1 回想，重新考慮；事後的想法。2 馬後炮；追加的事項。

af·ter·time ['æftə,taɪm] 图 U 今後，將來。

:**af·ter·ward** ['æftəwəd] 副 後來，以後；事後：long ～ 很久以後。

af·ter·wards ['æftəwədz] 副《英》= afterward.

af·ter·word ['æftə,wɜd] 图 後記，跋。

af·ter·world ['æftə,wɜld] 图 來世。

af·ter·years ['æftə,jɪrz] 图 (複) 後來的歲月；晚年。

Ag《化學符號》argentum 銀。

A.G.《縮寫》*A*djutant *G*eneral; *A*ttorney *G*eneral.

:**a·gain** [ə'gɛn, ə'gen] 副1 再一次；重新；《和否定語連用》再：try ～ 再試一次。2《常作 **then** ～, **and then** ～》此外，而且；再者。3 另一方面。4 返回，回報，回應：answer ～ 回嘴 / echo ～ 回響。5 恢復原狀：get well ～ 康復 / return ～ 逆回。6 加一倍，再一倍：as much ～ as... 數量是…的兩倍。

again and again 一再，反覆地；經常。

ever and again = now and AGAIN.

now and again 有時，不時。

once and again 再三；再一次。

over again 重新。

:**a·gainst** [ə'gɛnst, ə'genst] 介1 反對；敵對；反抗；不利於；(在比賽等中) 對抗；違反：argue ～ a proposal 提出理由反對某項提案 / ～ one's will 違反己意 / cross the street ～ the signals 不顧交通號誌闖越街道 / inform ～ one's friends 告發自己的朋友。2 防備，以防：protect food ～ spoilage 防止食物腐敗 / guard ～ disease 預防疾病。3 逆向：swim ～ the current 逆流而游泳。4 倚靠；對著；觸到：lean ～ the door 倚靠在門上。5 襯著，映著；以…爲背景：a dresser ～ the wall 靠牆壁的梳妝臺。6 交換，以…抵付：payments ～ documents 憑單付款。7 比較；…對…：win by a majority of 50 ～ 30 以五十票之多數對三十票而取勝。

against the clock / against time (1) 和時間賽跑；趕在時限之前完成；分秒必爭地。(2) 爲了打破紀錄。(3) 爲了耗掉時間 (以達拖延的目的等)。

as against …相對於…；與…成對比。

over against …面對…；與…相對。

Ag·a·mem·non [,ægə'mɛmnən, -nɑn] 图〖希神〗亞格曼農：Mycenae 之王；特洛伊戰爭中希臘軍的統帥。

a·gape [ə'gep, ə'gæp] 副 形《敘述用法》(因驚訝等) 張大嘴巴地 [的]；目瞪口呆地[的]；渴望地 [的]；洞開著：～ at the news 聽了那消息而目瞪口呆。

a·gar ['egɑr, 'egə] 图 U 1 瓊脂，洋菜，石花菜。2〖生〗瓊脂培養基。

a·gar-a·gar ['ɑgɑr'ɑgɑr, 'egə'egə] 图 = agar 1.

ag·a·ric ['ægərɪk, ə'gærɪk] 图 菌蕈科的菌類，木耳，磨菇。

ag·ate ['ægɪt] 图 U 1 (1) 瑪瑙。(2) (瑪瑙或玻璃製的) 彈珠。2〖印〗《美》瑪瑙體鉛字 (《英》ruby)。

Ag·a·tha ['ægəθə] 图〖女子名〗艾嘉莎 (暱稱 Aggie)。

a·ga·ve [ə'gevɪ, ə'gɑvɪ] 图〖植〗龍舌蘭。

a·gaze [ə'gez] 形《敘述用法》凝視著；看得入神。

:**age** [edʒ] 图1 U C 年齡，年紀：the moon's ～ 月齡 / people of all ～*s* and sexes 男女老幼 / live to an old ～ 長壽 / knock ten years off one's ～ 把年齡少報十歲。2 U 壽命。3 U 適齡年齡，成年年齡：the retirement ～ 退休年齡 / be over ～ for conscription 超過役齡 / be of (full) ～ 達 (法定) 成年年齡。4 U 一生中的一個時期。5 U 高齡；《集合名詞》老人們：youth and ～ 老老少少 / respect ～ 敬老。6 時代；世代：the Iron *A*- 鐵器時代 / in all ～*s* 在各時代；古往今來 / from ～ to ～ 世世代代。7《口》《～s, an ～》長期。—動 (**aged, ag·ing** 或 **～·ing**) 不及 1 變老；變舊；顯得古舊。2 (酒等) 變陳，老化。

—及 1 使變老；使變舊。2 使 (酒等) 經久而變醇。

-age《字尾》構成表「行爲，狀態，集

A

合，費用」等意的名詞。

'age 'bracket 名年齡層。

·**a·ged** ['edʒɪd] 形 1《限定用法》年長的；年老的；老舊的；老年期特有的。2 [edʒd]…歲的：a man ~ 70 years 70 歲的老翁。3 [edʒd] 陳年的，醇的：~ wine 陳年老酒。

—名《通常作 the ~》《集合名詞·作複數》老年人。

age-date ['edʒ,det] 動及測定年代。—不及測定年代。—名用科學方法測定出來的年代。

age-group ['edʒ,grup], **-grade** [-,gred] 名年齡群，年齡層。

age·ing ['edʒɪŋ] 名《主英》= aging.

age·ism ['edʒɪzəm] 名U對老人的歧視。

age·less ['edʒlɪs] 形永不衰老的。

age·like ['edʒ,laɪk] 名同年齡的人。

'age ,limit 名年齡限制。

age·long ['edʒ,lɔŋ] 形長久的；永久的。

age·mate ['edʒ,met] 名同輩的人。

:**a·gen·cy** ['edʒənsɪ] 名(複 **-cies**) 1 代理公司，經銷處；提供服務的機構：a general sales ~ 總經銷代理店。2 U 媒介《of ...》；代理權；代理業；代理；代辦《for...》：hold ~ *for*... 擔任…的代理。3 U 力；功用《of ...》。4《美》政府機構，署。

a·gen·da [ə'dʒɛndə] 名（原爲 **a·gen·dum** [-dəm] 的複數形，現通常作單數）(複~**s**, ~)《集合名詞·通常作單數》議程；待處理的諸事項；待辦事項表：the first item on the ~ 議程中的第一項 / ~*s* for the next four meetings 下四次會議的議程。

:**a·gent** ['edʒənt] 名 1 代理人，代理商；經理人；中間人；媒介；事務員；官員：a station ~《美》（小車站的）站長 / a ticket ~《美》售票員（《英》booking clerk）/ a travel ~ 旅行社人員 / an Indian ~《美》印第安人事務官。2 幹員，特工。3 行爲的主體；行爲者；〖文法〗施動者。4 動因；自然力；作用劑：an oxidizing ~ 氧化劑。5《主美》旅行推銷員。6《英》競選總幹事。

'agent ,noun 名〖文法〗行爲者名詞。

a·gent pro·vo·ca·teur ['edʒəntpro,vakə'tɝ, -'tur] 名(複 **agents provocateurs** ['edʒənts pro,vakə'tɝ(z), -'tur(z)])《法語》誘人入罪的臥底密探。

'age of con'sent 名《the ~》⇨ CONSENT

age-old ['edʒ,old] 形古老的，久遠的。

Ag·gie ['ægɪ] 名〖女子名〗艾姬（Agatha, Agnes 的暱稱）。

ag·glom·er·ate [ə'glamə,ret] 動及不及結集成團塊；簇集。—[-rɪt, -,ret] 形 1 成團的；簇集的。2〖植〗團集的。—[-rɪt, -,ret] 名 1 結集物；一堆。2 U 集塊岩。

ag·glom·er·a·tion [ə,glamə'reʃən] 名 U 結集，簇集；成團；一堆。

ag·glu·ti·nate [ə'glutn̩,et] 動及不及 1（使）黏合。2〖語言〗用黏著法構詞。3（紅血球、細菌等）凝集。—[-tn̩ɪt, -tn̩'et] 形接合的，膠合的。—[-tn̩ɪt, -tn̩,et] 名接合物，膠合物；凝集體。

ag·glu·ti·na·tion [ə,glutn̩'eʃən] 名U 1 膠合，接合；膠合物。2 癒合；〖免疫〗凝集；凝集體。3〖語言〗黏著構詞法。

ag·glu·ti·na·tive [ə'glutn̩,etɪv] 形 1 膠合性的，接合性的。2〖語言〗黏著的：an ~ language 黏著語（如日本語等）。

ag·gran·dize [ə'grændaɪz, 'ægrən,daɪz] 動及 1 增大，強化；增加。2 使顯得偉大；誇張。

ag·gran·dize·ment [ə'grændɪzmənt] 名 U 增強，擴充，誇大。

ag·gra·vate ['ægrə,vet] 動及 1 使惡化：~ a wound 使傷勢惡化。2《口》激怒，惹惱：feel ~*d* with a person 生某人的氣。

ag·gra·vat·ing ['ægrə,vetɪŋ] 形 1 使惡化的。2《口》惱人的，可惡的。~·**ly** 副

ag·gra·va·tion [,ægrə'veʃən] 名UC 1 加重惡化；導致惡化的事物。2《口》憤怒，生氣；惹人氣惱的人 [事物]。

ag·gre·gate ['ægrɪgɪt, -,get] 形 1 聚合的；成爲一個集團的；總計的；總合的：an ~ amount 總額 / ~ demand 總需要。2〖植〗聚生的：an ~ flower 密聚花。—名 1 集團；總量。2（製混凝土等用的）骨材（如碎石、砂等）；〖地質〗集晶岩。

in the aggregate 合在一起地；總計。

—['ægrɪ,get] 動及 1 使聚合。2《口》總計。—不及聚合；總計《to...》。~·**ly** 副

ag·gre·ga·tion [,ægrɪ'geʃən] 名UC 1 聚合；集團：an ~ of refugees 難民集團。2〖生〗群聚。~·**al** 形

ag·gress [ə'grɛs] 動不及發動侵略行動；挑釁《*to, against...*》。—及攻擊。

ag·gres·sion [ə'grɛʃən] 名U C 1 侵略，攻擊；侵犯《*on, upon...*》：a war of ~ 侵略戰爭 / an ~ *on* a person's rights 對某人的權利的侵犯。2 攻擊性的行爲；攻擊性；積極進取。3〖心〗攻擊性情緒。

·**ag·gres·sive** [ə'grɛsɪv] 形 1 侵略性的，攻擊性的；好鬥的；咄咄逼人的：an ~ tone of voice 咄咄逼人的語氣 / ~ war 侵略戰爭。2 積極的。

assume the aggressive 採取攻勢。

~·**ly** 副, ~·**ness** 名U侵略性。

ag·gres·sor [ə'grɛsɚ] 名侵略者，侵略國。

ag·grieve [ə'griv] 動及《通常用被動》使受冤屈；使受到侵害；使受到傷害：be ~*d* by the oppression 備受壓迫之苦。2 使痛苦，使苦惱。

ag·grieved [ə'grivd] 形 1 受到冤屈的；受到傷害的；怨懟不滿的《*at, by, over, against...*》：feel oneself ~ *at* ... 因…覺得委屈 / be bitterly ~ *against* the government 對當局極爲不滿。2〖法〗權利受到侵害的：

the ~ party 受害者；對判決不服的當事人。3 痛苦的，悲傷的；懊惱的《*that* 子句》。

ag·gro ['ægro] 名 U《英俚》攻擊性，好鬥性；挑釁；紛爭；打鬥。

a·ghast [ə'gæst] 形《敘述用法》震驚的；驚恐的。

ag·ile ['ædʒəl] 形 **1** 敏捷的，靈活的：be (as) ~ as a squirrel 像松鼠般敏捷。**2** 活潑的；才思敏捷的。~**·ly** 副

a·gil·i·ty [ə'dʒɪlətɪ] 名 U 敏捷，靈活俐落；機敏《*in...*》。

ag·ing ['edʒɪŋ] 名 U **1** 變老，衰老。**2**〖化·冶·窯〗老化作用。

·**ag·i·tate** ['ædʒə,tet] 動 (**-tat·ed, -tat·ing**) 及 **1** 攪動；使波浪激盪：~ a mixture 攪拌混合物 / convulsions *agitating* the body 使身體顫抖的痙攣。**2** 使激動；煽動；使煩亂《*over, with, about...*》：~ a crowd 鼓動群眾。**3** 熱烈地討論；使獲得大眾的注意。**4** 熟思；籌劃。—不及 煽動；鼓動《*for...*》。**-tat·ed·ly** 副 激動地；心煩意亂地；顫抖地。

ag·i·ta·tion [,ædʒə'teʃən] 名 **1** U 攪動。**2** U 激動；激動不安：in great ~ 非常激動的。**3** U C 訴諸輿論；辯論；鼓動，煽動；騷動；風潮。~**·al** 形

ag·i·ta·to [,ædʒə'tɑto] 形 副〖樂〗激動的[地]，急迫不安的[地]。

ag·i·ta·tor ['ædʒə,tetɚ] 名 **1** 煽動者，鼓動者。**2** 攪拌器。

ag·it·prop ['ædʒət,prɑp] 名 U 政治宣傳文藝活動。

A·gla·ia [ə'gleə, ə'glaɪə] 名〖希神〗艾格萊雅：司美麗、魅力與優雅的三女神之一；光之女神。

a·glare [ə'glɛr] 形《敘述用法》，副 光芒耀眼的[地]；怒目而視的[地]。

a·gleam [ə'glim] 形《敘述用法》，副 閃亮的[地]：~ with light 燈火輝煌。

a·glim·mer [ə'glɪmɚ] 形《敘述用法》，副 閃爍著微光的[地]。

a·glit·ter [ə'glɪtɚ] 形《敘述用法》，副 閃爍生輝的[地]。

a·glow [ə'glo] 形《敘述用法》，副 發紅的[地]，發亮的[地]；《喻》興奮的[地]；容光煥發的[地]；燃燒著（某種激情）的[地]《*with...*》。

AGM 《縮寫》*a*nnual *g*eneral *m*eeting《英》年度會議。

ag·nate ['ægnet] 名 父系親屬；父系的男性親屬。—形 父系的；同族的。

Ag·nes ['ægnɪs] 名〖女子名〗艾格妮絲（暱稱 Aggie）。

ag·no·sia [æg'noʒə, -ʃə] 名 U〖心〗認識不能，失認症。**-sic** 形 患了失認症的。

ag·nos·tic [æg'nɑstɪk] 名 不可知論者。—形 不可知論（者）的。

ag·nos·ti·cism [æg'nɑstə,sɪzəm] 名 U〖哲〗不可知論。

Ag·nus De·i ['ægnəs'diaɪ] 名 **1**〖教會〗神的羔羊（指耶穌基督）；神的羔羊像（耶穌基督的象徵）。**2**〖天主教〗羔羊經。**3**《**A- D-**》〖英國教〗上主的羔羊。

:**a·go** [ə'go] 副 **1** 以前：ages ~ 好幾世紀以前 / a week ~ Monday 上週一。**2**《與 **long** 連用》以前：*long, long* ~ 很久很久以前 / not *long* ~ 不久以前。

a·gog [ə'gɑg] 形《敘述用法》《常作 **all** ~》非常興奮的；渴望的《*for...*》；急切的《*to* do》。—副 興奮地，急切地。

a-go-go [ɑ'go,go, ə-] 名 (複 ~**s**) **1** = disco. **2** 阿哥哥俱樂部：有現場演奏流行音樂的小型舞廳。

—形 **1** 阿哥哥俱樂部的。**2** 瘋狂快速的；節奏快而活潑的；自由奔放的。

ag·o·nal ['ægənl] 形（臨死前）極度痛苦的。

·**ag·o·nize** ['ægə,naɪz] 動 (**-nized, -niz·ing**) 不及 **1** 感到極度痛苦《*over...*》。**2** 拚命掙扎。—及 使極度痛苦，折磨。

ag·o·nized ['ægə,naɪzd] **-nized** 形 極度痛苦的；竭力的。

ag·o·niz·ing ['ægə,naɪzɪŋ] 形 引起極大痛苦的。~**·ly** 副

:**ag·o·ny** ['ægənɪ] 名 (複 **-nies**) **1** U 極度痛苦；《口》痛苦：die in great ~ 非常痛苦地死去。**2**（感情的）迸發；激情：in an ~ of utter joy 在一陣狂喜中。**3**《常作 **-nies**》瀕死的痛苦。**4**《**the** ~, **A-**》〖神〗痛苦，憂苦。

pile on the agony 《英口》過分渲染悲痛。

'**agony ,aunt** 名《俚》爲讀者解答各種個人問題的專欄作家。

'**agony ,column** 名《口》**1**（報紙上刊登尋人、離婚等的）人事廣告欄。**2** 爲讀者解答個人問題的專欄。

ag·o·ra ['ægərə] 名 (複 **-rae** [-'ri, -'raɪ], ~**s** [-z])（古希臘政治性的）人民大會；人民集會廣場，市場，廣場。

ag·o·ra·pho·bi·a [,ægərə'fobɪə] 名 U〖精神醫〗廣場恐懼（症），恐曠症。**-bic** 形 名 廣場恐懼症的（患者）。

a·gou·ti [ə'gutɪ] 名 (複 ~**s**, ~**es**)〖動〗刺鼠，大天竺鼠。

a·graph·i·a [ə'græfɪə] 名 U〖精神醫〗書寫不能，失寫症。

a·grar·i·an [ə'grɛrɪən] 形 **1** 土地的；有關土地的所有權的：~ laws（古羅馬的）土地分配法。**2** 以農民利益爲目的的；耕地的；農業的：~ reform 土地改革。**3** 野生的。

—名 主張土地改革的人。

~**·,ism** 名 U 土地改革論。

:**a·gree** [ə'gri] 動 (**-greed, -gree·ing**) 不及 I [主詞爲人]

1 贊成；看法相同；持相同看法《*with...*》。**2**《主詞爲複數》意見一致《*on, upon, about...*》；達成決議《*on, upon...*》；一致認爲。**3** 同意《*to...*》；贊同《*with...*》；

A

允諾：～ *to* a person's proposal 同意某人的提議。4 和睦相處。

II [主詞爲物]

5 一致。6 適合於。7〖文法〗(在數、性、人稱、格等方面）一致。

—⊛《主英》1《通常用被動》同意：就（價格等）達成協議。2 解決（紛爭等）。3〖會計〗使（帳目等）一致。

agree like cats and dogs 水火不容。

agree to differ 同意各自的看法而不再爭執。

·**a·gree·a·ble** [ə'griəbl] ⊛ 1 愉快的，宜人的；合意的《*to...*》: ～ manners 令人愉快的態度 / ～ *to* the ear 悅耳。2《敘述用法》欣然同意的《*to...*》。3 適當的，符合的《*to...*》；《作副詞》遵照，依照《*to...*》。

a·gree·a·bly [ə'griəblɪ] ⊛ 1 令人愉快地。2 按照《*to...*》。

a·greed [ə'grid] ⊛ 1 獲得一致同意的，商定的：～ minutes 經確認的會議紀錄 / an ～ price 議定價格 / the ～ place for meeting 約定的會面地點。2《敘述用法》同意的。3《A-》《感嘆詞》同意。

:**a·gree·ment** [ə'grimənt] ⊛ 1 Ⓤ同意《*with...*》；一致《*on, upon...*》: by mutual ～ 經由雙方同意。2 協議，協定，契約：a labor ～ 勞資協定 / come to an ～ 達成協定。3 Ⓤ〖文法〗(數、性、人稱、格等的）一致。

a·gré·ment [,agre'maŋ, -mant] ⊛（複 ～s [-maŋ, -mants]）1《～s》(環境等的）愉快，舒適。2（駐在國對外交使節人選的）同意。

ag·ri·bar·on ['ægrɪ,bærən] ⊛《美》農產企業大亨。

ag·ri·busi·ness ['ægrə,bɪznɪs] ⊛ⓊⒸ 農產企業。

agric., agr. 《縮寫》*agric*ultural; *agric*ulture.

ag·ri·chem·i·cal [,ægrɪ'kɛmɪkl] ⊛⊛= agrochemical.

:**ag·ri·cul·tur·al** [,ægrɪ'kʌltʃərəl] ⊛ 農業的；農藝的，農學（上）的：an ～ (experiment) station 農業試驗站 / an ～ agent《美》農業指導員 / an ～ laborer《美》農場工人，雇農 / an ～ show 農業展覽會。

ag·ri·cul·tur·al·ist [,ægrɪ'kʌltʃərəlɪst] ⊛= agriculturist.

:**ag·ri·cul·ture** ['ægrɪ,kʌltʃɚ] ⊛Ⓤ 1 農業，農耕；農業生產：the Department of *A-*《美》農業部。2 農學。

ag·ri·cul·tur·ist [,ægrɪ'kʌltʃərɪst] ⊛ 1 農場主人，農民。2 農學家。

ag·ri·ge·net·ics [,ægrədʒə'nɛtɪks] ⊛（複）《作單數》農業遺傳學。

ag·ri·mo·ny ['ægrə,monɪ] ⊛（複 **-nies**）〖植〗龍芽草。

ag·ro·bi·ol·o·gy [,ægrobaɪ'ɑlədʒɪ] ⊛Ⓤ 農業生物學。

a·gro·chem·i·cal [,ægro'kɛmɪkl] ⊛ 1 農藥。2 由農產品提煉出來的化學藥品。—⊛ 農業化學的。

ag·ro·in·dus·tri·al [,ægroɪn'dʌstrɪəl] ⊛ 農用工業的。

ag·ro·in·dus·try [,ægro'ɪndəstrɪ] ⊛ 農工業。

ag·ro·nom·ics [,ægrə'nɑmɪks] ⊛（複）《作單數》農藝學；農業經營學。

ag·ron·o·mist [ə'grɑnəmɪst] ⊛ 農藝學家。

a·gron·o·my [ə'grɑnəmɪ] ⊛Ⓤ農藝學。

ag·ro·tech·ni·cian [,ægrotɛk'nɪʃən] ⊛農業科技專家。

ag·ro·tech·nol·o·gy [,ægrotɛk'nɑlədʒɪ] ⊛ⓊⒸ 農業科技。

ag·ro·tech·ny ['ægro,tɛknɪ] ⊛農產品加工業。

a·ground [ə'graʊnd] ⊛⊛《主要爲敘述用法》擱淺地[的]，觸礁地[的]：run a ship ～ 使船擱淺 / run a ship ～ on a reef 使船觸礁。

Agt., agt. 《縮寫》*agent.*

a·gue ['egju] ⊛Ⓤ《the ～》1〖病〗瘧疾，瘧狀發熱。2 寒顫。

a·gu·ish ['egjuɪʃ] ⊛ 1 易造成瘧疾的；易患瘧疾的；瘧疾引起的。2 打寒顫的。

:**ah** [ɑ] ⊛《表喜怒哀樂等的叫聲》啊！—⊛（複 ～'s, ～s）「啊」的叫聲。

a·ha [ɑ'hɑ] ⊛《表得意、驚訝等的叫聲》啊哈！

ah·choo [ɑ'tʃu] ⊛哈啾！

:**a·head** [ə'hɛd] ⊛ 1 在前方；領先；帶頭：straight ～ 在正前方 / go ～ 前進；《催促對方》請吧；動手吧；繼續（說）下去 / Breakers ～!〖海〗航路上有碎浪！《喻》前方有危險！2《表時間》將來；在更前面的時候：three months ～ 未來三個月 / look ～ 著眼於未來；爲將來著想；未雨綢繆。3 進行；處於更有利的地位；成功；進步：get ～ 進步；領先；成功 / go ～ with a plan 按計畫進行。

ahead of... (1) 在…的前面。(2) 領先於。(3)《表時間》在…之前。(4) 比…處於更有利的地位。

be ahead 《美口》贏了。

a·hem [ə'hɛm] ⊛嗯哼！

a·hold [ə'hold] ⊛《美口》= hold.

get ahold of... 抓住；獲得。

-aholic 《字尾》表「入迷者」、「熱狂者」之意的複合形。

a·hoy [ə'hɔɪ] ⊛〖海〗《呼喚其他船隻的叫聲》啊呵！喂！

AI 《縮寫》*a*rtificial *i*ntelligence 人工智慧。

:**aid** [ed] ⊛⊛ 1 協助《*in..., in doing*》；援助《*with...*》；幫助：～ a person *with* money and advice 以金錢和忠告幫助某人。2 促進：～ recovery 促進恢復。—不及 幫助[協助]《*in...*》。

aid and abet〖法〗教唆，夥同…作案。
—[名] **1** [U] 援助，幫助；援救。**2**《常作 **~s**》幫助者，助手；輔助物[器具]：a hearing ~ 助聽器。**3**《美》= aide-de-camp. **4**〖史〗（封建時代的）朝貢。
in aid of... 爲了幫助…；《口》有…目的。

AID[1]《縮寫》*A*gency for *I*nternational *D*evelopment〖美政府〗國際開發總署。

AID[2]《縮寫》*a*rtificial *i*nsemination by *d*onor 非配偶間人工授精。

aide [ed] [名] **1** = aide-de-camp. **2** 助手，助理。

aide-de-camp ['eddə'kæmp] [名]（複 **aides-de-camp** ['edzdə'kæmp]）（將官等的）副官，侍從軍官。略作：A.D.C.

aide-mé·moire [ˌedˌme'mwɑr] [名]（複 **aides-mé·moire** [~]）《法語》（外交上的）備忘錄；幫助記憶之物。

aid·man ['edˌmæn] [名]（複 **-men**）（野戰部隊的）救護兵。

AIDS [edz] [名] [U]〖病〗愛滋病，後天免疫不全症候群（*A*cquired *I*mmuno *D*eficiency *S*yndrome）。

'aid ˌstation [名]〖軍〗前線急救站。

ai·gret(te) ['egrɛt, e'grɛt] [名] 鷺；〖植〗冠毛；（頭盔上等的）鷺鷥毛帽飾；飾毛；（寶石的）枝狀裝飾。

ai·guille [e'gwil,'--] [名] **1** 尖峰，針狀峰，針狀岩塊。**2**〖石工〗石鑽頭，鑽石器。

AIH《縮寫》*a*rtificial *i*nsemination by *h*usband 配偶間人工授精。

:ail [el] [動] [及]《文》使…痛苦，使…苦惱。—[不及]《常用進行式》患病，身體不適。

ai·lan·thus [e'lænθəs] [名]（複 **~·es**）〖植〗樗屬樹木的通稱；臭椿。

ai·ler·on ['eləˌrɑn] [名] **1**〖空〗副翼。**2**〖建〗半山牆，翼牆。

ail·ing ['elɪŋ] [形] 有病的，身體不適的；病弱的；失調的。

ail·ment ['elmənt] [名]《文》（輕微的）疾病，不適；失調：a minor ~ 小病，微恙 / a feminine ~ 婦女病。

:aim [em] [動] [不及] **1** 瞄準：~ at the target with a gun 舉槍瞄準目標。**2** 以…爲目標《*at...*》；期望獲得《*for, after...*》；力圖《*at doing*》；以…爲目標前進《*for, toward...*》：~ *at* accuracy 力求正確。**3**《口》打算。—[及] **1** 瞄準；投出。**2** 針對。—[名] **1** [U] 瞄準（方向）；瞄準線。**2** 目標，靶子。**3** 目的，意圖。

aim·less ['emlɪs] [形] 無目的的，無目標的。

aim·less·ly ['emlɪslɪ] [副] 漫無目標地：wander about ~ 漫無目標地到處漫遊。

·ain't [ent] **1**《俚》敘述句 am not 的縮略形。**2**《口》附加問句 am not? 的縮略形。**3** is not, are not, has not, have not 的縮略形。

Ai·nu ['aɪnu] [名]（複 **~s**,《集合名詞》~）**1**（日本原住民）蝦夷人。**2** [U] 蝦夷語。

ai·o·li [aɪ'olɪ] [名] [C] [U] 大蒜蛋黃醬。

:air [ɛr] [名] **1** [U] 空氣；大氣；《通常作 **the** ~》空中，天空：compressed ~ 壓縮空氣 / in *the* open ~ 在戶外 / foul *the* ~ 把空氣弄髒。**2**《罕》微風，和風：a refreshing ~ 清涼的微風。**3** [U] 流傳；發表：give ~ to one's opinion 發表意見。**4**《通常作 **an** ~》外觀；氣氛；風度，態度；《**~s**》做作的姿態：~ *s* and graces 裝腔作勢 / the ~ of *a* scholar 學者風度 / have *a* lofty ~ 態度傲慢 / bear *a* cool ~ toward a person 對某人態度冷淡。**5**〖樂〗(1) 歌調；旋律。(2) 高音部。**6**《通常作 **the** ~》空中；無線電廣播，電視播送。**7**《**A-**》航空公司。
beat the air 徒勞無益。
by air 搭飛機；以航空郵寄；藉無線電傳送。
clear the air (1) 使空氣流通。(2) 澄清誤會，消除猜疑。
get air = take AIR.
get the air《俚》被拋棄；《美俚》被解僱。
give a person the air (1) 拋棄。(2)《美俚》解僱。
hot air《俚》吹噓。
in the air (1) = up in the AIR. (2)（謠言等）在流傳中。(3) 即將發生；（氣氛）瀰漫著。
into thin air 無影無蹤。
off the air 停播。
on the air (1)（播音員等）在廣播中；在播出中。(2) 以航空郵寄。
out of thin air 憑空地；突然地。
put on airs 裝腔作勢，盛氣凌人。
take air《英》流傳開來。
take the air (1) 到戶外透透氣，出去散步。(2)〖無線〗開始播出。(3) 飛散；起飛。(4)《俚》匆忙離去，逃走。
tread on air《口》興高采烈。
up in the air (1) 尚未定案；處於不確定的狀態；茫茫然（亦稱 **in the air**）。(2)《口》非常激動；勃然大怒。(3)《口》非常快樂。
—[動] [及] **1** 使暴露於空氣中；使通風良好；迎風晾乾《偶與 *out* 連用》。**2** 公開；炫耀。**3** 廣播，播送。—[不及] **1** 通風，晾乾；出外散步。**2**（在電視上）播出。

'air aˌlert [名] **1** 空中警戒；空中警戒信號。**2** 空襲警報；空襲警報期間。

'air atˌtack [名] 空襲。

'air ˌbag [名] 安全氣囊。

'air ˌball [名]〖運動〗籃外空心。

'air ˌbase [名] 空軍基地。

'air ˌbath [名]〖醫·化〗空氣浴；空氣浴裝置；空氣乾燥器。

'air ˌbed [名]《英》= air mattress.

'air ˌbladder [名] **1**〖動·植〗氣胞，氣囊。**2**〖魚〗鰾。

air·boat ['ɛrˌbot] [名] **1**（駛於沼澤或河川所用的）以螺旋槳推進的淺水平底船。**2**

A

水上飛機。

air·borne ['ɛr,bɔrn] 形1以空氣傳播的。2《敘述用法》在飛行中的；在空中的。3〖軍〗空降的；機載的：～ troops 空降部隊。

'air ˌbrake 名 空氣煞車，空氣制動機。

'air ˌbrick 名〖建〗通氣磚。

'air ˌbridge 名1（飛機來往兩地的）空運航線，空中橋樑。2 空中走道：(1) 連接兩棟建築物的有屋頂的空中走廊。(2) 供旅客直接由機場大廈上下飛機的活動式有頂通道。

air·brush ['ɛr,brʌʃ] 名（噴漆用的）噴漆器，噴槍。—動及以噴槍處理。

air·bus ['ɛr,bʌs] 名空中巴士：1〖空〗作中程或短程飛行的噴射客機。2《A-》法國製客機。

'air ˌcargo 名U C空運貨物。

'air ˌcarrier 名1空運業者，航空公司。2 航空器。

'air ˌcastle 名空中樓閣，幻想。

'air ˌcell 名〖解·動·植〗氣胞，氣囊。

'air ˌchamber 名1（水壓裝置、救生艇等的）空氣室。2〖動·植〗氣室。

'air ˌchief 'marshal 名《英》空軍上將。

'air ˌcleaner 名空氣清潔器[過濾器]。

'air ˌcoach 名普通客機。

'air ˌcock 名〖機〗氣栓；氣旋塞。

'air comˌmand 名《美》空軍指揮部。

'air ˌcommodore 名《英》空軍准將。

air-con·di·tion ['ɛrkən,dɪʃən] 動及1裝設空氣調節機。2 用空氣調節機調節。

air-con·di·tioned ['ɛrkən,dɪʃənd] 形裝有空氣調節機[冷氣機]的；有空調的。

'air conˌditioner 名空氣調節機，空調設備，冷暖氣機。

'air conˌditioning 名U空氣調節；空調系統；冷暖氣設備。

'air contamiˌnation 名U空氣污染。

'air conˌtrol 名1制空權。2空中管制。

air-cool ['ɛr,kul] 動及用空氣冷卻。**-cooled** 形氣冷式的。

'air ˌcover 名U 空中掩護。

air·craft ['ɛr,kræft] 名(複～) 飛機；航空器，飛行器。

'aircraft ˌcarrier 名航空母艦。

air·craft·man ['ɛr,kræftmən] 名 (複**-men**)《英》空軍二等兵，空軍機械士。略作：A.C.

air·crew ['ɛr,kru] 名 空勤人員，機組人員。

air·crew·man ['ɛr,krumən] 名 (複**-men**) 空勤人員。

'air ˌcurtain 名氣簾（亦稱 **air door**）。

'air ˌcushion 名1 氣墊，氣枕。2〖機〗氣墊，空氣減震器。

'air ˌcushion 'vehicle 名氣墊船。

'air·date ['ɛr'det] 名（廣播、電視節目的）預定播出日期。

'air deˌfense 名U防空，空防：make an ～ against... 對…做防空工作。

'air ˌdepot 名《美》飛機起落場；航空補給站。

'air diˌvision 名《美》空軍師，航空師。

'air ˌdoor 名= air curtain.

'air ˌdrag 名U空氣阻力。

air·drome ['ɛr,drom] 名 小型機場，航空站。

air·drop ['ɛr,drɑp] 動 (**-dropped**, ～**·ping**) 及空投。—名空投，空降。

air-dry ['ɛr,draɪ] 動 (**-dried**, ～**·ing**) 及晾乾，風乾。—形晾乾的，風乾的。

Aire·dale ['ɛrdel] 名艾爾戴爾㹴犬。

air·er ['ɛrɚ] 名晾乾設備；晾衣架。

'air exˌpress 名U 1小包貨物空運（業）。2 航空快遞；空運費。

air·fare ['ɛr,fɛr] 名航空運費。

air·field ['ɛr,fild] 名小型軍用機場。

'air ˌfleet 名航空機隊；戰鬥機機群。

air·flow ['ɛr,flo] 名氣流。

air·foil ['ɛr,fɔɪl] 名《空》翼形，翼剖面。

'air ˌforce 名空軍。

'Air ˌForce ˌOne 名《美》空軍一號。

air·frame ['ɛr,frem] 名機體，飛機構架。

'air ˌfreight 名 U1 航空貨運（業）。2 空運貨物；貨物空運費。—動及空運。

air·freight·er ['ɛr,fretɚ] 名貨運飛機；空運貨物業者，空運貨物公司。

'air ˌfreshener 名空氣清新劑。

'air ˌgauge 名氣壓計。

air·glow ['ɛr,glo] 名〖氣象〗夜光。

'air ˌgun 名1氣槍。2 氣動工具，噴槍，空氣鎚。

'air ˌhammer 名空氣鎚。

air·head ['ɛr,hɛd] 名 1 空降陣地。2《美俚》愚蠢的人，沒有頭腦的人。

air·head·ed ['ɛr,hɛdɪd] 形《美俚》愚蠢的，沒有腦筋的。

'air ˌhole 名1 通氣孔；風窗。2 結冰面的洞穴，冰窟窿。3 = air pocket.

air·hop ['ɛr,hɑp] 名 乘飛機短程旅行。—動(**-hopped**, ～**·ping**)不及搭乘飛機做短暫旅行。

'air ˌhostess 名女空服員，空中小姐。

air·i·ly ['ɛrəlɪ] 副活潑地；輕快地；輕柔地；飄逸地；揚揚得意地。

air·i·ness ['ɛrɪnɪs] 名U1 活潑；輕快。2 纖細；輕柔。3 通風良好；虛無縹緲。

air·ing ['ɛrɪŋ] 名 1U C晾乾，烘乾：an ～ cupboard《英》烘乾用櫥櫃。2 散步，兜風：take an ～ 散步。3（收音機或電視的）廣播。4（意見等的）發表。

'air ˌjacket 名1（機器上防止傳熱用的）氣套。2《英》= life jacket.

'air ˌlane 名飛機航線。

air-launch ['ɛr,lɔntʃ] 動 及空中發射：～*ed* ballistic missiles 空中發射彈道飛彈。

air·less ['ɛrlɪs] 形 1 沒有空氣的。2 通風不好的；沒有風的。
'air ˌletter 名 1 航空信。2 航空郵簡。
air·lift ['ɛrˌlɪft] 名 1（緊急時的）空運，空中補給線；被空運的人員，空運貨物；空中補給。2 氣力揚升；空氣升力；氣升器。—動及 空運。
air·line ['ɛrˌlaɪn] 名 1〖空〗(1) 定期航空，定期航運系統；定期航空的設備。(2)《常作~s，作單數》航線；航空公司：China *Airlines* 中華航空公司。2 送氣管。3《主美》最短距離，直線：by ~ distance 以直線距離。
air·lin·er ['ɛrˌlaɪnɚ] 名 大型客機。
'air ˌlock 名 1〖土木〗氣閘。2 氣栓（亦作 **airlock**）。
:**'air·mail** ['ɛrˌmel] 名 U 1 航空郵政：by ~ 以航空郵寄。2 航空郵件。—形 航空郵政的。—副 以航空郵寄。—動及 航空郵寄。
air·man ['ɛrmən] 名(複-**men** [-mən]) 1《常與修飾語連》飛行員：a civilian ~ 民航飛行員。2《美》空軍士兵；《英》准尉以下的空軍士兵；航空兵。
~·'**ship** 名 U 飛行技術。
'air ˌmap 名 航空地圖。
'air 'marshal 名《英》空軍中將（《美》lieutenant general）。
'air ˌmass 名〖氣象〗氣團。
'air ˌmattress 名 充氣墊。
'air meˌchanic 名《英》空軍機械士。
'air ˌmedal 名《偶作 **A- M-**》《美》空軍飛行勳章。
'air ˌmile 名 空哩。
air-mind·ed ['ɛrˌmaɪndɪd] 形 喜歡搭飛機旅行的；對於與航空有關的事物感興趣的。~·**ness** 名
'air ˌmiss 名《英》（飛機的）幾乎相撞。
air·mobile ['ɛrˌmobḷ, -bil, -bɪl] 形（地面部隊等）以直升機載往戰場的；使用空運部隊的：~ operations 空中機動作戰。
air·park ['ɛrˌpɑrk] 名 小型民用機場。
'air paˌtrol 名 空中巡邏；空中巡邏隊。
'air ˌpiracy 名 U C 劫機。
'air ˌpirate 名 劫機者。
:**air·plane** ['ɛrˌplen] 名 飛機（《口》常作 plane）：an ~ which is taking off 正在起飛的飛機 / board an ~ 上飛機。
'airplane ˌcloth 名 U 飛機用棉布：1 覆蓋機翼的棉布。2（襯衫用的）棉布。
'air ˌplant 名〖植〗氣生植物。
air·play ['ɛrˌple] 名 U（在電臺）播放樂曲。
'air 'pocket 名 空中氣渦；氣泡。
'air polˌlution 名 U 空氣污染。
:**air·port** ['ɛrˌport] 名 航空站，飛機場。
'air ˌpost 名《英》= airmail.
'air ˌpower 名 U 空軍實力；空軍。
'air ˌpressure 名 U 氣壓。
air·proof ['ɛrˌpruf] 形 氣密的，不透氣的，密封的；具耐氣性的。
'air ˌpump 名 空氣泵，抽氣機，腳踏車打氣筒。
air-raid ['ɛrˌred] 形《限定用法》空襲的：an ~ alarm 空襲警報。
'air ˌraid 名 空襲。
'air ˌraider 名 空襲機；空襲隊隊員。
'air ˌrifle 名 氣槍。
'air ˌroute 名 飛機航線。
'air ˌsac 名 1 氣袋。2（鳥及昆蟲的）氣囊；（附在風媒花花粉的）氣囊。
air·scape ['ɛrˌskep] 名 鳥瞰圖。
'air ˌscout 名 偵察機；空中偵察員。
air·screw ['ɛrˌskru] 名《英》螺旋槳。
'air-ˌsea 'rescue ['ɛrˌsi-] 名 U C 海空救難工作。
'air ˌservice 名 1 U C 空運；航空運輸業務。2 空軍。
'air ˌshaft 名（隧道、礦井、建築物的）通風井。
air·ship ['ɛrˌʃɪp] 名 飛船，飛艇：flexible ~ 軟式飛船 / a rigid ~ 硬式飛船。
air-ship ['ɛr'ʃɪp] 動(-**shipped**, ~·**ping**)及 空運。
air·ship·per ['ɛrˌʃɪpɚ] 名 空運業者。
'air ˌshow 名 飛行表演。
air·sick ['ɛrˌsɪk] 形 暈機的。~·**ness** 名 U 暈機病。
air·space ['ɛrˌspes] 名 U 領空。
air·speed ['ɛrˌspid] 名 U 空速。
'air ˌstation 名 飛機場；《英》航空旅客集散站；《加》空軍基地。
'air ˌstop 名《英》直升機場。
air·stream ['ɛrˌstrim] 名 氣流。
'air ˌstrike 名 空襲。
air·strip ['ɛrˌstrɪp] 名 飛機起落地帶，臨時跑道。
air-tax·i ['ɛrˌtæksɪ] 名 短程小型客機（亦作 **air taxi**）。
'air ˌterminal 名 航空站：機場內旅客上下飛機之建築物。
air·tight ['ɛrˌtaɪt] 形 1 密閉的，不通風的。2《口》無懈可擊的：an ~ defense 嚴密周全的防禦；無懈可擊的辯護。
'air ˌtime 名 U〖廣播·電視〗播出時間。
air-to-air ['ɛrtu'ɛr, -tə-] 形 空對空的：~ missiles 空對空飛彈。
air-to-ground ['ɛrtə'graʊnd] 形 空對地的：~ missiles 空對地飛彈。
air-to-sur·face ['ɛrtə'sɝfɪs] 形 空對地的；空中對水上（船艦）的：~ missiles 空對地飛彈。
'air 'traffic ˌcontrol 名 U 飛航管制，空中航行管制。略作：ATC
'air 'traffic conˌtroller 名（機場的）空中航行管制員。
'air ˌtransport 名 1 U 空運。2 運輸機，軍用運輸機。
'air ˌtrap 名 防臭氣閥。
'air ˌturbulence 名 U（空氣的）亂流。

A

'air ˌvice-'marshal 名《英》空軍少將。
air·view ['ɛr,vju] 名航空攝影照片。
'air ˌwarden 名《英》空襲警備員，防空隊長。
air·waves ['ɛr,wevz] 名(複)電波；廣播電視節目。
air·way ['ɛr,we] 名 **1**航路，航線：the southern ~ 南迴航線。**2**〖解〗呼吸道；（礦坑等的）通風道。**3**《~s》《集合名詞》（廣播電台的）頻道，波道。**4**《~s》航空公司：(the) Cathay Pacific *Airways* 國泰航空（公司）。
'airway ˌbeacon 名航路信標。
'air ˌwell 名通風井。
air-wise ['ɛr,waɪz] 形有飛行經驗的，有航空知識的。
air·wom·an ['ɛr,wumən] 名（複**-women**)女飛行員。
air·wor·thy ['ɛr,wɝðɪ] 形〖空〗（飛機等）適航的。**~·ness** 名Ⓤ適航性，飛行性能。
·air·y ['ɛrɪ] 形(**air·i·er, air·i·est**) **1** 通風的：an ~ hillside 迎風坡。**2** 空氣的；像空氣般的；無形的。**3** 輕而薄的；快活的，活潑的；輕快的；優雅的；纖柔的：an ~ gesture 優美的姿勢 / assume an ~ manner 擺出輕鬆愉快的態度。**4**不真實的；虛無縹緲的；不實際的；幻想中的:an ~ scheme 不切實際的計畫。**5**在空中進行的；高聳入雲的。**6**虛僞的，矯揉做作的。
air·y-fair·y ['ɛrɪ'fɛrɪ] 形《英口》像仙子般的；輕盈的；輕飄飄的；《蔑》不切實際的，幻想的。
:aisle [aɪl] 名**1**〖建〗（教堂的）側廊；禮拜堂中央的通道。**2**《美》（公車、戲院等的）座位間的走道；窄長的通道。
go down the aisle《口》舉行婚禮。
in the aisle（對演出）絕倒，捧腹大笑。
two on the aisle 劇場正面通道兩旁的座位。
walk up the aisle《口》結婚。
'aisle ˌseat 名靠通道的座位。
aitch [etʃ] 名H或h的字[音]；H字形。
aitch·bone ['etʃ,bon] 名 **1**（牛等的）臀骨。**2** 臀肉（亦稱 **edgebone**）。
a·jar[1] [ə'dʒɑr] 形《敘述用法》，副（門等）半開的[地]。
a·jar[2] [ə'dʒɑr] 形《敘述用法》，副不和諧的[地]；不符的[地]:a story ~ with the truth 與事實不符的故事。
A·jax ['edʒæks] 名〖希神〗艾傑克斯：特洛伊戰爭中的希臘勇士，與 Odysseus 爭 Achilles 的盔甲失敗而自殺。
AK《美郵》*Alaska*.
a.k.a., AKA, a/k/a《縮寫》《尤美》*a*lso *k*nown *a*s 亦名，別稱。
a·kim·bo [ə'kɪmbo] 形《敘述用法》，副雙手叉腰的[地]；（手、腳）彎曲的[地]: stand ~ 兩手叉腰而立。
·a·kin [ə'kɪn] 形《敘述用法》**1** 同族的，有血親關係的《*to*...》。**2** 同類的，類似的《*to*...》: Pity is ~ *to* love.《諺》憐憫近乎愛。**3**〖語言〗同源的《*to*...》。
Al [æl] 名〖男子名〗艾爾（Albert, Alfred 的暱稱）。
Al《化學符號》aluminum.
AL《美郵》*Al*abama.
A.L.《縮寫》〖棒球〗*A*merican *L*eague.
-al《字尾》構成形容詞，表「…的」、「…似的」、「…性質的」之意。
à la ['ɑlɑ,'ɑlə, 'ælə] 介 **1** 按照，以…風格的：fashion ~ Hollywood 好萊塢風格的。**2**〖烹飪〗依照…的烹調法，帶有…的風味；用…材料做成：~ jardiniere 加有數種切碎煮熟的蔬菜的。
Ala.《縮寫》*Ala*bama.
Al·a·bam·a [,ælə'bæmə] 名阿拉巴馬：美國東南部的一州；首府爲蒙哥馬利（Montgomery）。略作：Ala.,《郵》AL
al·a·bas·ter ['ælə,bæstɚ] 名Ⓤ**1** 雪花石膏。**2** 霰石。—形以雪花石膏製成的；像雪花石膏般的，雪白光滑的。
à la carte [,ɑlə'kɑrt] 形副照菜單點菜的[地]:a dinner ~ 按菜單點菜的晚餐。
a·lack(·a·day) [ə'læk(ə,de)] 感《古》哎呀！唉！嗚呼！（表悲嘆、惋惜、遺憾、心灰意冷的感嘆詞）
a·lac·ri·tous [ə'lækrətəs] 形欣然的；敏捷的；輕快的。
a·lac·ri·ty [ə'lækrətɪ] 名Ⓤ樂意，爽快；敏捷；輕快：spring to one's feet with astonishing ~ 以驚人的敏捷速度一躍而起。
A·lad·din [ə'lædɪn] 名阿拉丁：『天方夜譚』中尋獲神燈與魔戒的貧苦少年。
A'laddin's 'cave 名阿拉丁的寶窟；《喻》（財富、知識等的）寶庫。
A'laddin's 'lamp 名阿拉丁神燈。
à la king [,ɑlə'kɪŋ, ,ælə-] 形副〖烹飪〗肉類切丁後加入奶油濃汁、磨菇、甜椒或青椒一起燉。
Al·a·mo ['ælə,mo] 名《the ~》阿拉摩：昔日美國 Texas 州 San Antonio 市的修道院，1836 年爆發阿拉摩戰役。
a·la·mode[1] [,ɑlə'mod, ,ælə-] 形副流行的[地]，最新式的 [地]。
al·a·mode[2] ['ælə,mod] 名Ⓤ一種光滑質輕的絲綢。
Al·an ['ælən] 名〖男子名〗亞倫。
:a·larm [ə'lɑrm] 名**1**Ⓤ驚慌，不安；驚恐: ~*s* and excursions《諺》喧鬧忙亂 / in great ~ 大爲恐慌。**2**警報；警鐘，警笛，警報訊號：give the ~ 發出警報 / sound an ~ 鳴警鈴，發出警報。**3** 警報裝置：a fire ~ 火災警報器。**4** 武裝起來的號令。—動及 **1** 使驚慌。**2** 發出警報；使警覺。
a'larm ˌbell 名警鈴，警鐘。
a'larm ˌclock 名鬧鐘。
a·larmed [ə'lɑrmd]形恐慌的，驚恐的。
a·larm·ed·ly [ə'lɑrmɪdlɪ] 副驚恐地，恐

慌地。

a·larm·ing [ə'lɑrmɪŋ] 形 嚇人的，使人驚慌的；示警的。～**·ly**副

a·larm·ism [ə'lɑrmɪzəm] 名U **1** 危言聳聽。**2** 無端陷入恐懼的狀態；杞人憂天。

a·larm·ist [ə'lɑrmɪst] 名C 危言聳聽的人；杞憂之人；大驚小怪的人。
—形危言聳聽的；杞人憂天的。

a'larm re,action 名〖生理〗遇警反應。

a'larm ,signal 名警報信號。

a'larm ,system 名警報系統。

a·lar·um [ə'lærəm, ə'lɛr-] 名 **1**《古》= alarm. **2**《主英》警報；警報器。
alarums and excursions 《諧》喧鬧，騷亂。

·**a·las** [ə'læs, ə'lɑs] 感《古》唉！唉呀！可悲啊！哀哉！（表悲傷、悲痛、哀傷、擔憂的感嘆詞）

Alas. 《縮寫》*Alas*ka.

A·las·ka [ə'læskə] 名 阿拉斯加：北美洲西北部美國的一州；首府為朱諾（Juneau）。略作：Alas，《郵》AK.

A'laska 'Highway 名《 **the** ～》阿拉斯加公路。

A·las·kan [ə'læskən] 名阿拉斯加人。
—形阿拉斯加（人）的。

A'laska 'Range 名《 **the** ～》阿拉斯加山脈：美國 Alaska 州南部的山脈。

A'laska 'Standard ,Time 名《 **the** ～》阿拉斯加標準時間：比G(M)T晚 9 小時，亦即比台灣時間晚 17 小時。略作：AST.

alb [ælb] 名〖教會〗白麻布長祭袍。

Al·ba·ni·a [æl'benɪə] 名 阿爾巴尼亞：位於巴爾幹半島西部；首都為地拉那（Tirane）。

Al·ba·ni·an [æl'benɪən] 形 阿爾巴尼亞的；阿爾巴尼亞人[語]的。
—名阿爾巴尼亞人；U阿爾巴尼亞語。

Al·ba·ny ['ɔlbənɪ] 名 奧爾伯尼：美國 New York 州的首府。

al·ba·tross ['ælbə,trɔs] 名 **1**〖鳥〗信天翁。**2** 煩惱的根源；障礙，妨礙：an ～ about one's neck 苦惱的根源，沉重的心理負擔。

al·be·it [ɔl'biɪt] 連《文》雖然；縱使。

Al·bert ['ælbɚt] 名 **1 Prince,** 艾伯特王子（1819–61）：英國 Victoria 女王之夫。**2**〖男子名〗艾伯特（暱稱作 Al, Bert）。

Al·ber·ta [æl'bɝtə] 名亞伯達：加拿大西部的一省；首府艾德蒙頓（Edmonton）。

'Albert 'Hall 名《 **the** ～》艾伯特紀念館：位於英國 London 的肯辛頓區，常為音樂會的會場。

al·bi·nism ['ælbə,nɪzəm] 名U白化病；〖植〗白化現象。

al·bi·no [æl'baɪno] 名(複 ～**s** [-z])患白化病的人。

Al·bi·on ['ælbɪən] 名《古》不列顛，英格蘭：Great Britain 的古稱。

ALBM 《縮寫》*a*ir-*l*aunched *b*allistic *m*issile 由空中發射的彈道飛彈。

:**al·bum** ['ælbəm] 名 **1** 相簿，存放郵票的冊子。**2**（相簿似的）唱片套；一套唱片；唱片集，專輯。**3** 選集。

al·bu·men [æl'bjumən] 名U **1** 蛋白。**2**〖植〗胚乳。**3**〖生化〗= albumin.

al·bu·min [æl'bjumɪn] 名U〖生化〗白蛋白，蛋白素。

al·bu·mi·nous [æl'bjumɪnəs] 形 **1** 蛋白性的；蛋白素的，含蛋白素的。**2**〖植〗有胚乳的。

al·cal·de [æl'kældɪ] 名(複 ～**s** [-z])（西班牙、美國西南部擁有司法權的）鎮長，村長，行政區首長。

al·che·mist ['ælkəmɪst] 名 煉金術士，煉丹家。

al·che·my ['ælkəmɪ] 名(複**-mies**) **1** U煉金術，煉丹術。**2**（改變事物的）魔力，魔法。

ALCM 《縮寫》*a*ir-*l*aunched *c*ruise *m*issile 空中發射巡弋飛彈。

:**al·co·hol** ['ælkə,hɔl, -,hɑl] 名UC **1** 酒精，乙醇；醇：absolute ～ 無水酒精。**2** 含酒精的飲料。

·**al·co·hol·ic** [,ælkə'hɔlɪk, -'hɑl-] 形 酒精的，含酒精的；起因於酒精的；酒精中毒的，酗酒的：～ liquors 含酒精的飲料，酒類 / ～ poisoning 酒精中毒。—名 **1** 酒精中毒（患）者；酗酒者。**2**《～**s**》含酒精的飲料，酒類。

al·co·hol·ic·i·ty [,ælkəhɔ'lɪsətɪ, -hɑl-] 名U酒精度。

al·co·hol·ism ['ælkəhɔl,ɪzəm, -hɑl-] 名U 酒精中毒（症）。**-ist**名酒精中毒者。

al·co·hol·om·e·ter [,ælkəhɔl'ɑmətɚ, -hɑl-] 名酒精比重計，醇量計。

al·co·me·ter [,ælkə'mitɚ] 名測醉儀。

Al·co·ran [,ælko'rɑn, -'ræn] 名= Alkoran.

Al·cott ['ɔlkət] 名 **Louisa May,** 奧科特（1832–88）：美國女作家，主要著作有『小婦人』（Little Women）。

al·cove ['ælkov] 名 **1** 凹室，附室；凹處；壁龕：a dining ～ 吃飯的小房間。**2** 空地；涼亭。

Ald., ald. 《縮寫》*ald*erman.

al·de·hyde ['ældə,haɪd] 名〖化〗醛；乙醛。

al den·te [al'dɛnte] 形（食物煮得）軟硬適中的。

al·der ['ɔldɚ] 名〖植〗赤楊。

al·der·man ['ɔldɚmən] 名 (複**-men**) **1**《美·澳》市議員。**2**《英》長老議員：由郡或自治市議員中選出的資深議員，1947年廢止。
-man·ic [-'mænɪk] 形alderman 的。

Al·der·ney ['ɔldɚnɪ] 名 **1** 奧德尼島：英吉利海峽群島中的一島。**2** 奧德尼種乳牛。

A

·**ale** [el] 图1ⓊⒸ淡色啤酒，麥酒；《英》啤酒：small ～淡啤酒。2《英》（喝麥酒作樂的）村莊祭典。

Al·ec(k) ['ælɪk] 图〖男子名〗亞力克（Alexander 的暱稱）（亦稱 **Alex**）。

a·lee [ə'li] 副，形《敘述用法》〖海〗在下風舷側；在下風地[的]：Helm ～！下風舵！

a·le·gar ['æləgə-, 'elə-] 图Ⓤ《英口》麥酒醋；變酸的麥酒。

ale·house ['el,haus] 图（複 **-house·es** [-hauzɪz]）《古》麥酒店，啤酒店；酒店。

a·lem·bic [ə'lɛmbɪk] 图1 蒸餾器。2 使精良的事物。

a·lem·bi·cat·ed [ə'lɛmbɪ,ketɪd] 形 刻意雕琢的，用心推敲的。

:**a·lert** [ə'lɜ·t] 形（通常用 **more** ～; **most** ～）1 警覺的，機警的；密切戒備的《*to* ...》；留神的《*to* do》：be ～ *to* the dangers of... 對…的危險嚴密警戒。2 靈活的，敏捷的《*in*..., *in* doing》：be ～ *in* answering questions 對答如流。—图1 警戒狀態：警戒警報。2 待命警戒指令。

on the alert 警惕著，嚴密戒備著《*for*, *against*...》；時時注意著《*to* do》。

—動及1 使（軍隊、船等）待命；發出警報。2 警告，提醒《*to*...》。

～**·ly** 副，～**·ness** 图

A·leu·tian [ə'luʃən] 形阿留申群島的。—图阿留申人。

A'leutian 'Islands 图《the ～》阿留申群島：屬於美國 Alaska 州。

'A ,level 图《英》1 A 級：大學入學資格測驗（G.C.E.）的一級，比 O-level 高一級。2 A 級考試：A 級考試及格科目。

al·e·vin ['æləvən] 图幼魚，（剛孵出、仍連著卵黃囊的）鮭苗。

ale·wife[1] ['el,waɪf] 图（複 **-wives**）鯡魚。

ale·wife[2] ['el,waɪf] 图（複 **-wives**）麥酒店的女老闆。

Al·ex ['ælɪks, 'ælɛks] 图〖男子名〗亞歷克斯（Alexander 的暱稱）（亦稱 **Alec**, **Aleck**）。

Al·ex·an·der [,ælɪg'zændə-] 图1〖男子名〗亞歷山大（暱稱作 Al, Alec(k), Alex, Sandy）。2 ～ **the Great**, 亞歷山大大帝（356－323B.C.）：古代馬其頓國王。

Al·ex·an·dra [,ælɪg'zændrə] 图〖女子名〗愛麗珊德拉（暱稱作 Sandra）。

Al·ex·an·dri·a [,ælɪg'zændrɪə] 图亞歷山卓：位於埃及北部的港市。

Al·ex·an·dri·an [,ælɪg'zændrɪən] 形 1 亞歷山卓港的。2 亞歷山大大帝的。

Al·ex·an·drine [,ælɪg'zændrɪn] 图《常作 a-》〖詩〗亞歷山大格的詩行。—形〖詩〗亞歷山大格的。

al·ex·an·drite [,ælɪg'zændraɪt] 图ⓊⒸ翠綠寶石。

a·lex·i·a [ə'lɛksɪə] 图Ⓤ〖精神醫〗失讀症。

Alf [ælf] 图〖男子名〗艾夫（Alfred 的暱稱）。

Al·fa ['ælfə] 图《美》（通訊中所用的）A 字母的代碼字。

al·fal·fa [æl'fælfə] 图Ⓤ紫苜蓿。

Al·fred ['ælfrɪd] 图1〖男子名〗阿佛烈（暱稱作 Alf）。2 ～ **the Great**, 阿佛烈大帝（849－99）：古英國 Wessex 王國之王（871－99）。

al·fres·co [æl'frɛsko] 形副露天的[地]。

alg. 《縮寫》*alg*ebra(ic).

al·ga ['ælgə] 图（複 **-gae** [-dʒi]）1 水藻：green ～ 綠藻類。2 海藻。**-gal** 形。

·**al·ge·bra** ['ældʒəbrə] 图 Ⓤ 代數，代數學：elementary ～初等代數。

al·ge·bra·ic [,ældʒə'breɪk] 形 代數學的；代數上的：an ～ expression 代數式。

al·ge·bra·ist ['ældʒə,br(e)ɪst] 图 代數學家。

Al·ge·ri·a [æl'dʒɪrɪə] 图阿爾及利亞（共和國）：位於非洲西北部；首都 Algiers。

Al·ge·ri·an [æl'dʒɪrɪən] 形阿爾及利亞的；阿爾及利亞人的。—图 阿爾及利亞人。

Al·giers [æl'dʒɪrz] 图阿爾及爾：1 阿爾及利亞北部的港市兼首都。2 阿爾及利亞的舊稱。

ALGOL ['ælgɑl] 图Ⓤ〖電腦〗數學簡化程式，演算語言。

al·go·lag·ni·a [,ælgə'lægnɪə] 图Ⓤ〖精神醫〗痛淫：active ～自動痛淫，施虐狂 / passive ～ 被動痛淫，受虐狂。

al·go·lag·ni·ac [,ælgo'lænɪ,æk] 图 性虐待狂者。

Al·gon·qui·an [æl'gɑŋkɪən, -kwɪən] 图（複～**s**,《集合名詞》～）Ⓤ阿爾岡金語族：北美印第安最大的語族。—形阿爾岡金語族的。

Al·gon·quin [æl'gɑŋkɪn, -kwɪn] 图（複～**s**）1 阿爾岡金族（的人）：北美印第安的一族。2 Ⓤ阿爾岡金語。3 ＝ Algonquian.

—形＝ Algonquian.

al·go·rism ['ælgə,rɪzəm] 图ⓊⒸ〖數〗1 阿拉伯數字系統，十進制。2 十進法；算術。3 = algorithm.

al·go·rithm ['ælgə,rɪðəm] 图 Ⓤ Ⓒ〖數〗演算法。**-'rith·mic** 形

Al·ham·bra [æl'hæmbrə] 图《the ～》阿爾罕不拉宮殿：13-14 世紀建於西班牙 Granada 的伊斯蘭王朝宮殿。

a·li·as ['elɪəs] 图（複 ～**·es**）化名，別名：take an ～ 使用假名。—副1 別名叫，化名爲。2 在其他時候，在另一種場合。

A·li Ba·ba ['ælɪ'bæbə] 图阿里巴巴：『天方夜譚』（The Arabian Nights Entertainments）中「阿里巴巴與四十大盜」的主角。

al·i·bi ['ælə,baɪ] 图（複～**s** [-z]）1〖法〗不在犯罪現場：set up an ～提出案發時不在場證明。2《口》藉口，辯解。

A

—動不及《口》辯解。—及《口》提出不在現場證明[辯解]。

Al·ice ['ælɪs] 名〖女子名〗愛麗絲。

Al·ice-in-Won·der·land ['ælɪsɪn'wʌndɚ,lænd] 形奇幻的，荒誕不經的。

A·li·cia [ə'lɪʃɪə] 名〖女子名〗愛麗西雅。

·**al·ien** ['eljən] 名1外僑；外國人；外來者: resident ～*s* 居留外僑。2局外人。3外星人，異形。—形1外僑的，外國人的。2外國的，異國的。3奇特的，陌生的；異己的；相異的《*from*...》。4不相容的《*to*...》。5外星的。

al·ien·a·ble ['eljənəbl̩] 形〖法〗可讓渡的。**-'bil·i·ty** 名

al·ien·age ['eljənɪdʒ] 名U外國人的身分；外國人的法律地位。

al·ien·ate ['eljən,et] 動及1使疏遠；使產生疏離感；使異化；使轉移《*from*...》。2〖法〗讓渡。

al·ien·a·tion [,eljə'neʃən] 名U1疏遠。2〖心·社·哲〗疏離感，異化。3〖法〗轉移，讓渡。4〖精神醫〗精神錯亂。

al·ien·a·tor ['eljən,etɚ] 名讓渡人；疏遠者。

al·ien·ee [,eljə'ni] 名〖法〗受讓人。

al·ien·ism ['eljən,ɪzəm] 名1 = alienage. 2U精神病學；精神病治療。

al·ien·ist ['eljənɪst] 名1《美》法庭的精神病鑑定醫師。2精神病醫師。

a·light[1] [ə'laɪt] 動(～**·ed** 或 **a·lit**, ～**·ing**)不及1(由交通工具等)下來《*from*...》；(鳥等)飛落《*on, upon*...》；著陸，降落：～ *from* a carriage 下車。2《古》偶然碰到，偶然發現《*on, upon*...》。

a·light[2] [ə'laɪt] 副形《敘述用法》燃燒地[的]；光輝地[的]，發亮地[的]《*with*...》。

a·lign [ə'laɪn] 動及1使成一直線；對準，校直。2使聯盟《*with*...》；使採取同一態度: ～*ed* nations 結盟的國家。3調整，調節。4把(汽車的前輪)定位。
—不及1排成一行[直線]。2結盟。

a·lign·ment [ə'laɪnmənt] 名UC1成直線，對準，校直。2直線(狀)；成列的東西: the ～ of the mountains 綿延的山脈。3結盟。4調整；(汽車的)前輪定位。5(道路等的)平面圖。

·**a·like** [ə'laɪk] 副一樣地，相似地: young and old ～不分老少 / share and share ～公平分配。—形《敘述用法》類似的，同樣的。
～**·ness** 名U相似性。

al·i·ment ['æləmənt] 名UC1營養品；食物。2生活必需品。—['ælə,mɛnt] 動及扶養；給…營養品。**-men·'ta·tion** 名U營養作用，營養法；滋養；扶養。

al·i·men·tal [,ælə'mɛntl̩] 形有營養的。

al·i·men·ta·ry [,ælə'mɛntərɪ] 形1營養的；有營養的；飲食的。2扶養的。

ali'mentary ca'nal 名消化道。

al·i·mo·ny ['ælə,monɪ] 名U1〖法〗離婚贍養費。2扶養，贍養。

a·line [ə'laɪn] 動及不及= align.

A-line ['e,laɪn] 名A字形服裝。
—形(服裝)A字形的，上窄下寬的。

A-list ['e,lɪst] 形最優秀的，頂尖的。

al·i·quant ['æləkwənt] 形〖數〗除不盡的，不能整除的。—名不能整除的數。

al·i·quot ['æləkwət] 形1〖數〗可除盡的，可整除的。2〖化〗部分的。
—名〖數〗可除盡數，約數。

a·lit [ə'lɪt] 動 **alight**[1] 的過去式及過去分詞。

:**a·live** [ə'laɪv] 形1活著的，在世的: be buried ～ 被活埋 / come back ～ 生還。2現存的: the most talented pianist ～ 當世最有才華的鋼琴家。3持續的，不滅的；在活動中的；有效的；通電的: keep one's hope ～ 保持希望。4有活力的，活躍的。5《口》充滿著的；充滿生氣的《*with*...》: a pond ～ *with* boats 充滿小船的池塘。6 ⇨ ALIVE TO (片語)。

alive and kicking 《口》精力旺盛的，活蹦亂跳的。

***alive to*...** 對…敏感的；注意到…的。

all alive 《口》有活力，活潑。

(*as*) *sure as I am alive* 絕對確實。

come alive (1)《口》變得有生氣；變得有興趣。(2)(藝術作品等)栩栩如生地。

keep the matter alive 繼續討論。

Look alive! 《口》(1)加把勁！(2)留神！

a·liz·a·rin [ə'lɪzərɪn] 名U〖化〗茜素。

al·ka·li ['ælkə,laɪ] 名(複～**s**, ～**es**) UC〖化〗鹼。—形〖化〗鹼性的: ～ soil 鹼性土壤。

al·ka·li·fy ['ælkələ,faɪ, æl'kælə-] 動(-**fied**, ～**·ing**)及不及〖化〗(使)成鹼性，(使)鹼化。

'**alkali** ,**metal** 名〖化〗鹼金屬。

al·ka·line ['ælkə,laɪn, -lɪn] 形1鹼性的；含鹼的。2鹼金屬的。

al·ka·lin·i·ty [,ælkə'lɪnətɪ] 名U〖化〗鹼性，(含)鹼度。

al·ka·lize ['ælkə,laɪz] 動及〖化〗使鹼化。

al·ka·loid ['ælkə,lɔɪd] 名〖生化·化·藥〗生物鹼。—形鹼性的；生物鹼的。

Al·ko·ran [,ælko'rɑn] 名可蘭經 = Koran.

al·kyd ['ælkɪd] 名UC〖化〗酸醇樹脂。

al·kyl ['ælkɪl, -kil] 名〖化〗烷基。
—形烷基的，含烷基的。

al·kyl·a·tion [,ælkə'leʃən] 名U〖化〗烷化。

:**all** [ɔl] 形《限定用法》1《修飾單數名詞》全部的，整個的: ～ (the) morning 整個上午 / ～ one's life 終生 / ～ the way 一直；《俚》直到發生性關係為止。2《修飾複數名詞》全體的，全部的。3《修飾複數名詞》所有的，一切的: in ～ directions 四面八方 / in ～ respects 在各方面。4最大限度

A

的，儘可能的：in ～ haste 盡快 / with ～ one's might 使出全力 / with ～ due respect 以十二萬分的敬意。5（關於行爲或狀態等）一心一意的；充滿…的；僅僅是…的：be ～ attention 聚精會神；急於知道 / *A-* work and no play makes Jack a dull boy.《諺》光讀書不玩要使傑克變成笨小孩。6《與否定語連用，意爲部分否定》並非全部的：*A-* men can*not* be masters.《諺》並非人人都能當老闆。7《通常修飾不可數的名詞》任何的：beyond ～ doubt 不容置疑 / free from ～ care 了無牽掛。8《含感嘆之意》那麼多的。

for all... 儘管，雖然。

of all... 在所有的…之中偏偏…。

of all the... 《口》《表驚異或惱怒》就所有的…而言。

—[代] 1《作單數》所有一切，萬事：*All's* well that ends well.《諺》只要結局圓滿，那麼一切都算圓滿。2《作單數》《主美》全部，整個。3《作複數》《主美》一切，全體。4《作複數》所有每一個。5《與否定語連用，表部分否定》非全部：*A-* is *not* gold that glitters.《諺》發亮的東西未必都是金子。—[名][U] 1《常作 **A-**》萬物。2《通常作 **one's** ～》所有的一切。

above all 尤其，最重要者。

after all (1)《置句首或句中》不論如何，畢竟。(2)《置句中或句尾》仍然；結果還是。(3)《與名詞片語連用》= for ALL.

all and sundry 所有的人，大家。

do all one can 竭盡所能。

all in all (1)《通常置於句首》《口》總體而言，(2) 總共，合計。(3)《文》最重要的事物，最寶貝的人；一切。(4) 全面地，完全地。

all told 總共，合計。

and all 《口》以及其他一切，…等等。

and all that 以及其他諸如此類的事物，…等等。

at all (1)《否定》絲毫，全然。(2)《主要用於疑問句》究竟，到底。(3)《主要用於條件子句》果真，即使。

in all 總共，合計。

It was all one could do to do 僅能做到…。

once (and) for all (1) 僅此一次。(2) 一勞永逸地；斷然。

one and all = ALL and sundry.

that's all there is to it / that's all / That's all she wrote. 《主美口》到此爲止；這就是最後的決定；就是這麼一回事。

when all is said (and done) 歸根究底，到底，結果（還是…），畢竟。

—[副] 1 完全，整個地；《口》極其。2 僅僅，完全。3《**all the** + 比較級》甚至，更加。4〖運動〗雙方（都）。

all along ⇨ALONG（片語）

all at once ⇨ONCE[名]（片語）

all but... (1) 除…之外都。(2) 幾乎。

all for... 《口》全力支持。

all in... (1) 筋疲力竭的。(2) 各種費用均計算在內。

all in the wind (1)〖海〗太靠近風。(2)《口》不知所措。

all of... (1)《**a** + 名詞》完全。(2)《口》《與數詞連用》整整。(3)《口》大受…的影響，完全在…狀態中。

all one to... 對…來說完全一樣。

all out 《口》竭盡全力。

all over ⇨OVER[副]（片語）

all that 《口》《與 **not** 連用》（並不）如此，（並不）如想像中一般。

all the more so 愈發，更加《 *to* do 》。

all the same ⇨SAME[代]（片語）

all up 《口》絕望的《 *with...* 》。

all very fine 很好，很合理《 *for...* 》。

be all there 《口》(1) 機敏的。(2)《否定·疑問》理智的。

all- 《字首》母音前的 **allo-** 之別體。

al·la bre·ve [ˈɑləˈbrɛve, ˈæləˈbrɛv] [名]〖樂〗2/2 拍記號；2/2 拍的樂章 [樂曲]。

Al·lah [ˈælə, ˈɑlə] [名]〖回教〗阿拉，真主。

all-A·mer·i·can [ˈɔləˈmɛrɪkən] [形] 1 代表全美國的；（運動員、體育隊伍等）代表美國的，全美最佳的。2 全由美國人構成的。3 典型美國的。—[名] 1 全美最佳選手。2 典型的美國年輕人。

Al·lan [ˈælən] [名]〖男子名〗艾倫。

all-a·round [ˈɔləˈraʊnd] [形] 1 多才多藝的，樣樣精通的；遍及多方面的；多用途的：an ～ player 擅長多項運動的選手 / an ～ tool 萬能工具。2 總括的，全面的：an ～ success 全面性的成功 / the ～ cost 全部費用。～**·er** [名] 全能選手；多才多藝的人。

al·lay [əˈle] [動][及] 使釋懷；減輕，緩和。

ˈall ˈclear [名]（空襲）警報解除信號；無危險信號。

all-con·quer·ing [ˈɔlˈkɑŋkərɪŋ] [形] 所向無敵的，不敗的。

all-day [ˈɔlˈde] [形] 整天的，終日的：an ～ game 一整天的比賽。

al·le·ga·tion [ˌæləˈgeʃən] [名] 1 斷言，宣稱。2 辯解，申明。3〖法〗陳述。

·**al·lege** [əˈlɛdʒ] [動] (**-leged, -leg·ing**) [及] 1（無確實證據地）主張；宣稱；斷言；《通常用被動》聲稱，指稱。2（作爲藉口、理由而）提出：～ illness 以生病作爲藉口。3〖法〗引證，陳述。

al·leged [əˈlɛdʒd] [形]《限定用法》1 被提出而未證實的，被指稱的。2 可疑的，所謂的：his ～ friends 他所謂的朋友們。

al·leg·ed·ly [əˈlɛdʒɪdlɪ] [副] 據稱，根據傳聞。

Al·le·ghe·ny ˈMountains [ˌæləˈgenɪ-] [名]（複）《 **the** ～》阿利根尼山脈：美國東部 Appalachians 山系的支脈。

·**al·le·giance** [əˈlidʒəns] [名][U] 忠誠，效忠；忠實，獻身《 *to...* 》：in ～ *to* natural science 獻身自然科學 / pledge ～ *to* the American flag 向美國國旗宣誓效忠。

al·le·giant [ə'lidʒənt] 形 忠誠的，忠實的《*to*...》。

al·le·gor·i·cal [,ælə'gɔrɪkl, -'gɑr-] 形 寓言的，諷喻的，比喻的；由寓言而來的。**-i·cal·ly** 副

al·le·go·rist ['ælə,gorɪst, 'æləgərɪst] 名 寓言作家，諷刺家。

al·le·go·rize ['æləgə,raɪz] 動及 1 使寓言化，以諷喻方式敘述。2 當作寓言解釋。—不及 寓言化。

al·le·go·ry ['ælə,gorɪ] 名(複**-ries**) 1 U 諷喻，寓言法。2 寓言故事。3 寓意畫；有所寓意的事物；象徵。

al·le·gret·to [,ælə'grɛto] 形副〖樂〗稍快板的[地]。—名(複～**s** [-z]) 稍快板；稍快板的曲子。

al·le·gro [ə'legro, -'lɛ-] 形副〖樂〗快板的[地]。

al·le·lu·ia [,ælə'lujə] 感 哈利路亞：「讚美神」的呼聲。—名 讚美神的聖歌。

all-em·brac·ing [,ɔlɪm'bresɪŋ] 形 包羅萬象的，總括的。

Al·len ['ælən] 名〖男子名〗艾倫。

al·ler·gen ['ælɚdʒən] 名〖醫〗過敏原，變應原。

al·ler·gic [ə'lɝdʒɪk] 形 1 過敏性的，變應性的；有過敏症的，起過敏（性）反應的《*to*...》；具有過敏體質的：～ rhinitis 過敏性鼻炎。2《口》神經過敏的；憎惡的《*to*...》：～ *to* loud noise 極討厭噪音。

al·ler·gist ['ælɚdʒɪst] 名〖醫〗過敏科醫師。

al·ler·gy ['ælɚdʒɪ] 名(複**-gies**) 1 過敏性，變態反應性；過敏（症），變態反應《*to*...》。2《口》反感，憎惡《*to*...》。

al·le·vi·ate [ə'livɪ,et] 動及 減輕，緩和（痛苦等）；使變得較易忍受。

al·le·vi·a·tion [ə,livɪ'eʃən] 名 U 減輕，緩和，緩解。

al·le·vi·a·tor [ə'livɪ,etɚ] 名 1 減輕者；緩和劑；慰藉者。2（水力裝置）減震器。

all-ex·pense ['ɔlɪk'spɛns] 形 包括一切費用在內的；全部費用由贊助人負擔的。

·**al·ley**[1] ['ælɪ] 名(複～**s** [-z]) 1《美》（狹窄的）巷道。2 小徑；小巷：a blind ～ 死巷；絕境。3〖保齡球〗球道；《～**s**》保齡球場。4〖網球〗夾在網球場雙打邊線與單打邊線間的區域。

strike into another alley（在談話中）扯到別的地方。

up one's alley《俚》適合自己的能力：It is right *up* his ～. 那正是他所擅長的。

al·ley[2] ['ælɪ] 名(複～**s**)（大理石等製成的上等的）彈珠；《～**s**》彈珠遊戲。

'alley ,cat 名《美》1（城市中的）野貓；雜種貓。2《俚》脾氣暴躁無常的人。

al·ley-oop [,ælɪ'up] 名〖籃球〗高空接球並直接灌籃。

al·ley·way ['ælɪ,we] 名 1《美》後街，小巷。2 狹道，狹窄通道。

'All 'Fools' ,Day 名 = April Fools' Day.

'all 'fours 名(複) 1（獸類的）四腳；（人類的）手腳，四肢。2《作單數》〖牌〗= sevenup 1.

on all fours (1) 完全符合；對應《*with*...》。(2)（人）匍匐著；（獸類）四腳著地。

All·hal·lows [,ɔl'hæloz] 名 = All Saints' Day.

·**al·li·ance** [ə'laɪəns] 名 1 U C 聯姻；婚姻關係，姻親關係。2 U C 結盟，同盟；協定《*between, among, with*...》: a dual ～ 兩國同盟。3 U C 協力，聯合: an ～ between workers and students 勞工與學生的聯合。4《集合名詞》姻親；同盟者，同盟國。5 類似性，共通點。

enter into an alliance with... (1) 與…聯盟。(2) 與…聯姻。

in alliance with... 與…聯盟地。

·**al·lied** [ə'laɪd, 'ælaɪd] 形 1 同盟的；有姻親關係的：～ nations 同盟國。2 同類的，有密切關聯的《*to*...》: ～ animals 同類動物 / physics and ～ sciences 物理學及各門相關科學。3《**A-**》（第一次大戰的）協約國的；（第二次大戰的）同盟國的。

al·lies ['ælaɪz, ə'laɪz] 名 1 **ally**[1] 的複數形。2《**A-**》(1)（第一次大戰的）協約國。(2)（第二次大戰的）同盟國。

al·li·ga·tor ['ælə,getɚ] 名 1（產於美國南部及中國長江一帶等的）短吻鱷；《廣義》鱷魚。2 U 短吻鱷魚皮。3〖機〗具有強力活動顎夾的工具；鱷式壓軋機。

'alligator ,pear 名 = avocado.

all-im·por·tant ['ɔlɪm'pɔrtn̩t] 形 非常重要的，最重要的。

all-in ['ɔl'ɪn] 形 1《英》包括全部的；包括全部費用的：at the ～ cost 以包括各項費用在內的價格計算。2《口》筋疲力竭的。3〖角力〗自由式的。

all-in·clu·sive ['ɔlɪn'klusɪv] 形 一切包括在內的，總括的：an ～ tour 套裝旅遊。

all-in-one ['ɔlɪn'wʌn] 名（胸罩與束腹連在一起的）女用內衣。

al·lit·er·ate [ə'lɪtə,ret] 動不及 押頭韻；使用頭韻（法）。—及 使押頭韻。**-a·tive** [-,retɪv] 形 頭韻體的。

al·lit·er·a·tion [ə,lɪtə'reʃən] 名 U 頭韻。

al·li·um ['ælɪəm] 名〖植〗葱屬植物。

all-know·ing ['ɔl'noɪŋ] 形 無所不知的。

all-night ['ɔl'naɪt] 形 整夜的；通宵營業的：an ～ party 通宵派對。

all-night·er ['ɔl'naɪtɚ] 名 熬夜的人；通宵營業的商店；持續一整夜的活動：pull an ～ 整晚開夜車念書。

al·lo·cate ['ælə,ket] 動及 1 撥出（經費等）；把…劃歸《*for*...》；分配：～ textile materials among manufacturers 分配紡織原料給製造業者。2 確定…的位置；分

A

派，指派《to...》: ～ a person *to* a certain duty 分派某人某項任務。

al·lo·ca·tion [ˌæləˈkeʃən] 名 1 U C 撥款；分配，分攤；配給；分派；（帳目上的）計入：the ～ of expenditures 經費分攤。2 分配量，配給額。3〖會計〗分配法。

al·lo·graft [ˈæləˌgræft] 名 U〖免疫〗同種異體移植物。—動 及 同種異體移植。

al·lo·graph [ˈæləˌgræf] 名 1 由他人代筆之物或法律文件；代署簽名。2〖語言〗字素變體。～·ic 形

al·lo·morph [ˈæləˌmɔrf] 名 1〖化〗同質異晶體。2〖語言〗語素變體。

al·lo·path·ic [ˌæləˈpæθɪk] 形 對抗療法的。

al·lop·a·thy [əˈlɑpəθɪ] 名 U〖醫〗對抗療法，異種療法。

al·lo·phone [ˈæləˌfon] 名〖語音〗音位變體。

al·lo·phon·ic [ˌæləˈfɑnɪk] 形 音位變體的。

all-or-nothing [ˈɔlɚˈnʌθɪŋ] 形 毫無伸縮餘地的；全贏或全輸的。

·**al·lot** [əˈlɑt] 動(～·ted, ～·ting) 及 1 分配，攤派；指派；分派。2 撥出；把…撥給：～ the money for our home 把那筆錢撥作我們家用。3 注定《to...》。

allot on ... 《美方》(1) 信賴，依靠。(2) 打算《doing》。

al·lot·ment [əˈlɑtmənt] 名 1 U 分配，撥給；派定；C 分配額。2 U（美軍的）養家費。3《英》一小塊租用公地。4 U 命運。

al·lo·trope [ˈæləˌtrop] 名〖化〗同素異形體。

al·lot·ro·py [əˈlɑtrəpɪ] 名 U〖化〗同素異形（現象）。

all-out [ˈɔlˈaut] 形 1 盡全力的，全力以赴的。2 徹底的，完全的。

all·o·ver [ˈɔlˈovɚ] 形 遍及全面的；布滿圖案的。—[ˈɔlˌovɚ] 名 布滿圖案的布料。

:**al·low** [əˈlau] 動 及 1 (1) 允許；容許；准許；准許…出入：～ a free passage 准許自由通行。(2)（由於疏忽）聽任，任憑。2 給予；讓…獲得。3 承認；認為：～ him to be a genius 認為他是個天才。4 為…留出餘裕；扣除：～ five minutes for fueling 預留五分鐘加油時間 / ～ a gallon for leakage 扣掉一加侖的漏損量。

allow oneself in... 陷於，耽溺於。

allowing that... 縱使，即令。

—不及 1 允許，准許。2 容許…的可能。3 考慮到，顧及；為…預留；為…做好準備。

al·low·a·ble [əˈlauəbl] 形 可容許的，合法的。-bly 副

:**al·low·ance** [əˈlauəns] 名 1 U 允許，容許。2 定量；配給。3 津貼，補助費；費用；零用錢《for...》: a traveling ～ 旅遊津貼。4 折扣，減免：（在增減上的）（許可）限額：an ～ for depreciation 折舊抵價 / make an ～ of 5% 打九五折。5 U 承認：the ～ of a request 對一項要求的承認。6 U 認可；默許：the ～ of gambling 對賭博的容許。7〖機〗裕度。

at no allowance 無所顧慮地，任意。

by a person's allowance 承蒙某人的允准；對不起。

make allowance [allowances] for... (1) 考慮到，顧慮到。(2) 體諒，原諒。(3) 為…預留空間；準備好…所需。

—動 (-anced, -anc·ing) 及 1 按定量供給；發津貼，給零用錢。2 按定量供給。

al·low·ed·ly [əˈlauɪdlɪ] 副 被允許地，被承認地；明顯地，當然。

al·loy [ˈælɔɪ, əˈlɔɪ] 名 U C 1 合金。2（與貴重金屬混合的）劣金屬。3（金等的）純度，成色。4 混合物。5 雜質：pleasure without ～ 絕對的快樂。—[əˈlɔɪ, ˈælɔɪ] 動 及 1 鑄成合金；摻入其他物質《with ...》；降低成色：～ gold *with* copper 在金中混入銅製成合金。2 減低（希望、歡喜等）《with...》: ～ pleasure *with* bad news 因壞消息而掃興。3 緩和，中和。

all-pos·sessed [ˈɔlpəˈzɛst] 形《美口》入迷的；著魔般的，發狂的。

all-pow·er·ful [ˈɔlˈpauɚfəl] 形 全能的，萬能的。

all-pur·pose [ˈɔlˈpɝpəs] 形 多用途的，通用的，萬用的。

ˌ**all ˈright** 形 1 安好的；健康的。2《用於回答》是，好的，可以。3 良好的，令人滿意的。4《口》可信賴的。5《反語》好吧。

It's all right. 不客氣；沒關係。

—副 1 令人滿意地，順利地。2 必定。

(a) bit of all right 《敘述用法》《英》令人滿意的；極吸引人的。

all-round [ˈɔlˈraund] 形《英》= all-around.

all-round·er [ˈɔlˈraundɚ] 名 全能選手；多才多藝的人。

ˈ**All ˈSaints' ˌDay** 名 萬聖節（11 月 1 日）。

ˈ**All ˈSouls' ˌDay** 名 萬靈節（11 月 2 日）。

all·spice [ˈɔlˌspaɪs] 名〖植〗1 全香樹，牙買加甜椒樹。2 全香果，牙買加甜椒的果實。3 U 用全香果製成之食物調味用香料。

all-star [ˈɔlˌstɑr] 形《限定用法》由明星組成的：an ～ team 明星隊。

—名〖運動〗入選明星代表隊的選手。

ˈ**all-terrain ˈvehicle** 名 全地形車，越野車。略作：ATV。

all-time [ˈɔlˌtaɪm] 形 1 空前的，前所未有的: an ～ best seller 空前的暢銷書 / ～ monthly high production record 空前的月生產紀錄。2 全天上班的，專任的。

·al·lude [ə'lud] 動(-lud·ed, -lud·ing)及暗指，提及：～ to a person's impoliteness 暗指某人無禮。

·al·lure [ə'lʊr] 動(-lured, -lur·ing)及**1** 誘惑，引誘《*into, to...*》；誘使《*from...*》 ～ him *to* buy it 吸引他購買 / ～ a person *into* a snare 誘使某人上當 / ～ a person *from* his duty 誘使某人怠忽職責。**2** 迷惑，魅惑。

—名ⓊⒸ《文》魅力，誘惑力；《口》性魅力。

al·lure·ment [ə'lʊrmənt] 名**1**Ⓤ魅力，誘惑力；誘惑，引誘。**2** 誘惑物，誘人的事物；誘餌。

al·lur·ing [ə'lʊrɪŋ] 形 迷人的，誘惑人的，吸引人的。

·al·lu·sion [ə'luʒən] 名 ⓊⒸ **1** 暗示，暗指；提及《*to...*》。**2**〖修〗引喻，典故：Biblical ～*s* 聖經典故。

in allusion to... 暗示著…。

make (an) allusion to... 言及，提及。

al·lu·sive [ə'lusɪv] 形 **1** 暗示的，暗指的，提及的《*to...*》：a story ～ *to* her history 影射她生平的一篇故事。**2** 使用引喻的，含有典故的。～**·ly**副, ～**·ness**名

al·lu·vi·al [ə'luvɪəl] 形 沖積的，淤積而成的，沖積層的：～ gold 沙金 / an ～ fan 沖積扇。

al·lu·vi·um [ə'luvɪəm] 名 (複～**s**, **-vi·a**) ⓊⒸ〖地質〗堆積；沖積層。

all-weath·er ['ɔl,wɛðɚ] 形全天候的：an ～ fighter 全天候戰鬥機。

·al·ly [ə'laɪ] 動(-lied, ～·ing) 及 **1**《通常用被動或反身》使結盟，使聯姻《*with, to ...*》。**2** 與…屬於同一族，與…有關聯。

—不及結盟，聯合；聯姻。

—['ælaɪ, ə'laɪ] 名(複-lies) **1** 同盟國；同盟者。**2** 同類，同族。

all-year ['ɔl,jɪr] 形**1** 終年不間斷的，持續一年的。**2** 整年開放的。

al·ma ma·ter ['ælmə'metɚ, 'ɑlmə'mɑtɚ] 名**1** 母校。**2** 校歌。

·al·ma·nac ['ɔlmə,næk] 名**1** 曆書，曆。**2** 天文曆。**3** 年鑑。

al·might·i·ness [ɔl'maɪtɪnɪs] 名全能。

·al·might·y [ɔl'maɪtɪ] 形**1** 萬能的，全能的；具有莫大的勢力的：the *A-* God 全能的神 / the ～ dollar《口》萬能的金錢。**2**《口》非常大的，極嚴重的：an ～ scoundrel 窮兇極惡的壞蛋。—副《俚》極，非常。

—名《**the A-**》全能的神，上帝。

·al·mond ['ɑmənd, 'æ-] 名 **1** 杏仁；杏仁樹。**2**Ⓤ 杏仁色，淺黃褐色。**3** 杏仁形之物。

al·mond-eyed [,ɑmənd'aɪd, ,æmənd-] 形杏眼的。

al·mon·er ['ælmənɚ,'ɑmənɚ] 名**1**《英》(醫院的）社會工作人員。**2**《昔》（皇室、修道院等的）發放賑濟品的人。

:al·most [ɔl'most, '-,-] 副**1** 幾乎，差不多：～ the entire audience 幾乎所有的聽眾。**2**《限定用法》《文》近乎：an ～ arrogance 近乎傲慢的態度。

almost always 幾乎總是。

almost never [no, nothing] 幾乎不，幾乎沒有。

·alms [ɑmz] 名《作單，複數》施捨（物），救濟（金）：ask for (an) ～請求救濟[施捨]。

alms·giv·er ['ɑmz,gɪvɚ] 名 施捨者，救濟者。

alms·giv·ing ['ɑmz,gɪvɪŋ] 名Ⓤ施捨，救濟。

alms·house ['ɑmz,haus] 名 (複-**hous·es** [-,hauzɪz])《英》救濟院，貧民院。

alms·man ['ɑmzmən] 名 (複-**men**)受救濟的貧民，受施捨的人。

al·oe ['ælo] 名(複～**s** [-z]) **1**〖植〗蘆薈。**2**《常作 ～**s**，作單數》〖藥〗蘆薈汁。**3** = century plant.

aloe vera ['ælo'vɛrə] 名Ⓤ 蘆薈汁。

a·loft [ə'lɔft] 副**1** 在高處，往上方；在空中。**2**〖海〗在桅杆上，登上纜索具。

a·lo·ha [ə'loə, ɑ'lohɑ] 名愛；親切。

—感歡迎！再見！

a'loha ,shirt 名《亦作**A- s-**》= Hawaiian shirt.

A'loha ,State 名《**the** ～》美國夏威夷州的別稱。

:a·lone [ə'lon] 形《敘述用法》**1** (1) 單獨的，孤獨的：Better (to) be ～ than in bad company.《諺》與其濫交惡友，毋寧獨自一人。(2)（在感情、行動等方面）孤單的，孤立的《*in..., in doing*》。**2**（在能力等方面）無雙的，獨特的《*in...*》。**3**《置於名詞或代名詞之後》僅僅，只有。

leave...alone 讓（人）獨處；不去打擾；聽其自然。

let alone...《通常用於否定》更不用說。

let well (enough) alone 以現況為滿足；見好就收。

—副 **1** 單獨地，孤單地。**2** 僅僅，唯一地。**3** 獨力地。

not alone...but (also)...《文》不但…而且…。

:a·long [ə'lɔŋ] 介 **1** 沿著，順著：walk ～ the beach 沿著海岸走。**2** 在…的過程中，在…期間，在…途中。**3** 按照，遵循：～ here 朝這方向 / proceed ～ the lines I suggested 照我提議的方針進行。—副 **1** 沿著；並行地。**2** 向前。**3**《通常置於 **far**, **well** 等之後》（時間、工作等）往前推移，大有進展。**4** 與…一起；連同；（意見等）一致。**5** 隨身帶著；《主美》伴同（某人）。

all along (1) 自始至終。(2) 從一端到另一端。

along about... 接近（某時刻等）。

along back《美口》不久前，最近。

along of...《俚》(1) 因為。(2) 一起，伴同。

A

be along (1)《口》《與未來式連用》來到，到達。(2) ⇨副 3.
get along ⇨GET（片語）
right along《口》不停地，一直。

a·long·shore [əˈlɔŋˈʃor] 副形沿著海岸地[的]。

·**a·long·side** [əˈlɔŋˈsaɪd] 副 **1** 在旁邊；並排地。**2**〖海〗靠泊；在船邊。
alongside of... (1) 與…並排，在…的旁邊。(2) 與…做比較。
—介傍著，與…並排。

·**a·loof** [əˈluf] 副疏遠地，隔開地；避開地，置身事外地《*from*...》：stand (oneself) ～ *from*... 與…保持一段距離；對…採取超然的態度。—形離得遠遠的；不表露情感的；冷漠的《*with*...》。～·**ly** 副, ～·**ness** 名

al·o·pe·ci·a [ˌæləˈpiʃɪə] 名 U〖病〗禿髮，禿頭症。

:**a·loud** [əˈlaud] 副 **1**（使別人聽得見）說出聲地：read ～ 朗讀 / think ～ 不知不覺把心中所想的事說出聲來。**2**《古》大聲地，高聲地：laugh ～ 大聲笑。

a·low [əˈlo] 副〖海〗在近甲板處；在下方。

alp [ælp] 名高峰，高山：～*s* on ～*s* 重疊的峰巒；連續的苦難，重重難關。

al·pac·a [ælˈpækə] 名（南美洲祕魯的）羊駝；U羊駝毛；U羊駝毛織品；棉或縲縈（rayon）製的仿羊駝毛織品。

al·pen·horn [ˈælpənˌhɔrn] 名 阿爾卑斯號：阿爾卑斯山牧人的木製長柄號角。

al·pen·stock [ˈælpɪnˌstɑk] 名登山手杖。

al·pha [ˈælfə] 名 **1** U C 希臘字母中的第一個字母（*A*, α）。**2** U C 第一位；最初的事物；開端。**3**《**A-**》〖天〗主星，α星。**4**〖理〗α 粒子。**5**《英》優級：分三級的學業成績中的最高等級。

ˈalpha and oˈmega 名 **1** 開始與結束；全部，全體。**2** 中心要素，最重要的特徵。

:**al·pha·bet** [ˈælfəˌbɛt] 名 **1** 英文字母；文字體系，（全部的）字母，字符。**2**《**the** ～》初步，基礎，入門。

·**al·pha·bet·i·cal** [ˌælfəˈbɛtɪkl] 形 **1** 依字母順序的：in ～ order 按字母順序排列地。**2** 字母的。～·**ly** 副 依字母順序（排列）地。

al·pha·bet·ize [ˈælfəbəˌtaɪz] 動 及 按字母順序排列；以字母表示。

al·pha·nu·mer·ic [ˌælfənuˈmɛrɪk] 形〖電腦〗文數的：由字母、數字、符號組成的。

ˈalpha ˌparticle 名〖理〗α 粒子。

ˈalpha ˌray 名〖理〗α 射線。

ˈalpha ˌrhythm 名 U C〖生理〗α 波。

ˈalpha ˌtest 名〖心〗α 測驗，A 式（智力）測驗。

al·pine [ˈælpaɪn, -pɪn] 形 **1** 高山的：an ～ meadow 高山草原。**2** 非常高的。**3**《**A-**》阿爾卑斯（山脈）的：an *A*- hat 阿爾卑斯帽（飾有羽毛的尖形帽）。**4**〖生〗高山性的：～ plants 高山植物。**5** 阿爾卑斯式滑雪比賽的。

al·pin·ism [ˈælpɪˌnɪzəm] 名 U《常作 **A-**》攀登高山，攀登阿爾卑斯山。

al·pin·ist [ˈælpɪnɪst] 名《常作 **A-**》（高山）登山者，攀登阿爾卑斯山的登山者。

Alps [ælps] 名（複）《**the** ～》阿爾卑斯山脈：歐洲橫跨法、瑞、義、奧等國的山脈。

:**al·read·y** [ɔlˈrɛdɪ] 副 **1**《肯定》早已，已經：I have ～ met him. 我已見過他了。**2**《主要用於否定或疑問》《表驚訝、意外》已經：Are you through your work ～? 你已經把工作做完了嗎？

al·right [ɔlˈraɪt] 副 = all right.

A.L.S.《縮寫》*a*utographed *l*etter *s*igned 親筆簽名的信。

Al·sace-Lor·raine [ˈælˌsesloˈren] 名 阿爾薩斯洛林：法國東北部的一地區。

Al·sa·tian [ælˈseʃən] 名德國狼犬。

:**al·so** [ˈɔlso] 副也，同樣。
not only A but also B ⇨ONLY（片語）
—連而且，還。

al·so-ran [ˈɔlsoˌræn] 名 **1**〖運動〗（賽跑）落選的選手；《口》〖賽馬〗落選的馬。**2**《口》失敗者，落後者；落選者。**3** 凡人，平庸的人。

alt.《縮寫》*alt*ernate; *alt*itude; *alt*o.

Al·ta·ic [ælˈteɪk] 名 **1** U 阿爾泰語系。**2** 說阿爾泰語的人。—形 **1** 阿爾泰語系的。**2** 阿爾泰山脈的。

ˈAl·tai ˈMountains [ælˈtaɪ-] 名（複）《**the** ～》阿爾泰山脈：亞洲中部的大山系。

:**al·tar** [ˈɔltɚ] 名 **1** 祭壇，神壇。**2**〖教會〗聖餐臺。**3**《**A-**》〖天〗天壇座。
lead...***to the altar*** 與（女性）結婚。

ˈaltar ˌboy 名〖教會〗輔祭童子，祭壇助手。

al·tar·piece [ˈɔltɚˌpis] 名祭壇後方或上方的壁飾。

ˈaltar ˌstand 名（天主教的）讀經臺。

·**al·ter** [ˈɔltɚ] 動 及 **1** 變更，更改；把…改變《*into*...》：～ one's life style 改變生活方式 / ～ the storeroom *into* a bedroom 把儲藏室改爲寢室。**2**《口》閹割；割除（雌性動物的）卵巢。—不及 改變。

al·ter·a·ble [ˈɔltərəbl] 形能改變的，可改動的，可修改的。

·**al·ter·a·tion** [ˌɔltəˈreʃən] 名 U C 改變，改動；（變更後的）變化，變質：make ～*s* to the office 改造辦公室。

al·ter·a·tive [ˈɔltəˌretɪv, -rə-] 形 **1** 引起改變的，促使改變的。**2**〖醫〗改善體質的，恢復身體機能的。

al·ter·cate [ˈɔltɚˌket, ˈæl-] 動 不及 激烈爭論，爭辯：～ with a person about... 爲了…與某人爭辯。

al·ter·ca·tion [ˌɔltɚˈkeʃən, ˌæl-] 名 U

Ⓒ爭吵，爭論：have an ～ with a person over... 爲了…與某人掀起一場爭辯。

al·ter ego ['ɔltɚ'igo, -'ɛgo, 'æl-] 名 1 另一個自我。2 心腹，密友，知己。

·al·ter·nate ['ɔltɚ,net, 'æl-] 動 (**-nat·ed, -nat·ing**) 不及 1 與…交替進行；輪流（工作等）《*in..., in doing*》。2 在…之間來回變動：～ between hope and despair 徘徊於希望與絕望之間。3〖電〗交流。—及 1 輪流進行，輪流改變：～ the melodies 交替改變曲調。2 使…交替出現；交替進行…與…。

—['ɔltɚnɪt, 'æl-] 形 1 交替的，輪流的。2 相互的，互相的。3 相隔一個的。4 代替的；非傳統的。5〖植〗互生的。—['ɔltɚnɪt,'æl-] 名 1 = alternative. 2《美》代理人。3〖劇〗(1)（在一齣戲中）與其他演員輪流擔任同一角色的演員。(2) 替補演員。～·ness 名

'alternate 'angles 名(複)〖幾〗錯角。

al·ter·nate·ly ['ɔltɚnɪtlɪ, 'æl-] 副 交替地，輪流地；相隔一個地。

al·ter·nat·ing ['ɔltɚ,netɪŋ, 'æl-] 形 交替的；〖數〗交錯的；〖電〗交流的。

'alternating 'current 名 ⓊⒸ 交流電。略作：AC.

al·ter·na·tion [,ɔltɚ'neʃən, ,æl-] 名 ⓊⒸ 1 交替；間隔出現；循環：～ of generations〖生〗世代交替。2〖數〗錯列；〖電〗交變；交替。

:al·ter·na·tive [ɔl'tɝnətɪv, æl-] 名 1 二者擇其一：a government facing the ～ of high taxes or poor highways 面臨加徵重稅或任公路失修兩種選擇的政府。2（兩種事物中的）一方；可選擇之途；替代方案《*to ...*》。3（三者以上的事物中的）可選擇的事物；可供選擇的對象：a third ～ 第三個可行方法。—形 1 二者擇一的；可供選擇的。2 代替的，另類的。3 採取非傳統的價值觀的，既有體制之外的。4〖文法〗選擇性的。～**·ly** 副, ～**·ness** 名

al'ternative 'medicine 名 Ⓤ 另類療法，異種療法。

al·ter·na·tor ['ɔltɚ,netɚ, 'æl-] 名 交流發電機。

al·tho [ɔl'ðo] 連《美》= although.

alt·horn ['ælt,hɔrn] 名 高音喇叭。

:al·though [ɔl'ðo] 連 1 雖然，儘管。2 然而，但是。

al·tim·e·ter [æl'tɪmətɚ,'æltə,mitɚ] 名 1 高度表。2 高度測量器，高度計。

:al·ti·tude ['æltə,tjud, -,tud] 名 1 ⓊⒸ（由地面、海面算起的）高度，海拔：a city with an ～ of 2,257 meters 海拔 2,257 公尺的都市。2〖天·航〗地平緯度：take the ～ of a star 測量一顆星星的地平緯度。3〖幾〗(1)（三角形等的）高。(2) 頂垂線。4《通常作～s》高處，高地。5 崇高的身分。6（事物的）極致，顛峰《*of...*》。

in high altitudes 《美俚》得意洋洋地。

'altitude ,sickness 名 Ⓤ 高空病。

al·to ['ælto] 名(複～**s** [-z])〖樂〗1 Ⓤ 女低音。2 Ⓤ 男聲最高音。3（女低音、男中音）歌手。4（樂曲中的）alto 聲部。5 混聲合唱的第二高聲部（的歌聲）。6 中音樂器。

—形 1（音域）alto 的。2（樂器）中音的：an ～ saxophone 中音薩克斯風。

:al·to·geth·er [,ɔltə'gɛðɚ, '--,--] 副 1 全部，完全，全然；《與否定語連用，意爲部分否定》(並非) 完全：an ～ foolish notion 愚蠢之極的想法。2 總共：a debt of five dollars ～一共五塊錢的欠債。3《置於句首，修飾整句》總而言之，一般而言。—名 1 Ⓤ 全體；（藝術作品等的）整體效果。2《*the* ～》《口》裸體。

'alto 'horn 名 = althorn.

al·to-re·lie·vo ['æltorɪ'livo] 名 (複～**s** [-z]) = high relief.

al·tru·ism ['æltru,ɪzəm] 名 Ⓤ 利他，利他主義，利他行爲。

al·tru·ist ['æltruɪst] 名 利他主義者。

al·tru·is·tic [,æltru'ɪstɪk] 形 利他（主義）的。

al·um ['æləm] 名 Ⓤ〖化〗1 明礬。2 礬。3《俚》硫酸鋁。

a·lu·mi·na [ə'lumɪnə] 名 Ⓤ〖化〗礬土。

al·u·min·i·um [,æljə'mɪnɪəm] 名 形《英》= aluminum.

a·lu·mi·nous [ə'lumɪnəs] 形 1 礬的；含礬的。2 鋁的；含鋁的。

a·lu·mi·num [ə'lumɪnəm] 名 Ⓤ〖化〗鋁（符號：Al）。略作：alum.

—形 鋁的；鋁製的，含鋁的。

a·lum·na [ə'lʌmnə] 名 (複**-nae** [-ni])《美》女畢業生，女校友；前女同事。

a'lumni associ'ation 名《美》校友會。

a·lum·nus [ə'lʌmnəs] 名(複**-ni** [-naɪ])《美》男畢業生，男校友；前同事：an ～ of my college 我大學的同窗。

al·ve·o·lar [æl'viəlɚ] 形 1〖解·動〗肺泡的；小窩的；泡狀的；齒槽的。2〖語音〗齒槽的。—名〖語音〗齒槽音。

al·ve·o·lus [æl'viələs] 名(複**-li** [-,laɪ])〖解·動〗1 小窩。2 齒槽。3 胞：葡萄腺末端分泌單位。4 肺泡。

al·way ['ɔlwe] 副《古》= always.

:al·ways ['ɔlwɪz, -wez, -wəz] 副 1 總是：almost ～幾乎每次都 / like ～一如往昔。2 永遠，一直。3 隨時，無論如何。4《通常與進行式連用》始終。

for always 永遠。

not always 《部分否定》未必，不一定。

'Alz·heim·er's di,sease ['ɑltshaɪmɚz-] 名 Ⓤ 阿滋海默氏症，老年癡呆症。

:am [æm;《弱》əm, m] 動 **be** 的第一人稱、單數、直說法、現在式。

AM, A.M. 《縮寫》*a*mplitude *m*odulation 調幅：an ～ radio 調幅廣播。

A

Am. 《縮寫》 *America(n).*
A.M 《縮寫》《拉丁語》 *Artium Magister* 文學碩士。
·**a.m., am** ['e'ɛm] 上午，早晨：at 11 ～ 在上午十一點。
a·mah ['ɑmə,'æmə] 图（住在東方的歐洲人所僱的）奶媽；阿媽，女傭。
a·main [ə'men] 副《古》全力地；全速地；急速地；猛然地，突然地；非常。
a·mal·gam [ə'mælgəm] 图 1 Ⓤ Ⓒ 汞合金，汞齊。2 混合物：a strange ～ of Oriental and Western tradition 東方與西方傳統的奇妙結合。
a·mal·ga·mate [ə'mælgə,met] 動及 1 混合，融合；合併《 *with...* 》：～ three businesses 合併三項企業。2〖冶〗使混合成合金。—不及 融合，混合；合併。
a·mal·ga·ma·tion [ə,mælgə'meʃən] 图 Ⓤ Ⓒ 1 混合（體）；合併；混血，融合。2〖冶〗混汞（法）。
a·man·u·en·sis [ə,mænju'ɛnsɪs] 图(複 **-ses** [-siz]) 聽寫員，抄寫員；祕書。
am·a·ranth ['æmə,rænθ] 图 1（傳說中的）不凋之花。2 莧屬觀賞用植物。3 Ⓤ〖化〗莧菜紅；紫紅色。
am·a·ran·thine [,æmə'rænθɪn] 形 1 amaranth（般）的；紫紅色的。2 不凋的，不枯萎的；永恆的，不朽的。
am·a·ryl·lis [,æmə'rɪlɪs] 图〖植〗孤挺花。
a·mass [ə'mæs] 動及 1 累積，積聚。2 聚集；集合。—不及〖詩〗集合，聚集。
:**am·a·teur** ['æmə,tʃʊr, -,tʊr, -tʃɚ, -tɚ] 图 1 業餘愛好者，玩票者《 *of...* 》；生手《 *in...* 》。2 業餘選手。3 愛好者《 *of...* 》：an ～ *of* the theater 舞臺劇戲迷。—形 業餘的，玩票的，非職業性的。
am·a·teur·ish [,æmə,tɜɪʃ, 'tjʊrɪʃ] 形 業餘的，不專業的，不熟練的：an ～ performance 功夫不夠老練的表演。～**·ly** 副，～**·ness** 图
am·a·teur·ism ['æmə'tɜɪzm] 图 Ⓤ 業餘性質；業餘精神；非專業性的表現；業餘資格。
'**amateur ,night** 图 1 業餘人士的才藝表演。2《美俚》（專業人士的）不夠專業水準的表現。
am·a·tive ['æmətɪv] 形 戀愛的；多情的；色情的，好色的。～**·ly** 副，～**·ness** 图
am·a·to·ry ['æmə,torɪ] 形 戀愛的，有關愛情的；情人的；色情的，好色的。
am·au·ro·sis [,æmɔ'rosɪs] 图 Ⓤ〖病〗青盲，黑內障。
·**a·maze** [ə'mez] 動(**-mazed, -maz·ing**)及 使大為驚奇；使感到訝異《 *at, by...* 》。
a·mazed [ə'mezd] 形 驚愕的，驚異的：大感驚奇的《 *to* do, *at* doing, *at....*, *that* 子句 》：in an ～ manner 訝異地。
-maz·ed·ly [-'mezɪdlɪ] 副 驚異地。
·**a·maze·ment** [ə'mezmənt] 图 Ⓤ 驚異，驚愕：to one's ～《修飾整句》令某人感到訝異（的是…）。
·**a·maz·ing** [ə'mezɪŋ] 形 令人驚奇的，驚人的。
～**·ly** 副 令人驚奇地。
Am·a·zon ['æmə,zɑn, 'æməzn̩] 图 1《the ～》亞馬遜河：位於南美洲北部，世界第二長河流（6296 km）。2〖希神〗勇猛的女戰士部族。3《常作 **a-**》女中豪傑，驃悍的女人，女鬥士。
'**Amazon 'ant** 图〖昆〗亞馬遜紅蟻。
Am·a·zo·ni·an [,æmə'zonɪən] 形 1 勇猛果敢的，好戰的；魁梧而有男子氣概的。2 亞馬遜河的；亞馬遜河流域的。
am·ba·gious [æm'bedʒəs] 形 拐彎抹角的：～ logic 拐彎抹角的邏輯。
:**am·bas·sa·dor** [æm'bæsədɚ] 图 1 (1) 大使。(2)（交涉條約等的）（特派）大使：an ～ extraordinary and plenipotentiary 特命全權大使。(3)（聯合國等的）常駐首席代表。2 使節，代表。
ambassador-at-large [æm'bæsədɚə t'lɑrdʒ] 图(複 **-dors-at-large**)無任所大使，巡迴大使。
am·bas·sa·do·ri·al [æm,bæsə'dorɪəl] 形 大使的；使節的。～**·ly** 副
am·bas·sa·dress [æm'bæsədrɪs] 图 1 女大使；女使節。2 大使夫人。
·**am·ber** ['æmbɚ] 图 Ⓤ 琥珀（色）；（交通號誌中的）黃燈。—形 琥珀色的；琥珀製的。
am·ber·gris ['æmbɚ,gris, -grɪs] 图 Ⓤ 龍涎香：抹香鯨腸內的排出物，可作香料。
ambi- 《字首》表「雙方」、「圍繞」之意。
am·bi·ance ['æmbɪəns] 图 = ambience.
am·bi·dex·ter·i·ty [,æmbədɛks'tɛrətɪ] 图 Ⓤ 1 兩手都靈巧，雙手靈活；高度靈巧。2 表裡不一；詭詐，狡猾。
am·bi·dex·trous [,æmbə'dɛkstrəs] 形 1 兩手都能靈活使用的：an ～ baseball player 雙手都能靈活使用的棒球球員。2 異常靈巧熟練的，極有才藝的。3 兩面討好的；詭詐的，狡猾的：an ～ policy 騎牆政策。4《俚》雙性戀的。
am·bi·ence ['æmbɪəns] 图 Ⓒ Ⓤ 1 周圍，環境。2 氣氛：a pleasing ～ 快樂的氣氛。
am·bi·ent ['æmbɪənt] 形 1 周圍的，環繞的。2 不停流動著的。
am·bi·gu·i·ty [,æmbɪ'gjuətɪ] 图(複 **-ties**) 1 Ⓤ 曖昧，含糊，不明確；多義性，模稜兩可：express oneself with ～ 講話模稜兩可。2 意義不明確的語句。
am·big·u·ous [æm'bɪgjʊəs] 形 1 模稜兩可的，意義不明確的，含糊的：an ～ reply 不明確的答覆。2〖語言〗可以做兩種或兩種以上解釋的；模稜兩可的。3 不明確的，曖昧的；難以理解的；不清楚的，晦澀的：an ～ passage 意義晦澀不清的一段文字 / an ～ position 曖昧的立場。～**·ly** 副，

~·ness 图

am·bi·sex·trous [,æmbɪ'sɛkstrəs] 形《口》1 雙性戀的。2（服裝等）男女通用的。3（聚會等）包括男女兩性的。

am·bi·sex·u·al [,æmbɪ'sɛkʃuəl] 形图雙性戀的[者]。

am·bit ['æmbɪt] 图《常作~s》1 周圍。2 境界，界限；界域；《喻》（知識等的）範圍，領域。

:**am·bi·tion** [æm'bɪʃən] 图 1 Ⓤ Ⓒ 野心，雄心；渴望《*for...*》；抱負《*to be*》；壯志《*to* do》: his ~ *for* fame 他求名的野心 / be full of ~充滿野心。2 追求的目標。3 Ⓤ 活力，銳氣。—動及渴望獲得，懷有野心。

:**am·bi·tious** [æm'bɪʃəs] 形 1 雄心勃勃的，有野心的；為野心所驅策的: an ~ politician 有野心的政客。2 懷有野心的，熱切渴望的《*for, of..., to* do》: be ~ *for* power 渴望獲得權力。3 需要極大努力的。~·**ly** 副, ~·**ness** 图

am·biv·a·lence [æm'bɪvələns] 图 Ⓤ 1〖心〗情感兩歧。2 搖擺不定；猶疑不決。

am·biv·a·lent [æm'bɪvələnt] 形〖心〗情感兩歧的；矛盾的；愛恨交織的；搖擺不定的: an ~ feeling toward religion 對宗教的矛盾心理。

am·ble ['æmbḷ] 動不及 1 溜花蹄，以側對步緩步行進；策馬緩行。2 閒逛，漫步；（事）順暢地進行。—图 1（馬的）溜花蹄。2 從容的步伐；緩行，漫步。

am·bler ['æmblɚ] 图 緩行的馬，漫步的人。

am·bly·o·pi·a [,æmblɪ'opɪə] 图 Ⓤ〖眼〗弱視。-**op·ic** [-'ɑpɪk] 形弱視的。

am·bro·sia [æm'broʒɪə] 图 Ⓤ 1〖希神〗(1) 神饌。(2) 神靈的香膏[香油]。2 佳肴。

am·bro·sial [æm'broʒɪəl] 形 1 神靈所吃的；像神靈的食物般的；非常美味的，非常芳香的。2 天堂的；神的。~·**ly** 副

·**am·bu·lance** ['æmbjələns] 图救護車。

'**ambulance ,chaser** 图《美口》1 交通事故律師。2 過於積極爭取客戶的律師。

am·bu·lance·man ['æmbjələnsmən] 图(複-**men**) 救護車上的救護員。

am·bu·lant ['æmbjələnt] 形 1 流動的，巡迴的: an ~ radio station 流動廣播電臺。2〖醫〗= ambulatory 3.

am·bu·late ['æmbjə,let] 動不及 行走，移動。-**la·tion** 图

am·bu·la·to·ry ['æmbjələ,torɪ] 形 1 步行的；流動的，巡迴的: an ~ excursion 徒步旅行。2 適於步行的: ~ animals 步行動物。3〖醫〗能行動的；門診的；以能行動的病人為對象的；轉移性的: an ~ patient 能行動的病人，門診病人（亦稱 **ambulant**）。4〖法〗可變更的: an ~ will 可變更的遺囑。—图（複 -**ries**）〖建〗（教堂的）步廊；迴廊，走廊。

am·bus·cade [,æmbə'sked] 图埋伏；伏兵埋伏地點。—動不及埋伏。—及伏擊。

am·bush ['æmbuʃ] 图 1 埋伏，伏擊: lie in ~ for... 埋伏著等待…。2 埋伏地點；伏兵: lay an ~ 布下伏兵 / fall into an ~ 中了埋伏。—動及伏擊。

a·me·ba [ə'mibə] 图〖動〗阿米巴，變形蟲。

a·mel·io·ra·ble [ə'miljərəbḷ] 形可改善的，可改良的。

a·mel·io·rate [ə'miljə,ret] 動及改善；改良。—不及好轉。

-'**ra·tion** 图, -**ra·tive** [-,retɪv] 形

·**a·men** ['e'mɛn, 'ɑ'mɛn] 感 1 阿門！2《表同意、贊成之詞》好極了！—副確實地。—图 1《祈禱或聖歌的結束語》阿門。2 同意，贊成。

a·me·na·ble [ə'minəbḷ, ə'mɛn-] 形 1 承受得起檢驗的《*to...*》: data ~ *to* scientific analysis 適合做科學分析的資料。2 順從的《*to...*》；溫順的，容易駕馭的: a person ~ *to* reason 明理的人 / ~ *to* flattery 易被阿諛打動。3 應負責的；負有法律責任的《*to, for...*》: ~ *to* criticism 應受責難。

-**bly** 副負責地；順從地。

:**a·mend** [ə'mɛnd] 動及 1 修正，修訂: an ~*ed* bill 修正案。2 改善；改正。3《古》修繕，修理。—不及 改過自新。~·**a·ble** 形可修正的。

·**a·mend·ment** [ə'mɛndmənt] 图 Ⓤ Ⓒ 1 改善，改過自新。2 修改；（法令的）修訂，修正（案）《*to...*》；《the Amendments》美國憲法修正案: make an ~ *to* a bill 提出法案的修正案。

a·mends [ə'mɛndz] 图(複)《作單、複數》賠償；賠罪: a full ~全額賠償 / every possible ~ 一切盡可能的補償。

make amends 賠償，補償《*for, to...*》。

a·men·i·ty [ə'mɛnətɪ] 图（複-**ties**）1《-**ties**》禮貌的行為，禮儀: exchange *amenities* 互相致意。2 Ⓤ（氣候等的）舒服；（性情、態度等的）令人愉快《*of...*》。3《-**ties**》愉快舒適的事物；樂趣。

Amer. 《縮寫》*Americ*a(n).

Am·er·a·sian [,æmə'reʒən] 图 美亞混血兒。

a·merce [ə'mɝs] 動及 1（依法院裁決）科以罰金。2 懲罰《*with, of...*》: ~ a person *with* the loss of his estate 罰某人沒收財產。

~·**a·ble** 形, ~·**ment** 图 Ⓤ 罰鍰；Ⓒ 罰金。

:**A·mer·i·ca** [ə'mɛrɪkə] 图 1 美國。2 北美洲；南美洲；南北美洲。

:**A·mer·i·can** [ə'mɛrɪkən] 形 1 美國（人）的，美國籍的: the ~ flag 美國國旗。2 美洲的。3 美洲印第安人的。

—图 1 美國人；美洲人；美洲土著。2 = American English. ~·**ly** 副

A·mer·i·ca·na [ə,mɛrə'kænə, -'kenə, -'kɑnə] 图（複）1《常作複數》美國史料。2《作單數》美國誌，美洲誌: Encyclopedia

A

～大美百科全書。

A'merican 'aloe [名]= century plant.

A'merican 'Beauty [名]〖園〗美國美人：美國產的一種長莖玫瑰，花朵大而呈深紅色。

A'merican ˌcloth [名]《英》= oilcloth.

A'merican ˌDream [名]《the ～》**1** 美國的建國理想。**2** 美國夢：美國的生活方式。

A'merican 'eagle [名]**1** 白頭鷹。**2**《the ～》(美國國徽上的）白頭鷹標誌。

A'merican 'English [名] [U] 美式英語，美語。

A'merican 'football [名]《英》[U]美式足球（《美》football）；[C]美式足球賽所用的球。

A'merican 'Indian [名]= Indian 2.

A·mer·i·can·ism [ə'mɛrɪkən,ɪzəm] [名]**1** [U][C]美國精神；美國風格；美國特有的習俗。**2**[U][C] 美式英語特有的字詞、語法、拼法、發音等。

A·mer·i·can·ist [ə'mɛrɪkənɪst] [名] **1** 研究美國事物的人；研究印第安文化或語言的人。**2** 親美派，親美者。**3** 美洲專家。

A·mer·i·can·ize [ə'mɛrəkən,aɪz] [動][及]使美國化；使歸化美國。—[不及]美國化；美語化。**-i·'za·tion**[名][U]美國化。

A'merican 'League [名]《the ～》〖棒球〗美國聯盟：美國兩大職業棒球聯盟之一。略作：AL。

A'merican 'Legion [名]《the ～》美國退伍軍人協會。

A'merican 'organ [名]美式風琴：一種腳踏風琴。

A'merican ˌplan [名]《the ～》美式旅館收費制。略作: AP

A'merican Revo'lution [名]《the ～》美國獨立戰爭（1775–83年）。

am·er·i·ci·um [ˌæmə'rɪʃɪəm] [名][U]〖化〗鋂。符號：Am

Am·er·ind ['æmə,rɪnd] [名] **1** 美洲原住民：印第安人或愛斯基摩人。**2**[U] 美洲印第安人的語言。

Am·er·in·di·an [ˌæmə'rɪndɪən] [名] = Amerind 1. —[形]美洲原住民的，印第安人[語]的。

am·e·thyst ['æməθɪst] [名][U]**1** 紫水晶。**2** 紫色。—[形]**1** 紫色的。**2** 紫水晶的。

am·e·thys·tine [ˌæmə'θɪstɪn] [形] **1** 含有紫水晶的；紫水晶般的。**2** 紫色的。

Am·ex, AMEX ['æm,ɛks] [名] 美國證券交易所。

a·mi·a·bil·i·ty [ˌemɪə'bɪlətɪ] [名] [U] 和藹可親，友善，溫和。

·**a·mi·a·ble** ['emɪəbl] [形] **1** 和藹可親的，友善的；性情溫和的：an ～ woman 性情溫和的女人 / an ～ manner 和藹可親的態度。**2** 友好的。**-bly**[副]，～**·ness**[名]

am·i·ca·ble ['æmɪkəbḷ] [形]友好的，和睦的：settle a difference in an ～ manner 以友好的方式解決意見上的分歧。**-bil·i·ty** [-'bɪlətɪ]，～**·ness**[名]，**-bly**[副]

am·ice ['æmɪs] [名]〖教會〗僧侶的頭巾。

·**a·mid** [ə'mɪd] [介] **1** 在…當中；在…的包圍中。**2** 於…之際。

a·mid·ships [ə'mɪdʃɪps] [副]〖海·空〗**1** 在船體的中間部位。**2** 沿著船體縱向中心線。—[形]船體中間部分的。

a·midst [ə'mɪdst] [介]= amid.

a·mi·go [ə'migo, ɑ-] [名](複 ～**s** [-z])《美》朋友。

a·mine [ə'min, 'æmɪn] [名]〖化〗胺。

a·mi·no [ə'mino, 'æmə,no] [形]〖化〗氨基的。

a'mino 'acid [名]〖化〗氨基酸。

a·mir [ə'mɪr] [名]= emir：回教國家的酋長或王侯。

a·mir·ate [ə'mɪrɪt, -,ret] [名] 王侯的地位[階級，職位]；酋長國。

A·mish ['ɑmɪʃ] [名]（複）阿米施教派：美國的保守宗教團體。

a·miss [ə'mɪs] [副]錯誤地；偏差地；不恰當地：judge ～ 判斷錯誤。

come amiss 不受歡迎；不適當：Nothing *comes* ～ to a hungry man. 飢不擇食。

take...amiss 由於…而見怪；誤解。

—[形]《敘述用法》不適當的；不正常的；有毛病的《*with...*》。

am·i·ty ['æmətɪ] [名](複**-ties**) [U][C]友誼，友情；和睦；（國家間的）友好，親善：live in ～ with... 與…和睦相處。

AMM 《縮寫》*a*nti-*m*issile *m*issile 反飛彈飛彈。

Am·man [æ'mæn] [名]安曼：約旦首都。

am·me·ter ['æm,mitɚ] [名]〖電〗電流表，安培計。

am·mo ['æmo] [名][U]《口》彈藥。

Am·mon ['æmən] [名] 阿蒙：古代埃及人的太陽神。

am·mo·nia [ə'monjə] [名][U]〖化〗**1** 氨。**2** 氨水。

am·mo·ni·ac [ə'monɪ,æk] [名] [U] 氨樹膠。

—[形]（含）氨的。

am'monia ˌwater [名]〖化〗氨水。

am·mo·nite ['æmə,naɪt] [名]菊石。

am·mo·ni·um [ə'monɪəm] [名][U]〖化〗銨：～ chloride 氯化銨 / ～ nitrate 硝酸銨。

am·mu·ni·tion [ˌæmjə'nɪʃən] [名] [U] **1** 彈藥。**2** 武器，投擲物。**3**《口》用於攻擊或防禦的資料；攻擊或防禦手段。

am·ne·sia [æm'niʒɪə] [名][U]〖病〗失憶症，健忘（症）。

am·ne·si·ac [æm'niʒɪ,æk] [名] 失憶症病患，健忘症患者。—[形]（患）健忘症的。

am·nes·ty ['æmnəstɪ, 'æm,nɛstɪ] [名] (複**-ties**)[U][C] **1**（對政治犯的）特赦；（對戰犯的）赦免；大赦：～ law 大赦法 / give (an) ～ to... 對…施予特赦。**2** 寬恕。

—[動](**-tied**, ～**·ing**)[及]給予大赦；寬恕。

A

'Amnesty Inter'national [名] 國際特赦組織。略作: AI, A. I.

am·ni·o·cen·te·sis [ˌæmnɪosɛn'tisɪs] [名](複 -ses [-siz])〖醫〗羊膜穿刺（術）。

am·ni·og·ra·phy [ˌæmnɪ'ɑgrəfɪ] [名](複 **-phies**)[U][C]羊膜攝影（術）。

am·ni·on ['æmnɪən] [名](複～s, **-ni·a** [-nɪə])〖解·動〗羊膜。

am·ni·ot·ic [ˌæmnɪ'ɑtɪk] [形]〖解·動〗（有）羊膜的。

amni'otic 'fluid [名][U]〖解·動〗羊水。

a·moe·ba [ə'mibə] [名](複 **-bae** [-bi], ～s) = ameba.

a·moe·bic, a·me- [ə'mibɪk][形]**1** 阿米巴的；像變形蟲般的。**2** 由阿米巴引起的: ～ dysentery 阿米巴性痢疾。

a·moe·boid, a·me-[ə'mibɔɪd][形]〖生〗阿米巴狀的，變形蟲似的：～ movements 變形蟲運動。

a·mok [ə'mʌk, ə'mɑk] —[副] 狂亂地 = amuck《通常用於下列片語》

run amok = run amuck

A·mon ['ɑmən] [名]= Ammon.

:a·mong [ə'mʌŋ] [介]**1**《表位置、場所》在…之中；被…圍繞：a house ～ the trees 林木環繞的房子 / live ～ strangers 生活在陌生人之間 / stand ～ the audience 站在聽眾中。**2**《表分配》在…之間各自：divide the candy ～ four children 把糖果分給四個小孩子。**3**《表選擇》《通常與最高級形容詞連用》在…之中最特出的；《前面常加 from》從…之中：a poet ～ poets 出類拔萃的詩人。**4**《表全體、分布》在…全體中；為…全體所皆有: a mistake common ～ students 學生常犯的錯誤。**5**《常與反身代名詞連用》(1) 由…全體一起，由…共同合作。(2) 彼此…。

among other things 其中；尤其，特別。

among the rest ⇨REST² (片語)

a·mongst [ə'mʌŋst] [介]= among.

a·mor·al [e'mɔrəl, -'mar-] [形] **1** 與道德無關的。**2** 沒有道德觀念的。～**·ly**[副]

a·mo·ral·i·ty [ˌemə'rælətɪ] [名] [U]非道德性。

am·o·rist ['æmərɪst] [名] **1** 喜歡談情說愛的人，好色之徒。**2** 愛情小說的作者。**-'ris·tic** [形]喜歡談情說愛的；好色的。

am·o·rous ['æmərəs] [形]**1** 多情的，充滿性愛慾情的，好色的：～ affairs 風流韻事。**2** 墜入愛河的《*of*...》。**3** 示愛的：～ glances 含情脈脈的眼光。**4**（有關）戀愛的: ～ songs 戀歌，情歌。

a·mor·phous [ə'mɔrfəs] [形] **1** 沒有固定形狀的：the ～ mass 無以名狀的一團東西。**2** 無法歸類的；沒有組織的。**3**〖礦·化〗非結晶形的；無定形的。

am·or·ti·za·tion [ˌæmɚtə'zeʃən] [名] [U]（債務等的）分期償還，攤還；分期償還額；攤還額。

am·or·tize ['æmɚˌtaɪz, ə'mɔr-] [動] [及]分期償還；攤還；攤提。

A·mos ['eməs] [名]**1** 阿摩司:西元前八世紀的希伯來先知。**2** 阿摩司書:舊約聖經中記載阿摩司預言的書。**3**〖男子名〗阿摩司。

:a·mount [ə'maʊnt] [名]**1** 量；金額：a large ～ of money 巨額的錢 / remit the ～ of the invoice 照發票上所列的金額匯款。**2** 總數，合計。**3** 意義，價值，重要性：the real ～ of his statement 他話中的真義。

an amount of... 相當數量的…，適量的…。

any amount of... ⇨ANY（片語）

in amount (1) 總計。(2) 歸根究底。

to the amount of... 共計，達到…之數。

—[動] [不及] **1**（效果、價值、意義等）相當於。**2** 總計，合計為。**3** 達到，變成。

a·mour [ə'mʊr, æ-] [名]**1** 戀愛關係，戀情: have an ～ with a person 與某人譜出戀曲。**2** 風流韻事，姦情 : take to ～ 耽於情愛。**3** 愛人，情婦。

a·mour pro·pre [ˌɑmʊr'prɑpr] [名] [U]《法語》自重，自愛，自尊。

A·moy [ə'mɔɪ] [名]廈門。

amp¹ [æmp] [名]〖電〗= ampere.

amp² [æmp] [名]《口》= amplifier.

am·per·age [æm'pɪrɪdʒ, 'æmˌpɪrɪdʒ] [名] [U]〖電〗安培數，電流量。

am·pere ['æmpɪr, -'-] [名]〖電〗安培。略作: A, amp.

am·pere-hour ['æmpɪr'aʊr] [名]〖電〗安培小時（電量的單位）。略作: Ah, amp-hr

am·pere·me·ter ['æmpɪrˌmitɚ] [名]安培計，電流計。

am·pere-turn ['æmpɪrˌtɝn] [名]〖電〗安培匝（數）。略作: At, AT

am·per·sand ['æmpɚˌsænd, ˌ--'-] [名] & 或& (= and) 的符號名稱。

am·phet·a·mine [æm'fɛtəˌmin, -mɪn] [名][U][C]〖藥〗安非他命。

amphi- 《字首》**1** 表「兩側」、「兩類」之意。**2** 表「周圍」之意。

Am·phib·ia [æm'fɪbɪə] [名](複)〖動〗兩棲類（動物）。

am·phib·i·an [æm'fɪbɪən] [名] **1** 兩棲動物；兩生植物。**2** 水陸兩用飛機；水陸兩用戰車。**3** 具有雙重性質之物。—[形] **1** = amphibious 2. **2** 兩生類的，兩棲類的。

am·phib·i·ous [æm'fɪbɪəs] [形] **1** 兩棲的。**2** 水陸兩用的。**3** 具有雙重特性的，雙重的。**4** 兩棲作戰的；陸海空軍聯合作戰的：～ forces 兩棲部隊。

am·phi·bol·o·gy [ˌæmfə'bɑlədʒɪ] [名](複 **-gies**)[U][C]句意模稜兩可；意義不清的語句。

am·phi·the·a·ter ['æmfəˌθiətɚ] [名] **1**（古羅馬的）圓形劇場[競技場]。**2** 階梯式座位的教室[講堂]，看臺式講堂；《英》（戲院等的）樓座的第一排。

am·pho·ra ['æmfərə] [名]（複 **-rae** [-ˌri],

A

～s)〖古希臘·羅馬〗(用以盛酒或用作競技比賽獎品的)雙耳長頸瓶。

·am·ple ['æmpl] ㊞ (-pler, -plest) 1 廣闊的，寬敞的：an ～ living room 寬敞的客廳 / an ～ figure 豐滿的體形。2 豐富的，充足的：do ～ justice to the table 飽食盛饌。

am·pli·fi·ca·tion [,æmpləfə'keʃən] ㊔ Ⓤ1 擴大；詳述，增補；經過增補的記述。2 補充材料。3〖電〗增幅，擴大。

am·pli·fi·er ['æmplə,faɪɚ] ㊔1 擴大者。2 增幅器；放大鏡；擴音器；放大器。

am·pli·fy ['æmplə,faɪ] ㊍ (-fied, ～·ing) ㊋1 放大，增強：～ knowledge 增廣知識。2 擴充，詳述：～ a theory 闡述理論。3 誇大；〖電〗增強，放大：～ one's emotion 誇大自己的感情。—㊌詳述，進一步說明《 *on, upon...* 》。

am·pli·tude ['æmplə,tjud, -,tud] ㊔ 1Ⓤ 廣大，廣闊。2Ⓤ 豐富，充裕。3Ⓤ 知能的程度，思想的廣度。4ⓊⒸ〖理·電〗振幅，波幅：the ～ of the wave 波的振幅。

'amplitude modu'lation ㊔Ⓤ 1〖電子〗振幅調節，調幅。2 使用調幅的廣播網，AM 廣播。3《形容詞》調幅的，AM 廣播的。略作：AM

am·ply ['æmplɪ] ㊙ 充足地，充分地。

am·poule, -pule ['æmpjul] ㊔〖醫〗安瓿：裝注射液的小玻璃管。

am·pu·tate ['æmpju,tet] ㊍ ㊋ 1(動手術)截除，截斷。2 去除，切除。

am·pu·ta·tion [,æmpjə'teʃən] ㊔ⓊⒸ 截斷，斷肢；截斷術，截肢術。

am·pu·ta·tor ['æmpju,tetɚ] ㊔ 施行截斷手術者。

am·pu·tee [,æmpju'ti] ㊔ 被截肢者。

Am·ster·dam ['æmstɚ,dæm] ㊔ 阿姆斯特丹：荷蘭的首都。

amt. 《縮寫》*amount.*

Am·trak ['æm,træk] ㊔《美》美國鐵路客運公司；美鐵。

a·muck [ə'mʌk] ㊙《用於下列片語》

go amuck 不順利。

run amuck (1) 發狂殺人；發狂地衝撞。(2) 神經錯亂。

am·u·let ['æmjəlɪt] ㊔ 護身符，驅邪符。

A·mund·sen ['ɑmənsn̩, 'ɑmʊndsn̩] ㊔ **Roald** 阿孟森(1872－1928)：挪威探險家，1911 年發現南極。

A·mur [ɑ'mʊr] ㊔《 **the** ～》黑龍江。

:a·muse [ə'mjuz] ㊍ (-mused, -mus·ing) ㊋ 1 逗樂；娛樂；《反身》自娛《 *with..., by doing* 》；使開心；使覺得有趣；《被動》使得到樂趣；使感到有趣《 *at, by, with...* 》：～ the child *with* a story 說故事使小孩高興。2 使快樂度過。

a·mused [ə'mjuzd] ㊞1 被逗樂的，感到興味盎然的：～ spectators 看得津津有味的觀眾。2 顯得興味盎然的。

a·mus·ed·ly [ə'mjuzɪdlɪ] ㊙ 興味盎然地。

:a·muse·ment [ə'mjuzmənt] ㊔ 1Ⓤ 娛樂，消遣；樂趣；興味盎然的狀態《 *at, toward...* 》：for ～ 當作娛樂 / in ～ 興味盎然地，覺得有趣地 / to a person's ～ 令某人覺得有趣地 / find ～ in... 從…之中得到樂趣。2 提供娛樂[消遣]的事物，娛樂性的活動：seek ～*s* 尋樂 / a place of ～ 娛樂場所。

a'musement ,arcade ㊔《英》(室內的)投幣式電動遊樂場(《美》penny arcade)。

a'musement ,park ㊔《美》遊樂園，遊樂場(《英》fun-fair)。

a'musement ,tax ㊔ⓊⒸ 娛樂稅。

·a·mus·ing [ə'mjuzɪŋ] ㊞ 有趣的，好笑的《 *to...* 》；很有意思的，好玩的。～**·ly** ㊙ 有趣地。

A·my ['emɪ] ㊔〖女子名〗艾美。

am·yl ['æmɪl] ㊞〖化〗戊(烷)基的。

am·yl·ase ['æmɪ,les] ㊔Ⓤ〖生化〗澱粉酶。

am·y·loid ['æmɪ,lɔɪd] ㊔Ⓤ 1〖化〗類澱粉質。2 不含氮的澱粉食物。—㊞ 澱粉狀的；含澱粉的。

am·y·lop·sin [,æmɪ'lɑpsɪn] ㊔Ⓤ〖生化〗胰澱粉酶。

:an [ən, n；《強》æn] ㊎《不定冠詞》= a[1].

an- 《字首》表「非」、「無」之意。

-an 《字尾》用以構成表「…的(人)」、「屬於…的(人)」、「信奉…的(人)」、「〖動〗屬，綱，類」等意的名詞或形容詞。

a·na ['enə, 'ænə] ㊔ 1(有關某人、某地的)叢談，見聞錄；語錄，名言集；軼事錄。2 一則見聞；名言，佳句；軼事。

ana- 《字首》表「後」、「再」之意。

-ana 《字尾》主要接於人名或地名之後，表「軼聞集，文獻」等意。

An·a·bap·tist [,ænə'bæptɪst] ㊔〖教會〗再洗禮派信徒。—㊞再洗禮教派(教義)的。

an·a·bol·ic [,ænə'bɑlɪk] ㊞〖生·生理〗合成代謝的；促進合成代謝的。

anabolic steroid [,ænə'bɑlɪk, stɪrɔɪd] ㊔ 合成類固醇；肌肉增強劑。

a·nab·o·lism [ə'næbə,lɪzəm] ㊔Ⓤ〖生·生理〗合成代謝，同化作用。

a·nach·ro·nism [ə'nækrə,nɪzəm] ㊔ 1 不合時代潮流的人或事物。2ⓊⒸ 時代錯誤，時代錯置。

a·nach·ro·nis·tic [ə,nækrə'nɪstɪk] ㊞ 不合時代的，過時的；時代錯誤的。

an·a·co·lu·thon [,ænəkə'luθɑn] ㊔ (複 **-tha** [-θə])Ⓤ〖修〗破格文體；Ⓒ破格句。

an·a·con·da [,ænə'kɑndə] ㊔(南美洲產的)森蚺；大蟒蛇。

A·nac·re·on [ə'nækrɪən, -,ɑn] ㊔ 亞納克雷恩(582？－485？B.C.)：希臘抒情詩人。

A·nac·re·on·tic [ə,nækrɪ'ɑntɪk] 形《偶作 a-》1 亞納克雷恩體裁的。2 歌頌酒和愛情的。

a·nae·mi·a [ə'nimɪə] 名《英》〖病〗= anemia.

an·aes·the·sia [,ænəs'θiʒə, -ʒɪə] 名 U《英》〖醫〗麻醉。

an·aes·the·tize [ə'nɛsθɪ'taɪz] 動及 = anesthetize.

an·a·gram ['ænə,græm] 名 1 字母顛倒，字母的重新組合。2 換音造字法，迴文。3《~s》《作單數》迴文遊戲，顛倒字母改綴文字的字謎遊戲。—動 (-grammed, ~·ming) 及 1 = anagrammatize. 2 重新組合（一段文字）字母以發掘出其中隱藏著的訊息。

an·a·gram·ma·tize [,ænə'græmə,taɪz] 動及 作拼字遊戲。

a·nal ['enl] 形 1 肛門的，肛門部分的。2〖精神分析〗肛門期的；肛門性格的。

an·a·lects ['ænə,lɛkts] 名 (複) 文選，語錄 : *The A- of Confucius*『論語』。

an·a·lep·tic [,ænə'lɛptɪk] 形 1 使恢復體力的，強身的。2（由麻醉中）清醒的。—名 復原藥，壯身藥，興奮劑。

an·al·ge·si·a [,ænæl'dʒizɪə] 名 U〖醫〗痛覺喪失；無痛法。

an·al·ge·sic [,ænæl'dʒizɪk] 名〖醫〗止痛藥。—形 痛覺喪失的；止痛的。

an·a·log ['ænə,lɔg] 名形 = analogue.

'analog com,puter 名 類比計算機。

an·a·log·i·cal [,ænə'lɑdʒɪkl], **-ic** [-ɪk] 形 類似的，類推的。~·**ly** 副

a·nal·o·gize [ə'nælə,dʒaɪz] 動 不及 1 類推，以類比推論法推理。2 類似《*with*...》。—及 以類比法說明；把…比作《*to*...》。

a·nal·o·gous [ə'næləgəs] 形 1 類似的，相似的，可類比的《*to, with*...》。2〖生〗同功的，功能相同的。~·**ly** 副

an·a·logue, 《美》**-log** ['ænə,lɔg] 名 1 類似物，相似物。2 相對應的人，對手。3〖生〗同功器官；〖化〗類似物。—形 1 相似的，類似的。2〖電子〗類比的；類比計算機的；用指針顯示時間的。

·**a·nal·o·gy** [ə'nælədʒɪ] 名 (複-gies) 1（二物在部分特徵上的）類似，相似；類似處《*to, with*... / *between*...》: have some ~ *to* ... 與…有些類似。2 U〖生〗相似。3 U〖理則〗類推，類比 : by ~ 依類推方法 / on the ~ of... 由…類推。4 U〖語言〗類推（法）。

an·a·lyse ['ænə,laɪz] 動 及《英》= analyze.

·**a·nal·y·sis** [ə'næləsɪs] 名 (複 -ses [-,siz]) U C 1 分析，分解；剖析，解析。2 分析結果；分析表。3〖數〗解析；〖化〗分析；《美》精神分析。

in the final analysis 總之。

an·a·lyst ['ænəlɪst] 名 1 分析家；（對情勢等的）評析者，分析者 : a news ~ 新聞分析者。2《美》精神分析專家。3 系統分析師。

an·a·lyt·ic [,ænə'lɪtɪk], **-i·cal** [-ɪkl] 形 1 分析的，解析的 : the ~ method 分析方法 / *analytical* geometry 分析幾何學。2 擅於分析的；喜歡分析的。

-i·cal·ly 副 以分析方法；在分析上。

an·a·lyt·ics [,ænə'lɪtɪks] 名 (複)《作單數》〖理則〗分析論；〖數〗解析學。

·**an·a·lyze** ['ænl,aɪz] 動 (-lyzed, -lyz·ing) 及 1 分析…的成分；把…分解《*into*...》。2 剖析，對…作批判性的檢查 : ~ a poem 分析一首詩。3〖數〗解析；〖化〗分析；〖文法〗分析。4《美》作精神分析。

-lyz·a·ble 形 可分析的。

an·a·ly·zer ['ænəlaɪzɚ] 名 1 作分析的人；分析器。2〖光〗檢偏鏡，檢極境。

A·nam [ə'næm] 名 = Annam.

An·a·ni·as [,ænə'naɪəs] 名 1 亞拿尼亞:因撒謊被神處死。2《口》撒謊者。

an·a·pest, -paest ['ænə,pɛst] 名〖詩〗（古詩的）抑抑揚格，短短長格；（英詩等的）弱弱強格。-'**pes·tic** 形

a·naph·o·ra [ə'næfərə] 名 U〖文法〗（代名詞等的）對應用法。

an·a·phor·ic [,ænə'fɔrɪk] 形〖文法〗（代名詞等）對應的，照應（前方）的。

an·aph·ro·dis·i·ac [,æ,næfrə'dɪzɪ,æk] 形〖醫〗抑制性慾的。—名 制慾劑。

an·a·phy·lac·tic [,ænəfə'læktɪk] 形 過敏性的。

an·arch ['ænɑrk] 名《古》叛亂主謀者，無政府主義者。

an·ar·chic [æn'ɑrkɪk], **-chi·cal** [-kɪkl] 形 1 無政府主義的；鼓吹無政府主義的；會造成無政府狀態的。2 無政府狀態的；無法無天的。

an·ar·chism ['ænɚ,kɪzəm] 名 U 1 無政府主義。2 無政府主義者的言行。

an·ar·chist ['ænɚkɪst] 名 1 無政府主義者。2 反叛一切既有體制的人。

an·ar·chy ['ænɚkɪ] 名 U 1 無政府狀態。2 政治及社會混亂；混亂，無秩序。

a·nas·tro·phe [ə'næstrəfɪ] 名 U C〖修〗詞語倒裝。

a·nath·e·ma [ə'næθəmə] 名 (複~s [-z]) 1 強烈的譴責，咒罵。2（天主教教會的）詛咒，咒逐，逐出教門。3 被詛咒的人[物]；極爲厭惡的人[物]。

a·nath·e·ma·tize [ə'næθəmə,taɪz] 動 及 不及 1（天主教教會）宣布開除教籍。2 詛咒，強烈譴責。

An·a·to·li·a [,ænə'tolɪə] 名 安那托利亞:土耳其的亞洲部分，昔日的 Asia Minor。

an·a·tom·ic [,ænə'tɑmɪk], **-i·cal** [-ɪkl] 形 解剖的；解剖學的；解剖構造上的。

a·nat·o·mist [ə'nætəmɪst] 名 1 解剖學家。2 剖析者。

a·nat·o·mize [ə'nætə,maɪz] 動 及 1 解

A

剖。2 剖析，詳細分析。

·a·nat·o·my [ə'nætəmɪ] 名 (複-**mies**) 1 Ⓤ解剖學。2（動、植物的）構造，組織；Ⓤ解剖；解剖術。3 解剖體；解剖模型。4《口·謔》人體。5ⓊⒸ（詳細的）分析，剖析。

anc. 《縮寫》*anc*ient.

-ance 《字尾》表「行爲」、「事實」、「性質」、「狀態」等意：⑴接於動詞之後，構成名詞。⑵接於字尾是-ant的形容詞，構成名詞。

·an·ces·tor ['ænsɛstɚ] 名 1 祖先，祖宗：～ worship 祖先崇拜 / be ～ to... 爲…的祖先。2〖生〗原種。3 原型；先驅者。4〖法〗被繼承人。

an·ces·tral [æn'sɛstrəl] 形祖先的；祖傳的：an ～ shrine 供奉祖先的祠堂。

an·ces·try ['ænsɛstrɪ] 名(複-**tries**)ⓊⒸ1《集合名詞》祖先，列祖列宗。2 世系，血統：citizens of foreign ～ 外國血統的公民。3 名門，世家。4 起源；〖生〗系譜，系統。

an·chor ['æŋkɚ] 名 1 錨：cast (the) ～ 拋錨。2 固定裝置，固定器。3 依靠，精神支柱。4〖運動〗⑴（一隊比賽者中的）最後一位出賽者，殿後的人。⑵拔河時排在最後者。5《美》= anchorman 3.

at anchor 在停泊中，拋錨。

drop anchor 下錨，拋錨。

come to (an) anchor 停泊。

weigh anchor ⑴起錨，啓航。⑵離去。⑶開始工作。

—動及 1 使（船）停泊。2 使牢牢地固定《*to...*》；使貫注；寄託《*in, on...*》。3〖運動〗擔任最後一位出賽者，最後一棒。4〖廣·視〗擔任主播或主持人。

—不及 1 拋錨，停泊。2 牢牢固定住。

·an·chor·age ['æŋkərɪdʒ] 名ⓊⒸ1 停泊（地），拋錨（地）。2 停泊費。3 用以固定之物；固定的方法。4《喻》依靠。

An·chor·age ['æŋkərɪdʒ] 名 安克拉治：美國 Alaska 州南部的海港及最大城。

an·cho·ress ['æŋkərɪs] 名 女隱士。

an·cho·ret ['æŋkərɛt, -rɪt] 名 = anchorite.

an·cho·rite ['æŋkə,raɪt] 名 隱士，隱居的修道士（亦稱 **anchoret**）。**-'rit·ic** 形 隱士（般）的，隱修士（般）的，隱居的。

an·chor·man ['æŋkɚ,mæn, -mən] 名 1〖運動〗= anchor 4. 2（團體中的）臺柱。3〖廣·視〗（新聞、運動節目的）主播；（討論會等的）主持人。

an·chor·per·son ['æŋkɚ,pɝsən] 名(複～**s** 或-**peo·ple**)〖廣·視〗主播；（討論會等的）主持人。

an·chor·wom·an ['æŋkɚ,wʊmən] 名(複-**wom·en**)〖廣·視〗女主播；（討論會等的）女主持人。

an·cho·vy ['æntʃovɪ, -'--] 名 (複-**vies**, ～)ⒸⓊ鯷魚。

an·cien ré·gime [ɑŋ'sjæŋ re'ʒim] 名 (複 **an·ciens ré·gimes** [～])《法語》1 舊制度。2 舊政體。3 過時的制度。

:an·cient ['enʃənt] 形 1 古代的，西羅馬帝國滅亡以前的：～ monuments 古蹟。2 年代久遠的，古老的：～ days 古老的日子，久遠以前 / an ～ belief 古老的信仰。3 古式的，舊式的。4《謔》老舊的。5《古》年老的；飽經世故的，年高德劭的。

—名 1 古代人，古希臘人，古羅馬人。2《～**s**》《通常作 **the** ～》古代文明諸民族；古代文明。3 古代經典名著的作者。4 老年人；（年高德劭的）長者。

～**·ly** 副 在古時候，久遠以前。

'ancient 'history 名Ⓤ 1 古代史。2《口》陳年舊事。

an·cil·lar·y ['ænsə,lɛrɪ] 形附屬的；輔助的《*to...*》：an ～ function 輔助功能。

—名 (複-**lar·ies**)《英》1 助手，助理；隨從。2 附屬物；輔助物品。

an·con ['æŋkɑn] 名 (複-**co·nes** [æŋ'koniz]) 1 肘。2〖建〗肘托，托架。

-ancy 《字尾》表「狀態」、「性質」之意。

:and [ənd, ən, nd, n;《於 **p, b, m** 之前》m;《於 **k, g, ŋ** 之前》ŋ;《強》ænd] 連 1《連接兩對等的字、片語、子句》和，與，以及，並，又：a young ～ beautiful girl 年輕又貌美的小姐 / work by day ～ by night 日以繼夜地工作。2《表數詞的結合》和，又：five ～ forty 四十五 / four hundred ～ one 四百零一 / two ～ a half 二又二分之一。3《表行動、狀態的同時性》同時，一邊…一邊…：walk ～ chew gum 邊走邊嚼口香糖 / You can't have your cake ～ eat it too.《諺》魚與熊掌不可兼得。4《表時間先後》而後，然後。5《表動作的結果》結果，就，於是。6《表當然的結果或發展》因此，所以。7《用於祈使句或其相等語之後》如此的話，那麼。8《表示對比》可是，但是。9《表示補充說明或限制，常含強調之意》而且，並且。10《換句話加以說明》也就是。11《針對對方的話加以解說》那麼。12《表兩種事物或性質的合爲一體》《作單數》帶有，加上，兼：bacon ～ eggs（早餐所吃的）培根蛋 / a watch ～ chain 鍊錶 / Slow ～ steady wins the race.《諺》穩紮穩打終能贏得勝利。13《連接具有限定作用的要素》⑴《口》《連接形容詞》。⑵《口》《連接動詞》：send ～ fetch it 派人去拿那個東西。14《重複同一個字，表多數、反覆等意》：years ～ years ago 許多許多年以前 / walk miles ～ miles 走了好多好多哩路。15《連接反義字》時而…時而…：come ～ go 來來去去 / in ～ out 進進出出 / off ～ on 斷斷續續。16《在 **there is** 的句型中連接同一個複數名詞》各種的，種種不一的。17《古》《文》《置於句首，承接前文》於是，因此，接著。

and all 《口》⑴連…都一齊。⑵《美口》…或什麼的。

and Co. …公司；《口》…及其友伴。略作：& Co.
And how!《美口》《強調肯定》是啊！當然！完全正確！
and no wonder《置於句尾》並不足怪。
and now《置於句首》那麼。
and so 因此，所以。
and so forth …等等。
and so on = and so forth.
and such 諸如此類。
and that 而且。
and that goes 到此爲止。
and then 然後；其次，此外。
and (then) some ⇨SOME（片語）
and things《口》…等。
and welcome《英口》不必客氣，請。
and with reason 並非無緣無故，有理由。
and yet 然而。

An·da·lu·sia [ˌændəˈluʒə] 名 安達魯西亞：西班牙南部的一地區。
-sian 形 安達魯西亞（人）的。—名 安達魯西亞人；Ⓤ安達魯西亞方言。

an·dan·te [ænˈdæntɪ, ɑnˈdɑnte] 形 副〖樂〗適度緩慢的[地]，以行板的[地]。—名(複～s [-z])行板，慢板。

an·dan·ti·no [ˌændænˈtino, ˌɑndɑn-] 形 副〖樂〗比 andante 稍快的[地]，小行板的。—名(複～s)小行板（樂曲、樂章）。

An·de·an [ænˈdiən, ˈændɪən] 形（南美洲）安地斯山脈的。

An·der·sen [ˈændɚsən] 名 **Hans Christian**, 安徒生（1805–75）：丹麥童話作家。

An·des [ˈændiz] 名(複)《the ～》安地斯山脈：南美洲西部的大山脈。

and·i·ron [ˈændˌaɪɚn] 名《通常作～s》（壁爐的）柴架。

and / or 連《用於接字或句子時》及 / 或，兩者或其中任何一者。

An·dor·ra [ænˈdɔrə, -ˈdɑrə] 名 安道耳（共和國）：位於法國、西班牙邊界上；首都安道耳（Andorra la Vella）。

An·drew [ˈændru] 名 **1**〖男子名〗安德魯（暱稱 Andy）。**2 St.**, 聖安德烈，基督十二門徒之一。

an·dro·cen·tric [ˌændrəˈsɛntrɪk] 形 以男性爲中心的。

an·dro·cen·trism [ˌændrəˈsɛntrɪzəm] 名 Ⓤ 男性中心主義。

An·dro·cles [ˈændrəˌkliz] 名 安德洛克利斯：羅馬傳說中的一名奴隸，在鬥技場中差點被一隻獅子吃掉，因爲他以前曾爲該獅子拔掉腳上的刺，爲此獅認出，而得以保全性命。

an·droc·ra·cy [ænˈdrɑkrəsɪ] 名 Ⓤ男性統治，男性中心制。

an·dro·gen [ˈændrədʒən] 名 Ⓤ〖生化〗男性荷爾蒙。

an·drog·en·ize [ænˈdrɑdʒəˌnaɪz] 動 及 注射男性荷爾蒙使變得男性化。

an·drog·y·nous [ænˈdrɑdʒənəs] 形 **1**〖植〗雌雄同蕊的。**2** 半男半女的，女性半陰陽人的。**3** 兼具男女兩性特質的。

an·droid [ˈændrɔɪd] 名 機器人。

An·drom·e·da [ænˈdrɑmɪdə] 名 **1**〖希神〗安朵美達：Cassiopeia的女兒，被 Perseus 所救。**2**〖天〗仙女座。

An·dy [ˈændɪ] 名〖男子名〗安迪；Andrew 的暱稱。

an·ec·dot·age [ˈænɪkˌdotɪdʒ] 名Ⓤ**1**《集合名詞》軼事，軼聞。**2**（喜歡講軼聞趣事的）老年時期。

an·ec·do·tal [ˌænɪkˈdotl] 形 **1** 軼事的，趣聞的；包含軼聞的；描述一段軼事的。**2**（據個人見聞而非有系統的）評估的。

·**an·ec·dote** [ˈænɪkˌdot] 名 **1** 趣聞，軼事。**2**《～s》祕聞，祕史。

a·ne·mi·a [əˈnimɪə] 名Ⓤ **1**〖病〗貧血（症）。**2** 蒼白無力。

a·ne·mic [əˈnimɪk] 形 **1**〖病〗貧血（症）的。**2** 蒼白無力的：an ～ play 一齣死氣沉沉的戲。

an·e·mom·e·ter [ˌænəˈmɑmətɚ] 名〖氣象〗風速計，風力計。

a·nem·o·ne [əˈnɛməˌni] 名 **1**〖植〗白頭翁屬植物的通稱。**2**〖動〗= sea anemone.

an·er·oid [ˈænəˌrɔɪd] 形無液的，不用液體的。—名無液氣壓計[晴雨表]。

an·es·the·sia [ˌænəsˈθiʒə] 名Ⓤ**1**〖醫〗麻醉；麻醉法：local ～ 局部麻醉 / general ～ 全身麻醉。**2**〖病〗感覺喪失，麻木。

an·es·the·si·ol·o·gy [ˌænəsˌθizɪˈɑlədʒɪ] 名Ⓤ麻醉學。**-gist**名 麻醉專家。

an·es·thet·ic [ˌænəsˈθɛtɪk] 名 麻醉藥劑。—形**1** 麻醉的；引起麻醉的：an ～ gas 麻醉瓦斯。**2** 失去知覺的。
-i·cal·ly 副

an·es·the·tist [əˈnɛsθətɪst] 名麻醉師。

an·es·the·tize [əˈnɛsθəˌtaɪz] 動 及 使失去感覺，使麻木，麻醉。**-ti·za·tion** [-tɪˈzeʃən] 名Ⓤ麻醉；麻醉法。

an·eu·rysm, -rism [ˈænjəˌrɪzəm] 名Ⓤ〖病〗動脈瘤。**-ˈrys·mal**形

a·new [əˈnju] 副 **1** 再一次，再度。**2** 重新。

·**an·gel** [ˈendʒəl] 名**1** 天使；（身披白袍的有翅的）天使像。**2** 天使般的人：an ～ of mercy 撫慰心靈的人 / an ～ of a child 像天使般可愛的小孩。**3** 使者，前驅：the ～ of death 死亡的使者/ the ～ of spring 春天的預兆。**4** 守護神：one's good ～ 某人的守護神。**5** 資助者，《俚》（政界競選活動的）後臺老闆。
entertain an angel unawares 招待了貴客還不曉得其身分；沒有注意朝夕相處的人的優點。
on the side of the angels 站在天使這邊；《喻》站在正確的那一邊；抱持著正統的觀點。
write like an angel 寫得漂亮；文章寫得

A

好。

一動及《美俚》予以經濟上的援助。

An·ge·la ['ændʒələ] 名〖女子名〗安琪拉。

'angel ˌcake 名《美》= angel food cake.

'angel ˌdust 名U《美俚》天使粉：一種迷幻毒品。

an·gel·fish ['endʒəl,fɪʃ] 名(複~, ~·es) 1 天使魚。2 扁鯊。

'angel ˌfood ˌcake 名UC《昔美》天使蛋糕，白色海綿蛋糕。

an·gel·ic [æn'dʒɛlɪk], **-i·cal** [-ɪkl] 形 1 天使的。2 似天使的，純真無邪的；完美無缺的。**-i·cal·ly** 副

an·gel·i·ca [æn'dʒɛlɪkə] 名UC 1〖植〗白芷：當歸屬的草本植物。2《A-》美國California 州產的甜白葡萄酒。

An·gel·i·ca [æn'dʒɛlɪkə] 名〖女子名〗安潔麗卡。

An·ge·lus ['ændʒələs] 名《偶作 a-》〖天主教〗1 聖母領報祝禱。2 = Angelus bell.

'Angelus ˌbell 名聖母領報祝禱鐘。

:an·ger ['æŋgɚ] 名U 1 憤怒，怒氣《*at, for, against...*》: in a moment of ~ 在一陣氣惱中，一時憤怒之下 / in a fit of ~ 勃然發怒。2《方》(傷口等的) 發炎，疼痛。

一動及 1 激怒，使發怒，惹惱。2《方》使疼痛，使發炎。

an·gi·na [æn'dʒaɪnə] 名U〖病〗1 咽峽炎。2 心絞痛症。3 = angina pectoris.

an'gina 'pec·to·ris [-'pɛktərɪs] 名U〖病〗心絞痛。

an·gi·o·plas·ty ['ændʒɪə,plæstɪ] 名 U〖醫〗血管擴張術。

'Ang·kor 'Wat ['æŋkor'wɑt] 名吳哥窟：柬埔寨著名佛教古剎。

·an·gle[1] ['æŋgl] 名 1〖幾〗角，角度：a right ~直角 / an acute ~銳角。2 角，角落：the ~*s* of a church 教堂的角落。3《口》角度，觀點，立場:try another ~ 試著由另一角度來看。4 (事態等的) 局面，情勢。5《口》(報導等的) 偏差，歪曲。6《口》企圖，意圖；(有利可圖的) 機會；利益。

on the angle 傾斜地。

一動 **(-gled, -gling)** 及 1 使彎曲成某一角度。2《口》歪曲報導；使 (新聞報導等) 偏頗。

一不及 1 (成急劇角度) 彎曲。2 彎彎曲曲地前進；突然改變方向。

an·gle[2] ['æŋgl] 動不及 1 釣魚：~ for trout 釣鱒魚。2 (以狡猾的手段) 謀取，獵取：~ for a commission 設法獲得佣金。

'angle 'bracket 名 1 角托架。2 尖括弧。

an·gled ['æŋgəld] 形 有角的，成角度的，斜的：right-*angled* 直角的。

'angle ˌiron 名 1 角鐵，L 字形鐵。2 魚尾鈑。

an·gler ['æŋglɚ] 名 1 釣魚者：用不正當手段謀取的人。2〖魚〗琵琶魚。

An·gles ['æŋglz] 名(複)《the ~》盎格魯族：五世紀時由 Holstein 移居不列顛島的西日耳曼民族。

an·gle·worm ['æŋgl,wɝm] 名蚯蚓。

An·gli·an ['æŋglɪən] 形盎格魯族的。

一名 1 盎格魯人。2 U盎格魯語。

An·gli·can ['æŋglɪkən] 形 英國國教會的，英國國教教派的。

一名英國國教教徒；英國國教制度的擁護者。

'Anglican 'Church 名《the ~》英國國教及其他同派的教會。

'Anglican Com'munion 名 = Anglican Church.

An·gli·cism ['æŋglə,sɪzəm] 名UC 1 英國式；英國的特性；英國人特有的習慣。2 英國慣用語。3《美》英式語法。4 (被納入英語以外的語言中之) 英語慣用語法。

An·gli·cize ['æŋglə,saɪz] 動及 (在語言、風格、習慣等方面) 使英國化；使英語化。一不及 變成英國化；英語化。**-za·tion** 名

an·gling ['æŋglɪŋ] 名U 釣魚 (術)。

An·glo- ['æŋglo-] 構成複合詞，表示與英國有關的。

An·glo-A·mer·i·can [ˌæŋgloə'mɛrəkən] 形 1 英國及美國 (之間) 的，英美 (之間) 的。2 英裔美國人的。

一名英裔美洲人，英裔美國人。

An·glo-Cath·o·lic [ˌæŋglo'kæθəlɪk] 名形英國國教高教會派的。

An·glo-French [ˌæŋglo'frɛntʃ] 形 1 英法 (兩國國民) 的。2 英法語的。

一名U (亦稱 **Anglo-Norman**) 英法語。

An·glo-In·di·an [ˌæŋglo'ɪndɪən] 形 1 英國與印度 (之間) 的。2 英印混血兒的；生於印度的英國人的；印度英語的。

一名 英印混血兒；生於印度的英國人；U印度英語。

An·glo·ma·ni·a [ˌæŋglə'menɪə, -glo-] 名U英國狂:對英國習俗的過分喜愛與讚賞。

An·glo·ma·ni·ac [ˌæŋglə'menɪ,æk, -glo-] 名英國迷，醉心英國事物者。

An·glo-Nor·man ['æŋglo'nɔrmən] 形 1 諾曼人統治英國時期 (1066−1154) 的。2 移居英國的諾曼人的；英法語的。一名移居英國的諾曼人；諾曼裔英國人；U英法語。

An·glo·phile ['æŋglə,faɪl, -glo-] 形親英 (派) 的。一名親英派，崇英者。

An·glo·pho·bi·a [ˌæŋglə'fobɪə, -glo-] 名U恐英病，憎惡或恐懼英國及英國事物。

An·glo·phobe ['æŋglə,fob] 名 憎惡英國的人。

An·glo·phone, an- ['æŋglo,fon] 名 (在使用兩種以上語言的地區) 使用英語者。

An·glo-Sax·on, an- ['æŋglo'sæksn]

图1 盎格魯撒克遜人。2 英裔人士；英國人；《美》英裔美國人。3 Ⓤ 盎格魯撒克遜語。—形1 盎格魯撒克遜的，盎格魯撒克遜民族的。2 盎格魯撒克遜語的。

An·go·la [æŋ'golə] 图安哥拉：非洲西南部一共和國；首都魯安達（Luanda）。

An·go·ra [æŋ'gorə, æn'gorə, 'æŋgərə] 图1 = Angora cat [goat, rabbit]. 2 Ⓤ 安哥拉羊毛；以安哥拉羊毛織成的毛線。

An'gora 'cat 图安哥拉貓。

An'gora 'goat 图安哥拉山羊。

An'gora 'rabbit 图安哥拉兔。

An'gora 'wool 图 = Angora 2.

an·gos·tu·ra [,æŋgəs'tjurə] 图Ⓤ安哥斯杜拉樹皮提煉的調酒液。

:an·gry ['æŋgrɪ] 形(**-gri·er, -gri·est**) 1《敘述用法》生氣的《*at, about, over...*》；發怒的《*with...*》；感到生氣的《*that* 子句, *at* do*ing*, *to* do》: be ~ *about* a person's error 對某人的過失感到生氣 / be ~ *at* a person for coming late 因某人遲到而對其感到生氣。2《限定用法》顯露出怒意的，充滿憤怒的：an ~ look 怒容，憤怒的臉色 / ~ passions 憤怒的情緒。3 使人感到危險的，恐怖的，激烈的：an ~ sky 天色惡劣的天空 / ~ waves 激浪，怒濤。4〖醫〗發炎的，紅腫的。**-gri·ly** 副憤怒地，生氣地。

'angry ,young 'man 图1《常作 **A- Y- M-**》憤怒的年輕人：1950 年代後期的一群英國年輕作家及評論家，他們的作品表現出對英國的傳統、社會極度不滿與反抗的情緒。2 不滿現狀的人。

angst ['ɑŋkst] 图Ⓤ恐怖，恐懼；不安，焦慮；苦惱。

ang·strom 'unit ['æŋstrəm-] 图埃：光波波長的測定單位，等於一公釐的億分之一。略作：Å, A., A

·an·guish ['æŋgwɪʃ] 图Ⓤ（身心的）極端痛苦，悲痛：cry out in ~痛苦得叫出來。

—動及使極端痛苦。—不及感到很痛苦。

an·guished ['æŋgwɪʃt] 形極端痛苦的。

an·gu·lar ['æŋgjələ-] 形1 有角的，有尖角的；有稜角的；形成角的。2 角的，角度的；用角度測量的：~ velocity 角速度。3 瘦骨嶙峋的，瘦削的。4 生硬的，僵硬笨拙的；頑固的，不圓滑的：~ politeness 僵硬不自然的禮貌。~**·ly** 副

an·gu·lar·i·ty [,æŋgjə'lærətɪ] 图(複**-ties**) 1 Ⓤ有稜有角；〖幾〗傾斜度。2《**-ties**》有稜有角的輪廓。3 Ⓤ瘦骨嶙峋，瘦削。4 Ⓤ笨拙，生硬；頑固，不圓滑。

an·gu·late ['æŋgjəlɪt, -,let] 形 角狀的；有角的，有稜角的。—['æŋgjə,let] 動及使具有稜角。—不及形成（稜）角。

an·hy·dride [æn'haɪdraɪd] 图 Ⓤ Ⓒ〖化〗無水化合物。

an·il ['ænɪl] 图 1〖植〗木藍。2 Ⓤ 靛青（由木藍中提取的一種藍色染料）。

an·ile ['ænaɪl] 形 1 年邁的。2 老嫗般的；愚蠢的，糊塗的。

an·i·line ['ænə,lin] 图Ⓤ〖化〗苯胺。

'aniline ,dye 图Ⓤ苯胺染料。

a·nil·i·ty [ə'nɪlətɪ] 图(複**-ties**) 1 Ⓤ衰老；老年昏。2 老嫗般的言談。

an·i·ma ['ænɪmə] 图(複**-mae** [-mi]) 1 Ⓤ Ⓒ靈魂；生命。2 Ⓤ（Jung的心理學中所謂的）男性身上的女性特質。

an·i·mad·ver·sion [,ænəmæd'vɝʒən] 图Ⓤ Ⓒ批評，指責；批評的言詞：make ~s on... 對…加以指責。

an·i·mad·vert [,ænəmæd'vɝt] 動不及《文》批評，指責《*on, upon, about...*》。

:an·i·mal ['ænəml] 图1（與植物相對的）動物：the higher ~s 高等動物。2 禽獸，畜牲；哺乳動物：domesticated ~*s* 家畜 / pet ~*s* 玩賞動物 / amphibious ~*s* 兩棲動物 / a carnivorous ~ 肉食動物。3《**the** ~》獸性。4《蔑》獸性大發的人，殘暴的人。5《口》人；《諧》（危險的、引起注意的）事情，東西。

—形1 動物特有的；動物性的。2 肉體的；肉慾的。

an·i·mal·cule [,ænə'mælkjul] 图微生動物；微生物。

an·i·mal·ism ['ænəmḷɪzəm] 图Ⓤ1 動物的生活；野性；獸行；獸慾；肉慾主義。2 獸性主義。

an·i·mal·ist ['ænəməlɪst] 图1 獸慾主義者；獸性主義者。2 動物畫家。

an·i·mal·i·ty [,ænə'mælətɪ] 图Ⓤ1動物的生態。2 動物性，獸性；動物般的狀態；動物般的活力。3 動物界。

·an·i·mate ['ænə,met] 動及1賦予生命。2使活潑，使有生氣；鼓舞，激勵：~ a person with a kind word 以親切的話激勵某人。3 使活動：be ~*d* by good intentions 被善意所動。4 把…繪製成動畫。

—['ænəmɪt] 形1 有生命的。2 有生氣的；自動自發的。3（與植物相對）動物的。

an·i·mat·ed ['ænə,metɪd] 形 1活生生的；活潑的。2 栩栩如生的：an ~ speech 生動的演說。3 動畫的，卡通的：an ~ film 動畫電影。

'animated car'toon 图卡通影片，動畫。

an·i·ma·tion [,ænə'meʃən] 图 1Ⓤ 生動，活潑：gesture with ~ 生動活潑的姿態。2Ⓤ激勵。3Ⓤ 卡通製作；Ⓒ卡通影片。

a·ni·ma·to [,ɑnɪ'mɑto] 形副〖樂〗雄壯的[地]，有精神的[地]。略作：anim.

an·i·ma·tor ['ænɪ,metə-] 图1 賦予活力的人；激勵者。2 卡通片製作者。

an·i·me ['ænə,me] 图Ⓤ日本動畫片。

an·i·mism ['ænə,mɪzəm] 图Ⓤ1 萬物有靈論。2 靈魂獨立說；活力說；精靈說。

an·i·mist ['ænəmɪst] 图信仰萬物有靈論者。**-'mis·tic** 形

an·i·mos·i·ty [,ænə'mɑsətɪ] 图(複**-ties**)

A

ⓊⒸ敵意，憎惡，仇恨《 *between; against, toward...* 》: ～ *between* classes 階級間的仇恨。

an·i·mus ['ænəməs] 名Ⓤ 1（對…的）敵意，仇視，憎惡《 *against...* 》: feel ～ *against...* 對…懷有敵意。2 意圖，志向；生命力。3（在Jung的心理學中所謂的）女性身上的男性特質。

an·i·on ['æn,aɪən] 名〖理·化〗陰離子。

an·ise ['ænɪs] 名〖植〗大茴香，洋茴香；大茴香子，八角。

an·i·seed ['ænɪ,sid] 名Ⓤ大茴香子。

An·ka·ra ['æŋkərə] 名安卡拉：土耳其首都。

·**an·kle** ['æŋkl] 名足踝（的關節）；踝。—動不及《俚》走路；（騎單車）鍛鍊腳踝。

an·kle·bone ['æŋkl,bon] 名踝骨。

an·kle-deep ['æŋkl'dip] 形深及足踝的；深深陷入（…之中）的《 *in...* 》。—副深及足踝。

'ankle 'sock 名《英》= anklet 1.

an·klet ['æŋklɪt] 名 1《美》（高及足踝的）短襪（《英》ankle sock）。2 腳鐲，踝環。3 足踝位置有釦帶的女用鞋。

an·ky·lo·sis [,æŋkə'losɪs] 名Ⓤ 1〖病〗關節僵硬。2〖解〗癒合，關節黏連。

Ann [æn] 名〖女子名〗安（Anna 的暱稱）。

An·na ['ænə] 名〖女子名〗安娜。

An·na·bel ['ænə,bɛl] 名〖女子名〗安娜貝兒。

an·nal·ist ['ænlɪst] 名 編年史作者，紀年表作者。

an·nals ['ænəlz] 名(複) 1 編年史，年鑑。2 紀要；年報。3 歷史紀錄，史料。

An·nam [ə'næm] 名 安南：現爲越南的一部分。

An·na·mese [,ænə'miz] 形 安南的，安南人[語]的。—名(複～)安南人；Ⓤ安南語。

An·nap·o·lis [ə'næplɪs] 名 亞那波里斯：美國Maryland州的首府，美國海軍軍官學校所在地。

Anne [æn] 名 **Queen,** 安女王（1665–1714）：英國女王（1702–14），爲斯圖亞特王朝最後一個君王。
Queen Anne is dead. 陳腔濫調。

an·neal [ə'nil] 動及 1 使（金屬等）退火。2 強化，鍛鍊。

an·ne·lid ['ænəlɪd] 名環節動物：蚯蚓、水蛭、沙蠶等。—形環節動物（門）的。

an·nex [ə'nɛks] 動及 1 附加，添加；（在文件上）簽名，蓋上印鑑《 *to...* 》: ～ notes *to* a book 在書上加上附註 / ～ one's signature *to* a document 在文件上簽名。2 併吞，併入（…之中）《 *to...* 》。3 使附屬於；使成爲附帶品；使成爲必然結果《 *to...* 》。4《口》《謔》得到；侵吞。
—['ænɛks]名（《英尤作》annexe）1 附加物；附件，附錄《 *to...* 》。2 分館；附屬房屋《 *to...* 》。3 郊外。

an·nex·a·tion [,ænɛk'seʃən] 名 1Ⓤ附加，添加；（新領土的）兼併，併吞。2 附加物；所併吞的領土。

an·nex·a·tion·ist [,ænɛks'eʃənɪst] 名 合併論者。

An·nie ['ænɪ] 名〖女子名〗安妮（Ann, Anne, Anna 的暱稱）。

·**an·ni·hi·late** [ə'naɪə,let] 動(-**lat·ed,** -**lat·ing**)及 1 徹底摧毀，消滅；殲滅。2 廢止；使無效。3《口》徹底打敗，擊垮。4《英口》叱責。

an·ni·hi·la·tion [ə,naɪə'leʃən] 名Ⓤ殲滅，消滅；廢止，取消。

an·ni·hi·la·tor [ə'naɪə,letɚ] 名 消滅者，殲滅者。

·**an·ni·ver·sa·ry** [,ænə'vɝsərɪ] 名(複-**ries**) 1 週年紀念日：a wedding ～ 結婚紀念日 / ～of death 忌日。2 週年紀念：have an ～ 舉行週年紀念活動。—形1 年年的，每年的。2 週年紀念的。

An·no Dom·i·ni ['æno'dɑmə,naɪ] 副（耶穌）紀元後，西元。略作：A.D.

an·no·tate ['æno,tet] 動 及爲（書等）作註解。—不及註解，評注。

an·no·tat·ed ['æno,tetɪd] 形（書等）有註解的：an ～ edition 註釋版。

an·no·ta·tion [,æno'teʃən] 名ⓊⒸ註釋，註解。

an·no·ta·tor ['æno,tetɚ] 名註釋者，註解者。

·**an·nounce** [ə'naʊns] 動 (-**nounced,** -**nounc·ing**) 及 1 宣告，宣布，發表《 *to ...* 》；宣稱…是…：～ a wedding in the newspapers 登報宣告結婚 / ～ his death *to* some friends only 他的死訊只通知幾位朋友。2 宣告…的抵達；通知開（飯）。3（經由行動等）揭示，顯示；預告；當播音員。—不及 1 擔任播報者；從事播音工作。2《美口》宣布競選；宣布支持《 *for...* 》。

·**an·nounce·ment** [ə'naʊnsmənt] 名 ⓊⒸ1 宣布，公布；通告，布告：make an ～ of ... 宣布…。2 短訊，廣告。3 正式通知，請帖。

·**an·nounc·er** [ə'naʊnsɚ] 名宣告者；播音員；報幕者。

·**an·noy** [ə'nɔɪ] 動及1 困擾；惹惱；《被動》使煩惱[苦惱]《 *about, by..., to* do 》；氣惱《 *with...* 》: ～ a person *with* frequent question*ing* 經常發問刁難某人。2 騷擾；使受到損傷。—不及 引起困擾，惹人煩惱。

·**an·noy·ance** [ə'nɔɪəns] 名Ⓤ焦急，困惑；Ⓒ麻煩的事，妨礙，干擾：put a person to ～ 使某人困惑。

an·noy·ing [ə'nɔɪɪŋ] 形惱人的，討厭的。～·**ly**副煩人地。

·**an·nu·al** ['ænjʊəl] 形 1一年的，年度的:

an ～ income 全年收入 / ～ expenditure 歲出。2 每年一次的 : an ～ holiday 例假日 / an ～ event 每年例行的活動；一年一次的事件 / one's ～ visit 每年固定的訪問。3 一年中所完成的；以一年爲周期的 : the ～ course of the earth 地球公轉的軌道，一年一周的地球軌道。4〖植·昆〗一年生的 : an ～ plant 一年生植物。—图 1 一年生植物。2 年刊，年報，年鑑。

'annual ˌleave 图UC每年一次的休假。

an·nu·al·ly ['ænjuəlɪ] 副 每年一次地，一年一度地。

'annual re'port 图 年度報告，年報。

'annual ˌring 图年輪。

an·nu·i·tant [ə'njuətənt, ə'nu-] 图 領年金的人，領取養老金者。

an·nu·i·ty [ə'njuətɪ, ə'nu-] 图 (複-**ties**) 1 年金，養老金；保險額 : an ～ bond 養老金支付證書 / a life ～ 終身俸。2 領取年金的權利；支付年金的義務。

an·nul [ə'nʌl] 動(-**nulled**, ～·**ling**)及 1 撤銷；廢除。2 抹殺，消滅。

an·nu·lar ['ænjələ˞] 形 環狀的，輪狀的 : the ～ finger 無名指 / ～ eclipse of the sun 日環蝕。

'annular e'clipse 图〖天〗環蝕。

an·nu·let ['ænjəlɪt] 图 1〖建〗環紋，環緣。2〖紋〗小環。

an·nul·ment [ə'nʌlmənt] 图U 取消，廢除，宣告無效。

an·nu·lus ['ænjələs] 图 (複-**li** [-'laɪ], ～·**es**) 1 環；環輪；環帶。2〖幾〗環形；〖天〗環蝕帶；〖植〗環帶，菌環。

an·num ['ænəm] 图U年，歲 : 10 percent interest per ～ 年息一分，年息百分之十。

an·nun·ci·ate [ə'nʌnʃɪˌet, -sɪ-] 動及 發出通知，宣告。

an·nun·ci·a·tion [əˌnʌnsɪ'eʃən, -ʃɪ-] 图 1《常作 **the A-**》天使報喜 : 天使 Gabriel 向聖母 Mary 通報她將生下耶穌。2《**A-**》天使報喜節（3 月 25 日）。3 U C《文》通告，公布。

an·nun·ci·a·tor [ə'nʌnʃɪˌetə˞, -sɪ-] 图 1《美》電動呼叫裝置。2 告知者[物]，通告者[物]。

an·ode ['ænod] 图 1（電池等的）陽極。2 陽極板。

an·od·ic [æn'ɑdɪk] 形 陽極的。

an·o·dyne ['ænəˌdaɪn] 图 鎮痛劑，鎮靜劑。—形 1 有鎮痛或鎮靜作用的。2 緩和情緒的。

a·noint [ə'nɔɪnt] 動及 1 塗上軟膏[油性液體]；(以液體、藥劑等) 塗抹《*with* ...》。2 行塗油儀式。3 照神的旨意選定；指定。4《謔》狠揍，毒打。

the (Lord's) Anointed (1) 救世主，基督。(2) 神權所授之國王，古猶太王。

～·**er** 图 塗油者。

a·noint·ment [ə'nɔɪntmənt] 图UC塗油；（宗教上的）塗油儀式。

a·nom·a·lous [ə'nɑmələs] 形 1 不規則的，異常的 : an ～ finite 不規則限定動詞；變則限定動詞。2 怪異的，例外的；矛盾的。

a·nom·a·ly [ə'nɑməlɪ] 图 (複-**lies**) U C 1 異常，反常。2 異常的人[物]。3 不調和，矛盾。4〖天〗近點角。

a·non [ə'nɑn] 副《古》1 不久，立即；下次再。2 忽然，瞬間。

ever and anon《文》不時地，有時。

anon.《縮寫》*anony*mous.

an·o·nym ['ænəˌnɪm] 图 1 假名，化名。2 匿名者，無名氏；作者不明的作品。

an·o·nym·i·ty [ˌænə'nɪmətɪ] 图 (複-**ties**) U 匿名；C 隱姓埋名之人。

a·non·y·mous [ə'nɑnəməs] 形 1 姓名不詳的；匿名的，不具名的。2 沒個性的，無特徵的。

～·**ly** 副，～·**ness** 图

a·noph·e·les [ə'nɑfəˌliz] 图 (複～)〖昆〗瘧蚊。

a·no·rak ['ɑnəˌrɑk] 图 防寒外套。

an·o·rex·i·a [ˌænə'rɛksɪə] 图U 1 厭食，食慾減退。2 神經性厭食症。

an·o·rex·ic [ˌænə'rɛksɪk] 形 1 患厭食症的。2 食慾減退的；骨瘦如柴的。—图 患厭食症的人。

:an·oth·er [ə'nʌðə˞] 形 1 又一，再一 : in ～ three weeks 再過三星期 / in ～ moment 轉瞬間，不久。2 另外的，別的 : on ～ occasion 在別的時機，下次有機會時 / ～ day 他日，往後 / by ～ mail 另函 / One man's meat is ～ man's poison.《諺》有利於甲者，未必有利於乙。3 酷似的，媲美的 : ～ Solomon 所羅門王再世，如所羅門王般的智者。

another world 天國；來世。

—代 1 另一個人[物]。2 不同的物[人]，別的物[人]。3《古》〖詩〗類似物，同樣的人[事，物]。

one after another 一個接一個地，相繼。

one another 互相。

one way and another 用各種辦法。

one way or another 無論如何。

taken one with another 大體而言。

ANOVA《縮寫》*an*alysis *o*f *va*riance 變異數分析。

an·ov·u·lant [æ'nɑvjələnt] 图〖藥〗排卵抑止劑。—形 抑止排卵的。

an·o·vu·la·tion [ˌænɑvjə'leʃən] 图U〖生理〗排卵停止。

an·ox·i·a [æn'ɑksɪə] 图U〖醫〗1 缺氧症。2 缺氧造成的身心障礙。

ans.《縮寫》*ans*wer.

an·ser·ine ['ænsəraɪn] 形 1〖鳥〗雁鴨的。2 似鵝的；愚蠢的。

:an·swer ['ænsə˞] 图 1 回答，答覆《*to* ...》: an evasive ～ 含糊其詞的答覆。2 正

A

確的回答，答案；解答；解決方法。3 回應，反應《to...》。4 辯解，抗辯。5〖法〗答辯（狀）；〖樂〗（賦格曲中的）答句。6 相對應的人[物]。

in answer to ... 作爲對…的答案。

know all the answers (1)（自以爲）無所不知。(2) 老於世故。

—動不及 1 回答，答覆；作出解答；抗辯，答辯《to...》。2 回應，作出反應。3 負責；爲…付出代價；彌補。4 一致。5 有用；足夠《for...》；順利，成功。6 保證《for...》。

—及 1 回答，答覆。2 應（聲）；接（電話）；遵從。3 解答。4 有助益。5 盡責；償還。6 吻合，符合。7 響應，回報，報復《with...》：～ blows *with* blows 以牙還牙。

answer back《口》回嘴，頂嘴《to...》；替自己辯護。

answer...back 回嘴，頂嘴。

answer to the name of... 被喚作…；《口》（小動物）名叫。

an·swer·a·ble [ˈænsərəbl̩] 形 1《敘述用法》該負責的《to...》；有責任的《for...》: a government ～ *to* the people 對國民負責的政府。2 可答覆的。3 成比例的，有關的《to...》；適合的；相當的《to...》。

an·swer·er [ˈænsərɚ] 名回答者，答辯者，解答者。

ˈanswering maˌchine 名 電話答錄機。

ˈanswering ˌservice 名《美》代客接聽電話服務。

an·swer·phone [ˈænsɚˌfon] 名《英》電話答錄機。

ˈanswer ˌsheet 名答案紙。

:ant [ænt] 名〖昆〗螞蟻：occupy oneself like a busy ～ 像螞蟻般地忙碌工作。

have ants in one's pants《俚》坐立難安；躍躍欲試。

-ant《字尾》用於構成表「…性的」、「…的人[物]」之意的形容詞或名詞。

ant.《縮寫》*ant*onym; *ant*erior; *ant*enna; *ant*iquarian; *ant*iquary.

ant·ac·id [æntˈæsɪd] 形中和酸的：an ～ pill 制酸藥片。—名UC制酸劑。

an·tag·o·nism [ænˈtægəˌnɪzəm] 名 U C 1 對抗，對立，敵對：racial ～ 種族對抗 / come into ～ with... 與…變成敵對立場。2 反對；反作用；對立傾向；〖生〗對抗作用。

·an·tag·o·nist [ænˈtægənɪst] 名 1 敵對者，對手。2（文學作品的）反派角色。3〖生理〗對抗肌；〖藥〗對抗劑。

an·tag·o·nis·tic [ænˌtægəˈnɪstɪk] 形 1 對抗性的，相反的，不相容的《to...》: an ～ view 相反的意見。2 懷有敵意的《to ...》。**-ti·cal·ly** 副對立地。

an·tag·o·nize [ænˈtægəˌnaɪz] 動及 1 使懷敵意，使變成敵人；引起反抗。2 對抗，反抗；《美》反對。3 中和，抵銷；產生反作用。

·ant·arc·tic [æntˈɑrktɪk] 形南極的：an ～ expedition 南極探險（隊）。

—名《the A-》南極地區。

Ant·arc·ti·ca [æntˈɑrktɪkə] 名南極洲。

Antˈarctic ˈCircle 名《偶作 a- c-》《the～》南極圈：南緯 66°30'。

Antˈarctic ˈContinent 名《the ～》= Antarctica.

Antˈarctic ˈOcean 名《the ～》南極海，南冰洋。

Antˈarctic ˌPole 名《the ～》南極。

Antˈarctic ˌZone 名《the ～》南極帶。

ˈant ˌbear 名〖動〗大食蟻獸。

ˈant ˌcow 名〖昆〗蚜蟲。

an·te [ˈæntɪ] 名 1〖牌〗賭注金。2 股份額；《口》個人分攤金。3《俚》價錢。

—動 (-ted 或 -teed, ～·ing) 及 1〖牌〗下賭注。2《美口》拿出，付（個人攤的錢）《up》。—不及 1〖牌〗下第一次賭注。2《美口》支付《up》。

ante-《字首》表「前面的」、「以前的」之意。

ant·eat·er [ˈæntˌitɚ] 名〖動〗1 食蟻獸。2 = aardvark. 3 = pangolin.

an·te·bel·lum [ˈæntɪˈbɛləm] 形 戰前的：status quo ～ 戰前的狀態。

an·te·ced·ence [ˌæntəˈsidn̩s] 名U 1 先行。2 優先，居前。

·an·te·ced·ent [ˌæntəˈsidn̩t] 形 1 在前的，先前就存在的；先行的，優先的《to...》: an ～ clause 先行子句 / an ～ right 優先權 / an ～ incident *to* this one 先前的那個事件。2 假定的，推論的。—名 1《常作 the ～》先前的事物，先行者，前例。2《～s》祖先；經歷，品行。3〖文法〗先行詞；〖理則〗前題。4〖數〗前項。**-ce·den·tal** [-sɪˈdɛntl̩] 形, **～·ly** 副

an·te·cham·ber [ˈæntɪˌtʃembɚ] 名前廳，接待室。

an·te·date [ˈæntɪˌdet, ˌ--ˈ-] 動及 1 先於，前於。2 把日期填早：～ the papers to Saturday 把文件上的日期填早到星期六。3 把日期說成比實際更早；追溯：～ one's reflections 追溯自己的往日。4 預測，預估。

—[ˈ--ˌ-] 名比實際早的日期。

an·te·di·lu·vi·an [ˌæntɪdɪˈluvɪən] 形 1 洪荒時代以前的，諾亞洪水以前的。2 原始的；舊式的，過時的。—名 1 洪荒時代以前的人。2 古稀高齡者；守舊者，老古董。

an·te·lope [ˈæntl̩ˌop] 名 (複 ～s,《集合名詞》～)〖動〗1 羚羊；U羚羊皮。2《美》= pronghorn.

an·te me·rid·i·em [ˈæntɪməˈrɪdɪˌɛm] 名上午，午前。略作：a.m.

an·te·na·tal [ˌæntɪˈnetl̩] 形 出生前的：

～ training 胎教。─图《英》產前檢查。

·**an·ten·na** [æn'tɛnə] 图 1 (複 ～s [-z])〖無線〗《美》天線（《英》aerial）: a frame ～ 框形天線 / a sending ～ 發送天線 / a receiving ～ 接收天線。2 (複 -nae [-ni])〖動〗觸角；觸鬚。3 知覺。**-nal** 形

an·ten·na·ry [æn'tɛnərɪ] 形〖動〗觸角的；似觸角的；具有觸角的。

an·te·nup·tial [ˌæntɪ'nʌpʃəl] 形婚前的。

an·te·pe·nult [ˌæntɪ'pinʌlt] 图從字尾算起的第三個音節。

an·te·pe·nul·ti·mate [ˌæntɪpɪ'nʌltəmɪt] 形從字尾算起第三個（音節）的。

an·te·ri·or [æn'tɪrɪɚ] 形《文》1 位於前面[前部]的：the ～ part 前部。2（時間）早於，先於《 *to...* 》。～**·ly** 副

an·te·room ['æntɪˌrum] 图 1（通往正室的）側房，前室。2 候客室。

an·them ['ænθəm] 图 1 讚美歌，頌歌：a national ～ 國歌。2 聖歌；交互輪唱的讚美歌。

an·ther ['ænθɚ] 图〖植〗花藥。

'ant ˌhill 图 1 蟻丘，蟻塚。2《喻》人群聚集的地方；群眾。

an·thol·o·gist [æn'θɑlədʒɪst] 图選集的編者。

an·thol·o·gize [æn'θɑləˌdʒaɪz] 動 不及 編纂選集。─及收入選集。

an·thol·o·gy [æn'θɑlədʒɪ] 图 (複 -gies) 1 選集。2 詩選。**-'log·i·cal** 形, **-gist** 图

An·tho·ny ['ænθənɪ, -tə-] 图 1 **Saint**, 聖安東尼（251?–356?）：埃及隱修士，被視爲天主教苦修派的創始人。2〖男子名〗安東尼（暱稱作 Tony）。

An·tho·zo·a [ˌænθə'zoə] 图(複)〖動〗珊瑚蟲類。**-an** 形图

an·thra·cite ['ænθrəˌsaɪt] 图 U 無煙煤。

an·thrax ['ænθræks] 图(複 **-thraces** [-θrəˌsiz]) U C〖病〗1 炭疽熱。2 癰。

anthropo-《字首》表「人」之意。

an·thro·po·cen·tric [ˌænθrəpə'sɛntrɪk] 形以人類爲宇宙中心的；按人類標準來判斷宇宙萬物的。

an·thro·poid ['ænθrəˌpɔɪd] 形似人類的；《口》像猴子的：an ～ ape 類人猿。─图類人猿。

an·thro·pol·o·gy [ˌænθrə'pɑlədʒɪ] 图 U 人類學。**-po·'log·i·cal** 形人類學的。**-gist** 图人類學家。

an·thro·po·met·ric [ˌænθrəpə'mɛtrɪk] 形人體測量的。

an·thro·pom·e·try [ˌænθrə'pɑmətrɪ] 图 U 人體測量學。

an·thro·po·mor·phic [ˌænθrəpə'mɔrfɪk] 形 1 神人同形論的。2 具有人類特性的。

an·thro·po·mor·phism [ˌænθrəpə'mɔrˌfɪzəm] 图 U 神人同形論，擬人觀。**-phist** 图 神人同形論者。

an·thro·poph·a·gi [ˌænθrə'pɑfəˌdʒaɪ] 图(複)(單 **-a·gus** [-əgəs]) 食人肉者。**-gy** 图 U 食人肉的習俗，嗜食人肉。

an·thro·poph·a·gous [ˌænθrə'pɑfəgəs] 形食人肉的。

an·ti ['æntaɪ, 'æntɪ] 图 (複 ～s [-z])《口》持反對（論）者；《美》反對婦女參政者。─形反對的。

anti-《字首》表「反對，抵抗，排斥」之意的字首：1 表「輕視既成的事物」、「反傳統」之意。2〖理〗表「反世界的」之意。

an·ti·a·bor·tion [ˌæntaɪə'bɔrʃən] 形反流產的，反墮胎的。～**·ism** 图 U 反墮胎主義。～**·ist** 图反墮胎人士。

an·ti·ag·ing [ˌæntɪ'edʒɪŋ] 形抗老化的，防止老化的。

an·ti·air·craft [ˌæntɪ'ɛrˌkræft] 形防空的，對空的：～ artillery《集合名詞》高射炮；高射炮部隊；高射炮炮火。

ˌanti'aircraft 'missile 图防空飛彈，對空飛彈。

an·ti·al·ien [ˌæntɪ'eljən] 形排外的。

an·ti-A·mer·i·can [ˌæntɪə'mɛrɪkən] 形反美的。─图反美人士。

an·ti·au·thor·i·tar·i·an [ˌæntɪəˌθɔrə'tɛrɪən,-ˌθɑr-] 形反權威主義的。

an·ti·bal·lis·tic [ˌæntɪbə'lɪstɪk] 形〖軍〗反彈道的，反飛彈的：an ～ missile 反彈道飛彈。

an·ti·bi·ot·ic [ˌæntɪbaɪ'ɑtɪk] 图〖生化〗抗生素。─形破壞生命的；抗生的；抗生素的。**-i·cal·ly** 副

an·ti·black [ˌæntɪ'blæk] 形反黑人的。

an·ti·body ['æntɪˌbɑdɪ] 图 (複 **-bod·ies**)〖生化〗抗體。

an·tic ['æntɪk] 图 1《通常作 ～s》嬉鬧；滑稽的動作，古怪的姿態：perform ～*s* 做出滑稽古怪的動作。2《古》荒唐的滑稽劇的演員；小丑。─形《古》1 古怪的。2 滑稽的。

an·ti·can·cer [ˌæntɪ'kænsɚ] 形抗癌的：～drugs 抗癌藥物。

An·ti·christ ['æntɪˌkraɪst] 图〖神〗1 反基督。2《偶作 **a-**》反基督者。3《常作 **a-**》不信基督的人。

an·tic·i·pant [æn'tɪsəpənt] 形期待的，期望的《 *of...* 》：～ *of* his arrival 期待著他的來臨。─图抱著期望的人。

:an·tic·i·pate [æn'tɪsəˌpet] 動 (**-pat·ed, -pat·ing**) 及 1 預期，期望；確信會發生：～ a favorable change 預期將會好轉。2 比別人先做出…；搶在…之前《 *in..., in doing* 》：～ a movement 率先發起一項運動。3 預先料到並先行回答。4 防患…於未然；制（敵）於機先；預先考慮：～ the worst 事先作最壞的打算。5 使提前發生：～ one's departure 提前出發。6 先挪用；〖金融〗預先支付：～*d* payment 預先付款。

A

─不及預料，預期；預先處理。

an·tic·i·pa·tion [æn,tɪsə'peʃən] 名U **1** 預期；期望：with eager ～ 滿懷期望地。**2** 預感；先見。**3** 超前；事前行爲；因應之舉。**4** 預先挪用；〖法〗（信託基金的）預先分配。

in anticipation of... 預期，預料。

in anticipation 預先，事先。

an·tic·i·pa·tive [æn'tɪsə,petɪv] 形 預期的，期待的；先發制人的。～**·ly** 副

an·tic·i·pa·tor [æn'tɪsə,petɚ] 名 預料者，預期者；搶先者，先發制人者。

an·tic·i·pa·to·ry [æn'tɪsəpə,torɪ, -,tɔrɪ] 形 **1** 預期的；先期的，提前的；預支的。**2**〖文法〗先行的。**-ri·ly** 副

an·ti·cler·i·cal [,æntɪ'klɛrɪkl] 形反教權的，反對教會干預俗事的。

an·ti·cli·max [,æntɪ'klaɪmæks] 名 **1** U〖修〗突降法，反高潮的手法。**2** 突減，急降；令人失望的結局。

an·ti·cli·nal [,æntɪ'klaɪnḷ] 形〖地質〗背斜的；背斜褶曲的。

an·ti·cline ['æntɪ,klaɪn] 名〖地質〗背斜。

an·ti·clock·wise [,æntɪ'klɑkwaɪz] 形副《英》=《美》counterclockwise.

an·ti·co·ag·u·lant [,æntɪko'ægjələnt] 形〖醫〗抗凝結的，抗凝血。─名UC抗凝血劑。

an·ti·com·pet·i·tive [,æntɪkəm'pɛtətɪv] 形 反競爭的，減少競爭的。

an·ti·cor·ro·sive [,æntɪkə'rosɪv] 名UC防腐劑，防蝕劑。─形防（腐）蝕的。

an·ti·crime [,æntɪ'kraɪm] 形防止犯罪的。

an·ti·cy·clone [,æntɪ'saɪklon] 名〖氣象〗反氣旋，高氣壓。

an·ti·de·pres·sant [,æntɪdɪ'prɛsənt] 形〖藥〗抗憂鬱的。─名UC抗憂鬱藥，情緒興奮劑。

an·ti·dote ['æntɪ,dot] 名 **1** 解毒劑，解毒藥。**2** 對抗方法，矯正方法（*to, for, against...*）。**-'dot·al** 形解毒的。

an·ti·dump·ing [,æntɪ'dʌmpɪŋ] 形反傾銷的。

an·ti·es·tab·lish·ment [,æntɪə'stæblɪʃmənt] 形反體制的，反對現有制度的。**-men·tar·i·an** [-mən'tɛrɪən] 名反體制者。

an·ti·fat [,æntɪ'fæt] 形 **1** 防止肥胖的。**2** 抗脂肪的。

an·ti·fe·brile [,æntɪ'fibrɪl] 形〖醫〗解熱的，退熱的。─名解熱劑。

an·ti·fer·til·i·ty [,æntɪfɝ'tɪlətɪ] 形〖醫〗降低生育力的，避孕的。

an·ti·freeze [,æntɪ'friz] 名U防凍劑。─形防凍的。**-freez·ing** 形防凍的。

an·ti·fric·tion [,æntɪ'frɪkʃən] 名潤滑劑。─形減少摩擦的，潤滑的。

an·ti·gas [,æntɪ'gæs] 形防毒（氣）的。

an·ti·gen ['æntədʒən] 名 **1**〖生化〗抗原。**2**〖藥〗抗原藥。**-gen·ic** [-'dʒɛnɪk] 形

an·ti·grav·i·ty [,æntɪ'grævətɪ] 名 **1** U〖理〗抗重力，抗引力。**2** 能對引力發生對抗作用的抗力。─形反重力的，抗引力的。

an·ti-'G ,suit [,æntɪ'dʒi-] 名〖空〗耐加速抗壓衣（亦稱 **G-suit**）。

An·ti·gua [æn'tigə] **and Barbuda** 名 安地卡及巴布達：加勒比海一島國，1981年獨立；首都聖約翰（St. John's）。

an·ti·gun [,æntɪ'gʌn] 形《美》反對自由購買槍枝的。

an·ti·he·ro ['æntɪ,hɪro] 名（小說、戲劇等中的）反英雄，無英雄氣質的主角。**-he·'ro·ic** 形具有反英雄性格的；以反英雄爲主角的。

an·ti·his·ta·mine [,æntɪ'hɪstə,min] 名UC〖藥〗抗組織胺劑。─形抗組織胺的。

an·ti·hy·per·ten·sive [,æntɪ,haɪpɚ'tɛnsɪv] 名形〖醫〗抗高血壓劑[的]。

an·ti·im·pe·ri·al·ist [,æntɪɪm'pɪrɪəlɪst] 名反帝國主義者。

-,ism 名U反帝國主義。

an·ti·in·flam·ma·to·ry [,æntɪɪn'flæmə,torɪ]〖藥〗形消炎的。─名消炎藥。

an·ti·knock [,æntɪ'nɑk] 名U防爆震劑。─形防爆的，防震的。

An·til·les [æn'tɪliz] 名《the～》安地列斯群島：在加勒比海北方和東方，分爲大、小安地列斯群島。

an·ti·lock ['æntɪ,lɑk] 形防鎖死的：～ braking system 防鎖死煞車系統。

an·ti·log·a·rithm [,æntɪ'lɔgə,rɪðəm] 名〖數〗逆對數（亦稱《口》**antilog**）。

an·ti·ma·cas·sar [,æntɪmə'kæsɚ] 名（沙發等的）扶手套，背套。

an·ti·mat·ter ['æntɪ,mætɚ] 名U〖理〗反物質。

an·ti·mil·i·ta·rism [,æntɪ'mɪlətə,rɪzəm] 名U反軍國主義，反黷武主義。

an·ti·mis·sile [,æntɪ'mɪsl] 形反飛彈的：an ～ system 反飛彈系統。

─名= antimissile missile.

anti'missile 'missile 名〖軍〗反飛彈飛彈。略作：AMM

an·ti·mo·ny ['æntə,monɪ] 名U〖化〗銻。符號：Sb

an·ti·na·tal·ism [,æntɪ'netḷɪzəm] 名U（經由控制生育率的）抑制人口增長（法）。

an·ti·neu·tron [,æntɪ'nutrɑn] 名〖理〗反中子。

an·ti·noise [,æntɪ'nɔɪz] 形防噪音的。

an·tin·o·my [æn'tɪnəmɪ] 名U **1**（規則等的）自相矛盾。**2**〖哲〗二律相悖。

an·ti·nu·cle·ar [,æntɪ'njuklɪɚ] 形反對使用核子武器的，反對使用核能的。

an·ti·nu·cle·on [,æntɪ'njuklɪ,ɑn] 名反核子。

an·ti·nuke [ˌæntɪ'nuk,-'njuk] 形 = antinuclear. —名（亦稱 **antinuker**）反核人士。

an·ti·ox·i·dant [ˌæntɪ'ɑksədənt] 名〖化〗**1** 抗氧化劑。**2** 防老化劑。

an·ti·pas·to [ˌæntɪ'pɑsto] 名〖義大利烹飪〗開胃小菜（如鹹肉、鹹魚、橄欖等）。

an·ti·pa·thet·ic [ænˌtɪpə'θɛtɪk] 形 **1** 懷有反感的《*to...*》。**2** 引起反感的；格格不入的《*to...*》。

an·tip·a·thy [æn'tɪpəθɪ] 名（複 **-thies**）UC **1**（強烈的）反感，厭惡《*to, toward, against...*》: a mutual ～ 彼此的反感 / take an ～ *to* ... 對…有反感。**2** 所厭惡的事物，所憎厭者。

an·ti·per·son·nel [ˌæntɪˌpɝsə'nɛl] 形〖軍〗殺傷性的：～ mines 殺傷性地雷。

an·ti·per·spi·rant [ˌæntɪ'pɝspərənt] 名 UC 防汗劑，止汗劑（尤指腋下使用的）。

an·ti·phon ['æntəˌfɑn] 名 **1**（兩合唱團交互輪唱的）對唱歌，應答歌。**2**〖教會〗輪唱（的聖歌等）；應答（詞）。**3** 回應，應答。

an·tiph·o·nal [æn'tɪfənl] 形 對唱的；輪唱的：～ chorus 交互輪唱聖歌。
—名 交互輪唱讚美詩。

an·tiph·o·ny [æn'tɪfənɪ] 名（複 **-nies**）**1** U 輪唱；C 交互輪唱的詩歌。**2** 唱和應答式演奏法。**3** 回應，回響。

an·tip·o·dal [æn'tɪpədl] 形 **1**〖地〗對蹠的，在地球上正相反面的《*to...*》。**2** 正相反的，相對的《*to...*》：～ opinions 對立的意見。

an·ti·pode ['æntɪˌpod] 名 正相反的人[事物]；〖化〗對映體。

an·tip·o·des [æn'tɪpəˌdiz] 名（複）**1**《作複數》對蹠地（位於地球正相反一面的地點）。**2**《**the A-**》《英》澳洲（人）與紐西蘭（人）。**3**《通常作 **the** ～》《作單數》正相反（的事物）《of, to...》。

an·ti·pol·lu·tion [ˌæntɪpə'luʃən] 形 反污染的：～ regulations 反污染條例。
～**·ist** 名 反污染人士。

an·ti·pope ['æntɪˌpop] 名〖史〗敵對教皇，僭稱的教皇。

an·ti·pov·er·ty [ˌæntɪ'pɑvɚtɪ] 形 反貧窮的。

an·ti·pro·ton ['æntɪˌprotɑn] 名〖理〗反質子。

an·ti·psy·chot·ic [ˌæntɪsaɪ'kɑtɪk] 形，名 UC〖精神醫·藥〗治療精神病的（藥劑）。

an·ti·py·ret·ic [ˌæntɪpaɪ'rɛtɪk] 形〖醫〗退熱的。—名 退熱劑，解熱劑。

an·ti·py·rin(e) [ˌæntɪ'paɪərɪn] 名 UC〖藥〗安替比林：一種解熱、止痛劑。

an·ti·quar·i·an [ˌæntɪ'kwɛrɪən] 形 研究古物的。—名 **1** 大版畫用紙。**2** = antiquary.

an·ti·quar·i·an·ism [ˌæntɪ'kwɛrɪənɪzṃ] 名 U 古物研究，愛好古董，愛好古物蒐集。

an·ti·quar·y ['æntəˌkwɛrɪ] 名（複 **-quar·ies**）古物研究專家；古物收藏家。

an·ti·quat·ed ['æntəˌkwetɪd] 形 **1** 落伍的，已廢棄的，過時的：～ means of travel 落伍的旅行方式。**2** 陳腐的；老邁的；舊式的。

·**an·tique** [æn'tik] 形 **1** 古老的；古代的：～ cars 年代久遠的車子。**2** 傳統的，古式的；落伍的。**3**（經營）古董的：an ～ shop 古董店。—名 **1** 古器物，古董。**2**《**the** ～》（希臘、羅馬的）古典藝術。**3** U〖印〗粗字體。
—動（**-tiqued, -tiqu·ing**）及 使具古色古香風味。—不及《口》逛古董店。

·**an·tiq·ui·ty** [æn'tɪkwətɪ] 名（複 **-ties**）**1** U 古老：a temple of great ～ 非常古老的寺廟。**2** U 古代；中世紀以前的時代：from immemorial ～ 從遠古起 / in remote ～ 在古代。**3**《集合名詞》古代人，古代民族。**4**《通常作 **-ties**》古代的遺物；古器：Greek and Roman *antiquities* 古希臘、羅馬的遺物。

an·tir·rhi·num [ˌæntɪ'raɪnəm] 名〖植〗金魚草。

an·ti·rust [ˌæntɪ'rʌst] 形 **1** 防鏽的。**2** 不鏽的，耐鏽的。—名 UC 防鏽劑。

an·ti·sat·el·lite [ˌæntɪ'sætəˌlaɪt] 形 攻擊衛星的。

an·ti·scor·bu·tic [ˌæntɪskɔr'bjutɪk] 形〖醫〗抗壞血病的。—名 抗壞血病劑。

an·ti-Sem·ite [ˌæntɪ'sɛmaɪt] 名 反猶太分子，反猶太主義者。**-Se·mit·ic** [-sə'mɪtɪk] 形，**-i·ˌtism** 名 U 反猶太主義。

an·ti·sep·sis [ˌæntɪ'sɛpsɪs] 名（複 **-ses** [-ˌsiz]）UC 消毒（法），防腐（法）。

an·ti·sep·tic [ˌæntɪ'sɛptɪk] 形 **1** 殺菌的；消毒的；無菌的；防腐的；消毒過的：～ finish 防腐加工。**2** 非常乾淨的。
—名 UC 消毒劑，防腐劑。
-ti·cal·ly 副 用消毒劑處理地。

an·ti·se·rum ['æntɪˌsɪrəm] 名（複 ～**s**, **-se·ra** [-'sɪrə]）UC〖醫〗抗毒血清。

an·ti·sex·ist [ˌæntɪ'sɛksɪst] 形 名 反性別差異的[者]，反對歧視女性的[者]。

an·ti·ship [ˌæntɪ'ʃɪp] 形〖軍〗用於攻擊艦艇的。

an·ti·skid [ˌæntɪ'skɪd] 形 防滑的。

an·ti·smok·ing [ˌæntɪ'smokɪŋ] 形 反煙的，禁煙的。

an·ti·smut [ˌæntɪ'smʌt] 形 反色情文化的。

an·ti·so·cial [ˌæntɪ'soʃəl] 形 **1** 不愛交際的。**2** 反社會的，有敵意的；擾亂社會秩序的，違反社會制度的。

an·ti·spas·mod·ic [ˌæntɪspæz'mɑdɪk] 形〖醫〗解痙的，治痙攣的。
—名 UC 解痙攣劑，治痙攣藥。

an·ti·stat [ˌæntɪ'stæt], **-stat·ic** [-'stætɪ

A

k] 形防靜電的，抗靜電的。

an·tis·tro·phe [æn'tɪstrəfɪ] 名 1（古希臘劇中舞蹈隊伍自左向右移動的）回歸舞；回歸歌。2〖詩〗應答詩句；〖樂〗對照樂節，對唱樂節。

an·ti·sub·ma·rine [ˌæntɪ'sʌbmərin] 形反潛艇的。

an·ti·tank [ˌæntɪ'tæŋk] 形〖軍〗反坦克的，反戰車的：an ~ gun 反坦克炮。

an·ti·ter·ror·ist [ˌæntɪ'tɛrərɪst] 形反恐怖活動的，反恐怖主義的。**-ror·ism** 名

an·tith·e·sis [æn'tɪθəsɪs] 名（複 **-ses** [-ˌsiz]）1 U 正相反《*of, to...*》；對照《*of, between...*》；C 對照的事物，對立物：the ~ *of* theory and fact 理論與實際的對立。2〖修〗⑴ U 對比法。⑵ 對照句。3〖哲〗反，反命題。

an·ti·thet·ic [ˌæntə'θɛtɪk]，**-i·cal** [-ɪkl] 形 1 對照的。2 成對比的；正相反的。

-i·cal·ly 副 相對照地，成對比地。

an·ti·tox·ic [ˌæntɪ'tɑksɪk] 形〖醫〗抗毒的，抗毒素的。

an·ti·tox·in [ˌæntɪ'tɑksɪn] 名 U C〖醫〗抗毒素；抗毒血清。

an·ti·trade ['æntɪˌtred] 名《~s》反信風，反貿易風。— 形 反信風的。

an·ti·trust [ˌæntɪ'trʌst] 形 反托辣斯的，反壟斷的：~ legislation 反托辣斯法。

an·ti·tus·sive [ˌæntɪ'tʌsɪv] 形 止咳的。— 名 止咳藥。

an·ti·u·to·pi·a [ˌæntɪju'topɪə] 名 1 反烏托邦。2 描述反烏托邦的著作。

an·ti·u·to·pi·an [ˌæntɪju'topɪən] 形 反烏托邦（般）的。— 名 反烏托邦主義者。

an·ti·vi·ral [ˌæntɪ'vaɪrəl] 形〖藥〗抗病毒的。

an·ti·war [ˌæntɪ'wɔr] 形 反戰的。

an·ti·white [ˌæntɪ'hwaɪt] 形 反白人的，敵視白人的。

an·ti·world ['æntɪˌwɝld] 名《常作~s》〖理〗反物質世界。

ant·ler ['æntlɚ] 名（雄鹿的）枝角；鹿角，茸角：the branching ~*s* of deer 鹿的茸角。

-lered 形 有鹿角的；以鹿角裝飾的。

ant·li·on ['æntˌlaɪən] 名〖昆〗蟻獅。

An·toi·nette [ˌæntwɑ'nɛt] 名 1 **Marie**，安朵瓦奈特（1755－93）：法王路易十六的王妃（1774－93），法國大革命時被處死。2〖女子名〗安朵瓦奈特。

An·to·ny ['æntənɪ] 名 1〖男子名〗安東尼。2 **Mark,** 安東尼（83？－30B.C.）：羅馬大將及政治家，凱撒（Caesar）的朋友。

an·to·nym ['æntənɪm] 名 反義字。

ants·y ['æntsɪ] 形（**ants·i·er, ants·iest**）《美俚》焦躁的，坐立不安的。

Ant·werp ['æntwɝp] 名 安特衛普：比利時北部的一海港。

a·nus ['enəs] 名（複~**·es**）〖解〗肛門。

an·vil ['ænvɪl] 名 1 鐵砧。2 砧臺，打物臺。3（耳朵的）砧骨。

on the anvil 在準備中。

:anx·i·e·ty [æŋ'zaɪətɪ] 名（複 **-ties**）1 U 苦惱，焦慮，懸念；〖精神醫〗焦慮；C 擔心的事，憂慮的原因《*about, for...*》：with ~ 焦急地，焦慮地 / ~ *about* a person's health 憂慮某人的健康 / be in (great) ~ 非常擔心。2 U C 渴望《*about, for...*》；熱望《*to* do, *that* 子句》：one's ~ *for* wealth 對財富的渴望。

:anx·ious ['æŋkʃəs] 形 1《敘述用法》擔心的，掛念的，焦急的《*about...*》。2《敘述用法》切望的《*for...*》；渴望的《*to* do, *that* (*should*) 子句》。3《限定用法》使人不安的，令人憂慮的：~ feeling 令人不安的感覺。

~**·ly** 副 擔心地，渴望地。

'anxious ˌseat [ˌbench] 名《美》求道者座位；《喻》憂慮，不安：on the ~ 坐立不安。

:an·y [ənɪ，《強》'ɛnɪ] 形 1《疑問句》任何，任何一人，若干，若干人。2《否定句》什麼都，誰都；一點兒也：*without* ~ hesitation 毫不猶豫。3《條件句或表疑念的句子》任何東西，任何人。4《肯定句》無論…都，全部的：*A-* time is no time.《諺》以為什麼時候都行，結果什麼時候都不行。5《否定句》平凡的，普通的。

any and every《**any** 的強調說法》全部。

any old how《俚》= anyhow 3.

any one ⑴ ['ɛnɪˌwʌn] = anyone. ⑵ [ˌɛnɪ'wʌn] 任何一個（的）；任何一人（的）。

any place《美》= anyplace.

any time / at any time 無論何時。

at any price 不惜任何代價。

(at) any moment 隨時；馬上。

at any point《否定句》全然不。

at any rate 無論如何；總之；至少。

hardly any... 幾乎沒有。

in any case 在任何情況之下；不管怎樣；總之。

— 代 1 ⑴《疑問句》任何，任何人，若干，若干人。⑵《否定句》什麼都，誰都。⑶《條件句或表懷疑的句子》任何一個；誰；怎樣；若干，若干人。⑷《肯定句》什麼都，誰都。2《單獨用法》《美》任何人。

If any 如果有的話；縱然有，也…。

— 副 1《用於形容詞或副詞的比較級和 **different** 之前》多少，有點；一點也：without being ~ the *wiser* 不懂還是不懂；絲毫沒有長進。2《條件句·否定句·疑問句》多少，稍微。3《單獨用法》或多或少，有點。

any further《用於 **not**, **no** 之後》僅此而已，不再…。

any more《用於 **not, no** 之後》不再，下不為例；《用於條件子句》到此為止。

not know any better 並未懂得更多；不懂

是非曲直。

:an·y·bod·y ['ɛnɪ,bɑdɪ] 代 1《否定句·疑問句·條件句》任何人；誰都。2《肯定句》隨便哪一個人。

anybody's guess 難以預料的事情。

—名(複-bod·ies) 1 U《否定句·疑問句·條件句》有聲名的人，頗有來歷的人。2《-bodies》《肯定句》平凡人，普通人。

·an·y·how ['ɛnɪ,haʊ] 副《口》1《肯定句》無論如何，不管怎樣；《否定句》絕對（不…）。2《作連接詞》反正，總之。3 雜亂地，隨便地。4《加強語氣》究竟。

all anyhow《美口》(1)不小心，漫不經心。(2)無論怎樣，總之。

feel anyhow《口》覺得身體有點不適。

an·y·more [,ɛnɪ'mɔr] 副《否定句》《美》現在已（不再…）；今後已（不再…）。

:an·y·one ['ɛnɪ,wʌn, -wən] 代 1《否定句·疑問句·條件句》任何人。2《肯定句》任何人都。3《口》所有的人。

an·y·place ['ɛnɪ,ples] 副《美口》無論何處。

:an·y·thing ['ɛnɪ,θɪŋ] 代 1《否定句·疑問句·條件句》什麼都，任何事都；任何事物。2《肯定句》什麼都，隨便哪件事。—名 什麼東西，任何東西。—副《表程度》或多或少，有幾分。

anything but... (1)除…之外都。(2)除…之外什麼都。(3)絕非，一點也不。

anything like... (1)《否定句·疑問句·條件句》類似…之物；怎麼樣也。(2)《否定句中作副詞用》絲毫，全然。

anything of... (1)《疑問句·條件句》有點，稍微。(2)《否定句》一點兒也（不）。

(as) ... as anything《俚》非常。

for anything《否定句》不管得到什麼都（不），絕（不）。

for anything I care 與我無關。

for anything I know 據我所知。

if anything 如果有區別的話。

like anything《口》(1)非常。(2)像什麼似地；激烈地；拚命地；混亂地。

not come to anything 無結果，落空。

..., or anything (1)…什麼的，等等。(2)是嗎？對嗎？

an·y·thing-goes ['ɛnɪ,θɪŋ'goz] 形《俚》無限制的；無所不含的；異想天開的。

an·y·time ['ɛnɪ,taɪm] 副《主美》1 隨時。2 總是。

·an·y·way ['ɛnɪ,we] 副《口》1 無論如何；好歹；總之。2 不小心地，馬馬虎虎地，雜亂地。3 = anyhow 4.

:an·y·where ['ɛnɪ,hwɛr] 副 1《疑問句·條件句》無論何處，任何地方。2《否定句》隨處，到處都。3《肯定句》任何地方。

anywhere between...and...《口》在…與…之間任何一處。

anywhere from...to...《口》…與…間任何一個地方。

anywhere near《口》幾乎，差不多。

get anywhere《口》《主否定句》成功，進展。

an·y·wise ['ɛnɪ,waɪz] 副《古》無論如何，總之；絕不。

An·zac ['ænzæk] 名 1《昔》安札克軍團的士兵。2《今》澳洲和紐西蘭的士兵。3 澳洲人；紐西蘭人。

ANZUS ['ænzʌs] 名 澳紐美共同防禦組織。

A / O, a/o *a*ccount *o*f... 入…的帳。

A-O.K., A(-)OK, A-O·Kay ['eo'ke] 形 副 感《口》一切正常的[地]；完美的[地]: the ~ method of teaching 完美的教學法。

A one, A-one, A-1 ['e'wʌn] 形 1 第一級：英國勞埃船級協會登記冊上的船舶等級。2（亦稱 **A number 1**）《口》第一流的，最佳的。

a·o·rist ['eərɪst] 名 U C，形〖文法〗不定過去式（的）。

a·or·ta [e'ɔrtə] 名 (複~s, -tae [-ti])〖解〗主動脈。

AP《縮寫》(1) *A*merican *p*lan. (2) *A*ssociated *P*ress.

Ap.《縮寫》*Ap*ostle; *Ap*ril.

a·pace [ə'pes] 副《文》迅速地，飛快地: Ill news runs ~.《諺》惡事傳千里。

a·pache [ə'pɑʃ] 名(複**a·pach·es** [ə'pɑʃɪz])（巴黎等地的）流氓；暴徒。

A·pach·e [ə'pætʃɪ] 名 1 (複~s,《集合名詞》~)阿帕契族：美國西南部印第安人的一部落。2 U 阿帕契族語。

ap·a·nage ['æpənɪdʒ] 名 = appanage.

:a·part [ə'pɑrt] 副 1 零碎地：break things ~ 把東西打得碎碎地。2 遠離，隔開；（指時間）相隔；偏離《*from*...》: live ~ *from*... 與…分居 / stay ~ *from* the crowd 離群索居。3 個別地，獨立地《*from*...》。4《與動名詞、名詞連用》除去，撇開。

apart from... 姑且不談，除了…以外。

come apart (1)損壞，破碎。(2)（精神）錯亂，崩潰。

fall apart 分裂，瓦解。

know ...apart 區分出…。

set ...apart (1)留出，存下來《*for*》。(2)把…分開來；使…有所不同《*from*...》。(3)使變得不同凡俗。

take...apart (1)分解，拆散。(2)批評，痛打，嚴厲處罰。(3)嚴密調查，分析。

—形《通常置於名詞後面》個別的，獨特的。

a·part·heid [ə'pɑrthet, -haɪt] 名 U（昔日南非的）種族隔離制度。

:a·part·ment [ə'pɑrtmənt] 名 1《美》（大樓套房，可供一家人居住的）公寓住宅（《英》flat）。2《美》公寓大樓。3《~s》《英》套房。**-men·tal** [-'mɛntḷ] 形

a'partment ,building 名 = apartment house.

A

a'partment ˌcomplex 名大住宅區，公寓社區。

a'partment hoˌtel 名《美》公寓式旅館（《英》service flats）。

a'partment ˌhouse 名《美》公寓大樓（《英》a block of flats）。

ap·a·thet·ic [ˌæpəˈθɛtɪk] 形 **1** 無動於衷的，無感情的。**2** 冷淡的，漠然的。**-i·cal·ly** 副

ap·a·thy [ˈæpəθɪ] 名U **1** 無動於衷，無感情。**2** 冷淡，漠不關心《*toward...*》: feel ~ *toward...* 對…冷淡。

APB 《縮寫》*a*ll *p*oints *b*ulletin 緊急追捕令。

ape [ep] 名 **1** 無尾猿，短尾猿；猴子。**2** 類人猿。**3** 模仿者，學樣的人。**4**《口》沒教養的粗魯人；笨拙的人。

play the ape 模仿，學樣；惡作劇。

say an ape's paternoster（因寒冷或恐懼）牙齒打顫而咯咯作響，牙根合不攏。

—動及模仿。

—形狂熱的，熱中的《常用以下片語》

go ape over ...《俚》熱中於，對…著迷，愛上。

ape-man [ˈepˌmæn] 名(複**-men**)猿人。

Ap·en·nines [ˈæpəˌnaɪnz] 名(複)《 **the** ~》亞平寧山脈：位於義大利半島呈南北走向的山脈。

a·per·i·ent [əˈpɪrɪənt] 形〖醫〗有輕瀉作用的，通便的。—名輕瀉劑。

a·pé·ri·tif [ɑpɛrɪˈtif, əˌpɛr-] 名(複~**s** [-s])（飯前）開胃酒。

ap·er·ture [ˈæpɚtʃɚ] 名 **1** 孔，間隙，裂縫。**2**〖光〗鏡徑；孔鏡。

ap·er·y [ˈeparɪ] 名(複 **-er·ies**)UC **1** 猴子似的舉止；模仿。**2** 愚蠢的行為，惡作劇的行為。

a·pet·al·ous [eˈpɛtələs] 形〖植〗無花瓣的。

a·pex [ˈepɛks] 名(複 ~**·es, a·pi·ces** [-pəˌsiz]) **1** 尖端；頂點；最高潮，絕頂：be at the ~ of one's fortunes 處於幸運的顛峰。**2**〖天〗（太陽）向點。

a·pha·sia [əˈfeʒə] 名U〖病〗失語症；語言能力的喪失。

a·pha·sic [əˈfezɪk, -sɪk] 形〖病〗與失語症有關的。—名〖病〗失語症患者。

a·phe·li·on [əˈfilɪən] 名(複 **-lia** [-lɪə])〖天〗遠日點。**-li·an** 形

a·phid [ˈefɪd] 名〖昆〗蚜蟲。

a·phis [ˈefɪs, ˈæfɪs] 名(複 **aph·i·des** [ˈefɪˌdiz]) = aphid.

aph·o·rism [ˈæfəˌrɪzəm] 名格言，警句。

aph·o·rist [ˈæfərɪst] 名警句作者，格言作者，說警世良言的人。

aph·o·ris·tic [ˌæfəˈrɪstɪk] 形格言的，警句的；含有格言的；有使用格言習性的。

aph·ro·di·sia [ˌæfrəˈdɪʒə] 名性興奮，性慾。

aph·ro·dis·i·ac [ˌæfrəˈdɪzɪˌæk] 形刺激性慾的，催淫的。—名UC催淫劑，春藥。

Aph·ro·di·te [ˌæfrəˈdaɪtɪ] 名〖希神〗愛芙黛蒂：愛與美的女神，相當於羅馬神話的 Venus。

a·pi·a·rist [ˈepɪərɪst] 名養蜂者。

a·pi·ar·y [ˈepɪˌɛrɪ] 名(複**-ar·ies**)養蜂場；蜂房，養蜂箱。

ap·i·cal [ˈepɪkl, ˈæp-] 形 **1** 頂點的；顛峰的；絕頂的。**2**〖語音〗用舌尖發音的。—名〖語音〗舌尖音。

a·pi·cul·ture [ˈepɪˌkʌltʃɚ] 名U養蜂（業）。

a·pi·cul·tur·ist [ˌepəˈkʌltʃərɪst] 名 = apiarist.

a·piece [əˈpis] 副每人；每件；每個。

ap·ish [ˈepɪʃ] 形 **1** 似猿的。**2** 模仿的；缺乏獨創性的；愚蠢的；傻氣地裝模作樣的。

a·plen·ty [əˈplɛntɪ] 形《美口》《敘述用法·置於名詞之後》豐富的，充裕的：money ~ for the project 該計畫用的大筆金錢。—副豐富地；非常，很。

a·plomb [əˈplɑm] 名U **1** 沉著，冷靜；自信，自恃：do...with ~ 沉著地做…。**2** 垂直。

ap·ne·a [ˈæpnɪə, æpˈniə] 名 U〖病〗**1** 呼吸暫停。**2** 窒息。

APO 《縮寫》*A*rmy *P*ost *O*ffice《美》陸軍軍郵局。

apo- 《字首》表「遠離」、「分別」之意。

a·poc·a·lypse [əˈpɑkəˌlɪps] 名 **1**《 **the A-** 》（聖經新約中的）啓示錄；啓示書，啓示文學。**2** 啓示，天啓。**3** 大災難，大毀滅；世界最終的毀滅。

a·poc·a·lyp·tic [əˌpɑkəˈlɪptɪk] 形 **1** 啓示錄，天啓書的。**2** 啓示的。**3**（大災難的）前兆的，末日論的。

a·poc·o·pe [əˈpɑkəpɪ] 名UC字尾省略，字尾音消失。

a·poc·ry·pha [əˈpɑkrəfə] 名(複)《常作單數》《 **the** ~》**1**《 **A-** 》經外書，偽經。**2**《集合名詞》不足憑信的書籍。

a·poc·ry·phal [əˈpɑkrəfəl] 形 **1** 作者可疑的；真偽可疑的。**2**〖神〗(1)《 **A-** 》聖經外典的。(2) 不入正經的。

a·pod·o·sis [əˈpɑdəsɪs] 名(複**-ses** [-ˈsiz])（條件句的）結論句。

ap·o·gee [ˈæpəˌdʒi] 名 **1**〖天〗遠地點。**2** 最高點，最遠點，極點；頂點。

a·po·lit·i·cal [ˌepəˈlɪtɪkl] 形 **1** 非政治的，無關政治的；不關心政治的，討厭政治的。**2** 政治上不重要的。~**·ly** 副

A·pol·lo [əˈpɑlo] 名(複~**s** [-z]) **1**〖希·羅神〗阿波羅：主管醫藥、光明、音樂、詩、預言、男性美之神。**2**《 **a-** 》俊美年輕的男子。**3**《美》阿波羅號太空船。

Ap·ol·lo·ni·an [ˌæpəˈlonɪən] 形 **1** 阿波

羅神的；崇拜阿波羅的。2《a-》穩定的；和諧的；具古典美的。

A·pol·lyon [ə'paljən] 图〖聖〗亞玻倫：無底坑的惡魔。

a·pol·o·get·ic [ə,palə'dʒɛtɪk] 形 1 賠罪的，道歉的；辯護的，辯解的《for...》: an ～ letter 道歉信。2 過意不去似的。—图1（正式的）辯解，辯護。2《～s》《作單數》（基督教的）辯證論，護教論，護教學。-i·cal·ly 副

ap·o·lo·gi·a [,æpə'lodʒɪə] 图 1 辯解，辯護《of, for...》。2 辯解書。3 為辯解自己的信仰所寫的文學作品。

a·pol·o·gist [ə'palədʒɪst] 图 1 辯解的人；辯護者《for...》。2〖神〗護教論者。

·**a·pol·o·gize** [ə'palə,dʒaɪz] 動 (-gized, -giz·ing) 不及 1 道歉，認錯《to...》；賠不是《for...》。2 正式辯解，辯護：～ for oneself 為自己辯護。

ap·o·logue ['æpə,lɔg] 图寓言。

:**a·pol·o·gy** [ə'palədʒɪ] 图(複-gies) 1 道歉《for...》: make [offer] an ～ for... 為…道歉 / extend one's ～ 表示歉意。2 辯護，辯解《for...》。3《口》臨時湊合的代用品《for...》: an ～ for window curtains 勉強充作窗簾。

ap·o·phthegm ['æpə,θɛm] 图《英》= apothegm.

ap·o·plec·tic [,æpə'plɛktɪk] 形 1 中風的: an ～ fit [stroke] 中風發作。2（易）患腦中風的。3《口》生氣的。4（血壓高而）紅臉的；性急的（亦稱 **apoplectical**）。—图（易）患中風症者。

ap·o·plex·y ['æpə,plɛksɪ] 图 U 1〖病〗中風；腦中風。2《俚》盛怒。

a·port [ə'port] 副〖海〗向左舷，在左舷: Hard ～！左滿舵！

a·pos·ta·sy [ə'pastəsɪ] 图 (複-sies) U C 1 背教，放棄信仰。2 變節，脫黨。

a·pos·tate [ə'pastet, -tɪt] 图 背教者；變節者；脫黨者。—形背教的；變節的；脫黨的。

a·pos·ta·tize [ə'pastə,taɪz] 動 不及 放棄信仰；脫黨；變節。

a pos·te·ri·o·ri ['epas,tɪrɪ'oraɪ] 形 副 1 歸納的[地]：～ reasoning 歸納推理。2 根據實際觀察的[地]。

a·pos·tle [ə'pasl̩] 图 1《A-》使徒（耶穌基督的十二個弟子之一）。2（某國、某地區的基督教的）最初傳教者。3（道德改革等的）倡導者: an ～ of world peace 世界和平的倡導者。

A'postles' 'Creed 图《the ～》使徒信條。

a·pos·to·late [ə'pastl̩ɪt] 图 U 1 使徒身分。2〖天主教〗教皇身分；傳教士的職務。

ap·os·tol·ic [,æpəs'talɪk] 形 1 使徒的；似使徒的；十二使徒的；使徒傳下的。2 羅馬教宗的。

a·pos·tro·phe[1] [ə'pastrəfɪ] 图省字符號（'）：1 省略符號。2 所有格符號。3（字母、數字或縮寫的）複數符號。

a·pos·tro·phe[2] [ə'pastrəfɪ] 图 U〖修〗頓呼法。

a·pos·tro·phize[1] [ə'pastrə,faɪz] 動 及 不及〖修〗發出頓呼。

a·pos·tro·phize[2] [ə'pastrə,faɪz] 動 及 加上省字符號。

a'pothecaries' ,weight 图 U 藥用衡量，藥衡。

a·poth·e·car·y [ə'paθə,kɛrɪ] 图 (複-car·ies)《美·英古》藥局；藥劑師。

ap·o·thegm ['æpə,θɛm] 图《美》金玉良言，格言，箴言。

ap·o·theg·mat·ic [,æpəθɛg'mætɪk] 形 格言的，格言似的。

a·poth·e·o·sis [ə,paθɪ'osɪs, ,æpə'θiəsɪs] 图 (複-ses [-,siz]) U C 1 神聖化，視為神聖；理想化；頌揚。2 偶像，典型。

a·poth·e·o·size [ə'paθɪə,saɪz, ,æpə'θiə-] 動 及 尊崇…為神，視為神聖；崇拜，頌揚。

app. 《縮寫》*app*aratus; *app*endix; *app*rentice.

Ap·pa·la·chi·an [,æpə'lætʃɪən, -'letʃən] 形阿帕拉契山脈的。—图住在阿帕拉契山地的白人。

Appa'lachian 'Mountains 图 (複)《the ～》阿帕拉契山脈：位於北美洲東部（亦稱 **Appalachians**）。

ap·pall, 《英》**-pal** [ə'pɔl] 動 及 嚇壞，使吃驚；《被動》膽顫心驚《at, by...》。

ap·palled [ə'pɔld] 形 感到震驚的，感到厭惡的。

ap·pall·ing [ə'pɔlɪŋ] 形 1 可怕的，駭人的。2《口》令人震驚的；令人討厭的；過分的。

ap·pa·nage ['æpənɪdʒ] 图 1 領 地，封地。2 俸祿，食祿。3 附屬物，屬性。

ap·pa·ra·tchik [,apə'ratʃɪk] 图(複-tchi·ki [-ki], ～s)《俄語》1（共產黨機關的）受過特殊訓練的政治局人員。2 高級黨工，高幹。

·**ap·pa·ra·tus** [,æpə'rætəs, -'ret-] 图 (複～, ～·es) 1（一套）儀器，器具，器械；裝置，設備：a chemical ～ 化學儀器 / a heating ～ 暖氣設備 / a fire ～ 消防設備。2 組織；機關: intelligence ～ 情報機關。3〖生理〗器官：the digestive ～ 消化器官。

ap·par·el [ə'pærəl] 图 U《文》1 衣服，服飾：intimate ～ 內衣褲。2 飾物。3 外觀，外表。4〖海〗船舶裝具（桅杆、帆、錨等）。
—動(～ed, ～·ing;《英》-elled, ～·ling) 及 1 穿上衣服。2 裝飾。

·**ap·par·ent** [ə'pærənt] 形 1 清晰可見的；顯而易見的《to...》: an ～ error 明顯的錯誤 / an immediately ～ mistake 立刻就能看

A

出來的錯誤。2 貌似的，表面上的：an ～ mistake 表面上的錯誤。3（對王位、稱號、財產等）有絕對繼承資格的：an heir ～ 王儲，嗣子，法定繼承人。

·**ap·par·ent·ly** [ə'pærəntlɪ] 副 1 外表上，乍看之下。2 明顯地，明白地。

·**ap·pa·ri·tion** [,æpə'rɪʃən] 名 1 突然出現的物[人]；幽靈，幻影：an ～ of his dead father 他的亡父之魂。2 Ⓤ 現身，出現。

:**ap·peal** [ə'pil] 名 1 ⓊⒸ 請願，哀求《*for*...》呼籲；憑藉（權威等），抗議《*to*...》：an ～ *to* the referee 向裁判抗議 / make an ～ *for* help 懇求援助。2 ⓊⒸ〖法〗上訴：carry ～*s* to the court 向法院上訴。3 Ⓤ 吸引力，魅力：sex ～ 性魅力。

—動 不及 1 請求，懇求《*to*...; *for*...》；呼籲。2 訴諸（輿論等）（以求得公正的解決）《*to*...; *for*...》。3〖法〗上訴《*to*...; *against*...》。4 投合所好，有吸引力《*to*...》。—及〖法〗對（案件）提起上訴。

appeal to the country《英》（解散國會）舉行大選。

ap·peal·ing [ə'pilɪŋ] 形 令人心動的，扣人心弦的；哀求的：an ～ smile 迷人的微笑 / an ～ look 懇求的眼光。

～·**ly** 副

:**ap·pear** [ə'pɪr] 動 不及 1 出現，露面；露出；被創造出來：～ in sight 進入視界。2 顯得，好像；看起來像是；《用 It 作主詞》好像，似乎。3 問世，出版，發表《*in*...》。4 演出；出席；扮演：～ on the stage 登臺演出 / ～ as the hero in the play 在那齣戲中扮演男主角。5〖法〗出庭；出庭作辯護人《*for*...》：～ before court 出庭（應詢或作證）。6 存在。

:**ap·pear·ance** [ə'pɪrəns] 名 ⓊⒸ 1 出現；演出；出席；〖法〗出庭；出版：make one's ～ 露面。2 外觀；容貌，風采：a person of neat ～ 儀容整潔的人 / judge by ～*s* 以貌取人 / present a good ～ 呈現出漂亮的外觀。3《通常用 **an** ～》（與實際有別的）表面工夫。4《～**s**》表面狀況；徵兆。5 幽靈，幻影。6〖哲〗現象。

for appearance'(s) sake 為了體面。

keep up appearance 顧全面子，充場面。

put in an appearance（在集會等）短暫露面，出庭《*at*...》。

to all appearance (s) 顯然。

ap·pease [ə'piz] 動 及 1 安撫；平息；緩和；果（腹），解（渴）：～ one's thirst 解渴。2 姑息。

ap·pease·ment [ə'pizmənt] 名 Ⓤ 1 撫慰；綏靖；緩和；平息。2（外交上的）妥協政策；姑息，讓步。

ap·pel·lant [ə'pɛlənt] 名 形 請求者[的]；〖法〗上訴人[的]。

ap·pel·late [ə'pɛlɪt] 形〖法〗上訴的；有審理上訴之權限的：an ～ court 上訴法院。

ap·pel·la·tion [,æpə'leʃən] 名 名稱，稱號；Ⓤ 命名。

ap·pel·la·tive [ə'pɛlətɪv] 名 1〖文法〗普通名詞。2 通稱，名稱。—形 1 普通名詞（性）的。2 指示的；記敘的。3 命名的，稱呼的。

ap·pel·lee [,æpə'li] 名〖法〗被上訴人，被控訴人，（上訴案件的）被告。

ap·pel·lor [ə'pɛlɔr] 名〖英法〗上訴人，原告。

ap·pend [ə'pɛnd] 動 及 1 增補；附加，追加；署（名），蓋（印）《*to*...》：～ a note *to* a book 在書上加註解 / ～ one's seal 蓋章。2 配帶，懸掛《*to*...》：～ an ornament *to* the tree 在那樹上懸掛吊飾。

ap·pend·age [ə'pɛndɪdʒ] 名 1 附加物《*to*...》；附屬品。2〖生〗附屬肢體；〖植〗附屬物。3 跟班；隨從。

ap·pend·ant [ə'pɛndənt] 形 1 附加的。2 附帶的《*to*...》；〖法〗附隨的；附帶之權利的：the duties ～ *to* the Presidency 總統職位附帶的職責。—名 附隨物，附帶的人。

ap·pen·dec·to·my [,æpən'dɛktəmɪ] 名（複 **-mies**）ⓊⒸ〖外科〗《主美》闌尾切除（術）。

ap·pen·di·ces [ə'pɛndə,siz] 名 **appendix** 的複數。

ap·pen·di·ci·tis [ə,pɛndə'saɪtɪs] 名 Ⓤ〖病〗闌尾炎（俗稱盲腸炎）：an attack of ～ 急性闌尾炎的發作。

·**ap·pen·dix** [ə'pɛndɪks] 名（複 ～·**es**, **-di·ces** [-də,siz]）1 附錄，補遺；附加物。2〖解〗(1)凸出物。(2)闌尾，盲腸。

ap·per·cep·tion [,æpɚ'sɛpʃən] 名 Ⓤ〖心〗1 統覺。2 統覺作用。**-tive** 形

ap·per·tain [,æpɚ'ten] 動 不及 屬於；有關《*to*...》：the farm and everything ～*ing to* it 農場與其一切附屬物。

·**ap·pe·tite** ['æpə,taɪt] 名 ⓊⒸ 1 食慾：have a good ～ 食慾良好 / sharpen one's ～ 增進食慾 / A good ～ is the best sauce.《諺》飢不擇食。2 慾望；需求；嗜好《*for*...》：sexual ～ 性慾 / a strong ～ *for* fame 強烈的成名慾望 / to one's ～ 合胃口；投其所好。**-ti·tive** 形

ap·pe·tiz·er ['æpə,taɪzɚ] 名 1（正菜前所上的）開胃食物；開胃酒；增進食慾的東西。2 刺激慾望的事物。

ap·pe·tiz·ing ['æpə,taɪzɪŋ] 形 1 促進食慾的，開胃的；好吃似的。2 引起慾望的。～·**ly** 副

·**ap·plaud** [ə'plɔd] 動 不及 鼓掌喝采；誇獎，讚賞。—及 1 為…鼓掌：～ a performance 為演技鼓掌 / ～ one's play 為演奏鼓掌。2 誇獎，讚賞。

·**ap·plause** [ə'plɔz] 名 Ⓤ 拍手喝采；鼓掌讚賞：several bursts of ～ 好幾次的熱烈鼓掌 / greet a person with ～ 鼓掌歡迎某人。

:**ap·ple** ['æpl̩] 名 1 蘋果，蘋果樹：peel an

～削蘋果 / to throw away the ～ because of the core 因噎廢食。2 蘋果屬植物（的果實）。3 蘋果狀的果實。4《美俚》大都市，大都會。

apples (and pears)《押韻俚語》階梯。

Apple of Sodom〖舊約〗所多瑪城的蘋果；美而無用之物。

'apple 'butter 图U《美》蘋果醬。

ap·ple·cart ['æpl,kɑrt] 图蘋果小販所用的手推車。

upset the applecart《口》破壞某人的計畫，攪局。

ap·ple·jack ['æpl,dʒæk] 图U《美》1 蘋果白蘭地。2 蘋果酒。

'apple of 'discord 图 1《the ～》〖希神〗不和的蘋果：由 Eris 投入婚禮席上，成爲眾女神競相爭奪的金蘋果，是特洛伊戰爭的起因。2 爭端之源，禍根。

'apple of one's 'eye 图 1 瞳孔。2《the ～》受珍愛的人[物]；掌上明珠。

'apple 'pie 图UC蘋果餡餅，蘋果派：as American as ～ 典型美國式的。

ap·ple-pie ['æpl,paɪ] 形純美國式的。

'apple-pie 'order 图U井然有序，整整齊齊。

ap·ple-pol·ish ['æpl,pɑlɪʃ] 動 不及 及《美口》奉承，討好。

～·**er** 图《美俚》馬屁精，諂媚者。

ap·ple·sauce ['æpl,sɔs] 图U 1 蘋果醬。2《美口》胡說，瞎說，廢話；奉承話。

ap·plet ['æplət] 图 C〖電腦〗（網頁上的）附屬應用程式。

ap·pli·ance [ə'plaɪəns] 图 1（用於特定目的的）器具；器械；裝置，設備：electrical ～*s* 電器製品 / household ～*s* 家庭用具。2 UC應用；利用。

ap·pli·ca·bil·i·ty [,æplɪkə'bɪlətɪ] 图 U 適用性；適宜性；適當。

ap·pli·ca·ble ['æplɪkəbl] 形能適用的，可應用的《*to...*》；適切的，適當的。

-bly 副 適宜地。

·**ap·pli·cant** ['æpləkənt] 图申請者，應徵者《*for...*》: an ～ *for* office 求職者 / a qualified ～ *for* the post 有資格應徵該職者。

·**ap·pli·ca·tion** [,æplə'keʃən] 图 1 U 應用《*to...*》；適用性：the ～ of a theory *to* a case 將一種理論應用於某一事例 / words of varied ～ 具有不同用法的字 / a rule of universal ～ 適用於一般情形的通則。2 U敷用，施用《*to...*》: the ～ of medicine *to* a wound 塗藥於傷口。3 敷用膏：an oily ～ for dry skin 乾性皮膚專用的油性藥膏。4 UC申請，報名《*for...*》; 申請書，報名單《*for...*》: accept ～*s* 受理申請 / make (an) ～ to the club *for* membership 申請加入該俱樂部成爲會員。5U 勤奮；專心致志《*to...*》: steady ～ 努力不懈。

appli'cation ,form 图申請表。

ap·pli·ca·tor ['æplə,ketɚ] 图塗抹棒，棉花棒。

ap·plied [ə'plaɪd] 形《限定用法》1 應用的，一般理論適用於各個具體問題的：～ science 應用科學。2 實用的：～ fine arts 應用美術。

ap·pli·qué [,æplɪ'ke] 形縫上的。
—图UC 1 貼花；縫飾。2 裝飾物。
—動及縫飾，貼花。

:ap·ply [ə'plaɪ] 動 (-plied, ～·ing) 及 1 應用；使用，利用：～ a rule to a case 把規則應用於事例。2 活用；運用於：～ one's skill to the work 把某人的技術運用在工作上。3 把…貼在；把（油漆、敷用藥）塗在；使接觸：～ oil to the hinge 在鉸鏈上點油 / ～ paint to a wall 在牆壁上塗油漆 / ～ a match to kindling 用火柴點火。4 集中於；《反身》專心致力於；勤奮於：～ *oneself* to learning German 專注於學習德語。
—不及 1 適用《*in, to...*》。2 申請，索取《*for...*》。3 塗上；敷上。4 專心，致力《*to...*》。-**pli·a·ble** 形, -**pli·er** 图

:ap·point [ə'pɔɪnt] 動及 1 任命；任職《*to...*》；委派，僱用：～ an official 任命官員。2 指定，決定（時間、場所等）：～ a time for... 決定…的時間。3《文》命令，規定。

ap·point·ed [ə'pɔɪntɪd] 形 1 被任命的：the newly ～ executives 剛被任命的主管人員。2 指定的，約定的；命中注定的：one's ～ lot 注定的命運 / at the ～ hour 在約定的時間。3《通常與副詞或副詞片語連用》設備的：well ～ 設備良好的 / a fully ～ workshop 設備完善的工作場所。

ap·point·ee [əpɔɪn'ti] 图 1 被任命者。2〖法〗被指定的財產受益人。

ap·poin·tive [ə'pɔɪntɪv] 形 1 任命的：an ～ position 任命的職位。2 有任命權的：the president's ～ powers 總統的任命權。

·**ap·point·ment** [ə'pɔɪntmənt] 图 1 UC任命，委任；職位，官職：the ～ of a person as ambassador 任命某人爲大使 / get an ～ 獲得任命。2 約定，約會：set up an ～ 安排約會 / break one's ～ 爽約。3《通常作 ～s》（建築物、船的）設備；（軍人的）裝備：the luxurious ～*s* of a hotel 旅館的豪華設備。

ap·poin·tor [ə'pɔɪntɚ, əpɔɪn'tɔr] 图〖法〗（財產歸屬的）指定人。

ap·por·tion [ə'porʃən] 動及分攤，分派，分配《*between, among, to...*》: ～ an equal amount *to* each person 平均分配給每個人。

ap·por·tion·ment [ə'porʃənmənt] 图 UC 1 分派，分攤。2《美》各州議員名額的分配。

ap·pose [ə'poz] 動及 1 使並列，使並置。2 把…置於附近《*to...*》；把…施於：～ a seal *to* a document 在文件上蓋印。

ap·po·site ['æpəzɪt] 形適切的，合適的《*to...*》: an answer ～ *to* the question 對這

A

問題的適切回答。～·ly 副, ～·ness 名

ap·po·si·tion [,æpə'zɪʃən] 名 U 1 並列，並置：in close ～ 緊靠地。2 附加，附著：the ～ of a seal 蓋章。3〖文法〗同格，同位。

in apposition to ... 與…同格。

ap·pos·i·tive [ə'pɑzətɪv] 名〖文法〗同位語。—形 1（被置於）同位的。2（形容詞、形容詞片語）後位修飾的。

ap·prais·al [ə'prezl] 名 U C 評價，估價；鑑定；評定：make an objective ～ of... 對…作客觀的評價。

ap·praise [ə'prez] 動 及 1 評價，估計；估價；定價：～ the estate of a deceased person 估計死者的財產價值。2 判斷，鑑定。

ap·prais·er [ə'prezɚ] 名 1《美》不動產鑑定人；（關稅的）估價員；評價者（《英》valuer）。2 古董鑑定家。

ap·pre·ci·a·ble [ə'priʃɪəbl] 形 1 容易評價的。2 可察覺到的。**-bly** 副

·**ap·pre·ci·ate** [ə'priʃɪ,et] 動 **(-at·ed, -at·ing)** 及 1 正確地評估（人、物）的價值，理解；鑑賞；欣賞；充分認清：～ the man's ability 正確地評估這個人的能力。2 識別，分辨；充分理解：～ the fine shades of meaning 了解意義上的微妙差異。3 感謝，感激。4 提高…的價格：～ rents 提高房租。—不及 漲價，增值。

·**ap·pre·ci·a·tion** [ə,priʃɪ'eʃən] 名 1 U 評價《 *of*... 》；U C 鑑賞：～ *of* our culture 對我們文化的正確認識。2 U C 批評，評價；評論：write a brief ～ of a book 寫簡短的書評。3 U 感謝：by way of ～ 以示謝意。4 U 漲價，增值。

in appreciation of ... 賞識…；感謝…。

ap·pre·cia·tive [ə'priʃɪ,etɪv] 形 1 懂得真價的，有鑑賞力的；能夠識別（差異等）的《 *of*... 》：an ～ listener 有鑑賞力的聽者 / deeply ～ *of*... 深知…的真價。2 感謝的；表感激之意的《 *of*... 》。

～·ly 副 感激地，賞識地。～·ness 名

ap·pre·ci·a·tor [ə'priʃɪ,etɚ] 名 懂得真正價值的人；鑑賞者，賞識者。

·**ap·pre·hend** [,æprɪ'hɛnd] 動 及 1 逮捕，拘押。2《古》體會；理解；感覺出：～ the significance of the matter 理解事情的重要性。3《罕》擔心；預期；憂慮。

ap·pre·hen·si·ble [,æprɪ'hɛnsəbl] 形 可理解的，可被覺察的《 *to, by*... 》。

·**ap·pre·hen·sion** [,æprɪ'hɛnʃən] 名 U 1 不安，憂慮，恐懼：under the ～ that... 唯恐… / feel ～ for one's safety 對自身的安全感到擔憂。2 理解（力）；看法：a man of dull ～ 領悟力很遲鈍的人 / be beyond all ～ 全然無法理解。3 逮捕，拘提。

ap·pre·hen·sive [,æprɪ'hɛnsɪv] 形 1 不安的；憂慮的《 *for, about*... 》；害怕的《 *of*..., *of* doing, *that* 子句 》：～ *for* a person 為某人操心。2 聰明的，善於領會的：an ～ mind 敏捷的頭腦。3《敘述用法》意識到…的，察覺…的《 *of*... 》。～·ly 副

·**ap·pren·tice** [ə'prɛntɪs] 名 1 見習者，實習生《 *to*... 》；初學者：an ～ *to* a carpenter 木匠的學徒。2 徒弟，學徒。—動 **(-ticed, -tic·ing)** 及 派去見習，使…當學徒；《被動或反身》當見習生，當學徒《 *to*... 》。

ap·pren·tice·ship [ə'prɛntɪs,ʃɪp] 名 U C 當學徒；見習的身分；C 見習期間：serve one's ～ 當學徒 / serve out one's ～ 滿師，當完學徒。

ap·prise, -prize [ə'praɪz] 動 及《文》《常用被動》通知，告知《 *of*... 》；報告。

ap·pro ['æpro] 名《英口》= approval.

on appro〖商〗⇨ on APPROVAL

:**ap·proach** [ə'protʃ] 動 及 1 接近，走近：～ a castle 接近城堡。2 與…相似，與…不相上下：～ perfection 接近完美。3 與…打交道；親近，追求（女性）：～ a person for information 為得到消息而去找某人 / ～ a girl at a party 在舞會上對一位女孩子親近。4 研究，探討；著手進行：～ a task 開始進行一項任務。

—不及 1 臨近，接近。2 近似《 *to*... 》。

—名 1 U 接近，逼近。2 近似之物，近似者；近似《 *to*... 》。3 近路，入口《 *to*... 》；進路，進場。4《 ～**es** 》接近，打交道；親近《 *to*... 》。5（問題等的）處理方法；指南，入門《 *to*... 》。6〖高爾夫〗近距短打；〖保齡球〗投球姿勢。

～·**er** 名, ～·**less** 形

ap·proach·a·ble [ə'protʃəbl] 形 1 可接近的，可到達的。2《口》平易近人的：an ～ man 容易親近的人。

-'bil·i·ty 名 U 可接近性，可親。

ap'proach 'light 名〖空〗進場燈，著陸信號燈。

ap·pro·bate ['æprə,bet] 動 及《美》認可，批准，公認。

ap·pro·ba·tion [,æprə'beʃən] 名 U 1 贊成，承認；讚賞：meet with a person's ～ 得到某人的同意。2 認可，批准。

ap·pro·ba·tive ['æpro,betɪv] 形 認可的，贊同的；嘉許的，核准的。

ap·pro·pri·a·ble [ə'proprɪəbl] 形 可作專用的，可作私用的；可以轉用的：～ to special purposes 可供特殊目的使用。

·**ap·pro·pri·ate** [ə'proprɪɪt] 形 1 合適的，適當的《 *to, for*... 》：an ～ comment 適切的評語 / a speech ～ *to* the occasion 適合該場合的演說。2 特有的，屬於某人的《 *to*... 》：play one's ～ part 扮演自己特定的角色；做自己應做的事。

—[ə'proprɪ,et] 動 **(-at·ed, -at·ing)** 及 1 把…充作[用於]《 *to, for*... 》。2（同意）撥（款）；撥（款）專用《 *for*... 》。3《委婉》占用，挪用，侵吞；竊取，盜用；侵占。

～·**ly** 副, ～·**ness** 名

·**ap·pro·pri·a·tion** [ə,proprɪ'eʃən] 名 1 U《委婉》專有，私用；挪用，冒領。2 U C 充當；被充當之物，充作某種用途

的錢: make an ～ of 10,000 dollars for... 撥支一萬元作…之用。3 政府支出款項；《美》撥款的承認 : the Senate *Appropriations* Committee參議院撥款委員會 / a large ～ for national defense 巨額的國防經費。

ap·pro·pri·a·tor [ə'proprɪ,etɚ] 图專用者，私用者；充當者；盜用者。

·ap·prov·al [ə'pruvḷ] 图Ⓤ 1承認，認可，贊成，贊同，同意 : with the ～ of... 在…的認可之下 / nod one's ～ 點頭表示贊同 / express one's ～ for ... 對…表示贊同 / win ～ of... 獲得…的認可。2 正式的認可，核可，核准 : give official ～ to... 對…給予正式的認可。

on approval 〖商〗以察看貨品爲買賣條件（的），包退包換的。

·ap·prove [ə'pruv] 動 **(-proved, -prov·ing)** 及 1 讚美，推崇；好意地判斷，承認，贊成，同意。2 批准，許可，承認。3 證實，確定；證明；《反身》表示被推崇之事《 *to...* 》；顯示，證明。—不及 誇讚，贊成。

ap·proved [ə'pruvd] 形 公認的，認可的；嘉許的；已核准的；經試驗證明的。

ap'proved 'school 图ⓊⒸ《英》少年感化院（《美》reformatory）。

ap·prov·ing [ə'pruvɪŋ] 形贊成的，認可的，表示滿意的。～**·ly** 副滿足地；贊同地。

approx. 《縮寫》*approx*imate(ly).

·ap·prox·i·mate [ə'prɑksəmɪt] 形1 接近的《 *to...* 》。2 大概的，大致正確的；接近的。3 近似的，類似的 : an ～ condition 類似的狀況。

—[ə'prɑksə,met] 動 **(-mat·ed, -mat·ing)** 及 1 接近；近。2 概算，估計。3 模擬；挨近，走近《 *to...* 》。—不及 接近《 *to...* 》。

·ap·prox·i·mate·ly [ə'prɑksəmɪtlɪ] 副 大約，大概，近於 : ～ equal 幾近相等。

ap·prox·i·ma·tion [ə,prɑksə'meʃən] 图1 推定，估計，概算（額）；近似的結果 : a first ～ 最先得到的近似結果。2ⓊⒸ接近，近似（度），類似。3〖數·理〗近似值；近似法 : successive ～ 逐次逼近法。

ap·pur·te·nance [ə'pɝtənəns] 图 1 從屬物，附屬品 : furniture and other ～*s* of the room 家具及其他室內附屬品。2《 ～**s** 》（附屬）裝置，設備。

ap·pur·te·nant [ə'pɝtənənt] 形 1 從屬的，附屬的，附帶的。2 恰當的，適切的《 *to...* 》。—图附屬物，附屬品。

Apr. 《縮寫》*Apr*il.

a·près-ski [,æpre'ski] 形滑雪後的。—图（在小旅館等的）滑雪後的社交活動。

ap·ri·cot ['æprɪ,kɑt, 'ep-] 图1〖植〗杏，杏樹；杏仁。2Ⓤ杏色，杏黃色。

:A·pril ['eprəl] 图四月（略作: Apr., Ap.）。

'April 'fool 图四月傻瓜：愚人節被愚弄者。

'April 'Fools' ,Day 图 愚人節：4 月 1 日（亦稱 **All Fools' Day**）。

a pri·o·ri ['epraɪ'ɔraɪ] 副形1 由原因推及結果地[的]；演繹地[的] : an ～ argument 演繹的爭論。2 先驗地[的]。3 推測地[的]，非分析地[的]。

·a·pron ['eprən] 图1 圍裙，圍巾 : in ～ 穿圍裙。2〖英國教〗高階神職的法衣胸前垂掛的部分。3 擋板；（車床的）輸送裝置。4 (1) 供旅客上下、貨物裝卸的停機坪。(2) 碼頭裝卸貨物的廣場。5〖土木〗護岸；（水庫的）護床。6 前舞臺。

be tied to a person's apron strings 受某人（尤指母親或妻子）控制或影響；被繫在媽媽[妻子等]的裙帶上。

～**·ed** 形 繫著圍裙的。

ap·ro·pos [,æprə'po] 副 1 適當地，恰好地，合時宜地。2 順便提起。

apropos of... 關於…，就…而言。

—形適切的，合時宜的，恰好的。

apse [æps] 图 建築物半圓形或多邊形之凸室；（尤指教會建築的）後堂，後殿。

ap·sis ['æpsɪs] 图 (複-**si·des** [-sɪ,diz])〖天〗遠近點 : the higher ～（行星等的）遠日點；遠地點。

·apt [æpt] 形（義 2, 3 通常用 **ap·ter, ap·test;** 亦用 **more** ～；**most** ～）1 (1) 有…傾向的，易於…的 : be ～ to forget 健忘。(2)《主美》有…可能的。2 靈敏的，極聰明的；《敘述用法》有…才能的，擅於…的《 *at..., at doing* 》: the *aptest* student in the school 本校最傑出的學生 / be very ～ *at* pick*ing* up a new subject 對於學習新學科具有非凡的才能。3 適切的，恰當的《 *for ...* 》: a quotation ～ *for* the occasion 適合該場合的引用文句。

APT 《縮寫》*a*dvanced *p*assenger *t*rain 超特快客車。

apt. 《縮寫》*apt*artment.

ap·ter·ous ['æptərəs] 形 1〖動〗無翅的；無翼的。2〖植〗無翼的。

ap·ter·yx ['æptə,rɪks] 图 = kiwi 1.

ap·ti·tude ['æptə,tjud] 图ⓊⒸ 1 才能，天資，穎悟《 *for, in...* 》；傾向，習性《 *to...* 》；癖性，性質《 *for doing, to do* 》: a singular ～ *for* deal*ing* with everyday problems 處理日常問題的優異才能 / have an ～ *to* vice 有染惡習的傾向。2 適合（性），適當 : vocational ～ 職業性向。

'aptitude ,test 图性向測驗。

apt·ly ['æptlɪ] 副《修飾全句》合宜地，適當地；高明地。

apt·ness ['æptnɪs] 图Ⓤ 1 恰當性（for）。2 性向。3 傾向。4 才能。

A.Q. 《縮寫》*a*chievement *q*uotient.

aq·ua ['ækwə, 'e-] 图Ⓤ1〖主藥〗水，溶液；水溶液。2 淡綠色。—形 淡青綠色的。

aq·ua·cade ['ækwə,ked] 图《美》水上技

藝表演。

aq·ua·cul·ture ['ækwə,kʌltʃɚ] 名U水產養殖（亦稱 **aquiculture**）。
-'cul·tur·ist 名

aq·ua·farm ['ækwə,farm] 名水產養殖場。

'aqua 'fortis 名U硝酸。

aq·ua·ki·net·ics [,ækwəkɪ'nɛtɪks] 名(複)《作單數》幼兒浮水訓練法。

aq·ua·lung ['ækwə,lʌŋ] 名潛水用氧氣筒，水肺。

aq·ua·ma·rine [,ækwəmə'rin] 名 **1** U C 水藍寶石。**2** U淡綠色。

aq·ua·naut ['ækwə,nɔt] 名 **1** 潛水員。**2** 海底（實驗室）工作者。

aq·ua·plane ['ækwə,plen] 名滑水板。
—動不及 **1** 站在滑水板上滑行。**2**《英》（車輛、輪胎）發生打滑現象。

'aqua 're·gi·a [-'ridʒɪə] 名U〖化〗王水。

a·quar·i·um [ə'kwɛrɪəm] 名(複~s, -i·a [-ɪə]) **1**（飼養魚類的）玻璃缸，水族箱；人工池：an ~ for tropical fish 熱帶魚水槽。**2** 水族館。

A·quar·i·us [ə'kwɛrɪəs] 名 **1**〖天〗寶瓶座。**2**〖占星〗水瓶座。**3** 星座是水瓶座的人（1 月 20 日至 2 月 18 日）。

a·quat·ic [ə'kwætɪk, -'kwɑt-] 形 **1** 水的；水中的；在水上舉行的。**2** 水生的：~ animals 水棲動物。—名 **1**《~s》《偶作單數》水上[水中]運動。**2** 水棲動物；水生植物。

aq·ua·tint ['ækwə,tɪnt] 名U銅版蝕鏤；C腐蝕銅版畫。—動及不及蝕鏤；製作腐蝕銅版畫。~·**er** 名

'aqua 'vi·tae [-'vaɪtɪ] 名U **1** = alcohol. **2** 烈酒（白蘭地、威士忌等）。

aq·ue·duct ['ækwɪ,dʌkt] 名 **1**〖土木〗溝渠，導水管。**2**〖解〗導管，脈管。

a·que·ous ['ekwɪəs, 'æk-] 形 **1** 水的；水性的；含水的。**2**（岩石）水成的：~ rocks 水成岩。

aq·ui·fer ['ækwəfɚ] 名〖地〗蓄水層，含水層。

aq·ui·line ['ækwə,laɪn] 形 **1** 鷹的；似鷹的。**2**（似鷹嘴般）彎曲的，鉤狀的：an ~ nose 鷹鉤鼻。

A·qui·nas [ə'kwaɪnəs] 名 **Saint Thomas**, 阿奎那（1225–74），通稱聖多瑪斯：中世紀義大利經院哲學家、神學家。

a·quiv·er [ə'kwɪvɚ] 形《通常爲敘述用法》顫抖的，發抖的。

AR《美郵》*Ar*kansas.

Ar《化學符號》argon.

-ar《字尾》表「相關的」、「性質的」之意。

Ar.《縮寫》*Ar*abic（亦作 **Ar**）；*Ar*amaic.

·**Ar·ab** ['ærəb] 名 **1** 阿拉伯人。**2**《the ~s》阿拉伯民族。**3** 阿拉伯馬。—形 = Arabian.

Arab.《縮寫》*Arab*ia; *Arab*ian; *Arab*ic.

Ar·ab·dom ['ærəbdəm] 名阿拉伯世界。

ar·a·besque [,ærə'bɛsk] 名 **1** 阿拉伯裝飾。**2**〖美〗藤蔓圖案，錯綜圖飾。**3** (1)〖芭蕾〗一種芭蕾舞姿。(2)〖樂〗阿拉伯風味的（鋼琴）短曲；〖詩〗技巧複雜的表達法，精巧筆調。—形藤蔓圖案的，精巧的。

·**A·ra·bi·a** [ə'rebɪə] 名阿拉伯：紅海與波斯灣間的一大半島。

·**A·ra·bi·an** [ə'rebɪən] 形阿拉伯的；阿拉伯人的。—名阿拉伯人，阿拉伯馬。

A'rabian 'camel 名 = dromedary.

A'rabian 'Desert 名 **1** 阿拉伯沙漠。**2** 阿拉伯半島北部的沙漠地帶。

A'rabian 'Nights' Enter'tain·ments 名《The ~》『天方夜譚』，『一千零一夜』。

A'rabian 'Sea 名《the ~》阿拉伯海。

·**Ar·a·bic** ['ærəbɪk] 形 **1** 阿拉伯（人）的；起源於阿拉伯的：~ architecture 阿拉伯式建築。**2** 阿拉伯語[文字]的：the ~ language 阿拉伯語 / ~ literature 阿拉伯文學。—名 U 阿拉伯語。

'Arabic 'numerals 名(複) 阿拉伯數字。

Ar·ab·ist ['ærəbɪst] 名 阿拉伯學者，阿拉伯（語言、文學）研究家。

ar·a·ble ['ærəbl̩] 形適合耕作的；《英》可栽種的：~ land 可耕地。
—名U耕地，可耕地。

Arab 'League 名《the ~》阿拉伯聯盟（1945 年締結）。

Ar·a·by ['ærəbɪ] 名〖詩〗= Arabia.

a·rach·nid [ə'ræknɪd] 名蜘蛛類動物。

a·rach·noid [ə'ræknɔɪd] 形 **1** 蜘蛛網形狀的。**2** 蜘蛛類動物的。
—名 **1** 蜘蛛類動物。**2**〖解〗蜘蛛膜。

A·ra·gon ['ærə,gɑn] 名亞拉岡：西班牙東北部一地區。

'Ar·al 'Sea ['ærəl-] 名《the ~》鹹海：位於中亞細亞，裡海東方的一個內海。

Ar·a·m(a)e·an [,ærə'miən] 名 **1** 阿拉姆人。**2** = Aramaic.

Ar·a·ma·ic [,ærə'meɪk] 名U阿拉姆語。略作：Aram —形阿拉姆的；阿拉姆語（文字）的。

ar·bi·ter ['ɑrbɪtɚ] 名 **1** 仲裁者；裁判者：an ~ of labor disputes 勞工糾紛的調停者。**2** 裁決者《*of*...》。

ar·bi·tra·ble ['ɑrbətrəbl̩] 形可仲裁的。

ar·bi·trage [,ɑrbə'trɑʒ, 'ɑrbətrɪdʒ] 名U〖金融〗套匯，套利：an ~ broker 套利的掮客。

ar·bi·tra·geur [,ɑrbə'trɑʒɚ] 名套利者，套匯者。

ar·bi·tral ['ɑrbətrəl] 形 仲裁的；仲裁者的：the ~ tribunal jury 仲裁法院陪審員。

ar·bit·ra·ment [ɑr'bɪtrəmənt] 名U C **1**

仲裁。**2** 裁決權，裁判權。**3** 裁定，裁斷：abide by the ～ of the committee 遵從委員會的裁決。

ar·bi·trar·i·ly ['ɑrbə,trɛrəlɪ] ㊂ 爲所欲爲地，武斷地。

ar·bi·trar·i·ness ['ɑrbə,trɛrənɪs] ㊔ Ⓤ 武斷，獨斷；任意，任性。

·ar·bi·trar·y ['ɑrbə,trɛrɪ] ㊊ **1** 隨意的；〖數〗任意的：an ～ constant 任意常數。**2** 專斷的；專制的：an ～ decision 武斷的決定。**3**《常意指侮辱》任性的，放肆的；獨斷的：an ～ request 強人所難的請求。

ar·bi·trate ['ɑrbə,tret] ㊍㊇ 公斷，仲裁；以仲裁解決：～ boundaries between the countries 裁定兩國的國界。—㊈**1** 仲裁，調停《*between...*》。**2** 交付仲裁審判。

-tra·tive ㊊ 由仲裁決定的；有權仲裁的。

ar·bi·tra·tion [,ɑrbə'treʃən] ㊔ⓊⒸ**1** 仲裁，公斷；仲裁審判：a court of ～ 仲裁法院 / submit the dispute to ～ 把紛爭交由仲裁解決。**2**〖國際法〗國際仲裁審判。

ar·bi·tra·tor ['ɑrbə,tretɚ] ㊔ 仲裁人，公斷人；仲裁裁定委員，裁定官。

ar·bor[1] ['ɑrbɚ] ㊔ 樹蔭休息場所；涼亭；林蔭散步道。

-bored ㊊ 建有涼亭的；樹蔭的。

ar·bor[2] ['ɑrbɚ] ㊔**1**〖機〗軸；心軸。**2**〖鑄〗鑄型中央的支柱。

ar·bor[3] ['ɑrbɚ] ㊔ (複-**bo·res** [-bə,riz])〖植〗樹木，喬木。

'Arbor ,Day ㊔ 植樹節。

ar·bo·re·al [ɑr'borɪəl] ㊊ **1** 樹木的；喬木的: ～ vegetation 喬木。**2** 棲於樹上的。

ar·bo·re·ous [ɑr'borɪəs] ㊊ **1** 樹木茂盛的：an ～ landscape 林木繁茂的景色。**2** = arboreal 2.

ar·bo·res·cent [,ɑrbə'rɛsənt] ㊊ 喬木狀的；樹枝狀的。

ar·bo·re·tum [,ɑrbə'ritəm] ㊔ (複～**s**, -**ta** [-tə]) 植物園，森林公園。

ar·bor·vi·tae [,ɑrbɚ'vaɪtɪ] ㊔〖植〗松科針葉樹的通稱；側柏。

ar·bour ['ɑrbɚ] ㊔《英》= arbor[1].

ar·bu·tus [ɑr'bjutəs] ㊔ (複～·**es**)〖植〗**1**（南歐產杜鵑科的）楊梅。**2**（北美產的）五月花。

·arc [ɑrk] ㊔ **1**〖幾〗弧：the major ～ 優弧。**2**〖電〗電弧；〖天〗弧。**3** 呈弧狀之物。—㊍(**arced** 或 **arcked** [ɑrkt], ～·**ing** 或 **arck·ing** ['ɑrkɪŋ]) ㊈ **1** 呈電弧。**2** 畫弧形，呈弧而動。

ar·cade [ɑr'ked] ㊔ **1**〖建〗(1) 騎樓。(2) 連環拱廊。**2** 有騎樓的街道。

-cad·ed ㊊ 有拱廊或騎樓的。

ar'cade ,game ㊔ 電動玩具遊戲。

Ar·ca·di·a [ɑr'kedɪə] ㊔**1** 阿卡第亞：古希臘一山地牧區。**2** 牧歌中的世外桃源。

Ar·ca·di·an [ɑr'kedɪən] ㊊ **1** 阿卡第亞的。**2** 牧歌的；世外桃源的；田野風格的；淳樸的。—㊔阿卡第亞的居民；住在淳樸生活園地的人。

ar·cane [ɑr'ken] ㊊《文》不可理解的；曖昧的；神祕的。

ar·ca·num [ɑr'kenəm] ㊔ (複-**na** [-nə], ～**s**)《常作 **arcana**》祕密，奧祕；不可思議。

'arc ,furnace ㊔ 電弧爐。

·arch[1] [ɑrtʃ] ㊔**1**〖建〗弓架結構；拱門；拱道：a memorial ～ 紀念拱門。**2** 弓形（物）；腳穹：fallen ～*es* 扁平腳 / the blue ～ of the sky 蒼穹。**3**（鞋的）拱起部分。—㊍㊇ 使彎作弓形。—㊈ 成拱形，覆蓋《*over, across...*》。

arch[2] [ɑrtʃ] ㊊《限定用法》**1** 主要的，首要的：the ～ rebel 謀反的主謀。**2** 頑皮的，淘氣的；瞧不起人似的；《古》狡猾的，詭詐的：give an ～ smile 發出狡詐的微笑。

arch-《字首》表「首位的」、「主要的」之意（亦稱 **archi-**）。

Arch.《縮寫》*Arch*bishop.

arch.《縮寫》*arch*aic.

ar·chae·o·log·i·cal [,ɑrkɪə'lɑdʒɪkl] ㊊ 考古學的。～·**ly** ㊂

ar·chae·ol·o·gy [,ɑrkɪ'ɑlədʒɪ] ㊔Ⓤ 考古學。-**gist** ㊔ 考古學者。

ar·chae·op·ter·yx [,ɑrkɪ'ɑptərɪks] ㊔ 始祖鳥。

ar·cha·ic [ɑr'keɪk] ㊊ **1** 古老的，古色古香的。**2** 陳舊的；過時的；古體的：an ～ word 古語，古字。**3** 初期的。

ar·cha·ism ['ɑrkɪ,ɪzəm, -ke-] ㊔ **1** 古語。**2**Ⓤ（文學、美術的）仿古主義；古風：imitative ～ 仿古體。

ar·cha·ist ['ɑrkɪɪst, -ke-] ㊔（文學、美術上的）擬古主義人士；使用古語者；古物研究家。

ar·cha·is·tic [,ɑrkɪ'ɪstɪk, ,arke-] ㊊ 古風的，仿古的。

ar·cha·ize ['ɑrkɪ,aɪz, -ke-] ㊍㊇ 使具有古風；使成爲古語言法。—㊈ 用古語。

arch·an·gel ['ɑrk'endʒəl] ㊔〖神〗（天主教的）大天使，（正教會的）天使長：在九種天使階級中排行第八位者。

arch·bish·op ['ɑrtʃ'bɪʃəp] ㊔（天主教的）總主教，（希臘正教的）大主教，（新教的）大監督。～·**ric** ㊔Ⓤarchbishop 的職位或管區。

arch·dea·con ['ɑrtʃ'dikən] ㊔（天主教和正教會的）副主教，（新教的）副監督。

～·**ry** ㊔ archdeacon 的職權或管區。

arch·di·o·cese [,ɑrtʃ'daɪə,sis] ㊔ 總主教[大主教，大監督]管區。

arch·du·cal [,ɑrtʃ'djukl] ㊊ 大公的；大公國的。

arch·duch·ess ['ɑrtʃ'dʌtʃɪs] ㊔ **1** 大公夫人。**2**（從前奧國）公主。

A

arch·duch·y ['artʃ'dʌtʃɪ] 图 (複 **-duch·ies**) 大公國。

arch·duke ['artʃ'djuk] 图（1918年以前奧國的）大公。

arched [artʃt] 形有拱的，弧形的。

arch·en·e·my ['artʃ'ɛnəmɪ] 图（複 **-mies**) **1** 大敵，首敵。**2**《文》撒旦，魔王。

ar·che·ol·o·gy [,arkɪ'alədʒɪ] 图 = archaeology.

Ar·che·o·zo·ic [,arkɪə'zoɪk] 形〖地質〗始生代的。—图《**the** ～》始生代；始生代層。

·**arch·er** ['artʃɚ] 图 **1** 弓 箭 手。**2**《**the A-**》〖天〗射手座。

ar·cher·y ['artʃərɪ] 图 Ⓤ **1** 箭術；射箭用具。**2**《集合名詞》弓箭手（隊）。

ar·che·typ·al [,arkɪ'taɪpəl] 形 原型的；典範的。

ar·che·type ['arkə,taɪp] 图 **1** 原型；典範，範本。**2**（Jung的心理學中的）古態型。

-typ·i·cal [-'tɪpɪkl̩] 形

arch·fiend ['artʃ'find] 图 **1** 大惡魔。**2** = Satan.

Ar·chi·bald ['artʃə,bɔld] 图〖男子名〗阿基勃德（暱稱作 Archie, Archy）。

ar·chi·man·drite [,arkɪ'mændraɪt] 图〖東正教〗**1** 大修道院院長。**2** 贈給傑出修道士的名譽稱號。

Ar·chi·me·de·an [,arkɪ'midɪən] 形 **1** 阿基米德（發現）的。**2**〖數〗阿基米德的。

Ar·chi·me·des [,arkə'midiz] 图 阿基米德（287?−212B.C.）：希臘數學家、物理學家及發明家，發現比重與槓桿原理。

Archi'medes' 'principle 图〖理〗阿基米德原理。

ar·chi·pel·a·go [,arkə'pɛlə,go] 图（複 ～s, ～es) **1** 多島海；《**the A-**》愛琴海。**2** 群島，列島。

·**ar·chi·tect** ['arkə,tɛkt] 图 **1** 建築師；設計者。**2** 創造者，製作者 : the (Great) *A-* 造物主，上帝 / the ～ of one's own fortune 自己命運的創造者。—動 及 設計。

ar·chi·tec·ton·ic [,arkɪtɛk'tanɪk] 形 建築（術）的；構造上的；知識體系（化）的 : ～ beauty 結構美。—图《～**s**》《作單數》建築學；〖哲〗知識體系論。

ar·chi·tec·tur·al [,arkə'tɛktʃərəl] 形 建築學的；合乎建築學原則的。

～**·ly** 副 在建築（學）上。

:**ar·chi·tec·ture** ['arkə,tɛktʃɚ] 图 **1** Ⓤ 建築學 : civil ～ 土木建築 / naval ～ 造船學。**2** Ⓤ 建築風格。**3** Ⓤ Ⓒ《常作集合名詞》建築物 : the surrounding ～ 周圍的建築物。**4** Ⓤ 構造，結構 : the ～ of a symphony 交響樂的結構。**5**〖電腦〗架構，結構。

ar·chi·trave ['arkə,trev] 图〖建〗**1** 楣樑，框線。**2** 門框及窗等的嵌線。

ar·chive ['arkaɪv] 图 **1**《常作 ～**s**》歷史檔案。**2** 檔案庫。**-'chi·val** 形

ar·chi·vist ['arkəvɪst] 图 檔案保管人。

arch·ly ['artʃlɪ] 副 狡猾地；奸詐地；頑皮地；淘氣地。

ar·chon ['arkan] 图 **1**〖希史〗（古代雅典的）執政官。**2** 統治者。

arch·ri·val [,artʃ'raɪvl̩] 图 主要競爭對手。

arch·way ['artʃ,we] 图〖建〗拱道。

arch·wise ['artʃ,waɪz] 副 成弓形地，成弧形地。

-archy《字尾》表「支配」、「政治」之意。

'arc ,light 图 弧光燈；弧光。

ar·col·o·gy [ar'kalədʒɪ] 图（複 **-gies**) 建築生態學。

·**arc·tic** ['arktɪk] 形 **1**《常作 **A-**》北極的，近北極的 : the ～ area 北極地區。**2** 由北極來的；北極性氣候的；嚴寒的；在北極使用的。**3** 冰冷的，冷峻的 : an ～ smile 冷笑。

—图《常作 **the A-**》**1** 北極圈。**2** 北極區。**3** 北極海。

'Arctic 'Circle 图《**the** ～》北極圈。

'Arctic 'Ocean 图《**the** ～》北極海，北冰洋。

'Arctic ,Zone 图《**the** ～》北極帶。

Arc·tu·rus [ark'tjurəs] 图〖天〗大角星。

'arc ,welding 图 Ⓤ 電弧銲接（術）。

-ard, -art《字尾》構成名詞，表「沉湎於…的人」之意。

Ar·den ['ardn̩] 图《**the** ～》**Forest of,** 阿爾丁森林：英格蘭中部的一森林區。

ar·den·cy ['ardn̩sɪ] 图 Ⓤ 熱情，熱烈，熱中。

·**ar·dent** ['ardn̩t] 形 **1** 熱中的，熱情的；獻身的 : ～ love 熱烈的愛 / an ～ fan 熱情的（電影、運動）迷。**2** 熾熱的；激烈的。～**·ly** 副

'ardent 'spirits 图（複）烈酒。

·**ar·dor,**《英》**-dour** ['ardɚ] 图 Ⓤ Ⓒ 熱情；熱誠，熱中《*for...*》: patriotic ～ 愛國熱情 / (an) ～ *for* study 對研究的熱中 / damp a person's ～ 澆某人冷水。

ar·du·ous ['ardʒuəs] 形《文》**1** 費力的，艱鉅的，困難的 : an ～ lesson 艱難的功課。**2** 奮發的，努力的 : an ～ worker 勤勞的工人。**3** 陡峭的，難以攀登的 : an ～ pass 險峻的山隘。～**·ly** 副 辛勤地，刻苦地。～**·ness** 图

:**are**[1] [ɚ,《強》ar] 動 **be** 的直說法、現在式，用於第一、二、三人稱複數及第二人稱單數。

are[2] [ɛr, ar] 图〖公制〗公畝。略作 : a.

:**ar·e·a** ['ɛrɪə] 图 **1** 地區，地帶；場所 : the Pacific Coast ～ 太平洋沿岸地區 / a depressed ～ 工商業蕭條的地區 / a free parking ～ 免費停車區 / a nonsmoking ～ 禁煙區。**2** 範圍，領域 : the whole ～ of mathematics 整個數學領域 / invarious ～*s* of linguistics 在語言學的不同領域裡。**3** 空地；庭院。**4**《英》= areaway 1. **5** Ⓤ Ⓒ 面積；平面範圍：an ~ of 30 acres 三十英畝的面積 / be small in ~ 面積狹小。

'area ˌcode 名〖電話〗區域號碼。

'area ˌstudy 名 Ⓤ Ⓒ 區域研究。

ar·e·a·way ['ɛrɪəˌwe] 名《美》**1** (1) 地下室出入口。(2) 地下室前的凹入空間。**2** (建築物間的) 通道。

ar·e·ca ['ærəkə, ə'ri-] 名〖植〗**1** 檳榔樹。**2** 檳榔。

a·re·na [ə'rinə] 名 **1** (古羅馬圓形劇場中央的) 競技場。**2** (拳擊) 比賽場，(馬戲團的) 表演場。**3** 競爭的場所，表現的場所，舞台。

ar·e·na·ceous [ˌærɪ'neʃəs] 形 **1** 沙質的；似沙的。**2** 生長於沙地的。

a'rena 'theater 名 圓形劇場。

:aren't [ɑrnt] **1** are not 的縮略形。**2**《主英口》am not 的縮略形。

Ar·es ['ɛriz] 名〖希神〗艾利茲：戰神。

a·rête [ə'ret] 名〖地〗峻嶺。

ar·gent ['ɑrdʒənt] 名 Ⓤ〖詩〗銀色。— 形 **1** 銀白色的。**2** 銀的，銀色的。

Ar·gen·ti·na [ˌɑrdʒən'tinə] 名 阿根廷：南美洲南部的一個共和國；首都布宜諾斯艾利斯 (Buenos Aires)。

ar·gen·tine ['ɑrdʒəntɪn, -taɪn] 形 銀的；似銀的；銀色的。— 名 Ⓤ **1** 銀；銀色金屬。**2** 銀色素。**3**〖礦〗輝銀礦。

Ar·gen·tine ['ɑrdʒənˌtin, -ˌtaɪn] 名 **1** 阿根廷人。**2**《the ~》阿根廷。— 形 阿根廷的。

ar·gil ['ɑrdʒɪl] 名 Ⓤ 白黏土；陶土；礬土。

Ar·give ['ɑrdʒaɪv, -gaɪv] 形 **1** (古希臘) Argos 城的。**2** 希臘的。— 名 阿哥斯人；希臘人。

ar·gle-bar·gle [ˌɑrgl̩'bɑrgl̩] 名《蘇》熱烈討論；(無謂的) 爭論。— 動 不及 熱烈討論；(為小事而) 爭論。

Ar·go ['ɑrgo] 名 **1**〖天〗南船座。**2**《the ~》〖希神〗亞哥號：英雄 Jason 帶領人們尋找金羊毛所乘坐的希望之船。

ar·gon ['ɑrgɑn] 名 Ⓤ〖化〗氬。符號：Ar

Ar·go·naut ['ɑrgəˌnɔt] 名 **1**〖希神〗為了求取金羊毛而與 Jason 遠征 Colchis 的遠征隊之一員。**2**《偶作 a-》冒險家。**-'nau·tic** 形

Ar·gos ['ɑrgɑs, -gəs] 名 阿哥斯：希臘東南部的一古城。

ar·go·sy ['ɑrgəsɪ] 名 (複 **-sies**)《文》〖詩〗**1** 大商船 (隊)。**2** 豐富的供應。

ar·got ['ɑrgo, -gət] 名 Ⓤ Ⓒ **1** (盜賊等用的) 隱語，黑話。**2** (某種職業、團體特有的) 行話。

ar·gu·a·ble ['ɑrgjʊəbl̩] 形 **1** 可辯論的。**2** 有待辯證的。

ar·gu·a·bly ['ɑrgjʊəblɪ] 副《修飾全句》有充分理由地；大概；無疑。

:ar·gue ['ɑrgjʊ] 動 (**-gued, -gu·ing**) 不及 議論《*with...*》；辯論《*about, on, over ...*》；唱 (贊成或反對…的) 論調《*for, in favor of..., against...*》：~ in a circle 以循環論證的方法辯論 / ~ *for* disarmament 為裁軍辯護。— 及 **1** 討論，辯論，主張，堅持。**2** 說服《*into...; out of...*》。**3**《文》顯示；證明。

argue against... (1) ⇨ 動 不及。(2)《文》成為…的反證。

argue away 一直爭辯下去。

argue...away / argue away... (1) 以巧辯來搪塞。(2) 辯清。

argue...down / argue down... 辯倒。

argue...out / argue out... 討論出結果才罷休。

argue with... (1) ⇨ 動 不及。(2) 說服 (人) 改變主意。

:ar·gu·ment ['ɑrgjəmənt] 名 **1** Ⓤ Ⓒ 議論《*for, in favor of..., against...*》；爭論《*with...*》；辯論《*about, over...*》；主張：a heated ~ 白熱化的爭論 / endless ~*s about* money 為金錢爭個不休 / get into an ~ *with* a person *over* the matter 為了那件事與某人發生爭論。**2** 論據；論點《*for...; against ...*》。**3** Ⓤ 論法；論證。**4** 有說服力的話。**5**《文》(文學作品的) 主題，要旨：the central ~ of a book 一本書的主題。**6**〖數〗輻角；自變數。

ar·gu·men·ta·tion [ˌɑrgjəmɛn'teʃən] 名 Ⓤ Ⓒ **1** 立論，論證。**2** 爭辯；討論。**3** 前提與結論。**4** = argument 4.

ar·gu·men·ta·tive [ˌɑrgjə'mɛntətɪv] 形 **1** 好爭辯的：an ~ drunk 有理說不清的醉漢。**2** 爭論的；〖法〗議論的。**~·ly** 副

Ar·gus ['ɑrgəs] 名 **1**〖希神〗阿歌斯：百眼巨人。**2** 機警的看守人。

Ar·gus-eyed ['ɑrgəsˌaɪd] 形 眼光銳利的；機警的。

ar·gy-bar·gy [ˌɑrdʒɪ'bɑrdʒɪ] 名 (複 **-gies**)，動 (**-gied, ~·ing**) 不及《蘇》= argle-bargle.

-arian 《字尾》表「…信奉者」、「…實行者」之意。

Ar·i·an ['ɛrɪən, 'ær-] 形 **1** 阿萊亞斯 (Arius) 的；阿萊亞斯主義的。**2** = Aryan. — 名 **1** 阿萊亞斯派的人。**2** = Aryan.

Ar·i·an·ism ['ɛrɪəˌnɪzəm, 'ær-] 名 Ⓤ〖神〗阿萊亞斯主義。

ar·id ['ærɪd] 形 **1** (氣候) 乾燥的；不毛的。**2** 死板的；枯燥乏味的。**~·ly** 副

a·rid·i·ty [ə'rɪdətɪ] 名 Ⓤ **1** 乾旱；不毛，貧瘠。**2** 枯燥；《**-ties**》乏味的事物。

ar·i·el ['ɛrɪəl] 名〖動〗阿拉伯瞪羚。

Ar·ies ['ɛriz] 名 **1**〖天〗白羊座。**2**〖占星〗白羊宮。**3** 星座是白羊座的人 (3 月 21 日至 4 月 19 日)。

a·right [ə'raɪt] 副《文》正確地：set things ~ 把事物處理得井然有序。

·a·rise [ə'raɪz] 動 (**a·rose, a·ris·en** [ə'rɪzn̩],

A

a·ris·ing)不及 1 發生，出現；產生《 *from* ... 》: when the opportunity ～*s* 有機會的話。2《古·詩》上升；站起，起身：～ from one's sickbed 康復。3〖詩〗甦醒，復活。

·**ar·is·toc·ra·cy** [ˌærəˈstɑkrəsɪ] 图（複 -cies) 1 貴族（階級）；貴族社會。2 (1)Ⓤ貴族政治；Ⓒ由貴族統治的國家。(2)Ⓤ賢能政治；Ⓒ由賢能者統治的政府。3《 **the** ～》第一流的人物；最上層的階級。

·**a·ris·to·crat** [əˈrɪstəˌkræt, ˈærɪs-] 图 1 貴族；主張貴族政治者。2 具有權貴嗜好的人。3 最高級品。

·**a·ris·to·crat·ic** [əˌrɪstəˈkrætɪk, ˌærɪs-] 形 1 貴族政治的。2 貴族（式）的；貴族主義的；貴族氣派的；排他性的：an ～ bearing 貴族般的舉止。

Ar·is·toph·a·nes [ˌærəˈstɑfəˌniz] 图阿里斯多芬尼斯（448?－385? B.C.）：雅典的詩人兼喜劇作家。

Ar·is·to·te·lian [ˌærɪstəˈtiliən] 形亞里斯多德（學派）的；亞里斯多德學說的。一图亞里斯多德學派的人。

Ar·is·tot·le [ˈærəˌstɑtl̩] 图亞里斯多德（384－322B.C.）：古代希臘大哲學家。

arith. 《縮寫》*arith*metic(al).

·**a·rith·me·tic** [əˈrɪθməˌtɪk] 图Ⓤ算術；計算：decimal ～ 十進位算法 / mental ～ 心算。

一[ˌærɪθˈmɛtɪk] 形算術的；計算的：～ mean 算術平均數；等差中項 / an ～ progression 算術級數。

ar·ith·met·i·cal [ˌærɪθˈmɛtɪkl̩] 形 = arithmetic. ～**·ly** 副

a·rith·me·ti·cian [əˌrɪθməˈtɪʃən, ˌærɪθ-] 图算術專家。

A·ri·us [əˈraɪəs, ˈɛrɪ-] 图阿萊亞斯（256?－336）：古希臘神學家，否定基督的神性，提倡阿萊亞斯學說。

Ariz. 《縮寫》*Arizona.*

Ar·i·zo·na [ˌærəˈzonə] 图亞利桑那：美國西南部的一州；首府為鳳凰城（Phoenix）。略作: Ariz;《郵》AZ

-nan 形图亞利桑那州的[人]。

·**ark** [ɑrk] 图 1《偶作 A-》諾亞方舟。2 聖約櫃：裝有兩塊摩西十誡碑的木櫃，象徵猶太人的神。3 避難所。4《 **A-** 》〖猶太教〗聖櫃。5〖詩〗櫃，箱。

Ark. 《縮寫》*Ar*kansas.

Ar·kan·sas [ˈɑrkənˌsɔ] 图 1 阿肯色：美國中南部的一州；首府為小岩城（Little Rock）（略作：Ark.;《郵》AR）。2 [ɑrˈkænzəs]《 **the** ～》阿肯色河：密西西比河的支流。

Ar·kan·san [ɑrˈkænzən] 形图阿肯色州的[人]。

Ark·wright [ˈɑrkˌraɪt] 图 **Sir Richard,** 阿克萊特（1732－92）：英國人，發明紡織機。

ˈ**Ar·ling·ton** [ˈɑrlɪŋtən-] 图阿靈頓：美國Virginia 州一郡，位於首都華盛頓近郊；該處有國家公墓。

:**arm**[1] [ɑrm] 图 1 臂：a baby in ～*s* 還不會走路的嬰孩 / with one's ～*s* folded 袖手（旁觀）/ within ～'*s* reach 近在咫尺 / catch a person by the ～ 抓住某人的手臂。2（脊椎動物的）前肢。3 臂狀物；扶手。4 行政部門，管理部門：a special ～ of the police 警察特別管理部門。5 港灣，海灣：an ～ of the sea 海灣；河口。6 戰鬥部隊：the infantry ～ 步兵部隊。7 權威，權力：the strong ～ of the law 法律的強大權力。8《 **one's** ～》〖棒球〗投球能力：lose one's ～（投手因肩傷而）無法投球。

arm in arm 手挽著手。

at arm's length (1) 以一臂之距。(2) 保持距離；疏遠。

chance *one's* ***arm***《口》冒險試一試。

give *one's* ***right arm*** 付出巨大的代價。

make a long arm 努力攫取（東西）；伸臂去拿（某物）。

on **[*upon*]** *a person's* ***arm*** 依偎在某人的手臂上。

put the arm on...《俚》(1) 逮捕。(2) 強向（某人）要錢。

the right arm 得力的助手。

twist *a person's* ***arm*** 向某人無理強求；向某人施加壓力。

with open arms (1) 張開雙手。(2) 熱烈地。

:**arm**[2] [ɑrm] 图 1《通常作 ～**s** 》兵器，軍械；戰爭，作戰：an ～*s* manufacturer 武器製造者 / small ～*s*（手槍等）小型武器 / give up one's ～*s* 棄械投降。2《 ～**s** 》紋章，徽章：coat of ～*s* 盾形紋章，盾徽。

bear arms (1) 攜帶武器。(2)《文》服兵役。

take up arms《文》拿起武器，準備作戰；（對…）開戰《 *against...* 》。

under arms 處於備戰狀態，武裝的。

up in arms《口》(1) 準備作戰。(2) 武裝反抗；起義；激動；憤慨《 *against, about, over...* 》。

一動不及武裝起來，備戰；採取某種行動態勢《 *against...* 》。一及 1 武裝；使持有；保護身體，（以…）裝備《 *with...* 》。2 使（保險絲）成作用狀態；使（炸彈等）處於引爆狀態。3 使具備（知識等）《 *with...* 》。

ar·ma·da [ɑrˈmɑdə, -ˈme-] 图 1《 **the Armada** 》無敵艦隊：1588 年進攻英國的西班牙艦隊。2 龐大艦隊。3（飛機、車輛等的）大隊。

ar·ma·dil·lo [ˌɑrməˈdɪlo] 图(複 ～**s** [-z])〖動〗犰狳。

Ar·ma·ged·don [ˌɑrməˈgɛdən] 图 1 阿瑪戈頓：世界末日時善與惡的決戰場。2 最後毀滅性的大決戰。

:**ar·ma·ment** [ˈɑrməmənt] 图 1Ⓤ《偶作 ～**s** 》《集合名詞》武器，裝備：main ～主炮。2（陸海空）軍；《通常作～**s** 》《集合名詞》（一國的）軍備，軍力：the reduction of ～*s* 軍備縮減 / ～*s* expenditures 軍備費用，軍費。3 Ⓤ整頓軍備。

ar·ma·ture ['ɑrmətʃɚ] 图 1 鎧甲，甲冑。2〖生〗防禦器官；防禦或攻擊用器官。3〖電〗電樞；(繼電器的) 接極子。4〖雕〗(製作中支撐雕像的) 骨架。

arm·band ['ɑrm,bænd] 图 臂章；臂環。

·**arm·chair** ['ɑrm,tʃɛr] 图扶手椅。
—形《常爲蔑》無實際經驗的，紙上談兵的：～ linguistics 文獻語言學 / an ～ critic 憑空想像的批評者。

armed [ɑrmd] 形 1 武裝的，持有武器的：～ neutrality 武裝中立。2 (動物) 有殼覆蓋的。3 強化的：～ glass 鐵絲網夾心玻璃。4 裝有起爆裝置的。

'armed 'forces ['services] 图(複)《the ～》三軍部隊。

Ar·me·ni·a [ɑr'minɪə] 图亞美尼亞 (共和國)：在高加索南部，1991 年脫離蘇聯而獨立，首都爲葉里溫 (Yerevan)。

Ar·me·ni·an [ɑr'minɪən] 形 亞美尼亞的；亞美尼亞人[語]的。—图亞美尼亞人；Ⓤ 亞美尼亞語。

arm·ful ['ɑrm,ful] 图 (兩臂或一臂的) 一抱之量：an ～ of flowers 滿懷的花。

arm·hole ['ɑrm,hol] 图 (衣服的) 袖孔。

ar·mil·lar·y ['ɑrmə,lɛrɪ, ɑr'mɪlərɪ] 形 環狀的；手鐲的。

arm-in-arm ['ɑrmɪn'ɑrm] 形 (二人) 臂挽臂的。

·**ar·mi·stice** ['ɑrməstɪs] 图ⓊⒸ休戰，停戰：an ～ agreement 休戰協定。

'Armistice 'Day 图第一次世界大戰休戰紀念日 (1918 年 11 月 11 日)。

arm·less ['ɑrmlɪs] 形 1 無臂的；無扶手的。2 無武器的。

arm·let ['ɑrmlɪt] 图 1《主英》臂鐲，臂環。2 (海洋等的) 小灣；支流。3 短袖。

arm·load ['ɑrm,lod] 图《美》一抱之量。

:**ar·mor** ['ɑrmɚ] 图Ⓤ1 鎧甲，甲冑：a suit of ～ 一套甲冑 / in full ～ 全副武裝。2 裝甲；《集合名詞》裝甲車輛；裝甲部隊。3 (動、植物的) 防護器官。4 潛水服。
—動及將…裝甲，用鎧甲覆蓋。

ar·mor·bear·er ['ɑrmɚ,bɛrɚ] 图 騎士的隨從。

ar·mor-clad ['ɑrmɚ,klæd] 形穿戴甲冑的；裝甲的。

ar·mored ['ɑrmɚd] 形 穿戴甲冑的；裝甲的；備有裝甲車的；裝甲部隊的：an ～ truck 裝甲卡車 / an ～ division 裝甲師 / ～ concrete 鋼筋水泥。

'armored 'forces 图(複)裝甲部隊 (《英》armoured troops)。

ar·mor·er ['ɑrmərɚ] 图 1 (從前的) 兵器及甲冑製造者；武器製造者。2〖軍〗軍械士。

ar·mo·ri·al [ɑr'morɪəl] 形紋章的，盾徽的；標有盾徽的：～ bearings 紋章，盾徽。

'armor ˌplate 图Ⓤ裝甲板，鋼板。
'ar·mor-ˌplat·ed 形裝甲的，裝鋼板的。

ar·mor·y ['ɑrmərɪ] 图 (複 **-mor·ies**) 1 軍械庫；《美》軍械工廠，兵工廠。2《美》州部隊或後備軍人本部兼訓練中心。3 Ⓤ《集合名詞》《古》武器。

ar·mour ['ɑrmɚ] 图，動及《英》= armor.

ar·mour·er ['ɑrmərɚ] 图《英》= armorer.

ar·mour·y ['ɑrmərɪ] 图(複**-mour·ies**)《英》= armory.

arm·pit ['ɑrmpɪt] 图 1〖解〗腋窩。2《美俚》齷齪的地方，藏污納垢的所在。

arm·rest ['ɑrm,rɛst] 图扶手。

arms [ɑrmz] 图 = arm².

arm's-length ['ɑrmz,lɛŋθ, -,lɛŋkθ] 形不親密的，疏遠的，保持距離的。

'arms ˌrace 图軍備競賽。

arm-twist ['ɑrm,twɪst] 動及對…施加壓力，脅迫。

Arm·strong ['ɑrmstrɔŋ] 图 1 **(Daniel) Louis**, 阿姆斯壯 (1900−71)：美國爵士樂小喇叭演奏家。2 **Neil Alden,** 阿姆斯壯 (1930−)：美國太空人，首位登上月球的人類 (1969 年 7 月 20 日)。

arm·twist·ing ['ɑrm,twɪstɪŋ] 图Ⓤ強迫，施壓。

'arm 'wrestling 图Ⓤ比賽腕力，比較手勁。

:**ar·my** [ɑrmɪ] 图(複**-mies**) 1 陸軍；軍團；軍隊：a regular ～ 正規軍 / a standing ～ 常備軍 / serve in the ～ 服兵役。2 協會，團體：the Salvation *A-* 救世軍。3《 **an** ～》大隊，大群《*of*...》：*an* ～ *of* school children 一大群學童 / *a* whole ～ *of* people ～ 一大群的人。

'army 'ant 图〖昆〗(行) 軍蟻 (亦稱 **driver ant, legionary ant**)。

'army ˌcorps 图軍：由兩個師組成。

'Army ˌList 图《英》= Army Register.

'Army 'Register 图《美》陸軍現役軍官名冊 (《英》Army List)。

ar·ni·ca ['ɑrnɪkə] 图 1〖植〗山金車屬植物。2 Ⓤ山金車素[藥劑]。

Ar·nold ['ɑrnḷd] 图〖男子名〗阿諾德。

a·ro·ma [ə'romə] 图 1 芳香，香味；(酒的) 香氣。2 (事物等的) 獨特的味道，韻味，風味。

a·ro·ma·ther·a·py [ə,romə'θɛrəpɪ] 图 Ⓤ芳香療法。
～**·pist** 图芳香治療師。

ar·o·mat·ic [,ærə'mætɪk] 形 1 有香味的；芳香的。2〖化〗芳香族的。
—图芳香物；芳香 (族) 化合物。

·**a·rose** [ə'roz] 動 **arise** 的過去式。

:**a·round** [ə'raund] 副 1 圍繞地，在周圍。2 到處；逐一地：show a person ～ 帶某人到處參觀。3 回轉地，轉變方向[立場]：

A

turn ～ 轉身。4 恢復意識 : bring a person ～ 使某人恢復知覺。5《主美》活動著，活躍著 : be up and ～（病癒後）開始下床活動。6《美口》在附近，在近處。7 到某處 : invite him to come ～ for supper 邀他來吃晚飯。8 自始至終 : mild all the year ～ 一年到頭都很溫暖。

all around 到處。

be around and about... 專心致力於…。

get around ⇨ GET（片語）

get around to...《口》抵達…；開始處理；爲（工作等）付出必須的時間或心力。

have been around 飽經世故。

listen around 多方打聽風評 [輿論]。

—介 1 圍繞，在…的四周。2 到處，四處。3《口》大約，大概。4 在轉彎處。5 與（某人）親近，在（某人）的身邊。6 根據…。7 避開。

around the clock 24 小時連續不斷地。

a·round-the-clock [ə'raundðə,klɑk] 形《美》24 小時連續不斷的，日以繼夜的（《英》round-the-clock）。

·**a·rouse** [ə'rauz] 動 (-roused, -rous·ing) 及 1 叫醒，吵醒；使醒來《*from...*》；《喻》喚醒。2 喚起，激起 : ～ anger in a person 激怒某人。3 使奮起；刺激《*to ...*》。—不及 醒來；覺醒；奮起。

ar·peg·gi·o [ɑr'pɛdʒɪ,o, -dʒo] 名 (複～s [-z])〖樂〗1 分解和弦。2 琶音。

ar·que·bus ['ɑrkwɪbəs] 名 (複～·es) = harquebus.

ar·rack ['ærək] 名 U C（亞洲產烈酒）阿拉克酒。

ar·raign [ə'ren] 動 及 1〖法〗傳訊，提審（被告）《*for, on...*》: be ～*ed on* an indictment 因遭到起訴而被傳訊 / ～ a person *for* a crime 因某項罪行而傳訊某人。2《文》指控，指責，責難。

ar·raign·ment [ə'renmənt] 名 U C 1〖法〗傳訊，提審；被傳訊，到庭答覆控罪。2 指控，指責；質疑，檢討。

:**ar·range** [ə'rendʒ] 動 (-ranged, -rang·ing) 及 1 排列，布置；整理 : ～ flowers 插花 / ～ words in alphabetical order 把單字按字母順序排列。2 安排；籌備；談妥 : ～ the dining room for supper 整理餐廳準備吃晚飯 / ～ a matter for one's own convenience 爲了自己的方便安排事情。3 解決，調解 : ～ disputes between them 調停他們之間的糾紛。4 改寫，改編《*for...*》: ～ a piece of music *for* the piano 改編成一首鋼琴演奏曲。—不及 1 安排，準備《*for..., for doing*》；設法。2 協商，談妥《*with...; for, about...*》。

ar'ranged 'marriage 名 媒妁之言，非經自由戀愛的婚姻。

:**ar·range·ment** [ə'rendʒmənt] 名 1 U C 排列；整理；布置；排列法；排列好的東西 : ～ by subjects 按照不同題目的排列法。2 U C 協商；協定；調解；解決方法: arrive at an ～ 達成協議 / make special ～*s* with... 與…達成特別協議。3《通常作 ～s》籌備，安排《*for...*》；準備《*to do*》: upset all household ～*s* 把所有家務計畫搞亂。4 U C 設備；制度 : drainage ～*s* 排水設備。5 U（樂曲等的）改編；經過改編的樂曲。6〖數〗排列，置換。

ar·rant ['ærənt] 形 完全的，徹底的；惡名昭彰的 : an ～ liar 大騙子。～·**ly** 副

ar·ras ['ærəs] 名 1 U 阿勒斯花毯織品。2 U C 花帷，掛毯；（作背景用的）掛幕。

·**ar·ray** [ə're] 動 及《文》1《通常用被動》部署（軍隊等），使列隊 : ～ people in a line 使人們排成一列。2《通常用反身或被動》打扮《*in...*》。—名 1 U C 布陣；隊列；U 軍隊。2 展示，陣列；《 **an** ～》一系列《*of...*》。3〖數·統〗陣列，數組。4〖電腦〗陣列，行列。5 U《文》服裝，服飾；華麗的服裝 : bridal ～ 新娘禮服。

ar·rear [ə'rɪr] 名《通常作～s》（帳款的支付等的）延誤，拖延《*with...*》；欠款；（未付清的）尾數，餘額；（工作等的）未處理的部分 : be in ～*s with* the rent 拖欠房租的支付。

ar·rear·age [ə'rɪrɪdʒ] 名 1 延誤，拖延。2《常作～s》欠款金額。3《古》保留品。

·**ar·rest** [ə'rɛst] 動 及 1 逮捕，拘捕，拘留《*for...*》: an ～*ed* ship 遭扣押的船。2 吸引 : ～ the attention 引起注意。3 阻止，停止，抑止；遏止惡化: ～ progress 阻止進步 / ～ the flow of water 堵住水流。

—名 U C 1 逮捕，拘捕，扣留。2 抑制，阻止，停止。3〖機〗制動裝置。

under arrest 被逮捕，被拘留。

ar·rest·ee [ə,rɛs'ti] 名 被逮捕者。

ar·rest·er [ə'rɛstə] 名 1 逮捕者。2 防止裝置 : a lightning ～ 避雷器 / a spark ～ 火花制止器 / an ～ hook〖空〗（航空母艦載飛機時用的）制動鉤。

ar·rest·ing [ə'rɛstɪŋ] 形 引人注意的，醒目的；有趣的 : an ～ title 引人注意的標題。～·**ly** 副

ar·rhyth·mi·a [ə'rɪðmɪə, e-] 名 U〖病〗心律不整；無節律。-**mic** 形

ar·ris ['ærɪs] 名 (複～ 或 ～·**es**)〖建〗稜線，尖脊。

·**ar·ri·val** [ə'raɪvl] 名 1 U 到達，抵達；出現，來臨 : awaiting ～《郵件上的指示》由收件人到局領取 / cash on ～ 貨到即付款。2 抵達者 [物]；《英口》新生嬰兒 : a new ～ 新到者 [貨品]。—形《限定用法》到達的。

:**ar·rive** [ə'raɪv] 動 (-rived, -riv·ing) 不及 1 到達，抵達；出現；出生，誕生《*at, in, on ...*》: ～ late for one's lesson 上課遲到 / ～ back from a trip 旅行回來。2 達到，達成，談妥 : ～ at a compromise 達成協議 / ～ at perfection 達到完美的地步 / be quick to ～ at a decision 迅速達成決定。3 到來，來臨。4《法語用法》成功，成名。

ar·ri·viste [,ɑri'vist] 名 (複～s [-s]) 新近

A

獲得成功的人；暴發戶，新貴；名利狂。

ar·ro·gance ['ærəgəns] 名U妄自尊大，驕橫：with harsh ～ 以傲慢無禮的態度。

ar·ro·gant ['ærəgənt] 形 1 傲慢的，自大的。2 目中無人的，驕橫的：～ boasts 傲慢自大地自吹自擂。～·ly 副

ar·ro·gate ['ærə,get] 動及 1 僭越；霸占，篡奪；據爲己有；妄稱擁有；冒稱《*to...*》: ～ power *to* oneself 擅自攬權 / ～ (*to*) oneself the rank of major 冒稱少校。2（沒有正當理由地）把…歸諸於《*to...*》: ～ the motive *to* her 硬說她有這種動機。-gat·ing·ly 副

ar·ro·ga·tion [,ærə'geʃən] 名UC 霸占，僭越；越權；冒稱。

ar·ron·disse·ment [ə'randɪsmənt] 名(複 ～s [-s]) 1（法國的）郡。2 區：（巴黎等）法國一些大都市的行政區。

:ar·row ['æro] 名 1 箭，矢；箭形物：a shower of ～*s* 箭如雨下 / swift as an ～ 其快如箭。2 箭號（→）。3 = broad arrow.

—動及以箭號指示《*in*》。

—不及（似箭般地）飛馳。

ar·row·head ['æro,hɛd] 名 1 箭頭，矢鏃。2 箭頭狀的東西。3〖植〗慈菇。～·ed 形箭頭狀的，鏃形的。

ar·row·root ['æro,rut, -,rʊt] 名 1〖植〗葛；U 葛粉。

ar·row·y ['ærəwɪ] 形由箭矢構成的；像箭一般的；快速的；尖銳的：in an ～ rush 像箭一般急速地。

ar·roy·o [ə'rɔɪo] 名(複～s [-z])《美西南部》（兩側有陡坡的）小河，小溪；小峽谷；乾涸的小溪。

ars [ɑrz] 名U藝術。

arse [ɑrs] 名 1《英粗》屁股，臀部。2 愚蠢之人。—動不及 鬼混，遊手好閒。

ar·se·nal ['ɑrsṇəl] 名 1 軍火庫；訓練場。2 兵工廠：a naval ～ 海軍兵工廠。3《集合名詞》軍需物資的儲存量。4 儲存量；寶庫《*of...*》。

ar·se·nate ['ɑrsṇ,et, -ɪt] 名U〖化〗砷酸鹽[酯]。

ar·se·nic ['ɑrsṇɪk] 名U 1 砷（符號：As）。2 砒石，砷華。

—[ɑr'sɛnɪk] 形（指五價的）砷的，含砷的：～ acid 砷酸。

ar·sen·i·cal [ɑr'sɛnɪkḷ] 形砷的，含砷的。—名砷劑，砷化合物。

ar·se·ni·ous [ɑr'sinɪəs] 形〖化〗亞砷的，含三價砷的。

ar·son ['ɑrsṇ] 名U〖法〗縱火（罪）。

ar·son·ist ['ɑrsṇɪst] 名縱火犯。

:art[1] [ɑrt] 名 1 UC 藝術，美術；《集合名詞》藝術品，美術品：fine ～*s* 美術 / Oriental ～ 東方藝術 / the decorative ～*s* 裝飾藝術 / follow ～ as a profession 從事藝術工作。2 UC 技術，技藝；訣竅，要領《*of..., of doing*》: the ～ *of* mak*ing* money 賺錢術 / the ～ *of* plain talk 簡潔扼要的說話藝術。3 U《集合名詞》〖報章·雜誌〗插圖，插畫，美工設計。4 特殊技術，技能：the consummate ～ of one's dress 至高的穿著藝術。5《～s》《作單數》人文科學：a college of ～*s* and sciences 文理學院 / the Faculty of *Arts*（大學的）文學院 / Bachelor of *Arts* 文學士（略作：B.A.）/ Master of *Arts* 文學碩士（略作：M.A.）/ the liberal ～*s*（大學的）文理科。6 U人工，人爲：nature and ～ 自然與人爲 / a diamond produced by ～ 人造鑽石。7 UC 詭計，策略：use ～ and intrigue to accomplish one's purpose 使用陰謀詭計以達到自己的目的。8 U（舉止等的）不自然，做作：a smile without ～ 自然的微笑。

art and part (1)〖法〗共犯，同謀。(2) 參與。

—動及不及《口》弄成帶有矯揉造作的藝術氣息《*up*》。

art[2] [ɑrt] 動《古》〖詩〗《主語爲 **thou** 時》**be** 的第二人稱單數現在式直說法。

Art [ɑrt] 名〖男子名〗阿特（Arthur 的暱稱）。

art.《縮寫》*art*illery; *art*ist; (複 **arts.**) *art*icle.

art dec·o [,ɑrt'de,ko] 名U 裝飾藝術。

'art di,rector 名 1（電影、電視等負責布景等的）藝術指導。2（廣告公司等負責美術設計的）美術編輯。

ar·te·fact ['ɑrtɪ,fækt] 名 = artifact.

Ar·te·mis ['ɑrtəmɪs] 名 1〖希神〗阿特米絲：月亮與狩獵女神，相當於羅馬神話的 Diana（亦稱 **Cynthia**）。2〖女子名〗阿特米絲。

ar·te·ri·al [ɑr'tɪrɪəl] 形 1〖生理〗動脈的；動脈狀的；動脈系統的：～ blood 動脈血。2 幹線的。—名幹線道路。

ar·te·ri·o·scle·ro·sis [ɑr'tɪrɪ,osklɪ'rosɪs] 名U〖病〗動脈硬化（症）。

·ar·ter·y ['ɑrtərɪ] 名(複-**ter·ies**) 1〖解〗動脈：the pulmonary ～ 肺動脈。2 幹線，要道；主流。

ar·'te·sian 'well [ɑr'tiʒən-] 名自流井。

·art·ful ['ɑrtfəl] 形 1 狡猾的，詭詐的；巧妙的：an ～ pun 巧妙的雙關語。2《古》人工的，人爲的。～·ly 副, ～·ness 名

'art ,gallery 名畫廊，美術館。

ar·thral·gia [ɑr'θrældʒə] 名U〖病〗關節痛。

ar·thrit·ic [ɑr'θrɪtɪk] 形（患）關節炎的（亦稱 **arthritical**）。—名關節炎患者。

ar·thri·tis [ɑr'θraɪtɪs] 名U〖病〗關節炎。

ar·thro·pod ['ɑrθrə,pɑd] 名節足動物。—形節足動物的。

ar·thro·sis [ɑr'θrosɪs] 名(複-**ses** ['-siz]) 1〖解〗關節。2 U〖病〗關節病。

Ar·thur ['ɑrθɚ] 名 1 亞瑟王：傳說中在西

A

元六世紀時統治英國，爲圓桌武士的領袖，亞瑟王傳奇（Arthurian legends）的主角。2〖男子名〗亞瑟（暱稱作 Artie）。

Ar·thu·ri·an [ɑr'θjurɪən] 形亞瑟王的。

ar·ti·choke ['ɑrtɪ,tʃok] 名 1ⒸⓊ〖植〗朝鮮薊，洋薊。2 = Jerusalem artichoke.

:ar·ti·cle ['ɑrtɪkl] 名1 文章，論文：an editorial ～ 一篇社論 / contribute an ～ to a journal 投稿給期刊。2 一個，一件：an ～ of dress 一件衣服 / ～*s* of furniture 幾件家具。3 物品，商品：toilet ～*s* 梳妝用品。4（契約等的）條款，規約，法規：～*s* of association 公司章程組織規章 / sign ～*s* of agreement 簽署協議條款。5《口》人：a smart ～ 一個精明的人。6〖文法〗冠詞。

article by article 逐條地。

—動 (-cled, -cling) 及 1 逐條陳述。2 列舉罪狀控告。3 使受契約的約束《*to, with* ...》。

—不及 提出控告《*against*...》。

ar·tic·u·lar [ɑr'tɪkjələ] 形關節的：～ inflammation 關節炎。～·**ly** 副

ar·tic·u·late [ɑr'tɪkjəlɪt] 形 1 發音清晰的：～ speech 音節分明而清晰的語言。2 清楚地表達出來的；條理清楚的：an ～ thought 條理分明的思想。3 能說話的；口齒清晰的，能言善道的。4（思想等）與其他部分有密切關聯的；綜合的。5〖生〗有關節的，有節的。

—[ɑr'tɪkjə,let] 動及 1 清楚地發出（音節）。2〖語音〗發音。3 清楚地表達；使清楚地呈現；以關節相連；使彼此關聯《*with, to*...》。4〖齒〗調整。—不及 1 清楚地發音。2〖語音〗發音。3 形成關節相連；彼此相連《*with* ～》。—名〖動〗有節動物；有關節動物。

ar·tic·u·lat·ed [ɑr'tɪkjə,letɪd] 形連結式的。

ar·tic·u·la·tion [ɑr,tɪkjə'leʃən] 名 Ⓤ 1 (1) 清楚的發音；有節化。(2) 發音。(3) 語音，子音。2 清楚的表達：the ～ of a proposal 一項提議的清楚的表達。3 接合，連接；一體化；相互關聯。4〖解·動〗關節；〖植〗節。5〖齒〗(1) 咬合狀況。(2) 假牙整列。

ar·tic·u·la·tor [ɑr'tɪkjə,letə] 名 1 發音者。2〖語音〗發音器官。

ar·tic·u·la·to·ry [ɑr'tɪkjələ,torɪ, -,tɔrɪ] 形 1 發音清晰的；發音的：～ phonetics 發音語音學。2 關節的；關節接合的。

Ar·tie ['ɑrtɪ] 名〖男子名〗阿提（Arthur 的暱稱）。

ar·ti·fact ['ɑrtɪ,fækt] 名1 製品，工藝品；〖考〗人工製品。2〖生〗人工產物。

ar·ti·fice ['ɑrtəfɪs] 名 1 妙計；虛僞的行爲；詭計。2 Ⓤ 高明的技巧；巧思；狡詐。

ar·tif·i·cer [ɑr'tɪfəsə] 名1 設計者，發明者。2《文》技工。3〖軍〗（陸、海軍的）技術士。

·ar·ti·fi·cial [,ɑrtə'fɪʃəl] 形 1 人造的；仿造的：～ breeding 人工繁殖 / ～ organs 人造器官 / an ～ satellite 人造衛星 / ～ turf 人造草皮。2 不自然的，虛假的；做作的；硬性規定的：an ～ smile 假笑 / ～ rules for dormitory residence 宿舍生活的強制性規則。3〖生〗人爲的。～·**ly** 副 人爲地；虛假地。～·**ness** 名

arti'ficial insemi'nation 名ⓊⒸ人工授精。

arti'ficial in'telligence 名Ⓤ人工智慧。略作：AI

ar·ti·fi·ci·al·i·ty [,ɑrtə,fɪʃɪ'ælətɪ] 名 (複 -**ties**) 1Ⓤ人造，人爲；Ⓒ人造物，人爲產物。2Ⓤ不自然。

arti'ficial 'person 名〖法〗法人。

arti'ficial respi'ration 名 Ⓤ 人工呼吸。

ar·til·ler·ist [ɑr'tɪlərɪst] 名 = artilleryman.

·ar·til·ler·y [ɑr'tɪlərɪ] 名Ⓤ 1《集合名詞》大炮；炮兵，炮兵部隊：the Royal *A*- 英國皇家炮兵。2 炮術。3《喻》武器：the ～ of satire 諷刺的轟擊力。4《通常爲集合名詞》《美俚》防身武器。

ar·til·ler·y·man [ɑr'tɪlərɪmən] 名 (複 -**men**) 炮兵，炮手。

ar·ti·san ['ɑrtəzn̩] 名工匠，手藝匠。

:art·ist ['ɑrtɪst] 名 1 藝術家，美術家，畫家；表演藝術家：a professional ～ 職業藝術家。2 名家，能手：a celebrated ～ in lacquer 著名的漆藝家。

ar·tiste [,ɑr'tist] 名(複～**s** [-s]) 1 藝人：指歌唱家或舞蹈家。2《常爲謔》名家，大師：a hair ～ 美髮業名師。

·ar·tis·tic [ɑr'tɪstɪk] 形 1 藝術的，美術的；藝術性的；具有藝術技巧的；有藝術鑑賞力的：～ beauty 藝術美感 / ～ effect 藝術效果 / have ～ tastes 具有藝術品味。2 藝術家的；如藝術家般的。-**ti·cal·ly** 副

art·ist·ry ['ɑrtɪstrɪ] 名Ⓤ1 藝術性；藝術效果；藝術技巧。2 藝術事業。

art·less ['ɑrtlɪs] 形 1 純真的，天真的；真誠而自然的；率真的：an ～ mind 純真的心靈，赤子之心。2 樸實無華的，自然的。3 沒有藝術的；欠缺藝術性的；無品味的；拙劣的。～·**ly** 副, ～·**ness** 名

art·mo·bile ['ɑrt,mobil] 名《美》美術流動展覽車。

Art Nou·veau ['ɑrnu'vo] 名 Ⓤ《偶作 a- n-》〖美〗新藝術。

'art ,paper 名Ⓤ美術紙；《英》銅版紙。

'arts and 'crafts 名（複）手工藝。

'art ,song 名藝術歌曲。

'art 'student 名學藝術的學生。

art·sy-craft·sy ['ɑrtsɪ'kræftsɪ] 形《口》1 美觀而不實用的；自命具有藝術修養的；《英》過分熱中於使用手工藝品的。2 矯揉造作的。

art·work ['ɑrtwɝk] 名 Ⓤ 1 藝術品；工

藝品的製作。2 圖樣；插圖，美工設計。

art·y ['ɑrtɪ] [形] (**art·i·er, art·i·est**) 《口》自命具有藝術修養的，附庸風雅的；冒充藝術品的。**art·i·ness** [名]

art·y-craft·y ['ɑrtɪ'kræftɪ] [形] = artsy-craftsy.

ar·um ['ɛrəm] [名] 〖植〗天南星科植物。

-ary 《字尾》1 形容詞，表「…的」、「有關…的」等意。2 構成名詞，表「…的人」、「有關…的物」等意。

Ar·y·an ['ɛrɪən] [名] 1 〖民族〗雅利安人，印歐人。2（納粹主義中所謂的）雅利安人（種）。3 [U]《古》雅利安語族，印歐語族；印度波斯語族。

一[形] 1 雅利安人的，印歐語族的。2《古》印度波斯語族的。

·**as** [əz; 《強》æz] [副] 1《數量、程度的比較》同樣地：~ recently as last month 就在上個月。2《強調用法》《直喻表達法》一樣地，非常：(~) cool as a cucumber 非常冷靜地[的] / ~ cross as two sticks 非常生氣。一[連] 1《表比較》和…一樣地。2《表樣態》如同，按照：Do in Rome ~ the Romans do.《諺》入境隨俗。/ *A-* you sow, so shall you reap.《諺》種瓜得瓜，種豆得豆；善有善報，惡有惡報。3《表狀態》依原樣，照舊。4《表比例》隨著。5《表限定》於…限度內，就… (as far as)。6《引導限定名詞的子句》…時候的：the English language ~ (it is) spoken in America 在美國所用的英語。7《表時間》當…之時；一面…一面…。8《表原因、理由》《通常置於句首》因為。9《文》《表讓步》《前接名詞、形容詞、副詞》雖然，儘管；《前接動詞》《通常與 **may, will, would** 等連用》縱然。10《美非標準》《引導 **say, think, know, see** 等的受詞子句》。11《英方》比…更。一[代]《關係代名詞》1《通常與 **such, the same, as, so** 相呼應》像…一樣的人[事物]，那些…的人[事物]。2《以前面或後接的主要子句作為前述詞》這一點，此一事實：~ is often the case (with...)（就…而言）往往如此。3《俚·方》= who, which, that.一[介] 1 作為…；以…身分。2《引導 **regard, view** 等動詞的受詞補語》當作…。3 像…一般，有如。4 當…的時候。

as against... 相對於…；與…成對比。

as a rule ⇨ RULE（片語）

as...as any 在…方面不亞於任何人[事物]。

as...as ever (1) 像以前一樣的…。(2)《與動詞過去式連用》在…方面無與倫比。

as...as possible [*one can*] 盡可能的…。

as...as they come / as...as they make them《英口》無比的…。

as before 一如往昔，一如從前。

as best one can ⇨ BEST [副]（片語）

as between the two 假如要在這兩者之中擇其一的話，就此二者而言。

as far as... ⇨ FAR [副]（片語）

as for... 《句首》至於…，就…而言。

as from... （契約等）自…起（生效、廢除等）。

as good as... ⇨ GOOD（片語）

as how... 《方》(1) = that. (2) 是否。

as if .../ as though... (1) 彷彿。(2)《與 **look, seem** 等連用》似乎，好像。(3)《接於 **It isn't** 之後》好像…沒有…。

as is 《口》照現況；在無保證的狀況下。

as it is 事實上。

as it were 《插入語》可以說，好比是。

as much (...) as... ⇨ MUCH（片語）

as much as to say... ⇨ MUCH（片語）

as of... 到…之時為止；《美》從…之時開始 (as from)。

as one（意見）一致。

as regards 關於…。

as long as ... (1) 和…一樣長。(2) 約長達…。(3) 在…情況下，只要…。(4) 既然…。

as such (1) 如是，依照其身分。(2) 本身；光憑其本身。

as to... (1) 至於…。(2) 關於…。(3) 按照…。

as well ⇨ WELL[1]（片語）

as well as... ⇨ WELL[1]（片語）

as yet 迄今為止。

as you were (1)〖軍〗恢復原位；原地不動。(2)《口》恢復原狀；（說錯話等時）收回，更正。

so...as to do ⇨ SO[1]（片語）

such as... 例如…。

As 《化學符號》arsenic.

as- 《字首》ad- 的別體，加在以 s 起首之字前。

AS, A.S. 《縮寫》*A*nglo-*S*axon; *a*nti*s*ubmarine.

ASA 《縮寫》*A*merican *S*tandards *A*ssociation 美國標準協會；（該協會制定的）底片的感光度指數。

as·a·fet·i·da, 《英》**as·a·foet-** [,æsə'fɛtɪdə] [名] [U] 〖化〗阿魏，阿魏膠。

asap, ASAP 《縮寫》*a*s *s*oon *a*s *p*ossible 盡快。

as·bes·tos [æs'bɛstəs, æz-] [名] [U] 1 〖礦〗石綿；溫石綿；石綿布。2〖劇〗耐火幕。

as·ca·rid ['æskərɪd] [名] 〖動〗蛔蟲。

·**as·cend** [ə'sɛnd] [動] [不及] 1 登高；升起；上升；（道路的坡度）升高；〖樂〗上行：~ slowly 慢慢上升 / ~ to the roof 爬上屋頂。2 晉升；高漲。3 回溯。一[及] 攀登；溯（流）而上；晉升。

as·cend·ance, -ence [ə'sɛndəns] [名] = ascendancy.

as·cend·an·cy, -en·cy [ə'sɛndənsɪ] [名] [U]《偶作 **an** ~》優勢；支配權（*over...*）：have the ~ *over* a person 比某人占優勢；支配著某人 / attain the highest ~ 達到鼎盛狀態。

as·cend·ant, -ent [ə'sɛndənt] [名] 1 [U]《偶作 **an** ~》優勢，支配地位。2 [U]〖占星〗星位；（誕生時的）運星，命宮。

A

in the ascendant 處於優勢，處於鼎盛狀態；吉星高照；權勢日盛。
—[形] 1 占優勢的，占支配地位的。2 上升的；〖天〗向天頂上升的；〖占星〗東方地平線上的。

as·cend·ing [ə'sɛndɪŋ] [形] 上升的，向上的；上行的；向上攀登的：an ～ slope 上坡 / ～ inflorescence〖植〗上升花序。

as·cen·sion [ə'sɛnʃən] [名] 1 [U]《文》上升；攀登；〖天〗上升。2《the A-》耶穌的升天；《A-》= Ascension Day。

As'cension ˌDay [名] 耶穌升天日：復活節後第 40 天的星期四。

·**as·cent** [ə'sɛnt] [名] [U] [C] 1 上升，上行；攀登：the ～ of an elevator 電梯的上升。2（地位等的）晉升：～ to the presidency 晉升為董事長。3 上溯。4 上坡；上升的階級；（向上的）坡度：a steep ～ 陡坡。

·**as·cer·tain** [ˌæsə'ten] [動] [及] 1 查明，弄清楚；確定。2《古》使變得明確。
～**·a·ble** [形] 可查明的。
～**·ment** [名] [U] 查明，確定。

as·ce·sis [ə'sisəs] [名]（複 **-ses** [-ˌsiz]）[U] 嚴格的自我訓練；[U] [C] 苦行，克己。

as·cet·ic [ə'sɛtɪk] [名] 1 苦行者，苦修士；修道士。2 禁慾主義者。
—[形]（亦稱 **ascetical**）1 禁慾主義者的，苦行的。2 戒絕享樂的，禁慾的，克己的：an ～ life 苦行者般的生活。

as·cet·i·cism [ə'sɛtəˌsɪzəm] [名] [U] 1 苦行；禁慾生活。2 禁慾主義；戒絕享樂。

ASCII《縮寫》*A*merican *S*tandard *C*ode for *I*nformation *I*nterchange 美國資訊交換標準碼。

As·cle·pi·us [æs'klipɪəs] [名]〖希神〗阿斯克利匹阿斯：醫術之神，相當於羅馬神話的 Aesculapius。

a'scor·bic 'acid [ə'skɔrbɪk-] [名] [U]〖生化〗抗壞血酸，維他命 C。

As·cot ['æskət] [名] 1 艾斯科特賽馬會。2《a-》《美》艾斯科特式領帶[領巾]。

a·scrib·a·ble [ə'skraɪbəbl] [形] 可歸諸的；可歸因的《to...》。

·**as·cribe** [ə'skraɪb] [動]（**-cribed, -crib·ing**）[及]《文》1 認為是；歸因於。2 把…歸屬於：the emotions usually ～*d* to the young 通常被視為年輕人所特有的那些情緒。

as·crip·tion [ə'skrɪpʃən] [名] 1 [U] 歸因，歸咎，歸功《to...》：the ～ of success *to* luck 把成功歸因於幸運。2 把某事物歸諸於某人等的聲明，（講道終了時所說的）「榮耀歸於上帝」等讚美詞。

ASEAN ['æsɪən]《縮寫》*A*ssociation of *S*outheast *A*sian *N*ations 東南亞國家協會，東協（成立於 1967 年）。

a·sep·sis [ə'sɛpsɪs, e-] [名] [U] 無菌狀態；〖醫〗無菌法。

a·sep·tic [ə'sɛptɪk, e-] [形] 1 無菌的；防腐性的。2 無生氣的；冷漠的。
—[名] 1 防腐劑。2 無菌產品。3《～s》《作單數》無菌包裝（法）。

a·sex·u·al [e'sɛkʃuəl, ə-] [形] 1〖生〗無性的；無性生殖的：～ reproduction 無性生殖。2 與性無關的。～**·ly** [副]

·**ash**[1] [æʃ] [名] 1《常作～es，作單數》灰，灰燼；〖地質〗火山灰；《商用語》純鹼：be burnt to ～*es* 被燒成灰 / turn to dust and ～*es*（希望等）化為烏有。2《～es》灰色；慘白：go (as) white as ～*es* 變成蒼白。3《～es》骨灰；骨骸；殘骸，廢墟；痕跡。4《～es》表懺悔的言詞。—[動] [及] 1 使化成灰；把…燒成灰。2 灑灰於。

ash[2] [æʃ] [名]〖植〗梣樹，白蠟樹；[U] 梣木。

:**a·shamed** [ə'ʃemd] [形]《敘述用法》1 羞愧的《*of, for..., of* doing, *for* doing》；感到羞恥的《*that*[子句]》：be ～ *of* one's shortcomings 以自己的短處為恥 / be ～ *for* a person 為某人感到羞愧。2 以…為恥而不願去做的《*to* do》：be ～ *to* bare one's skin 羞於袒露自己的肌膚。**-sham·ed·ly** [-'ʃemɪdlɪ] [副]

ash·bin ['æʃˌbɪn] [名]《英》= ashcan 1.

'ash 'blond [名] 1 [U] 淡金色髮色。2（亦作《女性形》**ash blonde**）有淡金色頭髮的人。**ash-blonde** [形] 淡金色髮的。

ash·can ['æʃˌkæn] [名] 1 垃圾桶（《英》dustbin, ashbin）。2〖影〗（罩在反射板中的）一千瓦的弧光燈（亦作 ash can）。

ash·en[1] ['æʃən] [形] 1 灰白色的；沒有血色的。2 像灰一般的；灰燼的。

ash·en[2] ['æʃən] [形] 梣的；梣木（製）的。

ash·lar, -ler ['æʃlə] [名] [U] [C] 1 方石；琢石；牆面石板；《集合名詞》方石。2 方石建築物。—[動] [及] 在…上鋪上方石。

ash·man ['æʃmən] [名]（複 **-men**）《美》除灰工，清除垃圾者（《英》dustman）。

:**a·shore** [ə'ʃɔr, ə'ʃor] [副] 1 上岸，在岸上：run ～ 擱淺 / be driven ～ 被風吹到岸上。2 在陸地上：life ～ 陸上生活。

ash·pan ['æʃˌpæn] [名]（火爐下）灰盤。

ash·pit ['æʃpɪt] [名]（壁爐底部盛灰的）灰坑。

ash·tray ['æʃˌtre] [名] 煙灰缸。

'Ash 'Wednesday [名] 聖灰星期三：四旬齋的第一日，亦即復活節之前的第七個星期三，在這一天撒灰於頭上作為懺悔的象徵。

ash·y ['æʃɪ] [形]（**ash·i·er, ash·i·est**）1 灰色的；慘白的：an ～ complexion 慘白的臉色。2 像灰一般的；灰燼的；覆著灰的。

:**A·sia** ['eʒə, 'eʃə] [名] 亞洲。

'Asia 'Minor [名] 小亞細亞：亞洲西部的一半島，土耳其的亞洲部分。

·**A·sian** ['eʒən, 'eʃən] [形] 亞洲（人）的；亞洲式的。—[名] 亞洲人。

'Asian-A'merican [名] [形] 亞裔美國人（的）。

A·si·at·ic [ˌeʒɪ'ætɪk, ˌeʃɪ-] [名] [形]《偶為蔑》= Asian.

:a·side [ə'saɪd] 副 1 往旁邊，在一旁；離開地；避開地；偏離（本題等）地：stand ～ 站在一旁 / push a person ～ 把某人推開 / whisper ～ to a person 與在身旁的某人耳語。2 拋開地：put one's worries ～ 拋開煩惱。3 保留起來地；挪出來地：set some money ～ for a vacation 存下一些錢以供度假之用。4《置於名詞之後》另當別論，姑且不談：joking ～ 且別開玩笑 / unusual circumstances ～ 例外的情況另當別論。

aside from... 《美口》(1)除…之外還…。(2)除去…。

set...aside / set aside... ⇨ SET（片語）

一名 1 竊竊私語；〖劇〗旁白。2 離題的言詞。

as·i·nine ['æsn,aɪn] 形 1 愚蠢的，愚笨的；頑固的。2 驢的；像驢的。

as·i·nin·i·ty [,æsə'nɪnətɪ] 名 ⓊⒸ 1 愚蠢，頑固。2 愚蠢的言行。

:ask [æsk] 動 及 1 問《*of, about...*》；詢問；～ (a person) the way to the station 詢問（某人）去車站的路 / ～ a person *about* his profession 向某人詢問有關他的職業的情況 / ～ a person his profession 詢問某人的職業（是什麼）。2 要求，請求；索求：～ a person's advice 請某人給予建議 / ～ a person for $10 要求某人給十元。3 表示想要…；希望。4 要求付給（某一價錢）。5 邀請：～ a person (out) to dinner 邀請某人（出來）參加晚宴 / ～ a person in 請某人進來。6《古》需要；必須《*of...*》。

一不及 1 問，詢問《*about...*》：～ *about* a person 詢問某人的近況。2 要求，請求；需要；求見《*for...*》：～ *for* help 要求協助 / ～ *for* the moon 痴心妄想。

ask after... 問安，問候。

ask for it 《常用進行式》《口》自討苦吃，自找麻煩。

Ask me (another). 《口》不要問我！我不知道！

ask out 《美》自動退休。

ask...out / ask out... ⇨ 動及 5

I ask you. 竟然有這種事！你相信嗎？

if you ask me 《口》依我看來；我認爲。

a·skance [ə'skæns] 副 1 懷疑地，不贊成地。2 斜眼而視地；不直接地。

a·skew [ə'skju] 副 1 歪斜地：tie one's (neck) tie ～ 領帶打歪了 / put up a poster ～ 把海報貼歪了。2 輕蔑地，不屑地：look ～ at her behavior 對她的舉動投以不屑的眼光。一形《通常爲敘述用法》歪斜的。

ask·ing ['æskɪŋ] 名Ⓤ 詢問；請求。

for the (mere) asking 只要索取，便可得到。

That's asking. 《口》問倒我了！我不知道！

'asking ,price 名 開價，索價。

a·slant [ə'slænt] 副 傾斜地：walk with head ～ 歪著頭走路。一形《敘述用法》傾斜的。一介《罕》斜斜地橫過。

run aslant 與（習慣、法令）牴觸。

:a·sleep [ə'slip] 副 1 睡著，入睡：fall ～ 入睡。2 休止地，靜止地。3 長眠地，已死地。一形《敘述用法》1 睡著的，熟睡的。2 靜止的；（陀螺）轉得非常穩的；漠不關心的，遲鈍的《*to...*》。3（手、腳等）發麻的；《委婉》死亡了的，永眠的。

a·slope [ə'slop] 副 傾斜地。

一形《敘述用法》傾斜的；成斜坡的。

ASM 《縮寫》*a*ir-to-*s*urface *m*issile.

as·main·tained [əzmen'tend, -mən-] 形《美》標準計量的。

a·so·cial [e'soʃəl] 形 1 不與人來往的，不合群的；不願或無法遵守社會要求的。2《口》自私的；自我中心的。

asp[1] [æsp] 名 1〖動〗（非洲產的）小毒蛇。

asp[2] [æsp] 名形 = aspen.

as·par·a·gus [ə'spærəgəs] 名 ⒸⓊ〖植〗天門冬屬植物，蘆筍；蘆筍莖。

as·par·tame ['æspɚ,tem] 名 Ⓤ 阿斯巴甜：一種低熱量的人工代糖。

:as·pect ['æspɛkt] 名 1 外觀，外貌，樣子：the ～ of the seacoast 海岸的景觀。2 神態；面貌；態度，舉止：a person with a mild ～ 一個態度溫和的人 / wear an ～ of cheerfulness 帶著愉快的表情。3 性質，局面，方面；觀點，看法：diverse ～*s* of human life 人生百態 / examine a question from every possible ～ 由各個可能的角度來檢討某個問題。4（房屋等的）方向，方位；（物朝向某一方向的）面：a porch with a southern ～ 朝南的門廊。5 Ⓤ〖文法〗相，態；〖占星〗星位，座相。

-'pec·tu·al 形〖文法〗相的，態的。

as·pen ['æspən] 名〖植〗楊屬喬木，白楊。

一形 白楊的；白楊木製成的；顫抖的：tremble like an ～ leaf 抖得有如白楊樹的葉子般，颼颼地顫抖。

as·per·i·ty [æs'pɛrətɪ, ə-] 名 (複-ties) ⓊⒸ 1 粗暴；刺耳；《-ties》刻薄的言詞：with ～ 粗暴嚴厲地。2《常作-ties》（氣候的）嚴酷；（境遇等的）困難，艱辛。3 粗糙，凹凸不平；粗糙的部分：the ～ of a leaf 葉面的粗糙不平。

as·perse [ə'spɝs] 動 及 1 誹謗，中傷《*with...*》。2《古》灑；澆灑；〖天主教〗給…灑上聖水《*with...*》。

as·per·sion [ə'spɝʒən] 名 1 ⓊⒸ 中傷，誹謗；詆毀的言詞：cast ～*s* on ... 中傷，誹謗（人、名譽等）。2 Ⓤ 灑水；〖天主教〗灑聖水。

·as·phalt ['æsfɔlt] 名Ⓤ 1 柏油；瀝青。2 柏油與碎石等混合成的材料。

一動及 以瀝青鋪（路等）。

一形 瀝青的；塗上瀝青的；用瀝青鋪成的：an ～ pavement 瀝青路面。**-'phal·tic** 形（含）柏油的，（含）瀝青的。

'asphalt ,jungle 名《美口》瀝青叢

A

林：高樓大廈林立的都市。

as·pho·del ['æsfə,dɛl] 名 1〖植〗日光蘭。2 水仙花。3〖希神〗常春花。

as·phyx·i·a [æs'fɪksɪə] 名U〖病〗窒息。

as·phyx·i·al [æs'fɪksɪəl] 形窒息的。

as·phyx·i·ant [æs'fɪksɪənt] 形引起窒息的，窒息性的。—名 1 窒息劑。2 窒息狀態。

as·phyx·i·ate [æs'fɪksɪ,et] 動及 使窒息。—不及窒息：窒息而死；昏迷。

as·phyx·i·a·tion [æs,fɪksɪ'eʃən] 名U 窒息。

as·pic ['æspɪk] 名U 肉羹凍，肉凍。

as·pi·dis·tra [,æspɪ'dɪstrə] 名〖植〗蜘蛛抱蛋屬植物。

as·pir·ant ['æspərənt, ə'spaɪr-] 名抱負不凡的人；追求者《*to, after, for...*》: a literary ~ 有志於文學者。—形抱負不凡的。

as·pi·rate ['æspə,ret] 動及 1〖語音〗送氣發（音）。2〖醫〗（以抽吸器）抽吸（體腔中的液體）。3 吸出來。—['æspərɪt] 名〖語音〗1 送氣音：h 音。2（希臘語的）氣音符號（'）。—形〖語音〗送氣（音）的：h 音的。

as·pi·ra·tion [,æspə'reʃən] 名 1 UC 強烈的願望，渴望；大志，野心《*for, after, toward...*》；抱負《*to* do》；志向: her ~(*s*) *for* fame 她的求名心。2 U 呼吸，吸入。3 UC〖語音〗送氣發音；送氣音。4 U〖醫〗抽吸（法）；（肺部）吸入液體[異物]。

as·pi·ra·tor ['æspə,retə-] 名 1 吸出器，抽氣機；〖醫〗抽吸器。2 吸入泵。

as·pire [ə'spaɪr] 動不及 渴望，追求《*to, after, toward...*》；極欲：~ *after* perfection 渴望達到完美無缺 / ~ *to* attain fame 渴望成名。

as·pi·rin ['æspərɪn] 名(複~, ~s)〖藥〗U阿斯匹靈；C阿斯匹靈藥片。

as·pir·ing [ə'spaɪrɪŋ] 形熱望的；有大志的；有抱負的。

a·squint [ə'skwɪnt] 副斜視地；偷偷摸摸地，懷疑地。—形《敘述用法》斜視的。

ass[1] [æs] 名 1 驢。2 愚蠢的人，笨蛋；頑固的人。

an ass in a lion's skin 色厲內荏的人；假裝有智慧的愚人。

***make an ass of** a person* 愚弄某人，使顯得像個傻瓜。

make an ass (out) of oneself 做傻事，出洋相。

play the ass 《口》裝瘋賣傻；做傻事。

—動 不及 《俚》鬼混，胡搞《*about, around*》。

ass[2] [æs] 名 1《主美俚》屁股（《英》arse）。2《美粗》肛門。3《美粗》U 性交；（作爲性交對象的）女性。

break** one's **ass 《美粗》拚老命。

kiss** a person's **ass 《美粗》拍馬屁，巴結（某人）。

on** (one's) **ass 《美粗》屁股著地摔倒；《喻》處境惡劣。

pain in the ass 《俚》極端討厭的事[人]。

save** one's **ass 《美俚》保住老命。

as·sa·gai ['æsə,gaɪ] 名(複~s [-z])，動及 = assegai.

as·sa·i [ə'sɑi] 副〖樂〗非常，極: allegro ~ 極快板。

·**as·sail** [ə'sel] 動及 1 猛烈攻擊，痛擊《*with...*》；《喻》（以非難等）攻擊，爲難《*with...*》；衝擊；《常用被動》使困擾《*with, by...*》: ~ a town *with* artillery 以大炮猛攻某市鎮 / ~ a person *with* insults 對某人施加一連串的侮辱。2 毅然決然地著手進行。~·a·ble 形可攻擊的，有隙可乘的；可訾議的。

·**as·sail·ant** [ə'selənt] 名攻擊者；加害者。

As·sam [æ'sæm, '--] 名阿薩姆：印度東北部的一省；紅茶的產地。

as·sas·sin [ə'sæsɪn] 名暗殺者，刺客：a hired ~ 受僱的刺客。

as·sas·si·nate [ə'sæsn̩,et] 動及 1 暗殺，行刺。2 中傷，誹謗。

as·sas·si·na·tion [ə,sæsə'neʃən] 名 U C 暗殺，行刺；誹謗，中傷破壞：character ~ 破壞名譽，人格誹謗。

as·sas·si·na·tor [ə'sæsn̩,etə-] 名暗殺者，刺客。

·**as·sault** [ə'sɔlt] 名 1（突然而猛烈的）攻擊，襲擊《*on...*》；白刃戰；猛烈抨擊《*on...*》: take a city by ~ 以猛攻攻下一座城市 / make a violent ~ *on* a fortress 猛烈攻擊要塞。2 UC〖法〗意圖傷害（罪）；《委婉》強姦。—動及 猛烈攻擊；猛烈抨擊；〖法〗施暴；《委婉》強姦；擾人：~ a woman 強暴婦女。

as'sault and 'battery 名〖法〗U 傷害（罪），恐嚇毆打。

as'sault ,rifle 名〖軍〗突擊步槍。

as·say [ə'se] 動及 1 試驗，測試：~ one's ability 測試自己的能力。2〖冶〗分析，測定：~ the ore 分析礦石。3〖藥〗檢定。4 審視，分析；判斷，評估：~ the circumstances 分析狀況。5《古》嘗試。—不及《美》（礦石經分析後）證明內含成分。—['æse, ə'se] 名 1〖冶〗化驗，分析，試金；〖藥〗檢定。2 試樣，試料；被檢定物；分析表；檢定表。3 試驗，測試；分析；評估。4《古》嘗試。~·er 名

as·se·gai ['æsə,gaɪ] 名(複~s [-z])（南非洲班圖族所用的）標槍，長矛。

as·sem·blage [ə'sɛmblɪdʒ] 名 1 集團；聚集在一起的一群人，會眾：an ~ of hypocrites 僞善者齊聚一堂。2 U 集合，聚集；裝配。3 UC〖美〗拼集藝術；拼集藝術品。

·**as·sem·ble** [ə'sɛmbl̩] 動(-bled, -bling)及 1 聚集，集合：the ~*d* press corps 齊聚一

堂的記者團 / ～ the pupils 集合學生。2 集成一個整體；裝配；組合《*into*...》: ～ one's luggage 整理自己的行李 / ～ parts *into* a model car 把零件組合成一輛模型汽車。

—不及集合，聚集。

as·sem·bler [ə'sɛmblɚ] 名 1 裝配工；裝配器。2〖電腦〗= compiler 2.

·**as·sem·bly** [ə'sɛmblɪ] 名(複-blies) 1 (爲了特定目的的) 集會，聚會；議會；《the A-》〖政〗《美》(州議會的) 下院 : a city ～ 市議會 / hold an unlawful ～ 召開違法集會。2 ⓊⒸ 集合，聚集；聚集在一起的一群人。3〖軍〗集合信號；集結。4 裝配而成的組合件，組合品；Ⓤ 組合，裝配。5〖電腦〗組合。

as'sembly ˌhall 名 1 會場；議場；大會堂；禮堂。2 裝配場。

as'sembly ˌlanguage 名〖電腦〗組合語言。

as'sembly ˌline 名 裝配線。

as·sem·bly·man [ə'sɛmblɪmən], 《女性形》**-wom·an** [-ˌwʊmən] 名 (複-men)《偶作 A-》《美》州議員，州議會下院議員。

as'sembly ˌplant 名 裝配廠。

as'sembly ˌroom 名 1《偶作～s》會議室；舞會會場。2 裝配間。

·**as·sent** [ə'sɛnt] 動 不及 1 同意，贊成《*to*...》: an ～*ing* vote 贊成票 / ～*to* a proposal 同意一項提議。2 讓步，屈服《*to*...》。

—名 1 Ⓤ 贊成，同意；承認，應允《*to*...》。2 默認；屈從。

·**as·sert** [ə'sɝt] 動 及 1 宣稱，斷言，主張；聲稱…是…。2 堅持，維護；行使；顯示出具備 (某種特性) : ～ one's rights 維護自己的權益 / ～ his manhood 表現他的男子氣概。3《反身》堅持自己的權利；表示自己的觀點；極力表現自己的權威；顯出威力。4 假定。

·**as·ser·tion** [ə'sɝʃən] 名ⓊⒸ 斷言；聲稱；(對權利等的) 堅持，維護 : make an ～ 下斷言 / maintain one's ～ 堅持己見。

as·ser·tive [ə'sɝtɪv] 形 1 肯定的；武斷的；自信的；積極的；〖文法〗陳述的。～·ly 副, ～·ness 名

as·ser·tor, -sert·er [ə'sɝtɚ] 名 斷言者；主張者。

as·sess [ə'sɛs] 動及 1 評定 (財產) 的價值 (以決定課稅額)；核定 (稅額)《*at*...》: ～ a house *at* 100,000 dollars 估定房子的價值爲十萬元。2 (對人、土地等) 徵稅《*upon, on*...》: ～ a tax *on* a person's property 對某人的財產課稅。3 對…作評價，評估。

～·a·ble 形 可估價的。

as·sess·ment [ə'sɛsmənt] 名 1 Ⓤ 課稅；核定；估定財產價值；ⓊⒸ 評估，評價 : the ～ of taxes 課稅額的核定。2 估定額；課稅額；估價數額。

as·ses·sor [ə'sɛsɚ] 名 1 評估者；財產估價人，估稅員；〖保〗損害核定人。2〖法〗法庭顧問；司法特別助理。

as·set ['æsɛt] 名 1 資產；長處，優點 : an ～ in negotiation 談判的本錢。2 一項資產 [財產]。

:**as·sets** ['æsɛts] 名(複) 1 資產 : ～ and liabilities 資產與負債 / fixed ～ 固定資產 / cultural ～ 文化資產 / seize the ～ of... 扣押…的財產。2 可用來償債的財產。3〖會計〗資產項目。4〖法〗遺產。

as·sev·er·ate [ə'sɛvəˌret] 動及 鄭重聲明；斷言。

as·sev·er·a·tion [əˌsɛvə'reʃən] 名 ⓊⒸ 鄭重聲明，斷言。

ass·hole ['æsˌhol] 名《美粗》1 屁眼。2 笨蛋；混蛋。3 (地方或事物的) 最可憎的部分。—形《美俚》愚蠢的；可鄙的，可憎的。

as·si·du·i·ty [ˌæsə'djuətɪ] 名 (複 -ties) 1 Ⓤ 勤奮，勤勉 : with ～ 勤勉地。2《-ties》殷勤《*to*...》。

as·sid·u·ous [ə'sɪdʒuəs] 形 1 努力不懈的 : ～ study 勤奮不懈的研究。2 勤奮的；殷勤的 : an ～ student 用功的學生 / be ～ in one's work 專心工作。～·ly 副 勤奮地。～·ness 名

·**as·sign** [ə'saɪn] 動 及 1 派定，指定；分配；〖法〗把 (財產、權利) 轉讓給 : ～ the work to a person 把工作分派給某人 / ～ a contract to a person 把契約轉讓給某人。2 指派，委派。3 指定，規定《*for*...》: ～ a day *for* a test 擇定考試日期。4 認定，歸因於…《*to*...》: ～ the delay *to* engine trouble 把延誤歸因於引擎故障 / ～ the temple *to* the tenth century 認定那座寺廟起源於第十世紀。—不及〖法〗轉讓財產權。

—名《通常作～s》〖法〗受讓人。

as·sign·a·ble [ə'saɪnəbl̩] 形 1 可分配的；可指定的；可確定的；〖法〗可轉讓的。2 可歸因 (於…) 的《*to*...》。

as·sig·na·tion [ˌæsɪg'neʃən] 名 1 約會，幽會。2 Ⓤ 分派，任命；歸因。3 Ⓤ〖法〗轉讓。

as'signed 'risk 名 Ⓤ〖保〗分攤承保風險。

as·sign·ee [ˌæsə'ni, ˌæsaɪ-] 名〖法〗受讓人；受託者，代理人。

·**as·sign·ment** [ə'saɪnmənt] 名 1 Ⓤ 委派，任命；Ⓒ (所派定的) 任務，職務；(被任命的) 職位。2〖教〗《美》功課 : do an ～ 做指定的作業。3 指定；(原因等的) 舉示；歸因《*to*...》。4 Ⓤ〖法〗(權利、財產等的) 轉讓；轉讓書；產權移轉。

as·sign·or [əsaɪ'nɔr, ˌæsə-] 名 1 分配者；委派者。2〖法〗(財產、權利等的) 轉讓人。

as·sim·i·late [ə'sɪml̩ˌet] 動及 1 使同化；使適應 (於…)《*to, with*...》: ～ immi-

A

grants 把移民同化 / ～ oneself *to* the changing world 改變自己以適應變動的世界。2《喻》消化吸收；合併：～ the teachings of his master 吸收他的老師的教誨。3 把…比作《*to, with...*》: ～ life *to* a dream 將人生比作一場夢。4〖語音〗使同化《*to, with ...*》。5〖生理〗同化；消化吸收。
—不及 被同化；被消化吸收；適應；同化；相似《*into, to, with...*》。
—[əˈsɪmlɪt, -ˌet] 名被同化物。
-la·tor 名同化者[物]，吸收者[物]。
-la·ble [-ləbl] 形可同化的。

as·sim·i·la·tion [əˌsɪmlˈeʃən] 名U同化；消化；吸收；融合。

as·sim·i·la·tive [əˈsɪmlˌetɪv] 形 同化的；同化作用的；有同化力的。

as·sim·i·la·to·ry [əˈsɪmələˌtorɪ, -ˌtorɪ] 形 = assimilative.

·**as·sist** [əˈsɪst] 動及 1 幫助《*in, with..., in doing*》: ～ their search for the missing child 幫忙他們尋找失蹤的孩子 / ～ a person *in* mov*ing* the rock 幫某人搬動岩石 / ～ a child *with* his arithmetic 幫小孩做算術 / ～ a sick person to a chair 幫助病人坐到椅子上。2 對…有所裨益《*in, with..., in doing*》。3 當助手。
—不及 1 援助，幫忙，有助（於…）《*in ...*》。2 出席《*at, in...*》。3〖運動〗《美》助殺；助攻。—名 1〖運動〗《美》(1)〖棒球〗助殺。(2)〖曲棍球·籃球〗助攻。2《美口》有所幫助的行為《*to...*》；（來自…的）助力《*from...*》。3〖機〗輔助裝置。

·**as·sis·tance** [əˈsɪstəns] 名U 援助，幫助，支援；補助：come to a person's ～ 援助某人 / give ～ to a person 給予某人援助，援助某人。

·**as·sis·tant** [əˈsɪstənt] 名 1 幫忙的人；輔佐者，助理；助教《*to...*》: an ～ *to* the president 董事長助理。2 有助益之物：an ～ to memory 幫助記憶之物。3《英》店員（《美》clerk）。—形 有助益的《*to...*》；輔佐的，助理的。

as'sistant pro'fessor 名《美》助理教授。

as·sist·ant·ship [əˈsɪstəntˌʃɪp] 名 助教職位，助教獎學金。

as'sisted 'living 名U 生活輔助設施。

as'sisted 'suicide 名安樂死。

as·size [əˈsaɪz] 名 1《通常作～s》《英》巡迴審判；巡迴審判開庭期。2 法令，條例。3 審訊。

assoc.《縮寫》*asso*ciation（亦作 **assn.**）。

as·so·ci·a·ble [əˈsoʃɪəbl] 形 1 可聯合的；可聯想的；可結交的。2 屬多國經貿聯盟的。

·**as·so·ci·ate** [əˈsoʃɪˌet] 動(**-at·ed, -at·ing**) 及 1 把…聯想在一起：～ peace with prosperity 把和平與繁榮連在一起。2《通常用被動或反身》使有關聯；使成為夥伴；使加入：～ *oneself* with the cause of peace 參與和平運動。3 使結合。—不及 1 合作，共事《*with...*》。2 交往《*with...*》。3 結合《*with...*》。
—[əˈsoʃɪɪt, -ˌet] 名 1 合作者；同事。2 共犯，同謀。3 伴隨物，聯想字[詞]。4（學會等的）準會員。5《常作 **A-**》準學士。6〖數〗相伴，連帶。
—[əˈsoʃɪɪt, -ˌet] 形 1 合作的。2 準的，副的。3 被聯想的；同類的；伴隨的。

As'sociated 'Press 名《the ～》美聯社（國際通訊社）。略作：AP

as'sociate pro'fessor 名副教授。

:**as·so·ci·a·tion** [əˌsosɪˈeʃən, -ʃɪ-] 名 1 團體，社團，會社；《常作 **A-**》協會：a Parent-Teacher *A-* 家長會 / the student body ～ 學生自治會。2 U 交際；交誼；關係；聯合《*with...*》。3 U 聯想；C 聯想到的事物：the ～ of ideas 觀念的聯合 / my ～*s* with the poem 我對這首詩的種種聯想。4〖生態〗群叢；U〖化〗締合；〖數〗結合。

associ'ation ˌcopy [ˌbook] 名《美》因與名人有關而受珍視的書籍。

associ'ation 'football 名《英》足球（= soccer.）。

as·so·ci·a·tive [əˈsoʃɪˌetɪv] 形聯合的；聯想（性）的，引起聯想的；〖數·理則〗結合的：an ～ responsibility 連帶責任。

as·so·ci·a·tor [əˈsoʃɪˌetɚ] 名夥伴，社員，會員。

as·so·nance [ˈæsənəns] 名U 1（字或音節）類音，協音。2〖詩〗半諧音，母音（押）韻。

as·so·nant [ˈæsənənt] 形 1 類音的，協音的。2〖詩〗半諧音的。
—名 類音字；半諧音字。

as·sort [əˈsɔrt] 動及《古》1 把…分類。2《通常用被動》把…混合一起賣。3 歸為同一類《*with...*》。—不及 1 相稱，協調《*with...*》。2 結交《*with...*》。

as·sort·ed [əˈsɔrtɪd] 形 1 分類的；經挑選的各種東西混合組成的；混合的：～ candies 什錦糖果。2 配在一起的；相配的：a well-*assorted* pair 相配的一對。

as·sort·ment [əˈsɔrtmənt] 名 1 U 分類。2 經過挑選的東西；各式各樣的東西。

asst.《縮寫》*assistant*.

as·suage [əˈswedʒ] 動及 1 減輕，緩和，平息；安撫。2 滿足（慾望），充（飢），解（渴）。

as·sua·sive [əˈswesɪv] 形緩和的，減輕的，有鎮靜作用的。
—名 使緩和的方法；鎮靜劑。

as·sum·a·ble [əˈsjuməbl] 形 可假設的；可採取的；可承擔的；可假裝的。
-bly 副 或許，大概。

·**as·sume** [əˈsjum] 動 (**-sumed, -sum·ing**) 及 1 假定…為真；認為；揣測；假設：*assuming* (that) there is not going to be a nuclear war 假設核子戰爭不會發生。2 擔

任；承擔：～ leadership 負起領導權 / ～ full responsibility for the loss 負損失之全責。**3** 採取；呈現；穿戴：～ one's accustomed attitude 採取一貫的態度。**4** 假裝：～ ignorance 假裝不知情。**5** 霸占，侵占；據爲己有《*to*...》: ～ a privilege *to* oneself 擅用特權 / ～ a person's name 冒用某人之名。

as·sumed [ə'sjumd] 形表面的，假裝的；被視爲當然的；被占有的：an ～ air of importance 自以爲了不起的樣子 / under an ～ name 使用假名。

as·sum·ed·ly [ə'sjumɪdlɪ] 副 大概，恐怕。

as·sum·ing [ə'sjumɪŋ] 形傲慢的，狂妄的，自大的。

·**as·sump·tion** [ə'sʌmpʃən] 名 U C **1** 假定，設想；假設《*that* 子句》；〖理則〗小前提：an absurd ～ 愚蠢的假設 / on the ～ *that*... 基於…的假定。**2** 承擔，擔任；據爲己有《*of*...》: the ～ *of* office 就任職位。**3** 傲慢，僭越。**4** 假裝《*of*...》: put on an ～ *of* ignorance 假裝不知道。**5**《**the A-**》〖教會〗聖母升天；聖母升天日（8月15日）。

as·sump·tive [ə'sʌmptɪv] 形 **1** 假定的，假設的：an ～ remark 根據假定而做出的評論。**2** 傲慢的，蠻橫的，僭越的。**3** 假裝的。

·**as·sur·ance** [ə'ʃurəns] 名 **1** 斷言；保證《*that* 子句》: obtain definite ～*s* of approval for the proposal 獲得確切的保證會支持那個議案 / give one's ～ *that*... 就…給予保證。**2** U 確實性；信念；確信《*that* 子句》: proceed in the ～ of victory 懷著必勝的信心去進行 / to make ～ double sure 謹慎再謹慎。**3** U 自信，大膽；厚顏無恥：with ～ 懷著信心。**4** U《英》保險（《美》insurance）: life ～ 人壽保險。

:**as·sure** [ə'ʃur] 動 (**-sured, -sur·ing**) 及 **1** 保證《*of*...》；使安心；擔保…；《反身》使確信。**2** 使…成爲確定之事；保障，鞏固；確保（人）能夠實現…。**3**《英》給…保險。

as·sured [ə'ʃurd] 形 **1** 獲得保證的，穩定的：an ～ income 固定的收入。**2** 有自信的；大膽的；狂妄的。**3**《主英》保險的，保了壽險的。—名《**the** ～》《主英》受益人；被保險人。

as·sur·ed·ly [ə'ʃurɪdlɪ] 副 **1**《文》《修飾詞》確實地。**2** 自信地；大膽地。

as·sured·ness [ə'ʃurdnɪs] 名 U 確實；確信；自信；膽大包天。

as·sur·er, -or [ə'ʃurɚ] 名 **1** 保證人。**2**《英》人壽保險業者，承保人。

as·sur·ing [ə'ʃurɪŋ] 形保證的，令人放心的。～**·ly** 副保證地。

As·syr·i·a [ə'sɪrɪə] 名亞述：位於亞洲西南部的古代帝國；首都爲 Nineveh。

-an 名 C U 亞述人[語]。

AST《縮寫》(1) *A*laska *S*tandard *T*ime; (2) *A*tlantic *S*tandard *T*ime.

as·ta·tine ['æstə,tin] 名 U〖化〗砈。符號：At

as·ter ['æstɚ] 名〖植〗紫菀。

-aster《字尾》表輕蔑的名詞字尾，意爲「似是而非」、「不足取」。

as·ter·isk ['æstə,rɪsk] 名 **1** 星號（*）。**2** 星狀物。—動及加注星號。

as·ter·ism ['æstə,rɪzəm] 名 **1** 三星標記。**2**〖天〗星群；〖結晶〗星狀光彩。

a·stern [ə'stɚn] 副〖海·空〗在後方；在船後方的位置：fall ～ 落於他船之後；被趕過去 / tow a boat ～ 把小船拖在大船後面。

as·ter·oid ['æstə,rɔɪd] 名 **1**〖天〗小行星。**2**〖動〗海盤車，海星。—形星狀的。

asth·ma ['æzmə] 名 U〖病〗氣喘（病）。

asth·mat·ic [æz'mætɪk] 形患氣喘的；氣喘（性）的。—名氣喘病患者。

as·tig·mat·ic [,æstɪg'mætɪk] 形 亂視的，散光的：～ vision 亂視。—名患亂視的人。

a·stig·ma·tism [ə'stɪgmə,tɪzəm] 名 U **1**〖眼〗亂視，散光。**2**〖光〗像散性；像散現象。

a·stir [ə'stɚ] 形《敘述用法》動起來的；活動著的；騷動的；激動的《*with*...》；起床：be early ～ 早起。

·**as·ton·ish** [ə'stɑnɪʃ] 動及《常用被動》**1** 使驚訝。**2**《以過去分詞作形容詞用》（對…）感到吃驚的《*at, by*..., *to* do, *that* 子句》: an ～*ed* look 吃驚的表情。

·**as·ton·ished** [ə'stɑnɪsht] 形 **1**（人）驚訝的，驚愕的。**2** 感到驚愕的。

·**as·ton·ish·ing** [ə'stɑnɪʃɪŋ] 形 驚人的；令人吃驚的《*to*...》: a man of ～ memory 有驚人的記憶力的男子。

as·ton·ish·ing·ly [ə'stɑnɪʃɪŋlɪ] 形 **1**《常作～ **enough**》令人驚訝地。**2** 驚人地。

:**as·ton·ish·ment** [ə'stɑnɪʃmənt] 名 **1** U 驚訝，驚愕《*at*...》: to my ～ 令我驚訝的是…。**2** 令人驚訝的事物。

as·tound [ə'staund] 動及《常用被動》**1** 使震驚。**2**《以過去分詞作形容詞用》（對…）感到震驚的《*at, by*...》: be ～*ed at* the news 對這個消息大爲震驚。

as·tound·ed [ə'staundɪd] 形 大爲震驚的，驚駭的。

as·tound·ing [ə'staundɪŋ] 形驚人的：～ progress 驚人的進步。～**·ly** 副

a·strad·dle [ə'strædl] 副形《敘述用法》兩腿分跨在…上。

as·tra·gal ['æstrəgl] 名 **1**〖建·家具〗半圓嵌線。**2**（摺門的）鑲條，鑲邊。**3**〖動〗= astragalus.

a·strag·a·lus [æ'strægələs] 名 (複-**li** [-,laɪ])〖動〗距骨。

as·tra·khan ['æstrəkən] 名 U 俄國羔羊

A

皮；充羔皮。

as·tral ['æstrəl] 形 1 星的；星所發出的；星所構成的。2 星狀的；星狀體的。3 靈魂的。

a·stray [ə'stre] 副形《敘述用法》偏離正軌地[的]，迷途地[的]；步入歧途地[的]：lead a person ~ 把某人引入歧途；使某人墮落。

a·stride [ə'straɪd] 介 1 跨坐，跨騎；《喻》卓越超群：sit ~ a horse 跨坐在馬上。2 橫跨兩方。—副 形《敘述用法》跨坐地[的]；兩腿分開地[的]。

as·trin·gen·cy [ə'strɪndʒənsɪ] 名 U 收斂性；嚴厲。

as·trin·gent [ə'strɪndʒənt] 形 1〖醫〗收斂性的：~ lotions 收斂性化妝水。2 嚴厲的：~ criticism 嚴厲的批評。3 味澀的：an ~ taste 澀的味道。—名 U C 1〖醫〗收斂劑。2 收斂化妝水。~·**ly** 副

as·tro ['æstro] 名《口》太空人。—形 太空飛行（員）的。

astro-《字首》1 表「星」之意。2 表「太空的」、「太空旅行的」之意。

as·tro·bi·ol·o·gy [,æstrobaɪ'ɑlədʒɪ] 名 U 宇宙生物學。-**o·'log·i·cal** 形 宇宙生物學的。

as·tro·bleme ['æstrə,blim] 名 C U 隕石坑。

as·tro·dome ['æstrə,dom] 名 1〖空〗天文觀察；天文觀測室。2《A-》圓頂的室內球場，巨蛋球場。

astro·gate ['æstrə,get] 動 不及 太空飛行。-**ga·tor** 名 太空旅行者。

as·tro·ga·tion [,æstrə'geʃən] 名 U 太空飛行。

astrol.《縮寫》*astrol*oger; *astrol*ogical; *astrol*ogy.

as·tro·labe ['æstrə,leb] 名 天文觀測儀。

as·trol·o·ger [ə'strɑlədʒɚ] 名 占星家。

as·tro·log·i·cal [,æstrə'lɑdʒɪkl] 形 占星學的，占星術的。~·**ly** 副

as·trol·o·gy [ə'strɑlədʒɪ] 名 U 占星學，占星術。

as·tro·me·te·or·ol·ogy [,æstro,mitɪə'rɑl-ədʒɪ] 名 U 天體氣象學。

astron.《縮寫》*astron*omer; *astron*omical; *astron*omy.

·**as·tro·naut** ['æstrə,nɔt] 名 太空人。

as·tro·nau·tic [,æstrə'nɔtɪk] 形 太空飛行（員）的。—名《~s》《作單數》太空飛行學。

·**as·tron·o·mer** [ə'strɑnəmɚ] 名 天文學家。

as·tro·nom·i·cal [,æstrə'nɑmɪkl] 形 1 天文學的：an ~ observatory 天文臺。2 非常龐大的，天文的：~ figures 天文數字。~·**ly** 副

·**as·tron·o·my** [ə'strɑnəmɪ] 名 1 U 天文學。2《-mies》天文學教科書[論文]。

as·tro·phys·i·cist [,æstro'fɪzəsɪst] 名 天體物理學家。

as·tro·phys·ics [,æstro'fɪzɪks] 名(複)《作單數》天體物理學。

as·tute [ə'stut, -tju-] 形《文》有洞察力的；機敏的，狡黠的：an ~ scholar 洞察力敏銳的學者 / an ~ merchandising program 周全的銷售計畫。~·**ly** 副, ~·**ness** 名 U 機敏；巧妙。

A·sun·ción [,ɑsun'sjon, -θjon] 名 亞松森：巴拉圭共和國的首都。

·**a·sun·der** [ə'sʌndɚ] 副 形《敘述用法》《文》1 零亂地[的]。2 分離地[的]。

As·wan [æs'wɑn] 名 亞斯文：埃及東南部尼羅河畔之城市，附近有亞斯文水壩。

·**a·sy·lum** [ə'saɪləm] 名 1（殘障者、老人等的）保護設施：an ~ for the aged 養老院 / a lunatic ~ 精神病院。2 避難所；隱藏處；〖國際法〗（給予政治犯的）臨時避難所。3 U 避難，庇護：seek political ~ 要求政治庇護。

a·sym·met·ric [,esɪ'mɛtrɪk], **-ri·cal** [-rɪkl] 形 1 不對稱的，不均勻的：an ~ design 不均勻的圖案。2〖化〗不對稱的。

a·sym·me·try [e'sɪmɪtrɪ] 名 U 不均勻，不對稱。

a·symp·to·mat·ic [,esɪmptə'mætɪk] 形（人對疾病）無身體症狀的。

as·ymp·tote ['æsɪm,tot] 名〖數〗漸近線。

a·syn·chro·nous [æ'sɪŋkrənəs] 形 1 非同步的。2〖電〗（機器）異步的；（旋轉速度）異步的。~·**ly** 副, -,**nism** 名 U 非同時性。

:**at** [ət,《強》æt] 介 1《地點、位置的一點》在…，位於…：~ the foot of the hill 在山腳 / ~ the end of the line 在隊伍的最後面 / wait ~ the exit 在出口等候。2《出入、取得地點、路徑》從…地方，通過…：come in ~ the front door 從前門進入 / receive punishment ~ the hands of... 從…受到懲罰。3《時間、年齡、順序》在…之時，從…：~ first 最初 / ~ noon 在正午 / ~ Christmas 在聖誕節 / ~ the age of ten 在十歲時 / one thing ~ a time 一次一個。4《所屬》…的：a teacher ~ a high school 高中教師。5《能力、性質等》在…處，在…點：be slow ~ learning 記性差 / feel sick ~ the stomach 胃作嘔。6《程度、比例、方法、情形》以…，…的做法：~ (a speed of) 60 miles an hour 以時速 60 哩 / ~ a discount 以折扣 / ~ a run 跑步 / ~ best 頂多 / estimate the population ~ 30,000 估計人口在三萬人之譜。7《表目的、目標》向，對：throw a stone ~ the dog 向狗扔石頭 / laugh ~ a person 嘲笑某人。8《表活動、所從事之事》從事於：~ church 正在教堂做禮拜 / ~ (the) table 在吃飯中。9《表狀態、狀況》處於…的狀態：~ odds with... 與…不和 / ~ sea 航海中。10《表原因、理由、來源》見…而…；應…而…：~ the

sight of... 看到…而…。
at about 《口》大約；幾乎。
at that 《口》⇨ THAT 代（片語）
be at it 正著手進行某事。
AT 《縮寫》*A*tlantic *T*ime。
at. 《縮寫》*at*mosphere; *at*omic.
At·a·brine ['ætəbrɪn] 名U《常用 a-》〖藥·商標名〗阿滌平：用於預防或治療瘧疾。
At·a·lan·ta [,ætl'æntə] 名〖希神〗阿特蘭妲：一生性勇猛、行動敏捷的女獵人。
AT & T 《縮寫》*A*merican *T*elephone and *T*elegraph Company 美國電話電報公司。
at·a·vism ['ætə,vɪzəm] 名UC〖生〗隔代遺傳；遠祖遺傳；返祖性。**-vist** [-vɪst] 名呈現隔代遺傳的動物[植物]。
at·a·vis·tic [,ætə'vɪstɪk] 形隔代遺傳的，返祖性的。
a·tax·i·a [ə'tæksɪə] 名U〖病〗運動機能失調（症）；共濟機能失調。
a·tax·ic [ə'tæksɪk] 形運動失調的。
ATC 《縮寫》*A*ir *T*raffic *C*ontrol; *a*utomatic *t*rain *c*ontrol.
a·tchoo [ə'tʃu] 感哈啾！
:ate [et] 動**eat** 的過去式。
A·te ['eti] 名〖希神〗使神或人的心瘋狂而犯罪的女神。
-ate[1] 《字尾》**1** (1) 與名詞構成「具有…的」、「充滿…的」之意的形容詞。(2) 與動詞構成被動意義的形容詞。**2** 構成「使…」之意的動詞。
-ate[2] 《字尾》構成表示「階級」、「職務」、「集團」等意的名詞。
at·el·ier ['ætl,je] 名(複~s [-z])（畫家等的）工作場所，畫室，攝影室。
a·tem·po [ɑ'tɛmpo] 形副〖樂〗恢復原來速度的[地]，還原速度的[地]。
Ath·a·na·sian [,æθə'neʒən] 形阿瑟內修斯的：~ Creed 阿瑟內修斯信條。
a·the·ism ['eθɪ,ɪzəm] 名U無神論；無信仰。
a·the·ist ['eθɪɪst] 名無神論者；不信神者。
a·the·is·tic [,eθɪ'ɪstɪk], **-ti·cal** [-tɪkl] 形無神論（者）的；不信神的。
-ti·cal·ly 副以無神論的立場；不謙虛地。
A·the·na [ə'θinə] 名〖希神〗雅典娜：希臘司智慧、豐饒、工藝、戰術的女神（亦稱 **Pallas**）。
ath·e·n(a)e·um [,æθə'niəm] 名 **1** 學術振興機關。**2** 圖書館，圖書室，文庫。**3** 《A-》雅典娜神殿。
A·the·ni·an [ə'θinɪən] 形雅典的，雅典人的。—名雅典人。
Ath·ens ['æθɪnz, -ənz] 名雅典：希臘的首都。
ath·ero·gen·ic [,æθəro'dʒɛnɪk] 形〖醫〗像引起動脈硬化般的。
ath·er·o·scle·ro·sis [,æθə,rosklə'rosɪs, æð-] 名U〖病〗動脈粥瘤硬化症。
a·thirst [ə'θɝst] 形《敘述用法》**1** 渴望…的《*for*...》。**2**《古》〖詩〗口渴的。
·ath·lete ['æθlit] 名 **1** 運動員：~'s shirt 無袖低領運動衫。**2**《英》田徑賽的選手。**3** 強健的人。
'athlete's 'foot 名U〖病〗香港腳。
'athlete's 'heart 名〖病〗心臟擴大症（亦稱 **athletic heart**）。
ath·let·ic [æθ'lɛtɪk] 形 **1** 運動員的；運動家的；運動員般的：an ~ body 運動家般的體格。**2** 體格強健的。**3** 體育的；運動競賽用的：an ~ meet 運動會。**4**〖心·人類〗鬥士型的。**-i·cal·ly** 副
ath·let·i·cism [æθ'lɛtə,sɪzəm] 名U運動競賽至上主義；對運動的狂熱。
·ath·let·ics [æθ'lɛtɪks] 名(複) **1**《通常作複數》《美》運動競賽；《通常作單數》《英》田徑賽：a type of ~ 一種競賽項目。**2** 《通常作單數》體育原理；體育。
ath'letic sup'porter 名護襠。
at-home [ət'hom] 名 **1** 家庭招待會。**2**（工廠、學校等的）民眾招待日。
a·thwart [ə'θwɔrt] 副 **1** 橫越地。**2** 不如意地，不順地。—介 **1** 橫過；〖海〗橫越…的航路。**2** 相反，逆。
a·thwart·ships [ə'θwɔrt,ʃɪps] 形副〖海〗橫越船身的[地]。
a·tilt [ə'tɪlt] 形《敘述用法》，副 **1** 傾斜地。**2** 擺著衝刺姿勢：run ~ at... 向…持著矛槍刺過去；向…衝刺。
-ation 《字尾》構成名詞，表示「動作」、「結果」、「狀態」。
a·tip·toe [ə'tɪp,to] 副形《敘述用法》**1** 踮著腳（而行）。**2** 企盼：wait ~ for test results 迫切地等待考試成績揭曉。**3** 躡手躡腳：walk ~ 躡手躡腳地走路。
a·ti·shoo [ə'tɪʃu] 感《英》哈啾！—名打噴嚏聲。
-ative 《字尾》構成形容詞，表示「傾向」、「性質」、「作用」、「關係」。
At·kins ['ætkɪnz] 名(複 ~) = Tommy Atkins.
At·lan·ta [æt'læntə] 名亞特蘭大：美國 Georgia 州北部一都市，為該州首府。
At·lan·te·an [,ætlæn'tiən] 形 **1** 巨人的；力大無比的。**2** 亞特蘭提斯島的。
:At·lan·tic [ət'læntɪk] 形 **1** 大西洋的。**2** 大西洋沿岸的：the ~ states 大西洋沿岸各州。**3** 環大西洋的。—名《the ~》⇨ ATLANTIC OCEAN
At'lantic 'Charter 名《the ~》大西洋憲章。
At'lantic 'City 名大西洋城：美國 New Jersey 州東南部的一濱海城市。
At'lantic 'Ocean 名《the ~》大西洋。
At'lantic ('Standard) 'Time 名《美》大西洋標準時間：比格林威治時間晚 4 小時。略作：A(S)T.
At·lan·tis [ət'læntɪs] 名亞特蘭提斯：大

A

西洋中之一神祕島嶼，據說後來沉沒於直布羅陀（Gibraltar）西方的大西洋海底。

·**at·las** ['ætləs] 图(複～·es) 1 地圖集。2 圖冊，圖解書：an anatomical ～ 解剖學圖集。3〖解〗寰椎，第一頸椎。4《A-》(1)〖希神〗亞特拉斯：因反抗眾神，被罰終生背負著天的巨人。(2) 擎天神；肩負重擔的人；臺柱。5 (複 **at·lan·tes** [æt'læntiz])〖建〗男像柱。

Atlas 'Mountains 图(複)《the ～》亞特拉斯山脈：位於非洲西北部。

ATM 《縮寫》*a*utomated [*a*utomatic]-*t*eller *m*achine 自動櫃員機。

atm. 《縮寫》*atm*osphere(s); *atm*ospheric.

at·mos·phere ['ætməs,fɪr] 图 1《the ～》（圍繞著地球的）大氣，大氣層：*the* ～ of Venus 圍繞著金星的大氣。2（特定場所的）空氣：the polluted ～ of the city 都市的污濁空氣。3〖化〗霧氣，霧。4 氣壓（略作：atm）。5 Ⓤ《亦作 **an** ～》氣氛，環境；特定場所的氣氛；風格：a shop with *a* Parisian ～ 巴黎情調的商品 / create *an* ～ of peace 製造和平的氣氛。

'atmosphere 'person 图臨時演員。

·**at·mos·pher·ic** [,ætməs'fɛrɪk] 形 1 大氣的；由大氣形成的；大氣所造成的；在大氣中發生的：～ disturbance〖氣象〗大氣擾動；〖無線〗天電擾。2 有氣氛的，有情調的：～ music 有情調的音樂。3 輕柔的；朦朧的。

at·mos·pher·i·cal·ly [,ætməs'fɛrɪklɪ] 副大氣所致地，氣壓所致地；氣壓上。

atmos'pheric 'pressure 图Ⓤ《亦作 **an** ～》〖氣象〗大氣壓（力）：high ～ 高氣壓。

at·mos·pher·ics [,ætməs'fɛrɪks] 图(複)《作單、複數》〖無線〗1 天電。2 導致天電干擾的自然現象（亦稱 **spherics**）。

at. no. 《縮寫》*at*omic *n*umber.

at·oll ['ætɑl] 图環狀珊瑚島，環礁。

·**at·om** ['ætəm] 图 1〖理〗原子。2《the ～》原子能，核能。3〖哲〗元子。4 微粒；微量；《強調否定》一點，絲毫（不…）：smash a thing to ～*s* 把某物砸得粉碎。

'atom 'bomb 图＝atomic bomb.

·**a·tom·ic** [ə'tɑmɪk] 形 1 原子（能）的，原子彈的：the ～ structure 原子構造。2 極小的，極微的；《口》《反語》莫大的，強而有力的：an ～ stimulus to business 對商業極大的刺激。**-i·cal·ly** 副

a'tomic 'bomb 图原子彈。

a'tomic 'clock 图〖理〗原子鐘。

a'tomic 'cocktail 图含放射物質之口服劑。

a'tomic 'energy 图Ⓤ原子能，核能。

A'tomic 'Energy Com,mission 图《the ～》（美國的）原子能委員會。略作：AEC

at·o·mic·i·ty [,ætə'mɪsətɪ] 图ⒸⓊ〖化〗原子數，原子價。

a'tomic 'number 图原子序數。略作：at. no.

a'tomic 'physics 图(複)《作單數》〖理〗原子物理學。

a'tomic 'pile 图〖理〗原子爐，原子反應爐。

a'tomic 'power 图Ⓤ原子動力。

a·tom·ics [ə'tɑmɪks] 图(複)《作單數》《口》原子學，原子物理學。

a'tomic 'theory 图 1 Ⓤ〖理·化〗原子理論。2〖哲〗＝atomism 1.

a'tomic 'weapon 图原子武器。

a'tomic 'weight 图〖化〗原子量。略作：at. wt.

at·om·ism ['ætə,mɪzəm] 图Ⓤ 1〖哲〗元子論。2〖心〗心理原子論。

at·om·is·tic [,ætə'mɪstɪk] 形 1 原子的；元子論（者）的，原子論（者）的。2 由許多截然不同而各自獨立的個體所構成的。

at·om·ize ['ætə,maɪz] 動及 1 使成為原子。2 使（液體）成霧狀；使化為粉末；使細分；（用原子炸彈）使粉碎。**-i·za·tion** [,ætəmə'zeʃən] 图Ⓤ原子化；噴為霧狀；化為粉末；（用原子彈）摧毀。

at·om·iz·er ['ætə,maɪzə] 图噴霧器。

'atom ,smasher 图〖理〗《口》粒子加速器＝accelerator.

at·o·my ['ætəmɪ] 图(複-mies)《古》1 微粒。2〖詩〗矮人，侏儒。

a·ton·al [e'tonl, æ-] 形〖樂〗無音調的。

a·to·nal·i·ty [,eto'nælətɪ] 图Ⓤ〖樂〗無音調（性）；（作曲上的）無音調主義。

a·tone [ə'ton] 動不及彌補，補償：～ for hurting a person's feelings 補償傷害人的感情。—及贖（罪等）。**-ton·er** 图

a·tone·ment [ə'tonmənt] 图 1 ⓊⒸ補償，賠償《*for*...》：make ～ *for* one's misdeeds 補償罪行。2 Ⓤ〖宗教〗贖罪；《**the A-**》基督的贖罪。

at·o·ny ['ætənɪ] 图 1 Ⓤ〖病〗（胃等）無張力，弛緩症。2〖聲〗非重讀。

a·top [ə'tɑp] 形《敘述用法》，副《主英》《文》在…的[地]頂上的[地]《*of*...》。—介《主美》在…頂上。

at·ra·bil·ious [,ætrə'bɪljəs] 形悲傷的；憂鬱症的；易怒的。

a·tri·um ['etrɪəm] 图(複 **-tri·a** [-trɪə]) 1〖建〗（古代羅馬建築的）中庭，正廳。2〖解〗心房。

a·tro·cious [ə'troʃəs] 形 1 兇暴的，殘忍的。2《口》無情的；卑鄙的。～**·ly** 副，～**·ness** 图

a·troc·i·ty [ə'trɑsətɪ] 图(複 **-ties**) 1 Ⓤ兇惡，殘忍性。2 殘暴酷行。3《口》殘忍的傢伙。

at·ro·phy ['ætrəfɪ] 图Ⓤ 1〖病〗萎縮。2（機能等）退化；衰退：the ～ of talent 才能的衰退。—動(-phied, ～·ing) 及不及（

使）衰退，（使）退化：an *atrophied* arm 萎縮的手臂。

at·ro·pine ['ætrə,pin, -pɪn] 名U〖藥〗阿托品；顛茄素。

At·ro·pos ['ætrə,pɑs] 名〖希神〗阿特羅波斯：命運三女神之一，扮演切斷生命線的角色。

att. 《縮寫》*att*ention; *att*orney.

at·ta·boy ['ætəbɔɪ] 感《美口·英俚》好小子！

:at·tach [ə'tætʃ] 動及 **1** 附加在…；連結；簽署（名字等）：~ a caboose to a freight train 連接貨物列車和守車 / a strong link that ~*es* the individual to the whole 個人與團體結合的強大聯繫。**2**《通常用被動或反身》使參加；使（暫時）委派《*to*...》：~ a person *to* expedition 使某人加入遠征隊。**3** 附加《*to*...》：~ a condition *to* a promise 在承諾上附加條件。**4** 認為《*to*...》：~ no significance *to* the news 認為這種新聞沒有太大的意義。**5**《通常用被動或反身》執著…，愛著《*to*...》：a person obstinately ~*ed to* old customs 頑固地執著於舊習的人。**6**〖法〗拘留，扣押。
—不及 附著於…；附屬《*to, on, upon* ...》。

at·ta·ché [,ætə'ʃe, ə'tæʃe] 名（複~**s** [-z]）大使館館員；隨員：a cultural ~文化參事 / a naval ~大使館海軍武官。

'attache ,case 名手提公事包。

at·tached [ə'tætʃt] 形 **1** 連結的，附屬的；以愛情結合的。**2** 隔壁的：an ~ garage 與住屋相連的車庫。**3**〖動〗附生的。

at·tach·ment [ə'tætʃmənt] 名 **1** U 附著；附屬。**2**《通常作 **an** ~》愛慕《*for, to*...》：form *a* deep ~ *for* a person 從心底仰慕某人。**3** 附件；附屬品《*for, to*...》：the ~*s* of a suit of armor 鎧甲的帶釦 / ~*s for* a sewing machine 縫紉機的附屬品。**4** U〖法〗拘留，扣押；逮捕狀。

:at·tack [ə'tæk] 動及 **1** 襲擊，攻擊，進攻。**2** 譴責，辱罵；使喪失（名聲等）：~ (the views of) the Government 譴責政府（的觀點）。**3** 從事，著手：~ a lunch 大口吃午餐 / ~ a problem in electronics 努力解決電子學的問題。**4**（疾病等）侵襲：be ~*ed* by a fit of rheumatism 被風溼症的發作侵襲。**5** 襲擊，強姦。—不及 襲擊，開始攻擊。
—名 **1** U C 攻擊，襲擊；譴責，辱罵《*on, upon, against*...》。**2**《常作 **an** ~》發病，發作《*of*...》。**3** U C 從事，著手；〖樂〗起音，起奏。**4** U C 強姦（未遂）。~**·er** 名攻擊者。

·at·tain [ə'ten] 動及 **1** 達到；獲得：~ high office 就任高位 / ~ some success 獲得某種程度的成功。**2** 到達：~ the top of the mountain 到達山頂。—不及 到達，達到《*to*...》：~ *to* power 掌握權力 / ~ *to* the age of discretion 到了深思熟慮的年齡。

at·tain·a·ble [ə'tenəbl̩] 形可達成的，可得到的。

at·tain·der [ə'tendɚ] 名U〖史·法〗剝奪公民權；《廢》污辱，不名譽。

at·tain·ment [ə'tenmənt] 名 **1** U 獲得，到達：for the ~ of one's ambition 為了達成野心 / easy of ~ 容易達成的。**2**《通常作 ~**s**》偉業，功績；技能，學識：a man of varied ~*s* 在各種領域造詣很深的人。

at·taint [ə'tent] 動及 **1**〖史·法〗剝奪公民權。**2**《古》污蔑。**3** 感染。—名U **1** 剝奪公民權。**2**《古》污辱，不名譽。

at·tar ['ætɚ] 名U **1** 花精油，花香精。**2** = rose oil.

:at·tempt [ə'tɛmpt] 動及 **1** 嘗試，企圖：~ (to climb) the Jade Mountain 企圖攀登玉山峰頂 / ~ to walk ten miles 嘗試步行十哩 / await one's trial for ~*ed* murder 以殺人未遂被起訴等待審判。**2**《古》攻擊，襲擊。
—名 **1** 嘗試，企圖《*to* do, *at*..., *at* do*ing*》：after many ~*s to* construct a flying machine 在數度嘗試建造一具飛行器之後 / make a bold ~ 大膽地嘗試一下。**2**《古》攻擊，襲擊《*on, upon*...》。**3** 沒做成功的事；〖法〗未遂罪《*at*..., *to* do》。

at·tempt·ed [ə'tɛmptɪd] 形未遂的，沒有成功的。

:at·tend [ə'tɛnd] 動及 **1** 出席，參加：~ classes 上課。**2**《文》伴隨：a fever ~*ed* with chills 有發冷現象的一種熱病 / the festivities that ~ this season 隨著這個季節而來的慶典。**3** 照顧，看護：~ the customers 招呼顧客。**4** 服侍，照料。**5** 注意：~ one's health 注意自己的健康。—不及 **1** 照顧，看護《*to, on, upon*...》。**2** 隨侍；服侍《*on, upon*...》。**3** 致力《*to*...》；留意；傾聽，注視《*to*...》。**4** 出席《*at*...》。**5**《文》伴隨《*on, upon*...》。

·at·tend·ance [ə'tɛndəns] 名 **1** U C 出席，參加《*at*...》；出席次數：check ~ 點名。**2**《集合名詞》《與修飾語連用》出席者；出席人數。**3** U 隨從；照料；看護《*on, upon*...》；服務（費）：die without medical ~ 未經醫療便去世。
dance attendance on [***upon***]... 奉承某人；專心照顧某人；小心侍候某人。

·at·tend·ant [ə'tɛndənt] 名 **1** 隨從《*on, for*...》；管理員《*to*...》；僕人；隨行人員：a medical ~ *to* the king 御醫。**2**《主英》（戲院等的）領座員。**3** 店員；服務員：a gas station ~ 加油站的服務員。**4** 出席者，列席者：regular ~*s* 常客。**5** 伴隨發生的事[物]。—形 **1** 出席的，與會的；隨行的《*on*...》。**2** 伴隨的《*on*...》。
~**·ly** 副

at·tend·ing [ə'tɛndɪŋ] 形主治醫師的；在大學附屬醫院服務的。

:at·ten·tion [ə'tɛnʃən] 名 **1** U 注意，注目；〖心〗注意：pay ~ to... 注意… / draw a person's ~ to... 喚起某人對…的注意。

A

2Ⓤ《通常與修飾語連用》關照，操心《to...》: ~ to other's feelings 關心他人 / give a person prompt medical ~ 立刻替人診治。3Ⓤ厚待，好意：《~s》厚待的行爲，（交際時）對女性的殷勤：pay one's ~s to a lady 向某女士獻殷勤。4Ⓤ〖軍〗立正：come to ~ 採取立正姿勢 / stand at ~ 立正站好。

—[ə,tɛn'ʃʌn]感《口令》立正！

at·ten·tion-get·ting [ə'tɛnʃən,gɛtɪŋ] 形引起注意的：an ~ advertisement 吸引人的廣告。**-ter** 名引人注目的事物。

at'tention ,span 名注意力持續的時間。

·**at·ten·tive** [ə'tɛntɪv] 形 **1** 專心的，注意的；小心的《*to...*》: as ~ and obedient as a learning child 像個學習中的小孩那樣細心、聽話 / be ~ *to* clothes 講究服裝。**2** 體貼的，關懷的，有禮貌的《*to...*》: be ~ *to* the ladies 對女士很親切。~**·ness** 名Ⓤ專心，注意。

at·ten·tive·ly [ə'tɛntɪvlɪ] 副 **1** 專心地，留意地。**2** 關懷地。

at·ten·u·ate [ə'tɛnju,et] 動及《文》**1** 使變細[變薄]；使變得苗條：an ~*d* and religious face 虔誠而削瘦的面孔。**2** 減弱：an ~*d* interest 興趣減少 / an ~*d* drug 效果減弱的藥。—不及變細，變薄；變稀薄；減弱，減少。

—[ə'tɛnjuɪt]形變細[薄]的；〖植〗末端變細的。

at·ten·u·a·tion [ə,tɛnju'eʃən] 名ⓊⒸ **1** 變少，變細。**2** 稀釋，變薄。**3** 減弱；〖物理〗衰減。

·**at·test** [ə'tɛst] 動及 **1** 證明；認證；證實；確言：an officially ~*ed* copy of the record 該紀錄經公證的副本 / ~*ed* milk《英》合格的牛乳（《美》certified milk）。**2** 作證；見證。**3** 使宣誓。—不及 **1** 證明。**2** 宣誓。

at·tes·ta·tion [,ætɛs'teʃən] 名ⓊⒸ **1** 證明。**2** 證言；證據；證明書。**3** 認證。**4**《英》宣誓。**-ta·tive** [-'tɛstətɪv] 形

·**at·tic** ['ætɪk] 名 **1** 頂樓；閣樓；閣樓小室。**2** 古典建築正面飛簷上的矮樓層。

At·tic [ætɪk] 形 **1** 艾提克的；雅典的；雅典人的；艾提克風格的。**2**《常作 a-》樸素優雅的，高雅的。**3**〖美〗亞提加式樣[雕刻]的。—名 **1** 艾提克人，雅典人。**2** Ⓤ艾提克方言。

At·ti·ca ['ætɪkə] 名 艾提克：希臘東南部一地區，古國名。

'Attic 'faith 名Ⓤ絕對的忠實，堅守信義。

'Attic 'salt 名Ⓤ 文雅而機智的雋語。

At·ti·la ['ætlə, ə'tɪlə] 名阿提拉（406?–453）：匈奴大單于，曾入侵歐洲。

at·tire [ə'taɪr] 動(**-tired, -tir·ing**)及《通常用被動或反身》打扮，盛裝《*in...*》。—名Ⓤ（豪華的）服裝，裝飾。

·**at·ti·tude** ['ætə,tjud] 名 **1** 態度，看法《*to, toward...*》；傾向《*that* 子句》: an ~ of arrogance 傲慢的態度 / take a friendly ~ *to ...* 對…採取友好的態度。**2** 姿態；〖空〗飛行姿勢：in a relaxed ~ 以一種輕鬆的姿態。**3**《美俚》發怒的態度。

strike an attitude《文》裝模作樣。

at·ti·tu·di·nal [,ætə'tjudənl] 形 態度（上）的，有關態度的。

at·ti·tu·di·nar·i·an [,ætə,tjudə'nɛrɪən] 名裝模作樣的人，矯飾者。

at·ti·tu·di·nize [,ætə'tjudə,naɪz] 動不及裝腔作勢，擺架子。

attn.《縮寫》*attention.*

·**at·tor·ney** [ə'tɝnɪ] 名(複~**s** [-z]) **1**《美》律師。**2**（業務、法律事務上的）代理人：a letter of ~ 委任狀 / power of ~ 委託權。

at·tor·ney-at-law [ə'tɝnɪət'lɔ] 名 (複 **-neys-at-law**)〖法〗《美》律師。

at'torney 'general 名 (複 **attorneys general, ~s**) **1** 最高檢察長。**2**《**A- G-**》⑴《英》法務部長。⑵《美》司法部長；首席檢察官；檢察總長。

:**at·tract** [ə'trækt] 動及 **1** 吸引。**2** 引誘，引起；誘惑；博得（讚賞、同感）；招致：~ censure 招致非難 / ~ attention 引起注意。

at·tract·ant [ə'træktənt] 名（對昆蟲、動物等的）引誘物[劑]。

·**at·trac·tion** [ə'trækʃən] 名 **1** Ⓤ吸引；〖理〗引力《*for...*》；受吸引《*to...*》: the ~ of a magnet *for* iron 磁鐵對鐵的吸引力。**2** Ⓤ吸引力，魅力《*for...*》。**3** 吸引人的東西；精彩的節目。**4** Ⓤ〖文法〗牽引。

·**at·trac·tive** [ə'træktɪv] 形誘人的；嫵媚的《*to...*》；有魅力的；引人注目的：an ~ girl 吸引人的少女 / the way of making oneself ~ *to* others 使自己迷人的方法。~**·ly** 副動人地；嫵媚地。~**·ness** 名

attrib.《縮寫》*attribute; attributive(ly).*

at·trib·ut·a·ble [ə'trɪbjutəbl] 形可歸因於…的《*to...*》: a disease ~ *to* alcoholism 因酒精中毒而引起的疾病。

·**at·trib·ute** [ə'trɪbjut] 動(**-ut·ed, -ut·ing**)及 **1** 把原因歸於：~ the warmth to the Gulf Stream 認爲溫暖是受惠於墨西哥灣流。**2** 認爲…屬於：~ courage to the lion 認爲獅子具備了勇氣。**3** 認爲是…的作品: ~ an unsigned painting to Raphael 認爲這幅沒有署名的畫是拉斐爾的作品。

—['ætrə,bjut]名 **1** 特性，本性；〖理則〗屬性。**2**〖文法〗屬性形容詞；限定詞。**3** 象徵。

at·tri·bu·tion [,ætrə'bjuʃən] 名 **1** Ⓤ歸因《*to...*》: the ~ of the situation *to* a variety of historical reasons 把這狀況歸因於各種歷史上的理由。**2** 屬性，特質。

at·trib·u·tive [ə'trɪbjətɪv] 形 **1** 歸屬於…的。**2**〖文法〗限定的。—名〖文法〗限定

詞。～·ly 副

at·tri·tion [əˈtrɪʃən, æ-] 名 U 1 摩擦。2 磨損；（以不斷的攻擊）減少抵抗力：a war of ～ 消耗戰。3 減少，縮小。～·al 形

at·tune [əˈtjun, -tu-] 動 及 1《常用被動或反身》使適合於：～ *oneself* to living in a big city 適應大都市的生活。2《古》（樂器等的）調音。—不及 適合於《 *to...* 》。

atty.《縮寫》*attorney*.

Atty. Gen.《縮寫》*Attorney General*.

ATV《縮寫》*all-terrain vehicle*.

a·twit·ter [əˈtwɪtɚ] 形 興奮的，慌張的。

at. wt.《縮寫》*atomic weight*.

a·typ·i·cal [əˈtɪpɪkl] 形 非典型的，畸性的《 *of...* 》: behavior ～ *of* an adult 大人的不正常行爲。～·ly 副

Au《化學符號》《拉丁語》aurum (gold).

AU《縮寫》*angstrom unit*.

au·bade [ˌoˈbɑd] 名 (複～s [-z])〖樂〗晨間音樂。

au·ber·gine [ˈobɚˌʒin] 名 1《英》〖植〗茄子。2 U 暗紫色。

au·burn [ˈɔbɚn] 名 U，形 紅褐色（的）：～ hair 茶褐色的頭髮。

auc·tion [ˈɔkʃən] 名 U C 1 拍賣：put up one's collection of stamps at ～ 拍賣收藏的郵票。2〖牌〗= auction bridge。—動 及 拍賣《 *off* 》。

ˈauction ˈbridge 名 U〖牌〗競叫橋牌。

ˈauction ˈmarket 名 拍賣市場。

auc·tion·eer [ˌɔkʃəˈnɪr] 名 1 拍賣人：come under the ～*'s* hammer 被拍賣。2《俚》強打（者）。

au·da·cious [ɔˈdeʃəs] 形 1 大膽的，無畏的：an ～ pilot 勇敢的飛行員。2 富獨創性的。3 厚顏無恥的；肆無忌憚的，鹵莽的：～ words 鹵莽的言詞。～·ly 副，～·ness 名

au·dac·i·ty [ɔˈdæsətɪ] 名(複 -ties) 1 U 大膽，無畏；勇猛果敢；《通常作 -ties》大膽的言行。2 U 厚顏；傲慢：have the ～ to do 竟敢做；厚顏無恥地。

au·di·ble [ˈɔdəbl] 形 聽得見的，可聽得到的。-bly 副

:**au·di·ence** [ˈɔdɪəns] 名 1《集合名詞》聽眾；觀眾；支持者，狂熱者。2 U C（意見等的）聽取；聽聞；陳述意見的機會。3 U C 正式接見；謁見《 *with, of...* 》：a letter of ～ 謁見書。4 U 聽，傾聽。

ˈaudience ˌrating 名 收視率；收聽率。

au·di·o [ˈɔdɪˌo] 形 1〖電子〗聲頻的：an ～ amplifier 聲頻放大器。2〖視〗聲音的。3 身歷聲的。—名 U 1〖視〗聲音；（接收機的）聲音部門。2 聲音的發射和接收；音的重現。

audio- audio 的複合形，用以表「聽」之意。

au·di·o·book [ˈɔdɪoˌbuk] 名 有聲書。

ˈaudio ˌfrequency 名〖聲·電子〗聲頻，音頻。略作：AF

au·di·om·e·ter [ˌɔdɪˈɑmətɚ] 名〖醫〗聽力計。-try 名 U 聽力測驗法。

au·di·o·phile [ˈɔdɪoˌfaɪl] 名 HI-FI 迷，喜歡高傳真音響的人。

au·di·o·tape [ˈɔdɪoˌtep] 名 錄音帶。

au·di·o·typ·ing [ˈɔdɪoˈtaɪpɪŋ] 名 U（直接聽錄音的）聽音打字。

au·di·o·typ·ist [ˌɔdɪoˈtaɪpɪst] 名 聽（錄）音打字員。

au·di·o·vis·u·al [ˌɔdɪoˈvɪʒuəl] 形 視聽的：～ education 視聽教育 / ～ aids 視聽教具。—名《 ～s 》視聽教具。

au·di·phone [ˈɔdəˌfon] 名〖醫〗助聽器。

au·dit [ˈɔdɪt] 名 1 U C 審計，查帳；稽核。2 審計報告。—動 及 1 檢查（帳簿）。2《美》旁聽（課程）。—不及 查帳，審計。

au·di·tion [ɔˈdɪʃən] 名 1 U 聽；聽覺，聽力。2 審查；試演；試聽。—動 及 不及 試演；試音。

au·di·tor [ˈɔdɪtɚ] 名 1 聽者，收聽者。2 會計檢查員；查帳員；審計員；稽核員。3《美》（大學的）旁聽生。

au·di·to·ri·um [ˌɔdəˈtorɪəm] 名 (複～s, -ri·a [-rɪə]) 1 聽眾席，觀眾席。2 禮堂；演講堂；音樂廳。

au·di·to·ry [ˈɔdəˌtorɪ] 形 1〖解·生理〗聽力的；耳朵的：the ～ nerve 聽覺神經。2 聽到的：～ perception 聽覺。

ˈaudit ˈtrail 名〖電腦〗稽查軌跡。

Au·drey [ˈɔdrɪ] 名〖女子名〗奧黛麗。

au fait [oˈfɛ] 形《法語》精通的，熟知的：be ～ at the work 熟知該工作性質 / put a person ～ of the work 使某人熟悉該工作內容。

au fond [oˈfɔŋ] 副《法語》悄悄地；底部地；實質上；徹底地。

auf Wie·der·seh·en [aufˈvidɚˌzeən] 感《德語》再見，待會見。

Aug.《縮寫》*August*.

Au·ge·an [ɔˈdʒiən] 形 1 奧吉亞斯王的。2 骯髒的，污穢的；麻煩的，棘手的。

Auˈgean ˈstables 名《 the ～ 》〖希神〗奧吉亞斯王的牛棚（據說奧吉亞斯王的牛棚養了三千頭牛，但三十年未曾洗過，後由 Hercules 引河水於一日之中清洗乾淨）：clear *the* ～ 清除積弊。

au·gend [ˈɔdʒɛnd] 名《數》被加數。

au·ger [ˈɔgɚ] 名 1〖木工〗鑽，土鑽。2（土木用）螺旋鑽。

aught[1] [ɔt] 代《文·古》任何事物：for ～ I know《文》不甚知悉；非我所知。—副《文·古》無論如何。

aught[2] [ɔt] 名 零（亦作 **naught**）。

aug·ment [ɔgˈmɛnt] 動 及 1 增加，增大。2〖文法〗加接頭母音。3〖樂〗將（音程的）最高音提高半音；將（主題）

A

擴大。—不及 增大。

aug·men·ta·tion [ˌɔgmɛnˈteʃən] 名 1 U 增加，增大；C 增加物，添加物。2 U〖樂〗(主題的) 擴大。

aug·men·ta·tive [ɔgˈmɛntətɪv] 形 1 (能) 增大的，(能) 增加的。2〖文法〗擴大語義的。—名〖文法〗擴大詞。~·ly 副

aug·ment·or [ɔgˈmɛntə] 名 替身機器人。

au grat·in [oˈgrɑtn̩, -græ-, -tɪn] 形〖料理〗塗上奶油烤的：sole ~ 奶油烤鰈魚。

au·gur [ˈɔgə] 名 (古羅馬的) 占兆官；預言家，占卜師。—動 及 1 占卜；預測。2 成爲…的前兆。—不及 占卜，預測。

augur ill for... 對 (人、事) 不吉利。

au·gu·ry [ˈɔgjərɪ] 名 (複 -ries) 1 U 占卜(術)。2 占卜儀式；預言。3 徵兆：an ~ of evil 凶兆 / *auguries* of spring 春天的徵兆。

au·gust [ɔˈgʌst] 形 威嚴的，莊嚴的；令人敬畏的：an ~ statesman 高貴的政治家 / your ~ father 令尊。~·ly 副, ~·ness 名

:**Au·gust** [ˈɔgəst] 名 1 八月。略作：Aug.

Au·gus·ta [ɔˈgʌstə, ə-] 名 1 奧古斯塔：美國 Maine 州首府。2〖女子名〗奧古絲特。

Au·gus·tan [ɔˈgʌstən, ə-] 形 1 羅馬皇帝奧古斯都 (時代) 的；高雅的。2 (指十八世紀英國文學之) 新古典主義興盛期的。

Au'gustan 'Age 名《the ~》1 奧古斯都時代 (27B.C.−A.D.14)：拉丁文學的興盛期。2 文藝黃金時代。

Au·gus·tine [ɔˈgʌstɪn] 名 1 Saint, 聖奧古斯丁 (354−430)：初期基督教會的領袖。2 Saint, 聖奧古斯丁 (?−604)：修道士，Canterbury 第一代大主教 (601−604)。3 = Augustinian. 4〖男子名〗奧古斯丁 (Augustus 的別稱)。

Au·gus·tin·i·an [ˌɔgəsˈtɪnɪən] 形 (Hippo 的) 聖奧古斯丁的；奧古斯丁主義(者) 的；聖奧古斯丁修道會的。—名 1〖天主教〗聖奧古斯丁修道會的修道士。2 聖奧古斯丁教義的信奉者。

Au·gus·tus [ɔˈgʌstəs, ə-] 名 奧古斯都 (63B.C.−A.D.14)：羅馬帝國第一代皇帝 (27B.C.−A.D.14)。

auk [ɔk] 名〖鳥〗海雀。

auk·let [ˈɔklɪt] 名〖鳥〗小海雀。

au lait [oˈlɛ] 形〖法烹飪〗加牛奶的：café ~ 加入牛奶的咖啡。

auld [old] 形《蘇格蘭·北英格蘭》= old.

auld lang syne [ˈoldˌlæŋˈsaɪn] 名 U《蘇格蘭·北英格蘭》1 昔日，往日美好的時光。2 老交情。

au na·tu·rel [o͵nætəˈrɛl] 形《法語》1 (食物烹調) 清淡的。2 自然的；裸體的。

:**aunt** [ænt] 名 1 姑(媽)，姨(媽)；嬸母，舅母，伯母。2《指無血緣關係的女性》阿姨，伯母；慈愛的老婦人。

My (sainted) aunt!《表驚訝》哎呀！噯喲！

aunt·ie, aunt·y [ˈæntɪ] 名 1《口》aunt 的暱稱。2《美口》(黑人) 褓母，奶媽。

Aunt 'Sally 名《主英》1 U 打落煙斗遊戲。2 上述遊戲中的玩偶。3 易受攻擊的目標；眾矢之的。

au pair [oˈpɛr] 名《法語》1 女代工，住宿女工讀生。2 交換學生。

au·ra [ˈɔrə] 名 (複~s) 1《通常作 an ~》氛圍，氣氛；香氣：*an* ~ of grandeur 莊嚴的氣氛。2 (複 -rae [-ri])〖病〗先兆。3〖靈學〗靈氣。4《A-》〖希神〗奧拉：空中輕舞的女神；微風的象徵。

au·ral [ˈɔrəl] 形 耳朵的；聽覺 (器官) 的。~·ly 副 用耳 (聽) 地。

aural-oral [ˈɔrəlˈɔrəl] 形〖教〗重視聽與說的。

au·re·ate [ˈɔrɪɪt] 形 1 金色的；金閃閃的；燦爛輝煌的。2 (文體) 華麗的。

Au·re·li·us [ɔˈriliəs] 名 ⇒ MARCUS AURELIUS

au·re·ole [ˈɔrɪˌol], **au·re·o·la** [ɔˈrɪələ] 名 1 (一般認爲神賜給德高聖人的) 上天寶冠；(畫像中聖者頭部或全身所圍繞的) 光輪，光環；暈。2〖天〗= corona 1.

Au·re·o·my·cin [ˌɔrɪəˈmaɪsɪn] 名 U〖藥·商標名〗金黴素。

au re·voir [ˌorəˈvɔr] 感《法語》再見，再會。

au·ric [ˈɔrɪk] 形〖化〗金的；三價金的。

au·ri·cle [ˈɔrɪkl] 名 1〖解〗(1) 耳郭，耳翼。(2) 心耳；《廣義》心房。2〖植·動〗耳狀物；葉耳。-cled 形

au·ric·u·lar [ɔˈrɪkjələ] 形 1 耳朵的；聽覺的。2 耳語的，私語的；祕告的：an ~ confession (向神父) 祕密告解。3 聽見的；傳聞的：~ proof 聽來的證據。4 耳形的，耳狀的；〖解〗心耳的；〖鳥〗(羽毛) 蓋住耳朵的。—名《通常作 ~s》〖鳥〗耳羽。~·ly 副

au·rif·er·ous [ɔˈrɪfərəs] 形 產金的；含金的。

au·ri·fy [ˈɔrəˌfaɪ] 動 (-fied, ~·ing) 及 染成金色；使變成金。

au·rist [ˈɔrɪst] 名 耳科醫師。

Au·ro·ra [ɔˈrorə, ə-, -rɔ-] 名 (複~s, -rae [-ri]) 1〖羅神〗奧羅拉 (曙光女神)：rise with ~*'s* light 黎明時起床。2《a-》開始，早期；〖詩〗曙光。3《a-》極光。

au'rora aus·'tra·lis [-ɔsˈtrelɪs] 名《the ~》〖氣象〗南極光。

au'rora bo·re·'al·is [-ˌborɪˈælɪs] 名《the ~》〖氣象〗北極光。

au·ro·ral [ɔˈrorəl] 形 1 曙光的，晨曦 (似) 的；玫瑰色的。2 極光的。~·ly 副

au·rum [ˈɔrəm] 名 U〖化〗金。符號：Au

Ausch·witz [ˈauʃvɪts] 名 奧斯維茲：位於波蘭境內，二次大戰期間惡名昭彰的納粹集中營所在地。

aus·cul·tate ['ɔskəl,tet] ㊀及不及聽診。

aus·cul·ta·tion [,ɔskəl'teʃən] 名UC〖醫〗聽診（法）。

aus·cul·ta·tor ['ɔskəl,tetɚ] 名聽診者。

aus·pice ['ɔspɪs] 名(複 **-pic·es** [-pɪsɪz]) **1**《通常作～**s**》庇護，保護；贊助，支援；發起，主辦：be held under the ～*s* of... 由…主辦舉行。**2** U（看鳥的飛翔方式而作的）鳥卜；《常作～**s**》吉兆。

aus·pi·cious [ɔ'spɪʃəs] 形 **1** 幸運的；正合宜的。**2**《古》好運氣的：three ～ years 連續三年的好運。～**·ly** 副，～**·ness** 名

Aus·sie ['ɔsɪ,《英》'ɑzɪ] 名《俚》澳洲人。

Aus·ten ['ɔstɪn, -tən] 名 **Jane**, 奧斯汀（1775－1817）：英國女小說家。

aus·tere [ɔ'stɪr] 形 (**-ter·er**, **-ter·est**; **more** ～, **most** ～) **1** 嚴肅的；嚴厲的：an ～ life style 樸素的生活方式。**2** 嚴謹的，禁慾的；樸素的；無裝飾的：～ prose 簡潔的散文。**3** 節約的，緊縮的。～**·ly** 副，～**·ness** 名

aus·ter·i·ty [ə'stɛrətɪ] 名(複 **-ties**) **1**U嚴格，嚴厲，樸素；無裝飾；苦，酸。**2**《通常作 **-ties**》禁慾生活，苦行。**3** U《主英》（國家開支的）節約；緊縮財政：a plan of economic ～ 經濟緊縮計畫。

Aus·tin ['ɔstɪn, -tən] 名 奧斯丁：**1** 美國 Texas 州首府。**2** 男子名（Augustine, Augustus 的別稱）。**3** 英國製汽車之一種。

aus·tral ['ɔstrəl] 形 **1** 南方的，來自南方的。**2**《**A-**》= Australian.

Aus·tral·a·sia [,ɔstrəl'eʒə, -ʃə] 名澳大拉西亞：澳洲、紐西蘭及附近南太平洋諸群島之總稱。**-sian** 形名

:Aus·tral·ia [ɔ'streljə] 名 **1** 澳洲大陸。**2** 澳大利亞聯邦：首都爲 Canberra。

·Aus·tral·ian [ɔ'streljən] 形 澳洲的，澳洲人的。─名 澳洲人；U澳洲英語；U澳洲原住民的語言。略作：Austral.

Aus·tri·a ['ɔstrɪə] 名奧地利：歐洲中部一共和國；首都 Vienna。

-an 形名奧地利的[人]。

Aus·tri·a-Hun·ga·ry ['ɔstrɪə'hʌŋgərɪ] 名奧匈帝國：昔日中歐之一國（1867－1918），包括奧地利帝國及匈牙利王國。

Aus·tro·ne·sia [,ɔstro'niʒə] 名澳斯特羅尼西亞：南太平洋諸島的總稱。

au·tar·chy ['ɔtɑrkɪ] 名(複 **-chies**) **1**U絕對主權；專制政治；C專制國家。**2** = autarky.

au·tar·ky ['ɔtɑrkɪ] 名(複 **-kies**) **1**U自給自足狀態；經濟獨立政策。**2** 經濟獨立國家。

au·teur [o'tɝ] 名〖影〗（具有自己獨特風格的）電影導演：～ theory 作者論。～**·ism** 名U 電影導演的個人風格。

·au·then·tic [ɔ'θɛntɪk] 形 **1** 可信的，可靠的：an ～ description of the past 過去的可靠記載。**2** 真正的；道地的，實際的；〖法〗手續完備的；《口》衷心的：an ～ signature 本人親筆簽名 / ～ joy over the coming of spring 對春天來臨的真心喜悅。**-ti·cal·ly** 副 正式地，真實地。

au·then·ti·cate [ɔ'θɛntɪ,ket] ㊀及證明…爲真品；標注…的原作者；鑑定，認證：～ the signature on the check 證明支票上的簽名確爲本人親筆。

au·then·ti·ca·tion [ɔ,θɛntɪ'keʃən] 名 U 鑑定，確認，證明。

au·then·tic·i·ty [,ɔθən'tɪsətɪ] 名U可信度，真實性。

:au·thor ['ɔθɚ] 名 **1** 著作者，作家；筆者；作品，著作。**2** 創作者；創始者；發起人：the *A-* of the universe 造物主，神 / the ～ of mischief 領頭惡作劇的人 / the ～ of this scheme 該計畫的起草人。─㊀及 **1** 著作，寫作。**2** 產生；創始。**-tho·ri·al** [-'θorɪəl] 形 作者的。

au·thor·ess ['ɔθɚɪs] 名《罕》女作家。

au·thor·i·tar·i·an [ə,θɔrə'tɛrɪən] 形 **1** 專制的；權威主義的：an ～ regime 專制的政體。**2** 權威主義政治制度的；獨裁的：an ～ teacher 強迫學生服從的教師。─名 權威主義者；獨裁主義者。～**·ism** 名U獨裁主義，權威主義。

au·thor·i·ta·tive [ə'θɔrə,tetɪv] 形 **1** 有權威的，足以信賴的：an ～ edition of Keats 有權威的濟慈版本。**2** 正式的；當局的：～ orders 有關機關的命令。**3** 專橫的，命令式的：an ～ tone 威嚴的語調。～**·ly** 副 嚴厲地，命令式地。

·au·thor·i·ty [ə'θɔrətɪ] 名(複 **-ties**) **1**U權力，權威；威信《*over, with...*》：a dictionary of great ～ 非常有權威的詞典 / exercise one's ～ 行使自己的權力 / under the ～ of the law 在法律的約束下。**2**U職權；認可《*for...*》；權限《*to* do》：exceed one's ～ 做出越權行爲。**3** 權力機關；公共事業團體；…公社；《通常作 **the -ties**》當局，政府：the Tennessee Valley *A-* 田納西河流域管理局 / the *authorities* concerned 有關當局。**4**UC典故，根據；引用的部分：on the ～ of the Bible 以聖經爲依據 / cite *authorities* 引用典故。**5** 權威《*on...*》：an ～ *on* finance 財政學的權威。**6** U 說服力；確信。**7**U（演奏等）巧妙的手法：with consummate ～ 以完美的技巧。**8**UC（不許反駁的）決定；裁定，判決。**9**U正當理由；證據。

au·thor·i·za·tion [,ɔθərə'zeʃən, -aɪ'z-] 名UC 授權《*for...*》；許可…《*to* do》：a letter of ～ 認可書，授權書。

·au·thor·ize ['ɔθə,raɪz] ㊀及 **1** 許可；認爲…正當。**2** 授權：～ him to sign the contract 授予他簽定契約的權限。

au·thor·ized ['ɔθə,raɪzd] 形 **1** 被授權的：an ～ representative 被委任的代表。**2** 經認可的：an ～ textbook 檢定教科書。

'Authorized 'Version 名《**the** ～》欽

A

定之聖經英譯本。略作：A.V., Auth. Ver.

au·thor·less ['ɔθəlɪs] 形作者不詳的；無名的。

au·thor·ship ['ɔθə,ʃɪp] 名 U 1著作業。2 原作者；(傳聞等的)出處：establish the ~ of a book 查明書的原作者。

au·tism ['ɔtɪzəm] 名U〖心〗自閉症。

au·tis·tic [ɔ'tɪstɪk]形名 患自閉症的，患自閉症的人。

·**au·to** ['ɔto] 名(複~s [-z])《主美口》汽車。(現在通常用 car)

auto-[1]《字首》表「自己的」、「獨自的」、「自身的」等意。

auto-[2] **automobile** 的複合形。

au·to·an·a·lyz·er [,ɔto'ænəlaɪzə] 名自動分析器。

au·to·bahn ['auto,bɑn] 名《常作 A-》(德國、奧國的)高速公路。

au·to·bi·og·ra·pher [,ɔtəbaɪ'ɑgrəfə] 名自傳作者。

au·to·bi·o·graph·i·cal [,ɔtə,baɪə'græfɪkl] 形 自傳的，自傳體的：~novels 自傳體小說。~**·ly**副

au·to·bi·og·ra·phy [,ɔtəbaɪ'ɑgrəfɪ] 名(複 **-phies**)自傳。

au·to·cade ['ɔto,ked] 名《美》汽車隊。

au·toch·thon [ɔ'tɑkθən] 名(複~**s**, ~**·es** [-θə,niz]) 1土著。2〖生態〗原生種，土生種；〖地質〗原地岩。

au·toch·tho·nous [ɔ'tɑkθənəs] 形 1土著的；土生土長的。2〖地質〗原地性的；〖病〗自發性的；〖心〗自主的。

au·to·cide ['ɔto,saɪd] 名UC1自殺。2 撞車自殺。

au·to·clave ['ɔtə,klev] 名 1〖機〗壓力鍋。2〖醫·菌〗消毒蒸鍋。

'auto ,court 名《美》= motel.

au·toc·ra·cy [ɔ'tɑkrəsɪ] 名 (複 **-cies**) 1 U獨裁政治；獨裁權。2 獨裁國家。

au·to·crat ['ɔtə,kræt] 名 1獨裁者。2 專橫霸道的人。

au·to·crat·ic [,ɔtə'krætɪk], **-i·cal** [-ɪkl] 形1 專制的；獨裁的：~ rule 專制支配。2 獨裁者的：an ~ manner 專橫的態度。**-i·cal·ly**副

au·to·cross ['ɔto,krɔs] 名U《英》汽車越野賽。

au·to·cue ['ɔtə,kju] 名《英》〖視〗自動提詞機(《美》Tele Prompter)。

au·to-da-fé [,ɔtodə'fe] 名(複 **-tos-da-fé**) 1西班牙宗教裁判所判決的宣示及執行。2 懲罰異端分子的火刑。

au·to·er·o·tism [,ɔto'ɛrətɪzəm] 名 U 1〖精神分析〗自體性慾。2 手淫。

au·to·gen·e·sis [,ɔto'dʒɛnəsɪs] 名U〖生〗自然發生；單性生殖。

au·to·gi·ro [,ɔto'dʒaɪro] 名(複 ~**s** [-z])〖空〗(有推進器與旋翼的)直升飛機，旋翼機。

au·to·graph ['ɔtə,græf] 名UC1親筆，親筆簽名：~ seekers 要求簽名的人們。2 親筆稿，真跡。3 原紙石版印刷之物。—形 1 親筆的：an ~ manuscript 親筆的原稿。2 簽名的：an ~ album 簽名簿。—動及 1 親筆簽名於；親筆簽名。2 以原紙石版法複製。

au·to·graph·ic [,ɔtə'græfɪk]形親筆的，親筆簽名的。

-'graph·i·cal·ly副

au·to·gy·ro [,ɔto'dʒaɪro] 名(複~**s** [-z]) = autogiro.

au·to·im·mune [,ɔtoɪ'mjun] 形 自體免疫的：~ disease 自體免疫疾病。

au·to·in·tox·i·ca·tion [,ɔtoɪn,tɑksə'keʃən] 名U〖病〗自體中毒。

au·to·mak·er ['ɔto,mekə] 名 汽車製造商。

au·to·mat ['ɔtə,mæt] 名《美》1自動販賣機。2 使用自動販賣機販售食物的餐館。

au·tom·a·ta [ɔ'tɑmətə] 名**automaton**的複數。

au·to·mate ['ɔtə,met] 動及不及 使自動化，自動化。

'automated-'teller ma,chine 名自動櫃員機，自動提款機。略作：ATM。

·**au·to·mat·ic** [,ɔtə'mætɪk] 形 1自動的；無意識的，機械式的，習慣性的；自發的。2〖生理〗自動的。—名1 自動機械。2 自動步槍；自動手槍。

·**au·to·mat·i·cal·ly** [,ɔtə'mætɪklɪ,-klɪ] 副自動地，無意識地。

auto'matic di'rection 'finder 名自動探向裝置。

auto'matic 'pilot 名〖空〗自動駕駛裝置。

auto'matic trans'mission 名 U (汽車的)自動變速裝置。

au·to·ma·tion [,ɔtə'meʃən] 名U 自動化；自動控制系統。

au·tom·a·tism [ɔ'tɑmə,tɪzəm] 名U1自動作用，自動性；機械性的行為。2〖生理〗自發運動；〖心〗自動症。3〖美〗無意識的自動活動；超現實主義派的手法。

au·tom·a·tize [ɔ'tɑmə,taɪz] 動及使自動化。

au·tom·a·ton [ɔ'tɑmə,tɑn, -tən] 名 (複 ~**s**, **-ta** [-tə]) 1自然運行的事物；機器人；自動裝置。2 如機械般工作的人。

·**au·to·mo·bile** [,ɔtə'mobil] 名《尤美》汽車(《英》motorcar)。—形汽車的：an ~ engine 汽車引擎。

auto'mobile in'surance名U汽車保險。

au·to·mo·bil·ist [,ɔtəmə'bilɪst, -'mobɪ-] 名《美》駕駛汽車者。

au·to·mo·tive [,ɔtə'motɪv] 形《尤美》1 汽車的：~ parts 汽車零件。2 自動的。

au·to·nom·ic [,ɔtə'nɑmɪk] 形 1〖生理〗自主神經的：the ~ nervous system 自主神經系統。2〖植〗自發性的。3 = autonomous 1. **-i·cal·ly** 副

auto'nomic 'nervous 'system 名 自主神經系統；植物性神經系統。

au·ton·o·mous [ɔ'tɑnəməs] 形 1〖行政〗有自治權的，自治的：an ~ republic 自治共和國。~**·ly** 副

au·ton·o·my [ɔ'tɑnəmɪ] 名 (複 **-mies**) 1 Ⓤ自主（性）：the ~ of the district 地域的自主性。2 Ⓤ Ⓒ自治；自立；Ⓒ自治國家；自治（團）體。

au·to·nym ['ɔtənɪm] 名 1 本名。2 以本名發表的著作。

au·to·pha·gy [ɔ'tɑfədʒɪ] 名Ⓤ〖生〗自食（作用）。

au·to·pi·lot ['ɔto,paɪlət] 名 = automatic pilot.

au·top·sy ['ɔtɑpsɪ, -tə-] 名 (複 **-sies**) 1 屍體解剖，驗屍。2 實地驗證；《喻》解剖式審問，批判性分析。—動 (**-sied**, ~**·ing**) 及 檢視（屍體）；事後進行的批判性分析。

'auto ,racing 名Ⓤ 賽車。

au·to·ra·di·o·graph [,ɔtə'redɪə,græf, -,grɑf] 名自動放射照相。

au·to·stra·da ['ɔto,strɑdɑ] 名（義大利的）高速公路。

au·to·sug·ges·tion [,ɔtəsəg'dʒɛstʃən] 名Ⓤ〖心〗自我暗示。

au·to·work·er ['ɔto,wɝkɚ] 名 汽車廠工人。

:**au·tumn** ['ɔtəm] 名 1 Ⓤ Ⓒ 秋季。2 成熟期，漸衰期：in the ~ of one's life 在剛進入老年期時。3《形容詞》秋天的：~ rains 秋雨。

au·tum·nal [ɔ'tʌmnl] 形《文》〖詩〗1 秋季的；想起秋天的；在秋天成熟的，在秋天開花的：~ leaves 枯葉，紅葉。2 過了成熟期的；剛進入老年期的。

aux., auxil. 《縮寫》*auxil*iary.

·**aux·il·ia·ry** [ɔg'zɪljərɪ] 形補助的；預備的；輔助性的《*to*...》；裝輔助機關的：an ~ function 輔助機能。—名 (複**-ries**) 1 輔助者；輔助團體。2 = auxiliary verb. 3〖海軍〗輔助艦艇。

'auxiliary 'verb 名〖文法〗助動詞。

av. 《縮寫》*av*enue; *av*erage; *av*oirdupois.

AV 《縮寫》*a*udio-*v*isual.

A.V. 《縮寫》*A*uthorized *V*ersion.

·**a·vail** [ə'vel] 動及《文》《否定·疑問》有用，有益；裨益於⋯：~ a person nothing 對人完全無益。—不及有益，有助於《*against*...》。

avail oneself of... 利用；巧妙運用⋯。

—名Ⓤ《否定、疑問》利益，效用：be of *little* ~ 幾乎無益 / Of what ~ is it? 究竟有何益處？~**·ing·ly** 副

a·vail·a·bil·i·ty [ə,velə'bɪlətɪ] 名 (複 **-ties**) 1 Ⓤ 有用性，能獲得；《美》（候選人的）當選可能性。2 可利用的人 [物]。

:**a·vail·a·ble** [ə'veləbl] 形 1 可利用的，有益的《*for*...》；可獲得的，有效的：~ means 可利用的手段。2《美》有當選希望的；有接受提名的準備的《*for*...》。

av·a·lanche ['ævl,æntʃ] 名 1 雪崩。2 突然來襲；一湧而至《*of*...》：an ~ *of* congratulatory telegrams 如雪片般飛來的賀電。—動不及崩落，湧至。—及使無法應付。

a·vant-garde [,avɑ̃'gɑrd] 名《通常用 **the** ~》《集合名詞》前衛派（的藝術家們）。—形《限定用法》前衛派的。

av·a·rice ['ævərɪs, -vr-] 名Ⓤ 貪婪；貪慾。

av·a·ri·cious [,ævə'rɪʃəs] 形貪婪的；強烈慾求⋯的《*of*...》。~**·ly** 副

a·vast [ə'væst] 感〖海〗停，等待。

av·a·tar [,ævə'tɑr] 名 1 Ⓤ Ⓒ〖印神〗（神的）化身。2 具體化。3〖電腦〗化身影像。

a·vaunt [ə'vɔnt, -vɑ-] 感《古》走開！去！

avdp. 《縮寫》*av*oir*dup*ois.

a·ve ['evɪ, 'ɑ-] 感 1 歡迎光臨！2 再見！—名 1「ave」的寒暄。2《**A-**》= Ave Maria。

Ave., ave. 《縮寫》*ave*nue.

A·ve Ma·ri·a ['ɑvɪmə'riə] 名 1 聖母瑪利亞：天主教祈禱文的開頭語。

·**a·venge** [ə'vɛndʒ] 動 (**-venged**, **-veng·ing**) 及報仇，報復《*on*, *upon*...》：~ one's brother 爲兄弟報仇。—不及報仇。

a·veng·er [ə'vɛndʒɚ] 名 報仇者，復仇者。

a·ven·tu·rin(e) [ə'vɛntʃərɪn] 名 Ⓤ 1 灑金玻璃。2〖礦〗砂金石。—形 金碧輝煌的。

:**av·e·nue** ['ævə,nju] 名 1《美》大道；《**A-**》《作爲街名》⋯街。2 方法，途徑《*to*, *for*, *of*...》；至⋯的道路《*to*...》：an ~ *to* prosperity 通向繁榮之道。3《英》林蔭道。

explore every avenue / leave no avenue unexplored 竭盡所有的手段。

a·ver [ə'vɝ] 動 (**-verred**, ~**·ring**) 及 1《文》斷言，堅定主張。2〖法〗證言。

:**av·er·age** ['ævrɪdʒ, -vər-] 名Ⓤ Ⓒ 1《通常用 **an** ~, **the** ~》平均（值）；一般的水準：a life as happy as *the* ~ 一般水準的幸福生活 / take *an* ~ 取平均數。2 算術平均。3〖商〗海損。

on the average 平均。

—形平均的，普通的，一般的。

—動 (**-aged**, **-ag·ing**) 及 1 均分；求出平均《*out*, *up*》。2 平均。—不及《口》成爲（⋯的）平均值；最後平均化《*out*》。

average down（證券、商品交易的）買進。

'average devi'ation 名〖統計〗平均差。

a·ver·ment [ə'vɝmənt] 名Ⓤ Ⓒ 1 斷言。2〖法〗事實的陳述。

a·verse [ə'vɝs] 形《敘述用法》（對⋯）非常嫌惡《*to*...,《主英·非標準》*from*

A

...》；嫌惡《 *to* doing, 偶用 *to* do》: be ~ *to* all advice from others 非常嫌惡他人的忠告 / be ~ *to* wasting one's time 非常厭惡浪費時間。

a·ver·sion [əˈvɝʒən, -ʃən] 名 1 Ⓤ Ⓒ 嫌惡，反感《 *to, for...* 》: have a strong ~ *to* vanity 非常厭惡虛榮。2 厭惡的人或事物: one's pet ~《諷》討厭的人[物]。

a'version 'therapy 名 Ⓤ 厭惡療法。

·**a·vert** [əˈvɝt] 動 及 1 移開，移轉《 *from* ...》: ~ one's eyes *from* the sight 將視線自風景中移開 / try to ~ one's mind *from* a person 試著不去想某人。2 防止（災難等）: ~ a tragic end by prompt action 立即設法防止發生悲慘的結局。~·**i·ble** 形 可防止的，可避免的。

A·ves·ta [əˈvɛstə] 名《 the ~》火教經：祆教的經典。

a·vi·an [ˈevɪən] 形 鳥（類）的。

a·vi·ar·y [ˈevɪ,ɛrɪ] 名(複 **-ar·ies**) 大鳥籠，鳥舍。

·**a·vi·a·tion** [,evɪˈeʃən] 名 Ⓤ 1 航空：飛行（術）：飛機產業。2《集合名詞》軍用飛機，飛機。

avi'ation 'medicine 名 Ⓤ 航空醫學。

·**a·vi·a·tor** [ˈevɪ,etɚ] 名 飛行員，飛機駕駛員。

a·vi·a·trix [,evɪˈetrɪks], **-tress** [ˈevɪ,etrɪs] 名(複 **tri·ces** [-trɪ,siz]) 女性飛行員。

av·id [ˈævɪd] 形 1 貪婪的：熱望的《 *for, of...* 》: be ~ *for* new things 對新事物的熱望。2 熱心的，狂熱的：an ~ reader 狂熱的讀者。~·**ly** 副

a·vid·i·ty [əˈvɪdətɪ] 名 Ⓤ 貪慾，渴望：with ~ 貪婪地。

A·vi·gnon [əˈvinjõ] 名 亞威農：法國東南部的一城市。

a·vi·on·ics [,evɪˈɑnɪks] 名(複)《作單數》航空電子學。

av·o·ca·do [,ɑvəˈkɑdo] 名 (複 ~s [-z]) 1 酪梨樹。2 酪梨果實。3 淡綠色。

av·o·ca·tion [,ævəˈkeʃən,,ævo-] 名 Ⓤ 1 副業；嗜好。2《口》本職，本業。

av·o·cet [ˈævə,sɛt] 名〖鳥〗反嘴鷸。

:**a·void** [əˈvɔɪd] 動 及 1 避免，迴避：~ sweets 避免吃甜食 / ~ a question 迴避質問。2〖法〗宣布（判決）無效。

~·**a·ble** 形 可避免的，可使無效的。

~·**a·bly** 副 可避免地。

a·void·ance [əˈvɔɪdn̩s] 名 Ⓤ 1 避免，迴避。2〖法〗無效的主張，取消。

-ant 形 迴避的，避免的。

avoir.《縮寫》*avoir*dupois.

av·oir·du·pois [,ævɚdəˈpɔɪz] 名 Ⓤ 1 = avoirdupois weight. 2《口》體重：肥胖。

avoirdu'pois ,weight 名 Ⓤ 常衡重量。略作：av., avdp., avoir.

A·von [ˈevən, ˈæ-] 名 1《 the ~》愛文河：流經英格蘭中部。2 英格蘭中部的一郡。

a·vouch [əˈvautʃ] 動 及《文》1 斷言…：~ one's innocence 主張自己的清白。2 承擔，保證。3 承認…：~ oneself (as) a coward 自認是膽小鬼。—不及 保證《 *for...* 》。

~·**ment** 名 Ⓤ Ⓒ 斷言。

a·vow [əˈvau] 動 及 1《文》坦率說出：~ one's faith in God 坦率說出對神的信仰。2 坦率承認…，坦白供認：~ one's errors 坦白承認錯誤 / ~ oneself (to be) in the wrong 坦白承認其錯誤。

a·vowed [əˈvaud] 形 公然承認的，公開宣布的。~·**ly** 副

a·vun·cu·lar [əˈvʌŋkjələ] 形 叔[伯]父的，熱心助人的：~ kindness 叔父[伯父]般的親切。

aw [ɔ] 感《表示抗議、不信、不快等》喂，不要那樣！

AWACS《縮寫》*a*irborne *w*arning *a*nd *c*ontrol *s*ystem 空中預警管制系統。

:**a·wait** [əˈwet] 動 及 1（人）等候，期待：~ a favorable change of things 等待狀況的好轉。2（事件）等待（處理）: a treaty ~*ing* ratification 等待批准日的條約 / work ~*ing* completion 擁塞的工作。—不及 等待，等待機會。

:**a·wake** [əˈwek] 動 (**a·woke** 或 **a·waked, a·waked** 或 **a·woke(n), a·wak·ing**) 及 1 使醒過來《 *from...* 》。2 喚醒，引起《 *in...* 》。3 使察覺《 *to...* 》；使覺醒《 *from...* 》: ~ a person *from* reverie *to* the harsh facts before him 將人從快樂的幻想世界拉回眼前殘酷的現實。—不及 1 睡醒。2 覺醒《 *from* ...》。3 察覺《 *to...* 》；（從幻想等中）覺醒《 *from...* 》。

—形《敘述用法》1 醒著的。2 察覺，注意《 to... 》。

·**a·wak·en** [əˈwekən] 動 及 不及 = awake.

a·wak·en·ing [əˈwekənɪŋ] 形 正張開眼睛的；（感情等）正被喚醒的；使人覺醒的：an ~ curiosity 挑動起來的好奇心。

—名 Ⓤ Ⓒ 睡醒，喚醒，覺醒，覺悟。

:**a·ward** [əˈwɔrd] 動 及 1 授予（獎賞）；回報《 *with...* 》: a ceremony for ~*ing* an honor 表彰儀式 / be ~*ed* the George Cross 授予喬治十字動章。2 裁定；判給：be ~*ed* heavy damages 給予高額的損害賠償金。

—名 1 獎賞，獎金，獎品。2 審查，決定；〖法〗裁定。

a·ward·ee [ə,wɔrˈdi] 名 得獎人。

:**a·ware** [əˈwɛr] 形 1《敘述用法》知道的，察覺的《 *of..., of* doing, that 子句, (*of*) *wh-* 子句 》: She was not ~ *of* having offended him. 她不知道傷害了他的感情。2《置於表示某領域的副詞之後》通曉（…的）消息。3 靈通的：an ~ person 消息靈通的人；覺醒的人。

a·ware·ness [əˈwɛrnɪs] 名 Ⓤ《亦作 **an** ~》察覺，認識；〖心〗意識。

a·wash [əˈwɑʃ, -ɔ-] 形《敘述用法》，副 1〖海〗（暗礁等）與水面齊平的[地]；（上甲板等）被浪沖洗。2 被水淹沒。3 被浪翻

弄。4《口》充滿（…）《*with, in...*》：～ *with* mail 充滿郵件。5 酒醉的[地]。

:**a·way** [ə'we] 副 1 離開，離去：walk ～ 走開 / Go ～！滾開！2 朝其他方向：turn one's eyes ～ 移開視線 / push a person ～ 推開某人。3 變弱，消失：fade ～消失 / idle ～ one's youth 浪費青春。4 不停地：talk ～ 喋喋不休地說 / keep on working ～ at one's task 繼續不斷地進行自己的工作。5《通常用命令句》不要猶豫地，趕緊地。6《俚》關進監獄，隔離：be put ～ for insanity 因精神異常被隔離。7《美口》一直地，遙遠地：～ back 很久以前；在遠後方 / ～ below the average 遠低於平均。

away with...《命令》避開…，趕走。

do away with... (1) 除去…；廢止。(2) 殺…。

far and away ⇨ FAR（片語）

from away《美》從遠方。

here away 在此地，在附近。

out and away ⇨ OUT（片語）

right away ⇨ RIGHT（片語）

Where away?（從船上看到的東西）向何方，向何處。

—形 1 離開的，不在的：be ～ from one's desk 離開座位 / while I was ～ 我不在家時。2（距離上、時間上）離開；隔離：miles ～ 離開幾哩 / with the wedding six days ～ 距離結婚典禮六天。3《口》立即出發。4〖運動〗(1)（比賽）在對手之場地的，客場的。(2)〖棒球〗出局。

·**awe** [ɔ] 名 U 敬畏，驚懼：a feeling of ～ 敬畏之意 / in ～ of one's father 敬畏父親 / be struck with ～ 懍然畏敬。

—動 及 使敬畏，使驚懼《*into*》。

a·wea·ry [ə'wɪrɪ] 形《敘述用法》〖詩〗感到疲勞的；疲倦的《*of...*》。

a·weath·er [ə'wɛðɚ] 副 形〖海〗在上風，迎風。

a·weigh [ə'we] 形《敘述用法》（錨）剛起離海底的。

awe·in·spir·ing ['ɔɪn,spaɪrɪŋ] 形 1 引起敬畏之心的，莊嚴的。2《口》令人驚訝的。

awe·some ['ɔsəm] 形 1 引起敬畏的，令人驚懼的：an ～ sight 令人驚懼的光景。2 出現敬畏之心的。3《口》出色的，一流的。～**·ly** 副，～**·ness** 名

awe·struck ['ɔ,strʌk], **strick·en** ['ɔ,strɪkən] 形 充滿敬畏的。

:**aw·ful** ['ɔful] 形 1 可怕的，驚人的，猛烈的：an ～ storm 猛烈的暴風雨。2《口》極壞的，討厭的：～ manners 惡劣的態度。3《口》《作爲加強語》非常的。4《文》充滿敬畏之意的；莊嚴的：the ～ majesty of God 神的莊重威嚴。—副《口》非常地。～**·ness** 名

·**aw·ful·ly** ['ɔfulɪ] 副 1《口》非常地，極爲可怕地。2 以令人責難的作法地，非常惡劣地：behave ～ 非常沒有禮貌的行爲。

a·wheel [ə'hwil] 副 形 騎腳踏車地[的]。

a·while [ə'hwaɪl] 副 暫時，片刻。

a·whirl [ə'hwɝl] 形 迅速旋轉的。

·**awk·ward** ['ɔkwɚd] 形 1 不靈敏的，無技巧的《*with...*》；不熟練的《*at, in...*》：be ～ *with* one's hands 手不靈巧 / be ～ *at* handling chopsticks 使用筷子不靈敏。2 不靈活的，手忙腳亂的，沒有自信的；難看的；（說話）不清楚的：feel ～ with company 在眾人面前感到手足無措。3 不便的；危險的：an ～ vehicle 不好使用的交通工具 / an ～ diplomatic situation 外交上的危機。4 麻煩的，不愉快的：an ～ question 令人不快的質問 / an ～ silence 尷尬的沉默 / put a person in an ～ position 讓人陷入苦境。

'awkward ,age 名《the ～》青春期。

awk·ward·ly ['ɔkwɚdlɪ] 副 不靈敏地，不精巧地。

awk·ward·ness ['ɔkwɚdnɪs] 名 U 笨拙，不熟練；尷尬。

awl [ɔl] 名 鑽子，尖鑽。

A.W.L., a.w.l.《縮寫》〖軍〗*a*bsent *w*ith *l*eave 請假外出的。

awn [ɔn] 名 U C〖植〗（稻、麥等的）芒；（似芒的）鋼毛，針毛。～**ed** 形 有芒的。

awn·ing ['ɔnɪŋ] 名 1 帆布篷，雨篷，遮日篷。2（似遮日篷的）遮蔽物。

:**a·woke** [ə'wok] 動 **awake** 的過去式及過去分詞。

AWOL ['e,dʌbəljuo'ɛl,《美軍俚》'ewɔl] 形 名（亦作 **awol**）〖軍〗擅離崗位的（人）(*a*bsent *w*ithout *l*eave)，不假外出的（人）。

a·wry [ə'raɪ] 副 形《敘述用法》1 彎曲地[的]，傾斜地[的]：glance ～ 斜視。2 偏離；（預測）錯誤；不順利的。

go awry 出錯，失敗。

:**ax(e)** [æks] 名 (複 **ax·es** ['æksɪz]) 1 斧，鉞；戰斧；（劊子手的）斬首斧。2〖爵士樂〗《俚》樂器。3《the ～》《口》削減，縮小；革職：get *the* ～被革職；被裁員；退學；（被情人等）甩掉；（計畫等）中止。

have an ax to grind《口》隱藏特別的想法，別有用心。

—動 (～**ed, ax·ing**) 及 以斧頭砍；解僱；削減；降低。

axe-grind·ing ['æks,graɪndɪŋ] 形 居心叵測的。

·**ax·es**[1] ['æksiz] 名 **axis** 的複數。

ax·es[2] ['æksɪz] 名 **ax** 的複數。

ax·i·al ['æksɪəl] 形 1 軸（性）的：an ～ rod 軸棒。2 於軸上的。～**·ly** 向軸地。

ax·il ['æksɪl] 名〖植〗葉腋，枝腋。

ax·il·la [æk'sɪlə] 名 (複～**s, -lae** [-li]) 1〖解〗腋窩；〖鳥〗翼腋。2〖植〗葉腋。

ax·il·lar·y ['æksɪ,lɛrɪ, -'sɪlə-] 形 1 腋窩的，腋的。2〖植〗葉腋的；腋生的。

A

一图《通常作 -laries》〖鳥〗腋羽。

ax·i·ol·o·gy [,æksɪ'ɑlədʒɪ] 图U〖哲〗價值論。

ax·i·om ['æksɪəm] 图 1 自明之理。2 原理，原則；格言；〖理則·數〗公理。

ax·i·o·mat·ic [,æksɪə'mætɪk] 形 自明的；公理的。

·**ax·is** ['æksɪs] 图(複 **ax·es** [-siz]) 1 (1) 軸（線）: the ~ of the earth 地軸。(2) 中心線，軸線。2〖解〗(1) 軸: the skeletal ~ 骨骼軸。(2) 軸椎，第二頸椎。3〖植〗軸。4〖幾〗軸: the ~ of symmetry 對稱軸。5〖空〗(飛機、火箭等的) 機軸。6 (國家間的) 聯合，合作，軸心同盟。7《the A-》軸心國。

·**ax·le** ['æksl] 图 1〖機〗車軸。2 車軸兩端的心棒。

ax·le·tree ['æksl,tri] 图車軸。

ax·man, axe- ['æksmən] 图(複**-men**) 使用斧頭者，伐木者。

Ax·min·ster ['æks,mɪnstɚ] 图 阿克明斯特地毯。

ax·o·lotl ['æksə,lɑtl] 图〖動〗美西螈。

ay, aye [e] 副〖詩〗《方》時常地，永恆地: for ~ 永久地。

a·ya·tol·lah [,ajɑ'tolɑ] 图 (伊朗) 回教什葉派領袖的尊稱。

aye[1]**, ay** [aɪ] 副是。一图贊成；投贊成票（者）: the ~*s* and nays 贊成與反對。

aye[2] [e] 副 = ay[1].

aye-aye ['aɪ,aɪ] 图指猴。

Ayr·shire ['ɛrʃɪr] 图蘇格蘭良種乳牛。

AZ 《美郵》*Arizona*.

a·zal·ea [ə'zeljə] 图〖植〗杜鵑花。

A·zer·bai·jan [,æzɚbaɪ'dʒɑn, ɑ-] 图 亞塞拜然：裡海西岸、外高加索東部一共和國，1991 年獨立，首都爲巴庫 (Baku)。

az·i·muth ['æzəməθ] 图〖天·海·測·炮〗方位角。

Azores [ə'zoɪz, 'ezorz] 图(複)《the ~》亞速爾群島：位於北大西洋，屬於葡萄牙。

A·zov ['ɑzɑf, 'ezɑv] 图《the ~》**Sea of**, 亞速海：位於黑海東北部的內海。

AZT 图一種治療 AIDS 的藥。

Az·tec ['æztɛk] 图 1 阿茲特克族（人）。2 U 阿茲特克語。

az·ure ['æʒɚ, e-] 图U，形 1 天藍色（的）。2《僅作名詞》〖詩〗碧空，蒼穹。

B b

B¹, b [bi] 名(複 **B's** 或 **Bs, b's** 或 **bs**) **1** U C 英文字母中第二個字母。**2** B 狀物。

B² 《縮寫》〖西洋棋〗*b*ishop; black 鉛筆的黑色濃度。

B³ 名 **1**（順序中的）(1)第二號，二級（品）。(2)《偶作 **b**》（成績等級中的）B，良好。(3)《偶作 **b**》（二學期制學校的）第二學期。**2** U〖樂〗B 音；B 調。**3**《偶作 **b**》（羅馬數字的）300。**4** (1) U（血型的）B 型。(2)（鞋子、胸罩等的尺寸）B 號。**5**《化學符號》boron. **6**《英》《諧》臭蟲。

b 《縮寫》〖理〗*b*ar (s); *b*arn (s).

B. 《縮寫》*B*ible; *B*oston; *B*ritish.

B., b. 《縮寫》*b*achelor;〖醫〗*b*acillus;〖棒球〗*b*ase (man);〖樂〗*b*ass (o); *b*attery;〖地〗*b*ay; *b*elga; *b*el(s); *b*illion; *b*ishop; *B*lessed;〖幣〗*b*olivar, *b*olivano; *b*omber; *b*orn; *b*readth.

Ba 《化學符號》barium.

B. A. 《縮寫》《拉丁語》*B*accalaureus *A*r*tium* (Bachelor of Arts); *b*atting *a*verage; *B*ritish *A*cademy.

baa [bæ, bɑ] 動 不及（羊）咩咩叫。—名 羊咩咩的叫聲。

Ba·al ['beəl] 名(複~·**im** [-ɪm]) **1**（古代閃族神話中的）巴爾神。**2**《偶作 **b-**》邪神；偶像。

baa-lamb ['bæ,læm] 名《英兒語》羊咩咩，羊兒。

Bab [bæb] 名〖女子名〗芭布（Barbara的暱稱）。

bab·bitt ['bæbɪt] 名 U〖冶〗巴氏合金；以巴氏合金製造的軸承。

Bab·bitt ['bæbɪt] 名 **1** 白璧德：Sinclair Lewis 所著的小說名（1922）及該小說的主角名。**2**《常作**b-**》《美口》盲目遵循中產階級價值觀的人；庸俗的商人，市儈。~·**ry** 名 U 市儈氣息。

·**bab·ble** ['bæbl] 動 (**-bled, -bling**) 不及 **1** 喋喋不休地說，嘮叨；（幼兒等）牙牙學語《*away, on*》。**2**（流水）潺潺作響；喧鬧《*away, on, along*》。—及 **1** 嘮叨。**2**（因爲說溜了嘴而）洩漏《*out*》。—名 U **1** 含糊之詞，（幼兒等的）牙牙學語；嘮叨。**2**（溪流的）潺潺聲；私語聲，耳語聲；（電話的）雜音。

bab·bler ['bæblɚ] 名 絮絮叨叨的人；（說溜了嘴而）洩密的人；牙牙學語的幼兒。

bab·bling ['bæblɪŋ] 名 **1** U C 絮絮叨叨；無意義的話語；幼兒的牙牙學語。**2**（如潺潺流水聲般的）連續而模糊不清的聲音。

—形 **1** 喋喋不休的。**2** 發出潺潺聲的。

·**babe** [beb] 名 **1**〖詩〗嬰兒，幼兒。**2** 天真的人，不諳世故的人。**3**《美俚》小妞，少女。

babe in the wood (s) 天真易受騙的人。

Ba·bel ['bebl, 'bæ-] 名 **1** 巴別：古巴比倫的首都。**2**《通常作 **b-**》嘈雜聲；嘈雜的場所。**3**〖聖〗巴別塔。**4**《**b-**》摩天樓；《**b-**》幻想的計畫。

Ba·bel·ize ['bebə,laɪz] 動 及 使（習俗、語言等）混亂。**-i·'za·tion** 名

Ba·ber ['bɑbɚ] 名 巴卑爾（1483－1530）：印度蒙兀兒（Mogul）帝國的建國者及其皇帝。

ba·boon [bæ'bun] 名 **1**〖動〗狒狒。**2**《俚》（智能低而）粗野的人。

Babs [bæbz] 名〖女子名〗芭布絲（Barbara 的暱稱）。

ba·bu ['bɑbu] 名(複~**s** [-z]) **1** 先生：印度人對男子的尊稱。**2** 能通英文的印度職員；《通常爲蔑》英國化的印度人。

ba·bush·ka [bə'buʃkə] 名 婦人的頭巾。

·**ba·by** ['bebɪ] 名 (複 **-bies**) **1** (1) 幼兒，嬰(as) weak as a ~ 柔弱無力的 / make a ~ of a person 像對小娃娃般地對待某人。(2)幼獸。**2**《**the** ~》(1)最幼小的人。(2)《通常爲蔑》孩子氣的人：smell of *the* ~ 孩子氣。**3**《俚》(1)（尤指有魅力的）女子；愛人。(2)男孩；傢伙，小子。**4**《俚》引以爲傲的事物；傑作。**5** 嬌小的東西；小型汽車。**6**《口》（麻煩的）差事，任務：hold the ~ 負責不願擔負的事情 / It's your ~. 那是你的責任。

throw the baby out with the bathwater 玉石不分，一併拋棄。

—形 **1** 嬰兒（用）的。**2** 孩子氣的，幼稚的。**3**《口》小（型）的；小額的。

—動 (**-bied, ~·ing**) 及 **1**《口》把（人）當小娃娃看待；嬌寵，呵護。**2**〖運動〗《美》輕擊（球）。

'baby ,boom 名 嬰兒潮，生育高峰期（《英》the bulge）：指某一時期中的嬰兒出生率劇增，尤指第二次世界大戰後 20 年間在美國和歐洲所出現的現象。

'baby ,boomer 名 嬰兒潮時期出生的人。

'baby ,carriage [,buggy] 名《美》嬰兒車（《英》pram）。

'baby ,face 名 娃娃臉（的人）。

'baby-,faced 形 有娃娃臉的。

B

'baby ,farm 名《通常爲蔑》（收費的）育嬰院；托兒所。
'baby 'farmer 名托兒所經營者。
'baby ,grand (pi'ano) 名 平臺鋼琴（grand piano）中最小的一種。
ba·by·hood ['bebɪ,hud] 名Ⓤ嬰兒期，幼兒期。
ba·by·ish ['bebɪɪʃ] 形 嬰兒般的，幼稚的。
Bab·y·lon ['bæbḷən] 名 **1** 巴比倫：古代Babylonia的首都。**2** 奢靡罪惡的都市；罪人聚集之地。
Bab·y·lo·ni·a [,bæbḷ'onɪə] 名 巴比倫尼亞：古王國名，即巴比倫王國，位於今日的伊拉克境內。
Bab·y·lo·ni·an [,bæbḷ'onɪən] 形 **1** 巴比倫的；巴比倫尼亞的：～ captivity 猶太人被放逐在巴比倫的時期（597–538 B.C.）。**2** 極奢靡的，罪惡的。—名 古代巴比倫人；Ⓤ 巴比倫語。
,baby's 'breath 名Ⓤ〖植〗滿天星。
ba·by-sit ['bebɪ,sɪt] 動 **(-sat, ～·ting)** 不及（替…）臨時看護小孩《*for...*》。～**·ting** 名
:ba·by-sit·ter ['bebɪ,sɪtɚ] 名（父母親不在時）臨時看護小孩者，臨時保母。
'baby ,snatcher 名《口》竊嬰的罪犯。
'baby ,talk 名Ⓤ兒語；嬰兒講的話；模仿兒語般的說話。
'baby ,tooth 名 **(複 baby teeth)** ＝乳齒 milk tooth.
bac·ca·lau·re·ate [,bækə'lɔrɪɪt] 名 **1** 學士學位（bachelor's degree）。**2**《美》（通常在畢業典禮之前的禮拜天）爲畢業班所舉行的宗教性儀式。**3** = baccalaureate sermon.
bacca'laureate (,sermon) 名《美》在爲畢業班舉行的宗教儀式上所發表的告別致詞。
bac·ca·ra(t) [,bækə'rɑ, 'bækə,rɑ] 名Ⓤ〖牌〗一種紙牌賭博。
bac·cha·nal ['bækənḷ, -,næl] 名 **1**《常作 **B-**》酒神 Bacchus 的信徒。**2** 狂飲作樂的人，狂飲的宴會。—形酒神Bacchus的；喧鬧的，狂飲作樂的。
Bac·cha·na·li·a [,bækə'nelɪə] 名 **(複～, ～s)** **1**《偶作複數》（古羅馬的）酒神祭典。《 **b-** 》祭典活動的狂飲宴會。
bac·cha·na·li·an [,bækə'nelɪən] 形《偶作**B-**》酒神祭典的；狂飲宴會的。—名酒神的信徒；喝酒喧鬧的人。
bac·chant ['bækənt] 名 **(複～s, -chan·tes** [bæ'kæntiz])，形 = bacchanal.
bac·chan·te [bə'kænt(ɪ)] 名 **1** 酒神 Bacchus 的女祭司。**2** 女酒徒；狂飲作樂的女人。
Bac·chic ['bækɪk] 形 **1**（崇拜）酒神Bacchus 的。**2**《 **b-** 》喝醉的；狂飲喧鬧的。
Bac·chus ['bækəs] 名〖羅神〗酒神巴卡斯：即希臘神話中的 Dionysus。
bac·cy ['bækɪ] 名Ⓤ《英俚》煙草。

bach [bætʃ] 動 不及《 ～ it 》《口》（男子）過單身生活。—名單身漢，光棍。
Bach [bɑk, bɑx] 名 **1 Johann Sebastian**，巴哈(1685–1750)：德國作曲家。
·bach·e·lor ['bætʃəlɚ] 名 **1** 未婚男子，單身漢：a ～*'s baby* 私生子 / a ～ mother《美俚》（不論未婚、離婚或孀居）獨力養育子女的母親，單身母親 / a ～'s flat 單身公寓 / a ～*'s* wife（單身漢的）理想妻子。**2** 學士學位：a *B-* of Arts 文學士。～**·,ism** 名Ⓤ單身（狀況）；單身主義。～**·,ship** 名Ⓤ單身；學士的資格。
bach·e·lor·ette [,bætʃələ'rɛt] 名 年輕的單身女子。
'bachelor ,girl 名《口》（自食其力的）年輕單身職業婦女。
bach·e·lor·hood ['bætʃələ,hud] 名 Ⓤ 單身生活，單身時代。
'bachelor's de,gree 名（大學的）學士學位。⇨BACHELOR 2
bac·il·lar·y ['bæsḷ,ɛrɪ], **-lar** [-lɚ] 形 **1** 桿狀的。**2**〖菌〗桿菌（性）的，細菌（性）的。
ba·cil·lus [bə'sɪləs] 名 **(複-li** [-laɪ]) **1** 桿菌。**2**《通常作 **bacilli** 》細菌；（尤指）桿狀細菌。
:back [bæk] 名 **1**（人、動物的）背，背部，背脊：fall on one's ～ 仰天倒下 / get one's ～ on...《喻》厭惡；背離。**2** 身體各部分的背面；（一般物體的）背部，背面；（刀）背，（山）脊，（船的）龍骨。**3** 物體背後的支撐部分；背脊骨；耐力，背負力。**4**（尤指與衣服的穿戴有關的）整個身體：have no clothes to one's ～ 窮得沒有衣服穿；一無所有。**5**（與正面相對的）背面，後面；內部，深處；（舞臺的）背景；《喻》心裡，事情的內幕。**6** 襯裡。**7**（彎曲之物的）凸面；（拱門的）拱背。**8**〖運動〗後衛。
at a person's back (1) ⇨ 名1, 5. (2) 支持某人，給某人撐腰。
at the back of... (1) ⇨名1, 5. (2) 追求。
back and belly 背與腹；完全，遍及；衣食。
back and edge 徹底；排除萬難，拚命。
behind a person's back / behind the back of a person 在某人的背後，祕密地，背地裡，暗中。
back to front (1) 前後倒置，前後顛倒。(2) 完全，全然。
behind back 悄悄的，偷偷的。
be on a person's back《俚》(1) 挑某人的錯。(2) 妨礙某人，給某人添麻煩。(3) 依賴某人，受某人幫助。
break a person's back 把某人壓得喘不過氣來；打垮某人；使某人破產。
break the back of ... (1) 克服…的困難。(2) 抑制（論證、體制、攻擊等）的力量。
get off a person's back《口》停止對某人的責難，不再找某人的麻煩。

get on** a person's **back 《俚》(1) 嚴加監督某人，對某人施壓力，虐待某人。(2) 責難某人。
get** a person's **back up 使某人生氣。
get** one's **back up (1) 生氣。(2)意氣用事，固執。
***give** a person **the back** / **give the back to** a person* (1) 棄某人於不顧。(2) 忽視某人。
have a broad back 心胸寬大。
have** one's **back to the wall 進退維谷，陷入困境；被迫自衛。
***(in) back of** ...* 《美口》(1) 在…背後；《喻》背地裡。(2) 支持。(3) …的原因，…的動機。
know...like the back of** one's **hand 對…瞭若指掌。
on** one's **back (1) ⇨ 名1. (2)臥病在床。(3)《口》無計可施。
pat** a person **on the back ⇨ PAT（片語）
put** one's **back into... 專心致力於…，盡全力去做。
put** a person's **back on 使某人爲難。
see the back of... 趕走，攆走。
talk through the back of** one's **neck ⇨ NECK（片語）
the back of beyond 《英口》偏遠地方，偏僻地方。
the back of** one's **hand 《口》非難；蔑視。
to the back 《英》徹底，完全，道地。
turn** one's **back 離開，逃走；不理睬《*to...*》。
***turn** one's **back on** ...* (1)（人因生氣、輕視而）背對著…。(2)背棄。
when** a person's **back is turned 《口》當某人不在場時；正當某人只顧做別的事時。
with** one's **back to the wall 進退維谷時，處於困境。
—動及 **1** 支持《*up*》: ～ one's friend (*up*) 支持朋友。**2** 使後退：～ a car up 倒車。**3** 在…的背面書寫；在（文件）上副署：～ a check 在支票上背書。**4** 下賭注：～ the wrong horse 押中輸的馬；估計錯誤。**5** 襯托，以…爲背景。**6** 裝上書背；裱褙《*with...*》。—不及 **1** 向後移動，後退，退縮。**2**〖海〗(風向) 逆轉。**3**《美》背鄰；背靠《*onto, on, to, against...*》。
back and fill (1)一面調整帆一面前進；彎彎曲曲地前進。(2)《美俚》游移不定。
back away (1)後退《*from...*》；退縮。(2)《喻》(從某立場、主義等) 退卻《*from...*》。
back...away** / **back away... 使（車子）倒退。
back down 《口》(1) 放棄《*from...*》；取消，讓步《*on...*》。(2) 退縮，後退。
back off (1) = BACK down (1). (2) [***back off** ...*] 從…退避，後退。(3)《美俚》減低車速；放慢速度；被趕出（酒吧等）；《命令句》不要欺負人。
back out 退出；不插手《口》取消《*of, from...*》。
back up (1) ⇨ 動不及1. (2)《美俚》說詳細一點；說慢一點；反覆地說。
back...up** / **back up... (1) ⇨ 動及1. (2) ⇨ 動及2. (3)使阻塞。(4)〖印〗在…背面印刷。(5)〖運動〗作…的後援。(6) 支撐。(7)〖電腦〗作備份。
back water (1) 逆划。(2) 後退。(3) 取消。
—形（最高級 **backmost**）《主用於限定用法》**1** 在後方的，在背後的，後面的。**2** 遠離的，偏遠的。**3** 舊的，從前的：～ numbers 過期的雜誌或報紙。**4** 倒退的，相反的；〖海〗倒逆方向的：～ action 反作用（力）/ ～ cargo 退回的貨物。**5**《美》積欠的；未付的；過期的。—副 **1** 向後；向後方；向背面；後退地：step ～ 退後。**2** 回，回復到（原來的場所、狀態）；作爲還報：on one's way ～ 在回家的路上 / go ～回去 / pay ～ a debt 還債 / answer ～ 回嘴。**3**（回溯）往昔，以前：some years ～ 幾年前 / look ～ on one's childhood 回顧童年。**4** 控制地，抑制地；保留地；隱瞞地，收斂地：hold ～ the laughter 忍住笑。
back and forth 來回地，來來回回。
***get back on** a person* 《口》對某人報復。
***go back on** ...* 《口》(1) 不忠，背叛。(2) 違（約），食（言）。
to ... and back 往返…地，來回地。

back·ache ['bæk,ek] 名ⓤⓒ背痛；腰痛。

back-al·ley ['bæk'ælɪ] 形 **1** 骯髒的，醜陋的。**2** 隱密的；偷偷摸摸的。

'back 'bench 名《英・澳》(下議院的) 後排座席。**'back-'bench·er** 名

back·bite ['bæk,baɪt] 動 (-**bit**, -**bit·ten** 或《口》-**bit**, -**bit·ing**) 及不及 毀謗中傷。

back·biter ['bæk,baɪtɚ] 名ⓒ背後說他人壞話者。

back·bit·ing ['bæk,baɪtɪŋ] 名ⓤ 毀謗，背後中傷。

back·board ['bæk,bord] 名 **1** 背板，後板。**2**〖醫〗脊椎骨矯正板。**3**〖籃球〗籃板。

:back·bone ['bæk'bon] 名 **1**〖解〗背脊骨，脊柱。**2** 類似脊骨的東西；山脈，分水嶺；《**the** ～》要素，主力，中堅：*the* ～ of the family 一家之主。**3** ⓤ 骨氣，堅毅。**4**〖裝訂〗書背；〖船〗龍骨材。
to the backbone 徹底，完全。
-boned 形 有脊椎的；有骨氣的。

back·break·ing ['bæk,brekɪŋ] 形 極費力的，累壞人的。

'back ,burner 名（爐灶的）後面的火口；《喻》次要的位置。

back·chat ['bæk,tʃæt] 名ⓤ《口》**1** 巧妙的對答；用俏皮話相互挖苦。**2** = back talk.

back·cloth ['bæk,klɔθ] 名（複～s [-ðz, -θs]）〖劇〗《主英》= backdrop 1.

back·comb ['bæk,kom] 動及《英》逆梳

頭髮。

back·coun·try ['bæk,kʌntrɪ] 名 U C《美》1 鄉下。2 偏遠地區。

B

back·court ['bæk,kort] 名〖籃球〗後場；〖網球〗發球線後面的場地。

back·date ['bæk,det] 動 及 使生效日期早於公布日期；回溯《*to*...》。

'back 'door 名 1 後門。2 祕密途徑，非法手段。

back·door ['bæk,dor] 形 1 後門的。2 祕密的，非法的，不正當的。

back·drop ['bæk,drɑp] 名 1〖劇〗背景幕（《英》back-cloth）。2 事件發生的背景《*of*...》。

backed [bækt] 形 1《常作複合詞》有背的，有背景的；得到支持的。2〖商〗有背書的。

back·er ['bækɚ] 名 1 後援者，支持者，支撐物。2 下賭注者。

back·field ['bæk,fild] 名〖美足〗《集合稱》後衛；後衛的攻守範圍。

back·fire ['bæk,faɪr] 動 不及 1 逆燃；向後爆發。2 招致相反的結果。
—名 1 逆燃；反效果。2《美》逆火。

'back for,mation 名 U〖語言〗反造法；C 反造詞。

back·gam·mon ['bæk,gæmən] 名 U 西洋雙陸棋戲。

:back·ground ['bæk,graund] 名 1 背景，後景（部分）；底色。2 內幕情況；（了解事情所必要的）背景資料。3 出身，經歷。4 不顯眼的位置；幕後。5 = background music. 6（無線電的）干擾雜音。
—形（作爲）背景的，不顯眼的。

'background ,music 名 U 1 配樂。2 背景音樂。

back·hand ['bæk,hænd] 名 1 U 左斜的書法。2 用手背的打擊。3（網球等的）反手拍。—形 副 1 左斜的[地]。2 用手背（打）的[地]。3（網球等）反手拍的[地]。

back·hand·ed ['bæk'hændɪd] 形 1（書法）左斜的。2（網球等）反手拍的。3 曖昧的，間接的；挖苦的；諷諭的。—副 用手背地；用反手地。～·ly 副

back·hand·er ['bæk,hændɚ] 名 1《口》反手一擊，用手背打的一拳；（網球等的）反手拍。2《英俚》賄賂。3 非難，反擊。4（倒給右座的人的）反手酒。

back·haul ['bæk,hɔl] 動 及 不及（貨車）載回程貨。—名 回程；回程貨。～·ing 形 回程貨的。

back·house ['bæk,haus] 名（複 -hous·es [-zɪz]）《美》宅後小屋；屋外廁所。

back·ing ['bækɪŋ] 名 1 U 後援，支持；《a ～》《集合名詞》後援者。2 U C 襯裡；〖木工〗填料。3 C U〖樂〗伴奏。4 U《美口》後退。5 U 背書（保證）。

'back 'issue 名 = back number.

back·lash ['bæk,læʃ] 名 1〖機〗反動；〖釣〗釣線糾結。2（激烈的）反彈；激烈排斥；（對黑人的）排拒。—動 不及 1 釣線糾結。2 激烈反抗。

back·less ['bæklɪs] 形 無背的；露背的。

back·list ['bæk,lɪst] 名，動 及 列入舊版庫存書籍目錄。

back·log ['bæk,lɔg, -,lɑg] 名《口》1 儲備；積壓；預備。2《美》（爲使燃燒良好而放在爐裡面的）整薪圓柴。—動 (-logged, ～·ging) 及 儲備，積壓。

back·most ['bæk,most] 形 最後面的。

'back 'number 名 1 過期刊物。2《口》過時的人物[方法]。

back-of·fice ['bæk'ɔfɪs] 形 辦公室的內室（如更衣室、化妝室、盥洗室等）的。

back·out ['bæk,aut] 名 倒數計時。

back·pack ['bæk,pæk] 名 背包；馱負物。—動 不及 馱著背包徒步旅行。

back·pack·ing ['bæk,pækɪŋ] 名 U 馱著背包的徒步旅行。-pack·er 名

'back ,passage 名《婉言》直腸 = rectum.

back·ped·al ['bæk,pɛdl] 動 (～ed, ～·ing 或《英》-alled, ～·ling) 不及 1 反踩（腳踏車的）踏板。2〖拳擊〗《俚》後退躲開；後撤。3 改變立場，退縮。

back·rest ['bæk,rɛst] 名 靠背；後扶架。

'back 'road 名 鄉間道路。

back·room ['bæk,rum] 名 後房；密室。—形 祕密的，暗地裡的。

'backroom 'boy 名《主英俚》從事祕密研究的人員；智囊人物。

back·scat·ter ['bæk,skætɚ] 名 U〖理·電子〗背向散射，逆散射。

'back ,scratcher 名 1 背爪。2《英口》相互利用的人。3《口》阿諛者，奉承者。

back·scratch·ing ['bæk,skrætʃɪŋ] 名 U 相互利用，相互掩護。

'back 'seat 名 1 後座。2《口》不重要的地位：take a ～ 居下位。

'back-seat 'driver 名《通常爲蔑》1 後座駕駛。2《口》多管閒事的人，隨意批評的人。

back·set ['bæk,sɛt] 名 1 倒退，倒轉。2 渦流，逆流。

back·side ['bæk,saɪd] 名 1 後部，背面。2《常作 ～s》《口》屁股。

back·slap·ping ['bæk,slæpɪŋ] 名 U C《口》輕拍人背部以示親熱。—形 表示親熱的。-per 名

back·slide ['bæk,slaɪd] 動 (-slid, -slid 或 -slid·den, -slid·ing) 不及 墮落，退步；再犯，故態復萌。

back·slid·er 名 再犯者。

back·space ['bæk,spes] 動 不及 將打字機滾筒退後一格。—名（打字機的）倒退鍵。

back·spin ['bæk,spɪn] 名（桌球、撞球等的）逆旋轉。

back·stab ['bæk,stæb] 動 (-stabbed, -stab·bing) 及 背後中傷。～·ber 名

back·stage ['bæk'stedʒ] 副 1 在後臺；在舞臺後部。2 祕密地。—['-,-] 形 1 後臺的；

舞臺後部的。2 祕密的。—图〖劇〗後臺。

'back ˌstairs 图(複)《作單、複數》1（傭人用的）後樓梯。2 陰謀。

back·stair(s) ['bæk,stɛr(z)] 形 祕密的，不正當的。

back·stay ['bæk,ste] 图1〖機〗背撐。2〖海〗後支桿；後支索。3〖建〗（塔、柱的）後部支持物，控繩。

back·stitch ['bæk,stɪtʃ] 图倒針，倒縫。—動及不及倒縫。

back·stop ['bæk,stɑp] 图 1（棒球場等的）擋球網；〖棒球〗《口》捕手。2《口》止回裝置；根據，支持。

'back 'street 图後街小巷。

'back-'street 形避人耳目的，非法的。

back·stretch ['bæk,strɛtʃ] 图〖徑賽·賽馬〗（跑道中）與終點前的直線跑道相對而平行的部分。

back·stroke ['bæk,strok] 图 1 用手背打，反手擊；（擊球法中的）反手擊球。2 反擊，反彈。3《the ～》〖泳〗仰泳。—動不及〖泳〗仰泳。

back·swing ['bæk,swɪŋ] 图（高爾夫球桿的）向後揮。

'back ˌtalk 图U《美》頂嘴，回嘴。

back-talk ['bæk,tɔk] 動不及《美口》還嘴，頂嘴。

'back to 'back 图《～s》《英口》背對背的陋巷房屋。—形 1《美口》背對背的，接近的；（兩件類似事件）連續發生的，相繼出現的：two home runs ～ 連續兩支全壘打。2〖金融〗對開的（亦作 **back-to-back**）。

back·track ['bæk,træk] 動不及《美》1 由原路回去。2 退回，撤回；變卦。

'back ˌtrack 图《美》（與原路相同的）回程。

back(-)up ['bæk,ʌp] 图1 U C 後援者，支援者；支撐用的東西。2（因淤塞、故障等原因而造成某物的）堆積，氾濫；堵塞：a ～ of traffic 交通堵塞。3 U C（以備研究計畫等失敗時用的）替代計畫；後備，替代：a ～ supply 後備補給品。4 後退；引退。5〖保齡球〗後補球員。6〖電腦〗備份。

—形 1 預備的，替代的：a ～ generator（停電時用的）輔助發電機。2 伴奏的。3 支撐的。

'backup ˌlights 图〖汽車〗《美》倒車燈：表示後退用的燈。

'back-up 'servicing 图售後服務。

·back·ward ['bækwɚd] 副1 向後方，向後；轉向後面，倒逆地，從最後，顛倒地：fall ～ 往後倒 / turn ～ 回頭 / drive a car ～ 倒車 / turn a handle ～ 將把手倒轉 / count ～ from 100 從一百倒數。2 回顧過去：some twenty years ～ 大約二十年以前 / look ～ over one's past 回顧自己的過去 / look fondly ～ on the old days 深情地回顧往日。3 退化地，退步地，後退地：go ～ 退步。

bend* [*lean*] *over backward 竭盡全力。

backward and forward (1)前後，到處，來回。(2)反覆地。(3)（亦稱 ***know** something **backward***）《表理解程度》完全地，徹底地。

—形1 向後方的，後退的，逆（行）的；回到過去的：a ～ position 朝後的位置 / a ～ look 回顧 / a ～ journey 回程 / a ～ blessing 詛咒 / a ～ movement 後退。2 落後的，進步較慢的；遲的，晚的《*in*...》：a ～ child 智能遲鈍的孩子 / a ～ country 落後國家 / a girl ～ *in* many subjects 多科成績落後的女孩。3（在…方面）畏縮的，羞怯的；猶疑不決的《*in*..., *in* doing》：a ～ lover 害羞的情人 / be ～ *in* asserting oneself 怯於堅持自己的意見。～**·ly** 副, ～**·ness** 图

'backward-ˌlooking 形回顧的；退縮的，保守的。

back·wards ['bækwɚdz] 副《主英》= backward.

back·wash ['bæk,wɑʃ] 图1〖海〗（槳、螺旋槳轉動時所產生的）回瀾，反擊浪；〖空〗逆流；（海岸等的）退潮。2（事件、災害等的）後果，餘波，回響。3《英》沉澱物，殘渣。

back·water ['bæk,wɔtɚ, -,wɑtɚ] 图 1 U（被攔水壩、洪水、潮水等阻退回的）回流，回水；淤滯的海灣。2（文化、思想等的）停滯；隱僻（的地區），死氣沉沉（的地方）。

—動不及倒划，螺旋槳逆向旋轉；《美》退縮。

back·woods ['bæk'wʊdz] 图(複)《常作單數》《美》偏遠未開墾的森林。

—形 1 偏遠的，未開發的。2 天真的，純樸的；粗魯的，沒教養的。

back·woods·man ['bæk'wʊdzmən] 图(複-**men**) 居住於偏遠未開發地區者；《口》粗野的人，鄉下人。

back·yard ['bæk'jɑrd] 图1 後院。2 常去的場所；鄰近的地方：in one's own ～ 在常去的地方；在自己的專門領域裡。

:ba·con ['bekən] 图U1 醃燻的豬肉：～ and eggs 醃燻肉加煎蛋 / a rasher of ～ 一片醃燻肉。2《俚》掠奪品；利益。

bring home the bacon 《口》(1)養家活口，負擔家計。(2)完成工作；成功。

save one's bacon《俚》(1)達成願望。(2)使自己免受傷害或避開危難。

sell one's bacon《俚》賣身。

Ba·con ['bekən] 图 **Francis,** 培根（1561–1626）：英國哲學家，古典經驗論之祖。

Ba·co·ni·an [be'konɪən] 形 培根的；培根學說的。—图培根哲學信奉者。

·bac·te·ri·a [bæk'tɪrɪə] 图(複)(單 **-ri·um** [-rɪəm]) 細菌。

bac·te·ri·al [bæk'tɪrɪəl] 形細菌的，由細

B

菌產生的。～·ly副

bac·te·ri·cide [bæk'tɪrə,saɪd] 名UC殺菌劑。

bac·te·rin ['bæktərɪn] 名U〖免疫〗疫苗，菌苗。

bac·te·ri·o·log·i·cal [bæk,tɪrɪə'lɑdʒɪkl] 形細菌學（上）的。

bacterio'logical 'warfare 名 細菌戰。

bac·te·ri·ol·o·gy [bæk,tɪrɪ'ɑlədʒɪ] 名U 細菌學。**-gist**名細菌學家。

bac·te·ri·o·phage [bæk'tɪrɪə,fedʒ] 名U 噬菌體。

bac·te·ri·um [bæk'tɪrɪəm] 名**bacteria**的單數形。

'Bac·tri·an 'camel ['bæktrɪən-] 名〖動〗雙峰駱駝。

:bad [bæd] 形**(worse, worst) 1** 惡劣的，不好的；不正的；下流的，無禮的；墮落的：～ habits 壞習慣 / ～ conduct 不良行爲 / ～ language 粗話。**2** 劣等的，有缺陷的：～ heating 不良的暖氣設備。**3** 不正確的：a ～ shot 不準的發射；錯誤的推測。**4** 無效的：a ～ check 無效的支票。**5** 笨拙的，未成熟的《 *at..., at* doing 》：be ～ *at* (doing) figures 拙於算數 / a ～ business 不合算的買賣；《口》一團糟。**6** 嚴重的；不舒服的《 *with, from..., from* doing 》：a ～ attack of coughing 一次嚴重的咳嗽發作 / be taken ～生病了 / feel ～ *from* eating too much 吃得太多而不舒服。**7** 不悅的：be in ～ mood 情緒不佳。**8** 令人不快的：have a ～ day 過了不愉快的一天。**9** 有害的《 *for, to...* 》；不幸的；不適當的：a ～ storm 嚴重的暴風雨 / a ～ year 凶年；不景氣的一年 / be ～ *for* the health 對健康有害。**10** 懊悔的《 *about, for, at...* 》：feel ～ *about* an error《美口》因過失而不安。**11** 腐敗的：go ～ 腐敗；墮落的。**12**（球類賽中）失誤的。

bad news (1) 壞消息；《俚》不幸的事情；難應付的人。(2)《俚》帳單。

in a bad way 處於危險狀態，在困境中；病重。

not bad / not so bad / not too bad 《口》(1) 不錯。(2) 還過得去。

too bad 不幸的，遺憾的。

—名 **1** U 缺點。**2** U 不良；惡運。**3**《通常作 **the** ～》《集合名詞，作複數》歹徒。

in bad 《美口》(1) 苦惱，處於困境。(2) 失寵《 *with, over...* 》。

to the bad 負債；虧損。

—副《口》= badly.

bad off 貧窮的。

'bad 'apple 名《俚》壞蛋，害群之馬。

'bad 'blood 名U敵視；憎恨。

'bad 'breath 名U口臭。

'bad 'check 名空頭支票。

'bad 'debt 名〖商〗呆帳，壞帳。

bad·die, bad·dy ['bædɪ] 名《俚》惡人，壞蛋。

bad·dish ['bædɪʃ] 形有點壞的。

bade [bæd] 動**bid**的過去式。

'bad 'faith 名 U 背信，無誠信。

badge [bædʒ] 名**1** 徽章；獎章。**2** 象徵。—動及做標記；戴徽章。

badg·er ['bædʒɚ] 名 **1**〖動〗獾；U 獾皮。**2**《澳》〖動〗(1) 袋熊。(2) 袋狸。**3**《 **B-** 》美國 Wisconsin 州人。—動及使煩惱《 *with...* 》；糾纏。

'badger ,game 名U《美》美人計，仙人跳。

'Badger 'State 名《 **the** ～》獾州：美國 Wisconsin 州的別稱。

bad·i·nage [,bædɪ'nɑʒ] 名 U 嘲弄，開玩笑。

bad·lands ['bæd,lændz] 名 (複)《美》劣地，不毛之地。

bad·ly ['bædlɪ] 副 **(worse, worst) 1** 錯誤地，拙劣地：a ～ phrased statement 措詞不當的聲明 / a ～ fitting cap 很不合適的帽子。**2** 不友善地：speak ～ of ... 把…說得很壞。**3**（道德、法律上）不當地：act ～ 行爲不檢。**4**《口》非常地；嚴重地：be ～ in need of... 極需要… / wound him ～ 把他傷得很重。**5** 悲傷地：take the news ～ 對這個消息感到十分悲傷。—形《口》不愉快的；遺憾的。

be badly off for... 非常缺乏…。

bad·man ['bæd,mæn] 名 (複**-men**)《美口》（尤指舊時西部的）亡命之徒，強盜。

bad·min·ton ['bædmɪntən] 名U羽球運動；羽毛球。

'bad ,mouth 名U《美俚》中傷，詆毀；嚴厲的批評。

bad-mouth ['bæd,maʊθ] 動 及《美俚》詆毀；嚴厲批評。

bad·ness ['bædnɪs] 名U 惡劣；壞，不良，不吉。

'bad ,news名《口》惹麻煩的人或事物。

bad-tem·pered ['bæd'tɛmpɚd] 形 脾氣暴躁的，粗暴的。

'bad 'time名苦境，窘況。

Bae·de·ker ['bedəkɚ] 名 **1** 貝德克旅行指南：德國人 Karl Baedeker 於 1828 年創刊。**2** 旅行指南。

·baf·fle ['bæfl] 動**(-fled, -fling)** 及**1** 使困惑。**2**《常用被動》使受挫。**3** 止住；阻礙：～ a stream 止住水流。—不及掙扎，焦躁不安。—名 **1** 阻礙物；U 困惑，挫折。**2** 隔牆；隔板。～**·ment**名

baf·fle·gab ['bæfl,gæb] 名 = gobbledegook.

baf·fling ['bæflɪŋ] 形 **1** 令人受挫的；使人困惑的。**2** 無法理解的：～ winds 方向不定的風。～**·ly**副, ～**·ness**名

:bag [bæg] 名**1** 袋；一袋：a disposal ～ 垃圾袋 / two ～ of rice 兩袋米。**2** 行囊，手提包，提袋：pack one's ～ 整理行囊。**3** 錢袋：bear the ～ 掌握經濟權，可自由花用 /

consult one's ～謹慎用錢 / empty one's ～ to the last penny 傾囊。4〖狩·釣〗獵袋；《集合名詞》漁獵所獲 : make a good ～ 漁獲量豐富。5 袋狀物；《～s》《英俚》褲子 : have ～s under one's eyes 有眼袋。6（動物等體內的）袋，囊；（母牛等的）乳房；《～s》《美俚》陰囊 : a honey ～ 蜜囊。7《～s》《英俚》充足，很多《of...》: ～s of money 很多錢。8〖棒球〗《美》壘包 = base[1] 8. 9《俚》《通常爲蔑》邋遢女人；醜女人。10《俚》專長，愛好。11 心情 : in a mean ～ 情緒不佳。12《美俚》事情；問題。13 立場；環境，境遇。

a bag of bones 瘦骨嶙峋的人。

empty the bag《口》和盤托出。

get the bag《口》被解僱。

give a person the bag《口》(1) 解僱。(2)《俚》拒絕。

have a bag on《美俚》喝酒歡鬧，喝醉。

hold the bag《美俚》(1) 獨自承擔責任。(2) 兩手空空。

in the bag《口》確定的，十拿九穩的。

in the bottom of the bag 作爲最後手段。

set one's bag for...《美》對…有野心。

the (whole) bag of tricks《英俚》一切手段。

(with) bag and baggage《口》(1)（連同）所有的東西。(2) 全部地。

—動 **(bagged, ～·ging)** 不及 **1** 鼓起。**2** 鬆弛。—及 **1** 使鼓起。**2** 放入袋中《*up*》；捕殺，捕獲。**3**《俚》獲得；收集；《口》偷竊。**4**《美俚》逃學。

bag·a·telle [ˌbægəˈtɛl] 名 **1** 瑣事，小事。**2** U 彈子遊戲。**3** 鋼琴小曲。

Bag·dad [ˈbægdæd, bɑgˈdɑd] 名 = Baghdad.

ba·gel [ˈbegəl] 名 圈型硬麵包，貝果。

bag·ful [ˈbægˌful] 名 (複～s) 一袋（的量）《*of...*》；大量。

:**bag·gage** [ˈbægɪdʒ] 名 **1** U《美》《集合名詞》行李 : a ～ tag 行李籤 / a piece of ～ 一件行李 / book one's ～ to Chicago 將行李托運到芝加哥。**2** U（軍隊、探險隊的）行李。**3**《集合名詞》《口》包袱；落伍的論點。**4** 賣淫婦；輕佻的女子；《口》《謔》調皮的女孩。

ˈbaggage ˌcar 名《美》行李車。

ˈbaggage ˌcheck 名《美》行李票；行李上的標籤。

ˈbaggage ˌclaim 名（機場的）行李存取處。

bag·gage·man [ˈbægɪdʒˌmæn] 名 (複 **-men**) 行李搬運員。

ˈbaggage ˌroom 名《美》行李寄放處。

bagged [bægd] 形《美口》喝醉的。

bag·ger [ˈbægɚ] 名 裝袋工；裝袋機。

bag·ging [ˈbægɪŋ] 名 U 製袋材料。

bag·gy [ˈbægɪ] 形 **(-gi·er, -gi·est)** 袋狀的；鬆弛下垂的；寬鬆的。

-gi·ly 副, **-gi·ness** 名

Bagh·dad [ˈbægdæd, ˌbɑgˈdɑd] 名 巴格達 : 伊拉克（Iraq）首都。

ˈbag ˌjob 名《美俚》非法進入住宅搜查。

ˈbag ˌlady 名 露宿街頭的女人，女遊民。

bag·man [ˈbægmən] 名 (複 **-men**) **1**《美俚》收取不法錢財的經手人，車手。**2**《英》巡迴推銷員。

bag·pipe [ˈbægˌpaɪp] 名《常作～s》風笛。

-pip·er 名 風笛吹奏者。

ba·guette [bæˈgɛt] 名 **1** 長條形寶石。**2** 長條形法國麵包。

bag·worm [ˈbægˌwɝm] 名 結草蟲。

bah [bɑ] 感《表輕蔑、厭惡》呸！

Ba·ha·ma [bəˈhɑməz, -ˈhe-] 名 **1**《the ～》《作複數》巴哈馬群島。**2** 巴哈馬聯邦 : 1973 年獨立；首都拿索（Nassau）。

-mian, -man 名 形 巴哈馬人[的]。

Bah·rain, -rein [bɑˈren] 名 巴林（國）: 位於波斯灣的島國；首都麥納瑪（Manama）。

～·i [-nɪ] 形 名 巴林的[人]。

baht [bɑt] 名 (複 **～s, ～**) 銖 : 泰國貨幣單位。

Bai·kal [baɪˈkɑl] 名 **Lake,** 貝加爾湖 : 俄羅斯西伯利亞南部的淡水湖。

bail[1] [bel] 名 U〖法〗**1** 保釋；保釋金 : pay the ～ 繳付保釋金，交保 / refuse ～ 不准保釋 / be under ～ 保釋中 / admit a person to ～ 准許某人保釋。**2** 保釋人。

go bail for... 爲…作保釋人；《喻》保證。

jump bail 保釋後逃走，棄保潛逃。

on bail 保釋中，交保候傳。

take leg bail《口》脫逃，溜掉。

—動 及 **1** 爲…做保釋人《*out*》；准許保釋。**2** 將（物品）委託。

bail[2] [bel] 名 **1**（水壺等的）半圓形把手；（車篷等的）半圓形支撐箍。**2**（打字機等的）壓紙桿（亦作 **bale**）。

bail[3] [bel] 動 及 汲出（船內的）水《*out*/ *from, out of...*》。—不及 把水汲出《*out*》。

bail out (1) ⇨ 動 不及。(2)《口》（從飛機上）跳傘《*of...*》。(3)《俚》（爲逃避責任而）放棄；脫離（困境等）《*of...*》。

bail...out / bail out... (1) ⇨ 動 及。(2)《俚》使脫離困境，解套。

—名（將水汲出船外用的）戽斗。

bail[4] [bel] 名 **1**〖板球〗三柱門上的橫木。**2**《英》（馬廄的）柵欄。

bail·a·ble [ˈbeləbl̩] 形〖法〗**1** 准予保釋的。**2** 可交保的。

ˈbail ˌbond 名 C U〖法〗保釋保證書。

bail·ee [ˌbeˈli] 名〖法〗受託者。

bail·er [ˈbelɚ] 名〖板球〗打中三柱門上橫木的球。

bai·ley [ˈbelɪ] 名 (複 **～s** [-z]) **1** 城廓。**2**（城的）廓內，中庭。

ˈBailey ˌbridge 名〖軍〗倍力橋。

bail·iff [ˈbelɪf] 名 **1**《英》土地管理人。**2** 執行官。**3**《英》地方行政官；〖英史〗郡

官的助手。4《美》法警。

bail·i·wick ['belə,wɪk] 名U 1 bailiff的管轄區。2（個人的）專長範圍。

B

bail·ment ['belmənt] 名U〖法〗1 委託。2 保釋。

bail·or ['belɚ, ,be'lɔr] 名 委託人。

bail(-)out ['bel,aut] 名 1 緊急跳傘。2 緊急援助，紓困。—形 緊急狀況的。

bails·man ['belzmən] 名(複-men)〖法〗保釋人；擔保人。

bairn [bɛrn] 名《蘇·北英》小孩。

·**bait** [bet] 名 1 餌：take the ～ 上鉤。2 誘惑（物）。—動 及 1 裝餌於；布餌於。2 引誘《 *with...* 》。3 使狗逗弄（熊等）；《喻》作弄。

bait-and-switch ['betən'swɪtʃ] 形《美》（以特價品吸引顧客後再兜售高價品的）誘售法的。

baize [bez] 名U 粗呢。

:**bake** [bek] 動 (baked, bak·ing) 及 1 烘焙。2 燒（磚等）。3 晒乾，晒焦，晒硬，晒黑；晒熱。—不及 1 烘焙（麵包等）；燒硬；晒乾。2 晒太陽。

be half baked in... 對於…一知半解。

—名 1《美》烘烤聚餐會。2《蘇》硬餅乾。3 烘焙。

baked [bekt] 形 烤過的。

bake·house ['bek,haus] 名 (複-hous·es [-zɪz]) = bakery.

Ba·ke·lite ['bekə,laɪt] 名U〖商標名〗酚醛塑膠，電木。

bake-off ['bek,ɔf] 名《美》烘焙比賽。

·**bak·er** ['bekɚ] 名 1 麵包師傅；麵包店。2《美》小型輕便烤爐。

'**baker's 'dozen** 名《a ～》十三個，（麵包店計量的）一打。

bak·er·y ['bekərɪ] 名 (複-er·ies) 1 麵包店；麵包廠。2 烘烤的成品。

bake·shop ['bek,ʃɑp] 名 麵包店。

·**bak·ing** ['bekɪŋ] 名 1 U 烘焙。2（麵包、糕餅的）一爐份。—形 1 烘烤用的。2《口》灼熱的。—副《俚》灼熱地。

'**baking ,powder** 名U 發酵粉，烘焙粉。

'**baking ,soda** 名U 碳酸氫鈉，小蘇打。

bak·sheesh ['bækʃiʃ] 名U（印度、土耳其等的）賞錢，小費；賄賂。

bal.《縮寫》〖會計〗*bal*ance.

Ba·laam ['beləm] 名 1〖聖〗巴蘭：美索不達米亞的一先知，曾笞其驢，驢以人言責備他。2《 b- 》《俚》（報紙等的）補白資料。

bal·a·cla·va [,bælə'klɑvə] 名《英》可遮蓋耳朵的毛帽。

bal·a·lai·ka [,bælə'laɪkə] 名 俄國三角琴。

:**bal·ance** ['bæləns] 名 1 秤，天平；《 the B- 》〖天〗天秤座：weigh things in [on] a ～ 用天平稱東西。2 U 支配力。3 U《亦可作 a ～》均衡，平衡，適稱；平靜：be off (one's) ～（身、心）失去平衡 / be out of ～ 失去平衡 / lose one's ～（身、心）失去平衡 / upset the ～ of power 破壞均勢 / throw a person off ～ 使某人失去平衡；使某人驚慌失措。4 U C〖美〗和諧，調和。5 均衡力。6 U 估計，評價。7 U 優勢。8《 the ～》《口》其餘，殘餘。9 U C〖會計〗平衡；餘額；差額：a favorable ～ of trade 貿易順差。10〖舞·體〗平衡運動。11 = balance wheel。

hang in the balance 懸而未決；在緊急關頭。

on (the) balance 結餘後；通盤考慮之後。

strike a balance (1) 結帳。(2) 採折衷方法。

—動 (-anced, -anc·ing) 及 1 用天平秤，掂。2 權衡《 *against, with...* 》。3 使…均衡；使…（與…）相抵《 *with, by, against...* 》。4 保持…的平衡；使…調和。5〖會計〗結算；結（帳）。

—不及 1（和…）相等，相符《 *with...* 》；保持平衡。2〖會計〗結算帳目。3 猶豫不決《 *in, between...* 》。

'**balance ,beam** 名 1 秤桿。2 平衡木；U 平衡木體操比賽。

bal·anced ['bælənst] 形 均衡的，平衡的，相稱的。

'**balance of 'payments** 名 (the ～) 國際收支（略作 BP）。

'**balance of ,power** 名U（國家、集團間的）勢力均衡，均勢。

'**balance of ,trade** 名 貿易差額。

bal·anc·er ['bælənsɚ] 名 保持平衡的人[物]；走鋼索的人。

'**balance ,sheet** 名〖會計〗資產負債表。

'**balance ,wheel** 名 1〖鐘錶〗擺輪。2 穩定力量。

bal·a·ta ['bælətə] 名 1 U 橡皮膠。2 橡皮樹。

bal·bo·a [bæl'boə] 名 巴波亞：巴拿馬貨幣單位。

bal·co·nied ['bælkənɪd] 形 有陽臺的。

·**bal·co·ny** ['bælkənɪ] 名 (複-nies) 1 露臺，陽臺。2（劇場樓上的）包廂。

·**bald** [bɔld] 形 1 無髮的，禿頭的；無葉的，無草木的。2（輪胎等）磨光的。3（文體等）單調的；不加裝飾的，無掩飾的。4〖動〗頭部光禿的。

～·**ly** 副 直率地；毫不隱瞞地。

'**bald 'eagle** 名〖鳥〗白頭鷹：產於美國及加拿大；美國國徽和貨幣的圖案。

bal·der·dash ['bɔldɚ,dæʃ] 名U 胡言亂語；無意義的話。

bald·faced ['bɔld,fest] 形 1（動物）臉上有白斑的。2 毫無掩飾的；厚顏無恥的。

bald·head ['bɔld,hɛd] 名 1 禿頭的人。2〖鳥〗白冠鴿。

bald·head·ed ['bɔld,hɛdɪd] 形 禿頭的。—副《口》魯莽地，冒失地。

bald·ing ['bɔldɪŋ] 形 漸漸變禿的。

bald·ish ['bɔldɪʃ] 形微禿的，有些禿的。

bald·ness ['bɔldnɪs] 名U禿頭；光禿；單調；露骨。

bald·pate ['bɔld,pet] 名 1=baldhead 1. 2〖鳥〗(美國產的) 赤頸鳧。

bal·dric(k) ['bɔldrɪk] 名 (掛刀劍或號角用的) 佩帶。

Bald·win ['bɔldwɪn] 名 1 Stanley，鮑爾溫 (1867–1947)：英國政治家，三度出任首相。2〖男子名〗包德溫。

bale[1] [bel] 名 1 大捆，大包：a ~ of straw 一大捆稻草。2 一群海龜。一動及將…紮成大捆。

bale[2] [bel] 名U《古》1 災害，不幸。2 悲痛，苦惱。

bale[3] [bel] 名《英》= bail[3].

Bal·e·'ar·ic 'Islands [,bælɪ'ærɪk-, bə'lɪrɪk-] 名(複)《the ~》巴利亞利群島：位於地中海西部，為西班牙屬地。

ba·leen [bə'lin] 名〖動〗= whalebone.

bale·ful ['belfəl] 形有害的；惡意的；不吉利的。~·ly 副

Ba·li ['bɑlɪ] 名巴里島：印尼觀光勝地，在爪哇東方。

Ba·li·nese [,bɑlə'niz] 形巴里島的；巴里人[語]的。一名 (複~) 1 巴里(島)人。2U巴里語。

balk [bɔk] 動不及 1 猶豫《at doing》；躊躇《at, on, in...》。2 停蹄不前《at...》。3〖運動〗犯規；〖棒球〗投手犯規。一及 1 妨礙《from doing》；使挫敗《of, in...》；使落空《of...》。2《主英》錯過；避開。

一名 1 障礙，妨害《to...》；挫折。2 畦，田埂。3 梁木，角材。4〖運動〗(在競跳比賽中) 踏過起跳線犯規；〖棒球〗投手犯規之動作。5 錯誤。6 魚網繩。

Bal·kan ['bɔlkən] 形 1 巴爾幹諸國(的人民)的。2 巴爾幹半島的。

一名《the ~s》巴爾幹諸國。

'Balkan 'States 名(複)《the ~》巴爾幹諸國。

balk·line ['bɔk,laɪn] 名 1〖運動〗起跑線。2〖撞球〗開球線。

balk·y ['bɔkɪ] 形 (**balk·i·er, balk·i·est**)《美》(馬) 突然停止不前進的；(人) 頑固的，倔強的。

:ball[1] [bɔl] 名 1 球，毬；球形體：a ~ of water 一滴水珠。2U 球類比賽，棒球比賽：play ~ 打棒球；《美》(裁判命令) 比賽開始！恢復比賽！3〖棒球〗壞球；(投出的) 球：a fast ~ 快速球。4《the ~》(身體的) 球狀部位：the ~ of the foot 拇趾底部的肉球。5 (食物) 團，丸子；〖獸醫〗丸藥；〖園〗泥團根。6《~s》《俚》睪丸。7《~s》《俚》愚蠢；《感嘆詞》無聊，胡說八道。8 U C〖軍〗彈丸。9 天體，(尤指) 地球。10《~s》《俚》膽量。

a ball of fire 《俚》精力非常充沛的人。

a ball of fortune 被命運捉弄的人。

carry the ball 《美口》承擔重任。

catch the ball before the bound 先發制人。

have nothing on the ball 《口》沒有才能。

have the ball at one's foot [*feet*] / *have the ball before one* 機會就在眼前。

keep (one's) eye on the ball 《美口》全神貫注。

keep the ball rolling 使談話不中斷。

on the ball 《俚》機警；能幹。

play ball (1) ⇨ 名2. (2) 開始行動；《口》(與…) 合作《with...》。

start the ball rolling (談話等) 開始進行。

take up the ball 接續別人談論的話題。

The ball is in a person's court. / *The ball is with a person.* 輪到某人。

throw the ball back at... 使問題回到…。

一動及 1 將…弄成球形《通常用 up》。2《俚》與…性交。一不及 1 成球形《up》。2《俚》性交《with...》。

ball up (1) ⇨ 動不及 1. (2) 混亂；惶惑。

ball...up / *ball up...* (1) ⇨ 動及 1. (2)《常用被動》《俚》使混亂；使惶惑。

·ball[2] [bɔl] 名 1 舞會：give a ~ 開舞會。2《俚》快樂時光：have (oneself) a ~ 痛快地玩樂。

lead (up) the ball 在舞會上開舞。

open the ball 帶頭跳第一支舞；《喻》開始行動。

·bal·lad ['bæləd] 名 1 民謠。2 (民謠形式的) 詩；配這種詩的曲調。3 小調。

bal·lade [bə'lɑd, bæ'lɑd] 名 (複~s [-z]) 民謠；〖樂〗敘事曲。

bal·lad·ry ['bælədrɪ] 名 U《集合名詞》民謠。

'ball and 'chain 名 1 繫有鐵球的腳鍊。2 痛苦的束縛，拘束。

'ball-and-'socket ,joint 名〖機〗球窩關節。

bal·last ['bæləst] 名U 1〖海〗壓載物，壓艙物。2 (精神等方面的) 穩定力量，鎮定因素：mental ~ 使心安定的力量。3 (道路等鋪設的) 碎石；〖電〗鎮流器。

in ballast 〖海〗只載壓艙物。

一動及 1 給…裝上壓艙物。2 使鎮靜；使安定。3 給…鋪石渣。~·ing 名 U 壓艙材料；《集合名詞》鋪道石渣。

'ball 'bearing 名〖機〗1 滾珠軸承。2 鋼珠。

'ball ,boy 名 (網球場的) 撿球童。

'ball 'cartridge 名實彈。

'ball ,cock 名〖機〗(抽水馬桶等中的) 浮球。

'ball con,trol 名〖足球·籃球〗控球。

bal·le·ri·na [,bælə'rinə] 名 (複~s, -ne [-nɛ]) 1 (芭蕾舞的) 女主角。2 女芭蕾舞者。

bal·let [bæ'le, 'bæle] 名 (複~s [-z]) 1 U 芭蕾舞；芭蕾舞劇。2 芭蕾舞團；《集合名詞》芭蕾舞者。3 芭蕾舞曲。

B

bal·let·ic [bə'lɛtɪk] 形動作優美的。
bal'let ˌslipper 名 芭蕾舞鞋；腳尖舞鞋；芭蕾舞鞋型女鞋。
'ball ˌgame 名 1 球賽；《美》棒球賽。2《美俚》活動的中心；事態；情況。
Bal·liol ['beljəl] 名（牛津大學的）貝列爾學院。
bal·lis·tic [bə'lɪstɪk] 形 彈道（學）的。
bal'listic 'missile 名 彈道飛彈。
bal·lis·tics [bə'lɪstɪks] 名(複)《通常作單數》彈道學。
bal·locks, bol- ['bɑləks] 名（複）《英粗》1 睪丸。2《作單數》胡言亂語。
bal·lon d'es·sai [bæ'londɛ'se] 名（複 **bal·lons d'es·sai** [～]）《法語》= trial ballon 1.
·**bal·loon** [bə'lun] 名 1 氣球：ride in a ～ 乘氣球。2 浮白：漫畫中人物對話所畫出的線圈。
like a lead balloon 一點效果也沒有。
the balloon goes up 東窗事發。
一動 不及 1 乘氣球。2 鼓起《*out*》；膨脹《*up*》。3 激增；猛漲《*out, up*》。
一及 使…充氣。
bal'loon 'angioplasty 名 氣球血管擴張術。
bal·loon·ing [bə'lunɪŋ] 名 U 乘氣球。
bal·loon·ist [bə'lunɪst] 名 乘氣球的人；氣球駕駛員。
bal'loon ˌtire 名 低壓輪胎。
·**bal·lot** ['bælət] 名 1 投票用紙，選票：cast a ～ 投票。2 投票總數。3 U C 投票；《the ～》投票權：an open ～ 記名投票 / take a ～ 舉行投票。4 候選人名單。
一動 不及 投票；投票贊成[反對]《*for / against...*》；抽籤決定《*for...*》。一及 1 投票決定；抽籤選出。2 要求…投票《*on...*》。
'ballot ˌbox 名 投票箱。
'ballot ˌpaper 名 投票用紙，選票。
'ball ˌpark 名《美》1 棒球場。2 範圍：in the ～ 大致上正確，相當接近。
一形 大概的，粗略的。
'ball 'pen 名 = ball-point pen.
ball·play·er ['bɔlˌpleɚ] 名 球員；《美》棒球員。
ball-point ['bɔlˌpɔɪnt] 名 原子筆。
'ball(-)point 'pen 名 原子筆（亦稱《英》**Biro**）。
ball·proof ['bɔlˌpruf] 形 防彈的。
ball·room ['bɔlˌrum] 名 舞廳。
'ballroom ˌdancing 名 交際舞。
ball·sy ['bɔlzɪ] 形《美粗》很有膽量的，有種的。
ball-up ['bɔlˌʌp]，《英》**balls-up** ['bɔlzˌʌp] 名《俚》混亂。
bal·ly·hoo ['bælɪˌhu] 名 U 1 大吹大擂，大肆宣傳。2 鼓噪。
一動 及 不及 大肆宣傳。
balm [bɑm] 名 U C 1 芳香性樹脂；香脂。2 香水薄荷。3 芳香。4 止痛劑；安慰物。
Bal·mor·al [bæl'mɔrəl] 名《常作 **b-**》1 纏帶鞋。2（蘇格蘭人的）平頂無沿帽。3 斜紋呢襯裙。
balm·y ['bɑmɪ] 形 (**balm·i·er, balm·i·est**) 1 溫和的，爽快的：a ～ breeze 溫和的微風。2 芳香的。3（亦稱《英》**barmy**）《美俚》愚蠢的；古怪的。
-i·ly 副 爽快地；有香氣地。**-i·ness** 名
ba·lo·ney,《英》**bo-** [bə'lonɪ] 名 1《口》=bologna. 2 U《俚》愚蠢；胡說。
bal·sa ['bɔlsə] 名 1〖植〗輕木：美洲熱帶產的一種樹；U 其木材。2（用此木材製成的）筏；救生筏。
bal·sam ['bɔlsəm] 名 1 U 香脂；妥路香。2 樅樹。3〖植〗鳳仙花。4 U 芳香性軟膏。5 止痛劑；安慰。
'balsam 'fir 名〖植〗1 香樅樹；U 香樅樹木材。2 樅樹。
bal·sam·ine ['bɔlsəmɪn] 名〖植〗鳳仙花。
'balsam 'pear 名〖植〗苦瓜。
Bal·tic ['bɔltɪk] 形 波羅的海的；波羅的海諸國的。一名 U〖語言〗波羅的語族。
'Baltic 'Sea 名《the ～》波羅的海。
'Baltic 'States 名(複)《the ～》波羅的海諸國。
Bal·ti·more ['bɔltəˌmɔr] 名 巴爾的摩：美國東岸 Maryland 州一海港。
'Baltimore 'oriole 名〖鳥〗（北美洲產的）巴爾的摩金鶯。
Ba·lu·chi·stan [bəˌlutʃɪ'stæn, -ɑn] 名 1 俾路支斯坦。2（巴基斯坦）俾路支省。
bal·us·ter ['bæləstɚ] 名 1〖建〗欄杆小柱。2《～s》= balustrade. 3（椅背等的）支柱。
bal·us·trade ['bæləˌstred] 名〖建〗欄杆，扶手。
Bal·zac ['bælzæk] 名 **Honore de**，巴爾札克（1799–1850）：法國小說家。
bam[1] [bæm] 名《俚》鎮定興奮劑（安眠藥與安非他命之混合）。
bam[2] [bæm] 副 名《擬聲語》砰！
bam·bi·no [bæm'bino, bɑm-] 名 1 (複 ～**s** [-z])《口》幼兒，嬰兒。2 (複 **-ni** [-nɪ]) 基督聖嬰像。
·**bam·boo** [bæm'bu] 名 (複～**s** [-z]) 1 U C 竹：a piece of ～ 一塊竹片。2 U 竹材：a ～ cane 竹杖。
'bamboo 'curtain 名《常作 **B- C-**》竹幕。
bam'boo ˌshoots 名 竹筍。
bam·boo·zle [bæm'buzl] 動 及《口》1 欺騙；騙取《*out of...*》；騙（人）（做…）《*into* doing》。2 使…為難。
·**ban** [bæn] 動 (**banned,** ～**·ning**) 及 1 禁止《*from* doing》：～ nuclear weapons 禁用核子武器。2《古》逐出教門；《古》詛咒。一不及 詛咒。一名 1 禁止，禁令，禁忌，禁制《*on..., on* doing》。2 責難《

on..., on doing》。3〖法〗褫奪公權;〖教會〗逐出教門。4 詛咒。

ba·nal [bə'nɑl, 'benl] 形陳腐的,平庸的。～·ly副

ba·nal·i·ty [bə'nælətɪ] 名 (複 **-ties**) 1 Ⓤ陳腐,平庸。2 Ⓒ陳腐的言論。

ba·nal·ize ['benəl,aɪz, 'bæ-] 動 及 使陳腐,使失去新鮮感。

:ba·nan·a [bə'nænə] 名 1 香蕉樹;香蕉:a bunch of ～*s* 一串香蕉。2 Ⓤ灰黃色,香蕉色。3《～**s**》《形容詞用法》《美俚》瘋狂:go ～*s* 發瘋。

ba'nana re,public 名《偶爲蔑》香蕉共和國(尤指加勒比海地區小國)。

ba·nan·as [bə'nænəz] 形《俚》發狂的;狂熱的。

ba'nana ,split 名香蕉船:一種甜點。

:band¹ [bænd] 名 1 (人、動物的)一隊,一夥,一群:a ～ of wild dogs 一群野狗。2 樂隊,管樂團。

when the band begins to play 事態變得嚴重。

to beat the band 活躍地;充分地;激烈地。

—動 及使結合,使團結,使結盟;集合《*together*》。—不及結合,團結,結盟《*together*》。

:band² [bænd] 名 1 繩;帶;箍;金屬箍;〖裝訂〗綴線;(機械的)皮帶;〖建〗帶形裝飾。2 條紋,橫紋(花樣)。3《～**s**》(法服等的)帶子。4 (唱片的)音溝。5〖無線〗波段。6〖電腦〗頻帶。7〖解〗帶。—動及捆,綁;綁腰帶;印上條紋。

·band·age ['bændɪdʒ] 名 1 繃帶,蒙眼布,包布:put a ～ on one's leg 用繃帶包紮腿。2 纏縛帶。—動 (**-aged, -ag·ing**) 及包紮《*up*》。—不及包紮。

Band-Aid ['bænd,ed] 名 1 ⓊⒸ〖商標名〗急救繃帶。2《偶作 **band-aid**》應急對策。

—形《美》應急的,權宜之計的。

ban·dan·(n)a [bæn'dænə] 名 印花大手帕,印花大圍巾。

b & b 《縮寫》《英》*b*ed and *b*reakfast 附早餐的住宿(費)。

band·box ['bænd,bɑks] 名 1 (裝帽子等的)硬紙盒。2《口》狹窄的地方;小型建築物。

as neat as a bandbox 整整齊齊的。

look as if** one **had just come out of a bandbox 看起來非常整潔漂亮。

ban·deau ['bændo] 名 (複 **-deaux** [-z]) 1 束髮帶,細絲帶。2 窄胸罩。

ban·de·rol(e) ['bændə,rol] 名 1 (桅杆上端的)小旗;飄帶。2 (有銘文的)帶狀飾物。3 葬旗;墓旗。

ban·dit ['bændɪt] 名 (複～**s**,～**·ti** [bæn'dɪtɪ]) 1 土匪;山賊,盜賊;(歐洲南部和中亞的)山賊。2《俚》〖軍〗敵機。

ban·dit·ry ['bændɪtrɪ] 名Ⓤ 1 山賊行爲,強盜行爲:commit ～當盜匪,搶劫。2《集合名詞》山賊。

band·mas·ter ['bænd,mæstə] 名管樂隊指揮。

ban·do·lier, -leer [,bændə'lɪr] 名子彈帶。

'band ,saw 名〖機〗帶鋸。

bands·man ['bændzmən] 名 (複 **-men** [-mən]) 管樂隊隊員。

band·stand ['bænd,stænd] 名 1 室外演奏舞臺。2 (餐廳等的)演奏臺。

band·wag·on ['bænd,wægən] 名 1 (遊行時前導的)樂隊花車。2《口》占優勢的一方。3 潮流,趨勢。

jump on the bandwagon 西瓜效應;支持占優勢的一方;跟隨潮流。

band·width ['bænd,wɪdθ] Ⓤ Ⓒ 1〖電腦〗頻寬。2 處理能力。

ban·dy ['bændɪ] 動 (**-died,** ～**·ing**) 及 1 拋來拋去,打來打去;互施《*with...*》:～ blows *with* a person 與某人打架。2《常用被動》(半開玩笑地)談論,傳布《*about*》:have one's name *bandied about* 受人批評,遭人物議。—形 (**-di·er, -di·est**) 向外彎曲的。

ban·dy-leg·ged ['bændɪ,lɛgɪd, -,lɛgd] 形腿向外彎曲的,弓形腿的。

bane [ben] 名 1 致命之物,禍根。2 Ⓤ《常作複合詞》劇毒。3〖詩〗死亡,破滅。

bane·ful ['benfəl] 形 有害的,有毒的;致命的。

·bang¹ [bæŋ] 名 1 重擊。2 砰然,鏘然,轟然。3《口》衝力;活力,精力。4《美俚》刺激,興奮。5《粗》性交。

go over with a bang《口》(公演等)非常成功。

—動 及 1 猛打,猛敲,猛撞,猛關;《反身》碰擊。2 打進,敲入《*in*》;灌輸給《*into...*》。3 (急匆匆地)在打字機上打(報告等);彈(曲子);報(時)《*out*》。4 粗暴地對待。5《粗》性交。

—不及 1 急劇地敲打《*on, at...*》;砰然撞擊《*against, into...*》;發出大聲音前進。2 砰然關上;轟然作響。

bang away (1) 努力從事《*at...*》。(2) 連續射擊《*at...*》。(3)《粗》不停地性交。

bang** one's **head against a brick wall《用進行式》做徒勞無益的事。

bang into... (1)⇨ 動 不及 1. (2)偶然遇到(《英》bump into)。

bang out... ⇨ 動 及 3.

bang up... / bang...up 撞壞;《常用被動》打得傷痕累累。

—副 1 轟然,砰然;突然地,急忙地;激烈地。2 完全,正巧。

bang off《主英俚》立刻,馬上,立即。

bang on《英俚》極好的;的確;正是。

go bang (1) ⇨ 副 1. (2) 砰然作響;砰然關上。(3)《喻》消失。

—感 砰!碰!咚!

B

bang² [bæŋ] 图《常作～s》額前垂髮，瀏海。—動因 1 剪成瀏海。2 剪短。
bang-bang ['bæŋ,bæŋ] 图戰爭影片。
bang·er ['bæŋə] 图《英》1《俚》香腸。2《口》爆竹。3《俚》噪音大的破舊汽車。
Bang·kok ['bæŋkɑk] 图曼谷：泰國（Thailand）首都。
Ban·gla·desh [,bæŋglə'dɛʃ, ,bɑŋ-] 图孟加拉（人民共和國）：南亞國家；首都達卡（Dhaka）。
ban·gle ['bæŋgl] 图手鐲；腳鐲；環飾。
bang-up ['bæŋ,ʌp] 形《美俚》一流的，優秀的，上等的。
ban·ian ['bænjən] 图 = banyan.
·**ban·ish** ['bænɪʃ] 動因 1 驅逐，放逐《*from, out of...*》。2 趕走；排除，忘卻（憂慮等）《*from...*》。～·**er** 图
ban·ish·ment ['bænɪʃmənt] 图U 1 驅逐，流放。2 排除。
ban·is·ter, ban·nis- ['bænɪstə] 图 1 欄杆支柱。2《偶作～s》（樓梯的）扶手，欄杆。
ban·jo ['bændʒo] 图 (複～s, ～es)班鳩琴，五弦琴。
～·**ist** 图彈班鳩琴者
:**bank¹** [bæŋk] 图 1 河岸，堤防；（堤防狀的）一堆，一層。2《常作～s》淺海處，淺灘。3（海、河、湖的）岸；《～s》河的兩岸。4 斜坡，斜面；傾斜。5〖空〗（飛機轉彎時的）傾斜。
give** a person **down the bank《美口》罵某人。
—動因 1 築堤《*with...*》。2 堆積；培土支撐《*up*》。3 使（路在轉彎處）傾斜。4 封（爐火）《*up*》。5 使（飛機、車）（因轉彎而）傾斜。—不及 1 堆積《*up*》。2（飛機、車）（因轉彎而）傾斜；使機[車]身傾斜。3 把身體傾斜轉彎《*around*》。
:**bank²** [bæŋk] 图 1 銀行。2 儲藏所：a data ～ 資料庫。3（賭博）莊家的賭本。
in the bank《英》借錢，負債。
—動因 存在銀行。—不及 1 存款；（與銀行）交易《*with...*》。2 經營銀行；（在賭博中）作莊家。
bank on [*upon...*]《口》依賴，指望。
bank³ [bæŋk] 图 1（物的）一列，一排。2 鍵盤。3（古代平底船的）槳手（座位）；一排槳。4〖報章·雜誌〗一行小標題。5〖電〗組合。—動因將…排成一列。
bank·a·ble ['bæŋkəbl] 形 1 銀行肯受理的，可貼現的。2 確實的，可靠的。
'**bank ac,ceptance** 图銀行承兌匯票。
'**bank ac,count** 图銀行往來帳戶；銀行存款。
'**bank ,balance** 图存款餘額。
'**bank ,bill** 图 1《美》= bank note. 2《英》= bank draft.
bank·book ['bæŋk,bʊk] 图銀行存摺（亦稱 **passbook**）。
'**bank ,card** 图（銀行的）信用卡（《英》banker's card）。
'**bank ,clerk** 图《英》銀行職員，銀行的出納員。
'**bank ,discount** 图銀行貼現息。
'**bank ,draft** 图銀行匯票。略作：B / D
·**bank·er** ['bæŋkə] 图 1 銀行家，銀行業者。2U 一種紙牌遊戲；C 莊家。3《英》（在足球聯賽打賭或填字遊戲等中）與結果相同的預測。
'**banker's ,bill** 图銀行承兌匯票。
'**banker's ,card** 图《英》= bank card.
'**banker's ,order** 图銀行匯票。
·'**bank ,holiday** 图 1《英》銀行公休日。2《美》銀行法定公休日。
bank·ing¹ ['bæŋkɪŋ] 图 U 1 築堤。2 橫傾斜。
·**bank·ing²** ['bæŋkɪŋ] 图U銀行業務；銀行業。
'**banking ac,count** 图《英》= bank account.
·'**bank ,note** 图鈔票。
'**bank ,paper** 图U 銀行票據；銀行紙幣。
'**bank ,rate** 图銀行貼現率；《英》（中央銀行的）利率，貼現率。
bank·roll ['bæŋk,rol] 图《美》一捆鈔票；財源；資金。—動因《俚》資助。
～·**er** 图出資者，金主。
·**bank·rupt** ['bæŋkrʌpt] 图 1〖法〗破產者。2 無力償還債務者；欠缺者。
—形 1〖法〗破產的，無力償還債務的。2 缺乏的《*in, of...*》。—動因使破產，使無望。
·**bank·rupt·cy** ['bæŋkrʌptsɪ] 图 (複-**cies**) U C 1 破產，倒閉。2（名聲等的）喪失；缺乏。
Bank·side ['bæŋk,saɪd] 图河岸區：英國倫敦泰晤士河南岸地區。
'**bank ,statement** 图C 銀行對帳單。
·**ban·ner** ['bænə] 图 1 旗；旗幟；標幟。2 橫幅。3〖報章〗橫貫全頁的大標題（《英》banner headline）。4 主要訴求：under the ～ of ... 打著…的旗號。—形《限定用法》一流的，極出色的，最高級的。—動因 1 掛設旗幟。2〖報章〗《美》以橫貫全頁的大標題報導。
ban·ner·et, -ette [,bænə'rɛt] 图小旗。
ban·nock ['bænək] 图〖蘇格蘭·英·加拿大北部烹飪〗一種薄烤餅。
banns [bænz] 图(複)〖教會〗結婚預告：call the ～ 公布結婚預告 / forbid the ～ 對婚事預告提出異議。
·**ban·quet** ['bæŋkwɪt] 图宴會；酒宴。
—動 (～·**ed**, ～·**ing**) 因 設宴招待。—不及 參加宴會；享用（酒宴）《*on...*》。
ban·quette [bæŋ'kɛt] 图 1（無靠背的）長椅。2（堤防旁的）階梯；〖城〗（射擊時用的）踏垛。3《美南部》人行道。
ban·shee ['bænʃi, bæn'ʃi] 图女精靈：愛

爾蘭民間傳說中，在人家屋外嚎哭來預報死亡凶訊。

ban·tam ['bæntəm] 图1《常作 B-》矮腳雞。2 矮小而好打架的人。—形 1 小型的。2 輕的。

ban·tam·weight ['bæntəm,wet] 图〖拳擊·角力〗羽量級選手。

ban·ter ['bæntə] 图 Ⓤ（無惡意的）開玩笑，戲弄。

—動及 嘲弄，戲弄。—不及開玩笑。

bant·ling ['bæntlıŋ] 图《古》《蔑》小傢伙，小鬼。

Ban·tu ['bæntu] 图（複~s,《集合名詞》~）1（居於非洲中部及南部的）班圖族。2 Ⓤ班圖語。—形 班圖族[語]的。

ban·yan ['bænjən] 图〖植〗孟加拉榕。

ban·zai [,bɑn'zaı] 感萬歲！衝啊！

—形拚命的，自殺性的。

ba·o·bab ['beo,bæb, 'bɑo,bæb] 图〖植〗猢猻木。

Bap., Bapt. 《縮寫》*Bap*tist.

·**bap·tism** ['bæptızəm] 图1ⓊⒸ〖教會〗洗禮：a ~ of fire 戰火的洗禮；初期的大考驗；嚴格的訓練；殉教。2Ⓤ 入會儀式，命名儀式。

bap·tis·mal [bæp'tızml] 形 洗禮的，浸禮的。~·ly副

Bap·tist ['bæptıst] 图1 浸信會教友。2《b-》施洗者。3《the ~》⇨JOHN THE BAPTIST —形（亦稱 **Baptistic**）浸信會（教義）的。

bap·tis·ter·y ['bæptıstrı, -tərı] 图(複-teries)〖教會〗洗禮堂，洗禮所；（浸信會裡的）施行全身浸禮所用的水槽。

bap·tize [bæp'taız] 動及1 施行洗禮；使受洗成爲。2（精神上的）洗滌；施洗入會《*into...*》。3 取教名，命名。—不及舉行洗禮。

:**bar**[1] [bɑr] 图1 竿，棒，木條；門閂，橫木；〖芭蕾〗（練習用的）扶手：the ~*s* of a door 門閂 / behind ~*s* 在牢獄裡，服刑。2（肥皂等的）塊；金塊。3（河口、港口的）沙洲。4障礙，妨害《*to, against...*》；（道路等的）柵欄；收費關口：a ~ *to* success 成功的障礙 / let down the ~*s* 除去障礙；放寬限制。5（家用）餐車；（簡便食物的）販賣臺；（酒吧的）櫃臺；點心攤。6（特定物品的）櫃臺，（店裡的）販賣部。7《the ~, 偶作 the B-》《美》律師業；《集合名詞》律師團，司法界；《B-》《英》法庭律師：be at *the* ~ 當律師；出庭 / go to *the* ~ 當律師 / practice at *the* ~ 以律師爲業。8（法庭或議會內的）欄杆；被告席；裁判所，法庭；審判，裁判：a case at (the) ~ 審判中的案件 / a prisoner at the ~ 受審的被告。9（光、顏色等的）線，條，帶，紋。10〖法〗阻止行爲：in ~ of... 爲阻止…。11〖樂〗（樂譜上的）直線，小節（線）；〖紋〗飾有紋章之盾上的帶狀橫線；〖軍〗階級線。12〖建〗角鋼；花格窗的框。13〖理〗巴（壓力單位）；壓力的 CGS 單位。

cross the bar 死亡。

—動(**barred, ~·ring**) 及1 以橫木阻擋；不讓…進去《*out / from...*》；把…關在裡面《*in*》。2 封閉；用鐵條封起來《*up*》；禁止；阻止《*from...*》。3 除去《*from ...*》。4 劃（出）線條[條紋]《*in, with ...*》；〖樂〗用縱線分隔表示小節。5《俚》反對，討厭。—介除了…之外。

bar none 無以倫比，最好的。

bar[2] [bɑr] 图《美》= mosquito net.

bar. 《縮寫》*bar*ometer ; *bar*rel ; *bar*rister.

Bar·ab·bas [bə'ræbəs] 图巴拉巴：因耶穌代其受刑而獲釋放的強盜。

barb [bɑrb] 图1 倒鉤，倒刺。2 諷刺之言。3〖動·植〗鬚狀部分；〖鳥〗羽枝。

—動及裝倒鉤。

Bar·ba·dos [bɑr'bedəs] 图巴貝多：小安地列斯群島的一島國；首都爲橋鎮（Bridgetown）。

Bar·ba·ra ['bɑrbərə] 图〖女子名〗芭芭拉（暱稱作 Babs）。

·**bar·bar·i·an** [bɑr'bεrıən] 图1 野蠻人，未開化的人。2 粗野的人，沒教養的人。3 外國人，異族人。4〖史〗（希臘、羅馬人眼中的）異邦人；（對基督教徒而言的）異教徒。

—形1 未開化的，野蠻（人）的；沒教養的。2 外國的，異族的。

bar·bar·ic [bɑr'bærık] 形1 未開化的；野蠻人（似）的。2 粗俗的；粗野的。

bar·ba·rism ['bɑrbə,rızəm] 图 1 Ⓤ 野蠻，未開化。2野蠻的行爲。3（語言的）不合規範，非純正用法。

bar·bar·i·ty [bɑr'bærətı] 图（複-ties）1 Ⓤ野蠻，殘暴；Ⓒ野蠻的行爲。2ⓊⒸ（文體等的）鄙俗，粗野。

bar·ba·rize ['bɑrbə,raız] 動及使變得野蠻；使變得不純正。—不及 1 變野蠻。2 用語不純正。

·**bar·ba·rous** ['bɑrbərəs] 形1 野蠻的，未開化的；粗野的，沒教養的；不規範的，不純正的。2 殘暴的。3 刺耳的，嘈雜的。4 異邦的。

~·ly副, ~·ness图

Bar·ba·ry ['bɑrbərı] 图巴巴利：埃及西部和大西洋之間的北非地區。

'Barbary 'States 图(複)《the ~》北非諸國。

bar·be·cue ['bɑrbı,kju] 图 1 戶外烤肉會，野宴。2ⒸⓊ烤肉，烤魚；烤全牛，烤全豬，烤全羊。3烤肉餐廳。4烤肉架。

—動及1 全烤，大塊地燒烤。2 加佐料燒烤。

'barbecue ,sauce 图Ⓤ烤肉醬。

barbed [bɑrbd] 形 1 有倒鉤的，有倒刺的。2 諷刺的，尖銳的。

'barbed 'wire 图Ⓤ帶刺鐵絲。

bar·bel ['bɑrbl] 图1（魚的）觸鬚。2 —

種歐洲產的大型淡水魚。

bar·bell [ˈbɑr,bɛl] 图舉重槓鈴。

·**bar·ber** [ˈbɑrbɚ] 图 理髮師（《英》 hairdresser）: go to the ～('s) 去理髮。—動及**1** 理髮。**2** 修剪。

—不及當理髮師。

bar·ber·shop [ˈbɑrbɚ,ʃɑp] 图理髮店（《英》barber's shop）。

ˈ**barber('s)** ˌ**pole** 图 理髮店的圓柱招牌。

bar·bi·can [ˈbɑrbɪkən] 图（城的）外堡，望樓；崗哨。

bar·bie [ˈbɑrbɪ]图《澳口》戶外烤肉會。

bar·bi·tal [ˈbɑrbɪ,tæl, -,tɔl] 图Ⓤ〖藥〗巴比妥：作鎮靜劑、安眠藥用。

bar·bi·tone [ˈbɑrbɪ,ton] 图《英》= barbital.

bar·bi·tu·rate [,bɑrbɪˈtjuret] 图Ⓤ〖化〗巴比妥酸鹽。

barb·wire [ˈbɑrb,waɪr] 图《美》= barbed wire.

bar·ca·rol(l)e [ˈbɑrkə,rol] 图 威尼斯船歌；此種風格的音樂。

Bar·ce·lon·a [,bɑsəˈlonə] 图巴塞隆納：西班牙東北部的一港市。

ˈ**bar** ˌ**chart** 图= bar graph.

ˈ**bar** ˌ**code** 图（商品）條碼。

bard [bɑrd] 图**1** 吟遊詩人。**2** 詩人。

:**bare** [bɛr] 形 **(bar·er, bar·est) 1** 裸（體）的，赤裸的：～ shoulder 裸露的肩 / in one's ～ skin《口》赤身露體地 / (as) ～ as the palm of one's hand 一無所有，空空如也。**2** 空空的，無…的《*of..., in...*》: a room ～ *of* furniture 沒有家具的空房間 / be ～ *of* credit《喻》沒有信用。**3** 公然的；無掩飾的：lay ～ the secret 揭露祕密 / state the ～ truth 將事實據實說明。**4** 勉強的，最低限度的，僅有的：a ～ majority 勉強的過半數 / escape with one's ～ life 僅以身免，死裡逃生。**5**（布料等）用舊的，破損的。

—動 **(bared, bar·ing)**及**1** 露出；除去，剝去《*of...*》。**2** 坦白說出。～**·ness**图

bare·back [ˈbɛr,bæk], **-backed** [-ˈbækt] 副形無鞍地[的]；裸背地[的]: ride ～ 騎無鞍馬。

bare-bones [ˈbɛr,bonz] 形少得不能再少的；最基本成分的。

bare·faced [ˈbɛrˈfest] 形**1** 無鬚的；不遮面的。**2** 毫無掩飾的；坦率的；公然的。**3** 厚顏的，無恥的。～**·ly** [-sɪdlɪ] 副

bare·fist·ed [ˈbɛrˈfɪstɪd] 形（拳擊時）不戴手套的；赤手空拳的。

·**bare·foot, -foot·ed** [ˈbɛr,fʊt] 形副 赤足的[地]。

bare·hand·ed [ˈbɛrˈhændɪd] 形副**1** 未戴手套的[地]。**2** 未帶有工具的[地]，空手的[地]。

bare·head·ed[ˈbɛrˈhɛdɪd], **-head**[-,hɛd] 形副 沒戴帽的[地]；光著頭的[地]。

ˈ**bare inˈfinitive** 图〖文法〗原形不定詞。

bare·leg·ged [ˈbɛrˈlɛgɪd] 形副光著腿的[地]，未穿長統襪子的[地]。

·**bare·ly** [ˈbɛrlɪ] 副**1** 僅僅，好不容易才，勉強地。**2** 幾乎沒有。**3** 公然地；赤裸裸地。**4**《古》單單。

barf [bɑrf] 動不及《美俚》嘔吐。—图**1** 嘔吐。**2** Ⓤ嘔吐物。

bar·fly [ˈbɑr,flaɪ] 图 **(複-flies)**《美俚》流連於酒吧的人。

·**bar·gain** [ˈbɑrgɪn] 图**1** 買賣契約，交易；勞資合約；契約：close a ～ with a person over... 與某人達成…的交易 / beat a ～ 殺價 / drive a (hard) ～（賣力地）講價。**2** 成交貨品；得到便宜的買賣；便宜貨：a ～ sale 廉售到 / buy at a ～廉價買進。

in [***into***] ***the bargain*** 而且，此外。

make the best of a bad bargain（在不幸或有虧損時）盡力減少損失；善處逆境。

—動不及 **1** 商談，議價《*for, over, about ...*》；交易，討價還價《*with...*》。**2** 訂定契約《*on...*》。—及**1** 經由議價商定。**2** 預期，保證。**3** 交換《*for...*》。

bargain away 持續論價。

bargain...away / ***bargain away...*** 廉價售出；為其他利益放棄…。

bargain for...《通常用於否定，或與 more than 連用》指望；預計。

bargain on... (1) ⇨ 動 不及 2. (2)《美》= BARGAIN for. (3) 指望。

ˈ**bargain** ˈ**basement** 图（百貨公司的）地下廉價商場。

bar·gain-base·ment [ˈbɑrgɪn,besmənt] 形《美》廉價的；品質不佳的；便宜的。

bar·gain·ing [ˈbɑrgɪnɪŋ] 图Ⓤ交易；契約；談判。

·**barge** [bɑrdʒ] 图**1** 平底載貨船，駁船。**2** 慶典用的遊艇；船屋；遊艇。**3**〖軍〗司令專用座艇。—動 **(barged, barg·ing)** 及以駁船載運。

—不及《口》**1** 緩慢移動，蹣跚而行《*along, through...*》；亂闖《*about*》。**2** 撞上《*against, into...*》；偶然撞到《*into...*》。

barge in (1) 闖入。(2) 插嘴。

barge into... (1) ⇨動 不及2. (2) 闖入。(3) 亂插嘴。

bar·gee [bɑrˈdʒi] 图《英》= bargeman.

barge·man [ˈbɑrdʒmən] 图 **(複-men** [-mən])《美》駁船船夫。

ˈ**barge** ˌ**pole** 图Ⓒ駁船用的撐篙。

I would not touch... with a barge pole.《英》對…我連碰也不想碰；很厭惡…。

ˈ**bar** ˌ**girl** 图《美口》酒吧女郎。

ˈ**bar** ˌ**graph** 图 柱狀統計圖，長條圖。

bar·hop [ˈbɑr,hɑp] 图《美口》酒吧女侍。—動 **(-hopped, ～·ping)** 不及 從一家逛到另一家酒吧，續攤。

bar·ite [ˈbɛraɪt] 图Ⓤ〖礦〗重晶石。

bar·i·tone, bar·y- ['bærə,ton] 名U C〖樂〗男中音；男中音歌手；上低音。
—形男中音的；上低音的。

bar·i·um ['bɛrɪəm] 名U〖化〗鋇。符號：Ba

'barium ˌmeal 名鋇液：照 X 光前服用的化學物質。

:bark[1] [bark] 名1 犬吠聲；似犬的叫聲。2 槍聲，炮聲。3 吼叫。4《口》咳嗽聲。
—動不及1 吠叫《 *at...*》: *Barking* dogs seldom bite.《諺》會叫的狗不咬人。2 發出犬吠般的聲音；發出砰然響聲；《口》咳嗽。3 吼叫《 *at...* 》。4《美口》大聲叫喊以招攬顧客。
—及吼出《 *out* 》；大聲喊道；大聲叫賣。
bark at [***against***] ***the moon*** 徒勞地吵鬧，空嚷。
bark...up / ***bark up...*** 大聲叫嚷。
bark up the wrong tree 認錯目標；看錯人。

·bark[2] [bark] 名U 1 樹皮；暗青褐色。2〖革〗鞣料樹皮。3《俚》皮膚。
between the bark and the wood 雙方互無得失。
stick in the bark《美俚》不夠深入。
tighter than the bark on a tree《美口》非常吝嗇的。
with the bark on《美口》粗野地[的]。
—動及1 剝樹皮；以樹皮覆蓋。2 鞣（皮革等）。3 擦破皮。

bark[3] [bark] 名 1〖海〗多桅帆船。2〖詩〗小船，帆船。

bar·keep(·er) ['bar,kip(ɚ)] 名《美》酒店主人；酒保。

bark·en·tine ['barkən,tin] 名〖海〗多桅帆船。

bark·er ['barkɚ] 名1 吼叫的動物。2 吵鬧者；《主口》（在劇場、商店等的入口處）招攬顧客者；觀光嚮導。

·bar·ley ['barlɪ] 名U大麥。

bar·ley·corn ['barlɪ,korn] 名1 大麥；大麥粒。2《口》麥芽酒，威士忌。

'barley ˌsugar 名U C 大麥糖；麥芽糖。

'barley ˌwater 名U大麥汁（供病人飲用）。

'barley ˌwine 名U《英》大麥酒。

barm [barm] 名U《英》啤酒酵母。

bar·maid ['bar,med] 名酒吧女侍。

bar·man ['barmən] 名(複**-men** [-mən])《英》= bartender.

Bar·me·cid·al ['barmə,saɪdl] 形虛有其表的，空想的。

Bar·me·cide ['barmə,saɪd] 名巴門塞德：『天方夜譚』中的波斯王子，他假裝以宴席款待一窮漢，但饗之以空盤。
Barmecide('s) feast 以空盤饗客的宴會；虛假的殷勤，空頭支票。
—形= Barmecidal.

bar mitz·vah [bar 'mɪtsvə] 名《常作 **B-M-**》〖猶太教〗1（十三歲男孩的）成人禮。2 接受成人禮的少年。

barm·y ['barmɪ] 形 (**barm·i·er, barm·i·est**) 1（發酵後）起泡沫的。2《英口》愚蠢的，精神稍微錯亂的。

B

·barn [barn] 名 1 穀倉；(豢養)家畜的小屋。2（貨車等的）車庫；《俚》圓形的火車頭車庫。3《口》《蔑》大而空的建築物。
between you and I and the barn《美口》祕密的，只有你知我知的。
—動及儲藏在穀倉裡。

bar·na·cle ['barnəkl] 名1〖貝〗藤壺、茗荷介等甲殼類的通稱。2（對職位等）緊抓不放者。3〖鳥〗《昔》黑雁。

'barn ˌdance 名美國鄉間舉辦的舞會；富有地方色彩的舞蹈。

'barn 'door 名1 穀倉大門。2《口》很明顯的大目標。

'barn ˌowl 名《俚》穀梟：面似猴，捕鼠爲食。

barn·storm ['barn,storm] 動不及 1《美口》在鄉間四處演說。2 在鄉間巡迴演出。
—及作巡迴演說或演出。
～**·er** 名江湖藝人；《美》鄉村演說家。

'barn ˌswallow 名（在穀倉築巢的）燕子，家燕。

barn·yard ['barn,jard] 名 1 倉庫周圍的場地。2《英》= farmyard. —形1 倉庫周圍的空地的。2 粗俗的；淫穢的。

'barnyard ˌfowl 名（在農場周圍覓食的）普通家禽。

baro-《字首》表「重量」、「氣壓」之意。

bar·o·gram ['bærə,græm] 名〖氣象〗氣壓自動記錄圖。

bar·o·graph ['bærə,græf] 名氣壓自動記錄器。

·ba·rom·e·ter [bə'ramətɚ] 名1〖氣象〗氣壓計；晴雨計。2（輿論等動向的）指標，徵候。**bar·o·met·ric** [ˌbærə'mɛtrɪk] 形

·bar·on ['bærən] 名 1 男爵。2《英》貴族或其子孫。3（羊、牛等的）腰肉。4 大財主，大老闆；大王，鉅子。

bar·on·age ['bærənɪdʒ] 名 1 U《集合名詞》（英國的）貴族（階級）。2 U 男爵的地位。3 貴族名錄。

bar·on·ess ['bærənɪs] 名 1 男爵夫人。2 女男爵。

bar·on·et ['bærənɪt, ˌbærə'nɛt] 名 準男爵。～**·cy** 名準男爵的爵位。

bar·on·et·age ['bærənɪtɪdʒ] 名U C 準男爵的地位；U《集合名詞》準男爵。

ba·ro·ni·al [bə'ronɪəl] 形1 男爵（階級）的，適於男爵的。2 雄偉的，堂皇的。

bar·o·ny ['bærənɪ] 名 (複**-nies**) 1 男爵領地。2 = baronage 2. 3《愛》郡。4 私有土地。5 勢力範圍。

ba·roque [bə'rok] 名1《常作 **B-**》（美術等方面的）巴洛克風格。2 巴洛克風格的作品；過於俗麗的東西。3 形狀奇特的珍

珠。—形 1《常作 B-》巴洛克風格的。2《偶作 B-》〖樂〗巴洛克時期的。3 風格怪誕的，奇異的；（文體）雕琢修飾的；（珍珠）形狀奇特的。～·ly 副

bar·o·scope ['bærə,skop] 名 氣壓計。

ba·rouche [bə'ruʃ] 名 雙馬四輪大馬車。

'bar ,parlour 名《英》旅館交誼室。

barque [bɑrk] 名 = bark³.

bar·quen·tine ['bɑrkən,tin] 名 = barkentine.

bar·rack¹ ['bærək] 動 及 不及 駐紮於兵營內。

bar·rack² ['bærək] 動 及 不及《澳·英》吶喊助威；喝倒采。

·bar·racks ['bærəks] 名 (複)《作單、複數》1 兵營；駐軍的營房。2 大而簡陋的房舍；臨時小屋。

bar·ra·cu·da [,bærə'kudə] 名 (複～s, ～) 梭子魚。

bar·rage [bə'rɑʒ] 名 1〖軍〗掩護炮火；掩護齊射。2《a ～》（言詞等的）連珠炮似的批評《*of...*》：*a* ～ *of* questions 一連串的問題。3 ['bɑrɪdʒ]〖土木〗（尤指灌溉用的）堰，水壩。

—動 及 布下彈幕；《喻》連珠炮似地質問《*with...*》。

'barrage bal,loon 名 防空氣球。

barred [bɑrd] 形 1 用橫欄圍住的；有木柵的；閂住的。2 有條紋（花紋）的。3 被禁止的。

:bar·rel ['bærəl] 名 1 桶，大（木）桶。2 一桶的量：a ～ of beer 一桶啤酒。3 (1)《a～, ～s》《口》大量（的…），許多（的…）《*of...*》。(2)《美俚》鉅額的金錢；選舉經費。4 桶狀容器；筆身；〖武器〗槍身，炮身；〖棒球〗球棒粗段。5 筒形圓頂棚。6《英俚》有啤酒肚的男人。

over a barrel 聽命於人；處於困境。

scrape (the bottom of) the barrel 《口》使用最後手段。

—動 (～ed, ～·ing 或《英尤作》**-relled, ～·ling**) 及 1 將…裝入桶內。2 轉筒拋光。—不及《美口》駕車奔馳《*along*》。

bar·rel-chest·ed ['bærəl,tʃɛstɪd] 形《美口》胸部寬而厚的。

bar·reled ['bærəld] 形 桶裝的；桶形的；有…槍身的。

bar·rel·house ['bærəl,haus] 名 (複**-houses** [-zɪz]) 1《美俚》低級酒吧。2〖樂〗低級酒吧的一種爵士音樂。

'barrel ,organ 名 手搖風琴。

·bar·ren ['bærən] 形 1 不孕的；不結果的，無收穫的；不毛的。2 無趣味性的，無吸引力的。3 無能的；無益的：a ～ mind 笨頭腦（的人）。4 缺乏的《*of...*》。

—名 荒野；《通常作～s》《美·加》沙質貧瘠地帶。～·ly 副，～·ness 名

bar·rette [bɑ'rɛt] 名 女用髮夾。

bar·ri·cade [,bærə'ked, 'bærə,ked] 名 1《通常作～s》防柵，防禦工事。2 障礙物；《通常作～s》戰場，爭論點。—動 及 設障礙物防守；以防柵圍堵《*in*》；以障礙物阻礙。

·bar·ri·er ['bærɪɚ] 名 1 柵欄：show one's pass at the ～ 在柵欄處出示通行證。2（阻礙進步等的）障礙《*against, to...*》；界限：put a ～ between two men 在兩人間挑撥離間。3《常作 B-》〖地〗南極大陸的內陸冰層。4（賽馬的）出發木柵；《**Barriers**》（騎馬比賽場的）木籬。5《古》（國境上的）城堡，防禦柵，關卡。

'barrier ,cream 名 U 護手霜。

'barrier ,reef 名 堡礁。

bar·ring ['bɑrɪŋ] 介 除…以外，不包括。

bar·ris·ter ['bærɪstɚ] 名〖法〗1《英》（可在高等法院出庭的）律師。2《美口》法律顧問，律師。

bar·room ['bɑr,rum] 名《美》（飯店等的）酒吧間。

bar·row¹ ['bæro] 名 1（擔架式的）貨物搬運工具。2 手推獨輪車；《英》（流動攤販的）雙輪手推車。

bar·row² ['bæro] 名 1（英國、斯堪的那維亞史前的）塚，古墳（亦稱 **tumulus**）。2《偶作複合詞》《英》…丘，…山。

bar·row-boy ['bæro,bɔɪ] 名《英》手推車小販。

'bar 'sinister 名 1〖紋〗《俚》= bend sinister. 2《the ～》私生子的標記。

Bart. 《縮寫》*Baronet.*

bar·tend·er ['bɑr,tɛndɚ] 名《美》酒保。

bar·ter ['bɑrtɚ] 動 及 1 交換（他物）《*for...*》。2 將（名譽等）出賣《*away / for...*》。—不及 以物易物《*with...*》。—名 1 U 物物交換（制）：the ～ system 物物交換制度。2 交換的物品。～·**er** 名 以物易物者。

Bar·thol·o·mew [bɑr'θɑlə,mju] 名 1〖聖〗巴多羅買：耶穌 12 使徒之一。2《～s》《英》= Bart's. 3〖男子名〗巴梭羅繆（暱稱作 Bart）。

'bartholomew 'Fair 名《英》巴多羅買節大市集：聖巴多羅買祭日（8 月 24 日）的大祭典。

bar·ti·zan ['bɑrtəzən,,bɑrtə'zæn] 名〖建〗（城牆、樓塔上）突出的小塔。

Bart's [bɑrts] 名《英口》（倫敦的）聖巴多羅買醫院。

ba·ry·ta [bə'raɪtə] 名 U〖化〗重土；氫氧化鋇。

ba·ry·tes [bə'raɪtiz] 名 = barite.

bar·y·tone ['bærə,ton] 名 形 = baritone.

ba·sal ['besl] 形 1 基部的，作爲基部的。2 基礎的；適合初學者的。3〖生理〗基礎的，基本量的；〖醫〗基礎的。4〖生〗在基部的；由基部長出的。～·ly 副

'basal ,body ,temperature 'method 名〖醫〗（女性）基礎體溫測量法。

'basal me,tabolic 'rate 名 基礎代謝率。

B

'basal me'tabolism 名U〖生理〗基礎代謝。

ba·salt [bə'sɔlt, 'besɔlt] 名U玄武岩。 **-'sal·tic** 形

'bas·cule ˌbridge ['bæskjul-] 名活動式吊橋。

:base¹ [bes] 名(複 **bas·es**[-ɪz]) **1** 基部；地基，基礎，基地；（手指等的）根處：at the ~ of the mountain 在山麓。**2** 基礎（原理），根據。**3**（化妝等的）底層，粉底。**4**〖建〗基底；底座，鹼基，基線。**5**〖動·植〗基部；根部。**6**（混合物的）主要成分。**7**（行動等的）基點；（政治等的）支持的基礎。**8**〖棒球〗壘：off ~離壘 / on ~上壘。**9**（賽跑的）出發點；（曲棍球等的）球門。**10**〖軍〗作戰基地：change one's ~《口》撤退，轉進。**11**〖幾何〗底邊；〖數〗（對數的）底；基底；基點；基數組成。**12**〖測〗基線；〖畫〗固色劑；〖化〗鹼；〖電〗（燈泡等的）管底。**13**〖語言〗字根，詞幹；（結構語言學的）基底結構；（變形語法的）基底結構。

be off base《美口》犯了大錯；手足無措；精神失常；（想法等）大錯特錯。

catch a person off base (1)〖棒球〗以牽制球將（跑者）刺殺出局。(2)《美口》使手足無措。

get to first base ⇨FIRST BASE

—形基本的，基準的，基地的。

—動 **(based, bas·ing)** 及 **1** 作基礎[基座]。**2** 作爲根據。**3**《以過去分詞作爲形容詞》根據《 *on...* 》。**4** 屯駐在…，配置在…《 *at, on...* 》。

—不及 **1** 以…爲基礎。**2** 以…爲基地。

:base² [bes] 形 **(bas·er, bas·est) 1** 卑鄙的；自私的；怯懦的。**2** 劣質的；僞造的。**3** 非古典的，鄙俗的：a ~ expression 低俗的措辭。**4**《古》= baseborn. **~·ly** 副卑鄙地；卑劣地。**~·ness** 名

:base·ball ['bes'bɔl] 名 **1** U棒球賽。**2** C打棒球用的球。

base·board ['besˌbord] 名〖建〗《美》（室內牆基部的）護壁板，腳板。

base·born ['bes'bɔrn] 形 **1** 出身微賤的。**2** 私生的。**3**（品格或性質方面）卑下的。

base 'camp 名紮營基地。

-based《字尾》表「以…爲基地」、「以…爲基礎」之意，用以構成形容詞。

'Ba·se·dow's diˌsease ['bɑzəˌdoz-] 名U巴塞杜氏病，凸眼性甲狀腺腫。

'base 'hit 名〖棒球〗安打。

'base jumping 名U高空定點跳傘。

base·less ['beslɪs] 形 **1** 無基礎的。**2** 無根據的。**~·ly** 副

'base 'level 名〖地〗（侵蝕的）基準面；海平面。

'base ˌline 名 **1**〖棒球·網球〗壘線，界線，底線。**2**〖電子·製圖〗基線。**3**〖測〗（三角測量的）基線。

base·liner ['besˌlaɪnɚ] 名C〖網球〗底線球員：擅長底線抽球的球員。

base·man ['besmən] 名(複 **-men** [-mən])〖棒球〗壘手，內野手。

·base·ment ['besmənt] 名 **1** 地下室。**2**（建築物的）底部構造。**3**（拱門等的）基部。

'base 'metal 名 **1** 賤金屬。**2**（合金的）主要金屬；本體金屬。

'base ˌon 'balls 名(複 **bases on balls**)〖棒球〗四壞球保送上壘：take one's ~ 獲四壞球保送上壘。

'base 'pay 名U基本薪資，底薪。

'base 'rate 名C〖金融〗基本利率。

'base ˌrunner 名〖棒球〗跑壘者。

'base ˌrunning 名U〖棒球〗跑壘。

ba·ses¹ ['besiz] 名basis 的複數形。

bas·es² ['besɪz] 名base¹的複數形。

bash [bæʃ] 動及《俚》猛擊，痛擊；打扁《 *in* 》；重擊《 *up* 》；使撞上《 *against ...* 》。—不及猛撞《 *into...* 》。

—名 **1** 猛擊，重擊。**2** 盛會，狂歡。**3**《英·加》《俚》嘗試。

·bash·ful ['bæʃfəl] 形 **1** 怕羞的，內向的。**2** 羞怯的。**~·ly** 副羞怯地。**~·ness** 名

bash·ing ['bæʃɪŋ] 名UC激烈的肢體衝突；猛烈批評。

·ba·sic ['besɪk] 形 **1** 基礎的，基本的，根本的：~ wage 基本工資 / ~ needs for human life 人類生活的基本需求。**2**〖化〗鹼性的，鹼的；〖地質〗鹽基性的：~ salts 鹼性鹽 / ~ steel 鹼性鋼。**3**〖軍〗初步的。—名 **1**《通常作~s》基礎，基本原理。**2** 基本的東西。**3**〖軍〗基本訓練。

BASIC ['besɪk] 名U〖電腦〗基本語言，培基程式語言。*B*eginner's *A*ll-purpose *S*ymbolic *I*nstruction *C*ode。

ba·si·cal·ly ['besɪklɪ] 副基本地，基本上。

'Basic 'English 名U基礎英語。

bas·il ['bæzl] 名U〖植〗羅勒，九層塔。

Bas·il ['bæzl] 名〖男子名〗巴日爾。

ba·sil·i·ca [bə'sɪlɪkə, -'zɪ-] 名 **1** 古羅馬審判和集會用的大會堂。**2** 早期基督教的長方形教堂。**3**（羅馬）天主教大教堂。

bas·i·lisk ['bæsəˌlɪsk, 'bæzə-] 名 **1**〖希神〗蛇怪：a ~ glance《喻》殺人的眼光，使人見而遭殃的眼神。**2**〖動〗熱帶美洲的一種蜥蜴。

·ba·sin ['besn̩] 名 **1** 水盆，洗臉盆；水盆般的容器[量器等]。**2**《 a ~》一盆之量《 *of...* 》。**3** 水窪，池塘；水塘。**4** 海灣；船塢。**5**〖地質〗盆地；低窪地。**6**（河川的）流域。

·ba·sis ['besɪs] 名 (複 **-ses** [-siz]) **1** 基部，地基。**2** 基礎，根據；理由：the ~ of argument 論據。**3** 原則，基準：on an equal ~在平等基礎上。**4** 主要成分；主藥；〖數〗基底；〖軍〗根據地。

bask [bæsk] 動不及 **1** 暴露（在陽光等

下）；晒太陽《 in... 》。2 享受，沐浴在（愛情等）中《 in... 》。
—因《反身》《古》使暴露（在陽光下）《 in... 》。

B

:**bas·ket** ['bæskɪt] 图 1 籃子，竹簍；籃狀容器；（氣球的）吊籃。2 一籃的量《 of... 》。3〖籃球〗框；得分。4《英口》《委婉》傢伙。
put all one's eggs in one basket ⇨EGG¹（片語）
—形用籃子盛裝的。—動因裝在籃子中。

:**bas·ket·ball** ['bæskɪt,bɔl] 图 1 Ⓒ 籃球。2 Ⓤ 籃球運動，籃球賽。

'**basket ,case** 图《俚》1 失去四肢的人。2 毫無能力的人。3 極窮困的人。

bas·ket·ful ['bæskɪt,ful] 图 1 滿籃的量，一籃《 of... 》。2《 a ～》大量《 of... 》: a ～ of hope 滿懷的希望。

bas·ket·ry ['bæskɪtrɪ] 图 Ⓤ 1《集合名詞》（籃子等）編製品。2 編籃工藝。

'**basket ,weave** 图 方平編織，籃狀編織。

bas·ket·work ['bæskɪt,wɝk] 图 Ⓤ《集合名詞》籃狀編織品；編籃手工藝。

Basque [bæsk] 图 1 巴斯克人：居住於西班牙和法國交界區的民族。2 Ⓤ 巴斯克語。—形巴斯克人[語]的。

bas-re·lief [,bɑrɪ'lif, bæs-] 图 Ⓤ Ⓒ 淺浮雕。

·**bass**¹ [bes] 形〖樂〗1 低音的。2 最低音部的。—图（複～·es）1 Ⓤ 低音（部）。2 男低音；低音樂器。3《口》= double bass.

bass² [bæs] 图（複～, ～·es）〖魚〗1 鱸魚類。2（歐洲產的）鱸魚。

bass³ [bæs] 图（複～·es）1〖植〗= basswood. 2 Ⓤ 韌皮纖維。

'**bass ,clef** ['bes-] 图〖樂〗低音譜號。

'**bass 'drum** ['bes-] 图大鼓。

bas·set ['bæsɪt] 图腿短身長的獵犬。

'**basset ,horn** 图〖樂〗巴塞管。

'**bass 'horn** ['bes-] 图〖樂〗1 = tuba. 2 低音號。

bas·si·net [,bæsə'nɛt] 图嬰兒搖籃；嬰兒推車。

bas·so ['bæso] 图（複～s, -si [-si]）〖樂〗低音部；男低音（歌手）。

bas·soon [bə'sun] 图低音管，巴松管。
～·ist 图吹奏巴松管者。

bas·so-re·lie·vo ['bæsorɪ'livo] 图（複～s [-z]）= bas-relief.

'**bass 'viol** ['bes-] 图 1 = viola da gamba. 2 = double bass.

bass·wood ['bæs,wud] 图菩提樹；美洲菩提樹材。

bast [bæst] 图 Ⓤ 1〖植〗韌皮部。2 韌皮纖維。

bas·tard ['bæstɚd] 图 1 私生子。2 雜種。3 假貨；劣等品。4《俚》（壞）傢伙，小子；討厭的東西：a ～ of a storm 討厭的暴風雨。5《俚》可憐的傢伙。—形 1 私生的；雜種的。2 假冒的，僞造的；異常的。3 相似的。
～·ly 形, -tar·dy 图 Ⓤ 私生；生私生子。

bas·tard·ize ['bæstɚ,daɪz] 動因 1 判定爲私生子。2 使品質粗劣；使變壞。
—不及變劣。

baste¹ [best] 動因假縫。

baste² [best] 動因〖烹飪〗（烤肉等時）塗以佐料油等。—不及上佐料油。—图（烤肉等時）塗抹用的佐料油。

baste³ [best] 動因 1 毆打。2 指責，責罵。

bas·til(l)e [bæ'stil] 图（複～s [-z]）1《 the B- 》〖法史〗巴士底監獄。2 監獄。

Bas'tille ,Day 图 法國革命紀念日，法國國慶日（7 月 14 日）。

bas·ti·na·do [,bæstə'nedo] 图（複～s, ～es）《 the ～》1 棍，杖。2 蹠刑：打腳掌的刑罰。—動 因 用棍棒打；打腳掌；施以蹠刑。

bas·tion ['bæstʃən] 图 1〖城〗稜堡。2 要塞，堡壘。

:**bat**¹ [bæt] 图 1〖運動〗（棒球、板球的）球棒；（桌球、羽球的）球拍。2 Ⓤ〖運動〗擊球，打擊；打擊順序。3〖板球〗打者，擊球員。4 短棍，短棒；《口》打擊；一擊。5 Ⓤ《英俚》速度；步速：go off at a terrific ～ 飛快地離開。6 Ⓒ Ⓤ《美俚》喧鬧，狂歡。
at bat〖棒球〗(1) ⇨ 图 2. (2)《喻》上場打擊。(3) 打擊次數。
carry one's bat (1)〖板球〗直到終局未被罰出場。(2)《俚》獲得成功。
go to bat for...《美俚》辯護；保衛；支持。
off one's own bat《口》獨力地，靠自己努力。
(right) off the bat《美口》立刻，毫不猶豫地。
—動（～·ted, ～·ting）因 1（用球棒、棍子）打。2〖棒球〗（擊球）使向前推進。3〖棒球〗有…的打擊率。—不及 1〖運動〗揮棒，擊球；上場打擊。2《俚》突進；喧鬧。
bat around《俚》(1) 東奔西走。(2) 遊蕩。
bat...around / bat around...《美俚》反覆考慮，詳細討論。
bat in... / bat...in〖棒球〗擊球得分。
bat...out / bat out...《美俚》快速草率地撰寫。
bat the breeze ⇨BREEZE¹（片語）

·**bat**² [bæt] 图〖動〗蝙蝠。
as blind as a bat 近乎全盲的。
have bats in the belfry《口》精神失常；腦筋有問題。
like a bat out of hell《口》快速地；急忙地。

bat³ [bæt] 動（～·ted, ～·ting）因《口》眨眼；振翅。
not bat an eyelid《口》(1) 無動於衷，不動聲色。(2) 未曾闔眼。

bat⁴ [bɑt] 图Ⓤ 1《印度英語》口語；俚語。2《the ~》《英俚》(外國語的)口語。

bat. 《縮寫》*bat*talion; *bat*tery.

'bat ,boy ['bæt-] 图《美》(棒球隊中)管理球棒及其他裝備的球童。

batch [bætʃ] 图 1 一組，一群，一團《of...》。2 (製品的)一批；(麵包等)一次所烘烤的量《of...》。3〖電腦〗整批：~ processing 整批處理。

bate [bet] 動及 1 壓制，壓抑：with ~*d* breath 屏息地。2 減少，削弱：~ one's claim 減少要求。

:bath¹ [bæθ] 图(複~s [bæðz, -θs]) 1 沐浴；洗澡：take a ~ 洗澡。2Ⓤ(洗澡用的)水：run a ~ 在浴缸裡放洗澡水。3 浴缸，澡盆；浴室。4《常作~s, 作單數》更衣浴室，澡堂；浴池：public ~*s* 公共澡堂 / Turkish ~ 土耳其式(蒸氣)浴室。5《通常作~s》浴療場，溫泉池。6Ⓤ〖影〗藥劑，處理液；Ⓒ(裝藥劑等的)容器：a fixing ~ 定影液。7 如沐浴狀態：in a ~ of perspiration 汗流浹背地。

take a bath (1) ⇨图1. (2)《美俚》破產；大虧損。

—動及不及《英》(替小孩等)洗澡(《美》bathe)。

bath² [bæθ] 图巴斯：希伯來的液量單位。

Bath [bæθ] 图巴斯：英格蘭西南部的一個都市，以溫泉著稱。

'bath ,chair 图(病人用的)輪椅；附有腳輪的椅子。

·bathe [beð] 動 (**bathed, bath·ing**) 及 1 替…洗澡：~ a baby 幫嬰兒洗澡。2 使浸於；使沐浴《in...》；洗《with...》：~ one's feet *in* water 把腳浸在水裡 / ~ oneself *in* water (使自己)泡在水中 / ~ one's face *with* water 用水洗臉。3 沖刷。4 籠罩，沉浸。—不及 1 沉浸，沐浴《in...》；洗澡；游泳。2 浸泡；被(光等)籠罩《in...》。

—图Ⓤ《a ~》《英》海水浴，游泳。

'bath·er 图游泳者；浴療者。

bath·house ['bæθ,haus] 图(複 **-hous·es** [-zɪz]) 1《美》(海水浴場等的)更衣室。2 公共浴室，澡堂。

bath·ing ['beðɪŋ] 图Ⓤ 沐浴，洗澡；游泳。

'bathing ,beauty 图(尤指選美會中)穿著泳裝的美女。

'bathing ,cap 图(女用)游泳帽。

'bathing ,costume 图《主英》= bathing suit.

'bathing ,suit 图游泳衣。

'bath ,mat 图浴室腳墊。

'bath ,oil 图ⓊⒸ 沐浴精油。

ba·thom·e·ter [bə'θɑmɪtɚ] 图〖海〗測深器[儀]。

ba·thos ['beθɑs] 图Ⓤ 1〖修〗突降法。2(文體的)陳腐，平凡。3 做作的悲哀，過分的感傷。

bath·robe ['bæθ,rob] 图 1 浴袍。2《美》(男用)家居服，晨袍。

·bath·room ['bæθ,rum] 图 1《美》洗手間，化妝室，廁所；浴室。2《英》浴室，洗澡間。

'bath ,salts 图(複)浴鹽：使洗澡水芳香、軟化的化學藥劑。

Bath·she·ba [bæθ'ʃibə] 图〖聖〗拔示巴：前夫 Uriah 死後，成爲 David 之妻；其子爲 Solomon。

'bath ,towel 图浴巾。

bath·tub ['bæθ,tʌb] 图《主美》澡盆，浴缸。

bath·y·scaphe ['bæθə,skef], **-scaph** [-,skæf] 图〖海〗深海探測潛水艇。

bath·y·sphere ['bæθɪ,sfɪr] 图〖海〗深海球形潛水器。

ba·tik [bə'tik, 'bætɪk] 图Ⓤ 蠟染(法)；蠟染印花布。

ba·tiste [bæ'tist, bə-] 图Ⓤ細薄棉布。

bat·man ['bætmən] 图(複 **-men** [-mən]) 1《英》勤務兵。2《B-》蝙蝠俠。

ba·ton [bæ'tɑn, bə-, 'bætn̩] 图 1(象徵官職的)權杖；警棍。2〖樂〗指揮棒。3〖田徑〗接力棒。

bats [bæts] 形《俚》精神不正常的，瘋狂的。

bats·man ['bætsmən] 图(複 **-men** [-mən])(板球的)擊球手。

batt. 《縮寫》*bat*talion; *bat*tery.

bat·tal·i·on [bə'tæljən, bæ'tæl-] 图 1〖軍〗營；列陣備戰的軍隊。2《常作~s》一大群：~*s* of young people 成群結隊的年輕人。

bat·ten¹ ['bætn̩] 動不及 1 長得健壯。2 貪婪地吃；養肥自己《on, upon...》。

bat·ten² ['bætn̩] 图 1 板條；《英》〖建〗厚條木；壓條。2〖海〗條材；薄板。

—動及 1 用木條釘牢。2〖海〗用板條釘緊艙蓋布《down》。

·bat·ter¹ ['bætɚ] 動及 1 連續地重擊；衝擊。2 打碎《down, in》；損毀。3 強烈駁斥。—不及敲打(門等)，連續打《away / at, on...》。

bat·ter² ['bætɚ] 图Ⓤ〖烹飪〗(用來做糕餅的)蛋、麵粉、牛奶或水等和成的糊狀物。

·bat·ter³ ['bætɚ] 图(棒球、板球的)擊球員，打擊手。

'battered 'child 'syndrome 图〖醫〗受虐兒童症候群。

'battering ,ram 图〖史〗破城槌。

:bat·ter·y ['bætərɪ] 图(複 **-ter·ies**) 1〖電〗(1)電池；電池組：a dry ~ 乾電池。(2) = galvanic cell. 2《通常作 a ~》一組，一系列；一套。3〖心〗綜合測驗。4〖軍〗炮臺，要塞；大炮排列陣地；炮兵連；(軍艦的)艦炮，炮組。5〖棒球〗投手與捕手。6Ⓤ痛打；打擊器具：assault and ~

〖法〗毆打罪。7 養雞房。
turn a person's battery against himself 以子之矛攻子之盾。

B

'Bat·ter·y (,Park) ['bætərı-] 图《the ～》炮臺公園：位於美國紐約市Manhattan島的南端。

bat·ting ['bætıŋ] 图Ⓤ1（棒球、板球等的）擊球。2 棉胎，毛胎。

'batting ,average 图 1〖棒球〗打擊率。2《口》成功率。

:bat·tle ['bætl] 图 1ⓊⒸ戰鬥；交戰《against, with...》；出兵：an air ～ 空戰 / a general's ～ 策略戰；鬥智 / accept ～ 應戰 / fall in ～ 陣亡。2ⓊⒸ打鬥，決鬥。3《喻》較量，競爭，奮鬥《against, with, over...》：a ～ of words 筆戰，舌戰 / a ～ of wits 智鬥。4《the ～》勝利，戰勝。
be half the battle 成功一半；勝利有望。
—動(-tled, -tling)不及 作戰《away, on / against, with...》；奮鬥《for...》。—及與…作戰[格鬥]。-tler图

'battle ,array 图Ⓤ戰鬥隊形，陣容。

bat·tle-ax,《英》**-axe** ['bætl,æks] 图 1 戰斧。2《口》悍婦。

'battle ,cruiser 图戰鬥巡洋艦。

'battle ,cry 图1 廝殺聲。2（戰鬥等的）口號，標語。

bat·tle·dore ['bætl,dɔr] 图 1Ⓤ 毽球遊戲。2 毽球球拍。3（洗衣用的）杓狀杵。

'battle ,dress 图Ⓤ野戰服。

'battle fa,tigue 图Ⓤ〖精神醫〗戰爭疲勞症。

bat·tle·field ['bætl,fild] 图戰場；《喻》奮戰的場所：die on the ～ 戰死沙場。

bat·tle·front ['bætl,frʌnt] 图 戰場，前線。

bat·tle·ground ['bætl,graund] 图= battlefield.

'battle ,line 图前線，戰線：be in the ～ 在前線。

bat·tle·ment ['bætlmənt] 图《通常作～s》有槍眼的城垛，城牆堞口。

'battle 'royal 图(複～s, battles royal) 1 混戰；激戰。2 激烈的爭論。

bat·tle-scarred ['bætl,skɑrd] 形1 有戰爭痕跡的；受到戰爭災害的。2 因使用而損壞的。

bat·tle·ship ['bætl,ʃıp] 图主力戰艦。

bat·ty ['bætı] 形(-ti-er, -ti-est) 1《俚》瘋狂的：go ～ 發瘋。2 蝙蝠般的。

bau·ble ['bɔbl] 图1 廉價的飾物；沒有價值的東西；哄孩童的小玩具。2〖史〗丑角的手杖。

Bau·de·laire [,bo'dlɛr] 图 **Charles Pierre,** 波特萊爾（1821－67）：法國詩人及散文家。

baulk [bɔk] 動不及及，图= balk.

Bau·mé [,bo'me] 形（液體比重計的）波美標度的。

baux·ite ['bɔksaıt, 'bozaıt] 图Ⓤ鐵鋁氧石，鋁礬土。

Ba·var·i·a [bə'vɛrıə] 图巴伐利亞：德國南部的一邦；首府爲Munich。

bawd [bɔd] 图1 淫媒，鴇母。2 妓女。

bawd·y ['bɔdı] 形 (**bawd·i·er, bawd·i·est**) 淫穢的，猥褻的。—图(複**bawd·ies**)Ⓤ猥褻言詞，淫穢作品。

'bawdy ,house 图妓院，娼寮。

bawl [bɔl] 動及1 大聲喊出《out》。2 叫賣：～ one's wares 叫賣東西。3《美》《口》嚴厲斥責《out》。—不及大聲叫喊《away》；斥責《at...》；喊《for...》；大哭。—图1 叫，喊聲。2 號哭。

:bay[1] [be] 图 1 灣，海灣。2 爲山所環繞的凹陷之地。

bay[2] [be] 图1〖建〗間距。2= bay window 1. 3 (1)〖空〗隔間，機艙。(2)〖海軍〗= sick bay. 4《英》（鐵道）側線的月臺。

·bay[3] [be] 图Ⓤ 1（獵犬在追蹤獵物時的）叫聲，吠聲。2 絕望時的反擊；絕境；走投無路：turn to ～ 被追得走投無路而奮起反抗 / be at ～ 處於絕境中；作困獸之鬥 / The stag at ～ is a dangerous foe.《諺》困獸猶鬥。—動 不及 1 不斷地吠叫《at...》。—及 1 吠叫，吠叫著攻擊。2 逼入絕境。

bay[4] [be] 图1〖植〗月桂樹。2 = bayberry 2. 3《美》木蘭、玉蘭之類。4 桂冠。5《～s》《古》名聲，聲譽。

bay[5] [be] 图 1Ⓤ赤褐色，紅棕色。2 紅棕色的馬。—形紅棕色的。

bay·ber·ry ['be,bɛrı, -bərı] 图 (複 **-ries**)〖植〗1（產於北美洲的）楊梅屬植物；其果實。2（產於西印度群島的）一種桃金孃科植物。

'bay ,leaf 图乾燥的月桂樹葉。

·bay·o·net ['beənıt] 图 1 槍刺，刺刀。2《the ～》武力：at the point of *the* ～ 在刺刀的刀尖下；在武力逼迫下。3 卡針，銷釘。—動(～-ed或～-ted, ～-ing或～-ting) 及1 用刺刀刺。2 以武力逼迫《into...》。—不及使用刺刀。

bay·ou ['baıu, 'baıju] 图 (複～s [-z])《美南部》1（湖的）出水口；（河的）支流。2 沼澤性灣流。

Bay·reuth ['baırɔıt] 图 白萊特：德國巴伐利亞邦北部的城市。

'bay 'rum 图Ⓤ香葉水。

'Bay 'State 图《the ～》美國 Massachusetts 州的別稱。

'bay ,tree 图〖植〗月桂樹。

'bay 'window 图 1 凸窗。2《口》（胖子的）大肚子。

bay·wreath ['be,riθ] 图月桂冠。

ba·za(a)r [bə'zɑr] 图1（尤指中東的）市場，商店街。2 雜貨店。3 特價拍賣場。4 慈善義賣會。

ba·zoo·ka [bə'zukə] 图〖軍〗火箭筒。

BB ['bi,bi] 图1 直徑 0.18 吋。2（亦稱**BB shot**）BB 彈：直徑 0.18 吋的子彈。

B.B.《縮寫》ball bearing.〖棒球〗base on

*b*alls 四壞球保送上壘; *B*lue *B*ook; *B*'nai *B*'rith; *B*ureau of the *B*udget.

'B ˌbattery 图〖電子〗B 電池組。

BBC《縮寫》*B*ritish *B*roadcasting *C*orporation 英國廣播公司。

bbl.《縮寫》(複 **bbls.**) barrel.

BBQ《縮寫》barbecue.

BBS《縮寫》*b*ulletin *b*oard *s*ystem〖電算〗電子布告欄系統。

B/C《縮寫》*b*ills for *c*ollection.

·BC[1] ['bi'si]《縮寫》before Christ 西元前。

BC[2]《縮寫》*B*ritish *C*olumbia.（加拿大）卑詩省。

b(c)c《縮寫》*b*lind (*c*arbon) *c*opy（信的副本）未通知正本收件人而逕將副本寄給第三者。

ˌB ˌC 'G ('vaccine) 图〖免疫〗卡介苗。

BCE《縮寫》*b*efore the *C*ommon *E*ra 公元前。

bd.《縮寫》(複 **bds.**) *b*oar*d*; *b*on*d*; *b*oun*d*.

B/D《縮寫》*b*ank *d*raft; *b*ills *d*iscounted 貼現票據。

B.D.《縮寫》*B*achelor of *D*ivinity 神學士；*b*ills *d*iscounted;〖會計〗brought *d*own.

bd. ft.《縮寫》*b*oar*d* *f*oo*t* [*feet*].

bdl.《縮寫》(複 **bdls.**) *b*un*dl*e.

:be [bi] 動《助動詞》（現在式單數第一人稱 ***am***，第二人稱 ***are*** 或《古》***art***，第三人稱 ***is***；現在式複數 ***are***；過去式單數第一人稱 ***was***，第二人稱 ***were*** 或《古》***wast*** 或 ***wert***，第三人稱 ***was***；過去式複數 ***were***；假設語氣現在式 ***be***；假設語氣過去式單數第一人稱 ***were***，第二人稱 ***were*** 或《古》***wert***，第三人稱 ***were*** 或《口》***was***；假設語氣過去式複數 ***were***＝過去分詞 ***been***＝現在分詞 ***being***）。—不及 **1** 存在，有；生存。**2** 舉行，發生。**3**（幸運等）降臨《*to, with...*》。**4** 在（某個地方或位置）；停留；到。**5**《表一致、屬性、身分、角色狀態、程度、意味、象徵、價值、名稱、職業》是；等於。**6**《表未來》當上，成為。**7**《**be** 的特殊用法》(1)《文》《假設語氣現在式》: If it ～ fine... 假如天氣好的話… / *Be* that as it may, ... 無論如何…，即使如此…。(2)《美文》《用於接在表示要求、主張、提案等動詞後的 **that** 子句中》。(3)《古》= are : the powers that ～ 當權者，當局。—助動 **1** (1) 正在做。(2)《通常與 **always, forever** 等連用》（經常）只做。(3) 正想做，準備。**2** (1)《表預定、意圖、約定》預定，打算；要做。(2)《表未實現》尚未。(3)《表命運》註定。(4)《表義務》務必。(5)《表可能》將會。(6)《表目的》為了。**3**《表實現可能性低的假設》假使。**4** 做了…，被…。**5**《表結果的完成式》…了，在…。

be it so ⇨ SO[1]（片語）

be it that...《文》即使。

have been (1) 曾經到過《*to...*》。(2) 去（某場所）（做…）《*to* do》。

let... be ⇨ LET[1]（片語）

so be it ⇨ SO[1]（片語）

were better 最好。

Be《化學符號》beryllium.

be-《字首》**1** 附加在動詞之前形成動詞：(1) 表「圍繞」之意。(2) 表「完全」、「過度」、「全體」之意。(3) 使不及物動詞變為及物動詞。**2** 附加在名詞之前形成及物動詞：(1) 表「使…變成」之意。(2) 表「用…蓋」之意。**3** 附加在形容詞之前形成具有「使之…」之意的及物動詞。**4** 加在字尾有-ed 的名詞之前成為表示「以…覆蓋」之意的形容詞。**5** 附加在動詞、形容詞之前表示強調的意思。

:beach [bitʃ] 图 **1** 海灘，海濱；（湖等的）岸邊，水邊。**2** 海岸地帶：at the ～ 在海邊。**3** Ｕ《集合名詞》（海邊的）沙，沙礫。

on the beach《俚》(1) 上岸。(2) 辭職的，失業的，落魄的。

take the beach〖海〗下船。

—動 及 **1** 把（船等）拖上岸，使擱淺。**2** 使無能。—不及 擱淺。

'beach ˌball 图 海灘球。

beach·boy ['bitʃˌbɔɪ] 图 海濱服務員。

'beach ˌbuggy 图 海灘車。

beach·comb·er ['bitʃˌkomɚ] 图 **1** 長浪，巨浪。**2**（在岸邊）撿拾漂流物者。**3**（尤指住在南太平洋諸島海邊的）白人遊蕩者；碼頭無賴。

beach·head ['bitʃˌhɛd] 图 **1**〖軍〗灘頭陣地，橋頭堡。**2** 立足點，據點。

beach·scape ['bitʃˌskep] 图 海灘風光。

'beach umˌbrella 图《美》海濱大太陽傘。

'beach ˌwagon 图《美》旅行車 = station wagon.

beach·wear ['bitʃˌwɛr] 图 Ｕ 海灘裝。

bea·con ['bikən] 图 **1** 信號；烽火；指向標燈。**2** 信號塔，燈塔，標識；《英》人行道信號燈；《美》= radio beacon. **3** 信標雷達。**4** 警告；指針：act as a ～ to others 充作他人的警告。—動 及 **1** 照耀；《喻》照亮；警告；指引。**2** 設置標識：～ the shoals 設置淺灘標識。

—不及 照耀；作為標識。

·bead [bid] 图 **1** 有孔的小珠；念珠；小珠狀物。**2**《～**s**》串珠項鍊；念珠串。**3**（啤酒等的）泡；（汗等的）珠粒，水滴：～*s* of sweat 顆顆汗珠。**4**（槍的）準星。

bid one's beads（數念珠）禱告。

get a bead on...（用槍）向…瞄準。

pray without one's beads 打錯主意。

—動 及 **1** 用珠子裝飾。**2** 連成珠串狀。**3** 形成珠狀。—不及 成珠狀；起泡。

bead·ed ['bidɪd] 形 **1** 以珠子串成的，用珠子裝飾的。**2** 成滴的，如珠狀的。

bead·ing ['bidɪŋ] 图 Ｕ **1** 珠子細工，珠子飾物。**2** 花邊狀邊飾；鏤花的邊飾。**3**〖

B

建·家具〗珠緣（裝飾）。

bea·dle ['bidl] 名 **1**（英國大學的）執權標的前導官。**2** 教區執事；猶太教會堂的差役。

~**·dom** [-dəm] 名 U 差役作風，小官僚作風。

bead·work ['bid,wɝk] 名 **1** 珠子細工。**2** 珠緣。

bead·y ['bidɪ] 形 **(bead·i·er, bead·i·est) 1** 圓如珠的。**2** 飾有珠子的。

bea·gle ['bigl] 名 小獵犬，米格魯。

bea·gling ['biglɪŋ] 名 U《主英》用小獵犬獵兔。

:**beak**[1] [bik] 名 **1** 鳥嘴；鉤狀喙。**2**（龜等的）口。**3**（人的）鼻，鷹鉤鼻。**4** 鳥嘴狀之物；（茶壺的）口。

beak[2] [bik] 名《主英俚》**1** 法官；推事。**2** 校長；教師。

beak·er ['bikɚ] 名 **1** 大杯子。**2** 一大杯的量《of...》。**3** 燒杯。

be-all (and end-all) ['bi,ɔl(ənd'ɛnd,ɔl)] 名《the ~》首要的事情，生命中的全部。

·**beam** [bim] 名 **1** 角材，石材，金屬材；〖建·工〗梁，桁。**2** 甲板梁；錨柄；船寬：on the ~（風等）與船的龍骨成直角，在正側面。**3** 飛機的正側方向。**4** 最寬的部分；《口》臀部寬度：broad in the ~ 臀部寬大。**5**〖機〗(1) 梁，束；動梁。(2)（紡織機的）捲軸。(3) 槓桿。**6**（天平的）橫桿。**7** 光線。**8**《喻》容光煥發；（希望等的）光《of...》: with a ~ *of* hope 抱著一線希望。**9**〖無線·空〗指向波束。**10**〖電子〗（電子的）束；（麥克風的）有效播送範圍。**11**（鹿角的）主幹。

a beam in** one's **eye 自己眼中的梁木；自己的重大缺點。

off (the) beam (1)《口》離正道，迷亂。(2)《口》錯誤，弄錯。

on the beam (1) ⇨ 名 2. (2) ⇨ 名 9. (3)《口》正確，無誤；正確地依波束導航。

—動 及 **1** 散發，放射《*forth, out*》。**2** 容光煥發。**3**〖無線〗發出；播送《*to, at...*》。—不及 **1** 發光，發熱，照耀。**2** 容光煥發《*with...*》；微笑《*on, upon...*》。

beam·cast ['bim,kæst] 動 及 作定向無線電傳真。

beamed [bimd] 形 有梁的。

beam-ends ['bim,ɛndz] 名(複)（船的）梁端。

on her beam-ends 〖海〗傾斜至幾乎翻覆的程度。

on** one's **beam-ends 處於極困難狀態。

beam·ing ['bimɪŋ] 形 **1** 光輝燦爛的。**2** 愉快的，喜氣洋洋的。~**·ly** 副

beam·width ['bim,wɪdθ] 名 U C 波柱寬度，無線電波所涵蓋的範圍。

beam·y ['bimɪ] 形 **(beam·i·er, beam·i·est) 1** 發光的，照耀的。**2** 心情愉快的，容光煥發的。**3** 船身很寬的。

:**bean** [bin] 名 **1**〖植〗(1) 豆：broad ~*s* 蠶豆 /parch ~*s* 炒豆。(2)（豆的）莢。(3) 結豆植物。**2** 似豆的果實。**3**《俚》（人的）頭：use one's ~ 動腦子。**4**《英俚》《主要用於否定句》錢。**5**《~s》《口》不值錢的東西；《主要用於否定句》少量，僅：do *not care* ~*s* 一點也不介意。**6**《英俚·古》老兄，傢伙。**7**《~s》《俚》懲罰，毆打。

full of beans 《俚》(1) 精力充沛；興高采烈。(2) 弄錯的；愚笨的。

know how many beans make five 精明，不容易上當。

spill the beans 《俚》洩露祕密，說溜了嘴。

—動 及《俚》打…的頭。

bean·bag ['bin,bæg] 名 作爲椅子用的袋狀填充墊。

'**bean ,ball** 名〖棒球〗《俚》投手投向打擊者頭部的球。

'**bean ,cake** 名 U 豆粕，豆餅。

'**bean ,counter** 名《俚》財務經理。

'**bean ,curd** 名 U 豆腐。

'**bean ,pod** 名 豆莢。

bean·pole ['bin,pol] 名 **1** 豆架。**2**《俚》身材瘦高的人。

'**bean ,sprouts** 名(複) 豆芽。

bean·stalk ['bin,stɔk] 名 豆莖。

:**bear**[1] [bɛr] 動（**bore** 或《古》**bare**, 義 **1** 用 **borne** 或 **born**, ~**·ing**）及 **1** 產；生（子女）: ~ twins 生雙胞胎 / the three children *borne* by Mary 瑪麗生的三個孩子。**2** 生長（果實、花、葉）；出產；生（利息等）: a vine that ~*s* fruit 結果實的葡萄樹。**3** 支撐，支持；承受。**4** 遭受。**5** 負擔。**6** 耐得住；使…變成可能；有…的價值；有（做…）的必要，有（被…）的可能：cloth that ~*s* washing 耐洗的布料。**7**《通常前面加 **can**，用於否定句、疑問句》忍受；忍耐；容忍。**8** 搬運，運送；陪同，引導。**9** 傳達，散布。**10** 給予，提供。**11** 擠壓，推動。**12**《通常用反身》保持（姿勢或狀態）。**13** 表現；舉止。**14** 佩帶；擁有。**15** 懷有，抱有《*against, toward, for ...*》: ~ love 懷著愛。**16**《古》行使，運用；採用，活用。—不及 **1** 生子；結果實。**2** 朝向，前進；位於。**3** 支持，支撐。

bear away （在下風時）改變船的航向。

bear...away / bear away... (1) 帶走；贏得。(2)《通常用被動》驅使。

bear back 退。

bear...back / bear back... 帶回；驅退。

bear down 加倍努力，全力以赴。

bear...down / bear down... 壓下；壓倒；打敗。

bear down on ... (1) 依靠，壓，壓迫，施加壓力。(2) 全力以赴。(3) 逼近，衝向。(4)〖海〗由上風處追近（船）。

bear fruit 有成果。

bear in mind 記住。

bear off 漸漸遠離。

bear...off / bear off... 奪得；《文》奪取。

bear on (1)朝向，前進 《*for...*》。(2)(事)與…有關；有影響；對(某人)是重擔。

bear...out / bear out... 支持，證實。

bear up (1)忍受，支持得住。(2)〖海〗轉向下風。

bear with... 《文》忍耐，忍受。

***be borne in upon** a person* 了解。

:bear² [bɛr] 图(複 **～s,** 《集合名詞》～) **1** 熊：sell the skin before one has killed the ～ 熊未到手先賣皮；過早樂觀。**2** 似熊的動物；玩具熊。**3** 粗野的人。**4** 看壞景氣的人；〖證券〗空頭。**5**《口》有特殊才能的人。**6** 《 **the B-** 》〖天〗熊星座。**7**《美俚》交通警察，警察：～cage 警察局。

be a bear for... (1) ⇨图 5. (2) 對…特具耐力。

be loaded for bear 《俚》完成戰鬥準備。

have a bear by the tail 遇到難以應付的事情。

—形〖證券〗賣空的；下跌趨勢的。

bear·a·ble ['bɛrəbl] 形有忍耐力的。

bear·bait·ing ['bɛr,betɪŋ] 图U 逗熊，犬熊相鬥戲。

bear·ber·ry ['bɛr,bɛrɪ] 图(複**-ri·es**)〖植〗**1**熊果。**2**會結紅色果實的桃類植物。

:beard [bɪrd] 图**1** 鬚：a heavy ～ 很濃的鬍子 / grow a ～ 長鬍鬚。**2**〖動〗(山羊、獅子等的)頷毛；(火雞等的)嘴基部的毛；〖植〗(大麥、小麥等的)芒。**3**(鉤針等的)倒鉤。

take** a person **by the beard 大膽攻擊。

to** a person**'s beard 當著某人的面。

—動及**1** 抓住鬍子；《喻》大膽反抗。**2** 使有鬍子。

beard the lion in his den 捋虎鬚；奮不顧身地抗拒。

beard·ed ['bɪrdɪd] 形有鬚的，有芒的，有倒鉤的；《複合詞》有鬍子的：a red*bearded* man 紅鬍子的男子。

beard·less ['bɪrdlɪs] 形**1** 沒有鬍子的。**2** 乳臭未乾的。

bear·er ['bɛrɚ] 图**1** 搬運者，挑夫；散播者，傳達人；扶棺的人；持票人：a note payable to ～ 支付持票人的支票。**2** 支撐物。**3** 會開花結果的植物。**4** 現任者；擔任官職者。**5**《印度英語》男僕。

'bear ,garden 图**1** 犬熊相鬥的場所。**2** 嘈雜的地方。

'bear ,hug 图**1** 擁抱；熊抱，熱烈擁抱。**2**(角力的)緊抱。

bear·ing ['bɛrɪŋ] 图**1**UC舉動，舉止；態度，言行：a haughty ～ 傲慢的態度。**2**U 結果(能力)；結果期；生產(能力)；收穫，作物：a vine past ～ 已無法結果的葡萄樹 / three ～s in a year 每年三次的收穫。**3**U 忍耐，忍受。**4**UC 關係，關聯；影響；方面；旨趣《 *on, upon...* 》：have no ～ *on...* 與…無關，不影響…。**5**方向；〖測〗方位角。**6**《 **～s** 》方位，位置；立場：lose one's ～*s* in the woods 在森林裡迷路。**7**〖建〗(建築物的)支承；支座。**8**《通常作**～s** 》〖機〗軸承。

bear·ish ['bɛrɪʃ] 形 **1** 熊一樣的；粗暴的，鹵莽的；莽撞的。**2**〖商〗(行情)看跌的，宜於賣空的；悲觀的。

'bear ,market 图〖證券〗空頭市場，熊市。

bear·skin ['bɛr,skɪn] 图**1**U熊皮。**2**(英國侍衛兵的)黑熊皮高禮帽。**3**U 外套用的粗呢。

·beast [bist] 图**1** (1)野獸，畜牲。(2)U《集合名詞》獸，動物；家畜，牛；《英》肉牛：wild ～*s* 野獸 / ～*s* of burden 馱獸 / man and ～ 人與獸 / tame a ～ 馴獸。**2**《通常作 **the** ～》獸性；肉慾。**3** 獸性的人，殘忍的人；極討厭的事物：a ～ of a job 極令人厭惡的工作。

beast·ly ['bistlɪ] 形(**-li·er, -li·est**) **1** 獸性的；殘忍的；不潔的，髒的：～ talk 髒話。**2**《英口》討厭的，惡劣的，可憎的：～ weather 惡劣的天氣。—副《英口》非常；惡劣地。**-li·ness**图獸性。

:beat [bit] 動(**beat,** ～**·en** 或 **beat,** ～**·ing**) 及**1** 打，敲，揍；打成(…樣子)：～ one's breast 捶胸 / ～ a person black and blue 把人打得青一塊紫一塊。**2** 擊，敲響；擊鼓傳達《 *out* 》；撲打(翼)；振翅：a bird ～*ing* the air with its wings 振翅的鳥。**3** 錘薄，打造《 *out* 》；打成 《 *into...* 》：～ gold *into* gold leaf 將金子打成金箔 / ～ *out* a path through the thicket 從灌木叢中踏出一條路來。**4** 撞向《 *against...* 》：～ one's head *against* the wall 把頭猛撞牆壁。**5** 攪拌；攪拌起泡《 *up / to, into...* 》。**6** 推開，使勁推，擊退《 *away, off, back* 》。**7** 反覆灌輸給《 *into...* 》。**8** 打敗；勝過《 *in ...* 》；凌駕：～ one's rival *in* the election 在選舉中擊敗對方。**9** 打破(紀錄)；改進，拋棄(習慣等)。**10** 使迷惑；使難倒，使受挫。**11** 先到；搶先：～ the curfew 趕在宵禁時間之前。**12** 使緩和；避開；抵銷，彌補：～ the taxes 逃稅。**13**《美俚》欺瞞 《 *out* 》；騙取 《 *out of...* 》。**14**〖樂〗打(拍子)：～ time to the music 和著音樂打拍子。**15**〖狩〗搜索《 *for...* 》。

—不及**1** 打，敲《 *at, on...* 》。**2** 搏動，跳動。**3**(雨等)衝擊，打在…上《 *against, on...* 》；(翅膀)鼓動。**4** 咚咚響，鳴響；(打鼓)作信號。**5**《口》得勝。**6**(蛋等)被攪拌，被打得起泡。

beat about 搜索，尋求《 *for...* 》。

beat around the bush ⇨ BUSH(片語)

beat...back / beat back... (1) ⇨ 動及6. (2)將(火焰等)扼阻。

beat one's brains out ⇨BRAIN(片語)

beat cock-fighting 胡說。

beat...down / beat down... (1) 壓制，鎮壓；打倒，推翻。(2)《口》還價；壓價格《 *to ...* 》。

B

beat down on... (1)（太陽）火辣辣地照射。(2)（災害等）襲擊。
beat one's gums ⇨ GUM[2]（片語）
beat...in / beat in... 打碎。
beat it 《俚》（匆匆）走掉，離開；《命令》滾開！
beat off... / beat... off (1) ⇨動及6. (2) 拍落。
beat...out / beat out... (1) ⇨動及2, 3, 13. (2)《俚》打敗。(3)〖木工〗鑿（凹榫）。(4)《常作被動》使疲憊。(5) 撲滅。
beat the air ⇨ AIR[1]名（片語）
beat the band 《俚》喧鬧地；以全速；激烈地。
beat the bounds ⇨ BOUND[3]名（片語）
beat the devil around the bush 《口》旁敲側擊。
beat the drum ⇨ DRUM[1]名（片語）
beat the (living) daylights out of... 《俚》痛打，痛毆。
beat the rap 《俚》逍遙法外。
beat a person to it 搶先於（某人）。
beat a person to the punch ⇨ PUNCH[1]名（片語）
beat...up / beat up... (1) ⇨動及5. (2) 奇襲。(3) 募集；搜尋。
beat one's way 無票入場。
—名 **1** 打，毆打，猛打；一擊。**2**（鼓等的）敲打聲；（浪濤等的）衝擊聲；（心臟的）跳動；（時鐘的）滴答聲。**3** 巡邏（區域）；負責配送的區域；專長的領域。**4**〖樂〗拍子，節拍；（指揮棒等的）一揮；〖理〗（振動的）拍。**5**〖劇〗換幕時間。**6**〖詩〗重音。**7**〖報章·雜誌〗(1) 特別報導；獨家新聞。(2) 負責採訪範圍，報導區域，勢力範圍。**8**《口》= beatnik. **9**《the ～》《俚》勝者，更強者《*of...*》。
get a beat on... 《美方》占優勢，搶先。
off one's beat 非本行。
off the beat (1) ⇨名3. (2) 荒腔走板，不合拍子；不規則的。
on one's beat 專門的，專業的。
on the beat (1) ⇨名3. (2) 一板一眼，配合節拍。
—形《口》**1** 疲乏的，疲憊的。**2**《限定用法》披頭族的。**3**《美口》驚得目瞪口呆的。

:beat·en ['bitn̩] 動 **beat**的過去分詞。—形 **1** 打成的，打薄的：～ silver 銀箔。**2** 踏平的；慣常的：a well-*beaten* path 人們常走的路。**3** 被打敗的；破舊的；疲倦的。**4** 攪拌成的；研成粉末的，細碎的。
follow the beaten track 照慣例。
off the beaten track 破例。

beat·er ['bitɚ] 名 **1** 打者。**2** 敲打的工具；攪拌器。**3**〖狩〗趕獵物的人。**4** 先遣宣傳員。

'Beat Gene'ration 名《偶作 b- g-》《the ～》《集合名詞》披頭族，頹廢派。

be·a·tif·ic [ˌbiə'tɪfɪk] 形 **1** 賜予幸福的。**2**《口》充滿幸福的，極幸福的；快樂的：a ～ look 快樂的樣子。**-i·cal·ly** 副

be·at·i·fi·ca·tion [bɪˌætəfə'keʃən] 名 U C 賜福，受賜福；〖天主教〗宣福禮。

be·at·i·fy [bɪ'ætəˌfaɪ] 動 (**-fied, ～·ing**) 及 **1** 賜福，使…極樂。**2**〖天主教〗行宣福儀式。

beat·ing ['bitɪŋ] 名 **1** U C 打，毆打；鞭打：give a person a sound ～ 將某人痛毆一頓。**2** 攪拌。**3** U（金屬的）打薄。**4** 失敗。**5** U 鼓翼；（心臟的）跳動；〖海〗迎風斜駛；〖泳〗打水。
take some beating 很難勝過；經久耐用。

be·at·i·tude [bɪ'ætəˌtjud, -tud] 名 **1** U 極大的幸福。**2**《**the Beatitudes**》（天主教）八福，（正教會）九福。

Bea·tles ['bitl̩z] 名 披頭四：1962 年成立的英國搖滾樂團，於 1970 年解散。

beat·nik ['bitnɪk] 名《口》**1** Beat Generation 的成員。**2** 排斥傳統行爲和服裝的人。

Be·a·trice ['biətrɪs] 名 **1** 碧翠絲：Dante 理想中的女性。**2**〖女子名〗碧翠絲。

beat-up ['bit'ʌp] 形《美俚》**1** 磨損了的。**2** 衣冠不整的。

beau [bo] 名 (複～s, ～x [-z]) **1**《古·口》男友。**2** 向女子獻殷勤的男子。**3**《稍古》愛打扮的男子。

'Beau·fort ˌscale ['bofɚt-] 名 蒲福風力分級表（0-12 級）。

beau geste [bo'ʒɛst] 名 (複 **beaux gestes** [～]) 《法語》優美姿勢；優雅動作。

'beau i'deal 名 **1** (複 **beaus ideal, beaux ideal**) 理想美。**2** (複～s) 最高理想，優美典型。

Beau·jo·lais [ˌboʒə'le] 名 U 薄酒萊：法國南部所產的辛辣紅葡萄酒。

beau monde [bo'mand, bo'mɔnd] 名《the ～》社交界；上流社會。

beaut [bjut] 名《澳·美》《俚》《常爲反語》美好的事物，美麗的人。
—形 美好的，優良的。

beau·te·ous ['bjutɪəs] 形〖詩〗= beautiful.

beau·ti·cian [bju'tɪʃən] 名 美容師；美容院業者。

:beau·ti·ful ['bjutəfəl] 形 **1** 美麗的，美的；感到美好的：(as) ～ as an angel 美若天仙。**2** 極好的，出色的：～ weather 美好的天氣 / in ～ condition 處於極佳狀態。**3** 卓越的，令人欽佩的：a ～ character 高尚的人格。—名《通常作 **the** ～》**1**《作單數》美。**2**《作複數》美麗的人[事物]。

·beau·ti·ful·ly ['bjutəfəlɪ] 副 美麗地，優美地，美妙地；《主口》極好地。

'beautiful 'people 名《偶作 **B- P-**》《口》**1** 具有現代意識的人。**2** 上流人士；創造時尚的人。略作：BP

beau·ti·fy ['bjutəˌfaɪ] 動 (**-fied, ～·ing**) 及 美化，使增添美麗。—不及 變美。
-fi·ca·tion [-fə'keʃən] 名 U 美化。**-fier** 名

beef to the heels 魁梧。
Put some beef into it!《俚》多用點兒力氣！
—動不及《俚》抱怨，發牢騷；抗議《*at*, *about*...》。—及 把（牛）養肥（以供食用）《*up*》；屠殺（牛）。
beef...up / *beef up*... (1) ⇨動及。(2)《俚》擴充，增加。(3)《口》加強，補強。
beef·burg·er ['bif,bɝgɚ] 名牛肉漢堡。
beef·cake ['bif,kek] 名U《美俚》男性健美照片。
'beef ,cattle 名《作複數》肉牛。
beef·eat·er ['bif,itɚ] 名 1《偶作 **B-**》《口》英國國王的侍衛。2《美俚》英國人。
'beef 'extract 名U濃縮牛肉汁。
beef·steak ['bif,stek] 名UC牛排。
'beef 'tea 名U牛肉濃湯。
beef·y ['bifɪ] 形 **(beef·i·er, beef·i·est) 1** 牛肉（般）的。**2** 強壯的；體重很重的；癡肥的。
bee·hive ['bi,haɪv] 名**1** 蜂窩；蜂房。**2** 喧鬧的地方。
bee·house ['bi,haus] 名 (複**-hous·es** [-zɪz]) 蜂房。
bee·keep·er ['bi,kipɚ] 名養蜂者。
bee·keep·ing ['bi,kipɪŋ] 名U養蜂。
bee·line ['bi,laɪn] 名一直線，最短路線：make a ~ for the door《口》一直向門口走去。—動不及《常與 **it** 同時使用》直線進行《*for*...》。
Be·el·ze·bub [bɪ'ɛlzɪ,bʌb] 名**1** 魔鬼；魔王。**2** 惡魔。
:been [bɪn] 動 **be** 的過去分詞。
beep [bip] 名**1** 警笛。**2**（短而尖的）嗶嗶聲；（人造衛星等發出的）信號聲。—動不及 發出嗶嗶聲。—及 **1** 使發聲。**2** 鳴（警笛等）《*out*》。
beep·er ['bipɚ] 名**1** 發出嗶嗶聲的裝置。**2**（無線電）呼叫器。**3** 用無線電控制模型飛機的遙控者。
·beer [bɪr] 名 **1**U 啤酒：draft ~ 生啤酒 / (a) black ~ 黑啤酒 / bock ~（一種德國製的）烈啤酒 / small ~ 淡啤酒 / ~ on draught 生啤酒。**2**U 二氧化碳或發酵性飲料。**3** 一杯啤酒，一瓶啤酒。
be in beer（喝啤酒）喝醉了。
think no small beer of oneself 自負。
'beer ,belly 名《口》啤酒肚。
'beer ,garden 名戶外花園酒店。
'beer ,hall 名有歌舞助興的酒店。
beer·house ['bɪr,haus] 名 (複**-hous·es** [-zɪz])《英》啤酒店。
'beer ,money 名U《英》酒錢；小費；零用錢。
Beer·she·ba [bɪr'ʃibə] 名 畢爾敘巴：以色列南部城市名。
from Dan to Beersheba 自天涯至海角，從一端至另一端。
beer·y ['bɪrɪ] 形 **(beer·i·er, beer·i·est) 1** 啤酒的，似啤酒的。**2** 喝啤酒喝醉的，有啤酒味的。**-i·ness** 名
bees·wax ['biz,wæks] 名UC 蜂蠟。—動及 用蜂蠟塗。
bees·wing ['biz,wɪŋ] 名 **1**（陳年老酒表面所生的）酒膜。**2** 陳年老酒。
·beet [bit] 名〖植〗**1** 甜菜。**2**《美》甜菜的食用根（《英》beet root）。
Bee·tho·ven ['betovən] 名 **Ludwig van**, 貝多芬（1770–1827）：德國作曲家。**-ve·ni·an** [,beto'vinɪən], **-vi·an** [be'tovɪən] 形
·bee·tle[1] ['bitl] 名**1**〖昆〗甲蟲；類似甲蟲的昆蟲。**2** 近視眼的人。**3** 組合甲蟲畫片的骰子遊戲。
(as) blind as a beetle 非常近視。
(as) deaf as a beetle 耳朵完全聽不見。
—動**(-tled, -tling)**不及《英口》動來動去；疾行；匆匆離去《*off*》。
bee·tle[2] ['bitl] 名 **1** 大槌；撞杵。**2** 小槌。**3** 打布機。—動 及 **1**（用大槌）敲打；用撞槌撞擊。**2** 用打布機打。**-tler** 名
bee·tle[3] ['bitl] 形 突出的；皺眉頭的。—動不及**1** 突出，凸出。**2** 聳立；迫近。
bee·tle-browed ['bitl,braud] 形 **1** 眉毛粗的。**2** 愁眉苦臉的；繃著臉的；不悅的。
beet·ling ['bitlɪŋ] 形突出的；懸垂的。
'beet ,root 名《英》甜菜根。
'beet ,sugar 名U甜菜糖。
beeves [bivz] 名 **beef** 的複數形。
B.E.F.《縮寫》British Expeditionary Force(s) 英國遠征軍。
be·fall [bɪ'fɔl] 動 **(-fell, ~·en, ~·ing)**不及《文》發生《*to*...》。
—及《文》發生於，降臨在。
be·fit [bɪ'fɪt] 動 **(~·ted, ~·ting)**及適合，相稱。
be·fit·ting [bɪ'fɪtɪŋ] 形適合的，適當的。
be·fog [bɪ'fɑg, -'fɔg] 動 **(~·ged, ~·ging)** 及 **1** 籠罩在霧中。**2** 使難以了解；使迷惑《*with*...》。
be·fool [bɪ'ful] 動及愚弄，欺騙。
:be·fore [bɪ'for] 副**1**《表空間》向前方；在前方；向前；在前。**2**《表時間》(1)（以現在時間爲基準）在這之前，曾經。(2)（以某個過去時間爲基準的）在那之前，前一個：the night ~ 前一天晚上 / two days ~ 兩天前。(3)（以未來的某個時間爲基準）在那之前。—介 **1**《表空間》(1)在…前面，在…前方。(2) 在…面前；由…來應付[處理]。**2**《表時間》在…之前，早於。**3** 等待著；有待於。**4**《順序、階級、選擇、優劣、價值等》在…之前，比…優先，勝過…；寧可…。**5** 面臨；在…的威脅下。
before Christ 西元前（略作：B.C.）。
—連**1** 在…之前。**2** 寧可。
:be·fore·hand [bɪ'for,hænd] 副 形 事前（的），預先（的），以前（的）。
be beforehand in... 預先準備好；提前從事。
be·fore-men·tioned [bɪ'for,mɛnʃənd]

㊋前述的，上述的。

be·fore·time [bɪ'for,taɪm] ㊊《古》往昔，從前。

B

be·foul [bɪ'faʊl] ㊍㊉《文》**1** 污染，弄髒。**2** 玷辱。**3** 糾纏。

be·friend [bɪ'frɛnd] ㊍㊉ 和…交朋友；協助，援助。

be·fud·dle [bɪ'fʌdl] ㊍㊉**1** 使酒醉。**2** 使迷惑，使糊塗。

:beg [bɛg] ㊍ **(begged, ～·ging)**㊉**1** 要求，懇求，乞求《 *of, for, from...* 》：～ a hand out 請求周濟 / ～ one's life 懇求饒命。**2**（並無根據地）視爲當然；迴避，規避。一㊎**1** 請求施捨；行乞；懇求，要求《 *for...* 》。**2** 誠摯地請求；請求《 *of...* 》。

beg off 請求解除（義務、約定等）。

beg...off / beg off... 請求免除《 *from...* 》。

beg the question 避開爭論點；以未證實的假定爲論據的基礎。

go (a) begging (1) 行乞。(2) 無人問津；無人關心。

I beg your pardon. (1) 請原諒，對不起。(2) 對不起，您說什麼？(3) 恕我冒昧；請容許…。

:be·gan [bɪ'gæn] ㊍ **begin** 的過去式。

be·get [bɪ'gɛt] ㊍ **(-got** 或《古》**-gat, -got·ten** 或 **-got, ～ ·ting)**㊉**1**（通常指父）生（子女）。**2**《文》造成；產生。

:beg·gar ['bɛgɚ] ㊔ **1** 叫化子，乞丐；募捐者。**2** 傢伙，小子：an unfeeling ～ 無情的人 / Poor ～！可憐蟲！一㊍㊉**1** 使成乞丐；使貧窮。**2** 難以超過…的範圍；使不能。

I'll be beggared if... 《俚》如果…那我寧可當乞丐；絕對不。

beg·gar·ly ['bɛgɚlɪ] ㊋ **1** 似乞丐的；無分文的。**2** 貧乏的，很少的。**-li·ness** ㊔ Ⓤ貧窮；簡陋；襤褸。

beggar-my-neighbor ㊔Ⓤ一種紙牌戲。一㊋保護本國貿易的；損人利己的。

'beggar ˌware ㊔（可從網路下載的）免費軟體。

beg·gar·y ['bɛgərɪ] ㊔(複 **-gar·ies**) **1**Ⓤ《集合名詞》乞丐的身分。**2**Ⓤ 赤貧，貧窮。**3**Ⓤ 卑賤，一無所有。

:be·gin [bɪ'gɪn] ㊍ **(be·gan, be·gun, ～·ning)**㊎**1** 開始，著手。**2** 開始事業[生涯等]。**3** 成立，發生。一㊉**1** 開始；開始作；創始。**2**《用於否定》《口》全然不。

to begin with 首先；最初。

·be·gin·ner [bɪ'gɪnɚ] ㊔ **1** 初學者，生手。**2** 開始者，創立者。

:be·gin·ning [bɪ'gɪnɪŋ] ㊔ **1** 初次；最初，開始；開始時：from ～ to end 自始至終 / at the ～ of the month 在月初 / in the ～ 開始時。**2**《常作～**s**，作單數》初期；幼小時；開頭。**3** 起源，原因。**4** 剛開始的事物。

the beginning of the end 預示最後結果的前兆，預示未來的前兆。

一㊋剛開始的；初步的，基礎的。

be·gird [bɪ'gɝd] ㊍（**-girt** 或～**·ed,** ～**·ing**）㊉《文》**1** 纏繞《 *with...* 》。**2** 包圍，圍繞。

be·gone [bɪ'gɔn] ㊍㊎《用於命令、不定詞》《文》（立刻）離開；出去：*B-* from my sight. 走開！

be·gon·ia [bɪ'gonjə] ㊔〖植〗秋海棠。

be·got [bɪ'gɑt] ㊔**beget** 的過去式及《美》過去分詞。

be·got·ten [bɪ'gɑtn̩] ㊍ **beget**的過去分詞。

be·grime [bɪ'graɪm] ㊍㊉《通常用被動》（以污垢等）弄髒《 *with...* 》。

be·grudge [bɪ'grʌdʒ] ㊍㊉ **1** 妒忌。**2** 捨不得給。**3** 吝惜。**4** 勉強同意。**-grudg·ing·ly** ㊊不情願地。

be·guile [bɪ'gaɪl] ㊍㊉**1** 欺騙，哄騙《 *into..., into doing* 》。**2** 詐騙《 *of, out of...* 》。**3** 使著迷《 *with...* 》；消磨；使愉悅《 *with, by...* 》。

～**·ment**㊔, **-guil·er**㊔

be·guil·ing [bɪ'gaɪlɪŋ] ㊋欺騙的；消遣的；有趣的。～**·ly**㊊

be·gum ['bigəm] ㊔（印度、巴基斯坦）回教徒的王妃、貴婦人。

:be·gun [bɪ'gʌn] ㊍**begin** 的過去分詞。

be·half [bɪ'hæf] ㊔Ⓤ援助，利益。

on a person's behalf 爲了（某人）。

on behalf of... (1) 代表，代替。(2) 爲了，利於。

·be·have [bɪ'hev] ㊍ **(-haved, -hav·ing)** ㊉ **1**《用反身》舉止，行動：～ *oneself* well 行爲良好。**2**《用反身》守規矩。一㊎ **1** 表現，舉止，舉動《 *to, toward...* 》。**2** 有禮貌，守規矩。**3** 運轉；作用，反應。

be·haved [bɪ'hevd] ㊋《通常前面加副詞構成複合詞》舉止…的：well-*behaved* children 有禮貌的孩子。

:be·hav·ior [bɪ'hevjɚ] ㊔Ⓤ **1** 舉止，行爲；禮貌；品行；態度；〖心〗行爲。**2** 反應，作用；（機械等的）狀態。

on one's best behavior 守規矩，行爲良好。

be·hav·ior·al [bɪ'hevjərəl] ㊋ 行爲的。

be'havioral 'science ㊔ Ⓤ〖社會·心〗行爲科學。

be'havioral 'scientist ㊔ 行爲科學家。

be·hav·ior·ism [bɪ'hevjɚ,ɪzəm] ㊔ Ⓤ〖心〗行爲主義，行爲心理學。

-ist㊔行爲主義者。

be·hav·ior·is·tic [bɪ,hevjə'rɪstɪk] ㊋行爲主義的。

be'havior ˌmodifiˌcation ㊔Ⓤ〖心〗行爲改變技術。

be·hav·iour [bɪ'hevjɚ] ㊔《英》= behavior.

be·head [bɪ'hɛd] ㊍㊉將…斬首。

be·held [bɪ'hɛld] ㊍**behold**的過去式及過去分詞。

be·he·moth [bɪ'himəθ, 'biəməθ] 名 1 Ⓤ《常作 B-》〖聖〗被認爲是河馬的巨獸。2《美口》巨大有力的人；龐然大物。

be·hest [bɪ'hɛst] 名《古》1 命令。2 要求。

:be·hind [bɪ'haɪnd] 介 1 在…的後面，在…的背面。2 在…的那邊。3（留）在…之後：stay ~ the others 其他人走了之後留下。4（接）在…之後。5 遲於：be ~ the times 落於時代之後；跟不上時代。6（進度）比…慢，(能力）比…差；(比賽等）落後於：fall ~ one's class in mathematics 數學比同班同學落後。7 (1)支持。(2)《喻》(隱藏）在…的背後，爲…的原因。8 有…的經歷。

behind a person's back ⇨ BACK[1] 名（片語）

get behind... (1) ⇨ 介 7. (2) 探尋…的真相。

put...behind one 把…忘掉。

—副 1 在後方；從後面。2（時鐘）慢；(人）遲《*in, with..., in doing*》。3 在過去。4《古》尚未來到。

come from behind 後來居上；反敗爲勝。

—形 後面的，後方的。—名 背部；《俚》臀部。

be·hind·hand [bɪ'haɪnd,hænd] 副 形 1（時間）遲，晚；(進展）落後《*in, with ...*》。2（付款）延誤《*with...*》。

be·hind-the-scenes [bɪ'haɪndðə'sinz] 形 祕密的；暗中的；幕後的。

be·hold [bɪ'hold] 動 (**-held**, ~**·ing**) 及《文》注視；看，眺望。—感《命令》看！注意！

~**·er** 名 觀看者。

be·hold·en [bɪ'holdn̩] 形《文》蒙恩的，感激的《*to...*》。

be·hoof [bɪ'huf] 名 (複 **-hooves** [-'huvz])《古》利益，好處。

in one's own behoof 爲了自身的利益。

be·hoove [bɪ'huv] 動 及《文》有義務；理應。—不及《古》必須，適當。

be·hove [bɪ'hov] 動 及 不及《英》= behoove.

beige [beʒ] 名 Ⓤ 1 本色毛呢，嗶嘰。2 灰褐色。—形 灰褐色的。

Bei·jing ['bedʒɪŋ] 名 北京。

:be·ing ['biɪŋ] 名 1 Ⓤ 存在：in ~ 存在的，現有的 / come into ~ 發生，出現 / call [bring] a thing into ~ 使某事（物）產生。2 Ⓤ 生存；生命；身心。3 Ⓤ 本質，本性。4 存在物；生物；人。5 Ⓤ《**the B-**》神。6 Ⓤ〖哲〗有；絕對存在；本質。—形 存在的，現在的：for the time ~ 暫時，目前。

being as [*that*]...《方·口》既然，因爲…。

Bei·rut [be'rut] 名 貝魯特：地中海東岸一海港，黎巴嫩的首都。

be·je·sus [bɪ'dʒizəs] 感 名《美俚》= hell: beat the ~ out of a person 將某人痛打一頓。

be·jew·el [bɪ'dʒuəl] 動 (~**ed**, ~**·ing**；《英》**-elled**, ~**·ling**) 及 以寶石裝飾。

bel [bɛl] 名〖理〗貝耳：音量單位。

Bel [bel, bɛl] 名〖女子名〗貝兒。

be·la·bor [bɪ'lebɚ] 動 及 1 反覆討論 [研究]。2（以嘲笑的言語）攻擊；《罕》用力打《*with...*》。

Be·la·rus [,belɑ'rus] 名 白俄羅斯（共和國）：位於歐洲中部，前蘇聯的一加盟共和國（1919-91）；首都明斯克（Minsk）（舊稱 **B(y) elorussia**）。

be·lat·ed [bɪ'letɪd] 形 1 遲的；耽誤的。2 過時的，舊式的。3《古》日暮時仍在旅途上的。~**·ly** 副, ~**·ness** 名

Be·lau [bə'laʊ] 名（亦稱 **Palau**）帛琉共和國。

be·lay [bɪ'le] 動 及 1〖海〗繫於栓上。2〖登山〗用繩纜綁住。3 停。—不及〖海〗1 繫繩。2《主要用於命令句》停：*B*-there！停！

be'laying ,pin 名〖海〗繫索栓。

belch [bɛltʃ] 動 及 1 吐出，噴出《*out*,《文》*forth*》。2 衝口說出《*forth*》。—不及 1 打嗝；冒出，噴出《*out*》。2 迸出《*out, up*》。3《美俚》發牢騷；告發。—名 1 打嗝；噴出。2 噴出物。3《美俚》不平，牢騷。

bel·dam(e) ['bɛldəm] 名《古》老太婆；醜老太婆。

be·lea·guer [bɪ'ligɚ] 動 及 1 包圍，圍攻。2 使困擾《*with...*》。

Bel·fast ['bɛlfæst] 名 貝爾發斯特：英國北愛爾蘭（Northern Ireland）的首府。

bel·fried ['bɛlfrɪd] 形 有鐘樓的。

bel·fry ['bɛlfrɪ] 名 (複 **-fries**) 1 鐘樓，鐘塔。2 吊鐘的木架。3 頭。

have bats in the belfry ⇨ BAT[2]（片語）

Belg.《縮寫》*Belgian; Belgium.*

Bel·gian ['bɛldʒən, -dʒɪən] 名 比利時人。—形 比利時的；比利時人的。

Bel·gium ['bɛldʒəm, -dʒɪəm] 名 比利時（王國）：首都布魯塞爾（Brussels）。

Bel·grade ['bɛlgred] 名 貝爾格勒：前南斯拉夫聯邦的首都，現爲 Serbia 的首都。

Bel·gra·vi·a [bɛl'grevɪə] 名 1 貝爾格雷維亞：與倫敦海德公園（Hyde Park）鄰接的高級住宅區。2《英》新興中產階級。

Be·li·al ['bilɪəl] 名〖神〗1 魔鬼，惡魔。2 邪惡，墮落。3 碧利爾：Milton 所著 *Paradise Lost* 中的墮落天使之一。

be·lie [bɪ'laɪ] 動 (**-lied, -ly·ing**) 及 1 隱瞞，掩飾。2 揭示…的虛假性。3 辜負；使失望。

:be·lief [bɪ'lif] 名 (複 ~**s**) 1 Ⓤ《偶作 **a** ~》相信《*in...*》；信念；見解，想法：to the best of my ~ 據我所知。2 Ⓤ 信任，信賴《*in...*》。3 Ⓤ 信仰，信心《*in...*》；Ⓒ 信條，教義：the *B*- 使徒信條。

be·liev·a·ble [bɪ'livəbl] 形 可相信的，能信賴的。

:be·lieve [bɪ'liv] 動 (**-lieved, -liev·ing**) 及 1

B

相信，信任，信賴。2 認為。—不及 相信；想：Seeing is *believing.* ⟪諺⟫眼見為實；百聞不如一見。

believe in... (1) 相信…的存在；信仰。(2)信任，信賴。(3) 相信…的價值。

believe it or not 信不信由你。

Believe me. ⟪口⟫真的。

make believe 假裝。

be·liev·er [bɪ'livɚ] 名 信奉者；信徒⟪*in...*⟫。—名U 相信。

be·liev·ing [bɪ'livɪŋ] 形相信的；有信仰的。名U 相信。

Be'li·sha 'beacon [bə'liʃɚ] 名⟪英⟫行人穿越道號誌。

be·lit·tle [bɪ'lɪtl] 動及 1 輕視，貶損。2 使顯得微小。～**·ment** 名，**-tler** 名

Be·lize [bɛ'liz] 名 貝里斯：中美洲國家；1981 年獨立；首都為貝爾墨邦（Belmopan）。

:bell[1] [bɛl] 名 1 鐘，吊鐘；鈴；鐘聲；〖樂〗鐘：an alarm ～ 警鈴 / the peal of ～*s*（教堂的）一組鐘的鐘聲 / a set of ～*s*（鐘樓的）一組鐘 / pull the ～ 拉繩敲鐘。2 鐘[鈴]狀物；喇叭狀的口。3〖海〗(1)(船上每隔三十分鐘敲打的）單位時間；⟪通常作～**s**⟫表示此種單位時間的鐘聲：make eight ～*s* 敲八擊鐘。(2)(航海士與機械士之間的）信號。4〖植〗鐘形花冠。

(as) sound as a bell 很健康；情況很好。

bear [carry] away the bell 獲勝，成功。

ring a bell ⟪口⟫模糊地喚起記憶。

ring the bell ⟪口⟫成功；令人滿意，正中下懷。

ring the bell backward 鳴警報，敲警鐘。

with bells on ⟪口⟫熱心地，熱切地。

—動及 1 使擴大呈鐘狀⟪*out*⟫。2 裝鈴於…。3 按鈴呼叫。

bell the cat 做極危險的事。

—不及 1 成鐘狀。2〖植〗生成鐘狀花冠；呈鐘狀。

bell[2] [bɛl] 動不及（雄鹿在交尾期的）鳴叫。—名 交尾期的雄鹿叫聲。

Bell [bɛl] 名 貝爾：1 **Alexander Graham,**（1847–1922）：生於英國的美國科學家，發明電話。2〖女子名〗貝兒（Isabel的暱稱）。

Bel·la ['bɛlə] 名〖女子名〗貝拉（Isabella 的暱稱）(亦稱 **Bel, Belle**）。

bel·la·don·na [,bɛlə'dɑnə] 名 1〖植〗顛茄。2 U〖藥〗顛茄素製劑。

bell-bot·tom ['bɛl,bɑtəm] 形 褲管成鐘形的，喇叭形的（亦稱 **bell-bottomed**）。—名⟪～**s**⟫水手褲，喇叭褲。

bell·boy ['bɛl,bɔɪ] 名⟪美⟫（旅館等的）服務生，侍者。

'bell ,buoy 名〖海〗鈴浮標。

'bell ,captain 名 服務生領班。

belle [bɛl] 名 1 美女，佳人。2⟪the ～⟫最美的美人。

Belle [bɛl] 名〖女子名〗貝兒（亦稱 **Bel, Bella**）。

belles-let·tres [bɛl'lɛtrə] 名 (複) ⟪作單數⟫純文學。

bell·flow·er ['bɛl,flaʊɚ] 名〖植〗吊鐘花；風鈴草。

bell·hop ['bɛl,hɑp] 名⟪美俚⟫= bellboy.

bel·li·cose ['bɛlə,kos] 形 好戰的；好鬥的。～**·ly** 副

bel·li·cos·i·ty [,bɛlə'kɑsətɪ] 名U 好戰性；好鬥。

bel·lied ['bɛlɪd] 形 1…腹的：big-*bellied* 大腹便便的。2 鼓起的。

bel·lig·er·ence [bə'lɪdʒərəns] 名U 1 好戰性。2 戰爭（行為），交戰。

bel·lig·er·en·cy [bə'lɪdʒərənsɪ] 名U 好戰；交戰國的地位；交戰狀態。

bel·lig·er·ent [bə'lɪdʒərənt] 形 1 好戰的；好鬥的。2 交戰（中）的；交戰國的。—名 交戰國；交戰者。～**·ly** 副

'bell ,jar 名 鐘形玻璃容器。

bell·man ['bɛlmən] 名(複**-men**) 1 更夫；公告呼叫傳達員。2 = bellboy.

'bell ,metal 名U 鐘銅，青銅。

Bel·lo·na [bə'lonə] 名〖羅神〗柏隆娜：司戰女神。

bel·low ['bɛlo] 動不及 1（牛等）吼叫。2 叫喊；隆隆地響；怒號；呼嘯：～ (out) with pain 因痛苦而喊叫。

—及 大聲喊叫出⟪*out*⟫。

bellow... off / bellow off ... 大聲吼叫把…趕走；叫…安靜。

—名（牛等獸類的）吼叫聲；（雷、大炮的）隆隆聲；（人的）吼叫。～**·er** 名

bel·lows ['bɛloz] 名 (複) 1 風箱；（風琴等的）風袋，送風器：a pair of ～ 一具風箱。2 風箱狀的東西；（照相機、放映機的）折疊部分。

bell·pull ['bɛl,pʊl] 名 拉索，鐘繩。

bell·push ['bɛl,pʊʃ] 名 電鈴按鈕。

'bell ,ringer 名 1（教堂的）鳴鐘者。2⟪美俚⟫推銷員；地方政客。

'bell ,ringing 名U 鳴鐘法；敲鐘。

'bell ,tent 名 鐘形帳篷。

'bell ,tower 名 鐘塔，鐘樓。

bell·weth·er ['bɛl,wɛðɚ] 名 1（領導羊群的）繫鈴的雄羊。2（工商業、時裝界的）領導人物；（叛亂等的）主謀者。

·bel·ly ['bɛlɪ] 名(複**-lies**) 1 腹，腹部：back and ～ 背與腹；衣食；腹背，前後 / lie on one's ～ 俯臥 / hold one's ～ in 把腹部縮進去。2 胃（部）；腹腔。3 U 食慾；食量；貪食：*B-* has no ears. ⟪諺⟫肚子會餓不會聽；衣食足而後知榮辱。4 U 鼓起或隆起的部分。5 前面，前部；內部，內側；下面，下部；〖空〗機腹。

belly up ⟪俚⟫死亡；破產。

—動(**-lied,** ～**·ing**) 及 使鼓脹⟪*out*⟫。

—不及 1 鼓起⟪*out*⟫。2 匍匐前進。

belly in 以機腹著陸。

belly up to...《美俚》直行前往。

bel·ly·ache ['bɛlɪ,ek] 名 **1** Ⓤ Ⓒ《口》腹痛，胃痛。**2**《俚》抱怨，不滿的原因。
—動 不及《俚》抱怨《 *about...* 》。

bel·ly·band ['bɛlɪ,bænd] 名（馬、幼兒的）腹帶。

'belly ˌboard 名 小型衝浪板。

bel·ly·but·ton ['bɛlɪ,bʌtn̩] 名《口》肚臍。

'belly ˌdance 名 肚皮舞。

'belly ˌflop 名《口》腹部先著水的跳水動作。

bel·ly·ful ['bɛlɪ,fʊl] 名《俚》**1** 滿腹的量。**2**《 **a** ～ 》過量《 *of...* 》: *a* ～ *of* advice 一大堆勸告的話 / get a ～ 受夠了。

bel·ly-land ['bɛlɪ,lænd] 動 及 不及〖空〗以機腹著陸。～**·ing** 名 Ⓤ Ⓒ 機腹著陸。

'belly ˌlaugh 名《口》開懷大笑。

bel·ly-up [ˌbɛlɪ'ʌp] 形 死的；破產的。

:be·long [bə'lɔŋ] 動 不及 **1** 屬於，為…的成員；是…的當地人《 *to* 》。**2** 適合，有資格《 *in, to, under, with...* 》。**3** 應該在《 *under, in, on, among...* 》。**4** 所屬，歸入《 *among, to, in, under, with...* 》。**5** 與…有關《 *with, to...* 》。**6**《口》適合環境；合得來。

belong together 成一團體。

be·long·ing [bə'lɔŋɪŋ] 名 **1** 附屬物；附件。**2**《 ～**s** 》所有物，攜帶品，財產。**3**《 ～**s** 》《口》親屬。**4** Ⓤ 同一性；親密關係：a sense of ～ 歸屬感。

Be·lo·rus·sia [ˌbjɛlo'rʌʃə, ˌbɛlo-] 名 = Byelorussia. ⇨BELARUS

·be·lov·ed [bɪ'lʌvɪd, bɪ'lʌvd] 形 所鍾愛的；被喜愛的。—名《通常用 **one's** ～》最愛的人，戀人，愛人。

:be·low [bə'lo] 副 **1** 在下面，在底下。**2** 在頁末，在下文。**3** 在下層甲板；在樓下：go ～去下層甲板。**4** 在下游。**5**《常作 **here** ～》在地上；在塵世：animate beings *here* ～ 世上的生物。**6** 在地下；在地獄：the place ～ 地獄。**7** 在下級，在下位：be demoted to the grade ～ 降了一級。

Below there！喂！下面的人！

down below 在下面；在地下，在墳墓裡；在水底，在海底。

—介 **1**《表位置》在…下面，在…的下方；在…的下游；在…的南方。**2**《表階級、地位、度數、量、比率》在…之下，比…低，不及。**3** 不值得；有失…的身分。

:belt [bɛlt] 名 **1** 帶，皮帶；（伯爵、騎士的）綬帶；冠軍帶：a leather ～ 皮帶 / hold the ～（拳擊等）保持冠軍頭銜。**2**〖空〗安全帶；〖機〗皮帶，帶；〖軍〗子彈帶。**3** 環狀道路，環狀公路。**4**（狹長）地帶；地區。**5**《俚》重重的一擊。**6**《俚》（尤指酒的）一大口；《美俚》麻醉劑。**7**《俚》興奮：get a big ～ out of... 因…而非常興奮。**8**《英俚》駕車疾馳。

hit below the belt《口》犯規；暗箭傷人；（為求勝而）使用卑鄙的手段。

tighten one's belt（束緊褲帶）挨餓；忍受艱苦；節省《 *for...* 》。

under one's belt《口》(1) 已進入腹中。(2) 成為自己的經歷。(3) 成功地取得。(4) 被記住。

—動 及 **1** 以帶捲，佩帶。**2** 加上寬條紋；圍住《 *with...* 》。**3** 用帶吊住《 *on* 》。**4**（用皮帶等）抽；《俚》用力打，毆打。**5**《俚》大聲唱出，大聲說出《 *out* 》。**6**《俚》大口喝《 *down* 》。

—不及《英俚》疾行。

belt up (1) ⇨ 動 不及。(2)《口》繫上安全帶。(3)《英俚》《通常用於命令句》閉嘴。

'belt conˌveyor 名 帶式輸送機。

belt·ed ['bɛltɪd] 形 **1** 束帶的；佩綬帶的。**2** 有條紋的。**3** 有吊帶的。

belt·ing ['bɛltɪŋ] 名 **1** Ⓤ 製帶的材料；《集合名詞》帶子，帶類，傳動帶。**2**（以皮帶等）毆打，鞭打。

'belt ˌline 名《美》（都市周圍的）環狀路線，外環路線。

belt·line ['bɛlt,laɪn] 名 **1** 生產線。**2** 腰圍。

'belt ˌtightening 名 Ⓤ 緊縮開支，節約。

belt·way ['bɛlt,we] 名 環狀公路，外環道路（《英》ring road）。

bel·ve·dere [ˌbɛlvə'dɪr] 名 眺望臺，望樓。

be·med·al(l)ed [bɪ'mɛdl̩d] 形 掛滿勳章的；獲得勳章的。

be·mire [bɪ'maɪr] 動 及 **1** 使沾上泥巴。**2** 投入泥中。

be·moan [bɪ'mon] 動 及 **1** 悲嘆。**2** 不滿，表示遺憾。

be·mock [bɪ'mɑk] 動 及 嘲笑，譏笑。

be·muse [bɪ'mjuz] 動 及 使困惑，使發呆，心不在焉。

be·mused [bɪ'mjuzd] 形 困惑的；發呆的，心不在焉的。～**·ly** 副

ben [bɛn] 名《常作 **B-**》《蘇·愛》山頂；山峰。

Ben [bɛn] 名〖男子名〗班（Benjamin 的暱稱）。

:bench [bɛntʃ] 名 **1** 長凳，長椅。**2** 工作臺。**3**〖園〗栽培床，苗木箱。**4** 畜犬品評會；畜犬陳列臺。**5**〖運動〗《美》替補選手席；候補選手們：on the ～ 坐在替補選手席上。**6**《 **the** ～》(1)（官員的）席位，法官席: on *the* ～ 當法官，在審案中。(2)《集合名詞》官職；法官職；全體法官；法院：～ and bar 法官與律師 / be raised to *the* ～ 升為法官。**7**《英》議員席；《集合名詞》議員們。**8** 山與河間的臺地。—動 及 **1** 設置長凳。**2**〖運動〗《美》將場上選手換下。

bench·er ['bɛntʃɚ] 名 **1**《英》四法學會的理事；國會議員。**2**（小艇）槳手。**3** 坐長凳的人。

'bench ˌmark 名 **1**〖測〗水準基標；《

B

喻》（衡量品質等的）標準。2〖電腦〗基準點，定標點（亦作 **benchmark**）。

'bench ˌshow 图畜犬評賽會。

bench·warm·er ['bɛntʃˌwɔrmɚ] 图〖運動〗替補球員，板凳球員。

'bench ˌwarrant 图〖法〗（法院的）拘票，逮捕令。

:bend¹ [bɛnd] 動（**bent** 或《古》～**·ed**, ～**·ing**）及 **1** 彎曲；彎成…形狀；恢復原狀。**2** 使屈服；使屈從《*to*...》：～ a person *to* one's will 使某人屈從自己的意志。**3** 改變（規則等），曲解。**4**《英俚》使違法；使墮落。**5** 拉彎。**6** 使轉向；使專注《*to, toward, on*...》：～ one's ear *to* supplication 傾聽訴願 / ～ oneself *on* one's work 專心致力於工作。**7**〖海〗繫（帆、索）。
—不及 **1** 彎曲。**2** 俯身，彎腰《*down / over*...》。**3** 屈服，服從《*to, before*...》。**4** 轉向；轉彎。**5** 盡全力《*to, toward, on* ...》。

bend over backward 盡最大努力。

catch a person bending《口》乘（某人）不備。

—图 **1** 彎；彎曲；屈曲；曲身。**2** 彎曲的部分，彎處。**3**〖海〗繩結；結繩法。**4**《～**s**》〖海〗（船的）外部腰板；（木船的）厚外板。**5**《**the** ～**s**》《口》= caisson disease。**6**《俚》飲酒狂歡。

go on the bend《英俚》飲酒喧鬧。

on the bend《口》用不正當的手段。

round the bend《口》發狂的。

bend² [bɛnd] 图盾形徽章上的對角線。

bend·ed ['bɛndɪd] 動《古》**bend¹** 的過去式及過去分詞。—形《只用於下面的片語》

on bended knee(s)《文》懇求。

bend·er ['bɛndɚ] 图 **1** 把東西弄彎曲的人；把東西弄彎曲的工具。**2**《美俚》飲酒狂歡。

'bend 'sinister 图 **1**〖紋〗盾形徽章上自右上角向左下角的斜條紋：私生子的標記。**2** = bar sinister.

bend·y ['bɛndɪ] 形 (**bend·i·er, bend·i·est**)《口》柔軟性的，易彎曲的。

bene-《字首》表示「善」、「好」之意。

:be·neath [bɪ'niθ] 副《文》**1** 在下面，在低處；在正下面。**2** 在地下。**3** 在下位，在下級。—介《文》**1** 在…的下方，在…的正下方；在…的底下；《喻》在…的背後。**2**（身分、地位、權力等）比…低，遜於。**3** 在…影響下。**4** 不值得；有失…的身分。

Ben·e·dic·i·te [ˌbɛnə'dɪsətɪ] 图 **1**〖教會〗萬物頌。**2**《**b-**》（飯前等的）祈禱。—感《**b-**》祝福你！

Ben·e·dict ['bɛnəˌdɪkt] 图 **1 Saint**, 聖本篤（480?–543?）：義大利修士，創設本篤會。**2**〖男子名〗貝納迪克特。

Ben·e·dic·tine [ˌbɛnə'dɪktɪn] 图 **1**〖天主教〗Saint Benedict 本篤會教派修士或修女。**2**《**b-**》U本篤會教派修士所釀的一種甜酒。
—形聖本篤的；本篤會的。

ben·e·dic·tion [ˌbɛnə'dɪkʃən] 图〖教會〗**1** U C 祝福；祝禱；（飯前、飯後的）感恩：give the ～ 向神祈禱。**2** 祝福儀式；《通常作 **B-**》〖天主教〗（聖體）降福式。**3** 天恩。

-to·ry [-tərɪ] 形祝福的

ben·e·fac·tion [ˌbɛnə'fækʃən] 图 **1** U 施恩，降福；善行。**2** 恩惠，捐贈。

ben·e·fac·tor ['bɛnəˌfæktɚ, ˌbɛnə'fæktɚ], 《女性形》**-tress** [-trɪs] 图 **1** 恩人；援助者。**2** 樂捐者，施主。

ben·e·fice ['bɛnəfɪs] 图 **1**〖英國教〗牧師職；神職。**2**〖天主教〗神職俸祿。**3** 封地。—動及授予神職俸祿。**-ficed** 形

be·nef·i·cence [bə'nɛfəsn̩s] 图 **1** U 行善；慈善。**2** 捐款，贈品。

be·nef·i·cent [bə'nɛfəsn̩t] 形行善的；仁慈的；效果好的；有益的：be ～ to the poor 對窮人樂善好施。～**·ly** 副

ben·e·fi·cial [ˌbɛnə'fɪʃəl] 形 **1** 有益的；有幫助的《*to*...》。**2**〖法〗⑴可提供幫助的。⑵可享利益的，有權益的。～**·ly** 副

ben·e·fi·ci·ar·y [ˌbɛnə'fɪʃɪˌɛrɪ, -'fɪʃərɪ] 图 (複**-ar·ies**) **1** 受益人；〖法〗（信託等的）受益者，（年金等的）領取人。**2**〖教會〗受俸牧師。

:ben·e·fit ['bɛnəfɪt] 图 **1** U C 利益；〖商〗效益：the public ～ 公益 / the ～*s* of owning stock 擁有股票的獲益。**2**《常作～**s**》（保險公司、互助會等的）給付金，津貼：a medical ～ 醫療津貼 / retirement ～ *s* 退休津貼。**3** 義演；義賣：a ～ concert 慈善音樂會。**4**《古》善行；恩惠：confer a ～ upon... 給予…恩惠。

give ... the benefit of the doubt（證據不足時）作對…有利的解釋。

—動 (～**·ed** 或～**·ted**, ～**·ing** 或 ～**·ting**) 及有好處，給予…利益。—不及因…而得到。

'benefit of 'clergy 图 U **1** 教會的儀式；結婚典禮的手續：live together without ～ 無正式結婚手續而同居。**2**《古》神職者特權。

'benefit soˌciety [associˌation] 图〖保〗互助會。

Ben·e·lux ['bɛnəlʌks] 图 **1** 比荷盧：Belgium（比利時），the Netherlands（荷蘭），Luxembourg（盧森堡）三國的總稱。**2** 比荷盧關稅同盟。

be·nev·o·lence [bə'nɛvələns] 图 **1** U 慈善，愛心；C 善行；捐助：a man of ～ 慈悲的人。**2** U〖英史〗恩稅。

·be·nev·o·lent [bə'nɛvələnt] 形 **1** 富慈善心的；仁慈的：a ～ fund 慈善基金。**2** 善意的：～ attention 善意的關心。～**·ly** 副

Ben·gal [bɛn'gɔl, ˌbɛŋ-] 图 **1** 孟加拉：原爲英屬印度東北部的一省，現在分爲孟加拉共和國及印度的西孟加拉省。**2**《 **Bay of**

～》孟加拉灣。

Ben·ga·li [bɛn'gɔlɪ, bɛŋ-] 名 孟加拉人；Ⓤ 孟加拉語。—形孟加拉的；孟加拉人[語]的。

be·night·ed [bɪ'naɪtɪd] 形 1 愚昧的，無知的；未開化的。2《古》到天黑還在趕路的。

be·nign [bɪ'naɪn] 形1 仁慈的，和藹的。2 順利的，好預兆的：～ omens 吉兆。3 溫和的；〖病〗良性的：a ～ tumor 良性腫瘤。～·ly 副

be·nig·nan·cy [bɪ'nɪgnənsɪ] 名Ⓤ仁慈，和藹；〖病〗良性。

be·nig·nant [bɪ'nɪgnənt] 形 1 仁慈的，和藹的：a ～ disposition 仁慈的性情。2 有益的。3〖病〗良性的。～·ly 副

be·nig·ni·ty [bɪ'nɪgnətɪ] 名(複-ties) 1Ⓤ 仁慈，親切；溫和。2 慈悲；恩惠。

Be·nin ['bɛnən, bə'nɪn] 名 貝南（共和國）：位於非洲西部的國家，1960 年獨立，1975 年以前稱 Dahomey；首都爲新港（Porto-Novo）。

ben·i·son ['bɛnəzn̩] 名《古》祝福。

Ben·ja·min ['bɛndʒəmən] 名 1〖聖〗便雅憫：Jacob 與 Rachel 的么子。2 便雅憫族：古代以色列十二部族之一。3〖男子名〗班傑明（暱稱作 Ben, Benny）。4 幼子，愛兒。

Ben·nett ['bɛnɪt] 名 1 **Arnold**, 貝涅特（1867–1931）：英國小說家。2〖男子名〗貝內特。

Ben Nev·is [bɛn'nɛvɪs] 名 朋尼維斯山：位於蘇格蘭西部，爲英國最高峰（1343 m）。

ben·ny ['bɛnɪ] 名(複-nies) 1《俚》外衣。2《美俚》低頂寬邊的草帽。3《B-》〖男子名〗班尼（Benjamin 的暱稱）。

:**bent**[1] [bɛnt] 形 1 彎曲的；屈曲的；曲折的：be ～ double with age 因年老而駝背。2 朝向：homeward ～ 在回家途中的。3 決意的（*on..., on doing*）。4 熱心的（*on, over..., on doing*）。5《俚》被竊的；不守法的。6《英俚》不正直的，不誠實的；不正常的；發瘋的。7《俚》同性戀的。8《美俚》憤怒的：～ out of shape 氣炸了。—名1 嗜好；天分；志趣；性向（*for...*）。2〖土木〗橫向構架；〖建〗彎柱。3《古》彎曲。

to the top of one's bent 儘量地；盡力地。

bent[2] [bɛnt] 名 1〖植〗= bent grass. 2ⓊⒸ《英方》荒野。

'bent ˌgrass 名Ⓤ〖植〗小糠草；類似小糠草的稻科雜草。

Ben·tham ['bɛnθəm, -təm] 名**Jeremy,** 邊沁（1748–1832）：英國哲學家、法學家，主張功利主義。

Ben·tham·ism ['bɛnθəˌmɪzəm, 'bɛntə-] 名Ⓤ邊沁學說，邊沁的功利主義說。

-tham·ite [-θəˌmaɪt] 名功利主義者。

bent·wood ['bɛntˌwʊd] 名Ⓤ彎木。—形彎木製的。

be·numb [bɪ'nʌm] 動及 1《被動》使變得無感覺，使麻木（*with, by...*）：be ～*ed by* the cold 凍僵了。2 使麻痺，使發呆：～ the intellectual faculties 使智能遲鈍。～·ment 名

Ben·ze·drine ['bɛnzəˌdrin] 名 Ⓤ〖藥·商標名〗苯甲胺：安非他命的商品名稱。

ben·zene ['bɛnzin, bɛn'zin] 名Ⓤ〖化〗苯。

'benzene ˌring [ˌnucleus] 名Ⓤ〖化〗苯環[核]。

ben·zine ['bɛnzin, bɛn'zin] 名Ⓤ〖化〗石油醚，石油精；汽油，揮發油。

ben·zo·ic [bɛn'zoɪk] 形〖化〗安息香（性）的：～ acid 安息香酸。

ben·zo·in ['bɛnzoɪn, bɛn'zo-] 名Ⓤ〖化〗安息香。

ben·zol ['bɛnzɑl, -zol] 名Ⓤ〖化〗苯。

Be·o·wulf ['beəˌwʊlf] 名 貝武夫：八世紀初寫成的英國史詩；該詩中的主角。

be·pow·der [bɪ'paʊdɚ] 動及 以粉搽。

be·queath [bɪ'kwið, -θ] 動及 1〖法〗遺贈（遺產）：～ him a large sum of money 遺留給他巨額的金錢。2 留傳。～·al 名

be·quest [bɪ'kwɛst] 名 1Ⓤ〖法〗遺贈：make a ～ of ... 將…遺贈。2 遺產；遺留物，遺風。

be·rate [bɪ'ret] 動及《文》痛罵，斥責（*for...*）。

Ber·ber ['bɝbɚ] 名柏柏人（北非一信奉回教的種族）；Ⓤ 柏柏語。—形 柏柏人[語]的。

ber·ceuse [bɛr'sɝz] 名 (複～s)〖樂〗搖籃曲，催眠曲。

ber·dache [bɚ'dæʃ] 名 第三性（扮女裝，行爲認同女性的男子）。

be·reave [bə'riv] 動（通常義 1 時用-**reaved,** 義 2 時用-**reft, -reav·ing**）及 1《通常用被動》使喪失（親人等）（*of...*）：the ～*d*《作單、複數》喪失親人者，遺族，孤兒。2 剝奪（*of...*）：be *bereft of* all strength 喪失全部力量。

be·reave·ment [bə'rivmənt] 名 ⓊⒸ喪失親人，喪親之痛。

be·reft [bɪ'rɛft] 動 **bereave** 的過去式及過去分詞。—形 被剝奪的（*of...*）：be ～ *of* all hope 失去一切的希望。

be·ret [bə're, 'bɛrɪt] 名 (複～s [-z])貝雷帽。

berg [bɝg] 名冰山。

ber·ga·mot ['bɝgəˌmɑt] 名〖植〗1 佛手柑；Ⓤ 佛手柑香油。2 紫蘇科的一種。3 西洋梨。

Ber·ge·rac ['bɝdʒəˌræk] 名 **Cyrano de,** 貝爾吉拉克（1619–55）：法國軍人、劍客及詩人；綽號「大鼻劍客」。

Berg·son ['bɝgsn̩, 'bɛrg-] 名**Henri,** 柏格森（1859–1941）：法國哲學家，1927 年獲得諾貝爾文學獎。

B

B

be·rib·boned [bɪˈrɪbənd] 形有飾帶的。
ber·i·ber·i [ˌbɛrɪˈbɛrɪ] 名U 〖病〗腳氣病。
ˈBer·ing ˈSea [ˈbɪrɪŋ-, ˈbɛr-] 名《the ~》白令海：位於阿拉斯加與西伯利亞之間。
ˈBering ˈStrait 名《the ~》白令海峽。
berk [bɝk] 名《俚》傻瓜，笨蛋。
Berke·ley [ˈbɝklɪ] 名 1 George，伯克萊（1685？－1753）：愛爾蘭哲學家。2 柏克萊：美國 California 州西部城市，University of California 校本部所在地。
ber·ke·li·um [ˈbɝklɪəm] 名U 〖化〗鉳。符號：Bk
Berks [bɝks] 名＝Berkshire 1.
Berk·shire [ˈbɝkʃɪr] 名 1 波克郡：英國中南部的一郡。2 波克夏黑豬。
:Ber·lin [bɝˈlɪn] 名柏林：第二次世界大戰後分爲東柏林與西柏林，1991 年成爲統一後的德國首都。
Ber·lin·er [bɝˈlɪnɚ] 名柏林市民。
ˈBerlin ˈWall 名柏林圍牆：1961 年建，1989 年拆除。
Ber·li·oz [ˈbɛrlɪˌoz] 名 **Louis Hector,** 白遼士（1803－69）：法國作曲家。
Ber·mu·da [bɚˈmjudə] 名 1 百慕達群島：大西洋西部的英屬群島。2《~s》《俚》＝Bermuda shorts.
Berˈmuda ˈshorts 名(複)百慕達短褲（亦稱 **Bermudas**）。
Berˈmuda Triˌangle 名《the ~》百慕達三角海域：由百慕達群島、佛羅里達州和波多黎各連結成的三角形海域。
Bern [bɝn] 名 伯恩：瑞士首都（亦作 **Berne**）。
Ber·nard [ˈbɝnɚd, -nard, bɚˈnard] 名〖男子名〗伯納（暱稱作 Bernie）。
Ber·nie [ˈbɝnɪ] 名〖男子名〗伯尼（Bernard 的暱稱）。
:ber·ry [ˈbɛrɪ] 名(複 **-ries**) 1 莓類的通稱；〖植〗漿果。2 乾穀粒。3（魚或蝦、蟹的）卵：in ~（魚類等）正懷卵。一動（**-ried, ~·ing**）不及 1〖植〗結漿果。2 採莓果。
ber·serk [ˈbɝsɝk] 形發狂的；狂暴的：go ~ 發狂。一副發狂地。
一名＝berserker.
ber·serk·er [ˈbɝsɝkɚ] 名 1〖北歐傳說〗狂暴戰士。2 狂暴的人。
Bert [bɝt] 名〖男子名〗伯特（Albert, Gilbert, Herbert, Hubert, Robert 等的暱稱）。
·berth [bɝθ] 名 1（船、火車上的）鋪位，床鋪：an upper ~ 上鋪。2 高級船員的船艙；可使船迴轉的停泊處；泊位；（船員的）職位，官階。3《口》職位。
give a wide berth to... 避開；遠離。
keep a wide berth of ... 與…保持距離；不接近。
on the berth（船）正停泊準備裝貨。
一動及 1〖海〗給予…停泊之處；將…帶到停泊位置。2 提供…鋪位。一不及 1〖海〗停泊。2 占鋪位。
ber·tha [ˈbɝθə] 名女上衣的寬領。
Ber·tha [ˈbɝθə] 名〖女子名〗伯莎。
Bert·ie [ˈbɝtɪ] 名 1〖男子名〗伯提（Albert, Hubert, Robert 等的暱稱）。2〖女子名〗伯娣（Bertha 的暱稱）。
Ber·trand [ˈbɝtrənd] 名〖男子名〗伯特蘭（暱稱 Bert）。
ber·yl [ˈbɛrəl, -ɪl] 名 U C 綠寶石，綠玉。
be·ryl·li·um [bəˈrɪlɪəm] 名U〖化〗鈹；符號 Be。
be·seech [bɪˈsitʃ] 動（**-sought** 或~**·ed,** ~**·ing**）及《古·文》1 請求，懇求《*for*...》：~ a person *for* mercy 懇求某人發慈悲。2（向某人）要求，懇求《*of*...》。一不及 懇求。~**·ing** 形（眼神、語調等）懇求的。~**·ing·ly** 副
be·seem [bɪˈsim] 動及《文》適合於。一不及合適；適合。
be·set [bɪˈsɛt] 動（**-set,** ~**·ting**）及 1 包圍攻擊，襲擊；使苦惱《*with* ...》：a man ~ *with* a sense of guilt 爲罪惡感所苦惱的人。2 包圍；堵住：a pass ~ by guerrillas 被游擊隊堵住的通道。3 鑲嵌《*with*...》：~ a crown *with* pearls 把珍珠鑲在王冠上。~**·ment** 名，~**·ter** 名
be·set·ting [bɪˈsɛtɪŋ] 形不斷襲擊的，不斷困擾的：have a strange ~ desire 被莫名的慾望所糾纏。
be·shrew [bɪˈʃru] 動 及《古》詛咒：*B*- him！該死的傢伙！
:be·side [bɪˈsaɪd] 介 1 在…旁邊，在…附近：a ditch ~ the road 路旁的溝。2 與…比較。3 偏離：be ~ the mark 偏離目標。
beside oneself（因…）而忘形，發狂《*with*...》。
:be·sides [bɪˈsaɪdz] 副此外；而且。
一介 1 除了…還…。2 除…之外，除卻。
·be·siege [bɪˈsidʒ] 動（**-sieged, -sieg·ing**）及 1 包圍，圍困：the ~*d* 遭圍困的軍隊。2 困擾《*with*...》：~ a person *with* requests 以種種要求困擾某人。3 使苦惱。~**·ment** [-mənt] 名U包圍。
be·slav·er [bɪˈslævɚ] 動 及 1 以口水弄溼。2 諂媚。
be·smear [bɪˈsmɪr] 動及 1 塗抹，弄髒《*with*...》：faces ~*ed with* pigments 被顏料弄髒的臉。2 玷污，敗壞（名譽等）。
be·smirch [bɪˈsmɝtʃ] 動及 1 使變色。2 毀謗，玷污（名譽等）。
be·som [ˈbizəm] 名 掃帚，掃把。
be·sot [bɪˈsat] 動（~**·ted,** ~**·ting**）及使迷糊；使醉：get *besotted* 喝醉。
be·sot·ted [bɪˈsatɪd] 形醉的；糊塗的。
be·sought [bɪˈsɔt] 動 **beseech** 的過去式及過去分詞。
be·span·gle [bɪˈspæŋgl] 動及 使閃亮，鑲以燦爛的東西《*with*...》。

be·spat·ter [bɪ'spætɚ] 動及 **1** 濺髒；濺污《 *with...* 》。**2** 詆毀，中傷。

be·speak [bɪ'spik] 動 (**-spoke** 或《古》 **-spake, -spo·ken**或**-spoke, ～·ing**)及**1** 事先要求，預言；《英》預約；預訂。**2** 表示，顯示。

be·spec·ta·cled [bɪ'spɛktəkḷd] 形戴眼鏡的。

be·spoke [bɪ'spok] 動 **bespeak** 的過去式及過去分詞。─形**1**《英》訂製的。**2** 專做定貨的：a ～ dressmaker 裁縫店。**3** 預約的；有婚約的。─图訂做的衣服。

be·spread [bɪ'sprɛd] 動 (**-spread, ～·ing**)及廣被，覆蓋《 *with...* 》: a paddy field ～ *with* young rice plants 插滿稻秧的水田。

be·sprin·kle [bɪ'sprɪŋkl] 動及布滿《 *over...* 》；撒滿《 *with...* 》。

Bess [bɛs] 图〖女子名〗貝絲（Elizabeth 的暱稱）（亦稱 **Bessie, Bessy**）。

'Bessemer ˌprocess ['bɛsəmɚ-] 图〖冶〗柏塞麥鍊鋼法。

:best [bɛst] 形（**good** 的最高級）**1** 最好的，最高級的；最適當的，最有益的: the ～ teachers in our college 我們大學裡最優秀的教師 / one's ～ girl《口》情人 / the ～ thing to do 上上之策 / The ～ things are hardest to come by.《諺》最好的東西最難到手。**2** 大部分的，大半的: the ～ part of one's life 某人的大半輩子。**3** 最健康的；最舒服的。**4**《反語》《口》徹底的: the ～ liar 極善於說謊的人。

put one's best leg foremost (1) 以最快的速度行進；加緊努力。(2) 盡可能給予良好的印象。

─副（**well** 的最高級）**1** 最好地，最適當地。**2** 最多，最。**3**《加上動詞的過去分詞構成複合詞》最高地，最好地: *best*-known 最有名的 / the *best*-hated man《謔》最恨的人。

as best (as) one can 盡可能，盡力地。

had best 最好是…。

─图**1**《通常用**the** ～或 **one's** ～》最好的東西；最好的部分，最大的優點；佼佼者；一流人士：*The* ～ is often the enemy of the good.《諺》凡事要求過高，有時反難成功。**2** 最好的衣服。**3**《常作 **at one's** ～》最好的狀態；最盛的時期。**4** 盡力，全力。**5** 最誠摯的問候。

(all) for the best 結果會變好的。

All the best. 萬事如意。

at (the) best 再好也不過，充其量；即使抱最樂觀的看法。

(even) at the best of times 即使在最好的時候。

get the best of ... (1) 凌駕，打敗。(2) 獲勝；得利。

give a person best 承認對方占優勢，向某人認輸。

make the best of ... 盡量利用。

make the best of one's way 盡快地走。

the best of both worlds 兩方面的優點；兩全其美。

to the best of ... 盡…所及。

with the best (of them) 不遜於他人。

─動及《口》戰勝，打敗。

be·stead [bɪ'stɛd] 動 (**～·ed, ～·ed** 或 **-stead, ～·ing**) 及《古》幫助；有益於。─形《古》處境…的。

bes·tial ['bɛstʃəl, 'bɛstɪəl] 形 **1** 野獸的。**2** 非人類的；無理性的；獸性的；殘忍的。

bes·ti·al·i·ty [ˌbɛstɪ'ælətɪ, ˌbɛstʃɪ-] 图 (複 **-ties**) **1** Ⓤ Ⓒ獸性，殘忍性；殘忍的行為。**2** Ⓤ獸慾；人獸性交。

bes·ti·ar·y ['bɛstɪˌɛrɪ] 图 (複 **-ar·ies**)動物寓言集。

be·stir [bɪ'stɝ] 動 (**-stirred, ～·ring**)及《反身》使奮起；使振作。

·best-known ['bɛstnon] 形（**well-known** 的最高級）最有名的。

'best 'man 图男儐相。

·be·stow [bɪ'sto] 動及**1** 授與，給與《 *on, upon...* 》。**2** 利用，使用《 *on, upon ...* 》。

be·stow·al [bɪ'stoəl] 图Ⓤ授與，贈與；儲藏。

be·strew [bɪ'stru] 動 (**～ed, ～ed** 或 **-strewn, ～·ing**)及散置於；布滿，撒布《 *with...* 》。

be·stride [bɪ'straɪd] 動 (**-strode** 或**-strid, -strid·den** 或**-strid, -strid·ing**)及《文》跨坐於，騎；跨過。

'best 'seller 图暢銷書，暢銷作品；暢銷書作者。

'best-'sell·ing形暢銷的。

:bet [bɛt] 動 (**bet** 或 **～·ted, ～·ting**) 及 **1** 打賭《 *on, upon...* 》；賭。─不及打賭《 *against, on...* 》。

bet one's boots《口》孤注一擲；確定。

I ('ll) bet...《口》(1) 我確定…《 *that* 子句 》。(2)《反語詞》我懷疑…《 *that* 子句 》。

I wouldn't bet on it.《口》我很懷疑；我不指望。

You bet... (1)《口》當然，一定。(2) 包在我身上。

You bet?《口》一定嗎？真的嗎？

─图**1** 打賭；賭注；所賭的對象。**2**《口》意見；選擇: the best ～ 最好的辦法。

be·ta ['betə, 'bitə] 图 **1** Ⓤ Ⓒ希臘文第二個字母（B, β）。**2**《 **B-** 》〖天〗一個星座中亮度居次的星。**3**〖化〗β位，第二位。**4**《英》（學業成績的）中級。

'beta ˌcarotene 图 β 胡蘿蔔素。

'beta deˌcay 图Ⓤ β 衰變。

be·take [bɪ'tek] 動 (**-took, -tak·en, -tak·ing**)及《通常用反身》《古》使前往；使致力於《 *to...* 》。

'beta ˌparticle 图〖理〗β粒子，β 質點。

'beta ˌray 图〖理〗β射線。

'beta ˌrhythm 图Ⓤ〖生理〗β波律。

B

be·ta·tron ['betə,tran] 名〖理〗電子迴旋加速器。

be·tel ['bitḷ] 名Ⓤ〖植〗蒟醬。

'betel ,nut 名ⓊⒸ檳榔。

'betel ,palm 名〖植〗檳榔樹。

bête noire [,bet'nwar] 名(複 **bêtes noires** [-'nwarz])《法語》令人厭惡或恐懼的人[事物]。

Beth [bɛθ] 名〖女子名〗貝絲（Elizabeth 的暱稱）。

beth·el ['bɛθəl] 名 **1** 聖地；聖堂。**2**《英》非國教徒的禮拜堂。**3** 海員禮拜堂。

be·think [bɪ'θɪŋk] 動 **(-thought, ~·ing)** 及《用反身》《古》**1** 使考慮，使想到《 *of* ... 》。**2** 使決心《 *of* ... 》。一不及《古》思索，考慮。

Beth·le·hem ['bɛθlɪəm, 'bɛθlɪ,hɛm] 名 伯利恆：位於約旦河西岸耶路撒冷附近的市鎮，耶穌的誕生地。

be·thought [bɪ'θɔt] 動 **bethink** 的過去式及過去分詞。

be·tide [bɪ'taɪd] 動及《文》發生於，降臨於。一不及發生。

be·times [bɪ'taɪmz] 副 **1**《文》及早；適時：rise ~ 很早起床。**2**《古》立刻，不久。

be·to·ken [bɪ'tokən] 動及《古》**1** 表示。**2** 預兆，預示。

be·took [bɪ'tʊk] 動 **betake** 的過去式。

·be·tray [bɪ'tre] 動 及 **1** 背叛；出賣《 *to* ... 》。**2** 違背；辜負；背信：~ a person's confidence 辜負某人的信賴。**3** 洩漏《 *to* ... 》。**4** 顯露；顯示：~ oneself by doing 因為…而顯露本來面目。**5** 欺騙；導入歧途。

be·tray·al [bɪ'treəl] 名ⓊⒸ背叛，背信（行為）；出賣；暴露。

be·tray·er [bɪ'treɚ] 名 背叛者；密告者；誘惑者。

be·troth [bɪ'trɔθ, -'troð] 動及 《文》訂親；許配《 *to* ... 》。

be·troth·al [bɪ'trɔθəl, -'troðəl] 名ⓊⒸ《文》訂親；婚約。

be·trothed [bɪ'trɔθt, -'troðd] 名 已訂婚的人，未婚夫（妻）。一形已訂婚的。

Bet·sy ['bɛtsɪ] 名〖女子名〗貝西（Elizabeth 的暱稱）。

:bet·ter[1] ['bɛtɚ] 形（**good** 的比較級）**1** 更好的，較好的《 *for* ... 》：*B-* is my neighbor's hen than mine.《諺》鄰居的母雞比我家的好；這山看得那山高。/ *B-* with honor die than live with shame.《諺》生而辱不如死而榮。/ *B-* late than never.《諺》遲做總比不做好。/ *B-* early than late.《諺》早做比晚做好；愈早愈好。**2** 一半以上的，大部分的：the ~ part of a life time 大半生。**3**（**well** 的比較級）更健康的，較舒服的：feel ~覺得舒服些。

be better than one's word 所做超過所說；行過其言。

be little better than... 比…好不了多少。

be no better than... 跟…一樣差。

be no better than one should be《古》《蔑》不道德，淫蕩，不規矩。

have seen better days《口》處境曾經好過；變舊。

so much the better《口》如此就更好了。

一副（**well** 的比較級）**1** 更好地，更高明地。**2** 更多地，更佳地。**3**《口》更多。**4**《作連接詞用》倒不如，比較好。

all the better for... 因…反而更…，更加好。

be better off 情況更好；更加富有。

go (a person) one better《俚》(比人）搶先一步，勝人一籌。

had better do 做…較好，最好…。

know better 不致於傻到…《 *than to do* 》；不以為然，不相信。

think better of ... ⇨ THINK（片語）

一動及 改進；勝過。一不及 變得更好，進步。

better oneself 充實自己；高升；改變狀況。

一名 **1** 更好的東西；大部分。**2**《通常作 **~s** 》高明的人；前輩，上司；優於自己的人。

for better or (for) worse / for better, for worse 無論好壞，同甘共苦。

for the better 好轉。

get the better of... 勝過；佔優勢；擊攻。

bet·ter[2] ['bɛtɚ] 名 = bettor.

'better 'half 名《諧》妻子；丈夫。

bet·ter·ment ['bɛtɚmənt] 名Ⓤ **1** 改良，改善。**2**《通常作~s》〖法〗（可使不動產增值的）改良，改善。

bet·ting ['bɛtɪŋ] 名Ⓤ打賭。

bet·tor ['bɛtɚ] 名打賭者，賭徒。

Bet·ty ['bɛtɪ] 名〖女子名〗貝蒂（Elizabeth 的暱稱）。

:be·tween [bə'twin] 介 **1**《表空間》在…之間。**2**《表時間》在…之間。**3**《表數量、程度、性質》在…之間。**4**《表區別、選擇》在…之間；兩者之一。**5**《表關係》在…之間。**6**《表分配、協力、共有》與…共同，與…一起。**7**《表理由》又是…又是…。

between ourselves / between you and me 別對他人講，祕密地。

一副《場所、時間》之間，在中間。

in between 兩者間，在中間。

be·twixt [bɪ'twɪkst] 介副《古》〖詩〗= between.

betwixt and between《口》在兩可之間；模稜兩可。

bev·a·tron ['bɛvə,tran] 名〖理〗高能迴旋磁力加速器。

bev·el ['bɛvḷ] 名 **1** 斜線，斜面，斜角。**2** 斜角規。

一動 (**~ed, ~·ing** 或《英》**-elled, ~·ling**) 及不及成為斜角，切成斜角。

一[形]（亦稱 **beveled**,《英》**bevelled**）傾斜的，成斜面的。

'bevel ˌgear [名]〖機〗斜齒輪。

'bevel ˌjoint [名]〖木工〗斜面銜接。

·**bev·er·age** ['bɛvərɪdʒ] [名] 飲料。

'Beverly ˌHills ['bɛvɚlɪ-] [名]比佛利山：美國 Los Angeles 附近的城市；好萊塢電影明星多居住此處。

bev·y ['bɛvɪ] [名]（複 **bev·ies**）**1**（尤指雲雀或鵪鶉的）鳥群《*of...*》。**2**（少女、婦人的）群《*of...*》: a ~ *of* young girls 一群女孩子。

be·wail [bɪ'wel] [動][及]《文》悲傷，嘆惜：~ a person's death 對某人的死感到哀痛。一[不及]悲傷，悲嘆。

be·ware [bɪ'wɛr] [動][不及]《用於命令、不定詞》注意，小心《*of...*》。
一[及]小心，注意。

·**be·wil·der** [bɪ'wɪldɚ] [動][及] 使不知所措；使爲難。

be·wil·dered [bɪ'wɪldɚd] [形] 感到困惑的。

be·wil·der·ing [bɪ'wɪldərɪŋ] [形] 令人困惑的；令人手足無措的。~**·ly** [副]

be·wil·der·ment [bɪ'wɪldɚmənt] [名] **1** [U]惶惑，困惑：in ~ 張惶失措。**2** 混亂，雜亂。

be·witch [bɪ'wɪtʃ] [動][及] **1** 使陶醉，使出神，使銷魂，使迷惑：be ~*ed* by a glorious sunset 看美麗的晚霞看得出神。**2** 施以魔法。

be·witch·er [bɪ'wɪtʃɚ] [名] **1** 魔術師。**2** 誘惑他人的人，美人。~**·y** [名][U][C] 魅力；魔力；魅惑；銷魂。

be·witch·ing [bɪ'wɪtʃɪŋ] [形]使人銷魂的，令人陶醉的，使出神的。

be·witch·ment [bɪ'wɪtʃmənt] [名][U][C] 魅力；魔力；魅惑；銷魂。

bey [be] [名]（複~**s** [-z]）**1**（鄂圖曼帝國的）地方長官。**2** 土耳其、埃及對重要人士的尊稱。

:**be·yond** [bɪ'jand] [介] **1**《表場所》在…的那邊：from ~ the seas 自海外。**2**《表時間》超過。**3**《表範圍、限度》超出；無法…的：~ doubt 毫無疑問，無可置疑 / ~ a person's depth 深得能淹沒某人；過於深奧令某人無法理解 / ~ all hope 毫無希望，絕望 / ~ measure《文》無法計量地；非常地 / ~ oneself《罕》忘我，失態；超過平時的表現。**4** 優於…，超過…：~ (one's) expectations 出乎意料之外 / live ~ one's income 過著寅吃卯糧的生活。**5**《通常用於否定、疑問》…以外，除…之外。一[副] **1** 再過去，在更遠的地方。**2** 此外。一[名] 那邊，盡頭：the (great) ~（遙遠的）那邊；來世。

bez·el ['bɛzl] [名] **1** 鑿的刃角。**2** 寶石的斜面；（戒指、項鍊等的）嵌寶石的座盤；嵌槽。

be·zique [bə'zik] [名][U]〖牌〗一種紙牌戲：用六十四張牌由兩人或四人玩。

bf, b.f.《縮寫》〖印〗*b*old*f*ace.

B / F《縮寫》〖會計〗*b*rought *f*orward（由前頁、前期）結轉。

bg.《縮寫》*bag* (s).

BH《縮寫》*b*ill of *h*ealth.

bhang [bæŋ] [名] [U] **1**〖植〗印度大麻。**2** 印度大麻乾燥處理後製成的麻醉藥。

Bhu·tan [bu'tan, -'tæn] [名] 不丹（王國）：位於印度東北方喜馬拉雅山脈中；首都辛布（Thimphu）。

Bi《化學符號》bismuth.

bi-[1]《字首》表「兩次，兩個」之意。

bi-[2]《字首》在母音之前的 **bio-** 的別體。

bi·an·nu·al [baɪ'ænjuəl] [形] 一年兩次的。~**·ly** [副]

·**bi·as** ['baɪəs] [名][U][C] **1**（布紋等）斜線；歪斜。**2** 傾向；偏執；僻好；成見《*to, toward...*》；偏見《*against...*》；偏好《*for...*》: have a ~ *toward* sports 有喜愛運動的傾向 / be free from political ~ 無政治偏見。**3**〖統〗偏誤；〖電子〗偏向，偏流，偏壓。

on the bias（布料剪裁方法）歪斜地；斜地。

一[形]斜紋的；歪斜的，斜的。一[副]斜地，歪斜地。一[動]（~**ed**, ~**·ing** 或《英尤作》**-assed**, ~**·sing**）[及] 使有偏見[偏愛]《*against, in favor of...*》；使偏頗。

bi·ased,《英尤作》**-assed** ['baɪəst] [形] 偏頗的，持有偏見的。~**·ly** [副]

bi·ath·lon [baɪ'æθlən, -lan] [名][U]越野滑冰射擊競賽。

bi·ax·i·al [baɪ'æksɪəl] [形] **1** 有兩軸的。**2**〖光學〗二軸性的。

bib [bɪb] [名] **1** 圍兜，圍嘴。**2**〖擊劍〗喉鎧。

bib and tucker《口》衣服。

Bib.《縮寫》*Bible*; *Bib*lical.

bib·ber ['bɪbɚ] [名]《通常作複合詞》貪飲者，酒徒：a wine-*bibber* 酒鬼。

bib·cock ['bɪbˌkak] [名]彎嘴龍頭，水栓。

bi·be·lot ['bɪblo, bi'blo] [名]（複~**s** [-z]）小古董，小擺飾品。

Bibl., bibl.《縮寫》*Bibl*ical; *biblio*graphical.

:**Bi·ble** ['baɪbl] [名] **1**《通常作 **the** ~》〖基督教〗聖經；〖猶太教〗舊約聖經。**2**《常作 **b-**》聖典：the Mohammedan ~ 回教聖典。**3**《**b-**》最具權威的書籍。

'Bible ˌBelt [名]聖經地帶。

'Bible ˌclass [名]（聖經）查經班。

'Bible ˌoath [名]（把手放在聖經上進行的）嚴肅的誓言。

'Bible ˌpaper [名][U]聖經紙。

'Bible Soˌciety [名]《**the** ~》聖經公會。

bib·li·cal ['bɪblɪkl] [形]聖經的；按照聖經的；聖經般的。

biblio-《字首》表示「書」、「聖經」之意。

bib·li·og·ra·pher [ˌbɪblɪ'ɑgrəfɚ] 〔名〕目錄學家；文獻目錄編纂者。

bib·li·o·graph·ic [ˌbɪblɪə'græfɪk] 〔形〕圖書目錄的；目錄學的。

bib·li·og·ra·phy [ˌbɪblɪ'ɑgrəfɪ] 〔名〕(複-**phies**) **1** 參考書目；著作目錄。**2** 文獻目錄。**3**Ⓤ目錄學。

bib·li·ol·a·try [ˌbɪblɪ'ɑlətrɪ] 〔名〕Ⓤ 聖經崇拜；書籍崇拜。

bib·li·o·ma·ni·a [ˌbɪblɪə'menɪə] 〔名〕Ⓤ 藏書癖，愛書狂。

bib·li·o·ma·ni·ac [ˌbɪblɪə'menɪˌæk] 〔名〕珍本書籍收集家；有藏書癖者。—〔形〕有藏書癖的。

bib·li·o·phile ['bɪblɪəˌfaɪl] 〔名〕珍愛書籍者；藏書家。

bib·u·lous ['bɪbjələs] 〔形〕**1**《文》耽於酒的，好飲的。**2** 吸水性的。～**·ly**〔副〕

bi·cam·er·al [baɪ'kæmərəl] 〔形〕〖政〗有兩個議院的，兩院制的。

bi·carb [baɪ'kɑrb] 〔名〕《英口》小蘇打。

bi·car·bo·nate [baɪ'kɑrbənɪt, -ˌnet] 〔名〕Ⓤ〖化〗碳酸氫鹽；重碳酸鹽。

bi 'carbonate of 'soda 〔名〕Ⓤ〖化〗小蘇打，碳酸氫鈉。

bi·cen·te·nar·y [baɪ'sɛntəˌnɛrɪ, ˌbaɪsɛn'tɛnərɪ] 〔形〕，〔名〕(複-**nar·ies**)《主英》= bicentennial.

bi·cen·ten·ni·al [ˌbaɪsɛn'tɛnɪəl] 〔形〕每兩百年發生一次的；兩百年紀念的；延續兩百年的。—〔名〕兩百周年紀念。

bi·ceps ['baɪsɛps] 〔名〕(複～**·es** [-ɪz], ～)《常作單數》**1**〖解〗二頭肌。**2** 臂力，肌力。

bi·chlo·ride [baɪ'kloraɪd, -rɪd] 〔名〕Ⓤ〖化〗二氯化物。

bi·chro·mate [baɪ'kromɪt, -met] 〔名〕Ⓤ〖化〗**1** 重鉻酸鹽。**2** 重鉻酸鉀。

bick·er ['bɪkɚ] 〔動〕〔不及〕**1** 爭論《*about, over*...》；爭吵《*with*...》。**2** 潺潺地流；淅瀝瀝地下。**3** 閃爍。—〔名〕口角，爭吵。～**·er**〔名〕，～**·ing**〔名〕爭吵，爭論。

bi·col·or(ed) ['baɪˌkʌlɚ(d)] 〔形〕雙色的。

bi·con·cave [baɪ'kɑnkev, ˌbaɪkɑn'kev] 〔形〕兩面凹的。**-con·cav·i·ty** [-kən'kævətɪ] 〔名〕

bi·con·vex [baɪ'kɑnvɛks, ˌbaɪkɑn'vɛks] 〔形〕兩面凸的。**-'vex·i·ty** 〔名〕

bi·cul·tur·al [baɪ'kʌltʃərəl] 〔形〕兩種文化的; 兩種文化結合的。～**·ism**〔名〕

:bi·cy·cle ['baɪsɪkl] 〔名〕腳踏車，自行車；自由車：ride a ～ 騎腳踏車。

—〔動〕(**-cled, -cling**)〔不及〕騎腳踏車。

bi·cy·clist ['baɪsɪklɪst] 〔名〕騎腳踏車的人（亦稱 **bicycler**）。

:bid [bɪd] 〔動〕（〔及〕義 2，義 3，義 5，〔不及〕義 1 用 **bade** 或 **bad**, ～**·den** 或 **bid**, ～**·ding**；除此之外用 **bid, bid,** ～**·ding**）〔及〕**1**〖商〗出（價），喊（價）《*for*...》：～ a good price *for* the house 爲那棟房子出合宜的價格。**2**《文》命令，指示。**3**《文》致意，祝：～ a person good night 向某人道晚安。**4**〖牌〗叫（牌）。**5** 邀請《*to*...》。—〔不及〕**1**《文》命令，指示。**2** 叫價；投標《*for*...，《美》*on*...》。**3** 追求，爭取《*for*...》。

bid defiance of... ⇨ DEFIANCE（片語）

bid fair to do ⇨FAIR[1]〔副〕（片語）

bid...in / bid in... 〖商〗（在拍賣時）自己出高價以保留（貨物）。

bid...off / bid off... (1) 出價將…買到手。(2) 將…拍賣處分。

bid...up / bid up...（拍賣時）哄抬…的價錢。

—〔名〕**1** 出價《*of*...》；投標《*for, of*...》。**2**〖牌〗叫牌；叫牌數。**3**《口》邀請。**4** 努力，嘗試《*for*...》。

bid·da·ble ['bɪdəbl] 〔形〕**1** 聽話的，順從的。**2**〖牌〗可叫牌的。

·bid·den ['bɪdn̩] 〔動〕《古》**bid** 的過去分詞。—〔形〕受邀請的。

bid·der ['bɪdɚ] 〔名〕**1** 出價人；競買人；投標人。**2** 命令者。**3** 叫牌者。

bid·ding ['bɪdɪŋ] 〔名〕Ⓤ**1** 命令；邀請：at a person's ～ 依從某人的吩咐 / do a person's ～ 遵照某人的意旨行事。**2** 投標；出價；投標期間。**3**〖牌〗叫牌。

bid·dy[1] ['bɪdɪ] 〔名〕(複**-dies**) 母雞；小雞。

bid·dy[2] ['bɪdɪ] 〔名〕(複**-dies**) **1** 嘮叨的人（尤指老女人）。**2**《偶作 B-》《口》女傭；清潔婦。

bide [baɪd] 〔動〕(**bid·ed** 或 **bode, bid·ed, bid·ing**) 〔及〕《古》忍受。—〔不及〕《古》居住；等待；《方》停留。

bide one's time 等待有利時機。

bi·det [bɪ'de, -'dɛt] 〔名〕坐式浴盆。

bi·en·ni·al [baɪ'ɛnɪəl] 〔形〕**1** 兩年一次的；連續兩年的。**2**〖植〗兩年生的。—〔名〕**1** 兩年發生一次的事；每兩年舉行一次的活動。**2**〖植〗兩年生植物。～**·ly**〔副〕

bier [bɪr] 〔名〕棺架，屍架；棺材。

biff [bɪf] 〔名〕《美俚》重擊：give a person a ～ on the head 在某人頭上一擊。

—〔動〕〔及〕打，擊。

bi·fo·cal [baɪ'fokl] 〔形〕**1**〖光〗雙焦點的，遠近兩用的。**2** 雙重的：a ～ view 雙重的見解。—〔名〕雙焦點透鏡；《～**s**》遠視近視兩用眼鏡。

bi·fur·cate ['baɪfɚˌket, baɪ'fɝket] 〔動〕〔及〕〔不及〕（使…）分叉[分歧]。—[baɪ'fɝkɪt] 〔形〕分叉狀的；分歧的。**-cate·ly**〔副〕

bi·fur·ca·tion [ˌbaɪfɚ'keʃən] 〔名〕ⓊⒸ分叉（點）；分歧（點）。

:big[1] [bɪg] 〔形〕(～**·ger**, ～**·gest**) **1** 大的：a ～ house 大房子 / a ～ salary 高薪。**2** 長成的，長大的；《美》《限定用法》年長的：one's ～ brother 兄姊。**3** 充滿著…的《*with*...》：eyes ～ *with* tears 滿是淚水的眼睛 / be ～ *with* consequences 包含各種後果。**4** 重要的；重大的：a ～ issue 大問題。**5** 驕傲的；誇張的；《口》懷野心的：a ～ bug《俚》《通常爲蔑》大亨，要人 / ～ words 大

話，豪語 / have ～ ideas有野心；有抱負。6《口》寬宏的：a ～ heart 心地寬厚。7響的。8《敘述用法》懷胎的，近生產期的《*with...*》。9 卓越的；非常的：a ～ liar 撒大謊的人。10《美口》走紅的。

big on...《口》對…狂熱的；非常喜歡…的。

get too big for one's boots《俚》變得妄自尊大；擺架子。

—副1《口》驕傲地；裝模作樣地。2《口》順利地；成功地；非常。

big² [bɪg] 名巨頭，重要的組織。

big·a·mous ['bɪgəməs] 形重婚（罪）的：a ～ marriage 重婚。～**·ly**副

big·a·my ['bɪgəmɪ] 名 (複**-mies**) UC〖法〗重婚（罪）。

'Big 'Apple 名《the ～》《美俚》大蘋果：紐約市；《偶作 **b- a-**》大都會。

big·ar·reau [ˌbɪgə'ro, 'bɪgəro] 名〖植〗一種肉硬而味甘的櫻桃；此種櫻桃樹。

'big 'band 名大型爵士樂團。

'big 'bang 名1《常作 **B- B-**》《the ～》〖天〗大爆炸。2 爆發的事件。

'big 'bang ˌtheory 名《the ～》〖天〗大爆炸論。

'Big 'Ben名1 大鵬鐘：英國國會大廈鐘樓上的大鐘。2 大鵬鐘的鐘樓。

big 'brother 名 1 大哥；老大；《偶作 **B-B-**》（輔導問題少年或孤兒的）大哥哥。2《通常作**B- B-**》老大哥，獨裁者。

'big 'business 名U C《常爲蔑》大企業，財閥；巨大的組織。

'big 'bucks名U《美俚》大筆錢財。

'big 'deal名《美俚》了不起的事；要人，名人。

'Big 'Dipper 名《the ～》《美》〖天〗大熊星座，北斗七星。

'big ˌend 名〖機〗大端。

big-eyed ['bɪgˌaɪd] 形 大眼睛的；吃驚的。

'big 'game 名 U1 大獵物。2《口》（具有危險性的）大目標物。

big·gie ['bɪgɪ]名 1 很大的人或物。2 重要的事物，成功的事物。

big·gish ['bɪgɪʃ] 形頗大的。

'big 'gun 名《俚》大人物；有勢力的要人。

big·head ['bɪgˌhɛd] 名 1U《口》自負；吹牛：get a ～ 自負。2U C《俚》喝醉酒。～**·ed**形自負的。

big-heart·ed ['bɪg'hartɪd] 形 親切的；寬宏大量的；慷慨的。～**·ly**副

big·horn ['bɪgˌhɔrn] 名 (複～**s**,《集合名詞》～)巨角野羊。

'big ˌhouse 名《通常作 **the** ～》1《俚》監獄；感化院。2 富豪宅邸。

bight [baɪt] 名1 繩圈。2（海岸線等的）彎曲部分；海灣。

big 'league 名《口》= major league.

big-league ['bɪg'lig] 形最高水準的，主要的。

big·mouth ['bɪgˌmaʊθ] 名 (複～**s** [-θz])《俚》大嘴巴，長舌的人。

big-mouthed ['bɪgˌmaʊðd] 形1 嘴巴大的。2 長舌的，多話的。

'big 'name 名《口》名人，知名人士。

big-name ['bɪgˌnem] 形《口》鼎鼎大名的；名人的；名牌的。

big·ness ['bɪgnɪs] 名U 巨大；大；重大；大規模；誇大。

'big 'noise 名《俚》要人，大人物。

big·no·ni·a [bɪg'nonɪə] 名〖植〗紫葳屬植物。

big·ot ['bɪgət] 名頑固者，偏執的人。

big·ot·ed ['bɪgətɪd] 形 頑固的，偏執的《*to, in...*》。

big·ot·ry ['bɪgətrɪ] 名(複**-ries**) UC 頑固；偏執（的行爲）。

'Big ˌPower 'politics 名 (複)《作單、複數》強權政治。

'big ˌscience 名 U大科學：需要大量投資的科學研究。

'big ˌscreen 名《the ～》電影院，大銀幕。

'big ˌshot 名《俚》《常爲蔑》大亨，大人物。

'big 'sister名1 姊姊。2 學姐。

'Big 'Smoke 名1《美俚》《**b-s-**》大鎭，大城市。2《the ～》《英俚》倫敦。

'big 'stick 名《the ～》（政治、軍事上的）壓力，威嚇。

big-tick·et ['bɪg'tɪkɪt] 形高價的。

'big 'time 名1《the ～》《俚》（行業中）第一流，最高等級。2《俚》愉快的時光：have a ～過得非常愉快。

big-time ['bɪg'taɪm] 形《俚》了不起的，一流的。

big-tim·er ['bɪgˌtaɪmɚ] 名《俚》一流人物；大人物；大企業家；《美俚》職業棒球大聯盟球隊的球員。

'big 'toe 名腳拇趾。

'big ˌtop 名《口》馬戲團的大帳篷；《the ～》馬戲團。

'big ˌtree 名〖植〗《美》巨杉。

'big ˌwheel 名 1《口》重要人物。2《英》摩天輪。

big·wig ['bɪgˌwɪg] 名《口》大人物。

bi·jou ['biʒu, bɪ'ʒu] 名 (複**-joux** [-z]) 寶石；小巧玲瓏的東西。—形小巧玲瓏的，小而精緻的。

bike [baɪk] 名1《口》= bicycle. 2《口》= motorcycle；motorbike. —動 不及《口》= bicycle. **'bik·er** 名騎腳踏車的人；《美俚》騎機車閒逛的人。

bike·way ['baɪkˌwe] 名《美》腳踏車專用道路。

bi·ki·ni [bɪ'kinɪ] 名比基尼泳衣，女用兩截式泳裝。

bi'kini ˌline 名（女性的）比基尼線。

bi'kini ˌwax 名U 比基尼線除毛術。

B

B

bi·la·bi·al [baɪ'lebɪəl] 形〖語音〗雙唇的，雙唇音的。—名雙唇音。

bi·lat·er·al [baɪ'lætərəl] 形 **1** 雙方的。**2**〖植·動〗左右對稱的。**3**〖主法〗雙邊的。**4** 父母兩系的。—名雙邊會議。

bil·ber·ry ['bɪl,bɛrɪ, -bərɪ] 名 (複**-ries**)〖植〗覆盆子；覆盆子的果實。

bile [baɪl] 名 U **1**〖生理〗膽汁。**2** 壞脾氣；憤怒。

bilge [bɪldʒ] 名 **1**〖海〗（船底的）彎曲部。**2** U（艙底的）污水灘；（船底的）油污。**3** U《俚》無聊的話。

—動 不及 **1**（船底）穿漏。**2** 膨脹。—及〖海〗使（船底）破漏。

bil·har·zi·a [bɪl'hɑrzɪə] 名 **1**〖動〗住血吸蟲。**2**〖醫〗住血吸蟲病。

bil·i·ar·y ['bɪlɪ,ɛrɪ] 形〖生理〗膽汁的；膽道的；膽囊的；輸送膽汁的。

bi·lin·gual [baɪ'lɪŋgwəl] 形 **1** 雙語的；能使用兩種語言的。**2** 以兩種語言表達的。—名通兩種語言的人。～**·ly** 副

bi·lin·gual·ism [baɪ'lɪŋgwə,lɪzəm] 名 U 雙語現象；使用兩種語言；能使用兩種語言的能力。

bil·ious ['bɪljəs] 形〖生理·病〗膽汁的；有膽液特性的；膽汁過多的。**2** 壞脾氣的；發怒的。

～**·ly** 副 壞脾氣地。～**·ness** 名 U 膽症；沉不住氣。

bilk [bɪlk] 動 及 **1** 賴（帳）；逃（債）；欺騙《*out of...*》：～ a person *out of* money 騙取某人的金錢。**2** 使受挫。**3** 逃避，躲避。—名騙子。

:bill[1] [bɪl] 名 **1** 帳單；應繳的帳：run up ～*s* 積欠帳款 / pay a ～ for $6 付六美元的帳。**2**〖商〗票據，匯票，單據：a ～ receivable on receipt 見票應收票據 / take up a ～ 承兌票據。**3**《美》紙幣（《英》note）；《美俚》百元大鈔。**4**〖政〗法案，議案。**5** (1) 廣告，傳單，招貼，海報。(2) 戲目，曲目；節目表：What's on the ～ tonight at the movies? 今天晚上電影院上映什麼片子？**6** 目錄，明細表：a ～ of charges 費用單。**7**〖法〗（衡平法的）起訴書，訴狀：ignore a ～ 駁回訴狀。

fill the bill《口》合乎要求；《英》獨孚眾望。

foot the bill《口》(1) 付帳。(2)《喻》承擔責任《*for...*》。

sell a person a bill of goods《美俚》以噱頭騙得（某人）相信。

split the bill 分擔費用。

top the bill《口》領銜主演。

—動 及 **1** 記入帳單；作成目錄。**2** 以帳單要求付款，送帳單給《*for...*》。**3** 列入節目。**4** 用傳單通告，用招貼宣布；貼海報於…。

·bill[2] [bɪl] 名 **1**（鳥的）嘴。**2** 形似鳥嘴之物。**3** 狹長的岬。—動 不及（鴿子）接嘴。

bill and coo 互相愛撫，喁喁私語。

bill[3] [bɪl] 名 **1** 長柄矛。**2** 鉤刀，鉤鐮。**3**〖海〗錨掌的尖端。

Bill [bɪl] 名〖男子名〗比爾（William 的暱稱）。

bil·la·bong ['bɪlə,bɑŋ] 名《澳》**1** 死水池[流]。**2** 乾涸的河床。

bill·board ['bɪl,bord] 名《美》告示板，（戶外的大型）廣告板。

bill-brok·er ['bɪl,brokɚ] 名《英》證券經紀人。

billed [bɪld] 形《通常作複合詞》（有）…嘴的：broad-*billed* ducks 寬嘴野鴨。

bil·let[1] ['bɪlɪt] 名 **1**〖軍〗軍人宿舍；軍人宿舍分配令：Every bullet has its ～.《諺》其生死有命。**2** 船用床鋪。**3** 工作，職務。—動 及 **1**〖軍〗分配住宿處《*on, in, at...*》。**2** 提供住宿；安頓。—不及 宿營；住宿。～**·er** 名

bil·let[2] ['bɪlɪt] 名 **1** 木棍；柴薪。**2**〖金工〗鋼胚，鐵條；〖建〗錯齒飾。

bil·let-doux [,bɪlɪ'du] 名 (複 **bil·lets-doux** [-'duz]) 情書；《反語》不願收到的信。

bill·fold ['bɪl,fold] 名《美》皮夾。

bill·hook ['bɪl,hʊk] 名 = bill[3] 2.

bil·liard ['bɪljɚd] 形《限定用法》撞球的。

bil·liards ['bɪljɚdz] 名(複)《作單數》撞球：play (at) ～ 打撞球。

'billiard ,table 名 撞球臺。

Bil·lie ['bɪlɪ] 名 **1**〖男子名〗比利（William 的別稱）。**2**〖女子名〗比莉（Beverly 的別稱）（亦作 Billy(e)）。

bill·ing ['bɪlɪŋ] 名 U C **1** 節目表上的排名。**2** 廣告，宣傳；營業額。**3** 開帳單。

bil·lings·gate ['bɪlɪŋzget] 名 U 粗話，下流話。

:bil·lion ['bɪljən] 名 (複～**s** [-z],《在數詞之後》～) **1** 十億。**2**《昔英》一兆。**3** 非常大的數目。—形 十億的。

bil·lion·aire [,bɪljən'ɛr] 名 億萬富翁。

bil·lionth ['bɪljənθ] 名 形 **1** 第十億(的)；十億分之一(的)。**2**《昔英》第一兆(的)；一兆分之一（的）。

'bill of ex'change 名（國外）匯票。

'bill of 'fare 名 菜單；節目單。

'bill of 'health 名（船員或船客的）健康證明書。

a clean bill of health (1) 完全健康證明書。(2)《口》經調查後確定合乎要求的證明（書）。

'bill of 'lading 名 **1** 提貨單。**2** 船貨證券。略作：b.l., B.L., b / 1, B / L

'Bill of 'Rights 名(複) **1**《**b- of r-**》人權宣言。**2**《**the** ～》《英》權利法案。**3**《**the** ～》《美》人權法案（憲法修正案一至十條）。

'bill of 'sale 名 買賣契據。

·bil·low ['bɪlo] 名 **1** 巨浪；巨浪般之物：～*s* of fog 滾滾煙霧。**2**《**the** ～**(s)**》《詩》

海。

—動不及 **1** 波濤洶湧。**2** 翻騰；鼓起《*out*》。—及使翻騰，使波動。

bil·low·y ['bɪləwɪ] 形 (**-low·i·er, -low·i·est**)巨浪翻騰的，波濤洶湧的。

bill·post·er ['bɪl,postɚ] 名張貼廣告的人。

bil·ly ['bɪlɪ] 名 (複**-lies**) **1**《美口》棍棒，警棍。**2**《昔澳·英》露營用的燒水壺，鐵罐。**3**《蘇方》夥伴。

Bil·ly(e) ['bɪlɪ] 名〖男子名〗比利。

bil·ly·can ['bɪlɪ,kæn] 名= billy 2.

'billy 'club 名《美》警棍。

bil·ly·cock ['bɪlɪ,kɑk] 名《主英》《古》氈帽；圓頂禮帽。

'billy ,goat 名《口》《通常爲幼兒語》公山羊。

bil·ly-o(h) ['bɪlɪ,o] 名《英口》猛烈，極度。

bil·tong ['bɪl,tɑŋ] 名U乾肉片，乾肉。

bim·bo ['bɪmbo] 名(複～**s**, ～**es**) **1**《俚》傢伙。**2** 輕浮女子，品行不端的女人；妓女。

bi·me·tal·lic [,baɪmə'tælɪk] 形 **1** 雙金屬的。**2**（金銀）複本位制的。

bi·met·al·lism [baɪ'mɛtḷ,ɪzəm] 名U（通常爲金銀的）複本位制；複本位制論。

bi·month·ly [baɪ'mʌnθlɪ] 形 **1** 每兩月一次的。**2**《非標準》一月兩次的。—名(複**-lies**) 雙月刊。—副 **1** 隔月。**2**《非標準》一月兩次。

bin [bɪn] 名 **1** 有蓋的箱子，容器；《英》（收採蛇麻子所用的）帆布袋。**2**《俚》精神病院。**3**《英俚》褲子的口袋。—動(**binned**, ～**·ning**)及儲藏在箱裡。

bi·na·ry ['baɪnərɪ] 形 **1** 兩個成分構成的，二元的：～ relation〖數〗二元關係。**2**〖數〗二進制的：～ notation 二進制記數法。**3**〖化〗二元的。—名(複**-ries**) **1** 二元體，雙體。**2**〖天〗雙星。**3** 二進數（字）。

'binary 'star 名〖天〗雙子星。

'binary ,system 名 **1** 二元（體）系。**2** 二進法。

bi·nate ['baɪnet] 形〖植〗雙生的。

bin·au·ral [bɪn'ɔrəl] 形 **1** 兩耳的，用兩耳的。**2** 立體音響的，立體回音的。

:bind [baɪnd] 動 (**bound**, ～**·ing**) 及 **1** 綁住《*up / with...*》；綁成束《*in, into...*》。**2** 綁在《*on / to, on...*》：～ bandage *on* the leg 將繃帶纏在腿上。**3** ⑴ 包紮，纏，綁，包《*up / with...*》；將（緞帶、繩子等）纏（在…上）《*about, around...*》：～ a sash *about* one's waist 把帶子纏在自己腰上。⑵ 鑲邊，收邊《*with...*》。**4**《通常用被動或反身》使受約束，負擔義務《*to...*》：be *bound to* secrecy 負有保守祕密的義務 / ～ *oneself to* do 發誓去做…。**5**〖法〗使擔負義務《*over / to...*》：～ a person *over to* keep the peace（推事）令某人具結保證安分守己。**6** 使結合《*together*》：be *bound* (*together*) by gratitude 因感恩而結合在一起。**7** 商定，締結：～ the purchase contract with a preliminary payment 以付訂金來確定購買契約。**8** 裝訂《*in...*》；裝訂成《*in, into...*》：a book *bound in* cloth 布面裝訂的書。**9** 使當學徒《*out, over / to...*》；《被動》使立約：～ him *out* to be a shoemaker 使他做鞋匠的學徒。**10** 使感覺過緊。**11**（用水泥等）使凝固《*with...*》。**12**〖病〗使便祕。—不及 **1** 有約束力。**2** 緊身。**3**（水泥等）變硬，凝固。**4**（鑽孔機等）（在洞裡）不能動。

be bound up in ... ⇨ BOUND[1]（片語）

bind...down / bind down... 《通常用被動》束縛，約束。

bind...off / bind off... ⑴（用繃帶綁緊）使（血液循環）中斷。⑵〖織〗鑲邊，收邊。

—名 **1** 束縛；紮成束；裝訂書。**2** 綁的東西（繩等）。**3**〖樂〗結合線，連結線。**4**《英俚》無聊的人；麻煩的事。

in a bind 《美俚》處於困境，受到非常的壓力。

bind·er ['baɪndɚ] 名 **1** 包紮者[物]；繃帶，繩子。**2** 活頁紙夾。**3** 裝訂書本者，裝訂業者；裝訂機。**4**〖農〗紮捆機；捆束收割機。**5**〖保〗臨時契約；臨時保險證。**6**《美》（購置不動產的）臨時契約；訂金。**7**〖化〗黏合劑；〖建〗黏結料；〖畫〗展色料。**8**《英俚》無聊的人，抱怨的人。

bind·er·y ['baɪndərɪ] 名 (複 **-er·ies**)書籍裝訂廠。

·bind·ing ['baɪndɪŋ] 名 **1** U捆綁，繫結；結合，束縛。**2** 用以捆綁之物；繩子，繃帶。**3** U裝訂書本，裝訂；C（書籍的）封面。**4**（桌巾的）邊飾；〖滑雪〗雪屐底結。—形 **1** 有約束力的《*on, upon...*》。**2** 接合用的，縛…的，捆…的。**3**《英俚》無聊的；發牢騷的。**4**《俚》（食物）引起便祕的。

'binding ,energy 名U〖理〗結合能。

bind·weed ['baɪnd,wid] 名U〖植〗蔓生植物，旋花屬植物。

bine [baɪn] 名 **1**（植物的）蔓。**2** = bindweed. **3** = woodbine.

binge [bɪndʒ] 名《口》酒宴；狂歡，縱樂：go on a ～ 狂歡作樂。

bin·go ['bɪŋgo] 名U《偶作 B-》賓果遊戲。—感《俚》好極了，猜中了。

bin·na·cle ['bɪnəkḷ] 名〖海〗羅盤針箱。

bin·oc·u·lar [baɪ'nɑkjəlɚ, bɪ-] 形兩眼的，兩眼並用的。—名《通常作～**s**，作單、複數》雙筒望遠鏡。

bi·no·mi·al [baɪ'nomɪəl] 名 形 **1**〖代〗二項式（的）：a ～ expression 二項式 / ～ theorem 二項式定理。**2**〖動·植〗雙名（的），二名（的）。

bio ['baɪo] 名《口》**1** = biography. **2** = biol-

B

ogy.

bio- 《字首》表示「生」、「生命」之意。

bi·o·as·tro·nau·tics [ˌbaɪoˌæstroˈnɔtɪks] 名(複)《作單數》太空生物學。

bi·o·chem·i·cal [ˌbaɪoˈkɛmɪkl] 形 生物化學的，生化的。

bi·o·chem·is·try [ˌbaɪoˈkɛmɪstrɪ] 名 U 生物化學。**-ist** 名

bi·o·cide [ˈbaɪəˌsaɪd] 名 **1** U 殺生。**2** C 殺蟲劑。

-ˈcid·al 形 威脅生命的；有害的。

bi·o·cli·ma·tol·o·gy [ˌbaɪoˌklaɪməˈtɑlədʒɪ] 名 U 生物氣候學。

bi·o·de·grad·a·ble [ˌbaɪodɪˈgredəbl] 形 能腐化還原爲土的，可爲微生物所分解的。

-ˈbil·i·ty 名, **-gra·ˈda·tion** 名

bi·o·di·ver·si·ty [ˌbaɪodaɪˈvɝsətɪ] 名 U 生物多樣性。

bi·o·dy·nam·ics [ˌbaɪodaɪˈnæmɪks] 名(複)《作單數》生物生理學，生物動力學。

bi·o·e·col·o·gy [ˌbaɪoɪˈkɑlədʒɪ] 名 U 生物生態學。**-ec·o·log·i·cal** [-ˌikəˈlɑdʒɪkl] 形

bi·o·en·gi·neer·ing [ˌbaɪoˌɛndʒəˈnɪrɪŋ] 名 U 生物工程學。

bi·o·eth·ics [ˌbaɪoˈɛθɪks] 名 U (複)《作單數》生物倫理學。

bi·o·feed·back [ˌbaɪoˈfidˌbæk] 名 U 〖醫〗生物反饋療法。

biog. 《縮寫》 *bio*grapher; *bio*graphical; *bio*graphy.

bi·o·gas [ˈbaɪoˌgæs] 名 U 沼氣，生物氣。

bi·o·gen·e·sis [ˌbaɪoˈdʒɛnəsɪs] 名 U 生源說。

bi·o·ge·og·ra·phy [ˌbaɪodʒiˈɑgrəfɪ] 名 U 〖生態〗生物地理學。

bi·og·ra·phee [baɪˌɑgrəˈfi] 名 傳記中的主角。

bi·og·ra·pher [baɪˈɑgrəfɚ] 名 傳記作家。

bi·o·graph·i·cal [ˌbaɪəˈgræfɪkl] 形 傳記的，傳記體的。**-i·cal·ly** 副

·bi·og·ra·phy [baɪˈɑgrəfɪ, bɪ-] 名(複 **-phies**) **1** 傳記。**2** U《集合名詞》傳記作品，傳記文學。

bi·o·log·i·cal [ˌbaɪəˈlɑdʒɪkl] 形 **1** 生物學的。**2** 應用生物學的。**3** 生物（體）的，生物方面的（亦稱 **biologic**）。—名〖藥〗生物製劑。**~·ly** 副

bioˈlogical ˈclock 名 生物[生理]時鐘。

bioˈlogical conˈtrol 名 U 生物控制。

bioˈlogical ˈwarfare 名 細菌戰，生物戰。

bi·ol·o·gist [baɪˈɑlədʒɪst] 名 生物學家。

·bi·ol·o·gy [baɪˈɑlədʒɪ] 名 U **1** 生物學；生態學。**2** 動植物生態；生命現象。

bi·o·lu·mi·nes·cence [ˌbaɪoˌlumɪˈnɛsəns] 名 U 生物發光。**-cent** 形

bi·o·mass [ˈbaɪoˌmæs] 名 U 〖生態〗生物量。

bi·o·med·i·cine [baɪoˈmɛdəsn̩] 名 U 生物醫學。

-cal 形 生物醫學的。

bi·o·me·te·or·ol·o·gy [ˌbaɪoˌmitɪəˈrɑlədʒɪ] 名 U 生物氣象學。

bi·o·met·rics [ˌbaɪəˈmɛtrɪks] 名(複)《作單、複數》 **1** 生物統計學。**2** = biometry 1.

bi·om·e·try [baɪˈɑmətrɪ] 名 U **1** 壽命測定（法）。**2** = biometrics 1.

bi·o·mo·le·cule [ˌbaɪoˈmɑləˌkjul] 名 有生分子。**-mo·lec·u·lar** [-məˈlɛkjəlɚ] 形

bi·on·ics [baɪˈɑnɪks] 名(複)《作單數》生物工學。**-ic** 形 生物工學的。

bi·o·nom·ics [ˌbaɪoˈnɑmɪks] 名(複)《作單數》生態學。

bi·o·phys·ics [ˌbaɪoˈfɪzɪks] 名(複)《作單數》生物物理學。

bi·op·sy [baɪˈɑpsɪ] 名 (複 **-sies** [-sɪz]) 〖醫〗活體檢驗法；活體切片檢查（法）。

bi·o·rhythm [ˈbaɪoˌrɪðəm] 名 U C 生物韻律：~ upset 人體機能周期失常。

BIOS [ˈbaɪos] 名 〖電腦〗基本輸入輸出系統（Basic Input / Output System）。

bi·o·sat·el·lite [ˌbaɪoˈsætəˌlaɪt] 名 生物衛星。

bi·o·sci·ence [ˌbaɪoˈsaɪəns] 名 U 生物科學；外太空生物學。

bi·o·sphere [ˈbaɪəˌsfɪr] 名《the ~》生物存活圈，生物圈。

bi·o·tech·nol·o·gy [ˌbaɪotɛkˈnɑlədʒɪ] 名 U《美》生物科技。

bi·ot·ic [baɪˈɑtɪk] 形 關於生命的；生物的：~ potential 生物潛能。

bi·o·tite [ˈbaɪəˌtaɪt] 名 U 〖礦〗黑雲母。

bi·par·ti·san [baɪˈpɑrtəzn̩] 形 代表兩黨的，兩黨聯合的：~ diplomacy 代表兩黨的外交。

bi·par·tite [baɪˈpɑrtaɪt] 形 **1** 分成兩部分的；由兩部分組成的；〖法〗一式兩份的：a ~ contract 一式兩份的契約書。**2** 二者共有的。**3** 〖植〗（葉子等）深裂爲二的。

bi·ped [ˈbaɪpɛd] 名 〖動〗雙足動物。—形 雙足的。

bi·pet·al·ous [baɪˈpɛtl̩əs] 形 有兩片花瓣的。

bi·pin·nate [baɪˈpɪnet] 形 〖植〗二回羽狀複葉的。

bi·plane [ˈbaɪˌplen] 名 雙翼飛機。

bi·po·lar [baɪˈpolɚ] 形 **1** 〖電〗有兩極的，雙極的。**2**（思想、性質等）完全相反的，兩極端的。**-lar·i·ty** [-ˈlærətɪ] 名

bi·ra·cial [baɪˈreʃəl] 形 兩個種族的。

·birch [bɝtʃ] 名 **1** 〖植〗樺樹。**2** U 樺木木材。**3** 樺條。—形 = birchen. —動 及 以樺條打。

birch·en [ˈbɝtʃən] 形 樺木（製）的。

:bird [bɝd] 名 **1** 鳥：a flock of ~*s* 一群鳥 / a flight of ~*s* 一群飛鳥 / keep a ~ 養鳥 /

The early ～ catches the worm.《諺》早起的鳥兒有蟲吃；捷足先登。2〖運動〗(1) 獵鳥。(2) = clay pigeon 1. (3)《美》= shuttlecock 1. 3《俚》人，傢伙；《俚》少女：my ～可愛的人兒 / an old ～ 老練的人；世故的人；城府很深的人。4《俚》飛行體；飛機；飛彈；太空船。5《the ～》《俚》噓聲；嘲笑，嘲弄；解僱，免職：get *the* ～《俚》遭解僱；被人發噓聲嘲弄，被人喝倒采 / give a person *the* ～《俚》將某人解僱；對某人發噓聲。6Ⓤ《英俚》刑期；監獄：do (one's) ～ 服刑。

a little bird《口》提供消息的人，消息靈通的人士。

bird in (the) hand 現實的利益，有把握的事物。

birds of a feather 一丘之貉。

eat like a bird 吃得極少。

hear a bird 暗地裡聽。

kill two birds with one stone 一箭雙鵰，一舉兩得，一石二鳥。

sing like a bird 輕鬆地唱歌。

(strictly) for the birds《俚》無價值的，無聊的，毫無意義的。

The bird has flown.《俚》犯人逃走了，對方不見了。

the birds and the bees《口》（教小孩的）兩性教育的基本知識。

—動不及 1 獵鳥。2 觀察野鳥。

bird·bath ['bɝd,bæθ] 名 (複～s [-,bæðz])（供鳥戲水或飲水用的）水盤。

bird·brain ['bɝd,bren] 名《俚》傻瓜，蠢蛋。

bird·brained 形《俚》愚蠢的。

bird·cage ['bɝd,kedʒ] 名 鳥籠；似鳥籠之物。

'bird 'call 名 1 鳥叫聲。2 模仿鳥叫的聲音。3（能吹出似鳥叫聲的）哨子。

'bird 'dog 名《美》1 獵犬（《英》gundog）。2《俚》（代人）搜羅人才者；兜攬生意的人。

bird-dog ['bɝd,dɔg] 動 **(-dogged, ～·ging)** 及不及《美俚》目不轉睛地注視；仔細調查。

bird-eyed ['bɝd'aɪd] 形 1 像鳥一樣的眼睛的；目光銳利的。2（馬等）容易受到驚嚇的。

'bird 'fancier 名 愛鳥人；鳥商。

bird·house ['bɝd,haus] 名 (複 **-hous·es** [-zɪz]) 鳥舍，鳥屋。

bird·ie ['bɝdɪ] 名 1《兒語》小鳥。2〖高爾夫〗博蒂：低於標準桿一桿進洞。—動及〖高爾夫〗打出博蒂。

bird·like ['bɝd,laɪk] 形 似鳥的；敏捷的。

bird·lime ['bɝd,laɪm] 名 Ⓤ 黏鳥膠；捕鳥的圈套。—動 及 塗黏鳥膠；以黏鳥膠捕（鳥）；誘惑。

bird·man ['bɝd,mæn, -mən] 名 (複 **-men** [-,mən]) 1 飼鳥者；鳥類研究（學）者。2 獵野鳥者。3 鳥類標本剝製師。4《口》飛行員。

'bird of 'passage 名 1 候鳥。2 生活不安定的人。

'bird of 'prey 名 猛禽類，肉食鳥。

bird·seed ['bɝd,sid] 名 Ⓤ 鳥食。

bird's-eye ['bɝdz,aɪ] 形 1 鳥瞰的，俯視的；概觀的，籠統的。2 鳥眼紋的。—名 1〖植〗雪窗草類。2〖織〗鳥眼紋；Ⓤ鳥眼紋織物。

'bird's-eye 'view 名 1 鳥瞰圖。2《口》概要。

bird's-nest ['bɝdz,nɛst] 名 鳥巢，燕窩。—動不及 尋找鳥巢。

bird·song ['bɝd,sɔŋ] 名 Ⓤ 鳥叫聲。

'bird ,watcher 名 野鳥觀察家，野鳥生態研究者。

'bird ,watching 名 Ⓤ 野鳥（習性）觀察；賞鳥。

bi·ret·ta [bə'rɛtə] 名〖天主教〗（教士所戴的）法冠。

Bir·ming·ham ['bɝmɪŋ,hæm, 'bɝmɪŋəm] 名 伯明罕：1 英國英格蘭中部一工業城市。2 美國 Alabama 州的一城市。

Bi·ro ['baɪro] 名 (複～s [-z])《偶作 **b-**》《英》〖商標名〗一種原子筆。

:birth [bɝθ] 名 1 ⓊⒸ 出生，誕生；分娩：at ～ 出生時 / five young at a ～ 一胎產的五子。2Ⓤ出身，血統，家世；高尚門第，名門：a man of high ～ 上流社會出身的人 / *B-* is much, but breeding is more.《諺》教養重於門第。3 起源，發生：kill the case at ～ 消弭事端於開始之處。

by birth (1) 出生。(2) 天生是⋯。

give birth to... (1) 生下；《喻》產生，孕育出。(2) 引起；成為⋯的原因。

'birth cer,tificate 名 出生證明書。

'birth con,trol 名 Ⓤ 節育。

birth·date ['bɝθ,det] 名 出生日期。

:birth·day ['bɝθ,de] 名 生日；創立（紀念）日：the sixth ～ of the firm 公司創立六週年紀念日。

'birthday ,honours 名(複)《英》在國王[女王]誕辰日所授予的勳爵。

'birthday ,suit 名 Ⓤ《口》裸體：in one's ～ 赤裸地，裸體地。

birth·mark ['bɝθ,mark] 名 胎記，胎痣。

birth·place ['bɝθ,ples] 名 出生地；發祥地。

'birth ,rate 名 出生率。

birth·right ['bɝθ,raɪt] 名 ⒸⓊ 與生俱來的權利；（長子的）繼承權：wealth by ～ 因繼承而得的財富。

birth·stone ['bɝθ,ston] 名 誕生石：象徵各出生月份的寶石。

bis [bɪs] 副 1 兩次，再次。2〖樂〗再一次。

·bis·cuit ['bɪskɪt] 名 1《美》小型麵包（《英》scone）；《英》餅乾（《美》cracker）。2 Ⓤ 淺咖啡色，灰棕色。3 Ⓤ（亦稱 **bisque**）原色陶器，無釉瓷器。

take the biscuit 獲得頭獎。

—㊔淺咖啡色的。

B

B-ISDN 《縮寫》 broadband integrated services digital network 寬頻整體服務數位網路。

bi·sect [baɪ'sɛkt] ㊀ ㊁ **1** 分切爲二；〖幾〗分爲二等分。**2** 交叉，橫切。

—不及分成兩條。

-sec·tion ㊂

bi·sec·tor [baɪ'sɛktɚ] ㊂〖幾〗等分線，平分線。

bi·sex·u·al [baɪ'sɛkʃuəl] ㊔ **1**〖生〗兩性的；雌雄同體的。**2**〖精神醫〗雙性戀的。—㊂**1**〖生〗雌雄同體。**2**〖精神醫〗雙性戀者。**-al·i·ty** [-'ælətɪ] ㊂, **~·ly** ㊃

·bish·op ['bɪʃəp] ㊂ **1** 《常作 **B-**》〖宗〗（天主教、英國國教、希臘正教的）主教。**2**〖西洋棋〗主教棋子。**3** 監督者。**4** Ⓤ紅葡萄酒裡加橘子汁等後再加溫的一種飲料。

bish·op·ric ['bɪʃəprɪk] ㊂主教的職權或管轄區。

'bishop's 'ring ㊂〖天〗畢旭光環。

Bis·marck ['bɪzmɑrk] ㊂ **Otto von**, 俾斯麥（1815−98）：德意志帝國第一任首相（1871−90）。

bis·muth ['bɪzməθ] ㊂ Ⓤ〖化〗鉍。符號：Bi

bi·son ['baɪsn̩, -zn̩] ㊂(複~)〖動〗**1** 美洲野牛。**2** 歐洲野牛。

bisque[1] [bɪsk] ㊂ Ⓤ**1** 用貝類、雞肉、蔬菜等調製成的濃湯。**2** 摻有粉狀蛋白杏仁片或胡桃的冰淇淋。

bisque[2] [bɪsk] ㊂ Ⓤ**1** 原色陶器，素瓷。**2** 粉褐色。—㊔粉褐色的。

bis·sex·tile [baɪ'sɛkstɪl] ㊔閏的：the ~ year 閏年。—㊂閏年。

bi·state ['baɪ,stet] ㊔《美》跨兩州的。

bis·ter, 《英》 **-tre** ['bɪstɚ] ㊂ Ⓤ **1**（由煤煙中提出的）深褐色顏料。**2** 深褐色。

bis·tro ['bɪstro] ㊂(複~s [-z])《口》（法國式）小酒館；小咖啡店；小餐廳；小夜總會。

bit[1] [bɪt] ㊂**1** 馬銜。**2** 拘束物，控制物。**3**（鉋子等的）刃；〖機〗鑽錐，鑽頭。**4**（鑰匙的）齒。

draw bit 勒馬；減緩速度。

on the bit 拉緊韁繩使馬快跑；在騎士的控制下。

take the bit between *one's* ***teeth*** 下定決心；反抗，不服管束。

take the bits 啣住馬銜。

—㊀(~·ted, ~·ing) ㊁**1** 帶上馬銜。**2** 抑制。**3** 給（鑰匙）銼齒。

·bit[2] [bɪt] ㊂ **1** (1) 小片，小部分，少許《*of*...》；《口》《用於 **news, advice** 等不可數名詞》一則，一項《*of*...》：a ~ *of* bread 一小片麵包。(2)（食物的）一口《*of*...》：a ~ *of* food 一口食物。(3)《通常作 ~s》破片，小片：pull ... to ~*s* 把…扯碎。**2**《a ~》《常作副詞》《口》（時間、量方面）少許，片刻：*a* little ~ 少許。**3** (1)《美俚》十二分半錢。(2)《英口》小額的硬幣：a two penny ~ 兩辨士銅幣。**4**（戲劇等的）小角色；（書等的）一節，（劇的）一個場面。**5**《美口》老套；獨特的風格；設定的型。

a bit much 《口》過度。

a bit of a... 多少有些…。

a bit of all right 《英俚》性感的人。

a bit of *one's* ***mind*** 坦白直言，坦率的話。

a good bit (*of*...) 長時間（的…）；相當多（的…）。

a nice bit (*of*...) 相當多（的…），相當數量（的…）。

bits and pieces 殘餘，零星雜物。

by bits / bit by bit 一點一點地，漸漸地。

do *one's* ***bit*** 《口》盡本分，做應做之事，效應盡之勞。

every bit (1) 全部，整個（的…）《*of*...》。(2)《口》完全，同樣地；從各方面看來。

not a bit 《口》一點也不。

not a bit of it (1) 沒有這回事。(2)《表客氣》哪裡哪裡。

take a bit of doing 《口》頗費事，頗費心。

bit[3] [bɪt] ㊂〖電腦〗位元。

:bit[4] [bɪt] ㊀**bite** 的過去式及過去分詞。

bitch [bɪtʃ] ㊂**1** 母狗，（犬科動物的）雌獸：a ~ wolf 母狼。**2**《俚》自私的女人；婊子，淫婦。**3**《美俚》牢騷，不滿；難事，不愉快的事；《反語》極好的東西。

make a bitch of... 《俚》使沒有成功，弄壞，搞砸。

—㊀不及《美俚》發牢騷，抱怨《*about*...》。—㊁《俚》弄壞，搞砸《*up*》。

bitch·y ['bɪtʃɪ] ㊔ **(bitch·i·er, bitch·i·est)**《俚》淫蕩的；心地不良的；易怒的。

:bite [baɪt] ㊀ **(bit, bit·ten** 或 **bit, bit·ing)** ㊁**1** 咬；螫，叮，刺，嚙；夾住；咬掉，咬裂《*off, out*》；啣，叼：Once *bitten*, twice shy.《諺》一朝被蛇咬，十年怕草繩。**2**（寒冷等）刺痛；（胡椒等）刺激；（霜等）損傷：a cold wind that ~*s* the face 刺臉的寒風。**3**（齒輪等）卡緊；（錨）勾住；固定；切穿。**4**（酸等）腐蝕。**5**《通常用被動》《口》欺騙。**6**《口》使惱怒。

—不及 **1** 螫，咬；《喻》怒喝，發脾氣《*at*...》。**2**（寒冷）刺骨；（胡椒等）辣；產生刺痛感；有刺傷性。**3** 吞餌，上鉤；《口》受騙，上當。**4** 認輸。**5**（煞車等）發生效用；（螺絲釘）擰得上；（齒輪等）卡緊；腐蝕《*into*...》。

be bitten by ... 醉心於…，著迷於…。

bite *a person's* ***head off*** 怒斥某人。

bite back 反咬。

bite... back / bite back... (1) 反咬。(2)（咬住嘴唇）強忍著不說出來。

bite into... (1) ⇨㊀不及5. (2) 咬入；侵入。

bite off more than *one* ***can chew*** 貪多嚼不爛；從事力所不及之事。

bite the bullet 勇敢地行動；咬緊牙關。
bite the dust ⇨DUST 图（片語）
bite the hand that feeds one 恩將仇報，忘恩負義。
bite the thumb at... 輕視；嘲弄，侮辱。
bite one's tongue / bite one's lip(s) 咬唇以壓抑怒氣；強忍笑意。
bite one's tongue off 《通常放在 **could** 之後》後悔說出某件事。
一图 **1** 咬；吞餌：monkey ～ 吻痕。**2** 咬傷；刺傷；叮咬痕跡；劇痛；Ⓤ 辣味，刺激性；尖刻，鋒利，效果《*of...*》：a deep ～ 深深的傷口 / the ～ *of* the original 原作的感染力。**3** 《通常作 **a** ～》（咬下的）一塊；（食物的）一口，一口的量；便餐：have a ～ 吃點東西。**4** 《俚》（整體分出的）一部分。**5** Ⓤ（酸的）腐蝕作用。**6** Ⓤ〖機〗嚙合。
put the bite on... 《美俚》借錢；敲竹槓。

bit·er ['baɪtɚ] 图 **1** 咬東西的人[物]；咬人的動物。**2** 《古》騙子，詐欺者。
The biter bit. 《諺》騙人者反被人騙，害人反害己。

bite-size ['baɪt,saɪz] 形 **1** 能一次入口的：～pieces of Chinese dumpling 一口水餃。**2** 短小的。

bit·ing ['baɪtɪŋ] 形 **1** 咬的，咬住的。**2** 刺骨的；刺痛的，刺激（性）的；《副詞》刺痛地，刺激（性）地：a ～ wind 刺骨的寒風。**3** 銳利的，尖刻的。～**·ly** 副

bitt [bɪt] 图〖海〗纜樁。
一動 及 將（纜繩）繫於纜樁上。

:bit·ten ['bɪtn̩] 動 **bite** 的過去分詞。

:bit·ter ['bɪtɚ] 形 **1** 苦的；有苦味的：a ～ taste 苦味 / ～ coffee 苦咖啡。**2** 難以接受的，殘酷的；痛苦的：a ～ experience 痛苦的經歷 / ～ tears 悲傷的眼淚。**3**（寒冷等）厲害的，極度的：a ～ chill 刺骨的寒意。**4** 有強烈敵意的：～ animosity 強烈的憎恨 / a ～ enemy 死對頭。**5** 劇烈的，猛烈的；刻薄的：have a ～ tongue 有張刻薄嘴。**6** 憤慨的。一图 **1** 苦的東西；苦味；痛苦。**2** 《～**s**》苦味酒。**3** 《常作～**s**》《英》苦味啤酒。**4**〖藥〗苦味劑。
一動 及 不及（使…）變苦。一副 劇烈地，非常：a ～ cold night 嚴寒的夜晚。

'bitter ˌend 图《**the** ～》最後，極限：to the ～ 奮戰到底。

bit·ter·end·er ['bɪtɚ'ɛndɚ] 图《口》堅持不屈者。

bit·ter·ish ['bɪtərɪʃ] 形 稍苦的，帶苦味的。

bit·ter·ly ['bɪtɚlɪ] 副 劇烈地，非常；痛苦地：～ cold 嚴寒的 / cry ～ 痛哭。

bit·tern ['bɪtɚn] 图〖鳥〗蒼鷺。

bit·ter·ness ['bɪtɚnɪs] 图 Ⓤ 苦；痛苦，悲痛；諷刺；反感。

bit·ter·sweet ['bɪtɚ,swit] 图 **1**〖植〗南蛇藤屬的攀緣性植物；白英。**2** Ⓤ 又苦又甜，苦樂參半：the ～ of farewell 分別時亦憂亦喜的感覺。一['--'-] 形 又苦又甜的，苦樂參半的；《美》幾乎不加糖的：a ～ experience 甘苦參半的體驗。

bit·ty ['bɪtɪ] 形 (**-ti·er, -ti·est**) **1** 片斷的。**2** 《美方》很小的。

bi·tu·men [bɪ'tjumən, baɪ-] 图 **1** Ⓤ 瀝青。**2** 《澳俚》柏油路。**3** 黑褐色。

bi·tu·mi·nous [bɪ'tjumənəs, baɪ-] 形 似瀝青的，含瀝青的：～ shale 瀝青頁岩 / ～ coal 煙煤。

bi·va·lent [baɪ'velənt, 'bɪvələnt] 形 **1**〖化〗二價的。**2**（染色體）二價的。一图 二價染色體。

bi·valve ['baɪ,vælv] 图〖貝〗雙殼貝類。
一形 **1**〖植〗有二瓣的。**2**〖貝〗有雙殼的。

biv·ou·ac ['bɪvʊ,æk, 'bɪvwæk] 图 宿營，露營；露營地。
一動 (**-acked, -ack·ing**) 不及 露營，野營。

bi·week·ly [baɪ'wiklɪ] 形 **1** 每兩週一次的，雙週的。**2** 《廣義》每週兩次的。
一图 (複 **-lies**) 雙週刊。
一副 **1** 隔週。**2** 《廣義》每週兩次。

bi·year·ly [baɪ'jɪrlɪ] 形 **1** 每兩年的，兩年一次的。**2** 一年兩次的。一副 **1** 兩年一次。**2** 《廣義》一年兩次。

biz [bɪz] 图 Ⓤ Ⓒ 《口》職業，行業：show ～ 表演業；娛樂界。

bi·zarre [bɪ'zɑr] 形 奇怪的，古怪的。

Bi·zet [bɪ'zɛ] 图 **Georges**, 比才（1838–75）：法國作曲家。

bizz-bazz ['bɪz,bæz] 图《俚》瞎說，胡言，無聊話。

Bk 《化學符號》berkelium.

bk. 《縮寫》*bank*; *book*.

bkg. 《縮寫》*bank*ing.

bks. 《縮寫》*barracks*.

bkt. 《縮寫》*basket*; *bracket*.

b/l, B/L 《縮寫》〖商〗*b*ill of *l*ading.

bl. 《縮寫》*bale*(s); *barrel* (s); *bl*ack; *bl*ock; *bl*ue.

B.L. 《縮寫》*B*achelor of *L*aws 法學士。

blab [blæb] 動 (**blabbed, ～·bing**) 及 不小心洩露，無意中說出（祕密）《*out*》。
一不及 胡扯，瞎說。一图 Ⓤ 瞎說，胡扯；Ⓒ 胡扯的人，多嘴的人。

blab·ber ['blæbɚ] 图 多嘴者；洩密者。

blab·ber·mouth ['blæbɚ,maʊθ] 图(複 ～**s** [-ðz,-θs]) 《口》多嘴漢，長舌婦；亂說亂講的人。

:black [blæk] 形 (～**·er**, ～**·est**) **1** 黑的，黑色的：(as) ～ as coal 黑如煤炭。**2** 身穿黑衣的。**3** 《常作 **B-**》黑人的；屬於黑人的：～ Americans 美國黑人。**4** 弄髒的。**5** 漆黑的，黑暗的。**6** 黯淡的；陰鬱的，悲觀的：a ～ day 陰鬱的一天。**7** 不祥的；不高興的，惱怒的：a ～ look 惱怒的臉色 / be in a ～ mood 大怒。**8** 以怪誕等方式呈現陰暗面的。**9** 不可原諒的；壞心腸的：a ～ lie 惡劣的謊言 / ～ treachery 不可饒恕的背叛

B

B

行為。10 不名譽的。11（咖啡）不加牛奶的。12 不正當的：a ～ rent 黑市房租。13《英》受工會抵制的。14〖會計〗黑字的，有盈餘的。

beat a person black and blue 將（某人）打得青一塊紫一塊。

be not so black as one is painted（某人）並不像傳聞中那樣壞。

black or white 非黑即白，極端的。

go black 喪失意識。

—名 1 Ⓤ 黑，黑色。2 Ⓤ 漆黑，黑暗。3《常作 B-》《常為蔑》黑人。4 Ⓤ 黑衣；喪服。5〖西洋棋〗黑棋子；（圍棋的）黑子。6 Ⓤ 黑色顏料，黑色墨水。7 Ⓤ Ⓒ 黑點，污漬；污點。8〖會計〗（the ～）黑字。

in the black 有盈餘，賺錢。

prove that black is white / talk black into white 混淆黑白，顛倒是非。

—動 及 1 弄黑，塗黑；擦上黑鞋油。2 弄髒；污損。3《英口》（工會等）抵制。

—不及 變黑；變暗。

black out (1) 實施燈火管制。(2) 失去意識。(3)（廣播等）停止。(4) 變暗。

black...out / black out... (1) 實施燈火管制。(2) 把（舞臺）弄暗。(3) 停止（廣播等）。(4) 以黑色塗掉；封鎖（新聞等）。

black·a·moor [ˈblækəˌmur] 名《詼·蔑》1 黑人，非洲黑人。2 皮膚黝黑的人。

black-and-blue [ˈblækənˈblu] 形（因挨打而）青紫的。

ˈblack and ˈwhite 名 1 印刷，文書：put ...down in ～ 將…白紙黑字寫下來。2 鋼筆畫，碳筆畫；黑白電影[照片]。

black-and-white [ˈblækənˈhwaɪt] 形 1（畫、相片等）黑白的：～ TV 黑白電視。2 是非分明的：see everything in ～ 對所有事情都是非分明。

ˈblack ˈart 名《the ～》魔術，魔法；妖術。

black·ball [ˈblækˌbɔl] 名 反對票；（代表反對票的）黑球。—動 及 1 投票反對；（在團體中）排斥。2 取消會員資格，除名《*from...*》。

～·er 名 投反對票者。

ˈblack ˈbass [-bæs] 名 黑鱸：美國產的一種淡水魚。

ˈblack ˌbear 名〖動〗美洲黑熊。

black·bee·tle [ˈblækˌbitl] 名《英》蟑螂。

black belt [ˈblækˌbɛlt] 名 1《通常作 the B- B-》黑人街；（美國東南部的）黑人聚居區。2《the ～》（美國 Alabama 州及 Mississippi 州肥沃的）黑土地帶。3 [ˈ-ˈ-]〖柔道〗黑帶；佩黑帶者。

black·ber·ry [ˈblækˌbɛrɪ, -bərɪ] 名（複 -ries [-rɪz]）黑莓；〖植〗黑莓樹。

ˈblack ˈbile 名 Ⓤ〖古生理〗黑膽汁：被認為是由腎臟或脾臟所分泌的一種能使人產生憂鬱情緒的體液。

black·bird [ˈblækˌbɝd] 名 1〖鳥〗鶇類；（美國產的）山鳥類。2 黑鳥。

:black·board [ˈblækˌbord] 名 黑板。

ˈblackboard ˌjungle 名 秩序混亂的學校；學校秩序混亂的狀況；黑幫叢林。

ˈblack ˌbook 名 黑名冊。

ˈblack ˈbox 名 1 只知其機能而不知其內部構造的機械裝置。2《俚》黑盒子：飛行記錄器。

ˈblack ˈbread 名 Ⓤ 黑麵包。

black·coat [ˈblækˌkot] 名《主英》1《通常為蔑》牧師。2（不從事體力勞動的）白領職員。

black·cock [ˈblækˌkɑk] 名 黑色的雄松雞。

ˈblack ˈcomedy 名 Ⓤ Ⓒ 黑色喜劇。

ˈBlack ˌCountry 名《the ～》黑鄉：英國英格蘭中部 Birmingham 一帶的工業區。

ˈblack ˈcurrant 名〖植〗黑醋栗。

ˈBlack ˈDeath 名《the ～》〖病〗黑死病，鼠疫。

ˈblack ˈdiamond 名 1 黑鑽石，黑金鋼鑽。2 煤炭。

ˈblack ˈdog 名《the ～》《口》憂鬱症，沮喪。

ˈblack eˈconomy 名《the ～》黑市經濟。

black·en [ˈblækən] 動 及 1 使變黑；使變暗。2 污損，毀謗：～ a person's reputation 污損某人的名譽。—不及 變黑；變暗。

ˈblack ˈEnglish 名 Ⓤ 黑人英語。

ˈblack ˈeye 名 1（因挨打而造成的）黑眼圈。2《通常作 a ～》《口》恥辱標記；不好的聲譽。

black-eyed [ˈblækˌaɪd] 形 黑眼珠的；（因挨打而造成的）眼圈發黑的。

ˈblack-eyed ˈSusan 名〖植〗黃雛菊：開黃花，中心部位呈黑色。

black·face [ˈblækˌfes] 名 1 扮成黑人的演員。2 Ⓤ〖印〗黑體字。

black-faced [ˈblækˌfest] 形 黑臉的，臉色沮喪的；〖印〗黑體字的。

black·fish [ˈblækˌfɪʃ] 名（複～, ～·es）1〖動〗黑鯨。2 黑魚：阿拉斯加及西伯利亞所產的一種食用小淡水魚。3 剛產卵的鮭魚。

ˈblack ˈflag 名《the ～》海盜旗。

ˈblack ˌfly 名〖昆〗蚋。

Black·foot [ˈblækˌfut] 名（複 -feet,《集合名詞》～）（北美印第安人的）布拉克佛特族，黑腳族：Ⓤ 黑腳族語。

ˈBlack ˈForest 名《the ～》黑森林：德國西南部的森林地區。

ˈBlack ˈFriar 名〖天主教〗道明會的修士。

ˈblack ˈgold 名 Ⓤ《口》石油。

ˈblack ˈgrouse 名〖鳥〗黑松雞。

black·guard [ˈblægɚd, ˈblægɑrd] 名 粗俗可鄙的人，下流的人；惡棍，流氓。

一動及 以穢語咒罵：The pot is ～*ing* the kettle.《諺》烏鴉罵豬黑；五十步笑百步。
一不及 耍無賴。～·ly 形 副，～·,ism 名U 惡棍的行爲。

black·head ['blæk,hɛd] 名1 黑頭粉刺，粉刺。2《方》頭部黑色的鳥。

black-heart·ed ['blæk,hartɪd] 形 壞心腸的，邪惡的。

'black 'hole 名1 牢房；禁閉室。2〖天〗黑洞。3 無止盡，絕望。

'black 'humor 名U黑色幽默。

'black 'ice 名U 黑冰，薄冰。

black·ing ['blækɪŋ] 名 U黑色鞋油；黑色塗料。

black·ish ['blækɪʃ] 形 稍黑的，帶黑色的。

'black 'ivory 名U《集合名詞》非洲奴隸買賣中被賣的黑人。

black·jack ['blæk,dʒæk] 名 1《美口》一種鉛頭黑皮短棒。2 海盜旗。3 大酒杯。4 U〖牌〗廿一點。
一動及 1 以鉛頭黑皮短棒打。2 脅迫《*into...*》。

'black 'lead [-lɛd] 名 U黑鉛，石墨。

black·leg ['blæk,lɛg] 名1U〖獸病〗黑腳病，腳炭疽。2（尤指賽馬、賭博的）騙子。3《英口》破壞罷工者。一動(-legged, ～·ging) 及《英口》1 拒絕支持（罷工等）。2 背叛；欺騙。一不及破壞罷工。

'black 'letter 名U〖印〗粗體鉛字。

black·list ['blæk,lɪst] 名 黑名單：put a person on the ～ 把某人列入黑名單。
一動及將…列入黑名單。

black·ly ['blæklɪ] 副黑暗地；憂鬱地；邪惡地；憤怒地。

'black 'magic 名U魔術，巫術。

black·mail ['blæk,mel] 名U〖法〗敲詐所得的錢財；敲詐恫嚇，勒索：levy ～ on... 向…勒索。一動 及 敲詐勒索；強行要求，強求《 *into doing* 》。
～·er 名勒索者。

'Black Ma'ri·a [-mə'raɪə] 名《口》囚車，運囚的無窗卡車。

'black 'mark 名黑點，污點。

'black 'market 名黑市。

black-mar·ket ['blæk'markɪt] 動 不及 從事黑市買賣。一及在黑市中販賣。

black·mar·ke·teer ['blæk,markɪ'tɪr] 名 黑市商人。

'Black 'Mass 名UC1 黑色彌撒：崇拜惡魔的人所舉行的彌撒。2《 b- m- 》黑彌撒，爲死者舉行的彌撒。

'Black 'Monday 名《學生俚》黑色星期一，放假後的第一個上學日。

'Black 'Monk 名《常作 b- m- 》黑衣教士，本篤會修士。

'Black 'Muslim 名黑人回教徒：1930年代以來，美國黑人回教徒運動的一員，倡導建立一個新的黑人國家。

black·ness ['blæknɪs] 名U1 黑；黑暗。2 陰鬱；邪惡。3 對黑人文化藝術傳統的禮讚。4= black humor.

black·out ['blæk,aut] 名 1（空襲時的）燈火管制；停電。2〖劇〗熄燈。3 (1)（飛行員暫時性的）意識喪失。(2) 記憶喪失。4 消息封鎖。

B

'Black 'Panther 名黑豹黨黨員：1960年代美國激進的黑人民權運動人士。

'black 'pepper 名 U黑胡椒。

'black 'powder 名U 黑色火藥。

'black 'power 名 U《常作 B- P- 》黑人權力運動。

'Black 'Prince 名《 the ～ 》⇨EDWARD 1

'black ,pudding 名 U C《英》= blood sausage.

'black 'Sea 名《 the ～ 》黑海：位於土耳其與烏克蘭之間。

'black 'sheep 名 (複～) 害群之馬：There is a ～ in every flock.《諺》每一個團體裡都有害群之馬。

'Black·shirt ['blæk,ʃɝt] 名黑衫黨黨員：穿黑色襯衫的義大利法西斯黨黨員。

black·smith ['blæk,smɪθ] 名 蹄鐵工；鐵匠。

black·snake ['blæk,snek] 名 1 黑蛇；黑色蛇的總稱。2《美》柔軟的大鞭子。

'black 'spot 名危險路段。

'Black 'Stream 名《 the ～ 》黑潮：流經臺灣東部，再流向日本東北方的太平洋暖流（亦稱 **Japan Current**）。

'black 'swan 名1〖鳥〗黑天鵝。2《喻》非常稀罕的東西。

'black 'tea 名U紅茶。

black·thorn ['blæk,θɔrn] 名〖植〗1 黑刺李：～ winter《英》刺李花開的寒冷冬天。2（北美產的）山楂屬植物。

'black 'tie 名1 黑領結。2 U男子宴會時所穿著的服裝。

black-tie ['blæk'taɪ] 形 要求來賓穿禮服打領結的：～ affair 正式宴會。

black·top ['blæk,tap] 名1U（鋪柏油道路用的）瀝青質原料。2 柏油道路。
一形鋪設柏油的。一動及以柏油鋪設。

'black 'walnut 名（北美產的）黑胡桃樹；黑胡桃；U黑胡桃木。

'Black 'Watch 名《英》蘇格蘭高地步兵團。

'black 'widow 名 黑寡婦：美國產的一種毒蜘蛛。

black·y ['blækɪ] 名(複 **black·ies**)《主英》黑人。

blad·der ['blædɚ] 名1〖解·動〗囊；膀胱。2〖病〗小疱，水疱。3〖植〗（海草的）氣囊。4 空氣袋，浮袋。5 膨脹的東西；驕傲的人：deflate the ～ of his ego 戳穿他的牛皮。

blad·der·wort ['blædɚ,wɝt] 名〖植〗狸藻類植物。

·blade [bled] 名1 刀口[刃，身]；劍；劍：

B

a razor ～ 剃刀的刃。**2** 扁平細長的葉子；葉身，葉片：a single ～ of grass 一片草葉。**3**（工具等的）薄而平的部分；（槳的）槳葉；（螺旋槳等的）扇葉；〖解〗肩胛骨；〖語音〗舌的前葉。**4** 時髦帥氣的青年，紈袴子弟。

in the blade 尚未吐穗的階段；趁著年輕時。

blae·ber·ry ['ble,bɛrɪ] 名(複 **-ries**)〖植〗《蘇·北英》歐洲越橘。

blah [blɑ] 名《美口》**1** Ⓤ胡扯瞎說。**2**《the～s》不舒服；抑鬱；無聊（亦稱 **blah-blah**）。一形 無聊的，枯燥無味的。

blain [blen] 名〖病〗膿疱，水疱，痘。

blam·a·ble ['bleməbḷ] 形 該責備的，該譴責的。**-bly** 副, ～**·ness** 名

:blame [blem] 動 (**blamed, blam·ing**) 及 **1** 歸咎於。**2** 責難，責備《*for..., for doing*》：Bad workmen ～ their tools.《諺》笨拙的工人怪工具不好。**3**《美俚·方》咒：*B-* it！見鬼！該死！

be to blame 該受譴責《*for...*》。

一名 Ⓤ **1** 責備，非難《*for...*》。**2**（失敗的）責任《*for...*》。**'blam·er** 名

blamed [blemd] 形《美俚·方》該死的，混帳的。一副 過分地，極度地。

blame·ful ['blemfəl] 形 應受責備的，該受譴責的：～ incompetence 應受責備的無能。～**·ly** 副

blame·less ['blemlɪs] 形 無可責難的，無過失的：a ～ life 清白的一生。

blame·less·ly ['blemlɪslɪ] 副 無過失地；清白地。

blame·wor·thy ['blem,wɝðɪ] 形 該受非難的，可咎責的。

blanch [blæntʃ] 動 及 **1** 漂白，使變白：～ sheets 把床單漂白。**2**〖園〗（遮陽）使（葉、莖等）變白；〖烹飪〗燙過使…去皮；燙過使…變白。**3** 使（臉色）變得蒼白。一不及 變白；發青《*at...*》。

blanch...over* / *blanch over... 掩飾。

blanc·mange [blə'mɑndʒ] 名 Ⓤ Ⓒ 牛奶布丁。

bland [blænd] 形 (～**·er,** ～**·est**) **1** 柔和的，和藹的：a ～ smile 溫柔的微笑。**2** 溫和的；無刺激性的；清淡而適口的：～ foods 無刺激性的食物。**3** 沒有趣味的；不動感情的。～**·ly** 副, ～**·ness** 名

blan·dish ['blændɪʃ] 動 及 以甜言籠絡，勸誘《*into...; out of...*》。

一不及 花言巧語，奉承。

～**·er** 名 奉承的人。～**·ing·ly** 副

blan·dish·ment ['blændɪʃmənt] 名《常作 ～s》諂媚（話），奉承（話）。

·blank [blæŋk] 形 (～**·er,** ～**·est**) **1** 空白的；尚未填寫的；（支票等）空白的：a ～ page 空白頁 / ～ endorsement（支票、票據的）無記名背書，空白背書。**2** 空的，空虛的；沒有裝飾的；缺少該有的：a ～ space 空間；空白。**3** 枯燥無味的；徒然的：a ～ existence 枯燥無味的生活 / ～ efforts 徒勞無功。**4** 無表情的；茫然的：present a ～ face 擺出一張毫無表情的臉。**5** 完全的：a ～ refusal 斷然的拒絕。一名 **1** 空白；空虛；空間。**2** 空白處，空欄。**3**《美》申請表。**4** 表示省略的橫線讀法。**5**《口、委婉》該死的。**6**（鑰匙等的）半成品，未加工品；空包彈。**7**〖射箭〗靶心，目標。

draw (a) blank《口》(1) 抽空彩。(2) 落空，失敗。

in blank 空白的，未填寫的。

一動 及 **1** 除去，刪掉《*off, out*》。**2**《美口》使無得分。

'blank 'cartridge 名〖武器〗空包彈。

'blank 'check 名 **1** 空白支票。**2** 無限制的權限，全權；自由處理權。

·blan·ket ['blæŋkɪt] 名 **1** 毯子，毛毯。**2**（狗等的）罩子。**3**《美·加》印第安人的外衣。**4**《a ～》（毯子般的）覆蓋物，一層《*of...*》。

born on the wrong side of the blanket《英》生為私生子。

stretch the blanket《口》說大話。

一動 及 **1** 用毯子蓋住；覆滿；《被動》覆蓋《*with...*》；置於毯中拋擲。**2** 掩蓋；使模糊；干擾（電波等）《通常與 ***out*** 連用》。**3**〖海〗（船）搶上風。**4**（法律等）適用於。一形 總括的，一律的。

blan·ket·ing ['blæŋkɪtɪŋ] 名 Ⓤ **1**《集合名詞》毛毯類。**2**〖無線〗受干擾。**3** 放在毯上拋擲。

blank·ly ['blæŋklɪ] 副 **1** 木然地；毫無表情地；茫然地。**2** 完全地；斷然地：～ reject an offer of help 斷然拒絕所提供的援助。

'blank 'verse 名 Ⓤ 無韻詩。

blare [blɛr] 動 不及 大聲作響《*out, forth*》。

一及 使（喇叭等）發出吵人的聲音，使高聲喧鬧；大張旗鼓地宣布《*out, forth*》。

一名 刺耳的響聲；耀眼的光。

blar·ney ['blɑrnɪ] 動 及 不及 諂媚；哄騙。

一名 Ⓤ 諂媚；欺騙，花言巧語。

'Blarney ˌStone 名《*the* ～》巧言石（愛爾蘭 Cork 市附近 Blarney 城堡中的一塊石頭，相傳吻此石後即口齒伶俐）：kiss *the* ～ 口齒變得伶俐。

bla·sé [blɑ'ze] 形《法》玩膩了的；厭倦人生的《*about ...*》。

blas·pheme [blæs'fim] 動 及 **1** 冒瀆，褻瀆。**2** 咒罵，中傷。一不及 說不敬的話《*against...*》。

-phem·er 名 咒罵者。

blas·phe·mous ['blæsfɪməs] 形 冒瀆的；不敬的。～**·ly** 副

blas·phe·my ['blæsfɪmɪ] 名 (複 **-mies**) **1** Ⓤ 褻瀆；瀆神。**2** 冒瀆的言詞[行為]。

·blast [blæst] 名 **1** 疾風，陣風：a ～ of cold air 一陣冷風。**2**（喇叭等的）響聲，一響；喇叭聲《*of, on...*》；突然發出的聲響：

sound a ～ on a horn 吹響號角。3 鼓風：at a ～ 鼓一次風地；口吹一次地；一口氣地。4 爆破；（一次爆破用量的）炸藥；ⒸⓊ爆炸氣流，衝擊波；《喻》（憎恨等的）爆發；《口》責難，攻擊。5《美俚》（醉後喧鬧的）宴會；狂喜；恍惚忘我的狀態。6Ⓤ（對動、植物的）瘟毒；《喻》災難。7〖棒球〗長打，全壘打。

at full blast 《口》鼓足風地；火力全開；盡全力地；儘可能大聲地。

in blast （鼓風爐等）在工作中。

—動及 1 使發出大聲響，吹。2 使枯萎，凋萎；破壞。3 爆破；以爆破方式除去《away, off》；炸出《out》。4《與 it 等連用》該死。5《俚》攻擊，公然指責；大敗（球隊等）；擊倒《down》。6〖棒球〗《美俚》擊得很遠；強攻猛打。—不及 1 大聲喊叫，發出巨響。2 爆破；《俚》開槍。3 枯萎，凋萎。4《美俚》猛烈攻擊《away》。5〖高爾夫〗從障礙窪洞中將球猛力擊出《out》。6《美俚》使用麻醉藥。

blast away (1) ⇨ 動 不及 4. (2) 連續射擊；嚴厲申斥《at...》。

blast...away / blast away... ⇨ 動及 3.

blast off (1) 發射升空；隨（火箭等）升空。(2)《俚》快速地離去；逃走。(3)《口》嚴厲地責備。

blast...off / blast off... (1) 發射。(2) ⇨動及 3.

blast·ed ['blæstɪd] 形 1 衰頹的；枯萎的；遭破壞的。2 該死的，可惡的。

'blast ˌfurnace 名 鼓風爐，熔礦爐。

'blasting ˌpowder 名 Ⓤ 黑色火藥，爆破炸藥。

blast-off ['blæstˌɔf] 名〖太空〗（火箭的）發射，升空。

blas·tu·la ['blæstʃulə] 名（複～s, -lae [-li]）〖胚〗胚囊，囊胚。

blat [blæt] 動 (～·ted, ～·ting) 不及（小羊等）鳴叫；發出大的響聲。

—及《口》輕率地高聲發表。

bla·tant ['bletn̩t] 形 1 厚顏無恥的；（謊言等）明顯的。2 喧嘩的；俗麗的。3〖詩〗（羊等）咩咩叫的。～·ly 副 不知恥地。**-tan·cy** [-tənsɪ] 名 Ⓤ 喧嘩；厚顏。

blath·er ['blæðɚ] 名 Ⓤ 廢話，胡言。

—動 不及 胡說。～·er 名

·blaze¹ [blez] 名 1 焰，火焰，火舌：in a ～ 旺盛地燃燒著。2 強烈的光，鮮豔的色彩《of...》：the ～ of the midday sun 正午耀眼的陽光 / He is in the ～ of glory.《喻》他正享受著榮耀。3（感情等的）爆發，激動《of...》：in a ～ of anger 怒火中燒。4《～s》《口》地獄。

—動 **(blazed, blaz·ing)** 不及 1 冒出火焰《away, out, up, forth》；燃盡《out》。2 發光，閃耀《with...》；熾晒《down》。3 勃然大怒《with...》；燃起《up》。4〖詩〗散發異彩。

—及 1《罕》使燃燒，燒。2 使…放光輝，使閃爍發光。3 明白地表示（感情）。

blaze away (1) ⇨ 動 不及 1. (2) 連續射擊《at...》。(3)《口》賣力地不停工作《at...》。(4) 喋喋不休地說。

blaze² [blez] 名 1（樹皮上的）刻痕。2（馬、牛臉上的）白點，白斑。—動及 在（樹）上刻記號；開拓（新道路、方法）《for, in...》。

blaze³ [blez] 動及《通常用被動》使眾所周知，傳開，公開宣布《abroad, about》。

blaz·er ['blezɚ] 名 1 鮮豔的運動夾克。2《口》發光體。3《美》（桌上或室外用的）小炊具。

blaz·ing ['blezɪŋ] 形 1 燃燒的；熾燃的；輝煌的。2 憤怒的。3《限定用法》明顯的，過火的：a ～ lie《英口》很明顯的謊言。

bla·zon ['blezn̩] 動及 1 宣揚；誇示。2 = blaze³. 3 解說，繪製。4 裝飾；使增添光彩。—名 1 盾形的徽章；徽章；徽章的解說。2 宣揚；誇示。

bla·zon·ry ['blezn̩rɪ] 名 Ⓤ 1 燦爛奪目的裝飾，華麗的景觀。2 徽章解說；徽章。

bldg. 《縮寫》*build*ing.

bleach [blitʃ] 動及 漂白；漂除《out》；使褪色《out》：～ out a stain 去除污點。—不及 變白。—名 Ⓤ 漂白劑；漂白的程度；漂白。

bleach·er ['blitʃɚ] 名 1 漂白者；漂白劑。2《通常作～s》露天座位，露天看臺。

'bleaching ˌpowder 名 Ⓤ〖化〗漂白粉。

bleak [blik] 形 1 無遮蔽的；荒涼的；蕭瑟寒冷的：a ～ winter day 蕭瑟寒冷的冬日。2 淒涼的，消沉的；黯淡的。

～**·ly** 副, ～**·ness** 名

blear [blɪr] 動及 使（眼睛）模糊不清。

—形（因流淚而）看不清的；朦朧的。

—名 Ⓤ《偶作 a ～》（視力等的）模糊不清；朦朧。～**·ed·ness** ['blɪrɪdnɪs] 名

blear·y ['blɪrɪ] 形 **(blear·i·er, blear·i·est)** 1 視力模糊不清的《with...》。2 朦朧的。3 疲倦的。**blear·i·ly** 副, **blear·i·ness** 名

blear·y-eyed ['blɪrɪˌaɪd] 形 1 視力模糊不清的。2 視力遲鈍的。

bleat [blit] 動 不及（羊等）鳴叫；以微弱的聲音說話；哭訴《about...》。—及 絮絮叨叨地說《out》。—名（羊等的）鳴叫聲；愚蠢的抱怨話語。

bleat·er ['blitɚ] 名 鳴叫的羊。

bleb [blɛb] 名 水疱；水泡，氣泡。

:bled [blɛd] 動 **bleed** 的過去式及過去分詞。

:bleed [blid] 動 **(bled, ～·ing)** 不及 1 流血《from, at...》；（內）出血《from...》：～ profusely 大量出血 / ～ internally 內出血。2 受重傷，犧牲：～ for the revolution 為革命而流血。3 從切口流出樹液[樹脂]；（顏料）滲出，滲開。4 悲痛《for...》；（心）淌血《at...》。5《俚》被敲詐鉅額金錢《for...》。

B

—因1 抽血，放血；使流出。2 採取（樹）液《of...》；敲詐（金錢等）《of, for...》：～ a tire (*of* air) 將輪胎中的空氣放出。
bleed white ⇨ WHITE形（片語）

bleed·er ['blidɚ] 名1 容易出血的人；血友病患者；放血醫師。2《俚》詐騙他人錢財者；放高利貸的人；食客。3《英俚》《通常爲蔑》傢伙，人；惡棍，流氓；《a ～》麻煩《of...》。

bleed·ing ['blidɪŋ] 名 U 1 出血；〖醫〗放血。2〖印·染色〗滲色。—形 1 流血的，出血的；《喻》令人想到流血的。2《英俚》= bloody 4.

'bleeding 'heart 名 1〖植〗荷包牡丹。2《蔑》假同情者。

bleep [blip] 動 不及 發出「嗶—」的聲音；以「嗶—」的聲音洗掉；以「嗶—」的鳴聲通知《for...》。—及以「嗶—」的聲音呼叫。
—名「嗶—」音。
～**·er** 名 無線電呼叫器。

blem·ish ['blɛmɪʃ] 動及 損傷，玷污，損害。—名（實物的）瑕疵；污點；（道德上的）缺點：a ～ on one's record 某人紀錄上的污點。

blench[1] [blɛntʃ] 動 不及 退縮，畏縮。

blench[2] [blɛntʃ] 動 及 不及 1（因寒冷等而）變蒼白《with...》。2（使）變白。

:**blend** [blɛnd] 動（～**·ed** 或《尤詩》**blent**, ～**·ing**）及 1（均勻地）混合《together》；摻合《with...》；混雜在一起：～ milk and flour (*together*) 將牛奶與麵粉調和。2 使協調《with...》：～ the house *with* its surroundings 使房子與其環境協調。—不及 1 混雜。2 混合；融洽《with...》。3 調和；融合《into, with...》。
—名1 混合（法）；混合物；融合。2〖語言〗混成語，混合詞。

blende [blɛnd] 名 U 閃鋅礦；硫化物。

'blended 'whiskey 名 U C 混合威士忌酒。

blend·er ['blɛndɚ] 名 混合的人[物]；混合器，攪拌器；果汁機。

blend·ing ['blɛndɪŋ] 名 1 U 混合，調合（法）。2 U〖語言〗（字、片語、句子的）混成；C 混成語字。

Blen·heim ['blɛnəm] 名 布藍姆：德國西南部濱多瑙河的村落，爲一古戰場。

'Blenheim 'spaniel 名 布藍姆大耳犬。

blen·ny ['blɛnɪ] 名（複**-nies**）〖魚〗鮎魚。

blent [blɛnt] 動《尤詩》**blend** 的過去式及過去分詞。

·**bless** [blɛs] 動（～**ed** 或 **blest**, ～**·ing**）及 1 祝福，降福於；《通常用被動》賜予《with...》。2 畫十字聖號祝福（某人）。3 崇敬，讚美，頌揚《for...》。4 使神聖化：～ oneself 在胸前劃十字；慶幸。5《古》《祈願》保佑《from...》。6《反語》全然不，絕對不。

Bless you！《表示驚訝、憤怒等》糟糕！唉呀！我的天哪！
(God) bless you！(1) ⇨ 動 及 1. (2) 謝謝！(3)（對打噴嚏的人說）請多保重！
have not a penny to bless oneself with 一文不名。
Well, I'm blessed！哎呀！嚇我一跳！真沒想到！
～**·er** 名, ～**·ing·ly** 副

bless·ed ['blɛsɪd] 形（亦稱〖詩〗**blest** [blɛst]）1 神聖的，淨化了的；受神祝福的：the ～ land 天國。2 受惠的《with...》；幸運的：be ～ *with* good health 幸而有良好的健康。3 值得慶幸的，可喜的：the ～ rain following a drought 久旱之後的甘霖。4《口》《反語》可惡的，該死的。5《口》《強調》：every ～ day 每一天，天天。
of blessed memory 已故了的。
～**·ly** 副 幸運地。

bless·ed·ness ['blɛsɪdnɪs] 名 U 幸福，福祉：single ～ 單身（之福）。

'Blessed 'Sacrament 名《the ～》〖教會〗聖餐禮。

'Blessed 'Virgin 名《the ～》聖母瑪利亞。

·**bless·ing** ['blɛsɪŋ] 名1（神的）恩惠，祝福；恩賜；慈悲，恩典：a ～ in disguise 塞翁失馬，焉知非福。2（神職人員所給的）祝福，祈禱。3 禮拜，禱告。4《反語》非難，叱責；咒罵：give a ～ 申斥。5 U 同意，贊成。

blest [blɛst] 動 **bless** 的過去式及過去分詞。
—形 = blessed.

bleth·er ['blɛðɚ] 名，動 不及 = blather.

:**blew** [blu] 動 **blow**[2] 的過去式。

blight [blaɪt] 名 1 U〖植病〗枯萎病。2 破滅的原因；使希望破滅的事物：cast a ～ on a person's hopes 使某人的希望蒙上一層陰影。3 U（都市環境的）敗壞，荒敗。
—動 及 1 使枯萎。2 使破滅；摧毀。
—不及 枯萎；受摧毀。～**·ing·ly** 副

blight·er ['blaɪtɚ] 名1《英俚》卑鄙下流的人，混蛋；無價值的人；傢伙。2 造成摧殘的人[物]；加害者。

bli·mey ['blaɪmɪ] 感《英粗》《表示輕微的驚異》哎呀！嘖嘖！

blimp [blɪmp] 名 1（觀測用）小型軟式飛船；《口》飛船。2（亦稱 **Colonel Blimp**）《B-》傲慢且頑固的保守分子。
～**·ish** 形 傲慢且保守的。

:**blind** [blaɪnd] 形 1 失明的，盲的；供盲人用的；《the ～》《名詞》瞎子：a ～ school 盲人學校 / education for *the* ～ 盲人教育 / be (as) ～ as a bat 完全看不見 / turn a ～ eye to... 假裝沒看見，視若無睹 / None are so ～ as those who will not see.《諺》最瞎的人是不想看的人。2 不願去了解的，沒有發覺的《to...》。3 盲目的；缺乏理性的：～ obedience 盲目的順從 / by ～ chance

完全偶然地 / in (one's) ～ haste 慌慌張張地。**4** 沒有出口的；視野不廣的；堵死的。**5** 模糊的；身分不明的；匿名的。**6** 無意識的；《俚》喝醉了的：be ～ to the world 爛醉如泥。**7**〖空〗單憑儀表操縱的：～ flight 靠儀器的飛行。**8**〖植〗不結果實的。

Blind Freddie could see that! 再蠢的人也知道！

—副 **1** 盲目地；無遠見地，蠻幹地。**2**《口》失去知覺地。**3** 單憑儀器。

—動及 **1** 使失明；弄瞎；把眼睛弄花。**2**《喻》蒙蔽，欺瞞；使昏聵；使失去判斷力《*to...*》。**3** 使隱蔽，使變暗；使黯然失色；遮去《*from...*》。

—不及《英俚》瞎開車《*along*》。

—名 **1**《常作～**s**，作單數》百葉窗（《美》window shade）；遮陽之物；《～**s**》（馬的）眼罩。**2**《**a** ～》障眼物；隱瞞手段；藉口《*for...*》。**3**《主美》（獵人的）埋伏處。**4**《俚》痛飲，鬧飲。**5** 誘餌，囮子。

'blind 'alley 名 死巷；絕路；困境；無前途的工作。

'blind 'date 名《口》盲目約會（未曾謀面的男女經第三者介紹而作的約會）；盲目約會的赴約者。

blind·er ['blaɪndɚ] 名 **1**《常作～**s**》《美》馬眼罩。**2**《～**s**》妨礙視覺的東西。**3**《英俚》喧鬧的酒宴：go [be] on a ～鬧飲。**4**《英俚》（足球賽等中）令人難忘的表演。

blind·fold ['blaɪnd,fold] 動及 **1** 蒙住眼睛，遮住視線。**2** 使迷惑；使判斷模糊《*to...*》。

—名 蒙眼睛的布；妨礙視覺的東西。—形 **1** 蔽目的；被蒙蔽的。**2** 顧前不顧後的。

—副 **1** 蔽目地；被蒙蔽地。**2** 莽撞地，胡亂地。

'blind 'gut 名 盲腸。

blind·ing ['blaɪndɪŋ] 形 **1** 使人看不見的；使人目眩的：a ～ day 陽光刺眼的大晴天。**2** 使人昏聵糊塗的。—名（補路的）碎石子。

blind·ly ['blaɪndlɪ] 副 **1** 似盲地，摸索地；盲目地，胡亂地。**2** 路不通地。

'blind·man's 'buff ['blaɪnd, mænz-] 名 U 捉迷藏。（亦稱 blindman's bluff）。

blind·ness ['blaɪndnɪs] 名 U **1** 盲，失明。**2** 盲目；無辨別力。

blind·side ['blaɪnd,saɪd] 動及 **1** 側撞。**2** 遭到突擊。

blind ˌspot 名 **1**〖解〗（網膜的）盲點。**2**《喻》盲點。**3** 收視效果不佳的地區；觀看效果不佳處，死角。

blind·sto·ry ['blaɪnd,storɪ] 名〖建〗悶樓，暗樓。

blind 'trust 名〖法〗絕對信託。

blind·worm ['blaɪnd,wɝm] 名〖動〗**1**（歐洲產的）無腳蜥蜴。**2**（馬來群島產的）蜥蜴。

·blink [blɪŋk] 動不及 **1** 眨眼；眨眼[瞇眼]看《*at...*》。**2** 閃爍；（一閃一閃地）逐漸衰弱；中斷《*out*》。**3** 寬容，無視，假裝沒看見《*at...*》：～ *at* another's mistakes 寬容他人的過失。**4** 感到驚訝，感到困惑。

—及 **1** 眨（眼）；使看不見；眨眼將（眼淚、異物等）除去《*away, back*》。**2** 使…閃爍。**3** 假裝沒看見；規避。

—名 **1** 眨眼；忽明忽滅；閃爍之光。**2**《主蘇》一瞥。**3** 反射光。

on the blink《俚》情況不良的，出毛病的；不舒服的；無生命力的；即將嚥氣的。

blink·er ['blɪŋkɚ] 名 **1** 眨眼睛的人；視力朦朧的人。**2** 閃光警示燈；《美》（汽車的）方向指示燈（《英》winkers）。**3**《通常作～**s**》《主英》（馬的）眼罩（《美》blinders, blinds）：be in ～*s*《喻》對周圍的事情一無所知。**4**《～**s**》護目鏡。**5**《俚》眼睛。—動及 使無法看見；蒙蔽。

blink·ing ['blɪŋkɪŋ] 形 **1** 眨眼的；閃爍的。**2**《英俚》討厭的，混蛋的；完全的。～**·ly** 副

blin·tze ['blɪntsə] 名《美》薄煎餅。

blip [blɪp] 名 **1**（雷達上映出的）影像，光點。**2**「嗶」的聲音；快而尖的響聲。

—動 **(blipped, ～·ping)** 不及 發出「嗶—」的聲音。—及 打，摑；〖視〗消去《*from...*》。

·bliss [blɪs] 名 U **1** 無上幸福，至福。**2**〖神〗天上的喜悅；天國，樂園。

bliss·ful ['blɪsfəl] 形 幸福的，充滿幸福的；帶來幸福的。

blis·ter ['blɪstɚ] 名 **1** 水泡；（油漆後表面產生的）浮泡；（玻璃的）氣泡。**2**《俚》人；無吸引力的女人。—動及 **1** 使起水泡；使起氣泡。**2** 嚴懲；猛烈地批評。

—不及 起水泡；起氣泡。

blis·ter·ing ['blɪstərɪŋ] 形 **1** 引起水泡的；炙熱的：a ～ sun 灼熱的太陽。**2** 惡毒的，尖刻的；猛烈的。

blithe [blaɪð] 形 **1**〖詩〗快活的；輕快的；興高采烈的。**2** 不關心的，不注意的。～**·ly** 副

blith·er·ing ['blɪðərɪŋ] 形 胡說八道的；絕頂的，頭號的：a ～ idiot 大傻瓜。

blithe·some ['blaɪðsəm] 形〖詩〗= blithe.

blitz [blɪts] 名 **1**〖軍〗《口》閃電戰；閃電式攻擊，密集式空襲；《**the B-**》倫敦大空襲。**2**〖美足〗擒抱對方帶球跑之球員。**3**《口》大宣傳。—動及《口》閃電攻擊，猛攻。—不及〖美足〗《俚》擒抱對方帶球跑的球員。

blitz·krieg ['blɪts,krig] 名 = blitz 名 1.

bliz·zard ['blɪzɚd] 名 **1** 暴風雪；大風雪。**2** 雪片似地飛來。

bloat [blot] 動及 **1** 使鼓起，使膨脹《*with...*》：～ out the pages of a book *with* long lists of words 以長串的單字表使書的

B

頁數增多起來。**2** 使自負。**3** 醃燻。
—[不及]鼓脹；腫起；得意忘形。

bloat·ed ['blotɪd] [形]**1** 鼓起的，鼓脹的《*with...*》: a face ~ *with* fatigue 因疲勞而浮腫的臉。**2** 趾高氣昂的，傲慢的《*with...*》: be ~ *with* pride 驕氣十足。**3** 醃燻的。

bloat·er ['blotɚ] [名]**1** 醃燻鯡魚。**2**〖魚〗(北美五大湖產的) 鯖魚。

blob [blɑb] [名]**1** 水滴，泡；(黏糊糊的圓形) 小塊。**2** 污漬，污斑：a ~ of ink 墨水的污點。**3** 輪廓不清的東西。**4** 傻瓜；(樂器) 不準的音。

bloc [blɑk] [名]**1** 集團：~ economy 集團經濟。**2**《美》(超黨派的) 議員集團。

:block [blɑk] [名] **1** 塊，大塊；角石，石料；塊料，砌塊：concrete ~*s* 混凝土塊 / carry the ice in very big ~*s* 搬運大塊的冰。**2** (1) 木墩，砧板；腳架；造船臺；拍賣臺；帽模，帽楦：go on the ~《美》被拿出來拍賣。(2)《**the** ~》(木造的) 斷頭臺：be sent to *the* ~ 被處以斬刑。(3) (木版畫的) 木刻版；〖印〗凸版。**3** (1)《主美·加》街區；街區的邊距：walk three ~*s* over 走過三個街區。(2)《主英》大建築物：a ~ of flats 一棟公寓(《美》an apartment house)。**4** (交通的) 阻礙(物)，障礙(物)《*against, to...*》；被阻礙的狀態，堵塞：a traffic ~ 交通阻塞 / the biggest ~ *against* equal status for women 實現男女平等的最大障礙。**5** (1)〖精神醫〗阻滯；〖病〗(神經等的) 阻斷。(2)〖運動〗對對手行動的阻擋。(3)〖英議會〗《口》議事阻礙。(4)〖鐵路〗閉塞 (區間)。**6** (股票等的) 一組，一套，一批，一疊：five ~*s* of stamps 五疊郵票。**7**《美》積木 (《英》brick)。**8**〖機〗滑車，滑輪組。**9**〖電腦〗塊。**10** 笨蛋；《俚》頭：off one's ~《英俚》發瘋的 / knock a person's ~ off 給某人吃苦頭；痛揍某人。
cut blocks with a razor 剃刀砍木頭，用非其當。
in (the) block 總括的，總之。
—[動][及]**1** 封鎖，堵塞《*up, off*》。**2** 妨礙；阻撓；阻擾通過。**3**《通常用被動》〖經〗凍結，封鎖。**4** 用模型定形。**5** 擬定概要；描繪輪廓《*out, up, in*》；〖劇〗設計《*out*》。**6**〖運動〗阻擋。**7** 使麻醉；〖醫〗(以麻醉法) 阻斷。
—[不及] **1**〖運動〗阻擋對方。**2**〖劇〗排練。
block...in / block in... (1) ⇨ [動][及] 5. (2) 阻塞。(3) 妨礙通行。(4) 堵塞，閉鎖。
block...out / block out... (1) ⇨ [動][及] 5. (2) 遮暗，弄暗。(3) 區劃。
block...up / block up... (1) ⇨ [動][不及] 1. (2) ⇨ [動][及] 5. (3) 放在木墩上；放在船臺上。

·block·ade [blɑ'ked] [名]**1**〖軍〗封鎖，圍困；封鎖部隊：lift the ~ 解除封鎖。**2** 障礙(物)；《主美》(因冰雪等引起的) 阻斷。
—[動] (**-ad·ed, -ad·ing**) [及] 封鎖；阻礙。

block·ade-run·ner [blɑ'ked,rʌnɚ] [名] 突破封鎖線者[船]；偷渡者[船]。
-ning [名]

block·age ['blɑkɪdʒ] [名] [U][C] 封鎖 (狀態)；障礙；〖心〗抑制反應。

'block and ,tackle [名] 滑車裝置，滑輪組。

block·bust·er ['blɑk,bʌstɚ] [名] **1**《口》巨型炸彈。**2** 有巨大影響力的事物，特別神通廣大的人。**3**《美》從事 blockbusting 的不動產投機者。**4** 鉅資拍攝的電影，賣座電影或暢銷書。
~**·ness** [名][U] 壓倒性效果。

block·bust·ing ['blɑk,bʌstɪŋ] [形] 極具影響力的。—[名][U]《美》使白人因害怕黑人遷入而低價拋售房地產的投機手法。

'block ,capitals [名]〖印〗黑體大寫字母。

block·head ['blɑk,hɛd] [名] 笨蛋，蠢貨。
~**·ed** [形], ~**·ism** [名][U] 愚行。

block·house ['blɑk,haʊs] [名] (複 **-hous·es** [-zɪz]) **1**〖軍〗碉堡。**2** (發射火箭時容納及保護人員、電子控制設備的) 圓頂建築物。

block·ish ['blɑkɪʃ] [形] **1** 似木頭的。**2** 愚鈍的，糊塗的。

'block ,letters [名] **1**〖印〗黑體字體。**2** 正楷字體。

'block ,plane [名]〖木工〗小型橫紋鉋。

'block ,print [名] 版畫，木版畫。

'block ,signal [名]〖鐵路〗閉塞號誌(機)。

'block ,system [名]〖鐵路〗閉塞系統。

block·y ['blɑkɪ] [形] (**block·i·er, block·i·est**) **1** 結實的，矮而壯的。**2**〖攝〗濃淡不均的。

blog [blɔg] [名]〖電腦〗部落格，網誌：在網路張貼文章 (的行為)。

bloke [blok] [名]《英口》男子，傢伙。

·blond, 《女性形》**blonde** [blɑnd] [形] **1** (頭髮) 金色的；白晰的；金髮白膚碧眼的。**2** (家具) 淺色的。—[名] **1** 金髮白膚者。**2** [U] 原色絲花邊。

:blood [blʌd] [名]**1** [U] 血，血液；活力的泉源；生命：a drop of ~ 一滴血 / let ~〖醫〗放血 / shed one's ~ for a cause 為某項目標灑熱血。**2** [U] 血氣，熱情；氣質，精神狀態：bad ~ 仇恨 / in hot ~ 勃然大怒地 / in cold ~ 冷酷無情地 / make a person's ~ boil 激怒某人 / excite a person's ~ 使某人情緒激昂。**3** [U] 血統，家系；血緣；《通常作 **the** ~》高貴血統，名門；《集合名詞》成員；〖畜〗純種：blue ~ 貴族血統 / fresh ~ 新加入者，新血輪 / a lady of (noble) ~ 名門閨秀，貴婦人 / *B*- is thicker than water.《諺》血濃於水；近客不如遠親。**4** [U] 流血，殺人 (罪)：deeds of ~ 殺人行為。**5**《主英》血氣方剛的人；花花公子。**6**《常作 ~**s**》《英俚》驚險小

說。

draw blood 造成傷害，使痛苦。

get blood from a stone ((否定句、疑問句)) 勉強去做不會有結果的事。

have a person's blood on one's head 應對某人的死亡或不幸負責任。

sweat blood (1) 揮汗工作。(2) 焦急等待；焦躁不安。

taste blood (1)（獵犬等）嘗到血的味道。(2)((喻)) 初次體驗；嘗到甜頭；達成宿願。

一動及((通常用被動)) **1**〖狩〗使初嘗血味。**2** 使具有初次作戰經驗。

'blood and 'thunder 名 U刺激性；刺激而低俗的電影[小說，戲劇]。

'blood-and-'thunder 形((限定用法))（電影等）低俗的；充滿血腥暴力的。

'blood 'bank名血庫。

'blood(-) ˌbath 名（戰爭所造成的）浴血，大屠殺。

'blood(-) 'brother 名 **1** 親兄弟。**2** 血盟兄弟，結拜兄弟。

'blood 'cell名（複）血球。

'blood 'count名血球數；血球數測定。

blood·cur·dling ['blʌd,kɝdlɪŋ] 形令人毛骨悚然的。

'blood ˌdebt 名血債。

'blood doˌnation 名U捐血。

'blood ˌdonor名捐血者。

blood·ed ['blʌdɪd] 形 **1** ((通常作複合詞)) …血的：cold-*blooded* animals 冷血動物。**2** 純種的。

'blood 'feud 名UC 世仇。

'blood ˌgroup 名血型。

blood·guilt·y ['blʌd,gɪltɪ] 形殺過人的；犯殺人罪的。

'blood ˌhorse 名純種馬。

blood·hound ['blʌd,haʊnd] 名**1** 嗅覺敏銳的警犬。**2**((口))機警執拗的追蹤者；偵探。

blood·less ['blʌdlɪs] 形 **1** 無血色的，蒼白的；無生氣的。**2** 免於流血的。**3** 冷酷的，無情的；冷血的。～**·ly**副, ～**·ness**名

blood·let·ting ['blʌd,lɛtɪŋ] 名U **1**〖醫〗放血，瀉血。**2**((謔)) 流血。

blood·line ['blʌd,laɪn] 名血統，血系。

blood·mo·bile ['blʌdmə,bil] 名 巡迴捐血車。

'blood ˌmoney 名U **1** 殺人酬金，血腥錢。**2**（償付給被害者家屬的）補償金。

'blood ˌplasma名U 血漿。

'blood ˌpoisoning 名U敗血症。

'blood 'pressure名UC 血壓。

'blood ˌpudding 名= blood sausage.

'blood ˌpurge 名血腥整肅。

blood-red ['blʌd'rɛd] 形 血紅的；血染的。

'blood re'lation 名血族，血親。

'blood 'relative 名= blood relation.

'blood re'venge 名報血仇。

blood·root ['blʌd,rut] 名〖植〗血根草：北美原產的一種罌粟科植物。

'blood 'royal 名((the ～))((集合名詞))皇族。

'blood ˌsausage 名UC一種含豬血的黑香腸。

'blood ˌserum 名= serum **1**.

blood·shed(·ding) ['blʌd,ʃɛd(ɪŋ)] 名U **1**（戰爭、革命中的）屠殺，殺戮。**2**（因受傷而）流血。

blood·shot ['blʌd,ʃɑt] 形（眼睛）充血的，血紅的。

'blood ˌsport 名可能發生流血的運動，流血的娛樂（如鬥牛、狩獵等）。

blood·stain ['blʌd,sten] 名血痕，血跡。

blood·stained ['blʌd,stend] 形 **1** 血染的，血腥的，有血痕的。**2** 殺過人的。

blood·stock ['blʌd,stɑk] 名U((集合名詞))純種馬。

blood·stone ['blʌd,ston] 名U C〖寶石〗血玉髓，血石。

blood·stream ['blʌd,strim] 名UC（體內的）血流。

blood·suck·er ['blʌd,sʌkɚ] 名**1** 吸血動物，（尤指）水蛭。**2** 榨取者，吸血鬼；放高利貸者。**3** = sponger 2.

'blood ˌsugar 名U血糖。

'blood ˌtest名驗血。

blood·thirst·y ['blʌd,θɝstɪ] 形 以血充飢的；殘忍的；（旁觀者等）喜好流血的，嗜殺的。**-i·ly**副

'blood transˌfusion 名UC 輸血。

'blood ˌtype 名血型。

'blood ˌvessel 名C血管。

·blood·y ['blʌdɪ] 形 **(blood·i·er, blood·i·est) 1** 血的；血一樣的；血染的，血跡斑斑的。**2** 流血的，血腥的；殘酷的。**3**((口))（人）難應付的，難協調的；頑固的；乖僻的；（事）不當的，糟透的；盡是缺點的。**4**((英俚))可惡的，可憎的，該死的；十足的。

一副((英俚))可憎地，該死地；非常地：a ～good actress 真是個極出色的女演員 / I'm ～ lucky. 我真走運！一動 **(blood·ied, ～·ing)**及使沾上血跡；使出血。

'Bloody 'Mary 名 **1**UC血腥瑪麗：伏特加酒和番茄汁混合的一種雞尾酒。**2** ⇨ MARY 3.

blood·y-mind·ed ['blʌdɪ'maɪndɪd] 形((英俚))存心阻撓的，不願合作的；殘忍的；乖戾的；易怒的。

'bloody 'shirt 名((the ～)) **1**((美))（煽動復仇情緒的）染血襯衫（象徵南北間的敵意）：wave *the* ～ 激起敵意。**2** 激起復仇情緒之物。

:bloom [blum] 名 **1** 花；U((集合名詞))（一整株樹上或整個庭院中）全部的花：the ～ on the bush 灌木上盛開的花朵。**2** U開花（期）：spring into ～ 開花 / be in full ～（花）正在盛開。**3**((the ～))全盛

期：*the* ～ of youth 青春年華 / be in *the* ～ of health 正值身體最強壯時。4 Ⓤ 色澤，粉紅色；光澤，光彩；〖植〗粉衣：take the ～ off ...《口》削減…的新鮮感。—動 不及 1（花）開。2 繁榮，興盛；閃爍生輝；（女性）散發出（美豔等）《*with...*》；成長爲（美麗健康的人）《*into...*》：～ *into* a beautiful woman 長成一個大美人。3 失去光澤。—及 使開花；使繁盛；使生輝。

bloom·er[1] ['blumɚ] 名 1《～s》燈籠褲；燈籠型女襯褲。2 燈籠式服裝。

bloom·er[2] ['blumɚ] 名《英俚》大錯誤，大失策。

bloom·ing ['blumɪŋ] 形 1（花）盛開的。2（人、容貌等）年輕美麗的，青春的。3 繁榮的，興盛的。4《英俚》該死的，可惡的；十足的。

～**·ly** 副

bloom·y ['blumɪ] 形 (**bloom·i·er, bloom·i·est**) 1（花）盛開的，茂盛的。2〖植〗（果實等）附有粉衣的。

bloop·er ['blupɚ] 名 1《美口》（在廣播、電視節目中等）說錯話，說溜了嘴。2〖棒球〗⑴打擊者擊出的緩慢高飛球。⑵慢速變化球。

:blos·som ['blɑsəm] 名 1 花（尤指果樹的花）；《通常作 **a** ～, **the** ～》《集合名詞》（一整棵樹上）全部的花。2 Ⓤ 開花（期）：be in full ～ 盛開。3《**the** ～》少壯（時代）：*the* ～ of youth 青春年華。4（似花般）美麗可愛的人[物]：my little ～ 我可愛的孩子；我的戀人。

—動 不及 1（花朵）開放《*forth, out*》。2 繁盛，發展（成…）《*out / into...*》：～ *(out)into* a beautiful girl 長成爲美女。

blos·som·y ['blɑsəmɪ] 形 似花一般的；花開得很茂盛的，繽紛的。

:blot[1] [blɑt] 名 1 污痕，污漬《*on...*》：an ink ～ *on* the envelope 信封上的墨漬。2（人格、名聲等的）瑕疵，污點《*on...*》：a ～ *on* the landscape 有礙觀瞻的東西。

—動 (～**·ted**, ～**·ting**) 及 1 使…弄上污點；（以…）弄髒《*with...*》；玷污（名譽、人格等）：～ the page 弄髒書頁 / ～ one's family name 有辱門楣 / ～ one's copybook《口》（因輕佻的行爲而）損壞自己名聲。2 遮蔽（景色等）；使昏暗，使變模糊《*out*》。3 吸乾墨跡；吸乾（液體）；拭去（污漬等）《*up*》；《喻》把…忘掉。

—不及 弄污；滲開。

blot...out / blot out... ⑴ ⇒ 動 及 2. ⑵ 塗抹掉（字跡）。⑶ 消除（記憶等）；完全摧毀（敵人、城市等）；《美俚》消滅。

blot[2] [blɑt] 名（議論、行爲的）弱點：hit a ～ 打擊弱點。

blotch [blɑtʃ] 名 1 大污漬，斑污。2 疱，疙瘩；（植物的）病斑。—動 及 以污點弄髒。

～**·y** 形 斑斑點點的；布滿污漬的。

blot·ter ['blɑtɚ] 名 1 吸墨紙，吸墨用具。2（交易、事件的）記錄簿：a police ～（警察的）意外事故記錄簿。

'blotting ˌpaper 名 Ⓤ 吸墨紙。

blot·to ['blɑto] 形《俚》爛醉的。

·blouse [blaʊs, blaʊz] 名 1（婦女、小孩所穿著的）寬鬆上衣；外套。2（舒適的）工作服；軍便服的上衣。

:blow[1] [blo] 名 1（對身體某一處的）毆打，捶打，一擊《*to, on, in...*》；《常作 ～**s**》互毆《*with...*》：a ～ *in* the stomach 打在腹部上的一拳 / give a ～ *to* a person's chin 揍某人下巴一拳 / be at ～*s* 正在互毆。2（意外的）衝擊；災害，不幸；（精神上的）打擊：a ～ to one's pride 對自尊心的打擊 / strike a ～ at a person's confidence 打擊某人的信心。

:blow[2] [blo] 動 (**blew, blown,** ～**·ing**) 不及 1（風）吹：The fresh air ～*s* in. 新鮮空氣吹了進來。/ The storm *blew* up. 暴風雨颳起來了。2（物）被風吹起：The door *blew* shut. 門被風吹得關上了。/ The roof *blew* off the house. 屋頂被風颳走了。3 喘氣；（在…上面）吹氣《*on...*》；（鯨類）噴水：puff and ～ 氣喘吁吁。4 發出聲響；鳴（汽笛），吹奏（管樂器）《*on, into...*》：～ *into* a trumpet 吹奏喇叭。5 熔斷，燒掉；爆裂；被吹熄《*out*》。6《主美·澳》《口》自誇，吹牛《*about...*》。7《俚》（突然）離開，走掉。

—及 1 將…吹動《*away, off*》；將…吹倒《*in, down*》：A south wind *blew* the smoke away. 南風把煙吹散。/ The hut was *blown down* by the gale. 小屋被風吹垮了。/ It is an ill wind that ～*s* nobody good.《諺》對任何人都沒有好處的事，才真是壞事。2 將…吹到（物品、人）上《*on, over / over, into...*》；吹散；《主口》《喻》拋開（煩惱、困難等）《*off, away*》；將（水等）（由口鼻等處）吹出：～ one's nose 擤鼻涕 / The elephant *blew* water *over* them. 象對著他們噴水。3 吹奏，按響，鳴：～ the horn of the car 按響汽車喇叭。4 將…吹脹起來《*up*》；吹製，將…吹成（某種狀態）；（人）吹出…：～ *(up)* a balloon full of air 吹脹氣球。5 破壞，使爆炸《*up, out*》；使熔斷，使爆裂，將…吹熄《*out*》：～ one's brains *out*（用槍）把腦袋打開花。6 宣揚，傳播（謠言）；《俚》洩漏（祕密）。7《俚》= damn, curse：*B-* it! 混蛋！討厭！/ I'm ～*ed* if I know it. 誰知道那件事啊！8《俚》（玩撲克牌等時）賭（錢）；投注（大量金錢）；揮霍（錢財）《*on, at...*》；爲（人）花錢（於…）《*to...*》：I *blew* twenty dollars *on* a steak. 吃一頓牛排花了我 20 塊錢。9《俚》（因過錯而）搞砸，弄壞：blown save（棒球投手）救援失敗。10《美俚》突然離開：～ town 忽然離城。

blow a gasket 勃然大怒，非常生氣。

blow one's cool 失去冷靜，急躁。
blow hot and cold 情緒反覆無常，拿不定主意。
blow in (1) ⇨ 動 不及 1. (2) ((口))突然來訪：～ *in* on a person 忽然拜訪某人。
blow...in / blow in... (1) ⇨ 動 及 1.(2) ((美俚))揮霍，浪費（金錢）。
blow into... 突然出現在（尤指某城鎮）。
blow it (1) ⇨ 動 及 7. (2) ((美俚))弄糟，搞砸。
blow a person's mind (1)（話等）使…興奮；使…吃驚。(2)（藥等）使某人產生幻覺。
blow off （蒸氣等）噴出。
blow...off / blow off... (1) ⇨ 動 及 1. (2) 發洩（精力、感情等）。
blow on... ((英口)) 處罰（犯規的選手）。
blow over (1) ⇨ 動 不及 1. (2)（暴風雨等）平息下來，過去。(3)（事件等）被遺忘，消逝。
blow up (1) ⇨ 動 不及 1. (2) ((口))發怒。(3) ((英口))痛罵（某人）((*at...*))。(4)（輪胎等）充氣，膨脹。(5)（交際、關係等）惡化。(6) 爆炸。
blow...up / blow up... (1) ⇨ 動 及 4. (2) ⇨ 動 及 5. (3) 誇大。(4) 吹脹。(5) 放大（照片）。
—名 **1** 一陣風；一次的送風；強風，暴風：give the fire a ～ 送風助長火勢。**2**（樂器的）吹奏。**3** ((英))室外的休憩，散步：go for a ～ 出去透透氣。**4** ((口)) 自誇，吹牛。

blow³ [blo] 動 **(blew, blown, ～·ing)** 不及 ((古))（花）開放。—及 使（花）開放。—名 U 開花（狀態）：in full ～（花）盛開著。

blow-by-blow ['blo,baɪ'blo] 形 極詳細的，事情始末記載詳盡的：a ～ account of the conference 會議的詳情報告。

blow-dry ['blo,draɪ] 動 及 以吹風機吹（頭髮）。—['-,-] 名（用吹風機）吹髮。

'blow-dryer 名 吹風機。

blow·er ['bloɚ] 名 **1** 吹的人；吹製玻璃的工人；鼓風機。**2** ((美俚))誇口的人，吹牛者；手帕。**3** ((英俚))電話。

blow·fly ['blo,flaɪ] 名 (複 **-flies**) 〖昆〗青蠅，綠頭蒼蠅。

blow·gun ['blo,gʌn] 名 吹箭筒，吹筒。

blow·hard ['blo,hɑrd] 名 形 ((美俚)) 吹牛者（的）；饒舌者（的）。

blow·hole ['blo,hol] 名 **1** 建築物通風口，換氣孔。**2**（鯨魚的）噴氣孔；（可供鯨魚等呼吸的）冰孔。

blow·lamp ['blo,læmp] 名 = blowtorch.

:blown¹ [blon] 動 **blow²** 的過去分詞。—形 **1** 發脹的，鼓起的。**2** 被炸毀的，破損的，（保險絲等）燒斷的；喘息的，疲憊不堪的。**3** 滿是蠅卵的。**4** 吹製出的。

blown² [blon] 動 **blow³** 的過去分詞。—形 盛開的。

blow·out ['blo,aut] 名 **1**（輪胎等的）爆裂（處）。**2** 突然噴出；保險絲燒斷。**3** ((俚)) 大宴會。

blow·pipe ['blo,paɪp] 名 **1** 吹焊管。**2** 〖醫〗吹管。**3** 〖玻璃〗吹製管。**4** 吹箭筒。

blow·torch ['blo,tɔrtʃ] 名 吹焰燈，吹焰管。

blow·tube ['blo,tjub] 名 **1** 吹箭筒。**2** = blowpipe 3.

blow·up ['blo,ʌp] 名 **1** 爆炸。**2** ((口))勃然大怒；激烈爭論。**3** 〖攝〗放大（相片）；〖影〗特寫。**4** 破產。

blow·y ['bloɪ] 形 **(blow·i·er, blow·i·est) 1** 颳風的，強風的。**2** 容易被風吹起的。

blowz·y ['blauzɪ] 形 **(blowz·i·er, blowz·i·est) 1** 紅臉的。**2** 蓬亂的，邋遢的。

bls. ((縮寫)) *b*a*les*; *b*arre*ls*.

BLT ((縮寫)) ((美)) *b*acon, *l*ettuce, and *t*omato sandwich. 臘肉萵苣番茄三明治。

blub¹ [blʌb] 名 氣泡。

blub² [blʌb] 動 不及 ((俚)) 流淚。

blub·ber ['blʌbɚ] 名 **1** U 鯨魚的脂肪。**2** U C 哭泣，哭鬧：be in a ～ 正哭泣著。—動 不及 ((通常為蔑))哇哇地哭。—及 **1** 哭訴，哭著說 ((*out*))。**2** 哭腫。—形 **1** 哭腫的。**2** ((常作複合詞))腫起的，肥厚的：*blubber*-faced 腫臉的。

blub·ber·y ['blʌbərɪ] 形 **1**（鯨魚）脂肪多的，肥的。**2** 哭腫的。

bludg·eon ['blʌdʒən] 名 短棒，大頭棒。—動 及 **1** 以大頭棒擊打；用棍棒打得…((*to...*))。**2** 強迫，威脅((*into* doing))。

:blue [blu] 名 **1** U C 藍色，天藍色；U 藍色顏料；藍色洗濯劑：deep ～ 深藍色。**2** U 藍色的東西；((～s)) ((口))（水手的）藍制服：be dressed in ～ 穿著藍制服。**3** 著藍制服的人（英國牛津或劍橋大學之校隊代表、南北戰爭中的北軍或北軍士兵等）；((**the Blues**)) ((英)) 保守黨員，禁衛騎兵隊。**4** ((**the** ～))天空；海；遙不可知的遠方：a bolt from *the* ～ 晴天霹靂。**5** ((**the** ～**s**)) ((口))憂鬱，沮喪：be in *the* ～*s* 情緒憂鬱。**6** ((**the** ～**s**)) ((常作單數)) 〖樂〗布魯斯舞曲，藍調。
in the blue 在僻遠處。
out of the blue 有如晴天霹靂，完全意外地。
—形 **(blu·er, blu·est) 1** 藍色的，天藍色的。**2** 無血色的，青紫的：be ～ with cold 凍得發青。**3** ((口))心情憂鬱的；悲觀的。**4** 嚴格的，拘謹的。**5** 不敬的，褻瀆的。**6**（女性）有學問的。**7** 藍調的。**8** ((**B-**))（美國南北戰爭中）北軍的。**9** ((口)) 猥褻的：～ movie 色情電影。
be blue in the face 臉色發青，說不出話。
like blue murder 以全速地。
once in a blue moon 極罕見地，千載難逢地。
scream blue murder 大聲吼叫。
till all is blue 始終，一直。

B

—動 (blued, blu·ing 或～·ing) 及 1 使成藍色，染藍；以藍色洗濯劑洗。2《英俚》浪費。

B

'blue ˌbaby 名〖醫〗藍嬰兒。

'blue ˌbag 名 Ⓤ (洗濯用的) 藍色劑；Ⓒ 法官用來裝文件的藍袋子。

Blue·beard ['blu,bɪrd] 名 1 藍鬍子：Charles Perrault 的恐怖故事中主角的綽號。2《b-》連續殺害妻妾的殘酷丈夫。

blue·bell ['blu,bɛl] 名開藍色鐘形花的植物；《英》野生的風信子；《蘇·北英》= harebell.

blue·ber·ry ['blu,bɛrɪ] 名(複-ries)藍莓。

blue·bird ['blu,bɝd] 名〖鳥〗(北美產的) 藍色知更鳥。

'Blue 'Bird 名《the ～》青鳥：象徵幸福。

blue-black ['blu'blæk] 形深藍色的。

'blue 'blood 名 1 Ⓤ 出身貴族，系出名門：a lineage of pure ～ 純貴族血統。2 ['-,-]《the ～》《口》貴族。**'blue-'blooded** 形系出名門的。

blue·bon·net ['blu,bɑnɪt] 名 1〖植〗矢車菊；羽扇豆。2 (古蘇格蘭人所戴的) 藍色扁平軟帽；(古時的) 蘇格蘭士兵。

'blue ˌbook 名 1《口》職員名冊；名人錄。2《常作 B- B-》調查報告書。3《美》大學考試用的藍皮試題解答簿。4 (亦作 bluebook)《英》藍皮書。

blue·bot·tle ['blu,bɑtl] 名 1〖植〗矢車菊；開藍花植物的通稱。2〖昆〗青蠅。

'blue ˌcheese 名ⓊⒸ上等帶藍紋的乳酪。

'blue 'chip 名 1〖牌〗高價藍色籌碼。2《口》績優股，藍籌股。

blue-chip ['blu,tʃɪp] 形 (股票) 優良的；卓越的。

blue·coat ['blu,kot] 名 1 穿藍制服的人；警察。2《美》(南北戰爭中的) 北軍士兵。

blue-col·lar ['blu'kɑlɚ] 形 藍領階級的，勞工階級的。

'Blue 'Cross 名《美》藍十字會：一種健康保險組織。

'blue 'devils 名(複) 1 憂鬱，沮喪。2 = delirium tremens.

'blue 'ensign 名 (英美海軍的) 預備艦隊隊旗。

blue-eyed ['blu'aɪd] 形 1 藍眼睛的。2《口》可愛的；純潔的，未經世故的：a ～ boy 受寵愛的男孩。3《美俚》(黑人英語中的) 白人的，白色人種的。

blue·fish ['blu,fɪʃ] 名 (複 ～, ～·es) 1 青魚。2 青色魚。

'blue ˌflag 名 (北美產的) 鳶尾屬植物。

blue·grass ['blu,græs] 名 1 藍草。2〖樂〗《美》美國南部傳統的鄉村音樂。

'blue ˌgum 名 = eucalyptus.

'blue ˌhelmet 名 (聯合國的) 維持和平部隊的隊員。

blue·jack·et ['blu,dʒækɪt] 名水兵。

'blue ˌjay 名〖鳥〗藍樫鳥：北美東部產的一種藍背灰胸的鳥類。

'blue 'jeans 名(複)牛仔褲。

'blue ˌlaws 名(複)《美》嚴法：起源於殖民時代新英格蘭地區的清教徒法規。

'blue 'mold 名Ⓤ 青黴。

'blue 'Monday 名《口》沮喪的星期一。

blue·ness ['blunɪs] 名 Ⓤ 1 藍色，藍。2 憂鬱，沮喪。

'Blue 'Nile 名《the ～》藍尼羅河。

blue·nose ['blu,noz] 名 清教徒式的人，拘謹的人。

blue-pen·cil ['blu'pɛnsl] 動(～ed, ～·ing 或《英尤作》-cilled, ～·ling) 及用藍色鉛筆刪改 [校訂]。

'Blue 'Peter 名《偶作 b- p-》《the ～》〖海〗啓航前所掛的 (藍底白方格的) 旗子。

blue·point ['blu,pɔɪnt] 名〖貝〗藍岬牡蠣。

blue·print ['blu,prɪnt] 名藍圖；《喻》詳細的計畫：a ～ for the new plan 新計畫的藍圖。

—動及 製…的藍圖，為…制定計畫。

'blue 'ribbon 名 1 藍綬徽章。2 首獎。3《B- R-》(授予橫渡大西洋最快的定期郵輪的) 藍綬獎。

blue-rib·bon ['blu'rɪbən] 形第一流的，特選的。

'blue-ribbon 'jury 名特別陪審團。

blue-sky ['blu'skaɪ] 形《美口》1 無價值的；禁止無價值證券販賣的。2 幻想的，不切實際的；純理論性的。

'blue-sky ˌlaw 名《美口》藍天法：禁止財務不健全的公司出售其股票之法律。

blue·stock·ing ['blu,stɑkɪŋ] 名《蔑》女學者；才女。

blue·stone ['blu,ston] 名 Ⓤ藍石。

blue·sy ['bluzɪ] 形藍調的；黑人傷感爵士樂的，哀怨的。

Blue·tooth ['blu,tuθ] 名〖電腦〗藍芽科技。

'blue 'whale 名藍鯨。

·bluff[1] [blʌf] 形(～·er, ～·est) 1 絕壁的，陡峭的。2 率直的，坦率的；直爽的。

—名 斷崖，絕壁；《the B-》(可俯瞰河川、海洋等的) 高地。～·ly 副, ～·ness 名

bluff[2] [blʌf] 動及 1 虛張聲勢地恫嚇《*into..., into doing, out of...*》。2〖牌〗佯騙有好牌《*out*》。—不及 虛張聲勢騙人。

bluff it out 《口》藉恫嚇而度過難關。

bluff one's way (1) 以僞裝或欺騙手段逃脫；施巧計以擺脫《*out of, through...*》。(2) 以唬人手段得到《*into ...*》。

—名 1 Ⓤ虛張聲勢，恫嚇；Ⓒ虛張聲勢的人：pull a ～ 虛張聲勢。2 Ⓤ欺騙。3 Ⓤ〖牌〗佯稱有好牌 [壞牌]。

call a person's bluff 掀開某人的底牌；拆穿某人的假面具。

blu·ing ['bluɪŋ] 名 U 上藍劑；藍色漂白劑。

blu·ish ['bluɪʃ] 形 帶藍色的，淺藍色的。

·blun·der ['blʌndɚ] 名 大錯，失策：a colossal ~ 天大的錯誤 / commit a grave ~ 犯下大錯。—動 不及 **1** 踉蹌前進；亂闖《*in, into...*》：~ along 踉蹌前進 / ~ about *in* the dark 在黑暗中亂走 / ~ *into* the ladies' room 誤闖進女廁所。**2** 犯大錯。—及 **1** 弄糟；做錯；錯失《*away*》；誤導《*into...*》。**2** 無意中說出；慌亂地說出《*out*》。

blunder through... (1) ⇨ 動 不及 1. (2) 胡亂地完成。

blunder upon [*on*]... 無意中發現。

blun·der·buss ['blʌndɚ,bʌs] 名 老式大口徑的短程散彈槍，喇叭槍。

blun·der·ing ['blʌndərɪŋ] 形 浮躁的；粗笨的；粗魯的。~**·ing·ly** 副

·blunt [blʌnt] 形 (~**·er**, ~**·est**) **1** 鈍的，不鋒利的：a ~ knife 鈍刀。**2** 直言不諱的；直率的，不客氣的；愚鈍的：a ~ answer 直率的回答 / be ~ in one's human relations 對於人際關係感覺遲鈍。

—動 及 **1** 使變鈍。**2** 使變愚鈍。

—不及 變鈍。—名 尖端鈍的東西。

~**·ly** 副 粗魯地，無禮地。~**·ness** 名

·blur [blɝ] 動 (**blurred**, ~**·ring**) 及 **1** 弄模糊；《過去分詞作形容詞》沾污《*by, with...*》：a page *blurred with* ink 沾了油墨的書頁。**2** 污損。**3** 使朦朧，使模糊。**4** 使遲鈍，使朦朧。

—不及 **1** 變朦朧；遲鈍。**2** 弄上髒物。

—名 U C **1** 髒污，沾污；污點。**2** 朦朧狀態，模糊；《**a** ~》隱約可見的事物。

~**·red·ly** [-ɪdlɪ] 副, ~**·red·ness** 名

blurb [blɝb] 名《口》(印在書本封套上的) 簡短廣告，短評。

blur·ry ['blɝɪ] 形 模糊的，不清楚的；骯髒的，污斑的。

blurt [blɝt] 動 及 突然說出；脫口說出：~ outa secret脫口說出祕密。—名 突然說出的話。

·blush [blʌʃ] 動 不及 **1** 臉紅《*with, for, at...*》：~ (scarlet) to one's collar bones 滿臉通紅。**2** 羞愧《*at, for...*》：~ *at* one's folly 爲自己的愚行感到羞愧。**3** (花等) 變紅；(因水分過多或過度蒸發) 顏色變得不鮮豔。

—及 **1** 弄紅，使發紅。**2** (因臉紅而) 暴露。

—名 **1** 臉紅，羞赧。**2** U 粉紅色，玫瑰色。**3**《古》一瞥《用於以下片語》

at first blush《文》乍看之下，初見。

blush·ing ['blʌʃɪŋ] 形 臉紅的；羞愧的。~**·ly** 副。

blush·less ['blʌʃlɪs] 形 不臉紅的；不感羞愧的；無恥的。

blus·ter ['blʌstɚ] 動 不及 **1** 狂吹，咆哮。**2** (對某人) 咆哮；高聲恫嚇；叱責《*at...*》。—及 怒聲說《*out, forth*》；怒聲強迫《*into..., into doing*》。—名 U **1** 狂吹，咆哮。**2** 斥責，恐嚇。~**·ous** 形, ~**·ous·ly** 副

blus·ter·y ['blʌstərɪ] 形 颳強風的。

blvd.《縮寫》*boulevard.*

B.M.《縮寫》*B*achelor of *M*edicine; *b*allistic *m*issile; *b*owel *m*ovement; *b*asal *m*etabolism; *B*ritish *M*useum.

BMI《縮寫》*b*ody *m*ass *i*ndex 身體質量指數。

BMW《縮寫》*B*avarian *M*otor *W*orks (德國) 寶馬汽車。

BMX 名 越野腳踏車。

B.O.《縮寫》*b*ody *o*dor; *b*ox *o*ffice.

bo·a ['boə] 名 **1** 蟒蛇科通稱；巨蟒，蟒蛇。**2** 女用的長皮草圍巾。

'boa con,strictor 名〖動〗巨蟒。

boar [bor] 名 **1** 未閹的公豬；U 公豬肉。**2** = wild boar. **3** 雄土撥鼠等。

:board [bord] 名 **1** 板：a floor ~ 地板。**2** 臺；黑板；布告牌；揉麵板；(遊戲用的) 盤；衝浪板：a cutting ~ 砧板 / a dressing ~ 化妝臺 / a checker ~ 棋盤。**3**《~**s**》(1)〖冰上曲棍球〗球場四周的壁板；〖籃球〗《美》籃板。(2) (室內) 木製跑道。(3)《**the** ~**s**》〖劇〗《古》舞臺：tread *the*~*s* 當演員。**4** 瓦楞紙，紙板；(衣服等的) 模型紙板。**5**〖建〗板，厚板。**6**《古》餐桌：sit at a ~ with... 和…同桌進餐。**7** U 伙食，膳食：room and ~ 膳宿；住宿費和伙食費。**8** (會議) 桌；會議，委員會，評議委員會；試務委員會；省，廳，院，局，部，課；《美》股票交易所，(保險業者等的) 協會：a member of the examining ~ 試務委員 / a ~ of directors 董事會，理事會 / the ~ of health 衛生局。**9** U C〖海〗舷側，船邊；帆船逆風前進所作的Z字形航行。**10**〖鐵路〗常置信號機：a slow ~ 速限號誌。**11**《口》配電盤，(電話的) 交換機；〖電腦〗配線盤。

(all) above board 誠實地；公開地，光明正大地。

across the board (1)《美口》〖賽馬〗囊括前三名的。(2) 全面性的；包括所有成員的。

go by the board (1) (斷桅杆) 從船邊掉落水中。(2) 被忽視。(3) 徹底失敗。

on board 在船[飛機，火車，公車等]上；《介系詞》上船；上車；登機。

sweep the board (賭博時) 贏牌而取走牌桌上所有的賭注；全贏，一人獨得所有的榮譽或獎品。

—動 及 **1** 在…上釘蓋木板；以板圍住；封住《*up, in, off, over*》。**2** 供搭伙；供寄宿及搭伙；寄養 (馬、狗)。**3** 登上 (船等)；《古》(攻擊時) 橫向進攻。**4**《通常用被

動》(在面試等時)傳呼。—不及寄膳宿《at, with...》。
board out 在外用膳。
B
board...out / board out... 使…在外面吃飯;(因宿舍住滿而)要求(學生)寄宿別處;《英》寄養。
board·er ['bordɚ] 名 1(包伙的)寄宿者(《美》roomer)。2(boarding school 的)寄宿生。
'board ˌfoot 名《美》板呎:木材的計量單位。
'board ˌgame 名棋局,下棋。
board·ing ['bordɪŋ] 名 U 1 鋪木板;以木板構成之物;《集合名詞》板。2 上車;上船;登機。3 寄膳,寄宿。
'boarding ˌcard 名登機證。
board·ing·house ['bordɪŋˌhaus] 名(複 -hous·es [-zɪz]) 1 寄宿處。2(學校的)宿舍(亦作 **boarding house**)。
boarding ˌpass 名登機證。
'boarding ˌschool 名 U C 寄宿學校。
'board 'measure 名〖建〗板呎測量法。
'board of 'trade 名 1(複 **boards of trade**)《美》(1)同業公會。(2)商品交易所。2《英》《B- T-》《the ~》商務部。
'board ˌroom 名 1 董事會會議室。2(證券行裡的)交易廳。
board·walk ['bordˌwɔk] 名《美》棧道;(沿海岸的)木板人行道。
·**boast** [bost] 動 不及 誇口,自誇;誇耀,吹牛《of, about..., of doing》:~ *of* one's ability 誇耀自己的能力。—及 1 自吹自擂;《反身》自誇。2 擁有。—名 自吹自擂,誇耀;所誇耀的事物;《蔑》吹牛。
~·ing·ly 副, ~·less 形
boast·er ['bostɚ] 名自誇的人,吹牛者。
boast·ful ['bostfəl] 形 1 自吹自擂的《of, about...》;喜好自誇的。2 自誇的。
~·ly 副, ~·ness 名
:**boat** [bot] 名 1 船;帆船:a fishing ~ 漁船 / cross the river by ~ 乘船渡河。2 汽船,大客船:get into a ~上船 / take (a) ~ for... 搭乘前往…的船。3 船型容器。4《美俚》汽車。
be in the same boat 處境相同,同舟共濟。
burn one's boats 背水一戰。
miss the boat 錯失良機;不得要領。
push the boat out《英口》(1)大肆慶祝;盡情享受《for...》。(2)揮霍金錢《for...》。
rock the boat《口》扯後腿;擾亂(事件等的)順利進行,擾亂現況。
take to the boats (1)乘坐救生艇逃命。(2)倉促放棄自己已承擔的事情。
—動 不及 乘船;划船;乘汽船。
—及 1 以船載運。2 把(槳)收到船內。
boat it 划船。
boat·a·ble ['botəbl] 形 通航的,可行船的。
boat·age ['botɪdʒ] 名 U〖海〗小船搬運;小船運費。
boat·er ['botɚ] 名 1 乘船者。2 硬草帽。
'boat ˌhook 名 鉤篙。
boat·house ['botˌhaus] 名(複 **-hous·es** [-zɪz])船屋,船庫。
boat·ing ['botɪŋ] 名 U,形 划船遊玩(的),乘船(的)。
boat·load ['botˌlod] 名 1 一艘船的載客量。2 船的載貨量。
boat·man ['botmən], **boats-** ['bots-] 名(複 **-men**)船商;出租船隻者;船夫,舟子。
'boat ˌpeople 名《口》海上難民。
'boat ˌrace 名 1 划船比賽。2《**boat races**》賽船大會;《**the B- R-**》《英》牛津大學對劍橋大學的划船比賽。
boat·swain ['bosn̩] 名(軍艦的)掌帆長;帆纜士官長;(商船的)水手長。
'boat ˌtrain 名配合船期的聯運火車。
bob[1] [bab] 名 1(短而急促的)動。2 迅速的上下動作:a ~ of the head 點頭。
—動(**bobbed**, ~·**bing**)及 點頭招呼。
—不及 1 點頭招呼;(女子)行屈膝禮。2 迅速地上下移動。
bob up 突然出現;突然發生。
bob up (again) like a cork《口》恢復元氣。
bob[2] [bab] 名 1(婦人、小孩的)短髮髮型。2(馬的)剪短的尾巴;(擺、鉛垂線的)錘。3 詩節末尾的疊句。4〖釣〗浮標,浮子。
—動(**bobbed**, ~·**bing**)及 剪短。—不及 企圖咬(浮動或垂懸之物)《for...》。
bob[3] [bab] 名(複~)《英俚》《古》一先令。
Bob [bab] 名〖男子名〗鮑伯(Robert 的暱稱)。
Bob's your uncle! 一切沒問題!不要緊!放心好了!
bobbed ['babd] 形 短髮的。
Bob·bie ['babɪ] 名 1〖男子名〗巴比(Robert 的暱稱)。2〖女子名〗芭比(亦作 **Bobby(e)**)。
bob·bin ['babɪn] 名 1 線軸,纏線板。2〖電〗捲線軸。
bob·bi·net [ˌbabə'nɛt] 名 U 機織花邊。
bob·bish ['babɪʃ] 形《英俚》高興的,快活的。
bob·ble ['babl̩] 名 1 快速的(上下)運動;波的蕩漾。2〖運動〗(棒球等的)漏接球;《美口》錯誤,失誤。
—動 及〖運動〗漏接。—不及 1 快速地上下擺動。2《美口》犯錯。
bob·by ['babɪ] 名(複 **-bies**)《英口》警察。
Bob·by ['babɪ] 名 = Bobbie.
'bobby ˌpin 名《美》髮夾(《英》hairgrip):平而富彈力的髮夾。
bob·by·socks ['babɪˌsaks] 名(複)《口》

（十幾歲少女所穿的）短襪。

bob·by·sox·er ['babɪ,saksɚ] 名《口》(1940年代）青春期的少女。

bob·cat ['bab,kæt] 名 (複～s,《集合名詞》～)〖動〗(產於北美的）山貓。

bob·o·link ['babə,lɪŋk] 名〖鳥〗(產於北美的）食米鳥。

bob·sled ['bab,slɛd] 名 **1** 連橇。**2** 組成連橇的短雪橇。

—動 (～**·ded**, ～**·ding**) 不及 乘連橇。

～**·der** 名, ～**·ding** 名 U 連橇競賽。

bob·sleigh ['bab,sle] 名 動《英》= bobsled.

bob·stay ['bab,ste] 名〖海〗船頭斜桅支索。

bob·tail ['bab,tel] 名 **1** 截短的尾巴。**2** 被剪短尾巴的馬、貓、狗。—形 截短尾巴的。**-tailed** 形

bob·white ['bab'hwaɪt] 名〖鳥〗北美產的一種鶉鳥。

Boc·cac·ci·o [bo'katʃɪ,o] 名 **Giovanni** 薄伽丘（1313–75）：義大利作家及詩人。

Boche [baʃ] 名《偶作 b-》《俚·蔑》德國人；德國兵。

'bock (,beer) [bak-] 名 U C 百克啤酒：德國產的一種烈性黑啤酒。

bod [bad] 名《英俚》人；《美俚》身體。

bode[1] [bod] 動 及《文》預兆；預示。

—不及《與 **well, ill** 連用》有好或不好的兆頭《*for*...》。～**·ment** 名

bode[2] [bod] 動 **bide** 的過去式。

bo·de·ga [bo'degə] 名《拉丁裔美國人用語》食品雜貨店

bod·ice ['badɪs] 名 **1** 女人穿的緊身上衣。**2** 女裝上衣。

'bodice ,ripper 名 古裝奇情小說或電影。

bod·ied ['badɪd] 形 **1** 有身體的；具備形體的。**2**《複合詞》有…身體的：strong-*bodied* 身體強壯的。

bod·i·less ['badɪlɪs, 'badəlɪs] 形 沒有身體的；無實體的；無形的。

bod·i·ly ['badɪlɪ] 形 **1** 身體的：～ organs 身體各器官 / ～ punishment 體罰。**2** 肉體的；物質的；有形的。—副 **1** 實體地。**2** 親身，親自。**3** 整個身體地。**4** 整個地：pick a child up ～ 把孩子整個抱起來。

bod·ing ['bodɪŋ] 名 預兆；不祥之兆。—形 預兆的；不祥的，惡兆的。

bod·kin ['badkɪn] 名 **1** 刺針，粗針，錐子。**2** 長髮夾。**3**〖印〗鉛字小鉗子。**4**《英古》《副詞》擠在兩人當中：sit ～ 擠坐在兩人當中。

:bod·y ['badɪ] 名 (複 **bod·ies**) **1** 身體：build up one's ～ 鍛鍊身體 / A sound mind in a sound ～.《諺》健全的心靈寓於健康的身體。**2** 屍體：steal a ～ 盜屍。**3**〖解〗軀幹；主體，主要部分；（樂器的）共鳴體；主幹；車身；船身；機身；〖建〗建築物的主要部分；（教堂的）做禮拜的廳堂。**4** 本文，正文：the ～ of a letter 信的本文。**5**〖幾〗立體；〖理〗物體。**6** 主力；大多數。**7**《口》人：a quiet sort of ～ 沉默的人。**8**〖法〗人；身分。**9**《作單、複數》團體，組織，法人。**10** 天體：heavenly *bodies* 天體。**11**（匯集的）群，團《*of*...》；全體：the student ～ 全體學生 / a ～ *of* facts 一大堆事實 / in a ～ 一起地，全部地，全體地。**12** U C（酒等的）濃度；（油等的）黏性。**13**（陶器）素胚；黏土。

body and soul (1) 肉體與精神，身心。(2) 完全地，全心全意地。

give body to... 使具體化。

in body 親自，親身。

keep body and soul together《通常爲諧》苟延殘喘，僅能糊口，勉強度日。

over** a person's **dead body 除非…死掉（表強烈反對等）。

—動 (**bod·ied**, ～**·ing**) 及 **1** 賦以形體。**2** 使具體化；實現《*forth*》。

'body ,bag 名 運屍袋。

'body ,blow 名 **1**〖拳擊〗打在胸骨與肚臍間部位的一擊。**2** 大敗，痛擊；重大挫折。

bod·y·build·ing ['badɪ,bɪldɪŋ] 名 U 健身。—形 鍛鍊身體的。**-build·er** 名 鍛鍊身體的人；鍛鍊身體的器材。

'body ,clock 名 生理時鐘。

'body 'corporate 名〖法〗法人團體。

'body ,count 名（戰爭時）敵軍陣亡人數（的統計）；陣亡人數。

'body 'double 名（電影裸戲中的）替身。

bod·y·guard ['badɪ,gard] 名 **1**《集合名詞》《作單、複數》保鏢，貼身護衛。**2** 隨員，隨從。

'body 'language 名 U 肢體語言。

'body ,odor 名 U 體臭；汗臭，狐臭。略作：B.O.

'body 'politic 名 (複 **bodies politic**)《**the** ～》〖政〗統治體，國家。

'body ,snatcher 名 掘墓盜屍者。

'body ,stocking 名（由頸部到腳尖的）連身緊身衣。

'body 'suit 名 女用連身緊身內衣。

bod·y·work ['badɪ,wɝk] 名 U **1** 車身打造。**2** 車身，車身構造。

Boe·ing ['boɪŋ] 名（美國的）波音公司；波音公司所製造的飛機。

Boer [bor, bur] 名 波爾人：荷蘭裔南非人。—形 波爾人的。

'Boer 'War 名《**the** ～》波爾戰爭：南非波爾人與英國軍隊的兩次戰爭（1880–81, 1899–1902）。

bof·fin ['bafɪn] 名《英俚》科學家；研究員。

bof·fo ['bafo] 名 (複～s [-z])《美俚》非常成功的作品；轟動之作。—形 非常成功的，受人歡迎的。

B

bog [bɑg] 名 1 Ⓒ Ⓤ 沼澤；沼澤地帶。2《通常作～s》《英俚》(戶外)廁所。
—動 (bogged, ～·ging) 及不及 陷入泥沼；《喻》陷入膠著狀態《 *down* 》。

bo·gey [ˈbogɪ] 名 (複～s [-z]) 1 =bogy. 2〖高爾夫〗(1)《美》柏忌：高於標準桿一桿。(2)《主英》標準桿數。
—動 及〖高爾夫〗擊出高於標準桿一桿的成績。

bo·gey·man [ˈbogɪˌmæn] 名 (複 -men) (用以嚇唬小孩的)妖怪；使人害怕的事[物]。

bog·gle¹ [ˈbɑgl] 動 不及 1 吃驚，受驚；嚇倒《 *at...* 》；猶豫，躊躇；畏縮，退縮《 *at, about..., at doing* 》。2 裝糊塗，支吾其詞。3 笨拙地做，弄砸。4 挑剔《 *about...* 》。—及 使吃驚，使退縮。—名 1 躊躇不前，退縮。2 弄砸的工作，失誤。
-gler 名, -gling·ly 副

bog·gle² [ˈbɑgl] 名 = bogle.

bog·gy [ˈbɑgɪ] 形 (-gi·er, -gi·est) 多沼澤的，陰溼的。

bo·gie [ˈbogɪ] 名 1 = bogy. 2〖汽車〗(四輪)轉向架。3〖鐵路〗《英》轉向車；《英口》低矮結實的四輪載重車。

bo·gle [ˈbogl] 名 幽靈，鬼怪；稻草人。

bo·gus [ˈbogəs] 形《美》仿製的，僞造的。

bo·gy [ˈbogɪ] 名 (複-gies) 1《兒語》鬼怪，妖怪。2 可怕的人[物]。3《兒語》鼻屎。4〖軍〗《俚》國籍不明的飛機；敵機。

Bo·he·mi·a [boˈhimɪə] 名 1 波希米亞：捷克共和國西部地方。2 不受傳統束縛者的聚居處。

Bo·he·mi·an [boˈhimɪən] 名 1 波希米亞人；Ⓤ 波希米亞語。2 無視傳統而過著自由放蕩生活的人。3 吉普賽人。—形 1 波希米亞式的；波希米亞人[語]的。2《常作 b-》自由狂放的；過著漂泊生活的。

Bo·he·mi·an·ism [boˈhimɪəˌnɪzm] 名 Ⓤ 放蕩不受拘束之作風。

bo·hunk [ˈboˌhʌŋk] 名《俚》《蔑》外國來的低級勞工，來自東歐的勞工。

:**boil¹** [bɔɪl] 動 不及 1 沸騰，煮開；達到沸點；噴出《 *up* 》；蒸發《 *away, off* 》；煮沸溢出《 *over* 》；被熬濃《 *down* 》。2 煮，燉。3 (風等)咆哮，洶湧。4《口》(因發怒而)激動《 *over* 》。5《口》感到非常熱。6 激動地往前衝。
—及 1 使沸騰；把…煮沸(加以消毒)《 *up* 》；煮濃，熬濃《 *down* 》；使蒸發《 *away, off* 》：～ the clothes with special care 小心地把衣服煮沸消毒。2 煮，燒。3 (蒸發水分而)分析出《 *out of, from...* 》。
boil down (1) ⇨ 動 不及 1. (2) 歸結起來《 *to...* 》。
boil down... / boil... down (1) ⇨ 動 及 1. (2) 濃縮；概括《 *to...* 》。
boil off ⇨ 動 不及 1
boil...off / boil off... (1) ⇨ 動 及 1. (2) 使(絲)脫膠；除去。
boil over (1) ⇨ 動 不及 1. (2) ⇨ 動 不及 4. (3) 變得危險；(暴動等)演變成《 *into...* 》。
boil the billy 《澳洲·紐西蘭》《口》泡茶。
boil up (1) ⇨ 動 不及 1. (2)《口》掀起。
—名《常用單數》1 沸騰。2 煮沸。3 漩渦。

boil² [bɔɪl] 名〖病〗癤，疔。

boiled [bɔɪld] 形 1 煮沸的，煮的，燒的，燉的。2《俚》酒醉的。

boil·er [ˈbɔɪlɚ] 名 1 汽鍋，鍋爐。2 煮沸器；負責熬煮的人；《英》煮沸消毒衣服所用的木桶。3 裝熱水的容器。4 煮東西用的器皿。

boil·er·plate [ˈbɔɪlɚˌplet] 名 Ⓤ Ⓒ 1 (契約書等的)標準格式。2 陳腔濫調。

ˈ**boiler ˌsuit** 名《英》連身工作服。

boil·ing [ˈbɔɪlɪŋ] 形 1 沸騰的。2 酷熱的。3 激昂的，激動的；洶湧的。—副 激動地，激昂地；非常地，極端地。—名 Ⓤ 沸騰，煮沸。
the whole boiling 《俚》所有的人[物]，全體，全部。

ˈ**boiling ˌpoint** 名《 the ～》1 沸點。2 怒氣的爆發點；轉捩點。

bois·ter·ous [ˈbɔɪstərəs] 形 1 喧嘩的，吵鬧的。2 (海、天氣等)狂暴的。
～·ly 副, ～·ness 名

Bol. 《縮寫》*Bolivia.*

bo·la(s) [ˈbolə(s)] 名 (複～s [-ləz]) 南美洲一種拋擲用的捕獸繩索。

·**bold** [bold] 形 (～·er, ～·est) 1 勇敢的，有膽量的；需要膽量的，具挑戰性的：a ～ attack 大膽的攻擊。2《蔑》大膽的；不客氣的：a ～ remark 大膽的評論 / as ～ as brass 厚顏無恥的。3 富想像力的；(描寫等)奔放的，奇特的：a ～ scientist 富於想像力的科學家。4 (輪廓)清楚的；粗黑的；〖印〗粗體鉛字的：～ handwriting 粗黑的字跡。5 陡峭的，險峻的。6 激烈的，強勁的。
be so bold as to do 大膽去做，冒昧。
make bold with... 對…放肆無禮；擅自取用。
～·ly 副 勇敢地；厚顏地；醒目地。

bold·face [ˈboldˌfes] 名 Ⓤ〖印〗粗體鉛字，粗體字。—形 粗體字的。

bold-faced [ˈboldˈfest] 形 1 厚臉皮的，無恥的。2〖印〗粗體的。

bold·heart·ed [ˈboldˈhɑrtɪd] 形 勇敢的，大膽的。

bold·ness [ˈboldnɪs] 名 Ⓤ 大膽；厚顏；醒目：have the ～ to do 勇於…。

bole [bol] 名 樹幹。

bo·le·ro [boˈlɛro] 名 (複～s [-z]) 1 波麗路：一種輕快的西班牙舞蹈或其舞曲。2 一種前胸敞開的短上衣。

Bo·liv·i·a [bəˈlɪvɪə] 名 玻利維亞(共和國)：南美洲中西部的一內陸國；首都為拉巴斯(La Paz)。

Bo·liv·i·an [bə'lɪvɪən] 形 玻利維亞的。一名 玻利維亞人。

boll [bol] 名〖植〗(棉花、亞麻等的)圓莢。

bol·lard ['bɑlɚd] 名 1〖海〗繫船柱。2《英》護柱，短柱。

bol·locks ['bɑləks] 名(複)《英粗》= bal-locks.

'boll 'weevil 名〖昆〗棉籽象鼻蟲。

boll·worm ['bol,wɚm] 名螟蛉的幼蟲。

Bol·ly·wood ['bɑlɪ,wud] 名 U 寶萊塢：印度電影工業。

bo·lo ['bolo] 名(複～s [-z])(菲律賓的)單刃大刀。

bo·lo·gna [bə'lonɪ, -nə] 名 C U 波隆那香腸：一種義大利大香腸。

bo·lo·ney [bə'lonɪ] 名 = baloney.

Bol·she·vik ['bolʃə,vɪk, 'bɑl-] 名(複～s, -vik·i [-'vikɪ])《偶作 b-》布爾什維克：1 (1) 俄國社會民主黨激進多數派黨員。(2) 俄國共產黨黨員。(3)《廣義》共產黨黨員。2《蔑》激進主義者；革命論者。

Bol·she·vism ['bolʃə,vɪzəm, 'bɑl-] 名 U 1 布爾什維克主義。2《偶作 b-》激進社會主義。
-vist [-vɪst] 形名, **-'vis·tic** 形

Bol·shie, -shy ['bolʃɪ, 'bɑlð] 名《俚》1 = Bolshevik. 2《英口》《蔑》左翼分子；激進分子。一形 (**-shi·er, -shi·est**)《英口》《蔑》左翼的；激進的；不合作的。

bol·ster ['bolstɚ] 名 1 長枕。2 枕頭。3 枕狀物。4 墊物，墊子；支撐物。
一動及 1 (以枕頭等) 支撐。2 支持；增強《 *up* 》。3 填塞；增補。～**·er** 名

·bolt[1] [bolt] 名 1 門閂。2 螺栓：fasten with a ～ 以螺栓固定。3 飛奔，驚逃：do a ～ 逃走，溜走 / make a ～ for it《口》突然逃走，急忙逃走。4《美》脫離，脫黨；拒絕支持本黨的政策或提名。5 (壁紙等的) 一捲，(布等的) 一匹；(稻草等的) 一束。6 噴射；閃電：a ～ from the blue 晴天霹靂。7 大塊木料；圓扁木塊。8〖裝訂〗小摺。
shoot** one's **(last) bolt 竭盡全力，盡其所能。
一動及 1 拴住；門上《 *back, down, on, up* 》：～ *down* the hatch 閂住艙門。2《美》拒絕支持；脫離。3 射出 (箭矢等)。4 突然說出，脫口說出。5 狼吞虎嚥《 *down* 》。6 捲起。
一不及 1 用閂關上。2 以螺栓固定《 *onto...* 》；拴在一起《 *together* 》。3 急奔，逃走；急跳，急衝。4《美》脫離，退出《 *from...* 》。5 狼吞虎嚥。一副突然；挺直地。

bolt[2] [bolt] 動及 篩；細查。

bolt·er[1] ['boltɚ] 名 1《美口》脫黨者。2 脫韁之馬。

bolt·er[2] ['boltɚ] 名 篩子。

'bolt ,hole 名 避難所，藏身處。

bo·lus ['boləs] 名(複～**·es**) 1〖藥〗大丸藥。2 (咀嚼過的食物) 軟軟的一團。

:bomb [bɑm] 名 1 (1)〖軍〗(飛機投擲的) 炸彈：an incendiary ～ 燃燒彈。(2)《 **the** ～, **the B-** 》核子武器。(3) 爆炸物。2 噴霧器。3〖美足〗《俚》長傳；〖籃球〗長射。4《通常作 **a** ～》〖美口〗大失敗；賣座慘敗；《英俚》大暢銷。5 聳人聽聞的聲明；突發事件。6 (儲藏放射性物質的) 鉛容器。7《俚》鉅款：make a ～ 賺得一筆鉅款。
go like a bomb《口》疾馳；廣受歡迎。
一動及 1 投炸彈，轟炸。2 以強大優勢壓倒。3《美》長傳。一不及 1 投彈；使炸彈爆炸。2《美俚》大失敗《 *out* 》。
bomb out ⇨ 動不及 2
bomb...out / bomb out... 炸毀；《通常用被動》遭受轟炸而無家可歸。
bomb up (飛機) 裝彈。
bomb...up / bomb up... 裝炸彈。

bom·bard [bɑm'bɑrd] 動及 1 炮轟；轟炸。2 (以問題等) 連續攻擊《 *with...* 》。3〖理〗(以粒子或輻射線) 撞擊。

bom·bar·dier [,bɑmbɚ'dɪr] 名〖軍〗1 轟炸員，投彈手。2《英》炮兵下士。

bom·bard·ment [bɑm'bɑrdmənt] 名 U C《通常作單數》炮轟；轟炸；連珠炮似的質問；〖理〗撞擊。

bom·bast ['bɑmbæst] 名 U 誇大的言詞；大話。

bom·bas·tic [bɑm'bæstɪk] 形 誇大的，說大話的。

Bom·bay [bɑm'be] 名 孟買：印度西部港市。

bom·ba·zine [,bɑmbə'zin] 名 U 羽綢：用絲或人造絲及羊毛織成的斜紋布料。

'bomb dis'posal 名 U 未爆彈之處理。

bombed-out 形 被炸毀的；成為廢墟的。

bomb·er ['bɑmɚ] 名 1〖軍〗轟炸機。2 (在公共場所) 引爆炸彈者。

bomb·load ['bɑm,lod] 名 載彈量。

bomb·proof ['bɑm'pruf] 形 防炸彈的：a ～ shelter 防空壕。一名(複～**s**) 防空壕，避彈室。

bomb·shell ['bɑm,ʃɛl] 名 1 炸彈：like a ～ 突發地 / drop a ～ 發布令人震驚的宣言。2 突發事件；引起轟動的人[事物]。

'bomb ,shelter 名 防空壕，空襲避難室。

bomb·site ['bɑm,saɪt] 名 被炸毀的地區。

bo·na fi·de ['bonə'faɪdɪ] 形 副 真實的[地]；真誠的[地]，真正的[地]。

bo·na fi·des ['bonə'faɪdiz] 名 U《拉丁語》真誠，誠意。

bo·nan·za [bo'nænzə] 名《美》1 豐富的礦脈[礦藏]。2 意外的好運；極豐富的事物：a shopping ～ 購物滿載而歸 / in ～ 走運的。

B

Bo·na·parte ['bonə,part] 图波拿巴特家族：拿破崙一世（Napoleon I）及其 Jérôme, Joseph, Louis, Lucien 四兄弟。

bon·bon ['ban,ban] 图(複～s [-z])一種有果醬夾心的糖果。

bon·bon·nière [,banba'njɛr] 图 (複～s ['nɪr])《法語》糖果店，糖果盒。

:bond [band] 图**1** 束縛物；繩，帶。**2**《通常作～s》羈絆，束縛；《古》監禁：burst one's ～*s* 掙脫束縛（恢復自由）。**3**《常作～s》（精神上、行爲上的）聯繫：the ～(*s*) of affection 感情的聯繫。**4** ⓊⒸ契約，盟約；同盟《*with...*》：enter into a ～ *with*...與…訂約。**5**Ⓤ保證；Ⓒ〖法〗保證人；ⓊⒸ保證金，保釋金；Ⓒ債務證書；Ⓤ（契約中的）義務；債務：be as good as one's ～ 守信不渝，值得信賴。**6** Ⓤ〖政〗（未完稅貨物的）存庫：take goods out of ～（完稅後）從保稅倉庫中提貨。**7**〖金融〗債券。**8**〖保〗債務保證契約；保證金；保證契約。**9** ⓊⒸ黏著劑；接合；〖化〗化學結合；價標，鍵；（分子中各原子間的）親和力。**10**〖石工〗砌磚法。—動 及**1** 訂契約。**2** 接合，聯繫《*together / to...*》。**3** 存入保稅倉庫。**4**〖金融〗提供保證；作保（人）；抵押。**5**砌。—不及（磚等）砌合；密接《*together / to...*》。

·bond·age ['bandɪdʒ] 图 Ⓤ**1** 奴隸身分，境遇，勞役；〖英古法〗農奴制；佃農制。**2** 屈從，俘囚。**3** 束縛，監禁。

bond·ed ['bandɪd] 形 **1** 以債券保證的；有擔保的：a ～ debt 債券債務。**2** 留置於保稅倉庫的：～ merchandise 保稅商品。**3** 以雙層紡織品黏合之方式做成的。

'bonded 'warehouse 图保稅倉庫：儲存未完稅貨物的倉庫。

bond·hold·er ['band,holdɚ] 图 債券持有人。**-hold·ing**形图

bond·man ['bandmən] 图 (複**-men**) **1** 奴隸；農奴。**2** 無酬的僕役。

'bond ,paper 图Ⓤ證券紙，銅版紙。

'bond ,servant 图 **1** 奴隸。**2** 無酬的男僕。

bonds·man ['bandzmən] 图 (複**-men**) **1**〖法〗保證人。**2** = bondman.

bonds·wom·an ['bandz,wumən] 图 (複 **-wom·en** [-,wɪmən]) = bondwoman.

bond·wom·an ['band,wumən] 图 (複 **-wom·en** [-,wɪmən]) 女奴隸；女僕。

:bone [bon] 图**1** 骨：(as) hard as a ～《口》極硬。**2**Ⓤ〖解·動〗骨質；骨組織。**3**《～s》骨骼；身體；遺骸，屍體；（文學作品等的）架構。**4**（食用的）帶肉的骨頭。**5** 骨狀物；象牙；鯨骨；（支撐婦女緊身衣或襯裙的）鯨骨。**6** 骨製品；《～s》《俚》骰子；骨牌；《～s》骨製響板。**7**（爭論等的）核心，要點：a ～ of contention 爭論的焦點，爭端。**8**《美俚》一塊錢。**9**《～s》《口》外科醫生。**10**《美俚》用功的人。

close to the bone (1) 貧困的，貧乏的。(2) 低級的，淫蕩的。(3) 嚴苛的，吝嗇的。

feel in** one's **bones that... 《美》深深地感到。

get into** a person's **bones 使某人沉迷於其中。

have a bone in** one's **throat 難以啓齒。

in** one's **bones / in the bone 生來，天生。

***make no bones about** ...*《口》(1)毫不隱瞞。(2) 毫不顧忌；毫不在意。

to the bone 深深地，徹底地。

—動 **(boned, bon·ing)** 及**1** 除去，取出骨頭。**2**《古俚》盜，偷。**3**《古》以鯨骨支撐。—不及《俚》用功苦讀；臨時抱佛腳《*up / on...*》。

'bone ,ash 图Ⓤ骨粉，骨灰。

bone·black ['bon,blæk] 图Ⓤ骨炭。

bone-chill·ing ['bon,tʃɪlɪŋ] 形 刺骨的，極度寒冷的。

'bone 'china 图（以骨粉製成的）白細瓷器，骨瓷。

boned [bond] 形 **1**《常作複合詞》有骨骼的：a tall big-*boned* woman 一位骨架粗大的高個子女人。**2** 去骨的。**3**（束腹等）以鯨骨支撐的。**4**（土地）施以骨粉的。

bone-dry ['bon'draɪ] 形 **1**《口》極乾燥的；非常口渴的。**2** 絕對禁酒的；不供應酒的。

bone·head ['bon,hɛd] 图《俚》笨蛋，傻瓜。—形拙劣的。

'bone 'idle 形非常懶惰的。

bone·less ['bonlɪs] 形無骨的，去骨的。

'bone 'marrow 图Ⓤ 骨髓。

'bone ,meal 图 Ⓤ〖農〗骨粉。

bon·er ['bonɚ] 图《俚》明顯而愚蠢的錯誤：pull a ～ 犯大錯。

bone·set ['bon,sɛt] 图〖植〗接骨草。

bone·set·ter ['bon,sɛtɚ] 图Ⓤ接骨師。

bone·set·ting ['bon,sɛtɪŋ] 图Ⓤ接骨術，整骨術。

bone·shak·er ['bon,ʃekɚ] 图《口》老爺車。

bone-wea·ry ['bon,wirɪ] 形 非常疲倦的。

bon·fire ['ban,faɪr] 图 大篝火，營火：make a ～ of... 燒掉…。

bon·go[1] ['baŋgo] 图(複～s,《集合名詞》～)〖動〗（熱帶非洲產的）彎角羚羊。

bon·go[2] ['baŋgo] 图 (複～s, ～es)（古巴的）手鼓。

bon·ho·mie [,banə'mi, 'banə,mi] 图Ⓤ親切，溫和；親切的行爲。**-mous**形

'Bo·nin 'Islands ['bonɪn-] 图 (複)《the ～》小笠原群島：位於西太平洋，屬日本。

bo·ni·to [bə'nito] 图 (複～, ～s)〖魚〗（產於大西洋的）鰹魚。

bon·jour [,bon'ʒur] 感《法語》早安！日安！

bon·kers ['baŋkɚz] ㊔《敘述用法》《英俚》發瘋的；心智失常的。

bon mot [,bon'mo] ㊔(複 **bons mots** [-z]) 名言，雋語。

Bonn [ban] ㊔波昂：1949－1991西德的首都。

bon·net ['banɪt] ㊔**1**（婦孺或修女所戴的）軟帽。**2**《主蘇》（男人或男孩所戴的）無帽沿軟帽。**3**（印第安人的）羽毛戰盔（war bonnet）。**4**（保護用的）覆蓋物；（火爐的）通風帽；（幫浦上的）閥門帽；高熱爐頂部的蓋子。**5**《英》汽車引擎蓋（《美》hood）。

have a bee in one's bonnet ⇨ BEE[1]（片語）

—㊕㊋戴帽子。

bon·ny, -nie ['banɪ] ㊔ **(-ni·er, -ni·est)**《主蘇》美麗的，可愛的。**2**《英方》健康的；愉快的；活潑的；寂靜的；怡人的；好的。

-ni·ly ㊊

bon·sai ['bansaɪ] ㊔**1** 盆栽，盆景。**2** 盆栽術。

bo·nus ['bonəs] ㊔(複～**·es** [-ɪz]) **1** 紅利，津貼，獎金；（政府發給退伍軍人的）補助金：cost-of-living ～ 生活補助費。**2**（有價證券的）特別紅利；（契約、貸款的）紅利；意外的贈品。**3** 附贈品。**4**《口》賄賂。

no claims bonus（汽車保險公司給車主的）無肇事獎金。

bon vi·vant [bonvi'van] ㊔（複 **bons vi·vants** [-ts]）《法語》**1** 美食家。**2** 能助興的好同伴。

bon vo·yage [banvɔɪ'aʒ] ㊌《法語》（祝你）一帆風順，旅途愉快。

bon·y ['bonɪ] ㊔ **(bon·i·er, bon·i·est) 1**（似）骨的；骨質的；多骨的。**2** 骨骼粗大的，骨骼突出的；骨瘦如柴的。

bonze [banz] ㊔和尚；僧侶。

bon·zer ['bonzɚ] ㊔《澳俚》**1** 極大的。**2** 一流的。

boo [bu] ㊌噓聲：can't say ～ to a goose.《口》非常害羞的。—㊔(複～**s** [-z]) **1** 噓聲。**2**Ⓤ《美俚》大麻煙。**3**《美》《輕蔑》黑人。

—㊕㊍發出噓聲。

—㊋發噓聲，起鬨，喝倒采《*off...*》。

boob [bub] ㊔《俚》**1** 笨蛋；呆子。**2**《～**s**》《粗》乳房。—㊕㊍失敗。

boo-boo ['bu,bu] ㊔(複～**s** [-z])《俚》**1** 疏忽，過錯。**2** 輕傷。

boo·by ['bubɪ] ㊔ **(複-bies) 1** 糊塗蛋，笨蛋。**2**（團體中的）最後一名。

booby ,hatch ㊔**1**〖海〗接梯子的艙口；通往下甲板的小艙口。**2**《美俚》精神病院，瘋人院。

booby ,prize ㊔（競賽的）末名獎。

booby ,trap ㊔**1**〖軍〗《口》詭雷。**2** 捉弄人的陷阱。

boo·by-trap ['bubɪ,træp] ㊕ **(-trapped, ～·ping)**㊋裝置詭雷或陷阱於…。

boo·dle ['budl̩] ㊔《美俚》**1** 一群人，一夥。**2** Ⓤ大量的東西，大筆的金錢。**3** Ⓤ《俚》賄賂；（政治上）不合法的捐款。

—㊕㊋㊍收（賄），接受（不合法的錢財）。

boog·ie ['bugɪ] ㊔= boogie-woogie.

—㊕㊍（隨著搖滾音樂而）擺動身體，跳舞。

boog·ie-woog·ie ['bugɪ'wugɪ] ㊔ⓊⒸ〖爵士〗布基樂。

boo·hoo [,bu'hu] ㊕㊍號啕大哭。—㊔(複～**s** [-z])號哭聲。

:book [buk] ㊔**1** 書本。**2** 簿本；帳冊，帳簿；《～**s**》（商業公司的）帳目紀錄；（賽馬的）賭注紀錄。**3**（書籍的）卷，篇。**4**《**the** ～》《通常作 **B-**》聖經。**5**（歌劇等的）歌詞；〖劇〗（戲劇的）腳本；〖樂〗（樂團等的）曲目。**6**《**the** ～**s**》名簿，名冊；《**the** ～》電話簿；〖運動〗（運動員的）資料簿；（警察的）（違法）紀錄。**7** 登錄內容；《喻》給予啓迪之事物《*of...*》。**8**《**the** ～》規則，慣例。**9**（郵票等的）（裝訂成書型的）一組，一套《*of...*》。**10**〖撲〗基本分。**11**（煙葉等的）一堆，一捆《*of...*》。**12**《俚》= bookmaker 2.

a closed book (***to***) ⇨ CLOSED BOOK

be at the [*one's*] ***books*** 用功讀書。

bring...to book ⑴追究責任，要求解釋《*for, over...*》。⑵斟酌，檢討。

by (***the***) ***book*** 依照規定；正式地。

close the books ⑴〖會計〗暫停記帳。⑵停止接受（訂貨等）。⑶終止。

get in *a person's* ***good books*** 爲某人所喜愛。

have *one's* ***nose in a book*** 埋首書中。

hit the [*one's*] ***books***《美口》啃書；用功。

in *one's* ***book***《美口》依…的意見。

like a book 徹底地，精確地，詳盡地。

make (***a***) ***book*** ⑴《俚》（賽馬）接受賭注；下賭注。⑵（就某事）打賭《*on...*》；賭定《*on it that*子句》。

one for the book (***s***)《美口》值得記載的事物。

suit *a person's* ***book***《常用否定》合某人的意[計畫]。

take a leaf out of *a person's* ***book*** 仿效某人。

throw the book at...《俚》⑴以最重的罪名控告；處以最重的刑罰。⑵嚴懲。

without book ⑴憑記憶。⑵無根據。

—㊕㊋ **1** 記載在書上；登記下來《常與 **down** 連用》：～ one's order 把訂購者登記下來。**2** 預約；預訂要給；《英》訂房間《*in / at...*》；買（票）：～ a seat on a train 訂火車票。**3** 約定：～ the band for a week 與該樂團訂約演出一週。**4** 記入警方的違法紀錄。**5** 接受賭注。**6** 預訂托運：have one's

luggage ～*ed* 預訂托運行李。—不及 **1**《英》登記住宿《*in*》。**2** 預約《*up*》；買票《*through / for, to...*》。
book in 《英》⇨ 動 不及 1
book...in / book in... (1) ⇨ 動 及 2. (2)（旅館）讓（客人）住進旅館。
book out 《英》結帳離開。
book...out / book out...（旅館）讓（客人）結帳離開。
book up ⇨ 動 不及 2
book...up / book up... (1)《常作被動》預訂。(2)《被動》預約時間《*for...*》；使預訂《*to* do》。

book·a·ble ['bʊkəbl] 形 可預訂的。

book·bind·er ['bʊk,baɪndɚ] 名 **1** 裝訂工。**2** 書籍裝訂商。

book·bind·er·y ['bʊk,baɪndərɪ] 名（複 **-er·ies**）裝訂處，裝訂廠。

book·bind·ing ['bʊk,baɪndɪŋ] 名 U 書本裝訂；裝訂術。

'book ,burning 名 U 焚書。

·**book·case** ['bʊk,kes] 名 書架，書櫥。

'book ,club 名 讀書俱樂部，讀書會（《英》book society）。

'book ,end 名《通常作～**s**》書靠，書立。

book·hunt·er ['bʊk,hʌntɚ] 名 獵書者，搜購書籍者。

book·ie ['bʊkɪ] 名《口》= bookmaker 2.

book·ing ['bʊkɪŋ] 名 U C《尤英》**1** 入帳，記帳。**2** 預約，預訂，訂票。**3** 演出約定（亦作《美》**reservation**）。

'booking ,clerk 名《英》**1**（飛機等的）售票員。**2** 登記旅客、行李、貨物的服務員。

'booking ,office 名《英》售票處，（火車站等的）售票口（《美》ticket office）。

book·ish ['bʊkɪʃ] 形 **1** 好讀書的，書呆子型的。**2** 完全根據書本知識的：a ～ way of thinking 書呆子式（不實際）的想法。**3** 書本（上）的；學究型的；文縐縐的；迂腐的：a ～ expression 文縐縐的措詞。～**·ly** 副

'book ,jacket 名 書封套，書皮。

book·keep·er ['bʊk,kipɚ] 名 記帳員，簿記員。

book·keep·ing ['bʊk,kipɪŋ] 名 U 簿記：do ～ 作帳。

book-learn·ed ['bʊk,lɝnɪd] 形 書上學來的，不切實際的。

'book,learning 名 U **1** 書本上的知識。**2**《口》正規學校教育。

book·let ['bʊklɪt] 名 小冊子。

'book ,lore 名 = book learning.

'book ,louse 名〖昆〗書蝨，書蠹蟲。

book·lov·er ['bʊk,lʌvɚ] 名 嗜書者，愛書者。

book·mak·er ['bʊk,mekɚ] 名 **1** 製書者；出版者，編書者。**2**（亦作 **bookie**）（賽馬等的）接受賭注的人。

book·mak·ing ['bʊk,mekɪŋ] 名 U 著作；（為營利的）編纂，出版；（賽馬的）賭注。

book·man ['bʊkmən] 名（複 **-men**）**1** 讀書人，博學者，文人。**2**《口》出版家；編書者。

book·mark ['bʊk,mark] 名 **1** 書籤，書卡。**2**〖電腦〗（用以儲存網頁位址的）書籤。—動 及 為網站設書籤。

'book ,match 名（放在對摺卡紙中的）書夾式火柴。

book·mo·bile ['bʊkmə,bil] 名《美》巡迴圖書館，流動書店。

book·plate ['bʊk,plet] 名 藏書票。

book·rack ['bʊk,ræk] 名 **1** 閱覽架。**2** 書架。

book·rest ['bʊk,rɛst] 名（放在桌上的）閱覽架。

'book re,view 名 U C 書評；書評欄。

'book re,viewer 名 書評家。

book·sel·ler ['bʊk,sɛlɚ] 名 書販，書商。

·**book·shelf** ['bʊk,ʃɛlf] 名（複 **-shelves**）書架。

·**book·shop** ['bʊk,ʃap] 名《英》= bookstore.

book·stack ['bʊk,stæk] 名 大型書架。

book·stall ['bʊk,stɔl] 名 **1**（舊）書攤。**2**《英》書報攤（《美》newsstand）。

book·stand ['bʊk,stænd] 名 **1** = bookrack. **2** = bookstall.

·**book·store** ['bʊk,stor] 名《美》書店。

'book ,token 名 圖書券。

'book ,value 名 U C 帳面價值。

book·work ['bʊk,wɝk] 名 U **1** 根據書本所做的研究。**2** 書籍印刷。**3** 文書工作。

book·worm ['bʊk,wɝm] 名 **1** 嗜書者，書呆子。**2**〖昆〗蠹魚科蛀書蟲的通稱。

·**boom**[1] [bum] 動 不及 **1** 發出會引起共鳴的聲音；隆隆作響；以低沉的聲音說話《*out*》；嗡嗡作響。**2** 發出響聲地迅速移動。**3** 急速發展，迅速興隆；突然聲名大噪。
—及 **1** 使發出隆隆聲；大聲唱出，念出，奏出《*out*》。**2** 大力宣傳；使急速發展；促進《*for...*》。—名 **1** 隆隆聲，轟響。**2** 叫鳴聲；嗡嗡聲。**3** 急增；急速發展；暴漲；突然景氣轉好。**4**（候選人的）聲望提高；為爭取支持而作的宣傳。—形《美》急速發展的；聲名大噪的。

boom[2] [bum] 名 **1**〖海〗吊桿；帆桁；〖機〗構架；吊桿。**2**〖影·視〗懸吊攝影機的活動桿。**3** 浮柵，浮木圈成的柵欄。
lower the boom on a person 《俚》加以痛擊，指摘；處罰。
—動 及 **1** 以桁張開《*out, off*》；以吊桿吊運。**2** 在（河流）上置柵。—不及 急速航行。

,boom and 'bust 名《口》經濟景氣與蕭條交替的循環。

boom·er·ang ['bumə,ræŋ] 名 **1** 回力鏢。**2** 自食其果的事物。—動 不及 **1** 返回原處

《 *on...* 》。**2** 使計畫者自食其果《 *on...* 》。

boom·ing ['bumɪŋ] 形 **1** 蒸蒸日上的。**2** 突告景氣的；急速發展的。～**·ly** 副

'boom ˌtown 名《主美》新興都市。

boom·y ['bumɪ] 形 **1** 聲音非常響亮的。**2** 景氣繁榮的。

boon¹ [bun] 名 **1**《文》請求。**2** 恩惠，恩物《 *for, to...* 》。

boon² [bun] 形 **1** 愉快的，快活的。**2**〖詩〗親切的，寬大的。

boon·docks ['bun,dɑks] 名(複)《通常作 **the** ～》《美方·英俚》**1**（邊境的）荒地，密林。**2** 偏遠的鄉下。

boon·dog·gle ['bun,dɑgl] 名《美》**1** 手工藝品；（童子軍繫於頸上，用皮革製成的）帶。**2**《口》徒勞無功的工作。

一動 不及《口》徒勞無功。

boor [bʊr] 名 **1** 粗野的男子；莽漢。**2** 鄉巴佬。**3** 小農。

boor·ish ['bʊrɪʃ] 形鄙俗的，粗野的，像農夫一樣的。～**·ly** 副，～**·ness** 名

boost [bust] 動 及《美》**1** 推上《 *out, up...* 》。**2** 後援，吹捧《 *up* 》；提拔（人）《 *into* 》。**3** 增強，鼓吹，提高：～ sales 促銷。**4**《 俚 》偷 竊；扒 竊。**5**〖電〗升（壓）。

一名 **1** 推；推動。**2** 上升，增加：a ～ in prices 物價的上漲。**3** 聲援，鼓勵。

boost·er ['bustɚ] 名 **1** 援助者，後援者；熱心的支持者。**2**〖電〗升壓器。**3** 無線電週波增幅器。**4**〖太空〗推進器。**5**（藥劑的）效能促進劑。**6**《俚》小偷，扒手。

:boot¹ [but] 名 **1**《通常作～**s**》《美》長靴；《英》（長及足踝的）半長統靴；膠套靴：high ～*s*《英》長統靴 / pull on one's ～*s* 穿上靴子。**2**〖史〗靴狀刑具，夾足刑具。**3** 鞘狀防護用遮蓋物；（輪胎內側的）護板；（馬足的）護腿；（馬車等駕駛座上的）遮板[布]。**4** 車篷。**5**《英》（馬車的）放行李處；（汽車的）行李廂（《美》trunk）。**6**〖美海軍·陸戰隊〗新兵。**7** 踢；《美口》（具有刺激性的）樂趣。**8**《 **the** ～》《俚》解雇：give a person *the* ～ 把某人解僱。**9**〖棒球〗《口》失誤。

be in** a person's **boots 處於某人的地位。

be too big for** one's **boots 自大，自負。

die with** one's **boots on /《英》***die in** one's **boots*** (1) 殉職。(2) 戰死。

get the boot on the wrong leg 錯怪；誤解。

go down in** one's **boots《美口》嚇得魂不附體。

have** one's **heart in** one's **boots ⇨HEART（片語）

lick** a person's **boots 屈服於某人，拍某人馬屁。

***lick the boots off** a person* 打垮某人。

like old boots《俚》徹底地，十足地；竭力地，拚命地。

move** one's **boots《美口》拔腿上路，出發。

Over shoes, over boots.《諺》一不做，二不休。

put the boot in 猛踢；攻擊得體無完膚。

The boot is on the other foot. 與原來相反；情況翻轉。

wipe** one's **boots on... 侮辱某人。

You can bet your boots《俚》一定地，確定地《 *on..., that* 子句 》。

一動 及 **1** 使穿靴。**2**《俚》踢；〖美足〗踢；《俚》趕走；解雇，開除《 *out* 》。**3**〖棒球〗《口》漏接滾地球。**4**《俚》錯失。

boot it (1) 步行，行進。(2) 犯錯。

boot one（棒球賽中）犯失誤。

boot² [but] 名《古·方》《用於下列片語》

to boot 並且，而且，此外。

一動 不及《古》《否定、疑問句》有益，有效。

boot³ [but] 名《古》戰利品，擄獲品。

boot·black ['but,blæk] 名擦鞋的人。

'boot ˌcamp 名新兵訓練中心。

boot·ed ['butɪd] 形穿靴的。

boot·ee [bu'ti] 名《通常作～**s** 》毛織嬰兒靴；（婦人所穿的）半統靴。

Bo·ö·tes [bo'otiz] 名(單 **-tis** [-tɪs])〖天〗牧夫座。

·booth [buθ] 名(複～**s** [buθs, buðz]) **1**（市場的）攤子，攤棚；展示屋：the carnival ～*s* 嘉年華會攤位。**2** 臨時小棚。**3** 小隔間；電話亭；售票間；放映室；（餐廳的）包廂；（視聽教室的）小隔間。

boot·jack ['but,dʒæk] 名（**V** 字形）脫靴器。

boot·lace ['but,les] 名 **1**《通常作～**s**》長靴的鞋帶：by one's ～*s* 獨自一人抗爭。**2**《英》鞋帶。

boot·leg ['but,lɛg] 名《美》**1** U 私酒。**2** 盜版影音製品。**3** 長靴的靴身。一動(**-legged**, ～**·ging**) 及 不及 非法製造，非法販賣，走私（酒類等）。一形 **1** 私造的，私販的，走私的。**2** 非法的；祕密的。

～**·ger** 名 非法製造或走私酒類者。

boot·less ['butlɪs] 形《文》無用的。

boot·lick ['butlɪk] 動 及《美口》拍馬屁；諂媚。一 不及 奉承，諂媚。

～**·er** 名阿諛者，奉承者。

boots [buts] 名(複～)《作單數》《英》（旅館等地方的）擦鞋者。

boot·strap ['but,stræp] 名（靴子的）拉鞋帶。

pull oneself up by** one's **(own) bootstraps《口》完全靠自己的力量成功；自力更生。

一動 及《反身》依靠（自己）努力成爲…《 *into...* 》；使（自己）努力掙脫《 *out of...* 》。

一形 靠自己力量的，獨力的。

'boot ˌtree 名靴模。

boo·ty ['butɪ] 名(複**-ties**) U C **1** 戰利品，掠奪品。**2** 豐收；賺頭。

play booty 合夥詐騙某人，勾串作弊。

B

booze [buz] 名《口》1 U 酒；《美》烈酒；威士忌：on the ~ 痛飲，狂飲 / hit the ~《美俚》喝酒。2 U C 酒宴；喝酒；狂飲。

drive a person to booze 使沉溺於酒精；害得某人自暴自棄。

—動及不及 痛飲，暴飲《*away, up*》。

booz·er ['buzɚ] 名《俚》飲酒者；《英俚》酒吧。

booze-up ['buz,ʌp] 名《英俚》縱酒之宴會。

booz·y ['buzɪ] 形 (**booz·i·er, booz·i·est**)《口》酒醉的，大量喝酒的。

booz·i·ly 副

bop[1] [bɑp] 名 U 早期爵士樂。

bop[2] [bɑp] 動 (**bopped, ~·ping**) 及《美俚》毆打，擊打。—名 毆打。

bo·peep [bo'pip] 名 U《英》躲貓貓遊戲（《美》peekaboo）。

bor.《縮寫》*borough*.

bo·rac·ic [bo'ræsɪk] 形〖化〗= boric.

bor·age ['bɝɪdʒ, 'bɔr-] 名 U〖植〗1 琉璃苣。2 單葉。

bo·rate ['boret] 名 U〖化〗1 硼酸鹽。2《廣義》含硼酸的酸式鹽。—動及 以硼酸鹽處理。

bo·rax ['borəks] 名 U〖化〗硼砂。

Bor·deaux [bɔr'do] 名 1 波爾多：法國西南部港口。2 U C 波爾多葡萄酒。

bor·del·lo [bɔr'dɛlo] 名 妓院。

:**bor·der** ['bɔrdɚ] 名 1 邊緣；邊際：a house near the ~ of a lake 鄰近湖畔的一棟房子。2 邊界，國界，國境地帶；《通常作 ~s》領土，領域：the ~ between two countries 兩國的邊境 / over the ~ 越過邊境 / beyond ~*s* 國境之外 / on the ~*s* of... 在…的邊境地區。3《the ~》《美》美國與墨西哥間的邊界；《the Borders》《英》英格蘭和蘇格蘭的交界地區。4（印刷品等）邊飾，邊飾圖案；（織品等的）邊飾，鑲邊；邊線。5〖園〗狹長的花圃。

on the border of... (1) 在…的邊緣，鄰接。(2) 近乎，瀕於。

—動及 1《通常用被動》圍，鑲以花邊《*with...*》。2 構成界線；鄰接。

—不及 1 接壤《*on, upon...*》。2 近於，類似《*on, upon*》。

bor·der·er ['bɔrdərɚ] 名 1 國界附近的居民；邊境的居民；《英》英格蘭和蘇格蘭邊境的居民。2 劃分界線的人。

bor·der·land ['bɔrdɚ,lænd] 名 1 邊境地帶；邊地。2《the ~》邊緣地帶；不確定的狀態。

'**border ,line** 名 國境線，分界線。

bor·der·line ['bɔrdɚ,laɪn] 形 1 國界上的，毗鄰國境的。2 不明確的。3 不盡合乎標準的；不雅的。

'**Border ,States** 名(複) 1〖美史〗邊境諸州：美國南北戰爭中傾向於與北軍妥協的 Delaware, Maryland, Kentucky, Missouri 等南部數州。2《美》美國北部鄰接加拿大的各州。

·**bore**[1] [bor] 動 (**bored, bor·ing**) 及 1 穿鑿；穿（孔）。2 挖掘：~ a tunnel through the mountain 從山中挖出一條隧道。3 擠出（通路）。4〖機〗膛（孔），加大孔徑。

—不及 1 鑽探，採掘《*for...*》。2 被開孔，被穿孔。3 前進《*on / through, into...*》。

—名 1（錐等鑿成的）孔，鑽探孔；（汽缸、槍、炮管的）內膛。2 內徑；口徑。3 鑽子。4《澳》（牛群飲水的）水坑。

·**bore**[2] [bor] 動 (**bored, bor·ing**) 及 使厭煩，使無聊《*at, with...*》。—名 令人厭煩的人[事，物]。

bore[3] [bor] 名 海濤，巨浪。

:**bore**[4] [bor] 動 **bear**[1] 的過去式。

bo·re·al ['borɪəl] 形 1 北風的；北方的。2《偶作 B-》Boreas 的。

Bo·re·as ['borɪəs] 名 1〖古希〗北風之神。2〖詩〗北風，朔風。

bored [bord] 形 感到厭煩的，無聊的。

bore·dom ['bordəm] 名 U 厭倦，懶散；厭煩。

bore·hole ['bor,hol] 名〖礦〗鑽探孔。

bor·er ['borɚ] 名 1 鑽孔者[物]；〖機〗鑽孔器。2〖昆〗鑽蛀蟲，木蟲。

bore·some ['borsəm] 形 無聊的；令人厭煩的。

bo·ric ['borɪk] 形 含硼的：~ acid 硼酸。

bor·ing[1] ['borɪŋ] 名〖機〗1 U 搪孔；挖孔；穿孔的洞；地層採樣。2《~s》捻鑽屑，穿孔屑。

bor·ing[2] ['borɪŋ] 形 無聊的，令人厭煩的。

:**born** [bɔrn] 動 **bear**[1] 的過去分詞。

—形《限定用法》1 出生的，出身的。2 生來的，天生的；全然的，道地的：a ~ idiot 道地的白癡。3《複合詞》於…出生的，由…出身的；具有…身分的。

born and bred / bred and born《副詞》土生土長地。

born yesterday《通常用於否定》幼稚的，沒有經驗的，易受騙的。

in all my born days 我一生之中，我有生以來。

born-a·gain ['bɔrnə'gɛn] 形 1 重歸基督之門的；重獲信心的。2 堅定信奉的。

:**borne** [born] 動 **bear**[1] 的過去分詞。

Bor·ne·an ['bɔrnɪən] 形 婆羅洲（人）的。—名 婆羅洲人。

Bor·ne·o ['bɔrnɪ,o] 名 婆羅洲：馬來群島最大島，為世界第三大島。

bo·ron ['borɑn] 名 U〖化〗硼。符號：B

bor·ough ['bɝo, 'bɝə] 名 1《美》（州的）自治村鎮；（Alaska 州的）郡。2 New York 市的行政區。3《英》(1) 自治市。(2)（有權選派國會議員的）小市鎮。

:**bor·row** ['bɑro] 動及 1 借，借用《*from... of, off*》。2 引用；（從外國語）借用《*from...*》：~ a word *from* Latin 從拉丁語借

用一個字。3〖算〗(減法中自前一位數字)借(位)。
—不及 1 借來，借用《*from...*》。2〖高爾夫〗由球洞的左邊或右邊擊球入洞。3〖海〗迎風航行，沿岸航行。
borrow trouble 自尋煩惱，杞人憂天。
live on borrowed time 苟延殘喘。

bor·row·er ['bɑroɚ] 名借方，借用者。

bor·row·ing ['bɑroɪŋ] 名1 U借用。2 借來的東西；借用語，外來語。

borsch [bɔʃ], **borscht, borsht** [bɔʃt] 名U 羅宋湯。

bor·stal ['bɔrstəl] 名C U《偶作 **B-**》《英》少年感化院。

bor·zoi ['bɔrzɔɪ] 名(複～s [-z])(俄國產的)波索伊犬。

bos·cage, -kage ['bɑskɪdʒ] 名《詩》叢林，樹叢，灌木叢。

bosh [bɑʃ] 名U《口》蠢話：talk ～ 說蠢話。—感瞎說！胡說！無聊！

bosk [bɑsk] 名《古》小樹林；灌木叢。

bos·ket, -quet ['bɑskɪt] 名 庭樹，樹叢，矮樹林。

bosk·y ['bɑskɪ] 形 **(bosk·i·er, bosk·i·est)** 1《文》樹木茂盛的，多蔭的。2《俚》醉的，醺醺然的。

Bos·ni·a ['bɑznɪə] 名波士尼亞(聯邦)：原南斯拉夫聯邦的一部分，1992 年獨立；首都塞拉耶佛(Sarajevo)。

·bos·om ['buzəm] 名1《通常作 **the** ～, **one's** ～》《古》胸；《～**s**》女人的乳房。2《古》(衣服的)胸部；懷中。3 胸懷；內心的感覺；心思：speak one's ～ 表白心跡 / take...to one's ～以…為知己；娶…為妻。4《**the** ～》深處，內部：(河等的)裡面：in *the* ～ of the mountains 在深山裡。5《**the** ～》懷抱：in *the* ～ of one's family 在家人的關懷下。6 緊抱，擁抱。
—形《限定用法》1 胸部的；胸中的。2 親密的；心腹的。—動及1 緊抱；疼愛，珍視。2 隱藏，埋藏心中。3 包圍，環繞。

bos·om·y ['buzəmɪ] 形 1 胸部豐滿的。2 乳形的；隆起的。

Bos·po·rus ['bɑspərəs] 名《**the** ～》博斯普魯斯海峽：黑海和馬摩拉(Marmara)海之間的海峽。

:boss[1] [bɔs] 名 1 老闆，上司。2《美》領袖，大人物。3《口》能支配他人者。4《美》犯罪組織的首領。—動及 充任領導人；掌管；指揮；使喚《*around, about*》。
—不及逞威風，擺老闆架子。
boss it 擺老闆架子；指揮《*over...*》。
—形 1 掌管的，掌權的；主要的。2《美俚》一流的。

boss[2] [bɔs] 名 1〖動·植〗隆起，突出部分；瘤，節疤。2 隆起的裝飾物，(盾等的)飾釘，飾鈕。3〖建〗凸飾；浮雕。
—動及以凸飾來裝飾。

bos·sa no·va ['bɑsə'novə] 名U C爵士樂與森巴舞曲混合的一種樂曲；其舞蹈。

boss-eyed ['bɔs,aɪd] 形《英俚》斜眼的；《口》偏袒的，偏心的。

boss·ism ['bɔsɪzəm] 名U頭子控制(制度)。

boss-shot ['bɔs,ʃɑt] 名《俚》疏忽，大失策。

boss·y[1] ['bɔsɪ] 形 **(boss·i·er, boss·i·est)**《口》逞威風的；專橫[跋扈]的，愛指揮別人的。**boss·i·ness** 名, **boss·i·ly** 副

boss·y[2] ['bɔsɪ] 形**(boss·i·er, boss·i·est)**有浮凸裝飾的，圓形隆起的。

Bos·ton ['bɔstn̩] 名波士頓：美國 Massachusetts 州東部港口及首府。

'Boston ,bag 名《美》1《昔》波士頓式書袋。2 手提袋。

Bos·to·ni·an [bɔ'stonɪən, bɑs-] 形 波士頓的；波士頓人的。—名波士頓人。

'Boston 'Tea ,Party 名《**the** ～》〖美史〗(1773 年)波士頓茶船事件。

'Boston 'terrier 名 波士頓㹴犬。

bo·sun ['bosn̩] 名= boatswain.

bot [bɑt] 名馬蠅的幼蟲。

BOT 名《縮寫》build, operate, transfer：政府將公共工程委託民間企業出資建設，經營一定年數後，無償交還政府。

bo·tan·i·cal [bo'tænɪkl] 形 植物的；由植物製成的；含植物的；植物學(上)的。

bo'tanical 'garden 名《通常作～**s**》植物園。

bot·a·nist ['bɑtn̩ɪst] 名植物學者。

bot·a·nize ['bɑtn̩,aɪz] 動不及1 作植物研究。2 採集植物。—及研究植物。

bot·a·ny ['bɑtn̩ɪ] 名 (複**-nies**) 1 U 植物學。2 U 植物。3 植物學書籍。

'Botany 'Bay 名 植物灣：澳洲雪梨市附近的港灣，原為英國放逐犯人之處。

botch [bɑtʃ] 動及弄糟，糟蹋；笨拙地補綴《*up*》。—名(亦稱 **botch up**)笨活；粗拙的補綴；混雜物，雜亂。

botch·y ['bɑtʃɪ] 形**(botch·i·er, botch·i·est)** 工作拙劣的，製作拙劣的。

bot·fly ['bɑt,flaɪ] 名 (複 **-flies**)〖昆〗馬蠅，羊蠅。

:both [boθ] 形兩者的，雙方的，兩…。
have it both ways(在議論等中)兩者兼顧，兩全其美。
—代1 兩方，雙方，兩者。2《代名詞作為主詞及受詞時，置於其後》…都。
—副《相關連接詞》也…也…，不僅…而且…也…；兩者都…。

:both·er ['bɑðɚ] 動 及 1 煩擾，麻煩《*with...*》；使煩惱[憂慮]；使糊塗[迷惑]；使煩心，使傷腦筋《*about...*》：～ one's head *about*... 為…煩心。2 纏著(做…)，纏著(要…)《*for...*》。3《通常用於否定》《反身》使費神；為(自己)添麻煩。4 干擾，干預。—不及 1 煩惱，擔心，憂慮《*with, about...*》。2《通常用於否定句》費神《*about* doing》。

B

can't be bothered 不想操心，不願費神《*with, by...*》。

一图 1《a ～》苦惱的原因，麻煩的事《*to...*》；Ⓤ困擾，煩心。2Ⓤ 辛苦。一感《主英》《溫和地表示焦躁》討厭！

both·er·a·tion [,baðə'reʃən] 感《口》討厭！煩人！一图ⓊⒸ煩惱，麻煩。

both·er·some ['baðəsəm] 形 麻煩的，煩人的，討厭的。

bot·ox ['bataks] 图Ⓤ肉毒桿菌素（botulinum toxin）。

'bo ,tree ['bo-] 图〖植〗（印度的）菩提樹。

Bot·swa·na [bat'swanə] 图 波札那（共和國）：在非洲南部，1966 年獨立；首都爲嘉伯隆里（Gaborone）。

bott [bat] 图 = bot.

Bot·ti·cel·li [,batɪ'tʃɛlɪ] 图 **Sandro**, 波提切里（1444?－1510）：義大利文藝復興時期畫家。

:bot·tle[1] ['batl̩] 图 1 瓶。2 一瓶的量《*of...*》。3《the ～》瓶裝哺乳牛奶；奶瓶：be brought up on *the* ～ 吃牛奶長大。4《通常作 the ～》《俚》酒。

hit the bottle《俚》酗酒；酒醉。

一動 **(-tled, -tling)** 及 1 裝瓶，封瓶《*up*》；《英》裝罐儲藏。2 裝入瓶[筒]中。3《俚》逮捕。

bottle...off / bottle off... 分裝進若干小瓶。

bottle...up / bottle up... (1) ⇨動及 1. (2)壓抑，隱藏。(3) 封鎖；使其動彈不得。

bot·tle[2] ['batl̩] 图《英方》（乾草等的）一捆。

look for a needle in a bottle of hay 徒勞無功，大海撈針。

'bottle ,baby 图 1 吃牛奶的嬰兒。2《口》酒精中毒者；酗酒者，酒鬼。

'bottle ,bank 图 空瓶回收桶。

'bottle ,cap 图 瓶蓋。

bot·tled ['batl̩d] 形 瓶封的，瓶裝的；裝入容器的。

bot·tle-feed ['batl̩,fid] 動 **(-fed** [-,fɛd], **～·ing)** 及 用牛奶哺育。

'bottle ,gourd 图 ⇨ GOURD 1

'bottle ,green 图Ⓤ深綠色。

'bottle-'green 形 深綠色的。

bot·tle·hold·er ['batl̩,holdə] 图〖拳擊〗隨伴人。

bot·tle·neck ['batl̩,nɛk] 图 1 瓶頸。2 狹窄的通路；交通阻塞；障礙。一動及 阻礙；限制。一不及 成爲瓶頸；受阻。一形 狹窄的。

bot·tle·nose ['batl̩,noz] 图〖動〗尖鼻海豚。

bot·tle-nosed ['batl̩,nozd] 形 有蒜頭鼻的。

:bot·tom ['batəm] 图 1 底部，最低處；山腳，山麓；根部；（紙頁等的）下端。2 底，下側，裡側；水底。3《通常作～s》〖地〗沖積低地。4〖海〗船底；（吃水線下的）船殼部分；船上的貨艙；《古》貨船，船舶。5（椅子的）座部；《口》屁股。6 根底，基底，基礎；原因，起源；真相：from the ～ of one's heart 發自內心深處，由衷地。7《～s》睡褲。8《英》(1)（道路、港灣、凹處的）盡頭，末端。(2)（庭院等的）深處。9〖棒球〗（一局的）下半局。10《通常作 the ～》《口》末尾，末席；最低點。11Ⓤ潛力，耐力。

at bottom 實際上；本質上。

be at the bottom of... (1) ⇨图 10. (2)《常帶輕蔑意味》是…的根源；爲…背負責任。

bottom up 翻轉地，顛倒地。

Bottoms up!《口》乾杯！

from the bottom up 從頭開始；徹底地。

get to the bottom of ... 探究…的真相。

knock the bottom out of...《口》破壞，證明…無價值。

reach the bottom 降到底價。

stand on one's own bottom 自力更生。

The bottom falls out of...《口》(1) 滑落谷底。(2) 陷入最不愉快的低潮。

to the bottom (1) ⇨图 2. (2) 徹底，到底。

touch bottom (1) 觸及水底；擱淺。(2) 降到最低價。(3) 淪入最不幸的境界。(4) 得到結論。

一動及 1 裝上底座；給（靴等）上底。2 將根據置於，基於《*on, upon...*》。3 徹底了解，探究根底，查明真相。4 使沉到海底。

一不及 1 置根據於，基於《*on, upon...*》。2 使達到底部，停於底部《*on...*》。

bottom out 降到最低價。

一形《限定用法》1 裡側的，最下面的。2 底部的。3 最低的；最後的。4 根本的，基本的。

bet one's bottom dollar《美》(1) 孤注一擲。(2) ⇨ BET（片語）

'bottom 'drawer 图《英》放置嫁妝的下層抽屜（《美》hope chest）。

'bottom-feeder 形 1 在水下生活的魚。2 在基層討生活的人。

'bottom 'gear 图《英》汽車最低速之排檔。

'bottom ,land 图 = bottom 图 3.

bot·tom·less ['batəmlɪs] 形 1 無底的；無底座的。2 深不可測的；無限的。3 無法理解的，神祕的：a ～ mystery 難以理解的神祕事件。4 露臀的；裸露下體的。

'bottom ,line 图《the ～》《口》1 最低線[値]；關鍵，要點。2 帳冊結算線。3 最終結果。

bot·tom·most ['batəm,most] 形 1 最低的；最下層的；最底下的。2 最基本的。

bot·tom·ry ['batəmrɪ] 图(複 **-ries**)〖海法〗船舶抵押（貸款）契約。

'bottom-'up 形 由下而上的。

bot·u·lism ['batʃə,lɪzəm] 图Ⓤ〖病〗肉毒桿菌中毒；罐頭食品中毒。

bou·doir [bu'dwar, -dwɔr] 图 婦女的閨

房，內室。

bouf·fant [bu'fɑnt] 形蓬鬆的，鼓起的。—名一種蓬鬆的女性髮型。

bou·gain·vil·le·a, (英) **-lae·a** [ˌbugən'vɪlɪə] 名〖植〗九重葛。

·bough [baʊ] 名樹枝，大枝幹。

:bought [bɔt] 動 **buy** 的過去式及過去分詞。

bought·en ['bɔtən] 形《美方言》從店裡買來的。

bou·gie ['budʒɪ] 名 **1**〖醫〗(1) 探針，探條。(2) 座藥，栓劑。**2** 蠟燭。

bouil·la·baisse [ˌbuljə'bes] 名 U C 法式魚羹。

bouil·lon ['buljɑn, -jən] 名 U 肉汁清湯。

boul·der ['boldɚ] 名 鵝卵石，圓石；漂礫。

'Boulder 'Dam 名 圓石水壩：美國 Colorado 河上的水壩，現稱 Hoover Dam。

boules [bul] 名《法語》《作單數用》草地滾球戲。

boul·e·vard ['bulə,vɑrd, 'bʊl-] 名大街，寬敞的步道，林蔭大道。略作：blvd.

:bounce [baʊns] 動 **(bounced, bounc·ing)** 不及 **1** 彈起，彈回；反彈跳動。**2** 蹦蹦跳跳地走路；亂跳亂蹦。**3**《口》(支票等) 遭到退票。**4**《主英》誇大，吹牛。—及 **1** 使上下跳動，使反彈。**2**《美俚》開除，解僱；使退學；趕走，攆走《*out of...*》。**3**《英俚》連哄帶騙地奪走《*out of...*》；脅迫 (…)《*into...; out of...*》：～ a person *into* doing 迫使某人做…。**4**《主英》叱責，責罵。**5** 以通訊衛星轉播。

bounce back (1) ⇨動 不及 1, 2.(2)《口》迅速恢復元氣；(經濟等的) 復甦。

—名 **1** U C 跳，跳回；跳躍，跳上：on one ～一跳就…。**2**《英俚》(1) U C 虛張聲勢，吹牛。(2) U 厚顏無恥，冒失。**3** U 彈力，反彈力。**4** U《口》活力；精力；活潑的生氣。**5** (雷達幕上的) 反射波異動。**6**《通常作 **the** ～》《俚》開除，解僱；驅逐。

—副 猛一跳地；忽然間。

bounc·er ['baʊnsɚ] 名 **1** 跳躍的人[物]。**2**《俚》(酒店、夜總會等的) 保鏢。**3**《口》最大者。**4**《英俚》說大話者，吹牛者。**5**《俚》拒絕付款的支票；退票。

bounc·ing ['baʊnsɪŋ] 形 **1** 強壯的；生氣勃勃的。**2**《口》誇張的；巨大的；喧鬧的：a ～ lie 大謊言。～**·ly** 副

boun·cy ['baʊnsɪ] 形 **(-ci·er, -ci·est)**《口》**1** 生氣勃勃的，活潑的。**2** 有彈性的，富彈力的。**3** 自高自大的，神氣活現的。

·bound[1] [baʊnd] 動 **bind** 的過去式及過去分詞。—形 **1** 綁著的，被束縛的；《複合詞》被限制住的：snow-*bound* 被雪困住的。**2**《喻》受限的《*to...*》；受法律約束的：honor(-) *bound* 受榮譽束縛的。**3** 裝訂好的；裝上封面的；《複合詞》以…方式裝訂的：a leather-*bound* book 皮面精裝書。**4** (1) 負有責任的。(2) 必定的；注定的。(3) 下定決心的。**5**〖病〗便祕的。**6**〖語言〗附著的。

be bound up in [*with*] ... (1) 有密切關係，息息相關。(2) 熱中於，專心於。

I'll be bound.《口》我敢肯定。

·bound[2] [baʊnd] 動 不及 **1** 蹦蹦跳跳而去；跳躍，跳起；跳動；《喻》(因驚悸等) 砰砰跳：～ into fame 一舉成名。**2** 跳回，彈回，反彈。—及 使反彈。

—名 **1** 跳上，跳躍；(心的) 躍動：advance by leaps and ～*s* 突飛猛進。**2** (球的) 跳回，彈回。

·bound[3] [baʊnd] 名 **1**《通常作～**s**》區域，範圍：within the given ～*s* 在許可的範圍內 / break ～*s* 突破範圍，越軌。**2** 限制的事物；境界 (線)，限度：the farthest ～*s* of the ocean 海的盡頭，海角。**3**〖數〗界。

beat the bounds 巡視教區的境界。

out of bounds (1) 超越界限。(2) 禁止入內的 (《美》off limits)。

—動 及 **1** 限制；抑制。**2**《通常用被動》形成界限，鄰接《*on...*》。

—不及 接境《*on...*》。～**·a·ble** 形

·bound[4] [baʊnd] 形 **1**《敘述用法》預定前往的；途中的；駛往的《*for...*》：be ～ on a journey 正在旅行途中。**2**《複合詞》往…的：a north-*bound* ship 往北航行的船。

·bound·a·ry ['baʊndərɪ, -drɪ] 名 **(**複 **-ries) 1** 界限的標示；境界，界線：beyond the *boundaries* of science 超越科學的領域。**2**〖數〗界，邊界：～ condition 邊界狀況。**3**《英》〖板球〗界線，球界；打出界外球。

bound·en ['baʊndən] 形 **1**《古》蒙恩的《*to...*》。**2** 有義務的《只用於下列片語中》：one's ～ duty 義不容辭的責任，職責所在。

bound·er ['baʊndɚ] 名 **1**《英口》魯莽的人，無賴。**2**〖棒球〗滾地球。

'bound 'form 名〖語言〗附著形式。

bound·less ['baʊndlɪs] 形無界限的；無限的；廣大的：his ～ energy 他無窮的活力。～**·ly** 副

boun·te·ous ['baʊntɪəs] 形《文》**1** 慷慨的，闊綽的，寬宏大量的。**2** 豐富的，富裕的，豐厚的。

boun·ti·ful ['baʊntəfəl] 形《文》**1** 慷慨的；寬大的。**2** 豐富的，充足的。

～**·ly** 副, ～**·ness** 名

boun·ty ['baʊntɪ] 名 **(**複 **-ties) 1** U 慷慨，大方。**2** 施捨物，贈物；(穀物的) 收穫；報償金，贈金；補助金，懸賞金：offer a ～ for dead wolves 懸賞獵殺野狼。

'bounty ˌhunter 名 為獲賞金而追捕或獵殺逃犯、野獸等的人。

·bou·quet [bu'ke, bo'ke] 名 **1** 花束；《喻》恭維話：throw ～*s* at... 讚美，稱讚。**2** U C 芳香；特殊風格。

B

bou'quet gar·ni [-gɑr'ni]图五香包，藥草束。

Bour·bon ['burbən] 图1（法國的）波旁王族；此族族人。2 極端保守的人；美國南部出身的保守民主黨員。3 ['bɚ-]Ⓤ（亦稱**bourbon whiskey**）《**b-**》波旁威士忌酒。

bour·geois [bur'ʒwɑ] 图（複 **-geois**）1 中產階級者。2《常爲蔑》有產者；中產階級的實業家，資本家。3 庸俗的人。—形1 中產階級的。2 資產階級的；平庸的；俗氣的。

bour·geoi·sie [ˌburʒwɑ'zi] 图《通常作**the** ～》《作單、複數》1 中產階級。2 資產階級。

bourn(e) [born] 图《蘇格蘭·北英格蘭》= burn².

bourse [burs] 图（歐洲的）證券交易所。

bout [baut] 图1（拳擊等的）一次較量，一個回合；競賽：have a ～ with... 和…較量一番。2（活動的）一個段落，一段時期的工作：have a ～ at the typewriter 在打字機上打一陣子字。3（暫時的）期間；（疾病的）發作。4《主英方》場合。

bou·tique [bu'tik] 图 專賣流行服飾用品的小商店；百貨公司服飾專櫃。

bou·zou·ki [bu'zukɪ] 图布素基琴。

bo·vine ['bovaɪn] 形 1〖動〗牛（科）的。2 似牛的；《蔑》行動緩慢的，笨重的。—图〖動〗牛科動物。

Bov·ril ['bɑvrɪl] 图Ⓤ《常作 **b-**》〖商標名〗《英》保衛爾牛肉精。

bov·ver ['bɑvɚ] 图Ⓤ《英俚》（青少年的）街頭鬥毆。

:bow¹ [bau] 動不及1 彎腰，鞠躬，點頭致意《*to...*》：～ from the waist 彎腰行禮。2 屈從，投降；服從，低頭《*down* / *to...*》：～ *to* nobody in... 在…方面不向任何人低頭 / ～ *down to* the enemy 向敵人屈服。3《文》（向下方）彎曲。—及1 曲（膝），低（頭），垂下（頭）。2 使屈從[屈服]；使頹喪《*down*》。3《通常用被動》使彎腰駝背。4 鞠躬表示。5 鞠躬迎[送]《*in, out* / *into...*; *out of...*》。6《文》使彎曲。

bow and scrape (1) 笨拙地打躬作揖。(2)《通常爲蔑》過分奉承《*to...*》。

bow out (1) 恭敬地退出。(2)《口》抽身，退出《*of...*》；辭職，引退《*of...*》。

—图鞠躬，點頭。

make one's bow (1) 初次登場。(2)（鞠躬行禮後）退場。(3) 引退。

take a bow 在鼓掌聲中點頭答禮。

·bow² [bo] 图1 弓。2 弓形物；鞍的前穹；〖建〗弓形量規；《美》鑰匙環，（懷錶的）錶環。3 彎曲，曲線。4 蝴蝶結；緞帶蝴蝶結；蝴蝶形領結。5 琴弓；琴弓的一拉[抽]。6（眼鏡的）框架。7 虹。

draw a bow at a venture 胡亂射擊；胡搞。

draw a [the] long bow 吹牛，說大話。

have two strings to one's bow ⇨ STRING（片語）

—形1 彎曲的，弓形的。2（亦稱 **bowed**）織斜紋的。—動及不及1 彎成弓形。2〖樂〗用弓拉奏。

·bow³ [bau] 图1《常作～**s**》〖海〗船首；〖空〗機首。2 划艇最前部的槳；前槳手，在船首划船者。

a shot across the bows 警告。

bows on 把船首朝向目標；勇往直前地。

bows under 船首被水淹沒。

on the bow 〖海〗在船首左右舷前方45°以內。

'Bow 'bells [bo-] 图 倫敦 East End 地區的 Bow Church 裡的鐘。

bowd·ler·ize ['baudləˌraɪz] 動及刪除或修訂。

bowed [baud] 形彎曲的。

·bow·el ['bauəl] 图 1〖解〗(1)《通常作～**s**》腸：bind the ～*s* 止瀉 / loosen the ～*s* 通便。(2) 腸的一部分。2《～**s**》內部，中心部分。3《～**s**》《古》同情心，憐憫心。—動（～**ed**, ～**·ing**；《英尤作》**-elled**, ～**·ling**）及取出（腸子）。

'bowel ˌmovement 图 大便，排便；糞便。（委婉說法爲 BM）

bow·er¹ ['bauɚ] 图《文》1 樹蔭；樹蔭下的休憩處；涼亭；鄉間精舍。2 閨房。—動及（以樹葉、樹枝）圍繞，蔭蔽。

bow·er² ['bauɚ] 图大錨，主錨。

bow·er³ ['boɚ] 图〖樂〗演奏弦樂器者。

bow·er·y¹ ['bauərɪ] 形有樹蔭的，枝葉茂盛的。

bow·er·y² ['bauərɪ] 图（複**-er·ies**）1（New York 州荷蘭移民的）農場，大地主宅院。2《**the B-**》（New York 市的）包華利街。

'bow·ie ˌknife ['buɪ-, 'boɪ-] 图 布伊刀：一種長刃獵刀。

'Bowie 'State 图《**the** ～》美國 Arkansas 州的別名。

bow·ing ['boɪŋ] 图Ⓤ拉弓法；演奏法。

bow·knot ['boˌnɑt] 图= bow²图4.

:bowl¹ [bol] 图 1 碗，缽。2 一碗[缽]的量。3 圓凹的部分；（煙斗的）點火口，（湯匙的）匙杯，（秤的）盤，（沖水馬桶的）坑，（噴水池的）水盤；碗狀物。4《**the** ～》大杯；《喻》酒宴，狂飲。5《尤美》圓形競技場。6 美式足球的優勝隊錦標賽。7〖印〗有彎曲線的鉛字。

·bowl² [bol] 图 1 保齡球；擲球，投球：play ～*s* 玩保齡球。2《～**s**》《作單數》= lawn bowling. 3〖機〗滾軸。—動不及打保齡球；滾球；〖板球〗投球。2 行駛《*along, back, up*》；進行順利《*along*》。—及1 滾轉。2（保齡球戲中）得（分）。3 打倒，撞倒《*over, down*》。4（用搬運車）運送。5〖板球〗使出局《*out*》。

bowl...out / ***bowl out...*** (1) ⇨ 動及 5. (2) 打敗。

bowl...over / bowl over... (1) ⇨ 動及 3. (2)《口》使驚嚇；使狼狽。

bowl·der ['boldɚ] 名 = boulder.

bow·leg ['bo,lɛg] 名 弓形腿，O 形腿。

bow·leg·ged ['bo,lɛgɪd, 'bo,lɛgd] 形 弓形腿的。

bowl·er[1] ['bolɚ] 名 玩滾球者，玩保齡球者；〖板球〗投球者，投手。

bowl·er[2] ['bolɚ] 名《主英》常禮帽，圓頂硬禮帽（《美》derby）。

bowl·ful ['bol,fʊl] 名 一滿碗（的量）。

bow·line ['bolɪn, -,laɪn] 名 **1** 單套結。**2**〖海〗船首纜。

on a bowline 〖海〗（迎風）拉滿帆。

bowl·ing ['bolɪŋ] 名 Ⓤ 滾球類運動；保齡球。

'bowling ,alley 名 滾球遊戲的球道，保齡球球道；保齡球場。

'bowling ,green 名 玩滾木球遊戲的草地。

bow·man[1] ['bomən] 名 (複 **-men**) 弓箭手，射手。

bow·man[2] ['baʊmən] 名 (複 **-men**)〖海〗= bow[3] 2.

'bow ,oar ['baʊ-] 名 = bow[3] 2.

bow·ser ['baʊzɚ] 名 **1**《英》（飛機的）加油車。**2**《澳·紐》加油唧筒。

bow·shot ['bo,ʃat] 名《通常作 **a** ～》《文》箭的射程。

bow·sprit ['baʊ,sprɪt, 'bo-] 名〖海〗船首斜桅。

bow·string ['bo,strɪŋ] 名 **1** 弓弦；弦。**2** 絞殺用的繩索。—動及 勒死，絞殺。

'bow 'tie ['bo-] 名 **1** 蝴蝶形領結。**2** 蝴蝶形甜麵包捲。

'bow 'window ['bo-] 名 **1** 弓形窗，凸窗。**2**《俚》大肚子。

bow·wow ['baʊ,waʊ] 名《口》**1** 犬吠聲；《擬聲語》汪汪。**2**《兒語》汪汪，狗。**3**《～**s**》沒落，毀滅。

'bowwow ,style 名《**the** ～》妄自尊大；說大話。

:box[1] [baks] 名 **1** 箱，盒，匣。**2** 一箱的容量《*of...*》。**3**《英》禮品盒；贈品。**4**《美》郵政信箱。**5**（劇場等的）包廂；（法庭的）證人席，陪審團席；車伕座，（交通工具的）駕駛座，（大型馬車的）客座，載貨箱；《～**es**》（劇場包廂的）來賓。**6** 小屋，崗亭；（牛等的）格形廄。**7**《英》(1)（狩獵用的）小屋。(2)電話亭。(3) 衣箱，旅行箱。**8**（雜誌等的）專欄，花邊記事欄。**9** 保護盒，收納箱。**10**〖棒球〗打擊區；教練區；投手區；捕手區。**11**〖足球〗《**the** ～》罰球區。**12**《美俚》棺材。**13** 收音機；《**the** ～》《英口》電視機；弦樂器；鋼琴；《俚》留聲機。

in a (tight) box 潦倒的。

in the same box 處於相同的困境。

in the wrong box 弄錯地方；處於窘境。

—動及 **1** 裝箱。**2** 鎖入（狹窄的地方）《*up / in...*》。**3** 加裝箱子；做成箱子[形]。**4** 阻塞，妨礙《*in...*》。**5**〖海〗順風轉小彎《*off*》。**6**〖建〗（以木板等）圍起《*in...*》。

box...about / box about... 〖海〗屢次變換航向航行。

box...off / box off... (1) ⇨動及 5. (2) 隔間；以隔間隔離《*from...*》。

box the compass (1)〖海〗依順序讀出羅盤針的三十二個方位。(2)《喻》回到原來的意見。

box up (1) 裝箱；壓擠；使混亂。(2)《命令》《口》安靜點！

·box[2] [baks] 名 毆打；（對耳朵、臉頰的）一擊。—動及 **1**《口》掌摑。**2** 爭勝負，打拳擊。—不及 **1** 進行拳賽；以拳互毆《*with, against...*》。**2** 成為職業拳手。

box[3] [baks] 名〖植〗黃楊屬植物的總稱；Ⓤ 黃楊木材。

'Box and 'Cox 名《英口》同室而從不謀面的兩個人；輪流擔任一事的兩個人。

box·board ['baks,bord] 名 製盒用的厚紙板。

'box 'camera 名 箱型照相機。

box·car ['baks,kar] 名 **1**〖鐵路〗有棚蓋的貨車。**2**《～**s**》二個骰子同時出現六。

box·er ['baksɚ] 名 **1** 拳手，拳師。**2** 拳師犬。

'boxer 'shorts 名（複）男用寬鬆內褲。

box·ful ['baks,fʊl] 名 一箱《*of...*》。

box·ing[1] ['baksɪŋ] 名 **1** Ⓤ 製箱的材料。**2** 箱形的覆蓋物。**3** Ⓤ 裝箱。**4** 窗框。

·box·ing[2] ['baksɪŋ] 名 Ⓤ 拳擊，打拳；拳術。

'Boxing ,Day 名《英》聖誕節贈物日。

'boxing ,gloves 名 拳擊用手套。

'boxing ,match 名 拳擊比賽。

'boxing ,weights 名〖拳擊〗拳擊手依體重分的等級。

'box ,kite 名 箱形風箏。

'box ,lunch 名《美》午餐飯盒。

'box ,number 名《英》（報紙廣告的）信箱號碼。

'box ,office 名 **1** 售票室，售票處。**2** Ⓤ〖劇〗(1)票房收入。(2)受歡迎的演出；賣座。

box-of·fice ['baks,ɔfɪs] 形《限定用法》**1** 票房的。**2** 票房收入好的，極為叫座的。

'box ,pleat 名（裙子等的）方褶。

'box ,score 名〖棒球〗比賽記錄表。

'box ,seat 名（戲院等的）包廂座位。

'box ,spring 名 床的彈簧墊。

'box ,stall 名《美》箱狀廄房。

box·wood ['baks,wʊd] 名〖植〗**1** Ⓤ 黃楊木；Ⓒ 黃楊樹。**2** = flowering dogwood.

:boy [bɔɪ] 名 **1** 男孩，少年，年輕人；孩子氣的男子。**2**《稱呼語》老兄；《口》《罕用》《尤表親密意味》男子，傢伙；《蔑》傢伙，小子。**3** 年輕的男傭，僕人；男管家。**4**〖海〗見習水手；《～**s**》《美》軍

B

B

人。5（男性的）情人。6（男）學生。7 兒子。8《the ~s》(1)《口》《限男性》夥伴們，同伴。(2)《口》（政治派系等的）嘍囉，手下徒眾。—感《表示驚訝》乖乖！哎喲我的天！不得了！

boy-and-girl ['bɔɪənd'gɝl] 形 少男少女式的，青梅竹馬的。

boy·cott ['bɔɪ,kɑt] 動 及 1 聯合抵制，杯葛；拒絕參加。2 拒絕購買。
—名 ⓒⓤ聯合抵制，聯合拒絕購買，杯葛運動。

·**boy·friend** ['bɔɪ,frɛnd] 名《口》（女性的）男朋友，情人（亦作 **boy friend**）。

·**boy·hood** ['bɔɪhʊd] 名ⓤ1 少年時代，少年時期。2《集合名詞》少年。

·**boy·ish** ['bɔɪɪʃ] 形少年的；像少年般的；幼稚的。～·**ly** 副 像小孩般地；幼稚地。～·**ness** 名

boy-meets-girl ['bɔɪ,mits'gɝl] 形遵循老套戀愛公式的。

'**boy ˌscout** 名男童子軍的團員（《英》girl guide）。

'**Boy ˌScouts** 名(複)《通常作 **the** ～》童子軍。

bo·zo ['bozo] 名(複～s [-z])《美俚》傢伙，男人；粗壯笨拙的男人。

BP 《縮寫》*b*eautiful *p*eople; *b*lood *p*ressure; *B*ritish *P*etroleum.

bp. 《縮寫》*b*a*p*tized; *b*irth*p*lace; *b*isho*p*.

B.P., B/P 《縮寫》〖商〗*b*ills *p*ayable.

B.Ph., B.Phil. 《縮寫》*B*achelor of *Phil*osophy.

bpi 《縮寫》*b*its *p*er *i*nch 每英寸位元數。

bpl. 《縮寫》*b*irth*pl*ace.

bps 《縮寫》*b*its *p*er *s*econd 每秒位元數。

Br 《化學符號》bromine.

Br. 《縮寫》（亦作 **Brit**）*Br*itain; *Br*itish.

br. 《縮寫》*br*anch; *br*ig.

bra [brɑ] 名《口》胸罩。

·**brace** [bres] 名 1 夾子；金屬卡子；鉤子。2 支撐物，支柱；〖建〗拉條，撐臂。3〖機〗曲柄；鑽柄。4〖海〗轉帆索。5〖樂〗(1) 鼓的響線上所附的小皮環。(2) 連譜號。6〖醫〗梏具，支架；《常作～s》〖齒〗牙齒矯正器。7《～s》《英》褲子的吊帶（《美》suspenders）。8（主要指動物的）一雙，一對。9〖印〗大括弧（{ }）或中括弧（[ ]）的一邊。10（腕的）保護帶，（射手的）護腕帶。11〖軍〗（新兵等的）生硬的立正姿勢。12 士氣的事物。
in a brace of shakes《英俚》飛快地；立刻。
take a brace《美口》（運動選手、賭徒的）提高技藝；時來運轉。
wear a belt and braces《口》為了安全而加倍小心。
—動(**braced, brac·ing**) 及1 穩固，固定；支撐；繫住，釘住。2 站穩；《反身》使振作，提起精神《*up, for...*》。3 使振奮，使提起精神。4 拉緊。5 括以大括弧。6《美俚》借貸；討錢。7〖軍〗發立正口令。
—不及 1 很快地做好準備《*for...*》。2《口》振作精神《*up*》。

·**brace·let** ['breslɪt] 名 1 手鐲，手鍊。2《～s》《俚》手銬。

brac·er[1] ['bresɚ] 名1 支持者，支撐物；繫帶，支柱。2《口》刺激性飲料，酒類飲料；強壯劑。

brac·er[2] ['bresɚ] 名〖弓〗護腕帶，護臂。

brac·ing ['bresɪŋ] 形1 使人充滿活力的；振奮精神的；清爽的，令人爽快的。2 支撐的，支持的。—名1 支撐物；支架，支柱。2ⓤ振作精神；刺激。～·**ly** 副

brack·en ['brækən] 名ⓤ《英》1 大羊齒植物的通稱。2 叢生的羊齒植物。

·**brack·et** ['brækɪt] 名1 支架；樓梯臺階外緣的包鐵；三角形托架。2 架子。3 托座。4《常作～s》中括弧（[ ]）的一邊；括弧。5〖植〗簷狀菌。6〖數〗(1)《～s》括號，方括弧。(2)《廣義》括線。7 階層，種類；群，類別。—動 及 1 以支架支撐。2 加上括弧，括入括弧；不予以考慮《*off*》。3 合併《*into...*》；一併考慮。

'**bracket ˌcreep** 名ⓤ〖經〗所得階層漸動現象。

brack·ish ['brækɪʃ] 形1 帶一點鹹味的。2 味道不佳的；討厭的。～·**ness** 名

bract [brækt] 名〖植〗苞，苞片。

brad [bræd] 名曲頭釘；無頭釘。

brad·awl ['bræd,ɔl] 名〖木工〗尖鑽，小鑽，錐子。

brae [bre, bri] 名《蘇·北英》斜坡；下斜坡；山坡。

brag [bræg] 動(**bragged, ～·ging**)不及自誇《*about, of...*》。—及 吹噓，自誇：be nothing to ～ about《口語》沒什麼好誇口的。—名 1ⓤ自誇，吹牛，誇耀。2 可誇口的事物；自誇的言詞；自誇的人。

brag·ga·do·ci·o [ˌbrægə'doʃɪ,o] 名 (複～s[-z]) 1ⓤ自誇，吹牛。2 自誇者，吹牛者。

brag·gart ['brægɚt] 名《蔑》自吹自擂的人，吹牛者。—形自吹自擂的，吹牛的。

Brah·ma ['brɑmə] 名〖印度教〗梵天。

Brah·man ['brɑmən] 名 (複～s [-z]) 1〖印度教〗婆羅門之一員。2（亦稱 **Brahma**）梵。

Brah·man·ism ['brɑmən,ɪzəm] 名ⓤ婆羅門教。

Brah·min ['brɑmɪn] 名(複～, ～s [-z]) 1〖印度教〗= Brahman 1. 2《美口》《蔑》（美國新英格蘭地區出身名門的）有學識與地位者；孤傲的知識分子。

Brahms [brɑmz] 名**Johannes**, 布拉姆斯（1833–97）：德國作曲家。

·**braid** [bred] 動及1 編結，結紮；編織（繩等）。2（以絲帶、髮帶）繫紮，綁結；以繩帶做飾邊。—名1《～s》髮辮。2 編

帶，編帶。3 髮帶，絲帶。

braid·ed ['bredɪd] ㊊1 編織的。2〖地〗(河流等)呈網狀交錯的。

braid·ing ['bredɪŋ] ㊔Ⓤ1《集合名詞》編帶，繩帶。2 編織物；飾邊。

brail [brel] ㊔1〖海〗捲帆索。2 柔軟皮帶。—㊍㊋1〖海〗以捲帆索捲起《*up*》；〖海〗用撈網移至船上。2 綁縛。

braille [brel] ㊔Ⓤ 盲人點字法；點字。—㊍㊋以點字法點(字)。

'braille·,writer ㊔ 點字打字機。

:brain [bren] ㊔1 腦，腦髓；《通常作～s》《口》頭；(供食用的)動物腦子。2《偶作～s》《作複數》理解力，智力；《通常用單數》《口》頭腦(指智力的中心)：be full of ～*s* 頭腦聰明 / beat one's ～*s* 絞盡腦汁。3《～s》《俚》智囊，計畫者。4《口》才子。5 具有類似人腦功能的電子裝置，電腦。

beat** one's **brains out 《口》(1) 重擊頭部自殺。(2) 費盡心力，絞盡腦汁。

blow** one's **brains out (1) 自殺而死。(2)《美俚》拚命工作，專心工作。

have ...on the brain 《口》只有…的念頭，全神貫注於…。

make** a person's **brain reel 使人驚嚇得發昏。

pick** a person's **brains 《口》借用他人的知識或智慧；請教。

tax** a person's **brain 使某人絞盡腦汁。

turn** a person's **brain 使某人頭暈目眩；使某人腦筋失常；沖昏某人的腦袋。

—㊍㊋打碎腦殼；毆打頭部。

'brain ,cell ㊔腦細胞。

brain·child ['bren,tʃaɪld] ㊔(複 **-chil·dren**)《口》智慧結晶。

brain-dead ['bren,dɛd] ㊊1 腦死的。2 十分愚蠢的。

'brain ,death ㊔Ⓤ〖醫〗腦死。

'brain 'drain ㊔ 人才外流。

-brained《字尾》表「…頭」之意。

'brain ,hormone ㊔腦激素。

brain·less ['brenlɪs] ㊊ 沒頭腦的，愚笨的。

brain·pan ['bren,pæn] ㊔《口》腦殼，頭蓋骨(亦稱 **braincase**)。

brain·pow·er ['bren,pauɚ] ㊔ Ⓤ1 智力，智能。2《集合名詞》智囊(團)。

brain·storm ['bren,stɔrm] ㊔1《美口》心血來潮，靈感。2《英》精神錯亂；腦猝變。3 = brainstorming. —㊍㊇獻計，尋求靈感。—㊋動腦筋。

brain·storm·ing ['bren,stɔrmɪŋ] ㊔Ⓤ 腦力激盪，獻計獻策會。

'brains ,trust ㊔《英》〖廣播·電視〗(替聽眾或觀眾立即解答問題的)專家小組；智囊團。

brain·teas·er ['bren,tizɚ] ㊔(供消遣的)疑問，難題。

'brain ,trust ㊔《美》智囊團(《英》brains trust)。**'brain ,truster** ㊔ 智囊團的成員。

brain·wash ['bren,wɑʃ] ㊍㊋ 實行洗腦；使遭到洗腦《*into doing*》。—㊔ 洗腦。

brain·wash·ing ['brenwɑʃɪŋ] ㊔Ⓤ 洗腦，強行灌輸。

'brain ,wave ㊔1《常作～s》〖醫〗腦波。2《口》突然想到的妙計；靈感。

brain·work ['bren,wɝk] ㊔Ⓤ1 腦力工作；勞心。2 動腦筋，思索。

'brain ,worker ㊔勞心者。

brain·y ['brenɪ] ㊊(**brain·i·er, brain·i·est**)《口》聰明的，有智慧的。

braise [brez] ㊍㊋燉，燜(肉等)。

·brake[1] [brek] ㊔1《～s》煞車；制動器：put on the ～*s* to... 使用煞車把…煞住；《喻》對…加以壓制。2 妨礙活動之物；《喻》抑制，束縛。3(亦稱 **brakeman**)(連機的)煞車手。4 梳麻器。—㊍ (**braked, brak·ing**)㊋1 使煞車；使減速《*down*》。2 裝煞車於…。3(用梳麻器)析出纖維。—㊇1 使用煞車器。2 煞車，減速。～**·less** ㊊

brake[2] [brek] ㊔灌木叢，矮樹叢。

brake[3] [brek] ㊔Ⓤ〖植〗大羊齒類植物。

'brake ,fluid ㊔ Ⓤ(汽車的)煞車油。

'brake 'horsepower ㊔Ⓤ 制動馬力。

'brake ,light ㊔ 煞車燈。

brake·man ['brekmən] ㊔(複**-men**)煞車手；制動手。

bra·less ['brɑlɪs] ㊊ 不穿胸罩的。

bram·ble ['bræmbl] ㊔〖植〗1 懸鉤子屬植物的通稱；《英方》黑莓。2 有刺灌木。

bram·bling ['bræmblɪŋ] ㊔〖鳥〗(產於歐洲的)花雞。

bram·bly ['bræmblɪ] ㊊ (**-bli·er, -bli·est**) 多刺植物的；像有刺植物般的；長滿了有刺植物的。

bran [bræn] ㊔Ⓤ1 麩皮，麥麩。2 米糠等穀物的表皮。

:branch [bræntʃ] ㊔1 枝；分枝，枝狀物：The highest ～ is not the safest roost. 《諺》爬得愈高摔得愈重。2 分科，部門。3 分支；分店，分館，分部，分社。4 支系；〖語〗語系。5〖地〗支流；小河。6〖電腦〗支線。7 = branch water 1. —㊍㊇1 分枝《*forth, out*》。2 分支《*away, off, out*》；分叉《*into, to...*》。3〖電腦〗分支。—㊋1 使分枝《*into...*》。2 刺繡花草樹木的圖案。

branch off (1) ⇨㊍㊇2. (2) 駛入支線。(3)(思想)不集中；游離。

branch out (1) ⇨㊍㊇1. (2) 擴大營業。

～**·less** ㊊無分枝的。～**·y** ㊊ 多分枝的。

'branch ,water ㊔Ⓤ1(小河的)水；渠水。2(調酒時所摻的)清水。

:brand [brænd] ㊔1 品牌，等級，種類；(特殊)類別。2 焰印，標記，商標。3(古時)犯罪的烙印；污名。4 烙鐵。5 燃

B

燒的木頭。6《古·詩》刀，劍；火炬。
a brand from the burning 因懺悔而得救的人。
snatch a brand from the burning 從危難中搶救出人。
—動 及 1 烙上烙印。2 加上（污名）《*with...*》；污蔑為⋯。3 標示身分。4 銘印在記憶中，銘記在心中《*in, on...*》。
brand·ed ['brændɪd] 形 名牌的。
'branding ˌiron 名 烙鐵。
bran·dish ['brændɪʃ] 動 及 1 揮舞（刀、旗等）。2 賣弄。
'brand ˌname 名 1 商標名。2 名牌；名人。
'brand-ˌname 形 名牌的，有名氣的。
brand-new ['brænd'nju] 形 嶄新的，新出品的。
bran·dy ['brændɪ] 名 (複**-dies**) U 白蘭地酒；C 一杯白蘭地酒。—動 (**-died, ~·ing**) 及 加白蘭地酒；用白蘭地醃漬。
'brandy ˌsnap 名《英》以白蘭地酒調製並加入薑汁的餅乾。
brant [brænt] 名 (複**~s,**《集合名詞》**~**)〖鳥〗（產於北美、北歐的）黑雁。
brash [bræʃ] 形 1 急躁的，莽撞的；不禮貌的，魯莽的。2 易折斷的，脆的。3（聲音）尖銳的。
~·ly 副, **~·ness** 名
:**brass** [bræs] 名 1 U 黃銅；黃銅色。2《通常作 **the ~(es)**》《集合名詞》黃銅器；黃銅製品。3〖機〗軸承銅襯套；黃銅紀念牌。4《**the ~**》〖樂〗(1)《**~es**》《集合名詞》銅管樂器。(2) 管樂組。5《英俚》U 錢，現金。6 U《常作 **top~**》《集合名詞》《常作複數》《口·美俚》高級將領，大人物。7 U 無禮；厚顏無恥：have the ~ to do 無恥得做出⋯。—形 1 黃銅（製）的；黃銅色的。2（使用）銅管樂器的；為銅管樂器而作曲的。3 鳴響的，響亮的。—動 不及《英俚》花錢。—及《反身》使厭煩《*off / with...*》。
bras·sard ['bræsɑrd] 名 1 臂章。2（鎧甲的）護臂；臂鎧。
'brass 'band 名〖樂〗銅管樂隊。
bras·se·rie [ˌbræsə'ri] 名 供應簡易餐點及啤酒的餐館，啤酒店。
'brass ˌhat 名《俚》高級將領；大官；大亨。
brass·ie ['bræsɪ] 名〖高爾夫〗第二號木桿。
bras·siere [brə'zɪr] 名 胸罩（亦稱 **bra**）。
'brass 'knuckles 名 (複) 指節環，手指虎。
brass-monkey ['bræs'mʌŋkɪ] 形《限定用法》嚴寒的。
'brass 'tacks 名 (複)《俚》（問題的）核心，要點：get down to ~ 觸及問題的核心。
brass·ware ['bræsˌwɛr] 名 U《集合名詞》黃銅製品。
brass·y ['bræsɪ] 形 (**brass·i·er, brass·i·est**) 1 黃銅製的，包黃銅的；似黃銅的，黃銅色的。2 刺耳的；嘈雜的。3《口》厚臉皮的，不害臊的。4 低俗的；浮華的。
brass·i·ly 副 厚顏地；自負地。**brass·i·ness** 名 U 黃銅色；厚顏無恥。
brat [bræt] 名《蔑》小鬼，乳臭小兒。
'Braun ˌtube ['braun-] 名〖理〗布朗管：即陰極射線管，簡稱 C.R.T.
bra·va·do [brə'vɑdo] 名 (複**~es, ~s** [-z]) U C 假威風，虛張聲勢。
brave [brev] 形 (**brav·er, brav·est**) 1 勇敢的，威武的：a ~ act 勇敢的行為。2 壯觀的，華麗的。3《古》極好的，精彩的。
—名 1 勇敢的人，勇士。2（北美印第安人的）戰士。
—動 及 1 冒著；面對。2 挑戰；不把⋯當一回事《*out*》。
brave it out 堅持下去。
brave·ly ['brevlɪ] 副 1 勇敢地。2 壯觀地；華麗地。3 繁榮地，興旺地。
·**brav·er·y** ['brevərɪ] 名 U 1 勇敢的精神[行為]；勇氣。2 華麗；華麗的衣服。
bra·vo ['brɑvo] 感 好！好極了！
—名 (複**~s**) 1 叫好聲，喝采聲。2 刺客，殺手。—動 及 不及 喝采叫好。
bra·vu·ra [brə'vjʊrə] 名 (複**~s** [-z]) 1〖樂〗需要高度演奏技巧的華麗樂曲。2 U 雄壯華麗的風格；精彩的演奏。
brawl [brɔl] 名 1 打架；爭吵。2 嘈雜；喧鬧。3《美俚》吵鬧的集會（酒宴等）。
—動 不及 1 吵架。2 淙淙而流。
~·er 名, **~·ing·ly** 副
brawn [brɔn] 名 U 1 發達的肌肉；體力，臂力。2《英》煮過及醃過的豬肉（《美》headcheese）。
brawn·y ['brɔnɪ] 形 肌肉發達的，強壯的。
brawn·i·ly 副, **brawn·i·ness** 名
bray[1] [bre] 名 驢叫聲；似驢叫的聲音；高而沙啞的噪音。—動 不及 1（驢等）鳴叫。2 發出喧雜的噪音。—及 以高而沙啞的聲音發出《*out*》。
bray[2] [bre] 動 及 1 磨細，搗碎。2〖印〗薄薄塗上（油墨）。
Braz.《縮寫》*Brazil*; *Brazilian*.
braze [brez] 動 及 1 以黃銅製造。2 以黃銅裝飾。3 硬焊，銅焊。
bra·zen ['brezn̩] 形 1 黃銅製的；黃銅色的；堅如黃銅的；聲音響而刺耳的。2 無恥的。—動 及 厚顏面對。
brazen it out 死皮賴臉地硬撐到底。
brazen out ... / brazen...out 厚著臉皮硬幹。
~·ly 副, **~·ness** 名
bra·zen-faced ['brezn̩'fest] 形 厚顏無恥的。
bra·zier[1], **-sier** ['breʒɚ] 名 黃銅工匠。
bra·zier[2] ['breʒɚ] 名 1 金屬製火盆。2 烤肉盆架。
bra·zil [brə'zɪl] 名 1〖植〗巴西蘇枋木

2〖植〗蘇枋。

Bra·zil [brə'zɪl] 名巴西（聯邦共和國）：位於南美洲，首都爲巴西利亞（Brasilia）。

Bra·zil·ian [brə'zɪljən] 形巴西（人）的。—名巴西人。

Bra'zil ˌnut 名（南美洲產的）巴西胡桃。

bra·zil·wood [brə'zɪlˌwʊd] 名= brazil 1.

Braz·za·ville ['bræzəvɪl] 名布拉薩市：剛果共和國（Republic of Congo）的首都。

·breach [britʃ] 名1 U C違反，不履行，毀約：a ～ of trust〖法〗違反信託，背信。2（城牆等的）裂口，縫隙。3 U C 絕裂；不睦。4（鯨）躍出水上。

stand in the breach 獨力承擔難局。

step into the breach / fix the breach（於危難中）助他人一臂之力。

—動及1攻破，突破。2侵害，違反，破壞。—不及（鯨）躍出水面。～·er名

'breach of 'promise 名U C〖法〗毀約，違約；毀棄婚約。

'breach of the 'peace 名〖法〗妨害治安（罪），破壞治安。

:bread [brɛd] 名U 1 麵包：～ and water 粗茶淡飯。2 主食，糧食；生計；《俚》金錢：one's daily～ 每日的食糧，生計 / out of ～《口》失業 / earn one's ～ 謀生。3〖教會〗（天主教聖餐儀式中的）聖體。

bread and cheese 粗食；僅可溫飽的收入。

bread and circuses 食物及娛樂。

bread buttered (on) both sides 兩面塗奶油的麵包；舒適的生活。

break bread (1)與…共餐《 *with...* 》。(2)領聖體（天主教儀式）。

cast** one's **bread upon the waters 樂善好施。

eat the bread of affliction 艱苦度日。

eat the bread of idleness 遊手好閒。

know which side** one's **bread is buttered (on) 明白（自己的）利益所在。

take the bread out of** a person's **mouth (1)剝奪他人的生計；搶別人的飯碗。(2)（爲了己利而）剝奪他人之物。

'bread and 'butter 名1《作單數》塗奶油的麵包。2 生計，維生之道。

bread-and-but·ter ['brɛdn̩'bʌtɚ] 形《限定用法》1 維持生活所需的；基本的；實用的；乏味的，平凡的。2 致謝的。

bread·bas·ket ['brɛdˌbæskɪt] 名 1 麵包籃。2 穀物產區。3《俚》胃，腹部。

'bread ˌbin 名 麵包櫃。

bread·board ['brɛdˌbord] 名1 揉麵板；切麵包板。2〖電〗模擬（電路）板。—動及試驗（電子線路等）。～·ing名

bread·crumb ['brɛdˌkrʌm] 名 1《通常作～s》麵包屑。2 麵包的柔軟內部。

bread·fruit ['brɛdˌfrut] 名(複～s,《集合名詞》～)名〖植〗麵包樹；C U 麵包果。

'bread ˌknife 名 麵包刀。

bread·line ['brɛdˌlaɪn] 名 排隊領取免費救濟食物的隊伍：on the ～ 靠救濟過活；極貧窮的。

'bread ˌstick 名 棒狀硬麵包。

bread·stuff ['brɛdˌstʌf] 名 1《通常作～s》麵包原料。2 麵包。

:breadth [brɛdθ] 名 1 U 寬，寬度；《通常作～s》寬闊，廣度。2（織品等的）幅面。3 U（心胸等的）廣闊，寬宏。4 U〖藝〗（藝術作品藉由省掉細節而造成的）雄渾效果。

by a hair's breadth 間不容髮；險些。

to a hair's breadth 絲毫不差的。

breadth·ways ['brɛdθˌwez],《美尤作》**-wise** [-waɪz] 副橫地，橫向地。

bread·win·ner ['brɛdˌwɪnɚ] 名 1 負擔家計者，一家之主。2 生計，職業。

:break [brek] 動 **(broke**或《古》**brake, broken**或《古》**broke, ～·ing)**及 1 使斷成兩個（以上），弄碎。2 停止，中斷；〖電〗切斷；使戒除《 *of...* 》：～one's fast《古》中止禁食，開齋 / ～ one's journey 中止旅程 / ～ the tie 打破同分的僵局。3 分開，分割；換成零錢《 *into...* 》。4 開（路）；開墾。5 使破產。6〖撞球〗開（球）。7 違背，冒犯；〖法〗使失效：～ one's promise 背信，食言。8 打通，突破；穿破；〖法〗入侵，闖入：～ jail 逃獄。9 打破，刷新：～ the record for high jump 刷新跳高紀錄。10 (1)告知，吐露；洩漏《 *to...* 》。(2)說（玩笑話等）。(3)〖報章·雜誌〗發表，公布。11 解決；破解；使不成立。12 壓制，抑制；使屈服《 *down* 》：～ a person's will 瓦解某人的意志。13 減弱…效果。14 馴服；使守規矩《 *in* 》。15（軍隊中）降級《 *from...; to...* 》。16〖運〗投出。—不及 1 破碎，粉碎《 *up* 》；斷裂；分開《 *off, away / from...* 》；被弄裂，被毀壞。2 故障，被損壞，失靈《 *down* 》。3 忽然出現；突然發生，爆發；忽然響起；（汗等）冒出《 *out* 》。4 突然逃離《 *away / from...* 》。5 突進《 *for...* 》；闖進，闖入《 *in / into...* 》；突破《 *through...* 》。6 中止工作《 *off* 》。7 破曉。8（風暴等）驟起；（天氣）驟變；（雲、霧）消散；（霜等）消融。9（魚）躍出水面；（潛艇）浮出水面。10 衰退，衰弱；屈服，認輸《 *down* 》；崩潰，瓦解；《美》暴跌。11 (1)音調急遽變化；變聲，變嗓。(2)（由於緊張等而）哽塞。12（軍隊）叛變，暴動。13〖撞球〗開球；〖運動〗（球）改變方向；〖賽馬·徑賽〗起跑；〖拳〗命令糾纏的選手分開《 *away* 》。14〖報章·雜誌〗被發表出來，見報。

break a lance with... ⇨LANCE（片語）

break away (1)⇨動不及1, 5, 16. (2)棄絕，革除掉；（由政黨等之中）脫離，獨立《 *from...* 》。(3)（在信號響前）搶先起步。

B

break...away / break away... 使脫開。
break camp 拔營。
break down (1) 壞掉，崩落。(2) 中止，被挫敗；失效，瓦解。(3)（感情等）崩潰；突然哭了出來；衰退；屈服。(4) 故障。(5) 腐朽分解而變成《*into...*》。(6)〖電〗（電路等）中斷，停電。
break...down / break down... (1) 毀壞，壓壞，解體。(2) 解除，超越。(3) 分解，分類，分析《*into...*》。(4)《命令》《澳·紐》《口》停止。
break even 損益兩平；（商業買賣等）不賺不賠；（比賽）不分勝負。
break forth (1) 突進。(2) 突然發生，爆發。(3) 突然產生《*in, into...*》。
break in (1) 闖入，侵入。(2) 插嘴。(3) 開始活動。
break...in / break in... (1) 弄開（門等）而闖入。(2) 訓練。(3) 穿慣（鞋等）；使運轉一段時間後更靈活。
break in on ... 突然打斷，插嘴干擾；打斷，驚醒。
break into... (1) 打斷。(2) 突然做出；突然變成。(3)《口·主美》找到；衝破障礙加入。(4)《亦作 ***burst into...***》闖進。(5) 占用掉（私人時間）。(6) 兌換成零錢。(7) 動用（儲備物資）；勉強花用。
break it up 《口》（男女）分手，絕交；《常作命令》停止（打架等）。
break off (1) 折斷，分開。(2)（因離婚等）分手，絕交《*with...*》。(3) 停下工作來休息；（話等）突然停止。
break...off / break off... (1) 折斷，折碎。(2) 突然停止，打斷；破裂，絕裂。
break out (1) ⇨ 動 不及 3. (2) 突然發出（…聲音）《*in...*》；突然開始（做某事）《*doing*》。(3) 越獄《*of...*》。(4)〖海〗起錨。
break...out / break out... (1) 弄壞並拆開。(2) 處於備用狀態；取出備用。
break out in ... 冒出（汗等）。
break...short / break short... 中斷，中止。
break through (1) 突破，擺脫。(2) 獲得突破性發展。(3) 從雲霧中顯現。(4) ⇨ 動 不及 5. (5) 打破，克服。
break up (1) 破碎；（船）解體。(2) 散會；《英》放假。(3)（精神上、肉體上）崩潰，衰弱。(4) 結束，絕裂；（男女）分手；（天氣）驟變；《口》（霧等）消散。
break...up / break up... (1) 使粉碎；使解體。(2) 驅散；敉平。(3) 使分裂，弄亂。(4) 斷絕。(5)《美》使哄堂大笑。(6) 分割《*into...*》。(7)《口》《常用被動》使精神崩潰，使元氣大傷。
break with... (1) 分開，絕交。(2) 脫離；捨棄。

—名 **1** 破壞，破損；破損處，裂縫，裂痕。**2** 逃亡，逃脫；突進《*for...*》。**3** 驟變；突現；《喻》破曉；開端。**4**（關係等的）中斷，斷絕；中止，停止；〖電〗（電路的）中斷，停電；〖廣播·電視〗節目中斷。**5**《口》運氣，機會；幸運。**6** 行情暴跌；《口》失態；疏忽；失言。**7** U C（工作中的）休息時間。**8** (1)《~s》省略符號。(2)〖報紙·雜誌〗斷文處。(3) 斷字處。**9**〖撞球〗連續得分；開球；〖運〗（球的）改變方向；〖賽馬·徑賽〗開始比賽；〖保齡球〗誤失，沒中；〖拳〗= break-away 名 5；〖網球〗贏得對方的發球局；〖棒球〗比賽中的暫停時間。

break·a·ble ['brekəbl] 形 會破的；易破的。—名《~s》易破損之物。

break·age ['brekɪdʒ] 名 **1** U 破損；損害。**2** 破損處。**3**《通常作~s》《作單數》破損物；破損額[量]；〖商〗損毀賠款。

break·a·way ['brekə,we] 名 **1** 脫離，逃脫。**2**《主澳》(1) = stampede. (2) 離群的動物。**3**《美》（易於裝卸的）拼裝裝置。**4**〖田徑〗偷跑。**5**〖拳〗拳手從纏抱中分開。**6**〖橄欖球·足球〗（朝向球門的）突進。—形 **1** 脫離的，逃脫的。**2**《美》易於拆除的；易碎的。

'break-,dance 動 不及 跳霹靂舞。

'break ,dancer 名 愛跳霹靂舞的人。

break·danc·ing ['brek,dænsɪŋ] 名 U 霹靂舞。

break·down ['brek,daʊn] 名 **1** 故障，損壞，拋錨；（健康等的）衰敗，崩潰；挫折。**2**〖化〗分析，分解。**3**〖電〗絕緣破壞。**4** 分類，分割，區分；（支出等的）細目表。

'breakdown ,truck 名《英》救援車；拖車；救援拋錨車輛等的拖車（《美》wrecker, tow truck）。

break·er ['brekɚ] 名 **1** 破壞者；輾碎機。**2** 碎浪。**3**〖電〗= circuit breaker.

'break-,even 形 損益兩平的，收支平衡的。

'break-,even 'point 名 收支平衡點。

:break·fast ['brɛkfəst] 名 U C **1** 早餐。**2** 早餐的食物。—動 不及 吃早餐；以…為早餐《*on...*》。~·er 名 吃早餐者。

'breakfast ,food 名 早餐吃的穀類食品（亦稱 **cereal**）。

break-in ['brek,ɪn] 名 **1** 侵入。**2** 試配運轉；試車。

break·ing ['brekɪŋ] 名 U C 闖入。

'breaking and 'entering 名 U 非法侵入住宅；強行進入。

'breaking ,point 名 忍耐限度；讓步的最後限度；〖工〗破壞點；斷裂點。

break·neck ['brek,nɛk] 形（速度）飛快的，危險的：at ~ speed 以極危險的速度。

break·out ['brek,aʊt] 名 **1** 越獄，逃脫；〖軍〗突破，突圍。**2**（傳染病等的）爆發。

'break 'point 名〖網球〗破發點。

break·through ['brek,θru] 名 **1**〖軍〗（對敵軍防線的）突破，突圍。**2**（對難關等的）突破，衝破；解決。**3**（科技發

的）大突破；突破性發展。

break·up ['brek,ʌp] 名1分解，分裂；解體；散會。2（朋友等的）分手，失和，離開。3（財產等的）劃分。

break·wa·ter ['brek,wɔtɚ] 名防波堤。

bream [brim] 名(複～, ～s)〖魚〗1鯉科淡水魚。2鯛科海水魚。

·**breast** [brɛst] 名1〖解·動〗胸部；（低等動物的）相當於胸部的軀體部分；乳房；乳部。2（衣服的）胸部，前胸。3胸中，心中。4類似胸部之部位；半山腰。

beat one's breast 《口》捶胸；《喻》當眾認錯。

make a clean breast of... 徹底坦白，和盤托出。

—動及〖文〗1以胸部碰觸。2挺胸承當，面對；奮勇突破；攀登。3並肩而行。

breast·bone ['brɛst,bon] 名〖解〗胸骨。

'**breast ˌcancer** 名U C乳癌。

breast-deep ['brɛst,dip] 形副 深及胸部的[地]。

breast-feed ['brɛst,fid] 動 (-fed, ～·ing) 及以母乳哺育。

breast·pin ['brɛst,pɪn] 名領帶夾針，胸針。

breast·plate ['brɛst,plet] 名 1 馬胸部的皮帶，胸甲；護胸。2（連在馬鞍上的）鞅。3（龜等的）胸板，腹甲。

ˌ**breast 'pocket** 名（男上衣的）胸袋。

breast·stroke ['brɛst,strok] 名U蛙泳，蛙式。

'**breast ˌwall** 名 擋土牆。

breast·work ['brɛst,wɝk] 名〖城〗胸牆。

breath [brɛθ] 名 1U〖生理〗氣息；呼吸，呼吸作用：out of ～ 喘不過氣來 / hold one's ～屏息。2 U 《文》生命，生命力，活力：one's last ～ 臨終。3《通常作 a～》喘口氣的時間，短暫的休息。4《通常作a ～》一吸，一呼。5《通常作 a ～》剎那間，一瞬間：(all) in *a* ～ 一口氣，一鼓作氣。6U C聲息；說話聲；耳語。7《通常作 a ～》微風。8 U〖語音〗呼氣；無聲音。9（寒冷時口中呵出來的）白氣，氣暈。10瑣事。11微香，香味。

above one's breath 出聲。

a breath of... 《通常用否定》些微的。

catch one's breath (1) ⇨ 名 1. (2) 喘一口氣，休息。(3) 屏息。

get one's second breath 習慣於⋯。

hold one's breath (1) ⇨ 名1. (2) 按捺住。

in the same breath (1) 立刻，同時地。(2) 《通常用否定》同水準的《 *with...* 》。

out of breath 喘吁吁，喘氣不已。

save one's breath 閒話少講，少說廢話。

take a person's breath away 使某人大為驚訝。

take breath 休息一會兒。

under one's breath 輕聲地，小聲地。

breath·alyze, 《英》 **-lyse** ['brɛθə,laɪz] 動及不及 對呼吸進行酒精濃度測試。

-lyz·er, -lys·er 名（測酒醉用的）呼吸測試器。

:**breathe** [brið] 動(**breathed** [briðd], **breath·ing**)不及1呼吸；換氣。2喘息，休息。3輕吹，微動。4活，生存。5散發香味。6暗示；耳語。—及1呼吸；吸入《 *in* 》。2讓…歇一口氣。3使喘息；使疲倦；使運動；遛（狗等）。4 低聲說出，私語《 *out* 》。5 顯示，表達。6 呼出《 *out, forth* 》。7注入，灌入《 *into* 》。

breathe down one's neck 緊迫盯人。

breathe freely again 鬆一口氣，放下心來。

breathe... in / breathe in... (1) ⇨ 動及 1. (2) 側耳傾聽。

breathe on [*upon*]... (1) 對著⋯呼氣。(2)玷污。

breathe (*out*) *one's last* (*breath*) 斷氣，死。

not breathe a word 保密，不透露《 *of, about...* 》。

breathed [brɛθt] 形〖語音〗無聲的，聲帶不振動的。

breath·er ['briðɚ] 名1 休息：take a ～ 休息一會。2《口》激烈運動，費勁的事。3 呼吸者，活的生物。4 通氣管，通氣孔；空氣補充裝置。

·**breath·ing** ['briðɪŋ] 名 U1 呼吸。2《通常作 a ～》喘息的時間，片刻；休息。3 言語；發言。4 嚮往。5 微吹，微動。

'**breathing caˌpacity** 名U 肺活量。

'**breathing ˌspace** 名 1 喘息的時間；考慮的機會；休息。2 活動空間。

'**breathing ˌspell** 名 = breathing space 1.

breath·less ['brɛθlɪs] 形1 喘不過氣的。2 屏息的。3 死的；不動的；無風的；寂靜的。

～·**ly** 副 氣喘吁吁地。～·**ness** 名

breath·tak·ing ['brɛθ,tekɪŋ] 形1 令人興奮的；令人驚訝的；驚險的。2 懾人的，令人驚嚇的。～·**ly** 副

'**breath ˌtest** 名《英》呼氣測試（測定酒醉的程度）。'**breath-ˌtest** 動 及 使做呼吸測驗。

breath·y ['brɛθɪ] 形(**breath·i·er, breath·i·est; more** ～; **most** ～)有過多氣音的；（說話時）呼吸聲音太大的。

:**bred** [brɛd] 動 **breed** 的過去式及過去分詞。—形《複合詞》有⋯養育的：well-*bred* 教養良好的。

breech [britʃ] 名1《英古》臀部；後部，下部，尾部。2（槍炮的）後膛。3〖機〗滑車底部。

breech(-)block ['britʃ,blɑk] 名（槍炮的）閂，後膛栓。

breech·cloth ['britʃ,klɔθ], **-clout** [-,klaʊt] 名腰布，兜襠布。

·**breech·es** ['brɪtʃɪz] 名 (複) 1 短褲。2 =

B

riding breeches. 3《口》褲子（《美口》亦作 **britches**）。

too big for one's breeches 《美口》得意忘形的，傲慢自大的。

wear the breeches 《英》支配丈夫；（女人）掌權當家。

'breeches ˌbuoy 图〖海〗短褲形救生椅。

breech·ing ['britʃɪŋ] 图 **1**（馬 的）尻帶。**2**（羊、狗的）尻毛。

breech·less ['britʃlɪs] 形 **1** 無後膛的。**2** 沒有穿短褲的。

breech·load·er ['britʃ'lodɚ] 图〖武器〗後膛槍。**-ing** 形 後膛裝填彈藥的。

·breed [brid] 動 **(bred, ～·ing)** 及 **1** 產（子）；孵（卵）。**2** 飼養；使受精；使交配；〖園〗（以人工受粉方式）改良品種。**3** 引起，產生。**4** 養育，教養《 *to...* 》；施以（教化）《 *into...* 》。—不及 **1** 產子，生產，生育，繁殖。**2** 配種而生《 *from...* 》。**3** 妊娠。

breed in (and in) 同種繁殖；近親結婚。

breed out (and out) 異種繁殖；和血緣遠的人結婚。

breed true to type（雜種歷經數代後）產生遺傳特質；產生同一特質的後代。

what is bred in the bone 與生俱來的特性，遺傳的特質。

—图 **1** 品種；種族，血統。**2** 種類，群。**3**《蔑》= half-breed 2.

breed·er ['bridɚ] 图 **1** 繁殖下一代的動物[植物]；種畜。**2** 培育者，育種者；飼養員。

·breed·ing ['bridɪŋ] 图 U **1** 繁殖，生殖；飼育，飼養。**2** 改良品種，育種。**3** 訓練，教養；良好的禮節。**4**〖理〗（核分裂的）滋生。

'breeding ˌground 图 繁殖場；滋生地，溫床。

·breeze¹ [briz] 图 **1** 微風，和風。**2**《主英口》糾紛，吵架。**3**《俚》《主美》容易的事，愉快的事 : win in a ～ 贏得輕鬆。**4**《口》傳說，風聲。

shoot the breeze 《美俚》閒談；吹牛。

—動 **(breezed, breez·ing)** 不及 **1**《通常以 it 爲主詞》吹微風。**2** 輕鬆地行動；《口》滑動《 *along* 》；順利完成《 *through...* 》。

breeze in (1)（出乎意料地）飄然而來。(2)《美俚》輕鬆獲勝。

breeze out（出乎意料地）飄然而去。

～**·less** 形

breeze² [briz] 图〖昆〗《美》虻，牛蠅。

breeze³ [briz] 图 U《英》煤屑；煤炭灰渣。

'breeze ˌblock 图《英》煤渣磚。

breeze·way ['brizˌwe] 图《美》走廊，通道。

breez·y ['brizɪ] 形 **(breez·i·er, breez·i·est)** **1** 吹微風的，通風的。**2** 輕快的；快活的。**3** 輕描淡寫的。**-i·ly** 副, **-i·ness** 图

Bren·da ['brɛndə] 图〖女子名〗布蘭達。

'Bren ˌgun ['brɛn-] 图 布藍式輕機槍。

breth·ren ['brɛðrən] 图（複）**1** 同胞，教友，會員，同志，同仁。**2**《古》兄弟們。

Bret·on ['brɛtn̩] 图 **1**（法國）不列塔尼人。**2** U 不列塔尼語。—形 不列塔尼（人）的；不列塔尼語的。

breve [briv] 图 **1** 短音符號。**2**〖樂〗二全音符。**3**〖法〗令狀，敕令。**4**〖詩〗弱音記號（˘）。

bre·vet [brə'vɛt] 图（退役前）名譽晉升。—動 **(～·ted, ～·ting 或～·ed, ～·ing)** 及 授予名譽晉級。

bre·vi·ar·y ['brivɪˌɛrɪ, 'brɛ-] 图（複 **-ar·ies**）〖天主教〗日課書；祈禱書。

brev·i·ty ['brɛvətɪ] 图 U **1** 短暫。**2** 簡潔。

·brew [bru] 動 及 **1** 釀造。**2** 沖泡《 *up* 》；調配，調製。**3** 醞釀，製造《 *up* 》。—不及 **1** 釀造；被釀造。**2**《常用進行式》被調製。**3**《通常用進行式》被醞釀。

—图 **1** U C（一次的）釀造量。**2**（啤酒等的）質地。**3**（沖製的）熱飲料。**4** 調製成的東西；調製祕方。**5**《口》（啤酒等的）一杯，一瓶。

brew·er ['bruɚ] 图 釀造（啤酒）者。

brew·er·y ['bruərɪ, 'brurɪ] 图（複 **-er·ies**）釀造廠，啤酒廠。

brew·house ['bruˌhaus] 图（複 **-hous·es** [-zɪz]）= brewery.

brew·ing ['bruɪŋ] 图 **1** U 釀造。**2** U 釀造法。**3**（一次的）釀造量。

Bri·an ['braɪən] 图〖男子名〗布萊恩（亦作 **Bryan, Bryant**）。

bri·ar¹ ['braɪɚ] 图 = brier¹

bri·ar² ['braɪɚ] 图 = brier².

·bribe [braɪb] 图 **1** 賄賂。**2** 誘惑物，誘餌。—動 **(bribed, brib·ing)** 及 **1** 行賄，賄賂（去做…）《 *into...,* *into doing* 》。**2** 收買《 *with...* 》。—不及 賄賂，行賄。

'brib·a·ble 形, **'brib·er** 图 賄賂者，行賄者。

brib·er·y ['braɪbərɪ] 图 U 賄賂，行賄；受賂。

bric-a-brac, bric-à-brac ['brɪkə brӕk] 图 U《集合名詞》小古董，小擺設。

:brick [brɪk] 图 **1**（一塊）磚頭；U《集合名詞》磚。**2** 磚狀之物；《英》積木（《美》block）。**3**（計算牆壁厚度的單位）一塊磚厚。**4**《英口》善人，好好先生。**5** U 製磚材料。**6** = brickbat 2.

drop a brick 《英俚》失言或舉止不慎而傷及旁人。

like a brick 《口》起勁地；猛烈地。

like a cat on hot bricks 《口》焦躁不安的[地]，如坐針氈的[地]。

like a ton of bricks 《口》猛烈地，強勁地。

make bricks without straw (1) 根據錯誤前提或不合實際的基礎而做出計畫或

動；徒勞無功。⑵缺乏必要的資金及材料即貿然展開工作；嘗試不可能的事；爲無米之炊。⑶做事難以爲繼。
一動及以磚鋪設；以磚圍住《in》；以磚蓋住《over》；以磚封住《up, in》。
一形 磚造的；磚色的：beat one's head against a ～ wall《口》嘗試不可能的事；螳臂擋車。

brick·bat ['brɪk,bæt] 名**1** 磚片；（混凝土等的）碎片。**2**《口》侮辱，尖刻的批評。

brick·field ['brɪk,fild] 名《英》= brickyard.

brick·kiln ['brɪk,kɪln] 名 磚窯。

'brick-,layer 名泥水匠，砌磚工人。

brick·lay·ing ['brɪk,leɪŋ] 名U水泥業，砌磚。

brick·mak·ing ['brɪk,mekɪŋ] 名 U 製磚。

'brick 'red 名U 磚紅色。**'brick-'red** 形

'bricks-and-,mortar 形〖商〗傳統的（有別於網路的）。

brick·work ['brɪk,wɝk] 名U磚造建築物的建築工作；磚造建築物。

brick·yard ['brɪk,jɑrd] 名磚廠。

brid·al ['braɪdl] 形新娘的；婚禮的。
一名**1** 婚禮。**2**《古》結婚喜宴。～**·ly**副

'bridal ,shower 名《美》送嫁會。

bride[1] [braɪd] 名新娘。

bride[2] [braɪd] 名**1** 花案之間的連接線（亦稱 **tie**）。**2** 寬邊帽的裝飾帶。

bride·groom ['braɪd,grum] 名新郎（亦稱 **groom**）。

bride-price ['braɪd,praɪs] 名聘 金，聘禮。

brides·maid ['braɪdz,med] 名伴娘，女儐相。

bride-to-be ['braɪdtə'bi] 名(複 **brides-to-be**)準新娘。

bride·well ['braɪdwɛl, -wəl] 名《英口》拘留所，監獄；感化院。

bridge[1] [brɪdʒ] 名 **1** 橋；陸橋，天橋。**2**（兩物之間的）橋樑，聯繫。**3**〖海〗船橋，艦橋。**4** 橋狀物；〖解〗鼻梁；〖齒〗牙橋；〖眼〗鼻梁架；〖樂〗弦柱，琴馬；〖鐘錶〗承板；〖電〗橋路；〖化〗（連結分子中不同部分的）橋。**5**〖建〗工地所設走道的支架；（礦坑、隧道的）支柱；〖鐵路〗《美》懸掛鐵路號誌的橫架。**6** 拱形（物）。**7**〖廣·視·樂·文·劇〗橋段，橋劇。**8**〖劇〗升降架；《英》能夠升降的舞臺。
bridge of gold / a gold bridge 易於脫身的路，好的退路。
burn one's bridges (behind one) ⇨BURN[1]（片語）
cross the bridge when one comes to it 到時再說。
一動 **(bridged, bridg·ing)** 及 **1** 架橋；橫跨；搭橋跨越。**2**《喻》作爲橋樑；填補。
bridge over... 克服，擺脫。
bridge a person over 助人克服困難。

bridge[2] [brɪdʒ] 名U〖牌〗橋牌。

bridge·head ['brɪdʒ,hɛd] 名〖軍〗橋頭堡，據點。

bridge·work ['brɪdʒ,wɝk] 名 U **1**《主美》〖齒〗牙橋。**2** 架橋工程，架橋技術。

bri·dle ['braɪdl] 名 **1** 馬勒：give a horse the ～放鬆馬韁；《喻》任其自由。**2** 約束物；束縛，抑制。**3**〖機〗制動器[物]；〖海〗繫船索，叉索。**4** 昂首挺胸。
一動 及 **1** 加上馬勒。**2** 壓制，抑制。
一不及昂首挺胸《up》；憤怒《at...》。

'bridle ,path 名馬道。

·brief [brif] 形(～**·er**, ～**·est**) **1** 短暫的，短促的。**2** 簡潔的，簡明的；寡言的，冷淡的；簡要的：be ～ and to the point 簡明扼要。
to be brief 簡短地說。
一名(複 ～**s** [-s]) **1** 簡扼的聲明；摘要，概要；簡報。**2**〖法〗⑴ 令狀；訴訟案件備忘錄。⑵《美》辯護狀；答辯大綱；《英》訴訟案件摘要。**3**《～**s**》短內褲。**4** = briefing. **5**〖羅馬天主教〗教皇的書簡，訓令。
hold a brief for... 辯護，支持。
in brief 簡言之。
make brief of... 迅速結束，使簡短。
take a brief（律師）受理訴訟案件。
一動及 **1** 簡述，簡介《on》；作成摘要，摘錄：～ children *on* fire prevention 向小孩簡述防火須知。**2** 作簡報。～**·ness** 名

brief·case ['brif,kes] 名 公事包；公文箱。

brief·ing ['brifɪŋ] 名 U C 簡 報；〖空軍〗（作戰前的）戰情簡報；簡單的報告[指令]；背景說明。

brief·less ['briflɪs] 形無訴訟委託人的；沒有主顧的。

·brief·ly ['briflɪ] 副 簡短地（說），簡潔地。

·bri·er[1] ['braɪɚ] 名多刺的木質莖植物；野薔薇；U叢生的多刺植物或其枝椏。

bri·er[2] ['braɪɚ] 名 **1** U〖植〗歐石南。**2** 用歐石南根做成的煙斗。

bri·er·root ['braɪɚ,rut] 名 **1** 歐石南根。**2** U可用來製煙斗的木材。

bri·er·wood ['braɪɚ,wud] 名= brierroot.

brig[1] [brɪg] 名 **1**〖海〗橫帆雙桅船[軍艦]。**2**《美》（海軍的）禁閉室；牢房。

brig[2] [brɪg] 名，動及《蘇·北英》= bridge[1].

·bri·gade [brɪ'ged] 名 **1**〖軍〗旅：a mixed ～ 混合旅。**2** 大部隊。**3**（軍隊式的）隊，組：a fire ～ 消防隊。
一動 **(-gad·ed, -gad·ing)** 及 編成旅[隊]。

brig·a·dier [,brɪgə'dɪr] 名 **1**〖英陸軍〗准將。**2**〖美陸軍〗《口》= brigadier general.

'brigadier 'general 名（複 **brigadier generals**）〖美陸軍·空軍·海陸〗准將；〖

英陸軍〗准將。

brig·and ['brɪgənd] 名強盜；土匪。

brig·and·age ['brɪgəndɪdʒ] 名U 搶劫，強盜行爲。

B

brig·an·tine ['brɪgən,tin] 名〖海〗雙桅帆船。

:bright [braɪt] 形(～·er, ～·est) **1** (1) 輝煌的，光亮的；閃亮的。(2) 有光澤的：～ work（船等的）發光的金屬附件。**2** 明朗的；晴朗的。**3** 鮮豔的，鮮明的。**4** 晶瑩的，透明的：～ water 透明清澈的水。**5** 燦爛的；光輝的，榮耀的：a ～ period 輝煌時期 / a ～ reputation 光榮的名聲。**6** 伶俐的，靈巧的；聰明的，機警的，機靈的：a ～ idea 好主意 / make a ～ reply 機靈地作了答覆。**7** 活潑的，快活的；容光煥發的：a ～ and gay child 活潑快活的小孩。**8** 有好預兆的，有希望的。

bright and early 大清早；預先地，老早地。

look on the bright side (of things) 對事情持樂觀態度。

—名 **1** ((～s)) (1) 車頭燈。(2)（車頭燈中）遠光燈的燈光。**2** 方頭短毛的畫筆。—副 明亮地。

·bright·en ['braɪtn̩] 動及 **1** 使發光，使生輝。**2** 使有希望；添加榮耀；使快活起來，使活潑 ((*up*))：～ one's out look on life 使人生觀變得充滿希望。—不及 **1** 變亮，變得鮮明；顯得活潑起來 ((*up*))。**2** 有希望。～·**er** 名

bright-eyed ['braɪt,aɪd] 形 明眸的；天真爛漫的。

bright-faced ['braɪt,fest] 形 聰明伶俐的。

:bright·ly ['braɪtlɪ] 副 明亮地；晴朗地。

·bright·ness ['braɪtnɪs] 名U **1** 明亮，光輝；光度；〖光〗亮度。**2** 華麗；鮮明；清澈。**3** 敏銳，機智；快活。

'Bright's di,sease 名U〖病〗布萊德氏病。

brill [brɪl] 名(複～s, ～)〖魚〗歐洲產的比目魚。

bril·liance ['brɪljəns] 名U **1** 燦爛，光耀；光澤；〖光〗亮度：the ～ of the sun 太陽的光輝。**2** 傑出，才氣煥發。

bril·lian·cy ['brɪljənsɪ] 名(複 **-cies**) **1** 顯露才華的言行。**2** = brilliance.

·bril·liant ['brɪljənt] 形 **1** 明亮的，燦爛的；有光澤的。**2** 顯赫的，耀眼的：～ achievements 輝煌的成就。**3** 卓越的，大放異彩的 ((*at...*))：a ～ discovery 傑出的發現。

—名 **1**〖寶石〗切割成多角形且顯得特別光亮的寶石。**2** U〖印〗最小型鉛字。

bril·lian·tine ['brɪljən,tin] 名U **1** 美髮油。**2** 亮光薄呢。

bril·liant·ly ['brɪljəntlɪ] 副 耀眼地，光輝地；卓越地。

·brim [brɪm] 名 **1**（碗等的）緣，邊：fill a glass to the ～ 斟滿一杯。**2**（突出物的）邊緣；（帽子等的）沿。

—動(**brimmed, ～·ming**) 不及 滿溢，溢出 ((*over*))；被裝滿，被倒滿 ((*with...*))。

—及 使裝滿，注滿 ((*with...*))：～ a glass *with* wine 在杯中倒滿酒。

～·**less** 形, ～·**ming·ly** 副

brim·ful ['brɪm'fʊl] 形 滿到邊的，滿滿的 ((*of, with...*))：a cup ～ *with* wine 滿滿的一杯酒。～·**ly** 副 滿滿地。

brimmed [brɪmd] 形 ((常作複合詞)) 有邊的：a broad-*brimmed* hat 寬邊帽。

brim·mer ['brɪmə·] 名 滿杯。

brim·stone ['brɪm,ston] 名 **1** U ((古)) 硫黃。**2**〖昆〗白木蝶科的橘黃色蝴蝶。

brin·dle ['brɪndl̩] 名 **1** U 花斑，斑紋。**2** 斑紋動物。—形 有花斑的，斑紋的。

brin·dled ['brɪndl̩d] 形（灰色或黃褐色毛皮上）有深色斑紋的。

brine [braɪn] 名U **1** 鹽水；鹽汁。**2** ((the ～)) 海，大洋，鹹水湖；海水。**3**〖化〗鹽水。—動及 以鹽水泡。

:bring [brɪŋ] 動(**brought, ～·ing**) 及 **1** (1) 拿來；拿給。(2) 帶去，帶到某處 ((*to...*))：～ the cars around *to* the front 把車開到前面來。**2** 造成；產生。**3** 使人想起 ((*to...*))。**4** 導致，使達到（某種狀態、結果等）((*into, to, under...*))：～ one's opinions *into* play 實行自己的主張。**5** 勸服，誘使；((反身)) 說服，逼使。**6** 能賣得；使賺得。**7** 招致，引起。**8**〖法〗提出（訴訟）((*against, for...*))。

bring...about / bring about... (1) 導致，達成。(2) 使改變航向。

bring...along / bring along... (1) 攜帶，偕…一起來。(2) 栽培，培植；促進生長。

bring...around [round] (1) ⇨ 動及 **1** (2). (2) 說服，使改變意見 ((*to...*))。(3) 使恢復健康。

bring...back / bring back... (1) 使復原，把…歸還給 ((*to...*))；拿回 ((*for...*))；((喻 恢復。(2) 使回想起。

bring...down / bring down... (1) 擊落，使著陸；擊倒，打傷，殺死；〖橄欖球〗抱住，扭倒。(2) 使下跌；使減價。(3) 顛覆。(4) ((俚)) 使頹喪，挫銳氣。(5)（在乘、除法筆算中）將（數字）移下。(6) 使降臨於 ((*on...*))。

bring forth... (1) 產生；生（小孩）。(2) 出（叫聲等）。(3) ((文)) 提出，公布。

bring... forward / bring forward... (1) 開，展示，公布；使…公開出現。(2) 出。(3)〖簿〗結轉（到次頁）。(4) 把（錶）撥快；把（行程等）提前。

bring...in / bring in... (1) 帶來，產生。(2 出。(3) 使有作用，使產生，使工作。(4 紹；引進；使加入。(5)〖棒球〗（擊出打）使跑回本壘得分。(6) 收割。(7) 帶 警局。

bring...into being 使…成爲事實。

bring nowhere 毫無效果。
bring...off / bring off... (1)拿走，移走。(2)救走。(3)《口》圓滿達成。
bring...on / bring on... (1)引起。(2)介紹，公開。(3)增進，促進；使進步《*in...*》。(4) = bring along (2). (5)招來，添（麻煩等）。
bring...out / bring out... (1)拿出。(2)使明朗化；揭露；使顯現出來。(3)推出（新產品等）。(4)使踏入社交圈；使（演員）出道。(5)展露。(6)促使罷工。(7)促使（害羞者）變得大方。
bring...over / bring over... (1)把…帶來。(2)使改變（意見、黨派等）《*to...*》。(3)引渡。(4)〖海〗使（帆）轉向另一邊。
bring** a person **through 使度過（疾病、困難）。
bring...to 使復甦，使甦醒。
bring...to bear (1)將（注意力、努力等）傾注於…。(2)將（壓力、勢力等）應用於…。
bring...together / bring together... (1)召集，聚集。(2)撮合。
bring** a person **to** a person's **senses (1) ⇨ 動 及 4. (2)開導；使醒悟。
bring...under (1)（以麻醉劑等）使喪失意識。(2)鎮壓，抑制。(3) ⇨ 動 及 4. (4)把…歸納為。
bring...up / bring up... (1)培育，栽培，養育。(2)舉出，提出。(3)《口》吐出。(4)突然停下；〖海〗停（船）。(5)派出（軍隊）。(6)傳召（人）出庭應訊。(7)《通常用被動》《口》使突然停止說話[行動]。(8)《英口》使嚴密注意《*for...*》。(9)《通常用被動》使面臨（問題等）《*against...*》。《通常用被動》舉出（不利於某人的證據等）《*against...*》。

bring·ing-up ['brɪŋɪŋ'ʌp] 名 U 教養；養育。

brink [brɪŋk] 名 **1** 邊緣：the ~ of a cliff 懸崖邊緣。**2** 關鍵時刻，危機邊緣：be driven to the ~ of ruin 被逼到毀滅邊緣。
on the brink of... 瀕臨。

brink(s)·man ['brɪŋk(s)mən] 名 邊緣政策家，冒險政策家。

brink(s)·man·ship ['brɪŋk(s)mən,ʃɪp] 名 U 邊緣政策，冒險政策。

brin·y ['braɪnɪ] 形 **(brin·i·er, brin·i·est)** 鹽水的，鹹的，含鹽分的。
—名《*the* ~》《口》海，大洋。

bri·o ['brio] 名 U 活力，精力；熱情。

bri·oche ['brioʃ, bri'oʃ] 名 (複 **-och·es** [-ɪz]) 奶油雞蛋做成的小圓麵包。

bri·quette, -quet [brɪ'kɛt] 名 煤磚。

brisk [brɪsk] 形 **(~·er, ~·est; more ~; most ~)** **1** 爽快俐落的；有精神的，精力旺盛的：(as) ~ as a bee 非常有活力的。**2**（風等）舒暢的，清爽的。**3** 冒泡的，泡沫的。
—動 及 不及 活潑，（使…）活躍起來《*up*》。
~**·ness** 名

bris·ket ['brɪskɪt] 名 **1**（獸類的）胸部；U 胸肉。**2**《口》胸的下半部。

·**brisk·ly** ['brɪsklɪ] 副 活潑地；有精神地。

·**bris·tle** ['brɪsl̩] 名 短而硬的毛；豬鬃；硬毛；硬毛狀之物。—動 **(-tled, -tling)** 不及 **1**（因大怒而）豎起；豎起毛髮《*up / with...*》。**2** 發怒，生氣。**3** 被（物等）密密地覆蓋；充滿（重重困難等）《*with...*》。—及 **1** 使（羽毛）豎立，聳起。**2** 使激怒。**3** 布滿了《*with...*》；裝上鬃毛。

bris·tle·tail ['brɪsl̩,tel] 名〖昆〗雙尾目的無翼昆蟲。

bris·tly ['brɪslɪ] 形 **(-tli·er, -tli·est; more ~; most ~)** **1** 有硬毛的；硬毛般的；多硬毛的；密生的；帶刺的。**2** 暴躁易怒的。

Bris·tol ['brɪstl̩] 名 布里斯托：英國英格蘭西南部的港市。

'**Bristol** ,**board** 名 上等厚紙板。

'**Bristol** '**Channel** 名《*the* ~》布里斯托海峽：位於威爾斯南部與英格蘭西南部之間。

Brit [brɪt] 名《口》英國人。

Brit.《縮寫》*Brit*ain; *Brit*ish.

·**Brit·ain** ['brɪtn̩] 名 **1** Great Britain 的略稱。**2** = Britannia 1.

Bri·tan·ni·a [brɪ'tænɪə] 名 **1** 不列顛尼亞：大不列顛島的古羅馬名。**2** 大英帝國。**3**《主文》(1)大不列顛島。(2)大不列顛及北愛爾蘭聯合王國。**4** 不列顛尼亞像。

Bri'tannia ,**metal** 名 U 不列顛合金。

Bri·tan·nic [brɪ'tænɪk] 形 不列顛的，英國的，大英帝國的：His ~ Majesty 英國國王陛下。

britch·es ['brɪtʃɪz] 名(複)《美口》= breeches.

Brit·i·cism ['brɪtɪ,sɪzəm] 名 U C 英國特有的語法。

:**Brit·ish** ['brɪtɪʃ] 形 **1** 大不列顛島的，英國的；英國人的；英國英語的。**2** 古代的不列顛族的。—名 **1**《*the* ~》《集合名詞》英國人，大英國協人。**2** = British English. **3** U 古代不列顛族的凱爾特語。

'**British A'cademy** 名《*the* ~》英國學士院。

'**British A'merica** 名 北美洲屬於大英國協的部分：包括 Canada, Newfoundland, Labrador 等。

'**British Co'lumbia** 名 不列顛哥倫比亞：加拿大西部濱太平洋的一省，簡稱卑詩省，首府為 Victoria。略作：BC

'**British** '**Commonwealth (of** '**Nations)** 名《*the* ~》大英國協（《尤英》亦稱 **the Commonwealth**）。

'**British** '**Council** 名《*the* ~》英國（對外）文化協會。略作：BC

'**British** '**Empire** 名《*the* ~》大英帝

國。

'British 'English 名U 英國英語。

Brit·ish·er ['brɪtɪʃɚ] 名《美口》英國人。

'British 'Isles 名 (複)《the ~》不列顛群島：由 Great Britain、Ireland、Man 島以及鄰近諸島組成。

Brit·ish·ism ['brɪtɪʃɪzəm] 名UC 1 = Briticism. 2 英國風俗，英國習慣。

'British Mu'seum 名《the ~》大英博物館。略作：BM

'British 'thermal ,unit 名 英國熱量單位。略作：《英》btu, BThU,《美》BTU, Btu

Brit·on ['brɪtn̩] 名 1《文》大不列顛人，英國人；英格蘭人。2 不列顛人。

Brit·ta·ny ['brɪtn̩ɪ] 名 不列塔尼：法國西北部的一地區。

brit·tle ['brɪtl̩] 形 1 脆弱的，易碎的。2 靠不住的，不穩定的：a ~ fame 虛幻的名聲。3 易怒的；難相處的；冷淡的；自私自利的。—名 薄片脆糖。~·ness 名

bro., Bro. 《縮寫》(複 **bros., Bros.**) *brother.*

broach [brotʃ] 名 1〖機〗拉刀鑽孔器；（供酒桶等開孔用的）螺旋鑽。2 叉子，烤肉叉。—動 及 1 以鑽子擴大。2 首次宣布，提議《*to, with...*》。3 鑿孔以使流出；穿（孔）。4 刻，鑿。—不及 浮出海面。

broach·er ['brotʃɚ] 名 1 鑽孔作業者；鑿孔器；拉刀。2 首先發言者，提倡者。

:broad [brɔd] 形 1 寬的；《置於表示距離之名詞後》有…寬度的：have ~ shoulders 有寬闊的肩膀。2 廣闊的：a ~ expanse of desert 一片廣大的沙漠。3《限定用法》無遮蔽的；充分的：~ daylight 大白天。4 胸襟開闊的：take a ~ view of... 對於…採取寬宏的看法。5 廣泛的：a ~ knowledge of medicine 豐富的醫學知識。6《限定用法》一般的，概括的。7 明顯的 a ~ hint 明顯的暗示。8 坦率的；魯莽的；露骨的；粗俗的。9（作品的表現形式）大膽的，自由奔放的。10《主英》有濃厚口音的。11〖語音〗(1)開口的。(2)簡略標記的，寬式的。

***as broad as* (*it is long*) / *as long as* (*it is broad*)**《英》殊途同歸；橫豎都一樣。

—副 1 充分地，完全地。2 帶鄉音地。

—名 1（身體等的）寬闊部分。2《通常作 **Broads**》《英方》《用於專有名詞》湖沼地帶：《**the Broads**》英格蘭東部 Norfolk 及 Suffolk 郡的湖沼區。3《美俚》《蔑》女人；賤女人，妓女。

'broad 'arrow 名 1《英》粗箭頭印。2〖射箭〗有粗箭頭的箭。

broad·ax(e) ['brɔd,æks] 名 (複 **-ax·es** [-,æksɪz]) 1 斧。2 鉞。

broad·band ['brɔd,bænd] 形〖無線〗寬波段的，寬頻的。

'broad ,bean 名〖植〗蠶豆。

broad·brim ['brɔd,brɪm] 名 1（教友派教徒所戴的）寬邊帽。2《**B-**》《美俚》基督教教友派教徒。

broad-brush ['brɔd,brʌʃ] 形 一般的，概括的。

:broad·cast ['brɔd,kæst] 動 (**-cast** 或 **~·ed, ~·ing**) 及 1 播送；提供。2 撒播。3 宣傳，傳播。—不及 1 播放節目；提供節目。2 散布。—名UC 1 廣播，播送。2 廣播節目。3 撒種。—形 1 經由收音機或電視機播送的。2 撒播的，傳遍的；廣被傳播的。

—副 1 普遍傳播地。2 普遍散布地。

broad·cast·er ['brɔd,kæstɚ] 名 1 廣播者；廣播裝置；廣播公司。2 播種機。

broad·cast·ing ['brɔd,kæstɪŋ] 名U 廣播（業）。

'Broad 'Church 名《the ~》廣教會派。

broad·cloth ['brɔd,klɔθ] 名U〖織〗1 寬幅布料。2 寬幅黑呢絨。

broad·en ['brɔdn̩] 動 不及 變寬，變闊《*out*》。—及 使變寬，增廣。

'broad ,gauge 名〖鐵路〗寬軌。

broad-gauge ['brɔd,gedʒ], **-gauged** [-,gedʒd] 形 1〖鐵路〗寬軌的。2《美》心胸寬闊的，寬大的。

'broad ,jump 名〖田徑〗《美》跳遠（比賽）(《英》long jump)。

broad·loom ['brɔd,lum] 形 名 寬幅的（地毯）。

broad·ly ['brɔdlɪ] 副 1 大略地。2《修飾全句》總之。3 寬廣地，普遍地。4 坦率地；魯莽地；露骨地。

broad-mind·ed ['brɔd'maɪndɪd] 形 無偏見的；寬大的，胸襟寬宏的。

~·ly 副, ~·ness 名U 寬宏大量。

broad·ness ['brɔdnɪs] 名 U 廣闊，寬廣；露骨。

'broad 'seal 名 國璽。

broad·sheet ['brɔd,ʃit] 名 1《英》大幅紙張；大報。2 單面印刷品。

broad·side ['brɔd,saɪd] 名 1〖海〗水線上的舷側。2 舷側炮；舷側射擊；《喻》《口》強烈的批判，連珠炮似的攻擊。3 單面印刷品。4 寬廣的側面。—副 朝向側地。

broad-spec·trum ['brɔd,spɛktrəm] 形 用途廣泛的，對於多種細菌均具有療效的。

broad·sword ['brɔd,sord] 名《古·文》刀刃，大砍刀。

broad·way ['brɔd,we], **-ways** [-,we...] 副 橫著，側向地。

·Broad·way ['brɔd,we] 名 1 紐約市的百老匯大街。2 百老匯劇場。—形 1（戲劇）百老匯式的；在百老匯上演的。2 活躍於百老匯的；屬於百老匯劇場的。3 華麗俗的，俗氣的。

～·ite [-aɪt] 名百老匯劇院的工作人員；經常光顧百老匯劇院的戲迷。

broad·wise ['brɔd,waɪz] 副 = broadway(s).

Brob·ding·nag ['brɑbdɪŋ,næg] 名 大人國，巨人國。

Brob·ding·nag·i·an [,brɑbdɪŋ'nægɪən] 形 **1** 大人國的。**2** 巨大的，極大的。—名 **1** 大人國的居民。**2** 巨人。

bro·cade [bro'ked] 名UC織錦；錦緞。—動及《通常用過去分詞》織入織物。

broc·co·li ['brɑkəlɪ] 名UC〖植〗硬花甘藍，綠色花椰菜。

bro·chure [bro'ʃur] 名小冊子。

Brock·en ['brɑkən] 名布洛肯山：位於德國中部。

brogue[1] [brog] 名（愛爾蘭人說英語時的）口音，土腔。

brogue[2] [brog] 名《通常作～**s**》有裝飾孔的粗皮製淺口便鞋。

broi·der ['brɔɪdɚ] 動 及 《古》= embroider.

·**broil**[1] [brɔɪl] 動 及 **1** 烤，燒，炙：～ a steak 烤牛排。**2** 炙晒；使直接受到灼熱；把…燒焦，使激動。—不及 **1** 烤，燒；《進行式》感到熱得難耐；《通常用 **it** 爲主詞》灼熱：～*ing* hot 酷暑。**2** 激動，焦躁不安。—名U **1** 烤，燒。**2** 焙烤後的東西，烤肉。**3** 炎熱。

broil[2] [brɔɪl] 名《文》吵架；騷動，騷亂。—動不及口角；爭吵。

broil·er ['brɔɪlɚ] 名**1**《美》烤具；烤爐。**2** 適合烘烤的小雞。**3** 烤肉師傅。**4**《口》酷暑，大熱天。

broil·ing ['brɔɪlɪŋ] 形 酷熱的，燒烤般的。

:**broke** [brok] 動 **1** **break** 的過去式。**2**《非標準》**break** 的過去分詞。—形《敘述用法》《口》一文不名的，一個錢也沒有的，破產的。

be flat broke《口》徹底破產的。

go broke《俚》破產。

go for broke《美俚》孤注一擲；拚以全部財力。

:**bro·ken** ['brokən] 動**break**的過去分詞。—形 **1** 破損的，破裂的，折斷的；損傷的；已骨折的：a ～ vase 破碎的花瓶 / a ～ leg 斷掉的腿。**2** 故障的，失靈的：a ～ elevator 故障的電梯。**3** 零碎的，不完全的。**4** 被打斷的；斷斷續續的；凹凸不平的；（木紋）粗糙的，不規則的。**5** 不斷改變的。**6** 遭到破壞的；破滅的；破產的：a ～ promise 未實踐的諾言。**7** 衰退的，衰弱的；氣餒的，沮喪的：a ～ man 失意的人。**8** 馴服的，順從的：～ to the saddle 馴服的，易於駕馭的。**9** 拙劣的，不合文法的：～ English 蹩腳英語。**10**〖氣象〗多雲的；陰晴不定的。

bro·ken-down ['brokən'daun] 形 破碎的，毀壞的；失靈的；老朽不堪的；故障的。

'broken 'heart 名破碎的心；失意，失戀，傷心。

bro·ken-heart·ed ['brokən'hartɪd] 形 心碎的，傷心的。～·**ly** 副

'broken ,home 名 破碎的家庭。

'broken 'line 名 虛線；折線。

bro·ken·ly ['brokənlɪ] 副 斷續地，間斷地；不完全地。

'broken 'wind [-'wɪnd] 名〖獸 病〗= heave名4.

bro·ker ['brokɚ] 名 **1** 經紀人，掮客。**2** 代理人，媒人。

bro·ker·age ['brokərɪdʒ] 名U**1** 經紀業，仲介業。**2** 經紀費，佣金。

brol·ly ['brɑlɪ] 名(複 **-lies**)《英俚》**1** 傘。**2** 降落傘。

bro·mic ['bromɪk] 形〖化〗溴的，含溴的。

bro·mide ['bromaɪd] 名**1**UC〖化〗溴化物。**2**《口》無聊的人；陳腔濫調。

'bromide ,paper 名U〖攝〗溴素紙；感光相紙。

bro·mid·ic [bro'mɪdɪk] 形 《口》陳腐的，平凡的，陳腔濫調的。**-i·cal·ly**副

bro·mine ['bromin] 名U〖化〗溴。符號：Br

bron·chi·al ['brɑŋkɪəl] 形〖解〗支氣管的。

bron·chit·ic [brɑn'kɪtɪk] 形 支氣管炎的。

bron·chi·tis [brɑn'kaɪtɪs] 名U〖病〗支氣管炎。

bron·chus ['brɑŋkəs] 名 (複**-chi** [-kaɪ])〖解〗支氣管。

bron·co, -cho ['brɑŋko] 名(複～**s** [-z]) 北美西部的野馬。

bron·co·bust·er ['brɑŋko,bʌstɚ]名《美口》馴野馬者。

bron·to·saur ['brɑntə,sɔr], **-sau·rus** [-'sɔrəs] 名〖古生〗雷龍。

Bronx [brɑŋks] 名 《**the** ～》布朗克斯：紐約市五大行政區之一。

'Bronx 'cheer 名《美俚》噓聲，喝倒采（亦稱 **raspberry**）。

·**bronze** [brɑnz] 名 **1**U〖冶〗青銅。**2**U青銅色；青銅色顏料。**3** 青銅製品；〖幣〗青銅幣。—動(**bronzed, bronz·ing**)及使成青銅色；鍍上一層青銅；使晒成古銅色。—不及變成青銅色，被晒成古銅色。—形青銅色的；青銅製的，青銅器的。

'Bronze ,Age 名《**the** ～》**1** 青銅器時代。**2**《**b- a-**》〖希神〗青銅時代：戰爭及暴力的時代，其前爲 golden age, silver age，其後爲 iron age。

'bronze 'medal名銅牌。

brooch [brotʃ, brutʃ] 名胸針，飾針。

·**brood** [brud] 名《作單數，《英》作複數》**1**《**a** ～》《集合名詞》一窩幼雛；《蔑》一家的孩子們《 *of...* 》：a ～ *of* chick-

B

ens 一窩小雞。2《a ～》種類，種，群，種族：《蔑》一群，一黨，一夥《of...》。
—動 因 1 孵（卵）；使（幼雛）溫暖。2 仔細考慮。—不及 1 孵蛋。2 沉思；反覆思量；悶悶不樂地想。
brood above 籠罩於…之上；覆[浮]在…之上。
brood over 擔心地考慮。
—形 繁殖用的。

brood·er ['brudɚ] 名 1 孵卵器，幼鳥保育箱。2 沉思者。

brood·y ['brudɪ] 形 (**brood·i·er, brood·i·est; more ～; most ～**) 1 欲孵卵的；《口》希望有小孩的。2 憂鬱的，沉思的。

·brook[1] [brʊk] 名 小河川，小溪流。

brook[2] [brʊk] 動 因《主要用於否定》忍耐，承受：～ *no* delay 不容耽擱。

brook·let ['brʊklɪt] 名 小溪。

Brook·lyn ['brʊklɪn] 名 布魯克林：紐約市五大行政區之一。

·broom [brum] 名 1 掃帚，長柄的刷子：A new ～ sweeps clean.《諺》新掃帚掃得乾淨；新官上任三把火。2 U〖植〗金雀花。3〖建〗木樁被敲擊後裂開的頂端。
—動 因 1 掃。2（用工具）劈開。
—不及 頂端散裂（成掃帚狀）。

broom·stick ['brum,stɪk] 名 掃帚柄；女巫騰空飛行的工具。
marry over a broomstick 非正式結婚。

bros., Bros.《縮寫》*bro*thers.

broth [brɔθ] 名 U C 肉湯；清湯：chicken ～ 雞湯。

broth·el ['brɔθəl, -ðəl] 名 妓院。

:broth·er ['brʌðɚ] 名 (複～s；義 1 以外的用法，複數常爲 **breth·ren**) 1 兄弟。2（男性的）親友，親戚；同胞；會友；同事，同業；黑人兄弟。3〖教會〗(1)《常作 B-》男信徒。(2)（未接受神職或準備接受神職的）修士。4 同類《*to...*》。5《俚》《用於稱呼》同志，夥伴，老兄。—['brʌðɚ] 感《俚》《表吃驚、嫌惡、困惑》真要命！
—動 因 視如兄弟，結爲弟兄；以兄弟相稱。

broth·er·hood ['brʌðɚ,hʊd] 名 1 U 兄弟關係，手足情誼，同胞愛。2 同業組織；協會，公會；宗教團體修道會。3《*the* ～》《集合名詞》同業，同事，同仁；會友。4 四海一家，人類情誼。

·broth·er-in-law ['brʌðərɪn,lɔ] 名 (複 **brothers-in-law**) 姊夫，妹夫；夫[妻]的兄弟；連襟；配偶姊妹的丈夫。

'Brother 'Jonathan 名《英古·美口》1 美國政府。2 典型美國人。

broth·er·ly ['brʌðɚlɪ] 形 兄弟的；親兄弟般的；親密的；忠實的。—副《古》如兄弟般地，像兄弟似地；情同骨肉地。**-li·ness** 名

brough·am ['bruəm, brum, 'broəm] 名 單匹馬拉的四輪廂型馬車。

:brought [brɔt] 動 **bring** 的過去式及過去分詞。

brou·ha·ha [bru'hɑhɑ] 名 U《口》騷動，輿論喧騰；糾紛。

·brow [braʊ] 名 1《通常作～s》眉（毛）：knit one's ～*s* 皺眉。2 額。3〖詩〗臉色，表情。4 陡峭處的邊緣。5〖解〗眉脊（眼窩上的隆起）。6《口》智力（程度）。

brow·beat ['braʊ,bit] 動 (**-beat, ～·en, ～·ing**) 因 威嚇，逼使同意《*into...*; *out of...*》。

:brown [braʊn] 名 1 U C 棕色，褐色，黃褐色；褐色染料；褐色衣服。2 棕色皮膚的人；棕色毛皮的動物；有淺褐色斑點的黑馬。3《英俚》銅幣。4《the ～》一群飛鳥：fire into *the* ～《英》向成群的飛鳥射擊；《喻》向群眾盲目射擊。
—形 (**～·er, ～·est**) 1 棕色的，褐色的，黃褐色的。2 晒黑的；褐色皮膚的。3 陰沉的，憂鬱的。
do... brown (1) 烤成褐色。(2)《英俚》欺騙。
do it up brown《俚》徹底完成，做得很完善。
—動 因 不及 1（使…）變成褐色；晒黑。2 用溫火炒，烘焦。
brown...off / brown off...《英俚》使厭煩；《被動》使惱火《*at...*》。
brown...out / brown out... 使轉暗；使受燈火管制。

brown-bag ['braʊn,bæg] 動 (**-bagged, ～·ging**) 因 不及《美俚》1 自行攜帶（酒、食品）到餐館或俱樂部。2 自帶（飯盒等）。**～·ger** 名

'brown 'bear 名〖動〗棕熊。

'brown 'bread 名 U 黑麵包；全麥麵包。

'brown 'coal 名 U 褐煤 = lignite.

'brown 'goods 名 (複) 以褐色爲主調的電器製品。

brown·ie ['braʊnɪ] 名 1（民間故事裡的）褐色小精靈。2《美》內放堅果的方形巧克力蛋糕。3《B-》（美國 Girl Scouts，英國 Girl Guides 中年齡八至十一歲的）幼年女童子軍。

'brownie ,point 名《美俚》靠拍馬屁得到的讚美。

Brown·ing ['braʊnɪŋ] 名 1 **Robert**, 白朗寧 (1812–89)：英國詩人。2 白朗寧自動步槍；白朗寧機槍、手槍。

brown·ish ['braʊnɪʃ] 形 略帶棕色的，帶褐色的。

brown-nose ['braʊn,noz] 動 不及 因《俚》阿諛討好，拍馬屁。
—名 奉承者，阿諛者。

brown·out ['braʊn,aʊt] 名 U 1 燈火管制；節約用電。2 電力縮減。

'brown ,paper 名 U 棕色包裝紙，牛皮紙。

'brown 'rice 名 U 糙米。

'Brown ˌShirt 图 1 褐衫黨，納粹黨。2（亦作 **brown-shirt**）法西斯主義者。

brown·stone ['braunˌston] 图 Ⓤ《美》紅褐色砂岩；Ⓒ 正面用紅褐色砂岩蓋成的建築物。

'brown 'study 图 深思；沉思。

'brown 'sugar 图 Ⓤ 紅糖。

browse [brauz] 動 不及 1 吃（草等）《*on...*》：～ *on* shoots 吃嫩芽。2 瀏覽《*among, through, in...*》；閒逛《*in, about, around...*》：～ *among* one's books 漫不經心地瀏覽群書。—及 1 吃（草等）。2《使役用法》讓（家畜）吃（草等）《*on...*》。3 瀏覽；閒逛。—图 1 Ⓤ 新芽，嫩芽，嫩枝。2 吃新芽，放牧。

brows·er ['brauzɚ] 图 1〖電腦〗瀏覽器。the Web ～ 網路瀏覽器。2 瀏覽書籍的人。

Bruce [brus] 图〖男子名〗布魯斯。

bru·cel·lo·sis [ˌbrusə'losɪs] 图 Ⓤ〖病〗布魯士桿菌病。

bru·in ['bruɪn] 图《常作 **B-**》熊，熊先生。

·**bruise** [bruz] 動 (**bruised, bruis·ing**) 及 1 使擦傷，瘀傷，壓傷：～*d* bananas 表皮受損的香蕉。2 傷害（感情）：～ a person's feeling 傷害某人的感情。3 弄碎，敲碎。—不及 1 擦傷，瘀傷。2（感情）受傷害。—图 (複-**bruis·es** [-ɪz]) 瘀傷，傷痕；（水果的）壓傷；（心理的）創傷。

bruis·er ['bruzɚ] 图 1《俚》職業拳擊手。2《口》彪形大漢，粗暴的男子。

bruis·ing ['bruzɪŋ] 形 艱困的，吃力的。

bruit [brut] 動 及《文》《主要用被動》傳播，散布《*about, abroad...*》。

brum·ma·gem ['brʌmədʒəm] 形 偽造的，廉價的。—图 便宜貨，偽造品。

brunch [brʌntʃ] 图 Ⓤ Ⓒ，動 不及《口》早午餐；早餐午餐併做一頓吃。

Bru·nei ['brunaɪ, bru'naɪ] 图 汶萊：位於婆羅洲西北海岸的一回教君主國；首都為 Bandar Seri Begawan.

-nei·an [-ən] 形 图 汶萊的[人]。

bru·net [bru'nɛt] 形 图 褐色的淺黑色的（人）。

bru·nette [bru'nɛt] 形 图 brunet 的女性形。

brunt [brʌnt] 图（攻擊、打擊的）主力，主要衝力：bear the ～ of 首當其衝。

:**brush**[1] [brʌʃ] 图 1 毛刷，刷子；刷：a paint ～ 畫筆。2 畫筆的使用；《*the* ～》畫法，畫風。3 小爭吵，小衝突，小戰鬥《*with...*》。4（騎馬）飛奔，疾奔。5〖電〗（電）刷；刷形放電。6 狐狸尾巴；羽毛的密生。7 輕觸，擦過。8《美俚》毫不客氣的拒絕。

at a brush 一舉。

—動 及 1 擦拭，（以刷子）清掃，塗抹，刷；掃：～ one's teeth clean 把牙齒刷乾淨。2 輕掠，輕觸，擦過。3 拂拭，拂去《*away, off*》。—不及 1 刷牙。2 梳頭髮。3 掠過《*against, across, over...*》；擦過《*past, by, through...*》。4 疾奔，飛跑。

brush...aside [*away*] / *brush away...* (1) 拂去，撇開，掃除。(2) 無視，漠視，對…處之泰然。

brush...down / brush down... 拭去…上的塵埃。

brush off 刷掉，刷去。

brush...off / brush off... (1) ⇨動 及 3. (2)《口》漠視；打發走；（悍然地）拒絕。

brush over... 漠不關心地處理。

brush...over / brush over... (1) 大略地塗刷。(2) 仔細地刷掉。

brush round《美口》發憤，振作，活躍。

brush...up / brush up... (1) 以刷等拂拭，擦亮。(2) 重新複習，溫習。

brush (up) against... (1) ⇨動 不及 3. (2) 遇到。

brush up on... ⇨BRUSH UP (2)

brush[2] [brʌʃ] 图 1 灌木叢；灌木地帶。2 Ⓤ 柴枝。3《美》未開拓的土地。

'brush ˌfire 图 1 灌木叢地區的火災。2 小規模衝突。

brush·fire ['brʌʃˌfaɪr] 形 小規模的，局部性的。

brush-off ['brʌʃˌɔf] 图《*the* ～》《俚》斷然拒絕；解雇。

brush·up ['brʌʃˌʌp] 图 1 溫習，複習：need a ～ on history 需要複習一下歷史。2 整潔；打扮。

brush·wood ['brʌʃˌwud] 图 Ⓤ 1 折斷的小樹枝，柴。2 灌木叢。

brush·work ['brʌʃˌwɝk] 图 Ⓤ 1 使用刷子的工作；繪畫。2〖美〗（繪畫的）筆法，畫風。

brush·y[1] ['brʌʃɪ] 形 (**brush·i·er, brush·i·est**) 像刷子般的；毛糙的。

brush·y[2] ['brʌʃɪ] 形 (**brush·i·er, brush·i·est**) 多灌木叢林的。

brusque [brʌsk] 形 粗魯的，無禮的；唐突的。～**·ly** 副

Brus·sels ['brʌslz] 图 布魯塞爾：比利時首都；歐洲聯盟總部所在地。

'Brussels 'lace 图 Ⓤ 具花紋圖案的手織花邊。

'Brussels ˌsprout 图《通常作～**s**》芽甘藍；芽甘藍球莖（亦稱《口》**sprout**）。

·**bru·tal** ['brutl] 形 1 殘酷的；野獸般的。2 下流的；粗暴的。3 嚴峻的，令人不舒服的。4 冷酷的。5 不講理的，不合理的。～**·ly** 副 殘酷地；獸性地。

bru·tal·i·ty [bru'tælətɪ] 图 (複-**ties**) 1 Ⓤ 獸性，殘忍。2 野蠻行為：a case of ～ 殘暴事件。

bru·tal·i·za·tion [ˌbrutlɪ'zeʃən] 图 Ⓤ 1 殘暴，野蠻。2 野蠻狀態。

bru·tal·ize ['brutlˌaɪz] 動 及 不及 1（使…）變成像野獸一般，（使…）變得無人性。2（使…）變殘暴。

B

·brute [brut] 名 1《常為蔑》動物，禽獸，畜牲。2《偶為謔》衣冠禽獸；《口》討厭的傢伙。3《 the ～》(人類的) 獸性，獸慾。
—形 1 動物的，禽獸的。2 無理性的。3 野獸般的；狂暴的；野蠻的。4 肉慾的。
～·ly 副

brut·ish ['brutɪʃ] 形《蔑》1 野獸般的；殘忍的，兇暴的；粗野的。2 未開化的，野蠻的。～·ly 副

Bru·tus ['brutəs] 名 **Marcus Junius**, 布魯特斯 (85?–42B.C.)：羅馬政治家，暗殺凱撒者之一。

bry·o·ny, bri- ['braɪənɪ] 名 (複 -nies)〖植〗瀉根草。

b/s《縮寫》*b*ag*s*; bale*s*; *b*ill of *s*ale.

b.s.《縮寫》*b*alance *s*heet; *b*ill of *s*ale.

B.S.《縮寫》《美》*B*achelor of *S*cience; *B*achelor of *S*urgery; *b*ill of *s*ale; *B*ritish *S*tandard.

B. Sc.《英》《縮寫》*B*achelor of *Sc*ience.

BST《縮寫》*B*ritish *S*ummer *T*ime. 英國夏令時間。

Bt.《縮寫》*B*arone*t*.

B2B《縮寫》*b*usiness-*to*-*b*usiness 企業對企業之電子商務模式。

B2C《縮寫》*b*usiness *to* *c*ustomer 企業對消費者之電子商務模式。

Btu, BTU《縮寫》*B*ritish *t*hermal *u*nit (s).

BTW《縮寫》*b*y *t*he *w*ay.

bu.《縮寫》*bu*reau; *bu*shel(s).

·bub·ble ['bʌbl] 名 1《通常作～s》泡，水泡，氣泡，泡沫。2 虛幻之物；幻想。3 騙局；詐欺；投機性買賣。4 U 冒泡(聲)；起泡(的聲音)；沸騰(聲)。5 半圓形的覆蓋體[屋頂]，圓頂。
prick a bubble (1) 弄破肥皂泡。(2) 拆穿騙局；揭開真面目。
—動 (-bled, -bling) 不及 1 起泡；沸騰。2 汩汩地流動[滾滾沸騰]《偶用 *away*》。3 活躍；激動。4 洋溢，充滿《 *with...* 》。—及 1 使起泡。2 使 (嬰兒) 打嗝。3 使洋溢。
bubble over (1) (因沸騰而) 溢出。(2) (因興奮等而) 激動不已《 *with...* 》。

'bubble and 'squeak 名 U《英》包心菜炒肉。

'bubble ˌbath 名 U (洗澡時放入的) 起泡劑[液，粉]；泡沫浴。

'bubble ˌgum 名 U 1 泡泡糖。2 以青少年為主要對象的搖滾音樂。

bub·bler ['bʌblɚ] 名 噴水式飲水器。

bub·bly ['bʌblɪ] 形 (-bli·er, -bli·est) 1 泡沫多的。2 興高采烈的。—名 U《英俚》香檳 (酒)。

bu·bon·ic 'plague [bju'bɑnɪk-] 名 U〖病〗鼠疫；黑死病。

buc·cal ['bʌkl] 形〖解〗1 頰的。2 口 (邊) 的。～·ly 副

buc·ca·neer [ˌbʌkə'nɪr] 名 (尤指十七世紀後半橫行於美洲沿岸西班牙殖民地的) 海盜。—動 不及 做海盜。

Bu·cha·rest ['bjukəˌrɛst] 名 布加勒斯特：羅馬尼亞 (Rumania) 首都。

·buck[1] [bʌk] 名 (複～s) 1 雄鹿；雄性。2《古》《口》血氣方剛的男子；愛打扮的人，紈袴子。3《～s》《美口·澳俚》美元，錢。

buck[2] [bʌk] 動 不及 1 猛然跳起。2《美口》頑強抵抗，強烈反對《 *at, against...* 》。3 顛簸行進。4 用頭猛撞過去。—及 1 甩掉 (背負物)《 *off* 》。2 突破；《美口》頑強抵抗，強烈反對。3《美》用頭猛撞。4〖美足〗突進。5 玩；冒險去做。6 搬運，舉起。
buck for...《美口》追求。
buck up《俚》(1) 振作，打起精神來。(2)《通常用於命令》快點。
buck...up / buck up... 鼓動，使受到鼓舞。
—名 (馬等) 拱背跳起的動作。
—形〖軍〗《美俚》最低階的。

buck[3] [bʌk] 名 1 鋸木架。2〖體〗跳馬。—動 及 鋸。

buck[4] [bʌk] 名 1〖牌〗為了提醒下次的分牌者注意而在其前放置的標記。2《口》責任。
pass the buck (to a person)《口》推諉責任；歸罪。
The buck stops here. 擔負全責，不推諉責任。

buck[5] [bʌk] 名 談話，自誇之詞。

Buck [bʌk] 名 **Pearl (Sydenstricker)**，賽珍珠 (1892–1973)：美國女小說家，諾貝爾文學獎 (1938) 得主。

buck·a·roo [ˌbʌkə'ru, 'bʌkəˌru] (複～s [-z]) 名《美西部》牛仔，牧童。

buck·board ['bʌkˌbord] 名 一種前後輪間裝有一塊具有彈性的板子的四輪馬車。

:buck·et ['bʌkɪt] 名 1 水桶，吊桶；桶形物。2 戽斗鏈，(水車的) 戽斗，活塞，(疏濬船的) 鏟斗。3 一桶的量《 *of...* 》；《～s》多量《 *of...* 》: in ～*s* 多量地。4 = bucket seat.
a drop in the bucket 滄海一粟，九牛一毛。
give the bucket to... 捲鋪蓋，解僱。
kick the bucket《俚》死，翹辮子。
—動 (～·ed, ～·ing) 及 1 用水桶汲[裝]《 *up, out* 》。2《主英》催 (馬) 狂奔[快跑]。3 在投機商號從事 (買賣股票的訂購)。
—不及 1 迅速前進，飛奔；〖划船〗高速倒轉。2《英口》《常以 it 為主詞》下大雨《 *down* 》。

buck·et·ful ['bʌkɪtˌful] 名 一桶的量《 *of...* 》: a ～ *of* water 一桶水。

'bucket ˌseat 名 (小汽車等的) 單人座椅。

'bucket ˌshop 名〖金融〗利用顧客的

股票、資金等買空賣空的投機商號。

buck·eye ['bʌk,aɪ] 图(複～s [-z]) 1〖植〗七葉樹屬的通稱。2〖昆〗朱鷺的一種。3《B-》美國 Ohio 州人。4 廉價藝術品；庸俗而華麗的廣告。
一形（色彩、設計）大膽的；庸俗華麗的；（聲音）尖銳的。

'Buckeye 'State 图《the ～》美國 Ohio 州的別名。

buck·horn ['bʌk,hɔrn] 图鹿角。

buck·hound ['bʌk,haʊnd] 图 獵鹿用的獵犬。

'Buckingham 'Palace 图白金漢宮。

Buck·ing·ham·shire ['bʌkɪŋəm,ʃɪr] 图白金漢郡：英國英格蘭南部的一郡，首府爲 Aylesbury。略作：Bucks(.)

buck·le ['bʌkl] 图 1 釦子，釦環，（鞋的）裝飾釦。2 扭曲變形。一動及 1 以釦子釦，以帶釦釦住《 *on, up, together* 》。2 使（金屬品等）扭曲。3《反身》使準備行動，使從事於，使投身於《 *to...* 》。一不及 1 被扣住，被扣緊《偶用 *up* 》。2 準備好，傾全力於《 *down* / *to...,* *to* doing 》。3 扭曲，翹起，變形。4 屈服，讓步《 *under* / *to, under...* 》。

buckle down 努力工作，賣力做。

buck·ler ['bʌklɚ] 图 1 圓盾。2 防禦手段，防護（物）。一動及 成爲屏障；防禦，防護。

buck-pass·ing ['bʌk,pæsɪŋ] 图Ⓤ《美口》推諉責任。

buck·ram ['bʌkrəm] 图Ⓤ 1 硬粗布。2 生硬；古板。一動 (-ramed, ～·ing) 及 用硬粗布做硬襯。一形 1 硬粗布製的。2 古板的，拘於形式的。

Bucks. 《縮寫》 *Buck*ingham*s*hire.

buck·saw ['bʌk,sɔ] 图大型鋸子。

buck·shee ['bʌkʃi, ,bʌk'ʃi] 形副《英俚》免費的[地]。

buck·shot ['bʌk,ʃɑt] 图Ⓤ大型鉛製散彈。

buck·skin ['bʌk,skɪn] 图 1 Ⓤ（堅固、柔軟而略帶黃色或灰色的）鹿皮或羊皮。2《～s》鹿皮製的鞋子。3 鹿皮色的馬。一形 1 鹿皮色的，帶黃色的。2 鹿皮製的。

buck·thorn ['bʌk,θɔrn] 图〖植〗1 鼠李。2 鼠李屬灌木的通稱。

buck·tooth ['bʌk,tuθ] 图(複-teeth [-tiθ])《通常作 buckteeth》暴牙，獠牙。

buck·toothed [,bʌk'tuθt] 形長暴牙的。

buck·wheat ['bʌk,hwit] 图Ⓤ 1 蕎麥；蕎麥子。2 蕎麥粉。

bu·col·ic [bju'kɑlɪk] 形《文》1 牧羊者的，牧羊式的。2 田園的；鄉村的。
一图田園詩；牧歌。-i·cal·ly 副

bud¹ [bʌd] 图 1〖植〗芽，花苞。2〖動〗芽體；〖解〗芽狀突起。3 未成熟的人[物]；未成年；（初入社會的）少女。

in (the) bud 含苞待放；尚在萌芽階段。

nip...in the bud 消滅於萌芽時期；防患於未然。

一動(～·ded, ～·ding) 不及 1 萌芽，發芽，含苞。2 開始成長《 *into...* 》；處於開始發展階段。一及 1 使發芽，使含苞待放。2〖園〗接芽。

bud off from... 分離出芽體；分離出而成新組織。

～·der 图, ～·ded 形

bud² [bʌd] 图《美口》= buddy.

Bu·da·pest ['bjudə,pɛst] 图布達佩斯：匈牙利首都。

Bud·dha ['budə] 图 1 釋迦牟尼，佛陀（566?–480B.C.）。2 佛陀，佛。3《偶作 b-》〖佛教〗羅漢。4 佛像。

·Bud·dhism ['budɪzəm] 图Ⓤ佛教；佛法；佛道。

Bud·dhist ['budɪst] 图佛教徒。一形佛教（徒）的。

Bud·dhis·tic [bu'dɪstɪk] 形 佛教的，佛教徒的。

bud·ding ['bʌdɪŋ] 形 1 發芽的。2 新進的；少壯的。

bud·dy ['bʌdɪ] 图(複 -dies)《口》1（男性的）同伴，兄弟，夥伴。2《對不知名男子的親切稱呼》《美俚》老兄；《生氣時》小子。
一動不及（和…）爲友《 *up* / *with...* 》。

bud·dy-bud·dy ['bʌdɪ'bʌdɪ] 形《俚》交情深的；親密的。

budge [bʌdʒ] 動不及《通常用於否定》微微移動，稍動；改變《 *from...* 》。一及使微動；使改變意見。

budg·er·i·gar ['bʌdʒəri,gɑr] 图 虎皮鸚鵡（亦稱《口》budgie）。

·budg·et ['bʌdʒɪt] 图 1 預算（案）。2 經費，費用。3 來源。4（信件等的）一束，一捆。5《形容詞》《委婉》預算有限的；便宜的。

on a budget 按照預算地。

一動(～·ed, ～·ing)及 1 編入預算；分配《 *for...* 》。2 處理預算中的（資金）。
一不及 編預算《 *for...* 》。～·ar·y 形 預算中的。,bud·ge·'teer, ～·er 图 預算委員。

'budget ac,count 图 預算帳戶；銀行等的代繳費用的戶頭（帳簿）。

budg·et·eer·ing [,bʌdʒɪ'tɪrɪŋ] 图Ⓤ 預算編制。

Bud·weis·er ['bʌd,waɪzɚ] 图〖商標名〗百威：美國啤酒品牌之一。

Bue·nos Ai·res ['bwenəs'aɪrɪz, 'bonəs'ɛrɪz] 图布宜諾斯艾利斯：阿根廷首都。

buff [bʌf] 图 1 Ⓤ（牛的）暗黃色鞣皮；Ⓒ 鞣皮製的上衣。2 磨刀皮。3 Ⓤ 暗黃色。4 Ⓤ《尤英口》皮膚：swim in the ～ 裸泳。5《美口》狂熱者，入迷者。6《口》野牛。
一形 1 鞣皮製的，鞣皮做的。2 暗黃色的。一動及 1 以軟皮磨拭；擦亮《 *up* 》。2 染成暗黃色。3 使光軟。

·buf·fa·lo ['bʌfl,o] 图(複～es, ～s《集合

名詞》～) **1**〖動〗野牛。**2**〖動〗水牛。
—動(～**ed,** ～**·ing**)及《美口》**1** 使困惑，使迷惘。**2** 恐嚇。

'Buffalo 'Indian 名 = Plains Indian.

buff·er[1] ['bʌfɚ] 名 **1**（鐵軌車輛的）緩衝器；《～**s**》《英》（鐵路的）車廂後緩衝裝置；緩和衝擊之物[人]，成爲屏障之物[人]。**2** = buffer state. **3**〖電腦〗緩衝器。**4**〖化〗緩和劑。
—動及 **1**〖化〗以緩和液處理。**2** 減低；緩和。

buff·er[2] ['bʌfɚ] 名 磨棒，磨輪。

buff·er[3] ['bʌfɚ] 名《英俚》《常作 **old** ～》《蔑》守舊的人，老古板；低能的人；傢伙，人。

'buffer ˌstate 名 緩衝國。

'buffer ˌstop 名（站內軌道末端的）止衝檔，緩衝器。

'buffer ˌzone 名 緩衝地帶，緩衝區。

buf·fet[1] ['bʌfɪt] 名 打擊；衝擊。
—動及 **1** 打。**2** 衝擊，打擊。**3**《文》搏鬥。
—不及 **1** 搏鬥《 *with...* 》。**2** 奮力前進。

buf·fet[2] [bʊ'fe, bʌ-] 名(複 ～**s**[-z]) **1** 餐具櫥。**2** 自助餐櫃臺。**3** 自助餐。—形 自助餐式的。

buf'fet ˌcar 名〖鐵路〗餐車。

buf·foon [bʌ'fun, bə-] 名 **1** 丑角。**2** 滑稽的人：play the ～ 扮小丑，耍寶。—動及 嘲諷，嘲弄。—不及 做滑稽動作。

buf·foon·er·y [bʌ'funərɪ] 名UC 滑稽；扮小丑；惡作劇。

·bug [bʌg] 名 **1** 半翅目昆蟲；《英》臭蟲；《美》（小）昆蟲，蟲。**2**《口》微生物，病原菌，黴菌。**3**《主美口》故障。**4**《俚》《與修飾語連用》狂熱者，入迷者；《 **the** ～》狂熱，熱中。**5** = bugbear. **6**《口》竊聽器；《美俚》防盜鈴。**7** 星標。**8**〖釣〗擬餌釣鉤，毛鉤。**9**〖電腦〗錯誤，缺點。
big bug《俚》名人，大人物。⇨BIG BUG
—動 (**bugged,** ～**·ging**) 及 **1** 除蟲。**2**《俚》裝設竊聽器；（以竊聽器）竊聽。**3**《美俚》使厭煩。—不及《美口》（因驚訝等而）暴突《 *out* 》。
bug off《命令》走開！
bug out《美俚》匆匆離開；溜走。

bug·a·boo ['bʌgəˌbu] 名(複～**s** [-z]) 妖魔，鬼怪。

bug·bear ['bʌgˌbɛr] 名 **1** 妖怪。**2** 令人害怕的事物；無端的恐懼。

bug-eyed ['bʌgˌaɪd] 形《俚》（因驚懼而）眼睛圓睜的；暴眼的。

bug·ger ['bʌgɚ] 名 **1**《粗》雞姦者，男同性戀者。**2**《帶愛憐意味》小東西，小伙子。**3**《俚》討厭的傢伙。**4** 麻煩的事。
—動及 **1**《粗》雞姦。**2**《俚》使筋疲力盡。**3**《俚》《以 **it** 等爲受詞》詛咒。—不及 **1** 雞姦。**2** = damn.
bugger about [*around*]《粗》做出糊塗的行爲《 *with...* 》。
bugger...about [*around*] / *bugger about* [*around*]... 隨便擺弄；增添麻煩。
bugger off《粗》《常用於命令》離去，走開。
bugger...up / *bugger up*...《粗》使無效；使混亂；弄糟。

bug·gered ['bʌgɚd] 形《英粗》筋疲力盡的。

bug·ger·y ['bʌgərɪ] 名U〖法〗《英粗》雞姦。

bug·gy[1] ['bʌgɪ] 名(複 **-gies**) **1** 單座輕型馬車：the horse-and-*buggy* days《口》馬車時代。**2**《美》嬰兒車（《英》pram）。**3**《美俚》篷車；沙灘車。

bug·gy[2] ['bʌgɪ] 形(**-gi·er, -gi·est**) **1** 多臭蟲的。**2** 瘋狂的；入迷的《 *about...* 》。

bug·house ['bʌgˌhaʊs]《美俚》名(複 **-hous·es** [-ˌhaʊzɪz]) 精神病院，瘋人院。—形 發瘋的。

bu·gle[1] ['bjugl̩] 名 軍號；號角。
like a bugle call 突然。
—動不及 吹號，吹喇叭。
—及 吹號表示；吹喇叭召集。

bu·gle[2] ['bjugl̩] 名（裝飾女裝用的）黑色管狀玻璃珠子。

'bugle ˌcall 名 號角聲。

bu·gler ['bjuglɚ] 名 吹號者，號手。

bug·rake ['bʌgˌrek] 名《英俚》梳子。

buhl [bul] 名《常作 **B-**》布爾細工，螺鈿細工。

Bu·ick ['bjuɪk] 名〖商標名〗別克：美國通用公司製造的高級汽車。

:build [bɪld] 動 (**built** 或《古》～**·ed,** ～**·ing**)及 **1** 建造，建蓋；組織，搭造，鋪設，鋪，築巢；生火；組合建造《 *into ...* 》；造成《 *of, out of, from...* 》。**2** 形成，製成；鍛鍊《 *into...* 》：～ boys *into* men 把男孩們鍛鍊成大人。**3** 建立，確立《 *up* 》：～ a reputation 建立聲譽。**4** 增加，增強《 *up* 》：～ *up* speed 增加速度。**5** 形成《 *on, upon...* 》。—不及 **1** 建造；從事建築業。**2** 增高，增加《 *up* 》。
build...in / *build in*...《通常用被動》(1) 固定裝設。(2)（以牆等）圍起。(3) 使之成爲他物的一部分。
build into《通常用被動》使…成爲…的一部分。
build on [*upon*]...《通常用被動》依靠，依賴；以…爲基礎。
build... on / *build on*...《常用被動》增建。
build...out / *build out*...（從…）增建出…《 *from...* 》。
build over...《通常用被動》建滿房子。
build...over / *build over*... 改建。
build...round / *build round*... = BUILD in (2).
build up (1) ⇨動不及 2. (2) 聚集；集結；阻塞。
build...up / *build up*... (1) ⇨動及 3, 4. (2)《通常用被動》蓋滿了建築物。(3) 改建，重

建。(4) 增強。(5)《口》褒揚，吹捧；作宣傳《 into... 》。(6) 使增進健康。

—图UC 1 建造；構造；體格。2《俚》身材，線條。

·build·er ['bɪldɚ] 图 1 建築商，營造業者；建築者。2《複合詞》建設者；締造者。

:build·ing ['bɪldɪŋ] 图 1 建築物，建造物，營造物。2 U建築，建造；建築術。

'building ,block 图 1 建築用石塊。2《 ~s 》玩具積木。3《 ~s 》基本要素。

'building ,site 图建築工地。

'building so,ciety 图《英》建築資金融資合作社。

'building ,trades 图(複)營造業。

build(-)up ['bɪld,ʌp] 图 1 增強，強化；集結；停滯，阻塞。2 成長；發展；累積。3 儲備，蓄積。4 宣傳，廣告；預備，準備；激勵，鼓舞。5 增加。

:built [bɪlt] 動 **build** 的過去式及過去分詞。—形《俚》《與副詞（片語）連用》有身材的；有結構的：solidly ～ 身體結實的；結構堅固的 / be powerfully ～ 體格強健。

built-in ['bɪlt'ɪn] 形 1 固定的，嵌入的；內建的：a ～ shelf 嵌入屋壁的架子。2 生來的；內在的。

built-up ['bɪlt'ʌp] 形1 組合而成的，（重疊而）加高的：a ～ heel 重疊加厚的鞋跟。2 建築物密集的。

·bulb [bʌlb] 图1〖植〗鱗莖，球莖；鱗莖植物。2 圓形鼓起部分；球狀物：an electric light ～ 電燈泡。3 真空管。

bulbed [bʌlbd] 形球根狀的；有球根的。

bulb·ous ['bʌlbəs] 形1《常爲蔑》球莖狀的；鼓脹的。2 有球莖的；由球莖生長的。

bul·bul ['bulbul] 图〖鳥〗1 波斯詩中的一種鳴禽；夜鶯。2 熱帶產鳴禽類的通稱：black ～ 紅嘴黑鵯。

Bul·gar ['bʌlgɑr, -gɚ] 图 = Bulgarian.

Bul·gar·i·a [bʌl'gɛrɪə, bul'gɛrɪə] 图保加利亞（共和國）：位於歐洲東南部；首都索非亞（Sofia）。

Bul·gar·i·an [bʌl'gɛrɪən, bul-] 图 保加利亞人；U保加利亞語。—形保加利亞的，保加利亞人[語]的。

bulge [bʌldʒ] 图 1 膨脹，鼓起；（桶等的）凸出部分。2 劇增；（價格的）暴漲。3《 the ～ 》《英》= baby boom 4《 the ～ 》《俚》優勢，有利處。—動不及鼓起《 out 》；脹滿《 with... 》。—及使鼓脹《 with... 》。**'bulg·ing·ly** 副

Battle of the Bulge《 the ～ 》突圍戰役：二次大戰末期德國在西線的最後一次反攻；自 1944 年 12 月至 1945 年 1 月。

bul·gur ['bʌlgɚ] 图U 輾碎的乾小麥片。

bul·gy ['bʌldʒɪ] 形 (**-gi·er, -gi·est**)膨脹的，凸出的。

bu·lim·i·a [bju'lɪmɪə] 图 U〖病〗貪食症。

-lim·ic 形

·bulk [bʌlk] 图 1 U 體積，容積；龐大，巨大；C《文》巨大的人[動物，物]。2《 the ～ 》大部分，大半《 of... 》。3 U（船之）載貨；散裝貨。4 U消化殘留之纖維質食物。5 U（紙、紙板的）厚度。6 U商店前廡；前伸部分。

break bulk 開始卸貨。

by bulk 以積貨計算，按堆計算；目測。

in bulk (1) 散裝地，不捆包地。(2) 大批地，大量地。

—動不及 1 變大，（體積）增大，增多《 up 》；聚成大量，變爲大數目。2 顯得很大，看起來很大；顯得重要。3 達到某厚度。—及1 使增多，使變重，使變大。—形大量的，大規模的。2 混合在一起。

bulk·head ['bʌlk,hɛd] 图1《常作～s》艙壁，隔框。2（地下道的）分隔壁，（坑內口的）分壁；護堤岸。3〖建〗（地下室樓梯的）天窗；蓋板門。

'bulk ,mail 图U《美》大宗印刷品郵件。

bulk·y ['bʌlkɪ] 形 (**bulk·i·er, bulk·i·est; more ～; most ～**) 巨大的；笨重的。

bulk·i·ly 副, **bulk·i·ness** 图

·bull[1] [bul] 图 1（未去勢的）公牛。2 雄性。3 高大粗壯的人，體壯如牛的人。4 相信景氣會好轉的人；買方，多頭；《口》（撲克牌）隨意哄抬賭注的人。5《 the B- 》〖天·占星〗金牛座；金牛宮。6（英國產的）牛頭犬。7《美俚》偵探；警察，刑警。8 = bull's-eye 1. 9《美俚》吹牛，胡扯。

a bull in a china shop 動輒闖禍者，莽漢；感覺遲鈍笨拙的人。

like a bull at a gate《口》猛烈地，兇猛地；莽撞地。

shoot the bull《俚》瞎扯；胡說八道，吹牛，說大話。

take the bull by the horns 抓住牛角制伏牛；《喻》不畏艱難面對危險，冒險。

—形 1 雄性的。2 像公牛一樣的；龐大的，強壯的。3〖證券〗哄抬價格的，買空的。

—動及 1〖證券〗買空使上漲。2 強行，強迫通過；推進。3《美俚》以說大話欺騙。

—不及《美俚》吹牛，誇口。

bull[2] [bul] 图1 教宗玉璽。2〖天主教〗教宗詔書或訓諭。

bull[3] [bul] 图1 荒誕可笑的言詞。2《英軍俚》嚴格的老規矩；無用的習俗。

bull·bait·ing ['bul,betɪŋ] 图U縱狗逗牛遊戲。

·bull·dog ['bul,dɔg] 图1 牛頭犬。2《口》短管的大口徑手槍。3《英口》（Oxford, Cambridge 兩大學的）學監隨從。4 強悍的人；勇敢果斷的人。5 = bulldog clip.

—形《限定用法》類似牛頭犬的，勇猛頑

強的：～ obstinacy 頑固不化。
—動 (dogged, ～·ging) 及 1 襲擊，攻擊。2《美西部》扭轉（牛的）頭部使其摔倒。

B

'bulldog ˌclip 名 強力文書夾。
'bulldog eˌdition 名《美》日報最早的一版。
bull·doze ['bʊlˌdoz] 動及 1 脅迫，強迫，恫嚇《*into..., into doing*》。2 以推土機清理。3 強迫通過。
bull·doz·er ['bʊldozɚ] 名 1 開路機，推土機。2《口》強制者，威嚇者。
·bul·let ['bʊlɪt] 名 1 子彈，槍彈，彈丸。2 小球。3〖印〗黑點。
bite the bullet 勇於面對困難，下定決心。
bul·let·head ['bʊlɪtˌhɛd] 名 1 小圓頭（人）。2 頑固的人；蠢人。～·ed 形
·bul·le·tin ['bʊlətɪn] 名 1 揭示，公告。2（印刷前採訪到的）重大新聞；最新消息；病情報告。3 會報，記要，定期報告；（列舉課程的）小冊子。—動 (～ed, ～·ing) 及（以布告）公布，發表，告示。
'bulletin ˌboard 名《美》布告欄，告示牌（《英》notice board）。
'bulletin 'board 'system 名〖電腦〗電子布告欄系統。略作：BBS
bul·let·proof ['bʊlɪtˌpruf] 形 1 防彈的。2 無須變更的。
'bullet ˌtrain 名 子彈列車（日本的高速鐵路列車）。
'bull 'fiddle 名《口》= double bass.
bull·fight ['bʊlˌfaɪt] 名 鬥牛。～·ing 名 U 鬥牛術。
'bull ˌfighter 名 鬥牛士。
bull·finch ['bʊlˌfɪntʃ] 名〖鳥〗照鶯。
bull·frog ['bʊlˌfrɑg, -ˌfrɔg] 名〖動〗牛蛙。
bull·head ['bʊlˌhɛd] 名 1〖魚〗北美產鯰魚的總稱。2〖魚〗鰍屬淡水魚的總稱。3 頑固的人；愚蠢的人。
bull·head·ed ['bʊl'hɛdɪd] 形《蔑》頑固的；愚蠢的。
'bull ˌhorn 名《美》喊話器，手提式擴音器。
bul·lion ['bʊljən] 名 U 1 金塊，銀塊，金條，銀條。2 金線鑲邊。
bull·ish ['bʊlɪʃ] 形 1 公牛似的；頑固的；愚笨的。2〖商〗看漲的，有利的；遠景看好的。3 有希望的；樂觀的。
'bull ˌmarket 名 多頭市場，行情看好的市場，牛市。
bull·necked ['bʊlˌnɛkt] 形 短頸的，粗頸的；《美俚》頑固的。
bull·ock ['bʊlək] 名 閹牛；小公牛。
—動不及 不眠不休地工作。
bull·pen ['bʊlˌpen] 名 1 牛棚，牛欄。2《美口》臨時拘留所。3〖棒球〗(1) 救援投手熱身的區域。(2) 救援投手。
bull·ring ['bʊlˌrɪŋ] 名 鬥牛場。
'bull ˌsession 名《美》自由討論。
bull's-eye ['bʊlzˌaɪ] 名 (複～s [-z]) 1 靶心；命中的箭矢：hit the ～ 正中目標，切中要害；大獲成功。2《口》擊中要害的行為；緊要關頭。3 厚圓透鏡。-eyed 形
bull·shit ['bʊlˌʃɪt] 名《粗》= bull³.
—動 (-shit, ～·ting) 及 以謊話哄騙；誇張。
—不及 胡說，瞎扯。—感《表示不相信、不承認》胡扯！胡說！
bull·ter·ri·er [ˌbʊl'tɛrɪɚ] 名 英國種中型犬。
bull·whip ['bʊlˌhwɪp] 名 長的牛皮鞭。
·bul·ly[1] ['bʊlɪ] 名 (複-lies) 流氓，惡霸；欺負弱小的學生，孩子王：play the ～ 欺凌弱小；逞威風。—動 (-lied, ～·ing) 及 霸凌；威脅《*into doing*》；恫嚇《*out of...*》。
—不及 逞威風，橫行霸道。
—形 1《口》極好的，第一流的。2 勇敢的；快活的；精力充沛的。
—感《口》好！妙！漂亮！好極了！
bul·ly[2] ['bʊlɪ] 動不及〖曲棍球〗開始比賽《*off*》。
'bully ˌbeef ['bʊlɪ-] 名 罐頭牛肉。
bul·ly·boy ['bʊlɪˌbɔɪ] 名 逞威風霸道的人；政治惡棍，流氓。
bul·rush ['bʊlˌrʌʃ] 名 1（聖經中的）紙草。2〖植〗香蒲屬、燈心草屬的總稱。
·bul·wark ['bʊlwɚk] 名 1 壁壘，堡壘；防護物；防波堤。2 給予支持之物，擁護者，支持者《*of...*》。3《常作～s》〖海〗舷牆。
—動及 以壁壘圍住；防備，防禦。
bum [bʌm] 名《口》1《美·澳》《蔑》懶漢；流浪漢；放蕩的人。2《主英俚》屁股。3《美》鬧飲；遊手好閒。4《複合詞》大半時間花在運動上的人。
give a person the bum's rush《俚》轟（某人）出去。
on the bum《美》(1) 過流浪生活。(2)《俚》遊手好閒。(3)《俚》破損的，毀壞的。
—動 (bummed, ～·ming) 及 1《美口》乞求，乞討；要得《*off, from...*》。2《美口》失望，沮喪《out》。—不及 1《美口》過乞食生活；遊手好閒《*about, along, around*》。2 緩慢行駛《*along / along...*》。
—形《俚》1 廉價的，劣質的；破爛的。2 假的；錯誤的。3 殘障的，失調的。
bum·bag ['bʌmbæg] 名《英》腰包（=《美》fanny pack）。
bum·ble[1] ['bʌmbl̩] 動不及 1 搞砸；犯大錯；跌倒；踉蹌。2 結結巴巴地說《*about...*》；講個不停《*on*》。—及 做壞，弄糟。
bum·ble[2] ['bʌmbl̩] 動不及 發嗡嗡聲，嗡嗡響。
bum·ble·bee ['bʌmbl̩ˌbi] 名〖昆〗大黃蜂。
bum·boat ['bʌmˌbot] 名〖海〗販賣船。
bumf [bʌmf] 名 U《英》1《俚》衛生紙。2《蔑》公文，文件等。
bum·mer ['bʌmɚ] 名《美俚》1 遊手好

閒的人，無所事事的人。**2** 吸食毒品後產生不愉快幻覺的經驗。**3** 失敗；失望。

·**bump** [bʌmp] 動及 **1** 碰撞；衝撞，撞擊《*against, on...*》：～ one's knee *against* the wall 膝蓋撞到牆。**2**《口》擠掉某人的職位（或座位）；取代職位。**3** 使上漲，哄抬《*up*》；《美口》拔擢《*up*》；〖牌〗《俚》（撲克牌中）加（注）。—不及 **1** 碰撞上《*against, into...*》；相撞《*together*》。**2** 顛簸行進。**3** 突然向前挺肚。

bump into... (1) ⇨動不及1. (2)《口》不期而遇，邂逅。

bump...off / bump off... (1) 撞掉。(2)《口》殺死，殺害。

—名 **1** 碰撞，衝擊；「砰」「咚」。**2** 衝擊。**3**（跌撞等引起的）傷；腫塊；（路面的）凸起。**4**《俚》升級，加薪；遷調；降職。**5**〖空〗突變上升氣流。**6** 突然挺肚向前的激烈舞蹈動作。

have no bump of locality 沒有方向感。

—副 撲通[砰]一聲地。

bump·er ['bʌmpɚ] 名 **1** 碰撞的人[物]。**2** 防撞物，防護物，（火車、船的）緩衝器；（汽車的）保險槓。**3** 滿杯酒，斟滿杯《*of...*》。**4**《口》龐大物體；大豐收；大客滿。—形 非常豐盛的。—動 及 斟滿；喝乾。—不及 乾杯。

bumper ˌsticker 名 貼在汽車保險槓上附有標語的貼紙。

bump·er-to-bump·er ['bʌmpɚtə'bʌmpɚ] 形副（汽車）密接的[地]：～ traffic 交通擁塞。

—動不及（交通阻塞時）一輛緊接一輛地慢駛。

bumph [bʌmf] 名《英俚》= bumf.

bump·kin ['bʌmpkɪn] 名《通常爲蔑》粗人，鄉巴佬。

bump·tious ['bʌmpʃəs] 形 逞威風的，高傲的：a ～ air 傲慢的態度。

～**·ly** 副，～**·ness** 名

bump·y ['bʌmpɪ] 形 (**bump·i·er, bump·i·est**) **1** 不平坦的；顛簸搖晃的。**2**（氣流）變換不定的：～ air 變換不定的氣流。**3** 坎坷的。**4** 拍子不規則的。**bump·i·ly** 副，**bump·i·ness** 名

bum's ˌrush 名 強行驅逐；突然解雇。

bun[1] [bʌn] 名 **1** 小的圓形甜麵包。**2**（麵包狀的）髮捲，髮髻：in a ～ 盤成髻。

have a bun in the oven《謔》女性懷孕。

take the bun《口》(1) 占第一位。(2) 覺得奇怪。

bun[2] [bʌn] 名《俚》酒醉。

bun[3] [bʌn] 名《主方》**1**（松鼠、兔子的）尾。**2** 松鼠；兔子。

bunch [bʌntʃ] 名 **1** 一串《*of...*》；一束，一堆，一把《*of...*》。**2**《口》一群；一夥《*of...*》。**3** 腫塊，突起物。

the best of the bunch 出類拔萃的人[物]，最優秀者。

—動及 使聚集，使成束；使起褶《*up*》。—不及 成串；起褶；隆起《*up*》。

bunch·y ['bʌntʃɪ] 形 (**bunch·i·er, bunch·i·est**) **1** 成串的，串狀的。**2** 腫脹的，隆起的。

bun·co ['bʌŋko] 名（複 ～**s** [-z]），動及《美口》= bunko.

bun·combe ['bʌŋkəm] 名 = bunkum.

bund [bʌnd] 名 堤岸；碼頭；沿岸道路。

·**bun·dle** ['bʌndl] 名 **1** 束，包《*of...*》：large ～*s of* love letters 大疊大疊的情書。**2** 包裹，小包。**3** 一大堆，一大群，大批《*of...*》。**4**〖植〗維管束；〖解·動〗纖維束。**5**《美俚》鉅資，鉅款。

go a bundle on 非常喜好（事物）。

drop one's bundle《澳俚》驚惶；放棄希望。

—動及 **1** 紮束《*up*》；包裹，打包；胡亂地塞進《*into...*》；捲起來：～ the newspapers 把報紙捲起來。**2** 迅速地打發走《*away, off, out / out of...*》：～ *a person out of* the room 將某人推出房間。—不及 **1** 整理行李，匆匆打點。**2** 突然走出，匆忙離開《*away, off, out / out of...*》；進入《*in, into...*》。

bundle (oneself) up / be bundled up 保暖，裹暖《*in...*》。

bung [bʌŋ] 名（瓶口或桶口的）塞子。—動及 丟，擲。

bun·ga·low ['bʌŋgəˌlo] 名 孟加拉式平房；平房式別墅。

'**bun·gee ˌcord** ['bʌndʒi-] 名 彈性繩索。

'**bungee ˌjumping** 名 U 高空彈跳。

bung·hole ['bʌŋˌhol] 名（桶子的）孔、口。

bun·gle ['bʌŋgl] 動及不及 笨拙地工作，笨拙地做；弄糟，搞砸。—名 **1** 拙劣的工作。**2** 笨拙，失敗。**-gler** 名 笨手笨腳的人；笨拙的傭人。

bun·gling ['bʌŋglɪŋ] 名 U 笨拙的處理；錯誤。—形 笨拙的，弄糟的。

bun·ion ['bʌnjən] 名〖病〗拇趾黏液囊腫。

bunk[1] [bʌŋk] 名（船上等的）床鋪，床架；《口》寢室，床鋪。—動不及《口》睡在床鋪上《*down*》；隨意棲身而眠《*down*》。

bunk[2] [bʌŋk] 名《俚》= bunkum.

bunk[3] [bʌŋk] 動及《英俚》缺席，怠工《*off*》。—不及 逃脫，逃走《*off*》。

—名《只用於以下片語》

do a bunk（被懷疑而）急忙離開，溜走。

'**bunk ˌbed** 名 雙層床。

bunk·er ['bʌŋkɚ] 名 **1**（船上的）煤倉，燃料庫。**2**〖高爾夫〗沙坑（《美》sand trap）。**3**〖軍〗掩體，碉堡。

—動及 **1**〖高爾夫〗《主要用被動》打進沙坑；《喻》使陷入困境。**2** 注入燃料艙。

'**Bunker 'Hill** 名 邦克山：美國 Boston 市的小丘陵；美國獨立戰爭中的一戰場。

bunk·house ['bʌŋkˌhaus] 名（複 **-hous·es**

[-zɪz])（建築工人的）工寮。

bunk·mate ['bʌŋk,met] 名《美口》共睡一寢室的人；室友。

bun·ko ['bʌŋko] 名(複～s [-z])《美口》1 詐賭，詐欺。2 U 紙牌遊戲的一種。
—動及詐賭，欺騙，騙取。

bun·kum ['bʌŋkəm] 名U 1 誇誇其談的演講；討好選民的演說。2 胡說；大話：a lot of ～ 一大堆空話。

bunk-up ['bʌŋkʌp] 名《英口》（攀登時）腳底下的支撐物。

bun·ny ['bʌnɪ] 名(複-nies) 1《口》兔寶寶。2《美方》松鼠。

'bunny ,girl 名1 兔女郎；《B-》花花公子俱樂部的兔女郎。2 耽於玩樂的年輕女性。

'Bun·sen 'burner ['bʌnsn-] 名本生燈。

bunt¹ [bʌnt] 動及1 以角牴觸。2〖棒球〗觸擊。—不及 1 以角牴撞，以頭牴觸。2〖棒球〗短打，觸擊。—名1 牴撞，頭觸。2〖棒球〗短打；觸擊球。

bunt² [bʌnt] 名 1〖海〗橫帆中央隆起的部分。2 袋狀物的中央部分。

bun·ting¹ ['bʌntɪŋ] 名U1 製作旗幟用的布料。2（與國旗顏色相同的）裝飾布；布帷，幔幕；《集合名詞》船旗。3《美》（嬰兒的）棉外套。

bun·ting² ['bʌntɪŋ] 名頰白鳥科小鳴禽的通稱。

bunt·line ['bʌntlɪn, -,laɪn] 名〖海〗帆腳索。

Bun·yan ['bʌnjən] 名 1 **John,** 班揚(1628－88)：英國傳教士，『天路歷程』的作者。2 **Paul,** ⇨PAUL BUNYAN

bu·oy ['buɪ, bɔɪ] 名〖海〗1 浮筒，浮標。2 救生圈。—動及 1《被動》使漂浮《*up*》。2〖海〗以浮標指示《*out*》。3 支持；鼓舞，使振奮《*up*》。—不及漂浮，浮起；浮上《*up*》。

buoy·an·cy ['bɔɪənsɪ, 'bujən-] 名U《偶作 a ～》1 浮力；浮性。2 愉快自信的心情。3 上揚的趨勢，行情看好。

buoy·ant ['bɔɪənt, 'bujənt] 形 1 有浮力的；有浮性的。2 振奮的；有精神的，爽朗的；輕快的。3 有上揚傾向的。～·ly 副

bur¹ [bɝ] 名 1 針毬；長芒刺的植物。2 黏住不易擺脫之物；難纏的人，不易擺脫的人。3〖機〗＝ burr¹1, 2. —動 (**burred,** ～**·ring**)及除去芒刺。

bur² [bɝ] 名＝ burr².

Bur·ber·ry ['bɝ,bɛrɪ, -bərɪ] 名(複-ries)〖商標名〗防水布製的雨衣或外衣；U一種防水布。

bur·ble ['bɝbl] 動不及1 潺潺作聲。2 滔滔不絕地說話《*on, away*》。—及滔滔不絕地說。—名 1 潺潺水流聲。2 滔滔不絕，喋喋不休。3〖空〗擾流。

·bur·den¹ ['bɝdn] 名 1 U C負荷，負荷物：a beast of ～ 馱獸 / a ship of ～ 貨船。2（精神的）負擔，勞苦，擔心：a ～ of sin 罪惡的負荷。3 U〖海〗載貨量。

bear the burden and heat of the day 忍耐艱苦，整天挨熱受苦。

lay down life's burden 卸下人生的重擔，死亡。

—動及1 使肩負重物；使負荷《*with...*》。2 給予重擔；使勞苦《*with...*》；使苦惱，使勞累《*down*》。～**·less** 形

bur·den² ['bɝdn] 名《**the** ～》主旨，要點：*the* ～ of the argument 爭論的要點。

'burden of 'proof 名《**the** ～》〖主法〗舉證責任。

bur·den·some ['bɝdn̩səm] 形 1 負擔沉重難以忍受的。2 麻煩的；累贅的。

bur·dock ['bɝ,dɑk] 名〖植〗牛蒡。

·bu·reau ['bjʊro] 名(複～s, ～x [-z]) 1《美》（附鏡子的）五斗櫃；《主英》（附抽屜的）寫字臺。2（政府的）局，部：the *B-* of the Mint（美國財政部的）造幣局。3 事務處，事務所，代辦處：an employment ～ 職業介紹所。

bu·reau·cra·cy [bjʊ'rɑkrəsɪ] 名(複-cies) U C 1 官僚制度，官僚政治；官僚主義。2《**the** ～》《集合名詞》官僚，官僚機關；有官僚作風者。3 政府機關的繁複手續。

bu·reau·crat ['bjʊrə,kræt] 名 1 官僚，官吏。2 官僚作風的公務員。

bu·reau·crat·ic [,bjʊrə'krætɪk] 形 1 官僚的；官僚作風的；官僚主義的。2 專斷的，武斷的。**-i·cal·ly** 副

bu·reau·crat·ism [bjʊ'rɑkrətɪzəm] 名U官僚制度，官僚作風。

bu·ret(te) [bjʊ'rɛt] 名〖化〗滴定管，滴量管。

burg [bɝg] 名《美口》都市，城鎮。

bur·gee ['bɝdʒi] 名三角旗。

bur·geon ['bɝdʒən] 名新芽，嫩芽。—動不及1 發芽，萌芽《*out, forth*》。2 急速成長。

burg·er ['bɝgɚ] 名《美口》1 漢堡。2《組成複合詞》…漢堡：a tuna-*burger* 鮪魚堡。

bur·gess ['bɝdʒɪs] 名（英國）自治都市的市民。

burgh [bɝg] 名《蘇》自治都市。

burgh·er ['bɝgɚ] 名自治都市的居民，市民。

bur·glar ['bɝglɚ] 名夜賊，竊賊。

'burglar a,larm 名防盜警報器。

bur·glar·i·ous [bɚ'glɛrɪəs] 形竊盜的，犯竊盜罪的。

bur·glar·ize ['bɝglə,raɪz] 動及《美》侵入行竊。—不及行竊，犯竊盜罪。

bur·glar·proof ['bɝglɚ,pruf] 形防盜的。

bur·gla·ry ['bɝglərɪ] 名(複-ries) U C 侵入行竊；〖刑〗夜間侵入他人住宅意圖犯罪，竊盜罪。

bur·gle ['bɝgl] 動及不及《口》＝burglarize

ize.

bur·go·mas·ter ['bɝgə,mæstɚ] 名（荷蘭、德國、奧地利的）市長。

Bur·gun·di·an [bɚ'gʌndɪən] 形勃艮第地方（居民）的。—名勃艮第的居民。

Bur·gun·dy ['bɝgəndɪ] 名 **1** 勃艮第：法國東南部地方。**2** (複 **-dies**) U C《 **b -** 》勃艮第產的葡萄酒。**3** U《 **b-** 》暗紅色，紫紅色。

·**bur·i·al** ['bɛrɪəl] 名 U C 葬禮，埋葬地：a ~ ground 墓地。

bu·rin ['bjurɪn] 名 **1** 雕刀；金屬雕刀。**2**（雕刻大理石用的）鑿刀。

burke [bɝk] 動 及 **1** 不留痕跡地殺害。**2** 暗中扣壓，隱瞞；擱置。

Bur·ki·na Fa·so [bur'kinə 'fɑso] 名 布吉納法索：非洲西部內陸國，1984 年之前原名上伏塔（Upper Volta）；首都瓦加杜古（Ouagadougou）。

burl [bɝl] 名 **1** 線頭。**2**（樹上的）瘤，樹結。—動 及 除去結頭。

bur·lap ['bɝlæp] 名 U 粗麻布，黃麻布。

bur·lesque [bɚ'lɛsk, bɝ-] 名 **1** U C 滑稽手法。**2** 滑稽諷刺的作品；諷刺喜劇；滑稽表演。**3** 滑稽的動作，諷刺性的模仿。**4** U《美》低級滑稽歌舞表演。
—動 及 滑稽地表演、模仿。

bur·ly ['bɝlɪ] 形 (**-li·er, -li·est**) **1** 結實的，魁梧的。**2** 粗魯的，不客氣的。—名 (複 **-lies**)《俚》體格魁梧的人；魯莽的人。
-li·ly 副

Bur·ma ['bɝmə] 名 緬甸：1989 年之前的舊稱，今名 Myanmar。

Bur·man ['bɝmən] 名 (複 ~**s** [-z]) 緬甸人。—形 = Burmese.

Bur·mese [bɚ'miz] 名 (複~) **1** 緬甸人。**2** U 緬甸語。—形 緬甸的；緬甸人的；緬甸語的。

burn[1] [bɝn] 動 (~**ed** 或 **burnt**, ~·**ing**) 不及 **1** 燃燒，燒：~ briskly 燃燒得很旺盛。**2** 發光，點亮《偶而後接 *away* 》。**3**（身體）發熱；（舌等）覺得辣。**4** 情緒激動，勃然大怒《 *with...* 》；發怒；熱衷；《通常用進行式》《文》《謔》焦急，渴望《 *for...* 》：~ *with* anger 怒火中燒。**5** 燒焦。**6** 晒傷；晒黑：~ easily 容易晒傷。**7** 挨罵。**8** 發射；〖化〗燃燒，氧化；〖理〗核分裂。—及 **1** 使燃燒；燒光《 *away* 》；燃燒，焚燒；點燃。**2** 燒焦，烤焦。**3** 燒紅；灼傷，燒傷；晒成…的顏色；晒痛；燙傷。**4** 振奮，激怒。**5** 燒成；烙上。**6**《通常用被動》烙印（在…）《 *into...* 》。**7** 燒死；處以火刑；《美俚》用電刑處死。**8** 浪費，揮霍；消耗：~one's money fast 快速揮霍金錢。**9**《主被動》《美口》欺騙；激怒。**10** 使發射；〖化〗使燃燒，使氧化，使腐蝕；過度磨擦而毀損；〖冶〗使腐蝕。**11** 燒錄（光碟）。

***burn** one's **boats** (**behind** one)* 背水一戰，破釜沉舟。

burn down (1) 燒毀。(2)（火）減弱。

burn...down / burn down... 《常用被動》使燒光，燒掉。

burn** a person's **ears 嚴厲斥責某人。

burn** one's **fingers / get** one's **fingers burnted ⇨FINGER（片語）

burn...in / burn in... (1)〖攝〗給（影像的局部）額外曝光。(2) 燒印。

burn into... (1) 腐蝕（金屬等）。(2) 烙印（在記憶中）。

burn...into... ⇨動 及 6.

burn off (1) 被太陽驅散。(2) 燒光。(3) 燒掉。

burn...off / burn off... (1) 燒掉。(2) 烤熱以消除。

burn out (1) 燒光；燒光燃料，燃料用罄。(2)《喻》消除。

burn...out / burn out... (1) 燒壞。(2)（以燃燒森林的方法）驅趕出來。(3)《通常用被動》燒出；燒盡；內部被火燒空。

burn** (oneself) **out 筋疲力盡，過度消耗；燒壞；燒盡。

burn the candle at both ends ⇨ CANDLE 名（片語）

burn the midnight oil ⇨ OIL 名（片語）

burn up (1) 燒盡；很快地燒起來。(2)《美俚》大發雷霆。(3)《俚》飛馳。

burn...up / burn up... (1) 燒盡；燒成灰燼。(2)《口》使大發雷霆；嚴厲斥責。(3)《俚》飛馳。

have...to burn 多得過剩，多得是。

The ears burn. 似乎被人議論紛紛。

—名 **1**（被火）燒傷，灼傷；日灼；燒痕，燒焦；灼傷處；傷痕。**2**（製磚等）燒成。**3**《澳》森林火災。**4**《美》森林燒毀後的林間空地，燒林所闢的田地。**5**《口》煙草，香煙。**6** 發射，點火。**7**《 ~**s** 》《美俚》= sideburns. **8**《俚》賽車。

do a slow burn ⇨ SLOW BURN

burn[2] [bɝn] 名《蘇·北英》小溪，細流。

burned-out ['bɝnd'aut] 形（馬達等）燒壞的；疲倦不堪的。

burn·er ['bɝnɚ] 名 **1** 以燒製爲業的人。**2** 燃燒器；燈口，點火處，火口。

put...on a burner 《喻》擱置，暫時不予理會。

burn·ing ['bɝnɪŋ] 形 **1** 燃燒的；高熱的，煮開的。**2** 光耀的，燃燒似的。**3** 燒灼的，刺痛的。**4** 激烈的，強烈的。**5** 緊急的；熱烈爭論的。**6** 嚴重的，顯然的。**7** 可恥的。

'burning ,glass 名 凸透鏡。

bur·nish ['bɝnɪʃ] 動 及 磨光，研砑；擦亮；使光亮。—不及（經摩擦等而）光滑，發亮。
—名 磨光的表面；U 光澤，光亮；磨光。
~·**ing** 形

bur·noose,《英》**-nous** [bɚ'nus, 'bɝnus] 名 阿拉伯人所穿的附有頭巾的斗篷。

burn·out ['bɝnaut] 名 **1** 燒盡。**2** 消耗，

過度的疲勞。3（火箭的）燃料燒盡；〖電〗燒毀；燒斷。4 熄火；（火箭的）熄火地點。

B

burn·sides ['bɝn,saɪdz] 名(複) 頰髭。

:burnt [bɝnt] 動 **burn**¹的過去式及過去分詞。—形1〖美〗(1)經鍛燒成紅褐色的。(2)較深色的，深灰色的。2 燃燒的；焦黃的；灼傷的。

'burnt 'offering 名 1 燔祭品。2《口》《諧》燒焦的食物。

burp [bɝp] 名《口》打嗝。—動不及 打嗝。—及 輕拍背部使之打嗝而排出胃內空氣。

burr¹ [bɝ] 名1 鑽孔器。2（切金屬口的）捲口。3 鋸齒狀；（樹幹等的）突起。

burr² [bɝ] 名 1 固定鉚釘的金屬墊圈。2（貫穿金屬板的）圓金屬片。

burr³ [bɝ] 名1（英國北部方言的）r音的小舌振動音；粗濁的發音。2 嘎嘎聲，嚇嚇聲。—動不及及1 發 r 的音；發粗濁不清的音《 *away, on* 》。2 發出嘎嘎聲。

burr⁴ [bɝ] = bur¹ 1, 2.

bur·ro ['bɝo, 'buro] 名(複~s [-z]) 1（美國西南部搬運貨物用的）小驢。2 驢子。

bur·row ['bɝo] 名 1（兔、狐等的）洞穴，窩。2 避難所，躲藏處。—動 不及 1 打洞，挖洞穿過《 *in, into, under, through...* 》。2 穴居；潛伏。3 依偎，緊貼。4 鑽研，探究《 *into...* 》。—及 1 打（洞等）；掘（穴）。2《常用反身》隱藏在（洞裡等）。3 靠近《 *into...* 》。

~·er 名 挖洞穴者；穴居動物。

bur·sar ['bɝsɚ] 名 1（大學的）會計主管。2《主蘇》（大學中）領獎學金的學生。

bur·sa·ry ['bɝsərɪ] 名(複-ries) 1（大學的）會計室。2《蘇》（大學的）獎學金。

:burst [bɝst] 動 (**burst**, ~·**ing**) 不及 1 爆炸，破裂：~ into fragments 炸裂成碎片。2 脹裂，綻放，突然打開。3 出頭，突然顯現。4 突然做，突然變成：~ out laughing 突然笑出來。5《通常用現在分詞》填滿，塞滿，充滿《 *with...* 》。6 突然出現，突然響起：~upon one's view 突然出現在眼前。

—及 1 使破裂，突破，拉斷；使塞滿[充滿]：~ a tire 使輪胎爆裂。2 撕開使（複寫紙）變成單張。

be bursting to do 急欲。

burst away (1) 破裂，爆發。(2) 跳出。

burst forth (1) 突然出現，突然跳出。(2)突然響起。(3) 突發；噴出；生長茂盛，怒放。

burst into... (1) 闖入。(2) 突然開始。

burst in on [***upon***]... (1) 侵入，闖入。(2)打斷，打岔；打擾。

burst one's sides with laughing 捧腹大笑，笑得前俯後仰。

burst up (1) 破裂，爆發。(2)《俚》破產，倒閉。

burst upon [***on***] 突然出現，忽然響起；突然展現。

—名1 破裂，爆發；破裂處，裂痕。2（能源等的）突發，激發；迸發；噴出，突然發生。3〖軍〗爆炸；掃射，連發射擊。4 眼前突然出現的景物。5《俚》狂飲喧鬧，喧鬧。

at one [***a***] ***burst*** 一鼓作氣，一下子。

bur·then ['bɝðən] 名，動及《古》= burden¹.

bur·ton ['bɝtn̩] 名〖海〗小型複滑車。

gone for a burton《英俚》去除；消滅；消失；被殺死。

Bu·run·di [bu'rundɪ, bə'rʌn-] 名 蒲隆地（共和國）：位於非洲中部；首都為布松布拉（Bujumbura）。

:bur·y ['bɛrɪ] 動 (**bur·ied**, ~·**ing**) 及 1 掩埋，埋藏；埋葬，海葬；《（現在）完成式》死別，失去：~ treasure 埋藏財寶 / be *buried* alive 被活埋；《喻》被埋沒而默默無聞。2《喻》埋沒，遺忘；扣壓。3《被動或反身》使退隱，使湮沒隱匿《 *in...* 》：~ *oneself in* the country 歸隱鄉間。4 深深插入；刺進《 *in...* 》。5 掩藏，掩蔽：~ one's face in one's hands 雙手掩面。6《被動或反身》陷入，沉迷於《 *in...* 》：~ (*oneself*) *in* one's studies 埋首於研究中。

bury one's head in the sand 逃避現實；不顧已迫近的危機，佯裝不知實情。

bury the hatchet ⇨ HATCHET（片語）

'burying ,ground 名 墓地。

:bus¹ [bʌs] 名(複~·**ses** [-sɪz]) 1 巴士，公共汽車。2（餐館用的）手推車。3〖電腦〗匯流排。

miss the bus《口》錯過公車；《喻》錯失良機。

—動 (**bussed** 或~**ed**, ~·**sing** 或~·**ing**) 及《主美》以交通車載送《 *to...* 》。—不及 乘巴士前往《 *to...* 》。

bus² [bʌs] 動 (**bussed** 或~**ed**, ~·**sing** 或~·**ing**) 不及 及《美口》當巴士隨車服務員；（在餐館裡）當服務員。

bus.《縮寫》*bus*iness; *bus*hel(s).

bus·boy, bus boy ['bʌs,bɔɪ] 名《美》餐館的打雜男工。

bus·by ['bʌzbɪ] 名(複-**bies**)英國陸軍輕騎兵及禁衛軍等所戴的熊皮高筒帽（《口》亦稱 **bearskin**）。

'bus ,girl 名《美》餐館的女服務生。

:bush¹ [buʃ] 名 1 矮樹，灌木；《常作 **the** ~》灌木叢，矮樹叢：A bird in the hand is worth two in *the* ~*es*.《諺》一鳥在手勝於兩鳥在林；珍惜既有之物。2《喻》（雜亂的）頭髮；狐尾。3〖地〗未開墾的森林地帶。4《常作 **the** ~》（澳洲、非洲的）未開墾地區，荒山野地。5《 **the** ~**es** 》《美俚》鄉間，偏僻地方。

beat around [***about***] ***the bush*** 旁敲側擊，拐彎抹角，兜圈子，說話迂迴而規避要點。

B

beat the bushes《美》全面搜尋《*for...*》。
—動不及 成爲灌木叢；枝葉繁衍，茂盛；蓬亂地生長。—及 **1**（以灌木）覆蓋。**2** 使筋疲力盡。

bush² [bʊʃ] 名《主英》**1** 墊圈，襯套。**2** = bushing.

Bush [bʊʃ] 名 **1 George H(erbert) W(alker),** 布希（1924– ）：美國第 41 任總統（1989–93）。**2 George W., Jr.,** 小布希（1946– ）：布希的長子，美國第 43 任總統（2001–2008）。

'bush ˌbaby 名〖動〗狐猴的一種。

bushed [bʊʃt] 形 **1** 灌木覆蓋的；頭髮蓬鬆的。**2**《口》疲憊不堪的，疲倦的。

bush·el¹ ['bʊʃəl] 名 **1** 蒲式耳：用以量穀物、水果等的重量單位。**2** 蒲式耳量具。**3**《口》多量，多數，大量《*of...*》。

hide one's light under a bushel 隱藏自己的才能或善行。

measure other people's corn by one's own bushel 以自己的標準衡量別人，以己度人。

bush·el² ['bʊʃəl] 動 (～**ed,** ～**·ing** 或《主英》**-elled,** ～**·ling**) 及 修改，翻新。

bush·el·bas·ket ['bʊʃəlˌbæskɪt] 名 可裝一蒲式耳重量的籃子。

'bush ˌfighting 名 U 叢林戰。

bush·ing ['bʊʃɪŋ] 名〖電〗絕緣套；〖機〗墊圈，襯套。

'bush-ˌleague 形 次等的；不成熟的。

'bush ˌleague 名《美俚》職業棒球小聯盟（= minor league）。

bush·man ['bʊʃmən] 名（複 **-men**）**1** 叢林居住者；獵人，樵夫；看守山林的人；《澳》未開墾地的居民，鄉下人。**2**《**B-**》布希曼人。**3** U《**B-**》布希曼語。

bush ˌpilot 名 飛行於偏遠地帶的飛行員。

bush·rang·er ['bʊʃˌrendʒɚ] 名 **1** 叢林地帶的居民。**2**〖澳史〗山賊，土匪。

bush ˌtelegraph 名 U《俚》情報，傳聞；情報網。

bush·whack ['bʊʃˌhwæk] 動 不及《美》**1** 開發叢林地帶；在叢林中開路。**2** 伏擊。—及 伏擊；奇襲。

bush·y ['bʊʃɪ] 形（**bush·i·er, bush·i·est**）**1** 似灌木的，似叢林的；蓬亂的：～ eyebrows 濃眉。**2** 多灌木的，矮樹叢生的。

bus·i·ly ['bɪzlɪ] 副 忙碌地，勤勉積極地。

busi·ness ['bɪznɪs] 名 **1** U (1) 行業，生意：go into ～ for oneself 自己開業。(2) 事務，業務，營業：go into the ～ world 進入商界。**2** U〖經〗商業，交易；商情：domestic ～ 國內交易。**3** 企業，公司，商店；營業處，工廠。**4** U 營業量：increase ～ 增加營業量。**5** U 本分，職務：know one's ～ 勝任自己的工作 / *B-* before pleasure.《諺》先工作後玩樂，先苦後甜。**6** U《常用於否定》有關聯的事；權利《*to* do》。**7** C U 事情，事務；《口》麻煩事；計畫。**8** U 工作，要事；瑣事。**9** U〖劇〗動作，表情。**10** U《**the** ～》《美俚》咒罵，毆打，凌虐。

do a person's business 狠狠地整某人，要某人的命。

get down to business 著手工作。

go about one's business (1) 去做自己分內的事。(2)《主要用於命令》離開，走開。

have no business 無權利，不應該（做某事）《*to* do, do*ing*》。

like nobody's business《口》非常地，非同尋常。

mean business《口》當真。

mind one's own business 勿干涉他人之事，少管閒事。

out of business 關店；歇業。

send a person about his business 打發某人走開；解僱某人。

talk business 言歸正傳。

—形 **1** 商業（上）的，職業（上）的。**2** 商業興隆的，適於商業的。

'business adminis'tration 名 U 企業管理，工商管理

'business ˌcard 名 名片。

'business ˌcollege 名 U C《美》商業學院；商學院。

'business ˌcycle 名 商業週期，商業景氣循環。

'business ˌend 名《**the** ～》《口》（工具等的）使用部分《*of...*》。

'business ˌEnglish 名 U 商用英文。

'business 'flying 名 U 公務專機飛行。

'business ˌhours 名（複）營業時間，辦公時間。

busi·ness·like ['bɪznɪsˌlaɪk] 形 實事求是的，有效率的，認真的。

busi·ness·man ['bɪznɪsˌmæn] 名（複 **-men**）企業家；商人。

busi·ness·per·son ['bɪznɪsˌpɝsn̩] 名（複）商人，經理人。

'business ˌstudies 名 U 工商管理學。

'business ˌsuit 名《尤美》西裝（《英》lounge suit）。

busi·ness·wom·an ['bɪznɪsˌwʊmən] 名（複 **-women**）女企業家；女商人。

bus·ing ['bʌsɪŋ] 名《美》用巴士載送學童（亦作 **bussing**）。

busk [bʌsk] 動 不及《英俚》**1** 街頭賣藝。**2** 巡迴的表演。

busk·er ['bʌskɚ] 名《英俚》巡迴演出的藝人，沿街賣藝者；江湖藝人。

bus·kin ['bʌskɪn] 名 **1**《～**s**》半筒靴；（古希臘、羅馬悲劇演員所穿的）厚底半筒靴。**2** 悲劇；（悲劇的）表演藝術。

put on the buskins 演出[寫]悲劇。

'bus ˌlane 名《英》公車專用道。

bus·load ['bʌsˌlod] 名 巴士載客量；巴士滿載《*of...*》。

bus·man ['bʌsmən] 名（複 **-men**）公車司機或車掌。

'busman's 'holiday 名《口》照常工作的例假日。

bus-queue ['bʌs,kju] 名等候搭乘巴士的人排成的長龍。

buss [bʌs] 名《美口·英方·古》接吻。
—動及不及親吻。

bus·ses ['bʌsɪz] 名 bus[1] 的複數。

'bus ˌshelter 名《英》公車候車亭。

'bus ˌstop 名公車停靠站。

bust[1] [bʌst] 名 **1** 半身像，胸像。**2** 上半身；（尤指女性）胸部，胸。**3**（女裝的）胸圍。

bust[2] [bʌst] 動 不及 **1**《俚》= burst. **2**《俚》破產；毀滅：fail in speculation and ~ 投機失敗而破產。**3** 倒閉，垮臺。
—及 **1**《俚》= burst. **2**《俚》使破產。**3**《美俚》使降級。**4**《美》馴服。**5**《美》解體成小公司。**6**《俚》逮捕，拘留；搜索。**7** 毆打。
bust out (1)《美俚》逃獄；退學；留級。(2) 突然開始做《 do*ing* 》。
bust up 《俚》(1) 破產；倒閉。(2) 分離，拆夥；分居。
bust...up / bust up... (1) 破壞，糟蹋。(2) 使吵架而分開。
—名 **1** 失敗；破產。**2** 飲酒；喧鬧。**3** 掌摑，毆打，一拳；打架。**4** 不景氣，情況不佳。**5**《俚》逮捕，搜捕。—形 **1** 破產的，一文不名的。**2** 損壞的。

bus·tard ['bʌstəd] 名〖鳥〗鴇。

bust·ed ['bʌstɪd] 形《俚》= bust[2].

bust·er ['bʌstɚ] 名 **1**《美口》破壞者；有破壞力的東西；馴服野馬者。**2**《俚》不尋常的人[物]；健康有活力的男孩子。**3**《俚》喧鬧作樂的人；喧鬧。**4**《口》小子。

bus·tier [,busti'eɪ] 名《法語》無肩帶胸罩或上衣。

·bus·tle[1] ['bʌsl] 動 **(-tled, -tling)** 不及 **1** 忙亂；匆忙《 *about* 》：~ in 匆匆忙忙地衝進來。**2** 充滿《 *with...* 》。—及使忙碌；催促。
bustle up 拚命工作；匆匆忙忙。
—名《 **a** ~ 》活躍，嘈雜，忙亂，熙攘：the ~ of the city 都市的喧囂。

bus·tle[2] ['bʌsl] 名裙撐。

bus·tling ['bʌslɪŋ] 形忙亂的；騷動的，嘈雜的。~**·ly** 副

bust-up ['bʌst,ʌp] 名《口》**1**《美》解除，破裂。**2** 盛大的宴會；（嘈雜的）爭吵。

bust·y ['bʌstɪ] 形 **(bust·i·er, bust·i·est)**《口》（女性）胸部大的，胸部豐滿的。

:bus·y ['bɪzɪ] 形 **(bus·i·er, bus·i·est) 1** 忙的，忙碌的《 *about, at, over, with...* 》；忙於《 (*in*) do*ing* 》：be ~ *with* one's work 忙於工作 / be ~ (*in*) prepar*ing* for an examination 忙著準備考試。**2** 不得閒的；還沒有做完的。**3** 熱鬧的，繁華的。**4**《美》（電話）占線的，使用中的。**5** 好管閒事的《 *in* 》：be ~ *in* another's affairs 忙著管他人的閒事。**6** 裝飾過分的，令人眼花撩亂的。
(as) busy as a bee 極忙的。
get busy 《美口》開始工作；忙碌。
—動 **(bus·ied, bus·ing)** 及《反身或被動》忙於《 *about, at, in, with...* 》；忙著做《 (*in*) do*ing* 》。

bus·y·bod·y ['bɪzɪ,bɑdɪ] 名 (複 **-bod·ies**)《口》愛管閒事的人。

bus·y·ness ['bɪzɪnɪs] 名 U 忙碌；管閒事。

bus·y·work ['bɪzɪ,wɝk] 名 U 費時但無益的工作。

:but [bʌt,《弱》bət] 連 **1**《連接前面語意相反的詞、片語、子句，並引導後面的詞、片語、子句》但，但是，然而，可是，不過。**2**《對應前面的否定句》（不是…）而是。**3** 除了…以外。**4**《引導表示條件的副詞子句》若非，若不是《 *that* 子句 》。**5**《引導表示否定或疑問句續接的必然結果的副詞子句》(1)（若…）則必然，除非…：It *never* rains ~ it pours.《諺》不雨則已，一雨傾盆；禍不單行。(2)《和 **not so** 及 **not such** 互應》而不能《通常《文》接 **that** 子句，《口·方》接 **what** 子句》。**6**《放在否定句、疑問句中的 **deny, doubt, question, wonder** 等之後，後接 **that** 子句，或《口·方》接 **what** 子句 》。**7**《在 **except, know, think, say, see, be sure** 等動詞的否定句或疑問句之後》並不…然而《 **that** 子句，《口·方》**what** 子句 》。**8**《在 **it cannot be, it is impossible, is it possible?** 等之後》不可能…不《 **that** 子句，《口·方》**what** 子句 》。**9**《放在句首，用於感嘆詞後以加強語氣》哎呀，即使…也。
—介 **1** 除了，其他，以外：the last ~ one《主美》倒數第二。**2**《引導 **that** 子句 》除了…以外，除非。—代《關係代名詞》《接否定之前導詞》沒有…不。—副 **1** 只是，僅，不過。**2** [bət]《與 **can, could** 連用》《古·文》僅僅；至少。
all but... (1) 除了…都。(2)《口》幾乎。
anything but... ⇨ ANYTHING（片語）
but for... 《文》若不是。
but then ⇨ THEN（片語）
cannot but do 《文》不得不。
not but that [《口·方》*what*] 並不是，雖然…是事實，但未必。
nothing but... ⇨ NOTHING（片語）
—[bʌt] 名「可是」；異議；疑問。
—動不及及說「但是」。

bu·ta·di·ene [,bjutə'daɪin] 名 U〖化〗丁二烯。

bu·tane ['bjuten, bju'ten] 名 U〖化〗丁烷。

butch[2] [bʊtʃ] 名 **1**（男性的）短髮。**2**《俚》男性化的女人；男人婆。
—形女同性戀中扮男性者的；有男性傾向的。

·butch·er ['bʊtʃɚ] 名 **1** 肉販，屠宰商，屠戶，屠夫。**2** 嗜殺的人，屠殺者。**3**《

口》（在火車上等的）小販。4《～'s, ～'s look》《英口》一眼，一瞥。
the butcher, the baker, the candlestick maker 各行各業的生意人。
一動及 1 屠宰，屠殺；肢解。2 弄糟，搞壞。

butch·er·bird ['butʃɚ,bɝd] 名〖鳥〗伯勞鳥。

butch·er·ly ['butʃɚlɪ] 形 殘忍的，殘酷的。

butch·er·y ['butʃərɪ] 名 (複 **-er·ies**) 1 屠宰場；Ⓤ屠宰業。2 Ⓤ屠殺，濫殺；大屠殺。

but·ler ['bʌtlɚ] 名 僕役長，男總管。

butt[1] [bʌt] 名 1 粗大的一端；圓頭，（釣竿的）握把，握柄，槍托，箭尾；（豬的）肩肉上部。2 殘留部，殘留物。3《俚》香煙。4《俚》屁股。

butt[2] [bʌt] 名 1（嘲笑等的）對象，目標。2《the～s》靶場；靶堤；《～s》射垛。3 鉸鏈。
一動不及 鄰接《*to, on...*》。
一及 1 連接…的一端。2 使接合。

butt[3] [bʌt] 動及 1 以頭頂撞；（頭）撞。2 碰撞。一不及 1 以頭衝撞《*at, against*》；衝撞頭；突然撞到《*against, into...*》。2 突出《*out*》。
butt in《俚》干涉別人的事；插嘴，打岔《*on, to...*》。
butt...in / butt in... 用頭撞入。
butt out (1)⇨動不及 2. (2)《俚》不干涉，不插嘴。
一名 用頭或角衝撞。

butt[4] [bʌt] 名 1 大酒桶。2 巴特：大酒桶的液量單位。

butte [bjut] 名《美西·加》孤山。

but·ter ['bʌtɚ] 名Ⓤ 1 奶油：fresh ～ 新鮮奶油 / artificial ～ 人造奶油。2 奶油狀之物。3《口》奉承話，阿諛話。
(look as if) butter would not melt in one's mouth《蔑》裝出一付正經面孔，佯裝老實。
spread the butter 阿諛，奉承。
一動及 1 塗抹奶油。2 塗液體接著劑於…。3《口》奉承，阿諛《*up*》。
butter one's bread on both sides 浪費，奢侈。
Fine words butter no parsnips. 坐而言不如起而行。
have one's bread buttered for life 一輩子享福，幸福地過一生。
know which side one's bread is buttered on 明辨個人安全利益之所在。

but·ter·ball ['bʌtɚ,bɔl] 名 1《美方》圓圓胖胖的人，胖子。2 奶油球。

'butter ,bean 名〖植〗《美》青豆；《英》扁豆。

but·ter·cup ['bʌtɚ,kʌp] 名〖植〗金鳳花，毛茛（亦稱 **crow-foot**）。

but·ter·fat ['bʌtɚ,fæt] 名Ⓤ 乳脂。

but·ter·fin·gers ['bʌtɚ,fɪŋgɚz] 名 (複)《作單數》容易將手中東西滑落的人；笨手笨腳的人。**-gered** 形 笨拙的。

but·ter·fish ['bʌtɚ,fɪʃ] 名 (複 ～, ～·es) 酪魚；白鯧。

·**but·ter·fly** ['bʌtɚ,flaɪ] 名 (複 **-flies**) 1 蝴蝶。2 行爲輕浮的人，輕佻的女子。3《the ～》= butterfly stroke.
break a butterfly on the wheel ⇨ WHEEL（片語）
have butterflies in the stomach《口》焦躁，擔心。
一動 (**-flied, ～·ing**) 及〖烹飪〗對剖使之對稱展開成蝶狀。一形〖烹飪〗剖開成蝶狀的。

butterfly ,effect 名Ⓤ 蝴蝶效應。

'butterfly ,stroke 名《the ～》〖泳〗蝶式，蝶式游泳法。

'butterfly ,table 名 有折疊式附翼的桌子。

'butter ,knife 名 塗奶油用的刀。

but·ter·milk ['bʌtɚ,mɪlk] 名Ⓤ 脫脂牛奶。

'butter ,muslin 名《主英》= cheesecloth.

but·ter·nut ['bʌtɚnət, -,nʌt] 名 1〖植〗白胡桃。2 Ⓤ 白胡桃木。

'butternut ,squash 名 白胡桃南瓜。

but·ter·scotch ['bʌtɚ,skɑtʃ] 名Ⓤ 1 奶油糖果。2 黃褐色。

but·ter·y[1] ['bʌtərɪ] 形 1 像奶油的；加奶油的；塗奶油的。2《口》奉承的，阿諛的。

but·ter·y[2] ['bʌtərɪ] 名 (複 **-ter·ies**) 儲酒室；食品室。

but·tock ['bʌtək] 名《～s》臀部。

:**but·ton** ['bʌtn̩] 名 1 鈕釦：fasten ～*s* 扣上鈕釦。2 類似鈕釦之物；（圓形的）徽章，證章（《美》badge）；按鈕；蝶形扣環：a push ～ telephone 按鍵式電話。3〖植〗芽，苞；小蕈。4《～s》《作單數》《英口》（穿金鈕釦制服的）男僕，服務生（《美》bellboy, bellhop）。
not care a button《主美》毫不介意，完全不在乎。
not have all one's buttons《俚》反常，精神失常。
on the button《美俚》正巧；恰好。
press the button (1) 按鈕；《喻》發動核子戰爭。(2) 造成開端。
一動及 1 扣上鈕釦《*up*, 偶用 *down*》。2 扣上鈕釦收藏起來《*in / into...*》。3 縫上鈕釦。
一不及 扣上，扣住《*up*》。
button up (1) ⇨動不及。(2)《俚》安靜，閉嘴。
button...up / button up... (1)⇨動及 1. (2)《通常用被動》完成。(3)《被動》緊閉（嘴巴），使沉默；無法清楚地表達。

but·ton-down ['bʌtn̩'daun] 形《限定用

法》1 扣住鈕釦的，有鈕釦孔可扣在襯衫上的；有扣領的。2（亦稱 **buttoned-down**）保守的，循慣例的。

B

but·ton·hole ['bʌtn̩,hol] 名1 鈕釦孔。2《主英》別在鈕釦孔上的花。一動及1 穿鈕釦孔。2 強留（人）長談。

but·ton·hook ['bʌtn̩,huk] 名扣鉤。

but·tons ['bʌtn̩z] 名(複)《作單數》《口》（旅館裡的）僕役，茶房。

'button ,tree 名〖植〗1 熱帶產使君子科植物。2 = buttonwood 1.

but·ton·wood ['bʌtn̩,wud] 名〖植〗1 美國梧桐。2 = button tree 1.

but·ton·y ['bʌtn̩ɪ] 形 鈕釦狀的；多鈕釦的。

but·tress ['bʌtrɪs] 名1 扶壁；扶壁狀之物。2 支柱，支持物，支持者，後援。

一動及 1 以扶壁支持；支撐。2 鼓勵，支持；加強《偶作 *up* / *by, with...*》。

bu·tyr·ic [bju'tɪrɪk] 形〖化〗酪酸的，丁酸的：～ acid 酪酸，丁酸。

bux·om ['bʌksəm] 形1（女性）胸部豐滿的。2 健康活潑的，健美的。

:buy [baɪ] 動 (**bought**, ～**·ing**) 及 1 買；買給，購買，買下。2 獲得，得到《 *with...* 》。3 請吃，請客《 *for...* 》。4（以賄賂）收買《 *over* 》。5〖主神〗贖（世人之罪）。6〖牌〗《俚》抽發。7《美俚》接受；相信。一不及購物；廉售。

buy in (1) 買入。(2) 買進（股票）。

buy...in / *buy in...* (1) 買進，採購；收購。(2) 以高於最高拍賣價格買回。(3)《反身》出錢入會。

buy into... 《俚》（花錢而）取得會員資格，得到地位。

buy it 《英俚》被殺，陣亡。

buy...off / *buy off...* 花錢疏通，花錢免除；收買。

buy...out / *buy out...* 買下，買得。

buy time 《口》拖延時間。

buy...up / *buy up...* 買斷；買下；盡可能買進。

一名 1 購入；購物；購買。2《口》特價品，廉價品。

buy·back ['baɪ,bæk] 名〖經〗買回（股份等）。

buy·er ['baɪɚ] 名買主，買方；採購人員。

'buyers' 'market 名《 **the** ～, **a** ～》買方市場。

buy-out ['baɪ,aut] 名買斷，收購。

buzz [bʌz] 名 1 低沉嗡嗡聲，營營聲。2 傳言，風聞。3《口》電話。一動不及1 作嗡嗡響：～ away 不斷發出嗡嗡聲；嗡嗡地飛走。2 不停嘮叨，嘴裡嘀嘀咕咕地唸著；喧鬧地談話；吵雜《 *with* 》；散布。3 忙碌地走動。4《主英俚》去，離開《 *off, along* 》。5《英口》打電話。6 以信號器呼叫《 *for...* 》。

一及1 振（翅等）嗡嗡作響。2 散布，使流傳。3 以信號器呼叫；以信號器傳送。4《口》打電話。5《口》咻地一聲投出。6〖空〗低飛掠過。

buz·zard ['bʌzɚd] 名1《英》〖鳥〗鵰。2《美》〖鳥〗美洲禿鷹。3《俚》(1) 卑鄙的人；壞脾氣的人。(2)《常作 **old** ～》脾氣古怪又邋遢的老頭。

'buzz ,bomb 名《口》= robot bomb.

'buzz ,cut 名小平頭（= crew cut）。

buzz·er ['bʌzɚ] 名1 嗡嗡作響之物。2 信號器，蜂鳴器；汽笛。

'buzz ,saw 名《美》小型電動圓鋸。

buzz·word ['bʌz,wɝd] 名（某些特殊行業的）流行口語[標語]，專門術語。

B.V.M. 《縮寫》*Blessed Virgin Mary* 聖母瑪利亞。

bx. 《縮寫》(複 **bxs.**) *box.*

:by [baɪ] 介1《表位置、通過》在…旁邊，鄰近。2《表運輸、傳達的手段》經由；經過；靠…傳送。3《表期間》在…的時候《僅用於以下片語》：～ day 在白天。4《表時間的界限》不晚於；在…的時候之前，不遲於。5《表程度、差異》相差，以…之差：too many ～ one 多出一個。6《表根據》靠著，依照，根據。7《表關係》就…而論，在…方面是，關於：～ birth 就出生而論。8《表誓言》起誓。9《表手段、原因、起因》由於；因為…而：～ mistake 由於錯誤。10《表承受動作的主體部分》在…部位。11《表被動句中的主動者》被。12《通常和 **do** 連用表示行為的對象》為了…；對待。13《表連續》接著；連續，依順序：one ～ one 逐一，一個接著一個。14《表乘法》乘以；《表除法》除以；《表尺寸》（縱、橫、長、寬）…的。15《表單位》以…為單位，按…計算。16 由…所生。17《表方位》偏向。18《和 **come, drop, stop** 等連用》到…（訪問、坐坐）。19《表見解》依…來看《 *with* 》。

(all) by oneself ⇨ ONESELF（片語）

by the way 順便一提，附帶說起。

have [*keep*] (*something*) *by one* 把（某物）放在身邊。

一副1《表位置》在附近，在…旁邊。2 經過；通過。3《通常與 **put, lay, set** 連用》擱在一旁，存放。4《與 **come, drop, stop** 等連用》《美口》到家裡來。

by and by 《口》不久，不一會兒。

by and large 大體上，一般而言。

一形1 一側的，一旁的；脫離正軌的：a ～ passage 側道。2 次要的；偶然的，順便的（亦作 **bye**）。

by-, bye- **by** 的複合形：1 意為「旁邊的」、「附近的」、「側面的」。2「非正道的」之意。3 意為「次要的」、「附帶的」。

by-and-by ['baɪən'baɪ] 名《 **the** ～》最近的將來；不久。

by-blow ['baɪ,blo] 名 1 突然一擊，間

打擊；側擊。2（亦作'byeblow）庶子，私生子。

bye¹ [baɪ] 图1〖運動〗(1)（網球錦標賽）輪空。(2)〖高爾夫〗（比賽中）勝負已定而未打完的洞。(3)〖板球〗因球越過打者及守門員而得的分數。2 次要的事物，枝節，小事。

by the bye 附帶說起，順便一提。

bye² [baɪ] 感《口》= bye-bye!

bye-bye¹ ['baɪ,baɪ] 感《口》再見！

bye-bye² ['baɪ,baɪ] 图《兒語》睡覺；《通常作～s》床：go to ～*s* 上床睡覺。

一副 1 上床地，睡覺地。2《喻》不知到那裡去了。

by-e·lec·tion ['baɪɪ,lɛkʃən] 图《英》（英國國會的）缺額補選。

bye·law ['baɪ,lɔ] 图= bylaw.

Bye·lo·rus·sia [,bjɛlo'rʌʃə] 图白俄羅斯（共和國）：原蘇聯的一加盟共和國，1991年獨立，改稱 Belarus。

by·gone ['baɪ,gɔn] 形《文》過去的，從前的；舊式的。一图《通常作～s》往事，（傷感的）往事：let ～*s* be ～*s* 過去的就讓它過去吧；既往不究。

by·law ['baɪ,lɔ] 图1 章程；附則，細則。2《英》（地方自治團體的）法規。

by-line ['baɪ,laɪn] 图〖報章·雜誌〗《美》新聞或文章標題下記載作者名字的地方。一動及署名。

by·lin·er ['baɪ,laɪnɚ] 图報刊文章署名的作者或記者。

by(-)name ['baɪ,nem] 图 1 姓。2 別名，綽號。

BYOB《縮寫》*B*ring *y*our *o*wn *b*ooze [*b*ottle] 自行帶酒參加。

by·pass ['baɪ,pæs] 图 1 汽車旁道，輔助道路。2 旁通管；〖電〗= shunt 图 2. 3〖醫〗(1)繞道管。(2)繞道手術。

一動（～ed 或《罕》-past, ～ed 或-past, ～·ing）及 1 迂迴，繞過。2 使通過旁通管。3 迴避，忽視；不徵求意見而行事，不理會而行事。

by·path ['baɪ'pæθ] 图(複～s)私人道路；僻徑，小路，旁路。

by·play ['baɪ,ple] 图Ⓤ配角戲，穿插戲；枝節故事或行動。

by-plot ['baɪ,plɑt] 图（戲劇的）次要情節。

by-prod·uct ['baɪ,prɑdʌkt] 图 1 副產品。2 副作用。

byre [baɪr] 图《英方》牛棚，牛欄。

by·road ['baɪ,rod] 图旁道；支路。

By·ron ['baɪrən] 图 **George Gordon** 拜倫（1788－1824）：英國詩人。

by·stand·er ['baɪ,stændɚ] 图旁觀者。

by.street ['baɪ,strit] 图小巷，僻街。

by-talk ['baɪ,tɔk] 图Ⓤ 雜談，閒談；聊天。

byte [baɪt] 图〖電腦〗位元組。

by·way ['baɪ,we] 图 1 山路，幽徑。2《the ～s》冷門，次要的範圍（方面）。

by·word ['baɪ,wɝd] 图1 口頭禪；諺語，俗話。2 指責或嘲笑的對象。3《通常爲蔑》別名，綽號；（表示象徵性的）代名詞《*for...*》。

by-work ['baɪ,wɝk] 图Ⓤ副業，兼職。

by-your-leave ['baɪjɚ'liv] 图先徵求對方同意做某事的要求。

Byz·an·tine ['bɪzn̩,taɪn, -tin] 形1 拜占庭的；拜占庭帝國的。2〖建〗拜占庭式樣的；〖美〗拜占庭風格的。3《偶作 b-》善用權術的；複雜的。一图拜占庭人。

By·zan·ti·um [bɪ'zænʃɪəm, -'zæntɪəm] 图拜占庭：濱臨 Bosporus 海峽的古希臘都市。

C

C c

C¹, c [si] 名 (複 **C's** 或 **Cs, c's** 或 **cs**) **1** Ⓤ Ⓒ 英文字母中第三個字母。**2** C 狀物。

C² 《縮寫》 *C*alorie; *C*elsius; *c*entigrade; *c*oulomb.

C³ [si] 名 **1** Ⓤ (順序、連續事物的) 第三。**2** Ⓤ Ⓒ 《美》丙。**3** Ⓤ〖樂〗C音；C調；(Do Re Mi 唱法的) Do 音；4/4 拍。**4** Ⓤ (羅馬數字的) 100。**5**《化學符號》carbon. **6**〖電〗capacitance.

C. 《縮寫》*C*ape; *C*atholic; *C*elsius; *C*eltic; *C*entigrade; *C*ollege.

c. 《縮寫》*c*alorie; *c*andle; *c*arat; *c*arbon; *c*arton; *c*ase; *c*athode; *c*ent(s);〖美足〗*c*enter; *c*entigrade; *c*entimeter; *c*entury; *c*hapter; *c*hurch;《拉丁語》*circa*; *c*irrus; *c*ity; *c*loudy; *c*ognate; *c*opper; (亦作 **c**) *c*opy(right); *c*orps; *c*ubic;〖電腦〗*c*ycle(s).

Ca 《化學符號》calcium.

CA 《縮寫》*Ca*lifornia; *c*hronological *a*ge 實際年齡。

C/A 《縮寫》*c*apital *a*ccount; *c*redit *a*ccount; *c*urrent *a*ccount.

ca. 《縮寫》*ca*thode; *c*enti*a*re; *circa*.

C.A. 《縮寫》*C*entral *A*merica; *c*hartered *a*ccountant.

CAA 《縮寫》《英》*C*ivil *A*viation *A*uthority 民用航空局。

Caa·ba ['kɑbə] 名 = Kaaba.

·cab [kæb] 名 **1**《主美》計程車；《古》(出租的) 馬車：take a ～ to... 乘計程車前往… / grab a ～ 攔計程車 / call a ～ (以電話) 叫計程車。**2** (火車、起重機等的) 駕駛臺。—動 (**cabbed**, **～·bing**) 及 不及 坐計程車前往。

CAB 《縮寫》《美》*C*ivil *A*eronautics *B*oard 民航局。

ca·bal [kə'bæl] 名 陰謀；陰謀組織；派系。—動 (**-balled**, **～·ling**) 不及 結黨，密謀《*against*...》。**～·ler** 名

cab·a·la ['kæbələ] 名 **1** Ⓤ 猶太神祕哲學。**2** 神祕教義[學說] (亦作 **kabbala**)。

cab·a·lis·tic [ˌkæbə'lɪstɪk] 形 猶太神祕哲學的；神祕的；艱澀難解的。

ca·bal·le·ro [ˌkæbəl'jɛro, -ə'lɛro] 名 (複 **～s** [-z]) **1** 西班牙紳士[騎士]。**2**《美西南部》騎馬者。

ca·ban·a [kə'bænə, -njə] 名 **1** 小屋。**2**《美》(海濱或游泳池旁的) 簡易更衣室。

cab·a·ret [ˌkæbə're] 名 **1** 有歌舞表演及舞池的餐館。**2** Ⓤ Ⓒ《英》(餐廳等的) 歌舞表演。

·cab·bage¹ ['kæbɪdʒ] 名 **1** Ⓤ Ⓒ 甘藍菜，包心菜：a head of ～ 一棵甘藍菜。**2** Ⓤ《美俚》錢，鈔票。**3**《英口》愚蠢的人；植物人。

cab·bage² ['kæbɪdʒ] 名 Ⓤ《英俚》贓物。—動 及 不及 偷。

'cabbage ˌbutterfly 名〖昆〗(花紋) 白蝴蝶。

cab·bage·head ['kæbɪdʒˌhɛd] 名《口》笨瓜，呆子。

'cabbage ˌpalm 名〖植〗巴爾麥棕櫚。

cab·bage·worm ['kæbɪdʒˌwɝm] 名 甘藍蟲。

cab·bie, -by ['kæbɪ] 名 (複 **-bies**)《口》= cabdriver.

cab·driv·er ['kæbˌdraɪvɚ] 名《主美》計程車司機。

ca·ber ['kebɚ] 名《蘇》(尤指作爲測驗力氣所投擲的) 棍棒，角材。

·cab·in ['kæbɪn] 名 **1** (簡陋的) 小房子，小屋：a log ～ 圓木小屋。**2**《美》(拖車上臨時的) 居室。**3** 船艙；(軍艦的) 軍官艙；(飛機、太空船的) 機艙 (駕駛艙、客艙及貨艙)。—動 不及 住在小屋。—及 把…禁閉，拘押。

'cabin ˌboy 名 商船上服侍高級船員及乘客的侍者。

'cabin ˌclass 名 Ⓤ (客船的) 二等艙：比 tourist class 還高級。

'cabin ˌcruiser 名 (有住宿設備、廚房等的) 遊艇。

cab·ined ['kæbɪnd] 形 被關在狹窄地方的；拘束的；有船艙的。

·cab·i·net ['kæbənɪt] 名 **1** (1)《常作 C-》內閣。(2)《尤英》內閣會議 (室)。**2**《常作 C-》《集合名詞》內閣閣員。**3** 陳列架，櫥櫃；(附抽屜、架子的) 保管庫，壁櫥。**4** 組合櫃；(分層隔開的) 珠寶盒，珍品箱。**5** 小房間；浴室；(美術品的) 陳列室。—形《限定用法》**1**《常作 C-》內閣的：a ～ minister《英·加》大臣，閣員。**2** 私密的，機密的。**3** 私室 (用) 的；適於放在裝飾架上的。**4** 製造家具用的：～ wood 家具用材。

cab·i·net·mak·er ['kæbənɪtˌmekɚ] 名 製造高級家具的木匠。

cab·i·net·mak·ing ['kæbənɪtˌmekɪŋ] 名 Ⓤ 高級家具製造 (業)；〖英〗新內閣組織 (工作)。

cab·i·net·work ['kæbənɪtˌwɝk] 名 Ⓤ 高級細木工；上等家具製作。

'cabin ˌfever 名 Ⓤ 幽閉激躁症：長時間處於狹窄或僻靜的空間，所造成的情緒

穩。

·ca·ble ['kebl] 名 1 ⓊⒸ 粗線，粗纜；電纜，鋼索，電線；（含金屬線或麻質的）粗索。2〖電〗電纜，被覆線：a submarine ～ 海底電纜 / telephone ～(s) 電話線。3〖海〗(1) 錨纜；錨鍊。(2) = cable('s) length. 4ⓊⒸ海底電報，國際電報；外電：～ address（外電用）收報人地址代號 / by ～ 經由電報，用海底電報。5（柱身的）盤繞狀雕飾；繩索編織圖案。6Ⓤ有線電視。—動 (-bled, -bling) 及 1 打（國際）電報。2 把…用粗索繫牢。3 在…鋪設電纜。—不及 打海底電報。

'cable ˌcar 名 1 纜車。2 有軌電車。

ca·ble·cast ['kebḷˌkæst] 動 及 將…以有線電視播放。

ca·ble·gram ['kebḷˌgræm] 名 海底電報；國際電報。

cable('s) ˌlength 名 鏈，索：海上測量距離的單位；美海軍定爲 720 呎，英海軍定爲 608 呎。

'cable ˌmodem 名〖電腦網路〗線纜數據機。

'cable ˌphone 名 寬頻電話。

'cable ˌstitch 名 Ⓤ Ⓒ 繩索編織；繩索編織圖案。

'cable 'T ˌV 名 Ⓤ 有線電視。

ca·ble·way ['kebḷˌwe] 名 纜道，空中索道。

cab·man ['kæbmən] 名 (複 **-men**) = cab-driver.

ca·boo·dle [kə'budl] 名 一群，一夥。
the whole (kit and) caboodle《俚》所有的人[物]，全體，全部。

ca·boose [kə'bus] 名 1《美》（鐵路貨車後部的）守車。2《英》（船甲板上的）廚房。3《俚》屁股。

Ca·bot ['kæbət] 名 **John**, 卡伯特（c1450 –98?）：義大利航海家，拉布拉多半島的發現者（1497）。

cab·o·tage ['kæbətɪdʒ, -tɑʒ] 名 Ⓤ1 沿海航行，沿岸貿易。2〖空〗國內航空權。

cab ˌrank 名《美》= cabstand.

cab·ri·ole ['kæbrɪˌol] 名 (複 ～s [-z])〖家具〗彎腳，貓腳。

cab·ri·o·let [ˌkæbrɪə'le, -'lɛt] 名 (複 ～s [-z]) 1《古》單馬雙輪雙座有摺疊車篷的馬車。2 有摺篷的雙座小汽車，敞篷車。

cab·stand ['kæbˌstænd] 名《美》計程車招呼站（《英》taxi rank）。

ca'can·ny [kɑ'kænɪ, kɔ-] 名 Ⓤ，動 不及《英俚》合法怠工。

ca·ca·o [kə'keo, kə'kɑo] 名 (複 ～s [-z])〖植〗1 可可樹。2（亦稱 **cocoa**）可可豆。

cach·a·lot ['kæʃəˌlɑt, -ˌlo] 名 抹香鯨。

cache [kæʃ] 名 1 隱藏處；地窖。2 隱藏物，儲藏物。3〖網路〗高速緩衝存儲。—動 及 隱藏，儲藏。

ca·chet [kæ'ʃe] 名 (複 ～s [-z]) 1（公文函件上所蓋的）官方戳印，信用保證人的保證印；品質保證標記《*of...*》。2Ⓤ 高貴的身分地位，名聲。3〖郵〗（首日封等的）郵戳。4〖藥〗包藥用的膠囊。

cach·in·nate ['kækəˌnet] 動 不及《文》高聲大笑；狂笑。**-'na·tion** 名

ca·chou [kæ'ʃu, kə'ʃu] 名 口香片。

cack-hand·ed ['kækˌhændɪd] 形《口》1 笨拙的。2 慣用左手的。

cack·le ['kækl] 動 不及 1（母雞）咯咯叫。2 咯咯笑，高聲尖笑；喋喋而談；閒聊。—及 嘮叨不休。—名 ⓊⒸ 1 母雞的咯啼（聲）。2 尖笑（聲）；廢話，閒聊。
cut the cackle (1)《英口》別說廢話了，開始辦正事。(2)《命令句》住口！

ca·cog·ra·phy [kə'kɑgrəfɪ] 名 Ⓤ1 字跡潦草。2 錯誤的拼寫。

ca·coph·o·nous [kæ'kɑfənəs] 形 刺耳的，聲音不和諧的。

ca·coph·o·ny [kæ'kɑfənɪ, kə-] 名 (複 **-nies**) Ⓤ Ⓒ 1 不和諧的聲音；噪音。2〖樂〗噪音。

·cac·tus ['kæktəs] 名 (複 ～**·es, -ti** [-taɪ]) 仙人掌。

ca·cu·mi·nal [kə'kjumənl] 名 形〖語音〗捲舌音（的），反轉音（的）。

cad [kæd] 名 粗魯的男人，下流的男人，卑鄙的人。

CAD [kæd] 名 電腦輔助設計（computer-aided design）。

ca·dav·er [kə'dævɚ] 名 屍體。

ca·dav·er·ous [kə'dævərəs, kə'dævrəs] 形 1（像）屍體的。2 蒼白的，慘白的；憔悴的。

cad·die, -dy ['kædɪ] 名 (複 **-dies**) 1〖高爾夫〗球僮；桿弟。2 供差遣之人，雜役。—動 (**-died, -dy·ing**) 不及 當球僮；當雜役。

'caddie ˌcart 名〖高爾夫〗裝高爾夫球桿的兩輪手推車。

cad·dis·fly ['kædɪsˌflaɪ] 名 (複 **-flies**)〖昆〗石蠶蛾類。

cad·dish ['kædɪʃ] 形 教養差的；粗鄙無禮的。～**·ly** 副

cad·dy ['kædɪ] 名 (複 **-dies**)《主英》1 小箱子，盒子。2 = tea caddy.

ca·dence ['kedṇs] 名 ⓊⒸ 1 節奏，聲調，韻律；（韻律的）節拍，拍子。2（生活等的）步調，節奏。3〖樂〗終止式。

ca·denced ['kedənst] 形 有節奏的，有韻律的。

ca·den·za [kə'dɛnzə] 名〖樂〗裝飾樂段：協奏曲中近樂章尾部的技巧獨奏部分。

ca·det [kə'dɛt] 名 1《美》（陸、空軍）候補軍官，官校學生。2（一般的）見習者。3 長男以外的兒子；幼子；弟弟。

cadge [kædʒ] 動 及 1 設法獲得。2（無償還打算而）借《*from...*》。3《英》央求。—不及 乞討《*for...*》。—名《英》乞討。

cadg·er ['kædʒɚ] 名 乞丐；流浪漢；敲詐者；叫賣的小販。

C

Cad·il·lac ['kædl,æk] 名〖商標名〗凱迪拉克：美國通用公司製造的高級汽車。

Cad·me·an [kæd'miən] 形〖希 神〗(像）卡摩斯的：～ victory 卡摩斯式的勝利（付出重大犧牲而得到的勝利）。

cad·mi·um ['kædmɪəm] 名 Ⓤ〖化〗鎘。符號：Cd

Cad·mus ['kædməs] 名〖希神〗卡摩斯：腓尼基王子；曾殺一龍，創建Thebes國，將腓尼基文字傳入希臘。

ca·dre ['kɑdrə, 〖軍〗'kædri] 名**1**《集合名詞》〖軍〗負訓練之責的軍官或士兵；（政黨或宗教團體的）核心幹部。**2** 核心幹部之一員。**3** 骨架；概要。

ca·dre·man ['kɑdrəmən] 名 (複**-men**) = cadre 2.

ca·du·ce·us [kə'djusɪəs] 名 (複**-ce·i** [-sɪ,aɪ]) **1**〖希神〗Hermes 的手杖：盤有二蛇，上有雙翼。**2** 雙蛇杖標記：醫術的象徵；美陸軍軍醫部隊標誌。

ca·du·ci·ty [kə'djusətɪ] 名 Ⓤ **1** 衰老。**2** 虛弱；短暫易逝。

ca·du·cous [kə'djukəs] 形 **1**〖植〗易落的；落葉性的；〖動〗脫落性的。**2** 易逝的，短暫的。

cae·cum ['sikəm] 名 (複**-ca** [-kə]) = cecum.

Cae·sar ['sizɚ] 名 **1 Gaius Julius,** 凱撒（約100－44B.C.）：古羅馬將軍，政治家。**2** 羅馬帝國皇帝（從Augustus到Hadrin）的尊稱，後為王位繼承人的稱號。**3**（一般的）皇帝，獨裁者，暴君。**4**（與上帝相對）人世的支配者。

Cae·sar·e·an, -i·an [sɪ'zɛrɪən] 形凱撒的；羅馬皇帝的；獨裁者的。—名《**c-**》= caesarean section.

cae'sarean 'section 名 帝王切開術，剖腹生產術。

Cae·sar·ism ['sizə'rɪzəm] 名 Ⓤ 專制政權；帝國主義。**-ist** 名

'caesar ,salad 名凱撒沙拉（上面撒有乾乳酪和麵包丁的生菜沙拉）。

cae·si·um ['sizɪəm] 名〖化〗= cesium.

cae·su·ra [sɪ'ʒurə] 名 (複～**s, -rae** [-ri]) **1**〖詩〗詩行中間的停頓；〖古詩〗休止，中止。**2**〖樂〗（樂節的）中間休止，暫停處。

·ca·fé [kæ'fe, kə'fe] 名 (複～**s** [-z]) **1** 小吃店，小餐廳；《英》咖啡廳。**2**《美》酒吧，酒店；有歌舞表演的酒館。**3** 咖啡。

ca·fé au lait [,kæfɪo'le] 名 Ⓤ《法語》**1** 牛奶咖啡。**2** 淡褐色。

café noir [kæ'fe'nwɑr] 名 Ⓤ《法語》黑咖啡，純咖啡（不加糖、牛奶）。

caf·e·te·ri·a [,kæfə'tɪrɪə] 名自助餐廳。

caff [kæf] 名《英俚》小吃店。

caf·feine [kæ'fɪn, 'kæfin] 名 Ⓤ〖化〗咖啡因，咖啡鹼：*caffeine*-free 不含咖啡因的。

caf·tan ['kæftən, kɑf'tɑn] 名（中東的）一種有腰帶的長袖長袍。

:cage [kedʒ] 名**1** 鳥籠，（關動物的）檻。**2**《喻》牢籠；戰俘營，禁閉室，監獄。**3**（銀行出納櫃檯的窗口等）檻狀構造物；（電梯的）座廂；〖礦〗升降機。**4**（一般的）骨架結構。**5**〖武器〗炮座，炮架。**6**〖棒球〗移動式背網；（捕手的）面罩。**7**〖籃球·曲棍球〗籃框，球門。

—動(**caged, cag·ing**)及**1** 關入（檻）內；監禁《*in...*》。**2**〖運動〗將（球等）射入球門[籃框]。

cage·ling ['kedʒlɪŋ] 名籠中鳥。

ca·gey, ca·gy ['kedʒɪ] 形(**cage·i·er, cage·i·est**)《口》謹慎的，小心的；說話吞吞吐吐的。

ca·goule [kə'gul] 名 Ⓒ 連帽防風防水夾克。

ca·hoot [kə'hut] 名《美俚》《僅用於下列片語中》

go cahoots / go in cahoot(s) 均分；變成夥伴。

in cahoot(s)（與…）共謀，合夥《*with...*》。

CAI《縮寫》*c*omputer-*a*ssisted [*a*ided] *in*struction 電腦輔助教學。

cai·man, cay- ['kemən] 名(複～**s** [-z])〖動〗南美洲鱷魚的通稱。

Cain [ken] 名 **1**〖聖〗該隱：亞當與夏娃的長子，殺其弟亞伯。**2** 殺人者。

raise Cain《口》引起紛亂。

ca·ique [kɑ'ik] 名 **1**（博斯普魯斯海峽的）划槳輕舟。**2**（地中海東部的）單桅小帆船。

cairn [kɛrn] 名做為紀念碑、墓碑等的石堆。

'cairn 'terrier 名 蘇格蘭種的短腳㹴犬，小獅子狗。

Cai·ro ['kaɪro] 名 開羅：埃及首都。

cais·son ['kesn̩] 名 **1**（水底工程用）沉箱，潛函。**2**〖海〗（打撈沉船用的）浮沉箱。**3** 彈藥車。

'caisson dis,ease 名 Ⓤ〖病〗潛水夫病。

cai·tiff ['ketɪf] 名《古》〖詩〗卑鄙的人，懦夫。—形卑鄙的，可鄙的。

ca·jole [kə'dʒol] 動 及 誘騙，哄騙《*into...*》；拐騙，騙取《*out of ...*》：～ her *into* buying a dress 哄騙她買衣服 / ～ one's father *out of* money 花言巧語騙父親的錢。～**·ment** 名

ca·jol·er·y [kə'dʒolərɪ] 名 (複**-er·ies**) Ⓤ Ⓒ 巧言誘騙，哄騙。

Ca·jun ['kedʒən] 名Acadia（現加拿大Nova Scotia）當地的居民；由Acadia移民到美國 Louisiana 州定居的法國人的後裔；Ⓤ其所用的法國方言。

:cake [kek] 名 **1** Ⓤ Ⓒ 蛋糕，點心；西式糕餅：You cannot have your ～ and eat it to《諺》不可能既想保有蛋糕，又想吃掉它；魚與熊掌不可兼得。**2** 餅，薄煎餅（扁的）煎糕餅。**3**（食物、冰等的）固

形狀：a fish ～ 魚肉餅 / a ～ of soap 一塊肥皂。

a piece of cake (1) ⇨图 1. (2) 容易做到的事，愉快的事。

a slice of the cake 一份令人想得到的利益。

One's cake is dough. 《口》（人的）計畫失敗了。

go like hot cakes 銷路很好，暢銷。

take the cake 《口》（人的言行）特出；優秀出色；比賽獲獎。

—動 **(caked, cak·ing)** 及 **1** 使結塊。**2** 厚厚地塗於《*with...*》；厚厚地塗《*on...*》。

—不及 結塊。

'cakes and 'ale 图 吃喝玩樂；各種樂事；人生的快樂；世俗的樂趣。

cake·walk ['kek,wɔk] 图 **1** 美國黑人所創的一種走步競賽。**2** 由上述步法產生的舞藝；其舞曲。**3**《俚》輕而易舉的事。

cak·y ['kekɪ] 形 糕餅狀的；成塊的。

Cal. 《縮寫》*Cal*ifornia; *cal*orie 1 (1).

cal. 《縮寫》*cal*iber; *cal*orie 1 (2).

cal·a·bash ['kælə,bæʃ] 图 **1** 〖植〗葫蘆；葫蘆樹；其果實。**2** 葫蘆製品，葫蘆製的樂器。

cal·a·boose ['kælə,bus] 图 《美口》監獄，牢獄；拘留所。

Cal·ais ['kæle, 'kælɪs] 图 加來：法國北部的一港市，臨多佛海峽。

cal·a·mine ['kælə,maɪn, -mɪn] 图 U 一種混合氧化鋅和氧化鐵的粉末，可用作皮膚炎症的消毒。

'calamine 'lotion 图 U 皮膚受到曬傷後塗抹用的藥水。

ca·lam·i·tous [kə'læmətəs] 形 不幸的，悲慘的，引起災難的。～**·ly** 副, ～**·ness** 图

·ca·lam·i·ty [kə'læmətɪ] 图 (複 **-ties**) U 不幸，苦難；C 災難，慘事。

cal·a·mus ['kæləməs] 图 (複 **-mi** [-,maɪ]) **1**〖植〗菖蒲；菖蒲根。**2**〖植〗藤屬。**3** 鳥羽，羽管。

ca·lan·do [kə'lɑndo] 形 副 《義語》〖樂〗漸慢而弱的[地]。

ca·lash [kə'læʃ] 图 **1**《古》低輪有摺篷之輕型馬車。**2** 馬車用的摺篷。**3**（十八世紀婦女戴的）摺篷式軟帽。

cal·car·e·ous [kæl'kɛrɪəs] 形 含鈣的，石灰質的。

cal·ces ['kælsiz] 图 **calx** 的複數形。

cal·cic ['kælsɪk] 形 鈣的；石灰的。

cal·cif·er·ous [kæl'sɪfərəs] 形 〖化〗形成鈣鹽的；含鈣的；含碳酸鈣的。

cal·ci·fi·ca·tion [,kælsəfə'keʃən] 图 U **1** 石灰化；土壤的石灰化。**2**〖生理〗鈣化。**3**（態度等的）強硬。

cal·ci·fy ['kælsə,faɪ] 動 **(-fied, ～·ing)** 及 不及 **1**（使…）鈣化。**2**（立場等）強硬。

cal·ci·mine ['kælsə,maɪn, -mɪn] 图 刷牆水粉。—動 及 以刷牆水粉塗刷。

cal·ci·na·tion [,kælsɪ'neʃən] 图 U 鍛燒。

cal·cine ['kælsaɪn, -sɪn] 動 及 不及 **1** 鍛燒。**2** 受焙燒；熔解。**3** 加熱氧化。

cal·cite ['kælsaɪt] 图 U 〖礦〗方解石。

·cal·ci·um ['kælsɪəm] 图 U 〖化〗鈣（符號：Ca）：～ carbide 碳化鈣；《俚》碳化物 / ～chloride 氯化鈣 / ～oxide 氧化鈣 / ～phosphate 磷酸鈣。

cal·cu·la·ble ['kælkjələbl] 形 **1** 可計算的；可確定的。**2** 可靠的，可信賴的。

:cal·cu·late ['kælkjə,let] 動 **(-lat·ed, -lat·ing)** 及 **1** 計算，估計。**2** 確定，判斷；推測：～the advantages and disadvantages 判定利弊。**3**《被動》使適合，打算，計畫《*for...*》。**4**《美北部》猜想；意欲。—不及 **1** 計算；估計。**2** 期望《*on, upon...*》。**3**《美》猜想。

cal·cu·lat·ed ['kælkjə,letɪd] 形 **1** 算好的。**2** 縝密計畫的；故意的，有計畫的：a ～ crime 預謀的犯罪 / a ～ risk 有計畫的冒險，經估計成功或失敗的可能性後才進行的冒險。**3** 意圖（…）的，適合的。

cal·cu·lat·ing ['kælkjə,letɪŋ] 形 **1** 計算的；計算用的：a ～ machine 計算機。**2** 精明的；精打細算的；慎重的。**3** 爲自己打算的。

:cal·cu·la·tion [,kælkjə'leʃən] 图 **1** U 計算，算出；C 計算的結果：make a ～ 算計。**2** U C 估價，估計：be beyond ～ 超出預計。**3** U C 深思熟慮；慎重的計畫：after much ～ 經過再三考慮。**4** U 算計，計謀：get one's way by lies and ～ 靠謊言及計謀而達到目的。

cal·cu·la·tive ['kælkjə,letɪv] 形 計算的；有打算的，精明的；慎重的。

cal·cu·la·tor ['kælkjə,letɚ] 图 計算者；計算機；計算表。

cal·cu·lus ['kælkjələs] 图 (複 **-li** [-'laɪ], ～**·es**) **1** U〖數〗微積分：differential ～ 微分學。**2**〖病〗結石。

Cal·cut·ta [kæl'kʌtə] 图 加爾各答：印度東北部的港市。

cal·de·ra [kæl'dɛrə] 图 (複 ～**s**) 火山噴火口。

cal·dron ['kɔldrən] 图《美》= cauldron.

Cal·e·do·ni·a [,kælə'donɪə] 图 《主文》古羅馬時代蘇格蘭之名。

:cal·en·dar ['kæləndɚ] 图 **1** 曆法，曆書；日曆：the lunar ～ 陰曆 / a daily ～ pad 日曆。**2** 日程表，一覽表；全年預定表；開庭日程表；《美》（議會中提出的法案等的）議事日程表。**3**《英》（大學等的）行事曆。—動 及 列入（一覽）表中；把…記入日程表中。

'calendar 'day 图 曆日。

'calendar 'method 图〖醫〗（婦女避孕期的）安全期計算法。

'calendar 'month 图 曆月。

'calendar 'year 图 曆年。

cal·en·der ['kæləndɚ] 图 **1** 砑光機。**2**

（車胎用的）壓膠機。—動及用砑光機壓光。

ca·len·du·la [kəˈlɛndʒələ] 名〖植〗金盞花屬；晒乾的金盞花。

cal·en·ture [ˈkæləntʃʊr, -tʃə] 名U〖病〗熱帶性熱病的總稱，中暑。

C

·calf[1] [kæf, kɑf] 名(複 **calves** [kævz, kɑvz]) **1** 小牛，犢；（象、海豹、鯨等哺乳動物的）幼獸。**2** = calfskin. **3**《口》傻頭傻腦的小夥子。

in calf（牛）懷著身孕，懷孕的。

kill the fatted calf 最好的飲宴款待。

calf[2] [kæf, kɑf] 名(複 **calves** [kævz, kɑvz]) 腓，小腿。

ˈcalf ˌlove 名U少男少女的戀愛，初戀。

calf·skin [ˈkæfˌskɪn, ˈkɑf-] 名U小牛皮；小牛革。

cal·i·ber [ˈkæləbə] 名 **1**（圓筒的）內徑；（槍炮的）口徑。**2**U能力：men of high ~ 才能卓越的人 / men of very different ~ 才賦迥異的人。**3**U價值（程度），重要性；品質：books of this ~ 這種程度的書籍。**-bered** 形

cal·i·brate [ˈkæləˌbret] 動及 **1** 使標準化；在（計量器等）上刻度。**2** 測定口徑。**3** 校準射程。

cal·i·bra·tion [ˌkæləˈbreʃən] 名U口徑測定；查看刻度；C刻度。

cal·i·bra·tor [ˈkæləˌbretə] 名 口徑測定器。

cal·i·bre [ˈkæləbə] 名《英》= caliber.

cal·i·co [ˈkæləˌko] 名 (複~**es**,《美》~**s**) U C《美》印花布；《英》白棉布。—形 白棉布或印花布製的；印花布模樣的；《美》有斑點的。

cal·if [ˈkælɪf, ˈke-] 名 = caliph.

Calif.《縮寫》*Cali*fornia.

:Cal·i·for·nia [ˌkæləˈfɔrnjə, -nɪə] 名 加利福尼亞：美國西部的一州；首府 Sacramento（略作：Cal, Calif,《郵》CA）。**-ni·an** 形名 加州的[人]。

Caliˈfornia ˈpoppy 名〖植〗花菱草。

cal·i·for·ni·um [ˌkæləˈfɔrnɪəm] 名 U〖化〗鉲。符號：Cf

cal·i·per,《英》**cal·li-** [ˈkæləpə] 名 **1**《通常作~**s**》彎腳規，測徑器。**2** 游標尺。**3** 厚度。**4**《常作~**s**》鋏子。—動及 以彎腳規、游標尺等測量。

cal·iph [ˈkælɪf, ˈkelɪf] 名 哈里發：昔日回教國家政教領袖的稱號。

cal·iph·ate [ˈkæləˌfet, ˈke-] 名 回教主（哈里發）的地位。

cal·is·then·ic [ˌkæləsˈθɛnɪk] 形 健美體操的。

cal·is·then·ics [ˌkæləsˈθɛnɪks] 名 (複) **1**《作單數》健美體操法。**2**《作複數》健身操。

calk[1] [kɔk] 動及 = caulk.

calk[2] [kɔk] 名 **1**（馬蹄鐵上防滑的）尖鐵。**2**《美》（鞋底或鞋跟的）防滑鐵。—動及 加防滑鐵於…。

:call [kɔl] 動及 **1** 叫，叫喊；呼喚；叫來（車等）《*for...*》；唱讀（名單）；將（演員）喚至幕前。**2** 喚醒；喚起，誘發《*forth, up*》；使（注意）轉向《*to...*》：~ *forth a* reply 引出回答。**3** 召集，招聘，傳喚（人）（至法院）《*to...*》：~ a meeting 召集會議。**4**《美》打電話給…。**5** 命令，指令；宣言，聲明：~ a stop 命令停止 / ~ a strike 下令罷工。**6** 審議，呈送至（法庭）《*to...*》。**7**（學鳥獸叫聲）呼叫。**8** 叫做，稱呼。**9** 認為。**10** 算做（某價錢），達成協議。**11**《口》要求提供證據。**12**《口》譴責，責怪《*on...*》。**13** 要求償還（借款）；提出償還（債券）的要求。**14** (1)（棒球賽中）裁定（球員）跑到某壘是否安全。(2) 宣告（競技）的中止：a ~*ed* game 中止的比賽。**15**〖撞球〗指定（進袋子的球）。**16**〖牌〗叫牌；要求攤牌；（撲克牌）跟（前家所叫的賭注）。**17**《口》正確地預言。—不及 **1** 叫，呼喚；鳴叫。**2** 拜訪（某人）《*on...*》；造訪（某場所）《*at...*》；停靠《*at...*》。**3** 打電話。**4**〖牌〗要求攤牌；（撲克梭哈）跟相同賭注；（橋牌）叫牌。**5**（無線電報）呼叫。

call... away / call away... 使離開；叫走；使（注意力）轉移開。

call back 回電話。

call...back / call back... (1) 喊回，回電話給（某人）。(2) 取消（發言等）。(3) 收回（有缺點的商品）。

call...down / call down... (1) 祈求上蒼賜給。(2)《美口》譴責《*for...*》。(3) 貶低。(4)《美俚》挑釁。

call for... (1) 要求；去接；叫（人）出來。(2) 請求；要求。(3) 適合，值得接受…。(4)（為喝采）叫出（演員等）。

call... forth / call forth... ⇨ 動及 2.

call in ⇨ 動不及 2.

call...in / call in... (1) 要求支付；徵收；回收（通貨等）。(2) 叫（醫生）；收回（車子）。(3)《美》招待。

call in question 懷疑。

call in sick 打電話請病假。

call...off / call off... (1) 叫走，叫開。(2) 轉移開（注意力等）。(3)《口》取消。(4) 讀出（名冊）。

call on [upon] ... (1) ⇨ 動不及 2. (2) 號召，呼籲《*for..., to do*》。(3) 請求（援助等）。

call out ⇨ 動不及 1.

call... out / call out... (1)（大聲）叫喊。(2) 召集（軍隊等）。(3) 顯示出（潛力等）。(4) 下令罷工。(5)《英口》挑釁。

call... over / call over... 點名。

call round 順道拜訪《*at...*》。

call to... 呼叫。

call... up / call up... (1) 叫醒；喚起；使想起；憶起，想起；召喚（精靈等）。(2) 召集。(3) 打電話給。(4) 提出（法案等）。

—名 **1** 叫聲；鳴叫聲；信號；點名。**2**

學鳥獸鳴叫聲作引誘用的）鳴笛。**3** 打電話。**4** 正式拜訪；靠岸。**5** 召集；招聘。**6**（職業等的）神召；天職。**7** 魅力，誘惑。**8**(1)《主用於否定句》必要，理由，根據《*for*..., *to* do》。(2) 要求，需要《*for*, *on*...》。**9**〖牌〗(1)要求（對家）攤牌。(2)（橋牌）叫牌。**10**〖運動〗裁定，判定。**11**〖金融〗買進特權。**12** 股款催繳（通知書）；要求繳納。

at a person's beck and call ⇨ BECK

call of nature 要上廁所。

close call 死裡逃生。

have the call 受歡迎；大量需要。

on call (1) 活期存款的。(2) 隨時準備著。

pay a call (1) ⇨㊔**4.** (2)《口》如廁，上洗手間。

take a call 謝幕。

within call 在呼喊聽得見的範圍內；在附近的。

cal·la [ˈkælə] ㊔〖植〗荷蘭海芋，水芋。

call·a·ble [ˈkɔləbl̩] ㊊**1** 可召喚的。**2** 隨時可償還的；要求即付的。

call·back [ˈkɔlˌbæk] ㊔（有缺陷產品的）回收，收回。

ˈcall ˌbell ㊔電鈴。

ˈcall ˌbird ㊔媒鳥。

ˈcall·board [ˈkɔlˌbɔrd] ㊔通告板；《美》火車站告示牌。

ˈcall ˌbox ㊔**1**（呼叫警察等的）緊急電話機。**2**《英》公用電話亭（《美》(tele) phone booth）。**3**《美》郵政信箱。

call·boy [ˈkɔlˌbɔɪ] ㊔ **1**（喚演員按時出場的）催場員。**2** = bellboy.

ˈcalled ˌgame ㊔〖棒球〗裁定勝負之比賽。

call·er [ˈkɔlɚ] ㊔ **1** 呼喚者；打電話者。**2**（短時間的）訪客。**3** 通告人；（方塊舞中的）領唱者。

ˈcaller ˌI'D ㊔（電話機上的）來電顯示。

ˈcall ˌgirl ㊔應召女郎。

cal·lig·ra·pher [kəˈlɪgrəfɚ] ㊔書法家。

cal·li·graph·ic [ˌkælɪˈgræfɪk] ㊊書法的；筆記體的。

calliˈgraphic disˈplay ㊔〖電腦〗繪圖顯像。

cal·lig·ra·phist [kəˈlɪgrəfɪst] ㊔ = calligrapher.

cal·lig·ra·phy [kəˈlɪgrəfɪ] ㊔ Ⓤ**1** 擅長書法；筆跡，書法；書道；墨寶。**2** 花體文字。**3**〖美〗書法。

call-in [ˈkɔlˌɪn] ㊔㊊《美》電視觀眾或電臺聽眾撥電話參加的（現場節目）（《英》phonein）。

call·ing [ˈkɔlɪŋ] ㊔ⓊⒸ**1** 呼喚（聲）；點名。**2** 召集，召喚。**3** 訪問。**4** 天職，行業；強烈衝動《*to*, *for*..., *to* do》。**5** 神召。

ˈcalling ˌcard ㊔《美》名片。

cal·li·o·pe [kəˈlaɪəpɪ] ㊔ **1** 汽笛風琴。**2**《**C-**》〖希神〗卡拉培：司文藝的九女神之一，司辯論、敘事詩。

ˈcall ˌletters ㊔(複)（電視臺、無線電臺的）呼號。

ˈcall ˌloan ㊔〖金融〗通知放款，活期貸款。

ˈcall ˌmoney ㊔ Ⓤ〖金融〗活期貸款的款子：銀行要求時得立即償還的借款。

ˈcall ˌnumber ㊔圖書編目的號碼。

cal·los·i·ty [kæˈlɑsətɪ, kə-] ㊔(複**-ties**) **1** Ⓤ 無感覺；冷漠，無情。**2**〖病〗= callus ㊔1 (1), 2.

cal·lous [ˈkæləs] ㊊ **1**（皮膚）硬化的；起繭的。**2** 無感覺的；冷淡的，硬心腸的，無情的。

cal·low [ˈkælo] ㊊ **1** 未生羽毛的，幼小的。**2** 不成熟的，無經驗的：a ～ youth 黃口孺子。～**·ness** ㊔

ˈcall ˌsign ㊔= call letters.

ˈcall ˌslip ㊔（圖書館的）借書單。

call-up [ˈkɔlˌʌp] ㊔**1**《英》召集令；徵兵人數；徵兵。**2**（無線電）呼叫。

cal·lus [ˈkæləs] ㊔(複～**·es**) **1**〖病·生理〗(1) 皮膚硬化的部分，繭皮。(2) 骨痂。**2**〖植〗癒傷組織。

ˈcall-ˌwaiting ㊔Ⓤ（電信）話中插接。

:calm [kɑm] ㊊**1** 寧靜的；無風的。**2** 鎮定的；（社會、生活等）平穩的，平和的。**3**《英口》厚顏無恥的。—㊔ **1**《通常作 a ～》穩定，風平浪靜：After a storm comes *a* ～.《諺》否極泰來。**2** 無風狀態；〖氣象〗平穩：tropic ～*s* 熱帶無風帶 / the region of ～*s* 無風水域。**3** Ⓤ 鎮定，沉著；（社會、生活等的）平穩，平和。—㊍㊋ 使平靜，使鎮定。—㊌寧靜，平穩；沉著《*down*》。

cal·ma·tive [ˈkɑmətɪv, ˈkæl-] ㊊〖醫〗有鎮靜效果的。—㊔鎮靜劑。

·calm·ly [ˈkɑmlɪ] ㊏寧靜地，平穩地；沉著地。

calm·ness [ˈkɑmnɪs] ㊔Ⓤ寧靜；平穩；沉著。

cal·o·mel [ˈkæləˌmɛl] ㊔ Ⓤ〖化·藥〗氯化亞汞。

ˈCa·lor ˌgas [ˈkælɚ-] ㊔〖商標名〗桶裝瓦斯 = butane.

ca·lor·ic [kəˈlɔrɪk, -ˈlɑ-] ㊊**1**〖生理〗卡路里的，熱量的。**2** 熱的：a ～ engine 熱力發動機。

·cal·o·rie [ˈkælərɪ] ㊔《熱量單位》**1**〖理〗(1) 大卡（略作：Cal.）。(2) 小卡（略作：cal.）。**2**〖生理〗(1) 卡路里。(2) 可產生一卡路里熱能的食物量。

cal·o·rif·ic [ˌkæləˈrɪfɪk] ㊊發熱的。

cal·o·rim·e·ter [ˌkæləˈrɪmətɚ] ㊔〖理〗熱量計。

cal·o·ry [ˈkælərɪ] ㊔(複**-ries**) = calorie.

calque [kælk] ㊔〖語言〗由外來語直譯而產生的字詞或字句。

cal·u·met [ˈkæljuˌmɛt, -mɪt] ㊔《北美印第安》和平煙管。

C

smoke the calumet together 和睦相處。

ca·lum·ni·ate [kəˈlʌmnɪˌet] 動及中傷，誹謗。**-a·tor** 名誹謗者。

ca·lum·ni·a·tion [kəˌlʌmnɪˈeʃən] 名 U C中傷，誹謗。

ca·lum·ni·a·tory [kəˈlʌmnɪəˌtorɪ] 形 誹謗的，中傷的。

ca·lum·ni·ous [kəˈlʌmnɪəs] 形中傷的，誹謗的。～**·ly** 副

cal·um·ny [ˈkæləmnɪ] 名 (複**-nies**) U C 中傷，誹謗。

Cal·va·ry [ˈkælvərɪ] 名 (複**-ries**) **1** 髑髏地：耶穌被釘十字架於此地。**2** 《常作 c-》(屋外的) 基督十字架像；《c-》受難，苦惱。

calve [kæv] 動 不及 **1** 產犢。**2** (冰河等) 崩解。─ 及 **1** 《通常用被動》產犢。**2** 使 (冰塊) 崩解。

·calves [kævz, kɑvz] 名 **calf**[1,2] 的複數形。

Cal·vin [ˈkælvɪn] 名 **John,** 喀爾文 (1509–64)：法國神學家；瑞士宗教改革的提倡者。

Cal·vin·ism [ˈkælvɪnˈɪzəm] 名 U 〖神〗喀爾文教義。**-ist** 名 形 喀爾文教義、教派、教徒(的)。**-ˈis·tic** 形

calx [kælks] 名 (複～**·es, cal·ces** [ˈkælsiz]) 金屬灰。

Ca·lyp·so [kəˈlɪpso] 名 **1** 〖希神〗可麗普騷：荷馬「奧德賽」中將 Odysseus 留在 Ogygia 島上的海中女神。**2** (複～**s** [-z]) 《c-》〖植〗匙唇蘭。**3** (複～**s,** ～**es**) 《c-》〖樂〗加力騷：加勒比海地區原住民即興編唱的一種歌曲。

ca·lyx [ˈkelɪks, ˈkæl-] 名 (複～**·es, cal·y·ces** [-ˈsiz]) **1** 〖植〗花萼。**2** 〖解·動〗杯狀器官；腎盞。

cam [kæm] 名 〖機〗凸輪，鏗。

CAM 《縮寫》computer-aided manufacturing 電腦輔助製造。

ca·ma·ra·de·rie [ˌkɑməˈrɑdərɪ, ˌkæməˈræ-] 名 U 《法語》同志愛；同志情誼。

cam·ber [ˈkæmbɚ] 動 及 不及 彎成弧形。─ 名 U C **1** (樑、甲板、路面等稍凸起的) 彎度。**2** 〖空〗(機翼的) 曲度，弧線翼襟。

cam·bist [ˈkæmbɪst] 名 〖金融〗**1** 匯票商；外匯兌換行情專家。**2** 各國貨幣及度量衡換算表。

cam·bi·um [ˈkæmbɪəm] 名 (複～**s, -bi·a** [-bɪə]) 〖植〗形成層。**-bi·al** 形

Cam·bo·di·a [kæmˈbodɪə] 名 柬埔寨 (王國)：位於中南半島南部；首都金邊 (Phnom Penh)。

Cam·bo·di·an [kæmˈbodɪən] 形 柬埔寨(人) 的。─ 名 **1** 柬埔寨人。**2** = Khmer[2].

Cam·bri·a [ˈkæmbrɪə] 名 威爾斯中世紀時的名稱。

Cam·bri·an [ˈkæmbrɪən] 形 **1** 〖地質〗寒武紀的。**2** 威爾斯的。─ 名 **1** 《the ～》〖地質〗寒武紀。**2** 威爾斯人。

cam·bric [ˈkembrɪk] 名 U 充麻葛：細白亞麻布或棉布。

ˈcambric ˈtea 名 U 《美》紅茶牛奶。

Cam·bridge [ˈkembrɪdʒ] 名 劍橋：**1** 英國的一城市，劍橋大學所在地。**2** 美國波士頓附近一城市，哈佛大學所在地。

ˈCambridge ˌblue 名 U 《英》劍橋藍，淡藍色。

Cam·bridge·shire [ˈkembrɪdʒˌʃɪr] 名 劍橋郡：英國的一郡。略作：Cambs.

cam·cord·er [ˈkæmˌkɔrdɚ] 名 手提攝錄影機。

:came [kem] 動 **come** 的過去式。

·cam·el [ˈkæml] 名 **1** 駱駝：the Bactrian ～ 雙峰駱駝 / the Arabian ～ 單峰駱駝 / It is the last straw that breaks the ～*'s* back. 《諺》忍無可忍；壓垮駱駝的最後一根稻草。**2** U 駱駝色，淡黃褐色。

strain at a gnat and swallow a camel 明察秋毫而不見輿薪，拘於小事而疏忽了大事，見小不見大。

cam·el·back [ˌkæmḷˈbæk] 名 駱駝背：on ～ 騎著駱駝。

cam·el·eer [ˌkæməˈlɪr] 名 **1** 趕駱駝的人。**2** 駱駝騎兵。

ca·mel·lia [kəˈmiljə] 名 〖植〗山茶；山茶花。

ca·mel·o·pard [kəˈmɛləˌpɑrd] 名 《古》= giraffe.

Cam·e·lot [ˈkæməˌlɑt] 名 **1** 嘉美樂：傳說中英國亞瑟王的宮廷所在地。**2** 《美》象徵燦爛歲月或繁榮昌盛的地方；令人嚮往的處所。

ˈcamel ˌhair 名 U 駱駝毛；駱駝毛織品。

cam·el·ry [ˈkæməlrɪ] 名 駱駝騎兵，駱駝隊。

Cam·em·bert [ˈkæməmˈbɛr] 名 U 坎莫伯乾酪：法國產的一種鬆軟乾酪。

cam·e·o [ˈkæmɪˌo] 名 (複～**s** [-z]) **1** (刻在寶石上的) 浮雕；浮雕法。**2** 片斷，小品。**3** (亦稱 **cameo role**) 名演員所扮的次要角色；客串演出。

:cam·er·a [ˈkæmərə] 名 (複～**s**) **1** 照相機，攝影機；電視攝影機：load a ～ 裝底片 / focus the ～ 對焦距。**2** 法官私人辦公室。

in camera (1) 〖法〗在法官私人辦公室。(2) 祕密地。

on camera (用電視攝影機等) 攝影中。

cam·er·a-con·scious [ˈkæmərəˌkɑnʃəs] 形 《美》不習慣攝影機 (鏡頭) 的。

cam·er·a·eye [ˈkæmərəˌaɪ] 名 正確公平的觀察 (能力)。

ˈcamera ˈlucida [-ˈlusɪdə] 名 (利用稜鏡等光學儀器的) 投影描繪器，描畫鏡。

cam·er·a·man [ˈkæmərəˌmæn, -mən] 名 (複**-men** [-ˈmɛn, -mən]) **1** (電影、電視的) 攝影師，(報紙等的) 攝影記者。**2** = photographer.

ˈcamera obˈscura [-ɑbˈskjurə] 名 照相

機暗箱。

cam·er·a-shy ['kæmərə,ʃaɪ] [形]不願意被照相的。

'camera ˌtube [名]〖視〗映像管。

cam·er·a-wise ['kæmərə,waɪz] [形]習慣攝影機（鏡頭）的。

Cam·er·oon [,kæmə'run] [名] 喀麥隆（共和國）：位於非洲西部；首都雅恩德（Yaoundé）。

~·i·an [形][名]喀麥隆的[人]。

cam·i·knick·ers ['kæmə,nɪkɚs] [名](複)《英》（古時的）連褲女內衣（亦稱 **cami knicks**）。

cam·i·on ['kæmɪən] [名]**1** 貨車。**2** 軍用卡車。**3** 巴士。

cam·i·sole ['kæmə,sol] [名] 女用無袖內衣；婦女穿的寬鬆短上衣。

cam·let ['kæmlɪt] [名][U]《古》駝絨；羽紗。—[動](~·ted, ~·ting)[及]以大理石花紋裝飾（織品、書等）。

cam·o·mile ['kæmə,maɪl] [名] 〖植〗甘菊：~ tea 甘菊茶。

cam·ou·flage ['kæmə,flɑʒ] [名]**1**〖軍〗偽裝。**2** 偽裝，欺騙。**3**（動物的）保護色。—[動][及]偽裝，掩飾。

:camp[1] [kæmp] [名]**1** 營地；遊園地。**2** 野營帳篷。**3** [U] 野營生活；白晝營；夏令營：be in ~ 露營。**4** [U] 軍隊生活。**5**《集合名詞》露營的一群人；軍隊。**6**《集合名詞》（理想、主義相同的）陣營；（集團的）立場，見解：be in the same ~ 志同道合，在同一陣營 / be divided into two ~*s* 分為兩派 / change ~*s* 改變立場。—[動] [不及]**1** 搭帳篷；野營《*out*》：go ~*ing* 去露營 / ~ *out every summer* 每年夏天都出去露營。**2**《口》臨時居住《*out*》。**3**《口》（在自己的房屋等）定居《*in...*》。**4**《口》久坐不去，占據位置《*on, in...*》。—[及]使紮營住宿。

camp[2] [kæmp] [名][U]《俚》**1** 誇張滑稽的姿勢。**2** 樂於做作；一種故意恢復華麗、庸俗、古意的藝術表現。—[形]**1** 以表現做作而令人感覺有趣的。**2** (1) 矯飾的，誇張的；做作的。(2) 舉止像女人的；異樣的；同性戀的。—[動][不及]**1** 言行舉止浮誇；戲謔。**2** 矯飾。—[及] 以動作戲劇化表現；故弄玄虛《*up*》。

camp it up《俚》(1) 矯揉做作；虛張聲勢。(2)（以女性化的舉止）率直地表示出同性戀。

cam·paign [kæm'pen] [名]**1**〖軍〗戰役。**2** 運動《*against, for...,* *to* do》；競選活動：a ~ *against* public nuisances 公害防治運動 / a ~ *for* the mayoralty 市長競選活動 / conduct a ~ *to* raise funds 展開募捐運動。—[動][不及]從軍；發起運動《*for, against...*》；從事競選活動。

am'paign ˌbutton [名]（某候選人的支持者所佩帶的）競選宣傳胸章。

am·paign·er [kæm'penɚ] [名]**1** 從軍者；老兵：an old ~ 老手，宿將。**2**（選舉、政治等的）從事活動者。

cam'paign ˌspeech [名]競選演說。

cam·pa·ni·le [,kæmpə'nilɪ] [名] (複~s, -li[-lɪ])（尤指義大利的）鐘樓。

cam·pa·nol·o·gy [,kæmpə'nɑlədʒɪ] [名][U] **1** 鐘學。**2** 鑄鐘術；鳴鐘術。**-gist** [名]

cam·pan·u·la [kæm'pænjulə] [名]〖植〗開吊鐘狀花的植物通稱。

cam·pan·u·late [kæm'pænjulɪt, -,let] [形]鐘形的。

'camp ˌbed [名]《英》行軍床，摺疊床。

'camp ˌchair [名]摺疊式便椅。

'Camp ˌDavid [名]大衛營：美國總統的度假別墅，位於 Maryland 州北部。

camp·er ['kæmpɚ] [名]**1** 露營者；參加夏令營者。**2**《美》露營車。

camp·fire ['kæmp,faɪr] [名]營火；《美》營火會。

'Camp ˌFire 'Girls [名]《the ~》美國露營少女團：限年齡 7 至 18 歲。

'camp ˌfollower [名]**1**（隨軍的）平民；營妓。**2** 附和者。

camp·ground ['kæmp,graund] [名]露營地，《美》（教徒的）野外集會場地。

cam·phor ['kæmfɚ] [名][U]〖化·藥〗樟腦；類似樟腦之物。

cam·pho·rate ['kæmfə,ret] [動][及]以樟腦處理。

'camphor ˌball [名]樟腦丸。

'camphor ˌtree [名]〖植〗樟樹。

camp·ing ['kæmpɪŋ] [名][U]野營，露營；帳篷生活。

cam·pi·on ['kæmpɪən] [名]〖植〗剪秋羅屬植物。

'camp ˌmeeting [名]野營布道大會。

camp·o·ree [,kæmpə'ri] [名]《美》區域性的童子軍集會。

camp·site ['kæmp,saɪt] [名]露營地。

camp·stool ['kæmp,stul] [名]輕便折凳。

·cam·pus ['kæmpəs] [名] (複~·es [-ɪz]) **1**（大學等的）校園，校區；大學教育。**2** 大學；分校：on ~ 在校內。

camp·y ['kæmpɪ] [形] (**camp·i·er, camp·i·est**)《俚》= camp[2]. **-i·ness** [名]

cam·shaft ['kæm,ʃæft] [名]〖機〗凸輪軸。

Ca·mus [kɑ'mu] [名] **Albert**, 卡繆（1913 −60）：法國小說家、劇作家、評論家，1957 年諾貝爾文學獎得主。

:can[1] [kæn;《弱》kən, kn̩,《[k] [g] 前》kŋ] —[助動]（《現在式》**can**,《古，第二人稱單數》**canst**;《過去式》**could**,《古，第二人稱單數》**could(e)est**;《否定》**cannot** ['kænɑt, kæ'nɑt],《口》**can't** [kænt]）**1**《表能力》能，會；知道如何…。**2**《表意願、內心的感受》能。**3** 有做…的權力[權利，資格，財力]。**4**《表可能》（因其性質、條件、情況而）能夠，可以。**5**《表可能性》可能；《否定句》不可能；《疑問句》可能嗎？到底…是如何？**6**《表傾向》有時

C

C

會。7《口》《表好意、意圖》可以。8《口》《表許可》可以。9《口》《表委婉的命令、勸告》可以，應該。10《口》《表責難、怨言》可，可以。

as... as (...) can be 極爲。

can but [《口》*only*] *do* 只能…罷了。

can not but do / 《口》*can not help doing* 不得不…，禁不住…。

can not do without doing 如果…必會…[不得不…]。

can not... too... ⇨ TOO（片語）

·**can²** [kæn] 名 1（金屬製，常有把手及蓋子的）罐子，桶子；《原美》罐頭，（罐頭等的）內裝物《*of...*》。2 啤酒杯。3《美俚》廁所；監獄；臀部；一盎斯量的大麻（煙）。

a can of worms 複雜難解的困難。

carry the can (*back*) 《俚》擔負責任；背黑鍋。

in the can (1) 在獄中。(2)（影片、錄影帶）已完成製片。

—動 (**canned**, ～·**ning**) 及 1 將（食物等）裝入罐頭保存。2《美俚》解僱；停止。3《俚》錄音。4《英俚》使喝醉。

can it 《美俚》住口。

Can. 《縮寫》*Can*ada; *Can*adian.

can. 《縮寫》*can*cellation; *can*on; *can*to.

Ca·naan ['kenən] 名 1〖聖〗迦南：耶和華答應賜予亞伯拉罕的土地，位於地中海和約旦河之間，今大部分爲以色列領土。2 嚮往的土地，樂土。～·**ite** [-'naɪt] 名 迦南人，迦南語。

:**Can·a·da** ['kænədə] 名 加拿大：北美國家；首都爲渥太華（Ottawa）。

'**Canada 'goose** 名〖鳥〗加拿大野鵝，野雁。

·**Ca·na·di·an** [kə'nedɪən] 形 加拿大的，加拿大人的。—名 加拿大人。

Ca'nadian 'French 名 U 加拿大法語：加國境內法裔居民使用的法語。

ca·naille [kə'nel] 名 U《*the* ～》《集合名詞》1 下層社會的人；賤民；烏合之眾。2 無產階級。

·**ca·nal** [kə'næl] 名 1 運河；溝渠：the Suez *C*- 蘇伊士運河。2 狹長的海灣。3（動植物體內的）導管。4《古》水道。—動 (-**nal(l)ed**, ～·**(l)ing**) 及 開鑿運河。

ca·nal·boat [kə'næl,bot] 名 運河專用的細長平底貨船。

ca·nal·i·za·tion [kə,nælə'zeʃən, ,kænḷə-] 名 U 1 開鑿運河，改爲運河。2 運河系統，灌溉系統；〖心〗宣洩。3 管路裝配（系統）。

ca·nal·ize [kə'nælaɪz, 'kænḷ,aɪz] 動 及 1 開鑿運河於…，改爲運河。2（用壩或水閘）區分爲各個可航行深度的河區。3 導向…；導引（情感、努力等）宣洩（於…）《*into...*》：～ one's energies *into*... 將精力疏導於…。

Ca'nal ,Zone 名《*the* ～》巴拿馬運河區。

can·a·pé ['kænəpɪ] 名 (複～**s** [-z]) 一種（塗有魚子醬、肉、乳酪等的）餅乾或烤麵包（用作開胃食品）。

ca·nard [kə'nɑrd] 名 (複～**s** [-z]) 謠言，謠傳。

·**ca·nar·y** [kə'nɛrɪ] 名 (複-**nar·ies**) 1〖鳥〗金絲雀。2 U 淡黃色。3 U 加那利白葡萄酒。4《俚》(1)（有樂團伴奏的）女歌手。(2) 告密者。—形 淡黃色的。

Ca'nary 'Islands 名 (複)《*the* ～》加那利群島：位於非洲西北岸大西洋中，屬西班牙。

ca'nary 'yellow 名 = canary 名 2.

ca·nas·ta [kə'næstə] 名 U 卡納斯塔：一種使用兩副紙牌的牌戲。

Ca·nav·er·al [kə'nævərəl] 名 **Cape**, ⇨ CAPE CANAVERAL

Can·ber·ra ['kænbərə] 名 坎培拉：澳大利亞的首都。

can·can ['kænkæn] 名 (複～**s** [-z]) 康康舞：由一排女人所表演的動作活潑、高踢大腿之舞。

·**can·cel** ['kænsḷ] 動 (～**ed**, ～·**ing** 或《英》-**celled**, ～·**ling**) 及 1 取消，撤回。2 加蓋註銷戳使作廢；打孔作廢。3 抵銷；補償。4 刪除。5〖會計〗(1) 清算，註銷：～ one's charge at Macy's 結算在梅西百貨公司的帳。(2) 結帳。6〖數〗相約，相消《*by...*》。7〖印〗刪除。—不及 1 互相抵銷《*out*》。2〖數〗相約，相消《*by...*》。—名 1 取消；作廢；註銷；結清。2〖印〗刪除；取代刪略部分之物。

can·cel·la·tion [,kænsḷ'eʃən] 名 1 U 作廢；刪除。2（訂房、訂機位等的）取消。3 取消記號，（郵票等的）戳記。4（各種票的）剪缺口，打孔洞。5〖數〗相約，相消；對消法。

·**can·cer** ['kænsɚ] 名 1 U C 癌，惡性腫瘤。2（社會等的）弊病，毒害：a ～ of modern society 現代社會的弊病。3 U《*C*-》〖天〗巨蟹座；〖占星〗巨蟹宮。4《*C*-》**tropic of**, ⇨ TROPIC 名（片語）

can·cer·ate ['kænsə,ret] 動 不及 成爲癌。

can·cered ['kænsɚd] 形 患癌症的。

can·cer·ous ['kænsərəs] 形 1 癌的。2 生癌的。～·**ly** 副, ～·**ness** 名

can·de·la [kæn'dilə] 名〖光〗燭光；略作：cd（亦稱 **candle**）。

can·de·la·brum [,kændə'lebrəm] 名 (複-**bra** [-brə], ～**s**) 枝狀大燭臺。

can·des·cence [kæn'dɛsṇs] 名 U 白熱。-**cent** 形 白熱的。

C. & F., c. & f. 《縮寫》〖商〗*c*ost *and f*reight 貨價加運費（亦作 **CAF**）。

·**can·did** ['kændɪd] 形 1 率直的，坦白的：a ～ remark 坦率的話 / to be ～ (with you) 坦白說。2（攝影等）真實而自然的。3 公正的，無偏見的：a ～ observer 公正的觀察家。～·**ness** 名

can·di·da ['kændɪdə] 名 U 〖醫〗念珠菌。

can·di·da·cy ['kændɪdəsɪ] 名 U 候選；候選資格《*for...*》。

·**can·di·date** ['kændɪ,det, -dɪt] 名 **1** 候選人，應考者，學位攻讀者《*for...*》: the Democratic ~ *for* President 民主黨總統候選人。**2** 角逐者，候選人《*for...*》: a ~ *for* the prize 某獎項的被提名者。**3** 有成爲…之希望者《*for...*》。

can·di·da·ture ['kændədɪtʃə, -,tʃur] 名《英》= candidacy.

'candid 'camera 名（有固定鏡頭拍快照和偷拍照片的）小型快拍照相機。

can·did·ly ['kændɪdlɪ] 副 坦白地，率直地，老實地。

can·died ['kændɪd] 形 **1** 糖煮的；糖漬的，蜜餞的；帶糖的。**2** 似糖的。**3** 甜言蜜語的；諂媚的: have a ~ tongue 嘴甜。

:**can·dle** ['kændl] 名 **1** 蠟燭。**2**（外觀、用途）似蠟燭之物。**3**〖光〗(1) = candela. (2) 國際燭光。(3) 標準燭光。

burn the candle at both ends 過分消耗精神或體力。

cannot hold a candle to... / be not fit to hold a candle to... 不能與…相比。

hold a candle to the devil 助紂爲虐。

hold a candle to the sun ⇨ SUN（片語）

not worth the candle 不値得的，不划算的。

can·dle·ends ['kædl̩,ɛndz] 名（複）蠟燭頭，殘燭。

can·dle·hold·er ['kændl̩,holdə] 名 = candlestick.

can·dle·light ['kændl̩,laɪt] 名 U **1** 燭光；微弱的人工照明。**2** 薄暮，黃昏。

Can·dle·mas ['kændl̩məs] 名（天主教的）聖燭節；（英國教會的）獻燭日。

can·dle·pin ['kændl̩,pɪn] 名（十柱球及九柱球戲等所用的）球瓶。

can·dle·pow·er ['kændl̩,pauə] 名 U 〖光〗燭光。

can·dle·stick ['kændl̩,stɪk] 名 燭臺。

can·dle·wick ['kændl̩,wɪk] 名 **1** 燭芯。**2** = mullein. **3** 木棉刺繡線；穗狀的刺繡。

can-do ['kæn'du] 形《美》熱心的，有幹勁的；有決心的。

can·dor,《英》**-dour** ['kændə] 名 **1** 率直，誠實: the ~ of the article 這篇文章的率直 / say in all ~ 很坦白地說。**2** 公平，公正。

can·dy ['kændɪ] 名（複 **-dies**）U C **1**《美》糖果（《英》sweets）。**2**《英》冰糖。—動（**-died, ~·ing**）及 **1** 以糖煮；製成糖果；覆以糖衣。**2** 使結晶。**3**《喻》使甘美。—不及 **1** 覆蓋著糖。**2** 結晶成糖。

can·dy·floss ['kændɪ,flɔs] 名《英》**1** U C 棉花糖。**2** 無實際內容的計畫；不切實際的想法。

'candy ,store 名《美》糖果店（《英》sweet shop）。

'candy-striped ['kændɪ,straɪpt] 形 有明亮單色細斜條紋圖案的：~ pajamas（濃底）雙色相間的條紋睡衣。

'candy(-) ,striper 名《美口》志願助理護士。

can·dy·tuft ['kændɪ,tʌft] 名〖植〗白蜀葵。

·**cane** [ken] 名 **1**（藤、甘蔗等的）莖；（黑莓的）細莖。**2** 稻科植物的一種。**3** = sugar cane. **4** U（藤細工用的）藤料。**5** 枴杖：hobble about on a ~ 拄著枴杖蹣跚而行。**6** 棍，鞭；《**the** ~》鞭打體罰。**7** 琺瑯棒。**8**〖玻璃〗玻璃棒。

—動（**caned, can·ing**）及 **1** 以杖、鞭等打…。**2** 以藤編製。

cane·brake ['ken,brek] 名《美》竹叢，藤叢，甘蔗叢。

'cane 'chair 名 藤椅。

'cane ,sugar 名 U 蔗糖。

cane·work ['ken,wɝk] 名 U 藤製品。

can·ful ['kæn,ful] 名 一罐的量: a ~ of beer 一罐啤酒。

ca·nine ['kenaɪn, kə'naɪn] 形 **1** 犬的，似犬的。**2** 犬科的。**3** 犬齒的。—名 **1** 犬科動物（犬、狼等）；犬。**2** 犬齒。

can·ing ['kenɪŋ] 名 鞭打。

Ca·nis Ma·jor ['kenɪs 'medʒə] 名 U 〖天〗大犬星座。

Ca·nis Mi·nor ['kenɪs 'maɪnə] 名 U 〖天〗小犬星座。

can·is·ter ['kænɪstə] 名 **1** 小罐子，小盒子。**2** 影片膠捲盒。

can·ker ['kæŋkə] 名 **1** U C 〖病〗潰瘍。**2** U〖獸病〗馬蹄瘡。**3** U〖植病〗乾枯病，黑腐病。**4** 造成腐敗之物，病根，弊端。—動 及 **1** 使潰爛。**2** 使腐敗，使漸漸腐壞。—不及 潰爛，腐壞。

can·kered ['kæŋkəd] 形 **1** 無耐性的，壞脾氣的。**2** 生潰瘡的，腐壞的。

can·ker·ous ['kæŋkərəs] 形 **1** 潰瘍的；引起潰爛的。**2** 使腐化的。

can·ker·worm ['kæŋkə,wɝm] 名〖昆〗尺蠖類的果樹害蟲。

can·na ['kænə] 名〖植〗美人蕉。

can·na·bis ['kænəbɪs] 名 U〖植〗大麻，印度大麻；其所製成的大麻煙。

canned [kænd] 形 **1**《美》罐裝的: ~ fruit 罐頭水果，水果罐頭 / ~ heat 攜帶式燃料。**2**《俚》(1) 預先錄製好以供重複播放的: ~ laughter 罐頭笑聲。(2) 供各報同時發表的: a ~ editorial 聯合社論。(3) 陳腐的，用舊的。**3**《俚》醉的；吃過麻藥的。

'can·nel (,coal) ['kænl̩-] 名 U 燭煤。

can·nel·lo·ni [,kænə'lonɪ] 名 U 義大利式碎肉捲。

can·ner ['kænə] 名 **1** 罐頭製造業者。**2**《主美》肉質差的牲口；劣質肉。

can·ner·y ['kænərɪ] 名（複 **-ner·ies**）罐頭工廠。

C

C

Cannes [kæn, kænz] 名 坎城：法國東南部的港埠，大型國際電影展在此舉行。

can·ni·bal ['kænəbl] 名食人者；同類相食的動物。—形食人肉的；同類相食（似）的。

can·ni·bal·ism ['kænəbl,ɪzəm] 名U 1 食人肉的行爲；同類相食的行爲。2 殘忍，野蠻行爲。

can·ni·bal·is·tic [,kænəbl'ɪstɪk] 形 食人肉的；食同類肉的；野蠻的。**-ti·cal·ly** 副

can·ni·bal·ize ['kænəbl,aɪz] 動 及 1 吃（人）肉；吃（同類的）肉。2 拆下零件而安裝於其他待修的機器上；抽調人員安置於其他機關團體。3（用從其他機器取下的零件）修理或組合《*from...*》。—不及 1 吃人肉；吃同類的肉。2 取下舊機器的零件。

can·ni·kin ['kænəkɪn] 名 1 小罐，小杯。2 小木桶。

can·ning ['kænɪŋ] 名U製罐，以瓶罐儲存食物。

·**can·non** ['kænən] 名（複~s,《集合名詞》~）1《古》大炮；（飛機上的）機關炮；加農炮。2〖機〗《英》= quill 名 5. 3（鐘的）吊環。4〖動〗=cannon bone. 5《英》〖撞球〗母球連撞二子球的一擊（《美》carom）。6《美俚》扒手。—動 不及 1 炮擊。2《英》〖撞球〗連擊二子球。3 衝突，撞擊《*against, into, with...*》。—及 1 炮擊。2《英》〖撞球〗連撞二子球。

can·non·ade [,kænə'ned] 名 1 連續發炮。2 炮般的聲響。3《口》（用言詞）攻擊，批評。—動及不及連續炮擊。

can·non·ball ['kænən,bɔl] 名 1（舊式球形的）炮彈。2〖網球〗強勁球。3《美》特快列車（亦作 **cannon ball**）。
—形 1（跳水比賽）雙臂抱膝緊貼胸前式的。2 快速的。
—動不及急速猛進。

'cannon ,bone 名〖動〗（蹄類動物的）脛骨。

can·non·eer [,kænə'nɪr] 名 炮手，炮兵。

'cannon ,fodder 名 U 1 炮灰。2 有用的材料；製粉用的穀物。

can·non·ry ['kænənrɪ] 名U 1 炮擊。2 大炮。

can·non-shot ['kænən,ʃɑt] 名 炮彈；U 射程。

:**can·not** ['kænɑt, kæ'nɑt] can not 的複合字。

can·nu·la ['kænjələ] 名（複~s, **-lae** [-,li]）〖外科〗插管，套管。

can·ny ['kænɪ] 形 (**-ni·er, -ni·est**) 1 謹慎的；精明的，狡黠的。2《蘇》快樂的；舒適的；穩定的；好運的；《通常用否定》（事情處理上）安全的；可理解的。
—副慎重地，無缺失地。

·**ca·noe** [kə'nu] 名 獨木舟。
paddle one's own canoe 《口》自食其力。
—動 (**-noed, ~·ing**) 不及 划獨木舟；乘獨木舟。—及 以獨木舟載運；乘獨木舟渡過。

ca·noe·ist [kə'nuɪst] 名 划獨木舟者。

·**can·on**¹ ['kænən] 名 1 教規。2《the ~》聖經；公認的經典：the Confucian ~ 儒家經典。3《C-》〖教會儀式〗彌撒經文。4〖東正教〗教規；晨禱時唱的典禮聖歌。5 聖徒名錄。6 原則；根本原理：the ~s of good behavior 行爲準則。7〖文〗原著，真實作品：the Shakespearean ~ 莎士比亞的真實作品。8〖樂〗卡農。

can·on² ['kænən] 名 1 主教座堂公禱團員。2〖天主教〗主教座堂教士。

ca·non·i·cal [kə'nɑnɪkl] 形 1 依教規而定的，教會法的。2 包含在聖經正典中的：the ~ books (of the Bible) 聖經正典。3 有權威的；被認可的。4〖數〗標準的。5〖樂〗卡農形式的。—名《~s》教士在布道時應穿的法衣。~**·ly** 副

ca'nonical 'hours 名（複）《the ~》1〖教會〗祈禱時間。2《英》教堂婚禮時間。

can·on·ize ['kænən,aɪz] 動 及 1〖教會〗封爲聖徒。2 承認爲正典；認爲具有（宗教的）權威。3 讚美。4 視爲神聖；《古》奉爲神。

can·on·i·za·tion [,kænənə'zeʃən] 名 1 U封爲聖徒。2 C封爲聖徒的儀式。

'canon 'law 名U教會法（典）。

'canon 'regular 名（複 **canons regular**）〖天主教〗（屬於修道會的）修士。

ca·noo·dle [kə'nudl] 動及 不及《英俚》摟抱，愛撫。

'can ,opener 名 1 開罐器（《英》tin opener）。2《美俚》開金庫的工具。

can·o·pied ['kænəpɪd] 形掛有天篷的。

can·o·py ['kænəpɪ] 名（複**-pies**）1 寶座上的罩篷；似罩篷之物；〖建〗罩篷式的遮篷。2〖詩〗蒼穹，天空。3 傘頂。4（飛機的）座艙罩。5（森林）籠罩上空的濃密枝葉。
under the canopy 《美》《用以強調疑問句》到底，究竟。
—動 (**-pied, ~·ing**) 及 覆以罩篷。

ca·no·rous [kə'norəs] 形 旋律優美的，和諧的。

canst [kənst,《強》kænst] 動《古·詩》can¹ 的第二人稱單數現在式。

cant¹ [kænt] 名 U 1 虛僞的話。2 暗語；行話；時髦用語：in the ~ of the day 用流行話來說。3（乞丐的）哀求吟唱聲。
—動 不及 1 使用僞善的言語；擺出一副道德家的樣子。2 說黑話。3 以可憐的語氣說話；乞求。

cant² [kænt] 名 1 建築物的外角。2 突然而急速的動作：急投；傾斜。3 斜面；斜線，斜邊。4 = bank¹ 名 4. 5（亦稱 **flitch**）切割好的木料。—動 及 1 斜切《*off*》。2 使傾斜。3 拋擲。—不及 1 傾斜；翻覆；

轉向《over》。2〖海〗轉向。

:**can't** [kænt] **cannot**的縮略形。

can·ta·bi·le [kɑn'tɑbɪ,le] 形副〖樂〗如歌的[地]，流暢平滑的[地]。—名流暢的調子[樂曲，樂章]。

Can·ta·brig·i·an [,kæntə'brɪdʒɪən] 形**1**英國劍橋（大學）的。**2**美國麻州 Cambridge 的；哈佛大學的。—名**1**劍橋出生的人。**2**劍橋大學、哈佛大學的學生或畢業生。

can·ta·loupe,《英》**-loup** ['kæntl̩,op] 名〖植〗哈密瓜；香瓜的通稱。

can·tan·ker·ous [kæn'tæŋkərəs] 形喜歡吵架的，脾氣壞的，乖戾的。～**·ly**副

can·ta·ta [kæn'tɑtə, kən-, -'tætə] 名〖樂〗清唱劇。

'**cant ,dog** 名《英》= cant hook.

can·teen [kæn'tin] 名**1**（軍用）水壺。**2**（軍營附設的）販賣部。**3**《主英》（野外的）簡易餐廳；公司餐廳，學生餐廳。**4**炊具箱；攜帶式餐具。**5**《英》一套有刀、叉、匙等的餐具。

can·ter ['kæntɚ] 名馬的輕步小跑。

win (a race) at [in] a canter（賽馬）輕易地獲勝。

—動及不及（使）馬慢跑。

canter** one's **wits 動腦筋。

Can·ter·bur·y ['kæntɚ,bɛrɪ] 名 坎特伯里：英格蘭東南部Kent郡一城市；英國國教總堂坎特伯里寺院所在地。

'**Canterbury ,bell** 名〖植〗風鈴草。

'**cant ,hook** 名滾木鉤。

can·ti·cle ['kæntɪkl] 名（禮拜中所頌唱的）讚美詩，聖歌，頌歌。

can·ti·le·na [,kæntə'linə] 名〖樂〗一段平滑、流暢且抒情的旋律。

can·ti·lev·er ['kæntl̩,ivɚ] 名〖建·土木〗懸臂，肱梁：a ～ bridge 懸臂橋。

can·til·late ['kæntl̩,et] 動及 吟唱，誦唱。**-'la·tion** 名

cant·ing ['kæntɪŋ] 形虛僞的，僞善的。

can·tle ['kæntl] 名**1**馬鞍後部的翹起部分。**2**（切下或分割出來的）一片，一塊，一角，一部分：a ～ of cheese 一片乳酪。

can·to ['kænto] 名(複～s [-z])（長詩的）篇章。略作：can

can·ton ['kæntən, -tɑn] 名**1**（瑞士的）州。**2**（法國的）市區，鎮，村。

Can·ton [kæn'tɑn, 'kæntɑn] 名廣州：中國廣東省省會，現稱 Guangzhou。

Can·ton·ese [,kæntə'niz] 名(複～)**1**U廣東話。**2**廣東人，廣州人。—形 廣東（人、話）的。

can·ton·ment [kæn'tɑnmənt, -'ton-] 名**1**野營地；營舍；臨時營舍。**2**U軍營的分配。

can·tor ['kæntɔr, -tɚ] 名（教會的）唱詩班領唱者；〖猶太教〗祈禱文的吟唱者。

Ca·nuck [kə'nʌk] 名《俚》**1**加拿大人；法裔加拿大人。**2**U加拿大法語。

Ca·nute [kə'njut] 名 喀奴特（994?–1035）：英國國王（1016–35），兼丹麥國王（1018–35）與挪威國王（1028–35）（亦稱 **Knut**）。

·**can·vas** ['kænvəs] 名**1**U粗帆布。**2**(1)畫布。(2)油畫。(3)U（故事的）背景。**3**一頂帳篷；U《集合名詞》帳篷。**4**U《集合名詞》帆。**5**比賽用的帆船前後端遮蓋的部分。**6**《the ～》馬戲團。**7**《the ～》（拳擊、角力的）比賽場地的地面。

under canvas (1)〖海〗揚帆。(2)〖軍〗在營帳中，在露營：live under ～ 露營。

can·vas·back ['kænvəs,bæk] 名(複～**s**,《集合名詞》～)〖鳥〗一種北美產的野鴨。

can·vas(s) ['kænvəs] 動 及 **1**要求，拜託，在（某選區）遊說；（爲推銷貨品而）走遍《*for...*》：～ a district *for* votes 在一選區掃街拜票。**2**仔細調查；討論；《主美》檢驗（選票）。

—不及**1**拉（票），徵求《*for...*》；兜售。**2**討論。**3**檢驗選票。—名**1**調查；周詳的檢查，驗票；意見調查；選舉結果的調查。**2**挨家挨戶的訪問；兜售；《主美》競選活動。

can·vass·er ['kænvəsɚ] 名**1**調查員；拉票者；推銷員。**2**《美》檢票員。

·**can·yon** ['kænjən] 名峽谷。

can·zo·ne [kæn'zonɪ] 名(複**-ni**[-nɪ])**1**義大利風格的抒情詩。**2**義大利民謠風格的歌曲。

can·zo·net [,kænzə'nɛt] 名短歌，輕快小調。

caou·tchouc ['kaʊtʃuk] 名= rubber¹ 1.

:**cap¹** [kæp] 名**1**帽子：a bathing ～ 泳帽。**2**制服帽；樞機主教的法冠；（比賽隊伍特有的）選手帽：a college ～（大學的）方帽。**3**形狀類似帽子之物；蓋；套；（膝）蓋骨；（鞋）尖；〖植〗（蕈）傘；〖建〗柱頭。**4**山頂，頂點。**5**（翻修輪胎加裝的）胎面。**6**雷管；玩具槍子彈。**7**《英》（避孕用的）子宮帽。**8**《俚》（內裝海洛因等麻藥的）膠囊。

a feather in** one's **cap ⇨ FEATHER名（片語）

cap in hand (1)手中拿著帽子。(2)《常用於 go ～》恭敬地，謙遜地。

If the cap fits, wear it. 如果說的很對，你理當採納。

put on** one's **thinking cap《口》仔細考慮。

send round the cap（傳帽子）收集捐款。

***set** one's **cap for** ...* 試圖贏得（某男子）的青睞。

Where is your cap?（對小孩子說）你怎麼這樣沒禮貌呢？

—動**(capped,** ～**·ping)** 及**1**戴帽；加蓋；蓋住；覆蓋於…頂上，包覆於：the snow-*capped* mountains 白雪覆頂的群山。**2**完成，結束。**3**凌駕，勝過。**4**《蘇》授予學位。**5** 戴上護士帽（表實習結束）。**6**《

英》使成爲選手。7 脫帽（致敬）。— 不及 脫帽致敬《 *to...* 》。

cap the climax 做出乎意料之外的事；製造高潮。

cap to... (1) ⇨動 不及。(2) 贊成。

C

cap verses 行接尾令：以接尾韻、尾字的方式對詩。

to cap it all 更有甚者，更糟的是。

cap² [kæp] 图 大寫字母。

cap. 《縮寫》*capital*; *capitalize(d)*; *capital letter*; *chapter*.

ca·pa·bil·i·ty [ˌkepəˈbɪlətɪ] 图 (複-ties) 1 Ⓤ能力，才能《 *to* do, *of* doing, *for*, *in*... 》: one's ～ *for* a job 勝任某工作之能力。2《通常作-ties 》（能夠利用的）可能性；潛能；天分。

·**ca·pa·ble** [ˈkepəbl̩] 形 1《主限定用法》有知識及能力的，勝任的。2《敘述用法》(1) 有才能、資格的；能…的《 *of*... 》。(2) 可接受的，可能的。(3) 會做…的。

ca·pa·bly [ˈkepəblɪ] 副 勝任地，有才華地。

ca·pa·cious [kəˈpeʃəs] 形 1 容量大的；寬敞的：a ～ waistcoat 寬鬆的背心。2 有包容力的：a man of ～ mind 心胸寬大的人。

ca·pac·i·tance [kəˈpæsətəns] 图 Ⓤ〖電〗電容。

ca·pac·i·tate [kəˈpæsəˌtet] 動 及 1 使能夠《 *for*... 》。2 給予法律上的資格《 *for*... 》。-ˈ**ta·tion** 图

ca·pac·i·tor [kəˈpæsətɚ] 图〖電〗電容器。

·**ca·pac·i·ty** [kəˈpæsətɪ] 图 (複-ties) 1 Ⓤ《偶作 a ～》包含力；容納能力；容量：be filled to ～（戲院等）客滿。2 Ⓤ《偶作 a ～》容積；容量：breathing ～ 肺活量。3 Ⓤ《偶作 a ～》能力；才能《 *for*..., *of* doing, *to* do 》。4 Ⓤ《偶作 a ～》工作的能力，能耐；適應性；性能《 *for*..., *to* do 》: a machine operating at (full) ～ 全力運轉中的機器。5 身分，地位；功能；關係；Ⓤ法定資格: in one's ～ as leader 以領袖的身分。6〖電〗電容量；最大輸出率。— 形《限定用法》達到最大限度的。

ˈ**cap and ˈgown** 图 學位服方帽及長袍：大學生、教授等參加典禮時所穿的服裝。

cap-a-pie, cap-à-pie [ˌkæpəˈpi] 副《古》從頭到腳；全身地。

ca·par·i·son [kəˈpærəsn̩] 图 1《通常作～s》裝飾用馬衣。2 華麗服飾。— 動 及 以華麗服裝裝飾，打扮。

·**cape¹** [kep] 图 1 披肩。2 鬥牛士用的紅披風。

·**cape²** [kep] 图 1 岬角，海角。2《 the C- 》(1) = Cape Cod. (2) 好望角（省）。

ˈ**Cape Caˈnaveral** 图 卡納維爾角：美國 Florida 州大西洋岸的一海角，飛彈及太空計畫的基地；1963－73 年間稱爲甘迺迪角。

ˈ**Cape ˈCod** 图 鱈魚角：美國麻薩諸塞州東南部半島，爲度假勝地。

ˌ**Cape ˈColored** 图（南非）混血人種，混血兒（亦稱 **Colored** ）。

ˈ**Cape ˈHorn** 图 合恩角：南美洲最南端的岬角，屬智利。

cap·(e)·lin [ˈkæpəlɪn] 图 (～s [-z],《集合名詞》～) 香魚科的一種小海魚（可作鱈雪的釣餌）。

ˈ**Cape of ˌGood ˈHope** 图《 the ～》好望角：在非洲南端。

ca·per¹ [ˈkepɚ] 動 不及 雀躍；嬉戲。— 图 1 雀躍，蹦跳。2 嬉戲，戲弄；魯莽的調皮搗蛋；不負責任的行爲。3《俚》罪行，不法行爲。

cut a caper 蹦跳，雀躍；調皮搗蛋。～·**er** 图，～·**ing·ly** 副

ca·per² [ˈkepɚ] 图 1〖植〗續隨子。2《～s》以續隨子蓓蕾做成的醃菜。

cap·er·cail·lie [ˌkæpɚˈkeljɪ], **-cail·zie** [-ˈkelzɪ] 图〖鳥〗雷鳥。

ˈ**Cape ˌTown, Cape·town** [ˈkepˌtaun] 图 開普敦：南非共和國的立法首都，爲立法機關所在地。

ˌ**Cape ˈVerde** [-ˈvɝd] 图 維德角（共和國）：位於西非海岸外大西洋中的群島；首都培亞（Praia）。

cap·ful [ˈkæpful] 图 一帽之量；輕輕的一陣《 *of*... 》: a ～ *of* wind 一陣輕風。

ca·pi·as [ˈkepɪəs, ˈkæpɪəs] 图〖法〗拘票。

cap·il·lar·i·ty [ˌkæpəˈlærətɪ] 图 Ⓤ〖理〗毛細管現象。

cap·il·lar·y [ˈkæpl̩ˌɛrɪ] 形 1 毛狀的；毛細管的。2〖理〗毛細管現象的。3〖植〗毛狀的；〖解〗微血管的。— 图 (複-lar·ies) 1〖解〗微血管。2 毛細管。

:**cap·i·tal¹** [ˈkæpətl̩] 图 1 首都，首府，省會；（產業等的）中心。2 大寫字母。3 Ⓤ資本，資金，本金: circulating ～ 流動資本 / working ～ 運用資金，營運資金 / ～ and interest 本金及利息。4 Ⓤ〖會計〗資本（額）；（事業的）本身資本。5 Ⓤ 資源；財力：physical ～ 人力資源。6 Ⓤ《常作C-》《集合名詞》資本家: *C*- and Labor 勞資雙方。

make capital (out) of... 利用，趁…。

— 形 1 主要的；非常重要的。2 資本的。3《口》優秀的；等級特優的。4（字母）大寫的。5（應判）死刑的：～ punishment 死刑。6 致命的；嚴重的。

with a capital... 真正（的），完全（的）。

cap·i·tal² [ˈkæpətl̩] 图〖建〗柱頭。

ˈ**capital acˈcount** 图 1 資本帳戶。2《～s》資本淨值。

ˈ**capital ˈasset** 图 固定資產。

capital eˈquipment 图 Ⓤ 資本設備。

ˈ**capital exˈpenditure** 图 Ⓤ〖會計〗資本支出。

ˈ**capital ˈgain** 图 資本利得；資產變賣所得。

ˈ**capital ˈgoods** 图 (複)〖經〗資本財

資本貨物。

'capital-in'tensive 形資本密集的。

·cap·i·tal·ism ['kæpətḷɪzəm] 名U 資本主義（制度）。

·cap·i·tal·ist ['kæpətḷɪst] 名1資本家；《俚》富人。2資本主義者。—形= capitalistic.

cap·i·tal·is·tic [,kæpətḷ'ɪstɪk] 形資本主義的；擁護資本主義（者）的；資本家的。**-ti·cal·ly**副

cap·i·tal·i·za·tion [,kæpətḷə'zeʃən] 名U 1以大寫字體書寫或印刷；以大寫字母開頭。2資本化。3〖金融〗(股份公司的）證券資本；出資者的投資總額；資本總額。4未來收入的現價預估。

cap·i·tal·ize ['kæpətḷ,aɪz] 動及1以大寫字母寫或印刷；大寫第一個字母。2使資本化。3（在公司章程中）訂定股票或債券的發行額；無償發行。4計入資產帳戶。5以現價預估。6利用：～ the vanity of customers 利用顧客的虛榮心。—不及利用《*on*...》。

'capital ,levy 名資本稅。

cap·i·tal·ly ['kæpətḷɪ] 副1極佳地。2主要地。3以極刑：try ～ 處以極刑。

'capital 'stock 名U股本；（公司）股票總額。

'capital 'structure 名資本結構。

'capital 'surplus 名資本盈餘。

cap·i·ta·tion [,kæpə'teʃən] 名1U按人計算。2平均分擔額；人頭稅。

·Cap·i·tol ['kæpətḷ] 名1《the ～》美國國會大廈；《常作 c-》美國的州議會會場。2（羅馬的）卡庇托；（卡庇托山上的）朱比特神殿。

'Capitol 'Hill 名1國會山莊：美國國會所在之山丘。2美國國會。

Cap·i·to·line ['kæpətḷ,aɪn] 名《the ～》卡庇托：古羅馬所在地的七丘之一，上有朱比特神殿。

ca·pit·u·late [kə'pɪtʃə,let] 動不及1（有條件）投降《*to*...》。2停止抵抗，屈從。**-lant, -,la·tor**名

ca·pit·u·la·tion [kə,pɪtʃə'leʃən] 名1UC（有條件的）投降；C投降書。2大綱，摘要。3《～s》政府間協定之條款。

Cap'n ['kæpn̩] 名= Captain.

ca·po[1] ['kɑpo, 'kæpo] 名（複～s [-z]）《義語》黑手黨（分部）的頭目。

ca·pon ['kepən, 'kepɑn] 名（食用的）閹雞。

ca·pote [kə'pot] 名（複～s [-s]）1有帽兜的長外套；斗篷。2鬥牛士的披肩。3（馬車等的）摺疊式車篷。

cap·per ['kæpɚ] 名1裝蓋子的人[機器]。2《主美俚》（賭博時的）同黨。3《美俚》結局；高潮。

cap·puc·ci·no [,kæpə'tʃino] 名CU卡布奇諾咖啡。

Ca·pri ['kɑpri] 名1卡布利島：位於義大利西南部那不勒斯灣中。2U卡布利葡萄酒。

ca·pric·ci·o [kə'pritʃɪ,o] 名（複～s [-z]）1UC惡作劇；怪念頭。2〖樂〗隨想曲。

ca·price [kə'pris] 名1UC想法或行爲的突然改變；反覆無常。2隨心所欲的幻想作品。3〖樂〗= capriccio 2.

ca·pri·cious [kə'prɪʃəs] 形反覆無常的，善變的；無法預知的。～**·ly**副, ～**·ness**名

Cap·ri·corn ['kæprɪ,kɔrn] 名1U〖天〗摩羯座，山羊座。2U〖天〗摩羯宮（黃道第十宮）。3 **tropic of,** ⇨ TROPIC 名（片語）

cap·ri·ole ['kæprɪ,ol] 名1跳躍。2〖馬術〗原地騰躍。—動不及（馬）跳躍；騰躍。

cap·si·cum ['kæpsɪkəm] 名〖植〗辣椒，番椒。

cap·size [kæp'saɪz] 動及不及（使）（船）翻覆。

cap·stan ['kæpstən] 名起錨機，絞盤。

cap·stone ['kæp,ston] 名1頂石。2最好的成績，頂點；絕頂。

cap·su·lar ['kæpsəlɚ] 形 膠囊（狀）的；裝在膠囊中的。

cap·su·late ['kæpsə,let] 形裝在膠囊中的；做成膠囊的（亦稱 **capsulated**）。**-'la·tion**名

·cap·sule ['kæpsḷ, 'kæpsjul] 名1〖藥〗膠囊。2〖空·太空〗太空艙。3〖植〗蒴果，莢；（苔蘚類的）蒴或胞囊。4〖解〗被膜；（大腦的）內包。5小盒子。6包在瓶口軟木塞上的錫箔。7綱要。
—動 **(-suled, -sul·ing)** 及1用膠囊包裝。2簡略。—形1小型的。2簡略的。

Capt. 《縮寫》*Capt*ain.

:cap·tain ['kæptn̩] 名1首領；領袖；大人物：a ～ of industry 產業界要人，大實業家 / a ～ general 總司令。2陸軍上尉；海軍上校；《美》空軍或陸戰隊上尉，海岸警備隊上校。3（軍隊的）名指揮官。4船長，艦長；機長。5（勞工的）工頭；領班；（運動隊的）隊長。6《美》警方的地區隊長，分局長；（消防隊的）隊長。7 (1)《主美》= headwaiter. (2) = bell captain. 8《主英》級長，學生會長。—動及擔任隊長，率領。

cap·tion ['kæpʃən] 名1（文章等的）標題；字幕。2（圖片等的）說明文字。3〖法〗頭註。
—動及加標題；加說明文字。

cap·tious ['kæpʃəs] 形1吹毛求疵的；難取悅的。2設圈套套對方的。
～**·ly**副, ～**·ness**名

cap·ti·vate ['kæptə,vet] 動及使神魂顛倒，使著迷。

cap·ti·vat·ing ['kæptə,vetɪŋ]形迷人的，迷惑的。

cap·ti·va·tion [,kæptə'veʃən] 名U神魂顛倒；魅力；出神的狀態。

C

·cap·tive ['kæptɪv] 名1 俘虜。2 被迷惑的人《 of, to... 》: a ~ to love 愛情的俘虜。—形 1 成爲俘虜的；被奴役的；被監禁的；被束縛的。2 被迷惑的；被迷住的。3 總公司專用的。

·cap·tiv·i·ty [kæp'tɪvətɪ] 名(複 **-ties**)Ⓤ囚禁；監禁狀態；束縛：in ~ 被囚禁。

cap·tor ['kæptɚ] 名捕捉者，捕獲者；獲獎者。

·cap·ture ['kæptʃɚ] 動 **(-tured, -tur·ing)** 及1 捕獲；俘虜；攻陷。2 獲得。3 攝入鏡頭；捕捉（人的神態等）。4〖西洋棋〗吃（棋子）；〖牌〗拿到（勝算的牌）。5〖理〗捕獲（粒子）；吸引。6 導入其河道中。—名 1Ⓤ捕獲；俘虜；（敵區的）占領。2 俘獲物；掠奪物；獎品，獎金。3〖西洋棋〗吃對方子的棋步。4Ⓤ〖理〗（粒子的）捕獲。5 河川襲奪。

cap·u·chin ['kæpjʊ,tʃɪn, -ʃɪn] 名1 連帶頭巾的女用斗篷。2《 C- 》〖天主教〗聖方濟教派支派的僧侶或任神職者。

:car [kɑr] 名 1 小汽車，轎車（《美》automobile,《美口》auto；《英》motorcar）: go by ~ 坐車去 / get in the ~ 上車。2《主美》（火車的）車廂，車輛，市區電車。3（貨物等的）一車之量。4《美》（升降機的）機箱；（纜車的）車廂，吊籃。5《詩》古代戰車。

ca·ra·ba·o [,kɑrə'bao] 名(複~, ~s)（菲律賓的）水牛。

car·a·bi·neer, -nier [,kærəbə'nɪr] 名 往昔配備卡賓槍的輕騎兵。

Ca·ra·cas [kə'rɑkəs, -'ræ-] 名 卡拉卡斯：委內瑞拉首都。

car·a·cole ['kærə,kol] 名 1〖馬術〗半旋轉。2 螺旋式樓梯。

ca·rafe [kə'ræf] 名 1 玻璃水瓶，葡萄酒瓶。2 一廣口瓶之量。

ca·ram·bo·la [,kærəm'bolə] 名 1 楊桃樹。2 楊桃。

car·a·mel ['kærəml] 名1Ⓤ焦糖。2 用糖與牛奶做成的一種糖果。3Ⓤ淡褐色。

car·a·mel·ize ['kærəmə,laɪz] 動 及 不及 成爲焦糖。

car·a·pace ['kærə,pes] 名（龜、蟹的）甲殼。

car·at ['kærət] 名1 克拉：寶石重量單位，等於 0.2 公克。2《主英》開：金的純度計量單位（《美》karat）。略作：c., ct.

·car·a·van ['kærə,væn] 名 1（往返於沙漠地帶的）旅行隊，商隊；車隊。2（馬戲團巡迴表演用的）大型有篷馬車；大型篷車；搬運車。3《英》移動式住宅。—動 **(~ed 或 -vanned, ~·ing 或 ~·ning)** 不及 1 組成 caravan 旅行。2《英》駕乘拖車式房屋旅行。

'caravan ,park [,site] 名《英》拖車屋的停車場（《美》trailer park）。

car·a·van·sa·ry [,kærə'vænsərɪ], **-se·rai** [-sərаɪ] 名(複 **-ries**) 1 供 caravan 停宿的旅館。2 大旅社，大飯店。

car·a·vel ['kærə,vɛl] 名（15、16 世紀時西班牙人及葡萄牙人所用的）一種輕快小型帆船（亦稱 **carvel**）。

car·a·way ['kærə,we] 名〖植〗葛縷子；Ⓤ《集合名詞》其果實。

car·barn ['kɑr,bɑrn] 名《美》（電車、公共汽車的）車庫。

'car ,bed 名（汽車用的攜帶式）嬰兒床。

car·bide ['kɑrbaɪd] 名Ⓤ〖化〗碳化物；碳化鈣。

car·bine ['kɑrbaɪn, -bin] 名 卡賓槍。

car·bo·hy·drate [,kɑrbo'haɪdret] 名 碳水化合物，醣類。

car·bo·lat·ed ['kɑrbə,letɪd] 形 含石碳酸的；用石碳酸處理過的。

car·bol·ic [kɑr'bɑlɪk] 形〖化〗石碳酸的。

car·bo·lize ['kɑrbə,laɪz] 動 及 以石碳酸處理，以石碳酸消毒。

'car ,bomb 名 汽車炸彈。

·car·bon ['kɑrbən, -bɑn] 名 1Ⓤ〖化〗碳（符號：C）。2〖電〗弧光燈中的碳棒；電池中的碳棒。3ⓊⒸ（一張）複寫紙；用複寫紙製成的副本。

car·bo·na·ceous [,kɑrbə'neʃəs] 形 碳的；含碳的。

car·bon·ate ['kɑrbənɪt, -,net] 名Ⓤ〖化〗碳酸鹽。—['kɑrbə,net] 動 及 1 使成爲碳酸鹽；使碳化。2 使充滿二氧化碳。**-'a·tion** 名Ⓤ加入二氧化碳。

'carbon ,black 名Ⓤ碳黑，碳煙。

'carbon 'copy 名1 用複寫紙所製成的副本（略作：cc, CC）。2 酷似之人或物《 of... 》。

'carbon ,date 名〖考〗以放射性碳素含量的多寡測定出的年代。

'carbon-'date 動 及 以放射性碳素含量的多寡測定（化石、古生物標本）的年代。

'carbon ,dating 名Ⓤ放射性碳素年代測定法。

'carbon di'oxide 名Ⓤ〖化〗二氧化碳。

carbon(-)14 名〖化〗碳 14：放射性碳同位素。

·car·bon·ic [kɑr'bɑnɪk] 形〖化〗碳的，含碳（素）的：~ acid 碳酸。

Car·bon·if·er·ous [,kɑrbə'nɪfərəs]〖地質〗形 1 石炭紀的：the ~ period 石炭紀。2《 c- 》產生石炭的。—名《 the ~ 》石炭紀[系]。

car·bon·i·za·tion [,kɑrbənɪ'zeʃən, -aɪ'zeʃən] 名Ⓤ碳化；碳化過程。

car·bon·ize ['kɑrbə,naɪz] 動 及 1 使碳化；使成碳。2 使含碳素，以碳處理。—不及 碳化。

'carbon mo'noxide 名Ⓤ〖化〗一氧化碳。

'carbon ,paper 名ⓊⒸ複寫紙。

'carbon tetra'chloride 名 U 〖化·藥〗四氯化碳。

Car·bo·run·dum [ˌkarbə'rʌndəm] 名 U〖商標名〗金剛砂。

car·boy ['karbɔɪ] 名耐酸瓶。

car·bun·cle ['karbʌŋkl] 名 1〖病〗癰；粉刺，面皰。2 紅玉，紅寶石。3 U 深褐色。

car·bun·cu·lar [kar'bʌŋkjələ-] 形 1 癰的。2 紅寶石的，紅玉的。

car·bu·ret ['karbəˌrɛt -bjə-] 動 (~·ed, ~·ing 或《英》~·ted, ~·ting) 及 使與碳化合。

car·bu·re·tion [ˌkarbə'rɛʃən] 名 U（內燃機內的）汽化。

car·bu·re·tor,《英》**-ret·tor** ['karbəˌretə-, -ˌrɛtə-] 名（引擎的）化油器。

·car·cass,《英》**-case** ['karkəs] 名 1（動物的）屍體；屠宰體。2《俚》《蔑》（人的）屍體；人體。3 殘骸。4（廢船等的）骨架。

car·cin·o·gen [kar'sɪnədʒən] 名〖病〗致癌物質。

car·cin·o·gen·ic [ˌkarsəno'dʒɛnɪk] 形 致癌的。

car·ci·no·ma [ˌkarsə'nomə] 名（複~s, ~·ta [-tə]）〖病〗癌；惡性腫瘤。

car ˌcoat 名 短大衣。

card[1] [kard] 名 1 厚紙板，卡片。2 (1) 紙牌，撲克牌。(2)《~s》《通常作單數》紙牌遊戲。3 王牌。4 卡片；賀卡，招待卡；《英》明信片。5 名片。6（角力、拳擊賽的）節目單；精彩節目。7 記分板；酒單；菜單；（羅盤的）盤面。8 廣告，通告。9《常作 ~s》《英口》（置於雇主處的）文件，國民保險卡。10《口》滑稽的人；《與修飾語連用》有…（特徵）的人。11《the ~》《口》適切之物[事]。12《俚》一次份量的麻藥。

a house of cards（好像用撲克牌疊成的房子一樣的）脆弱的結構；不可靠的計畫。

have a card up one's sleeve 有錦囊妙計。

hold all the cards 占盡優勢，有把握。

in［《英》*on*］*the cards* 可能發生的。

play one's cards 處理事務 。

put one's cards on the table 攤牌；開誠布公。

show one's cards 公開自己的計畫[策略]；〖紙牌〗攤牌，翻開自己的牌。

speak by the card 精確地說。

stack the cards against... 將…置於非常不利的地位。

throw up one's cards 放棄計畫。

—動 及 1 置卡片於…；將…固定於卡片上。2 將…記載在卡片上；〖高爾夫〗將（得分）記入記分卡內；得（分）。—形 1 厚紙製的。2《複合詞》玩紙牌用的。

card[2] [kard] 名 1 梳毛機。2 鋼絲刷。—動 及 不及 以梳毛機梳；使（布）起毛。

car·da·mom ['kardəməm] 名〖植〗1 小豆蔻。2 U C 其種子（製香料、藥用）。

·card·board ['kardˌbord] 名 U 硬紙；厚紙板。—形 1 厚紙板製的。2 脆弱的；外表的；名義上的；不真實的。

card-car·ry·ing ['kardˌkærɪɪŋ] 形《限定用法》有黨員證的；正式黨員的：a ~ member of the Labour Party《英》工黨的一位正式黨員。

'card ˌcase 名 名片盒。

'card ˌcatalog 名（圖書館的）卡片目錄。

card·er ['kardə-] 名 梳刷的人[機器]；起毛工人[機器]。

card·hold·er ['kardˌholdə-] 名 持有會員證的會員；持有信用卡者。

car·di·ac ['kardɪˌæk] 形《限定用法》1 心臟（病）的：~ transplantation 心臟移植。2（胃）賁門的。—名 心臟病患者。

ˌcardiac ar'rest 名 心臟停止跳動，心跳停止。

car·di·gan ['kardɪgən] 名 羊毛上衣：前開襟長袖無領羊毛夾克。

car·di·nal ['kardn̩əl] 形 1 極重要的，主要的，基本的。2 深紅色的，鮮紅色的。—名 1〖天主教〗樞機主教，紅衣主教。2〖鳥〗（北美產的）紅雀；紅冠鳥。3 U 深紅色，鮮紅色。4 = cardinal number.

car·di·nal·ate ['kardn̩əˌlet] 名 U〖天主教〗樞機主教的職位、階級、權威。

'cardinal ˌflower 名〖植〗（北美產的）紅山梗菜。

'cardinal 'number 名 1 基數。2〖數〗集合的基數。

'cardinal ˌpoints 名（複）基本方位（即北南東西）。

'cardinal 'virtues 名（複）1（古代哲學中的）基本道德：審慎、堅毅、節制、公正四德。2（基督教）主德：除上述四德之外再加上信、望、愛成為七德。

card-in·dex ['kard'ɪndɛks] 動 及 1 製作卡片索引。2 分析；分類。

'card ˌindex 名 卡片索引。

card·ing ['kardɪŋ] 名 U 梳理；梳理過程。

car·di·o·gram ['kardɪəˌgræm] 名 心電圖。

car·di·o·graph ['kardɪəˌgræf] 名 心動描計器。

car·di·ol·o·gy [ˌkardɪ'alədʒɪ] 名 U 心臟病學。**-gist** 名

car·di·o·'pul·mo·nar·y resusci'ta·tion 名 [ˌkardɪo'pʌlməˌnɛrɪ-]〖醫〗心肺復甦。略作：CPR

car·di·o·vas·cu·lar [ˌkardɪo'væskjələ-] 形〖解〗心血管的；循環系統的。

car·di·o·ver·sion [ˌkardɪo'vɝʒən, -ʃən] 名〖醫〗以電擊恢復正常心跳。

card·phone ['kardˌfon] 名 卡式電話。

'card 'punch 名〖電腦〗打卡機，打孔機。

card·sharp ['kard,ʃarp] 图 撲克牌郎中；以詐術賭紙牌爲生的人（亦稱 **card-sharper**）。

'card ˌtable 图牌桌，賭桌。

'card ˌvote 图 Ⓤ《英》卡片投票：工會的一種投票方式。

C

:care [kɛr] 图 **1** Ⓤ擔心，憂慮；不安；掛心；《常作～s》擔心的事：drown (one's) ～(*s*) in drink 借酒消愁。**2** Ⓤ照顧，保護；照料；兒童保護措施：be under a doctor's ～ 在醫師照顧下。**3** Ⓤ注意，留意；懸慮：With ～.《貨品包裝箱上的警語》小心輕放。**4** Ⓤ寄存，保管。**5** 應注意的事[人]；責任。**6** Ⓤ《古》悲傷，悲嘆；痛苦。

care of... 請…轉交。

have a care = take CARE.

take care (1) 小心。(2) 留心，注意《*to* do, *that*子句, *wh*-子句》。

take care of... (1) 照顧；承擔責任；留意。(2)《美》解決；（藥等）有效。

— 動 **(cared, car·ing)** 不及 **1** 注意，憂慮，關懷《*for, about*...》。**2**《通常用於否定句、疑問句》在乎。**3** 照顧《*for*...》。**4**《主用於否定句、疑問句、條件子句》愛好；希望《*for*...》。

care for... (1) 擔心。(2) 照顧。(3) 喜歡，想要。

for all I care《副詞片語》我才不在乎。

ca·reen [kə'rin] 動 及〖海〗**1**（爲修理、清理而）使船傾側。**2** 使傾斜。

— 不及 **1**〖海〗使船傾側。**2**（因風浪而）傾斜。**3** 因轉彎而傾側行駛。— 图 **1**〖海〗船的傾斜；傾船（修理）。**2**（交通工具的）傾斜。

·ca·reer [kə'rɪr] 图 **1** 生涯；（某方面的）經歷，履歷；職業：the ～*s* of famous generals 名將的勛業 / begin one's ～ as a journalist 開始新聞記者的生涯。**2** 成功。**3** Ⓤ進展，過程。**4** Ⓤ《常和 **full** 連用》全速：in *full* ～ 以全速。— 動 不及 快速移動，飛奔；全速前進。— 及 使（馬）飛奔；使疾馳。— 形《限定用法》《主美》終身從事職業的：a ～ diplomat 職業外交官。

ca'reer ˌgirl [ˌwoman] 图 職業婦女，事業心強的女性。

ca·reer·ism [kə'rɪrɪzəm] 图 Ⓤ發跡主義；事業第一主義（寧願犧牲家庭等）。

ca·reer·ist [kə'rɪrɪst] 图一心想發跡者；事業第一的人。

ca'reer ˌman 图 **1** 專業人員。**2** 職業外交人員。

·care·free ['kɛr,fri] 形 悠閒的；樂天的；快樂的。～**·ness** 图

:care·ful ['kɛrfəl] 形 **1** 謹慎的，小心的《*about, of, in, with, as to..., in* doing, *wh*-子句》；注意的，關心的《*to* do, *that* 子句》。**2** 用心的；一絲不苟的，嚴格的；完全的。**3** 用心從事的；綿密的；盡心的：a ～ piece of work 一件用心做成的作品。**4**《英口》吝嗇的：be ～ with one's money 用錢吝嗇。**5**《古》擔心的；憂慮的。

·care·ful·ly ['kɛrfəlɪ] 副謹慎地；仔細地；綿密地；徹底地。

care·ful·ness ['kɛrfəlnɪs] 图 Ⓤ 謹慎；仔細，盡心。

care·giv·er ['kɛr,gɪvɚ] 图照護者：照顧老人、小孩、殘障者的人。

·care·less ['kɛrlɪs] 形 **1** 粗心的，草率的《*of, about, in, with*...》：be ～ *of* one's dress 穿著隨便 / be ～ *in* one's morals 品行不端 / be ～ *with* one's work 工作草率。**2** 不精確的；不徹底的；草率的。**3** 粗心做出的。**4**《古》自然的：with ～ grace 儀態優雅自然地。**5**《古》不辛勞的，悠閒的。

care·less·ly ['kɛrlɪslɪ] 副 粗心地，草率地；漫不經心地。

care·less·ness ['kɛrlɪsnɪs] 图 Ⓤ粗心，草率；漫不經心。

·ca·ress [kə'rɛs] 图 愛撫，擁抱；吻。

— 動 及 **1** 愛撫，擁抱；吻；《喻》（似愛撫般地）輕觸。**2** 善待。

ca·ress·ing [kə'rɛsɪŋ] 形 愛撫的，親切的；安慰的：～ looks 憐愛的表情。

ca·ress·ive [kə'rɛsɪv] 形 **1** 親切的，安慰的。**2** 親熱的；疼愛的。

car·et ['kærət] 图 脫字符號（∧）。

care·tak·er ['kɛr,tekɚ] 图 **1** 代理人，管理人；臨時代理人。**2**《英》管理人，門口警衛。**-tak·ing** 图

'caretaker 'government 图 看守政府。

care·worn ['kɛr,worn] 形 因憂慮而憔悴的，憂心忡忡的。

car·fare ['kar'fɛr] 图 Ⓤ（電車、公車等的）車資。

·car·go ['kargo] 图（複～**es**,《美》～**s**）Ⓤ Ⓒ **1**（船、飛機載運的）貨物。**2**（一般的）貨物。

'cargo ˌpants 图（複）大口袋工作褲。

car·hop ['kar,hap] 图《美口》（免下車餐廳的）服務生。

Car·ib ['kærɪb] 图（複～**s**,《集合名詞》～）加勒比人；Ⓤ加勒比語。

Car·ib·be·an [ˌkærə'biən, kə'rɪbɪən] 形 加勒比人[語]的；加勒比海的。— 图 **1** 加勒比人。**2** = Caribbean Sea.

Carib'bean 'Sea 图《the ～》加勒比海。

car·i·bou ['kærə,bu] 图（複～**s**,《集合名詞》～）〖動〗北美馴鹿。

car·i·ca·ture ['kærəkətʃɚ] 图 **1** 諷刺畫；漫畫；諷刺文；Ⓤ諷刺畫的畫法，諷刺文的寫法。**2** 低劣的摹法。— 動 及 把…滑稽化；諷刺性地描繪。

car·i·ca·tur·ist ['kærɪkə,tʃurɪst] 图 諷刺畫家；漫畫家。

car·ies ['kɛriz, -rɪ,iz] 图 Ⓤ〖醫〗骨疽，骨瘍；（尤指）齲齒：dental ～ 蛀牙。

car·il·lon ['kærə,lɑn, -lən] 图 1 鐘樂器；鐘樂器所奏出的樂曲。2 鐘樂器呼鳴的諧音。—動(-lonned, ～·ning)不及 以鐘樂器演奏。～·neur [,kærələ'nɚ] 图 鐘樂器演奏者。

car·i·ole ['kærɪ,ol] 图 1 單馬無篷雙輪的輕便馬車。2 有頂篷的板車。

car·i·ous ['kɛrɪəs] 形 生骨瘍的；骨瘍性的；蛀牙的。

car·jack·ing ['kɑr,dʒækɪŋ] 图 劫車，劫車罪。

cark [kɑrk] 图 憂慮，煩惱。

Carl [kɑrl] 图〖男子名〗卡爾（Charles 的別稱）。

'car ,license 图（車輛的）登記（號碼）；汽車牌照。

car·lin(e) ['kɑrlɪn] 图《主蘇》《蔑》婦人；老婦；巫婆。

car·load ['kɑr,lod] 图 一車所載的量；《美》利用鐵路貨車運貨能獲得折扣的最低貨量。

Car·lo·vin·gi·an [,kɑrlə'vɪndʒɪən] 形 图 = Carolingian.

Car·lyle [kɑr'laɪl] 图 **Thomas,** 卡萊爾（1795–1881）：蘇格蘭評論家、歷史家。

Car·mel·ite ['kɑrmə,laɪt] 图 卡美爾教會的修士、修女。—形 卡美爾教會（修士、修女）的。

car·min·a·tive [kɑr'mɪnətɪv] 图〖藥〗排氣劑。—形 排出腸胃氣體的。

car·mine ['kɑrmɪn, -maɪn] 图 U 1 深紅色。2 胭脂紅。—形 胭紅色的。

car·nage ['kɑrnɪdʒ] 图 U 大屠殺，殘殺。

car·nal ['kɑrnl] 形 1《常為蔑》非精神的；世俗的。2 肉體的；肉慾的：～ desires 色慾，肉慾 / have ～ knowledge of... 〖法〗與…發生性關係。～·ly 副, ～·ism 图 U 肉慾主義，快樂主義。

car·nal·i·ty [kɑr'nælətɪ] 图 U 肉慾；淫蕩；性交；現世欲望。

car·na·tion [kɑr'neʃən] 图 1〖植〗香石竹，康乃馨。2 U 淡紅色；粉紅色。

Car·ne·gie [kɑr'negɪ, 'kɑrnə-] 图 **Andrew,** 卡內基（1835–1919）：生於蘇格蘭的美國鋼鐵大王、慈善家。

Car'negie 'Hall 图 卡內基音樂廳：美國紐約市內著名的演奏會場。

car·nel·ian [kɑr'niljən] 图 紅玉髓。

car·ni·val ['kɑrnəvl] 图 1 U 嘉年華會，狂歡節：四旬齋之前為期數天的宴飲及狂歡。2 巡迴表演的娛樂遊戲團。3 宴飲狂歡；（競技等的）大會；展覽會：a book ～ 書展 / in a ～ mood 在狂歡氣氛中。

Car·niv·o·ra [kɑr'nɪvərə] 图(複)〖動〗肉食類。

car·ni·vore ['kɑrnə,vor] 图 肉食動物；食蟲植物。

car·niv·o·rous [kɑr'nɪvərəs] 形 肉食性的，食蟲類的：～ animals 肉食動物。

car·ob ['kærəb] 图〖植〗（地中海沿岸產的）角豆樹，角豆樹果實。

car·ol ['kærəl] 图 1 歡樂之歌。2 聖歌，讚美詩：Christmas ～*s* 耶誕歌。3（鳥的）鳴叫。—動(～ed, ～·ing 或《英》-olled, ～·ling) 不及 1 快樂地歌唱《*away*》。2（鳥）鳴。3 挨家挨戶地唱聖歌。—及 快樂地唱；以歌讚美。

Car·ol ['kærəl] 图 1〖男子名〗卡羅。2〖女子名〗卡蘿。

Car·o·li·na [,kærə'laɪnə] 图 1 卡羅來納：美國大西洋岸原英國殖民地。2《the ～s》（美國的）南、北卡羅來納州。

Car·o·line[1] ['kærə,laɪn, -lɪn] 形 英王查理一世和二世（時代）的。

Car·o·line[2] ['kærə,laɪn, -lɪn] 图〖女子名〗卡洛琳。

Car·o·lin·gi·an [,kærə'lɪndʒɪən] 形 图（法國的）加洛林王朝（時代）的（國王、成員）（亦作 **Carlovingian**）。

Car·o·lin·i·an [,kærə'lɪnɪən] 形 图 美國南、北卡羅來納州的；南、北卡羅來納州人。

car·om ['kærəm] 图 1《美》〖撞球〗母球連撞二球的一擊。2 碰撞彈回。—動 不及 1《美》連撞二球。2 碰撞後彈回《*off...*》。

car·o·tene ['kærə'tin] 图 U C〖化〗胡蘿蔔素。

ca·rot·id [kə'rɑtɪd] 图 形 頸動脈（的）。

ca·rous·al [kə'rauzl] 图 U C 狂歡作樂；喧鬧的宴飲。

ca·rouse [kə'rauz] 图 = carousal. —動 不及 及 狂歡喧鬧，痛飲：sing and ～ 放歌縱酒。

car·ou·sel [,kærə'zɛl, ,kæru'zɛl] 图 1《美》旋轉木馬。2（機場中的）迴轉式行李輸送臺。

carp[1] [kɑrp] 動 不及 挑剔，吹毛求疵《*out, on / at, about...*》。

carp[2] [kɑrp] 图(複～, ～s)〖魚〗鯉魚。

car·pal ['kɑrpl] 形〖解〗腕的；腕骨的：～ bones 腕骨。—图 腕骨。

'car ,park 图《主英》室外停車場；(《美》parking lot)；室內立體停車場。

car·pel ['kɑrpl] 图〖植〗心皮。

·car·pen·ter ['kɑrpəntɚ] 图 1 木匠。2《美》細工木匠。—動 不及 做木工活；當木匠。—及 1 以木料做…。2 機械地拼湊（概念、文章等）。

car·pen·try ['kɑrpəntrɪ] 图 U 1 木工業；木工活。2 木工製品。3（文學、音樂作品的）組合（法）。

carp·er ['kɑrpɚ] 图 吹毛求疵的人。

·car·pet ['kɑrpɪt] 图 1 U C 毛毯，地毯。2 似地毯一樣的覆蓋物：a ～ of moss 一大片青苔。3 = carpet bombing.

on the carpet (1)《英》正在考慮中。(2)《口》受斥責。

sweep... under the carpet《英口》= sweep ... under the RUG.

walk the carpet（傭人等）受斥責。
—動 及 1 鋪上地毯覆於…；覆蓋《with...》。2《口》斥責，責罰。

car·pet·bag ['kɑrpɪt,bæg] 名（氈製）旅行手提袋。—動 (-bagged, ～·ging) 不及 1 僅帶簡單行李出外旅行。2（為謀私利而）移居他鄉。

car·pet·bag·ger ['kɑrpɪt,bægɚ] 名 1 移居他鄉謀生之人；為謀私利而移居他鄉的投機者。2（選舉）由外地遷居來的候選人。3〖美史〗南北戰爭後為尋求利益而移住南方的北方人。

carpet-bomb ['kɑrpɪt,bɑm] 動 及 地毯式轟炸，飽和轟炸（一地區）。

'carpet ˌbombing 名 U 地毯式轟炸，飽和轟炸。

car·pet·ing ['kɑrpɪtɪŋ] 名 U 地氈，氈布；《集合名詞》地毯，鋪墊料。

'carpet ˌknight 名《古》1 非因戰功而封武士爵位者。2 無功受祿者。3《蔑》沒有上過戰場的軍人。4 吃喝玩樂的人。

'carpet 'sweeper 名 掃毯器。

carp·ing ['kɑrpɪŋ] 形 挑剔的，吹毛求疵的：a ～ tongue 刻薄的嘴巴。—名 U C 挑剔，吹毛求疵。

'car ˌpool 名 1 車輛共乘站。2 車輛共乘。3 實施車輛共乘制的一群人。

car·port ['kɑr,port] 名（屋側有頂無牆的）車棚，車庫。

car·pus ['kɑrpəs] 名（複 -pi [-paɪ]）〖解〗1 腕。2《集合名詞》腕骨。

car·rel(l) ['kærəl] 名（圖書館、書庫裡的）個人閱覽室。

:car·riage ['kærɪdʒ] 名（複 -riag·es [-ɪz]）1 車輛，交通工具；（自用）四輪馬車；《主美》嬰兒車。2《英》火車的客車車廂（《美》car）。3 炮架；（機械的）活動臺架；（打字機的）臺架。4《通常用單數》身體的姿勢；舉止：a conceited ～ 傲慢的舉止。5（支撐樓梯板的）樓梯架。6 U《主英》運輸；運費：～ free《英》免運費。7 U 管理，經營。8 U（動議的）通過。

'carriage ˌdrive 名《英》（公園、私人宅邸的）車道。

'carriage ˌway 名《英》車道；馬路。

Car·rie ['kærɪ] 名〖女子名〗嘉莉（Caroline 的暱稱）。

·car·ri·er ['kærɪɚ] 名 1 運送的人[物]。2 郵差；送報人；送牛奶員。3 運輸機；航空母艦。4（貨車、腳踏車等的）載貨架。5 運輸業者，運輸公司。6 搬運裝置。7（排水）溝，管。8 帶菌者。9〖無線〗載波。10 電話或電視業者。11 保險公司。

'carrier ˌbag 名《英》購物袋（《美》shopping bag）。

'carrier ˌpigeon 名 信鴿。

car·ri·ole ['kærɪ,ol] 名 = cariole.

car·ri·on ['kærɪən] 名 U 1 屍肉，腐肉。2 腐敗；令人厭惡之物。—形 1 吃腐肉的。2 似腐肉的；腐敗的。

'carrion ˌcrow 名〖鳥〗1 腐肉鴉。2 黑兀鷹。

Car·roll ['kærəl] 名 Lewis, 卡洛爾（1832－98）：英國數學家、童話作家。

·car·rot ['kærət] 名 1〖植〗胡蘿蔔；C U 其莖根。2 誘導的手段。3《～s》《俚》紅頭髮（的人）。

carrot and stick 軟硬兼施，賞罰並用。

car·rot·y ['kærətɪ] 形 (-rot·i·er, -rot·i·est) 1（毛髮）胡蘿蔔色的，橘紅色的。2 長橘紅色頭髮的。

car·rou·sel [ˌkærə'zɛl, ˌkærʊ'zɛl] 名 = carousel.

:car·ry ['kærɪ] 動 (-ried, ～·ing) 及 [基本語義：I 運送 II 持有 III 支持]。

I **運送** 1 運送，運載；〖冰上曲棍球〗傳（橡皮圓盤）；按照軍律運送（武器、軍旗）：～ a thing on one's shoulder 扛負物品。2（管、線等）輸送，傳導；傳達，刊登，播放（消息）；傳染。3 通過（動議、議案）；使（論點、主張）獲得支持。4 將（子彈、箭）射向《to...》；〖高爾夫〗（球）越過…。5（公務、動機、時間、旅費等）將（人）帶到…《to...》：enough money to ～ me *to* Paris 足夠讓我到巴黎的錢。6 將（計畫等）進行至（某階段）《into...》：～ a plan *into* effect 實行計畫。7 將（數字、帳目）轉記於《to...》。8 感動（觀眾、聽眾）；得到支持《with...》。9 使（道路、建築物）延伸至；使達到《to, into...》。10《美南部》帶到，護送《to...》：～ a girlfriend *to* a concert 帶女朋友到音樂會會場。11《與狀態副詞連用》《反身》舉止：～ *oneself* well 舉止適切。12 攻占（陣地等）；在（競賽）中取得優先。13 得到（選區）過半數的票；贏得（選舉）。

II **持有** 14 持有；攜帶《about, with...》。15 具有特性；有結果；有意義。16 可容納。17《通常用進行式》懷（胎兒）。18 保持（頭部、身體）於（…位置、狀態）；張（帆）：～ one's head on one side 將頭倒向一邊。19〖商〗有庫存，經銷；轉入（帳目）。20〖狩〗追蹤（獵物的氣味）。

III **支持** 21 支撐；支持。22 承擔；完成：～ the blame 承擔責備。23 生產；飼養。24《美》（正確地）奏，唱。

—不及 1 攜帶；搬運。2《距離》（聲音、子彈）可達；（槍等）有…的射程。3《通常與 well 等連用》（馬奔馳時）將頭保持某種姿勢。4（動議、法案等）獲得通過。5〖狩〗追尋獵物的蹤跡。

carry all before one 所向無敵。

carry** a person **along (1) 令某人感到佩服。(2) 幫助某人。

carry** a person **high and dry 欺負某人。

carry away (1) ⇨ 動 不及 2. (2)〖海〗桅杆等被沖走；（繩索、鎖等）因拉緊過度而扯斷。

carry...away / carry away... (1)帶走，運走；(疾病等)奪走生命。(2)《通常用被動》使興奮，使激動。
carry...back / carry back... (1)使想起《*to...*》。(2)〖會計〗拿回；抵前。
carry...forward / carry forward... (1)推動。(2)《通常用被動》使情緒高昂。(3)〖簿〗將(某金額)轉入(次頁、次欄、下一本帳簿中)《*to...*》。
carry...in / carry in... 帶入，運入…。
carry it 得到勝利。
carry it off 《口》衝破困境。
carry...off / carry off... (1)帶走，沖走；搶走，偷走。(2)獲得。(3)做得很成功。(4)《口》《委婉》(疾病)奪走生命。
carry on (1)繼續執行《*in...*》；繼續進行(中斷的工作等)《*with...*》。(2)《口》哭鬧。(3)《口》調情，與…有染《*with...*》。(4)堅忍不拔；生活下去。
carry...on / carry on... (1)運送。(2)繼續進行(會話、討論等)。(3)經營(事業等)；處理(事務等)。(4)維持(生活等)。
carry...out / carry out... (1)運出。(2)施行。(3)履行。(4)製作。
carry over (1)(工作等)延續。
carry...over / carry over... (1)擱置(已開始的工作)。(2)〖簿·會計〗= CARRY forward. (3)將(某活動、場所、時間)移到…《*to, into...*》。(4)將(人)拉入(己方)。
carry the ball [《英》*the can*] 代人受過。
carry the day (選舉中)得到勝利。
carry through 持續《*to...*》。
carry...through / carry through... (1)實行，達成。(2)使度過。
—名(複-ries) 1《偶作 a ～》(槍的)射程；〖高爾夫〗(球的)飛行距離；(擔架擔運)的距離。2《美》(二水路間的)陸上運輸路線。3 搬運。

car·ry·all[1] ['kærɪ,ɔl] 名 1(通常指單馬四座的)輕便四輪有篷馬車。2《美》(兩排座位相對的)客車。

car·ry·all[2] ['kærɪ,ɔl] 名《美》大手提袋[籃]。

car·ry·cot ['kærɪ,kɑt] 名《英》手提式嬰兒床。

car·ry·ing ['kærɪŋ] 名U運送，運輸。—形裝載的，運送的。

car·ry·ing ca,pacity ['kærɪɪŋ-] 名U 1〖生態〗容納量。2載重量。3(電纜的)送電量。

carrying ,charge 名《美》〖商〗存置資產費用；分期付款所附加的利息及其他費用；(商品運送的)各種開銷。

car·ry·ings-on ['kærɪɪŋz'ɑn] 名(複)《口》愚蠢的行爲；調情。

car·ry-on ['kærɪ,ɑn, -,ɔn] 名 1 = carryings-on. 2 帶上飛機的手提物品。—形 可帶上飛機的：a ～ baggage tag(印有航空公司名字的)手提行李籤(牌)。

car·ry-out ['kærɪ,aut] 形名《美·蘇》《口》= takeout.

car·ry-o·ver ['kærɪ,ovɚ] 名 1 轉入(次期、下期結帳)的金額。2〖簿〗結轉。

car·sick ['kɑr,sɪk] 形《美》暈車的：get ～暈車。～**·ness** 名

·**cart** [kɑrt] 名 1 二輪貨車；二輪輕便馬車。2 手推車。
in the cart 《英俚》陷於困境。
put the cart before the horse 本末倒置。
—動及 以貨車[馬車]載運。—不及 駕貨車[馬車]。
cart...about / cart about... 拉著(麻煩的貨品)到處走。
cart...off / cart off... (1)運走。(2)粗暴地將人[物]移往他處。

cart·age ['kɑrtɪdʒ] 名U貨車運輸，貨運費。

carte [kɑrt] 名(複～s [-z]) 1《C-》《法語》菜單。2《蘇》撲克牌。

carte blanche ['kɑrt'blɑntʃ] 名(複 **cartes blanches** [kɑrts-]) 1 署名白紙。2 U 全權委任。

car·tel ['kɑrtl̩, kɑr'tɛl] 名 1 卡特爾，企業聯盟。2《常作 C-》(法、比等國的)政黨聯盟。

car·tel·ist [kɑrtɛ'lɪst] 名 企業聯盟的一員；企業聯合論者。—形企業聯合化的。

car·tel·ize ['kɑrtə,laɪz] 動不及及企業聯盟化。**-i·'za·tion** 名

cart·er ['kɑrtɚ] 名運貨馬車夫。

Car·ter ['kɑrtɚ] 名 **James Earl, Jr.,** 卡特(1924–)：第 39 任美國總統(1977–81)。

Car·te·sian [kɑr'tiʒən] 形笛卡兒的；笛卡兒哲學的：the ～ product〖數〗笛卡兒積 / ～ coordinates〖數〗平行座標。—名笛卡兒哲學的信奉者。

Car·thage ['kɑrθɪdʒ] 名迦太基：古代非洲北部的國家。**-tha·gin·i·an** [-θə'dʒɪnɪən] 形名迦太基的[人]。

'cart ,horse 名拉貨車的馬。

Car·thu·sian [kɑr'θjuʒən] 形 名〖天主教〗Chartreuse 修會的(修士、修女)。

car·ti·lage ['kɑrtl̩ɪdʒ] 名〖解·動〗軟骨；U 軟骨組織。

cart·load ['kɑrt,lod] 名 1 一車之量。2《口》大量：throw away old books by the ～將舊書大量丟棄。

car·to·graph·ic [,kɑrtə'græfɪk] 形 地圖的；地圖製作(者)的。

car·tog·ra·phy [kɑr'tɑgrəfɪ] 名 U 地圖製作(法)。**-pher** [-fɚ] 名地圖製作者。

car·to·man·cy ['kɑrtə,mænsɪ] 名 U 紙牌占卜。

car·ton ['kɑrtn̩] 名 1 紙箱；U 厚紙板。2(靶標)靶心中間的白點；勝利的符號；命中靶心的一槍。

·**car·toon** [kɑr'tun] 名 1 漫畫；諷刺畫；

政治漫畫：a gag ～ 圖下註有俏皮話的漫畫。2〖美〗（壁畫等與實物大小相同的）草圖。3卡通影片。4連環圖畫。—動及 畫漫畫；漫畫化。—不及 畫諷刺漫畫。

car·toon·ist [kɑr'tunɪst] 名 漫畫家。

car·tridge ['kɑrtrɪdʒ] 名 1彈藥筒；火藥筒：a ball ～ 實彈 / a blank ～ 空包彈。2心：簡單替換用套入的小容器。3〖攝〗卡式膠捲盒。4（錄音帶的）唱頭（pick up）。5匣式錄音帶。

'cartridge ˌclip 名〖軍〗彈夾。

'cartridge ˌpaper 名 U 1彈藥筒用紙。2（供鉛筆與墨水作畫的）畫圖紙。

'cart ˌroad [ˌtrack] 名（路面粗糙的）狹窄道路。

cart·wheel ['kɑrt,hwil] 名 1載貨馬車的車輪。2側翻的觔斗。3《主美口》大硬幣（尤指一塊錢銀元）。
—動 不及 1如車輪般轉動。2側翻觔斗。

·carve [kɑrv] 動 (**carved, carv·ing**) 及 1雕刻《*into...*》：～ a block of stone *into* a statue 把一塊石頭雕成人像。2雕刻出（像、圖案等）《*in, into, on, from, out of...*》：～ a design *in* wood 在木頭上雕刻一個圖案。3將（肉）切成薄片。4開創（命運、事業）《*out*》：～ one's way to fortune 開創致富之道。—不及 1雕刻。2切肉。

carve for oneself 隨意行事。

carve...out / carve out... (1) 切出…。(2)開拓（土地）。(3) ⇨動及 4. (4)〖法〗分割（不動產）。(5)〖法〗構成。

carve...up / carve up... (1) 切成小塊。(2)《蔑》瓜分。(3)《英俚》以刀割傷。

car·vel ['kɑrvḷ] 名 = caravel.

carv·en ['kɑrvṇ] 形〖古·詩〗雕刻的。

carv·er ['kɑrvɚ] 名 1雕刻師。2在餐桌上分肉的人。3切肉刀；《～s》切肉用的一副刀叉。

carv·ing ['kɑrvɪŋ] 名 1 U 雕刻（術）。2雕刻品；雕刻圖案：～*s* in wood 木雕。

'carving ˌfork 名 切肉叉。

'carving ˌknife 名 切肉刀。

'car ˌwash 名 洗車場。

car·y·at·id [ˌkærɪ'ætɪd] 名 (複～**s**, **-i·des** [-ɪˌdiz])〖建〗女像柱。

ca·sa·ba [kə'sɑbə] 名〖植〗喀沙伯香瓜：一種冬季甜瓜。

Ca·sa·blan·ca [ˌkɑsə'blɑŋkə, ˌkæsə'blæŋkə] 名 卡薩布蘭加：摩洛哥西北部的一海港城市。

Cas·a·no·va [ˌkæzə'novə] 名 1 **Giovanni Jacopo**, 卡薩諾瓦（1725−98）：義大利冒險家、文人，性好漁色。2《常作 **c-**》玩弄女人之人，好色之徒。

cas·cade [kæs'ked] 名 1（水流急速的）小瀑布；梯式瀑布。2（衣服上的）波狀花邊。3（菊花等的）垂盆。4〖化〗階式蒸發器。5〖電〗串級，串聯。—動 不及 如瀑布般地落下；急速落下。
—及 1使如瀑布般地落下。2〖電〗串聯。

Cas'cade 'Range 名《the ～》喀斯開山脈：自美國西北部延伸到加拿大。

cas·car·a [kæ'skɛrə] 名 1〖植〗鼠李。2鼠李樹皮。

:case[1] [kes] 名 (複 **cas·es** [-ɪz]) 1情形，實例，事例：in either ～ 在任一情形下 / ～ by ～ 逐條地。2《 **the** ～》狀況，實情：as *the* ～ stands now 照現況來看。3（主要指有關道德的）問題。4 U 境遇。5（警察、社會工作者等）照顧的對象、貧戶等。6（需要警方介入、調查、議論決定的）案件，事態。7《通常作 **a** ～》（表示贊成或否定論點的）說明，主張。8病例，病情；病人。9〖法〗訴訟案件；判例；訴訟事實，供詞；（向法院提出的）事實紀錄：plead one's ～ 陳述自己的主張、理由、原因、供詞。10 U C〖文法〗格：the nominative ～ 主格。11《口》《蔑》奇人，傻瓜。12《俚》風流韻事。

as is often the case (with...) 《文》這是常有的事情。

as the case may be 見機行事。

come down to cases 《美》(1)開始把握住重點。(2)開始認真地考慮事情。

in any case 無論如何，總之。

in case... (1) 萬一。(2)以免。

in case of... (1)《通常用於句首》在…情形下。(2)《通常用於句尾》以防。

in nine cases out of ten 十之八九。

in no case 《常用於句首或句中》絕不。

in the case of... 至於，關於。

put the case (1) 說明情況。(2) 假設《 *that* 子句 》。

:case[2] [kes] 名(複 **cas·es** [-ɪz]) 1容器，箱，盒。2鞘，套，蓋。3盛物的箱子；（亦稱 **caseful**）一箱之量。4 一對，兩個。5（門、窗的）框。6〖裝訂〗書皮。7〖牌〗（一組牌手中尚剩的）最後一張。8《美俚》（貨幣的）元。

keep cases (on...) 《美口》睜大眼戒備。
—動 (**cased, cas·ing**) 及 1裝入箱中，收入鞘中；用蓋封住《常與 *up* 連用》。2《俚》（爲犯罪目的而）事先勘察《 *out* 》。3覆以透明膠膜；加以裝潢數上外層。

case the joint 《美俚》事先勘察打算下手的場所。

case·book ['kes,bʊk] 名 病例集；判例集；個案資料簿。

case-by-case ['kesbaɪ'kes] 形 逐件個別處理的：on a ～ basis 在逐件處理的基礎上。

'case ˌending 名〖文法〗格字尾，（表示格的）活用字尾。

case·hard·en ['kes,hɑrdṇ] 動 及 1〖冶〗使表面硬化。2使喪失感情。

'case 'history 名 1個案紀錄。2〖醫〗病歷。

ca·se·in ['kesɪɪn] 名 U 1〖生化〗酪蛋白。2乾酪膠。

'case ˌknife 名 帶鞘之刀；餐刀。

'case ˌlaw 图U〖法〗判例法。

case·load ['kes,lod]图處理案件的數量；工作量。

case·ment ['kesmənt] 图1 兩扇式窗；其框；〖詩〗窗。2 框，覆蓋物。～·ed形

'case 'study 图1 個案研究。2 = case history.

case·work ['kes,wɝk] 图U〖社〗個案工作（亦作 case work）。

case·work·er ['keswɝkɚ] 图（社會福利機構的）個案工作人員。

:cash[1] [kæʃ] 图 U1 現金，現款（硬幣或紙幣）：～ in hand 手邊的現金 / be out of ～ 現金用盡 / be short of ～ 現金不足。2（作爲支付工具的）現金（包括支票等）：～ on delivery《英》貨到付款 / pay ～ down 即付現款。

equal to cash《口》確有價值的；有輝煌功績的。

in (the) cash 富裕的。

—動 及 1 兌現。2〖牌〗出必勝的牌（取得磴數）。

cash a dog《俚》開出空頭支票。

cash in ⑴《美俚》結束商業契約；結算。⑵《口》（經濟上）成功，賺錢。

cash...in / cash in... ⑴《美俚》（在賭場）將（籌碼）兌換現金。⑵將（支票、債券）兌現。

cash in on...《口》以…賺錢；（爲取得利益而）利用…。

cash up 完全付清。

cash...up / cash up...（店主）統計（販賣金額）。

cash[2] [kæʃ] 图(複～)（中國、印度等的）小額硬幣，中國制錢中有方孔的硬幣。

'cash and 'carry 图不賒帳。

cash-and-car·ry ['kæʃən'kærɪ] 形付現款並自行帶走貨品的。

cash·back ['kæʃ,bæk] 图轉帳消費。

'cash ˌbar 图收費酒吧。

cash·book ['kæʃ,bʊk] 图現金帳簿。

cash·box ['kæʃ,bɑks] 图錢櫃，金庫。

'cash ˌcard 图金融卡，提款卡。

'cash ˌcow 图（企業的）財源。

'cash ˌcrop 图經濟作物。

'cash ˌdesk 图（商店的）付款處。

'cash ˌdiscount 图現金折扣（額）。

'cash disˌpenser 图《英》（銀行的）自動櫃員機。

cash·ew ['kæʃu, kə'ʃu] 图〖植〗1 檟如樹。2 腰果。

'cash for ˌquestions 图〖政〗政治獻金。

'cash ˌflow 图〖會計〗《a～》（公司行號的）現金流動，現金流量。

cash·ier[1] [kæ'ʃɪr] 图1（商店）出納員。2（公司的）出納。3《美》銀行經理；《英》（銀行的）出納。

cash·ier[2] [kæ'ʃɪr] 動及1 解僱；革職。2 丟棄，排斥。

cash·mere ['kæʃmɪr] 图1 U喀什米爾羊毛。2 喀什米爾羊毛料的衣服；U喀什米爾羊毛織成之斜紋呢。

cash·o·mat ['kæʃə,mæt] 图《美》（銀行的）自動提款機。

'cash ˌprice 图現金交易價。

'cash ˌregister 图收銀機。

cash-strapped ['kæʃ,stæpt]形缺錢的。

cas·ing ['kesɪŋ] 图 1U 包裝（材料）。2《美》外胎。3（門、窗的）框。4（油井等的）鐵管。5 腸衣。

ca·si·no [kə'sino] 图 (複～s [-z]) 1 娛樂場，賭場。2（義大利的）小別墅。

cask [kæsk] 图 桶，酒桶；一桶的量《*of...*》。—動及裝入桶中。

cas·ket ['kæskɪt] 图1《美》棺，柩。2《英》（裝貴重物品的）小盒，小箱。3（資源等的）寶庫。

'Cas·pi·an 'Sea ['kæspɪən-] 图《the～》裡海。

casque [kæsk] 图 1〖史〗頭盔。2〖動〗如盔的頭部突起。

Cas·san·dra [kə'sændrə] 图 1〖希神〗卡珊德拉：特洛伊國王 Priam 之女。2 災禍預言家（但無人願意相信）。

cas·sa·tion [kæ'seʃən] 图1U C（判決等的）取消，駁回。2〖樂〗18 世紀戶外演奏用的一種類似小夜曲的演奏曲。

cas·sa·va [kə'sɑvə] 图1 樹薯。2 樹薯粉。

cas·se·role ['kæsə,rol] 图1 烤鍋，焙鍋；《主英》燉鍋。2 C U 用此種器皿烹煮的食物。3〖化〗實驗用有柄平底皿。

·cas·sette [kə'sɛt, kæ-] 图1《美》卡式錄音帶[錄影帶]。2（放置珠寶的）小盒子。3〖攝〗卡式膠捲。

cas'sette 'tape ˌplayer 图 卡式錄音機。

cas·sia ['kæʃə] 图U〖植〗1 桂皮，肉桂。2 肉桂莢；其果肉。3 山扁豆屬。

cas·si·no [kə'sino] 图U紙牌戲的一種。

Cas·si·o·pe·ia [ˌkæsɪə'piə] 图1〖天〗仙后座。2〖希神〗凱西阿皮雅。

cas·sock ['kæsək] 图1（教士等所穿通常爲黑色的）法衣，長袍。2（著於教服外袍內的）雙排扣上衣。3 教士；教士職位。

cas·so·war·y ['kæsə,wɛrɪ] 图 (複 -war·ies)〖鳥〗食火雞。

·cast [kæst] 動(cast, ～·ing) 及1 投，拋；投（票）；（浪）沖…（上岸）《*up*》: seaweed ～ *up* by the sea 被海浪沖上岸的海草。2 投射；《喻》加於；施於《*on, upon...*》：～ a spell *upon* a person 施魔法於某人身上。3 給予，授予；〖劇〗選派演員《*for, in...*》；分配角色。4 擲（網等）；垂釣。5 抽（籤）：～ lots 抽籤。6 捨棄，摒除；使敗訴。7 失（蹄鐵）；（野獸）流產；拋落；脫（毛、皮）。8 鑄造《*in...*》；澆鑄《*into...*》：～ a statue *in* bronze 以青銅鑄像。9 計算；加起《*up*》。10 翻挖；堆起《*up*》。11 使彎曲。—不及1 擲（釣

魚線等）。2 鑄造成型。3 推測；預測。4〖狩〗（獵犬）找尋獸蹤。5（木材）彎曲。6〖劇〗分配角色。

cast about [*around, round*]（匆匆地）尋找；思考《*for...*》。

cast...aside / *cast aside...* 脫掉；拋棄；廢除。

cast...away / *cast away...* (1) 除掉，丟掉。(2)《通常用被動》使遭遇海難。(3) 胡亂花費。

cast back 回復到《*to...*》；憶及《*to...*》。

cast...back / *cast back...* 使轉向（過去）《*to...*》。

cast...behind / *cast behind...* 置之不顧。

cast...down / *cast down...* (1) ⇨動及1. (2) 往下瞧。(3)《常用被動》使意志消沉。

cast in one's lot with... ⇨ LOT（片語）

cast...in a person's teeth ⇨ TOOTH

cast off (1) 解纜；出航《*from...*》。(2)〖編〗收針。

cast...off / *cast off...* (1) 將（船）解纜。(2) 丟棄。(3) 與…斷絕關係。(4)〖印〗估計（原稿）付印時所占的版面。

cast on〖編〗編織第一行針腳，開始編織。(1) 開始編織。(2) 匆匆穿（衣服）。

cast...out / *cast out...* (1) 驅逐。(2) 將…拋到外面。(3) 驅除。

cast oneself on [*upon*]... (1) ⇨動及2. (2) 依賴，委身於。

cast up (1) ⇨動及1, 10, 11. (2) 將（視線、頭）朝上。(3) 使人想起《*at...*》。

一名1 投，擲；（眼的）一瞥。2 投擲物；拋棄物，蛻下的皮[殼]。3 投擲物可達的距離；射程。4 骰子的一擲，骰子上的數目。5（釣魚線的）擲，拋；拋出的釣魚線[網]；釣魚場；〖狩〗獵犬的散開；搜尋獵物。6 命運，運氣。7《a ～》乘車。8 (1)（事物的）形式；（句子的）安排。(2) 外形；種類，表情：the ～ of a person's face 相貌 / a ～ of dejection 沮喪的樣子。9〖劇〗角色的分配；演員陣容。10〖冶〗鑄件；〖醫〗石膏繃帶。11《a ～》（輕度）斜視；歪斜。12 色調；跡象。13 計算；預測。

cas·ta·net [ˌkæstəˈnɛt] 名《通常作～s》響板。

cast·a·way [ˈkæstəˌwe] 名 1 遭遇海難者，漂流者；丟棄物。2 被摒棄的人。一形1 遭海難的，漂流的。2 遭拋棄的。3 被摒棄的。

caste [kæst] 名 1〖社〗種姓制度。2 社會階級制度；排他的社會階級；Ⓤ社會地位[身分]。一形種姓制度的，世襲階級制度的。

cas·tel·lan [ˈkæstələn] 名 城堡的看守者，要塞司令。

cas·tel·lat·ed [ˈkæstəˌletɪd] 形1〖建〗似城堡的。2 多城堡的。

cast·er [ˈkæstɚ] 名 1 投擲者；鑄模機；投票者；分配角色者；釣魚的人。2（重家具等所附的）腳輪。3 藥品容器；調味瓶。

ˈcaster ˌsugar 名Ⓤ《主英》精糖，細白砂糖。

cas·ti·gate [ˈkæstəˌget] 動及1 懲罰；嚴厲地責罵。2 潤色修改。**-ga·tor** 名

cas·ti·ga·tion [ˌkæstəˈgeʃən] 名 ⓊⒸ1 懲罰；苛評。2（對文句的）潤色。

cas·ti·ga·to·ry [ˈkæstəgəˌtorɪ] 形 申斥的；懲罰的；潤色的；苛評的。

Cas·tile [kæˈstil] 名1 卡斯提爾：西班牙中北部古王國。2Ⓤ 橄欖香皂；固體肥皂。

Cas·til·ian [kæˈstɪljən] 名 1Ⓤ卡斯提爾語。2Ⓤ卡斯提爾方言；Ⓒ卡斯提爾居民。

cast·ing [ˈkæstɪŋ] 名1Ⓤ投擲；釣魚線的投擲法。2Ⓤ鑄造；Ⓒ鑄造物。3Ⓤ〖劇〗角色分配。4〖動〗蛻落之物；（蚯蚓等的）排泄物；（蛇）蛻掉的殼[皮]。

ˈcasting ˌnet 名撒網。

ˈcasting ˈvote 名決定票。

ˈcast ˈiron 名Ⓤ鑄鐵；生鐵。

cast-i·ron [ˈkæstˈaɪɚn] 形1 生鐵製的。2 無通融性的，嚴格的；不變的。3 強健的。4（證據等）確鑿的。

:cas·tle [ˈkæsl̩] 名 1 城堡，堡壘：the *C*-〖英史〗都柏林城，愛爾蘭的行政機關 / A man's house is his ～.《諺》一個人的家就是他的堡壘（不容別人侵入）。2 大宅邸。3（警備部隊常駐的）堡壘；安全處所。4〖西洋棋〗車。一動(**-tled, -tling**) 及不及 1 以城堡防守。2〖西洋棋〗以車守護。

cas·tled [ˈkæsl̩d] 形1 有城堡的。2 = castellated.

ˈcastle in the ˈair 名 空中樓閣；不切實際的計畫：build a ～ 築空中樓閣；耽於幻想。

cast·off [ˈkæstˌɔf] 形1 被丟棄的（物）。2 被除掉的；被拋棄的，被解僱的。一名 1 遭遺棄的人[物]。2《通常作～s》丟棄的衣服；舊衣服。

cas·tor¹ [ˈkæstɚ] 名1 海狸香。2〖動〗海狸；狸皮帽。

cas·tor² [ˈkæstɚ] 名= caster 2, 3.

ˈcastor ˌbean 名《美》1 蓖麻子。2 = castor-oil plant.

ˈcastor ˈoil 名Ⓤ蓖麻油。

ˈcas·tor-ˈoil ˌplant 名〖植〗蓖麻。

ˈcastor ˌsugar 名《英》= caster sugar.

cas·trate [ˈkæstret] 動及1 割去睪丸；除去卵巢。2 刪改。

cas·tra·tion [kæsˈtreʃən] 名 ⓊⒸ1 閹割；切除卵巢。2 刪除重要部分。

Cas·tro [ˈkæstro] 名**Fidel**, 卡斯楚（192 – ）：古巴共黨領袖、總理及總統。

Cas·tro·ism [ˈkæstroˌɪzəm] 名Ⓤ卡斯楚主義：古巴共黨領袖 Fidel Castro 主張的政治、經濟與社會政策。

ˈcast ˈsteel 名Ⓤ鑄鋼。

·cas·u·al [ˈkæʒuəl] 形1 偶然的；意外的

a ~ friend 泛泛之交。2 即席的；非正式的：a ~ comment 隨口而出的評論。3 隨便的；漫不經心的；不關心的。4 不定期的，臨時（僱用）的；偶爾的。5《英》接受臨時救濟的。—图1 臨時雇員。2《英》受臨時救濟的人。3《主作~s》便服；便鞋。~·ness 图

cas·u·al·ly ['kæʒuəlɪ] 副1 偶然地；意外地。2 不意地；不拘形式地；漫不經心地。3 臨時地；偶爾地。

cas·u·al·ty ['kæʒuəltɪ] 图 (複 -ties) 1《-ties》〖軍〗損失的官兵；傷亡。2（事故的）死傷者。3 意外災害事故。4 受害者，犧牲者。5《英》急診室。

'casualty in,surance 图 U 意外災害保險。

cas·u·ist ['kæʒuɪst] 图 決疑（論）者；詭辯家。

cas·u·is·tic [,kæʒu'ɪstɪk], **-ti·cal** [-kl] 形1 決疑論（者）的。2 狡辯的。

cas·u·ist·ry ['kæʒuɪstrɪ] 图 U 1 決疑論，決疑法，自由心證法。2 狡辯，欺騙。

ca·sus bel·li ['kesəs'bɛlaɪ] 图(複~)《拉丁語》開戰的原因。

:cat [kæt] 图 1〖動〗貓；貓科動物：A ~ has nine lives.《諺》貓有九條命。/ Care killed the ~.《諺》儘管貓有九命也會因憂慮而死；煩惱傷身。/ A ~ may look at a king.《諺》貓也可以見國王；人無論身分如何卑微也有其權利。2 貓的毛皮。3 似貓的人，（似貓般地）常搔抓的小孩；壞心眼的女人。4《主美俚》人，傢伙；爵士樂狂。5《the ~》= cat-o'nine-tails. 6〖遊〗《主英》= tipcat; 玩 tipcat 所使用的棒子。7〖海〗收錨滑車。

bell the cat 爲貓繫鈴；挺身擔當危險任務。

enough to make a cat laugh《口》好笑得不得了。

(Has the) cat got your tongue?《口》（對小孩子說）貓咬掉了你的舌頭嗎？怎麼不出聲呢？

have not a cat in hell's chance《英俚》完全沒指望。

It rains cats and dogs.《常用進行式》《口》傾盆大雨。

let the cat out of the bag《口》（無意中）洩漏祕密。

like a cat on a hot tin roof [《英》*hot bricks*] 坐立不安。

like something the cat dragged in 非常破舊；（人）骯髒的。

look like the cat that ate the canary《美》獨自高興。

play cat and mouse with... ⇨ CAT AND MOUSE（片語）

put the cat among the pigeons《英俚》造成騷動。

see which way the cat jumps《口》見風轉舵，觀望形勢。

the cat's meow 精彩的事物；了不起的人。

There is no room to swing a cat (in) 地方很狹小。

turn the cat in the pan 背叛。

wait for the cat to jump = see which way the CAT jumps.

—動(~·ted, ~·ting) 及〖海〗起（錨）。—不及《俚》找女人玩。

CAT《縮寫》(1) *c*lear-*a*ir *t*urbulence；(2) *C*omputed *A*xial *T*omography

cat·a·bol·ic [,kætə'bɑlɪk] 形〖生物〗分解作用的。

ca·tab·o·lism [kə'tæbə,lɪzəm] 图 U〖生·生理〗分解代謝。

cat·a·chre·sis [,kætə'krisɪs] 图(複-ses [-siz]) 1 字詞的誤用。2 經由通俗語源所導致的字形更改。

cat·a·clysm ['kætə,klɪzəm] 图1 大洪水；地震。2 劇變，（社會、政治的）大改革。

cat·a·clys·mic [,kætə'klɪzmɪk] 形 劇烈的，劇變的。

cat·a·comb ['kætə,kom] 图 1《通常作~s》地下墓穴。2《the Catacombs》羅馬墓窖。3 儲藏葡萄酒的地窖；（地下的）通路。

cat·a·falque ['kætə,fælk] 图 1 靈柩臺。2 幔罩柩臺。3 靈車。

Cat·a·lan ['kætl̩,ən, -æn] 形（西班牙的）加泰隆尼亞地區[語，人]的。
—图 加泰隆尼亞人；U 加泰隆尼亞語。

cat·a·lep·sy ['kætl̩,ɛpsɪ] 图 U〖病·精神醫〗僵直性昏厥；僵強症。

cat·a·lep·tic [,kætl̩'ɛptɪk] 形 僵直性昏厥的；僵強症的。—图 僵直性昏厥症患者。

:cat·a·log,《英》**-logue** ['kætl̩,ɔg] 图 1〖圖書館〗圖書目錄。2 目錄；價目表。3《美》大學概況手冊。—動 及 編入目錄中；作成目錄。—不及 1 作目錄，編目。2 載於價目表。

cat·a·log·er,《英》**-logu·er** ['kætl̩,ɔgɚ] 图 編目錄者。

Cat·a·lo·ni·a [,kætl̩'lonɪə] 图 加泰隆尼亞：西班牙東北部一自治區，主要城市爲巴塞隆納。

ca·tal·pa [kə'tælpə] 图〖植〗梓樹屬。

ca·tal·y·sis [kə'tæləsɪs] 图(複-ses [-,siz]) U C 1〖化〗催化作用；接觸反應。2 觸媒引起之作用。

cat·a·lyst ['kætl̩ɪst] 图1〖化〗催化劑。2 促使某種現象發生的人、事物、因素。

cat·a·lyt·ic [,kætl̩'ɪtɪk] 形 觸媒的；催化的。

cata'lytic con'verter 图 觸媒轉化器。

cat·a·lyze ['kætl̩,aɪz] 動 及 使起觸媒作用，催化。

cat·a·ma·ran [,kætəmə'ræn] 图 1〖海〗(1) 木筏。(2) 雙體船。2《俚》易怒的女人，潑婦。

C

cat·a·mount ['kætə,maʊnt] 图1〖動〗貓科野獸。2《美》(1)=cougar. (2)=lynx 1.

cat·a·moun·tain [,kætə'maʊntn̩] 图〖動〗貓科野獸。

cat(-)and(-)dog ['kætn̩'dɔg] 形像貓狗般敵對的，互相咆哮的。

'cat(-)and(-)'mouse 图 U 貓捉老鼠，欲擒故縱。

play cat and mouse with... (1)玩貓捉老鼠的遊戲；玩弄。(2)運用謀略以擊敗；伺機攻擊。

—形 像貓捉弄老鼠般的，伺機攻擊的。

cat·a·pult ['kætə,pʌlt] 图1 弩炮：發射石塊、弓箭之古代兵器。2(母艦上的)飛機彈射器。2《英》(兒童玩具)彈弓。

—動 及 1 以弩炮射出；強勁地拋出。2《英》以彈弓彈射；以彈弓打中。

—不及 1 被射出，被彈出。2(身分、地位)一飛沖天。

cat·a·ract ['kætə,rækt] 图1 大瀑布。2 大雨；激流。3〖眼〗白內障。

ca·tarrh [kə'tɑr] 图 U 1〖病〗卡答兒，黏膜炎。2《俚》感冒。

ca·tarrh·al [kə'tɑrəl] 形 黏膜炎的。

·ca·tas·tro·phe [kə'tæstrəfɪ] 图1 浩劫，大災難。2 不幸；失敗。3 悲慘的結局。4〖劇〗結局。5(地殼等的)突然變動。

ca·ta·stroph·ic [,kætə'strɑfɪk] 形 災難性的；不幸的；悲慘的。

cat·a·to·ni·a [,kætə'tonɪə] 图 U〖精神醫〗緊張症，緊張型精神分裂症。

-ton·ic [-'tɑnɪk] 形 图

cat·bird ['kæt,bɝd] 图〖鳥〗(北美產的)貓聲鳥；(澳洲產的)貓鵲。

'catbird ,seat 图 有利的情況或狀態；有權力的職位。

cat·boat ['kæt,bot] 图 單桅帆船。

'cat ,burglar 图 飛賊，從天窗或樓上窗戶潛進屋內行竊的竊賊。

cat·call ['kæt,kɔl] 图1(看戲的觀眾等表示不滿的)尖叫聲，噓聲。2 喝倒采的口哨聲。—動 不及 及 發出噓聲。

:catch [kætʃ] 動 **(caught, ~·ing)** 及 1 捕捉，逮捕；《喻》欺騙：be caught by his flattery 被他的諂媚蒙騙。2 趕上(公車、火車、船等)；很巧地趕上：~ the post《英》趕在收信時間前寄信。3 收看到(電視節目等)；收聽到(廣播節目)。4 發現；逮到現行犯等《*at it, in the act of...*》；撞見；(情感等)攫住(人)：~ a person napping 發現某人正在打瞌睡。5《通常用反身》抑制；支撐(身體)：~ one's breath at a beautiful sight 屏息面對美景。6 著(火)；點燃；蒙受，招致；患(病)；感受(氣氛等)：~ (a) cold 感冒，著涼 / ~ the spirit of the time 感受到時代精神。7 (1)揪住；抓住(身體某部分)《*by...*》：~ him *by* the arm 抓住他的手臂。(2)(使)纏住，夾住，鉤住，卡住《*in, on, by...*》：a bone *caught in* the throat 卡在喉嚨裡的一根骨頭。(3)《通常用被動》(風、雨等)襲擊《*in...*》。8 (1)(石頭等)打中(人)《*on, in...*》；(風)吹；吸引。(2)接(落下物)；受到(擊打)《*on, in...*》：~ a ball 接球 / ~ a blow *on* the nose 鼻子挨了一下。9 引起(注意)：~ a person's attention 吸引某人的注意。10 理解，清楚地聽懂。11 做短暫的(休息等)：~ a nap 打個盹兒。12 正確地表現。13《通常用被動》《英》使…妊娠有喜《*out*》。

—不及 1(手、足、衣服)被陷住[纏住，夾住]《*in, on, at...*》。2 被捕獲。3 鉤上，鎖上。4 追上(動的人、物)《*up / with, to...*》。5〖棒球〗擔任捕手《*for...*》。6 燃燒，著火；(引擎)發動。7(疾病)感染。

catch as catch can 採用一切辦法地。

catch at... (1)攫取：A drowning man will ~ *at* a straw.《諺》溺水的人連一根草也想抓住；螻蟻尚且貪生。(2)急切地抓住(機會)；連忙接受(提議等)。

catch... away / catch away... 竊取；奪去(生命)。

catch... in / catch in... 把(衣服)的腰身等收緊。

catch it《口》受斥責，受罰。

catch on《口》(1)受歡迎，流行。(2)理解，了解《*to...*》。(3)《美》被僱用《*with*》。(4)抓住《*to...*》。

catch... out / catch out... (1)當場捉到《*doing*》。(2)拆穿騙局。(3)《常用被動》〖棒球·板球〗接殺出局。

catch up (1)趕上；補足(睡眠)；趕上(最近的流行)《*on, with...*》。(2)追上《*with, to...*》；《進行式》緊迫逼近。(3)看穿(某人的不正當行為)；逮捕(犯人)《*with...*》。(4)(過失等)帶來不好的結果《*on, with...*》。

catch... up / catch up... (1)(突然)攫住，舉起。(2)趕上。(3)纏住《*in...*》。(4)指摘《*on...*》。(5)將(頭髮、衣擺等)別住。(6)《被動》被捲入(事件中)《*in...*》。(7)《被動》熱中於…《*in...*》。

—图1 捕；接球。2 扣環掛鉤；齒輪閘，煞車。3(呼吸、聲音的)暫停，中斷。4 捕獲物。5 值得弄到手之人[物]，好的結婚對象；意外的便宜好貨。6 陷阱，詭計。7(歌等的)片斷；〖樂〗幽默輪唱曲。8 U 一種接球遊戲。9 = catcher 2.

by catches 常常，時常，往往。

—形 = catchy 1, 2.

catch·all ['kætʃ,ɔl] 图《美》雜物箱，萬寶囊；堆雜物的倉庫。—形 裝滿雜物的。

catch-as-catch-can 图 U〖角力〗自由式。—形 抓住並利用所有機會的，採用一切辦法的，無計畫的。

'catch ,crop 图〖農〗間作物。

'catch-,crop·ping 图 間作。

·catch·er ['kætʃɚ] 图1 捕捉者，捕捉的器具。2〖棒球〗捕手。

catch·fly ['kætʃ,flaɪ] 名〖植〗捕蟲草。

catch·ing ['kætʃɪŋ] 形 1（病）傳染性的；易傳染的；（心情、影響等）會感染的，蔓延的。2 迷人的；誘惑的。

catch·ment ['kætʃmənt] 名 1 Ⓤ 集水（量）。2 集水池，水庫；所集的水。3 = catchment area.

'catchment ,area 名《英》1（水庫等的）集水區。2（學校、醫院的）學區、責任區。

catch·pen·ny ['kætʃ,pɛnɪ] 形 僅爲了賺錢而製造的，廉價多銷的。—名(複-nies) 價廉而質差的商品。

'catch ,phrase 名引人注意的句子，標語；流行語（亦作 **catchphrase**）。

Catch-22 ['kætʃ,twɛntɪ'tu] 名《美口》使人無所適從的法規；令人左右爲難的困境，矛盾的情況。

catch·up ['kætʃəp, 'kɛ-] 名 = ketchup.

catch·word ['kætʃ,wɝd] 名 1 標語；口號；（商品等的）宣傳語句。2（字典等每頁上端所印的）標字，引字。

catch·y ['kætʃɪ] 形 **(catch·i·er, catch·i·est)** 1 有趣易記的；吸引人的。2 迷惑人的，詐騙的。3（風等）一陣一陣的；反覆無常的，斷斷續續的，不規則的。

cat·e·chet·i·cal [,kætə'kɛtɪkl] 形 教義問答的；問答式教學法的。

cat·e·chism ['kætə,kɪzəm] 名 1〖教會〗教義問答書；問答式入門書籍。2（爲了建立正確見解而提出的）一連串正式的詢問。3 Ⓤ 問答式教學法。

cat·e·chist ['kætəkɪst] 名 問答式教學者；〖教會〗傳道師。**-'chis·tic** 形 問答式傳教的，問答式的。

cat·e·chize ['kætə,kaɪz] 動 及 1 以問答方式教授；（關於信仰）徹底地問。2 質問。**-chiz·er** 名

cat·e·chu·men [,kætə'kjumən] 名 1〖教會〗志願受洗者，新信徒。2 初學者。

cat·e·gor·i·cal [,kætə'gɔrɪkl, -'gar-], **-gor·ic** [-'gɔrɪk, -'garɪk] 形 1〖理則〗定言的；有定言命題的：a ～ imperative〖倫〗無上命令；（道德良心的）無條件命令。2 無條件的；明確的。3 屬於某一範疇的。～**·ly** 副 斷定地，完全。

cat·e·go·rize ['kætəgə,raɪz] 動 及 1 把…分類，把…歸入（某範疇內）《*into...*》。2（加上…之稱呼以）將…別類；替…命名以描述特徵《*as...*》。

cat·e·go·ry ['kætə,gorɪ] 名(複 **-ries**) 1（生物學的）分類上的類目，部門。2 種類，部類。3〖形上學〗範疇。

ca·te·na [kə'tinə] 名(複 **-nae** [-ni]) 1（教會神父著作的）選粹（集）。2（事件、議論等的）連續，連鎖。

cat·e·nate ['kætə,net] 動 及 連結，使成連鎖狀。

cat·e·na·tion [,kætə'neʃən] 名 Ⓤ 連結，連鎖。

ca·ter ['ketɚ] 動 不及 1（餐飲業者）提供外燴服務《*for...*》。2 提供娛樂[消遣等]，滿足要求；迎合《*to...*,《主英》*for...*》：～ *to* children's tastes 迎合兒童的喜好。—及《美》提供外燴服務。

cat·er·cor·ner(ed) ['kætɚ,kɔrnɚ(d)] 形 成對角線的，斜的。—副 對角地，斜地：cross the intersection ～ 斜穿十字路口。

ca·ter·er ['ketərɚ] 名 1 宴席承辦業者。2（娛樂等的）提供籌備者。

cat·er·pil·lar ['kætɚ,pɪlɚ] 名 1 毛蟲，蝶或蛾的幼蟲。2 (1)〖商標名〗履帶式牽引車。(2)（戰車、推土機等的）履帶，履帶裝置。

cat·er·waul ['kætɚ,wɔl] 動 不及 1（貓）叫春。2 發出貓兒叫春般的聲音；發出尖銳叫聲；吵架。—名（亦稱 **caterwauling**）1 發情期貓的叫春聲。2 貓兒叫春般的叫聲；《蔑》（音樂）演奏，歌唱。

cat-eyed ['kæt,aɪd] 形 在黑暗中看得見的。

cat·fight ['kæt,faɪt] 名（尤指女性的）激烈爭吵。

cat·fish ['kæt,fɪʃ] 名(複 ～, ～**·es**)〖魚〗鯰魚。

cat-foot ['kæt,fʊt] 動 不及（貓般地）偷偷摸摸地輕步前進。

cat·gut ['kætgʌt] 名 1 Ⓤ 腸線，腸弦：用於樂器、網球拍的弦、外科縫合線等。2《謔》小提琴；弦樂器。

Cath. 《縮寫》*cath*edral（亦作 **cath.**）; *Cath*olic.

Cath·a·rine ['kæθrɪn, 'kæθərɪn] 名〖女子名〗凱薩琳。

ca·thar·sis [kə'θarsɪs] 名(複 **-ses** [-siz]) Ⓤ Ⓒ 1〖醫〗通便，導瀉。2〖美〗淨化。3〖精神醫〗淨化，精神發洩（療法）；（感情的）淨化（亦作 **katharsis**）。

ca·thar·tic [kə'θartɪk] 形 1 導瀉的。2〖美·精神醫〗淨化的。
—名 瀉藥。

Ca·thay [kæ'θe, kə-] 名《古》中國。

cat·head ['kæt,hɛd] 名〖船〗起錨架。

ca·the·dra [kə'θidrə, 'kæθɪdrə] 名 (複 **-drae** [-dri]) 1（大教堂的）主教座。2（大學教授等的）座位，講座；權威的座位。

·ca·the·dral [kə'θidrəl] 名 1（代表主教管區的）主教座堂，總教堂。2（非主教派教會的）大教堂。—形 1（有）主教座的；主教堂的；大教堂的；有如大教堂般的。2 權威的。

Cath·er·ine ['kæθrɪn, 'kæθərɪn] 名〖女子名〗凱薩琳（暱稱作 **Cathy, Kate**）。

'Catherine ,wheel 名《偶作 **c-**》1 帶釘子的車輪（刑具）。2 車輪狀的窗戶。3 旋轉煙火。4 側翻的觔斗。

cath·e·ter ['kæθɪtɚ] 名〖醫〗導管，導尿管。

cath·ode ['kæθod] 名〖理〗陰極：～ rays 陰極射線。

C

C

'cath·ode-,ray ,tube ['kæθod,re-] 名〖電子〗陰極射線管。略作：CRT

ca·thod·ic [kə'θɑdɪk] 形陰極的。

cath·o·lic ['kæθəlɪk] 形 **1** 普遍的。**2**（分裂成各派前的）天主教的。**3** 廣泛的；胸襟寬大的。**ca·thol·i·cal·ly** [kə'θɑlɪkəlɪ] 副

·Cath·o·lic ['kæθəlɪk] 形 **1**〖神〗（羅馬）天主教的；（與基督教、新教相對的）天主教的，舊教的。**2** = catholic 2.—名天主教徒；羅馬天主教徒。

'Catholic 'Church 名《the ~》（羅馬）天主教會。

Ca·thol·i·cism [kə'θɑl,sɪzəm] 名U **1**（羅馬）天主教；天主教信仰，天主教教義。**2**《c-》包容性，普遍性。

cath·o·lic·i·ty [,kæθə'lɪsətɪ] 名U **1** 普遍性；包容性。**2**《C-》羅馬天主教會；其教義[信仰、制度]。

ca·thol·i·cize [kə'θɑlə,saɪz] 動及不及 **1** 使普遍化。**2**《C-》（使）成為天主教徒。**-ci·'za·tion** 名

cat·house ['kæt,haʊs] 名《美俚》妓院。

Cath·y ['kæθɪ] 名〖女子名〗凱西（Catherine 的暱稱）。

cat·i·on ['kæt,aɪən] 名〖理化〗陽離子，陽原子（群）。

cat·kin ['kætkɪn] 名〖植〗（柳等的）柔荑花序；柳絮。

cat·like ['kæt,laɪk] 形如貓般的；行動隱密的；偷偷摸摸的。

cat·mint ['kæt,mɪnt] 名《英》= catnip.

'cat ,nap 名（坐在椅子上）小睡，假寐。

cat·nap ['kæt,næp] 動 **(-napped, ~·ping)** 不及《美》小睡，假寐。—名《英》= cat nap.

cat·nip ['kæt,nɪp] 名U〖植〗貓薄荷。

cat-o'-nine-tails [,kætə'naɪn,telz] 名（複~）九尾鞭：古時海軍刑具之一。

'cats and 'dogs 名《美俚》**1** 低價股票。**2**（商品）零碎物件；破爛雜物。

'CAT 'scan ['kæt-, ,si,e'ti-] 名〖醫〗電腦斷層掃描。

'CAT 'scanner 名〖醫〗電腦斷層掃描機。

'cat's 'cradle 名U〖遊〗翻線遊戲。

cat's-eye ['kæts,aɪ] 名 **(複~s) 1** 貓眼石，（尤指）金綠石。**2** 公路上的夜間反光裝置；（汽車尾部的）反光設備。

cat's(-)paw ['kæts,pɔ] 名 **1** 傀儡，爪牙。**2**〖海〗（索的）貓爪結。**3**〖海〗貓爪風。

'cat ,suit 名《英》女用連身緊身衣。

cat·sup ['kætsəp] 名番茄醬 = ketchup.

cat·tail ['kæt,tel] 名〖植〗香蒲。

cat·ti·ness ['kætɪnɪs] 名如貓的性格；陰險。

cat·tish ['kætɪʃ] 形 **1** 似貓的。**2** 居心不良的，狡猾的，有敵意的。

:cat·tle ['kætl̩] 名《集合名詞·作複數》**1**〖動〗牛：ten (head of) ~ 十頭牛。**2**〖聖〗家畜。**3**《蔑》畜生，卑鄙之人。

'cattle ,guard [《英》,grid] 名牛柵，防止牲畜走失的溝柵。

cat·tle·man ['kætl̩mən] 名 **(複 -men** [-mən]) **1** 牧牛人；養牛者。**2** 畜牧業者；牧場主人。

'cattle ,show 名家畜展覽會。

cat·ty ['kætɪ] 形 **(-ti·er, -ti·est) 1** 似貓的。**2** 狡猾有惡意的，記仇的；喜歡說別人壞話的。

CATV《縮寫》*c*ommunity *a*ntenna *t*ele*v*ision（社區）有線電視（亦稱 **cable TV**）。

cat·walk ['kæt,wɔk] 名 **1**（工廠等靠近天花板的）狹窄步行通道。**2**（時裝發表會的）伸展臺。

Cau·ca·sia [kɔ'keʒə -ʃə] 名高加索：黑海與裡海間的前蘇聯地區名。

Cau·ca·sian [kɔ'keʒən, -'keʃən] 形 **1** = Caucasoid. **2** 高加索山脈的。**3** 高加索語的。—名 **1** 高加索人種；白種人。**2** 高加索人。**3** U高加索語。

Cau·ca·soid ['kɔkə,sɔɪd] 名高加索人種：白色人種的後裔。—形高加索人種的；白色人種的。

Cau·ca·sus ['kɔkəsəs] 名《the ~》**1** 高加索山脈。**2** = Caucasia.

cau·cus ['kɔkəs] 名 **(複~·es) 1**《美》（政黨的）地方大會；幹部會議。**2**《英》（政黨的）地方委員會。**3**（政黨等之）幹部，核心機構。
—動不及《美》召開幹部會議。

cau·dal ['kɔdl̩] 形 **1**〖解·動〗尾的；（身體）近後端的：a ~ fin 尾鰭。**2** 尾狀的。

cau·date ['kɔdet], **-dat·ed** [-detɪd] 形〖動〗有尾的。**-'da·tion** 名

:caught [kɔt] 動 **catch** 的過去式及過去分詞。

caul [kɔl] 名 **1** 胎頭羊膜；大網膜。**2**（昔日的）婦女用網帽；女帽後部的網。

caul·dron ['kɔldrən] 名大鍋：His heart was a ~ of passion. 他熱情如火。

cau·li·flow·er ['kɔlə,flauɚ] 名C U〖植〗花椰菜，花菜；（供食用的）花椰菜球。

'cauliflower 'ear 名花椰菜耳朵：拳擊手因受傷後結疤組織增厚而變形、狀如花椰菜的耳朵。

caulk [kɔk] 動及填；（為防止漏水、漏氣而）將（船、窗、槽等）的間隙堵住。

caulk·er ['kɔkɚ] 名防漏水的作業員或工具。

caus·al ['kɔzl̩] 形 **1** 原因的；以因果關係為特徵的。**2**〖文法〗表示原因的。

cau·sal·i·ty [kɔ'zælətɪ] 名U **1** 因果關係，因果性。**2** 緣由，起因。

cau·sa·tion [kɔ'zeʃən] 名U **1** 引起。**2** 原因。**3** 因果關係。

caus·a·tive ['kɔzətɪv] 形 **1** 成為原因的，引起…的《*of...*》。**2**〖文法〗使役的。—名〖文法〗使役動詞。**~·ly** 副〖文法〗使役地。

:cause [kɔz] 名1 UC成爲原因之人[物]；原因，根由《of...》。2 UC（行動的）根據，動機，理由；正當理由，充分理由《for..., to do, that 子句》。3〖法〗訴訟理由。4議論的主題，論點。5理想，目標；主義，信條；運動；福利《of...》。6〖哲〗原因。

make common cause with...（爲共同目的而）與（人、國家等）合作，結盟。

with cause 有正當理由；事出有因地。

without cause 無緣無故地。

—動 **(caused, caus·ing)** 及1 使產生，導致；使發生。2 使，促使。

'cause [kəz;《強》kɔz, kʌz] 連《口》= because.

cause-and-ef·fect ['kɔzəndɪ'fɛkt] 形因果關係的。

cause cé·lè·bre [ˌkɔzse'lɛbr] 名(複 **causes ce·le·bres** [ˌkɔzsə'lɛbr])名著名的訴訟案件，轟動一時的案件。

cause·less ['kɔzlɪs] 形1 沒有原因的；偶發的。2 無正當理由的。～**·ly**副

cau·se·rie [ˌkozə'ri] 名 (複 ～**s** [-z])漫談；（尤指有關文藝的）隨筆。

cause·way ['kɔzˌwe] 名1（低地、淺灘、溼地上面突起的）堤道，田埂。2 石子路，公路。—動及1 以石子鋪。2 砌堤道於…。

caus·tic ['kɔstɪk] 形 1 腐蝕性的，苛性的：～ soda 苛性鈉 / ～ silver 硝酸銀。2 辛辣的，諷諷的，刻薄的。—名 U C腐蝕劑。**-ti·cal·ly**副

caus·tic·i·ty [kɔ'stɪsətɪ] 名U1 腐蝕性，苛性。2（反駁、報復等的）苛刻，激烈，譏諷。

cau·ter·ant ['kɔtərənt] 名〖醫〗燒灼劑。—形腐蝕性的。

cau·ter·i·za·tion [ˌkɔtərə'zeʃən] 名 U〖醫〗燒灼，腐蝕；烙；麻痺。

cau·ter·ize ['kɔtəˌraɪz] 動 及 1〖醫〗燒灼，腐蝕；烙。2 使麻痺。

cau·ter·y ['kɔtərɪ] 名 (複 **-ter·ies**)〖醫〗燒灼劑；燒灼器。2U燒灼。

·cau·tion ['kɔʃən] 名1U小心，謹慎：for ～'s sake 爲謹慎起見 / with ～ 小心翼翼地。2UC警告，告誡：inflict a punishment as a ～ to others 施以處罰，以儆效尤。3《通常作**a** ～》《美南部》《口》引起憂慮之人[物]；令人驚訝的人[物]。4〖軍〗（號令之）預備令。—動及警告《against, about...》；告誡；事先告誡。—不及警告，告誡《against...》。～**·er**名

cau·tion·ar·y ['kɔʃəˌnɛrɪ] 形警戒的；督促注意的，告誡的。

cau·tious ['kɔʃəs] 形小心的，謹慎的；注意的《of, about..., of doing, about doing》；《否定句》非常小心（不…）的《to do》：be ～ *of* one's tongue 謹言。～**·ness**名

cau·tious·ly ['kɔʃəslɪ] 副小心地，謹慎地；注意地。

cav·al·cade [ˌkævl'ked] 名 1 車隊，馬隊。2 行列。3 系列，連串。

·cav·a·lier [ˌkævə'lɪr] 名1《古》騎馬者，騎士。2 有騎士精神的人；彬彬有禮的紳士；對女性很體貼的男士；護花使者；舞伴。3《**C-**》（英王查理一世時代的）保王黨黨員。—形1 霸道的，傲慢的。2 豪爽的；隨便的；不拘禮的：in a ～ fashion 隨便地。

cav·a·lier·ly [ˌkævə'lɪrlɪ] 副像騎士地；傲慢地，不客氣地；隨便地，不拘禮地。—形像騎士的；傲慢的。

·cav·al·ry ['kævl̩rɪ] 名(複 **-ries**) 1《通常作複數》〖軍〗(1) 騎兵隊；《集合名詞》騎兵。(2) 裝甲部隊；直升機機動部隊。2《集合名詞》。騎馬者；馬。

cav·al·ry·man ['kævl̩rɪmən] 名(複**-men** [-mən]) 騎兵。

cav·a·ti·na [ˌkævə'tinə] 名 (複 **-ne** [-ne])〖樂〗短曲；《俚》短的抒情樂曲。

·cave [kev] 名1 洞窟，洞穴；山洞。2〖英政〗（政黨的）脫黨。3 = cave-in. 4《美俚》無窗戶的小辦公室。5 在地下室有節目表演的咖啡廳。—動 **(caved, cav·ing)** 及1 挖洞穴《out》。2 使凹陷，使陷落《in》。—不及1 凹陷；坍塌，陷落《in》。2《口》屈服，投降；破產《in》。3 到洞穴探險。

ca·ve·at ['kevɪˌæt] 名1〖法〗中止訴訟程序的申請。2 警告，告誡。

ca·ve·at emp·tor ['kevɪˌæt'ɛmptɔr] 名〖法〗顧客自負風險，貨物既出概不退換；買方當心，顧客自行負責。

ca·ve·a·tor ['kevɪˌetɚ] 名〖法〗提出中止訴訟程序的申請者；警告者。

'cave ˌdweller 名1 = caveman 1. 2《口》公寓居民。

cave-in ['kevˌɪn] 名（礦坑、道路等的）塌陷（處）。

cave·man ['kevˌmæn] 名 1（石器時代的）穴居人。2《口》粗魯的男人，野蠻人。

·cav·ern ['kævɚn] 名 洞穴，大洞窟。—動及1 封入。2 挖空，掘穴《out》。

cav·ern·ous ['kævɚnəs] 形 1多洞穴的。2（眼、頰）凹陷的。3 聲響空洞的。4 多縫隙的，多孔的。～**·ly**副

cav·i·ar(e) ['kævɪˌɑr, ˌkævɪ'ɑr] 名 U魚子醬（珍味）。

caviar to the general《文》陽春白雪，有教養的人才能理解之高雅物品。

cav·il ['kævl] 動 (～**ed,** ～**·ing** 或《英尤作》**-illed,** ～**·ling**) 不及 找碴，挑剔《at, about, with...》。—及吹毛求疵[挑剔]。—名UC吹毛求疵的異議；挑毛病，挑剔。～**·er**名, ～**·ing·ly**副

cav·ing ['kevɪŋ] 名U1 挖洞。2 洞穴探險。

cav·i·ty ['kævətɪ] 名 (複 **-ties**) 1 洞；凹

處，穴；（鑄造物的）中空部分。2〖解〗空洞，腔：the abdominal ～ 腹腔。3〖齒〗洞，窩，《俚》蛀牙（洞）。

ca·vort [kə'vɔrt] 動 不及 1（馬）奔躍《*about*》；跳躍前進《*along*》。2《口》歡躍；興致勃勃。

ca·vy ['kevɪ] 名 (複 **-vies**)〖動〗（南美洲產的）天竺鼠。

caw [kɔ] 名 烏鴉的叫聲。—動 不及（烏鴉）嘎嘎叫《*out*》。

cay [ke, ki] 名 沙洲，珊瑚礁。

cay·enne [kaɪ'ɛn, ke-] 名 U 辣椒（粉）。

cay·man ['kemən] 名 (複 ～**s** [-z]) = caiman.

Cb《化學符號》columbium.

CB《縮寫》〖軍〗*c*onstruction *b*attalion; *c*hemical and *b*iological; *c*itizens *b*and.

C.B.《縮寫》《英》*C*ompanion of the *B*ath.

CBC《縮寫》*C*anadian *B*roadcasting *C*orporation 加拿大廣播公司。

CBI《縮寫》*c*omputer-*b*ased *i*nstruction. 電腦化教學。

CBS《縮寫》《美》*C*olumbia *B*roadcasting *S*ystem 哥倫比亞廣播公司。

CBW《縮寫》*c*hemical and *b*iological *w*arfare 生化戰。

cc., c.c.《縮寫》*c*arbon *c*opy; *c*hapters; *c*ubic *c*entimeter.

C.C., c.c.《縮寫》*c*ashier's *c*heck;《英》*C*ounty *C*ouncil(lor); *C*ricket *C*lub.

C.C.C.《縮寫》《英》*C*orpus *C*hristi *C*ollege 英國劍橋大學聖體學院。

CCTV《縮寫》*c*losed-*c*ircuit *t*elevision 閉路電視。

Cd《化學符號》cadmium.

cd.《縮寫》*c*or*d*(s).

C.D., CD《縮寫》*C*ivil *D*efense; *c*ertificate of *d*eposit.

CD ['si'di] 名 雷射唱片，光碟（compact disc）。

CDC《縮寫》*C*enters for *D*isease *C*ontrol and Prevention《美》疾病管制中心。

'CD ˌplayer 名 光碟播放機。

CD-R《縮寫》*c*ompact *d*isc *r*ecorder 光碟燒錄器。

Cdr., CDR《縮寫》*C*ommande*r*.

'CˌD-'ROM 名(複～**s** [-z]) 光碟唯讀記憶體，光碟。

Ce《化學符號》cerium.

C.E.《縮寫》*C*ivil *E*ngineer; *c*ommon *e*ra 西元; *C*hurch of *E*ngland.

·**cease** [sis] 動 (**ceased, ceas·ing**) 不及 1 停止，斷絕《*from..., from doing*》。2 終了，結束。—及 停止；終止：～ and desist〖法〗（行政機關等）對某特定行爲發出停止的命令 / *C-* fire!〖軍〗停止射擊！停火！—名《現僅用於下列片語》

without cease 不斷地，不停地。

cease-fire ['sisˌfaɪr] 名〖軍〗停火，停戰；停止射擊之命令。

cease·less ['sislɪs] 形 不停的：～ effort 不停的努力。～**·ly** 副, ～**·ness** 名

Cec·il ['sɛsl̩] 名〖男子名〗塞索爾。

Ce·cile [sɪ'sil] 名〖女子名〗西西爾。

Ce·cil·ia [sɪ'sɪljə] 名〖女子名〗西西莉亞。

ce·cum ['sikəm] 名 (複**-ca** [-kə])〖解·動〗盲腸。

·**ce·dar** ['sidɚ] 名〖植〗1 雪松等雪松屬喬木；杉樹或杜松等類似雪松之各種針葉樹。2 香杉。3 U（亦稱 **cedarwood**）雪松木材，杉木。—形 雪松屬樹木（製）的，杉（木製）的：a ～ chest 杉木製的櫃子。

cede [sid] 動 及 1 讓渡；割讓。2 讓步。—不及 讓步《*to...*》。

ce·dil·la [sɪ'dɪlə] 名 下加符（法文字母 ç 下面所在的一撇）。

Ced·ric ['sɛdrɪk, 'sidrɪk] 名〖男子名〗塞德里克，西迫克。

ceil [sil] 動 及 1（以灰泥、壁板）塗，鋪裝；裝設天花板或平頂。2〖海〗裝設內部墊材。

:**ceil·ing** ['silɪŋ] 名 1 天花板；（中古教堂等的）圓形天花板；（船的）內部鋪設，內部墊材：hang a ～ 吊裝天花板。2（依法令所定的）最高限度；許可容納最高限額的人員：set a ～ on... 訂定…的最高限度。3〖空〗雲幕；升限。4〖氣象〗雲幕。

hit the ceiling《美俚》勃然大怒；（考試等）因緊張而失敗。

—形《口》最大的，最高的，極限的：a ～ price 最高價。**-inged** 形

cel·an·dine ['sɛlənˌdaɪn] 名 1 白屈菜。2 歐洲毛茛。

Cel·e·bes ['sɛləˌbiz, sə'libiz] 名 西里伯島：印尼大島，位於婆羅洲東方（亦稱蘇拉威西 **Sulawesi**）。

cel·e·brant ['sɛləbrənt] 名 1 主持彌撒的神父；主持祭典者。2 祝賀者。3 讚頌者，讚美者。

·**cel·e·brate** ['sɛləˌbret] 動 (**-brat·ed, -brat·ing**) 及 1 慶祝，祝賀，紀念；舉行：～ one's birthday 慶祝生日 / ～ Mass 舉行彌撒。2 發表，公布。3 褒揚，稱頌，讚美：～ a hero in song 以歌曲讚頌英雄。—不及 1 舉行慶典；舉行宗教儀式。2《口》舉杯慶祝，歡宴作樂。**cel·e·bra·to·ry** ['sɛləbrəˌtorɪ] 形, **-ˌbra·tor** 名

·**cel·e·brat·ed** ['sɛləˌbretɪd] 形 著名的，聞名的《*for...*》；爲世人所知的《*as...*》: the ～ 名人們。

·**cel·e·bra·tion** [ˌsɛlə'breʃən] 名 1 U 讚賞，讚美；祝賀，慶典之舉行：in ～ of... 爲慶祝…。2 慶典，祭典：hold a ～ 舉行慶祝會。

ce·leb·ri·ty [sə'lɛbrətɪ] 名 (複 **-ties**) 1 名人，著名之士。2 U 著名，名聲：works o[f] worldwide ～ 世界名著。

ce·ler·i·ty [sə'lɛrətɪ] 名 U 敏捷，迅速。

cel·er·y ['sɛlərɪ] 名 U〖植〗芹菜；其食用莖：a head of ～ 一株芹菜。

ce·les·ta [sə'lɛstə] 名鐘琴。

·**ce·les·tial** [sə'lɛstʃəl] 形 **1** 天的，天上（世界）的；神聖的，莊嚴的；完美的：～ music 天上來的音樂，極美妙的音樂。**2** 天空的，天體的；天體觀測航行（術）的：a ～ body 天體 / the ～ pole 天極，地球的兩極。—名 神仙。～**·ly** 副 似天國地，神聖莊嚴地；無上地。

ce'lestial e'quator 名《the ～》〖天〗天球赤道。

ce'lestial me'chanics 名(複)《作單、複數》天體力學。

cel·i·ba·cy ['sɛləbəsɪ] 名 U **1** 獨身，獨身生活。**2**（神職者的）獨身主義；禁慾。

cel·i·ba·tar·i·an [ˌsɛləbə'tɛrɪən] 形 名 獨身主義的[者]。

cel·i·bate ['sɛləbɪt, -ˌbet] 名 **1** 獨身（主義）者。**2** 禁慾（主義）者。—形 **1** 未結婚的，獨身的。**2** 守持禁慾的，發誓獨身的。

:**cell** [sɛl] 名 **1**（修道院的）獨居房；（隱士、修行者的）小屋；（監獄的）小間囚房；〖教會〗女修道院。**2** 小房間，小室；（蜂巢的）蜂窩。**3**（政黨的）基層組織，支部；〖軍〗班，隊，組。**4**〖生〗細胞；（動植物組織內的）小空洞；〖昆〗（翅膀中分隔的）翅室；〖植〗花粉囊，藥囊。**5**〖電〗電池；〖理·化〗電解槽。**6**〖空〗（氣球的）氣囊；（複翼飛機的）翼組。**7**〖建〗（天花板的）方格板；隔板。**8**〖電腦〗記憶單位。**9**《口》= cellphone.

:**cel·lar** ['sɛlɚ] 名 **1** 地下儲藏室，地窖。**2** 地下室。**3**《the ～》〖運動〗最後一名。**4** 儲藏的葡萄酒。**5**（亦稱 **saltcellar**）裝鹽器，裝鹽瓶。—動 及 儲藏於地下室。

cel·lar·age ['sɛlərɪdʒ] 名 U **1** 地下室的總面積；《集合名詞》地窖。**2** 地下室使用費，窖藏費。

cel·lar·et(te) [ˌsɛlə'rɛt] 名 酒櫃，酒櫥。

cel·lar·man ['sɛlɚmən] 名（複 **-men**）**1** 負責管理酒類的人；《英》酒店的雜役。**2** 酒店的老闆。

'cell diˌvision 名〖生〗細胞分裂。

celled [sɛld] 形 有細胞的。

cel·list ['tʃɛlɪst] 名 大提琴手。

'cell ˌmembrane 名〖生〗細胞膜。

cel·lo ['tʃɛlo] 名（複 ～**s** [-z]）〖樂〗大提琴（亦稱 **violoncello**）。

cel·lo·phane ['sɛləˌfen] 名 U 玻璃紙。—形 玻璃紙（似）的；玻璃紙製的；用玻璃紙包裝的。

cell·phone ['sɛlˌfon] 名《口》= cellular phone.

cel·lu·lar ['sɛljəlɚ] 形 **1** 細胞的；細胞狀的。**2**〖織〗網眼大的。**3** 多孔性的；〖解·機〗蜂窩狀的；〖建〗分格式的。

cellular 'phone 名 行動電話，手機。

cel·lule ['sɛljul] 名 小細胞，小室。

cel·lu·lite ['sɛljəlaɪt, -lit] 名 U（囤積在臀部及大腿部位的）塊狀脂肪。

Cel·lu·loid ['sɛljəˌlɔɪd] 名 **1** U〖商標名〗賽璐珞（塑膠的一種）。**2**《c-》電影（的底片）。

cel·lu·lose ['sɛljəˌlos] 名 U〖生化〗纖維素：～ acetate 醋酸纖維素。

cel·lu·lous ['sɛljələs] 形 多細胞的，由細胞組成的。

'cell 'wall 名〖生〗細胞壁。

'cell ˌyell 名 大聲講手機。

Cel·si·us ['sɛlsɪəs] 名 **Anders**，攝爾西斯（1701–44）：瑞典天文學家，攝氏溫度計之發明者。—形 = centigrade.

Celt [kɛlt, sɛlt] 名 凱爾特族（人）：指 Irish, Gaels, Welsh, Bretons 等（亦作 **Kelt**）。

Celt·ic ['kɛltɪk, 'sɛl-] 名 U 凱爾特語：包含 Irish, Scots, Gaelic, Welsh, Breton 的印歐語系之一分支。—形 凱爾特族[人，語]的：the ～ fringe 不列顛群島中的凱爾特族人或其居住的地方。

cel·tuce ['sɛltɪs] 名 C U 芹萵苣。

cem·ba·lo ['tʃɛmbəˌlo] 名（複 **-li** [-lɪ], ～**s**）= harpsichord.

·**ce·ment** [sə'mɛnt] 名 U **1** 結合劑；〖建·齒〗水泥，黏固粉；《口》混凝土。**2**〖礦〗膠結物。**3** 結合物；能使人結合在一起的力量。

—動 及 **1** 以水泥黏結；《喻》使堅固，鞏固，結合在一起《*together*》。**2** 以水泥鋪塗《 *over* 》。—不及 黏結；接合；膠結。～**·er** 名

ce'ment ˌmixer 名 水泥攪拌機。

·**cem·e·ter·y** ['sɛməˌtɛrɪ] 名（複 **-ter·ies**）（不在教堂墓園內的）墓地，公墓：Arlington National *C-* 阿靈頓國家公墓。

cen.《縮寫》*cen*tral; *cen*tury.

cen·o·bite ['sɛnəˌbaɪt, 'sin-] 名（寺院或修道院中的）修道者。

cen·o·taph ['sɛnəˌtæf] 名 **1** 紀念碑。**2**《**the C-**》（設在 London 的 Whitehall 的）陣亡將士紀念碑。

Ce·no·zo·ic [ˌsinə'zoɪk, ˌsɛnə-] 名 形〖地質〗新生代（的）（亦稱 **cainozoic**）。

cense [sɛns] 動 及 在神前焚香。

cen·ser ['sɛnsɚ] 名 香爐。

cen·sor ['sɛnsɚ] 名 **1**（出版物、電影等的）審查員；〖軍〗（通信文書的）檢查員。**2**（古代羅馬調查戶口等的）監察官；風紀監督官；（英國大學的）學監。**3** 吹毛求疵者，好挑毛病者。**4** U〖精神分析〗抑制性潛意識。

—動 及 **1** 審查。**2** 刪除，刪改。

cen·so·ri·al [sɛn'sorɪəl] 形 檢查（員）的，與審查員有關的；苛評的。

cen·so·ri·ous [sɛn'sorɪəs] 形 苛評的；吹毛求疵的，愛挑剔的《 *of...* 》。～**·ly** 副

cen·sor·ship ['sɛnsɚˌʃɪp] 名 U **1** 檢查（制度）：pass ～ 通過檢查 / put ～ on... 檢查…。**2** 檢查員之職。**3**〖精神分析〗潛意

識中的抑制力。

cen·sur·a·ble ['sɛnʃərəbl] 形可非難的，應受譴責的。～**a·bly** 副

·cen·sure ['sɛnʃɚ] 名UC責難，嚴厲的譴責；不信任：pass a vote of ～ against a person 通過不信任某人的決議案。

—動 (**-sured, -sur·ing**) 及 激烈地批判《*for...*, *for doing*》。—不及批判，譴責。

cen·sus ['sɛnsəs] 名(複 ～**·es**) 人口普查：take a ～ of... 舉行…的人口調查 / the Bureau of *C*-《美》人口普查局。—動及實施人口調查。

C

:cent [sɛnt] 名**1** 分：⑴一分錢的銅幣。⑵加拿大、斯里蘭卡、衣索比亞、賴比瑞亞、馬來西亞、荷蘭、南非等國貨幣單位之值的百分之一。**2**U（作單位的）百。**3**《**a** ～》《通常用於否定》《美》一文錢（的價值），零錢：be *not* worth *a* ～ 一文錢都不值。

cent per cent ⑴百分之百（的利息）。⑵毫無例外地，平等地。

cent. 《縮寫》*cent*igrade; *cent*ral; *cen*tum; *cent*ury.

cen·tare ['sɛntɛr] 名(複 ～**s** [-z]) = centiare.

cen·taur ['sɛntɔr] 名**1**〖希神〗人首馬身的怪物，人頭馬。**2**《**C-**》〖天〗= Centaurus. **3** 有雙重人格的人。

Cen·tau·rus [sɛn'tɔrəs] 名〖天〗人馬座。

cen·ta·vo [sɛn'tɑvo] 名(複 ～**s** [-z]) 分：阿根廷、古巴、墨西哥、菲律賓等國所用的小輔幣，相當於 peso 的百分之一。

cen·te·nar·i·an [ˌsɛntə'nɛrɪən] 形 百歲的，百歲以上的；一百週年紀念的。—名百歲（以上）的人。

cen·te·nar·y ['sɛntəˌnɛrɪ, sɛn'tɛnərɪ] 形《主英》一百年的；一百週年紀念的。

—名(複 **-nar·ies**) 一百週年紀念（日）；一世紀。

cen·ten·ni·al [sɛn'tɛnɪəl] 形**1**（第）一百年的；一百週年紀念的：a ～ anniversary 一百週年紀念（日）。**2** 持續一百年的；百歲（以上）的。—名 一百週年（紀念）；一百週年紀念慶典；一百週年紀念日。

cen·ten·ni·al·ly [sɛn'tɛnjəlɪ] 副 每百年地。

Cen'tennial 'State 名《the ～》百年州（美國 Colorado 州的別名）。

:cen·ter ['sɛntɚ] 名 **1**《通常作 the ～》（圓、正多角形的）中心；（旋轉、平衡的）中心點，軸心；（場所的）中央，正中。**2** 出處，根源；〖生理〗中樞。**3**（興趣等的）焦點，核心；中心人物：the ～ of attraction 注意力的焦點。**4** 主要場所；主要物體；中心區；（社會事業等的）綜合設施；商店街：an amusement ～ 娛樂中心 / a medical ～（綜合）醫療中心。**5** 占中心地位之人[物]，中樞。**6**〖軍〗主力部隊。**7** 蕊：chocolate with cream ～*s* 奶油夾心巧克力。**8**《通常作 **C-**》〖政〗中間派（議員）；中間派政治見解。**9**〖籃球·美式足球·冰上曲棍球〗中鋒。**10**〖機〗（旋轉盤的）承軸；頂尖。

on center 中心至中心，中點至中點。

—動及 **1** 集中《*on, upon, in, at, around, round...*》；置於中央。**2** 決定…的中心位置。**3** 調整；使定於中心位置。**4**〖美足〗傳給後衛；〖籃球·曲棍球〗傳向中央。

—不及 **1** 成爲中心；集中《*about, around, at, on, upon, in...*》。**2**〖足球·曲棍球〗向球場中央傳球。

center down《美》集中思想，專心。

—形 **1**（在）中心的。**2** 中立派的。

'center ˌbit 名 轉柄鑽，中心鑽。

cen·ter·board ['sɛntɚˌbord] 名〖海〗（帆船的）垂板龍骨。

cen·tered,《英》**-tred** ['sɛntɚd] 形**1** 有中軸的；在中央的。**2**〖印〗中央的。**3**《複合詞》以…爲中心的。

'center ˌfield 名U〖棒球〗中外野。

'center 'fielder 名〖棒球〗中外野手。

cen·ter·fold ['sɛntɚˌfold] 名 夾附在雜誌中央的摺頁。

cen·ter·ing ['sɛntərɪŋ] 名〖建〗（圓拱的）臨時支架。

'center of 'gravity 名**1**〖力〗重心。**2** 最重要之點。

'center of 'mass 名〖力〗質量中心。

cen·ter·piece ['sɛntɚˌpis] 名**1**（放在餐桌上）中央裝飾物。**2**（政策等的）主要特徵。

'center ˌstage 名U 焦點。

cen·tes·i·mal [sɛn'tɛsəml] 形 百分之一的；百分法的，百進位法的。

cen·tes·i·mo [sɛn'tɛsəˌmo] 名(複《義》**-mi** [-mi], ～**s** [-z]) **1** 義大利貨幣單位，百分之一里拉。**2** 烏拉圭白銅幣 peso 的百分之一；巴拿馬銅幣 balboa 的百分之一。

cent(i)-《字首》表示「第一百名」、「百分之一」、「百」之意。

cen·ti·are ['sɛntɪˌɛr] 名(複 ～**s** [-z]) 一平方公尺。

·cen·ti·grade ['sɛntəˌgred] 形（刻劃）百度的；分爲百度刻劃的；攝氏的（略作：C）：20℃ 攝氏二十度。

cen·ti·gram,《英》**-gramme** ['sɛntəˌgræm] 名 公毫：百分之一克。略作：cg.

cen·ti·li·ter,《英》**-li·tre** ['sɛntəˌlitɚ] 名 公勺：百分之一公升。略作：cl.

cen·time ['sɑntim] 名(複 ～**s** [-z]) 生丁：**1** 百分之一法郎。**2** 百分之一 gourde：海地的貨幣單位。

·cen·ti·me·ter,《英》**-tre** ['sɛntəˌmitɚ] 名 公分，厘米。略作：cm.

cen·ti·mil·lion·aire [ˌsɛntəmɪljə'nɛr] 名 億萬富翁。

cen·ti·mo ['sɛntəˌmo] 名(複 ～**s** [-z]) 貨幣名稱：哥斯大黎加的colon，巴拉圭的guar-

ani，西班牙的peseta，委內瑞拉的 bolivar 等貨幣的百分之一價格的輔幣單位。
cen·ti·pede ['sɛntə,pid] 图蜈蚣。
cen·to ['sɛnto] 图(複～s [-z]) 抄襲拼湊而成的文藝作品；名曲的組曲；摘錄雜集品。
CENTO ['sɛnto] 图中部公約組織(1959－79)(Central Treaty Organization)。
cen·tra ['sɛntrə] 图**centrum** 的複數形。
cen·tral ['sɛntrəl] 形《主限定用法》**1** 中心的；《敘述用法》位置適中的。**2** 中心的；成爲主流的；核心的《*to...*》: the ～ office 本部，總局 / the ～ theme in a play 戲劇的中心主題。**3** 中立的，溫和的。**4**〖語音〗中間舌音的。**5**〖解·動〗中樞神經（系統）的；脊椎的；〖理〗(力量) 集中於一點的。～**·ly**副
Central 'African Re'public 图中非共和國：非洲中部內陸國；1960年獨立，首都班基（Bangui）。
Central A'merica 图中美（洲）。
Central A'merican 图形中美洲人；中美洲的，中美洲人的。
Central 'angle 图〖幾〗圓心角。
Central 'bank 图中央銀行。
Central 'casting 图《美》(製片廠的) 角色分配部門。
straight from central casting 千篇一律的。
Central 'heating 图Ⓤ中央暖氣系統。
Central In'telligence 'Agency 图(美國的) 中央情報局。略作：CIA
cen·tral·ism ['sɛntrə,lɪzəm] 图Ⓤ中央集權制度。**-ist**图形
cen·tral·is·tic [,sɛntrə'lɪstɪk] 形中央集權制度的。
cen·tral·i·ty [sɛn'trælətɪ] 图(複 **-ties**)Ⓤ Ⓒ**1** 中心位置。**2** 向心性。
cen·tral·i·za·tion [,sɛntrələ'zeʃən] 图Ⓤ**1** 集中（化）。**2** 中央集權。
cen·tral·ize ['sɛntrə,laɪz] 動及**1** 使集中《*in...*》。**2** 中央集權化。
—不及 集於中央，集中《*in...*》；形成中心。
Central 'nervous ,system 图中樞神經系統。
Central 'Park 图中央公園：美國 New York 市的大型公園。
Central 'Powers 图(複)《*the* ～》(第一次世界大戰時的) 同盟國。
Central 'processing 'unit 图〖電腦〗中央處理機，主機。略作：CPU
Central re,serve [reser,vation] 图道路中間的安全島[分隔島]。
Central 'Standard ,Time 图《美》Central Time. 略作：CST, C.S.T.
Central ,Time 图Ⓤ《美》中部標準時間：比 G.(M.) T.晚 6 小時。
cen·tre ['sɛntɚ] 图動《英》= center.
cen·tric ['sɛntrɪk], **-tri·cal** [-kl] 形**1** 中心的；在中央的；中樞的。**2**〖解·生理〗神經中樞的。
cen·trif·u·gal [sɛn'trɪfjʊgl] 形**1** 離心的：～ force 離心力。**2** 利用離心力的。**3**〖生理〗離心性的。**4** 分離主義的，地方分權的。—图〖機〗離心機。
cen·tri·fuge ['sɛntrə,fjudʒ] 图離心機，離心分離機。
cen·trip·e·tal [sɛn'trɪpətl] 形**1** 向心的：～ force 向心力。**2** 利用向心力的。**3**〖生理〗向心性的。**4** 中央集權的。
cen·trist ['sɛntrɪst] 图中間黨派的議員；(一般的) 溫和派人士。
—形屬於中間派的；中間派的。
cen·trism ['sɛntrɪzəm] 图Ⓤ 中間主義，中庸主義。**-trism** 图Ⓤ中間[庸]主義。
cen·tro·sphere ['sɛntrə,sfɪr] 图**1**〖生〗(細胞的) 中心球。**2**〖地質〗地心圈，地核。
cen·trum ['sɛntrəm] 图 (複 ～**s**, **-tra** [-trə]) **1** 中心。**2**〖解·動〗椎體。
cen·tum ['sɛntəm] 图百。
cen·tu·ple ['sɛntupl, sɛn'tupl] 形百倍的，百倍大的。—動及使增加百倍。
cen·tu·pli·cate [sɛn't(j)upləkɪt] 图形百倍（的）。—[-,ket] 動及加一百倍，印一百份。
cen·tu·ri·al [sɛn'tjurɪəl, -'tur-] 形**1** 百年的，一世紀的。**2**(古羅馬的) 百人隊的。
cen·tu·ri·on [sɛn'tjurɪən, -'tur-]图(古代羅馬軍隊的) 百人隊長，百夫長。
:**cen·tu·ry** ['sɛntʃərɪ] 图(複 **-ries**) **1** 百年，一世紀。**2** 一百（之組）。**3**(古羅馬)(軍隊的) 百人隊；(僅有一票投票權的) 百人組。**4**Ⓤ《**C-**》〖印〗century 體。**5**《美俚》一百美元；《英俚》一百英鎊。**6**〖板球〗百分。
'century ,plant 图〖植〗龍舌蘭。
CEO 《縮寫》*c*hief *e*xecutive *o*fficer 執行長；總裁。
ce·phal·ic [sə'fælɪk, sɛ-] 形《限定用法》頭（部）的。
ce'phalic 'index 图頭骨指數。
ceph·a·lo·pod ['sɛfələ,pɑd] 图頭足類動物。—形頭足類的。
ce·ram·ic [sə'ræmɪk] 形陶瓷器的，窯業的，製陶的：～tiles 瓷磚。—图窯業製品（亦稱 **keramic**）。
ce·ram·ics [sə'ræmɪks] 图 (複) **1**《作單數》陶瓷工藝；製陶術；窯業。**2**《作複數》窯業製品，陶瓷器。
cer·a·mist ['sɛrəmɪst] 图陶匠。
Cer·ber·us ['sɝbərəs] 图(複 ～**·es**, **-ber·i** [-bə,raɪ]) **1**〖希神〗瑟伯勒斯：冥府守門狗，有三個頭，尾部像蛇，長年不眠。**2** 粗暴而嚴謹的看門人。
cere [sɪr] 图〖鳥〗臘膜：指猛禽類、鸚鵡等上鳥喙根部的肉質膜。**cered**形
·**ce·re·al** ['sɪrɪəl] 图**1** 穀類植物；《通常作～**s**》穀物。**2**《通常作～**s**》穀物類食品。—形穀物類的。

C

cer·e·bel·lum [ˌsɛrəˈbɛləm] [名] (複 ～s, **-bel·la** [-ˈbɛlə]) 〖解·動〗小腦。**-lar** [形]

cer·e·bral [ˈsɛrəbrəl] [形] **1**〖解·動〗(大)腦的：～ hemorrhage 腦溢血 / ～ cortex 大腦皮質。**2** 理智的，用頭腦的。**3**〖語音〗捲舌音的。
—[名]〖語音〗捲舌音。～**·ly** [副]

ˈcerebral ˈdeath [名][U] 腦死。

ˈcerebral ˈpalsy [名][U]〖病〗腦性麻痺。

cer·e·brate [ˈsɛrəˌbret] [動][不及] 動腦筋，考慮。—[及] 對…加以考慮。

cer·e·bra·tion [ˌsɛrəˈbreʃən] [名][U] 大腦功能；思考。

cer·e·bro·spi·nal [ˌsɛrəbroˈspaɪnl̩] [形]〖解·生理〗**1** 腦脊髓的。**2** 中樞神經系統的：～ meningitis 腦脊髓膜炎。

cer·e·brum [ˈsɛrəbrəm] [名] (複 ～s, **-bra** [-brə]) **1**〖解·動〗大腦。**2**《諧》腦。

cere·cloth [ˈsɪrˌklɔθ] [名] (複～s [-ðz]) [U][C] 蠟布；裹屍布。

cere·ment [ˈsɪrmənt] [名]《通常作～s》裹屍布；白壽衣。

cer·e·mo·ni·al [ˌsɛrəˈmonɪəl] [形] **1** 儀式的，慶典的；禮儀上的；正式的。**2** 儀式用的。—[名] **1** 儀式，禮儀，典禮。**2** [U][C]〖天主教〗禮儀；儀式書。**3** 講究儀式。
～**·ly** [副] 儀式地。

cer·e·mo·ni·al·ism [ˌsɛrəˈmonɪəlɪzəm] [名] **1** [U] 墨守成規，偏重形式；儀式主義。**2**《集合名詞》儀式，典禮。**-ist** [名] 儀式主義者。

cer·e·mo·ni·ous [ˌsɛrəˈmonɪəs] [形] **1** 注重儀式的；鄭重其事的，拘泥於禮節的。**2** 禮儀的；正式的；禮儀鋪張的。
～**·ly** [副]，～**·ness** [名]

·cer·e·mo·ny [ˈsɛrəˌmonɪ] [名] (複 **-nies**) **1** 典禮，儀式，祭典：a coronation ～ 加冕典禮 / a wedding ～ 結婚典禮 / a master of *ceremonies* 典禮的司儀 / hold a ～ 舉行儀式。**2** [U] 禮貌；禮儀：with all *ceremonies* 竭盡儀禮地，極隆重地。**3** [U] 有禮貌的行為。**4** [U] 形式化的行為。
stand on ceremony 拘於形式。

Ce·res [ˈsɪriz] [名] **1**〖羅神〗西瑞絲：五穀女神。**2**〖天〗穀神星。

ce·rise [səˈris, -ˈriz] [名][U] 櫻桃色。—[形] 櫻桃色的。

ce·ri·um [ˈsɪrɪəm] [名][U]〖化〗鈰。符號：Ce

cert [sɝt] [名]《英俚》確實的事；〖賽馬〗必贏的馬：for a ～ 確實，一定。

:cer·tain [ˈsɝtn̩] [形] **1**《敘述用法》無疑問的，確信的《*of, about..., of* doing, *that* [子句], *wh*-[子句]》。**2**《敘述用法》決定做…的，一定做…的《*to* do》。**3** 無法避免的；無誤的，確實的，明白的；可信任的：as ～ as day and night 明明白白地。**4**《限定用法》固定的。**5**《限定用法》某，那一件：a ～ disease 某種病；性病 / in a ～ condition 在某一狀態下；懷孕。**6**《限定用法》(不很多的)某種程度的，若干的，幾分的：feel a ～ reluctance 覺得有點不情願。
for certain 無疑地；確定地。
make certain 確認；設法一定要(做…)《*of..., that* [子句]》。
—[代]《作複數》某些，某些人《*of...*》。

:cer·tain·ly [ˈsɝtn̩lɪ] [副] **1**《修飾全句》無疑地；一定，必定。**2**《回答用》當然；遵命，是的。**3**《輕微強調》真正地；完全地。

·cer·tain·ty [ˈsɝtn̩tɪ] [名] (複 **-ties**) **1** [U] 確實(性)；必然性；確信《*of..., that* [子句]》。**2**《口》確實之事，必然會發生的事：a dead ～《口》(賽馬的)必贏；一定會發生的事情 / bet on a ～ 篤定地打賭。
for a certainty 確實地，無疑地。

cer·tes [ˈsɝtiz, sɝts] [副]《古》確實地。

cer·ti·fi·a·ble [ˈsɝtəˌfaɪəbl̩] [形] **1** 能證明的。**2**《口》證明是精神異常的；《偶為諧》要上精神病院的；無法應付的；瘋的。

·cer·tif·i·cate [sɚˈtɪfəkɪt] [名] **1** 證明書《*of..., that* [子句]》：a birth ～ 出生證明書 / a health ～ 健康證明書 / a ～ of mailing《美》郵寄證明。**2** (畢業、結業)證書；執照。**3**〖法〗證明。**4** 證券，股票；《美》(可承兌的)金銀證券；(以前的)美鈔。**5** (土地、船舶的)登記，交易證書。
—[sɚˈtɪfəˌket] [動] (**-cat·ed, -cat·ing**) [及] **1** 證明。**2**《通常用被動》認定…有資格。

cer·tif·i·cated [sɚˈtɪfəˌketɪd] [形] 合格的

cer·ti·fi·ca·tion [ˌsɝtəfəˈkeʃən] [名] **1** 證明，保證；證明書的發給；(支票的)付款保證。**2** 證明書，保證書。**3** [U]《英》精神異常證明。

cer·ti·fied [ˈsɝtəˌfaɪd] [形] **1** 有證書的，有執照的；公認的；《美》(會計師等)合格的。**2** 保證的；有付款保證書的。**3**《英》(經法律)證明精神異常的。

ˈcertified ˈmail [名][U]《美》(不負金錢賠償責任的)掛號信函。

ˈcertified ˈmilk [名][U]《美》合格的奶。

ˈcertified ˈpublic acˈcountant 《美》合格會計師，註冊會計師(《英》chartered accountant)。略作：CPA

cer·ti·fi·er [ˈsɝtəˌfaɪɚ] [名] 證明書。

·cer·ti·fy [ˈsɝtəˌfaɪ] [動] (**-fied,** ～**·ing**) [及] 保證；以文書證明；證明品質：～ one's findings to the commission 以書面向委員會證明其調查結果。**2** 使確信《*of...*》。**3** (銀行)擔保(支票)可付款。**4** (醫師)證明…為精神病患。—[不及] 保證，證明《*to...*》；作證人《*for...*》。

cer·ti·tude [ˈsɝtəˌtjud, -ˌtud] [名][U] 確信；確實性。

ce·ru·le·an [səˈrulɪən] [名][U]，[形] 蔚藍(的)。

ce·ru·men [səˈrumən] [名][U] 耳垢蠟。

Cer·van·tes [sɚˈvæntiz] [名] **Miguel d**

凡提斯（1547–1616）：西班牙小說家，*Don Quixote* 的作者。

cer·vi·cal ['sɝvɪkl] [形]〖解〗頸的，子宮頸的。

'cervical 'cap [名] 子宮帽（一種避孕工具）。

cer·vi·ci·tis [,sɝvə'saɪtɪs] [名][U]〖病〗子宮頸炎。

cer·vine ['sɝvaɪn, -vɪn] [形]（似）鹿的。

cer·vix ['sɝvɪks] [名](複 ～**·es, cer·vi·ces** ['sɝvɪ,siz])〖解〗頸；子宮頸。**-vi·cal**[形]頸部的。

Ce·sar·e·an [sɪ'zɛrɪən] [形][名]剖腹生產術（的）= Caesarean.

ce·si·um ['sizɪəm] [名][U]〖化〗銫。符號：Cs

ces·sa·tion [sɛ'seʃən] [名][U][C]休止，停止；中斷：～ of work 歇業。

ces·sion ['sɛʃən] [名] **1**[U][C]（根據條約所做的領土）讓與，割讓。**2** 轉讓的物品。**3**[U]財產讓與。

～**·ar·y** [-ɛrɪ] [名]〖法〗受讓人；受託人。

cess·pit ['sɛs,pɪt] [名] = cesspool.

cess·pool ['sɛs,pul] [名] **1** 化糞池。**2** 污穢的場所：a ～ of infamy 恥辱罪惡的淵藪。

ces·tode ['sɛstod] [名][形]〖動〗絛蟲（的）。

ce·su·ra [sɪ'ʒurə, -'zjʊ-] [名](複 ～**s, -rae** [-ri]) = caesura. **-ral**[形]

ce·ta·cean [sɪ'teʃən] [形][名]〖動〗鯨目的（動物）。

ce·te·ris pa·ri·bus ['setərɪs'pærɪbəs]《拉丁語》其他情形若均相同。

Cey·lon [sɪ'lɑn] [名] 錫蘭：現稱斯里蘭卡（Sri Lanka）；首都為 Colombo。

Cey·lo·nese [,silə'niz] [形] 錫蘭的，錫蘭人的。—[名](複～)錫蘭人。

Cé·zanne [sɪ'zæn] [名] **Paul,** 塞尚（1839–1906）：法國畫家。

Cf《化學符號》californium.

cf.[1]《縮寫》*calf*;〖棒球〗*c*enter *f*ielder.

cf.[2] ['si'ɛf]《縮寫》《拉丁語》*confer*.

CFC《縮寫》*c*hloro*f*luoro*c*arbon 氟氯碳化物。

CFI《縮寫》*c*ost, *f*reight, and *i*nsurance 包含成本、運費及保險費的價格。

cg.《縮寫》*c*enti*g*ram(s).

CG《縮寫》*c*enter of *g*ravity; *C*oast *G*uard; *C*ommanding *G*eneral.

C.G.M.《縮寫》《英》*C*onspicuous *G*allantry *M*edal.

cgs, c.g.s., CGS《縮寫》*c*entimeter-*g*ram-*s*econd.「公分、公克、秒」制。

ch.《縮寫》*ch*apter; *ch*eck; *ch*urch.

Ch.《縮寫》*ch*apter; *Ch*âteau; *ch*eck; *Ch*ina; *Ch*inese; *ch*urch.

C.H.《縮寫》《英》*C*ompanion of *H*onor 名譽勳位。

Chab·lis ['ʃæblɪ, ʃa'bli] [名][U]夏布里：法 Burgundy 區所出產之白葡萄酒。

cha-cha ['tʃɑ,tʃɑ] [名](複～**s** [-z])恰恰舞。—[動][不及]跳恰恰舞。

chac·ma ['tʃækmə] [名]〖動〗大狒狒。

cha·conne [ʃæ'kɔn, -'kɑn] [名](複 ～**s** [-z])《偶作 **C-**》夏康舞（起源於西班牙的古代舞蹈）；夏康舞曲。

Chad [tʃæd] [名] 查德（共和國）：位於非洲中北部；首都恩加美納（N'Djamena）。

～**·i·an** [-ɪən] [形][名]查德的[人]。

chafe [tʃef] [動][及] **1** 摩擦取暖。**2** 磨損；擦痛，擦傷。**3** 使心煩，使發怒，急躁。—[不及] **1** 摩擦；磨損；猛撞《*against, on...*》。**2** 磨痛。**3** 心煩；發怒；急躁《*at, against, under...*》。**4** 因等待（…）而焦急《*for...*》。**5** 狂嘯。

chafe at the bit 因延誤而不耐煩；因急於前進而焦躁不安。

—[名]**1** 急躁；惱怒。**2** 擦熱；擦傷（處）。

chaf·er ['tʃefɚ] [名]《主英》〖昆〗金龜子類的甲蟲。

chaff[1] [tʃæf] [名] [U]**1** 糠；（作飼料用的）切細的稻草。**2** 無價值之物；廢物。**3**（花的）苞。

be caught with chaff 輕易受騙。

offer chaff for grain 以贗品騙人。

separate the wheat from the chaff 區別良莠。

chaff[2] [tʃæf] [動][及]《口》取笑，嘲弄《*about...*》。

—[不及]開玩笑，嘲弄。—[名][U]嘲弄。

chaf·fer ['tʃæfɚ] [名] **1**[U] 講價，還價。**2** 交易，買賣。—[動][不及] **1** 還價，講價《*with...; about, over...*》。**2** 爭論；喋喋不休。

chaf·finch ['tʃæ,fɪntʃ] [名]〖鳥〗蒼頭燕雀。

chaff·y ['tʃæfɪ] [形](**chaff·i·er, chaff·i·est**) **1** 由糠形成的，如粗糠的；〖植〗膜片狀的，有膜片的。**2** 無價值的。

'chaf·ing ,dish ['tʃefɪŋ-] [名]火鍋，菜肴保溫用的器具。

cha·grin [ʃə'grɪn] [名][U]懊惱，悔恨：much to one's ～ 非常遺憾。—[動][及]《主要用於被動》使悔恨。

:chain [tʃen] [名]**1**[U][C] 鏈子，鏈條；綑綁物，枷鎖。**2**《～**s**》束縛，拘禁；奴役，囚禁。**3**《～**s**》〖海〗錨鏈；投下測鉛錘的地方。**4**《通常作 **a**～》連鎖；一系列《*of...*》；山脈：*a* ～ *of* islands 列島，群島。**5** 連鎖店。**6**〖測〗測鏈。**7**〖化〗鏈；〖生〗鏈狀細菌。**8**〖電〗迴路。**9**〖電腦〗鏈。—[動] [及] **1** 以鏈條繫於《*up, together / to...*》。**2** 束縛於《*down / to...*》；抑制。**3** 監禁。**4**〖測〗以測鏈測量。**5** 以鉤針編織。

chain...down / chain down... 以鏈將…繫於；《喻》束縛（人）。

chain...off / chain off... 以鏈遮斷。

—[形]似鏈的；似鎖子甲的。

'chain 'armor [名][U]〖甲冑〗鎖子甲。

'chain ,gang [名] 被鏈條拴在一起做戶外勞役的一群囚犯。

'chain ˌletter 图連鎖信（《美》pyramid letter）。

'chain ˌmail 图= chain armor.

'chain of com'mand 图指揮系統。

C

chain-re·act ['tʃenrɪˌækt] 動不及產生連鎖反應。～·ing形

'chain reˌaction 图1 Ⓤ Ⓒ〖理〗鏈式反應。2（事件的）連鎖反應。

'chain ˌsaw 图手提電動鏈鋸。

chain-smoke ['tʃenˌsmok] 動不及及《美》一支接一支不停地抽（煙）。

'chain(-)ˌsmoker 图

'chain ˌstore 图連鎖店（《英》multiple store）。

:chair [tʃɛr] 图1 椅子：take a ～（請）坐下。2《通常作 the ～》（大學的）講座；教授的職位。3《通常作the ～》權威者的地位；法官的職位；主教的職位；《英》市長之職；議長[會長，董事長，會議主席]的職位；《美》總統[州長]之職：be in *the* ～ 擔任議長[主席，會長]的職位；處在議長[主席]地位。4《美》（法庭的）證人席：take the ～ 就證人席。5《通常作 the ～》《美俚》電椅；死刑：get *the* ～ 被判死刑。6 轎子。7（管弦樂團的）演奏席。

be in the chair (1) ⇨ 图3. (2)《俚》作東道主；被推出付全桌的酒錢。

—動及1 使入座。2 使就任要職。3 任議長[主席，主委]。4《英》將（優勝者等）用椅子高抬著走。

'chair ˌbed 图可兼作床鋪的長椅。

chair·borne ['tʃɛrˌborn] 形〖空軍〗地勤的。

chair·lift ['tʃɛrˌlɪft]图（用纜車載送滑雪者上下山坡的）空中吊椅。

·chair·man ['tʃɛrmən] 图(複 **-men**) 1 議長，會長；會議主席，節目主持人；委員長；董事長：the *C-* of Committees《英》（議會的）委員會會長。2（大學的）系主任；主管。3 爲病人推輪椅者；轎夫。

chair·man·ship ['tʃɛrmənˌʃɪp] 图1《通常作 a ～》chairman 的地位、職務、身分、任期等。2 Ⓤ chairman 應具備的能力或素養。

chair·per·son ['tʃɛrˌpɝsn̩] 图⇨ CHAIRMAN 1

chair·wom·an ['tʃɛrˌwumən] 图 (複 **-wom·en**) 女議長[會議主席]。

chaise [ʃez] 图1 輕便二輪馬車。2 = post chaise. 3 躺椅，戶外用長椅。

ˌchaise 'longue [ˌʃez'lɔŋ] 图(複～**s**)（有扶手的）躺椅，長椅。

chal·ced·o·ny [kæl'sɛdn̩ɪ] 图(複 **-nies**) Ⓤ Ⓒ〖礦〗玉髓。

chal·co·py·rite [ˌkælkə'paɪraɪt] 图Ⓤ黃銅礦。

Chal·de·a [kæl'diə] 图迦勒底：古巴比倫的南部，濱幼發拉底河及波斯灣。

Chal·de·an [kæl'diən] 图1 迦勒底人；Ⓤ迦勒底語。2 占星者。—形1 古代迦勒底的。2 占星術的。

cha·let [ʃæ'le] 图(複 ～**s** [-z]) 1 瑞士農舍；阿爾卑斯山區的牧人小木屋。2 具有農舍風格的別墅。

chal·ice ['tʃælɪs] 图1《文》酒杯；聖餐杯。2〖植〗杯狀花。**-iced**形

:chalk [tʃɔk] 图1Ⓤ白堊。2ⓊⒸ 粉筆：a stick of ～ 一枝粉筆。3 以粉筆作的記號[圖樣]；賒帳的紀錄；《英》（勝負的）得分；《美俚》在賽馬中被看好獲勝的馬。4ⓊⒸ《美俚》奶粉。

(as) different as chalk from cheese / (as) like as chalk and cheese 外表相像而實質上完全不同；截然不同。

by a long chalk / by (long) chalks《英口》(1) 相差很多。(2)《否定》絕不。

come up to (the) chalk《美俚》(1) 達到標準。(2) 重新開始。

make chalk of one and cheese of another 差別待遇，偏袒。

not know chalk from cheese 缺乏分辨能力。

walk the chalk line（爲證明沒有喝醉而）筆直地走；循規蹈矩。

—動及1 以粉筆寫[畫，記]《偶用 *up*》；以粉筆做記號於…上。2 以粉筆塗白；《喻》使變白。

chalk it up against a person 使有罪；成為恥辱。

chalk one up on a person 優於（某人）。

chalk...out / chalk out... 以粉筆描繪；擬定大綱。

chalk...up / chalk up... (1) ⇨動及 1. (2)《口》記下。(3) 將帳記在…《 *to...* 》。(4)《美》漲價。(5) 歸因於《 *to...* 》。

—形1 粉筆的；以粉筆畫[寫]的。2《俚》〖賽馬〗被看好會贏的；只對熱門下注的。

chalk·board ['tʃɔkˌbɔrd] 图《美》（...色的）黑板。

'chalk ˌtalk 图圖示演講，圖示上課

chalk·y ['tʃɔkɪ] 形(**chalk·i·er, chalk·i·e**...) 1（似）粉筆的；白堊質的，脆弱的；灰...色的。2 淡而無味的。3〖攝〗（相紙）...朧的，模糊不清的。

:chal·lenge ['tʃælɪndʒ] 图1邀請比賽；...戰；挑戰書《 *to...* 》：a ～ *to* a duel 提出...鬥的要求 / without ～ 不具挑戰性。2 Ⓒ要求說明；異議，抗議；《美》（對...一表決票或某一投票人資格）宣稱異...：be beyond ～ 無可非議的。3〖軍〗盤...：give the ～ 盤問。4 Ⓤ〖法〗（對陪審員...）要求迴避《 *to...* 》。5 挑戰性的工作；努...的目標；問題，難題：meet the ～ 面對...題；達到努力的目標。6 獵犬嗅到獵物...道時所發出的吠聲。—動 (**-lenged, -le**...**ing**) 及1 向…挑戰《 *to...* 》。2 要求《...》。3 懷疑。4〖軍〗盤問。5〖法〗要...

（陪審員）迴避；《美》宣稱無效；宣稱無投票資格。**6** 引起，喚起。
—不及 **1** 提出挑戰。**2** 要求陪審員迴避。

chal·leng·er ['tʃælɪndʒɚ] 名 挑戰者，查問口令者；〖拳擊〗挑戰者。

chal·leng·ing ['tʃælɪndʒɪŋ] 形 **1** 具有挑戰性的，引起興趣的；煽動性的，有魅力的：a ~ expression 富有魅力的表情。**2** 考驗人的能力的；麻煩的。

chal·lis, chal·lie ['ʃælɪ] 名 U 裁製女裝用的輕柔毛料；印花的輕質毛料。

cham [kæm] 名《古》= khan[1].

cham·ber ['tʃembɚ] 名 **1**《文》房間；寢室。**2**（宮廷等的）房間；會計室；會計主管室。**3**《~s》《主英》套房，出租房間。**4**《~s》〖法〗法官辦公室；《英》（法律學院內的）律師辦公室。**5**《the ~》（立法、司法機關的）（會）議廳；立法[司法]院；議院，國會；集會場，會館：*the* lower ~ of a legislature 議會的下議院。**6**（生物體內的）室，腔，穴。**7** 閘室：（運河等）兩端以水閘分隔的區域。**8**（手槍的）彈膛；藥室。**9**（供特別目的之用的）隔間（如死刑室等）。**10**《委婉》= chamber pot. —動及 **1** 關入房間內，監禁。**2** 使備有房間。**3**（彈藥）上膛。—形 **1** 適合室內的。**2** 室內演奏的。

chamber ˌconcert 名 室內樂演奏會。

chamber ˌcouncil 名 祕密會議。

cham·ber·lain ['tʃembɚlɪn] 名 **1** 侍從；宮廷大臣；（貴族的）管家：Lord *C*-侍從長。**2** 出納，會計。

Cham·ber·lain ['tʃembɚlɪn] 名 張伯倫兄弟：**1 (Arthur) Neville,** (1869–1940)，英國首相（1937–40），1938 年與德國簽訂慕尼黑協定。**2 Sir (Joseph) Austen,** (1863–1937)，英國政治家，諾貝爾和平獎得主（1925）。

cham·ber·maid ['tʃembɚˌmed] 名 客房部女服務生。

chamber ˌmusic 名 U 室內音樂。

chamber of 'commerce 名 商會。

chamber ˌorchestra 名 室內樂團。

chamber ˌpot 名 尿壺，夜壺。

cham·bray ['ʃæmbre] 名 U 一種用棉、麻或合成纖維織成的色彩條紋布。

cha·me·le·on [kə'milɪən] 名 **1**〖動〗變色蜥蜴。**2** 反覆無常的人。

cha·me·le·on·ic [kəˌmilɪ'ɑnɪk] 形 像變色蜥蜴的；善變的。

cham·fer ['tʃæmfɚ] 名（在木材、石頭角切去 45 度的）斜面，切角。—動及在（柱條等）上挖凹槽。**2** 斜切（柱子）的邊《*off*》。**3** 使變好看《*up*》。

cham·my ['ʃæmɪ] 名（複 **-mies**），動（**-mied, -my·ing**）及 = chamois 名 2, 動及.

cham·ois ['ʃæmɪ] 名（複 ~, **-oix** [-z]）**1**〖動〗（歐洲及西亞高山產的）小羚羊。**2** U 油鞣革，軟羊皮。

cham·o·mile ['kæməˌmaɪl] 名 = camomile.

champ[1] [tʃæmp] 動及 **1** 咬（馬嚼子）；狼吞虎嚥地吃。**2**《蘇》壓碎，搗爛。
—不及 **1**（馬）咬馬嚼子《*at...*》。**2**《通常用進行式》顯得迫不及待《*to* do》。
champ (at) the bit (1) ⇨動及 1, 不及 1. (2)《通常用進行式》摩拳擦掌等待《*to* do》。

champ[2] [tʃæmp] 名《口》（競技之）優勝者，冠軍。

cham·pac ['tʃæmpæk, 'tʃʌmpʌk] 名〖植〗金香木（亦稱 **champak**）。

cham·pagne [ʃæm'pen] 名 **1** U C 香檳酒。**2** U 香檳色。—形 **1** 香檳（色）的。**2** 奢侈的，昂貴的。

cham·paign [ʃæm'pen] 名 曠野，平原。—形 平坦空曠的，平原的。

cham·pi·gnon [ʃæm'pɪnjən] 名（複 ~s [-z]）香蕈：食用蕈。

:cham·pi·on ['tʃæmpɪən] 名 **1** 優勝者，冠軍；傑出者《*at...*》；獲首獎參展物品。**2** 擁護者；戰士：a ~ of justice 正義的鬥士。
—動及 擁護，支持；捍衛。
—形 **1** 優勝的，得到錦標的。**2**《口》第一流的；極好的。—副《口》以第一流的水準，極好地。

·cham·pi·on·ship ['tʃæmpɪənˌʃɪp] 名 **1** 優勝，冠軍的地位：lose a ~ 失掉冠軍頭銜。**2**《通常作 ~s》錦標賽。**3** U 擁護，支持《*of...*》。

:chance [tʃæns] 名 **1** 偶然的事；U 偶然；命運，機緣；《古》厄運：by any ~ 萬一；也許 / by ill ~ 交厄運地 / by ~ 偶然地 / stand one's ~ 聽天由命 / leave all to ~ 聽其自然。**2** U C 或然性，可能性；把握《*of...*, *of* doing, *to* do, *that* 子句》；《~s》形勢：an even ~ 成敗機會均等 / nine ~*s* out of ten 十之八九 / stand a good ~ *to* do《口》很有做…的希望。**3** 機會，好時機《*of...*, *of* doing, *to* do》：the ~ *of* a lifetime 一生中難得的好機會。**4** 冒險：take a big ~ to do《美》冒極大的險去做…。**5** 彩券，獎券；所賭的號碼。
on the chance of doing / ***on the chance that one may do*** 懷著希望。
stand a fair chance (***of***)... 大有…的希望。
stand no chance against... 對…不操勝算，對…全無成功的可能性。
take one's chance of doing《英》(1) 碰碰運氣做…。(2) 抓住機會做…。
The chances are that... 很可能…。
—動 (**chanced, chanc·ing**) 不及 **1**《有時以 **it** 爲主詞》碰巧；偶然發生：as *it* may ~ 要看當時情形而定。**2** 偶然發現，不期而遇《*on, upon...*》。—及《口》冒險，姑且一試。
and chance it 無論結果如何；總之。
chance it《口》碰碰運氣，冒險一試。
—形《限定用法》偶然的，意外的。

chan·cel ['tʃænsəl] 名（教堂的）聖壇：

C

神職人員、唱詩班的席位。-cel(l)ed 形

chan·cel·ler·y ['tʃænsələrɪ] 名 (複-ler·ies) 1 U chancellor的職位。2 chancellor 的官邸；其建築物。3 大使館[領事館]辦公處；《集合名詞》其職員。

C

chan·celllor ['tʃænsələ] 名 1《 C- 》《英》大法官；大臣：the ~ of the Exchequer 財政大臣。2《美》衡平法院的法官。3《偶作 C-》（德國等的）總理。4（國王、貴族等的）祕書；大使館一等祕書。5《美》校長；《英》大學的名譽校長。6〖天主教〗主教的法律顧問，宗教法庭的負責人。~,·ship 名

chance-med·ley ['tʃæns,mɛdlɪ] 名 U〖法〗暴行；自衛殺人，過失殺人。

chan·cer·y ['tʃænsərɪ] 名 (複 -cer·ies) 1 chancellor的職務。2 檔案保管處。3《 the C- 》《英》大法官法院。4〖法〗衡平法院。5〖天主教〗宗教法庭。6〖角力〗用腋夾頸：be in ~ 處於絕境中。

chanc·y ['tʃænsɪ] 形 (chanc·i·er, chanc·i·est) 1《口》不可靠的；危險的。2《主蘇》幸運的，吉利的。-i·ly 副, -i·ness 名

·**chan·de·lier** [,ʃændḷ'ɪr] 名 枝形吊燈。

chan·dler ['tʃændlɚ, 'tʃɑn-] 名 1《古》商人，零售商，雜貨商。2 蠟燭或肥皂製造業者；蠟燭商人。

chan·dler·y ['tʃændlərɪ] 名 (複-dler·ies) 1 蠟燭倉庫。2 雜貨；雜貨業；雜貨倉庫。

:**change** [tʃendʒ] 動 (changed, chang·ing) 及 1 改變，更改：~ one's mind 改變主意 / ~ one's dress 換裝。2 使變化《 *into...* 》。3 (1) 轉換；（為換上…而）換下《 *for...* 》：~ trains 換（火）車 / ~ a soiled skirt *for* a clean one 脫下弄髒的裙子換上乾淨的。(2) 交換《 *with...* 》。4 兌換《 *for, into...* 》：兌換（支票、匯票）為現金：~ a pound note *for* twenty bob 將 1 英鎊紙幣換成 20 個先令銀幣。5 為…換床單[衣服等]；為（嬰兒）換尿布；換（檔）。

—不及 1 改變，更改。2 換座位《 *with* 》；換乘車輛《 *from...; to...* 》；換衣服《 *into ...; out of...* 》；交換東西。3（月亮）變缺，變圓；變音；變味，變酸。4 換檔《 *into, to...* 》；換低速檔《 *down* 》；換高速檔《 *up* 》。

change about (1) 換方向。(2) 反覆無常；變節；突然改變。

change** one's **condition 結婚。

change front (1)〖軍〗改變攻擊方向，轉換戰線。(2) 轉變論調。

change gear(s) (1) 變更方法。(2) 變速，換檔。

change off 《美口》輪班《 *at...* 》；輪流《 *with...* 》。

change over (1) 改變（計畫等），轉變《 *from...; to...* 》。(2) 交換位置[場所，職務]，輪班。(3)（制度等）改變。(4)〖運動〗換場地。(5) 更新，更換。

change round (1) = change over. (2)（風）改變方向。

—名 1 U C 變化，變形；變動；變遷；修正。2 換車；換衣服；替換的衣服；更迭。3 心情轉變；換環境（療養）；新奇的事物。4 U 找回的錢；零錢；《美俚》錢。5 U《常作 C-》《英》交易所。6〖樂〗變調。7《 ~s 》〖數〗變換。8《 the ~ 》《口》= change of life.

for a change / for changes 為了改變一下，為了換換花樣。

***get no change out of** a person* 《英俚》從…處得不到消息；（在議論中）贏不了。

give** a person (his) **change 為…盡力；《俚》《諷》報答，報復（某人）。

give** a person **no change 不讓（某人）知道；不予（某人）任何的滿足。

***put the change on** a person* 欺騙。

ring the changes (1) ⇨名 6. (2) 以各種不同方法做同一件事。

take the** [one's] **change out of... 回報，向（某人）報復。

change·a·bil·i·ty [,tʃendʒə'bɪlətɪ] 名 U 易變性；不安定的狀態。

change·a·ble ['tʃendʒəbḷ] 形 1 易變的；可更改的。2 看起來多變化的。3 反覆無常的。-bly 副

change·ful ['tʃendʒfəl] 形 不斷改變的；易變的；不安定的。~·ly 副

change·less ['tʃendʒlɪs] 形 不變的；穩定的；可靠的。~·ly 副

change·ling ['tʃendʒlɪŋ] 名 1 被偷偷調換的小孩；又醜又笨的小孩。2《古》不忠實的人；低能兒。

'**change of 'life** 名《 the ~ 》《俚》停經；更年期。

change·o·ver ['tʃendʒ,ovɚ] 名（裝備等的）改變；改組，更迭；逆轉《 *of...* 》。

chang·er ['tʃendʒɚ] 名 1 更改的人[物] 2 自動換唱片裝置。

'**change ,ringing** 名 U 變調的鳴鐘。

change-up ['tʃendʒ,ʌp] 名〖棒球〗變速球。

'**changing ,room** 名《英》（運動的）更衣室。

·**chan·nel** ['tʃænḷ] 名 1 河床，河底。2 水道；廣闊的海峽；〖海〗航路：the (English) *C-* 英吉利海峽。3 途徑。4（話題、思想、行動等的）過程；活動領域：a suitable ~ for one's talents 適於發展自己才能的領域。5（物經過、通過等的）路線；《 ~s 》《作單數》傳達途徑。6（電視的）頻道，波段；〖電腦〗通道；錄音帶的磁道：a ~ guide（報紙的）電視節目欄。7 導管；溝，暗渠。8〖建〗（刻於柱上的）凹槽。9《美俚》（手背或腳背上供注射毒品的）靜脈。—動 (~ed, ~·ing 或《英》-nelled, ~·ling) 及 1 藉水路運送；傳達。2 引導《 *into...* 》。3 開通；開鑿；形成溝渠。

channel...off / channel off... (1) 改變流路

(2) 移作他用。

'Channel 'Islands 图(複)《the ~》海峽群島：英吉利海峽中鄰近法國的英屬群島。

'channel'surfing 图Ⓤ（以遙控器）不停地切換電視頻道。

'Channel 'Tunnel 图《the ~》英吉利海峽隧道：連接英法兩國，1993 年通車。

chan·son ['ʃænsən] 图(複 ~s [-z])歌；香頌。

chant [tʃænt, tʃɑnt] 图 **1** 歌；（鳥的）鳴囀聲。**2** 聖歌；歌唱；單調的旋律。**3** 朗誦調合唱。—動及 **1** 唱；（尤指禮拜中）以詠唱方式唱。**2** 以歌讚美。**3** 反覆地說。

—不及 **1** 歌唱；鳴囀。**2** 詠唱；單調地說；合唱朗誦。**3** 吠。

chant the praises of a person / chant a person's praises 不停地稱讚某人。

chant·er ['tʃæntɚ] 图 **1** 歌手，詠唱者。**2** 唱詩班隊員；禮拜堂的主唱者。**3**〖鳥〗歐洲燕雀。

chan·teuse [ʃæn'tus] 图 (複 **-teus·es** [-zɪz]) 女歌手（尤指在夜總會或餐館演唱者）。

chant·ey ['ʃæntɪ, 'tʃæn-] 图(複 ~s [-z])水手歌，船夫曲（亦作 **shanty**）。

chan·ti·cleer ['tʃæntɪ,klɪr] 图公雞。

chan·try ['tʃæntrɪ] 图 (複 **-tries**)〖教會〗**1**（教堂附屬的）小禮拜堂。**2**（為祈冥福而舉行彌撒所作的）捐款，奉獻；（捐款建造的）禮拜堂；《集合名詞》靠信徒奉獻過活的神職人員。

chant·y ['ʃæntɪ, 'tʃæntɪ] 图 (複 **chant·ies**)《美》= chantey.

cha·os ['keɑs] 图 **1** Ⓤ《偶作 **a** ~》（完全）無秩序，混亂（狀態）：in ~ 在非常混亂的狀態中。**2** Ⓤ（天地未形成前的）混沌：~ theory 混沌理論。**3**《C-》〖希神〗凱奧斯：象徵混亂、混沌之神。

cha·ot·ic [ke'ɑtɪk] 形 混亂的，雜亂的；混沌的。

cha·ot·i·cal·ly [ke'ɑtɪklɪ] 副 混亂地。

chap¹ [tʃæp] 動 (**chapped**, ~·**ping**) 及 **1** 使龜裂，使變粗糙。**2** 使產生裂紋。

—不及 變粗糙，皸裂；產生龜裂。

—图 **1**《通常作~s》裂紋，龜裂；粗糙，凍傷處。**2**《蘇》打，敲。

chap² [tʃæp] 图 **1**《主英》《口》男人，傢伙。**2**《美方》嬰兒，小孩。**3**《英方》（商店的）客人，顧客。

chap³ [tʃæp] 图 = chop³.

chap.《縮寫》*chap*lain; *chap*ter.

chap·a·ra·jos [,ʃæpə'reos] 图 (複) = chaps.

chap·ar·ral [,tʃæpə'ræl, ,ʃæ-] 图《美西部》**1** 小槲樹（叢）。**2**（指一般的）矮叢。

cha·pa·ti [tʃə'pɑti] 图 印度薄餅。

chap·book ['tʃæp,buk] 图（載有宗教故事等的）小冊子。

cha·peau [ʃæ'po] 图 (複 **-peaux** [-'poz], ~s) 帽子。

·chap·el ['tʃæpl] 图 **1** 附設禮拜堂；（學校等的）禮拜堂[室]。**2**（供特殊禮拜用的）小聖堂。**3**《英》非英國國教派的禮拜堂；《蘇》天主教教堂：go to ~ 做禮拜。**4**（教區教堂的）分堂。**5** Ⓤ（在教堂舉行的）禮拜（儀式）；做禮拜。**6**（禮拜堂或宮廷等的）樂隊。**7** 印刷出版工會的會員。

chap·er·on(e) ['ʃæpə,ron] 图 **1**（參加社交宴會時監護未婚少女的）年長女伴。**2**（未成年男女舞會的）監護人。—動及 伴護（未婚少女）。

chap·er·on·age ['ʃæpə,ronɪdʒ] 图 監護人的職守。**-on·age** [-,onɪdʒ] 图

chap·fall·en, chop- ['tʃæp,fɔlən, 'tʃɑp-] 形《口》沮喪的，無精打采的。

chap·lain ['tʃæplɪn] 图 **1**（大學、醫院、監獄等的）牧師，隨軍牧師。**2**（團體等的）儀式主持人。

chap·lain·cy ['tʃæplɪnsɪ] 图 **1** chaplain 的辦公室。**2** chaplain 之職位或任期。

chap·let ['tʃæplɪt] 图 **1**（戴在頭上的）花冠，花圈。**2** 珠玉飾物。**3**〖天主教〗小念珠。**4** 似念珠的串連物；（青蛙等的）念珠狀的卵。**5**〖建〗念珠狀的雕飾。

Chap·lin ['tʃæplɪn] 图 **Sir Charles Spencer,** 卓別林（1889－1977）：英國籍諷刺滑稽劇及電影演員、導演、製片家。

chap·man ['tʃæpmən] 图 (複 **-men**) **1**《英》沿街叫賣的小販。**2**《古》商人；顧客。~,**ship** 图

chapped [tʃæpt] 形 凍裂的，（皮膚）粗糙的；（地面、木材等）出現裂痕的，發生龜裂的。

chaps [ʃæps, tʃæps] 图 (複)《美西部》（牛仔穿在褲外以保護腳的）皮褲套。

'chap ,stick 图《美》護唇膏（《英》lip-balm）；防嘴唇乾燥凍裂的棒狀唇膏。

:chap·ter ['tʃæptɚ] 图 **1**（書等的）章，回（略作：chap., ch., c.）；《喻》（人生、歷史等的）重要的段落，重要時期：open a new ~ in one's life 開闢人生新的一章。**2**《主美》（協會、工會等組織的）地方支部，分會。**3**〖教會〗修道院教士會；地方主教主持的教堂參事會；《集合名詞》管區代表團。**4** 總會。

a chapter of accidents《英》接踵而來的意外事件。

chapter and verse《通常無冠詞》所引用聖經的正確出處；確切的情況；《美俚》規則集。

to the end of the chapter 到最後；永遠。

—動及 將（書、論文等）分章。

'chapter ,house 图 教士參事會會堂；《美·加》（大學兄弟會、同學會的）支部會館。

char¹ [tʃɑr] 動 (**charred**, ~·**ring**) 及 燒成炭；燒光《*away*》。—不及 燒成炭，燒

C

焦。—图 **1** 燒焦物；燒焦之面。**2** 木炭；骨炭。

char^{2} [tʃɑr] 图《英》**1**（通常按日僱用的）女清潔工（亦稱 **charlady**）。**2** 工作，家庭雜事；《～s》家庭雜工。—動 **(charred, ～·ring)** 不及（受僱）為女清潔工，做家庭雜事。

char^{3} [tʃɑr] 图《英俚》= tea.

char·a·banc [ˈʃærə,bæŋ] 图（複 ～s [-s]）《英》大型遊覽車。

:char·ac·ter [ˈkærɪktɚ] 图 **1** Ⓤ Ⓒ 性質，特色；種類：the American ～ 美國人的特性 / have no ～ in common 沒有共同的特性。**2** Ⓤ Ⓒ 德性，品性；骨氣，剛毅，清廉：a man of (good) ～ 品性良好的人 / build (up) one's ～ 培養品格。**3** Ⓤ Ⓒ 名譽；名聲：a shop of established ～ 名店，老鋪 / give a person a good ～ 讚美某人。**4**《主英》（人的性格、物的特性）報告；品行證明書，推薦函。**5** Ⓤ 地位，資格。**6**《將表性狀的形容詞置於其前》人物；《口》《含輕蔑、親切的口吻》怪人，奇人；《俚》性情不定的人；不足道之人：a public ～ 名人 / an odd ～ 怪人。**7**（文學作品、戲劇等的）人物，角色；（17、18 世紀英國文學的）人物描寫：the leading ～ 主角。**8**〖遺傳〗性狀。**9** 文字；記號；《集合名詞》（同一體系的）文字；〖電腦〗字元，字碼：musical ～*s* 樂譜記號，音樂符號。**10** 字體，書體。

in character (1) ⇨图 1. (2) 適合，符合《*with*...》。(3)（在戲劇、電影等）合於角色的。

—形（演員）能演出性格特別的角色的；（角色）需要特別性格的演員的。

—動及《古》**1** 描寫。**2** 刻劃。

ˈcharacter ˌactor 图 性格演員。

ˈcharacter asˌsassiˈnation 图 Ⓤ Ⓒ（對知名人士的）誹謗。

char·ac·ter·ful [ˈkærɪktɚfəl] 形 表現特色的；有顯著特徵的。

char·ac·ter·ise [ˈkærɪktə,raɪz] 動 及《英》= characterize.

·char·ac·ter·is·tic [,kærɪktəˈrɪstɪk] 形 特有的，獨特的《*of*...》；表示…特徵的《*of*..., *to* do》（亦稱 **characteristical**）。

—图 **1** 特性，特徵，特質。**2**〖數〗（對數的）首數。

char·ac·ter·is·ti·cal·ly [,kærɪktəˈrɪstɪkəlɪ] 副 獨特地；特徵性地。

char·ac·ter·i·za·tion, [,kærɪktərəˈzeʃən] 图 **1** Ⓤ Ⓒ 特性描寫。**2** Ⓤ〖文·劇〗人物的性格描寫。

·char·ac·ter·ize [ˈkærɪktə,raɪz] 動 **(-ized, -iz·ing)** 及 **1** 描述：～ him as childish 把他描述得很幼稚。**2** 表示特徵。**3** 描寫。

char·ac·ter·less [ˈkærɪktɚlɪs] 形《蔑》無特色的，無個性的，平凡的。

ˈcharacter ˌsketch 图（小說等的）性格描寫；人物短評；〖劇〗表現特殊性格的演出。

char·ac·ter·y [ˈkærɪktərɪ] 图 Ⓤ **1** 用文字表達意思的使用法。**2**《集合名詞》文字，符號。

cha·rade [ʃəˈred] 图 **1**《～s》《作單、複數》（只能用動作、圖畫提示的）啞謎遊戲。**2** 字謎。**3** 明顯的藉口，一眼即可看穿的虛偽外表。

char·broil [ˈtʃɑr,brɔɪl] 動 及 炭烤。

·char·coal [ˈtʃɑr,kol] 图 **1** Ⓤ（木）炭。**2** 炭筆；木炭畫。—動 及 **1** 以木炭書寫[描繪]。**2** 以炭火使窒息。

ˈcharcoal ˌburner 图 **1** 燒炭工人。**2** 木炭爐，燒木炭的火缽。

ˈcharcoal ˌgray 图 Ⓤ 深灰色。

chard [tʃɑrd] 图〖植〗莙薘菜，牛皮菜。

chare [tʃɛr] 图，動 不及《主英》= char^{2}.

:charge [tʃɑrdʒ] 動 **(charged, charg·ing)** 及 **1** 要（人）支付；收取《*for*...》；課（稅）《*on, upon*...》。**2** 負擔《*up* / *to, against*...》；以記帳或賒欠的方式買；（記作虧損）記入借方《*off*》：～ a debt *to* a person 將借款記入某人的帳上。**3** 使承擔（工作等）《*with*...》；命令: be ～*d with* a task 被交付一項任務。**4**（推事）向（陪審團）指示案件內容；訓令，諭示。**5** 告發，責難《*with*...》；指責: ～ a person *with* carelessness 責怪某人的疏忽。**6** 使充滿；使（頭腦）充滿（想法等）《*with*...》；裝填；充電《*up* / *with*...》：～ a person's drink 為某人斟酒。**7** 歸咎於，歸因於《*on, to, against*...》：～ the accident *to* a person 將意外事件歸咎於某人。**8** 使飽含《*with*...》；使充滿氣氛等。**9** 使困擾《*with*...》: a heart ～*d with* cares 充滿憂慮的心。**10** 突擊；衝向；〖運動〗撞擊；（槍等）。—不及 **1** 收費，要價《*for*...》。**2** 記帳。**3** 突擊，進攻《*at, on, upon*...》。**4**（推事）向陪審團指示。

charge off... (1) ⇨ 動 及 2. (2) 歸因於《*to*...》。

—图 **1**《常作～s》費用；酬勞《*for*...》；（圖書借出等的）紀錄。**2**（稅、地價的）負擔；債務。**3** Ⓤ 責任，義務。**4** Ⓤ 照顧；監督，管理；處理，經營。**5** 被監護的人；受託物；（牧師負責的）教區。**6** Ⓤ 命令，勸告；〖法〗（法官向陪審團作的）指示，說明。**7** 責難；告發，控告《*of, against*...》。**8** Ⓤ Ⓒ 裝載量；（槍彈藥的）裝填（量）；《喻》（感情等）積；《美俚》藥物的服用量。**9** 衝鋒，突（信號）；（刀劍等的）握持。**10** Ⓤ〖電〗(1) 電荷。(2) 充電。**11**《通常作 **a**》《俚》刺激；性興奮；《口》（藥的）作用。**12** 負荷，負擔。

face a charge for...《口》遭受指控。

give a person in charge《英》交付給警察。

in charge 照顧，管理，監督。

in charge of... (1) 負責。(2) 受到管理。

lay... *to a person's charge* 使某人負起...

任。

make a charge for... 估算價錢，索取費用。

on (***a***) ***charge of*** ... 因…之罪名。

take charge of... 負責，管理。

charge·a·ble ['tʃardʒəbl] 形 **1** 應由某人負擔的《*on, upon*...》；可記在某人帳上的《*to*...》；應徵收的《*on, upon*...》；應課稅的《*with*...》：be ～ *on* you 應由你負擔。**2** 要某人負責的《*to*...》；應受起訴的《*with, for*...》。**3** 應被委託受照顧的《*to*...》。**-bly** 副

'charge ac,count 名《美》(零售業的) 賒帳，記帳戶頭。

charge-a-plate ['tʃardʒə,plet] 名 (發給客人的) 簽帳卡。

'charge ,card 名 = credit card.

charged [tʃardʒd] 形 感情強烈的；感動的，充滿情感的；緊張的。

char·gé d'af·faires [ʃar'ʒedə'fɛr] 名 (複 **char·ges d'af·faires** [-'ʒez-]) 代理大使；代辦。

'charge ,hand 名《英》工頭，組長。

'charge ,nurse 名 護士長。

'charge ,plate 名 = charge-a-plate.

charg·er ['tʃardʒɚ] 名 **1** 衝鋒者；收費者；(彈藥) 裝填器；〖電〗充電器。**2**《古》戰馬；軍官騎的馬；〖詩〗馬。

'charge ,sheet 名《英》(警察局的) 案件紀錄。

char·i·ly ['tʃɛrəlɪ] 副 **1** 小心地，謹慎地。**2** 吝嗇地，節儉地。

char·i·ot ['tʃærɪət] 名 **1** (古代戰爭或比賽用的) 雙輪馬車。**2** 四輪輕便馬車；豪華馬車。**3** 載貨馬車。**4**《俚》(舊且大的) 汽車。

char·i·ot·eer [,tʃærɪə'tɪr] 名 **1** 駕駛 chariot 的人。**2**《*the* **C-**》〖天〗御夫座。

cha·ris·ma [kə'rɪzmə] 名 (複 ～**·ta** [-tə], ～**s**) **1**〖神〗(神授的) 特殊才能。**2** 魅力；(能使大眾信服或熱烈擁護的) 權威氣質，領袖魅力。

char·is·mat·ic [,kærɪz'mætɪk] 形 具有領袖魅力的；能強烈吸引人的。

char·i·ta·ble ['tʃærətəbl] 形 **1** 寬大的《*to, toward*...》。**2** 慈悲的，慈善的《*to*...》。**3** 以行善為目的而設立的。～**·ness** 名, **-bly** 副

char·i·ty ['tʃærətɪ] 名 (複 **-ties**) **1** Ⓤ Ⓒ 慈善，施與；公家的救濟：be (as) cold as ～《委婉》非常冷淡。**2** 施與物，救濟金；慈善基金，慈善團體；接受慈善救助的人；《通常作 **-ties**》慈善事業：perform many *charities* 做許多慈善事業。**3** Ⓤ 慈悲心，寬大。**4** Ⓤ 上帝的愛，同胞愛：*C-* begins at home.《諺》仁愛先從家庭開始；慈善要從身邊做起。

'charity ,school 名 Ⓤ Ⓒ《英史》慈善學校，貧民義務學校。

'charity ,shop 名 慈善商店。

char·la·dy ['tʃar,ledɪ] 名《英》= charwoman.

char·la·tan ['ʃarlətn̩] 名 冒充行家的騙子；江湖郎中。**-tan·ic** [-'tænɪk] 形

char·la·tan·ism ['ʃarlətn̩,ɪzəm], **-tan·ry** [-tənrɪ] 名 Ⓤ 冒充行家；欺騙。

Char·le·magne ['ʃarlə,men] 名 查理曼大帝 (742–814)：法蘭克王國的國王 (768–814)，並兼任西羅馬帝國的皇帝 (800–814)。

Charles [tʃarlz] 名 **1** ～ I 查理一世 (1600–49)：為英國國王 (1625–49)。**2** ～ II 查理二世 (1630–85)：為英國國王 (1660–85)。**3**〖男子名〗查爾斯 (暱稱作 Charlie, Chas)。

'Charles's 'Wain 名《英》北斗七星。

Charles·ton ['tʃarlstən, -ztən] 名 查理斯敦舞：1920 年代流行於美國的一種舞蹈。

Char·ley ['tʃarlɪ] 名 **1** = Charlie. **2** = charley horse.

'charley ,horse 名 Ⓤ Ⓒ《美口》手足僵硬：因疲勞、碰撞等原因所造成的手腳肌肉疼痛與痙攣。

Char·lie ['tʃarlɪ] 名 **1**〖男子名〗查理 (Charles 的別稱)。**2**《英俚》笨蛋；傢伙。**3**《常作 **Mr.** ～》《美黑人俚》白人。

char·lock ['tʃarlək] 名 野芥。

char·lotte ['ʃarlət] 名 Ⓤ Ⓒ 夏綠蒂蛋糕。

Char·lotte ['ʃarlət] 名〖女子名〗夏綠蒂 (暱稱作 Lottie, Lotty)。

·charm [tʃarm] 名 **1** Ⓤ Ⓒ 魅力，魔力；《～**s**》(尤指女性的) 美貌；嬌媚：the ～ of his writing style 他文風的魅力。**2** 手鐲或鍊子等上的小裝飾物。**3** 護身符；符咒；咒文：be under a ～ 受到魔法護身。**4**《～**s**》《美俚》錢。

work like a charm (藥、治療等) 像魔法般很有效；不可思議地成功。

—動 及 **1**《常用被動》(以魔法等) 使陶醉《*with, by*...》：be ～*ed with* the music 沉醉在音樂中。**2** 使著魔《*to, into*...》；以魔力引出《*out of*...》；以魔力驅除；使緩和下來《*away*》；(以音樂、咒語等) 操縱：～ *away* his anger 妙言相向使他息怒 / ～ the secret *out of* a person 對某人施以魔力探出其祕密。**3**《俚》對 (異性) 求愛；阿諛奉承《*up*》。—不及 **1** 有魅力，令人陶醉。**2** 唸咒語；施魔法。**3** 有魔力；具有神效。

～**·less** 形 無魅力的；不快樂的。

charmed [tʃarmd] 形 著魔的；受魔法保護的；被咀咒的；被迷醉的；狂喜的：bear a ～ life 有不死之身。

charm·er ['tʃarmɚ] 名 **1** 使用魔法的人，弄蛇人。**2** 有魅力的人 [物]；嬌媚的女人。

·charm·ing ['tʃarmɪŋ] 形 **1** 迷人的，有魅力的；愉快的，極好的。**2** 使用魔法的。～**·ly** 副

'charm ˌschool 名UC美姿學校。
char·nel ['tʃɑrnḷ] 名 停放屍體的場所，藏骨所。一形令人毛骨悚然的；陰森的。
'charnel ˌhouse 名停屍所，藏骨所。
Char·on ['kɛrən, 'kærən] 名 1〖希神〗開崙：在 Styx 河上守渡亡魂到冥府去的船夫。2《通常爲諷》擺渡的船夫。
char·rette [ʃə'rɛt] 名討論會，審議會。
·chart [tʃɑrt] 名 1 表；圖表：a ~ of price changes 物價波動表 / a temperature ~ 溫度表。2 航海圖；《古》地圖。3（顯示特殊事項的）示意圖，略圖：a topographic ~ 地形圖。4〖醫〗病歷表。5《the ~ s》《美俚》暢銷唱片排行榜。一動 及 1 製圖表；在海圖上標出（航程等）。2《口》制定計畫。
一不及（唱片、歌曲）進入排行榜。
·char·ter ['tʃɑrtɚ] 名1 特許（狀）；設立支部的許可；土地轉讓證書。2 特權；豁免權；《喻》不正當的認可。3《the C-》宣言，憲章。4 租船契約；（乘坐交通工具的）包租。一動 及 1 特許設立；給予特許。2 以契約包租（交通工具）。一形1 得到特許的；有特權的。2（交通工具）包租的。
char·tered ['tʃɑrtɚd] 形 受特許的；有執照的；包租的。
'chartered ac'countant 名《英》特許會計師（《美》certified public accountant）。略作：C.A.
'charter ˌflight 名包機。
'charter ˌmember 名《主美》（團體、協會等的）創始會員（《英》founder member）。
'charter ˌparty 名租船契約。略作：c/p
Chart·ism ['tʃɑrtɪzəm] 名U（英國）憲章運動（1838–48）。
char·treuse [ʃɑr'truz] 名 U 1《偶作 C-》（法國出產的）沙楚茲酒。2 鮮黃綠色。
char·wom·an ['tʃɑr,wumən] 名（複 -wom·en）《英》（按日或小時計酬的）雜役女傭；女清潔工。
char·y ['tʃɛrɪ] 形(char·i·er, char·i·est) 1 細心的；謹慎的《of..., of doing》。2 羞怯的，害羞的《of...》。3 吝惜的《of...》。4 挑剔的《about...》。-i·ness 名
Cha·ryb·dis [kə'rɪbdɪs] 名 義大利西西里島東北部海峽的大漩渦。
Chas. 《縮寫》Charles.
:chase¹ [tʃes] 動 (chased, chas·ing) 及 1 追趕，追蹤；追擊；追捕。2 追求；追（女性）。3 驅逐，驅趕：~ a person off [away] 把某人趕走。4 爲換口味而喝（別的酒）《down / with...》。5 搜出《up, down》。
一不及 1 追《after...》；追逐《round, around》。2《口》急跑《偶用 off》；奔逐《about / about...》。
go chase oneself《口》《通常用於命令》滾出去，走開。
一名 1 UC 追趕，追蹤，追擊；追求。2《the ~》狩獵；《集合名詞》獵人。3《the ~》獵物；追求物。4（電影裡的）追逐場面。
chase² [tʃes] 動 及 1 雕鏤。2 用螺紋梳刀刻。
chas·er¹ ['tʃesɚ] 名 1 追趕者；追蹤者；獵人。2《口》（喝了烈酒後或在喝酒的同時所飲的）水或輕淡飲料。
chas·er² ['tʃesɚ] 名 1 螺紋梳刀。2 雕鏤匠。
chasm ['kæzəm] 名1 深坑；小峽谷；（建築物的）裂縫。2 間斷；（原稿中的）脫漏。3 分歧，隔閡，溝：bridge over a ~ 溝通隔閡。
chas·sis ['ʃæsɪ] 名（複~ [-z]）1（汽車的）底盤；（飛機的）起落架。2〖武器〗炮座。3（櫥櫃等的）外框；窗框。4《俚》（女性具有魅力的）身體。
·chaste [tʃest] 形 (chast·er, chast·est) 1（肉體）純潔的；貞潔的。2 謹慎的，高尚的。3 簡樸的；純正的；簡單清淡的；潔淨無瑕的。~·ly 副, ~·ness 名
chas·ten ['tʃesṇ] 動 及 1 懲戒；磨練。2 壓抑，使和緩平靜；使清淨。3 使（文體）簡樸。
chas·tened [tʃesənd] 形 磨練過的，使和緩平靜的。
chas·tise [tʃæs'taɪz] 動 及 1 懲戒；處罰。2 嚴厲譴責；怒斥。
chas·tise·ment ['tʃæstɪzmənt] 名 UC 痛斥，懲戒。
chas·tise·ment ['tʃæstɪzmənt] 名 U 1（言行舉止的）高尚；純正；操守。2 純潔，貞潔。
'chastity ˌbelt 名〖史〗貞操帶。
chas·u·ble ['tʃæzjubḷ, 'tʃæs-] 名〖教會〗（主教的）十字褡，祭服。
·chat [tʃæt] 動（~·ted, ~·ting）不及《口》閒談，閒聊《偶用 *away / about, of...*》：~ *about* old times 閒聊往事。
一及《英俚》（以甜言蜜語）與（女性）攀談《*up*》。一名1 CU 閒聊，輕鬆的談話。2〖電腦〗網路聊天。
châ·teau [ʃæ'to] 名（複 ~s, -teaux [-z]）1（法國的）城堡；（法國貴族的）大宅邸，莊園；別墅。2（尤指法國 Bordeaux 產酒區的）大葡萄園，莊園。
chat·e·laine ['ʃætḷ,en] 名（複 ~s [-z]）1 女城主；莊園的女主人。2〖史〗飾鉤。
'chat ˌroom 名〖電腦〗（網路上的）聊天室。
chat·tel ['tʃætḷ] 名 1〖法〗動產。2 所有物；《~s》家用雜物。
·chat·ter ['tʃætɚ] 動 不及 1 喧囂地啼叫；發出沙沙聲；潺潺地流《away》。2 瞎聊；喋喋不休《away, on / about...》。3 發出顫動聲；打顫。一及1 喋喋不休地說。2 使打顫；〖機〗使發出顫動聲。一名 U 1 閒談。2 啁啾，聒噪；沙沙聲；潺潺聲。3 打

顫聲；（機器、槍的）顫動聲。

chat·ter·box ['tʃætɚ,bɑks] 图 饒舌者（尤指女人，小孩）。

chat·ter·er ['tʃætərɚ] 图饒舌者。

chat·ty ['tʃætɪ] 形 **(-ti·er, -ti·est)** 好閒談的；閒聊般的：a ～ woman 健談的女人。**-ti·ly** 副, **-ti·ness** 图

Chau·cer ['tʃɔsɚ] 图 **Geoffrey,** 喬叟（1340?－1400）：被稱爲「英詩之父」，*The Canterbury Tales* 之作者。

Chau·ce·ri·an [tʃɔ'sɪrɪən] 形图 喬叟（體）的；研究喬叟的學者。

chauf·fer ['tʃɔfɚ] 图手提小爐，小暖爐。

chauf·feur ['ʃofɚ, ʃo'fɝ] 图 私人司機。—動及 駕車；開車載送《 *around, about* 》。—不及擔任私人司機。

Chau·tau·qua [ʃə'tɔkwə] 图《美》舍陶奎夏季文化教育會；《常作 **c-**》夏季大學[文化講習會]。

chau·vin·ism ['ʃovɪn,ɪzəm] 图Ⓤ**1** 沙文主義，狂熱的愛國主義；（對特定的主義、集團的）狂熱忠誠。**2** 極端的性別歧視態度。

chau·vin·ist ['ʃovɪnɪst] 图 沙文主義者，狂熱的愛國者；極端的性別歧視者。—形狂熱愛國主義[者]的；極端的性別歧視主義者的。

chau·vin·is·tic [,ʃovɪ'nɪstɪk] 形沙文主義（者）的，狂熱的愛國主義（者）的。

:cheap [tʃip] 形 **1** 廉價的，便宜的；商品價廉的：a ～ market 廉價市場 / (as) ～ as dirt 便宜透頂的。**2** 不費力的，輕易獲得的。**3** 不足道的，價值低的；卑賤的，庸俗低級的；《俚》惡名昭彰的：hold something ～ 蔑視某物 / make oneself ～（以輕浮的言行）自貶。**4**（錢）貶值的；購買力低的；利息低的。**5**《主美》吝嗇的。**6**《英》打折的，減價的。

feel cheap (1)《口》感到慚愧《 *about...* 》。(2)《俚》不舒服。

—副**1** 便宜地。**2** 不費力地；庸俗低級地。

—图《僅用於下列片語》

on the cheap 經濟地，便宜地。

cheap·en ['tʃipən] 動及 **1** 降價。**2** 降低…的品質，使變低俗。

—不及跌價；減價。

cheap·ie ['tʃipɪ] 图《口》便宜貨；（尤指）低級電影。—形《美俚》便宜貨的。

cheap(-)jack ['tʃip,dʒæk] 图流動攤販；賣便宜貨的零售商。—形粗劣的，低俗的；低級的，無聊的；（人）投機的。

cheap·ly ['tʃiplɪ] 副便宜地；低級地；不費力地。

cheap·ness ['tʃipnɪs] 图Ⓤ廉價；低級；花費少許。

cheap·o ['tʃipo] 形《口》便宜的，品質低劣的。

cheap ,shot 图《美俚》卑劣的言詞或行爲。

cheap·skate ['tʃip,sket] 图《美俚》吝嗇鬼。

·cheat [tʃit] 图**1** 騙子，假冒（名字、身分等）之人。**2** ⓊⒸ 欺騙；詐欺行爲；作弊；（玩牌的）老千；〖法〗詐欺。

—動 及 **1** 欺騙，詐欺；騙取《 *of, out of...* 》；騙（人）做…《 *into..., into doing* 》。**2**（巧妙地）逃脫。**3** 消除。—不及 **1** 欺騙；作弊：～ in an examination 考試作弊。**2**《俚》（在男女關係上）不忠實《 *on...* 》。

cheat·er ['tʃitɚ] 图騙子；詐欺者；風流之人。

:check [tʃɛk] 動及**1** 使突然停止，阻止；抑制；減低（速度、強度）：～ oneself 自制。**2** 核對《 *against, with...* 》；查核《 *up / on, by...* 》：～ a translation *against* the original 參照原文核對譯文。**3** 查驗；檢查性能；《美》在…上做檢查符號（√）《 *off* 》：～ *off* the names 查對時在名字後打勾。**4**《美》托運。**5**《美》暫存。**6**《美》以支票提取（銀行存款）《 *out* 》。**7** 使成類似棋盤方格之式樣。**8**〖西洋棋〗將（對方的王）一軍；〖冰上曲棍球〗阻截。

—不及**1** 突然停止。**2**（帳等）相符《 *out / with...* 》。**3**《昔美》（對…）調查[查核]《 *up / on, upon, into, over...* 》。**4**《美》（從銀行戶頭）開支票《 *on, upon, against...* 》。**5**〖西洋棋〗將一軍；〖牌〗（同意對方所叫的籌碼）跟牌，繼續比賽。**6**《美》產生裂痕。

check back (1)（查紀錄等）追溯《 *to...* 》。(2)再度聯絡。

check in (1)登記，報到；辦理登機手續；歸還租車；（工廠等）簽到《 *at...* 》。(2)到達。

check... in / check in... (1)訂（旅館）《 *at...* 》。(2)記錄。(3)辦手續還…《 *at...* 》。

check off 《英》下班回家。

check... off / check off... (1) ⇨動及3. (2)扣除。(3)不考慮，放棄…的想法。

check out (1) ⇨動不及2. (2)結帳退房；租出汽車；退出《 *of...* 》。(3)《美俚》死；辭職。(4)性能檢驗合格。

check... out / check out... (1) ⇨動及6. (2)（由飯店等）送出。(3)領出；辦手續借出。(4)結算金額。

check up on... 確認真僞。

check with... (1) ⇨動不及2. (2)與…聯繫。

—图**1** 抑制，阻止；妨礙物[者]。**2**《通常作 **a** ～》停止，阻止；妨礙；擊退。**3** 檢查《 *on...* 》；檢查標準；《美》檢查無誤之記號（√）；查核，測試。**4**（亦作《英》**cheque**）〖銀行〗支票。**5**《美·蘇》（餐廳等的）帳單，發票（《英》bill）。**6**《美》保管牌，寄物證；證明書。**7** Ⓤ格子花紋；Ⓒ格子花紋的一方格。**8** (1) Ⓤ〖西洋棋〗被將軍的局面。(2)〖冰上曲棍球〗阻截。**9**《美》小裂痕。

hand in (one's) checks 《口》死；放棄，認輸。

—形 1 查驗用的。2 格子花紋的。—感 1 〖西洋棋〗將軍！2《美口》對！贊成！
~·a·ble 形, ~·less 形

check·book [ˈtʃɛk,bʊk] 名 支票簿。

ˈcheck ˌbox 名 〖電腦〗確認對話框。

C

checked [tʃɛkt] 形 1 方格子花紋的，棋盤花紋的。2 〖語音〗（音節）受阻的，閉式的。

:check·er[1] [ˈtʃɛkɚ] 名 1 格子花紋（之一格）。2《~s》《作單數》西洋棋（《英》draughts）。3（西洋棋的）棋子。4 〖植〗花楸樹；花楸果。—動 及 1 做成棋盤格花紋狀。2 使色彩交錯；使交替變換。

check·er[2] [ˈtʃɛkɚ] 名 1 檢查官；《美》代爲暫時保管的人；寄物處服務人員。2《美》（商店的）櫃臺。

check·er·board [ˈtʃɛkɚˈbord] 名《美》（西洋棋用的 64 方格）棋盤（《英》draughtboard）。

check·ered [ˈtʃɛkɚd] 形 1 富於變化的；色彩繁多的；明暗交錯的：a ~ career 富於變化的一生。2（織品等）棋盤花紋式樣的：a ~ flag 格子旗。

check-in [ˈtʃɛk,ɪn] 名 U C《主美》1（機場的）搭機手續，辦理搭機處。2（旅館的）登記住宿手續，登記姓名（處）。

ˈchecking acˌcount 名《美》（可開支票的）活期存款戶頭（《英》current account）。

check ˌlist 名 一覽表，核對表；清單；選舉人名單。

ˈcheck ˌmark 名 檢查無誤之記號（√）。

check·mate [ˈtʃɛk,met] 名 C U 〖西洋棋〗將軍；受挫；失敗：force a person into ~ 將死（對方的王）；挫敗某人。—動 及 1 〖西洋棋〗將死（對手的王）；使受挫。2 阻止。—感 〖西洋棋〗將軍！

check·off [ˈtʃɛk,ɔf] 名 U（從薪水中）扣除工會會費。

check·out [ˈtʃɛk,aʊt] 名 1 U（離開旅館的）結帳；C 結帳處，付帳櫃臺。2 性能檢查；（機器等的）檢查。3（在圖書館的）借書手續。

check·point [ˈtʃɛk,pɔɪnt] 名（邊境的）檢查關卡；（公路的）檢查站。

check·rein [ˈtʃɛk,ren] 名 1（使馬不低頭的）勒馬韁繩。2 駕馭，控制。

check·room [ˈtʃɛk,rum, -rʊm] 名《美》1（飯店等的）衣帽間，物品寄存處（《英》cloak-room）。2（車站等行李的）暫時保管處（《英》left-luggage office）。

checks and ˈbalances 名（複）《美》*政治權力的制衡作用*。

check·up [ˈtʃɛk,ʌp] 名 1 檢查：give a ~ to... 檢查⋯。2 健康檢查。

Ched·dar [ˈtʃɛdɚ] 名 U《偶作 c-》一種硬乾酪。

:cheek [tʃik] 名 1 臉頰。2《~s》（器具的）類似兩頰的部位。3 U《口》厚臉皮，自大無禮（的言行舉止）：give a person ~ 對人說無禮的話 / have the ~ to do 厚著臉皮做⋯。4《~s》《俚》屁股。
cheek by jowl (*with...*) 緊靠著；（與⋯）非常親密。
to one's own cheek《口》個人獨占。
turn the other cheek《口》寬大地原諒。
speak with (*one's*) *tongue in* (*one's*) *cheek* ⇨TONGUE（片語）
—動 及《主英口》大膽地說話；戲弄。

cheek·bone [ˈtʃik,bon] 名 〖解〗顴骨。

cheeked [tʃikt] 形《與形容詞連用之複合詞》有⋯面頰的。

ˈcheek ˌtooth 名 〖齒〗臼齒。

cheek·y [ˈtʃikɪ] 形 (**cheek·i·er, cheek·i·est**)《口》自大狂妄的，厚臉皮的，無禮的。**-i·ly** 副, **-i·ness** 名

cheep [tʃip] 動 不及 1（小雞、老鼠、蟲）唧唧叫。2 出聲。—及 以唧唧聲表達。
—名 唧唧叫的聲音：not a ~《口》不發出一點聲音的。

cheep·er [ˈtʃipɚ] 名（鵪鶉等獵鳥的）雛；嬰兒，幼兒。

:cheer [tʃɪr] 名 1 喝采，歡呼。2 U 勉勵；安慰。3 U 心情，感受；生氣蓬勃；活潑：with good ~ 精神很好地，快活地 / make ~ 快活起來。4 U 食物，佳肴：The fewer the better ~.《諺》好東西愈少人分享愈好。—感《~s》《英》《寒暄問候》再見！謝謝！《尤英》乾杯！敬你！《美俚》= O.K.—動 及 不及 1（爲⋯）歡呼，鼓舞；2 使振奮《*up*》。

·cheer·ful [ˈtʃɪrfəl] 形 1 爽朗的，精神好的。2（令人）愉快的；快活的。3 願意的，樂意的。~·**ness** 名 U 爽朗；快活。

·cheer·ful·ly [ˈtʃɪrfəlɪ] 副 爽朗地；快活地；高興雀躍地。

cheer·ing [ˈtʃɪrɪŋ] 形 名 振奮（的）；喝采（的）。~·**ly** 副

cheer·i·o [ˈtʃɪrɪ,o] 感《英》1 再見！2 乾杯！—名（複 ~s [-z]）再見時說的話；乾杯時說的話。

cheer·lead·er [ˈtʃɪr,lidɚ] 名《美》啦啦隊隊員。

cheer·less [ˈtʃɪrlɪs] 形 不愉快的；陰鬱的，憂鬱的；冷清寂寞的。~·**ly** 副

cheer·y [ˈtʃɪrɪ] 形 (**more ~; most ~;**《偶作》**cheer·i·er, cheer·i·est**) 1 爽朗的，愉快的，活潑雀躍的。2 令人愉快的。
-i·ly 副, **-i·ness** 名

:cheese[1] [tʃiz] 名 1 (1) U C 乳酪，起司，乾酪：a green ~ 生乾酪。(2) 乾酪塊。2（形狀、硬度等）像乾酪的東西。3《俚》胡說；無聊事[物]；錢。
hard cheese《英俚》壞運氣。
Say cheese！說聲 cheese！笑一個！

cheese[2] [tʃiz] 名《俚》重要人物，老闆；高級品；正合適之物。

cheese·burg·er [ˈtʃiz,bɝgɚ] 名 乳酪漢堡。

cheese·cake [ˈtʃiz,kek] 名 1 U C 乳酪蛋

糕。2Ⓤ《俚》（雜誌等的）性感美女的照片。3《俚》性感的年輕女郎。

cheese·cloth ['tʃiz,klɔθ] 图Ⓤ乳酪包布：粗的薄棉布。

cheese·par·ing ['tʃiz,pɛrɪŋ] 形（人）吝嗇的。一图1 乳酪屑；瑣碎無用的東西。2Ⓤ吝嗇。

chees·y ['tʃizɪ] 形 **(chees·i·er, chees·i·est)** 1 乳酪（味）的。2《美俚》低俗的，簡陋的；《諷》上等的，漂亮時髦的。

chee·tah ['tʃitə] 图〖動〗印度豹。

chef [ʃɛf] 图（男）廚師；（餐廳、飯店等的）大廚。

chef-d'oeu·vre [ʃe'dɝv] 图 (複 **chefs-d'oeu·vre** [ʃe'dɝv])（尤指美術、文學、音樂的）傑作，名作。

Che·khov ['tʃɛkɔf] 图 **Anton Pavlovich** 契訶夫（1860−1904）：俄國短篇小說家、劇作家。

chem. 《縮寫》*chem*ist; *chem*istry.

:chem·i·cal ['kɛmɪkl] 图《通常作～s》化學製品[藥品]。一形化學（上）的；化學（製造）的；化學作用的。～**·ly** 副

'chemical engi'neering 图Ⓤ化學工程學。

'Chemical 'Mace 图 1〖商標名〗催淚瓦斯噴霧器。2 = Mace[1] 6.

'chemical 'warfare 图Ⓤ化學戰。

'chemical 'weapon 图化學武器。

che·min de fer [ʃə'mændə'fɛr] 图 1 鐵路。2Ⓤ〖牌〗baccarat之一種。

che·mise [ʃə'miz] 图(女用）寬鬆內衣。

·chem·ist ['kɛmɪst] 图1 化學家。2《英》藥劑師，藥商（《美》druggist）：a ～'s shop 藥店，藥房。

·chem·is·try ['kɛmɪstrɪ] 图Ⓤ 1 化學。2 化學反應，化學作用。3 默契，心靈互動。

che·mo·ther·a·py [,kɛmo'θɛrəpɪ] 图Ⓤ〖醫〗化學療法。

chem·ur·gy ['kɛmɝdʒɪ] 图Ⓤ 農產化學。

che·nille [ʃə'nil] 图Ⓤ 1 鬆絨線。2 鬆絨線織品。

cheong·sam ['tʃɔŋ'sɑm] 图旗袍。

cheque [tʃɛk] 图《英》支票（《美》check）。

cher·ish ['tʃɛrɪʃ] 動及1 珍愛，珍視；疼愛；溫柔地照料：～ one's native country 熱愛祖國。2 抱持，懷著：～ the memory of the late Mr. Smith 懷念已故的史密斯先生。～**·ed** 形

Cher·o·kee ['tʃɛrə,ki, ,--'-] 图 (複～**s**, 定義 1《集合名詞》～) 1 柴拉基族（之人）：北美印第安人之一族。2Ⓤ柴拉基語。

che·root [ʃə'rut] 图方頭雪茄煙。

cher·ry ['tʃɛrɪ] 图 (複 **-ries**) 1 櫻桃。2 櫻桃樹；Ⓤ 櫻桃木。3Ⓤ櫻桃紅色。4《俚》處女（膜）；貞操：lose one's ～失去貞操。5《美俚》新手；尚未得過冠軍者。

make two bites of a cherry 躊躇，拖泥帶水不乾脆。

一形 1 櫻桃色的，鮮紅色的。2 櫻桃木製的。3《俚》處女的。4《美俚》嶄新的。

'cherry ,blossom 图《通常作～s》櫻桃花。

cher·ry-bob ['tʃɛrɪ,bɑb] 图《英》（連梗的）二個櫻桃。

'cherry 'brandy 图Ⓤ Ⓒ 櫻桃白蘭地酒。

'cherry ,pie 图ⓊⒸ櫻桃醬餡餅。

'cherry ,stone 图櫻桃核。

'cherry to'mato 图聖女小番茄。

'cherry ,tree 图櫻桃樹。

chert [tʃɝt] 图ⓊⒸ燧石：由石英形成的堅硬岩石。

cher·ub ['tʃɛrəb] 图(複 **cher·u·bim** ['tʃɛrəbɪm]) 1〖聖〗有翼的天使。2〖神〗智慧天使：九級天使中的第二級天使，司知識，以有翼翅膀的、漂亮的小孩容貌或頭像表示之。3 有翼天使的畫像。4(複 ～**s**) 漂亮的小孩；天真純潔的小孩。

che·ru·bic [tʃə'rubɪk] 形（小）天使的；天使似的。**-bi·cal·ly** 副

cher·vil ['tʃɝvɪl] 图Ⓤ山蘿蔔。

Ches. 《縮寫》*Ches*hire.

Chesh·ire ['tʃɛʃɪr, 'tʃɛʃɚ] 图 1 柴夏：英國英格蘭西北部郡名。2 Ⓤ（亦稱 **Cheshire cheese**）柴夏乳酪。

grin like a Cheshire cat 《口》莫名其妙地露齒而笑。

·chess [tʃɛs] 图Ⓤ西洋棋：play ～ with... 與…下西洋棋。

chess·board ['tʃɛs,bord] 图西洋棋盤。

chess·man ['tʃɛs,mæn, -mən] 图 (複 **-men** [-,mɛn, -mən]) 西洋棋棋子。

:chest [tʃɛst] 图1 胸（腔）；肺；《口》思想：～ trouble 胸部的病痛 / get something off one's ～《美口》傾吐心中的事情。2（放貴重物的有蓋的）大箱子；櫥櫃；五斗櫃。3（茶葉等的）運送箱；〖工〗堅固的容器；一箱之量（*of...*）。4《美》（公益慈善團體等的）金庫；（金庫內的）基金，經費。

chest·ed ['tʃɛstɪd] 形《複合詞》有…胸的。

ches·ter·field ['tʃɛstɚ,fild] 图1 伯爵式大衣。2 長沙發。

:chest·nut ['tʃɛsnət, -,nʌt] 图1〖植〗栗屬的樹；栗子；Ⓤ栗樹材。2 = horse chestnut. 3Ⓤ栗子色，紅褐色。4《口》陳腐的笑話。5 栗色馬。

pull a person's chestnuts out of the fire 爲某人火中取栗；冒險爲人解決困難而自己承受後果。

一形栗子色的，紅褐色的；以栗子作爲材料的。

'chest of 'drawers 图 五斗櫃（《美》bureau）。

chest·y ['tʃɛstɪ] 形 **(chest·i·er, chest·i·est)**

1《口》胸部豐滿的；《俚》乳房突出的。2《美俚》驕傲的；自負的：walk ～ 昂首闊步。3 似從胸部發出的。**-i·ly** 副

che·tah ['tʃitə] 名＝cheetah.

che·val-de-frise [ʃə'vældə'friz] 名（複 **che·vaux-de-frise** [ʃə'vodə'friz]）1《通常作 **chevaux-de-frise**》防柵，拒馬。2（牆上所插防盜用的）碎玻璃；尖頭釘。

che·val ˌglass [ʃə'væl-] 名穿衣鏡。

chev·a·lier [ˌʃɛvə'lɪr] 名 1（法國）有勳位的爵士。2〖法史〗地位最低的貴族。3 俠義之士；（中世紀的）騎士。

Chev·i·ot ['tʃɛvɪət, 'tʃiv-] 名 1 柴維爾特羊：產於英國 Cheviot Hills 的羊。2 Ｕ《**c-**》柴維爾特羊毛所織成的粗毛織品。

Chev·ro·let [ˌʃɛvrə'le] 名〖商標名〗雪佛蘭：美國製小汽車（亦稱 **Chevy**）。

chev·ron ['ʃɛvrən] 名 1（表示軍人、警察之階級）山字形臂章。2〖紋〗山字形標識。3〖建〗波浪狀花飾。

chev·y ['tʃɛvɪ] 動（**chev·ied**, **～·ing**）及《英口》追逐；使煩惱《*up, about*》；催促做工作《*along*》。（亦稱 **chiv(v)y**）。

:**chew** [tʃu] 動及 1（以齒）咬碎，咀嚼；嚼後嚥下《*up*》；咬。2《口》慎重地考慮；沉思《*over*》：～ the matter *over* 仔細考慮那個問題。3 損壞《*up*》：～ *up* the papers 將文件銷毀。4 整平《*down*》。
—不及 1 咀嚼；咬住《*at, on...*》。2《口》嚼煙。3 深思熟慮《*on, upon, over...*》。
chew a person's ear (off)《俚》訓斥某人。
chew...out / chew out...《美俚》嚴厲責罵。
chew the fat《口》聊天。
chew the rag《美口》愉快地聊天；《英口》發牢騷。
chew the scenery《美俚》矯揉造作。
chew...up / chew up... (1) ⇨動及 1., 3. (2)《英俚》＝CHEW out. (3)《俚》被徹底打敗；煩惱《*about...*》。
like a piece of chewed string《口》勞累且虛弱的。
—名 1 咬，咀嚼。2 所嚼之物。

'**chew·ing ˌgum** ['tʃuɪŋ-] 名Ｕ口香糖。

chew·y ['tʃuɪ] 形（**chew·i·er**, **chew·i·est**）不易咀嚼的；需要充分咀嚼的。

Chey·enne [ʃaɪ'ɛn] 名（複 **～s**,《義 1 作集合名詞》～）1 夏安族印第安人；Ｕ夏安語。2 夏安：美國 Wyoming 州的首府。

chg.《縮寫》*charge.*

chi [kaɪ] 名（複 **～s** [-z]）ＵＣ希臘語字母表第 22 個字母（Χ, χ）。

Chi·an·ti [kɪ'æntɪ, 'kjanti] 名Ｕ 吉安迪酒：義大利所產的紅葡萄酒。

chi·a·ro·scu·ro [kɪˌarə'skjuro] 名（複 **～s** [-z]）1Ｕ（繪畫的）明暗對比法。2 以單色的各種明暗度畫出的素描。

chic [ʃik, ʃɪk] 形 漂亮的，別緻的；時髦的。—名Ｕ漂亮，別緻，流行款式。

Chi·ca·go [ʃɪ'kago, -'kɔgo] 名芝加哥：位於美國 Illinois 州，是美國第三大城市及都會區。

Chi·ca·na [tʃɪ'kanə] 名墨裔美國女性。

chi·cane [ʃɪ'ken] 名 1 ＝chicanery. 2《英》（賽車場中減速用的）障礙物，U 字形彎道。3〖牌〗打橋牌所取得無王牌的一手牌。
—動不及 欺騙，詭辯。—及 1 詐騙《*out of...*》：～ a person *out of* his property 騙取某人的財產。2 狡辯；吹毛求疵。

chi·can·er·y [ʃɪ'kenərɪ] 名（複 **-er·ies**）ＵＣ欺騙；遁詞。

Chi·ca·no [tʃɪ'kæno, -'ka-] 名（複 **～s** [-z]）1 墨裔美國人。2 美國的墨西哥工人。
—形墨裔美人的。

chi·chi ['ʃiʃi] 形《口》裝高級的；裝模作樣的；時髦的。—名Ｕ 華麗的裝飾；故作瀟灑。

chick [tʃɪk] 名 1 小雞；小鳥。2《暱稱》小孩子。3《俚》年輕女子。

chick·a·dee ['tʃɪkəˌdi] 名〖鳥〗山雀；無冠美國山雀。

:**chick·en** ['tʃɪkən] 名 1 雞；小雞；小鳥。2Ｕ雞肉。3《口》黃口孺子；《主俚》年輕女孩。4〖軍〗《美俚》不必要（卻被嚴格要求）的義務；《俚》無聊的工作；新兵。5《美俚》膽小鬼，懦夫；試膽遊戲。6《俚》（搶劫、綁票等的）受害者。
count one's chickens before they are hatched 過早樂觀。
get it where the chickens got the ax《美口》遭到殘酷的待遇。
go to bed with the chickens《美口》晚上早睡。
(have one's) chickens come home to roost《美》自作自受。
like a chicken with its head cut off 發瘋似地。
—形 1 雞的；（含有）雞肉的；雞肉味道的。2 小孩的；小的。3《美俚》膽小的。4《軍俚》爲瑣碎事情而挑剔的；卑劣的。
—動不及《僅用於下列片語》
chicken out《美口》退縮；躊躇《*of ...*》。

chick·en-and-egg [ˌtʃɪkənənd'ɛg] 形雞與蛋何者爲先的；難分因果關係的。

'**chicken ˌbreast** 名雞胸。

'**chicken ˌfeed** 名Ｕ《俚》1 家禽飼料。2 小錢；零頭；無聊東西。

chick·en-heart·ed ['tʃɪkən'hartɪd] 形《口》膽小的，軟弱的。

chick·en-liv·ered ['tʃɪkən'lɪvɚd] 形＝chicken-hearted.

'**chicken ˌpox** 名Ｕ〖病〗水痘（亦作 **chickenpox**）。

'**chick ˌflick** 名（爲女性拍攝的）愛情文藝電影。

chickpea ['tʃɪkˌpi] 名〖植〗鷹嘴豆。

'**chicken ˌqueen** 名《美俚》雞姦男童的男性。

chick·weed ['tʃɪkˌwid] 名〖植〗蘩縷。

chic·le ['tʃɪkl] 名 U 糖膠樹膠：口香糖的主要原料。

chic·o·ry ['tʃɪkərɪ] 名 (複 **-ries**) U C **1**〖植〗菊苣；（食用的）菊苣葉子。**2** 菊苣粉。

chide [tʃaɪd] 動 (**chid·ed** 或 **chid** [tʃɪd], **chid·ed** 或 **chid** 或 **chid·den** ['tʃɪdn̩], **chid·ing**) 不及《文》指責，責罵。—及 **1** 指責…使其做某事《*into* doing》；斥走《*away*》。**2**（因某事而）指責《*for, with, about...*》。

:chief ['tʃif] 名(複 ~**s** [-s]) **1** 領袖；首長；酋長，族長。**2**《俚》上司，老闆。**3** 主要部分。

in chief (1)《置於名詞之後》居主要地位的。(2)《文》主要地。

—形 **1** 最高地位的，為首的。**2** 主要的，第一的。—副《古》主要地。

'chief 'constable 名《英》警察局長（《美》the chief of police）。

'chief 'editor 名 總編輯。

'chief e'lectrician 名 燈光師。

'Chief Ex'ecutive 名《the ~》《美》**1** 美國總統。**2**《c- e-》州長，執行長。

'chief 'justice 名《the ~》**1**〖法〗首席法官，審判長。**2**《C- J-》美最高法院院長。

·chief·ly ['tʃiflɪ] 副 **1** 主要地，首要地；大部分。**2** 首先。—形 首領的；首長的。

'chief 'mate 名〖海〗大副。

'Chief of 'Staff 名《the ~》《美》**1** 陸軍、空軍參謀長。**2**《c- of s-》參謀長，幕僚長。

chief·tain ['tʃiftən] 名 **1** 首領；（蘇格蘭高地的）族長，酋長。**2**《古》〖詩〗指揮官。~**·cy**, ~**·ship** 名 首領的身分。

chif·fon [ʃɪ'fɑn] 名 U **1** 雪紡綢。**2** 女裝的飾邊。—形 用雪紡綢製成的；像雪紡綢般（薄而軟）的；鬆軟的。

chif·fo(n)·nier [,ʃɪfə'nɪr] 名（附帶鏡子的）直立衣櫃；（矮）書架；《英》（矮）餐具櫥櫃。

chig·ger ['tʃɪgɚ] 名 **1** 秋恙蟲。**2** = chigoe（亦稱 **jigger**）。

chi·gnon ['ʃinjɑn, ʃi'njʌn] 名(複 ~**s** [-z]) 髮髻。

chig·oe ['tʃɪgo] 名〖昆〗沙蚤。

chi·hua·hua [tʃɪ'wɑwɑ, -wə] 名 吉娃娃：墨西哥種的小型犬。

chil·blain ['tʃɪl,blen] 名《通常作 ~**s**》〖病〗凍瘡。**-blained** 形

child [tʃaɪld] 名(複 **chil·dren**) **1** 小孩，兒童；兒女：a love ~ 私生子。**2** 嬰兒，幼兒：~'s play 簡單的事情；騙小孩的把戲 / The ~ is father to the man.《諺》由小看大。**3** 幼稚的人。**4** 子孫；產物，結果：a ~ of the forest《美》森林之子，印第安人。

with child《文》懷孕。

~**·ness** 名 U《古》小孩般的特質。

'child a'buse 名 U（家長的）虐待兒童。

child·bear·ing ['tʃaɪld,bɛrɪŋ] 名 U 生育，分娩。—形（可）生育的。

child·bed ['tʃaɪld,bɛd] 名 U 分娩：~ fever〖病〗產褥熱。

child·birth ['tʃaɪld,bɝθ] 名 U C 生產，分娩。

child·care ['tʃaɪld,kɛr] 名 U 兒童托育。

·child·hood ['tʃaɪld,hʊd] 名 U C **1** 兒童時期，幼年時代：in one's second ~ 老邁時，衰老時。**2** 初期階段。

child·ing ['tʃaɪldɪŋ] 形 生小孩的；懷孕的。

·child·ish ['tʃaɪldɪʃ] 形 **1** 小孩子（似）的。**2**《諷刺大人》幼稚的；柔弱的；愚笨的。~**·ly** 副, ~**·ness** 名

child·less ['tʃaɪldlɪs] 形 無子女的。

child·like ['tʃaɪld,laɪk] 形 孩子氣的，天真的；適合小孩的：~ candor 孩童般的率直。

'child ,minder 名《英》家庭保姆：替上班的夫妻看顧小孩的人。

child·proof ['tʃaɪld,pruf] 形 保護兒童安全的；對兒童安全的。

'child psy'chology 名 U 兒童心理學。

:chil·dren ['tʃɪldrən] 名 **child** 的複數形。

'child's ,play 名 U《無冠詞》**1** 簡單的事情。**2** 不很重要的事。

chil·e ['tʃɪlɪ] 名 = chili.

Chil·e ['tʃɪlɪ] 名 智利（共和國）：南美洲國家；首都聖地牙哥（Santiago）。~**·an** 名形 智利人[的]。

'Chile salt'peter 名 U 智利硝石。

chil·i ['tʃɪlɪ] 名(複 ~**es**) U C **1** 紅辣椒；紅辣椒乾。**2**《美》辣椒肉末（一種墨西哥菜）（亦作 **chile, chilli**）。

chil·i·asm ['kɪlɪæzəm] 名 U〖神〗千年至福說。

'chili ,powder 名 辣椒粉。

'chili ,sauce 名 U 辣椒醬。

:chill [tʃɪl] 名 **1** 寒冷，寒氣；寒冷感；寒顫；著涼：catch a ~ 受寒，傷風 / feel a ~ run down one's spine 感到一陣寒顫穿透背脊。**2**《a ~》令人沮喪，掃興。

take the chill off... 將（牛奶等）稍微加溫。

—形(~**·er**, ~**·est**) **1** 寒冷的；因寒冷而發抖的：the ~ morning 寒冷的早晨。**2** 使人沮喪的；冷淡的；徒具形式的。a ~ greeting 冷淡的寒暄。**3**《俚》完全的。—動 不及 **1** 變冷；發抖。**2**〖鑄〗表面變堅硬，冷凝。**3**《美俚》順從；被抓住。**4**《美俚》產生懷疑[冷淡]；熱心減退。—及 **1** 使感到寒冷；冷凍，冷藏。**2** 使受挫。**3**〖鑄〗使冷凝。**4** = bloom[1] 動 及 2. **5**《英口》使冷卻。**6**《美俚》解決。**7**《美俚》殺（人）；使生氣。

chilled [tʃɪld] 形 被冷卻的，冷藏的；冷凝的。

C

chil·ler ['tʃɪlə] 图 1 使冷凍的人[物]；令人不寒而慄的人[物]；冷卻裝置；冷卻室管理員。2《口》驚悚故事[小說，電影]。

chil·li·ly ['tʃɪlɪlɪ] 副 = chilly.

chill·ing ['tʃɪlɪŋ] 形 恐怖的；冷漠的。

chill·room ['tʃɪl,rum] 图 冷藏室。

·chil·ly ['tʃɪlɪ] 形 (**-li·er, -li·est**) 1 寒冷的；感到寒冷的。2 冷冷的，冷淡的：a～reply 冷淡的回答。3 使人不寒而慄的。—副 寒冷地；冷淡地；不寒而慄地。**-li·ness** 图

chi·mae·ra [kaɪ'mɪrə] 图 = chimera.

·chime [tʃaɪm] 图 1 門鈴。2《常作～s》(1)（經過調音的）一組鐘；此種樂器。(2) 鐘樂曲。3《常作～s》和諧的音；旋律；樂音。4 Ⓤ Ⓒ《文》調和，一致《*with...*》：fall into ～ *with...* 變得與…一致[調和]。

—動 (**chimed, chim·ing**) 不及 1（一組鐘等）鳴響；（叫人的鈴等）發出和諧的樂聲；（鐘）鳴響。2 以抑揚頓挫的聲調說話；以單調的聲調說話。3 調和，一致《*together / with...*》。—及 1 發出；敲（鐘）。2（鐘）報（時）；鳴鐘通知。3 抑揚頓挫地說；似唱歌般地說。

chime in 《口》(1) 插嘴；插嘴表示贊成。(2) 附和《*on...*》；齊聲歌唱。

chime (in) with... 《口》與…一致；同意。

chi·me·ra [kaɪ'mɪrə] 图 (複 ～s [-z]) 1《常作C-》〖希神〗獅頭、羊身、蛇尾的噴火怪獸。2（作爲裝飾用圖案的）怪物；幻想出來的怪物；妄想。

chi·mer·i·cal [kaɪ'mɪrɪkl] 形 非現實的，想像中的；異想天開的。

:chim·ney ['tʃɪmnɪ] 图 (複 ～s [-z]) 1 煙囪。2（火山的）噴火口。3（煤油燈的）燈罩。4〖登山〗岩壁、山壁的縱向裂縫。

'chimney ˌbreast 图 壁爐腔。

'chimney ˌcap 图 煙囪蓋。

'chimney ˌcorner 图 壁爐角；靠近爐火處。

'chimney piece 图《英》= mantelpiece.

'chimney ˌpot 图 1《主英》煙囪頂管。2《英口》= chimney-pot hat.

'chim·ney-pot ˌhat ['tʃɪmnɪ,pɑt-] 图《英口》高頂絲質禮帽。

'chimney ˌstack 图（多煙道的）總煙囪；（工廠的）大煙囪。

'chimney ˌstalk 图《英》（工廠的）高煙囪，煙囪的頂上部分。

'chimney ˌswallow 图 1《英》= barn swallow. 2《美》= chimney swift.

'chimney ˌsweep 图 煙囪清掃工。

'chimney ˌsweeper 图 煙囪清掃工。

'chimney ˌswift 图〖鳥〗（產於北美洲）常在煙囪中築巢的燕子。

chimp [tʃɪmp] 图《口》= chimpanzee.

chim·pan·zee [,tʃɪmpæn'zi, tʃɪm'pænzɪ] 图〖動〗黑猩猩。

·chin [tʃɪn] 图 1 下頷，下巴。2《美俚》閒聊：wag one's ～ 喋喋不休。3《俚》傲慢，蠻橫。

be chin deep / be up to the chin (1)（高）到下巴。(2) 深深陷入。

keep one's chin up 《口》別灰心喪志。

take it on the chin 《俚》(1) 吃敗戰；徹底失敗。(2) 忍受痛苦。

—動 (**chinned, ～·ning**) 及 1《反身》使引體向上；引體向上使下巴高過（單槓）。2《古》對（人）說話。3《口》將（小提琴等）抵住下巴。

—不及 1（吊單槓）引體向上。2《俚》閒聊。

～·less 形 軟弱的，欠缺意志力的。

Chin. 《縮寫》*China*; *Chinese*.

·chi·na ['tʃaɪnə] 图 1 Ⓤ 陶瓷器；《集合名詞》瓷器（製品）。2《英俚》朋友。3《the ～》《集合名詞》《美俚》牙齒。—形 1（似）陶瓷製的，陶器（似）的。2 二十週年紀念的。

a bull in a china shop 莽撞壞事之人。

:Chi·na ['tʃaɪnə] 图 中國。

'china ˌclay 图 Ⓤ 瓷土，陶土。

'china ˌcloset 图 陳列陶瓷器的櫥櫃。

Chi·na·man ['tʃaɪnəmən] 图 (複 **-men**)《通常爲蔑》中國人。

'China 'rose 图〖植〗1 月季花。2 朱槿，扶桑。

'China 'Sea 图《the ～》中國海：東海和南海的合稱。

Chi·na·town ['tʃaɪnə,taun] 图（中國境外的）中國城，唐人街。

chi·na·ware ['tʃaɪnə,wɛr] 图 Ⓤ 陶瓷器。

chin·chil·la [tʃɪn'tʃɪlə] 图 1 南美洲栗鼠。2 Ⓤ 南美洲栗鼠毛皮或其製品。

chin-chin ['tʃɪn,tʃɪn] 图 寒暄；閒聊。

—動 (**-chinned, ～·ning**) 及 不及 問候；聊。

—感《用作問候招呼》喂！再見！乾杯！

chine[1] [tʃaɪn] 图《英方》狹深的小峽谷。

chine[2] [tʃaɪn] 图 1（動物的）脊骨，脊柱；排骨，脊肉。2《英》山脊。3〖海〗舭緣線。

—動 及 切…的脊骨，沿著脊骨切。

:Chi·nese [tʃaɪ'niz] 图 (複 ～) 1 Ⓤ 中文，中國話。2 中國人。—形 1 中國的，中國人的。2 中文的。

'Chinese 'cabbage 图 白菜。

Chi'nese 'character 图 中國字，漢字。

Chi'nese 'checkers 图 Ⓤ 跳棋。

Chi'nese 'gooseberry 图 中國獼猴桃，奇異果（= kiwifruit）。

Chi'nese 'ink 图 = India ink.

Chi'nese 'lantern 图（能摺疊的）紙燈籠。

Chi'nese 'puzzle 图 1 複雜的謎語。2 難題。

Chi'nese 'restaurant ˌsyndrome 图 中國餐館症候群：吃過中國菜後會產生頭痛、目眩、臉發熱等症狀。

Chi'nese 'wall 图 1《C- W-》萬里長城。2 無法超越的障礙物。

Chi'nese 'white 图 U 鋅白。

chink[1] [tʃɪŋk] 图 裂縫；狹縫；漏洞；弱點：～*s* between the boards of a fence 圍牆板間的縫隙 / the ～ in one's armor 某人的弱點。

—動及 堵塞住（裂縫）。

chink[2] [tʃɪŋk] 動及不及 使（錢幣）叮噹響。—图 1 叮噹響聲。2 U C《俚》硬幣，現金。

Chink [tʃɪŋk] 图《蔑》華人。

Chino- ['tʃaɪno]《字首》表「中國」之意，為 Chinese 的複合形。

Chi·nook [tʃɪ'nuk, -'nʊk] 图（複～s, 定義 1 為《集合名詞》～）1 契努克族（人）：住在哥倫比亞河口北岸附近的北美印第安人。2 U 契努克語。3《c-》契努克風。

chi'nook 'salmon 图 契努克鮭魚。

'chin ˌstrap 图（鋼盔等的）下顎束帶。

chintz [tʃɪnts] 图 U 1（花紋華麗的）印花棉布。2 印度產的印花布。

chintz·y ['tʃɪntsɪ] 形 (chintz·i·er, chintz·i·est) 1 以印花棉布裝飾的。2《口》廉價的；俗麗的；小氣的。

chin·up ['tʃɪn,ʌp] 图 U C（吊單槓的）引體向上動作。—形 有勇氣的。

chin-wag·ging ['tʃɪn,wægɪŋ] 图 U《英口》聊天，閒聊。

·**chip** [tʃɪp] 图 1（木、石等）一片，碎屑。2（食物等的）薄片；《～s》《英口》炸馬鈴薯條（《美》French fries）。3（碗等的）缺口，裂痕。4（賭博時代替現金的）籌碼；《～s》賭運氣：buy ～*s* 投資 / have one's ～*s* on 賭。5《口》小粒的鑽石。6 無用的東西；無味的東西：(as) dry as a ～ 枯燥無味的 / do not care a ～ 一點也不在乎。7《～s》（作燃料用的）乾糞塊。8（編帽子或籃子用的）薄木片，麥管，棕櫚葉。9〖高爾夫〗= chip shot. 10《～s》《美俚》錢：(be) in the ～*s* 有錢，富有。11 積體電路晶片，晶片。

a chip in porridge 無關緊要之物。

a chip of the old block 酷似父親的兒子。

cash in** one's **chips (1) ⇨ 图 4. (2)《美俚》歇業。(3)《美俚》死。

have a chip on** one's **shoulder《美口》（有）易怒的脾氣。

have had** one's **chips《俚》被打；被殺。

let the chips fall where they may《美口》不管（對方）會有什麼結果。

take that chip off** one's **shoulder 改掉愛吵架的脾氣。

the bug under the chip《美俚》言外之意。

when the chips are down 萬不得已時，困難時刻。

—動 (chipped, ～·ping) 及 1 切，削；切取《*away, off*》；削成，削取《*from, off, out of, away...*》。2 在（陶器邊等）上造成缺口。3《英口》戲弄；挖苦。4（撲克牌等）用籌碼賭。5《偶用於英》將（馬鈴薯）切削成片狀。

—不及 1（陶器之沿）出現缺口《*off, away*》《*at...*》。2〖高爾夫〗擊出切削球。

chip at... (1) 從…削取小片。(2) 打擊。(3) 謾罵。

chip in《口》(1) 捐獻；以籌碼賭《*with...*》。(2) 合資（事業等）。(3) 插入（意見等）《*with...*》；插嘴《*that* 子句》。

chip in... 捐（錢）。

chip·board ['tʃɪp,bord] 图 U C 1 紙板。2 刨花板。

chip·munk ['tʃɪpmʌŋk] 图 花栗鼠。

'chipped ˌbeef ['tʃɪpt-] 图 U《美》燻製的薄片牛肉。

Chip·pen·dale ['tʃɪpən,del] 形 齊本德耳式的：家具等華麗優雅的風格的。

chip·per[1] ['tʃɪpɚ] 形《美口》有精神的；活潑的；心情好的；瀟灑的。

chip·per[2] ['tʃɪpɚ] 图 切削者；切削工具。

chip·ping ['tʃɪpɪŋ] 图《通常作～s》《作複數》碎片；《英》（鋪道路用的）碎石。

'chipping ˌsparrow 图〖鳥〗北美洲所產的一種小麻雀。

chip·py[1] ['tʃɪpɪ] 图 (複 -pies) 1 = chipping sparrow. 2《英》油炸食品專賣店。

chip·py[2] ['tʃɪpɪ] 形《英俚》心情惡劣的，脾氣暴躁的。

'chip ˌshot 图〖高爾夫〗切削擊球，近穴短打球。

chirk [tʃɝk] 動不及 1 唧唧地尖叫；發出嘰嘰的摩擦聲。2《美口》感到快活《*up*》。—及《美口》使高興《*up*》。—形《美口》快活的。

chi·rog·ra·pher [kaɪ'rɑgrəfɚ] 图 書法家，筆法家。

chi·rog·ra·phy [kaɪ'rɑgrəfɪ] 图 U 筆跡；書法。

chi·ro·man·cy ['kaɪrə,mænsɪ] 图 U 手相術。-cer 图 手相家。

chi·rop·o·dy [kaɪ'rɑpədɪ] 图 U 足病的治療（《美》podiatry）。-dist 图 治療足病的醫師。

chi·ro·prac·tic [,kaɪrə'præktɪk, '--,--] 图 U（脊椎）按摩療法。

chi·ro·prac·tor [,kaɪrə'præktɚ] 图 脊椎指壓師，按摩療法醫師。

·**chirp** [tʃɝp] 動及不及 1 啁啾叫《*away*》。2 吱吱喳喳地說話《*out*》。3《口》（女歌手）唱。4《美俚》向警方密報。—图（蟲、鳥的）啁啾聲，唧唧聲。

chirp·y ['tʃɝpɪ] 形 (chirp·i·er, chirp·i·est)《口》活潑的，愉快的。-i·ly 副

chirr(e), churr [tʃɝ] 動不及 唧唧叫。—图 蟋蟀（似）的鳴叫聲。

chir·rup ['tʃɪrəp, 'tʃɝəp] 動不及 1 吱喳叫；發出嘖嘖聲。2《俚》（受僱的人在戲

院等）喝采。—因 1 嘖嘖地哄；催（馬）。2《俚》（受僱的人在戲院等）叫好喝采。—名 吱喳聲。～·y 形《口》快活的，活潑的。

·**chis·el** ['tʃɪzl̩] 名 1 鑿子；鑿刀：a cold ～ 切割金屬用的鑿刀。2 雕刻刀；《the ～》雕刻術。—動(～ed, ～·ing;《英尤作》-elled, ～·ling) 因 1 雕刻《*into, out of, from...*》。2《美俚》詐騙，騙人《*out of ...*》；騙取《*out of ...*》。
—不及 1 鑿；雕《*away*》。2《美俚》欺騙，詐騙，作弊《*for...*》。

chis·eled,《英》**-elled** ['tʃɪzl̩d] 形 1 鑿刻過的。2 輪廓分明的。

chis·el·er,《英》**-el·ler** ['tʃɪzələ] 名 1《美俚》騙子。2 鑿工；雕刻匠。

chit[1] [tʃɪt] 名 1 欠款單據。2 發票，收據。3《主英》短信；便條；（受僱用者等的）保證書。

chit[2] [tʃɪt] 名《口》小孩，冒失的黃毛丫頭。

chit·chat ['tʃɪt,tʃæt] 名U《口》閒談，閒話家常。—動(～·ted, ～·ting)不及閒談，聊天；閒話家常。

chit·ter·lings ['tʃɪtə·lɪŋz] 名（複）（豬的）小腸（用作食物）。

chiv·al·ric ['ʃɪvəlrɪk, ʃɪ'vælrɪk] 形 1 騎士精神的。2 = chivalrous 2.

chiv·al·rous ['ʃɪvəlrəs] 形 1 騎士精神的；騎士制度的。2 合於騎士精神的；勇敢的。3 對婦女溫柔禮貌的；慈悲爲懷的。～·ly 副

·**chiv·al·ry** ['ʃɪvəlrɪ] 名(複 -ries) 1 U騎士精神。2 U（中世紀的）騎士制度。3 騎士團；《集合名詞》勇敢的騎士。4《古》合於騎士精神的行爲。

chive [tʃaɪv] 名《常作 ～s》〖植〗蝦夷蔥。

chiv·(v)y ['tʃɪvɪ] 動 (-(v)ied, ～·ing) 因 不及，名(複 -vies)《英》= chevy.

chlo·ral ['klorəl] 名 U 1〖化〗氯醛，三氯乙醛。2〖藥〗水合氯醛。

chlo·ral·ism ['klərəlɪzəm] 名U 氯醛中毒症。

chlo·rate ['klorɪt, -ret] 名〖化〗氯酸鹽。

chlo·rel·la [klə'rɛlə] 名（綠球藻屬的）綠藻。

chlo·ric ['klorɪk] 形〖化〗（含）氯的：～ acid 氯酸。

chlo·ride ['kloraɪd] 名UC〖化〗氯化物。

chlo·rin·ate ['klorɪ,net] 動因 1〖化〗使…與氯化合：～*d* hydrocarbon 氯化碳氫化合物。2 以氯殺菌消毒。

chlo·ri·na·tion [,klori 'neʃən] 名U氯處理法。

chlo·rine ['klorin] 名U氯。符號：Cl

chlo·rite[1] ['kloraɪt] 名U綠泥石。

chlo·rite[2] ['kloraɪt] 名〖化〗亞氯酸鹽。

chlo·ro·fluor·o·car·bon [,klorə,fluə rə'karbən] 名U氟氯碳化物。

chlo·ro·form ['klorə,fɔrm] 名 U〖化·藥〗氯仿，哥羅仿，三氯甲烷（$CHCl_3$）。—動因以氯仿麻醉。

Chlo·ro·my·ce·tin [,kloromaɪ'sitɪn] 名〖藥·商標名〗氯黴素。

chlo·ro·phyll ['klorə,fɪl] 名U〖植·生化〗葉綠素。

chlo·ro·phyl·lous [,klorə'fɪləs] 形（含）葉綠素的。

chlo·ro·plast ['klorə,plæst] 名〖植〗葉綠體。

chlo·ro·quine ['klorəkwaɪn] 名 U〖藥〗氯奎寧。

chlo·rous ['klorəs] 形〖化〗含三價氯的；亞氯的：～ acid亞氯酸。

chm.《縮寫》*chairman*; *checkmate*.

chmn.《縮寫》*chairman*.

choc-ice ['tʃak,aɪs] 名《英》表面覆有一層薄巧克力的冰淇淋。

chock [tʃak] 名 1（用以防止轉動、滑動等的）楔子，墊木；輥軋機的軸承。2〖海〗導索器，（用於安置小艇等的）艇座；墊木；填塞物。—動 因 1 以楔子墊阻。2〖海〗將（小艇等）置於艇座上。

***chock...up* / *chock up*...** (1) 以楔子墊阻。(2) 塞滿《*with...*》。
—副 滿滿地；緊緊地。

chock-a-block ['tʃakə'blak] 副 形 1〖海〗（兩具滑車或滑輪）到頂緊緊相觸地[的]。2 緊緊塞滿地[的]《*with...*》。

chock-full ['tʃak'ful] 形 擠得水洩不通的，塞滿的《*of...*》。

choc·o·hol·ic [,tʃɔkə'halɪk] 名 巧克力狂，愛吃巧克力的人。

:**choc·o·late** ['tʃɔkəlɪt] 名 1 UC巧克力。2 UC巧克力飲料；巧克力點心；巧克力糖。3 U巧克力色，深褐色。—形 1 巧克力製的。2 巧克力色的。

'**chocolate ,chips** 名（複）《美》內含或外附巧克力顆粒的點心。

:**choice** [tʃɔɪs] 名 1 UC選擇，挑選：make a good ～ 做個好的選擇 / give first ～ to... 優先選擇…。2 U 選擇能力，選擇權；選擇的機會；二者中之（另）一。3 被選中之物[人]；有被選資格的人[物]。4《通常作 a ～》供選擇的範圍或種類：*a* wide ～ of books 各種各樣的書籍。5（比其他）還要好的東西；好貨；理想而恰當的人選；精選的物品；《美》（牛肉的）上等肉切片。6 U（選擇時的）謹慎：with ～ 留心地，注意地。

at one's (own) choice 隨個人喜好地。

by choice 自己選擇地。

have no choice (1) 無選擇的餘地。(2) 並不特別喜歡哪一個，什麼都可以。

of choice 精選的，特別好的。

of one's (own) choice 喜好的；自選的。

without choice 不加區別地。

—形 (**choic·er, choic·est**) 1 精美的，上等

的；特選的；《美》在最上等及良好之間的。2 挑肥揀瘦的《 *of...* 》。3《文》精選的；《諱》具攻擊性的。～**·ly**副精選地；上等地。～**·ness**名

·choir [kwaɪr] 名 1（教堂的）唱詩班；合唱團，樂團，一個樂器組。2〖建〗教堂唱詩班的席位。3（中世紀的）天使階級之一。—形唱（每日要唱的）聖歌的。—動及不及合唱。

choir·boy ['kwaɪr,bɔɪ] 名 唱詩班的男童。

'choir ˌloft 名唱詩班的樓座。

choir·mas·ter ['kwaɪr,mæstɚ] 名 唱詩班指揮。

·choke [tʃok] 動(**choked, chok·ing**)及1 使窒息；使呼吸困難；（塞住喉嚨等）使無法呼吸：～ the life out of a person 勒死某人。2 阻塞，堵塞《 *up / with...* 》。3 壓抑，抑制《 *back, down* 》：～ *back one's* tears 忍住即將落下的淚珠。4 使枯萎；使熄滅。5 關閉空氣活門。6〖運動〗高握（球棒）的中段《 *up* 》。

—不及1 窒息；噎住；嗆到《 *on, over...* 》；（感情激動而）無法出聲。2（管子等）塞住；（植物）生長遭到妨礙。3 舉止失措，慌了手腳。

be choked up about... 《口》對…大怒，氣得說不出話來。

choke... down / choke down... (1) ⇨動及3. (2)好不容易才將（食物）吞下；強忍著接受。

choke... off / choke off... (1)勒死。(2)打斷，阻撓。(3)趕走。(4)《口》狠罵。(5)勒住喉嚨以使其放鬆（所咬住的東西）。

choke up 《美口》（因感情激動而）說不出話來；（因緊張而）身體或行動變得僵硬。

choke... up / choke up... (1) ⇨動及2, 6. (2)《常為諷》使感情激動。

—名1 窒息；哽咽。2（管子的）阻流裝置；阻氣閥；〖機〗阻止空氣、瓦斯流動的裝置。3〖電〗抗流線圈。

choke·cher·ry ['tʃok,tʃɛrɪ] 名(複 **-ries**)〖植〗北美產的一種櫻桃。

choked [tʃokt] 形《英口》惱火的，煩亂的。

chok·er ['tʃokɚ] 名 1 噎住的人[物]；阻礙者[物]；〖機〗阻風門。2（緊扣脖子的）短項鍊；高領；《口》《廣義》項鍊，領帶。

chok·ing ['tʃokɪŋ] 形（聲音）哽住的；令人窒息的。～**·ly**副

chok·y[1], -ey[1] ['tʃokɪ] 形(**chok·i·er, chok·i·est**) 令人呼吸困難的。

chok·y[2], -ey[2] ['tʃokɪ] 名 (複 **chok·ies, ～s**)《英俚》《 **the** ～ 》監獄。

chol·er ['kɑlɚ] 名 U 1《詩·文》易怒；憤怒。2〖古生理〗膽汁。

chol·er·a ['kɑlərə] 名U〖病〗霍亂。

chol·er·ic ['kɑlərɪk] 形 易怒的，常發脾氣的。

cho·les·ter·ol [kə'lɛstə,rol] 名 U〖生化〗膽固醇，膽脂醇。

chomp [tʃɑmp] 動及不及《方·口》大聲地用力咀嚼。

Chom·sky ['tʃɑmskɪ] 名**Noam,** 杭士基（1928– ）：美國語言學家。

:choose [tʃuz] 動 (**chose, cho·sen, choos·ing**)及1 挑選，選擇。2 選為。3 寧願；決定。4《口》希望，欲。—不及1 選擇《 *between, from...* 》。2 希望，想要。

cannot choose but *do* 不得不，只好。

choose up 《口》（為比賽、遊戲而）分組。

choose... up / choose up... 決定人選；組成。

There is nothing to choose between... 在…之間全無差異；半斤八兩。

choos·er ['tʃuzɚ] 名 選舉人，選擇者；愛挑剔的人。

choos·y, -ey ['tʃuzɪ] 形 (**choos·i·er, choos·i·est**)《口》愛挑剔的，挑東揀西的《 *about...* 》。

·chop[1] [tʃɑp] 動 (**chopped, ～·ping**) 及 1 砍，砍掉《 *down, off / down, off...* 》。2 闢出。3 剁碎《 *up* 》。4 削減；取消。5〖網球·板球〗切（球）。—不及1 砍；劈；剁《 *at...* 》。2〖網球·板球〗切，斜打（球）《 *at...* 》。3〖拳擊〗（扭住對手時）由上向下快速猛擊。—名 1 砍；砍斷；（使物斷裂的）一擊；〖拳擊〗（向下的）短擊。2 砍下的一片東西；（帶肋骨的）排骨。3U三角波；隨風翻滾的碎浪。4〖網球〗切球，切擊球。5〖空手道〗劈擊。

get the chop 《俚》被解僱。

chop[2] [tʃɑp] 動 (**chopped, ～·ping**) 不及 1 突然改變方向。2 猶豫不決；（意志）動搖不定。—及《僅用於下列片語中》

chop and change... 經常不停地改變。

chop and change 變化無常。

chop logic 強詞奪理；就細微差異處做不必要的爭辯。

—名突變，驟變。

chop[3] [tʃɑp] 名 1《通常作～**s** 》顎。2《 ～**s** 》口腔，口。3《 ～**s** 》（峽谷、海峽的）入口。

beat one's chops 《俚》喋喋不休。

lick one's chops 《俚》垂涎欲滴；期盼。

chop[4] [tʃɑp] 名 1 官印；印章；護照；出港許可證；商標。2《口》品質，等級。

chop- chop ['tʃɑp'tʃɑp] 副感《俚》趕快。

chop·fall·en ['tʃɑp,fɔlən] 形 = chapfallen.

chop·house ['tʃɑp,haus] 名(複 **-hous·es** [-zɪz]) 以賣牛排或豬排等為主的餐館。

Cho·pin ['ʃopæn] 名 **Frederic François,** 蕭邦（1810–49）：生於波蘭的法國作曲家及鋼琴家。

chop·per ['tʃɑpɚ] 名1（以斧等）切割的

人。**2** 寬刃短斧；切肉的菜刀。**3**《口》直升機。**4**〖電〗斬波器；截波器；斷路器。**5**《～s》《俚》牙齒。**6**《美俚》機關槍。**7**《俚》改造過的摩托車。—(動)(不及)《俚》乘坐直升機。—(及)以直升機運送。

'chopping ˌblock (名)厚砧板。

'chopping ˌknife (名)菜刀。

chop·py ['tʃɑpɪ] (形)**(-pi·er, -pi·est) 1** 起波浪的。**2**（風向等）經常轉變的。**3**（文體）不連貫的，鬆散的。

chop·stick ['tʃɑpˌstɪk] (名)《通常作～s》筷子：a pair of ～s 一雙筷子。

'chop (ˌstroke) (名)（網球、板球等的）切球。

'chop 'su·ey ['tʃɑp'suɪ] (名)(U)《美》雜碎。

cho·ral ['korəl] (形) 合唱（團）的；以合唱唱出的；供合唱用的。—[kə'ræl, 'korəl] (名)= chorale. ～**·ly**(副)

cho·rale [kə'ræl, -'rɑl] (名)**1** 合唱曲；讚美詩歌。**2** 專唱此種歌的合唱團。

chord¹ [kɔrd] (名) **1** 感情，情緒。**2**〖幾〗弦；〖建〗桁材，弦材。**3**〖空〗翼弦。**4**〖解〗= cord 4.

chord² [kɔrd] (名)〖樂〗和弦，和音。

chore [tʃɔr] (名)**1** 雜事，零工。**2**《～s》家庭雜務。**3** 苦差事。
—(動)(不及)做雜事。

cho·re·a [ko'riə, kɔ-] (名) (U)〖病〗舞蹈症。

cho·re·o·graph ['korɪəˌgræf] (動)(及) **1**〖舞〗設計舞蹈動作，編舞。**2** 精心設計。—(不及)從事舞蹈創作。

cho·re·og·ra·pher [ˌkorɪ'ɑgrəfɚ] (名)編舞者。

cho·re·og·ra·phy [ˌkorɪ'ɑgrəfɪ] (名)(U)**1**（芭蕾舞表演的）設計；舞蹈創作法。**2** 舞蹈藝術。

chor·e·o·graph·ic [ˌkorɪə'græfɪk] (形)舞蹈術的。

cho·ric ['korɪk] (形) 合唱曲的；合唱曲風格的。**-ri·cal·ly**(副)

cho·rine ['korin] (名)《美口》= chorus girl.

chor·ist ['korɪst] (名)合唱團員。

chor·is·ter ['korɪstɚ, 'kɑr-] (名)**1** 唱詩班的（男）隊員。**2** 唱詩班的領唱者。

cho·roid ['korɔɪd], **-ri·oid** [-rɪˌɔɪd] (形)〖解〗絨毛膜似的，脈絡膜的。—(名)（眼球之）脈絡膜。

chor·tle ['tʃɔrtl] (動)(及)(不及) 高興地笑[說話，唱歌]。—(名)極高興的笑聲。**-tler**(名)

·cho·rus ['korəs] (名)(複～**·es** [-ɪz]) **1**〖樂〗合唱（曲）；《集合名詞》合唱團。**2** 一起發出的聲音；齊奏，齊唱。**3**〖劇〗(1) 歌舞團；其唱詞或舞蹈。(2)〖古希劇〗由一群演員以歌舞方式表演出來的抒情詩；其合唱隊。
in chorus 齊聲；合唱地。
—(動)**(-rused, ～·ing)**(及)(不及)合唱；異口同聲地說。

'chorus ˌgirl (名)歌舞劇中女團員。

:chose¹ [tʃoz] (動) **choose** 的過去式。

chose² [ʃoz] (名)〖法〗物，動產。

:cho·sen ['tʃozn] (動)**choose**的過去分詞。—(形)《通常為限定用法》**1** 被選上的；精選的。**2** 喜愛的。**3**〖神〗神所挑選的：the ～ people 神的選民；猶太人。

chough [tʃʌf] (名)〖鳥〗紅嘴烏鴉。

chow [tʃaʊ] (名)(U)《美俚》食物；一餐；吃飯時間：*C-* time！開飯啦！

'chow ˌchow ['tʃaʊˌtʃaʊ] (名)《常作 **C-C-**》鬆獅狗。

chow-chow ['tʃaʊˌtʃaʊ] (名)(U)**1** 中國醃菜；《美》辣醃黃瓜。**2** 雜燴；（一般的）食物，一餐。

chow·der ['tʃaʊdɚ] (名)(U)《美》濃湯。

'chow 'mein ['tʃaʊ'men] (名)(U)（中國菜的）炒麵。

Chr. 《縮寫》*Chr*istian.

Chris [krɪs] (名) **1**〖男子名〗克利斯（Christopher 的暱稱）。**2**〖女子名〗克莉絲（Christine 的暱稱）。

chrism ['krɪzəm] (名)(U)〖教會〗**1** 聖油：在洗禮儀式中使用。**2** 塗聖油（儀式）。

:Christ [kraɪst] (名)**1**《通常作 **the** ～》（舊約聖經裡所說的）救世主。**2** 耶穌基督。**3** 像基督一樣的人。—(感)**1**《表驚訝、生氣時的用語》上帝！老天！**2**《用在 **no** 或 **yes** 前面以加強語氣》上帝！老天！

'Christ ˌchild (名)《**the** ～》聖嬰：嬰兒時期的耶穌基督。

chris·ten ['krɪsn] (動)(及)**1** 施洗；施洗並命名。**2** 命名；取綽號；命名為；命名以奉獻。**3**《口》首次使用。～**·er**(名)

Chris·ten·dom ['krɪsndəm] (名)(U)**1**《集合名詞》基督徒。**2** 基督教國家。

chris·ten·ing ['krɪsnɪŋ] (名)(U)(C)**1** 施洗儀式，命名儀式。**2** 船的命名儀式；命名，（新教堂的）命名及奉獻儀式。

:Chris·tian ['krɪstʃən] (形)**1** 基督的；基督教的；奉行基督之教誨的。**2**《口》高尚的；正派的；人類的；慈悲為懷的：a ～ concern for others 對他人的仁愛心。
—(名)**1** 基督徒。**2** 基督教教義的實踐者；《口》高尚的人。**3**《口·方》人類。**4**〖男子名〗克里斯欽。

Chris·ti·an·a [ˌkrɪstɪ'ænə] (名)〖女子名〗克莉斯蒂安娜。

'Christian 'era (名)《**the** ～》耶穌紀元。

chris·ti·an·ia [ˌkrɪstɪ'ɑnɪə, krɪs'tjɑnɪə] (名)〖滑雪〗迴轉法的一種。

·Chris·ti·an·i·ty [ˌkrɪstʃɪ'ænətɪ] (名)(複 **-ties**) **1**(U) 基督教；基督教教義；基督教徒。**2** 基督教的教派。**3** = Christendom.

Chris·tian·ize ['krɪstʃənˌaɪz] (動)(及)使信奉基督教。

Chris·tian·ly ['krɪstʃənlɪ] (形) = Christianlike. —(副)像基督徒地。

'Christian 'name (名)**1** 教名，聖名。**2** 名（不包括姓）（《英》forename）。

'Christian 'Science (名)(U)基督教科學

派。

Chris·ti·na [krɪs'tinə] 名〖女子名〗克莉斯汀娜。

Chris·tine [krɪs'tin] 名〖女子名〗克莉斯汀（暱稱作 Chris）。

Christ·like ['kraɪst,laɪk] 形 像基督一樣的。

Christ·ly ['kraɪstlɪ] 形像基督一樣的；有基督精神的。**-li·ness** 名

:**Christ·mas** ['krɪsməs] 名 **1** 聖誕節（12月25日）: A merry ~ to you! 祝你聖誕快樂！**2** = Christmastide.

'**Christmas ,box** 名《英》耶誕禮物。

'**Christmas ,cake** 名UC聖誕蛋糕。

'**Christmas ,card** 名聖誕卡。

'**Christmas ,carol** 名聖誕頌歌。

'**Christmas ,club** 名聖誕節存款。

'**Christmas ,Day** 名 聖誕日，聖誕節（12月25日）。

'**Christmas 'dinner** 名聖誕大餐。

'**Christmas 'Eve** 名聖 誕 夜（12月24日）。

'**Christmas 'holidays** 名（複）《**the** ~》聖誕假期；寒假。

'**Christmas 'pudding** 名《英》= plum pudding.

Christ·mas·sy ['krɪsməsɪ] 形《口》充滿聖誕節氣氛的。

Christ·mas·tide ['krɪsməs,taɪd] 名U《無冠詞》聖誕季節（由聖誕夜至一月一日止）；《尤英》由聖誕夜至一月六日主顯日的期間。

'**Christ·mas·time** ['krɪsməs,taɪm] 名 U 聖誕季節。

'**Christmas ,tree** 名聖誕樹。

Chris·to·pher ['krɪstəfɚ] 名**1**〖聖〗克里斯多福：旅行者的守護聖人。**2**〖男子名〗克里斯多福（暱稱作 Chris, Kit）。

chris·ty ['krɪstɪ] 名(複 **-ties**) = christiania.

chro·ma ['kromə] 名U **1** 色彩的純度。**2** 色彩的濃度，色度。

chro·mate ['kromet] 名UC〖化〗鉻酸鹽。

chro·mat·ic [kro'mætɪk] 形 **1** 色彩的；著色的。**2**〖樂〗半音階的。**3**〖生〗染色質的。**-i·cal·ly** 副上色地；半音階地。

chro·mat·ics [kro'mætɪks] 名(複)《作單數》色彩學。

chro·ma·tin ['kromətɪn] 名 U〖生〗染色質。

chro·ma·tism ['kromə,tɪzəm] 名U **1**〖光〗色差。**2**（植物綠色部分的）變色；色素沉著異常。**3**〖醫〗色幻視。

chrome [krom] 名U **1** 鉻；鉻顏料。**2**《口》（車身等）鍍鉻的金屬物品。
—動及用鉻化合物加以染色；鍍上鉻。

'**chrome 'steel** 名U鉻鋼。

'**chrome 'yellow** 名U鉻黃；黃鉛。

chro·mic ['kromɪk] 形〖化〗鉻的；含鉻的：~ acid 鉻酸。

chro·mite ['kromaɪt] 名**1**〖化〗亞鉻酸鹽。**2**U鉻鐵礦。

chro·mi·um ['kromɪəm] 名U〖化〗鉻（金屬元素；符號 Cr）。

chro·mo ['kromo] 名(複 ~**s** [-z]) 石版或鋅版套色印刷品。

chro·mo·some ['kromə,som] 名〖遺傳〗染色體。**-'so·mal** 形

chro·mo·sphere ['kromə,sfɪr] 名〖天〗色球層。

chron. 《縮寫》*chron*ological; *chrono*logy.

Chron. 《縮寫》〖聖〗*Chron*icles.

chron·ic ['krɑnɪk] **1** 多年的；不斷的；慣性的。**2** 長期的。**3** 宿疾的；慢性的。**4**《英俚》討厭的。**-i·cal·ly** 副慢性地。

·**chron·i·cle** ['krɑnɪkl] 名 **1** 編年史；歷史，記事。**2**《常作 **the C-**》…報（用於報紙名）: *the* San Francisco *C-* 舊金山紀事報。—動(**-cled, -cling**)及將…記載於編年史中；記錄。

'**chronicle ,play** 名歷史劇。

chron·i·cler ['krɑnɪklɚ] 名 編年史家；（事件的）記錄者。

chron·o·graph ['krɑnə,græf] 名 記時器：**1** 記錄某種現象的正確時刻的時間記錄器。**2** 精密記時器。**-'graph·ic** 形

chron·o·log·i·cal [,krɑnə'lɑdʒɪkl] 形 **1** 按年代順序的。**2** 年代的；編年的；根據年表的。~**·ly** 副

chro·nol·o·gist [krə'nɑlədʒɪst] 名年代學者。

chro·nol·o·gy [krə'nɑlədʒɪ] 名(複 **-gies**) **1** 按年代順序的排列；大事年表。**2** U 年代學。

chro·nom·e·ter [krə'nɑmətɚ] 名**1** 天文鐘，經線儀。**2** 精密的鐘錶。

chron·o·scope ['krɑnə,skop] 名（測定極短時間的）計時器。

chrys·a·lid ['krɪsəlɪd] 名〖昆〗蝶蛹。—形蝶蛹（狀）的。

chrys·a·lis ['krɪsəlɪs] 名（複~**·es** [-ɪz], **chry·sal·i·des** [krɪ'sælə,dɪz]）**1**〖昆〗蝶蛹；蛹的外殼。**2** 準備期，過渡期。

chry·san·the·mum [krɪ'sænθəməm] 名〖植〗菊；菊花。

Chrys·ler ['kraɪslɚ] 名〖商標名〗克萊斯勒：**1** 美國汽車公司名，現已被德國汽車廠併購，改名Daimler-Chrysler。**2** 該廠所製造的汽車。

chrys·o·ber·yl ['krɪsə,bɛrəl] 名 UC金綠寶石。

chrys·o·lite ['krɪsə,laɪt] 名UC〖礦〗貴橄欖石。

chrys·o·prase ['krɪsə,prez] 名 UC〖礦〗綠玉髓。

chub [tʃʌb] 名(複~, ~**s**)〖魚〗**1** 鯉魚科屬石斑。**2** 小嘴鱒：美國五大湖產。

chub·by ['tʃʌbɪ] 形(**-bi·er, -bi·est**)圓圓胖胖的。**-bi·ly** 副, **-bi·ness** 名

C

chuck[1] [tʃʌk] 動及 **1**（開玩笑或討好而）輕拍下巴《*under...*》。**2**《口》（隨意地）投擲，拋擲《*away, out, up*》；丟擲。**3**《口》與（異性朋友）分手；解職；辭職；放棄；打消《*up, in*》。

C

chuck... away / chuck away...《口》(1) ⇨ 動及 2. (2) 浪費（時間、金錢等）；錯過（機會等）。

chuck it《命令》《俚》住手！閉嘴！

chuck... out / chuck out... (1) ⇨ 動及 2. (2)《英俚》把（人）（從公共場合中）趕出去。

chuck oneself away on...《口》與（無聊的人）結婚（以致虛擲光陰）；與…交往（而浪費金錢或時間）。

chuck... up / chuck up... (1) ⇨ 動及 2. (2) 放棄。(3) 吐出。

chuck up the sponge ⇨ SPONGE（片語）。

***chuck** one's **weight about** [**around**]* 神氣地亂發號施令；擺架子。

—名 **1** 輕撫。**2** 輕快的一擲；隨意一拋。**3**《*the* ~》《英俚》解僱。

chuck[2] [tʃʌk] 名 **1** Ⓤ（牛的）頸部到肩胛骨的肉；上述之肉所做的牛排。**2** 楔子；〖機〗夾頭，卡盤。**3**《美口》食物。—動及〖機〗用夾頭固定住[夾緊]。

chuck[3] [tʃʌk] 動及 不及（母雞）咯咯地叫；像母雞一般咯咯地喚。—名 **1** 咯咯叫聲。**2**（叫雞時發出的）咯咯的叫喚聲；（趕馬前進時發出的）咂咂聲。

chuck·er-out [ˈtʃʌkɚˈaʊt] 名（複 **-ers-out**）《英俚》= bouncer 2.

chuck-full [ˈtʃʌkˈfʊl] 形 = chock(e)-full.

chuck·hole [ˈtʃʌk,hol] 名（道路上的）凹洞。

·**chuck·le** [ˈtʃʌkḷ] 動（**-led, -ling**）不及 **1** 咯咯地笑；暗自發笑《*at, over...*》；獨自發笑。**2** 咯咯叫。—名 輕笑聲。**-ler** 名

chuck·le·head [ˈtʃʌkḷ,hɛd] 名《口》傻瓜，笨蛋。~**·ed** 形

chuff [tʃʌf] 動及《英俚》幫…打氣；逗…開心《*up*》。~**·ed** 形 愉快的。

chuff·y [ˈtʃʌfɪ] 形（**chuff·i·er, chuff·i·est**）粗野的；不開心的，不和氣的。

chug [tʃʌg] 名（引擎的）軋軋聲。—動（**chugged, ~·ging**）不及 **1**（引擎）發出軋軋聲。**2** 軋軋地前進《*along, away*》。

chuk·ker [ˈtʃʌkɚ] 名〖馬球〗（一次比賽中的）一回合。

chum [tʃʌm] 名《口》**1** 好友：be ~*s* with... 與…是好朋友。**2**《英》（大學宿舍等的）室友。—動（**chummed, ~·ming**）不及 **1** 成爲好朋友《*up / with...*》。**2**《英大學俚》同住一室《*together / with...*》。

chum·mage [ˈtʃʌmɪdʒ] 名《口》同宿，合住；房租；《英》（監獄新來犯人所付的）拜碼頭錢。

chum·my [ˈtʃʌmɪ] 形（**-mi·er, mi·est**）《口》親近的，要好的；善於交際的《*with ...*》。

chump [tʃʌmp] 名 **1**《口》傻瓜；易受騙的人：make a ~ out of...《美俚》愚弄…。**2** 短而厚的木塊；粗而鈍的一端。**3**《俚》頭：go off one's ~ 瘋狂；發瘋。

chunk [tʃʌŋk] 名 **1** 一大塊；厚厚的一塊。**2** 結實的動物（尤指馬）。**3** 相當大的數量。

chunk·y [ˈtʃʌŋkɪ] 形（**chunk·i·er, chunk·i·est**）**1** 矮胖的；粗短的。**2** 一大塊的；厚厚一塊的。**-i·ly** 副，**-i·ness** 名

Chun·nel [ˈtʃʌnəl] 名 海底隧道；《*the* ~》橫貫英法間的海底鐵路隧道。

:**church** [tʃɝtʃ] 名 **1**（基督教、天主教的）教堂。**2** Ⓤ 禮拜，彌撒：before ~ 在做禮拜之前 / be at ~ 在做禮拜。**3**《*the* ~》《集合名詞》（某一國家、地方、教會等的）全體基督教徒；基督教世界。**4**《*the C-*》教派。**5**《*the* ~》（特定教會的）會眾。**6** Ⓤ 教權。**7**《*the* ~, *the C-*》神職，牧師或神父的職務；《*the* ~》《集合名詞》（一教派全體的）神職人員，牧師。**8**《*the* ~》會眾。

as poor as a church mouse 一貧如洗的。

talk church 談論宗教教義；講道。

—動及 **1**（爲了替人舉行特別的禮拜儀式而）帶到教堂。**2**〖英國教〗爲（產後的婦人）舉行謝恩禮拜。

church·go·er [ˈtʃɝtʃ,goɚ] 名 按時上教堂的人。

church·go·ing [ˈtʃɝtʃ,goɪŋ] 名 Ⓤ（按時）上教堂，出席禮拜。—形（按時）上教堂的，（按時）出席禮拜的。

Church·ill [ˈtʃɝtʃɪl] 名 **Sir Winston** 邱吉爾（1874–1965）：英國政治家、首相（1940–45, 1951–55）及作家，1953 年諾貝爾文學獎得主。

church·ing [ˈtʃɝtʃɪŋ] 名 Ⓤ〖英國教〗（婦女生產後的）謝恩禮拜。

ˈchurch ˌkey 名 前端成三角形的開罐器。

church·less [ˈtʃɝtʃlɪs] 形 不上教堂的；不屬於任何教會的。

church·like [ˈtʃɝtʃ,laɪk] 形 像教堂的，使人聯想起教堂的；教堂所特有的。

church·ly [ˈtʃɝtʃlɪ] 形 教堂的，教會的；適合教堂的。

church·man [ˈtʃɝtʃmən] 名（複 **-men**）**1** 牧師，神職人員。**2** 教會的熱誠信徒；《英》英國國教徒。~**·ˈship** 名

ˈChurch of ˈEngland 名《*the* ~》英國國教會，英國聖公會。略作：C of E

ˈChurch of ˈJesus ˈChrist of ˈLatter-day ˈSaints 名《*the* ~》耶穌基督後期聖徒教會，摩門教會。

ˈchurch ˌrate 名〖教會〗教會維持稅。

ˈchurch ˌservice 名 **1** Ⓤ Ⓒ 禮拜儀式。**2**〖英國教〗祈禱書。

church·ward·en [ˈtʃɝtʃ,wɔrdn̩] 名 英國國教會的教會執事。

church·wom·an [ˈtʃɝtʃˌwumən] 名 (複-**wom·en**) 教會的熱誠女教徒；英國國教的女教徒。

church·y [ˈtʃɝtʃɪ] 形 (**church·i·er, church·i·est**) 教堂（似）的；專注於教會的；嚴格遵從教會的信仰及儀式的。

·**church·yard** [ˈtʃɝtʃˌjɑrd] 名毗連教堂的土地，教堂附屬的墓地。

churl [tʃɝl] 名 **1** 粗野的男子；不友善的人。**2** 吝嗇鬼。**3**《古》身分低賤的人，農夫。

churl·ish [ˈtʃɝlɪʃ] 形 **1**（像）農夫的；鄉巴佬的；粗野的。**2** 吝嗇的。**3** 難對付的；不易耕種的。

churn [tʃɝn] 名 **1** 攪乳器；飲料攪拌器。**2**《英》大牛奶罐。**3** Ⓤ劇烈的攪動。
—動及 **1**（以攪乳器）攪動；攪拌而做成（奶油）《*out*》。**2** 用力攪拌…（使起泡）《*up*》。—不及 **1** 轉動攪拌器；以攪乳器做奶油。**2** 劇烈地搖動；猛烈地沖刷海岸；移動，前進。
churn... out / churn out... (1) ⇨動及 1. (2) 不停地大量製造。

churn·ing [ˈtʃɝnɪŋ] 名ⓊⒸ **1** 攪動，攪拌。**2** 一次可做出的奶油（量）。

churr [tʃɝ] 動不及，名 = chirr(e).

chute [ʃut] 名 **1** 斜槽，滑槽：a letter ～（高樓所設傳送文件的）輸信管。**2** 瀑布；急流。**3**《口》= parachute.—動及不及經由滑槽落下。

chut·ist [ˈʃutɪst] 名《口》**1** 傘兵；跳傘者。**2** = parachutist.

chut·ney [ˈtʃʌtnɪ] 名Ⓤ 一種印度酸辣醬。

chutz·pa(h) [ˈhutspə] 名Ⓤ《俚》厚顏無恥。

chyle [kaɪl] 名Ⓤ〖生理〗乳糜。

chyme [kaɪm] 名Ⓤ〖生理〗食糜。

C.I.《縮寫》《英》*C*hannel *I*slands.

CIA《縮寫》*C*entral *I*ntelligence *A*gency（美國的）中情局。

cia·o [tʃau] 感《義語》《口》《打招呼或告別時用語》你好！再見！

C.I.C.《縮寫》*C*ommander *i*n *C*hief；*C*ounter*i*ntelligence *C*orps.

ci·ca·da [sɪˈkedə, -ˈkɑ-] 名 (複～**s**, -**dae** [-di])〖昆〗蟬。

cic·a·trice [ˈsɪkətrɪs] 名 = cicatrix.

cic·a·trix [ˈsɪkətrɪks] 名 (複 -**tri·ces**) **1**〖醫〗瘢痕；疤痕。**2**〖植〗葉痕。

Cic·e·ro [ˈsɪsəˌro] 名 **Marcus Tullius**, 西塞羅（106−43B.C.）：古羅馬政治家、演說家、作家。

cic·e·ro·ne [ˌsɪsəˈronɪ, ˌtʃɪtʃəˈronɪ] 名 (複～**s** [-z])（名勝古蹟的）嚮導，導遊。

Cic·e·ro·ni·an [ˌsɪsəˈronɪən] 形 **1** 西塞羅的；有關西塞羅的著作的。**2**（像西塞羅的文章般）雄辯的，精煉優美的。
—名研究西塞羅的學者；西塞羅崇拜者。

C.I.D.《縮寫》*C*riminal *I*nvestigation *D*epartment（英國警方的）刑事偵查局。

-cide《字尾》**1** 表「殺死…的人或藥劑」之意。**2** 表「殺死的行為」之意。

ci·der [ˈsaɪdɚ] 名ⓊⒸ 蘋果汁；蘋果酒。

ci·der-press [ˈsaɪdɚˌprɛs] 名 蘋果搾汁器。

ˈcider ˈvinegar 名Ⓤ蘋果醋。

C.I.F., CIF《縮寫》*c*ost, *i*nsur-ance, and *f*reight〖商〗到岸價格（包含貨價、保險費及運費）。

·**ci·gar** [sɪˈgɑr] 名 雪茄煙。

·**cig·a·rette,**《美》-**ret** [ˌsɪgəˈrɛt, ˈsɪgəˌrɛt] 名香煙。

cigaˈrette ˌholder 名煙嘴。

cigaˈrette ˌlighter 名 點香煙用的打火機。

cigaˈrette ˌpaper 名Ⓤ捲煙紙。

cig·a·ril·lo [ˌsɪgəˈrɪlo] 名 (複～**s** [-z]) 小雪茄。

cig·gy, -gie [ˈsɪgɪ] 名 (複 -**gies**)《口》= cigarette.

ci·lan·tro [sɪˈlɑntro] 名Ⓤ芫荽。

cil·i·a [ˈsɪlɪə] 名(複) (單 -**i·um** [-ɪəm]) **1** 睫毛。**2**〖動·植〗纖毛。

cil·i·um [ˈsɪlɪəm] 名 **cilia** 的單數形。

Cim·me·ri·an [səˈmɪrɪən] 形 **1**〖希神〗希米里人的。**2**《作 c-》黑暗的；幽暗的。
—名希米里人：荷馬史詩中的「住在黑暗國度的人」。

C in C《縮寫》*C*ommander *in C*hief.

cinch [sɪntʃ] 名《美》**1**《口》緊握。**2**《俚》肯定的事；容易的事；不負期望的人[物]，（比賽中）穩操勝券的隊伍。**3**（馬的）腹帶。—動及 **1** 給（馬）繫上腹帶；牢牢地綁緊。**2**《俚》牢牢地抓住；確保；保證。

cin·cho·na [sɪnˈkonə] 名 **1**〖植〗金雞納樹。**2** Ⓤ金雞納樹皮。

Cin·cin·nat·i [ˌsɪnsəˈnætɪ, -ˈnætə] 名 辛辛那提：美國 Ohio 州的一城市。

cinc·ture [ˈsɪŋktʃɚ] 名 **1**《古》〖詩〗帶子。**2** 外圍，邊緣；（古代建築圓柱的）環帶，邊輪。**3** 環繞，圍繞。—動及以帶子束；環繞，圍繞。

cin·der [ˈsɪndɚ] 名 **1** 煤渣；（未燒盡但無火焰的）煤炭；灰燼。**2**《～s》(1) 餘燼。(2)〖地質〗火山岩燼。**3**〖冶〗熔渣；爐渣；鐵渣。

ˈcinder ˌblock 名煤渣磚。

Cin·der·el·la [ˌsɪndəˈrɛlə] 名 **1** 灰姑娘；才幹、美貌、價值等未得賞識之人或物。**2** 由默默無聞而忽然間一舉成名的人。**3** 灰姑娘：童話故事「仙履奇緣」的女主角。**4**《C-》仙履奇緣。**5** = Cinderella dance.

Cindeˈrella ˌdance 名《the ～》至午夜 12 時結束的小型舞會。

cin·e·ast(e) [ˈsɪnɪˌæst] 名 **1** 喜好電影者，電影迷。**2** 電影製作人。

cin·e·cam·er·a [ˈsɪnɪˈkæmərə] 名《英》電影攝影機。

cin·e·cult ['sɪnə,kʌlt] 图電影狂。
cin·e·film ['sɪnɪfɪlm] 图ⓤⓒ《英》電影軟片，拍電影用的膠捲。
:cin·e·ma ['sɪnəmə] 图 **1**《英》電影（pictures;《美》movies）；電影院（《美》movie theater）。**2**《通常作 the ～》《集合名詞》電影製作技術，電影事業（《美》movies）。
cin·e·ma·go·er ['sɪnəmə,goɚ] 图《英》常去看電影的人。
Cin·e·ma·Scope ['sɪnəmə,skop] 图〖商標名〗新藝綜合體。
cin·e·ma·theque [,sɪnəmə'tɛk] 图放映實驗電影的電影院。
cin·e·mat·ic [,sɪnɪ'mætɪk] 形電影的。
cin·e·mat·ics [,sɪnɪ'mætɪks] 图 電影藝術。
cin·e·mat·o·graph [,sɪnə'mætə,græf] 图《英》電影放映機；電影攝影機。
-pher 图電影攝影師。
cin·e·ma·tog·ra·phy [,sɪnəmə'tɑgrəfɪ] 图ⓤ《英》電影攝製術。
-'graph·ic 形電影攝影（術）的。
cin·e·nik ['sɪnə,nɪk] 图電影迷。
cin·e·phile ['sɪnə,faɪl] 图《英》電影迷。
Cin·e·ram·a [,sɪnə'ræmə] 图〖商標名〗超視綜合體。
cin·e·rar·i·a [,sɪnə'rɛrɪə, -'rer-] 图〖植〗瓜葉菊：一種菊科植物。
cin·e·rar·i·um [,sɪnə'rɛrɪəm] 图 (複 **-i·a** [-ɪə]) 骨灰存放所。
cin·e·rar·y ['sɪnə,rɛrɪ] 形**1** 存放骨灰的。**2** 骨灰的。
Cin·ga·lese [,sɪŋgə'liz] 形，图 (複 ～) = Singhalese.
cin·na·bar ['sɪnə,bɑr] 图ⓤ **1** 辰砂，朱砂；一硫化汞。**2** 朱紅色。
cin·nam·ic [sɪ'næmɪk, 'sɪnəmɪk] 形肉桂的；由肉桂中提煉出來的。
cin·na·mon ['sɪnəmən] 图**1**ⓤ（肉）桂皮；ⓒ肉桂樹。**2**ⓤ肉桂（香料）。**3** = cassia 1. **4**ⓤ肉桂色。—形**1** 有肉桂風味的。**2** 肉桂色的。
CIP《縮寫》*C*ataloging *i*n *P*ublication 出版品預行編目。
cinque·foil ['sɪŋk,fɔɪl] 图**1**（薔薇科）委陵菜。**2**〖建〗五葉形的裝飾。
'Cinque 'Ports 图(複)《 the ～》五港同盟：英格蘭東南部的五個港口，昔日為英國海軍船隻及人員的補給港。
ci·pher,《英尤作》**cy-** ['saɪfɚ] 图**1**ⓤ密碼系統；ⓒ 用密碼寫成的文字。**2** 解密碼之鑰。**3**（數字的）零，0。**4**《個別稱》0 至 9 的數字中的任何一個；《集合名詞》阿拉伯數字。**5** 無價值之物[人]。**6** 字綴（字母之組合）；名字各字的第一個字母的組合。—及**1** 計算；解出《 *out* 》。**2** 寫成暗碼。**3**《美口》想出（計畫等）《 *out* 》。
cir., circ.《縮寫》《拉丁語》*circa, circiter, circum.*
cir·ca ['sɝkə] 介副《用於年代或日期》大約：～ 1901–1904 大約 1901–1904。
cir·ca·di·an [sɚ'kedɪən] 形生理節奏的；以 24 小時為一周期的。～**·ly** 副以 24 小時為一周期地。
Cir·ce ['sɝsɪ] 图**1**〖希神〗賽希：荷馬史詩「奧德賽」中的美麗巫女，會把人變成豬。**2** 妖媚的女人；妖婦型的美女。
:cir·cle ['sɝkl] 图**1** 圓；圓形。**2** 圈，環。**3** 圓形物。**4**《美》（幾條道路集中的）圓形廣場。**5** 環狀道路[鐵路]。**6**（戲院的）排成弧形的座位；（馬戲團演出的）圓形場地。**7**（活動等的）範圍，領域：have a large ～ of friends 交際圈廣闊。**8** 循環，巡迴：make a complete ～ around... 繞…一整圈。**9**〖理則〗循環論證。**10** 完整體系。**11**《常作 ～**s**》圈子；黨派：fashionable social ～*s* 社交界。**12**〖政府〗（歐洲國家的）地理地區；行政區。**13**〖地〗經緯度圈。**14**〖天〗子午儀。
come full circle 繞一圈後又回到原位。
full circle 充分的。
go all round the circle（說話等）繞圈子。
go around in circles《口》忙得團團轉卻徒勞無功。
square the circle ⇨ SQUARE（片語）
—動(**-cled, -cling**)及**1** 以環圍繞；環繞；繞…一周。**2** 為避開而繞過。—不及**1** 盤旋《 *round, about / round, about...* 》。**2**〖影·視〗圈入，圈出《 *in, out* 》。
circle round (1) ⇨ 動不及1. (2)（酒等）來回傳著。
circle... up / circle up... 把…排成圓圈形。
cir·clet ['sɝklɪt] 图 **1** 小圈。**2**（戒指等）環形飾物。
:cir·cuit ['sɝkɪt] 图 **1** 巡迴（路線）；一周；全壘打；周遊，迂迴；繞行：make a ～ of the town 繞市區環行一圈。**2** 定期的巡迴；巡迴法官，巡迴牧師。**3** 巡迴審判區；（推銷員等的）巡迴區域；巡迴表演路線。**4** 周界；（以界線圍繞的）地域。**5**（電影院的）聯映系統，院線；連鎖（劇院等）系統。**6**〖電〗電路；電路圖：a closed ～ 通路 / an open ～ 斷路 / a short ～ 短路。**7**（棒球等的）聯盟。**8** 賽車場。**9**〖運動〗巡迴比賽；體能訓練計畫。
ride circuit 在審判區所轄各城鎮作巡迴聽審。
'circuit ,board 图電路板。
'circuit ,breaker 图〖電〗斷路器。
'circuit 'court 图**1** 巡迴法院。**2**《 C-C-》《美》（聯邦政府的）巡迴法院。
'circuit ,judge 图巡迴法院法官。
cir·cu·i·tous [sɚ'kjuɪtəs] 形繞道的；迂迴的；拐彎抹角的。～**·ly** 副
'circuit ,rider 图《昔美》（Methodist 教派的）巡迴牧師。
cir·cuit·ry ['sɝkɪtrɪ] 图ⓤ**1** 電路。**2** 電路圖。**3** 電路系統。
cir·cu·i·ty [sɚ'kjuɪtɪ] 图(複**-ties**)ⓤⓒ迂

迴；拐彎抹角。

:cir·cu·lar ['sɝkjələ] 形 **1** 圓的；圓形的。**2** 循環的；形成環狀的；巡迴的。**3** 繞遠路的。**4** 某個圈子內的。**5** 傳閱的：a ~ letter 通函。—名 **1** 傳閱的信件，通函；傳單。**2**《英》環狀道路。~·**ly** 副

cir·cu·lar·i·ty [ˌsɝkjə'lærətɪ] 名 **1** U（論點的）循環性。**2** 圓形，環狀。

cir·cu·lar·ize ['sɝkjələˌraɪz] 動 及 **1** 寄送傳單或信函給…；傳閱。**2** 公布，公告。

'circular 'saw 名 圓鋸。

:cir·cu·late ['sɝkjəˌlet] 動 (**-lat·ed, -lat·ing**) 不及 **1** 繞；循環《*through, in, around...*》。**2** 走動《*from... to...*》；（一邊暢談一邊）行走。**3** 傳遍，流傳；（貨幣等）流通《*through, among...*》；發售，發行。**4**〖數〗循環。—及 **1** 使循環；依序傳遞。**2** 散布；分送；使流通；傳閱。

'circulating 'capital 名 U 流動資本。

'circulating ˌdecimal 名〖數〗循環小數。

'circulating 'library 名 **1** 流通圖書館。**2**《美》= lending library.

:cir·cu·la·tion [ˌsɝkjə'leʃən] 名 U **1** 循環；血液循環；流通：have good ~ 血液循環良好。**2**（人群的）走動；流傳；（貨幣的）流通。**3** 發行（量）；（圖書的）出借；《**a** ~》《與數量修飾語連用》發行數量《*of...*》。**4** 通貨。

in circulation (1) 在流通中；在流傳中。(2)《通常作 **back in** ~》重新活躍於社會上。

out of circulation 不再流通的；不活躍的；不（與人）交往的《*with...*》。

cir·cu·la·tor ['sɝkjəˌletə] 名 **1** 環遊者，巡迴者。**2**（謠言、消息等的）傳遞者；（貨幣的）流通者；（謠言的）散播者。**3** 液體循環設備；（暖氣機的）循環器。**4**〖數〗循環小數。

cir·cu·la·to·ry ['sɝkjələˌtorɪ] 形（血液）循環的：the ~ system 循環系統。

circum-《字首》表「周圍」、「環繞」等之意。

cir·cum·am·bi·ent [ˌsɝkəm'æmbɪənt] 形 圍繞的，周圍的。

cir·cum·am·bu·late [ˌsɝkəm'æmbjəˌlet] 動 及 不及 繞行；無目標地徘徊；拐彎抹角地說。

cir·cum·cen·ter ['sɝkəmˌsɛntə] 名〖幾〗外心。

cir·cum·cir·cle ['sɝkəmˌsɝkl] 名〖幾〗外接圓。

cir·cum·cise ['sɝkəmˌsaɪz] 動 及 **1** 割除包皮或陰蒂；為（男童）行割禮。**2**〖聖〗使潔淨；淨化心靈。

cir·cum·ci·sion [ˌsɝkəm'sɪʒən] 名 **1** U C 包皮切割；割禮；身心淨化。**2**《**C-**》基督割禮節（一月一日）。

·cir·cum·fer·ence [sə'kʌmfərəns] 名 U C **1** 圓周；周長。**2**（圓）面積；範圍。

cir·cum·fer·en·tial [səˌkʌmfə'rɛnʃəl] 形 **1** 周圍的。**2** 繞彎的；委婉的；繞遠路的。

cir·cum·flex ['sɝkəmˌflɛks] 形 **1**〖語音〗加上音調符號（^ ˆ ˜）的。**2** 彎曲的，曲折的。

—名 音調符號，長音符號。

cir·cum·flu·ent [sə'kʌmfluənt] 形 環流的；圍繞的。**-ence** 名

cir·cum·fuse [ˌsɝkəm'fjuz] 動 及 **1** 使擴散。**2**（以光、液體等）將…包圍《*in, with...*》。

cir·cum·fu·sion [ˌsɝkəm'fjuʒən] 名 U 擴散；圍繞。

cir·cum·gy·rate [ˌsɝkəm'dʒaɪret] 動 不及 及 旋轉。**-'ra·tion** 名 U C 旋轉。

cir·cum·ja·cent [ˌsɝkəm'dʒesn̩t] 形 在四周的；環繞的。

cir·cum·lit·to·ral [ˌsɝkəm'lɪtərəl] 形 沿岸的，沿海的。

cir·cum·lo·cu·tion [ˌsɝkəmlo'kjuʃən] 名 U 言語不直接；贅言；迂迴的說法。

cir·cum·loc·u·to·ry [ˌsɝkəm'lɑkjəˌtorɪ -ˌtɔrɪ] 形 迂迴曲折的；兜三繞四的，間接的。

cir·cum·lu·nar [ˌsɝkəm'lunə] 形 環繞月球的。

cir·cum·nav·i·gate [ˌsɝkəm'nævəˌget] 動 及 環航（世界）。**-'ga·tion** 名

cir·cum·plan·e·tar·y [ˌsɝkəm'plænəˌtɛrɪ] 形 位於行星附近的；圍繞行星的。

cir·cum·po·lar [ˌsɝkəm'polə] 形 **1**〖天·地質〗圍繞天極的：~ stars 拱極星。**2**（海洋等）極地附近的；圍繞極地的。

cir·cum·scribe [ˌsɝkəm'skraɪb, '--ˌ-] 動 及 **1** 限制，抑制。**2** 在…的周圍畫線；用線圍繞；加以區分。**3**〖幾〗使（圖形）外接；畫（外接圖形）；外接，外切。

cir·cum·scrip·tion [ˌsɝkəm'skrɪpʃən] 名 U **1** 圍繞；界限；限制。**2** 輪廓；界線；區域。**3**〖幾〗外接，外切。

cir·cum·so·lar [ˌsɝkəm'solə] 形 環繞太陽的。

cir·cum·spect ['sɝkəmˌspɛkt] 形 謹慎的；周到的。~·**ly** 副

cir·cum·spec·tion [ˌsɝkəm'spɛkʃən] 名 U 謹慎的觀察或行動；慎重；周到。

:cir·cum·stance ['sɝkəmˌstæns] 名 **1**《通常作 ~**s**》周圍的事情；情況；環境；因素，情勢：according to ~*s* 順應情勢 / *Circumstances* alter cases.《諺》情況改變事態（人的行為要因地制宜）。**2** 枝節：concentrate on ~*s* at the expense of the main issue 注意枝節而忽略了正題。**3**《~**s**》景況；生計。**4** 事實；事件；偶發事件；（一件）證據。**5** U（事情的）細節，詳盡：elaborate a theory with considerable ~ 十分詳盡地說明一項理論。**6** U 儀式，鋪張：pomp and ~ 盛大的排場，鋪張 / without ~ 不拘泥於禮儀地。

under no circumstances / not (...) ***under any***

circumstances 在任何情況下都不可，絕不。
under the circumstances 在現狀之下。
cir·cum·stanced ['sɝkəm,stænst] 形《與副詞或副詞片語連用》（尤指在收入或物質方面）處於…境遇的。
cir·cum·stan·tial [,sɝkəm'stænʃəl] 形 1 依據情況的，間接的。2 附帶的；偶然的。3 詳盡的。4 拘泥於虛禮的；講究禮儀的。～·**ly** 副
circum'stantial 'evidence 名〖法〗間接證據，旁證。
cir·cum·stan·ti·ate [,sɝkəm'stænʃɪ,et] 動及 1 提出實際狀況以說明。2 詳述。
cir·cum·val·late [,sɝkəm'vælet,-lɪt] 形 以壁壘圍繞的。—[,sɝkəm'vælet] 動及 以壁壘圍住。-**la·tion** [-'leʃən] 名 U 壁壘；塹壕。
cir·cum·vent [,sɝkəm'vɛnt] 動及 1 圍困；使中計。2 繞行；逃避；鑽漏洞；（用智謀等）勝過；阻礙。-**ven·tive** 形
cir·cum·ven·tion [,sɝkəm'venʃən] 名 UC 圍困；智勝；計謀。
cir·cum·vo·lute [sɝ'kʌmvə,ljut] 動不及及 螺旋狀地纏繞。
cir·cum·vo·lu·tion [,sɝkəmvə'luʃən] 名 UC 1 旋轉。2 纏繞；渦線，渦紋；彎曲。3 迂迴進行；兜圈子。
·**cir·cus** ['sɝkəs] 名(複～·**es**) 1 馬戲表演；馬戲團；（巡迴表演的）馬戲班子。2（圓形）馬戲場，競技場；類似圓形競技場之物；（古羅馬的）圓形劇場；（於圓形劇場進行的）表演，競技比賽。3《英》（街道匯集的）圓形廣場：Piccadilly *C*-（倫敦的）皮卡迪利廣場。4《口》喧鬧，騷動；喧鬧且有趣的人；喧鬧場合。5《口》（網球等的）隊伍。
'Circus 'Max·i·mus [-'mæksəməs] 名《the ～》古羅馬的圓形大競技場。
cirque [sɝk] 名 1 圓形場地；（天然的）盆形地形；（冰河地形的）冰斗；（古羅馬的）競技場。2〖詩〗圈，環。
cir·rate ['sɪret] 形〖植·動〗有捲鬚的；有觸毛的。
cir·rho·sis [sɪ'rosɪs] 名(複 -**ses** [-,siz]) U C〖病〗肝硬化。-**rhot·ic** [-'rɑtɪk] 形
cir·ri ['sɪraɪ] 名 **cirrus** 的複數。
cir·ro·cu·mu·lus [,sɪro'kjumjələs] 名(複 -**li** [-,laɪ])〖氣象〗捲積雲。
cir·ro·stra·tus [,sɪro'stretəs] 名(複 -**ta** [-tə])〖氣象〗捲層雲。
cir·rus ['sɪrəs] 名(複 **cir·ri** ['sɪraɪ]) 1〖植〗捲鬚；〖動〗觸毛，觸鬚。2〖氣象〗捲雲。
cis·al·pine [sɪs'ælpaɪn, -pɪn] 形 在阿爾卑斯山南側的。
cis·sy ['sɪsɪ] 名《英俚》脂粉氣重的男子；膽小鬼。
Cis·ter·cian [sɪs'tɝʃən] 名 西妥教團的修士修女。—形 西妥教團的。
cis·tern ['sɪstɚn] 名 1 水槽；儲水池；（天然的）蓄水池。2〖解〗淋巴間隙。
cit.《縮寫》citation; cited; citizen; citrate.
cit·a·del ['sɪtədḷ, -,dɛl] 名 1 城堡，要塞。2 庇護所，避難所。
ci·ta·tion [saɪ'teʃən] 名 1 U 引證，引用。2 提及；列舉。3 褒獎，獎狀；〖軍〗《美》嘉獎；褒獎狀。4〖法〗傳票。
cite [saɪt] 動及 1 引用，引證；列舉。2 傳喚至法院；傳訊《 *for...* 》；使出動。3 褒獎，表揚；給予褒揚《 *for...* 》。4《古》想起，喚起。—名 U《口》引文，例證。
cith·er(n) ['sɪθɚ(n)] 名 = cittern.
cit·ied ['sɪtɪd] 形 有都市的；似都市的。
cit·i·fied ['sɪtɪ,faɪd] 形《口》《偶為蔑》都市化的；住慣都市的。
cit·i·fy ['sɪtɪ,faɪ] 動(-**fied**, ～·**ing**) 及 使都市化，使…有都市風。
:**cit·i·zen** ['sɪtɪzṇ] 名 1 公民。2 市民；居民；（在森林等的）棲息者：a ～ of the world 世界公民（指對全世界情況有興趣的人）；四海為家的人。3《美》（對於軍警等而言的）平民。～·**ly** 形
cit·i·zen·ry ['sɪtəzṇrɪ] 名 U《集合名詞》市民。
'citizen's ar,rest 名 U C 公民逮捕：即基於公民權而可自行逮捕現行犯。
'citizens' 'band 名〖無線〗民用波段。略作：C.B.
cit·i·zen·ship ['sɪtɪzṇ,ʃɪp] 名 U 1 公民身分，公民權。2 公民應具有的品行。
cit·rate ['sɪtret, 'saɪ-] 名 U〖化〗檸檬酸鹽。
cit·ric ['sɪtrɪk] 形〖化〗檸檬酸的：～ acid 檸檬酸。
cit·rine ['sɪtrɪn] 形 淡黃色的。—名 U 1 淡黃色，檸檬色。2 黃水晶。
cit·ron ['sɪtrən] 名 1〖植〗香櫞，枸櫞。2（糖漬的）香櫞皮。3 香櫞色，淡黃色。—形 香櫞色的。
cit·ron·el·la [,sɪtrə'nɛlə] 名 1 香茅：禾本科香料植物。2 U 香茅油。
cit·rous ['sɪtrəs] 形 = citrus.
cit·rus ['sɪtrəs] 名(複 ～·**es**)〖植〗柑橘屬果樹。—形 柑橘屬的。
cit·tern ['sɪtɚn] 名 類似吉他的老式弦樂器。
:**cit·y** ['sɪtɪ] 名(複 **cit·ies**) 1 都市，重要的城市：the capital ～ 首都。2 市：New York *C*- 紐約市。3《集合名詞》都市的居民。4《**the C-**》英國倫敦的商業暨金融中心。5（古希臘等的）城邦。—形 都市的，城市的；《英》倫敦市中心的。
'city 'article 名《英》（報紙的）商業經濟新聞。
cit·y-bred ['sɪtɪ,brɛd] 形 在城市長大的。
'city 'council 名 市議會。
'city 'councilor 名 市議員。
'city 'desk 名《美》（報社的）地方新聞編輯部。

'city 'editor 图 1《美》（報社的）地方新聞編輯主任。2《英》（報章、雜誌等的）財經新聞編輯。

'city 'father 图（市議員等）市內有影響力的人士。

'city 'hall 图《常作 C- H-》《美》1 市政府，市政廳（《英》municipal office）。2 市政當局。

fight city hall 向官署挑戰；做幾乎是無望的事。

'city [C-] ˌman 图《英》金融業者；（the City 的）銀行家。

'city 'manager 图《美》市政經理：管理市政者，由市議會任命。

'city 'planning 图Ⓤ都市計畫。

'city ˌroom 图（報社）地方新聞編輯室。

cit·y·scape ['sɪtɪˌskep] 图都市景觀；城市風景畫。

'city 'slicker 图《美口》= slicker 2.

cit·y-state ['sɪtɪ'stet] 图（古希臘等的）城市國家，城邦。

cit·y·wide ['sɪtɪˌwaɪd] 形副全市的[地]。

civ·et ['sɪvɪt] 图 1 Ⓤ 麝貓香。2 麝貓（亦稱 **civet cat**）。

civ·ic ['sɪvɪk] 形 1 都市的，城市的。2 市民的，公民的。**-i·cal·ly** 副

'civic 'center 图市政中心；市中心（包括政府機構及公共活動設施）。

civ·ic-mind·ed ['sɪvɪk'maɪndɪd] 形關心社會福利的；有公德心的。

civ·ics ['sɪvɪks] 图（複）《作單數》市政學；（學科中的）公民科。

civ·ies ['sɪvɪz] 图(複)《口》便服，便衣。

:civ·il ['sɪvl] 形 1 公民的；適於公民的：～ liberties 公民自由。2 國內的。3（與軍人相對）老百姓的，文官的，文職的；世俗的。4 有社會秩序的；文明的。5 有禮貌的：keep a ～ tongue in one's head ⇨TONGUE（片語）。6 民用的。7《偶作 C-》〖法〗羅馬法的，民法的；民事的。

do the civil《口》舉止有禮。

'civil 'death 图 Ⓤ 〖法〗褫奪公權終身。

'civil de'fense 图Ⓤ民防（活動）。略作：C.D.

'civil diso'bedience 图Ⓤ 和平抵抗。

'civil engi'neer 图土木工程師。略作：C.E.

'civil engi'neering 图Ⓤ土木工程。

ci·vil·ian [sɪ'vɪljən] 图 1（與軍人、神職人員相對的）市民；平民；非戰鬥人員。2《古》羅馬法學家，民法學家。—形平民的；文職的。

civ·i·lise ['sɪvəˌlaɪz] 動及《主英》= civilize.

ci·vil·i·ty [sɪ'vɪlətɪ] 图（複 **-ties**）1 Ⓤ 禮貌，客氣。2《**-ties**》有禮貌的行為。

·civ·i·li·za·tion [ˌsɪvələ'zeʃən] 图 1 ⓊⒸ 文明；（特定的）文明（型態）：Western ～ 西方文明。2 Ⓤ《集合名詞》文明國家，文明世界；文明人。3 Ⓤ 開化，教化。4 Ⓤ 教養。5 Ⓤ現代生活之便利舒適設施。

·civ·i·lize ['sɪvəˌlaɪz] 動(**-lized, -liz·ing**) 及 1 使文明化。2 教化；使文雅。

civ·i·lized ['sɪvəˌlaɪzd] 形 1 文明化的。2 有禮貌的；有教養的；文雅的。3 文明人的。

'civil 'law 图 Ⓤ《偶作 C- L-》1〖羅馬史〗羅馬法。2 國內法。3 大陸法。4 民法。

'civil 'liberty 图Ⓤ公民自由。

'civil 'list 图《英》（國會認可的）王室費，（國會撥給的）王室年金。

civ·il·ly ['sɪvəlɪ] 副 1 有禮貌地，客氣地。2 遵從民法地。

'civil 'marriage 图ⓊⒸ 公證結婚。

'civil 'rights 图（複）《常作 C- R-》《美》公民權。

'civil 'servant 图《主英》公務員，文官，公僕。

'civil 'service 图 1 Ⓤ 文職；《集合名詞》文職人員；行政機關。2 公務員（考試任用）制度。

civ·il-spo·ken ['sɪvəl'spokən] 形言詞客氣有禮的。

'civil 'union 图Ⓤ公民結合。

'civil 'war 图 1 內戰。2《the C- W-》(1)（美國的）南北戰爭（1861–65）。(2)（英國的）查理一世與國會之戰（1642–52）。(3) 西班牙內戰（1936–39）。

civ·ism ['sɪvɪzəm] 图Ⓤ公民道德，公民精神。

civ·vies ['sɪvɪz] 图(複) = civies.

'Civ·vy 'Street ['sɪvɪ-] 图《英俚》平民生活。

CJ, C.J.《縮寫》*C*hief *J*ustice.

Cl《化學符號》chlorine.

cl.《縮寫》*c*enti*l*iter(s); *cl*ass; *cl*erk.

clab·ber ['klæbɚ] 图Ⓤ 變酸而凝結的牛奶。—動不及（牛奶）變酸而凝結。

clack [klæk] 動不及 1 發出啪嗒、畢剝等撞擊聲。2 嘮叨，喋喋不休；咯咯叫。—及 1 喋喋不休地說。2 使發出咯咯、啪嗒聲。—图 1 咯咯、啪嗒聲。2 嘮叨；《俚》舌頭。3 瓣閥。

clad[1] [klæd] 動《古》〖詩〗**clothe** 的過去式及過去分詞：be ～ in rags 衣著襤褸。—形 1 被覆蓋的；穿衣的。2（錢幣等）鍍過（另一種）金屬的。

clad[2] [klæd] 動 (**clad, ～·ding**) 及 在（金屬）外鍍層。

clad·ding ['klædɪŋ] 图Ⓤ1 包覆，電鍍。2 護面金屬。3 鍍層，包層。

:claim [klem] 動及 1（對應得的權利）要求得到；要求《*against, for, from...*》；要求承認（權利等）：～ equality 要求平等。2 主張，斷言；宣稱。3 需要；理應獲得；奪走：～ respect 值得尊敬。—不及 提出

要求《 *on, for...* 》。

—图 **1** 要求；主張，宣稱《 *for, on, to...* 》；賠償要求：make unreasonable ~*s* on... 對…提出無理的要求。**2** 主張，宣稱《 *of, to..., to be, that*子句 》。**3** 要求權，正當資格《 *on, to...* 》。**4** 所要求之物；以界標宣示使用權歸屬的一塊地。

lay claim to... 宣稱對…的權利；宣稱有…的資格。

stake (out) a claim ⇨ STAKE[1]（片語）

claim·ant ['klemənt] 图（權利的）要求者；原告。

claim·er ['klemɚ] 图= claimant.

'claim ˌtag 图（托運行李、貨物的）托運籤條。

clair·voy·ance [klɛr'vɔɪəns] 图Ⓤ 千里眼；洞察力。

clair·voy·ant [klɛr'vɔɪənt] 形 千里眼的；具有洞察力的。—图千里眼；具有洞察力的人。

clam[1] [klæm] 图 (複~**s**, 義 1 爲《集合名詞》~) **1**（食用）蛤蜊。**2**《美口》沉默寡言的人，嘴緊的人；《美俚》一美元。

—動 (**clammed**, ~·**ming**)不及 掘拾蛤。

clam up 《俚》保持沈默。

cla·mant ['klemənt] 形《文》**1** 喧嚷的，吵鬧的。**2** 緊急的，迫在眉睫的。

clam·bake ['klæm,bek] 图《美》**1**（在燒燙的石頭上烤蛤等的）海邊野餐。**2**《口》非常喧鬧的集會。

clam·ber ['klæmbɚ] 動因（費勁地）爬，攀登《 *up* 》；爬下《 *down* 》。—不及 攀登《 *over, about...* 》。—图爬，攀登。

'clam ˌface 图《美》膽小鬼。

clam·my ['klæmɪ] 形(**-mi·er, -mi·est**) **1** 溼冷的。**2** 黏溼的；未烤熟（似）的。**3** 令人不快的，噁心的；令人毛骨悚然的；冷淡的。

-mi·ly 副, **-mi·ness** 图

·**clam·or** ['klæmɚ] 图Ⓤ **1** 喧鬧。**2** 民眾的叫喊聲，怒吼。**3** 噪音，喚聲；（鳥獸的）吵鬧的叫聲。—動不及 叫喊，喧囂《 *for, against...* 》。—因**1** 一再叫嚷著要求《 *into...* 》；喧嚷著迫使《 *out of...* 》。**2** 對（演講者）大聲叫嚷；一再叫囂著主張。

clam·or·ous ['klæmərəs] 形 **1** 吵鬧的，喧囂的。**2** 一再大聲抗議的。~·**ly**副

clam·our ['klæmɚ] 图《英》= clamor.

clamp[1] [klæmp] 图 **1** 金屬環扣，夾板。**2**《通常作~**s**》鉗；夾子。**3**〖建〗夾板。

—動因（用夾子）夾住《 *down, off* 》；夾緊《 *together* 》。

clamp down 《口》箝制，取締《 *on...* 》。

clamp[2] [klæmp] 動不及 重踏。—图沉重的腳步聲。

clamp·down ['klæmp,daʊn] 图= crackdown.

clamp·er ['klæmpɚ] 图 夾子；鉗；（防滑用）鞋底釘。

clam·shell ['klæm,ʃɛl] 图 **1** 蛤蜊殼。**2** 蛤蜊殼狀抓土器。

·**clan** [klæn] 图 **1**（蘇格蘭高地人等的）部族；氏族；家族。**2** 黨派，集團。**3**〖人類〗⑴ 母系家族。⑵ 有共同祖先的血緣團體。

clan·des·tine [klæn'dɛstɪn] 形祕密的，暗中進行的。

clang [klæŋ] 動 不及 **1**（鐘）響；發出鏗鏘[叮噹]聲。**2** 發出鏗鏘[叮噹]聲地行進。—因 使發出鏗鏘[叮噹]聲。—图 **1** 鏗鏘聲。**2**（鶴或鵝等的）鳴叫聲。

clang·er ['klæŋɚ] 图《英俚》大錯誤。

drop a clanger 犯大錯；失言。

clang·or, 《英》 **clan·gour** ['klæŋgɚ, 'klæŋɚ] 图**1** 鏗鏘[叮噹]聲。**2** 喧鬧聲。—動不及 發出鏗鏘[叮噹]聲。

clan·gor·ous ['klæŋgərəs] 形 叮噹聲響的。

clank [klæŋk] 图（金屬碰撞的）匡琅聲。

—動不及因（使）發出璫琅聲。

clan·nish ['klænɪʃ] 形氏族的；黨派的；排他性的。~·**ly**副

clan·ship ['klæn,ʃɪp] 图Ⓤ氏族的團結；黨派精神。

clans·man ['klænzmən] 图 (複 **-men**)氏族的一員，部族的人。

·**clap**[1] [klæp] 動 (**clapped,** ~·**ping**) 因 **1** 敲擊…而砰然出聲；使互擊，使相碰《 *together* 》：~ one's hand down on the table top 用手掌砰地一聲拍打桌面。**2** 拍（手）；鼓掌，喝采。**3**（親密地用掌）輕拍《 *on...* 》：~ the child *on* the shoulder 輕拍那小孩的肩膀。**4** 拍動（翅膀），振（翅）。**5** 猛然放置；啪地關上。**6** 課（稅）；下（命令等）《 *on, upon, onto...* 》。**7** 《口》急速地處置《 *up, together* 》：~ *up* a compromise 急忙達成妥協方案。—不及 **1** 發出碰撞聲；發出轟隆聲。**2**（突然）□啪地移動。**3** 鼓掌喝采。

clap eyes on... ⇨ EYE（片語）

clap hold of... 急忙抓住。

clap...on / clap on... ⑴ 鼓掌歡迎上舞臺。⑵ 猛然戴上。⑶ 匆忙地張（帆）。⑷ 猛然踩（剎車）。

clap...out / clap out... 《英俚》《通常用被動》使極度疲勞。

—图 **1**《通常作 **a** ~》（猛）打；掌擊；（表示鼓勵而）輕拍；鼓掌。**2** 拍擊聲；（雷等的）轟隆聲：a ~ of thunder 轟隆的雷聲。**3** 一擊。

clap[2] [klæp] 图Ⓤ《常作 **the** ~》《俚》淋病。

clap·board ['klæbɚd, 'klæp,bord] 图 **1** Ⓤ《美》護牆板，防雨板。**2**《英》（製酒桶用的）橡樹材木板。—形（鋪有）護牆板的。—動因以護牆板覆蓋。

clapped-out ['klæpt'aʊt] 形《英俚》筋疲力盡的；破爛不堪的。

clap·per ['klæpɚ] 图 **1** 拍擊的人[物]；鼓

掌者。2 鈴錘，鐘錘。3《俚》（愛講話者的）舌。4《通常作～s》響板；（嚇鳥用的）鳴響器；《英俚》講求速度狂。

like the clappers《俚》很快的，猛烈地。

clap·per·board ['klæpɚ,bord] 图〖影〗場記板，分場記錄板。

clap·ping ['klæpɪŋ] 图 Ⓤ 拍打：一種按摩技巧，將手掌彎成杯形擊打。

clap·trap ['klæp,træp] 图Ⓤ 無誠意的話語，噱頭；嘩眾取寵。

claque [klæk] 图《集合名詞》1（受僱的）捧場者。2 善於奉承阿諛的人。

Clar·a ['klɛrə] 图〖女子名〗克萊拉。

Clare [klɛr] 图 1〖男子名〗克萊爾。2〖女子名〗克萊兒。

clar·et ['klærət] 图 1 Ⓤ Ⓒ 一種紅葡萄酒：產於法國波爾多地區。2Ⓤ深紫紅色。3Ⓤ《俚》血：tap a person's ～《英俚》把某人打得鼻孔流血。

clar·i·fi·ca·tion [,klærəfə'keʃən] 图 Ⓤ Ⓒ 1 澄清；淨化。2 說明，闡明。

clar·i·fy ['klærə,faɪ] 動 (-fied, ～·ing) 及 1 使明晰，闡明。2 淨化（液體等）。3 使（頭腦等）變得清楚。—不及 1 變得透明；變得清楚。2（頭腦等）變得清楚。

-fi·er 图淨化器；澄清劑。

clar·i·net [,klærə'nɛt] 图 1 單簧管，豎笛。2 簧風琴的音栓。～·(t)ist 图單簧管演奏者。

clar·i·on ['klærɪən] 图 1 尖音小號。2〖詩〗尖音小號聲。—形 響亮清晰的。

clar·i·ty ['klærətɪ] 图Ⓤ1 清澄，透明；（音色的）清晰；（液體的）清澈。2（邏輯、條理等的）明晰。

·clash [klæʃ] 動 不及 1（出聲地）撞擊《*into, against...*》；衝突《*with...*》：～ *with* a person 與某人衝突。2（因利害而）激烈地衝突；（儀式·時日等）衝突《*with...*》：～ *with* one's interest 與自身利益相衝突。3 發出鏗鏘聲[噹噹聲]。4 不調和，不相稱《*with...*》。—及《罕》激烈地撞擊《*together*》；噹噹地敲（鐘等）。—图 1 鏗鏘聲，噹噹聲。2 衝突，撞擊；抵觸，不一致；（顏色的）不調和。3 戰鬥，小衝突。

clasp [klæsp] 图 1 鉤子，扣緊物；別針。2 緊握；握手；擁抱。3《軍》（橫別在綬帶上的）棒狀金屬扣。4 把持鉤。

—動 及 1 緊握。2 抱緊，擁抱。3 加上扣環等。4（蔓藤等）纏繞。—不及 扣住，鉤住。

clasp ,knife 图 折疊式刀子。

class [klæs] 图 1 種類：a ～ of idlers 遊手好閒的一類人 / be in a ～ with... 與…同級[同類]。2《集合名詞》《美》同期（畢業）學生；（軍隊的）同梯次的兵。3《集合名詞》班級，班上同學；《形容詞》班級的，年級的：a ～ reunion（同窗的）同學會。4ⓊⒸ（學生的）課；上課時間：in ～ 上課中。5ⒸⓊ〖社會〗階級，階層；Ⓤ階級制度；《通常作 the ～es》社會階級；《形容詞》階級（間）的：*the* educated ～ 知識階級 / *the* lower ～ 下層階級。6ⓊⒸ 等級；（郵寄包裹的）種類；〖生〗（動植物分類的）綱：a high ～ newspaper 一流的報紙。7Ⓤ 優秀，傑出；《形容詞》高級的，優秀的；〖英大學〗優等等級：take a ～ at Cambridge 在劍橋大學取得優等等級。8 Ⓤ《俚》（衣著、舉止的）優雅，時髦。

in a class by itself / in a class of its own / in a class apart 極優秀的，獨一無二的。

—動 及 1 歸類，分類，分等級《*among, with...*》。2 分班，分級；〖英大學〗授予優等等級。

—不及 屬於某類[階級，等級]。

class.《縮寫》*class*ic; *class*ical; *class*ification; *class*ified.

'class 'action 图〖美法〗集體訴訟。

class·book ['klæs,bʊk] 图《美》1（老師的）記分簿，點名簿。2 畢業紀念冊。

'class 'conflict 图 階級對立。

class-con·scious ['klæs'kɑnʃəs] 形 有階級意識的。

'class 'consciousness 图Ⓤ 階級意識。

'class ,day 图《偶作 C- D-》《美》（班級在畢業典禮前舉行的）畢業慶祝日。

class·fel·low ['klæs,fɛlo] 图《主英》= classmate.

:clas·sic ['klæsɪk] 形 1 第一流的，極優秀的。2 模範的，標準的；決定性的。3 古典的；古典式的：～ adjectives 古典語言的形容詞。4（文學上或歷史上）著名的。5（藝術、科學）遵從一般準則或技巧的。6 根本的；傳統的；獨特的；具權威性的。7（服裝等）不受流行左右的；（款式等）簡樸的。

the classic races《英》五大賽馬。

—图 1 第一流的作家；（希臘語、拉丁語的）古典作家。2《the～s》（古希臘、羅馬的）古典文學；《～s》（大學的）古典課程。3 名著；權威作品。4 不受流行左右的服裝；《美》古典車（1925–42 年的汽車）。5 傳統比賽項目。6《古》古典主義者；古典學家。

:clas·si·cal ['klæsɪkl] 形 1 古典（時代）的。2 古典音樂的；古典派的：～ music 古典音樂。3 古典主義的；古典風格的。4 精通古典（文學）的；古典主義中特有的。5 權威的，正統派的；一般基本學識課程的；人文科學的；研究希臘、拉丁的；古典派經濟學的。

clas·si·cal·i·ty [,klæsə'kælətɪ] 图Ⓤ1 古典特質，典雅。2 古典學識，古典素養。

clas·si·cal·ly ['klæsɪkəlɪ] 副 1 古典地；仿古地。2 按照規範地。

clas·si·cism ['klæsə,sɪzəm] 图Ⓤ1 古典精神。2 古典主義。3 古典語法；古典學。4 古典學識，古典素養。

C

clas·si·cist ['klæsəsɪst] 名 1 倡導研究古典文學者；古典文學的權威。2 古典主義者。

clas·si·fi·a·ble ['klæsə,faɪəbl̩] 形 可分類的。

C

:clas·si·fi·ca·tion [,klæsəfə'keʃən] 名 U C 1 分類；分級；《美》〖政府·軍〗保密類：by ~ 分類上。2 類別；等級。3〖生〗分類。4〖圖書館〗圖書分類法。~·al 形

clas·si·fied ['klæsə,faɪd] 形 1 分類的：a ~ telephone directory 分類電話簿。2《美》保密類的，機密的。3 分類廣告的。
—名《the ~s》= classified ad.

'classified 'ad [adver'tisement] 名 分類廣告。

'classified 'advertising 名 1《集合名詞》分類廣告（欄）。2 負責分類廣告的部門；分類廣告業。

clas·si·fi·er ['klæsə,faɪə] 名 1 分類者；〖文法〗量詞。2〖化〗類析器。

·clas·si·fy ['klæsə,faɪ] 動 (-fied, ~·ing) 及 1 分類；分等，分級《 *in, into...* 》。2《美》依機密程度而加以分類；列入保密類。

class·less ['klæslɪs] 形 不分階級的；不屬於任何社會階級的。

class-list ['klæs,lɪst] 名〖英大學〗1 班級名冊。2〖英大學〗優等生名冊。

class-man ['klæsmən] 名 (複 **-men**)〖英大學〗優等生。

:class·mate ['klæs,met] 名 同班同學。

'class ,meeting 名 班會。

'class ,number 名〖圖書館〗(書籍的）分類號。

:class·room ['klæs,rum, -rum] 名 教室。

'class 'struggle ['war] 名 U C 階級鬥爭。

'classwork 名 U 課堂作業。

class·y ['klæsɪ] 形 (**class·i·er, class·i·est**)《俚》上等的，高級的；漂亮的，時髦的。上等的，高級的；漂亮的，時髦的。

·clat·ter ['klætə] 動 不及 1 嘩啦地響。2 喋喋不休。—及 使嘩啦地響。
—名 1 嘩啦碰擊聲。2 喧嘩，吵鬧聲。3 談笑喧嘩；無意義的閒聊。~·er 名 愛閒聊的人。

Claude [klɔd] 名〖男子名〗克勞德。

Clau·di·a ['klɔdɪə] 名〖女子名〗克勞蒂雅。

claus·al ['klɔzl] 形 1〖文法〗子句的，構成子句的。2 條款的。

·clause [klɔz] 名 1〖文法〗子句：a *principal* ~ 主要子句 / a subordinate ~ 從屬子句。2（法律、條約等的）條款：~ by ~ 逐條地。

claus·tral ['klɔstrəl] 形 修道院（似）的；遠離世俗的。

claus·tro·pho·bi·a [,klɔstrə'fobɪə] 名 U〖精神醫〗幽閉恐懼症。

claus·tro·pho·bic [,klɔstrə'fobɪk] 名 幽閉恐懼症患者。—形 患幽閉恐懼症的。

clav·i·chord ['klævə,kɔrd] 名 古鋼琴。

clav·i·cle ['klævəkl] 名〖解·動〗鎖骨。

cla·vier ['klævɪə, klə'vɪr] 名 1（樂器的）鍵盤。2 [klə'vɪr] 鍵盤樂器。3（練習用的）無聲鍵盤。

·claw [klɔ] 名 1（動物的）爪，有爪的腳；（蝦等的）螯。2 爪狀物，爪狀工具（如拔釘器等）。3《蔑》（如爪子般的）醜陋的手。4《美俚》警察。
cut the claws of... 使變得無害。
in one's claws (1)《蔑》於…的掌握之中。(2)《謔》被抓住。
tooth and claw ⇨ TOOTH（片語）
—動 及 1 以爪撕[搔，抓，扯，揪]。2 以爪掘而做成。3 以爪開（路）。4《美俚》逮捕。
—不及 1 以爪搔、撕、挖《 *away* 》；以爪抓住《 *at...* 》。2 用手探查《 *for...* 》。3《蘇》（於癢處）輕搔。
claw...back / claw back...（以課稅方法）收回；《英俚》收回（錢）。
claw...off / claw off...〖海〗迎風行船。

'claw ,hammer 名 1 拔釘鎚。2《口》燕尾服。

:clay [kle] 名 U 1 黏土：porcelain ~ 瓷土 / potter's ~ 陶土。2 土；泥土：moisten one's ~《謔》喝酒，小飲。3 資質，天性。4 陶製的煙斗。5 肉體。
—動 及 以黏土混合；以黏土過濾。

clay·ey ['kleɪ] 形 黏土（似）的；多黏土的；覆以黏土的。

clay·ish ['kleɪʃ] 形 黏土似的；泥質的。

clay·more ['klemɔr] 名（16 世紀蘇格蘭高地人所使用的）雙刃劍。

'clay 'pigeon 1（練習射擊用的）陶製盤狀飛靶。2《俚》處於受利用地位的人。

:clean [klin] 形 (~·er, ~·est) 1 (1) 清潔的，乾淨的：a ~ start（人生）嶄新的開始。(2) 無雜質的，純粹的。(3) 無缺點的；沒病的：a ~ bill of health 健康證明書。(4)〖理〗不產生放射性落塵的。2 無錯誤的，無須訂正的；（整潔）易讀的；空白的；（木材）無節瘤的；（袋子等）空的。3 (1) 無污點的，純潔的；正直的；《俚》清白的。(2) 公平的。(3) 苗條的；流線型的；光滑的，平整的。4 無裝飾的，簡潔有力的，舒適整潔的。5 完全的，徹底的：make a ~ break with... 與…完全斷絕關係。6 俐落的，巧妙的；《俚》連專家都要佩服的：a ~ serve 俐落而漂亮的發球。7〖海〗無障礙物的，安全的；未裝貨的。8〖猶太教〗清白無罪的；可食用的。9 不猥褻的。10《俚》不暗藏武器或毒品的；不吸食或注射毒品的。11《俚》沒錢的，破產的。
clean sweep 徹底清除；完全勝利《 *of...* 》。
—副 1 乾淨俐落地。2 徹底地，完全地。
clean full〖海〗（帆）全面受風的；（

船）扯滿所有風帆的。

come clean《口》全盤招供。

一動及 **1** 弄乾淨；去除附著物；拔除雜草；把（魚、雞等）清理乾淨。**2** 使內容變空；使裸露。**3**《俚》《常用被動》（以賭博等方式）使身無分文《 *out* 》；（比賽中）打得落花流水《 *up* 》。一不及 **1** 變乾淨。**2** 打掃《 *up* 》。

clean…down / clean down… 打掃。

clean house（組織內）肅清貪污腐敗，端正綱紀。

clean…out / clean out… (1) 打掃。(2) ⇨ 動及 3. (3) 用盡（存款）。(4)《美口》將存貨出清。(5)《美俚》將（小偷）趕出。

clean up (1) ⇨ 動不及 2. (2) 完成工作等。(3)《美口》賺大錢。(4)《口》梳洗乾淨。

clean…up / clean up… (1) 打掃。(2) 肅清；使（貪污腐敗）根絕。(3)《口》完成。(4)《美口》賺（大錢等）。(5)《口》《反身》使…清洗乾淨並換上乾淨的衣服。

clean up on…《美俚》徹底打敗。

一名《 **a** ～》打掃。～**·a·ble** 形，～**·ness** 名

clean-cut ['klin'kʌt] 形 **1** 清晰端正的；輪廓鮮明的。**2** 明確的。**3** 儀表整潔的。

'clean 'energy 名 不會導致空氣污染等公害的能源。

clean·er ['klinɚ] 名 **1** 洗衣店（老闆），洗衣工人；清潔工；《通常作～'s 》乾洗店。**2** 清潔器。**3** 清潔劑。

take a person to the cleaners《俚》使某人輸得精光；譴責。

clean-fin·gered ['klin'fɪŋgɚd] 形 **1** 清廉的，誠實的。**2**（扒手）熟練的。

clean-hand·ed ['klin'hændɪd] 形 清白的，廉潔的。

'clean 'hands 名(複) 清廉，清白：have ～ 清白。

·clean·ing ['klinɪŋ] 名 **1** Ⓤ 打掃；清洗：general ～ 大掃除。**2**《俚》(1)《 **take a** ～》（運動比賽中）慘敗，大敗。(2)《常作 **a good** ～ 》（經濟、財務上的）慘重損失。**3**《口》突然發得的一筆大錢。**4**《～**s**》（打掃出來的）垃圾。**5**（樹木間多餘樹苗的）拔除。

'cleaning ˌwoman 名 女清潔工。

clean·li·ly ['klɛnlɪlɪ] 副 乾淨地，清潔地。

clean-limbed ['klin'lɪmd] 形 四肢勻稱的；四肢靈巧的。

·clean·li·ness ['klɛnlɪnɪs] 名 Ⓤ 愛清潔；清潔。

clean-'living 形 安分守己的。

clean·ly ['klɛnlɪ] 形 (**-li·er, -li·est**) 愛乾淨的；清潔的；輕易的。一['klinlɪ] 副 清潔地；純潔地；整齊地。

clean-out ['klinˌaʊt] 名 清除。

cleanse [klɛnz] 動 (**cleansed, cleans·ing**) 及 **1** 清洗。**2** 洗淨《 *of, from…* 》。一不及 變得潔淨。

cleans·er ['klɛnzɚ] 名 **1** Ⓒ Ⓤ 清潔劑；清潔器。**2** 清潔工。

clean-shav·en ['klin'ʃevən] 形 鬍子刮得乾乾淨淨的。

cleans·ing ['klɛnzɪŋ] 名 Ⓤ 淨化；洗淨。

clean·up ['klinˌʌp] 名 **1** 打掃。**2** 淨化；（犯罪行為的）肅清。**3**《俚》巨額利潤。**4**〖棒球〗第四棒打者。

C

:clear [klɪr] 形 **1** 清澄的，晴朗的；明亮的：as ～ as crystal 清澄如水晶。**2** 清澈的，透明的。**3** 清晰的；鮮明的；清楚的。**4** 光潔姣好的；無瑕疵的；平靜的。**5** 明白的，易懂的。**6** 明智的：be ～ in the head 頭腦清楚。**7** 確信的，清楚地知曉的《 *of, about, on, as to…, that* 子句, *wh-* 子句 》。**8** 清白的：have a ～ conscience 問心無愧。**9** 無障礙物的；沒有接觸的《 *of…* 》；（電話線）暢通的；開闊的：a ～ signal 完全信號 / get ～ *of…* 避開，離開。**10** 准許升空的，准許出港的。**11** 沒有義務的《 *of…* 》。**12** 整整的；無條件的，完全的；純利的。**13** 收拾乾淨的；無節瘤的；沒裝貨的。**14**〖語音〗（l的發音）清音的。一副 **1** 清楚地，明確地。**2** 完全地，一直。**3** 離開地，不接觸地。一動及 **1** 使清澈。**2** 使清楚。**3** 清理；將…清除。**4** 越過；通過（法案等）。**5** 開墾，開拓。**6** 使免除（債務等）。**7** 清除痰；解開糾結；展（眉）；使不受到損害。**8** 還清；清算；賣光；使（計算機）歸零；使（貨物等）通關。**9** 淨賺；獲得。**10** 離開（港口）；辦理出港手續。**11** 認可；（由當局）取得…的許可《 *with…* 》；給予升空的許可；給予使用權《 *for…* 》。**12**《美》審理；處理，分配（電話通話申請等）。一不及 **1** 變清澄；變晴朗《 *up* 》；消散《 *away, off* 》。**2** 開朗；變清楚。**3**（法案等）通過；跳越。**4**（在票據交換所）交換，清算；賣光。**5** 辦理出港手續《 *out, outward, in, inward* 》；出港；升空。**6** 收拾餐具《 *away* 》。**7**《口》離開，出去《 *off, out* 》。

clear away (1) ⇨ 動不及 1. (2) ⇨ 動不及 6.

clear…away / clear away… (1) 清除；驅散。(2) 完成。

clear off (1) ⇨ 動不及 1. (2) ⇨ 動不及 7.

clear…off / clear off… (1) 清除，收拾。(2) 償清。(3) 贖回，趕上進度。(4) 處理。

clear out (1) ⇨ 動不及 5. (2) ⇨ 動不及 8. (3)《口》離開家；辭職；離開《 *of…* 》。

clear…out / clear out… (1) 清掃；使成空。(2)《口》趕出。(3)《口》使一文不名。

clear the air ⇨ AIR[1]

clear the decks（整理甲板）準備作戰；《口》《喻》做好準備。

clear the line 掛斷電話。

clear the way 做好準備；排除所有的障礙。

clear up (1) ⇨ 動不及 1. (2) 痊癒。(3) 清理。

clear…up / clear up… (1) 清除；清掃整理。(2) 完成。(3) 治癒。(4) 解開，解決。

一名 **1** 空地；空白（處）。**2** 無節瘤的木

材。

in the clear 《口》(1) 洗清嫌疑的，清白的。(2)無危險的，自由的。

'clear-,air 'turbulence ['klɪrə,ɛr-] 图 晴空亂流。略作：CAT

C

clear·ance ['klɪrəns] 图 1 (1) Ⓤ Ⓒ 清除：slum ~ 清除貧民窟。(2) 出清存貨：hold a ~ of stored goods 出清存貨。2 (1) Ⓤ Ⓒ（二物間的）間隔，空隙；淨空，（車輛通過橋等時車的兩側或頂與橋等）間隔空隙。(2) 空地；開墾地。(3)〖機〗間隙；餘隙角。3 Ⓤ〖銀行〗票據的交換（額）。4 Ⓤ（船的）結關手續；起飛許可；Ⓒ 進出港許可證。5 Ⓤ 情報或機密文件的使用許可。

'clearance ,sale 图 = clearance 1 (2).

clear-cut ['klɪr'kʌt] 形 1 輪廓分明的。2 明確的；口齒清晰的：a ~ victory 明確的勝利。

clear-eyed ['klɪr'aɪd] 形 1 明眼的。2 有洞察力的；現實的，實際的。

clear·head·ed ['klɪr'hɛdɪd] 形 頭腦清楚的，聰明的。

clear·ing ['klɪrɪŋ] 图 1 Ⓤ 掃除；清除。2 空地；開墾地。3 Ⓤ 票據交換；《~s》票據交換額。4 情報資料的蒐集、分類與分配：a ~ center 資料中心，情報中心。

'clearing ,house 图 票據交換所。

:clear·ly ['klɪrlɪ] 副 1 明亮地；清澄地。2 易懂地；明白地。3《修飾全句》無疑地，明顯地。4《回答用》不錯。

clear·ness ['klɪrnɪs] 图 Ⓤ 1 明亮；清澄。2 清楚；明白。3 無障礙；無瑕疵。

clear-sight·ed ['klɪr'saɪtɪd] 形 1 眼力好的。2 有敏銳洞察力的。

clear·sto·ry ['klɪr,storɪ] 图（複 -ries）= clerestory.

clear·way ['klɪr,we] 图《英》禁止行車停止或停放的道路。

cleat [klit] 图 1 楔子；（釘於鞋後跟以減少磨損的）金屬片。2（固定於船上甲板等的）繫索扣。—動及 裝上 cleat；以 cleat 固定。

cleav·age ['klivɪdʒ] 图 Ⓤ Ⓒ 1 劈裂，分裂。2（結晶體的）解理；〖化〗分裂。3《口》女性的乳溝。4（意見）分歧。

cleave[1] [kliv] 動 (**cleaved** 或《古》**clave, cleaved, cleav·ing**) 不及 黏住；堅持《*to...*》。

·cleave[2] [kliv] 動 (**cleft** 或 **cleaved** 或 **clove, cleft** 或 **cleaved** 或 **clo·ven, cleav·ing**) 及 1 劈開，劈裂；使分裂。2 破浪前進；打通。3 砍斷；砍倒。—不及 1 裂開，分裂。2 破浪前進；掠過空中《*through...*》。

cleav·er ['klivɚ] 图 1 劈東西的器具。2（肉攤所用的）屠刀；長刃的手斧。

cleek [klik] 图〖高爾夫〗鐵頭球桿。

clef [klɛf] 图〖樂〗譜號：C ~ C 調。

·cleft[1] [klɛft] 图 1 裂縫，裂口。2 割裂成的一部分。

·cleft[2] [klɛft] 動 **cleave**[2] 的過去式及過去分詞。—形 裂開的，割裂的。

in a cleft stick 進退維谷。

'cleft ,lip 图 兔唇。

'cleft 'palate 图 Ⓤ Ⓒ（先天性的）裂顎。

clem·a·tis ['klɛmətɪs] 图 Ⓒ Ⓤ〖植〗毛茛科鐵線蓮屬植物的通稱。

clem·en·cy ['klɛmənsɪ] 图 Ⓤ 1 寬容，寬大；寬厚處置；仁慈行為。2（氣候的）溫和。

Clem·ens ['klɛmənz] 图 **Samuel Langhorne** ⇨ TWAIN

clem·ent ['klɛmənt] 形 1 和藹的，寬容的。2 溫和的。~·**ly** 副

clem·en·tine ['klɛmən,tin, -,taɪn] 图 一種小柑橘。

·clench [klɛntʃ] 動 及 1 握緊，閉緊：~ one's teeth 咬緊牙關。2 緊緊抓住。3 = clinch 動及 1, 3, 5. —不及 緊握。

—图 1 Ⓤ 緊握。2 緊握之物。3 = clinch 图 2, 3, 4.

clench·er ['klɛntʃɚ] 图 = clincher.

Cle·o·pa·tra [,kliə'petrə, -'pɑtrə, -'pætrə] 图 克麗佩特拉（69–30 B.C.）：埃及王朝最後一任女王（51–49，48–30 B.C.）；《喻》絕代佳人。

clere·sto·ry ['klɪr,storɪ] 图（複 -ries）1〖建〗高窗，氣窗，長廊，樓座。2《美》（火車車廂的）採光高窗。

·cler·gy ['klɝdʒɪ] 图（複 -gies）《the ~》《集合名詞》《作複數，偶作單數》神職人員，僧侶。

·cler·gy·man ['klɝdʒɪmən] 图（複 -men）神職人員，牧師（《英》英國國教通常指 bishop 以下的神職人員）。

cler·gy·wom·an ['klɝdʒɪ,wʊmən] 图（複 -wom·en [-,wɪmɪn]）女牧師；女性神職人員。

cler·ic ['klɛrɪk] 图 1 神職人員，牧師。2 支持神職權的政黨人士。—形 神職人員的，牧師的。

cler·i·cal ['klɛrɪkl] 形 1 神職人員的，牧師的；支持神職權的。2 書記的：a ~ error 《喻》筆誤。—图 1 神職人員，牧師。2 主張神職人員參政者。3《~s》《口》神職人員的服裝。~·**ly** 副 牧師般地；書記般地。

cler·i·cal·ism ['klɛrɪkəlɪzəm] 图 Ⓤ 1 教權主義。2 神職人員的政治權勢。

cler·i·hew ['klɛrɪ,hju] 图〖詩〗人物四行詩。

cler·i·sy ['klɛrɪsɪ] 图《集合名詞》知識階級，知識分子。

:clerk [klɝk] 图 1（公司的）辦事員，職員。2《美》售貨員（《英》shop assistant）；（飯店的）訂房組工作人員。3（法院等的）書記員，機關職員；教會書記。4〖法〗《古》牧師，神職人員。

a clerk of (the) works 《英》（承包工事

的）監工。

一動 不及《美》擔任職員。～·ly 形 書記（般）的；像牧師的。

clerk·ship ['klɝkʃɪp] 名 U 1 書記的地位。2（醫科學生的）醫院實習。

Cleve·land ['klivlənd] 名克里夫蘭：1 美國Ohio州東北部的一都市。2 英格蘭東北部的一郡。3 **(Stephen) Grover**,（1837－1908），美國第 22 任及第 24 任總統（1885－89, 1893－97）。

:clev·er ['klɛvɚ] 形(～·er, ～·est) 1 聰明伶俐的，機伶的；能幹的：～ at drawing people out 善於引人說出實情。2 巧妙的《 *with...* 》；擅長的《 *at...* 》：be ～ *at* arithmetic 善於計算。3 機敏的，精巧的。4 手腕高的；獨創的：a ～ device 獨創的發明。5 善於迎合的。6《方》善良的，和順的。7《方》英俊的；健康的。

too clever by half《英》《蔑》（只為本身利益而）精明的。

～·ness 名 U 伶俐，機敏；靈巧。

clev·er-clev·er ['klɛvɚ'klɛvɚ] 形 賣弄小聰明的。

'clever 'Dick 名《英口》賣弄聰明的人，自以為聰明者。

clev·er·ish ['klɛvərɪʃ] 形 有小聰明的。

clev·er·ly ['klɛvɚlɪ] 副 聰明伶俐地；巧妙地。

clev·is ['klɛvɪs] 名 U 形鏈環，U 形鉤。

clew [klu] 名 1《古》線團，繩團。2〖希神〗（引人走出迷宮的）線球。3《主英》線索。4《通常作～s》（吊床的）吊繩；〖海〗縱帆踵；吊鋪攀。

from clew to earing〖海〗從橫帆的底部到頂部（對角線）；《喻》徹底地。

一動 及 1 捲成線團。2《主英》= clue.

clew...down / clew down...〖海〗將（帆）下角降下。

clew...up / clew up... (1)〖海〗將（帆）下角張至帆桁上。(2) 完全結束。

cli·ché [kli'ʃe] 名(複～s [-z]) 陳腔濫調；（藝術等的）俗套；常規。

cli·chéd [kli'ʃed] 形 陳腔濫調的，老套的。

·click [klɪk] 名 1 喀擦聲，喀喇聲。2〖機〗掣子。3〖電腦〗點選滑鼠（之動作）。

一動 不及 1 發出喀擦[喀喇]聲。2〖電腦〗點選（滑鼠）。3《口》演出成功，造成轟動；進行順利《 *with...* 》。4《口》情投意合《 *with...* 》。5 變得明白。一及 1 使發出喀擦聲。2 發出喀擦聲地移動。

'click ˌbeetle 名〖昆〗磕頭蟲。

click·e·ty-clack ['klɪkətɪ'klæk], **-click** [-'klɪk] 名（火車車輪或打字機的）喀里喀拉的聲音。

'clicks and ˌmortar 名 虛擬與實體並存的公司。

clicks-for-chicks ['klɪksfɚ'tʃɪks] 名 成人網站。

cli·ent ['klaɪənt] 名 1 委託（律師）訴訟的當事人；（向專家）協談求助的人，案主。2 顧客，客戶。3 接受社會救濟的人。4〖電腦〗（與伺服器連接的）客戶機。

cli·ent·age ['klaɪəntɪdʒ] 名《集合名詞》委託人；顧客。

cli·en·tele [ˌklaɪən'tɛl] 名《集合名詞》1 委託人；顧客，客戶；（醫生的）病患；常客。2 隨從。

cli·ent-ser·ver ['klaɪənt,sɝvɚ] 名 用戶伺服器。

'client ˌstate 名 附屬國。

·cliff [klɪf] 名(複 ～s [-s]) 懸崖，絕壁。

'cliff ˌdweller 名 1《通常作 C- D-》居住在絕壁洞穴中的人：史前時代住在美國西南部的一種族。2 高樓大廈住戶。

cliff·hang ['klɪfhæŋ] 動 不及 1 在緊張懸宕的狀態中。2 編寫 cliffhanger。

cliff-hang·er ['klɪf,hæŋɚ] 名 1 以緊張懸宕的情節打住而在下集分曉的電視連續劇。2 使人捏把冷汗的競賽。

cliff-hang·ing ['klɪf,hæŋɪŋ] 形（劇情）令人懸疑緊張的；（競爭）緊張激烈的。

cliff·y ['klɪfɪ] 形(cliff·i·er, cliff·i·est) 多懸崖的，有峭壁的；險峻的。

cli·mac·ter·ic [klaɪ'mæktərɪk, ˌklaɪmæk'tɛrɪk] 名 1〖生理〗更年期；（女性的）停經期。2 危險期。3〖植〗呼吸峰。4 厄運年：通常指年齡為 7 或 9 的奇數倍時。一形（亦稱 **climacterical**）1 轉折點的。2 厄年的。3 更年期的。

cli·mac·tic [klaɪ'mæktɪk] 形 高潮的，頂點的。

·cli·mate ['klaɪmɪt] 名(複 ～s [-s]) 1 U C 氣候。2（以氣候劃分的）地區，地帶。3 U C（社會）風氣，趨勢：the ～ of opinion 輿論風潮。

cli·mat·ic [klaɪ'mætɪk] 形 1 氣候（上）的。2〖生態〗由氣候造成的。

cli·mat·i·cal·ly [klaɪ'mætɪkl̩ɪ] 副 氣候上，風土上。

cli·ma·tol·o·gy [ˌklaɪmə'tɑlədʒɪ] 名 U 氣候學，風土學。

·cli·max ['klaɪmæks] 名(複～·es [-ɪz]) 1 高潮，極點。2（戲劇、文學作品等的）高潮。3 U〖修〗漸進法；（依漸進法的）最後詞句。4 性高潮 = orgasm.

cap the climax ⇨CAP[1]（片語）

一動 及 不及（使…）到達高潮。

:climb [klaɪm] 動(climbed 或《古》clomb, ～·ing) 不及 1 爬，攀登《 *up...* 》；爬入《 *between...* 》；攀越（牆壁等）《 *over...* 》：～ *up* a ladder 爬上梯子 / ～ to the top of a hill 爬上坡頂。2（馬路等）呈上坡《 *up* 》。3 攀緣而上；上升；上漲《 *to...* 》。4 穿，脫《 *into...* ; *out of...* 》。一及 1 攀登，爬上。2 攀緣，盤繞而上。3 升遷；提升。4 使爬升。

climb down (1) 攀緣而下，縮著身子下車《 *off, from...* 》。(2)《口》放棄（自己的立場），屈服《 *from...* 》。

C

climb into... 鑽進。

—图 1 登，爬；上升。2 可攀登之地；上坡地。3《俚》夜賊，潛入者。

'climb ˌcorridor 图 快車道。

climb-down ['klaɪmˌdaun] 图《口》撤回；讓步；作罷。

climb·er ['klaɪmɚ] 图 1 登山者，攀登的人[物]。2《口》力求晉升者。3 攀緣植物。4 登山用具。5《俚》= cat burglar.

climb·ing ['klaɪmɪŋ] 图 U 攀登。—形 登山用的；攀緣的。

climb·ing-frame ['klaɪmɪŋˌfrem] 图《英》遊樂場所供兒童攀爬的方格鐵架。

'climbing ˌirons 图（複）（攀爬樹木、岩石時繫於鞋上的）鐵鉤；助爬釘。

'climbing 'perch 图〖魚〗攀木魚。

climb·out ['klaɪmˌaut] 图（起飛後）立即爬升。

clime [klaɪm] 图《文》= climate.

clinch [klɪntʃ] 動 及 1 敲彎（釘尖）；（以螺絲釘等）牢牢固定住。2 解決；談妥。3〖海〗將（繩索末端）折回扣緊打結。4 緊閉；咬緊。5〖拳擊〗扭住（對手）使之無法出拳。—不及 1〖拳擊〗扭住對手使之無法出拳。2《口》熱烈地擁吻。3 牢固不鬆動。—图 1 敲彎固定。2〖拳擊〗揪扭，扭住。3 釘頭被敲彎而牢牢固定住的釘子；固定栓緊的工具。4《口》熱烈的擁抱。5《～es》《俚》汽車的刹車。

clinch·er ['klɪntʃɚ] 图 1《主口》決定性的因素。2（釘子等的）扳彎器，扳手；被折彎的釘子。3〖棒球〗《美俚》纏鬥激烈的拉鋸戰。

cline [klaɪn] 图〖生物·人類·語言〗漸變群，連續變異。

·cling [klɪŋ] 動 (clung, ～·ing) 不及 1 黏著《*to, on...*》。2 抱緊《*to, onto...*》；緊貼住《*together* / *to...*》：～ *to* the radio 守在收音機旁不肯離開。3 對…執著；忠實於《*to...*》。4（味道等）滲入而無法清除；（綽號等）緊隨《*to...*》。—图 U 黏著，密接；醉心，愛戀。

～·er 图

'cling ˌfilm 图（包食物等用的）保鮮膜。

cling·ing ['klɪŋɪŋ] 形 1 緊身的。2 黏著性的，易黏住的。3 纏住的。～·ly 副

cling·stone ['klɪŋˌston] 形 图 果肉緊附於核的（水果）。

cling·y ['klɪŋɪ] 形 (cling·i·er, cling·i·est)《口》= clinging.

·clin·ic ['klɪnɪk] 图 1 門診診療室；診所。2 診所的醫生。3 臨床的講授；《集合名詞》臨床教學班。4《美》（非醫學的）短期實習；講習班。

clin·i·cal ['klɪnɪkl] 形 1 臨床（講授）的；臨床治療的：a ～ psychologist 臨床心理醫生 / ～ surgery 臨床外科。2 病床的，病房用的：a ～ thermometer 檢溫器，體溫計。3 分析性的，冷靜的；（像醫院般）無裝飾僅注重功能的。～·ly 副

cli·ni·cian [klɪ'nɪʃən] 图 臨床醫生；臨床醫學研究人員。

clink¹ [klɪŋk] 動 不及 及（使）叮噹作響：～ (one's) glasses (together)（乾杯時）碰杯。

—图 1 叮噹聲。2 鳥的尖銳叫聲。3 韻；押韻。4《～s》《美俚》貨幣，硬幣；冰塊。5 瞬間。

clink² [klɪŋk] 图《the ～》《俚》監獄；拘留所。

clink·er¹ ['klɪŋkɚ] 图 1（鋪路用的）硬瓦；（表面光澤的）煉磚。2 U C 金屬熔渣。

clink·er² ['klɪŋkɚ] 图 1《俚》錯誤；失敗的演奏。2《英俚》出類拔萃的人[物]。3〖拳擊〗《俚》猛烈的一擊。

clink·er-built ['klɪŋkɚˌbɪlt] 形〖木工〗重疊木板搭造的；〖船〗魚鱗疊接的。

clink·ing ['klɪŋkɪŋ] 形 1 叮噹作響的。2《俚》一流的，響噹噹的。—副《俚》非常：a ～ fine day 很晴朗的一天。

cli·nom·e·ter [klaɪ'nɑmətɚ, klɪ-] 图 傾斜儀。

Clin·ton ['klɪntən] 图 **Bill,** 柯林頓（1946– ）：美國第 42 任總統（1993–2001）。

Cli·o ['klaɪo] 图〖希神〗克萊歐：九位 Muses 神中的一女神名，司史詩及歷史。

·clip¹ [klɪp] 動 (clipped, clipped 或 clipt, ～·ping) 及 1 修剪，剪除《*away, off*》；《主美》剪取《*from, out...*》：～ an article *from* the newspaper 剪下報紙新聞。2 剪（票）。3 切削（硬幣）邊緣。4 提早結束；限制，削減；縮短，打破《*off*》；刪減。5 省略非重讀的母音。6《口》猛擊。7《俚》騙取（金錢）；偷取。8 擦過。9《美俚》逮捕。—不及 1 剪取；剪下。2《口》疾駛；《古》迅速飛行。

clip a person's wings ⇨ WING 图（片語）

—图 1 剪，割；剪[割]取之物。2《～s》《蘇》修剪花木用的剪刀；指甲剪。3《口》= clipping 1. 4《口》鞭抽。5《美口》快步；速度。6《口》一次。7《口》外表；容貌。8《美俚》小偷。9《美俚》聰明人；騙子。

clip² [klɪp] 图 1 夾紙寫字板；金屬紙夾，迴紋針。2 = cartridge clip. 3 領帶夾。4 褲腿夾。—動 (clipped, ～·ping) 及 1 牢牢地抓住；別住《*together* / *on, onto...*》。2 包圍，捲住。3〖美足〗（由後面以身體撞擊來）阻礙（對方未持球球員）。

clip·board ['klɪpˌbord] 图 1 帶有夾子的寫字板。2〖電腦〗剪貼簿。

clip-clop ['klɪpˌklɑp] 图，動 不及（發出）馬蹄聲。

'clip ˌjoint 图《俚》亂敲竹槓的酒館。

clip-on ['klɪpˌɑn, -ˌɔn] 形 用夾子別住的。

clipped [klɪpt] 形 剪短的；省略發音的：a ～ accent 省略發音的口音。

'clipped ˌword [名]縮略詞。

clip·per ['klɪpɚ] [名] **1** 剪羊毛的人；《常作～**s**》大剪刀。**2**《通常作～**s**》理髮用的推剪；指甲剪。**3** 快馬。**4** 快艇，快速帆船；快速大型客機。**5**《俚》一流的人，極品。
—[動][及]《美口》（用快速帆船、大型客機）運送。

clip·pie ['klɪpɪ] [名]《英口》（公車的）車掌小姐。

clip·ping ['klɪpɪŋ] [名][U][C] **1**《美》（報紙、雜誌的）剪輯（《英》cutting）。**2** 剪報；剪下的報紙刊物文字。**3** 剪取；割取；刪除；字的縮略（形）；（硬幣邊緣的）切削。—[形] **1** 修剪的。**2**《口》快速的。**3**《俚》一流的，優秀的。～**·ly**[副]

clique [klik, klɪk] [名]小集團，派系；（生意上的）同盟。—[動][不及]《口》組成黨派，結成派系。

cli·quey ['klikɪ] [形]《口》結派系的。

cli·quish ['klikɪʃ, 'klɪkɪʃ] [形]**1** 小集團的，黨派的。**2** 區分派系的。**3** 黨派的。
～**·ly**[副]，～**·ness**[名]

clit·o·ris ['klɪtərɪs, 'klaɪ-] [名]〖解〗陰蒂。

clo·a·ca [klo'ekə] [名](複 **-cae** [-ki]) **1** 泄殖腔。**2** 下水道。**3** 室外廁所。

·cloak [klok] [名]**1** 斗篷，披風。**2** 僞裝，藉口。
under the cloak of... 藉…之故。
—[動][及] **1**《被動或反身》穿著，穿《*in...*》。**2** 掩飾《*with...*》。～**·ed·ly**[副]，～**·less**[形]

cloak-and-dag·ger ['klokən'dægɚ] [形]間諜活動的，陰謀的；（戲劇、小說）間諜題材的。

cloak-and-sword ['klokən'sɔrd] [形]武俠題材的，劍俠風格的。

cloak·room ['klok,rum, -,rum] [名]**1** 衣帽間，物品寄放處（《美》checkroom）。**2**《美》議院休息室。**3**《英》（劇院等的）盥洗室。**4**《英》（車站等的）手提行李寄放處（《美》baggage room）。

clob·ber¹ ['klabɚ] [動][及]《俚》**1** 狠打。**2**（在比賽等中）給…決定性的一擊，徹底打敗。**3** 嚴重影響。

clob·ber² ['klabɚ] [名]《英俚》《作複數》衣服；裝備。—[動][不及]穿著華麗的衣服。

cloche [kloʃ] [名]**1**（爲保護園藝作物的）吊鐘形玻璃罩。**2** 吊鐘形的女帽。

:clock¹ [klak] [名]**1** 鐘：like a ～ 準確地。**2** 類似鐘面數字盤的計量器；《口》打卡鐘；速度表；計程車的計費表；《口》馬錶；〖電腦〗計時設備。**3**《 **the C-** 》〖天〗校鐘星。**4**《俚》臉；（朝臉部的）一擊。
against the clock 搶時間地。
around [《英》*round*] *the clock* / *the clock around* (1) 全天候地。(2) 不斷地。
beat the clock 及時完成工作。
fight the clock 搶時間。
hold the clock on 以馬錶計時。
put back the clock / *put the clock back* (1) 將鐘撥慢。(2) 開倒車。(3) 使時光倒流。(4) 將年齡說得比實際年齡輕。
race the clock 與時間競爭。
run out the clock（足球等）爲保持領先而故意拖延時間。
watch the clock 頻頻看時鐘。
—[動][及]**1** 爲（比賽等）計時《*up*》。**2**（以自動測量儀）測定…的量[比例等]。**3** 達到（某種速度、時間、距離等）《*up*》；《喻》得到《*up*》。**4**《英俚》毆打。
clock in [*on*] (1) 準時上班。(2)（用打卡鐘）記錄到班時間。
clock out [*off*] (1) 準時下班。(2)（用打卡鐘）記錄下班時間。

clock² [klak] [名]**1**（襪子）腳踝處的織花[繡花]。**2** 褶領上的褶。

clock·face ['klak,fes] [名]鐘面。

clock·ing ['klakɪŋ] [形]（母雞）抱蛋的，孵蛋的，伏窩的。

clock·like ['klak,laɪk] [形]如鐘錶般準確的。

clock·mak·er ['klak,mekɚ] [名]鐘錶（製造）店；鐘錶製造[修理]匠。**-mak·ing**[名]

'clock ˌradio [名]附時鐘的收音機。

'clock ˌwatch [名]報時懷錶。

'clock ˌwatcher [名]《口》頻頻看時鐘的人：盼望快些下班或下課的人。

clock·wise ['klak,waɪz] [副][形]順時針方向地[的]，右旋地[的]。

clock·work ['klak,wɝk] [名][U]**1** 鐘錶裝置：a ～ bomb 定時炸彈。**2** 發條裝置：like ～ 正確地，規律地。

clod [klad] [名]**1** 塊，土塊；《 **the** ～》土壤。**2** 沒有價值的東西；（與靈魂相對的）肉體。**3** 傻瓜；鄉巴佬。**4** 牛肩肉。**5**《通常作～**s**》《英俚》銅幣。

clod·dish ['kladɪʃ][形]**1** 土塊般的。**2** 愚笨的；粗魯的。

clod·hop·per ['klad,hapɚ] [名]**1** 笨手笨腳的人，鄉巴佬。**2**《～**s**》《口》一種笨重的大鞋。

clod·hop·ping ['klad,hapɪŋ][形]粗魯的。

clo·fi·brate [klo'faɪ,bret] [名]〖藥〗降膽固醇劑。

clog [klag, klɔg] [動] (**clogged,** ～**·ging**) [及] **1** 妨礙…的行動《*with...*》。**2** 妨礙（機械等）的轉動；使堵塞，使阻塞《*up* / *with...*》。**3**（汽車等）堵塞（道路）。**4** 使心情沉重《*with...*》。
—[不及] **1** 堵塞；（因灰塵的緣故而）運轉不良《*up* / *with...*》。**2** 黏住，凝固。**3** 跳木屐舞。—[名]**1**《古》障礙物；（由灰塵等而造成的機械）故障。**2** 重物，枷鎖。**3** 木屐。**4** 木屐舞。**5**《英方》厚木板；做燃料用的圓木。

clog·gy ['klagɪ,'klɔgɪ] [形]（**clog·gi·er, -gi·est**）易堵塞的；有黏性的。

C

cloi·son·né [,klɔɪzəˈne] 名U景泰藍，景泰藍細雕。—形景泰藍（細雕）的。

clois·ter [ˈklɔɪstɚ] 名 1〖建〗（修道院、大學、寺院等的）迴廊。2 隱居地；《the ～》《文》修道院的生活。3 遠離人煙的清靜場所。—動及 1 關進修道院。2《反身或被動》使隱遁起來。3 以迴廊環繞。

C

clois·tered [ˈklɔɪstɚd] 形 隱居在修道院的，隱居的，遁世的；有迴廊的。

clois·tral [ˈklɔɪstrəl] 形 1（似）修道院的；居住在修道院中的。2 遁世的。

clone [klon] 名《集合名詞》〖生〗無性繁殖系；複製人[物]。

—動及不及（使）以無性生殖繁殖。

clop [klɑp], **clop-clop** [ˈklɑp,klɑp] 名（馬蹄等的）踢躂踢躂的聲音。

:close [kloz] 動(**closed, clos·ing**)及 1 關，閉；關上（抽屜）；蓋上蓋子；握緊：～ the door to... 封閉通往…的道路 / ～ one's eyes to... 故意無視於…。2 靠攏《 *up* 》；〖海〗靠近。3 暫時封閉；使休業；《英》（電臺）結束（當日的播音）；《美》（永久地）結束（營業、業務）《 *down, out, up* 》；勒令停業：*Closed* today.《告示》本日停業。4 堵塞《 *up* 》；禁止；遮蔽。5 結束，終止《 *up* 》；截止《 *off* 》；《口》使達成最後決定。6〖電〗接通；使流通。—不及 1 關閉《 *on* 》；（眼、唇、花瓣等）閉上《 *up* 》；癒合《 *up* 》。2 迫近，包圍《 *in / on, upon...* 》；靠（岸）《 *with...* 》；（夜等）降臨《 *in, down / on, upon...* 》。3（會議）完畢，結束；《英》停播（當日的播音）《 *down* 》；歇業，打烊《 *down, up* 》；（戲）演畢。4《英》意見一致，談妥《 *with...* 》；答應《 *on, upon, with...* 》。5《文》扭打；肉搏《 *with* 》。6〖證券〗收盤。7 密集，聚集《 *up* 》；縮小隊伍的間隔《 *up* 》。

close down on... 禁止，平定；（悲哀）籠罩。

close a person's eye 將某人打得眼腫。

close one's hand on... 抓住。

close in (1) ⇨動不及 2. (2)（白晝）逐漸變短。

close...in / close in... 幽禁。

close it up 縮小間隔。

close...off / close off... (1) ⇨動及 5. (2) 使孤立。(3) 斷絕。

close on... 緊緊地抓住。

close...out / close out... (1)《美》大賤賣。(2) ⇨動及 3.

close...over / close over... (1) 靠近並掩蔽；關入。(2) 由四面八方襲擊（人）。

close (the) ranks (1) ⇨動及 2. (2) 鞏固陣營，加強團結。

close up (1) ⇨動不及 1. (2) ⇨動不及 7. (3) 緘口不言。(4) ⇨動不及 3.

close...up / close up... (1) ⇨動及 4. (2) ⇨動及 3. (3) ⇨動及 5. (4) ⇨動及 2. (5)《美俚》停止（講話）。

—[klos] 形 (**clos·er, clos·est**) 1 接近的《 *to...* 》。2 密集的；紋理細緻的，織眼密實的。3（程度）靠近的《 *to...* 》：a speed ～ *to* that of sound 接近音速的速度。4 親密的《 *to...* 》；受信任的。5 緊身的。6 剪得很短的；刮得乾乾淨淨的。7 不偏離主題的；忠實於原作的。8 (1) 嚴謹的；詳細的；（在邏輯上）嚴密的。(2) 監視嚴密的。9 勢均力敵的。10 密閉的；（以牆壁等）圍住的；完全包圍的；非常狹窄的；通風不良的；窒悶的；《口》悶熱的。11 祕密的；口風緊的《 *about...* 》；不吐露的：keep something ～ 對某事保密。12（錢）缺乏的；《敘述用法》《口》吝嗇的《 *with...* 》。13 不公開的；（權利等）限於少數人的；受限制的。14〖語音〗閉塞的。15《英》禁獵的。16 彈奏純熟的；《美俚》（爵士樂等）令人滿足的。17 逗點用得特別多的。—[klos] 副 1 接近地《 *to, by...* 》；幾乎接近地《 *upon, on, to...* 》：go ～（賽馬中）險勝。2 親密地，親近地。3 緊身地。4 擠滿地；精密地；恰好地；短地。5 類似地。6 祕密地。7 簡短地。8 節儉地。

close at hand 近在手邊；迫近。

close in with... 靠近。

close to one's chest 在內心。

close up (1) 靠近。(2)〖海〗將旗子全部升起。

come close to...《美》幾乎就要。

press a person close 緊逼（某人）。

run a person close（賽跑時）與某人十分接近。

sail close to the wind〖海〗逆風行駛；（言行）幾乎違反法律準則。

—[kloz] 名 1 結束；終結；結果；（信的）結語。2 [klos]（寺廟等的）內庭；校園；場內；（個人的）所有地。3 [klos]《英方》死胡同；由大馬路通向內院、家、公共樓梯等的小路；內院。

close-at-hand [ˈklosətˈhænd] 形 1 即將來臨的。2（空間上）近在手邊的。

close-by [ˈklosˈbaɪ] 形 鄰近的。

ˈclose ˈcall [ˈklos-] 名《美口》九死一生，僥倖逃過。

close-cropped [ˈklosˈkrɑpt] 形 1 剪得很短的。2 短髮的。

:closed [klozd] 形 1 關閉的，封鎖的；非公開的《 *to...* 》；限制的《 *to...* 》；排他的：～ waters 領海 / behind ～ doors 禁止旁聽，祕密地。2 已結束的。3〖語音〗以子音結尾的。4〖語言〗封閉的；密閉的；〖數〗閉鎖的。5 禁獵的。6 起點及終點相同的。7 有屋頂的；（車輛）有頂蓋的；箱型的。8 自給自足的。

ˈclosed ˈbook 名 無法理解的事情；無法預知的事物。

ˈclosed ˈcircuit 名〖電〗閉合電路。

closed-ˈcircuit 形 閉合電路的；閉路

的。

'closed-'circuit 'television [名][U]閉路電視；有線電視。略作：CCTV

'closed corpo'ration [名]股票不公開的公司。

closed-door ['klozd'dor] [形]（會議等）祕密的，不公開的；造成妨礙的。

'closed 'door [名]《喻》妨礙，限制。

closed-end ['klozd'ɛnd][形]〖證券〗投資額固定的，封閉式的：～ investment company 投資額固定的投資信託公司。

closed-loop ['klozd'lup] [形]用閉環裝置自動調整的。

closed·out ['klozd,aʊt] [名]停業，停止製造。

close·down ['kloz,daʊn] [名] **1** 歇業；工廠停工。**2** 倒店。**3**《英》（廣播電臺）結束一次的廣播節目；停止播送。

'closed 'primary [名]《美》僅由資深黨員舉行投票的提名候選人之黨內初選。

'closed 'season [名]《美》禁獵期（《英》close season）。

'closed 'shop [名]僅僱用工會會員的工廠或商店。

'closed so'ciety [名]封閉社會。

close-fist·ed ['klos'fɪstɪd] [形]《俚》吝嗇的。

close-fit·ting ['klos'fɪtɪŋ] [形]緊身的。

close-grained ['klos,grend][形]木紋細密的。

close-hauled ['klos'hɔld] [形][副]〖海〗迎風航行的[地]。

close-in ['klos,ɪn] [形] 鄰接的；鄰近的；近距離的。

close-knit ['klos'nɪt] [形]（關係）穩固結合的，緊密的。

close-lipped ['klos'lɪpt] [形]沉默寡言的，緘默的。

:close·ly ['kloslɪ] [副] **1** 接近地；密切地；親密地：be ～ connected with ... 與…密切地聯繫。**2** 恰好地，緊緊地：a closely-written page 寫得密密麻麻的一頁。**3** 嚴密地，一心一意地，密切地。**4** 吝嗇的。

close-mouthed ['klos'maʊðd, -'maʊθt] [形]沉默的，口風緊的。

close·ness ['klosnɪs] [名] **1** 接近，靠近。**2** 親密。**3** 嚴密，密切。**4** 封閉，沉悶。**5** 吝嗇。

close·out ['kloz,aʊt] [名]《美》歇業大拍賣；出清存貨；大拍賣貨品。

close-packed ['kloz,pækt] [形] 塞得滿滿的。

'close 'quarters ['klos-] [名]（複）《作複數》**1** 狹窄擁擠的地方。**2** 肉搏戰。

close-run ['kloz'rʌn] [形]（競賽等）險勝的。

close-set ['klos'sɛt] [形]緊靠在一起的：～ eyes 長得很近的一雙眼睛。

'close 'shave ['klos-] [名]《口》= close call.

'close ,shot ['klos-] [名]〖影·視〗近距離拍攝的特寫鏡頭。

·clos·et ['klɑzɪt] [名] **1**《美》櫃櫥；壁櫥。**2** 私人用的房間，小房間。**3**《古》（國王等在祈禱、接見等所用的）私室，小房間。**4**《古》（沖水式）廁所。

come out of the closet《俚》出櫃（公開承認自己是同性戀）。

of the closet 無實際經驗的。

—[形] **1** 隱私的；隱蔽的；祕密的；私室的。**2** 耽於冥想的；不實際的。—[動][及]《通常用被動或反身》（為了密談等原因而）將…引進私室中《 *together / with* ... 》。

close-up ['klos,ʌp] [名] **1**〖攝〗特寫照；〖影·視〗特寫鏡頭；透過擴音器送出來的聲音。**2** 詳細的觀察，精密的檢查；真相。

clos·ing ['klozɪŋ] [名] **1** [U][C]結束；（書信的）結尾問候語；決算。**2** 閉鎖物；（錢包等的）扣。**3** [U][C]不動產買賣的集會；〖證券〗收盤。—[形] **1** 總結的。**2** 決算的，收盤的。**3** 閉鎖的，締結的。

'closing ,costs [名]（複）（房地產的）成交價。

'closing ,date [名]截止日期。

'closing ,price [名]（股票的）收盤價。

'closing ,time [名][C][U]（商店的）打烊時間。

clo·sure ['kloʒɚ] [名][U][C] **1** 關閉；截止；打烊；閉幕。**2** 終止。**3**〖建〗圍牆；矮牆。**4**〖語音〗閉塞。**5**《英》（議會中）終結辯論（《美》cloture）。**6**〖數〗閉包；封閉性。

—[動](-sured, -sur·ing)[及][不及]《英》（在議會中）（使辯論）終止。

clot [klɑt] [名] **1**（血液等的）凝塊，血塊。**2**（人的）一群。**3**《英俚》笨蛋，呆子。—[動](～·ted, ～·ting)[不及]結塊；凝結。—[及]使凝結；（因擠滿而）使無法動彈。

:cloth [klɔθ] [名]（複～s [klɔðz, klɔθs]) **1** [U] 布，紡織品。**2**《常作複合詞》布塊；桌布，抹布：lay the ～ 攤開桌巾，準備用餐 / remove the ～ 用過餐後收拾碗盤。**3** [U]〖海〗帆。**4** [U] 制服，聖服。**5**《the ～》神職；《集合名詞》神職人員。

cloth ears《口》重聽；聽覺遲鈍；音盲。

out of whole cloth ⇨ WHOLE（片語）

cloth·bound ['klɔθ'baʊnd] [形]（書）布面精裝的。

cloth(-)cap ['klɔθ,kæp] [名]布帽。—[形]勞工階級的。

:clothe [kloð] [動] (**clothed** 或 **clad, cloth·ing**) [及] **1**《通常用被動或反身》使穿著《 *in*... 》。**2** 供給衣服。**3**《常用被動或反身》完全覆蓋；隱藏《 *in, with*... 》。**4** 賦予《 *with*... 》：～ a person *with* authority 賦予某人權力。**5** 表達《 *in*... 》：a treaty *clothed in* dignified phraseology 措詞嚴正的條約。

clothed and in one's right mind 精神正常的，有辨別能力的。

C

cloth-eared ['klɔθ,ɪrd] 形重聽的；聽覺遲鈍的。

:clothes [kloz, kloðz] 名(複) 1 衣服，服裝。2 寢具，被褥。3 待洗的衣物。

in long clothes 在襁褓中，幼稚的。

C

'clothes ˌhanger 名= hanger 1.

clothes·horse ['kloz,hɔrs, 'kloðz-] 名 1 晒衣架。2《美俚》(女性) 衣著時髦而搶眼的人。

clothes·line ['kloz,laɪn, 'kloðz-] 名 晒衣繩 : be able to sleep on a ～累慘了；在危險狀況之下亦能呼呼大睡；可以忍受不自由的生活。

'clothes ˌmoth 名〖昆〗蠹蟲。

clothes-peg ['kloz,pɛg, 'kloðz-] 名《英》= clothespin.

clothes·pin ['kloz,pɪn, 'kloðz-] 名《美》(晒衣用的) 夾子。

clothes·pole ['kloz,pol] 名《美》晒衣繩的柱子。

clothes·press ['kloz,prɛs, 'kloðz-] 名衣櫥，衣櫃。

'clothes ˌtree 名 (柱狀) 衣帽架。

cloth·ier ['kloðjɚ] 名 1 (男用) 服裝店。2 紡織品的製造商或販賣商。

·cloth·ing ['kloðɪŋ] 名Ⓤ1《集合名詞》衣類，衣服。2 覆蓋物。

Clo·tho ['kloθo] 名〖希神〗克蘿婆：命運三女神之一，其職責為紡生命之線。

'cloth ˌyard 名布碼：一碼等於 3 呎。

ˌclotted 'cream 名Ⓤ《英》濃縮奶油。

clot·ty ['klɑtɪ] 形多凝塊的；凝結性的。

clo·ture ['klotʃɚ] 名ⓊⒸ〖美國會〗辯論終結。—動及不及 終止辯論並即刻付諸表決 (亦稱《英》**closure**)。

:cloud [klaud] 名1ⓊⒸ雲：Every ～ has a silver lining.《諺》每片雲背面都閃著銀光；再壞的事也有好的一面。2 雲狀物《*of...*》: a ～ *of* sand 茫茫沙地。3 (似雲般的) 一大群《*of...*》: in ～*s* 成群地。4 (鏡子等的) 霧溼斑痕，瑕疵；《古》斑點。5 帶來陰暗之物；陰影，遮蔽物 : a ～ over one's reputation 在名譽上籠罩著一片陰影。6 (女用的) 輕便披肩。

blow a cloud《口》(抽煙) 吞雲吐霧。

drop from the clouds 從天而降，意外地出現。

in the clouds (1) 在高空中。(2) 心不在焉；耽於幻想。(3) 不可能實現的。

on a cloud《俚》(1) 興高采烈地。(2) (因吸毒等而) 飄飄欲仙的。

on cloud nine《主美俚》非常幸福。

under a cloud 失體面；受懷疑；處困境；失寵。

under the cloud of night 趁著夜幕。

—動及 1 使…為雲霧覆蓋，使迷濛《*up*》。2 使罩上陰影；玷污；使受嫌疑。3 使晦暗；使陰鬱《*with...*》；使面露憂色。4 使變得曖昧不清；使混亂；使遲鈍。5 使表面帶斑點。—不及 1 變得陰暗《*over, up*》。2 變憂鬱。3 迎風張開像雲一般。

cloud·bank ['klaud,bæŋk] 名低垂的濃密雲團。

cloud·ber·ry ['klaud,bɛrɪ] 名 (複 **-ries**)〖植〗野生黃色草莓；其果實。

cloud·burst ['klaud,bɝst] 名1 驟雨，豪雨。2 大量。

'cloud ˌbuster 名《美俚》1〖棒球〗高飛球。2 摩天大樓。

cloud-capped ['klaud,kæpt] 形高聳入雲的。

cloud-cas·tle ['klaud,kæsl] 名空中樓閣，白日夢。

'cloud ˌchamber 名〖理〗霧室。

cloud-cuckoo-land ['klaud'kuku,lænd] 名Ⓤ《偶作 C-》幻想的世界。

'cloud ˌdrift 名浮雲。

cloud·ed ['klaudɪd] 形 1 曖昧的。2 混亂的。3 被雲 (般的東西) 覆蓋的。

cloud·i·ly ['klaudɪlɪ] 副1 多雲地。2 雲狀地。3 朦朧地。4 憂鬱地。

cloud·i·ness ['klaudɪnɪs] 名 陰暗；朦朧。

cloud·ing ['klaudɪŋ] 名Ⓤ1 晦暗。2 雲狀花紋。

cloud·land ['klaud,lænd] 名ⓊⒸ夢幻的國度，仙境。

cloud·less ['klaudlɪs] 形 1 無雲的，晴朗的。2 無 (陰) 影的。

cloud·let ['klaudlɪt] 名小朵雲。

'cloud 'nine 名Ⓤ 狂喜。

'cloud ˌrack 名= rack[4] 1.

'cloud ˌseeding 名Ⓤ (為製造人造雨的) 雲種撒播。

:cloud·y ['klaudɪ] 形 (**cloud·i·er, cloud·i·est**) 1 多雲的；陰暗的 : ～ skies 陰天。2 雲的；雲狀的；有雲狀花紋的 : ～ smoke 如雲的煙。3 朦朧晦暗的；混濁的《*with...*》。4 曖昧的；(視力等) 朦朧的《*with...*》。5 憂鬱的。6 名聲壞的，可疑的。7 (顏色等) 有斑點的，不勻稱的。

clough [klʌf, klau] 名《英方》狹窄的溪谷；峽谷。

clout [klaut] 名1《口》(用手的) 毆打；〖棒球〗《俚》長打，強打。2Ⓤ《美俚》影響力，政治權力；門路，人際關係。3〖射箭〗標靶；命中目標的一擊。4《～s》襁褓；尿布。—動及 1《口·方》(以巴掌) 毆打。2〖棒球〗《美俚》打出長打。

clove[1] [klov] 名1〖植〗丁香。2 丁香花苞香料。

clove[2] [klov] 名〖植〗小球根；小鱗莖。

clove[3] [klov] 動cleave 的過去式。

'clove ˌhitch 名卷結。

clo·ven ['klovən] 動 **cleave**[2] 的過去分詞。—形分割成二個的，裂開的。

'cloven 'hoof ['foot] 名1 偶蹄。2《喻》惡魔的本性。

clo·ven-hoofed ['klovən'hʊft, -'huft] 形 **1** 趾蹄分開的。**2** 惡魔的，凶性的（亦稱 **cloven-footed**）。

'clove ˌpink 名〖植〗康乃馨。

·**clo·ver** ['klovɚ] 名（複 ～**s**,《集合名詞》～）U C〖植〗苜蓿。

be* [*live*] *in clover 生活逸樂奢華。

clo·ver·leaf ['klovɚˌlif] 名（複 **-leaves,** ～**s** [-s]）苜蓿葉狀的公路立體交流道。

—形似苜蓿葉形狀的。

clown [klaʊn] 名 **1**（馬戲團等的）丑角。**2** 喜惡作劇之人；《美俚》無用的人，不可靠的人；《美俚》不關心流行的人。**3** 粗野的人。—動不及 開玩笑；胡鬧《*about, around*》。

clown it 扮演丑角。

clown·ish ['klaʊnɪʃ] 形 粗野的；丑角的；詼諧的。

clown·er·y ['klaʊnərɪ] 名（複 **-er·ies**）U C **1** 滑稽，詼諧。**2** 滑稽的行爲。

cloy [klɔɪ] 動及 **1** 使厭膩《*with...*》。**2** 使感覺索然無味。—不及 使人厭膩；感覺厭煩。

cloy·ing ['klɔɪɪŋ] 形（食用過多而）厭膩的。

cloze [kloz] 形 克漏字的；填充測驗法的。

:**club** [klʌb] 名 **1** 棍棒，似棍棒之物；槍托；（高爾夫等的）球桿。**2** 俱樂部。**3** 俱樂部組織。**4** 會員得享受優待價格的特約組織；福利會。**5** 夜總會。**6**〖牌〗黑色梅花的紙牌；《～**s**》《作單、複數》黑梅花牌之一組。

***Join the club*!**《口》（對遭到相同境遇的人說）我也一樣。

put a person in the club《俚》使懷孕。

—動（**clubbed,** ～**·bing**）及 **1** 用棍棒打，打擊。**2** 將…做成棒狀；梳成棒狀。**3** 統合起來；集合成立組織。**4** 湊出《*up, together*》；分攤。**5** 反手持（槍）（當棒使用）。

—不及 **1** 結合，團結；結社。**2** 分攤繳納（基金等）《*together*》。

club·ba·ble ['klʌbəbl] 形 適於成爲社交俱樂部會員的；善於交際的。

clubbed [klʌbd] 形 棍棒狀的。

club·by ['klʌbɪ] 形（**-bi·er, -bi·est**）**1** 像俱樂部般的；社交的。**2** 排他的；易成黨派的。

'club ˌcar 名《美》（可供休閒的）火車頭等車廂。

club·foot ['klʌbˌfʊt] 名（複 **-feet**）（先天性）畸形足。

club·hand ['klʌbˌhænd] 名（先天性）畸形手。

club·house ['klʌbˌhaʊs] 名（複 **-hous·es** [-zɪz]）（高爾夫球場的）俱樂部所在的房屋；俱樂部會館；（運動俱樂部的）更衣室。

club-law ['klʌbˌlɔ] 名 U C 暴力；暴力政治。

club·man ['klʌbmən] 名（複 **-men**[-mən]）俱樂部會員；一流的俱樂部的會員。

club·root ['klʌbˌrut] 名 U〖植病〗（甘藍菜等的）根瘤病。

'club 'sandwich 名《美》總匯三明治：通常指三片吐司內夾鹹肉、萵苣等而成的三明治。

'club 'soda 名 U《美》汽水，加味蘇打水。

club·wom·an ['klʌbˌwʊmən] 名（複 **-wom·en**）俱樂部女會員。

cluck [klʌk] 動不及 **1** 咯咯叫。**2** 用類似母雞的聲音講話。—及 表示（憂慮等），叨唸；嘮叨。—名 **1** 母雞的叫聲；伏窩的雞。**2**《俚》遲鈍的

·**clue** [klu] 名（解決問題或研究調查的）線索；（思考的）條理；目標；路標《*to...*》：find a ～ *to* the solution (of a problem) 找到解決問題的線索 / have no ～《口》如墜五里霧中。—動（**clued, clu·ing**）及 **1**《口》給予…線索。**2** = clew.

clue a person in《俚》告訴（人）事實《*on...*》。

clue·less ['klulɪs] 形 **1** 無線索的，未留痕跡的。**2**《俚》一無所知的；愚笨的。

'clum·ber 'spaniel ['klʌmbɚ-] 名 一種英國種的短腳粗壯獵犬。

·**clump** [klʌmp] 名 **1**《通常作 **a** ～》叢《*of...*》。**2**《通常作 **a** ～》群；堆，塊《*of...*》；〖生理〗（紅血球等的）凝塊。**3** 笨重的腳步聲；多加一層的厚鞋底。**4**《口》強打。—動不及 **1** 以笨重的腳步走。**2**〖生理〗（細菌等）凝聚《*together*》。—及 **1** 使成塊；成叢地種植（樹木）。**2**〖生理〗使（細菌等）凝聚《*together*》。**3**《口》打。

clump·y ['klʌmpɪ] 形（**clump·i·er, clump·i·est**）**1** 塊狀的。**2** 茂密叢生的；樹叢似的。**3** 笨拙的，笨重的。

·**clum·sy** ['klʌmzɪ] 形（**-si·er, -si·est**）**1** 笨拙的；不靈巧的《*about, at, in, with...*》：be ～ *with* one's hands 手指不靈巧。**2**（外觀）粗糙的；缺乏技巧的；（工具等）難使用的。

-si·ly 副, **-si·ness** 名

·**clung** [klʌŋ] 動 **cling** 的過去式及過去分詞。

clunk [klʌŋk] 名 **1**《**a**～》金屬撞擊聲，啷噹聲。**2**《口》猛打，打擊。

·**clus·ter** ['klʌstɚ] 名 **1**（花等的）束，串，叢《*of...*》。**2**（人、動物、東西的）群；住宅群；〖語音〗音群；〖天〗星團：in ～*s* 成群地。**3**〖美陸軍〗（加添在動章帶上的）小金屬徽章。—動及 **1** 使成串。**2** 使成群。

—不及（花等）成束，成串，成叢；（人等）群集；叢生《*together* / *around, round...*》。

～**·ing·ly** 副, ～**·y** 形

'cluster ˌbomb 名集束炸彈，子母彈。

'cluster ˌcollege 名《美》(綜合大學內獨立的)文學院。

'cluster 'sampling 名U〖統〗集群抽樣。

C

·clutch¹ [klʌtʃ] 動及 1 牢抓；緊握。2《俚》捕捉到。—不及 1 抓住，抓緊《*at* ...》。2 踩(汽車等之)離合器。3 突然緊張，慌張《偶用 *up*》。

clutch hold of... 抓住。

—名 1 猛抓；掌握；《美俚》擁抱。2《常作 ~es》(欲抓住…的)手，爪；《~es》掌握，統治，控制。3 抓住東西的設備。4〖機〗離合器；離合器操作設備。5《口》緊要關頭；〖運動〗緊急關頭，比賽中最精彩的場面。6 令人不快的傢伙。

put in one's clutch 《俚》三緘其口。

—形 1 無肩帶的。2 無鈕釦的。3《美俚》能應付危機的。

clutch² [klʌtʃ] 名 1 一次所孵的蛋；一次孵出的小雞。2 一群東西：a ~ of biddies 一群長舌婦。—動及孵(小雞)。

clut·ter ['klʌtɚ] 動及使散亂；使(心)亂《*up* / *with...*》。—不及 1《方》喧鬧；成群地跑。2《方》亂跑。3 說話口齒不清。—名U C 1 凌亂的東西；雜物堆。2 混亂。3 喧鬧，吵鬧的談話聲。

Clw·yd ['kluɪd] 名克魯依德郡：英國威爾斯的一郡名。

Clydes·dale ['klaɪdz,del] 名克萊德茲戴爾馬：一種健壯的駄馬。

Cm 《化學符號》curium.

C.M. 《縮寫》Congregation of the *M*ission.

cm, cm. 《縮寫》centi*m*eter(s).

Cmdr. 《縮寫》*C*om*m*an*d*e*r*.

cml. 《縮寫》*c*o*m*merc*i*a*l*.

C / N 《縮寫》*C*ircular *n*ote ; *c*redit *n*ote.

CNN 《縮寫》*C*able *N*ews *N*etwork(美國)有線電視新聞網。

CNS, cns 《縮寫》*c*entral *n*ervous *s*ystem 中樞神經系統。

Cnut [kə'nut, -'njut] 名 = Canute.

Co 《化學符號》cobalt.

CO 《縮寫》《美》*Co*lorado.

co- 《字首》1 表「一起，共同」之意。2 表「同樣程度地」之意。3 表「同伴，夥伴」之意。4 表「代理，輔助」之意。5〖數·天〗表「餘」、「補」之意。

Co., co. 《縮寫》*Co*mpany ; *Co*unty.

C/o, c/o, c.o. 《縮寫》(in) *c*are *o*f ;〖簿〗*c*arried *o*ver 結轉。

C.O. 《縮寫》*c*ash *o*rder ; *C*ommanding *O*fficer; *c*onscientious *o*bjector 因良心或宗教理由而拒服兵役者。

·coach [kotʃ] 名 1 大型四輪馬車：a state ~ 御用馬車。2《美》有多人乘坐的巴士；《英》大型長途巴士；(用車拖動的)活動房屋。3《美》雙門轎式汽車。4〖鐵路〗客車；《美》= day coach. 5〖海〗船長室。6《美》(客機的)二等艙，經濟艙。7〖棒球〗一壘或三壘的指導員；(競賽的)教練。8 家庭教師；演藝人員的指導老師。—動及 1 指導，訓練；指導(人)準備考試《*for*, *in*...》。2 以馬車等載運。—不及 1 擔任教練。2 在家庭教師指導下讀書。3 乘坐巴士、火車等旅行。—副乘坐(飛機的)經濟艙地。

coach-and-four [ˌkotʃən'for] 名四匹馬拉的馬車。

drive a coach-and-four through... 《英》公然蔑視法律的存在，鑽法律漏洞。

'coach ˌbox 名(馬車的)車夫座位。

'coach ˌdog 名 = Dalmatian.

coach·er ['kotʃɚ] 名 1(棒球等的)教練；指導員，訓練員。2 家庭教師。

coach·man ['kotʃmən] 名(複-men)(馬車的)車夫。

coach·work 名U車身的設計和打造；車身。

co·act¹ [ko'ækt] 動及強制，強迫。

co·act² [ko'ækt] 動不及共同行動，協力。

co·ac·tion¹ [ko'ækʃən] 名U強制(力)。

co·ac·tion² [ko'ækʃən] 名U 1 共同行動，協力。2〖生態〗相互作用。

co·ac·tive [ko'æktɪv] 形強制的，強迫的。

co·a·dapt·ed [ˌkoə'dæptɪd] 形〖生〗互相適應的。

co·ad·ja·cent [ˌkoə'dʒesənt] 形互相鄰接的；(思想上)接近的。

co·ad·just [ˌkoə'dʒʌst] 動及互相調節。

co·ad·ju·tant [ko'ædʒətənt] 形互助的，合作的。—名幫助者，助手；合作

co·ad·ju·tor [ko'ædʒətɚ, ˌkoə'dʒutɚ] 名 1 幫手，助手。2 主教的助手，助理主教。

co·ad·ju·tress [ko'ædʒətrɪs] 名女助手。

co·ag·u·lant [ko'ægjələnt] 名U C 凝結劑。

co·ag·u·late [ko'ægjəˌlet] 動及不及(使)凝結，凝固。

co·ag·u·la·tion [koˌægjə'leʃən] 名U凝結(體)，凝固(體)：the ~ of blood 血液的凝固。

:coal [kol] 名 1 U煤。2 煤塊：a redhot ~ 一塊燃燒的煤炭。3 U木炭。

a cold coal to blow at 沒有成功希望的工作。

blow hot coals 勃然大怒。

blow the coals 煽動，教唆。

carry coal to Newcastle 《英》多此一舉。

haul a person over the coals 斥責某人《*for*...》。

heap coals of fire on a person's head 《文》以德報怨而使(人)感到羞恥並悔悟。

stir coals 引起爭執，煽動使感情惡化。

—動及 1 以煤炭供給。2 使變成燃煤。—不及加煤，裝煤。

coal-bed ['kolˌbɛd] 名煤層。

coal-black ['kol'blæk] 形全黑的。

'coal ˌbunker 图1 煤庫。2 煤倉。
'coal ˌdust 图 Ⓤ煤灰。
coal·er ['kolɚ] 图1 運煤船；運煤鐵路。2《英》（給船）裝煤的工人。
co·a·lesce [ˌkoə'lɛs] 動 不及 1 合爲一體《*with...*》；合生《*into...*》；癒合：～ *into* one 合爲一體。2 合併《*into...*》；聯合《*with...*》；融合。
co·a·les·cence [ˌkoə'lɛsn̩s] 图Ⓤ 1 合爲一體；癒合；結合。2 合併；聯合。
co·a·les·cent [ˌkoə'lɛsn̩t] 形 合併的，聯合的；癒合的。
'coal ˌface 图 採煤面。
'coal ˌfield 图 煤田。
'coal ˌgas 图 Ⓤ煤氣。
coal·heav·er ['kolˌhivɚ] 图《英》煤炭搬運工人。
'coal ˌhod 图《美》運煤用的煤箱，煤筐。
'coal ˌhole 图 1 地下煤庫的入口。2《英》小型地下煤庫。
'coaling ˌstation 图（船舶等的）加煤港，加煤站。
co·a·li·tion [ˌkoə'lɪʃən] 图 1 Ⓤ結合，融合。2（政治上暫時的）聯合；聯盟。
coa'lition 'government 图 聯合政府。
'coal 'measures 图(複) 1 煤層。2〖地質〗煤炭層。
'coal ˌmine 图 煤礦。
'coal ˌminer 图 煤礦工人。
'coal ˌmining 图Ⓤ採煤；煤礦業。
'coal ˌoil 图Ⓤ《美》石油；煤油（《英》paraffin oil）。
'coal ˌpit 图1 煤礦。2《美》炭窯，燒炭處。
'coal ˌscuttle 图（室內用）煤簍。
'coal ˌseam 图 煤層。
'coal ˌtar 图Ⓤ煤焦油。
coam·ing ['komɪŋ] 图〖船〗（船艙口、天窗等周圍防水流入的）凸起邊緣。
co·ap·ta·tion [ˌkoæp'teʃən] 图Ⓤ 1〖生〗適應；〖醫〗接骨。2 接合。
·coarse [kors] 形 **(coars·er, coars·est)** 1 粗的，粗大的。2 質地粗的。3（食物）差的，粗糙的，平常的：～ food 粗食。4 粗野的；（言語）鄙俗的：be ～ in manner 態度粗魯。～**·ly** 副
'coarse 'fish 图《英》鮭魚類以外的淡水魚，雜魚。
coarse-grained ['kors'grend] 形 1 質地粗糙的。2 粗野的，鄙俗的：a ～ fellow 粗野的傢伙。～**·ness** 图
coars·en ['korsən] 動 及 不及（使）變粗糙；（使）變得低級。
coarse·ness ['korsnɪs] 图Ⓤ粗，粗大；粗糙；粗魯。
:coast [kost] 图1 海岸，海濱；海岸地方：on the Pacific ～ 在太平洋沿岸 / from ～ to ～《美》由東海岸至西海岸，全國各地。2《the C-》《口》（美國的）太平洋沿岸，（紐西蘭南島、非洲的）西海岸。3《美》（雪橇可滑行的）滑坡；《a ～》（沿著山坡向下的）滑行。
Clear the coast !《口》閃開！讓路！
keep the coast clear 掃清障礙物。
on the coast《美》在近處。
The coast is clear. 無危險；毫無阻礙。
—動 不及 1 滑行；（引擎熄火後）因慣性滑行；展翅滑翔《*along*》。2 沿海岸航行；沿岸經商《*along*》。3 不勞而獲《*into, to...*》。
—及 1 使滑行。2 沿海岸前進。
coast·al ['kostl] 形 海岸的，沿海的；近海的。
coast·er ['kostɚ] 图1 沿岸航行者[船]；沿岸貿易船。2 住在沿海附近的人。3《美》（滑坡用的）滑行機，滑行橇；雲霄飛車。4（放置玻璃杯等的）小盤子，杯墊；（放置酒瓶、裝有底輪的）几盤推車；（修車用的）滑臺子。
'Coast ˌGuard 图1《the ～》《美》海岸防衛隊。2《c- g-》海岸防衛隊（員）。
coast·guards·man ['kostˌgɑrdzmən] 图 (複 **-men**) 海岸防衛隊隊員。
'coasting ˌtrade ['kostɪŋ-] 图Ⓤ沿海貿易。
coast·land ['kostˌlænd] 图Ⓤ沿海地帶。
:coast·line ['kostˌlaɪn] 图Ⓤ海岸線。
'coast-to-'coast 形《美》從太平洋岸到大西洋岸的；全美國的。
coast·ward ['kostwɚd] 副（朝）向海岸地（亦稱 **coastwards**）。—形（朝）向海岸的。
coast·wise ['kostˌwaɪz] 副 沿海岸地。—形 沿海岸的。
:coat [kot] 图1 外套，長上裝；（西裝等的）上裝。2 毛（皮）；（植物的）皮，果皮。3 覆蓋物；塗漆的表層；（灰塵等的）層。
cut one's coat according to one's cloth《英》量入爲出。
dust a person's coat (for him)《口》揍（某人）。
take off one's coat 脫掉外套；擺出欲動武的架式。
trail one's coat 挑釁。
turn one's coat 變節。
wear the king's coat《英》當兵，從軍。
—動 及 1 穿外套。2（用黏液等）覆蓋，塗《*with...*》。3 覆蓋於表面；在（金屬等）加表層《*with, in...*》。
'coat ˌcard 图 = face card.
coat·ed ['kotɪd] 形 1 著外套的；有護皮的。2 有光滑表層的；經過防水加工的。
'coat ˌhanger 图 = hanger 1.
co·a·ti(·mun·di) [ko'ɑtɪ('mʌndɪ)] 图 (複 ～**s** [-z]) 長鼻浣熊。
·coat·ing ['kotɪŋ] 图1 Ⓤ Ⓒ 塗層；（食物的）皮；覆蓋物。2 Ⓤ 做上裝用的料子。

C

'coat of 'arms 名 **1**（甲冑外）有紋徽刺繡的罩袍。**2** 家徽，紋章，盾形徽章。

'coat of 'mail 名 鎧甲。

coat·room ['kot,rum] 名《美》衣帽間（《英》cloakroom）。

coat·stand ['kot,stænd] 名 衣帽架。

coat·tail ['kot,tel] 名《～s》**1**（男上裝的）背後下擺。**2**《美》（選舉中）可提攜聲望較差的候選人的政治影響力。

on a person's coattails / on the coattails of a person (1) 追隨某人之後。(2) 藉某人的幫助。

trail one's coattails ⇨ COAT

—形 附驥尾的，攀龍附鳳的。

coat-trail·ing ['kot,treliŋ] 名形《英》挑釁（的）。

co·au·thor [ko'ɔθɚ] 名 合著者。

:coax [koks] 動 及 **1** 誘哄《*into doing*》；好言勸誘《*away / out of...*》；慫恿。**2** 哄騙而得《*from, out of...*》。**3** 巧妙地處理《*up / into, through...*》—不及 哄騙。

～**·er** 名 巧言誘哄的人；哄騙的人。

～**·ing** 名，～**·ing·ly** 副

co·ax·i·al [ko'æksɪəl] 形 **1** 同軸的，共軸的；（擴音器）同軸有兩個以上的。**2**〖幾〗共軸的。

co'axial 'cable 名〖電〗同軸電纜。

cob [kab] 名 **1**《美》玉蜀黍穗軸：corn on the ～ 沾奶油經蒸或烤的玉蜀黍棒。**2** 雄天鵝。**3** 健壯的短腿馬。

co·balt ['kobɔlt] 名 U **1**〖化〗鈷（符號：Co）。**2** = cobalt blue.

'cobalt 'blue 名 U 深藍色（顏料），鈷藍色（含氧化鈷的顏料）。

'cobalt ˌbomb 名 鈷彈。

co·bal·tic [ko'bɔltɪk] 形 鈷的，含鈷的。

'cobalt 60 [-'sɪkstɪ] 名 U〖化〗鈷 60：鈷的放射性同位素；用於癌的放射性治療。

cob·ber ['kabɚ] 名《澳·紐》（男性）好友；夥伴。

cob·ble[1] ['kabl] 名 **1**（鋪路用的）圓石，鵝卵石。**2**《～s》《主英》圓石子鋪成的馬路。**3**〖金工〗輾成爲碎屑的材料；《俚》粗劣製品。—動 及 鋪以圓石。

cob·ble[2] ['kabl] 動 及 **1**《罕》修理。**2** 粗劣地修補《*together, up*》。

cob·bler ['kablɚ] 名 **1** 補鞋匠；修補皮革製品的人。**2** C U (1)《美》用一種深碟烘出的水果派（餅）。(2) 一種用酒、水果、砂糖、冰等做成的飲料。**3** 不合格的織品。**4**《古》笨手笨腳的工匠。**5**《俚》球。**6**《～s》《英俚》蠢話：hear such a load of old ～*s* 聽的盡是一些蠢話。

cob·ble·stone ['kabl,ston] 名 圓石。

co·bel·lig·er·ent [ˌkobə'lɪdʒərənt] 名（未締結正式條約等的）參戰同盟國，盟邦。—形 共同協力作戰的。

COBOL, Cobol ['kobɔl, -ol] 名 U〖電腦〗通用商業語言。

co·bra ['kobrə] 名〖動〗眼鏡蛇。

cob·web ['kab,wɛb] 名 **1** 蜘蛛網；蜘蛛絲。**2** 薄細如蜘蛛絲的東西；脆弱的東西。**3** 錯綜複雜之物；陰謀，陷阱。**4**《～s》模糊；混亂；陳腐的東西。

blow away the cobwebs 清除混亂；使神清氣爽。

—動 (**-webbed, ～·bing**) 及（蜘蛛）織網於；（用網狀物或薄物等）覆蓋。

cob·webbed ['kab,webd] 形 覆蓋蜘蛛網的。

cob·web·by ['kab,wɛbɪ] 形 **1** 布滿蜘蛛網的；蛛網狀的。**2** 久置不用的，陳舊的。

co·ca ['kokə] 名 **1**〖植〗古柯樹。**2** U 乾古柯葉。

co·caine [ko'ken, 'koken] 名 U 古柯鹼。

co·cain·ism [ko'kenɪzəm] 名 U〖病〗古柯鹼中毒，古柯鹼癮。

coc·ci ['kaksaɪ] 名 **coccus** 的複數。

coc·cus ['kakəs] 名（複 **-ci** [-saɪ]）**1**〖菌〗球菌。**2**〖植〗小乾果。

coc·cyx ['kaksɪks] 名（複 **-cy·ges** [kak'saɪdʒiz]）〖動〗尾骨。

co·chin ['kotʃɪn, 'katʃɪn] 名 交趾雞。

Co·chin-Chi·na ['kotʃɪn'tʃaɪnə] 名 交趾支那：原爲中南半島南端區域的通稱。

coch·i·neal [ˌkatʃə'nil, 'katʃə,nil] 名 U 洋紅：由雌胭脂蟲製成的紅色色素。

coch·le·a ['kaklɪə] 名（複 ～**s**, **-le·ae** [-lɪ,i]）**1**〖解〗耳蝸。**2** 螺旋狀樓梯。

:cock[1] [kak] 名 **1** 公雞，雄雞（《美》rooster）；《通常作複合詞》（鶉類的）雄鳥：As the old ～ crows, the young ～ learns.《諺》老雞啼叫時幼雞在一旁學習；有樣學樣。**2** 風信雞。**3** 有力人士，頭目，首領。**4** 活栓，龍頭。**5**（槍的）擊鐵，扳機；（準備開炮的）待擊位置：go off at half ～《口》操之過急。**6**《粗》陰莖。**7**《俚》愚蠢無意義的事。—動 及 扳起擊鐵。—不及 扳上擊鐵準備發射。

cock[2] [kak] 動 及 **1** 向上翹起，豎起《*up*》；將（手肘、手腕等）曲折至某種角度。**2**《英俚》使無法實行，使混亂《*up*》。—不及 **1** 翹起《*up*》。**2**《方》昂首闊步；神氣活現。

cock a snook 輕視，譏諷《*at...*》。

—名 **1**（鼻子的）翹起；翻眼睛。**2**（帽沿等的）向上翻。

cock[3] [kak] 名（稻草、肥料等堆積而成的）錐形小堆。—動 及 將（肥料等）堆成圓錐形。

cock·ade [ka'ked] 名 帽章。

cock-a-doo·dle-doo ['kakə,dudl'du] 感 喔喔喔（公雞啼聲）。—名（複 ～**s** [-z]）**1** 公雞啼聲。**2**《兒語》公雞。

cock-a-hoop ['kakə'hup] 形 副 **1** 得意揚揚的 [地]。**2** 歪斜的 [地]；狀況不好的 [地]。

Cock·aigne [ka'ken] 名 蓬萊仙島。

cock-a-leek·ie [ˌkakə'likɪ] 名 U《蘇》一種加韭菜煮成的雞湯。

cock·a·lo·rum [ˌkakə'lɔrəm] 名《口》自命不凡的小人物。
cock·a·ma·my, -mie ['kakəˌmemɪ] 形 名《美俚》荒謬可笑的（事）。
'cock-and-bull ˌstory ['kakən'bʊl-] 名 荒誕無稽的話，無稽之談。
cock·a·too [ˌkakə'tu] 名(複～s [-z]) **1** 羽冠類鸚鵡的總稱。**2**《澳》小自耕農。
cock·a·trice ['kakətrɪs] 名雞蛇：傳說中的怪物，具有瞪人致死的能力。
cock·boat ['kakˌbot] 名（尤指附屬於大船的）小船，舢板。
cock·chaf·er ['kaktʃefɚ] 名〖昆〗金龜子的通稱。
cock·crow ['kakˌkro] 名U《文》雞啼時刻，黎明。
'cocked 'hat 名（盛行於十八世紀的）三角禮帽。
knock... into a cocked hat《俚》徹底打垮；完全破壞。
cock·er[1] ['kakɚ] 名鬥雞的人；喜好鬥雞的人。
cock·er[2] ['kakɚ] 動及縱容，溺愛，嬌養《*up*》。
cock·er·el ['kakərəl] 名小公雞；好鬥的年輕人。
'cocker 'spaniel 名可卡犬：西班牙一種狩獵、玩賞用的獵犬。
cock·eye ['kakˌaɪ] 名斜視，鬥雞眼。
cock·eyed ['kakˌaɪd] 形 **1** 斜視的；凸眼的。**2**《俚》歪斜的；荒謬的；愚昧的。**3**《俚》錯誤的；混亂的；笨的。**4**《俚》喝醉的。
cock·fight ['kakˌfaɪt] 名鬥雞（比賽）。
cock·fight·ing ['kakˌfaɪtɪŋ] 名U，形鬥雞（的）。
beat cockfighting 比鬥雞更有趣；緊張刺激至極；說難以置信的故事。
cock·horse ['kakˌhɔrs] 名（兒童的）木馬，騎馬打仗遊戲的道具（竹馬、掃把等）。
cock·i·ly ['kakɪlɪ] 副《口》自負地，傲慢地。
cock·ish ['kakɪʃ] 形《口》似雄雞的；傲慢的。
cock·le[1] ['kakḷ] 名 **1**〖貝〗竹貝類的通稱（包括海扇殼）。**2** 褶，皺；鼓脹。**3**《文》輕舟。
the cockles of one's heart 內心深處。
—動不及 **1** 起皺褶；鼓脹。**2** 起微波。
—及使皺褶；使鼓脹；使起小波浪。
cock·le[2] ['kakḷ] 名麥仙翁：一種莠草。
cock·le·boat ['kakḷˌbot] 名 = cockboat.
cock·le·bur ['kakḷˌbɝ] 名〖植〗**1** 蒼耳屬植物。**2** 牛蒡。
cock·le·shell ['kakḷˌʃɛl] 名 **1** 海扇殼。**2**〖海〗= cockboat.
cock·loft ['kakˌlɔft] 名小閣樓，頂樓。
cock·ney ['kaknɪ] 名(複～s [-z])《偶作 C-》**1** 倫敦東區土生土長的人，倫敦人。**2**U倫敦東區方言。—形《偶作 C-》倫敦人的。
cock·ney·ism ['kaknɪˌɪzəm] 名 U C **1** 倫敦人的特性。**2** 倫敦腔，倫敦口音。
cock·pit ['kakˌpɪt] 名 **1**（飛機、太空船的）駕駛艙；（賽車等的）駕駛座。**2**（遊艇等的）船尾座。**3** 鬥雞場；競賽場；古戰場。

cock·roach ['kakˌrotʃ] 名〖昆〗蟑螂。
cocks·comb ['kaksˌkom] 名 **1** 雞冠。**2**〖植〗雞冠花。
cock·sure ['kak'ʃʊr] 形 **1** 絕對可靠的；滿懷信心的《*of, about..., that* 子句》；（客觀地）確定的，必然的《*to* do》。**2** 過於自信的《*of, about..., that* 子句》。
cock·swain ['kaksṇ, 'kakˌswen] 名動 = coxswain.
·cock·tail ['kakˌtel] 名 **1** 雞尾酒。**2** C U（加上醬的蠔、蝦、蟹等的）第一道菜前的開胃食品；（用餐前送上來的）果汁：shrimp ～ 鮮蝦開胃菜 / ～ sauce 開胃菜上所澆的醬。**3** 砍掉尾巴的馬；雜種的賽馬。**4** 假紳士。—動不及 參加雞尾酒宴會；在宴會中喝雞尾酒。
'cocktail ˌbelt 名郊外高級住宅區。
'cocktail ˌdress 名宴會時穿著的女用短禮服。
'cocktail ˌlounge 名（旅館等的）休息室，酒吧間。
'cocktail ˌparty 名雞尾酒會：通常是在晚餐前舉行，客人都是站著取用點心的宴會。
cock(-)up ['kakˌʌp] 名 **1**（物體邊緣的）翹起，翻起。**2**《英俚》混亂（狀態），失敗。
cock·y ['kakɪ] 形(**cock·i·er, cock·i·est**) 自大的，驕傲的：feel ～ 自負。
co·co ['koko] 名(複～s [-z]) **1**〖植〗= coconut palm. **2** = coconut 1.
·co·coa ['koko] 名U **1** 可可粉。**2** = cacao 2. **3** 可可飲料。**4** 可可色，紅褐色。
—形 **1** 可可的。**2** 可可色的，紅褐色的。
'cocoa ˌbean 名可可豆。
·co·co·nut ['kokənət] 名 **1** 椰子；U椰子肉。**2** = coconut palm.
'coconut 'milk 名U椰子汁。
'coconut ˌpalm 名〖植〗椰子樹。
'coconut ˌshy 名《主英》（遊樂場中）打落椰子的遊戲。
co·coon [kə'kun] 名 **1** 繭；蠶繭。**2**（包住蜘蛛等的卵的）保護囊。**3**（防鏽的）保護膜。—動及 **1** 緊緊圍裹住。**2**《罕》給（機器等）加上保護膜。**3** 為將來的打算而儲藏。
cod[1] [kad] 名(複～, ～s) **1**〖魚〗鱈魚。**2**U鱈魚肉。
cod[2] [kad] 動(～·ded, ～·ding) 及不及《英俚》哄騙，戲弄；模仿。
Cod [kad] 名 **Cape** ⇨CAPE COD
COD《縮寫》〖商〗*c*ash [《美》*c*ollect]

on delivery 貨到收款（亦作 **c.o.d.**）。

co·da ['kodə] 名 **1**〖樂〗結句，尾聲。**2**（小說等的）結局，劇終。**3** 結尾子音。

cod·dle ['kɑdl] 動及 **1** 溺愛；嬌養：～ oneself 過分保重身體。**2** 以文火煮。—名《口》嬌生慣養的人，膽小鬼。

C

:code [kod] 名 **1** 法典，法規：the ～ of civil procedure 民事訴訟法。**2** 準則，慣例：a ～ of etiquette 禮儀準則。**3** 密碼，暗號（系統）；（構成暗號系統的）文字，符號。**4**〖電腦〗編碼；代碼；〖生〗遺傳密碼。—動 **(cod·ed, cod·ing)** 及 **1** 作成法典，記載於法典上。**2** 譯為密碼。**3**〖電腦〗把（程式）電碼化。—不及 指定遺傳碼《*for...*》。

'code ˌbook 名 符號、密碼等的一覽表；密碼本。

co·de·fend·ant [ˌkodɪ'fɛndənt] 名共同被告。

co·deine ['kodin] 名 U〖藥〗可待因。

'code ˌname 名（祕密研究發展等的）代號。

'code-ˌname 動及 給予…代號。

co·dex ['kodɛks] 名（複 **-di·ces** [-dəˌsiz]）（古代典籍、聖經等的）抄本。

cod·fish ['kɑdˌfɪʃ] 名（複～, ～**·es**）〖魚〗鱈魚。

'codfish aris'tocracy 名《美》新興的暴發戶。

codg·er ['kɑdʒɚ] 名 **1**《口》老人；怪人，怪老頭。**2**《口》人，傢伙。

cod·i·cil ['kɑdəsḷ] 名 **1**〖法〗遺囑的附錄。**2** 追加條款，附記；附錄。
-cil·la·ry [-'sɪlərɪ] 形 附錄的。

cod·i·fy ['kɑdəˌfaɪ, 'kodə-] 動 **(-fied, ～·ing)** 及 **1** 編成法典。**2** 集…之大成。

cod·i·fi·ca·tion [kɑdəfə 'keʃən] 名 U C 法典之編纂，法典化。

cod·ing ['kodɪŋ] 名 U 譯成電碼。

cod·ling[1] ['kɑdlɪŋ], **-lin** [-lɪn] 名 **1**《英》（烹飪用的）一種尖長形蘋果。**2** 未成熟的蘋果。

cod·ling[2] ['kɑdlɪŋ] 名 幼鱈。

'cod-liv·er ˌoil ['kɑdˌlɪvɚ-] 名 U 魚肝油。

cod·piece ['kɑdˌpis] 名 遮陰布：15 及 16 世紀時男性穿的緊身半截褲腿叉處之遮片。

cods-wal·lop ['kɑdzˌwɑləp] 名 U《英俚》胡言亂語。

co(-)ed ['koˌɛd] 名《美口》（男女合校的）女學生。—形 **1**（男女合校的）女學生的。**2**（男女）合校的。

co·ed·i·tor [ko'ɛdɪtɚ] 名 聯合編輯，合編者。

co·ed·u·ca·tion [ˌkoɛdʒə'keʃən] 名 U 男女合校教育。～**·al** 形

co·ef·fi·cient [ˌkoə'fɪʃənt] 名〖數·理〗係數。

coe·la·canth ['siləˌkænθ] 名 空棘魚：一種原本被認為在七千萬年前已經絕種，但在 1938 年再度於南非附近被發現的史前魚類。

coe·len·ter·ate [sɪ'lɛntəˌret] 名〖動〗腔腸動物。—形 腔腸動物門的。

co·e·qual [ko'ikwəl] 形《文》同等的《*with...*》。—名 同等的人[物]。～**·ly** 副

co·e·qual·i·ty [ˌkoi'kwɑlətɪ] 名 U 同等；同等地位。

co·erce [ko'ɝs] 動及 **1** 強迫；逼迫去做…《*into doing*》：be ～*d* by the enemy *into* surrender*ing* 被敵人逼得投降。**2**《常用被動》強迫實現：be ～*d* into compliance 被強迫順從。**-er·ci·ble** 形

co·er·cion [ko'ɝʃən] 名 U **1** 強制，強迫。**2** 強制力，壓制力。**3** 高壓政治。

co·er·cive [ko'ɝsɪv] 形 強制的，強迫的：～ power 強制力。～**·ly** 副，～**·ness** 名

co·e·ta·ne·ous [ˌkoɪ'tenɪəs] 形 同時代的。

co·e·ter·nal [ˌkoɪ'tɝnḷ] 形 永遠共存的。～**·ly** 副 永遠共存地。

co·e·val [ko'ivḷ] 形 **1** 同年齡[年代，時期]的；同樣古老的《*with...*》。**2**（與…）同時代的《*with...*》。—名 **1** 同時代的人[物]。**2** 同年齡[年代]的人。～**·ly** 副

co·ex·ec·u·tor [ˌkoɪg'zɛkjətɚ] 名（遺囑的）共同執行人。

co·ex·ist [ˌkoɪg'zɪst] 動 不及 同時存在；和平共存《*with...*》。

co·ex·ist·ence [ˌkoɪg'zɪstəns] 名 U **1** 共存《*with...*》。**2** 共存政策：peaceful ～ 和平共存（政策）。

co·ex·ist·ent [ˌkoɪg'zɪstənt] 形 共存的。

co·ex·tend [ˌkoɪk'stɛnd] 動 及 不及（使）共同擴展。**-ten·sion** 名

co·ex·ten·sive [ˌkoɪk'stɛnsɪv] 形 一致的，相同的。～**·ly** 副

C. of E.《縮寫》*C*hurch *of E*ngland.

:cof·fee ['kɔfɪ] 名 **1** U 咖啡（飲料）；C《口》一杯咖啡：strong ～ 濃咖啡 / black ～（不加牛奶的）純咖啡。**2** U《集合名詞》咖啡豆；咖啡樹。**3** 咖啡聚會。**4** U 咖啡色，深褐色。—形 咖啡色的，咖啡香味的；以咖啡招待的時間的。

coffee and cake(s) (1) 咖啡配糕餅或甜點的小吃。(2) 低廉的薪資。

cof·fee-and ['kɔfɪ'ænd] 名 U《俚》咖啡配糕餅或甜點等的小吃。

'coffee ˌbar 名《英》咖啡館。

'coffee ˌbean 名 咖啡豆。

'coffee ˌberry 名 **1** 咖啡果實。**2**《俚》咖啡豆。

'coffee ˌbreak 名《美》休息時間（《英》tea break）。

cof·fee·cake ['kɔfɪˌkek] 名 U C 咖啡點心。

'coffee ˌgrinder 名 咖啡研磨機。

'coffee ˌgrounds 名（複）咖啡渣。

cof·fee·house ['kɔfɪˌhaʊs] 名（複 **-hous·**

es [-zɪz]) 1《美》咖啡館。2《英》(亦稱 coffee shop) 咖啡廳。
'coffee ˌklatch [-ˌklætʃ] 名聊天的集會。
'cof·fee ˌmak·er 名《美》煮咖啡器具。
'coffee ˌmill 名磨咖啡機。
cof·fee·pot ['kɔfɪˌpɑt] 名咖啡壺。
'coffee ˌroaster 名烘咖啡豆的器具。
'coffee ˌservice [ˌset] 名整套飲用咖啡的用具。
'coffee ˌshop 名 1《美》(飯店等附設的)小餐廳;咖啡館。2《英》咖啡廳。
'coffee ˌspoon 名咖啡匙。
'coffee ˌstall 名《英》賣咖啡、茶、點心的流動攤位。
'coffee ˌtable 名茶几。
cof·fee-table ['kɔfɪˌtebl̩] 形大本豪華版的。
'coffee-ˌtable ˌbook 名《常爲蔑·謔》(供客人觀賞,通常有很多圖片的)大而昂貴的書。
'coffee ˌtree 名〖植〗1 咖啡樹。2 北美產豆科樹的一種。
cof·fer ['kɔfɚ] 名 1(存放貴重物品的)箱,櫃。2《~s》金庫;資金。3 圍堰;〖建〗(天花板)花格鑲板。—動及 1 把…放入箱子之中。2 以藻井裝飾(天花板)。
cof·fer·dam ['kɔfɚˌdæm] 名 1 圍堰;〖土木〗潛水箱。2〖船〗堰艙。
·cof·fin ['kɔfɪn] 名柩,棺材。
—動及裝入棺中;封閉住。
cog¹ [kɑg] 名 1(齒輪的)輪齒,鑲齒:slip a ~ 做錯事,失敗。2 = cogwheel. 3《口》(大組織之中)類似齒輪之一齒的成員:a ~ in a machine 組織之中的一個小成員。**cogged** 形有輪齒的。
cog² [kɑg] 動 **(cogged, ~·ging)** 及用(假骰子)行騙。—不及《古》(在骰子遊戲中)行騙。
co·gen·cy ['kodʒənsɪ] 名U 說服力;中肯,適切。
co·gent ['kodʒənt] 形 1 有說服力的。2 中肯的,適切的。**~·ly** 副令人信服地;強有力地。
cog·i·tate ['kɑdʒəˌtet] 動不及慎思,深思《*about, over, on, upon...*》。—及思考;策劃。
cog·i·ta·tion [ˌkɑdʒə'teʃən] 名 1 U 深思熟慮,沉思;思考力,考察力。2(某種)想法;策劃。
cog·i·ta·tive ['kɑdʒəˌtetɪv] 形慎思的,深思的;有思考力的。
co·gnac ['konjæk, 'kɑn-] 名 1 U C《通常作 C-》法國干邑(Cognac)地方所產的白蘭地酒。2《俚》法國產的干邑白蘭地酒;《口》品質良好的白蘭地酒。
cog·nate ['kɑgnet] 形 1 同族的;母系親屬的。2〖語言〗同系的,同性質的,同源的;同語系的《*to, with...*》。—名 1 同源的人,母系親屬。2 同語系的語言。
'cognate 'object 名同源受詞。
cog·ni·tion [kɑg'nɪʃən] 名 1 U 認識,認識力。2 所認知的事物。
cog·ni·tive ['kɑgnətɪv] 形認知的;根據經驗所獲得的實際知識的。**~·ly** 副
cog·ni·za·ble ['kɑgnəzəbl̩, kɑg'naɪ-] 形 1 可認識的。2〖法〗在審判權限內的,可審理的。**-bly** 副

cog·ni·zance ['kɑgnəzəns] 名 U 1 認識,察知:take ~ of...《文》注意到,覺察到;〖法〗正式認可。2〖法〗法院的認知;(對對方主張的事實等的)承認。3(法院等的)管轄權。4 認識範圍,知覺的界限。
cog·ni·zant ['kɑgnəzənt] 形 1 察覺的《*of...*》;(根據直接得到的情報而)察知的。2(法院等)有管轄權的。
cog·nize ['kɑgnaɪz] 動及認識,察覺。
cog·no·men [kɑg'nomən] 名 (複 **~s, -nom·i·na** [-'nɑmənə]) 1(古代羅馬市民的)姓。2 名字;綽號。
co·gno·scen·ti [ˌkɑnjə'ʃɛntɪ] 名 (複)(單 **-te** [-tɪ])《**the** ~》(美術等的)鑑定家。
'cog ˌrailway 名設於陡坡上一種有齒輪的鐵軌(亦稱 **rack railway**)。
cog·wheel ['kɑgˌhwil] 名齒輪。
co·hab·it [ko'hæbɪt] 動不及(未婚男女)同居《*with...*》;同時成立。
co·hab·it·ant [ko'hæbətənt] 名同居者。
co·hab·i·ta·tion [ˌkohæbə'teʃən] 名 U 同居。
co·heir [ko'ɛr] 名(法定)共同繼承人。
co·here [ko'hɪr] 動不及 1 黏著;團結;〖理〗凝聚。2 前後一致,連貫。3 符合《*with...*》。
co·her·ence [ko'hɪrəns], **-en·cy** [-ənsɪ] 名 U 1 黏著(性)。2(文體、思想、理論等的)連貫性;一致,協調。
co·her·ent [ko'hɪrənt] 形 1 互相黏著的;(各部分之間)緊密地結合的《*to, with ...*》。2 前後一致的。3〖理〗相干的。**~·ly** 副
co·her·er [ko'hɪrɚ] 名〖無線〗粉末檢波器。
co·he·sion [ko'hiʒən] 名 U 1 黏合;團結,連繫。2〖理〗內聚力;〖植〗(細胞、器官的)連著。
co·he·sive [ko'hisɪv] 形 1 有黏著性的,有結合力的;〖理〗有內聚力的。2 結合的。
~·ly 副, **~·ness** 名
co·hort ['kohɔrt] 名 1(古羅馬的)步兵隊:一隊約由三百人至六百人組成。2 軍團;群。3《主美》《蔑》同伴;同謀者。
coif [kɔɪf] 名 1〖史〗戴於面紗之下緊包著頭部的頭巾。2 頭巾狀的帽子;〖甲冑〗(戴在盔下用皮、鎧甲片等做成的)防護帽子。
coif·feur [kwɑ'fɝ] 名《法語》(複 ~s [-'fɝ]) 男性髮型設計師。

coif·fure [kwɑ'fjʊr] 名(複～s [-z])髮型，整理頭髮的方法。

coign [kɔɪn] 名，動及 = quoin.

'coign of 'vantage 名有利的地位。

·coil¹ [kɔɪl] 動及捲起《*up, down*》；盤繞《*around, round...*》；捲成一圈：～ a cable *up* neatly 整齊地將電纜捲起。—不及 1（蛇等）盤成一團，捲《*up/around, round...*》。2（河川）蜿蜒。—名1 一捲，一盤，一圈；（冷暖氣機等的）螺旋狀管路，散熱器的盤管。2（鐵線等的）一捲《*of...*》。3〖電〗線圈。4〖郵〗成捲筒形發行的郵票；（通常為五百張成一捲的）一捲郵票。5 髮捲。6 = IUD.

coil² [kɔɪl] 名《古》〖詩〗騷動，混亂；麻煩，紛擾。

:coin [kɔɪn] 名1 硬幣；（硬幣狀的）圓形金屬片。2U《集合名詞》貨幣；《俚》錢：false ～ 偽幣；《比喻》贗品。3〖建〗= quoin 1. 4 有價值的東西。

pay a person (***back***) ***in the same coin*** 以其人之道還治其人之身。

the other side of the coin 事情的另一面，相反的觀點。

—動及 1 鑄造（硬幣）；將（金屬）鑄成硬幣。2 新創。

to coin a phrase 《諷》換句話說。

—形硬幣的；投幣式的。～·**er**名

·coin·age ['kɔɪnɪdʒ] 名1U 硬幣的鑄造（法、權）；硬幣制度。2U（貨幣等的）鑄造物。3U《集合名詞》硬幣。4U（新字的）創造。5C新發明；新創字。

'coin ˌbox 名（電話、自動販賣機的）投幣箱；《英》公用電話。

·co·in·cide [ˌkoɪn'saɪd] 動 **(-cid·ed, -cid·ing)** 不及 1 占同一空間；同時發生《*with...*》。2 一致，符合《*with...*》。

·co·in·ci·dence [ko'ɪnsədəns] 名U1 同時發生。2 一致，符合；巧合：～ in opinion 意見的一致 / by a curious ～ 由於奇妙的巧合。

co·in·ci·dent [ko'ɪnsdənt] 形《通常為敘述用法》《文》1 一致的，符合的；巧合的《*with...*》：a theory ～ *with* the facts 與事實吻合的理論。2 同時發生的《*with...*》。～·**ly**副

co·in·ci·den·tal [koˌɪnsə'dɛntl] 形巧合的，同時發生的《*with...*》。～·**ly**副

co·in·her·it·ance [ˌkoɪn'hɛrɪtəns] 名U 共同繼承。

co·in·sur·ance [ˌkoɪn'ʃʊrəns] 名U 共同保險。

coir [kɔɪr] 名U 椰子殼的纖維。

co·i·tion [ko'ɪʃən] 名 = coitus.

co·i·tus ['koɪtəs] 名U（尤指人類的）性交。

'coitus in·ter·'rup·tus [-ˌɪntə'rʌptəs] 名UC 間斷式交媾。

co·jon·es [ko'honəs] 名(複)睪丸；勇氣。

coke¹ [kok] 名U〖化〗焦炭，焦煤。

coke oven 煉焦爐。

—動及不及（使）成為焦炭。

coke² [kok] 名《俚》= cocaine.

Coke [kok] 名《偶作 c-》〖商標名〗可口可樂。

co·ker·nut ['kokəˌnʌt] 名《英》= coconut.

col [kɑl] 名(複～s [-z]) 1〖地文〗山坳，峽。2〖氣象〗鞍狀等壓線，氣壓谷。

Col. 《縮寫》*Co*lombia; *Co*lonel; *Co*lorado; *Co*lossians.

col. 《縮寫》*col*lected; *col*lector; *col*lege; *col*onial; *col*ony; *col*or(ed); *col*umn.

co·la¹ ['kolə] 名 = kola.

co·la² ['kolə] 名UC可樂：以可樂樹製成的一種甘甜清涼飲料。

co·la³ ['kolə]名1 **colon**¹ 2 的複數。2 **colon**² 的複數之一。

col·an·der ['kʌləndə, 'kʌ-] 名（烹調用的）濾器。

col·chi·cum ['kɑltʃɪkəm] 名1〖植〗秋水仙（百合科）；其種子。2U 用秋水仙種子或球莖製成的一種藥。

:cold [kold] 形(～·**er**, ～·**est**) 1 寒冷的；凍的；感覺寒冷的：a ～ bath 冷水澡 / a ～ fit 一陣寒意 / feel ～ 感覺寒冷。2 死的；《口》失去知覺的。3 冷漠的，無情的；冷淡的；冷靜的，沉著的：～ indifference 漠不關心。4 無趣的；令人沮喪的：～news 令人心涼的消息；過時的新聞。5（女性）性冷感的。6 任由…擺布。7（動物遺留的體臭）輕微的。8（在猜謎遊戲中）沒有猜中的；（隱藏物）找不到的。9 冷色的；（色調）冷的。10 激昂的，難以抑制的：in a ～ fury 暴怒地。

cold comfort 不值得高興的事。

get a person ***cold*** 任意擺布某人。

get cold feet ⇨ COLD FEET

leave a person ***cold*** 使不感興趣。

throw cold water on 潑冷水。

—名 1U《常作 **the** ～》寒冷；寒意；嚴寒。2U 零度以下的寒冷。3 傷風，感冒。4 冷淡。

come in from the cold 脫離被冷落的狀態。

(*left*) ***out in the cold*** 被冷落。

—副1《美俚》完全地。2 即興地。3 唐突地。

cold-blood·ed ['kold'blʌdɪd] 形 1 冷血的。2 無情的，殘忍的；冷靜的。3 對冷很敏感的。～·**ly**副，～·**ness**名

'cold ˌcream 名U 冷霜。

'cold ˌcuts 名(複)各種煮熟的冷肉片及乾酪的拼盤。

'cold 'feet 名(複)《口》害怕，膽怯：get ～ 畏縮不前。

'cold 'fish 名《俚》沒有情感的人，無情的人。

'cold ˌfront 名〖氣象〗冷鋒，鋒面。

cold-heart·ed ['kold'hɑrtɪd] 形 無同情心的；不關心的。～·**ly**副，～·**ness**名

cold·ish ['koldɪʃ] 形 微冷的，略寒的。
'cold 'light 名 U 寒光，冷光。
cold-liv·ered ['kold'lɪvɚd] 形 冷淡的，冷靜的，不動肝火的。
cold·ly ['koldlɪ] 副 寒冷地；冰冷地；冷淡地。
'cold ˌmeat 名 U 1 冷的熟肉。2《俚》屍體。
cold·ness ['koldnɪs] 名 U 寒冷；冷淡。
'cold ˌpack 名（用於消腫等）冰涼的溼毛巾；一種低溫裝罐法。
cold-pack ['kold,pæk] 動 及 敷以冰涼的溼毛巾；用低溫裝罐法處理。
'cold ˌroom 名 冷藏室，冷凍庫。
'cold 'rubber 名 U 低溫橡膠。
'cold 'shoulder 名《the ～》《口》輕視，冷淡的對待：give *the* ～ to a person 以不友善的態度對待某人，冷落某人。
cold-shoul·der ['kold'ʃoldɚ] 動 及《口》冷淡地對待。
'cold ˌsnap 名 驟冷，寒流來襲。
'cold ˌsore 名〖病〗唇疱疹。
'cold 'steel 名 U 鋼製的武器。
'cold 'storage 名 U 1 冷藏。2 延緩，暫時擱置：put...into ～ 將…延緩。
'cold ˌstore 名 冷藏庫。
'cold 'sweat 名 冷汗。
'cold 'turkey 名《美俚》（治療中）突然完全斷絕供應毒品給吸毒者；尤指此時戒毒者所出現的戒斷症狀。—副《美俚》即刻地；全面地，斷然地。
'cold 'war 名 1 U C 冷戰。2《the C-W-》（二次大戰後）美蘇間的冷戰。
'cold 'warrior 名 支持冷戰的人。
'cold 'water 名 U《口》澆冷水：throw ～ on... 對…澆冷水。
cold-wa·ter ['kold,wɔtɚ] 形 1（塗料等）須加水的。2 沒有供應熱水設備的。
'cold ˌwave 名 1〖氣象〗寒潮，寒流。2（燙髮）冷燙。
cole [kol] 名〖植〗蕓薹屬植物的通稱；油菜。
co·le·op·ter·an [ˌkolɪ'ɑptərən]〖昆〗形 甲蟲類的（亦稱 **coleopterous**）。—名 甲蟲。
Cole·ridge ['kolrɪdʒ] 名 **Samuel Taylor,** 柯立芝（1772−1834）：英國詩人。
cole·seed ['kol,sid] 名 U C 油菜籽；U 油菜。
cole·slaw ['kol,slɔ] 名 U（生切絲涼拌的）甘藍菜沙拉。
cole·wort ['kol,wɝt] 名 = cole.
col·ic ['kɑlɪk] 名 U〖病〗絞痛，急性腹痛。—形 結腸的。
col·icky ['kɑlɪkɪ] 形 引起腹痛的。
col·i·se·um [ˌkɑlə'siəm] 名 1《美》圓形大競技場；大劇場。2《the C-》= Colosseum 1.
co·li·tis [ko'laɪtɪs] 名 U〖病〗結腸炎。
coll.《縮寫》*coll*ect(ion); *coll*ector; *coll*ege; *coll*oquial.
col·lab·o·rate [kə'læbə,ret] 動 不及 1 合作《*with...*》；共同做（工作）《*in..., in* do*ing*》；合著（作品）《*on...*》：～ *with* a person *on* a book [*in* writ*ing*] 與人合撰一本書。2 通敵《*with...*》。
col·lab·o·ra·tion [kə,læbə'reʃən] 名 1 U 合作，協力；通敵：in ～ with 與…共同合作 / with ～ from... 在…的協助下。2 共同研究的成果，合著的作品。
～·**ist** 名《蔑》通敵者，賣國賊。
col·lab·o·ra·tive [kə'læbə,retɪv] 形 合作的，協力的。
col·lab·o·ra·tor [kə'læbə,retɚ] 名 合作者，合著者；通敵者，賣國賊。
col·lage [kə'lɑʒ] 名（複～s [-ɪz]）〖美〗1 U 美術拼貼。2 拼貼畫。—動 及 以美術拼貼方式構成。
col·la·gen ['kɑlədʒən] 名 U〖生化〗膠原蛋白。
·**col·lapse** [kə'læps] 動（-lapsed, -laps·ing）不及 1 倒塌，崩潰；昏倒。2 可摺疊。3 失敗；暴跌；消失；突然衰退，頹喪。4〖病〗陷入虛脫狀態。—及 1 使倒塌，使崩潰；使失敗，使破滅。2 摺起。—名 1 U 崩潰；倒塌；失敗。2 U 瓦解；消失。3 U C 急劇的衰弱。4 U C〖病〗虛脫（狀態）。
col·laps·i·ble [kə'læpsəbl] 形 可摺疊的。
:**col·lar** ['kɑlɚ] 名 1 衣領，襟：turn up one's ～ 將衣領翻起。2（婦女的）項飾；（表示騎士之階級的）項飾徽章；（作勳章用的）頸章。3（狗等的）項圈；（馬等拉車時所用的）軛套。4〖動〗色環，色圈。5 柱環，繫樑。6《口》逮捕。
fill one's collar《口》盡職。
hot under the collar《俚》氣憤的；激動的；煩亂的。
in collar (1) 套上項圈。(2)《口》有工作。
in the collar 受著束縛。
keep a person up to the collar《口》當做牛馬使喚。
out of collar《口》失業。
slip the collar (1) 除下項圈。(2) 逃避束縛。
wear a person's collar《口》服從某人的命令。
—動 及 1 加衣領；給（狗）加上項圈。2 扭住衣領；《口》抓住（小偷）。3 硬留住（人）談話。4《口》拿走。5〖美足·橄欖球〗抱住並絆倒（持球的對方球員）。6〖烹飪〗做肉捲。
col·lar·bone ['kɑlɚ,bon] 名 鎖骨。
'collar ˌbutton 名《美》領扣。
'collar ˌstud 名《英》= collar button.
col·late [kə'let, 'kɑlet] 動 及 1 與（原文等）對照《*with...*》。2 核對（資料）。3〖裝訂〗檢查…的排列順序；按序排好；〖版本〗檢查頁次。
col·lat·er·al [kə'lætərəl] 形 1 在側面

的；並列的《 *to...* 》，平行的。2〖植〗並生的；〖解〗側突。3 補足的；附屬的《 *with...* 》；次要的《 *to...* 》: ～ *to* one's primary goal 附屬於主要目的的。4 擔保的。5 旁系親屬的。—名 1 擔保物；抵押品。2 旁系親屬。3 附帶事項。～·ly 副

C

col'lateral 'damage 名 Ⓤ 間接傷害；平民的傷亡。

col·la·tion [kəˈleʃən, kɑˈleʃən] 名 1 Ⓤ 校對；(是否缺頁的) 檢查。2 Ⓤ 神職的任命。3 (齋戒日晚上被許可的) 便餐；《文》便餐，簡餐。

col·la·tor [kəˈletɚ, kɑ-] 名 對照者，校對者；(裝訂) 核對頁碼的人。

·col·league [ˈkɑlig] 名 同事；同僚。

:col·lect¹ [kəˈlɛkt] 動 及 1 集合；聚集；蒐集：essays ～*ed* under the title of... 以…爲題而收集到的文章。2 收 (稅金、款等)；募集 (捐款)。3 使 (自制力) 恢復，《反身》使鎮靜；使 (思想) 集中；鼓起。4《口》接；拿來。—不及 1 聚集，集合。2 (雨水等) 集中。3 (水分) 凝聚。4 收帳《 *on...* 》；募捐《 *for...* 》。5 採集。

—形 副《美》(電話等) 由接收人付款的 [地]。

col·lect² [ˈkɑlɛkt] 名〖教會〗宗教儀式中在念書簡前所作的短祈禱文，某些特定日子所念的祈禱文。

col·lec·ta·ne·a [ˌkɑlɛkˈtenɪə] 名 (複) 各名家文選；選集。

col'lect ˌcall 名 受話人付費的電話。

col·lect·ed [kəˈlɛktɪd] 形 1 鎮靜的。2 積聚的：the ～ edition (作家的) 全集。

col·lect·i·ble [kəˈlɛktəbl] 形 可聚集的；可收集 [蒐集] 的。—名《 通常作～s 》(因嗜好而) 蒐集的物品 (亦作 **collectable**)。

:col·lec·tion [kəˈlɛkʃən] 名 1 Ⓤ Ⓒ 收集，採集；集合；(稅等的) 徵收。2 收藏物，收集物。3 服飾設計師的新作發表會；其所有作品。4 募款；募捐：make a ～ 募款，募捐。

·col·lec·tive [kəˈlɛktɪv] 形 1 收集的；集中的；積聚的：a ～ edition of Shakespeare's works 莎士比亞全集。2 總體的；共同的。3〖植〗聚花果的。4 集體主義的；集體經營的。5〖文法〗集合的。—名 1 = collective noun. 2 集團，共同體。～·ly 副 集合地；集中地。

col'lective a'greement 名 (勞資雙方的) 全體協議。

col'lective 'bargaining 名 Ⓤ (勞資雙方對工時、工資等所作的) 集體談判。

col'lective 'farm 名 (俄國的) 集體農場。

col'lective 'noun 名〖文法〗集合名詞。

col'lective se'curity 名 Ⓤ 集體安全保障。

col'lective un'conscious 名 Ⓤ〖心〗集體無意識。

col·lec·tiv·ism [kəˈlɛktɪˌvɪzəm] 名 Ⓤ 1 集體主義。2 集體行動的傾向。-**ist** 形，名

col·lec·tiv·i·ty [ˌkɑlɛkˈtɪvətɪ] 名 (複 **-ties**) 1 Ⓤ 集合性，集團性；Ⓒ 集合體。2 Ⓤ《集合名詞》全體國民。

col·lec·ti·vize [kəˈlɛktɪˌvaɪz] 動 及 將 (產業等) 集體化。

col'lect on de'livery 名〖商〗貨到收款 (略作：COD)。

col·lec·tor [kəˈlɛktɚ] 名 1 收集者[物，機器]，收帳員；收稅員。2 收藏家；採集者，收集者：a ～ of coins 硬幣收藏家。3〖電〗集流器；集電器。

col·leen [kəˈlin, ˈkɑlin] 名 1《愛》少女，女孩。2《美》愛爾蘭女孩。

:col·lege [ˈkɑlɪdʒ] 名 (複 **-leg·es** [-ɪz]) 1 Ⓤ Ⓒ《常無冠詞·用單數》《主美》大學，學院。2 Ⓤ Ⓒ《美》(綜合大學的) 學院：the *C-* of Agriculture 農學院。3《美》獨立學院；研究所。4 專科學校；各行業的專修學校：a business ～ 商業學校 / a barber ～ 理髮學校。5 (大學、專校等的) 全體教職員及學生。6《英·加》私立中學。7《英》推廣教育學校。8 (具有一定權限、資格和特殊目的的) 協會，學會：the Royal *C-* of Physicians 英國醫師學會。

—形 = collegiate.

'college ˌboards 名 (複)《美》大學入學資格考試。

'college ˌpudding 名 Ⓤ Ⓒ《英》(一人一份的) 乾果小布丁。

col·leg·er [ˈkɑlɪdʒɚ] 名 1 英國 Eton College 受校方資助的學生。2 大學生。

col·le·gian [kəˈlidʒən, -dʒɪən] 名 1 大學生；畢業生。2 團體的成員。

col·le·gi·ate [kəˈlidʒɪɪt, -dʒɪt] 形 1 大學的；大學生用的：a ～ dictionary 適於大學生用的字典。2 像大學生的，大學組織的。

col'legiate 'church 名 1 由 dean 管理的教會；《美》由一個長老會所管理的教會 (群)。2《口》大學附設的禮拜堂。3 協同教會。

col·le·gi·um [kəˈlidʒɪəm] 名 神職人員團體。

col·lide [kəˈlaɪd] 動 不及 1 碰撞，相撞《 *with, against...* 》。2 (意見、利害等) 衝突《 *with...* 》；抵觸《 *on...* 》。—及〖理〗使碰撞。

col·lie [ˈkɑlɪ] 名 蘇格蘭長毛牧羊犬。

col·lier [ˈkɑljɚ] 名《主英》運煤船；煤礦工人。

col·lier·y [ˈkɑljərɪ] 名《英》煤礦場。

col·li·mate [ˈkɑləˌmet] 動 及 1 使成一直線；使 (光線) 平行。2 使 (望遠鏡等) 對準。-**ma·tor** 名〖光〗準直儀；〖天〗視準儀。

col·li·sion [kəˈlɪʒən] 名 Ⓤ Ⓒ 1 猛烈的碰

撞《 *with, against, between...* 》。**2** 衝突，抵觸：be in ～ with... 與…抵觸。

col·lo·cate ['kɑlo,ket] 動及 **1** 將…安置在一起。**2**（按順序）配列，配置：～ books on a shelf 將書在書架上整理好。—不及（詞）組合，搭配《 *with...* 》。

col·lo·ca·tion [,kɑlo'keʃən] 名 U C **1** 配置，並列。**2**〖文法〗（詞）組合，搭配。

col·lo·di·on [kə'lodɪən] 名 U〖化〗火棉膠。

col·loid ['kɑlɔɪd] 名 **1** U〖理化〗膠體，膠質。**2**〖醫〗（由某種病引起的）膠質；膠狀質。—形 = colloidal.

col·loi·dal [kə'lɔɪdl] 形〖理化〗膠體的，膠狀的。

col·lop ['kɑləp] 名《英方》**1** 小肉片，小肉塊；小片。**2** 皮膚的皺摺。

colloq.《縮寫》*colloq*uialism; *colloq*uial(ly).

col·lo·qui·al [kə'lokwɪəl] 形 口語的；非正式的。～**·ly** 副

col·lo·qui·al·ism [kə'lokwɪə,lɪzəm] 名 口語化的表達；俗語的說法；U 口語體[法]，白話。

col·lo·qui·um [kə'lokwɪəm] 名 (複～s, **-qui·a** [-kwɪə]) 專家座談會，研討會。

col·lo·quy ['kɑləkwɪ] 名 (複**-quies**) U C **1**《文》談話；對話體的文章。**2** 會談：be in ～ 在會談。**3**（基督教新教中改革教派的）教會法庭。**-quist** 名 談話人。

col·lo·type ['kɑlə,taɪp] 名 U（攝影、印刷）珂羅版；U 珂羅版印刷品。

col·lude [kə'lud] 動不及 勾結；勾串，共謀《 *with...* 》。

col·lu·sion [kə'luʒən] 名 U 勾結，共謀：in ～ with 與…勾結。

col·lu·sive [kə'lusɪv] 形 共謀的，勾結的。～**·ly** 副

col·ly·wob·bles ['kɑlɪ,wɑblz] 名 (複)《 **the**～》《作單、複數》《口·方》腹鳴，腹痛。

Colo.《縮寫》*Colo*rado.

co·logne [kə'lon] 名 U《偶作 **C-**》古龍水，淡香水。

Co·lom·bi·a [kə'lʌmbɪə] 名 哥倫比亞（共和國）：位於南美洲西北部；首都波哥大（Bogotá）。

-bi·an 形 名 哥倫比亞的[人]。

Co·lom·bo [kə'lʌmbo, -'lɑmbo] 名 可倫坡：斯里蘭卡（Sri Lanka）的首都。

co·lon[1] ['kolən] 名 (複～s)（標點符號的）冒號。

co·lon[2] ['kolən] 名 (複～s, **-la** [-lə])〖解〗結腸。**-lon·ic** [-'lɑnɪk] 形

co·lon[3] [ko'lon] 名 (複～s, **-lo·nes** [-nes]) 可隆：**1** 哥斯大黎加共和國的貨幣單位。**2** 薩爾瓦多共和國的貨幣單位。

colo·nel ['kɝnl] 名〖軍〗（陸軍、空軍及陸戰隊的）上校。

Colonel 'Blimp 名《蔑》老頑固。

colo·nel·cy ['kɝnlsɪ] 名 U colonel 的地位、職務、權限。

·**co·lo·ni·al** [kə'lonɪəl] 形 **1** 殖民地（風格）的。**2**《常作 **C-**》（美國獨立前的）英屬十三州殖民地（時代）的；〖建·家具〗《美》殖民地式的；（建築、裝飾、家具）英屬殖民地時代的。**3**〖生態〗群體的。—名 殖民地居民。～**·ly** 副

co·lo·ni·al·ism [kə'lonɪə,lɪzəm] 名 U 殖民主義，殖民政策；殖民地特徵或風格。

co·lo·ni·al·ist [kə'lonɪəlɪst] 名 殖民主義者。—形 殖民主義的，殖民主義者的。

·**col·o·nist** ['kɑlənɪst] 名 **1** 殖民地居民。**2** 海外移民者；開發殖民地者。**3**《美》為了投票而暫時移住他處者。

col·o·ni·za·tion [,kɑlənə'zeʃən] 名 U 殖民；殖民地化；開拓殖民地。

col·o·nize ['kɑlə,naɪz] 動及 **1** 使成為殖民地；使定居於殖民地。**2** 移植。**3** 隔離做集體治療。—不及 建殖民地；拓殖；在殖民地定居；成為開拓者。**-niz·er** 名

col·on·nade [,kɑlə'ned] 名 **1**〖建〗柱廊。**2** 成列的樹。**-nad·ed** 形

:**col·o·ny** ['kɑlənɪ] 名 (複**-nies**) **1**《集合名詞》殖民團，移民團。**2** 殖民地；移居地；《 **the Colonies** 》美國獨立時的東部十三州。**3** 屬領地；屬地居民。**4** 外僑；外僑居住地。**5**（住在特定地區的）同行夥伴：an artists' ～ 藝術家聚居地。**6**（特殊病患的）隔離區。**7**〖生態〗（同種生物的）聚落；群體；菌叢，菌集落。

col·o·phon ['kɑlə,fɑn, -fən] 名 **1** 底頁：記載作者、發行者及出版日期、地點等。**2** 出版社的社章（標記）。

:**col·or** ['kʌlɚ] 名 **1** U C 色，色彩；U〖畫〗顏色：the delicate ～*s* of the picture 那幅畫優雅的色調。**2** U《或作 **a** ～》臉色，血色；晒黑的臉色；泛紅的臉色：change ～ 臉色變得蒼白；（因難為情而）臉紅。**3** U（有色人種的）膚色；《集合名詞》有色人種，黑人。**4**《通常作～**s** 》顏料；染料；U《喻》著色，色調：oil ～(*s*) 油畫的顏料 / lay on ～(*s*) 著色 / paint in bright ～*s* 描述得很光明；只看到好的一面。**5** U 外貌；外表；似真實的事；藉口：an old idea in a new ～ 看似新潮的老觀念 / give ～ to a story 使故事像真的一樣。**6** U（文學作品等的）色彩；風格；地方色彩，特色：a novel with much local ～ 地方色彩很濃厚的小說。**7**《 ～**s** 》（表示象徵的）顏色；（作為學校、團隊等標誌的）某種顏色的徽章：get one's ～*s*《英》當選為（運動）正式隊員 / give a person his ～*s*《英》選某人為選手 / change one's ～*s* 變節 / desert the ～*s* 脫黨。**8**《通常作 ～**s** 》立場；觀點；特質；真面目：show one's (true) ～*s* 露出真面目，表明立場 / stick to one's ～*s* 堅持自己的觀點。**9**《通常作～**s** 》國旗；軍旗；船舶旗幟；升國旗的儀式：the King's [the Queen's] ～ 英國國旗 / salute the

C

～*s* 向軍旗[國旗等]敬禮 / join the ～*s* 從軍。**10**〖紋〗徽章之色彩。**11**〖樂〗音色，音質；《美》（運動競賽的）生動有趣的報導。

come off with flying colors 高奏凱歌；大爲成功。

hang out false colors （船）掛他國國旗以僞裝國籍；戴假面具。

lay on the colors (too) thickly 以顏料雜亂地塗鴉；《喻》誇大地敘述。

lower one's colors 將旗幟收起；退讓。

nail one's colors to the mast 高豎旗幟；宣布永不改變的決心。

off color (1) 會褪色的。(2) 沒有精神的，身體不適的。(3) 有偏差的。(4)《美俚》值得懷疑的；低級趣味的。

pass (a test) with flying colors 以極優秀的成績通過（考試等）。

sail under false colors （船）冒掛他國國旗航行；《喻》打著假招牌騙人。

see the color of a person's money 接受某人的付款；看看某人是否準備付錢。

一動及 **1** 在…之上著色；上色；染色（*in...*）；使（臉、頰等）泛紅。**2** 渲染；歪曲。**3** 使具有某種特色。一不及 **1** 呈成熟的顏色；變色。**2** 臉紅。

col·or·a·ble ['kʌlərəbl] 形 **1** 可著色的，可上色彩的。**2** 似是而非的；虛假的。**-bly** 副 表面地，好像真的似地。

Col·o·rad·o [,kalə'rædo, -'rado] 名 科羅拉多州：美國西部州名；首府丹佛（Denver）。略作：Col.,Colo.

Colo'rado po'tato ,beetle 名〖昆〗甲蟲的一種。

col·or·ant ['kʌlərənt] 名 顏料，染料。

col·or·a·tion [,kʌlə'reʃən] 名 U **1** 著色（法），染色（法）。**2** 色調；色澤；（生物的）天然色。**3**（聲音的）音色。

col·o·ra·tu·ra [,kʌlərə'tjurə] 名〖樂〗**1** U 花腔。**2** 花腔女高音（歌手）。

'color ,bar 名 = color line.

col·or·bear·er ['kʌlə,bɛrə] 名（軍中的）掌旗手。

col·or-blind ['kʌlə,blaɪnd] 形 **1** 色盲的。**2** 無種族歧視的。

'color ,blindness 名 U **1** 色盲。**2** 無種族歧視。

col·or·cast ['kʌlə,kæst] 名 彩色電視播放。一動 (**-cast,** ～**·ing**) 及 不及 以彩色電視節目播放。

col·or-code ['kʌlə,kod] 動 及（爲了區分而）將（電線等）塗色標。

col·ored ['kʌləd] 形 **1** 有色的，著色的。**2**《常作 **C-**》《集合名詞》有色人種的，和有色人種混血的；黑人（種）的。**3** 似是而非的，表面的；冒充的；誇張的：highly ～ account of one's achievement 對自己的成就有非常誇張的敘述。**4**〖植〗帶有（綠色以外的）色彩的。**5**《複合詞》…色的。一名《常作 **C-**》《美》黑人（人種）；《南非》黑人與白人之混血人種。

'colored 'stone 名〖寶石〗（鑽石以外的）天然寶石。

col·or·er ['kʌlərə] 名 著色者。

col·or·fast ['kʌlə,fæst] 形 不褪色的。～**·ness** 名

col·or-field ['kʌlə,fild] 形（繪畫）強調色彩的。

'color ,film 名 C U 彩色軟片，彩色影片。

·col·or·ful ['kʌləfəl] 形 **1** 色彩豐富的。**2** 多采多姿的；如畫般美麗的；生動的。～**·ly** 副，～**·ness** 名

'color ,guard 名（部隊的）護旗隊。

col·or·if·ic [,kʌlə'rɪfɪk] 形 **1** 色彩的；產生顏色的。**2** 色彩鮮豔的。

col·or·ing ['kʌlərɪŋ] 名 U **1** 著色（法）。**2** 色調；色彩；臉色；（生物、環境等的）天然色；（作品等的）格調；音色，音質：give ～ to... 給…塗上色彩。**3** 似是而非；誇張：a tale told with a ～ of bravado 講述時被加以虛誇的故事。**4** 色彩；染料；化妝品；顏料。

'coloring ,book 名 著色畫冊。

col·or·ist ['kʌlərɪst] 名 **1** 善用色彩的人[畫家]。**2** 著色者。

col·or-key ['kʌlə,ki] 動 及 = color-code.

col·or·less ['kʌləlɪs] 形 **1** 無色的。**2** 蒼白的；色彩暗淡的；不生動的；無特色的：a ～ sky 陰沉沉的天空。**3** 無偏見的；中立的：a ～ opinion 公正的意見。
～**·ly** 副，～**·ness** 名

'color ,line 名（社會、政治上白人與有色人種（尤指黑人）之間的）種族差別界限。

'color ,phase 名（動物依季節或年齡不同而產生的）毛皮變色；表現毛皮變色的動物。

'color 'photo 名 彩色照片。

'color pho,tography 名 U 彩色攝影（術），彩色照相。

'color ,print 名 彩色印刷物。

'color ,printing 名 U 彩色印刷。

'color ,scheme 名 色彩設計。

'color ,television 名 U 彩色電視；C 彩色電視機。

Co·los·sae [kə'lasi] 名 哥羅西：小亞細亞古國 Phrygia 西南部的古城市。

·co·los·sal [kə'lasl] 形 **1** 巨大的。**2** 巨大雕像的。**3**《口》（大得）駭人聽聞的：a ～ liar 慣說大謊言的人。

co·los·sal·ly [kə'lasəlɪ] 副 **1** 龐大地。**2**《口》非常地。

Col·os·se·um [,kalə'siəm] 名 **1**《the ～》（完成於西元 80 年的）羅馬圓形競技場。**2**《c-》= coliseum 1.

Co·los·sians [kə'laʃənz] 名(複)《the ～》《作單數》〖聖〗哥羅西書。

co·los·sus [kə'lasəs] 名（複 **-si** [-saɪ]，～**·es**）**1** 巨大的雕像。**2**《the C-》土耳其

西南 Rhodes 港邊所建的 Apollo 神青銅像，約 36 公尺高。3 巨大的人[物]；偉人；巨人國。

:col·our ['kʌlɚ] 名，動《英》= color.

col·por·teur ['kal,portɚ] 名(複～s [-z]) 1 販賣宗教書籍的流動商人。2 受僱分送聖經、宗教性小冊子等的人。

Colt [kolt] 名〖商標名〗柯爾特式自動手槍。

colt [kolt] 名 1（公的）幼馬。2 初學者。3《口》無經驗的年輕人。

col·ter ['koltɚ] 名犁刀。

colt·ish ['koltɪʃ] 形沒有紀律的；頑皮的；（像）小馬的。

colts·foot ['kolts,fut] 名 (複～s [-s])〖植〗款冬。

col·um·bar·i·um [,kaləm'bɛrɪəm] 名 (複**-ri·a** [-rɪə]) 1 放死者骨灰的地下墓室；安置骨灰甕的壁龕。2 鴿舍。

col·um·bar·y ['kaləm,bɛrɪ] 名鴿舍。

Co·lum·bi·a [kə'lʌmbɪə] 名哥倫比亞：1《the ～》美國西北部河名。2 美國 South Carolina 州的首府。3《文》美利堅合眾國。

Co·lum·bi·an [kə'lʌmbɪən] 形《文》美洲大陸的；美國的。

col·um·bine[1] ['kaləm,baɪn] 名〖植〗耬斗菜；毛茛科。

col·um·bine[2] ['kaləm,baɪn] 形 1（像）鴿子的。2 鴿子色的，淡灰色的。

co·lum·bi·um [kə'lʌmbɪəm] 名 U〖化〗鈳。符號：Cb

Co·lum·bus [kə'lʌmbəs] 名 1 **Christopher,** 哥倫布（1451－1506）：生於義大利的航海家；於 1492 年發現美洲新大陸。2 哥倫布市：美國 Ohio 州的首府。

Co'lumbus ,Day 名《美》哥倫布發現美洲紀念日（十月的第二個星期一）。

:col·umn ['kaləm] 名 1〖建〗柱，支柱；圓柱。2 柱狀物；（火等的）柱：a bright ～ of moonlight 一道明亮的月光光柱。3（報紙、書籍等各頁中的）直欄；定期特約專欄，專欄文章。4〖印〗行，段；（人名等的）縱表；（數字的）縱行，列。5（軍隊、艦隊、飛機等的）縱隊。

co·lum·nar [kə'lʌmnɚ] 形 1 圓柱形的。2（亦稱 **columnal**）（報紙等）分欄的；（人名等）縱行排列的。

co·lum·ni·a·tion [kə,lʌmnɪ'eʃən] 名 U〖建〗圓柱式；柱形結構。

col·umn·ist ['kaləmɪst, -mnɪst] 名 專欄作家。

col·za ['kalzə] 名油菜 = rape[2].

com-《字首》表示「共同」、「完全」之意。

com.《縮寫》*com*edy; *com*merce; *com*mittee; *com*mon(ly).

Com.《縮寫》*Com*mander; *com*mission(er); *Com*modore.

co·ma[1] ['komə] 名(複～s [-z]) 昏迷：fall into a ～ 進入昏迷狀態 / come out of a ～ 從昏迷狀態中醒來。

co·ma[2] ['komə] 名(複**-mae** [-mi]) 1〖天〗彗髮：彗星周圍的星雲狀光芒。2〖光〗彗星像差。3〖植〗種髮，種芒。

Co·man·che [ko'mæntʃi] 名(複～**s,**《集合名詞》～)（北美印第安人的）柯曼奇族（人）；U柯曼奇語。

com·a·tose ['kamə,tos, 'komə-] 形昏睡狀態的；怠惰的。

:comb [kom] 名 1 梳子：pass [dash, run] a ～ through one's hair 梳頭。2（鐵齒的）馬梳。3 梳狀物（如活頁的夾訂部分等）；梳機。4 雞冠；冠狀物（波峰、山脊等）。5 蜂巢；蜂巢狀的小室叢。

go through ... with a fine comb 仔細地調查…。

—動及 1 梳理《*out*》；裝飾（頭髮）；以馬梳梳理。2 梳（羊毛等）；梳除；汰除《*out...*》。3《口》徹底地搜索《*for...*》。—不及 翻起浪花。

comb out... (1) ⇨ 動及 1, 2. (2)（由書本等之中）查出，搜出。(3) 淘汰（企業、公家機關等的多餘的人）。

·com·bat ['kambæt, kəm'bæt] 動(～**·ed,** ～**·ing** 或《英尤作》～**·ted,** ～**·ting**) 及與…搏鬥；對…極力反對：～ a tendency 極力反對某風潮。—不及 爭鬥《*with, against...*》；（為…而）戰鬥《*for...*》。—['kambæt] 名 U C 1 格鬥，鬥爭，戰鬥；爭奪；論戰。2〖軍〗（與醫療等勤務相對的）戰鬥。

com·bat·ant ['kambətənt, 'kʌm-] 名 格鬥者；戰鬥部隊。—形 1 戰鬥的；面臨實戰的。2 好鬥的。

'combat fa,tigue 名 = battle fatigue.

com·bat·ive [kəm'bætɪv, 'kambətɪv] 形 好鬥的，好戰的，鬥志旺盛的。～**·ly** 副，～**·ness** 名

combe [kum] 名《英》狹窄的山谷。

comb·er ['komɚ] 名 1（棉、羊毛等的）梳毛人；精梳機。2 捲浪。

·com·bi·na·tion [,kambə'neʃən] 名 1 U C 結合；聯合：in ～ with... 與…結合。2 組合體：a ～ of words 單字的組合。3 聯合團體；團結。4 團隊精神，聯合運動。5 密碼鎖；其數字或文字的組合。6《～s》《英》衫褲相連的內衣（《美》union suit）。7〖數〗組合；U〖化〗化合（物）；〖結晶〗聚形。

combi'nation ,lock 名 密碼鎖。

:com·bine [kəm'baɪn] 動(**-bined, -bin·ing**) 及 1 使結合；使聯合《*with...*》；〖化〗使化合。2 兼備（各種性質等）。

—不及 1 結合《*with...*》；結合而成為…《*in, into...*》。2（為對付共同的敵人而）聯合《*against...*》；重疊發生。3（以聯合收割機）收割。4〖化〗化合《*together, with...*》。

—['kambaɪn, kəm'baɪn] 名 1《美口》（為了

增進政治、商業利益的）企業聯營組織；（不法、不正當的）黨派。**2** 聯合收割機。**3**（繪畫或拼貼畫等）組合藝術作品。

com·bined [kəm'baɪnd] 形 **1** 結合的，聯合的，化合的。**2**《置於名詞之後》總和的：outsell all other brands ～ 銷售量超過其他牌子的總和。

comb·ings ['komɪŋz] 名(複) 梳刷下來的毛髮。

com'bining ˌform 名〖文法〗複合形，連結形。

com·bo ['kɑmbo] 名(複～s [-z]) **1** 小型爵士樂隊。**2**《澳俚》與土著女子同居或娶土著女子爲妻的白人。

comb-out ['komˌaut] 名 **1** 髮型的梳理。**2** 全面招募；全面掃蕩；徹底整頓；裁汰。

com·bus·ti·bil·i·ty [kəmˌbʌstə'bɪlɪtɪ] 名 U 可燃性，易燃性。

com·bus·ti·ble [kəm'bʌstəbl] 形 **1** 可燃的，易燃的。**2** 易激動的。—名《通常作～s》可燃物，可燃性物質。～**·ness** 名，**-bly** 副

com·bus·tion [kəm'bʌstʃən] 名 U **1** 燃燒。**2**〖化〗燃燒：an incomplete ～ 不完全燃燒。**3** 極度激動；騷動：intense ～ deep in his soul 他內心深處的強烈激動。

com·bus·tive [kəm'bʌstɪv] 形 燃燒的；燃燒性的。

comdg.《縮寫》*commanding.*

Comdr., comdr.《縮寫》*Commander.*

Comdt., comdt.《縮寫》*Commandant.*

:come [kʌm] 動 **(came, come, com·ing)** 不及 **1** ⑴ 來，過來：～ into the room 到房間裡來。⑵（朝向對方所在的地方、對方預定去的地方）去，前往《*to...*》。**2**（爲了做…而）來。**3** 到達，抵達。**4** 來臨；輪到；（按序）移向…《*to...*》。**5**《to ～ 的句型，置於名詞後》將來會來，以後會來：books *to* ～ 近期將出版的書 / in the years *to* ～ 今後。**6**（物）到達；到達…的年齡；達到…的金額《*to...*》：～ *to* school age 達到就學年齡。**7**（依遺囑等而）到…之手《*to, into...*》。**8**《命令》《表示催促、警告、憤怒、責備、不耐煩等》喂，噯；算了吧！得啦！**9**（亦作 **cum**）《粗》到達性高潮；（聽音樂等）極度地激動。**10**《口·稍古》《用假設語氣現在式》到…的時候。**11**《通常作～ **and go** 的句型》來來去去，忽隱忽現。**12**（以…的形態）銷售《*in...*》；（以…的價格）到手《*at...*》。**13**（災難等）發生，降臨《*to...*》。**14**（想法）浮上（心頭）《*to, into...*》。**15** 產生…結果，得到《*from, of...*》。**16**《現在式》出身於…；爲…的產物《*from, of...*》：～ *of* the middle class 中產階級出身。**17** 出生；做成；（奶油等）變硬。**18** 發芽。**19** 終於：～ to realize it 終於了解它。**20** 變成…的樣子：～ alive 變得生動活潑，活躍起來。**21** 成爲（某種狀態），達到；變成《*into, to...*》：～ *into* effect 發生效力 / ～ *into* use 變得有用 / ～ *to* an agreement with... 與…達成協議 / ～ *to* the conclusion that... 得到…的結論 / ～ *to* an end 結束 / ～ *to* life（人、公司等）變得有活力 / ～ *to* nothing 化爲泡影，徒勞無功。**22**《美俚》（運動選手等）突然猛出力。—及 **1**《英》做，實行。**2**《口》演…的角色；扮演。**3** 接近（某年齡），到達。

as... as they come 非常…的，極爲…的。

come about ⑴ 發生，出現；《以 **it** 爲主詞》《文》形成…的情[局]勢《 *that* 子句》。⑵（風）改變方向《*into, to...*》。

come across ⑴《口》易於了解。⑵（戲劇、演講等）引起興趣。⑶ 給（人）…的印象《*to...; as...*》。⑷《美俚》履行約定。⑸ 顯現於；（偶然）遇見，發現。

come across with...《美俚》⑴ 償付；（應期待、要求而）給予。⑵ 吐露，招供，招認。

come after... ⑴ 在…之後追趕，搜尋。⑵ 繼…之後。

Come again《俚》請再說一次。

come along ⑴ ⇨ 動 不及 17. ⑵ 出現，來臨。⑶《通常用於命令》一起來《 *with...*》；出席《 *to...*》。⑷（亦作 ***come on***）《與 **well** 等副詞（片語）連用》幹得好《*with...*》；進步《*in...*》；有精神；進行順利；（植物）成長得很好。⑸（亦作 ***come on (now)***）《口》《命令》《催促對方》過來！加油！快點！

come and go ⑴ ⇨ 動 不及 11. ⑵ 依靠《*upon...*》。⑶ 作短暫的過訪。⑷ 變化不定。

come apart 碎裂；（人）撐不住。

come apart at the seams《口》身心崩潰，失敗。

come around [《英》***round***] ⑴ 繞了大圈子而來。⑵《口》信步走訪（某人的家）《*to...*》。⑶（季節）周而復始。⑷（話題等）回到原處《*to...*》。⑸ 恢復知覺，甦醒；恢復健康；復元。⑹ 改變意見，同意《*to...*》；言歸於好。⑺（帆船）迎風；（汽車）改變方向。⑻ 月經來潮。

come at... ⑴ 到達；可及…。⑵ 得知。⑶ 直衝…而來；襲擊。

come away ⑴ 脫離，脫落《*from...*》；（抱著某種心情）離開《*with...*》。⑵《蘇》《命令》請進。

come back ⑴（由…）回來《*from...*》；在記憶中重現《*to...*》。⑵ 恢復知覺。⑶《口》回到原座；（比賽等）重振雄風；回復原狀《*to...*》。⑷ 再度流行。⑸《美俚》回嘴《*with...*》；以言詞攻擊《*at...*》。

come before... ⑴ 出現在…之前；被提出討論。⑵（地位等）勝過，高於；（順序）在…之前。

come between... ⑴ 位於…之間。⑵ 使疏遠，分開。⑶ 妨礙。

come by ⑴《美口》靠近，來到。⑵經過，通過。⑶接近。⑷偶然獲得；遭受；瀕於；帶有。

come close [***near***] ⑴接近；類似《*to ...*》。⑵差一點，幾近於《*to* doing》。

come down ⑴下來；（由大都市而）來《*from...*》。⑵落下，倒場；降下；降落，迫降。⑶落魄，（物價等）下跌；（熱度）減退。⑷流傳下來《*to...*》。⑸《口》《通常與**handsomely, generously**等副詞連用》慷慨解囊。⑹表明（贊成與否）。⑺畢業，出身於…《*from...*》。

come down in the world 《口》失掉（財產、地位等），沒落。

come down on [***upon***]...⑴《口》責罵《*for...*》；懲罰。⑵《口》向（人）強行要求（付款等）《*for...*》；命令《*to* do》。⑶突然襲擊。

come down to... ⑴《口》結果演變成…。⑵淪落到做…之地步《*doing*》。⑶有…的長度。

come down to earth 《口》（由夢境中）回到現實。

come down with... ⑴《美口》臥病在床。⑵《口》付款；捐款《*to...*》。

come first 優先。

come for... ⑴爲…而前來。⑵衝著（某人）而來。

come forth 《文·諧》出[顯]現，被提出。

come forward ⑴出現；挺身而出。⑵自動提出。⑶（問題）被討論。

come home ⑴回家；回故鄉。⑵變得明朗《*to...*》。

come in ⑴進來。⑵⇨動不及 3. ⑶（電話）打進來，（消息）被接收。⑷插[擠]入。⑸《與序數連用》到達終點。⑹流行起來；開始使用。⑺有貨供應；開始收穫。⑻變得有用。⑼（季節、日子等）開始《*with...*》。⑽《以 **it** 爲主詞並與補語連用》（天氣）變得…。⑾當選；掌權。⑿（金錢）到手。⒀（潮水）升漲。⒁〖廣播·通信〗旁白，解說；《命令》（小型無線電收發報機的通信）「請回答」。⒂取得某種職位；處於某種立場。

come in for... ⑴接受（財產、錢），繼承。⑵招致；受到。⑶參加。

come in handy 派上用場。

come in on... ⑴參加（冒險等）。⑵（進來後）成爲阻礙。

come into... ⑴⇨動不及 1. ⑵⇨動不及 3. ⑶⇨動不及 7. ⑷⇨動不及 14. ⑸（東西）進入；（變化等）導致。

come into one's own ⇨OWN（片語）

come in with... 加入。

come it (a bit) over [***with***]...《英俚》打贏；欺騙；裝出盛氣凌人的樣子。

come it (too) strong 《口》蠻幹；誇張。

come off ⑴發生；進行順利。⑵《與**well, badly, satisfactorily**等的副詞（片語），或補語連用》（結果）成爲；（天氣）變成。⑶應驗。⑷《粗》⇨動不及 9. ⑸脫落；剝落；被去除；打開。⑹結束公演。⑺做完；放棄。⑻（鈕釦等）從…掉下；從…剝落。⑼從（馬等）上摔下。⑽（金額等）減除。

come off it 《俚》《常用於命令》別裝蒜了！別瞎扯了！

come on ⑴《通常與 **later** 連用》隨後就來。⑵進步《*in...*》；（植物）生長。⑶（情感）增進。⑷登臺，上場。⑸上演；（訴訟等）被受理。⑹《口》《通常用於命令》《用於督促、懇請、說服、激勵、挑戰、吸引注意》快點；請吧，加油；喂，快些！喂；《反語》得啦！算了吧！⑺降臨；（疾病）發作。⑻《美俚》《與補語連用》予人某種印象；給人有…的感覺。⑼〖板球〗上打擊位置。⑽（災難等）降臨於；（心情等）忽然湧上。⑾要求《*for...*》。⑿受照顧。

come on in 《美口》《命令》（帶有催促的口吻）進來！

come out ⑴出現。⑵出版；上市。⑶（新聞）傳播開來；（選舉的結果等）公布出來。⑷從口中說出。⑸初次露面。⑹《英》罷工。⑺《美口》表白。⑻開花。⑼（照片）被沖洗出；在照片中出現。⑽明確地表達出來。⑾顯著。⑿《與補語連用》結果…；（競賽、考試等）得第…名。⒀（金額）總計《*at...*》。⒁表明態度；表明（贊成與否）。⒂（堵塞物等）脫離；（污斑等）被除去，褪去《*of...*》。⒃《俚》公開承認是同性戀者，出櫃（亦作 **come out of the closet**）。

come out in... 發（疹子、面皰等）。

come out on the right side 不賠錢。

come out on the side of... 成爲…的夥伴，支持。

come out with... ⑴《口》洩漏。⑵提出。⑶公布；出版；使…上市。

come over ⑴由海外來；《口》順路拜訪。⑵改變立場《*to...*》。⑶《英口》（天氣）漸漸轉變成…；感覺到。⑷越過…而來。⑸《口》（病等）襲擊；表現在（臉上等）。

come through ⑴（通知）到達；（聲音）傳到；接收。⑵（情感）表現。⑶《美俚》獲得成功。⑷《美》改變信仰；變節。⑸《美口》自白。⑹遂行；發表；想出《*with...*》。⑺通用。⑻度過；脫險。⑼擺脫（疾病、艱苦環境）。

come to ⑴恢復知覺，甦醒。⑵〖海〗停泊。⑶《*when, if* 子句》每當提到…時。⑷結果（是…）。⑸應付《*with...*》。

come to pass 《文》發生。

come to oneself ⑴恢復知覺。⑵（不再做傻事）醒悟過來。

come to think of it 《口》想起來。

come under... ⑴應列入…項目；應歸…的管轄。⑵受…支配。

come up ⑴走近，前來《*to...*》；來臨。

(2) 出生。(3)《英》赴首都，北上；（物資）被送到前線。(4) 講到，提到《 *in* ...》；被提出討論；被審判。(5)（被告等）出庭，報到。(6) 發芽。(7) 恢復；（洗濯衣物）變得清潔。(8)《口》反胃。(9)（機會等）產生。(10) 勝利。(11) 流行起來。(12)〖棒球〗上打擊位置。(13)〖海〗鬆開（帆索等）。(14)《英》住進大學的學生宿舍。(15)《口》《餐廳中》（餐點）來啦！「馬上來」。(16) 逆（流）而上；經過。

come up against... (1) 遭遇。(2) 襲擊。

come up to... (1) ⇨ COME UP (1). (2) 到達，符合（水準）；（水）及於；《喻》（能力方面）達到。

come up with... (1) 追及；《美俚》搶先。(2) 補充。(3) 提出（建議等）。

come** a person's **way ⇨ WAY[1]（片語）

come what may《文》無論發生任何事情；在任何情況下。

How comes it that...? 爲什麼？

it comes to something when...《口》真奇怪。

not know whether** one **is coming or going 糊塗，不知所措。

let them all come《挑戰》有種的就統統上。

What is...coming to? …到底會變得怎樣？

一图《粗》精液。

come-and-go [ˈkʌmənˈgo] 图（複～**es**）來回；收縮及膨脹。一形不持久的，不定的；大約的。

come-at-a·ble [kʌmˈætəbl] 形《口》易接近的，可獲得的。

come·back [ˈkʌm,bæk] 图 **1**《口》東山再起：make a ～（選手、演員等）東山再起。**2**《俚》機智的回答；反駁。**3**《美俚》抱怨或不滿的原因。

COMECON [ˈkɑmɪ,kɑn] 图（冷戰時期以蘇聯爲中心的）經濟互助會議。

co·me·di·an [kəˈmidɪən] 图 **1** 喜劇演員，喜劇作家。**2** 滑稽人物。

co·me·di·enne [kə,midɪˈɛn] 图喜劇女演員。

com·e·dist [ˈkɑmədɪst] 图喜劇作家。

come·down [ˈkʌm,daʊn] 图《口》落魄；失望。

:com·e·dy [ˈkɑmɪdɪ] 图（複-**dies**）**1** 喜劇；Ⓤ（總稱之）喜劇：a musical ～ 音樂喜劇 / a ～ of manners 風俗喜劇，社會諷刺劇。**2** Ⓤ喜劇性。**3** 喜劇性事件；喜劇場面。

com·e·dy·wright [ˈkɑmɪdɪ,raɪt] 图喜劇作家。

come-hith·er [,kʌmˈhɪðɚ] 形 引誘人的，挑逗的：a ～ smile 誘人的笑容。一图 **1** Ⓤ Ⓒ 誘惑，挑逗。**2**《叫家畜、小孩時》過來過來。

come·ly [ˈkʌmlɪ] 形（-**li·er**, -**li·est**）容貌姣好的，漂亮的。

come-on [ˈkʌm,ɑn] 图《俚》**1** 誘惑物，誘餌；打折品，贈品。**2** 容易受騙的人；騙子

give** a person **the come-on《俚》（女性）對（人）挑逗。

come-out·er [,kʌmˈaʊtɚ] 图 脫離者；激進改革者。

com·er [ˈkʌmɚ] 图 **1**《通常作複合詞》來者，新來者。**2**《美口》有成功希望的人[事物]。

co·mes·ti·ble [kəˈmɛstəbl] 形《古》可食的。一图《通常作～**s**》食品，食物。

·com·et [ˈkɑmɪt] 图〖天〗彗星。

come·up·pance [,kʌmˈʌpəns] 图《美口》報應，應得的責罰：get one's ～ for... 因…得到報應。

com·fit [ˈkʌmfɪt, ˈkɑm-] 图蜜餞，糖果。

:com·fort [ˈkʌmfɚt] 動及 **1** 安慰；使安逸。**2** 使舒適。一图 **1** Ⓤ慰藉，安慰；輕鬆的心情。**2** 給予安慰之人[物品]，得救的根源。**3** Ⓤ 安逸，舒適。**4** 給予安樂的東西；《～**s**》使生活安樂的東西。**5**《美》被褥。

cold comfort 無足輕重的安慰。

:com·fort·a·ble [ˈkʌmfɚtəbl] 形 **1** 舒適的，使人感覺舒服的。**2**《敘述用法》感覺心情愉快的；滿足的《 *about...* 》：feel ～ with one's friends 與朋友們在一起感到心情輕鬆。**3** 心情好的；易相處的。**4**《口》充裕的，豐富的。

一图《美北部》被褥。

com·fort·a·bly [ˈkʌmfɚtəblɪ] 副 **1** 安逸地，舒服地：be ～ fixed 衣食不缺地過舒適生活。**2**（抽屜推拉）順利地，輕易地。

com·fort·er [ˈkʌmfɚtɚ] 图 **1** 安慰者，安慰之物。**2**《 **the C-** 》= Holy Ghost. **3** 羊毛長圍巾；《美》厚羽絨被；《英》（哄嬰兒的）橡皮奶嘴（《美》pacifier）。

com·fort·ing [ˈkʌmfɚtɪŋ] 形 安慰的，哄人的。～·**ly** 副

com·fort·less [ˈkʌmfɚtlɪs] 形 **1** 了無慰藉的；不安適的。**2** 不愉快的。

ˈcomfort ˌstation 图《美》公共廁所。

com·frey [ˈkʌmfrɪ] 图〖植〗紫草科的植物。

com·fy [ˈkʌmfɪ] 形（-**fi·er**, -**fi·est**）《口》= comfortable.

·com·ic [ˈkɑmɪk] 形 **1** 喜劇的；演喜劇的：a ～ affair 滑稽事 / a ～ writer 喜劇作家。**2** 使人發笑的，滑稽的。一图 **1** 喜劇演員。**2**《口》漫畫書；喜劇電影；卡通影片。**3**《～**s**》連環圖畫。**4**《 **the** ～》（人生等的）喜劇性。

com·i·cal [ˈkɑmɪkl] 形 **1** 誘人發笑的，詼諧的：a ～ face 滑稽的臉孔。**2**《口》古怪的，奇怪的。～·**ly** 副，～·**ness** 图

ˈcomic ˌbook 图《美》漫畫書。

ˈcomic ˈopera 图滑稽歌劇。

ˈcomic reˈlief 图Ⓤ（電影、戲劇嚴肅情節中的）喜劇性場面。

ˈcomic ˌstrip 图（報紙上的）連環圖畫（《英》strip cartoon）。

Com·in·form ['kɑmɪn,fɔrm] 名《the ～》共產黨情報局（1947－56）。

:**com·ing** ['kʌmɪŋ] 名**1** ⓊⒸ接近，來到，到達：～ soon（電影廣告）近期上映。**2**《the C-》基督之再臨。—形**1** 將要來的。**2**《口》有前途的，將成名的。

'**coming 'in** 名(複 **comings in**) **1** 進入，開始。**2**《通常作 **comings in**》收入。

coming-out [,kʌmɪŋ'aʊt] 名《口》介紹年輕女子進入社交界；成爲社會人：a ～ ball 介紹年輕人進入社交界的舞會。

Com·in·tern ['kɑmɪn,tɝn] 名《the ～》共產國際 = Third International.

com·i·ty ['kɑmətɪ] 名(複-ties)ⓊⒸ**1** 互相禮讓；禮貌。**2**〖國際法〗（國際間）禮讓。

·**com·ma** ['kɑmə] 名**1**（標點符號）逗點（,）：inverted ～*s* 引號，引用符號（'', ""）。**2**〖樂〗小音程。

'**comma ,bacillus** 名（複 **comma bacilli**) 霍亂弧菌。

'**comma ,fault** 名逗點的誤用。

·**com·mand** [kə'mænd] 動及**1** 命令。**2** 統率；指揮。**3** 可任意支配；掌握（言語）；克制（感情）：～ a tremendous amount of money 可任意支配一筆巨額的款項。**4** 得到，博得。**5** 俯瞰，俯臨；（要塞）扼制。**6** 值：～ a good price 值高價。—不及**1** 下達命令。**2** 掌有指揮權。**3** 居於俯視（某場所）的位置。

—名**1** 命令，指令；〖軍〗口令。**2**〖軍〗⑴《C-》美國空軍司令部。⑵ 司令官管轄之下的部隊；司令部。**3** Ⓤ 指揮，統率；支配。**4** Ⓤ《偶作 **a** ～》支配（力）；（言語的）運用能力；控制（力）。**5**《英》國王的邀請。**6** Ⓤ 眺望，俯視；居高臨下的重要地點。**7**〖電腦〗指令；〖文法〗運用。

at a person's command ⑴ 聽候某人差遣。⑵ 在某人掌握之中。

—形《限定用法》**1** 指揮（者）的，司令（官）用的。**2** 奉敕令的；應要求的。

com·man·dant [,kɑmən'dænt, -'dɑnt] 名**1** 司令官，指揮官。**2**〖美軍〗海軍陸戰隊司令；（陸軍學校的）校長。

com'mand e'conomy 名計畫經濟。

com·man·deer [,kɑmən'dɪr] 動及**1** 徵募；徵用（私有物爲軍、公所用）。**2**《口》霸占，奪占。

·**com·mand·er** [kə'mændɚ] 名**1** 指揮者；指揮官，司令官；（警察局）分局長，隊長。**2**〖美海軍〗中校；（軍艦的）副艦長。

com'mander in 'chief 名(複 **commanders in chief**) **1** 總司令，統帥（亦作 **Commander in Chief**）。**2**（陸軍）軍區司令官；（海軍）總司令。

com·mand·er·y [kə'mændərɪ] 名（複 **-er·ies**)ⓊⒸ**1** commander 的職位。**2** 司令官的管轄地區。**3**（某些祕密結社組織的）支部，分部。

com·mand·ing [kə'mændɪŋ] 形**1** 有威嚴的。**2** 指揮的，統帥的。**3** 眺望無阻的，居高臨下的。

com'manding 'officer 名 部隊指揮官，部隊長。

com·mand·ment [kə'mændmənt] 名**1** Ⓤ命令，指令。**2**〖聖〗戒律。

com'mand ,module 名（太空船的）指揮艙。略作：CM

com·man·do [kə'mændo] 名（複 ～**s**, ～**es**) **1** 突擊隊，突擊隊隊員。**2** 特種突擊隊。

com'mand ,paper 名《英》內閣大臣奉國王的命令向國會提出的有關重要問題的報告或文件。

com'mand per'formance 名 御前演出。

'**comma ,splice** 名逗點的誤用。

com·meas·ur·a·ble ['kə'mɛʒərəbl̩] 形 同等的，可相比的。

com·meas·ure [kə'mɛʒɚ] 動及 與…同等；與…相等。

comme il faut [,kʌmil'fo] 形《法語》適當的，合於禮儀的。

com·mem·o·ra·ble [kə'mɛmərəbl̩] 形 值得紀念的。

com·mem·o·rate [kə'mɛmə,ret] 動及**1** 紀念；慶祝；追悼：～ the war dead 追悼陣亡者。**2** 表彰，讚美。

com·mem·o·ra·tion [kə,mɛmə'reʃən] 名**1** Ⓤ紀念：in ～ of the founding of our school 爲紀念本校的創建。**2** 紀念儀式；慶典；紀念物。

com·mem·o·ra·tive [kə'mɛmə,retɪv] 形紀念的，作爲紀念的。—名紀念品；紀念幣，紀念郵票。

com·mence [kə'mɛns] 動及**1**《文》開始；著手：～ studying economics 開始研讀經濟學。**2**《英》得到（學位）：～ Bachelor of Arts 得到文學士學位。—不及 開始。

·**com·mence·ment** [kə'mɛnsmənt] 名**1** 開始。**2**《美》（大學的）文憑學位授予典禮；畢業典禮（日）：hold (the) ～ 舉行畢業典禮 / ～ exercise 畢業典禮。

·**com·mend** [kə'mɛnd] 動及**1** 推薦《*to* ...》。**2** 讚揚《*for*...》：～ a fireman *for* bravery 讚揚一位消防隊員的勇敢。**3** 將…託付給《*to*...》。**4**《反身》使人對…滿意《*to*...》。

Commend me to... ⑴《偶作反語》（東西）沒有比…更好的。⑵《古》請向…致意。

com·mend·a·ble [kə'mɛndəbl̩] 形 值得讚賞的，應受器重的。**-bly** 副

com·men·da·tion [,kɑmən'deʃən] 名**1** Ⓤ 推薦；讚揚。**2** 讚揚物，獎，獎品《*for* ...》。

com·men·sal [kə'mɛnsəl] 形共餐桌的；

（動植物）共生的；〖社〗互生的；（生活習慣不同的人）在同一地區生活的。—图 1 共餐者。2〖生〗共生動[植]物。

com·men·sal·ism [kə'mɛnsəlɪzəm] 图 Ⓤ（動植物的）共生；（一起用餐的）親密的關係。

C

com·men·su·ra·ble [kə'mɛnsərəbl, -'mɛnʃə-] 形 1 可用同一單位計量的；可用同樣數字除盡的（*with...*）。2 相稱的（*with, to...*）。

com·men·su·rate [kə'mɛnʃərɪt, -'mɛnsə-] 形 1 相等的（*with...*）。2 可用同一單位計量的。3 相稱的（*with...*）；成比例的（*to...*）。

:com·ment ['kamɛnt] 图 1 Ⓤ Ⓒ 註解；解說（*on, upon...*）。2 Ⓤ Ⓒ 評論，批評（*on, upon, about...*）: a ~ *about* the news 新聞評論 / without further ~ 沒有更進一步的評論。3 Ⓤ 談論；閒話。
—動 不及 1 加註釋（*on, upon...*）。2 陳述意見，評論；說壞話（*on, upon, about ...*）。—及 註釋；批評；評論。

com·men·tar·y ['kamən,tɛrɪ] 图（複 **-tar·ies**）1 註釋；說明書。2（常作 **-taries**）紀事（集）。3 真實記載。4 Ⓤ Ⓒ（廣播、電視的）實況播報，時事評論；（電影等的）解說：a running ~ on a basketball game 籃球賽實況播報。

com·men·tate ['kamən,tet] 動 及 對…加以評論。—不及 作時事評論。

com·men·ta·tor ['kamən,tetɚ] 图 1 註釋者，評註者。2（廣播、電視的）實況轉播報導者；時事評論者。

com·ment·er ['kamɛntɚ] 图 1 註釋者。2（收音機、電視的）時事評論員，實況轉播報導員。

:com·merce ['kamɝs] 图 Ⓤ 1 商業；貿易；社交；（意見等的）交流：the Department of *C-*（美）商務部。2 交往，交際。

:com·mer·cial [kə'mɝʃəl] 形 1 商業（上）的；貿易的；商務的：~ correspondence 商務通信 / a ~ bank 商業銀行。2 商用的；營利的。3 營業用的。4（化學藥品）工業用的，出售的。5〖廣播·電視〗民營的；靠廣告贊助的。6（飯店）供巡迴推銷員用的。—图 1〖廣播·電視〗商業廣告；靠廣告贊助的節目。2（英）（地方）巡迴推銷員。~**·ly** 副

com·mer·cial·ism [kə'mɝʃə,lɪzəm] 图 1 Ⓤ 商業主義；重商主義；營利本位主義。2 Ⓤ Ⓒ 商業慣例；商業用語。

com·mer·cial·ist [kə'mɝʃəlɪst] 图 重商[營利]主義者；商人。

com·mer·cial·ize [kə'mɝʃəl,aɪz] 動 及 1 使商業化。2 使商品化，銷售。**-i·'za·tion** 图 Ⓤ 商業化；商品化。

com'mercial 'paper 图 商業票據。

com'mercial 'traveler [（英）**'trav·eller**] 图 = traveling salesman.

com·mie ['kamɪ] 图 形（常作 **C-**）（口）（常為蔑）共產黨員。

com·mi·nate ['kamə,net] 動 及 不及 威嚇；詛咒。

com·mi·na·tion [,kamə'neʃən] 图 Ⓤ Ⓒ 1 威嚇；詛咒的言語。2〖英國教〗對齋期第一日懺悔儀式中所頌的警世文。

com·min·a·to·ry ['kamɪnə,torɪ] 形

com·min·gle [kə'mɪŋgl] 動 及（文）摻合（*with...*）。—不及 摻合。

com·mi·nute ['kamə,njut, -,nut] 動 及 1 把…磨成粉末，弄碎，搗碎。2 細分（財產等）。

com·mis·er·a·ble [kə'mɪzərəbl] 形 值得憐憫與同情的。

com·mis·er·ate [kə'mɪzə,ret] 動 及 同情；憐憫。—不及 同情；憐憫（*with...*）。

com·mis·er·a·tion [kə,mɪzə'reʃən] 图 Ⓤ 同情（*for...*）；（~**s**）同情的言詞。

com·mis·sar [,kamə'sar] 图 1（蘇聯的）人民委員，部長。2（共產國家的）政委，代表。

com·mis·sar·i·at [,kamɪ'sɛrɪət] 图 1（蘇聯的）人民委員會。2 Ⓤ 糧食供應。3 軍需處；聯合勤務部。

com·mis·sar·y ['kamə,sɛrɪ] 图（複 **-sar·ies**）1 代理人。2（法國的）警察局長。3（美）（軍隊、礦場等的）販賣部；（攝影棚、工廠的）餐廳，自助餐廳。4〖軍〗（昔）軍需官。

:com·mis·sion [kə'mɪʃən] 图 1 Ⓤ Ⓒ 委任；委任狀：give the ~ of authority to a person 委任權限予某人。2 指示；（指示的）任務：have a high ~ to carry out 有重要任務執行。3 Ⓤ 職權，授予之權。4 (1)（陸海空軍軍官的）任命書；（治安法官的）任命（書）；軍官[治安法官]的職權：the *C-* of the Peace（英）（集合名詞）治安法庭推事。(2) 軍官的職位：hold ~ 任軍官之職。5（集合名詞）（掌有特殊權力的）委員會：the Atomic Energy *C-*（美）原子能委員會 / ~ plan（美）（以委員會處理市政的）委員會制度。6 委託代辦之事；訂製。7 Ⓤ（犯罪、過失等的）行為（*of...*）：sins of omission and ~ 怠忽之罪及故犯之罪。8 Ⓤ 代理業務；（a ~）佣金，回扣：a ~ agent（美）代銷商；批發商；（英）（放賭抽頭的）東家：allow a ~ of 10% on a transaction 每筆交易給予一成的佣金。

in commission (1) 正在使用的；立即可用的。(2)（軍艦）服役中的，準備出勤的。

out of commission (1) 暫時不能使用的；有故障的。(2)（軍艦）退役的。

—動 及 1 任命…為軍官。2 委任；授權；委託；訂製。3 使（軍艦等）服役；部署。

com·mis·sion·aire [kə,mɪʃə'nɛr] 图（英）打雜工；（飯店、戲院之中穿制服的）門警，領座員。

com'missioned 'officer 图（陸、海

軍的）軍官：《美》陸海軍少尉及少尉以上的軍官。

:com·mis·sion·er [kə'mɪʃənɚ] 名 **1**（commission的）委員；政府中某部門的長官，廳長，處長，局長：Civil Service *Commissioners*《英》文官（任用）考試委員 / the police ～《美》（市）警察局長，《英》（倫敦警務處的）警務處長，警察總監 / a High *C*-《英》（英國自治殖民地的）行政長官。**2**（職業球賽的）最高仲裁者。**3**《俚》賭博掮客。

com'mission ˌhouse 名 證券經紀公司。

com'mission ˌmerchant 名《美》代銷商。

:com·mit [kə'mɪt] 動（～·ted, ～·ting）及 **1** 犯（罪等）：～ larceny 偷竊 / ～ a blunder 鑄成大錯。**2** 將（權限等）委託於；託付給《*to*...》：～ one's child *to* a person 將小孩子託付給某人照顧。**3** 藏…於（記錄等之中）《*to*...》：～ one's ideas *to* paper 將自己的構想寫下來。**4**（法律上）押交（至某處），交付，監禁；將（軍隊）投入《*to*...》。**5**《反身》表明立場《*on*...》。**6**《反身或被動》（表明態度後）使受約束；使專心從事《*to*...》；使許諾《*to* do-*ing*》：be *committed* to a strategy 專注於某策略。**7** 危及（名譽）。**8**《文》把…交付（處置等）《*to*...》：～ the body *to* the earth 土葬 / ～ one's troubles *to* oblivion 將煩惱置之腦後。**9**〖議會〗將（法案等）交付委員會。

com·mit·ment [kə'mɪtmənt] 名 **1** Ⓤ 委託，委任。**2** 受委託的狀態。**3** Ⓤ〖議會〗（法案的）對委員會的交付。**4** ⓊⒸ 拘禁；收容；〖法〗拘禁狀；（法院發出的）精神病患收容令。**5** ⓊⒸ 罪行。**6** 承諾《*to*...》；許諾《*to* do》；義務：fulfill one's ～*s* 履行承諾 / make a ～ *to* do 約定做…。**7** ⓊⒸ 牽連；傾注《*to*...》；獻身（如作家的政治言論、行動等）。**8**〖證券〗有價證券的買賣（契約）。

com·mit·tal [kə'mɪtl] 名 ⓊⒸ 移交（給監獄、精神病院等）。

com·mit·ted [kə'mɪtɪd] 形 **1** 全心投入的。**2** 承諾的。

:com·mit·tee [kə'mɪtɪ] 名 **1** 委員會；《集合名詞》全體委員：sit on the ～ 爲委員會的委員。**2** [ˌkɑmɪ'ti]〖法〗被託付人；（神智喪失者的）監護人。

com·mit·tee·man [kə'mɪtɪmən] 名（複 **-men** [-mən]）**1** 委員會成員；委員。**2** = shop steward.

com·mix [kə'mɪks] 動 及 不及《文》摻合，混合。

com·mix·ture [kə'mɪkstʃɚ] 名 Ⓤ 混合；混合物。

com·mode [kə'mod] 名 **1**（有腳的低矮）櫥櫃。**2** 移動式洗臉臺；寢室用便溺器。**3**《美》廁所。

com·mo·di·ous [kə'modɪəs] 形 寬敞方便的；《古》合宜的。～**·ly** 副

com·mod·i·ty [kə'mɑdətɪ] 名（複 **-ties**）**1** 商品，貨物；《常作 **-ties**》日用品，必需品。**2** 有用的東西。**3**〖經〗有價值的貨品。

com·mo·dore ['kɑməˌdor] 名 **1**〖海軍〗提督，准將。**2**〖英海軍〗作戰時分艦隊的指揮官。**3** 護航艦隊司令；（商船船團的）高級指揮官。**4**《敬稱》（遊艇俱樂部等的）總裁，會長。

:com·mon ['kɑmən] 形（常作～**·er**, ～**·est**）**1** ⑴ 共有的，公用的《*to*...》：～ concerns 共同利害關係 / ～ ground 共同基礎，共通點。⑵ 共同的；公眾的：～ land 公有地。**2** 共同進行的；團結的；全體一致的：by ～ consent 全場一致地；由眾人所承認。**3** 眾所周知的；惡名昭彰的；廣泛的；平常的。**4** 常發生的；普通的；陳腔濫調的：(as) ～ as muck 極平凡的。**5** 普通的；劣等的；粗俗的：an article of ～ make 普通製品 / ～ manners 粗鄙舉止。**6** 無地位名聲的；不屬於上流社會的：the ～ people 一般民眾，老百姓。**7**〖文法〗⑴ 同格的。⑵ 通性的。⑶（名詞）普通的。

common or garden《英口》《形容詞》極平凡的，常見的。

—名 **1**《常作～**s**》共有地，公地。**2** Ⓤ〖法〗共用權。**3**《**the** ～**s**》⑴《作複數》平民。⑵《作單、複數》（與貴族、王室相對）庶民階級。**4**《作單、複數》（英、加等的）下議院；下議院議員。**5**《～**s**》《作單數》（大學的）大餐廳；共同餐桌；《作單、複數》《英》（大學餐廳的）客飯。**6**《～**s**》《作單數》食物。**7**《俚》常識。

have...in common 有…相同點《*with*...》。

in common ⑴ 公共（使用）的。⑵ 相同地《*with*...》。

out of* (*the*) *common 非凡的。

com·mon·age ['kɑmənɪdʒ] 名 **1** Ⓤ（尤指牧場的）共同放牧（權）；公有；公有地。**2**《**the**～》《集合名詞》平民。

com·mon·al·i·ty [ˌkɑmə'nælətɪ] 名 **1** Ⓤ 共通性。**2** = commonalty 1.

com·mon·al·ty ['kɑmənəltɪ] 名（複 **-ties**）**1**《**the** ～》《集合名詞》（與貴族、僧侶相對的）平民。**2**《常作 **the** ～》法人（團體）；共同團體；團體的成員。

'common ˌcarrier 名（鐵路、輪船等的）運輸業者，運輸公司。

'common 'cold 名 = cold 名 3.

'common de'nominator 名 **1**〖數〗公分母：the least ～ 最小公分母。**2**（集團成員的）共同特性；（某一作家作品中的）一貫的特質。

'common di'visor 名〖數〗公約數。

com·mon·er ['kɑmənɚ] 名 **1** 普通人；《英》（無貴族稱號的）平民。**2**《英》下

議院議員。3《英》(Oxford大學的)自費生。4 有權使用公有地者。

'common 'fraction 名〖算〗普通分數。

'common 'ground 名U(利害、觀念上的)共同基礎,共同點:on ~(在)共同的立場上。

Common ground!《英》我有同感!

'common 'knowledge 名U常識。

'com'mon 'land 名U共有地。

'common 'law 名習慣法,不成文法。

'com·mon-law'marriage['kamən'lɔ-] 名〖法〗非正式的婚姻,姘居;同居。

·com·mon·ly ['kamənlı] 副1 普通地;低級地。2 一般地。

'common 'market 名共同市場。

'common 'measure 名 1U〖樂〗四分之四拍。2〖詩〗普通律。

'common 'multiple 名〖數〗公倍數(略作:C.M.):the least ~ 最小公倍數(略作:L.C.M.)。

com·mon·ness ['kamənıs] 名U普通,平凡;共同性。

'common 'noun 名〖文法〗 普通名詞。

com·mon·place ['kamən,ples] 形 1 普通的;平凡的。2 陳腐的,無聊的。
—名1 陳腔濫調。2 常見的事物:the ~ of city life 城市生活的常事。
~·ly 副, ~·ness 名

'commonplace ,book 名記事簿,備忘錄。

'common 'pleas 名(複) 1 民事訴訟。2《美》民事訴訟法院;《英》(現已併入高等法院的)民事訴訟法院。

'common 'prayer 名《the ~》1〖英國教〗共同祈禱文,聖公會祈禱文。2《the C- P-》= Book of Common Prayer.

'common ,room 名《英》(大學、旅館等的)休息室。

Com·mons ['kamənz]名《the ~》《英·加》(國會)下議院。

'common ,school 名《美》公立小學(有時亦包括中學部)。

'common 'sense 名U常識,日常待人處事的態度。

com·mon-sense ['kamən'sɛns] 形常識的,有常識的;基於常識的。

com·mon·sen·si·cal [,kamən'sɛnsəkl] 形合乎常識的,有常識的。

'common 'stock 名U《美》(與優先股相對的)普通股。

'common 'time 名〖樂〗common measure 1.

com·mon·weal ['kamən,wil] 名1U社會福利,公益。2《古》共和國。

com·mon·wealth ['kamən,wɛlθ] 名1《C-》聯邦,國協:the (British) *C-* (of Nations) 大英國協 / the *C-* of Australia 澳洲聯邦。2《the C-》Puerto Rico的正式名稱。3《C-》州:美國 Kentucky, Massachusetts, Pennsylvania, Virginia 四州的正式名稱,不用 state。4 團體,社會:the ~ of science 科學界。5 民主國家,共和國:U《集合名詞》(民主國家、共和國的)國民。

'Commonwealth ,Day 名《the ~》大英國協紀念日(5月24日)。

com·mo·tion [kə'moʃən] 名 1U(風暴、波浪等的)激烈震動;激動;騷動。2 叛亂。

com·move [kə'muv] 動及使劇變;擾亂,使激動。

com·mu·nal [kə'mjunl, 'kamjʊ-] 形1 公社的,社區的;(市、鎮等)自治體的;社區人們的;公用的。2 社區(間)發生的。3 巴黎公社的。~·ly 副

com·mu·nal·ism [kə'mjunl,ızəm, 'kamjʊ-] 名 U1 地方自治主義。2(共同體的)團體主義。

com·mu·nal·ize [kə'mjunl,aız, 'kamjʊ-] 動及使公有化。

com'munal 'marriage 名 = group marriage.

com·mu·nard ['kamjə,nard] 名公社之一員。

com·mune[1] [kə'mjun] 動不及親密交談;親密地交往《*together* / *with...*》:~ *with* oneself 沉思默想。

com·mune[2] [kə'mjun] 動不及《主美》領受聖餐。

com·mune[3] ['kamjun] 名1(中世紀法國等國家的)最小地方行政區;此種行政區的政府或公民。2 地方自治體。3 公社。4《the C-》(亦稱 **the Commune of Paris, the Paris Commune**)巴黎公社:由 1871年3月至5月統治巴黎的世界第一個社會主義政權。

com·mu·ni·ca·ble [kə'mjunıkəbl] 形1 可傳達的,可傳播的。2 傳染性的,可傳染的。

com·mu·ni·cant [kə'mjunıkənt] 名1 領聖餐者。2 教友。3 傳達訊息者。

·com·mu·ni·cate [kə'mjunə,ket]動(-cat·ed, -cat·ing) 及1 傳達,通知;《反身》傳達,使…被了解《*to...*》。2 傳染,感染;傳導(熱力);《反身》延燒至《*to...*》。3 使…領受聖餐。—不及 1 通信,聯絡,溝通相法《*together* / *with...*》。2 相通,連接《 *with...* 》。3 領受聖餐。4 傳染《 *to ...* 》。

·com·mu·ni·ca·tion [kə,mjunə'keʃən] 名1U傳染;(熱的)傳導;(動力的)傳達;(房間與房間的)相通。2U(靠書信等的)傳達,傳播,聯絡;通信;想法的溝通《*with...*》: be in ~ *with...* 與…聯絡。3UC(交換的)消息;書信;(傳達消息的)文件,電報;論文:mass ~*s* media 大眾傳播媒體。4 UC交通,聯絡:a means of ~ 交通工具 / water ~ 水路交通。5《~s》(1)(電話等)通信工具;電

臺：～*s* satellite 通信衛星。(2)（鐵路等）運輸工具；軍需後勤補給線。**6**《～**s**》《作單數》通信學。

communi'cations ˌgap 图意見溝通上的隔閡。

communi'cation(s) ˌtheory 图Ⓤ通訊理論，傳播理論。

communi'cations ˌzone 图〖軍〗後勤區。

com·mu·ni·ca·tive [kə'mjunəˌketɪv] 形 **1** 愛說話的；暢所欲言的。**2** 通訊的，傳達的。～**·ly** 副, ～**·ness** 图

com·mu·ni·ca·tor [kə'mjunəˌketɚ] 图傳達者；發報機；（火車內的）通報器。

·**com·mun·ion** [kə'mjunjən] 图 **1** Ⓤ共有；共享。**2** Ⓤ交際；親密的交談，心靈溝通《*with...*》: hold ～ *with* oneself（尤指宗教上、道德上）深切地內省。**3** 教友，宗教團體；教派。**4** Ⓤ（亦稱 **Holy Communion**）《常作**C-**》〖教會〗領聖體禮；（領聖餐儀式中的）麵包及葡萄酒；聖餐儀式。

com'munion ˌtable 图〖教會〗聖餐檯。

com·mu·ni·qué [kəˌmjunə'ke] 图公報，官報，聲明書。

·**com·mun·ism** ['kɑmjʊˌnɪzəm] 图Ⓤ **1** 共產主義。**2**《偶作**C-**》共產主義體制。

:**com·mun·ist** ['kɑmjʊnɪst] 图 **1** 共產主義者；《**C-**》共產黨員。**2**《通常作**C-**》= Communard. **3**《美》左派人士。─形 **1** 共產主義（者）的。**2**《**C-**》共產黨的。

com·mu·nis·tic [ˌkɑmjʊ'nɪstɪk] 形《常作**C-**》共產主義的，共產主義者的。

'Communist Mani'festo 图《**the** ～》共產黨宣言。

'Communist 'Party 图《**the** ～》共產黨。略作: CP

:**com·mu·ni·ty** [kə'mjunətɪ] 图(複 **-ties**) **1** 團體；社區；社區的人們；國家間的聯盟: the European *C-* 歐洲共同體。**2**《通常作 **the** ～》社會；（教派的）教團；大眾: the academic ～ 學術界。**3**〖生態〗（植物的）叢生之處；（動物的）群落。**4** Ⓤ《偶作 **a** ～》共有；共同責任。**5** Ⓤ 類似；一致；共同的性質: the ～ of backgrounds 共同背景。

com'munity an'tenna 'television 图Ⓤ公共天線電視（亦稱 **CATV, cable TV**）。

com'munity ˌcenter 图（美、加的）社區活動中心。

com'munity 'chest 图《美》社區福利基金。

com'munity 'church 图《**the** ～》《美·加》共同教會。

com'munity 'college 图ⓊⒸ社區大學。

com'munity ˌhome 图《英》社區少年感化院。

com'munity 'property 图〖美法〗夫妻共有財產。

com'munity 'school 图社區學校。

com'munity 'service 图Ⓤ社區服務；義務性之勞動懲罰。

com·mut·a·ble [kə'mjutəbl̩] 形 **1** 可交換的。**2**〖法〗可減刑的。

com·mu·tate ['kɑmjʊˌtet] 動及變換（電流）的方向；變（交流電）爲直流電。

com·mu·ta·tion [ˌkɑmjʊ'teʃən] 图 **1** Ⓤ代替；交換。**2** ⓊⒸ轉帳。**3** Ⓤ《美》（通常指使用月票的）上下班通勤。**4** ⓊⒸ〖法〗減刑；（債務的）減免。**5** Ⓤ〖電〗整流，換向。**6**〖數〗交換。

commu'tation ˌticket 图《美》定期車票，月票，季票。

com·mu·ta·tive ['kɑmjʊˌtetɪv, kə'mjutə-] 形 **1** 代替的，交換的；轉換的，整流的；相互的。**2**〖數〗可換的。

com·mu·ta·tor ['kɑmjʊˌtetɚ] 图 **1**〖電〗整流器，轉向器；整流子。**2**〖數〗交換子。

com·mute [kə'mjut] 動及 **1** 互換（兩物）。**2** 使轉變《*into...*》；改變（付款）的方式《*for, into...*》。**3** 減輕（刑罰等）《*from...; to...*》: ～ (*from*) the death sentence *to* life imprisonment 將死刑改判成無期徒刑。**4**〖電〗使（電流）整流。─不及 **1** 補償；代替《*for...*》。**2**（將應付帳目整理好後）一次付款。**3**〖數〗交換。**4**《美口》（以月票）通勤往返；乘車往返於兩地《*between...; from...to...*》。─图通勤；通勤路程。

com·mut·er [kə'mjutɚ] 图形《美》（用月票或季票的）通勤者（的）。

com·mut·er·land [kə'mjutɚˌlænd] 图Ⓤ大都市郊區的住宅區。

Com·o·ros ['kɑməˌroz] 图葛摩（伊斯蘭聯邦共和國）：非洲東岸群島國；首都莫洛尼（Moroni）。

comp[1] [kɑmp] 動不及《口》（以不規則的旋律）作爵士樂伴奏。

comp.《縮寫》*comp*arative; *comp*are; *comp*ensation; *comp*ilation; *comp*iled; *comp*osition; *comp*ound; *comp*rehensive.

com·pact[1] [kəm'pækt] 形（偶作～**·er**, ～**·est**) **1** 塞緊的；塞滿的；緊密的；固結的；密集的。**2**（汽車等）小型的，袖珍的: a ～ camera 輕巧型照相機。**3** 結實的。**4** 簡潔的；有力的。**5** 組成的《*of...*》。**6**〖數〗緊（緻）的。

─動及 **1**《通常用被動》使密集；使堅固；使凝縮。**2** 使壓緊，使穩固。**3** 組成。─不及固結。─['kɑmpækt] 图 **1**（婦女隨身攜帶有鏡的）小粉盒。**2**《美》小型汽車。

～**·ly** 副, ～**·ness** 图

·**com·pact**[2] ['kɑmpækt] 图契約，協定，合同: enter into a ～ with... 與…定契約。─動不及訂契約《*with...*》。

C

'compact 'disk 图 光碟，雷射唱片。略作：CD

'compact 'disk ˌplayer 图 光碟機，雷射唱盤（亦稱 **CD player**）。

com·pact·ed [kəm'pæktɪd] 形 塞緊的；固結的；穩固的。～·**ly** 副，～·**ness** 图

com·pac·tion [kəm'pækʃən] 图 Ⓤ 塞緊；結緊；壓縮；簡潔。

com·pac·tor [kəm'pæktɚ] 图 壓土機，夯土機。

:com·pan·ion¹ [kəm'pænjən] 图 **1** 同伴，朋友；志同道合的朋友；（邂逅的）伴侶；《喻》總是跟在身邊的人[事物]：a ～ in (one's) misfortune 患難之交 / a ～ in arms 戰友。**2**（受僱於病患、老人等的女性）伴從，看護。**3** 成對[成雙，成套等]物之一；附帶的東西：a ～ volume 上[下]冊，姐妹篇。**4**《**C-**》《通常表示頭銜》騎士動位中最低一級：*C-* of the Bath 巴斯動爵（略作：C.B.）/ *C-* of Honour《英》榮譽動爵 / *C-* of Literature《英》文學動爵。**5**《主要用作書名》手冊，指南。

一動 及《文》陪伴；伴隨著。一不及《文》結伴而行《*with*...》。

com·pan·ion² [kəm'pænjən] 图〖海〗升降艙口；甲板天窗。

com·pan·ion·a·ble [kəm'pænjənəbl̩] 形 易親近的，好交友的。-**a·bly** 副

com·pan·ion·ate [kəm'pænjənɪt] 形 同伴的；似朋友的：～ marriage《美》伴侶婚姻。

·com·pan·ion·ship [kəm'pænjənˌʃɪp] 图 Ⓤ《偶作 **a** ～》交往；友誼：enjoy *a* ～ of twenty years 持續 20 年的交往。

com·pan·ion·way [kəm'pænjənˌwe] 图〖海〗（船上的）甲板通往船艙的升降梯；升降口。

·com·pa·ny ['kʌmpənɪ] 图（複 **-nies**）**1** Ⓤ 交往；友誼；同座；《集合名詞》社交界的人，社交界：go along for ～ 結伴同行 / in the ～ of... 與…一起。**2**《作單、複數》同伴，朋友：know a person by the ～ he keeps 從其交友知其為人 / Two is ～, three is none.《諺》兩個和尚挑水喝，三個和尚沒水喝。**3** Ⓤ 一群人；一隊：a ～ of players 一隊演員。**4** Ⓤ《無冠詞》客人。**5**《作單、複數》公司，行號（略作：Co.）；Ⓤ《**C-**》（公司名號上未具名的）共同經營者，出資者。**6**（中世紀的）行會。**7**《作單、複數》全體船員；消防隊；〖軍〗連，（較小規模的）隊。

... ***err in good company*** 人非聖賢，孰能無過。

impose *one's* ***company on*** [***upon***] *a person* 打擾某人。

keep company (1) ⇨ 图 1. (2)《口》（與異性）親密交往《*with*...》。

part company (1)（與人）斷絕往來《*with, from*...》。(2)（與 人）意 見 不 和《*with*...》。(3)（與人在半路上）分手《*with*...》。

一形 公司的。一動（**-nied,** ～·**ing**）不及《古》交往，伴隨。一及《古》結伴，同行。

'company ˌlaw 图 Ⓤ《英》公司法。

'company 'manners 图（複）《口》虛禮，客套。

'company 'officer 图〖軍〗尉官。

'company ˌtown 图（居民多為某一大企業的員工的）企業城鎮。

'company ˌunion 图《美》（不屬於全國性大工會組織的）獨立工會，被雇主所控制的工會。

compar.《縮寫》*compar*ative.

·com·pa·ra·ble ['kɑmpərəbl̩] 形 **1** 可比較的；有共同點的《*to, with*...》。**2** 可匹敵的；類似的《*with, to*...》；適於比較的：a tailor's shop ～ *to* the finest in Rome 與羅馬最好的店相比也不遜色的西服店。-**bly** 副 可比較地，可匹敵地。

com·par·a·tist [kəm'pærətɪst] 图 比較語言學家，比較文學家。

com·par·a·tive [kəm'pærətɪv] 形 **1** 比較的；使用比較法的：～ linguistics 比較語言學。**2** 相比較而言的，相對的：a man of ～ wealth 相當有錢的人。**3**〖文法〗（形容詞、副詞）比較級的。

一图《**the** ～》〖文法〗比較級。

com·par·a·tive·ly [kəm'pærətɪvlɪ] 副 比較地；相當地；相對地。

:com·pare [kəm'pɛr] 動（**-pared, -par·ing**）及 **1** 比較；比，對照《*with, to*...》：～ one's idea *with* an other's 將自己的想法與他人做一比較。**2** 將…比喻作《*to, with*...》：～ life *to* a voyage 將人生喻為航海。**3**〖文法〗表示（形容詞、副詞）的比較級變化。一不及 **1**《通常用於否定》相比；相似。**2** 競爭。

compare notes ⇨ NOTE（片語）

一图《僅用於下列片語中》比較。

beyond compare《文》無可比擬。

·com·par·i·son [kəm'pærəsn̩] 图 Ⓤ Ⓒ **1** 比較《*with*...》；比較的狀態；比較物：by ～ 比較起來 / in ～ *with* ... 與…比較起來 / bear ～ *with*... 堪與…匹敵。**2** 比擬，比喻《*to*...》：the ～ of life *to* a voyage 將人生喻為航海。**3** 互相比較的可能性；類似：points of ～ 類似之處 / beyond ～ 無與倫比。**4**〖修〗比喻。**5**〖文法〗比較；比較級變化。

com·part·ment [kəm'pɑrtmənt] 图 **1** 區劃（的部分）；隔間；（火車等的）隔間客房；小房間：a smoking ～ 吸煙室。**2**《美》〖鐵路〗臥車包房；（客車的）置物櫃。**3** 分立而不相屬的部分：the ～*s* of the human body 人體的各部機能。**4**〖建〗（設計的）主要區劃。

一動 及 將…作區分。

com·part·men·tal [ˌkɑmpɑrt'mɛntl̩] 形 有隔間的，區劃的。～·**ly** 副

com·part·men·tal·ize [kəm,part'mɛntə,laɪz] 動及劃分，區劃。

·**com·pass** ['kʌmpəs] 名(複～·es) 1 指南針，羅盤。2 U C（地域的）邊界；《通常作 the ～》空間；範圍：within *the* ～ of 20 square blocks 在二十個街區範圍之內 / in (a) small ～ 在小範圍內，小而整潔地；簡潔地，緊密地 / within one's ～在某人的權力範圍之內。3〖樂〗音域。4 U中庸，適度：within ～ 適度地。5 繞行，迂迴；繞一周：go a ～ 繞行。6《通常作～es》《作單數》圓規。

box the compass ⇨ BOX[1]（片語）

—形 1 彎曲的，弧形的。2 圍住的；半圓的。—動及 1 繞行。2 包圍，環繞。3 達到，完成；獲得；領會。4 圖謀。5 使彎曲。～·a·ble形

'**compass ˌcard** 名（羅盤的）盤面。

·**com·pas·sion** [kəm'pæʃən] 名U憐憫，同情《*on, for...*》：in ～ 同情 / out of ～ 出於同情。

com·pas·sion·ate [kəm'pæʃənɪt] 形 1 很有同情心的。2《英》爲表示同情而特許的：on ～ leave 放特別假。～·ly副

'**compass ˌsaw** 名〖木工〗圓鋸。

com·pat·i·bil·i·ty [kəm,pætə'bɪlətɪ] 名 U相容性；一致。

com·pat·i·ble [kəm'pætəbl̩] 形 1 能和諧共處的，可相容的。2 可並存的；一致的，適合的《*with...*》。

-bly副

com·pa·tri·ot [kəm'petrɪət] 名同胞，同國的人；《口》同事，夥伴。—形同國的，同胞的。

com·peer [kəm'pɪr, 'kampɪr] 名 1（地位或能力等）相同的人，同事。2 密友，夥伴。

·**com·pel** [kəm'pɛl] 動(**-pelled,** ～·**ling**) 及 1《被動》使不得不《*to, into...*》：～ a person *to* submission 迫使某人屈服。2 強迫，強逼《*from...*》：～ tears of sympathy *from* a person 使某人掬一把同情之淚。3 使屈服；打敗。—不及 1 使用暴力。2 具有他人無法抗拒之影響力。

com·pel·la·tion [,kampə'leʃən] 名U稱呼；敬稱；名稱。

com·pel·ling [kəm'pɛlɪŋ] 形 1 強迫的，無法抗拒的：～ ambition 無法抑制的野心。2 令人讚賞的。～·ly副

com·pen·di·ous [kəm'pɛndɪəs] 形摘要的，精簡的。～·ly副

com·pen·di·um [kəm,pɛndɪəm] 名(複～**s, -di·a** [-dɪə]) 1 概要，概論；摘要。2 詳表。

com·pen·sa·ble [kəm'pɛnsəbl] 形應予以補償的：a ～ injury 可補償的傷害。

com·pen·sate ['kampən,set] 動(**-sat·ed,-sat·ing**) 及 1 抵銷《*with, by...*》；賠償，補償：～ him for his trouble *with* a large sum of money 以大筆金錢補償他所遭遇的麻煩。2〖機〗使…之力矩平衡；調整（鐘擺等）。3《美》改變含金量。4《美》支付報酬《*for...*》：～a person *for* his work 支付某人工作的報酬。—不及補償，抵償。

·**com·pen·sa·tion** [,kampən'seʃən] 名 U C 1 抵銷；補償；（鐘擺等的）調整《*for...*》：make ～ *for...* 抵銷，補償。2《美》報酬，月薪及獎金合計的酬勞；補償（費），賠償（費）《*for...*》：～ *for* one's services 某人的服務酬勞。3〖生〗代償，補償。4〖精神分析〗補償作用，代償。

com·pen·sa·to·ry [kəm'pɛnsə,torɪ] 形抵銷的；賠償的，補償的。

com·pere ['kampɛr] 名《主英》（廣播節目等的）節目主持人（《美》emcee）。—動及不及主持，擔任主持人。

·**com·pete** [kəm'pit] 動(**-pet·ed, -pet·ing**) 不及 1 競爭《*for...*》；互相競爭《*with, against...*》：～ *against* other countries in trade 在貿易上與其他國家競爭。2《通常用於否定》抗衡《*with...*》；相匹敵《*in...*》。

·**com·pe·tence** ['kampətəns] 名 1 U 能力；勝任《*for, in..., in doing, to do*》：～ *to* handle the machine 操作該部機器所需要的能力。2《通常作 **a** ～》充足的財力；充分的量；（足以過舒適生活的）收入：earn *a* bare ～ 收入僅夠餬口。3 U〖法〗權限；法定的行爲能力，資格。4 U〖胚〗反應能力；〖語言〗語言能力。

com·pe·ten·cy ['kampətənsɪ] 名 U = competence 1-3.

·**com·pe·tent** ['kampətənt] 形 1 能幹的《*at, in...*》；有能力的；勝任的《*for..., to do*》；有才幹的《*in...*》：a man ～ *for* the post 能勝任那個職位的人。2 合於要求的，相當的：He has a ～ knowledge of French. 他相當通曉法文。3 合法的，正當的《*to...*》；〖法〗有合法資格的；（法院等）有管轄權的《*to do*》：be ～*to* issue an injunction 具有發出禁令之權。

·**com·pe·ti·tion** [,kampə'tɪʃən] 名 1 U競爭《*for...*》：the ～ *for* good marks 爲了爭取好成績而競爭。2 比賽，競賽。3 U競爭對手；《集合名詞》競爭者。4〖社〗競爭。

com·pet·i·tive [kəm'pɛtətɪv] 形 1 競爭的；角逐的；由競爭來決定的。2 自由競爭的；（價格）由競爭來決定的；具有競爭力的。3 競爭心強的。～·ly副競爭地。～·**ness**名

com·pet·i·tor [kəm'pɛtətɚ] 名競爭者，對手，敵手。

com·pi·la·tion [,kampɪ'leʃən] 名U編輯，編纂；C編纂物，編輯物。

com·pile [kəm'paɪl] 動 (**-piled, -pil·ing**) 及 1 彙編，編輯；編纂：～ famous essays 將有名的論文彙編成冊。2 收集；匯集（票）；積聚；列舉：～ a good many votes 聚集到相當多的票數。3〖電腦〗編譯。

com·pil·er [kəm'paɪlɚ] 名 1 編輯者。2

C

〖電腦〗編譯器；編譯程式。

com·pla·cence [kəm'plesəns] 图=complacency.

com·pla·cen·cy [kəm'plesənsɪ] 图（複 -cies）1Ⓤ滿足感；自滿，自我陶醉。2 心滿意足。

C

com·pla·cent [kəm'plesənt] 形1 感到得意的，自滿的：a ～ smile 洋洋自得的笑容。2 愉快的，令人愉快的。3 漠不關心的《*about...*》。
～·ly副洋洋得意地。

:com·plain [kəm'plen] 動不及1 抱怨；發牢騷《*of, about, at..., of* doing, *about* doing, *at* doing》：～ *of* ill treatment 因抱怨而遭到虐待。2（病人）訴苦《*of, about* ...》；發輾軋聲；呻吟：～ *of* a stomachache 訴說胃痛 / ～ *about* a sharp pain in one's side 抱怨半邊身體劇痛。3（向警方等）正式控訴，控告《*to..., of, about...*》。
—及抱怨，訴苦。

com·plain·ant [kəm'plenənt] 图（訴訟等的）原告；控訴人。

com·plain·ing [kəm'plenɪŋ] 形 抱怨的，訴苦的。

·com·plaint [kəm'plent] 图1ⓊⒸ抱怨，訴苦，牢騷《*against, on...*》；不滿《*about, of..., about* doing, *of* doing, *that*子句》：a ～ *about* rising taxes 對增稅的不滿。2 不滿的原因；病痛的原因；疾病：a chronic ～ 慢性病。3《美》〖法〗（民事）控訴；（刑法中的）控訴（狀）。

com·plai·sance [kəm'plezəns] 图 1 Ⓤ討好；溫順；殷勤。2 討好的行為；彬彬有禮的行為。

com·plai·sant [kəm'plezənt] 形 討好的；溫順的；殷勤的。
～·ly副殷勤地；和藹地；百依百順地。

com·plect·ed [kəm'plɛktɪd] 形《美》《複合詞》膚色…的：dark-*complected* 膚色黝黑的。

·com·ple·ment ['kɑmpləmənt] 图1 補足物，補充物《*to...*》；補足數。2 成對事物的其中一物。3 足量；足額；（船艦上必需的）編制人員數：have a full ～ of porters 備有足夠的侍者。4〖文法〗補語。5〖數〗餘角；餘弧；補數；餘子式。6〖樂〗轉位音程。—[-,mɛnt] 動及 使完全；補足，補充。

com·ple·men·tal [,kɑmplə'mɛntl] 形 = complementary.

com·ple·men·tar·i·ty [,kɑmpləmɛn'tærətɪ] 图Ⓤ互補性；互相依賴。

com·ple·men·ta·ry [,kɑmplə'mɛntərɪ] 形 1 補足的《*to...*》；補充的。2 互補的：a ～ angle〖數〗餘角 / a ～ color 補色 / ～ distribution〖語言〗互補分布。

comple'mentary 'medicine 图 Ⓤ 補充療法。

:com·plete [kəm'plit] 形（常作 -plet·er, -plet·est）1 全部的；完備的《*with...*》。2 完成的；結束的。3 完全的；徹底的：have ～ confidence in him 完全信任他 / make a ～ fool of oneself 徹底地被愚弄。4 有造詣的；完美的，無懈可擊的。5〖文法〗完全的。6〖理則〗完全的。7〖數〗完備的。
—動(-plet·ed, -plet·ing)及1 使完備；使完整。2 使完畢，結束。
～·ness图Ⓤ完整，完成；完美。

:com·plete·ly [kəm'plitlɪ] 副完全地，徹底地；所有地；充分地。

·com·ple·tion [kəm'pliʃən]图Ⓤ 1 完畢；完成的狀態：reach ～完成 / bring something to ～做好某件事。2 成就，達成，實現。

com·ple·tist [kəm'plitɪst] 图 完美主義者，追求完美的人。

:com·plex [kəm'plɛks, 'kɑmplɛks] 形（偶作～·er, ～·est）1 由（互相關聯的）幾個部分構成的，組合的：a ～ system of transportation 複合式運輸系統。2 複雜的；錯綜複雜的。3〖文法〗複合的；〖數〗複數解析的。4〖化〗複合的。—['kɑmplɛks]图 1 複雜集合；綜合物；大型公寓；綜合大樓；聯合工廠。2 (1)〖心〗情結；過度的情緒反應。3〖數〗複數；叢；複體；複系。4《口》無理由的偏見，嫌惡《*about* ...》。

'complex 'fraction 图〖數〗繁分數。

com·plex·ion [kəm'plɛkʃən] 图1 膚色，面色，臉色。2《通常作單數》情況；形勢。3 觀點；態度；信念。

com·plex·ioned [kəm'plɛkʃənd] 形《作複合詞》膚色…的：a fair-*complexioned* person 膚色白皙的人。

com·plex·i·ty [kəm'plɛksətɪ] 图(複-ties) 1Ⓤ複雜（的狀態），複雜性。2 錯綜複雜的事物。

'complex 'number 图〖數〗複數。

'complex 'sentence 图〖文法〗複句：包括一個或一個以上的從屬子句的句子。

com·pli·ance [kəm'plaɪəns], **-an·cy** [-ənsɪ] 图Ⓤ1 順從《*with...*》。2（迎合他人的）屈從。3 合作；服從。
in compliance with... 依照，依從。

com·pli·ant [kəm'plaɪənt] 形 順從的，卑屈地服從的，依從的。～·ly副

com·pli·ca·cy ['kɑmpləkəsɪ] 图（複 -cies）Ⓤ複雜；Ⓒ複雜的事物。

·com·pli·cate ['kɑmplə,ket] 動 (-cat·ed, -cat·ing) 及 1 使複雜；《通常用被動》使（病情）惡化。2 使陷入《*with...*》。—不及變得複雜。

·com·pli·cat·ed ['kɑmplə,ketɪd] 形1 複雜的。2 費事的；難分析的，難懂的：a long ～ explanation 冗長難解的說明。

·com·pli·ca·tion [,kɑmplə'keʃən] 图1Ⓤ複雜；複雜狀況。2《常作～s，作單數》種種因素的複雜結合。3 麻煩的狀況，難以應付的事；混亂的根源。4〖病〗併發症。

com·plic·it [kəm'plɪsɪt] 形共謀的，串通的。

com·plic·i·ty [kəm'plɪsətɪ] 名U共謀，(共同) 參與犯罪《*in*...》: ~ *in* murder 參與謀殺。

:com·pli·ment ['kɑmpləmənt] 名 **1** 稱讚，誇獎；恭維；敬意：pay a ~ 給予稱讚 / return the ~ 還禮；《諷》報復 / fish for ~*s* 沽名釣譽。**2**《~**s**》禮貌的問候，致意：the ~*s* of the season (聖誕節、春節等) 年節的問候。

—['kɑmplə,mɛnt] 動及**1** 稱讚；恭賀；加以讚揚；祝福《*on*...》。**2** 向…送禮以表示敬意；贈送《*with*...》。**3** 使醒目。

com·pli·men·ta·ry [,kɑmplə'mɛntərɪ] 形 **1** 問候的；表示敬意的；讚揚的；稱讚的；恭維的。**2** 免費的：~ tickets to the baseball game 棒球比賽的招待券。

com·plin ['kɑmplɪn] 名《常作~**s**》〖教會〗晚禱，晚課 (亦作 **compline**)。

·com·ply [kəm'plaɪ] 動 (**-plied,~·ing**) 不及順從；應允；滿足 (條件)《*with*...》: ~ *with* regulations 遵守規則。

com·po ['kɑmpo] 名(複~**s** [-z])UC混合物；混合塗料，灰泥。

com·po·nent [kəm'ponənt] 形組成的，成分的，要素的：the ~ pieces 組成的各部分。

—名**1** 成分；(機器等的) 零件。**2**〖理〗分力；〖理化〗成分；〖數〗分量。

com·port [kəm'pɔrt] 動及《文》《反身》行為，舉止：~ *oneself* with dignity 舉止莊重。—不及一致，相稱《*with*...》。

com·port·ment [kəm'pɔrtmənt] 名U《文》行為，舉止。

·com·pose [kəm'poz] 動(**-posed, -pos·ing**) 及**1**《常用被動》組成；構成《*of* ...》。**2** 整理，整頓。**3**〖藝〗構 (圖等)；創作；編 (舞等)。**4** 調停：~ the dispute between them 調停他們之間的紛爭。**5** 使和緩；使鎮靜；《反身》使鎮定：~ one's mind 使自己心情鎮定 / ~ *oneself* to speak 先穩住自己再說話。**6**〖印〗排 (字)；將 (新聞稿等) 排版。—不及**1** 寫詩；創作；作曲。**2** 構圖。**3** 排字。

com·posed [kəm'pozd] 形鎮定的，泰然自若的。

com·pos·ed·ly [kəm'pozɪdlɪ] 副 冷靜地，沉著地。

com·pos·er [kəm'pozɚ] 名**1** 組成者；構圖者。**2** 作曲家；作者，作家。

com·pos·ite [kəm'pɑzɪt] 形 **1** 合成的，混合成的。**2**《**C-**》〖建〗混合式的。**3**〖植〗菊科的。**4**〖數〗合成的；合成數的。—名合成物；合成畫，合成照片。

:com·po·si·tion [,kɑmpə'zɪʃən] 名 **1** U 組合，構成；合成的狀態。**2** UC組織，構造。**3** U氣質；個性。**4** 混合物，合成物，合金。**5** U〖美〗構圖。**6** U 構句法；創作；作品；作文；作曲。**7**〖文法〗(句子的) 合成，複合。**8** 和解；協議；私下和解金：come to a ~ with... 與…和解。**9** U〖印〗排字。

~**·al**形

com·pos·i·tor [kəm'pɑzɪtɚ] 名排字工人。

com·pos men·tis ['kɑmpəs'mɛntɪs] 形《拉丁語》精神健全的。

com·post ['kɑmpost] 名U**1** 堆肥。**2** 混合物。—動及給 (土地) 施肥。

·com·po·sure [kəm'poʒɚ] 名 U 鎮靜，沉著：retain one's ~ 保持鎮靜。

com·po·ta·tion [,kɑmpə'teʃən] 名U酒宴；聚飲。

com·pote ['kɑmpot] 名 (複~**s** [-ts]) **1** U 糖漬的水果。**2** (盛糖果、水果用的) 高腳盤。

:com·pound[1] ['kɑmpaʊnd, kɑm'paʊnd] 形 **1** 混合的，複合的。**2** 有多種機能的。**3**〖文法〗複合句的；複合的。**4**〖植〗複生的；〖動〗複合的，群體的。**5**〖樂〗複拍子的。**6**〖機〗複激發動機的。—['kɑmpaʊnd]名**1** 混合物；〖化〗化合物。**2**〖文法〗複合詞。

—[kɑm'paʊnd]動及**1** 使混合；調配 (藥品等)。**2** 用…組合；形成整體《 *of, from* ...》。**3** 折扣償還；〖法〗私下和解。**4** 以複利計算利息。**5**《常用被動》增加…的程度；加重，增添。**6**〖電〗使複繞。—不及 **1** 妥協，和解《 *with*...》。**2** 調停。**3** 混合而成《*into*...》。

~**·er**名

com·pound[2] ['kɑmpaʊnd] 名 **1** (非洲、印度等的) 歐洲人區域，白人區。**2** (俘虜收容所等的) 圍著圍牆的場地。**3** 用圍牆等圍住的地區。

'compound-'complex 'sentence名〖文法〗複合複句。

'compound 'eye 名〖動〗(昆蟲等的) 複眼。

'compound 'flower 名〖植〗(菊科植物的) 聚合花。

'compound 'fraction 名〖數〗= complex fraction.

'compound 'fracture 名〖醫〗穿破骨折，開放性骨折。

'compound 'interest 名複利。

'compound 'sentence 名〖文法〗複合句。

'compound ,word 名複合字。

·com·pre·hend [,kɑmprɪ'hɛnd] 動及**1** 了解，領悟：~ how the levers and spindles act upon one another 了解槓桿與軸如何相互作用。**2** 包含；占據；隱含。

com·pre·hen·si·ble [,kɑmprɪ'hɛnsəbl] 形能理解的，易理解的。

-bly副

com·pre·hen·sion [,kɑmprɪ'hɛnʃən] 名U**1** 包含，包括；包含在其中的狀態；〖理則〗內涵。**2** 理解，了解；理解力：without ～ 不了解地 / be beyond one's ～ 不能理解。

·**com·pre·hen·sive** [ˌkamprɪ'hɛnsɪv] 形 1 廣博的；包涵豐富的；〖理則〗內涵的：a ～ study of housing problems 對住宅問題的廣泛研究。2 理解的；有理解力的；理解（力）範圍廣的。3〖保〗綜合保險的。—名 1《常作 ～s》（主修科目等的）綜合測驗。2 照片等的詳細設計草圖。～·ly 副, ～·ness 名

compre'hensive ˌschool 名 U C《英》綜合中學。

·**com·press** [kəm'prɛs] 動 及 1 緊壓；壓縮；壓成《 *into...* 》：～ one's lips 緊閉嘴。2 使精簡為《 *into...* 》。—['kamprɛs] 名 1〖醫〗壓布。2（包裝棉花用的）打包機。～·i·bly 副, ～·ing·ly 副

com·pressed [kəm'prɛst] 形 1 壓縮的；受擠壓的；（加壓後變得）平整的：～ air 壓縮空氣。2 精簡的，簡潔的。

com·press·i·bil·i·ty [kəm,prɛsə'bɪlətɪ] 名 U〖理〗可壓縮性。

com·press·i·ble [kəm'prɛsəbl̩] 形 可壓縮的，易壓縮的，壓縮性的。

com·pres·sion [kəm'prɛʃən] 名 U 壓縮，緊縮；（內燃機中的）壓縮（量）；概要。

com·pres·sive [kəm'prɛsɪv] 形 壓縮的，有壓縮力的。～·ly 副

com·pres·sor [kəm'prɛsɚ] 名 壓縮者，壓縮物；壓縮器；（氣體）壓縮機。

·**com·prise** [kəm'praɪz] 動 (-prised, -pris·ing) 及 1 組成；包含：be ～d in... 包含於…之中。2 構成；《被動》（由…）構成《 *of...* 》。

·**com·pro·mise** ['kamprəˌmaɪz] 名 1 U C 妥協，互讓：make a ～ with... 與…妥協。2 妥協方案，折衷方案；折衷之物。3 危害名譽的舉動。—動 (-mised, -mis·ing) 及 1 使和解。2 危及，連累。3 放棄。—不及 1 妥協，互相讓步《 *on* 》。2 作屈辱的讓步《 *with...* 》。

com·pro·mis·ing ['kamprəˌmaɪzɪŋ] 形 損害名譽的，引起懷疑的。

comp·trol·ler [kən'trolɚ] 名 = controller.

com·pul·sion [kəm'pʌlʃən] 名 1 U《偶作 a ～》強制，強迫：by ～ 強制地 / under ～ 受強制，義務。2 衝動《 *to* do 》；U〖心〗強迫，強迫作用。

com·pul·sive [kəm'pʌlsɪv] 形 1 強制的，強逼的。2〖心〗強迫性精神官能症患者。

～·ly 副, ～·ness 名

·**com·pul·so·ry** [kəm'pʌlsərɪ] 形 1 強制的，強迫的：～ execution 強制執行；死刑。2 義務的，必需的，（課程）必修的：～ service 徵兵 / ～ education 義務教育 / a ～ subject《英》必修科目。-ri·ly 副

com·punc·tion [kəm'pʌŋkʃən] 名 U《常用於否定句》良心不安；悔恨；追悔：without ～ 無動於衷。

com·punc·tious [kəm'pʌŋkʃəs] 形 良心不安的；悔恨的《 *for...* 》。～·ly 副

com·pu·ta·tion [ˌkampjə'teʃən] 名 1 U C《常作～s》計算（法），推算法；計算的結果，計算出的數值。2 電腦的使用。～·al 形 計算的，計算能力的。

com·pute [kəm'pjut] 動 及 1 計算；推算《 *at...* 》。2 使用電腦計算。—不及 計算，推算。

Computed ˌAxial 'Tomography 名〖醫〗電腦斷層掃描（亦作 **CT** 或 **CAT scanning**）。

:**com·put·er** [kəm'pjutɚ] 名 電腦。

com'puter ˌcrime 名 U C 電腦犯罪。

com'puter ˌdating 名 U 電腦擇友，電腦約會安排。

com·put·er·ese [kəm,pjutə'riz] 名 1（電腦操作員使用的）電腦術語。2 = computer language.

com'puter ˌgame 名 電腦遊戲。

com'puter ˌgeek 名 電腦科技宅男。

com'puter ˌgraphics 名 電腦繪圖。

com·pu·ter·ize [kəm'pjutəˌraɪz] 動 及 1 以電腦處理；使電腦化。2 裝設電腦於。—不及 操作電腦。

-i·'za·tion 名 U 電腦化。

com'puter ˌlanguage 名 電腦語言（如 ALGOL, COBOL 等）。

com'puter-'literate 形 會使用電腦的。

com'puter 'modeling 名 U 電腦模擬。

com'puter ˌprogram 名 電腦程式。

com'puter ˌvirus 名 電腦病毒。

com·put·e·ry [kəm'pjutərɪ] 名 U 1 電腦設備；《集合名詞》電腦。2 電腦的使用[製造，操作]。

·**com·rade** ['kamræd, 'kamrəd] 名 1 同事，同伴。2（屬於同一政黨的）黨員，同志；《 the ～s 》（尤指）共產黨員；《打招呼或稱呼時用》同志，夥伴。～·ly 副

com·rade·ship ['kamræd, ʃɪp] 名 U 同志之誼；朋友關係；友情。

com·sat ['kam,sæt] 名 1（美國的）通訊衛星。2《 C- 》通訊衛星公司。

comte [kɔ̃nt] 名(複～s [kɔ̃nt])《法語》伯爵。

Comte [kɔnt] 名 **Auguste** 孔德（1798–1857）：法國哲學家、社會學家，實證體系的始祖。'**Com·tism** ['kam,tɪzəm] 名, '**Com·tist** 名

Co·mus ['koməs] 名 柯摩斯：古希臘及羅馬神話中司酒宴、慶典之神。

con[1] [kan] 副 形 反面地[的]，反對地[的]：pro and ～ 贊成和反對。—名《通常作 ～s 》反對論，持反對論者，反對票，投反對票者。

con[2] [kan] 動 (conned, ～·ning) 及《古》

心研讀，慎思，諳記《 *over* 》。

con³, conn [kɑn] 動(**conned,** ～**·ning**)及〖海〗指揮掌舵。—名指揮掌舵。

con⁴ [kɑn] 形《俚》詐欺的。—動(**conned,** ～**·ning**)及欺騙；誘騙《 *into...* 》。

con⁵ [kɑn] 名《俚》= convict.

con·cat·e·nate [kɑn'kætə,net, kən-] 動及以鏈狀物連鎖起來。—[-nɪt,-,net] 形（以鏈狀物）連結的，連接的。

con·cat·e·na·tion [,kɑnkætə'neʃən, kən-] 名 **1** Ⓤ 連結，連鎖。**2** 一連串（事物）《 *of...* 》。

con·cave [kɑn'kev, kən-] 形 凹面的，凹的：a ～ lens 凹透鏡。—['--] 名 凹面（物）；凹線。

con·cav·i·ty [kɑn'kævətɪ] 名(複**-ties**) Ⓤ 凹狀，凹性；Ⓒ凹面；成凹形。

con·ca·vo-con·cave [kɑn'kevokɑn'kev] 形兩面凹進的，雙凹的。

con·ca·vo-con·vex [kɑn'kevokɑn'vɛks] 形凹凸（鏡）的。

·con·ceal [kən'sil] 動及 **1** 隱藏《 *from ...* 》。**2** 隱瞞《 *from...* 》。**-cealed·ly** 副

con·ceal·ment [kən'silmənt] 名 **1** Ⓤ 隱匿，隱藏；隱瞞：remain in ～ 隱藏起來。**2** 隱藏的方法；隱藏處。

·con·cede [kən'sid] 動 (**-ced·ed, -ced·ing**) 及**1** 承認；認定：～ defeat 承認失敗。**2** 許以，給與：～ better working conditions to the employees 給與員工們更好的工作環境。—不及讓步；認輸；在選舉中承認自己失敗。**-ced·er**名

con·ced·ed·ly [kən'sidɪdlɪ] 副明白地，清楚地。

·con·ceit [kən'sit] 名**1**Ⓤ自大，自負，自滿：be full of ～ 十分自負。**2** 想法；幻想；靈機一動；奇想。**3**（詩文裡）誇張的比喻；Ⓤ 誇張比喻的使用。**4** 裝飾品，精緻的手工藝品。

out of conceit with... 對…不滿意。

con·ceit·ed [kən'sitɪd] 形 **1** 自負的，自誇的。**2** 奇想的，幻想的。～**·ly**副

con·ceiv·a·ble [kən'sivəbl̩] 形可想像的，可想到的：It is ～ that... …是可想而知的。

con·ceiv·a·bly [kən'sivəblɪ] 副 **1**《修飾全句》可想像到地；恐怕，大概。**2**《與有 **can, could** 的否定句、疑問句連用》無論如何，根本。

con·ceive [kən'siv] 動 (**-ceived, -ceiv·ing**)及**1** 心中形成；構思。**2**《與**can, could** 的否定句、疑問句連用》想像。**3** 認爲：～ something (to be) possible 以爲某事是可能的。**4**《通常用被動》（用語言等）表達：a theory ～*d* in plain terms 用簡易的言詞表達的理論。**5**(1)得（子）；懷（胎）。(2)開始；創辦：a new nation ～*d* in liberty 在自由信念下創建的新國家。—不及 **1**《通常用於否定》想像；構思；將…當作《 *as...* 》。**2** 懷孕。**-ceiv·er**名構想者。

:con·cen·trate ['kɑnsən,tret] 動(**-trat·ed, -trat·ing**)及**1** 集合；使（軍隊等）集結；集中《 *on, upon...* 》：～ one's attention *on* the subject 集中注意力於此題目上。**2** 濃縮。—不及 **1** 集在一點；集中《 *on, upon ...* 》。**2** 全神貫注《 *on, upon...* 》。**3** 濃縮。—名 ⓊⒸ 濃縮物，濃縮飲料。**-tra·tive** [-,tretɪv]形集中的；聚集性的；專心的。

con·cen·trat·ed ['kɑnsən,tretɪd] 形 **1** 集中的；密集的。**2** 濃縮的。

·con·cen·tra·tion [,kɑnsən'treʃən] 名**1** ⓊⒸ集中《 *of...* 》；集合物，集團：a ～ *of* molecules 一群分子。**2**Ⓤ專心。**3**〖軍〗集結。**4** 集中研究。**5**Ⓤ濃縮；〖化〗濃度。

concen'tration ,camp 名（囚禁戰俘、難民的）集中營。

con·cen·tric [kən'sɛntrɪk] 形 **1** 同中心的《 *with...* 》：～ circles〖數〗同心圓。**2** 集中的。**-tri·cal·ly**副同心地，集中地。

·con·cept ['kɑnsɛpt] 名**1** 概念，觀念，構想。**2** 直覺對象。

·con·cep·tion [kən'sɛpʃən] 名**1** 想像的形成；構想；設計，計畫；ⓊⒸ觀念，概念：beyond all ～ 無法想像的 / have no ～ of... 沒有…概念。**2**Ⓤ想像；想像的狀態。**3**ⓊⒸ懷孕。**4** 起源，創始：the ～of the draft 徵兵制的起源。

con·cep·tion·al [kən'sɛpʃənl̩] 形概　念的；概念上的。

con·cep·tu·al [kən'sɛptʃuəl] 形概念的；形成概念的；概念藝術的。～**·ly**副

con·cep·tu·al·ize [kən'sɛptʃuə,laɪz] 動不及（使）形成概念；（使）概念化。**-i·'za·tion**名

:con·cern [kən'sɝn] 動及 **1** 《反身或被動》有關係，涉及；把（…）當作問題（處理），以（人）爲對象《 *with, in, about, over...* 》；《被動》想（做…）。**2** 關係到…；與…有利害關係；對…至關重要；影響。**3**《反身或被動》憂慮，煩惱，掛念《 *about, for, over...* 》。

as concerns 有關…，關於。

as far as...be concerned 關於。

—名 **1**（重大的）關係；利害關係《 *with, in...* 》；Ⓤ重要性。**2**《常作～**s**》所關心的事；事情；事務。**3**Ⓤ關懷，掛念，憂慮《 *for, about, over...* 》。**4** 事業，事務；公司；壟斷性的聯合企業。**5**《口》事，物；裝置，設備；（有缺點的）人，傢伙。

con·cerned [kən'sɝnd] 形 **1**《通常置於名詞後》有關的，參與的，被牽連的：the authorities ～ 有關當局 / the parties ～ 有關方面的人，當事人。**2** 憂慮的，掛念的：a ～ glance 憂慮的眼神。**3** 關心社會政治議題的。

con·cern·ed·ly [kən'sɝnɪdlɪ] 副 憂慮地，擔憂地。

·con·cern·ing [kən'sɝnɪŋ] 介關於。

con·cern·ment [kən'sɝnmənt] 名《文》**1**Ⓤ 重要性。**2**Ⓤ掛念，憂慮《 *for,*

C

about... 》。3 Ⓤ 利害關係；關聯；參與《 *with, in...* 》。4 有關係的事；所關心的事：an issue of general ～ 一般人關心的事。

:con·cert ['kansɚt] 名 1 音樂會，演奏會；獨奏會。2 Ⓤ《文》一致，和諧；協同。3 Ⓤ〖樂〗和聲；協奏曲。
in concert 共同努力《 *with...* 》；一致。
—形 音樂會用的；(可)在音樂會中演奏的。—[kən'sɝt] 動 及《文》1 商定，協商；協力實行《 *with...* 》。2 計畫。—不及 商定，協議；協調，協同工作《 *with...* 》。

con·cert·ed [kən'sɝtɪd] 形 1 協商好的；協同的：make a ～ effort 一致同心協力。2〖樂〗爲合唱而編曲的。～**·ly** 副

con·cert·go·er ['kansɚt,goɚ] 名 常去聽音樂會的人。

'concert 'grand 名 (演奏會用的) 大型平臺鋼琴。

'concert ˌhall 名《英》音樂廳。

con·cer·ti·na [ˌkansɚ'tinə] 名 1 一種六角形手風琴。2 有刺鐵絲網。—動 不及 1 (似手風琴般地) 伸縮。2《英》(交通工具碰撞之後) 擠扁。

con·cert·mas·ter ['kansɚt,mæstɚ] 名 (交響樂隊的) 首席小提琴演奏者。

con·cer·to [kən'tʃɛrto] 名 (複～**s**, **-ti** [-tɪ]) 〖樂〗協奏曲。

'concert ˌpitch 名 Ⓤ 1〖樂〗(協調音的高低) 音樂會用標準高音。2《俚》極佳狀態。

con·ces·sion [kən'sɛʃən] 名 1 Ⓤ Ⓒ 讓步；讓與；承認。2 讓與物；(由政府或監察機關發給的) 特許《 *from...* 》；特許權《 *to* do 》。3《美》營業許可，土地使用權；租地營業商店：a ～ stand 有租地營業許可的商攤。

con·ces·sion·aire [kən,sɛʃə'nɛr] 名 1 權利的受讓者。2 得到政府授與的特許權者；《美》營業權所有人。

con·ces·sion·ar·y [kən'sɛʃə,nɛrɪ] 形 讓步的，讓與的，優惠的。

con·ces·sive [kən'sɛsɪv] 形 1 讓步的。2〖文法〗表示讓步的。～**·ly** 副

conch [kaŋk, kantʃ] 名 (複～**s** [kaŋks], ～**·es** ['kantʃɪz]) 海螺，螺旋狀貝殼。

con·chol·o·gy [kaŋ'kalədʒɪ] 名 Ⓤ 貝殼學，貝類學。

con·ci·erge [ˌkansɪ'ɛrʒ] 名 (複～**s**[-z]) 1 (法國的) 門房，守衛，(公寓大樓的) 管理員。2 (旅館的) 接待員。

con·cil·i·ar [kən'sɪlɪɚ] 形 (宗教) 會議的。

con·cil·i·ate [kən'sɪlɪ,et] 動 及 1 消除敵意，安撫，撫慰；懷柔。2 贏得。3《古》使一致；調解。**-i·a·ble** 形

con·cil·i·a·tion [kən,sɪlɪ'eʃən] 名 Ⓤ 1 撫慰，懷柔。2 調停，和解。

con·cil·i·a·tor [kən'sɪlɪ,etɚ] 名 1 撫慰者。2 調停者，仲裁者。

con·cil·i·a·to·ry [kən'sɪlɪə,torɪ] 形 撫慰的，調和的。

con·cise [kən'saɪs] 形 簡潔的，簡明的。～**·ly** 副, ～**·ness** 名 Ⓤ 簡潔，簡明。

con·ci·sion [kən'sɪʒən] 名 Ⓤ (文體的) 簡潔，簡明。

con·clave ['kanklev, 'kaŋ-] 名 1〖天主教〗(樞機主教集合的) 教宗選舉祕密會議；《集合名詞》樞機主教團。2 祕密會議：sit in ～ (with...) (與…) 舉行祕密會議。

:con·clude [kən'klud] 動 (**-clud·ed, -clud·ing**) 及 1 結束：～ the piano concert with a Chopin waltz 以一首蕭邦的華爾滋曲結束鋼琴演奏會 / *Concluded.* (連載文章結尾處)「完」，本篇結束。/ To be ～*d.* 待續；下集完結。2 推斷爲…。3 締結。4《尤美》(討論之後) 決定，決心。5〖法〗拘留，拘禁。—不及 1 結束，完畢《 *by, with...* 》。2 達成某意見，下結論。**-clud·er** 名

con·clud·ing [kən'kludɪŋ] 形 結束的，終結的。

·con·clu·sion [kən'kluʒən] 名 1 Ⓤ 完結，終結；結束：at the ～ of the contest 競賽結束時 / bring a play to a happy ～ 使一齣戲以喜劇收場。2 結局，結果。3 Ⓤ Ⓒ 締結《 *of...* 》: satisfactory ～ *of* the treaty 條約的圓滿締結。4 Ⓤ 判定，結論《 *that* 子句》：come to the ～ *that...* 達成…的結論。5 推論，推斷；〖理則〗(三段論法的) 結論：jump to a ～ [～*s*] 輕易地下結論，冒然斷定。
in conclusion 最後；綜上所述。
try conclusions with... 與…一決雌雄。

con·clu·sive [kən'klusɪv] 形 1 決定性的；確定性的。2 終結的；結局的。～**·ness** 名

con·clu·sive·ly [kən'klusɪvlɪ] 副 最後地，最終地，決定性地。

con·coct [kan'kakt, kən-] 動 及 1 混合調製；調合。2 編造，虛構；策劃：～ an alibi 編造案發時不在場的證明。

con·coc·tion [kan'kakʃən, kən-] 名 1 Ⓤ 混合調製。2 Ⓤ Ⓒ 調合物；(計畫等的) 籌謀；編造的話；計謀。

con·com·i·tance [kən'kamətəns] 名 1 Ⓤ 附隨；共存。2 = concomitant.

con·com·i·tant [kən'kamɪtənt] 形 相伴的；伴隨的《 *with...* 》：a ～ result 附帶產生的結果。—名 共存性，附帶性；《通常作～**s** 》共存物，伴隨物《 *of, with...* 》。～**·ly** 副

con·cord ['kankɔrd, 'kaŋ-] 名 1 Ⓤ 一致；協調，和諧：in ～ with... 與…協調。2〖文法〗= agreement 3. 3 Ⓤ 和平；友善，親睦。4 (國際間的) 協定，協約。5 Ⓤ〖樂〗和聲。

Con·cord ['kaŋkɚd] 名 康科特：1 美國波士頓西北方城市名，古戰場。2 美國 New Hampshire 州的首府。

con·cord·ance [kan'kɔrdṇs, kən-] 名

Ⓤ一致；和諧，協調：in ～ with... 與…協調一致。2（書、作品等的）語詞索引《to...》：～ to the Bible 聖經語詞索引。

con·cord·ant [kɑn'kɔrdn̩t, kən-] 形一致的；和諧的《with...》。～·ly 副

con·cor·dat [kɑn'kɔrdæt] 名（尤指正式的）協約，盟約；（尤指教會與各國政府之間的）宗教事務協定。

Con·corde ['kɑŋkɔrd] 名協和式超音速客機。

con·course ['kɑnkors, 'kɑŋ-] 名1 集合，群集。2（公園中的）車道；寬闊的林蔭大道。3（公園等的）中央廣場；《美》（車站等的）中央大廳。4 賽馬場，競技場。5（河流、事件等的）匯合。

·**con·crete** ['kɑnkrit, kɑn'krit] 形 1 實存的；實際的；具體的，有形的：a ～ example of his endeavors 他努力的實例。2 個別的，特殊的。3 混凝土製的：a ～ sidewalk 水泥地人行道。4 固結的。—名 1 具體的觀念。2 固結物。3 Ⓤ混凝土（材料）。—動(-cret·ed, -cret·ing)及1 以混凝土強固；在…上塗以水泥。2 [kɑn'krit] 使堅固，使凝固。3 [kɑn'krit] 使成為實際，使具體化。—不及1 [kɑn'krit] 固結；變堅固。2 使用混凝土。

～·ness 名

'concrete ˌjungle 名《a～》1 都市叢林。2 = asphalt jungle.1.

con·crete·ly ['kɑnkritlɪ] 副具體地。

'concrete ˌmixer 名混凝土拌合機。

'concrete 'music 名Ⓤ具體音樂。

'concrete 'number 名〖算〗名數。

'concrete ˌpoetry 名Ⓤ具象詩：將文字、字彙或符號等作圖畫式排列而成的詩。

con·cre·tion [kɑn'kriʃən] 名1 Ⓤ具體化，實體化；具體性：凝固，凝結。2 凝結體；（一般的）具體事物。3〖病〗結石。

con·cre·tize ['kɑnkrɪˌtaɪz] 動及使具體化。

con·cu·bi·nage [kɑn'kjubənɪdʒ] 名 Ⓤ1 姘居關係，同居。2 納妾。

con·cu·bi·nar·y [kɑn'kjubəˌnɛrɪ] 形姘居關係的；有姘居關係的；姘居而生的。

con·cu·bine ['kɑŋkjuˌbaɪn] 名 1 姘婦；不結婚而與人同居的女性。2 妾。

con·cu·pis·cence [kɑn'kjupəsəns] 名（感官上的）聲色之慾；性慾。

con·cu·pis·cent [kɑn'kjupəsənt] 形好色的；貪慾的。

con·cur [kən'kɝ] 動 (-curred, ～·ring) 不及1 意見一致，同意《with...》：～ with his view in many points 與他的觀點有許多相同之處。2 同時發生《with...》；湊在一起。3 協力，合作《in doing》；相關聯《in...》。～·ring·ly 副

con·cur·rence [kən'kɝəns] 名Ⓤ《偶作a～》1 一致贊成；同意；意見的一致《that 子句》。2 同時發生。3 同時發生作用；協力：in ～ with... 與…同時地。4〖幾〗交點，交集；〖法〗（權利的）共有，權利等同。

con·cur·rent [kən'kɝənt] 形1 同時發生的，共存的《with...》：a ～ attack on all fronts 所有戰線同時發動的全面攻擊。2 合作的。3 有相同權限的。4 一致的《with...》。5（線等）共交於一點的。—名併發的情況；併發事件。～·ly 副同時地。

con·cuss [kən'kʌs] 動及1 劇烈地震盪，衝擊。2 使腦震盪；使（腦）因重擊而產生震傷。

con·cus·sion [kən'kʌʃən] 名ⓊⒸ1 衝擊，震盪。2〖病〗腦震盪。

con·cus·sive [kən'kʌsɪv] 形給予衝擊的；震盪性的。

·**con·demn** [kən'dɛm] 動及1 責難，譴責《for...》：～ a person for his error 因某人的過錯而責備他。2 證明…有罪。3 判決有罪《for...》；宣告死刑《to...》；判決：～ a murderer to death 宣判殺人犯處極刑。4 宣告為劣品；決定廢棄；沒收。5 使遭遇《to...》；勉強做…，命中注定…。

con·dem·na·ble [kən'dɛmnəbl̩] 形應受責難的，應受譴責的。

con·dem·na·tion [ˌkɑndɛm'neʃən, -dəm-] 名 1 ⓊⒸ宣告有罪；宣告疾病之不治。2ⓊⒸ譴責，責難。3 責難的理由。

con·dem·na·to·ry [kən'dɛmnəˌtorɪ] 形責難的；宣告有罪的。

con·demned [kən'dɛmd] 形 1 受譴責的；被宣判死罪的。2 死刑犯的。3《美》（財產等）被沒收的。

con·den·sa·ble [kən'dɛnsəbl̩] 形可凝縮的，可濃縮的。

con·den·sa·tion [ˌkɑndɛn'seʃən] 名 1Ⓤ凝縮；凝固體。2ⓊⒸ摘要，節錄：a ～ of a classical work 古典作品的節本。3Ⓤ液化，固體化；〖化〗冷凝，凝結。4Ⓤ〖精神分析〗濃縮觀念。～·al 形

·**con·dense** [kən'dɛns] 動(-densed, -dens·ing)及1 使濃縮；凝縮，壓縮；使凝結《into...》：～ vapor into water 將水蒸氣凝縮成水。2 節略，摘要，縮短《into...》。3（通過透鏡後）聚集；增強（電流）。—不及1 濃縮，凝縮；液化，固體化。2 摘要，節略。

con·densed [kən'dɛnst] 形 1 節略的。2 凝縮的，液化的：～ milk 煉乳。3〖化〗凝結的。

con·dens·er [kən'dɛnsɚ] 名1 摘要者。2 液化設備；冷凝器。3〖電〗電容器。

·**con·de·scend** [ˌkɑndɪ'sɛnd] 動不及1 用一種蔑視對方的態度做…，以恩賜態度對待他人《to...》。2 俯就，屈尊。3 墮落《to...》：～ to take a bribe. 墮落到接受賄賂。

con·de·scend·ing [ˌkɑndɪ'sɛndɪŋ] 形降尊屈就的；抱恩賜態度的。～·ly 副

con·de·scen·sion [ˌkandɪ'sɛnʃən] 名U 1 謙恭，禮貌，屈尊。2 恩賜態度。
con·dign [kən'daɪn] 形（刑罰）適當的，應得的。~·**ly** 副
con·di·ment ['kandəmənt] 名U《常作~**s**》調味品，佐料。

C

:**con·di·tion** [kən'dɪʃən] 名 1 U狀態；《常作~**s**》狀況，現況：under existing ~*s* 在現況之下。2 ⑴U《通常作 **a**~》健康狀態；（競賽者、機械等的）狀況：in *a* certain ~《委婉》在懷孕中。⑵U適合狀態《*to* do》: be in no ~ *to* go out 處於不宜外出的狀態。3 地位；身分：people of every ~（社會）各階層的人。4 特別狀況；必要條件；條件；《~**s**》付款條件：not...on any ~ 無論在何種情況下都不…/ on that ~ 在那個條件之下。5（身體的）異常，病痛。6〖法〗條款；條件事實。7《美》⑴（學生）補考（科目）。⑵需要補考的分數。8〖文法〗條件子句。9〖理則〗（命題的）前題。
be in good condition（食物）保存良好；健康；（機器）狀況良好。
on condition that... 在…條件之下；假若。
out of condition 處於不佳狀況；（東西）處於保存不好狀況。
—動及 1 調節；準備；調整狀況《*to, against, for*...》。2 調節（室內空氣），裝設冷氣機於…。3 成爲條件；決定《*on*...》。4 把…置於（理想的情況下）《*for*...》。5《美》使補考（某）學科《*in*...》。6 檢驗。7 同意。8〖心〗使產生條件反射，制約。
·**con·di·tion·al** [kən'dɪʃənəl] 形 1 附帶條件的；暫時的：the ~ terms of the contract 契約的附帶條件。2《敘述用法》視…而定的，以…爲條件的《*on, upon*...》。3〖文法〗條件法的。4〖理則〗（命題）前題的；（三段論法）前題的。5〖數〗（不等式）有條件的。
—名〖文法〗條件句，假設語句。
~·**ly** 副
con'ditional proba'bility 名條件機率。
con·di·tioned [kən'dɪʃənd] 形 1 附帶條件的，受限制的；帶條件的。2〖心〗受制約的。3 適合（某種目的）的。4《複合詞》在…狀態的。
con·di·tion·er [kən'dɪʃənɚ] 名 1 調節者；（運動）教練；馴獸師。2 添加物，藥劑。3 空氣調節器，冷氣機。
con·di·tion·ing [kən'dɪʃənɪŋ] 名U 1 訓練，調整。2〖心〗條件反射作用。3 空氣調節。
con·do ['kando] 名(複~**s** [-z])《美口》分戶出售的公寓大廈。
con·do·la·to·ry [kən'doləˌtorɪ] 形弔唁的，哀悼的。
con·dole [kən'dol] 動不及 表示哀悼《*with*...; *on, upon, over*...》: ~ *with* the widow *on* her bereavement 向未亡人表示弔唁。
con·dol·er [kən'dolɚ] 名 哀悼者，弔慰者。
con·do·lence [kən'doləns] 名U弔慰，哀悼；《常作~**s**》弔詞：express one's ~*s* to... 向…致哀悼之詞。
con·do·lent [kən'dolənt] 形弔慰的，弔唁的，哀悼的。
con·dom ['kandəm] 名保險套。
con·do·min·i·um [ˌkandə'mɪnɪəm] 名(複~**s**, -**i·a** [-ɪə]) 1 共管（地），共同統治（地）。2〖國際法〗共同管轄權。3《美》分戶出售的公寓大廈；該公寓的一戶。
con·do·na·tion [ˌkando'neʃən] 名U寬恕，原諒；〖法〗（配偶對一方不貞行爲的）寬恕。
con·done [kən'don] 動及 1 赦免，寬恕。2〖法〗原諒，寬恕。-**don·a·ble** 形
con·dor ['kandɚ] 名〖鳥〗大兀鷹。
con·duce [kən'djus] 動不及 導致；有助於《*to / toward*...》。
con·du·cive [kən'djusɪv] 形 有貢獻的，有助於…的《*to*...》。~·**ness** 名
:**con·duct** ['kandʌkt] 名U 1 舉止，行爲，品行：right ~正當的行爲。2 指導，指引：under the ~ of...在…指導之下。3 經營，管理；實施；指揮。
—[kən'dʌkt]動及 1《反身》爲人，表現。2 指導，主持（會議等），管理；處理。3 引導，嚮導。4 指揮（樂團等）。5 傳導，傳播。
—不及 1（道路等）通向《*to*...》；嚮導，引導。2 擔任（樂團的）指揮。3 傳導。
conduct...away / conduct away...（警察）將（壞人）帶走《*from*...》。
con·duct·ance [kənˌdʌktəns] 名U〖電〗電導；傳導；電導係數。
con·duc·tion [kən'dʌkʃən] 名U 1 引流。2〖理〗傳導（性）；〖生理〗（神經感應的）傳導。
con·duc·tive [kən'dʌktɪv] 形 有傳導力的。
con·duc·tiv·i·ty [ˌkandʌk'tɪvətɪ] 名U〖理〗傳導性[力]；〖電〗導電係數。
·**con·duc·tor** [kən'dʌktɚ],《女性形》-**tress** [-trɪs] 名 1 指導者，嚮導，隨車嚮導；經營管理者，指揮者。2《美》（火車的）列車長（《英》guard）。3（電車等的）售票員。4（樂團的）指揮。5 傳導物；避雷針。
con·duc·tress [kən'dʌktrɪs] 名《英》（公車、電車上的）車掌小姐。
con·duit ['kandɪt, -duɪt] 名 1 導管，水管；水道，溝渠。2〖電〗線管。3《古》泉，噴泉。
·**cone** [kon] 名 1〖幾〗圓錐，（圓）錐面；圓錐形物。2〖植〗球果；球狀花序。3〖解〗（網膜內的）視錐。4 火山錐。
—動(**coned, con·ing**)及使成圓錐形。

Con·es·'to·ga 'wagon [,kanə'stogə(-)] 图（北美初期移民所乘用的）寬輪大型篷車。

co·ney ['konɪ,'kʌnɪ] 图(複～s) = cony.

'Coney 'Island 图科尼島：美國紐約市Brooklyn 區的一個遊樂勝地。

con·fab ['kanfæb]《口》图談笑，閒聊。—動(**-fabbed,～·bing**)不及**1** 談笑，閒聊。**2** = confabulate.

con·fab·u·late [kən'fæbjə,let] 動不及**1**《常爲謔》談笑，閒聊《*with...*》。**2**〖精神醫〗虛談。

con·fab·u·la·tion [kən,fæbjə'leʃən] 图談笑，閒聊，聊天。

con·fect [kən'fɛkt] 動及**1** 做成；調製。**2** 製成蜜餞。

—['kanfɛkt] 图= confection 图1.

con·fec·tion [kən'fɛkʃən] 图**1** 蜜餞；糖果；甜食。**2**（藥等的）調製。

con·fec·tion·er [kən'fɛkʃənɚ] 图糖果點心製造者；糖果點心店。

con·fec·tion·er·y [kən'fɛkʃə,nɛrɪ]图(複**-er·ies**) **1**Ⓤ《集合名詞》糖果點心類。**2**Ⓤ糖果點心製造（業）；Ⓒ糖果點心店。

con·fed·er·a·cy [kən'fɛdərəsɪ, -'fɛdrəsɪ] 图(複**-cies**) **1** 聯盟，同盟；同盟國。**2** 祕密結社；共謀。**3**《**the C-**》= Confederate States of America.

con·fed·er·ate [kən'fɛdərɪt] 形**1** 同盟的；共謀的。**2**《**the C-**》〖美史〗南部邦聯的。

—图**1** 同盟者，同盟國。**2** 共謀者，同夥，黨羽。**3**《**C-**》〖美史〗（南北戰爭時）擁護南方邦聯者。—[kən'fɛdə,ret] 動及使結盟；共謀《*with...*》。—不及結盟，聯合；共謀《*with...*》。

Con'federate 'States of A'merica 图《**the ～**》〖美史〗美國南部邦聯：1860－61 年南北戰爭初期南方十一州成立的邦聯。

con·fed·er·a·tion [kən,fɛdə'reʃən] 图**1** Ⓤ結盟狀態。**2**Ⓤ聯合，結盟《*of, between...*》；Ⓒ聯邦，聯盟國。**3**《**the C-**》北美殖民地同盟（1781－89）。

con·fer [kən'fɝ] 動(**-ferred, ～·ring**) 及**1** 將（資格、學位等）授予《*on, upon...*》：～an award *on* a person 頒獎給某人。**2**《廢》比較，對照。—不及協商《*with...*》。～**·rer**图授予者；贈與者。

con·fer·ee, -ree [,kanfə'ri] 图**1**《美》商議對象；會議的出席者。**2** 被授予學位者。

:con·fer·ence ['kanfərəns] 图**1** 會議，協商會議，討論會議：an international ～ 國際會議 / a press ～ 記者招待會。**2**Ⓤ（重要問題的）會談，協商：in ～ with... 與…協商中。**3**〖政〗兩院協商會議。**4**〖教會〗總會，協商會；（參加總會的）教會地區組織。**5**《美》競賽聯盟，聯會。**6**（資格等的）授予。**-en·tial** [-'ɛnʃəl]形

'conference 'call图電話會議。

con·fer·enc·ing ['kanfərənsɪŋ] 图 Ⓤ視訊會議。

con·fer·ment [kən'fɝmənt] 图ⓊⒸ（學位等的）授予；受勳。

con·fer·ral [kən'fɝrəl] 图= conferment.

·con·fess [kən'fɛs] 動及**1** 供認，自白；坦白：～ one's secret to a person 對某人說出自己的祕密。**2** 承認：to ～ the truth 說實話。**3** (1)（向上帝或神父）懺悔《*to...*》：～ oneself *to* a priest 向神父告解自己的罪惡。(2)（神父）聽告解。**4** 表示對…的信仰《*to...*》。—不及**1** 招供，承認《*to..., to doing*》。**2**（向神父）招認罪狀《*to...*》；聽取懺悔。

stand confessed as... …的事實已明。

con·fessed [kən'fɛst] 形公認的，被承認的，自己承認的，明顯的。

con·fess·ed·ly [kən'fɛsɪdlɪ] 副自白地；明白無疑地，顯然地。

:con·fes·sion [kən'fɛʃən] 图**1**ⓊⒸ自白，供認，承認；所供認的事物，所承認的內容；自白書，口供：make (a) ～ to a person 向某人招供。**2**Ⓤ（向神父所作的）告解，懺悔。**3**ⓊⒸ信仰聲明。**4** 殉教者的祭壇。**5** 宗派，宗教團體。

con·fes·sion·al [kən'fɛʃənəl] 形懺悔的，告解的；聲明信仰的。—图**1** 告解處，懺悔室。**2** 告解，懺悔。

con·fes·sor [kən'fɛsɚ] 图**1** 懺悔者，告解者。**2** 雖未殉教但堅守信仰的信徒。**3** 聽信徒告解的神父。**4**《**the C-**》= Edward the Confessor.

con·fet·ti [kən'fɛtɪ] 图(複)(單 **-fet·to** [-'fɛto]) **1**《作單數》（婚禮等時所撒的）五彩碎紙。**2** 蜜餞糖果。

con·fi·dant,《女性形》**-dante** ['kanfə,dænt] 图（可一起討論隱私問題等的）知己，密友。

·con·fide [kən'faɪd] 動 (**-fid·ed, -fid·ing**) 不及**1** 信任，信賴：～ *in* one's own ability 信任自己的能力。**2** 吐露祕密《*in...*》。—及**1** 吐露《*to...*》；坦白告知。**2**《文》託付，委託《*to...*》。

:con·fi·dence ['kanfədəns]图**1** Ⓤ信賴，信任《*in...*》: enjoy a person's ～ 深得某人信賴 / give one's ～ to... 對…信任。**2** Ⓤ〖政〗《英》（依投票而表示對內閣的作爲、政策的）信任：a vote of ～ 信任投票。**3**Ⓤ自信《*in..., that* 子句》；大膽，膽量。**4**Ⓤ厚顏；狂妄：have the ～ to deny one's guilt 厚顏無恥地否認自己的罪行。**5** Ⓤ正確，確實。**6** 祕密，心事：in ～祕密地，私下地 / make a ～ to... 對…吐露祕密。**7**《古》給人自信的事物。

take a person into one's confidence 把（某人）當作心腹朋友。

'confidence ,game [《英》**,trick]** 图騙局（亦稱《美口》**con game**）。

'confidence ,man 图（以取得受騙人

信任而騙取其財物的）騙子。

·**con·fi·dent** ['kɑnfədənt] 形 1 確信的《*of...*》；深信的《*that* 子句》。2 有自信的；大膽的。3 自大的，無禮的。—名知己。～·**ly** 副確信地；有信心地；大膽地。

C

·**con·fi·den·tial** [,kɑnfə'dɛnʃəl] 副 1 祕密的，機密的；親啓的：*C-*《信封上用》親啓。2 推心置腹的《*with...*》；親密的。3 可信賴的。-**ti·al·i·ty** [-ʃɪ'ælətɪ] 名 U

con·fi·den·tial·ly [,kɑnfə'dɛnʃəlɪ] 副 1 祕密地。2 坦誠相告地。

con·fid·ing [kən'faɪdɪŋ] 形輕信的，深信不疑的。～·**ly** 副深信不疑地。

con·fig·u·ra·tion [kən,fɪgjə'reʃən] 名 1 相對配置；形狀：the geographical ～ of Taiwan 臺灣的地形。2〖天〗星相位置；星群；〖理·化〗構型。3〖電腦〗結構。

con·fig·ure [kən'fɪgjə] 動 及 安裝，裝置。

·**con·fine** [kən'faɪn] 動 (-**fined**, -**fin·ing**) 及 1 限制《*to...*, *to* do*ing*》。2《常用被動或反身》監禁，禁閉《*to, within, in...*》。—名 1 ['kɑnfaɪn]《通常作～**s**》境界，範圍；邊境，疆界《*of...*》。2 [kən'faɪn]《古》幽禁，監禁。

·**con·fined** [kən'faɪnd] 形 1 有限的，狹窄的。2《敘述用法》蟄居的。3 分娩中的，待產的。

con·fine·ment [kən'faɪnmənt] 名 U 1 幽禁，監禁（狀態）：be placed in ～ 被監禁。2《偶作 a ～》待產；分娩：*a* difficult ～難產。3〖軍〗禁閉。

:**con·firm** [kən'fɝm] 動 及 1 證實。2 確認：～ hotel reservations 確定飯店房間的預訂。3（正式地）認可，批准（條約）：～ a nomination 批准任命。4 使更堅定《*in* ...》：～ a person *in* bad habits 使某人的壞習慣變本加厲。5〖教會〗施堅信禮。

·**con·fir·ma·tion** [,kɑnfɚ'meʃən] 名 U C 1 證實，確認，認可《*of...*》：in ～ *of...* 以（便）證實…。2 確定；批准《*that* 子句》。3〖教會〗堅信禮。

con·firm·a·tive [kən'fɝmətɪv] 形 = confirmatory.

con·firm·a·to·ry [kən'fɝmə,torɪ] 形 1 確定的，確證的，確認的。2 堅信禮的。

con·firmed [kən'fɝmd] 形 1 被確認的，被證實的。2 認可的，批准的。3 根深蒂固的；染上…習慣的；慢性的：get ～ in... 染上…的習慣。4 堅強的。5〖教會〗接受堅信禮的。

con·fis·cate ['kɑnfɪ,sket] 動 及 1 沒收，充公；徵用《*from...*》。2 查封，凍結，扣押。

con·fis·ca·tion [,kɑnfɪs'keʃən] 名 U C 沒收，充公。

con·fis·ca·to·ry [kən'fɪskə,torɪ] 形沒收的，充公的。

con·fla·gra·tion [,kɑnflə'greʃən] 名大火；戰火。

con·flate [kən'flet] 動 及將（兩個版本）合併。

con·fla·tion [kən'fleʃən] 名 U〖版本〗合併；C 合併本。

·**con·flict** [kən'flɪkt] 動 不及 1 衝突，抵觸《*with...; on, over...*》。2《通常爲喻》爭鬥，戰爭《*with...*》。—['kɑnflɪkt] 名 U C 1 戰鬥，爭鬥《*with, between...*》；（與他人等）無法相容《*with...*》。2 爭論。3 抵觸，矛盾；對立。

con·flict·ing [kən'flɪktɪŋ] 形（意見等）相抵觸的，相衝突的。

con·flic·tion [kən'flɪkʃən] 名 U C 爭執，衝突。

con·flu·ence ['kɑnfluəns] 名 1《通常作 the ～》匯流（處）。2 匯合而成的河流。3 集合；群眾。

con·flu·ent ['kɑnfluənt] 形 合流的，匯合的。—名 1 匯流的河川。2 支流。

con·flux ['kɑnflʌks] 名 = confluence.

con·form [kən'fɔrm] 動 不及 1 (1) 遵從，順應《*to...*》。(2) 信奉國教。2 符合，一致《*to, with...*》。—動 及 1 使一致《*to, with...*》。2《常用反身》使順應，使協調《*to...*》。

con·form·a·ble [kən'fɔrməbl] 形 1 相似的；一致的《*to, with...*》。2 順從的，服從的《*to...*》；溫順的：a ～ nature 溫順的本性。3〖地質〗（地層）整合的。
-**bly** 副

con·form·ance [kən'fɔrməns] 名 U 一致，順應，遵照《*to, with...*》。

con·for·ma·tion [,kɑnfɔr'meʃən] 名 U C 1 構造；形態，形狀：the ～ of the moon's surface 月球表面的形態。2（各部分）均衡的排列。3 適應，一致，順應（的狀態）。

con·form·ism [kən'fɔrmɪzəm] 名 U 因循守舊，墨守成規。

con·form·ist [kən'fɔrmɪst] 名 1 遵循者，信奉者《*to...*》。2《常作 *C-*》英國國教徒。—形墨守成規的，隨俗的。

con·form·i·ty [kən'fɔrmətɪ] 名 1 U《偶作 a ～》相似；一致《*to, with...*》。2 U 遵照，順應《*with, to...*》：in ～ *with* custom 隨俗，遵照習俗。3 U《常作 *C-*》信奉國教。

·**con·found** [kɑn'faʊnd, kən-] 動 及 1《常用被動》使困惑，使驚慌失措：be ～*ed* at [by] ... 因…而倉惶。2 混淆，使混亂《*with...*》：～right *with* wrong 混淆是非。3 駁斥。4 ['kɑn'faʊnd]《較輕微的詛咒語》討厭，該死。5《古》(1) 打垮；使挫敗。(2) 使破滅。

con·found·ed [kɑn'faʊndɪd, kən-] 形 1《口》《委婉》討厭的，該死的。2 困惑的。

con·fra·ter·ni·ty [,kɑnfrə'tɝnətɪ] 名 (複-**ties**) 1（宗教、慈善等的）服務團體。2 協會，會社。

con·frere ['kɑnfrɛr] [名]會員；同事。

·con·front [kən'frʌnt] [動][及] **1** 面對；對抗。**2**《被動》面臨（困難）《*with...*》。**3** 使對立；提出（證據等）《*with...*》。**4** 對照，比較《*with...*》。

con·fron·ta·tion [ˌkɑnfrən'teʃən] [名][U][C] **1** 對抗；面對；衝突：have a ～ with one's boss 與上司直接衝突。**2** 對質。

Con·fu·cian [kən'fjuʃən] [名]儒家弟子。—[形]儒家的，儒家弟子的；孔子的。

Con·fu·cian·ism [kən'fjuʃəˌnɪzəm] [名][U]孔子思想，儒家思想。

Con·fu·cius [kən'fjuʃəs] [名]孔子（551?–479 B.C.）：儒家的始祖。

:con·fuse [kən'fjuz] [動](**-fused, -fus·ing**)[及] **1** 使模糊。**2** 使混亂。**3** 混淆，弄錯《*with, and...*》。**4**《通常用被動》使困惑，使糊塗；使慌亂，使困窘。

con·fused [kən'fjuzd] [形] **1** 困惑的，迷惑的。**2** 混亂的；混淆的。

con·fus·ed·ly [kən'fjuzɪdlɪ] [副] 混亂地，混淆地；迷惑地。

con·fus·ing [kən'fjuzɪŋ] [形] 使混亂的；使混淆的；使人困惑的。～**·ly** [副]

·con·fu·sion [kən'fjuʒən] [名][U] **1**《偶作 **a** ～》混亂，混雜：～ of tongues 語言的混雜。**2** 混淆；曖昧《*of, with, between...*》。**3**《偶作 **a** ～》狼狽，窘困；困惑；慌亂：be in ～ 狼狽 / throw...into ～ 使張惶失措 / be covered with ～ 非常困窘；十分慌亂。**4**〖精神醫〗精神錯亂。

confusion worse confounded 亂上加亂，一團糟。

con·fu·ta·tion [ˌkɑnfjʊ'teʃən] [名][U]駁倒，辯駁；[C]用以辯駁的事物，反證。

con·fute [kən'fjut] [動][及] **1** 證明（論據等）爲虛僞；駁倒《*by...*》。**2** 反駁；（以論據或反證）證明（某人）爲錯誤：～ one's opponent with facts 舉出事實駁倒對方。**-fut·er** [名]

Cong. 《縮寫》*Cong*regational(ist); *Cong*ress(ional).

con·ga ['kɑŋgə] [名](複～**s** [-z]) **1** 康加舞：一種古巴舞蹈，起源於非洲土著舞蹈。**2** 康加鼓：一種用雙手打的細長的鼓。

'con ˌgame [名]《美口》= confidence game.

con·gé ['kɑnʒe], **-gee** [-dʒi] [名] (複 ～**s** [-z]) **1** 告辭，告別；（離別之際）愼重的行禮：take one's ～ 告辭。**2** 出發的許可。**3**（突然的）解雇，撤職：give a person his ～ 免去某人之職 / get one's ～ 被解僱，被免職。

con·geal [kən'dʒil] [動][及] **1** 使固結；使（血液等）凝結。**2** 使僵化。—[不及] **1** 凝固，凍結，凝結。**2** 冷淡；僵化。

con·ge·la·tion [ˌkɑndʒə'leʃən] [名] **1** [U]凝結，凍結。**2** 凝結物，凍結物。

con·ge·ner ['kɑndʒɪnə] [名] **1** 同種的物；相同之人。**2** 同屬的動植物。

con·ge·ner·ic [ˌkɑndʒə'nɛrɪk] [形] 同種的，同屬的《*to, with...*》。

·con·gen·ial [kən'dʒinjəl] [形] **1** 意氣相投的《偶用 *to...*,《古》*with...*》：a ～ person 意氣相投的人。**2** 合意的，適於個性的《*to...*》：a climate ～ *to* one's health 適於健康的氣候。**3** 友善的，和藹的。

con·ge·ni·al·i·ty [kənˌdʒinɪ'ælətɪ] [名][U][C]（興趣等）相投《*in, between...*》；適合《*to, with...*》。

con·gen·i·tal [kən'dʒɛnətl] [形]先天的，天生的：a ～ disease 先天的疾病。～**·ly** [副], ～**·ness** [名]

'con·ger (ˌeel) ['kɑŋgə(-)] [名][C][U]〖魚〗海鰻。

con·ge·ries [kɑn'dʒɪriz] [名](複)《作單、複數》聚集，集合，群集；堆積。

con·gest [kən'dʒɛst] [動][及] **1** 使充滿，使擁塞《*with...*》。**2** 使淤血。—[不及]充塞；淤血《*with...*》。

con·gest·ed [kən'dʒɛstɪd] [形] **1**（場所等因…而）密集的《*with...*》：a street ～ *with* traffic 交通擁塞的街道。**2** 淤血的，充血的。

con·ges·tion [kən'dʒɛstʃən] [名][U] **1** 密集，充滿，擁塞；負擔過度，疲勞過度：traffic ～ 交通擁擠。**2** 淤血，充血：～ of the brain 腦充血。

con·ges·tive [kən'dʒɛstɪv] [形]淤血的，充血性的。

con·glom·er·ate [kən'glɑmərɪt] [名] **1** 聚集物；〖地質〗礫岩。**2** 複合企業（集團）。—[形] **1** 成球狀的，結成團塊的。**2**〖地質〗礫岩的。**3** 複合企業（集團）的。—[kən'glɑməˌret] [動][及][不及]（使）集聚成球形。

con·glom·er·a·teur [kənˌglɑmərə'tɝ] [名]複合企業的經營者。

con·glom·er·a·tion [kənˌglɑmə'reʃən] [名] [U] 凝聚；集聚成塊；[C]聚合體；複合企業的形成。

con·glu·ti·nate [kən'glutəˌnet] [動][及][不及]黏合，（使）膠著。—[形]黏合的，膠著的。

Con·go ['kɑŋgo] [名]《常作 **the** ～》**1** 剛果民主共和國：曾經改名爲薩伊共和國（Zaire）（1971– 97）；首都金夏沙（Kinshasa）。**2** 剛果共和國；首都布拉薩市（Brazzaville）。

Con·go·lese [ˌkɑŋgə'liz, -'lis] [形] 剛果的；剛果人[語]的。—[名](複～)剛果人。

'congo ˌsnake [ˌeel] [名]〖動〗兩棲鯢。

con·grats [kən'græts] [感]《口》= congratulations.

·con·grat·u·late [kən'grætʃəˌlet] [動] (**-lat·ed, -lat·ing**)[及] **1** 祝賀《*on, upon..., on* do*ing, upon* do*ing*》：～ a person *on* his engagement 祝賀某人訂婚。**2**《反身》私自慶幸《*on, upon..., on* doing, *upon* doing》。

·con·grat·u·la·tion [kənˌgrætʃə'leʃən]

C

图Ⓤ祝賀；Ⓒ《通常作～s》賀詞《on, upon...》：offer him one's ～s on his success 爲他的成功獻上賀詞。—國 恭喜！：Congratulations！（對新郎）恭喜新婚！

con·grat·u·la·tor [kən'grætʃə,letɚ] 图 祝賀者。

con·grat·u·la·to·ry [kən'grætʃələ,torɪ] 形祝賀的：a ～ address 祝詞。

con·gre·gate ['kaŋgrɪ,get]動不及集合，聚集。—及聚集，集合。

—['kaŋgrəgɪt] 形 1 聚集的，集合的。2 集團的，集體的。

con·gre·ga·tion [,kaŋgrɪ'geʃən] 图 1Ⓤ集合；會集。2《作單、複數》集合的人們。3 信徒團體，信徒協會。4《the ～》以色列人，猶太民族。5 基督教會。6〖天主教〗聖省；修道會。

con·gre·ga·tion·al [,kaŋgrə'geʃənl]形 1 集合的；會眾的。2《常作 C-》公理教會的。

con·gre·ga·tion·al·ism [,kaŋgrə'geʃənə,lɪzəm] 图Ⓤ1 公理教會制；會眾自治主義。2《C-》公理教會的教義。

-ist图形公理教會信徒（的）。

·**con·gress** ['kaŋgrəs] 图1《C-》《通常無冠詞》美國國會；美國國會會期。2（中南美洲共和國的）議會，國會。3 集合，集會；（國家或各界代表集合的）會議。4 親密交往，交際。

'congress ,boots 图(複)《常作C-》《美》（兩側有鬆緊帶的男用）長筒靴。

con·gres·sion·al [kən'grɛʃənl] 形 1 會議的，大會的：～ debate 會議討論。2《通常作 C-》美國國會的：*C-* Record 美國國會議事錄。

Con'gressional 'Medal of 'Honor 图《美》《the ～》榮譽勳章。

con·gress·man ['kaŋgrəsmən],《女性形》**-wom·an** [-,wumən] 图(複 **-men** [-mən]; **-women** [-,wɪmɪn])《常作 C-》美國國會議員，眾議員。

Con·gress·per·son ['kaŋgrəs,pɝsən] 图《常作 c-》= congressman.

con·gru·ence ['kaŋgruəns] 图 Ⓤ 1 適合，一致。2〖數〗同餘；〖幾〗全等。

con·gru·ent ['kaŋgruənt] 形 1 適合的，協調的《with...》。2〖數〗全等的。

con·gru·i·ty [kən'gruətɪ] 图(複 **-ties**) 1Ⓤ適合，一致，調和《with...》；Ⓒ《通常作 -ties》一致之處。2Ⓤ〖幾·數〗全等。

con·gru·ous ['kaŋgruəs] 形 1 一致的，符合的；適合的《with, to...》：speech ～ *with* his station 適合他身分的談話。2〖幾〗全等的。

con·ic ['kanɪk] 形 圓錐（形）的：a ～ projection（地圖的）圓錐投影。

con·i·cal ['kanɪkl] 形圓錐形的。

con·i·cal·ly ['kanɪklɪ] 副成圓錐形地。

'conic 'section 图〖幾〗圓錐曲線，二次曲線。

co·ni·fer ['konəfɚ, 'kan-] 图 針葉樹，毬果植物。

co·nif·er·ous [ko'nɪfərəs] 形〖植〗針葉樹的，毬果植物的。

conj.《縮寫》*conj*unction; *conj*unctive.

con·jec·tur·al [kən'dʒɛktʃərəl] 形1 臆測的；揣度的。2 喜好推測的。～**·ly**副

con·jec·ture [kən'dʒɛktʃɚ] 图ⓊⒸ1 推測，揣度，臆測：be lost in ～ 耽溺於臆測中而出神。2 猜測《*that*子句》：form a ～ upon ... 就…做推測，猜想。

—動及推測，臆測。—不及推測，臆測。

con·join [kən'dʒɔɪn] 動及不及（使）結合，連接，聯合。

～**·er**图結合的人[物]。

con·joined [kən'dʒɔɪnd]形結合的，連在一起的：～ twin 連體嬰。

con·joint [kən'dʒɔɪnt] 形結合的；共同的。～**·ly**副，～**·ness**图

con·ju·gal ['kandʒugl] 形 婚姻的；夫婦間的。～**·ly**副

con·ju·gate ['kandʒə,get] 動及1〖文法〗列舉（動詞）的變化形式。2〖化〗使共軛。—不及 1〖生〗接合。2〖文法〗（動詞）作各種變化。—['kandʒəgɪt] 形1 接合的。2〖植〗（羽狀葉）對生的；〖文法〗同根的，詞源的；〖化〗共軛的，綴合的。3〖數〗共軛的。

—['kandʒəgɪt] 图 1〖文法〗同詞根詞。2〖數〗共軛；共軛元。

con·ju·ga·tion [,kandʒə'geʃən] 图ⓊⒸ 1〖文法〗動詞的變化；變化表。2 結合：in ～ with... 與…結合。3〖生〗接合。

con·junct [kən'dʒʌŋkt] 形 1 結合的；有密切關係的《*with...*》；由結合而形成的。2〖文法〗結合的。～**·ly**副

con·junc·tion [kən'dʒʌŋkʃən] 图1ⓊⒸ 結合，連結；共同：in ～ with the administration 與政府聯合。2 同時發生。3〖文法〗連接詞。4 Ⓤ〖天〗（行星等的）會合。

con·junc·ti·va [,kandʒʌŋk'taɪvə] 图(複 ～s, **-vae** [-vi])（眼球的）結膜。

con·junc·tive [kən'dʒʌŋktɪv] 形1 結合的，連結的：～ tissue 結締組織。2 聯合的，共同的。3〖文法〗有連接作用的；連接（詞）的：～ adverbs 連接副詞。—图〖文法〗連接詞。～**·ly**副

con·junc·ti·vi·tis [kən,dʒʌŋktə'vaɪtɪs] 图Ⓤ〖眼〗結膜炎。

con·junc·ture [kən'dʒʌŋktʃɚ] 图1 同時發生；局面；結合，接合；會合。2 緊急情況。**-tur·al**形

con·jur·a·tion [,kandʒu'reʃən] 图Ⓤ Ⓒ 1 召喚；符咒，咒文；魔法；（以祈禱或咒文等）顯示奇蹟。2 戲法，魔術。

con·jure ['kandʒɚ] 動及1 以咒文召喚《*up*》。2 施法術；變魔術（般）使…消失《*away*》；使出現，憶起《*up, out*》：～ *up* a picture of life in ancient times 憶起古

代生活的情景。3 使想起《up》。4 [kən'dʒʊr]《文》懇求，祈求。—不及 1（用咒文、符咒）召喚魔鬼。2 施魔法，變魔術。

a name to conjure with 重要的或有影響力的人的名字。

con·jur·er, -ju·ror 名 1 ['kandʒərɚ]行咒法者；魔術師。2 [kən'dʒʊrɚ]懇求者。

conk [kaŋk] 名 1《俚》頭；鼻；（朝頭部等的）一擊。2《美黑人俚》平直[波浪式]髮型。3 直髮劑。4 雁鳴聲。—動及 1 打（某人）頭部：~ a person on the head 打某人的頭。2（用藥物）將（捲髮）洗直。—不及《俚》1 熄火，故障《out》。2 昏厥；睡著《out, off》；死亡《out》。

conk·er ['kaŋkɚ] 名《英口》1 七葉樹的果實；七葉樹果殼。2《~s》七葉樹果實遊戲。

conk·out ['kaŋk,aʊt] 名《美俚》故障。

'con ˌman 名《俚》騙子。

conn [kan] 動及，名 = con³.

Conn. 《縮寫》*Conn*ecticut.

Con·nacht ['kanət] 名 康諾特：愛爾蘭共和國西北部的一省。

con·nate ['kanet] 形 1 與生俱來的，天生的；先天性的。2 同源的；同性質的。3〖生〗合生的。4〖地質〗原生的。

con·nat·u·ral [kə'nætʃərəl] 形 1 天生的，先天性的。2 同性質的，同種的。

:con·nect [kə'nɛkt] 動及 1 連結，連接《*with, to*...》：~ two clauses *with* "and" 用「and」連接二個子句 / ~ a hose *to* a faucet 將水管接到水龍頭。2（以電話等）取得聯絡《*with*...》。3《通常用被動、反身》使有關聯；聯想在一起《*with*...》：~ *oneself with* an organization 使與某組織有關係。4 把（收音機等）的電源接通。—不及 1 聯繫，連接《*with*...》。2（想法等）脈絡貫通。3（火車、巴士等）（爲及時轉換交通工具而與…）銜接，聯運《*with*...》。4〖運動〗擊出（安打等）；傳球（或帶球衝刺）成功；擊中《*for*...》：~ *for* a twobase hit 擊出二壘安打 / ~ with a left to the jaw 以左鉤拳打中對方頷骨。~·er 名

con·nect·ed [kə'nɛktɪd] 形 1 連結的，連接的。2 有關係的；連貫的；有親戚關係的《*to, with*...》：a poorly ~ sentence 不通順的句子。3〖數〗連通的。~·ly 副 有關連地。

Con·nect·i·cut [kə'nɛtɪkət] 名 康乃狄克：美國東北部的一州名；首府 Hartford。略作：Conn., Ct.,《郵》CT

con'necting ˌrod 名〖機〗連桿。

·con·nec·tion [kə'nɛkʃən] 名 1 U 連接，連結。2 連接部分；（電流的）接觸。3 U C 聯繫，關係；交情《*with, between*...》：have no ~ *with* that incident 跟那件事件沒有任何關聯。4 同伴；團體；客戶，顧客。5 U C 聯想；文章脈絡。6（交通工具的）銜接（轉運）；接駁的交通工具；《常作~s》（火車等交通工具的）轉乘：miss ~*s* 未趕上要轉乘的交通工具。7 U C 親戚；《通常作~s》有影響力的朋友，人事背景。8《俚》（毒品的）販賣者。9 宗派，教派。10 U C 通訊線路。11 U C 性交《*with*...》。

***in connection with*...** (1) 關於。(2)（交通工具）與…銜接。

in this connection 關於這點；由上下文來看。

con·nec·tive [kə'nɛktɪv] 形 連結的。—名 1 連接。2〖文法〗連結詞。~·ly 副

con'nective ˌtissue 名 U〖解〗結締組織。

con·nec·tor [kə'nɛktɚ] 名 1 連接的人[物]。2（火車車廂的）連結員；連結金屬材料的人。3 連結裝置，連接器。

con·nex·ion [kə'nɛkʃən] 名《英》= connection.

Con·nie ['kanɪ] 名 1〖男子名〗康尼（Conrad, Cornelius 的暱稱）。2〖女子名〗康妮（Constance 的暱稱）。

'conn·ing ˌtower ['kanɪŋ-] 名 1（潛艇的）瞭望塔。2（軍艦的）司令塔。

con·nip·tion [kə'nɪpʃən] 名《常作~s》《口》歇斯底里症（的發作）；勃然大怒。

con·niv·ance [kə'naɪvəns] 名 U 1 默許，縱容《*at, in*...》：~ *at* a person's wrongdoing 縱容某人的惡行。2〖法〗（對犯罪行爲的）默許；（對配偶不貞行爲的）縱容。

con·nive [kə'naɪv] 動不及 1 默許；縱容。2 共謀《*with*...》；暗中合作《*to* do》。

con·nois·seur [ˌkanə'sɝ] 名 鑑定家，鑑賞家；行家，權威《*of, in*...》。

con·nois·seur·ship [ˌkanə'sɝʃɪp] 名 U 鑑定業；鑑定能力。

con·no·ta·tion [ˌkanə'teʃən] 名 1《常作~s，作單數》含蓄；涵意，（字之）轉義。2 U〖理則〗內涵。

con·no·ta·tive ['kanəˌtetɪv, kə'notətɪv] 形 1 暗示的，有含意的。2〖理則〗內包的，內涵的。~·ly 副

con·note [kə'not] 動及 1 暗指，包含。2 伴隨，附帶。3〖理則〗內涵。—不及 與其他字結合而形成意義。

con·nu·bi·al [kə'nubɪəl, -'njub-] 形 婚姻（生活）的，夫婦的。~·ly 副

con·nu·bi·al·i·ty [kəˌnubɪ'ælətɪ, -ˌnju-] 名（複 -ties）U C 婚姻（狀態）；夫婦關係；《常作 -ties》婚姻（生活）中特有的事物。

co·noid ['konɔɪd] 形 圓錐形的，圓錐狀的。—名 圓錐曲線體。

·con·quer ['kaŋkɚ] 動及 1 攻取；打敗，征服。2 獲得；贏得感情。3 克服；戒除；抑制；成功地攀登：~ illness 戰勝病魔。—不及 得勝。

~·a·ble 形 可征服的，可克服的。

·con·quer·or ['kaŋkərɚ] 名 1 征服者；勝

利者。2《the C-》= William 3 (1).

·**con·quest** ['kaŋkwɛst] 名 1 Ⓤ征服；被征服；克服。2ⓊⒸ獲得好感，贏得愛情：make a ~ of a woman 贏得某女子的愛情。3 被征服的人。4 征服所得之物，被征服之國家：《the C-》= Norman Conquest。

C

con·quis·ta·dor [kan'kwɪstə,dɔr] 名 (複~s, -do·res [-'dɔriz])（16世紀征服墨西哥和秘魯等地的）西班牙征服者；征服者。

Con·rad ['kanræd] 名 1 **Joseph,** 康拉德（1857–1924）：出生於波蘭的英國小說家。2〖男子名〗康拉德。

con·san·guin·e·ous [,kansæŋ'gwɪnɪəs] 形（亦稱 **consanguine**）血親的，血緣的；同祖先的。

con·san·guin·i·ty [,kansæŋ'gwɪnətɪ] 名 Ⓤ1 血緣，血親（關係）。2 密切的關係，密切的關聯。

·**con·science** ['kanʃəns] 名 ⓊⒸ良心；道德心；辨別是非之心：have a guilty ~ 有愧於心，內疚。

for conscience(') sake 爲求心安，爲了良心起見。

have...on one's conscience / have a conscience about... 爲…感到良心不安。

have the conscience to do 居然厚顏無恥到做…。

in (all) conscience / upon one's conscience 憑良心，公正地；的確，一定。

make...a matter of conscience 把…當作一件良心問題來看，憑良心來做。

'**conscience ,clause** 名〖法〗良心條款。

'**conscience ,money** 名Ⓤ爲求心安而付出的錢；逃稅者所補繳的稅款。

con·science-rid·den ['kanʃəns,rɪdn̩] 形受到良心譴責的。

con·science-strick·en ['kanʃəns,strɪkən] 形 受良心譴責的（亦稱 **conscience-smitten**）。

con·sci·en·tious [,kanʃɪ'ɛnʃəs] 形 1 憑良心的，正直的。2 認真的，謹慎的。~·**ly** 副, ~·**ness** 名

consci'entious ob'jection 名 Ⓤ良心反對。

consci'entious ob'jector 名（因基於道德或宗教信仰而）拒絕服兵役者。

con·scion·a·ble ['kanʃənəbl̩] 形合乎良心的，正直的，公正的。

·**con·scious** ['kanʃəs] 形 1《主限定用法》有所覺察的；自覺的，有意識的《*of..., of doing*》；感覺得到的《*that* 子句, *wh-* 子句》：be ~ *of* one's own shortcomings 覺察到自己的缺點。2 神志清楚的。3 意識到的；有意的：~ wrongdoing 有意的惡行。4 自我意識強烈的；難爲情的。5《複合詞》有…意識的。

—名《the ~》〖心〗意識。

con·scious·ly ['kanʃəslɪ] 副 有意地，故意地；自覺地。

·**con·scious·ness** ['kanʃəsnɪs] 名 Ⓤ 意識，知覺；察覺；自覺《*of...*》；感覺《*that* 子句》：stream of ~ 意識流（一種寫作技巧）/ lose ~ 失去知覺。

raise one's consciousness 提高自己的政治或社會意識。

con·scious·ness-ex·pand·ing ['kanʃəsnɪsɪk'spændɪŋ] 形使人感到飄飄然的；引起幻覺的。

con·scious·ness-rais·ing ['kanʃəsnɪs'rezɪŋ] 名 Ⓤ自我意識的提升。

con·scribe [kən'skraɪb] 動及徵召入伍。

con·script [kən'skrɪpt] 動及（強制）徵召《*into...*》；徵用。—['kanskrɪpt] 名被徵召入伍的士兵。—['kanskrɪpt] 形《限定用法》被徵召的；由徵召入伍的士兵組成的。

con·scrip·tion [kən'skrɪpʃən] 名Ⓤ 1 徵兵（制度）（= draft）。2（戰時的）強制徵收，徵用。

con·se·crate ['kansɪ,kret] 動及 1 使成爲神聖，宣告…爲神聖；奉獻給神。2 任命（某人）擔任神職。3 奉獻《*to...*》；獻身於《*to doing*》：~ one's life *to* a cause 獻身於某種事業。4《常用被動》使…成爲受崇拜的對象，把…奉爲神聖。

con·se·cra·tion [,kansɪ'kreʃən] 名 1 Ⓤ 神聖化；（對神的）奉獻：the ~ of one's life to medicine 將一生奉獻給醫學。2ⓊⒸ《C-》〖天主教〗（彌撒禮中的）祝聖。3ⓊⒸ 神職授任，主教的敘階（儀式）。

con·se·cra·tor ['kansɪ,kretɚ] 名 奉獻者；神職授任者。

con·se·cu·tion [,kansɪ'kjuʃən] 名ⓊⒸ1 連續，連貫。2 邏輯上的連貫。

con·sec·u·tive [kən'sɛkjətɪv] 形 1 連續的。2 連貫的。3〖文法〗結果的：a ~ clause 結果子句。~·**ly** 副, ~·**ness** 名

con·sen·su·al [kən'sɛnʃuəl] 形經各方一致同意的。

con·sen·sus [kən'sɛnsəs] 名（複~·**es**）1（意見等的）一致：the ~ of testimony 證詞的一致。2 大多數的意見，輿論：a national ~ 國民的共同意見 / reach a ~ on... 對…達成共識。

·**con·sent** [kən'sɛnt] 動不及同意；答應，准許《*to..., to doing*》：gladly ~ *to* a request 欣然答應某項要求。

consenting adult（尤指）男同性戀者。

—名Ⓤ1 同意，答應，贊成《*to..., to do*》：Silence gives ~.《諺》沉默即表同意。2（意見等的）一致。

age of consent〖法〗在結婚或性交問題上達到可以自主的法定年齡。

con·sen·ta·ne·ous [,kansɛn'tenɪəs] 形 1 一致的《*to, with...*》：be ~ *with* scientific truth 與科學的真理一致。2 一致同意的。~·**ly** 副

·**con·se·quence** ['kɑnsə,kwɛns] [名] 1 結果，後果：by natural ~*s* 自然而然地。2 結論；總結。3[U] 重要性；自大：with an air of great ~ 一副了不起的樣子。
in consequence 結果，因此。
in consequence of... 由於…的結果；爲…的緣故。
take the consequences 承擔後果。

con·se·quent ['kɑnsəkwənt] [形] 1 隨之發生的，由…而引發的《*on, upon, to...*》：an increase in income and a ~ rise in taxes 由於所得增加而使稅額增高。2 當然的，必然的；前後一貫的。—[名] 1 結果。2〖數〗後項。

con·se·quen·tial [,kɑnsə'kwɛnʃəl] [形] 1 隨之而生的；當然的，必然的；前後一貫的。2 有分量的；重要的，顯要的。3 自大的，傲慢的。~·**ly** [副]

con·se·quent·ly ['kɑnsə,kwɛntlɪ] [副] 因此，所以。

con·serv·an·cy [kən'sɝvənsɪ] [名] (複-cies) 1《英》(漁業等的)管理委員會。2(天然資源的)保護；(天然資源)保護區，維護(天然資源的)組織。

con·ser·va·tion [,kɑnsə'veʃən] [名] 1[U] (對天然資源等的)保護，保存，維護。2 保護管理地區，保護林。3〖理·化〗守恆，不滅：(the) ~ of energy 能量不滅(定律)。~·**al** [形]

con·ser·va·tion·ist [,kɑnsə'veʃənɪst] [名] (天然資源等的)保護管理論者。

con·serv·a·tism [kən'sɝvə,tɪzəm] [名][U] 1 保守傾向，保守性。2(政治上的)保守主義；《通常作 C-》(尤指)英國保守黨的政策。

con·serv·a·tive [kən'sɝvətɪv] [形] 1 保守的，守舊的：~ policies 保守政策。2(評價等)保守的；穩健的；謹慎的：a ~ attitude toward marriage 對婚姻所持的謹慎態度 / by ~ estimate 據保守的估計。3(服飾等)保守的，不標新立異的。4《常作 C-》(尤指英國、加拿大的)保守黨的。5(藥劑等)有保存力的，保存性的，防腐的；〖力〗(能量)守恆的；被保存的。—[名] 1 保守的人，傳統主義者，守舊者。2 保守黨黨員；《通常作 C-》英國、加拿大的保守黨員。

con·ser·va·tive·ly [kən'sɝvətɪvlɪ] [副] 1 保守地，守舊地。2(服裝)傳統地，樸素地。3 謹慎地，有所保留地。

Con'servative ,Party [名]《the ~》(英國、加拿大的)保守黨。

con·ser·va·toire [kən,sɝvə'twɑr] [名] (複~s [-z])(主指法國的)藝術學院，音樂學院。

con·ser·va·tor ['kɑnsə,vetə, kən'sɝvətə] [名] 1(美術品等的)保護者，保存者，管理員；《英》(河川、港灣或森林等的)管理委員。2〖法〗(未成年者、無行為能力者等的)保護者，監護人。

con·serv·a·to·ry [kən'sɝvə,torɪ] [名] (複-ries) 1(通常附屬於主要房舍的)溫室。2《美》藝術學院，音樂學院。

con·serve [kən'sɝv] [動][及] 1 保存，維護：~ natural resources 維護天然資源。2 將(水果)用糖漬方式保存(製成蜜餞或果醬)。3〖理〗《通常用被動》使(能源)的量保持一定。
—['kɑnsɝv] [名]《通常作 ~**s**》(水果)蜜餞，果醬。-**serv·er** [名]

:**con·sid·er** [kən'sɪdə] [動][及] 1 考慮，慎思，細想。2 視爲；以爲，認爲。3 把…列入考慮，斟酌。4 注意，顧及：~ the rights of others 尊重他人的權利。5《與 **well** 等連用》《常用被動》重視，尊重。6(爲了購買或接受某事物等而)考慮，深思。7《古》仔細地調查研究；留意。
all things considered 把一切可能的情況都列入考量，綜觀各種情勢。
—[不及] 1(有關優劣、適合與否而)考慮，慎思。2 留意；研究，調查。~·**er** [名]

·**con·sid·er·a·ble** [kən'sɪdərəbl] [形] 1(數量或程度等)很多的，相當的；不少的：a ~ fortune 相當的財富 / a ~ number of people 相當多的人 / a ~ amount of money 相當數額的錢。2 值得注意的，重要的。
—[名][U]《偶作 **a** ~》《美口》相當的程度；很多，多量：by ~ 多量地，大量地。
—[副]《美方》= considerably.

·**con·sid·er·a·bly** [kən'sɪdərəblɪ] [副]《通常修飾形容詞或副詞的比較級以及動詞》相當，頗，非常。

·**con·sid·er·ate** [kən'sɪdərɪt] [形] 體貼的，體諒的，顧慮周到的《*of, to, toward...*》。

·**con·sid·er·a·tion** [kən,sɪdə'reʃən] [名] 1[U] 考慮，熟思，慎思，沉思，默想《*to ...*》：a proposal under ~ 考慮中的提案 / give careful ~ *to* the questions on the test 細加思考測驗中的那些問題。2(下決定之際的)須考慮到的事物，理由，原因；(熟思之後得到的)想法，意見。3[U] 體貼，體恤；斟酌《*for...*》：out of ~ *for* his age 體諒他的年齡。4 報酬，酬資；補償：a ~ paid for the work 對工作支付的報酬。5〖法〗(因履行契約可得到的)報酬。6[U] 重要(性)，重大(性)；尊敬，尊重：have ~ for... 尊重 / a scholar of some ~ 頗受敬重的學者。
in consideration of... (1)考慮到，鑑於。(2)以作爲對…的酬謝。
on no consideration 無論如何絕不。
take...into consideration 把…列入考慮，斟酌。

con·sid·ered [kən'sɪdəd] [形]《通常爲限定用法》1 考慮過的，熟思過的：in my ~ opinion 經我熟慮後的意見。2《通常與副詞連用》受尊敬的，受尊重的：a highly ~ lawyer 很受敬重的律師。

·**con·sid·er·ing** [kən'sɪdərɪŋ] [介] 顧及，照…情形而論，就…而言。—[副]《口》《通

常置於句尾》概括而論，從多方面說來。一〔連〕鑑於，就…而論。

con·sign [kən'saɪn] 〔動〕〔及〕1 將…交付（給…）《 *to...* 》；將…委託（給他人管理、保護）《 *to...* 》；將…付諸（忘卻等）：～ a thief *to* prison 將小偷關進牢裡 / ～ one's soul *to* God 將靈魂交付給上帝（即死亡）/ ～ money in a bank 將錢存入銀行。2 將…撥出（以達成某種目的或作爲某種用途）《 *to...* 》：～ two hours in the morning *to* exercise 撥出早上兩小時運動。3〖商〗(1)（商品等）寄存，託賣，寄售；送，運送，托運，託送（給…）《 *to...* 》：～ goods *to* the agents by rail 將貨品用鐵路運送給代理商。(2)（爲了運送商品等而）在…上書寫收信人的姓名住址。

con·sig·na·tion [ˌkɑnsaɪ'neʃən] 〔名〕〔U〕（商品的）委託，託送：to the ～ of... 運交，寄交，轉交。

con·sign·ee [ˌkɑnsaɪ'ni, -sɪ'ni] 〔名〕（商品的）收件人，收貨人；受託人，承銷人。

con·sign·ment [kən'saɪnmənt] 〔名〕 1〔U〕委託；（商品的）托運：on ～ 寄售 / a ～ store 委託行。2 受託之物；寄售的貨品；委託的貨品，托運物。

con·sign·or, -er [kən'saɪnɚ] 〔名〕（寄售物品的）委託人；（貨物的）寄件人，貨主，交運貨物者。

:con·sist [kən'sɪst] 〔動〕〔不及〕 1 由…組成。2（屬於本質的東西）存在（事、物）之中。3 與（事、物）一致：Health ～*s* with temperance only. 健康只和節制相容並存。

con·sist·en·cy [kən'sɪstənsɪ], **-ence** [-əns] 〔名〕(複-**cies**) 1〔U〕（物質的）堅固，堅實度，堅實性；〔U〕〔C〕（液體的）濃度，密度，稠度；黏稠性。2〔U〕（主義或言行等的）一貫；（性格等的）堅韌，堅定。3〔U〕一致，符合；協調；無矛盾，相容（性）《 *with...* 》：be in ～ *with...* 與…一致。

·con·sist·ent [kən'sɪstənt] 〔形〕1 一致的，協調的，相容的，不矛盾的《 *with...* 》：opinions ～ *with* each other 互相協調的意見。2（在主義、方針或言行等上）堅定的，前後一貫的，有操守的《 *in...* 》：a ～ advocate of political reform 有一貫主張的政治改革者。3（與…）密切結合的，黏合的《 *with...* 》：failure of memory ～ *with* senility 隨著年齡增長而來的記憶力衰退。4〖數〗一致的。～**·ly**〔副〕

con·sis·to·ry [kən'sɪstərɪ] 〔名〕(複-**ries**) 1 宗教會議，宗教法庭；宗教會議開會處，宗教法庭開庭處。2〖天主教〗教宗主持的全體樞機主教會議；〖英國教〗（由主教主持的）教區法庭。

con·sol ['kɑnsɑl, kən'sɑl] 〔名〕《通常作～**s**》《英》統一公債：無償還期限的永久公債；英國政府於 1751 年開始發行。

con·sol·a·ble [kən'soləbl] 〔形〕可安慰的，可慰藉的。

con·so·la·tion [ˌkɑnsə'leʃən] 〔名〕1〔U〕安慰，慰藉；得到安慰的狀態。2《通常作 a ～》有安慰效果的人[事，物]。一〔形〕安慰賽的：a ～ game 敗部復活賽。

conso'lation ˌprize 〔名〕精神獎；《美》（給最後一名的）安慰獎。

con·sol·a·to·ry [kən'sɑləˌtorɪ] 〔形〕安慰的，撫慰的，慰問的。

·con·sole¹ [kən'sol] 〔動〕(-**soled, -sol·ing**)〔及〕安慰，撫慰，慰問《 *with...* 》：～ a person for his misfortune 因某人遭遇不幸而安慰他 / ～ oneself *with* the thought that... 以…的想法自我安慰。

con·sole² ['kɑnsol]〔名〕1（風琴的）書桌式的演奏臺。2（收音機等的）落地式座架；帶門的小櫥櫃。3 = console table. 4〖建〗渦形花紋的裝飾用承材。5〖電腦〗控制臺；〖電〗操作臺。

'con·sole ˌtable ['kɑnsol-] 〔名〕1 貼牆而立的桌子。2（貼牆壁做成的）帶支撐木腳的桌子。

con·sol·i·date [kən'sɑləˌdet] 〔動〕〔及〕1 合併，統一；把…聯合起來《偶用 *into...* 》；整頓，整理。2 鞏固，強化；提高：～ one's leadership 鞏固自己的領導地位。一〔不及〕1 聯合，合併。2 鞏固，強化。一〔形〕= consolidated. **-da·tor**〔名〕

con·sol·i·dat·ed [kən'sɑləˌdetɪd] 〔形〕1 鞏固的，強化的。2 統一的，合併的，聯合的。

con'solidated an'nuities 〔名〕(複)《英》= consols.

Con'solidated 'Fund 〔名〕《 the ～》《英》統一（公債）基金。

con'solidated ˌschool 〔名〕《美》聯合學校：由數個學區的小學合併而成的鄉[illegible]公立小學。

con·sol·i·da·tion [kənˌsɑlə'deʃən] 〔名〕〔U〕合併，統一，聯合；〔C〕聯合物，合[illegible]物。2〔U〕鞏固，強化。3〖法〗（公司的[illegible]合併。4（證券或商品的價格在大變動[illegible]的）穩定（期）。

con·som·mé [ˌkɑnsə'me]〔名〕〔U〕（由肉[illegible]排骨、有時也加蔬菜燉成的）肉汁清湯[illegible]

con·so·nance ['kɑnsənəns] 〔名〕1〔U〕[illegible]致，協調，符合《 *with...* 》：in ～ *with...* [illegible]…一致。2〔U〕〔C〕〖樂〗和諧（音）。3[illegible]詩〗子韻。4〖理〗共鳴。

:con·so·nant ['kɑnsənənt] 〔名〕1〖語音[illegible](1) 子音，輔音。(2)（一音節之中）主音[illegible]外的音。2 子音字母。一〔形〕1 一致的，[illegible]調的，符合的《 *to, with...* 》。2（字音等（與…）一致的，類似的《 *with...* 》；([illegible]音）和諧的。3〖樂〗協和（音）的；[illegible]理〗共鳴的。4 子音的，輔音的。～**·ly**[illegible]

con·so·nan·tal [ˌkɑnsə'næntl] 〔形〕子[illegible]的；似子音的。

con·sort ['kɑnsɔrt] 〔名〕1（尤指王室的）[illegible]偶。2 僚艇，僚艦，同航的船；同事，[illegible]伴。3 一組樂師及歌唱者；一組同類[illegible]器。

***in consort with*...** 與…聯合。

—[kən'sɔrt]動不及 **1** 《蔑》與(壞人)交往[結交,結伴]: ~ with criminals 與罪犯們交往。**2** 與…一致,協調,符合。—及使聯合;陪同,陪伴。

con·sor·ti·um [kən'sɔrʃɪəm, -tɪəm] 名 (複 **-ti·a** [-ʃɪə, -tɪə]) **1** (以經濟援助爲目的的)合資企業,(尤指對開發中國家提供援助的)國際財團,銀行團。**2** (一般的)協會,團體;《美》學校聯盟協定。

con·spec·tus [kən'spɛktəs] 名(複~**·es**) **1** 概覽,概觀。**2** 梗概,摘要,大綱。

·con·spic·u·ous [kən'spɪkjʊəs] 形 **1** 顯著的,明顯的,顯而易見的: a ~ mistake 明顯的錯誤 / be ~ by one's absence 因某人缺席而引人注目。**2** (以特質或奇形而)引人注目的,大放異彩的,著名的《 *for...* 》: make oneself ~ (以奇裝異服等)引人注目 / be ~ *for* one's honesty 以誠實著稱。**3** 炫耀的,擺闊氣的: ~consumption 舖張浪費。~**·ly** 副 顯著地;出眾地。

con·spir·a·cy [kən'spɪrəsɪ] 名(複 **-cies**) **1** Ⓤ Ⓒ 共謀,陰謀《 *against...* 》;〖法〗共謀: form a ~ *against* a person's life 構想謀害某人的陰謀 / be in ~ to do 共謀做…。**2** 陰謀團體。**3** (導致某結果之各種要素的)同時發生,湊合。

con·spir·a·tor [kən'spɪrətɚ] 名 共謀者,陰謀者。

con·spir·a·to·ri·al [kən,spɪrə'torɪəl, -'tɔr-] 形 陰謀的,共謀的。

con·spire [kən'spaɪr] 動不及 **1** 共謀《 *together / with...* 》;(對…)圖謀不軌《 *against...* 》;陰謀: ~ *with* a person *against* the government 與人共謀企圖推翻政府 / ~ to assassinate the premier 圖謀行刺首相。**2** 協力,共同促成,湊合。

con·sta·ble ['kɑnstəbḷ, 'kʌn-] 名 **1** 治安官。**2** 《英》(基層的)警察,警官: Chief *C-* 郡警察局長 / a special ~ 特別巡警。**3** 總管,管城堡者。**4** (中世紀的)軍隊總司令;(王室的)宮廷長官,侍衛長。

con·stab·u·lar·y [kən'stæbjə,lɛrɪ] 名 (複 **-lar·ies**) **1** (某地的)警察隊;警力。**2** (有軍隊組織性質的)保安隊,警察隊。—形 警察(隊)的,警力的。

con·stan·cy ['kɑnstənsɪ] 名 (複 **-cies**) Ⓤ (愛情等的)不變;不渝,忠實,忠誠,堅貞;(狀況等的)恆定不變;永久之物: have no ~ in love 愛情不專。

con·stant ['kɑnstənt] 形 **1** 不變的,始終如一的: ~ temperature 恆溫。**2** 繼續不斷的;有規律地重複的,持續的;(警告等)不斷的: ~ complaints 不停的抱怨。**3** (在愛情、奉獻決心等上)不動搖的,堅定的《 *in...* 》;忠實的,忠誠的《 *to...* 》: a ~ sweetheart 忠實的愛人 / be ~ *in* friendship 在友誼方面忠貞不渝 / be ~ *to* one's spouse 對配偶忠實。—名 **1** 一定不變的事物。**2** 〖理〗常數;〖數〗常數;恆量,常量;〖語言〗定項。

Con·stan·tine ['kɑnstən,taɪn, -,tin] 名 ~ **the Great**,君士坦丁大帝(288?– 337):羅馬皇帝(324–337);建都 Constantinople;正式承認基督教信仰。

Con·stan·ti·no·ple [,kɑnstæntə'nopḷ] 名 君士坦丁堡:東羅馬帝國的首都,Istanbul 的舊稱。

·con·stant·ly ['kɑnstəntlɪ] 副 **1** 不斷地,頻頻地。**2** (有規則性地)屢次地,經常地。

con·stel·la·tion [,kɑnstə'leʃən] 名 **1** 〖天〗星座;(天空中)星座的位置。**2** 明亮似星的一群,耀眼的一群。**3** 〖占星〗(與人的命運和性格有關的)星宿。**4** 〖心〗叢。

con·ster·nate ['kɑnstɚ,net] 動及《通常用被動》使…驚愕,使驚慌失措。

con·ster·na·tion [,kɑnstɚ'neʃən] 名 Ⓤ 大爲驚恐,驚愕,驚慌失措: to one's ~ 令人吃驚的是。

con·sti·pate ['kɑnstə,pet] 動及《通常用被動》 **1** 使…便祕: be ~*d* 便祕。**2** 使…閉塞,使呆滯。

con·sti·pa·tion [,kɑnstə'peʃən] 名 Ⓤ 便祕。

con·stit·u·en·cy [kən'stɪtʃʊənsɪ] 名 (複 **-cies**) 《集合名詞》 **1** 有選舉權者,選民;選區。**2** 支持者,贊助團體;顧客,讀者。

con·stit·u·ent [kən'stɪtʃʊənt] 形 **1** 構成的,組成的;組成要素的,成分的: the ~ parts of a machine 機器的構成零件。**2** 有選舉權的: a ~ body 選舉機構。**3** 有創制憲法權的。—名 **1** 構成分子,組成分子,要素,成分。**2** 〖法〗代理權的授予人,代理指定人;(尤指)選民,選區的居民。**3** 〖文法〗(文章或句子的)結構成分,組成成分。

·con·sti·tute ['kɑnstə,tjut] 動 (**-tut·ed, -tut·ing**) 及 **1** 構成,組成。**2** 任命,選定。**3** 制定,設立,設置;依法設置(議會、法庭等)。**4** 引起,造成《 *to...* 》。**5** 《用被動》《與副詞連用》(在性情、體格上)天生是。

·con·sti·tu·tion [,kɑnstə'tjuʃən] 名 **1** Ⓤ 構造,結構,構成,組織,組成。**2** 體格,體質: a person with a good ~ 體格好的人。**3** 氣質,脾氣,性情: a nervous ~ 神經質。**4** Ⓤ 設立,制定,設定。**5** Ⓤ 成立,組成,形成。**6** 國體,國家體制,政體: a democratic ~ 民主政體。**7** 憲法;章程;規章;(憲法、章程等的)文獻;《 **the C-** 》(特定國家的)憲法;(尤指)美國憲法(1789)。**8** 既成的制度,慣例;法令。

con·sti·tu·tion·al [,kɑnstə'tjuʃənḷ] 形 **1** 體質的,體格的;氣質上的,性情上的;(體質等)生來的。**2** 有益健康的,保健的。**3** 構成的;本質的。**4** 憲法(上)的,

立憲的；憲政的；符合憲法的：a ～ law 符合憲法的法律 / a ～ ruler 立憲君主 / ～ monarchy 君主立憲制 / ～ guarantees of freedom of speech 受憲法保障的言論自由。—名《口》健身散步運動。

con·sti·tu·tion·al·ism [ˌkanstəˈtjuʃənḷɪzəm] 名Ⓤ **1** 立憲主義。**2** 立憲政治，立憲政體。
-ist 名 立憲主義者；憲法學者。

con·sti·tu·tion·al·i·ty [ˌkanstəˌtjuʃəˈnælətɪ] 名Ⓤ立憲；符合憲法。

con·sti·tu·tion·al·ly [ˈkanstəˈtjuʃənḷɪ] 副 **1** 體質上，體格上；構造上，結構上。**2** 性情上，氣質上；生來地。**3** 按照憲法地，憲法上。

con·sti·tu·tive [ˈkanstəˌtjutɪv] 形 **1** 構成的，組成的，構成要素的，本質的：be ～ of... 由…構成。**2** 有制定權的。**3**〖化·理〗構造性的。

con·strain [kənˈstren] 動及 **1** 強迫；勉強地發出（笑聲等）；強逼。**2** 拘禁，監禁。**3** 抑制，壓抑，壓制；約束，束縛。

con·strained [kənˈstrend] 形 **1** 被強迫的，被強制的。**2** 不自然的，僵硬的；強裝出來的，勉強做出的：a ～ laugh 勉強發出的笑聲 / a ～ expression 不自然的表情。
～**·ly** 副 勉強地，被強迫地。

con·straint [kənˈstrent] 名 **1** Ⓤ強制；壓迫；束縛，拘束；監禁；被強制的狀態；強迫：by ～ 勉強地，被強迫地 / under ～ 不得不。**2** Ⓤ（感情或欲望等的）抑制；（態度、說話等的）拘束，不自然；侷促不安，困窘：speak with ～ 說話拘謹。**3**（對…）施加壓力之物《*on...*》。

con·strict [kənˈstrɪkt] 動及 **1** 使…收緊；壓縮，使…收縮。**2** 壓抑，妨礙。

con·stric·tion [kənˈstrɪkʃən] 名 **1** Ⓤ壓縮，緊縮，收緊，收縮。**2** 受壓縮的部分，狹窄之處；壓縮物。

con·stric·tive [kənˈstrɪktɪv] 形 緊縮（性）的，壓縮（性）的；收縮性的。

con·stric·tor [kənˈstrɪktɚ] 名 **1** 將獵物勒緊致死的蛇（尤指 boa constrictor）。**2** 壓縮之物[人]。**3**〖解〗收縮肌，括約肌。

·con·struct [kənˈstrʌkt] 動及 **1** 將（零件等）組合；建築，建設，建造（建築物等）。**2** 建立，構成（理論、句子等）。**3**〖幾〗作（圖）。
—[ˈkanstrʌkt] 名 **1** 建築物，構成物。**2**〖心〗構成概念，複合概念，複合心象。

·con·struc·tion [kənˈstrʌkʃən] 名 **1** Ⓤ建築，建造，建設；建築工程。**2** Ⓤ結構，構造（法），建築（法）。**3** 建造物，建築物：a ～ of wood 木結構建築。**4** Ⓤ建築業：the ～ industry 建築工業。**5**（對法律、經文、行爲等的）解釋，解說，說明：put a good ～ on a person's action 對某人的行爲作善意的解釋。**6**〖文法〗結構；造句法。**7** Ⓤ〖幾〗作圖。

con·struc·tion·al [kənˈstrʌkʃənḷ] 形 建築上的；構造上的。

con·struc·tion·ist [kənˈstrʌkʃənɪst] 名《美》（法律條文、文件等的）解釋者；構成主義者。

·con·struc·tive [kənˈstrʌktɪv] 形 **1**（意見等）建設性的，積極的。**2** 構造（上）的；構成（性）的。**3** 解釋上的，推定性的，推論上的。～**·ly** 副，～**·ness** 名

Con·struc·tiv·ism [kənˈstrʌktəvɪzəm] 名Ⓤ《偶作 c-》〖美·劇〗構成主義。

con·struc·tor [kənˈstrʌktɚ] 名 **1** 建設者，建設者，建築業者。**2** 造船技師。

con·strue [kənˈstru] 動及 **1** 將…解釋（爲…）：～ a person's silence as agreement 將某人的緘默解釋爲同意。**2** 把…翻譯（成…）《*into...*》；《廣義》口譯：～ good English *into* bad Chinese 將好的英語譯成不好的中文。**3**〖文法〗將（句子等）作文法說明。
—不及 作文法分析。
—[ˈkanstru] 名 **1** Ⓤ〖文法〗文法分析。**2** 逐字翻譯，直譯。**-stru·a·ble** 形

con·sub·stan·ti·a·tion [ˌkansəbˌstænʃɪˈeʃən] 名Ⓤ〖神〗聖體同在論：認爲聖餐中的麵包及酒與基督的肉體及血同在。

con·sue·tude [ˈkanswɪˌtjud] 名Ⓤ《文》習慣；慣例，（尤指法律上的）慣例；不成文法。

con·sul [ˈkansḷ] 名 **1** 領事：a vice ～ 副領事。**2**〖羅史〗執政官（名額二名）。**3**〖法史〗執政官（1799－1804 年間的最高行政官；名額三名）。

con·su·lar [ˈkanslɚ] 形 領事的；領事館的；領事職務的：a ～ agent 領事代辦 / ～ jurisdiction 領事裁判權。

con·su·late [ˈkansəlɪt] 名 **1** 領事館。Ⓤ 領事之職。

ˈconsulate ˈgeneral 名（複 **consulates general**）總領事館；Ⓤ 總領事之職。

ˈconsul ˈgeneral 名（複 **consuls general**）總領事。

·con·sult [kənˈsʌlt] 動及 **1** 請教，諮詢；與…商量：～ an authority about the matter 就此項問題求教於權威人士 / ～ a doctor 求診於醫師。**2** 參考，查閱：～ a dictionary 查辭典 / ～ a mirror 照鏡子 / ～ a map for directions 看地圖查方位。**3**（擬計畫等）考慮：～ one's own interests 衡量自己的利益 / ～ one's pocketbook before buying 購買之前先考慮自己的付款能力。—不及 **1**（與…）磋商，商量，商議《*with...*》：～ *with* one's pillow 徹夜思索。**2** 當（…的）顧問《*for...*》。
—[ˈkansʌlt, kənˈsʌlt] 名《古》商量；協議會。

con·sul·tan·cy [kənˈsʌltənsɪ] 名 **1** 顧問公司。**2** Ⓤ 顧問業務，顧問工作。

con·sult·ant [kənˈsʌltənt] 名 **1** 求教者，徵詢意見者；（與人）商議者；查閱者

2（提供專業意見或建議的）專家，顧問；《尤英》顧問醫生；（尤指）私家偵探。

con·sul·ta·tion [ˌkansḷ'teʃən] 名 1 Ⓤ Ⓒ（與專家的）商量，商議；請教，諮詢；接受診治；Ⓤ（書籍等的）查閱，參考《*with...*》: a ～ room 診療室 / be in ～ *with* the director 與所長協商。2（專家的）會議，協議會。

con·sul·ta·tive [kən'sʌltətɪv] 形 商量的，商議的；諮詢的，顧問的。

con·sult·ing [kən'sʌltɪŋ] 形 作顧問的，供諮詢的：a ～ engineer 顧問工程師 / a ～ room 診療室。

con·sum·a·ble [kən'suməbḷ] 形 可消費的，可消耗的。—名《通常作 ～**s**》消費品，可消耗之物。

·**con·sume** [kən'sum] 動 (**-sumed, -sum·ing**) 及 1 消費，消耗，耗盡；浪費。2 吃光，喝光。3 毀滅，破壞。4 盤據（人）的心思；吞噬；《被動·反身》（某種情感）占據…所有的心思《*with...*》。—不及 1 消費，消耗，用盡；燒光，毀滅。2 消費；（生物）逐漸變弱，衰萎；憔悴《*away*》。**-sum·ing·ly** 副

con·sum·ed·ly [kən'sumɪdlɪ] 副 非常，極度，甚。

con·sum·er [kən'sumɚ] 名 消費者或物；〖經〗消費者：～ credit 消費者信用 / ～ durables 耐用消費品。

con'sumer 'goods 名(複)〖經〗消費品，消費財。

con·sum·er·ism [kən'sumɚˌɪzəm] 名 Ⓤ 1 保護消費者權益運動。2 消費主義。

con'sumer 'price ˌindex 名 消費者物價指數。略作：CPI

con·sum·ing [kən'sumɪŋ] 形 熱烈的，熱中的。

con·sum·mate ['kansəˌmet] 動 及 完成；實現；使達到頂點；（首次同房而）完（婚）：～ a marriage 完婚，圓房。—[kən'sʌmɪt] 形 完全的，完美的，至上的，神乎其技的；有水準的，有教養的；無法無天的，超級的，極度的：～ skill 神技 / a ～ liar 說謊專家。～**·ly** 副

con·sum·ma·tion [ˌkansə'meʃən] 名 1 Ⓤ 成就，完成；實現；完婚；〖法〗既遂。2 完全的境界，完成狀態，極致；終結；被完成之物。

con·sump·tion [kən'sʌmpʃən] 名 Ⓤ 1 消費；消費額，消費量；〖經〗（財物、服務的）消費。2（因腐蝕、破壞等的）消耗，耗損。3《古》耗損性疾病，（尤指）肺結核。

con'sumption ˌduty 名 Ⓤ Ⓒ 消費稅。

con·sump·tive [kən'sʌmptɪv] 形 1 消耗性的，消費（性）的；浪費的；破壞性的。2〖病〗肺結核（性）的；患肺結核的。—名 肺結核患者。～**·ly** 副

cont. 《縮寫》*Cont*inental.

cont. 《縮寫》*cont*aining; *cont*ents; *cont*-inent(al); *cont*inue(d); *cont*ra; *cont*ract.

:**con·tact** ['kantækt] 名 1 Ⓤ 接觸，互觸；聯絡，聯繫：a point of ～ 接觸點 / be in ～ with... 與…有接觸 / come into ～ with... 與…接觸聯絡上 / keep (in) ～ with... 與…保持接觸。2 (1) Ⓤ 親密的接觸，交往，交際。(2)（可得到情報等的）來源，親朋，關係，（有）門路（的人），聯絡員，居間人；《美俚》居中聯繫兩方的人，中間人：a man with many ～*s* 吃得開（交際廣、門路多）的人。3《～s》《口》隱形眼鏡。4 Ⓤ〖電·無線〗接觸，Ⓤ Ⓒ（無線電的）通訊；Ⓤ〖數〗相切，切觸，接觸；〖軍〗（與敵方的）接觸；〖空〗目視偵察，（引擎的）發動，點火。5〖心〗接觸（感）；〖社〗接觸；〖醫〗（傳染病的）可能帶菌者；接觸性皮膚炎。

make contact（與…）（好不容易才）取得聯絡，接觸《*with...*》。

—形〖空〗目視的。—副（飛行時）用目力觀察地。

—['kantækt, kən'tækt] 動 及 與…接觸；《口》聯絡。—不及 發生接觸。

—['--] 感〖空〗開動（指示飛機可以發動引擎的訊號）！

con·tact·ee [kənˌtæk'ti] 名 被接觸者；被外星人接觸到的人。

'contact ˌlens 名《常作～**es**》隱形眼鏡：wear ～*es* 戴著隱形眼鏡。

'contact ˌman 名（交易等的）中間人，仲介者；（企業家所僱用的）與政府機關聯絡的人。

'contact ˌprint 名〖攝〗將底片與感光紙密接在一起曝光而洗出來的照片。

con·ta·gion [kan'tedʒən] 名 1 Ⓤ（疾病的）接觸傳染；感染。2 接觸傳染病（菌）。3《喻》（思想、態度、感情等的）傳播，傳染（力），感染（力）。4 不良的影響。

con·ta·gious [kən'tedʒəs] 形 1 接觸傳染性的；會傳染疾病的。2 有感染性的，會蔓延的。

:**con·tain** [kən'ten] 動 及 1 容納（於容器、場所等中），具有…的容量；（在成分上）含有，包含。2 (1)《通常與否定詞連用》抑制，忍住；《反身》使自制。(2)〖軍〗牽制；防止，控制。3 等於。4〖數〗能以…除盡；圍成（圖形）；（邊）夾有（角）。

con·tained [kən'tend] 形 1 自制的。2 沉著的，冷靜的。

con·tain·er [kən'tenɚ] 名 容器；貨櫃。

con·tain·er·ize [kən'tenəˌraɪz] 動 及 裝入貨櫃，用貨櫃運輸。**-i·'za·tion** 名 Ⓤ 貨櫃運輸；貨櫃化。

con'tainer ˌship 名 貨櫃輪船。

con·tain·er·ship·ping [kən'tenɚˌʃɪpɪŋ] 名 Ⓤ 貨櫃運輸。

con·tain·ment [kən'tenmənt] 名 Ⓤ 1 抑制，束縛；〖軍〗牽制。2 圍堵政策：防止

C

敵對國的勢力或意識形態擴張的政策。

con·tam·i·nant [kən'tæmənənt] 名污染物（質）。

con·tam·i·nate [kən'tæmə,net] 動 及 1 使變髒，使受污染；（以放射性物質）將…污染。2 使敗壞，使…受不良影響。3 使（書等）因摻入某種資料或作品而內容劣質化。

con·tam·i·na·tion [kən,tæmə'neʃən] 名 1 Ⓤ污穢，污染；《喻》墮落，（思想）骯髒。2 污染物（質），髒東西，夾雜物；使人墮落的事物，壞影響。3（文章、紀錄、故事的）混合。

con·tam·i·na·tor [kən'tæmə,netə] 名 污染物。

contd. 《縮寫》contin*ued*.

conte [kɔŋt] 名 (複～s [-ts])《法語》（奇情、魔幻的）短篇故事，短篇小說。

con·temn [kən'tɛm] 動 及《文》輕視，藐視。

con·tem·pla·ble [kən'tɛmpləbl] 形 可預期的，預想得到的。

·con·tem·plate ['kɑntəm,plet, kən'tɛm-] 動 (**-plat·ed, -plat·ing**) 及 1 注視，凝視，仔細地觀察，觀賞。2 沉思，熟慮。3 盤算；計畫。4 預期，料想。—不及 慎重考慮，熟慮，冥想。

·con·tem·pla·tion [,kɑntəm'pleʃən] 名 Ⓤ 1 凝視，注視；熟慮，沉思默想，冥想：be lost in ～ 耽於冥想。2 意圖，策劃，計畫：be under ～ 在計畫中。3 預料，期望：in ～ of... 預期。

con·tem·pla·tive [kən'tɛmplətɪv, 'kɑntəm,ple-] 形 喜愛沉思的：a ～ nature（好）冥想的性情 / be ～ of... 沉思著。

con·tem·pla·tor ['kɑntəm,pletə] 名 沉思者，冥想者；熟慮者。

con·tem·po·ra·ne·ous [kən,tɛmpə'renɪəs] 形（事件等）（與…）同時（期）發生的，同時（代）的；同輩的《 *with* ... 》。～**·ness** 名, ～**·ly** 副

·con·tem·po·rar·y [kən'tɛmpə,rɛrɪ] 形 1 存在於同時代的，（與…）同時代 [同時期] 的《 *with...* 》。2《口》當代的：the ～ novel 當代小說。—名 (複**-rar·ies**) 同時代的人，同時期的人，同輩的人；同時（代）發行的報章雜誌。

·con·tempt [kən'tɛmpt] 名 Ⓤ 1《常作 **a** ～》輕視，侮蔑，蔑視：in ～ of... 對…輕視 / have *a* fine ～ for a person 對某人極為輕視 / hold a person in ～ 輕視某人 / be beneath ～ 連輕視都不值得，極令人不齒。2 恥辱，不名譽，不體面：bring a person into ～ 使某人受辱 / fall into ～ 受辱 / live in ～ 過著受屈辱的生活。3〖法〗（對法庭、法院、國會的）藐視罪，藐視行為。

con·tempt·i·ble [kən'tɛmptəbl] 形 可輕視的，可鄙的，卑鄙的。**-bly** 副

con·temp·tu·ous [kən'tɛmptʃuəs] 形 表示輕視的，侮辱的，蔑視的《 *of...* 》：～ be *of* public opinion 蔑視輿論。～**·ly** 副 輕視地。～**·ness** 名

con·tend [kən'tɛnd] 動 不及 1 鬥爭，抗爭；對付《 *with, against...* 》；爭論，激辯《 *with...* 》：have to ～ *against* misfortune 須與逆境搏鬥 / have many difficulties to ～ *with* 有很多困難待克服。2《文》（為得獎而）競爭，爭奪《 *for...* 》。—及 堅決主張，斷言。

con·tend·er [kən'tɛndə] 名（爭優勝的）選手，隊伍《 *for...* 》。

·con·tent[1] ['kɑntɛnt] 名 1《通常作～**s**》(1)（容器中）所容之物，內含物；（書籍、紀錄等的）內容，記載之事：the drawer's ～*s* 抽屜裡的東西。(2) 目錄，目次：a table of ～*s* 目次，目錄。2 Ⓤ 內容，旨趣；〖語言〗（語言所表達的）意義，內容；（與形式相對的）要義，內容，暗示。3〖哲〗（概念的）內容；〖理則〗內涵。4 容量；包含能力：the jar's ～ 該瓶子的容量。5 含量。6 Ⓤ Ⓒ 體積，面積，寬度，大小，尺寸。

·con·tent[2] [kən'tɛnt] 形《敘述用法》1 滿足的，滿意的《 *with...* 》；甘願的《 *to* do, do*ing* 》：live ～ 心懷滿足地過日子。2 願意的《 *to* do 》。3《英》贊成的。—動 及 使滿足；《反身》甘於，滿意於《 *with...* 》：～ *oneself with* one's lot 認命。—名 Ⓤ 滿足，滿足感：live in ～ 過著安樂的生活 / to one's heart's ～ 盡情，充分。

con·tent·ed [kən'tɛntɪd] 形 感覺滿足的；樂天知命的《 *with...* 》：a ～ look 幸福的表情 / be ～ to do 甘心做…。
～**·ly** 副, ～**·ness** 名

con·ten·tion [kən'tɛnʃən] 名 1 Ⓤ 爭論，口角，爭執，爭吵；鬥爭，競爭：a bone of ～ 爭執之原由，爭端。2 Ⓤ Ⓒ 論戰；論題，論點《 *that* 子句 》。～**·al** 形

con·ten·tious [kən'tɛnʃəs] 形 1 好爭論的，愛爭吵的。2 足以引起爭論的；〖法〗成為爭執原因的，爭訟的。～**·ly** 副, ～**·ness** 名

con·tent·ment [kən'tɛntmənt] 名 Ⓤ 滿足，滿意：in perfect ～ 心滿意足。

content ,word 名〖文法〗實字，實義詞。

con·ter·mi·nous [kən'tɝmənəs], **-mi·nal** [-nl] 形 1（與…）有共同邊界的，鄰接的《 *to, with...* 》。2 有相同範圍的，同樣廣大的《 *with...* 》。～**·ly** 副 ～**·ness** 名

·con·test ['kɑntɛst] 名 1 競爭，對抗；（以得獎為目標的）賽跑，競賽，競技，比賽：a beauty ～ 選美 / a bitter ～ 激烈的競爭 / man's ～ with nature 人類與自然界的搏鬥 / a ～ over a will 就遺囑之事的爭執 / win a ～ 比賽得勝 / be in a ～ for... 為…競爭。2 爭論，辯論。—[kən'tɛst] 動 及 1 …競爭，爭奪：～ a seat in Congress 爭

國會議員的席位。2 爲…而辯論，爭論；對…提出異議：～ a controversial issue 對爭論中的問題提出異議。—不及 與…爭論；戰鬥；爭取，競爭《with, against...》：～ *with* a person for... 爲…與人相爭。

con·test·ant [kən'tɛstənt] 名 1 競爭者，對抗者；爭論者；競技者，比賽者；(競選時的) 對手。2 對選舉結果提出異議者；〖法〗提出異議者，辯駁者。

con·tes·ta·tion [ˌkɑntɛs'teʃən] 名 1 U 爭論，論戰：in ～ 在爭執中。2 (爭論時的) 主張，論點。

con·text ['kɑntɛkst] 名UC (文章、事情的) 前後關係，文章的脈絡，上下文；背景，環境：in this ～ 依上下文來看，在此種情況下，關於此點。

con·tex·tu·al [kən'tɛkstʃuəl] 形 文章脈絡上的，由前後關係來看的。～**·ly** 副

con·tex·tu·al·ize [kən'tɛkstʃuəˌlaɪz] 動 及將…置於某情況中考慮。

con·tex·ture [kən'tɛkstʃɚ] 名 U 1 組織，構造；(文章的) 脈絡。2 織物，編織，織法。

con·ti·gu·i·ty [ˌkɑntɪ'gjuətɪ] 名 (複-**ties**) U C 接觸；接近，鄰近；〖心〗(在時間、空間上的) 接近：in ～ with... 與…接近。

con·tig·u·ous [kən'tɪgjuəs] 形 1 鄰接[接觸]的；接近的，鄰近的《to, with...》：a lot ～ *to* the road 靠近道路的一塊地。2 不間斷的，連續的。～**·ly** 副，～**·ness** 名

con·ti·nence ['kɑntənəns] 名 U 自制，克己；(性慾的) 節制，禁慾。

con·ti·nent[1] ['kɑntənənt] 名 1 (地球上的) 洲，大陸：the New *C*- 新大陸 (指南、北美洲)。2 (有別於附近的島嶼或半島的) 大陸。3《the C-》《英》(有別於英國的) 歐洲大陸。

con·ti·nent[2] ['kɑntənənt] 形 1 自制的，克己的，(尤指) 抑制性慾的，禁慾的。2 能控制排泄的。～**·ly** 副 節制地。

con·ti·nen·tal [ˌkɑntə'nɛntl] 形 1 大陸 (性) 的：a ～ climate 大陸性氣候。2《通常作 C-》歐陸 (式) 的。3 北美大陸的；《C-》〖美史〗(美國獨立戰爭時) 美洲殖民地的。—名 1《C-》〖美史〗(1) (獨立戰爭時的) 大陸幣。(2) 美洲大陸兵。2《與否定詞連用》小額，少量：do*n't* give a ～ for anybody 不要理會他人的事 / *not* worth a ～ 毫無價值。3 居住在大陸的人。《通常作 C-》歐洲大陸的人。

conti'nental 'breakfast 名《常作 C-》歐陸式早餐。

conti'nental 'Congress 名《the C-》〖美史〗大陸會議：獨立戰爭前後在費城 (Philadelphia) 召開的各州代表會議 (1774–89)。

conti'nental di'vide 名 1 大陸分水嶺。2《the C- D-》落磯山脈分水嶺。

conti'nental 'drift 名U〖地〗大陸漂移 (說)。

conti'nental 'shelf 名〖地文〗大陸礁層，大陸棚。

conti'nental ˌslope 名〖地〗大陸斜坡。

con·tin·gen·cy [kən'tɪndʒənsɪ] 名 (複-**cies**) 1 U 偶然性，偶發。2 偶發事件，意外的事；(由某事件所引起的) 附帶發生的事。

con·tin·gent [kən'tɪndʒənt] 形 1 (對…) 有依存性的，(以…) 爲條件的《on, upon ...》；附隨的《to...》：a fee ～ *on* success 事成後所付的酬金。2 容易發生的，可能發生的，可能而不確定的：risks ～ to the journey 旅行中可能發生的危險。3 偶發性的，意外的：～ damages 意外的損害。4〖理則〗(關於命題) 偶發性的；〖法〗不確定的；〖會計〗或有的。—名 1 分配額；部分。2 分遣隊；代表團。3 偶發事件，突發之事。～**·ly** 副

·con·tin·u·al [kən'tɪnjuəl] 形 1 沒有間斷的，不斷的，連續的：this ～ rain 這場連綿不斷的雨 / in a ～ state of worry 煩惱不已。2 頻繁的，反覆的：～ practice 反覆的練習 / ～ interruptions by phone calls 不斷受到電話打斷。

·con·tin·u·al·ly [kən'tɪnjuəlɪ] 副 1 不斷地，不停地：alternate ～ 不斷地變換。2《用於進行式的句子中》頻繁地，一直。

con·tin·u·ance [kən'tɪnjuəns] 名《用單數》1 繼續，連續；(在同一地點、狀態下的) 存續，持續；延續期間：one's ～ in office 連續留任 / have a ～ of dry weather 持續乾旱的天氣 / make ～ of the game impossible 使比賽無法繼續進行。2 (故事、小說等的) 續集，續篇。3《美》〖法〗(訴訟程序的) 延期。

con·tin·u·ant [kən'tɪnjuənt] 名〖語音〗連續音：可以同音質延續的子音。—形 連續音的。

con·tin·u·a·tion [kənˌtɪnju'eʃən] 名 1 U 連續，繼續，存續；(更加往前的) 延長，繼續進行，持續。2 (故事等的) 延續，續篇；(建築物等的) 增建或擴建部分：build a ～ to the office 增建辦事處。3〖證券〗《英》股票交易延期費。

continu'ation ˌschool 名 (爲學業或品行不良學生辦的) 補習學校。

con·tin·u·a·tive [kən'tɪnjuˌetɪv] 形 1 連續的，繼續的；連貫的。2〖文法〗繼續性的；(動詞) 表示繼續的：～ use (關係詞的) 接續用法，非限制用法。—名 連續物，接續物；〖文法〗接續詞 (指連接詞、關係詞、介系詞等)；接續用法。

con·tin·u·a·tor [kən'tɪnjuˌetɚ] 名 接續者，接續物；後繼者。

:con·tin·ue [kən'tɪnju] 動 (**-ued, -u·ing**) 不及 1 (無間斷地) 連續，繼續，持續，存續。2 (空間上無間斷地) 延伸，延長《on》。3 仍然繼續：～ (to be) unconscious

仍然神智不清。4 停留（在某地），留任《 *at, in...* 》：～ long *in* this town 長留於此鎮 / ～ *in* office 留任。5（中止、中斷後）再繼續；繼續說。

一及 1 繼續，持續（做…）：～ one's efforts 繼續努力。2 將…（作空間上的）延伸，擴張：～ the fence from here to the garden 將籬笆從這裡延長到花園。3 使…（從中斷點）恢復，繼續講述：To be ～*d.* 待續。4 使…繼續；挽留《 *in, at ...* 》；留任（為…）。5《美》〖法〗使（訴訟等）延期。

con'tinuing edu'cation 名U 進修教育，成人教育。

con·ti·nu·i·ty [ˌkantəˈnuətɪ] 名 (複**-ties**) 1 U 連續（狀態）；繼續性；U C 連貫，連續體。2 U〖影視·廣播〗劇情概要，劇本，分鏡劇本；〖影視·廣播〗（節目中間的）節目串聯詞。3〖數〗連續性。

conti'nuity ˌgirl 名〖影〗女場記。

·con·tin·u·ous [kənˈtɪnjuəs] 形 1 連綿不斷的：be ～ with... 與…連接著。2（時間、空間上）連續的，不間斷的：five days' ～ flight 五天的連續飛行。3〖數〗連續的。4〖文法〗進行（式）的。

·con·tin·u·ous·ly [kənˈtɪnjuəslɪ] 副 不間斷地，連續地，不停地。

con·tin·u·um [kənˈtɪnjuəm] 名 (複**-tin·u·a** [-juə]) 1 連續體：a space-time ～ 時空連續體（四次元、四度空間）。2〖數〗閉聯集。

con·tort [kənˈtɔrt] 動及 1 扭彎，扭歪，扭曲；《被動》（臉）（因痛苦、激動等而）扭曲《 *with...* 》。2 曲解，歪曲（字、句子等）的意義。一不及 扭曲。

con·tort·ed [kənˈtɔrtɪd] 形 扭歪的，扭曲的。

con·tor·tion [kənˈtɔrʃən] 名 U C（臉、身體、姿勢等的）彎曲，扭曲；（意義等的）歪曲，曲解，牽強附會。

con·tor·tion·ist [kənˈtɔrʃənɪst] 名 表演軟骨功的藝人；曲解（語意）的人。

con·tour [ˈkantur] 名 1 輪廓，外形；輪廓線；〖地〗等高線：*contour*-chasing 沿等高線的低空飛行 / the indistinct ～*s* of the coast 朦朧的海岸線。2《美》概略，形勢。3（圖案上）（顏色與顏色間的）界線。一動不及 在（地圖等）上畫等高線；描出…的輪廓；成為…的輪廓；沿等高線鋪設；沿等高線耕作。一形 1 表示（山崗、峽谷等的）輪廓的，表示等高線的：a ～ line 等高線。2 沿等高線耕作的：～ farming（山坡地的）等高線農耕法。

'contour ˌmap 名〖地〗等高線地圖。

contr. 《縮寫》*contr*act(ed); *contr*action; *contr*alto; *contr*ol.

con·tra [ˈkantrə] 介 與…相反；與…相對：pro and ～ the case 贊成與反對該案。

一副 往相反方向地，相反地，反之。

一名(複～**s** [-z]) 1《通常作～**s**》反對者；反對意見：pro et ～ 正反雙方，贊成與反對。2〖簿〗帳簿的貸方欄。

con·tra·band [ˈkantrəˌbænd] 名 1《作複數》違禁品，走私貨。2 U 走私，非法買賣，違法交易：a lively ～ in arms 猖獗的武器走私。3〖國際法〗戰時禁運品。

一形 禁止進出口的，禁運的：～ goods 禁運品 / ～ trade 走私。

con·tra·band·ist [ˈkantrəˌbændɪst] 名 以走私為業者，違禁品走私者。

con·tra·bass [ˈkantrəˌbes] 名〖樂〗低音大提琴。

con·tra·bass·ist [ˈkantrəˌbesɪst] 名 低音大提琴手。

con·tra·cept [ˌkantrəˈsɛpt] 動及 避孕不懷（胎兒）。

con·tra·cep·tion [ˌkantrəˈsɛpʃən] 名U 避孕（法）。

con·tra·cep·tive [ˌkantrəˈsɛptɪv] 形 避孕用的。一名 避孕用具，避孕藥。

·con·tract [ˈkantrækt] 名 1 契約（書），合約（書）；承包合同：a temporary ～ 臨時契約 / a written ～ 書面契約 / by ～ 以合同的方式 / enter into a ～ with a person 與某人訂契約 / sign a ～ 簽署契約書 / give a ～ to... 讓…承包 / be under ～ to... 與…訂有契約 / be out to ～（工作）發包，予人承包。2 婚約。3〖牌〗合約橋牌。4《美俚》殺手的任務。一[kənˈtrækt] 動及 1 拉緊，皺：～ one's biceps 拉緊二頭肌。2 (1) 將…縮小；使（能力等）變狹小：～ one sleeping time due to overwork 因為加班而縮短睡眠時間。(2)〖文法〗（以省略或結合字或音的方式）縮短。3 罹患，感染；（自然而然地）沾染（惡習）：～ tuberculosis 罹患肺結核。4 產生，招致。5 [ˈkantrækt] 訂立…的契約，承包。6《文》締結（合作關係等）；《通常用被動》訂婚《 *with...* 》：～ (a) friendship *with* a person 與某人結交 / ～ a marriage *with* a person 與某人訂婚 / be ～*ed* to a person 與某人訂有婚約。一不及 1 收縮，縮短；變緊。2 [ˈkantrækt] 訂契約《 *with...* 》；訂承包契約《 *for...* 》：～ *with* a firm *for* the building 為建某建築物而與某公司訂約。

contract in (1)《英》參加某項契約。(2)（會員）正式加入工會的政治獻金。

contract out《英》(1) 不加入某項契約。(2) 拒絕捐政治獻金。

contract...out / contract out... 把（工作等）發包出去。

contract (oneself) out of...《英》拒絕（受契約某條款）限制；（依契約）免除（義務等）。

'contract 'bridge 名 U〖牌戲〗合約橋牌。

con·tract·ed [kənˈtræktɪd] 形 1 收縮的；額眉皺縮的；縮略的：a ～ form 縮略形。2 褊狹的；吝嗇的。3 貧困的，困窘的。4 [《美》ˈkantræktɪd] 訂有契約的；訂有

約的。

con·tract·i·ble [kən'træktəbl] 形可收縮的，收縮性的。～**·ness** 名

con·trac·tile [kən'træktl] 形（有）收縮性的：～ muscles 收縮肌。**-'til·i·ty** 名

con·trac·tion [kən'trækʃən] 名 **1** Ⓤ 收縮，縮短，縮小；已收縮之物：the ～ of metals 金屬的收縮 / a ～ of the eyebrows 皺眉。**2** Ⓤ（通貨、資金、支出的）減縮，限制，縮小；景氣緊縮。**3** Ⓤ（惡習等的）沾染；（債務的）招致；罹患；結交，結盟：the ～ of a debt 負債。**4** Ⓤ Ⓒ〖文法〗（字的）縮略形。**5** Ⓤ Ⓒ（肌肉的）收縮。**6** Ⓤ〖數〗收縮，縮約，縮距。～**·al** 形

con·trac·tive [kən'træktɪv] 形 有收縮性的。

con·trac·tor ['kantræktɚ] 名 立約人；承包者；營造業者。

con·trac·tu·al [kən'træktʃuəl] 形契約上的；受契約保證的。～**·ly** 副

con·tra·cy·cli·cal·i·ty [,kantrə'saɪklɪ'kælətɪ] 名〖經〗景氣調節。**-'cy·cli·cal** 形

con·tra·dict [,kantrə'dɪkt] 動及 **1** 斷然否認；反駁，對…提出異議。**2**《常作反身》與…相矛盾。一不及 作相反的陳述；反駁；否認。

con·tra·dic·tion [,kantrə'dɪkʃən] 名 Ⓤ **1** Ⓤ 駁斥，反對；否定，否認；相反的主張：the ～ of the rumor 對謠言的駁斥 / stand ～ 容忍反對 / give a flat ～ to... 對…提出明確的反對。**2** 矛盾，自相矛盾，相互牴觸；矛盾的話：run in clear ～ 顯然自相矛盾。

con·tra·dic·tious [,kantrə'dɪkʃəs] 形好反駁的，好爭論的。

con·tra·dic·to·ry [,kantrə'dɪktərɪ] 形 **1**（與…）相矛盾的，正相反的（ *to...* ）：a theory ～ *to* common sense 與常理相違的理論。**2** 喜好爭辯的。一名(複**-ries**) **1** 相矛盾的命題；正相反（之物），自相矛盾，反對論。**2**〖理則〗正相反命題。

con·tra·dis·tinc·tion [,kantrədɪ'stɪŋkʃən] 名 Ⓤ 對比：《通常用於下列片語》in ～ to ... 與…對照區別。

con·tra·dis·tin·guish [,kantrədɪ'stɪŋgwɪʃ] 動及將…（與…）比較用以區別（ *from...* ）：～ A *from* B 將 A 與 B 對比以區別。

con·trail ['kantrel] 名凝結尾：飛機在高空飛行時所形成的帶狀雲（亦稱 **vapor trail**）。

con·tra·in·di·cate [,kantrə'ɪndə,ket] 動及〖醫〗禁忌（對某種療法或藥品呈現不良反應的徵候）。

con·tra·in·di·ca·tion ['kantrə,ɪndə'keʃən] 名 Ⓤ Ⓒ〖醫〗禁忌；禁忌徵候。

con·tral·to [kən'trælto] 名(複～**s**[-z], **-ti** [-ti])〖樂〗**1** 男聲中音域。**2** 女聲最低音域。**3** 女低音[男中音]歌手。

con·tra·po·si·tion [,kantrəpə'zɪʃən] 名 Ⓤ Ⓒ 相對的位置；對立，對照。

con·trap·tion [kən'træpʃən] 名《口》（機械性的）新發明，新設計；《蔑》新奇的發明。**-tious** 形

con·tra·pun·tal [,kantrə'pʌntl] 形〖樂〗對位法的；以對位法作曲的。～**·ly** 副

con·tra·ri·e·ty [,kantrə'raɪətɪ] 名（複 **-ties**) **1** Ⓤ 相反；〖理則〗矛盾。**2** 相反的事實，矛盾點。

con·tra·ri·ly ['kantrɛrəlɪ] 副 **1** 相反地，反過來地。**2** [kən'trɛrəlɪ]《口》彆扭地，乖張地。

con·tra·ri·ness ['kantrɛrɪnɪs] 名 Ⓤ **1** 相反。**2** ['kantrɛrɪnɪs, kən'trɛrɪ-]《主口》乖張，彆扭。

con·tra·ri·wise ['kantrɛrɪ,waɪz] 副 **1** 往反方向地，反之；（與話、態度）正相反地。**2** 彆扭地，乖張地。**3** 相反地；在另一方面。

·**con·tra·ry** ['kantrɛrɪ] 形 **1** (1)（與…）正相反的，不相容的（ *to...* ）；（性格等）相反的：～ opinions 相反的意見 / in ～ senses 在相反的意義上。(2)（二者、二物之間）相反的那一邊的：take a ～ position on the issue 對於此問題採取相反的立場。**2** 逆向的，不利的：a ～ wind 逆風。**3** ['kantrɛrɪ, kən-]《口》乖張的，彆扭的。一名（複 **-ries**)《通常作 **the** ～》相反；相反者，對立者：do *the* ～ of a statement 作與陳述相反的行為。

by contraries (1) 正相反地，相違地。(2) 與所預料相反地。

on the contrary (1)（否定前述）相反地。(2) 由另一角度來看。

to the contrary (1) 相反地。(2) 此外的，相異的。

一副相反地，違反地（ *to...* ）：act ～ *to* the rules 違反規則行事。

·**con·trast** [kən'træst] 動及 **1** 將（二者）對照；將…（與…）對比（ *with...* ）：as ～*ed* (*with...*)（與…）對比。**2** 與…成對比，與…對比而顯出差別。一不及（與…）成爲對比，（與…）對照而顯出差別（ *with...* ）：～ harshly *with...* 與…成爲尖銳的對比。一['kantræst] 名 **1** Ⓤ 對比，對照（ *to, with...* ）：in happy ～ *to* [*with*] ... 與…恰成對比 / in marked ～ *to* [*with*] ... 與…有顯著的差異。**2**（由對比而得的）差別，差異（ *between...* ）：form a ～ to [with] ... 顯出與…不同。**3**《通常作 **a** ～》（與…相比而呈）對比性之物（ *to...* ）。**4**〖美·修·攝〗並置對比；反差。

～**·a·ble** 形, ～**·ed·ly** 副, ～**·ing·ly** 副

con·tras·tive [kən'træstɪv] 形 對比的（ *to...* ）；〖語言〗對照性的。～**·ly** 副

con·trast·y [kən'træstɪ] 形〖攝〗反差強烈的。

con·tra·vene [,kantrə'vin] 動及 **1** 違反，違背。**2** 反對，反駁。**3** 牴觸，與…衝

突。

con·tra·ven·tion [ˌkantrəˈvɛnʃən] 名 ⓊⒸ違法（行為）；反對，反駁。

con·tre·temps [ˈkantrəˌtaŋ] 名《法語》(複～ [-z])不幸的意外，令人不愉快的事故。

:con·trib·ute [kənˈtrɪbjut] 動 **(-ut·ed, -ut·ing)** 及 **1** 貢獻；給予，提供《*to, for, toward* ...》：～ money *to* relieving the poor 捐款救濟貧民 / ～ food *for* the sufferers 提供食物給災民 / ～ new ideas *toward* the completion of the work 提供新構想以完成該項工作。**2** 投稿《*to*...》：～ a story *to* a monthly 將寫成的故事投稿給月刊雜誌。—不及 **1** 捐獻（給…）；有功（於…）；成為（…的）因素《*to, toward* ...》：～ *to* the Red Cross 有功於紅十字會 / ～ largely *to* the victory 對勝利有很大的貢獻 / ～ *to* one's ruin 成為衰敗之因。**2** 投稿（雜誌等）《*to*...》。

con·tri·bu·tion [ˌkantrəˈbjuʃən] 名 **1** Ⓤ 捐獻，資助；貢獻，助力；投稿《*to, toward*...》：make a large ～ *toward* revising the law 對於法律的修訂貢獻卓越。**2** 捐款，賑款，捐贈品；投稿作品：a magazine full of interesting ～*s* 充滿了饒富趣味投稿作品的雜誌 / collect ～*s* 募集捐款 / make a NT$10,000 ～ 捐款壹萬元臺幣。**3** ⒸⓊ 租稅，稅，稅捐：impose a ～ on tobacco 課徵煙草稅。

con·trib·u·tive [kənˈtrɪbjutɪv] 形 = contributory.

con·trib·u·tor [kənˈtrɪbjətɚ] 名 捐款人，貢獻者；投稿者。

con·trib·u·to·ry [kənˈtrɪbjəˌtorɪ] 形 **1** 捐獻的。**2** 促成的，導致（…的）因素的《*to*...》：～ negligence 〖律〗共同過失 / an obstruction ～ *to* traffic jams 導致交通阻塞的障礙。**3**（退休預備金、保險費）雇主與受雇者共同支付的；分擔（資金、稅等）的。

—名(複**-ries**)出資者，有義務分擔的人；促成因素。

con·trite [kənˈtraɪt, ˈkan-] 形 **1** 痛悔的，悔改的。**2** 表示懺悔的；出於懺悔之情的。

～**·ly** 副，～**·ness** 名

con·tri·tion [kənˈtrɪʃən] 名 Ⓤ **1** 悔罪，懺悔，悔悟。**2**〖神〗懺悔：由於對神的崇敬而生的悔改。

con·triv·ance [kənˈtraɪvəns] 名 **1** 設計物，發明物；機械裝置：Ⓤ 設計，發明（的才能）。**2**《通常作～**s**》計策；手段。

con·trive [kənˈtraɪv] 動 **(-trived, -triv·ing)** 及 **1** 設計，發明：～ a different style of pump 設計不同型的抽水機 / ～ a happy ending in the plot 給故事編一個圓滿的結局。**2** 圖謀，籌劃（壞事）：～ her death 圖謀殺害她 / ～ a hijack of the plane 策劃劫機 / ～ to trap the bear 設計以陷阱捕捉熊。**3** 籌劃，設法；《反語》做出（與預期相反的事）。—不及 **1** 設法，圖謀；計畫，籌劃。**2**《口》料理家務，治家：cut and ～ 設法周轉，節約度日。

con·trived [kənˈtraɪvd] 形 牽強的，不自然的。

con·triv·er [kənˈtraɪvɚ] 名 **1** 設計者，圖謀者；周轉圓活的人。**2**《口》善於料理（家務等）之人。

:con·trol [kənˈtrol] 動 **(-trolled, ～·ling)** 及 **1** 支配；監督；指揮；管理；管轄；管制：～ a plane and its crew（劫機時）控制飛機及機上人員。**2** (1) 壓抑，控制（感情等）：～oneself 自制 / ～ one's tears 忍住眼淚。(2) 管制，統制（物價、費用等）：～ prices and wages 管制物價及工資。(3) 控制…的蔓延，抑制（害蟲等）的繁殖。**3** 查證，核對（實驗結果、理論等）；試驗…的精確度；核對（帳單等）。—名 **1** Ⓤ 支配（力），支配（權）；管理，管制，監督；指揮（權）；監理，管轄《*of, over, on*...》；受支配的狀態；抑制（力）；統馭（力）：～ *of* currency 通貨管制 / quality ～ 品質管制 / traffic ～ 交通管制 / parents' ～ *over* their children 父母對子女的管教 / be under the ～ *of*... 在…的管制下 / get a fire under ～ 控制火勢 / lose ～ *over* one's feelings 無法控制感情。**2**《通常作～**s**》統制[操縱，管制]手段《*on, over*...》。**3**（科學實驗上比較用的）對照，核對；《常作形容詞》對照標準的：the ～ group 對照組。**4** 管理者；監督人；檢查人員。**5**《通常作～**s**》（機械、交通工具的）操縱裝置。**6** Ⓤ〖棒球〗（投手的）控球能力。**7**（賽車時）補給站；檢修站；慢行區。

conˈtrol ˌclock 名 母鐘。

conˈtrol ˌfreak 名 控制狂，支配狂。

conˈtrol ˌgroup 名 對照組。

con·trol·la·ble [kənˈtroləbl] 形 可支配的，可控制的。

conˈtrolled ˈsubstance 名《美》受管制藥物（古柯鹼、大麻等）。

con·trol·ler [kənˈtrolɚ] 名 **1** 審計人員，查帳員；主計員；管理員，主管人員。**2**〖空〗《英》飛航調度員。**3** 控制裝置。

conˈtrol ˌrod 名（核子反應爐的）控制桿。

conˈtrol ˌroom 名〖廣·視〗控制室。

conˈtrol ˌstick 名〖空〗操縱桿。

conˈtrol ˌtower 名〖空〗塔臺。

con·tro·ver·sial [ˌkantrəˈvɝʃəl] 形 爭論（上）的；有爭議的；好爭論的。

～**·ly** 副

con·tro·ver·sial·ist [ˌkantrəˈvɝʃəlɪs... 名 好爭論者，辯論者。

·con·tro·ver·sy [ˈkantrəˌvɝsɪ] 名 (...**-sies**) **1** ⓊⒸ 爭論，辯論，（尤指紙上的）爭論：a barren ～ 無益的爭論 / a heated ～ 激烈的爭論 / a ～ about a topic 有關某問...的爭論 / in ～ 爭執不下 / beyond ～ 沒有...

論的餘地，無庸爭論的 / create ～ 引發爭論 / enter into a ～ with a person 與某人發生爭論。2 鬥嘴，吵架：a labor-management ～ 勞資間的爭議。

con·tro·vert [ˌkɑntrəˈvɝt] 動及 1 反駁；否認。2 爭論；討論。**-vert·i·ble** 形 可辯論的，有爭論餘地的。

con·tu·ma·cious [ˌkɑntjʊˈmeʃəs] 形 頑強反抗（命令、權威）的；不服從（尤其是法院命令）的。

con·tu·ma·cy [ˈkɑntjʊməsɪ] 名U 頑固；堅不服從；〖法〗違抗法院命令，蓄意藐視法庭。

con·tu·me·ly [ˈkɑntjʊməlɪ] 名 (複 **-lies**) UC（行爲、言詞的）傲慢；侮辱。

con·tuse [kənˈtjuz] 動及〖醫〗使…受挫傷，撞傷，打傷。

con·tu·sion [kənˈtjuʒən] 名 挫傷，撞傷，打傷。

co·nun·drum [kəˈnʌndrəm] 名（含詼諧、雙關之意的）謎語，謎；難解的問題：pose a ～ 提出難題。

con·ur·ba·tion [ˌkɑnɝˈbeʃən] 名（包括其周圍衛星都市的）大都會。

con·va·lesce [ˌkɑnvəˈlɛs] 動 不及（病後）漸漸地復原，痊癒。

con·va·les·cence [ˌkɑnvəˈlɛsəns] 名U（病後的）恢復健康（期），復原。

con·va·les·cent [ˌkɑnvəˈlɛsənt] 形（病人）康復期的；康復期病人的：a ～ ward 療養病房。—名 康復期的病人。～**·ly** 副

con·vec·tion [kənˈvɛkʃən] 名U 1〖理〗對流；〖氣象〗對流。2 傳遞，傳達。

conˈvection ˌoven 名 對流爐。

con·vec·tive [kənˈvɛktɪv] 形 1 對流（性）的。2 傳送的。

con·vec·tor [kənˈvɛktɚ] 名 對流式暖房器。

con·vene [kənˈvin] 動 不及 集會。—及 召集；〖法〗傳喚…（到法庭）。

con·ven·er [kənˈvinɚ] **-ven·er, -ven·or** 名《主英》（集會）召集人；議長。

con·ven·ience [kənˈvinjəns] 名 1 U 方便，便利，權宜；利益，好處：a marriage of ～（以利益爲目的的）權宜結婚 / according to one's ～ 依自己的方便。2 便利的事物；方便之時：as a matter of ～ 爲方便起見 / at your ～ 你認爲方便時 / Consult your own ～. 悉聽尊便。3《通常作 **a** ～》便利之物，（文明的）工具；《～**s**》便利的設備；衣食住的方便：camping ～*s* 露營用具 / various ～*s* of life 生活上的各種便利設施 / make *a* ～ of a person 任意利用某人。4《英》公共廁所（《美》rest room）。

conˈvenience ˌfood 名 速食食品。

conˈvenience ˌgoods 名（複）日用雜貨。

conˈvenience ˌstore 名 便利商店。

con·ven·ient [kənˈvinjənt] 形 1 便利的，方便的，合宜的；（對於…）方便的《*to*..., 《主美》*for*...》：～ rooms 方便的房間 / a ～ hour *for* the meeting 方便集會的時間。2《口》（地點）靠近某處而很方便，近便的《*to*...》。

con·ven·ient·ly [kənˈvinjəntlɪ] 副 1 便利地，方便地。2《修飾全句》方便的是：*C-* he lived near the station. 方便的是他住在車站附近。

con·vent [ˈkɑnvɛnt, -vənt] 名 修道的團體，（尤指女子）修道會；（尤指女子）修道院：go into a ～ 做修女。

con·ven·ti·cle [kənˈvɛntɪkl] 名 1〖英史〗（16、17 世紀時非國教教徒的）祕密禮拜聚會（所）。2 宗教性集會，（尤指）非法或祕密的宗教聚會；聚會所。

·con·ven·tion [kənˈvɛnʃən] 名 1（宗教、政治、社會團體等之代表的）大會，代表會議，（正式的）集會，協議會；《美》（提名候選人的）政黨大會；（出席會議的）全體代表：an annual ～ 年會 / a nominating ～《美》總統候選人提名大會 / in ～ 會議中 / hold a ～ 舉行大會。2（政黨之間的）決定，協定；（郵政、著作權、仲裁等的）國際協定 / sign a ～ of peace 簽署和平協定。3 UC 習俗，老規矩，習慣，慣例；約定：social ～*s* 社會慣例 / break established ～*s* 打破既有的習俗。

·con·ven·tion·al [kənˈvɛnʃənl] 形 1 定型的，刻板的；平凡的，陳腐的，老套的：～ furniture 舊式的家具 / make ～ remarks 說千篇一律的話。2 一般人都做的，素來的，相沿成習的，慣例的：《**the** ～》《名詞性的》因襲性的：the ～ mores of society 社會的老規矩 / in the ～ sense 在一般的意義上。3（武器）非核子的，傳統的，常規的。4〖藝〗遵循傳統的；（造形美術）按傳統筆法表現的。5〖法〗（與依法定相對）依約定的：the ～ interest 約定利息。6 集會的，會議的。

con·ven·tion·al·ism [kənˈvɛnʃənlˌɪzəm] 名 U 因襲主義，依從習俗；C 因襲性的事物；千篇一律，陳腔濫調。

con·ven·tion·al·i·ty [kənˌvɛnʃəˈnælətɪ] 名 (複 **-ties**) 1 U 因襲性；恪守常規。2《常作 **the -ties**》慣例，刻板的習俗，老規矩。

con·ven·tion·al·ize [kənˈvɛnʃənlˌaɪz] 動及 1 使…依從慣例，使…因循老套。2 將…慣例化。**-i·ˈza·tion** 名

con·ven·tion·al·ly [kənˈvɛnʃənəlɪ] 副 依照慣例或習俗地，千篇一律地，陳腐地。

conˈventional ˌwisdom 名 U 一般人的觀念，世俗的觀點。

conˈvention ˈcenter 名 會議中心。

conˈvention ˌhall 名（大飯店等的）會議廳。

con·ven·tu·al [kənˈvɛntʃʊəl] 形（尤指女子）修道院的。—名 修士；修女。

con·verge [kənˈvɝdʒ] 動 不及 1（線、道

路、能動之物）集中（於一點、一線），會合《*on, upon...*》；〖理·數〗收斂；會聚。**2**（意見、關心等）集中（於共同的結果、結論）《*on, upon...*》。—因 將…集於一點，使…集中。

con·ver·gence [kən'vɝdʒəns] 名UC **1** 會合，集中於一點，集中性，集中狀態；集中點。**2**〖生理〗（兩眼向一相同近點固定時的）會聚，集合；〖氣象〗輻合；〖生〗趨同現象。

con·ver·gen·cy [kən'vɝdʒənsɪ] 名 = convergence 1.

con·ver·gent [kən'vɝdʒənt] 形 **1**（方向等）集向於一點的；（攻擊）集中的；集會的；（鏡、透鏡）會聚性的。**2**〖數·理〗會聚性的，收斂性的；〖生〗趨同的。～**·ly** 副

con·vers·a·ble [kən'vɝsəbl̩] 形 易於交談的，可與交談的；善於辭令的；喜交談的。

con·ver·sance [kən'vɝsəns] 名 U 精通；熟知；親近。

con·ver·sant [kən'vɝsənt] 形 **1** 精通（…）的《*with...*》: be ～ *with* the new rules 精通新規則。**2** 親近的《*with...*》。～**·ly** 副

:con·ver·sa·tion [ˌkɑnvɚ'seʃən] 名 **1** U C 交談，對話，對談，座談（《口》talk）；（事務性的）交談，會談；《～**s**》（外交上的）非正式會談：a brisk ～ 愉快的交談 / make ～ 閒談 / get into ～ 加入談話 / have a ～ with a person 與某人交談 / be in ～ with a person 與某人交談中 / break off the ～ 打斷談話。**2** U 交際，交往。**3** U 社交上的談話技巧，善於言詞。**4** 近似交談的交往；（尤指）用電腦的反覆輸入與應答的來往。

con·ver·sa·tion·al [ˌkɑnvɚ'seʃənl̩] 形 **1** 交談的，座談的；會話體的。**2** 善於辭令的；健談的。**3**〖電腦〗會話式的。
～**·ly** 副 談話方式地；以會話體方式地。

con·ver·sa·tion·al·ist [ˌkɑnvɚ'seʃənl̩ɪst] 名 健談者；有口才的人。

conver'sation ˌpiece 名（18 世紀流行於英國，描寫上流社會人物的）風俗畫，團圓畫。**2** 話題，談話資料。

con·ver·sa·zio·ne [ˌkɑnvɚˌsatsɪ'onɪ] 名（複 **-zio·ni** [-nɪ], ～**s**）《義大利語》（有關學術、文藝的）座談會。

con·verse[1] [kən'vɝs] 動 不及 **1**《文》交談《*with...*》；交換意見《*on, about...*》。**2**〖電腦〗（與機器）交談。
—['kɑnvɝs] 名《古》談話，交談：hold ～ with a person 與某人對談。

con·verse[2] [kən'vɝs, 'kɑnvɝs] 形 正相反的，相逆的，倒轉的。—['kɑnvɝs] 名 **1**《the ～》正相反（之物），相反（的說法）。**2**〖理則〗(1) 逆命題，倒轉命題。(2) 逆（關係）。**3**〖數〗逆，反。

con·verse·ly [kən'vɝslɪ] 副 **1** 逆方向地，相反地。**2**《修飾全句》反之，反過來說。
and conversely《用於句尾》反之亦然。

con·ver·sion [kən'vɝʒən, -ʃən] 名UC **1** 轉變，變換，變化；兌換，（證券的）轉換，（財產、債務的）轉換《*of, from...; into, to...*》: ～ of a solid *into* a liquid 固體轉變為液體。**2** 改造，改裝《*of, from...; into, to...*》；改變《*of, from...; to...*》: ～ of an ordinary house *into* a coffee shop 將普通住家改裝為咖啡店 / ～ *from* propane *to* gas 由煤氣改換為天然瓦斯。**3** 改信，背離，皈依《*of, from...; to...*》: the ～ *of* a Buddhist *to* Christianity 由佛教徒轉變為基督徒。**4**〖美足·橄欖球〗轉踢。**5**〖數〗換算（法）；〖理〗變換；轉變；〖精神分析〗轉化，轉變。

·con·vert [kən'vɝt] 動 及 **1** 使…變形[變質]，使…轉變（成…）《*into...*》；〖化〗使…轉化：～rags *into* paper 將破布製成紙。**2**《通常用被動》(1) 使改信、皈依或轉向（其他宗教、黨派、主義等）《*to...*》～ a tribe *to* Christianity 使某部族改信基督教。(2) 使悔改：～ a miscreant 使惡棍棄惡從善 / be ～*ed* 悔改。**3** 改造，改裝（房間等）《*to, into...*》: a hotel ～*ed into* a hospital 把旅館改建為醫院。**4** 將…變換（成為等價值之物）；將（紙幣、外匯等）兌換（為…）《*into, to, for...*》。**5** 置換，倒置，使…相反《*to...*》；〖理則〗（命題的主詞）轉換；〖電腦〗將（二種編碼）變換。**6**〖法〗冒領，侵占；變換（財產）的形態；〖金融〗兌換；轉換。—不及 **1** 變[形]（為…），轉換（成…）《*to, into...*》。改變主張，悔改，改信《*from...; to...*》 **3**〖美足·橄欖球〗判定為轉踢。
—['kɑnvɝt] 名 改變主張者，皈依者；悔[改]者：make a ～ of a person 使某人改變信[仰] / become a ～ to...成為皈依…的人。

con·vert·ed [kən'vɝtɪd] 形 **1** 改變信[仰]的。**2** 改變的。

con·vert·er, -ver·tor [kən'vɝtɚ] 名 [1 …]教化者。**2**〖冶〗轉化；〖理〗轉化反[應]器。**3**〖電〗換流器；〖電視〗變頻器[；]〖電腦〗轉換器。

con·vert·i·ble [kən'vɝtəbl̩] 形 **1** 可變[換]的《*to, into...*》: heat ～ *into* electricity 變換為電力的熱。**2** 可（使人）回心轉[意]的。**3**〖商〗可（與…）兌換的《*i[nto]...*》。**4**〖理則〗可轉換的，同義的。**5** [可]摺篷的。—名 **1** 可轉換的事物。**2** 敞[篷]車。**-bly** 副

con·vex [kɑn'vɛks] 形 凸面的；〖幾何〗凸的：a ～ lens 凸透鏡。—['kɑnvɛks] 名 [凸]透鏡。～**·ly** 副 呈凸狀地，中間凸起地。

con·vex·i·ty [kən'vɛksətɪ] 名（複 **-ties**）[U] 凸狀；C 凸面（體）。

·con·vey [kən've] 動 及 **1** 運送，運輸《*from...; to...*》: ～ goods by express 用[快遞]運送貨物。**2** 傳送；傳染《*to...*》: ～ a [dis]ease *to* a person 傳染疾病給某人。**3** 傳[達]

表達《 to... 》；告知，表示。4〖法〗讓渡，轉移《 to... 》: ～ an estate *to* one's son 將財產轉移給兒子。

con·vey·ance [kən'veəns] 名 1 U 運送，運輸：～ by land 陸運。2 U（熱等的）傳導；（意思等的）傳達。3 運輸工具，交通工具：a public ～ 公共交通工具。4 U〖法〗（不動產、財產權等依法定手續的）轉讓，轉移。5 轉讓證書。

con·vey·anc·er [kən'veənsɚ] 名 1 運送人；傳達者。2〖法〗辦理不動產轉移事務的律師。

con·vey·anc·ing [kən'veənsɪŋ] 名 U〖法〗辦理財產轉移的業務。

con·vey·or, -er [kən'veɚ] 名 1 運送人，傳播者。2〖機〗輸送帶；運送器。3（不動產）讓渡者。

con'veyor ˌbelt 名 輸送帶。

con·vict [kən'vɪkt] 動 及 1（審判結果）宣判有罪；《被動》被判（以…罪）《 of... 》: a ～*ed* prisoner 已判決之犯人 / be ～*ed* of speeding 被判超速。2 使知（罪、錯）《 of... 》: ～ a person *of* his mistake 使某人知錯。—['kɑnvɪkt] 名（已定罪的）囚犯：an ex*convict* 有前科者。

con·vic·tion [kən'vɪkʃən] 名 1 U C 定罪，判罪《 for... 》: previous ～ 前科 / a summary ～（不設陪審團的）即席判決 / a ～ *for* drunken driving 酒醉駕車的判決。2 U 有罪的自覺，悔悟：bring a person to a ～ of sin 使某人自覺有罪。3 U 說服（力）；信服：powers of ～ 說服力 / be open to ～ 服理。4 U C 確信，信念《 that 子句, of... 》: in the ～ *that*... 基於…的信念 / come to the ～ *that*... 產生…的信念，變得確信…。

con·vince [kən'vɪns] 動 (-vinced, -vinc·ing) 及 使相信《 of... 》；使確信；說服：～ oneself *of* 確信。

con·vinced [kən'vɪnst] 形 1 堅信的，有信念的。2 確信的，確定的。

con·vinc·er [kən'vɪnsɚ] 名 有說服力的人[行為，言論等]。

con·vin·ci·ble [kən'vɪnsəbl̩] 形 可說服的，明理的。

con·vinc·ing [kən'vɪnsɪŋ] 形 1 有說服力的：a ～ proof 有力的證據。2 可信的，使人相信的，令人信服的。～·ly 副

con·viv·i·al [kən'vɪvɪəl] 形 1 好宴飲作樂的；愉快的，天性快活的；歡宴的：a ～ meeting 歡宴。2 友好的，愉快的。～·ly 副

con·viv·i·al·i·ty [kənˌvɪvɪ'ælətɪ] 名 U C 歡樂，快活；宴會。

con·vo·ca·tion [ˌkɑnvə'keʃən] 名 1 U 召集；召開。2（被召集的）議會；集會。3《偶作 C-》〖英國教〗主教會議；〖美國聖公會〗主教區會議。4《偶作 C-》《英》（某些大學的）評議會。5《美》（大學的）學位授予典禮。

con·voke [kən'vok] 動 及 召集（會議等）。

con·vo·lute ['kɑnvəˌlut] 動 及 不及（使…）旋繞，（使…）相纏。—形 1 迂迴曲折的，旋繞的，渦狀的。2〖生〗捲曲的。

con·vo·lut·ed ['kɑnvəˌlutɪd] 形 1 迂迴曲折的，旋繞的；〖動〗迴旋的。2 複雜的，錯綜的。

con·vo·lu·tion [ˌkɑnvə'luʃən] 名 1 盤繞狀態。2 紆曲；盤捲；渦旋。3〖解〗腦回：大腦表面的褶。

con·vol·vu·lus [kən'vɑlvjələs] 名 (複 ～·es)〖植〗旋花科植物。

con·voy [kən'vɔɪ] 動 及 護航。—['kɑnvɔɪ] 名 1 U 護航。2 護航艦。3 受到護衛的船隊或運輸車隊。4（奉同一命令而行動的）軍車隊。5（為共同目的而組成的）車隊。

con·vulse [kən'vʌls] 動 及 1 使…激烈震動；使…掀起動亂。2《通常用被動》（因笑、怒、痛苦而產生的）激烈反應《 with... 》: be ～*d with* anger 勃然大怒。3 痙攣。

con·vul·sion [kən'vʌlʃən] 名 1《常作 ～s》〖病〗痙攣，抽搐：fall into a fit of ～*s* 發一陣痙攣。2《常作 ～s》（笑、怒、悲等的）激烈反應。3 動盪，動亂：times of political ～ 政治動盪的時代。

con·vul·sion·ar·y [kən'vʌlʃəˌnɛrɪ] 形 痙攣的；患痙攣的。—名 (複 -ar·ies) 患痙攣症的人。

con·vul·sive [kən'vʌlsɪv] 形 1 痙攣的；痙攣性的。2 似痙攣的；陣發的：～ laughter 捧腹大笑。3（發作性）激烈的：a ～ upheaval 激烈的（社會）大變動。～·ly 副

co·ny ['konɪ] 名 (複 -nies) 1 兔子的毛皮。2〖動〗= rabbit 3.

·coo [ku] 動 (～ed, ～·ing) 不及 1（鴿子）咕咕叫；（嬰兒）發出快活的咕咕聲。2（情人）情話喁喁：bill and ～ 調情。—名 (複 ～s) 咕咕（鴿子的叫聲）；甜蜜喁語。～·er 名

coo·ee ['kuɪ] 名 澳洲土人尖而拖長的招呼聲：within (a) ～ of...《口》離…很近。

:cook [kʊk] 動 及 1（加熱）烹調，煮，煮熟：～ dinner 做晚飯 / ～ food for oneself 自己做飯。2《口》（尤其慌張地）捏造《 up 》: ～ the account 竄改帳目 / ～ *up* an excuse 捏造藉口。3《俗》毀壞。4《通常用被動》《英俗》使疲倦：I'm absolutely ～*ed*. 我非常疲倦。

—不及 1 烹調，準備餐食；掌廚：～ out《美》野炊。2 被烹調。3（因炎熱而）熱昏。4《美俚》活潑地行動；發生，進行。

cook...away / cook away... 用煮來除去…，把…煮掉。

cook a person's goose ⇨ GOOSE（片語）

cook...off / cook off... 用煮的方法將…除去。

cook...up / cook up... (1) 將…立即烹調。(2)

C

⇨ 動 及2.
—名 廚子：be a good ～ 精於烹調 / Too many ～*s* spoil the broth.《諺》廚子多了煮壞湯（喻人多手雜反易壞事）。

Cook [kʊk] 名 科克：**Captain James**,（1728–79）：英國航海家及探險家，曾在澳大利亞、紐西蘭及南極探險。

C

cook·book ['kʊk,bʊk] 名烹飪書，食譜。

cook·er ['kʊkɚ] 名 **1**《常作複合詞》（灶、鍋等）炊具：an electric ～ 電鍋 / a pressure ～ 壓力鍋。**2**《通常作 ～**s**》（不生食而）較適於烹食的水果。

cook·e·ry ['kʊkərɪ] 名(複-**er·ies**) **1**Ⓤ烹調技巧；烹飪。**2**《美》烹飪室，廚房。

'cookery ˌbook 名《英》= cookbook.

cook·house ['kʊk,haʊs] 名 (複 **-hous·es** [-zɪz]) 炊事房；（尤指船上的）廚房；（露營等的）戶外廚房。

cook·ie ['kʊkɪ] 名**1**《美》小甜餅，餅乾；《蘇》（尤指自製的）小麵包。**2**《美口》情人，可愛的女孩。**3**《通常與 **smart, tough** 等形容詞連用》《美俗》人，傢伙；男子。**4**〖電腦〗網路追蹤器。

That's the way the cookie crumbles. 《美俚》事情就成了這樣，沒有辦法。

'cookie-ˌcutter 形 單調的，毫無變化的。

'cookie ˌsheet 名（烤餅的）鑄模。

cook-in ['kʊk,ɪn] 名在家裡做菜；烹飪教室[節目]。

·**cook·ing** ['kʊkɪŋ] 名Ⓤ 烹飪（法）：be good at ～ 精於烹飪。—形**1** 烹調用的：a ～ top（有四個電子爐或瓦斯爐的）烹飪臺。**2** 不煮或不烤就不能食用的，烹調用的：～ apples 烹飪用蘋果。

cook(-)off ['kʊk,ɔf] 名《美》烹飪比賽。

cook·out ['kʊk,aʊt] 名《美》**1** 野外餐會；在野外烹調用餐。**2** 野餐。—形 野外餐會的。

cook·shop ['kʊk,ʃɑp] 名《英》小吃店，餐廳。

cook·stove ['kʊk,stov] 名《美》烹調用爐具（《英》cooking-stove）。

cook·ware ['kʊk,wɛr] 名Ⓤ炊具。

cook·y ['kʊkɪ] 名(複 **cook·ies**) = cookie.

:**cool** [kul] 形 (～·**er**, ～·**est**) **1** 涼的，涼爽的；使人感覺涼爽的，使人涼爽的：a ～ place 涼爽的地方 / a ～ breeze 涼風。**2** 冷的，涼了的；（顏色）（偏綠、藍、紫色）冷的，寒色的：～ water 冷水。**3** 冷靜的，沉著的，鎮靜的，審慎的：a ～ voice 冷靜的聲音 / a ～ head 頭腦冷靜（的人）/ keep ～ 沉著 / "*C*-, calm, and collected"《標語》「沉著冷靜」。**4** 不熱心的，缺乏熱忱的，冷淡的《*toward...*》：a ～ greeting 冷淡的問候。**5**《俚》厚顏的，無恥的：a ～ hand 無恥的人。**6**《口》（金額、數量）不虛報的，不折不扣的，整整的：a ～ million dollars 不折不扣的一百萬美元。**7**《美俚》絕佳的，極好的。**8**（在報導上）冷靜客觀的，由讀者去下結論的。**9**（獵物的氣味）輕淡的，微弱的。**10**〖爵士〗冷的：指強調理性、平緩、不令人興奮的。
—副《口》冷靜地；冷淡的：play it ～《俚》冷靜處理。—名**1**《通常作 **the** ～》涼爽的地方；涼爽：in *the* ～ of the shade 在蔭涼處。**2**《 **one's** ～》《俚》冷靜，沉著：keep *one's* ～ 保持冷靜 / lose *one's* ～ 發火，失去冷靜。—動不及**1** 轉涼，減退，變涼《偶用 *down, off*》。**2** 冷淡；變冷靜，靜下來《 *down, off* 》。—及**1** 使減退；使冷卻，使變涼：～ a room（用冷氣機等）使房間涼爽 / ～ oneself 乘涼。**2** 使冷靜，使清醒，使鎮靜《偶用 *down, off* 》。

cool one's heels ⇨ HEEL[1]（片語）

cool it《俚》鎮靜。

cool out（賽馬）（賽後）緩下來慢步走。

cool·ant ['kulənt] 名ⓊⒸ**1**（引擎、原子爐等的）冷卻劑，（汽車的）冷卻水。**2**（用來減少摩擦熱的）潤滑劑。

cool·er ['kulɚ] 名 **1** 冷卻器；《美》冰箱。**2** 解熱劑；冷卻劑。**3** 清涼飲料，（尤指）用冰冷卻的含酒精飲料。**4**《俚》監獄，單人囚房。

put... in the coller《口》將…擱在一旁。

cool-head·ed ['kul'hɛdɪd] 形 冷靜的，沉著的。～·**ly** 副

coo·lie ['kulɪ] 名 **1** 苦力。**2**（特指來自東方的）缺乏技藝的廉價勞工。

cool·ing-off ['kulɪŋ'ɔf] 形緩和激動情緒的：a ～ provision 緩和條款。—名緩和期間。

'cooling-'off ˌperiod 名（勞資爭執等的）緩和期間。

'cooling 'tower 名（冷氣機用水的）冷卻塔。

cool·ish ['kulɪʃ] 形微涼的，微冷的。

'cool 'jazz 名Ⓤ幽靜爵士樂。

cool·ly ['kullɪ] 副冷靜地，冷淡地；厚顏地。

cool·ness ['kulnɪs] 名Ⓤ**1** 涼。**2** 冷靜。**3** 冷淡。**4** 厚顏。

coolth [kulθ] 名《口》= coolness.

coo·ly ['kulɪ] 名(複-**lies**) = coolie.

coomb [kum] 名= combe.

coon [kun] 名 **1**〖動〗浣熊 = racoon. **2**《粗》《蔑》黑人：a ～ song 黑人的歌。**3**《美方》「鄉下人」，粗鄙的人。

go the whole coon《美口》徹底地做。

coop[1] [kup] 名 **1** 籠子，檻，雞籠；《英》捕魚籠。**2** 狹窄的地方；《俚》監獄。

fly the coop《美俚》越獄；逃走。
—動及關入籠裡；《常用被動》關進狹窄的地方《 *up / in...* 》。—不及《美俚》（夜間值勤的警察）在巡邏車內打盹。

coop[2] [kup] 名《美口》= co-op.

co-op, co·op ['ko,ɑp, -'-] 名《 **the** ～》《口》消費合作社；《美口》（某機關團體的）合資式公寓。

coop·er ['kupɚ] 名製桶匠，修桶匠，

類製造者。一動及製造，修理（桶）；將（酒等）裝入桶內。一不及當桶匠。

coop·er·age ['kupərɪdʒ] 名 **1** U 桶的製造修理（業）；桶匠的工錢。**2** 桶匠的工作場所，桶店。**3** U 桶類。

·co(-)op·er·ate [ko'ɑpə,ret] 動 **(-at·ed, -at·ing)** 不及 **1** 合作，協力《*in, for..., in doing, to do*》：～ with a person on a project 與某人合作進行某項計畫。**2**（諸因素）互相配合（而達成⋯）。**3** 實行經濟合作。

·co(-)op·er·a·tion [ko,ɑpə'reʃən] 名 **1** U 合作，協力；（由私人或團體所提供的）配合：in ～ with... 與⋯合作。**2**〖經〗合作社，合作團體；合作事業。

·co(-)op·er·a·tive [ko'ɑpə,retɪv] 形 **1** 合作的，協力的；合作性的，協調性的：～ research 共同研究。**2** 合作社的。一名 合作社：a student ～ 大學的學生合作社 / a consumers' ～ 消費合作社。～**·ly** 副

co(-)op·er·a·tor [ko'ɑpə,retə] 名 合作者；合作社社員。

co(-)opt [ko'ɑpt] 動及 **1**（以投票方式）增選（新會員、新委員）；（一般地）選舉，任命。**2** 吸收（反對者）（加入某團體或運動等）。**3** 先占用，先取得。一不及 增選成員。

co(-)or·di·nate [ko'ɔrdnɪt] 形 **1** 同等的，相等的《*with...*》；對等的，同等之物所構成的：an officer ～ in rank *with* me 與我同階級的軍官 / a salary ～ *with* the president 與總經理同等的薪水。**2**〖文法〗表示對等關係的，對等的：a ～ conjunction 對等連接詞 / a ～ clause 對等子句。**3**〖數〗座標的。**4**〖化〗配位的，配價的：a ～ bond 配價鍵。**5**《美》（大學）男女分院制的。**6**（圖書或資料編目）爲交叉索引查閱法的。一名 **1**（在階級等方面）同等的人[物]。**2**〖文法〗對等字[句子等]。**3**《～s》〖數〗座標；（地圖等的）座標：spherical ～*s* 球面座標。**4**《～s》顏色款式搭配協調者。

一[ko'ɔrdn,et] 動 **(-nat·ed, -nat·ing)** 及 **1** 使成爲對等。**2** 整理，把⋯按適當次序排列，把⋯置於適當位置：～ ideas 調整思緒。**3** 調節，協調：～ one's effort 協調努力的步調。一不及 **1**（與⋯）成對等《*with...*》。**2**（與⋯）協調，配合，協調地活動《*with...*》。

～**·ly** 副

co(-)or·di·na·tion [ko,ɔrdn'eʃən] 名 U **1** 同等（化）；對等關係，同等關係。**2**（作用、機能的）協同，協調，一致。**3**〖生理〗（諸肌肉運動的）調整，整合。

co(-)or·di·na·tive [ko'ɔrdn,etɪv] 形 **1** 同等的，對等的。**2** 協調的。

co(-)or·di·na·tor [ko'ɔrdn,etə] 名 **1** 使同等之物[人]；整合之物；統籌者，協調人。**2**〖文法〗對等連接詞。

coot [kut] 名 **1**〖鳥〗大鷭；黑鳧。**2**《口》笨人，怪人。

(as) bald as a coot 頭頂光禿。

(as) stupid as a coot 愚蠢透頂。

coot·ie ['kutɪ] 名《美俚》蝨子。

cop[1] [kɑp] 動 **(copped, ～·ping)** 及《俚》**1** 抓住，獲取；當場逮住《*doing*》：～ a prize 得獎 / ～ a thief steal*ing* the car 當場逮住偷車賊。**2** 竊取，偷走。

cop a plea《美俚》= COP[1] out (2).

cop it《俚》挨揍；受罰；被抓住；被殺。

cop out《美俚》(1) 被逮捕。(2) 認罪（並招出共犯等）；自首。(3) 失敗。(4) 該做的不做；爽約，失信；逃避（不必要的責任）《*on, of...*》。

一名《英俚》被抓：It's a fair ～. 被逮個正著。

not much cop《英俚》（工作）不輕鬆；（東西）沒有什麼價值或用處。

cop[2] [kɑp] 名《口》警察：a plain clothes ～ 便衣警察。

co·pal ['kopl, -pæl] 名 U 柯巴脂：熱帶產樹脂；爲假漆的原料。

co·part·ner [ko'pɑrtnə] 名（事業等的）合夥人，夥伴，合作者。

·cope[1] [kop] 動 **(coped, cop·ing)** 不及《主要用於否定》（在對等關係或有利狀態下）對抗；對付；（對問題、工作等妥善地）處理，應付《*with...*》：～ *with* a difficulty 應付困難，克服困難。

cope[2] [kop] 名 **1**（高階神職人員於特別儀式時所穿的）斗篷式長罩袍。**2**（罩袍似的）覆罩物；蒼穹：under the ～ of night 在夜色的籠罩下。

co·peck ['kopɛk] 名 = kopeck.

Co·pen·ha·gen [,kopən'hegən] 名 哥本哈根：丹麥首都。

Co·per·ni·can [ko'pɝnɪkən] 形 **1** 哥白尼（學說）的：the ～ system 哥白尼學說（認爲地球與其他行星均繞太陽運行）。**2** 哥白尼式的，大改革的，劃時代的。

Co·per·ni·cus [ko'pɝnɪkəs] 名 **Nicolaus,** 哥白尼（1473–1543）：波蘭天文學家；倡「地動說」。

cope·stone ['kop,ston] 名 **1**（牆頂等上的）牆帽，壓頂石；砌牆帽用的石頭。**2** 頂點，極致；最後的潤飾工作：the ～ of one's achievements 某人成就的頂峰（亦稱 **coping stone**）。

cop·i·er ['kɑpɪə] 名 **1** 謄寫者，抄錄者；影印機。**2** 模仿者。

co·pi·lot ['ko,paɪlət] 名（飛機的）副駕駛員。

cop·ing ['kopɪŋ] 名 **1**〖建〗（磚牆等上端的）壓頂，頂石。**2**（扶手等頂上的）罩木，冠木。

'coping ,saw 名 鏤鋸。

co·pi·ous ['kopɪəs] 形 **1** 數量多的；豐富的；產量豐富的：～ breasts 豐滿的胸脯 / a ～ crop 豐收 / ～ supply of rice 稻米的大量供給。**2** 內容豐富的；字數多的：～ notes 詳細的註解 / ～ data 豐富的資料 / a ～

C

writer 多產作家。～·ly 副

cop-out ['kɑp,aʊt] 名《美俚》1 逃避責任的藉口；逃避責任的手法[行爲]。2 逃避責任（的人），逃避（的人）。

·**cop·per**[1] ['kɑpɚ] 名 1 U〖化〗銅（符號：Cu）。2 銅幣；《～s》《俚》零錢。3 銅製容器，銅製品。4《英》（烹飪用的）銅鍋，（煮開水的）銅壺。5 U 銅色，赤褐色。6《～s》嘴巴和喉嚨：clear one's ～s《英俚》清嗓子。—動 及 1 將（鍋子等）覆以銅，將（船底、箱子等）襯以銅。2《美》（玩撲克牌遊戲時）對…下賭注。3《口》遵守。4 逮捕。—形《限定用法》1 銅（製）的。2 銅色的，赤褐色的。

cop·per[2] ['kɑpɚ] 名《俚》警察。

cop·per·as ['kɑpərəs] 名〖化·藥〗硫酸亞鐵，（水）綠礬。

'**copper 'beech** 名（葉呈銅色的）歐洲山毛櫸。

cop·per-bot·tomed ['kɑpɚ'bɑtəmd] 形 1（船、鍋等）底部包銅板的。2《口》紮實的，各方面都安全的，可靠的。

cop·per·head ['kɑpɚ,hɛd] 名〖動〗銅斑蛇。

cop·per·plate ['kɑpɚ,plet] 名 1 U C（印刷用的蝕刻、雕刻）銅板。2 銅版印刷[畫]；U 銅版雕刻。3 U 工整優美的筆跡。write like ～ 寫得很清晰工整。

cop·per·smith ['kɑpɚ,smɪθ] 名 銅匠。

'**copper 'sulfate** [《英》'**sulphate**] 名〖化〗硫酸銅。

cop·per·y ['kɑpərɪ] 形 銅（製）的；含銅的；銅色的，紅褐色的；像銅的。

cop·pice ['kɑpɪs] 名《英》= copse.

cop·ra ['kɑprə] 名 U 乾椰子肉。

copse [kɑps] 名 雜木林；矮樹林。

Copt [kɑpt] 名 1 柯普特人：古埃及人的後裔。2 柯普特教會（埃及境內基督教派）的信徒。

cop·ter ['kɑptɚ] 名《口》= helicopter.

Cop·tic ['kɑptɪk] 形 柯普特人，柯普特語，柯普特語。—名 柯普特語。

'**Coptic 'Church** 名《the ～》柯普特教會：埃及、衣索比亞自古所流傳下來的基督教會；典禮上都用柯普特語。

cop·u·la ['kɑpjələ] 名（複～s, -lae [-,li]）1 連繫物。2〖文法·理則〗連繫動詞，連綴動詞，繫詞。3〖解〗介體；繫合部。

cop·u·late ['kɑpjə,let] 動 不及（與…）交配，性交《with...》。

cop·u·la·tion [,kɑpjə'leʃən] 名 U 結合；性交，交配。

cop·u·la·tive ['kɑpjə,letɪv] 形 1 有連繫性的；〖文法〗連繫性的，作繫詞用的：a ～ verb 連綴動詞 / a ～ conjunction 聯合性連接詞（如 and 等）。2 性交的。

—名〖文法〗連繫詞，繫詞。～·ly 副

:**cop·y** ['kɑpɪ] 名（複 cop·ies）1 副本，影印本，（影片的）拷貝；繕本；摹本，複製品；〖法〗謄本，抄本：a ～ from Raphael 拉斐爾的摹本 / make a rough ～ 打草稿 / make a fair ～ 謄稿 / keep a ～ of... 存留一份…的副本。2 U 付印的原稿；廣告文案；（在印刷複製上所用的）藝術作品：follow ～ 按照原稿排版。3 一本，一冊，一份：a second-hand ～ 二手書籍，舊本。4 U《常用 **good, bad** 連用》〖報章·雜誌〗有新聞價值的材料：make *good* ～ 成爲好的新聞材料。5《英口》（學校的）作文習題：a ～ of verses（習作的）短詩句。

a copy of one's countenance（無心的）偽裝，偽善。

hold copy 做校對助手。

—動（cop·ied, ～·ing）及 1 抄下，抄襲《*down / from, off...*》；複製，臨摹，抄寫《*out*》：～ *out* a picture 複製一幅畫。2 模仿（長處等）：～ a person's virtue 以別人的優點作榜樣。

—不及 1 抄寫，複寫；模仿《*after, from, off...*》：～ *from* life 寫生 / ～ *after* Raphael 模仿拉斐爾 / ～ fair 謄清。2 抄襲（別人的答案），作弊。

cop·y·book ['kɑpɪ,bʊk] 名 1 字帖，習字簿。2（文件等的）存底檔案。

blot one's copybook《英口》做出損害自己名譽的事。

—形 老套的，陳腐的，平凡無奇的；正確的，作爲典範的：～ maxims 陳腐而淺薄的格言，拘泥形式的老格言。

cop·y·boy ['kɑpɪ,bɔɪ] 名（報社、出版社中供人差遣等的）送稿工友。

cop·y·cat ['kɑpɪ,kæt] 名《口》《蔑》模仿他人的行爲或作品的人；《學童用語》文抄公（在學校中只會模仿抄襲其他同學之作品的學生）。—動（～·ted, ～·ting）及 盲目模仿…。

'**copy ,desk** 名《美》（報社的）編輯臺，編輯稿件以備付印用的桌子。

cop·y-ed·it ['kɑpɪ,ɛdɪt] 動 及 編輯（原稿）以便出版。

'**copy ,editor** 名 主編；原稿的整理編輯者，文字編輯。

cop·y·hold ['kɑpɪ,hold] 名 U〖英法〗《昔》依據官方紀錄享有的不動產[權]；謄本保有權。

cop·y·hold·er ['kɑpɪ,holdɚ] 名 1（打字機的）原稿夾，原稿架。2 校對助手。3〖英法〗謄本保有權者；依據官方紀錄享有不動產者。

'**copying ma,chine** 名 複印機；影印機。

cop·y·ist ['kɑpɪɪst] 名 抄寫員，謄稿員；模仿者。

'**copy ,paper** 名 U 稿紙，複寫紙。

cop·y read ['kɑpɪ,rid] 動（-read [-,rɛd]）整理，校訂，編輯（原稿）。

cop·y·read·er ['kɑpɪ,ridɚ] 名 1（報社的）文字編輯。2（出版社等的）編輯員。

cop·y·right ['kɑpɪ,raɪt] 名 著作權，版權

a ~ holder 版權所有者 / infringe a ~ 侵犯著作權。—形（亦稱 **copyrighted**）具有版權保護的，有著作權的。—動 及取得版權。

cop·y·writ·er ['kɑpɪˌraɪtɚ] 名撰稿員，（特指）撰寫廣告文案的人。

co·quet [ko'kɛt] 動 **(~·ted, ~·ting)** 不及 **1**（女人）賣俏勾引（男人），（對男人）賣弄風情，調情《*with...*》。**2** 玩弄；把玩《*with...*》：~ *with* politics 玩弄政治。—形 = coquettish.

co·quet·ry ['kokɪtrɪ] 名 **(複-ries) 1** Ⓤ 媚態，妖嬈；Ⓒ調情的行爲，嬌態。**2** Ⓤ（對某種思想、主義等的）輕率對待。

co·quette [ko'kɛt] 名賣弄風情的女人，對男人調情的女性，態度輕浮的女性。

co·quet·tish [ko'kɛtɪʃ] 形賣弄風情的，輕佻的；賣弄風情的，風騷的。~**·ly** 副

Cor. 《縮寫》*Cor*inthians; *Cor*oner.

cor·a·cle ['kɔrəkl] 名（威爾斯、愛爾蘭等地之人所使用的）以柳條編成骨架，外覆獸皮等而製成的小船。

cor·al ['kɔrəl] 名 **1** (1) Ⓤ 珊瑚。(2) 珊瑚蟲。(3)《集合名詞》（形成珊瑚礁、珊瑚島的）珊瑚塊。**2** Ⓤ 珊瑚工藝品。**3** Ⓤ 珊瑚色，微帶黃色的紅色或粉紅色。—形 **1** 珊瑚（製）的。**2** 產生珊瑚的：a ~ polyp 珊瑚蟲。**3** 像珊瑚的；珊瑚色的。

coral 'island 名珊瑚島。

coral ˌreef 名珊瑚礁。

Coral 'Sea 名《**the** ~》珊瑚海：位於澳洲東北方，爲Solomon群島所環繞，屬南太平洋的一部分。

coral ˌsnake 名珊瑚蛇：美洲大陸熱帶地方產的一種毒蛇。

cor·bel ['kɔrbl] 名〖建〗**1** 托臂，牛腿。**2**（橫樑、房樑的）承材。—動 **(~ed, ~·ing** 或《英尤作》**-belled, ~·ling)** 及 **1** 以（磚塊、石頭等）作成承材《*out, off*》。**2** 用承材支撐。

cor·bie ['kɔrbɪ] 名《蘇》烏鴉，渡鳥。

cord [kɔrd] 名 **1** Ⓤ Ⓒ (1) 帶子，細繩子。(2)〖電〗《美》電線。**2**（粗細兩種紗紡織成的）稜線，稜；Ⓤ稜布，起稜的布料，（特指）起稜的燈芯絨；《~**s**》起稜燈芯絨做成的西褲。**3**《常作~**s**》《喻》（…的）羈絆，束縛，拘束《*of...*》。**4**〖解〗索，帶：the vocal ~*s* 聲帶 / an umbilical ~ 臍帶。**5** 美國、加拿大所用燃料木材的材積單位：128 立方呎；古代以帶子測量。

—動 及 **1** 用繩子綁，用麻繩捆。**2** 把（木材）按材積單位堆起來。**3** 在…上加上帶子。

cord·age ['kɔrdɪdʒ] 名 Ⓤ **1**《集合名詞》繩纜，繩索；（特指）船的繩具。**2**（某一特定地區內）以 128 立方呎爲單位的木材總數。

cor·date ['kɔrdet] 形心形的。~**·ly** 副

cord·ed ['kɔrdɪd] 形 **1** 有帶子的；細繩子做成的；帶狀的。**2** 用繩子捆的，用繩子綁的。**3** 起稜布料的。**4** 以材積單位堆成的。**5**（像繩子狀地）隆起的，筋路浮現的。

·cor·dial ['kɔrdʒəl] 形 **1** 誠心誠意的，衷心的，熱情的；發自內心的：a ~ handshake 熱誠的握手 / have a ~ dislike for... 深深地討厭…。**2**（飲料、藥劑等）強心的；提神的：a ~ drink 提神飲料 / a ~ medicine 強心劑。

—名 **1** 提神之物。**2** Ⓤ 提神酒；加香料的甜酒。**3** 強心劑，興奮劑。

cor·dial·i·ty [kɔr'dʒælətɪ] 名 **(複-ties) 1** Ⓤ 誠摯，熱誠。**2** 誠摯的言行，親切的言詞：exchange of *cordialities* 彼此衷心寒暄。

cor·dial·ly ['kɔrdʒəlɪ] 副 **1** 由衷地，誠摯地。**2** 強烈地。

Yours cordially* / *Cordially yours 敬上。

cor·di·form ['kɔrdəˌfɔrm] 形心形的。

cor·dil·le·ra [ˌkɔrdl'jɛrə, kɔr'dɪlərə] 名（通常位於大陸的）山系，大山脈。

cord·ite ['kɔrdaɪt] 名 Ⓤ 線狀無煙火藥。

cord·less ['kɔrdlɪs] 形無線的；（特指）以電池發動的。

cor·don ['kɔrdn̩] 名 **1**（軍隊、警察的）警戒線；（傳染病發生地區的）交通封鎖線：a ~ of police（警察排成一列而站的）警戒線 throw up a ~ 布下警戒線 / pass a ~ of police 突破警戒線。**2** 綬章，彩帶。**3** 飾帶，帶飾。**4**〖建〗= stringcourse. **5**〖園〗單莖培植的樹木（果樹或樹籬）。

—動 及在（某地）布下警戒線，在…布署哨兵，阻斷，隔離《*off*》。

cor·don bleu ['kɔrdɔŋ'blɝ] 名 **(複 cor·dons bleus** ['kɔrdɔŋ 'blɝ]**) 1** 藍綬（帶）；（類似藍綬帶的）極高榮譽；藍綬帶的所有者。**2**（在某一行業中）特別優秀的人物；（特指）一流的廚師。—形一流廚師（所烹調）的。

Cor·do·van ['kɔrdəvən] 名 **1** 生於西班牙南部哥多華（Cordoba）省的人。**2** Ⓤ《**c-**》哥多華皮革。—形 **1** 哥多華的。**2**《**c-**》哥多華皮革的。

cor·du·roy ['kɔrdəˌrɔɪ] 名 **1** Ⓤ 稜條燈芯絨；稜條燈芯絨布所做成的衣服。**2**（亦稱《口》**cords**）《~**s**》稜條燈芯絨做成的褲子。**3**《美》（在沼澤地等）以圓木頭橫向並排鋪成的道路。—形 **1** 稜條燈芯絨的。**2**（像沼澤地等）以圓木鋪路的，用圓木橫向排列鋪成的。

—動 及 **1** 以圓木橫向排成（道路、橋等）。**2** 在（沼澤地）以圓木鋪成道路。

·core [kɔr] 名 **1** 核仁，心；髓，中心部分。**2**《通常作 **the** ~》（問題等的）重要部分，核心：*the* ~ of a matter 問題的核心。**3** 中心，蕊；電磁鐵的心線，腫毒的根。**4**〖鑄〗型芯：鑄造中空之物的模型。**5**（土壤、岩石等的）岩蕊。**6**〖地質〗（地球的）地核。**7**〖理〗（原子爐的）爐心。**8**〖電腦〗磁心。

at the core 根柢裡。
to the core 深入人心；徹底地。
—動 (cored, cor·ing) 及 去掉（水果）的核。

CORE [kɔr] 名《美》種族平等會議。

C

'core cur,riculum 名〖教〗核心課程：合併若干重要學科，使成爲一個範圍較廣闊的科目，規定爲各科系學生所必修的課程。

co·re·li·gion·ist [ˌkorɪ'lɪdʒənɪst] 名信奉同一宗教的人。

co·re·op·sis [ˌkorɪ'ɑpsɪs] 名〖植〗波斯菊，金雞菊。

cor·er ['kɔrɚ] 名（水果的）去核器。

co·re·spond·ent [ˌkorɪ'spɑndənt] 名〖法〗共同被告：離婚訴訟中被提起告訴的通姦者（尤指姦夫）。

cor·gi ['kɔrgi] 名(複~s [-z]) = Welsh corgi.

co·ri·a·ceous [ˌkorɪ'eʃəs] 形皮革的；皮革似的；強韌的。

co·ri·an·der [ˌkorɪ'ændɚ] 名 1 U C 胡荽，芫荽：芹科草本植物。2 U 胡荽子：胡荽的種子，可作香料。

Cor·inth ['kɑrɪnθ] 名科林斯：古希臘的一個城邦。

Co·rin·thi·an [kə'rɪnθɪən] 形 1 科林斯的。2《文》（像科林斯市民一樣）奢侈的，淫靡的，放蕩的；（文體等）華麗的。3〖建〗科林斯式的。
—名 1（古代的）科林斯人。2《the ~s》《作單數》〖新約〗哥林多前書或後書。3《古》浪蕩子，（尤指）淫靡放蕩者；有錢且好出入交際場合的人。

co·ri·um ['korɪəm] 名 U〖解〗真皮。

·cork [kɔrk] 名 1〖植〗軟木橡樹。2 U 軟木橡樹的外皮。3 軟木製品；（瓶子的）軟木塞，（以橡皮、玻璃等製成的）塞子：burnt ~（畫眉、演員化妝用的）軟木炭。4〖釣〗浮子。5〖植〗木栓層。
like a cork 快活的，立刻恢復活力的。
—動 及 1 給…裝軟木；以（軟木）塞子塞住：~ a bottle 塞住瓶口。2 抑制（感情等），阻止《*up*》：~ *up* one's feelings 抑住感情。3（演員等）用軟木炭塗黑。—形 1 軟木製的：a ~ jacket 填有軟木的救生衣。2〖植〗木栓層的。

cork·age ['kɔrkɪdʒ] 名 U（旅館、飯店等對客人自備酒類所收取的）開瓶費。

corked [kɔrkt] 形 1 用軟木塞塞住的。2（葡萄酒）有軟木塞味的。3《俚》喝醉了的。

cork·er ['kɔrkɚ] 名 1 塞瓶的人[器具]。2《俚》（議論中使對方無反駁餘地的）絕招，制敵的有效方法；大蓋仙；驚異的人[事物]，顯赫的人，美好的東西。

cork·ing ['kɔrkɪŋ] 形《俚》極好的，了不起的；非常大的。—副非常，很：a ~ good party 很棒的宴會。

'cork ,oak 名 = cork 名 1.

cork·screw ['kɔrkˌskru] 名 1（瓶子的）拔塞鑽。2 螺旋狀雲霄飛車。—形螺旋狀的。
—動 及 1 使…作螺旋狀前進：~ one's way 迂迴前進。2 逐步套出，旁敲側擊地問出。—不及螺旋狀地前進。

cork·y ['kɔrkɪ] 形 (cork·i·er, cork·i·est) 1 軟木似的，軟木性質的；（葡萄酒等）有軟木塞味的。2《口》輕快的，活潑的。

corm [kɔrm] 名〖植〗球莖：慈姑類的球狀地下莖。

cor·mo·rant ['kɔrmərənt] 名 1〖鳥〗鸕鶿：eat like a ~ 狼吞虎嚥。2 貪婪的人；食量大的人，貪吃的人。—形貪婪的；食量大的。

:corn[1] [kɔrn] 名 1 U〖植〗《集合名詞》《美·加·澳》玉米（《英》maize）：an ear of ~ 一根玉米。2 U《集合名詞》穀物，穀類；《美》玉米；《英》小麥；《蘇·愛》燕麥。3 U《集合名詞》（脫穀前的）穀禾：a field of ~ 麥田，玉米田 / grow ~ 種植穀類作物 / reap ~ 收割穀子。4 粒；穀粒。5 U《美口》《廣義》甜玉米。6《美口》= corn whisky. 7 U《俚》無聊的事；陳腐的笑話；傷感的音樂。
acknowledge the corn 承認自己的錯，認輸，俯首認罪。
eat one's corn in the blade 錢未到手而先揮霍，寅吃卯糧。
measure another's corn by one's own bushel 以自己的尺度去衡量別人，以己度人。
—動 及 1 使成粒狀。2 用鹽醃漬保存。3 種植穀類作物。4 餵（家畜）穀類食物：C- him well, he'll work the better.《諺》給他豐足的報酬，他做事就會更賣力。

corn[2] [kɔrn] 名〖病〗（特指腳趾所長的）雞眼，腳繭。
tread on a person's corns《口》觸及某人的傷心處；觸怒某人。

Corn.《縮寫》*Corn*ish; *Corn*wall.

corn·ball ['kɔrnˌbɔl] 名《美俚》1 俗氣的鄉下人，鄉巴佬。2 粗陋之物。
—形無新鮮味的，陳腐的。

'Corn ,Belt 名《the ~》盛產玉米的地帶：美國五大湖南方及西方的廣大平原

'corn ,borer 名〖昆〗螟蛾：其幼蟲專吃玉米的莖或穗。

'corn ,bread 名 U《美》玉米麵包。

'corn ,chandler 名《英》雜糧零售商人。

'corn ,chip 名《美》炸玉米片。

corn·cob ['kɔrnˌkɑb] 名 1 玉米的穗軸。2 以玉米的穗軸做成的煙斗。

'corncob ,pipe 名 = corncob 2.

'corn ,cockle 名〖植〗瞿麥。

'corn ,color 名 U 淡黃色。

'corn ,crake 名〖鳥〗秧雞。

corn·crib ['kɔrnˌkrɪb] 名（有通風設的）玉米穀倉。

cor·ne·a ['kɔrnɪə] 名〖解〗（眼睛的）

膜。

cor·ne·al ['kɔrnɪəl] 形眼角膜的。

corned [kɔrnd] 形1 鹽漬的：～ beef 醃漬的牛肉。2《俚》喝醉了的。

cor·nel ['kɔrn!] 名〖植〗山茱萸。

cor·nel·ian [kɔr'niljən] 名＝carnelian.

cor·ne·ous ['kɔrnɪəs] 形 角質的，似角的。

:cor·ner ['kɔrnɚ] 名1 角；角落，轉角：the ～ of a desk 桌角 / in the ～ of the hall 在大廳的角落裡 / turn down the ～ of a card 將卡片的角折起來。2（路的）轉角，街角：the house on the ～ 街角的房子 / turn a ～ 轉過街角。3 偏僻處，暗處，隱蔽處：remote ～*s* 偏僻的鄉下 / in the secret ～ of one's heart 在內心深處 / be done in a ～ 祕密行事。4 窮途末路，困境：in a tight ～ 在困境中 / force a person into a ～ 將人逼入困境 / paint oneself into a ～ 使自己陷於困境。5《～**s**》（尤指粗魯、不文明的）特性；性格；舉止：round off a person's ～*s* 使某人變得有禮貌。6 囤積居奇，壟斷市場：make a ～ in cotton 囤積棉花。7《通常作～**s**》地區，地方，方面：every ～ of the country 全國各地。8 護角；爲保護角部而裝的金屬片等。9〖足球〗＝ corner kick.

cut corners (1)抄近路。(2)節約（勞力、經費等）；（以簡便的方法）省掉（手續等），省略，偷工減料。

cut (off) a corner (1) 走捷徑。(2) 節約；省力。

(just) around the corner (1) 在轉角處，就在附近。(2)《口》接近，逼近。(3)搶占先機。(4) 有轉機，度過危機，度過難關。

keep a corner 預留立足之地。

on the corner 《口》失業，沒有工作。

the four corners of the earth 天涯海角，世界各個角落。

trim one's corners 《美口》在情況許可下冒險。

turn the corner（疾病、景氣等）有轉機；逃過難關。

—形1 在角落的。2 用於牆角的，配合牆角作成的。

—動及1 使…有稜角；（以…）使…形成稜角《 *with...* 》；置…於角落，將…逼至角落。2 逼於困境，使…發窘。3 急速地大量購進（股票、商品等）以壟斷市場或囤積居奇：～ wheat 囤積小麥。—不及1《美》做成稜角，形成角狀；位於角落。2 壟斷，囤積《 *in...* 》：～ *in* cotton 囤積棉花。3 以比較快的速度急轉彎。

cor·ner·back ['kɔrnɚ,bæk] 名〖美足〗防守側面的中衛；角衛。

cor·nered ['kɔrnɚd] 形1《通常作複合詞》有…角的；有…角度的，有…邊的：a *five-cornered* figure 五角形。2 進退維谷的：a ～ animal 被追到無路可逃的動物。

'corner ,kick 名〖足球〗角球。

cor·ner·stone ['kɔrnɚ,ston] 名1（建築物外角的）隅石；（用於奠基典禮中的）基石：lay the ～ of... 爲…舉行奠基儀式。2 重要的事物。3（一般的）地基，基礎，基石。

cor·ner·wise ['kɔrnɚ,waɪz], **-ways** [-,wez] 副對角地；斜交成對角地。

cor·net ['kɔrnɪt] 名1 [kɔr'nɛt]〖樂〗短號：管樂器的一種（亦稱 **cornetto**）。2 圓錐形紙袋；《英》＝ice-cream cone 1. 3《昔》英國騎兵隊（的旗手）。

'corn ex,change 名《英》穀物交易所，穀物批發處。

'corn ,factor 名《英》穀類批發商人。

corn·field ['kɔrn,fild] 名《美》種植玉米的田地；《英》穀類作物的田，麥田。

corn·flakes ['kɔrn,fleks] 名(複)玉米片：將玉米粒壓碎煮成的早餐用加工食品。

'corn ,flour 名U1《美》玉蜀黍粉；《英》穀物所磨成的粉。2《主英》＝ cornstarch.

corn·flow·er ['kɔrn,flaʊɚ] 名1〖植〗矢車菊。2 U鮮豔的深藍色。

corn·husk·ing ['kɔrn,hʌskɪŋ] 名《美》1 U剝掉玉米的葉鞘。2 ＝ husking bee.

cor·nice ['kɔrnɪs] 名1〖建〗(1) 飛簷。(2)（古典建築的）柱頂線盤或臺口的最上層部分。2〖登山〗雪簷。

Cor·nish ['kɔrnɪʃ] 形康瓦耳郡（特有）的；康瓦耳人[語]的。—名1 U康瓦耳郡的凱爾特語；該地的英語方言。2 康瓦耳雞。

'Corn ,Laws 名《the ～》〖英史〗穀物法（1836－46）。

corn·loft ['kɔrn,lɔft] 名穀倉。

'corn ,meal 名U1（碾碎的）穀粉；玉米粉。2《蘇》＝ oatmeal. **'corn-,meal** 形

'corn ,pone 名UC《美》（粗陋的）玉米麵包。

'corn ,poppy 名〖植〗麗春花，虞美人草：其花爲鮮紅色。

corn·row ['kɔrn,ro] 動及 不及《美》（黑人把頭髮）編成許多細小平行的辮子。—名《通常作～**s**》此種玉米鬚髮型。

'corn ,silk 名U玉米穗的鬚。

corn·stalk ['kɔrn,stɔk] 名 1 玉蜀黍的莖。2《英口》高個子。

corn·starch ['kɔrn,stɑrtʃ] 名 U 玉米澱粉：一種芡粉（《英》corn flour）。

'corn ,sugar 名U右旋糖，葡萄糖。

cor·nu·co·pi·a [,kɔrnə'kopɪə] 名 1〖希神〗豐饒的羊角：相傳爲曾哺乳 Zeus 的神羊之角；富饒的象徵。2 角形或圓錐形的容器。3 豐富，富饒，豐收：a ～of consumer goods 豐足的消費品。

Corn·wall ['kɔrnwɔl] 名康瓦耳：英國英格蘭西南部的一個郡名；首府爲 Bodmin。略作：Corn.

'corn ,whiskey 名U《美》玉米威士忌酒。

corn·y[1] ['kɔrnɪ] 形 **(corn·i·er, corn·i·est)** 1（多）穀類的。2《口》無新鮮味的，陳腐的；故作傷感的，多愁善感的。3《口》天真的；樸素的。

corn·y[2] ['kɔrnɪ] 形 **(corn·i·er, corn·i·est)**（長出）雞眼的。

C

co·rol·la [kə'rɑlə] 名〖植〗花冠。

cor·ol·lar·y ['kɔrə,lɛrɪ] 名(複**-lar·ies**) 1〖數〗系理推論。2 直接的推論；必然的結果，歸結。

co·ro·na [kə'ronə] 名 (複～**s**, **-nae** [-ni]) 1〖天〗日冕；（日月的）暈，光圈，光環。2〖建〗臺口線（飛簷最上面的突出部分）；（教堂的）圓形吊燭架。3〖解〗（牙齒等的）冠（狀部）。4〖植〗（水仙花等的）副冠。5〖電〗電暈放電。

cor·o·nal ['kɔrənl] 名王冠；花冠；榮冠。
—[kə'ronl] 形 1 王冠的。2〖解〗冠狀的；冠狀縫合的；〖植〗副冠的。3〖語音〗捲舌音的。4〖天〗日冕的。

cor·o·nar·y ['kɔrə,nɛrɪ] 形 1〖醫〗冠狀的；冠狀動脈的：a ～ occlusion 冠狀動脈閉塞。2 冠（狀）的。3 與心臟有關的，心臟的。
—名(複**-nar·ies**)〖醫〗心臟病（發作）。

'coronary throm'bosis 名〖醫〗冠狀動脈栓塞症。

cor·o·nate ['kɔrə,net] 形戴冠的；〖動〗有冠狀部的；〖植〗有副冠的。

cor·o·na·tion [,kɑrə'neʃən] 名加冕（典禮）。

cor·o·ner ['kɔrənɚ] 名 1 驗屍官。2 埋藏物鑑定官。

cor·o·net ['kɔrənɪt] 名 1（王族、貴族的）小冠冕。2 冠狀頭飾；花冠。～**·ed** 形被授以小冠冕的；貴族（出身）的。

corp., Corp 《縮寫》*corp*oral; *corp*oration.

cor·po·ra ['kɔrpərə] 名 **corpus** 的複數。

cor·po·ral[1] ['kɔrpərəl] 形 1 肉體的；身體的：～ punishment 體罰，體刑，（尤指）鞭打的刑罰。2 個人的。3〖動〗（除頭部、手腳外）軀幹的。

cor·po·ral[2] ['kɔrpərəl] 名〖軍〗下士。

cor·po·ral·i·ty [,kɔrpə'rælɪtɪ] 名 (複**-ties**) 1 Ⓤ肉體性；實體性；物質性。2《**-ties**》身體的需求；肉體上的慾望。

cor·po·rate ['kɔrpərɪt] 形 1 法人的；法人團體的：a body ～ 法人團體 / a ～ town 自治都市 / ～ rights 法人權。2 團體的；公司的；全體的，共同的；地區性的：～ responsibility 團體責任。～**·ly** 副

'corporate 'raider 名〖商〗企業併購者。

'corporate 'spying 名Ⓤ商業間諜活動。

·cor·po·ra·tion [,kɔrpə'reʃən] 名 1 法人：a ～ aggregate 社團法人 / a ～ sole 單獨法人 / the ～ profit tax 法人所得稅。2《通常作 **the C-**》《英》市自治體，市政機關：*C*-houses 市政府營建的國宅。3（一般的）團體，合作組織：an ecclesiastical ～ 宗教團體。4《美》有限公司（《英》limited liability company）；股份公司（略作：Corp.）：a trading ～ 商社，貿易公司。5《口》大肚子，大腹便便：develop a ～ 肚子大起來，肚子挺出來。

corpo'ration ,tax 名Ⓤ公司盈利稅。

cor·po·re·al [kɔr'porɪəl, -'pɔr-] 形 1 肉體上的。2 有形的，實體的；〖法〗有形的：～ capital 有形資本。～**·ly** 副

cor·po·re·al·i·ty [kɔr,porɪ'ælɪtɪ, -,pɔrɪ-] 名Ⓤ 1 肉體的存在；有形的狀態，具體性。2《謔》身體。

corps [kor] 名 (複～ [korz]) 1《常作 **C-**》〖軍〗兵科；兵團，軍團；隊：the signal ～ 通信兵科 / the U.S. Marine *C*- 美國海軍陸戰隊。2（為同一工作組成的）團體，團隊。

corpse [kɔrps] 名 1（通常指人類的）屍體，骸骨，遺體：a living ～ 行屍走肉。2 失去效力者，像屍體似的東西。

cor·pu·lence ['kɔrpjələns], **-len·cy** [-lənsɪ] 名Ⓤ肥胖，肥大。

cor·pu·lent ['kɔrpjələnt] 形肥胖的。

cor·pus ['kɔrpəs] 名 (複**-po·ra** [-pərə],《集合名詞》～**es**) 1 (1)（文件、法典等的）集成，大全，全集。(2)（為了研究而蒐集的）一批資料，研究素材。2 本錢，資本。3 軀體；《口》（特指作為犯罪的客觀證據的）屍體。4〖語言〗語言資料，素材。

'Cor·pus 'Chris·ti ['kɔrpəs'krɪstɪ] 名〖天主教〗聖體節。

cor·pus·cle ['kɔrpəsl] 名 1〖解〗細胞，（特指）血球：red ～*s* 紅血球。2（生物體的）小體；〖理化〗微粒。3（一般）微小體。
-pus·cu·lar [-'pʌskjəlɚ] 形血球的；微粒的。

'corpus de·'lic·ti [-dɪ'lɪktaɪ] 名〖法〗犯罪事實；（尤指謀殺案中被害者的）屍體。

corr. 《縮寫》*corr*ected; *corr*espond(ence); *corr*espondent.

cor·rade [kə'red] 動及不及（河流等）刻蝕，侵蝕（土地）。

cor·ral [kə'ræl] 名 1（特指美國西部）（牛、馬的）柵欄，檻；（捕捉野獸的）檻。2（夜間紮營防護用的）車陣。—(～**ed**, ～**·ing**;《英》**-ralled**, ～**·ling**)及 1（動物）趕入圍欄，把…關起來。2《口》捕捉，捕獲；把…集合在一起；集。3 把（馬車）排成圓陣，圍成圓形

:cor·rect [kə'rɛkt] 動及 1 訂正，改正，正；革除；矯正：～ errors 改正錯誤 / ～ one's watch 對時 / ～ proofs 校對。2 告誡，懲罰《*for*..., *for doing*》。3 消除，中和，抑制；治療：～ a bad habit 革除不良

性。4〖數·理〗校正，修正：～ the parallax 修正視差。

stand corrected 承認錯誤，接受他人的糾正。

—[形]1 正確的，對的《*in..., in doing*》：a ～ answer 正確解答 / the ～ time 正確的時間。2 正當的，合乎標準的，合乎傳統的，適切的，妥當的，正式的：～ manners 得體的態度 / the ～ dress for the party 參加該宴會應穿著的正式服裝。

all (present and) correct 《口》應到人數皆已到齊；一切妥善。

the correct card 《俚》(1)（比賽等的）程序表。(2) 規則，準則。

·cor·rec·tion [kə'rɛkʃən] [名] 1 [U][C]訂正，修正，校對。2[U][C]訂正的地方，訂正時加寫的部分：marks of ～ 校正記號 / publish a book with additions and ～*s* 出版經過增補訂正的書。3[U] 矯正，懲罰：a house of ～ 感化院 / subject a student to ～ 處罰學生。4[U][C]中和，抑制。5[U][C]〖數·理〗修正。

under correction 如果有錯還待指正。

cor·rec·tion·al [kə'rɛkʃənl] [形]訂正的，修正的；懲罰的。

cor'rectional fa'cility [名]《美》監獄。

cor'rection 'fluid [名][U]修正液。

cor·rect·i·tude [kə'rɛktə,tjud] [名][U]（特指品行操守等的）端正，方正，得體。

cor·rec·tive [kə'rɛktɪv] [形] 1 有矯正作用的《*of...*》。2 有中和或消解作用的。

—[名]1 矯正的工具。2 補救方法。～**·ly**[副]

cor·rect·ly [kə'rɛktlɪ] [副] 1 正確地。2 正確地說。

cor·rec·tor [kə'rɛktɚ] [名] 1 修正者，矯正者；校對者；矯正的工具。2 中和劑。3 批評家，檢閱官。

cor·re·late ['kɔrə,let] [動] [及] 使…互相關聯《*with...*》。—[不及]（與…）相關《*with...*》。—[形]《罕》有關聯的，相關的。—[名]相互關係的一方，相關物。

cor·re·la·tion [,kɔrə'leʃən] [名][U][C]1 相互關係，相關關係《*between...*》：bring things into proper ～ 使事物保持適當的相互關係。2〖統〗相關；〖生理〗相關作用；〖地質〗（層位的）對比。

corre'lation coef,ficient [名]〖統〗相關係數：a ～ table 相關係數表。

cor·rel·a·tive [kə'rɛlətɪv] [形] 1 有相互依存關係的，相關的《*with, to...*》。2〖文法〗（詞性）相關的：～ pronouns 相關代名詞。—[名]1 相關物，相關的一方。2〖文法〗相關語。～**·ly**[副]相關地。

cor·re·spond [,kɔrə'spand] [動][不及] 1（與…）一致，相符合，相稱《*with, to...*》。2（事物）相當，相等（於…）《*...*》。3 通信《*with...*》。

cor·re·spond·ence [,kɔrə'spandəns] [名] 1 [U][C]（與…）一致，相稱，適合《*with, to, between...*》：the ～ of one's words and actions 言行一致。2[U][C]（與…）類似；對應，相當《*to...*》：the ～ of a bird's wing *to* the human arm 鳥翼與人類手臂之類似。3[U][C]通信《*with...*》：be in ～ *with* a person 與人通信 / enter into ～ *with* a person 開始通信 / study by ～ 以函授方式求學。4[U]《集合名詞》來往書信，信件：commercial ～ 商業書信 / private ～ 私人信函 / diplomatic ～ 外交文書。

corre'spondence ,column [名]（報紙、雜誌等的）讀者投書欄，讀者意見欄。

corre'spondence ,course [名] 函授課程。

corre'spondence ,school [名]函授學校。

·cor·re·spond·ent [,kɔrə'spandənt] [名]1 通信者：a good ～ 勤寫信的人 / a bad ～ 懶得寫信的人。2 通訊員，記者；投稿者：a special ～ 特派記者。3（國外或外地的）有經常業務往來的商人 [公司]。4 對應之物；類似物。—[形]（與…）一致的，符合的；對應的《*to, with...*》：be ～ *to*...和…一致[對應，類似]。～**·ly**[副]符合地，相當地。

cor·re·spond·ing [,kɔrə'spandɪŋ] [形] 1 一致的，對應的；類似的《*to...*》。2 有聯繫的，相關的。3（有關）通信的：a ～ clerk 文書（員）/ a ～ member（學會等的）通信會員。～**·ly**[副]

cor·ri·da [kɔ'ridə] [名]鬥牛。

·cor·ri·dor ['kɔrɪdɚ, -,dɔr, 'kar-] [名]1（連接建築物的各部分，特別是牆壁圍起來的）走廊，通廊；（一般的）走廊。2 走廊，縱走地形。3（森林中）開闢出來的狹長地帶。4〖航空〗空中走廊。

cor·rie ['kɔrɪ] [名]《蘇》（山腹的）圓谷，盆形地形。

cor·ri·gen·dum [,kɔrɪ'dʒɛndəm] [名](複 **-da** [-də]) 1（特指印刷物）需要訂正之處，排印錯誤。2《**corrigenda**》勘誤表。

cor·ri·gi·ble ['kɔrədʒəbl] [形] 1 可以改正的，可以矯正的；有修正餘地的。2 肯改過的。**-bly**[副]

cor·rob·o·rant [kə'rabərənt] [形] 強壯性的，滋補的；確實的。—[名]強壯劑，補藥；確實之事。

cor·rob·o·rate [kə'rabə,ret] [動][及]1 堅定（信念等）。2 確立；法律上確定；確證；證實：～ one's authority 確立權威 / ～ a rumor 證實傳言。

cor·rob·o·ra·tion [kə,rabə'reʃən] [名] 1 [U]證實；確證：in ～ of... 爲了證實[確認]…。2 加強證據，實證之物。

cor·rob·o·ra·tive [kə'rabə,retɪv] [形]確證性的，具有證實作用的。～**·ly**[副]

cor·rob·o·ra·tor [kə'rabə,retɚ] [名] 確證的人[物，事實]。

cor·rob·o·ra·to·ry [kə'rabərə,torɪ] [形]=

corroborative.

cor·rob·o·ree [kə'rɑbərɪ] 名《澳》1（祭典或戰鬥前夕的）集會；當時唱的歌或跳的舞。2 熱鬧的宴會場面。

cor·rode [kə'rod] 動 及 1 侵蝕（金屬等），（特指化學作用的）腐蝕《*away*》。2 使慢慢地變壞；使逐漸衰弱。—不及 1 腐蝕《*away*》。2 慢慢地變壞；逐漸衰微。

cor·ro·sion [kə'roʒən] 名 U 1 腐蝕（作用）；腐蝕狀態。2 腐蝕生成的物質（鏽等）。3 逐漸變弱，漸衰。

cor·ro·sive [kə'rosɪv] 形 腐蝕的，腐蝕性的；（精神上）使耗弱的；有害的：～ action 腐蝕作用。—名（酸、藥品等的）腐蝕劑。～·ly 副

cor·ru·gate ['kɔrə,get] 動 及 不及（使）起皺紋，（使）起稜紋，（使）起波紋。—['kɔrəgɪt, -,get] 形 起波紋的。

cor·ru·gat·ed ['kɔrə,getɪd] 形 起皺紋的；成波紋狀的。

cor·ru·ga·tion [,kɔrə'geʃən] 名 1 U 起波紋。2（鐵皮等的）波紋，稜；（皮膚的）皺紋。

·**cor·rupt** [kə'rʌpt] 形 1 不道德的，墮落的；貪污的，腐敗的：～ practices（特指選舉的）舞弊行為 / lead a ～ life 過著墮落的生活。2 腐敗的，骯髒的，污染的：～ blood 不純的血液。3（由於誤寫、改變）損及原意的，改變原意的；（語言）轉訛的，不標準的：a ～ manuscript 充斥訛誤的手稿 / speak ～ French 說不純正的法語。—動 及 1 收買，賄賂：～ voters 賄選。2（道德上）使腐敗，使墮落，使腐化；污損，污染：～ honor 損害名譽。3（因修改而）使（原文）充斥訛誤；轉訛。—不及 1 墮落，被收買。2 腐敗。3 被篡改；轉訛。～·ly 副，～·ness 名

cor·rupt·i·ble [kə'rʌptəbl] 形 1 可賄賂的，容易墮落的。2 容易腐敗的。3 容易轉訛的。-bly 副

cor·rup·tion [kə'rʌpʃən] 名 1 U（道德的）墮落，腐敗；墮落狀態；引起腐敗的事物。2 U 舞弊（行為）；貪污；賄賂。3（原文的）篡改，訛誤。4（語言的）轉訛，誤用；《通常用單數》轉訛的詞形。5 U（東西的）腐敗。

cor·rup·tion·ist [kə'rʌpʃənɪst] 名 行賄者，受賄者；（尤指）貪污的政治人物，受賄的公務員。

cor·rup·tive [kə'rʌptɪv] 形 使腐敗[墮落]的《*of*...》；腐敗性的；敗壞的。

cor·sage [kɔr'sɑʒ] 名 1 女性別在衣襟、肩上的小花束。2 女裝的上身部分。

cor·sair ['kɔrsɛr] 名 1（從前出沒於非洲北岸的回教國的）私掠船。2（一般的）海盜；（快速）海盜船。

corse [kɔrs] 名《古》〖詩〗= corpse.

cor·se·let [,kɔrs'lɛt, 義 2、3 'kɔrslɪt] 名 1（為矯正體型所穿的）女用緊身內衣褲（《英》corselette）。2〖甲冑〗（輕裝）胴鎧（亦作 **corslet**）。3〖昆〗胸甲。

cor·set ['kɔrsɪt] 名 1《通常作～s》女用緊身褡、馬甲等。2（整形外科在患部所用的）矯正用具。—動 及 1 穿緊身褡，在…使用矯正器具（狀之物）。2 對…嚴加規定。

Cor·si·ca ['kɔrsɪkə] 名 科西嘉島：地中海之一島，為法國領土；西南岸的 Ajaccio 為拿破崙一世的出生地。

Cor·si·can ['kɔrsɪkən] 形 科西嘉（島）（人）的。—名 1 科西嘉（島）人。2 U 科西嘉（島）方言。

cors·let ['kɔrslɪt] 名 = corselet 2.

cor·tege, -tège [kɔr'tɛʒ] 名 1《法語》《集合名詞》隨從們，隨員一行，隨扈。2（特指葬禮、儀式的）行列。

Cor·tés, -tez [kɔr'tɛz] 名 **Hernando**, 哥提斯（1485－1547）：西班牙人，曾征服墨西哥。

cor·tex ['kɔrtɛks] 名（複 **-ti·ces** [-tɪ,siz]）1〖植〗皮層；樹皮。2〖解·動〗（腎臟、腦等的）皮質。

cor·ti·cal ['kɔrtɪkl] 形 1〖解〗皮質的；〖生理·病〗大腦皮質性的。2〖植〗皮層的。

cor·tin ['kɔrtɪn] 名 U〖生化〗腎上皮質激素：由副腎皮質分泌出來，含有荷爾蒙的混合物。

cor·ti·sone ['kɔrtɪ,son] 名 U 1〖生化〗腎上腺素。2〖藥〗可體松：治療關節炎、過敏症有效（亦作 **Compound E**）。

co·run·dum [kə'rʌndəm] 名 U〖礦〗剛玉；金剛砂。

co·rus·cant [kə'rʌskənt] 形 閃爍的，閃閃發光的。

cor·us·cate ['kɔrəs,ket] 動 不及 1（星、寶石等）閃爍，發光。2（才氣等）煥發。

cor·us·ca·tion [,kɔrə'skeʃən] 名 U C 光輝，光芒。2（才氣等的）煥發，洋溢。

cor·vée [kɔr've] 名 1 U C（封建諸侯對人民課加的無報酬的）勞役。2（為公益的）義務勞動；強迫勞役。

cor·vette, -vet [kɔr'vɛt] 名 1 古代的木造帆艦。2《英·加》護衛運輸船用的小快艇。

cor·vine ['kɔrvaɪn] 形 烏鴉（似）的；鴉科的。

Cor·y·bant ['kɔrə,bænt] 名（複 **Cor·y·ban·tes** ['kɔrə,bæntiz], ～s）1〖希神〗柯班：大地女神 Cybele 的從者。2《c-》酒縱樂的人。

cor·y·phée [,kɔrə'fe] 名（複～s[-z]）芭蕾舞劇中擔任小群舞領舞的演員。

co·ry·za [kə'raɪzə] 名 U〖病〗上呼吸發炎，鼻傷風，鼻炎。

cos[1] [kɑs, kɔs] 名〖植〗= romaine 1.

cos[2] [kos] 名 = cosine.

cos[3], **'cos** [kɔz, kəz]《口》= because.

co·sec ['kosɛk] 名 = cosecant.

co·se·cant [ko'sikənt, -ˌkænt] 名〖三角〗餘割。略作：cosec, csc

cosh [kɑʃ] 名《主英口》(內部塡有金屬、石子等的管狀）棍子，警棍。—動及 用棍子打。

cosh·er ['kɑʃɚ] 動 及 寵愛，嬌養，縱容。

co·sig·na·to·ry [ko'sɪgnəˌtorɪ] 形 連署的。—名(複-ries)連署人，連署國，共同簽字者。

co·sign·er [ˌko'saɪnɚ] 名 連署人；支票的共同署名者。

co·sine ['kosaɪn] 名〖三角〗餘弦。略作：cos

cos·met·ic [kɑz'mɛtɪk] 名《通常作 ~s》化妝品。—形 **1** 美容用的，化妝用的。**2**〖外科〗整形的；整容的：~ surgery 整形外科。**3** 遮醜的，表面的。

cos·me·ti·cian [ˌkɑzmə'tɪʃən] 名化妝品製造或銷售業者；美容師。

cos·met·i·cize [kɑz'mɛtəˌsaɪz] 動 及 粉飾；給…化妝。

cos·me·tol·o·gy [ˌkɑzmɪ'tɑlədʒɪ] 名U 美容術；化妝品學。

cos·mic ['kɑzmɪk], **-mi·cal** [-mɪkl] 形 **1** 宇宙的，宇宙特有的；太空航行的：~ events 宇宙的事象。**2** 無限的，廣大無邊的：through ~ ranges of time 經過無限時間。**3**《罕》和諧的，井然有序的。**-mi·cal·ly** 副

cosmic 'dust 名U〖天〗宇宙塵。

cosmic 'rays 名(複)〖天〗宇宙線，宇宙射線。

cos·mo·drome ['kɑzməˌdrom] 名（俄國的）太空船發射基地，太空中心。

cos·mog·o·ny [kɑz'mɑgənɪ] 名 U 宇宙的起源；宇宙起源論。

cos·mog·ra·phy [kɑz'mɑgrəfɪ] 名U **1** 天地學：有關天地構造的科學。**2**〖天〗宇宙誌。

cos·mol·o·gy [kɑz'mɑlədʒɪ] 名 U 宇宙學；宇宙論。

cos·mo·naut ['kɑzməˌnɔt] 名（尤指俄國的）太空人。

cos·mo·nette [ˌkɑzmə'nɛt] 名（尤指俄國的）女太空人。

cos·mop·o·lis [kɑz'mɑpəlɪs] 名國際都市。

cos·mo·pol·i·tan [ˌkɑzmə'pɑlətn̩] 形 **1** 屬於全世界的；全世界性的：a ~ city 國際都市 / ~ art 國際性的藝術。**2** 世界主義的；世界主義者的。**3**〖生〗遍生的，廣泛分布於全世界的。—名**1** 世界主義者，世界人。**2** 世界種：遍布全世界的動植物。**~·ly** 副

cos·mo·pol·i·tan·ism [ˌkɑzmə'pɑləˌtɪzəm] 名U世界性；世界主義。

cos·mop·o·lite [kɑz'mɑpəˌlaɪt] 名 **1** 世界主義者，世界人。**2**〖生態〗世界種，遍生種。

cos·mos ['kɑzməs] 名(複~, ~·es) **1**《the ~》宇宙。**2**（觀念、經驗等）有秩序，和諧的完整體系；U秩序，和諧。**3**〖植〗大波斯菊。

co·spon·sor [ko'spɑnsɚ] 名 共同資助者，共同主辦者。—動及 共同主辦。

Cos·sack ['kɑsæk] 名 **1** 哥薩克人，哥薩克騎兵。**2**《美》騎馬執勤的警察（部隊）。**3**《~s》（哥薩克式樣的寬鬆）長褲。

cos·set ['kɑsɪt] 動及寵愛；嬌養，以過度保護的方式養育。—名 **1** 親自飼養的羔羊。**2**（一般的）寵物，玩賞的小動物。

:cost [kɔst] 名UC**1** 代價；價格；成本：the ~ of production 生產費，生產成本 / the ~ of living 生活費 / sell at ~ 以成本價出售。**2**《通常作 **the** ~》（時間、勞力等的）犧牲，損失：at a person's ~ 使某人受到損失 / at *the* ~ of many lives 以許多生命爲代價。**3** 支出，費用，經費，花費；《~**s**》〖法〗訴訟費用：the ~ of meals 伙食費 / the total ~ of the scheme 該計畫的總經費 / cut ~*s* 刪減經費。

at all costs / at any cost 不惜任何代價，無論如何。

count the cost 預做盤算，事先估計一切不利的條件。

to one's cost 使某人蒙受損失，吃虧後始知…。

—動(**cost,** ~**·ing**)及**1** 需花（多少錢）；使花費。**2** 使付出代價；使犧牲；花費；給（人）帶來痛苦。**3**（按成本）估計（物價），計算成本《*out*》。**4**《英俚》使付出高價。—不及估計成本。

cost** a person **dearly 使（某人）付出重大的代價，使（某人）陷於困境。

cost what it may 不論費用多少，無論如何。

'cost acˌcountant 名成本會計師。

'cost acˌcounting 名U〖會計〗成本會計。

cos·tal ['kɑstl] 形 **1**〖解〗肋骨的。**2**〖植〗（含）主脈的；〖昆〗前緣脈的。~**·ly** 副

co·star ['koˌstɑr] 名（主角的）合演，搭檔。

—動(**-starred,** ~**·ring**)不及作（他人的）搭檔；（與人）聯合主演《*with...*》。

Cos·ta Ri·ca ['kɑstə'rikə] 名 哥斯大黎加（共和國）：中美洲國家；首都爲 San José（聖約瑟）。

'Costa 'Rican 形名哥斯大黎加（人）的；哥斯大黎加人。

cost-ben·e·fit ['kɔst'bɛnɪfɪt] 形〖商·會計〗成本效益（分析）的：~ analysis 成本效益分析。

'cost ef'fectiveness 名U〖商·會計〗成本效率。

'cost-ef'fective 形成本效益高的，符合成本效益的。

cos·ter·mon·ger ['kastə,mʌŋgə] 《主英》名（沿街叫賣的）小販。

'cost in,flation 名 = cost-push inflation.

cos·tive ['kɔstɪv] 形 1 便祕的；會引起便祕的。2 吝嗇的，小氣的。3（動作）遲鈍的。

·**cost·ly** ['kɔstlɪ] 形 (-li·er, -li·est) 1 昂貴的；奢侈的：a ~ way of life 開銷大的生活方式。2 損害大的，費錢的。

'cost of 'living 名《the ~》（個人等的）生活費。

'cost-of-'living ,index 名 生活費指數，消費者物價指數。

cost-plus ['kɔst,plʌs] 名 形 成本加成（的）；成本加利潤（的）。

'cost ,price 名 成本價格。

'cost-'push in,flation ['kɔst'pʊʃ-] 名 Ⓤ〖經〗成本引起的通貨膨脹。

·**cos·tume** ['kastjum] 名 1 ⓊⒸ（某個國家國民、階級、時代、地方等特有的）服裝，裝束：the ~ of the Elizabethan era 伊麗莎白時代的服裝。2 ⓊⒸ（在戲劇、舞蹈會等所穿的）某一時代的服裝。3（適應特定場所、目的、季節的）服裝：a summer ~ 夏服，夏裝 / a gardening ~ 庭園工作服。4（特指）一套女裝，單件搭配成的全套服裝。

'costume 'ball 名 化裝舞會。

'costume 'jewelry 名 Ⓤ 人造珠寶首飾，假珠寶首飾。

'costume ,piece [,play] 名 古裝劇。

cos·tum·er [kas'tjumə] 名 1（舞臺、化裝舞會等）服裝的製作或租售商人。2《美》（樹枝狀的）衣帽架。

co·sy ['kozɪ] 形 名，動 不及 及 = cozy.

cot[1] [kat] 名 1《美》輕便而可攜帶的床，（特指帆布製的）簡易行軍床（《英》camp bed）。2《英》（通常指四周有欄杆的）幼兒床（《美》crib）。3〖海〗吊床。

cot[2] [kat] 名 1《主詩》茅舍，小屋。2（鴿子、羊的）棚舍，欄。3 手指套。
—動 及 把（羊）關進檻中。

co·tan·gent [ko'tændʒənt] 名〖三角〗餘切。略作：cot

cote [kot] 名 1《常作複合詞》（尤指鳥、小動物等的）棚，舍，欄：a dove-*cote* 鴿舍。2《英方》小房子，小屋。

co·ten·ant [ko'tɛnənt] 名 共同租地人。

co·te·rie ['kotərɪ] 名 1（有共同嗜好的）小集團；一群同好，同志：a literary ~ 文藝同好。2 = clique.

co·ter·mi·nous [ko'tɝmənəs] 形 = conterminous.

co·til·lion [ko'tɪljən] 名 1（動作激烈的）法國社交舞；（一般的）類似方塊舞的舞蹈；其音樂。2 多數人一起跳的舞蹈之一種。3《美》（尤指為初入社交界的少女辦的）正式大型舞會。

co·til·lon [kə'tɪljən] 名（複～s [-z]）= cotillion.

Cots·wold ['katswold] 名（英國的）科次沃德羊。

·**cot·tage** ['katɪdʒ] 名 1 小房子，小住宅（通常指勞工或鄉下人所住的一層樓建築）。2（避暑地等的）小別墅。3（醫院、學校等的平房式）獨棟小房屋。
love in a cottage 雖然貧苦節儉卻快樂的婚姻生活。

'cottage ,cheese 名 Ⓤ《美》用脫脂乳做成的酸味很強的乳酪。

'cottage ,hospital 名《英》（偏遠地區）沒有住院醫生的簡易小診所。

'cottage ,industry 名 ⓊⒸ 1《英》家庭工業。2 小型論壇。

'cottage ,loaf 名《英》（大小兩個重疊的）圓形麵包。

'cottage pi'ano 名 豎立型小鋼琴。

'cottage 'pie 名 = shepherd's pie.

'cottage 'pudding 名 ⒸⓊ 鄉村布丁：用淋有甜醬的糕餅所製的布丁。

cot·tag·er ['katɪdʒə] 名 1 住 cottage 的人；《美》住在別墅的人。2《英》農場的勞工。

cot·ter[1] ['katə] 名〖機〗1 栓，銷：一種扁平的楔。2 = cotter pin.

cot·ter[2], **-tar** ['katə] 名 1《蘇》佃農。
= cotter 1.

'cotter ,pin 名〖機〗（防止鬆脫的）開尾銷。

:**cot·ton** ['katn̩] 名 Ⓤ 1〖植〗棉（花）；棉樹；《集合名詞》（農作物的）棉：raw ~ 棉花，原棉 / grow ~ 種植棉花。2 棉布，棉織品；棉紗，棉線：in a dress of ~ 穿棉料衣服。3（別種植物上的）柔軟似棉花的東西。4《美》脫脂棉。
too high for picking cotton 《俚》有點醉。
—動 不及《口》和好相處《*together*》；贊同，贊成《*to, with...*》。
cotton on (1)《口》喜歡，愛好。(2)《口》理解，明白《*to...*》。
cotton to...《口》喜歡。
cotton (up) to...《美口》友好，親近。

'Cotton ,Belt 名《the ~》（美國南部的）產棉地帶。

'Cotton 'Bowl 名〖美足〗棉花杯：美國大學美式足球四大杯賽之一。

'cotton 'cake 名 Ⓤ 棉籽餅。

'cotton 'candy 名 ⓊⒸ 棉花糖（《英》candy floss）。

'cotton ,gin 名 軋棉機。

'cotton ,mill 名 棉織工廠，紡紗工廠。

cot·ton·mouth ['katn̩,maʊθ] 名（複 [-ðz]）水腹蛇（= water moccasin）。

'cotton 'picker 名 採棉機。

'cot·ton-pick·ing ['katn̩,pɪkɪŋ] 形《俚》討厭的，可惡的。

cot·ton·seed ['katn̩,sid] 名（複～s,《集合名詞》～）ⓊⒸ 棉籽。

'cottonseed ,meal 名 棉籽渣。

cottonseed ˌoil 名U棉籽油。

cotton ˌspinner 名 1 紡紗工人。2 棉紡業者。

Cotton 'State 名《the ～》美國Alabama州的別名。

cot·ton·tail ['katn̩,tel] 名棉尾兔：美國北部產的一種白尾野兔。

cot·ton·wood ['katn̩,wʊd] 名〖植〗(北美產的)白楊，三角葉楊。

cotton 'wool 名U 1《美》原棉。2《英》精製棉，脫脂棉。

keep ...in cotton wool 《口》嬌寵，過度溺愛。

cot·ton·y ['katn̩ɪ] 形 1(似)棉的，柔軟的：～ clouds 像棉花般的雲朵。2 有絨毛的。

cot·y·le·don [ˌkatl̩'idn̩] 名〖植〗子葉。

couch [kaʊtʃ] 名 1(通常指有靠背及扶手的)躺椅，長沙發。2(醫生給患者用的)診療椅：on the ～ 躺在診療椅上；《美》接受心理治療。3《主詩、文》床，臥榻：retire to one's ～ 就寢。4(一般的)休息處。5(野獸的)巢窟，穴，窩。

—動 及 1《通常用被動》(以某種文字)表達，暗示《 *in...* 》。2 低(頭等)；平握，平執(槍矛等)。3《通常用被動或反身》〖詩〗躺下(休息、睡眠)：be ～*ed* on one's palanquin 躺在轎裡。—不及 1 躺臥。2 蹲伏；潛伏，埋伏。3 堆積著(以使腐爛、發酵)。

couch·ant ['kaʊtʃənt] 形 1(動物)橫躺著的；蹲著的。2〖紋〗(禽獸)昂首蹲伏的。

cou·chette [ku'ʃɛt] 名〖鐵路〗(歐洲火車上的)臥鋪式座位(夜間可改為臥床)；有此種座位的車廂。

couch ˌgrass 名茅草，麥斛：一種禾科的雜草。

couch po,tato 名《美俚》長時間坐在沙發椅上看電視的懶人。

cou·gar ['kugɚ] 名(複～s,《集合名詞》～)〖動〗美洲豹。

cough [kɔf] 動不及 1 咳嗽，咳。2(內燃機、機關槍)發出咳嗽似的喀喀聲。3《英俚》招供，供出。—及咳出；邊咳邊說《 *out* 》：～ *out* phlegm 咳出痰來 / ～ *out* one's gratitude 邊咳邊道謝 / ～ oneself hoarse 咳得喉嚨沙啞。

cough down 以咳嗽聲阻撓。

cough up 《俚》勉強地拿出錢，被迫說出事情。

cough...up / cough up... (1) ⇨動及. (2)《俚》勉強拿出。(3)《通常以 **it** 作受詞》《俚》勉強說出，供出。

—名 1 咳嗽；咳嗽聲：a dry ～ 乾咳 / emit a ～ 咳嗽 / give a ～ 做咳嗽聲(以示提醒、警告) / have a bad ～ 咳得厲害。2 咳嗽的疾病：whooping ～ 百日咳。3(連發射機關槍等的)咳嗽似的喀喀聲。(罪、過失的)自白(書)，招供(詞)。

'cough ˌdrop 名 1 止咳糖。2《英俚》難纏的傢伙，討厭的人[物]。

'cough ˌmixture [ˌsyrup] 名U止咳藥水，止咳糖漿。

:could [kəd,《強》kʊd] 助動 can[1]的過去式。1《直說法》《表示過去的事實、能力、可能性、傾向、許可等》：In those days, a transatlantic voyage ～ be dangerous. 在當時橫渡大西洋的航行具有很大的危險性。2《直說法》《用於主句為過去式時，所引導的子句時態必須一致》：He said he ～ do it. 他說他會做。3《假設法》《用於 **if** 子句；表示與事實相反的假設》(1)《與現在事實相反》：*If* I ～ do it, I would. 要是我會的話，我就做了(可惜我不會)。(2)《與過去事實相反》：He would have made a note *if* he ～ have found a pencil. 如果他當時能找到鉛筆的話，他就會做筆記來了(可是當時沒找到)。4《假設法》《用於主要子句，表示與事實相反的結果》(1)《與現在事實相反》：I ～ if I would. 假使我想做就做得到(可是事實上不想做)。(2)《與過去事實相反》：He ～ have done it, but he didn't try. 他本來是可以做到的，但是他沒有去嘗試。5《假設法》《如果是單句時，因原有的條件子句的語意可從前後文看出，所以被省略》《表示能力、可能性、請求、許可、建議、勸告等的委婉說法》：He ～ do it.(如果他願意的話)他是能做到的。

could be 副《口》恐怕，或許：*Could be* he is right, and I'm wrong. 或許他是對的，我錯了。

:could·n't ['kʊdn̩t] could not 的縮寫。

couldst [kʊdst] 動《古》〖詩〗**could** 的第二人稱單數：以 **thou** 作主詞時用。

cou·lee ['kulɪ] 名 1《北美西部》(急流所沖蝕，經常乾涸的)峽谷，斜壁谷。2 小山谷；低窪地帶。3(時乾時流的)小河。4〖地質〗熔岩流。

cou·lomb ['kulam, -'-] 名庫侖：測定電量的單位。略作：C

coul·ter ['koltɚ] 名＝colter.

·coun·cil ['kaʊnsl̩] 名 1 協議[審議]會，評議會；會議；諮詢委員會：a family ～家庭會議 / a Cabinet *C*- 內閣會議 / in ～(在)會議中；向諮詢機關洽詢 / hold (a) ～ 開會，協議。2(討論教義問題等的)宗教會議。3(地方自治體制的)議會：a municipal ～ 市議會。

'council ˌboard 名會議桌；(進行中的)會議(亦稱 **council table**)。

'council es,tate 名《英》市[郡]所建造或提供的公寓住宅。

'council ˌflat [ˌhouse] 名《英》(房租低廉的)公營國民住宅。

coun·cil·man ['kaʊnsəlmən] 名(複 **-men**)《美》(地方議會)議員；(倫敦市的)市議會議員。

coun·ci·lor,《英》**-cil·lor** ['kaʊnsəlɚ]

C

名 1 評議員，顧問，參事；（市、鄉、鎮等的）議會議員；委員。2 = counselor.

'council ˌschool 名ⓊⒸ（英國的）公立學校（state school）。

·coun·sel ['kaʊnsl] 名 1Ⓤ商量，協談，審議，商議：take ~ with... 和…商量 / take ~ with one's pillow 徹夜思索。2ⓊⒸ建議，忠告，勸告：(a) friendly ~ 親切的建議 / give ~ 給予建議，代出主意 / take ~ from... 向…求教，向…請教。3Ⓤ計畫；目的，意圖；決心。4《作單、複數》〖法〗（在法庭擔任辯護的）律師，辯護團，法律顧問：King's [Queen's] *C-*《英》王室法律顧問（略作：K.C. [Q.C.]）。5ⓊⒸ〖神〗勸告：聖靈的恩賜之一，勸告人遵守安貧、貞潔、服從等，以達道德完美的境界，但並不具絕對約束力。

keep one's own counsel 不表露自己的想法；保持沉默。

—動(~ed, ~·ing 或《英》**-selled, ~·ling**) 及 建議（計畫等）；（以專家的立場）勸告[建議]。—不及 提出建議，勸告；互相商量；請律師。

coun·sel·ing,《英》**-sel·ling** ['kaʊnslɪŋ] 名Ⓤ輔導，諮商；諮詢，商議。

coun·se·lor,《英》**-sel·lor** ['kaʊnsələ] 名 1 建議者；顧問；協談員，心理諮商師：a juridical ~ 法律顧問。2 (1)《美》輔導員。(2) 兒童夏令營的輔導員。3《美》律師，（尤指）法庭專門律師。4（大使館的）參事。

:count[1] [kaʊnt] 動及 1 數，算；計算，算出，算定：~ heads 數人數 / Don't ~ your chickens before they are hatched.《諺》蛋未孵出，別先數雞（別期望未實際發生的事）。/ *C-* the cost before going to war.《諺》做任何事情之前，要先有計畫與準備。2 把…計算在內，把…列在考慮之內，包括；把…看作（…中的一個）《*among...*》。3 認為是…的原因，歸因於…《*to...*》。4 把…想成[當作]…，認為《*for...*》。—不及 1（一個個地）數，算《*up* / *to...*》；（利用數字）計算；（總數）共計：~ on one's fingers 屈指計數。2 值…；被看作…：a novel which ~*s* as a classic 被看作是古典作品的小說。3 有價值，重要，值得考慮《*for...*》：~ *for* little 無足輕重 / ~ *for* something 很有價值 / Every customer ~*s*.《告示》顧客至上。4〖樂〗打拍子。5〖運動〗得分。

count against a person (1) 被認為對（某人）不利。(2) [***count...against a person***] 因（缺席等）使某人陷於不利的立場。

count down 由大數目往小數目倒數（例如 5, 4, 3,…）；倒數讀秒。

count...in / ***count in...*** 視為夥伴；計入。

count off《常用於命令》〖軍〗報數，分出（同數目的若干組）。

count on [***upon***]... 指望，依賴，期待。

count...out / ***count out...*** (1)〖拳擊〗宣告（某人）被擊倒。(2)《英口》不包括，不予考慮。(3)《英》（下議院）未達法定出席人數而宣告延會。(4) 把（物、金錢）一個一個數好後交出；清點，盤點。(5)《口》在選票上作弊使（候選人）落選。

—名 1ⓊⒸ算，數，計算，結算帳：by ~ 計算的結果 / beyond ~ 數不完 / include it in the ~ 把它算在內 / leave... out of (the) ~ 不把…算進去 / make a head ~ 清點人數。2 總數，總計：his ~ of years 他的年齡 / blood ~ 血球數。3〖法〗（起訴書的）起訴理由，被控訴的事項：be charged on four ~*s* 因四項罪名被控訴。4〖棒球〗（打者的好壞球的）球數：a ~ of three balls and two strikes 兩好球三壞球的球數。5 Ⓤ考慮，注意，注重：a man of little ~ 無足輕重的人 / take ~ of... 顧及；重視 / take no ~ of... 毫不顧及；不重視 / take some ~ of... 對…稍加注意。6 計算，核計。7〖理〗計數。

be out for the count / ***take the count*** 〖拳擊〗十秒鐘內爬不起來被判擊倒；死。

keep count of... 繼續算下去；記得…數目。

lose count (*of...*) 數不下去，算不清，（計數的時候）把數目搞混了；忘記…的數目。

·count[2] [kaʊnt] 名（英國以外歐洲諸國的）伯爵。

count·a·ble ['kaʊntəbl] 形 1 可以數的。2〖數〗（集合）可列的。3〖文法〗可數的。

—名 可以數之物；〖文法〗可數名詞。

count·down ['kaʊntˌdaʊn] 名（發射火箭等時的）讀秒，（尤指）倒數計時；最後檢查，最後準備。

coun·te·nance ['kaʊntənəns] 名 1 (Ⓤ外表，（尤指）臉部的表情，臉色；臉孔，容貌：change (one) ~ 變臉色。2 (Ⓒ（表現在臉上的）沉著，冷靜：with good ~ 泰然自若地，不動聲色地 / out of ~ 不知所措，侷促不安，難堪 / regain one's ~ 使自己冷靜下來 / keep one's ~ 忍住不笑；不露聲色，裝著若無其事的樣子 / lose one's ~ 失色，發窘，發慌。3Ⓤ 承認，認可，贊成，鼓勵，精神上的支持：give ~ to a person 贊成某人。

keep a person in countenance 使不致難堪；給面子。

—動及 許可，贊成，支持，鼓勵；容許，容忍：~ violence 姑息暴力 / ~ him 原諒他。

·count·er[1] ['kaʊntə] 名 1 櫃臺，銷售臺：the girl behind the ~ 女店員，櫃臺小姐 / work behind the ~ 當店員，在售貨場工作。2（餐館、圖書館等的）櫃臺；（旅館的）菜餚整理臺：have a ~ lunch 在櫃臺吃簡單的午餐。3（遊戲中以金屬、象牙作成的記分用的）籌碼。4 仿造的貨幣，輔幣，代用幣；貨幣；錢。

nail a lie to the counter（擺出證據而）拆穿謊言。
over the counter (1)經過經紀人的（不經證券交易所）。(2)經過零售商（非經批發商）的。(3)不需處方箋即可買藥的。
under the counter（交易等）祕密地，非法地，暗中地。

·**count·er**[2] ['kaʊntɚ] 名 **1** 計算的人；計算器。**2**〖理〗(放射線的) 計數器。

count·er[3] ['kaʊntɚ] 副 反向地；相反地《*to...*》: act ～ *to* one's promise 違背諾言 / run ～ *to* common sense 違反常理。
—形 **1** 逆向的；相反的，對立的；違反的《*to...*》: the ～ direction 反方向。**2**（成對的）對面的；背面的；（與正的相對的）副的：a ～ list 名單的副本。—名 **1** 相反物：as a ～ to... 與…成對抵。**2**〖拳擊〗反擊。**3**〖美足〗反跑：帶球者往其他球員反方向跑的動作。—動及 **1** 反對；反擊，迎擊；逆襲。**2** 反對；反駁。—不及 **1** 反對；反擊。**2**〖西洋棋〗對著；〖拳擊〗(邊挨打邊) 還擊《*on...*》。

coun·ter·act [ˌkaʊntɚ'ækt] 動及 抵制，對抗；對…產生反作用；阻礙，破壞；抵消，使失效。

coun·ter·ac·tion [ˌkaʊntɚ'ækʃən] 名 ⓊⒸ **1** 反作用，對抗作用。**2**（計畫等的）妨礙，阻礙；（藥的）中和作用。

coun·ter·ac·tive [ˌkaʊntɚ'æktɪv] 形 反作用的；中和性的。—名 反作用劑，中和藥劑；中和力。

coun·ter·at·tack ['kaʊntɚəˌtæk] 名 反擊，逆襲。—[ˌkaʊntɚə'tæk] 動 及 不及 反攻，反擊。

coun·ter·at·trac·tion [ˌkaʊntərə'trækʃən] 名 Ⓤ 反吸引力，對抗引力。

coun·ter·bal·ance ['kaʊntɚˌbæləns] 名 **1**〖機〗平衡重量，配量，砝碼。**2** 平衡的力量，抗衡力《*to...*》。—[ˌkaʊntɚ'bæləns] 動 及 **1** 使平衡。**2** 彌補；抵消，使失效。—不及 **1** 平衡。**2** 抵消。

coun·ter·blast ['kaʊntɚˌblæst] 名 激烈的抗議，強烈反對：*C-* Expected from Mayor on Bribery Charges《新聞標題》市長對被控收賄提出強烈反駁。

coun·ter·blow ['kaʊntɚˌblo] 名 **1**（拳擊的）還擊。**2** 還擊，報復。

coun·ter·charge ['kaʊntɚˌtʃɑrdʒ] 名 **1** 反告，反控。**2**〖軍〗反擊，反攻，逆襲。—[ˌkaʊntɚ'tʃɑrdʒ] 動 及 **1** 反控，反告《*that* 子句》。**2**〖軍〗還擊，反攻。

coun·ter·check ['kaʊntɚˌtʃɛk] 名 **1** 對抗手段，反對，阻撓。**2** 覆核。
—[ˌkaʊntɚ'tʃɛk] 動 及 **1** 遏止，抑止，阻礙，採取對抗手段。**2** 再度核對。

coun·ter·claim ['kaʊntɚˌklem] 名 反要求，（尤指被告的）反訴。—[ˌkaʊntɚ'klem] 動 及 不及 提出反要求，反訴。

coun·ter·clock·wise [ˌkaʊntɚ'klɑkˌwaɪz] 形 副 反時針方向的[地]，向左轉動的[地]。

coun·ter·cul·tur·al [ˌkaʊntɚ'kʌltʃərəl] 形 反（主流）文化的。

coun·ter·cul·ture ['kaʊntɚˌkʌltʃɚ] 名 Ⓤ 反文化，反主流文化。

coun·ter·cur·rent ['kaʊntɚˌkɝənt] 名 逆流；反潮流；〖電〗反流，反向電流。—形 逆流的；成逆流方向的。

coun·ter·ef·fect ['kaʊntərɪˌfɛkt] 名 反效果。

coun·ter·es·pi·o·nage [ˌkaʊntɚ'ɛspɪənɪdʒ] 名 Ⓤ 反間諜活動。

coun·ter·ex·am·ple ['kaʊntɚɪgˌzæmpl] 名（對定理、命題等的）反證，反例；《廣義》與常態矛盾或相反的例子。

coun·ter·feit ['kaʊntɚˌfɪt] 形 **1** 仿造的，魚目混珠的，僞造的：～ money 假錢。**2** 虛假的，無誠意的，虛僞的。
—名 贋品，僞造物品，僞作，杜撰。
—動及 **1** 僞造，杜撰。**2** 假裝，僞裝；模仿，仿效。**3** 酷似。—不及 **1** 製造贋品；僞造貨幣。**2** 假裝；裝蒜，假裝不知道。
～·**er** 名 僞造者，製造假錢鈔者。

coun·ter·foil ['kaʊntɚˌfɔɪl] 名《主英》支票、匯票等的存根（《美》stub）。

coun·ter·force ['kaʊntɚˌfɔrs] 名〖軍〗反擊力：有能力對敵方軍事目標作正確戰略攻擊的軍事力量。

coun·ter·in·sur·gen·cy [ˌkaʊntərɪn'sɝdʒənsɪ] 名 形 反游擊戰（的）；反叛亂行動（的）。**-gent** 名 形 對游擊隊作戰的（人）；反叛亂行動的（人）。

coun·ter·in·tel·li·gence [ˌkaʊntərɪn'tɛlədʒəns] 名 **1** Ⓤ 反情報，反情報活動。**2** 反間諜部隊，反情報機構。

count·er·in·tu·i·tive [ˌkaʊntərɪn'tuɪtɪv] 形 反直覺的，反直覺性的。

coun·ter·ir·ri·tant [ˌkaʊntɚ'ɪrətənt] 名 Ⓤ Ⓒ〖醫〗抗（表面）刺激劑，反刺激劑。

coun·ter·jump·er ['kaʊntɚˌdʒʌmpɚ] 名《俚》《蔑》店員。

count·er·man ['kaʊntɚmən] 名（複 **-men**）飲食店等的櫃臺服務員。

coun·ter·mand [ˌkaʊntɚ'mænd] 動及 **1** 撤回；取消。**2** 發出相反的命令將（人、部隊）召回。—['kaʊntɚˌmænd] 名 撤回命令；取消訂單。

coun·ter·march ['kaʊntɚˌmɑrtʃ] 名 **1** 向相反方向行進。**2**（行動、處置的）一百八十度轉變。—[ˌkaʊntɚ'mɑrtʃ] 動 不及 及（使）反方向行進。

coun·ter·meas·ure ['kaʊntɚˌmɛʒɚ] 名 對策；報復手段。

coun·ter·mine ['kaʊntɚˌmaɪn] 名 **1**〖軍〗(1)（陸軍的）對敵坑道。(2)（海軍的）誘發水雷。**2** 反間計。

coun·ter·move ['kaʊntɚˌmuv] 名 應對措施；報復行動。

coun·ter·of·fen·sive [ˌkaʊntərə'fɛnsɪ

v]名〖軍〗反攻，反擊。

coun·ter·of·fer ['kauntə,ɔfə] 名 **1** 反建議；代替案的提出。**2**〖商〗反報價。

coun·ter·pane ['kauntə,pen] 名 床罩。

coun·ter·part ['kauntə,pɑrt] 名 **1** 抄本，謄本；副本。**2** 相補的兩物之一方；（成對之物或人的）對方；對應物。**3** 極相似的人或物。

coun·ter·plan ['kauntə,plæn] 名 對策；代替案。

coun·ter·plot ['kauntə,plɑt] 名 **1** 反間計，將計就計的對策。**2**〖文〗副題，第二主題。—動 不及 擬對策《*against...*》。—及 以謀略對付；以計破（計）。

coun·ter·point ['kauntə,pɔɪnt] 名 U C〖樂〗對位法（譜成的樂曲）；復調。—動 及 以對照方式強調，襯托。

coun·ter·poise ['kauntə,pɔɪz] 名 **1** U 均衡（狀態），平衡。**2**〖機〗平衡錘。**3** U（一般的）平衡力，均衡勢力。**4**〖無線〗地網；均衡網。—動 及 **1**（重量、力量）與…平衡，相抵。**2** 使平衡，使保持均衡。

coun·ter·poi·son ['kauntə,pɔɪzən] 名 解毒劑；消毒劑。

coun·ter·pro·duc·tive [,kauntəprə'dʌktɪv] 形 產生反效果的，與原意相反的；非建設性的。

coun·ter·punch ['kauntə,pʌntʃ] 名 = counterblow. —動 不及 反擊。

'Counter Refor'mation 名《the ~》反宗教改革運動。

coun·ter·ref·or·ma·tion [,kauntə'rɛfə'meʃən] 名 U C（反改革的）反改革運動。

coun·ter·rev·o·lu·tion [,kauntə,rɛvə'luʃən] 名 U C 反革命。**~·ar·y** 名 形

coun·ter·sign ['kauntə,saɪn] 名 **1** 應答的信號；〖軍〗回令。**2**（認證用的）副署，會簽。

—動 及 在…上副署；確認，證實。

coun·ter·sig·na·ture [,kauntə'sɪgnətʃə] 名 副署，連署。

coun·ter·sink ['kauntə,sɪŋk] 動 **(-sank, -sunk, ~·ing)** 及 **1** 鑽（孔）。**2** 將（螺絲帽、螺栓等）旋入錐坑。—名 **1** 錐坑。**2** 鑽錐坑的鑽子。

coun·ter·spy ['kauntə,spaɪ] 名（複 **-spies**）反間諜。

coun·ter·state·ment ['kauntə,stetmənt] 名 反駁，抗辯。

coun·ter·stroke ['kauntə,strok] 名 還擊，反擊。

coun·ter·ten·or ['kauntə,tɛnə] 名〖樂〗**1** U 比 tenor（次中音）高的男聲的最高音部。**2** 義 1 的歌手。

coun·ter·vail [,kauntə'vel] 動 及 **1**（因反作用而）把…抵消，使失效。**2** 彌補。—不及（以相等的力量）對抗；抵消。

coun·ter·view ['kauntə,vju] 名 反對的意見，相反的見解。

coun·ter·vi·o·lence [,kauntə'vaɪələns] 名 U 對抗恐怖活動的暴力，以暴制暴。

coun·ter·weigh [,kauntə'we] 動 及 不及（使）平衡。

coun·ter·weight ['kauntə,wet] 名 **1** 平衡錘，秤鉈。**2** 平衡力，平衡量。

count·ess ['kauntɪs] 名 伯爵夫人；已過世伯爵的遺孀；女伯爵。

'count·ing ,frame 名（兒童用的算盤式）計數器。

'counting ,house 名《主英》會計事務所；會計室，帳房。

'counting ,number 名〖算〗自然數：正的整數與零。

'counting ,room 名（公司、商店等的）會計室，帳房。

·count·less ['kauntlɪs] 形 數不完的，無數的。

'count ,noun 名〖文法〗可數名詞。

'count 'palatine 名（複 **counts palatine**）**1** 昔日德國可以在自己領地內行使王權的伯爵。**2**（亦稱 **earl palatine**）〖英史〗可以在自己領地內行使王權的領主。

coun·tri·fied ['kʌntrɪ,faɪd] 形 土氣的，鄉巴佬般的，粗野的；（風景等）鄉野的，鄉野風味的。

:coun·try ['kʌntrɪ] 名（複 **-tries**）**1** U《用單數形·常無冠詞》《與限定形容詞連用》地方，地區：unknown ~ 陌生地區。**2** 一國的領土，國土。**3** 國，國家：a civilized ~ 文明國家 / So many *countries*, so many customs.《諺》風俗習慣因地而異；百里不同風，千里不同俗。**4**《the ~》《集合名詞作單數》國民；大眾，一般民眾。**5**〖法〗由陪審團所代表的全體民眾：a trial by the ~ 陪審團審判。**6** 全體選民。**7** 本國，祖國；《通常作 one's ~》出生地，故鄉，家鄉：the old ~ 本國，祖國，故國。**8**《常作 the ~》鄉下，鄉野；郊外：town and ~ 城市與鄉村 / up ~ 往內地。**9** 範疇，領域。**10**《口》= country music.

across (the) country（不循正路而）穿越野地。

go to the country《英》解散國會，舉行大選。

put oneself upon the country 〖法〗要求陪審團的裁斷，接受陪審團審判。

—形 **1** 鄉下的，鄉村的；鄉野風味的；家所生產或製造的：~ life 鄉間生活 / cooking 鄉土風味的烹調。**2** 土裡土氣的，不文雅的，粗俗的。**3** 國的，國家的。**4** 村音樂的；以鄉村音樂爲特色的。**5**《尤本國的；出生地的，故鄉的。

coun·try-and-west·ern ['kʌntrɪən'wɛstən] 名 U（發源於美國西部及南的）鄉村音樂，鄉村西部音樂；略作 C & W, C-and-W（亦稱 **country music**）。

'country ˌclub 图鄉村俱樂部。

'country ˌcousin 图《蔑》鄉巴佬。

'country ˌdance 图土風舞。

coun·try·fied ['kʌntˌfaɪd] 形 = countrified.

coun·try·folk ['kʌntrɪˌfok] 图(複)《集合名詞》1 鄉下人。2 同國人，同胞，同鄉。

'country 'gentleman 图地方上的大地主，地方上的士紳，鄉紳。

'country ˌhouse 图(貴族、富豪等的)鄉間宅邸，莊園；鄉下大地主的宅邸。

coun·try·man ['kʌntrɪmən] 图(複 **-men**) 1 某地的人，居民。2《通常作 **one's ～**》同胞；同鄉：a fellow ～ 同胞。3《英》鄉村居民，鄉下人；農夫。

'country ˌmusic 图U鄉村音樂(country-and-western)。

coun·try·peo·ple ['kʌntrɪˌpipl] 图(複) = countryfolk.

coun·try·seat ['kʌntrɪˌsit] 图《英》座落於鄉間的大宅邸。

coun·try·side ['kʌntrɪˌsaɪd] 图《**the** ～》1 U鄉間，鄉下，鄉村地方。2《集合名詞·作單數》鄉村居民。

coun·try·wide ['kʌntrɪ'waɪd] 形副全國性的[地]。

coun·try·wom·an ['kʌntrɪˌwumən] 图(複 **-women**) 1《通常作 **one's ～**》同國[同鄉]的婦女，女同胞。2 鄉村婦女。

coun·ty ['kauntɪ] 图(複**-ties**) 1《偶作 **C-**》《美》郡。2《英·加·紐西蘭》郡；(愛爾蘭共和國的)郡(指其最大的地方行政區)。3《**the** ～》《集合名詞·作單數》郡民。

county 'borough 图《英》郡級市：人口10萬以上的市，行政上與郡同級。

county 'clerk 图《美》郡書記。

county com'missioner 图《美》郡政務委員。

county 'corporate 图自治市，特別市。

county 'council 图《英》郡議會。

county 'court 图 1《美》郡政務委員會；郡法院。2《英》郡法院。

county 'fair 图《美》郡農產品及家畜展覽會。

county 'seat 图(美國)郡治：郡政府所在地(《英》county town)。

coup [ku] 图(複 ～s[-z]) 1(突然而有效的)一擊；大成功：make a great ～ 極爲成功。2 政變：stage a ～ 發動政變。

coup de grâce [ˌkudə'gras] 图(複 **coups de grâce** [kudə'gras])《法語》1(爲免使對方多受痛苦而施予的)致死的一擊，慈悲的一擊。2(一般的)最後的一擊，致命的一擊。

coup d'é·tat [ˌkude'ta] 图(複 **coups d'é·tat**《法語》政變。

coup de thé·â·tre [ˌkudəte'atrə] 图(複 **coups de the·â·tre** [ˌkudəte'atrə])《法語》1 戲劇中情節的突然轉變；事件過程中戲劇性的轉變。2 製造高潮的戲劇手法。

coupe [kup] 图《美口》雙側門及掀背式後門流線型小汽車。

cou·pé [ku'pe] 图1 [亦唸作 kup]可搭乘二人的四輪有篷馬車。2 雙門兩人座小汽車。

:cou·ple ['kʌpl] 图1(成一組的)兩者，一雙，一對；(同種類的物或人的)兩個，兩人：a ～ of apples 兩個蘋果。2《作單、複數》一對男女(夫婦、已訂婚的男女、情人、舞伴等)：a married ～ 一對已婚男女，一對夫婦。3〖力〗力偶。4〖電〗熱電偶。5〖天〗連星。

a couple of (1) 兩個，一對，成雙的。(2)《口》幾個，幾位；些許，少數。

go in couples 經常出雙入對。

—動(**-pled, -pling**)及1 把…聯繫起來；把…連接(到…的上面)《*up, together / to, on...*》；把…聯在一起，使結合在一起《*with, and...*》；使成爲一對《*with...*》：～ *up* the record player *to* the broadcast system 把伴唱機接到廣播系統上 / ～ acts *with* words 使言行一致。2 使(兩人)結合在一起；使結婚；使(動物)交配《*with ...*》。3〖無線〗用耦合器連接。—不及 1 成對，結合，連結。2(動物)交配，交尾《*with...*》。

cou·pler ['kʌplɚ] 图1 連結者。2 鍵盤樂器的聯鍵音栓。3〖無線·機·鐵路〗耦合器；連結器；掛鉤。4(彩色照片的)成色劑。

cou·plet ['kʌplɪt] 图 1 對句，對聯。2 一對。3〖樂〗二連音；二連音符。

cou·pling ['kʌplɪŋ] 图1 U連結，結合；交配，交尾。2〖機〗聯結裝置；管接頭；〖電〗耦合(裝置)；〖鐵路〗連結器，掛鉤。

cou·pon ['kupan] 图1 預購單；優待券；換取贈品的贈券；點券；餐券；配給券。2(鐵路、巴士的)可撕下或打洞的車票，回數票；(組成一本或一卡的)票，券：a book of ～*s* 一本回數票。3(黏附在公債、證券、債券等，作爲支付利息的證據而用的)利息票，股息券：cum ～ 附帶利息票的債券 / ex ～ 不附帶利息票的債券。

:cour·age ['kɝɪdʒ] 图U勇氣，氣魄，勇敢：take ～ 鼓起勇氣。

have the courage of** one's **convictions 勇於做自己認爲正確的事(尤指不在乎別人的批評)。

take** one's **courage in both hands 鼓起勇氣行事；敢做敢爲。

·cou·ra·geous [kə'redʒəs] 形有勇氣的，勇敢的，勇武的，有魄力的。

～**·ly** 副, ～**·ness** 图

cour·gette [kur'ʒɛt] 图《英》小種黃瓜，

節瓜。

cou·ri·er ['kʊrɪɚ, 'kɝ-] 名 1 (1)(傳達外交文件及重要報告等的)信使，信差。(2)前者所利用的運輸工具(飛機、船等)。2《主英》代辦旅行事宜的人；(旅行社的)導遊人員。3《C-》《用作報紙、雜誌等的名稱》信使報。

C

:course [kɔrs, kors] 名 1 Ⓤ《常用 the ~》(往特定方向的)前進，進行；進程：*the* ~ of life 人生旅程。2(所採取或應該採取的)方向，路線，途徑；Ⓤ(物體行進的)走向，路徑，行程；水道，水路。3 比賽場地；高爾夫球場。4《通常作 **the** ~》(時間、事態的)經過，過程，推移，演進，一般的進展程序：*the* ~ of events 事情的發展 / run its ~(事態等)按正常的程序自然發展下去，直到終了為止。5(行動的)方針；手段，策略；行為，舉動：take to evil ~*s* 行為墮落。6 (1) Ⓤ 一連串的事物(如授課、學習課程等)。(2)(大學等的)課程，科目；(學問上的)特定的教育課程：a ~ of study 一門課程 / the humanities ~ 大學的文科 / a PhD ~ 博士班課程(《美》PhD program)。7(餐飲的)一道菜：a dinner of six ~*s* 六道菜的正餐。8〖海·空〗航線，航向；〖海〗大橫帆：shape her ~ 決定航向 / lay a ~ 朝一定方向前進。9〖建〗(一列水平排列的磚、石、牆板等的)層(面)；測線；〖編〗(編織物的)橫目。

as a matter of course 當然。

by course of... 依循…的慣例。

in due course 在適當的時候；到時候。

in full course《口》快速地。

in short course《口》不久，在短時間之後；短暫地。

in the course of... 在…期間；在…的過程中。

in the course of time 經過一段時間之後。

in the ordinary course of events 通常。

of course《給對方的答覆》的確，當然；《修飾全句》當然。

—動 **(coursed, cours·ing)** 及 1(快速地)跑過，飛過，流過，越過。2 追趕，追蹤；以獵犬憑眼力(而非氣味)追捕(獵物)；驅使(獵犬)憑眼力追捕獵物。—不及 1 依路線前進；採取某條路線。2(血、淚等)不停地淌下，流過《*down, through...*》。3 用獵犬狩獵。

cours·er ['kɔrsɚ, 'kor-] 名《文》〖詩〗駿馬；軍馬。

course·work ['kɔrs, 'wɝk] 名 Ⓤ 平時作業。

cours·ing ['kɔrsɪŋ, 'kor-] 名 Ⓤ 1 跑；追趕。2(不憑嗅覺而憑視覺)以獵犬追捕獵物。

:court [kort, kɔrt] 名 1〖法〗司法機關；法院；(開庭中的)法庭；《**the** ~》《作單、複數》法官，推事；一次開庭：a criminal ~ 刑事法庭 / a ~ of justice 法院，法庭 / appear in ~ 出庭 / hold ~ 開庭 / go to ~ 付諸法院裁判，採取法律行動。2《常作 **C-**》宮廷，王宮，皇宮；《集合名詞·作單數》朝臣；皇室，朝廷：the king and his (whole) ~ 國王與其(全體)朝臣 / at ~ [*C*-] 在宮中，在朝廷上 / go to ~ 入宮晉謁。3 國君召開的正式會議，朝議，御前會議；謁見，拜謁：hold ~(國王集合廷臣)召開朝議，舉行拜謁儀式。4(網球等的)球場。5 死巷，短街。6 (1)(被建築物環繞的)中庭，天井；《英》(Cambridge 大學的)裡院，校內的院子。(2)(博物館等的)陳列場。7《英》雄偉的宅第；莊園領主的宅邸：Hampton *C*- Palace 漢普頓宮(1514 年建，位於倫敦郊外，現為博物館)。8 殷勤；(對女性的)求愛：pay ~ to a woman 向某位女士獻殷勤。9(團體、法人、公司等的)董事會議；理事會議；立法會議；《集合名詞》委員，董事，理監事。10 聯誼會的分部[會]。

out of court (1) 在法庭外；不予審理的；私下和解的。(2)(因為無審理的價值而)被法庭退回的；(提案等)不值得討論的；無足輕重的。

The ball is in a person's court.⇨BALL[1]

—動 及 1 獻殷勤；求取(讚賞等)。2(男性)對(女性)求愛；(雄性動物)引誘(雌性動物)。3 誘惑，勾引。4 招致(災難等)。—不及 求愛；戀愛。

'court ˌcard 名《英》= face card.

·cour·te·ous ['kɝtɪəs] 形 畢恭畢敬的，殷勤的，有禮的《*to, with...*》；體貼備至的。

~·ly 副，~·ness 名

cour·te·san ['kortəzn, 'kɔr-, 'kɝ-] 名(尤指以貴族、富豪為對象的)高級娼妓。

·cour·te·sy ['kɝtəsɪ] 名(複 **-sies**) 1 Ⓤ 彬彬有禮，殷勤；親切；Ⓒ 殷勤的行為；親切的言詞：as a matter of ~ 禮貌上 / do a person (a) ~ 親切待人 / *C*- costs nothing.《諺》禮貌不需花分文。2 同意，默認：by ~ 禮貌上。3 Ⓤ 好意；恩惠；幫助；ⓊⒸ 優待：by ~ of the author《英》經由作者同意。4《古》= curtsy. —形 禮貌上的，禮節性的；優待的，禮遇的：a ~ call 禮貌性拜訪 / a ~ car(旅館等的)接送旅客的汽車 / ~ rates 服務費。

'courtesy ˌcard 名 優待卡。

'courtesy 'light 名 車內燈。

'courtesy ˌtitle 名《英》禮貌上的尊稱；貴族子女依慣例所用的稱呼，無法律效力。

court·house ['kortˌhaus] 名(複 **-hous·es** [-zɪz]) 1 法院。2《美》郡政府所在地，郡政府的辦公廳舍。

cour·ti·er ['kortɪɚ] 名 1 在宮廷中服務的人，朝臣。2 奉承者，諂媚者。

'court ˌlady 名 宮女。

court·ly ['kortlɪ] 形 **(-li·er, -li·est)** 1 彬

有禮的，謙恭的，高尚的；優雅的；宮廷的；宮廷特有的；適於宮廷的：～ love 騎士的愛情；對貴婦人的崇拜。**2** 阿諛的，諂媚的，奉承的。一副宮廷式地；謙恭地；奉承地。

-li·ness 名

court-mar·tial ['kort,marʃəl] 名 (複 **courts-mar·tial, ～s**) 軍事法庭；軍法審判。一動 (**～ed, ～·ing,**《英》**-tialled, ～·ling**)及把（人）以軍法審判。

'Court of Ap'peals 名《**the ～**》上訴法院。

'court ˌplaster 名橡皮膏。

court·room ['kort,rum] 名法庭。

court·ship ['kortʃɪp] 名ⓊⒸ**1**（男性對女性的）求愛，求婚（期間）。**2** 恩惠、讚賞等的請求，求助。

'court ˌtennis 名室內網球。

court·yard ['kort,jard] 名（尤指四面被建築物、圍牆環繞的）天井，庭院。

cous·cous ['kuskus] 名蒸粗麥粉：非洲北部的一種食物。

:cous·in ['kʌzn̩] 名**1** 堂[表]兄弟姊妹；第二代堂[表]兄弟姊妹。**2** 遠親；親戚。**3** 堂[表]兄弟輩分，同輩；近似的東西；（地理上）接近的東西，近似的地方。**4** 卿：國王對他國的國王或本國的貴族所用的尊稱。**5** 朋友，夥伴。**6**《俚》不足畏懼的對手，弱敵。

call cousins with... 跟某人稱兄道弟；認某人爲親戚。

first cousin once [twice] removed ⑴堂[表]兄弟姊妹的子女[子孫]。⑵父母[祖父母]的堂[表]兄弟姊妹。

cous·in-ger·man ['kʌzn̩'dʒɝmən] 名(複 **cousins-german** 嫡系堂[表]兄弟姊妹。

cous·in·hood ['kʌzn̩,hud] 名Ⓤ**1** 堂[表]兄弟姊妹的（親戚）關係。**2**《集合名詞》堂[表]兄弟姊妹。

cous·in-in-law ['kʌzn̩ɪn,lɔ] 名(複 **cous·ins-in-law** 堂[表]姊[妹]夫；堂[表]嫂，堂[表]弟媳。

cous·in·ry ['kʌzn̩rɪ] 名(複**-ries**)《集合名詞》堂[表]兄弟姊妹；親戚。

cou·ture [ku'tur] 名**1** Ⓤ女裝業。**2**《集合名詞》女裝設計師，縫紉師傅。

cou·tu·ri·er [ku'turɪ,e, -rɪɚ] 名 (複 **～s** [-z]) 女裝設計師。

cove [kov] 名 **1** 小海灣；小河彎。**2** 深幽處，隱匿處。**3** 深入山林的草原地。

cov·en ['kʌvən] 名 女巫的集會；（一般的）集會。

cov·e·nant ['kʌvənənt] 名 **1** Ⓤ（正式的）承諾，契約；誓約；盟約：keep ～ with... 遵守與…的誓約。**2**〖法〗契約條款，約款；簽章契約。**3**〖教會〗誓約。**4**《**the C-**》〖聖〗⑴（神對人的）約束，契約。⑵（神與以色列人之間的）聖約：Ark of *the C-* 聖約櫃（內藏刻有摩西十誡石板的箱櫃）/ land of *the C-* 聖約之地。一動不及（就…）訂立契約《*for...*》；（與人）訂約《*with...*》。

一及 承諾；（與人）就…締結條約《*with...*》。

'Cov·ent 'Garden ['kʌvənt-, 'kɑ-] 名 **1** 科芬特花園廣場：倫敦市中心的一個地區，有蔬果鮮花市場等。**2** 位於義 1 內的著名歌劇院：今日正式名稱爲 Royal Opera House。

Cov·en·try ['kʌvəntrɪ, 'kɑv-] 名**1** 科芬特里：英格蘭中部的一工業都市。

be in Coventry 被排斥在外，被忽視。

send a person to Coventry《英》疏遠，不與爲伍，逐出社交圈子。

:cov·er ['kʌvɚ] 動及**1**（用…）覆在，蓋在（人、物）上面《*with...*》：～ the floor *with* a rug 在地板上鋪上地毯。**2** ⑴蓋住，遮住，掩住，包住《*with...*》。⑵塗抹在…上面，布滿在…上面《*with...*》：a face ～*ed with* freckles 布滿雀斑的面孔。⑶（以衣服、帽子等）保護《*with...*》；掩蓋，掩飾：～ oneself *with* furs 身穿皮草。⑷《被動或反身》使蒙受（光榮、恥辱等）《*with...*》：～ *oneself with* glory in the army 因戰功而贏得榮耀。**3** 包含，涵蓋；（範圍）達於，及於；適用於；負責（某地區）的業務。**4** 行過，走遍。**5** 採訪，報導，廣播。**6** 足敷…之用，足以支付；抵銷。**7** 用槍對準；使（目標）保持在射程以內。**8**（以槍炮射擊等）掩護。**9**〖運動〗防禦，防守。**10** 給…保險。**11**（在賭博等時）下（與對方相等錢數）；接受（打賭）的條件。**12**（雄性動物）與（雌性動物）交尾。**13** 孵（蛋）。**14**〖牌〗打出（比前一張牌）更好的牌。一不及**1**《口》代理，代替；包庇（他人的）不良行爲《*for...*》。**2**〖牌〗打出比前一張更好的牌。

cover...in / cover in... ⑴掩埋，填起。⑵在（房子）上面加蓋屋頂。

cover...over / cover over... 將…全面覆蓋，完全蓋住。

cover (the) ground ⇨ GROUND[1]（片語）

cover up ⑴（以大衣等）裹身。⑵包庇（某人的）不良行爲《*for...*》。

cover...up / cover up...《口》⑴將…覆蓋。⑵（尤指）掩飾，隱瞞（壞事等）。

一名**1** 覆蓋物；套子；罩子；蓋子；（書的）封面：read a book from ～ to ～ 從頭到尾讀完一本書。**2** Ⓤ Ⓒ保護（物）；隱藏；〖軍〗掩護（物），遮蔽（物）；（使看不見的）屏障；Ⓤ（野獸、獵鳥的）隱身處；（一般的）隱避場所：beat ～ 爲求得獵物而在隱蔽處搜尋 / break ～ 由隱藏處跳出 / draw a ～ 把獵物從其隱身處趕出。**3** Ⓤ託詞，藉口；表面工夫，假裝。**4** 一人用的全套餐具。**5**〖金融〗抵押品，保證金，押金。**6**〖郵〗信封；折起來表面可以寫收件人姓名地址的信函：under a

separate ～ 另函寄出。
take cover 隱藏，避難；〖軍〗利用地形地物掩蔽。
under cover (1) ⇨图 6. (2) 受掩護，隱密地；偽裝地，祕密地。

C

cov·er·age ['kʌvərɪdʒ] 图ⓊⒸ **1**〖保〗保險額；保險範圍，保險險別。**2**〖金融〗通貨準備（金）。**3** 適用範圍，保護範圍。**4**〖廣·視〗涵蓋範圍，收視區（廣播電波所能到達的區域）；〖報章、雜誌〗（消息的）採訪範圍；報導，廣播。**5**（報章等的）普及率。
cov·er·all ['kʌvɚ,ɔl] 图《常作～s》上下身連在一起的工作服。
'cover ,charge 图服務費，娛樂費。
'cover ,crop 图覆蓋作物，間作。
cov·ered ['kʌvɚd] 图 **1** 被覆蓋的，有蓋的，有蓋子的。**2** 戴帽子的。**3** 有遮蔽物的，受保護的；被隱藏的。
'covered 'wagon 图《美》（北美拓荒時代所用的）大型有篷馬車。
'cover ,girl 图（雜誌等的）封面女郎。
cov·er·ing ['kʌvərɪŋ] 图罩子；蓋子；封套；外被，被覆物。—形掩蓋的；掩護的：a ～ party（任務）掩護隊。
'covering ,letter 图（附於信、包裹等內的）附信，附帶說明書。
cov·er·let ['kʌvɚlɪt] 图床罩。
'cover ,point 图Ⓤ〖板球〗後衛的位置；Ⓒ後衛。
'cover ,story 图（雜誌的）封面故事。
cov·ert ['kʌvɚt] 形 **1** 被掩蓋的，不起眼的；被藏起來的，隱密的。**2** 暗中的，祕密的；偽裝的。
—图 **1** 覆蓋物，掩蔽物。**2** 隱藏處。**3** Ⓤ隱藏，隱瞞；偽裝：in ～祕密地，偷偷地。**4**《～s》〖鳥〗覆羽。
under covert 受庇護，避難。
under (the) covert of... (1) 受…的保護。(2) 以…為藉口，假藉…的名義。
cov·ert·ly ['kʌvɚtlɪ, 'ko-] 副祕密地；暗地裡，背地裡。
cov·er·ture ['kʌvɚtʃɚ, -,tʃur] 图 **1** ⓊⒸ覆蓋物，被覆物；藏身處；隱蔽，偽裝。**2** Ⓤ〖法〗受丈夫庇護的已婚女子的身分：under ～ 為妻的身分。
cov·er-up ['kʌvɚ,ʌp] 图掩蓋，掩飾。
cov·et ['kʌvɪt] 動及不及覬覦，貪圖，垂涎；渴望。
cov·et·ous ['kʌvɪtəs] 形 **1** 覬覦（他人之物）的。**2** 渴望的，熱望的《*of...*》；貪心的，貪婪的。
～**·ly** 副, ～**·ness** 图
cov·ey ['kʌvɪ] 图(複～**s** [-z]) **1**（鵪鶉、鷓鴣等的）一小群，一小窩。**2** 一群，一組，一行，一隊，一團。
:cow[1] [kau] 图(複～**s**,《古》**kine**) **1** 母牛，（尤指）乳牛：milk a ～ 擠牛奶 / Like ～, like calf.《諺》有其父母，必有其子女。**2**（象、鯨等大型動物的）雌性動物。**3**《俚》塊頭大而體胖的邋遢女人。**4**《澳·紐·口》討厭的傢伙；討厭的東西。
salt the cow to catch the calf 《美口》以間接手段達到目的。
till the cows come home 長久地；永遠地。
cow[2] [kau] 動及（以脅迫、暴力等）嚇唬，威脅，恐嚇。
·cow·ard ['kauɚd] 图膽小者，沒骨氣的人，懦夫：play the ～ 表現得膽小。—形沒勇氣的，膽小的，怯懦的；表現膽小的。
cow·ard·ice ['kauɚdɪs] 图Ⓤ膽小，怯懦，懦弱：moral ～ 缺乏道德勇氣（亦稱 **cowardliness**）。
cow·ard·ly ['kauɚdlɪ] 形 **1** 缺乏勇氣的，膽小的，怯懦的。**2** 膽小鬼似的，怯懦的。—副膽小鬼似地，怯懦地。
cow·bell ['kau,bɛl] 图 **1** 繫於牛頸的鈴。**2**〖植〗《美》白玉草。
cow·bird ['kau,bɝd] 图〖鳥〗牛鸝鳥。
·cow·boy ['kau,bɔɪ] 图 **1**《美》牧童；牛仔，牛郎。**2** 表演擲索套牛、騎野馬等巧妙技術的人。**3** 鹵莽的司機，開快車玩命的駕駛員。
'cowboy ,hat 图《美》牛仔帽。
cow·catch·er ['kau,kætʃɚ] 图 **1**《美》排障器：為排除障礙，在火車頭前面加掛的器具。**2**〖廣·視〗（節目播出之前插播的）簡短廣告。
cow·er ['kauɚ] 動不及 **1** 畏縮，退縮《*down*》。**2**《英方》屈身，蹲，縮成一團。
cow·fish ['kau,fɪʃ] 图 (複～, ～**·es**) **1**〖魚〗江豚。**2**〖動〗小鯨魚類的通稱（海豚等）。**3**〖動〗海牛。
cow·girl ['kau,gɝl] 图牧牛的女工，女牛仔。
'cow ,hand 图牧場工人，牛仔。
cow·herd ['kau,hɝd] 图牧牛者。
cow·hide ['kau,haɪd] 图 **1** Ⓤ牛的生皮，牛革；Ⓤ牛皮鞭。**2**《～s》牛皮靴。
cow·house ['kau,haus] 图 (複**-hous·es** [-zɪz]) 牛舍，牛欄。
cowl [kaul] 图 **1**（修道士的）頭罩；帶有頭罩的修道服。**2** 煙囪帽；（通風管的）通氣帽。**3**（汽車）車頸上板，前罩板。**4**〖空〗= cowling. **5**（火車頭煙囪的）金屬罩子。
—動及 **1** 使…穿上帶有頭罩的外套；使…成修道士。**2** 安裝通氣帽於…。
cow·lick ['kau,lɪk] 图（通常指額上的）豎毛，翹起的毛髮。
cowl·ing ['kaulɪŋ] 图〖空〗（飛機的）整流罩，引擎罩。
cow·man ['kaumən] 图 (複**-men**) **1**《美西》畜牧業者，牧場主人。**2**《英》牧牛者。
co-work·er ['ko,wɝkɚ] 图共同工作者，合作者，同事。
cow-pat ['kaupæt] 图《英》一堆牛糞。

cow·pox ['kaʊ,pɑks] 名U〖獸病〗牛痘。
cow·punch·er ['kaʊ,pʌntʃɚ] 名《美口》牛仔。
cow·rie, -ry ['kaʊrɪ] 名(複-ries)〖貝〗子安貝；其貝殼。
cow·shed ['kaʊ,ʃɛd] 名= cowhouse.
cow·skin ['kaʊ,skɪn] 名1（鞣製過的）牛皮。2 = cowhide.
cow·slip ['kaʊ,slɪp] 名〖植〗1《英》黃花九輪櫻。2《美》立金花。3 北美產櫻草的一種。
cox·comb ['kɑks,kom] 名 1 愛慕虛榮而愚昧的男人；紈袴子。2〖植〗雞冠花。
cox·comb·ry ['kɑks,komrɪ] 名(複-ries) UC虛浮的態度；虛飾，矯飾。
cox·swain, cock- ['kɑksn̩, 'kɑk,swen] 名1（賽艇的）舵手，掌舵者。2 小艇長。
cox·y ['kɑksɪ] 形 (cox·i·er, cox·i·est)《英》趾高氣揚的，傲慢的，矯飾的。
coy [kɔɪ] 形1 害羞的，靦覥的《*of*...》: be ~ *of* speech 羞於言談。2（故意）裝作害羞樣子的，忸怩作態的。3《古》（場所）僻靜的。
~·ly 副害羞地，靦覥地。~·ness 名
coy·o·te ['kaɪot, -'otɪ] 名(複 ~s,《集合名詞》~) 1〖動〗土狼，郊狼。2《俚》惡棍，（尤指）騙子。3《美》蛇頭：從事於將偷渡者運入美國的人（尤指由墨西哥進入者）。
coy·pu ['kɔɪpu] 名(複~s,《集合名詞》~)〖動〗河鼠。
coz [kʌz] 名《口》= cousin.
coz·en ['kʌzn̩] 動及《文》詐騙，騙取，哄騙取得（某物）《*out of, of*...》；哄騙（某人）去做（某事）《*into* doing》。—不及招搖撞騙，詐騙。
coz·en·age ['kʌzənɪdʒ] 名 U欺騙，詐欺。
co·zi·ly ['kozəlɪ] 副 溫暖舒適地，安逸地。
co·zy ['kozɪ] 形 (-zi·er, -zi·est) 1（家、場所等）溫暖舒適的，舒服的，安逸的；《蔑》沾沾自喜的，自滿的。2（與…）暗中勾搭的；親密的《*with*...》。3 輕鬆的，方便的。—名(複-zies) 1 保溫罩的。2（附遮篷的）兩人用座椅。—動(-zied, ~·ing) 不及《美口》接近，巴結，討好。—及 哄騙，安撫《*along*》。
cp. 《縮寫》*c*om*p*are.
C.P. 《縮寫》*C*ommand *P*ost; *C*ommon *P*rayer; *C*ommunist *P*arty.
c.p. 《縮寫》*c*andle *p*ower; *c*hemically *p*ure.
C.P.A., CPA 《縮寫》*c*ertified *p*ublic *a*ccountant; *c*hartered *p*ublic *a*ccountant; *c*ritical *p*ath *a*nalysis.
cpd. 《縮寫》*c*om*p*oun*d*.
CPI, c.p.i. 《縮寫》*C*onsumer *P*rice *I*ndex.
cpl., Cpl. 《縮寫》*c*or*p*ora*l*.
CPO 《縮寫》*c*hief *p*etty *o*fficer.
CPR 《縮寫》*c*ardio-*p*ulmonary *r*esuscitation 心肺復甦術。
cps., c.p.s. 《縮寫》*c*ycles *p*er *s*econd.
CPU 《縮寫》*c*entral *p*rocessing *u*nit 中央處理器，主機。
CQ 《縮寫》〖無線〗*c*all to *q*uarters 廣播開始信號；要求對方答覆的信號；〖軍〗*c*harge of *q*uarters（主要指夜間勤務的）值班下士。
Cr 《化學符號》chromium.
cr. 《縮寫》*c*ouncillo*r*; *cr*edit(or).
·**crab¹** [kræb] 名1〖動〗螃蟹；類似螃蟹的甲殼類總稱；U蟹肉。2《the C-》〖天〗巨蟹座；〖占星〗巨蟹宮。3《口》易抱怨發怒的人，性情乖戾的人。4 移動式起重機。5〖空〗側飛。6〖昆〗= crab louse. 7《~s》兩個骰子都出現么點（最低分）的一擲。8《口》失敗；不利。
catch a crab（船槳不是划得太深，就是在水面掠過）划不好。
come off crabs / turn out crabs 終歸失敗，落空。
—動 (crabbed, ~·bing) 不及 1 捕螃蟹。2〖空〗（飛機）側飛；〖海〗船左右搖晃地前進。3《美口》（由事業、計畫、立場）引退，退出。—及〖空〗使（飛機）側飛。
crab² [kræb] 動(crabbed, ~·bing)不及1（鷹）以爪互抓。2《口》挑剔；抱怨，發牢騷。—及1（鷹）以爪抓（另一隻鷹）。2《口》挑剔…的毛病；貶損，苛責；使變得乖戾。3《口》破壞，搞砸，妨害。
'crab ˌapple 名（酸味很強的）野生蘋果；野生蘋果樹；山楂樹[果實]。
crab·bed ['kræbɪd] 形1 性情乖戾的；暴躁易怒的；倔強的；刻薄的。2 難懂的，晦澀的。3 潦草的，難辨認的。
~·ly 副, ~·ness 名
crab·by ['kræbɪ] 形 (-bi·er, -bi·est) = crabbed 1.
'crab ˌgrass 名《美》〖植〗馬唐。
'crab ˌlouse 名〖昆〗陰蝨。
crab·meat ['kræb,mit] 名蟹肉。
crab·stick ['kræb,stɪk] 名 暴躁易怒的人，性情乖戾的人。
'crab ˌtree 名〖植〗野蘋果樹，山楂子樹。
crab·wise ['kræb,waɪz], **crab·ways** 副以蟹行方式，橫向地。
:**crack¹** [kræk] 動不及1（鞭子等）發出尖銳的抽打聲；（槍）發出砰砰的聲音。2 破裂；裂開；折斷；爆裂。3（聲音）顫；沙啞；破嗓；變聲。4《口》（因過勞、痛苦等而）衰弱，頹喪，受挫，屈服，累垮，崩潰《*up / under*...》: ~ *under* the pressures of one's job 因工作上的壓力過重而累垮。5〖化〗裂解。6《方》自吹自擂，自誇《*of*...》。7《主蘇》閒談，聊天。8《口》奔跑，快速前進，（尤指）揚帆前進。—及1 使發出急遽尖銳的聲音，

C

使發出口啪聲。**2** 發出尖銳聲地打；撞上（…）《*against...*》：～ a person on the nose 啪地打在某人的鼻子上。**3** 使裂開；使發出急遽的聲音而破裂；碾；使（指關節等）發出咔咔聲。**4**《口》撬開，打破；闖入。**5**《口》偵破；譯解。**6**《口》把（酒瓶等）打開來：～ a bottle 打開瓶子喝酒。**7** 使喪失，損害；因悲傷使…受挫；使瘋狂。**8** 弄啞。**9**《口》說（笑話等）。**10** 蒸餾分解，使裂解。**11**《主美》微開：～ a door 將門微開一點點。

crack a book《俚》打開書本閱讀；用功。
crack a crib《英俚》闖入屋宅。
crack a record《美俚》破紀錄。
crack a smile《俚》微笑。
crack down《美口》（尤指爲了執行法律、條例）（對…）採取斷然措施，嚴格取締《*on...*》。
crack out laughing 忍不住大笑。
crack the whip 督促，鞭策。
crack up (1) ⇨動不及4. (2)《口》撞毀，墜毀。
crack...up / crack up... (1)《口》使撞毀。(2)《口》誇獎，吹捧《*as, to be...*》。(3)《美俚》使…大笑。(4) 使…近於瘋狂狀態。
crack wise《主美俚》說俏皮話。
get cracking《俚》立刻行動；著手於（某事）《*on...*》。

—名**1** 急遽的尖銳聲；鞭打聲：a ～ of thunder 雷鳴。**2**（槍的）發射，射擊；槍聲；（往頭上等）喀的一擊《*on...*》。**3** 裂痕；裂縫，罅隙；縫，間隙：leave the door open a ～ 把門開一點點。**4** 缺陷，缺點，瑕疵；精神上不正常，心理上的偏差。**5** 沙啞聲；變聲。**6**《口》機會；嘗試《*at...*》: have a ～ *at...* 做做看…。**7**《口》俏皮話，警句；諷刺；玩笑；嘲弄。**8**《主英》卓越的人[物]，一流的人[物]。**9**《口》瞬間，一瞬：at the ～ of dawn《口》在黎明時，破曉時分 / in a ～ 即刻，立刻。**10**《俚》（闖入的）強盜；撬開金庫。**11**《主蘇》聊天，閒談；《～s》消息；《英方》自大；吹噓。

a fair crack of the whip《英口》公平的機會。

—形《限定用法》《口》一流的，優秀的：a ～ athlete 一流的選手 / ～ troops 精銳部隊。

—副發出急遽尖銳聲地，口啪一聲地。

crack² ['kræk] 名U《俚》快克：吸食用的高純度古柯鹼（亦稱 crack cocaine）。

crack·brain ['kræk,bren] 名精神不正常的人，瘋子；古怪的人。

crack·brained ['kræk,brend] 形精神失常的；古怪的。

crack·down ['kræk,daʊn] 名《口》斷然的制裁；鎮壓；（警察的）突擊檢查，臨檢《*on...*》。

cracked [krækt] 形**1** 碎的，粉碎的，破掉的。**2** 有裂痕的；受損的。**3**《口》古怪的；精神失常的。**4** 聲音起了變化的；沙啞了的。**5** 碾得很粗的。

crack·er ['krækɚ] 名**1** 薄脆餅乾。**2** 摔炮，爆竹。**3** 把末端一拉即發生爆音，飛出糖果、玩具等的紙筒。**4**《美》《蔑》(美國東南部的) 貧窮白人；《C-》美國 Georgia 州的人。**5**《英口》漂亮的女人。**6**《方》吹牛的人；吹噓，謊言。**7** 敲破者，撬開者；用來劈開的器具；《～s》胡桃鉗。

crack·er·jack ['krækɚ,dʒæk] 名《美俚》優秀的人[物]，一流的人；極上品。—形《俚》出眾的，超群的，第一流的。

crack·ers ['krækɚz] —形《敘述用法》《英俚》熱中的；瘋狂的《*about, over...*》：be ～*s about...* 熱中於… / drive a person ～*s* 使某人瘋狂。

crack·ing ['krækɪŋ] 名U〖化〗裂解。—副《常用 ～ **good**》《口》極，極度地，特別地。—形**1**《口》極佳的，漂亮的，一流的。**2** 精神充沛的。**3** 完全的，徹底的。**4**〖化〗裂解的。

cracking ˌplant 名（石油的）裂解廠。

crack·le ['krækl] 動不及**1** 發出嗶啪聲。**2**（表面）形成網狀的裂痕；（陶瓷器表面）出現細的裂痕。**3** 充滿（興奮、不安等）《*with...*》。—及**1** 使發出劈啪的聲音。**2** 發出劈哩啪啦聲破壞掉；使（陶瓷器表面）形成細的裂痕。

—名**1**《**the** ～》劈啪聲《*of...*》。**2**（油漆物、玻璃、陶瓷器表面的）龜裂紋路。**3** = crackleware.

crack·le·ware ['krækl,wɛr] 名U表面有細碎裂紋的陶瓷器。

crack·ling ['kræklɪŋ] 名**1**U 劈啪聲。**2** U（烤豬肉的）脆脆的表皮。**3**《通常作 ～**s**》《方》（豬油炸完後所殘餘的）油渣。

crack·nel ['kræknl] 名**1** 薄而脆的餅乾。**2**《～**s**》炸成脆酥的豬肉薄片。

'crack of 'doom 名《**the** ～》**1**《古》宣告最後審判日到來的雷聲。**2** 最後的審判日，世界的末日。

crack·pot ['kræk,pɑt] 名《口》怪人；瘋子。—形古怪的，脫離常軌的；瘋狂的；不切實際的。

cracks·man ['kræksmən] 名(複**-men**)《俚》盜賊，強盜，夜盜，（尤指）撬開金庫者。

crack-up ['kræk,ʌp] 名**1** 猛撞；墜毀。**2**《口》健康受損，精神崩潰。**3** 破壞，破滅，崩潰：the ～ of a marriage 離婚。

-cracy《字尾》表「統治集團」、「政治」、「政體」、「理論」等意的字尾。

·cra·dle ['kredl] 名**1** 搖籃，嬰兒床。**2**《通常作 **the** ～》發源地，發祥地。**3**《**the** ～》幼年時代，初期：from *the* ～ *to* the grave 由搖籃到墳墓，人的一生 / in *the* ～ 從小時候。**4** 船的下水架，船架，托架；（病人用的）棉被支撐架；電話聽筒座；

炮臺；(飛機的)架臺，(修理汽車用的)移動臺；(在高處作業所用的)吊臺；〖農〗(安裝在大鐮刀上的)配禾架。5〖礦〗淘汰器，選礦器。6〖畫〗木框；製作直刻凹版底子的雕刻工具。
rob the cradle ⦅口⦆老少配；選比自己年齡小得多的人做情人或配偶。
—動(**-dled, -dling**)及**1**把…放入搖籃，邊搖邊哄：～ a baby to sleep 搖嬰兒使其入睡。**2** 養育：be ～*d* in luxury 嬌生慣養。**3**兩手合抱似地拿(杯子等)。**4**用裝有配禾架的大鐮刀割。**5**把(船)置於下水架上；把…放在托架上：～ the phone放下聽筒。**6**〖畫〗用木框支撐(畫板)。

cra·dle·land ['kredl̩,lænd] 名發源地，發祥地。

cra·dle·song ['kredl̩,sɔŋ] 名搖籃曲。

cra·dling ['kredlɪŋ] 名U**1**〖建〗支撐圓形天花板的骨架。**2**撫育，養育。

craft [kræft] 名**1**U技術，技巧；巧妙：with utmost ～ 以精湛的技術。**2**U詭計，狡猾。**3**(需要手工技能的)職業；工藝，手藝：art(s) and ～(*s*)美術工藝。**4**⦅集合名詞⦆同業者；同業公會：form a ～ 組織同業公會。**5**(通常指小型的一艘)船，小船；⦅集合名詞⦆船，船舶：a sailing ～ 小帆船 / a pleasure ～ 遊艇。**6**(一架)飛機，飛船；⦅集合名詞⦆飛機。
—動及⦅通常用被動⦆⦅尤美⦆匠心獨運地製作，精細地做：～*ed* products 工藝品，精細手工藝品。

crafts·man ['kræftsmən] 名(複**-men**) **1**工匠⦅*in...*⦆。**2**工藝師，名匠，手藝精巧的人；藝術家。

crafts·man·ship ['kræftsmanʃɪp] 名U(工匠的)技能；熟練技巧。

craft ˌunion 名同業工會。

craft·y ['kræftɪ] 形(**craft·i·er, craft·i·est**) **1**狡詐的，詭計多端的，狡猾的：(as) ～ as a fox。**2**⦅古⦆靈巧的，巧妙的。
-i·ly副, **-i·ness**名

crag [kræg] 名陡峭而凹凸不平的岩石，峭壁。

crag·ged ['krægɪd] 形= craggy.

crag·gy ['krægɪ] 形(**-gi·er, -gi·est**) **1**險峻的，崎嶇的，多岩石的。**2**(尤指男人臉部等)凹凸不平的，粗糙的。

crake [krek] 名**1**〖鳥〗秧雞；(尤指)鶉鴰秧雞。**2**秧雞的叫聲。

cram [kræm] 動(**crammed, ～·ming**)及**1**擠進，塞進⦅*down / in, into...*⦆：～ letters *into* a drawer把信塞進抽屜。**2**使充滿，使擠滿⦅*with...*⦆：a *crammed* schedule 排得滿滿的時間表。**3**餵飽，填飽，(尤指為了使家禽肥胖以食物)猛灌⦅*with...*⦆：～ oneself *with* food 猛吃，塞滿肚皮。**4**⦅口⦆填鴨式地教(學生)；強記硬背⦅*up*⦆：～ a pupil for an exam 為了考試而給學生填鴨式地補功課。
—不及**1** 貪婪地吃，吃得太飽，吃得過量。**2**⦅口⦆填鴨式地死用功，考試前臨時抱佛腳，拚命強記⦅*up / for, on...*⦆。
—名⦅口⦆**1** 短期密集式用功：pass the exam by ～ alone僅憑臨陣磨槍通過考試。**2**擁擠；超載。**3**人群；群集；雜沓。**4**⦅俚⦆謊言。

cram·bo ['kræmbo] 名(複～**es** [-z]) **1**U對韻遊戲。**2**⦅蔑⦆劣韻；劣韻詩。

cram-full ['kræm'fʊl] 形擠得滿滿的，塞滿了的；充滿著…的⦅*of, with...*⦆。

crammed [kræmd] 形充滿的，塞滿的。

cram·mer ['kræmɚ] 名**1**⦅英口⦆填鴨式教學的教師；補習班；⦅口⦆臨時抱佛腳的學生。**2** 填塞者；填塞物。

cramp[1] [kræmp] 名 **1**⦅常作～**s**⦆(1)痙攣，抽筋⦅*in...*⦆：a ～ *in* the leg 小腿抽筋。(2)激烈腹痛，胃痙攣。**2**〖病〗= writer's cramp. —動及⦅通常用被動⦆使發生痙攣，使抽筋。

cramp[2] [kræmp] 名 **1**夾鉗，夾子；扣釘，爬釘。**2** 束縛物。**3** 受束縛的狀態。
—動及**1**用夾子夾緊。**2** 把…關在裡面；⦅主被動⦆束縛，拘束，限制，限定⦅*up*⦆：～(*up*) livestock in a shed 把家畜關在棚舍裡。**3**使(船、汽車前輪)向某方向急轉彎。
cramp a person's style ⦅俚⦆拘束某人使不能充分發揮才能，妨礙某人的活動。
—形**1**難辨認的；難懂的：～ law terms 艱澀的法律用語。**2**狹隘的，侷促的。

cramped [kræmpt] 形 **1** 侷促的，狹隘的：in ～ circumstances處於侷促的境況。**2**難辨認的，難辨讀的。

cram·pon ['kræmpən] 名⦅通常作～**s**⦆**1**(起重用的)鉤鋏。**2**(登山用的)鞋鐵；(防滑用的)鞋底釘。

cran·ber·ry ['kræn,bɛrɪ] 名 (複**-ries**)〖植〗蔓越橘，小紅莓；其果實。

•**crane** [kren] 名**1**〖鳥〗鶴；類似鶴的其他科的鳥。**2**〖機〗起重機。**3**(壁爐的)可伸縮自如的吊鉤；〖影·視〗(移動攝影機的)吊車；虹吸管；吸水管；⦅～**s**⦆〖海〗(收放小艇用的)舷側吊鉤。—動(**craned, cran·ing**) 及 **1** 用起重機吊起⦅*up*⦆。**2**(欲看清東西而)像鶴般地伸長(脖子)。—不及**1** 伸脖子。**2**⦅口⦆躊躇，猶豫不決。**3**(用吊車)移動。

'crane ˌfly 名〖昆〗長腳蚊，蚊姥(⦅英⦆daddy longlegs)。

cra·ni·al ['krenɪəl] 形頭蓋骨的：～ index 頭蓋指數(頭蓋最大寬與長度之比)。
～**·ly**副

cra·ni·ol·o·gy [,krenɪ'ɑlədʒɪ] 名U頭蓋學。

cra·ni·om·e·try [,krenɪ'ɑmətrɪ] 名U頭蓋測量(學)。

cra·ni·um ['krenɪəm] 名 (複～**s, -ni·a** [-nɪə]) **1**(脊椎動物的)頭骨。**2** 頭蓋。

crank[1] [kræŋk] 名**1**〖機〗曲柄；L字形的握柄。**2**⦅口⦆奇怪的想法，奇思怪想；反

覆無常。**3** 言語的奇特轉折，俏皮的說法。**4**《口》想法古怪的人；（對事物一心一意的）偏執者《*on, about...*》；脾氣古怪暴躁的人，性情乖戾者；《形容詞·限定用法》抱怨者的，古怪的，怪異的。

C

—動及 **1** 把…彎成曲柄狀，使彎曲。**2** 給…按裝曲柄。**3**〖機〗用曲柄使（軸）迴轉。**4** 以曲柄轉動（車輛的引擎）使其發動；轉動（電影攝影機）的曲柄拍攝；《俚》（努力）加快（工作）的速度《*up*》。**5**（以機械等的方式）造出，製成《*out*》。—不及 **1**（爲了使引擎發動而）轉動曲柄《*up*》。**2**《美俚》準備《*up*》。

—形 不穩定的，搖搖晃晃的。

crank² [kræŋk] 形（船）易傾斜的，易翻覆的。—名 容易傾覆的船。

crank·case ['kræŋk,kes] 名（內燃機的）曲軸箱。

crank·shaft ['kræŋk,ʃæft] 名〖機〗曲軸，機軸。

crank·y¹ ['kræŋkɪ] 形 **(crank·i·er, crank·i·est) 1** 暴躁的，易怒的，乖戾的，脾氣壞的；古怪的。**2**（建築物等）搖搖欲墜的，不穩定的；（機械等）失常的，出毛病的。**3**（道路等）曲折的，彎彎曲曲的。

crank·y² ['kræŋkɪ] 形（船）易傾斜的，易翻覆的。

cran·nied ['krænɪd] 形 有縫隙的；有裂痕的。

cran·ny ['krænɪ] 名 **(複-nies)** 縫隙，裂縫，裂痕《*in...*》: search every (nook and) ～ 搜遍各角落。

crap¹ [kræp] 名《美》**1** 擲雙骰子賭博中所擲出輸的數字（2、3 或 12）。**2** 擲雙骰子賭博；《形容詞》擲雙骰子賭博的。

—動《美》《用於下列片語》

crap out (1)（擲雙骰子賭博）擲輸。(2)《俚》（因疲勞等原因）放棄計畫、活動等。(3)《俚》休息。

crap² [kræp] 名《俚》**1** Ⓤ《粗》大便，糞便，屎；Ⓒ排便。**2** Ⓤ胡說八道；謊言；誇張。**3** Ⓤ垃圾，廢物，破爛東西。

—動 **(crapped, ～·ping)** 不及《粗》拉屎。—及《美》把…弄得一團糟，胡搞；（過度使用勞力、材料）使垮掉，使衰弱，使失去作用《*up*》。

crap around《美》(1) 做傻事。(2) 浪費時間。

crape [krep] 名，動及《英》= crepe.

crape·hang·er ['krep,hæŋə] 名《美俚》悲觀論者；掃興的人（亦作 **crepehanger**）。

crap·py *['kræpɪ]* 形 ***(-pi·er, -pi·est)***《俚》差勁的；糟糕的；無價值的。

craps [kræps] 名 (複)《通常作單數》《美》擲雙骰子賭博 : shoot ～ 擲骰子賭博。

crap·shoot ['kræp,ʃut] 名 難以預料的結果。

crap·shoot·er ['kræp,ʃutə] 名《美》擲雙骰子賭博的人；雙骰子賭博專家。

crap·u·lence ['kræpjʊləns] 名Ⓤ **1** 飲食過度所致的疾病。**2** 飲食無度；酗酒。

crap·u·lous ['kræpjʊləs] 形 **1** 暴飲暴食的。**2** 吃喝過量而生病的；（疾病）起因於暴飲暴食的。

:crash¹ [kræʃ] 動不及 **1** 乒乒乓乓摔個稀爛，發出驚人的聲響，（轟隆）劈下《*out*》: ～*ing* thunder 轟然的雷聲。**2**（發出大聲音）相撞，碰撞，猛撞《*into...*》。**3**（著陸時）撞毀，迫降，墜毀；墜落死亡。**4** 失敗，倒閉，破產。**5**〖電腦〗當機。**6**《俚》（吸食麻醉品後）感到煩惱、憂鬱等的副作用。**7**《美俚》過夜，睡覺；免費投宿。—及 **1**（砰然）摔碎，打碎，撞碎，（轟然）使粉碎；把（餐具等）磕然放下。**2**（嘩然）強行推進；闖越（紅燈等）前進，硬闖 : ～ one's way through the bushes 發出沙沙聲強行穿過灌木叢。**3** 使迫降，（著陸時）撞毀；使墜落；使相撞。**4**《口》擅自參加；強行進入，潛入；插（隊）。**5**《俚》免費投宿。

—名 (複～·es) **1** 破碎聲；（東西相撞或破碎時的）嘩啦聲，轟然巨響 : a ～ of applause 如雷掌聲。**2** 撞擊，震撼。**3** 相撞。**4** 臨時迫降；墜落。**5** 破滅，倒閉；暴跌；恐慌 : a sweeping stock market ～ 股市的崩盤。**6**（機器）突然故障，（電腦）當機。—形《口》（應付緊急情況）應急的，速成的 : a ～ training course 速成訓練課程 / a ～ program 應急計畫。

—副 發出巨響地，嘩啦一聲地 : go ～ 發出轟然巨響。

crash² [kræʃ] 名Ⓤ 做毛巾或桌巾用的粗麻布料。

'crash ˌbarrier 名《英》（設於高速公路中線的）防撞護欄。

'crash ˌcourse 名 密集課程，速成訓練。

crash-dive ['kræʃ'daɪv] 動不及及（使）（潛艇）急速潛航。**'crash ˌdive** 名（潛艇的）急速潛航。

'crash ˌhelmet 名 安全帽。

crash·ing ['kræʃɪŋ] 形《口》**1** 駭人聽聞的，令人討厭透的。**2** 全然的，完全的，徹底的。～**·ly** 副

crash-land ['kræʃ'lænd] 動及 使緊急降落，使機身著陸。—不及 迫降。

'crash ˌlanding 名ⓊⒸ 機身著陸，迫降。

'crash ˌpad 名 **1** 緩衝裝置。**2**《俚》（免費的）投宿處所；暫時下榻處。

crash·wor·thy ['kræʃ,wɝðɪ] 形 耐撞的，有耐衝撞力的。**-thi·ness** 名

crass [kræs] 形 **1** 粗俗的；粗野的；愚蠢的，愚笨的；十足的。**2**（紡織品等）粗的；質粗的。～**·ly** 副，～**·ness** 名

cras·si·tude ['kræsɪ,tjud] 名Ⓤ **1** 極爲愚蠢（的行爲）。**2** 粗厚；粗質。

-crat《字尾》表「統治集團成員」、「政治、政體、理論的支持者」之意。

crate [kret] 图1板條箱；竹籠，竹簍，柳條籃。2 一板條箱之分量（尤指水果箱子的分量而言）。3《俚》老爺車。—動及把…裝入板條箱。

crate·ful ['kret,ful] 图一板條箱之量。

·**cra·ter** ['kretɚ] 图1噴火口，火山口；（月亮、火星上的）環狀山；隕石坑；碗狀間歇性噴泉口。2 彈坑。—動及在…上造成彈坑。—不及形成坑洞，形成窪地。

cra·tered ['kretɚd] 形 有火山口的；多坑洞的。

cra·vat [krə'væt] 图 1領帶；領結。2 17世紀時男士用的圍巾。3（用三角巾做成的）應急用繃帶。

crave [krev] 動及1切望，渴望，熱望；想要，急欲。2要求，需要；懇求，懇請。—不及懇求《*for...*》；渴望，切望《*for, after...*》: ～ *for* food 乞討食物。'**crav·er** 图

cra·ven ['krevən] 形《文》怯懦的，膽小的，畏縮的。—图懦夫，膽小者。

cry craven 認輸求饒，叫饒；投降。

～**·ly** 副, ～**·ness** 图

crav·ing ['krevɪŋ] 图渴望，熱望，切望；嚮往《*for, after..., to* do》: a ～ *for* tobacco 很想抽煙。—形渴望的。

craw [krɔ] 图 1（鳥的）嗉囊。2（動物的）胃。

stick in one's craw 受不了，無法忍受。

craw·fish ['krɔ,fɪʃ] 图 (複～, ～·es) 1〖動〗= crayfish. 2《美口》拿不定主意的人；背叛者，變節者。—動不及《美口》退縮，退出。

crawl[1] [krɔl] 動不及1爬，爬行。2攀爬，蔓延《*along*》。3緩慢進行《*by, along*》。4悄悄接近（獵物）《*toward, on, upon...*》；（向…）卑躬屈膝《*before, to...*》: ～ *before* a person 向某人低頭 / ～ into a person's favor 討好某人。5爬滿，充斥著《*with...*》。6起雞皮疙瘩，有蟲爬的感覺：make a person's skin ～ 令某人毛骨悚然，令某人起雞皮疙瘩。7用自由式游泳。8皺縮不平。—图1《a ～》爬行；徐行：*a* pub ～《主英》（為了飲酒作樂）一連走幾家酒館喝串門酒 / go at *a* ～ 緩步而行，徐行。2《通常作 the ～》自由式游法。

crawl[2] [krɔl] 图（設於海岸淺灘的）養魚槽，魚圍。

crawl·er ['krɔlɚ] 图1 爬行的東西[人]；爬行動物。2《俚》馬屁精。3《常作～s》幼兒穿的爬行用罩服。4 自由式游泳者。

crawl·y ['krɔlɪ] 形(crawl·i·er, crawl·i·est)《口》= creepy.

cray·fish ['kre,fɪʃ] 图(複～, ～·es)〖動〗螯蝦（類）；U螯蝦肉。2《英》淡水小龍蝦（《美》亦稱 **crawfish**）。

cray·on ['kreən] 图1（畫圖用的）有顏色的鉛筆，粉筆，蠟筆。2 蠟筆畫。

—動 及 1用蠟筆描繪。2擬訂大綱，草擬計畫《*out*》。

craze [krez] 動及 1《通常用被動》使發狂；使狂熱。2使（陶器、顏料等）的表面燒成細碎裂紋；《英方》使…現出裂痕。3《古》損害健康，使衰弱。—不及1發狂，發瘋。2（釉等）出現細紋。3（金屬）表面呈現網狀紋路。—图1（通常為暫時性的）流行狂熱，一時風尚；狂熱，熱中《*for...*》；瘋狂。2（陶器的釉所呈現的）細紋。

cra·zi·ly ['krezɪlɪ] 副瘋狂似地；《口》狂熱地。

cra·zi·ness ['krezɪnɪs] 图 U 瘋狂，發狂；《口》狂熱，熱中。

:**cra·zy** ['krezɪ] 形 (-zi·er, -zi·est) 1瘋了似的；瘋狂的《*from, with...*》: drive a person ～ 使人發狂。2荒唐的，愚蠢的；不切實際的：a ～ idea 一個荒唐的想法。3《口》熱中的，著迷的《*about, over..., about* doing, *over* doing》: be ～ *about* dancing 醉心於舞蹈。4奇特的，怪異的。5《俚》優秀的，美好的；（爵士樂等）狂熱的。6搖晃的；鬆動的。7圖案不規則的。

like crazy《俚》發狂似地；拚命地。

—图 (複-zies)《俚》瘋子；口出狂言的人。

'**crazy ˌbone** 图《美》= funny bone 1.

'**crazy ˌpaving** 图U以大小不一的石塊按不規則圖案鋪設成的道路。

'**crazy ˌquilt** 图1 以碎布縫成的被褥。2 圖案凌亂的東西，拼湊而成的東西。

creak [krik] 動 不及 1吱吱嘎嘎地響，發出碾軋聲：*Creaking* doors hang the longest.《諺》小病不斷的人反而長壽。2發著嘎吱聲移動。—及使…發出吱吱嘎嘎的聲音。—图嘎吱聲。

creak·y ['krikɪ] 形(creak·i·er, creak·i·est) 1 吱吱作響的；容易發出嘎吱聲的。2 搖晃的；破舊的，荒廢失修的。

:**cream** [krim] 图 1 U 奶油，乳脂。2 U C面霜，乳液：cold ～ 冷霜。3 U C 加了奶油的湯；《通常作～s》加了奶油的糕餅，奶油狀的東西：chocolate ～*s* 奶油（夾心）巧克力 / ice ～ 冰淇淋。4《the ～》最佳部分，精華，精髓，精粹《*of...*》: *the* ～ *of* fashion 流行物品的精華。5U乳黃色，淡黃色。

cream of the crop《口》最佳的東西，精選者。

—動 不及1 結乳皮。2 凝成奶油狀。3 起泡沫。—及1 攪拌成乳脂狀。2 用奶油調理；加入奶油。3 使結乳皮；從（牛奶）中撇起奶油《*off*》；分離乳脂。4擷取最精華的部分，選拔《*off*》。5在（皮膚）上擦面霜。6《俚》重傷害；毆打，徹底擊敗。—形1 乳黃色的。2 用奶油做成的，加了奶油的。

'**cream ˌcheese** 图U C奶油乳酪。

cream·er ['krimɚ] 图 1 用以撇取奶油的淺碟；奶油分離器。2《美》裝奶油的容器。3（粉狀的）奶精。

cream·er·y ['krimərɪ] 名 製造（並出售）乳製品的廠商。

'cream-ˌfaced 形臉色蒼白的。

'cream ˌpuff 名 1 奶油泡芙。2《俚》娘娘腔的男子；體力不足的人。3《喻》不中用之物[人]。4《俚》保養特別良好的中古車。

C

'cream 'soda 名U有香草風味的汽水。

cream·y ['krimɪ] 形(cream·i·er, cream·i·est) 1 含奶油的。2 似奶油狀的；柔軟平滑的。3 乳黃色的。**-i·ly** 副, **-i·ness** 名

crease [kris] 名 1 折痕；褶紋。2 皺紋。3〖運動〗禁止球員進攻的區域（曲棍球等的球門區）。—動及 1 做出褶紋；使起皺褶。2（經由射擊）使受擦傷；《美》（掠過的子彈）打傷，嚇呆（動物）；《俚》使疲乏；殺死。—不及 起皺紋。

:cre·ate [krɪ'et] 動 (-at·ed, -at·ing) 及 1 創造，產生。2（憑思考力、想像力）創造，創作；〖劇〗塑造（角色）的形像：～ a new fashion 創出新風尚 / All men are ～*d* equal. 人生而平等。3 授予（地位），任命。4 創設。5 引起；（有意地）引起，導致：～ a sensation 引起轟動一時的事件。—不及 1 從事創造性的工作。2《英俚》大發脾氣，大吵大鬧《*about...*》。

:cre·a·tion [krɪ'eʃən] 名 1 U 創造；創始，創設。2 U 產生：the ～ of new species 新品種的產生。3《 **the C-** 》（神的）創造宇宙：since (*the*) *C-* (of the world) 開天闢地以來。4 U 創作；C 創造物，藝術作品：the ～*s* of one's fancy 想像力的產物。5 U 世界，宇宙；《集合名詞》創造物，生物，萬物：brute ～ 動物 / the lords of ～ 萬物之靈，人類 / the whole of ～ 萬物。6 U 任命，冊封，授爵《 *of...* 》：a baronage *of* recent ～ 新封的男爵爵位。7（服裝的）創新設計；（戲劇的）新造型。8《美口》《感嘆詞》咦！哦！

in all creation 《美口》《用以強調疑問詞》究竟，到底。

like all creation 《美口》猛烈地，狠狠地，拚命地。

cre·a·tion·ism [krɪ'eʃə,nɪzəm] 名 U〖神〗宇宙創造論；靈魂創造說。

·cre·a·tive [krɪ'etɪv] 形 1 有創造力的，獨創性的，創造的：～ art 創作藝術 /～ writing 創作。2 產生，造出《通常與 *of*... 連用》：circumstances ～ *of* success 導致成功的環境因素。—名《美》有創造力的人。～**·ly** 副, ～**·ness** 名

cre·a·tiv·i·ty [ˌkrie'tɪvətɪ] 名 U 創造性；創造力；獨創力《 *in, of...* 》。

cre·a·tor [krɪ'etɚ] 名 1 創造者，開創者。2《 **the C-** 》造物主，上帝。

:crea·ture ['kritʃɚ] 名 1 被創造者，創造物。2 有生命者，生物；動物；《尤美》家畜，牛馬：dumb ～*s* 不會說話的動物，牲畜。3《常與表讚賞、輕蔑等的形容詞連用》人，傢伙，女人，小子：a good ～ 好人 / a disgusting ～ 討厭的傢伙 / a pretty little ～ 可愛的女孩。4 隸屬者，手下，嘍囉：a ～ of circumstances 受環境支配的人。5 產生之物，產物。6 怪異或可怕的生物。

'creature 'comforts 名 (複) 物質享受；（尤指）飲食。

crèche [krɛʃ] 名(複 **crech·es** ['krɛʃɪz]) 1 耶穌（在馬槽中的）誕生畫。2《英》育幼院，托兒所（《美》day nursery）。3 孤兒院。

cre·dence ['kridn̩s] 名 U 相信，信賴，信任；憑證：a story almost beyond ～ 令人幾乎無法相信的故事 / give ～ to 相信，以…為可信 / assign ～ to 信任，相信。

cre·den·tial [krɪ'dɛnʃəl] 名 1《通常作 ～**s** 》證明（書）；（大使等的）國書。2（一般的）證明書，資格證明，證件；文憑。

cred·i·bil·i·ty [ˌkrɛdə'bɪlətɪ] 名 U 可信任，可靠性，確實性。

credi'bility ˌgap 名 1（對政府的聲明或行政的）不信任感；信賴的鴻溝，信賴缺乏；（世代間的）隔閡。2（政府聲明與事實的）不一致，相左。

cred·i·ble ['krɛdəbl̩] 形 1 可信的，可信賴的；確實的，可靠的。2 使人相信能付諸於行動的。

cred·i·bly ['krɛdəblɪ] 副《通常修飾全句》確實地；根據可靠來源。

:cred·it ['krɛdɪt] 名 1 U 相信，信賴《 *to with, in, on...* 》：deserve no ～ 不足採信 give ～ *to*... 信任…；相信… / have ～ *with*... 對…有信用。2 U（由信用產生的）信譽，聲望：a man of ～ 有信譽的人。3 帶給（某人）光榮的事物《 *to...* 》。4 U 功勞；榮譽《 *for...* 》。5《通常作～**s** 影片中所列演藝製作人員的姓名表 6〖教〗《美》（特定科目的）學分證明所修的學分；及格證書《 *for...* 》：get fo ～*s for* English 修英文可得四學分 / take class for ～ 為取得學分而修某一門課。U C（對於購買者的支付能力、意願的信用；賒欠；信用貸款；記帳；借貸 *with, for...* 》；（借款時保證有償還能的）信用（度）；（信用交易所給的）緩支付期限：a ～ rating 信用（度）評價 give ～ 給予信用貸款。8 貸款；債權：a of $50 50 元的貸款。9 U C〖簿〗給受帳戶的支付或付清的登記；貸方；貸項貸記：enter a sum to a person's ～ 把某項額記入某人戶頭的貸方。10 U C 儲金貸方金額：have a ～ of$1,000 in one's ba account 某人銀行的帳戶裡有 1,000 元的款。

do a person credit / ***do credit to a person*** （某人）增光，增加（某人）的聲譽。

get credit for... 把…的功勞歸於自己。

give a person credit for （把金錢）記（某人）的貸方；承認某人能做…，認

某人有…的才能；將…歸功於某人。
on credit 賒帳，以賒賣方式，以信用貸款的方式。
reflect credit on [*upon*] 歸於…的榮譽；爲…增光。
take credit to oneself in 將…的功勞歸於自己。
to one's credit 博得聲譽，值得讚賞。
—動及1 相信，信用：～ a story 相信某人的話。2 成爲…的榮譽，使某人有聲譽；把（行爲、功績）歸於（某人）《*to*...》；認爲…具有（性質、德性等）。3 把（金額）記入（人、帳戶）的貸方。4《美》〖教〗給予…（若干單位）的學分《*with* ...》。

cred·it·a·ble ['krɛdɪtəbl] 形 可增加榮譽的《*to*...》；值得尊敬的，了不起的，卓越的；可信的：a ～ effort 值得讚揚的努力 / a ～ report 可以採信的報告。

cred·it·a·bly ['krɛdɪtəblɪ] 副可讚揚地，有信譽地。

'credit ac,count 名《英》= charge account.

'credit ,card 名信用卡。

'credit ,history 名（個人的）信用紀錄。

credit ,hour 名〖教〗《美》（科目的）學分時數。

credit ,line 名1（出版物、展示品、新聞報導、照片、電視節目、轉載的文章等）註明作者或提供者名稱的文字。2 信貸限額。

credit ,man 名《美》信用調查員。

credit ,note 名貸方票據，欠條；貸項清單。

cred·i·tor ['krɛdɪtɚ] 名1 放款人；賒銷者。2 債權人，債主：be hounded by ～*s* 被債主逼債 / *Creditors* have better memories than debtors.《諺》債權人的記性比債務人的好。3〖簿〗= credit 名9.

credit ,rating 名UC 信用評等；客戶信用分級。

credit ,sale 名賒賣，賒帳銷售。

credit ,slip 名存款單。

credit ,standing 名U信用狀況。

credit ,title 名《～s》電影、電視劇片頭所列導演、製作人、演員等的姓名表。

credit ,transfer 名UC（銀行帳戶的）轉帳。

credit ,union 名信用合作社。

cred·it·wor·thy ['krɛdɪt,wɝðɪ] 形〖商〗信用良好的，可信貸的。**-thi·ness** 名

cre·do ['krido] 名（複～s [-z]）1《通常作 the C-》使徒信條；尼西亞信條；此兩信條的音樂。2《文》（一般的）信條。

cre·du·li·ty [krə'dulətɪ] 名U輕易相信，容易上當。

cred·u·lous ['krɛdʒələs] 形1 容易相信別人的，易上當的，易受騙的。2 因輕信而產生的：～ superstition 盲目的迷信。
～·ly 副, ～·ness 名

creed [krid] 名1 信條；《the C-》使徒信條。2（宗派、教派的）教義，信條。3 信念，主義，綱領。

·creek [krik] 名 1《美·加·澳》（比 brook 大的）小河，小溪，支流。2《主英》江河口，小灣；《方》河口。3《英方》彎曲的小徑，幽徑。
up the creek (*without a paddle*)《俚》處於困境；錯誤的，不正確的。

creel [kril] 名1 柳條簍筐；裝魚的籃子。2 魚梁。3 捲線用的軸架。

:creep [krip] 動 (crept, ～·ing) 不及 1 爬行，匍匐前進；（植物在地面、牆壁等上面）爬，蔓延《*up, along / over*...》。2 慢慢移動，徐行；偷偷地行走。3 悄悄地接近，躡足走近《*up / on, upon, over*...》；潛入《*in / into*...》；（狀態）慢慢惡化：～*ing* inflation 逐漸惡化的通貨膨脹 / ～ *into* a house 潛入屋內。4 表現畏縮，討好巴結，鬼鬼祟祟。5（砂、地層等）漸動，移動位置；變形，彎曲。6（感情、感覺等）得寸進尺，逐漸熟絡；感覺身上有東西在爬，覺得好像有蟲在爬而發癢：make a person ～ all over 使人全身毛骨悚然。
—及〖詩〗在…上面爬：ivy ～*ing* up the walls of a ruined castle 攀上荒廢的城堡牆壁的常春藤。
make a person's flesh creep 使人發毛，使人身上起雞皮疙瘩，使人不寒而慄。
—名1 爬，匍匐，四肢著地爬行；徐行；悄悄靠近。2《俚》令人討厭的傢伙，陰險的人。3 U〖地質〗逐漸下陷。4《the ～s》《口》毛骨悚然；不寒而慄之感；戰慄：give a person *the* ～*s* 使人不寒而慄。

creep·er ['kripɚ] 名1 爬行的東西[人]；爬行的動物；〖鳥〗緣木科及攀木科的通稱；〖植〗藤蔓植物，匍匐植物。2《常作～s》幼兒爬行用的罩服。3 鞋底釘；《通常作～s》（鞋底的）防滑部分。4〖機〗輸送裝置；上螺旋工具。5《～s》《俚》膠底布鞋。6 打撈鉤，深海鉤。

creep·ered ['kripɚd] 形（房屋等）爬滿藤蔓植物的。

creep·hole ['krip,hol] 名1（動物的）隱穴。2 遁詞，理由，藉口。

creep·ing ['kripɪŋ] 形 1 爬行的；蠕動的；緩慢前進的；悄悄接近的。2〖植〗匍匐的：a ～ plant 藤蔓植物。3 = creepy 2.

creep·y ['kripɪ] 形 (creep·i·er, creep·i·est) 1 爬行的；蠕動的；緩緩移動的。2 令人發癢的；令人毛骨悚然的。**-i·ly** 副，**-i·ness** 名

creep·y-crawl·y ['kripɪ'krɔlɪ] 名《英口》（複-crawl·ies）《兒語》蠕動爬行的蟲（或類似之物）。—形 = creepy.

cre·mains [krɪ'menz] 名（複）人體火化後的骨灰。

cre·mate ['krimet] 動及火葬；焚化。

cre·ma·tion [krɪ'meʃən] 名U C 1 火

葬。2（文件、檔案等的）焚毀，用火銷毀。

cre·ma·tor ['krimetɚ] 名 1 火葬場的工人。2（火葬場的）焚屍爐。

cre·ma·to·ri·um [,krimə'torɪəm] 名（複～s, -ri·a [-rɪə]) = crematory.

cre·ma·to·ry ['krimə,torɪ] 形 火葬的。
—名（複-ries）火葬場，火葬爐。

crème de menthe [,krɛmdə'mɛnθ, -'mɑnt] 名 U C 薄荷香甜酒。

Cre·mo·na [krɪ'monə] 名〖樂〗克里蒙那小提琴。

cren·el ['krɛnl̩],《英》**cre·nelle** [krɪ'nɛl] 名（城牆的）垛口，槍眼，炮門。

cren·el·ate,《英》**-el·late** ['krɛnl̩,et] 動 及 在城牆上開垛口，在…上設置槍眼。
—形 設有城垛的，設有槍眼的。

cren·el·at·ed ['krɛnə,letɪd] 形（城堡、城牆）設有槍炮眼的。

Cre·ole ['kriol] 名 1 克里奧人：生長於中南美洲及加勒比海地區的歐洲人（特別指西班牙及法國人）的後裔。2 克里奧人：生於Louisiana州的法裔美國人；U 上述人種所使用的法語方言。3 U《c-》克里奧語：主要指歐洲與非歐洲語言接觸所產生的混合語言。4 = Haitian Creole. 5《c-》克里奧人與黑人的混血兒；生於美洲的黑人。
—形 1《偶作 c-》克里奧人的。2 雖屬外來種，但在當地出生長大的。3〖烹飪〗以番茄、辣椒、秋葵等調製的。

'Creole 'State 名《the ～》克里奧州：美國 Louisiana 州的別稱。

cre·o·sote ['kriə,sot] 名 U 1〖化〗雜酚油。2 = creosote oil. —動 及 不及（把…）用雜酚油處理。

'creosote ,oil 名 U 雜酚油（木材防腐、殺蟲劑）。

crepe, crêpe [krep] 名 1 U 縐紗；縐綢。2 = crepe paper. 3 = crepe rubber. 4（縐紗做成的）黑色孝布。5 C U 薄煎餅。

crepe de Chine [,krepdə'ʃin] 名 U 廣東縐紗。

'crepe ,paper 名 U 縐紋紙。

'crepe ,rubber 名 U 縐紋膠。

crepe su·zette [,krepsu'zɛt] 名（複 **crepes suzettes** [,kreps su'zɛts]）（用作甜點的）薄煎餅捲。

crep·i·tant ['krɛpətənt] 形 發出爆烈聲的。

crep·i·tate ['krɛpə,tet] 動 不及 發爆裂聲。

crep·i·ta·tion [,krɛpə'teʃən] 名 U C 爆裂聲，劈哩啪啦響。

·**crept** *[krɛpt]* 動 **creep** 的過去式及過去分詞。

cre·pus·cle [krɪ'pʌsl̩] 名 薄暮，黃昏。

cre·pus·cu·lar [krɪ'pʌskjələ] 形 1 微明的；黃昏的；朦朧的。2〖動〗（動物）在晨昏[薄暮]時刻活動的。

cre·scen·do [krə'ʃɛndo] 名（複～s, -di [-dɪ]) 1 逐漸增強。2〖樂〗漸強（的樂節）（略作：cres(c)）。3《口》頂點，極點。
—形 副 1 逐漸增強的[地]。2〖樂〗漸強的[地]。

cres·cent ['krɛsn̩t] 名 1〖天〗新月；弦月。2 新月形（物），月牙形（物）；月牙形麵包；《英》新月形的街道[廣場，房子排列]。3《常作 C-》（舊土耳其帝國的）新月旗；舊土耳其帝國[軍]；《the C-》回教，伊斯蘭教。
—形 1 新月形的，呈月牙形的。2 逐漸增大的。

cre·sol ['krisol] 名 U〖化〗甲酚。

cress [krɛs] 名 U 芥菜類的植物（水芹、水堇等）。

cres·set ['krɛsɪt] 名 篝燈。

·**crest** [krɛst] 名 1（鳥、動物等的）冠，羽冠；（馬、狗等的）頸背；鬃毛。2（鋼盔的）飾，帽頂羽飾；〖詩〗盔帽。3（山的）頂端，巔峰；波峰；洪峰。4（一般的）頂點，絕頂，最高之物。5（盾、封印等的）徽章。6〖建〗屋脊；頂。7〖解〗（骨的）脊，脊突。
on the crest of a wave 高居浪頭；在得意之極，走運。
—動 及 1 裝羽毛飾於；作為（帽等）的頂飾。2 達到頂端。3 覆蓋…的頂端。
—不及 形成洪峰，起浪頭。

crest·ed ['krɛstɪd] 形 1 有冠的。2 有羽飾的。3 有徽章的。

crest·fall·en ['krɛst,fɔlən] 形 意志消沉的，頹喪的。

cre·ta·ceous [krɪ'teʃəs] 形 1 白堊質的，含有白堊的。2《C-》〖地質〗白堊紀的。—名《the C-》白堊紀，白堊系。

Cre·tan ['kritən] 形 克里特人[島]的。
—名 克里特島人。

Crete [krit] 名 克里特島：位於希臘東南方；歸希臘治理。

cre·tin ['kritn̩] 名 1 矮呆病患者。2《口》笨蛋，白癡。

cre·tin·ism ['kritɪn,ɪzəm] 名 U〖病〗矮呆病：甲狀腺荷爾蒙分泌不足所引起。

cre·tin·ous ['kritənəs] 形 1 患矮呆病的。2 白癡的。

cre·tonne [krɪ'tɑn, 'kritɑn] 名 U（做窗簾、罩巾等用的）印花裝飾布。

cre·vasse [krə'væs] 名 1（冰河的）深裂縫，罅隙；（因地震而形成的）地面裂縫。2《美》堤防的缺口。

crev·ice ['krɛvɪs] 名 裂縫，罅隙。

:**crew¹** [kru] 名《視為團體時作單數，指各個成員時作複數》1（船、飛機、列車等上的）全體員工，全體機組人員；（除高級船員外的）全體船員：officers and ～（車、船、飛機等上的）全體工作人員。2（從事同一工作的）一群人，一組，一班：a demolition ～ 爆破隊。3（賽船的）同船選手；划船比賽。4《常為蔑》夥伴同夥。
—動 不及 擔任水手，擔任機員。

crew² [kru] 動 crow²的過去式。

'crew ˌcut 名（髮型的）平頭。

crew·el ['kruəl] 名 U 刺繡用篷鬆雙股細毛線。**-work** 名 U 用此種毛線所繡的刺繡。

crew·man ['krumən] 名(複**-men**)船員，機組人員。

'crew ˌneck 名 1（毛衣、T 恤等的）水手領，圓領口。2 圓領毛衣。

crib [krɪb] 名 1（有框架的）嬰兒床。2 秣槽；基督誕生時所睡的馬槽（的模型或象徵）。3 家畜的圈舍；《美》儲藏倉；《美》網捕魚類之網及柵欄。4（一般）狹小的房間，小房子。5〖建·土木〗籠，框，木架。6《俚》保險箱：crack a ～（強盜）砸開保險箱。7《口》小偷；（對他人之作品的）盜用，剽竊，抄襲。8《口》（特指拉丁文、希臘文作品的）譯本，註譯本；小抄。9《口》不平，不滿。10〖牌〗（cribbage遊戲的）莊家所持的牌；《口》= cribbage. 12《俚》酒吧；《主美俚》私娼館。

—動(**cribbed, ～·bing**) 及 1 關進狹小的場所；《美》放入糧倉。2 裝設秣槽；在（縱形坑）裡設置樁架。3《英口》（作弊時）抄襲。

—不及 1《英口》使用譯本或註譯本；作弊。2（馬）咬秣槽。3《口》竊取，盜用。4《口》抱怨，鳴不平。

crib·bage ['krɪbɪdʒ] 名 U 一種撲克牌遊戲，由二至四人玩。

crib·ber ['krɪbɚ] 名小偷；剽竊者；作弊的人。

'crib ˌdeath 名嬰兒猝死症候群（《英》cot death）。

crick [krɪk] 名肌肉痙攣。—動 及 扭傷（脖子等的）肌肉，引起肌肉痙攣。

crick·et¹ ['krɪkɪt] 名 1〖昆〗蟋蟀：as merry as a ～ 快樂得不得了。2 發出蟋蟀叫聲似的玩具。

crick·et² ['krɪkɪt] 名 U 板球。

not cricket 《古·謔》不光明正大的，不公平的。

—動 不及 玩板球。～·**er** 名 玩板球者。

crick·et³ ['krɪkɪt] 名 矮小的凳子。

cri·er ['kraɪɚ] 名 1 呼叫者，哭泣者（尤指小孩）；（沿街）大聲宣讀公告的人；叫賣的商人。2（法庭的）傳令員。

crik·ey ['kraɪkɪ] 感《英俚》《表驚訝》唷！喲！哇！

crime [kraɪm] 名 1（法律上的）罪，罪行：a capital ～ 重罪，死罪 / a ～ against the State 觸犯國法的罪行 / commit a ～ 犯罪。2 U（一般的）壞事，罪惡：be steeped in ～ 罪惡深重。3《通常作 **a** ～》《口》愚蠢的行為，不合理的行為；可恥的事。

Cri·me·a [kraɪ'miə, krɪ-] 名《**the** ～》克里米亞半島：位於黑海北岸，屬於烏克蘭。

Cri'mean 'War 名《**the** ～》克里米亞戰爭：英、法、土耳其、薩丁尼亞與帝俄間的戰爭（1853－56）。

'crime ˌfiction 名 U 犯罪小說，偵探小說。

'crime ˌwave 名（某個地區）犯罪率暴增。

:crim·i·nal ['krɪmənl̩] 形 1《限定用法》犯罪的；有關犯罪的；刑事上的：a ～ case 刑事案件 / a ～ court 刑事法庭。2 罪惡的；犯罪的：a ～ act 犯罪行為。3《口》《敘述用法》愚蠢的，不合理的；可恥的；可悲的；令人深感遺憾的。—名 犯人，罪犯：a habitual ～ 慣犯。～·**ist** 名 刑法專家；犯罪學家。

'criminal conver'sation 名 U〖法〗通姦。

crim·i·nal·is·tics [ˌkrɪmənl̩'ɪstɪks] 名(複)《作單數》刑事學，犯罪（科）學。

crim·i·nal·i·ty [ˌkrɪmə'nælətɪ] 名(複**-ties**) 1 U 犯罪性；有罪。2 犯罪（行為），罪行。

crim·i·nal·ize ['krɪmənl̩ˌaɪz] 動 及 宣告（某人、行為）有罪。

-i·'za·tion 名 U 導致有罪的行為。

'criminal 'law 名 U 刑法。

'criminal 'lawyer 名 刑事律師。

crim·i·nal·ly ['krɪmənəlɪ] 副 1 有罪地，違法地。2 在刑事上，依刑法地。

crim·i·nate ['krɪməˌnet] 動 及 1 使…負罪，使負起刑責；起訴，控告，告發；證明…有罪。2 責難。**-'na·tion** 名 U 控告；（激烈的）指責。

crim·i·na·to·ry ['krɪmənəˌtorɪ] 形 使負刑責的；責難的。

crim·i·nol·o·gist [ˌkrɪmə'nɑlədʒɪst] 名 犯罪學家，刑事學者。

crim·i·nol·o·gy [ˌkrɪmə'nɑlədʒɪ] 名 U 犯罪學，刑事學。

crimp¹ [krɪmp] 動 及 1 在（布、板金、厚紙板等）上疊壓出褶紋。2 加壓（皮革等）使其成；使（頭髮）捲曲。3〖烹飪〗在（魚、肉等）上面劃幾道刀痕。4 妨礙，阻止。—名 1 褶縐；褶紋。2《通常作～s》鬈髮。

put a crimp in [***into***] ...《美口》阻礙。

crimp² [krɪmp] 名（以誘騙、脅迫等手法）徵募士兵或船員的人。—動 及 誘迫徵募。

crim·ple ['krɪmpl̩] 動 及 不及（使）捲曲；（使）起縐紋；（使）捲縮。

crimp·y ['krɪmpɪ] 形(**crimp·i·er, crimp·i·est**) 1 捲曲的；有縐紋的。2（天氣）陰涼的。

crim·son ['krɪmzn̩] 形 1 深紅色的；（因發怒而）臉色泛紅的。2 血腥的。—名 U 深紅色（的顏料或染料）。—動 及 不及（使）變成深紅色，（使）變成緋紅色。

cringe [krɪndʒ] 動 不及 1（因恐懼等）蜷縮，縮成一團，畏縮。2（對高位者）卑躬屈膝，諂媚《*to, before...*》：～ *before* a policeman 在警察面前唯唯諾諾。3《口》(對…)覺得厭煩《*at...*》。—名卑屈的態度,阿諛。

crin·kle ['krɪŋkl] 動及使捲曲:~*d* paper 縐紋紙。—不及 1 縮縐,捲縐;起皺紋。2 發出沙沙聲。—名 1 褶痕,皺紋。2 沙沙聲。

C

crin·kly ['krɪŋklɪ] 形(**-kli·er, -kli·est**) 1 起縐的;捲曲的,波狀的。2 發出沙沙聲的。

cri·noid ['kraɪnɔɪd] 名〖動〗海百合。

crin·o·line ['krɪnlɪn] 名 1 能使裙子鼓起來的襯布或襯裙架。2 以裙環撐開的女裙。3 U 襯裡用的布料。

cripes [kraɪps] 感 = crikey.

crip·ple ['krɪpl] 名 1 肢體殘障者,跛子;(一般的)身體或精神殘障者:an emotional ~ 感情遲鈍者/a sexual ~ 性無能的人/a war ~ 因戰爭而傷殘的軍人。2《美方》(草木叢生的)沼澤地。—動及 1 使跛腳;使殘障。2 破壞;癱瘓。

crip·pled ['krɪpəld] 形殘障的,跛腳的,傷殘的。

crip·pling ['krɪpəlɪŋ] 形 造成重大破壞的,使人癱瘓的。

·**cri·sis** ['kraɪsɪs] 名(複 **-ses** [-siz]) 1 危機,緊要關頭;決定性的階段,轉捩點;〖經〗(情況激變的)恐慌:a food ~ 糧食危機/bring...to a ~ 使…陷入危機。2(戲劇等的)千鈞一髮的場面。3〖醫〗病情的轉換期,危險期:pass the ~(病人)度過危險期。

·**crisp** [krɪsp] 形 1(食物等)脆的;(紙、葉等)發出瑟瑟聲的:~ cookies 脆餅。2 乾淨俐落的;簡練的;有生氣的:a ~ style 簡單扼要的文體。3(空氣、天氣等)使人精神抖擻的;清爽的:a ~ breeze 涼風/a ~ and clear autumn day 天高氣爽的秋日。4 有皺紋的;起漣漪的;捲曲的。
—動及 1 弄成捲曲;使激起波紋。2 把(食物)烹調成脆酥;使結冰。
—不及 1 捲縮;起微波。2 變脆;結凍。
—名 1《通常作 ~**s**》《主英》炸洋芋片(《美·澳》potato chips)。2 硬而脆的東西:be burned to a ~ 烤成酥脆。3《俚》嶄新的鈔票。
~·**ly** 副, ~·**ness** 名

crisp·y ['krɪspɪ] 形(**crisp·i·er, crisp·i·est**) 脆的,酥的,易碎的。

criss·cross ['krɪs,krɔs] 形十字形的,交叉的:a ~ pattern 十字形圖案。—名 1 十字形;十字形圖形;十字形交叉。2 矛盾,分歧。3 井字遊戲。—副 1 成十字形地,相互交叉地。2 互相矛盾地。—動及 1 使…呈十字交叉狀;標十字形圖樣於…。2 使相互交叉;使來回穿梭。—不及 縱橫交叉,成十字形。

cri·te·ri·on [kraɪ'tɪrɪən] 名(複 **-ri·a** [-rɪə], ~**s**)(判斷、評價等的)基準,規範,標準,尺度。

·**crit·ic** ['krɪtɪk] 名 1(文學、美術等的)批評家,評論家;鑑定家:a literary ~ 文學評論家。2(一般的)批評者;(尤指嚴苛的)批評者,吹毛求疵的人。

·**crit·i·cal** ['krɪtɪkl] 形 1 批評的;批判性的;有批評眼光的:a ~ opinion 批判性的意見/~ works 評論/a ~ writer 評論家。2(性質等)好吹毛求疵的,好挑剔的;苛評的;(某人)(對於…)好挑剔的《*of, about...*》:a ~ eye 挑剔的眼光。3 危機的,關鍵性的,有決定性的;不可或缺的:the ~ moment 決定性的一刻/a ~ situation 重大的局面,關鍵性的局面/be in ~ condition 置身危機;病況危急。4〖理〗臨界的:~ point 臨界點。~·**ness** 名

crit·i·cal·ly ['krɪtɪkəlɪ] 副 1 批評地,批判地;苛評地;吹毛求疵地。2 危急地,於危險情況中:be ~ ill 病得很重。

crit·i·cise ['krɪtə,saɪz] 動及不及《英》= criticize.

crit·i·cism ['krɪtə,sɪzəm] 名 U C 1(文學、美術等的)批評,評論;評論文章。2(一般的)批評,批判;(尤指)責難,挑剔:be above ~ 無懈可擊。3 原典研究。

·**crit·i·cize** ['krɪtə,saɪz] 動(**-cized, -ciz·ing**) 及 1 批評,批判,評論,議論,責難:~ his work 評論他的作品(工作表現)。2 挑毛病;(以…的理由)指責…,挑剔…《*for..., for* doing》。—不及 批評,批判;吹毛求疵。

cri·tique [krɪ'tik] 名 U C(文學作品等的)批評,批判評論;批評法:~*s* of new books 新書評論。—動及 評論。

crit·ter ['krɪtɚ] 名《美方》生物;動物;家畜,(尤指)牛或馬。

CRM《縮寫》*c*ounter-*r*adar *m*easures 反雷達系統。

croak [krok] 動不及 1 呱呱叫,咯咯叫。2 以沙啞的聲音講話,用低沉的聲音說話;抱怨,鳴不平。3《俚》《委婉》死亡,去世。4《美俚》(考試)落榜。—及 1 以低沉的聲音講(不吉利的事)。2《俚》殺害,謀殺。—名 1 呱呱聲。2《a ~》嘎聲,沙啞聲。

croak·er ['krokɚ] 名 1 咯咯叫的動物。2 發牢騷者;《俚》醫生。

croak·y ['krokɪ] 形 (**croak·i·er, croak·i·est**) 呱呱叫的;低沉沙啞的。-**i·ly** 副

Cro·at ['kroæt, -ət] 名克羅埃西亞人。

Cro·a·tia [kro'eʃə, -ʃɪə] 名克羅埃西亞(共和國):前南斯拉夫的一部分,1991 年獨立;首都爲札格雷布(Zagreb)。

Cro·a·tian [kro'eʃən, -ʃɪən] 形克羅埃西亞的;克羅埃西亞人[語]的。—名 1 克羅埃西亞人。2 U 克羅埃西亞語。

cro·chet ['kratʃɪt] 名鉤針編織。
—[kro'ʃe] 動及不及用鉤針編織。

crock¹ [krak] 名 1 陶罐;(塞花盆底孔用的)陶瓷器破片。2《英方》金屬製的鍋子。

crock² [krɑk] 图 1 老弱無用的馬；《口》《方》老糊塗；《俚》破舊的車子。2 大話，胡說，傻話。3《俚》病弱者；自以爲有病的人。—動及《口》病弱，傷殘；使身體垮掉《up》。—不及《口》衰弱；身體垮掉《up》。

crocked [krɑkt] 形《美俚》喝醉酒的。

crock·er·y ['krɑkərɪ] 图 U《集合名詞》陶器。

Crock·ett ['krɑkɪt] 图 **David**（"*Davy*"），克羅開特（1786–1836）：美國拓荒者、政治家、民間傳說中的英雄。

croc·o·dile ['krɑkə'daɪl] 图 1〖動〗鱷魚的一種（其鼻口部比 alligator 細長）。2 = crocodilian. 3 U 鱷魚皮革。4《英口》人的行列，（尤指）學童步行的縱列。5 假哭的人，假慈悲者。

'crocodile ˌtears 图 (複) 鱷魚的眼淚，假慈悲。

croc·o·dil·i·an ['krɑkə'dɪlɪən] 图〖動〗鱷魚：鱷魚目爬蟲類的總稱。
—形 1 鱷魚的。2 假裝的，不真誠的。

cro·cus ['krokəs] 图 (複 ~·es, -ci [-saɪ) 1〖植〗番紅花；番紅花的球莖。2 U 橘黃色。

Croe·sus ['krisəs] 图 (複 ~·es, -si [-saɪ]) 1 克里薩斯：Lydia的最後一位國王（560–546 B.C.）: as rich as ~ 非常富有。2 大富翁。

croft [krɔft] 图《英》1（蘇格蘭的）小農地。2 小農場，小牧場；家庭菜園。
~·**er** 图 小農場佃農。

crois·sant [krwɑ'sɑŋ] 图《法語》(複 ~s [-'sɑŋ]) 可頌：新月形麵包；牛角麵包。

Cro-Mag·non ['kro'mægnɑn] 图形（史前）克羅馬農人（的）。

crom·lech ['krɑmlɛk] 图〖考〗1 環狀列石。2 = dolmen.

Crom·well ['krɑmwəl] 图 **Oliver**，克倫威爾（1599–1658）：英國的將軍、政治家、監國（1653–58）。**-wel·li·an** [-'wɛlɪən] 形 克倫威爾的[風格的]。

crone [kron] 图〖蔑〗乾癟的老太婆。

Cro·nus ['kronəs] 图〖希神〗克洛諾斯：Uranus 和 Gaea 所生的巨人之一，天神宙斯 Zeus 之父；相當於羅馬神話的 Saturn（亦作 **Kronos**）。

cro·ny ['kronɪ] 图(複**-nies**)《口》密友，老友。

cro·ny·ism ['kronɪˌɪzəm] 图 U（在商業或政治中）對好友的袒護；任用親信。

crook [kruk] 图 1 彎曲物，鉤狀物[部分]，鉤子；《蘇》（吊鍋子用的）活動鉤。2（牧羊人的）曲柄杖；（主教等的）笏杖。3 屈曲，彎曲；（河川、道路等的）彎曲（部分）: a ~ in the lane 小巷的拐彎處 / have a ~ in one's character 性格狡詐。4《口》心術不正的人，騙子，小偷，惡棍。

on the crook《俚》以不正當的手段，狡詐地。
—形《澳·紐》《口》1 品質低劣的；不好的；不能令人滿意的；故障的。2 生氣的，不高興的《*at, on...*》；生病的；受傷的：go ~ *at* him 生他的氣。
—動及 1 把（手臂）彎曲，使彎曲。2《俚》盜取，騙取。—不及 彎曲，曲折。
crook one's elbow《俚》飲酒；縱酒。

crook·back ['krukˌbæk] 图 駝背。

'crook-ˌbacked 形 駝背的。

·crook·ed ['krukɪd] 形 1 彎曲的，歪曲的。2 畸形的，身體有缺陷的。3 心術不正的；不正當的；黑市的。4《澳·紐》《口》生氣的《*on, at ...*》: be ~ *on* me 在生我的氣。
~·**ly** 副, ~·**ness** 图 U 彎曲；不正。

crook·neck ['krukˌnɛk] 图〖植〗《美》一種頸長而彎曲的南瓜。

croon [krun] 動 不及 1 小聲感傷地唱；發出輕哼的聲音。2《蘇格蘭·北英格蘭》呻吟；哀嘆，悲號。—及 低聲柔和地唱；對（某人）輕哼低唱，使進入（…的狀態）《*to...*》: ~ a lullaby 輕哼搖籃曲 / ~ the baby *to* sleep 輕輕地唱使嬰兒入睡。

croon·er ['krunɚ] 图 聲音低沉而感傷的流行歌手。

:crop [krɑp] 图 1《常作 ~s》農作物，收穫物：green ~*s* 蔬果類 harvest a ~ 收割農作物。2 (1)（一地方、一季節的作物的）收穫量，收成：an average ~ 年收穫量 / the main ~*s* of a country 一個國家的主要農作物 / a bumper ~ of rice 稻米的豐收 / a bad ~ 歉收 / have a fine ~ of apples 蘋果豐收。(2)（一般）生產量，生產額。3《*a* ~》一大堆，群《*of...*》: *a* ~ *of* troubles 層出不窮的麻煩 / *a* ~ *of* war babies 很多戰爭所帶來的私生子。4（頭髮的）剪短，短髮，平頭：have a ~ 把頭髮剪短。5 鞭子的柄；騎馬用的鞭子。6 整張的動物皮。7（鳥類的）嗉囊；（鳥以外的動物的）胃。8（礦脈、礦層的）露出地面。
cream of the crop ⇨ CREAM（片語）
in [***under***] ***crop***（土地）種有農作物。
out of crop（土地）閒著，荒廢著。
—動 (**cropped**, ~·**ping**) 及 1 切掉（樹木、頭髮、書本、馬尾等的）末端，切成（…的狀態）；把（動物耳朵的）末端切除；齧食：~a book 裁掉書本的邊。2 收割，收穫。3 種植（農作物）《*with...*》: ~ a field *with* wheat 在田裡種植小麥。—不及（農作物）成熟，可以收穫。
crop out (1)（礦脈、岩石）露出地面。(2) = CROP up (1).
crop up《口》(1)（意外地）出現，發生。(2) = CROP out (1).

crop-dust ['krɑpˌdʌst] 動 不及 從飛機上向農地噴灑農藥，擔任（駕機）噴灑農藥的工作。
—及 從飛機上噴灑農藥。

'crop ˌduster 图 1 噴灑農藥用的小飛

機。**2** 其駕駛員。

crop-dust·ing ['krɑp,dʌstɪŋ] 名Ⓤ（亦稱 **crop-spraying**）農藥的空中噴灑。

crop-eared ['krɑp,ɪrd] 形 **1** 被切去耳端的。**2** 剪成短髮的。

crop·land ['krɑp,lænd] 名Ⓤ農耕地。

crop·per ['krɑpɚ] 名 **1** 收割的人；收割機；栽培者，耕作者；（接受收穫之一部分的）佃農。**2** 有收穫的作物：a heavy ～ 收成好的作物。**3**（布等的）裁邊機器。**4**《口》墜馬；摔跤；慘敗。

come a cropper《口》(1)（尤指從馬上）重重摔下來。(2) 大失敗；遭遇不幸。

'crop ro,tation 名Ⓤ輪耕，輪作。

cro·quet [kro'ke] 名 **1** Ⓤ 槌球遊戲。**2**（槌球遊戲中）驅逐打球法。

cro·quette [kro'kɛt] 名ⒸⓊ〖烹飪〗炸丸子：西洋式油炸食品之一種，將肉或魚、貝類和蛋、蔬菜等以白醬調之，沾麵粉油炸而成。

crore [krɔr] 名(複～, ～s)《印度》一千萬盧比。

cro·sier, -zier ['kroʒɚ] 名 牧杖，主教的權杖。

:cross [krɔs] 名(複 ～·es [-ɪz]) **1** (1)（古時用以釘死犯人的）十字架；《 **the C-** 》基督受難的十字架：die on the ～ 被釘死在十字架上。(2)《 **the C-** 》《集合名詞》基督教徒；基督教（的勢力）：*the C-* versus the Crescent 基督教對回教。**2** (1)《 **the C-** 》基督的受難，贖罪；基督受難像 [圖]。(2)（一般）受難，苦難，磨練，麻煩：bear one's ～ 忍受苦難 / No ～, no crown.《諺》吃得苦中苦，方爲人上人。**3** (1)（發誓之際以右手指做成的）十字記號；（用來驅邪的）十字形物；（徽章等所用的）十字；（作墓碑、標識等的）十字標；（有十字架的）主教權杖；十字軍的標幟，十字勳章：make the sign of the ～ 畫十字 / take the ～〖史〗參加十字軍。(2) X 記號，X 標記：make one's ～ 畫 X 記號（代替署名）/ mark a ～ 註上 X 標記。**4** 十字路，交叉路；十字形接管。**5**（動、植物的）異種交配；（與…的）異種雜交的混合種；混血兒；折衷，中間物《 *between...* 》：a ～ *between* breakfast and lunch 既似早餐又似午餐的一頓飯 / without ～ 純種的，正統的。**6**《 **the C-** 》〖天〗十字星座：*the* Southern *C-* 南十字星。**7**〖拳擊〗交叉式攻擊；〖足球〗交叉式傳球。**8**《俚》騙局；假比賽。

on the cross (1) 斜斜地，對角地。(2) 不正地，以不正當的手段。

—動及 **1** 交叉，交錯放置：～ one's arms 交叉雙臂 / ～ knife and fork 把刀叉交叉地放著（表尚未吃完）。**2**（宗教信仰等）劃十字於；（一般）作十字記號於，劃十字於：～ oneself（由額頭至胸前）劃十字 / ～ one's heart (and hope to die) 在胸前劃十字立誓。**3** 劃線：～ a check《英》在支票劃兩條直線（支票入銀行帳戶後始能兌現）/ ～ a t 在 t 字上劃橫線。**4** 交叉地寫（信）：～ a letter 把寫好的信橫過來再寫。**5** 穿過，渡過（道路、河川等）；讓（某人等）渡過，運送：～ a street 橫越馬路 / ～ the line〖海〗橫越赤道。**6** 擦身而過；（信、差使）與…錯過去。**7** 干擾，反對，背叛。**8** 跨騎：～ a horse 騎馬。**9**（與…）交配，使交配《 *with...* 》：～ a blackberry *with* a raspberry 將黑莓和覆盆子雜交。

—不及 **1** 交叉。**2** 越過，穿過《 *over* / *to* ... 》：～ *over to* the other side 越過去到對面。**3**（兩封信）錯過去。**4** 交配，成爲混合種。

cross one's fingers / ***keep one's fingers crossed*** ⇨ FINGER（片語）

cross a person's palm with silver 把錢悄悄塞入某人手中，悄悄行賄。

cross... off / ***cross off...*** (1) 劃線刪除。(2) 一筆勾消。

cross... out / ***cross out...*** 劃線刪除。

cross over (1) ⇨動不及 2. (2) 投靠對方《 *to* ... 》。

cross a person's path ⇨ PATH（片語）

cross swords ⇨ SWORD（片語）

cross one's t's and dot one's i's 一絲不苟，非常謹慎細心；詳加說明。

cross... up / ***cross up...***《俚》(1) 欺騙，背叛。(2) 破壞。

—形 **1** 交錯的；相互的。**2**（與…）相反的，不合的，不利的《 *to...* 》：a result ～ *to* a purpose 與目的相反的結果 / be at ～ purposes 目標相互抵觸。**3** 不高興的，易怒的；發怒的《 *with, at, about...* 》：a ～ person 生氣的人 / ～ comments 惡意的批評。**4** 雜種的。**5**《俚》不正的；以不正當的手段取得的。

as cross as two sticks《口》極生氣的。

cross-armed ['krɔs,ɑrmd] 形 **1** 架著橫木的。**2** 交叉著手臂的。

cross·bar ['krɔs,bɑr] 名 **1** 橫木；門閂；橫線條。**2**（足球、橄欖球等的）球門的橫木；（跳高等的）橫木條，橫槓。

cross·beam ['krɔs,bim] 名〖建〗大梁，橫梁。

cross-bear·er ['krɔs,bɛrɚ] 名（在宗教遊行等）捧持十字架的人。

cross·bench ['krɔs,bɛntʃ] 名《英》中立議員席，無黨無派的議員席次。～·**er** 名 無黨無派的議員。

'cross ,bike 名越野腳踏車。

cross·bones ['krɔs,bonz] 名(複) 兩根交叉的骨頭（通常畫在骷髏頭下方，象徵死亡）。

cross·bow ['krɔs,bo] 名（中世紀的）石弓，弩。～·**man** 名石弓射手[兵士]。

cross·bred ['krɔs'brɛd] 名形混合種（的），雜種（的）。

cross·breed ['krɔs'brid] 動 (-bred, ～·ing) 及不及（使）異種交配，（使）雜交。

—['-,-] [名] 混合種，雜種。
cross-chan·nel ['krɔs'tʃænḷ] [形] 橫渡海峽的，海峽對岸的。
cross-check ['krɔs'tʃɛk] [動][及] **1** 交叉比對，多方查證。**2**〖冰上曲棍球〗交叉阻擋。
—[名] **1** 相互核對，複核。**2**〖冰上曲棍球〗交叉阻擋。
cross-coun·try ['krɔs,kʌntrɪ] [形] **1** 越野的：a ~ skiing 越野滑雪。**2** 橫越全國的：a ~ trip 橫越全國的旅行。—[副] 越野地。—[名][U][C] 越野競賽。
cross-cul·tur·al ['krɔs'kʌltʃərəl] [形] 不同文化間的；跨文化的。~**·ly**[副]
cross·cur·rent ['krɔs,kɝənt] [名] 逆流；相反的趨勢：the ~*s* of public opinion 輿論紛紜，眾說紛紜。~**·ed**[形]
cross·cut ['krɔs,kʌt] [形] **1** 橫著鋸的：~ saw 橫鋸。**2** 被橫切的。—[名] **1** 近路，捷徑；橫貫道路。**2**（木材）橫鋸。—[動] **(-cut, ~·ting)**[及] 橫切；橫過，橫貫。
crosse [krɔs] [名] 長柄曲棍球遊戲所用的曲棍。
crossed [krɔst] [形] **1** 劃有十字的，劃線的：a ~ check 劃線支票。**2** 受挫的。
'cross-ex·'am·i·'na·tion ['krɔsɪg,zæmə'neʃən] [名][U][C]〖法〗反問；詰問。
cross-ex·am·ine ['krɔsɪg'zæmɪn] [動][及] **1** 嚴密詢問。**2**〖法〗提出反問。
cross-eye ['krɔs,aɪ] [名][U] 鬥雞眼，斜視。
cross-eyed ['krɔs'aɪd] [形] 斜視的，鬥雞眼的。
cross-fer·ti·li·za·tion ['krɔs,fɝtḷə'zeʃən] [名][U] **1**〖生〗異體受精；〖植〗異花受精。**2**（文化等廣泛而有效地）交流，融合。
cross-fer·ti·lize ['krɔs'fɝtḷ,aɪz] [動][及] **1**〖生〗使異體受精；〖植〗使異花受精。**2**《通常用被動》給…好的影響。
cross ˌfire [名][U] **1**（質問、責難等的）群起攻擊，激烈爭吵。**2**〖軍〗交叉火網。（亦作 **crossfire**）
cross-grained ['krɔs'grend] [形] **1**（木材）紋理不規則的，斜紋理的。**2**《口》性情乖戾的；頑固的，固執的。
cross ˌhairs [名]（複）（光學儀器的）十字形瞄準線。
cross·hatch ['krɔs,hætʃ] [動][及] 在（畫面）上加上網狀陰影。
cross-'hatching [名][U] 網線底紋。
cross-in·dex ['krɔs'ɪndɛks] [動][及] 給（書、原稿等的記載）提供互相參照的索引，把…與（其他項目）互相參照。—[不及] 提供互相參照的索引《*to*...》。
'cross 'index [名]
cross·ing ['krɔsɪŋ] [名] **1** [U][C] 橫渡；渡海；交叉：have a rough ~ 波浪洶湧的渡航。**2** 交叉點，十字路口，橫越處；（鐵路的）平交道，岔道；渡口：a pedestrian [《英》a zebra] ~ 斑馬線。**3** [U][C] 反對，妨礙，阻撓。**4** [U][C]（支票的）劃線。**5** [U][C]（信仰等）劃十字。**6** [U][C] 異種交配，雜交。**7** 十字形教堂中正廳與左右翼廊的交叉部分。
cross-leg·ged ['krɔs'lɛgɪd] [形][副] 兩腿交叉的[地]：sit ~ 盤腿坐。
cross·let ['krɔslɪt] [名]（徽章等的）小十字形。
cross·light ['krɔs,laɪt] [名] **1**（與另一道光線相交以照明該光無法照到處的）交叉光線。**2**《~**s**》互相交叉的光；不同角度的觀察。~**·ed**[形]
cross·ly ['krɔslɪ] [副] **1** 發怒地，惡意地。**2** 相反地，反對地。**3** 橫方向地，斜斜地。
cross·ness ['krɔsnɪs] [名][U] 彆扭；不高興。
cross·o·ver ['krɔs,ovɚ] [名] **1**《英》交叉路，陸橋，天橋（《美》overpass）；〖鐵路〗轉線軌道。**2** [U][C] 交叉，橫越；橫跨（兩個範疇）。**3** 選票改投他黨的人。**4**〖樂〗爵士、搖滾及其他音樂的混合樂曲。
cross·patch ['krɔs,pætʃ] [名]《俚》《謔》性情乖戾的人。
cross·piece ['krɔs,pis] [名] 橫材，橫木，棧。
'cross-ply ˌtire ['krɔs,plaɪ-] [名] 斜交多層汽車輪胎。
cross-pol·li·nate ['krɔs'pɑlə,net] [動][及]〖植〗使…異花受粉。**'cross-ˌpol·li·'na·tion** [名][U] 異花受粉。
cross-pur·pose ['krɔs'pɝpəs] [名] **1** 相反的目的：at ~*s* 互相誤解，意見不合 / talk at ~ *s* 各說各話。**2**《~**s**》《作單數》問答遊戲。
cross-ques·tion ['krɔs'kwɛstʃən] [動][及] 對…提出反問；對…嚴加盤問，詰問。—[名] 反問，盤問。
cross-re·fer [ˌkrɔsrɪ'fɝ] [動] **(-ferred, ~·ring)** [及][不及]（使…）（在同一書中）前後參照，對照。
'cross 'reference [名]（同一書中）前後參照之處，對照索引。
cross·road ['krɔs,rod] [名] **1** 交叉道路；（與幹線道路交叉的）橫路，間道。**2**《~**s**》《作單、複數》十字路口，十字路。***stand [be] at the crossroad*** 處於作重大抉擇的時刻；處於轉捩點。
'cross(-) ˌsection [名] **1** 橫切面；被橫切之物。**2** 橫切。**3**（具有代表性的）典型，抽樣。**4**〖測〗（橫）斷面圖，橫斷面；〖理〗核截面。
cross-stitch ['krɔs,stɪtʃ] [名][U] 一種十字形縫法。—[動][及] 把…用十字形針法縫。—[不及] 採用十字形針法。
'cross ˌstreet [名] 交叉路；（和幹道交叉的）橫路，巷道。
'cross ˌtalk [名][U] **1**（電話等）混線，錯線；串話干擾。**2**（會議中等的）喋喋談話聲。**3**《英》（特指喜劇、國會中不同黨黨員的）機智詼諧應答。

C

cross·town ['krɔs,taʊn] [形] 橫越城鎮的：a ～ road 橫貫市內的道路。—[副]橫過城鎮地。—[名]《口》橫貫市內的巴士。

cross·tree ['krɔs,tri] [名]《通常作 ～s》**1**〖海〗桅頂橫杆。**2**〖木工〗大梁。

cross·walk ['krɔs,wɔk] [名]《美》行人穿越道，斑馬線。

cross·way ['krɔs,we] [名]= crossroad.

cross·ways ['krɔs,wez] [副]= crosswise.

'cross ,wind [名]側風。**'cross-,wind** [形]

'cross ,wires [名](複) **1**〖電話〗岔線。**2** = cross hairs.

cross·wise ['krɔs,waɪz] [副] **1** 橫斜地。**2** 十字形地。**3** 相反地。

'cross·word (,puzzle) ['krɔs,wɝd(-)] [名]填字遊戲，縱橫字謎。

crotch [krɑtʃ] [名] **1**（人體、褲子的）襠部，胯部。**2**（樹木等的）叉狀部。**3**〖海〗槳叉；吊桿托架。

crotch·et ['krɑtʃɪt] [名] **1** 小鉤；鉤狀的部分。**2** 怪異的念頭，奇想。**3**《英》〖樂〗四分音符（《美》quater note）。

crotch·et·y ['krɑtʃətɪ] [形] **1**（女性）反覆無常的；（老人）脾氣壞。**2**（想法）怪異的。

cro·ton ['krotn̩] [名]〖植〗**1** 巴豆。**2** 觀賞用變葉木植物的通稱。

'croton ,oil [名][U]巴豆油。

·**crouch** [kraʊtʃ] [動][不及] **1**（爲了隱藏而）蹲下，縮成一團；（因害怕而）蜷縮；（準備撲起前）蹲伏《*down*》：～ *down* to talk to a child 蹲下身去和小孩子說話。**2**（卑屈地）彎腰，卑躬屈膝《*to...*》。—[及]彎下，低下。

—[名]蹲伏，畏縮；蹲伏的姿勢。

croup[1] [krup] [名][U]《偶作 **the** ～》〖病〗嘶哮；格魯布喉炎。

croup[2] [krup] [名]（特指馬的）臀部。

crou·pi·er ['krupɪɚ] [名](複～**s** [-z]) **1**（賭桌上）收取及支付賭注的人。**2**（公共宴會中的）副主持人。

croup·y ['krupɪ] [形] **(croup·i·er, croup·i·est)**《口》格魯布喉炎的。

crou·ton [kru'tɑn] [名]《法語》加入湯中的烤麵包丁。

·**crow**[1] [kro] [名] **1**〖鳥〗烏鴉；類似烏鴉的鳥：(as) black as a ～ 黑漆漆的 / a white ～ 珍奇的東西。**2**《**the C-**》〖天〗烏鴉座。**3** = crowbar. **4**《通常用 **old** ～》《俚》醜女。

as the crow flies 成直線地；經由最直捷途徑的。

eat crow《美口》不得不認錯；受屈辱。

have a crow to pick with a person《口》有必須與（某人）爭論之事；對某人有怨言。

crow[2] [kro] [動]（～**ed** 或義 1《英尤作》**crew**, ～**ed**, ～**·ing**）[不及] **1**（公雞）啼叫，報曉。**2**（嬰兒）（笑的時候）發出咯咯的聲音《*with...*》。**3** 歡呼，表示得意洋洋《*over...*》；爲…自傲，自誇《*at, about...*》：～ *over* a success 因成功而洋洋得意。—[名] **1** 公雞的啼叫聲。**2** 歡笑聲。

crow·bar ['kro,bɑr] [名]鐵撬，撬棍。

:**crowd** [kraʊd] [名] **1** 群眾，人群；扮演群眾的演員；〖社〗群眾：large ～*s* in a park 公園裡的人潮 / gather in ～*s* 成群結隊。**2**《**the** ～》大眾，人民：follow [go with] *the* ～ 從俗，跟隨大眾 / raise oneself above *the* ～ 表現得出類拔萃。**3**《口》同夥，夥伴；一夥人：a fast ～ 放蕩的一夥人 / be in with the wrong ～ 與壞朋友交往。**4**（無秩序地聚集在一起的）一大堆東西，眾多（的…）《*of...*》：a ～ *of* books on the desk 桌上的書堆。**5** 聽眾，觀眾，參觀的群眾，出席人群。—[動][不及] **1** 成群，成堆：～round a person（一大群人）包圍某人。**2**（成群地）擠進，擠過；《美口》急速前進；湧現（心中）《*in*》：～ into a room 湧進房間 / ～ through the gate（大群人）擠過大門。—[及] **1** 推；擠出《*out / out of...*》：～ the students *out of* the lecture hall 把學生擠出禮堂。**2** 往（某場所）擠，蜂擁；把（往某場所）擠滿，擠進《*into ...*》；使塞滿《*with...*》；《被動》（被…）擁擠，客滿《*with...*》：～ children *into* a bus 使小孩子們擠滿巴士。**3**《美口》（不斷地）督促，催逼。**4**《美口》接近（某年齡）。

crowd the mourners《口》操之過急，使手忙腳亂。

·**crowd·ed** ['kraʊdɪd] [形] **1** 擠滿人的；擁擠的：～ trains 客滿的火車。**2** 充實的；忙碌的；經歷豐富的。～**·ness** [名]

'crowd ,puller [名]叫座的東西；吸引人之物[人]。

crow·foot ['kro,fʊt] [名] **1**(複 ～**s**)〖植〗梅花藻屬植物的通稱（包括毛茛、狐牡丹）。**2**(複 **-feet**) = crow's-feet.

:**crown** [kraʊn] [名] **1** 王冠；花冠；榮譽：a ～ of thorns 荊冠。**2**《**the** ～, 常作 **the C-**》王權，（君主政體的）統治（權）；《**the** ～》王位；君主，國王；〖運動〗王座，冠軍：succeed to *the* ～ 繼承王位。**3** (1) 印有王冠的貨幣；（英國幣制改爲十進位制前的）五先令銀幣。(2) 克朗：北歐諸國的貨幣單位。**4** 頂部，頂；頭頂，頭；（鹿角的）末端；（鳥類的）冠；（瓶子的）蓋子；〖植〗樹冠；〖齒〗齒冠，（鑲金等的）牙套：the ～ of a hill 山頂 / from ～ to toe 從頭頂到腳尖。**5** 主要的屬性；《**the** ～》（名譽等的）頂峰，極致《通常用 *of...*》：*the* ～ *of* womanhood 女人最美的時期。**6**〖寶石〗冠部；〖海·機〗冕齒輪；冠狀斜齒輪；〖結繩〗克勞恩結。

—[動][及] **1**（爲某人）戴上王冠；使即王位：～ a person king 立某人爲王。**2** 授予（榮譽等），（以榮譽等）酬報《*with...*》：be ～*ed with* success 終於獲得成功。**3** 擱置於…上面，蓋在…之上；〖齒〗給（

齒）鑲上牙套《with...》: a mountain ~*ed with* snow 覆雪的山頭。**4** 使達到頂峰，使…成功地結束。**5**《口》打（人）的頭。**6** 給（構造物）加凸狀表面；〖西洋棋〗使（棋子）攻入敵方最下面一列而成爲王棋。

to crown it all 《常爲諷》更…的是，尤其是。

'crown ˌcap 名金屬瓶蓋。

'Crown 'Colony 名（英國國王的）直轄殖民地。

'Crown 'Court 名UC《英》刑事法庭。

crowned [kraʊnd] 形**1**《常作複合詞》戴王冠的；冠狀的；（鳥類）有冠的：~ heads 君主，國王或女王 / a high-*crowned* hat 高頂帽。**2** 基於王權的：~ authority 王權。

'crown ˌglass 名U冕牌玻璃：**1** 光的分散及曲折率低的光學玻璃。**2** 圓盤狀的窗玻璃。

crown·ing ['kraʊnɪŋ] 形 無上的，最高的，最好的；極端的。

'crown 'jewels 名(複)《the ~》用於儀式中表示王權的飾物（王冠、笏等）。

'crown ˌland 名U王室直屬土地。

'crown 'law 名U《英》刑法。

'Crown 'Office 名《the ~》〖英法〗（Chancery的）國璽部；高等法院刑事部。

crown·piece ['kraʊn,pis] 名 **1** 頂部之物。**2**（馬籠頭的）頂部。

'crown 'prince 名皇太子，王儲。

'crown 'princess 名**1** 皇太子妃。**2** 女王儲。

crow's-feet ['kroz,fit] 名 **1**《複》魚尾紋，外眼角的皺紋。

crow's-nest ['kroz,nɛst] 名**1**〖海〗瞭望臺。**2** 崗亭，哨站。

cro·zier ['kroʒɚ] 名 = crosier.

CRT 《縮寫》*c*athode *r*ay *t*ube 陰極射線管。

cru·ces ['krusiz] 名**crux** 的複數。

cru·cial ['kruʃəl] 形**1** 決定性的；極爲重大的：a ~ question 決定性的問題 / a ~ decision 關鍵性的決定。**2** 嚴重的，困難的；艱苦的：a ~ experience 艱苦的經歷。

~·ly 副

cru·ci·ble ['krusəbl] 名**1** 坩堝；〖冶〗熔爐。**2** 嚴酷的考驗。

cru·ci·fer ['krusəfɚ] 名**1**（舉行宗教儀式的隊伍中）捧十字架的人。**2**〖植〗十字花科的植物。

cru·ci·fix ['krusə,fɪks] 名**1** 有耶穌受難像的十字架；耶穌受難像；（一般的）十字架。**2**〖體〗十字懸垂。

cru·ci·fix·ion [ˌkrusə'fɪkʃən] 名**1**UC 釘死於十字架上。**2**《the C-》耶穌在十字架上的受難；耶穌受難畫[像]。**3**UC 嚴酷的迫害；嚴厲的懲罰，極大的苦難。

cru·ci·form ['krusə,fɔrm] 形十字形的，十字架狀的。

cru·ci·fy ['krusə,faɪ] 動(-fied, ~·ing) 及**1** 把（人）釘在十字架上以處死。**2** 虐待，折磨，迫害。**3** 抑制。**-fi·er** 名

crud [krʌd] 名**1**《俚》⑴ 沉澱物，渣滓。⑵ 令人厭惡的事物。**2**《方》= curd. **3** 身體的不適。

·crude [krud] 形(**crud·er, crud·est**) **1** 天然的，生的，未加工的，未精製的：~ materials 原料。**2** 不成熟的，粗略的：a ~ distinction 大略的區分。**3** 未完成的，粗糙的，不完全的。**4** 粗野的，缺乏教養的；不圓滑的：~ manners 粗魯的舉止。**5** 據實的，率直的；莽撞的：a ~ statement of the facts 據實的報告。**6** 華麗而庸俗的。**7**〖統〗（人口統計數字等）未經整理的：~ birth rate 粗出生率。—名U粗製品；（尤指）原油。

~·ly 副, ~·ness 名

'crude 'oil 名U 原油（亦稱 **crude petroleum**）。

cru·di·tés [ˌkrudɪ'teɪ] 名(複)《法語》生菜沙拉。

cru·di·ty ['krudətɪ] 名(複-ties) **1** U粗糙的狀態，生的狀態；未成熟（亦稱 **crudeness**）。**2** 未成熟的東西，未完成品。**3** 粗野的言行。

:cru·el ['kruəl] 形**1** 殘酷的，不仁慈的；幸災樂禍的，殘忍的：a ~ master 殘酷的主人。**2** 帶來極大痛苦的；殘酷的；嚴苛的：a ~ punishment 殘酷的刑罰 / a ~ sight 淒慘的光景 / a ~ struggle for existence 嚴酷的生存競爭。

~·ness 名

cru·el·ly ['kruəlɪ] 副**1** 殘酷地；殘忍地，悲慘地。**2**《口》非常地，很。

·cru·el·ty ['kruəltɪ] 名(複 -ties) **1**U 殘酷，不仁慈，冷酷；殘酷的性質：the ~ of fate 命運的殘酷 / ~ to animals 虐待動物 / a man of ~ 冷酷的人 / have the ~ to do 做得太殘酷。**2** 殘酷的行爲；〖法〗（離婚事由之一的）配偶虐待：commit *cruelties* 做出殘酷的行爲。

cru·et ['kruɪt] 名**1**《美》調味瓶；《英》裝調味料的器皿：a ~ stand 調味瓶架。**2**〖教會〗聖瓶：彌撒時用來裝水與葡萄酒的小瓶子。

cruise [kruz] 動不及**1** 航行，巡遊；巡洋：~ along the shore 沿岸巡航。**2**（沒有特定目的地）到處走，漫遊；《口》（在公共場所或街上）尋求性伴侶；《俚》到（某地）去。**3**（計程車等）慢行兜攬乘客；巡邏。**4** 以適當速度行駛；以巡航速度飛行。—及**1** 慢慢行駛在（某地區）；以巡航的速度駕駛；以省油又快速的速度駕駛。**2** 尋求（性伴侶）。—名巡航，巡洋航行；《口》漫遊，旅行。

'cruise conˌtrol 名U超速警告裝置。

C

'cruise ˌmissile 图巡弋飛彈。

cruis·er ['kruzɚ] 图 1 巡洋艦。2 大型遊艇。3 巡航船；巡航中的飛機；沿街攬客的計程車；《美》警察巡邏車。4 漫遊者，旅行者；《俚》（沿街拉客的）娼妓。

cruis·er·weight ['kruzɚˌwet] 图〖拳擊〗《英》輕重量級拳擊手。

crul·ler ['krʌlɚ] 图《美》圈狀或麻花狀的油炸甜餅。

crumb [krʌm] 图 1（麵包、糕點等的）碎片，屑；麵包屑。2 些許，少量《*of...*》：a ～ *of* comfort 些許的安慰 / ～*s of* knowledge 點滴知識。3 Ⓤ（麵包內的）柔軟部分。4《～s》一種用砂糖、麵粉、奶油等混合成的糕點頂端裝飾配料。5《美俚》令人討厭的人，廢物，人渣。

(by) crumbs 《感嘆詞》《表驚訝、狼狽》哇！唉呀！

to a crumb 詳細地，正確地；完全地。

—動及 1 把（麵包）捏碎。2〖烹飪〗塗上麵包屑，用麵包屑調理。3《口》拂掉麵包屑。

crum·ble ['krʌmbl] 動及弄成屑末，搗碎。—不及變成屑末，粉碎；（逐漸）崩潰；消失：～ to dust 化爲塵土；變成烏有 / ～ away 消逝。—图ⒸⓊ用麵粉、奶油、糖裹上水果製成的甜餅。

crum·bly ['krʌmblɪ] 形 **(-bli·er, -bli·est)** 易碎的，脆弱的。

crumb·y ['krʌmɪ] 形 **(crumb·i·er, crumb·i·est)** 1 滿是麵包屑的。2 柔軟的。3《口》惡劣的，不好的。

crum·my ['krʌmɪ] 形 **(-mi·er, -mi·est)**《俚》1 低劣的；骯髒的。2 無價值的，便宜的；沒用的。3 身體不舒服的。4《英俚》（女性）豐滿漂亮的，健美的。

crump [krʌmp] 動及用牙齒嘎扎嘎扎地咬。—不及 1（炮彈）爆裂發出沉重的聲音。2 發出（類似踏雪時）嘎扎嘎扎的碎裂聲音。—图 1 嘎扎嘎扎的聲音。2《英俚》炸彈的爆炸（聲）；炮彈，炸彈；《英口》重擊。

—形《蘇》脆的，易碎的。

crum·pet ['krʌmpɪt] 图 1《主英》類似 muffin 的一種鬆軟的烤餅。2 Ⓤ《俚》性感；Ⓤ性感的女人。3《俚》頭。

crum·ple ['krʌmpl] 動及 1 揉皺，變皺《*up*/*up...*》：～ *(up)* a letter into a ball 把信揉成一團。2 推翻，打倒；壓倒《*up*》：～ *up* the enemy 擊潰敵軍。—不及 1 變成褶皺不堪《*up*》。2 突然倒下，崩潰；被壓倒《*up*》：～ with weariness 疲憊不堪。

—图（被揉搓所形成的）皺紋。

crunch [krʌntʃ] 動及 1 嘎扎嘎扎地咬。2 擠碎，踩碎《*down*》；嘎喳嘎喳地踏過。—不及 1 咬得嘎扎嘎扎地響《*away* / *on...*》。2 嘎扎嘎扎地咬碎，發出沙沙聲；嘎扎嘎扎地行進；發出嘎吱聲。

—图 1 咬碎（聲）：at one ～ 嘎扎地一口咬碎。2 嘎喳嘎喳的踩碎（聲）；踩碎行進（的聲音）：the ～ of footsteps in the snow 踏雪前進的嘎喳嘎喳腳步聲。3《口》困境，艱難局面；《 the ～》緊要關頭，關鍵時刻，轉折點；（問題的）癥結；《通常作 the ～》（經濟上的）緊縮狀態：an economic ～ 經濟困難 / when it comes to *the* ～ 當關鍵時刻來臨時。

crunch·y ['krʌntʃɪ] 形鬆脆的，發出沙沙聲的。

crup·per ['krʌpɚ] 图 1 鞦：繫在馬鞍後面兜過馬尾下的皮帶。2（馬的）臀部；《謔》（人的）屁股。

cru·sade [kru'sed] 图 1《常作 C-》〖史〗十字軍；（教皇認可的宗教上的）聖戰。2（擁護主義等的）運動《*for, of...*》；（對社會上不良習俗的）改革運動，撲滅運動《*against...*》：a temperance ～ 禁酒運動 / a ～ *against* cancer 防癌運動。—動不及參加聖戰；參加改革運動《*for, against...*》：a *crusading* priest 參加改革運動的教士 / ～ *against* smoking 從事禁煙運動。

cru·sad·er [kru'sedɚ] 图十字軍戰士，聖戰戰士；擁護改革運動者。

cruse [kruz] 图《古》（盛裝液體用的）陶壺，陶瓶，罈子。

·crush [krʌʃ] 動及 1 壓碎，壓扁；弄皺：～ a tie 把領帶弄得皺皺的 / be ～*ed* flat 壓得扁扁的 / be ～*ed* to death 壓死。2 把弄碎，搗碎，壓碎《*into...*》：～ stone *into* gravel 把石頭碾碎成石礫。3 搾取：～ grapes for wine 壓搾葡萄作葡萄酒 / ～ (out) a grapefruit (for juice) 搾葡萄柚的果汁。4 緊抱。5 鎮壓；壓抑：～ the workers 壓迫勞工 / ～ (down) a revolt 鎮壓叛亂。6 使（在精神上）崩潰；（被悲傷等）打垮；使受挫：～ a person's hopes 使某人的希望受挫 / be ～*ed* down by grief 被哀傷擊倒。7 把…擠進，塞入《*through* / *into...*》：～ one's way *through* 擠過 / ～ people *into* a elevator 使眾人擠入電梯中。—不及 1 壓壞，壓碎；變皺。2 蜂擁而至《*into...*》；擁擠通過《*through...*》：～ *into* a bus 蜂擁擠進巴士。

crush out of...《美俚》從…脫逃。

—图 1 ⓊⒸ壓壞，壓痛，壓碎；壓榨；壓皺；壓倒，鎮壓；互擠，蜂擁而至。2《集合名詞》一大群人；《口》客人很多的宴會。3 Ⓤ果汁。4《俚》（尤指十幾歲少女的）（對…的）短暫迷戀《*on...*》；迷戀的對象。5《俚》同伴，夥伴。

'crush ˌbarrier 图《英》防止群眾擠入的柵欄。

crush·er ['krʌʃɚ] 图 1 壓壞東西的人或物；（岩石等的）壓碎機。2《口》擊倒對方的言論；猛烈的一擊。

crush·ing ['krʌʃɪŋ] 形 1 壓倒性的，使對方屈服的；決定性的：a ～ defeat 慘敗 / deal a ～ blow 給予致命的一擊。2 壓碎的，粉碎的。

Cru·soe ['kruso] 图 ⇨ROBINSON CRUSOE

SOE

·**crust** [krʌst] 名 1 U C 麵包的硬皮；《a ～》硬麵包的一片；麵包的外皮；《澳·紐》《俚》生活的口糧，餬口的食物：without even *a* ～of bread 一片麵包也沒有 / earn one's ～ 謀生，掙錢餬口。2 U C（一般）堅硬的外皮；（動物的）甲殼；〖地質〗地殼：～ movement 地殼運動。3 痂，痂皮。4 U《俚》厚臉皮，厚顏。5（態度等的）外表，表面。

off one's crust《俚》發狂，發瘋。

—動 及 用硬皮覆蓋；像外皮似地覆蓋；使…長硬皮。—不及 生痂；結成硬皮《*over*》。'**crus·tal** 形

crus·ta·cean [krʌ'steʃən] 名 形 甲殼類動物（的）。

crus·ta·ceous [krʌ'steʃəs] 形 1（有）甲殼的，甲殼或外殼質的。2〖動〗甲殼類的。

crust·ed ['krʌstɪd] 形 1 有硬殼的。2 生酒垢的，成熟的。3 古老的；根深蒂固的：a ～ conservative 古板守舊的人。

crust·y ['krʌstɪ] 形 (**crust·i·er, crust·i·est**) 1 硬殼質的；有硬殼的；堅硬而有厚皮的；成熟了的。2 不和氣的，粗魯的；暴躁的。3《美俚》下流的。

crutch [krʌtʃ] 名 1 拐杖，T 字杖：a pair of ～*es* 一副拐杖 / on ～*es* 拄著拐杖。2 叉狀的支柱。3（人的）胯部。4〖海〗槳叉；船尾肘材；吊桿托架。5 支撐（物）；支柱。

—動 及（用 T 字杖等）支撐；支持。

crux [krʌks] 名 (複 ～·**es** [-ɪz], **cru·ces** ['krusiz]) 1 最重要之點；關鍵；癥結：the ～ of an argument 爭論的要點。2 難題，難事。3《C-》〖天〗南十字星座。

cry [kraɪ] 動 (**cried,** ～·**ing**) 不及 1 大聲呼叫，喊叫；哭泣，號哭：～ with pain 痛得叫出來 / ～ for company（嬰兒、小孩）哭著找伴 / ～ with joy 喜極而泣 / ～ over one's misfortunes 為自己的不幸而哭泣。2（要求…而大聲地）喊叫，呼喊《*out* / *for...*》：～ *out* against the war 大聲疾呼反對戰爭 / ～ to Heaven *for* help 向老天呼救。3 鳴，叫，吠；（獵犬）（在追蹤臭跡時）不斷地發出吠聲。4（馬口鐵等）（被折彎時）發出聲音。—及 1 大聲說出；大聲叫道《*out*》。2（大聲地）到處傳報，呼告；叫賣：～ the news 大聲傳報消息。3《反身》使…哭成（某種狀態）；哭出（淚）：～ *oneself* blind 把眼睛哭瞎了 / ～ *oneself* to sleep 哭得睡著了 / ～ tears 哭出淚來。4 懇求，哀求：～ quarter（戰敗者）求饒。

cry... down* / *cry down...《口》貶抑，貶損，詆毀。

cry one's heart out 哭得心都要碎了；痛哭流涕。

cry for... (1) ⇨ 動 不及 1. (2) ⇨ 動 不及 2. (3) 迫切需要；哭著要。

cry halves 要求平分。

cry havoc ⇨ HAVOC（片語）

cry off《主英》（從契約、計畫等）退出《*from...*》。

cry off doing 取消；不履行。

cry out (1) ⇨ 動 不及 2. (2) 大聲抱怨，強烈抗議《*against...*, *against* doing》。(3) 急需《*to* do》。

cry out... ⇨ 動 及 1.

cry out for... (1) ⇨ 動 不及 2. (2) 迫切需要。

cry over spilled milk ⇨ MILK

cry quits ⇨ QUITS（片語）

cry stinking fish ⇨ FISH（片語）

cry... up* / *cry up...《口》《通常用被動》極力稱讚，頌揚。

cry wolf ⇨ WOLF（片語）

for crying out loud《口》《用以強調憤怒或命令》哎呀！我的天啊！

give a person something to cry about 使（某人）更不好過。

—名 (複 **cries**) 1 呼叫《*of...*》；叫聲，大聲：a ～ for help 求救的呼聲 / out of ～《古》（遠在）聽不到叫聲的地方 / within ～ *of...* 在聽得見呼聲的地方 / give a startled ～ 驚叫，嚇得叫出聲。2 哭叫；哭聲：have a good ～ 大哭一場 / have one's ～ out 盡情地哭。3 懇求，哀求：a ～ from prison 來自獄中的訴願 / be deaf to a person's *cries* 不顧某人的哀求。4 叫賣聲，通報聲；吶喊聲；（政治、政黨等的）口號，標語：an election ～ 選舉的口號 / raise the ～ against imperialism 提出反對帝國主義的口號。5 大眾呼聲；輿論《*for...*, *to* do》：a ～ *for* reform 要求改革的呼聲。6（鳥獸的）叫聲；獵狗的吠聲。

a far cry 相當的距離；很大的差距；截然不同。

all the cry 風行；最新款式。

in full cry (1) 一邊吠一邊緊緊追趕。(2) 總動員，一齊。

cry·ba·by ['kraɪ,bebɪ] 名 (複 **-bies**) 愛哭的人，軟弱的人；愛發牢騷的人。

cry·ing ['kraɪɪŋ] 形 1 喊叫的；吵鬧的；嚎哭的；流淚的。2 緊急的；（壞事）嚴重的，極惡劣的，極需矯正的：a ～ need 迫切的需要 / a ～ shame 奇恥大辱。

cry·o·bi·ol·o·gy [,kraɪobaɪ'ɑlədʒɪ] 名 U 低溫生物學。**-o·'log·i·cal** 形

cry·o·gen·ic [,kraɪə'dʒɛnɪk] 形 低溫的；須用低溫儲藏的。

cry·o·gen·ics [,kraɪə'dʒɛnɪks] 名 U 低溫學。

cry·o·lite ['kraɪə,laɪt] 名 冰晶石。

cry·on·ics [kraɪ'ɑnɪks] 名 U 人體冷凍保存術，人體冷凍學。

cry·o·sur·ger·y [,kraɪo'sɝdʒərɪ] 名 U 冷凍手術；低溫手術。

crypt [krɪpt] 名 1 地窖；（尤指）教堂地下室，地下墓穴。2〖解〗隱窩，腺窩。3《口》= cryptogram.

cryp·tic ['krɪptɪk] (形) **1** 隱祕的，祕密的；費解的；令人困惑的；模稜兩可的：a ~ entry 祕密記載事項 / a ~ remark 神祕難解的話。**2**〖動〗適於隱藏的；隱匿的：~ coloring 保護色。**3** 草率的；簡潔的；簡短的。**4** 使用密碼的。

crypto- 《字首》表「隱藏的」、「祕密的」之意；現在用以表「朦朧的」、「隱藏其真面目的」。

cryp·to·gam ['krɪptə,gæm] (名)〖植〗隱花植物。

cryp·to·gram ['krɪptə,græm] (名) 密碼，密文。

cryp·to·graph ['krɪptə,græf] (名) **1** 密碼（文）；密碼書寫法。**2** 密碼機。

cryp·tog·ra·phy [krɪp'tɑgrəfɪ] (名) **1** Ⓤ 密碼學；密碼（書寫）術。**2** 密碼文。

cryp·to·mer·i·a [,krɪptə'mɪrɪə] (名)〖植〗柳杉。

cryp·to·nym ['krɪptənɪm] (名) 化名。

:crys·tal ['krɪstl̩] (名) **1** Ⓤ 水晶。**2** 水晶製品；水晶球；類似水晶的東西：a necklace of ~ 水晶項鍊。**3**〖化·礦〗結晶，（一個）晶體：~*s* of sugar 砂糖的結晶體。**4** Ⓤ 水晶玻璃；《集合名詞》高級玻璃器皿。**5**（鐘錶的）玻璃或透明塑膠殼面。**6**〖無線〗(1) 晶體；晶體檢波器。(2) 水晶體。**7** Ⓤ 粉末狀的甲基安非他命。—(形) **1** 水晶（製）的；水晶玻璃製的；水晶似的，清澈的，透明的：a ~ stream 清澈見底的溪流。**2**〖無線〗（使用）晶體檢波器的。**3**（結婚紀念日等）第十五週年的，水晶婚的。

'crystal 'ball (名)（用於占卜的）水晶球；預測，占卜。

'crystal-,clear (形)（水等）清澈的，透明的；非常明顯的。

'crystal de'tector (名)〖無線〗晶體檢波器。

'crystal ,gazing (名) Ⓤ 水晶球占卜術。
'crystal ,gazer (名) 用水晶球占卜的人。

'crystal 'glass (名) Ⓤ 水晶玻璃。

crys·tal·line ['krɪstəlɪn] (形) **1**（似）水晶的；清澈的，透明的。**2** 因結晶作用形成的；（岩石等）由結晶體構成的。**3** 與結晶（構造）有關的。

'crystalline 'lens (名)〖解〗（眼球的）水晶體。

crys·tal·li·za·tion [,krɪstələ'zeʃən] (名) **1** Ⓤ 結晶作用，晶化；Ⓒ 結晶體。**2** Ⓤ 具體化。**3** 糖漬法。

crys·tal·lize ['krɪstə,laɪz] (動) (及) **1** 使結晶：~*d* sugar 冰糖。**2** 使具體化：~ one's thoughts 將自己的想法成形。**3**〖烹飪〗用糖醃漬起來：~*d* fruit 糖漬果實。
—(不及) **1** 結晶，晶化：~ out（由液體中）產生結晶體。**2** 明確化，具體化。

crys·tal·log·ra·phy [,krɪstə'lɑgrəfɪ] (名) Ⓤ 結晶學。

crys·tal·loid ['krɪstə,lɔɪd] (形) 結晶狀的；晶質的。—(名)〖化〗類晶體；晶質。

'crystal ,wedding (名) 水晶婚；結婚 15 周年紀念。

Cs 《化學符號》cesium.

C.S. 《縮寫》*C*hief of *S*taff; *C*hristian *S*cience; civil service.

CSC 《縮寫》*C*ivil *S*ervice *C*ommission 文官考試委員會。

CST 《縮寫》《美》*C*entral *S*tandard *T*ime 中部標準時間。

CT 《縮寫》Connecticu*t*; *C*entral *T*ime.

Ct. 《縮寫》Connecticu*t*; Coun*t*.

ct. 《縮寫》cara*t*; cen*t*(um); cer*t*ificate; coun*t*y; cour*t*.

cts. 《縮寫》cen*ts*; cer*t*ificate*s*.

'CT ,scan (名) 電腦斷層掃描。

Cu 《化學符號》cuprum.

cu. 《縮寫》*cu*bic.

cub [kʌb] (名) **1** 肉食性哺乳動物的幼獸；小鯊魚。**2**《謔·蔑》涉世未深的年輕人，（尤指）不成熟的人：an unlicked ~ 乳臭未乾的小子。**3** = cub scout. **4**《美》學徒，徒弟，見習生；初出茅廬的記者。
—(形) 新進的，生手的。

Cu·ba ['kjubə] (名) 古巴（共和國）：位於加勒比海；首都為哈瓦那（Havana）。

cub·age ['kjubɪdʒ] (名) 體積，容積。

Cu·ban ['kjubən] (形) 古巴的，古巴人的。
—(名) 古巴人。

cub·by·hole ['kʌbɪ,hol] (名) 小而舒適的場所，小房間，小窩；小壁櫥。

·cube [kjub] (名) **1** 立方體，正六面體；立方體的東西：ice ~ 冰塊 / a ~ of sugar《美》一塊方糖。**2**〖數〗立方，三次方：the ~ of x x 的三次方，x^3。**3**《俚》骰子。
—(動) (**cubed, cub·ing**) (及) **1** 將…作成立方體；切成方塊：~ a potato 把馬鈴薯切成小方塊。**2** 求…的體積；〖數〗使…自乘三次：2 ~*d* is 8. 2 的三次方是 8。**3**（為使其軟化）用刀將（牛排的肉等）劃成棋盤方格紋狀。

'cube 'root (名) 立方根。

cu·bic ['kjubɪk] (形) **1** 三元的，立體的；立方體的：~ blocks of concrete 水泥塊。**2** 體積的：~ measure 體積，容積 / the ~ content of a box 箱子的容積。**3**〖數〗三次方的：a ~ meter 一立方公尺。**4**〖結晶〗等軸晶系的。—(名)〖數〗三次（方程）式；三次曲線。

cu·bi·cal ['kjubɪkl̩] (形) = cubic (形) 1, 2.

cu·bi·cle ['kjubɪkl̩] (名) **1** 寢室，（特指英國私立學校等的）宿舍小寢室；隔開的小場所，獨立的小隔間，（游泳池等的）更衣室。**2** = carrel.

cub·ism ['kjubɪzm̩] (名) Ⓤ〖美〗立體派

cub·ist ['kjubɪst] (名) 立體派的藝術家
—(形) 立體派風格的。

cu·bit ['kjubɪt] (名) 腕尺。

cu·boid ['kjubɔɪd] (形) **1** 立方體狀的。**2**〖解〗骰骨的（亦稱 **cuboidal**）。—(名)

數〗長方體，矩體。2〖解〗骰骨。

'cub re'porter 图《口》新進記者，初出茅廬的記者。

'cub ˌscout 图幼童軍（8－10 歲）。

cuck·old ['kʌkəld] 图《蔑》有妻不貞的男人，戴綠帽的男人。—動及與他人通姦使（丈夫）戴綠帽。

cuck·old·ry ['kʌkəldrɪ] 图U紅杏出牆；（妻子使丈夫）當烏龜，戴綠帽。

cuck·oo ['kuku] 图(複 ～s [-z]) 1〖鳥〗布穀鳥；杜鵑科的鳥；杜鵑科鳥類的總稱：the ～ in the nest 利益侵犯者；破壞親子關係的入侵者。2（模仿的）布穀鳥叫聲。3〖樂〗能發出類似布穀鳥叫聲的笛子。4傻瓜，糊塗蟲，蠢材，瘋子：～'s nest《俚》瘋人院，精神病院。—形 1《俚》發瘋的；糊塗的：drive a person ～《俚》使某人發瘋 / go ～《俚》發瘋。2（像）布穀鳥的。

cuckoo ˌclock 图布穀鳥自鳴鐘。

cuck·oo·flow·er ['kuku,flauə-] 图（春天杜鵑鳴啼時節開花的）酢漿草。

cuck·oo-spit ['kuku,spɪt] 图 1 U吹沫蟲的泡沫。2〖昆〗吹沫蟲。

cu. cm. 《縮寫》*cu*bic *c*enti*m*eter(s).

cu·cum·ber ['kjukʌmbə-] 图CU〖植〗黃瓜；胡瓜：as cool as a ～ 沉著冷靜，若無其事。

cu·cur·bit [kju'kɜ-bɪt] 图 1〖植〗瓠果；葫蘆；葫蘆科植物的總稱。2〖化〗（葫蘆形）蒸餾瓶。

cud [kʌd] 图 1 U反芻的食塊，反芻的食物。2《方》咀嚼用煙塊；口香糖塊。

chew the cud 反覆思考，熟慮。

cud·dle ['kʌdl] 動及（愛憐地）摟抱，擁抱。—不及 挨靠，依偎著睡《*together / up to...*》：～ *up to* one's mother 偎靠在母親身旁。—图貼近；擁抱。

cud·dle·some ['kʌdlsəm] 形 令人想要擁抱的，可愛的。

cud·dly ['kʌdlɪ] 形= cuddlesome.

cud·dy[1] ['kʌdɪ] 图(複 **-dies**) 1（船首或船尾的）小艙；（小船的）炊事室，餐具室；（沒有甲板的船上，特別是在船首的）小櫥櫃。2（一般的）小房間，櫥櫃。

cud·dy[2] ['kʌdɪ] 图(複 **-dies**)《主蘇》1〖動〗驢。2傻瓜，蠢材。

cudg·el ['kʌdʒəl] 图（作武器用的）棍子。

take up the cudgels (for ...)（為…）極力辯護，努力捍衛。

—動 (**～ed, ～·ing** 或《英》**-elled, ～·ling**) 及用棍子打；打。

cudgel one's brains 苦思；絞盡腦汁。

cue[1] [kju] 图 1 (1)〖劇〗提示，尾白。(2)〖樂〗作為演奏提示的樂節。2（一般的）暗示，指示，（對於行動的）指引：take one's ～ from a person 接受某人指示；仿效某人。3〖心〗（可引發行動的）刺激。4（戲劇等的）角色。

miss a cue 與指示沒有配合好；《口》沒抓住要點。

—動 及 1 給予提示。2（在音樂或戲劇表演中某特定處）插入（效果、樂章等）《*in / into...*》。

cue in** a person / **cue** a person **in（在演戲等場合中）給（某人）暗示。

cue[2] [kju] 图 1 球桿。2 髮辮，辮子。3（等待依序做某事的人們所形成的）行列。

'cue ˌball 图〖撞球〗母球。

cuff[1] [kʌf] 图 1 衣服覆蓋手腕之部分的總稱。(1)（衣服、襯衫的）袖口；（長手套的）手腕至手臂部分。(2)《美》（西褲下擺的）反褶部分（《英》turn-up）。(3)（可自由取下的）活動袖口。2《～s》手銬。3（量血壓時用的）扣套。

off the cuff《俚》(1) 即席的[地]；即興的[地]。(2) 非正式的[地]。

on the cuff《俚》(1) 靠信用借貸的[地]，賒帳的[地]；不用付帳的[地]，不用償還的[地]。(2) 即興的[地]；非正式的[地]；祕密的[地]。

—動及 1 在…上加上袖口[反褶]。2 給…套上手銬。

cuff[2] [kʌf] 動及用巴掌打，毆打。

—图 掌摑：a ～ on the cheek 打耳光 / give him a ～ 揍他。

'cuff ˌbutton 图《通常作 ～s》襯衫袖口的鈕釦；袖釦。

'cuff ˌlink 图《通常作 ～s》袖釦（《英》sleeve link）。

cu. ft. 《縮寫》*cu*bic *f*oo*t* [*feet*].

cu. in. 《縮寫》*cu*bic *in*ch(es).

cui·rass [kwɪ'ræs] 图 1（由皮製胸甲及背甲構成的）鎧甲；胸甲或背甲。2〖動〗甲殼。

cui·ras·sier [ˌkwɪrə'sɪr] 图身著鎧甲的騎兵。

cui·sine [kwɪ'zin] 图 1 U C（大飯店、家庭等特有的）烹調法；烹飪。2 菜肴：French ～ 法國菜。

cul-de-sac ['kʌldə'sæk] 图 (複 **culs-de-sac** ['kʌlzdə-], **～s**) 1 死巷；窮途末路，絕境。2〖軍〗三面包圍；袋形包圍。

-cule《字尾》表「小」之意。

cu·li·nar·y ['kjulə,nɛrɪ, 'kʌl-] 形 廚房（用）的；烹飪（用）的：～ art 烹飪術。

cull [kʌl] 動及 1 選出，挑選，選擇《偶用 *out / from...*》：extracts ～*ed from* American writers 美國作家作品選粹。2 摘，採集。3 把（沒有用的動物）挑出；從（動物群）中挑選剔除。

—图 1 揀選，選擇。2《通常作 ～s》（特指品質、程度差的）被剔除的東西。

cul·len·der ['kʌləndə-] 图= colander.

cul·ly ['kʌlɪ] 图 (複 **-lies**)《口》1 容易受騙的人。2 人，男人；夥伴，同伴。

culm [kʌlm] 图 U 1 煤渣；（特指劣等的）無煙煤。2〖地質〗炭質頁岩（層）。

cul·mi·nant ['kʌlmənənt] 形 1 最高點

的，絕頂的，最高潮的。2〖天〗在子午線上的，中天的。

cul·mi·nate ['kʌlmə,net] 動不及 1 達到最高點、絕頂、最高潮，達到全盛；到達某種極度的狀態《*in*...》。2 告終，最後變成《*in*...》。3 達於顛峰，形成一頂點，達到終結點《*in*...》。4〖天〗（天體）位於中天。—及 把…結束；完成；使達於頂點。

cul·mi·na·tion [,kʌlmə'neʃən] 名U 1《通常作 the ～》達到最高點、絕頂、最高潮；成就，完成。2 最高點，頂點；最高潮；全盛。3〖天〗中天。

cu·lottes [kju'lɑts] 名 (複)（女用）褲裙。

cul·pa·ble ['kʌlpəbl] 形應受譴責的，可惡至極的：～ negligence 重大疏忽。**-bly**副應受責罰地。

cul·prit ['kʌlprɪt] 名《通常作 the ～》1 在庭被告，犯罪者。2 有過錯的人。3 問題的起因。

cult [kʌlt] 名1（某種特定的）膜拜，膜拜儀式。2 迷信，崇拜；（一時的）熱中，流行，狂熱《*of*...》；崇拜的對象：～ *of* personality 個人崇拜 / the skiing ～滑雪熱 / make a ～ of... 熱中於…。3《集合名詞》崇拜者，狂熱者。4〖社〗宗派，教派。5 異教。

cult·ism ['kʌltɪzəm] 名U崇拜，迷信。

cul·ti·va·ble ['kʌltəvəbl] 形可以耕作、栽培、養殖、培養的；（能力等）可以培養的，可教化的。

cul·ti·vat·a·ble ['kʌltə,vetəbl] 形 = cultivable.

·cul·ti·vate ['kʌltə,vet] 動 (**-vat·ed, -vat·ing**) 及1 耕耘，耕作，開墾；使用耕耘機：～ the wilderness 拓荒。2 管理，栽培；養殖；培養：～ oysters 養殖牡蠣。3（以教育、訓練方式）培養；陶冶；教化；獎勵，發展：～ one's mind 陶冶心智 / ～ long-term trade for mutual benefit 為了雙方的利益而拓展長期貿易。4 埋頭於。5 努力培養；謀求：～ the acquaintance of... 設法與…結識。6 留，蓄（鬍子）。

cul·ti·vat·ed ['kʌltə,vetɪd] 形 1 被耕種的；被栽培、養殖、培養的：～ land 耕地。2 有教養的；高尚的：a ～ taste 高尚的品味。

cul·ti·va·tion [,kʌltə'veʃən] 名 U 1 耕作、栽培、培養、培育、教化（的狀態）：the ～ of oysters 牡蠣的養殖 / bring new land under ～ 墾殖新地。2 教養，修養；文雅；高尚。

cul·ti·va·tor ['kʌltə,vetɚ] 名1 耕作者，栽培者；培養者；開拓者。2 耕耘機。

'cult of perso'nality 名個人崇拜：極權國家人民對獨裁者的絕對服從。

:cul·tur·al ['kʌltʃərəl] 形 1 教養的，修養的。2 文化（上）的，人文方面的：～ poverty 缺乏教養 / a ～ heritage 文化遺產 / ～ properties 文化特質 / ～ anthropology 文化人類學。3 栽培的；培養的：a ～ variety 栽培變種。～**·ly**副

cul·tur·al·i·za·tion [,kʌltʃərələ'zeʃən] 名U受文化影響，文明化。

'cultural 'lag 名〖社〗文化落後。

cul·tu·ra·ti [,kʌltʃə'rɑtɪ] 名 (複) 有教養的階層；文化界。

:cul·ture ['kʌltʃɚ] 名1U（個人的）教養，修養；（社會的）文化水準：a man of ～ 有教養的人。2UC（一國、一時代等的）文化，文明；〖社〗（代代相傳的生活方式之總體的）文化：primitive ～ 原始文化。3〖生〗(1)U（微生物或組織的）培養。(2) 培養菌，培養組織。4U（土地的）耕作；（尤指可使品種改良的）栽培，養殖，飼養；（經前述作法所獲的）產物，作物：the ～ of silk 養蠶。5 U 教育；陶冶：moral ～ 德育。

—動 (**-tured, -tur·ing**) 及 1 = cultivate. 2〖生〗（以人工培養基）培養。

cul·tured ['kʌltʃɚd] 形 1 經過耕種[栽培，養殖，培養]的。2 經過教育[陶冶]的；有教養的；有文化的；有智識的；文明的：～ society 文明社會。

'cultured 'pearl 名養殖珍珠。

'culture ,gap 名文化差距。

'culture ,shock 名UC文化衝擊。

'culture ,vulture 名《俚》文化禿鷹：極端或過分熱中文藝的人；自稱對文藝極有興趣的人。

cul·tur·ist ['kʌltʃərɪst] 名1 栽培者，培養者。2 提倡、熱中於提升文化水準的人；文化主義者。

cul·tu·rol·o·gy [,kʌltʃə'rɑlədʒɪ] 名U文化學。

cul·tus ['kʌltəs] 名 (複 ～**·es, -ti** [-taɪ]) 崇拜；迷信；膜拜。

cul·vert ['kʌlvɚt] 名 排水溝，地下水路；下水道；涵洞，地下電纜管道，管路。

cum [kʌm] 介《通常作複合詞》連同，附帶：a bedroom-*cum*-study 寢室兼書房 / veranda ～ view 視界廣闊的陽臺。

cum·ber ['kʌmbɚ] 動及《文》1 妨害，阻礙；阻塞；加負擔於，使…負重擔《*with*...》。2 使增加不便；使（不必要地）煩惱，操心：～ oneself *with*... 為…操心。

cum·ber·some ['kʌmbɚsəm] 形繁重的；使用不便的，笨重的。

Cum·bri·a ['kʌmbrɪə] 名昆布利亞：19[illegible]年新設的英國英格蘭西北部的一郡；首[illegible]為卡萊爾（Carlisle）。

cum·brous ['kʌmbrəs] 形 = cumbersome

,cum 'dividend 副形〖證券〗帶股[illegible]（的）。略作：cum div.

cum·in ['kʌmən] 名U〖植〗小茴香；茴香的果實或種子。

cum lau·de [kʌm'lɔdɪ, kum'laudɪ] 形《拉丁語》以優等（成績）的。

cum·mer·bund ['kʌmɚ,bʌnd] [名] 腰部裝飾帶，寬腰帶；（特指印度男人的）紮於腰際的裝飾帶。

cum·quat ['kʌmkwɑt] [名] = kumquat.

cu·mu·late ['kjumjə,let] [動][及]累積；堆積；積聚。—[不及]累積；堆積。—['kjumjəlɪt] [形]累積的；積聚成堆的。~·**ly** [副]

cu·mu·la·tion [,kjumjə'leʃən] [名][U][C] **1** 堆積；累積。**2** 堆積物，累積物。

cu·mu·la·tive ['kjumjə,letɪv] [形] **1**（量、效果、數量等）累積的，漸增的；由於累積而形成的：~ deficit 累積赤字 / ~ evidence 累積證據，複證 / the ~ results of research 研究的累積成果。**2**（利息或紅利）累加的：~ preferred shares 累加分紅優先股。~·**ly** [副]

cu·mu·lo·nim·bus [,kjumjəlo'nɪmbəs] [名]（複~, **-bi** [-baɪ]）[U][C]積雨雲。

cu·mu·lo·stra·tus [,kjumjəlo'stretəs] [名]（複~）[U][C]積層雲。

cu·mu·lous ['kjumjələs] [形] 積雲（狀）的，像積雲的。

cu·mu·lus ['kjumjələs] [名]（複~, **-li** [-'laɪ]）**1** 堆積物，堆。**2** [U][C]積雲。

cu·ne·i·form ['kjunɪə,fɔrm] [形] **1** 楔形的，楔狀的。**2** 用楔形文字寫成的：a ~ document 一份楔形文字的文獻。
—[名][U] **1**（古代亞述等國的）楔形文字。

cun·ni·lin·gus [,kʌnə'lɪŋgəs] [名][U]用嘴唇或舌頭刺激女性性器的行為。

cun·ning ['kʌnɪŋ] [名][U] **1** 狡猾，奸詐。**2**《古》熟練，技巧靈巧。—[形]（常作 ~·**er**, ~·**est**）**1** 狡猾的：as ~ as a fox 像狐狸般狡猾。**2**《古》巧妙的，靈巧的；製作精緻的，精巧的。**3**《美口》可愛的，惹人愛憐的；華麗的，精緻的，漂亮的：a ~ little boy 一個可愛的小男孩。~·**ly** [副]

cunt [kʌnt] [名]《粗》**1** 女性的陰部；作為性對象的女性；性交。**2** 討厭或愚蠢的人。

cup [kʌp] [名] **1** 杯子（通常有柄）：a coffee ~ 咖啡杯 / a ~ and saucer 一副杯碟。**2** 一杯之量《*of...*》；（烹飪）一滿杯之量《*of...*》：a ~ *of* tea 一杯茶 / drink [《英》take] two ~*s of* tea 喝兩杯茶。**3**《常作 **the C-**》（比賽的）優勝杯，獎杯：*the* Davis C-（網球的）臺維斯杯 / win the ~ 獲勝。**4** 加冰塊的各種混合飲料。**5** 聖體領受盤，聖爵；（聖餐中的）葡萄酒。**6**（人生苦樂的）定數；命運（之杯）；際遇：drain the ~ of pleasure to its dregs 盡情歡樂 / drink a bitter ~ 含辛茹苦。**7**《通常作 ~**s**, **the** ~》飲酒；酒：in one's ~*s* 酒醉 / be fond of *the* ~ 嗜酒 / talk over one's ~*s* 邊喝酒邊談。**8** 杯狀物；（胸罩）罩杯；〖植〗（花的）萼，（橡子等的）殼斗；〖高爾夫〗球洞的金屬壁；球洞；〖醫〗玻璃吸杯，吸血器。

between the cup and the lip 將成未成之際；即將到手之際。

—[動]（**cupped**, ~·**ping**）[及] **1** 用杯子盛，用雙手捧取；使手掌成杯狀將…圍住：~ water from a pond 用手掬池塘的水 / ~ one's chin in one's hand 以手托腮。**2** 把（手等）作成杯狀。

cup·bear·er ['kʌp,bɛrɚ] [名]（特指宮廷、貴族宅第等的宴席上的）斟酒的人。

·cup·board ['kʌbɚd] [名] **1**《美》餐具櫃，碗櫥。**2**《主英》（放衣服、食物等的）櫃子，壁櫥（《美》closet）。

'cupboard ,love [名][U]有所意圖的愛，出於私利的愛。

cup·cake ['kʌp,kek] [名]杯形蛋糕。

'cup ,final [名]《英》（足球賽等的）決賽。

cup·ful ['kʌp,fʊl] [名] 一杯的量，一滿杯《*of...*》。**2**〖烹飪〗半品脫（halfpint）。

cup·hold·er ['kʌp,holdɚ] [名]優勝者；衛冕者。

Cu·pid ['kjupɪd] [名] **1**〖羅神〗邱比特：愛神，相當於希臘神話中的Eros。**2**《**c-**》美少年；愛的使者。

cu·pid·i·ty [kju'pɪdətɪ] [名][U]（特指對於財富、食物的）貪婪，貪心。

'Cupid's 'bow [-'bo] [名]邱比特的弓；類似邱比特弓的形狀，（尤指）上嘴唇（的線條）。

'cup of 'tea [名]《**one's** ~》《口》**1** 適合個人愛好、興趣的工作[話題，人，東西]。**2**《英》⑴定數，命運。⑵應當心或值得懷疑的人[事物]。

cu·po·la ['kjupələ] [名] **1**〖建〗圓頂，圓屋頂；作為鐘樓或燈樓的圓頂閣。**2** 圓頂狀建築物；〖鑄〗鎔鐵爐，圓頂（鼓風）爐；〖軍〗旋轉式炮塔。

cup·pa ['kʌpə] [名]《英俚》一杯茶。

cupped [kʌpt] [形]像杯子似的凹下的；杯狀的。

cup·ping ['kʌpɪŋ] [名][U]〖醫〗杯吸法。

cu·pre·ous ['kjuprɪəs] [形] 銅色的；銅（似）的。

cu·prif·er·ous [kju'prɪfərəs] [形]含銅的。

cu·pro·nick·el [,kjupro'nɪkl] [名] [U] 白銅：銅與鎳的合金。

cu·prous ['kjuprəs] [形]〖化〗亞銅的，含一價銅的：~ oxide 氧化亞銅。

cu·prum ['kjuprəm] [名]〖化〗銅 = copper[1]. 符號：Cu。

cup-tied ['kʌp,taɪd] [形]《英》（足球賽中）參加冠亞軍決賽的；（網球賽）進入勝部或敗部冠軍賽的。

cur [kɝ] [名] **1**（無價值或劣等的）狗，（尤指）雜種狗，野狗。**2** 不中用的人，卑鄙的人，卑賤的人。

cur·a·bil·i·ty [,kjʊrə'bɪlətɪ] [名][U]治癒的可能性。

cur·a·ble ['kjʊrəbl] [形]可以治療的，可痊癒的。

cu·ra·çao [,kjʊrə'so] [名][U]陳皮酒，柑香酒。

cu·ra·cy ['kjurəsɪ] 名(複 -cies) curate的職位、職務或任期。

cu·rate ['kjurɪt] 名 1《主英》(新教的)副牧師;助理祭司(天主教中協助或代理 rector 或 vicar 的神職人員)。

C

'curate's ˌegg 名《英·諧》好壞參半的事物,不至於太差的東西。

cur·a·tive ['kjurətɪv] 形有治療效力的,有治病[補救]效果的;治療(上)的。—名治療法;藥物;補救。

cu·ra·tor [kju'retɚ] 名 1(博物館、圖書館等的)館長;(動物園的)園長;管理業務者,經理,監督者。2 ['kjurətɚ]〖法〗法定代理人,監護人。3《英》(大學的)理事,評議委員。~·ˌship 名Ⓤ curator 的地位或身分。

·curb [kɝb] 名 1(人行道的)緣石,邊石(《英》kerb)。2〖建〗護角,井欄,緣石。3(馬的)勒馬繩。4《通常作 a ~》限制,抑制,拘束:put *a* ~ on ... 限制。5《美》(證券的)場外市場:on the ~ 在場外市場。—動及 1 限制,抑制,壓抑 ~ one's enthusiasm 壓抑住熱切的心情。2 替(馬)裝轡;以轡勒駕馭。3 設緣石;設井欄防護(《英》kerb)。

'curb ˌroof 名複折式屋頂。

curb·side ['kɝbˌsaɪd] 名街頭,馬路邊;人行道。

curb·stone ['kɝbˌston] 名緣石,邊石(亦作《英》**kerbstone**)。—形偶然有感而發的,淺陋的;外行的。

cur·cu·li·o [kɝ'kjulɪˌo] 名(複 ~s [-z])〖昆〗象鼻蟲(一種害蟲)。

curd [kɝd] 名 1《常作 ~s》凝乳。2Ⓤ凝乳狀的物質:bean ~ 豆腐。3Ⓤ(花菜等之可食用的)花蕾,花球。

cur·dle ['kɝdl] 動及不及 1(使)變成凝乳;(使)凝結。2(使)變稠,(使)變濃。

make a person's blood curdle 使人心驚膽顫。

:cure [kjur] 名 1 (1)醫療;治療(法):a rest ~ 靜養療法/undergo a ~ 接受治療。(2)治療劑,藥劑,藥:a ~ for a headache 治頭痛的藥。2 治癒,康復:a complete ~ 痊癒。3 補救法,矯正法,解決法《*for* ...》:a ~ *for* poverty 消滅貧窮的方法。4 保存(法)。

—動(cured, cur·ing)及 1 醫治;矯正,戒除;治療《*of*...》:~ a disease 治療病症 / ~ a child *of* a cold 治療小孩的感冒。2 解決(難題)。3(以燻製、鹽漬等方法)保存。4〖建〗(為增加強固作用而)養護。

—不及 1 治病,受治療;(疾病)治癒。2 保存於最佳狀態。

cu·ré [kju're] 名(複 ~s [kju'rez])(法國的)教區牧師。

cure-all ['kjurˌɔl] 名萬靈丹;《喻》可以解決一切問題的妙方。

cure·less ['kjurlɪs] 形無法醫治的,無可救藥的。

cur·er ['kjurɚ] 名治療者;治療器。

cu·ret·tage [ˌkjurə'tɑʒ, kju'rɛtɪdʒ] 名Ⓤ〖外科〗刮術,刮除術。

cu·rette [kju'rɛt] 名刮匙,刮除器。—動及用刮除器刮。

cur·few ['kɝfju] 名 1 晚鐘:中世紀時,歐洲用來作熄燈、熄火的信號。2Ⓤ (1)(戒嚴期間等的)宵禁,熄燈令;(一般的)禁止外出。(2)歸營時間;(一般的)啓閉門戶時限,禁止外出時間。3Ⓤ宵禁開始的時間;宵禁時間。4 宵禁信號。

cu·ri·a ['kjurɪə] 名(複 -ri·ae [-rɪˌi]) 1〖古羅馬〗(1)元老院(議事堂)。(2)行政區;行政區的集會場所。2《偶作 the C-》羅馬教廷。3(中世紀的)法庭。

cu·rie ['kjuri] 名〖理〗居里:表放射能強度的單位。略作:C.

Cu·rie ['kjuri, kju'ri] 名 **Marie** 居里夫人(1867−1934):法國物理學家及化學家;得過諾貝爾物理學獎(1903)及化學獎(1911)。

cu·ri·o ['kjurɪˌo] 名(複 ~s [-z])古玩,古董,藝術珍品。

cu·ri·o·sa [ˌkjurɪ'osə] 名(複) 1 珍品。2 奇書;春宮書籍。

·cu·ri·os·i·ty [ˌkjurɪ'ɑsətɪ] 名(複 -ties) 1 Ⓤ好奇心,求知慾;愛管閒事:~ abou[t] the unknown 對神祕世界的好奇心 / out o[f] ~ 出於好奇心,由於愛管閒事之故 / grat[ify] one's ~ 滿足好奇心。2Ⓤ珍奇,珍貴;Ⓒ珍奇之物,古董:an old ~ shop 一間老古董店。

:cu·ri·ous ['kjurɪəs] 形(偶作 ~·er, ~·est) 1(用於好的方面)好奇心旺盛的,有好奇心的;渴望的《 *to* do 》;(用於壞的方面)喜歡打探的;好管閒事的:a ~ chil[d] 一個求知慾旺盛的小孩 / a ~ look 充滿好奇的表情 / ~ neighbors 愛管閒事的鄰居 / be ~ *to* know 很想知道 / be ~ about oth[er] people's business 愛打聽別人的事。2 令人感到好奇的,不可思議的,珍奇的;奇特的,古怪的:a ~ fellow 古怪的人,怪人 / ~ to say 說來真奇怪。3《委婉》(書)猥褻的,淫亂的,色情的。

·cu·ri·ous·ly ['kjurɪəslɪ] 副 1 愛管閒事地;好奇地。2《通常置於句首而修飾全句》奇怪地,不可思議地:*C-* enough... 奇怪的是…,不可思議的是…。3《用以強調形容詞》非常:~ charming 很有魅力的,很迷人的。

cu·ri·ous·ness ['kjurɪəsnɪs] 名 Ⓤ珍貴,珍奇;好奇心;多事。

cu·ri·um ['kjurɪəm] 名Ⓤ〖化〗鋦:一種放射性元素。符號:Cm

·curl [kɝl] 動及 1 使捲曲;使成螺旋狀。2 扭歪,彎曲,扭旋;《反身》蜷縮身體:蜷縮著身體睡覺《 *up* 》;捲起《 *up* 》:one's lip 撇嘴。—不及 1 捲曲;成螺旋狀盤繞《 *round*... 》。2 扭曲,歪扭;(枯萎成捲曲狀；起波紋；縮著身體（睡覺），（將膝蓋靠近身體）輕鬆地坐著《 up 》。3（球）以彎曲路線行進；（道路）彎曲。

curl up (1) ⇨ 動不及 2. (2)《口》（因受打擊等而）崩潰，一蹶不振；《喻》（因恐懼等而）身心遭受折磨；（因感嫌惡而）噁心。

curl... up / curl up... (1) ⇨ 動及 2. (2)《口》（以一擊等）打倒；使（因嫌惡而）感到噁心。

make** a person's **hair curl 《俚》使（因恐懼而）毛骨悚然。

—名 1 捲髮，捲毛；《～s》捲曲的頭髮。2 捲曲的東西，捲成旋渦狀之物。3 Ⓤ 捲曲，扭曲；捲曲的狀態：keep one's hair in ～ 使頭髮保持捲曲。4〖海〗拱形浪花。

out of curl (1)（捲髮）失去捲度（⇨名 3）。(2)《俚》頹喪，萎靡不振。

curled [kɝld] 形 捲毛（狀）的；捲成旋渦狀的；（樹葉等）捲曲的。

curl·er ['kɝlɚ] 名 1 捲曲者[物]。2 捲髮夾；髮捲，髮器。

cur·lew ['kɝlu] 名(複～s, ～)〖鳥〗麻鷸屬的總稱。

curl·i·cue ['kɝlɪ,kju] 名（裝飾用的）旋渦花樣；（文字寫得像旋渦形的）花體。

curl·i·ness ['kɝlɪnɪs] 名 Ⓤ Ⓒ 捲毛；旋渦狀。

curl·ing ['kɝlɪŋ] 名 1 Ⓤ《蘇》冰上溜石遊戲。2 捲毛；〖植病〗捲葉病。—形 捲曲的。

'curling ,iron 名 捲髮鉗；燙髮鉗。

'curling ,stone 名（冰上溜石遊戲所用的）石餅。

curl·pa·per ['kɝl'pepɚ] 名 Ⓤ 捲髮紙。

curl·y ['kɝlɪ] 形 **(curl·i·er, curl·i·est)** 1 捲毛的；容易捲曲的。2《通常作複合詞》捲曲的：*curly*headed 頭髮捲曲的。

cur·mudg·eon [kɚ'mʌdʒən] 名 脾氣暴躁的人。～**·ly** 形

cur·rant ['kɝənt] 名 1（粒小無子的）葡萄乾。2〖植〗紅醋栗。

cur·ren·cy ['kɝənsɪ] 名 (複 **-cies**) 1 Ⓤ Ⓒ 貨幣，通貨：gold ～ 金幣 / paper ～ 紙幣 / foreign ～ 外幣。2 Ⓤ（語言等的）通用（性）；（貨幣的）流通；普遍採納；流傳，普及；流行；通用期間：words in common ～ 一般通用的語言 / acquire ～（思想、貨幣、語言等）通用，散布，流傳 / gain ～ in the world 在世界上廣為流傳。

at** a person's **own currency 就某人的說法。

cur·rent ['kɝənt] 形 1 現在的，現代的；新的，最新的：the ～ fiscal year 本會計年度 / ～ topics 今日話題，時事問題 / the ～ price 時價 / the ～ issue of a magazine 本期雜誌。2 通行的；眾所周知的，流傳的；成為慣例的，習慣性的：the ～ use of the word 該字的慣用法。3（貨幣）正在流通的：～ funds 流動資金。4 為普遍所接受的，流行的，受歡迎的：the ～ style 目前流行的款式。—名 1（河川等的）流動；流速。2 流動的東西；清流，潮流，海流；氣流：a swift ～ 急流 / a cold ～ 寒流 / the upper air ～ 上層氣流。3 Ⓤ Ⓒ〖電〗電流（的強度）：a direct ～ 直流。4《通常作 **the ～, a ～**》過程，經過；一般傾向，趨勢，潮流：*the* ～ of public opinion 輿論的動向 / *the* ～ of events 事情的經過 / swim with *the* ～ 順應潮流。

'current ac'count 名 活期存款戶頭（《美》checking account）。

'current af'fairs 名(複) 時事。

'current 'assets 名 (複)〖商〗流動資產。

cur·rent·ly ['kɝəntlɪ] 副 1 目前。2 普遍地，廣泛地。3 容易地，順利地。

cur·ric·u·lar [kə'rɪkjəlɚ] 形 課程的，修習的。

cur·ric·u·lum [kə'rɪkjələm] 名 (複～**s, -la** [-lə]) 1（學校的）全部教學課程。2（取得畢業資格所需的）應修課程。

cur'riculum 'vi·tae [-'vaɪti] 名 (複 **cur·ric·u·la vitae** [kə'rɪkjələ-]) 1 履歷表（亦稱 **vitae**）。2《拉丁語》履歷，生涯。

cur·ri·er ['kɝɪɚ] 名 1 鞣皮工，製革匠。2 刷馬的人。

cur·rish ['kɝɪʃ] 形《文》1 雜種狗的，野狗的，似野狗的。2 脾氣粗暴的，好爭吵的。3 卑鄙的，下流的。

cur·ry[1] ['kɝɪ] 名 (複 **-ries**) Ⓤ Ⓒ 1 咖哩（所調製成的菜肴）：～ with rice 咖哩飯。2 = curry powder. —動 **(-ried, ～·ing)** 及 在…中加咖哩粉烹調：*curried* vegetables 用咖哩調味的菜 / *curried* rice 咖哩炒飯。

cur·ry[2] ['kɝɪ] 動 **(-ried, ～·ing)** 及 1 用馬梳子梳刷。2 製（革）。3（鞭）打。

curry favor 奉承，巴結《 with... 》。

cur·ry·comb ['kɝɪ,kom] 名（有金屬齒的）馬梳子，馬櫛。

'curry ,powder 名 Ⓤ 咖哩粉。

:curse [kɝs] 名 1 詛咒《 on... 》；咒罵之詞，（唸）咒文：put a ～ *on* a person 詛咒某人 / call down ～*s* (from Heaven) upon... 祈天降禍於… / recite a ～ 唸咒文 / *Curses* (like chickens) come home to roost.《諺》害人者反害己。2〖宗〗詛咒，逐出教門。3（褻瀆神聖的）咒罵（之詞），惡語。4《通常作 **a ～**》報應，天罰；災禍（的根源）；被咒詛的東西。5《通常作 **the ～**》《口》月經（期間）。

not care a curse [《美》***a damn***] 一點也不在乎《 for... 》。

not worth a curse 一文不值。

—動 **(cursed** 或 **curst, curs·ing)** 及 1 詛咒，願災禍降臨於…。2 咒罵；對（神、神聖的事物）口出不敬之言，褻瀆。3《被動》（因…而）受害，受苦，困擾《 with... 》：be ～*d with*... 為（討厭的事物、性格、習慣）所苦。4〖宗〗將…逐出教會。—不及

C

1 詛咒。2 咒罵，口出惡言《*at...*》：～ and swear 口出惡言詛咒。

curs·ed ['kɝsɪd, kɝst] 形 1 被詛咒的，被咒罵的。2 該詛咒的，可惡的，討厭的。3《主方》壞脾氣的；難取悅的。

curs·ed·ly ['kɝsɪdlɪ] 副 1 被詛咒地。2 可惡地。3《口》極，非常。

cur·sive ['kɝsɪv] 形（筆跡）草書的，草書體的。—名 草書體的文字。～**·ly** 副

cur·sor ['kɝsɚ] 名〖電腦〗游標。

cur·so·ri·al [kɝ'sorɪəl] 形〖動〗1 適合奔跑的。2 具有適合奔跑之四肢的。

cur·so·ry ['kɝsərɪ] 形 粗略的，草率的；匆忙的，急忙的；表面的。**-ri·ly** 副

curst [kɝst] 動 curse 的過去式及過去分詞。

curt [kɝt] 形 1 簡短的，簡縮的；簡潔的。2 敷衍的，莽撞的，唐突的。～**·ly** 副，～**·ness** 名

cur·tail [kɝ'tel] 動 及 1 縮短；濃縮：～ a person's speech 縮短某人的話。2 削減，緊縮；減少，限制（權利、活動等）：～ a person's privileges 削減某人的特權 / have one's pay ～*ed* 遭減薪。

cur·tail·ment [kɝ'telmənt] 名 U C 縮短；削減，節省；縮小。

:cur·tain ['kɝtn̩] 名 1 簾，簾幕，窗簾：draw the ～ 拉上窗簾。2〖劇〗(1)《通常作 the ～》（舞臺的）幕。(2) U 開幕（時間）；閉幕（時間）：*the* opening ～ 開演。(3) 戲劇結尾時的臺詞或效果；結束。(4) = curtain call. 3（像幕一般的）掩蔽物，隔離物：a ～ of smoke 煙幕 / the ～ of night 夜幕。5《～s》《俚》結尾，終止，結局；（特指非命的）死亡；完蛋。

behind the curtain(s) 在幕後；暗中地，偷偷地，祕密地。

bring down the curtain on... 使…結束。

draw the curtain on ... (1) 將（活動等）告一段落，結束。(2) 隱藏，隱瞞。

drop the curtain (1) 閉幕。(2) 終止活動。

lift the curtain on ... (1) 開始（活動等）。(2) 公開；揭露（祕密的事情）。

raise the curtain (1) 開幕。(2) 開始活動。

take a curtain 出場謝幕。

—動 及 加上窗簾；安裝布幕；用簾幕裝飾；以簾幕隔開《*off*》；用簾幕掩蓋，隱藏：～ *off* one third of a room 以簾幕將房間的三分之一隔開。

'curtain ˌcall 名 謝幕。

cur·tain·fall ['kɝtn̩ˌfɔl] 名 戲劇的落幕，劇終；（事件的）終結，結局。

'curtain ˌlecture 名 妻子私下對丈夫所作的申斥。

'curtain ˌraiser 名 序幕：1（戲劇演出時排在第一幕之前的）開幕劇；（競賽等的）開幕賽。2 大事發生之前所發生的次要之事；重要事件的前兆。

'curtain ˌspeech 名〖劇〗1 最後一段臺詞。2 落幕時的致詞。

'curtain ˌwall 名〖建〗帷幕牆。

cur·tate ['kɝtet] 形 縮短的；省略的。

curt·sey ['kɝtsɪ] 名（複 ～s [-z]），動 不及 = curtsy.

curt·sy ['kɝtsɪ] 名（複 **-sies**）婦女所行的屈膝彎腰禮：make a ～ to... 向…行屈膝禮。—動（**-sied**, ～**·ing**）不及（婦女）屈膝行禮《*to...*》。

cur·va·ceous, -cious [kɝ'veʃəs] 形《口》體型曲線美的，身材健美的。

cur·va·ture ['kɝvətʃɚ] 名 U C 1 彎曲，曲折。2〖醫〗（特指異常的）彎曲，屈曲《*of...*》：～ *of* the ribs 肋骨的異常彎曲。3（線、面的）曲度；〖幾〗曲率《*of...*》。

:curve [kɝv] 名 1 曲線；彎曲；彎形（物），彎曲部分：in graceful ～*s* 以優美的曲線。2 曲線運動，彎曲軌道；〖棒球〗曲球：round a ～（車輛等）轉彎。3（繪圖用）曲線規，曲線板。4〖統〗曲線圖。5 詐術，詐欺。6〖教〗曲線評分制：grade on the ～ 以曲線評分制評分。

throw a curve (1) 投曲球。(2) 欺騙。(3)（以令人不悅的作法）嚇唬人。

—動（**curved, curv·ing**）及 不及 折曲，彎曲；（使）彎曲；〖棒球〗（使）（球）產生曲線變化，（向打擊手）投出曲球。—形 彎曲的。

'curve ˌball 名《美》1〖棒球〗曲球。2 詐術，詐欺。

curved [kɝvd] 形 彎曲的，曲線狀的：a ～ rule 曲線規。

cur·vet ['kɝvɪt] 名〖馬術〗騰躍：cut a ～ 騰躍。—['kɝvɪt, kɚ'vɛt] 動（～**·ted** 或 ～**·ed**, ～**·ting** 或 ～**·ing**）不及 1（馬）騰躍；（騎士）騰躍坐騎。2 亂蹦亂跳。

cur·vi·lin·e·al [ˌkɝvə'lɪnɪəl] 形 曲線的。

cur·vi·lin·e·ar [ˌkɝvə'lɪnɪɚ] 形 = curvilineal.

curv·y ['kɝvɪ] 形 1（道路等）彎彎曲曲的。2 = curvaceous.

·cush·ion ['kʊʃən] 名 1 座墊，背墊。2 座墊狀的東西；〖機〗（緩衝用彈簧的）空氣墊；用來切金箔的皮製檯子；撞球臺的邊；（陳設品用的）臺墊。3 減輕或緩和悲慘、哀傷的東西，給予安慰的東西，慰藉物：a ～ against shock 緩和震撼的事物。4〖解·動〗襯墊組織；墊。5〖植〗（葉柄的）葉枕。6（比賽）遙遙領先。7《俚》（棒球的）壘。8《俚》（作為不時之需或年老所需的）儲蓄。

—動 及 1 裝設墊褥；用墊子覆蓋[掩蓋]；用墊子墊起來《*up*》。2 撫慰；減輕…的影響，緩和；緩衝，吸收。3 保護《*from*》。4 抑制（狀況的惡化）《*against...*》。

cush·y ['kʊʃɪ] 形（**cush·i·er, cush·i·est**）《口》（職務、工作）輕鬆的，舒適的：a ～ job 輕鬆的工作。

cusp [kʌsp] 名 1 尖端，尖頭。2〖解·動〗尖；齒阜；齒冠隆；〖植〗（葉的）尖端

3〖天〗尖端，(尤指)新月的尖端；〖幾〗(兩曲線相會的)尖點；歧點。4(尤指哥德式建築拱門內側的)尖頂，尖角。

cus·pid ['kʌspɪd] 图(人類的)犬齒，犬牙。

cus·pi·date ['kʌspɪ,det], **-dat·ed** [-tɪd] 形有尖頭的；有尖銳而堅硬之末端的。

cus·pi·dor ['kʌspə,dɔr] 图《美》痰盂。

cuss [kʌs] 图《口》1 譴責的話，壞話，惡言。2《通常爲蔑》傢伙，討厭鬼：a stubborn old ～ 頑固的傢伙。

not worth a tinker's cuss 一文不值。

—動及 罵，詛咒《*for*...》；嚴加叱責，臭罵《*out*》。—不及 譴責，詛咒：～ to oneself 自言自語地詛咒。

cuss·ed ['kʌsɪd] 形《口》1 被詛咒的。2 倔強的，頑固的。～**·ly** 副, ～**·ness** 图

cuss·word ['kʌs,wɝd] 图《美口》詛咒的話。

cus·tard ['kʌstɚd] 图ⓊⒸ乳蛋甜糕。

'custard 'apple 图 釋迦，番荔枝；荔枝科植物。

cus·tard-pie ['kʌstɚd,paɪ] 形鬧劇的，打鬧喜劇的。

cus·to·di·al [kʌ'stodɪəl] 形 保管的，保護的，監護的。

cus·to·di·an [kʌ'stodɪən] 图管理員，保管人，守衛；《委婉》監護人。

cus·to·dy ['kʌstədɪ] 图Ⓤ1 保管，管理；(對人的)保護，監護；(憲警的)保護管束《*of*...》：in the ～ *of*... 在…的保護之下 / have (the) ～ *of*... 保管著…；對…負有保護的義務。2 監禁，拘留：in ～ 被拘留，在拘留中 / take a person into ～ 拘留某人。

cus·tom ['kʌstəm] 图1 ⓊⒸ(人的)習慣：preserve a ～ 保持習慣 / *C*- is (a) second nature.《諺》習慣乃第二天性。2 ⓊⒸ社會習俗，傳統；《集合名詞》(社會的)習慣，風俗，常規。3Ⓤ《常作集合名詞》(像法律似地具有強制力的)慣例：follow the ～ of merchants 遵循商場上的慣例。4 使用費，租金；稅：～ free 免稅。5《～s》(1)《作單數或複數》關稅：the (Bureau of) *Customs* 關稅局。(2)《作單數》海關(手續)：a ～*s* officer 海關人員 / get through (the) ～*s* 通過海關。6Ⓤ光顧，惠顧：give one's ～ to... 光顧(商店)。7 Ⓤ《集合名詞》顧客，客戶，來往客戶：draw ～ to a store 招徠顧客光顧某商店 / have a large ～ 有眾多客戶。—形《限定用法》《美》1 按訂購款式製作的，訂製的。2 接受訂製的，受理訂購的。

cus·tom·ar·i·ly ['kʌstə,mɛrəlɪ]副習慣性地，慣例上。

cus·tom·ar·y ['kʌstə,mɛrɪ] 形 1 習慣性的，慣例的；通例的，通常性的；習慣的：one's ～ exercise 經常做的運動 / a ～ practice 慣常的做法。2〖法〗習慣(法)上的：a ～ law 習慣法。—图(複 **-ar·ies**)習慣法集。

cus·tom-built ['kʌstəm'bɪlt] 形《美》依指定規格所製造的，訂製的；預約建造的。

·**cus·tom·er** ['kʌstəmɚ] 图1 顧客，客戶：a prospective ～ 可能的買主 / The ～ is always right. 顧客總是對的；顧客至上。2《與修飾語連用》《口》(必須與之爲伍的)人，傢伙。

cus·tom·ize ['kʌstə,maɪz] 動及 按指定規格製造。

cus·tom-made ['kʌstəm'med] 形《美》按訂購的款式製造的，訂製的。

'custom(s) ,house 图海關。

'customs ,union 图關稅同盟。

cus·tom-tai·lor ['kʌstəm'telɚ] 動及(分別)依顧客要求製作、處理。

:**cut** [kʌt] 動(**cut**, ～**·ting**)及1 切，割：～ oneself(不小心)割傷自己 / ～ one's finger with a knife 用刀子割傷手指 / ～ one's throat 割喉嚨，刎頸(自殺)。2 用刀子切斷；切開(成…)《*up* / *in, into*...》；(由本體)切掉，分割(一部分)《*away, off, out*》；切給(某人)《*for*...》；把(蛋糕等)切給(某人)：～ a cake *in* half 把蛋糕切成兩半 / *C*- the pie *into* slices. 請把餅切開(成片)。/ *C*- a piece of cake *for* him. 請你切一片蛋糕給他。3 鋸，砍，砍倒《*down*》；割；修剪(樹木)；剪(指甲等)。4(用鞭子等物狠狠地)抽打；(話)使傷心，使痛苦；(風)冷刺：～ a horse with a whip 用鞭子猛抽馬匹。5(線)與(線、圖形)交叉；穿過(馬路、場所)：～ a corner 抄近路，走捷徑。6 縮短，節略；減低，削減；減少；降低《偶作 *down*》：～ *down* a speech 長話短說 / ～ costs to the bone《口》儘量減縮開銷 / ～ *down* noise pollution 減少噪音污染 / ～ *down* expenses 緊縮開支。7 刻，雕；切，削，磨；裁剪：～ a design in wood 把圖案刻在木頭上 / ～ a stone into various shapes 將石頭刻成各種形狀。8 挖掘；掘穿，疏通：～ a ditch 挖溝渠 / ～ a road through a hill 開山闢道。9〖影·視·廣播〗(1) 停拍；停止。(2) 刪掉，剪掉《*out*》。10 溶解；稀釋沖淡《*with*...》：～ resin *with* alcohol 以酒精溶解樹脂。11 長(牙齒)：～ teeth 長新牙。12 關掉；切斷《*off*》；《命令》《口》停止，中斷《*out*》：*C*- *off* the gas. 把瓦斯關掉！/ *C*- *out* smoking. 不要抽煙！/ *C*- it (*out*). 住口！討厭！/ *C*- the joking. 別開玩笑！13 故作不理睬；(由某團體)脫離《*from*...》；(與…)斷絕(關係、交情)《*with*...》：～ (off) ties *with*... 斷絕與…的關係 / He ～ me dead. 他裝作不認識我。14《口》沒請假就缺席，逃課，翹課：～ school 逃學 / ～ a class 逃課，曠課。15 灌製(唱片、錄音帶)。16〖牌〗切(牌)；〖運動〗(板球、網球等)削(球)，切(球)。17《口》表現，做出，顯出(起眼的動作、態

度）：～ a caper 做出愚笨荒謬的動作；因喜極而雀躍 / ～ a figure 露頭角，出風頭；顯得可笑 / ～ a joke《口》開玩笑。
—不及 1 (1) 切，切斷；刻，裁。(2)《與樣態副詞（片語）連用》（工具）切入。(3)《與樣態副詞（片語）連用》被切，容許切：Cake ～*s easily.* 蛋糕好切。2（用鞭子）狠抽；抽出鞭痕，（寒風）刺骨；（某人的話）嚴重傷害感情。3（線）（互相）交叉；（特指快速行進）穿越《*across...*》；通過，前進《*through...*》；（車輛）急轉彎；插隊《*in*》；（由隊伍中）衝出《*out*》：～ *across* a garden 穿過庭院（抄捷徑）/ two lines *cutting across* one another 交叉的兩條線 / ～ to the right 向右急轉彎。4〖影·視〗切換鏡頭《*to...*》；《命令》（攝影中）停！5（牙齒）長出來。6〖牌〗切牌；〖運動〗（網球等）切球。7《口》匆匆離去，逃走，逃亡《偶作 *out*》：～ away 逃離 / ～ and run 慌忙逃走 / *C*-! 滾蛋！/ I must ～. 我得走了。

cut across... (1) ⇨ 動 不及 3. (2) 關聯到；影響。(3) 超過…的範圍，與…相反；妨礙。

cut and run 《口》匆忙逃脫。

cut at 對準…猛砍；使…毀滅。

cut away ⇨ 動 不及 7.

cut...away / cut away... 切除，削掉。

cut back (1)（小說的情節）回敘往事；〖影·視〗（場面、鏡頭的）倒敘。(2)（生產）減少《*on...*》。(3)〖美足〗突然改變方向。

cut...back / cut back... (1) 修剪（樹枝）。(2) 減少（生產、營業）；刪減（文字）；中斷（契約）。(3) 裁剪（布料等）。

cut both ways 利弊兼有，有利也有弊。

cut...down / cut down... (1) ⇨ 動 及 6. (2) 伐倒（樹木）；打倒（敵人）；用劍砍倒；把…破壞；《被動》（因病）死亡，損害健康。(3) 縮小（衣服尺寸）；改短（衣服）。(4) 減低（價錢）《*to...*》。

cut down on... 節省（衣食等），減少。

cut...down to size 《口》減少…的重要性；使…知量力而爲；挫…的銳氣；縮減…的大小或數量。

cut in (1) ⇨ 動 不及 3. (2) 插嘴《*on...*》；鋸入。(3)《口》截舞，跳舞時中途搶舞伴。

cut... in / cut in... 讓（人）合夥；與（人）平分利益。

cut into... 干擾，插嘴；占用；充斥。

cut it 《口》快跑，快逃。

cut it fine 《口》把（時間、金錢等）算得幾乎不留餘地，剛好趕上。

cut loose ⇨ LOOSE 副（片語）

cut no ice / cut not much ice ⇨ ICE（片語）

cut...off / cut off... (1) 切除，切掉，切取。(2) 停止，切斷（電的供給、電話的通話、物資的供應等）。(3) 把…關在外面，使孤立《*from...*》；封鎖（都市）；廢嫡，斷絕父子關係。(4) 切斷；阻斷（退路）。(5) 打斷（討論等）；突然戒除，戒掉。

cut out (1) ⇨ 動 不及 3. (2) ⇨ 動 不及 7. (3)（引擎）停止。(4) 超車時突然駛出車道。

cut...out / cut out... (1) ⇨ 動 及 12. (2) 開闢，挖掘。(3) 切除；除掉，省略，刪除。(4) 剪下；裁剪。(5)《口》排擠後取代（某人）；擊敗，打垮。(6)《被動》死，倒下。

cut... short ⇨ SHORT 副（片語）

cut... to pieces (1) 切碎。(2) 粉碎。(3) 猛烈抨擊。

cut under... 《美》賤價出售…。

cut up (1)（肉）被切（成…），（布）被裁（成…）《*into...*》。(2)《美口》嘲弄；炫耀。

cut... up / cut up... (1) 切碎，切薄。(2) 使受傷。(3)《口》《常用被動》使傷心。(4) 徹底破壞；粉碎（敵人）。(5)《俚》嚴厲批評。

cut up rough 《口》大發脾氣。

cut up well 《口》(1)（牛、豬等）（肥壯）可殺出很多肉。(2) 留下很多（可分配的）遺產。

—形 1 切割開的，剪下的；有割傷的；（草）被割掉的；（布料）被剪裁的，（香煙）切絲的。2 琢磨過的，有雕刻花紋的；清秀的：～ gems 研磨過的寶石。3（價格）下降的，下跌的；（篇幅、書等）縮小的，刪節過的；稀釋過的，變薄的：～ prices 減價，特價 / ～ whiskey（用水等）稀釋過的威士忌酒。4〖運動〗（球）被斜打的，被切擊的。5〖植〗（葉子）尖裂的，鋸齒狀的。

cut and dried (1) 事先預備好的，早就決定好的，常規的。(2) 枯燥乏味的，刻板的，陳腔濫調的。

cut out for... (1)《口》生來適於（特定的工作、職業）。(2)（特指訂過婚的男女）（彼此）很相配，很相稱《*each other*》。

cut out to be... 生來就適於做…。

—名 1 (1)《通常作 **a** ～》（用刀）切，割；鞭打，砍《*at...*》：make *a* ～ *at* hi[r] with a knife 砍他一刀。(2) 劃傷，割傷；傷口，切斷處《*in, on...*》：a ～ *in* the leg 腿上的傷口。(3) 切片《*from...*》；《美》大塊肉片：a ～ of turkey 一大塊火雞肉。Ⓤ（木材的）採伐量；（羊毛的）剪毛量；（作物的）收成量《*of...*》。3 鑿穿挖掘；通路，貫穿的道路：a ～ through th[e] forest 穿過森林的路 / take a short ～ 走近路，抄捷徑。4 Ⓤ (1) 切法；（衣服的）裁法；（頭髮的）剪法《*of...*》: the ～ of dress 衣服的剪裁 / the ～ *of* one's jib《口》一個人的風采、容貌、裝束。(2) 型，式樣；種類，類型。5 Ⓤ Ⓒ 刪減，省略；（電力等的）供給中斷，（教科書、電影的）刪除部分《*in...*》；《美》（價錢的）折扣，（工錢、費用等的）下跌，刪減《*in...*》: a price ～ 減價 / a ～ *in* wages 工資的刪減 / make some ～*s in* a book 把書中幾處刪除。6 Ⓤ《口》分配量，份《*of,*

...》：佣金。7 傷感情的行為，尖酸的話《at...》：a ～ at a person 譏諷某人的話語。8（印刷用的）木版，凸版，照相版，金屬版（《英》block）；版畫，插畫。9《口》佯裝不認識，故意忽略《通常用於下列片語中》：give a person the ～ 對某人裝作不認識，待某人如陌生人。10 Ⓤ《口》沒請假而缺席，無故缺席；逃課；曠課。11Ⓤ〖運動〗（網球、板球等）切球，削球；球被切之後的迴轉；〖擊劍〗不用尖端而用刀刃砍；〖牌〗切牌。12Ⓤ〖影·視〗（鏡頭的）切換。13（用麥稈、紙捻作成的）籤：draw ～s 抽籤。

a cut above... 《口》（比…）更高一級，技高一籌；非…之力所能處理；非…之類的人《doing》。

cut and thrust 格鬥，白刃戰；激烈的辯論[爭論]。

cut-and-dried ['kʌtən'draɪd] 形 ⇨ CUT and dried（片語）

cut-and-paste ['kʌtən'pest] 形（電腦）圖文剪貼的；從四處剪貼拼湊而來的。

cu·ta·ne·ous [kju'tenɪəs] 形 皮膚的；感染皮膚的。

cut·a·way ['kʌtə,we] 形 1（上衣）前襬斜裁的。2〖機〗剖面的，剖示的。—名 1 前襬斜裁的上衣。2 轉換鏡頭。

cut·back ['kʌt,bæk] 名 1〖影〗回切，倒敘。2（人員等的）削減，縮減《in...》：make a ～in production 減少生產。3〖美足〗突然改變方向。4〖園〗剪枝。

cut·down ['kʌt,daun] 名 縮小，削減，減少。

cute [kjut] 形 (cut·er, cut·est) 1《主美口》（小而）可愛的；令人喜愛的。2《口》聰明的；機敏的；精明的。3《美》矯飾的，造作的：excessively ～ behavior 過分的忸怩作態。

～·ly 副, ～·ness 名

cute·sy ['kjutsɪ] 形 (-si·er, -si·est)《美》矯飾的，忸怩作態的。

cut 'glass 名Ⓤ 雕花玻璃；雕花玻璃器皿，雕花玻璃杯。

cu·ti·cle ['kjutɪkl] 名 1〖動·解〗（皮膚的）表皮；（指甲根部的）角質層。2〖植〗表皮層。

cut·ie ['kjutɪ] 名《口》《常作呼喚用》可愛的女孩：Hey there, ～. 喂！小甜甜！

cut-in ['kʌt,ɪn] 名 1〖影〗中止某一鏡頭臨時插入的靜止畫面。2〖廣播·視〗民營電臺於廣播中插入的廣告、預告片等。3〖印〗（插圖、標題等的）方塊。4 介入（兩位跳舞的人中間）。—形 介入的，穿插的。

cu·tin ['kjutɪn] 名Ⓤ〖植〗表皮層。

cu·tis ['kjutɪs] 名 (複 -tes [-tiz], ～·es)〖解〗真皮。

cut·las(s) ['kʌtləs] 名（水手、海盜等所用的）厚重的彎刀。

cut·lass·fish ['kʌtləs,fɪʃ] 名 (複 ～, ～·es)〖魚〗大刀魚。

cut·ler ['kʌtlɚ] 名 刀匠：製造、販賣或修理刀劍的人。

cut·ler·y ['kʌtlərɪ] 名Ⓤ1 刀劍製造業。2《集合名詞》刀劍類，（尤指）餐桌上所用的餐具（刀叉、湯匙等）。

cut·let ['kʌtlɪt] 名 1（烤、炸成的）薄肉片；肉排。2 扁平炸肉餅。

cut·line ['kʌt,laɪn] 名〖報章·雜誌〗插圖、照片的說明文字。

cut·off ['kʌt,ɔf] 名1 切離，切斷；中斷，打斷；被切斷的東西；阻斷器。2《美》捷徑，近路。3（河川彎曲部分所形成的短而直流的）新河道。4〖會計〗截止（日、時限），決算日。

cut·out ['kʌt,aut] 名 1 被割取[剪下]的東西；剪紙；Ⓤ切取，剪下。2（內燃機的）排氣瓣，活塞。3〖電〗（電路的）保險開關；斷流器。

cut·o·ver ['kʌt,ovɚ] 形名《美》（特指森林地帶）樹木砍伐殆盡的（土地）。

cut·purse ['kʌt,pɝs] 名 扒手。

'cut 'rate 名 標準以下的價格，打折的價格。

cut-rate ['kʌt'ret] 形 折扣的，打折價格的，廉售的。

cut·ter ['kʌtɚ] 名 1 切割者；（時裝店的）裁剪師傅；（影片的）剪接師；剪輯工作。2 裁切工具，切刀。3 附屬於軍艦的小艇。4 緝私船；《美》海岸巡邏艇。5《主美》小型雪橇。

cut·throat ['kʌt,θrot] 名 1 殺人者；殺手，刺客。2《尤英》《諧》西洋式剃刀。—形《限定用法》殺人的，殘暴的；殘忍的，激烈的。

·cut·ting ['kʌtɪŋ] 名1ⓊⒸ 切斷；剪斷；砍伐。2 切取的東西；裁下來的屑；剃下來的毛；〖園〗《英》（插枝用的）剪枝，插穗；（收割起來的）作物。3《英》（由報紙、雜誌等）剪下來的東西（《美》clipping）：newspaper ～s 剪報。4ⓊⒸ《英》（開闢穿山鐵路或運河的）路塹；溝渠。5 Ⓤ《英》影片或錄音帶的剪輯。6 ⓊⒸ《口》廉售，打折。

—形 1 鋒利的，銳利的。2 凜冽的，刺骨的；刺痛的。3 尖刻的，傷感情的，諷刺的：～ remarks 尖酸刻薄的話。4《口》廉售的，打折的。～·ly 副

'cutting 'edge 名《the ～》先驅，領導地位。

'cutting ,room 名 剪輯室。

cut·tle ['kʌtl] 名 1 = cuttlefish. 2 = cuttlebone.

cut·tle·bone ['kʌtl,bon] 名 烏賊骨。

cut·tle·fish ['kʌtl,fɪʃ] 名 (複～, ～·es) 烏賊，墨魚。

cut·ty ['kʌtɪ] 形 (-th·er, -ti·est)《主蘇》1 切短的。2 易發怒的，暴躁的。—名 (複 -ties) 1 短湯匙；短軸的煙斗。2《口》品行不端的女人，水性楊花的女人。

C

'cutty ˌstool 名《蘇》**1** 矮凳子。**2** 懺悔椅：古代蘇格蘭教堂中爲當眾懲戒不守婦道的女人等所設的座椅。

cut·up ['kʌtˌʌp] 名《口》愛炫耀的人；惡作劇的人；炫耀；嘲弄；惡作劇。

cut·wa·ter ['kʌtˌwɔtɚ] 名**1**〖海〗船首的破浪處。**2**（橋墩的）分水角。

cut·work ['kʌtˌwɝk] 名 Ⓤ空花繡。

cut·worm ['kʌtˌwɝm] 名糖蛾的幼蟲。

CV, C.V. ['si'vi] 名(複 **cv's** [-z]) 簡歷。

cwm [kum] 名 = cirque 1.

cwt.《縮寫》hundredweight.

-cy《字尾》表「性質、狀態、職務、地位、身分、行爲」之意的名詞字尾。**1** 加在字尾爲-t, -te, -tic, -nt 等形容詞之後：fluen*cy*, curren*cy*. **2** 加在字尾爲 -t, -n 之名詞之後：presiden*cy*, diploma*cy*. **3** 有時形成表動作之名詞：advoca*cy*, residen*cy*.

cy·an ['saɪən] 名 Ⓤ青色。

cy·an·a·mide [saɪ'ænəmɪd, -maɪd] 名 Ⓤ〖化〗**1** 氰氨。**2**《俚》氰氨化鈣。

cy·a·nate ['saɪəˌnet] 名〖化〗氰酸鹽。

cy·an·ic [saɪ'ænɪk] 形 **1**（花）青色的。**2**〖化〗氰的；含氰的。

cy·a·nide ['saɪəˌnaɪd] 名ⓊⒸ〖化〗**1** 氰化物；（特指）氰酸鉀。**2** 腈類；腈。

cy·an·o·gen [saɪ'ænədʒən] 名 Ⓤ**1**〖化〗氰。**2** 氰基。

cy·a·no·sis [ˌsaɪə'nosɪs] 名 Ⓤ〖病〗發紺，青紫。

Cyb·e·le ['sɪbəˌli] 名母神：古小亞細亞人民所崇拜的女神，作爲自然之母的象徵，相當於希臘的 Rhea，羅馬的 Ops.

cyber-《字首》表「電腦、網路」之意。

cy·ber·ca·fé ['saɪbɚ-kəˌfe] 名網咖，網路咖啡廳。

cy·ber·cul·ture ['saɪbɚˌkʌltʃɚ] 名 Ⓤ 電腦化社會。**-tur·al** 形

cy·ber·na·tion [ˌsaɪbɚ'neʃən] 名 Ⓤ 電腦化，（利用電腦的）自動控制。**-ˌnat·ed** 形自動控制的，電腦化的。

cy·ber·net·ic [ˌsaɪbɚ'nɛtɪk] 形 人工頭腦的。

cy·ber·net·ics [ˌsaɪbɚ'nɛtɪks] 名 Ⓤ 人工頭腦學；神經機械學。

'cyber ˌpet 名電子寵物（亦作 **cyber-pet**）。

cy·ber·punk [ˌsaɪbɚˌpʌŋk] 名 Ⓤ **1** 電腦科幻小說。**2** 電腦駭客。

'cyber ˌsex 名網路性愛。

cy·ber·slac·ker ['saɪbɚˌslækɚ] 名 利用上班時間上網處理私事的人。

cy·ber·space ['saɪbɚˌspes] 名〖電算〗網路世界。

cy·borg ['saɪˌbɔrg] 名電子人，半機器人[生物]。

cy·cad ['saɪkæd] 名〖植〗蘇鐵。

cy·cla·mate ['saɪkləˌmet] 名ⓊⒸ〖化〗環己（基）氨基磺酸鹽：一種人工甜味料。

cyc·la·men ['sɪkləmən, -ˌmɛn] 名〖植〗仙客來。

·cy·cle ['saɪkl] 名**1** 周期，循環期；反覆；〖理·數·電腦〗循環；周波：the ～ of eclipses 日月蝕的循環 / complete the ～ of changes（昆蟲等）完成蛻變周期。**2** 一段長的歲月，一個時代。**3** 一系列（的…）《*of*...》；（英雄、神話等的）成套的詩歌，戲劇，傳說：a ～ *of* events 一系列事件 / the Trojan ～ 特洛伊戰爭始末記。**4**（機器的）一迴轉；交流的周期。**5** 腳踏車；三輪車；摩托車。—動 **(-cled, cling)** 不及**1** 騎腳踏車（等）。**2** 循環，反覆，形成周期。

cy·cle·ry ['saɪklərɪ] 名(複**-ries**) 腳踏車商店。

cy·clic ['saɪklɪk], **-cli·cal** [-klɪkl] 形**1** 周期的，形成周期的；周期性的；循環的。**2**〖化〗環式（化合物）的，含原子環的；〖植〗輪生（花）的；〖數〗循環的。**3** 成套詩歌傳說的。

cy·cling ['saɪklɪŋ] 名 Ⓤ**1** 騎腳踏車、三輪車、摩托車等。**2**〖運動〗自由車競賽，單車競賽。

cy·clist ['saɪklɪst], **-cler** [-klɚ] 名 腳踏車、三輪車、摩托車等的騎士。

cycl(o)-《字首》表「圓」、「環」、「迴轉」、「環式」之意。

cy·cloid ['saɪklɔɪd] 形**1** 圓形的，環狀的。**2** 有圓鱗的；（魚鱗）圓形的。**3**〖精神醫〗易患循環神經病的（亦稱 **cycloidal**）。—名**1** 圓鱗魚。**2**〖幾〗擺線。

cy·clom·e·ter [saɪ'klɑmətɚ] 名**1** 圓弧測定器。**2** 車輪轉數記錄器，計程表。

cy·clone ['saɪklon] 名 **1**〖氣象〗氣旋；（溫帶性）低氣壓。**2**《俚》颶風，龍捲風。

'cyclone ˌcellar 名《美》避風地窖。

cy·clon·ic [saɪ'klɑnɪk], **-i·cal** [-ɪkl] 形 颶風（性）的；（激烈、強度）似龍捲風的，似颶風的。

Cy·clo·pe·an [ˌsaɪklə'piən] 形 **1** 獨眼巨人 Cyclops（似）的；《偶作 **c-**》巨大的 **2**《通常作 **c-**》〖建〗巨石砌成的。

cy·clo·pe·di·a, -pae·di·a [ˌsaɪklə'piə] 名百科全書。

Cy·clops ['saɪklɑps] 名 (複**-clo·pes** [saɪ'klopiz]) **1**〖希神〗獨眼巨人。**2** (複 ～)《**c-**》〖動〗劍水蚤。

cy·clo·ram·a [ˌsaɪklə'ræmə] 名**1** 陳列於圓形室內壁上的巨幅風景或戰爭畫。〖劇〗舞臺的弧形背景幕。

cy·clo·style ['saɪkləˌstaɪl] 名**1**（刻蠟紙的）滾齒輪鐵筆複寫器；模板複印機 **2**〖建〗圓柱式建築物。—動 及 以模板印。

cy·clo·tron ['saɪkləˌtrɑn] 名〖理〗迴旋加速器：用於使原子核分裂或製造同位素的離子加速器。

cy·der ['saɪdɚ] 名《英》= cider.

cyg·net ['sɪgnɪt] 名小天鵝。
Cyg·nus ['sɪgnəs] 名〖天〗天鵝座。
cyl. 《縮寫》*cyl*inder.
·**cyl·in·der** ['sɪlɪndɚ] 名 **1**〖幾何〗柱；柱面。**2** 圓柱（形之物）；圓筒；（左輪手槍的）彈倉；（幫浦、引擎的）汽缸，泵缸；（印刷機的）滾筒，迴轉筒；圓筒形的鎖。
cy·lin·dri·cal [sɪ'lɪndrɪkl], **-dric** [-drɪk] 形 圓柱（形）的；圓筒形的：a ~ lens 柱面透鏡 / a ~ surface 圓柱面。~·**ly** 副
cyl·in·droid ['sɪlɪn,drɔɪd] 名 橢圓柱。一形 似圓柱形的。
cym·bal ['sɪmbl] 名《常作 ~**s**》〖樂〗鈸，銅鈸。
cym·bal·ist ['sɪmblɪst] 名 銅鈸手。
Cym·ric, Kym- ['kɪmrɪk] 形 威爾斯（人）的。一名 = Welsh 名 2.
Cym·ry, Kym- ['kɪmrɪ] 名《作複數》威爾斯人：屬於 Celt 族的威爾斯人。
cyn·ic ['sɪnɪk] 名 **1** 憤世嫉俗者，諷世者。**2**《**C-**》犬儒學派的人；《**the C-**》犬儒學派：希臘哲學的一派，主張自制禁欲，崇尚美德善行，反對社會的習俗。一形 **1** = cynical. **2**《**C-**》犬儒學派的。
cyn·i·cal ['sɪnɪkl] 形 **1** 憤世嫉俗的，蔑視別人動機的；（因揭露某人的弱點而加以）嘲笑的，諷刺的。**2** 蔑視一般道德標準的，乖僻的，經常瞧不起人的。~·**ly** 副
cyn·i·cism ['sɪnə,sɪzəm] 名 **1** Ⓤ 憤世嫉俗的作風；Ⓒ 嘲諷的言詞。**2** Ⓤ《**C-**》犬儒主義，犬儒哲學。
cy·no·sure ['saɪnə,ʃʊr] 名 **1**《文》引人注目之物，注目的焦點。**2** 路標，目標，指南。
Cyn·thi·a ['sɪnθɪə] 名 **1**〖希·羅神〗辛西雅：月之女神 Artemis 的別名。**2**〖詩〗月：Artemis 的象徵。
cy·pher ['saɪfɚ] 名，動 不及 及《英》= cipher.
cy·press ['saɪprəs] 名〖植〗**1** 柏樹；Ⓤ 柏樹木材。**2** 類似柏的針葉樹。
Cyp·ri·an ['sɪprɪən] 形 **1** 崇拜 Aphrodite 的；淫蕩的，放蕩的。**2** = Cypriot.
一名 **1** = Cypriot. **2** 淫蕩的人，（尤指）妓女。**3**《**the** ~》= Aphrodite.
Cyp·ri·ot ['sɪprɪət], **-ote** [-,ot] 形 塞浦路斯的，塞浦路斯人[語]的。一名 塞浦路斯人。
Cy·prus ['saɪprəs] 名 塞浦路斯（共和國）：位於土耳其之南，地中海東部的一島國；首都爲尼柯西亞（Nicosia）。
Cy·ril·lic [sɪ'rɪlɪk] 形 **1** 斯拉夫文字的。**2** St. Cyril 的。一名 斯拉夫文字：根據希臘文字所創的古教會斯拉夫文字，爲現代俄國文字的基礎。
cyst [sɪst] 名 **1**〖病〗囊；囊腫。**2**〖解〗膀胱（小）囊。**3**〖植·動〗囊；胞囊。
cyst·ic ['sɪstɪk] 形 **1**〖植·動〗胞囊的；胞囊狀的；有胞囊的。**2**〖解〗膀胱的；膽囊的。
'**cystic fi'brosis** 名 Ⓤ〖病〗囊性纖維症。
cys·ti·tis [sɪ'staɪtɪs] 名 Ⓤ〖病〗膀胱炎。
cy·tol·o·gy [saɪ'tɑlədʒɪ] 名 Ⓤ 細胞學。
cy·to·mem·brane [,saɪtə'mɛm,bren] 名〖生〗細胞膜。
cy·to·plasm ['saɪtə,plæzəm] 名〖生〗細胞質。
czar, tsar, tzar [zɑr] 名 **1** 皇帝，國王；《常作 **C-**》（俄國帝政時代的）沙皇。**2**《常作 **C-**》專制君主，獨裁者。**3**《口》頭目。
cza·ri·na [zɑ'rinə] 名 沙皇之后。
czar·ism ['zɑrɪzm̩] 名 Ⓤ 專制政治，獨裁政治。
Czech [tʃɛk] 名 **1** 捷克人。**2** Ⓤ 捷克語。一形 捷克斯拉夫的；捷克人[語]的。
Czech·o·slo·vak, Czech·o-Slo- [,tʃɛkə'slovæk] 名 捷克斯拉夫人。一形 捷克斯拉夫人[語]的，捷克斯拉夫的。
Czech·o·slo·va·ki·a [,tʃɛkəslo'vækɪə] 名 捷克斯拉夫：位於歐洲中部，首都爲 Prague；1993 年分爲 Czech Republic 與 Slovak Republic 兩國。
Czech·o·slo·vak·i·an [,tʃɛkəslo'vækɪən] 形 名 = Czechoslovak.
Czech Republic 名《**the** ~》捷克共和國：首都爲布拉格（Prague）。

D d

D

D, d [di] 名 (複 **D's** 或 **Ds, d's** 或 **ds**) **1** Ⓤ Ⓒ 英文字母中第四個字母。**2** Ⓤ D 狀物。

d' 《口》do 或 did 的第二人稱單、複數的縮略形。

'd 《口》《主要用於主格代名詞之後》had, did, would, should 的縮略形。

D 名 **1** Ⓤ Ⓒ (在連續的事物、集合或類屬之中) 排第四之物。**2** 《偶作 **d**》下等品;最低等的作品。**3** 《美》學業成績及格的最低等級。**4** Ⓤ 〖樂〗D 音,D 調。**5** Ⓤ 《偶作 **d**》(羅馬數字的) 500。**6** 《化學符號》deuterium.

D. 《縮寫》*d*ay; *D*ecember; *D*emocrat(ic); 〖理〗*d*ensity; *D*eus; 〖光〗*d*iopter; *D*utch.

d. 《縮寫》*d*ate; *d*elete; 《拉丁語》*denarii* 辨士;《拉丁語》*denarius* 辨士; 〖理〗*d*ensity; *d*ialect(al); *d*iameter; *d*ied; *d*ollar(s); *d*ose.

d- [di] ⇒DAMN 動 及 4.

da. 《縮寫》*da*ughter; *da*y(s); *d*ek*a*-.

D/A 《縮寫》《偶作 **d/a**》*d*ays after *a*cceptance; *d*eposit *a*ccount; *d*ocuments for *a*cceptance.

D.A. 《縮寫》*D*istrict *A*ttorney; *d*ocumen-ts for *a*cceptance; *d*oesn't [don't] *a*nswer; *d*octor of *a*rts.

dab¹ [dæb] 動 (**dabbed**, ~**·bing**) 及 **1** 輕拍 (*with...*);輕觸 (*against...*);輕啄:~ paper *with* a brush 用畫筆輕觸紙面;著墨畫畫。**2** 輕塗,輕敷 (*on...*)。**3** 採取指紋。—不及 輕拍,輕打 (*at...*)。
—名 **1** 輕拍,輕打;輕啄;輕塗,輕敷 (*at...*)。**2** (潮溼物的) 小塊;少量,一點點 (*of...*):a ~ *of* butter 少量的奶油。**3** 《~**s**》《俚》指紋。

dab² [dæb] 名 (複 ~**s**, ~) 〖魚〗孫鰈屬魚類的通稱。

dab³ [dæb] 名 《英口》能手,專家 (*at..., at doing*):a ~ *at* diagnosis 診斷高手。
—形 熟練的。

dab·ber ['dæbɚ] 名 **1** 輕拍的人;塗抹的人。**2** 塗墨具。

dab·ble ['dæbl̩] 動 及 **1** 濺在 (*with...*)。**2** 使突然進入 (水中)。—不及 **1** 戲水,玩水。**2** 涉獵,淺嘗 (*in, at...*)。

dab·bler ['dæblɚ] 名 (藝術等方面的) 涉獵者,淺嘗者,業餘愛好者。

dab·chick ['dæb,tʃɪk] 名 〖鳥〗鸊鷉。

dab·ster ['dæbstɚ] 名 **1** 《英方》行家,專家。**2** 《口》涉獵者,(業餘) 愛好者。

da ca·po [dɑ 'kɑ:po] 副 形 〖樂〗《演奏的指示語》反覆。略作:D.C.

Dac·ca ['dækə, 'dɑ-] 名 達卡:孟加拉 (Bangladesh) 的首都。新拼法爲 Dhaka。

dace [des] 名 (複 ~, **dac·es**) 鰷魚。

da·cha, dat- ['dɑtʃə] 名 (俄國的) 鄉村宅邸,別墅。

dachs·hund ['dɑks,hund, 'dæks,hʌnd] 名 一種德國獵犬,俗稱臘腸狗。

Da·ci·a ['deʃɪə] 名 達西亞:古代的一王國,相當於現在的羅馬尼亞及鄰近地區。

da·coit [də'kɔɪt] 名 (印度等的) 土匪,強盜。

Da·cron ['dekrɑn, 'dækrɑn] 名 Ⓤ Ⓒ 〖商標名〗達克龍 (聚酯合成纖維的一種);《偶作 **d-**》達克龍衣料。

dac·tyl ['dæktɪl] 名 **1** 〖詩〗長短短格;(英詩的) 強弱弱格。**2** 手指;腳趾。
-tyl·ic [-'tɪlɪk] 形 名 dactyl 的 (詩)。

dactyl(o)- 《字首》表「手指」、「腳趾」之意。

dac·tyl·o·gram [dæk'tɪlə,græm] 名 指紋。

dac·ty·log·ra·phy [,dæktə'lɑgrəfɪ] 名 Ⓤ 指紋學,指紋法。

dac·ty·lol·o·gy [,dæktə'lɑlədʒɪ] 名 Ⓤ 手語 (術)。

:dad [dæd] 名 《口》**1** 爸爸,爹爹。**2** 老兄。

da·da ['dɑdə] 名 《偶作 **D-**》《兒語》dad, daddy.

Da·da ['dɑdɑ] 名 Ⓤ 《偶作 **d-**》達達主義,達達派:20 世紀初期在歐洲興起的一個文學和藝術的運動。

Da·da·ism ['dɑdɑ,ɪzəm] 名 = Dada.

Da·da·ist ['dɑdaɪst] 名 達達派的藝術家。—形 達達主義的。

·dad·dy ['dædɪ] 名 (複 **-dies**) 《兒語》爸爸,爹爹。

dad·dy-long·legs ['dædɪ'lɔŋ,lɛgz] 名 (作單、複數) **1** 《美》〖動〗盲蜘蛛。**2** 《英》〖昆〗一種蠅 = crane fly。

da·do ['dedo] 名 (複 ~**es**, 《英》~**s**) **1** 〖建〗臺座腰部。**2** 護壁 (板)。**3** 〖木工〗插入木板的槽。—動 及 裝設護壁 (板);開槽;嵌入槽中。

dae·dal ['didl̩] 形 〖詩〗**1** 巧妙的,精巧的。**2** 錯綜複雜的;千變萬化的。

Daed·a·lus ['dɛdl̩əs] 名 〖希神〗狄德勒斯:在克里特島建造迷宮的雅典名匠。

dae·mon ['dimən] 名 **1** 〖希神〗居下位的神。**2** 惡魔,魔鬼 (亦作 **demon**)。

dae·mon·ic [dɪ'mɑnɪk] 形 = demonic.

daff [dæf] 名 《口》= daffodil.

·daf·fo·dil ['dæfə,dɪl] 名 1〖植〗水仙花。2 Ⓤ鮮黃色。

daff·y ['dæfɪ] 形 (**daff·i·er, daff·i·est**)《口》愚笨的，瘋狂的。

daft [dæft] 形 1 瘋狂的：go ~ 發狂。2 愚蠢的。3《蘇》玩鬧的，嬉戲的。
~·**ly** 副, ~·**ness** 名

dag [dæg] 名（衣服等的）海扇狀或樹葉狀的滾邊。

dag. 《縮寫》*decagram*(s).

dag·ger ['dægɚ] 名 1 短劍，匕首。2（亦稱 **obelisk**）〖印〗劍號（†）。3《~s》敵意。
at daggers drawn 劍拔弩張；互相仇視，勢不兩立《*with...*》。
look daggers 怒目而視，瞪著眼看《*at...*》。
speak daggers 說刻薄話，口出惡言《*to...*》。

da·go ['dego] 名(複~s, ~es)《常作 D-》《蔑》西班牙、葡萄牙、義大利等拉丁裔的人；外國佬。

da·guerre·o·type [də'gɛrə,taɪp, də'gɛrɪə-] 名 Ⓤ銀版照相法；Ⓒ銀版照片。

da·ha·be·ah [,dɑhə'biə] 名尼羅河上的客船（亦作 **dahabeeyah**）。

dahl·ia ['dæljə, 'dɑl-] 名 1〖植〗大麗花，天竺牡丹。2 Ⓤ深紫色。

Da·ho·mey [də'homɪ, dɑ'home] 名達荷美（Benin 共和國的舊稱）。

Dail Eir·eann [,dɔɪl'ɛrən] 名《the ~》愛爾蘭國會的下議院（《口》**Dail**）。

dai·ly ['delɪ] 形 1 每日的，日常的；每日發行的：~ needs 日用品 / a ~ newspaper 日報。2 按日計算的：~ interest 日息。
—名(複 **-lies**) 1 日報。2《英》每天上班的女傭人。—副每日；常常。

daily 'bread 名 Ⓤ每天的糧食，生計。

dail·y-bread·er ['delɪ'brɛdɚ] 名《英》通勤者。

daily 'double 名（需在兩次賽馬、賽狗中賭中才算贏的）雙賭法；《喻》同時在兩個不同領域中所得到的成功。

daily 'dozen 名 Ⓤ《口》每天的柔軟體操。

daily 'life 名 ⓊⒸ日常生活。

dai·mon ['daɪmɑn] 名 = demon.

dai·myo ['daɪmjo] 名 (複 ~, ~s)〖日史〗（藩鎮的）藩主（亦作 **daimio**）。

dain·ti·ly ['dentəlɪ] 副 1 優美地。2 味美地。3 考究地。

dain·ti·ness ['dentɪnɪs] 名 Ⓤ 1 優美，優雅。2 美味。3 講究，考究。

dain·ty ['dentɪ] 形 (**-ti·er, -ti·est**) 1 嬌美的；雅緻的；纖細的：a ~ girl 嬌美的女孩 / ~ hands 纖細的手。2 好吃的，美味的：~ dishes 佳肴。3 過分講究的，挑剔的《*about...*》。
—名(複 **-ties**) 美味，珍饈。

dai·qui·ri ['daɪkərɪ, 'dæk-] 名 ⓊⒸ戴克利酒：用蘭姆酒、檸檬汁、糖等所調製成的一種雞尾酒。

·dair·y ['dɛrɪ] 名(複 **dair·ies**) 1 牛奶加工場；牛奶店；酪農場。2 ⓊⒸ乳製品製造業，酪農業：~ products 乳製品。3《集合名詞》乳牛。

'dairy ,cattle 名《集合名詞》《作複數》乳牛。

'dairy ,farm 名酪農場。

'dairy ,farmer 名酪農業者。

dair·y·ing ['dɛrɪɪŋ] 名 Ⓤ 酪農業。

dair·y·maid ['dɛrɪ,med] 名酪農婦，擠奶女工。

dair·y·man ['dɛrɪmən] 名(複 **-men**) 1 酪農場主。2 酪農場男工，擠奶工人。3 乳製品販賣業者。

da·is ['deɪs, des] 名（為貴賓、演講者所設的）高臺，上座；（教堂等的）講臺。

·dai·sy ['dezɪ] 名(複 **-sies**) 1〖植〗《英》雛菊，延命菊（《美》English daisy）；《尤美》牛眼菊。2 去骨熏製的肩肉火腿。3《俚》第一流的人[物]，極品。4《D-》〖女子名〗黛西。
(as) fresh as a daisy 毫無倦容，精神旺盛。
push up (the) daisies 《口》死，下葬。
turn (up) one's toes to the daisies 《俚》死翹翹。
under the daisies 《俚》死後下葬。

'daisy ,chain 名 1 雛菊花環。2 一連串的人或事物。

'daisy ,ham 名 = daisy 2.

'daisy ,wheel (,printer) 名（電子打字機的）菊輪，印字輪環。

Dak. 《縮寫》*Dak*ota.

Da·kar [dɑ'kɑr, 'dæk-] 名達卡：塞內加爾（Senegal）的首都。

'dak ,bungalow 名（印度街道上的）驛站旅店。

da·koit [də'kɔɪt] 名 = dacoit.

Da·ko·ta [də'kotə] 名 1 達科塔：美國中西部的一地區，分為南、北達科塔兩州。2《the ~s》南、北達科塔州。3 達科塔族（北美印第安人的一族）；Ⓤ達科塔語。

Da·ko·tan [də'kotn̩] 形 達科塔的。—名達科塔人，達科塔族人。

dal. 《縮寫》*dekal*iter(s).

Da·lai La·ma [də'laɪ'lɑmə, 'dɑlaɪ-] 名達賴喇嘛：西藏喇嘛教的教主。

da·la·si [də'lɑsɪ] 名(複 ~, ~s) 達拉西：甘比亞（Gambia）的基本貨幣單位。

dale [del] 名《文》山谷。

dales·man ['delzmən] 名(複 **-men**)（尤指英國北部的）山谷居民。

Dal·las ['dæləs] 名 達拉斯：美國 Texas 州東北部的一都市。

dalles [dælz] 名(複)（峽谷的）急流。

dal·li·ance ['dælɪəns] 名 Ⓤ《主文》1 虛度光陰。2 戲弄，調情。

dal·ly ['dælɪ] 動 (**-lied, ~·ing**) 不及 1 嬉

戲；調戲，玩弄異性《with...》：~ with a woman's affection玩弄女人的感情。2輕率地對待《with...》。3閒蕩；懶散；延誤《about / over...》：~ about the park 在公園蹓躂。—及蹉跎，浪費時間《away》。
-li·er名, ~·ing·ly副

Dal·ma·tia [dæl'meʃɪə] 名達爾美希亞：巴爾幹半島西部亞得里亞海沿岸地區。

Dal·ma·tian [dæl'meʃən] 名大麥町狗：短毛，白中帶黑或褐色斑點。

dal·mat·ic [dæl'mætɪk] 名1〖教會〗（教會執事或主教所穿兩邊開口的）寬袖法衣。2（英國國王的）加冕服。

dal·ton ['dɔltn̩] 名〖理〗道爾頓，原子質量單位。

dal·ton·ism ['dɔltn̩,ɪzəm] 名U《偶作D-》〖病〗色盲，（尤指）先天性紅綠色盲。

'Dalton's 'law 名〖理·化〗道爾頓定律，分壓定律。

·dam¹ [dæm] 名1水壩，堰；《喻》障礙。2U（水壩等中）蓄阻的水。
—動 **(dammed, ~·ming)** 及1築壩；用堤壩蓄阻《up, off》。2控制，抑制《in, up, back》。

dam² [dæm] 名（四腳動物的）母獸。

dam. 《縮寫》dekameter(s).

:dam·age ['dæmɪdʒ] 名1損害，損傷，傷害《to...》：flood ~ 水災 / sustain (great) ~ 遭受（重大）損害。2《~s》〖法〗賠償損失；損害賠償金：claim ~*s* 要求賠償損失。3《the ~》《常作~s》《口》代價，費用：stand *the* ~ 支付費用。
—動 **(-aged, -ag·ing)** 及1 毀損（建築物等）。2 損害（名譽等）。

dam·age·a·ble ['dæmɪdʒəbl] 形易損壞的，易受損的。

·dam·ag·ing ['dæmɪdʒɪŋ] 形損害的；有破壞性的；誹謗的。

Dam·a·scene ['dæmə,sin, ,dæmə'sin] 形名1大馬士革的[人]。2U《d-》波狀花紋（的），波紋裝飾（的）。

Da·mas·cus [də'mæskəs] 名大馬士革：敘利亞（Syria）的首都。

dam·ask ['dæməsk] 名U1花緞，緞子；以花緞製的餐巾、檯布等。2（呈現波狀花紋的）大馬士革鋼。3 淡紅色。—形1花緞製的；似花緞的。2淡紅色的。

'damask 'rose 名1 大馬士革玫瑰。2 U淡紅色。

dame [dem] 名1女爵士，貴婦人。2〖教會〗修女。3《謔》（上了年紀的）已婚婦人；《古》（一家的）主婦。4《俚》女人。5《英》（啞劇中男演員所扮演的）滑稽老太婆。

dame-school ['dem,skul] 名《英》（婦女利用自宅開辦的）私塾。

dam·fool ['dæm'ful] 名《口》大傻瓜。
—形（亦稱 **damfoolish**）愚不可及的。

dam·mit ['dæmɪt] 感《口》該死！可惡！

·damn [dæm] 動及1嚴厲批判；譴責；把（作品）貶得一文不值。2糟蹋，毀掉：~ a person's prospects 毀掉某人的前途。3使下地獄。4咒罵，詛咒：*D*- you! 該死！
—不及咒罵。
damn it 該死，可惡。
damn... with faint praise 對…明褒暗貶。
I'm damned if... 我絕不…。
Well, I'll be damned. 《口》《表示非常吃驚、焦躁》啊，嚇我一跳！
—感 該死！討厭！—名1詛咒，咒罵。2《a ~》《否定》些微，少許：be *not* worth *a* ~毫無價值 / *not* care *a* ~ 毫不在乎。
—形副《俚》= damned.
damn all 完全沒有…，毫無…。

dam·na·ble ['dæmnəbl] 形 1該入地獄的，該責難的。2《口》可憎的，可惡的。

dam·na·bly ['dæmnəblɪ]副1該死地，可惡地。2《口》非常地，極。

dam·na·tion [dæm'neʃən] 名U天罰，神譴；毀滅；指責，咒罵：curse a perso[n] to ~ 詛咒某人不得好死。—感糟了！完了！該死！

dam·na·to·ry ['dæmnə,torɪ] 形該詛咒的；該罰的；譴責的；使受罰的。

damned [dæmd] 形(~·er, ~·est) 1受永遠的懲罰的；被打入地獄的；被詛咒的。2被譴責的；可恨的：a ~ fool可惡的笨蛋。3《口》離奇的；非常的；令人驚異的。—名《the ~》被打入地獄的人們。
—副非常，極：a ~ good ball player 一個棒透了的球員。

damned·est ['dæmdɪst] 名《口》最大限度，最大努力：do one's ~ 竭盡全力。
—形《the ~》最異常的。

dam·ni·fy ['dæmnə,faɪ] 動(-fied, ~·in[g]) 及〖法〗侵害，損害。

damn·ing ['dæmɪŋ, 'dæmnɪŋ] 形非常不利的；導致定罪的。~·ly副, ~·ness名

Dam·o·cles ['dæmə,kliz] 名〖希神〗達摩克利茲：Syracuse的獨裁者Dionysius的廷臣。
Sword of Damocles 大難臨頭。

'Da·mon and 'Pythias ['demən-] 〖希神〗戴蒙與皮西亞斯；莫逆之交，生死之交。

·damp [dæmp] 形1有溼氣的，潮溼的：~ weather 潮溼的天氣。2《古》沮喪的，消沉的。—名 1U溼氣，潮溼。2《通常a ~》失望，沮喪，消沉；《a ~》令人沮喪的事物。3 U（礦坑內的）有毒氣體。—動及 1 使潮溼。2 使熄滅，使減弱《down》；使受到阻礙；使沮喪。3〖音樂〗制止（弦等）的振動；〖理〗使（振幅）減弱。~·ly副

'damp ,course 名（牆壁內的）防溼層，防潮材料。

damp-dry ['dæmp'draɪ] 動及不及（使）半乾。—形未乾透的。

damp·en ['dæmpən] 動 及《美》1使

溼。2 使受到抑制；使沮喪。—不及 變得潮溼。～·er 名

damp·er ['dæmpɚ] 名 1 沾溼器。2 令人掃興者；奚落聲，倒采：put a ～ on... 掃…的興。3（火爐的）風門；〖樂〗制音器；弱音器；〖電·機〗阻尼器，減振器。

damp·ish ['dæmpɪʃ] 形 稍溼的，潮溼的。

damp·ness ['dæmpnɪs] 名 U 1 潮溼，溼氣。2 沮喪，消沉：a feeling of ～ 沮喪的感覺。

damp·proof ['dæmp,pruf] 形 防溼的；耐溼性的。

damp ˌsquib 名《喻》徒勞無功的事。

dam·sel ['dæmzl̩] 名《古》名門閨秀；未婚少女。

dam·sel·fish ['dæmzl̩fɪʃ] 名 (複～, ～·es)〖魚〗閨女魚。

dam·sel·fly ['dæmzl̩,flaɪ] 名 (複 -flies)〖昆〗線蜻蜓。

dam·son ['dæmzn̩] 名 1〖植〗西洋李子樹；西洋李子（亦稱 **bullace**）。2 U 暗紫色。

Dan[1] [dæn] 名 1 丹族：以色列的十二支族之一。2〖男子名〗丹（Daniel 的暱稱）。

Dan[2] [dæn] 名《古》閣下。

Dan. 《縮寫》*Daniel; Danish.*

dance [dæns] 動 (danced, danc·ing) 不及 1 跳舞：～ to the music 跟隨樂曲跳舞。2 跳躍，雀躍《*with, for...*》：～ *with* pleasure 樂得手舞足蹈。3 搖動，搖盪：shadows *dancing* on the grass 草地上搖曳的影子。—及 1 跳舞。2 跳舞跳得…《*into...*》。3 將（小孩）上下搖動逗弄。

dance a hornpipe（高興）雀躍。

dance attendance on... ⇨ ATTENDANCE（片語）

dance on air 《俚》被處絞刑。

dance to a person's tune 人云亦云，亦步亦趨，毫無己見。

—名 1 U C 跳舞，舞蹈；一支舞：lead the ～ 領舞；率先提倡。2《a ～》舞會。3 舞曲。4《the ～》芭蕾舞，舞劇。5 U 跳躍，雀躍。

lead a person a merry dance 給…造成許多麻煩，使昏頭轉向。

dance·a·ble ['dænsəbl̩] 形（音樂等）適於跳舞的。

dance ˌfloor 名（俱樂部、餐廳等的）舞池。

dance ˌhall 名 舞廳。

danc·er ['dænsɚ] 名 跳舞的人；職業舞者，舞蹈家。

danc·ing ['dænsɪŋ] 名 U 跳舞。

dancing ˌgirl 名 舞女。

D and C 《縮寫》〖醫〗*d*ilatation *and c*urettage 子宮內膜刮除術。

D & D 《縮寫》《美俚》*d*eaf *and d*umb 裝聾作啞的。

dan·de·li·on ['dændl̩,aɪən, 'dændɪ,laɪən] 名〖植〗蒲公英。

dan·der ['dændɚ] 名 U 1 頭皮屑。2《美口》怒氣；暴躁的脾氣《僅用於下列片語》：get a person's ～ up 使某人發怒。

dan·di·a·cal [dæn'daɪəkl̩] 形 紈袴子弟的；打扮時髦的。～·ly 副

dan·di·fied ['dændɪ,faɪd] 形 打扮漂亮的；刺眼的。

dan·di·fy ['dændɪ,faɪ] 動 (-fied, ～·ing) 及 使打扮得像紈袴子弟；使打扮花俏流行。

dan·dle ['dændl̩] 動 及 1 上下逗弄（小孩）。2 撫愛；寵。-dler 名

dan·druff ['dændrəf] 名 U 頭皮屑。～·y 形

dan·dy ['dændɪ] 名 (複 -dies) 1 注重衣著及外表的男人；花花公子。2《口》極好的東西。

—形 (-di·er, -di·est) 1 詼諧的；時髦的；矯揉造作的。2《口》很棒的，極好的。

fine and dandy 《偶為諷》蠻好的，可行的。

dan·dy·ism ['dændɪɪzəm] 名 U 喜好裝扮，時髦。

Dane [den] 名 1 丹麥人。2 丹族：中世紀入侵英國的北歐人。3 = Great Dane.

Dane·law ['den,lɔ] 名《the ～》1 丹族法律。2 施行上述法律的地區。

:dan·ger ['dendʒɚ] 名 1 U 危險，危難：be inimminent ～ of death 有隨時死亡的危險 / run the ～ of... 冒著…的危險。/ *D-* past, God forgotten. 《諺》度過危難，忘了上帝；過河拆橋。/ Out of debt, out of ～.《諺》無債一身輕。2 危險物，威脅《*to...*》：a ～ *to* national security 對國家安全構成威脅的人。

at danger（信號）表示危險。

'danger ˌmoney 名 U《英》從事危險工作的津貼。

·dan·ger·ous ['dendʒərəs] 形 1 危險的，有危險的《*to, for...*》：a ～ journey 危險的旅程。2 造成危險的。

·dan·ger·ous·ly ['dendʒərəslɪ] 副 危險地。

dan·gle ['dæŋgl̩] 動 不及 1 懸擺《*from...*》。2《古》糾纏，追逐《*about, after, around ...*》：～ *after* a person 追逐某人。

—及 使懸掛著；《喻》炫示《*in front of, before...*》。

keep a person dangling 使忐忑不安。

—名 1 搖晃。2 懸擺之物。

dan·gler ['dæŋglɚ] 名 1 懸擺物。2 糾纏者，窮追女子的男人。

'dangling 'participle 名〖文法〗獨立分詞。

Dan·iel ['dænjəl] 名 1〖聖〗但以理：希伯來的預言家。2（舊約聖經的）但以理書。3 正直的法官。4〖男子名〗丹尼爾（暱稱作 Dan）。

Dan·ish ['denɪʃ] 形 丹麥的，丹麥人[語]的。—名 1 U 丹麥語（略作：DAN, DAN.）。2《口》= Danish pastry.

'Danish 'pastry 名UC丹麥酥餅。
dank [dæŋk] 形陰溼的，潮溼的。
~·**ly**副, ~·**ness**名
Danl. 《縮寫》*Daniel*.
Dan·ny ['dænɪ]名〖男子名〗丹尼：Daniel 的暱稱。
dan·seur [dɑn'sɝ] 名芭蕾舞男演員。
dan·seuse [dɑn'sɝz] 名(複 ~**s** [-'sɝz])芭蕾舞女演員。

D

Dan·te ['dæntɪ] 名 ~ **Alighieri**, 但丁（1265–1321）：義大利的詩人。~·**an**形但丁（的作品）的；但丁風格的。—名但丁的研究者。
Dan·tesque [dæn'tɛsk] 形但丁風格的。
Dan·tist ['dæntɪst] 名研究但丁及其作品的學者。
Dan·ube ['dænjub] 名《 **the** ~》多瑙河：歐洲第二大河。
Dan·u·bi·an [dæ'njubɪən]形多瑙河的。
dap [dæp] 動(**dapped**, ~·**ping**)不及 **1** 將釣餌輕放在水面上釣魚。**2** 突然潛入水中：~ for trout 突然潛入水中捕鱒魚。**3** 在水面上掠跳；在地面上彈跳。—及使（在水面上）漂掠，打水漂。
Daph·ne ['dæfnɪ] 名 **1**〖女子名〗黛芙妮。**2**〖希神〗黛芙妮：山林女神。**3**《**d-**》〖植〗月桂樹；瑞香屬植物的通稱。
daph·nia ['dæfnɪə] 名 (複 ~)〖動〗水蚤。
dap·per ['dæpɚ] 形 **1** 乾淨俐落的，整潔的。**2** 短小精幹的，小巧玲瓏的。
dap·ple ['dæpḷ] 名 **1** 斑紋，斑點。**2** 有斑毛的動物。—形有斑紋的。
—動及不及（使）變成有斑紋。
dap·pled ['dæpḷd] 形 **1** 有斑紋的。**2** 斑駁的。
dap·ple-gray [《英》**-grey**] ['dæpl'gre] 形（尤指）（馬）灰色帶有黑斑的，帶灰圓斑點的。
dap·sone ['dæp,son, -zon] 名U 氨苯砜：一種殺菌劑。
D.A.R. 《縮寫》the *D*aughters of the *A*merican *R*evolution.美國革命婦女愛國會。
darb [dɑrb] 名《加》《口》出眾的人；了不起的人[物]；珍品。
Dar·by and Joan ['dɑrbɪən'dʒon] 名《作複數》和睦的老夫婦：a ~ club《英》老人俱樂部。
Dar·da·nelles [,dɑrdṇ'ɛlz] 名《 **the** ~》《作複數》達達尼爾海峽：連接瑪摩拉海與愛琴海。古代名為 Hellespont。
:**dare** [dɛr] 動(**dared** 或《古》**durst** [dɝst], **dared, dar·ing**)及 **1** 敢。(1)《助動詞用法》《通常用於否定、疑問或條件句，後接不帶 **to** 的不定詞》。(2)《動詞的用法》《通常用於肯定句》。**2**《主文》不畏，敢冒…的險：~ any danger 冒任何的危險 / ~ a leap 孤注一擲。**3** 挑戰，煽動。—不及敢。
I dare say (1) 大概，恐怕。(2) 我相信，我敢說《 *that*子句》。
—名UC膽量，勇氣；挑戰。
dare·dev·il ['dɛr,dɛvl] 形 魯莽的；冒失的，蠻幹的。—名蠻幹的人；冒失鬼。
dare·n't [dɛrnt, 'dɛrənt] dare not 的縮略形。
·**dar·ing** ['dɛrɪŋ] 名U膽量，勇敢：a mountain climber of unusual ~ 膽量過人的登山者。—形(**more** ~; **most** ~)膽大的，魯莽的。~·**ly**副
Dar·jee·ling [dɑr'dʒilɪŋ] 名UC（印度東北部的）大吉嶺茶。
:**dark** [dɑrk] 形(~·**er**, ~·**est**) **1** 漆黑的，黑暗的：a ~ street 黑暗的街道。**2**（顏色）暗的，深的：a ~ suit 一套深色的衣服 / a ~ blue 深藍色。**3**（皮膚）淺黑的；（頭髮等）（微）黑的：~ skin 微黑的肌膚。**4** 不樂觀的，陰鬱的；不愉快的，黯然的：~ prospects 黯淡的前途 / ~ humor 不愉快的情緒。**5** 陰險的，邪惡的；祕密的，隱藏的；沉默寡言的：~ deeds 惡行，壞事 / ~ thoughts 陰險的想法 / by ~ means 以邪惡的手段。**6** 無知的；未開化的：~ souls 蠢人 / the ~*est* ignorance 極度的無知。**7** 難解的；模稜兩可的：a ~ meaning 含糊的意義。**8**〖語音〗(1) 深沉的。(2) 不清脆的。
keep (...) ***dark*** (1)《口》掩飾，隱瞞。(2) 保密。
—名 **1**U《常作 **the** ~》黑暗。**2**U夜；黃昏。**3**UC黑暗色；陰暗處；黑暗場所。**4** U無知；曖昧，不明確；祕密。
in the dark (1) 黑暗處。(2) 不知，蒙在鼓裡。(3) 祕密地，隱瞞地。
'dark adap'tation 名U〖眼〗弱光適應。
'Dark 'Ages 名《 **the** ~》黑暗時代：歐洲中世紀的早期約 6 世紀至 10 世紀之間歐洲中世紀。
'dark 'comedy 名 = black humor; black comedy.
'Dark 'Continent 名《 **the** ~》黑暗大陸：歐洲人以往對非洲大陸的別稱。
·**dark·en** ['dɑrkən] 動及 **1** 使黑暗；使變黑。**2** 使模糊，使曖昧。**3** 使變憂鬱。**4** 使變瞎。—不及 **1** 變黑。**2** 變得模糊不清。變得陰鬱。
darken *a person's* ***door*** 《通常用於否定》拜訪某人。
dark·ey ['dɑrkɪ] 名 (複 ~**s** [-z])《蔑》darky.
'dark 'glasses名（複）深色鏡片之太陽眼鏡，墨鏡。
'dark 'horse 名黑馬：**1** 出人意外得勝的人。**2** 擁有出人意外實力的新候選人。
dark·ie ['dɑrkɪ] 名《口》《蔑》黑人
dark·ish ['dɑrkɪʃ] 形微暗的；淺黑的
'dark 'lantern 名有遮光裝置可使光不外洩的燈籠。
dar·kle ['dɑrkl] 動 不及 **1** 變暗，變得模糊不清。**2** 漸微弱；陰沉下來。
dark·ling ['dɑrklɪŋ] 副《主文》在黑

中。—形黑暗的；令人害怕的。

dark·ly ['darklɪ] 副 1 黑暗地；陰鬱地。2 模糊地。3 威脅地；祕密地。

·**dark·ness** ['darknɪs] 名 U 1 暗，黑暗：in the gathering ~ 在漸濃的暮色中 / cast a person into the outer ~ 趕走某人，解僱某人。2 不明確，曖昧；祕密：the ~ of a prophecy 預言的隱晦不清 / wrapped in ~ 深藏不露。3 陰險，邪惡。4 愚昧，無知。5 沮喪，灰心。

dark·room ['dark,rum] 名〖攝〗暗房。

dark·some ['darksəm] 形《主文》黑暗的；微暗的；陰鬱的。

dark·y ['darkɪ] 名 = darkie.

dar·ling ['darlɪŋ] 名 1 最鍾愛的人，寵兒；心愛的人：fortune's ~ 幸運兒。2《夫婦、戀人、親子間的稱呼》寶貝，親愛的。—形 1 心愛的；可愛的；中意的。2《口》《通常爲女性用語》極美的；小巧玲瓏的。3 嚮往的，渴望的。

darn[1] [darn] 動 及 不及 縫補，補綴《up》。—名補釘，補綴；補綴的地方。

darn[2] [darn] 形 副《口》= darned. —動 及 咒罵；詛咒。—名《a ~》《否定》絲毫，一點。

darned [darnd] 形《美》令人生氣的；毫無道理的，可惡的。—副非常地。

dar·nel ['darnḷ] 名〖植〗毒麥。

darn·er ['darnɚ] 名 1 縫補者[物]，補綴者[物]。2《方》蜻蜓。

darn·ing ['darnɪŋ] 名 U 1 修補，縫補。2《集合名詞》修補之物。

darning ˌneedle 名 1 縫補用針。2《美方》蜻蜓。

dart [dart] 名 1 箭；鏢；標槍；（昆蟲的）刺：a poison ~ 毒箭 / ~s of sarcasm《喻》刻薄話。2 U C 投射，閃進：make a ~ into the room 突然闖進房間。3〖裁〗合身褶縫。—動 不及 飛奔；急飛；突進。—及 急遽射出，移動《at...》。~·ing·ly 副

dart·board ['dart,bord] 名 擲鏢遊戲所用的圓靶。

dart·er ['dartɚ] 名 1 行動迅速的人[物]。2〖鳥〗蛇鵜。3〖魚〗射水魚。

Dart·moor ['dart,mʊr, -,mor] 名 達特木：1 英國 Devonshire 郡的臺地。2 達特木監獄。

Dart·mouth ['dartməθ] 名 達特茅斯：1 英國英格蘭西南部的都市。2 美國常春藤名校之一。

darts [darts] 名(複)《作單數》射飛鏢遊戲。

Dar·win ['darwɪn] 名 **Charles (Robert)**, 達爾文（1809–82）：英國博物學家，進化論的提倡者。

Dar·win·i·an [dar'wɪnɪən] 形 達爾文的；達爾文學說的。—名 達爾文的信仰者，進化論者。

Dar·win·ism ['darwɪn,ɪzəm] 名 U 達爾文學說，進化論。

Dar·win·ist ['darwɪnɪst] 名 形 = Darwinian.

:**dash** [dæʃ] 動 及 1 猛砸，擊碎；使猛撞《to, into...》；投擲《to, on, against...》：~ a mirror *to* pieces 把鏡子摔成碎片 / ~ one's brains out *on* a stone 撞到石頭碰得腦漿迸裂。2 潑散，澆撒《on, in, over...》：a landscape ~*ed* with sunlight 被撒上一片陽光的風景 / ~ water *over* a person 把水潑到某人身上。3 摻合《with...》：~ whisky *with* water 在威士忌裡摻水。4 使失敗；受挫：~ a person's high spirits 破壞某人高昂的興致。5 使困惑；使難堪。6 匆忙完成《off》：~ *off* a review 飛快寫成一篇評論。7 驟然擦掉《aside, away》：~ one's tears *away* 擦掉眼淚 / ~ it *aside* 把它推到一旁。8《俚》收買。—不及 1 衝撞，猛擊《into, upon, against...》。2 突進，急行。

dash down ⇨ 動 不及 2.

dash... down / dash down... (1) 用力敲碎。(2) = DASH off。

dash it 《英》《委婉》可惡，該死。

dash off 迅速離開。

dash... off / dash off... ⇨ 動 及 6.

dash out 《口》衝出去；迅速出發。

dash up (1) 以全速到達。(2) ⇨ 動 不及 2.

—名 1 U《the ~》（水的）打擊（聲）《of...》。2《a ~》少許《of...》。3《a ~》突進，突擊。4 U C 幹勁；銳氣；外表：act with ~ 幹勁十足地行動。5 U C 衝撞；粉碎；打擊，挫折；一舉。6《美》短跑。7 符號（—）；〖電信〗（摩斯電碼的）長劃。8（快速的）一劃，筆勢。9《口》賄賂。

at a dash 一口氣地，急速地。

cut a dash 《口》炫耀，大出風頭。

make a dash for... 向…衝去。

dash·board ['dæʃ,bord] 名 1 儀表板。2 擋泥板。

dashed [dæʃt] 形 1 沮喪的；失望的。2《限定用法》《英》可惡的。

dash·er ['dæʃɚ] 名 1 突進者[物]。2 攪拌器。3 充滿幹勁的人。

da·shi·ki [da'ʃikɪ] 名 套頭襯衫。

dash·ing ['dæʃɪŋ] 形 1 勇敢的；活躍的：a ~ fellow 有幹勁的人。2 華麗的；瀟灑的：the young captain's ~ good looks 年輕上尉的煥發英姿。~·ly 副

dash·y ['dæʃɪ] 形 **(dash·i·er, dash·i·est)** 華麗的；漂亮的；勇敢的；有幹勁的。

das(s)·n't ['dæsənt]《美方》dare not 的縮略形。

das·tard ['dæstɚd] 名 懦夫；膽小的傢伙。—形 怯懦的。~·ly 形, ~·li·ness 名

das·y·ure ['dæsɪ,jur] 名〖動〗袋貓。

DAT 《縮寫》*d*igital *a*udio *t*ape 數位錄音帶。

dat. 《縮寫》*dat*ive.

:**da·ta** ['detə, 'dætə, 'datə] 名(複) 數據，論據；《美》事實，資料《on...》：hard ~ 確

實的資料 / gather ~ *on*... 收集有關…的情報。

'data ˌbank 名 = database.

data·base ['dætəˌbes] 名〖電腦〗資料庫。

'data ˌentry 名資料登錄。

dat·a·ble ['detəbl] 形可推定時期或年代的。

D

'data ˌcartridge 名〖電腦〗電腦所使用的磁帶。

'data ˌcircuit 名〖電腦〗資料電路。

'data ˌelement [ˌitem] 名〖電腦〗資料元。

da·ta·ma·tion [ˌdetə'meʃən] 名 U自動資料處理；資料處理設備業。

da·ta·phone ['detəˌfon] 名數據電話。

'data ˌprocessing 名 U資料處理。

'data ˌprocessor 名資料處理機。

'data ˌprocessing ˌcenter 名〖電腦〗資料處理中心。

'data ˌswitching ˌcenter 名〖電腦〗資料轉換中心。

:date¹ [det] 名 **1** 日期，日子：under the ~ of... 在…的日期下 / (one's) ~ of birth 出生（年）月日 / fix a ~ for the meeting 決定開會的日期。**2** U年代，時代：sculptures of ancient ~ 古代的雕刻 / by ~ of publication 按出版年份的順序。**3** 約會《*with*...》：have a ~ *with* a person 與某人約會 / a double ~ 兩對男女共同參加的約會。

down* [*up*] *to date 最新式的，現代的。

out of date 落伍的，舊式的。

to date 直到現在（的），迄今爲止（的）。

—動 **(dat·ed, dat·ing)** 不及 **1** 記載日期（或發信地）《*from*...》。**2** 屬於…年代《*from*...》；溯至…之時《*back to*...》。**3**《口》變得過時。**4**《口》約會《*with*...》。

—及 **1** 註明日期。**2** 確定年代《*at*...》；測定時期。**3** 顯出…的年代；使顯得過時。**4**《美口》與…約會。

***date... up* / *date up*...**《通常用被動》使時間被約會占滿。

date² [det] 名〖植〗海棗，椰棗樹的果實；海棗樹，椰棗樹。

date·book ['detˌbuk] 名《美》（記載約會等的）記事簿。

dat·ed ['detɪd] 形 **1** 載明日期的。**2** 過時的，舊式的。~**·ness** 名

date·less ['detlɪs] 形 **1** 無日期的。**2** 無限期的；興趣無窮的。**3** 自古以來的。**4** 無約會（對象）的。

'date ˌline 名《*the* ~》（國際）換日線（亦稱 **international date line**）。

date·line ['detˌlaɪn] 名日期欄。

date·mark ['detˌmɑrk] 名表示日期的戳記；製造日期的印記。

'date ˌpalm 名〖植〗椰棗樹。

dat·er ['detɚ] 名日期戳。

'date ˌrape 名 U C 約會強暴。

'date ˌstamp 名郵戳；郵戳機；有日期的戳記。

dat·ing ['detɪŋ] 名 **1** 約會。**2**〖商〗比實際遲填的日期。**3** 年代判定。

'dating ˌagency 名婚友介紹所。

'dating ˌbar 名《美》約會酒吧。

da·tive ['detɪv] 名〖文法〗與格。—形與格的。

da·tum ['detəm, 'dætəm] 名 (複 **data**) **1** 數據，資料。**2**〖哲·理則〗論據，前提。**3** (複 ~**s** [-z])〖測〗基準點，基準線，基準面。

dau.《縮寫》daughter.

daub [dɔb] 動 及 **1** 塗抹《*with*..., *on*...》：~ a wall *with* paint 用漆塗牆。**2** 弄污。**3** 拙劣地繪（畫）。—不及塗抹；畫拙劣的畫。—名 **1** 被塗抹之物；污跡。**2** U塗抹；U C 塗料。**3** 劣畫。

daub·er ['dɔbɚ] 名 拙劣的畫匠；塗抹工具。

daub·ster ['dɔbstɚ] 名拙劣的畫匠。

:daugh·ter ['dɔtɚ] 名 **1** 女兒。**2** 女性後裔：a ~ of Eve 夏娃的後裔。**3** 女性；產物；果實：a ~ of France 法國女性 / a ~ of the revolution 革命之女。

daugh·ter·hood ['dɔtɚˌhud] 名 **1** U 女兒的身分；作女兒的時期。**2**《集合名詞》女兒們。

daugh·ter-in-law ['dɔtɚɪnˌlɔ] 名 (複 **daughters-in-law**) 兒媳婦。

daunt [dɔnt, dɑnt] 動 及《常用被動》**1** 恐嚇。**2** 使畏怯，使沮喪。

nothing daunted《文》《副詞》毫無懼色毫不氣餒地。

daunt·ing ['dɔntɪŋ] 形恐嚇的；令人畏懼的。

daunt·less ['dɔntlɪs, 'dɑnt-] 形大膽的不屈不撓的。~**·ly** 副

dau·phin ['dɔfɪn] 名 (複 ~**s** [-z])《常作 **D-**》法國皇太子的稱號。

dau·phin·ess ['dɔfɪnɪs] 名《常作 **D-**》法國太子妃的稱號。

Dave [dev] 名〖男子名〗戴夫（David 的暱稱）。

dav·en·port ['dævənˌport] 名《美》坐臥兩用長沙發；《尤英》小型寫字檯。

Da·vid ['devɪd] 名 **1** 大衛:第二任以色列國王。**2**〖男子名〗大衛（暱稱作 Dave, Davie, Davy）。

da Vin·ci [də'vɪntʃɪ] 名達文西⇨Leonardo da Vinci.

Da·vis ['devɪs] 名〖男子名〗戴維斯。

'Davis ˌCup 名 **1**《*the* ~》臺維斯杯國際網球比賽的冠軍獎杯。**2** 臺維斯杯國際網球錦標賽。

dav·it ['dævɪt, 'devɪt] 名〖海〗吊柱架。

Da·vy ['devɪ] 名〖男子名〗戴維（David 的暱稱）。

'Davy 'Jones 名〖海〗海神；海魔

'Davy 'Jones's 'locker 名大洋之

海底葬身之地：go to ～ 葬身海底。

'Davy ˌlamp 图礦坑用安全燈。

daw [dɔ] 图＝jackdaw.

daw·dle ['dɔdl] 動不及 浪費光陰，混日子；閒蕩，遊手好閒。

—因浪費時間，蹉跎光陰《*away*》。

daw·dler ['dɔdlɚ] 图遊手好閒者。

dawk [dɔk, dɑk] 图《美》消極的反戰者；既不屬鴿派亦不屬鷹派的中間派人士。

dawn [dɔn] 图U **1** 黎明，拂曉：at ～ 在黎明時。**2**《**the** ～》（事情的）開始，萌芽《*of*...》；《口》突然的領悟：at *the* ～ *of* a new era 在新紀元的開始。—動不及 **1** 破曉。**2** 被理解，被領悟《*on, upon*...》。**3** 開始，出現。

dawn ˌchorus 图清晨時鳥群的鳴叫聲。

dawn·ing ['dɔnɪŋ] 图U **1** 黎明，破曉。**2** 發端，開始。

dawn 'raid 图拂曉襲擊。

day [de] 图 **1** U白晝；日光：in the light of ～ 在白晝裡 / clear as ～ 十分清楚的。**2**（就天氣而言的）一天；天空：a sunny ～ 晴天。**3** 一天，一晝夜：some ～ 他日，將來有一天 / every other ～ 每隔一天。**4**〖天〗(1) 太陽日；常用日，日曆日。(2) 星球自轉一次所需要的時間：the lunar ～ 太陰日。**5**（就工作時間而言的）一天：a seven-hour ～ 一天七小時的工作日。**6** 特定日；《常用 **D-**》紀念日，節日：pay ～ 發薪日 / Christmas *D-* 耶誕節 / a red-letter ～ (for...) 某一特定的節日，紀念日。**7**《常作 **one's** ～》輝煌時期，全盛時代；一生：have had *one's* ～ 有過輝煌的時期 / come to the end of *one's* ～*s* 死亡 / Everydog has *his* ～.《諺》每個人一生中總有得意的日子；風水輪流轉。**8**《**the** ～》競爭（日）；勝利：win *the* ～ 獲勝。**9**《常作～**s**》（特定的）時期，時代；《**the** ～》現代，當代：*the* present ～ 現代 / the customs of *the* ～ 時下的習俗 / in those ～*s* 那時候，當時。

all day (long) 整天，終日。

(all) in the day's work 平凡的，不稀奇的；正常的。

any day 任何一天，任何時間；任何情況；無論如何。

by the day 按日計算地。

call it a day《口》結束一天的工作，工作告一段落。

carry the day 獲勝；勝利地達成。

day after day 每天，日復一日。

day and night 日日夜夜，夜以繼日。

day in, day out / day in and day out《文》每天，日復一日；連續不斷地。

from day to day 一天又一天，天天（亦作 ***day by day***）。

a day（年齡、時間）至少，確實。

make a person's day《口》使某人非常高興。

name the day 擇定舉行婚禮之日；擇定佳期。

pass the time of day ⇨ TIME（片語）

That will be the day. 那永遠不會發生；那是值得等待的日子。

the day after the fair ⇨FAIR[2]（片語）

this day week《英》(1) 下週的今天。(2) 上週的今天。

to a day 恰好，剛好。

to this day 至今。

without day 無限期地，不定期地。

day·bed ['deˌbɛd] 图《尤美》坐臥兩用的長沙發。

'day ˌboarder 图《英》（在學校用膳的）通學生。

day·book ['deˌbʊk] 图 **1**〖簿〗日記帳。**2** 日記。

'day ˌboy 图《英》通學男學生。

·day·break ['deˌbrek] 图U破曉，黎明。

day-by-day ['debaɪ'de] 形逐日的，每日的。

'day ˌcare 图U《美》日間托育。

day-care ['deˌkɛr] 形《美》白天替人照顧小孩的：a ～ center 日間托兒所。

'day ˌcoach 图《美》普通客車。

day·dream ['deˌdrim] 图 幻想，夢想，白日夢。

—動不及做白日夢，幻想。

day·dreamer ['deˌdrimɚ] 图 做白日夢者，幻想者。

'day ˌgirl 图《英》通學的女學生。

Day-Glo ['deˌglo] 图〖商標名〗一種效果強的印刷用螢光顏料。

day·glow ['deˌglo] 图〖氣象〗晝輝。

'day ˌjob 图主業，日常工作。

'day ˌlabor 图 **1**《集合名詞》零工，按日計酬的勞工。**2** 按日計酬的工作。

'day ˌlaborer 图零工，按日計酬的勞工。

'day ˌletter 图《美》（五十字以下的低價）日間電報。

·day·light ['deˌlaɪt] 图 **1** U日光；白天：in broad ～ 在大白天裡，光天化日之下 / read by ～ 利用晝光看書。**2** U 黎明：at ～ 在破曉時。**3** U公開：bring a scandal into the ～ 公開醜聞。**4** U 空隙，間隔。**5**《～**s**》《口》意識：beat the ～*s* out of a person 把某人打得半死。

burn daylight 白日裡點燈；徒勞無功。

let daylight into... (1) 將…公諸於世。(2)《口》刺殺，戳穿。

see daylight (1) 理解。(2) 見到成功的曙光[希望]。

'daylight 'robbery 图U **1** 白天搶劫。**2** 敲竹槓，獅子大開口。

'daylight 'saving ˌtime 图U《美》夏令時間，日光節約時間。略作：D.S.T.

'day ˌlily 图〖植〗**1** 萱草；金針花。**2** 紫萼屬植物的通稱；紫萼花。

day·long ['deˌlɔŋ] 形終日的。—副 終日地。

'**day 'nursery** 图日間托兒所。

'**Day of 'Judgment** 图《the ～》最後審判日。

'**day of 'reckoning** 图 1 結算日。2 = Judgment Day.

'**day re'lease ˌcourse** 图《英》(就業期間勞工所參加的)進修課程。

ˌ**day re'turn** 图《英》= day ticket.

'**day ˌroom** 图交誼廳；康樂室。

days [dez] 副《尤美》經常在白天地；白天地。

'**day ˌschool** 图ⓊⒸ 1 日校。2 通學學校。

'**day ˌshift** 图 1 Ⓤ《集合名詞》日班工作人員。2 日班。

day·side ['desaɪd] 图《the ～》1 白天上班的員工。2 (行星、月亮的) 陽面。

'**days of 'grace** 图(複)延付日期，寬限日期。

day·spring ['de,sprɪŋ] 图Ⓤ〖詩〗《古》黎明，拂曉；開端。

day·star ['de,stɑr] 图《通常作 the ～》1 晨星。2〖詩〗太陽。

'**day ˌstudent** 图大學通學生。

'**day ˌticket** 图《英》限當日有效的來回車票(《美》round-trip ticket)。

·**day·time** ['de,taɪm] 图Ⓤ日間，白天：～ flights 白晝飛行。

day-to-day ['detə'de] 形 1 日常的，每日的。2 過一天算一天的，暫時的。

day-trade ['de,tred] 图當日投機買賣。—動不及做當日買賣投機活動。

'**day ˌtrader** 图〖證券〗當日買賣的投機者。

'**day ˌtrip** 图當日往返的旅行。

'**day-ˌtripper** 图當日往返的旅客。

·**daze** [dez] 動 (**dazed, daz·ing**) 及 1 使眩暈；《被動》感到神志昏亂《*by, with...*》: be ～*d by* a blow 受了一記重擊而感到頭昏眼花。2 使茫然；使眼花。—图《a ～》眩暈的狀態；困惑，驚惶：in *a* ～ 在昏眩中；不知所措。

dazed [dezd] 形 神志昏亂的，不知所措的。

daz·ed·ly ['dezɪdlɪ] 副昏眩地；眼睛昏花地。

·**daz·zle** ['dæzl̩] 動(**-zled, -zling**) 及 1 使眼花，使目眩：be ～*d* by a flash bulb 因閃光燈而眼花。2 使讚嘆；使昏眩。3 在…上漆上迷彩。—不及 1 眼花；讚嘆。2 閃耀。—图ⓊⒸ閃耀，耀眼；眩目的強光。

daz·zling ['dæzlɪŋ] 形燦爛的，眩目的：a ～ smile 燦爛的微笑。～**·ly** 副

dB, db 《縮寫》*deci*bel(s).

D.B. 《縮寫》*B*achelor of *D*ivinity; *D*omesday *B*ook.

d.b. 《縮寫》*d*ay *b*ook; *d*ouble-*b*reasted 雙排鈕扣的。

dbl. 《縮寫》*double*.

DBS 《縮寫》*d*irect *b*roadcast *s*atellite 直播衛星。

DC 《縮寫》〖電〗*d*irect *c*urrent；《美郵》District of Columbia.

D.C. 《縮寫》〖樂〗*da capo*; *D*istrict of *C*olumbia.

D.C.M. 《縮寫》《英》*D*istinguished *C*onduct *M*edal 特等功勞勳章。

d-d [did, dæmd] 形副《委婉》= damned.

D/D, D.D. 《縮寫》*d*emand *d*raft 即期匯票; *D*octor of *D*ivinity 神學博士。

D-day, D-Day ['di,de] 图 1〖軍〗發動攻擊的預定日。2 1944 年 6 月 6 日盟軍進攻法國諾曼地的登陸日。3 重大計畫的開始日。

D.D.S. 《縮寫》*D*octor of *D*ental *S*cience; *D*octor of *D*ental *S*urgery.

DDT [ˌdidi'ti] 图Ⓤ滴滴涕殺蟲劑。

de- 《字首》表「分離」、「否定」、「降下」、「逆轉」、「惡意」、「完全」之意。

DE 《縮寫》*D*elaware; *d*estroyer *e*scort.

D.E. 《縮寫》*D*octor of *E*ngineering.

Dea. 《縮寫》*Dea*con.

de·ac·ces·sion [ˌdiæk'sɛʃən] 動及《美》將(博物館的收藏物)出售。—不及出售收藏品。

dea·con ['dikən] 图(天主教教會的)輔祭，(東正教教會的)助祭；(其他教會的)執事。—動及 1《美口》在唱詩前朗讀(讚美詩等)《*off*》。2《美俚》(包裝時)把品質最佳的貨擺在最上層；欺騙

dea·con·ess ['dikənɪs] 图 1 (新教中) 女執事。2 女輔祭，女性牧師輔佐。

de·ac·ti·vate [di'æktɪ,vet] 動及 1 使失靈，使無效；〖化〗使鈍化；使不能爆炸。2 停止使用。—不及〖理化〗減活化，失去放射能。**-'va·tion** 图, **-va·tor** 图

:**dead** [dɛd] 形 1 死的；死一般的：(as) as a doornail 完全死了 / more ～ than ali[ve] 半死不活的 / *D-* men tell no tales.《諺》[死]人不會洩漏祕密；死無對證。2 無生[命]的；非生物的：～ matter 無機物。3 麻[木]的；不動心的《*to...*》: a ～ slumber 熟睡[/] ～ *to* pity 毫無憐憫之心。4 不活潑的；[熄]滅的；無生產力的；滯銷的；不通電的[；]無放射能的；蕭條的；不新鮮的；不起[泡]沫的；無味的；不毛的；(球) 沒彈[性]的：a ～ market 蕭條的市場 / ～ coals 熄[滅]的煤炭 / ～ funds 呆滯的資金 / the ～ s[ea]son 交易的淡季 / a ～ circuit 不通電的線[路] / ～ rocks 沒有放射性的岩石 / ～ villa[ge] 荒廢的村落 / ～ beer 無泡沫的啤酒 / ～ s[oil] 不毛之地 / a ～ rubber ball 沒有彈力的皮球 / in the ～ hours of the night 在深夜[萬]籟俱寂時。5 (法律、語言等) 已廢的；[無]效力的：～ languages 已不通用的語言[/] ～ rule 失效的規則。6 筋疲力竭的。[7 不]動的，停滯的: ～ air 不流通的空氣。[8 不]鮮豔的；(聲音) 不響亮的：a ～ ton[e] voice 腔調低沉的聲音。9 完全的；[確]

]；突然的：～ silence 全然的沉默，死寂 ı ～ loss 無法彌補的損失；《口》無用的 、/ a ～ shot 百發百中的射手 / at the ～ ıd of August 在八月的月底 / in ～ earnest ·本正經地 / come to a ～ stop 完全停止 / center 正中央。**10** 筆直的：in a ～ line ·直線地。**11** 走到盡頭的：a ～ end street ·端不通的路。**12**〖運動〗出界的，不合]則的：a ～ ball 死球。**13** 不停止的；盡 :力的：finish in a ～ sprint 全力完成衝 。**14**〖高爾夫〗瀕臨洞口的。

ad above the ears《美俚》不注意的，心 在焉的。

ad (and) alive 無聊的，單調的；沒精神 。

ad as a dodo 完全作廢的。

ad from the neck up《口》愚蠢的。

ɡg a dead horse 枉費心機，徒勞。

ıke a dead set at a person 意圖攻擊。

er one's dead body（某人絕不讓某事發 ）除非某人死了。

图Ⓤ**1**《通常作 **the** ～》鴉雀無聲時；最 寒時。**2**《**the** ～》《集合名詞》死者。 死亡的狀態。—副**1** 完全地，絕對地。**2** 然地。**3** 直接地，正是。

ad·a·live ['dɛdə'laɪv], **dead-and-live** ['dɛdəndə'laɪv] 形像死一樣的， 精打彩的；陰沉的；（場所等）沒有刺 的；（工作等）枯燥的，單調的。

ad·beat ['dɛd'bit] 形 **1**《口》筋疲力竭 。—['dɛd,bit] 图《口》**1** 賴債者。**2** 遊手 閒的人；食客。

ad ˌcat 图《美俚》**1** 馬戲團裡不表演 只供觀賞用的獅子、豹、老虎等猛獸。 𣪘酷的批評。

ad 'center 图 **1**〖機〗死點。**2** 正中 。

ad ˌduck 图《俚》無用之人，註定要 敗的事。

ad·en ['dɛdn̩] 動及 **1** 使變弱，使遲 ；減緩；減速。**2** 使具有隔音的作用。 殺死；使枯萎；使貧瘠。

ad 'end 图**1** 盡頭，終點。**2** 死胡同。 僵局，困境。

ad-end ['dɛd'ɛnd] 形**1** 盡頭的；行不通 ；《喻》沒有發展前景的：a ～ job 沒有 途的工作。**2**《口》極窮困的；貧民窟 :a ～ kid 貧民窟的孩童。

ad·en·ing ['dɛdənɪŋ] 图Ⓤ**1** 無光澤的 料。**2** 隔音的設備。

ad·eye ['dɛd,aɪ] 图(複 ～s [-z]) **1**〖海〗 孔盤。**2**《俚》射擊高手，神射手。

ad·fall ['dɛd,fɔl] 图**1** 陷阱。**2**《集合名 》森林中倒下的樹木。**3** 低級酒館，祕 賭場。

ad 'hand 图 **1** 過去對現今的影響； 者殘存的（不良）影響力。**2**〖法〗= rtmain.

ad·head ['dɛd,hɛd] 图**1**《美》免費乘 ，免費入場者。**2**《口》無用的人。**3** 空 車，空機。

'dead 'heat 图勢均力敵，不相上下，平手，並列名次：run a ～ 比成難分勝負。

'dead 'letter 图**1** 無法投遞的信件。**2** 徒具形式的法律，失效條文。

'dead lift 图（單靠力氣而）拚命的舉起；艱難的工作，難事。

·dead·line ['dɛd,laɪn] 图 **1** 最後期限，截止時間《*for*..., *for* doing》：meet a ～ *for* submit*ting* a report 趕上期限提出報告。**2** 不可越過的界線。

'dead 'load 图〖工〗靜負荷，靜載重。

dead·lock ['dɛd,lɑk] 图 **1**ⓊⒸ僵局，停滯：break a ～ 打開僵局 / reach (a) ～ 陷入僵局。**2**《美》同分。—動及不及（使）陷入僵局。

·dead·ly ['dɛdlɪ] 形(**-li·er, -li·est**) **1** 致命的：a ～ weapon 致命武器。**2** 不共戴天的：a ～ foe 不共戴天的仇敵。**3** 如死（人）一般的：a ～ coma 死一般的深度昏迷。**4** 尖銳的；激烈的：a ～ cross-examination 尖銳的盤問。**5** 極度的；非常正確的：a ～ shot 精確無比的射擊。**6** 無法忍耐的；相當無聊的：～ boredom 非常無聊。—副 **1** 如死一般地。**2** 極度地，非常地。**-li·ness** 图

'deadly 'nightshade 图〖植〗顛茄 = bella donna **1**.

'deadly 'sins 图(複)《**the** ～》〖神〗七大罪（亦稱 **the seven deadly sins**）。

'dead 'man 图(複 **dead men**)《通常作 **dead men**》《英口》空酒瓶（《美俚》dead soldier）。

'dead 'man's 形自動切斷電源的。

'dead ˌmarch 图送葬進行曲。

dead-on-ar·ri·val ['dɛdənə,raɪvl̩] 形到達醫院時已死亡的（略作：DOA）。—图《美》第一次使用時即告失靈的電子線路。

'dead ˌpan 图《口》無表情的臉，面無表情的人。

dead·pan ['dɛd,pæn] 形 **1** 面無表情的：a ～ face 一張毫無表情的臉。**2** 故作不關心的。—副面無表情地。

—動(**-panned, ～·ning**)不及及面無表情地做。

'dead 'point 图 = dead center **1**.

'dead 'reckoning 图Ⓤ〖海〗航位推算法；推算船位。

'dead 'ringer 图形貌酷似的人或物。

'Dead 'Sea 图《**the** ～》死海：以色列與約旦邊界上的一個鹹水湖。

'Dead ˌSea 'apple 图（古代傳說中的）死海果子；好看但無價值之物。

'Dead 'Sea ˌScrolls 图(複) 死海卷軸 [抄本]：含有所抄錄的舊約聖經等卷軸。

'dead ˌset 图**1**〖狩〗不動的姿勢。**2** 認真的嘗試；堅定的努力《*at*...》：make a ～ *at*... 對…抱持堅決的努力。—形堅定不移的，決心的。

'dead 'soldier 图《美俚》空酒瓶。

'dead ˌspot 图死角，看不清楚或聽不清

楚的地方；《美》（廣播、電視等）收訊不良的地區。

'dead-stick ˌlanding ['dɛd,stɪk-] 图〖空〗迫降。

'dead 'weight 图Ⓤ1靜止物體的重量；= dead load. 2《喻》重擔，負擔。

'dead·weight 'tonnage ['dɛd,wet-] 图Ⓤ〖海〗載重噸位。略作：DWT

D

dead·wood ['dɛd,wud] 图Ⓤ1枯枝；枯木。2無用的人員，冗員，無用之物。

·deaf [dɛf] 形1聾的；重聽的；《the ~》《名詞》聽覺有障礙的人：become ~ 變聾 / be ~ as a post 完全聽不見。2充耳不聞的，漫不經心的《*to*...》：~ *to* all warning 不聽所有的警告。

deaf(-)aid ['dɛf,ed] 图《英》助聽器。

deaf-and-dumb ['dɛfən'dʌm] 形聾啞的，聾啞者用的。

deaf-and-dumb alphabet 图聾啞者使用的手勢。

deaf·en ['dɛfən] 動及1使聾，使聽不見。2（聲音）淹沒。3使具有隔音功能。

deaf·en·ing ['dɛfənɪŋ] 图Ⓤ隔音裝置；隔音作用。—形震耳欲聾的。~·ly副

deaf-mute ['dɛf,mjut] 图聾啞者。—形聾啞的。

deaf·ness ['dɛfnɪs] 图Ⓤ1耳聾。2不聽聞。

:deal[1] [dil] 動(dealt, ~·ing)不及1討論，涉及《*with*...》。2處理，應付《*with*...》：~ *with* an emergency 處理緊急事件。3對待；打交道《*with*...》：~ *with* a person generously 大方地對待某人。4交易《*with, at*...; *for*...》；有關聯《*in*...》：~ *with* a firm *for* paper products 與一家公司作紙類製品交易 / ~ *in* diamonds 經營鑽石生意。5〖牌〗發牌。—及1分給，分配《*out*》。2〖牌〗發（牌）《*out*》。3給與，加以。

deal a person in...《俚》使加入，讓（某人）參加。

deal well by... 厚待。

—图1《口》交易，契約。2《口》不正當的交易，密約。3《美口》對待，待遇。4事情；東西。5計畫，政策。6〖牌〗發牌；手上的牌；紙牌的一局。7分配。8分量，程度《僅用於下列片語中》。

a good deal (1)大量的，許多的《*of*...》。(2)《用作副詞》相當地，很多地。

deal[2] [dil] 图Ⓤ《英》樅木，松木；《集合名詞》樅板，松板。—形樅木板製的。

·deal·er ['dilɚ] 图1商人；〖證券〗《美》股票經紀人；代理商：a fruit ~ 水果商。2〖牌〗發牌者，莊家。3行爲者：a fair ~ 行爲正直的人 / a double ~ 言行表裡不一的人。

deal·er·ship ['dilɚ,ʃɪp] 图1Ⓤ代理權，經銷權。2代理商，銷售人。

·deal·ing ['dilɪŋ] 图1《~s》交往，交易：business ~*s* 商業上的交易 / have ~*s* with... 與…有交易。2Ⓤ行爲，態度，待遇：fair ~ 公平對待。3發牌。

:dealt [dɛlt] 動 deal[1]的過去式及過去分詞。

·dean [din] 图1學院院長；教務主任；《英》大學學監；《美》大學訓導長。2〖教會〗(1)首席牧師，（聖公會的）大教堂主任司祭。(2)（天主教）代理地方主教。3（各種團體的）資格最老者，長老。~·ship图Ⓤdean的職位、任期。

dean·er·y ['dinərɪ] 图(複 -er·ies) dean的職位；dean的管轄區域。

'dean's ˌlist 图成績優秀學生名單。

:dear [dɪr] 形1親愛的；可愛的；有魅力的：hold a person ~ 鍾愛某人。2《信首或演說中的稱呼》敬愛的；《偶爲諷》令人尊敬的：*D-* Sir [Madam] 敬啓者。3貴重的，寶貴的《*to*...》。4《主英》昂貴的，高價的：at a ~ price 以高價格。5衷心的，真誠的。

for dear life 拚命地；爲了保全性命地。

—图1親愛的人；可愛的人。2《夫婦、親子、兄弟姊妹等之間的親暱稱呼》親愛的。3《a ~》《主英》《用於撫慰人時》好孩子。—副1親愛地，親切地。2昂貴地，高價地。—感《表示驚訝、後悔、悲傷、焦躁、同情等》哎呀！唷！

dear·est ['dɪrɪst] 图最愛的人。

'Dear 'John (ˌletter) 图《美俚》女方給男方的分手信，解除婚約信；（妻子寄的）離婚信。

·dear·ly ['dɪrlɪ] 副1很，非常地。2昂貴地，付出很大代價地。

dear·ness ['dɪrnɪs]图Ⓤ1高價。2貴重。3親密。

dearth [dɝθ] 图《只用單數》1不足，缺乏《*of*...》：*a* ~ *of* information 情報不足。2糧食的不足，饑荒。

dear·y ['dɪrɪ] 图(複 dear·ies)《口》《主爲婦女使用的稱呼用語》親愛的人，可愛的人（亦作**dearie**）。

:death [dɛθ] 图1ⓊⒸ死亡，死：(an) accidental ~ 意外死亡 / be starved to ~ 餓死。2Ⓤ死亡的狀態：eyes closed in ~ 死後閉著的眼睛。3《D-》死神；《古》瘟疫。4《通常作the ~》（…的）消滅，破滅《*of*...》：*the* ~ *of* one's hopes 希望的破滅 / *the* ~ *of* a language 一種語言的絕滅。6死亡方式：die a hero's ~ 英雄般地死去。6Ⓤ殺人，謀殺。7《the ~》（…的）死因《*of, to*...》。

(as) sure as death 十分確定的[地]。

at death's door 命在旦夕，瀕臨死亡。

be death on...《口》(1)相當挑剔，相當討厭。(2)勢利地對待。(3)是…的能手，善於。(4)極喜好。

be in at the death (1)〖獵狐〗看到狐狸被殺。(2)看到事情的結局。

catch one's ***death (of cold)***《口》患嚴重感冒。

do... to death (1)《古》殺死。(2)看

。(3) 做得過分；重複得令人生厭。
ld on like grim death 死不放手，緊緊抓
。
e death warmed over 《俚》非常疲倦
；病重的。
death 極度地，非常地。
the death (1) = to DEATH. (2) 至死方休，
到最後。
rse than death 糟透了，比死還要慘。
ath·bed ['dɛθ,bɛd] 名臨終床；臨終（
）: on one's ~ 在臨終的床上，臨終時。
形臨終的。
ath ˌbell 名喪鐘，悼鐘。
ath ˌbenefit 名〖保〗死亡給付金。
ath·blow ['dɛθ,blo] 名致命的打擊；
命的東西。
ath cerˌtificate 名死亡證明書。
ath ˌcup 名〖植〗毒蘑菇。
ath·day ['dɛθ,de] 名死亡日，忌辰。
ath ˌduty 名ⓊⒸ〖英法〗遺產稅（《
》death tax）。
ath·ful ['dɛθfəl] 形充滿死亡危險的，
命的；如死了般的。
ath ˌhouse 名《美》死囚牢房。
ath ˌinstinct 名自殺的傾向；死的
能。
ath ˌknell 名死亡或毀滅的前兆。
ath·less ['dɛθlɪs] 形 **1** 不死的，不滅
。**2**《偶爲諷》不朽的，永恆的：~ fame
朽的名聲。~**·ly** 副
ath·like ['dɛθ,laɪk] 形如死一般的：~
ence 死寂。
ath·ly ['dɛθlɪ] 形**1** 如死一般的：a ~ si-
ce 死一樣的沉寂。**2** 致命的：a ~ illness
命的疾病。—副**1** 死一樣地。**2** 非常地，
分。
ath ˌmask 名死人的面具。
ath ˌmerchant 名軍火商。
ath ˌpenalty 名《the ~》死刑。
ath·place ['dɛθ,ples] 名死亡的所在
。
ath ˌrate 名死亡率。
ath ˌrattle 名臨終時的喘鳴。
ath-roll ['dɛθ,rol] 名**1** 死亡名單。**2** 死
人數。
th 'row 名 = death house.
th ˌsentence 名死刑。
th's-head ['dɛθs,hɛd] 名骷髏頭，骷
畫。
th ˌtax 名《美》遺產稅（《英》
th duty）。
th ˌtoll 名死亡人數。
th·trap ['dɛθ,træp] 名死亡陷阱，危
的狀況，危險建築物或場所。
ath 'Valley 名死谷：位於美國 Cali-
ia 州東南部的乾旱盆地。
th ˌwarrant 名 **1** 死刑執行令。**2**
希望[幸福等]致命的打擊。
th·watch ['dɛθ,watʃ] 名 **1** 臨終的看
守靈；死囚的監視人。**2**〖昆〗報死
蟲。**3**《美》等待重大消息發表的記者團。

'death ˌwish 名〖心理〗死的願望。
deb [dɛb] 名**1**《口》= debutante. **2**《俚》在街上四處蹓躂的懷春期不良少女。
deb. 《縮寫》*deb*enture.
de·ba·cle [de'bakḷ, -'bækḷ,dɪ-] 名 **1** 崩潰，垮臺；大災害；大失敗。**2** 奔流；洪水；山洪。
de·bar [dɪ'bar] 動 **(-barred, ~·ring)** 及排除《*from...*》；禁止，阻撓《*from doing*》: ~ a person *from* going out 阻止某人外出。
de·bark [dɪ'bark] 動 及 不及《罕》= disembark.
de·base [dɪ'bes] 動及降低；貶低：~ the value of the U.S. dollar 使美元貶值 / ~ oneself for money 爲了錢而貶低人格。
de·base·ment [dɪ'besmənt] 名 Ⓤ Ⓒ 降低；貶低；貶值。
de·bat·a·ble [dɪ'betəbḷ] 形**1** 可爭論的；有討論餘地的：~ issues 有爭議的課題。**2** 有爭議的，未解決的；可疑的：territory of ~ possession（兩國間國境的）爭執地帶。
·de·bate [dɪ'bet] 名**1** Ⓤ Ⓒ 辯論，爭論；討論；討論會：the question under ~ 正在爭論中的問題 / hold a ~ on 展開有關…的討論。**2** Ⓤ 熟慮，考慮：hold ~ with oneself 獨自一人在深思熟慮。**3**《the ~s》議會的討論事項報告書。**4** Ⓤ《古》爭執，爭鬥。
—動 **(-bat·ed, -bat·ing)** 不及**1** 商談；辯論；討論《*on, upon, about..., about doing*》。**2** 熟慮，考慮《*about, of...*》。
—及 **1** 爭論；討論；辯論。**2** 熟慮，反覆考慮。
de·bat·er [dɪ'betə] 名辯論者；討論者。
de·bauch [dɪ'bɔtʃ] 動 及《文》使墮落；誘惑（女性）；使敗壞。—不及荒淫，耽於酒色；暴飲暴食。—名 **1** 放蕩時期。**2** 沉湎淫樂，放蕩；暴飲暴食。~**·er** 名吃喝玩樂者。~**·ment** 名Ⓤ 墮落；誘惑。
de·bauched [dɪ'bɔtʃt] 形放蕩的，沉湎淫樂的；墮落的。
de·bau·chee [ˌdɛbɔ'tʃi, -'ʃi] 名放蕩者，吃喝玩樂者。
de·bauch·er·y [dɪ'bɔtʃərɪ] 名 (複 **-er·ies**) **1** Ⓤ 放蕩，吃喝玩樂無節制。**2**《**-eries**》喧鬧的狂歡，放蕩的行爲。
Deb·by ['dɛbɪ] 名〖女子名〗黛比（Deborah 的暱稱）。
de·ben·ture [dɪ'bɛntʃə] 名 **1** 公債，債券：~ bonds《美》無抵押公司債券，信用公司債券 / ~ stock《英》公司債券。**2** 退稅憑單。
de·bil·i·tate [dɪ'bɪlə,tet] 動 及使衰弱，使虛弱。
de·bil·i·tat·ing [dɪ'bɪlə,tetɪŋ] 形 使人衰弱的，令人虛弱的。
de·bil·i·ty [dɪ'bɪlətɪ] 名Ⓤ虛弱，衰弱；〖病〗無力症。

D

[D]

deb·it ['dɛbɪt] [名]〖簿〗**1** 記入借方。**2** 借方（記入欄）。—[動][及]記入借方；使負債。

'debit ˌcard [名]（付款時直接由銀行帳戶扣款的）簽帳卡。

de·blur [di'blɝ] [動][及]使變清晰。

de·board [dɪ'bɔrd] [動][及]使…從飛機上下來。

deb·o·nair [ˌdɛbə'nɛr] [形] **1** 殷勤的，溫文有禮的。**2** 快活的，無憂無慮的：in a ~ way 活潑地。~**·ly** [副], ~**·ness** [名]

Deb·o·rah ['dɛbərə] [名] **1**〖聖〗底波拉：以色列女預言家。**2**〖女子名〗黛博拉（暱稱作 Debby）。

de·bouch [dɪ'buʃ, -'baʊtʃ] [動][不及] **1** 進出於（廣闊地方）；往寬闊地區流注。**2** 出現，出來。

de·bouch·ment [dɪ'buʃmənt, -'baʊtʃ-] [名] **1** [U] 進出；流出。**2**〖地質〗出口；流出口。

de·brief [di'brif] [動][及]詢問執行任務的情況，聽取報告。

de·brief·ing [di'brifɪŋ] [名][U][C]任務報告會議。

de·bris [də'bri, 'de-] [名]《法語》[U] **1** 碎片，殘骸；漂積物。**2**〖地質〗碎石，岩屑。

:debt [dɛt] [名] **1** [U][C]欠款，債務；情義，恩義：a ~ of ten dollars 十美元的債 / a floating ~ 流動債務，短期債務 / a ~ of gratitude 恩情債。**2** [U]負債的狀態：fall into ~ 負債。

'debt of 'honor [名]賭債。

·debt·or ['dɛtɚ] [名] **1** 債務人，負債者。**2**〖簿〗借方（略作：dr.）。

de·bug [di'bʌg] [動] (**-bugged, ~·ging**) [及]《口》**1** 檢查改正（電腦等的）不良部分。**2** 驅除害蟲。**3** 拆除竊聽裝置。—[名]〖電腦〗除錯。

de·bunk [di'bʌŋk] [動][及]《口》揭露真相，揭穿假面具。

De·bus·sy [də'bjusɪ] [名] **Claude Achille**, 德布西（1862–1918）：法國作曲家。

de·but [dɪ'bju, de-, 'debju] [名] **1** 首次演出：an actor's ~ on (the) stage 演員的初次登臺。**2**（年輕女子）初次進入社交界。**3** 初次公開，初次展現：the ~ of the new administration's foreign policy 新政府外交政策的首次公開。**4**（職業、經歷的）開端。
make one's debut 初次登臺；初入社交界。
—[動][不及]首次出現，初次露面。
—[及]首次公演。

deb·u·tant [ˌdɛbju'tɑnt, 'dɛbjəˌtænt] [名]初次登臺的人；初入社交界的人；首次公開露面的人。

deb·u·tante [ˌdɛbju'tɑnt, 'dɛbjuˌtænt] [名]初次登臺的女子；初進社交界的少女。

Dec.《縮寫》*Dec*ember.

dec.《縮寫》*dec*eased; *dec*imeter; *dec*laration; *dec*lension; *dec*rease;〖樂〗*dec*rescendo.

dec(a)-《字首》表「十」之意。

dec·a·dal ['dɛkədl] [形]十的；由十構成的：the ~ system (of numbers) 十進法。

·dec·ade ['dɛked, -'-] [名]十年，十年間：the last few ~*s* 在過去二、三十年間。

dec·a·dence ['dɛkədəns, dɪ'kedn…] **-den·cy** [-dənsɪ] [名][U] **1** 墮落，頹廢；…亡：moral ~ 道德的頹廢。**2** 衰退期；…常作 **D-**》19 世紀末以法國為中心的頹…派文化活動。

dec·a·dent ['dɛkədənt, dɪ'kednt] [形] **1** 墮…的；頹廢的；衰退期的。**2** 頹廢派的。—[名] **1** 頹廢的人。**2**《常作 **D-**》頹廢派的…家。~**·ly** [副]

de·caf·fein·at·ed [di'kæfəˌnetɪd] [形]…去咖啡因的。

dec·a·gon ['dɛkəˌgɑn] [名]〖幾〗十角形…十邊形。

de·cag·o·nal [də'kægənl] [形]十角形的…十邊形的。

dec·a·gram,《英》**-gramme** ['d…græm] [名]《美口》〖公制〗公錢：重量…單位，十克。

dec·a·he·dron [ˌdɛkə'hidrən] [名](複 **-dra** [-drə])〖幾〗十面體。

de·cal ['dikæl, dɪ'kæl] [名]《美》**1** [U]貼…法。**2** 上述的圖案或貼花紙。

de·cal·co·ma·ni·a [dɪˌkælkə'menɪə] = decal.

dec·a·li·ter,《英》**-tre** ['dɛkəˌlitɚ…]〖公制〗公斗：容量的單位，十公升。

Dec·a·log(ue) ['dɛkəˌlɔg, -ˌlɑg] [名]〖聖…〗十誡 = Ten Commandments.

De·cam·er·on [dɪ'kæmərən] [名]《*the*…》「十日談」：薄伽丘（Boccaccio）所著的…百個故事集。

dec·a·me·ter,《英》**-tre** ['dɛkəˌm…] [名]〖公制〗公丈：長度的單位，十公尺。

de·camp [dɪ'kæmp] [動][不及] **1** 撤營；…《*from…*》。**2** 逃走，逃亡《*from…*》

de·cant [dɪ'kænt] [動][及]慢慢傾注；將（…液體）由一容器倒入另一容器。

de·cant·er [dɪ'kæntɚ] [名]有塞子的…玻璃酒瓶。

de·cap·i·tate [dɪ'kæpəˌtet] [動][及]將…首；《口》解僱，革…的職；使無…力）。

dec·a·pod ['dɛkəˌpɑd] [名]十足類動物；十腕類動物。—[形]十足類的；十腕類的。

dec·a·stere ['dɛkəˌstɪr] [名]體積的單位，十立方公尺。

de·cath·lon [dɪ'kæθlɑn] [名][U]《*the*…》十項全能運動。

de·cath·lon·ist [dɪ'kæθlənɪst] [名]十…動選手。

·de·cay [dɪ'ke] [動][不及] **1** 腐爛，腐朽；…理〗衰變：~*ing* vegetables 腐爛的蔬…。**2** 衰微，衰退：a ~*ing* village 破敗的村…。—[及]使腐爛；使衰退。—[名][U] **1** 腐敗…

朽。**2** 衰微，衰退，衰亡。**3**〖理〗衰變。

Dec·can ['dɛkən] 名 **1** 德干半島：印度南部的半島。**2** 德干高原。

de·cease [dɪ'sis] 名 U〖主法〗死亡。—動 不及 死亡。

de·ceased [dɪ'sist] 形《通常爲限定用法》死亡的，已故的。—名《the ~》（特定的）死者；《集合名詞》死者們。

·**de·ce·dent** [dɪ'sidənt] 名《美》〖法〗死者，亡故的人。

de·ceit [dɪ'sit] 名 **1** U 欺騙，欺詐：be incapable of ~ 不會騙人。**2** 詭計；謊話；U 不誠實的習性，欺騙的傾向：a politician full of ~ 詭計多端的政客。

de·ceit·ful [dɪ'sitfəl] 形 **1** 欺詐的，不誠實的。**2** 誤導的，易使人誤解。~·**ly** 副 詐欺地，欺騙地。~·**ness** 名

de·ceiv·a·ble [dɪ'sivəbl̩] 形 **1** 不誠實的，靠不住的。**2**《古》可欺騙的。

de·ceive [dɪ'siv] 動 (**-ceived, -ceiv·ing**) 及 **1** 欺騙；蒙騙《*into..., into doing*》：~ oneself 自欺；空指望 / be ~*d* in a person 看錯了某人。**2**《古》打發，消磨。—不及 欺詐，欺騙。

de·ceiv·er [dɪ'sivɚ] 名 詐欺者；騙子。

de·ceiv·ing·ly [dɪ'sivɪŋlɪ] 副 欺騙地；虛僞地。

de·cel·er·ate [di'sɛlə,ret] 動 及 使減速。—不及 減速。-,**a·tor** 名 減速器。

de·cel·er·a·tion [di,sɛlə'reʃən] 名 U **1** 減速。**2** 減速度。

De·cem·ber [dɪ'sɛmbɚ] 名 十二月。略作：Dec.

de·cem·vir [dɪ'sɛmvɚ] 名 (複 ~**s, -viri** [-və,raɪ])〖古羅馬〗十人委員會的一員。

de·cen·cy ['disənsɪ] 名 (複 **-cies**) **1** U 正派，端莊，有禮。**2** U 合乎禮俗；體面：for ~'s sake 爲了體面上的緣故。**3** U《口》和善，禮貌：have the ~ to do 客氣地做…。**4** 高尚的事物。**5**《**the -cies**》禮節；維持體面生活的必需物。

de·cen·ni·al [dɪ'sɛnɪəl] 形 十年（間）的；十年一度的。—名 十週年紀念日；十週年紀念的慶典。~·**ly** 副

de·cent ['disənt] 形 **1** 合宜的，相稱的：a ~ dress for special occasions 適合特殊場合穿著的衣服。**2** 有禮貌的，高雅的；體面的，像樣的：~ language 有禮貌的話語 / be ~ in conduct 舉止高雅。**3** 相當好的，還不錯的：a ~ rank 相當高的地位 / a ~ dinner 盛餐。**4** 和善的，寬大的。**5**《口》（不失禮地）穿好衣服的。

de·cent·ly ['disəntlɪ] 副 **1** 體面地。**2**《口》不錯，尚佳地。**3**《口》親切地。

de·cen·tral·i·za·tion [,disɛntrələ'zeʃə n] 名 U **1** 分散。**2** 地方分權。

de·cen·tral·ize [di'sɛntrə,laɪz] 動 及 使分散；實施地方分權。

de·cep·tion [dɪ'sɛpʃən] 名 **1** U 欺騙，蒙騙；受騙；〖軍〗欺敵，謀略：practice ~ on a person 欺騙某人。**2** 欺騙的行爲；騙術。

de·cep·tive [dɪ'sɛptɪv] 形 騙人的，靠不住的。~·**ness** 名

de·cep·tive·ly [dɪ'sɛptɪvlɪ] 副 欺騙地，使人誤解地：~ simple 誤以爲很容易。

deci-《字首》表「十分之一」之意。

dec·i·are ['dɛsɪ,ɛr] 名 (複 ~**s** [-z])〖公制〗十分之一公畝，十平方公尺。

dec·i·bel ['dɛsə,bɛl] 名〖理〗分貝：電壓、音量、力之比的單位。略作：dB, db

de·cid·a·ble [dɪ'saɪdəbl̩] 形 可決定的。

:**de·cide** [dɪ'saɪd] 動 (**-cid·ed, -cid·ing**) 及 **1** 決定；判決：the battle which ~*d* the war 決定此次戰爭勝負的戰役。**2** 決心，認定；下結論。**3** 使下決定。—不及 **1** 決定；決心《*on, upon...*》：~ *on* going abroad 決心出國。**2** 判決《*for, in favor of..., against ...*》：~ *for* the plaintiff 對原告作有利的判決。

·**de·cid·ed** [dɪ'saɪdɪd] 形 **1** 明確的；明顯的：a ~ difference 明顯的不同 / a man of ~ opinions 意見明確的人。**2** 果斷的，堅決的：in a ~ voice 以一種果斷的語氣。

·**de·cid·ed·ly** [dɪ'saɪdɪdlɪ] 副 **1** 確實地，顯然。**2** 斷然地，堅定地。

de·cid·ing [dɪ'saɪdɪŋ] 形 決定性的，最後的。

de·cid·u·ous [dɪ'sɪdʒuəs] 形 **1** 落葉性的：a ~ tree 落葉樹。**2** 脫落性的；短暫的：~ teeth 乳齒。

dec·i·gram ['dɛsə,græm] 名 十分之一克。略作：dg.

dec·i·li·ter,《英》**-tre** ['dɛsə,litɚ] 名 公合，十分之一公升。略作：dl

·**dec·i·mal** ['dɛsəml̩] 形 **1** 小數的：a ~ fraction 小數 / the second ~ place 小數第 2 位。**2** 十進法的：~ classification 十進制圖書分類法。—名 小數。

dec·i·mal·i·za·tion [,dɛsəməlɪ'zeʃən] 名 U 採用十進制。

dec·i·mal·ize ['dɛsəmə,laɪz] 動 及 使成爲十進制：~ the currency 使貨幣採用十進位制。

dec·i·mal·ly ['dɛsəməlɪ] 副 用小數。

dec·i·mate ['dɛsə,met] 動 及 **1** 每十人中選殺一人。**2** 大批殺死。**3** 取…的十分之一。

dec·i·ma·tion [,dɛsə'meʃən] 名 U 大量毀滅。

dec·i·me·ter,《英》**-tre** ['dɛsə,mitɚ] 名 公寸，十分之一公尺。略作：dm

de·ci·pher [dɪ'saɪfɚ] 動 及 **1** 辨認；譯解（難懂的文章等）的意義：~ an ancient script 譯讀古代文字。**2** 翻譯（密碼）。~·**ment** 名

:**de·ci·sion** [dɪ'sɪʒən] 名 **1** U C 決定：a ~ by consensus 共同一致作出的決定 / make a ~ about... 作出關於…的決定。**2** U C 判決：a ~ on a case 案件的判決 / give a ~

D

for... 做對…有利的判決。3 Ⓤ決心，果斷：a man of ～ 有決斷力的人。4（拳擊賽的）判定勝利；（棒球賽等中）勝負關鍵在於投手的比賽：win (on) a ～ 被判定勝利。

de·ci·sion·mak·er [dɪ'sɪʒən,mekə] 名 決策者。

D

'decision-,making 形 決策的。—名 Ⓤ決策。

·de·ci·sive [dɪ'saɪsɪv] 形 1 決定性的；解決問題的：a ～ battle 決勝之戰。2 明確的，果斷的。～·**ly** 副決定性地；斷然地。～·**ness** 名

·deck [dɛk] 名 1〖海〗甲板。2 像甲板的部分；平臺式屋頂：the ～ of an airplane 飛機的翼面 / a parking ～ 停車場場地。3（撲克牌的）一副：shuffle the ～ 洗牌。4《俚》一包麻醉藥。5〖電腦〗卡片組。6 = tape deck.

clear the decks (for action) (1)（清理甲板）準備戰鬥。(2)（除去妨礙物）準備行動。

hit the deck《俚》(1) 起床。(2) 倒在地上，被摔倒在地上。

on deck (1) 在甲板上。(2)《口》準備妥當的。(3)（棒球投手等）準備出場的，下一個即輪到的；可能發生的。

—動及 1 裝飾，打扮《 *with...* 》《 *out...* 》。2《口》擊倒。

'deck ,chair 名折疊式帆布躺椅。

deck·er ['dɛkə] 名 1《口》甲板水手。2《複合詞》有…層甲板的船；有…層的巴士：a double-*decker bus* 雙層巴士。

'deck ,hand 名〖海〗甲板水手。

deck·house ['dɛk,haus] 名 (複 **-hous·es** [-zɪz])〖海〗甲板室。

deck·le ['dɛkl] 名〖紙〗定紙框。

'deckle 'edge 名（紙張的）毛邊。

'deck ,officer 名〖海〗甲板士官。

'deck ,passenger 名 甲板船客，三等船客。

'deck ,shoe 名平底帆布鞋。

de·claim [dɪ'klem] 動不及 1 滔滔不絕地雄辯；慷慨陳詞。2 怒責，抨擊《 *against ...* 》：～*against* the war 激烈反對戰爭。—及朗讀《 *to...* 》：～ a piece of verse 朗誦一首詩。

dec·la·ma·tion [,dɛklə'meʃən] 名 1 Ⓤ雄辯（術）；朗讀（法）。2 慷慨陳詞。

de·clam·a·tor·y [dɪ'klæmə,torɪ] 形 1 雄辯的；慷慨激昂的。2 詞藻華麗的。

de·clar·ant [dɪ'klɛrənt] 名 1 宣布者。2〖法〗《美》宣告願意入美國國籍者。

·dec·la·ra·tion [,dɛklə'reʃən] 名 1 ⓊⒸ 公布；宣布。2 宣言；告示書：a ～ of war 宣戰書。3〖法〗原告最初的陳述（書）。4〖牌〗叫牌。5 物品的申報，報關。

Decla'ration of Inde'pendence 名《 the ～》美國獨立宣言（1776 年 7 月 4 日）。

de·clar·a·tive [dɪ'klærətɪv] 形 1 宣言的。2〖文法〗陳述的。

de·clar·a·to·ry [dɪ'klærə,torɪ] 形 宣言的；陳述的。

:de·clare [dɪ'klɛr] 動 (**-clared, -clar·ing**) 及 1 宣告，宣布：～ war on [upon, against]... 向…宣戰。2 表明，聲明；顯示；斷言。3 申報（課稅品）。4〖牌〗宣布王牌。—不及 1 宣告，斷言；聲稱，表明立場《 *for, against...* 》。2〖板球〗中途宣布一局終止。

declare off 聲明解約；宣布斷絕關係。

declare... off / declare off... 聲明解約，中途棄約；宣布斷絕關係。

declare oneself (1) 表明身分。(2) 發表意見。(3) 明白示愛。

I declare!《口》《表示驚訝或生氣》哎呀，真是的。

Well, I declare! 想不到，真是的！

de·clared [dɪ'klɛrd] 形 1 宣言的，公開宣稱的：a ～ conservative 公開自稱爲保守主義者。2 申報的。

de·clar·ed·ly [dɪ'klɛrɪdlɪ] 副 公然地。

de·clas·si·fy [di'klæsə,faɪ] 動 (**-fied, ～·ing**) 及解除…的機密。

de·claw [di'klɔ] 動及剪除爪子。

de·clen·sion [dɪ'klɛnʃən] 名 Ⓤ 1〖文法〗語形變化。2 拒絕；婉辭。3 傾斜；下降；墮落；衰微：the ～ of virtue 道德的衰微。4 偏離。～·**al** 形, ～·**al·ly** 副

de·clin·a·ble [dɪ'klaɪnəbl] 形〖文法〗語形可變化的。

dec·li·nate ['dɛklə,net, -nɪt] 形 向下彎的；傾斜的：a ～ leaf 向下彎的葉子。

dec·li·na·tion [,dɛklə'neʃən] 名 1 Ⓤ（傾斜；下降；墮落；衰微。2 ⓊⒸ 偏離。3 Ⓤ 婉拒。

:de·cline [dɪ'klaɪn] 動 (**-clined, -clin·ing**) 及 1 拒絕，謝絕。2 向下彎曲；傾斜：w... one's head ～*d* 垂著頭。3〖文法〗使語...發生變化。—不及 1 拒絕，婉拒：～ w... thanks 婉謝。2 向下彎曲；向下傾斜；（太陽）下山；（水面）下降。3 接近了。4 衰退；墮落；減少；漸次消失。5〖文法〗有語尾變化的特點。—名 1 下坡；向下傾斜；衰退，減退；下跌；減少。2（太陽的）西沉。3 晚年；最後階段。

on the decline 在傾斜；在走下坡；在...降，在減少。

de·clin·ing [dɪ'klaɪnɪŋ] 形 傾斜的；在...少的；衰微的：in one's ～ years 老年，...年 / the ～ value of the dollar 美元的日益...值。

de·cliv·i·tous [dɪ'klɪvɪtəs] 形 往下傾...的。

de·cliv·i·ty [dɪ'klɪvətɪ] 名 (複 **-ties**) 向...傾斜處，下坡。

de·co ['dɛko] 名 Ⓤ 裝飾。

de·coct [dɪ'kakt] 動及 煎，熬。

de·coc·tion [dɪ'kakʃən] 名 1 Ⓤ 煎，熬...2〖藥〗熬藥所得的精華，熬劑；煎劑

·code [di'kod] 動及譯解密碼，解碼。
·cod·er [di'kodɚ] 名 1（密碼）譯解，譯碼機。2〖電腦〗譯解器。
·colle·tage [ˌdekɑl'tɑʒ] 名 1 低胸露肩衣領。2 有此種衣領的衣服，低領裝。
·colle·té [ˌdekɑlə'te, ˌdekɑ-]《法語》形低領的：a ～ dress 低胸露肩的女裝。2 著低胸露肩女裝的。
·col·o·ni·za·tion [ˌdikɑlənaɪ'zeʃən] Ⓤ允許殖民地獨立。
·col·o·nize [di'kɑləˌnaɪz] 動及使失去民地；允許殖民地獨立。—不及允許殖地獨立。
·col·or [di'kʌlɚ] 動及使脫色；漂白。
·col·or·ant [di'kʌlərənt] 形脫色性，有漂白作用的。—名漂白劑。
·col·or·ize [di'kʌləˌraɪz] 動及 = de-lor.
·com·mis·sion [ˌdikə'mɪʃən] 動及退役，使除役。
·com·pose [ˌdikəm'poz] 動及 1 使分《into...》: ～ a compound *into* its constituent elements 把化合物分解成其構成要。2 分析。3 使腐爛。—不及分解；腐。
·com·po·site [ˌdikəm'pɑzɪt] 形再混的，再合成的。—名再混合物；雙重複語。
·com·po·si·tion [ˌdikɑmpə'zɪʃən] 名分解；腐敗。
·com·press [ˌdikəm'prɛs] 動及不及使減壓，解除壓力。2〖電腦〗解壓縮。
·com·pres·sion [ˌdikəm'prɛʃən] 名 1 減壓。2〖外科〗減壓術。3〖電腦〗壓縮法。
com'pression ˌsickness 名〖〗= caisson disease.
·con·cen·trate [di'kɑnsənˌtret] 動及除權力的集中，使分散權力。
·con·di·tion [ˌdikən'dɪʃən] 動及 1 使康惡化。2 消除條件反應。
·con·gest [ˌdikən'dʒɛst] 動及解除壅。
·con·ges·tant [ˌdikən'dʒɛstənt] 名Ⓤ通鼻劑；充血解除劑。
·con·sol·i·date [ˌdikən'sɑlɪˌdet] 動及分散，拆夥。
·con·tam·i·nate [ˌdikən'tæməˌnet] 及除去污染，淨化。
·con·ta·mi·na·tion [ˌdikənˌtæmə'ʃən] 名Ⓤ淨化，消除污染。
·con·trol [ˌdikən'trol] 動(-trolled, -ling) 及解除對…的控制。—名ⓊⒸ管的解除。
·cor, dé·cor [de'kɔr] 名ⓊⒸ 1 裝飾式；裝飾（物）。2〖劇〗舞臺布置。
c·o·rate ['dɛkəˌret] 動(-rat·ed, -rat·ing) 1 裝潢，裝飾《with...》: ～ the walls *with* pictures 用畫裝飾牆壁 / a ～*d* style 華的文體。2 授勳《for..., with...》: ～ a person *with* a medal 授予某人獎章。
·dec·o·ra·tion [ˌdɛkə'reʃən] 名 1ⓊⒸ裝飾 裝飾物：stage ～ 舞臺裝飾。2 = interior decoration. 3 勳章，獎章。
Deco'ration ˌDay 名《美》= Memorial Day.
dec·o·ra·tive ['dɛkəˌretɪv, 'dɛkərətɪv] 形裝飾（用）的；〖美〗裝飾的：～ art 裝飾藝術 / add a ～ touch 添加裝飾的色調。
·dec·o·ra·tor ['dɛkəˌretɚ] 名裝飾者，裝潢者；《英》壁紙裝飾業者；（尤指）室內裝潢人員。
dec·o·rous ['dɛkərəs, dɪ'korəs] 形有禮貌的；高雅的；端莊的，合宜的。～·ly 副, ～·ness 名
de·co·rum [dɪ'korəm] 名 1ⓊⒸ端正，禮貌合宜；《～s》禮節，禮儀：with ～ 有禮貌地 / forget ～ 失禮。2Ⓤ適當，相稱。
de·coy ['dikɔɪ, dɪ'kɔɪ] 名 1 圈套，陷阱，誘餌；充當誘餌的人或物。2 誘捕池，引誘他人的場所。3 假目標。—[dɪ'kɔɪ] 動及引誘《into...》。—不及被誘。
·de·crease [dɪ'kris] 動 (-creased, -creas·ing) 不及減少，降低：～ in population 人口漸減。—及使減少。—['dikris, dɪ'kris] 名 1 ⓊⒸ 減退，減少。2 減少量《in, of ...》。
on the decrease 逐漸減少中。
de·creas·ing [dɪ'krisɪŋ] 形 1 減少的，逐漸減少的。2〖數〗遞減的。
de·creas·ing·ly [dɪ'krisɪŋlɪ] 副漸減地，遞減地。
·de·cree [dɪ'kri] 名 1 命令，法令：an imperial ～ 勒令，聖旨。2〖神〗神意，天意：submit to Heaven's ～ 遵從天意。3《尤美》〖法〗判決：the court's ～ 法院的判決。—動(-creed, ～·ing) 及命令；決定。—不及 1 發布法令。2 決定。
dec·re·ment ['dɛkrəmənt] 名ⓊⒸ 1 減少；減少的量；消耗。2〖數〗減少率。
de·crep·it [dɪ'krɛpɪt] 形 1 衰弱的，老朽的：be ～ with age 年邁力衰。2 陳舊的，年久失修的。～·ly 副
de·crep·i·tude [dɪ'krɛpəˌtjud] 名Ⓤ衰老，老弱；陳舊，破舊。
de·cre·scen·do [ˌdikrə'ʃɛndo, ˌde-] 形副〖樂〗漸弱的[地]。—名(複～s, -di [di]) 漸弱音；漸弱樂節。
de·cres·cent [dɪ'krɛsənt] 形 1 漸少的。2（月亮）下弦的。
de·cre·tive [dɪ'kritɪv] 形法令的，具有法令效力的。
dec·re·to·ry ['dɛkrɪˌtorɪ] 形 1 法令的；依法令的。2 依法建立的；確定的。
de·cri·al [dɪ'kraɪəl] 名ⓊⒸ非難，責難。
de·crim·i·nal·ize [di'krɪmənlˌaɪz] 動及使（原屬非法的東西）合法化，除罪化，解禁：～ marijuana 解禁大麻煙。
de·cry [dɪ'kraɪ] 動 (-cried, ～·ing) 及 1 責

D

D

難，公開譴責。2 使貶值；禁止使用。

de·crypt [di'krɪpt] 動及解讀，解碼。

·ded·i·cate ['dɛdə,ket] 動(-cat·ed, -cat·ing) 及 1 供奉；奉獻。2 獻身，致力《*to*...》: a life ～*d to* scholarship 一生致力於學問。3 呈獻（著作）《*to*...》。4 開始啓用。

ded·i·cat·ed ['dɛdə,ketɪd] 形獻身的，一心一意的 : a ～ teacher 熱心的教師。

ded·i·ca·tion [,dɛdə'keʃən] 名 1 ⓊⒸ奉獻（典禮）；供奉（典禮）。2 Ⓤ獻身，致力。3 Ⓤ呈獻；Ⓒ獻詞。4 ⓊⒸ啓用；啓用典禮。

ded·i·ca·to·ry ['dɛdəkə,torɪ] 形獻納的，奉獻的，呈獻的。

de·duce [dɪ'djus, -'dus] 動及 1 推論；演繹《*from*...》。2《古》追溯，追蹤 : ～ one's descent 追溯家系。

de·duc·i·ble [dɪ'djusəbḷ] 形 可推論的，可演繹的。

de·duct [dɪ'dʌkt] 動及 1 扣除《*from*...》: ～ 10% *from* one's salary (for income tax) 由薪水中扣除 10%（所得稅）。2 減去《*from*...》。3 推論，演繹。

de·duct·i·ble [dɪ'dʌktəbḷ] 形能扣除的；可減免的。一名保險金扣除的保險；附帶扣除條件的保險。

de·duc·tion [dɪ'dʌkʃən] 名 1 ⓊⒸ扣除；減免；Ⓒ扣除額 : income tax ～ 所得稅扣除（額）。2 ⓊⒸ推論；推論的結果。3 Ⓤ〖理則〗演繹法。

de·duc·tive [dɪ'dʌktɪv] 形 1 推論的。2〖理則〗演繹的 : ～ reasoning 演繹推理。～·ly 副

·deed [did] 名 1 行為；行動 : a bad ～ 惡行。2 功績，偉業 : a ～ of valor 英勇事蹟。3 Ⓤ事實 : in ～ as well as in name 實至名歸 / in (very) ～ 實際上，真正地。4〖法〗（簽名、蓋印了的）證書，契約。一動及《美》以契約讓渡（財產）。

'deed ,poll 名(複 **deeds poll,** ～s) ⒸⓊ 單邊契據：僅由（當事者）一方執行的契約。

dee·jay ['di,dʒe] 名《俚》= disk jockey.

deem [dim] 動 不及 想；認為；相信《*of*...》: ～ likewise *of*... 認為…也是一樣。一及視為；認為。

de·em·pha·size [di'ɛmfə,saɪz] 動及 不加強調；減少重要性、大小、範圍等。

:deep [dip] 形 1 深的；厚的 : a ～ river 深川 / ～ snow 厚厚的積雪。2 距離遠的；深處的 : ～ space 遙遠的太空 / ～ in the country 在鄉間偏僻之處。3 深奧的；難理解的 : a ～ mystery 不可解的謎 / a ～ man 城府很深的人。4 嚴重的；深切的 : be in ～ financial trouble 處在嚴重的財政困難中。5 埋頭的；深陷的《*in*...》: be ～ *in* meditation 在沉思中。6 深刻的，強烈的；（睡眠）熟睡的；（顏色）濃的；（聲音等）低沉的；（季節等）已深的 : a ～ impression 深刻的印象 / ～ in the winter 深冬，嚴冬。7 狡猾的，壞心腸的 : a ～ treacherous plot 狡猾且奸詐的陰謀。8〖棒球〗離本壘遠的，深入外野的。9〖文法〗深層的。

***ankle deep in*...** 深及足踝的。

be in deep water 處於困境中。

go off the deep end (1) 躍入深水。(2)《美口》魯莽行事。(3)《尤英口》大發雷霆；精神崩潰。

一名 1《通常作～s》深處；深谷；內陸海溝。2《the ～》極度廣闊；〖詩〗滄大海。3《the ～》正當中。

loose the great deep 引起大騷亂。

一副 1 深深地；強烈地 : Still waters ～. 《諺》靜水流深；大智若愚。2 久地，深地。3〖棒球〗（退到）遠離本壘置地。

in deep 深陷其中。

deep-chest·ed ['dip'tʃɛstɪd] 形 1 具有厚胸膛的。2 聲音低沉有力的。

deep-dyed ['dip'daɪd] 形完全的，徹徹尾的 : a ～ villain 十足的惡棍。

deep·en ['dipən] 動及使變深；使低沉使變濃 : ～ colors 使顏色加深。一不及深；變低沉；變濃。

deep-freeze ['dip'friz] 動 (-freezed -froze, -freezed 或 fro·zen, -freez·ing) 及速冷凍；冷凍儲藏。

deep-fry ['dip'fraɪ] 動 (-fried, ～·ing) 用滿鍋的油炸。

'deep 'kiss 名 = French kiss 1.

deep-laid ['dip'led] 形祕密策劃的 : a scheme 設計巧妙的陰謀。

·deep·ly ['diplɪ] 副 1 深地，相當低地 : ～ 挖得深。2 深刻地，強烈地，非常地聲音低沉地；色彩濃厚地 : a ～ moving play 非常令人感動的戲劇 / a ～ toned instrument 低音樂器。3 巧妙地，狡猾地

deep·ness ['dipnɪs] 名 Ⓤ深；深度；厚；濃度。

deep-root·ed ['dip'rutɪd] 形根深蒂固的 : a ～ tradition 根深蒂固的傳統。

deep-sea ['dip'si] 形深海的，遠洋的 fishing 遠洋漁業。

deep-seat·ed ['dip'sitɪd] 形根深蒂固的，牢固的 : a ～ disease 痼疾 / a ～ inferiority complex 深重的自卑感。

deep-set ['dip'sɛt] 形 1 深陷的。2 根深固的。

,deep 'six 名《美俚》海葬。

deep-six ['dip'sɪks] 動及《美俚》把出船；拋棄（計畫或行動）；刪除。

'Deep 'South 名《the ～》（美國的最南部地方，南方腹地：指東南部州。

'deep 'space 名Ⓤ太陽系以外的太

'deep 'structure 名〖言〗深層結構

:deer [dɪr] 名 (複～,《偶作》～s)〖動鹿 : a herd of ～ 一群鹿。2 鹿肉。

small deer《集合名詞》(1) 小動物。(2)

孔的事物；無名小卒。
eer·hound ['dɪr,haʊnd] 名獵鹿犬。
eer·skin ['dɪr,skɪn] 名U鹿皮；C鹿皮製的衣服。
eer·stalk·er ['dɪr,stɔkɚ] 名《英》**1** 獵鹿人。**2** 一種前後各有一帽沿的獵帽。
e(-)es·ca·late [di'ɛskə,let] 動及不及緩和；逐步縮小：~ Middle East tension 緩和中東的緊張情勢。
e-es·ca·la·tion [di,ɛskə'leʃən] 名 U緩和；逐步縮減。
ef. 《縮寫》*def*ective; *def*ense; *def*endant; *d*eferred; *def*inite; *def*inition.
e·face [dɪ'fes] 動及**1** 毀傷…的外貌；使醜陋。**2** 損傷外表。~·**ment**名
e fac·to [dɪ'fækto] 副 形 **1** 事實上的[地]；事實的[地]。**2** 事實上存在的：a ~ government 事實上存在的政府。
e·fal·cate [dɪ'fælket, -fɔl-] 動不及〖法〗挪用公款；盜用公款，侵占。
e·fal·ca·tion [,difæl'keʃən, -fɔl-] 名〖法〗**1**U盜用公款，侵占。**2** 盜用之款項。
ef·a·ma·tion [,dɛfə'meʃən, ,di-] 名U誹謗，破壞名譽。
e·fam·a·to·ry [dɪ'fæmətorɪ] 形破壞名譽的，誹謗的。
e·fame [dɪ'fem] 動 及 誹謗，中傷，破壞名譽。
e·fang [di'fæŋ] 動及 **1** 拔除（動物的）尖牙。**2** 消除害處；削弱力量。
e·fault [dɪ'fɔlt] 名U**1** 不履行，怠忽；拖債。**2**〖法〗不出庭；〖運動〗不出場，棄權：judgment by ~ 缺席判決 / lose a game by ~ 不戰而敗。
in default of... 因無，缺少…時。
—動不及**1** 不履行約定；不履行債務，拖欠。**2**〖法〗不出庭，不出庭而敗訴；〖運動〗棄權；不戰而敗。
e·fault·er [dɪ'fɔltɚ] 名怠忽者，不履行者，拖債者；（法庭）缺席者。
e·fea·si·ble [dɪ'fizəbl̩] 形可取消的，可廢止的。
e·feat [dɪ'fit] 動及**1** 打敗，戰勝：~ him at swimming 在游泳方面勝過他。**2** 使受挫；使落空；使無法…（*of...*）。**3**〖法〗使無效。—名 UC**1** 打敗；戰勝。**2** 受挫，失敗。
e·feat·ism [dɪ'fitɪzəm] 名 U 失敗主義。
e·feat·ist [dɪ'fitɪst]名失敗主義者。—形失敗主義的，失敗主義者的。
ef·e·cate ['dɛfə,ket] 動不及通便；除去污物。
ef·e·ca·tion [,dɛfə'keʃən] 名 U 通便，排便。
e·fect ['difɛkt, dɪ'fɛkt] 名**1** 缺點，缺陷：a design with numerous ~*s* 設計上有許多缺點。**2**UC缺乏，不足。
in defect of... 因無…；無…時。
—[dɪ'fɛkt]動不及叛離，脫離（*from...*）；投奔敵方（*to...*）。
de·fec·tion [dɪ'fɛkʃən] 名UC 叛離，變節；投奔敵方：~ from a political party 脫黨。
·**de·fec·tive** [dɪ'fɛktɪv] 形**1** 有缺點的，有缺陷的：a ~ product 有瑕疵的產品 / ~ hearing 重聽。**2** 欠缺的（*in...*）。**3**〖心〗智能在標準以下的。**4**〖文法〗語尾變化不完全的。—名身心有缺陷的人，身心障礙者；有缺陷的東西。~·**ly**副, ~·**ness**名
de·fec·tor [,dɪ'fɛktɚ] 名 叛逃者，變節者，投誠者。
·**de·fence** [dɪ'fɛns] 名《主英》= defense.
:**de·fend** [dɪ'fɛnd] 動 及 **1** 防守，保衛（*against, from...*）；〖運動〗守備（球門等）：~ one's country *against* enemies 保衛國家對抗敵人 / ~ one's reputation 維護自己的名譽。**2** 辯護；答辯；〖法〗抗辯。**3**《古》禁止。
—動不及 防禦；〖法〗辯護；〖運動〗守備。
de·fend·ant [dɪ'fɛndənt] 名 〖法〗被告。—形被告的。
de·fend·er [dɪ'fɛndɚ] 名**1** 守衛者，防禦者，辯護者。**2** 衛冕者。
De'fender of the 'Faith 名〖史〗護教者：英國國王的尊號。
·**de·fense** [dɪ'fɛns] 名**1**U防禦，防衛：the art of ~ 防身術 / national ~ 國防。**2** 防禦物；（~**s**）防禦設施。**3** UC辯護；答辯；辯護性演說：speak in ~ of... 爲…辯護。**4**UC〖法〗答辯，抗辯；（**the** ~）被告方。**5** U〖運動〗守備；C 守備的隊員。
de·fense·less [dɪ'fɛnslɪs] 形無防備的；無防禦能力的。
~·**ly**副, ~·**ness**名
de'fense ,mechanism 名U〖生理·心〗防衛機能。
de·fen·si·ble [dɪ'fɛnsəbl̩] 形 **1** 可防守的。**2** 可辯護的。-**bly**副
·**de·fen·sive** [dɪ'fɛnsɪv] 形 **1** 防守的；防禦的；守勢的：~ lines 防禦線。**2** 抗拒的，生氣的。—名（**the** ~）守勢；辯護。~·**ly**副, ~·**ness**名
de·fer[1] [dɪ'fɝ] 動(-**ferred**, ~·**ring**) 及**1** 延後，延期。**2**《美》讓（某人）暫緩入伍。—不及延遲行動，拖延。
de·fer[2] [dɪ'fɝ] 動(-**ferred**, ~·**ring**)不及服從，聽從（*to...*）：~ *to* his demands 順從他的要求。
—及將…委託給。
def·er·ence ['dɛfərəns] 名U **1** 服從，聽從（*to...*）：blind ~ 盲從。**2** 敬意，尊敬：out of ~ to public opinion 出於對輿論的重視 / pay ~ *to*... 對…表示敬意。
def·er·ent ['dɛfərənt] 形 = deferential.
def·er·en·tial [,dɛfə'rɛnʃəl] 形順從的；恭敬的。~·**ly** 副
de·fer·ment [dɪ'fɝmənt] 名 U**1** 延期，

D

暫緩。2《美》緩徵。

de·fer·ral [dɪˈfɝəl] 名 = deferment.

de·ferred [dɪˈfɝd] 形 1 延期的，遞延的：a ~ pass（大學）延期的及格 / ~ delivery 遞延交付。2 緩徵的。

deˈferred ˈincome 名UC 遞延所得。

deˈferred ˈshare 名《尤英》後取股，遞延付息的股票。

D

·de·fi·ance [dɪˈfaɪəns] 名U 1 違抗，反抗；挑戰：~ of established authority 對已確立之權威的反抗。2 蔑視，置之不理《of...》。

bid defiance of... 違抗；藐視。

in defiance of... 不顧，藐視。

set...at defiance 違抗，蔑視。

de·fi·ant [dɪˈfaɪənt] 形 挑戰的；反抗的；大膽的；傲慢的。~·ly 副

de·fi·bril·la·tor [dɪˈfɪbrəˌletɚ, -ˈfaɪ-] 名 消除心臟纖維顫動器。

de·fi·cien·cy [dɪˈfɪʃənsɪ] 名 (複 -cies) 1 UC 缺乏，不足；缺陷：a ~ of nutrition 營養不良 / fill up a ~ in... 彌補…的不足。2 不足額，不足量。

deˈficiency disˌease 名UC〖病〗維他命等的缺乏症。

·de·fi·cient [dɪˈfɪʃənt] 形 1 欠缺的，不足的《in...》。2 有缺陷的：be mentally ~ 智力不足。~·ly 副

def·i·cit [ˈdɛfəsɪt] 名 不足額；赤字：a ~ in revenue 歲入不足 / ~ financing（政府的）赤字財政。

ˈdeficit ˌspending 名U〖財政〗赤字財政支出。

de·fi·er [dɪˈfaɪɚ] 名 挑戰者；反抗者，違抗者。

def·i·lade [ˌdɛfəˈled] 名 遮蔽，掩護。—動及 防護，遮蔽。

de·file¹ [dɪˈfaɪl] 動及 1 污損，弄髒：~ a holy place with blood 以血腥玷污聖地。2 褻瀆；姦污：~ the altar by blasphemy 口出惡言冒瀆聖壇。3 玷污；中傷。

de·file² [dɪˈfaɪl, ˈdifaɪl] 名 狹道，隘路。

de·file·ment [dɪˈfaɪlmənt] 名 U C 污染，弄髒。

de·fin·a·ble [dɪˈfaɪnəbl̩] 形 可限定的；可說明的，可下定義的。

·de·fine [dɪˈfaɪn] 動 (-fined, -fin·ing) 及 1 下定義，解釋。2 定界線，限定範圍：~ the border of the property with a fence 用圍籬劃定地產的界線。3 使輪廓明顯。4 明確地說明。

·def·i·nite [ˈdɛfənɪt] 形 1 確定的，明確的；清楚的：a ~ answer 明確的回答。2 一定的，限定的。3〖文法〗限定的。~·ness 名

ˌdefinite ˈarticle 名《the~》定冠詞。

·def·i·nite·ly [ˈdɛfənɪtlɪ] 副 1 明確地，斷然地。2《口》當然，正是。

·def·i·ni·tion [ˌdɛfəˈnɪʃən] 名 1 UC 下定義，釋義；C 定義：give a ~ of the wo 給那字下定義。2 U 清晰。3 U 透明度清晰度。

de·fin·i·tive [dɪˈfɪnətɪv] 形 1 最可靠的 ~ translation 權威性的翻譯。2 最後的決定性的。3 限定的，明確的。4〖生發育完全的。—名〖文法〗限定詞 ~·ly 副

de·flate [dɪˈflet] 動及 1 放出空氣；使縮：~ the tires 放出輪胎的氣。2 使受挫使洩氣。3 緊縮（通貨）。—不及 1 洩氣 2（通貨）緊縮，（物價）降低。

de·fla·tion [dɪˈfleʃən] 名 1 U 放出氣，洩氣，（膨脹物的）萎縮。2 U C 貨緊縮。3 U〖地質〗風蝕。

de·fla·tion·ar·y [dɪˈfleʃənˌɛrɪ] 形 通緊縮的：~ impact 通貨緊縮的衝擊。

de·flect [dɪˈflɛkt] 動 及 不及（使）偏《from ...》（使）轉向；（使）歪曲：~ person *from* the right course of action 使人偏離正道。

de·flec·tion [dɪˈflɛkʃən] 名 U C 1 離；轉向；歪曲。2 曲度；偏度。3〖理偏轉；〖電子〗偏向。4〖光〗= deviati 4. 5〖軍〗偏差。

de·flec·tive [dɪˈflɛktɪv] 形 偏離的；偏的，歪斜的。

de·flec·tor [dɪˈflɛktɚ] 名 1 使偏離的[物]。2 致偏板，偏轉器，轉向裝置。

def·lo·ra·tion [ˌdɛfləˈreʃən] 名 U 1 花。2 玷污處女。3 破壞美麗，摧毀潔。

de·flow·er [dɪˈflauɚ] 動及 1 摧花。失去童貞。2 破壞…的美[純潔，神聖《of...》。

de·fo·cus [diˈfokəs] 動 及 不及（使）點模糊。—名 焦點不對；影像模糊。

De·foe [dɪˈfo] 名 **Daniel**, 狄福（1659?-1731）：英國小說家，主要作品為「魯遜飄流記」。

de·fog [diˈfɑg] 動 (-fogged, ~·ging) 及 去霧。

de·fog·ger [diˈfɑgɚ] 名 除霧器。

dr·fo·li·ant [diˈfolɪənt] 名U 除葉劑。

de·fo·li·ate [diˈfolɪˌet] 動及 除去葉子 —不及 除葉。—[diˈfolɪɪt] 形 葉落的。-ˈa·tion 名

de·force [dɪˈfors] 動及〖法〗不法侵占 ~·ment 名

de·for·est [dɪˈfɔrɪst, -ˈfɑr-] 動及 砍伐林。

de·for·es·ta·tion [dɪˌfɔrɪsˈteʃən] 名 採伐森林。

de·form [dɪˈfɔrm] 動及 1 使變形；使醜，破壞。2〖機〗加壓使…變形。

de·for·ma·tion [ˌdifɔrˈmeʃən, ˌdɛfɚ-] UC 1 損形；變醜；變形。2〖機〗變形 3 故意表現特殊效果的變形。

de·formed [dɪˈfɔrmd] 形 1 畸形的；醜的；殘廢的。2 討厭的。

·form·i·ty [dɪ'fɔrmətɪ] 名 (複 **-ties**) **1**)畸形；變形。**2**〖病〗畸形；殘障；變彡。**3** Ⓤ 厭惡，醜陋。
·frag·ment [dɪ'fræg,mənt] 動及〖電腦〗重組（檔案）。
·fraud [dɪ'frɔd] 動及騙取（財物），詐取《of...》。
·fray [dɪ'fre] 動及負擔，支付。
·frock [di'frɑk] 動及= unfrock.
·frost [di'frɔst] 動及除霜，除冰；解凍。—不及 除霜；解凍。
·frost·er [di'frɔstɚ] 名 **1** 除霜裝置。**2** 《美》車窗除霜器。
ft [dɛft] 形 靈巧的，熟練的。～**·ly** 副
·funct [dɪ'fʌŋkt] 形 **1** 死的；滅亡的；已不存在的；過時的。**2** 《the ～》《作單數》《名詞》死者。
·ive 副, ～**·ness** 名
·fuse [dɪ'fjuz] 動及拆除引信；消除，使平息，使緩和。
·fus·er [dɪ'fjuzɚ] 名 消除危機或緊張局面的人。
·fy [dɪ'faɪ] 動 (**-fied**, ～**·ing**) 及 **1** 反抗，蔑視：～ the Government's policies 違抗政府的政策。**2** 抗拒，使不可能；《罕》無法做到：problems that ～ solution 難以解決的問題。**3** 挑撥，激；《古》挑戰。
—名 (複 **-fies**) 《美口》挑激，挑戰；反抗，蔑視。
g. 《縮寫》*deg*ree(s).
·gas [di'gæs] 動 (**-gassed**, ～**·sing**) 及除去瓦斯。
Gaulle [də'gol] 名 **Charles André Joseph Marie**～, 戴高樂（1890–1970）：法國將軍、政治家、總統（1959–69）。
Gaull·ist [də'golɪst] 名= Gaullist.
·gauss [di'gaus] 動及消磁；消磁以防水雷。
·gen·er·a·cy [dɪ'dʒɛnərəsɪ] 名 Ⓤ **1** 墮落；退化；變性。**2** 不正常的性行爲。
·gen·er·ate [dɪ'dʒɛnə,ret] 動 (**-at·ed, -at·ing**) 不及 **1** 墮落，惡化，退化《*from*...; *to*...》；衰退。**2**〖生〗退化；〖病〗變性。—及使衰退；使墮落；使變質。
—[dɪ'dʒɛnərɪt] 形 **1** 惡化的；墮落的；衰退的。**2** 退化的；頹廢的。**3**〖遺傳〗兼併的；〖數〗簡併的。—[dɪ'dʒɛnərɪt] 名 **1** 墮落者；退化物。**2** 性變態者；〖病〗精神變異者。
·gen·er·a·tion [dɪ,dʒɛnə'reʃən] 名 Ⓤ 墮落；退化，衰退：the ～ of morals 道德敗壞。**2**〖生〗退化；〖病〗變性，變質。
·gen·er·a·tive [dɪ'dʒɛnə,retɪv, -rətɪv] 形墮落的；退化的，衰退的。
·glu·ti·tion [,diglu'tɪʃən] 名 Ⓤ〖生理〗吞，嚥。
·grad·a·ble [dɪ'gredəbl] 形〖化〗可化學分解的，可降解的。
g·ra·da·tion [,dɛgrə'deʃən] 名 Ⓤ **1** 降職，貶黜；降低；墮落；退化；不名譽。**2**〖地〗剝蝕，均夷；〖化〗降解。
·de·grade [dɪ'gred] 動 (**-grad·ed, -grad·ing**) 及 **1** 貶黜，降級《*to*...》。**2** 侮辱；《通常用反身》貶低人格；使墮落：～ *oneself* by telling lies 說謊而自貶人格。**3** 使減少；使低落；使柔和：～ the purity of... 降低…的純度。**4**〖地〗均夷，剝蝕；〖化〗降解。**5**〖生〗使退化。
—不及 **1**〖化〗降解；〖生〗退化。**2** 降級，下降。
de·grad·ed [dɪ'gredɪd] 形 **1** 降級的。**2** 墮落的；退化的，低落的。
de·grad·ing [dɪ'gredɪŋ] 形 不名譽的，有失體面的，侮辱的；劣等的。
:de·gree [dɪ'gri] 名 **1** Ⓤ 地位，身分。**2** Ⓤ 階級，等級：first ～ murder 一級謀殺罪。**3** Ⓤ Ⓒ 程度：a high ～ of skill 技術高超。**4** 度，度數。**5** 學位，稱號：take a ～ 取得學位。**6**〖文法〗級。**7**〖數〗次；次數；度；〖樂〗音度。**8**〖遺傳〗親等。
by degrees 漸進地，逐漸地。
in its degree 順應本身的身分。
to a degree (1)《口》相當地；非常地。(2) 稍微，多少。
de·hire [di'haɪr] 動及《美》解僱。
de·hisce [dɪ'hɪs] 動 不及（豆莢等）裂開。
de·horn [di'hɔrn] 動及 去角。
de·hu·man·i·za·tion [di,hjumənaɪ'zeʃən] 名 Ⓤ 泯滅人性；獸性化。
de·hu·man·ize [di'hjumə,naɪz] 動及使喪失人性；使失去個性。
de·hu·mid·i·fi·er [,dihju'mɪdə,faɪɚ] 名 除溼機。
de·hu·mid·i·fy [,dihju'mɪdə,faɪ] 動 (**-fied**, ～**·ing**) 及 除掉…中的溼氣，使…乾燥。
de·hy·drate [di'haɪdret] 動 及 **1** 脫水，去除水分。**2** 使意志消沉：～ the soul 使人意志消沉。—不及 脫水，除溼；呈現脫水症。
de·hy·dra·tion [,dihaɪ'dreʃən] 名 Ⓤ **1** 脫水。**2**〖醫〗脫水症。
de(-)ice [di'aɪs] 動及不及除冰；裝上除冰裝置。
deic·tic ['daɪktɪk] 形〖理則〗直證的；〖文法〗指示的。
de·i·de·ol·o·gize [di,aɪdɪ'ɑlə,dʒaɪz] 動及使非意識形態化，使不耽於幻想。
de·i·fi·ca·tion [,diəfə'keʃən] 名 **1** Ⓤ 神化；奉祀爲神。**2** 被視若神明的人[物]；神體。
de·i·fy ['diəfaɪ] 動 (**-fied**, ～**·ing**) 及 **1** 祭祀爲神，視若神明。**2** 極度崇拜。
deign [den] 動不及願意屈尊；俯就，降低身分。—及《主要用於否定》《文》賜予。
de·in·dus·tri·al·i·za·tion [,dɪn,dʌstrɪələ'zeʃən] 名 Ⓤ 非工業化。
de·ism ['diɪzəm] 名 Ⓤ **1** 《偶作 D-》理神

論，自然神論。2 理性的有神論。

de·ist ['diɪst] 名理神論者，信仰自然神論者。

de·is·tic [di'ɪstɪk] 形理神論的。

de·i·ty ['diɪtɪ] 名(複 **-ties**) 1 神；女神: the *deities* of ancient Greece 古希臘諸神。2 U 神性；神格: the ～ of Christ 基督的神性。3《**the D-**》上帝，創造萬物之神。4 被奉若神明的人[物]。

D

déjà vu [,deʒɑ'vju] 名 U《法語》〖心理〗既視現象: 似曾相識或經歷的錯覺。

de·ject [dɪ'dʒɛkt] 動及《常用被動》使沮喪。

de·ject·ed [dɪ'dʒɛktɪd] 形沮喪的，頹喪的，消沉的: a ～ look 一副垂頭喪氣的模樣。～**·ly** 副

de·jec·tion [dɪ'dʒɛkʃən] 名 U 失意，意志消沉，沮喪。

dé·jeu·ner ['deʒə,ne] 名(複 ～**s** [-,nez])《法語》早餐；午餐。

de·juiced [dɪ'dʒust] 形枯燥無味的。

de ju·re [di'dʒurɪ] 副形有權的，正當的；法律上的。

dek(a)- 《字首》**dec(a)-** 的別體。

dek·a·gram ['dɛkə,græm] 名 = decagram.

dek·a·li·ter ['dɛkə,litɚ] 名 = decaliter.

dek·a·stere ['dɛkə,stɪr] 名 = decastere.

dek·ko ['dɛko] 名(複 ～**s** [-z])《英俚》一瞥，一眼: have a ～ 看一眼。—動及看見。

del. 《縮寫》*del*egate; *del*ineavit.

Del. 《縮寫》*Del*aware.

Del·a·ware ['dɛlə,wɛr] 名(複 ～**s**,《集合名詞》～) 1 德拉瓦: 美國東部一州，首府 Dover；略作: Del.,《郵》DE。2 德拉瓦族。3 德拉瓦種葡萄。

:de·lay [dɪ'le] 動及 1 延期，延後。2 延誤，耽擱。—不及拖延，耽誤；徘徊。—名 U C 1 延期；耽擱: without ～ 立刻，毫不遲疑。2 延誤的時間。3〖電子〗遲延電路。～**·er** 名

de·lay(ed)-ac·tion [dɪ'le(d)'ækʃən] 形行動延後的；作用延後的: a ～ bomb 定時炸彈。

de'laying ,action 名〖軍·運動〗拖延戰(術)。

de·le ['dilɪ] 動及〖印〗刪除。—名表刪除的符號。

de·lec·ta·ble [dɪ'lɛktəbl] 形使人高興的，令人愉快的；味美的: a ～ personality 令人喜愛的個性 / a ～ meal 美味的一餐。**-bly** 副

de·lec·ta·tion [,dilɛk'teʃən] 名 U《通常作 **for one's** ～》高興，愉快: provide *for our* ～ 給我們帶來快樂。

del·e·ga·cy ['dɛləgəsɪ] 名(複 **-cies**) 1 U 代表的地位，委任；代表權。2 代表團。3《英》(牛津大學的) 特別常任委員會。

·del·e·gate ['dɛlə,get, -gɪt] 名 1 代理者；代表: the U.S. ～*s* to the conference 與會美國代表。2 美國 (特別行政區或託管選出的) 眾議院議員。
—['dɛlə,get] 動(**-gat·ed, -gat·ing**) 及 1 派當代表《*to...*》。2 授 (權)，託付《*to...*》

del·e·ga·tion [,dɛlə'geʃən] 名 1 U 派代表，任命代表；授權: ～ of power 授 (制度)。2《集合名詞》《作單、複數》表團，議員團；《美》代表各州的國會員。

de·lete [dɪ'lit] 動及刪除，抹掉《*fr*...》。

del·e·te·ri·ous [,dɛlə'tɪrɪəs] 形有害的有毒的: a ～ drug 毒藥 / the ～ effects pornography 色情書刊的不良影響。～副, ～**·ness** 名

de·le·tion [dɪ'liʃən] 名 1 U 刪除。2 刪掉的部分。

delft [dɛlft] 名 U (荷蘭產的) 精製器；與此相似的陶器。

Del·hi ['dɛlɪ] 名德里: 印度的舊都。

del·i ['dɛlɪ] 名(複～**s**[-z])《美口》= delicatessen.

·de·lib·er·ate [dɪ'lɪbərɪt] 形 1 蓄意的故意的: ～ mischief 有意的惡作劇。2 思熟慮後的；慎重的《*in...*》: a ～ decis 深思後所作的決定。3 不慌不忙的，悠的: with ～ steps 以從容的步伐。
—[dɪ'lɪbə,ret] 動(**-at·ed, -at·ing**) 及仔細慮，思考。—不及 1 思考，仔細考慮*on, upon, over, about...*》。2 商議，討論 ～**·ness** 名

·de·lib·er·ate·ly [dɪ'lɪbərɪtlɪ] 副 1 故地。2 慎重地，深思熟慮地。3 從容地

de·lib·er·a·tion [dɪ,lɪbə'reʃən] 名 1 C 慎思，思考；《常作～**s**》(正式的討論，審議: under ～ 在審議中。2 U 重，沉著: with ～ 慎重而從容地。

de·lib·er·a·tive [dɪ'lɪbə,retɪv] 形 1 審的: a ～ assembly 審議會。2 慎重的，仔考慮的。～**·ly** 副, ～**·ness** 名

·del·i·ca·cy ['dɛləkəsɪ] 名(複**-cies**) 1 U 美；優雅；精緻；敏感；《偶用 **a** ～》諒: the ～ of a spider's web 蜘蛛網的細。2 U 虛弱，纖弱: ～ of constituti 體質的纖弱。3 U 需要細心處理，微妙 problem of great ～ 非常微妙的問題 U 敏銳，精密: be made with great ～ 得極精密。5 美味，珍饈。

·del·i·cate ['dɛləkət] 形 1 精緻的；優的，纖細的；柔和的，淡的: her ～ features 她秀麗的容貌 / a ～ fragrance 幽雅的香 / ～ color 柔和的顏色。2 易壞的；虛的，纖弱的: a ～ glass vase 易碎的玻璃瓶 / ～ flowers 嬌嫩的花。3 難處理的，妙的: a ～ task 棘手的事 / a ～ state of fairs 微妙的局面。4 雅緻的；敏銳的；巧的: a ～ mechanism 精巧的機件 / a feel for language 對語言的敏銳直覺。5 小的；清淡可口的: ～ differences 微細

差別 / ～ foods 清淡可口的菜肴。6 體貼的；關心的。7 敏感的，挑剔的。

el·i·cate·ly ['dɛləkətlɪ] 副 1 優美地，精緻地。2 微妙地；靈巧地。3 高雅地。

el·i·ca·tes·sen [ˌdɛləkə'tɛsn̩] 名 1 賣熟食的商店。2《口》《常作複數》熟菜。

e·li·cious [dɪ'lɪʃəs] 形 1 好吃的，美味的；芳香的；令人愉快的 : a ～ breeze 宜人的和風 / a green valley ～ to the eyes 悅目的翠谷。2 妙的，有趣的 : a ～ wit 妙趣橫生的機智。

—名《D-》〖植〗金香蘋果，五爪蘋果；此種蘋果樹。～·ly 副, ～·ness 名

·lict [dɪ'lɪkt] 名 U〖法〗違法行為。

·light [dɪ'laɪt] 名 1 U 高興，愉快: with ～ 高興地 / give ～ to... 使…高興。2 樂事，帶來喜悅的東西 : the ～s of cooking 烹調的樂趣。—動及 使高興，使愉快。—不及 1 喜愛；享受《 *in..., in doing*》；樂於…。2 帶來喜悅。

·light·ed [dɪ'laɪtɪd] 形 高興的，愉快的《 *at..., at doing, to do, that* 子句 》: be ～ to see... 看到…很高興。

～·ly 副 快樂地，愉快地。

·light·ful [dɪ'laɪtfəl] 形 令人高興的，快樂的 : a ～ evening 快樂的夜晚 / ～ news 喜訊。～·ly 副, ～·ness 名

·light·some [dɪ'laɪtsəm] 形《古》〖詩〗= delightful.

e·li·lah [dɪ'laɪlə] 名 1〖聖〗大利拉。2 妖婦。

·lim·it [dɪ'lɪmɪt] 動及 定…的範圍；定界限。

·lim·i·tate [dɪ'lɪmɪˌtet] 動及 = delimit.

·lim·i·ta·tion [dɪˌlɪmə'teʃən] 名 1 U 定界限。2 C 界限，分界。

·lim·it·er [dɪ'lɪmɪtɚ] 名〖電腦〗定界符。

·lin·e·ate [dɪ'lɪnɪˌet] 動及 1 畫輪廓；描繪。2 詳細地描述。-a·tive 形

·lin·e·a·tion [dɪˌlɪnɪ'eʃən] 名 1 U 畫輪廓，描繪；描述，概要說明 : character ～ 性格描寫。2 圖表，圖解；略圖。

·lin·quen·cy [dɪ'lɪŋkwənsɪ] 名 (複 -ies) 1 U 不履行，怠忽職務；違反；拖欠。2 過期未付之稅款、貸款等。3 U C 過失；（青少年）犯罪 : moral ～ 道德上的過失 / juvenile ～ 青少年犯罪。

·lin·quent [dɪ'lɪŋkwənt] 形 1 失職的，怠忽的；有過失的，犯罪的 : ～ boys 不良少年。2 拖欠的。—名 失職者，怠忽者；拖欠者；不良少年，少年罪犯。～·ly 副

l·i·quesce [ˌdɛlə'kwɛs] 動不及 1 溶解，融化；〖化〗潮解。2〖植〗液化；歧散。

l·i·ques·cence [ˌdɛlə'kwɛsn̩s] 名 U 溶解（性）；融化。

·lir·i·ous [dɪ'lɪrɪəs] 形 1〖病〗患譫妄的；意識混亂的。2 發狂的；極為興奮的《 *with...* 》。～·ly 副, ～·ness 名

de·lir·i·um [dɪ'lɪrɪəm] 名 (複 ～s, -i·a [-'lɪrɪə]) U C 1〖病〗譫妄，意識不清。2 狂熱，興奮。

de'lirium 'tre·mens [-'trimənz] 名 U〖病〗震顫譫妄；酒瘋。

de·list [di'lɪst] 動及 1 從名單上刪除。2 將（某種證券）下市。

:de·liv·er [dɪ'lɪvɚ] 動及 1 投遞，傳送 : ～ letters 分送信件。2 讓出；交還；發給；〖法律〗（正式）交付 : ～ a suspect to the courtroom 將嫌犯帶到法庭。3 敘述，宣布《 *to...* 》: ～ a lecture 發表演說 / ～ an ultimatum 發出最後通牒。4 投（球）；射出，發出；出產；《喻》給予（打擊）: ～ a sinker 投伸卡球。5 解救，解放《 *from, out of...* 》: ～ him *from* evil 將他從災難中救出。6 接生，助產；《被動》產下 : be ～ed of a daughter 產下一女嬰。7《口》拉選票。

—不及 1 生孩子，生產。2 運送。3 發言，敘述。4《口》實現（諾言），完成《 *on ...* 》。

deliver oneself of... 敘述。

deliver the goods (1) ⇨ 動及 1. (2)《口》不負所望；履行諾言。

Stand and deliver ! 站住，拿來！

·de·liv·er·a·ble [dɪ'lɪvərəbl̩] 形 可交還的，可送到的，能救出的。

de·liv·er·ance [dɪ'lɪvərəns] 名《文》1 U 解救，救出，釋放《 *from...* 》: ～ from sin 從罪惡中解救出來。2 U C 表達的意見；正式的宣布判決。

de·liv·er·er [dɪ'lɪvərɚ] 名 1 投遞人，交付者。2 救助者，拯救者。

:de·liv·er·y [dɪ'lɪvərɪ] 名 (複 -er·ies) 1 U 釋放；救助，救出《 *from...* 》。2 U C 運送，傳送；遞送 : special ～ 快遞 / a ～ truck 行李運送車。3 U C 交還，讓出；發給，面交《 *to...* 》；〖商〗交貨，交割；〖法〗移交 : a ～ order 提貨單（略作: D. O.）/ ～ on arrival 貨到即提，貨到交付。4 U C 演說；表達；宣布；（陪審團的決定）回答；《偶作 a ～》發言方法 : the ～ of one's opinion 發表意見 / *a* rapid ～ 話講得很快。5 U C 發出，投射；投球（法）。6 U C 分娩，生產 : painless ～ 無痛分娩。7 遞送物，交付的貨品。

de·liv·er·y·man [dɪ'lɪvərɪmən] 名 (複 -men) 送貨員。

de'livery ˌnote 名《主英》交貨證書，送貨單。

de'livery ˌroom 名 1 產房，分娩室。2 借書室。3 收發貨品室。

dell [dɛl] 名 小山谷，僻靜的山谷。

'Del·lin·ger phe'nomenon ['dɛlɪndʒɚ-] 名〖無線〗戴林傑現象。

del·ly ['dɛlɪ] 名 (複 -lies) = deli.

de·lo·cal·ize [di'lokl̩ˌaɪz] 動及 1 使離開原地；除去地域性。2 使（電子）移位。

D

D

de·louse [di'laus] 動及自…除去蝨子。
Del·phi ['dɛlfaɪ] 名 德爾菲：希臘古城，因有 Apollo 神殿而著名。
Del·phi·an ['dɛlfɪən] 形 = Delphic.
Del·phic ['dɛlfɪk] 形 1 德爾菲的；阿波羅神殿的。2《d-》含混不清的，雙關的。
del·phin·i·um [dɛl'fɪnɪəm] 名 (複 ～s, -i·a [-ɪə])〖植〗翠雀屬植物，飛燕草。
·**del·ta** ['dɛltə] 名 U C 1 希臘字母中第四個字母。2 三角形的東西；（河口的）三角洲：the Nile ～ 尼羅河三角洲。3〖數〗δ（幅角、函數）。
'**delta ˌwave** 名〖生理〗δ 波。
'**delta ˌwing** 名〖空〗三角翼。
del·toid ['dɛltɔɪd] 名〖解〗三角肌。—形 三角形的，希臘字母 delta 的大寫形（Δ）的。
de·lude [dɪ'lud] 動及 欺騙，哄騙《*with ..., into doing*》：～ oneself *with* false hopes 以不實的希望來欺騙自己。
del·uge ['dɛljudʒ] 名 1 洪水；《the D-》聖經創世紀中諾亞（Noah）遭遇的大洪水；大雨：becaught in a ～ of rain 遇到一場大雨。2《通常作 a ～》急湧而至的東西，蜂擁《*of ...*》：a ～ *of* congratulatory telegrams 一陣蜂擁而至的賀電。—動及 1 氾濫，淹沒。2《通常用被動》蜂擁而至；（時間）被占據《*with...*》。
de·lu·sion [dɪ'luʒən] 名 1 U 欺騙；迷惑：the ～ of youth 青年期的迷惘。2 謬見，錯覺，誤會《*that* 子句》：～*s* of persecution 被迫害妄想症 / fall into a ～ 陷入幻想。～·al 形
de·lu·sive [dɪ'lusɪv] 形 1 欺騙的；令人誤會的：a ～ statement 不實的說詞。2 虛妄的；幻想的：a ～ conviction 盲目的相信。～·ly 副, ～·ness 名
de·lu·so·ry [dɪ'lusərɪ] 形 = delusive.
de·luxe, de luxe [dɪ'lʊks, -'lʌks] 形 豪華的，奢侈的：a ～ edition（書的）精裝本。—副 豪華地，奢侈地。
delve [dɛlv] 動 不及 1 發掘，調查，研究《*into, among...*》：～ *into* a crime 查明罪行。2（道路等）下降。3《古》挖掘《*for ...*》。—及《古》挖。—名 挖洞；洞穴，凹處。'**delv·er** 名
dem [dɛm] 感《主英》= damn.
Dem.《縮寫》*Democrat(ic).*
de·mag·net·i·za·tion [ˌdimægnətaɪ'zeʃən] 名 U 1 消磁，去磁。2 消音。
de·mag·net·ize [di'mægnəˌtaɪz] 動及 1 消磁，去磁。2 消音。
dem·a·gog·ic [ˌdɛmə'gɑdʒɪk], **-i·cal** [-ɪkl] 形 煽動的；煽動者的。-**i·cal·ly** 副
dem·a·gog·ism ['dɛməˌgɔgɪzəm] 名 = demagoguery.
dem·a·gogue,《美》**-gog** ['dɛməˌgɔg] 名 1 煽動者；善於煽動人心的政治演說者：play ～ 煽動。2（古代）民眾領袖。
dem·a·gogu·er·y ['dɛməˌgɔgərɪ] 名 U《主美》煽動的行為；煽動性，謠言。
dem·a·go·gy ['dɛməˌgɑgɪ, -odʒɪ] 名 demagoguery.
:**de·mand** [dɪ'mænd] 動及 1 強求《*from, of...*》；要求；請求：～ an answer of a person 要求某人回答。2 詢問，查詢：～ a person's business 詢問某人所從事的事。3 需要：～ the utmost care 需要極度的小心。4〖法〗請求，召喚（出庭）。—不及 要求，詢問。—名 1 要求，請求《*for... that (should)* 子句》。2 要求的東西，需求品。3 迫切需要，祈求《*on...*》。4《偶作 ～》需要（的狀態）；〖經〗需求（量）《*for...*》。5《古》詢問，盤問。
on demand 依要求（而支付）。
de·mand·ant [dɪ'mændənt] 名〖法〗提出要求者，原告。
de'mand ˌbill 名 即期匯票。
de'mand deˌposit 名〖銀行〗活期存款。
de·mand·ing [dɪ'mændɪŋ] 形 過分要求的：a very ～ boss 嚴苛的上司。～·ly 副
de'mand ˌloan 名 = call loan.
de'mand ˌnote 名《美》即期票據。
de'mand- ˌpull in'flation 名 U 需求量引發的通貨膨脹。
de·mar·cate [dɪ'mɑrket] 動及 1 劃界線，定界。2 劃分清楚，區別：～ areas of responsibility 劃清負責的範圍。
de·mar·ca·tion [ˌdimɑr'keʃən] 名 U 劃定界限。2 區分，區劃：draw a line ～ between adulthood and youth 區別成年期與青年期。
dé·marche [de'mɑrʃ] 名 (複 ～s[-'mɑrʃ])《法語》1 程序，步驟；措施。2（外交）新方針，新政策。
de·mean¹ [dɪ'min] 動及《文》《通常反身》傷害…的品格，貶抑…的人格。
de·mean² [dɪ'min] 動及《文》《反身》舉動，行為：～ *oneself* well 舉止良好。
de·mean·or,《英》**-our** [dɪ'minə] 名 U《文》行為，舉止，品行。2 表情；態度：assume a haughty ～ 帶著高傲的態度。
de·ment·ed [dɪ'mɛntɪd] 形 患癡呆症的；精神錯亂的，瘋狂的。～·ly 副
de·men·tia [dɪ'mɛnʃɪə, -ʃə] 名 U〖精神醫〗癡呆：senile ～ 老年癡呆。
de·mer·it [di'mɛrɪt] 名 1 缺點，過失：the merits and ～*s* 長處和短處，功過。2《美》記過。
de·mesne [dɪ'men] 名 1 U 占有：land held in ～ 私有土地。2 地產。3 領地，莊園：royal ～ 王室領地，王畿。4 範圍，領域。5 地區，地域。
De·me·ter [dɪ'mitə] 名〖希神〗荻蜜特：專司農業、社會秩序及保護婚姻的女神。
demi-《字首》表「半…」、「部分…」之意。
dem·i·god ['dɛməˌgɑd] 名 1 半神半人

下級的神。2 受崇拜的人物。
em·i·john ['dɛmə,dʒɑn] 图細頸大罈。
e·mil·i·ta·ri·za·tion [di,mɪlətəraɪ'zeʃən] 图Ⓤ非軍事化，非武裝化。
e·mil·i·ta·rize [di'mɪlətə,raɪz] 動及1 使非軍事化；使不用於軍事目的。2 解除軍事管制。3 撤除武裝。
e'militarized 'zone 图非軍事區。
em·i·lune ['dɛmɪ,lun] 图半月形堡壘。
em·i·monde ['dɛmɪ,mɑnd] 图《ne ～》1 名聲不好的女人；風塵女子。2 不正當的社會階層。
e·mi-pen·sion [,dɛmɪpɑŋ'sjɔŋ] 图《法語》半膳：只供應部分餐食的做法。
em·i·rep ['dɛmɪ,rɛp] 图被包養的女人，姘婦。
e·mise [dɪ'maɪz] 图Ⓤ《文》1 死亡；終止，消滅。2〖法〗遺贈，讓與；〖政〗繼承，讓位。—動及1〖法〗轉讓，遺贈。〖政〗傳讓，禪讓。—不及1 禪位。2 死亡。3〖法〗轉讓，遺贈《*to*...》。
m·i·sem·i·qua·ver [,dɛmɪ'sɛmə,kwevɚ] 图〖樂〗《主英》三十二分音符。
e·mis·sion [dɪ'mɪʃən] 图ⓊⒸ1 辭職，退位。2《古》免職。
e·mist·er [di'mɪstɚ] 图除霧器。
e·mit [dɪ'mɪt] 動(～·ted, ～·ting)《主英》及1 辭職；放棄。2《古》解僱。—不及辭職。
m·i·tasse ['dɛmə,tæs, -'ɑs] 图(複 -tasses [-,tæsɪz]) 1 小咖啡杯。2 一小杯黑咖啡。
m·i·world ['dɛmɪ,wɝld] 图 = demimonde 2.
m·o ['dɛmo] 图 (複 ～s [-z])《口》1 = demonstration 2, 4. 2 = demonstrator 3 (2). 3 試聽用的錄音帶、唱片；汽車樣品。
em·o ['dɛmo] 图(複 ～s [-z])《美口》民主黨員。
mo- 《字首》表「人民」、「百姓」之意。
e·mob [di'mɑb] 图《英口》= demobilize。
e·mo·bi·lize [di'mo,bəlaɪz] 動及遣散；使復員。-li·'za·tion 图
e·moc·ra·cy [də'mɑkrəsɪ] 图(複 -cies) Ⓤ民主主義；民主政治，民主政體：representative ～代議民主制。2 民主國家。Ⓤ 平等待遇；民主精神：an inherent sense of ～ 與生俱來的民主觀念。4《the ～》平民，百姓。5《D-》民主黨；民主黨員。
m·o·crat ['dɛmə,kræt] 图 1 民主主義者，民主政治論者。2《D-》〖美政〗民主黨黨員。
m·o·crat·ic [,dɛmə'krætɪk] 形 1 民主主義的；民主政體的；民主國家的；平等的。2《D-》〖美政〗民主黨的；（早期）民主共和黨的。3 民眾的，百姓的。
m·o·crat·i·cal·ly [,dɛmə'krætɪkəlɪ] 副民主地。
emo'cratic 'Party 图《the ～》（美國的）民主黨。
de·moc·ra·ti·za·tion [də,mɑkrətaɪ'zeʃən] 图Ⓤ民主化。
de·moc·ra·tize [də'mɑkrə,taɪz] 動及不及民主化，平民化，成爲民主國家。
De·moc·ri·tus [dɪ'mɑkrɪtəs] 图德謨克里特（約 460–370B.C.）：希臘哲學家。
dé·mo·dé [,demo'de] 形《法語》過時的，老式的。
de·mod·ed [di'modɪd] 形過時的，老式的。
De·mo·gor·gon [,dimə'gɔrgən] 图（神話中的）魔王。
de·mog·ra·pher [dɪ'mɑgrəfɚ] 图人口統計學家。
de·mo·graph·ic [,dimə'græfɪk, ,dɛ-] 形人口學的；人口統計的。
de·mo·graph·ics [,dimə'græfɪks, ,dɛ-] 图(複)〖社〗人口特徵。
de·mog·ra·phy [dɪ'mɑgrəfɪ] 图Ⓤ人口統計學；人口學。
de·mol·ish [dɪ'mɑlɪʃ] 動及1 拆毀；使荒蕪，破壞。2 推翻；廢止。3《口》吃光。
dem·o·li·tion [,dɛmə'lɪʃən] 图ⓊⒸ1 破壞，拆毀；被破壞的狀態；廢止。2 爆破；《～s》炸藥。—形 1 炸藥的，爆破的。2 破壞的，拆毀的。
demo'lition ,derby 图《美》撞車大賽。
de·mon ['dimən] 图 1 邪神；惡魔；鬼神；邪惡的化身。2 精力充沛的人；高手；非凡的人：a ～ for practicing 熱中於練習者。3 極惡的人：the ～ of greed 貪得無厭的人。4 = daemon 1.—形 1 邪神的；惡魔似的。2 受惡魔控制的。
de·mon·e·tize [di'mɑnə,taɪz] 動及 1 使失去標準價值。2 廢止（通用貨幣）。-ti·'za·tion 图
de·mo·ni·ac [dɪ'monɪ,æk] 形1 惡魔的，似惡魔的。2 惡魔附身的；兇惡的。—图被惡魔附身的人；瘋狂者。
de·mo·ni·a·cal [,dimə'naɪəkl] 形 = demoniac.
de·mon·ic [di'mɑnɪk], **-i·cal** [-ɪkl] 形 1 = demoniac 1. 2 有魔力的。3 殘酷的，兇惡的。
de·mon·ism ['dimən,ɪzəm] 图Ⓤ對鬼怪的信仰；鬼神學。
de·mon·ize ['dimə,naɪz] 動及使成爲惡魔；使惡魔附身。
demon(o)- 《字首》demon- 的複合形。
de·mon·ol·o·gy [,dimən'ɑlədʒɪ] 图Ⓤ 1 鬼神學；鬼怪論。2 仇敵名單。
de·mon·stra·ble [dɪ'mɑnstrəbl, 'dɛmən-] 形 1 可證明的，可論證的，可示範的。2 明顯的。
de·mon·stra·bly ['dɛmənstrəblɪ] 副可證明地；明顯地；憑論證。
·dem·on·strate ['dɛmən,stret] 動(-strat·

D

ed, -strat·ing) 及 1 闡明；證明：～ a scientific principle 證明一個科學原理。2 說明；示範《to...》：～ the sewing machine 示範縫紉機的操作。3 顯示；表露。—不及 1 示威《for...; against...》。2〖軍〗炫耀軍力。3 示範。

·dem·on·stra·tion [ˌdɛmən'streʃən] 名 U C 1 論證，證明；例證：a ～ of the principle of gravity 地心引力法則的例證。2 實物說明；示範：a ～ of washing machine 洗衣機的實物宣傳。3 表露《通常用 of...》：give a ～ of love 表示愛意。4 示威運動《for...; against...》：hold a ～ against ... 以示威表示反對。5〖軍〗佯動（作戰），軍力展示。6〖數·理則〗演證；論證。
to demonstration 明確地，決定性地。

de·mon·stra·tive [dɪ'mɑnstrətɪv] 形 1 感情流露的，坦率的。2 示範的；說明的；論證的；決定性的：be ～ of ... 證明，證實…的存在。3 示威的；〖文法〗指示的。—名〖文法〗指示詞。
～·ness 名

de·mon·stra·tive·ly [dɪ'mɑnstrətɪvlɪ] 副 1 流露感情地，顯露地。2 論證地；示威地。

dem·on·stra·tor ['dɛmənˌstretɚ] 名 1 證明者[物]。2 示威者：《～s》示威遊行隊伍。3 (1) 示範者。(2)（產品等的）功能示範者。4 實驗助教。

de·mor·al·i·za·tion [dɪˌmɔrələ'zeʃən, -ˌmɑraɪ'zeʃən] 名 U 1 士氣低落。2 混亂。

de·mor·al·ize [dɪ'mɔrəlˌaɪz, dɪ'mɑ-] 動 及 1 使士氣低落；使洩氣：～ the soldiers 挫折士氣。2 使陷於混亂。3《古》敗壞道德；使墮落。

de·mos ['dimɑs] 名 U 公民，大眾。

De·mos·the·nes [dɪ'mɑsθəˌniz] 名 狄摩斯特尼斯（384?–322B.C.）：雅典的政治家及演說家。

de·mote [dɪ'mot] 動 及 使降級，降低地位。

de·moth·ball [di'moθbɔl] 動 及 使（退役的軍艦）復役。

de·mot·ic [dɪ'mɑtɪk] 形 1 大眾的；通俗的。2 通俗文字的。

de·mo·tion [dɪ'moʃən] 名 U C 降級，降職。

de·mo·ti·vate [dɪ'motəˌvet] 動 及 使失去動機，不再熱中。

de·mount [di'maunt] 動 及 1 卸下，拆卸。2 分解，拆開。～·a·ble 形

de·mul·cent [dɪ'mʌlsənt] 形 鎮靜的，鎮痛的。—名 U C 鎮痛劑。

de·mur [dɪ'mɝ] 動 (-murred, ～·ring) 不及 1 反對，提出異議《at, to, about..., at doing》：gently ～ at a proposal 對提案溫和地提出異議 / ～ at working on Sunday 反對星期日上班。2〖法〗抗辯。
—名 U《通常與否定字連用》異議，反對：without ～ 無異議地。

de·mure [dɪ'mjʊr] 形 (-mur·er, -mur·est) 1 嫻靜的，端莊的。2 佯作端莊的，假經的。～·ly 副, ～·ness 名

de·mur·rage [dɪ'mɝɪdʒ] 名 U〖商〗期停留；逾期費；滯留費。

de·mur·ral [dɪ'mɝəl] 名 U 異議。

de·mur·rant [dɪ'mɝənt] 名 提出異議

de·mur·rer [dɪ'mɝɚ] 名 異議（提者）；〖法〗對起訴提出異議，抗辯：p in a ～ 提出異議。

de·mys·ti·fi·ca·tion [ˌdimɪstəfə'keʃən] 名 U 啓蒙，啓發；闡明。

de·mys·ti·fy [di'mɪstəˈfaɪ] 動 (-fied, ～·ing) 及 去除神祕；啓發；闡明。

de·my·thol·o·gize ['dimɪ'θɑləˌdʒaɪz] 動 及 除去…的神話色彩。

·den [dɛn] 名 1 獸穴，窩。2 巢穴，賊窩 污穢的居所：～*s* of misery 貧民窟。3 私的小房間；書齋。
—動 (denned, ～·ning) 不及 穴居；住在亂的地方。

Den. 《縮寫》*Den*mark.

de·nar·i·us [dɪ'nɛrɪəs] 名 (複 -i·i [-ɪ,aɪ]) 1 古羅馬的銀幣（略作：d）。2 古羅馬金幣。

den·a·ry ['dɛnərɪ,'di-] 形 十倍的，十（法）的。

de·na·tion·al·ize [di'næʃənḷˌaɪz] 動 及 1 使非國有化。2 褫奪公民資格；剝國籍。
-i·'za·tion 名 U 非國有化；剝奪國籍。

de·nat·u·ral·ize [di'nætʃərəˌlaɪz] 動 及 使違背本性；使非自然化；褫奪…的民權。
-i·'za·tion 名 U 違反自然；褫奪國籍。

de·na·ture [di'netʃɚ] 動 及 1 除去…的性，使（物質）變性：～*d* alcohol 變性精。2 使喪失人性。—不及 改變性質。

de·na·zi·fy [di'nɑtsəˌfaɪ] 動 及 使非納化，消除納粹的影響。-fi·'ca·tion 名 非納粹化

dendro- 《字首》表「樹木」之意。

den·droid ['dɛndrɔɪd] 形 樹木狀的，枝狀的。

den·drol·o·gy [dɛn'drɑlədʒɪ] 名 U 樹學。

den·e·ga·tion [ˌdɛnə'geʃən] 名 U C 認；拒絕。

'den·gue (ˌ**fever**) ['dɛŋgɪ-, 'dɛŋˌge-] U〖病〗登革熱。

de·ni·a·ble [dɪ'naɪəbl] 形 可否認的；拒絕的；可反對的。

·de·ni·al [dɪ'naɪəl] 名 1 U C 否認《of that 子句》：make a ～ of 否定。2 U C 絕相信；否定；拒絕承認《of ...》。3 C 拒絕，回絕要求《of...》：give a flat ～ of a request 斬釘截鐵地拒絕要求 / ～ of civil liberties 拒絕給予公民自由。4 C〖法〗否認：a general ～ 全面的否認。5 U 克己；自制：～ of one's appetites 抑

食慾。

de·ni·er[1] [dɪˈnaɪɚ] 名否認者；反對者；拒絕者。

de·nier[2] [ˈdɛnjɚ, dəˈnɪr] 名丹尼爾：一種纖細度單位。

den·i·grate [ˈdɛnəˌgret] 動及 1 誹謗；詆毀。2 輕視，貶低。3 使變黑。

den·i·gra·tion [ˌdɛnəˈgreʃən] 名U 誹謗，中傷。

den·im [ˈdɛnəm] 名 1 U 丹寧布：一種斜紋粗棉布；牛仔布。2《～s》用丹寧布製成的衣服。

Den·is [ˈdɛnɪs] 名〖男子名〗丹尼斯（亦作 Denys, Dennis）。

de·ni·tri·fy [diˈnaɪtrəˌfaɪ] 動 (-fied, ～·ing) 及使脫氮，使脫硝。-fi·ˈca·tion 名

den·i·zen [ˈdɛnəzən] 名 1《文》《諧》生物；居民《of...》: ～s of the deep 海裡的動物，魚。2《英》入籍者。3 常客《of...》。4 外來的動植物；外來語。

—動及 1《英》給予居留權，允許入籍。2 使（植物）歸化。

Den·mark [ˈdɛnmɑrk] 名丹麥（王國）：位於歐洲北部；首都 Copenhagen。

den ˌmother 名幼童軍（小隊）的女指導員。

de·nom·i·nate [dɪˈnɑməˌnet] 動及命名，取名，稱作。

de·nom·i·na·tion [dɪˌnɑməˈneʃən] 名 1 名稱；U 命名。2 種類：plants of various ～s 各式各樣的植物。3 宗派，教派：Protestant ～s 新教教派。4（證券、貨幣）面額；（度量衡的）單位：bills in $5 and$10 ～s 五美元和十美元鈔票 / coins of many ～s 各種面值的硬幣。

de·nom·i·na·tion·al [dɪˌnɑməˈneʃənl] 形 1 教派的，宗派的；由教派管理的：～ schools 教會學校。2 派系的，門閥的。

de·nom·i·na·tive [dɪˈnɑməˌnetɪv] 形 1 命名的，名稱的。2〖文法〗衍生自名詞或形容詞的。—名〖文法〗衍生自名詞的字。

de·nom·i·na·tor [dɪˈnɑməˌnetɚ] 名 1〖數〗分母：the least common ～ 最小公分母。2 共同的特徵；標準。

de·nor·mal·i·za·tion [dɪˌnɔrmələˈzeʃən] 名U 非標準化；非正常化。

de·no·ta·tion [ˌdinoˈteʃən] 名 1 意義，字義。2 名稱。3 U 表示，指示；符號。4 U〖理則〗外延；指稱。

de·no·ta·tive [ˈdinoˌtetɪv, dɪˈnotətɪv] 形 1 指示的，表示的《of...》: a word in its ～ meaning 字面上的意思。2〖理則〗外延的。

de·note [dɪˈnot] 動 (-not·ed, -not·ing) 及 1 指示，表示；意味；象徵：symptoms that ～ cancer 癌症的症狀 / be ～d by an asterisk 以星號（*）表示。2 稱爲。3〖理則〗表示…的外延。

de·noue·ment [ˌdenuˈmɑŋ] 名 1（小說等的）結局，收場。2 結果。

·de·nounce [dɪˈnaʊns] 動 (-nounced, -nounc·ing) 及 1 當眾指責，譴責。2 揭發，告發《to...》: ～ a person as a traitor 指控某人爲叛徒。3 通知廢止（條約、契約、協定等）。

de no·vo [dɪˈnovo] 副《拉丁語》重新地；再次。

·dense [dɛns] 形 (dens·er, dens·est) 1 濃密的；密集的；稠密的：a ～ fog 濃霧 / a ～ population 稠密的人口。2 極度的：～ stupidity 極度愚蠢。3 愚鈍的；愚蠢的：a ～ head 不靈光的頭腦。4 半透明的；幾乎不透光的。

dense·ly [ˈdɛnslɪ] 副密集地；稠密地。

den·si·fy [ˈdɛnsəˌfaɪ] 動 (-fied, ～·ing) 及使密度增加。-fi·ˈca·tion 名

·den·si·ty [ˈdɛnsətɪ] 名 (複 -ties) 1 U 密集，稠密狀態：population ～ 人口密度。2 UC〖理〗密度，比重。

dent[1] [dɛnt] 名 1 表面的凹處，壓痕；撞擊痕。2 減少，降低。

make a dent in... (1) 使注意；使加深印象。(2)《口》《常用於否定》開始有進展。

—動及 1 使凹陷，使出現凹痕。2 損害；削弱；削減。—不及 1 陷入，穿入《into...》。2 呈現凹痕，凹進去。

dent[2] [dɛnt] 名（梳子、齒輪的）齒。

dent. 《縮寫》*dent*ist(ry).

den·tal [ˈdɛntl̩] 形 1 牙齒的；齒科的：～ treatment 牙齒的治療。2〖語音〗齒音的。

—名〖語音〗齒音。～·ly 副

ˈdental ˌfloss 名U〖齒〗牙線。

dental ˈhygienist 名牙齒清潔師。

den·tal·ize [ˈdɛntl̩ˌaɪz] 動及〖語音〗使齒音化。

ˈdental ˈphobia 名牙醫恐懼症。

dental ˌplate 名假牙床。

ˈdental ˌsurgeon 名牙科醫生，牙醫。

den·tate [ˈdɛntet] 形〖植·動〗鋸齒狀的。

dent(i)- 《字首》表「牙齒」之意。

den·ti·cle [ˈdɛntɪkl] 名小牙；細齒狀突起。

den·tic·u·late [dɛnˈtɪkjəlɪt] 形 1〖植·動〗有細齒狀突起的。2〖建〗有齒形裝飾的。

den·tic·u·la·tion [dɛnˌtɪkjəˈleʃən] 名U C 1 細齒狀，小齒形。2 小齒；細齒狀的突起；銀齒狀（結構）。

den·ti·form [ˈdɛntəˌfɔrm] 形齒形的。

den·ti·frice [ˈdɛntəˌfrɪs] 名UC 牙膏；牙粉；（洗牙藥水等）潔齒劑。

den·til [ˈdɛntl̩, -tɪl] 名〖建〗齒形裝飾。

den·tin [ˈdɛntɪn], **-tine** [ˈdɛntin] 名U〖齒〗象牙質。

·den·tist [ˈdɛntɪst] 名牙科醫生。

den·tist·ry [ˈdɛntɪstrɪ] 名U 牙醫業；牙醫學。

den·ti·tion [dɛn'tɪʃən] (名)(U)**1** 齒列。**2** 牙齒的生長。

den·ture ['dɛntʃɚ] (名) **1** 假牙，義齒。**2** 《～**s**》一副假牙。

den·tur·ist ['dɛntʃərɪst] (名)假牙技師。

de·nu·cle·ar·ize [di'njuklɪə,raɪz] (動)(及) 禁止核子武器的生產使用；使非核化。

-i·'za·tion (名)

den·u·date ['dɛnjudet, dɪ'nu-, dɪ'nju-] (動)(及)使裸露。—(形)光禿的，裸露的。

den·u·da·tion [,dinju'deʃən] (名)(U) **1** 裸露，剝奪；赤裸的狀態。**2**〖地質〗裸露；剝蝕作用。

de·nude [dɪ'njud] (動)(及) **1** 使裸露；將覆蓋物剝去；《喻》剝奪《 *of...* 》: a building ～*d of* ornamentation 去掉裝飾的建築。**2**〖地質〗剝蝕。

de·nun·ci·ate [dɪ'nʌnsɪ,et] (動)(及)(不及)公開指責，彈劾。

de·nun·ci·a·tion [dɪ,nʌnsɪ'eʃən] (名)(U)(C)**1** 公開譴責，彈劾；告發。**2** 廢約通知。

de·nun·ci·a·tor [dɪ'nʌnsɪ,etɚ] (名) 彈劾者，告發者。

de·nun·ci·a·to·ry [dɪ'nʌnsɪə,torɪ] (形) 警告的，威嚇的。

Den·ver ['dɛnvɚ] (名) 丹佛：美國 Colorado 州的首府。

·de·ny [dɪ'naɪ] (動) **(-nied, ～·ing)** (及) **1** 否定，否認：～ a charge 否認罪狀 / ～ the rumor to be true 說那件傳聞不是真的。**2** 拒絕，不答應：～ a request 拒絕要求。**3** 不給，不讓（人）使用：～ a person his rightful place in society 不給某人合法的社會地位。

deny oneself (1) 自我節制，克己；捨棄。(2)拒絕會客《 *to...* 》。

Den·ys ['dɛnɪs] (名)〖男子名〗丹尼斯。

de·o·dar ['diə,dar] (名)〖植〗雪松。

de·o·dor·ant [di'odərənt] (名)(U)(C)**1** 除臭劑，防臭劑。**2** 驅除體臭的化妝品。—(形) 有除臭效果的。

de·o·dor·i·za·tion [di,odəraɪ'zeʃən] (名)(U)防臭，除臭作用。

de·o·dor·ize [di'odə,raɪz] (動)(及)除臭。

de·on·tol·o·gy [,dian'talədʒɪ] (名)(U)倫理學，（尤指）道義學，義務論。

de·or·bit [di'ɔrbɪt] (動)(及)(不及)（使）脫離軌道。—(名)(U)脫離軌道。

de·ox·i·dize [di'aksə,daɪz] (動) (及) 使脫氧；使（氧化物）還原。

-di·'za·tion (名) 去氧，還原, **-diz·er** (名)脫氧劑，還原劑。

de·ox·y·gen·ate [di'aksədʒən,et] (動)(及) 使去氧。

de·ox·y·ri·bo·nu·cle·ic 'acid [di'aksɪ,raɪbonju,kliɪk-] (名)(U)〖生化〗去氧核糖核酸。略作：DNA

dep. 《縮寫》 *dep*artment; *dep*arts; *dep*arture; *dep*onent; *dep*ot; *dep*uty.

:de·part [dɪ'part] (動)(不及) **1** 出發；離開《 *from...*; *for...* 》: ～ *from* Paris *for* London 離開巴黎前往倫敦。**2** 背離，違反。**3** 死去世。—(及)《文》離開《通常用於下片語》

depart this life 《委婉》死去。

de·part·ed [dɪ'partɪd] (形)**1** 死去的。**2** 去的。

the departed 《委婉》(1)《作單數》（特的）死者。(2)《集合名詞》《作複數》人。

:de·part·ment [dɪ'partmənt] (名) **1** 門；部分；專櫃：the public relations ～ 共關係部門 / the furniture ～ 家具部 **2**（美、英政府的）部，院，局：the *D-* Homeland Security 國土安全部。**3** 系，the *D-* of History 歷史（學）系。**4**（法的）省。**5** 領域，方面：in every ～ of on life 在某人生活中的各方面。

de·part·men·tal [dɪ,part'mɛntl̩] (形) 部的；各部的，分部的。

de·part·men·tal·ism [dɪ,part'mɛntə zəm] (名)(U)**1** 專門科系化。**2** 部門主義；位主義。

de·part·men·tal·ize [dɪ,part'mɛntə z] (動) (及)把…分成若干（或許多）部門把…分門別類。

·de'partment ,store (名)百貨公司。

·de·par·ture [dɪ'partʃɚ] (名) **1**(U)(C)離開出發《 *from...*; *for...* 》: the hour of ～ 發時刻，起飛時刻 / on one's ～ 正當出時。**2** 發展，嘗試：a new ～ in linguist 語言學上的新發展。**3**(U)(C)違反，偏離 *from...* 》: a radical ～ *from* past practices 往常的慣例完全不同。**4** (U)東西距離，距。

de'parture ,lounge (名)（機場的）候室。

:de·pend [dɪ'pɛnd] (動)(不及) **1** (1) 信賴，信：～ on Tom to help 信賴湯姆來幫助 (2) 依靠《 *for...*, *for doing* 》: ～ on on father *for* money 在金錢方面依賴父親 視…而定；全靠：～*ing* on conditions 視況而定。**3** 懸掛，垂下《 *from...* 》: a v ～*ing from* a tree 從樹上垂下來的藤。**4**〖法〗從屬。

depend on [***upon***] ***it*** 《口》《用於句首或尾》確實地，請相信。

de·pend·a·bil·i·ty [dɪ,pɛndə'bɪlətɪ] (U)可靠性，可信任。

de·pend·a·ble [dɪ'pɛndəbl̩] (形)可靠的可信賴的：～ information 可靠的情報

-bly (副)

de·pend·ant [dɪ'pɛndənt] (形) (名) = pendent.

·de·pend·ence, -ance [dɪ'pɛndəns] **1**(U)依賴，依靠；依存狀態，依存關係 *on, upon...* 》: live in ～ *on* another 依靠人生活。**2**(U)信賴，信任《 *on, upon...* 》: ～ *on* a person 信賴某人。**3** (U) 附屬《 *upon...* 》: the ～ of Tahiti *upon* France

也屬法國。4 所依賴的人或東西。5 Ⓤ 毒品的）癮。

·pend·en·cy, -an·cy [dɪ'pɛndənsɪ] 名 (複-cies) 1 Ⓤ 依存狀態，從屬關係。2 依存物，附屬物。3 屬地，屬國，附屬建築物。

·pend·ent [dɪ'pɛndənt] 形 1 依賴的，倚靠的《on...; for...》: be still ～ on one's parents 仍然依靠父母 / be ～ for capital on public capital 資金要靠公眾集資。2（視…）決定的，（受…）影響的《on, upon》。3 附屬的；〖文法〗從屬的: a ～ territory 屬地。4 垂下的，懸垂的《from...》: lamp ～ from the ceiling 從天花板上垂下的燈。— 名 依賴他人者；侍從；受扶養的家屬。

·ly 副

·'pendent 'clause 名〖文法〗從屬子句。

·'pendent 'variable 名〖數〗應變數。

·per·son·al·ize [di'pɝsənəl,aɪz] 動 及 1 使普遍化。2 使失去個性。

·'za·tion 名 Ⓤ 喪失個性。

·pict [dɪ'pɪkt] 動 及 1 描繪，描寫: fairy tales ～ed in pen-and-ink drawing 以鋼筆畫描繪出來的童話故事。2 描述，敘述。

·pic·tion [dɪ'pɪkʃən] 名 Ⓤ Ⓒ 描寫；敘述。

·pic·ture [dɪ'pɪktʃɚ] 動 及 畫，描繪；描述。

·p·i·late ['dɛpə,let] 動 及 拔去毛髮，使脫毛。

·p·i·la·tion [,dɛpə'leʃən] 名 Ⓤ 拔毛，脫毛。

·pil·a·to·ry [dɪ'pɪlə,torɪ] 形 有脫毛效用的，可除去毛髮的。

— 名 (複-ries) Ⓤ Ⓒ 除毛劑，脫毛劑。

·plane [di'plen] 動 不及 下飛機，從飛機上下來。

·plete [dɪ'plit] 動 及 使大幅減少；耗盡；使空虛《of...》: a ～d mine 開採光了的一座礦 / ～ one's strength 耗盡體力。

·ple·tion [dɪ'pliʃən] 名 Ⓤ 耗盡，枯竭，空虛。

·plor·a·ble [dɪ'plorəbl] 形 1 令人悲哀的，悲慘的: a ～ accident 悲慘的意外事故。2 不幸的；可憐的；卑劣的: ～ living conditions 可憐的生活狀況。-bly 副

·plore [dɪ'plor] 動 (-plored, -plor·ing) 1 感嘆，哀嘆；感到遺憾: ～ the rise in crime 感嘆犯罪的增加。2 哀悼。

·ploy [dɪ'plɔɪ] 動 及〖軍〗布署；使展開；調度。— 不及 布署。～·ment 名

·pod [di'pɑd] 動 及 剝去（豆）莢。

·po·lit·i·cize [,dipə'lɪtɪ,saɪz] 動 及 除去政治色彩，使與政治分離。

·pol·lute [,dipə'lut] 動 及 使消除污染。

·pone [dɪ'pon] 動 及 不及 宣誓證明。

de·po·nent [dɪ'ponənt] 名〖法〗證人。

de·pop·u·late [di'pɑpjə,let] 動 及 使人口劇減。

de·pop·u·la·tion [,dipɑpjə'leʃən] 名 Ⓤ 人口大量減少。

de·port [dɪ'port] 動 及 1 驅逐出境: ～ dangerous aliens 將危險的外國人驅逐出境。2 遣送，強制移送。3《反身》舉止，行為: teach a child how to ～ himself 教導小孩守規矩。～·a·ble 形

de·por·ta·tion [,dipor'teʃən] 名 Ⓤ 1 驅逐出境，遞解出境: a ～ order 遞解令。2 移送，遣送。

de·por·tee [,dipor'ti] 名 被驅逐出境者，被判驅逐出境的人。

de·port·ment [dɪ'portmənt] 名 Ⓤ 風度，舉止；儀態；《英》年輕女性的行為舉止。

de·pos·al [dɪ'pozl] 名 Ⓤ 免職，罷免。

de·pose [dɪ'poz] 動 及 1 罷黜《from...》；使退位，廢立: ～ a person *from* office 把某人革職。2（書面）宣誓作證。— 不及 宣誓作證《to...》。

·**de·pos·it** [dɪ'pɑzɪt] 動 及 1 放下，放置《on, in...》: ～ a parcel *on* the table 將小包裹放在桌子上。2 沉積（在…）《on, in, at, over...》。3 儲存《in...》；委託保管《with...》: ～ $500 *in* a bank 在銀行存五百美元 / ～ valuables *with* a person 將貴重物品委託人保管。4 繳交（保證金、押金、訂金）。5 產（卵）。— 不及 放置；留下；沉積；委託保管；交保證金。
— 名 1 Ⓤ Ⓒ 堆積物；沉澱物；渣滓；礦床，礦藏。2 Ⓤ 電解澱積。3 Ⓤ 寄託，存放；Ⓒ 寄託物；保管處；存款。4 保證金，押金；《a ～》訂金。

de'posit ac,count 名《英》儲蓄存款帳戶（《美》savings account）。

de·pos·i·tar·y [dɪ'pɑzə,tɛrɪ] 名 (複 -taries) 1 保管人，受託者。2 儲藏室，倉庫；《喻》知識豐富的人。

dep·o·si·tion [,dɛpə'zɪʃən] 名 1 Ⓤ 免職，廢位。2 Ⓤ Ⓒ 堆積（物、作用）；沉澱物: ～ of topsoil from a river in flood 河水氾濫帶來淤積的表土層。3 Ⓤ Ⓒ 保存: ～ of the historic documents with the National Library 把歷史文件保存在國家圖書館中。4 Ⓤ〖法〗宣誓作證；證詞。

de'posit ,money 名 Ⓤ〖銀行〗存款（貨幣）。

de·pos·i·tor [dɪ'pɑzɪtɚ] 名 寄託者；存款者

de·pos·i·to·ry [dɪ'pɑzə,torɪ] 名 (複-ries) 1 儲藏室，倉庫；《喻》知識豐富的人。2 受託者，保管者。

de'posit ,safe 名 出租保險箱。

de·pot ['dipo, 'dɛ-] 名 (複～s [-z]) 1 火車站，公共汽車站；上述車輛之車庫。2 倉庫。3〖軍〗軍需庫，補給站。

dep·ra·va·tion [,dɛprə'veʃən] 名 Ⓤ 墮

落，腐敗；惡化：～ of morals 道德墮落。
de·prave [dɪ'prev] 動及 使惡化；使腐敗，使墮落。
de·praved [dɪ'prevd] 形 邪惡的，墮落的。
de·prav·i·ty [dɪ'prævətɪ] 名(複-ties) 1 U 墮落，腐敗；邪惡。2 墮落的行爲，邪惡的行爲。

D

dep·re·cate ['dɛprə,ket] 動及 1 責難；反對：～ a person's cowardice 責備某人的膽怯。2 貶低，輕視。
dep·re·ca·tion [,dɛprə'keʃən] 名 U 1 反對。2 輕視。
dep·re·ca·to·ry ['dɛprəkə,torɪ] 形 1 責難的，反對的；輕視的。2 辯解的，求恕的：a ～ letter 一封道歉信 / a ～ remark 辯解。
de·pre·ci·a·ble [dɪ'priʃɪəbl] 形 可貶值的；可折舊的。
de·pre·ci·ate [dɪ'priʃɪ,et] 動及 1 貶值；減價。2《美》將（資產等）折舊。3 輕視，貶低：～ oneself 貶低自己，自謙。—不及 價格下跌，貶值。
de·pre·ci·at·ing·ly [dɪ'priʃɪ,etɪŋlɪ] 副 輕視地。
de·pre·ci·a·tion [dɪ,priʃɪ'eʃən] 名 U C 1 降價：～ in price 跌價。2 貶值：the ～ of a currency 貨幣的貶值。3《美》折舊；折舊額。4 輕視，貶低。
de·pre·ci·a·tive [dɪ'priʃɪ,etɪv] 形 = depreciatory.
de·pre·ci·a·to·ry [dɪ'priʃɪə,torɪ] 形 1 有降價傾向的。2 輕視的，輕侮的。
dep·re·date ['dɛprɪ,det] 動 及 不及 掠奪，劫掠。**-da·tor** 名
dep·re·da·tion [,dɛprɪ'deʃən] 名 1 U 掠奪。2《～s》破壞（的痕跡）；掠奪行爲：the ～*s* of the coastline by the waves 波浪侵蝕海岸線的痕跡。
·de·press [dɪ'prɛs] 動及 1 使消沉，使憂鬱。2 使減弱；使降價；使蕭條。3 壓下，降低：～ the accelerator 壓下加速器，減低速度。
de·pres·sant [dɪ'prɛsn̩t] 形 1〖醫〗降低官能的，抑制的。2 意志消沉的；價格低落的；不景氣的。—名〖醫〗鎮靜劑；〖化·生理〗抑制劑。
·de·pressed [dɪ'prɛst] 形 1 精神不振的；憂鬱的：feel ～ 心情憂鬱。2 被壓低的，凹陷的：a ～ road 下陷的道路。3 減弱的；蕭條的，不景氣的。4 低於標準的；貧困的。
de·press·ing [dɪ'prɛsɪŋ] 形 1 令人沮喪的，使人意志消沉的：a ～ person 一個令人感到沮喪的人。2 壓抑的。～**·ly** 副
·de·pres·sion [dɪ'prɛʃən] 名 1 U C 壓低；降下，沉下。2 窪地，凹處：～*s* in the ground 地面的凹處。3 U C 意志消沉，沮喪；〖精神醫〗精神沮喪（症），憂鬱症：be subject to ～ 易患憂鬱症。4 U C 不景氣，蕭條，不景氣時代；《 the D- 》世界經濟大恐慌：climb out of the ～ 脫離不景氣狀態，景氣復甦。5〖天〗俯角；〖測〗水平俯角；凹地。6〖氣象〗低氣壓區。
de·pres·sive [dɪ'prɛsɪv] 形 1 壓下的，壓抑的。2 抑鬱的，沮喪的：a ～ patient 憂鬱症患者。—名 患憂鬱症的人。
de·pres·su·rize [di' prɛʃə,raɪz] 動及 減壓；使放輕鬆。—不及 減壓。
dep·ri·va·tion [,dɛprə'veʃən] 名 1 U 奪；撤職，免職。2 U C 匱乏。3 U C 失，喪失；死別。
·de·prive [dɪ'praɪv] 動(-prived, -priv·ing) 及 1 奪取，剝奪；使喪失：～ a person his rights 剝奪某人的權利 / *be* ～*d* of one sight 眼睛失明。2（尤指神職）免職。
de·prived [dɪ'praɪvd] 形 貧困的：the ～ 苦的人們，窮人。
de·pro·gram [di'progræm] 動及 1 清被洗腦所產生的影響。2 再訓練。
dept. 《縮寫》 depart*ment*.
:depth [dɛpθ] 名 1 U C 深，深度；縱深厚度：a stage twenty feet in ～ 縱深二十的舞臺。2 U 深奧；（感情的）深厚：the of my feelings toward you 我對你的深情 3 U 深沉；深濃度；（音調的）低沉：t ～ of a color 顏色的濃度。4 U 淵博；高的知識：a man of great ～ 一個極有深度人。5《 the ～》《常作～s》深處；深淵 treasures in *the* ～*s* of the sea 深海中的藏。6《 the ～》《文》深淵：*the* ～*s* of tir 永遠，永久。7《偶作～s》最內部的方；極限：from *the* ～(*s*) of one's heart 自內心，從內心深處。8《通常作～s》劣。9《 the～》最強烈的階段：in *the* ～ winter 在嚴冬時。
in depth 廣泛地；徹底地。
out of one's depth (1) 陷入水深沒頂處。不能理解的，力有未逮的。
'depth ,bomb 名 深水炸彈。
'depth ,charge 名 深水炸彈。
'depth psy,chology 名 U 深層心學。
de·purge [di'pɝdʒ] 動及 使獲得平反
dep·u·ta·tion [,dɛpjə'teʃən] 名 1 U 表，代理，指派代表；權力的委任。2 表團。
de·pute [dɪ'pjut] 動及 1 指派…爲代表 2 把（工作、責任等）委託給《 *to*... 》。
dep·u·tize ['dɛpjə,taɪz] 動及 任命代表《美》委任代理。—不及 充任代理人，行《 *for*... 》。
·dep·u·ty ['dɛpjətɪ] 名(複-ties) 1 代理人代表者：by ～ 由代理人代行職務 / appo one's ～ 指派代理人。2 副職，副手；（舉區的）代表，（法、義等國的）議 the Chamber of *Deputies*（昔日法國的下議院。3 = deputy sheriff. —形 代理的副的。
'deputy 'sheriff 名《英》副郡長；美》副警長。

er. 《縮寫》*der*ivation; *der*ivative; *der*ive
d).

e·rad·i·cal·ize [di'rædəkə,laɪz] 動 及
除去激進思想，使非激進化。
'za·tion [-ə'zeʃən] 名

·raign [dɪ'ren] 動及〖法〗提出異議。

e·rail [di'rel] 動 及《通常用被動》使出
軌：be ～*ed* 出軌。—不及出軌。

e·rail·leur [dɪ'relə] 名腳踏車的多段變
速器。

·rail·ment [di'relmənt] 名U C（列
車）出軌。

e·range [dɪ'rendʒ] 動 及1 使混亂，擾
亂：～ a plan 擾亂一項計畫。2《通常用被
動》使發狂，使錯亂。

·ranged [dɪ'rendʒd] 形1 混亂的。2 瘋
狂的，精神錯亂的。

e·range·ment [dɪ'rendʒmənt] 名U C
擾亂；混亂的狀態。2 發狂，精神錯亂：
ental ～ 精神錯亂。

·rate [di'ret] 動及減低稅率。

er·by ['dɜbɪ] 名(複-**bies**) 1《 **the** ～》《
》德比賽馬大會。2 大賽馬；《 **d-** 》比
賽：a salmon *d-* 釣鮭魚比賽。3《 **d-** 》《
》圓頂禮帽。

er·by·shire ['dɜbɪ,ʃɪr] 名德比郡：英
國英格蘭中部的一郡。

·rec·og·nize [di'rɛkəg,naɪz] 動及 撤
銷對…的承認。-**'ni·tion** 名

·reg·u·late [di'rɛgjə,let] 動 及 廢止規
定；解除管制。

·reg·u·la·tion [di,rɛgjə'leʃən] 名U解
除管制；自由化。

·re·ism [di'riɪzəm] 名〖心〗=autism.

er·ek ['dɛrɪk] 名〖男子名〗戴立克（T-
heodoric 的暱稱）。

r·e·lict ['dɛrə,lɪkt] 形 1 遺棄的，放棄
的：a ～ vessel 棄船。2《美》疏忽職務的，
不負責任的《 *in...* 》：～ behavior 不負責
任的行爲 / be ～ *in* one's obligation 怠忽職
守。—名 1 棄物；〖海〗棄船。2 被社會
遺棄的人。3《美》疏忽職守者。4 海埔新
生地。

r·e·lic·tion [,dɛrə'lɪkʃən] 名 1 U C
疏忽職守：～ of duty 失職。2 U放棄，遺
棄。3 U C海埔新生地的形成。

·re·press [,dirɪ'prɛs] 動及使（遺傳因
子）活躍。-**'pres·sion** 名

·req·ui·si·tion [di,rɛkwə'zɪʃən] 名
《英》退還徵收的財產。—動 及 退還
被徵收的財產或企業）。

·ride [dɪ'raɪd] 動 及嘲笑，嘲弄：～ a
person's ignorance 嘲笑某人的無知。

ri·gueur [dəri'gær] 形《法語》（禮
儀、慣例上）必要的，合適的。

·ri·sion [dɪ'rɪʒən] 名1 U嘲笑，嘲弄：
in ～被嘲弄 / hold an idea in ～ 嘲笑某
想法。2 笑柄，被愚弄者。

·ri·sive [dɪ'raɪsɪv] 形 嘲笑的，愚弄
的：～ cheers 喝倒采聲，嘲笑聲。～**·ly**副

de·ri·so·ry [dɪ'raɪsərɪ] 形1 小或少得可笑
的，微不足道的。2 = derisive.

de·riv·a·ble [dɪ'raɪvəbl] 形可引申出來
的，可推論出來的《 *from...* 》。

der·i·va·tion [,dɛrə'veʃən] 名 1 U引[導]
出；〖數〗導算，求導。2 U由來，起源；
C衍生物：an English word of Germanic ～
一個源於日耳曼語的英文字。3 U C
〖文法〗衍生；衍生論。～**·al**形

de·riv·a·tive [də'rɪvətɪv] 形 1 被推論出
的，被引出的。2 衍生的；非原著的。—
名 1 引出之物，衍生物。2〖文法〗衍生字
《 *of...* 》。3〖化〗衍生物；〖數〗導函數。
～**·ly** 副

·de·rive [də'raɪv] 動 (-**rived**, -**riv·ing**) 及 1
從…處獲得；溯源：～ pleasure from conversation 從與人聊天中得到樂趣 / ～ one's
character from one's mother 繼承其母親的
性格。2 從…推論出：propositions ～*d*
from axioms 從公理演繹出來的定理。3 由
…衍生出：～ a compound from two elements 從兩個元素中衍生出化合物。—
不及 由…衍生出來；出自，源於。

der·ma ['dɜmə] 名 U 真皮；皮膚。

der·mal ['dɜməl] 形皮膚的；真皮的。

'dermal tox'icity 名 U 接觸毒性。

der·ma·ti·tis [,dɜmə'taɪtɪs] 名 U〖病〗
皮膚炎。

dermato- 《字首》表「皮膚的」之意。

der·ma·tol·o·gist [,dɜmə'tɑlədʒɪst] 名
皮膚科醫師，皮膚病學家。

der·ma·tol·o·gy [,dɜmə'tɑlədʒɪ] 名 U
皮膚病學。

der·mis ['dɜmɪs] 名= derma.

dern [dɜn] 形副，動 及《美方》= darn².

der·o·gate ['dɛrə,get] 動 不及 1 減損，貶
抑《 *from...* 》：～ *from* one's authority 減少
權威。2 墮落。

der·o·ga·tion [,dɛrə'geʃən] 名 U貶低，
損傷。

de·rog·a·tive [dɪ'rɑgətɪv] 形 = derogatory.

de·rog·a·to·ri·ly [dɪ,rɑgə'torəlɪ] 副貶抑
地；輕蔑地。

de·rog·a·to·ry [dɪ'rɑgə,torɪ] 形 貶 低
的；損毀的；誹謗的《 *to*, *of...* 》：a ～ remark 貶詞 / be ～ *to* a person's dignity 蔑視
某人的尊嚴。

der·rick ['dɛrɪk] 名 1〖機〗人字起重
桿；〖海〗吊桿。2 鑽油用的鐵塔。

'derrick ,lift 名〖舉重〗抓舉。

der·ri·ère [,dɛrɪ'ɛr] 名《口》臀部。

der·ring-do ['dɛrɪŋ'du] 名U大膽行爲，
蠻勇：deeds of ～ 不畏危險的大膽行爲。

der·rin·ger ['dɛrɪndʒə] 名《美》大口徑
短筒手槍。

der·ry ['dɛrɪ] 名《俚》廢屋，流浪者或吸
毒者經常聚集的空房子。

derv [dɜv] 名U《英》柴油。

der·vish ['dɜvɪʃ] 名1（回教的）苦行

D

僧。2 狂舞者。

de·sal·i·nate [di'sælə,net] 動 及=desalt.

de·sal·i·na·tion [di,sælə'neʃən] 名 U 海水淡化；除去鹽分。

desali'nation 'plant 名 海水淡化廠。

de·sal·i·nize [di'sælə,naɪz, -'se-] 動 及 除去…的鹽分。

D

de·salt [di'sɔlt] 動 及 脫鹽，除去鹽分，海水淡化。

des·cant ['dɛskænt] 名 1〖樂〗(1) 反行複音。(2) U C 高音部。(3) 歌曲，曲調。2 評論。
—[dɪ'skænt, dɛs'k-] 動 不及 1〖樂〗伴唱；唱歌。2 評論，詳談《 *on, upon...* 》。

Des·cartes [de'kɑrt] 名 **René,** 笛卡兒（1596–1650）：法國哲學家、數學家及物理學家。

·de·scend [dɪ'sɛnd] 動 不及 1 下來，下降；下傾；減低：~ from a hilltop 從山頂下來 / ~ into a cellar 走到地下室去。2 說到，涉及（細節等）《 *to...* 》：~ *to* particulars 話題轉入細節。3 傳下，遺傳《 *from..., to...* 》：~ *from* father *to* son 父子相傳。4 出身是…的後裔《 *from...* 》；來自《 *from ...* 》。5 突襲；突然造訪：~ on one's prey 突襲獵物。6 出現，顯露《 *to, into...* 》。7（雲）低垂（到…），（霧）籠罩（住…）；（髮）下垂（到…）《 *to...* 》；〖天〗接近地平線。8 墮落；屈就《 *to..., to doing* 》。—及 1 降落於；沿…下降；向下傾斜通往。2《被動》系出於；是（從…）而來《 *from...* 》。

·de·scend·ant [dɪ'sɛndənt] 名 1 子孫，後裔；衍生物：a ~ of Shakespeare 莎士比亞的後代。2 追隨者，門生。
in descendant 走下坡的，式微的。
—形 = descendent.

de·scend·ent [dɪ'sɛndənt] 形 1 下降的，降落的。2 衍生的；祖傳的，世襲的。

de·scend·i·ble [dɪ'sɛndəbl] 形 1 可繼承的，可遺傳的。2 可降下的，可走下的：a ~ hill 可供緩緩而下的丘陵。

de·scend·ing [dɪ'sɛndɪŋ] 形 下降的，落下的：a ~ scale 下降音階。

·de·scent [dɪ'sɛnt] 名 1 U C 降落，下降；衰退；墮落：the ~ of the sun in the western sky 太陽西沉。2 傾斜；斜坡。3 U 家世，血統：by ~ 出身 / be in direct (line of) ~ from... 是…的直系後代。4 U C 突襲；突然搜捕；突然的造訪《 *on, upon ...* 》：make a ~ *on...* 突襲；突然造訪。5 U〖法〗不動產繼承法。

de·scram·ble [di'skræmbl] 動 及 = decode.

de·scrib·a·ble [dɪ'skraɪbəbl] 形 可敘述的，可形容的。

:de·scribe [dɪ'skraɪb] 動 (**-scrib·ed, scri·b·ing**) 及 1 敘述，說明：~ something to a person 對人描述某事。2 把…形容爲。3 描繪；畫圖形：~ a triangle 畫個三角形。

·de·scrip·tion [dɪ'skrɪpʃən] 名 1 U C 述，說明，描寫，形容：a beautiful sigh beyond all ~ 非筆墨所能形容的美景 / gi a detailed ~ 作詳細的敘述。2 圖形描繪 answer to a ~ 與圖形所描繪的一致。3 類，類型：toys of every ~ 各式各樣的具。4 U 畫圖，作圖。

de·scrip·tive [dɪ'skrɪptɪv] 形 1 敘述的，描寫的；說明的：a ~ paragraph 一段敘字 / be ~ of... 記敘…的。2〖文法〗敘的，限定的。~·ly 副，~·ness 名

de·scrip·tor [dɪ'skrɪptɚ] 名〖電腦〗述語，關鍵字。

de·scry [dɪ'skraɪ] 動 (**-scried, ~·ing**)《文》遠遠地看到；發現。

des·e·crate ['dɛsɪ,kret] 動 及 褻瀆，污；把（聖物）供俗用：~ a temple false worship 因崇拜邪神而褻瀆了神殿

des·e·cra·tion [,dɛsɪ'kreʃən] 名 U 冒神聖。

de·seg·re·gate [di'sɛgrə,get] 動 及 不（使）取消種族隔離。

de·seg·re·ga·tion [di,sɛgrə'geʃən] 名 廢除種族隔離。

de·sen·si·tize [di'sɛnsə,taɪz] 動 及 1 不敏感，使變遲鈍。2〖攝〗使減低感性；〖生理〗使減低過敏性。

·des·ert[1] ['dɛzɚt] 名 1 沙漠。2 荒地，野；海洋中魚類無法生存之處；《喻》涼的境地。—形 沙漠的；荒蕪的，無的，不毛的。

·de·sert[2] [dɪ'zɝt] 動 及 1 放棄，遺棄；離，擅離：~ the army 從軍隊裡開小差 2（能力、力量等）離去。—不及 拋棄擅離職守；（軍人）開小差，逃亡。

de·sert[3] [dɪ'zɝt] 名《通常作~s》應得賞罰；功過；功績；優點：one's just ~s 人應得的獎賞或懲罰。

de·sert·ed [dɪ'zɝtɪd] 形 1 被拋棄的。2 廢的：a ~ temple 野廟。

de·sert·er [dɪ'zɝtɚ] 名 遺棄者；擅離守者；逃亡者；逃兵。

de·sert·i·fi·ca·tion [dɪ,zɝtəfə'keʃ 名 U 沙漠化。

de·ser·tion [dɪ'zɝʃən] 名 U C 1 拋棄遺棄；擅離職守。2〖軍〗逃亡。3〖法遺棄。

,desert 'land 名（熱帶的）無人島。

:de·serve [dɪ'zɝv] 動 (**-served, -serv·i**) 及 應得；值得。—不及 應該得到《 *of... doing* 》。
deserve well of... 應該受到…的獎賞。

de·served [dɪ'zɝvd] 形 應得的，值得 a ~ increase in salary 應得的加薪。

de·serv·ed·ly [dɪ'zɝvɪdlɪ] 副《修飾句》應得地，當然地。

de·serv·ing [dɪ'zɝvɪŋ] 形《主要爲敘用法》1 應得的，值得的《 *of...* 》：be ~ praise 值得讚美。2 有資格的：give a p

to the most ～ student 頒獎給最值得嘉獎的學生。
～·ly 副 當然地。

de·sex [di'sɛks] 動 及 1 使失去性的魅力。2 去勢，除去卵巢；使失去性別特徵。

des·ha·bille [,dɛzə'bil] 名 = dishabille.

des·ic·cant ['dɛsəkənt] 形 乾燥的。—名 U C 乾燥劑。

des·ic·cate ['dɛsə,ket] 動 及 1 使乾燥；乾儲（食物）: a *desiccating* agent 乾燥劑。2 使枯竭。3 使枯燥。—不及 乾燥，變乾。

des·ic·cat·ed ['dɛsə,ketɪd] 形 1 乾燥的。2 乾枯的。3 無味的，無生機的。

des·ic·ca·tion [,dɛsə'keʃən] 名 U 乾燥（作用）。

des·ic·ca·tor ['dɛsə,ketɚ] 名 使乾燥的人[物]；乾燥器。

de·sid·er·ate [dɪ'sɪdə,ret] 動 及 渴望，需求：～ an impossibility 希求不可能的事物。

de·sid·er·a·tive [dɪ'sɪdə,retɪv] 形 想望的，渴求的；〖文法〗願望（型）的。—名〖文法〗願望動詞。

de·sid·er·a·tum [dɪ,sɪdə'retəm] 名 (複-ta [-tə])所希求的事物，需要的東西。

de·sign [dɪ'zaɪn] 動 及 1 設計；製圖樣，畫草圖：～ a new model car 設計一種新車型。2《用被動》預定，指定《*for...*》；目的在於：a book ～*ed for* children 給小孩看的書。3 策劃；計畫：～ to go abroad 計畫到國外去。—不及 1 計畫。2 設計；構圖《*for...*》。
—名 1 圖樣，設計圖。2 U C 圖案，設計；花樣。3 計畫，企劃；陰謀。4《～s》動機不純正的計畫，企圖，陰謀《*against, on, upon...*》。5 意向，目的：by ～ 故意地。6 藝術作品。7 結構，構造。

des·ig·nate ['dɛzɪg,net] 動 (-nat·ed, -na·t·ing) 及 1 指明，標出；表示。2 定名為；稱呼：～ a person (as) a despot 稱某人為暴君。3 任命，指派《*to, for...*》：～ a person *to* an office 任命某人出任該職。—['dɛzɪgnɪt] 形《常作複合詞》已獲任命但尚未就任的。

designated 'driver 名（代替酒醉車主開車的）指定駕駛員。

designated 'hitter 名〖棒球〗（代替投手打擊的）指定打擊手。略作：D.H.

des·ig·na·tion [,dɛzɪg'neʃən] 名 1 U 指示，指定。2 稱號，名稱。3 U 指派，任命《*as, of...*》。

de·signed [dɪ'zaɪnd] 形 故意的，事先計畫好的。

de·sign·ed·ly [dɪ'zaɪnɪdlɪ] 副 故意地。

des·ig·nee [,dɛzɪg'ni] 名 被任命者，被指名者。

de·sign·er [dɪ'zaɪnɚ] 名 1 設計者；製圖工；服裝設計師，舞臺設計者：an industrial ～ 工業設計師。2 陰謀者；企劃者。

de·sign·ing [dɪ'zaɪnɪŋ] 形 1 有陰謀的，奸詐的。2 有計畫的。—名 U 設計；圖案。

des·i·nence ['dɛsənəns] 名 1 終了，（詩的）末行。2〖文法〗後綴，詞尾。

de·sip·i·ence [dɪ'sɪpɪəns] 名 U 無聊，愚蠢的舉動。

de·sir·a·bil·i·ty [dɪ,zaɪrə'bɪlətɪ] 名 U 合意，稱心。

·de·sir·a·ble [dɪ'zaɪrəbl] 形 合意的，值得要的：a ～ person 可人兒。—名 合意的人[物]。-bly 副

:de·sire [dɪ'zaɪr] 動 (-sired, -sir·ing) 及 1 希望，想要；渴望：～ riches 渴望財富。2 請求，要求。—不及 懷有慾望。
leave nothing to be desired 一點兒缺點也沒有。
—名 1 U C 慾望《*for...*》；渴望《*to* do, *of* doing》；期望《*that* 子句》。2 要求，請求；《文》想要的事物。3 U C 性慾，肉慾《*for...*》。

de·sired [dɪ'zaɪrd] 形 想得到的，所希望的。

de·sir·ous [dɪ'zaɪrəs] 形《敘述用法》渴望的《*of...*》；意欲…的《*to* do, *of* doing》: be ～ *of* success 渴望成功。～·ly 副, ～·ness 名

de·sist [dɪ'zɪst] 動 不及《主文》停止，制止《*from...*, *from* doing》: ～ *from* talk*ing* 停止說話。

:desk [dɛsk] 名 1 書桌，辦公桌。2 讀經架；《美》布道壇。3 樂譜架；《通常作複合詞》演奏席：a first-*desk* violinist 首席小提琴手。4 部門；《美》（報社的）編輯部：the city ～ 社會版編輯部。5 服務
be at the desk 坐在位子上；正在辦公。
—形 1 桌上型的，辦公用的。2 坐辦公桌的，事務的。

'desk ,clerk 名《美》（旅館的）櫃臺服務員。

desk·man ['dɛsk,mæn, -mən] 名 (複-men) 1〖報章·雜誌〗編輯。2 事務主管；坐辦公桌的人。3 櫃臺服務人員。

'desk ,study 名《英》紙上談兵，桌上研究。

desk·top ['dɛsk,tɑp] 名 桌面。—形 桌上型的：a ～ computer 桌上型電腦。

'desktop 'publishing 名 U 桌上型排版工作。

'desk ,work 名 U 案頭工作；書寫工作。

·des·o·late ['dɛsəlɪt] 形 1 荒涼的，無人煙的：a ～ town 荒涼的城鎮。2 孤獨的，悲慘的：a ～ life 淒涼的生活。—['dɛsə,let] 動 (-lat·ed, -lat·ing) 及《通常用被動》1 使荒廢；遺棄。2 使悲哀，使不安。～·ly 副

des·o·la·tion [,dɛsə'leʃən] 名 1 U 荒蕪；荒廢；C 荒地，廢墟。2 U 孤寂，悲哀。

·de·spair [dɪ'spɛr] 名 U 1 絕望：out of ～

D

由於失望 / drive a person to ～ 使人絕望。2《 the ～》令人失望的人[物]；(使競爭者) 望塵莫及的人[事物]《 of... 》。
—動不及 絕望，斷念《 of... 》。

de·spair·ing [dɪ'spɛrɪŋ] 形 絕望的；失望的 : a ～ look 一副絕望的樣子。～·ly 副

des·patch [dɪ'spætʃ] 動及，名《英》= dispatch.

D

des·per·a·do [ˌdɛspə'rɑdo, -'re-] 名 (複 ～es, 《美》 ～s) 惡徒，亡命之徒。

·des·per·ate ['dɛspərɪt] 形 1 絕望的，不顧一切的 : a ～ criminal 亡命之徒 / become ～ at failure 因失敗而萬念俱灰。2 極度想要的《 for... 》: be ～ *for* money 極需要錢。3 孤注一擲的，最終的 : ～ efforts 孤注一擲的努力 / a ～ solution to the problem 解決問題的最後辦法。4 沒希望的，嚴重的；極壞的 : a ～ situation 嚴重的狀況 / ～ folly 無可救藥的愚行。

des·per·ate·ly ['dɛspərɪtlɪ] 副 不顧一切地；孤注一擲地；嚴重地，猛烈地。

des·per·a·tion [ˌdɛspə'reʃən] 名 U 不顧一切，絕望 : in ～ 在絕望中 / an act of ～ 不顧一切的行為。

des·pi·ca·ble ['dɛspɪkəbl] 形 可鄙的，卑劣的。-bly 副

de·spin [di'spɪn] 動 (-spun, ～·ning) 及 不及 (使) 停止旋轉，降低旋轉速度。

·de·spise [dɪ'spaɪz] 動 (-spised, -spis·in-g) 及 輕視，蔑視。-spis·er 名

·de·spite [dɪ'spaɪt] 介 即使，儘管，雖然。—名 U 侮辱，惡意 : do ～ to... 侮辱…。(*in*) *despite of* ...《文》無視於；儘管。

de·spite·ful [dɪ'spaɪtfəl] 形 惡意的，可鄙的。

de·spoil [dɪ'spɔɪl] 動 及 奪取，搶掠《 *of*... 》: ～ a person *of* his goods 奪走某人的財物。
～·er 名，～·ment 名

de·spo·li·a·tion [dɪˌspolɪ'eʃən] 名 U 掠奪 (行為)，搶掠 (行為)。

de·spond [dɪ'spɑnd] 動 不及 沮喪，失去勇氣《 of... 》: ～ *of* one's future 對自己的未來感到悲觀。

de·spond·en·cy [dɪ'spɑndənsɪ] 名 U 失去勇氣；沮喪。

de·spond·ent [dɪ'spɑndənt] 形 失去勇氣的，沮喪的《 *about, over*... 》: be ～ *about* one's ill health 因體弱而意志消沉。～·ly 副

des·pot ['dɛspət] 名 專制君主，獨裁者；暴君。

des·pot·ic [dɪ'spɑtɪk] 形 專制的，獨裁的；橫暴的 : ～ rule 獨裁統治。
-i·cal·ly 副

des·pot·ism ['dɛspəˌtɪzəm] 名 1 U 專制 (政治)，獨裁 (政治)；暴政。2 專制政府，獨裁君主國家。

des·qua·mate ['dɛskwəˌmet] 動 不及 脫屑，脫皮。

·des·sert [dɪ'zɝt] 名 U C 餐後的甜點。

des'sert ˌfork 名 甜點叉。

des·sert·spoon [dɪ'zɝtˌspun] 名 甜點匙，中匙。

des'sert ˌwine 名 U C 配甜點的葡萄酒，甜酒。

de·sta·bi·lize [di'stebəˌlaɪz] 動 及 使不安定，使動搖。

de·ster·i·lize [di'stɛrəˌlaɪz] 動 及 解禁 (閒置的黃金)，將 (游資) 活用。

·des·ti·na·tion [ˌdɛstə'neʃən] 名 1 目的地；送達地。2 U C 目的；用途。

des·tine ['dɛstɪn] 動 (-tined, -tin·ing) 及《被動》 1 命定《 *to, for*... 》；注定《 *for* ... 》。2 預定，指定《 *for*... 》: funds ～*d for* scholarship endowments 撥作獎學金之用的基金。

des·tined ['dɛstɪnd] 形 1 命中注定的。2 送往…的，前往…的。3 預定的。

·des·ti·ny ['dɛstənɪ] 名 (複 -nies) 1 U C 命運，造化 : work out one's own ～ 決定自己的命運。2《 D- 》命運之神；《 the Destinies 》命運之三女神。

·des·ti·tute ['dɛstəˌtjut] 形 1 貧困的，貧窮的。2 缺少的《 *of*... 》: be ～ *of* conscience 沒有良心。

des·ti·tu·tion [ˌdɛstə'tjuʃən] 名 U 1 極度貧困，赤貧 : live in complete ～ 過著一貧如洗的生活。2 欠缺，不足。

de·stress [di'strɛs] 動 及 消除身心壓力。

:de·stroy [dɪ'strɔɪ] 動 及 1 破壞，摧毀，毀滅。2 消滅；殺 : ～ the enemy 消滅敵人 / ～ oneself 自殺。3 使無效；駁倒。

de·stroy·er [dɪ'strɔɪɚ] 名 1 破壞者。2 驅逐艦。

de'stroyer ˌescort 名 護航驅逐艦。

de·struct [dɪ'strʌkt] 名《美》空中爆破，自毀。—形 自毀的。—動 及 不及 (使) 自毀。

de·struc·ti·bil·i·ty [dɪˌstrʌktə'bɪlətɪ] 名 U 可破壞性；破壞力。

de·struct·i·ble [dɪ'strʌktəbl] 形 可破壞的，易毀壞的。

·de·struc·tion [dɪ'strʌkʃən] 名 U 1 破壞；毀滅；摧毀 : the ～ of the city by the earthquake 地震對該城所造成的毀滅。2 滅亡；毀滅的原因。～·ist 名 破壞主義者。

·de·struc·tive [dɪ'strʌktɪv] 形 有破壞性的；有害的；消極的 : ～ insects 害蟲。
～·ly 副，～·ness 名

des'tructive distil'lation 名〖化〗分解蒸餾。

de·struc·tor [dɪ'strʌktɚ] 名 1《英》垃圾焚化爐。2 自毀裝置。

de·suete [dɪ'swit] 形 過時的；廢棄了的。

des·ue·tude ['dɛswɪˌtjud, -ˌtud] 名 U 廢棄 (狀態)，廢絕 : fall into ～ 被廢棄。

des·ul·to·ry ['dɛslˌtorɪ] 形 1 雜亂的，不連貫的；散漫的 : ～ studies 毫無目標的學習。2 隨意的，離題的 : a ～ remark 隨口

說出的話語。**-ri·ly**副, **-ri·ness**名

e'synchronized 'sleep 名Ⓤ非同步睡眠。

et. 《縮寫》 *det*achment; *det*ail.

e·tach [dɪ'tætʃ] 動及 **1** 使分開，使分離，取下《*from...*》: ~ a key *from* a chain 由鍊子上取下鑰匙 / ~ oneself *from* one's prejudice 除去偏見。**2**〖軍〗派遣：~ a squad of soldiers 派遣一班士兵。

e·tach·a·ble [dɪ'tætʃəbḷ] 形可分離的；可派遣的。**-'bil·i·ty**名

e·tached [dɪ'tætʃt] 形 **1** 分離的；《英》獨立式的。**2** 被派遣的：a ~ force 特遣隊。**3** 無偏見的，公平的；超然的: a ~ attitude 超然的態度。

e·tach·ed·ly [dɪ'tætʃɪdlɪ] 副分離地；孤立地；客觀地，公平地。

e·tach·ment [dɪ'tætʃmənt] 名 **1** Ⓤ 分離；獨立。**2**Ⓤ超然；客觀；公平: with an air of ~ 以冷靜的態度。**3**Ⓤ派遣；Ⓒ特遣隊。

e·tail ['ditel,dɪ'tel] 名 **1** 細節，細目: the ~*s* of a scheme 計畫的細目。**2**Ⓤ Ⓒ 詳細的記述；《~**s**》詳情: go into ~(*s*) about... 詳述。**3** 細枝末節: a mere ~ 瑣碎的小事。**4**Ⓤ Ⓒ (1)(繪畫、雕刻、建築等的) 細部，細(部) 圖。(2) = detail drawing. 〖軍〗選派；特遣隊；特別任務: the kitchen ~ 伙食團。

ut that is a detail 那只不過是細枝末節。

n detail 逐項地，詳細地。

—[dɪ'tel] 動及 **1** 詳述；逐一列舉。**2** 指派…(擔任特別任務)。**3**〖建·美〗施行細部裝飾。

etail ˌdrawing 名細部圖。

e·tailed [dɪ'teld] 形詳細的；細部的：give a ~ explanation of... 對…作詳細的說明。

e·tain [dɪ'ten] 動及 **1** 留住；耽擱。**2** 拘留，扣押: ~ a suspect for further examination 為進一步的偵訊而將嫌犯加以拘留。

e·tain·ee [dɪˌte'ni] 名被拘留者。

e·tain·er [dɪ'tenɚ] 名ⓊⒸ〖法〗(私有物的) 非法扣留；拘禁，監禁；續行拘禁令(狀)；拘留者。

e·tain·ment [dɪ'tenmənt] 名 = detention.

e·tect [dɪ'tɛkt] 動及 **1** 探出；發現：~ someone stealing money 發現某人在偷錢。**2** 看穿；察覺，發覺《*in...*》: ~ hypocrisy 識破偽善 / ~ the odor of something rotting 嗅出有種腐壞的氣味。

e·tect·a·ble [dɪ'tɛktəbḷ] 形 可看出的，可查出的。

e·tec·ta·phone [dɪ'tɛktəˌfon] 名 (電話) 竊聽器。

e·tec·tion [dɪ'tɛkʃən] 名Ⓤ **1** 發現，探知；發覺。**2**〖化〗檢測，檢定。

e·tec·tive [dɪ'tɛktɪv] 名 偵探；刑警: put a ~ on a person 派偵探調查某人。

—形 **1** 偵探的。**2** 偵探用的。

de·tec·tor [dɪ'tɛktɚ] 名 發現者，看破(事件)的人；探測器；檢波器: a lie ~ 測謊器。

dé·tente [de'tɑnt] 名(複~**s** [-st])ⓊⒸ (國與國之間) 緊張關係的緩和。

de·ten·tion [dɪ'tɛnʃən] 名Ⓤ **1** 挽留；延遲。**2** 拘留；放學後被留校(的處罰): under ~ 在拘留中。**3** 非法扣留。

de'tention ˌcenter 名 **1** 不良少年拘留所。**2** (非法入境者的) 收容中心。

de'tention ˌhome 名不良少年拘留所，少年觀護所。

de·ter [dɪ'tɝ] 動 (**-terred**, ~**·ring**) 及 **1** 使斷念；嚇住《*from..., from doing*》。**2** 防止，阻止: paint to ~ rust 為防鏽而塗上油漆。

de·terge [dɪ'tɝdʒ] 動及洗掉，洗淨。

de·ter·gent [dɪ'tɝdʒənt] 形 使潔淨的，去污的。—名 Ⓤ Ⓒ 合成清潔劑；洗衣粉。

de·te·ri·o·rate [dɪ'tɪrɪəˌret] 動 及使惡化；敗壞；使低落: ~ one's health 損害健康。—不及 惡化；頹廢，低落。

de·te·ri·o·ra·tion [dɪˌtɪrɪə'reʃən] 名Ⓤ **1** 惡化；低落；惡化的狀態；墮落。**2** 漸減。

de·te·ri·o·ra·tive [dɪ'tɪrɪəˌretɪv] 形墮落的；退化的；有惡化傾向的。

de·ter·ment [dɪ'tɝmənt] 名ⓊⒸ制止；阻止物。

de·ter·mi·na·ble [dɪ'tɝmɪnəbḷ] 形 **1** 可決定的，可確定的。**2**〖法〗可終止的，有期限的。

de·ter·mi·nant [dɪ'tɝmənənt] 名 **1** 決定因素。**2**〖數〗行列式；〖遺傳〗遺傳因子；決定素。—形決定的；有決定力的；限定的。

de·ter·mi·nate [dɪ'tɝmənɪt] 形 **1** 明確的，限定的: a ~ shape 明確的形狀。**2** 決定的: a ~ order of precedence 既定的先後順序。**3** 斷然的，最終的。**4**〖植〗有限的；〖數〗已知的。

~**·ly**副, ~**·ness**名

·de·ter·mi·na·tion [dɪˌtɝmə'neʃən] 名 **1** Ⓤ《偶作 **a** ~》決心《*to* do》: his ~ *to* learn English 他要學英文的決心 / carry out a plan with ~ 堅決地實行計畫。**2** ⓊⒸ決定，確定；測定；裁決《*of...*》;〖法〗判決: the ~ *of* the boundary between the two countries 兩國間國界的劃定 / the ~ *of* the salinity of sea water 海水中鹽分的測定 / the ~ *of* a dispute 爭論的裁決。**3**Ⓤ 傾向，偏向。

de·ter·mi·na·tive [dɪ'tɝməˌnetɪv] 形 有決定力的；限定的。—名 **1** 決定物，決定因素。**2**〖文法〗限定詞。

:de·ter·mine [dɪ'tɝmɪn] 動 (**-mined**, **-min·ing**) 及 **1** 決定；限定；取決於：~ whether to go or not 決定去不去。**2** (使)

D

下決心《 *for*...; *against*... 》。3 測定：～ the length of the river 測定河川的長度。4〖主法〗裁決，解決；取消（權利等）。—不及 1 決定，決心《 *on*..., *on doing* 》。2〖主法〗終止。

·**de·ter·mined** [dɪ'tɝmɪnd] 形 1 堅決的，斷然的：a ～ look 堅決的表情。2 決心的《 *to do* 》。～·**ness** 名

D

de·ter·mined·ly [dɪ'tɝmɪndlɪ] 副 決然地，斷然地。

de·ter·min·er [dɪ'tɝmɪnɚ] 名 1 決定者。2〖文法〗限定詞。

de·ter·min·ism [dɪ'tɝmɪn,ɪzəm] 名 U〖哲〗決定論，宿命論。

de·ter·mi·nist [dɪ'tɝmɪnɪst] 名 決定論者。—形 決定論的，決定論者的。

de·ter·min·is·tic [dɪ,tɝmə'nɪstɪk] 形 決定論的，宿命論的。

de·ter·rence [dɪ'tɝəns] 名 U 防止物，阻止物；戰爭嚇阻（武力）：mutual ～ 相互抑止。

de·ter·rent [dɪ'tɝənt] 形 遏制的，制止的：～ weather 不宜外出的天氣。—名 1 阻止物，制止物。2 戰爭嚇阻力（核子武器等）。

de·ter·sive [dɪ'tɝsɪv] 形 使清潔的。—名 清潔劑。

de·test [dɪ'tɛst] 動 及 深惡，憎惡：～ dogs 憎惡狗。～·**er** 名

de·test·a·ble [dɪ'tɛstəbl] 形 極可恨的，極可惡的。

de·tes·ta·tion [,ditɛs'teʃən] 名 1 U 憎惡，嫌惡：have a ～ of militarism 憎惡軍國主義。2 憎恨或深惡的人[物]。

de·throne [dɪ'θron] 動 及 廢王位，廢位；推翻權威地位，罷免。

de·throne·ment [dɪ'θronmənt] 名 U C 廢立；推翻。

det·o·nate ['dɛtə,net] 動 不及 引爆，爆炸，爆發。—及 引爆；《喻》觸發。

det·o·na·tion [,dɛtə'neʃən] 名 U C 爆炸；爆炸聲；爆震。

det·o·na·tor ['dɛtə,netɚ] 名 引爆裝置；雷管；炸藥。

de·tour [dɪ'tʊr, 'ditʊr] 名 繞路，迂迴：make a ～ 繞道而行 / a ～ sign 改道行駛指示牌。—動 不及 改道而行，迂迴。—及 使繞道；迂迴通過，繞過。

de·tox ['ditɑks] 名《口》解毒。—[di'tɑks] 動 及 不及 解毒。

de·tox·i·cate [di'tɑksə,ket] 動 及 = detoxify.

de·tox·i·fi·ca·tion [di,tɑksəfə'keʃən] 名 U 1 解毒作用。2 解毒。

de·tox·i·fy [di'tɑksə,faɪ] 動 (-fied, ～·ing) 及 解毒，除去毒性。

de·tract [dɪ'trækt] 動 及 1 轉移《 *from* ... 》：～ attention *from* the real issue 轉移對真正問題的注意。2 減去。—不及 1 減低，損及《 *from*... 》。2 誣蔑，中傷。～·**ing·ly** 副

de·trac·tor [dɪ'træktɚ] 名 誣蔑者，中傷者。

de·trac·tion [dɪ'trækʃən] 名 U C 1 誣蔑，中傷。2 減損。-**tive** 形 毀謗的，惡意中傷的。-**tive·ly** 副

de·train [di'tren] 動 不及 下火車；乘火車到達。—及 自火車卸下。

de·trib·al·ize [di'traɪbl,aɪz] 動 及 使部落喪失其特有的習俗。

det·ri·ment ['dɛtrəmənt] 名 1 U 損害，損傷：to the ～ of... 對…有損 / without ～ to... 不損及…。2 損害的原因。

det·ri·men·tal [,dɛtrə'mɛntl] 形 有害的，不利的《 *to*... 》。～·**ly** 副。

de·tri·tion [dɪ'trɪʃən] 名 U 磨損，損耗。

de·tri·tus [dɪ'traɪtəs] 名 U 岩屑；碎片瓦礫。

De·troit [dɪ'trɔɪt] 名 底特律：美國 Michigan 州東南部的工業都市。

de trop [də'tro] 形《法語》過量的；麻煩的；無用的。

de·tu·mes·cence [,ditju'mɛsəns] 名〖醫〗消腫，退腫。

Deu·ca·li·on [dju'kelɪən] 名〖希神〗杜卡連：在 Zeus 所引發的大洪水中，只有他和妻子 Pyrrha 倖存，成為新人類的祖先。

deuce[1] [djus] 名 1〖牌〗二點；（骰子）二點。2 U〖網球〗平分：局末雙方 40-40 平手。

deuce[2] [djus] 名《口》1 U《偶作 the ～》惡運；魔鬼：*The* ～ take it！去他的！2《強調》(1)《 **the** ～》《強調疑問詞》到底，究竟。(2) U《 **the** ～》《表強烈否定》完全沒有，毫不。

a deuce of a... 不得了的。

go to the deuce 墮落，完蛋；《命令》滾開！（你）去死吧！

the deuce and all 全都；全沒一個好的。

the deuce to pay 極大的麻煩[困難]。

deuc·ed ['djusɪd, djust] 形《主英》討厭的；極度的。—副 非常地；極度地。

deu·ced·ly ['d(j)usɪdlɪ] 副 可惡地；非常地，過度地。

de·us ex ma·chi·na ['deə,sɛks'mækɪnə] 名《拉丁語》1（希臘戲劇中）解圍之神。2（一般的戲劇、小說中）解圍的人[事物]。

Deut.《縮寫》*Deut*eronomy.

deu·te·ri·um [dju'tɪrɪəm] 名 U〖化〗氘，重氫。符號 D

deu·ter·og·a·my [,djutə'rɑgəmɪ] 名 再婚。

deu·ter·on ['djutə,rɑn] 名 U〖理〗重氫子。

Deu·ter·on·o·my [,djutə'rɑnəmɪ] 名〖聖〗申命記：舊約聖經中的一卷。

'Deut·sche 'mark ['dɔɪtʃə-] 名 德國馬克。略作：DM

eutsch·land ['dɔɪtʃ,lɑnt] 图 德意志（Germany 的德文名稱）。

e·val·u·ate [di'væljuˌet] 動及＝devalu-e.

e·val·u·a·tion [diˌvælju'eʃən] 图 Ⓤ **1** 貶值：～ of the pound 英鎊的貶值。**2** 價值減低；身分地位的降低。

e·val·ue [di'vælju] 動及 **1** 使（貨幣）貶值。**2** 減少價值或重要性。

ev·as·tate ['dɛvəˌstet] 動及 **1** 摧毀，使荒廢：countries ～*d* by war 為戰爭所毀壞的國家。**2** 使驚愕，使困惑。

ev·as·tat·ed ['dɛvəsˌtetɪd] 形 震驚的，不堪其擾的。

ev·as·tat·ing ['dɛvəsˌtetɪŋ] 形 **1** 破壞的，毀滅性的：a ～ flood 一場毀滅性的洪水。**2** 深刻的；有效的；具壓倒性的，非常的：～ criticism 一針見血的批評 / ～ loveliness 令人傾倒的姿色。～**·ly** 副

ev·as·ta·tion [ˌdɛvə'steʃən] 图 Ⓤ 毀壞；蹂躪；荒廢（的狀態）。

ev·as·ta·tor ['dɛvəsˌtetɚ] 图 破壞者，蹂躪者。

e·vel·op [dɪ'vɛləp] 動及 **1** 發展；發育；發揮《*to, from*...》：～ one's faculties 發揮個人能力。**2** 開發：～ natural resources 開發天然資源。**3** 展開；詳述：～ an argument 展開議論。**4** 使顯現；產生：an engine that ～*s* 100 horsepower 產生一百馬力的引擎 / ～ a habit 養成習慣 / ～ an interest in stamps 對集郵產生興趣。**5**〖攝〗使顯影：～ film 沖洗軟片。**6**〖軍〗展開，開始（攻擊）：～ an attack 開始攻擊。**7**〖數〗展開；〖樂〗發展（主題）；〖西洋棋〗移動至有利位置。

—不及 **1** 發展，成長，展開《*from*...; *into*...》。**2** 顯現；出現。**3**〖攝〗顯影。

e·vel·oped [dɪ'vɛləpt] 形 已開發的，已發展的：～ nations 已開發國家。

e·vel·op·er [dɪ'vɛləpɚ] 图 **1** 土地開發者。**2** 創新發展者。**3** Ⓤ 顯影劑，顯影液。

e·vel·op·ing [dɪ'vɛləpɪŋ] 形 發展中的，開發中的：～ countries 開發中國家。

e·vel·op·ment [dɪ'vɛləpmənt] 图 **1** Ⓤ 發展，成長，進化：the ～ of one's talents 個人才能的發展。**2** 發達的狀態，發展的結果；新的情勢：the latest medical ～*s* 醫學上最新的發展。**3** Ⓤ 開發；《美》（新開發的）社區住宅：a ～ area《英》開發區域。**4** Ⓤ〖樂〗發展（部）；〖數〗展開。**5** Ⓤ〖攝〗顯影。

e·vel·op·men·tal [dɪˌvɛləp'mɛntl] 形 發育上的；發達的；開發的，啓發的：～ stages 發展階段。～**·ly** 副

e·vi ['devɪ] 图〖印度教〗女神。

e·vi·ance ['divɪəns] 图 Ⓤ（行為或狀態）偏差，異常。

e·vi·an·cy ['divɪənsɪ] 图＝deviance.

e·vi·ant ['divɪənt] 形 偏離正軌的，異常的：～ behavior 偏差行為，越軌行為。—图 偏離正軌的人或事，異常者；性變態者。

de·vi·ate ['diviˌet] 動不及 背離，偏離《*from*...》：～ *from* a rule 不符規則 / ～ *from* one's principles 背離自己的原則。—及 使偏離《*from*...》。—['divɪɪt] 形 脫離常軌的。—['divɪɪt] 图 脫離常軌的人[事]；性倒錯者。

de·vi·a·tion [ˌdivɪ'eʃən] 图 Ⓤ Ⓒ **1** 偏離，脫離《*from*...》。**2**〖統〗誤差。**3**〖海〗偏差；偏航。**4**〖光〗屈折；〖生〗偏向，離差。**5**（對於某種意識形態的）偏向。

de·vi·a·tion·ism [ˌdivɪ'eʃəˌnɪzəm] 图 Ⓤ 偏差，（特別是對政治理論的）偏向。

de·vi·a·tion·ist [ˌdivɪ'eʃənɪst] 图（政黨等的）偏離分子。

de·vi·a·tor ['diviˌetɚ] 图 脫離常軌的人[事]。

·de·vice [dɪ'vaɪs] 图 **1** 設計出的東西；裝置，設計：a safety ～ 安全裝置。**2** 計畫，方法；《常作～**s**》策略，詭計：a ～ to catch the girl's attention 吸引那個女孩注意的方法 / a man of many ～*s* 足智多謀的人。**3** 圖樣，圖案。**4** 箴言。**5**《～**s**》意願，願望。

leave a person to his own devices 聽任某人自行其是。

·dev·il ['dɛvl] 图 **1**《偶作 **the D-**》〖神〗魔鬼，撒旦；惡魔：Speak of the ～, and he will appear.《諺》說曹操曹操到。**2** 惡棍，殘酷的人；狂暴的動物：a hideous ～ 可怕的惡魔。**3** 能幹的人；精力充沛者；冒失鬼；…迷《*for*...》：a ～ *for* golf 高爾夫球狂 / the ～ of avarice 貪婪者。**4**《前面通常加 **poor**》可憐的人，不幸的人：the *poor* ～ 可憐的傢伙。**5** 律師的助手，（作家的）代筆人。**6** 切碎機。**7** 沾了芥末的烤肉。**8**《**the** ～》《強調》(1)《表嫌惡、咒罵》絕不!：*The* ～! 渾蛋！(2)《與 **a bit, a, one** 等連用》《英》一個也沒有，絕無。(3)《副詞》《用以強調疑問詞》究竟。

a devil of a... 不得了的，異常的；討厭的。

between the devil and the deep blue sea 進退維谷，兩難。

for the devil of it 開玩笑的，捉弄人的。

give the devil his due 對惡人亦應承認其優點，公平待人。

go to the devil (1) 完全失敗，毀滅。(2) 滾開！去你的！

like the devil / ***like devils*** 猛烈地，拚命地。

play the (very) devil with... 攪亂；糟蹋；毀壞。

raise the devil 引起騷動；狂歡；強烈抗議；採取強硬手段。

the devil and all 盡是壞事；全部，所有的事[物]。

the devil to pay 大麻煩，倒霉，糟糕。
the devil's own luck 意想不到的幸運。
the devil's own time 非常痛苦的經驗；長時間的苦戰。
the (great) devil (of it) 麻煩的事，最壞的事。
一動 (～ed, ～·ing 或《英尤作》-illed, ～·ling) 及 1《主美口》使爲難，使煩惱。2用切碎機切。3 以辛辣調味品調味。

D

dev·il·dom ['dɛvḷdəm] 名 U C 魔鬼的統治；惡魔世界。
dev·iled ['dɛvḷd] 形加有辛辣調味品的。
dev·il·fish ['dɛvḷ,fɪʃ] 名(複～, ～·es) 1〖魚〗大鰩魚；魔鬼魚；烏賊；章魚；灰鯨。2 蝠魟等的通稱。
div·il·ish ['dɛvlɪʃ] 形 1 魔鬼的；極惡的，殘酷的：～ cruelty 如魔鬼般的殘酷。2《口》非常的，過度的：in a ～ hurry 非常匆忙。一副《口》極端地，過度地。～·ly 副, ～·ness 名
dev·il·ism ['dɛvḷ,ɪzəm] 名U魔性；魔鬼般的行爲；惡魔崇拜。
dev·il·kin ['dɛvḷkɪn] 名小鬼，小惡魔。
dev·il-may-care ['dɛvḷme'kɛr] 形 無所顧忌的；輕率的，不在意的。
dev·il·ment ['dɛvḷmənt] 名U C魔鬼的行爲，惡行；惡作劇。
dev·il·ry ['dɛvḷrɪ] 名 (複-ries)《英》= deviltry.
'devil's 'advocate 名 唱反調者，爲爭辯而持反對意見者；性情乖戾脾氣彆扭的人；說壞話者。
'devil's 'darning 'needle 名 = dragonfly.
'devil's ,food ,cake 名U C一種濃味巧克力糕餅。
'devil's tat'too 名用手指或腳所作的連續輕敲動作。
'Devil's 'Tower 名 魔鬼塔：美國 Wyoming 州天然的巨大岩塊。
'Devil's 'Triangle 名 = Bermuda Triangle.
dev·il·try ['dɛvḷtrɪ] 名 (複-tries , -ries) U C 1 魯莽的行爲；惡行；極度的邪惡。2 妖術，魔法；鬼神學。
de·vi·ous ['divɪəs] 形 1 繞道的；迂迴曲折的；無一定路線的：take a ～ route 繞道。2 不循正道的；錯誤的；狡猾的：win the election by ～ means 以不正當的方法在選舉中獲勝。～·ly 副, ～·ness 名
de·vis·a·ble [dɪ'vaɪzəbḷ] 形 1〖法〗能遺讓[贈]的。2 可發明的；可設計的。
de·vis·al [dɪ'vaɪzḷ] 名U 計策，計畫。
·de·vise [dɪ'vaɪz] 動 (-vised, -vis·ing) 及 1 設計，發明：～ a scheme 想出一個計畫。2〖法〗遺贈。一不及計畫，設計。一名 U〖法〗遺贈；遺贈財產；遺贈條款。
de·vi·see [dɪ,vaɪ'zi, ,dɛvɪ'zi] 名 接受遺贈者。
de·vis·er [dɪ'vaɪzɚ]名設計者，發明者。
de·vi·sor [dɪ'vaɪzɚ] 名〖法〗遺贈者。
de·vi·tal·ize [di'vaɪtḷ,aɪz] 動及 奪去活力，使無氣力。-i·'za·tion 名
de·vit·ri·fy [di'vɪtrə,faɪ] 動 (-fied, ～·ing) 及使不透明，使無光澤。-fi·'ca·tion 名
de·vo·cal·ize [di'vokḷ,aɪz] 動 及〖語音〗使清音化。
de·void [dɪ'vɔɪd] 形 缺乏的《of...》：a well ～ of water 沒水的井。
de·voir [də'vwɑr, 'dɛ-] 名 1《～s》敬意，禮儀：pay one's ～*s* to... 對…表示敬意。2《古》義務，本分：do one's ～ 盡自己的本分。
de·vol·a·til·ize [di'vɑlətə,laɪz] 動(及)(不及)（使）失去揮發性。
dev·o·lu·tion [,dɛvə'luʃən] 名U 1 transmission傳。2（權利等的）移轉，繼承；委任。〖法〗法定轉移；〖議會〗委付；授權：the ～ of the crown on the prince 王位轉由王子繼承。3〖生〗退化。4 權力的下放。
de·volve [dɪ'vɑlv] 動及移交，委任《on, upon...》：～ a duty *upon* a representative 將任務託付給代表。一不及移交，下放《on, upon...》；遺贈《to, on, upon...》。～·ment 名
Dev·on ['dɛvən] 名 1 得文郡：英國英格蘭西南部的郡名。2 得文郡產的牛。
De·vo·ni·an [də'vonɪən] 形 1〖地質〗泥盆紀的。2 得文郡的。一名 1《the ～》〖地質〗泥盆紀。2 得文郡人。
·de·vote [dɪ'vot] 動 (-vot·ed, -vot·ing) 及 1 把（時間、精力、財產等）獻給：～ one's property to the church 把財產獻給教會。2《被動或反身》專心於，獻身於，熱愛。
·de·vot·ed [dɪ'votɪd] 形 1 獻身的；忠實的；專心一意的《to...》：a ～ husband 一個忠實的丈夫 / ～ *to* making money 致力於賺錢。2 獻身（給上帝等）的。～·ly 副
dev·o·tee [,dɛvə'ti] 名 1 愛好者；獻身者；迷。2 虔誠的信徒，皈依者。
de·vo·tion [dɪ'voʃən] 名 1U 熱愛，獻身《to, for...》：the ～ of a mother *to* her children 母親對孩子的摯愛。2U奉獻《to...》：the ～ of one's lifetime *to* helping the poor 爲救助窮人而奉獻一生。3U 虔誠信仰；《常作～s》祈禱，禮拜：be at one's ～*s* 正在做禱告。
de·vo·tion·al [dɪ'voʃənḷ] 形虔誠的；禮拜（用）的。
·de·vour [dɪ'vaʊr] 動 及 1狼吞虎嚥地吃：～ one's prey 狼吞虎嚥地吃獵物。2 毀滅，吞沒。3 耽讀；凝視；傾聽：～ a beautiful woman with one's eyes 凝視著美女。4《被動》使心裡充滿《by, with...》：be ～*ed* by anxiety 心裡充滿著憂慮不安。
devour the way 〖詩〗急馳，飛奔。
de·vour·ing [dɪ'vaʊrɪŋ]形1 貪吃的。2 吞噬人的。3 激烈的，熱烈的。
de·vout [dɪ'vaʊt] 形 1 虔誠的：a ～ Ch

tian 虔誠的基督徒。2 誠實的；熱心的：～ supporter 熱心的支持者。～·ly 副，·ness 名

:w [dju] 名 U 1 露；水滴：drops of ～ 露滴。2 純淨之物，清爽的東西：the ～ of outh 青春的活潑爽朗。3《詩》淚珠，汗。

:·wan [dɪ'wɑn, dɪ'wɔn] 名（印度藩國或的）財政部長，首長。

:w·ber·ry ['dju,bɛrɪ, -bərɪ] 名 (複-ries) 植〗懸鉤子屬的植物；其果實。

:w·claw ['dju,klɔ] 名（狗等的）殘留；懸蹄。

:w·drop ['dju,drɑp] 名 1 露珠。2《英》謔》（懸於鼻下的）鼻水。

ew·ey ['djuɪ] 杜威：1 **John**,（1859–952）美國哲學及教育家。2 **Melvil Los Kossuth**,（1851–1931）美國圖書館學家，1876 年發明杜威十進分類法。

ewey 'decimal classifi,cation 〖圖書館〗杜威十進分類法。

:w·fall ['dju,fɔl] 名 U C 結露；結露時；薄暮。

:w·lap ['dju,læp] 名 1（牛等的）喉部垂；（雞等的）肉垂。2 咽喉下的贅肉。

:w ,point 名〖物理〗露點。

:w-pond ['dju,pɑnd] 名（英國南部的）水池，集露池。

:w·y ['djuɪ] 形 (**dew·i·er, dew·i·est**) 1 帶的，露溼（般）的：a ～ meadow 露溼草地。2 露狀的：～ beads 露珠串。3 清的，純淨的：a ～ maiden 似露般清純的女。**-i·ly** 副, **-i·ness** 名

:w·y-eyed [,dju'aɪd] 形 1 傷感的。2 天無邪的。

:x·ter ['dɛkstɚ] 形 1 右側的。2〖紋〗右的。3《古》吉祥的。

x·ter·i·ty [dɛks'tɛrətɪ] 名 U 1 靈巧，巧：manual ～ 手巧。2 慣用右手。

:x·ter·ous ['dɛkstərəs] 形 1 靈敏的；巧妙的：a ～ artisan 巧手的工匠。2 能幹（*in, at..., in doing, at doing*）：高明：be ～ *in* handl*ing* men 擅於交際。3 慣右手的。

·ly 副, ～·ness 名

:x·tral ['dɛkstrəl] 形 右側的；慣用右手；〖動〗右旋的。～·ly 副

:x·tran ['dɛkstrən] 名 U〖化·藥〗（代血漿）葡萄聚醣。

:x·tran·ase ['dɛkstrə,nes, -z] 名 葡聚糖。

:x·trin ['dɛkstrɪn] 名 U〖化〗糊精。

x·trose ['dɛkstros] 名 U〖化〗右旋糖，葡萄糖。

:x·trous ['dɛkstrəs] 形 = dexterous.

.F.《縮寫》《拉丁語》*Defensor Fidei* Defender of the Faith）; *D*octor of *F*orestry; *d*irection *f*inder.

.F.C.《縮寫》*D*istinguished *F*lying *C*ross.

dg《縮寫》decigram(s).

D.G.《縮寫》*D*ei *g*ratia; *D*irector *G*eneral.

DH《縮寫》〖棒球〗*d*esignated *h*itter 指定打擊手。

Dha·ka ['dækə, 'dɑ-] 名 達卡：孟加拉（Bangladesh）的首都。

dhar·ma ['dɑrmə] 名 U〖印度教·佛教〗1 法，本體，本性。2 戒律，教規；守戒。3 德性。4 宗教；佛陀的教誨。

dhole [dol] 名 一種印度野犬。

dho·ti ['dotɪ] 名 (複～s [-z]) 1（印度男子的）腰布。2 做腰布用的棉布。

dhow [daʊ] 名 阿拉伯人乘用的大三角帆船。

DHS《縮寫》*D*epartment of *H*omeland *S*ecurity（美國）國土安全部。

di [di] 名〖樂〗介於 do 與 re 中間的半音階音。

di-《字首》表「二的」、「二倍的」、「雙重的」之意。

DI《縮寫》*D*epartment of the *I*nterior; *d*rill *i*nstructor〖美軍〗下士教育班長。

dia-《字首》表「始終」、「透過」、「分離」、「區別」、「橫切」之意。

di·a·base ['daɪə,bes] 名 U〖礦〗輝綠岩。

di·a·be·tes [,daɪə'bitɪs, -tiz] 名 U〖病〗糖尿病。

di·a·bet·ic [,daɪə'bɛtɪk] 形 糖尿病的；糖尿病患者的。—名 糖尿病患者。

di·a·bet·ol·o·gist [,daɪəbi'tɑlədʒɪst] 名 糖尿病專科醫師。

di·a·ble·rie [dɪ'ɑblərɪ] 名 (複-**ries** [-rɪz]) U C 魔法，妖術；魔界；鬼怪傳說；惡作劇。

di·a·bol·ic [,daɪə'bɑlɪk] 形 1 魔鬼的，魔鬼般的：～ arts 魔術。2 邪惡的，殘酷的：a ～ scheme 狠毒的陰謀。

di·a·bol·i·cal [,daɪə'bɑlɪkl] 形 1 邪惡的，殘酷的。2《英》《口》很不愉快的，極差的。～·ly 副

di·ab·o·lism [daɪ'æbə,lɪzəm] 名 1 U〖神〗魔法，妖術；惡魔崇拜，相信魔鬼。2 窮兇極惡的行為。

di·ab·o·lize [daɪ'æbə,laɪz] 動 及 使具魔性；使成惡魔；使變得殘暴。

di·ab·o·lo [dɪ'æbə,lo] 名 (複～s [-z]) U C 扯鈴遊戲；扯鈴；空竹。

di·a·chron·ic [,daɪə'krɑnɪk] 形〖語言〗歷時的。

di·ac·o·nal [daɪ'ækənl] 形 deacon 的。

di·ac·o·nate [daɪ'ækənɪt, -,net] 名 U C deacon 的職權；教會執事團，輔祭團。

di·a·crit·ic [,daɪə'krɪtɪk] 名 變音符，附加符號。—形 1 = diacritical. 2〖醫〗= diagnostic.

di·a·crit·i·cal [,daɪə'krɪtɪkl] 形 1 能區別的；辨別的。2〖語音〗區別發音的，用作附加符號的。

dia'critical 'mark 名 = diacritic 名.

D

D

di·a·dem ['daɪəˌdɛm] 名 **1** 王冠；帶狀髮飾。**2** 王位，王權。

di·aer·e·sis [daɪ'ɛrəsɪs] 名 (複**-ses** [-ˌsiz]) = dieresis.

di·ag·nose [ˌdaɪəg'nos, -'noz] 動及 **1** 診斷。**2** 找出，探究。—不及診斷；探究。

di·ag·no·sis [ˌdaɪəg'nosɪs] 名 (複**-ses** [-ˌsiz]) Ⓤ Ⓒ **1**〖醫〗診察，診斷：make a ~ on the case of... 診斷…（病）的患者。**2** 判斷，分析。**3**〖生〗正確的分類。

di·ag·nos·tic [ˌdaɪəg'nɑstɪk] 形 **1** 診斷（上）的；診察（上）的。**2** 診斷上有價值的《*of...*》：a ~ test *of* arithmetical ability 算術能力檢定測驗。—名 **1** = diagnosis 1. **2** 疾病的徵狀。**-ti·cal·ly** 副

di·ag·no·sti·cian [ˌdaɪəgnɑs'tɪʃən] 名 診斷專家，診斷醫師。

di·ag·nos·tics [ˌdaɪəg'nɑstɪks] 名 (複)《作單數》診斷，診斷學，診察術。

di·ag·o·nal [daɪ'ægənl] 形 **1**〖數〗對角線[面]的：a ~ line 對角線。**2** 斜紋的。—名 **1** 對角線。**2** 斜；斜紋布。**3**〖西洋棋〗盤方格上的斜線。 **~·ly** 副 對角線地；斜地。

~·ize 動及〖數〗使成對角線行列。

·**di·a·gram** ['daɪəˌgræm] 名 **1** 圖形，略圖：a ~ of a machine 機械略圖。**2** 圖表，圖解。

—動 (**~ed**, **~·ing** 或《英》**-grammed**, **~·ming**) 及 用圖形表示；作…的圖形：~ a circuit 繪製電路圖。

di·a·gram·mat·ic [ˌdaɪəgrə'mætɪk], **-i·cal** [-ɪkl] 形 圖樣的；圖表的；圖線的。**-i·cal·ly** 副

·**di·al** ['daɪəl] 名 **1**（鐘錶的）數字盤；指針盤；刻度板，（電話等的）號碼盤，選臺器；日晷。**2**《俚》臉。

—動 (**~ed**, **~·ing** 或《主英》**-alled**, **~·ling**) 及 **1** 以數字盤表示。**2** 調波長收聽（電臺）；撥（電話號碼）。—不及打電話。

dial.《縮寫》*dial*ect(al).

·**di·a·lect** ['daɪəˌlɛkt] 名 Ⓤ Ⓒ〖語言〗方言；源自同語系的語言，語支；（某種階級、職業等的）專門用語。

di·a·lec·tal ['daɪə'lɛktl] 形 方言（特有）的。

'dialect ˌatlas 名〖語言〗方言分布圖。

di·a·lec·tic ['daɪə'lɛktɪk] 形 **1** 辯證的，辯證法的；論證的。**2** = dialectal. —名 **1** Ⓤ 辯證法；論證。**2**《偶作~s，作單數》辯證法的思考，邏輯體系。

di·a·lec·ti·cal [ˌdaɪə'lɛktɪkl] 形 **1** = dialectic. **2** = dialectal.

dia'lectical ma'terialism 名 Ⓤ 辯證唯物論。

di·a·lec·ti·cian [ˌdaɪəlɛk'tɪʃən] 名 **1** 辯證家；邏輯學家。**2** 方言研究家。

di·a·lec·tol·o·gy [ˌdaɪəlɛk'tɑlədʒɪ] 名 (複**-gies**) **1** Ⓤ〖語言〗方言學。**2** 方言的語言特徵。**-gist** 名

'dialer ˌprogram 名 撥號程式。

di·al·ing ['daɪəlɪŋ] 名《美》（電話的）域號碼。

·**di·a·log** ['daɪəˌlɔg, -ɑg] 名，動及不及 《美》= dialogue.

'dialog ˌbox 名〖電腦〗對話框。

di·a·log·ic [ˌdaɪə'lɑdʒɪk], **-i·cal** [-ɪkl] **1** 對話的；問答體的。**2** 加入對話的，對的。**-i·cal·ly** 副

·**di·a·logue** ['daɪəˌlɔg, -ɑg] 名 **1** Ⓤ Ⓒ 話，會話。**2** Ⓤ（小說等的）對話；對體；Ⓒ 對話體的作品：write in ~ 以對話書寫。**3** 意見的交換，討論：carry on a about political reform 討論有關政治改革問題。

—動 (**-logued**, **-logu·ing**) 不及 對話，交《*with...*》。—及 以對話體表達，以會體寫成。

'dial ˌphone 名 撥號式電話。

'dial ˌtone 名 撥號音。

di·al·y·sis [daɪ'æləsɪs] 名 (複**-ses** [-ˌsi Ⓤ Ⓒ〖理化〗滲析，透析；〖醫〗透析 **-a·lyt·ic** [-ə'lɪtɪk] 形 滲析的；透析的。

di·a·lyze ['daɪəˌlaɪz] 動 及 不及〖理醫〗透析；滲析。

di·a·lyz·er ['daɪəˌlaɪzɚ] 名 **1**〖理化〗析器，濾膜分析器。**2**〖醫〗人工腎臟洗腎機。

diam.《縮寫》*diam*eter.

di·a·mag·net·ic [ˌdaɪəmæg'nɛtɪk]〖理〗反磁性的，抗磁的。

di·a·man·té [ˌdiəmɑn'teɪ] 名 Ⓤ 閃亮裝品（亮片等）。

·**di·am·e·ter** [daɪ'æmətɚ] 名 **1**〖幾〗徑。**2**〖光〗倍率，放大率。

di·am·e·tral [daɪ'æmɪtrəl] 形 直徑的成直徑的。

di·a·met·ri·cal [ˌdaɪə'mɛtrɪkl], -[-rɪk] 形 **1** 直徑的；沿直徑的：a ~ para 沿直徑的方向。**2** 正相反的；完全的。

di·a·met·ri·cal·ly [ˌdaɪə'mɛtrɪkəlɪ] 副 相反地；完全地：~ opposed 完全相反 / ~opposite 正相反的。

:**dia·mond** ['daɪəmənd] 名 **1** Ⓤ Ⓒ 鑽石金鋼鑽。**2** 用鑽石鑲飾的裝飾品，訂婚指。**3** 鑽刀；人造鑽石。**4**〖幾〗菱形〖牌〗紅色方塊牌；《~s》《作單、複數》一組方塊牌：a small ~ 點數低的方牌。**5**〖棒球〗內野；棒球場。

a diamond of the first water 最好的石；第一流人物。

diamond cut diamond 棋逢對手，勢均敵。

diamond in the rough* / *rough diamond 雕琢的鑽石；《喻》未經專門訓練但有良資質的人，外粗內秀的人。

—形 **1** 鑽石製成的，鑲有鑽石的。**2** 菱的。**3** 第七十五週年的，（有時）第六週年的。—動及 鑲鑽石於；點綴得像石般燦爛。

a·mond·back ['daɪəmənd,bæk] 名 有
形紋的動物，響尾蛇。
amond jubi'lee 名 ⇨JUBILEE 1.
amond 'State 名《the ～》美國 De-
ware 州的別稱。
amond 'wedding 名 鑽石婚：結婚
週年或 75 週年紀念。
·an·a [daɪ'ænə] 名 1〖羅神〗黛安娜：
亮女神，爲女性及狩獵的守護神。2（
其當作女神並人格化的）月亮。3〖女子
〗黛安娜。
·an·thus [daɪ'ænθəs] 名（複 ～·es）
植〗石竹。
·a·pa·son [,daɪə'pezən,-'pesən] 名
樂〗1 旋律，樂音。2 全聲域，全音域。
（管風琴的）笛亞巴松音栓；音叉。
a·per ['daɪəpɚ] 名 1《美》嬰兒尿布
（英》nappy）: change a baby's ～爲嬰兒
尿布。2 U 織有菱形等花紋的亞麻布。
動 及 1《美》襯尿布；換尿布。2 以菱
花紋裝飾。3 把…加以變化。
aper ,rash 名《美》尿布疹。
·aph·a·nous [daɪ'æfənəs] 形 1 極薄
；透明的：～ lace 透明花邊。2 朦朧
，縹緲的。～·ly 副, ～·ness 名
·a·pho·ret·ic ['daɪəfə,rɛtɪk] 形〖醫〗
發汗的，發汗性的。—名 發汗劑。
·a·phragm [,daɪə'fræm] 名 1〖解〗隔
；橫隔膜；〖理化〗隔膜，隔板。2（電
機等的）振動膜；（煮沸器的）振動片
。3 子宮帽。4〖光〗光圈。
hrag·mat·ic [-fræg'mætɪk] 形
·a·pos·i·tive [,daɪə'pɑzətɪv] 名 透明的
相正片。
·ar·chy ['daɪɑrkɪ] 名（複-chies）兩頭政
。
·ar·i·al [daɪ'ɛrɪəl] 形 日記（體）的。
·a·rist ['daɪərɪst] 名 寫日記的人。
·ar·rh(o)e·a [,daɪə'rɪə] 名 U〖病〗腹
。
l, -'rh(o)e·ic 形 腹瀉的。
·a·ry ['daɪərɪ] 名（複-ries）1 日記，日誌：
ep a ～寫日記。2 日記簿；記事簿。
·as·po·ra [daɪ'æspərə] 名《the ～》1
)（被 Babylon 人放逐後）猶太人的離
；《通常作 d-》（家族等的）離散。(2)
集合名詞》住於別國的離散猶太人；其
居的各國。2《d-》少數的異教徒集團。
·a·stase ['daɪə,stes] 名 U〖生化〗澱粉
，澱粉糖化酵素。
·a·stat·ic [,daɪə'stætɪk] 形〖生化〗澱
酶的。
·as·to·le [daɪ'æstə,li] 名 U 1〖生理〗心
舒張。2〖詩〗音節延長。
·a·ther·man·cy [,daɪə'θɝmənsɪ] 名
)〖理〗透熱性；紅外線穿透力。-ma·
ous 形
·a·ther·mic [,daɪə'θɝmɪk] 形 1 透熱
法的。2 透熱的。
·a·ther·my ['daɪə,θɝmɪ] 名 U〖醫〗透
熱療法。
di·ath·e·sis [daɪ'æθɪsɪs] 名（複-ses [-,siz]）
〖病〗素質，體質。
di·a·tom ['daɪətəm,-,tɑm] 名〖植〗矽
藻。
di·a·tom·ic [,daɪə'tɑmɪk] 形〖化〗雙原
子的。
di·at·om·ite [daɪ'ætə,maɪt] 名 矽藻土。
di·a·ton·ic [,daɪə'tɑnɪk] 形〖樂〗1 自然
的：the ～ scale 自然音階。2 自然音階
的。
di·a·tribe ['daɪə,traɪb] 名 痛批，猛烈抨
擊《*against...*》。
di·az·e·pam [daɪ'æzə,pæm] 名 U 苯甲二
氮草：爲一種鎮靜劑。
di·ba·sic [daɪ'besɪk] 形〖化〗二鹽基（
性）的；二元的。
dib·ber ['dɪbɚ] 名 = dibble 名.
dib·ble ['dɪbl] 名 掘穴具，穴播器。
—動 及 以掘穴具掘穴；以穴播器種植《
in, into...》。
dibs [dɪbz] 名（複）1《俚》（少額的）金
錢。2 所有權。
dibs on... …的所有權。
dice [daɪs] 名（複）(單 die) 1 骰子；擲骰
子遊戲，賭博：play at ～ 玩骰子遊戲；擲
骰子賭博。2 小立方體：cut carrots into ～
將胡蘿蔔切成小四方塊。3（賽車等）緊
逼搶檔。
the dice are loaded against 《俚》好運不
來，運氣不好。
no dice《俚》反對；失敗；不行。
—動 (diced, dic·ing) 及 1 切成小方塊；用
方格花紋裝飾。2 賭輸《 *away* 》；《反
身》因賭而輸[贏]《 *out of...; into...* 》。
—不及 1 以骰子賭博；與人賭博[賭]《 *for
...* 》。2（賽車等）緊逼搶（檔）。
dice with death 冒著極大的危險。
'dice 'box ['daɪs,bɑks] 名 骰子盒。
di·ceph·a·lous [daɪ'sɛfələs] 形 雙頭
的，有兩個頭的。
dic·er ['daɪsɚ] 名 1 玩骰子遊戲者，擲骰
子賭徒。2 切方塊機。3《俚》帽子。
dice·y ['daɪsɪ] 形 (dic·i·er, dic·i·est)《英
口》危險的，冒險的；不確定的。
di·chlo·ride [daɪ'kloraɪd] 名 U C〖
化〗二氯化物。
di·chot·o·mous [daɪ'kɑtəməs] 形 二分
的，二項對立的；〖植〗分叉的，叉狀的：
～ branching 叉狀分枝。
di·chot·o·my [daɪ'kɑtəmɪ] 名（複-mies）
U C 1 二分，兩分《 *between...* 》。2〖理
則〗二分法，二項對立；〖植〗叉狀分
枝；〖天〗半月，弦月。
di·chro·mate [daɪ'kromet] 名〖化〗重
鉻酸鹽。
di·chro·mat·ic [,daɪkro'mætɪk] 形 兩色
的，兩色性的；〖動〗（鳥、昆蟲等）兩色
變異的；〖醫〗兩色性色盲的。
dic·ing ['daɪsɪŋ] 名 擲骰子，賭骰子。

D

D

dick [dɪk] 名 1《俚》偵探，刑警。2《主英》男人，傢伙。3《粗》陰莖。

Dick [dɪk] 名〖男子名〗狄克（Richard 的暱稱）。

a clever Dick《英口》賣弄聰明的傢伙，自稱無所不知的人。

dick·ens ['dɪkɪnz] 名 1《通常作 the ～》《表驚訝、委婉的詛咒語》= devil, deuce. 2 麻煩，困難。

Dick·ens ['dɪkɪnz] 名 **Charles John Huffam**，狄更斯（1812–70）：英國小說家。

Dick·en·si·an [dɪ'kɛnzɪən] 形 狄更斯的；如狄更斯描述的；狄更斯文體的。

dick·er¹ ['dɪkɚ] 動 不及 1 交易，做小買賣；討價還價《 *with...; for...* 》。2 以物易物。3 磋商；作政治交涉。4 躊躇不前，畏怯。一及 做小生意；討價還價。

一名 U C 1 小買賣；物物交換（品）。2 妥協。

dick·er² ['dɪkɚ] 名 十個；十張（一組）。

dick·ey, -ie ['dɪkɪ] 名 (複～s [-z]) 1 襯衫的假前胸；襯衫的活動領；小孩圍兜。2 小鳥。3 雄驢。

dick·ey·bird ['dɪkɪ,bɝd] 名 = dickey 2.

dick·head ['dɪk,hɛd] 名《俚》豬頭，笨蛋，討厭鬼。

Dick·in·son ['dɪkɪnsn̩] 名 **Emily** (**Elizabeth**)，狄勤生（1830–86）：美國女詩人。

dick·y ['dɪkɪ] 名 (複 **dick·ies**) = dickey.

di·cli·nous [daɪ'klaɪnəs] 形〖植〗雌雄異蕊的；單性的。

di·cot·y·le·don [daɪ,kɑtə'lidən] 名〖植〗雙子葉植物。

dict.《縮寫》*dict*ation; *dict*ator; *dict*ionary.

dic·ta ['dɪktə] 名 **dictum** 的複數形。

Dic·ta·phone ['dɪktə,fon] 名〖商標名〗口述錄音機。

·**dic·tate** ['dɪktet, dɪk'tet] 動 (**-tat·ed, -tat·ing**) 及 1 口述，聽寫《 *to...* 》：～ a letter *to* a stenographer 向速記員口述一封信。2 命令；支配《 *to...* 》。一 不及 1 口述令其筆錄《 *to...* 》。2《通常用於否定》命令，支配《 *to...* 》。

一['dɪktet] 名《通常作～s》1 命令，支配。2 指示。

·**dic·ta·tion** [dɪk'teʃən] 名 1 U C 口述；聽寫；聽寫文字；口述文字；吩咐：give ～ to... 令…聽寫。2 U 指示，命令。

dic·ta·tor ['dɪktetɚ, -'--] 名 1 獨裁者。2 專橫者，霸道者。3 口述者，口授者。

dic·ta·to·ri·al [,dɪktə'torɪəl] 形 獨裁的，獨裁者的，專橫的；傲慢的。～**·ly** 副 獨裁地，蠻橫地。

dic·ta·tor·ship [dɪk'tetɚ,ʃɪp] 名 U C 獨裁國家；專制；獨裁者的職位。

dic·tion ['dɪkʃən] 名 U 1 措詞，用語的選擇：poor ～不得體的措詞。2 發音法；咬字。

:**dic·tion·ar·y** ['dɪkʃə,nɛrɪ] 名 (複**-ar·ies**) 1 詞典，字典：a usage ～ 慣用法詞典 / walking ～ 活字典，知識淵博的人。2〖電腦〗詞典。

Dic·to·graph ['dɪktə,græf] 名〖商標名〗偵聽器；電話錄音器。

dic·tum ['dɪktəm] 名 (複**-ta** [-tə], ～s) 1 評論；宣稱；聲明。2 = obiter dictum. 3 諺語，格言。

dic·ty ['dɪktɪ] 形《美俚》1 高級的；流行的。2 高傲的；勢利的。

:**did** [dɪd] 動 **do** 的過去式。

di·dac·tic [daɪ'dæktɪk], **-ti·cal** [-tɪk-] 形 1 教導的，教訓的：a ～ novel 說教的小說。2 好教誨人的，說教的：in a ～ manner 以說教的態度。**-ti·cal·ly** 副

di·dac·ti·cism [daɪ'dæktəsɪzəm] 名 U 說教的方法或性質；訓誨者的態度。

di·dac·tics [daɪ'dæktɪks] 名 (複)《作單數》教授法，教學法。

did·dle¹ ['dɪdl] 動 及《口》欺騙；騙取《 *out of...* 》：～ a person *out of* his money 騙走某人的錢財。一 不及 浪費時間，無所事事。

did·dle² ['dɪdl] 動 及 不及《口》(使) 急速地上下[前後]移動。

did·dler ['dɪdlɚ] 名 詐欺者；虛度光陰者。

Di·de·rot ['didə,ro] 名 **Denis**，狄德羅（1713–84）：法國哲學家；「百科全書」編纂者。

did·ger·i·doo ['dɪdʒərə,du, ,---'-] 名 澳洲原住民的木管樂器。

:**did·n't** ['dɪdn̩t] did not 的縮略形。

di·do ['daɪdo] 名 (複～s, ～es)《通常作～(e)s》《美口》惡作劇，開玩笑：cut (up) ～s 開玩笑，胡鬧。

didst [dɪdst] 動《古》**do** 的第二人稱單數過去式。

di·dy ['daɪdɪ] 名 (複**-dies**) = diaper 名 1.

di·dym·i·um [daɪ'dɪmɪəm] 名 U〖化〗鐠釹混合物。符號：Di

:**die**¹ [daɪ] 動 (**died, dy·ing**) 不及 1 死亡；枯萎：～ of cancer 因癌症而死亡 / ～ through neglect 死於輕忽怠慢 / ～ young 英年早逝。2 廢除；消失；熄滅《 *out...* 》。3 不動，停止。4《古·文》漠不關心，不受制於《 *to, unto...* 》：～ *to* worldly ambitions 喪失對世俗的奢望。5 減弱，漸漸消失《 *away, off, out, down* 》。6《進行式》《喻》變弱。7〖神〗精神破滅。8《進行式，或與 **nearly** 連用》如死般痛苦；苦惱；極興奮《 *of..., of doing* 》。9《通常用進行式》《口》渴望，盼望《 *for...* 》。

一及《與同源受詞連用》以…方式而死。

die away (1) ⇨ 動 不及 5. (2) 喪失意識，昏厥；漸漸消失。

die back（植物）除根部外逐漸枯萎。

die down (1) ⇨ 動 不及 5. (2) = DIE back.

die game 奮戰而死，戰鬥到底。

e hard (1)難斷氣。(2)頑抗到底。(3)習慣、迷信等）不易根絕。

e in one's bed 壽終正寢，因病而死。

e in one's boots / die with one's boots on 在作或執行任務時死亡；死於非命，受絞]。

e in harness 執行任務時死亡，殉職。

e in the last ditch 奮鬥到底而死，奮鬥不：。

e off (1)相繼死去。(2) ⇨ 動 不及 5.

e out (1)死絕，滅絕。(2) ⇨ 動 不及 2. (3)滅。(4) ⇨ 動 不及 5.

e standing up 〖劇〗演技未受到喝采。

ever say die《通常用於命令》不要氣餒，勿悲觀。

e² [daɪ] 名 (複～s [-z]) **1**〖機〗硬模；螺模。**2** 鑄模，打孔模型。**3** (複 **dice**)骰。

he die is cast. 骰子已擲出；木已成舟，勢底定。

動(**died**, ～**·ing**) 及 用模子鑄造。

e ˌcasting 名 Ⓤ〖冶〗壓鑄，模鑄；)壓鑄物。

e(-)hard ['daɪˌhɑrd] 名頑強抵抗者，頑分子。—形 頑強抵抗的，絕不屈服的：～ conservative 頑固的保守主義者。

e·lec·tric [ˌdaɪə'lɛktrɪk] 名〖電〗電質；絕緣體。—形 介電性的，不導電。

er·e·sis [daɪ'ɛrɪsɪs] 名 (複**-ses** [-ˌsiz]) **1** 節分解，分音；分音符號。**2**〖詩〗分。

e·sel ['dizl] 名 **1** = diesel engine. **2** 柴油，柴油船。—形 以柴油引擎爲動力的；油機用的：a ～ tractor 柴油牽引機。

e·sel-e·lec·tric ['dizəlɪ'lɛktrɪk] 形 裝電動柴油機的。

esel ˌengine 名 柴油機，內燃機。

esel ˌfuel 名 Ⓤ 柴油。

e·sink·er ['daɪˌsɪŋkɚ] 名 鑄模製作，刻模者。

et¹ ['daɪət] 名 **1** Ⓤ Ⓒ 日常飲食；常用料；食物。**2** 規定飲食；食物治療法：a gh protein ～ 高蛋白質食物。**3**《通常作～》限制飲食：be on a ～ 節食中。**4** 反灌輸的東西；習以爲常的事物：*a* ～ of ystery novels 老套的推理小說。

動 (～**·ed**, ～**·ing**) 及 **1** 給予規定的飲，使攝取養生飲食。**2** 供給食物。

不及 限制飲食，規定食物。

et² ['daɪət] 名《常作**D-**》（丹麥、日本國的）議會，國會。

e·tar·y ['daɪəˌtɛrɪ] 形 飲食的；規定飲的，飲食養生的：～ habits 飲食上的習。—名(複**-tar·ies**)規定的飲食；飲食的定量。

e·tet·ic [ˌdaɪə'tɛtɪk] 形 **1** 飲食的；營養。**2** 規定飲食的（亦稱 **dietetical**）。—)《～**s**》《通常作單數》應用營養學，飲學。

'diet ˌfood 名 Ⓤ 減肥食品。

di·e·ti·tian, -cian [ˌdaɪə'tɪʃən] 名 營養學家，營養專家，營養師。

'diet ˌpill 名《美》減肥藥。

diff.《縮寫》*diff*erence; *diff*erent.

·dif·fer ['dɪfɚ] 動 不及 **1** 不同，相異《*from..., in, as to...*》。**2** 想法不同《*with, from...*》；意見不合《*about, on, over...*》。

:dif·fer·ence ['dɪfərəns] 名 **1** Ⓤ Ⓒ 差異，不同《*between..., in...*》；不同點：a ～ *in* outlook 見解的不同 / the ～ *between* a goose and a duck 鵝與鴨的差別。**2** 重大變化，明顯效果《*to...*》。**3** 特徵，特點。**4** Ⓤ 差；差額《*between, in, of...*》：a one dollar ～ *in* price 價格相差一元 / pay the ～ 付差額。**5** 差異點，不同之處。**6** 意見不同。**7** 爭論，不和：a ～ with one's boss 與雇主之不和 / settle ～s between them 解決他們之間的紛爭。

split the difference (1)折中，妥協。(2)將剩餘的東西平均分配。

:dif·fer·ent ['dɪfərənt] 形 **1** 不同的《*from, than, to...*》；有差異的《*in...*》。**2** 各別的；各種各樣的：sisters with ～ mothers 同父異母的姊妹。**3** 異常的，與眾不同的。

dif·fer·en·ti·a [ˌdɪfə'rɛnʃɪə] 名 (複**-ae** [-ˌi]) **1**〖理則〗種差。**2** 特點，本質的差異。

dif·fer·en·tial [ˌdɪfə'rɛnʃəl] 形 **1** 區別的；特殊的：a ～ feature 辨別的特徵。**2** 差別的：～ wages 差別工資。**3**〖機〗差動的。**4**〖數〗微分的。—名 **1** 差別；差額。**2**〖機〗差動齒輪；〖數〗微分；〖商〗協定工資差額。

～**·ly** 副 特異地；辨別地；不同地。

differ'ential 'calculus 名《the ～》〖數〗微分學。

differ'ential 'gear 名〖機〗差動齒輪。

dif·fer·en·ti·ate [ˌdɪfə'rɛnʃɪˌet] 動 及 **1** 識別，區別《*from...*》：～ varieties of insects 辨別昆蟲的種類 / ～ a star *from* a planet 區別恆星與行星。**2** 使有差別，分開。**3**〖生〗使分化。**4**〖數〗求微分。

—不及 **1** 變得不同；性格改變。**2** 區別《*between...*》。**3**〖生〗分化。

dif·fer·en·ti·a·tion [ˌdɪfəˌrɛnʃɪ'eʃən] 名 Ⓤ Ⓒ 區別；差別；〖生〗分化；〖數〗微分。

dif·fer·ent·ly ['dɪfərəntlɪ] 副 **1** 不同地；有差別地：～ from... 與…不同地。**2** 並非那樣地。

dif·fi·cile [ˌdɪfɪ'sil] 形 彆扭的，難以取悅的；困難的。

:dif·fi·cult ['dɪfəˌkʌlt, -kəlt] 形 **1** 困難的，艱難的。**2** 難以取悅的；難處理的：a～ customer 難應付的顧客。**3** 難懂的。

:dif·fi·cul·ty ['dɪfəˌkʌltɪ, -kəl-] 名 (複**-ties**) **1** Ⓤ 困難《*in doing*》：without (any) ～輕易地。**2** 難題；麻煩：overcome

D

D

all *difficulties* 克服一切困難。3《常作 -ties》困境：tide over *difficulties* 脫離困境。4 異議，反對；爭論：make *difficulties* 加以反對，提出異議。

dif·fi·dence ['dɪfədəns] 名 U 缺乏自信；畏縮，羞怯；謙虛：with ~ 羞怯地，提心吊膽地；客氣地。

dif·fi·dent ['dɪfədənt] 形 缺乏自信的《about...》；畏縮的，羞怯的。~·**ly** 副

dif·flu·ence ['dɪfluəns] 名 U 1 流出，分流；分流速度。2 溶解。-**ent** 形

dif·fract [dɪ'frækt] 動 及 1 打碎，粉碎。2〖理〗使繞射。

dif·frac·tion [dɪ'frækʃən] 名 U〖理〗繞射

·**dif·fuse** [dɪ'fjuz] 動 (-**fused**, -**fus·ing**) 及 1 使散開，使擴散。2 普及；傳播；散布：~ a culture 傳播某種文化。—不及 1 擴散；散布，普及。2〖理〗擴散。

—[dɪ'fjus] 形 1 冗長的，鬆散的。2 擴散的，散布的。~·**ly** [-'fjuslɪ] 副 冗長地；廣布地。

dif·fused [dɪ'fjuzd] 形 1 流布的；散布的，普及的。2〖理〗擴散的。

dif·fus·er [dɪ'fjuzɚ] 名 1 散布者，普及者；擴散器。2 散氣裝置；散光器。

dif·fus·i·ble [dɪ'fjuzəbl] 形 1 可擴散的，可普及的。2〖理〗擴散性的。-'**bil·i·ty** 名

dif·fu·sion [dɪ'fjuʒən] 名 U 1 擴散；普及，散布。2 散漫，冗長。3 傳播。

dif·fu·sive [dɪ'fjusɪv] 形 1 擴散的；散布的。2 鬆散的，冗長的。~·**ness** 名

dif·fu·sive·ly [dɪ'fjusɪvlɪ] 副 散布地；普及地；冗長地。

:**dig** [dɪg] 動 (**dug** 或《古》**digged**, ~·**ging**) 及 1 挖 掘《*up*》；挖（洞）：~（*up*）the ground 翻掘地面 / ~ a trench 挖壕溝。2 挖出，掘到《*up, out*》；《喻》找出《*out*》：~(up) peanuts 掘出落花生 / ~ out a reference 找出參考資料。3 插入《*into...*》；輕觸，戳，刺《*in...*》：~ one's hands *into* one's pockets 將手插入口袋。4《俚》理解；喜歡。5《俚》注意，留心。—不及 1 掘土，挖洞《*for...*》。2《口》探究；埋首用功。3 諷刺，嘲諷《*at...*》。4《英口》住宿，居住。5 深深刺入。

dig down (1) 仔細調查。(2)《美口》自己掏腰包。

dig in (1) 挖戰壕。(2) 開始吃。(3)《口》埋首用功，苦幹。

dig...in / dig in... (1) ⇨動及3. (2) 把…與土混合，把…埋進。

dig into... (1)《口》大口吃。(2)《口》探究，專心於。(3) 挖進去。(4) 用罄。

dig oneself in (1) 挖壕溝以藏身。(2) 鞏固自己的地位。

dig oneself into 在…鞏固自己的地位。

dig out (1)《美》奔跑而去《*for...*》。(2)《加》把自己從雪堆中挖出來。

dig...out / dig out... (1) 搜出《*of...*》。(2) 出《*of...*》。

dig over... 重新考慮…。

dig... up / dig up... (1) 發掘。(2)《口》偶發現；挖出。

—名 1 戳，刺；《喻》諷刺。2《口》考發掘。3《美俚》苦讀的學生。4《~s》主英口》住處，寄宿處。

dig. 《縮寫》*dig*est.

dig·a·my ['dɪgəmɪ] 名 U 再婚。

di·gas·tric [daɪ'gæstrɪk] 形〖解〗二的；二腹肌的。—名 二腹肌。

di·ge·ra·ti [ˌdɪdʒə'rɑti] 名(複) 電腦達人網路高手。

·**di·gest** [də'dʒɛst, daɪ-] 動 及 1 消化。2 解，領會；吸收：~ a magazine article 雜誌上的一篇文章吸取知識。3 忍受：criticism 忍受批評。4 整理，分類。5 要，簡化。6 同化。7〖化〗浸漬，蒸煮煮解。

—不及 1 消化食物。2《與副詞連用》化。3〖化〗浸漬；煮解；蒸軟。—['daɪ ɛst] 名 1 梗概，摘要。2 文摘，概要 3〖法〗法律要覽。

di·gest·er [də'dʒɛstɚ, daɪ-] 名 1 消化 [者]；消化器官；消化劑。2〖化〗浸器，浸解器。3 蒸煮器。

di·gest·i·ble [də'dʒɛstəbl̩, daɪ-] 形 可消的，易消化的；可摘要的，易了解的。-**bly** 副, -'**bil·i·ty** 名

·**di·ges·tion** [də'dʒɛstʃən, daɪ-] 名 U C 消化；消化能力。2 理解，領會。3〖化浸漬；蒸解。

di·ges·tive [də'dʒɛstɪv, daɪ-] 形 消化的有消化力的：suffer from ~ trouble 爲消不良所苦。—名 助消化物，消化劑。

di'gestive ˌsystem 名《the ~》消系統。

dig·ger ['dɪgɚ] 名 1 挖掘者；掘地獸；金礦工；考古學者。2 挖掘機；挖斗。《D-》《俚》澳洲或紐西蘭士兵。

'**digger ˌwasp** 名〖昆〗地蜂，穴蜂

dig·gings ['dɪgɪŋz] 名 (複) 1《通常作數》發掘地；採礦（區）。2《作複數》掘物。3《作複數》《英口》寓所，住處寄宿處。

dight [daɪt] 動 (**dight** 或~·**ed**, ~·**ing**)《古》裝備；裝飾。

dig·it ['dɪdʒɪt] 名 1 數字，位數：numbe of ten ~*s* 十位的數字。2 手指；腳趾。指幅（約四分之三英寸）。

dig·it·al ['dɪdʒətl̩] 形 1 手指的；指狀的 the ~ technique of a pianist 鋼琴家的運技巧。2〖電腦〗數位式的：a ~ flight 數飛行。3 有指狀的。4 數字的。—（鋼琴的）鍵。

dig·i·tal·ize ['dɪdʒɪtl̩ˌaɪz] 動 及 以數字示，使數字化。

ˌ**digital** '**camera** 名 數位照相機。

'**digital com'puter** 名 數位電腦；

字型電子計算機。

ig·i·tal·is [ˌdɪdʒə'telɪs, -'tælɪs] 名 1〖植〗毛地黃，洋地黃。2 毛地黃的乾葉。

igital re'cording 名 U C 數位式錄音。

igital 'signature 名 數位簽名。

igital 'television 名 U 數位電視。

igital 'video 'disc 名 數位影音光碟。略作 DVD。

ig·i·tate ['dɪdʒə,tet] 形 1〖動〗有指的。2〖植〗掌狀的（亦稱 **digitated**）。

ig·i·ti·grade ['dɪdʒɪtə,gred] 形 趾行的。—名 趾行動物。

ig·i·tize ['dɪdʒɪ,taɪz] 動 及 使（文字、圖片等）數位化。

ig·i·tox·in [ˌdɪdʒɪ'tɑksɪn] 名〖藥〗洋地黃毒素。

ig·ni·fied ['dɪgnə,faɪd] 形 有威嚴的，莊嚴的；高貴的：a ～ gentleman 高貴的紳士。

ig·ni·fy ['dɪgnə,faɪ] 動（-fied, ～·ing）及 1 使有尊嚴《*by, with...*》。2 加上好聽的名稱：～ stupidity by calling it bravery 將愚蠢美稱爲勇敢。

ig·ni·tar·y ['dɪgnə,tɛrɪ] 名（複 **-tar·ies**）權貴，要人，名人；高僧。

ig·ni·ty ['dɪgnətɪ] 名（複 **-ties**）1 U 威嚴，莊重：behave with ～ 舉止莊重。2 U 高尚；尊貴：basic human ～ 人類的基本尊嚴。3 高位，顯職；職位：the ～ of the residency 總統的高位。4 達官顯貴，高僧。

e beneath one's dignity 有損自己的尊嚴，有失自己的身分。

ower one's dignity 降低品格。

tand on one's dignity 保持尊嚴；擺架子，堅持受到應有的禮遇。

vith dignity 莊嚴地；神氣十足地。

i·graph ['daɪgræf] 名（兩個字母發一音的）二合字母。

i·gress [də'grɛs, daɪ-] 動 不及 離題《*from...*》；走向歧路《*into...*》：～ *from* the point at issue 偏離問題的重點。

i·gres·sion [də'grɛʃən, daɪ-] 名 U C 1 離題：make a momentary ～稍稍離題。2 離題的話，閒話。～**·al** 形

i·gres·sive [də'grɛsɪv, daɪ-] 形 離題的；易脫節的；枝節的。～**·ly** 副

i·he·dral [daɪ'hidrəl] 形 由二平面構成的；二面角的。—名 二面角。

ike, dyke [daɪk] 名 1 堤防。2 壩，堰；堤。3 溝，濠。4《蘇》矮土牆，矮石牆。障礙物。6〖地質〗岩脈。—動 及 1 掘溝排水。2 築堤防護。—不及 築堤。

ik·tat [dɪk'tɑt] 名 被迫接受的苛刻協定。

il.《縮寫》*dil*ute(d).

i·lan·tin [daɪ'læntɪn] 名〖藥·商標名〗狄蘭汀：一種治癲癇的藥。

i·lap·i·date [də'læpə,det] 動 及 使荒廢；使破損。—不及 荒廢；破損。

di·lap·i·dat·ed [də'læpə,detɪd] 形 破舊的，荒廢的，毀壞的。

di·lap·i·da·tion [də,læpə'deʃən] 名 1 U 荒廢，破損；毀壞。2《常作～s》〖法〗房屋失修狀況；修繕費。3 U〖地質〗崩落。

di·lat·a·ble [daɪ'letəbḷ, dɪ-] 形 可擴大的，可膨脹的。

di·lat·ant [daɪ'letənt, dɪ-] 形 膨脹的，擴張的。

dil·a·ta·tion [ˌdɪlə'teʃən, ˌdaɪ-] 名 U 1 膨脹；擴張；詳述，鋪張。2〖病〗肥大，擴張（症）；〖醫〗擴張術。（亦稱 **dilation**）。

di·late [daɪ'let, dɪ-] 動 及 使擴大；使膨脹。—不及 1 擴張；膨脹。2 細說；詳述《*on, upon...*》。

di·la·tive [daɪ'letɪv, dɪ-] 形 膨脹性的；使擴張的。

dil·a·tom·e·ter [ˌdɪlə'tɑmɪtɚ] 名 膨脹計。

di·la·tor [daɪ'letɚ, dɪ-] 名 使擴張的人[東西]；〖解〗擴張肌；〖外科〗擴張器。

dil·a·to·ry ['dɪlə,torɪ] 形 遲緩的；拖延的：～ tactics 拖延戰術。

dil·do, -doe ['dɪldo] 名（複～s [-z]）《俚》人造男性生殖器。

·**di·lem·ma** [də'lɛmə] 名 1 左右爲難；困境：be in a ～陷入困境，進退維谷。2〖理則〗兩難論法，兩刀論法。

the horns of a dilemma 進退維谷。

dil·em·mat·ic [ˌdɪlə'mætɪk] 形 左右爲難的；兩刀論法的。

dil·et·tan·te [ˌdɪlə'tæntɪ] 名（複～s, **-ti** [-ti]）1（藝術、科學等方面的）半吊子，業餘藝術家。2 藝術愛好者。—形 外行的，一知半解的，業餘愛好藝術的。

dil·et·tant·ism [ˌdɪlə'tæntɪzəm], **-tan·te·ism** [-tɪ,ɪzəm] 名 U 業餘性質；粗淺的藝術愛好，一知半解。

dil·i·gence[1] ['dɪlədʒəns] 名 U 不斷的努力，勤勉，勤奮。

dil·i·gence[2] ['dɪlədʒəns] 名（複 **-gen·ces** [-dʒənsɪz]）（法國的）公共馬車。

·**dil·i·gent** ['dɪlədʒənt] 形 1 努力的，勤勉的《*in...*》：be ～ *in* one's work 努力於自己的工作。2 用心的，費心的。

dil·i·gent·ly ['dɪlədʒəntlɪ] 副 勤勉地，勤奮地。

dill [dɪl] 名〖植〗土茴香，蒔蘿。

ˌdill 'pickle 名 用蒔蘿醃漬的胡瓜。

dil·ly ['dɪlɪ] 名（複 **-lies**）《口》極好的東西；出眾的人物。

'dilly ˌbag 名《澳》小型草編袋子。

dil·ly·dal·ly ['dɪlɪ,dælɪ] 動（**-lied**, ～**·ing**）不及 磨蹭，三心二意；《口》遊手好閒：～ around the town 在街上到處閒蕩。

di·lute [dɪ'lut, daɪ-] 動 及 1 稀釋，沖淡《*with ...*》：～wine *with* water 以水稀釋葡萄酒。2 降低強度，減少效力。3〖證

D

券〗使貶值。—不及 變稀薄；變淡；變弱。—形 **1** 效力減弱的，被稀釋的；薄的。**2** 褪色的，變淡的

di·lu·tion [dɪ'luʃən, daɪ-] 名 **1** Ⓤ稀釋；變薄的狀態。**2** Ⓤ〖證券〗利益、資產的降低。**3** 稀釋液[物]。

di·lu·vi·al [dɪ'luvɪəl] 形 **1** 大洪水的；洪水引起的。**2**〖地質〗洪積層的。

D

di·lu·vi·um [dɪ'luvɪəm] 名 (複-**vi·a** [-vɪə], ~**s**)〖地質〗洪積層。

·dim [dɪm] 形 (~·**mer**, ~·**mest**) **1** 昏暗的：a ~ light 昏暗的燈。**2** 朦朧的，不清楚的：a ~ shape in the dark 昏暗中隱約可見的影像 / a ~ voice 微弱的聲音。**3** 無光澤的：a ~ color 暗淡的顏色。**4**《口》不樂觀的。**5**《口》無法理解的；遲鈍的。

take a dim view of... 對…採否定的看法；對…不贊成。

—動 (**dimmed**, ~·**ming**) 及 **1** 使暗淡；使模糊。**2**《美》把（車頭燈）減弱。

—不及 變暗；變朦朧。

dim...out / dim out...《美》管制燈火；使（燈光）變暗。

—名《~**s**》《美》停車燈。

dim.《縮寫》*dim*ension; *dim*inished; *dim*inutive.

dime [daɪm] 名《美》一角錢幣。

a dime a dozen《俚》多到不稀罕的，無價值的。

do not care a dime about... 對…毫不在乎。

on a dime (1) 在狹小的地方。(2) 立刻，馬上。

'dime ˌnovel 名《美》無文學價值的廉價小說。

·di·men·sion [daɪ'mɛnʃən, də-] 名 **1**（長、寬、高等的）尺寸。**2**《通常作~**s**》大小，容量，體積：a temple of vast ~*s* 非常大的寺院。**3**《~**s**》規模，範圍；重要性：the ~*s* of the problem 問題的重要性 / a crime of serious ~*s* 重大的罪行。**4**〖數〗次元。

take the dimensions of... 測量…的大小。

di·men·sion·al [daɪ'mɛnʃənl̩, də-] 形 **1** 尺寸的；有尺寸的。**2**《偶作複合詞》…次元的。**3** 範圍的，大小的。

dim·er·ous ['dɪmərəs] 形 由兩個部分構成的；（花）二（基）數的。

'dime ˌstore 名《美》廉價雜貨店。

dim·e·ter ['dɪmətɚ] 名〖詩〗二步格，含有二音步的詩行。

di·min·ish [də'mɪnɪʃ] 動 及 **1** 使變小，使減小，縮小：the law of ~*ing* returns〖經〗報酬遞減律 / ~ the risk of war 減少戰爭的風險。**2** 貶低；削弱權勢。**3**〖建〗把（柱子）的尖端弄細。**4**〖樂〗減（音程）。—不及 變小，減少：~ in speed 減速。~·**a·ble** 形, ~·**ing·ly** 副

di·min·ished [də'mɪnɪʃt] 形 **1** 減少的，降低的。**2**〖樂〗（音程）減的。

di·min·u·en·do [dəˌmɪnju'ɛndo] 形 副〖樂〗漸弱的[地]。—名 (複~**s** [-z])（量等的）漸減；漸弱音節。

dim·i·nu·tion [ˌdɪmə'njuʃən] 名 Ⓤ Ⓒ 減少，縮小；削減；縮小額。**2**〖樂〗值。

di·min·u·tive [də'mɪnjətɪv] 形 **1** 的，小型的；身材矮小的：a ~ dog 體極小的小狗。**2**〖文法〗表示「小」的。—名 **1** 極小的人或物。**2**〖文法〗表示小」的語詞。

~·**ly** 副 縮小地；表示小地。

diˌminutive 'suffix 名〖文法〗表示小」的字尾：如-let, -ette 等。

dim·is·so·ry ['dɪməˌsorɪ] 形 離去的，職的；准許離去的，准許轉出的。

dim·i·ty ['dɪmətɪ] 名 Ⓤ 一種條紋或格的薄棉布。

dim·ly ['dɪmlɪ] 副 朦朧地，模糊地。

dim·mer ['dɪmɚ] 名 **1** 使變暗淡的[物]。**2** 調光器，增減控制器。**3**《~**s**》頭燈的低光束；停車燈。

dim·mish ['dɪmɪʃ] 形 稍暗的，朦的。

dim·ness ['dɪmnɪs] 名 Ⓤ 朦朧，昏暗。

di·mor·phic [daɪ'mɔrfɪk] 形 = dimorphous.

di·mor·phism [daɪ'mɔrfɪzəm] 名 Ⓤ **1** 動·植〗二形現象。**2**〖結晶〗雙晶現象

di·mor·phous [daɪ'mɔrfəs] 形 二的；雙晶的。

dim(-)out ['dɪmˌaut] 名 **1** 燈火管制。**2** 光昏暗。

dim·ple ['dɪmpl̩] 名 **1** 酒渦：a pretty ~ the cheek 臉頰上可愛的酒渦。**2** 小窪坑波紋。**3** 凹洞。—動 及 **1** 使出現酒渦；出現凹洞。**2** 使起漣漪。—不及 凹進去出現酒渦；起波紋。-**ply** 形

dim-sight·ed ['dɪm'saɪtɪd] 形 視力不的；缺乏洞察力的。

'dim 'sum 名 小點心，小吃。

dim·wit ['dɪmˌwɪt] 名《口》傻瓜，子。

dim-wit·ted ['dɪmˌwɪtɪd] 形《口》愚的。

din [dɪn] 名 Ⓤ《偶作 **a** ~》（不停的）雜聲，噪音：kick *up a* ~ 引起喧鬧。

—動 (**dinned**, ~·**ning**) 及 **1** 以喧鬧聲（人）。**2** 不停地說。—不及 **1** 發喧鬧聲喋喋不休地說。**2** 叫嚷。

di·nar [dɪ'nɑr] 名 第納：中東和北非一國家使用的貨幣，如伊拉克、約旦、科特、利比亞、突尼西亞、阿爾及利亞國。

dinch [dɪntʃ] 動 及 捻滅，揉滅。

·dine [daɪn] 動 (**dined**, **din·ing**) 不及 **1** 餐。—及 宴請。

dine in 在家吃飯。

dine off [***on***] ... (1) 以…爲食。(2) 接受（人）的招待。(3) = DINE out on.

dine out 在外面吃飯。

ine out on... (1)（靠自己的成就、聲望等
亍）受到宴請。(2)因…而得到社會名聲。
-图《蘇》正餐。
n·er ['daɪnɚ] 图 **1** 用膳者。**2** 餐車；《
㐀》（餐車式的）簡易餐廳。**3** 路邊餐廳。
·ner·o [dɪ'nɛro] 图《美俚》錢。
n·er-out ['daɪnɚ,aʊt] 图 (複 **din·ers-**
ut) 在外用餐者。
·nette [daɪ'nɛt] 图 **1**（廚房旁邊的）小
餐廳。**2** 小餐廳裡的餐桌椅子。
ng [dɪŋ] 動及不及 **1**（鐘等）噹噹響。
《口》反覆地說。一图鐘聲。
ng-a-ling ['dɪŋəlɪŋ] 图《美俚》笨蛋，
傻瓜；瘋子，怪人。
ng·bat ['dɪŋ,bæt] 图 **1**《口》那個叫什
麼的傢伙。**2** 傻子，怪人。
ng-dong ['dɪŋ,dɔŋ] 图 Ⓤ **1** 叮噹（
聲）。**2** 反覆敲擊的響聲。**3**《俚》喧鬧的
集會；激論。一形 **1** 叮噹響的。**2** 激烈
的，反覆的。一副 熱烈地，起勁地。
nge [dɪndʒ] 图 形《俚》黑人（的）。
n·gey ['dɪŋɡɪ] 图 (複～**s** [-z]) = dinghy.
n·ghy ['dɪŋɡɪ] 图 (複**-ghies**) **1** 供應艇；
救生艇。**2** 小船，小艇；單帆賽船。
n·gi·ly ['dɪndʒɪlɪ] 副骯髒地；昏暗地。
n·gi·ness ['dɪndʒɪnɪs] 图 Ⓤ骯髒；昏
暗。
n·gle ['dɪŋɡḷ] 图 小峽谷。
n·go ['dɪŋɡo] 图 (複～**·es**)澳洲產的一種
野狗。
ng·us ['dɪŋəs] 图 (複～**·es**)《口》那個
叫什麼的東西。
n·gy ['dɪndʒɪ] 形 (**-gi·er**, **-gi·est**) **1** 燻黑
的；骯髒的；微暗的。**2** 昏暗的。
n·ing ['daɪnɪŋ] 图 Ⓤ 吃飯。
ning ˌcar 图（火車的）餐車。
ning ˌhall 图 大餐廳。
ning ˌroom 图 餐廳。
ning ˌtable 图 餐桌。
nk[1] [dɪŋk] 图〖網球〗（靠近網邊的）
吊球。
nk[2] [dɪŋk] 形《蘇》穿戴整齊的；盛裝
的。一動及不及打扮，裝飾。
INK, dink [dɪŋk] 图頂客族，雙薪無
子族（double income no kids）。
nk·ey ['dɪŋkɪ] 图 (複～**s** [-z]) 小型火車
頭。
n·kum ['dɪŋkəm] 形《澳口》**1** 真正
的，純粹的。**2** 正直的；公正的。
-副正直地；真正地。
nk·y ['dɪŋkɪ] 形 (**dink·i·er**, **dink·i·est**) **1**
《美口》小的；不重要的。**2**《英口》漂亮
的；整潔的；小巧可愛的。
-图 (複 **dink·ies**) = dinkey.
n·ner ['dɪnɚ] 图 **1** Ⓤ Ⓒ 正餐（通常指
晚餐）。**2** 宴會：a bridal ～ 結婚喜宴。**3**
客飯：four ～s at $10 a head 四客每人十元
的客飯。
nner ˌjacket 图《英》（正式場合穿
的男用）禮服上衣。

'dinner ˌparty 图晚宴；宴會。
'dinner ˌservice 图 正餐使用的一套餐
具。
'dinner ˌtable 图 = dining table.
'dinner ˌtheater 图《美》餐廳劇院。
din·ner·time ['dɪnɚ,taɪm] 图 Ⓤ 正餐時
刻。
din·ner·ware ['dɪnɚ,wɛr] 图 餐具。
dino-《字首》表「恐怖」之意。
di·no·saur ['daɪnə,sɔr] 图 **1** 恐龍。**2** 過時
而無用之人或物。
di·no·sau·ri·an [,daɪnə'sɔrɪən] 形 恐龍
的，似恐龍的。
dint [dɪnt] 图 **1** 凹痕，窪洞。**2**《古》擊，
打。**3** Ⓤ 力《現只用於以下的片語》。
by dint of... 藉…之力，由於。
一動及打出凹痕；壓印。
di·oc·e·san [daɪ'ɑsəsṇ] 形 教區的。
一图主教；教會員。
di·o·cese ['daɪə,sis] 图主教轄區。
di·ode ['daɪod] 图〖電子〗兩極真空管；
二極管。
Di·og·e·nes [daɪ'ɑdʒə,niz] 图戴奧真尼斯
（412?−323B.C.）：希臘犬儒學派的哲學
家。
Di·o·ny·sian [,daɪə'nɪʃən, -'nɪsɪən] 形 **1**
戴奧尼索斯的；酒神的。**2** 無節制的；狂
歡的；狂熱的。
Di·o·ny·sus, -sos [,daɪə'naɪsəs] 图〖
希神〗戴奧尼索斯：酒神及戲劇之神。
di·op·side [daɪ'ɑpsaɪd, -sɪd] 图 Ⓤ〖礦〗
透輝石。
di·op·ter [daɪ'ɑptɚ] 图 **1**〖光〗屈光度，
折光度；折光單位。**2** 瞄準器；窺孔。
di·op·tric [daɪ'ɑptrɪk] 形 **1**〖光〗屈光學
的。**2** 折光的，屈光的；由屈光產的：a ～
image 屈光影像。
一图《～**s**》《作單數》屈光學。
di·o·ram·a [,daɪə'ræmə, -'rɑmə] 图立體
模型；透視畫；實體模型館。
di·ox·ide [daɪ'ɑksaɪd] 图〖化〗二氧化
物。
di·ox·in [daɪ'ɑksən] 图 Ⓤ〖化〗戴奧辛。
·dip [dɪp] 動(**dipped** 或《古》**dipt**, ～**·ping**)
及 **1** 沾，浸入；將（手等）伸入《 *in* / *into*,
in... 》。**2** 舀起，汲取《 *out of*, *from...* 》：～
water (*from* a bucket)（由桶內）汲水。**3**
把（車頭燈）燈光減弱；把…降下後又迅
速升起：～ the colors in salutation 為表示
敬意將旗幟降下後又迅速升起。**4** 浸製
（蠟燭）。**5** 浸染：～ a cloth 浸染布料。**6**《
口》《常用被動》欠債：be *dipped* 負債。一
不及 **1** 浸水，沾水《 *into...* 》。**2**（將手等）
伸入；動用（錢）*into...* 》。**3** 下沉；急
降。**4** 傾斜，下降。**5** 一時的減少。**6** 涉
獵；瀏覽《 *into...* 》：～ *into* a book here
and there 瀏覽一本書。
dip in 取自己的一份。
dip into one's pocket 動用自己的錢。
dip into the future 設想未來。

D

D

一图 **1** 浸，泡一下；《口》一洗。**2** 一掬（的份量）；掬取之物。**3** Ⓤ 浸液，洗羊液。**4** Ⓤ Ⓒ 濃汁，醬。**5** 急速下降，急降；下跌。**6** 下沉；傾斜（度）；窪洞。**7** 俯角。**8** 蠟燭。**9**《俗》扒手。

at the dip〖海〗行點旗禮。

Dip《縮寫》*Dip*loma.

diph·the·ri·a [dɪf'θɪrɪə] 图 Ⓤ〖病〗白喉。

diph·ther·ic [dɪf'θɛrɪk], **-the·rit·ic** [-θə'rɪtɪk] 形〖病〗白喉（性）的；患白喉的。

diph·thong ['dɪfθɔŋ] 图 **1**〖語音〗雙母音（如 aɪ, aʊ 等）。**2** 連字（如œ等）。

di·plex ['daɪplɛks] 形 能單向雙路通信的。

diplo-《字首》表「雙重」、「多…」、「複…」之意。

dip·lo·coc·cus [ˌdɪplə'kɑkəs] 图 (複 **-ci** [-saɪ]) 雙球菌；肺炎雙球菌。

dip·loid ['dɪplɔɪd] 形 雙重的；〖生〗雙倍性的，倍數的。一图 Ⓤ〖生〗兩倍染色體，兩倍體；〖結晶〗偏方 24 面體。

di·plo·ma [dɪ'plomə] 图 (複 **~s, -ma·ta** [-mətə]) **1** 畢業證書；學位，文憑；獎狀；資格證明書。**2** 公文，（尤指）古文書。

·**di·plo·ma·cy** [dɪ'ploməsɪ] 图 Ⓤ **1** 外交：an act of ~ 外交活動。**2** 外交手腕；交際手腕：use ~ 運用外交手腕。

di·plo·ma·ism [dɪ'plomaˌɪzəm] 图 Ⓤ 學歷主義，文憑主義。

di'ploma ˌmill 图《口》學店。

·**dip·lo·mat** ['dɪpləˌmæt] 图 **1** 外交官。**2** 外交手腕高超者；擅於運用交際手腕者。

dip·lo·mate ['dɪpləˌmet] 图 取得專業資格證明者。

·**dip·lo·mat·ic** [ˌdɪplə'mætɪk] 形 **1**《限定用法》外交的：~ skill 外交手腕。**2** 有交際手腕的；圓滑的：a ~ answer 圓滑的答覆。**3**《限定用法》古文書學的；（依據）原文的：a ~ text 按照原文的抄本。

di·plo·mat·i·cal·ly [ˌdɪplə'mætɪkəlɪ] 副 **1** 外交上。**2** 在交際方面；有交際手腕地。

diplo'matic 'bag 图 外交郵袋。

diplo'matic ˌcorps 图《 the ~》外交使節團。

diplo'matic im'munity 图 Ⓤ 外交豁免權。

ˌdiploˌmatic re'lations 图 (複) 外交關係，邦交《 *with...* 》。

di·plo·ma·tist [dɪ'plomətɪst] 图 **1**《罕》外交官。**2** 擅於交際的人。

di·plo·ma·tize [dɪ'plomaˌtaɪz] 動 不及 運用外交手腕；機智圓滑地行事。

di·pole ['daɪˌpol] 图 **1**〖理·電〗偶極；〖理化〗雙極；偶極。**2** 雙極天線。

dip·per ['dɪpɚ] 图 **1** 長柄杓。**2**《D-》〖天〗《美》(1) 大熊星座。(2) 小熊星座。**3**〖鳥〗棲息於河邊的小型水鳥。**4**《俚》扒手。

dip·py ['dɪpɪ] 形 (**-pi·er, -pi·est**)《俚》**1** 脾氣古怪的；著迷的；熱中的《 *about with...* 》: be ~ *about* peanuts 嗜吃花生。**2** 愚蠢的。

dip·so ['dɪpso] 图《口》酒精中毒者，酒鬼。

dip·so·ma·ni·a [ˌdɪpsə'menɪə] 图 Ⓤ 酗酒狂；酒精中毒。

dip·so·ma·ni·ac [ˌdɪpsə'menɪˌæk] 图 酒精中毒者。

dip·stick ['dɪpˌstɪk] 图 量杆；滑油尺。

dip·switch ['dɪpˌswɪtʃ] 图《英》（汽車頭燈的）照距控制開關。

dipt [dɪpt] 動 **dip** 的過去式及過去分詞

dip·tych ['dɪptɪk] 图 **1**（古羅馬）對摺的記事板。**2** 對幅圖畫。**3**《通常作~s》對摺的人名記錄板。**4**《文》對稱敘事；對句。

dir.《縮寫》*dir*ector.

dire [daɪr] 形 (**dir·er, dir·est**) **1** 可怕的悲慘的：a ~ prediction 可怕的預示。**2** 緊急的：in ~ need of 迫切需要。~**·ly** 副

:**di·rect** [də'rɛkt, daɪ-] 動 及 **1** 指導；管理，監督：~ a nation through a war 領導國家度過戰爭。**2** 命令，指示。**3** 指路；引導。**4** 寫收信人地址；寄給《 *to...* 》。**5** 導演；指揮（樂團）。**6** 使朝向；使（注意力等）投注於…《 *to, at...* 》：~ one's steps toward home 步上回家之途。一 不及 引導；指揮，管理；導演。

一形 **1** 直的，一直線的。**2** 直系的。**3** 直接的。**4** 率直的，坦率的。**5** 正好的，絕對的。**6**〖數〗正的，〖電〗直流的。

一 副 直接地，直地。

di'rect 'action 图 Ⓤ 直接行動。

di'rect 'current 图 Ⓤ Ⓒ〖電〗直流 略作：DC

di'rect 'discourse 图 Ⓤ 直接敘述法

di·rect·ed [də'rɛktɪd, daɪ-] 形 **1** 被指導的，經指示的；經規定的。**2** 受指揮的 **3**〖數〗有向的。

di'rect 'debit 图 Ⓒ Ⓤ 直接借記。

di'rect e'lections 图 (複) 直接選舉。

:**di·rec·tion** [də'rɛkʃən, daɪ-] 图 **1** 方位，方向：in all ~*s* 四面八方 / have a poor sense of ~ 方向感欠佳。**2** 傾向，趨勢：the ~ of modern art 現代美術的動向。**3** Ⓤ 指導，管理，監督：under the ~ of... 在…的指導之下。**4**《通常作~s》命令，指示；使用指南：~*s* for use 使用指南 / give ~*s* to 給予…指示。**5** Ⓤ Ⓒ 地點，位置。**6** Ⓤ Ⓒ《古》收件人姓名地址。**7**〖戲劇·影視〗Ⓤ 導演，演出。**8**〖樂〗指揮。

di·rec·tion·al [də'rɛkʃənḷ, daɪ-] 形 **1** 方位的，方向的。**2**〖無線〗定向的；指向的。

di'rection ˌfinder 图〖無線〗定向儀；探向器。

di·rec·tive [də'rɛktɪv, daɪ-] 形 **1** 指示的

導的。2〖無線〗定向的：～ antenna 定天線。—名 指示，指令，訓令。

·rect·ly [də'rεktlɪ, daɪ-] 副 1 直地，直地：go ～ to the heart of the problem 直指題的核心。2 完全，正，恰：～ opposite e house 正對著那幢房子。3 直接地，緊地：～ behind us in line 緊接我們隊伍之。4《美》不久；《英》立刻。5〖數〗正例地。—連《英口》一…（就）…。

'rect 'mail 名U《美》直接郵件，廣信件。略作：DM

'rect 'marketing 名U直銷，直接行。

'rect 'method 名《the ～》直接教學。

'rect nar'ration 名〖文法〗= direct iscourse.

·rect·ness [də'rεktnɪs] 名U 筆直；直；率直。

'rect 'object 名〖文法〗直接受詞。

·rec·tor [də'rεktɚ, daɪ-] 名 1 指導者；引物。2 董事，理事：a managing ～ 常董事 / a meeting of the board of ～*s* 董事。3 導演，導播；指揮者。4（學校等）主管：the *D*- of Public Prosecutions《》檢察長。

·rec·to·rate [də'rεktərɪt, daɪ-] 名 1 董的職位或身分。2《集合名詞》理事，董事會。

'rector 'general 名 總裁，總監，主。

·rec·to·ri·al [də,rεk'torɪəl, daɪ-] 形 主管，導演的，指揮的；理事會的；董事會。

'rector's ,chair 名 摺疊靠椅，導演。

'rector's cut 名（電影的）導演初剪。

·rec·tor·ship [də'rεktɚ,ʃɪp, daɪ-] 名 C 董事的職位或任期。

·rec·to·ry [də'rεktərɪ, daɪ-] 名（複 ries) 1 人名住址簿，名冊；號碼簿：a elephone ～電話（號碼）簿 / a trade ～ 工名冊。2 指南，寶鑑。3 = directorate. —形 指導的，用以導引的。

'rect 'primary 名〖美政〗直接初選會。

·rec·tress [də'rεktrɪs, daɪ-] 名 **director** 女性形。

'rect 'speech 名〖文法〗= direct iscourse.

'rect 'tax 名UC〖政府〗直接稅。

ire·ful ['daɪrfəl] 形 可怕的，悲慘的；不祥的。～·**ly** 副, ～·**ness** 名

irge [dɝdʒ] 名 1 悼亡曲，輓歌。2 悼亡的樂曲。

ir·i·gi·ble ['dɪrədʒəbl̩] 名 飛船；氣球。—形 可操縱的。

ir·i·ment ['dɪrɪmənt] 形 導致完全無效的。

dirk [dɝk] 名 短劍，匕首。—動及 以短劍刺。

dirn·dl ['dɝndl] 名 一種腰身緊而裙子寬的女裝。

·dirt [dɝt] 名U 1 污物，污垢；灰塵。2 土，土壤。3 無價值之物；卑賤的人：treat a person like ～視某人如糞土。4 卑劣；墮落。5 髒話；流言；中傷別人的言語：fling ～ at ... 說…的壞話，誹謗。6〖礦〗礦砂，廢泥。

(as) cheap as dirt (1) 極廉價的，不值錢的。(2) 卑微低賤的；非淑女的。

do a person dirt《俚》故意加害，陷害。

eat dirt《俚》含垢忍辱；《美俚》食言。

hit the dirt《俚》(1)（棒球比賽時）滑壘。(2) 從急駛的火車上跳下。(3) 迅速臥倒，跳進掩體。

'dirt ,bike 名 越野機車。

dirt-cheap ['dɝt'tʃip] 形 極廉價的，不值錢的。—副 極便宜地。

'dirt 'farm 名《美口》自力耕作的農場，小農場。～·**ing** 名U 自耕；經營自耕農場。

'dirt ,farmer 名《美口》自耕農。

dirt·i·ness ['dɝtɪnɪs] 名U 污穢；卑劣。

'dirt 'poor 形 很窮的，赤貧的。

'dirt 'road 名《美》沒有鋪路面的道路。

'dirt ,track 名 機車比賽用的泥土（煤屑）道路。

:dirt·y ['dɝtɪ] 形 (**dirt·i·er, dirt·i·est**) 1 骯髒的，不潔的，污穢的。2 滿是灰塵的：a ～ wind 帶塵土的風。3 卑鄙的，不道德的；猥褻的；厭煩的；可惜的：a ～ ruse 卑劣的詭計 / a ～ joke 黃色笑話 / a ～ word 猥褻的字眼 / a ～ boxer 手段卑劣的拳擊手。4 輕視的；憤慨的：give a ～ look 投以蔑視的眼光。5 有暴風的：～ weather 壞天氣。6 不鮮明的，暗濁的：～ yellow 暗黃色。7 有毒癮的；用毒品的。8 輻射塵含量多的。

dirty dog 受輕視的人。

do the dirty on... 用卑劣手段欺騙，玩弄卑劣的把戲。

—動 (**dirt·ied**, ～·**ing**) 及 1 使污穢，使不潔。2 玷污名譽。—不及 變得污穢。—副《俚》非常地。-**i·ly** 副

'dirty 'linen 名U 醜聞；家醜：One does not wash one's ～ in public. 家醜不可外揚。

'dirty ,money 名U 1 不義之財，2 給清理穢物的人的特別津貼。

'dirty ,pool 名U《美俚》不正當的行爲；卑劣的行爲。

'dirty 'tricks 名 卑劣的行爲。

'dirty ,work 名U 1 詐欺行爲。2 不法行爲：do the ～ 幹不法勾當。3《口》欺詐，愚弄。

Dis [dɪs] 名〖羅神〗1 第斯：陰間的神。2 冥府，黃泉。

dis-¹, di-《字首》1 接在形容詞、名詞、

D

D

動詞之前，表「缺少」、「否定」、「反對」之意。2 加在動詞前表「相反」之意。3 加在名詞前構成表「分離」、「剝奪」之意的動詞。

dis-²《字首》爲 di- 的別體，用於 s 之前。

dis·a·bil·i·ty [ˌdɪsəˈbɪlətɪ] 名 (複-ties) 1 U 無能，無力：his ~ to avoid clashes 他無法避免衝突。2 殘障，殘廢。3 U〖法〗無行爲能力，無資格。

dis·a·ble [dɪsˈebl] 動 及 1 使無能力；《偶作過去分詞》使殘廢。2 使在法律上無能力。

dis·a·bled [dɪsˈebl̩d] 形 殘廢的；無能力的：~ soldiers 傷兵。—名《the ~》《集合名詞·作複數》殘障者。

dis·a·ble·ment [dɪsˈebəlmənt] 名 U 無能力；殘障。

dis·a·buse [ˌdɪsəˈbjuz] 動 及 去除錯誤想法，使省悟《of...》：~ him *of* foolish prejudices 矯正他那愚蠢的偏見。

dis·ac·cord [ˌdɪsəˈkɔrd] 動 不及 不一致；不和《with...》：~ *with* the facts 與事實不符。—名 U 不一致；不和。

dis·ac·cus·tom [ˌdɪsəˈkʌstəm] 動 及 使捨棄某種習慣：be ~*ed* of rising late 改掉晚起的毛病。

·dis·ad·van·tage [ˌdɪsədˈvæntɪdʒ] 名 1《偶作 a ~》不利，不利條件。2 U 損失，傷害：rumors to a person's ~ 中傷某人的謠言。

at a disadvantage 處於不利的地位。

—動 (-taged, -tag·ing) 及 使不利。

dis·ad·van·taged [ˌdɪsədˈvæntɪdʒd] 形 處於不利條件的；貧窮的：~ children 貧困家庭的孩子。

dis·ad·van·ta·geous [dɪsˌædvənˈtedʒəs] 形 不利的；招致傷害的《to...》。~·ly 副

dis·af·fect [ˌdɪsəˈfɛkt] 動 及 使不滿；使生二心。

dis·af·fect·ed [ˌdɪsəˈfɛktɪd] 形 不滿的；不忠的，背叛的《*to, toward, with...*》。~·ly 副, ~·ness 名

dis·af·fec·tion [ˌdɪsəˈfɛkʃən] 名 U 厭惡；不滿；不忠《*to, toward, with...*》。

dis·af·fil·i·ate [ˌdɪsəˈfɪlɪˌet] 動 及 使退出，使脫離《*from...*》。—不及 退出，脫離《*with...*》。

dis·af·firm [ˌdɪsəˈfɝm] 動 及 1 否定，否認。2〖法〗取消，廢棄。

·dis·a·gree [ˌdɪsəˈgri] 動 (-greed, ~·ing) 不及 1 不一致；意見不合《*with...*》；爭論。2 不適宜，有害。

·dis·a·gree·a·ble [ˌdɪsəˈgriəbl̩] 形 不合意的，令人不快的；惹人嫌的，不爲人所喜愛的。—名 1《通常作 the ~》不愉快的狀況。2《~s》不愉快的一面。~·ness 名, -bly 副

dis·a·gree·ment [ˌdɪsəˈgrimənt] 名 1 U C 不一致；意見不合：in ~ with... 與…意見不同。2 U C 不調和，不適合：~ of architectural styles 建築式樣的不和。3 爭論：have a ~ with... 與…爭吵

dis·al·low [ˌdɪsəˈlau] 動 及 不允許；決，拒絕。

dis·al·low·ance [ˌdɪsəˈlauəns] 名 U 允許；拒絕。

:dis·ap·pear [ˌdɪsəˈpɪr] 動 不及 1 不見，消失《*from...*》：~ *from* view 不見了。2 存在；失蹤；消滅。

·dis·ap·pear·ance [ˌdɪsəˈpɪrəns] 名 C 不見，消失；失蹤：an unexplained 行蹤不明。

:dis·ap·point [ˌdɪsəˈpɔɪnt] 動 及 1 使望，辜負期望。2 使受挫，阻礙。

dis·ap·point·ed [ˌdɪsəˈpɔɪntɪd] 形 1 喪的《*at doing, to do*》；失望的《t 子句》：a ~ loser 失意的輸家 / be ~ one's child 對自己的子女失望。2 落空的，破滅的。~·ly 副

dis·ap·point·ing [ˌdɪsəˈpɔɪntɪŋ] 形 令失望的，掃興的：a somewhat ~ fact 一有點令人失望的事實。~·ly 副

·dis·ap·point·ment [ˌdɪsəˈpɔɪntmənt] 1 U 失望，沮喪；期待落空《*at, in, w ...*》：His hopes ended *in* ~. 他的希望終泡影。2 令人失望的人[物]；失望的因。

dis·ap·pro·ba·tion [ˌdɪsæprəˈbeʃən] U 不同意，不認可；責備。

·dis·ap·prov·al [ˌdɪsəˈpruvl̩] 名 U 不意，不贊成；責備的心情：speak with of his opinion 陳述對他意見的不贊同。

·dis·ap·prove [ˌdɪsəˈpruv] 動 (-prove -prov·ing) 及 1 認爲…不好。2 不同意不贊成。—不及 不贊成，反對《*of..., doing*》。

dis·ap·prov·ing [ˌdɪsəˈpruvɪŋ] 形 不贊的；不滿的。

dis·ap·prov·ing·ly [ˌdɪsəˈpruvɪŋlɪ] 不贊成地，不以爲然地。

dis·arm [dɪsˈɑrm] 動 及 1 使繳械《of...》使無攻擊力：~ him *of* his weapons 沒收的武器。2 消除敵意；使心情緩和。不及 解除武裝；裁減軍備。

dis·ar·ma·ment [dɪsˈɑrməmənt] 名 (解除武裝；軍備裁減：a ~ conference 軍會議。

dis·arm·ing [dɪsˈɑrmɪŋ] 形 消除敵的；使心情緩和的：a ~ manner 令人心穩定的態度。~·ly 副

dis·ar·range [ˌdɪsəˈrendʒ] 動 及 擾亂使混亂。

dis·ar·range·ment [ˌdɪsəˈrendʒmənt] 名 U 擾亂，混亂；未整頓的事，雜亂。

dis·ar·ray [ˌdɪsəˈre] 動 及 1 弄亂，使亂。2 剝掉衣服。—名 U 1 無秩序，亂。2 不整齊的服裝。

dis·ar·tic·u·late [ˌdɪsɑrˈtɪkjəˌlet] 動 不及 關節脫落，脫臼。

s·as·sem·ble [ˌdɪsəˈsɛmbl] 動及分解，
拆開。**-bly** 名U分解。
s·as·so·ci·ate [ˌdɪsəˈsoʃɪˌet, -sɪˌet] 動
及= dissociate.
s·as·ter [dɪˈzæstɚ] 名 **1** U C 災難，厄
運；慘敗，失敗的作品：a natural ～天災 /
lead to ～導致災難。**2** 徹底失敗的人。
saster ˌarea 名災區。
'saster ˌfilm 名災難影片。
s·as·trous [dɪˈzæstrəs] 形災害的，損
失慘痛的；悲慘的《*to, for*...》；可怕的，
糟糕的：a ～ earthquake 毀滅性的地震 / ～
results 悲慘的結果。～**·ly** 副
s·a·vow [ˌdɪsəˈvaʊ] 動及不承認，否
認，拒絕對…承擔責任。
s·a·vow·al [ˌdɪsəˈvaʊəl] 名 U C 否
認，否定，拒絕。
s·band [dɪsˈbænd] 動 及 解散，解
體。—不及解散。
s·band·ment [dɪsˈbændmənt] 名 U
解散，解除。
s·bar [dɪsˈbɑr] 動 (**-barred**, ～**·ring**) 及
《通常用被動》〖法〗取消律師資格。
～**·ment** 名
s·be·lief [ˌdɪsbəˈlif] 名 U 不相信，懷
疑《*in*...》；不信仰。
s·be·lieve [ˌdɪsbəˈliv] 動 及不相信，
懷疑。—不及不信，懷疑《*in*...》。
s·ben·e·fit [ˌdɪsˈbɛnəfɪt] 名 沒 有 恩
惠，無利益。
s·bound [dɪsˈbaʊnd] 形被拆散的。
s·branch [dɪsˈbræntʃ] 動 及 折枝；剪
枝。
s·bud [dɪsˈbʌd] 動及摘去（嫩芽），除
去（蕾苞）。
s·bur·den [dɪsˈbɝdn̩] 動及 **1** 卸下（
負荷物）：～ a pack animal 從馱獸上卸下
貨裏。**2** 解除心理負擔《*of*...》；《反
身》發洩，洩漏《 *of*... 》：～ *oneself of* a se-
cret 吐露祕密。—不及釋懷，放心。
s·burse [dɪsˈbɝs] 動及支付，支出；
分配。
s·burse·ment [dɪsˈbɝsmənt] 名 U
U支出，支付；C支出的款項，消費額；
《通常作～**s**》〖法〗營業費。
sc [dɪsk] 名，動及= disk.
sc. 《縮寫》*dis*count.
s·card [dɪsˈkɑrd] 動及 **1** 捨棄，拋棄：
～ old clothes 丟棄舊衣服。**2**〖牌〗擲出（
無用的牌）。—不及〖牌〗擲出無用的牌。
—[ˈ--] 名 **1** U 捨棄，放棄。**2** 廢棄物；被
拋棄的人。**3**〖牌〗擲出的牌；U擲出無用
的牌。
sc ˌbrakes 名(複)碟剎，盤式剎車。
s·cern [dɪˈzɝn, -ˈsɝn] 動及 **1** 看出；了
解，認識。**2** 辨別，識別：～ (between)
right and wrong 分辨是非。—不及辨別差
異，識別。～**·er** 名
s·cern·i·ble [dɪˈzɝnəbl̩, -ˈsɝn-] 形 可
看到的，可識別的。**-bly** 副

dis·cern·ing [dɪˈzɝnɪŋ, -ˈsɝn-] 形有眼力
的，有識別力的；《 **the** ～**s** 》《名詞》有
見識的人：a ～ audience 有眼光的觀
眾。～**·ly** 副
dis·cern·ment [dɪˈzɝnmənt, -ˈsɝn-] 名
U **1** 洞察力，識別力。**2** 認識；識別。
·dis·charge [dɪsˈtʃɑrdʒ] 動 (**-charged**,
-charg·ing) 及 **1** 卸（貨）《 *of*... 》；使下
船；送出（貨物）《*from*... 》：～ a cargo（
from a ship) 卸下船貨。**2** 發射：～ a gun 開
槍 / ～ an arrow at a target 對準目標射箭。
3 排出；注入：～ noxious fumes 排出毒
氣。**4** 免除，解除《*from*, *of*... 》；釋放使
離去，允許退出《*from*... 》：～ a person
from obligations 免除某人的義務 / be ～*d*
from the army 從陸軍退伍。**5** 解僱，免職
《*from*... 》。**6** 履行，完成；歸還：～ one's
official duties 執行公務 / ～ one's full
responsibility 履行所有的職責。**7**〖法〗開
釋；免除；解除；免去；取消。**8** 使放
電。**9** 漂白；消除。—不及 **1** 卸貨。**2** 流
出；注入《*into*... 》；發射。**3** 解除負擔。
4 滲出，流出。**5** 放電。
—[ˈ--, -ˈ-] 名 **1** U 卸貨。**2** U C 發射；排
出；流出《 *of*... 》；排放物；流出的速度
[率]，流量：a ～ *of* water 水的流出。**3**
U 解除，釋放《*from*... 》。**4** U 解僱，開
除。**5** U（義務的）履行，實行；償還《
of... 》。**6** U〖法〗無罪釋放，免除責任；
（法院命令的）取消；釋放；C 免責證明
書。**7** U〖軍〗退役；C 退伍證明書。
8 U〖電〗放電。**9** U〖染色〗漂白，脫
色；C漂白劑。
dis·ci·ple [dɪˈsaɪpl] 名 **1** 弟子，門生；
信奉者。**2**《 **D-** 》〖聖〗耶穌十二門徒之
一。**3** 基督教徒；《 **the D-** 》基督門徒會
教友。—動及《古》認…爲弟子。
dis·ci·ple·ship [dɪˈsaɪpəlˌʃɪp] 名 U C 弟
子的身分，做弟子的期間。
dis·ci·plin·a·ble [ˈdɪsəplɪnəbl] 形 **1** 應
懲罰的，可訓誡的。**2** 可訓練的，可教導
的。
dis·ci·pli·nal [ˈdɪsəplɪnl] 形 紀律的。
dis·ci·pli·nar·i·an [ˌdɪsəplɪˈnɛrɪən] 名
信仰嚴格訓練者，遵守紀律者；司管教的
人。
—形= disciplinary.
dis·ci·pli·nar·y [ˈdɪsəplɪˌnɛrɪ] 形 訓練
的，鍛鍊的；紀律上的；懲戒的；學術
的：～ measures 懲戒處分。
·dis·ci·pline [ˈdɪsəplɪn] 名 **1** U 鍛鍊，訓
練；修養：military ～ 軍事訓練。**2** U 懲
罰，懲戒；《俚》調教，責備。**3** U磨練；
逆境：the harsh ～ of orphanage 孤兒院的
艱苦磨練。**4** U 紀律；風紀；自制：the lax
～ of youth 青少年鬆弛的紀律。**5** 訓練
法；規則；〖教會〗教規。**6** U 訓練用
具，苦行者的棍子。**7**（大學的）學科，
專門科目。
—動 (**-plined**, **-plin·ing**) 及 **1** 訓練，鍛

D

D

鍊。2 控制，保持秩序；懲罰，處罰。

'disc ,jockey 名 = disk jockey.

dis·claim [dɪs'klem] 動及 1 否認；拒絕承認。2〖法〗放棄權利。—不及〖法〗放棄請求權。

dis·claim·er [dɪs'klemɚ] 名 1 否認，拒絕承認；權利的放棄。2 否認者；棄權者；否認的聲明或文件。

dis·cla·ma·tion [,dɪsklə'meʃən] 名 U 否認（行爲），拒絕承認；（權利的）放棄。

·dis·close [dɪs'kloz] 動 (-closed, -clos·ing) 及 1 揭發，顯示。2 暴露，洩露。3 發表，透露。

dis·clo·sure [dɪs'kloʒɚ] 名 1 U 洩露；揭露；暴露，揭發。2 被顯露之物。

dis·co ['dɪsko] 名 (複 ~s [-z]) 1《口》= discotheque. 2 U 迪斯可音樂。—動不及 跳迪斯可舞曲。

dis·co-beat ['dɪsko,bit] 名 迪斯可節拍。

dis·cog·ra·phy [dɪs'kagrəfɪ] 名 (複 -phi·es) 1 唱片目錄。2 唱片的研究及歷史。

dis·coid ['dɪskɔɪd] 形 1 平而圓的，圓盤狀的。2〖植〗圓形花朵的。

dis·col·or [dɪs'kʌlɚ] 動及 使變色，弄髒。—不及 變色，褪色。

dis·col·or·a·tion [,dɪskʌlə'reʃən] 名 1 U 變色，褪色。2 變色的部分，污垢。

dis·col·ored [dɪs'kʌlɚd] 變色的，弄髒的。

dis·com·bob·u·late [,dɪskəm'babjəlet] 動及《主美口》使打亂；使混亂。-'la·tion 名

dis·com·fit [dɪs'kʌmfɪt] 動及 1 挫敗。2 使挫折；攪亂。3《通常用被動》使困窘。

dis·com·fi·ture [dɪs'kʌmfɪtʃɚ] 名 U 1 失敗，挫折。2 困窘，驚慌失措。

·dis·com·fort [dɪs'kʌmfɚt] 名 1 U 不舒服；不安。2 引起不快之物；麻煩。—動及 使不舒服，使感到不快。

dis'comfort 'index 名 不舒適指數。

dis·com·mode [,dɪskə'mod] 動及《文》使感到不便，使感到困擾。

dis·com·mon [dɪs'kamən] 動及 1〖法〗把（土地）變爲私有；剝奪公地使用權。2《英》（在大學內）禁止（商人、市民）與學生交易。

dis·com·pose [,dɪskəm'poz] 動及 使陷入混亂，擾亂；使迷茫不安。-posed 形，-pos·ed·ly [-'pozɪdlɪ] 副

dis·com·po·sure [,dɪskəm'poʒɚ] 名 U 混亂的狀態，紊亂；內心的迷茫，不安。

dis·con·cert [,dɪskən'sɝt] 動及 使慌張，使困惑；攪亂，破壞。

dis·con·cert·ed [,dɪskən'sɝtɪd] 形 爲難的，不安的。~·ly 副，~·ness 名

dis·con·cert·ing [,dɪskən'sɝtɪŋ] 形 令人驚慌失措的；令人困惑的。~·ly 副 令人混亂地。

dis·con·nect [,dɪskə'nɛkt] 動及 使絕，使分開《from...》；切斷電源：~ hose *from* the faucet 把水龍頭上的水管開。

dis·con·nect·ed [,dɪskə'nɛktɪd] 形 1 離的，片斷的。2 沒條理的，不連貫的 ~ account of the accident 對這件意外事的說明前後不連貫。3〖數〗不連通的。~·ly 副

dis·con·nec·tion [,dɪskə'nɛkʃən] 名 C 1 切斷，分離。2 中斷，絕緣；支離碎。

dis·con·so·late [dɪs'kansḷɪt] 形 1 鬱寡歡的，絕望的。2 陰鬱的：a ~ day 陰的一天。~·ly 副，~·ness，-'la·tion 名

dis·con·tent [,dɪskən'tɛnt] 形 不滿的心中不平的《with...》。—名 1 U 不滿不平：~ among unemployed university g duates 失業大學畢業生的不滿情緒。2 望，渴望。3 內心不平的人，不滿分子—動及《通常用被動》使心懷不滿；使到不高興《with...》。

dis·con·tent·ed [,dɪskən'tɛntɪd] 形 不意的，不稱心的；心懷不滿的《with...》~·ly 副

dis·con·tent·ment [,dɪskən'tɛntmən 名 = discontent 名 1.

dis·con·tin·u·ance [,dɪskən'tɪnjuəns 名 U 1 中斷，中止。2〖法〗撤回訴訟。

dis·con·tin·u·a·tion [,dɪskən,tɪnju'e n] 名 U 中斷，中止。

dis·con·tin·ue [,dɪskən'tɪnju] 動及 1 止，不再使用；中止：~ use of a medic 停止藥品的使用。2〖法〗撤回，放棄。不及 停止，中止。

dis·con·ti·nu·i·ty [,dɪskantə'nuətɪ] (複 -ties) 1 U 不連貫，斷絕：a line of ~ 氣象〗不連續性。2《文》中斷，斷處。3 U〖數〗不連續性。

dis·con·tin·u·ous [,dɪskən'tɪnjuəs] 形 不連續的，中斷的；前後不連貫的。2 數〗不連續的，間斷的。~·ly 副

dis·co·phile ['dɪskə,faɪl] 名 唱片收藏[研究者]。

dis·cord ['dɪskɔrd] 名 U C 1 不融洽，一致；不和，爭論。2 不調和；噪音。3 樂〗不和諧音。—[-'-] 動不及 不一致，調和《with...》。

dis·cord·ance [dɪs'kɔrdṇs] 名 1 U 不和，不一致；不和。2 噪音，刺耳的音。

dis·cor·dan·cy [dɪs'kɔrdṇsɪ] 名 (-cies) = discordance.

dis·cor·dant [dɪs'kɔrdṇt] 形 1 不一的，不調和的。2 不和諧的，刺耳的。

dis·co·theque [,dɪskə'tɛk] 名 迪斯可總會（亦稱 disco）。

·dis·count ['dɪskaunt, dɪs'kaunt] 動及 打折扣；打折出售《at...》。2（以商業據方式）把錢借給…；貼現。3 低估，

相信，忽視。**4** 預先考慮。—不及 **1** 貼
。**2** 打折扣。
['--] 名ⓊⒸ **1** 打折，減價。**2** 折扣額，
扣率；扣除額；貼現。**3** 斟酌，衡量。
a discount (1) 低於定價，打折扣。(2)
受歡迎，價值不被承認。(3) 滯銷。
·a·ble 形
count ˌbroker 名 貼現經紀人。
·coun·te·nance [dɪs'kaʊntənəns] 動
1 使羞愧，使窘迫。**2** 反對，不贊成；
…疏遠。
·count·er ['dɪskaʊntɚ] 名 **1** 打折的
；discount house 的經營者。**2** = dis-
ınt house.
count ˌhouse 名 廉價商店。
count ˌrate 名〖財政·金融〗貼現
。
count ˌstore 名 = discount house.
·cour·age [dɪs'kɝɪdʒ] 動 **(-aged, -ag-**
g) 及 **1** 使洩氣，使灰心。**2** 使戒除《
m doing》；使打消（念頭）: ~ him *from*
ying that old car 使他打消買那部舊車的
頭。**3** 妨礙，阻撓。
·cour·age·ment [dɪs'kɝɪdʒmənt] 名
Ⓤ 失望的狀態；灰心，沮喪。**2** 令人失
的事物，令人灰心的原因；障礙。
·cour·ag·ing [dɪs'kɝɪdʒɪŋ] 形 令人灰
的；令人不滿意的。
·course ['dɪskors, dɪs'kors] 名 **1** Ⓤ 交
，談話: hold ~ with a person 與人交
。**2** 論述，論文；演講；說教: give a
rring ~ 做動人的演說。**3** Ⓤ〖語言〗談
；〖文法〗敘述法。—[-'-] 動 **(-coursed,**
urs·ing) 不及《文》**1** 說話，談話。**2** 論
；說教《*on, upon, of...*》。—及《古》發
（聲音）。
·cour·te·ous [dɪs'kɝtɪəs] 形 失禮
，無禮的；粗野的: a ~ cabdriver 粗魯
計程車司機。~**·ly** 副, ~**·ness** 名
·cour·te·sy [dɪs'kɝtəsɪ] 名 **(複-sies) 1**
無禮，失禮；粗魯。**2** 失禮的行為。
·cov·er [dɪ'skʌvɚ] 動 及 **1** 發現；領
，明白: ~ the radioactivity 發現放射
。**2**《古》使明白；顯露，暴露。
scover check〖西洋棋〗將對方一軍。
·a·ble 形, ~**·a·bly** 副
·cov·er·er [dɪ'skʌvərɚ] 名 **1** 發現
，創見者。
·cov·er·y [dɪ'skʌvərɪ] 名 **(複-er·ies) 1**
Ⓒ 發現《*that* 子句》。**2** 被發現之物；
人。**3** Ⓤ（情節的）展開；《罕》暴露，
覺。**4**〖法〗出示。
s'covery ˌDay 名《美》= Columbus
ıy.
c ˌpack 名 = disk pack.
·cred·it [dɪs'krɛdɪt] 動 及 **1** 敗壞名
，使丟臉。**2** 不相信，懷疑: ~ a rumor
相信謠言。
名 **1** Ⓤ 不信任；疑惑。**2** Ⓤ 不光彩，
名。**3**《通常作 **a** ~，罕作 ~**s**》不名譽
的根源，恥辱《*to...*》。
dis·cred·it·a·ble [dɪs'krɛdɪtəbl̩] 形 破壞
名譽的，可恥的。**-bly** 副 很丟臉地，不名
譽地。
·dis·creet [dɪ'skrit] 形 **(~·er, ~·est)** 考慮
周到的，謹慎的；不顯眼的: a ~ radiance
微暗光輝。~**·ly** 副, ~**·ness** 名
dis·crep·an·cy [dɪ'skrɛpənsɪ], **-ance**
[-əns] 名 **(複-cies) 1** ⓊⒸ 差異，出入《
between...》；不一致，矛盾: a ~ *between*
spelling and pronunciation 拼法與發音的
不一致。**2** 不同點，相異之處。
dis·crep·ant [dɪ'skrɛpənt] 形 相異的；不
一致的，不相符的。~**·ly** 副
dis·crete [dɪ'skrit] 形 **1** 分離的，個別
的；沒有組合在一起的: two ~ objects 兩
個分離的物體。**2** 不連續的，不相關的。
3〖數〗離散的。**4**〖哲〗抽象的。
~**·ly** 副, ~**·ness** 名
·dis·cre·tion [dɪ'skrɛʃən] 名 Ⓤ **1** 決定
權；判斷的自由，選擇的自由: use one's
(own) ~ 行使自己（本身）的決定權。**2**
深思熟慮，慎重: throw ~ to the winds 不
加深思熟慮 / *D-* is the better part of valor.
《諺》小心即大勇；好漢不吃眼前虧。
at discretion (1) ⇨名 1. (2) 照對方的意思，
無條件地。
dis·cre·tion·al [dɪ'skrɛʃənl̩] 形 = discre-
tionary.
dis·cre·tion·ar·y [dɪ'skrɛʃənˌɛrɪ] 形 可
任意決定的；自由裁決的: ~ income 可自
由裁決之收入。
dis·crim·i·nance [dɪ'skrɪmənəns] 名
辨別法，判別法。
dis·crim·i·nant [dɪ'skrɪmənənt] 名
〖數〗判別式。
dis·crim·i·nate [dɪ'skrɪmə'net] 動 不及
1 辨別，區別《*between... and...*》: ~ *be-*
tween originality *and* mere novelty 區分創
新與標新立異之間的不同。**2** 差別待遇《
between... and...》；歧視《*against...*》。—
及 區別，辨別；使有區別《*from...*》。
dis·crim·i·nat·ing [dɪ'skrɪməˌnetɪŋ] 形
1 區別的，差別的；分析的: a ~ test 分析
試驗。**2** 有識別力的；敏銳的: a literary
critic with ~ taste 具有敏銳鑑賞力的文藝
評論家。**3** 有差別的，差別待遇的。~**·ly**
副
dis·crim·i·na·tion [dɪˌskrɪmə'neʃən]
名 Ⓤ **1** 區別，識別: ~ between right and
wrong 辨別是非。**2** 歧視，差別待遇，分
隔: ~ against Gypsies 對吉普賽人的差別
待遇。**3** 識別力，辨別力，眼力: a man of
~ 有眼力的人。~**·al** 形
dis·crim·i·na·tive [dɪ'skrɪməˌnetɪv] 形
1 區別的；特徵的: the ~ features of spe-
cies of birds 各種鳥類的特徵。**2** 有識別力
的: ~ organs 識別器官。**3** 差別的，差別
待遇的: a ~ tariff 差別稅率。
dis·crim·i·na·tor [dɪ'skrɪməˌnetɚ] 名

1 辨別者，鑑別者。2〖電子〗鑑別器：鑑頻器。

dis·crim·i·na·to·ry [dɪ'skrɪmənə,torɪ] 形 1 歧視的。2 有識別力的。

dis·crown [dɪs'kraʊn] 動 及 奪取王位；使退位。

dis·cur·sive [dɪ'skɝsɪv] 形 1 亂扯的，不著邊際的；離譜的：a ~ talk 不著邊際的談話。2〖哲〗論證的，推理的。~·ly 副，~·ness 名

dis·cus ['dɪskəs] 名 (複 ~·es, dis·ci ['dɪsaɪ]) 1 鐵餅。2《the ~》擲鐵餅。

:**dis·cuss** [dɪ'skʌs] 動 及 談論；討論，商議：~ a problem with the teacher 和老師討論問題。

dis·cus·sant [dɪ'skʌsənt] 名 參加討論會的人，討論者。

:**dis·cus·sion** [dɪ'skʌʃən] 名 U C 商議，討論；評議，檢討；講演，論文《*on*...》: come up for ~ 作爲議題 / have a ~ *on* the subject 就那個問題加以討論。

·**dis·dain** [dɪs'den] 動 及 1 輕蔑，鄙視：~ a man for his snobbishness 蔑視一個人的勢利。2 不屑於（做…）；以…爲恥。
—名 U 輕視，蔑視。

dis·dain·ful [dɪs'denfəl] 形 輕蔑的，自大的；輕視的：be ~ of danger 不顧危險。~·ly 副，~·ness 名

:**dis·ease** [dɪ'ziz] 名 U C 1〖病〗病，疾病；(植物的) 異常狀態，病變：a chronic ~ 慢性病。2 不健全狀態，弊病。3 (物質的) 變質，腐敗。

dis·eased [dɪ'zizd] 形 有病的；病態的，不健全的：a ~ organ 有病的器官。
-eas·ed·ly 副

dis·em·bark [,dɪsɪm'bɑrk] 動 及 卸貨；使上岸。—不及 下船，上岸；下飛機：~ at Sydney 在雪梨下船。

dis·em·bar·ka·tion [,dɪsɛmbɑr'keʃən] 名 U 上岸；登陸，下飛機；卸貨。

dis·em·bar·rass [,dɪsɪm'bærəs] 動 及 1 使擺脫困境，使免於受窘《*of*...》。2 使解脫。

dis·em·bar·rass·ment [,dɪsɪm'bærəsmənt] 名 U 解放；脫離。

dis·em·bod·ied [,dɪsɪm'bɑdɪd] 形 1 與軀體分離的。2 來自不見人影的聲音。

dis·em·bod·y [,dɪsɪm'bɑdɪ] 動 (-bod·ied, ~·ing) 及 使 (靈魂、精神等) 離開肉體：a *disembodied* soul 脫離軀體的靈魂。-i·ment 名

dis·em·bogue [,dɪsɛm'bog] 動 不及 1 注入 (海或湖)《*into*...》；傾出。2〖地〗= debouch 1.—及 把 (水) 注入 (海或湖)《*into*...》。

dis·em·bos·om [,dɪsɛm'buzəm] 動 及 洩漏；《反身》吐露，敞開胸懷《*of*...》：~ *oneself of* a secret 把心中祕密公開出來。

dis·em·bow·el [,dɪsɪm'baʊəl] 動 (~ed, ~·ing 或《英尤作》-elled, ~·ling) 及 取腸子：~ oneself 切腹自殺。
~·ment 名 U 取出臟腑；開膛剖肚。

dis·em·broil [,dɪsɛm'brɔɪl] 動 及 解決紛；使擺脫 (困難等)《*from*...》。

dis·em·pow·er [,dɪsɪm'paʊɚ] 動 及 剝權力；降低權能。

dis·en·a·ble [,dɪsɪn'ebl] 動 及 使不能使失去資格。

dis·en·chant [,dɪsɪn'tʃænt] 動 及 使從魔狀態解脫出來；使不抱幻想，喚醒《*of*...》：~ a person *of* his childish dreams 某人幼稚的夢想破滅。~·ment 名

dis·en·chant·ed [,dɪsɪn'tʃæntɪd] 形 醒的，幻想破滅的。

dis·en·cum·ber [,dɪsɪn'kʌmbɚ] 動 使擺脫《*of*, *from*...》。

dis·en·dow [,dɪsɛn'daʊ] 動 及 沒收 (會、學校等) 的財產或基金。~·ment

dis·en·fran·chise [,dɪsɪn'fræntʃaɪz] 及 剝奪公民權利；剝奪投票權。

dis·en·fran·chise·ment [,dɪsɪn'fræntʃɪzmənt] 名 U 公民權的剝奪。

dis·en·gage [,dɪsɪn'gedʒ] 動 及 1 使獲解脫《*from*...》：~ oneself *from* a love aff 了結一段戀情。2 使分開，使鬆開《*fr*...》：~ the brake 放開煞車。3〖軍〗停戰鬥；撤退。
—不及 1 脫離；斷絕關係。2〖軍〗停戰鬥；撤退。

dis·en·gaged [,dɪsɪn'gedʒd] 形 1 不受縛的；閒散的；空著的。2 被解開的。

dis·en·gage·ment [,dɪsɪn'gedʒmənt] U 1 分開，脫離。2 擺脫，閒暇；解約解除婚約。

dis·en·tail [,dɪsɪn'tel] 動 及〖法〗解除定繼承權。~·ment 名

dis·en·tan·gle [,dɪsɪn'tæŋgl] 動 及 不 (使) 擺脫《*from*...》：~ oneself *from* intrigue 退出一項陰謀。~·ment 名 U 開；鬆開。

dis·en·thral(l) [,dɪsɛn'θrɔl] 動 及 解放使擺脫束縛。~·ment 名

dis·en·throne [,dɪsɛn'θron] 動 及 使位。

dis·en·ti·tle [,dɪsɪn'taɪtl] 動 及 剝奪…資格或權利《*to*...》：~ a person *to* the rig of inheritance 剝奪某人的繼承權。

dis·en·trance [,dɪsɪn'træns] 動 及 (由睡夢中) 清醒。

dis·en·twine [,dɪsɪn'twaɪn] 動 及 不 解開，擺脫；解決。

dis·e·qui·lib·ri·um [dɪs,ikwə'lɪbrɪə 名 U C 不均衡；不安定。

dis·es·tab·lish [,dɪsə'stæblɪʃ] 動 及 1 職。2 廢除，推翻 (既存的制度等)。廢止國教制。
~·ment 名 U 免職；廢除制度，廢止教。

dis·es·teem [,dɪsə'stim] 動 及 輕視，

；對…反感。—名U輕蔑，輕視；反
。

s·fa·vor,《英》**-vour** [dɪs'fevɚ] 名
)1 冷淡對待；不喜歡；失寵；不贊成；
受歡迎：fall into ~ 失去眾望。2 不利，
害。—動及冷待，討厭；不贊成。

s·fea·ture [dɪs'fitʃɚ] 動及 損壞外
，使變醜。

s·fig·ure [dɪs'fɪgjɚ] 動及 1 損傷外
，使變醜。2 使大為減色。**-ur·er**名

s·fig·ure·ment [dɪs'fɪgjɚmənt] 名U
)1 外形的損壞；醜態。2 有損外觀的傷
或缺陷。

s·fran·chise [dɪs'fræntʃaɪz] 動及 =
senfranchise

s·fran·chise·ment [dɪs'fræntʃɪzmə
] 名 = disenfranchisement.

s·frock [dɪs'frɑk] 動及〖教會〗= un-
ɔck.

s·gorge [dɪs'gɔrdʒ] 動及 1 吐出；勉強
出（非法所得）。2（飛機等）放下（乘
）；傾注；噴吐。—不及 吐出食物；
河川）注水；交出贓物。

s·grace [dɪs'gres] 名 1 U 不體面，恥
；失寵；不受歡迎：the ~ of being arre-
ed for bribery 因賄賂被捕之恥 / in ~
ith… 不受…的歡迎，被…所厭惡。2《
~》丟臉的原因；有損名譽的事物《*to*
》：be *a* ~ *to* one's family 為家庭之恥。
動 **(-graced, -grac·ing)** 及 1 使丟臉，使
恥辱。2 貶黜，使失寵。

s·grace·ful [dɪs'gresfəl] 形 可恥的，
名譽的。**~·ness**名

s·grace·ful·ly [dɪs'gresfəlɪ] 副 不名譽
，可恥地。

s·grun·tle [dɪs'grʌntḷ] 動及使失望；
不悅；使不滿。

s·grun·tled [dɪs'grʌntḷd] 形 不悅的；
望的；不滿的《*at, with…*》。

s·guise [dɪs'gaɪz] 動**(-guised, -guis·ing)**
) 1《常用被動或反身》使偽裝；使喬
：~ him in woman's clothes 把他穿著女
喬扮女人。2 隱藏，掩飾：~ one's sor-
w by appearing cheerful 以開懷掩飾悲
。—名 1 U C 偽裝，假裝，掩飾偽造
；裝扮；假面具。2 U 偽裝的狀態；虛
其表的狀態。

s·gust [dɪs'gʌst] 動及 使作嘔；使厭
；《被動》噁心《*at, with, by…*》。—名
（對食物的）噁心；嫌惡，厭煩《*at, for,*
ward, against…》。

s·gust·ed [dɪs'gʌstɪd] 形 感到厭惡的，
到不堪其擾的。

s·gust·ed·ly [dɪs'gʌstɪdlɪ] 副 嫌惡地，
惡地。

s·gust·ful [dɪs'gʌstfəl] 形 令人作嘔
，令人厭惡的。**~·ly**副

s·gust·ing [dɪs'gʌstɪŋ] 形 噁心的，令
厭惡的。

s·gust·ing·ly [dɪs'gʌstɪŋlɪ] 副 令人厭
惡地；令人作嘔地。

:dish [dɪʃ] 名 (複 ~·**es**) 1 盤子，大碗；餐具：clear away the ~*es* 收拾盤碟 / do the ~*es* 洗盤碟。2 菜，食物：Chinese ~*es* 中國菜。3 一盤，一碗：a ~ of ice cream 一碟冰淇淋。4 碟形物；碟形天線。5《口》性感的人，美女。6《one's ~》《俚》喜愛的事物。—動及 1 盛於盤中，裝盛食物《*up*》。2 使成盤形，使窪下。3《俚》整垮，打垮；欺騙；破壞；打消。

dish it out《美口》叱責，怒吼。

dish…out / dish out… (1) 把（菜）分盛到盤子裡。(2)《口》配給，分配。

dish up 把菜盛在盤子裡端出。

dish…up / dish up… (1) ⇨動及 1. (2) 把…描繪得能引起聽者的興趣。

dis·ha·bille [ˌdɪsə'bil] 名U 1 穿著隨便。2 便服。3 錯亂的精神狀態；漫無頭緒的想法。

dis·har·mo·ni·ous [ˌdɪshɑr'monɪəs] 形 不調和的，不和諧的。

dis·har·mo·nize [dɪs'hɑrməˌnaɪz] 動及 不及（使）變成不調和，攪亂和諧。

dis·har·mo·ny [dɪs'hɑrmənɪ] 名 (複 **-nies**) 1 U 不調和，不和諧。2 不調和的事物，攪亂和諧的事物；不和諧的音。

dish·cloth ['dɪʃˌklɔθ] 名 (複 ~s [-ðz]) = dish towel.

'dishcloth 'gourd 名〖植〗絲瓜。

dis·heart·en [dɪs'hɑrtn̩] 動及使沮喪，使氣餒。

dis·heart·ened [dɪs'hɑrtənd] 形 感到沮喪的，不再有信心的。

dis·heart·en·ing [dɪs'hɑrtənɪŋ] 形 令人氣餒的，令人沮喪的。

dished [dɪʃt] 形 1 凹面的，窪下的。2（一對車輪的間距）上寬下窄的。3《俚》疲憊的。

di·shev·el [dɪ'ʃɛvl] 動 (~**ed**, ~·**ing** 或《英尤作》**-elled**, ~·**ling**) 及 1 把（頭髮）散亂地垂下，使凌亂；隨便穿著。2 弄亂，攪亂。

di·shev·eled,《英》**-elled** [dɪ'ʃɛvḷd] 形 1 蓬亂的，沒有梳理的：~ hair 蓬髮。2 不整齊的，儀容不端的。~·**ment**名

dish·ful ['dɪʃˌful] 名 一整碟（的量）。

·dis·hon·est [dɪs'ɑnɪst] 形 1 不正直的，不誠實的：a ~ person 不正直的人。2 不正當的，欺騙的：~ gains 不義之財。

dis·hon·est·ly [dɪs'ɑnɪstlɪ] 副《修飾全句》不正直地；欺騙地。

dis·hon·es·ty [dɪs'ɑnɪstɪ] 名 (複 **-ties**) 1 U 不正直，不誠實。2 不正（行為），詐欺；偷竊：an act of ~ 不正的行為 / many *dishonesties* 很多不軌行為。

·dis·hon·or,《英》**-our** [dɪs'ɑnɚ] 名 1 U 不名譽，不光彩，恥辱：an act of ~ 不名譽的行為 / bring ~ on one's family 使家人蒙羞。2 U C 侮辱，無禮（的言行）：do a person a ~ 侮辱他人，對人無禮。

D

3《 a ～》招致恥辱的事物，丟臉的事《 *to...* 》: *a* ～ *to* one's school 給學校丟臉的事。4 Ⓤ〖商〗(票據) 拒付，拒絕承兌。
—動 及 1 使丟臉，使受恥辱。2《古》姦污；引誘。3〖商〗拒付: a ～*ed* bill 遭拒付的票據。

dis·hon·or·a·ble [dɪs'ɑnərəbl] 形 1 無恥的，不名譽的。2 不受尊敬的；不道德的。-**bly** 副

dis·house [dɪs'hauz] 動 及 1 把 (人) 趕出家門。2 拆除房子。

dish·pan ['dɪʃ,pæn] 名《美》洗碟盆。

dish·rag ['dɪʃ,ræg] 名 = dishtowel.

dish·tow·el ['dɪʃ,tauəl] 名《美》抹布 (《英》tea towel)。

dish·ware ['dɪʃ,wɛr] 名 Ⓤ《集合名詞》餐具。

dish·wash·er ['dɪʃ,wɑʃɚ] 名 洗碗工人；自動洗碗機。

dish·wa·ter ['dɪʃ,wɑtɚ] 名 Ⓤ 1 洗碗水。2《美俚》味道差的湯、茶或咖啡。
dull as dishwater 完全停滯；無聊的，沉悶的。

dish·y ['dɪʃɪ] 形 (**dish·i·er, dish·i·est**)《英俚》漂亮的，性感的: a ～ chick 漂亮的女孩。

dis·il·lu·sion [,dɪsɪ'luʒən] 動 及 使醒悟；使感到失望；《被動》感到幻滅《 *at, with, about...* 》。
—名 Ⓤ 覺醒，幻滅。

dis·il·lu·sioned [,dɪsɪ'luʒənd] 形 失望的，不再有幻想的。

dis·il·lu·sion·ment [,dɪsɪ'luʒənmənt] 名 Ⓤ 幻滅 (感)。

dis·im·pas·sioned [,dɪsɪm'pæʃənd] 形 冷靜的，沉著的。

dis·in·cen·tive [,dɪsɪn'sɛntɪv] 名 阻礙行動的事物，障礙《 *to...* 》。

dis·in·cli·na·tion [,dɪsɪnklə'neʃən] 名《 a ～, one's ～》不情願《 *for...* 》；厭惡《 *to* do, *for* doing 》: with ～ 很不情願地 / have *a* ～ *for* work 對工作不起勁。

dis·in·cline [,dɪsɪn'klaɪn] 動 及 使不感興趣，使厭惡。—不及 無意於，提不起勁 (去…)《 *to* do 》。

dis·in·clined [,dɪsɪn'klaɪnd] 形 不情願的，不起勁的；無意的《 *for..., to* do 》: a ～ partner 心不甘情不願的夥伴。

dis·in·fect [,dɪsɪn'fɛkt] 動 及 消毒，殺菌。

dis·in·fec·tion [,dɪsɪn'fɛkʃən] 名 Ⓤ 消毒，殺菌。

dis·in·fect·ant [,dɪsɪn'fɛktənt] 名 ⓊⒸ 消毒藥，殺菌劑。

dis·in·fest [,dɪsɪn'fɛst] 動 及 除去害蟲或老鼠。-**fes·'ta·tion** 名

dis·in·flate [,dɪsɪn'flet] 動 及 抑制通貨膨脹。

dis·in·fla·tion [,dɪsɪn'fleʃən] 名 Ⓤ 通貨緊縮；緩和通貨膨脹。～**·a·ry** [-,ɛrɪ] 形 緩和通貨膨脹的；通貨緊縮的。

dis·in·form [,dɪsɪn'fɔrm] 動 及 提供假息。

dis·in·for·ma·tion [,dɪsɪnfɚ'meʃən] Ⓤ 假情報，反情報。

dis·in·gen·u·ous [,dɪsɪn'dʒɛnjuəs] 形 瞞的；不正直的，不誠實的。
～**·ly** 副, ～**·ness** 名

dis·in·her·it [,dɪsɪn'hɛrɪt] 動 及 1 剝…的繼承權。2 剝奪權利。

dis·in·her·i·tance [,dɪsɪn'hɛrɪtəns] Ⓤ 繼承權的剝奪。

dis·in·te·grate [dɪs'ɪntə,gret] 動 不及 分解；崩潰《 *into...* 》。2〖理〗蛻變；變。—及 1 分解；使崩潰，使瓦解。2 產生衰變[蛻變]。

dis·in·te·gra·tion [dɪs,ɪntə'greʃən] Ⓤ 1 分解，崩潰: the ～ of a society 社的崩潰。2〖理〗蛻變；衰變。

dis·in·te·gra·tor [dɪs'ɪntə,gretɚ] 名 引起崩潰之物；分解劑。2 粉碎機。

dis·in·ter [,dɪsɪn'tɚ] 動 (**-terred**, ～**·ir** 及 1 掘出 (埋藏物、屍體)。2 把…公諸會，把…揭發出來。

dis·in·ter·est [dɪs'ɪntrɪst] 名 Ⓤ 1 公無私。2 不關心，冷淡。—動 及 使不心。

dis·in·ter·est·ed [dɪs'ɪntrɪstɪd] 形 1 公的，無私的: give a case ～ consideration 正無私地考慮案件。2《口》不關心的，感興趣的《 *in...* 》。
～**·ly** 副, ～**·ness** 名

dis·in·ter·me·di·ate [,dɪs,ɪntɚ'midɪ, 動 不及《美》從銀行等提取存款直接投於證券買賣。

dis·in·ter·me·di·a·tion [,dɪsɪn midɪ'eʃən] 名 Ⓤ《美》提出銀行存款而向證券買賣的一種直接投資行為。

dis·in·tox·i·ca·tion [,dɪsɪn,tɑksə'ke n] 名 ⓊⒸ 對毒癮患者的治療。

dis·in·vest·ment [,dɪsɪn'vɛstmənt] Ⓤ 1 虧本。2 收回投資。

dis·join [dɪs'dʒɔɪn] 動 及 使分開，使離。—不及 分離，分開。

dis·joint [dɪs'dʒɔɪnt] 動 及 1 分離接頭分開關節；把…解體: ～ a part from main body 自主體取下一部分。2《常用動》擾亂；使支離破碎。—不及 脫離，亂；脫節，脫臼。—形 1 零散的，支離碎的。2〖數〗不相交的。

dis·joint·ed [dɪs'dʒɔɪntɪd] 形 1 脫的，散開的。2 混亂的，支離破碎的。
～**·ly** 副, ～**·ness** 名

dis·junc·tion [dɪs'dʒʌŋkʃən] 名 ⓊⒸ 分離，分裂。2〖理則〗選言命題。

dis·junc·tive [dɪs'dʒʌŋktɪv] 形 1 分離的區分的。2〖文法〗反意的。3〖理則〗言性的。—名 1〖文法〗反意連接詞 2〖理則〗選言命題。～**·ly** 副

·**disk,**《英》**disc** [dɪsk] 名 1 圓盤；圓

面。2 唱片；〖電腦〗磁碟，磁碟片。
〖解〗椎間盤。
動及1 把…灌錄成唱片。2 用滾盤式耙耕種。～·like形
sk ˌdrive 名磁碟機。
sket·te ['dɪsˌkɛt, ˌ-'-] 名 = floppy disk.
skˌflower ['floret] 名〖植〗盤心。
skˌharrow 名滾盤式耙機。
skˌjockey 名音樂節目主持人（亦稱 J., deejay）。
s·like [dɪs'laɪk] 動(-liked, -lik·ing)及厭，不喜歡；討厭：cordially ～ 敬而遠。一名UC 厭惡，討厭《*for, of..., for ing, of doing*》。
s·lo·cate ['dɪsloˌket, dɪs'loket] 動 及 1 脫臼。2 改變位置；攪亂正常狀態：～ operations of a factory 攪亂了工廠的作。
s·lo·ca·tion [ˌdɪslo'keʃən] 名U C 改位置；脫臼；混亂。
s·lodge [dɪs'lɑdʒ] 動 及 強迫移動；逐《*from...*》：～ a beast *from* its lair 把野趕出洞穴 / attempt to ～ the present ecutives of the Cabinet 企圖把內閣的現行政官員趕下台。
不及離開住所；撤退；脫落。
dg(e)·ment 名
s·loy·al [dɪs'lɔɪəl] 形不忠實的；背叛；不義的《*to...*》: be ～ *to* one's country 忠於國家。～·ly副
s·loy·al·ty [dɪs'lɔɪəltɪ] 名(複-ties) 1U 忠；背叛；背信。2 不忠的行為，背信為。
s·mal ['dɪzml̩] 形1 憂鬱的，陰沉的；悶的：a ～ rainy day 陰沉的雨天 / ～ ents 令人憂鬱的事件。2 不高明的；乏的；差勁的：a ～ performance 不好看的演。3《口》沒力氣的。悲慘的。
名1《the ～s》《口》憂鬱。2《美南部》著海岸的沼澤地。～·ly副
s·man·tle [dɪs'mæntl̩] 動 及 1 剝掉衣；拆除設備。2 拆掉，夷平；分解。一及可分解。～·ment名
s·mast [dɪs'mæst] 動及拆掉桅杆；吹桅杆。
s·may [dɪs'me] 動 及使驚恐；使頹；使失望。一名U驚慌，不知所措；喪，失望。
s·mayed [dɪs'med]形感到驚慌的，不所措的。
s·mem·ber [dɪs'mɛmbɚ] 動 及 1 切除腳，肢解，2 分割，瓜分。
s·mem·ber·ment [dɪs'mɛmbɚmənt] 切斷手腳；分割領土。
s·miss [dɪs'mɪs] 動 及 1 解散；使退；打發走。2 開除，解僱《*from...*》: ～ clerk 解僱職員 / ～ a student *from* school 除學生。3 打消，摒除《*from...*》: ～ a ought *from* one's mind 打消心中的念頭。4 拒絕；駁回；簡單地處理；把…歸結為（…）：～ a plea 不接受懇求。5〖板球〗使退場。～·i·ble形
dis·miss·al [dɪs'mɪsl̩] 名U C 1 退去；解散；釋放；解僱，免職《*from...*》。2（想法等的）放棄；駁回。3 解僱通告；退休令；退伍令；開除通知。
dis·mis·sion [dɪs'mɪʃən] 名 = dismissal.
dis·mis·sive [dɪs'mɪsɪv] 形1 鄙視的，輕蔑的；不予理會的：a ～ question 不屑一顧的問題。2 否認的，否決的。
dis·mount [dɪs'maunt] 動 不及（由馬、腳踏車等）下來《*from...*》: ～ *from* a bicycle 從腳踏車上下來。一及1 使下馬；使從馬上摔下來。2（從臺座等）卸下，取下；分解。
一['-ˌ-. -'-] 名U C下馬，下車；拆開；分解。
Dis·ney ['dɪznɪ] 名 **Walter**, 迪士尼（1901－66）：美國卡通、電影製作人。
Dis·ney·land ['dɪznɪˌlænd] 名迪士尼樂園：位於美國洛杉磯都會區 Anaheim 市的大型主題遊樂園。
'Disney ˌWorld 名迪士尼世界：位於美國佛羅里達州 Orlando 市近郊。
dis·o·be·di·ence [ˌdɪsə'bidɪəns] 名U 不服從；反抗；違反《*to...*》。
dis·o·be·di·ent [ˌdɪsə'bidɪənt] 形不服從的；反抗的，違命的《*to...*》。～·ly副
·dis·o·bey [ˌdɪsə'be] 動 及不服從，不順從：～ one's parents 不服從父母的吩咐。
一不及 不服從，不照吩咐。～·er名
dis·o·blige [ˌdɪsə'blaɪdʒ] 動 及 1 違背…的願望，使遭受不便。2 得罪，使發怒。3 給…添麻煩。
dis·o·blig·ing [ˌdɪsə'blaɪdʒɪŋ] 形不親切的，不體貼的；令人生氣的；麻煩的。～·ly副
·dis·or·der [dɪs'ɔrdɚ] 名 1 U 混亂，雜亂：fall into ～ 陷於混亂之中。2 不規則，不法（行為）；U C《常作～s》不穩定，騷亂。3 U C（身心機能的）失調，異常；（輕微的）疾病：nervous ～*s* 神經障礙。
一動及1 使混亂，擾亂。2 使發生異常。
dis·or·dered [dɪs'ɔrdɚd] 形1 雜亂的，混亂的。2 有病的，失調的。～·ly副
dis·or·der·li·ness [dɪs'ɔrdɚlɪnɪs] 名U 無秩序，混亂；騷動；妨礙風氣。
dis·or·der·ly [dɪs'ɔrdɚlɪ] 形1 無秩序的，混亂的；不規則的：a ～ reign 亂世 / a ～ room 雜亂的房間。2 目無法紀的；粗暴的；瘋狂的；吵雜的：～ people 無法無天的人群。3〖法〗危害治安的，有害風紀的：～ conduct 擾亂治安的行為。一副沒秩序地，雜亂地；目無法紀地；擾亂風紀地。一名(複-lies) 無法無天的人，擾亂秩序的人。
dis'orderly 'house 名妓院。
dis·or·gan·i·za·tion [dɪsˌɔrgənə'zeʃə

n] 名Ⓤ**1** 秩序的破壞，瓦解。**2** 無組織，混亂。

dis·or·gan·ize [dɪs'ɔrgə,naɪz] 動 及 破壞秩序；使混亂：a ～*d* room 凌亂不堪的房間。

dis·or·gan·ized [dɪs'ɔrgə,naɪzd] 形 無秩序的，無組織的，無條理的。

dis·o·ri·ent [dɪs'orɪ,ɛnt] 動 及 **1** 使迷路，使失去方向。**2** 使混亂，使迷惑。

dis·o·ri·en·tate [dɪs'orɪɛn,tet] 動 及 = disorient.

dis·o·ri·en·ta·tion [dɪs'orɪɛn'teʃən] 名 Ⓤ方向感的喪失；迷惑。

dis·own [dɪs'on] 動 及 不承認…是自己的東西；否認…與自己有關。

dis·par·age [dɪ'spærɪdʒ] 動 及 **1** 使招致非議；破壞名譽：～ one's family 使家譽受損。**2**（婉轉地）貶抑，輕視。

dis·par·ag·ing [dɪ'spærɪdʒɪŋ] 形 輕蔑的；貶抑的。

-ag·ing·ly 副 輕視地；侮蔑地。

dis·par·age·ment [dɪ'spærɪdʒmənt] 名 ⓊⒸ**1** 誹謗，輕視。**2** 不名譽的事。

dis·pa·rate ['dɪspərɪt] 形 異種（類）的，本質上不同的：～ views 不同的見解。～**·ly** 副

dis·par·i·ty [dɪs'pærətɪ] 名（複**-ties**）Ⓤ Ⓒ異種性；不等，不同；不相稱（*in, of...*）：a ～ *in* prestige 聲望上的懸殊。

dis·part [dɪs'part] 動 及 不及《古》（使）分裂，（使）分離。

dis·pas·sion [dɪs'pæʃən] 名 Ⓤ 冷靜，平靜；公平。

dis·pas·sion·ate [dɪs'pæʃənɪt] 形 不受感情影響的，冷靜的；公平的。

～**·ly** 副，～**·ness** 名

·dis·patch [dɪ'spætʃ] 動 及 **1** 派遣；發送（*to...*）：～ the Foreign Minister *to* the APEC 派遣外交部長參加亞太經濟合作會議。**2** 匆匆地送走；迅速處理；趕緊吃完。**3** 處決，殺死：～ to eternity 殺死。**4** 擊敗。

—名 **1** Ⓤ 派遣；發送。**2** Ⓤ Ⓒ 殺死，執行死刑。**3** Ⓤ 快速的處理；迅速。**4** 快信；公文；新聞專電；〖商〗（快車）運送；貨物（托運公司）。

dis'patch ,box 名 公文遞送箱。

dis·patch·er [dɪ'spætʃɚ] 名 發送者；（車輛）調度員，運行管理員。

dis·pel [dɪ'spɛl] 動（**-pelled**, ～**·ling**）及 驅散；消除；澄清。

dis·pen·sa·ble [dɪ'spɛnsəbl] 形 **1** 非必要的；可以分給的，可以施捨的。**2**〖天主教〗可赦免的。

dis·pen·sa·ry [dɪ'spɛnsərɪ] 名（複**-ries**）（醫院的）配藥處，藥局。

dis·pen·sa·tion [,dɪspən'seʃən] 名 **1** Ⓤ Ⓒ分給，分配；分配物，施捨物品。**2** Ⓤ 體制；施政（方式）。**3**〖神〗神命，神的安排；神定的制度（的時代）。**4** ⓊⒸ 省卻，免除。**5** Ⓤ Ⓒ〖天主教〗特赦；特狀。

dis·pen·sa·to·ry [dɪ'spɛnsə,torɪ] 名（**-ries**）醫藥說明書，配藥指南。

·dis·pense [dɪ'spɛns] 動（**-pensed, -pensing**）及 **1** 分給，施捨（*to...*）；執行，行：～ alms *to* the poor 濟助貧窮者 / justice 執法，審判。**2**〖藥〗配（藥）。免除（*from...*）；〖天主教〗給予特赦 —不及 免除，豁免。

dispense with... (1) 免除，不用。(2) 省掉沒有…也行。

dis·pens·er [dɪ'spɛnsɚ] 名 **1** 施予者，配者；藥劑師；執行者，管理者。**2** 分器；自動販賣機。

dis·per·sal [dɪ'spɝsl] 名 = dispersion

:dis·perse [dɪ'spɝs] 動（**-persed, -persing**）及 **1** 使分散，使疏散。**2** 散布，傳播 a book ～*d* throughout the world 暢銷全界的書。**3** 趕走，消除。**4**〖光〗使（線）色散。—不及 **1** 四散，分散。**2** 消散

dis·per·sion [dɪ'spɝʃən] 名 Ⓤ **1** 分散離散；散布；消散。**2** 分光；〖理化〗散。**3**〖統〗離勢；離差。**4**（**the D-**）Diaspora 1.

dis·per·sive [dɪ'spɝsɪv] 形 分散的；播性的。～**·ly** 副

dis·pir·it [dɪ'spɪrɪt] 動 及 使沮喪，使餒。

dis·pir·it·ed [dɪ'spɪrɪtɪd] 形 沒精神的意志消沉的。～**·ly** 副

dis·pir·it·ing [dɪ'spɪrɪtɪŋ] 形 令人沮的，令人氣餒的。

·dis·place [dɪs'ples] 動（**-placed, -placing**）及 **1** 強迫離開；移動…的位置 *from...*）。**2** 取代，替代。**3** 把免職，聘，罷免（*from...*）。**4** 有…的排水量。

dis'placed 'person 名 流亡人民，民。略作：DP, D.P.

dis·place·ment [dɪs'plesmənt] 名 Ⓤ **1** 移，改變位置；罷免，解僱；流亡 **2**〖理〗位移；排水量。**3**〖機〗排氣量 **4**〖地質〗移動。**5**〖精神分析〗轉位。

·dis·play [dɪ'sple] 動 及 **1** 展示，陳列。懸掛；展開。**3** 表露，發揮：～ hatred 露出憎恨。**4** 炫耀，誇耀：～ one's leaning 炫耀淵博的學問。

—名 **1** Ⓤ Ⓒ 表示；流露；發揮；懸掛陳列；展覽會；《集合名詞》展示品 **2** Ⓤ Ⓒ 誇耀，炫耀。**3**〖電腦〗顯示置。～**·er** 名

dis'play ,advertising 名 Ⓤ《集合詞》大型廣告。

dis'play ,case 名 展示櫥櫃。

·dis·please [dɪs'pliz] 動（**-pleased, -pleasing**）及 使不愉快，使生氣。—不及 不快討厭；破壞氣氛。

dis·pleased [dɪs'plizd] 形 不高興的，氣的。

dis·pleas·ing [dɪs'plizɪŋ] 形 不愉快的

厭的；惹人生氣的，使人不高興的。
·ly 副

s·pleas·ure [dɪs'plɛʒɚ] 名 U 不滿，
高興；生氣；焦急：with ～ 不滿地。

s·port [dɪ'sport] 動 及《反身用法》1 嬉
，玩樂。2 炫示。—不及 消遣，玩耍。

s·pos·a·ble [dɪ'spozəbl] 形 1 用後就可
丟掉的；可以簡單處理的：a ～ paper
p 用後就丟棄的紙杯。2 可以自由使用
，可以利用的。—名《美》用完就丟棄
用品。

s'posable 'income 名 U 可支配所
。

s·pos·al [dɪ'spozl] 名 1 U 配置，排
。2 U 處置，贈與，讓渡，拍賣；處
，廢棄《*of*...》：the ～ *of* business af-
rs 商務的處理 / the ～ *of* nuclear waste
子廢料的處理。3 = disposer. 4 U 處置
使用的自由：be (left) at a person's ～ 可
照某人意願處理或使用。

s'posal ˌbag 名 廢棄物處理袋，垃圾
。

s·pose [dɪ'spoz] 動 (-posed, -pos·ing) 及
配置，整理；放置於；充作《*for*...》：～
e's employees to good effect 有效地配置
業人員。2 使傾向於，使易於《*to*...》。
使想做《*for*...》。—不及 安排事情：Man
oposes, God ～*s*.《諺》謀事在人，成事
天。

spose of... (1) 處理，決定，解決。(2) 整
；轉讓，拍賣；丟棄；消滅；吃完。

s·posed [dɪ'spozd] 形 1 有…傾向的《
..., *to* do》：a man ～ *to* meditation 喜歡冥
的人。2 有意於…的《*to*, *for*..., *to*
》。3《複合詞》…的性情的：well-*dis-*
sed 脾氣好的。

s·pos·er [dɪ'spozɚ] 名 廚房廢棄物處
器。

s·po·si·tion [ˌdɪspə'zɪʃən] 名 1 U C
質；性情：have a shy ～ 個性羞怯。2 U
) 意向《*to*...》；傾向《*to* do》：a ～ *to*
arrel 易與人爭吵。3（物的）自然傾
，性質。4 U C 配置，排列；《～*s*》
備，作戰計畫：make one's ～*s* 做好周全
準備。5 U 處置；轉讓，賣掉；處分
：the ～ of the case 案件的處理，結案。

s·pos·sess [ˌdɪspə'zɛs] 動 及 1 沒收，
奪《*of*...》。2 攆走，放逐。

s·sor 名 剝奪者。

s·pos·sessed [ˌdɪspə'zɛst] 形 1 被驅逐
去的。2 沒有產業的；流浪的。3 失去
望的；疏離的。

s·pos·ses·sion [ˌdɪspə'zɛʃən] 名 U 強
豪奪；驅逐。

s·praise [dɪs'prez] 動 及 誹謗，責難。
名 U 誹謗，責難。**-prais·ing·ly** 副

s·prize [dɪs'praɪz] 動 及《古》輕視，輕
。

s·proof [dɪs'pruf] 名 U 反證，反駁。

s·pro·por·tion [ˌdɪsprə'porʃən] 名 1
U 不相稱，不均衡，不成比例《*in*, *be-*
tween...》：～ *in* age 年齡懸殊。2 不相稱
的東西。

dis·pro·por·tion·al [ˌdɪsprə'porʃənl]
形 = disproportionate. ～**·ly** 副

dis·pro·por·tion·ate [ˌdɪsprə'porʃənɪt] 形 不成比例的，不均衡的，不相稱的《
to...》。～**·ly** 副

dis·prov·a·ble [dɪs'pruvəbl] 形 可以反
證的，可反駁的。

dis·prove [dɪs'pruv] 動 及 提出證明…的
錯誤，對…提出反證；使無效。

dis·put·a·ble [dɪ'spjutəbl, 'dɪspjutəbl]
形 有爭議的；可疑的，不確實的。

dis·pu·tant [dɪ'spjutənt, dɪ'spjutənt] 名
爭論者，辯論者。

dis·pu·ta·tion [ˌdɪspju'teʃən] 名 U C
爭論，辯論；學問上的討論。

dis·pu·ta·tious [ˌdɪspju'teʃəs] 形 好爭
論的；爭論性的，類似爭辯的：～ scholars
好辯的學者。

·dis·pute [dɪ'spjut] 動 (-put·ed, -put·ing)
不及 爭論；口角《*with*, *against*...》；爭
辯，爭吵《*about*, *on*, *over*...》：～ *with* a
person *over* something 爲某事與某人爭
論。—及 1 爭論，討論。2 反對，反駁；
有異議。3 抵抗，反抗。4 爭取。—[-'-,
'--] 名 1 U C 爭論，爭辯，口角：a hot ～
激辯。2 紛爭，爭議：a labor ～ 勞工糾
紛。

beyond dispute 毫無爭辯餘地，明白地。

in dispute 正在爭論中的；尚未解決的。

dis·put·er [dɪ'spjutɚ] 名 爭論者，爭辯
者。

dis·qual·i·fi·ca·tion [dɪsˌkwɑləfə'keʃən] 名 1 U 剝奪資格；不合格；無資格。2
使不合格的理由。

dis·qual·i·fy [dɪs'kwɑləˌfaɪ] 動 (-fied,
～·ing) 及 使不能適任，認定不合格，取
消資格，視爲不合格《*for*, *from*...》：be
disqualified from... 失去…的資格。

dis·qui·et [dɪs'kwaɪət] 名 U 不穩；不
安，擔心。—動 及 使不安，使擔心。
～**·ed·ly**, ～**·ly** 副

dis·qui·et·ing [dɪs'kaɪətɪŋ] 形 令人不安
的，令人擔心的：～ developments 令人憂
心的事態發展。～**·ly** 副

dis·qui·e·tude [dɪs'kwaɪəˌtjud] 名 U 不
安，擔憂；不穩的狀態。

dis·qui·si·tion [ˌdɪskwɪ'zɪʃən] 名 論
文，論說，專論。

dis·rate [dɪs'ret] 動 及 使降級，貶謫。

dis·re·gard [ˌdɪsrɪ'gɑrd] 動 及 1 不顧，
不理。2 輕視，忽視。—名 U C 1 不顧；
不理《*of*, *for*...》。2 輕視，忽視。

dis·rel·ish [dɪs'rɛlɪʃ] 動 及 討厭，厭
惡，不喜歡。—名 U C 討厭，厭惡。

dis·re·mem·ber [ˌdɪsrɪ'mɛmbɚ] 動 及
《主美南》不記得，忘記。

dis·re·pair [ˌdɪsrɪ'pɛr] 名 U 破損，失修：

D

be in ～ 破損。
dis·rep·u·ta·ble [dɪs'rɛpjətəbl] 形 1 聲名狼藉的，風評不好的。2 不體面的；不雅觀的。～·ness 名 U 惡評，不光彩。-bly 副
dis·re·pute [ˌdɪsrɪ'pjut] 名 U 惡評，不受歡迎；不名譽：be (held) in ～ 風評不佳 / fall into ～ 名譽掃地。
D
dis·re·spect [ˌdɪsrɪ'spɛkt] 名 U（對…）缺少敬意，不尊敬《 *for...* 》；無禮。—動 及 不尊敬；對…無禮；輕視。～·a·ble 形 不值得尊敬的。
dis·re·spect·ful [ˌdɪsrɪ'spɛktfəl] 形 不尊敬的，無禮的。～·ly 副
dis·robe [dɪs'rob] 動 及 1 脫掉衣服；使脫掉《 *of...* 》。2 剝奪《 *of...* 》。—不及 脫衣服。
dis·rupt [dɪs'rʌpt] 動 及 1 使混亂；使中斷。2 使分裂，使瓦解。—形 混亂的；中斷的；分裂的。
dis·rup·tion [dɪs'rʌpʃən] 名 U C 1 分裂，崩潰：the ～ of a friendship 友誼的決裂。2 分裂狀態。
dis·rup·tive [dɪs'rʌptɪv] 形 破壞性的，導致崩潰的；分裂性的。～·ly 副
dis·sat·is·fac·tion [dɪssætɪs'fækʃən] 名 U 不滿，不平《 *at, with...* 》：～ *with* the present state of the world 對世界現況的不滿。
dis·sat·is·fac·to·ry [dɪssætɪs'fæktərɪ] 形 不能令人滿意的，令人不滿的。
dis·sat·is·fied [dɪs'sætɪsˌfaɪd] 形 1 感到不滿意的《 *with...* 》；感到不悅的：a ～ look 不滿的表情。～·ly 副
dis·sat·is·fy [dɪs'sætɪsˌfaɪ] 動 (-fied, ～·ing) 及 使感到不滿，使不高興；《被動》不滿《 *with...* 》。
dis·sect [dɪ'sɛkt] 動 及 1 解剖，分割。2 詳細討論，分析。
dis·sect·ed [dɪ'sɛktɪd] 形 1 被切開的，解剖開的。2〖植〗全裂的；〖地〗切割的。
dis·sec·tion [dɪ'sɛkʃən] 名 1 U C 切開，解剖；解剖體[模型]。2 U 詳細的分析；〖地〗切割。
dis·sec·tor [dɪ'sɛktɚ] 名 解剖者；解剖器具。
dis·seize [dɪs'siz] 動 及〖法〗非法奪取《 *of...* 》。
dis·sei·zin [dɪs'sizɪn] 名 U〖法〗1 不動產的侵占。2 不動產被侵占的狀態。
dis·sem·ble [dɪ'sɛmbl] 動 及 1 隱藏；假裝，裝出…的樣子《 *with, by...* 》：～ embarrassment *by* smiling 以笑容來掩飾窘態 / ～ innocence 假裝無辜。2《古》裝作沒看見，忽視。—不及 掩飾實情，偽裝。-bler 名 偽裝者。-bling·ly 副
dis·sem·i·nate [dɪ'sɛməˌnet] 動 及 散布；傳播。
dis·sem·i·na·tion [dɪˌsɛmə'neʃən] 名 U 散布，散播，傳播。
dis·sem·i·na·tor [dɪ'sɛməˌnetɚ] 名 播者，散播者。
dis·sen·sion [dɪ'sɛnʃən] 名 U 不和，見衝突；紛爭：internal ～ 內訌。
dis·sent [dɪ'sɛnt] 動 不及 1 意見相左，異議；不服從《 *from...* 》。2 持不同的教見解；不服從（國教會的）教義。—U 1 意見的不同，異議。2《常作 D-》離國教會；反對國教。～·ing·ly 副
dis·sent·er [dɪ'sɛntɚ] 名 1 反對者；與教會持不同意見的人，反對國教者。2 常作 D-》反對英國國教會的新教徒，國教徒。
dis·sen·tient [dɪ'sɛnʃənt] 形 名 持反意見的（人）。～·ly 副
dis·sent·ing [dɪ'sɛntɪŋ] 形 1 有異議的持反對意見的。2《常作 D-》《英》= nonconforming 2. ～·ly 副
dis·ser·ta·tion [ˌdɪsɚ'teʃən] 名 1 文；學位論文：write a ～ for the Ph.D. degree 寫博士論文。2 學術演講。～·al 形
dis·serve [dɪs'sɝv] 動 及 損害，傷害。
dis·serv·ice [dɪs'sɝvɪs] 名 U《偶作 a ～ 損害，傷害
dis·sev·er [dɪ'sɛvɚ] 動 及 分開；分割切開。—不及 分開，分離。～·ance, ～·ment 名
dis·si·dence ['dɪsədəns] 名 U 相異，一致；異議。
dis·si·dent ['dɪsədənt] 形 不同的，持議的《 *from...* 》。—名 持不同見解的人反對者。～·ly 副
dis·sim·i·lar [dɪ'sɪmələ̃] 形 不相似的不同的《 *from, to...* 》。～·ly 副
dis·sim·i·lar·i·ty [dɪˌsɪmə'lærətɪ] (複 -ties) 1 U 不相似，不同。2 不同點
dis·sim·i·late [dɪ'sɪməˌlet] 動 及 1〖音〗使異化。2 使不同。
dis·sim·i·la·tion [dɪˌsɪmə'leʃən] 名 C 1（使）不同。2〖語音·生〗異化，異作用。
dis·si·mil·i·tude [ˌdɪsɪ'mɪləˌtjud] 名 不同，相異；C 不同點。
dis·sim·u·late [dɪ'sɪmjəˌlet] 動 及 飾，隱瞞；假裝。—不及 隱瞞，掩飾假裝。
dis·sim·u·la·tion [dɪˌsɪmjə'leʃən] 名 C 假裝，掩飾；偽善。
dis·si·pate ['dɪsəˌpet] 動 及 1 使消散；除。2 揮霍，浪費。—不及 1 消散，失。2 放蕩；揮霍金錢。
dis·si·pat·ed ['dɪsəˌpetɪd] 形 1 放蕩的耽於玩樂的。2 被浪費掉的。
dis·si·pa·tion [ˌdɪsə'peʃən] 名 U 1 散，消失。2 浪費；放蕩；不節制：the of time 時間的浪費。3 消遣，娛樂。理·力〗散逸。
dis·si·pa·tive ['dɪsəˌpetɪv] 形 消散的浪費的。

s·so·ci·a·ble [dɪ'soʃɪəbḷ, -ʃə-] 形 1 可
分離的。2 不調和的。3 不喜歡社交
J。

s·so·cial [dɪ'soʃəl] 形 反社會的；不喜
社交的，孤僻的。

s·so·ci·ate [dɪ'soʃɪ,et] 動 及 1 使分
；使斷絕關係《from ...》：～ the man
om his philosophy 把人與其人生觀分開考
。2〖理化〗使解離。—不及 1 分開，不
交往。2〖理化〗解離。

s·so·ci·a·tion [dɪ,sosɪ'eʃən] 名 U 1 分
（作用）；分裂；〖精神醫〗分裂。2〖
化〗解離。

s·so·ci·a·tive [dɪ'soʃɪ,etɪv] 形 1 分離
的，分裂性的。2 鼓動反社會行動的。

s·sol·u·ble [dɪ'sɑljəbl] 形 溶解性的；
以分解的。

s·so·lute ['dɪsə,lut] 形 放縱的，放蕩
J。

·ly 副, ～·ness 名

s·so·lu·tion [,dɪsə'luʃən] 名 1 U C 分
（作用）；分解之物。2 U C 解約；解
；（議會等的）解散。3 U 死亡；崩
，終結。4 U C 解除，取消。5 U〖
〗溶解，融解。

s·solv·a·ble [dɪ'zɑlvəbl] 形 可溶解
J，可分解的。

s·solve [dɪ'zɑlv] 動 (-solved, -solv-
g) 及 1 使溶解：～ a bar of chocolate into
quid 使一條巧克力溶化。2 終止，結束；
散；〖法〗解除，取消。3 使破滅；澄
；《古》破除：～ a person's illusions 消
某人的幻想。4 把…分解成《into...》。
解開（問題、謎等）。
–不及 1 溶化《in...》；溶解。2 分離，
散。3 消失。4 陷入（某種情緒中）《
...》。5〖影·視〗漸隱；溶暗。—名 U
影·視〗漸隱；溶暗。

s·so·nance ['dɪsənəns] 名 (複-nanc-
) 1 U C 不調和的音；〖樂〗不協和音。
U 不一致；不和。

s·so·nant ['dɪsənənt] 形 1 不調和的，
耳的。2 不一致的；不和的。～·ly 副

s·suade [dɪ'swed] 動 及 勸阻，阻止《
om..., from doing》。

s·sua·sion [dɪ'sweʒən] 名 U 勸阻，諫
。

s·sua·sive [dɪ'swesɪv] 形 勸阻的，制
的: be ～ of... 勸阻…。～·ly 副

s·syl·lab·ic [,dɪsɪ'læbɪk] 形 二音節
的字）的。

s·syl·la·ble [dɪ'sɪləbḷ] 名 二音節（的
）。

s·sym·me·try [dɪ'sɪmɪtrɪ] 名 (複-tri-
) U C 1 不對稱，不勻整。2 相反方向
稱。

st. 《縮寫》 *dist*ance; *dist*rict.

s·taff ['dɪstæf] 名 1（手紡用的）捲線
；（抽紗機的）抽紗部分。2《the ～》
《集合名詞》女性。(2) 女性的工作。—
形 女性的；母系的。

'distaff ˌside 名《the～》（家系的）母
方，母系。

dis·tain [dɪ'sten] 動 及《古》1 使變色，
弄髒。2 玷污，傷害。

dis·tal ['dɪstl] 形〖解〗遠側的，末梢
的。
～·ly 副

:dis·tance ['dɪstəns] 名 1 U C 距離；路
程：within walking ～ 步行可達的距離。2
U C 遠距離，遙遠：at a ～ from... 離…有
一段距離。3 寬度，範圍：a vast ～ of far-
mland 廣大的農地。4 間隔；久遠。5 差
距；不同。6 進展。7 U C 遠處，遠方。
8 U C 冷淡；疏遠。9〖樂〗音程。10〖
數〗距離（函數）。

go the distance 堅持到最後；〖棒球〗投完
整場的球，完投。

keep a person at a distance 與…保持距離，
冷淡，疏遠。

keep one's distance 保持距離《from...》。

—動 (-tanced, -tanc·ing) 及 1 超過，遠遠
甩在後面。2 置於遠處，使遠隔；使顯得
遙遠。

:dis·tant ['dɪstənt] 形 1 遠的，遙遠的；有
若干距離的《from...》。2（時間上）遠
的：at no ～ date 在不算久遠的日期，不
久。3 分開的《from...》。4 疏遠的；冷淡
的：a ～ relation 遠親 / a ～ manner 冷淡的
態度。5 來自遠方的，向遠方的：a ～ voy-
age 遠航。～·ness 名

dis·tant·ly ['dɪstəntlɪ] 副 遙遠地，遠離
地；冷淡地；生疏地；遠隔地。

dis·taste [dɪs'test] 名 U《偶作 a ～》厭
惡，討厭；不喜歡《for...》：have *a* ～ *for*
fish 不喜歡吃魚。

dis·taste·ful [dɪs'testfəl] 形 1 討厭的《
to...》；令人不愉快的。2 味道差的。
～·ly 副, ～·ness 名

dis·tem·per[1] [dɪs'tɛmpɚ] 名 1 U〖獸
病〗犬瘟熱。2 U C 失調；疾病。3 U
C 不安，騷亂。—動 及《主過去分詞》使
失調，使不正常。

dis·tem·per[2] [dɪs'tɛmpɚ] 名 1 U〖藝〗
膠畫法；C《昔》膠畫。2 U《英》水性塗
料。

dis·tem·per·a·ture [dɪs'tɛmpərətʃɚ]
名 失調；不正常。

dis·tend [dɪ'stɛnd] 動 及 不及 擴展，擴
張；（使）膨脹。

dis·ten·si·ble [dɪ'stɛnsəbl] 形 可以擴大
的，有伸展性的，膨脹性的。

dis·ten·tion, -sion [dɪ'stɛnʃən] 名 U
擴張；腫脹；膨脹作用。

dis·tich ['dɪstɪk] 名〖詩〗1 兩行連句，
對聯。2 押韻的對聯。

dis·till,《英》**-til** [dɪ'stɪl] 動 及 1 蒸餾，
蒸餾…使變成…《into...》；提煉《from
...》：～ gasoline *from* crude oil 從原油中提
煉汽油。2 以蒸餾除去《off, out》：～ the

impurities *out* of water 用蒸餾法去掉水中雜質。3 使滴下。4 精鍊，提取…的精華。—不及 1 蒸餾；濃縮。2 滴下，滲出。

dis·til·late [ˈdɪstḷɪt] 名 1 蒸餾物，蒸餾液。2《the ~》濃縮物；精華。

dis·til·la·tion [ˌdɪstḷˈeʃən] 名 U 蒸餾（作用）；U C 蒸餾物，蒸餾液；精粹。

D

dis·tilled [dɪˈstɪld] 形 蒸餾過的，以蒸餾取得的：~ water 蒸餾水。

dis·till·er [dɪˈstɪlɚ] 名 1 蒸餾器。2 蒸餾酒製造者。

dis·till·er·y [dɪˈstɪlərɪ] 名 (複 -er·ies) 蒸餾所；蒸餾酒製造廠。

·**dis·tinct** [dɪˈstɪŋkt] 形 1（與…）不同的，有分別的《*from*...》。2 清楚的，明顯的；確定無誤的：~ speech 清楚的言詞 / a ~ smell of burning 明顯的燒焦味。3 敏銳的，有辨識能力的。4 不尋常的；顯著的：~ progress 顯著的進步。~·ness 名

·**dis·tinc·tion** [dɪˈstɪŋkʃən] 名 1 U C 區別；辨別《*between*...》: in ~ from... 與…不同 / make a ~ *between* good and evil 善惡分明。2 U 差別。3 相異（處）；不同點。4 U C 特徵，特質；風格。5 榮譽；榮譽的表徵，勳章。6 U 卓越，優秀；著名；高貴：a man of ~ 名人 / rise to ~ 提高聲望。7 U（電視的）鮮明度。

·**dis·tinc·tive** [dɪˈstɪŋktɪv] 形 特殊的；區別性的；獨特的：a ~ taste 獨特的風味。~·ness 名

dis·tinc·tive·ly [dɪˈstɪŋktɪvlɪ] 副 有區別地；特殊地；用以辨別地。

dis·tinct·ly [dɪˈstɪŋktlɪ] 副 1 清楚地，明瞭地。2 確實地，明確地。3《口》很，非常。

dis·tin·gué [ˌdɪst æŋˈge, -ˈ--]《法語》形 高貴的，文雅的，雍容華貴的。

·**dis·tin·guish** [dɪˈstɪŋgwɪʃ] 動 及 1 辨別，區別《*from*...》: ~ the sound of the trumpets in an orchestra 聽出管弦樂團中喇叭的聲音 / ~ good *from* evil 分辨善惡。2《通常與 **can** 連用》辨認出。3 使區別於他物。4《反身用法或被動》使傑出，使著名《*for, by*...》: be ~*ed for* one's learning 以學識聞名。5 把…分類成（…）《*into*...》。
—不及 區別；辨別，分辨《*between*...》。
~·er 名, ~·ment 名

dis·tin·guish·a·ble [dɪˈstɪŋgwɪʃəbl] 形 可以區別的，能夠識別的《*from*...》。

·**dis·tin·guished** [dɪˈstɪŋgwɪʃt] 形 1 顯著的；出名的；出類拔萃的《*for*...》: ~ guests 貴賓。2 有氣質的，高貴的：a ~ bearing 非凡的風度。

dis·tin·guish·ing [dɪˈstɪŋgwɪʃɪŋ] 形 能區別的，有特徵的，特殊的：a ~ feature 作爲辨認的特徵。

dis·tort [dɪˈstɔrt] 動 及 1 歪曲，曲解：~ the truth 歪曲事實。2 扭曲，扭歪。

dis·tort·ed [dɪˈstɔrtɪd] 形 1 扭曲的，變形的。2 被訛傳的；有偏差的：a ~ v sion of the incident 有關某事件的訛傳。~·ly 副, ~·ness 名

dis·tor·tion [dɪˈstɔrʃən] 名 1 U 扭曲歪曲。2 歪曲的形，被歪曲的事實。3 C〖電〗畸變，失真。

distr.《縮寫》*distr*ibution; *distr*ibutor.

·**dis·tract** [dɪˈstrækt] 動 及 1 分散（神、注意力）；轉移（注意力）《*from*...》2 使困惑；使瘋狂：go ~*ed* 快要亂了寸。3 使快樂，使消愁。

dis·tract·ed [dɪˈstræktɪd] 形 1 精神分的，注意力轉移的《*with, by*...》。2 心意亂的。~·ly 副

dis·tract·ing [dɪˈstræktɪŋ] 形 使人分的；令人狂亂的。~·ly 副

dis·trac·tion [dɪˈstrækʃən] 名 1 U 精渙散；分心。2 U 心煩意亂；瘋狂：dri a person to ~ 把人逼瘋。3 分散注意力事物；消遣，娛樂。4 U 混亂，分裂。

dis·trac·tive [dɪˈstræktɪv] 形 分散注力的；使心慌意亂的。~·ly 副

dis·train [dɪˈstren] 動 及〖法〗扣押財產）。—不及 扣押（物件）《*on, up* ...》。

dis·traint [dɪˈstrent] 名 U〖法〗扣押產（的行爲、處分）。

dis·trait [dɪˈstre] 形 心不在焉的，失魂魄的。

dis·traught [dɪˈstrɔt] 形 1 心情紛的，不知所措的，幾近瘋狂的《*with*...》2 狂亂的。

·**dis·tress** [dɪˈstrɛs] 名 1 U 苦惱，悲傷痛苦；疲勞：suffer mental ~ 承受精神的痛苦 / feel acute ~ at... 對…深感痛心 2 痛苦的原因；頭痛事《*to*...》。3 U 困，困苦：financial ~ 財政困難。4 U 難；困境；海難：a ship in ~ 遇難的船 / be in (deep) ~ 處於險境中。5 U〖法〗扣押，查封。—動 及 1《常作反身法或被動》使困擾，使痛苦，使悲傷。使疲勞。3 強迫，迫使《*into doing*》。

dis·tressed [dɪˈstrɛst] 形 1 煩惱的，痛的，悲傷的；窮困的：a ~ region 貧窮區。2 廉價拋售的：~ prices 拋售價格

dis·tress·ful [dɪˈstrɛsfəl] 形 1 悲慘的不幸的；痛苦的，窮困的。2 苦惱的。~·ly 副, ~·ness 名

dis·tress·ing [dɪˈstrɛsɪŋ] 形 令人痛的，令人困擾的；悲慘的。~·ly 副

disˈtress ˌselling 名 U 不惜血本的拋售，大減價。

disˈtress ˌsignal 名 遇難信號，求信號。

:**dis·trib·ute** [dɪˈstrɪbjut] 動 (-ut·ed, -ing) 及 1 分配，分發《*to, among*...》: textbooks *among* students 分發教科書給生。2 散布；分布《*over*...》: ~ pa *over* a wall 將漆塗於牆壁上。3 區分；類《*into*...》。4〖理則〗周延。

s·trib·ut·ed [dɪ'strɪbjətɪd] 形分布的，配的。

s·tri·bu·tion [,dɪstrə'bjuʃən] 名 1 U 分配，散發《to, among...》；散布；分方法：textbooks for general ～ 供一般人的教科書。2 U 分類，區分，整理。配給品，分配物。4 U C 分布；分布狀；頻率分布《of...》。5 配置，排列；〖〗配電，配線。6 送達，分發。7 發行，銷售量。8 銷售網。9 U〖理則〗周，擴充。10 U〖統〗分布。11 U C〖語〗分布。～·al 形

stri'bution ,function 名〖統〗分函數。

s·trib·u·tive [dɪ'strɪbjətɪv] 形 1 分配，分紅的，配給的。2〖文法〗個別的，配的；〖理則〗周延的。—名〖文法〗別詞。～·ly 副

s'tributive edu,cation 名《常作 E-》建教合作式的教育。略作：D&E.

s·trib·u·tor [dɪ'strɪbjətɚ] 名 1 分配，配給者。2 銷售者；批發業者，經銷。3〖機〗配電器。

s·trict ['dɪstrɪkt] 名 1 地區，管區：a stal ～ 郵遞區 / a Congressional ～（美的）眾議院議員選舉區。2《英》郡；區中的一區。

strict at'torney 名《美》地方檢察。

strict 'council 名《英》地方自治區議會，區議會。

strict 'court 名《美》地方法院。

strict of Co'lumbia 名《the ～》倫比亞特區：即 Washington, DC，美國都。略作：D.C.

s·trust [dɪs'trʌst] 動 及 不相信，不信，懷疑：～ a person's words 懷疑某人的。—名 U《偶作 a ～》不信任；猜疑《...》。

s·trust·ful [dɪs'trʌstfəl] 形 不信任，不相信的；懷疑的《of...》。·ly 副 深深懷疑地。

s·turb [dɪ'stɝb] 動 及 1 妨害，擾亂。將…攪亂，使混亂：～ a train of thought 亂思緒。3 使爲難，使不安。4《反身用》添麻煩，使不便：～ oneself by... 刻意做…。—不及 擾亂休息。

s·turb·ance [dɪ'stɝbəns] 名 U C 1 亂；製造擾亂的事[物]；麻煩：a nervous ～ 精神失調。2 動搖，擔心。3 動亂：use a ～ 引起騷動。4〖氣象·地質〗擾。

s·turbed [dɪ'stɝbd] 形 1〖心〗神經質，精神不正常的。2 被攪亂的；被困擾；波濤洶湧的：～ seas 怒海。

s·turb·ing [dɪ'stɝbɪŋ] 形 令人焦慮的，人不安的。～·ly 副

·sul·fide,《英》-phide [daɪ'sʌlfaɪd] 名〖化〗二硫化物。

s·un·ion [dɪs'junjən] 名 U 1 分離，分裂。2 不統一；不和，衝突。

dis·u·nite [,dɪsju'naɪt] 動 及 使分離，使分裂；使不和。—不及 分離，分裂。

dis·u·nit·ed [,dɪsju'naɪtɪd] 形 不和的；分裂的。

dis·u·ni·ty [dɪs'junətɪ] 名 U 不統一，不調和；分裂；不和。

dis·use [dɪs'jus] 名 U 不用；廢棄；廢止：become rusty from ～ 因不用而生鏽。—[-z] 動 及 不用，廢棄。

dis·u·til·i·ty [,dɪsju'tɪlətɪ] 名 U 反效用；引起不便的性質。

dis·used [dɪs'juzd] 形 不再使用的；廢棄的。

di·syl·lab·ic [,daɪsɪ'læbɪk] 形 二音節的。

ditch [dɪtʃ] 名 水道，溝渠；壕溝。

be driven to the last ditch 被逼得進退兩難，瀕於絕境。

die in a ditch 窮困潦倒而死。

die in the last ditch 奮戰到底。

—動 及 1 挖溝渠，以壕溝圍繞。2《主美》使出軌；使（汽車）陷入水溝；迫使（飛機）緊急降落在水面。3《俚》擺脫；拋棄，不理。—不及 1 挖溝渠。2 作水上迫降；放棄緊急降落而沉沒的飛機。

'ditch ,class 名 翹課。

ditch·dig·ger ['dɪtʃ,dɪgɚ] 名 1 挖溝工人；做苦力者，粗工。2 挖溝機器。

ditch·wa·ter ['dɪtʃ,wɔtɚ, -,wɑtɚ] 名 U 溝中的積水，髒的死水。

dull as ditchwater ⇨ DISHWATER（片語）

dith·er ['dɪðɚ] 名 1 發抖，打顫。2《口》慌亂，興奮。—動 不及 1 驚慌失措，慌張；優柔寡斷，猶豫不決《about / about ...》。2《北英》顫抖。

dith·y·ramb ['dɪθə,ræm(b)] 名 1（古希臘的）酒神讚美詩歌。2《文》充滿激情的演說，文章等。

di·tran·si·tive [daɪ'trænsətɪv] 形 名 雙及物的（動詞）。

dit·to ['dɪto] 名（複～s [-z]）1 同上，同前（略作：do, 記號（″））。2 同樣的東西，複製品：say ～ to... 表示與…意見相同，贊同。3《口》複寫，謄寫。—副 如前所述；同樣地。

dit·to·graph ['dɪtə,græf] 名（因筆誤或排版錯誤所引起的）重複文字。

dit·tog·ra·phy [dɪ'tɑgrəfɪ] 名 U 重複誤寫。

'ditto ma,chine 名 複印機。

'ditto ,mark 名《常作～》重複記號。

dit·ty ['dɪtɪ] 名（複-ties）短詩；短歌，小曲，小調。

di·u·re·sis [,daɪju'risɪs] 名 U〖醫〗多尿；利尿。

di·u·ret·ic [,daɪju'rɛtɪk] 形〖醫〗促進排尿的，利尿的。—名 U C 利尿劑，促進排尿的藥劑。

di·ur·nal [daɪ'ɝnl] 形 1 每天的：the sun's

D

～ course 太陽的每日運行軌道。2 白天的，白晝的。3〖植〗晝開夜閉的；〖動〗晝出夜息的。
～·ly 副每日；在白天裡。

div. ⟪縮寫⟫ *div*ided; *div*ision.

di·va ['divə] 名(複～s, -ve [-ve])（歌劇中的）首席女歌手；著名的女歌唱家。

D

di·va·gate ['daɪvə'get] 動 不及 ⟪文⟫ 徘徊，迷失；離譜，偏題 ⟪ *from...* ⟫。

di·va·ga·tion [ˌdaɪvə'geʃən] 名 U 迷路，徘徊；離題。

di·va·lent [daɪ'velənt] 形〖化〗二價的。

di·van ['daɪvæn, dɪ'væn] 名 1 沙發；睡椅。2（無靠背和扶手的）軟墊長椅。

di·var·i·cate [daɪ'værəˌket, də-] 動 不及 分離，分歧；〖植·動〗叉開。—形 分開的，分歧的；〖植·動〗分成兩叉的。

·dive [daɪv] 動 (**dived** 或 ⟪特指美口⟫ **dove, dived, div·ing**) 不及 1 跳水；潛水 ⟪ *in, off / off, from...; into...* ⟫。2 潛沒，消失；躲入 ⟪ *into...* ⟫：～ *into* the bushes 鑽進矮樹叢中。3 緊急下降，俯衝 ⟪ *down* ⟫。4 把手插入 ⟪ *into...* ⟫。5 埋首，潛心於… ⟪ *in / into...* ⟫。—及 使跳入；使潛水；使下降。—名 1 跳入；跳水。2 潛水；俯衝。3 突進，急奔。4（股市、氣溫等的）暴跌，急降。5 ⟪口⟫（設於地下室等的）地下酒店，低級夜總會。6 鑽研，探究。
take a dive ⟪俚⟫（拳擊中）假裝被擊倒；放水。

dive-bomb ['daɪvˌbam] 動 不及 及 俯衝轟炸。**'dive ˌbombing** 名 U 俯衝轟炸。

'dive ˌbomber 名 俯衝轟炸機。

div·er ['daɪvə] 名 1 跳水者，跳水選手。2 潛水夫：a pearl ～ 潛水採珍珠的人。3〖鳥〗潛水鳥。

di·verge [daɪ'vɝdʒ, də-] 動 不及 1 分出，分歧 ⟪ *from...* ⟫。2 不同，相異 ⟪ *from...* ⟫。3 偏離，岔開 ⟪ *from...* ⟫。4〖數〗發散。—及 使脫離。

di·ver·gence [daɪ'vɝdʒəns, də-] 名 U C 1 分出，分叉；相異；偏離 ⟪ *from...* ⟫：a ～ of views 見解不同。2〖理·數〗發散。

di·ver·gent [daɪ'vɝdʒənt, də-] 形 1 分出的，分叉的；不同的；偏離的。2〖數〗發散的。

di·vers ['daɪvəz] 形 若干的；各種的。—代 ⟪作複數⟫ 若干人，數個（東西）。

·di·verse [daɪ'vɝs, də-] 形 1 不同的，有別的 ⟪ *from...* ⟫。2 各式各樣的，多種的。
～·ly 副 形形色色地。

di·ver·si·fi·ca·tion [daɪˌvɝsəfə'keʃən, də-] 名 1 U 多樣化。2 U C 產品多樣化；多角化經營；投資的分散。

di·ver·si·fied [daɪ'vɝsəˌfaɪd, də-] 形 1 多樣化的；生產各種製品的，多角化經營的：～ pursuit 多元性的活動。

di·ver·si·fy [daɪ'vɝsəˌfaɪ, də-] 動 (**-fied, ～·ing**) 及 使多樣化，使不同。—不及 做多角化投資；生產各種作物[製品]。

di·ver·sion [daɪ'vɝʒən, də-] 名 1 U C 離，轉換：a ～ of tax money to local go ernments 把稅金挪用到各地方政府。2 水道；⟪英⟫ 改道。3 U C 消遣，娛樂 4〖軍〗牽制。

di·ver·sion·ar·y [daɪ'vɝʒəˌnɛrɪ, də-] 轉移注意力的。

di·ver·sion·ism [daɪ'vɝʒəˌnɪzəm, də 名 U 偏向。

di·ver·si·ty [daɪ'vɝsətɪ, də-] 名 (複-tie U C 相異（點）；多樣（性）：a ～ of m thods 多種多樣的方法。

·di·vert [daɪ'vɝt, də-] 動 及 1 使偏離；轉向，使改道 ⟪ *from...; to...* ⟫；使轉移 ⟪ *from..., from doing* ⟫：～ a stream *from* course 使河流改道 / ～ one's attention 引 注意力。2 使得到消遣，給…娛樂。

di·ver·ti·men·to [dɪˌvɝtə'mɛnto] 名(-ti [-ti])〖樂〗輕組曲。

di·vert·ing [daɪ'vɝtɪŋ, də-] 形 消遣性的 娛樂性的，有趣的。～·ly 副

di·ver·tisse·ment [divɛrtis'mã] (複～s [-s]) 1 消遣，娛樂。2〖樂〗= dive timento. 3 幕間的餘興演出。

di·ver·tive [daɪ'vɝtɪv, də-] 形 消遣 的，有趣的。

Di·ves ['daɪviz] 名 富豪；有錢人。

di·vest [daɪ'vɛst, də-] 動 及 1 (1) 使脫掉 (2) 剝奪，奪取：～ a person of his rank 奪某人的地位。2〖法〗剝奪（財產）。
divest oneself of... 脫去（衣服）；逃避（ 任等）；捨棄。

di·vest·i·ture [daɪ'vɛstɪtʃə, də-] 名 U 取，剝奪。

di·vid·a·ble [də'vaɪdəbl] 形 可以分 的，可以切割的。

:di·vide [də'vaɪd] 動 (**-vid·ed, -vid·ing**) 及 分，分割，分開 ⟪ *into...* ⟫。2 把…隔開 分隔 ⟪ *from, and...* ⟫：a river *dividing* th two towns 一條分隔兩鎮的河川。3 分配 分擔 ⟪ *up /between... and...* ⟫；分享 ⟪ *with...* ⟫：～ one's time *between* housewo *and* a part-time job 把時間分配在家事和 職上。4 使分裂；使分歧：United we stan ～*d* we fall. ⟪諺⟫ 團結則興，分裂則亡 5 分類 ⟪ *into...* ⟫。6〖數〗(1) 除。(2) 除盡 7〖英政府〗表決。—不及 1 區分，分裂 ⟪ *into...* ⟫；分歧。2 平均分配。3 以除法 算，（可被…）整除 ⟪ *by...* ⟫。4〖英 府〗表決 ⟪ *on...* ⟫。—名 1 分割；分配 2 ⟪美⟫〖地〗分水嶺。3 ⟪喻⟫ 境界線 分界處。

di·vid·ed [də'vaɪdɪd] 形 1 被分隔的； 隔的；分裂的，分歧的；〖植〗全裂的 2 均分的。

di'vided 'highway 名 ⟪美⟫ 中間有 全島分隔的公路。

di'vided 'skirt 名 褲裙。

·div·i·dend ['dɪvə'dɛnd] 名 1〖數〗被 數。2 股息；〖銀行〗存款利息；〖保〗

]: ~ on 有股息 / ~ off 沒有股息。**3** 分得份，取得的份。**4** 額外收益。
y dividends (1) 產生利益。(2)（將來）有，有結果。

·vid·er [də'vaɪdɚ] 名 **1** 分配者，分隔，分割者。**2** 《~s》兩腳規；插頁，隔。**3** 屏風，間壁。**4** = room divider.

v·i·na·tion [ˌdɪvə'neʃən] 名 **1** Ⓤ Ⓒ 占；預兆；預言。**2** 直覺；預知。

·vin·a·to·ry [dɪ'vɪnətərɪ] 形 占卜的；兆的；直覺的；預知的。

·vine [də'vaɪn] 形 **1** 神的；神授的，天的：~ judgment 天譴 / ~ summons 聖，天命。**2** 獻給神的；神聖的：a ~ vocation 神職 / the ~ Being 神，聖父。**3** 超的；出眾的，極好的：~ inspiration 神的靈感。**4** 天的，天上的：the ~ Kingdom 天國 / *D-* Providence 神（的意旨）。《口》極漂亮的。—名 神學者；神職人；《口》牧師，司祭。—動 (**-vined, -vining**) 及 **1** 占卜，預言。**2** 用占棒探尋。**3** 推。
—不及 **1** 預言。**2** 推測《*for*...》。

·vine·ly [də'vaɪnlɪ] 副 如神一般地，憑神的力量地；無上地。

i'vine 'Comedy 名《the ~》『神曲』: Dante 所作的敘事詩。

·vin·er [də'vaɪnɚ] 名 占卜師，卜卦的；用占棒探尋（水源、礦脈等）的人。

'vine 'right 名《the ~》**1** 帝王的神權，神授王權。**2**〖英史〗君權神授說。

'vine 'service 名 Ⓤ Ⓒ 禮拜，崇拜儀式。

v·ing ['daɪvɪŋ] 名 Ⓤ 潛水；跳水。—形 潛水或跳水用的：a ~ suit 潛水衣 / a ~ bell 潛水鐘。

ving ˌboard 名 跳板。

i'vining ˌrod 名 探礦杖，占棒。

i·vin·i·ty [də'vɪnətɪ] 名 (複 **-ties**) **1** Ⓤ 神性；極優秀。**2** Ⓤ 神位；神格。**3** 神；《the D-》（基督教的）神；《通常作 the D-》創造天地的神。**4** Ⓤ (1) 神學：Doctor of *D-* 神學博士（略作：D.D.）。(2) 神學院。

i'vinity ˌschool 名 神學院。

i·vis·i·bil·i·ty [dəˌvɪzə'bɪlətɪ] 名 Ⓤ **1** 可分性。**2**〖數〗被整除性。

i·vis·i·ble [də'vɪzəbl̩] 形 **1** 可劃分的《*into*...》。**2**〖數〗可以除盡的《*by*...》。

i·vi·sion [də'vɪʒən] 名 **1** Ⓤ Ⓒ 被分開的狀態；分割；分配：~ of powers 三權分立。**2** Ⓤ Ⓒ〖算〗除法。**3** 分離的東西；隔壁；分界線。**4** 部分；區分。**5** Ⓤ Ⓒ 分裂，不一致。**6** 分組表決。**7**《集合名詞》〖陸軍〗師；〖海軍〗分艦隊。**8** 部門；（輸送系統的）區域。**9**〖運動〗級，組。**10**〖植〗（分類上的）門。
~·al 形, ~·al·ly 副 分割地，區分上。

i'vision 'bell 名《英》（議會）表決時所敲的鐘。

di'vision ˌlobby 名〖英議會〗表決大廳。

di'vision of 'labor 名 Ⓤ《偶作 the ~》分工。

di'vision ˌsign 名 **1** 除法記號（÷）。**2** 斜線（/）。

di·vi·sive [də'vaɪsɪv] 形 **1** 區別的。**2** 引起不和的，引起爭議的。~·ly 副

di·vi·sor [də'vaɪzɚ] 名〖數〗除數；約數。

di·vorce [də'vors] 名 **1** Ⓤ Ⓒ 離婚：get a ~ 離婚 / file [sue] for ~ 提出離婚訴訟。**2** 分離《*between*...》；脫離《*from*...》：a ~ *between* theory and actual practice 理論與實踐的脫節。—動 (**-vorced, -vorc·ing**) 及 **1** 判離婚；與…離婚。**2** 使分離，使分開《*from, and*...》。—不及 離婚。

di·vor·cé [dəˌvor'se] 名 離了婚的男人。

di·vor·cée, -cee [dəˌvor'si] 名 離了婚的女人。

di·vorce·ment [də'vorsmənt] 名 Ⓤ Ⓒ 離婚；分離。

div·ot ['dɪvət] 名 **1**〖高爾夫〗打球時球桿刮起來的草皮碎片。**2**《蘇格蘭》（一片）草坪。

di·vulge [də'vʌldʒ] 動 及 洩露《*to*...》；暴露《*that* 子句, *wh-* 子句》。

di·vul·gence [də'vʌldʒəns] 名 Ⓤ Ⓒ 暴露，洩露。

di·vul·sion [də'vʌlʃən] 名 Ⓤ 撕開，扯開。

div·vy ['dɪvɪ] 動 (**-vied, ~·ing**) 及 不及《口》分配，分享《*up*》。—名 (複 **-vies**) Ⓤ Ⓒ 分配；分得的份，分紅。

Di·wa·li [dɪ'walɪ] 名 Ⓒ Ⓤ 排燈節：印度教的重要節日。

di·wan [dɪ'wan] 名 = dewan.

Dix·i·can ['dɪksɪkən] 名《美》美國南部共和黨員。

Dix·ie ['dɪksɪ] 名《美》**1** Ⓤ《集合名詞》美國南部各州。**2** Ⓤ 以 Dixie 為名的歌曲。**3**〖女子名〗狄克西。—形 南部各州（特有）的。

Dix·ie·crat ['dɪksɪˌkræt] 名 美國南部反對本黨政見的民主黨員。

'Dixie ˌCup 名〖商標名〗（裝飲料用的）紙杯。

Dix·ie·land ['dɪksɪˌlænd] 名 **1** Ⓤ 南方爵士樂。**2** = Dixie 名 1.

D.I.Y. 《縮寫》《英》*do-it-yourself.*

diz·zi·ly ['dɪzəlɪ] 副 頭暈目眩（似）地；慌亂地。

diz·zi·ness ['dɪzɪnɪs] 名 Ⓤ 目眩，頭昏眼花。

diz·zy ['dɪzɪ] 形 (**-zi·er, -zi·est**) **1** 目眩的，頭暈的：feel ~ 頭暈目眩。**2** 困惑的，混亂的《*with*...》。**3**《限定用法》令人發昏的；非常高的：a ~ speed 令人目眩的快速。**4** 不謹慎的；《口》愚蠢的。
—動 (**-zied, ~·ing**) 及 使目眩；使迷惑昏

D

亂。

D.J. 《縮寫》*d*isk *j*ockey; *d*ust *j*acket; *D*istrict *J*udge.

Dja·kar·ta [dʒə'kɑrtə] 图 雅加達：印尼首都（亦作 **Jakarta**）。

DJIA 《縮寫》*D*ow *J*ones *I*ndustrial *A*verage 道瓊工業指數。

Dji·bou·ti [dʒɪ'butɪ] 图 吉布地（共和國）：位於非洲東岸；首都 Djibouti。

djinn [dʒɪn] 图 = jinni.

dk. 《縮寫》*d*ar*k*; *d*ec*k*; *d*oc*k*.

dl 《縮寫》*d*ecil*i*ter(s).

D/L 《縮寫》*d*emand *l*oan.

'D ˌlayer 图（電離層中的）D 層。

D. Lit. 《縮寫》《拉丁語》*Doctor Literarum* (Doctor of Literature).

D. Litt. 《縮寫》《拉丁語》*Doctor Litterarum* (Doctor of Letters).

DLO 《縮寫》*D*ead *L*etter *O*ffice. ⇨DEAD LETTER

D.M. 《縮寫》*d*irect *m*ail.

DM 《縮寫》*D*eutsche *m*ark.

dm 《縮寫》*d*eci*m*eter(s).

DMD 《縮寫》《拉丁語》*D*entariae *M*edicinae *D*octor (Doctor of Dental Medicine).

D.Mus. 《縮寫》*D*octor of *Mus*ic.

DMZ 《縮寫》*d*e*m*ilitarized *z*one 非軍事區。

d−n [din, dæm] = damn.

DNA 《縮寫》〖生化〗*d*eoxyribo*n*ucleic *a*cid 去氧核糖核酸。

'DNA 'fingerprinting 图Ⓤ去氧核糖核酸鑑定。

DNB 《縮寫》《英》*D*ictionary of *N*ational *B*iography. 英國人名辭典。

DNF 《縮寫》*d*id *n*ot *f*inish.

Dnie·per ['nipɚ] 图《the ~》聶伯河：在烏克蘭注入黑海。

Dnies·ter ['nistɚ] 图《the ~》聶斯特河：在烏克蘭注入黑海。

'D 'Notice 图《英》國防保密通告。

:do¹ [《弱》du, də;《強》du] 動（《現在單數》第一人稱 **do**, 第二人稱 **do** 或《古》**do·est, dost**, 第三人稱 **does** 或《古》**doeth, doth**, 《現在複數》**do**;《過去單數》第一人稱 **did**, 第二人稱 **did** 或《古》**didst**, 第三人稱 **did**, 《過去複數》**did**; 《過去分詞》**done**; 《現在分詞》**do·ing**）因 **1** 做，辦（事情等）；履行；做（職業）：~ battle 作戰 / ~ the high-jump 跳高 / ~ (the) cooking 烹飪。**2** (1) 表示，付出，施予，給予：~ homage to... 對…表示敬意 / ~ a favor for a person [= ~ a person a favor] 施惠予人，幫助某人，接受某人的請求。(2) 產生，帶來，給予，導致。**3** (1) 扮演，擔任：~ the cicerone 擔任嚮導。(2) 裝出…的樣子：~ the grand 裝出了不起的樣子 / ~ a Spider-Man 模仿蜘蛛人的動作。**4** 做（食品、烹飪）製作，創造；產生；抄（副本）；演出；準備：~ the dessert 做甜點 / a steak well *done* 全熟的牛排 / ~ a movie 製作 影。**5**《用完成式或被動》做完，完成 **6** 整理；化妝；使整潔；洗滌；布置； 理；預習，攻讀；解答：~ one's hair 梳 髮 / ~ a puzzle 解答謎語。**7** 參觀，遊 ~ the town 遊覽城市；逛街。**8** 翻譯 *from...; into...*）；改變《 *into...* 》: ~ a bo *from* Latin *into* English 把一本書由拉丁 譯成英文。**9** 行進，走完（某段距離） 以…的速度前進：~ 10 miles a day 每天 十哩。**10** 服（刑）《 *for...* 》；度過（ 期）。**11** (1)《美口·英俚》欺騙；騙取 *from, out of...* 》: ~ a person in the eye《 口》騙人。(2)《英》服務。(3)《英俚》 訴，告發《 *for...* 》。(4)《英俚》判決 罪。(5)《英俚》打敗；殺死；搶劫。(6) 英粗》性交。**12**《與 **will** 連用》滿足 要，對（人）有用；《口》使疲憊《偶 **up** 》。**13**《英口》對待；招待: ~ a pers handsomely 慷慨招待某人。

—不及 **1** 做；行動；活動：~ or die 抱 死的決心去做；不成功便成仁。**2** (1) 現，舉止：When at Rome, ~ as the Ro ans (do).《諺》入境隨俗。/ *D-* as y would be done by.《諺》你願意別人如何 你，你就應該如何待別人；己所欲施 人。(2) 進行某事；對待《 *for, to, by...* 》 (3)（在工作、事業、生活、身體等方面 進展；過活：~ well in the world 成功， 名 / ~ without... 不用…，無需…。**3** 《 成式》做完，完成斷絕關係《 *with...* 》 **4** 生長。**5**《與 **will** 連用》夠用，適用， 益，可以代替《 *for...* 》。**6**《進行式》 行，發生。

—助動 **1**《疑問句》《與一般的動詞或 **ha** 動詞連用》。**2**《使用 **not** 的否定句》《 一般動詞或 **have** 動詞連用》。**3**《與一 動詞，**have** 動詞連用以加強語氣》。**4** 表倒裝》《與一般動詞及 **have** 動詞連用》

—《代替動詞》**1**《避免同一動詞（動詞 語）作不必要的重複》。**2**《省略動詞（ 語）》(1)《用於附加問句》。(2)《用於 答》。(3)《用於 **as, than, which** 所引導 子句或其他的構句》。

do again 重做，重複做。

do a job on ⇨ JOB 1（片語）

do away with... (1) 處理掉，廢除。(2) 死。

do badly for... 《口》在…方面儲備不足 在…方面獲得少許供應。

do one's bit ⇨ BIT²（片語）

do one's block 《澳俚》勃然大怒；失去 智。

do... brown ⇨BROWN（片語）

do by ⇨ 動不及 2 (2)

do...down / do down... 《英口》打敗， 垮；欺騙；把…貶得一無是處。

do for... (1) 適合於。(2)《主英》替… 家。(3) 夠用；代替。(4)《通常用被動》 口》打垮；殺；使疲勞；使破產；磨損

皺褶不堪；傷害（果樹等）。
one's ***nut***《英俚》發狂；勃然大怒。
(one's) ***homework*** (1)⇨動及 6. (2)《英》做準備工作。
... in / do in...《俚》(1)殺，（尤指）謀。(2)破壞；使疲憊不堪。
a person ***in the eye*** ⇨動及 11 (1)
much 盡很大的力（*for...*）；大有助益（*to do*）。
or die ⇨動不及 1
... out / do out... 打掃；《口》裝修；《英》收拾，整理。
a person ***out of...*** ⇨動及 11 (1)
... over / do over... (1)《美》重做。(2)《》重新裝修。(3)《英俚》毆打，群毆。
one's ***(own) thing***《英口》做自己想做的；隨心所欲，為所欲為。
a person ***proud*** ⇨ PROUD 副 2
(one's) ***sums***《英口》考慮清楚；推論，據已知的事實道出合乎邏輯的結論。
time《口》服刑，坐牢。
...to... 使…遭遇。
...to death ⇨ DEATH（片語）
...up / do up... (1)把…捆紮起來。(2)把頭髮）夾住，攏上。(3)整修；整理。(4)通常用被動）使筋疲力竭。(5)扣上，繫；拉（拉鍊）。(6)《被動或反身》打，穿戴（*in...*）。(7)《英俚》打敗，打。
up（用鈕扣等）扣住。
well 最好…，有利，合宜（*to do*）。
well oneself 富裕起來，生活改善。
(one's) ***whack***《英口》完成分擔的任。
with... (1)⇨動不及 2 (3). (2)《通常與 **hat** 連用》處理，運用。(3)《通常與 **can, uld** 連用》想要，需要。(4)《通常用於否句》忍耐，容忍。
without 沒有…也無妨。
one's ***worst***《美》不擇手段地（*to*）。
a person's ***worst*** 使出最卑鄙的手段。
ve done with ⇨動不及 3
ve nothing to do with... 與…沒有關係。
ow do you do? ⇨動不及 2 (3)
ake do（用…）充數，將就（*with...*）。
ake... do 用…充數，將就使用…。
at does it! 夠了！ 可以了！
at's done it. 好啦！完啦！什麼都完啦！
[du] 名(複 ~s, do's) **1**《偶為讀》行為；動；騷擾。**2**《英俚》詐欺；惡作劇，嘲。**3**《主英》喜宴，宴會。**4**《主英》攻，戰鬥。**5**《澳》成功。**6**《主要與形容連用》《英口》事情，事件。**7**《~s》分的份。
one's ***do*** 盡責，做分內的事。
s and don'ts 行為準則；注意事項。
ir dos!《英俚》公平分配！
², **doh** [do] 名(複 ~s [-z]) Ⓤ Ⓒ〖樂〗第一音或主音。**2** C 音。

do.《縮寫》*d*itt*o*.
D.O.《縮寫》*D*octor of *O*ptometry; *D*octor of *O*steopathy.
DOA《縮寫》*d*ead *o*n *a*rrival〖醫〗到院前死亡（送到醫院時已死亡）。
do·a·ble ['duəbl] 形《口》能夠做的，可行的。
do-all ['du,ɔl] 名雜工，打雜傭人。
D.O.B., d.o.b.《縮寫》*d*ate *o*f *b*irth.
dob·ber ['dɑbɚ] 名《美方》（掛在釣魚線上的）浮標。
dob·bin ['dɑbɪn] 名農耕馬；駑馬。
Do·ber·man (pin·scher) ['dobɚmən ('pɪnʃɚ)] 名杜賓犬。
dob·son·fly ['dɑbsn̩,flaɪ] 名 (複 **-flies**)〖昆〗翅蟲，蛇蜻蜓。
doc [dɑk] 名《美口》**1** = doctor. **2**《D-》大夫。
doc.《縮寫》(複 **docs**) *doc*ument.
doc·ile ['dɑsl] 形馴良的，柔順的；容易操縱的，容易教的：a ~ child 聽話的小孩子。~**·ly** 副
do·cil·i·ty [dɑ'sɪlətɪ] 名Ⓤ溫順，馴良。
·dock¹ [dɑk] 名 **1**《美》碼頭。**2** 船塢，船埠；《常作~s》船塢地帶。**3**（卡車、貨車等的）裝卸臺。**4**〖劇〗布景道具存放處。
in dock (1)已進入船塢。(2)《口》住院中；修理中。
—動及 **1** 駛入船塢。**2** 使在外太空會合。
—不及 **1** 進入船塢，靠近碼頭。**2** 在太空連結。
dock² [dɑk] 名 **1** 尾巴的骨肉部分。**2**（截尾後的）尾根。—動及 **1** 切除末端；切短尾巴。**2** 把…扣除；（由薪水中）扣除（一部分）（*off / from...*）。~**·er** 名
dock³ [dɑk] 名 被告席。
dock⁴ [dɑk] 名ⓊⒸ〖植〗蓼科植物，酸模；羊蹄。
dock·age ['dɑkɪdʒ] 名 Ⓤ 船塢設備；入塢；入塢費。
dock·er ['dɑkɚ] 名《英》碼頭工人（《美》longshoreman）。
dock·et ['dɑkɪt] 名 **1** 訴訟案件一覽表；訴訟者名冊。**2**《美》待審案件目錄，議程表。**3**〖法〗《主英》備忘錄；案件摘要；許可證；完稅證。**4**《英》內容摘要；明細表；貨單；籤條。
—動及 **1**〖法〗作摘要；把…記載於訴訟案件表。**2** 加上籤條。
dock·ing ['dɑkɪŋ] 名Ⓤ **1** 入塢。**2** 太空船的接合或連結。
dock·mas·ter ['dɑk,mæstɚ] 名〖海〗**1** 船塢長，領塢。**2** 副港長。
dock·side ['dɑk,saɪd] 名碼頭邊，碼頭鄰接區。—形碼頭（附近）的。
dock·yard ['dɑk,jɑrd] 名 **1** 造船廠。**2**《英》海軍造船廠（《美》navy yard）。
:doc·tor ['dɑktɚ] 名 **1** 醫生：under the ~ for...《英口》因…由醫師治療中 / consult

[see] a ～ 看醫生。2 博士；博士頭銜（略作：Dr.）：*D*- of Literature 文學，醫學博士。3《口》修理匠，修護技師。
what the doctor ordered《口》想要的東西，有益的東西。
You're the doctor.《口》由你決定。
—動及 1 治療。2 修理，整理；修改；竄改《偶用 *up*》。3 摻雜《偶用 *up*》。4《英》頒給博士學位。5 去勢，閹割。
—不及 1 行醫。2《方》吃藥；就醫。

D

doc·tor·al ['daktərəl] 形 博士（學位）的；權威性的。
doc·tor·ate ['daktərɪt] 名 博士學位。
'Doctor of Phi'losophy 名 1 博士（略作：Ph.D.）。2 = doctor's degree .
'doctor's de,gree 名 博士學位；名譽博士學位。
doc·tri·naire [,daktrɪ'nɛr] 名 教條主義者，空論家。—形 1 拘泥理論的；專橫的，武斷的。2 空論的。
doc·tri·nal ['daktrɪnl] 形 教義上的，學說上的：a ～ dispute 學說上的爭論。
·doc·trine ['daktrɪn] 名 Ⓤ Ⓒ 1 教義，教條，主義；見解；政策：the Nixon *D*- 尼克森主義。2 教訓，訓誨。3 教典。
doc·u·dram·a ['dakjə,dramə] 名 根據真人真事編寫成的電視劇或電影。
·doc·u·ment ['dakjəmənt] 名 1《通常作～s》文件，證件；公文；文獻。2〖電腦〗文件。
—['dakjə,mɛnt] 動及 對…提供證據，以文件證明。
doc·u·men·tal [,dakjə'mɛntl] 形 = documentary.
·doc·u·men·ta·ry [,dakjə'mɛntərɪ] 形 文書的；文獻的；紀錄式的：a ～ film 紀錄片。—名(複-ries)〖影·視〗紀錄片。
doc·u·men·ta·tion [,dakjəmɛn'teʃən] 名 Ⓤ 1 文獻、證件等的利用或提供；引證。2〖電腦〗軟體使用說明書。
DOD《縮寫》*D*epartment *o*f *D*efense（美國的）國防部。
dod·der ['dadɚ] 動不及（因年老或受傷而）搖搖晃晃；蹣跚而行。
dod·dered ['dadɚd] 形 老朽的；虛弱的；枯朽的。
dod·der·ing ['dadərɪŋ] 形 蹣跚的，顫抖的（亦稱 **doddery**）。
dodec(a)-《字首》表「12」之意。
do·dec·a·gon [do'dɛkə,gan] 名〖幾何〗十二角形，十二邊形。
do·de·ca·he·dron [,dodɛkə'hidrən] 名 (複～s, -dra [-drə])〖幾〗十二面體。
do·dec·a·phon·ic [,dodɛkə'fanɪk] 形〖樂〗十二音的。**-de·ca·phony** [-'dɛkəfənɪ] 名 Ⓤ 十二音音樂。
·dodge [dadʒ] 動 (**dodged, dodg·ing**) 不及 1 躲避，閃避。2 欺騙，搪塞。—及 1 閃避，躲開；搪塞。2〖攝〗沖洗照片時將（底片的一部分）遮蓋。—名 1 閃避，閃躲。2《口》敷衍。3《口》妙計，詭計 *for doing*》。
'dodge ,ball 名 Ⓤ 躲避球。
dodg·em ['dadʒəm] 名《英》碰碰車。
dodg·er ['dadʒɚ] 名 1 躲閃者，欺騙者蒙混者。2《主美》傳單，廣告單。3《美南部》= corn dodger.
dodg·y ['dadʒɪ] 形 (**dodg·i·er, dodg·i·est**) 閃躲的，擅長敷衍的。2 狡猾的。3《口》靠不住的；有危險性的。
do·do ['dodo] 名 (複～s, ～es) 1〖鳥〗渡鳥：(as) dead as a ～《口》死氣沉沉的完全凋零的；滅絕的。2《俚》遲鈍的人落伍者。
doe [do] 名 (複～s, ～)（鹿、兔、羊等的雌性。
DOE[1]《縮寫》*D*epartment *o*f the *E*nvironment（英國）環境部。
DOE[2]《縮寫》*D*epartment *o*f *E*ner（美國）能源部。
doe-eyed ['do,aɪd] 形 具有天真無邪的眼睛的。
do·er ['duɚ] 名 1《常作複合詞》行爲者 2 實行者，行動家。
:does [dʌz,《弱》dəz] 動 **do**[1] 的第三人稱單數・直說法現在式。
doe·skin ['do,skɪn] 名 1 雌鹿的皮；Ⓤ 雌鹿皮製成的皮革。2《～s》羊皮手套 3 Ⓤ 緊密緞紋羊毛衣料。
:does·n't ['dʌzn̩t] does not 的縮寫。
do·est ['duɪst] 動《古》**do**[1] 的第二人稱數直說法現在式。
do·eth ['duɪθ] 動《古》**do**[2] 的第三人稱數直說法現在式。
doff [daf] 動及 1 脫（衣服、帽），把帽子）稍微上提。2 捨棄，戒除。
:dog [dɔg] 名 1〖動〗狗：Every ～ has day.《諺》人都有其得意的時候。/ Love me, love my ～.《諺》愛屋及烏。/ Give ～ a bad name and hang him.《諺》欲加罪，何患無詞。2〖動〗犬科動物；類似的動物。3〖動〗雄狗；犬科動物的雄性 4《the ～s》《英口》賽狗。5《俚》卑小人；醜女，粗野的女人。6《與限定容詞連用》《口》小子，傢伙：a gay ～ 快的傢伙。7《～s》《俚》腳。8《美俚蹩腳貨；失敗之作。9《美口》外表，態。10《美俚》= hot dog. 11《the D-〖天〗大犬座；小犬座。12〖機〗壓具；釘；牽轉具；牽動具；〖金工〗握爪鉗。13《通常作～s》柴薪架。
a dead dog 毫無用處的人。
a dog in the blanket 壞心眼的人。
a dog in the manger 自私的壞人，不讓人享用對自己無用之物的人。
a dog's age《口》很長的時間。
die like a dog / die a dog's death 潦倒而死蒙羞而死。
dog eat dog 同類相殘；競爭慘烈。
dressed like a dog's dinner《口》濃妝

，盛裝。
t dog《美》忍辱。
to the dogs《口》毀壞；墮落；衰頹。
rains cats and dogs. ⇨ CAT[1]（片語）
d a dog's life 過困苦的生活。
t sleeping dogs lie.《諺》不要惹是生，少管閒事。
e a dog with two tails 樂不可支的。
t have a dog's chance 毫無機會，希望渺。
t on the dog《美俚》假裝富有；擺架，裝模作樣。
ach an old dog new tricks 教老狗玩新把。
e dogs of war 好鬥的狗，戰爭的慘禍。
row... to the dogs 丟棄；犧牲。
動(dogged, ～·ging) 及 1 尾隨，追蹤；著，困擾。2 用狗驅趕。3〖機〗用扒鉤工具鉤住。—副《用於複合詞》全然，全地。

g-and-'pony ˌshow 名《美口》（為傳或行銷等目的而安排的）盛大表演。

g ˌape 名〖動〗狒狒。

g·bane ['dɔgˌben] 名〖植〗毒狗草。

g·ber·ry ['dɔgˌbɛrɪ, -bə-] 名(複-ries) 植〗1 山茱萸，山茱萸的果實。2 野荊、灌木的總稱。

g ˌbiscuit 名餵狗用的餅乾。

g·cart ['dɔgˌkɑrt] 名1 輕型兩輪馬車。用狗拉的兩輪車。

g·catch·er ['dɔgˌkætʃɚ] 名捕捉野狗人。

g-cheap ['dɔg'tʃip] 形副《美口》非常宜的[地]。

g ˌcollar 名1 狗的頸圈。2《口》緊頸部的裝飾環，項圈；《俚》牧師用的而窄的領子。

g ˌdays 名(複) 1《常作D- D-》三伏，盛夏大熱天。2《喻》停滯時期。

ge [dodʒ] 名古代威尼斯與熱那亞兩共國的總督。

g-ear ['dɔgˌɪr] 名書頁的折角：make a 把書頁的一角折起來。—動及折角。

g-eared ['dɔgˌɪrd] 形1（書頁）折角。2 破損的，用舊了的。

g-eat-dog ['dɔgit'dɔg] 形自相殘殺；無情的；損人利己的。—名徹底的己主義；你死我活的殘忍行動。

g·fight ['dɔgˌfaɪt] 名1 鬥犬；纏鬥，戰。2〖軍〗空戰；激戰。
動(-fought, ～·ing) 及激戰，纏鬥。

g·fish ['dɔgˌfɪʃ] 名(複～, ～·es)〖魚〗角鯊魚。2 硬鱗魚類的通稱。

g ˌfox 名雄狐。

g·ged ['dɔgɪd] 形頑固的，頑強的：～ as does it.《諺》有恆為成功之本。
·ly 副, ～·ness 名

g·ger ['dɔgɚ] 名古代荷蘭的漁船。

g·ger 'Bank ['dɔgɚ-] 名《the ～》格岸：英國北部的北海淺灘。

dog·ger·el ['dɔgərəl] 形 1〖詩〗滑稽的。2 草率的，拙劣的。—名U 劣詩；打油詩。

dog·ger·y ['dɔgərɪ] 名(複-ger·ies) U C 1 卑鄙行為。2《集合名詞》狗。3 烏合之眾；下等人。4《美俚》低級酒店。

dog·gie ['dɔgɪ] 名 = doggy.

'doggie ˌbag 名把飯店中吃剩的菜包裝外帶所用的袋子。

dog·gish ['dɔgɪʃ] 形1 狗的，似狗的：～ loyalty（走狗似的）盲目的忠心。2 粗暴的；卑鄙的。3《口》時髦的；炫耀的。

dog·go ['dɔgo] 副《口》隱匿地：lie ～《英俚》悄悄地藏匿著。

dog·gone [ˌdɔg'gɔn] 動及《美俚》詛咒，咒罵。—形（最高級-gon·est）可憎的，該詛咒的（亦稱 **doggoned**）。—副《口》可憎地，可惡地。

dog·gy ['dɔgɪ] 名 (複-gies) 1 小狗。2《對狗的暱稱》狗狗（亦作 **doggie**）。
—形 (-gi·er, -gi·est) 1 狗一樣的。2 愛狗的。3 時髦的；炫耀的。

'doggy ˌbag 名= doggie bag.

dog·house ['dɔgˌhaus] 名 (複-hous·es [-zɪz])《美》狗窩，狗屋。
in the doghouse《俚》受辱的；失寵的。

do·gie ['dogɪ] 名《美·加》失去母牛的小牛。

dog·leg ['dɔgˌlɛg] 名急彎路，之字形的路線；〖高爾夫〗曲形球道。
—形（亦稱 **doglegged**）之字形的。

dog·like ['dɔgˌlaɪk] 形 1 像狗的。2 忠實的；一心一意的：～ devotion 忠心耿耿。

·dog·ma ['dɔgmə] 名 (複～s, ～·ta [-tə]) 1 U C 教義；信條；學說，理論。2 獨斷之見：political ～ 政治性的獨斷之見。

dog·mat·ic [dɔg'mætɪk], **-i·cal** [-ɪkl] 形1 教義上的，教理的。2 獨斷的。

dog·mat·ics [dɔg'mætɪks] 名 (複)《作單數》教義學，教理學，教理論，（正教會的）定理學。

dog·ma·tism ['dɔgməˌtɪzəm] 名U 獨斷（的態度）；獨斷論；教條主義。

dog·ma·tist ['dɔgmətɪst] 名獨斷者，教條主義者。

dog·ma·tize ['dɔgməˌtaɪz] 動 不及 獨斷的主張，武斷。—及主張…作為定理；獨斷地闡釋。

'dog ˌnap 名假寐，打盹。

do-good ['duˌgud] 形改革不切實際的：～ schemes 不切實際的社會改革方案。

do-good·er [ˌdu'gudɚ] 名《口·貶》不切實際的慈善家。

dog-pad·dle ['dɔgˌpædl] 動不及 狗爬式游泳。

'dog ˌpaddle 名狗爬式游泳。

dog-poor ['dɔg'pur] 形赤貧的。

'dog ˌrose 名〖植〗野玫瑰的一種。

dogs·bod·y ['dɔgzˌbɑdɪ] 名《英》雜役，做苦工的人。

dog's-ear ['dɔgz,ɪr] 名・動及 = dog-ear.
'dog ,sled 名用狗拉的雪橇。
'dog's ,nose 名（杜松子酒和黑啤酒混合的）甜酒。
'Dog ,Star 名《the ~》大犬座的天狼星。
dog's-tongue ['dɔgz,tʌŋ] 名〖植〗大琉璃草類。

D

'dog ,tag 名狗的識別牌；《美俚》軍人的識別名牌。
dog-tired ['dɔg'taɪrd] 形《口》筋疲力竭的，疲憊的。
dog·tooth ['dɔg,tuθ] 名 (複 -teeth) **1** 犬牙，犬齒。**2**〖建〗犬牙飾。
'dogtooth 'violet 名〖植〗山慈姑。
dog·trot ['dɔg,trat] 名小跑。
—動 (~·ted, ~·ting) 不及小步跑。
dog·watch ['dɔg'watʃ] 名 **1**〖海〗折半輪值。**2**《俚》（報社等的）待命值勤。
dog·wood ['dɔg,wud] 名〖植〗山茱萸，山茱萸花。
Do·ha ['doha] 名杜哈：卡達的首都。
doi·ly ['dɔɪlɪ] 名 (複-lies)（墊盤碟或小擺設等的）小餐巾；小桌墊。
:**do·ing** ['duɪŋ] 名 **1** U做，幹。**2**《~s》行爲，舉止；事件；活動：the day's ~*s* 當天發生的事 / ~*s* for the month 本月的活動。**3**《口》申斥，叱責。**4**《~s》《方》做菜的材料；食物。**5**《~s》《英口》必需品；小東西；不知名的東西。
doit [dɔɪt] 名 **1** 古荷蘭的小銅幣。**2** 些許，小額：not worth a ~ 一文不值。
doit·ed ['dɔɪtɪd] 形《蘇》昏聵的，老糊塗的。
do-it-your·self [,duɪtjə'sɛlf] 形自己做的，爲業餘愛好者設計的：a ~ kit 一套供自己裝配的組件。—名 U 利用空閒自己動手做。
~·**er** 名閒暇自己動手做工的人。
dol. 《縮寫》〖商〗dolce; dollar.
'Dol·by ,System ['dolbɪ-] 名〖商標名〗杜比音效。
dol·ce ['doltʃe] 形副《音樂演奏指示》甜美的[地]，柔和的[地]。
dol·ce vi·ta ['doltʃe'vita] 名《義大利語》《通常作 the ~, la ~》甜蜜而放蕩的生活。
dol·drums ['daldrəmz] 名 (複) **1**《the ~》〖氣象〗赤道無風帶。**2** 消沉，不振。**3** 鬱悶。
in the doldrums 低迷不振，蕭條。
dole[1] [dol] 名 **1** 施捨物；分配；《英口》《the ~》失業救濟：go on *the* ~ 受領失業救濟金。**2**《古》命運。
be on the dole《英口》接受（政府的）失業救濟金。
—動及 **1** 給予，施捨。**2** 吝惜地分發給《*out / to...*》。
dole[2] [dol] 名 U《古》悲哀，感嘆。
dole·ful ['dolfəl] 形悲哀的；憂鬱的：a ~ look 憂鬱的表情。~·**ly** 副, ~·**ness**
:**Doll** [dal] 名〖女子名〗朵兒（Dorothy 暱稱）。
doll [dal] 名 **1** 洋娃娃，玩偶。**2** 美麗愚的女人。**3**《俚》可愛的女孩；英俊年。**4**《美俚》慷慨的人；有用的人。
—動及不及《僅用於下列片語》
be dolled up / doll (oneself) up《口》打扮得很漂亮，濃妝豔抹。
:**dol·lar** ['dalɚ] 名 **1** (1) 美元：100 分錢符號 $,$。(2) 一元硬幣，一元紙幣。**2**（加拿大、澳洲、香港等的貨幣單位）。
bet one's bottom dollar《美口》傾囊下注。
dollars to doughnuts《美俚》十之八九不錯。
feel like a million dollars《美口》感覺上常好；（婦女）看上去特別吸引人。
'dollar ,area 名〖經〗美元地區。
'dollar di,plomacy 名 U 美元外交金錢外交。
'dollar ,gap 名美元短缺。
dol·lars-and-cents ['daləzənd'sɛn 形金錢的：a ~ question 金錢上的問題
'dollar ,sign 名美元的符號（$, $）。
dol·lar-watch·er ['dalɚ,watʃɚ] 名銖必較的人；節儉的人。
dol·lar·wise ['dalɚ,waɪz] 副 **1** 以美元算。**2** 在金錢上，在財政上。
doll·house ['dal,haus] 名 (複-hous [-,hauzɪz])《美》**1** 娃娃屋。**2** 小而整潔房子。
dol·lop ['daləp] 名 **1**（奶油、黏土等的一塊，一團。**2** 少量，些許。
Dol·ly ['dalɪ] 名〖女子名〗朵麗（Doll 別稱）。
·**dol·ly** ['dalɪ] 名 (複-lies) **1**《兒語》洋娃。**2** 小輪手推車；《美》小型機關車〖機〗抵座；鉚頂。**4**《口》有魅力的子。**5**《英方》洗衣攪拌棒，搗衣杵 **6**〖影·視〗移動式攝影機臺。—動 (d lied, ~·ing) 及 不及（拍攝時）移動攝機。
'dolly ,bird 名《英俚》漂亮的摩登郎，（穿著入時的）漂亮妞兒。
'dolly ,shot 名〖影·視〗用移動式攝機拍攝。
dol·man ['dalmən] 名(複 ~s [-z]) 婦女無袖斗篷。
'dolman 'sleeve 名蝴蝶袖。
dol·men ['dalmɛn] 名〖考〗石桌塚（先民的墓碑）。
do·lo·mite ['dalə,maɪt] 名 U 白雲[岩]。
do·lor ['dolɚ] 名 U《文》悲傷；悲痛
Do·lo·res [də'lɔrɪs] 名〖女子名〗朵羅絲。
do·lor·ous ['dolərəs, 'da-] 形《文》憂的；悲哀的，痛心的：a ~ gathering 瀰著悲傷氣氛的集會（葬禮等）。

·phin ['dalfɪn] 名 1〖動〗海豚；〖魚〗
]) 鯕鰍。2《 the D- 》〖天〗海豚座。
·phi·nar·i·um [ˌdalfɪ'nɛrɪəm] 名 海
水族館。
t [dolt] 名 傻瓜，糊塗蟲。
t·ish ['doltɪʃ] 形 愚蠢的。
n [dam] 名 1《偶作 D- 》修道士的稱
。2（葡萄牙、巴西等地）冠於貴人或高
之名的尊稱。
m《字尾》1 表「地位」、「階級」、
力範圍」、「領地」等之意。2 表「狀
」、「觀念」等之意。3 表「集團（的特
氣質）」等之意。
main [do'men] 名 1 U〖法〗完全土地
有權。2 領土，領地，版圖；（個人
）所有地。3 領域，範圍：be out of
's ～ 非某人所專攻者，不在行。4
〗域；〖理〗磁區，分域。5〖電腦〗
或。
main ˌname 名 網址。
ne [dom] 名 1 圓頂，圓蓋；圓形屋
，巨蛋。2 半球形的東西：the ～ of the
蒼穹。3《俚》頭，禿頭。
ned [domd] 形 圓形的；有圓頂的。
nes·day ['dumzˌde] 名 = doomsday.
mesday ˌBook 名《 the ～ 》（中
己英國的）地籍簿：英國國王 William
世於 1086 年下令以拉丁文書寫編成的
格蘭土地勘查紀錄。
mes·tic [də'mɛstɪk] 形 1 家庭的，家
勺：～ affairs 家事。2 家庭至上的，以
人為重的：a ～ man 以家庭為重的男人
～ temperament 愛家的本性。3 親近人
，馴良的：～ animals 家畜。4 本國的，
內的；國產的：～ news 國內新聞 / ～
foreign policies 內外政策。—名 1 傭
，家僕。2《 ～s 》國產品。3《 ～s 》家
用的亞麻織品。
mes·ti·cal·ly [də'mɛstɪkəlɪ] 副 家庭
；在國內。
mes·ti·cate [də'mɛstəˌket] 動 及 1 馴
，馴化；栽培；教化：～*d* animals 家
。2 使習慣於家庭。3 把…引入（本國、
家）。—不及 變得習慣於家庭；被馴
；成為可栽培。-'ca·tion 名
mes·*ti*·cat·ed [də'mɛstəˌketɪd] 形 1
養的。2 喜歡家庭生活的。
nestic 'fowl 名 1 雞。2 家禽。
mes·tic·i·ty [ˌdomɛs'tɪsətɪ] 名（複
）1 U 專心於家務，顧家；家庭生活。
ties 》家事，家務。
nestic 'partner 名 同居性伴侶。
mestic-re'lations ˌcourt 名 家
庭。
nestic 'science 名 = home econ-
cs.
nestic 'violence 名 U（尤指家庭
的）家庭暴力。
ı·i·cal ['domɪkl̩, 'da-] 形 圓頂狀的；
圓頂的。

dom·i·cile ['daməsl̩, -sɪl] 名 1《文》居住地；住居，家。2〖商〗票據支付所。—動 及 使定居：～ oneself 定居。
dom·i·cil·ar·y [ˌdamə'sɪlɪˌɛrɪ] 形 住所的，住居的，戶籍的。
dom·i·cil·i·ate [ˌdamə'sɪlɪˌet] 動 及 使決定住所，使定居。—不及 決定住所，定居。
dom·i·nance ['damənəns] 名 1 U 支配；優勢；優越。2〖生〗顯性。
·dom·i·nant ['damənənt] 形 1 支配性的；有力的，優勢的《 *over, to...* 》。2 超群出眾的，高聳的：a ～ peak standing out in the mountain range 山脈中特別突出的高峰。3〖樂〗（音階）第五度音的。4〖遺傳〗顯性的。—名 1 第五度音。2 顯性遺傳特質；顯性性狀。
·dom·i·nate ['daməˌnet] 動 (-nat·ed, -na·t·ing) 及 1 支配，使服從；抑制：a man who is ～d by greedy egotism 為貪婪的自私心理所左右的人。2 比（他物）高聳，俯瞰。3 在…中占主要地位，獨占。—不及 1 支配；占優勢，居主位《 *over...* 》。2 高聳，醒目。
dom·i·na·tion [ˌdamə'neʃən] 名 1 U 支配；抑制；占優勢；控制；統治：fall under the ～ of... 淪於…的支配下。2《 ～s 》〖神〗權天使：九級天使中的第四級。
do·mi·na·trix [ˌdamə'netrɪks] 名 女虐待狂，《喻》悍婦。
dom·i·na·tor ['daməˌnetɚ] 名 1 支配者；統治者。2 支配力；統治力。
dom·i·neer [ˌdamə'nɪr] 動 不及 獨裁地支配，作威作福《 *over...* 》；高聳。—及 飛揚跋扈；俯視。
dom·i·neer·ing [ˌdamə'nɪrɪŋ] 形 傲慢的，跋扈的。～·ly 副
Dom·i·nic ['damənɪk] 名 Saint, 聖道明（1170–1221）:西班牙僧侶，道明修道會的創設人。
Dom·i·ni·ca [ˌdamə'nikə, də'mɪnɪkə] 名 1 多米尼克：小安地列斯群島的一島國；首都羅梭（Roseau）。2〖女子名〗朵蜜妮珂。
do·min·i·cal [də'mɪnɪkl̩] 形 1 主耶穌基督的：the ～ year 西曆。2 主日的，星期日的。
Do·min·i·can [də'mɪnɪkən] 形 1 聖道明的；道明修道會的。2 多明尼加（共和國）的；多米尼克的。—名 1 道明修道會的修道士。2 多明尼加（共和國）人；多米尼克人。
Do'minican Re'public 名《 the ～ 》多明尼加（共和國）：大安地列斯群島的一島國；首都聖多明哥（Santo Domingo）。
dom·i·nie ['damənɪ] 名 1《蘇格蘭》教師。2 ['do-]《美》荷蘭改革派教會的牧師；《美口》牧師。
do·min·ion [də'mɪnjən] 名 1 U 支配權

D

[力]；統治權；主權：have ～ over... 對…擁有支配權 / exercise ～ over... 對…行使支配權。2 Ⓤ支配，統治。3 轄地；領土：the overseas ～s 海外領土。4《the D-》〖政〗(原大英帝國內的) 自治領；《the D-》= Canada. 5《～s》〖神〗= domination 2.

Do'minion ˌDay 名 加拿大自治紀念日（七月一日；現稱 Canada Day）。

D

dom·i·no¹ ['dɑmə,no] 名 (複～es, ～s) 1 (化裝舞會的) 帶有帽子與小假面具的外衣；其小假面具。2 穿該外衣的人。

dom·i·no² ['dɑmə,no] 名 (複～es) 1 骨牌。2《～es》《作單數》骨牌遊戲。3 連續 (像骨牌似地) 倒下去之物。

'domino efˌfect 名 骨牌效應。

'domino ˌtheory 名 骨牌理論。

dom·y ['domɪ] 形 有圓頂的，圓頂狀的。

Don [dɑn] 名〖男子名〗唐 (Donald的暱稱)。

don¹ [dɑn] 名 1《D-》(1) = Mr. 1, Sir 1. (2) 義大利對神職人員的敬稱。2 西班牙貴族或紳士；《常作D-》西班牙 (裔的) 人。3 名士，大人物；《口·方》高手。4 (英國大學學院的) 學監，指導教授，研究員。

don² [dɑn] 動 (donned, ～·ning) 及《文》穿 (衣)，戴 (帽)。

do·ña ['donjɑ] 名 1《D-》= madam 1. 2 西班牙貴婦人。

Don·ald ['dɑnḷd] 名〖男子名〗唐納爾德 (暱稱作 Don)。

'Donald 'Duck 名 1 唐老鴨。2 嘮叨易怒的人，笨得可愛的人。

do·nate ['donet] 動 及 捐贈，贈送《to...》：～ $1,000 to an orphanage 捐贈 1,000 元給孤兒院。—不及 捐贈，捐助。

do·na·tion [do'neʃən] 名 1 Ⓤ Ⓒ《偶作 a ～》捐贈，贈送：a blood ～ 捐血 / make a ～ 捐贈。2 捐款，捐贈品：make generous ～*s* to aid the disaster victims 慷慨解囊救濟災民。

don·a·tive ['dɑnətɪv, 'do-] 名 捐款，捐贈品。—形 捐贈的；具有捐贈目的的。

do·na·tor ['donetə] 名 捐贈者。

:done [dʌn] 動 do¹ 的過去分詞。

be done with... (1) 結束，做完。(2) 與…斷絕關係。(3) 中止，放棄。

—形 1 完成的，結束的。2《通常作複合字》煮熟了的。3 疲憊的，消耗盡的。4 合乎 (社會) 習俗的；妥當的。

done for《口》(1) 疲倦的。(2) 被剝奪資產的，破滅的。(3) 死了的，將死的。

done in《口》筋疲力竭的。

It's easier said than done. 言易行難，說的比做的難。

(It's) no sooner said than done. 隨說隨做，說了就做。

'done ˌdeal 名 既成事實。

do·nee [do'ni] 名〖法〗受贈者。

dong [dɑŋ] 名 (複～) 盾：越南的貨幣單位。

don·jon ['dʌndʒən, 'dɑn-] 名 (城堡的主樓。

Don Ju·an ['dɑn 'hwɑn, -'dʒuən] 名 1 璜：14 世紀西班牙傳說的風流貴族。2 逸浪蕩的人，玩弄女性的人。3『唐璜 Byron 所作的敘事詩。

don·key ['dɑŋkɪ] 名 (複～s [-z]) 1 驢：stubborn as a ～ 像驢一樣地倔強的。2 美》民主黨的象徵。3 傻瓜，笨蛋；固。

for donkey's years《口》很久，很長的間。

—形《限定用法》〖機〗輔助的。

'donkey ˌjacket 名《英》工作服，服。

don·key·work ['dɑŋkɪ,wɝk] 名 Ⓤ 口》單調而辛苦的工作。

don·na ['dɑnə] 名 (複-ne) 1《D-》= dam 1. 2 義大利貴婦人。

don·nish ['dɑnɪʃ] 形 學監似的；賣弄問的，學究式的。～·ly 副

don·ny·brook ['dɑnɪ,bruk] 名《常作 亂哄哄的爭辯；大吵大鬧。

do·nor ['donə] 名 1 捐贈者；〖法〗者。2〖醫〗(組織、器官的) 提供者 血者：a kidney ～ 腎臟捐贈者。3〖化·施體，給予體。

do-noth·ing ['du,nʌθɪŋ] 名 懶鬼。—形 不做事的；無所作爲的；懶惰的

Don Quix·o·te [,dɑnkɪ'hotɪ, dɑn'kw t] 名 1『唐吉訶德』：西班牙作家 Cerva 所寫的諷刺小說。2 唐吉訶德：『唐 德』小說中的主角。

:don't [dont] 1 do not 的縮寫。2《非標 does not 的縮寫。—名《～s》不可以 事，禁止事項。

don't-know ['dont'no] 名 未作決定 票者；未作決定的人。

do·nut ['donət, -,nʌt] 名 = doughnut.

doo·dad ['du,dæd] 名《美口》1 小 物；小擺飾。2 玩意兒，裝置。

doo·dle ['dudḷ] 動 及 不及 1 (心不 地) 塗鴉；蹉跎，打發時間。2《方 騙，愚弄。—名 1 傻瓜。2 塗鴉，亂

doo·dle·bug ['dudḷ,bʌg] 名 1《美》 探地下水、礦物、石油等的) 探杖。 英口》= buzz bomb.

doo-doo ['du,du] 名《兒語》糞便。

in deep doo-doo 深陷困境。

doo·hick·ey ['du,hɪkɪ] 名 (複～s [-z] 美口》= doodad 2.

·doom [dum] 名 1 Ⓤ Ⓒ 命運；厄運 亡，死：a harsh ～ 殘酷無情的命運： one's ～ 死亡，毀滅。2 Ⓤ Ⓒ《古》判 (罪的) 宣告。3 Ⓤ 最後的審判：the d ～ 最後審判日。

—動 及 1 注定《to...》。2 對…下判 宣告 (刑罰)《to...》。

doom·say·er ['dum,seə] 名 預言災 將降臨者。

dooms·day ['dumz,de] 名 U 1《通常作 D-》最後審判日：from now till ～ 永久地，永遠地。2 判決日。

doom·ster ['dumstɚ] 名 = doomsayer.

door [dɔr] 名 1 門。2 門口，出入口：answer the ～ 去應門 / show a person to the ～ 送某人至門口。3 一家，一戶；一個房間：in ～(*s*) 在家中，在屋內 / beg from ～ to ～ 沿門乞討。4《喻》門戶；途徑，方法《*to...*》。

at death's door 接近死期，瀕臨死亡。

at *one's* ***door*** 迫近。

behind closed door(s) 祕密，私下。

close its doors (1) 不讓（新人）加入，不接納。(2) 破產，倒閉。

close the door to... 斷絕…之路，使成爲不可能。

(from) door to door (1)挨家挨戶。(2)（旅行）從出發地到目的地。

lay... at a person's door / lay... at the door of *a person* 把…歸咎於某人，因…責怪某人。

leave the door open 保留機會，存有可能性。

lie at *a person's* ***door*** 應由某人負責，是某人造成的。

next door to... (1) ⇨名 3. (2)幾乎…，近於…。

open the door to... 開放門戶；給予機會。

show *a person* ***the door*** 下逐客令；把某人趕出去。

shut the door on = close the DOOR on.

with closed doors 關閉門戶，非公開。

within doors 在屋內。

door·bell ['dɔr,bɛl] 名門鈴。

door·case ['dɔr,kes] 名門框。

door ˌchain 名門鍊。

do-or-die ['duɚ'daɪ] 形拚命的，決一死戰的；孤注一擲的。

door·frame ['dɔr,frem] 名門框。

door·jamb ['dɔr,dʒæm] 名（門口的）門柱。

door·keep·er ['dɔr,kipɚ] 名警衛；《英》看門人。

door·knob ['dɔr,nɑb] 名門的把手。

door·knock·er ['dɔr,nɑkɚ] 名金屬敲門環。

door·man ['dor,mæn, -mən] 名 (複 **-men** [-mɛn, -mən]) 門童，門房。

door·mat ['dɔr,mæt] 名 1 門前的擦鞋墊。2 逆來順受的人，懦弱無能的人。

door ˌmoney 名 U 入場費。

door·nail ['dɔr,nel] 名大頭釘，門釘。

(*as*) ***dead as a doornail*** 死翹翹的。

door·plate ['dɔr,plet] 名門牌。

door·post ['dɔr,post] 名 = doorjamb.

(*as*) ***deaf as a doorpost*** 全聾。

door ˌprize 名門票對號獎；在派對上偶然相識的美女。

door·sill ['dɔr,sɪl] 名門檻，門限。

door·step ['dɔr,stɛp] 名 1 門口的臺階：an old man on death's ～ 風燭殘年的老人。2《英俚》厚片的麵包。

on *one's* ***doorstep*** 在自己附近；在自己的防備範圍內。

door·stop(·per) ['dɔr,stɑp(ɚ)] 名 1 門墊。2 制門器。

door-to-door ['dɔrtə'dɔr] 形 1 挨家挨戶的。2 直送用戶的：～ delivery 直接送達家門。—副 1 挨家挨戶地。2 直送用戶地。

·**door·way** ['dɔr,we] 名 1 門口，出入口。2 達到…的門路：a ～ to fame 獲取名聲之道。

door·yard ['dɔr,jɑrd] 名《主美》門前庭院。

doo·zer ['duzɚ] 名《俚》傑作。

doo·zy ['duzɪ] 名 (複 **-zies**)《俚》不尋常的東西，優秀的物品。

·**dope** [dop] 名 1 U 濃液；（製造炸藥等用的）吸收劑；〖空〗明膠，塗布油。2 U 麻醉藥，催眠藥；興奮劑。3《美俚》麻醉藥中毒者。4 U《俚》（賽馬的）預測；情報，內線消息。5《俚》傻子，笨蛋。6《美南》碳酸飲料，可口可樂。

—動 (**doped, dop·ing**) 及 1《俚》施打麻醉藥；服用興奮劑。2 用明膠處理；塗上明膠。3《俚》（獲得情報等）預測…。4《俚》欺騙。—不及 慣用麻醉藥。

dope off《俚》神志不清；怠忽（勤務）。

dope... out / dope out...《俚》(1) 算出，解出；想出，找出。(2) 推論，推斷。

'dope ˌfiend 名《俚》吸毒者，麻醉藥上癮者。

dope·head ['dop,hɛd] 名《俚》吸毒者。

dope·ster ['dopstɚ] 名（選舉、賽馬的）預測家。

'dope ˌstory 名〖報章〗內幕消息；背景分析。

dop·ey ['dopɪ] 形 (**dop·i·er, dop·i·est**)《口》1 昏昏沉沉的；迷糊的。2 愚蠢的，遲鈍的。

Dop·pel·gäng·er ['dɑpəl,gɛŋɚ] 名生靈，活人的靈魂。

Dop·pler ['dɑplɚ] 形〖理〗（利用）都卜勒效果的：the ～ effect 都卜勒效果。

dop·y ['dopɪ] 形 = dopey.

dor [dɔr] 名〖昆〗金龜子的一種。

Do·ra ['dɔrə] 名〖女子名〗朵拉（Dorothy 的暱稱）。

do·ra·do [də'rɑdo] 名 1〖魚〗鯕鰍。2《D-》〖天〗劍魚座。

Do·ri·an ['dɔrɪən] 形多利斯的；多利斯人的。—名多利斯人。

Dor·ic ['dɔrɪk, 'dɑ-] 形 1 多利斯地方[語]的；多利斯方言的。2 庸俗的，粗野的。3〖建〗多利斯式樣的。—名 U 多利斯地方語，多利斯方言。

Do·ris ['dɔrɪs, 'dɑ-] 名 1 多利斯：古希臘中部的一地區。2〖女子名〗朵麗絲。

D

dorm [dɔrm] 名《美口》= dormitory.

dor·man·cy ['dɔrmənsɪ] 名U 休眠（狀態）；休止（狀態）。

dor·mant ['dɔrmənt] 形 **1** 睡著的；不活潑的。**2** 沒有實施的；未行使的；潛在的。**3**（火山）休止活動的；〖植〗休眠中的；〖動〗蟄伏期中的：a ~ volcano 休眠火山。

dor·mer ['dɔrmɚ] 名 天窗，屋頂窗；有天窗的突出構造部分。

dor·mie, -my ['dɔrmɪ] 形〖高爾夫〗贏的洞數恰等於剩下的洞數的。

·**dor·mi·to·ry** ['dɔrmə'torɪ] 名 (複-ries) **1** ⑴《美》宿舍。⑵ 公共寢室。**2**（精神上的）休憩所。**3** 郊外住宅區，社區：a ~ town 市郊住宅區。

'dormitory ˌsuburb 名 郊外住宅區。

dor·mouse ['dɔr,maus] 名 (複-mice [-,maɪs])〖動〗冬眠鼠，睡鼠。

Dor·o·thy ['dɔrəθɪ] 名〖女子名〗桃樂絲（暱稱 **Doll, Dolly, Dora**）。

dorp [dɔrp] 名《南非》村，小部落。

dor·sal ['dɔrsl] 形 **1**〖動·解〗背的，背脊的；〖植〗背面的。**2**〖語音〗舌背音，舌中音。—名〖語音〗舌根音。~**·ly** 副

Dor·set(·shire) ['dɔrsɪt(,ʃɪr)] 名 多塞特（郡）：英國英格蘭南部的一郡。略作：Dors.

do·ry[1] ['dɔrɪ] 名 (複-ries)〖魚〗海魴。

do·ry[2] ['dɔrɪ] 名 (複-ries) 平底的小型漁船。

DOS 《縮寫》〖電腦〗*d*isk *o*perating *s*ystem 磁碟作業系統。（舊型電腦使用）

dos·age ['dosɪdʒ] 名U 調劑，配藥；C 劑量，服用量。

·**dose** [dos] 名 **1**（藥的）服用量；（藥的）一服：take medicine in small ~*s* 按小劑量服藥。**2**（指如苦藥一樣事情的）一次，一些，一份：a ~ of criticism 一些批評。**3**《俚》淋病，梅毒。**4**〖理〗放射劑量。

—動 (**dosed, dos·ing**) 及 **1** 配藥。**2** 給（某人）服藥《*with..., to...*》。—不及 吃藥，服藥。

do·sim·e·ter [do'sɪmɪtɚ] 名 放射線量計。

-**try** 名U 放射線量測定（法）。

doss [dɑs] 名《英俚》**1** 床鋪。**2** 睡眠。—動 不及 睡覺，躺臥《*down*》。~**·er** 名

'doss ˌhouse 名《英俚》廉價住宿處；下等客棧，簡陋旅館（《美》flophouse）。

dos·si·er ['dɑsɪ,e,-sɪɚ] 名 (複~**s** [-z]) 有關某問題的詳細檔案資料。

dost [dʌst] 動《古》**do**[1] 的第二人稱單數直說法現在式。

Dos·to·ev·sky [,dɑstə'jɛfskɪ] 名 **Feodor Mikhailovich** 杜斯妥也夫斯基（1821–81）：俄國小說家。

DOT 《縮寫》*D*epartment *o*f *T*ransportation《美》交通部。

:**dot**[1] [dɑt] 名 **1** 點；圓點；點線。**2** 一點點大的東西，點狀物；少量：a ~ of a boy 小不點的男孩 / a ~ of cheese 少量的乳酪。**3**〖樂〗點，附點。**4**〖電〗（電碼的）點。

in the year dot 《口》很早以前。

on the dot 《口》準時；當場，即刻。

to a dot 《口》完全，全然。

to the dot of an i 恰好，絲毫不差。

—動 (~**·ted**, ~**·ting**) 及 **1** 打點，打點成虛線。**2** 散佈。**3** 用點描繪。**4**《英俚》打，揍：~ a person on the nose 一拳打在某人鼻子上。—不及 **1** 打點，打點成虛線。**2** 跛行。

dot and carry one 《口》⑴打一點進一位，逢十進位。⑵一步一步落實地前進，慎重行事。⑶《古》《作名詞》跛子；跛行。

dot down 記下來，寫下來。

dot one's i's and cross one's t's 一絲不苟，極注意細節瑣事；詳細說明。

dot[2] [dɑt] 名UC 嫁妝。

dot·age ['dotɪdʒ] 名 **1** U 老糊塗：be in one's ~ 年老昏聵。**2** UC 溺愛（的對象）。

do·tard ['dotɚd] 名 年老昏聵者，老糊塗。

dot-com ['dɑt'kɑm] 形〖電腦〗網路交易的。—名 網路交易公司。

dote [dot] 動 不及 **1** 溺愛，過分寵愛（*on, upon*）。**2**（因年老而）心智衰退，糊塗。

doth [dʌθ] 動《古》**do**[1] 的第三人稱單數直說法現在式：He that ~ what he will, does not what he ought.《諺》為所欲為的人不做該做的事；為所欲為常逾矩。

dot·ing ['dotɪŋ] 形 **1** 溺愛的：a ~ father 溺愛子女的父親。**2** 老糊塗的。~**·ly** 副

ˌdot 'matrix ˌprinter 名〖電腦〗以點的組合來表現文字的舊型印表機。

dot·ted ['dɑtɪd] 形 **1** 有點的，有虛線的。**2** 由點構成的；星羅棋布的《*with...*》。**3**〖樂〗有附點的。

'dotted ˌline 名 **1** 虛線（……）。**2**（畫在地圖上的）預定行程；《喻》預定的行動。

dot·ter·el ['dɑtərəl] 名 **1**〖鳥〗睢鳩。**2**《英方》傻瓜，笨蛋。

dot·tle, -tel ['dɑtl] 名U 煙草渣。

dot·ty[1] ['dɑtɪ] 形 (**-ti·er, -ti·est**)《口》**1** 瘋癲癲的；《口》愚蠢的；古怪的。**2** 腳步不穩的。**3** 痴迷的《*about...*》。**4** 可笑的，荒謬的。

dot·ty[2] ['dɑtɪ] 形 有點的，多點的；散布的。

'Dou·ay 'Bible ['due-] 名《*the* ~》杜埃版聖經（亦稱 **Douay Version**）。

:**dou·ble** ['dʌbl] 形 **1** 加倍的，兩倍的。**2** 雙重的，雙層的；供兩人用的；成對的：a ~ window 雙層窗 / a ~ garage 可容納兩部車的車庫。**3** 雙關的，模稜兩可的；表裡不一的。**4**〖樂〗二拍子的；低八度的。**5** 重瓣的。—名 **1** U 加倍，兩倍，倍量。**2** 加倍的東西。**3** 極相似的人[物]

…。4 摺疊，重疊。5 反轉，逆轉，急轉彎；詭計，謀略。6〖影·劇〗替身演員；替身。7 = double agent. 8〖棒球〗二壘打。9〖軍〗快步走，跑步。10《~s》《作單數》雙打比賽。11〖牌〗(1)賭倍。(2)叫加倍的玩牌者。12〖賽馬〗=daily double. 13〖保齡球〗連續兩次的全倒。14（旅館的）雙人房間。

…e in a double bind 處於進退兩難之境。

…ouble or nothing [quits]（賭博）可能債務加倍或前帳一筆勾銷的緊要關頭；碰運氣的輸贏，孤注一擲。

…ake a double (1) ⇨图 5. (2) 同時擊獲兩…。

…n the double《口》(1)⇨图 9. (2) 立刻；迅速地。(《英》at the double)

—動 **(-bled, -bling)** 及 1 使加倍；比…多出一倍。2 使成為雙重，摺疊，對折《*ov-…, back, up*》；握（拳頭）《偶用 *up*》。3 …成對。4〖海〗繞過，繞航。5〖樂〗重…；高[低]八度演奏。6〖牌〗要（對方叫牌）的點數加倍。7 兼演兩角《*with* …》。8〖棒球〗以二壘打進壘；以二壘打得（分）《*in*》；以雙殺使出局。

—不及 1 加倍，成為兩倍。2 折成兩層，摺疊起來，彎曲《*over, up*》。3 折返，往回跑《*back*》。4〖軍〗跑步前進《*up*》。…兼職《*in…*》；兼演（兩個角色）。6〖…樂〗兼奏《*on…*》。7〖牌〗把對方叫牌的點數加倍。8 = double-date. 9〖棒球〗擊出二壘打。

…ouble back 往回跑，急忙退轉。

…ouble… back / double back… ⇨動及 2.

…ouble in brass《美俚》擔任雙重任務，兼…。

…ouble up (1) ⇨動不及 2, 4. (2) 用同一房間；兩個人一起吃《*on…*》。

…ouble…up / double up… (1)⇨動 及 2. (2)（疼痛、大笑等）使人彎著身子。

—副 1 多一倍地，兩倍地。2 雙重地，兩…地；對折地。3 成對，兩人一起地。

…ouble 'agent 图 反間諜；雙面諜。

…u·ble-bank·ing ['dʌbḷ'bæŋkɪŋ] 图 1 …排停車。2《澳·紐西蘭》同乘，同騎。

…ouble 'bar 图〖樂〗（樂譜的）雙縱…：一個樂章或整個樂曲結束的記號。

…u·ble-bar·rel ['dʌbḷ'bærəl] 图雙管…。

…u·ble-bar·reled,《英》**-relled** […dʌbḷ'bærəld] 形 1 有兩個槍管的。2 雙重…的的；雙重意義的。

…uble 'bass [-'bes] 图〖樂〗低音提…。

…uble bas'soon 图〖樂〗倍低音管。

…uble 'bed 图雙人床。

…u·ble-bed·ded ['dʌbḷ'bɛdɪd] 形有兩…床的；備有雙人床的：a ~ room 兩人住…房間。

…uble 'bill 图 = double feature.

…uble 'blind 图 左右為難；兩難困境。

dou·ble-blind ['dʌbḷ,blaɪnd] 形雙重盲檢法的。

'double 'bluff 图雙重虛張；雙重虛假。

'double 'boiler 图雙重鍋。

dou·ble-book ['dʌbḷ,buk] 動 及 接受雙重預訂（即一位、一房兩賣）。

dou·ble-breast·ed ['dʌbḷ'brɛstɪd] 形雙排扣的。

dou·ble-check ['dʌbḷ'tʃɛk] 動及不及再次查證，再度核對。—图再確認，再核對。

'double 'chin 图雙下巴。

'double-'chinned 形有雙下巴的。

'double-'click 動及不及〖電腦〗快速連按兩次滑鼠。

dou·ble-clutch ['dʌbḷ'klʌtʃ] 動不及《美》踩兩次離合器。

dou·ble-cov·er ['dʌbḷ'kʌvɚ] 動及以兩人防守（一個對手）。

'double ˌcream 图U《英》含油脂量高的奶油。

dou·ble-crop ['dʌbḷ'krɑp] 動 **(-cropped, ~·ping)** 及一年收穫兩次。

'double 'cross 图 1《美口》(1) 出賣；欺騙。(2) 事先約定要輸但比賽卻想贏的企圖。2〖遺傳〗雙雜交。

dou·ble-cross ['dʌbḷ'krɔs] 動及《美口》出賣，背叛；欺騙。

'double 'dagger 图〖印〗雙劍符號（‡）（亦稱 **diesis**）。

'double 'date 图《美口》（兩對男女的）雙對約會。

dou·ble-date ['dʌbḷ'det] 動及不及做雙對約會。

dou·ble-deal ['dʌbḷ'dil] 動不及欺騙，蒙騙。

'double-'dealer 图言行表裡不一的人，口是心非的人。

dou·ble-deal·ing ['dʌbḷ'dilɪŋ] 图 U 言行不一致，口是心非；欺騙。—形 口是心非的，不真誠的。

dou·ble-deck·er ['dʌbḷ'dɛkɚ] 图 1 雙層巴士，雙層電車。2《美》雙層三明治；雙層蛋糕。

dou·ble-dig·it ['dʌbḷ,dɪdʒɪt] 形《尤美》兩位數的（10～99）。

dou·ble-dip·per ['dʌbḷ'dɪpɚ] 图《美俚》在政府機關工作的退伍軍人；雙重支薪人。

-dip·ping 图UC雙重支薪。

'double 'dutch 图U《通常作 d- D-》令人費解的事物；令人無法理解的言語。

'double ˌduty 图兩種用途。

dou·ble-dyed ['dʌbḷ'daɪd] 形 1 染兩次的。2 徹底的，完全的：a ~ villain 大壞蛋，大惡棍。

'double 'eagle 图 1《美》印有雙頭鷹圖案的金幣。2〖高爾夫〗低於標準桿三桿進洞。

D

dou·ble-edged ['dʌbl̩'ɛdʒd, -'ɛdʒɪd] 形 1 雙刃的。2（議論等）正反兩面的；具有雙重效果的；模稜兩可的。

dou·ble-end·er ['dʌbl̩'ɛndɚ] 名 1 頭尾形狀相像的船。2 兩頭可開的電車。

dou·ble en·ten·dre ['dubl̩ɑn'tɑndrə] 名（複～s [-z]）雙重意義；雙關語。

double 'entry 名 U 〖簿〗複式簿記。

dou·ble-faced ['dʌbl̩'fest] 形 1 口是心非的，不真誠的。2 兩面都可以用的。～·ly 副

'double 'fault 名 〖網球〗發球雙失誤，雙發失誤。

'double 'feature 名 同場地接連放映兩部電影，兩片連映。

'double 'figures 名（複）兩位數（10至99）。

'double 'first 名 兩學科最優等。

dou·ble-glaze ['dʌbl̩'glez] 動 及 給（門窗）鑲上雙層玻璃。

'double 'glazing 名 U 門窗雙層玻璃的鑲嵌。

'double 'harness 名 U 雙馬挽具。
in double harness 《口》已婚的。

dou·ble·head·er ['dʌbl̩'hɛdɚ] 名 1 《美》〖棒球〗雙重賽：相同兩隊一天連續兩場比賽。2 雙車頭列車。

dou·ble-heart·ed ['dʌbl̩'hɑrtɪd] 形 口是心非的；虛僞的，佯裝不知的。

'double 'helix 名 〖生化〗（DNA的）雙螺旋體。

'double in'demnity 名 〖保〗加倍賠償。

'double 'jeopardy 名 U 〖法〗一罪兩罰。

dou·ble-joint·ed ['dʌbl̩'dʒɔɪntɪd] 形 有雙重關節的；可作自由彎曲的，異常柔軟的。

'double 'knit 名 雙針織布料。

'double-'knit 形 雙針織成的。

'double ˌlane 名 雙線道。

'double 'negative 名 U C 雙重否定。

dou·ble·ness ['dʌbl̩nɪs] 名 U 1 兩倍（大）；雙重，重複（性）。2 欺騙；口是心非，僞裝。

dou·ble-park ['dʌbl̩'pɑrk] 動 及 不及（把車）挨著其他已平行停靠在路邊的汽車並列停放；並排停車。**'double 'parking** 名

'double 'play 名 〖棒球〗雙殺。

'double pneu'monia 名 U（雙肺均感染的）雙肺炎。

'double pos'sessive 名 〖文法〗雙重所有格。

dou·ble-quick ['dʌbl̩'kwɪk] 形 極迅速的。—副 極迅速地。—名 = double time. —動 及 不及 = double-time.

'double 'quotes 名（複）引用文句前後的雙引號（“ ”）。

dou·ble-reed ['dʌbl̩'rid] 形 〖樂〗雙簧的。—名 雙簧（樂器）。

dou·ble-rip·per ['dʌbl̩'rɪpɚ] 名 《新英格蘭》雙連雪橇（亦稱 **double-runner**）。

'double 'room 名 雙人房；有兩張床的房間。

'double 'sharp 名 〖樂〗1 重升記號（X 或※）。2 重音（符號）。

dou·ble-space ['dʌbl̩'spes] 動 及 不及 打字時隔行打。

dou·ble-speak ['dʌbl̩ˌspik] 名 U 含糊的話語，真假交纏的話。

'double 'standard 名 1 〖經〗複本位制。2 雙重標準。

'double 'star 名 〖天〗雙星。

dou·ble-stop ['dʌbl̩'stɑp] 動 不及 〖樂〗同時奏兩個音。

dou·blet ['dʌblɪt] 名 1 文藝復興時期男子穿的緊身上衣。2 一套，一對；一對中的一個。3 同源異形詞。4 〖印〗（弄錯而）重複排印的字。5 《～s》擲出點數相同的兩顆骰子。6 〖理〗偶極天線。7 〖光〗複合透鏡。

'double 'take 名 《口》後來才恍然大悟的驚訝舉動；回頭再看《用於下列語》。
do a double take 原先沒注意後來才恍然大悟；回頭再看一看。

dou·ble-talk ['dʌbl̩ˌtɔk] 名 U 講空話，含糊其詞。—動 不及 講空話，含糊其詞。—及 對…講空話。

'Double 'Ten 名 《the ～》雙十節：辛亥革命紀念日，爲中華民國國慶日，即10月10日（亦稱 **Double Tenth**）。

dou·ble(-)think ['dʌbl̩'θɪŋk] 名 U 《爲蔑》矛盾想法。—形 思想矛盾的。—動（-thought, ～·ing）不及 及 有矛盾的想法，用雙重思想處理。

'double ˌtime 名 U 1 快步走，小跑。2 雙倍工資。

dou·ble-time ['dʌbl̩ˌtaɪm] 動 及 不及（使）快步前進。

dou·ble-tongued ['dʌbl̩'tʌŋd] 形 撒謊的，欺騙的；虛僞的。

'double 'vision 名 U 複視。

'double 'whammy 名 禍不單行：倒楣的事情常常接連而來。

ˌdouble ˌyellow 'line 名 雙黃線。

dou·bling ['dʌblɪŋ] 名 U 重摺；鋪層；折痕；急迴轉；回航；再蒸餾。

dou·bloon [dʌ'blun] 名 昔日西班牙及拉丁美洲所用的金幣；《～s》《俚》金錢。

dou·bly ['dʌblɪ] 副 1 兩倍地，加倍地：～ careful 加倍小心。2 雙重地；對折地；兩個一起地。

:doubt [daʊt] 動 及 1 懷疑，不信任：～ a person's honesty 懷疑某人的誠實 / He that knows nothing ～*s* nothing. 《諺》無知的人從不懷疑。2 不信，不能確定。3 《…方》擔心，恐怕。—不及 懷疑，不確定（*of, about...*）。—名 U C 1 懷疑（*if, whether* 子句）；疑惑（*that* 子句）；不信

out, as to...)。2 疑問，不確定。
yond (a) doubt / beyond the shadow of a ubt 無疑地，明確地。
ve... the benefit of the doubt ⇨ BENEFIT 片語）
doubt 懷疑，疑惑；不確定。
doubt (1)《主口》大概，恐怕。(2) 無疑，必定，的確；當然，確定地（不過）《but...》。
ut of (all) doubt 無疑地，確定地。
thout (a) doubt 無疑地，確定地。
·a·ble 形, ～·ing·ly 副

ubt·ful ['dautfəl] 形 1 令人疑惑的，疑的；含糊不清的：a ～ case 無頭公。2 未決的，不確定的，猶疑的《of, out...》。3 未可預料的：a ～ outcome 難預料的結果。4 不可靠的，有問題：magazines of ～ taste 格調有問題的雜。～·ly 副, ～·ness 名

ubting 'Thomas 名疑心重的人。

ubt·less ['dautlɪs] 副 1 無疑地，當。2 或許，恐怕（亦稱 **doubtlessly**）。形無疑的，確實的。

uche [duʃ] 名 1（醫療或洗淨時）灌洗，沖洗液；灌洗（法），沖洗（法）。2 洗器，沖洗器。
e a cold douche 如潑冷水。
動及灌洗，沖洗。—不及灌洗，沖洗。

ug [dʌg] 名〖男子名〗道格（Douglas 暱稱）。

ugh [do] 名 1 Ⓤ 生麵糰；（生麵糰似）塊狀物。2 Ⓤ《俚》錢，現金：throw e's ～ around 浪費金錢 / hold back on the 捨不得花錢。

ugh·boy ['do,bɔɪ] 名 1《口》第一次世大戰時的美軍步兵。2 用水煮或蒸的麵；油炸麵糰。

ugh·nut ['donət, -,nʌt] 名 甜甜圈；《》環狀物（如汽車輪胎）。

ugh·ty ['dautɪ] 形 (-ti·er, -ti·est)《文》勇果敢的，勇敢的：～ knights 勇敢的騎士。**-ti·ly** 副, **-ti·ness** 名

ugh·y ['doɪ] 形 (**dough·i·er, dough·i·**) 生麵糰（似）的；柔軟而重的；蒼白鬆軟的。

ug·las ['dʌgləs] 名〖男子名〗道格拉（亦作 Douglass）。

uglas 'fir 名 洋松，美洲梅花柏（亦 **Douglas spruce**）。

ur [dur, daur] 形 1 鬱鬱不樂的，陰鬱；《蘇》頑固的；嚴厲的：a ～ look 陰鬱神色 / in ～ silence 死寂地。2《蘇》貧瘠；滿是岩石的。～·**ly** 副, ～·**ness** 名

use, dowse [daus] 動及 1（原義）用擊打。2 把…浸入（水中）；在…上潑《with...》。3《口》熄滅。4《口》脫。—不及浸，泡。—名 1《英方》一擊。傾盆大雨；淋溼。

ve1 [dʌv] 名 1〖鳥〗鴿子：(as) gentle as ～（如鴿子般）溫柔的。2（象徵）純潔，和平；《**D-**》（象徵）聖靈。3 純潔的人，溫柔的人。4《主美口》鴿派人士，主和派。

dove2 [dov] 動《美口》**dive** 的過去式。

dove·cot ['dʌv,kɑt] 名 = dovecote.

dove·cote ['dʌv,kot] 名 鴿舍。
flutter the dovecotes 驚擾平靜無事的人們，使平地起風波。

dove-eyed ['dʌv,aɪd] 形 目光柔和的。

Do·ver ['dovɚ] 名《the ～》**Strait of,** 多佛海峽：介於英格蘭東南部與法國北部之間。

dove·tail ['dʌv,tel] 名〖木工〗1 鳩尾榫。2 鳩榫接合。—動及不及 1〖木工〗用鳩尾榫接合。2（使）吻合，切合。～·**er** 名

dov·ish ['dʌvɪʃ] 形 鴿派的，主和派的。

Dow [dau] 名 = Dow-Jones average.

Dow., dow.《縮寫》*dow*ager.

dow·a·ger ['dauədʒɚ] 名 1（繼承亡夫爵位或財產的）寡婦：the queen ～（王國的）王太后。2《口》《廣義》有威嚴的年長貴婦人。—形《限定用法》寡婦（般）的：the ～ duchess 公爵遺孀。

dow·dy ['daudɪ] 形 (**-di·er, -di·est**)（尤指女性）服裝不整潔的，邋遢的；過時的；俗氣的。—名 (複 **-dies**) 衣衫不整潔的女人。**-di·ly** 副, **-di·ness** 名

dow·dy·ish ['daudɪɪʃ] 形 有點邋遢的；有點俗氣的。

dow·el ['dauəl] 名〖木工〗（接合用的）綴縫釘，合釘；定位銷。
—動 (～**ed**, ～·**ing**;《英》**-elled**, ～·**ling**) 及 用合釘接合。

dow·er ['dauɚ] 名 1 ⓊⒸ〖法〗寡婦得自亡夫的遺產（權）。2《古》= dowry 1. 3《古》天賦，天資。—動及 1 給（寡婦）亡夫遺產；給嫁妝。2 賦予《*with...*》。

'Dow-'Jones ,average [,index] ['dau'dʒonz-] 名〖證券〗道瓊股價指數。

:down1 [daun] 副（最高級 **downmost**）1 向下，在下面；往樓下：come ～ 下來。2 往地面。3（倒）下，（坐）下，（躺）下：sit ～ 坐下 / lie ～ 躺下。4 低落。5 下跌；變弱；平息；變稀，減少，變小，變細：water ～ wine 摻水稀釋葡萄酒 / grind ～ corn 磨穀物。6 往下風；往鄉間；往商業區；《美》往南方；《英》離開（大學）；往（舞臺的）前方：go ～ home（由都市）回（鄉下的）家 / go ～ to the store（由住宅區）到商店買東西。7（在時間、序列等方面）直（到）《*from... to...*》：*from* the Middle Ages ～ *to* the present 自中古時代迄今。8 實際地；認真地。9（寫）下，（記）下。10 用現金。11 意志消沉地。12 徹底地，完全地：wash ～ a car 把車徹底洗乾淨。13（查究、追蹤）到底地：track ～ a quotation 探究某一引用句的出處。14 付印。
be down for... 被列入名單中。
come down on ⇨COME（片語）

D

D

down to the ground 《口》完全，全然。
Down with...! 《省略動詞，通常作命令句》(1)把…放下。(2)把…打倒。
...on down 從…以降，自…迄今。
up and down ⇨UP-AND-DOWN
—介 1 向下（面），向下方；降低。2 往下風；《美》往南方；沿著。3（時間方面）自…以來；延續…時期。
—形（最高級 **downmost**）1 向下的，向下方的。2 在低位置的。3 朝南的；往商業區的；《主英》往鄉下的：a ~ train 下行列車。4 垂頭喪氣的，意志消沉的。5 頭款的；現金的。6〖美足〗（球）於靜止狀態的；〖棒球〗出局的。7 輸了的。8 下了賭注的。9 處理完畢的；考慮過的。
be down on... 《口》憎惡，討厭；無法忍受。
down and out (1)落魄的，窮困潦倒的。(2)〖拳擊〗被擊倒而不能繼續比賽的。
down in the dumps 垂頭喪氣的，鬱鬱不樂的。
down in the mouth 心灰意冷的，意志消沉的，悲傷的。
—名 1 下降。2《通常作 ~s》惡運，逆境。3 嫌惡；憎恨。4（角力等）使對手倒地；〖美足〗死球。5《美俗》= downer.
have a down on a person 《口》討厭；怨恨。
—動及 1 打倒；打敗；擊落。2 放下，卸下；丟棄。3 喝下。4 壓抑，抑制；消除（聲音等），使安靜下來。5 轉向下風。
—不及 下降，落下；低落；被喝下；被抑制；（聲音等）被消除，被平息。
down tools 《英》丟下工具；停止工作，罷工。
—感 1《對狗的命令》停止（攻擊或撲襲）！坐下！下來！2《對人的命令、警告》低下頭！伏下去！躲起來！

down² [daʊn] 名 U 1（鳥的）絨毛；汗毛。2〖植〗茸毛；（蒲公英等的）冠毛。

down³ [daʊn] 名 1《古》山丘；《美》（海岸的）沙丘。2《通常作 ~s》適於牧羊的多草丘陵地帶。3《the Downs》英國 East Kent 近海的停泊地。

'down-and-'dirty 形 1 不加修飾的。2 不道德的；淫穢的。

'down-and-'out 形 1《口》窮困的；落魄的。2《美》疲憊的，衰弱的。3（拳擊手）被擊倒的。—名（亦稱 **down-and-outer**）窮困潦倒的人；《美》衰弱的人；被擊倒的拳擊手。

'down-at-heel 形 1 鞋跟磨損的。2《口》衣著襤褸的，窮苦潦倒相的。

down·beat ['daʊn,bit] 名 1〖樂〗指揮棒向下揮動的一揮；下拍。2《美》下降，衰退。—形《美口》（歌曲、電影等）憂鬱的，悲觀的。

down·cast ['daʊn,kæst] 形 1 意志消沉的，頹喪的。2 向下看的：with ~ eyes 垂著眼睛。—名 U C 1 傾覆，滅亡；俯視；頹喪的樣子。2 通風管道；通風井。

down·draft, 《英》**-draught** ['daʊ,dræft] 名 1 急劇下降的氣流，（煙囪的）倒灌風。2（景氣等的）低迷（傾向）。

'down 'East 名形副（在、往）美國英格蘭地方（的）；（往、在）Maine（的）。

down-east·er, Down-East·e [,daʊn 'istɚ] 名 新英格蘭（尤其是 Mai 州）出生或居住的人。

down·er ['daʊnɚ] 名《俚》1 鎮靜劑。令人悲哀、失望的人或事；減退（亦 **down**）。

down·fall ['daʊn,fɔl] 名 1 墜落，落下垮臺，滅亡；沒落之因。2 豪雨，大雪 3《美》陷阱。

down·fall·en ['daʊn,fɔlən] 形 沒落的滅亡的。

down·grade ['daʊn,gred] 名 1 下坡路 2《喻》惡化。
on the downgrade 正趨沒落的，走下的，江河日下的。
—['-'-] 形副《美》= downhill.
—['-,-] 動及 1 降級。2 輕視，藐視；損，貶低。

down·heart·ed ['daʊn'hɑrtɪd] 形 意消沉的，沮喪的。~·ly 副，~·ness 名

down·hill ['daʊn'hɪl] 副 1 下坡。2 化，衰退，走下坡：go ~ 轉壞，衰退。['-,-] 形 下坡的；衰退的；（滑雪）滑降技（用）的。—['-,-] 名 下坡；衰退；滑滑雪競技：in the ~ of one's life 在人生衰退期。

'down 'home 名《美口》美國南部；下。

down-home ['daʊn'hom] 形《美口》南部（特有）的。2 鄉土的；樸實的（稱 **down-hom(e)y**）。

'Down·ing ,Street ['daʊnɪŋ-] 名 1 寧街：英國首相官邸。2《口》英國首相其內閣，英國政府。

down·land ['daʊn,lænd] 名《英》down³ 2.

down·load ['daʊn,lod] 動及〖電腦〗載（資料或程式）。—名 1 下載。2 下的檔案。

down·mar·ket ['daʊn,mɑrkɪt] 形《英》迎合低收入消費者的，低價。
—副 以迎合低收入消費者的方式。

down·mouth ['daʊn,maʊθ] 動及 以言貶損。

'down 'payment 名 U C（分期付的）頭款；自備款《on...》。

down·pipe ['daʊn,paɪp] 名《英》= downspout.

down·play ['daʊn,ple] 動及《美口》視，貶低，對…（事）輕描淡寫。

down·pour ['daʊn,por] 名 傾盆大雨，雨。

down·range ['daʊn,rendʒ] 名〖太空

主美》沿著射程的地域。
-['-'-] 副沿著射程。
›wn-rate [ˌdaʊn'ret] 動及 1 降低…的比
≅、等級。2 對…不予重視。
›wn·right ['daʊnˌraɪt] 形全然的，徹底
J；直率的；露骨的：a ～ lie 十足的謊言
a ～ "no" 直截了當的拒絕。
-副完全地，徹底地；真正地；直率地。
· ·ly 副, ～·ness 名
›wn·riv·er [ˌdaʊn'rɪvɚ] 形 下游的。
-副朝向下游。
›wn·scale ['daʊnˌskel] 動 及 1 縮小規
≅。2 使較便宜。—形屬中下階層的；不
;貴的；樸實的。
›wn·shift ['daʊnˌʃɪft] 動不及，名換低
速檔。
›wn·side ['daʊnˌsaɪd] 名 形 下 邊（
]）；下降趨勢（的）：on the ～ 在下降。
›wn·size ['daʊnˌsaɪz] 動不及及（使）
›型化。—名形小型（的）。
›wn·slide ['daʊnˌslaɪd] 名 低 落，下
›。
›wn·spin ['daʊnˌspɪn] 名 暴跌，急
›。
›wn·spout ['daʊnˌspaʊt] 名《美》（由
頂接到地面的）排水管。
›wn's ˌsyndrome ['daʊnz-] 名 U
≅』唐氏症，蒙古症。
wn·stage ['daʊn'stedʒ] 名 U，形 副
劇』（在）舞臺前方（的）。
wn·stairs ['daʊn'stɛrz] 副下樓梯；在
下，往樓下。
:k... downstairs 把…逐出家門；一刀兩
。
['-ˌ-] 形（在）樓下的；（在）一樓的
亦稱 **downstair**）。—['-'-, '-ˌ-] 名(複) 1《
單數》樓下，底層。2 下樓的樓梯。
wn·state ['daʊnˌstet] 名 U《美》一州
南部。—['-'-] 形 一州南部的。—['-'-]
在州的南部。
wn·stream ['daʊn'strim] 形副 1 順流
勺），在下游（的）。2（石油工業等）在
游（的）。
wn·sweep ['daʊnˌswip] 動(**-swept**) 及
及（使）向下彎曲。—名下彎物；下彎
分。
wn·swing ['daʊn'swɪŋ] 名 1〖高 爾
〗球桿向下揮的動作。2 下降趨勢，衰
，低迷《*in...*》。
wn-the-line ['daʊnðə'laɪn] 形完全
，徹底的；坦率的；誠心誠意的。—副
全地，徹底地；誠心誠意地；自始至終
。
wn·throw ['daʊnˌθro] 名倒下，推翻；
亡；〖地質〗地表滑落，崩塌。
wn·tick ['daʊnˌtɪk] 名 1〖證券〗低於
盤的證券市場交易。2 景氣下滑。
wn·time ['daʊnˌtaɪm] 名 U 停止操作
間，停機時間；休息時間。
wn-to-earth ['daʊntə'ɝθ] 形 實 際
的，務實的。
·down·town ['daʊn'taʊn] 副《主美》往
[在]商業區：go ～ 去城中鬧區。
—形（在）商業區的：～ Chicago 芝加哥
的商業區。—名商業區，鬧區。
down·trend ['daʊnˌtrɛnd] 名（景氣的）
下降，衰退。
down·trod·den ['daʊn'trɑdn̩] 形被壓制
的，受虐待的；被蹂躪的。
down·turn ['daʊnˌtɝn] 名 1 向下折曲，
向下翻折。2（景氣的）低迷，衰退；（物
價等的）下跌。
'down 'under 名形副《偶作 **D- U-**》《
口》（由英國看來）澳洲或紐西蘭（的）；
地球另一方（的）。
:down·ward ['daʊnwɚd] 副 1 往下方
地；低落，惡化：look ～ to the panorama
below 俯瞰下面的全景 / slide slowly ～ 慢
慢滑下。2（從…）以來，迄今：from the
twelfth century ～自十二世紀以來。
—形 1 向下的；衰退的；（景氣）低迷
的。2 以來的，以後的。
'downward mo'bility 名 U〖社〗社
會地位的下降。
ˌdownwardly 'mobile 形《諧》向下
沉淪的。
down·wards ['daʊnwɚdz] 副《英》=
downward.
down·wind ['daʊn'wɪnd] 副 1 順風地。
2 在下風《*of...*》；向下風：sail ～ 朝下風
航行。—形 1 順風的。2（在）下風的。
down·y ['daʊnɪ] 形 (**down·i·er, down·i·est**) 1 絨毛（似）的，柔軟的；用絨毛做
的；長出嫩毛的。2 平和的。3《俚》狡猾
的，機警的：a ～ bird 狡猾的人。
dow·ry ['daʊrɪ] 名 (**複-ries**) 1 嫁妝。2 U
天賦。3《古》= dower 1.
dowse[1] [daʊs] 動及不及，名= douse.
dowse[2] [daʊz] 動不及用占杖尋找（水源
等）《*for...*》。
dows·er ['daʊzɚ] 名 = divining rod；其
使用者。
'dows·ing ˌrod ['daʊzɪŋ-] 名 = divining
rod.
dox·ol·o·gy [dɑks'ɑlədʒɪ] 名 (複 **-gies**) 1
上帝讚美詩。2《**the D-**》頌榮。
doy·en ['dɔɪən] 名《主英》老前輩，老資
格，地位最高者；外交使節團中的資深大
使（《美》dean）。
doy·enne [dɔɪ'jɛn] 名 **doyen** 的女性形。
Doyle [dɔɪl] 名 **Sir Arthur Conan** 道爾（
1859–1930）：英國醫師、小說家；名偵
探 Sherlock Holmes 的創造者。
doy·ley ['dɔɪlɪ] 名 (複 ～**s** [-z]) = doily.
doz. 《縮寫》*dozen*(s).
·doze[1] [doz] 動 (**dozed, doz·ing**) 不及 1 打
盹，假寐；打瞌睡《*off*》：～ *off* during a
TV program 看電視節目時打瞌睡。2 處於
昏沉的狀態。—及 迷迷糊糊地度過《
away, out》。—名打瞌睡，假寐。

D

doze² [doz] 動及 = bulldoze 2.

:doz·en ['dʌzn̩] 名 (複 ~s [-z]；《用於數詞之後》~)十二個，一打：a ~ beers 一打啤酒 / ~s of times 數十次，好幾次。

a baker's dozen 十三（個）。

by the dozen (1)按打。(2)很多；若干。

dozens (and dozens) of... 《口》非常多的…。

nineteen to the dozen 《英》不斷地；非常快地；過分地。

—形十二的，一打的。

doz·enth ['dʌzn̩θ] 形第十二的。

doz·er, 'doz·er ['dozɚ] 名《口》=bulldozer 2.

doz·y ['dozɪ] 形 (**doz·i·er, doz·i·est**) **1** 想睡的；令人昏昏欲睡的：a ~ summer afternoon 令人昏昏欲睡的夏日午後。**2**《英口》愚蠢的；怠惰的。**3**（木材）腐朽的。

-i·ly 副, **-i·ness** 名

DP 《縮寫》*d*isplaced *p*erson;〖電腦〗*d*ata *p*rocessing;〖棒球〗*d*ouble *p*lay.

D.P.H. 《縮寫》*D*octor of *P*ublic *H*ealth.

D. Phil. ['di'fɪl]《縮寫》*D*octor of *Phil*osophy.

dpt. 《縮寫》*d*e*p*ar*t*ment; *d*e*p*onen*t*.

D.R. 《縮寫》*d*ead *r*eckoning.

Dr.,Dr 《縮寫》*D*octo*r*;《街道名》*Dr*ive.

dr. 《縮寫》*d*ebto*r*; *dr*achma; *dr*am; *dr*awer; *dr*um.

drab¹ [dræb] 名U **1** 灰褐色，黃褐色；不明朗的顏色；單調。**2** 灰褐色的呢絨。

—形 (~·**ber**, ~·**best**) **1** 淡褐色的。**2** 不鮮明的；無聊的，單調的。

~·**ly** 副, ~·**ness** 名U單調乏味。

drab² [dræb] 名 **1** 邋遢的女人。**2** 自甘墮落的女人；妓女。—動 (~·**bed**, ~·**bing**) 不及嫖妓。

drachm [dræm] 名 **1** = drachma. **2**《英》= dram 1, 2.

drach·ma ['drækmə] 名 (複 ~**s**, **-mae** [-mi]) **1** 德拉克馬：希臘的貨幣單位（現改用歐元）（略作:dr., drch.）。**2** 古希臘的銀幣。**3** = dram 1, 2.

Dra·co ['dreko] 名 **1**〖天〗天龍座。**2** 德拉寇：西元前七世紀雅典的政治家、立法者。

Dra·co·ni·an [dre'konɪən] 形 **1** 德拉寇的，德拉寇律法的。**2**《偶作 **d-**》嚴厲的；嚴酷的。

Dra·con·ic [dre'kɑnɪk] 形《偶作 **d-**》= Draconian.

dra·con·ic [dre'kɑnɪk] 形龍的，似龍的。

Drac·u·la ['drækjʊlə] 名德古拉：19 世紀小說中的吸血鬼。

·draft [dræft] 名 **1** U描繪；C草圖，設計圖：a ~ for a machine 機器的設計圖。**2** 草稿，草案：the first ~ 初稿。**3** U C《主美》罅縫風；冷空氣；C通風裝置。**4** U拖，拉；C被拖拉的量，一網（的漁獲量）：a beast of ~ 拖貨的動物。**5** U《美》調配；徵募；〖運動〗選拔制：escape ~ 逃避徵兵。**6**《偶作 **the** ~》分遣隊 U C開出票據，提款；C匯票，支付通知單：a ~ on demand 見票即付的匯票 / by ~ 以票據支付。**8**=draught 1, 2. **9** 盡；強求：make a ~ on... 強求。**10**〖海〗（船的）吃水。

in draft 在起草的階段。

on draft 由桶裡直接汲出的，生的。

—動及 **1** 畫草圖，繪製；起草：~ a speech 草擬一篇演講稿 / a ~*ing* committee 草委員會。**2** 拖，拉。**3**《美》徵募，徵（《*into...*》）。**4** 選拔。—不及（賽車時）跟在前車的後方馳騁。—形 **1** 用於拖曳物的。**2** 底稿的，草案的。**3** 從桶裡汲出的，生的。

'draft ˌboard 名《美》徵兵委員會。

'draft ˌdodger 名《美》逃避兵役者

draft·ee [dræf'ti] 名《美》徵集來的兵

draft·er ['dræftɚ] 名 **1** 起草者，立案者；畫底稿的人。**2** = draft horse.

'draft ˌhorse 名役馬，馱馬。

drafts·man ['dræftsmən] 名 (複 **-men**) **1** 繪圖員。**2** 立案者；起草者。**3** 擅長描繪的畫家。**4** =draughtsman 1.

drafts·man·ship ['dræftsmən ˌʃɪp] 名 U製圖者的才幹；製圖術。

draft·y,《英》**draught·y** ['dræftɪ] 形 (**draft·i·er, draft·i·est**) **1** 通風良好的。**2**（房屋）透風的，進寒氣的。**3** 透氣的。**-i·ly** 副, **-i·ness** 名

:drag [dræg] 動 (**dragged**, ~·**ging**) 及 **1** 曳，拖拉：~ a big stone out of the quarry 從採石場拖出一塊大石頭。**2** 硬拖；硬拉。**3**（拖著網）探尋於…；打撈（《*for...*》）。探（《*out of...*》）：~ the truth *out of* him 從他那邊探問出真相。**4** 耙地。**5** 談及…（《*in*》）：（把…）扯進（《*into...*》）。**6** 拖長；拖延（《*out, on*》）：~ a meeting *out* for three long hours 把會議拖了漫長的三個鐘頭。**7** 使感到厭煩。—不及 **1** 被拉扯，被拖曳。**2** 在地上拖（《*along*》）。**3** 笨重地移動。**4** 徐進，拉得很長（《*on*》）；拖慢，拖拖網；打撈。**6**《口》吸（《*on, at...*》）：~ one's cigar 抽一根雪茄。

drag... down / drag down... (1)拉倒；使墜落。(2)使衰弱。(3)《俚》賺取（薪水）；產生（利潤）。

drag one's feet [heels] 故意拖延，故意慢慢地做。

drag...up / drag up... (1)拉上來；拔（樹）。(2)談及。(3)《英口》《通常用被動》粗心大意地撫養。

—名 **1**〖海〗撈錨；拖曳網。**2** 重耙。（《俚》極端無聊的人，令人厭煩的事物。大橇；四匹馬所拉的馬車；《俚》汽車。**5** 干擾物，障礙物（《*on, upon...*》）；（的）煞車；U《偶作 **a** ~》〖空〗阻力：~ *on* one's career 對某人事業的阻礙。

Ⓒ牽引，拖沓；緩緩的動，遲滯。7《
]》吸煙，吸一次的量。8ⓊⅠ《俚》(戲劇
等所用的)女裝；(穿異性服裝的)女裝
或男裝(舞會)。9Ⓤ《偶作 a ~》《美
俚》影響力《 with... 》。10《主美俚》街
道，馬路。11《美俚》= drag race.
in drag《美俚》男扮女裝，女扮男裝。
—副帶女孩子地，有女性同伴地。
—形《俚》男扮女裝(者)的，女扮男裝
(者)的。

·ag-and-'drop 形(用滑鼠)拖拉與
…放的。

·ag ˌbunt 名〖棒球·壘球〗(左打者
的)拖擊，安全觸擊。

·ag·gle ['drægl] 動及 拖髒，拖溼。—
不及 1 在地面拖；拖髒。2 慢慢吞吞地前
進。

·ag·gle·tail ['drægl,tel] 名 1 邋遢女人。
行爲不檢的女人，不自愛的女人。
·ailed 形邋遢的；不自愛的。

·ag·gy ['drægɪ] 形 (-gi·er, gi·est) 1 遲滯
的；冗長的。2《俚》無聊的，令人厭煩
的；不愉快的。

·ag·net ['dræg,nɛt] 名 1 拖網。2 搜捕
網，法網；(資料的)收集網。

·ag·o·man ['drægəmən] 名(複 ~s,
-men)(尤指阿拉伯、土耳其、伊朗等國
的)職業口譯人員[導遊]。

·ag·on ['drægən] 名 1 (噴火)龍。2〖
…〗大型動物。3《the ~》= Satan. 4 嚴厲
的女人；嚴厲的監視者。5〖植〗天南
…。6 龍騎槍；龍騎兵。7《 the D- 》〖
…〗天龍座。

·ag·on·fly ['drægən,flaɪ] 名 (複 -flies)
〖昆〗蜻蜓。

·agon's ˌteeth 名 紛爭或摩擦的原
因：sow ~ 種下紛爭之因。

·a·goon [drə'gun] 名 1 龍騎兵。(1) 重騎
兵。(2)《英》陸軍特殊騎兵。(3)〖史〗騎
馬步兵。2 粗暴的人。—動及 1 以龍騎兵
攻擊；迫害，鎮壓。2 強迫(人)做…《
to..., into doing》。

·ag ˌqueen 名 男扮女裝的藝人。

·ag ˌrace 名《美俚》短程加速賽車。
·rag ˌracing 名

·ag·ster ['drægstɚ] 名《美俚》用於
drag race 的改裝汽車。

·ag ˌstrip 名 drag race 用的直線跑道。

·ags·ville ['drægzvɪl] 名《俚》無聊的
事物。

·ain [dren] 動及 1 排出，使流光，使…
徐徐淌出《 *out, away / from...* 》：~ water
from a swamp 把溼地的水排掉。2 汲乾；
除去…的水：~ an oil tank 使油槽變空。
3 飲盡；喝乾。4 使消耗，奪取《 *off / of*
》：~ a person *of* his strength 消耗某人
的精力。—不及 1 徐徐流出《 *away, off,
out* 》。2 排水；瀝乾，滴乾。3 耗竭，消
盡，耗盡。

—名 1 排水設備；排水管，下水道；Ⓤ排
水，洩水。2〖外科〗引流管，引流物。3
外流，浪費，消耗；外流的源頭《 *on
...* 》。4《 a~》《口》一杯，一口，少量。
go down the drain 被淘汰；變成無價值[無
用]，化爲烏有；被浪費；破產。
laugh like a drain 《口》放聲大笑。
·ain dry / drain... dry (1) 使瀝乾。(2) 用

drain·age ['drenɪdʒ] 名 Ⓤ 1 排水，放
水；被排出的水，污水：~ work 排水工
程。2 排水裝置，排水道；匯流區域。
3〖外科〗排液，引流；排液法。

'drainage ˌbasin 名流域。

drain·board ['dren,bord] 名《美》餐具
瀝乾板。

'draining ˌboard 名 = drainboard.

drain·less ['drenlɪs] 形《文》取之不盡
的；沒有排水設備的。

drain·pipe ['dren,paɪp] 名 1 排水管。
2《~s》窄褲管的西褲。—形《口》非常
窄的。

drake [drek] 名雄鴨。

DRAM ['di,ræm] 《縮寫》*d*ynamic *r*and-
om*a*ccess *m*emory 動態隨機存取記憶體。

dram [dræm] 名 1 特拉姆：藥用衡量單
位。2 特拉姆：常用衡量單位。3 = fluid
dram. 4 (酒類的)一口，少量；《英》《通
常用於否定句》少量，一點點。

·dra·ma ['drɑmə, 'dræmə] 名 1 戲劇；劇
本：Shakespearean ~ 莎士比亞劇。2 Ⓤ《
常作 the ~》戲劇文學，劇作；作劇手
法，表演藝術。3 Ⓤ Ⓒ 戲劇性的事件；
戲劇性的狀況：the ~ of war 由於戰爭而
產生的戲劇化事件。

Dram·a·mine ['dræmə,min] 名〖藥·商
標名〗杜拉莫明：一種治療過敏性疾病及
預防暈船或暈機的藥。

·dra·mat·ic [drə'mætɪk] 形 1 戲劇的；劇
本的；戲劇形式的：a ~ critic 劇評家。2
戲劇性的；仿效戲劇的；生動的。3 使印
象深刻的，引人注目的。

dra·mat·i·cally [drə'mætɪkəlɪ] 副 戲劇
性地；生動地；突然地。

dra·mat·ics [drə'mætɪks] 名 (複) 1《作
單數或複數》演出法，演技；《作複數》
業餘演出的戲劇，演出。2 戲劇化的動作
[表情]。

dram·a·tis per·so·nae ['dræmətɪspɚ'
soni] 名(複) 1 劇中人物(略作：dram.
pers.)。2《作單數》劇中人物表。3 事件
的有關人物。

dram·a·tist ['dræmətɪst] 名 劇作家，劇
本作者。

dram·a·ti·za·tion [,dræmətə'zeʃən] 名
1ⓊⒸ戲劇化；編劇。2 戲劇化的產物。

dram·a·tize ['dræmə,taɪz] 動及 1 把…改
寫成劇本，使戲劇化：~ a novel 把小說改
寫成劇本。2 戲劇性地描述，生動地表
達：~ one's misfortune 戲劇性地描述自己
的不幸。—不及 具有戲劇性，適於改編爲

劇本。

dram·a·turge ['dræmə,tɝdʒ] 名 劇作家，劇本作家。

dram·a·tur·gy ['dræmə,tɝdʒɪ] 名 U《集合名詞》編劇術，戲劇製作法；演出法。

dram·shop ['dræm,ʃɑp] 名 酒吧間。

D

:drank [dræŋk] 動 **drink** 的過去式；《古》過去分詞。

drape [drep] 動 及 **1**（以布等）裝飾《*with, in...*》；把（布罩等）披在，裹於《*around, round, over...*》：walls ~*d with* flags 用旗子裝飾的牆壁。**2** 使呈摺綴狀。**3** 使隨便地懸掛，使鬆弛地垂下《*over, around...*》。**4** 包裹。—不及 成摺狀垂下，成摺綴狀。—名 **1**《通常作 ~s》簾帷，垂幔；《~s》《主美》窗簾，布幕。**2**《通常作單數》垂懸式樣；摺綴的方式；剪裁的方法。**'drap(e)·a·ble** 形

drap·er ['drepɚ] 名《英》布店，布商；布匹店老闆；衣服零售商。

dra·per·ied ['drepərɪd] 形 懸掛著（摺狀）帷幕的。

dra·per·y ['drepərɪ] 名（複 **-per·ies**）**1** U C《通常作 **-peries**》（有摺紋的）垂幔，衣服；《美》長窗簾。**2** U（布等的）懸垂；〖藝〗雕刻、繪畫等中的衣紋。**3** U《集合名詞》《英》紡織品（《美》dry goods）；C 衣料商店，布莊。**4** U《偶作 **-peries**》掩飾（事實等）的東西。

·dras·tic ['dræstɪk] 形 強烈的，激烈的；毅然決然的；嚴厲的；徹底的：a ~ remedy 徹底的治療 / take ~ measures 採取斷然措施。

dras·ti·cal·ly ['dræstɪkəlɪ] 副 激烈地；徹底地。

drat [dræt] 動（~·**ted**, ~·**ting**）及《口》咒罵，詛咒：*D-* it (all)! 可惡，可恨！—感《表輕微的不快、失望等》哎！唉呀！該死！

drat·ted ['drætɪd] 形《口》《溫和的咒罵語》討厭的，可惡的。

draught [dræft] 名 **1** 注出，由桶中汲取：beer on ~ 由桶中汲取出的啤酒。**2** 飲，吸；一口，一吸，一飲的量《*of...*》：a ~ *of* beer 喝杯啤酒 / deep ~*s of* a sweet fragrance 深深吸入的幾口香氣。**3** 一網（的魚）《*of...*》：a ~ *of* fish 一網的漁獲量。**4**《~s》《作單數》《英》西洋棋（《美》checkers）。**5**《主英》= draft 名 1, 3, 4, 10, 11. —動 及《主英》= draft. —形 **1** 由桶裡汲出來的，生的：~ ale 生啤酒。**2**《主英》= draft.

draught·board ['dræft,bord] 名《英》= checkerboard 1.

draughts [dræfts] 名 U《英》《作單數》=checkers.

draughts·man ['dræftsmən] 名（複 **-men**）**1**《英》（西洋棋中的）棋子（《美》checker）。**2** =draftsman 1-3.

draught·y ['dræftɪ] 形《英》= drafty.

Dra·vid·i·an [drə'vɪdɪən] 名 **1** U（印度南部、斯里蘭卡南部的）德拉維達語。德拉維達人。—形 德拉維達人[語]的。

:draw [drɔ] 動 (**drew, drawn,** ~·**ing**) 及 拉，拉近：~ a curtain 拉窗簾 / ~ a person aside 把某人拉到一旁 / ~ a veil over one's face 把面紗拉下以蓋住臉部。**2** 汲出；抽出；抽（血等）：~ a pool 汲乾池子的水。**3** (1) 取出，抽出，拔取：~ one's sword 拔劍 / ~ cards from a pack 從一副牌中抽出幾張。(2) 使空；挖出內臟：~ a chicken 掏出雞的內臟。(3) 泡（茶）：~ tea 泡茶。**4** 吸引《*to...*》；引入《*into...*》使發怒：~ a person's attention 吸引某人的注意 / ~ a person *into* conversation 把某人引進談話中。**5** 描繪；敘述，描寫：~ a circle 畫一個圓 / ~ a picture of... 描繪…。**6** 畫；劃分；指出（相似點、不同點）做（比較或區分）：~ a distinction between A and B 區分。**7** 撰寫，擬訂《*up*》；開出《*on...*》：~ a check *on* an account 開支票 / ~ (*up*) a will 寫遺書。**8**（氣），吸入；發出（嘆息）。**9** (1) 出，導出；獲得（結論等）《*from...*》：a conclusion 作結論 / ~ information *from* 由…獲取情報。(2)《口》探知情報；使話：~ a person out on ... 要某人就…發表見。(3) 生（利息等）；接受；領取（錢）《*from, out of...*》：~ money *from* one's account 從某人帳戶中提款。**10** 起，導致：~ trouble 引起麻煩 / ~ criticism 招致批評。**11** 拉緊；拉長；拉製；伸：~ wire 拉製鐵絲 / ~ a rope tight 拉繩子。**12**《通常用過去分詞》使起皺紋皺著（臉）：a face *drawn* with pain 因痛而皺著的臉。**13**〖醫〗使排膿。**14**〖海吃（水）。**15** 使打成平手。**16**〖撞球〗抽；〖板球·高爾夫〗使向左邊偏離—不及 **1** 拉，扯；退開；張開，伸展 **2**（被拉近似地）移動；靠近，集中；迫《*on/to...*》。**3** 拔劍，拔槍《*on...*》；抽《*for...*》；拉弓。**4** 素描，線描；《通與狀態副詞連用》畫圖。**5**《通常與狀態詞連用》博得人緣，吸引人。**6** 收縮，皺；扭曲《*up*》。**7** 開出票據《*on...*》流洩；暢通。**9**〖醫〗使生水泡；血集於點。**10** 泡出味。**11** 打成平手。**12**〖海〗水。

draw a bead on... ⇨ BEAD（片語）

draw a blank ⇨ BLANK（片語）

draw ahead (1)〖海〗（風）從船首方向來，變成逆向。(2) 追過，超越《*of...*》

draw apart 遠離，慢慢遠去。

draw... apart / *draw apart...* 把…分開，…拉開。

draw the line ⇨ LINE[1] 名（片語）

draw away 離去，退下；（在比賽等中超前，拉遠《*from...*》。

draw... away / *draw away...* 把…抽回

m...))。
w back 脫離關係，退出((from...))；退
。
w... back / draw back... (1)拉回。(2)接
（退稅等）。
w...down / draw down ... (1)把…拉下。
招致；博得。(3)熬乾，燉乾。(4)賺取。
w in (1)（白晝）漸短；（天空）暗下
。(2)到站。(3)（車輛）逼近路旁。
w... in / draw in... (1)使捲入誘騙。(2)吸
。(3)減少。(4)縮小；拉緊。(5)描述。
w it fine ((口)) (1)縮減經費、時間等。
嚴密區分。
w level（比賽時）同分；平手；追上((
h...))。
w off (1)撤退。(2)流走，排出。
w... off / draw off... (1)使撤離。(2)使排
。(3)引開。(4)排解。(5)脫掉。
w on (1)（期限、日期等）迫近。(2)
aw on...] ⇨動不及 3, 7
w... on / draw on... (1)穿，戴。(2)提出
款）。(3)拖著走。(4)勾引；唆使去做
(to do))。
w on [upon] ... 依賴，利用；要求。
w out (1)（白晝）加長。(2)（火車等）
占，開出((from...))。
w... out / draw out... (1)⇨動及 3 (1). (2)
延。(3)（誘）使說話，使坦白說出；探
。(4)提出（存款等）；把…弄出來。(5)
長。(6)草擬，擬定。
w oneself up (to one's full height) (1)直
，挺起胸膛。(2)使態度轉強硬。
w one's time（被強迫）辭掉工作。
w together（相互地）接近；一致。
w... together / draw together... 集合（人
，使團結。
w up (1)停止。(2)追上((with...))；接
、to...))。
w... up / draw up... (1)((通常用被動))使
隊，排（椅子等）。(2)停（車等）。(3)
動及 7.
w a person up sharp 使話突然中斷，使
然陷於沉思。
名 1 拉；扯；抽取，挑出：((美))（香
菸）抽一次，抽一根。2 吸引人的東
，噱頭。3 被拉動的東西。4 抽籤，籤
((口))抽籤機會。5 平手；同分數。6
]] 排水道，溝渠；乾涸的河床。
to the draw (1)比對方先拔槍。(2)搶
行動，制其機先。
w·back ['drɔ,bæk] 名 1 障礙；不利，
點，不便的事物((to...))：the ~s of
ntry living 鄉下生活的缺點。2 ⓤⓒ扣
〖美政府〗退稅；〖商〗（減價後的）
]；退款；補償金。3 ⓤ 撤回，收回。
w·bridge ['drɔ,brɪdʒ] 名 活動橋；吊
w·down ['drɔ,daun] 名 ((美俚))削
水位下降。
w·ee [drɔ'i] 名〖金融〗受票人；（匯

票的）付款人。
:draw·er [義 1, 2 唸 drɔr; 義 3, 4 唸 'drɔə] 名 1 抽屜；((~s))櫥櫃：a chest of ~s 有抽屜的櫥櫃。2 ((~s))襯褲，內褲：a pair of ~s 一條襯褲 / bathing ~s 游泳褲。3 製圖人；製圖工具。4〖金融〗出票人：支票、期票的支付人；匯票的開票人：refer to ~ 請查詢出票人（銀行用語）。
·draw·ing ['drɔɪŋ] 名 1 ⓤ拉；拉出；開（支票）。2 ⓤ素描；製圖。3 素描畫，圖畫，設計圖；ⓤ素描的技巧。4ⓤ((主美))開獎；抽籤。
in drawing 畫得正確。
out of drawing 畫得不正確；不協調。
'drawing ac,count 名提存帳戶。
'drawing ,board 名畫板；製圖板：on the ~(s) 在計畫中（的）/ go back to the ~ ((口))（失敗之後）從頭做起。
'drawing ,card 名 1 ((美))走紅的演員；大受歡迎的演說者。2 叫座的演出；吸引顧客的商品。
'drawing ,paper 名 ⓤ 圖畫紙，製圖用紙。
'drawing ,pin 名 ((英))圖釘（((美)) thumbtack）。
·'drawing ,room 名 1 ((英))客廳，會客室。2 ((美))特別臥車廂。3 ((英))（宮廷中的）正式接見（會）。4 ((集合名詞))客人。5 ((the ~s))上流社會（的人士）。6 ((英))製圖室（((美)) drafting room）。
draw·ing-room 形((限定用法))客廳的。
draw·knife ['drɔ,naɪf] 名 (複 -knives)（兩端有柄的）刨刀。
drawl [drɔl] 動不及 慢慢地拉長語調說((on))。—及 拖拖拉拉地說((out))。—名ⓤⓒ 緩慢的語調：say in a slow ~ 拖長語調慢慢地說。
:drawn [drɔn] 動 draw 的過去分詞。—形 1 緊張的，繃緊的；憔悴的：a face ~ with pain 痛得緊蹙的面孔。2 剖腹開膛的，被掏空內臟的。3 拔出鞘的。4 不分勝負的：a ~ game 平局。
'drawn 'butter 名ⓤ((美))奶油醬。
,drawn-'out 形 拖延的，冗長的。
'drawn ,work 名 ⓤ抽絲（繡），鏤花繡。
draw·shave ['drɔ,ʃev] 名 = drawknife.
draw·string ['drɔ,strɪŋ] 名（袋口、衣服的）拉繩，細帶子，細繩子。
'draw ,well 名汲水井。
dray [dre] 名運貨（馬）車；橇；((廣義))卡車，運貨車。—動 及 用 dray 運（貨）。
'dray ,horse 名拉運貨馬車的馬。
dray·man ['dremən] 名(複 -men)拉運貨（馬）車的車夫。
·dread [drɛd] 動及害怕，很討厭；非常擔心，不願意：~ dark places 怕黑 / ~ traveling 討厭旅行。—不及非常害怕，恐懼。—名 1 ⓤ((偶作 a ~))擔心，畏懼；恐怖。2 可怕的人或物；敬畏的對象。3

D

U敬畏之情。—形1 可怕的。2 令人畏懼的。

·dread·ful ['drɛdfəl] 形1 非常恐怖的，很可怕的：a ~ earthquake 可怕的地震。2 令人敬畏的。3 很不愉快的，很討厭的：a ~ dinner 很難受的晚餐。4《口》極端的：~ disorder 極端的混亂。~·ness 名

dread·ful·ly ['drɛdfəlɪ] 副 1 令人恐怖地，劇烈地。2《口》非常地，很。

dread·locks ['drɛd,lɑks] 名（複）長髮綹：黑人女性的一種髮型。

dread·nought, -naught ['drɛd,nɔt] 名1《常作D-》大型戰艦，無畏級戰艦。2 厚呢大衣；厚呢料。3 無所畏懼的人。

dream [drim] 名1夢；夢見的東西。2 做夢一樣的感覺；夢幻：a waking ~ 白日夢。3 夢想，理想；目標。4 空想，妄想。5 夢一般美妙的人。

like a dream《口》簡單的，不費吹灰之力的。

—動 (**dreamed** 或 **dreamt**, ~·**ing**)不及1 做夢《 *of, about...* 》。2 耽於夢想。3 嚮往，企圖《 *of..., of doing* 》。4《通常用於否定》夢想，考慮《 *of...* 》。—及1《與同源受詞連用》做（夢）；夢見，夢到。2《通常用於否定》夢想；想像，考慮到。3 做夢一般地度過《 *away* 》。

dream... up / dream up...《口》（尤指突然地）想到，想出。

—形《口》夢似的，理想的，完美的。

dream·boat ['drim,bot] 名《口》1 極有魅力的異性；夢中情人。2（同種事物當中）最美好的事物。

dream·er ['drimɚ] 名 做夢的人；夢想家，幻想家。

dream·ful ['drimfəl] 形 多夢的；幻想性的。

dream·i·ly ['drimɪlɪ] 副 夢幻般的；迷糊地。

dream·i·ness ['drimɪnɪs] 名U夢境；如夢的狀態。

dream·land ['drim,lænd] 名 1 UC夢境，幻境；理想世界。2 U睡，睡眠。

dream·less ['drimlɪs] 形 不做夢的；沒有夢想的。

dream·like ['drim,laɪk] 形夢一般的。

dreamt [drɛmt] 動 **dream** 的過去式及過去分詞。

'dream ,team 名夢幻隊伍：由最佳選手組成的隊伍。

'dream ,world 名夢幻世界，夢境。

dream·y ['drimɪ] 形 (**dream·i·er, dream·i·est**) 1 多夢的；做夢的；如夢的：a ~ night 如夢的夜晚。2 幻想的；耽於白日夢的；模糊的，朦朧的：a ~ child 喜愛幻想的孩子。3 怡人的，輕柔的。4《口》漂亮的；非常好的，妙極的。

drear [drɪr] 形《文》= dreary.

·drear·y ['drɪrɪ] 形 (**drear·i·er, drear·i·est**) 1 淒涼的，陰鬱的；沉悶的。2《文》悲哀的。—名 (複 **drear·ies**) 枯燥無味的人
—動及使沉悶，使枯燥無味。-**i·ly**
-**i·ness** 名

dredge¹ [drɛdʒ] 名 1 挖泥船，疏濬機
2 撈網。—動及1 疏濬；挖（泥）《 *up*
2 用撈網採集《 *up* 》。3 挖掘出（
等）《 *up* 》。4 探索《 *for...* 》。—不及
疏濬機挖；用撈網採集《 *for...* 》。

dredge² [drɛdʒ] 動及（以麵粉等粉狀
撒在…上《 *with..., over...* 》。

dredg·er¹ ['drɛdʒɚ] 名 1《主英》=
edge¹ 名 1. 2 疏濬工人；撈網漁夫。

dredg·er² ['drɛdʒɚ] 名 撒粉器。

dreg [drɛg] 名1《通常作~s》渣滓，
物：drink... to the ~s 喝得一滴不剩；
（世間的苦樂）。2《通常作~s》微不
的東西，渣滓：the ~s of humanity 人
渣滓。3 少量：not a ~ 一點也不。

dreg·gy ['drɛgɪ] 形 有渣滓的；污濁的

·drench [drɛntʃ] 動及1《常用被動》
透；浸《 *in...* 》；使充滿《 *with...* 》
~*ed* (to the skin) by the rain 被雨淋
透。2 給（動物）灌下藥水。—名 1
弄溼。2 U《英》傾盆雨。

drench·ing ['drɛntʃɪŋ] 名U 溼透。

Dres·den ['drɛzdən] 名 德勒斯登：
東部的都市。

:dress [drɛs] 名 1 U衣服，服裝：casu
便服。2（上下連身的）女裝，洋裝。
禮服：in full ~ 穿上大禮服的。4 U
外衣，外裝。5 UC外表，裝束；裝
an old idea in a new ~ 表面新穎而實
舊的思想。—形 1 女用服裝的，衣服
2 禮服的；正式的；需穿禮服的。—
ed 或《古》**drest**, ~·**ing**) 及 1 給…穿
替…打扮；為…設計衣服，供應衣服
裝飾。3 調製（材料）；把…準備好
供使用）；料理（雞鴨等）；澆在
物）上面調味；鞣製；加工使表面平
光澤。4 整理，梳理；梳毛；耕種
顧。5 敷藥，包紮：~ a wound 包紮傷
6 使排成一直線；整頓（隊伍）：~ r
整隊。7〖劇〗（有效地）安排。—不
穿上衣服。2 穿上禮服。3 整隊；（
時）看齊。

be dressed in one's (Sunday) best《口
盛裝，穿上最好的衣服。

be dressed (up) to kill《口》（為了吸引
而）穿著入時。

dress down 穿著隨便，著便服。

dress...down / dress down... (1) 嚴加指
鞭打。(2) 梳理（動物）的毛。

dress ship (1) 以旗子裝飾船隻。(2)〖
軍〗整條艦艇掛滿旗子。

dress up (1) 穿上正式禮服；打扮。(
扮。

dress... up / dress up... (1) 使盛裝打扮
裝扮。(2) 使整齊。(3) 粉飾，誇張，歪
給（話）加油添醋。

dres·sage [drɛ'sɑʒ, drə-] 名 1 高級馬

稱 haute ecole）。2 Ⓤ 馴馬術。
ess ˌcircle 名（劇場二樓正對舞臺）特別座。
ess ˌcoat 名燕尾服 = tail coat.
ress-'coat·ed 形
ess ˌcode 名（正式場合的）服裝規。
essed [drɛst] 形 **1** 穿著衣服的。**2** 穿得的；穿…衣服的。
ess·er¹ ['drɛsɚ] 名 **1** 幫人穿衣者；服師。**2**《主英》包紮傷口的人；外科醫的助手。**3** 穿衣服的人；《與修飾語連》穿得…的人：a sharp ~ 穿著講究的。**4** 修整用具。**5**〖金工〗砧板。
ess·er² ['drɛsɚ] 名 **1**《美》梳妝臺，連子的五斗櫃。**2**《英》餐具櫥櫃。
ess·ing ['drɛsɪŋ] 名 **1** Ⓤ 打扮；穿衣。Ⓤ Ⓒ 加工修整，裝飾，修飾。**3** Ⓤ Ⓒ 食品的）預備工作；蛋黃沙拉醬，調味；（烹飪雞鴨等的）填塞食物：French 法國式沙拉醬。**4** Ⓤ Ⓒ（傷口的）包，包紮；包敷料，包紮料。**5**《口》= essing-down.
essing ˌcase 名 化妝箱。
ess·ing-down ['drɛsɪŋ'daun] 名《口》責，責備《 *for...* 》。
essing ˌgown 名晨袍，室內服（《》bathrobe, wrapper）。
essing ˌroom 名化妝室。
essing ˌstation 名〖軍〗急救站，療站。
essing ˌtable 名《美》梳妝臺，鏡；《主英》附抽屜的小型桌子。
ess·mak·er ['drɛsˌmekɚ] 名 女裝裁；婦女時裝店。—形 表現出女性美的，裁精細的。
ess·mak·ing ['drɛsˌmekɪŋ] 名 Ⓤ 女裝製（業），洋裁（業）。
ess paˌrade 名〖軍〗閱兵式。
ess re'hearsal 名彩排；排演。
ess 'shirt 名男人搭配禮服的襯衫；班等所穿的）正式襯衫。
ess 'suit 名男性禮服。
ess 'uniform 名〖軍〗軍禮服。
ess-up ['drɛs'ʌp] 名《常作 ~**s**》盛。
ess·y ['drɛsɪ] 形 (**dress·i·er, dress·i·est**) 口》**1** 漂亮的，華麗的，流行的；須穿盛的；講究穿著的，喜愛漂亮服飾的。文體等）過於講究的。
ew [dru] 動 **draw** 的過去式。
b [drɪb] 名《方》一滴；少量，微量《..》：in ~*s* and drabs《口》點點滴滴地，零星星地。
b·ble ['drɪbl] 動 不及 **1** 滴，滴下。**2** 口水。**3** 運球，盤球。—及 **1** 使滴下，垂涎。**2** 一點一點地用《 *out* 》；一點一地花掉《 *away* 》。**3** 運、盤（球）。—**1** 滴，點；少量《 *of...* 》。**2**〖運動〗運，盤球。**3**《蘇》小雨，毛毛雨。

drib·let ['drɪblɪt] 名 **1** 少量，小部分；小額：in ~*s* 零零星星地。**2** 小滴，小點（亦作 **dribblet**）。
:dried [draɪd] 動 **dry** 的過去式及過去分詞。—形 乾燥的，乾的：~fish 魚乾。
'dried-ˌup 形 無水分的；乾的；枯萎的：~milk 奶粉。
·dri·er, dry- ['draɪɚ] 名 **1** 負責弄乾的人；乾燥器，烘乾機。**2** 乾燥劑。
·drift [drɪft] 名 **1** Ⓤ Ⓒ 飄動，漂流；《喻》驅策，推進力：the ~ of an iceberg 冰山的漂流 / following the ~ of one's emotions 隨著感情的變化。**2** Ⓤ Ⓒ 趨勢，傾向《 *toward...* 》：a ~ *toward* nationalism 民族主義的傾向。**3** Ⓤ 意思，主旨。**4** 漂游物；漂流物；吹積物；〖地質〗冰磧。**5** Ⓤ 觀望：a policy of ~ 觀望政策。**6** Ⓤ 威力，強烈的影響力。**7**〖海〗漂流，漂流距離；Ⓤ Ⓒ 流速；滑輪間（最大伸展）距離。**8**〖語言〗演變；沿流；演變方向。**9** (1)〖電子〗漂移，偏移。(2)〖理〗漂移。—動 不及 **1** 飄蕩，漂流；流浪，漫遊。**2** 被吹積，吹成一堆。**3** 隨意移動；無意中陷入《 *into...* 》；移往《 *to...* 》；離開《 *from...* 》：~ into a bad habit 無意中染上惡習 / ~ off to sleep 慢慢地睡著了。—及 **1** 使漂流，推動《 *away, out* 》。**2** 把…吹成一堆，使被吹積物覆蓋。**3** 以 drift 把（孔）擴大；鑽（孔）。
drift apart 漂離；疏遠。
drift·age ['drɪftɪdʒ] 名 **1** Ⓤ 漂流（作用）；漂流量；漂流物，漂積物；〖海〗漂流偏差。**2** 偏差。
'drift ˌanchor 名 流錨。
drift·er ['drɪftɚ] 名 **1** 漂流物。**2** 流浪工人；流浪者。**3** 流刺網漁船。
'drift ˌice 名 Ⓤ 流冰，浮冰。
'drift ˌnet 名 流刺網。
drift·wood ['drɪftˌwud] 名 **1** Ⓤ 漂流木。**2** 流浪漢，遊民；廢物。
drift·y ['drɪftɪ] 形 (**drift·i·er, drift·i·est**) 漂流的，漂流性的；風積的；（裙子等）輕垂的。
·drill¹ [drɪl] 名 **1**〖機〗鑽；鑽頭；鑽床；鑽孔機。**2** Ⓤ Ⓒ 反覆練習《 *in...* 》；〖軍〗操練，演習。**3**《英口》正確的步驟，慣常的手續。—動 及 **1** 挖孔；穿（孔）；鑿（洞）。**2**〖軍〗訓練，操練。**3** 透過練習傳授。**4**《美俚》射穿。—不及 **1** 刺穿，挖孔《 *through...* 》。**2** 受訓，做練習。**3** 鑽探《 *for...* 》。**4** 發出刺耳的聲音。
drill² [drɪl] 名 **1** 犂溝，壟間；種子行列。**2** 條播機，播種機。—動 及 條播，條植。—不及 條播，條植。
drill³ [drɪl] 名 Ⓤ 粗斜紋布。
drill⁴ [drɪl] 名〖動〗黑面狒狒，鬼狒。
drill·ing ['drɪlɪŋ] 名 **1** Ⓤ 鑽孔，穿孔；《~**s**》鑽屑，鑽粉：oil ~ 油井鑽掘。**2** Ⓤ 訓練，練習。
'drilling ˌplatform 名 鑽油平臺。

D

D

drill·ion ['drɪljən] 形 名《美俚》龐大的（數目）。

drill·mas·ter ['drɪl,mæstɚ] 名 操練者，教練；〖軍〗教官。

'drill ,press 名〖機〗直立鑽床。

drill·ship ['drɪl,ʃɪp] 名 海底鑽探船。

dri·ly ['draɪlɪ] 副 = dryly.

drink [drɪŋk] 動 **(drank** 或《非標準》**drunk, drunk** 或《常作》**drank,**〖詩〗**drunk·en, ~·ing)** 及 **1** 喝；喝完《*down, off, up*》；《喻》嘗受：~ the cup of sorrow 嘗盡哀傷。**2** 吸收；吸上來《*up*》。**3** 乾杯，舉杯祝福《*to...*》：~ a person's health 為了祝福某人的健康而乾杯。**4** 因喝酒而浪費《*away*》；藉著喝酒忘卻《*away*》：~ one's trouble away 借酒澆愁。**5**《反身》使（自己）喝酒喝得成為某種狀態：~ *oneself* out of a job 因喝酒而丟了工作。
—不及 **1** 喝，飲用：eat and ~ 飲食。**2**（習慣性或過度地）喝酒：~ hard 酗酒。**3** 舉杯祝福《*to...*》。**4**《喻》吸收；感受《*of, from...*》。
drink... down / drink down... (1) 把…喝下，一口氣喝完。(2) 喝酒忘（憂）。(3) 使喝醉。
drink... in / drink in... 吸收；仔細欣賞；陶醉在…之中；凝神傾聽。
drink up 喝乾。
drink... up / drink up... (1) ⇨動及 1. (2) ⇨動及 2.
—名 **1** U C 飲料。**2** U 酒，含酒精的飲料；酗酒：take to ~ 嗜酒。**3** 一杯，一口，喝一頓：have a ~ 喝一杯。**4**《通常作 **the** ~》《口》（湖、海、河等的）水。

drink·a·ble ['drɪŋkəbḷ] 形 可以喝的，可以飲用的。—名《通常作 ~**s**》飲料。

'drink-,driving 名 U《英》酒後開車。

drink·er ['drɪŋkɚ] 名 喝酒的人；嗜酒的人：a heavy ~ 豪飲的人。

·drink·ing ['drɪŋkɪŋ] 形 飲用的；酒量好的，喝酒的：~ water 飲用水 / a ~ party 酒宴。
—名 U（習慣性或過度的）飲酒：be given to ~ 沉溺於酒。

'drinking ,fountain 名 噴泉式飲水器；飲水機。

'drink ,offering 名 U C 祭獻用的酒。

·drip [drɪp] 動 **(dripped** 或 **dript, ~·ping)** 不及 **1** 滴水：trees *dripping* after the rain 雨後滴水的樹木。**2** 滲透；滴下《*down*》。**3** 飾滿；充滿《*with...*》：a lady *dripping with* jewelry 全身珠光寶氣的婦女。—及 使滴下。—名 **1** 滴，滴下；《常作 ~**s**》水滴，點滴。**2** 水滴聲。**3**《俚》無聊的人，乏味的人。**4**〖建〗滴水簷[槽]。**5**〖醫〗《英》點滴。**6**《俚》傷感。**7**《俚》不平，抱怨；奉承。

'drip ,coffee 名 U 滴濾式咖啡。

drip-drip ['drɪp,drɪp] 名 連續的滴落（水滴、雨滴等）。

drip-dry ['drɪp,draɪ] 形 = wash-and-w—['-'-] 動 **(-dried, ~·ing)** 不及 及 自然乾。

drip-feed ['drɪp,fid] 名 U，形〖醫〗英》打點滴（的）（亦稱 **drip**）。

'drip ,grind 名 U drip coffee 用的粉末咖啡。

'drip ,painting 名 U C 滴灑畫（法

'drip ,pan 名 **1** 承油盤，承滴盤。dripping pan.

drip·ping ['drɪpɪŋ] 名 **1** U 滴下。**2**《作 ~**s**》水滴，滴；油汁；油滴。—形 滴落的。**2** 溼淋淋的。—副 溼漉漉地 wet 溼淋淋的。

'dripping ,pan 名 烤肉用承滴器皿

drip·py ['drɪpɪ] 形 **(-pi·er, -pi·est) 1** 滴的；多雨的，下雨的，毛毛雨的。**2** 口》過度傷感的。

drip·stone ['drɪp,ston] 名 **1**〖建〗簷石；滴水石。**2** U（鐘乳石、石筍形的）碳酸鈣。

dript [drɪpt] 動 **drip** 的過去式及過去詞。

:drive [draɪv] 動 **(drove** 或《古》**dra driv·en, driv·ing)** 及 **1** 驅趕，趕走：back an attacking enemy 擊退來襲的敵軍 **2** 驅使，逼迫，強迫做繁重的工作：person hard 逼迫某人拚命幹活。**3** 操縱駕駛：~ a truck 開卡車 / ~ a person ho 用車子送某人回家。**4**《常用被動》使動，驅動：~ the front axle 轉動前車軸 使成（某種狀態、行為）《*to, into...*》a person *to* despair 使人絕望。**6**（活絡地從事，經營（交易等）。**7** 挖鑿；使過；灌輸《*into...*》；打入：~ a tur through a hill 挖一隧道穿過山丘。**8** 動〗強打，強踢；〖高爾夫〗使（球）起；〖棒球〗（利用安打等）使（跑者前進；（利用安打等）使（跑壘）得分 **9**（風、水流等）推動；使順水流下。不及 **1** 行進；突進。**2**（風、雨）吹打雲）飛揚。**3** 驅策馬車，駕駛車輛；兜風：learn (how) to ~ 學開車 / ~ into city 開車進城。**4**〖高爾夫〗用長球桿打得高飛。**5** 拚命努力。
drive at... 用意所在，意指…。
drive away at... 《口》努力做…。
drive...home (1)⇨ 動及 3. (2) 完全釘入使充分了解。
drive...in / drive in... (1) 釘入。(2)（以打）把（跑者）送回本壘。(3) 教導輸。
drive a person into a (tight) corner 逼入境，難倒。
drive off (1)〖高爾夫〗打出第一球。(2 馳而去。
drive...off / drive off... (1)⇨動及 1. (2) 車載走。
let drive at... 對準…射擊；攻擊。

名 1 趕；駕駛，驅動。2 驅車旅行，兜；行程：take a ～ 開車兜風。3 驅趕；材的漂流；被驅趕的一群；漂流的木：a cattle ～ 被趕的一群牛。4 猛進；猛。5 運動。6 Ⓤ 活力，精力《 *to do* 》；取心；〖心〗誘因，動機；ⓊⒸ 衝動；勁。7 汽車道路，觀光道路；《英》私車道；《常作 D-》路，大道。8 Ⓤ Ⓒ 幾〗傳動，驅動；傳動裝置。9 Ⓤ Ⓒ 運動〗(球等的)強打；〖高爾夫〗長；〖棒球〗快速球。10〖商〗廉價出。11 趨向，傾向。12〖電腦〗驅動器。形 傳動（裝置）的：a ～ chain 傳動鎖。

ive-by ['draɪv,baɪ] 名《美》行車中槍擊動。—形 從行駛的汽車上射擊的。

ive-in ['draɪv,ɪn] 名《美》免下車電影、餐館、商店、銀行等。—形 提供免下服務的。

iv·el ['drɪvl] 動 (～ed, ～·ing 或《英》**lled, ～·ling**) 不及 1 流口水。2 說傻話《 》。—及 1 胡說，亂說。2 浪費，荒。—名 Ⓤ 1 口水，鼻涕。2 廢話，胡。

iv·el·er, 《英》**driv·el·ler** ['drɪvə] 名 1 流口水的人。2 胡言亂語的人。

ive·line ['draɪv,laɪn] 名〖汽車〗動力動系統。

iv·en ['drɪvən] 動 **drive** 的過去分詞。

iv·er ['draɪvɚ] 名 1 駕駛員，司機，馬夫。2 驅趕之人；趕牲口的人。3〖機〗輪；主動件；主動輪。4〖高爾夫〗長打的球桿。5 打樁機，小錘。

iver ˌant 名〖昆〗= army ant.

iver's ˌlicense 名《美》駕駛執照。

iver's ˌseat 名 1《 **the** ～》權力的寶，可支配人的地位。2 駕駛座。

ive ˌshaft 名〖機〗驅動軸。

ive-through ['draɪv'θru] 名《美》提免下車服務的餐館、銀行等。—形 坐在內購物的。

ive·train ['draɪv,tren] 名 = driveline.

ive-up ['draɪv,ʌp] 形《美》免下車服務。

ive·way ['draɪv,we] 名《美》私人車：由住宅、車庫至公有道路的車道。

ive ˌwheel 名 = driving wheel.

iv·ing ['draɪvɪŋ] 形 1 迫使的，虐待(下等)的：a ～ foreman 粗暴的工頭。2 精力的，非常活躍的。3 迎面吹來的，烈的：～ rain 大雨。4 傳動的，推進的；駛用的，操縱用的：a ～ shaft 主動軸 / force 推進力。

iving ˌiron 名〖高爾夫〗長打用的頭球桿。

iving ˌlicence 名《英》駕駛執照。

iving ˌrange 名 高爾夫練習場。

iving ˌschool 名 汽車駕駛訓練班。

iving ˌtest 名 汽車駕照考試。

iving ˌwheel 名 1〖機〗= driver 3. 2 動輪；傳動輪。

driz·zle ['drɪzl̩] 動 不及《常以 **it** 作主詞》下毛毛雨。—及 使像細雨一樣地灑下。—名 Ⓤ 1 細雨，毛毛雨。2〖氣象〗細雨。

driz·zly ['drɪzlɪ] 形 下毛毛雨的。

drogue [drog] 名 1 桶型海錨。2〖空〗漏斗型輸油嘴；拖在飛機尾部的靶；測風向用的圓錐筒；減速用降落傘。

droll [drol] 形 可笑的，詼諧的：a ～ turn of phrase 措詞的詼諧的轉折。—動 不及 1 開玩笑。2 單調地說話。

droll·er·y ['drolərɪ] 名 (複 **-er·ies**) Ⓤ Ⓒ 1 可笑的事；玩笑。2 滑稽舉動；打趣；詼諧。

drom·e·dar·y ['drɑmə,dɛrɪ] 名 (複 **-dar·ies**)〖動〗單峯駱駝。

drone¹ [dron] 名 1 雄蜂。2 懶惰者，遊手好閒的人。3 利用無線電操縱的無人飛機、船、飛彈。

drone² [dron] 動 不及 1 嗡嗡作聲。2 用單調的聲音說《 *on / about...* 》。—及 用單調的聲音說出《 *out* 》。—名 1 單調的聲音；嗡嗡叫的聲音。2〖樂〗持續低音。3 說話單調的人。

dron·go ['drɑŋgo] 名 1〖鳥〗烏秋。2《澳俚》反應遲鈍的人，無聊愚蠢的人。

drool [drul] 動 不及 1 垂涎，流口水。2 說傻話。3 過分高興；興高采烈地期盼《 *about, over...* 》。—名 = drivel.

drool·y ['drulɪ] 形 (**drool·i·er, drool·i·est**) 1 流口水的，垂涎的。2《俚》極令人高興的。

·**droop** [drup] 動 不及 1 鬆弛下垂，垂下來：with one's head ～*ing* 垂頭喪氣地。2《文》下降，下沉。3 衰弱；減退；意志消沉；枯萎。—及 垂（頭），使（目等）垂下。—名 下沉，下垂；意志消沉，（健康狀況的）衰退。

～**·ing·ly** 副

droop·y ['drupɪ] 形 (**droop·i·er, droop·i·est**) 1 下垂的。2 沒精神的，氣餒的。

·**drop** [drɑp] 名 1 滴，水珠：～*s* of perspiration 汗珠 / fall in ～*s* 成滴落下。2 一滴之量；少量《 *of...* 》；《口》少量的酒：～ by ～ 一滴一滴地，一點一點地 / take a ～ too much 喝醉酒。3《通常作～**s**》點滴藥，滴劑。4 滴狀物；珠寶垂飾物；顆粒糖果；〖建〗滴狀飾；〖家具〗垂飾；絞首臺（的站臺）。5 滴下；落下；下降的距離，深度；減低，下降《通常用 *in...* 》；陡坡：a ～ *in* price(s) 物價的下跌。6 總儲藏庫，集發中心：a mail ～ 郵件總集發地。7《主美》（郵箱等的）投遞口。8《俚》（間諜）放置祕密情報的地方。9〖劇〗垂幕；最後一幕。10〖軍〗空降部隊；空降；空投。11〖橄欖球〗落踢。

a drop in the bucket [***the ocean***] 滄海一粟；極少量。

at the drop of a hat 《主美》(1) 一被暗示就…。(2) 立刻；樂意地。

get* [*have*] *the drop on a person 《美口》(1)比（對方）先拔槍。(2)先發制人。
—動 **(dropped** 或 **dropt, ~·ping)** 不及 **1** 滴，滴下。**2** 掉落；跌倒；跳下：~ off a cliff 從懸崖上翻落。**3** 突然倒下；跌落；死亡。**4** 消失《*out of, from...*》；退出《*from...*》；結束；中斷。**5** 下降，減低。**6** 不知不覺地陷於《*into, to...*》。**7** 下行，流下《*down*》。**8** 落後《*away, back, off, behind*》。**9** 順道前往，順道拜訪《*in, by, over, round*》。**10** 洩漏出《*from...*》。**11**（動物之子）出生，被產下。
—及 **1** 使滴下。**2** 使落下；放下；投（信）；空投；放棄；《喻》投下（金錢），輸掉。**3** 放出（下擺、折邊）。**4** 降低，減少。**5** 無意中講出；寫（短信）給…。**6** 擊倒；《俚》殺死。**7** 卸下。**8** 遺漏。**9** 取消；戒除；中止；與…斷絕關係。**10**《主美》除名，開除《*from...*》。**11**〖運動〗踢入球門；輸掉；〖美足〗= dropkick。**12**（動物）產（子）。**13**〖海〗遠離，超出視線距離外。**14**〖烹飪〗把（蛋）打入熱水中烹煮。**15**《美俗》吸食（迷幻藥）。

drop across... (1)邂逅，偶然發現。(2)叱責。

drop away (1)一個一個離去，消失；減少。(2)滴落。

drop dead (1) ⇨動不及 3. (2)《俚》滾蛋吧！***Drop it***！停止！（不要再講或嘲弄人家了）。

drop off (1)睡著。(2)減少，衰落。(3) = DROP away (1). (4)《口》死。(5)下車。

drop... off / drop off... ⇨動及 7

***drop on* [*upon*] ...**《口》斥責，懲罰。

drop out (1)離去；消失。(2)落後，棄權。(3)（因對道德、價值觀失望）逃避現實；中途退學。(4)〖橄欖球〗防衛的一方從距離己方 25 碼線處踢落地球。

drop the ball《美俚》犯錯；出差錯。

drop to... (1) ⇨動不及 1. (2)嗅出；領悟出來。

fit* [*ready*] *to drop《口》筋疲力盡。

let drop... (1)無意間洩漏。(2)打斷。

'drop ˌcloth 图《美》（刷油漆時的）防滴布。

'drop ˌcurtain 图〖劇〗垂幕，帶花的厚幕。

'drop-dead 副《口》極漂亮地。

'drop ˌforge 图落鎚。**drop-forge** ['drap ˌfɔrdʒ] 動及以落鎚鍛鍊。**'drop 'forging** 图U落鍛。

'drop ˌhammer 图 = drop forge.

drop-in ['drap,ɪn] 图 **1** 順道過訪的人。**2** 輕鬆的聚會。—形插入式的。

'drop ˌkick 图〖美足〗落踢。

drop-kick ['drap'kɪk] 動及不及〖美足〗落踢；以落踢把球踢入球門。

drop·let ['draplɪt] 图小水滴，小雨點。

drop·light ['drap,laɪt] 图（升降式）吊燈，活動吊燈。

drop-off ['drap,ɔf] 图 **1** 急坡，懸崖 下降，衰微，下跌。

drop(-)out ['drap,aʊt] 图 **1** 脫離（者）；棄權（者）；落後（者）；輟學（者）**2** 脫離社會（者）。**3**〖橄欖球〗防守的方從己方 25 碼線內所做的落地踢。**4**（音帶上）被消音的部分。

'drop ˌpass 图〖冰上曲棍球〗運球者離橡皮圓盤，讓緊隨的隊友接上的傳法。

drop·per ['drapɚ] 图 **1** 落下的人或物 **2** 滴管，點滴液量計，吸墨管。

drop·per-in ['drapɚ,ɪn] 图 = drop-in

drop·ping ['drapɪŋ] 图 **1** 滴落；落下 滴落之物；落下物；蠟油滴。**3**《~s》鳥獸的）糞便。

'dropping ˌbottle 图滴瓶。

'drop ˌscene 图 **1** 景幕；輕鬆戲；最 一幕戲；最後一場。**2**（人生的）大結局

'drop ˌshot 图〖網球〗吊球，壓球：過網急落的打法。

drop·si·cal ['drapsɪkḷ] 形水腫（似 的；患了水腫症的。

drop·sy ['drapsɪ] 图U〖病〗水腫，腫。

dropt [drapt] 動 **drop** 的過去式及過去詞。

drop·wort ['drap,wɝt] 图〖植〗六瓣線菊；芹。

drosh·ky ['draʃkɪ], **dros-** ['dras-] **(複-kies)**（俄國用的）無篷輕便四輪車。

dross [drɔs] 图U **1** 浮渣，撇渣；《英》渣，炭渣。**2** 廢物，雜質。

dross·y ['drɔsɪ] 形 **(dross·i·er, dross·i·** **1**（含有）浮渣的。**2** 不純的，沒有價值

·drought [draʊt] 图CU **1** 乾旱；旱災 **2** 長期缺乏，枯竭。**3**《方》口渴。

drought·y ['draʊtɪ], **drouth·y** ['dr ɪ] 形 **(drought·i·er, drought·i·est)** **1** 受的。**2** 乾旱的。**3**《方》口渴的。

:drove¹ [drov] 動 **drive** 的過去式。

drove² [drov] 图 **1**（移動的）畜群。**2** 股人群：in ~*s* 大批地，成群地。

dro·ver ['drovɚ] 图 **1** 趕牲畜的人。**2** 賣牲畜的商人。

·drown [draʊn] 動不及 溺死；沉沒 ~*ing* man will catch at a straw.《諺》快死的人連一根草都會抓住；急不暇擇。
及 **1**《主要用反身或被動》(1)使溺死。使沉浸於《*in...*》。**2**（藉…）忘卻，《*in...*》。**3** 淹沒，浸沒。**4**（噪音等）過，蓋過。**5** 在（飲料等）中摻入太多水。

drown... out / drown out... (1)（洪水）…逃離家園；（用水）趕出洞穴等；（礦場等）因為淹水而關閉。(2)（噪音等壓過；蓋過。

drown·proof·ing ['draʊn,prufɪŋ]

)水上漂浮術。

owse [draʊz] 動 不及 1 昏昏欲睡；打
睡《 *off* 》。2《古》呆滯，處於不活動
狀態。—及 1 昏昏沉沉地度過（時光）
away 》。2 使昏昏欲睡；使呆滯。
-名（打）瞌睡；睡意，昏昏沉沉的狀
。

ow·si·ly ['draʊzəlɪ] 副 昏昏欲睡地；
洋洋地。

ow·si·ness ['draʊzɪnɪs] Ⓤ想睡。

ow·sy ['draʊzɪ] 形(**-si·er, -si·est**) 1 打瞌
的；昏昏欲睡的：feel ~ 覺得昏昏欲
。2 沉寂的；呆滯的。3 令人想睡覺
，使人懶洋洋的。

ub [drʌb] 動(**drubbed**, ~**·bing**) 及 1 用
子打，棒打；頓（腳）。2 強迫灌輸《
to... 》。3 徹底擊敗。—不及頓腳（跺地
等）；敲擊。

ub·bing ['drʌbɪŋ] 名ⓊⒸ 1 棒打；痛
，毆打。2 大敗，慘敗。

udge [drʌdʒ] 名 1 做苦工的人；做刻板
作的人。2 無聊的工作：a daily ~ 每日
燥乏味的例行工作。
-動 不及 做苦工，做乏味工作《 *at...* 》：
away *at* tedious work 做單調乏味的工
。

udg·er·y ['drʌdʒərɪ] 名Ⓤ下賤的工作，
聊的工作，苦差事。

ug [drʌg] 名 1〖藥〗藥。2 麻醉藥；興
劑；毒品。3《~s》《美》衛生用品。
ug on the market 滯銷品。
-動(**drugged**, ~**·ging**) 及 1 在…之中混
藥物。2 用麻醉藥麻醉…，使昏睡；使
藥。3 使麻醉。
-不及 吃麻醉藥，吃麻醉藥上癮。

ug ˌaddict 名 吸毒者，有毒癮的
，常用麻醉藥的人。

ug·get ['drʌgɪt] 名 1 一種粗地毯。2
毛織物。3 Ⓤ作地毯等用的粗織品。

ug·gist ['drʌgɪst] 名 1《主美·蘇格蘭》
劑師（《英》chemist）。2 藥店老闆，
藥的人。

ug·gy ['drʌgɪ] 名 (複**-gies**)《美》吸毒
。—形吸毒的。

ug·push·er ['drʌg,pʊʃɚ] 名毒販，販
者。

ug·ster ['drʌgstɚ] 名有毒癮的人。

ug·store, drug store ['drʌg,stor]
)《美》藥房，藥妝店。

u·id ['druɪd] 名《常作**D-**》杜魯伊德教
僧侶。

u·id·ism ['druɪ,dɪzəm] 名Ⓤ 杜魯伊德
（的儀式）。

um [drʌm] 名 1 鼓；《 **the** ~**s** 》（管弦
團、樂隊的）大鼓部分。2 鼓聲；擊鼓
的聲音。3 共鳴器官；〖解·動〗耳膜；
膜。4 鼓狀物；（機械的）鼓輪；圓
；圓筒形容器；鼓形石材；〖建〗圓形
院柱間牆。5《美》鼓魚。6〖電腦〗磁
。7《澳俚》警報，情報，（賽馬等的）
預測；《 **the** ~》真實情況。8《澳俚》(
流浪漢攜帶的）行李。9《俚》住宅夜總
會，妓院。

beat the drum [***drums***] (1)⇨名 1. (2) 竭力宣
傳。(3) 抗議。

—動 (**drummed**, ~**·ming**) 不及 1 擊鼓，
打鼓。2 有節奏地敲擊《 *on...* 》。3 敲鼓般
地響。4 宣傳，鼓吹《 *for...* 》。—及 1 有
節奏地敲打；用鼓奏出。2（以擊鼓）呼
喚，召集。3（反覆地）教導，灌輸《 *into
...* 》。

drum...out / drum out... (1)《昔》擊鼓把
（某人）從軍中趕出去。(2) 驅逐《 *of...* 》。

drum...up / drum up... 招徠；極力爭取
（客戶等）；大聲喚起（關心、興趣等）。

drum·beat ['drʌm,bit] 名 鼓聲；《作副
詞》（敲一下鼓的）短暫時間。

drum·beat·er ['drʌm,bitɚ] 名 大張旗鼓
宣傳的人，廣告人員，宣傳者；熱心支持
者。

'drum ˌcorps 名 鼓樂隊，軍樂隊。

drum·fire ['drʌm,faɪr] 名《用單數》1 連
續不斷的炮火。2（質詢、申訴的）集中攻
擊。

drum·head ['drʌm,hɛd] 名 1 鼓皮。2 絞
盤的頂部。3 耳膜。—形（審判等）不重
形式的，速決的。

'drumhead 'court-ˌmartial 名 戰
地臨時軍事法庭。

drum·lin ['drʌmlɪn] 名 冰磧丘。

'drum ˌmajor 名《主美》（軍樂隊的）
行進樂隊隊長。

'drum majorˌette 名《主美》鼓樂隊
女隊長。

drum·mer ['drʌmɚ] 名 1 樂隊鼓手。2
《美口》巡迴推銷員。

'Drum·mond ˌlight ['drʌmənd-] 名水
銀燈，聚光燈。

drum·stick ['drʌm,stɪk] 名 1 鼓槌。2
（煮熟的雞、鴨、鳥類的）腿。

:drunk [drʌŋk] 形 1 酒醉的，喝醉的：get
dead ~ 爛醉如泥 / be ~ with gin 喝杜松子
酒喝醉了。2 陶醉了的，著迷的《 *with
...* 》：be ~ *with* power 迷戀權勢。3 由於酒
醉造成的。

drunk as a lord 爛醉如泥。

—名《俚》1 酒醉；酩酊大醉：be [go] on a
~ 醉了 / a roaring ~ 酗酒胡鬧。2《美》酒
宴，酒席。—動 **drink** 的過去分詞；《非
標準》**drink** 的過去式。

drunk·ard ['drʌŋkɚd] 名酒鬼，醉漢。

ˌdrunk 'driving 名Ⓤ《美》酒醉駕
車。

·drunk·en ['drʌŋkən] 形《通常為限定用
法》1 喝醉了的，酒醉的。2 經常酗酒
的。3 喝醉引起的：~ driving 酒醉駕車。
4 = drunk 形 2. ~**·ly** 副 醉醺醺地，酒醉
地。

drunk·en·ness ['drʌŋkənnɪs] 名 Ⓤ 1
醉；酒精中毒。2 過分，無節制。

D

D

drunk·om·e·ter [drʌŋ'kɑmɪtɚ] 名《美》〖醫〗測醉器，酒精量測定器。
'drunk ˌtank 名酒醉者拘留所。
dru·pa·ceous [dru'peʃəs] 形〖植〗核果（狀）的；結核果的。
drupe [drup] 名〖植〗核果。
dru·pel ['drupəl], **drupe·let** ['druplɪt] 名〖植〗小核果。
'Dru·ry 'Lane ['drurɪ-] 名朱里巷：倫敦城中區的一條大街，以其劇院聞名於世。
druth·ers ['drʌðɚz] 名(複)《美·方》自己的選擇，喜好。
:dry [draɪ] 形 **(dri·er, dri·est) 1** 乾的，烘乾了的。**2** 乾旱的，乾燥的：the ~ season 旱季。**3** 不在水中的。**4** 乾涸的；不流淚的；擠不出奶的。**5**《口》口渴的。**6** 直截了當的，沒有裝飾的；沒有偏見的：the ~ facts of the case 關於某事的赤裸裸的事實。**7** 枯燥乏味的；不露感情的；（聲音）刺耳的；（色彩）單調的：~ humor 面無表情所說的幽默話。**8** 沒有塗奶油或果醬的。**9** 不甜的，淡的。**10** 沒有收穫的，不結果的。**11**《美》禁酒的，實施禁酒法的：go ~ 禁酒的，實施禁酒法。**12** 固體的，乾物的：~ provisions 乾糧。**13**〖建〗乾砌的；不敷灰泥的。
be dry as a bone 完全乾燥的。
die a dry death 非溺水或流血過多而死，壽終正寢。
not dry behind the ears 未成熟的，乳臭未乾的。
—動 **(dried, ~·ing)** 及 弄乾，使乾；擦乾：~ oneself 擦乾身體 / ~ the bones of...《喻》使致死。—不及 變乾，乾掉。
dry out ⑴變得極乾。⑵接受戒酒或戒除毒癮的治療；戒掉酒癮。
dry... out / dry out... ⑴使變得極乾（《英》dry off）。⑵醫治酒癮。
dry up ⑴完全乾掉；乾涸。⑵用布巾擦拭餐具。⑶《通常用於命令》《口》中止談話，肅靜。⑷枯竭；講完；（演員等）忘了臺詞。
dry...up / dry up... ⑴使完全乾掉，使乾涸。⑵用布巾擦拭（餐具）。
—名 **1** (複 **~s** [-z])《美口》禁酒主義者，贊成禁酒論者。**2** (複 **dries**) U 乾燥狀態，乾旱；C 乾燥期，無雨期。**3** 乾燥地域。
dry·ad ['draɪəd, -æd] 名(複 **~s, -a·des** [-əˌdiz])《常作 **D-**》〖希神〗森林女神。
dry·as·dust ['draɪəzˌdʌst] 名學究氣太重的乏味的學者、演說者、作家等。
'dry-as-'dust 形乏味的。
'dry ˌcell 名乾電池。
dry-clean ['draɪ'klin] 動及乾洗。
'dry 'cleaner 名乾洗店。
'dry 'cleaning 名U 乾洗。
dry-cure ['draɪˌkjʊr] 動及用乾燥法醃製。
Dry·den ['draɪdn̩] 名 **John**, 杜來登（1631-1700）：英國詩人、劇作家、批評家。
'dry ˌdock 名〖船〗乾船塢。
dry-dock ['draɪˌdɑk] 動及不及（把）船）駛進乾船塢。
dry·er ['draɪɚ] 名 = drier.
dry-eyed ['draɪˌaɪd] 形不流淚的，不感情的。
dry-farm ['draɪˌfɑrm] 動不及〖農〗以旱農耕法耕作。—及以乾旱農耕法栽培以乾旱農耕法耕種。
'dry 'farmer 名從事旱地耕作的農民
'dry 'farming 名U 乾旱農耕法，耕。
'dry ˌgoods 名(複)《作單、複數》《美紡織品，布類；《英》乾貨類，穀物。
'dry 'ice 名U 乾冰。
dry·ing ['draɪɪŋ] 形 **1** 使乾燥的；乾燥的：a ~ shed 乾燥棚。**2** 快乾性的。—U 乾燥。
'dry 'land 名 **1** U（與海洋相對的）地。**2** 乾燥的土地。
'dry ˌlaw 名《美》禁酒令。
dry·ly ['draɪlɪ] 副乾燥地；乏味地；冷地；一本正經地。
'dry 'measure 名U 乾量。
'dry 'milk 名U 奶粉。
'dry ˌnurse 名 **1** 不哺乳的保母。**2** 多閒事的人。**3**《口》助手。
dry-nurse ['draɪnɝs] 動及 **1** 當保母多管閒事。**3** 輔助。
dry·point ['draɪˌpɔɪnt] 名 **1** U 銅版雕法。**2** 銅版雕刻畫；銅版雕針。
'dry 'rot 名U **1**〖植病〗乾腐病；乾腐的菌類。**2** 腐敗，（藝術等的）墮落。
'dry 'run 名 **1** 非實彈演習。**2**《口》演；試車，樣本。
dry-shod ['draɪˌʃɑd] 形鞋子未弄溼的
dry·wall ['draɪˌwɔl] 名清水牆，乾砌牆。
'dry ˌwash 名 **1** U 洗好晒乾尚未燙過衣物。**2** = wash 名 7.
d.s.《縮寫》*d*aylight *s*aving（夏令時的）日光節約；〖商〗*d*ays after *s*ight（據等的）見票後…天支付。
D.Sc.《縮寫》*D*octor of *Sc*ience.
D.S.C.《縮寫》*D*istinguished *S*erv Cross. **1** 美國陸軍作戰英勇十字勳章。**2** 國海軍英勇十字勳章。
D.S.M.《縮寫》*D*istinguished *S*erv *M*edal. **1** 美國三軍所授銅質勳章。**2** 英海軍及陸戰隊所授作戰銅質勳章。
DST《縮寫》*D*aylight *S*aving *T*ime 日節約時間。
d.t., d.t.'s [ˌdi'tiz]《口》*d*elirium *t*rem*s*.
D.Th., D. Theol.《縮寫》*D*octor *Theol*ogy. 神學博士。
DTP《縮寫》*d*esk*t*op *p*ublishing.
Du.《縮寫》*Du*ke; *Du*tch.
du·ad ['djuæd] 名兩個一組；一對。

·al ['djuəl] 形 **1** 雙的；二重的。**2** 二部
構成的，二元的：～ ownership 雙重所
權 / ～ citizenship 雙重國籍。**3**（古英、
拉伯語等）雙數的：the ～ number 雙
。一名〖文法〗雙數。 ～**·ly** 副
al 'carriageway 名《英》中央隔開
雙向公路。
·al·in ['d(j)uəlɪn] 名 雙硝炸藥。
·al·ism ['djuə,lɪzəm] 名U **1** 二元性。
〖哲〗二元論。**3**〖神〗善惡二元說。
st 名, **-'is·tic, -ti·cal** 形
·al·i·ty [dju'ælətɪ] 名U 雙重性，二元
。
al 'number 名〖文法〗雙數。
al person'ality 名〖心〗(交互或
時顯現的）雙重人格。
·al-pur·pose ['djuəl'pɝpəs] 形 作雙
用途的；(家畜）乳肉雙用的。
b[1] [dʌb] 動 **(dubbed, ～·bing)** 及《文》**1**
予…爵士稱號。**2** 冠…以（…的綽
），把…稱作…。**3** 使平滑；加工。**4**
〗《英》= dress 動及 3.
b[2] [dʌb] 名《俚》笨拙的人。
b[3] [dʌb] 動及不及 衝刺，戳，桶。
名 **1** 衝刺，戳。**2** 鼓聲。
b[4] [dʌb] 動 **(dubbed, ～·bing)** 及 **1** 為
影片）配音。**2** 加上音響效果《*in*》。**3**
製（唱片）。一名 重新加入的錄音（部
）；配音。
b[5] [dʌb] 動不及《俚》《只用於下列片
》
b in 全額付出；捐款。
b up 全額付出。
b. 《縮寫》Dublin.
·bai [du'baɪ] 名 杜拜：阿拉伯聯合大公
內的最大酋長國。
b·ber ['dʌbɚ] 名 dub[1,3,4] 的人。
b·bin ['dʌbɪn] 名U 塗皮革用的混合
脂。
b·bing[1] ['dʌbɪŋ] 名U = dubbin.
b·bing[2] ['dʌbɪŋ] 名 複製唱片；U 加
音效，配音。
·bi·e·ty [dju'baɪətɪ] 名(複 **-ties**) **1** U 可
，不確實；疑念。**2** 可疑的事。
·bi·ous ['djubɪəs] 形 **1** 意義含糊的，模
兩可的：a ～ response 曖昧的答覆。**2** 可
的；不可靠的：a ～ character 身分不明
人物 / a ～ deal 一樁靠不住的交易。**3**
以預料的，無法測知的：a ～ victory 勝
未卜。**4**《敘述用法》懷疑的《*of, about,
to...*》。～**·ly** 副
·bi·ta·ble ['djubɪtəbl] 形 可疑的，不
的。
·bi·ta·tive ['djubə,tetɪv] 形 懷疑的，
躇的；半信半疑的。～**·ly** 副
b·lin ['dʌblɪn] 名 都柏林：愛爾蘭共和
的首都。
·cal ['djukl] 形 公爵的；公爵領地的。
c·at ['dʌkət] 名 **1** 達卡特金幣：中世紀
洲各國通行的金幣。**2**《美俚》入場券，
門票。**3**《～**s**》《俚》錢；現金。
du·ce ['dutʃe] 名 (複～**s, -ci** [-tʃɪ]) 領導
者，領袖；獨裁者。
duch·ess ['dʌtʃɪs] 名 **1** 公爵夫人，女公
爵。**2**《英俚》女人，母親，妻子；小販之
妻。
'duchesse po'tatoes 名 (複)加入熟蛋
的馬鈴薯泥。
duch·y ['dʌtʃɪ] 名 (複 **duch·ies**) **1** 公爵領
地，公國。**2**《英》皇室的直轄封地。
·duck[1] [dʌk] 名(複 ～**s**, ～) **1** 鴨子；母鴨：
a domestic ～ 家鴨。**2** U 鴨肉。**3**《常作
～**s**，作單數》《主英俚》可愛的人，寶
貝。**4**《美口》人，傢伙。**5**〖板球〗《俚》
得零分。
a fine day for ducks 雨天。
break one's duck（運動中）第一次得分。
duck(s) and drake(s) 打水漂。
in two shakes of a duck's tail 瞬間，立刻。
lame duck 沒有勢力的政治人物，無能的
人，跛腳鴨。
like a duck in a thunderstorm 驚惶失措。
like water off a duck's back 毫無作用。
***play ducks and drakes with... / make ducks
and drakes of...*** 花（錢）如流水；把…當
兒戲。
take to... like a duck to water 喜好（事），
極為自然地把…做上手，毫無困難地接受
…，正中下懷。
duck[2] [dʌk] 動不及 **1** 突然潛入水中。**2** 突
然蹲下，急速低頭；逃開；躲避：～ away
from the ball 躲開那個球。一及 **1** 把…突
然潛入水中，使猛然沉入《*in...*》。**2** 突然
把（頭、身體等）低下；躲避。一名 突
然低頭（的動作）；突然潛水（的動
作）；轉身，迴避。
duck[3] [dʌk] 名 **1** U 帆布。**2**《～**s**》此種
布料所做的運動褲。
duck·bill ['dʌk,bɪl] 名〖動〗鴨嘴獸。
duckbilled 'platypus 名 =duckbill.
duck·board ['dʌk,bord] 名《通常作～**s**》
踏板，板條。
duck·ing ['dʌkɪŋ] 名 **1** 突然進入水中的
動作；溼透：give him a ～ 把他浸入水中
/ get a ～ 全身溼透。**2** 突然低下頭。**3**〖拳
擊·角力〗閃過，躲過。
'ducking ,stool 名〖史〗水罰椅。
duck-leg·ged ['dʌk,lɛgɪd] 形 腿較短
的；蹣跚而行的。
duck·ling ['dʌklɪŋ] 名 小野鴨，小鴨。
duck·pin ['dʌk,pɪn] 名《美》**1**〖保齡
球〗一種較矮且較粗的保齡球瓶。**2**《～**s**》
《作單數》一種使用此種保齡球瓶的運
動。
'duck's di'sease 名《謔》短腳。
'duck 'soup 名 U《美俚》容易事，家
常便飯；C 容易上當的人。
duck·weed ['dʌk,wid] 名U 浮萍，水
萍。
duck·y[1] ['dʌkɪ] 形 **(duck·i·er, duck·i·est)**

D

D

《口》可愛的；滿意的；美好的。

duck·y² ['dʌkɪ] 图 (複 **duck·ies**)《英口》《表示親愛、親密的稱呼》心愛的人，可愛的人。

duct [dʌkt] 图 **1**（水、瓦斯等的）導管。**2**〖解·動〗輸送管；〖植〗導管，脈管。**3**〖電〗導層；管，道。

duc·tile ['dʌktḷ] 形 **1**（金屬等）可鍛鍊的；有延伸性的。**2** 可以變形的；柔韌的。**3** 易於被勸導的，順從的。

duc·til·i·ty [dʌk'tɪlətɪ] 图 U **1** 延展性。**2** 柔軟性；柔順。

'ductless 'gland 图 內分泌腺。

dud [dʌd] 图《口》**1** 沒用的人，廢物；完全的失敗；〖軍〗啞彈。**2**《～s》衣物；破衣服；（個人的）所有物。—形 假的；不中用的；無價值的。

dude [djud] 图 **1**《主美》花花公子；注重外表的人；小子，傢伙。**2**《美俚》都市人；《美西部》在牧場度假的東部客。

'dude ˌranch 图《美》觀光牧場。

dudg·eon ['dʌdʒən] 图 U《文》生氣，發怒，憤慨：in high ～ 暴跳如雷。

dud·ish ['djudɪʃ] 形《主美》花花公子般的，講究穿戴的。

·**due** [dju] 形 **1** 理該支付的，（向…）借來的《 *to...* 》；到期的：the ～ date 支付日期，到期日 / the money ～ *to* him 欠他的錢 / become ～ 期滿，到期。**2** 應得的，應有的《 *to...* 》: the honor ～ (*to*) him 他應得的榮譽。**3** 適當的；正式的；充分的：in ～ form 正式地 / in ～ time（適當的）時候一到，在恰當的時機。**4**《敘述用法》預定的《 *for...*, *to* do 》；預定應到的《 *at*, *in...* 》。

due to... (1) 因爲…；應該由…。(2) 由於…。(3) ⇨ 形 1, 2, 4

in due course ⇨ COURSE（片語）

—图 **1** 該支付的東西。**2**《通常作 ～**s** 》會費；費用；手續費；稅金：club ～*s* 俱樂部會費 / harbor ～*s* 入港稅。

give a person his due (1) 待（人）公平。(2) = give the DEVIL his due.

pay one's dues《美俚》盡責任；經受苦難。

—副 不偏不倚：a ～ west course 正西路線。

'due ˌbill 图《美》借據。

du·el ['djuəl] 图 **1** 決鬥：fight a ～ with a person 與人決鬥。**2** 鬥爭：a verbal ～ 舌戰，論戰 / a ～ of wits 鬥智。

—動 (～**ed**, ～**·ing** 或《英》**-elled**, ～**·ling**) 不及 競爭；決鬥《 *with...* 》。

—及 與…競爭；與…決鬥。

～**·er**,《英》～**·ler** 图, ～**·ing**,《英》～**·ling** 图 U 決鬥（術）。

du·en·de [du'ɛnde] 图 U《西班牙語》魅力，魔力。

du·en·na [dju'ɛnə] 图 **1**（在西班牙、葡萄牙等地照護陪伴少女的）中年保母。**2** 陪伴，女性家庭教師。

ˌ**due 'process** 图 U《美》〖法〗正式序。

du·et [dju'ɛt] 图 **1**〖樂〗二重唱（曲），重奏（曲）。**2**《喻》對話。

du·et·tist [dju'ɛtɪst] 图 二重唱者，二奏者。

duff¹ [dʌf] 图 **1** 水果布丁。**2**《美·蘇》林中腐爛的枯葉堆，地面腐植質；《美煤屑，炭粉。

duff² [dʌf] 图《俚》屁股，臀部。

duf·fel, -fle ['dʌfḷ] 图 U **1**《美》（露者的）衣物和裝備。**2** 厚毛的粗織呢絨

'duffel ˌbag 图《美》帆布旅行袋。

duff·er ['dʌfɚ] 图 **1**《口》笨蛋；無能人《 *at...* 》；動作遲緩的老人。**2**《俚》牌貨；廢物。**3**《俚》兜售小販。

'duffle ['duffel] ˌcoat 图 用粗厚的毛料製成的連帽上衣。

:**dug¹** [dʌg] 動 **dig** 的過去式及過去分詞

dug² [dʌg] 图（雌性哺乳動物的）乳房乳頭。

du·gong ['dugɑŋ] 图〖動〗儒艮。

dug·out ['dʌgˌaʊt] 图 **1** 防空壕，防洞。**2**〖棒球〗球員休息處，板凳區。**3** 木舟。

DUI《縮寫》《美》*d*riving *u*nder the fluence. 酒醉駕車罪。

dui·ker ['daɪkɚ] 图 (複～**s**,《集合名詞～)〖動〗非洲小羚羊的總稱。

·**duke** [djuk] 图 **1**（歐洲小國的）君主，公。**2**《常作 **D-**》《英》公爵。**3**《通常～**s**》《俚》雙拳；雙手。

duke·dom ['djukdəm] 图 **1** 公國，公領地。**2** U 公爵的身分或地位。

dul·cet ['dʌlsɪt] 形 **1** 悅耳的；賞心悅的，調劑身心的。**2**《古》芳香美味的—图 風琴音栓的一種。～**·ly** 副

dul·ci·fy ['dʌlsəˌfaɪ] 動 (**-fied**, ～**·ing**) **1** 使愉快，使心平氣和；安撫。**2** 使味甜美。

dul·ci·mer ['dʌlsəmɚ] 图 德西馬琴：琴；鋼琴的前身。**2**（亦稱 **dulcimore** [-r]）一種類似吉他的民俗樂器。

Dul·cin·e·a [dʌl'sɪnɪə, ˌdʌlsə'niə] 图〖女子名〗戴辛妮爾。**2**《 **d-** 》夢中的人，甜心。

·**dull** [dʌl] 形 **1**（色彩等）不鮮明的，暗的。**2** 陰暗的。**3** 愚鈍的；領悟力差的：work and no play makes Jack a ～ boy 諺》沒有消遣地一味工作，使人腦筋鈍；讀書的時候專心讀書，遊戲的時候心遊戲。**4** 遲鈍的，不敏銳的：be ～ hearing 聽覺不靈，重聽 / be ～ to pain 疼痛的反應遲鈍。**5** 隱隱發作的：a ～ p 隱痛。**6** 動作遲緩的；不振的；滯銷的沒活力的。**7** 乏味的，沉悶的；不風的：a ～ party 沉悶的派對。**8** 鈍的；不的。—動 及 使變鈍；使減輕；使緩和；陰暗；使模糊。—不及 變鈍。

ıll·ard ['dʌləd] 图笨蛋，傻瓜。
ıll·ish ['dʌlɪʃ] 形有點遲鈍的；有些鬆弛的；有點沉悶的。
ıl(l)·ness ['dʌlnɪs] 图U **1** 愚蠢，呆滯，遲鈍。**2** 不景氣。**3** 不鋒利。**4** 模糊；沉；沉悶。**5** 單調。
ılls·ville ['dʌlz,vɪl] 图《偶作 **D-**》《美俚》非常無聊的事物。—形非常無聊的。
ıl·ly ['dʌlɪ] 副 遲鈍地；不活潑地；模糊地。
ı·ly ['djulɪ] 副 **1** 正式地；適當地；相當，充分地。**2** 在適當的時機；按時地。
ı·ma ['dumə] 图 杜馬：俄國國會；《-》帝俄第一國會。
u·mas [dju'mɑ] 图 **1 Alexandre** 大仲馬 1802–70)。**2 Alexandre,** 小仲馬(824–95)：大仲馬之子，父子皆為法國劇作家及小說家。
ımb [dʌm] 形 (～·**er**, ～·**est** [-ɪst]) **1** 不說話的，啞的：the deaf and ～ 聾啞者 / e ～ millions 政治上沒有發言權的大眾。《主美口》傻的，糊塗的：a ～ blond 頭迷糊的金髮少年 / a ～ question 愚蠢的問題。**3**（因驚訝、恐懼、悲傷等）講不出的，啞口無言的。**4** 保持緘默的；沉默：be (as) ～ as an oyster 緘默得像一顆牡；極度緘默。**5** 只做而不說話的，默劇；（鋼琴等）不出聲的。**6** 該有而沒有，（船隻等）沒有帆及引擎等附件。～·**ly** 副沉默地，無言地。～·**ness** 图
ımb·bell ['dʌm,bɛl] 图 **1**《通常作 ～**s**》鈴：a pair of ～*s* 一組啞鈴。**2**《美俚》傻，糊塗蟲。
ım(b)·found [dʌm'faʊnd] 動及使嚇說不出話來，使驚愕《 *at*... 》。
ımb·found·ed, **dum·f-** [dʌm'faʊnd] 形感到不知所措的，感到愕然的。
ımb·head ['dʌm,hɛd] 图《美俚》傻，笨蛋。
ım·bo ['dʌmbo] 图 (複 ～**s**)《俚》笨。
ımb ˌshow 图U C 默劇；無聲的舉，手勢。
ımb·struck ['dʌm,strʌk] 形 惶恐得說出話的，嚇呆的。
ımb·wait·er ['dʌm'wetɚ] 图 **1**《美》便的食品臺（《英》food-lift）(專用於送菜餚等)。**2**《英》迴轉臺；送菜臺。
ım·dum ['dʌmdʌm] 图 **1** 達姆彈。**2** 主美俚》傻瓜，笨蛋。
ım·fries and Gal·lo·way [dʌm'sən(d)'gælə,we] 图 但弗利斯及高樂威：英國蘇格蘭西南部的一個自治區。
ım·my ['dʌmɪ] 图 (複-**mies**) **1** 模型；造品。**2** 人體模型；人形靶。**3**《美口》瓜，笨蛋。**4** 傀儡；替身。**5**《美俚》啞；沉默寡言的人。**6**〖牌〗(橋牌中的) 家（將牌攤出者）。**7**〖電腦·語言〗虛物，一個代號。**8**（書本的）樣本，樣。**9**《主英》橡皮奶嘴（《美》pacifier）。
sell a dummy 〖橄欖球〗《口》假裝傳球以欺騙對方。
—形 **1** 模型的；仿造的；假的。**2** 名義上的。—動 (-**mied**, ～·**ing**) 及 **1** 製作（書本）的樣張《 *up* 》。**2**（用模型）展示出；用樣張印出《 *in*... 》。—不及《美俚》倔強不語，拒絕開口說話。
ˈdummy ˌrun 图 排練，預演。
ˈdummy ˈvariable 图〖數〗虛變量。
·dump[1] [dʌmp] 動及 **1** 卸下，傾出；把…倒空；倒掉：～ out the contents of one's purse on the table 把手提包裡的東西倒在桌上。**2**《口》推卸，放棄《 *on*... 》；拋棄；《被動》被開除。**3**〖商〗傾銷。**4**〖電腦〗將…大量印出；把…的電源切斷。**5** 首映（電影）。—不及 **1** 砰然落下。**2** 傾倒垃圾。**3** 傾銷。**4**《美俚》貶損，說壞話《 *on*... 》。—图 **1** 垃圾堆；垃圾場。**2** 軍需品臨時屯積場所。**3** 砰然落下的動作。**4**《俚》破房子，骯髒的場所。**5**〖電腦〗轉錄；其處理過程。
dump[2] [dʌmp] 图《 ～**s** 》《口》《通常用於下列片語》
(down) in the dumps 意志消沉，憂鬱。
dump·cart ['dʌmp,kɑrt] 图《主美》二輪傾卸車。
dump·er ['dʌmpɚ] 图 **1** (1) = dumpcart. (2) = dump truck. **2** 傾卸裝置。**3** 裝卸工人。
dump·ing ['dʌmpɪŋ] 图 **1** U 拋售，傾銷。**2** U 傾倒；C（被傾倒或拋棄的）行李，垃圾。
ˈdumping ˌground 图 垃圾場。
dump·ish ['dʌmpɪʃ] 形 憂鬱的，沉悶的；愚笨的，遲鈍的。
dump·ling ['dʌmplɪŋ] 图 **1** 蒸或煮的麵（水餃、餛飩、湯圓等）。**2** 布丁的一種。**3**《口》矮胖的人或動物。
ˈdump ˌtruck 图《美》傾卸卡車（《英》dump lorry）。
dump·y ['dʌmpɪ] 形 (**dump·i·er, dump·i·est**) 矮胖的，粗短的。
ˈdumpy ˌlevel 图〖測〗定鏡水平儀。
dun[1] [dʌn] 動 (**dunned**, ～·**ning**) 及糾纏，討債。—图 **1** 索債的人，糾纏不休的人。**2** 討債信。
dun[2] [dʌn] 形 **1** 灰褐色的，深茶色的。**2**《主詩》微暗的，陰沉的。—图 **1** U 灰褐色，深茶色。**2** 灰褐色的馬。**3** =mayfly.
Dun·can ['dʌŋkən] 图〖男子名〗鄧肯。
dunce [dʌns] 图傻瓜，糊塗蟲，笨蛋，劣等生。
ˈdunce('s) ˌcap 图《美》愚人帽。
dun·der·head ['dʌndɚ,hɛd] 图傻瓜，笨蛋（亦稱 **dunderpate**）。～·**ed** 形
dune [djun] 图沙丘。
ˈdune ˌbuggy 图沙丘汽車，海灘車。
dung [dʌŋ] 图U **1**（尤指動物的）糞；肥料。**2** 污穢物。—動及施肥。—不及 解大便。

D

dun·ga·ree ['dʌŋgə'ri] 名《~s》1 藍色斜紋布工作服。2 = blue jeans.

dun·geon ['dʌndʒən] 名 1 地牢，土牢。2《古》城堡的主要建築，城堡的主塔中心。

dung·hill ['dʌŋ,hɪl] 名 1 肥料堆。2 污穢場所；墮落的狀態；卑賤的人。

dung·y ['dʌŋɪ] 形 (**dung·i·er, dung·i·est**) 似糞的，沾上糞的；骯髒的。

dunk [dʌŋk] 動及 1（把麵包等放在飲料中）浸泡《*in...*》。2（籃球賽中的）灌籃。—不及 把東西泡在液體中；潛入水中。

Dun·kirk ['dʌnkɝk] 名 1 敦克爾克：法國北部的一港市，1940 年英軍經由此地大舉撤回英國。2 奇蹟似的全面大撤退。

'dunk ˌshot 名〖籃球〗灌籃，扣籃。

dun·nage ['dʌnɪdʒ] 名 U 1 小行李，隨身攜帶的東西。2 貨物裝箱時所用的填塞物；襯料。

dun·no [də'no]《口》= (I) don't know.

dun·ny ['dʌnɪ] 名 (複 **-nies**)《澳俚·紐俚》戶外廁所。

dunt [dʌnt, dunt] 名《蘇》1 用力的擊打，重擊。2 重擊造成的創傷。—動 及 不及 用力揍。

du·o ['duo] 名(複 **~s** [-z]) 1〖樂〗二重唱[奏]。2 一對藝人；成對之物：a comedy ~ 一對喜劇搭檔。

duo-《字首》表「二」之意。

du·o·dec·i·mal [ˌdjuə'dɛsəml] 形 1 十二分之一的；十二的。2 以十二為一個單位的，十二進位的。—名 1 十二進位法。2 十二分之一。~**·ly** 副, **-'mal·i·ty** 名

du·o·dec·i·mo [ˌdjuə'dɛsəˌmo] 名 (複 **~s** [-z]) U C 十二開（的書本）。略作：12mo, 12°
—形 大小尺寸為十二開的。

du·o·de·nal [ˌdjuə'dinl] 形 十二指腸的。

du·o·de·ni·tis [ˌdjuədɪ'naɪtɪs] 名 U 十二指腸炎。

du·o·de·num [ˌdjuə'dinəm] 名 (複 **-na** [-nə], **-s** [-z])〖解·動〗十二指腸。

du·o·logue ['djuəˌlɔg] 名 對話；（兩個人的）對話劇。

du·op·o·ly [dju'ɑpəlɪ] 名〖商〗二家企業壟斷之局面或市場。

du·o·rail ['djuəˌrel] 名 雙軌鐵路。

du·o·tone ['djuəˌton] 形 雙色的。
—名 1 雙色調的畫。2〖印〗兩色網版。

dup.《縮寫》*dup*licate.

dup·a·ble ['djupəbl] 形 易受騙的。

dupe [djup] 名 1 容易受騙的人；走狗，爪牙《*of...*》。2 盲從的人；傀儡。
—動及 欺騙，愚弄；騙（人）（去做…）《*into doing*》。

dup·er·y ['djupərɪ] 名(複 **-er·ies**) U C 1 欺騙，詐欺。2 受騙。

du·ple ['djupl] 形 1 兩倍的，雙（數）的，二重的。2〖樂〗二拍子的：~ time 二…子。3〖數〗2:1 的：~ ratio 2:1 的比。

du·plex ['djuplɛks] 形 1 雙重的，兩…的；雙的；複式的：a ~ lathe 複式車床 2（電信、電路等）雙工的，雙向的。—… 1 = duplex apartment. 2 = duplex house.

'duplex a'partment 名《主美》兩…樓的公寓。

'duplex 'house 名《主美》兩戶人家…連的雙併式住宅。

du·pli·cate ['djupləkɪt] 名 1 副本；…本；複製（品）；（照片的）加洗；備…的鑰匙。2 完全一樣的東西。3〖牌〗複…橋牌。
in duplicate 有正副本，一式兩份。
—形 1 成對的；重複的。2 副本的；複…的；完全相同的：a ~ action 如出一轍…行為。3〖牌〗複式的。
—['djupləˌket] 動及 1 複寫，複製；重現 2 重複：~ an error 重蹈覆轍。3 使成…重。—不及 1 重複，成為雙重。2〖遺傳…以複製方式出現。

'duplicating maˌchine 名 複印機…複製機；模型機，造型機。

du·pli·ca·tion [ˌdjuplə'keʃən] 名 1 U…印，複製。2 U 重複，兩倍；C 影本，…製品。3〖遺傳〗複製。

du·pli·ca·tor ['djupləˌketɚ] 名 複印機…複製者。

du·plic·i·tous [dju'plɪsətəs] 形 欺騙的…口是心非的。

du·plic·i·ty [dju'plɪsətɪ] 名 U 表裡…一，口是心非；欺騙。

du·ra·bil·i·ty [ˌdjurə'bɪlətɪ] 名 U 耐…性，耐力；持久力，持續性。

·du·ra·ble ['djurəbl] 形 持久的，耐…的，堅固的：a ~ color 不易褪掉的顏色
—名《~s》耐用品。

dur·a·bly ['djurəblɪ] 副 持續地，堅…地。

'durable 'goods 名(複) = durables.

'durable 'press 名 = permanent pres…

du·ral·u·min [dju'ræljəmɪn] 名 U《…作 **D-**》一種輕質堅硬的鋁合金。

du·ra ma·ter ['djurə'metɚ] 名〖解…（腦與脊髓的）硬膜。

du·ra·men [dju'remɪn] 名〖植〗心材

dur·ance ['djurəns] 名 U《文》監禁，…期監禁。

·du·ra·tion [dju'reʃən] 名 U C 繼續，…續；持續期間：of long ~ 長期的，持…長久的 / an illness of long ~ 久病，痼疾
for the duration 直到戰爭結束；直到結…為止。

dur·bar ['dɝbɑr] 名（印度）宮廷；公…會見；謁見的房間。

du·ress [dju'rɛs, 'djurɪs] 名 U 1 強迫，…迫：under ~ 被強迫，受脅迫。2 束縛，…禁：be held in ~ 被監禁。

Dur·ham ['dɝəm] 名 1 達拉謨：英格…

[地區]北部的一郡（略作:Dur）。2〖畜〗達拉[姆]種的短角肉牛 = Shorthorn.

[D]u·ri·an ['dʊriən] 名〖植〗1 榴槤（果）。[2] 榴槤樹。

[d]ur·ing ['djʊrɪŋ] 介 1 在…整個期間：～ [a]nd after the crisis 在危機期間及危機過[後]。2 在…的時候。

[d]urn [dɝn] 動及，名副形《美》= darn[2].

[d]ur·ra ['dʊrə] 名〖植〗高粱。

[d]urst [dɝst] 動 dare 的過去式。

[d]u·rum (ˌwheat) ['djʊrə m(-)] 名U [〖植]物〗硬質小麥。

[D]u·shan·be [d(j)u'ʃɑnbə, -'ʃɑm-] 名杜[尚]貝：塔吉克共和國的首都。

[d]usk [dʌsk] 名U 1 黃昏，傍晚：when ～ deepening 暮色漸濃時分。2 微暗；陰暗[處]。

[d]usk·y ['dʌskɪ] 形(dusk·i·er, dusk·i·est) 1 [微]暗的，稍暗的：get ～ 變得昏暗。2 [皮]膚）淺黑色的；（顏色）暗的：a ～ [br]own 暗褐色。3 陰霾的，憂鬱的：a ～ [vi]sage 憂鬱的面孔。[-i]ly 副昏暗地，陰霾地。-i·ness 名

[D]üs·sel·dorf ['dusl,dɔrf] 名杜塞道夫：[德]國西部一城市。

[d]ust [dʌst] 名 1 U 灰塵，塵埃：a cloud of [dust] 一陣風沙/raise ～ 揚起灰塵。2 U 粉[末]；花粉；沙金。3 U 土，地，埋葬地。[4]《the ～》屍骨，遺骸。5 U《英》灰[燼]；垃圾，屑。6 U 低賤的身分，卑微的[地]位，屈辱；無用的東西。7 混亂，騷動：[ra]ise a ～ (about...)（就…）引起一場騷[動]。8《古》一粒。9 U《古》錢，現金。

[bi]te the dust (1)（尤指作戰）倒地而死，負[傷]倒下；死亡。(2) 失敗；受辱。

[h]umbled to the dust 受到奇恥大辱。

[in] dust and ashes = in SACKCLOTH and [as]hes.

[in] the dust (1) 死。(2) = humbled to the [D]UST.

[li]ck the dust (1)被殺；死。(2)卑躬屈膝，諂[媚]。

[m]ake the dust fly 動作迅速。

[sh]ake the dust off one's feet 憤然離去。

[th]row dust in a person's eyes 掩某人耳目，[欺]騙某人。

— 動及 1 除去灰塵，拍掉灰塵《off, [do]wn》。2 在…上面撒《with..., on, onto, [ov]er...》：～ a cake *with* sugar 在蛋糕上撒[上]砂糖。3《古》弄髒，使布滿灰塵。— [動不]及 1 拂去灰塵，打掃。2 布滿灰塵。3 [撒]粉；（鳥）以砂洗澡。4《俚》趕忙，急[忙]離去。

[du]st...down / dust down... (1)⇨動及 1. (2) [《口]》斥責。

[du]st a person's jacket ⇨ JACKET（片語）

[du]st... off / dust off... (1)⇨動及 1. (2)〖棒[球]〗《俚》投近身球。(3)《俚》打垮；使[毀]滅，殺死；捨棄。(4)《口》（為了再度[使]用而）取出（放了很久的東西）。

dust...out / dust out... 清除…裡面的灰塵。

dust·bin ['dʌst,bɪn] 名《主英》垃圾箱。

'dust 'bowl 名沙塵地帶：《the D- B-》美國西部的乾燥平原地帶。

'dust ˌcart 名《英》垃圾車。

dust·cloth ['dʌst,klɔθ] 名(複 ～s [-klɔðz, -θs])《主美》抹布。

'dust ˌcoat 名《主英》= duster 3.

'dust ˌcover 名 1 家具的防塵罩。2 = book jacket.

'dust ˌdevil 名帶沙土的小型旋風。

dust·er ['dʌstɚ] 名 1 打掃灰塵的人；吸塵機。2 抹布；撣子，刷子。3《美》防塵風衣（《英》dust coat）；《主美》（女用輕便寬鬆的）居家便服。4（殺蟲劑等的）噴撒器。5 = dust storm.

dust·ing ['dʌstɪŋ] 名 1 U 撣灰塵；撒粉；U C（撒出的）一點點的量《of...》: a light ～ *of* snow 一抹微雪。2《俚》打敗；鞭打。3 U C《俚》（船隻的）顛簸。

'dust ˌjacket 名 = book jacket.

dust·less ['dʌstlɪs] 形無灰塵的。

dust·man ['dʌstmən] 名(複 -men [-mən])《英》清垃圾的人。

'dust ˌmite 名塵蟎（一種過敏原）。

dust·pan ['dʌst,pæn] 名畚箕。

dust·proof ['dʌst'pruf] 形防塵的。

'dust ˌstorm 名沙塵暴。

dust·up ['dʌst,ʌp] 名《英口》口角，互毆；騷動。

·dust·y ['dʌstɪ] 形 (dust·i·er, dust·i·est) 1 滿是灰塵的；像灰塵的，粉末狀的：a ～ road 塵土飛揚的道路。2 灰暗的，帶灰色的。3 枯燥乏味的，無聊的。

not so dusty《英俚》還不錯，馬馬虎虎，還可以。-i·ly 副, -i·ness 名

dutch [dʌtʃ] 名《英口》= duchess 2.

Dutch [dʌtʃ] 形 1 荷蘭的；荷蘭人的，荷蘭語的；荷蘭式的；〖畫〗荷蘭派的。2《美》Pennsylvania Dutch 的。3《主美俚》德國的，條頓民族的。

go Dutch《口》各付各的錢，大家均攤《*with...*》。

— 名 1《the ～》《集合名詞》荷蘭人。2《美》= Pennsylvania Dutch. 3 U 荷蘭語。

beat the Dutch《主美口》不可思議，做出令人驚訝的事。

in Dutch《美俚》(1) 有麻煩，倒霉。(2) 受排擠，受辱。

'Dutch 'act 名《the ～》《美俚》自殺：do the ～ 自殺。

'Dutch 'auction 名降價拍賣。

'Dutch 'bargain 名飲酒時達成的交易[買賣契約]。

'Dutch 'barn 名無牆棚架（用於堆放乾草）。

'Dutch 'cheese 名 = cottage cheese.

'Dutch 'clover 名 = white clover.

'Dutch 'courage 名U《口》酒後之

D

勇。

'Dutch 'door 图上下兩段可各自開關的門。

'Dutch 'elm di͵sease 图〖植病〗榆樹黴菌病。

'Dutch 'lunch 图《偶作 d- l-》各自付帳的午餐。

D

Dutch·man ['dʌtʃmən] 图(複 -men [-mən]) 1 荷蘭人；《俚》德國人。2 荷蘭船；《俚》德國船。3〖建〗填塞的木片，填塞物。

I'm a Dutchman.《表強烈否定、斷定的慣用語》絕不可能。

Dutch·man's-pipe ['dʌtʃmənz'paɪp] 图美洲馬兜鈴：木本藤科植物。

'Dutch 'oven 图 1 荷蘭鍋。2 荷蘭烘箱。3 荷蘭灶。

'Dutch 'treat 图ⓊⒸ《主美口》各自付錢的餐會。

'Dutch 'uncle 图《口》嚴厲坦率的批評者。

'Dutch 'wife 图竹夫人：(熱帶地方)床上所用的藤製枕。

du·te·ous ['djutɪəs] 形《文》盡責的，忠實的；溫順的。～·ly 副, ～·ness 图

du·ti·a·ble ['djutɪəbl] 形要課稅的，應徵稅的。

du·ti·ful ['djutɪfəl] 形 1 守本分的，盡責的，孝順的。2 彬彬有禮的，誠實的：～ concern 真誠的關心。～·ly 副, ～·ness 图

:du·ty ['djutɪ] 图(複 -ties) 1 ⓊⒸ 義務，責任：a ～ call (不一定情願的) 禮貌上的拜訪 / one's ～ to one's country 一個人對國家應盡的義務。2 Ⓤ Ⓒ《常作 -ties》任務，職務；兵役：night ～ 夜班 / take a person's ～ 代某人之職務。3 尊敬；服從：fulfill one's *duties* to one's parents 對父母盡孝心。4 (教會的) 勤務，宗教任務。5 Ⓤ Ⓒ《常作 -ties，作單數》〖商〗稅；《主英》稅金：death duties 遺產稅 / lay a ～ on... 對…課稅。

do duty for... 代替，充當。

off duty 不值班，下班。

on duty 值班，上班。

duty-bound ['djutɪ'baʊnd] 形理應負責的。

du·ty-free ['djutɪ'fri] 形 副 免稅的[地]：a ～ shop 免稅商店。

du·vet [dju've] 图羽絨被。

du·ve·tyn, -tyne ['duvɪ͵tin] 图Ⓤ起絨的紡織品。

D.V.《縮寫》*Douay Version* (of the Bible).

DVD 图數位影音光碟。

'DVD ͵player 图數位影音光碟機。

DVM《縮寫》*Doctor of Veterinary Medicine.*

Dvo·řák ['dvɔrʒɑk] 图Anton 德佛札克(1841–1904)：捷克作曲家。

·dwarf [dwɔrf] 图(複～s, dwarves) 1 侏儒；較小的動植物。2 (神話傳說中的) 小矮人。3 = dwarf star.

—形《限定用法》(非常) 小的，小型的

—動 及 1 使看起來很渺小；使相形見絀。2 抑制…成長，使矮小：a ～*ed* tree 矮樹。

—不及 發育不完全，變得矮小。

dwarf·ish ['dwɔrfɪʃ] 形侏儒的，非常小的。～·ly 副, ～·ness 图

dwarf·ism ['dwɔrfɪzəm] 图Ⓤ〖醫〗儒症。

'dwarf 'star 图〖天〗矮星。

·dwell [dwɛl] 動 (dwelt 或～ed, ～in 不及 1 居住；生活：～ in luxury 生活侈。2 存在 (於)《*in...*》。

dwell on... (1) 不住地想。(2) 詳細地敘述強調。(3) (把音符、音節) 拉長。(4) (眼、記憶等) 停留在，對…耿耿於懷。

dwell·er ['dwɛlɚ] 图居民，居住者。

dwell·ing ['dwɛlɪŋ] 图《文》1 住宅 portable ～ 移動式住宅 / a model ～ 樣品宅。2 Ⓤ 居住。

'dwelling ͵house 图住家，住宅。

'dwelling ͵place 图住宅，住所。

·dwelt [dwɛlt] 動 dwell 的過去式及過去詞。

DWI《縮寫》《美》*d*riving *w*hile *int*oxicated 酒醉駕車罪。

·dwin·dle ['dwɪndl] 動 (-dled, -dli 不及 1 逐漸減少，縮小：～ away to noth 逐漸減少而消失。2 墮落；退化。—及逐漸縮小，使減少。

dwt.《縮寫》pennyweight(s).

d.w.t., DWT《縮寫》*d*ead*w*eight *t*onnage 載重量。

DX, D.X.《縮寫》〖無線〗distan distant.

Dy《化學符號》dysprosium.

dy·ar·chy ['daɪɑrkɪ] 图(複-chies) = di chy.

dyb·buk, dib- ['dɪbək] 图(複～s, -kim [-'bukɪm])〖猶太民俗〗惡靈。

·dye [daɪ] 图ⓊⒸ 1 染料，染液：acid 酸性染料。2 染色。

of (the) deepest dye 極壞的。

—動(dyed, ～·ing) 及將…著色；染色

—不及 染上，著色。

dyed-in-the-wool ['daɪdɪnðə'wʊl] 形 生染的。2 完全的，徹頭徹尾的：a ～ c servative 道地的保守主義者。

dye·ing ['daɪɪŋ] 图Ⓤ染色。

'dye ͵laser 图染料雷射。

dy·er's-weed ['daɪɚz͵wid] 图大青；靛。

dye·stuff ['daɪ͵stʌf] 图ⓊⒸ《常作～ 染料。

dye-works ['daɪ͵wɝks] 图(複 ～)《 染色工廠。

:dy·ing ['daɪɪŋ] 形 1 瀕臨死亡的，垂死 the ～ and the dead 快死的人和已死人。2 臨終的：one's ～ hour 臨終之

one's ～ words 臨終之言。3 即將完了的，即將消失的：a ～ language 即將消失的語言。

dyke[1] [daɪk] 名，動《俚》= dike.

dyke[2] [daɪk] 名《俚》女同性戀者。

·dy·nam·ic [daɪ'næmɪk], **-i·cal** [-ɪkl̩] 形 1 動力的；動態的；有力的，有活力的：a ～ economy 蓬勃的經濟 / a ～ personality 富有活力的個性。2〖理〗力學的；動力學的；〖醫〗機能的，官能的：a ～ disorder 機能性疾病。—名 原動力，動力。-i·cal·ly 副 在力學上。

dy'namic 'data 名 動態資料。

dy'namic 'pressure 名 動力壓力。

dy'namic psy'chology 名 U 動態心理學。

dy·nam·ics [daɪ'næmɪks] 名 (複) 1《作單數》〖理〗動力學；力學。2 動力。3 動態。-i·cist [-ɪsɪst] 名 動力學家。

dy·na·mism ['daɪnə,mɪzəm] 名 U 1 力本論。2 活力，精力。

dy·na·mite ['daɪnə,maɪt] 名 U 1 炸藥。2《俚》爆炸性的人物或事件；危險人物[物品]。—動 及 炸毀，用炸藥摧毀。—形 驚人的，不同凡響的。

dy·na·mit·er ['daɪnə,maɪtɚ] 名 使用炸藥者。

dy·na·mo ['daɪnə,mo] 名(複 ～s [-z]) 1 發電機。2《口》精力充沛的人。

dy·na·mom·e·ter [,daɪnə'mɑmətɚ] 名〖力〗1 測力計；功率計：a squeeze ～ 握力計。2 動力計。

dy·na·mom·e·try [,daɪnə'mɑmətrɪ] 名 U 動力測定法。

dy·na·mo·tor ['daɪnə,motɚ] 名 電動發電機。

dy·nast ['daɪnæst] 名（王朝的）當權者，世襲君主。

dy·nas·ty ['daɪnəstɪ] 名(複 -ties) 1 王朝，朝代：the Ming ～ 明朝。2 掌權階層，統治者階層。

dy·nas·tic [daɪ'næstɪk] 形 朝代的，王朝的。

dyne [daɪn] 名〖理〗達因。符號：dyn

dy·on ['daɪ,ɑn] 名 雙荷子（同時帶有磁荷及電荷）。

d'you [djʊ, dʒə]《縮寫》do you 的縮寫。

dys-《字首》表「異常」、「困難」、「欠缺」之意。

dys·ar·thri·a [dɪs'ɑrθrɪə] 名 U〖病〗構音困難。-thric [-θrɪk] 形

dys·en·ter·y ['dɪsn̩,tɛrɪ] 名 U 1〖病〗痢疾。2《口》腹瀉。-'ter·ic [-'tɛrɪk] 形

dys·func·tion [dɪs'fʌŋkʃən] 名 U〖醫〗機能障礙；功能不良。—動 不及 機能失常；功能不良。

dys·gen·e·sis [dɪs'dʒɛnəsɪs] 名 (複 -ses [-,siz]) 發育不良。

dys·gen·ic [dɪs'dʒɛnɪk] 形 劣種的，劣生的。

dys·gen·ics [dɪs'dʒɛnɪks] 名(複)《作單數》〖生〗劣生學。

dys·ki·ne·sia [,dɪskɪ'niʒɪə,-zɪə] 名 U〖病〗動作障礙。-net·ic [-'nɛtɪk] 形

dys·lex·i·a [dɪs'lɛksɪə] 名 U〖病〗失讀症，閱讀障礙症。

dys·lex·ic [dɪs'lɛksɪk] 形〖病〗失讀症的。—名〖病〗失讀症的患者。

dys·lo·gis·tic [,dɪslə'dʒɪstɪk] 形 指責的，貶損的。-ti·cal·ly 副

dys·men·or·rhe·a,《英》**-rhoe·a** [,dɪsmɛnə'riə] 名 U〖醫〗經痛。

dys·pep·sia [dɪ'spɛpʃə, -ʃɪə] 名 U 消化不良（症）。

dys·pep·tic [dɪ'spɛptɪk] 形 1 消化不良的。2 憂鬱的，易怒的。—名 消化不良的人。

dys·pha·sia [dɪs'feʒə, -ʒɪə] 名 U 言語障礙症。

dys·phe·mism ['dɪsfə,mɪzəm] 名 不雅的話。

dys·pho·ni·a [dɪs'fonɪə] 名 U 發音困難，發音障礙。

dysp·n(o)e·a [dɪsp'niə] 名 U〖病〗呼吸困難。

dys·pro·si·um [dɪs'prosɪəm] 名 U〖化〗鏑。符號：Dy

dys·tro·phic [dɪs'trofɪk, -'trɑ-] 形 1 營養不良（所引起）的。2（湖、池塘）充滿腐植物質而酸度高的，優養化的。

dys·tro·phi·ca·tion [,dɪstrəfə'keʃən] 名 U（河川、湖泊的）污染。

dys·tro·phy ['dɪstrəfɪ] 名 U 1〖醫〗營養不良；〖病〗肌肉失養症。2〖生態〗（湖、池塘）含過多腐植土及植物有機物。

dz.《縮寫》*d*ozen(s).

D

E e

E

E[1], **e** [i] 名 (複 **E's**或**Es**; **e's**或 **es**) **1** Ⓤ Ⓒ 英文字母第五個字母。**2** E 狀物。

E[2] 《縮寫》*east; eastern; English; excellent.*

E[3] 名 **1** Ⓤ（順序中的）第五。**2** Ⓤ〖教〗（學校成績的）E，不及格；有條件的及格。**3** Ⓤ〖樂〗E音；E 調；（Do, Re, Mi 唱法的）Mi 音。**4**《偶作**e**》（羅馬數字的）250。**5** = energy 4；〖電〗電動勢。**6**〖藥〗搖頭丸。**7**〖理則〗全稱否定。

E. 《縮寫》*Earl; east; eastern; English.*

e. 《縮寫》eldest;〖美足〗*end; entrance;*〖棒球〗*error(s).*

ea. 《縮寫》*each.*

:each [itʃ] 形 每一，各個的，個別的：～ book on the desk 桌上每一本書 / ～ year 每年。

each and every《**each**的強調形》每一個。

each time (1) 每次，總是。(2)《作連接詞》每當。

—代 每個，每人，各自。

each and all 分別都，各人都。

—副 **1** 每個，各。**2**《分離數量詞》每個，各自。

ˌeach ˈother 代 互相，相互，彼此。

:ea·ger [ˈigɚ] 形 (**more～; most～**; 偶用 **～·er, ～·est**) **1** 渴望的，熱切的《*for, after...*》；熱中的《*in, about..., in* doing, *about* doing》；很想的《*to* do, *that* 子句》。**2** 顯出渴望的：～ crowds 情緒強烈的群眾。**3**《古》刺激舌頭的；刺骨的，尖銳的，刻薄的，嚴厲的。

ˈeager ˈbeaver 名《口》工作狂；熱中於工作而希望比同僚早成功的人。

ea·ger·ly [ˈigɚlɪ] 副 渴望地；熱切地；熱中地。

ea·ger·ness [ˈigɚnɪs] 名 Ⓤ 熱切；渴望《*for..., to* do, *that* 子句》；熱情，熱心《*about...*》：～ *for* praise 對稱讚的渴望。

·ea·gle [ˈigl] 名 **1** 鷹。**2** 鷹印，鷹狀徽章，鷹旗，鷹章。**3**《**the E-**》〖天〗天鷹座。**4**〖高爾夫〗比標準桿少兩桿的桿數。—動 (**-gled, -gl·ing**) 及〖高爾夫〗以比標準桿少兩桿之桿數打進（洞）。

ˈeagle ˌeye 名 銳利的眼睛。

ea·gle-eyed [ˈiglˌaɪd] 形 眼力極好的；觀察力敏銳的。

ea·glet [ˈiglɪt] 名 小鷹。

:ear[1] [ɪr] 名 **1** 耳朵，外耳：blush to the roots of one's ～*s* 羞得面紅耳赤。**2** 聽覺；音感；敏銳的耳力。**3** 傾聽，注意：listen with half an ～ 心不在焉地聽。**4** 耳狀物；（茶杯等的）把手；〖建〗耳；〖家具〗腳上部或橫木兩端的裝飾部：Little pitchers have long ～*s.*《諺》小水壺的把手長；小孩對大人的祕密話是很敏感的。

about one's ears 徹底地。

be all ears 《口》專心傾聽。

believe one's ears 《主要用於否定》相信所聽到的話。

bend an ear 留心聽，傾聽《 *to...* 》。

bend a person's ear 《俚》和某人談個不休，講得使某人厭煩。

catch a person's ear 引起某人的注意；使得某人聆聽。

close one's ears to... 對…充耳不聞。

One's ears burn.（被人談論而）耳朵發熱。

fall on one's ears 聽到；聽得見。

fall on deaf ears 未被採納，未受注意，不受重視。

give ear (to...) / lend an ear (to...) 傾聽。

go in one ear and out the other 左耳進右耳出；耳邊風。

have a person's ear / have the ear of a person 引起某人注意，對某人具有影響力。

have one's ear to the ground 注意時事，了解社會的動向；處事精明。

have itching ears 喜歡聽（傳言、醜聞等）。

over (head and) ears (in...) = up to the EARS (in).

pin a person's ears back 《俚》狠狠毆打某人；把某人完全打敗。

play by ear 不看樂譜演奏，即興演奏。

set...by the ears 使…爭吵，使…不和。

tickle a person's ears 奉承某人。

turn a deaf ear 完全不聽（要求、請願等），充耳不聞《 *to...* 》。

up to the ears in... 《口》被捲入…之中，沉溺於…之中，埋首於…。

wet behind the ears ⇨WET（片語）

·ear[2] [ɪr] 名（玉米、麥等的）穗：be in (the) ～ 正在長穗。—動 不及 長穗。

ear·ache [ˈɪrˌek] 名 耳痛。

ear·drop [ˈɪrˌdrap] 名 附有垂飾的耳環，耳墜。

ear·drops 名（複）耳藥水。

ear·drum [ˈɪrˌdrʌm] 名 耳鼓，鼓膜。

eared[1] [ɪrd] 形 **1**《通常作複合詞》有耳的，…耳的。**2** 有耳狀物的。

eared[2] [ɪrd] 形 **1**《通常作複合詞》有穗的，有…穗的。**2** 長出穗來的。

ear·flap [ˈɪrˌflæp] 名（禦寒用的）耳罩。

ear·ful [ˈɪrful] 名《口》**1**（令人厭煩的）

忠告；嚴厲的話；斥責，責罵。2 重要或令人驚訝的回答、消息、傳言等。

·**earl** [ɝl] 图《英》伯爵。

ear·lap [ˈɪr,læp] 图 1 = earflap. 2 耳垂；外耳；耳殼。

earl·dom [ˈɝldəm] 图 Ⓤ 伯爵的爵位或身分。

ear·less [ˈɪrlɪs] 形 1 無耳的；聽覺不佳的。2 無穗的。

ear·li·ness [ˈɝlɪnɪs] 图（尤指植物、果實等的生長的）早，早期。

ˈEarl ˈMarshal 图 (複 ~s)《英》徽章院院長。

ear·lobe [ˈɪr,lob] 图 耳垂。

:**ear·ly** [ˈɝlɪ] 副 (-li·er, -li·est) 1 早，在開始時；在清早；在歷史的初期，很久以前：*E-* to bed and ~ to rise makes a man healthy, wealthy, and wise.《諺》早睡早起使人健康，富有且聰明。2 較平常早地，較預定時間早地。

earlier on 事先，在更早的時期。

early and late 從早到晚；一直，始終；經常，不論早晚。

early on 在初期，在早期，早先。

early or late 遲早，早晚。

—形 (-li·er, -li·est) 1 在早期發生的；初期的；早的；早晨的；早起的；古時候的。2 較平常早的；過早的，提早的；早熟的：an ~ marriage 早婚。3 不久的將來的，近日的，不久的：at an ~ day 近日。

at your earliest convenience 及早，盡快。

at the earliest 最早。

ˈearly ˌbird 图 1《口》早起的人：The ~ catches the worm.《諺》早起的鳥兒有蟲吃；捷足先登。2 早到者。

ˈEarly ˈModern ˈEnglish 图 Ⓤ 早期近代英語：1500–1700 年之際的英語。

ˈearly ˈwarning 图 ⓊⒸ 早期警報，預警。

ˈearly ˈwarning ˌsystem 图〖軍〗預警系統。

ear·mark [ˈɪr,mɑrk] 图 1 耳印，耳記：加在羊等的耳朵上以識別其主人。2《常作 ~s》記號，特徵，標記。—動 及 1 加上耳記。2 指定用途《 *for...* 》。

ear·muff [ˈɪr,mʌf] 图《通常作 ~s》《美》（禦寒、防噪音的）耳罩。

earn [ɝn] 動 及 1 賺取；維持（生計）：~ one's living 謀生。2 應得（報酬）；得到，獲得（好評）；博取（名聲）。3 產生，帶來（收益等）。4 招致（批評等）。—不及 獲得收入。

earned ˈincome 图 ⓊⒸ 勞動所得。

earned ˈrun 图〖棒球〗自得分。

earned ˈrun ˌaverage 图〖棒球〗（投手的）防禦率。略作：ERA

earn·er [ˈɝnɚ] 图 1 工作賺錢的人。2 賺錢的物品。

ear·nest[1] [ˈɝnɪst] 形 1 認真的，正經的；真心的；努力的《 *in...* 》；熱心的《 *over ...* 》；誠摯的。2 重大的，重要的，應認真考慮的。

—图《用於下列片語》

in real earnest 非常認真地，一本正經地。

in earnest 認真地；真正地；鄭重地。

~·ly 副, ~·ness 图

ear·nest[2] [ˈɝnɪst] 图 1 訂金，保證金；作為證據之物《 *of...* 》。2 預兆，前兆。

ˈearnest ˌmoney 图 Ⓤ〖法〗訂金。

·**earn·ings** [ˈɝnɪŋz] 图（複）〖商〗1（賺得的）收入，所得，薪水。2（企業等的）營利，收益。

ˈearnings perˈshare 图（複）〖商〗每股盈餘。略作：EPS

ear·phone [ˈɪr,fon] 图《常作 ~s》耳機。

ear·piece [ˈɪr,pis] 图 1（帽子等的）耳罩；眼鏡架掛於耳上的部分。2 電話聽筒。3 = earphone.

ear·plug [ˈɪr,plʌg] 图（防噪音的）耳塞。

ear·ring [ˈɪr,rɪŋ] 图 耳環，耳飾。

ˈear ˌshell 图 = abalone.

ear·shot [ˈɪr,ʃɑt] 图 Ⓤ 聽力所及的範圍：within ~ 在聽力範圍內 / out of ~ 聽力所及範圍之外。

ear·split·ting [ˈɪr,splɪtɪŋ] 形 震耳欲聾的。

:**earth** [ɝθ] 图 1《常作 (the) E-》地球。2《the ~》《集合名詞》地球上的居民，全人類。3《the ~》塵世，現世，世間，俗事。4 Ⓤ 地面，地上，地；陸地；泥土，土壤。5《主英》（狐狸等的）洞穴。6〖化〗土類。7〖美〗天然礦物顏料。8 ⓊⒸ〖電〗《英》接地；接地線。

come back to earth 從夢中回到現實，面對現實。

cost the earth 花費很大。

down to earth (1) 務實的；實際的。(2)《副詞》《口》直率地，率性地；徹底地。

go the way of all the earth 循世上所有人類的道路而行，死亡。

like nothing on earth 很奇妙的，異常奇怪的。

move heaven and earth 竭盡全力。

of the earth, earthy (1) 由土而來的終將再歸於土。(2) 俗氣的；塵世的。

on earth (1) 地球上，世界上，人世間。(2)《疑問、否定的強調語》究竟，到底，一點也（不），全然。

pay the earth 《英口》花大錢。

run...to earth (1) 追捕到底。(2) 追究；查明；捕捉。

—動 及 1〖電〗《英》把（導體等）接地（《美》ground）。2 用土埋覆，用土掩蓋《 *up* 》；《英方》埋葬。3 將（狐狸等）追入洞穴。

—不及（狐狸等）逃進洞穴。

earth·born [ˈɝθ,bɔrn] 形 1 在地球上出生的；從地裡長出來的。2 不免一死的；人類的；世俗的，塵世的。

earth·bound [ˈɝθ,baund] 形 1 固著於土

E

地的。2 世俗的，現實的。3（太空船等）朝向地球行進的。

'earth ˌcloset 图《英》（用泥土覆蓋糞便的）廁所。

earth·en ['ɝθən] 形 1 土製的，土造的；陶製的。2 今世的，世俗的。

earth·en·ware ['ɝθən,wɛr] 图 Ⓤ 1《集合名詞》陶器；瓦器。2 陶土。

Earth·i·an ['ɝθɪən] 图 地球人。

E

earth·i·ness ['ɝθɪnɪs] 图 Ⓤ 1 土質，土性。2 現實性，實際性；土氣，低俗。

earth·ling ['ɝθlɪŋ] 图 1（與科幻小說中的外星人相對的）地球人。2 俗人。

·earth·ly ['ɝθlɪ] 形 (-li·er, -li·est) 1 地球的，地上的；今世的，世俗的，塵世的：～ affairs 塵世的俗事。2《口》《作疑問、否定的強調語》根本的；完全的：*no* ～ chance 根本沒有希望。

have not an earthly 《英口》全無希望。

-li·ness 图 Ⓤ 塵世；俗事；濃厚的塵世氣息。

earth·ly-mind·ed ['ɝθlɪ'maɪndɪd] 形 擔心世俗之事的。

'earthly 'paradise 图 地上的樂園，人間樂園。

'earth ˌmother 图 1《偶作 E-M-》大地之母：⑴ 被視爲豐饒與生命之源的女神。⑵ 被人格化的大地。2《口》豐滿的女性。

earth·mov·er ['ɝθ,muvɚ] 图 重型推土機。

earth·nut ['ɝθ,nʌt] 图 植物生於土中可供食用的部分；落花生，花生。

·earth·quake ['ɝθ,kwek] 图 1 地震。2 大變動，大動亂。

'earthquake 'center 图 震央，震源。

earth·quaked ['ɝθ,kwekt] 形 遭受地震襲擊的。

earth·quake-proof ['ɝθkwek,pruf] 形 耐震的。

'earthquake 'sea ˌwave 图 地震所引起的海嘯。

earth·rise ['ɝθ,raɪz] 图 Ⓤ Ⓒ（由月球的地平線來看的）地球的升起。

'earth 'satellite 图 人造衛星。

'earth ˌscience 图 Ⓤ Ⓒ 地球科學。

earth·shaker ['ɝθ,ʃekɚ] 图 震撼世界的事件，極其重要的事件。

earth·shak·ing ['ɝθ,ʃekɪŋ] 形 驚天動地的，重大的。～**·ly** 副

earth-shattering ['ɝθ,ʃætrɪŋ] 形 震撼世界的，驚天動地的。～**·ly** 副

earth·shine ['ɝθ,ʃaɪn] 图 Ⓤ〖天〗地球反照：地球反射陽光所產生的光亮。

'earth ˌsounds 图 (複)地鳴。

'earth ˌstation 图（衛星、太空通訊用的）地面站。

'earth ˌtremor 图 輕微的地震，微震。

earth·ward ['ɝθwɚd] 副 形 朝向地球地，朝向地面的。

earth·wards ['ɝθwɚdz] 副 = earthward.

earth·work ['ɝθ,wɝk] 图 1 Ⓤ 土工（程）。2《～s》自然物藝術品。3 土木工事。

earth·worm ['ɝθ,wɝm] 图 蚯蚓。

earth·y ['ɝθɪ] 形 (earth·i·er, earth·i·est) 1 泥土的，土質的；土中的；土味的。2 世俗的，現實的；土氣的，庸俗的。3 樸實的，率直的。4《古》人間的。

'ear ˌtrumpet 图 喇叭狀助聽器。

ear·wax ['ɪr,wæks] 图 Ⓤ 耳垢。

ear·wig ['ɪr,wɪg] 图〖昆〗蠼螋；地蜈蚣。

ear·wit·ness ['ɪr,wɪtnɪs] 图 以耳聞情況作證的人。

·ease [iz] 图 Ⓤ 1（肉體的）舒適，鬆弛，悠閒，休息；（精神的）安樂，輕鬆，安心，心平氣和：take one's ～ 休息，寬舒 / ill at ～ 侷促不安，不自在 / feel at ～ 安心，自在。2 容易；不費力。3（經濟上的）舒適，安樂，寬裕。4 不緊張，從容，自然。5（衣服等的）寬大，寬鬆。

at ease ⑴ 輕鬆的[地]，自在的[地]。⑵《感嘆詞》：At ～！〖軍〗《口令》稍息！

at (*one's*) ***ease*** 輕鬆地，舒適地。

ill at ease 不自在，侷促不安。

(***stand***) ***at ease*** 〖軍〗稍息。

take *one's* ***ease*** 休息，輕鬆，安心。

—動 (eased, eas·ing) 及 1 使休息；使舒適；使輕鬆，使平靜，使安心，除去[減輕]（痛苦等）《*of...*》。2 減少；使容易。3 解除；轉鬆；放寬，放鬆。4 小心地移動位置。5〖海〗緩緩地轉回（舵）；使（船首）朝上風；放鬆（舵、繩索等）；減低船速。—不及 1 減緩；下跌《*off, up*》。2（痛苦等）緩和，減輕。3 緩慢地移動。

ease down 減速。

ease in a person 先由簡單的事著手。

ease off ⑴ 減輕，緩和下來。⑵ 舒適地活動。⑶ 放輕鬆。⑷ 鬆開。

ease out 巧妙地免除職務。

ease oneself ⑴ 排便，排尿。⑵ 放輕鬆。

ease up ⑴ 減速；變得悠閒；緩和；消除。⑵（爲騰出空位而）向裡面走，往裡面擠。⑶《美口》除去憂慮。

ease·ful ['izfəl] 形 舒適的，安樂的；平穩的；安定的。～**·ly** 副

ea·sel ['izl] 图 畫架，黑板架。

ease·ment ['izmənt] 图 1 Ⓤ Ⓒ 減緩，緩和；慰藉。2 給予安逸、舒適、便利之物。3 Ⓤ〖法〗地役權。

:eas·i·ly ['izɪlɪ] 副 1 容易地，輕鬆地，不費力地；順利地；安逸地，舒適地：More ～ said than done.《諺》說比做容易。2 沒有疑問地，確實地；《用以強調最高級與比較級》超過很多地，顯然地；《與 can, may 連用》很可能。

eas·i·ness ['izɪnɪs] 图 Ⓤ 1 容易；安樂，舒適；（文體的）流暢。2 安逸，輕鬆，

心平氣和；悠閒，自在。

:east [ist] 名 1《通常作 the ～》東，東邊，東方；《通常作 the E-》東部，東部地方。2《the E-》(1) 東方，東方諸國。(2)（美國的）東部地方：back ～（由美國西部來看的）美國東部。(3)〖中古史〗東羅馬帝國。3 東風。

—形《通常爲限定用法》1 向東的，朝東的；在東方的。2 由東方來的。3〖教會〗教堂內供奉神像的地方的。—副 朝東部地，由東方來地：two miles ～ of... 在…以東二哩 / heading ～ 向東方行進 / *E-* or west, home is best.《諺》無論走到哪裡，家是最好的。—動不及 向東走。

east·bound ['ist,baυnd] 形 向東走的，東行的。

'East 'China 'Sea 名《the ～》東海。

'East 'End 名《the ～》倫敦東區。

·East·er ['istɚ] 名U 復活節。

'Easter ,egg 名 復活節彩蛋。

'Easter 'eve 名U 復活節前夕。

'Easter 'Island 名 復活節島：東南太平洋的一火山島，屬智利。

east·er·ly ['istɚlɪ] 形 1 向東移動的，朝東的；位於東方的。2 由東方吹來的。—副 向東地；在東方地；由東方來地。—名(複-lies) 由東方吹來的風，東風。

'Easter 'Monday 名U 復活節的翌日。

·east·ern ['istɚn] 形 1 東方的，東邊的，東部的；《常作 E-》美國東部的。2 向東的，通向東方的；由東方來的。3《E-》屬於[有關] Eastern Church 或其下的各教會的。4《通常作 E-》東方（式、諸國）的。—名《通常作 E-》1 美國東部的居民或其語言；東方人。2 東方教會的信徒。

'Eastern 'Church 名 1《the ～》東方教會。2 = Orthodox Church 2.

east·ern·er ['istɚnɚ] 名《常作 E-》東部人；《美》東部各州的居民。

'Eastern 'Hemisphere 名《the ～》東半球。

east·ern·most ['istɚn,most] 形 最東的，極東的。

'Eastern 'Orthodox 'Church 名 = Orthodox Church 1.

'Eastern ('Roman) 'Empire 名《the ～》東羅馬帝國（395－1453）。

'Eastern 'Standard ,Time 名《美》東部標準時間：比格林威治時間晚 5 小時。

'Easter 'Sunday 名 復活節。

'Easter 'term 名U C 1〖英法〗復活節開庭期。2〖英大學〗復活節學期。

east·er·tide ['istɚ,taɪd] 名U 1 復活節季。2 復活節週。

Easter 'week 名U 復活節週：自 Easter Sunday 起的一週。

East 'Germany 名（以前的）東德。

East 'Indies 名(複)《the ～》1 東印度：亞洲東南部區域，包含印度、中南半島、馬來群島。2 東印度群島，馬來群島。

east-north·east ['ist,nɔrθ'ist] 名〖海·測〗東北東。—副 形 來自[向]東北東方地[的]。略作：ENE

'East 'Pakistan 名 東巴基斯坦：Bangladesh 的舊名。

'East 'River 名《the ～》東河：在紐約 Manhattan 島與 Long Island 間的河流。

East·side ['ist,saɪd] 形《偶作 e-》紐約市 Manhattan 島東區的。

east-south·east ['ist,saυθ'ist] 名〖海·測〗東南東。—副 形 來自東南東方地[的]；向東南東方地[的]。略作：ESE

'East Sus'sex 名 東薩西克斯郡：位於英國英格蘭東南部。

'East 'Timor 名 東帝汶：帝汶島東部一共和國，2002 年獨立，首都 Dili。

east·ward ['istwɚd] 副 向東，朝東方。—形 向東移動的；向東方的；靠東邊的。—名 東部，東方。

east·ward·ly ['istwɚdlɪ] 形 1 東方的；在東方的；向東的。2 由東邊來的。—副 1 向東地。2 由東邊來地。

east·wards ['istwɚdz] 副 = eastward.

:eas·y ['izɪ] 形 (eas·i·er, eas·i·est) 1 輕易的；容易的；平易的；簡單的《*to* do》。2 安樂的；無憂無慮的，悠然的；輕鬆的，從容不迫的，沒有顧慮的：an ～ mind 舒坦的心境 / an ～ relationship 平易的關係。3 寬鬆的；鬆掉的。4 散漫的，悠閒的，沉迷於安逸的。5 寬大的，溫厚的；優厚的，不苛刻的，不嚴格的。6 易駕馭的；易對付的；順從的。7 易懂的；流暢的。8 緩慢的。9〖商〗豐富的，供過於求的；疲軟的，低落的。

easy mark《英俚》易受騙的人；容易辦的事。

easy on the eye(s)《口》悅目的，貌美的。

—副 (eas·i·er, eas·i·est)《口》1 輕易地，容易地，簡單地，不費力地：*E-* come, ～ go.《諺》來得快去得也快；不義之財不留身。/ *Easier* said than done.《諺》說起來容易，做起來難。2 悠閒地，舒適地，輕鬆地。3 別急，慢慢地。

go easy on...《口》有節制地使用；睜一隻眼閉一隻眼；溫和地處理。

take it easy《口》(1) 別緊張，放輕鬆。(2) 再見。

'easy ,chair 名 安樂椅。

eas·y-does-it [,izɪ'dʌzɪt] 形 不慌不忙的；輕鬆的；內心平靜的。

eas·y·go·ing ['izɪ'goɪŋ] 形 1 隨和的，性情平和的。2 懶散的；隨便的；要求不高的。3 步伐從容的，步伐緩慢的。

'easy 'listening 名U 輕音樂。

'easy 'money 名U 得來容易的錢；不義之財；（用詐欺、策略）騙取的錢。

E

'easy 'payment 名UC分期付款。

'easy ˌstreet 名《偶作E-S-》《俚》安樂的狀態。

:eat [it] 動 (ate [et] 或《古》eat [ɛt, it], ~·en ['itn̩] 或《古》eat [ɛt, it], ~·ing) 及 1 吃；嚼碎後嚥下；（用湯匙等）喝，吸，啜。2 使憔悴；使腐蝕；使損壞；侵蝕（岩石等）；蛀蝕，鏽蝕。3 吃到變成（某種狀態）：~ oneself sick吃得過量到生起病來。4《口》使困擾。5《粗》以唇或舌舔等…的性器官。—不及 1 吃食物，吃飯。2 蛀蝕，腐蝕，侵蝕《*in, into, through...*》。3《俚》使人煩惱《*on...*》。

eat away（不間斷地）繼續吃；侵蝕；腐蝕。

eat crow ⇨ CROW[1]（片語）

eat one's head off 大吃，吃得過多。

eat one's heart out ⇨ HEART（片語）

eat into... (1)⇨動不及 2. (2) 使耗光。

eat off 吃掉；腐蝕掉。

eat on...《美俚》使煩惱，使著急。

eat out 在外面吃飯。

eat... out / eat out... (1)吃光；侵蝕。(2)《俚》痛罵。

eat out of a person's hand 完全聽命於某人。

eat a person out of house and home 使財政窮困，吃窮。

eat one's terms《英》攻讀法律。

eat up (1)吃光，吃盡；耗盡，用光。(2)熱中於，喜好；《被動》沉迷於《*with...*》。(3)盲目地相信，全然地相信。

eat one's words ⇨ WORD（片語）

—名《~s》《美口》食物。

eat·a·ble ['itəbl] 形可食用的，可吃的。—名《通常作~s》食品，食物。

:eat·en ['itn̩] 動 eat的過去分詞。

eat·er ['itɚ] 名 1 吃東西的人或動物。2《口》可生吃的水果。

eat·er·y ['itərɪ] 名(複 -er·ies)《俚》餐館。

eat·ing ['itɪŋ] 名U 1 吃。2《集合名詞》食物。—形食用的，可生吃的：~ apple生吃的蘋果。

'eating dis'order 名飲食障礙。

'eating ˌhouse 名飲食店；平價小餐館。

eau de co·logne [ˌodəkə'lon] 名U（產於德國科隆的）科隆香水，古龍水。

eau de vie [ˌodə'vi] 名UC《法語》白蘭地酒。

·eaves [ivz] 名(複)屋簷。

eaves·drop ['ivzˌdrɑp] 動 (-dropped, ~·ping) 不及 偷聽《*on...*》：~ *on* a discussion 竊聽一項討論。

eaves·drop·per ['ivzˌdrɑpɚ] 名偷聽的人，竊聽者。

·ebb [ɛb] 名 1 落潮，退潮：be at the ~ 正在退潮之時 / Every tide has its ~.《諺》凡事有盛必有衰。2 衰退，衰微；衰退期。—動不及 1 退潮，落潮《*away*》。2 衰退，減退；跌落，貶降；減弱《*away*》。

'ebb ˌtide 名《通常作the ~》退潮，落潮；《喻》衰退（期）。

EbN《縮寫》*east by north* 東偏北。

Ebo·la virus [i'bolə-] 名U〖醫〗伊波拉病毒。

eb·on·ite ['ɛbəˌnaɪt] 名U 硬橡膠。

eb·on·y ['ɛbənɪ] 名(複 -on·ies) 1〖植〗黑檀；U烏木，黑檀木。2U漆黑，烏黑。—形 1 黑檀製的。2 漆黑的，烏黑的。

'e-ˌbook 名〖電腦〗電子書。

EbS《縮寫》*east by south* 東偏南。

e·bul·lience [ɪ'bʌljəns] 名U 1 沸騰。2 熱情洋溢，熱情奔放。

e·bul·lient [ɪ'bʌljənt] 形 1 高昂激動的，奔放的《*with...*》；有朝氣的，精力充沛的。2 煮開的，沸騰的。~·ly 副

eb·ul·li·tion [ˌɛbə'lɪʃən] 名 1 UC 爆發，激發，洋溢。2U沸騰，起泡；噴出。

ec-《字首》子音前 **ex-** 的別體。

EC《縮寫》*European Communities* 歐體（歐洲共同體之簡稱）。

ECAFE《縮寫》*Economic Commission for Asia and the Far East*（聯合國）亞洲及遠東經濟委員會。

ec·ce ho·mo《拉丁語》1 ['ɛkse'homo] 你們看這個人！2 ['ɛksɪ'homo, 'ɛke-]〖美〗頭戴荊冠的耶穌畫像。

·ec·cen·tric [ɪk'sɛntrɪk, ɛk-] 形 1 異常的，古怪的，乖僻的，偏執的。2 脫離中心的；〖機〗偏心的。3〖天〗偏心的，離心的；循離心軌道移動的。

—名 1 怪人，奇人；怪事。2〖機〗偏心器，偏心輪。-tri·cal·ly 副

ec·cen·tric·i·ty [ˌɛksən'trɪsətɪ, -sɛn-] 名(複-ties) 1《常作-ties》怪異的行爲，怪癖。2 U 異常，古怪，奇特《*in, of...*》；異常性。3〖機〗偏心（距離）；〖數〗離心率。

Eccl(es).《縮寫》*Ecclesiastes.*

Ec·cle·si·as·tes [ɪˌklizɪ'æstiz] 名〖聖〗（舊約中的）傳道書。略作：Eccl., Eccles.

ec·cle·si·as·tic [ɪˌklizɪ'æstɪk] 名（基督教的）教士，牧師。—形 = ecclesiastical.

ec·cle·si·as·ti·cal [ɪˌklizɪ'æstɪkl] 形（基督教）教會的；神職人員，牧師的，教士的。

~·ly 副 由教會的觀點來看。

ec·cle·si·as·ti·cism [ɪˌklizɪ'æstəˌsɪzəm] 名U 1 基督教教會主義[傳統]。2 教會中心主義。

Ec·cle·si·as·ti·cus [ɪˌklizɪ'æstɪkəs] 名基督教聖經僞經中的一卷。略作：Ecclus.

ec·crine ['ɛktrɪn] 形〖生理〗1 外分泌的；外分泌腺的。2 流汗的；汗腺的。

ec·cri·nol·o·gy [ˌɛkrə'nɑlədʒɪ] 名U〖醫〗外分泌學。

ec·dys·i·ast [ɛk'dɪzɪˌæst] 名《美》脫衣舞

孃。

ec·dy·sis ['ɛkdɪsɪs] 图(複 **-ses** [-,siz])（蛇等的）蛻皮。

ECG 《縮寫》*e*lectro*c*ardio*g*ram; *e*lectro*c*ardio*g*raph.

ech·e·lon ['ɛʃə,lɑn] 图 **1** ⓊⒸ〖軍〗梯形編組[布署]，梯列；梯隊。**2**（指揮系統的）階層。—動及 作梯形編組，使成梯隊。

ech·i·nate ['ɛkə,net, -nɪt] 形 棘皮的；有刺的；多刺的；有針狀物的。

e·chi·no·derm [ɪ'kaɪnə,dɝm, 'ɛkɪnə-] 图 棘皮動物。

e·chi·nus [ɪ'kaɪnəs] 图（複 **-ni** [-naɪ]）**1**〖動〗刺海膽。**2**〖建〗凸圓型柱頭。

ech·o ['ɛko] 图(複 ～**es**) **1** 回響，回聲；〖電子〗回波，反射波。**2** 重複，模仿；附和；反映，忠實的寫照《*of, from...*》；些微。**3** 模仿者；隨聲附和者。**4** 共鳴，感應：cause an ～ 引起共鳴。**5**〖樂〗管風琴中發出回音效果的部分或音栓。

to the echo《古》很大聲地。

—動(～**ed**, ～**·ing**) 不及 **1** 發出回聲，產生反響《*with...*》；發生共鳴《*to...*》。**2** 回響，反響。—及 **1** 使回響，傳回回音。**2** 照樣重複；模仿，摹寫。

Ech·o ['ɛko] 图 **1**〖希神〗回聲仙女：山林女神，愛上Narcissus而被冷落，以致憔悴而死，只餘回聲。**2**《擬人用法》回音，回響。

e·cho·ic [ɛ'koɪk] 形 **1** 似回聲的，回響性的；像回聲般的。**2**〖語言〗擬聲的。

ech·o·lo·ca·tion [,ɛkolo'keʃən] 图Ⓤ〖電子〗回聲定位法。

echo ,sounder 图 回音測深器。

echo ,sounding 图Ⓤ 回音測深法。

é·clair [e'klɛr, e'klær] 图(複 ～**s** [-z])ⒸⓊ 一種長圓形夾奶油的糖衣餡餅。

é·clat [e'klɑ] 图 Ⓤ **1** 光彩，輝煌的成就：with ～ 光輝地；盛大地。**2** 誇示。**3** 喝采，讚賞。

ec·lec·tic [ɪk'lɛktɪk, ɛk-] 形 **1**（在取材上或技巧的運用上）有選擇性的。**2** 經取捨選擇而作成的。**3** 折衷主義的，折衷派的。**4** 廣泛的，多方面的。—图 **1** 折衷學派的哲學家。**2** 折衷主義者。**-ti·cal·ly** 副

ec·lec·ti·cism [ɪ'klɛktɪ,sɪzəm, ɛ-] 图Ⓤ **1** 折衷主義。**2** 折衷方法。

e·clipse [ɪ'klɪps] 图 **1**〖天〗蝕；（天體的）被遮蔽。**2** ⓊⒸ 光的消滅，晦暗。**3** ⓊⒸ（名聲等的）衰落，衰微：in ～ 失去影響力的。—動(**-clipsed**, **-clips·ing**)及《常用被動》**1**（天體）蝕。**2** 投影於；遮蔽。**3** 蓋過（名聲等）；使黯然失色。

e·clip·tic [ɪ'klɪptɪk] 图 **1**〖天〗黃道。**2**（地球上的）黃道。—形 蝕的；黃道的。

ec·logue ['ɛklɔg, -lɑg] 图 田園詩，牧歌。

ECM 《縮寫》*E*uropean *C*ommon *M*arket 歐洲共同市場。

e·co- ['ɛko-]《字首》表「生態（學），環境」、「經濟，家政」之意。

ec·o·ac·tiv·i·ty [,ɛko,æk'tɪvətɪ] 图Ⓤ 環境保護運動，生態活動。

ec·o·cide ['ɛko,saɪd] 图 Ⓤ 生態破壞，環境破壞。

ec·o·cri·sis ['ɛko,kraɪsɪs] 图 生態危機。

ec·o·doom ['ɛko,dum] 图 Ⓤ 生態浩劫。

ec·o·freak ['ɛko,frik] 图《俚》《常爲蔑》生態保護迷。

ec·o-friend·ly ['ɛko,frɛndlɪ] 形 對環境無害的。

ec·o·log·i·cal [,ɛkə'lɑdʒɪkl̩] 形 生態學的；生態上的。

ec·o·log·i·cal·ly [,ɛkə'lɑdʒɪkəlɪ] 副 生態上地；生態學地。

e·col·o·gist [ɪ'kɑlədʒɪst] 图 生態學者；環保主義者。

e·col·o·gy [ɪ'kɑlədʒɪ] 图Ⓤ **1** 生態學；環境學，社會生態學。**2** 生態環境；生態（關係）。

e-com·merce ['i,kɑmɝs] 图Ⓤ 電子商務。

e-com·pa·ny ['i,kʌmpənɪ] 图（網路）線上商務公司。

econ. 《縮寫》*econ*omic(s); *econ*omy.

ec·o·niche ['ɛko,nɪtʃ] 图 生態保育區。

e·con·o·met·rics [ɪ,kɑnə'mɛtrɪks] 图(複)《作單數》〖經〗計量經濟學。

·e·co·nom·ic [,ikə'nɑmɪk, ,ɛ-] 形 **1** 經濟學（上）的。**2** 經濟（上）的；（尤指）生產經濟的。**3** 個人經濟的；經濟的。**4** 實利的，應用的。

·e·co·nom·i·cal [,ikə'nɑmɪkl̩, ,ɛ-] 形 **1** 節儉的，節省的；節約（物）的，不浪費的《*of...*》。**2** 經濟的；廉價而適用的。**3** 經濟（學）上的。

e·co·nom·i·cal·ly [,ikə'nɑmɪkəlɪ, ,ɛ-] 副 **1** 節約地，不浪費地，經濟地。**2**《通常放在句首以修飾整個句子》在經濟上，由經濟上來說。

eco'nomic geo'graphy 图Ⓤ 經濟地理學。

·e·co·nom·ics [,ikə'nɑmɪks, ,ɛ-] 图(複)《作單數》經濟學；《作複數》經濟意義；經濟狀況。

eco'nomic 'sanctions 图(複)（對他國的）經濟制裁。

e,conomies of 'scale 图(複) 規模經濟。

e·con·o·mism [ɪ'kɑnə,mɪzəm] 图Ⓤ 經濟主義。

e·con·o·mist [ɪ'kɑnəmɪst] 图 經濟學家。

e·con·o·mize [ɪ'kɑnə,maɪz] 動及 節約；有效地利用；節省。—不及 節約（物）《*on...*》。

e·con·o·miz·er [ɪ'kɑnə,maɪzɚ] 图 **1** 節約的人，節儉者。**2** 節約裝置。

·e·con·o·my [ɪ'kɑnəmɪ] 图(複 **-mies**) **1** Ⓤ 節約，節省《*of, in..., of* doing, *in* doing》；

Ⓒ節約的行爲。2 Ⓤ經濟，經濟活動；收入，所得。3 組織，系統；（自然界等的）秩序，理法。4 = economy class. 5〖神〗天則，定制，神意。—副 以折扣價格：fly ~ 搭乘飛機經濟艙位旅行。—形《限定用法》經濟的，合算的，廉價的。

e'conomy ˌclass 名Ⓤ 經濟艙位，普通座位。

ec·o·phys·i·ol·o·gy [ˌɛkoˌfɪzɪ'ɑlədʒɪ] 名Ⓤ 生態生理學。

E

ec·o·pol·i·tics [ˌɛko'pɑlətɪks] 名Ⓤ 1 生態政治學。2 經濟政治學。

ec·o·sphere ['ɛkoˌsfɪr] 名 生態界。

ec·o·sys ['ɛkoˌsɪs] 名《口》= ecosystem.

ec·o·sys·tem ['ɛkoˌsɪstəm] 名〖生態〗生態系（統）。

ec·o·tage ['ɛkəˌtɑʒ] 名Ⓤ 生態破壞。

ec·o·tour·ism [ˌɛko'turɪzəm] 名Ⓤ 生態旅行；生態旅遊業。

ec·ru ['ɛkru] 名Ⓤ，形 淡褐色（的）。

ec·sta·size ['ɛkstəˌsaɪz] 動及不及 心醉神迷，狂喜，入迷。

·**ec·sta·sy** ['ɛkstəsɪ] 名(複**-sies**) ⓊⒸ 1 神醉心迷，入迷；心神恍惚，忘形：go into *ecstasies* over... 入迷於…，心醉神迷於…。2 出神；大喜，狂喜。3（詩人等的）忘我境界；（宗教的）沉醉。4〖精神分析〗心神恍惚。

Ec·sta·sy ['ɛkstəsɪ] 名Ⓤ 搖頭丸。

ec·stat·ic [ɪk'stætɪk] 形 1 狂喜的；忘我的；出神的。2 恍惚的。—名 1 易入迷的人。2《~s》欣喜若狂；恍惚；出神。

-i·cal·ly 副

ECT 《縮寫》*e*lectro*c*onvulsive *t*herapy.

ect(o)- 《字首》表「外部」之意。

ec·to·derm ['ɛktəˌdɝm] 名〖胚〗外胚葉；外胚層。

ec·top·ic [ɛk'tɑpɪk] 形〖病〗異位的，偏位的。

ec·to·plasm ['ɛktəˌplæzəm] 名 Ⓤ 1〖生〗外（部原）形質，外質，外胚層質。2〖靈學〗心靈體。

Ec·ua·dor ['ɛkwəˌdɔr] 名 厄瓜多（共和國）：位於南美洲西北部，首都爲 Quito。

Ec·ua·do·ri·an [ˌɛkwə'dɔrɪən] 形 厄瓜多的。—名 厄瓜多人。

ec·u·men·i·cal [ˌɛkju'mɛnɪkḷ] 形 1 一般的；普遍的；全世界性的。2 全基督宗教的。3 世界教會團結運動的。~**·ly** 副

ec·u·me·nism [ɛ'kjuməˌnɪzəm, 'ɛkju-] 名Ⓤ（亦稱 **ecumenicalism**）全世界基督宗教團結運動。

ec·u·me·nop·o·lis [ˌɛkjumə'nɑpəlɪs] 名 多核性廣域都市，世界都市。

ec·ze·ma ['ɛksɪmə] 名Ⓤ〖病〗溼疹。

ec·zem·a·tous [ɪg'zɛmətəs] 形

Ed [ɛd] 名〖男子名〗艾德（Edgar, Edmond, Edward 的別稱）。

-ed[1]《字尾》表規則動詞的過去式。

-ed[2]《字尾》1 表規則動詞的過去分詞。2 作成分詞形容詞，表動詞行爲結果所產生的狀態或性質。

-ed[3]《字尾》接在名詞之後形成形容詞，表「具有…」、「具備…」、「有…特徵」等之意。

ed. 《縮寫》*ed*ited; (複 **eds.**) *ed*ition; (複 **eds.**) *ed*itor; *ed*ucation, *ed*ucated.

e·da·cious [ɪ'deʃəs] 形 貪食的，狼吞虎嚥的；食量大的；消耗的。

e·dac·i·ty [ɪ'dæsətɪ] 名Ⓤ 貪食，大吃；旺盛的食慾。

E·dam ('cheese) ['idəm-, 'idæm-] 名ⓊⒸ 伊丹乳酪；表面紅色的球形乳酪。

EDC 《縮寫》*E*uropean *D*efense *C*ommunity 歐洲共同防禦組織。

Ed.D. 《縮寫》*D*octor of *Ed*ucation.

Ed·da ['ɛdə] 名(複 ~**s** [-s]) 哀達集：以古代冰島語所寫的北歐神話與詩歌集。

Ed·die ['ɛdɪ] 名〖男子名〗艾迪（Ed的別稱）（亦作 **Eddy**）。

ed·dy ['ɛdɪ] 名 (複 **-dies**) 1 漩渦，異於主流的渦流；旋風。2 反主流，反傳統；波動，浪潮。—動 (**-died**, ~**·ing**) 不及及 起漩渦；（使…）起漩渦而流。

e·del·weiss ['edḷˌvaɪs] 名〖植〗薄雪草的一種。

e·de·ma [ɪ'dimə] 名 (複 ~**·ta** [-tə], ~**s**) ⓊⒸ〖病〗浮腫，水腫。

e·de·ma·tous [ɪ'dɛmətəs] 形 水腫的，浮腫的。

E·den ['idṇ] 名 1〖聖〗伊甸園：Adam 與 Eve 所住的樂園。2 樂土，樂園。

e·den·tate [i'dɛntet] 形 1〖動〗貧齒類的。2 沒齒的。—名 貧齒類動物。

Ed·gar ['ɛdgɚ] 名〖男子名〗艾德格。

:**edge** [ɛdʒ] 名 1 邊，邊緣；（箱子等的）稜，角；（山峰等的）脊；屋脊；《喻》緊迫的情況。2 刃；（刀刃的）銳度。3《通常作 **an** ~, **the** ~》尖銳，犀利，痛切，激烈；效力：*a* biting ~ of cynicism 尖酸的譏諷。4《英方》丘陵；懸崖。5《美口》優勢，強勢《*on, over...*》。

get* all *edge on* / *have an edge on (1)《美》微醉。(2)《美》(對人) 懷恨。

have the edge on *a person* 勝過某人。

not to put too fine an edge upon it《置於句首，修飾全句》毋庸說動聽好話，率直地說。

on edge (1) 焦躁不安，感到不快《*over* ...》；緊張。(2) 急於，極想《*to* do》。

on the edge of... 快要…；在…的邊緣。

over the edge 瘋狂。

set a person's ***teeth on edge*** ⇨TOOTH

take the edge off... (1) 使刃部變鈍。(2) 減低，挫傷。

—動(**edged**, **edg·ing**) 及 1 使鋒利；使尖銳化。2 加以邊《*with, in...*》；加邊圍起。3 使緩緩地移動。—不及 1 斜進，漸進。2 爲發揮邊緣功效把滑雪板傾斜。

edge *a person* ***on*** 促使某人做…《*to* do》。

edge out《口》(小心地)走出。

edge a person out / *edge out a person* (1)險勝。(2)慢慢地排擠掉《*of...*》。

edged [ɛdʒd] 形 1《常作複合詞》有刃的;有邊的。2《限定用法》銳利的。

edge·less ['ɛdʒlɪs] 形 1 無刃的;鈍的。2 無邊緣的。

edge·ways ['ɛdʒ,wez] 副 = edgewise.

edge·wise ['ɛdʒ,waɪz] 副 1 刀刃朝前地;沿著邊緣地。2 邊邊相接地。

get a word in edgewise 有機會插嘴,從旁插話。

edg·ing ['ɛdʒɪŋ] 名 1 Ⓤ加邊,鑲邊;Ⓒ邊,緣。2 Ⓤ漸進。

edg·y ['ɛdʒɪ] 形 (**edg·i·er, edg·i·est**) 1 鋒利的,輪廓鮮明的;敏銳的;尖銳的。2 急躁的;急切想要的《*to* do》。**-i·ly** 副, **-i·ness** 名

edh [ɛð] 名 Ⓤ Ⓒ 古英語字母中的文字;表有聲、無聲的 th 音[ð, θ](亦作 **eth**)。

ed·i·ble ['ɛdəbl̩] 形可食用的。—名《通常作 ~**s**》食品,生的食物。**-'bil·i·ty** 名

e·dict ['idɪkt] 名 1《昔》敕令,布告;聲明。2 命令。

ed·i·fi·ca·tion [,ɛdəfə'keʃən] 名 Ⓤ 1 啓發,教化,開導。2 陶冶;提昇。

ed·i·fice ['ɛdəfɪs] 名 1 大廈,大建築物,殿堂。2 體系,組織。

ed·i·fy ['ɛdə,faɪ] 動 (**-fied, ~·ing**) 及 培養德性,啓發;教化;提高知識。

ed·i·fy·ing ['ɛdə,faɪɪŋ] 形 啓發性的,具有教化作用的。

Ed·in·burgh ['ɛdn̩,bɝo] 名 愛丁堡:英國蘇格蘭的首府。

Ed·i·son ['ɛdəsən] 名 **Thomas Alva,** 愛迪生(1847−1931):美國發明家。

·**ed·it** ['ɛdɪt] 動 及 1 編輯。2 校訂;刪除《*out*》。3 剪輯。—名 1 編輯;校訂。2(電影等的)剪輯。3 社論。

edit. 《縮寫》*edit*ed; *edit*ion; *edit*or.

E·dith(e) ['idɪθ] 名〖女子名〗伊蒂絲。

:**e·di·tion** [ɪ'dɪʃən] 名 1(刊物的)版;(同版所印的)總發行份數:the first ~初版 / a revised and enlarged ~ 增訂版。2(由出刊形態而論的、特定印刷廠、編輯者所訂的)版。3《喻》複製(物),相似(物)。

:**ed·i·tor** ['ɛdɪtɚ] 名 1 主筆;主編;(報社、雜誌社等各部門的)主任;採訪主任:~ in chief 總編輯。2 編輯;校訂者。3(影片等的)剪輯者;剪輯裝置。4 社論執筆,評論員。5〖電腦〗編輯程式。

·**ed·i·to·ri·al** [,ɛdə'torɪəl, -'tɔr] 名 1 社論,評論(《英》leading article, leader);廣播聲明,短評。2 冗長獨斷的發言。—形 1 編輯(上)的,有關編輯的;編輯部(門)的。2 社論的,評論的。~·**ly** 副 編輯上;以社論形式。

ed·i·to·ri·al·ist [,ɛdə'torɪəlɪst] 名 社論執筆者,主筆。

ed·i·to·ri·al·ize [,ɛdɪ'torɪə,laɪz] 動 不及《美》在社論上評論《*about...*》;(在報導中)融入己見,夾敘夾議。

ed·i·tor·ship ['ɛdɪtɚ,ʃɪp] 名 Ⓤ 1 編輯的職位;編輯上的指導。2 編輯工作。

Ed.M. 《縮寫》*M*aster of *Ed*ucation.

Ed·mond ['ɛdmənd] 名〖男子名〗艾德蒙(亦作 **Edmund**)。

EDP 《縮寫》*e*lectronic *d*ata *p*rocessing.

EDT 《縮寫》*E*astern *d*aylight *t*ime《美》東部日光節約時間。

ed·u·ca·ble ['ɛdʒəkəbl̩, -dʒʊ-] 形 可教育的,可訓練的。

:**ed·u·cate** ['ɛdʒə,ket, -dʒʊ-] 動 (**-cat·ed, -cat·ing**) 及 1 教育,訓育;訓練;塑造《*for...*》;教養《*to...*》;調教:~ oneself 自修。2 送(人)上學,使受學校教育《*at, in, on...*》: be ~*d in* classics *at* Oxford 在牛津大學接受古典教育。3 培養,磨練。—不及 教育。

·**ed·u·cat·ed** ['ɛdʒə,ketɪd, -dʒʊ-] 形 1 受過教育的;有教養的;適合有教養之人的。2 根據經驗的。3 受過訓練的。

·**ed·u·ca·tion** [,ɛdʒə'keʃən, -dʒʊ-] 名 Ⓤ 1 教育。2《偶作 **an** ~》教育;(學校)教育;教養。3 教育學,教授法。4(動物的)調教,訓練;飼育,培養。

·**ed·u·ca·tion·al** [,ɛdʒə'keʃənl̩, -dʒʊ-] 形 1 教育(上)的。2 教育性的,有教育意義的。~·**ly** 副

edu'cational-in'dustrial 'complex 名 建教合作。

ed·u·ca·tion·al·ist [,ɛdʒə'keʃənl̩ɪst, -dʒʊ-] 名《主英》= educationist.

edu'cational psy'chology 名 Ⓤ 教育心理學。**edu'cational psy'chologist** 名 教育心理學家。

edu'catinal 'system 名 教育制度。

ed·u·ca·tion·ist [,ɛdʒə'keʃənɪst, -dʒʊ-] 名 1《常為蔑》教育理論家。2《英》教育者,教師。

ed·u·ca·tive ['ɛdʒə,ketɪv, -dʒʊ-] 形 有教育意義的;教育的。

ed·u·ca·tor ['ɛdʒə,ketɚ, -dʒʊ-] 名 教師,老師;教育學家,教育家。

e·duce [ɪ'djus] 動 及 1 引出,發掘。2(由資料、事實)導出,推斷;演繹。

e·duc·tion [ɪ'dʌkʃən] 名 Ⓤ 1 引出;推斷。2 引出物;推論的結果。

ed·u·tain·ment [,ɛdʒə'tenmənt] 名 Ⓤ 寓教於樂:教育與娛樂合一的設計。

Ed·ward ['ɛdwɚd] 名 1〖男子名〗愛德華(暱稱 **Ed, Ned, Ted**)。2 英格蘭王之名(Ⅰ~Ⅷ)。

Ed·ward·i·an [ɛd'wɔrdɪən] 形 1 愛德華七世時代的。2 愛德華七世時代築城術的。3 愛德華王時代的。—名 愛德華七世時代的人。

Ed·win ['ɛdwɪn] 名〖男子名〗艾德溫(暱稱 **Ed**)。

-ee¹ 《字尾》用以構成下列之意的名詞：**1** 表「接受行爲者」之意。**2** 表「有特定行爲之人」、「在特定狀態下的人」之意。

-ee² 《字尾》用以構成下列之意的名詞：**1** 表「與某種狀態、事情有關者」之意。**2** 表「…的小種類之物」之意。**3** 表「類似…之物」之意。

E.E. 《縮寫》*E*arly *E*nglish; *e*lectrical *e*ngineer(ing).

E

e.e. 《縮寫》errors excepted 如有錯誤，可予更正。

EEC 《縮寫》*E*uropean *E*conomic *C*ommunity.

EEG 《縮寫》*e*lectro*e*ncephalo*g*ram.

eek [ik] 感 呀！咦！（表示驚嚇所發出的聲音）。

eel [il] 名(複 ～, ～s) **1** 〖魚〗鰻：(as) slippery as an ～滑溜溜不好抓，難捉摸的。**2** 〖魚〗形似鰻魚而實無近緣關係的八目鰻等。**3**（鰻似的）抓不住的人[物]，無法捉摸的人[物]。

eel·worm ['ɪl,wɝm] 名〖動〗線蟲。

eel·y ['ilɪ] 形(**eel·i·er, eel·i·est**) 似鰻的；滑溜溜的；蠕動的。

e'en [in] 副《文》= even¹.

EEO 《縮寫》*e*qual *e*mployment *o*pportunity 就業機會平等。

e'er [ɛr] 副《文》= ever.

-eer 《字尾》用於構成名詞或動詞，表「（專門）處理…（的人）」、「與…有關係（的人）」之意。

EER 《縮寫》*e*nergy *e*fficiency *r*atio.

ee·rie, -ry ['ɪrɪ] 形(**-ri·er, -ri·est**) **1** 陰森恐怖的，異常的，怪誕的。**2**《英方》（因迷信而）害怕的。**3**《蘇》陰霾的。**-ri·ly** 副, **-ri·ness** 名

ef·fa·ble ['ɛfəbl] 形 可說明的。

ef·face [ɪ'fes] 動及 **1** 磨掉，刪除，抹消。**2** 抹去，消除；去除，戒掉。**3**《通常用反身》使黯然失色。

ef·face·ment [ɪ'fesmənt] 名 U 塗消；抹除。

:ef·fect [ə'fɛkt, ɪ-] 名 **1** U C 結果；影響：cause and ～ 原因與結果。**2** U 生效；實施，執行。**3** U C 效果，效能，效力《*on* ...》；功效；有效；作用。**4** U C 感觸，印象《*on*...》。**5** U《**to** ～》要旨，大意；目的，意圖。**6** U 效應。**7** U（舞臺音響等所造成的）特殊效果；《～**s**》〖樂〗擬音效果。**8**《～**s**》⇨ EFFECTS

in effect (1) 事實上；基本上。(2) 有效。

take effect（藥等）見效；（法律）生效。

—動及 **1** 導致；實現，達成。**2** 產生。**3** 使生效。

·ef·fec·tive [ə'fɛktɪv, ɪ-] 形 **1** 有效的《*in*..., *in* doing》；有效的《*against*...》。**2** 實施中的。**3** 很感人的，令人印象深刻的。**4** 實際的，事實上的；有戰鬥力的。—名《通常作～**s**》《美》現役兵額；實際兵力。—副 自（特定的時間）生效。

·ef·fec·tive·ly [ə'fɛktɪvlɪ, ɪ-] 副 **1** 有效地。**2** 事實上，實際上。

ef·fec·tive·ness [ə'fɛktɪv,nɪs] 名 有效性；效力。

ef·fects [ə'fɛkts, ɪ-] 名(複) 動產；個人資產，隨身用品：personal ～ 私人財物；隨身用品。

no effects 無存款。略作：N / E

ef·fec·tu·al [ə'fɛktʃuəl, ɪ-] 形 **1** 有效的；適切的，合乎目的的。**2** 法律上有約束力的。

ef·fec·tu·al·ly [ə'fɛktʃuəlɪ, ɪ-] 副 有效地；適切地。

ef·fec·tu·ate [ə'fɛktʃu,et, ɪ-] 動及 **1** 引起，導致；實現。**2** 施行，使生效。

ef·fec·tu·a·tion [ə,fɛktʃu'eʃən, ɪ-] 名 U 實現；施行，生效。

ef·fem·i·na·cy [ə'fɛmənəsɪ, ɪ-] 名 U 女人氣，娘娘腔，柔弱。

ef·fem·i·nate [ə'fɛmənɪt, ɪ-] 形 **1** 娘娘腔的，柔弱的；沒男人氣概的。**3** 缺乏剛勁氣的，過分纖巧的。

—[-,net] 動 及 不及 帶女人氣，（使）柔弱。

～**·ly** 副

ef·fen·di [ɛ'fɛndɪ] 名(複 ～**s** [-z]) **1** 閣下，先生：以前土耳其對學者、上流階級人士的尊稱。**2**（在地中海東部諸國的）學者；貴族階級人士。

ef·fer·ent ['ɛfərənt] 形〖解·生理〗輸出性的；遠心（性）的。—名（血管等的）輸出部分。

-ence 名, ～**·ly** 副

ef·fer·vesce [,ɛfɚ'vɛs] 動 不及 **1** 起泡；成泡溢出《*with*...》。**2** 狂熱，興奮，起勁《*with*...》。

ef·fer·ves·cence [,ɛfɚ'vɛsəns] 名 U 沸騰；興奮；起勁。

ef·fer·ves·cent [,ɛfɚ'vɛsənt] 形 **1** 起泡的，沸騰的；起泡沫的。**2** 快活的，爽朗的，起勁的。～**·ly** 副

ef·fete [ɪ'fit, ɛ-] 形 **1** 精力喪失的，消耗了的；沒生氣的；衰落的。**2** 男人娘娘腔的，女人氣的。～**·ly** 副

ef·fi·ca·cious [,ɛfə'keʃəs] 形（藥等）有效的《*against*..., *in* doing》。～**·ly** 副

ef·fi·ca·cy ['ɛfəkəsɪ] 名 U 有效性；（藥等的）效力，效能。

·ef·fi·cien·cy [ə'fɪʃənsɪ, ɪ-] 名(複 **-cies**) **1** U 效能，功效；效率。**2** U（機器的）效率。

ef'ficiency a,partment 名《美》簡易公寓。

ef'ficiency ,expert 名 效率專家。

:ef·fi·cient [ə'fɪʃənt, ɪ-] 形 **1** 有能力的，能幹的《*at*, *in*..., *at* doing, *in* doing》。**2** 有效率的，好用而經濟的。**3** 產生結果的。～**·ly** 副 有效率地，有效地。

Ef·fie ['ɛfɪ] 名〖女子名〗愛菲（Euphemia 的暱稱）（亦作 Effy）。

ef·fi·gy ['ɛfɪdʒɪ] 图 (複 **-gies**) **1** 雕像；肖像，畫像。**2** 芻像。
burn in effigy (1) 焚燒某人的芻像。(2) 責難，酷評；嘲笑。
ef·flo·resce [,ɛflo'rɛs] 動(不及) **1**《文》開花；興隆，昌盛。**2**〖化〗風化；〖病〗發疹。
ef·flo·res·cence [,ɛflo'rɛsəns] 图Ⓤ **1**《文》開花（期）；興盛。**2** 成長的成果，結晶。**3**〖化〗風化（物）；〖病〗皮疹。
ef·flo·res·cent [,ɛflo'rɛsənt] 形 **1**《文》開花的。**2** 昌盛的。**3**〖化〗風化性的；〖病〗發疹的。
ef·flu·ence ['ɛfluəns] 图 **1** Ⓤ（光線等的）流出，發散。**2** 流出物，發散物。
ef·flu·ent ['ɛfluənt] 形流出的，發散的。
—图 **1** ⓊⒸ流出物；污水，廢水。**2** 水流，小河。
ef·flu·vi·um [ɪ'fluvɪəm] 图 (複 **-vi·a** [-vɪə], ～**s**) ⓊⒸ 氣味，臭氣，惡臭。**-vi·al** 形
ef·flux ['ɛflʌks] 图 **1** Ⓤ流出，發散。**2** 流出物。**3** Ⓤ（時間的）流逝；期滿，終了。
:ef·fort ['ɛfɚt] 图 **1** ⓊⒸ 努力《*to* do》；賣力《*at, toward..., at doing*》；奮鬥，嘗試：by ～ 靠努力 / with (an) ～ 費盡心力，好不容易 / without (any) ～（毫）不費力地。**2**（努力的）成果，結果；成績，精心作品。**3**《主英》募捐運動。
ef·fort·less ['ɛfɚtlɪs] 形不費力的，輕鬆的，容易的。～**·ly** 副, ～**·ness** 图
ef·fron·ter·y [ə'frʌntərɪ] 图 (複 **-ter·ies**) **1** Ⓤ 厚臉皮，厚顏無恥。**2**《常作 **-teries**》厚顏無恥的行為。
ef·ful·gence [ɛ'fʌldʒəns, ɪ-] 图Ⓤ《文》光輝；燦爛。
ef·ful·gent [ɛ'fʌldʒənt, ɪ-] 形 燦爛的，光輝的，輝煌的。
ef·fuse [ɛ'fjuz, ɪ-] 動(及) 放出，發散；散播於四周。—(不及) **1** 滲出；流出；發散。**2**〖理〗隙透。—[ɛ'fjus] 形 **1**〖植〗花形分散的，疏展的。**2** 具隙唇的。
ef·fu·sion [ə'fjuʒən, ɪ-] 图Ⓤ **1**（液體等的）流出；流出物。**2** 發洩，流露；感情的表達；迸出的話。**3**〖病〗溢出，滲出（液）；〖理〗噴散，瀉流，隙透。
ef·fu·sive [ɛ'fjusɪv, ɪ-] 形 **1** 吐露心聲的，熱情洋溢的。**2** 迸出的，溢出的。**3** 噴出岩的，火成岩的。～**·ly** 副
eft [ɛft] 图〖動〗蠑螈，水蜥。
EFTA, Efta ['ɛftə] *E*uropean *F*ree *T*rade *A*ssociation 歐洲自由貿易聯盟。
e.g. [i'dʒi]《拉丁語》*exempli gratia* 例如。
e·gad [ɪ'gæd] 感《古》真的！哎呀！
e·gal·i·tar·i·an [ɪ,gælɪ'tɛrɪən] 形平等主義的。—图平等主義者。
e·gal·i·tar·i·an·ism [ɪ,gælɪ'tɛrɪənɪzəm] 图Ⓤ 平等主義。
egg[1] [ɛg] 图 **1** 蛋；雞蛋；蛋的內部物。**2** 卵形物。**3**〖生〗卵子。**4**《俚》《與 **bad, dumb, old, good, tough** 等連用》人，傢伙。**5**《俚》炸彈；手榴彈；機雷，地雷。**6**《英》《蔑》乳臭未乾的小子。**7**《俚》無聊的玩笑；拙劣的演技。**8**《俚》物，事。**9**《美俚》直升機。
(as) sure as eggs is eggs / (as) safe as eggs《英口》確實，無疑。
full as an egg (1) 塞滿的。(2) 酩酊大醉。
have egg on one's face 出醜，丟臉。
have eggs on the spit 正忙得不可開交。
in the egg 在初期。
lay an egg《俚》產卵；（演出等）大失敗，慘敗；扔炸彈。
put all one's eggs in one basket《口》孤注一擲。
teach one's grandmother to suck eggs 班門弄斧。
walk upon eggs 如履薄冰，小心行事。
with egg on one's face（因慘敗而）出醜，尷尬。
—動(及) **1**（烹飪中）用蛋黃或蛋白調和。**2** 投擲（臭）蛋。—(不及) 採集野鳥的蛋。
egg[2] [ɛg] 動(及) 煽動，勸說，鼓勵《*on / to..., to* do》。
'egg and 'spoon ,race 图手持湯匙運蛋的競賽。
'egg ,apple 图= eggplant 2.
egg·beat·er ['ɛg,bitɚ] 图 **1**《美》攪蛋器（《英》eggwhisk）。**2**《美俚》直升機。
egg-bound ['ɛg,baund] 形 身不離蛋的，難產的。
'egg ,cell 图〖生〗卵細胞。
egg·cup ['ɛg,kʌp] 图 盛白煮蛋的蛋杯。
'egg 'custard 图ⓊⒸ用蛋、砂糖、牛奶混合煮或煎成的甜點。
egg·head ['ɛg,hɛd] 图《口》知識分子；書呆子；《蔑》假裝有知識的人；蛋頭學者。
egg·nog ['ɛg,nɑg] 图ⓊⒸ 蛋酒。
egg·plant ['ɛg,plænt] 图 **1**〖植〗茄子。**2** ⓊⒸ（食用的）茄子。
'egg ,roll 图春捲。
egg-shaped ['ɛg,ʃept] 形 蛋形的。
egg·shell ['ɛg,ʃɛl] 图 蛋殼；Ⓤ 淡黃色；粗糙無光澤的紙；易碎物。—形易破的；淡黃色的；沒有光澤的。
'egg ,timer 图 煮蛋用的計時沙漏。
'egg ,transfer 图 卵子移植。
egg·whisk ['ɛg,hwɪsk] 图《英》= eggbeater 1.
'egg ,white 图ⓊⒸ蛋白，卵白。
e·gis ['idʒɪs] 图= aegis.
eg·lan·tine ['ɛglən,taɪn] 图= sweetbrier.
e·go ['igo, 'ɛ-] 图 (複～**s** [-z]) **1** ⓊⒸ自我，我。**2** ⓊⒸ〖哲〗自我；〖精神分析〗自我意識。**3** Ⓤ《口》自大；自尊心。
e·go·cen·tric [,igo'sɛntrɪk, ,ɛ-] 形 自我中心的；自我本位的。—图自我中心主義者；自我本位的人。**-cen·'tric·i·ty** 图Ⓤ自

E

我中心。

e·go·ism ['igo,ɪzəm,'ɛ-] 名U 利己，自我中心；自大；〖倫〗利己主義；〖哲〗自我主義。

e·go·ist ['igoɪst, 'ɛ-] 名自我本位的人，利己主義者，任性者；自大者。

e·go·is·tic [,igə'ɪstɪk, ,ɛ-]，**-ti·cal** [-tɪkl] 形自私的；任性的。**-ti·cal·ly** 副

e·go·ma·ni·a [,igo'menɪə, ,ɛ-] 名U自我優越狂，自大狂。

E

e·go·ma·ni·ac [,igo'menɪ,æk, ,ɛ-] 名自大狂者，自我中心狂者。

e·go·tism ['igə,tɪzəm, 'ɛ-] 名U **1** 自我中心癖。**2** 自私，利己主義。**3** 自大。

e·go·tist ['igətɪst, 'ɛ-] 名 **1** 自大自滿的人。**2** 自我本位的人，利己主義者。

e·go·tis·tic [,igə'tɪstɪk, ,ɛ-]，**-ti·cal** [-tɪkl] 形自我中心的；自私的。**-ti·cal·ly** 副

ego ,trip 名《口》自大，自我陶醉。

e·go-trip ['igo,trɪp, 'ɛ-] 動 (**-tripped**, **~·ping**)不及表現自我，行爲自私。

ego-trip·per ['igo,trɪpɚ, 'ɛ-] 名表現自我者；追求名利者。

e·gre·gious [ɪ'gridʒəs, -dʒɪəs] 形《通常與惡意的字連用》異乎尋常的，極端惡劣的。**~·ly** 副，**~·ness** 名

e·gress ['igrɛs] 名 **1** U 外出；出口。**2** U 外出權，外出許可。

—[ɪ'grɛs] 動不及 出去。

e·gret ['igrɪt, 'ɛ-] 名 **1**〖鳥〗銀白鷺；鷺；鷺的羽毛（飾物）。**2**〖植〗冠毛。

·**E·gypt** ['idʒɪpt] 名 埃及（阿拉伯共和國）：位於非洲東北部；首都 Cairo。

:**E·gyp·tian** [ɪ'dʒɪpʃən] 形埃及（人）的。

—名 **1** 埃及人。**2** U 埃及語。

E·gyp·tol·o·gy [,idʒɪp'tɑlədʒɪ] 名U埃及古物學。**-gist** 名埃及古物學者。

·**eh** [e, ɛ] 感《口》《用時語調上揚，表輕微的驚訝、懷疑或促使同意、說明乃至要求對方再說一次》咦？什麼？

EHF《縮寫》*extremely high frequency.*

EHV《縮寫》*extra high voltage.*

ei·der ['aɪdɚ] 名 **1**〖鳥〗棉鳧。**2** = eiderdown.

ei·der·down ['aɪdɚ,daʊn] 名 **1** U雌棉鳧的絨毛。**2** 羽絨被。**3** U《美》起毛的厚法蘭絨。

ei·do·lon [aɪ'dolən] 名(複 **-la** [-lə]，**~s**) **1** 幻影，幻像，幽靈。**2** 理想化的人[物]。

'**Eif·fel 'Tower** ['aɪfl-] 名《**the** ~》艾菲爾鐵塔：巴黎市的一座巨型鐵塔。

:**eight** [et] 名 **1** U C（基數的）八。**2**（記號的）八。**3**《作複數》八（人、個）；（賽艇的）八人一組。**4**（撲克牌的）八。**5** 八字形之物。**6** U 八點鐘；八歲。

have had one over the eight《英俚》醉得七顛八倒。

—形 八（人、個）的。

'**eight ,ball** 名 **1**〖撞球〗八號球；以射入八號球決勝負的遊戲。**2**《俚》無能的傢伙。

behind the eight ball《美俚》處於不利的狀態。

:**eight·een** ['e'tin] 名 **1**（基數的）十八。**2** 表十八的記號。**3**《作複數》十八人。

—形 十八的，十八人的。

:**eight·eenth** ['e'tinθ] 形 **1**《通常作 the ~》第十八的，第十八個的。**2** 十八分之一的。—名 **1** 十八分之一。**2** 第十八，十八號。**~·ly** 副 在第十八個。

eight·fold ['et,fold] 形 **1** 由八個部分構成的。**2** 八倍的；八重的。—副 八倍地；八重地。

:**eighth** [etθ] 形 **1**《通常作 **the** ~》第八的，第八個的（略作：8th）。**2** 八分之一的。—名(複 **~s** [etθs, ets]) **1** 八分之一。**2** 第八（天）。**3**〖樂〗八度。—副 在第八個。

~·ly 副

'**eighth ,note** 名《美》八分音符。

eight·i·eth ['etɪɪθ] 形 **1**《通常作 **the** ~》第八十的，八十號的。**2** 八十分之一的。

—名 **1** 八十分之一。**2** 第八十個。

eight·some ['etsəm] 名（蘇格蘭的）八人舞蹈。

:**eight·y** ['etɪ] 名(複 **eight·ies**) **1** U C（基數的）八十。**2** 表八十的記號。**3**《作複數》八十人，八十個。**4**《**eighties**》由八十至八十九之數；八十歲至八十九歲，八十年代。**5** U 八十歲；八十元。

—形 八十（人、個）的。

eight·y-six, 86 ['etɪ'sɪks] 動及《美俚》（酒吧等）拒絕提供餐飲，拒絕服務。

Ei·leen [aɪ'lin] 名〖女子名〗艾琳：Helen 的別稱。

Ein·stein ['aɪnstaɪn] 名 **Albert**, 愛因斯坦（1879－1955）：生於德國的美國物理學家，提倡相對論；曾獲諾貝爾物理學獎（1921）。

ein·stein·i·um [aɪn'staɪnɪəm] 名 U〖化〗鑀。符號：Es

Eir·e ['ɛrə, 'erɪ-] 名愛爾蘭共和國的舊稱。

Ei·sen·how·er ['aɪzən,haʊɚ] 名 **Dwight David**, 艾森豪（1890－1969）：美國第三十四任總統（1953－61）。

eis·tedd·fod [e'stɛðvɑd, ɛ-] 名《常作 **E-**》（威爾斯的）吟遊詩人競演節。

:**ei·ther** ['iðɚ, 'aɪðɚ] 形 **1**（兩者之中）任何一方的。⑴《疑問·條件》任何的。⑵《否定》任何一方都（不）…的。⑶《肯定》任何一方（皆可）的，任何一方都。**2**《美》（兩者之中）任一方都。

either way 無論如何。

in either case 不論發生何種情況，兩種情況都。

—代 **1**（兩者中）任何一方《 *of...* 》。⑴《疑問·條件》任何一個。⑵《否定》任何一方都（不…）。⑶《肯定》任何一方皆（可）。**2**《古·俚》（三者以上之中）每一，都。—連《 ~ ... **or** ...的片語》或…或

…，不是…就是…。

—副 1《接於 and, or, not 起首的否定》…也（不…）。2《用於肯定子句之後，補充前句》雖則…（並非…）。3《口》《在疑問、條件、否定中加強語意》。

ei·ther-or ['iθɚ'ɔr, 'aɪðɚ'ɔr] 形 兩者擇一的；黑白分明的。—名(複 ~s [-z])《口》兩者擇一，兩者選一的決定。

e·jac·u·late [ɪ'dʒækjə,let] 動 及 1（突然）大叫；短促地喊叫；（出其不意地）說出。2 射出（液體）。—不及 射精。

—[ɪ'dʒækjəlɪt] 名 U（射出的）精液。

e·jac·u·la·tion [ɪ,dʒækjə'leʃən] 名 U C 1 突然大叫。2 射出（作用），射精。

e·jac·u·la·to·ry [ɪ'dʒækjələ,torɪ] 形 1 突然大喊大叫的。2 射精的。

e·ject [ɪ'dʒɛkt] 動 及 1 趕出，攆出，逐出《*from...*》。2 解僱，免除職務。3 噴出。—不及（從故障的飛機等）彈射出來。

e·jec·tion [ɪ'dʒɛkʃən] 名 1 U 驅逐；排出，噴出；彈射。2 U C 噴出物，排出物。

e'jection ,seat 名 彈射座椅。

e·jec·tive [ɪ'dʒɛktɪv] 形 1 有助於噴出的，排出性的。2〖語音〗開放音的。

—名〖語音〗開放音，喉頭音。~·ly 副

e·ject·ment [ɪ'dʒɛktmənt] 名 U C 放逐，排除；排出，噴出。

e·jec·tor [ɪ'dʒɛktɚ] 名 1 驅逐者。2 除去彈藥匣的裝置；放射器；彈出裝置。

e'jector ,seat 名《英》= ejection seat.

eka-《字首》加於元素名稱之上，表「超越周期律表範圍」之意。

eke [ik] 動 及《古》增加；增大；使延長。

eke out (1) 彌補不足《*with...*》。(2) 竭力維持《*by, with...*》；想盡辦法賺（錢）。

EKG《縮寫》《美》electrocardiogram（亦作 **ECG**）。

el[1] [ɛl] 名《口》= elevated railroad.

el[2] [ɛl] 名 = ell[1].

·e·lab·o·rate [ɪ'læbərɪt] 形 1 苦心做成的，精巧的；複雜的。2 不惜辛勞的，費心的。

—[-,ret] 動 (**-rat·ed, -rat·ing**) 及 1 刻意用心地做；推敲；使精密；精心創作。2〖生理〗同化。—不及 雕琢（文章等）；詳盡闡述《*on, upon...*》。~·ly 副，~·ness 名 U 精巧。

e·lab·o·ra·tion [ɪ,læbə'reʃən] 名 U 精心製作，推敲，詳述；詳細精密的加工，精密；C 勞作。

e·lab·o·ra·tive [ɪ'læbə,retɪv] 形 刻意用心地做的，精巧的；苦心的。~·ly 副

é·lan [e'lɑn] 名 U 活力，銳氣，闖勁。

e·land ['ilənd] 名(複 ~s,《集合名詞》~)〖動〗大羚羊。

é·lan vi·tal [e'lɑn vɪ'tɑl] 名 U（尤指柏格森哲學的）生命力。

e·lapse [ɪ'læps] 動 (**-lapsed, -laps·ing**) 不及（時間）經過，消逝。—名 時間的流逝。

,elapsed 'time 名 U 實耗時間。

·e·las·tic [ɪ'læstɪk] 形 1 有伸縮性的，有彈性的；柔軟的；〖理〗彈性（體）的。2 可通融的，有順應性的；寬容的。3 彈回的；輕快的。4（由失望等中）振奮起來的；沒有顧慮的。—名 U C 1 橡皮筋。2 襪子的鬆緊帶；褲子的吊帶。

-ti·cal·ly 副

e·las·tic·i·ty [ɪ,læs'tɪsətɪ] 名 U 1 彈力，彈性，伸縮性，軟度；〖理〗彈性；〖經〗彈性。2 融通性，順應性；恢復力。

E·las·to·plast [ɪ'læstə,plæst] 名 U C〖商標名〗《英》一種急救用的傷口貼片。

e·late [ɪ'let] 動 及 使得意，使歡欣；《被動》使大爲得意《*by...*》。

e·lat·ed [ɪ'letɪd] 形 興高采烈的，歡欣鼓舞的；得意洋洋的《*at...*》。

~·ly 副，~·ness 名

e·la·tion [ɪ'leʃən] 名 U 得意洋洋；興高采烈。

El·ba ['ɛlbə] 名 厄爾巴島：在義大利本土與科西嘉島間的小島；拿破崙一世最初被放逐的地方（1814–15）。

El·be [ɛlb, 'ɛlbə] 名《the ~》易北河：由捷克西部流經德國注入北海。

:el·bow ['ɛlbo] 名 1 肘；（衣服的）手肘部分。2 獸前腳的上部關節。3（河流等的）急轉彎處；L 字形的接管。

at** a person's **elbow 在某人身邊，在左右，在附近。

bend an elbow《口》縱飲。

beside** a person's **elbow 在某人的附近。

out at elbows / out at the elbow 襤褸的；捉襟見肘。

rub elbows with... 與…交往，與…接觸。

up to** one's **elbows 非常忙碌；埋頭苦幹。

—動 及 用肘推撞；推開而進；穿梭推進。

—不及 推開而進。

'elbow ,chair 名《美》= armchair.

'elbow ,grease 名 U《口》吃力的工作，耗費力氣的清除工作。

el·bow·room ['ɛlbo,rum, -rum] 名 U 可自由伸肘的空間，充裕的活動空間；自由。

:eld·er[1] ['ɛldɚ] 形（old 的比較級；最高級爲 **eldest**）1《主英》年長的，年紀較大的：the ~ son 年長的兒子。2《**the** ~》《置於人名之前》大…：*the* ~ Pitt 老彼特。3 上位的；資深的。4 古時的，從前的；初期的；（某些牌戲中）優先的。—名 1 年長者，兩人中的年長者；長輩；老人。2《通常作 the ~》（部族等的）元老，長老；統治者。3《常作 E-》〖教會〗（新教或摩門教的）長老。

el·der[2] ['ɛldɚ] 名〖植〗接骨木。

el·der·ber·ry ['ɛldɚ,bɛrɪ] 名 (複 **-ries**)〖植〗1 美洲接骨木的果實。2 接骨木。

eld·er·ly ['ɛldɚlɪ] 形 1 稍老的，有點老

的。**2** 跟不上時代的，老式的。**3** 步入老年的，老年人特有的；《**the** ～》《名詞》老人階級，步入老年的人。**-li·ness** 图

'elder 'statesman 图 **1** 元老政治家，耆宿；有力人士。**2**（日本史上天皇的）元老參事。

:eld·est ['ɛldɪst] 形（**old** 的最高級）（三人以上其中）最年長的。

El Do·ra·do [ˌɛldə'rɑdo] 图 **1**（傳說中的）黃金國。**2** 傳說中的寶藏王國。

E

El·ea·nor ['ɛlənɚ] 图〖女子名〗愛麗諾（暱稱 **Nell, Nelly, Nora** 等）。

:e·lect [ɪ'lɛkt] 動 及 **1** 選舉；推選；選任《*to...*》；選出。**2** 決定，選擇。**3**〖神〗揀選。**4**《美》選修。—不及 推選，選舉，選定。

—形 **1**《通常置於名詞之後》被選上的，當選的。**2** 挑選出來的，精選的。**3**〖神〗神所挑選的。—图《**the** ～》**1**〖神〗上帝的選民。**2** 被選中的人（們）；有資格被選上的人（們）。

e·lect·ee [ɪˌlɛk'ti] 图當選人。

·e·lec·tion [ɪ'lɛkʃən] 图 U C **1** 選舉；投票，票決：a special ～《美》補選（《英》byelection）。**2** 推選，選擇，選定。**3**〖神〗神的揀選。

E'lection ˌDay 图 **1**《美》總統選舉日，大選日。**2**《常作 **e- d-**》選舉日。

e'lection ˌdistrict 图《美》選區。

e·lec·tion·eer [ɪˌlɛkʃə'nɪr] 動 不及《常用進行式》參加競選活動，助選。—图 U 助選員。

e·lec·tion·eer·ing [ɪˌlɛkʃə'nɪrɪŋ] 图 U 競選活動，助選。

e·lec·tive [ɪ'lɛktɪv] 形 **1**（有關）選舉的。**2** 選任的。**3** 有選舉權的。**4**《美》非必修的，選修的。**5**〖化〗有選擇性的。—图《美》選修科目。

～**·ly** 副, ～**·ness** 图

e·lec·tor [ɪ'lɛktɚ] 图 選舉人，有投票權者；《美》總統及副總統選舉人。

e·lec·tor·al [ɪ'lɛktərəl] 形 選舉人的；選舉的。

e'lectoral 'college 图《**the** ～》《美》（總統、副總統的）選舉人團。

e·lec·tor·ate [ɪ'lɛktərɪt] 图《常作 **the** ～》《集合名詞》選民；選舉團。

E·lec·tra [ɪ'lɛktrə] 图〖希神〗伊蕾克多拉：Agamemnon 的女兒；慫恿弟弟 Orestes 殺死母親與其情夫，報了父仇。

E'lectra ˌcomplex 图〖精神分析〗戀父情結。

:e·lec·tric [ɪ'lɛktrɪk] 形 **1** 電的；電所產生的；帶電的；發電的，傳電的；電氣裝置的；電氣化的。**2** 如電擊般的；令人興奮的，刺激的。**3** 電子的；電子擴音的；用電吉他演奏的。

:e·lec·tri·cal [ɪ'lɛktrɪkl] 形 **1** 電力的。**2**《限定用法》有關電的，電力的。

e·lec·tri·cal·ly [ɪ'lɛktrɪkəlɪ] 副 以電（作用）地。

e'lectrical 'storm 图雷雨。

e'lectrical tran'scription 图 U C 錄音廣播；錄音盤。

e'lectric 'blanket 图電毯。

e'lectric ˌchair 图電椅（死刑用）；《**the** ～》電刑。

e'lectric 'charge 图 U〖理〗電荷。

e'lectric 'eel 图電鰻。

e'lectric 'eye 图光電池。

e'lectric gui'tar 图電吉他。

·e·lec·tri·cian [ɪˌlɛk'trɪʃən] 图 電工，電力工程人員，電機師。

:e·lec·tric·i·ty [ɪˌlɛk'trɪsətɪ] 图 U **1** 電。**2** 電力；電流：conduct ～ 導電。**3** 電學。**4** 強烈興奮。

e'lectric 'ray 图〖魚〗電魟，電鰩。

e'lectric 'razor 图電鬍刀。

e'lectric 'shock 图 U C 電擊。

e'lectric 'torch 图《英》手電筒（《美》flashlight）。

e·lec·tri·fi·ca·tion [ɪˌlɛktrəfə'keʃən] 图 U **1** 帶電，充電；觸電。**2** 電氣化。**3** 震驚；激動，興奮。

e·lec·tri·fy [ɪ'lɛktrəˌfaɪ] 動(**-fied**, ～**·ing**) 及 **1** 使帶電，使充電；使通電；使觸電。**2** 供電；電氣化：～ a railroad 使鐵路電氣化。**3** 電子擴音。**4** 使震驚；使激動，使興奮。

e·lec·tri·fy·ing [ɪ'lɛktrəˌfaɪŋ] 形 極興奮的。

e·lec·tro [ɪ'lɛktro] 图(複 ～**s** [-z])，動 及《口》**1** = electrotype. **2** = electroplate.

electr(o)-《字首》**electric, electricity** 的複合形。

e·lec·tro·a·cous·tic [ɪˌlɛktroə'kustɪk] 形電聲學的。

e·lec·tro·a·nal·y·sis [ɪˌlɛktroə'næləsɪs] 图 U〖化〗電分析（法），電解。

e·lec·tro·car·di·o·gram [ɪˌlɛktro'kɑrdɪəˌgræm] 图〖醫〗心電圖。略作：ECG

e·lec·tro·car·di·o·graph [ɪˌlɛktro'kɑrdɪəˌgræf] 图〖醫〗心電圖儀。略作：ECG。

e·lec·tro·chem·is·try [ɪˌlɛktro'kɛmɪstrɪ] 图 U 電化學。

e·lec·tro·con·duc·tive [ɪˌlɛktrokən'dʌktɪv] 形能導電的。

eˌlectrocon'vulsive ˌtherapy 图 = electroshock therapy. 略作：ECT

e·lec·tro·cute [ɪ'lɛktrəˌkjut] 動 及《常用被動》使觸電而死；處以電刑。

e·lec·tro·cu·tion [ɪˌlɛktrə'kjuʃən] 图 U C 電刑；觸電而死。

e·lec·trode [ɪ'lɛktrod] 图電極。

e·lec·tro·dy·nam·ic [ɪˌlɛktrodaɪ'næmɪk], **-i·cal** [-ɪkl] 形電動力學的。

e·lec·tro·dy·nam·ics [ɪˌlɛktrodaɪ'næmɪks] 图(複)《作單數》電動力學。

e·lec·tro·en·ceph·a·lo·gram [ɪˌlɛktroɛn'sɛfələˌgræm] 图〖醫〗腦電圖。略作：

EEG。

e·lec·tro·car·di·o·graph [ɪˌlɛktroɛn'sɛfələˌgræf] [名]〖醫〗腦電圖儀。略作：EEG。

e·lec·tro·gen·e·sis [ɪˌlɛktrə'dʒɛnəsɪs] [名][U]生物發電。

e·lec·tro·gen·ic [ɪˌlɛktrə'dʒɛnɪk] [形]生物發電的。

e·lec·tro·ki·net·ics [ɪˌlɛktrokɪ'nɛtɪks] [名](複)《作單數》電動學。

e·lec·tro·lier [ɪˌlɛktro'lɪr] [名]電燈架；吊燈架；裝飾燈。

e·lec·trol·y·sis [ɪˌlɛk'traləsɪs] [名][U] **1**〖化〗電解（法）。**2**〖醫〗電解療法。

e·lec·tro·lyte [ɪ'lɛktrəˌlaɪt] [名]〖化〗電解液；〖理化〗電解質。

e·lec·tro·lyt·ic [ɪˌlɛktrə'lɪtɪk] [形]〖化〗電解的；電解質的。

electro'lytic 'cell [名]〖理化〗電解槽。

e·lec·tro·lyze [ɪ'lɛktrəˌlaɪz] [動][及]〖理化〗電解。

e·lec·tro·mag·net [ɪˌlɛktro'mægnɪt] [名]電磁鐵。

e·lec·tro·mag·net·ic [ɪˌlɛktromæg'nɛtɪk] [形] **1**電磁鐵的。**2**電磁的。

e·lec·tro·mag·net·ics [ɪˌlɛktromæg'nɛtɪks] [名](複)《作單數》電磁學。

e·lec·tro·mag·net·ism [ɪˌlɛktro'mægnɪˌtɪzəm] [名] **1** [U]電磁。**2** = electromagnetics.

e·lec·trom·e·ter [ɪˌlɛk'tramətɚ] [名]靜電計。

e·lec·tro·mo·tive [ɪˌlɛktrə'motɪv] [形]電動的，起電性的。

electro'motive ˌforce [名][U]電動勢。

e·lec·tro·mo·tor [ɪˌlɛktrə'motɚ] [名]電動機。

e·lec·tro·mu·sic [ɪˌlɛktro'mjuzɪk] [名][U]電子音樂。

·**e·lec·tron** [ɪ'lɛktran] [名]〖化·理〗電子。

e'lectron 'beam [名]電子束。

e'lectron dif'fraction [名]〖光〗電子繞射。

e·lec·tro·neg·a·tive [ɪˌlɛktro'nɛgətɪv] [形]〖理化〗陰電性的；非金屬的。

e'lectron ˌgun [名]〖視〗電子槍。

e·lec·tron·ic [ɪˌlɛk'tranɪk] [形]電子（學）的；電子操作的。**-i·cal·ly** [副]

elec·tron·i·ca [ɪˌlɛk'tranɪkə] [名][U]電子音樂。

elec'tronic 'banking [名][U]電子化銀行作業。

elec'tronic 'brain [名]《口》電腦。

elec'tronic counterˌmeasure [名]〖軍〗電子反制。略作：ECM

elec'tronic 'data ˌprocessing [名][U]電子資料處理。略作：EDP

elec'tronic ˌgame [名]電子遊戲。

elec'tronic ˌdictionary [名]電子字典。

elec'tronic 'lock [名]電子鎖。

elec'tronic ˌmail [名]電子郵件（亦稱 **E-mail**）。

elec'tronic 'music [名][U]電子音樂。

elec'tronic 'organ [名]電子琴。

elec'tronic 'publishing [名][U]電子出版。

e·lec·tron·ics [ɪˌlɛk'tranɪks] [名](複)《作單數》電子學；電子技術。

e'lectron ˌmicroscope [名]電子顯微鏡。

e'lectron ˌoptics [名](複)《作單數》電子光學。

e'lectron ˌtube [名]電子管。

e·lec·tron-volt [ɪ'lɛktranˌvolt] [名]〖理〗電子伏特。略作：EV, ev

e·lec·troph·o·rus [ɪˌlɛk'trafərəs] [名](複 **-o·ri** [-əˌraɪ])起電盤。

e·lec·tro·pho·tog·ra·phy [ɪˌlɛktrofə'tagrəfɪ] [名][U]電子攝影（術）。

e·lec·tro·plate [ɪ'lɛktrəˌplet] [動][及]電鍍。

e·lec·tro·plat·ing [ɪ'lɛktrəˌpletɪŋ] [名][U]電鍍（法）。

e·lec·tro·pos·i·tive [ɪˌlɛktrə'pazətɪv] [形]〖理化〗陽（電）性的；鹽基性的。

e·lec·tro·scope [ɪ'lɛktrəˌskop] [名]驗電器。

e·lec·tro·shock [ɪ'lɛktroˌʃak] [名][U][C]〖精神醫〗《美》電休克（療法），電擊（療法）（《英》electric shock therapy）。

e'lectroshock ˌtherapy [名][U]〖醫〗電休克（療法），電擊療法。

e·lec·tro·stat·ic [ɪˌlɛktrə'stætɪk] [形]〖電〗靜電的。

e·lec·tro·stat·ics [ɪˌlɛktrə'stætɪks] [名](複)《作單數》靜電學。

e·lec·tro·tech·nics [ɪˌlɛktrə'tɛknɪks] [名](複)《作單數》電工學。

e·lec·tro·ther·a·py [ɪˌlɛktro'θɛrəpɪ] [名][U]電療。

e·lec·tro·type [ɪ'lɛktrəˌtaɪp] [名] **1**電版。**2**電版術。—[動][及]製成電版。

e·lec·trum [ɪ'lɛktrəm] [名][U] **1**琥珀金。**2**鋅青銅。**3**洋銀。

el·ee·mos·y·nar·y [ˌɛlə'masəˌnɛrɪ] [形]施予的；慈善的；依賴賑濟金的。

el·e·gance ['ɛləgəns] [名] **1** [U]優雅；典雅，高雅。**2** [U]簡潔，精確。**3**優雅之物。

·**el·e·gant** ['ɛləgənt] [形] **1**優雅的，優美的；高雅的，典雅的。**2**良好的；簡練的，簡潔的。**3**《口》極好的；優質的。—[名]高尚的人，有雅興的人；好打扮的人。～**·ly** [副]

el·e·gi·ac [ˌɛlə'dʒaɪæk, ɪ'lidʒɪˌæk] [形] **1**〖古詩〗輓歌形式的，哀歌體的。**2**哀愁的（亦稱 **elegiacal**）。—[名]《通常作～**s**》輓歌形式的詩（句）；哀歌體的詩。

el·e·gize ['ɛləˌdʒaɪz] [動][及][不及]作輓歌哀

E

悼；作輓歌。

el·e·gy ['ɛlədʒɪ] 名 (複-gies) 1 哀歌，輓歌。2 輓歌調的詩。-gist [-dʒɪst] 名

elem. 《縮寫》*element(s); elementary.*

:el·e·ment ['ɛləmənt] 名 1 成分，要素，構成分子。2〖哲〗(構成萬物的) 基本物質：the four ~*s* 四行 (地、水、風、火)。3 自然棲息地；固有活動領域，本領。4《**the ~s**》(天候或大氣的) 作用力，自然力；不良天候。5 原理，基礎，原則；《**the ~s**》(教育的) 初步，原理。6《通常作 **the Elements**》〖神〗(聖餐式的) 麵包與葡萄酒。7〖化〗元素。8〖數·理則〗元，要素；〖幾何〗形成圖形的要素。

be in one's elements 處於適宜的環境；得心應手；內行。

el·e·men·tal [ˌɛlə'mɛntl] 形 1 要素的，單元性的；化學元素的。2 基本的；基本原理的。3 很單純的，自然的，與生俱來的，根本的：an ~ sense of rhythm 與生俱來的韻律感。4〖哲〗四行的。5 自然力的，自然現象的；類似自然力的：~ worship 對自然的崇拜 / ~ passions 熱情，激情。~·ly 副 基本上地。

·el·e·men·ta·ry [ˌɛlə'mɛntərɪ] 形 1 初步的，初級的；基本 (原理) 的。2 小學的。3 要素的；單元性的；〖化〗元素的：an ~ substance 元素物質。4 四行的；自然力的。5〖數〗(函數) 初等的。**-ri·ly** 副, **-ri·ness** 名

ele'mentary 'particle 名〖理〗元質點：即構成原子的電子、質子、中子。

ele'mentary ˌschool 名《美》小學 (亦稱《英》**primary school**)。

:el·e·phant ['ɛləfənt] 名 (複 ~s,《集合名詞》~) 1〖動〗象。2《美》共和黨的象徵。

el·e·phan·ti·a·sis [ˌɛləfən'taɪəsɪs] 名 U 1〖病〗象皮病。2 過分膨脹；誇大。

el·e·phan·tine [ˌɛlə'fæntin, -taɪn] 形 (似) 象的；巨大的；沉重的；粗笨的。

el·e·phant's-ear ['ɛləfənts,ɪr] 名〖植〗1 芋頭。2 秋海棠。

·el·e·vate ['ɛlə,vet] 動 (-vat·ed, -vat·ing) 及 1 舉起，抬起。2 使晉升《*to...*》。3 使提高，使高尚，使崇高，使振奮。4 提高 (聲音)。

el·e·vat·ed ['ɛlə,vetɪd] 形 1 高出的；高架的：an ~ highway 高架公路。2 高尚的，高貴的；崇高的。3 得意洋洋的；心情開朗的。4《英口》微醉的。—名《美口》高架鐵路。

'elevated 'railroad 名《美》高架鐵路。

el·e·va·tion [ˌɛlə'veʃən] 名 1 高度；高地，高臺；U C 海拔，高度，標高。2 U 高雅，崇高，高尚，斯文。3 U 上升，提高，向上，晉升；(皮膚等的) 腫脹。4〖建〗正視圖；〖測〗仰角。5 (舞者或運動員的) 空中跳躍 (姿勢)。

:el·e·va·tor ['ɛlə,vetɚ] 名 1《美》電梯，升降機 (《英》lift)。2 使物上升的裝置；起重工人。3 起水機，起卸機，捲揚機；大穀倉。4〖空〗升降舵。5〖解〗舉肌。

:e·lev·en [ɪ'lɛvən] 名 1 U C 十一；C 十一的記號。2 十一人[個，歲，時]；(足球隊等) 十一人一組。3《**the E-**》基督的十一門徒。—形 十一的，十一個的。

e'leven ˌplus (exami'nation) 名《**the ~**》《英》中等學校入學測驗。

e·lev·ens(·es) [ɪ'lɛvənz(ɪz)] 名 (複)《英口》(通常在上午 11 時左右吃的) 點心。

:e·lev·enth [ɪ'lɛvənθ] 形 1《通常作 **the ~**》第十一的，第十一號的 (略作：11th)。2 十一分之一的。—名 U 1 十一分之一。2 第十一，第十一號 (之物)。~·**ly** 副

e'leventh 'hour 名《**the ~**》最後的關頭，千鈞一髮之際。

elf [ɛlf] 名 (複 **elves** [ɛlvz]) 1 小精靈。2 矮人，小孩子。3 調皮鬼。

elf·in ['ɛlfɪn] 形 1 小精靈 (似) 的。2 矮小而精明的，淘氣的。—名 小精靈。

elf·ish ['ɛlfɪʃ] 形 小精靈似的；人小鬼大的。~·**ly** 副

elf·land ['ɛlf,lænd] 名 U 小精靈之國。

elf·lock ['ɛlf,lɑk] 名 亂髮，糾結之髮。

E·li·a ['ilɪə] 名 Charles Lamb 的筆名。

E·li·as [ɪ'laɪəs] 名〖男子名〗伊萊爾斯。

e·lic·it [ɪ'lɪsɪt] 動 及 得出，引出；套出，誘出《*from...*》。**-i·'ta·tion** 名

e·lide [ɪ'laɪd] 動 及 省略；〖法〗取消，刪除。

el·i·gi·bil·i·ty [ˌɛlɪdʒə'bɪlətɪ] 名 U 合格 (性)，適任 (性)；被選舉資格。

el·i·gi·ble ['ɛlɪdʒəbl] 形 1 有資格當選的《*for, as...*》；值得選的；有資格的《*to do*》；適當的，妙齡的。2 (法律上) 合格的，有被選資格的。—名 有資格者，合格的人，適任者；適當之物。

el·i·gi·bly ['ɛlɪdʒəblɪ] 副 可被選地；合適地，適當地。

E·li·jah [ɪ'laɪdʒə] 名 1〖聖〗以利亞：希伯來的先知。2〖男子名〗伊萊傑。

·e·lim·i·nate [ɪ'lɪmə,net] 動 (-nat·ed, -nat·ing) 及 1 除去，排除《*from...*》；省略，避免：~ smudges 去污。2 使淘汰《*from...*》。3 不加考慮；使消失。4〖生理〗排泄。5《口》殺死，幹掉。6〖數〗消去。**-na·ble** 形

e·lim·i·na·tion [ɪ,lɪmə'neʃən] 名 1 U C 除去，刪除；U 排出，排泄。2 U C〖數〗消去 (法)。3 U C〖運動〗淘汰：~ matches 淘汰賽。

e·lim·i·na·tor [ɪ'lɪmə,netɚ] 名 1 除去者；排除裝置。2〖電〗消除器；〖無線〗電源整流器。

El·i·nor ['ɛlənɚ] 名〖女子名〗艾莉諾。

el·int ['ɛlɪnt] 名 1 U 電子情報蒐集。2 電子偵察機 / 船。

El·i·ot ['ɛlɪət] 名 1 **George** (本名 Mary

Ann Evans），艾略特（1819－80）：英國的一位女小說家之筆名。**2 Thomas Stearns**, 艾略特（1888－1965）：生於美國的英國詩人、批評家。

e·li·sion [ɪ'lɪʒən] 名 U C 發音省略；省略，刪掉。

e·lite [ɪ'lit, e'lit] 名 U **1**《通常作 **the** ～》《集合名詞》《常作單數》優秀分子，精英，精華；《作複數》最上流的人：a gathering of *the* ～ 群英會。**2** 中堅分子；精銳部隊。**3** 打字機用的鉛字的一種。— 形 出類拔萃的。

e·lit·ism [e'litɪzəm, ɪ-] 名 U 精英統治論；精英主義。

e·lit·ist [ɪ'litɪst] 名 精英主義者。— 形 精英主義的。

e·lix·ir [ɪ'lɪksɚ] 名 **1** 鍊金藥劑。**2** 萬能靈藥，長生不老藥。**3** 精髓。

Eliz. 《縮寫》*Eliz*abeth(an).

E·li·za [ɪ'laɪzə] 名〖女子名〗伊萊莎（Elizabeth 的別稱）。

E·liz·a·beth [ɪ'lɪzəbəθ] 名 **1** ～ I 伊麗莎白一世（1533－1603）：英格蘭女王（1558－1603）。**2** ～ II 伊麗莎白二世（1926－　）：現任英國女王（1952－　）。**3**〖女子名〗伊麗莎白（別稱作 Bess, Bessie, Beth, Betty, Eliza 等）。

E·liz·a·be·than [ɪ,lɪzə'biθən] 形 **1** 伊麗莎白時代的。**2**〖建〗伊麗莎白王朝式樣的。

— 名 伊麗莎白女王時代的人。

elk [ɛlk] 名(複 ～**s**, 義 1《集合名詞》～) **1**〖動〗麋鹿；北美產的 wapiti。**2**（製造運動鞋的）輕軟皮革。

elk·hound ['ɛlk,haʊnd] 名（原產於挪威的）獵麋犬。

ell[1] [ɛl] 名 字母 L,1；與主要建築物成直角的廂房。

ell[2] [ɛl] 名 厄爾：古代的長度單位（在英國爲45吋）：Give him an inch and he'll take an ～.《諺》得寸進尺；不知足。

El·len ['ɛlən] 名〖女子名〗愛倫（Helen 的別稱）。

el·lipse [ɪ'lɪps] 名〖幾何〗橢圓（形）。

el·lip·sis [ɪ'lɪpsɪs] 名 (複 **-ses** [-siz]) **1** U C〖文法〗省略（法）。**2**〖印〗省略符號。

el·lip·soid [ɪ'lɪpsɔɪd] 名 形〖幾何〗橢圓面（的），橢球（的）。

el·lip·ti·cal[1] [ɪ'lɪptɪkl], **-tic** [-tɪk] 形 **1** 橢圓形的。**2**〖文法〗省略（法）的。**3** 極爲簡要的；（因省略太多字而）難懂的。

el·lip·ti·cal[2] [ɪ'lɪptɪkl] 名 橢圓狀銀河。

el·lip·ti·cal·ly [ɪ'lɪptɪklɪ] 副 **1** 橢圓形地。**2** 省略地；簡潔地。**3** 沒有條理地；模稜兩可地。

'Ellis 'Island 名 艾利斯島：美國紐約港中的一個島，昔日設移民檢疫所。

elm [ɛlm] 名 榆樹；U 榆木。

El·mer ['ɛlmɚ] 名〖男子名〗艾爾摩。

El Niño [ɛl'ninjo] 名 聖嬰現象：南太平洋水溫上升的海流異常變化，造成全球氣候異常。

el·o·cu·tion [,ɛlə'kjuʃən] 名 U **1** 雄辯術，演說法，朗讀法；誇張的演說法。**2** 演說的風格。

el·o·cu·tion·ist [,ɛlə'kjuʃənɪst] 名 演說法的教師；雄辯家。

el·o·cu·tion·ar·y [,ɛlə'kjuʃə,nɛrɪ] 形 朗讀[演說]法的，雄辯術的。

e·lon·gate [ɪ'lɔŋget] 動 及 延長：～ vowels 延長母音。— 不及 變長，伸長。— 形 伸長的。

e·lon·gat·ed [ɪ'lɔŋgetɪd] 形 瘦長的，延長的。

e·lon·ga·tion [ɪ,lɔŋ'geʃən] 名 **1** U C 伸張；延長（部分）；延長線。**2**〖天〗距角。

e·lope [ɪ'lop] 動 不及 **1** 私奔，出走《*with* ...》。**2** 逃亡，逃跑。

e·lope·ment [ɪ'lopmənt] 名 C U 私奔。

·el·o·quence ['ɛləkwəns] 名 U 雄辯，善辯；說服力，巧妙性；雄辯術，修辭法：Love and business teach ～.《諺》戀愛與經商使人口齒伶俐。

·el·o·quent ['ɛləkwənt] 形 **1** 雄辯的，能言善道的；令人感動的，流利的。**2** 充分表現出的《*of*...》: The eyes are more ～ than the lips.《諺》眉目傳情勝過言。～**·ly** 副

El Sal·va·dor [ɛl'sælvə,dɔr] 名 薩爾瓦多（共和國）：位於中美洲西北部，臨太平洋；首都爲聖薩爾瓦多（San Salvador）。

:else [ɛls] 形《與不定代名詞或疑問代名詞連用》**1** 其他的，另外的。**2** 更多的，除此之外的。**3**《用所有格》其他的。— 副 **1**《與疑問副詞連用》其他（時間、地方、方法），另外地。**2**《通常把 **or** 置於前》不然的話，否則。

or else (1) ⇨ 副 2. (2)《表示警告、恐嚇》不然可要吃虧的哦。

·else·where ['ɛls,hwɛr] 副 在別處，到別處；其他地方《偶用 *than*...》。

El·sie ['ɛlsɪ] 名〖女子名〗愛爾喜（Elizabeth 的暱稱）。

ELT 《縮寫》*E*nglish *L*anguage *T*eaching 英語教學（法）。

e·lu·ci·date [ɪ'lusə,det] 動 及 說明，闡明：～ the nature of the universe 解釋宇宙的本質。

e·lu·ci·da·tor [ɪ'lusə,detɚ] 名 解說者，闡明者。

e·lu·ci·da·tion [ɪ,lusə'deʃən] 名 U C 說明，解釋。

e·lu·ci·da·to·ry [ɪ'lusədə,torɪ] 形 解釋的，說明性質的。

e·lude [ɪ'lud] 動 (**-lud·ed, -lud·ing**) 及 **1** 逃避，避免；逃開，避開。**2** 使無法理解；使記不起。**3** 使無法得到。

E

e·lu·sion [ɪ'luʒən] 名U 迴避，逃避，藉口。

e·lu·sive [ɪ'lusɪv] 形 **1** 無法捉摸的，難下定義的；難記憶的。**2** 容易逃脫的，難以捕捉的。～**·ly** 副, ～**·ness** 名

el·ver ['ɛlvɚ] 名〖魚〗小鰻苗。

elves [ɛlvz] 名 **elf** 的複數形。

elv·ish ['ɛlvɪʃ] 形 = elfish.

E·ly ['ilɪ] 名 **Isle of**, 伊利：英國英格蘭東部的舊郡，現爲劍橋郡的一部分。

E

E·ly·sian [ɪ'lɪʒən] 形 極樂世界的；最幸福的。

E·ly·si·um [ɪ'lɪʒɪəm] 名 **1**〖希神〗極樂世界。**2** U 理想的樂土；最幸福的境界。

el·y·tron ['ɛlɪ,trɑn], **-trum** [-trəm] 名 (複 **-tra** [-trə])〖昆〗鞘翅，鞘羽。

em [ɛm] 名(複～s) **1** 字母 M, m。**2**〖印〗全方。—形〖印〗全方的。

'em [əm] 代《口》= them.

em- 《字首》 **en-**[1] 的別體。

EM 《縮寫》 enlisted *man* [*men*].

Em. 《縮寫》 *em*anation.

e·ma·ci·ate [ɪ'meʃɪ,et] 動及《常用被動》**1** 使消瘦，使衰弱。**2** 減弱效果，使無吸引力。—不及 消瘦。

e·ma·ci·at·ed [ɪ'meʃɪ,etɪd] 形 消瘦的，憔悴的。

e·ma·ci·a·tion [ɪ,meʃɪ'eʃən] 名 U 衰弱，憔悴。

E-mail, e-mail ['i,mel] 名 = electronic mail.

'e-mail fa,tigue 名U 每天收到大量郵件引起的疲勞。

em·a·nate ['ɛmə,net] 動不及（由…）發出來，產生，發散；散布《 *from...* 》。—及 發出，散發。**-na·tive** 形 發散的，放射的。

em·a·na·tion [,ɛmə'neʃən] 名 **1** U C 發散（物），放散（物）《 *from, of...* 》。**2**《喻》感化，影響力。**3** U〖理化〗射氣。

e·man·ci·pate [ɪ'mænsə,pet] 動 及 解放；解脫，使自由《 *from...* 》: ～ a person *from* anxiety 使某人擺脫憂慮 / ～ a country *from* tyranny 把國家從暴政中解放。

e·man·ci·pat·ed [ɪ'mænsə,petɪd] 形 **1** 獲得自由的。**2** 開放的，擺脫傳統的。

e·man·ci·pa·tion [ɪ,mænsə'peʃən] 名 U C **1** 解放。**2** 被解放的狀態。

e·man·ci·pa·tor [ɪ'mænsə,petɚ] 名 解放者。

E·man·u·el [ɪ'mænjuəl] 名〖男子名〗伊曼紐。

e·mas·cu·late [ɪ'mæskjə,let] 動 及《常用被動》**1** 去勢，閹割。**2** 使喪失男子氣；使喪失活力；減弱氣勢，降低效力。—[-lɪt, -,let] 形 被去勢的；弱的。

e·mas·cu·lat·ed [ɪ'mæskjə,letɪd] 形 去勢的，被閹的；柔弱的；沒力氣的。

e·mas·cu·la·tion [ɪ,mæskjə'leʃən] 名U 去勢；削弱；無力，柔弱。

em·balm [ɪm'bɑm] 動 及 **1** 做防腐處置。**2** 使充滿香氣。**3** 使…不致湮沒；使保存下來，使不朽。～**·ment** 名U（屍體的）防腐保存。

em·bank [ɪm'bæŋk] 動及 築堤防圍住。

em·bank·ment [ɪm'bæŋkmənt] 名 **1** 堤防，土堤；U 築堤防。**2**《 **the E-** 》（倫敦的）泰晤士河堤岸道路。

em·bar·go [ɪm'bɑrgo] 名(複 ～**es**) **1** 封港令。**2** 禁止載運貨物令；通商限制，禁止通商，禁運。**3** 限制，禁止。

—動 及 禁止出入港口；對…實施禁運；扣留，徵收，沒收。

·em·bark [ɪm'bɑrk] 動 及 **1** 使搭乘船，使搭飛機，裝載。**2** 使從事；參與。—不及 **1** 搭船；《美》搭飛機。**2**《文》著手，開始，從事《 *on, upon...* 》。

em·bar·ka·tion [,ɛmbɑr'keʃən] 名 **1** U C 裝載，載上；乘船，搭乘。**2** U 開始著手，從事《 *on, upon, in...* 》。

·em·bar·rass [ɪm'bærəs] 動 及 **1**《常用被動》使不知所措，使困窘，使羞愧，使爲難，使尷尬。**2** 使變得複雜，使紊亂；妨礙。**3** 阻礙。**4**《常用被動》使財政困難，使負債。—不及 不知所措，侷促不安。

embarrass oneself 發窘，不知所措。

em·bar·rassed [ɪm'bærəst] 形 覺得困窘的，尷尬的。

em·bar·rass·ing [ɪm'bærəsɪŋ] 形 令人困窘的，尷尬的。～**·ly** 副

·em·bar·rass·ment [ɪm'bærəsmənt] 名 **1** U 尷尬，困窘；侷促不安。**2** 困窘的原因；《通常作～**s** 》窘迫，困難。**3** U（行動的）妨礙。**4** 過多，過剩《尤用於下列片語》: an ～ of riches 過多的財富難以挑選。

·em·bas·sy ['ɛmbəsɪ] 名(複 **-sies**) **1**《常作 **E-** 》《集合名詞》大使及大使館全體人員；大使館，大使官邸。**2** 大使的職責；（使節的）使命：go on an ～ to... 去…做大使。**3** 使節團。**4** 重要的使命。

em·bat·tle [ɪm'bætl] 動 及 **1** 使排成戰鬥隊形，使備戰。**2** 設防。**3** 築成短牆。

em·bat·tled [ɪm'bætl̩d] 形 **1** 處於困境中的，四面楚歌的。**2** 作好戰備的，備戰的；設防的。

em·bay [ɪm'be] 動 及 **1** 使入灣內；包圍。**2** 使形成灣狀。

em·bed [ɪm'bɛd] 動 (～**·ded**, ～**·d-ing**) 及 **1**《常用被動》埋置，嵌入，插入，種（花等）《 *in...* 》；圍住《 *with...* 》。**2** 深留在（心中等）《 *in...* 》。**3**〖數·文法〗置入。

em·bel·lish [ɪm'bɛlɪʃ] 動 及 **1** 美化；裝飾《 *with...* 》。**2** 潤飾，修飾《 *with...* 》。

em·bel·lish·ment [ɪm'bɛlɪʃmənt] 名 **1** 裝飾(物)；潤色，文飾；〖樂〗裝飾音。**2** U 布置。

em·ber ['ɛmbɚ] 名 **1** 餘燼；《喻》餘韻。**2**《 ～**s** 》餘火；逐漸淡忘的昔日之情。

'Ember ,day 名《 ～**s** 》〖基督教〗四季

大齋日。

em·bez·zle [ɪm'bɛzl] 動 及 不及 侵占，盜用。

em·bez·zle·ment [ɪm'bɛzlmənt] 名 U 盜用，侵占。

em·bez·zler [ɪm'bɛzlɚ] 名 盜用公款者，監守自盜者。

em·bit·ter [ɪm'bɪtɚ] 動 及 **1** 使難過，使心懷敵意；使惡化。**2** 使更加痛苦。

em·bit·ter·ed [ɪm'bɪtɚd] 形 懷有敵意的，痛苦的。

em·bla·zon [ɪm'blezn̩] 動 及 **1**（以徽章）裝飾《*with...*; *on...*》；以鮮豔的顏色裝飾。**2** 讚揚。

em·bla·zon·ry [ɪm'blezn̩rɪ] 名 U C **1** 徽章描繪（法）；紋飾。**2** 華麗的描繪。

em·blem ['ɛmbləm] 名 **1** 象徵，標記，表徵，徽章：the ~ of a company 公司標記，團徽。**2** 典型，化身。**3** 寓意畫；標誌圖案。

—動 及 作爲表徵，象徵；以象徵表示。

em·blem·at·ic [,ɛmblə'mætɪk] 形 象徵的，象徵性的，做爲象徵的《*of...*》。**-i·cal·ly** 副

em·bod·i·ment [ɪm'bɑdɪmənt] 名 **1** U 具體化，形象化；被具體化。**2** 化身。**3** 綜合體。

·em·bod·y [ɪm'bɑdɪ] 動 (**-bod·ied**, **~·ing**) 及 **1**《常用被動》具體化，擬人化；（以具體形式）表現出來《*in...*》：~idealism 體現理想主義。**2** 歸併，統合；將…組成；將…包含《*in...*》。**3** 把…肉體化。

em·bog [ɪm'bɑg] 動 及 使陷入泥沼；使不能動彈。

em·bold·en [ɪm'boldn̩] 動 及 使大膽；鼓勵《*to* do》。

em·bo·lism ['ɛmbə,lɪzəm] 名 **1**〖病〗栓塞症。**2** 加閏；閏日。

em·bon·point [,ɑŋbɔg'pwæŋ] 名 U（通常指女性的）豐滿，福泰。

em·bos·om [ɛm'bʊzəm] 動 及 **1**《常用被動》圍住，包圍《*in*, *among...*》。**2** 擁入懷中；珍愛。

em·boss [ɪm'bɔs] 動 及 **1** 浮現，浮刻，浮雕《*on...*》；以浮雕裝飾《*with...*》；〖金工〗壓印加工。**2** 使凸起。

em·bossed [ɪm'bɔst] 形 有浮雕的；隆起的。

em·boss·ment [ɪm'bɔsmənt] 名 **1** U 浮雕，凸起。**2** C 浮雕花樣。

em·bou·chure [,ɑmbu'ʃʊr] 名 (複 **~s** [-z]) **1** 河口；谷口。**2**〖樂〗吹口；運唇法。

em·bow·er [ɪm'bauɚ] 動 及《常用被動》（以樹木等）圍繞《*in...*》；使遮蔽在樹蔭中。

em·brace [ɪm'bres] 動 (**-braced**, **-brac·ing**) 及 **1** 擁抱。**2** 欣然接受，慨然應允。**3** 把握，利用；採納；從事，加入；信奉，篤信。**4** 看出，領悟。**5** 包圍，圍繞；包含；達到，持續…之久。—不及 互相擁抱。—名 **1** 擁抱。**2** 包圍，支配。**3** 承認，接受。

~**·a·ble** 形, **-brac·ive** 形, **-brac·ing·ly** 副

em·brace·ment [ɪm'bresmənt] 名 U **1** 擁抱。**2** 接受，承認，承諾。

em·branch·ment [ɪm'bræntʃmənt] 名 分歧；分枝；支流。

em·bran·gle [ɪm'bræŋgl] 動 及 使混亂，使產生糾紛。

em·bra·sure [ɪm'breʒɚ] 名 **1**〖城〗炮眼，窗洞。**2**〖建〗門窗內側的漏斗形斜面牆。

em·bro·cate ['ɛmbro,ket] 動 及 敷，塗擦。

em·bro·ca·tion [,ɛmbro'keʃən] 名 U C **1** 塗敷。**2** 塗敷液，擦劑。

·em·broi·der [ɪm'brɔɪdɚ] 動 及 **1** 刺繡《*with...*》；繡上《*on...*》。**2** 潤飾《*with...*》。—不及 **1** 刺繡。**2** 潤飾。

em·broi·der·y [ɪm'brɔɪdərɪ] 名 (複 **-der·ies**) **1** U 刺繡（法）；C 刺繡品。**2** U C 潤色，修飾。

em·broil [ɛm'brɔɪl] 動 及 **1** 使反目《*with...*》；捲入（紛爭等）《*in...*》：~ oneself / become ~*ed in...* 使自己捲入…。**2** 使混亂，使複雜。

em·broil·ment [ɛm'brɔɪlmənt] 名 U C 混亂；糾紛，紛擾。

em·brown [ɛm'braun] 動 及 染成茶色；晒黑；使微暗。

em·bry·o ['ɛmbrɪ,o] 名 (複 **~s** [-z])〖生〗**1** 胚，胚胎；胎兒。**2** 初期，萌芽階段。

in embryo 在初期的，在萌芽期的。

em·bry·ol·o·gy [,ɛmbrɪ'ɑlədʒɪ] 名 U **1** 胚胎學，發生學。**2** 胚胎發生及發育。

em·bry·on·ic [,ɛmbrɪ'ɑnɪk] 形 **1** 有關胚胎的（亦稱 **embryonal**）。**2** 未發育好的；初期的。**-i·cal·ly** 副

'embryo ,transfer 名〖醫〗胚胎移植

em·cee ['ɛm'si] 名《俚》司儀；（節目）主持人。—動 及 主持（節目等）。—不及 當司儀。

e·meer [ə'mɪr] 名 = emir.

e·mend [ɪ'mɛnd] 動 及 **1** 校訂本文。**2** 訂正。~**·a·ble** 形, ~**·er** 名

e·men·date ['imən,det] 動 及 = emend 1.

e·men·da·tion [,imɛn'deʃən] 名 U 修正，訂正，校訂；C 經過校訂之處。

e·men·da·tor ['imən,detɚ] 名 校訂者。

·em·er·ald ['ɛmərəld] 名 **1** 翡翠，綠寶石。**2** U 翠綠，鮮綠色。

'Emerald 'Isle 名《通常作 **the** ~》翡翠島：愛爾蘭（Ireland）的別稱。

:e·merge [ɪ'mɝdʒ] 動 (**-merged**, **-merg·ing**) 不及 **1** 浮現；出現《*from*, *out of...*》。**2** 顯出，暴露；發生。**3**（由困境等）出身，脫穎而出《*from...*》：~ *from* poverty 出身寒門。

e·mer·gence [ɪ'mɝdʒəns] 名 U **1** 出現；

發生。**2**（從困難、逆境中）脫身，擺脫。**3**〖生·哲〗突生，突創。

·**e·mer·gen·cy** [ɪ'mɝdʒənsɪ] 名(複 **-cies**) ⓊⒸ緊急狀態；突發事件：an ~ call 緊急召集 / an ~ exit 太平門 / in an ~ 在緊急時。—形緊急時用的。

e'mergency ˌbrake 名緊急煞車。

e'mergency ˌlanding 名緊急降落。

e'mergency ˌroom 名《美》（醫院的）急診室。略作：ER.

E

e·mer·gent [ɪ'mɝdʒənt] 形 **1** 現出的。**2** 新興的，新生的。**3** 突然的，意外的；緊急的。**4**〖生·哲〗突生的，突創的。

e·mer·i·tus [ɪ'mɛrɪtəs] 形名譽退休的，保留職銜而退休的。—名(複 **-ti** [-ˌtaɪ, -ˌtɪ]) 名譽教授；保留職銜退休者。

e·mer·sion [ɪ'mɝʒən, -ʃən] 名ⓊⒸ〖天〗復現，再現。

Em·er·son ['ɛmɚsən] 名 **Ralph Waldo**, 愛默生（1803–82）：美國詩人、散文家。

em·er·y ['ɛmərɪ] 名Ⓤ金剛砂。

'emery ˌboard 名金剛砂板。

'emery ˌpaper 名Ⓤ砂紙。

'emery ˌwheel 名研磨輪。

em·e·sis ['ɛmɪsɪs] 名Ⓤ〖病〗嘔吐。

e·met·ic [ɪ'mɛtɪk] 形催吐的。—名催吐劑。

emf, EMF《縮寫》*electromotive force*.

·**em·i·grant** ['ɛməgrənt] 名移民《*from... to...*》；移居者，出外謀生者。
—形（往他國）移居的，移民的。

em·i·grate ['ɛməˌgret] 動不及（往他國、他鄉）移居，遷居，移民《*from...to...*》。—及使移居（到他國）《*from...to...*》。

em·i·gra·tion [ˌɛmə'greʃən] 名 **1** ⓊⒸ（往他國等的）移居。**2** 移民團。**3**Ⓤ《集合名詞》移民，移居者。

é·mi·gré ['ɛməˌgre] 名(複 **~s** [-z]) 移居國外者，流亡者。

Em·i·ly ['ɛmlɪ] 名〖女子名〗愛蜜莉。

em·i·nence ['ɛmənəns] 名 **1**ⓊⒸ高尚，高位，高貴；卓越，著名（的人）。**2** 微高處，高臺；〖解〗隆凸。**3**《**E-**》《通常用於 **His ~**, **Your ~**》〖天主教〗閣下。

·**em·i·nent** ['ɛmənənt] 形 **1** 著名的，傑出的。**2** 地位高的。**3** 聳立的，高的；突出的，隆起的。

em·i·nent·ly ['ɛmənəntlɪ] 副顯著地，大大地。

'eminent do'main 名Ⓤ〖法〗土地徵用權，土地徵收權。

e·mir [ə'mɪr] 名 **1**（阿拉伯的）酋長，王族。**2** 穆罕默德子孫的尊稱。

e·mir·ate [ə'mɪrɪt] 名酋長國，大公國。

em·is·sar·y ['ɛməˌsɛrɪ] 名 (複 **-sar·ies**) **1** 使者；密使，密探。**2** 特工，間諜。

e·mis·sion [ɪ'mɪʃən] 名ⓊⒸ **1** 發出，放射；放出物，放射物。**2**（紙幣等的）發行（額）。**3**（電子的）放出。**4**（往體外的）排出，射精；排出物，射出液。

e·mis·sive [ɪ'mɪsɪv] 形放出（性）的，放射（性）的。

e·mit [ɪ'mɪt] 動 (**~·ted**, **~·ting**) 及 **1** 排出，放出。**2** 發布；發行。**3** 發出；說出，吐露。**~·ter** 名

Em·ma ['ɛmə] 名〖女子名〗艾瑪。

Em·man·u·el [ɪ'mænjuəl] 名 **1** 以馬內利：出自聖經舊約以賽亞書 7:14，本意為上帝與我同在，後指耶穌基督，尤指作為救世主的耶穌基督。**2**〖男子名〗依曼紐爾。

Em·men·ta·ler, -tha·ler ['ɛmənˌtɑlɚ] 名= Swiss名3.

Em·my ['ɛmɪ] 名 **1** (複 **-mies**, **~s**)《偶作 **e-**》艾美獎：美國的電視優良節目和演技獎。**2**（亦作 **Em·mie**）〖女子名〗艾美（Emma 的暱稱）。

e·mol·lient [ɪ'mɑljənt] 形使（皮膚）柔細的，有緩和作用的。—名〖醫〗潤膚劑，皮膚緩和劑。

e·mol·u·ment [ɪ'mɑljəmənt] 名《通常作 **~s**》利潤；薪水，報酬。

e·mote [ɪ'mot] 動不及《口》誇張地表現感情，矯情；誇張地表演。

e·mo·ti·con [ɪ'motɪˌkɑn] 名（電子郵件中使用的）表情符號。

·**e·mo·tion** [ɪ'moʃən] 名 **1**Ⓤ感情：appeal to ~ rather than to reason 訴諸感情而非理性。**2** 情緒。**3** Ⓤ感動，激動；Ⓒ引發感動的事物。

·**e·mo·tion·al** [ɪ'moʃənl̩] 形 **1** 感情的，情緒的。**2** 感情用事的，多愁善感的。**3** 訴諸感情的；感動的，激動的。**4** 基於感情的。

e·mo·tion·al·ism [ɪ'moʃənəlˌɪzəm] 名Ⓤ **1** 情緒性，感情本性。**2** 訴諸感情；感情的表露。**3** 多愁善感。

e·mo·tion·al·ist [ɪ'moʃənəlɪst] 名感情用事者；唯情論者。**-'is·tic** 形

e·mo·tion·al·ize [ɪ'm oʃənəlˌaɪz] 動及使感情用事；把…當作情緒問題處理。

e·mo·tion·al·ly [ɪ'moʃənəlɪ] 副感情用事地，情緒上。

e·mo·tion·less [ɪ'moʃənlɪs] 形未表達情感的，冷漠的。

e·mo·tive [ɪ'motɪv] 形情緒的，感情的；激發情緒的；令人感動的。**~·ly** 副

em·pa·na·da [ˌɛmpə'nɑdə] 名〖烹飪〗拉丁美洲風味肉餡餅。

em·pan·el [ɪm'pænl̩] 動 (**~ed**, **~·ing** 或《英》**-elled**, **~·ling**) 及= impanel.

em·pa·sm ['ɛmpæzəm] 名Ⓤ制汗香粉，爽身粉。

em·pa·thet·ic ['ɛmpəˌθetɪk] 形感同身受的，同理心的。

em·pa·thize ['ɛmpəˌθaɪz] 動不及經歷移情作用，同感。

em·pa·thy ['ɛmpəθɪ] 名Ⓤ〖心〗神入，同感，同理心《*with...*》。**em·path·ic** [ɛm'pæθɪk] 形

·**em·per·or** ['ɛmpərɚ] 名 皇帝，帝王。

em·per·y ['ɛmpərɪ] 名(複-**per·ies**) 1 Ⓤ 絕對統治權。2 皇帝的領土。

·**em·pha·sis** ['ɛmfəsɪs] 名(複-**ses** [-siz]) 1 Ⓤ 強調，著重《*on, upon...*》；Ⓒ 被強調之物；強調點，著重點。2 Ⓤ Ⓒ〖修辭〗強調，加強語氣。3 有力，強烈；明晰，顯著。

·**em·pha·size** ['ɛmfə,saɪz] 動(-**sized**, -**siz·ing**)及 1 強調；力陳。2 重讀。3 使突出醒目；加強語調。

em·phat·ic [ɪm'fætɪk] 形 1 被強調的，有重音的。2 強硬的，斷然的；堅定主張的。3 醒目的，輪廓明顯的。

em·phat·i·cal·ly [ɪm'fætɪkəlɪ] 副 1 強調地；語氣強地；果斷地。2 斷然，全然。

em·phy·se·ma [,ɛmfɪ'simə] 名 Ⓤ〖病〗肺氣腫。

·**em·pire** ['ɛmpaɪr] 名 1《常作 **E-**》帝國，帝王的版圖：the British *E-*（往昔的）大英帝國。2 Ⓤ 皇帝的統治；《常作 **E-**》帝政時代。3 Ⓤ《古》統治權，（宗）主權；最高統治權。4 大企業；…王國。5 地區。—形 1《**E-**》發達於法國第一帝政時代的。2 [ɑm'pir, 'ɛmpaɪr]《**E-**》（家具、服裝等）帝政風格的。

'empire- ,building 名 Ⓤ 不顧一切擴張權力的過程。

'Empire ,Day 名 1（加拿大的）大英帝國節。2 Commonwealth Day 的舊稱。

'Empire 'State 名《**the** ～》美國 New York 州的別名。

em·pir·ic [ɛm'pɪrɪk] 名 1 經驗主義者。2《古》江湖郎中；冒牌醫生。—形 = empirical.

em·pir·i·cal [ɛm'pɪrɪkl] 形 1 憑經驗的，經驗上的；憑經驗可證明的。2 經驗主義的，偏重經驗的；江湖郎中的。～**·ly** 副 經驗上；根據經驗地。

em·pir·i·cism [ɛm'pɪrə,sɪzəm] 名 Ⓤ 1 基於經驗的手法。2 江湖郎中的療法，經驗療法。3〖哲〗經驗論。

em·pir·i·cist [ɛm'pɪrəsɪst] 名 經驗論者。

em·place [ɪm'ples] 動 及 使（大炮）定位；安置。—不及 1（岩漿）灌入。2（礦床）發達。

em·place·ment [ɪm'plesmənt] 名 1 炮座，炮臺；Ⓤ（炮臺等的）安置，定位。2 Ⓤ〖地質〗灌入；灌入礦床。

em·plane [ɛm'plen] 動 不及 = enplane.

:**em·ploy** [ɪm'plɔɪ] 動 及 1 僱用。2 需要。3 (1)《反身或被動》參與，從事於《*in..., in doing; on..., on doing*》。(2) 花費（時間、精力等）《*in...*》。4 利用，使用《*for ...*》。—名 Ⓤ 雇用，使用；職業，工作。

em·ploy·a·ble [ɪm'plɔɪəbl] 名 可僱用的對象。—形 可僱用的。

em·ploy·ee, -ploy·e, -ploy·é [ɪm'plɔɪi, ,ɛmplɔɪ'i] 名 雇員，員工。

·**em·ploy·er** [ɪm'plɔɪɚ] 名 雇主，雇用者；使用者，利用者。

·**em·ploy·ment** [ɪm'plɔɪmənt] 名 1 Ⓤ 使用；利用。2 Ⓤ 雇用；受雇用狀態；勤務：out of ～ 失業。3 Ⓤ Ⓒ 職業；工作；活動：leave one's ～ 離職 / seek ～ 求職。

em'ployment ,agency 名（民營的）職業介紹所。

em·po·ri·um [ɛm'porɪəm] 名 (複 ～**s**, -**ri·a** [-rɪə]) 商業中心；大商店，百貨店。

em·pow·er [ɪm'pauɚ] 動 及 1 授予權力。2 使能夠；允許。～**·ment** 名

·**em·press** ['ɛmprɪs] 名 1 女皇。2 皇后。

em·prise [ɛm'praɪz] 名《古》〖詩〗1 Ⓤ Ⓒ 壯舉。2 Ⓤ（騎士的）豪情壯志。

emp·ti·ness ['ɛmptɪnɪs] 名 Ⓤ 空虛，空洞，無意義；空盪。

:**emp·ty** ['ɛmptɪ] 形(-**ti·er**, -**ti·est**) 1 空的；沒載貨的；沒帶東西的。2（房屋等）空著的，不擠的，沒有家具等物的，沒人住的。3 人煙絕跡的，不見車輛或人影的。4 欠缺的《*of...*》。5 無實質內容的，無意義的，無實效的。6 無為的。7 無知的，愚蠢的。8 感情空虛的。9《口》空腹的。10〖數〗空的。—動(-**tied**, ～**·ing**)及 1 倒空；使成空《*of...*》：～ one's glass 乾杯。2 倒出；取出《*out / from, out of...*》；移到《*into...*》；騰出《*onto...*》。

—不及 1 變空。2 注入（…）《*into...*》。

—名(複-**ties**)《通常作-**ties**》空罐子；空車。-**ti·ly** 副

emp·ty-hand·ed ['ɛmptɪ'hændɪd] 形 空手的，徒手的；無任何收穫的。

emp·ty-head·ed ['ɛmptɪ'hɛdɪd] 形 沒有頭腦的，愚笨的。

'empty 'nester 名《美口》空巢父母：兒女長大離家的父母。

'empty 'nest ,syndrome 名 空巢症候群。

em·pur·ple [ɛm'pɝpl] 動 及 染成紫色。

em·pyr·e·al [ɛm'pɪrɪəl, ,ɛmpə'riəl, ɛmpaɪ-] 形 1（古代、中世紀的宇宙論）最高天的（亦稱 **empyrean**）。2（古代、中世紀的宇宙論）淨火的。3 天空的。

em·py·re·an [,ɛmpə'riən, -paɪ-] 名《通常作 **the** ～》1《常作 **E-**》最高天。2 天空。

—形 = empyreal 1.

EMU《縮寫》*E*uropean *M*onetary *U*nion 歐洲貨幣聯盟。

e·mu ['imju] 名〖鳥〗食火雞，鴯鶓：澳洲產的大鳥，形似鴕鳥。

em·u·late ['ɛmjə,let] 動 及 1 想要趕上，仿效；與…媲美；與…競爭。2〖電腦〗模擬程式。

em·u·la·tion [,ɛmjə'leʃən] 名 Ⓤ 1 競爭（意識），對抗（心），角逐；仿效。2〖電腦〗模擬。

em·u·la·tor ['ɛmjə,letɚ] 名 1 競爭者，仿效者。2〖電腦〗模擬程式。

em·u·lous ['ɛmjələs] ㊎ **1** 好勝的，想勝過（別人）的《*of...*》。**2** 基於競爭心的，競爭性的。～**·ly** ㊍

e·mul·si·fi·ca·tion [ɪ,mʌlsəfə'keʃən] ㊔ Ⓤ 乳化，乳化作用。

e·mul·si·fi·er [ɪ'mʌlsə,faɪɚ] ㊔ 乳化劑。

e·mul·si·fy [ɪ'mʌlsə,faɪ] ㊋ (**-fied**, ～**·ing**) ㊄ 使乳化。

e·mul·sion [ɪ'mʌlʃən] ㊔ Ⓤ Ⓒ **1** 乳液。**2**〖理化〗乳濁液；〖藥〗乳劑；〖攝〗感光乳劑。

E

en-[1]《字首》**1** 表「在…之中」之意；將名詞、形容詞化作及物動詞，賦予「加對象於某物」、「使對象成爲某特定狀態」之意。**2** 爲使動詞化爲及物動詞，故加上該字；加於原已是及物動詞之上，具有明示及物動詞性的功能。

en-[2]《字首》表希臘語的en-，en-[1]與之相當。

-en[1]《字尾》加於形容詞或名詞之後，作成「使…[成…]」之意的動詞。

-en[2]《字尾》接於名詞之後，作成「…的」、「由…形成」等意的形容詞。

-en[3]《字尾》用作多數不規則動詞及少數規則動詞的過去分詞字尾。

-en[4]《字尾》用於某種名詞的複數字尾。

-en[5]《字尾》表「小或可愛」之意。

·**en·a·ble** [ɪn'ebl̩] ㊋ (**-bled, -bling**) ㊄ **1** 使能夠，授予能力。**2** 使可能。

en'a·bling ,act [ɪn'eblɪŋ-] ㊔ **1** 授權條令。**2** 權宜之計。

en·act [ɪn'ækt] ㊋ ㊄ **1**《常用被動》制定，使成立。**2** 上演；扮演角色；《通常用被動》重現，引發。**-ac·tor** ㊔

en·ac·tive [ɪn'æktɪv] ㊎ 有立法權的。

en·act·ment [ɪn'æktmənt] ㊔ **1** Ⓤ 法律的制定，立法（化）。**2** 法令，法律的條款。**3** 上演。

e·nam·el [ɪ'næml̩] ㊔ Ⓤ **1** 搪瓷，珐瑯，瓷釉。**2**〖齒〗珐瑯質。

—㊋ (～**ed**, ～**·ing** 或《英》**-elled**, ～**·ling**) ㊄ 上珐瑯，塗以瓷釉；彩飾。

e·nam·el·ware [ɪ'næml̩,wɛr] ㊔ Ⓤ 搪瓷器。

en·am·or, 《英》**-our** [ɪn'æmɚ] ㊋ ㊄《通常用被動》使迷戀，誘惑《*of...*, 偶用 *with...*》。

en·am·ored [ɪn'æmɚd] ㊎ 迷戀的，愛慕的，喜愛的。

en bloc [ɛn'blɑk] ㊍《法語》一概地，總括地：resign ～ 總辭，全體辭職。

en·cage [ɛn'kedʒ] ㊋ ㊄ 關進籠子裡；監禁。

en·camp [ɪn'kæmp] ㊋ ㊅㊄ 野營；紮營《*at, on, in...*》。—㊄ 使露營。

en·camp·ment [ɪn'kæpmənt] ㊔ Ⓤ 野營，露營；Ⓒ 野營地；露營的人們。

en·cap·su·late [ɪn'kæpsə,let] ㊋ ㊄ ㊅ **1** 包於膠囊等中；細心保護。**2** 概括，濃縮（事實、觀念等）。

en·case [ɪn'kes] ㊋ ㊄ 放入盒子[箱子，袋子等]；包在（…裡面）《*in...*》。

en·cash [ɪn'kæʃ] ㊋ ㊄《英》兌現。～**·ment** ㊔

-ence《字尾》與-ent對應的名詞字尾。

en·ceinte [ɛn'sent] ㊎ 妊娠的，懷孕的。

en·ceph·a·li·tis [,ɛnsɛfə'laɪtɪs] ㊔ Ⓤ **1**〖病〗腦炎。**2** 嗜眠性腦炎。

en·ceph·a·lon [ɛn'sɛfə,lɑn] ㊔ (複 **-la** [-lə]) 腦髓。

en·chain [ɛn'tʃen] ㊋ ㊄ 用鍊鎖住，束縛；吸引住。～**·ment** ㊔

·**en·chant** [ɪn'tʃænt] ㊋ ㊄ **1** 施魔法，用妖術迷惑。**2** 給予魔力；使具魅力。**3**《常用被動》使大喜，使心醉，使著迷《*by, with...*》。

en·chant·ed [ɪn'tʃæntɪd] ㊎ 著了魔的，被施以魔力的。

en·chant·er [ɪn'tʃæntɚ] ㊔ **1** 有魅力的人，令人著迷的人。**2** 巫師，術士。

en·chant·ing [ɪn'tʃæntɪŋ] ㊎《限定用法》迷惑的，迷人的。

en·chant·ing·ly [ɪn'tʃæntɪŋlɪ] ㊍ 迷人地，令人心神恍惚地。

en·chant·ment [ɪn'tʃæntmənt] ㊔ **1** Ⓤ Ⓒ 使人著魔，使妖術；著迷；魔法。**2** 令人著迷的事物，魅力。

en·chant·ress [ɪn'tʃæntrɪs] ㊔ **1** 女巫，魔女。**2** 迷人的女性。

en·chase [ɛn'tʃes] ㊋ ㊄ **1** 鑲嵌；（以寶石）點綴《*with...*》。**2** 鑲嵌，鏤刻，雕刻《*in...*》。

en·chi·la·da [,ɛntʃə'lɑdə] ㊔〖烹飪〗墨西哥辣味捲餅。

the big enchilada《美俚》最重要的人。

the whole enchilada《美俚》整件事情。

en·chi·rid·i·on [,ɛnkaɪ'rɪdɪən] ㊔ (複 ～**s**, **-rid·i·a** [-'rɪdɪə]) 手冊，教本，簡介。

en·ci·pher [ɪn'saɪfɚ] ㊋ ㊄ 譯成密碼。

en·cir·cle [ɪn'sɝkl] ㊋ ㊄ **1**《常用被動》圍成圓圈，環繞，包圍《*by, with, in...*》。**2** 繞行，巡迴，繞一圈。

en·cir·cle·ment [ɪn'sɝkl̩mənt] ㊔ Ⓤ 包圍；Ⓒ 一周。

en·clave ['ɛnklev] ㊔ (複 ～**s** [-z]) **1**（被包圍在他國領土內的）被包圍領土。**2** 被包圍區域；孤立地區。

en·clit·ic [ɛn'klɪtɪk] ㊎〖文法〗前屬的。—㊔ 前屬字。**-i·cal·ly** ㊍

·**en·close** [ɪn'kloz] ㊋ (**-closed, -clos·ing**) ㊄《常用被動》**1** 環繞；圍繞《*with, by...*》。**2** 放入；包容在《*in...*》。**3** 封入《*with, in...*》；包含。

en·clo·sure [ɪn'kloʒɚ] ㊔ **1** Ⓤ 圍住，包圍；被環繞。**2** 被圍起的土地或場所；圍繞物，牆，壁。**3** 封入物；附件。**4** Ⓤ〖英史〗圈地運動。

en·code [ɪn'kod] ㊋ ㊄ **1** 譯成密碼，使密碼化。**2**〖電腦〗編碼。

en·cod·er [ɪn'kodɚ] ㊔ 密碼器；〖電腦〗

編碼器。

en·co·mi·ast [ɛn'komɪ,æst] 图 贈讚詞的人，讚美者；諂媚者，拍馬屁的人。

en·co·mi·um [ɛn'komɪəm] 图 (複 ～**s**, **-mi·a** [-mɪə]) 讚詞，恭維。

en·com·pass [ɪn'kʌmpəs] 動及 **1** 在…的四周圍成圈，包圍；《被動》圍繞《*with* ...》。**2** 包裹，封緘。**3** 包含，涉及。**4** 導致。～**·ment** 图

en·core ['ɑŋkor, 'ɑn-] 感（音樂會等上）再來一個！再一次！—图 **1** 再一個（以拍手或大聲叫好等希望再演一次）: get an ～ 受喝采。**2** 應要求再演奏，加演；應要求加演的歌曲。—動及 要求再演（奏）。

·en·coun·ter [ɪn'kauntɚ] 動及 **1** 偶然遇見，邂逅。**2** 遭遇，面臨；降臨；交戰；對抗；競賽。—不及 邂逅；（與敵人）遭遇，交戰《*with...*》。—图 **1** 相遇，邂逅，遭遇《*with...*》。**2**（與敵人的）遭遇戰；《美俚》比賽《*with...*》。**3**《美》〖心〗接觸團體的聚會。

en'counter ˌgroup 图《美》〖心〗接觸團體（亦稱 **sensitivity group**）。

:en·cour·age [ɪn'kɝɪdʒ] 動 (**-aged, -ag·ing**) 及 **1** 鼓勵，激勵《*in...*》。**2** 獎勵；促進，助長。

·en·cour·age·ment [ɪn'kɝɪdʒmənt] 图 **1** Ⓤ 激勵，鼓舞，獎勵，助長。**2** 可作激勵之事物《*to...*》。

en·cour·ag·ing [ɪn'kɝɪdʒɪŋ] 形 增強勇氣的，令人振奮的；獎勵的。～**·ly** 副 激發精神地，激勵地。

en·croach [ɪn'krotʃ] 動 不及 **1** 蠶食，侵略；侵蝕（陸地）《*on...*》。**2** 侵犯，侵害；非法奪取《*upon, on...*》。～**·er** 图

en·croach·ment [ɪn'krotʃmənt] 图 **1** Ⓤ Ⓒ 侵犯，侵害；不法侵入；侵蝕，蠶食；侵蝕《*on, upon...*》。**2** 侵占地；侵蝕地。

en·crust·ed [ɪn'krʌstɪd] 形 外層被包圍的；（用寶石等）鑲飾的《*with...*》。

en·crypt [ɪn'krɪpt] 動及 譯成密碼；換爲代碼。

en·cryp·tion [ɪn'krɪpʃən] 图 Ⓤ 密碼化。

en·cum·ber [ɪn'kʌmbɚ] 動 及《常用被動》**1** 妨礙，干擾，阻礙。**2** 堆滿，充塞；使雜亂《*with...*》。**3** 使背負《*with...*》；使負（債等）；作爲（抵押）《*with...*》。

en·cum·brance [ɪn'kʌmbrəns] 图 **1** 障礙物；羈絆，重擔。**2** 家累，扶養親屬；小孩。**3**〖法〗負擔，債務。

ency(c). 《縮寫》*ency*clopedia.

en·cyc·li·cal [ɛn'sɪklɪkl] 图 羅馬教皇的通諭。—形 給社會大眾的，傳閱的。

·en·cy·clo·p(a)e·di·a [ɪn,saɪklə'pidɪə] 图 百科全書。

en·cy·clo·p(a)e·dic [ɪn,saɪklə'pidɪk] 形 百科全書性質的；博學的，淵博的。

en·cy·clo·p(a)e·dist [ɪn,saɪklə'pidɪst] 图 百科全書編纂者。

end [ɛnd] 图 **1** 末端，頭，前端。**2** 邊端部分，境界（線），邊緣漸地區。**3** 界限（點），極限，限度。**4** 終了，末尾，終結: bring... to an ～ 使…結束 / force an ～ to 想辦法使…結束。**5** 終結部分，結尾。**6**《常作～**s**》目的，目標；存在目的，最終目的: The ～ justifies the means.《諺》爲達目的不擇手段。**7** 結果，結局；協議，解決：come to a bad ～ 遭到惡報，身敗名裂。**8** 生命的結束，終了；末路，窮途末路；到末路狀態的人[物]；《委婉》死亡；臨死的樣子；破滅，滅亡；廢止。**9**《**the** ～》死因，滅亡的原因。**10**《～**s**》剪下的碎片，殘片，殘屑；《美》部分，方面，部門：odds and ～*s* 零星雜物，拼湊物。**11** 擔任，任務；《美口》（戰利品等的）份。**12**〖箭〗箭數。**13**〖運動〗選手或隊伍所在的一邊；〖美足〗攻擊或防守的最前線兩翼之球員；其所在位置；〖板球〗三柱門；（curling, lawn bowling 等的）一回合或一局。**14**《**the** ～》《口》能忍受的最大限度；極限。**15**《～**s**》臀部。

at loose ends /《英》***at a loose end*** (1) 無固定職業的，遊手好閒的。(2) 無計畫的；混亂的，困惑的；不確定的。

at one's wit's end 束手無策。

be at an end 終了，完結；用盡。

end for end 把兩端位置對換地。

end of the road 窮途末路。

end on 一端朝著一端，兩端相鄰。

end-over-end 旋轉。

end to end (1) 頭與尾相接，銜接。(2) 徹底地。

get one's end away 《英俚》性交。

get the dirty end of the stick 《口》被迫做討厭的工作，受到不當的待遇。

go off the deep end 《口》(1) 走極端。(2) 興奮；激動；失去自制，發怒。(3) 自殺。

have... at one's fingers' ends 熟知，精通。

in the end 終於，最後。

keep one's end up (1) 做好分內的事情，負責盡職。(2) 明哲保身。

make an end of ... 《文》結束，終止，了結。

make (both) ends meet 量入爲出，使收支相抵，使收支平衡。

no end 《口》無限，非常。

no end of... 《口》(1) 無限的…，無限多的…。(2) 了不起的，極好的。

on end (1) 豎立，直立。(2) 繼續地，接連地，不停地。

put an end to... 使停止，廢止，破壞，殺死。

the ends of the earth 天涯海角。

to the end of the chapter 到最後，到底。

without end 無界限地，無盡地。

—動及 **1** 結束，終結，做結論《*up*》。**2** 使結束，使中止。**3** 使致死，殺死。**4** 超過。

—不及 **1** 終止，完結，停止。**2** 成爲（…的）結果《*in...*》。

E

end it (*all*) 《口》自殺。
end...off / *end off*... 終結，停止；完結。
end up (1) 最後結局《 *as...* 》。(2) 最後住在…《 *in...* 》。(3) 結局成爲…《 doing 》。(4) 結束，告終《 *with...* 》。

end-all ['ɛnd,ɔl] [名]《通常作 the ～》事情的結尾，終結。

en·dan·ger [ɪn'dendʒɚ] [動][及]危及，危害。

en·dan·gered [ɪn'dendʒɚd] [形]瀕臨滅絕的。

'endangered 'species [名]（尤指經政府機構正式認定的）瀕臨絕種的動物或植物（物種）。

end-con·sum·er [,ɛndkən'sumɚ] [名]目的用戶，最終消費者。

en·dear [ɪn'dɪr] [動][及]使愛慕，使受喜愛；《反身》被愛慕。

en·dear·ing [ɪn'dɪrɪŋ] [形] **1** 受人喜愛或傾慕的，可愛的。**2** 表示情愛的。～**·ly** [副]

en·dear·ment [ɪn'dɪrmənt] [名] **1** [U] 親愛，愛情。**2** 表示親愛的言行；愛撫。

·en·deav·or, 《英》**-our** [ɪn'dɛvɚ] [動][不及]努力，嘗試；盡力追求《 *after...* 》：～ to answer a question 盡力回答問題 / ～ *after* wealth 竭力追求財富。—[名][U][C]努力，嘗試《 *to* do, *at* doing, *that* [子句] 》。

en·dem·ic [ɛn'dɛmɪk] [形]某地特有或固有的，風土性的。
—[名]水土病，地方病。

end·game ['ɛnd,gem] [名] **1**（棋賽等的）殘局。**2** 大決，決賽（亦作 **end game**）。

·end·ing ['ɛndɪŋ] [名]**1** 終結；結尾。**2** 死，末日；滅亡。**3**〖文法〗字尾。

en·dive ['ɛndaɪv] [名]（複 ～s [-z]）〖植〗**1** 菊萵苣。**2**《美》= chicory.

·end·less ['ɛndlɪs] [形] **1** 無窮盡的；永遠的；無限的，無止境的；綿延的；不斷的；無數的：～ complaints 不停的抱怨 / ～ chatter 滔滔不絕地講 / ～ space 無限的空間 / an ～ speech 冗長的演說 / for ～ ages 無盡的歲月，永久。**2** 環形的。～**·ly** [副]永無止境地，永久地，不斷地。～**·ness** [名][U]無盡，無限；綿延。

end·most ['ɛnd,most] [形]最末端的，最前端的；最末尾的。

en·do·carp ['ɛndo,kɑrp] [名]〖植〗內果皮。

en·do·cen·tric [,ɛndo'sɛntrɪk] [形]〖語言〗內向的，向心的。

en·do·crine ['ɛndəkrɪn, -,kraɪn] [形]〖解·生理〗內分泌的；內分泌物的。
—[名]**1** 內分泌腺；**2** 內分泌物，荷爾蒙。

'endocrine ,gland [名]內分泌腺。

en·do·cri·nol·o·gy [,ɛndokrə'nɑlədʒɪ] [名][U]內分泌學。

en·do·derm ['ɛndo,dɝm] [名]〖胚〗內胚葉。

en·dog·a·my [ɛn'dɑgəmɪ] [名][U]同族結婚。

en·do·gen ['ɛndə,dʒɛn] [名]〖植〗單子葉植物。

en·dor·phin [ɛn'dɔrfɪn] [名]〖醫〗恩多芬：一種體內荷爾蒙。

en·dorse [ɪn'dɔrs] [動][及] **1** 承認，確認，保證；極力稱讚。**2** 背書；簽署。**3**《英》《通常用被動》記入違規事項。

en·dor·see [ɪn,dɔr'si, ,ɛnd-] [名]受讓人，被背書人。

en·dorse·ment [ɪn'dɔrsmənt] [名][U][C]**1** 承認，保證；（商品的）宣傳。**2** 背書；違規事項登記。**3**〖保險〗背書條件款。**4** 署名、註明事項等。

en·dors·er [ɪn'dɔrsɚ] [名]背書人。

en·do·scope ['ɛndə,skop] [名]〖醫〗內視鏡，內診鏡。

en·dos·co·py [ɛn'dɑskəpɪ] [名][U][C]〖醫〗內視鏡檢查法。

en·do·the·li·um [,ɛndo'θilɪəm] [名]（複 **-li·a** [-lɪə]）〖解〗內皮，內皮細胞。

en·do·ther·mic [,ɛndo'θɝmɪk] [形]〖化〗吸熱性的，吸熱反應的。

·en·dow [ɪn'daʊ] [動][及]**1** 捐贈，提供基金《 *with...* 》。**2** 授予，賦予；《被動》使天生具有：be highly ～*ed* 天分很高 / a man whom nature has ～*ed* generously *with* talent 天賦異稟的人。

en·dow·ment [ɪn'daʊmənt] [名] **1** [U]（基金的）捐款，捐贈；[C]基金，基本財產。**2**《通常作 ～s》天資，秉賦。

en'dowment in,surance [名][U]養老保險（《英》endowment assurance）。

'end ,paper [名][U]〖裝訂〗蝴蝶頁。

'end ,point [名]〖數〗端點；光線的一端；末端，終點。

'end ,product [名]最終產物，最終產品；（過程等的）最終結果，成果；〖物理〗最終元素。

'end re'sult [名]（活動或過程等的）最終結果。

'end ,table [名]小桌，茶几。

en·due [ɪn'dju] [動][及]《文》**1** 授給，賦予；《被動》使具備。**2** 穿上；假裝。**3** 穿著《 *with...* 》。

en·dur·a·ble [ɪn'djurəbl] [形]可以忍受的，承受得了的。**-bly** [副]可以忍耐地。

en·dur·ance [ɪn'djurəns] [名][U] **1** 忍耐（力）：beyond ～ 忍無可忍。**2** 耐力；持續；〖空〗續航力。**3** 苦難，磨練。

en'durance ,test [名]耐力測驗。

·en·dure [ɪn'djur] [動]（**-dured, -dur·ing**）[及]**1** 忍受；忍耐；耐得住。**2**《尤用於否定》允許，容許。—[不及]**1** 繼續，持續。**2** 忍耐，捱過：～ to the end 忍到最後。

en·dur·ing [ɪn'djurɪŋ] [形]**1** 持久的，持續的；不朽的。**2** 忍耐的，長期忍受痛苦的。～**·ly** [副]，～**·ness** [名]

en·dur·o [ɪn'djuro] [名]（複 ～s [-z]）耐力賽。

'end 'use [-'jus] [名][U][C]最終用途。

end-us·er ['ɛnd'juzɚ] 名 = endconsumer.
end·ways ['ɛnd,wez] 副 **1** 豎立地；往縱的方向，縱長地。**2** 把一端朝前地；兩端相接地。
end·wise ['ɛnd,waɪz] 副 = endways.
En·dym·i·on [ɛn'dɪmɪən] 名〖希神〗安迪米恩：被月神 Selene 愛上而永遠長眠保持不老不死的美少年。
'end ˌzone 名〖美足〗端線區。
ENE, E.N.E. 《縮寫》*east-northeast*
en·e·ma ['ɛnəmə] 名(複 ～s, ～·ta [-tə])〖醫〗灌腸；灌腸器。
:en·e·my ['ɛnəmɪ] 名 (複 **-mies**) **1** 敵人，仇人，反對者：a political ～ 政敵 / make an ～ of... 與…爲敵。**2** 敵軍，敵艦；敵國；敵國人；《通常作 **the** ～》《集合名詞》《作單、複數》敵軍，敵艦。**3** 有害物；加害物《 *of, to...* 》；《 **the E-** 》惡魔：be an ～ *to...* 爲…之敵 / *the* old *E-* 撒旦，魔鬼。—形《限定用法》敵軍的，敵國（人）的。
·en·er·get·ic [ˌɛnɚ'dʒɛtɪk] 形 **1** 精力充沛的，有活力的，精神百倍的。**2** 有力的，有效的。**-i·cal·ly** 副 精力充沛地，起勁地。
en·er·gize ['ɛnɚ,dʒaɪz] 動及 給予精力，振奮，激勵。—不及《古》發揮精力，（充滿活力地）行動。
·en·er·gy ['ɛnɚdʒɪ] 名 Ⓤ **1**《常作 **-gies**》活力，精力；生氣，氣力。**2**《常作 **-gies**》活動力，能力；行動力。**3**（文體、表達的）氣勢，勁。**4**〖理〗能，能量，能源。
'energy ef'ficiency 'ratio 名 能源效率比。
en·er·gy-in·ten·sive ['ɛnɚdʒɪɪn'tɛnsɪv] 形 能源密集的。
en·er·vate ['ɛnɚ,vet] 動及 使失去精力，使衰弱，削弱。
en·er·vat·ed ['ɛnɚ,vetɪd] 形 失去活力的，沒氣力的，無精打采的。
en·er·vat·ing ['ɛnɚ,vetɪŋ] 形 令人倦怠的，令人衰弱的。
en·er·va·tion [ˌɛnɚ'veʃən] 名 Ⓤ 無氣力；（神經）衰弱。
en·fant ter·ri·ble [ɑ̃'fɑ̃tɛ'ribl̩] 名 (複 **en·fants ter·ri·bles**)《法語》**1** 難管束的小孩。**2** 言行輕率的人。
en·fee·ble [ɪn'fibl̩] 動及《常用被動》削弱，使衰弱。～**·ment** 名 Ⓤ 衰弱。
en·fi·lade [ˌɛnfə'led] 名〖軍〗《美》立射位置；立射。—動及 縱射。
en·fold [ɪn'fold] 動 及 **1**《常用被動》包住《 *with...* 》；裹在《 *in...* 》。**2** 抱，擁抱。**3** 摺疊；加摺紋於。～**·ment** 名
·en·force [ɪn'fors] 動(**-forced, -forc·ing**)及 **1** 施行，實施，執行。**2** 強制，強迫《 *on, upon...* 》。**3** 堅決主張；強調。
en·force·a·ble [ɪn'forsəbl̩] ～**·a·ble** 形 可以實行的；可以強制的。
en·forced [ɪn'forst] 形 強制性的。
·en·force·ment [ɪn'forsmənt] 名 Ⓤ（法律等的）施行，實施，執行；強制；主張，極力主張。
en·forc·er [ɪn'forsɚ] 名 **1**〖法〗（法律等的）執行者。**2** 幫派中的圍事者；職業殺手。**3**〖冰上曲棍球〗威猛球員。
en·frame [ɪn'frem] 動及 裝入框中；配上框架。
en·fran·chise [ɛn'frænt∫aɪz] 動 及《常用被動》**1** 授予公民權，給與參政權；〖法〗賦予公權；賦予自治權。**2** 解放，使自由（亦稱 **franchise**）。
en·fran·chise·ment [ɛn'frænt∫ɪzmənt] 名 Ⓤ **1** 參政權的賦予。**2**（奴隸的）解放。
Eng. 《縮寫》*Eng*land; *Eng*lish.
eng. 《縮寫》*eng*ine; *eng*ineer(ing); *eng*raved; *eng*raver; *eng*raving.
·en·gage [ɪn'gedʒ] 動 (**-gaged, -gag·ing**) 及 **1**《通常用被動或反身》使從事；占用《 *in, on, at..., in* doing, *on* doing, *at* doing 》。**2** 僱，聘；預訂：～ a workman 僱勞工 / ～ a table *at* a restaurant 預訂餐館的桌席。**3** 吸引；迷住，使歡喜[滿意]：～ a person's attention 引起某人注意。**4**《常用被動或反身》使承擔；保證；使受承諾約束。**5** 《被動》訂婚《 *to...* 》。**6** 與…交戰；使交戰。**7**〖機〗使咬合《 *with...* 》。—不及 **1** 從事，參與；擔任。**2** 承諾，擔保；負責。**3** 交戰《 *with, against...* 》。**4**〖機〗咬合《 *with ...* 》。
engage for... 保證。
en·ga·gé [ˌɑŋgɑ'ʒe] 形 《法語》竭力支持的，獻身致力的，不袖手旁觀的。
en·gaged [ɪn'gedʒd] 形 **1** 忙碌的；投入工作中的，埋首於《 *on, in...* 》；（電話等）使用中的（《美》busy）。**2** 預約好的，訂了契約的；訂過婚的《 *to...* 》：an ～ couple 未婚夫妻。**3** 交戰中的。**4**〖機〗咬合的；（車輪）連動的。
en·gag·ed·ly [ɪn'gedʒɪdlɪ] 副
·en·gage·ment [ɪn'gedʒmənt] 名 **1** 約定，契約；約會《 *with...* 》；道德上的約束；Ⓤ 事務：be under ～ 有約 / break one's ～ 毀約 / make an ～ 約定；訂立契約。**2** 訂婚。**3** ⓊⒸ 僱用（契約）；僱用期間；營業時間。**4** 交戰，戰鬥《 *with ...* 》。**5** Ⓤ〖機〗（齒輪等的）咬合。**6**《 ～**s** 》〖商〗債務：meet one's ～*s* 償清債務。
en'gagement ˌring 名 訂婚戒指。
en·gag·ing [ɪn'gedʒɪŋ] 形 吸引人的，具有魅力的，討人喜歡的：an ～ manner 翩翩風采。～**·ly** 副
En·gels ['ɛŋəls] 名 **Friedrich** 恩格斯（1820–95）：德國經濟學家及社會主義者，與Karl Marx合爲『共產主義宣言』。
'Engel's 'law 名 Ⓤ〖經〗恩格爾定律。
en·gen·der [ɪn'dʒɛndɚ] 動 及 產生；引

E

起，造成。

:en·gine ['ɛndʒən] 名 1 引擎，發動機。2 機車，火車頭。3 消防車。4 機械（裝置）。

'engine ˌdriver 名《英》火車司機（《美》engineer）。

·en·gi·neer [ˌɛndʒə'nɪr] 名 1 工程學者；技師，工程師。2 機械工人；《美》火車司機；工兵；輪機長。3 善於處理事情的人，能幹的人。4 管理人事的專家。—動及 1《常用被動》擔任監督或設計工作。2《口》妥善處理；企圖，策劃。

·en·gi·neer·ing [ˌɛndʒə'nɪrɪŋ] 名 U 1 工程學。2 工業技術；土木工程。3 處理，策略，策劃。～**·ly** 副

'engine ˌhouse 名 消防唧筒堆置房；機車庫房。

'engine ˌroom 名（船等的）機房，引擎室。

en·gine·ry ['ɛndʒənrɪ] 名 **(複-ries)** 1 U《集合名詞》機械類，機器類；兵器。2 妙策，計謀。

:Eng·land ['ɪŋglənd] 名 1《狹義》英格蘭：Great Britain 島的蘇格蘭和威爾斯除外的部分，略作：ENG。2《廣義》英國。

Eng·land·er ['ɪŋgləndɚ] 名《英》英格蘭人；《罕》英國人。

:Eng·lish ['ɪŋglɪʃ] 形 1 英格蘭的；英國的；英格蘭人的；英國式的，英國人風格的。2 英語的，以英語說寫的。
—名 1《**the** ～》《集合名詞》《作複數》英國人，英國國民；英軍；（比賽等的）英國隊。2 U《無冠詞》英語。3《偶作 **e-**》《美》〖撞球〗扭旋。4（用英語）簡明的說法。5《美》（英國格調的）光面紙。

'English 'breakfast 名 C U 英國式早餐。

'English 'Channel 名《**the** ～》英吉利海峽。

'English 'daisy 名《美》〖植〗雛菊。

'English 'English 名 U 英式英語。

'English 'horn 名〖樂〗英國管。

Eng·lish·ism ['ɪŋglɪʃɪzəm] 名 1 U 英國英語語法。2 英國式。3 U 英國主義。

'English 'ivy 名〖植〗= ivy 1 (1).

:Eng·lish·man ['ɪŋglɪʃmən] 名 **(複-men)** 1（男性）英格蘭人；《俗稱》英國人。2 英國船。

'English 'muffin 名 C U 英國（式）鬆餅。

'English Revo'lution 名《**the** ～》〖英史〗英國革命，光榮革命（1688–89）。

'English 'setter 名 英國雪達犬。

'English 'sparrow 名〖鳥〗= house sparrow.

Eng·lish-speak·ing ['ɪŋglɪʃ'spikɪŋ] 形 說英語的。

'English 'walnut 名〖植〗胡桃樹；胡桃。

·Eng·lish·wom·an ['ɪŋglɪʃˌwʊmən] 名 **(複-wom·en)** 英格蘭婦女；英國女子。

en·gorge [ɛn'gɔrdʒ] 動及不及 1 貪婪地吞食，狼吞虎嚥。2《通常用被動》〖病〗（使…）充血腫脹。

en·gorge·ment [ɛn'gɔrdʒmənt] 名 U 1 狼吞虎嚥，吞食。2〖病〗充血。

en·graft [ɛn'græft] 動及 1 接枝《 *into, onto, upon, on...* 》。2 灌輸於《 *in...* 》；使合併，添加《 *in, into...* 》。

en·grain [ɪn'gren] 動及，形 = ingrain 動及，形 1.

en·grained [ɪn'grend] 形 = ingrained.

·en·grave [ɪn'grev] 動 **(-graved, -grav·ing)** 及 1 雕刻（於金屬、石頭等）《 *on...* 》；（以文字、圖案等）做記號《 *with...* 》。2（用銅版、木版等）印刷。3 銘刻，銘記（在心中）《 *on, upon...* 》。

en·grav·er [ɪn'grevɚ] 名 雕刻師，刻印匠，製版者，木版或銅版匠。

en·grav·ing [ɪn'grevɪŋ] 名 1 U 雕刻術。2 製版術。3 雕刻的圖案。4（銅版、木版等的）版，雕刻；印刷品，版畫。

en·gross [ɪn'gros] 動及 1《通常用被動》吸引；使專心《 *in...* 》。2 用大而清楚的字體抄寫，用正式的格式寫。3《古》買斷，壟斷；獨占。

en·grossed [ɪn'grost] 形 專心的，全神貫注的。

en·gross·ing [ɪn'grosɪŋ] 形 1 吸引人的，迷人的。2 獨占的，壟斷的。

en·gross·ment [ɪn'grosmənt] 名 1 U 專心，熱中。2 U 以大字寫成，謄寫；C 正式的文書。3 U 獨占，壟斷。

en·gulf [ɪn'gʌlf] 動及 1 吸入，捲入；使沒入，使沉入《 *in, into...* 》。2 使埋頭於。～**·ment** 名

en·hance [ɪn'hæns] 動及 1 提高，增加；抬高，哄抬。2 以電腦改進品質。

en·hanced [ɪn'hænst] 形 加大的；提高的，加強的。

en'hanced radi'ation 名〖理〗高放射能。

en'hanced radi'ation 'weapon 名 高放射能武器。略作：ERW

en·hance·ment [ɪn'hænsmənt] 名 U C 提高；增進，強化；漲價。

e·nig·ma [ɪ'nɪgmə] 名 **(複～s, -ma·ta** [-tə]) 1 謎語；含義隱晦的畫；令人費解的話。2 費解的事。3 謎樣的人或物；不明底細的人或物。

en·ig·mat·ic [ˌɛnɪg'mætɪk] 形 謎一般的，不可思議的，離奇的。**-i·cal·ly** 副

en·join [ɪn'dʒɔɪn] 動 及 1 吩咐；命令《 *on...* 》：～ obedience *on* one's child 囑咐孩子要聽話。2《美》〖法〗禁止《 *from ...* 》。

:en·joy [ɪn'dʒɔɪ] 動及 1 享受，以（…）為樂：～ life 享受人生 / ～ reading 以讀書為樂。2 享有，擁有：～ good health 身體健康 / ～ widespread infamy 惡名昭彰。3《

反身》愉快度過。

en·joy·a·ble [ɪn'dʒɔɪəbl] ㊊ 好玩的；令人快樂的，有趣的：a very ～ novel 很有趣的小說。

en·joy·a·bly [ɪn'dʒɔɪəblɪ] ㊋ 愉快地；好玩地。

·en·joy·ment [ɪn'dʒɔɪmənt] ㊔ 1 ⓤ 享樂，享受；〖法〗享有，擁有。2 ⓤⓒ 喜悅，樂趣；令人快樂的事物。

en·kin·dle [ɛn'kɪndl] ㊍㊣ 點火於；煽起，激起，鼓動：～ a desire for... 激起…的欲望。

en·lace [ɪn'les] ㊍㊣ 1 綁，縛，捲，纏。2 交織在一起，捻在一起；揉合在一起。～·ment ㊔

·en·large [ɪn'lardʒ] ㊍ (-larged, -larg·ing) ㊣ 1 加大，增加，擴張；增訂，擴展：an ～*d* edition 增訂版 / ～ one's business 擴大事業。2〖攝〗放大。—㊣㊎ 1 變大；增加；增廣；〖攝〗可放大。2 詳述；細說《*on, upon...*》。～·a·ble ㊊

en·large·ment [ɪn'lardʒmənt] ㊔ 1 ⓤ 增大；擴張；膨脹；詳述。2（照片的）放大：a portrait ～ 肖像的放大。3 ⓤⓒ 增建；增補。

en·larg·er [ɪn'lardʒɚ] ㊔ 1 擴大者。2〖攝〗放大機。

·en·light·en [ɪn'laɪtn] ㊍㊣ 1 啓發，啓蒙，啓迪，教化。2 告知，通知《*about, on, as to, in regard to...*》。

en·light·ened [ɪn'laɪtnd] ㊊ 1 啓蒙的；文明的，開明的。2 明瞭的，精通的《*on, upon...*》：be ～ *on*... 對…瞭若指掌。

en·light·en·ing [ɪn'laɪtənɪŋ] ㊊ 啓發的。

en·light·en·ment [ɪn'laɪtṇmənt] ㊔ 1 ⓤ 啓發，啓蒙，教化。2《the E-》（18世紀歐洲的）啓蒙運動。

en·list [ɪn'lɪst] ㊍ ㊣㊎ 1 編入兵籍《*for...*》；入伍《*in...*》。2 協助，參加《*in, under...*》。—㊣ 1 列入兵籍，徵召。2 得到《*in...*》；要求協助。

en'listed ˌman ㊔《美》士兵，志願兵。略作：EM

en'listed ˌwoman ㊔《美》女兵。略作：EM

en·list·ee [ɪnˌlɪs'ti] ㊔ 志願兵；入伍者；士兵。

en·list·ment [ɪn'lɪstmənt] ㊔ 1 服役期限。2 ⓤ 徵召，徵兵；應召，入伍。

en·liv·en [ɪn'laɪvən] ㊍㊣ 1 使活躍；使躍躍欲試。2 使開朗，使熱鬧。

en masse [ɛn'mæs] ㊋《法語》一起，共同。

en·mesh [ɛn'mɛʃ] ㊍㊣《常用被動》網住；捲入，陷入《*in...*》。～·ment ㊔

en·mi·ty ['ɛnmətɪ] ㊔ (複-ties) ⓤⓒ 憎恨，怨恨；對立《*with, toward, against...*》：be at ～ *with*... 與…反目成仇，對…懷敵意 / cherish ～ *against*... 對…懷恨。

en·no·ble [ɪ'nobl] ㊍㊣ 1 提高，使高尚。2 授予爵位，封爲貴族。～·ment ㊔

en·nui ['anwi, -'-] ㊔ 1 ⓤ 倦怠感，無聊。2 倦怠的原因。

E·noch ['inək] ㊔〖聖〗以諾：1 Methuselah 之父。2 Cain 的兒子。

e·nor·mi·ty [ɪ'nɔrmətɪ] ㊔ ⓤ 罪大惡極；窮兇極惡；《通常作-ties》兇惡至極的行爲；龐大，巨大。

·e·nor·mous [ɪ'nɔrməs] ㊊ 1 大的，巨大的，極大的。2 殘暴的，罪大惡極的。

e·nor·mous·ly [ɪ'nɔrməslɪ] ㊋ 巨大地；極端地。

:e·nough [ə'nʌf, ɪ'nʌf] ㊊ 1 足夠的，充分的。2 足夠應付需要的；足以《*for..., to do*》。—㊔ⓤ 充分的數量《*for..., to do*》。

enough and to spare 綽綽有餘。

enough is enough 夠了，不要再講了，別再做了。

have enough to do to do 好不容易才能…。

—㊋ 1 充分地，足夠地《*for..., to do*》。2 完全地；甚，頗爲。3《通常爲蔑》尙可，差強人意。

enough for anything《置於形容詞之後》實在，很。

oddly enough 太不可思議，說也奇怪，實在很妙。

—㊌ 夠了！太多了！可以了！

e·now [ɪ'naʊ] ㊊㊋《古》= enough.

en pas·sant [ɑ̃pɑ'sɑ̃] ㊊《法語》在途中；順便。

en·plane [ɛn'plen] ㊍㊣㊎ 搭飛機。

en·quire [ɪn'kwaɪr] ㊍㊣㊣㊎ = inquire.

en·quir·y [ɪn'kwaɪrɪ] ㊔ = inquiry.

·en·rage [ɪn'redʒ] ㊍ (-raged, -rag·ing) ㊣ 使憤怒；《被動》生氣，大發雷霆《*at, by...*》：be ～*d* to hear... 聽到…很憤慨。～·ment ㊔

en·raged [ɪn'redʒd] ㊊ 極憤怒的，激怒的。

en·rapt [ɪn'ræpt] ㊊ 神魂顛倒的，狂喜

en·rap·ture [ɪn'ræptʃɚ] ㊍㊣ 使魂不守舍，使欣喜若狂；《被動》神魂顛倒，興高采烈《*at, by...*》：be ～*d by*... 爲…著迷。

en·rap·tured [ɪn'ræptʃɚd] ㊊ 狂喜的。

·en·rich [ɪn'rɪtʃ] ㊍㊣ 1 使富裕，使富強《*by...*》。2 使內容豐富；使充實《*with, by...*》。3 使品質提高《*with, by...*》；增加風味，提高營養價值；使肥沃；濃縮。

en·riched [ɪn'rɪtʃt] ㊊ 強化的，濃縮的。

en·rich·ment [ɪn'rɪtʃmənt] ㊔ 1 ⓤ 充實；富裕，豐富；肥沃（化），濃厚（化），濃縮（化），強化。2 強化物，補品。

en·roll,《英》**-rol** [ɪn'rol] ㊍㊣ 1 記載於名冊；把…登記入（學校等），使入會，使入學《*in...*》；使入伍，使服兵役。2 記錄，記載。3 包，裹《*in...*》。4〖海〗《美》登記在船籍簿上。—㊣㊎ 入學，入伍《*in, at...*》；報名參加

E

((in, for...))；登記名字((with...))。

en·roll·ee [,ɛnro'li] 图（班級、學校、學科等的）登記者，入會者。

en·roll·ment, ((英)) **en·rol·ment** [ɪn'rolmənt] 图ⓊⒸ **1** 記載((in...))，登記；入伍；入學；入會，加入((as...))。**2** 註冊人數，登記報名人數((of...))。

en route [ɑn'rut] 副((法語))途中，在路上((from...; to, for...))。

E

en·san·guine [ɛn'sæŋgwɪn] 動及血染，血污；使成血紅色((with...))。

en·sconce [ɛn'skɑns] 動及 **1** 使隱蔽。**2** 安置；((反身))安坐((on, in, among...))：～ *oneself in* a chair 安穩舒適地坐在椅子上。

en·sem·ble [ɑn'sɑmbl̩] 图（複～s [-bl̩z]）**1**（所有部分的）整體；（藝術品等的）整體效果。**2** 一套女裝，整套的服裝。**3** 合奏，重奏，合唱；((常作E-))小合奏或合唱團；（合奏所用的）一組樂器。**4**（戲劇等的）助演群，集體舞團；所有演員。
—副齊全地；同時地。

en·shrine [ɪn'ʃraɪn] 動及 **1** 奉作神聖之物；納入，安置（在宮中、廟裡等）((in...))。**2** 珍藏，重視；銘記（在心底），隱藏((in...))。**3** ((被動))註明，正式敘述((in...))。

en·shroud [ɪn'ʃraud] 動及 **1** 以白壽衣包裹。**2** ((文))掩蓋，遮蔽；((被動))覆蓋((by, in...))。

·en·sign ['ɛnsaɪn,'ɛnsn̩] 图 **1** 旗，國旗；軍旗，艦旗。**2** 徽章。**3** 記號，象徵。**4** (1) ['ɛnsn̩]((美))海軍少尉。(2)〖英陸軍〗((昔))旗手。～·**ship,** ～·**cy** 图

en·si·lage ['ɛnsəlɪdʒ] 图Ⓤ新鮮牧草儲藏（法）；以此種方法保存的新鮮牧草。

en·sile [ɛn'saɪl] 動及把（牧草）儲藏在穀倉；作為新鮮牧草用。

en·slave [ɪn'slev] 動及當奴隸，奴役；使成為俘虜((to...))：be ～*d* by outmoded ideas 受落伍思想的束縛 / be ～*d to* superstition 被迷信束縛。

en·slave·ment [ɪn'slevmənt] 图Ⓤ奴役，束縛。

en·snare [ɛn'snɛr] 動及((常用被動))用陷阱捕捉；誘惑((by...))；使陷入((in, into...))。

·en·sue [ɛn'su] 動(-sued, -su·ing)不及 **1** 繼續，接著發生。**2** 產生結果((from...))。
—及〖聖〗尋求。

en·su·ing [ɛn'suɪŋ] 形 **1** 接著發生的，隨後的。**2** 其次的。

en suite [ɑŋ'swit] 形副((法語))一連串的[地]；成套的[地]。

·en·sure [ɪn'ʃur] 動(-sured, -sur·ing)及 **1** 保證，證實；確保：～ a good job for a person 保證給某人一個好工作。**2** 保護；((反身))保住生命((against, from..., against doing, for doing))。-**sur·er** 图

-ent ((字尾))構成表「…性質或狀態的」、「…的人[者]」之意的名詞或形容詞。

ENT ((縮寫)) *e*ar, *n*ose and *t*hroat 耳鼻喉科。

en·tab·la·ture [ɛn'tæblətʃɚ] 图〖建〗柱頭線盤。

en·tail [ɪn'tel] 動及 **1** 需要；必然引起；使承擔。**2** ((常用被動))限定（不動產的）繼承權；依序傳給((on, upon...))。
—图 **1** Ⓤ〖法〗不動產的限嗣繼承；Ⓒ限嗣繼承的不動產。**2** Ⓤ必然繼承，宿命；遺傳；必傳之物；必然結果。**3** Ⓤ預定繼承順序。
～·**er** 图，～·**ment** 图Ⓤ〖法〗（不動產的）繼承人限定；Ⓒ世襲財產。

·en·tan·gle [ɪn'tæŋgl] 動(-gled, -gling)及纏住，套住，鉤在((in...))。**2** 使捲入((in...))；深交((with...))。**3** 使困惑；使不懂，使複雜。

en·tan·gle·ment [ɪn'tæŋgl̩mənt] 图ⓊⒸ糾纏，混亂；捲入；戀愛關係；糾葛。**2** 陷阱。**3** ((～s))〖軍〗鐵絲網；障礙物。

en·tente [ɑn'tɑnt] 图(複～s [-s]) **1** ⓊⒸ協約，協議，協商。**2** ((集合名詞))協約國

:en·ter ['ɛntɚ] 動不及 **1** 進入，進來，進去：～ *at* the window 由窗戶進入。**2** 浮現（腦海）；湧上（心頭）((into...))。劇〗上場，登場。**4** 入學；入會；參加報名參加。—及 **1** 進入；浮上（心頭穿過。**2** 入學；入會；加入；成為一員 **3** 使參加((for...))；使入學((in...))。載，登錄，記入，記錄。**5**〖法〗(1) 式）記錄；正式提出。(2) 占有（土地(3) 申請（公共用地）。**6** 提出（抗議等報關。**7** 調教，馴服。
enter into... (1)⇨動不及 2, 4. (2) 開始事；締結((with...))；參加。(3) 調查始處理。(4) 討論；審議。(5) 體諒；理解同情；體會。(6) 深知；預知；包含著
enter up... 載明。
enter upon... (1) 邁入；著手，從事始，調查，處理。(2)〖法〗取得（財等）。(3) 踏入…之中。

en·ter·ic [ɛn'tɛrɪk] 形腸子的：～ fever 熱病，傷寒。

en·ter·i·tis [,ɛntə'raɪtɪs] 图Ⓤ〖病〗炎。

en·ter·on ['ɛntə,rɑn] 图(複-**ter·a** [-t〖解·動〗腸，腸道。

en·ter·o·vi·rus [,ɛntəro'vaɪrəs] 图毒。

:en·ter·prise ['ɛntɚ,praɪz] 图 **1**（重困難的）事業；工作計畫。**2** Ⓤ參與加；活動；進取心；活力，精力：a m ～ 有事業心的人，進取的人。**3** 企業司；商社；Ⓤ經營方法：a private ～ 企業 / medium and smallsized ～*s* 中業。

en·ter·pris·er ['ɛntɚ,praɪzɚ] 图事家，企業家。

en·ter·pris·ing ['ɛntɚ,praɪzɪŋ] 形 充滿進取心的，積極的，冒險的。～·ly 副

·**en·ter·tain** [,ɛntɚ'ten] 動 及 1 使快樂，使感覺有趣，安慰：～ a child with fairy tales 講童話故事給孩子聽。2 招待，接待，款待；迎接；在自己的地方比賽；邀請比賽。3 考慮；思考；心懷。—不及 招待，招呼客人。

en·ter·tain·er [,ɛntɚ'tenɚ] 名 1 款待者。2 娛樂觀眾的人，演藝人員。

en·ter·tain·ing [,ɛntɚ'tenɪŋ] 形 有趣的，令人愉快的。～·ly 副

·**en·ter·tain·ment** [,ɛntɚ'tenmənt] 名 1 Ⓤ 款待，招待，接待：good ～ 很好的招待 / ～ expenses 招待費。2 ⓊⒸ 娛樂，消遣，慰藉：find ～ in reading 以閱讀為樂。3 用來娛樂之事物；表演；宴會；娛樂性讀物。4 Ⓤ 考慮（意見等），心懷（疑念等）。

en·thrall, 《英》 **en·thral** [ɪn'θrɔl] 動 及 1 迷住，使著迷，使大樂。2 《通常為喻》使成為俘虜，奴役。～·ment 名

en·thrall·ing [ɪn'θrɔlɪŋ] 形 非常有趣的，使人著迷的。

en·throne [ɪn'θron] 動 及 1 登基，使即王位；立君主；任…為主教。2 崇拜，推崇。

en·throne·ment [ɪn'θronmənt] 名 ⓊⒸ 1 即位（儀式）；主教任命（儀式）。2 崇敬。

en·thuse [ɪn'θjuz] 動 不及 《口》 熱中，狂熱《 *over, about...* 》。—及 使熱中，使狂熱。

:**en·thu·si·asm** [ɪn'θjuzɪ,æzəm] 名 Ⓤ 熱心，熱中，狂熱；強烈的興趣《 *for, about...* 》；Ⓒ 令人熱愛的事物：～ *for* collecting stamps 對集郵的極大興趣 / with great ～ 很熱心地，非常熱情地 / feel no ～ *about*... 對…不感興趣。

en·thu·si·ast [ɪn'θjuzɪ,æst] 名 1 熱心人士，熱中的人，…狂，…迷《 *for, about...* 》；狂信者。2 容易著迷的人。

·**en·thu·si·as·tic** [ɪn,θjuzɪ'æstɪk] 形 熱心的，熱愛的，狂熱的，著迷的《 *for, about, over...* 》。

en·thu·si·as·ti·cal·ly [ɪn,θjuzɪ'æstɪklɪ] 副 熱心地，狂熱地。

en·tice [ɪn'taɪs] 動 及 誘惑；誘來，誘出；誘拐《 *away / from...* 》；慫恿；以甜言蜜語誘騙《 *into doing* 》：～ a girl to leave home 誘拐女孩離家出走。

en·tice·ment [ɪn'taɪsmənt] 名 Ⓤ（尤指罪惡的）誘惑；Ⓒ 誘惑之物；餌。

en·tic·ing [ɪn'taɪsɪŋ] 形 非常有吸引力的，迷人的。

·**en·tire** [ɪn'taɪr] 形 1 全體的，全部的。2 完全的；完整的，完整無缺的，原封未動的。3 不間斷的；純粹的。—名 全部，全體。～·ness 名 Ⓤ 完美無缺。

·**en·tire·ly** [ɪn'taɪrlɪ] 副 1 全然，完全地。2 徹底地，一味地。

en·tire·ty [ɪn'taɪrtɪ] 名 (複 **-ties**) 1 Ⓤ 完整的形狀，原封不動的狀態。2 《 **the** ～ 》 全部，整體《 *of...* 》。

in its entirety 全部地，完整地；整體地。

·**en·ti·tle** [ɪn'taɪtl] 動 (**-tled, -tling**) 及 《常用被動》 1 稱呼；題名為（…）：a fiction ～*d* The Da Vinci Code 名為「達文西密碼」的小說。2 給…的資格或權利：be ～*d* to free milk 有權免費喝牛奶。

en·ti·tle·ment [ɪn'taitlmənt] 名 Ⓤ 1 應得的權利。2 應得物；應得物之數量。

en·ti·ty ['ɛntətɪ] 名 (複 **-ties**) 1 實體；存在（物）。2 Ⓤ 本質。3 《口》 東西，事物。

en·tomb [ɪn'tum] 動 及 掩埋，埋葬；放入墓穴，成為…之墓。～·**ment** 名

en·to·mo·log·i·cal [,ɛntəmə'lɑdʒɪkl] 形 昆蟲學的。

en·to·mol·o·gy [,ɛntə'mɑlədʒɪ] 名 Ⓤ 昆蟲學。**-gist** 名 昆蟲學家。

en·tou·rage [,ɑntu'rɑʒ] 名 《法語》 1 貼身人員，隨從，隨扈。2 周圍，環境。

en·tr'acte [ɑn'trækt] 名 (複 ～**s**) 幕間休息；幕間音樂或舞蹈。

en·trails ['ɛntrelz, 'ɛntrəlz] 名 (複) 1 內臟；腸子。2 《文》 內部。

en·train [ɪn'tren] 動 不及 搭乘火車。—及 以火車載送。

:**en·trance**[1] ['ɛntrəns] 名 1 ⓊⒸ 進入；入場，入公司，入學，入會；上場《 *to, into ...* 》；就任，開始，著手《 *on, upon, into ...* 》：an ～ examination 入學考試，就業考試 / make one's ～ 上場，進入。2 入口，正門，門口：at the ～ to a city 在城市的入口。3 Ⓤ 入場許可，入場權：be refused ～ 被拒之於門外 / gain ～ into... 獲准入…之內 / have free ～ to... 可自由進入…。4 〖劇〗（劇本中的）演員登場。

en·trance[2] [ɪn'træns] 動 及 使著迷，誘惑，使恍惚，使失神；《以過去分詞作形容詞》 著迷的《 *at, by, with...* 》；興高采烈的《 *to do, that* 子句 》：be ～*d with* the music 陶醉於音樂中。

en·tranced [ɪn'trænst] 形 陶醉的，著迷的；恍惚的。

en·trance·ment [ɪn'trænsmənt] 名 Ⓤ 失神狀態；興高采烈；Ⓒ 令人陶然忘我的事物。

en·trance·way ['ɛntrəns,we] 名 入口。

en·tranc·ing [ɪn'trænsɪŋ] 形 令人陶醉（似）的，誘人的。～·**ly** 副

en·trant ['ɛntrənt] 名 1 進入（某場所）的人，就任新職的人《 *to...* 》；新加入者，新會員；新生《 *into ...* 》。2 參加者《 *for ...* 》。

en·trap [ɪn'træp] 動 (**-trapped**, ～·**ping**) 及 《常用被動》 1 以陷阱捕捉。2 使陷於；誘騙《 *into doing, into, to...* 》。

en·trap·ment [ɪn'træpmənt] 名 Ⓤ 誘人入罪；誘捕；誘騙。

E

E

·**en·treat** [ɪn'trit] 動及 1 懇求《*for*...》: ~ the judge *for* mercy 懇求法官從輕量刑。2 乞求，請求。—不及 訴願，懇求。

en·treat·ing [ɪn'tritɪŋ] 形 懇求的，乞求的。~·**ly** 副 懇求似地，誠懇地。

en·treat·y [ɪn'tritɪ] 名 (複-**treat·ies**) U C 懇求，乞求。

en·trée, -tree ['antre] 名 1 U C 入場(權)；入場的方式。2 主菜。3 在前菜與肉類之間的菜肴；《美》烤肉以外的主菜。

en·trench [ɪn'trɛntʃ] 動 及 1 用壕溝環繞。2《反身或被動》固守，確立；鞏固立場；使處於牢固地位。3 牢固地樹立。—不及 侵犯，侵害，蠶食《*on, upon*...》；挖壕溝進入。

en·trenched [ɪn'trɛntʃt] 形 (態度、情感等) 根深蒂固的，牢固的。

en·trench·ment [ɪn'trɛntʃmənt] 名 U 挖掘塹壕；城寨；《常作~**s**》塹壕。

en·tre·pôt, -pot ['antrə,po] 名 (複~**s** [-,poz]) 1 倉庫。2 貨物集散地。

en·tre·pre·neur [,antrəprə'nɝ] 名 (複~**s** [-z]) 企業家；承包人；戲團團主，戲院的主人。~·'**ship** 名

en·tre·pre·neu·ri·al [,antrəprə'nɝɪəl] 形 企業家的。

en·tre·sol ['ɛntrɚ,sal,'antrə-] 名 (複~**s** [-z])〖建〗(兩層樓之間的) 夾樓，樓中樓。

en·tro·py ['ɛntrəpɪ] 名 U 1〖熱力〗熵。2 表某系統或物質內發生混亂的程度。

·**en·trust** [ɪn'trʌst] 動 及 委託保管《*with*...》；委託，託付《*to*...》: ~ a person *with* one's property 把財產託於某人。

·**en·try** ['ɛntrɪ] 名(複-**tries**) 1 U C 進入《*into*...》入場，參加，加入，入會: gain ~ *into* a club 獲准加入社團 / force an ~ *into*... 強行進入。2 U 入場許可，入場權。3 入口；門口；玄關；門廳，入口處的大廳《*of*, *to*...》。4 U C 記載，記帳；登記；列條；標題: make a wrong ~ in a ledger 把總帳內的某一項目記錯。5 (競技等的) 參加者；參展作品；《集合名詞》參加總人數，參展的所有作品。6〖法〗介入，占有行爲。7 通關手續，入港手續。

en·try-lev·el ['ɛntrɪ,lɛvl] 形 入門的；基層的。

en·try·phone ['ɛntrɪ,fon] 名《英》門口對講機。

'**entry** ,**visa** 名 入境簽證。

en·try·way ['ɛntrɪ,we] 名 通道。

en·twine [ɪn'twaɪn] 動 及 纏繞《*about, round*...》；使糾纏《*in, with*...》。—不及 纏繞。

en·twist [ɪn'twɪst] 動及 捻，搓，纏結。

e·nu·mer·ate [ɪ'njumə,ret] 動 及 一一列舉，依次舉出；清點。

e·nu·mer·a·tion [ɪ,njumə'reʃən] 名 1 U 列舉，枚舉。2 目錄，一覽表。

e·nu·mer·a·tive [ɪ'njumə,retɪv] 形 列舉的。

e·nun·ci·ate [ɪ'nʌnsɪ,et] 動及 1 (字正腔圓地) 唸 (字)，發 (音)。2 明確陳述，發表，宣布。—不及 字正腔圓地發音。

e·nun·ci·a·tion [ɪ,nʌnsɪ'eʃən] 名 1 U 發音法，語調；字正腔圓的發音。2 U C 明確敘述；發表，宣布。

e·nun·ci·a·tor [ɪ'nʌnsɪ,etɚ] 名 宣布者，發表者。

en·ure [ɪn'jʊr] 動及不及 = inure.

en·vel·op [ɪn'vɛləp] 動 及 1 包，封《*in*...》: be ~*ed in* a cloak of mystery 被包在神祕的外衣中。2 覆蓋。3〖軍〗攻擊 (敵人的側面)；包圍。

:**en·ve·lope** ['ɛnvə,lop] 名 1 信封，封套。2 包裹之物；外皮，覆蓋；氣囊；〖植〗包膜，外皮。3〖幾〗包絡線；〖無線〗包跡，包絡線。4《美口》傳統上的限制。

en·vel·op·ment [ɪn'vɛləpmənt] 名 1 U 包，包圍，圍封；側面攻擊，包抄。2 包裹，包裝，覆被。

en·ven·om [ɛn'vɛnəm] 動 及 1 摻毒藥於。2 使含惡毒，充滿: an ~*ed* tongue 挖苦話。

en·ven·om·ate [ɪn'vɛnə,met] 動及 注射毒藥。

en·vi·a·ble ['ɛnvɪəbl] 形 令人羨慕的，令人嫉妒的；受人欽慕的。~·**ness** 名

en·vi·a·bly ['ɛnvɪəblɪ] 副 令人羨慕地。

·**en·vi·ous** ['ɛnvɪəs] 形 羨慕的，嫉妒的；嫉妒心重的《*of*...》。

en·vi·ous·ly ['ɛnvɪəslɪ] 副 羨慕似地，嫉妒地。

en·vi·ron [ɪn'vaɪrən] 動 及 包圍: a castle ~*ed* by a moat 四面被壕溝環繞的城堡。

·**en·vi·ron·ment** [ɪn'vaɪrənmənt] 名 1 U C 環境，周圍；周遭之物；《*the* ~》自然環境: the living ~ 生活環境 /changes in ~ 環境的變遷。2 U 包圍，圍繞。3〖電腦〗環境。

en·vi·ron·men·tal [ɪn,vaɪrən'mɛntl] 形 周圍的，環境的，環境上的。~·**ly** 副

environ'mental bi'ology 名U 環境生物學；生態學。

environ'mental engi'neer 名 環境工程師。

environ'mental engi'neering 名 U 環境工程學。

en·vi·ron·men·tal·ism [ɪn,vaɪrən'mɛntəl,ɪzəm] 名U 1 環境論。2 環境 (維護) 主義；反環境污染運動。

en·vi·ron·men·tal·ist [ɪn,vaɪrən'mɛntəlɪst] 名 1 環境論者。2 環境 (維護) 主義者；人類生態學專家，環境問題專家。

Environ'mental Pro'tection 'Agency 名 環境保護局。略作: EPA

en·vi·rons [ɪn'vaɪrənz] 名 (複)近郊，郊外: Tokyo and its ~ 東京及其近郊。

en·vis·age [ɛn'vɪzɪdʒ] 動及想像；擬想，設想；觀察，展望未來之事《 do*ing*, *that* 子句 》。

en·vi·sion [ɛn'vɪʒən] 動及想像；憧憬，展望。

en·voy[1] ['ɛnvɔɪ] 名使節，使者；外交官，特使。

en·voy[2], **-voi** ['ɛnvɔɪ] 名（敘事詩等的）結尾的短節；跋。

·**en·vy** ['ɛnvɪ] 名(複**-vies**) **1** Ⓤ 嫉妒；羨慕《 *at*, *of*... 》: out of ~ 由於嫉妒 / be in ~ *of* a person's success 羨慕某人的成就。**2** 羨慕的對象。

—動(**-vied**, ~**·ing**) 及羨慕，嫉妒《 *for* ... 》。

en·wrap [ɛn'ræp] 動(**-wrapped**, ~**·ping**) 及**1** 包住；使籠罩《 *in*... 》。**2**《被動》使埋首，使熱中，使耽溺《 *in*... 》。

en·wreathe [ɛn'rið] 動及《文》用花圈圍繞；（像花圈似地）圍繞。

en·zy·mat·ic [,ɛnzə'mætɪk] 形酵素的，酶的。

en·zyme ['ɛnzaɪm] 名〖生化〗酵素，酶。

E·o·cene ['iə,sin] 形〖地質〗始新世的。—名《 **the** ~ 》始新世，始新統。

E·o·li·an [ɪ'olɪən] 形 **1**《 **e-** 》〖地質〗風成的。**2** = Aeolian 1, 2.

e·o·lith·ic [,iə'lɪθɪk] 形原始石器時代的。

EOM《縮寫》〖商〗*e*nd *o*f the *m*onth.

e·on ['iən,'iɑn] 名 **1**（地質學上的）世紀，代（亦作 **aeon**）。**2** = aeon 1.

E·os ['iɑs] 名〖希神〗伊奧絲：黎明女神。

e·o·sin ['iəsɪn] 名Ⓤ〖化〗**1** 曙紅。**2** 類似曙紅的染料。

EP《縮寫》*E*uropean *P*lan; extended *p*lay.

EPA《縮寫》*E*nvironmental *P*rotection *A*gency 環境保護局。

ep·au·let, ep·au·lette ['ɛpə,lɛt] 名（軍官制服的）肩章。

é·pée, e·pee [e'pe] 名〖擊劍〗西洋劍比賽用的尖頭劍。

Eph.《縮寫》*Eph*esians.

e·phed·rine [ɛ'fɛdrɪn] 名Ⓤ〖藥〗麻黃素。

e·phem·er·a [ə'fɛmərə] 名(複~**s**, **-er·ae** [-ə-,ri]) **1** 生命短暫之物；朝生暮死者。**2**〖昆〗蜉蝣。

e·phem·er·al [ə'fɛmərəl] 形短促的；短命的；朝生暮死的。

~**·ly** 副, ~**·ness** 名

e·phem·er·al·i·ty [ə,fɛmə'rælətɪ] 名(複**-ties**) **1** Ⓤ 短命；朝生暮死。**2**《 **-ties** 》短命的事物。

E·phe·sians [ɪ'fiʒənz] 名(複)《作單數》《 **the** ~ 》〖新約〗以弗所書。略作：Eph(es).

Eph·e·sus ['ɛfəsəs] 名以弗所：小亞細亞的古代都市。

ep·ic ['ɛpɪk] 形 **1** 史詩的，敘事詩（體）的。**2** 敘事詩性質的，似敘事詩的。**3** 雄壯的，壯烈的；非凡的，大規模的（亦稱 **epical**）。

—名**1** 敘事詩，史詩。**2** 史詩般的事蹟，英勇的事蹟。

ep·i·carp ['ɛpɪ,kɑrp] 名〖植〗外果皮。

ep·i·cen·ter,《英》**-tre** ['ɛpɪ,sɛntɚ] 名**1**〖地質〗震央，震源地。**2** 中心點。

Ep·ic·te·tus [,ɛpɪk'titəs] 名艾匹克蒂塔斯（c55－c135）：希臘 Stoic 派的哲學家。

ep·i·cure ['ɛpɪ,kjʊr] 名 **1** 鑑賞家；美食家。**2** 享樂主義者。

ep·i·cu·re·an [,ɛpɪkjʊ'riən] 形 **1** 奢侈的；講究美食的；享樂主義的；刺激口腹之慾的。**2**《 **E-** 》有關伊比鳩魯的，伊比鳩魯學派的。—名**1** 享樂主義者；美食家。**2**《 **E-** 》伊比鳩魯學派的人。

Ep·i·cu·re·an·ism [,ɛpɪkjʊ'riən,ɪzəm] 名Ⓤ**1** 伊比鳩魯學說。**2**《 **e-** 》享樂主義，美食主義。

Ep·i·cu·rus [,ɛpɪ'kjʊrəs] 名伊比鳩魯（342?－270B.C.）：希臘哲學家；伊比鳩魯學派之始祖。

·**ep·i·dem·ic** [,ɛpə'dɛmɪk] 形流行性的；流行的，盛行的；感染人的；繁殖迅速的（亦稱 **epidemical**）。—名流行，蔓延，流行病的盛行；大量繁殖：a cholera ~ 霍亂的流行。

ep·i·de·mi·ol·o·gy [,ɛpɪ,dimɪ'ɑlədʒɪ] 名Ⓤ流行病學。

ep·i·der·mal [,ɛpə'dɝml] 形表皮（性）的。

ep·i·der·mis [,ɛpə'dɝmɪs] 名ⓊⒸ〖植·動·解〗表皮。

ep·i·di·a·scope [,ɛpɪ'daɪə,skop] 名〖光〗實物幻燈機。

ep·i·glot·tis [,ɛpə'glɑtɪs] 名(複~**·es**, **-ti·des** [-tɪ,diz])〖解〗會厭軟骨。

ep·i·gone ['ɛpə'gon] 名模仿者，追隨者，仿效者。

ep·i·gram ['ɛpə,græm] 名 **1** 警句；Ⓤ警世性的表達方式[說法]。**2**（簡短而富警世性的）諷刺詩。

ep·i·gram·mat·ic [,ɛpəgrə'mætɪk] 形 **1** 警句（似）的，警世性的；簡要的。**2** 愛用警句的。**-i·cal·ly** 副

ep·i·gram·ma·tist [,ɛpə'græmətɪst] 名警句家；諷刺詩人。

ep·i·graph ['ɛpə,græf] 名**1** 碑銘，碑文。**2** 題辭，引語。

e·pig·ra·phy [ɛ'pɪgrəfɪ] 名Ⓤ **1** 碑銘研究，金石學。**2**《集合名詞》碑銘，題銘，金石文。

ep·i·la·tion [,ɛpə'leʃən] 名ⓊⒸ毛髮脫落。

ep·i·lep·sy ['ɛpə,lɛpsɪ] 名Ⓤ〖病〗癲癇症。

ep·i·lep·tic [,ɛpə'lɛptɪk] 形〖病〗癲癇（症）的。—名癲癇症患者。

ep·i·logue ['ɛpə,lɔg, -,lɑg] 名**1**（戲劇的）

結尾部分。2 口述收場白的演員。3 跋，尾聲；最後一章，最後一個樂章；結局。4 最後一個節目。（亦作 epilog）

ep·i·neph·rin(e) [ˌɛpəˈnɛfrɪn] 名U〖生化·藥〗腎上腺素。

E·piph·a·ny [ɪˈpɪfənɪ] 名（複-nies）1《the ~》（天主教的）主顯節（一月六日）（亦稱 Twelfth Day）。2《e-》（尤指上帝或神的）顯現，化成肉身；突然領悟，頓悟。

E

ep·i·phyte [ˈɛpəˌfaɪt] 名附生植物。

e·pis·co·pa·cy [ɪˈpɪskəpəsɪ] 名U 1 主教制度。2 主教之職位或任期；《the ~》主教團。

e·pis·co·pal [ɪˈpɪskəpl] 形 1 主教的；管轄制的；主教行政的。2《the E-》英國國教的。—名《E-》《口》= Episcopalian. ~·ly 副

E·pis·co·pa·lian [ɪˌpɪskəˈpelɪən] 形名 1 美國聖公會教會的（教徒）。2《e-》教會管轄制的（主義者）。

e·pis·co·pate [ɪˈpɪskəpɪt, -ˌpet] 名 1 U 主教之職務、階級、任期等；C 主教轄區。2《the ~》《集合名詞》主教團。

·ep·i·sode [ˈɛpəˌsod, -ˌzod] 名 1 插曲。2 穿插片斷；（連載小說等的）一篇；（連續劇等的）一集。3〖樂〗插曲，間奏部分。

ep·i·sod·ic [ˌɛpəˈsɑdɪk], **-i·cal** [-ɪkl] 形 1 穿插的，插曲的；由插曲所構成的。2 短暫性的；偶而的。

e·pis·te·mol·o·gy [ɪˌpɪstəˈmɑlədʒɪ] 名U〖哲〗認識論。**-gist** 名

e·pis·tle [ɪˈpɪsl] 名 1《通常爲謔》（尤指禮儀上的）書信；書信體文藝作品。2《通常作 the E-》（新約聖經中的）使徒書（信）；《常作 the E-》聖簡。

eˈpistle ˌside 名《the ~》祭壇的右側。

e·pis·to·lar·y [ɪˈpɪstəˌlɛrɪ] 形 1 書信的；用書信的。2 書信體的。

ep·i·taph [ˈɛpəˌtæf] 名 1 墓誌銘。2 碑文體的詩文。

ep·i·tha·la·mi·on [ˌɛpəθəˈlemɪən] 名 1《E-》『結婚祝曲』。2 (複-mi·a [-mɪə]) 結婚賀詩。

ep·i·tha·la·mi·um [ˌɛpəθəˈlemɪəm] 名 (複 ~s, -mi·a [-mɪə]) = epithalamion.

ep·i·the·li·um [ˌɛpəˈθilɪəm] 名 (複 ~s, -li·a [-lɪə])〖生〗上皮（組織），外皮。

ep·i·thet [ˈɛpəˌθɛt] 名 1 形容詞句。2 別名，外號；《蔑》綽號。3（含有敵意的）辱罵：shower a person with insulting ~*s* 對某人橫加辱罵。

ep·i·thet·ic [ˌɛpəˈθɛtɪk] 形形容詞句的；別名的，外號的；《蔑》綽號的。

e·pit·o·me [ɪˈpɪtəmɪ] 名 1 典型，雛型，縮影《*of...*》：in ~ 典型化地；作爲縮影地。2 摘要，梗概。

e·pit·o·mize [ɪˈpɪtəˌmaɪz] 動及 1 摘要。2 作爲縮影，作爲…的典型。

e plu·ri·bus u·num [ˈiˈplurɪbəsˈjunəm]《拉丁語》化繁爲簡，合眾爲一。

·ep·och [ˈɛpək] 名 1 時代，時期。2 新時代（之始），新紀元，新世紀；劃時代的事件《*in...*》：mark an ~ 開創新時代。3 值得紀念的時日。4〖天〗曆元。5〖地質〗世，期，紀。

ep·och·al [ˈɛpəkl] 形 1 新時代的；新時代風格的。2 劃時代的；重大的。

ep·och-mak·ing [ˈɛpəkˌmekɪŋ] 形開創新時代的，劃時代的。

ep·o·nym [ˈɛpəˌnɪm] 名名字被用來爲民族、地方、時代、理論、運動、制度等命名的人。

ep·on·y·mous [ɛˈpɑnəməs] 形名字被用來爲某個地方、運動等命名的；用某人的名字命名的；與書名、影片名同名的。

ep·ox·y [ɛˈpɑksi] 形〖化〗環氧基的：~ resin 環氧樹脂。

ep·si·lon [ˈɛpsəˌlɑn, -lən] 名 1 U C 希臘字母的第五個字（E, ϵ）。2〖數〗任意設取的微正量。

ˈEpsom ˌsalt 名 U《常作 ~s，作單數》〖化·藥〗瀉鹽。

ept [ɛpt] 形有才能的，聰明的；有效的。

epti·tude [ˈɛptəˌtjud] 名U 恰當；健康能力；有效。

EQ [ˌiˈkju] 名情緒商數（*e*motional *q*uotient）。

eq. 《縮寫》*eq*ual; *eq*uation; *eq*uivalent.

eq·ua·bil·i·ty [ˌɛkwəˈbɪlətɪ] 名 U 穩定性，平穩性；均等性，平等性；安定，穩定。

eq·ua·ble [ˈɛkwəbl] 形 1 不變的，穩定的；均等的。2 平靜的，穩定的。~·ness 名, -bly 副

:e·qual [ˈikwəl] 形 1（與…）相等的，同等的《*to...*》。2（在數量、大小上）相等的；均等的；（地位、價值等）同等的，平等的：on an ~ footing with... 與…立於平等的地位，與…平起平坐。3 不相上下的《*in...*》；相當的：an ~ match 不分勝負的比賽。4 (1) 應付得了，可以勝任。(2) 無所謂的。5 平坦的。—名相當的人[物]；同輩，匹敵的人[物]，對手《*of...*》；同類《*in...*》；等數；《~s》相等的事物：without ~ *in...* 在…方面無出其右者，在…方面出類拔萃的[地]。—動（~ed 或 ~·ing 或《英尤作》-qualled, ~·ling）及 相等，相當《*in...*》。2 比得上…《*in...*》。

e·qual·i·tar·i·an [ɪˌkwɑləˈtɛrɪən] 形平等主義（論）的。—名平等主義（論）者。

·e·qual·i·ty [ɪˈkwɑlətɪ] 名 U 1 相等（的狀態）均等；平等；等值，等量；對等，同格；對等的立場；〖數〗相等，等式：~ in value 價值相同 / on an ~ with... 與…對等，與…站在平等的立場。2 穩定性；一致性。

Eˈquality ˌState 名《the ~》美國

Wyoming 州的別稱。

e·qual·i·za·tion [,ikwələ'zeʃən] 名 U 同等化；均等。

e·qual·ize ['ikwə,laɪz] 動 及 使平等，使對等《with, to...》；使相等。
—不及 1 相等。2 打成平手。

equal·iz·er ['ikwə,laɪzɚ] 名 1（兩隊打成平手的）追平分數。2 均壓線（迴路）。

·**e·qual·ly** ['ikwəlɪ] 副 1 平等地，相等地。2 同樣地；均勻地，普遍地。

'equal oppor'tunity 名（就業上的）機會均等。**equal-opportunity** 形

'equal(s) ,sign 名 等號（=）。

'equal ,time 名 U《美》1（電視、收音機廣播）對於意見相異的候選人，分別給予的等量節目時間。2 給予被譴責或被反對而需作答辯的人同等的機會。

e·qua·nim·i·ty [,ikwə'nɪmətɪ] 名 U 冷靜，沉著，鎮定。

e·quate [ɪ'kwet] 動 及 1 表示相等《with, to...》；同等看待，視為對等《with...》。2 使（數值等）平均。—不及 一致《with ...》。**e·'quat·a·ble** 形

·**e·qua·tion** [ɪ'kweʒən, -ʃən] 名 1 U 平均；相等；均勻；平衡。2〖數〗方程式；〖化〗方程式，反應式：a chemical ~ 化學方程式 / solve a quadratic ~ 解二次方程式。

e·qua·tion·al [ɪ'kweʒənl] 形 1 方程式的。2 平均的；〖文法〗等位（式）型的。3〖生〗同型核分裂的。~·**ly** 副

·**e·qua·tor** [ɪ'kwetɚ] 名《the ~, the E-》赤道。

e·qua·to·ri·al [,ikwə'torɪəl] 形 1 赤道的。2 赤道地方的；炙熱的。

Equa'torial 'Guinea 名 赤道幾內亞（共和國）：位於非洲西部；首都馬拉博（Malabo）。

e·quer·ry ['ɛkwərɪ] 名（王室的）掌馬官；（英王室的）侍從武官。

e·ques·tri·an [ɪ'kwɛstrɪən] 形 1 騎術家的；馬術的。2 騎馬的。3 騎士的。—名 騎馬者，騎士；馬術師。

e·ques·tri·an·ism [ɪ'kwɛstrɪə,nɪzəm] 名 U 馭馬術；騎術。

equi-《字首》表「相等」、「對等」之意。

e·qui·an·gu·lar [,ikwə'æŋgjəlɚ] 形 等角的，各角相等的。

e·qui·dis·tant [,ikwə'dɪstənt] 形 等距離的。

e·qui·lat·er·al [,ikwə'lætərəl] 形 等邊的；直角的。—名 等邊形；等邊。

e·quil·i·brant [ɪ'kwɪləbrənt] 名〖理〗平衡力。

e·quil·i·brate [ɪ'kwɪlə,bret, ,ikwə'laɪbret] 動 及 1 使保持均衡；使對稱《with ...》。2 與…平衡。—不及 平衡，對稱，均衡。

e·qui·li·bra·tion [,ikwɪlə'breʃən] 名 U 平衡，對稱。

e·qui·lib·ri·um [,ikwə'lɪbrɪəm] 名 U 1 平衡，均衡。2 平靜，沉著。3〖化〗平衡。

e·quine ['ikwaɪn] 形 馬的，似馬的。

e·qui·noc·tial [,ikwə'nɑkʃəl] 形 1 春分或秋分的，二分點的；晝夜平分（時）的。2 發生於春分或秋分的。3 赤道的；赤道附近的。4〖植〗定時開的。—名 1《the ~》晝夜平分線；天體赤道。

equi'noctial 'point 名《the ~》晝夜平分點。

e·qui·nox ['ikwə,nɑks] 名 1 晝夜平分時；春分或秋分：the vernal ~ 春分（點）。2〖天〗晝夜平分點。

·**e·quip** [ɪ'kwɪp] 動 (-quipped, ~·ping) 及 1 裝備《for...》；配備《with...》；裝備（成…）：~ a car *for* racing 為了賽車把車子整裝一番。2《反身或被動》裝束，打扮《with, in...》；使整裝《for...》。3 授予《for...》；《偶用反身》灌輸，教化《with...》；使能從事於。

eq·ui·page ['ɛkwəpɪdʒ] 名 1（有侍從、裝備齊全的四輪式）馬車；馬車與所有的隨員。2 裝備，裝具，全套用具。3 家庭用品。4 隨身攜帶品。

·**e·quip·ment** [ɪ'kwɪpmənt] 名 1 U《集合名詞》裝備，設備，用具《for...》；《常作~s》裝置，器具。2 U 配備，設置。3 U C 知識；技能《for...》。

e·qui·poise ['ɛkwə,pɔɪz] 名 1 U 均衡，平衡。2 秤錘。3 U 平衡力。

eq·ui·se·tum [,ɛkwə'sitəm] 名 (複~s, -ta [-tə])〖植〗木賊屬的通稱。

eq·ui·ta·ble ['ɛkwɪtəbl] 形 1 公正的；公平的；合理的。2〖法〗衡平法上的。-**bly** 副

eq·ui·ty ['ɛkwətɪ] 名 (複-ties) 1 U 公平，公正。2〖法〗衡平法；U 衡平裁定。3《-ties》《英》普通股。4 財產淨值。5《E-》《英》演員工會。

e·quiv·a·lence [ɪ'kwɪvələns] 名 1 U 相等，等值，等量，同義。2 等價之物。3 U〖化〗（原子的）等價，等量。4 U〖理則·數〗同值；〖幾〗等（面）積。

·**e·quiv·a·lent** [ɪ'kwɪvələnt] 形 1 相等的，等價值的，等量的，同義的；相當的《to...》。2〖數〗等（面）積的；對等的。3〖化〗等價的。—名 1 同等之物，等價之物；相當之物；〖文法〗相當的語句，同義字《in, for, of...》。2〖化·理〗（原子的）等量；〖數〗等值；等（面）積。~·**ly** 副 同等地；相同地。

e·quiv·o·cal [ɪ'kwɪvəkl] 形 1 不明確的，含糊的；不確定的。2 曖昧的；可疑的。3 可作兩種解釋的，多義性的。~·**ly** 副 模稜地，多義地。

e·quiv·o·cal·i·ty [ɪ,kwɪvə'kælətɪ] 名 (複-ties) U C 1 曖昧；可疑。2 = equivoque.

e·quiv·o·cate [ɪ'kwɪvə,ket] 動 不及 支吾其詞；撒謊。

e·quiv·o·ca·tor [ɪ'kwɪvə,ketɚ] 名 言詞模稜的人；支吾其詞者。

e·quiv·o·ca·tion [ɪ,kwɪvə'keʃən] 名 U C 1 用雙關語，言語曖昧；模稜的表現。2〖理則〗語言上的謬誤。

eq·ui·voque ['ɛkwə,vok] 名 1 雙關語；U 一語雙關。2 諧音語，雙關俏皮話。

er [ə,ɚ] 感 呃，唔，這…。

ER《縮寫》earned run; emergency room.

Er《化學符號》erbium.

-er[1]《字尾》表「做…的人」、「…（當地的）人」、「有…性質的人[物]」等之意。

-er[2]《字尾》表動作、經過之意。

-er[3]《字尾》構成形容詞的比較級；主要用於單音節的字，及-y, -ly, -le, -er, -ow 結尾的兩音節字。

-er[4]《字尾》接於字尾不是-ly的一或兩音節的副詞之後，構成比較級。

·e·ra ['ɪrə,'irə] 名 1《the ～》時代。2 年代，時期。3 重要日期；重大事件。4 紀元。5〖地質〗（地層分類上的）代。

ERA《縮寫》〖棒球〗earned run average（投手的）防禦率。

e·ra·di·ate [ɪ'redɪ,et] 動 不及 及 發射，放射。**-'a·tion** 名

e·rad·i·ca·ble [ɪ'rædɪkəbl] 形 可消滅的。

e·rad·i·cate [ɪ'rædɪ,ket] 動 及 1 殲滅；根絕，撲滅；連根拔除。2 去除，去掉。

e·rad·i·ca·tion [ɪ,rædɪ'keʃən] 名 U 撲滅，根絕。

e·rad·i·ca·tor [ɪ'rædɪ,ketɚ] 名 根絕者，撲滅者；消除劑；除草劑。

e·ras·a·ble [ɪ'resəbl] 形 可消除的，可擦掉的。

e·rase [ɪ'res] 動 及 1 擦掉《*from...*》；擦去，使消磁。2 剔除《*from...*》。3 忘卻《*from...*》。4〖電腦〗消去。5《俚》殺死。—不及 1 容易消除。2 擦掉文字。

e·rased [ɪ'rest] 形 被消掉的；被擦掉的；被忘卻的。

·e·ras·er [ɪ'resɚ] 名 1 橡皮擦；除墨劑；黑板擦（《美》blackboard eraser）。2 擦拭的人[物]，消除者。

E·ras·mus [ɪ'ræzməs] 名 **Desiderius**, 伊拉斯莫斯（1466– 1536）：荷蘭神學家、諷刺作家，為文藝復興運動的先驅。

e·ras·ure [ɪ'reʃɚ, -ʒɚ] 名 1 U 擦去；剔除；消磁。2 擦過的痕跡；擦去的地方；擦去的詞。

Er·a·to ['ɛrə,to] 名〖希神〗愛拉脫：掌抒情詩及戀愛詩的文藝女神。

er·bi·um ['ɝbɪəm] 名 U〖化〗鉺。符號：Er

ere [ɛr'ær] 介〖詩〗在…之前。—連 1 趁…之前。2 毋寧，與其…不如…。

Er·e·bus ['ɛrəbəs] 名〖希神〗艾利巴斯：靈魂從陽世通往地獄時必經的黑暗界：dark as ～ 黑漆漆的。

·e·rect [ɪ'rɛkt] 形 1 直立的：hold oneself 端正姿勢，抬頭挺胸。2（毛髮）聳立的 with every hair ～ 毛骨悚然，毛髮直立 3（陰莖）勃起的。4〖光〗（像）正立的 —動 及 1 直立起來；豎起，使悚然而立 ～ oneself 起身。2 建造；構築；組合，裝。3 建立；《美》把…升格《*into...*》 4 創設，制定。5〖幾〗（以已知線或底基準）作（圖形等）。—不及 直立；勃起 被興建。～**·ly** 副

e·rec·tile [ɪ'rɛktl] 形 可直立的，直立的；〖解〗（陰莖）勃起性的。

e·rec·tion [ɪ'rɛkʃən] 名 1 U 直立；建立 建造；組合，安裝；創建；創設。2 建物。3 U C 勃起。

e·rec·tor [ɪ'rɛktɚ] 名 1 使直立的人[物] 建立者；建造者；拼裝工；創設人。2〖解〗勃起肌。

ere·long [ɛr'lɔŋ] 副《古》不久，馬上。

er·e·mite ['ɛrə,maɪt] 名《古》（尤指基督教的）隱士。

ere·while [ɛr'hwaɪl] 副《古》剛才；不久以前。

erg [ɝg] 名〖理〗耳格：功的單位。

er·go ['ɝgo] 連 副《謔》因此，所以。

er·go·nom·ics [,ɝgə'nɑmɪks] 名 (複)（作單數）《英》人體工學。

Er·ic ['ɛrɪk] 名〖男子名〗艾立克。

E·rie ['ɪrɪ] 名 **Lake**, 伊利湖：北美五大湖之一。

Er·in ['ɛrɪn,'ɪ-] 名〖詩〗= Ireland.

E·rin·ys [ɪ'rɪnɪs,ɪ'raɪnɪs] 名 (複 **Erinye**[s])〖希神〗伊麗尼斯：復仇三女神之一。

E·ris ['ɪrɪs, 'ɛ-] 名〖希神〗伊麗斯：不和、爭鬥之女神。

er·is·tic [ɛ'rɪstɪk] 形 爭辯的，爭論的。—名 1 爭辯者，爭論者。2 U 爭辯（術）

Er·i·trea [,ɛrɪ'triə] 名 厄利垂亞（獨立國）：位於非洲東北部，濱紅海；1993 年脫離 Ethiopia；首都 Asmara。

er·mine ['ɝmɪn] 名 (複～s, ～) 1〖動〗貂，銀鼠；冬季長白毛的貂。2 U 貂皮 3《the ～》法官的地位。

er·mined ['ɝmɪnd] 形 用貂皮覆蓋的；穿著貂皮的；就法官之職的。

-ern《字尾》接於表方位的名詞之後，構成形容詞。

ern(e) [ɝn] 名〖鳥〗海鷲。

Er·nest ['ɝnɪst] 名〖男子名〗厄尼斯特

e·rode [ɪ'rod] 動 及 1 慢慢破壞；腐蝕；傷害；折磨《*away*》2（河）侵蝕。—不及 被腐蝕；受折磨；被侵蝕；漸被破壞《*away*》。

e·rog·e·nous [ɪ'rɑdʒənəs] 形 1 給予性滿足的；對性敏感的；性感的：an ～ zone 性感帶。2 刺激性慾的。

E·ros ['ɪrɑs, 'ɛ-] 名 愛羅斯：1〖希神〗愛神。2 U《偶作e-》性愛；情慾；本能的愛。3 U《集合名詞》〖精神醫〗生命的本能；基本慾念。

e·ro·sion [ɪ'roʒən] 名U 1 腐蝕；折磨，糜爛。2 侵蝕。～·al 形

e·ro·sive [ɪ'rosɪv] 形腐蝕性的；侵蝕性的；侵蝕造成的；糜爛性的。～·ness 名

e·rot·ic [ɪ'rɑtɪk] 形 1 性愛的，處理性愛的；誘發性慾的。2 好色的。—名 1 色情詩。2 好色的人。

e·rot·i·ca [ɪ'rɑtɪkə] 名 (複)《常作單數》色情文學，色情書刊，春宮圖片。

e·rot·i·cism [ɪ'rɑtə,sɪzəm] 名U 1 色情傾向，好色，異常性慾。2 性描寫。

e·ro·tol·o·gy [,ɛrə'tɑlədʒɪ] 名U 色情文學，色情藝術。

e·ro·to·ma·ni·a [ɪ,rotə'menɪə, -,rɑ-] 名U 異常性慾，色情狂。

·**err** [ɝ] 動不及《文》1 想錯，思考錯誤，犯錯《*in..., in doing*》。2 犯錯；脫離，違反《*from...*》: To ～ is human, to forgive divine.《諺》犯錯是凡人之舉，寬恕是神聖之行。

err on the side of mercy 過於寬大。

er·ran·cy ['ɛrənsɪ, 'ɝ-] 名 (複-**cies**) 1 犯錯。2 犯錯傾向；剛愎，任性。

·**er·rand** ['ɛrənd] 名 1 跑腿，差使：run ～*s* for... 爲…跑腿，爲…去辦事。2 差事；使命，任務：have an ～ to do 有事待辦 / tell one's ～ 述職。

go on a fool's errand 徒勞無功。

er·rant ['ɛrənt] 形 1 遊俠的，遊歷四海的；四處巡視的。2 脫離正軌的，偏離方向的，犯錯的；錯誤的。

er·rant·ry ['ɛrəntrɪ] 名 (複-**ries**) UC 行俠仗義；遊歷四海。

er·ra·ta [ɪ'retə, ɪ'rɑ-] 名 **erratum** 的複數形。

er·rat·ic [ə'rætɪk] 形 1 離奇的，古怪的；逸出常軌的。2 變化無常的，見異思遷的；不準的，不定的。3〖地質〗漂移性的；〖天〗無固定軌道的。—名 1 流浪者。2 古怪的人。3〖地質〗漂石，浮石。-**i·cal·ly** 副脫離常軌地；盲目行事地。-**i·'cism** 名

er·ra·tum [ɪ'retəm, ɪ'rɑ-] 名 (複-**ta** [-tə])《通常作 -**ta**》誤植，錯字，排版錯誤；《-**ta**》《作單數》勘誤表。

err·ing ['ɝɪŋ] 形 1 犯錯的，步入歧途的。2 罪孽深重的，不義的。～·**ly** 副

er·ro·ne·ous [ə'ronɪəs, ɛ-] 形 錯誤的，弄錯的。～·**ly** 副

·**er·ror** ['ɛrɚ] 名 1 錯誤；過失《*in, of...*》: make an ～ 犯錯。2 U 出錯；誤解；不正確：fall into ～ 犯錯誤。3（道德上的）過錯，罪惡，操守上的過失。4〖數〗誤差。5〖棒球〗失誤。6〖法〗誤審，謬誤。

... and no error 無誤地，確實地。

er·satz [ɛr'zɑts] 形代用的；合成的；人造的。—名代用品，仿造品。

Erse [ɝs] 名U《俚》（蘇格蘭高地的）鄂斯語。

erst·while ['ɝst,hwaɪl] 形《文》往昔的，古代的。—副《古》從前，以前。

e·ruct [ɪ'rʌkt], **e·ruc·tate** [ɪ'rʌktet] 動及不及 = belch 動及 1, 不及 1, 2.

e·ruc·ta·tion [ɪ,rʌk'teʃən] 名UC 打飽嗝；噴射（物）。

er·u·dite ['ɛrʊ,daɪt] 形 1 有學識的，博學的。2 學術性的。～·**ly** 副淵博地。

er·u·di·tion [,ɛrʊ'dɪʃən] 名U 博學；學識。

e·rupt [ɪ'rʌpt] 動不及 1（由火山等）噴出《*from...*》；爆發。2 勃發；滔滔不絕；爆發：a dispute that ～*ed* into civil war 紛爭造成內戰的爆發。3（在皮膚上）出現，發疹。4（牙齒）長出。—及 1 爆發出。2 噴出。～·**i·ble** 形

·**e·rup·tion** [ɪ'rʌpʃən] 名UC 1 突發，爆發；勃發。2 噴出；噴火；噴出物：volcanic ～*s* 火山的噴火。3〖病〗發疹；（牙齒的）長出。

e·rup·tive [ɪ'rʌptɪv] 形 1 容易爆發的，突發性的。2 噴發的，噴出的；〖地質〗（岩石）火成的。3〖病〗發疹性的。

Er·win ['ɝwɪn] 名〖男子名〗歐文。

-**ery**《字尾》構成下列意義的名詞：1 表「性質」、「…的行爲」之意。2 表「工作」、「…業」之意。3 表「製品」、「…店，工廠」之意。4 表「集合物」、「…類」之意。

er·y·sip·e·las [,ɛrə'sɪpələs] 名U〖病〗丹毒。

e·ryth·ro·cyte [ɪ'rɪθro,saɪt] 名〖生理〗紅血球。

Es《化學符號》einsteinium.

-**es**[1]《字尾》表複數之字尾。

-**es**[2]《字尾》-**s**[2] 的別體；表示第三人稱、單數、現在式；接於字尾是 s, x, z, ch, sh, 子音字母+y（此時 y 改爲 i）的動詞之後。

-**es**[3]《字尾》-**s**[3] 的別體；構成複數形；接於字尾是 s, x, z, ch, sh, 子音字母+y（此時 y 改爲 i），子音字母+o，母音字母+f（此時 f 改爲 v）的名詞之後。

E·sau ['isɔ] 名 1 以掃：Isaac 的長子，把繼承權賣給弟弟 Jacob。2 爲眼前利益出賣長遠利益的人。

es·ca·lade [,ɛskə'led] 名U 雲梯攻法。—動及用雲梯攀登，用雲梯進攻。

es·ca·late ['ɛskə,let] 動及不及 1 逐步擴大，增大。2 用電梯上升。3 逐步調漲（工資、價格等）。

es·ca·la·tion [,ɛskə'leʃən] 名UC 擴大，增大；強化；上升；（戰爭的）逐步升級。

·**es·ca·la·tor** ['ɛskə,letɚ] 名 1 電扶梯。2 漸次增加的手段，步步高升。

'**escalator** ,**clause** 名伸縮條款。

es·cal·lop [ɛ'skɑləp] 動及，名 = scallop.

es·ca·lope ['ɛskəlop] 名不帶骨頭的薄肉。

es·ca·pade ['ɛskə,ped] 名 1 鹵莽行爲，惡作劇；越軌行爲。2 脫逃，逃避。

E

E

:es·cape [ɪ'skep, ə-] 動 (**-caped**, **-cap·ing**) 不及 **1** 逃出，逃亡，脫逃；恢復自由《*from, out of...*》；得救《*from...*》。**2** 漏出，流出《*from, out of...*》。**3** 消失，淡忘《*from...*》。**4**〖植〗野生化。**5** 脫離（重力圈）。—及 **1** 避開，躲開；逃離，逃過：~ poverty 免於窮困 / ~ being punished 免受處罰。**2**《通常用否定》避免。**3** 不受重視，未被察覺；逃過耳目；淡忘；避開注意。**4** 脫口而出。—名 **1** ⓊⒸ逃亡，脫逃《*from, out of...*》: make a furtive ~ 偷偷開溜 / have a narrow ~ 千鈞一髮之際逃出；九死一生。**2** 避難設備，太平門；排氣管，排水溝。**3** Ⓤ《偶作 **an** ~》逃避現實。**4**（瓦斯等的）洩出，漏出《*of...*》；外洩《*from, out of...*》。

—形 **1** 逃避現實的，逃避的。**2** 逃避責任的。

es'cape ˌartist 名 表演脫身術的藝人；善於越獄的犯人。

es'cape ˌclause 名 免除責任條款；免除規定；但書。

es·caped [ɪ'skept] 形 逃走的，逃脫的。

es·cap·ee [ɛske'pi, ɪ'skpi-] 名 逃亡者，脫逃者；越獄者。

es'cape ˌhatch 名 **1**（飛機、船、潛艇等的）緊急出口。**2** 逃避的方法。

es'cape ˌmechanism 名〖心〗逃避機能。

es·cape·ment [ə'skepmənt, ɪ-] 名 **1** 打字機間隔控制的裝置；鋼琴音鎚回復的裝置。**2**〖鐘錶〗控制擺軸速度的裝置。

es'cape ˌvalve 名 安全活塞。

es'cape veˌlocity 名ⓊⒸ脫離地球或其他星球的引力所需的最低速度。

es·cap·ism [ɪ'skepɪzəm] 名 Ⓤ 逃避現實。

es·cap·ist [ɪ'skepɪst] 形 逃避現實的。—名 逃避現實者，逃避主義者。

es·cap·ol·o·gist [ˌɛskə'pɑlədʒɪst] 名 表演脫身術的藝人。

es·ca·pol·o·gy [ˌɛske'pɑlədʒɪ] 名Ⓤ脫身術；克服困難的方法。

es·car·got [ˌɛskɑr'go] 名 (複~**s** [-'go])《法語》食用蝸牛。

es·ca·role ['ɛskəˌrol] 名Ⓤ〖植〗菊苣。

es·carp [ɛ'skɑrp] 名 **1** 壕溝內壁。**2** 陡坡，懸崖。—動及 築內壁；使成陡坡。

es·carp·ment [ɛ'skɑrpmənt] 名 斷崖；城壕內壁。

-escence《字尾》構成名詞，表「動作」、「過程」、「變化」、「狀態」等之意。

-escent《字尾》構成形容詞，表「開始做…的」、「將變成…的」之意。

es·cha·tol·o·gy [ˌɛskə'tɑlədʒɪ] 名 Ⓤ〖神〗**1** 終極事務論，末世論。**2** 末世學。

es·chew [ɛs'tʃu] 動 及《文》戒絕；避開，迴避。~**·al** 名 避免，迴避。

·es·cort ['ɛskɔrt] 名 **1** 護衛隊，儀仗隊；隨從，侍衛；衛兵，護航。**2**（女性的）護花使者，隨侍的男性。**3** 警衛；嚮導；護送。

—[ɪ'skɔrt] 動及 護衛；護送《*to...*》。

es·cri·toire [ˌɛskrɪ'twɑr] 名 = writing desk 1.

es·crow ['ɛskro] 名Ⓤ〖法〗暫由第三者信託保管的東西。

es·cu·do [ɛs'kudo] 名 (複~**s** [-z]) 埃斯庫多：葡萄牙（在歐元之前）的貨幣單位硬幣（略作：Esc.）。

es·cu·lent ['ɛskjələnt] 形 可以吃的，適於食用的。—名 可食用的東西；蔬菜。

es·cutch·eon [ɪ'skʌtʃən] 名 **1**（畫有紋章的）盾，盾形物。**2**（盾形的）金屬裝飾座。**3**〖海〗船尾的盾形牌。

blot on one's escutcheon 不光彩的事，污點。

ESE, E.S.E.《縮寫》*e*ast-*s*outh*e*ast.

-ese《字尾》**1** 接於國名或地名，構成「…國的，…地方的」之意的形容詞。「…國語，…方言，…人」之意的名詞。接於作家名字或文體名，構成表「…特的文體」之意的名詞或「…風格的」之的形容詞。

:Es·ki·mo ['ɛskəˌmo] 名(複~**s**, ~)，形 斯基摩人（的）；Ⓤ愛斯基摩語（的）

Es·ki·mo·an [ˌɛskə'moən] 形 愛斯基人的，愛斯基摩語的。

'Eskimo ˌdog 名 愛斯基摩犬。

ESL ['ɛsəl]《縮寫》*E*nglish as a *sec*ond *l*anguage. 以英語為第二語言。

e·soph·a·gus [i'sɑfəgəs] 名 (複 **-gi** [-aɪ])〖解·動〗食道。

es·o·ter·ic [ˌɛsə'tɛrɪk] 形 **1** 深奧的，難的。**2** 奧祕的，祕傳的。**3** 祕密的。

—名 **1** 被傳授祕訣的人。**2**《~**s**》祕訣奧義。**-i·cal·ly** 副

ESP [ˌiˌɛs'pi] 名 Ⓤ = extrasensory perception 超感覺力，超能力。

esp.《縮寫》*esp*ecially.

es·pa·drille ['ɛspəˌdrɪl] 名 平底涼鞋

es·pal·ier [ɛ'spæljə-] 名 **1** 樹棚。**2** 攀在架上的果樹。—動 及 **1** 使攀在棚架上架設果樹棚。

es·pe·cial [ə'spɛʃəl] 形《限定用法》特的，特殊的。

in especial 特別地，尤其，格外。

:es·pe·cial·ly [ə'spɛʃəlɪ] 副 特別地，其，格外。

Es·pe·ran·tist [ˌɛspə'rɑntɪst, -'ræn-] 世界語專家；世界語推廣者。

Es·pe·ran·to [ˌɛspə'rɑnto, -'ræn-] 名 世界語。

es·pi·al [ɪ'spaɪəl] 名Ⓤ 偵察；監視察。

es·pi·o·nage ['ɛspɪənɑʒ, -ɪdʒ] 名Ⓤ 行為；諜報活動。

es·pla·nade [ˌɛsplə'ned, -'nɑd] 名（海濱或湖畔的）人行步道或車道。

es·pous·al [ɪ'spauzl] 名 1 Ⓤ Ⓒ《文》信奉，支持《of...》。2《常作～s，作單數》《古》結婚典禮；訂婚（儀式）。
es·pouse [ɪ'spauz] 動 及 1 信奉，支持。2《古》娶；嫁出。
es·pres·so [ɛs'prɛso] 名 1 Ⓤ 義大利濃縮咖啡；Ⓒ 煮此種咖啡的用具。2 義式濃縮咖啡館。
es·prit [ɛ'spri] 名 Ⓤ 精神；才氣，機智。
esprit de corps [ɛ'spridə'kor] 名 Ⓤ 團隊精神，團結精神。
es·py [ə'spaɪ] 動 (**-pied**, **～·ing**) 及《文》望見；看出；發現。
Esq.《縮寫》*Esq*uire.
-esque《字尾》構成形容詞，表「…式樣的」、「…風格的」之意。
Es·qui·mau ['ɛskə,mo] 名 (複 **-maux** [-,mo,-,moz]) 形 = Eskimo.
es·quire [ə'skwaɪr] 名 1《**E-**》先生：相當於Mr., Dr.的尊稱；信中簡寫爲Esq.，附於姓氏之後。2《英》鄉紳。3 陪伴婦女的紳士。
ess [ɛs] 名 1 S, s 字母。2 S 字形之物。
-ess《字尾》構成女性名詞。
es·say ['ɛse] 名 1 短文，評論；小品文《*on...*》。2 [ɛ'se,'ɛse]《文》嘗試，企圖《*at, in...*》: make an ～ *at* conversation 試圖交談。
—[ɛ'se] 動 及 嘗試，企圖。
～·**er** 名
es·say·ist ['ɛseɪst] 名 短評家；隨筆作家，小品文作家。
es·say·is·tic [,ɛse'ɪstɪk] 形 1 小品文（風格）的，隨筆體的；解說性的。2 鬆散的，次的；淺顯的。
essay ,question 名（考試的）申論題。
es·sence ['ɛsns] 名 1 Ⓤ 本質，真髓，精髓；要素。2 Ⓤ Ⓒ 精（粹），素；精油；香料；香精，香水。3 Ⓤ〖哲〗本質。4 Ⓤ 實在，實體。
in essence 在本質上，根本上；實際上。
of the essence 極重要的《*of...*》。
es·sen·tial [ə'sɛnʃəl] 形 1 絕對必需的，不可或缺的，必須的，基本的，主要的《*to, for...*》。2《限定用法》本質上的，本質的。3 精（粹）的，精華的；自然的；集錦的。4〖病〗自發（性）的：～ hypertension 自發性高血壓。5〖數〗本質的。
—名《通常作～s》要素，特質；要點，要件。
es·sen·ti·al·i·ty [ə,sɛnʃɪ'ælətɪ] 名 (複 **-ties**) Ⓤ Ⓒ 1 重要性，必要性；本質，本性。2 要素；要點。
es·sen·tial·ly [ə'sɛnʃəlɪ] 副 本質上。
es·sential'oil 名 Ⓤ Ⓒ（植物性）精油，香精油。
Es·sex ['ɛsɪks] 名 艾塞克斯：英國英格蘭東南部的一郡。
EST, E.S.T.《縮寫》*E*astern *S*tandard *T*ime《美》東部標準時間。
est.《縮寫》*est*ablished; *est*ate; *est*imated; *est*uary.
-est[1]《字尾》構成形容詞、副詞的最高級。
-est[2], **-st**《字尾》《古》從前用以構成動詞第二人稱單數直述句的一個變化字尾。
:es·tab·lish [ə'stæblɪʃ] 動 及 1 建立，創立。2 確立；制定；設立：～ order 建立秩序。3 安置，任命《*in...*》。4 使承認《*in...*》；《反身》使博得名聲，立身：～ *oneself* as a poet 建立詩人的聲譽。5 證實；證明，確定，使明朗化：～ one's innocence 證明自己的無辜。6 使成爲國教教會。7〖影〗導入，設定。
es·tab·lished [ə'stæblɪʃt] 形 1 已建立的，既定的；被認定的；已證實的；有好評的；穩固的；定居的，紮根的；已制定的。2 常設的，常置的。3 國教的。
es'tablished'church 名 1《the～》國教會。2《the E-C-》英國國教。
·es·tab·lish·ment [ə'stæblɪʃmənt] 名 1 Ⓤ 創設，設立；確立，制定；證實：～ of diplomatic relations 外交關係的建立。2 被設立之物；制度，秩序；社會機構，公共設施。3《the E-》權威組織，體制；特權階級，領導階層。4 住家，家宅，家庭。5 營業所，事務所，店鋪，飯店，旅館。6 Ⓤ 常備編制，常置人員。7《the E-》國教會，英國國教會或蘇格蘭長老派教會。8 Ⓤ 安頓，成家。
es·ta·mi·net [ɛstami'nɛ] 名 (複～s [-'nɛ])《法語》小咖啡館。
·es·tate [ə'stet] 名 1 地產，莊園，私有地。2 Ⓤ〖法〗財產；產權；不動產權；受益權，所有權；遺產，資產：real ～ 不動產 / personal ～ 動產。3《英》（近郊的）住宅區，居民區；（開發中的）工業區：a housing ～ 住宅區。4 Ⓤ《古》身分，階級。5 Ⓤ《古》經濟狀況；社會地位：suffer in one's ～ 生活困苦。6 Ⓤ《古》（一生的）某一時期：gain man's ～ 成年，長大成人，到達成年期。7《古》壯觀，豪華。8 種植園，農場。9《英》旅行車。
es'tate ,agent 名《英》1 土地管理員，不動產管理員。2 房地產經紀人（《美》realtor）。
es'tate ,car 名《英》= station wagon.
es'tate ,tax 名《美》遺產稅。
·es·teem [ə'stim] 動 及 1 尊重，尊敬；給予好的評價《*for...*》。2《主文》認爲。
—名 Ⓤ 1 尊重；好的評價；評價《*for, of...*》: hold someone in high ～ 敬重某人。2《古》意見，判斷；評價；價值，價格。
es·ter ['ɛstɚ] 名 Ⓤ〖化〗酯。
Esth.《縮寫》*Esth*er; *Esth*onia.
Es·ther ['ɛstɚ] 名 1 以斯帖：波斯王 Ahasuerus 的妻子。2〖舊約〗以斯帖記。3（亦作 Ester）〖女子名〗愛絲特。
es·the·sia,《英》**aes-** [ɛs'θiʒə] 名 Ⓤ 感

E

覺，知覺；感覺力，知覺性。

es·thete ['εsθit] 名 = aesthete.

es·thet·ic [εs'θεtɪk] 形 = aesthetic.

es·thet·i·cism [εs'θεtə,sɪzəm] 名 = aestheticism.

es·thet·ics [εs'θεtɪks] 名(複) = aesthetics.

Es·tho·ni·a [εs'tonɪə] 名 = Estonia.

es·ti·ma·ble ['εstəməbl] 形 **1** 值得尊敬的，值得讚賞的。**2** 可以估計的。**-bly** 副

E

·es·ti·mate ['εstə,met] 動 (**-mat·ed, -mat·ing**)及 **1** 估計《*at...*》；估算：～ the loss *at* three million dollars 估計損失為三百萬美元。**2** 判斷，評價。—不及 估計，做出估價單《*for...*》。—[-mɪt] 名 **1** 估計，預估(額)，概算，估價，評價《*of, for...*》；衡量《*of*；*for...*》: at a moderate ～ 依適中的估計 / by ～ 依照估計。**2**《常作～**s**》估價單，預算書。**3** 判斷，評價，意見《*of...*》: in public ～ 照一般人看來。**4**《**the Estimates**》《英》(財政大臣向國會提出的)歲出歲入預算。**5**〖統〗估計值。

at a rough estimate 大略估計，大約。

es·ti·mat·ed ['εstə,metɪd] 形 估計的，概算的，評價上的。

·es·ti·ma·tion [,εstə'meʃən] 名 **1** Ⓤ 判斷，評價，看法；評估，測定：in the ～ of my teacher 依我老師的看法。**2** ⓊⒸ 估價，概算：by ～ 依估計。**3** Ⓤ 尊重，尊敬《*for...*》。

es·ti·ma·tor ['εstə,metɚ] 名 **1** 估價人，評估人。**2**〖統〗估計值。

es·ti·val ['εstəvl, εs'taɪvl] 形 夏天的；夏季特有的。

es·ti·vate ['εstə,vet] 動 不及 度過夏天，避暑；〖動〗夏眠。

es·ti·va·tion [,εstə'veʃən] 名 Ⓤ 夏眠。

Es·to·ni·a [εs'tonɪə] 名 愛沙尼亞(共和國)：濱波羅的海，首都塔林(Tallinn)。**-ni·an** 名 形 愛沙尼亞人(的)。

es·trange [ə'strendʒ] 動 及 **1** 使遠離，使疏遠；使不睦；拆散《*from...*》。**2** 使轉向其他用途，使轉手《*from...*》。

es·tranged [ə'strendʒd] 形 分居的；疏遠的。

es·trange·ment [ə'strendʒmənt] 名 ⓊⒸ 離間，隔閡，疏遠《*from, with...*》；不睦，不和《*between...*》。

es·tray [ɪ'stre] 名 **1** 離開原所在地的人或物。**2**〖法〗迷失的家畜。—動 不及《古》徘徊，遊蕩，漂泊。

es·tro·gen,《英》**oes-** ['εstrədʒən] 名 Ⓤ〖生化〗雌激素，動情激素。

es·trous,《英》**oes-** ['εstrəs] 形 (雌性動物的)動情期的，求偶期的。

es·trus,《英》**oes-** ['εstrəs] 名 Ⓤ〖動〗動情期；求偶期。

es·tu·ar·y ['εstʃu,εrɪ] 名 (複 **-ar·ies**) **1** (大河的)河口。**2** 江灣。

e·su·ri·ent [ɪ'surɪənt] 形 飢餓的，空腹的；貪婪的《*for...*》。**-ence** 名

-et《字尾》表「小」之意。

Et《化學符號》*e*thyl.

ET《縮寫》(1) *E*astern *T*ime《美》東準時間。(2) extra*t*errestrial 外星人。

e·ta ['etə ,'itə] 名 ⓊⒸ 希臘字母的第字母(H, η)。

ETA《縮寫》*e*stimated *t*ime of *a*rrival 抵達時間。

e-tail·ing ['i,telɪŋ] 名 Ⓤ 網路零售 (

et al. [εt'æl, -'ɔl]《縮寫》**1** 以及其方。**2** 以及其他人。

·etc.《縮寫》*et* *c*etera.

et cet·er·a [εt'sεtərə, -'sεtrə] 副 其他等。略作：etc.

et·cet·er·a [εt'sεtərə, -'sεtrə] 名 ([-z]) **1** 其他各種東西。**2**《～**s**》外加西。

etch [εtʃ] 動 及 **1** 蝕刻；用腐蝕法刻...》。**2** 清楚地刻畫出《*in, into...*》。刻《*in, on...*》。—不及 進行蝕刻。—Ⓤ 蝕刻。**2**〖印〗蝕刻液。

etch·er ['εtʃɚ] 名 蝕刻工，銅版工。

etch·ing ['εtʃɪŋ] 名 **1** Ⓤ 蝕刻法，術。**2** ⓊⒸ 腐蝕銅版印刷(物)。**3** 圖案(畫)；腐蝕銅版。

ETD《縮寫》*e*stimated *t*ime of *depa* 預定出發時間。

·e·ter·nal [ɪ'tɝnl] 形 **1**《偶作 **E-**》的，永久的；無始無終的；無限的；的；與神同在的，不變的：～ life 永生 peace 永恆的寧靜；死 / ～ truth 不變理。**2**《主口》不斷的，不停的。**3**〖上學〗超時間性的，永遠不變的。—《通常作 ～**s**》永恆之事物。**2**《**the** 上帝。

e·ter·nal·ly [ɪ'tɝnəlɪ] 副 **1** 永恆地，地；不變地；不斷地。**2**《口》一直。

e'ternal 'triangle 名《**the** ～》(間的)三角關係。

·e·ter·ni·ty [ɪ'tɝnətɪ] 名 (複 **-ties**) **1** 遠，永恆，無窮；不朽，不死：throu ～ 永遠地。**2** Ⓤ 永生，不滅；永垂不來世。**3** 無限的時間；《口》很長的時 **4**《**the** ～**s**》永恆的真理。

e·ter·nize [ɪ'tɝnaɪz] 動 及 **1** 使永恆；續不斷。**2** 使不朽，使永久流傳。

-eth《字尾》中古英文動詞第三人稱現在式的字尾；現在僅見於詩或方言

Eth.《縮寫》*Eth*iopia(n).

eth·ane ['εθen] 名 Ⓤ〖化〗乙烷。

eth·a·nol ['εθə,nol] 名 Ⓤ 乙醇；酒精

Eth·el ['εθəl] 名〖女子名〗艾瑟兒。

·e·ther ['iθɚ] 名 Ⓤ **1**〖化·藥〗醚，乙 **2**〖詩〗天空。**3** (古人想像中的)充空的精氣；靈氣。**4**〖理〗以太。**5**《無線電(義 2-5 亦作 **aether**)。

e·the·re·al [ɪ'θɪrɪəl] 形 **1** 如空氣的；的，稀薄的。**2** 極優雅的，極纖美的妙的。**3**〖詩〗天空的；精氣的(亦作 **thereal**)。**4**〖化〗醚(性)的；(類

乙醚的。 ～·ly 副

e·the·re·al·ize [ɪ'θɪrɪəl,aɪz] 動及使輕盈化；使微妙化。

e·ther·ize ['iθə,raɪz] 動 及用乙醚麻醉。

eth·ic ['ɛθɪk] 名道德體系；倫理標準；道德規範。—形= ethical. ～·ness 名

eth·i·cal ['ɛθɪkl] 形 1 倫理的；道德（上）的；有關善惡的。2 憑醫師處方的。

'ethical ,drug 名處方藥。

eth·i·cal·ly ['ɛθɪkəlɪ] 副倫理（學）上。

eth·i·cian [ɛ'θɪʃən] 名 倫理學家。

eth·i·cist ['ɛθəsɪst] 名 = ethician.

·eth·ics ['ɛθɪks] 名 (複) 1《作單數》倫理學。2《常作複數》行爲準繩；個人倫理；道德標準：medical ～ 醫德 / work ～ 敬業精神。

E·thi·op ['iθɪ,ɑp], **-ope** [-,op] 形名《古》〖詩〗= Ethiopian.

E·thi·o·pi·a [,iθɪ'opɪə] 名 1 衣索比亞（聯邦民主共和國）非洲東北部的國家；首都 Addis Ababa。2 古衣索比亞。

E·thi·o·pi·an [,iθɪ'opɪən] 形 1 衣索比亞（人）的；赤道以南的非洲的。2 非洲黑人的。3〖地理〗衣索比亞區的。

一名1（古代）衣索比亞人。2 非洲黑人。

E·thi·op·ic [,iθɪ'ɑpɪk] 形= Ethiopian.

一名U古代衣索比亞語或語族。

eth·nic ['ɛθnɪk] 形1 民族的；民族性的。2 與民族或文化傳統有關的（亦作 **ethnical**）。

一名 1《美》少數民族的一員。2《～s》民族背景。

eth·ni·cal·ly ['ɛθnɪkəlɪ] 副 從民族學的觀點來說。

,ethnic 'cleansing 名U 種族淨化，種族清洗。

eth·nic·i·ty [ɛθ'nɪsətɪ] 名U 種族歸屬；民族性。

ethno-《字首》表「人種，民族」之意。

eth·no·cen·tric [,ɛθnə'sɛntrɪk]形種族中心主義的。

eth·no·cen·trism [,ɛθno'sɛntrɪzəm] 名U〖社會〗種族中心主義，民族優越感。

eth·nog·ra·phy [ɛθ'nɑgrəfɪ] 名U 民族誌；人種誌。

eth·nol·o·gy [ɛθ'nɑlədʒɪ] 名U 民族學；人種學。**-no·'log·i·cal** 形, **-gist** 名

eth·no·mu·si·col·o·gy [,ɛθno,mjuzɪ'kɑlədʒɪ] 名U 民族音樂學。

e·thos ['iθɑs] 名 1〖社會〗特質；風氣；風尚，潮流，精神。2 藝術作品所呈現出來的精神特質。

eth·yl ['ɛθəl] 形〖化〗含有乙基的。

一名U 乙基；抗爆震劑的一種。

'ethyl 'alcohol 名〖化〗= ethanol.

eth·yl·ene ['ɛθə,lin] 形〖化〗含有乙烯的。一名U（亦稱 **ethene**）乙烯。

e·ti·o·late ['itɪə,let] 動及 1（遮住陽光）使（植物）變白；使（臉色）變蒼白。2 削弱元氣。

-'la·tion 名

e·ti·ol·o·gy [,itɪ'ɑlədʒɪ] 名UC 1〖病〗病原學；病因。2 因果關係學。

·et·i·quette ['ɛtɪ,kɛt] 名U《集合名詞》1 禮儀，禮節：a breach of ～ 失禮 / observe ～ 守禮。2 道德規範成規。

Et·na ['ɛtnɑ] 名 **Mount,** 埃特納山：義大利Sicily島東部的活火山（亦作 **Aetna**）。

E·ton ['itn̩] 名伊頓：1 位於英國倫敦西南的一個城市。2 位於此地的伊頓學校。

'Eton 'collar 名伊頓領：一種寬而堅硬的衣領。

'Eton 'College 名（英國的）伊頓公學，伊頓高等學校。

E·to·ni·an [i'tonɪən] 名 伊頓學校學生[畢業生]。—形伊頓學校的。

'Eton 'jacket 名 1伊頓學校校服的外套。2 伊頓校服式的外套。

E·tru·ri·a [ɪ'trurɪə] 名伊特魯利亞：古時位於義大利中西部的一國。

E·trus·can [ɪ'trʌskən] 形 伊特魯利亞的，伊特魯利亞人[語]的。—名1古伊特魯利亞人。2 U 伊特魯利亞語。略作：Etr.

et seq. [ɛt'sɛk]《拉丁語》(複 **et seqq., et sqq.**) and the following... 以及下面…。

-ette《字尾》1表「小」、「可愛」之意。2 構成陰性名詞。3 構成口語中含詼諧趣味的名詞。

é·tude [e'tjud, e'tud] 名 (複～**s** [-z]) 1〖樂〗練習曲。2〖文·美〗習作。

e·tui [e'twi, ɛ'twi] 名 (複～**s** [-z])小盒；針線盒；化妝品盒。

et·y·mol·o·gist [,ɛtə'mɑlədʒɪst] 名 語源學家語源研究者。

et·y·mol·o·gy [,ɛtə'mɑlədʒɪ] 名 (複**-gies**) 1 U 語源研究，語源學。2 語源的說明，語源的意義；詞的由來，語源。

EU《縮寫》*E*uropean *U*nion 歐盟。

Eu《化學符號》europium.

eu-《字首》表「良，好，善」之意。

eu·ca·lyp·tus [,jukə'lɪptəs] 名 (複**-ti** [-taɪ], ～**·es**) 1〖植〗（產於澳洲的）油加利樹，桉樹（亦稱 **eu·ca·lypt** ['jukə,lɪpt]）。2 = eucalyptus oil.

'eucalyptus 'oil 名U 桉葉油。

Eu·cha·rist ['jukərɪst] 名〖教會〗1《通常作 the ～》聖禮；聖餐（儀式）；聖祭品。2《e-》感謝（的禱告）。

eu·chre ['jukɚ] 名U〖牌〗尤卡牌戲。

一動及 1（在尤卡牌中）打贏。2《口》智勝(《 *out* 》)。

Eu·clid ['juklɪd] 名1 歐幾里得：希臘幾何學家、教育家。2 U 歐幾里得幾何學。

Eu·clid·e·an, -i·an [ju'klɪdɪən] 形 歐幾里得的。

Eu·gene [ju'dʒin] 名 〖男子名〗尤金（暱稱 Gene）。

eu·gen·ic [judʒɛnɪk] 形優生（學）的；繼承優越特質的。

eu·gen·i·cist [ju'dʒɛnɪsɪst] 名 優生學

家；人種改良論者（亦稱 **eugenist**）。

eu·gen·ics [jʊ'dʒɛnɪks] 名(複)《作單數》優生學；人種改良學。

eu·lo·gist ['julədʒɪst] 名 稱讚者。

eu·lo·gis·tic [julə'dʒɪstɪk] 形 讚美的，稱頌的。**-ti·cal·ly** 副

eu·lo·gi·um [ju'lodʒɪəm] 名(複～s, **-gi·a** [-dʒɪə]) = eulogy.

eu·lo·gize ['julə,dʒaɪz] 動 及 讚美，稱讚；讚揚。**-giz·er** 名

eu·lo·gy ['julədʒɪ] 名(複 **-gies**) **1** 讚詞，讚揚之詞；《美》追悼頌德演說。**2** Ⓤ 讚賞，讚美，讚揚。

Eu·men·i·des [ju'mɛnə,diz] 名(複)〖希神〗復仇三女神。

eu·nuch ['junək] 名 **1** 去了勢的男人；太監，宦官。**2** 沒有魄力的男人。

eu·pep·sia [ju'pɛpʃə, -ʃɪə] 名 Ⓤ 消化良好。

eu·pep·tic [ju'pɛptɪk] 形 **1** 助消化的；消化良好的。**2** 心情開朗的，樂觀的。

eu·phe·mism ['jufə,mɪzəm] 名 Ⓤ 委婉說法；委婉語句。

eu·phe·mis·tic [jufə'mɪstɪk] 形 委婉說法的；委婉語句的。**-ti·cal·ly** 副

eu·phen·ics [ju'fɛnɪks] 名(複)《作單數》人類改良學。

eu·phon·ic [ju'fɑnɪk] 形 悅耳的；音色好聽的。

eu·pho·ni·ous [ju'fonɪəs] 形 悅耳的；音色好聽的。～**ly** 副

eu·pho·ni·um [ju'fonɪəm] 名 粗管上低音銅號。

eu·pho·ny ['jufənɪ] 名(複 **-nies**) Ⓤ Ⓒ **1** 悅耳，聲音的和諧。**2**〖語音〗諧音。

eu·pho·ri·a [ju'forɪə] 名 Ⓤ 幸福感；陶醉；狂喜症。

eu·phor·ic [ju'fɔrɪk] 形 興奮的，心情愉快的。

Eu·phra·tes [ju'fretiz] 名《the ～》幼發拉底河：發源於土耳其東部；古文明的發祥地。

Eu·phros·y·ne [ju'frɑsə,ni] 名〖希神〗喜悅女神：the Graces 之一。

eu·phu·ism ['jufju,ɪzəm] 名 Ⓤ **1** 誇飾體。**2** 華麗文體；誇詞麗句。

eu·phu·ist ['jufjuɪst] 名 華麗文體作者；用浮華詞句的人。

eu·phu·is·tic [jufju'ɪstɪk] 形 華麗的，誇飾體的。

Eur·a·sia [ju'reʒə, -ʃə] 名 歐亞大陸。

Eur·a·sian [ju'reʒən, -ʃən] 形 **1** 歐亞的。**2** 歐亞混血的。—名 歐亞混血兒。

Eur·at·om [ju'rætəm] 名 歐洲原子能共同組織。

eu·re·ka [ju'rikə] 感《發現某事物時的喜悅叫聲》我明白了！我找到了！有了！

eu·rhyth·mic [ju'rɪðmɪk] 形 **1** 韻律和諧的；（建築物等）比例勻稱的。**2** eurhythmics 的。

eu·rhyth·mics [ju'rɪðmɪks] 名(複)《作單數》韻律體操。

Eu·rip·i·des [ju'rɪpə,diz] 名 尤里披蒂茲（484–406? B.C.）：希臘悲劇詩人。

Eu·ro, eu·ro ['juro] 名 歐元：1999 年1月1日發行，為大部分歐洲國家的統一貨幣；符號€。

Euro-《字首》表「歐洲」之意：**1** 歐洲的，西歐的。**2** 歐洲金融市場的。**3** 歐洲聯盟的，歐洲共同體的。

Eu·ro-A·mer·i·can ['juroə'mɛrɪkən] 形 歐美的；白種人的。

Eu·ro·bank ['jurə,bæŋk] 名 歐洲銀行。

Eu·ro·bond ['jurə,bɑnd] 名 歐洲債券。

Eu·ro·cen·tric [jurə'sɛntrɪk] 形《主英》= Europocentric.

Eu·ro·crat ['jurə,kræt] 名 歐洲聯盟的官員。**-'crat·ic** 形 歐盟當局的。

Eu·ro·cur·ren·cy ['juro,kɝənsɪ] 名 Ⓤ 歐洲貨幣。

Eu·ro·dol·lar ['jurə,dɑlɚ] 名 歐洲美元。

Eu·ro·pa [ju'ropə] 名〖希神〗歐羅芭：Cadmus 的妹妹，為 Zeus 所愛而將其劫至 Crete 島。

:Eu·rope ['jurəp] 名 **1** 歐洲。**2**《英》歐洲大陸，歐洲聯盟。

:Eu·ro·pe·an [jurə'piən] 形 歐洲的；歐洲人的，白人的；歐洲產的，歐式的；起源於歐洲的。—名 **1** 歐洲人；《主英》白人。**2**《英》歐洲聯盟成員。

Euro'pean Com'mission 名《the ～》歐洲委員會；歐盟執委會。

Euro'pean 'Common 'Market 名《the ～》歐洲共同市場。略作：ECM

Euro'pean Com'munities 名《the ～》歐洲共同體。略作：EC

Euro'pean 'Currency 'Unit 名 歐洲共同體貨幣單位。略作：ECU, ecu

Euro'pean Eco'nomic Com'munity 名《the ～》歐洲經濟共同體。略作：EEC

Eu·ro·pe·an·ize [jurə'piə,naɪz] 動 及 使歐化，使具有歐洲風味。

Euro'pean 'Monetary 'System 名 歐洲貨幣體系。略作：EMS

Euro'pean 'Parliament 名 歐洲議會。

Euro'pean ,plan 名《the ～》《美》（旅館的）歐洲收費方式。

Euro'pean Recovery Pro,gram 名《the ～》歐洲復興計畫。略作：ERP

Euro'pean 'Union 名《the ～》歐洲聯盟。略作：EU

eu·ro·pi·um [ju'ropɪəm] 名 Ⓤ〖化〗銪。符號：Eu

Eu·ro·po·cen·tric [ju,ropə'sɛntrɪk] 形 以歐洲為中心的，歐洲中心主義的。

Eu·ro·star ['juro,star] 名〖商標〗歐洲之星：經由英吉利海峽隧道往來於英

法、比利時之間的高速列車。

Eu·ro·sum·mit [ˌjʊrəˈsʌmɪt] [名]歐洲聯盟高峰會。

eury-《字首》表「寬廣」之意。

Eu·ryd·i·ce [juˈrɪdəˌsi] [名]〖希神〗尤麗笛絲：Orpheus 之妻。

eu·ryth·mic [juˈrɪðmɪk] [形]= eurhythmic.

Eu·ˈsta·chian ˌtube [juˈstekɪən-] [名]〖解〗耳咽管，歐氏管。

Eu·ter·pe [juˈtɝpɪ] [名]〖希神〗尤特蓓：司音樂及抒情詩的女神；the Muses 之一。

eu·tha·na·sia [ˌjuθəˈneʒə, -ʒɪə] [名][U]安樂死術；安樂死。**-sic** [形]

eu·tha·nize [ˈjuθəˌnaɪz] [動][及]對…實施安樂死。

eu·then·ics [juˈθɛnɪks] [名](複)《作單數》優境學。

eu·troph·ic [juˈtrɑfɪk, -ˈtro-] [形] **1**〖醫〗營養良好的。**2**〖生態〗優養化的。

eu·troph·i·ca·tion [ˌjutrəfɪˈkeʃən] [名][U]〖生態〗優養化。

eu·tro·phy [ˈjutrəfɪ] [名][U] **1**〖醫〗營養良好。**2**〖生態〗優養化狀態。

E·va [ˈivə] [名]〖女子名〗伊娃。

e·vac·u·ant [ɪˈvækjuənt] [形]〖醫〗排泄的；促進排泄的。—[名]瀉藥。

e·vac·u·ate [ɪˈvækjuˌet] [動][及] **1** 撤離。**2** 疏散《*from..., to...*》。**3** 撤空；汲出。**4** 撤退《*from...*》；撤兵。**5**〖生理〗排泄《*of...*》。—[不及] **1** 撤出；疏散；撤退。**2** 排泄。

e·vac·u·a·tion [ɪˌvækjuˈeʃən] [名] **1** [U]撤空；排出。**2** [U][C]〖生理〗排泄；排泄物。**3** [U]撤離；疏散。**4** [U]撤退；撤兵。

e·vac·u·ee [ɪˈvækjuˌi, -ˌ--ˈ-] [名]撤離者；被疏散者。

e·vade [ɪˈved] [動] **(-vad·ed, -vad·ing)** [及] **1** 逃過，躲避：~ a stroke 閃過一擊。**2** 規避；逃避，迴避：~ the law 鑽法律漏洞，規避法律 / ~ (paying) taxes 逃脫，漏稅。**3** 使困惑；與…無緣。—[不及] **1** 規避，逃避。**2** 迴避；搪塞過去。

e·val·u·ate [ɪˈvæljuˌet] [動][及] **1** 評價；估計。**2**〖數〗求值。

e·val·u·a·tion [ɪˌvæljuˈeʃən] [名][U]評價，估計；〖數〗求值。

ev·a·nesce [ˌɛvəˈnɛs] [動][不及]逐漸消失；消逝。

ev·a·nes·cence [ˌɛvəˈnɛsəns] [名][U]短暫即逝；消失。

ev·a·nes·cent [ˌɛvəˈnɛsn̩t] [形] **1** 逐漸消失的；短暫即逝的。**2** 不易察覺的；不太感覺得出的。**3**〖植〗易凋零的。**4**〖數〗無限小的。~**·ly** [副]

e·van·gel[1] [ɪˈvændʒəl] [名] **1** 福音；《通常作 **E-**》（新約聖經的）福音書。**2** 指導原理，重要教導。**3** 喜訊，佳音。

e·van·gel[2] [ɪˈvændʒəl] [名]= evangelist.

e·van·gel·i·cal [ˌivænˈdʒɛlɪkl] [形] **1** 福音（書）的；合乎福音書教義的；福音主義的；福音主義運動的。**2** 熱心的。**3** 傳道者的（亦稱 **evangelic**）。—[名]福音主義者；福音教友。~**·ly** [副], ~**·ˌism** [名][U]福音主義（信仰）；對福音派的支持。

e·van·ge·lism [ɪˈvændʒəˌlɪzəm] [名][U] **1** 福音的傳播；福音主義。**2** 傳道熱誠，傳道活動。

e·van·ge·list [ɪˈvændʒəlɪst] [名] **1** 傳布福音的人，傳教士；臨時說教者；巡迴牧師；布道者；《**E-**》〖摩門教〗牧師。**2**《**E-**》福音書的四作者之一。**3**（對主義的）熱心支持者《*for...*》。

e·van·ge·lis·tic [ɪˌvændʒəˈlɪstɪk] [形] **1** 福音布道者的；福音的，福音主義的。**2**（為）布道的；從事布道工作的。**3**《常作 **E-**》福音書作者的。**-ti·cal·ly** [副]

e·van·ge·lize [ɪˈvændʒəˌlaɪz] [動][及] **1** 傳福音。**2** 使改信基督教。
—[不及]傳福音，布道。**-liz·er** [名]

·e·vap·o·rate [ɪˈvæpəˌret] [動] **(-rat·ed, -rat·ing)** [不及] **1** 變成蒸氣，蒸發；脫水，除去水分。**2**（希望等）消失；消逝。—[及] **1** 使蒸發；使脫水，使濃縮。**2** 使（希望等）消失。

eˈvaporated ˈmilk [名][U]無糖煉乳。

·e·vap·o·ra·tion [ɪˌvæpəˈreʃən] [名][U] **1** 蒸發；蒸發脫水法；濃縮；消失；消逝。**2**《古》蒸發物[量]。

e·vap·o·ra·tor [ɪˈvæpəˌretɚ] [名]蒸發器，乾燥器。

e·va·sion [ɪˈveʒən] [名][U][C] **1** 躲避；逃避；遁詞，藉口；迴避的手段：~ of one's duty 逃避義務。**2** 解脫《*from...*》。**3** 逃稅。

e·va·sive [ɪˈvesɪv] [形] **1** 想逃避的，迴避的。**2** 難以捉摸的。~**·ly** [副], ~**·ness** [名]

·eve [iv] [名] **1**《通常作 **E-**》（節日等的）前夕。**2**《**the** ~》（事件等的）前夕《*of...*》。**3** [U]《文》傍晚。

Eve [iv] [名]〖聖〗夏娃：Adam 之妻，為上帝所創造的第一個女性。

:e·ven[1] [ˈivən] [形] (偶作 ~**·er**, ~**·est**) **1** 平的，平坦的；平滑的。**2** 等高的；同一平面上的《*with...*》；水平的。**3** 一致的，均勻的。**4** 相等的，等同的《*with...*》：in ~ shares 等分地 / transactions of ~ date 同一日期的交易。**5** 偶數的，偶數號的；整數的，剛好的；〖數〗（函數）偶的。**6** 均一的，規則不變的。**7** 均衡的，均等的；對等的；一半一半的。**8** 沒有借貸的，互不相欠的。**9** 冷靜的；平靜的，沉著的。**10** 公正的，公平的。

be even with... (1)《美》不虧欠。(2) 報復《*for...*》。

break even《口》不賺不賠，收支相抵。

—[副] **1** 連，甚至；即使是…也：*E-* Homer sometimes nods.《諺》智者千慮，必有一失。**2**《強調比較級》更加，更甚。**3** 平坦地，平直地。**4** 完全，全然。**5**《強調同一性、同時性、真實性》正好；正當，恰

E

恰；的確是，實際。6《古》正確地，一點不錯；不相上下地。
even if 即使，儘管。
even now 就在此時；甚至到現在。
even so (1) 雖然如此；不過…。(2) 正是如此，的確如此。
even then 甚至那時；儘管那樣。
even though ⇨圖1.
—動及 1 弄平坦，壓平；使平滑《*off*》。2 使均等；結清《*up*》；使無變動，使安定《*out*》。3《古》同等對待，置於同列《*to...*》。—不及 變平，平衡；均衡；變相等《*out, up, off*》。
even up on ... 施以報復。

even² ['ivən] 名 U《古》傍晚，日暮。

e·ven·fall ['ivən,fɔl] 名 U《文》傍晚，黃昏。

e·ven-hand·ed ['ivən'hændɪd] 形 公平的，無偏見的。~·ly 副, ~·ness 名

:eve·ning ['ivnɪŋ] 名 1 U C 傍晚，黃昏，日暮時分：by ~ 在傍晚之前。2 晚上，夜晚。3《主美南部、中部》下午。4 晚會：a theatrical ~ 戲劇晚會。5《the ~》《文》晚年，末期；衰退期《*of...*》：*the* ~ *of* life 人生的晚年 / in *the* ~ *of* one's career 在事業的末期。—形《限定用法》1 傍晚的，黃昏的；晚上的。2 傍晚發生的。

'evening ,class 名 夜間課程，夜間班級。

'evening ,dress 名 U 晚禮服。

'evening e,dition [,paper] 名 晚報。

'evening ,gown 名（婦女的）晚禮服。

'Evening 'Prayer 名〖英國教〗= evensong 1.

'evening 'primrose 名〖植〗月見草，待宵草。

'eve·nings ['ivnɪŋz] 副《美》在每個傍晚，每晚。

'evening ,school 名 = night school.

'evening 'star 名 1《the ~》太白金星。2《an ~》木星，水星。

e·ven·ly ['ivənlɪ] 副 平坦地；均等地；平靜地。

e·ven-mind·ed ['ivən'maɪndɪd] 形 平靜的，泰然自若的，無偏見的。

'even 'money 名 U 1 相等的賭金。2 機會各半。

even·ness ['ivənnɪs] 名 U 平坦；平等；公平；一樣；一致。

e·vens ['ivənz] 名（複）《作單數》= even money 1.

e·ven·song ['ivən,sɔŋ] 名 U C 1《通常作 E-》〖英國教〗晚禱。2〖天主教〗晚課。

:e·vent [ɪ'vɛnt] 名 1 事件；行事；重要事件，大事：Coming ~*s* cast their shadows before them.《諺》事情發生總有前兆。2《the ~》結果，結局：in the normal course of ~*s* 按自然的發展情勢 / Fools are wise after *the* ~.《諺》吃一次虧，學一次乖；不經一事，不長一智。3〖運動〗一回合的比賽；競技項目。4〖哲〗現象，發生的事。5〖數〗事件。6 偶發性故障。
at all events / *in any event* 無論如何，不論怎樣。
in either event 兩種情況中不論哪一種發生，無論是這樣還是那樣。
in the event (1) ⇨名2. (2)《主文》萬一…《*of..., that* 子句》。

e·ven-tem·pered ['ivən'tɛmpɚd] 形 沉著的，不急不躁的，不易生氣的。

e·vent·ful [ɪ'vɛntfəl] 形 1 多事的，多波折的：an ~ life 充滿波折的一生。2 導致重大結果的；重大的。

e·ven·tide ['ivən,taɪd] 名《古》〖詩〗= evening.

e·ven·tu·al [ɪ'vɛntʃuəl] 形 1 早晚會發生的；經過一連串事件後所發生的；終究的。2《古》可能發生的，萬一的。

e·ven·tu·al·i·ty [ɪ,vɛntʃu'ælətɪ] 名（複 -ties）1 偶發事件，不測事件；萬一的情況。2 U 偶發性，可能性；結局。

·e·ven·tu·al·ly [ɪ'vɛntʃuəlɪ] 副 終於；最後。

e·ven·tu·ate [ɪ'vɛntʃu,et] 動 不及 1 成某結果；結果變成（…）《*in...*》。2《美》（偶然地）發生。

:ev·er ['ɛvɚ] 副 1 (1)《肯定》經常，總是；不斷；永遠，始終不變地；永久地。(2)《置於形容詞、分詞之前》一直，經常。2《否定、疑問、條件》曾經，這以前。3《用以強調比較級、最高級》曾經，在此之前。4《強調》究竟；總之，到底；絕對（不…），決（不…）。(1)《用於疑問詞之後》。(2)《用於 **if, as, before** 等所引導的子句中或否定語之後》。(3)《用於動詞+主詞與形容詞之間》。(4)《強調 **so, such**》《口》非常，甚。
as...as ever 總是不斷地。
Did you ever？真的嗎？真令人吃驚！
ever and again / *ever and anon* 時而。
for ever《英》= forever.

Ev·er·est ['ɛvrɪst] 名 1 Mount, 埃佛勒斯峰（即聖母峰）：喜馬拉雅山脈的最高峰，海拔 8,848 公尺。2《喻》最大的成果、難關、崇高等。

ev·er·glade ['ɛvɚ,gled] 名 1《美南》沼澤地，低溼地。2《the E-》美國 Florida 州南部的大沼澤地。

ev·er·green ['ɛvɚ,grin] 形 常綠的；持續的，永不消失的。—名 1 常綠樹。2《~s》（裝飾用的）常綠樹樹枝。

'Evergreen 'State 名《the ~》常青州：美國 Washington 州的別稱。

ev·er·last·ing [,ɛvɚ'læstɪŋ] 形 1 永遠的，永恆的，不朽的。2 永久持續的；耐久性的。3 不變的，不斷的；冗長乏味的。

一名 1 Ⓤ長存；《常作 the ～》永遠，永恆：for ～ 永遠地。2《the E-》永恆的存在，上帝。
～·ly 副永久地；無止境地。

ev·er·more [ˌɛvɚˈmor] 副 1 永遠，永久地。2《古》〖詩〗將來；今後。
for evermore 永久地，永遠地。

ev·er-pres·ent [ˈɛvɚˈprɛzn̩t] 形 常在的，長存的。

e·vert [iˈvɝt] 動及把（眼瞼等）往外翻，使外翻：～*ed* lips 外翻的嘴唇。

:eve·ry [ˈɛvrɪ] 形 1 每一個，所有的，一切的。2《與 not 連用，表部分否定》未必大家都…。3《通常置於抽象名詞之前》一切可能的，所有的；完全的，充分的，強烈的。4《置於序數、基數，other, few 之前》每：～ *other* day 每隔一天；《喻》幾乎常常 / ～ *other* line 每隔一行。
every bit 《口》由任何角度看來都；完全，徹頭徹尾。
every here and there 到處，各地方。
every inch ⇨ INCH[1]（片語）
every last 《口》全部的；所有的；無一例外的。
every now and then / *every once in a while* 時時；偶爾，間或。
every one 每一個，任何一個。
every so often 《口》有時，屢次。
every time 《口·昔美》(1) 總是，經常。(2)《作連接詞》每當…。
every which way ⇨ WAY[1]（片語）

:eve·ry·bod·y [ˈɛvrɪˌbɑdɪ] 代 1 所有的人，每人，任何人：*Everybody's* business is nobody's business.《諺》眾人之事無人管。2《與 not 連用，表部分否定》不一定都，未必都。

:eve·ry·day [ˈɛvrɪˌde] 形《限定用法》1 每天的，天天的。2 平時的；平常的，普通的；平凡的。～·**ness** 名Ⓤ日常性。

Eve·ry·man [ˈɛvrɪˌmæn] 名 1《E-》十五世紀英國寓意劇之名。2《通常作 e-》(複-men[-ˈmɛn]) 普通人，凡人。

:eve·ry·one [ˈɛvrɪˌwʌn, -wən] 代 1 人人，任何人：*E-* must pay his debt to nature.《諺》人皆有一死（亦作 **every one**）。2 = everybody 2.

eve·ry·place [ˈɛvrɪˌples] 副《美》= everywhere.

:eve·ry·thing [ˈɛvrɪˌθɪŋ] 代 1 一切，所有的事情，萬事。2《與 not 連用，表部分否定》不一定全都。3《敘述用法》非常重要之事，最重要之物《*to*...》。一名非常重要之事，最重要之物。
and everything 其他所有的東西，等等。
before everything 姑且不論其他，在一切之上，比什麼都重要。
in spite of everything 總之。
like everything 《美口》激烈地，全力地。

eve·ry·way [ˈɛvrɪˌwe] 副 從任何角度看都…；用盡一切方法。

:eve·ry·where [ˈɛvrɪˌhwɛr] 副 1 任何地方，到處；任何部分；徹底地。2《作連接詞》往何處都…。一名Ⓤ 1 所有場所，到處。2 無限的空間。

eve·ry·wom·an [ˈɛvrɪˌwʊmən] 名 典型的女性；標準女性。

evg. 《縮寫》evening.

e·vict [ɪˈvɪkt] 動及 1《常用被動》（依法律程序）驅逐；趕出《*from*...》。2（依較有利的法律途徑）收回《*from, of*...》。

e·vic·tion [ɪˈvɪkʃən] 名ⓊⒸ驅逐，趕出；收回：an ～ order 驅逐命令。

·ev·i·dence [ˈɛvədəns] 名 1Ⓤ（…的）證據；〖哲·理則〗證明《*of, for*..., *to* do, *that* 子句》。2 證明的事物；Ⓤ表徵，跡象《*of*..., *that* 子句》：give ～ *of*... 表示…。3 Ⓤ〖法〗證據；證言；證人。
in evidence (1) 明顯的，顯而易見的。(2) 作爲證據，當證人。
on evidence 有證據的。
turn State's evidence /《英》*turn Queen's* [*King's*] *evidence* 提出不利於同夥的證言；背叛同夥。
一動 (-denced, -denc·ing) 及 1 明示；成爲證據。2 證實；證明。

·ev·i·dent [ˈɛvədənt] 形 明白的，明顯的。

ev·i·den·tial [ˌɛvəˈdɛnʃəl] 形 證據（上）的；根據證據的；可爲憑證的《*of*...》。

·ev·i·dent·ly [ˈɛvədəntlɪ] 副 明顯地。

:e·vil [ˈivl̩] 形 (more～; most～; 偶作～·(l)er, ～·(l)est) 1 罪惡的，不道德的，邪惡的。2 引起傷害的，有害的。3 不吉祥的，不吉利的；不幸的。4 不佳的；令人不愉快的；易怒的，暴躁的。
the Evil One 魔鬼，撒旦。
一名 1 Ⓤ惡，邪惡；惡意；惡行，惡事：return good for ～ 以善報惡；以德報怨。2 Ⓤ邪念，魔性。3 害處，流弊；霉運，不幸，災禍。4 有害物，弊病。一副 惡毒地。

e·vil·do·er [ˌivl̩ˈduɚ] 名 爲非作歹的人，壞人。

e·vil·do·ing [ˌivl̩ˈduɪŋ] 名Ⓤ 做壞事；惡行。

ˈevil ˈeye 名《the ～》邪眼，凶眼（的人）；心術不正的眼神。

ˈevil-ˈeyed 形 有邪眼的；目光邪惡的。

e·vil·ly [ˈivəlɪ] 副 邪惡地，兇惡地。

e·vil-mind·ed [ˈivl̩ˈmaɪndɪd] 形 1 心術不正的；惡意的。2 色情的，淫穢的。
～·**ly** 副，～·**ness** 名

e·vince [ɪˈvɪns] 動及 1 明白表示，明示。2 顯示。

e·vis·cer·ate [ɪˈvɪsəˌret] 動及 1 取出內臟。2 去除精華部分《*of*...》。

e·vis·cer·a·tion [ɪˌvɪsəˈreʃən] 名Ⓤ 剜除；刪除。

ev·o·ca·tion [ˌɛvoˈkeʃən, ˌi-] 名ⓊⒸ 1 喚起，引起；招魂。2〖法〗案件移送。

e·voc·a·tive [ɪˈvɑkətɪv] 形 喚起的，引

起的《of...》。～·ly 副

ev·o·ca·tor ['ɛvə,ketə] 名 喚起者；靈媒。

e·voke [ɪ'vok] 動 (-voked, -vok·ing) 及 1 喚起；引起；召喚《from...》。2（憑想像）再現。3〖法〗（往上級法院）移送。

:ev·o·lu·tion [,ɛvə'luʃən] 名 1 Ⓤ發展，演化，進化，展開；Ⓒ演變的產物。2Ⓤ〖生〗進化。3《常作～s》旋轉；迴旋花式。4Ⓤ發生，放出。5〖天〗形成。～·al 形

E

ev·o·lu·tion·ar·y [,ɛvə'luʃən,ɛrɪ] 形 1 發展的，進化的；進化論上的。2 迴旋運動的。

ev·o·lu·tion·ism [,ɛvə'luʃənɪzəm] 名 Ⓤ〖生〗進化論。

ev·o·lu·tion·ist [,ɛvə'luʃənɪst] 名 進化論者。— 形 進化（論）的。

·e·volve [ɪ'vɑlv] 動(-volved, -volv·ing)及1 使逐漸發展；導出。2 發散，放出。— 不及發展，進化；展開。

e·volve·ment [ɪ'vɑlvmənt] 名Ⓤ進化；進展；發展；展開。

ewe [ju] 名母羊。

'ewe ,lamb 名 1 小母羊。2《one's ～》最重要之物。

ew·er ['juə] 名 1（寢室中盥洗用的）大嘴水壺。2〖裝飾〗有把的高水壺。

ex¹ [ɛks] 介 1〖金融〗無，不含。2〖商〗賣掉脫手，交貨。3（美國大學中）…學年度某班級中途退學的。4 由，從。

ex² [ɛks] 名 X(x)字母；X 字形之物。

ex³ [ɛks] 名 (複～·es, ～'s, ～s)《俚》前夫，前妻，舊情人。— 形《俚》從前的。

ex- 《字首》⑴表「在…外的，出自」之意。⑵表「全然，完全」之意。⑶表「無…」、「非…」之意。⑷表「超過…」之意。⑸表「以前的」、「前…」之意。

Ex. 《縮寫》*Exodus*.

ex. 《縮寫》*examination; examined; example; exception; exchange; excursion; executed.*

ex·a- ['ɛksə]《字首》表「百萬兆」之意。

ex·ac·er·bate [ɪg'zæsə,bet] 動 及 1《文》使惡化，使加劇。2 激怒。

ex·ac·er·ba·tion [ɪg,zæsə'beʃən] 名ⓊⒸ加劇，惡化；激怒。

:ex·act [ɪg'zækt] 形 1 正確的，確切的。2《限定用法》精確的，絲毫不差的。3 精密的，嚴密的《in...》。4 嚴格的。5〖數〗恰當的，精確的。

to be exact 確切地說，嚴格地說。

— 動 及 1 要求《from, of...》。2 強要，強求，索取；強迫徵收《from, of...》。3 需要，急需。～·a·ble 形, -ac·tor 名（尤指）強徵稅捐的人。

ex·act·ing [ɪg'zæktɪŋ] 形 1 要求過苛的，嚴格的。2 艱難的，辛苦的。3 強求的；苛徵的。～·ly 副

ex·ac·tion [ɪg'zækʃən] 名 1 Ⓤ強索，強求；強制課徵，榨取《of...》。2 強行課徵的東西，苛稅。

ex·act·i·tude [ɪg'zæktə,tjud] 名Ⓤ正確性，精確性；嚴格，嚴謹。

·ex·act·ly [ɪg'zæktlɪ] 副 1 正確地，確切地；精確地；正好。2《答覆·幫腔》對了，正是如此。

Not exactly. 不確切地；不盡然；《口》絕對不…。

ex·act·ness [ɪg'zæktnɪs] 名Ⓤ正確；精確；精密。

ex·ac·tor [ɪg'zæktə] 名 勒索者；（尤指）強徵稅捐的人。

·ex·ag·ger·ate [ɪg'zædʒə,ret] 動 (-at·ed, -at·ing)及1 誇大，誇張。2《古》使顯得異常大。3《常用被動》使惡化。— 不及 誇張，誇大。

ex·ag·ger·at·ed [ɪg'zædʒə,retɪd] 形 誇大的，誇張的，言過其實的。

ex·ag·ger·a·tion [ɪg,zædʒə'reʃən] 名 Ⓤ誇張，誇大。2 誇張的言詞；誇張法。

ex·ag·ger·a·tive [ɪg'zædʒə,retɪv] 形 誇大的；有誇大癖的，吹牛的。

ex·ag·ger·a·tor [ɪg'zædʒə,retə] 名 誇大者；誇張的人。

ex·alt [ɪg'zɔlt] 動及 1 提高，提拔。2 使得意。3 使光榮；誇獎，讚揚。4 加強，在精神上刺激，激發。5 加重。

ex·al·ta·tion [,ɛgzɔl'teʃən] 名 Ⓤ1 提升；晉升；讚賞。2 得意，興奮，高昂。3 亢進。

ex·alt·ed [ɪg'zɔltɪd] 形 1 地位高的，高貴的；崇高的，高尚的。2 興高采烈的，得意洋洋的。3 微醉的。～·ly 副

·ex·am [ɪg'zæm] 名《口》考試。

ex·am·i·nant [ɪg'zæmənənt] 名 1 考試官；檢查者，審查員。2 投考者。

:ex·am·i·na·tion [ɪg,zæmə'neʃən] 名 ⓊⒸ檢查，調查；檢討；診察。2 考試，測驗《in, on...》；審查。3 考試題目；考試答案；考生的口頭回答。4 ⓊⒸ〖法〗審問，問口供。

exami'nation ,paper 名考卷，試卷

:ex·am·ine [ɪg'zæmɪn] 動 (-ined, -in·ing) 及 1 檢查，調查，審查；檢討：～ *the records* 調閱紀錄。2 診察。3 測驗《in, on, upon...》。4 審問。— 不及 檢查，調查；測驗《into...》。

ex·am·i·nee [ɪg,zæmə'ni] 名 受測者；受審查的人；考生。

ex·am·in·er [ɪg'zæmɪnə] 名 考試官，主試人員；審查官，國稅審查官；調查員，證人提審官。

:ex·am·ple [ɪg'zæmpl] 名 1 例子，實例：*E- is better than precept.*《諺》實例勝於教訓，身教勝於言教。2 榜樣，典型，模範。3 範例，樣本，標本；例題；先例；類似的例子。4 警告，儆戒。

for example 例如。

make an example of *a person* 重罰某人以警

告他人。

ex·an·i·mate [ɪg'zænəmɪt] 形 1 無生命的，已死的。2 沒精神的；氣餒的。

ex·as·per·ate [ɪg'zæspə,ret] 動及 1 使憤慨；《被動》大怒《*against, at, by, over, with...*》。2《文》使惡化，加劇，加重。

ex·as·per·at·ing [ɪg'zæspə,retɪŋ] 形 使人惱怒的；惹人討厭的。～**·ly** 副

ex·as·per·a·tion [ɪg,zæspə'reʃən] 名U 憤怒，惱怒；惡化：in ～ 激怒地。

ex ca·the·dra [,ɛkskə'θidrə] 副形《拉丁語》由權威方面；具有權威的[地]。

ex·ca·vate ['ɛkskə,vet] 動及 1 挖穿，鑿穿；挖掘。2 挖出。3 發掘，掘出。

ex·ca·va·tion [,ɛkskə'veʃən] 名 1 穴，坑道，地基洞。2 UC 挖掘，發掘；C 發掘物，出土物；《～**s**》遺跡。

ex·ca·va·tor ['ɛkskə,vetɚ] 名 1 開鑿者，發掘者；挖掘機；汽鏟。2〖齒〗挖出器。

·**ex·ceed** [ɪk'sid] 動及 1 超過界限。2 超過…之上；勝過《*in...*》。—不及 超過；優於，勝過《*in...*》。～**·a·ble** 形, ～**·er** 名

ex·ceed·ing [ɪk'sidɪŋ] 形 過度的，非常的；異常的，非凡的。—副《古》甚。

ex·ceed·ing·ly [ɪk'sidɪŋlɪ] 副 非常地，十分地。

·**ex·cel** [ɪk'sɛl] 動 (**-celled,** ～**·ling**) 及 勝過，優於《*at, in...*》。—不及 具優越才能《*at, in...*》；居卓越地位。

ex·cel·lence ['ɛksələns] 名 1 U 優越，優秀《*at, in...*》。2 長處，優點。3《通常作 **E-**》= excellency 1.

ex·cel·len·cy ['ɛksələnsɪ] 名 (複**-cies**) 1《通常作 **E-**》閣下。2《通常作**-cies**》卓越，優越；優點，長處。

:**ex·cel·lent** ['ɛksələnt] 形 優秀的，(成績) A 的；卓越的，傑出的《*at, in...*》: be ～ *at* sports 運動特優。

ex·cel·si·or [ɪk'sɛlsɪɚ] 名U《美》木毛，細刨花：用作填塞物的薄木屑。

—[ɪk'sɛlsɪ,ɔr] 感形 更高的；精益求精的(用作美國 New York 州的州訓)。

:**ex·cept**[1] [ɪk'sɛpt] 介 除了…之外。

except for... (1) 假如沒有…，如果不是…。(2) 把…另作別論，除…外。

—連 1 只是，可惜，如果不是《*that* 子句》。2《與副詞片語、副詞子句連用》除了…之外。3《古》除非。

ex·cept[2] [ɪk'sɛpt] 動及 摒除《*from...*》；把…除外。—不及 反對，提出異議《*to, against...*》。

ex·cept·ed [ɪk'sɛptɪd] 形《不用在名詞之前》除外的，除了，例外。

ex·cept·ing [ɪk'sɛptɪŋ] 介 除了。—連《古》如果不是…；除了…；除非…。

:**ex·cep·tion** [ɪk'sɛpʃən] 名 1 U 排除，除外：with the ～ of ... 除了… / without ～ 無一例外。2 例外，特例《*to...*》: There is no rule without ～*s*.《諺》凡是規則必有例外。3 U 異議，反對；不服；〖法〗異議，提出異議。

make an exception of... 把…當成例外。

make no exception(s) of... 不容許…有例外。

take exception (1) 提出異議，表示不滿，抗議《*to, against...*》。(2) 生氣《*to, at ...*》。

ex·cep·tion·a·ble [ɪk'sɛpʃənəbl] 形 會被反對的；可反對的。

·**ex·cep·tion·al** [ɪk'sɛpʃənl̩] 形 1 例外的，異常的，特別的。2 非常優秀的。

·**ex·cep·tion·al·ly** [ɪk'sɛpʃənl̩ɪ] 副 例外地，異常地；非常地。

ex·cep·tive [ɪk'sɛptɪv] 形 1 例外的；除外的。2 愛唱反調的，挑剔的。

ex·cerpt ['ɛksɝpt] 名 (複 ～**s, -cerp·ta** [-tə]) 選錄，摘錄，引述；抽印本《*from ...*》: ～*s from* the magazine 該雜誌內容的選錄。

—動及 抽取；摘錄，引用《*from...*》。

·**ex·cess** [ɪk'sɛs] 名 1 U 過量，過度，過多。2《**an**～》過多之量《*over...*》:*an* ～ of exports *over* imports 出超。3 U 過火；越權；無節制，暴飲暴食；《常作 ～**es**》胡作非爲，暴行: commit ～*es* 行爲越軌；犯下暴行。

in excess of... 比…多，超過。

to excess 過度地。

—['ɛksɛs, ɪk'sɛs] 形 超過的，多出的，多餘的。—[-'-] 動及《美》暫停任用，裁員。

·**ex·ces·sive** [ɪk'sɛsɪv] 形 過度的，過多的，極端的。

ex·ces·sive·ly [ɪk'sɛsɪvlɪ] 副 過度地；非常地。

:**ex·change** [ɪks'tʃendʒ] 動 (**-changed, -chang·ing**) 及 1 交換，調換，替換，兌換。2 互相交換，交易《*with...*》: ～ blows 互毆 / ～ greetings *with* a person 與某人相互打招呼。3〖西洋棋〗互吃棋子。—不及 1 交換；可換《*for...*》。2 轉任。—名 1 UC 調換，交易《*for, with...*》: *E-* is no robbery.《諺》交換不是搶奪。2 交換品，調換品《*for...*》。3 交易所：a stock ～ 證券交易所 / the wool ～ 羊毛交易所。4 中央局，交換局。5 U (1) 匯兌 (制度、方式)：a bill of ～ 匯票 / foreign ～ 外匯 / the rate of ～ for the dollar 美元的匯率。(2) 兌換手續費；匯率；兌換業。(3) 交換票據。6《英》職業介紹所。7〖西洋棋〗互吃棋子。

in exchange for ... 交換…。

ex·change·a·bil·i·ty [ɪks,tʃendʒə'bɪlətɪ] 名U 可交換性。

ex·change·a·ble [ɪks'tʃendʒəbl] 形 可交換的，可交易的《*for...*》。

ex'change con,trol 名U 外匯管制。

ex'change ,market 名 外匯市場。

ex'change 'student 名 交換學生。

ex'change ,rate 名 匯率 = rate of exchange.

E

ex·cheq·uer [ɪks'tʃɛkɚ] 名 1《英》(1)《常作 the E-》財政部。(2)《E-》財務法庭。2 公庫，國庫。3《口》資金，財力，財源：the parental ～ 祖傳的財產。

ex·cise[1] ['ɛksaɪz] 名 1 國內消費稅，貨物稅；營業稅：an ～ on liquor 酒稅。2《the ～》〖英史〗稅務局。—[ɪk'saɪz, 'ɛksaɪz] 動及 課貨物稅。

ex·cise[2] [ɪk'saɪz] 動及 1《文》(由原文)刪除《*from*...》。2〖醫〗切除 (腫瘤等)《*from*...》。

E

ex·cise·man ['ɛksaɪzmən] 名 (複 **-men** [-mən])〖英史〗貨物稅務官員。

ex·ci·sion [ɪk'sɪʒən] 名U 1 刪除，除去。2〖外科〗切除。

ex·cit·a·bil·i·ty [ɪk,saɪtə'bɪlətɪ] 名U 容易衝動性；〖生理〗刺激感應性，興奮性。

ex·cit·a·ble [ɪk'saɪtəbl] 形 對刺激易感應的；易興奮的；易激動的。
-bly 副

ex·ci·ta·tion [,ɛksaɪ'teʃən] 名U 1 刺激 (作用)；興奮 (狀態)。2〖電〗激磁 (電壓)，激振；〖理〗激發。

:ex·cite [ɪk'saɪt] 動 (**-cit·ed, -cit·ing**) 及 1《常用被動》刺激，使興奮。2 引起，激起《*in*...》；激發《*to*...》。3 煽動《*to*...》。4〖生理〗刺激。5〖電〗使產生磁場，激磁。6〖理〗激發。

·ex·cit·ed [ɪk'saɪtɪd] 形 1 興奮的，激動的《*at, about*...》。2 興旺的，活躍的。

ex·cit·ed·ly [ɪk'saɪtɪdlɪ] 副 興奮地；激動地。

·ex·cite·ment [ɪk'saɪtmənt] 名 1 U 興奮，激動：shout in ～ 興奮得大叫 / suppress one's ～ 抑制興奮。2 刺激物。

ex·cit·er [ɪk'saɪtɚ] 名 1 刺激者；刺激物。2 興奮劑。3〖電〗激磁機。

·ex·cit·ing [ɪk'saɪtɪŋ] 形 1 刺激性的，令人興奮的；有趣的，引起好奇心的。2〖電·磁〗激磁的；〖理〗激發的。～**·ly** 副

:ex·claim [ɪk'sklem] 動不及 喊叫，驚叫；大聲激烈地發表意見。—及 (滿懷感情地) 發出；喊道，叫道。

·ex·cla·ma·tion [,ɛksklə'meʃən] 名 1 U 大叫；C 叫聲；大聲抗議。2 U 感嘆。3〖文法〗感嘆句；感嘆詞。

excla'mation ,mark 名《英》=exclamation point.

excla'mation ,point 名《美》驚嘆號 (!)。

ex·clam·a·to·ry [ɪk'sklæmə,torɪ] 形 1 驚嘆的，感嘆的；表示激動感情的。2 引人注目的。

ex·clave ['ɛksklev] 名 孤立領土。

·ex·clude [ɪk'sklud] 動 (**-clud·ed, -clud·ing**) 及 1 排除在外；使不得入內《*from*...》。2 排斥，不讓 (某人) 參與《*from*...》：～ a person *from* a conversation 不讓某人加入交談。3 排除可能性：～ the possibility of error 認為不可能有誤。

ex·clud·ing [ɪk'skludɪŋ] 介 除…之外。

ex·clu·sion [ɪk'skluʒən] 名U 除外，排除；排斥；禁止移民入境《*from*...》。
to the exclusion of... 把…除外。

ex·clu·sion·ism [ɪk'skluʒən,ɪzəm] 名U 排他主義，排外主義，閉關主義。

ex·clu·sion·ist [ɪk'skluʒənɪst] 名 排他主義者。—形 排他主義的。

·ex·clu·sive [ɪk'sklusɪv] 形 1 排他性的，排外的。2 不包括的。3 唯一的，個人的：an ～ agent 獨家代理商，特約店 / an ～ interview 獨家訪問。4 專一的，全部的。5 非開放性的，只限於少數人的；迎合富有者的。6〖理則〗排他性的。
—名 1〖報章·雜誌〗獨家採訪；特稿，特刊。2 排他性的人。3 (商店等的) 專賣權。

ex·clu·sive·ly [ɪk'sklusɪvlɪ] 副 排他性地；獨占地，專門地。

ex·clu·sive·ness [ɪk'sklusɪvnɪs] 名U 排他性；獨占性。

ex·cog·i·tate [ɛks'kɑdʒə,tet] 動及 思考，推敲；發明，設計。
-'ta·tion 名CU 設計 (物)；發明 (物)。

ex·com·mu·ni·cate [,ɛkskə'mjunə,ket] 動及 (教會) 逐出，開除：be ～*d* as a heretic 以異端罪名被逐出教會。—形名 被逐出 (教會等) 的 (人)。**-ca·tor** 名

ex·com·mu·ni·ca·tion [,ɛkskə,mjunə'keʃən] 名UC〖宗〗逐出教會；開除，驅逐。

ex·con [,ɛks'kɑn] 名 有前科者。

ex·con·vict [,ɛks'kɑnvɪkt] 名 有前科者。

ex·co·ri·ate [ɪk'skorɪ,et] 動及 1 剝皮；擦破皮膚。2 嚴斥，當眾痛批。

ex·co·ri·a·tion [ɪk,skorɪ'eʃən] 名 1 U 擦傷，擦破皮；C 擦傷處。2 U 痛罵。

ex·cre·ment ['ɛkskrɪmənt] 名U 排泄物；《常作 ～s》糞便。

ex·cres·cence [ɪk'skrɛsns] 名 1 異常成長，異常增加。2 異常生成物；正常生成物。3 贅物。

ex·cres·cent [ɪk'skrɛsnt] 形 1 異常生成的。2〖語音〗外插的。～**·ly** 副

ex·cre·ta [ɛk'skritə] 名 (複) 排泄物。

ex·crete [ɪk'skrit] 動及〖生理〗排泄，分泌。**-cret·er** 名

ex·cre·tion [ɪk'skriʃən] 名U 排泄，分泌；UC《常作 ～s》排泄物，分泌物。

ex·cre·tive [ɪk'skritɪv] 形 排泄的；分泌的；促進排泄的。

ex·cre·to·ry ['ɛkskrɪ,torɪ] 形 排泄的。
—名 排泄器官。

ex·cru·ci·ate [ɪk'skruʃɪ,et] 動及 使遭受極大痛苦：be ～*d* by guilt 深受罪惡感之苦。

ex·cru·ci·at·ing [ɪk'skruʃɪ,etɪŋ] 形 造成極大痛苦的；極度的，強烈的。
～**·ly** 副 非常痛苦地。

ex·cru·ci·a·tion [ɪk,skruʃɪ'eʃən] 名 U 極度折磨[責罰]；痛苦，苦惱。

ex·cul·pate ['ɛkskʌl,pet, ɪk'skʌl-] 動 及 《常用被動》《文》使無罪；使免於《*from*...》。

ex·cul·pa·to·ry [ɪk'skʌlpə,torɪ] 形 澄清冤情的，辯白的。

·ex·cur·sion [ɪk'skɜʒən, -ʃən] 名 **1** 短程旅行，遠足：a ski ～ 滑雪旅行／go on an ～ 去遠足。**2** 遊覽旅行，旅遊。**3**《集合名詞》遊覽旅行團體，遠足隊。**4** 離題：～s into another subject 話題轉到另一問題上。**5**〖機〗往返運動，振幅。—動 不及 做短程旅行，去遠足。
—形 短程旅行的；遊覽旅行用的。

ex·cur·sion·ist [ɪk'skɜʒənɪst] 名 短程旅行者；遊覽者。

ex'cursion ,ticket 名 打折扣的遊覽票，環遊券。

ex·cur·sive [ɪk'skɜsɪv] 形 **1** 偏離主題的，離題的。**2** 散漫的，不連貫的。**3** 閒蕩的。
～**·ly** 副 離題地，散漫地。

ex·cus·a·ble [ɪk'skjuzəbl̩] 形 可原諒的，可寬恕的。**-a·bly** 副

ex·cus·a·to·ry [ɪk'skjuzə,torɪ] 形 辯解的；道歉的：an ～ letter 致歉函。

:ex·cuse [ɪk'skjuz] 動 (**-cused, -cus·ing**) 及 **1** 准許，允許；原諒《*for*..., *for* doing》：～ a fault 原諒過失／～ a person's arriving late 原諒某人遲到。**2** 辯解，說明原因；作爲理由。**3**《通常用被動》免除。
Excuse me. (1)《美》《碰撞到對方、談話時咳嗽、或中途離席時說的》對不起；失陪。(2)《與 **but** 或 **if** 子句連用》《說出難以啓齒的事時、插嘴時，或對陌生人說話時》對不起，這位先生⋯。
excuse oneself (1) 爲自己辯解《*for*...》。(2)（暫時）離席，告退《*from*...》。
May I be excused?《學生》老師！我可以上廁所嗎？
—[-s] 名 **1** U C 辯解；藉口，理由；辯解行爲《*for*..., *for* doing》。**2**《通常作～**s**》表達歉意的話。**3** 差勁的樣品《*for*...》。
in excuse of... 以作爲⋯的藉口。

ex-di·rec·to·ry [,ɛksdə'rɛktərɪ] 形《英》電話簿上不列名的（《美》unlisted）。

ex 'dividend 形 副〖證券〗無股息的[地]。略作：ex div.

exec.《縮寫》executive; executor.

ex·e·cra·ble ['ɛksɪkrəbl̩] 形 **1** 可惡的，可憎的。**2** 極差的。**-bly** 副

ex·e·crate ['ɛksɪ,kret] 動 及 **1** 憎恨，厭惡。**2** 痛斥；咒詛。—不及 咒詛，痛斥。
-,cra·tive 形 咒詛的，愛罵人的。

ex·e·cra·tion [,ɛksɪ'kreʃən] 名 U C **1** 厭惡咒詛（的話），咒文；痛斥。**2** 可惡的事[物]；被咒詛的人[物]。

ex·ec·u·tant [ɪg'zɛkjutənt] 名 實行者，執行者；表演者，演奏者。—形 演奏者的，表演的。

·ex·e·cute ['ɛksɪ,kjut] 動 (**-cut·ed, -cut·ing**) 及 **1** 執行，實行，實施：～ a purpose 達成目的。**2** 製作；演奏；扮演；表演。**3**〖法〗執行；履行；（於證書等）簽名蓋章；《英》轉讓，讓渡。**4** 處決《*for*...》。

·ex·e·cu·tion [,ɛksɪ'kjuʃən] 名 **1** U 實行，實施；達成，成就；製作，演奏；表演：put a plan into ～ 實施計畫。**2** U 執行。**3**〖法〗法院的判決執行命令；簽章生效；履行。**4** U C 執行死刑，處死。
do execution 發揮威力，奏效。

ex·e·cu·tion·er [,ɛksɪ'kjuʃənɚ] 名 死刑執行人，劊子手；實施者，執行者。

·ex·ec·u·tive [ɪg'zɛkjutɪv] 名 **1**《the ～》行政部門；執行委員會。**2** 行政官：the Chief *E*-《英》國王；《美》總統；州長。**3** 主管人員，重要幹部。—形 **1** 實行的，執行的，法律執行上的，行政上的。**2** 適合高級主管的身分的；供高級主管用的。

Ex'ecutive 'Mansion 名《the ～》《美》**1** 州長官邸。**2** 總統官邸（白宮）。

ex'ecutive 'order 名 行政命令。

ex'ecutive 'privilege 名 U《美》行政特權：總統及其幕僚人員拒絕到法院或國會作證的權利。

ex'ecutive 'producer 名 執行製作。

ex·ec·u·tor [ɪg'zɛkjətɚ] 名 **1** 實行者，執行者；製作者，演奏者。**2**〖法〗遺囑執行人。

ex·ec·u·trix [ɪg'zɛkjətrɪks] 名 (複 **-tri·ces** [-'traɪsiz], ～**·es** [-ɪz])〖法〗女遺囑執行人。

ex·e·ge·sis [,ɛksə'dʒisɪs] 名 (複 **-ses** [-siz]) U C（聖經的）注釋，釋義，訓詁。

ex·e·gete ['ɛksə,dʒit] 名 評注學者，（聖經的）評注者。

ex·em·plar [ɪg'zɛmplɚ] 名 **1** 榜樣，模範；典型，範例。**2** 原型，藍本；樣本。**3** 抄本，謄本。

ex·em·pla·ry [ɪg'zɛmplərɪ] 形 **1** 可作榜樣的；典型的。**2**《限定用法》作爲儆戒的：～ punishment 懲戒。**-plar·i·ly** [-plərəlɪ] 副

ex·em·pli·fi·ca·tion [ɪg,zɛmpləfə'keʃən] 名 **1** U 舉例證明，例示；C 實例，範例。**2**〖法〗正式謄本。

ex·em·pli·fy [ɪg'zɛmplə,faɪ] 動 (**-fied,** ～**·ing**) 及 **1** 舉例證明；作爲例子。**2**〖法〗製作（文件）的正式謄本。

ex·em·pli gra·ti·a [ɪg'zɛmplaɪ'greʃɪə] 副《拉丁語》例如。略作：e.g.

ex·empt [ɪg'zɛmpt] 動 及 使免除《*from*...》：～ a person *from* the final exam 讓某人免參加期末考／commodities ～*ed from* customs duty 免稅品。—形 免除的，不必⋯的《*from*...》。
—名 被免除（義務等）的人；免稅者。

·ex·emp·tion [ɪg'zɛmpʃən] 名 **1** U C《美》（所得稅的）扣除（額），扣除項目；

E

免稅品。2 Ⓤ 免除《from...》。

:**ex·er·cise** ['ɛksɚ,saɪz] 名 1 ⓊⒸ 運動；訓練：give ~ to... 訓練… / take ~ 做運動。2 練習；《常作 ~s》演習；習題，練習曲；習作，試作：do one's ~ 做習題；彈練習曲。3《常作 the ~》運用；行使；（道德等的）實施，實踐《of...》。4 宗教儀式，禮拜；《~s》《美》儀式，典禮。
—動 (-cised, -cis·ing) 及 1 使運動；訓練，使練習；操練（部隊）。2 運用（精神等）；發揮，使用；行使；履行。3 給予，施加（影響等）。4《用被動或反身》苦惱，憂慮《about, over, by...》。—不及 練習，運動，鍛鍊。

'**exercise ,book** 名 練習本。

ex·er·cis·er ['ɛksɚ,saɪzɚ] 名 1 運動者；訓練者；運動器具。2（馬的）訓練師。

·**ex·ert** [ɪg'zɝt] 動 及 1 使用；發揮；給予：~ all one's powers 盡全力。2《反身》努力，奮力《for...》。

·**ex·er·tion** [ɪg'zɝʃən] 名 Ⓤ Ⓒ 1 劇烈的活動。2 努力，盡力；吃力的事。3（力量、能力等的）運用，發揮《of...》。

Ex·e·ter ['ɛksɪtɚ] 名 愛塞特：英格蘭得文郡的首府。

ex·e·unt ['ɛksɪənt, -ʌnt] 動 不及《劇本的動作說明》退場。

ex gra·tia [ɛks'greʃə] 形 副《拉丁語》免費給予的[地]。

ex·ha·la·tion [,ɛksə'leʃən] 名 1 ⓊⒸ 吐出；發出；排出；放出；蒸發；Ⓒ 放出物，發散物，呼氣，蒸氣。2 Ⓤ 發洩。

ex·hale [ɛks'hel, ɪg'zel] 動 (-haled, -hal·ing) 不及 吐氣，呼氣；發散。—及 1 呼出；發散；發出；使蒸發。2 傾吐。

·**ex·haust** [ɪg'zɔst] 動 及 1《常用被動》用盡，使枯竭；使成不毛之地；耗盡：~ one's resources 用盡錢財 / ~ the conversation 使話題枯竭。2 完全抽乾，排出；弄空《of...》：~ a tank *of* water 抽乾水槽的水。3 使疲憊不堪。4 徹底研究。—不及 排出，放出；排氣。—名 1 Ⓤ 排出，排氣；排出的氣體，廢氣。2 排氣裝置；排氣管。

ex·haust·ed [ɪg'zɔstɪd] 形 1 被用完的；耗盡的；筋疲力竭的《from, with...》。2 枯竭的；被汲乾的。

ex'haust ,fan 名 抽風機，抽氣機。

ex'haust ,gas 名 Ⓤ（汽車的）廢氣。

ex·haust·i·ble [ɪg'zɔstəbl̩] 形 可排空的；研究透徹的；可耗盡的。

ex·haust·ing [ɪg'zɔstɪŋ] 形 令人疲乏的，耗力的。~·**ly** 副

·**ex·haus·tion** [ɪg'zɔstʃən] 名 Ⓤ 1 耗盡，枯竭；傾倒一空；排放。2 徹底探究。3 極度疲勞，疲勞困頓：faint with ~ 力盡而昏厥。

ex·haus·tive [ɪg'zɔstɪv] 形 1 徹底的，詳盡無遺的。2 使消耗的，使枯竭的。~·**ly** 副 徹底地。~·**ness** 名

ex·haust·less [ɪg'zɔstlɪs] 形 取之不盡的，用之不竭的，無限的。~·**ly** 副

·**ex·hib·it** [ɪg'zɪbɪt] 動 及 1 展示，展出，陳列。2 表示，表露，顯示。3〖法〗當庭出示。4 出示。5 用（藥），給予（治療）。—不及 開展覽會；展示作品。
—名 1 ⓊⒸ 提出，公開；展覽會。2 提出物，提示物；展示物；〖法〗證件[物]。

·**ex·hi·bi·tion** [,ɛksə'bɪʃən] 名 1 Ⓤ Ⓒ 展示，展覽，陳列；表現，表示，顯露《of ...》。2 展覽會；公演會；《英》博覽會：an international ~ 萬國博覽會 / give a dancing ~ 舞蹈公演。3 公開考試；教學成果展覽；《英》獎學金。4《作形容詞》示範性的，表演性的。

make an exhibition of oneself《口》落人笑柄，丟臉，出醜。

on exhibition 在展示中，公開的[地]。

ex·hi·bi·tion·er [,ɛksə'bɪʃənɚ] 名《英》領獎學金的學生。

ex·hi·bi·tion·ism [,ɛksə'bɪʃən,ɪzəm] 名 Ⓤ 自我表現癖，風頭主義；〖精神醫〗暴露癖，露陰癖。

ex·hi·bi·tion·ist [,ɛksə'bɪʃənɪst] 名 1 愛出風頭的人。2 暴露狂。—形 1 愛出風頭的。2 暴露狂的。

ex·hib·i·tor [ɪg'zɪbɪtɚ] 名 1 參展者，展出者。2 電影院業者。3〖法〗（證物等的）提出者。

ex·hil·a·rant [ɪg'zɪlərənt] 形 使人愉快的；令人精神振奮的。—名 令人精神振奮的事物；興奮劑。

ex·hil·a·rate [ɪg'zɪlə,ret] 動 及《通常用被動》使愉快，使興奮，鼓舞。

ex·hil·a·rat·ing [ɪg'zɪlə,retɪŋ] 形 使人愉快的；令人精神振奮的。~·**ly** 副

ex·hil·a·ra·tion [ɪg,zɪlə'reʃən] 名 Ⓤ 鼓舞，振奮；興高采烈，興奮。

ex·hil·a·ra·tive [ɪg'zɪlə,retɪv] 形 能使人愉快的；具有鼓舞作用的。

ex·hort [ɪg'zɔrt] 動 及 規勸《to...》；力促，力勸：~ a person *to* diligence 敦勸某人要勤勉。—不及 規勸，力勸；勸誡，訓誡。

ex·hor·ta·tion [,ɛgzɚ'teʃən, ,ɛks-] 名 1 ⓊⒸ 勸告，規勸；訓誡，告誡。2 規勸的言詞；激勵的言詞。

ex·hor·ta·tive [ɪg'zɔrtətɪv], **-to·ry** [-,torɪ] 形 忠告的；訓誡的；激勵的。

ex·hu·ma·tion [,ɛkshju'meʃən] 名 ⓊⒸ 掘屍；發掘。

ex·hume [ɪg'zjum, ɪk'sjum] 動 及 1 挖掘。2 發掘出，重新揭發。

ex·i·gence ['ɛksədʒəns] 名 = exigency.

ex·i·gen·cy ['ɛksədʒənsɪ] 名 (複 -cies) ⓊⒸ 緊急（的事態），危急，緊迫，緊要關頭：in this ~ 在此危急關頭。2《通常作 -cies》迫切需要，急迫要求。

ex·i·gent ['ɛksədʒənt] 形 1 迫在眉睫的，緊急的。2 要求過多的，嚴苛的；要求

格的《of...》。～·ly 副

ex·ig·u·ous [ɪg'zɪgjʊəs, ɪk'sɪ-] 形 貧乏的，稀少的；些許的。～·ly 副

·**ex·ile** ['ɛgzaɪl, 'ɛksaɪl] 名 1 U 流放國外，放逐；充軍；流亡，離鄉背井。2 被放逐的人；被判流放的犯人；流亡者。
—['ɛgzaɪl, 'ɛks-, ɪg'zaɪl] 動(-iled, -il·ing) 及 使流亡《from...》；放逐《to...》。

:**ex·ist** [ɪg'zɪst] 動 不及 1 存在。2 繼續存在；生存；生活《on...》：～ *on* rice 以米維生 / ～ *on* 20 dollars a day 每天以二十元過活。3 出現《in...》。

·**ex·ist·ence** [ɪg'zɪstəns] 名 1 U 存在；存續，生存。2 生活，生活方式，生存狀態。3 存在物，實存物，生物；《集合名詞》存在的事物，真實物。4〖哲〗實存。
bring...into existence 使發生，使出現，使成立。
come into existence 發生，產生，成立。
go out of existence 消滅，滅亡。
put ...out of existence 使滅亡。

ex·ist·ent [ɪg'zɪstənt] 形 現存的，存在的；現有的，現行的。—名 存在者[物]。

ex·is·ten·tial [,ɛgzɪs'tɛnʃəl] 形 1 存在的。2〖哲〗存在（主義）的。～·ly 副

ex·is·ten·tial·ism [,ɛgzɪs'tɛnʃəlɪzəm] 名〖哲〗存在主義。

ex·is·ten·tial·ist [,ɛgzɪs'tɛnʃəlɪst] 名 存在主義者。—形 存在主義的，存在主義者的。

ex·ist·ing [ɪg'zɪstɪŋ] 形 現存的；現有的，現行的，目前的。

·**ex·it**[1] ['ɛgzɪt, 'ɛksɪt] 名 1 出口，出路，太平門。2 出去，退出，離開；退場：make one's ～ 退場，退出，離開。3 逝世。
—動 不及 退去，離開；去世。

ex·it[2] ['ɛgzɪt, 'ɛksɪt] 動 不及〖戲劇〗退場。

'exit ,poll 名 出口民調。

'exit ,tax 名 U C 出境稅。

'exit ,visa 名 出國簽證。

ex li·bris [ɛks'laɪbrɪs] 介 …的藏書：～ James Smith 詹姆斯史密斯的藏書。
—名(複～) 藏書票，藏書標籤。

exo-《字首》表「外」、「外部」、「外側」之意（亦作 **ex-**[2]）。

ex·o·bi·ol·o·gy [,ɛksəbaɪ'ɑlədʒɪ] 名 U 外太空生物學。

ex·o·cen·tric [,ɛkso'sɛntrɪk] 形〖文法〗外向的，離心的。

ex·o·crine ['ɛksə,kraɪn] 形〖解·生理〗外分泌的。

exocrine ,gland 名 外分泌腺。

Exod.《縮寫》*Exod*us.

ex·o·dus ['ɛksədəs] 名 1（成群的）出境，離去《of, from...》；（移民等的）出國，移居。2《E-》（舊約聖經的）出埃及記。3《the E-》（古代以色列人的）逃出埃及。

ex of·fi·ci·o [,ɛksə'fɪʃɪ,o] 副 形 依據職權，在職權或職務上。

ex·og·a·my [ɛk'sɑgəmɪ] 名 U 1 外族通婚。2〖生〗異系交配。

ex·on·er·ate [ɪg'zɑnə,ret] 動 及 解除罪責，宣告無罪《from, of...》：～ oneself *from* a charge of theft 洗脫自己被控竊盜的罪嫌。

ex·on·er·a·tion [ɪg,zɑnə'reʃən] 名 U 免除責任；免罪。

ex·or·bi·tance [ɪg'zɔrbətəns] 名 U 過度，過多，過高。

ex·or·bi·tant [ɪg'zɔrbətənt] 形 過度的，過多的，過高的。～·ly 副

ex·or·cise ['ɛksɔr,saɪz] 動 及 1 驅逐出去《from, out of...》；驅魔《of...》。2 消除；使擺脫煩憂等《of...》：～ one's feeling of inferiority 消除自卑感。

ex·or·cism ['ɛksɔr,sɪzəm] 名 1 U C 驅魔，驅邪。2 驅魔的儀式；驅魔的咒文。

ex·or·cist ['ɛksɔrsɪst] 名 驅魔人，驅魔法師。

ex·or·di·um [ɪg'zɔrdɪəm] 名(複 ～s, -di·a [-dɪə]) 開端；前言，緒言。**-di·al** 形

ex·o·sphere ['ɛksə,sfɪr] 名《the ～》外氣層。

ex·o·ter·ic [,ɛksə'tɛrɪk] 形 1 大眾化的；通俗的。2 非限於少數人的，非祕傳的；公開的。3 外部的，外界的。—名 圈外人，外行人。**-i·cal·ly** 副

ex·ot·ic [ɪg'zɑtɪk] 形 1 外來的，外國（產）的。2 異國情調的；奇異的；引人入勝的；具誘惑力的。3 脫衣舞表演的。—名 1 外國種，外來的東西。2 脫衣舞孃。
-i·cal·ly 副, ～·**ness** 名

ex·ot·i·ca [ɪg'zɑtɪkə] 名（複）新奇的事物。

ex·ot·i·cism [ɪg'zɑtə,sɪzəm] 名 U 外國風味；異國情調。

exp.《縮寫》*exp*ense; *exp*eriment(al); *ex*port(ation); *exp*ress.

·**ex·pand** [ɪk'spænd] 動 及 1 增大，擴張；使膨脹；展開，張開；發展；詳述，擴充。2〖數〗展開。—不及 1 擴大，膨脹，鼓起。2 伸展，擴展；發展。3 詳述，增補。4 變得心情開朗。～·**a·ble** 形

ex·pand·ed [ɪk'spændɪd] 形 1 擴大的，增大的；（書等）增補的。2 展開的，伸展的。

·**ex·panse** [ɪk'spæns] 名 1 空曠，寬闊空間《of...》：the great ～(*s*) *of* water 一片汪洋 / the blue ～ 廣袤的藍天。2 膨脹；擴大，增大。

ex·pan·si·bil·i·ty [ɪk,spænsə'bɪlətɪ] 名 擴展性；發展性；膨脹性。

ex·pan·si·ble [ɪk'spænsəbl] 形 有擴展性的有發展性的。

ex·pan·sile [ɪk'spænsl] 形 可擴展的。

·**ex·pan·sion** [ɪk'spænʃən] 名 1 U 擴大，擴張；膨脹；發展；展開；詳述，增補。2 U C 增加量，膨脹量。3 膨脹部分；發展的形態。4 開闊之物，空曠一片。5 U

Ⓒ〖數〗展開（式）。

ex·pan·sion·ar·y [ɪk'spænʃə,nɛrɪ] 形 擴張性的，趨向擴張的。

ex·pan·sion·ism [ɪk'spænʃən,ɪzəm] 名 Ⓤ 領土擴張政策；（通貨）膨脹政策。
-ist 名形

ex·pan·sive [ɪk'spænsɪv] 形 **1** 有膨脹性的；擴張的；有發展性的；擴張主義的。**2** 寬闊的，範圍廣大的；豐富的。**3** 開放的，率直的，開誠布公的。**4**〖心〗自大狂的。

E

ex par·te [ɛks'pɑrtɪ] 形副 片面的[地]，單方面的[地]；偏頗的[地]。

ex·pat ['ɛkspæt] 名《口》=expatriate.

ex·pa·ti·ate [ɪk'speʃɪ,et] 動不及 **1** 細說；詳述《*on, upon...*》: ～ *upon* the point 詳述該點。**2** 漫遊；遐思。**-a·tor** 名

ex·pa·ti·a·tion [ɪk,speʃɪ'eʃən] 名ⓊⒸ 詳述；細論。

ex·pa·tri·ate [ɛks'petrɪ,et] 動及 **1** 放逐。**2**《反身》使離開祖國，使放棄原國籍。
—[-ɪt, -,et] 形名 被放逐到國外的（人）；僑居國外的（人），放棄原國籍的（人）。

ex·pa·tri·a·tion [ɛks,petrɪ'eʃən] 名Ⓤ 放逐國外；僑居國外。

:ex·pect [ɪk'spɛkt] 動及 **1** 預期；《常用進行式》期待；預料；等待；想做；期待來臨。**2** 視爲理所當然，打算；要求，期望。**3**《口》料想，認爲，推測。**4** 懷孕。
as might have been expected 正如所料，果然如此。
I shall not expect you till I see you. 我要看到你時才相信你會來（有空請來玩）。
—不及 **1**《用進行式》懷孕。**2** 期望，預想。～**·a·ble** 形

ex·pect·ance [ɪk'spɛktəns] 名 =expectancy.

ex·pect·an·cy [ɪk'spɛktənsɪ] 名 (複**-cies**) **1** Ⓤ 期待，預期。**2** 可期待之事物。

ex·pect·ant [ɪk'spɛktənt] 形 **1** 有所盼的；期待的，預期的，有指望的。**2** 懷孕中的，將要臨盆的。**3** 觀望的。—名 期待的人；預定任用者，候選人。～**·ly** 副

·ex·pec·ta·tion [,ɛkspɛk'teʃən] 名 **1** ⓊⒸ 期待，預料，預期；期望《*of...*》: beyond (one's) ～*(s)* 意料之外，出乎意料 / contrary to ～ 與預料相反。**2** ⓊⒸ 所期待的事物。**3**《常作～**s**》希望，指望。**4** Ⓤ 可能性。**5**〖統〗期望（值）。
in expectation (1) 期望，期盼。(2) 預期。

ex·pec·to·rant [ɪk'spɛktərənt] 形〖醫〗祛痰的。—名 祛痰劑。

ex·pec·to·rate [ɪk'spɛktə,ret] 動 及 不及 咳出，吐出。

ex·pec·to·ra·tion [ɪk,spɛktə'reʃən] 名 **1** Ⓤ 吐，咳。**2** 吐出物，咳出物。

ex·pe·di·ence [ɪk'spidɪəns] 名 = expediency.

ex·pe·di·en·cy [ɪk'spidɪənsɪ] 名 Ⓤ **1** 權宜，便利；合宜，精良。**2** 權宜之計，權宜手段。

·ex·pe·di·ent [ɪk'spidɪənt] 形 **1**《通常爲敘述用法》合乎（目的）的；方便的；得當的；合時宜的。**2** 功利主義的，利己的，方便的。
—名 手段，暫時的處置，應急的辦法。
～**·ly** 副 權宜上地；爲方便地。

ex·pe·dite ['ɛkspɪ,daɪt] 動 及 **1** 加快，促進。**2** 迅速處理。**3** 發送；派遣，速派。
—形 可立即行動的，無阻的；警覺的。

ex·pe·dit·er ['ɛkspɪ,daɪtɚ] 名 配送員，快遞員；快報員[部]。

·ex·pe·di·tion [,ɛkspɪ'dɪʃən] 名 **1** 出行；遠征，征伐；旅行調查，探險；探險隊；遠征艦隊。**2** Ⓤ 迅速，敏捷。

ex·pe·di·tion·ar·y [,ɛkspɪ'dɪʃən,ɛrɪ] 形 遠征（隊）的，探險（隊）的: an ～force 遠征軍。

ex·pe·di·tious [,ɛkspɪ'dɪʃəs] 形 急速的，迅速的。～**·ly** 副

·ex·pel [ɪk'spɛl] 動 (**-pelled**, ～**·ling**) 及 **1** 趕走，驅逐；吐出，放出；發射: ～ the rascals from the village 把流氓趕出村莊。**2** 開除，革除。

ex·pel·lee [,ɛkspɛ'li] 名 被驅逐出境者。

·ex·pend [ɪk'spɛnd] 動及 花費《*on, upon, for...*》；使用《*in doing, on doing*》。

ex·pend·a·ble [ɪk'spɛndəbl̩] 形 **1** 消費性的；消耗的。**2**〖軍〗可犧牲的。
—名《～**s**》消耗品。

·ex·pend·i·ture [ɪk'spɛndɪtʃɚ] 名 **1** Ⓤ 花費，支出；消費，消耗《*of ...; on, upon ...*》: an immense ～ *of* money *on* luxuries 花在奢侈品上的龐大支出。**2** ⓊⒸ 費用，經費: cut down on public ～ 削減政府經費 / revenue and ～ 歲入歲出，收支。

:ex·pense [ɪk'spɛns] 名 **1** ⓊⒸ 費用；支出，花錢的事物，開銷: free of ～ 免費地 / at public ～ 用公費 / at any ～ 不論花費多少。**2**《～**s**》開支，花費；必要經費；（本俸之外的）津貼。**3** 損失，代價，犧牲。
at the expense of ... / at a person's expense (1) 用…的錢；使某人受損害；利用某人。(2) 犧牲…。
go to the expense of... 花錢於…。
put a person to expense 使某人破費。

ex'pense ac,count 名 支出帳戶；交際費。

·ex·pen·sive [ɪk'spɛnsɪv] 形 昂貴的，奢侈的；費用高的，代價高的。
～**·ly** 副, ～**·ness** 名

:ex·pe·ri·ence [ɪk'spɪrɪəns] 名 **1** 經歷，體驗: have a bitter ～ 有一番痛苦的經歷。**2** Ⓤ 經驗: learn by ～ 從經驗中學習。**3** Ⓤ 由經驗所得的知識、智慧、技能。**4**〖哲〗經驗。**5**《～**s**》經驗談；宗教的體驗談。—動 及 **1** 經歷，體驗。**2** 由經驗得知，了解到。
experience religion 皈依宗教。

·ex·pe·ri·enced [ɪk'spɪrɪənst] ㊊ **1** 經驗豐富的，熟練的《*in*...》；老練的；從經驗中得到的：have an ～ eye 眼光好，看得準，見識高。**2** 熬過的；飽經風霜的。

ex·pe·ri·en·tial [ɪk,spɪrɪ'ɛnʃəl] ㊊ 經驗上的，根據經驗的。～**·ly** ㊔

:ex·per·i·ment [ɪk'spɛrəmənt] ㊔ Ⓤ Ⓒ 實驗，嘗試，試驗《*in, on, upon, with* ...》；實驗作業：an ～ *in* physics 物理實驗 / ～*s on* living animals 動物活體實驗 /carry out an ～ 做實驗。—[-,mɛnt] ㊇ ㊀ 做實驗，嘗試《*on, upon, with*...》。

·ex·per·i·men·tal [ɪk,spɛrə'mɛntl̩] ㊊ **1** 實驗的，根據實驗的。**2** 由經驗所得的。～**·ly** ㊔

ex·per·i·men·tal·ism [ɪk,spɛrə'mɛntl̩,ɪzəm] ㊔Ⓤ **1** 經驗主義。**2** 實驗主義。

ex·per·i·men·ta·tion [ɪk,spɛrəmɛn'teʃən] ㊔Ⓤ實驗；實驗法。

ex·per·i·ment·er [ɪk'spɛrəmɛntɚ] ㊔ 實驗者；（實驗心理學）做實驗的人。

·ex·pert ['ɛkspɝt] ㊔ 專家，行家，高手，能手《*in, at, on, with*...》。
—[ɪk'spɝt, 'ɛk-] ㊊ **1** 熟練的，老練的《*at, in*...》。**2** 專家的；需要專門性技藝或知識的。—㊇ ㊁ 以專家身分研究。—㊀ 當專家《*on*...》。～**·ly** ㊔, ～**·ness** ㊔

ex·per·tise [,ɛkspɚ'tiz] ㊔Ⓤ專門技能，專門知識。

ex·pert·ism ['ɛkspɚ,tɪzəm] ㊔Ⓤ熟練，（尤指）專門知識或技能。

ex·per·toc·ra·cy [,ɛkspɚ'tɑkrəsɪ] ㊔ 專家統治；專家政體。

ex,pert 'system ㊔〖電腦〗專家系統。

ex·pi·a·ble ['ɛkspɪəbl̩] ㊊（罪）可贖的。

ex·pi·ate ['ɛkspɪ,et] ㊇㊁贖（罪），彌補損失。

-a·tor [-,etɚ] ㊔贖罪者。

ex·pi·a·tion [,ɛkspɪ'eʃən] ㊔Ⓤ抵罪，贖罪；抵罪的方法。～**·al** ㊊

ex·pi·a·to·ry ['ɛkspɪə,torɪ] ㊊ 可作抵償的，贖罪的：be ～ of one's offense 贖罪。

ex·pi·ra·tion [,ɛkspə'reʃən] ㊔ Ⓤ 《美》（協定的）屆滿，滿期。**2** 呼氣（作用）。**3**《文》死亡。

ex·pir·a·to·ry [ɪk'spaɪrə,torɪ] ㊊ 呼氣的，吐氣的。

ex·pire [ɪk'spaɪr] ㊇ ㊀ **1** 期限屆滿。**2** 消失，熄滅。**3** 呼氣；《文》嚥氣，死。—㊁呼出，放出。

ex·pi·ry [ɪk'spaɪrɪ] ㊔Ⓤ《英》**1**（契約、保證期限等的）屆滿。**2** 呼氣。

:ex·plain [ɪk'splen] ㊇㊁ **1** 闡明，解釋；說明原因。**2** 說明《*to*...》。—㊀說明，解釋《*to*...; *about*...》：～ *to* a person *about* the matter 向某人說明那件事。

explain... away / explain away... 開脫辯解；詳加說明以消除。

explain oneself (1) 解釋自己的立場。(2) 把想說的話說明白。

ex·plain·a·ble [ɪk'splenəbl̩] ㊊可說明的，可解釋的。

:ex·pla·na·tion [,ɛksplə'neʃən] ㊔ **1** 說明，解釋；辯明，辯解《*of, for..., that* 子句》：by way of ～ 作爲說明 / give an ～ *for* one's mistake 爲自己的錯誤作辯解。**2** 意義；真相，理由，原因。**3** 溝通，和解，了解。

in explanation of... 作爲…的說明[解釋]。

ex·plan·a·to·ry [ɪk'splænə,torɪ] ㊊說明的，解釋的，註釋的：in an ～ tone 用解釋性的語氣。**-ri·ly** ㊔

ex·ple·tive ['ɛksplɪtɪv] ㊊ 附註的；填補的；多餘的。—㊔ **1** 附加語句；〖文法〗虛字。**2** 感嘆詞或辱罵的字詞。

ex·pli·ca·ble ['ɛksplɪkəbl̩] ㊊ 可說明的，可解釋的。

ex·pli·cate ['ɛksplɪ,ket] ㊇㊁ **1** 闡明，分析（原理等）。**2** 解釋。

ex·pli·ca·tion [,ɛksplɪ'keʃən] ㊔ⓊⒸ分析，闡述；解說。

ex·pli·ca·tive ['ɛksplɪ,ketɪv, ɪk'splɪkətɪv] ㊊說明性質的《*of*...》。～**·ly** ㊔

ex·pli·ca·to·ry ['ɛksplɪkə,torɪ] ㊊ = explicative.

ex·plic·it [ɪk'splɪsɪt] ㊊ **1**（陳述等）充分又清晰的，明確的。**2** 坦白的，直率的。**3**〖數〗表示顯函數的。～**·ly** ㊔ 明示地；坦誠的。～**·ness** ㊔Ⓤ明白，坦率。

·ex·plode [ɪk'splod] ㊇ **(-plod·ed, -plod·ing)** ㊀ **1** 爆炸；爆裂；激增。**2**（感情等）迸發《*in, into*...》；爆發《*in, with* ...》。**3**〖語音〗發破裂音。—㊁ **1** 使爆炸。**2** 打破，揭發，去除，駁倒（習慣、學說等）。**3**〖語音〗發爆音。

explode a bombshell 《口》說[做]出令人震驚的事。

ex·plod·ed [ɪk'splodɪd] ㊊ **1** 分解組合的。**2** 被打破的，被推翻的。

ex·plod·er [ɪk'splodɚ] ㊔爆炸裝置，雷管。

ex·ploit[1] ['ɛksplɔɪt, ɪk'splɔɪt] ㊔偉業，豐功，功績。

·ex·ploit[2] [ɪk'splɔɪt] ㊇㊁ **1** 利用；剝削；搾取。**2** 開發，開拓；促銷。

ex·ploi·ta·tion [,ɛksplɔɪ'teʃən] ㊔Ⓤ **1**（以營利爲目的的）開發；推銷，宣傳，開拓。**2** 剝削，搾取；利用。

ex·ploit·a·tive [ɪk'splɔɪtətɪv] ㊊開發資源的；破壞天然資源的；搾取的。

ex·ploit·er [ɪk'splɔɪtɚ] ㊔利用者，開發者；剝削者；搾取者。—㊇㊁= exploit[2].

·ex·plo·ra·tion [,ɛksplə'reʃən] ㊔ⓊⒸ **1** 探查，探險（旅行）；探索。**2** 調查，探究：under ～（在）調查中。**3**〖醫〗檢查，診察。

ex·plor·a·tive [ɪk'splorətɪv] ㊊= exploratory.

ex·plor·a·to·ry [ɪk'splorə,torɪ] ㊊ **1** 探險的；實地勘查的。**2** 喜好探險的。**3**（

手術等）探查性的。

·**ex·plore** [ɪk'splor] 動 (**-plored, -plor·ing**) 及 1 探險，探勘。2 探討，探索；調查。3〖外科〗探查，診視。—不及 調查搜索《 *for...* 》: ~ *for* oil 探勘石油。

·**ex·plor·er** [ɪk'splorɚ] 名 1 探測者；探險家，勘查者。2〖外科〗探針，穿刺針。

·**ex·plo·sion** [ɪk'sploʒən] 名 1 Ⓤ Ⓒ 爆炸，爆發；破裂；Ⓒ爆炸聲。2（感情等的）爆發：an ~ of laughter 哄然大笑。3 激增，突然增加。4〖語音〗= plosion.

E

·**ex·plo·sive** [ɪk'splosɪv] 形 1 爆發性的，會爆裂的。2 脾氣暴躁的；爆發似的。3 易引起紛爭的。4 威力強力的。—名 爆炸物；炸藥，火藥。～**·ly** 副, ～**·ness** 名

ex·po, Expo ['ɛk,spo] 名 (複～s [-z]) 博覽會，展覽會，展示中心。

-expo《字尾》表「展覽會」之意。

ex·po·nent [ɪk'sponənt] 名 1 解說者；作爲說明的事物。2 演奏者。3 提倡者，代表人物；典型，象徵《 *of...* 》。4〖數〗指數，次方。

ex·po·nen·tial [,ɛkspo'nɛnʃəl] 形 1 快速成長的。2〖數〗指數的。—名 指數函數。

ex·po·nen·ti·a·tion [,ɛkspə,nɛnʃɪ'eʃən] 名〖數〗數冪。

·**ex·port** [ɪks'port, -'pɔrt] 動 及 不及 輸出。—['ɛksport, -port] 名 1 輸出：ban the ~ of... 禁止…的輸出。2 輸出品；《通常作 ~**s** 》輸出額。—['ɛksport]形 輸出的：~ surplus 出超。

ex·port·a·ble [ɪks'portəbl, -'pɔrt-] 形 可輸出的。

ex·por·ta·tion [,ɛkspor'teʃən, -pɔr] 名 1 Ⓤ 輸出。2 輸出品。

ex·port·er [ɪks'portɚ, -'pɔr-] 名 輸出業者，出口商，出口國。

·**ex·pose** [ɪk'spoz] 動 (**-posed, -pos·ing**) 及 1 (1) 使遭受：~ oneself to ridicule 使自己遭人嘲諷。(2) 使觸及。(3) 使暴露於。2 陳列，展覽；給人看，暴露《 *to...* 》；《反身》裸露陰部。3 揭露，使暴露《 *to ...* 》；揭發，拆穿真面目。4 當成取笑的對象。5〖史〗把（嬰兒）丟於門外，遺棄。6〖攝〗使曝光，使感光。7《被動》（建築物、土地）向著（某方位）《 *to ...* 》。

ex·po·sé [,ɛkspo'ze] 名 1 暴露，揭發；揭人瘡疤的書籍或文章。2 陳述，解說。

·**ex·posed** [ɪk'spozd] 形 1 暴露於風雨、危險、攻擊中的，無遮蔽的；裸露的。2 有目共睹的，無隱藏的。

·**ex·po·si·tion** [,ɛkspə'zɪʃən] 名 Ⓤ Ⓒ 1 博覽會；展示，陳列。2 解說，說明；說明文。3（技術、才能等的）發揮。

ex·pos·i·tive [ɛks'pɑzətɪv] 形 = expository.

ex·pos·i·tor [ɪk'spɑzɪtɚ] 名 說明者。

ex·pos·i·to·ry [ɪk'spɑzɪ,torɪ] 形 說明的，解說的。

ex post fac·to ['ɛks,post'fækto] 形 副 事後的[地]；追溯性的[地]：an ~ law 有追溯效力的法律。

ex·pos·tu·late [ɪk'spɑstʃə,let] 動 不及 忠告，諫言《 *with...* 》；訓誡《 *on, about ...* 》；勸阻《 *against doing* 》。**-la·tor** 名

ex·pos·tu·la·tion [ɪk,spɑstʃə'leʃən] 名 Ⓤ 告誡，訓誡；《常作 ~**s** 》諫言，忠告。**-la·to·ry** [-lə,torɪ] 形 勸諫的，忠告的。

ex·po·sure [ɪk'spoʒɚ] 名 1 Ⓤ Ⓒ 暴露，外洩；揭發《 *of...* 》: the ~ *of* corruption 對貪污的揭露。2 Ⓤ Ⓒ 顯露，露出；陳列；展出。3 Ⓤ Ⓒ 曝晒；（影響、作用等的）接觸；置身（於危險等）《 *to...* 》。4 Ⓤ Ⓒ〖攝〗曝光（時間）；Ⓒ（軟片的）一張。5 Ⓤ（嬰兒的）遺棄。6（房子、房間的）方向，方位。

ex'posure ,meter 名〖攝〗曝光表。

ex·pound [ɪk'spaund] 動 及 1 闡述，詳述《 *to...* 》。2 解說，解釋。—不及 詳細說明《 *on...* 》。

ex·pound·er [ɪk'spaundɚ] 名 解說者；說明書。

:**ex·press** [ɪk'sprɛs] 動 及 1 表達，述說《 *to...* 》；表示；表明：~ surprise at seeing... 看到…時臉上現出驚訝的表情。2《反身》表達自己的想法，表現自我；表露，表現；表明（是…）。3 表示。4《美》快遞；《英》限時專送。5 擠出《 *from, out of...* 》；擠壓。6 散發，放出；滲出。7《通常用被動或反身》〖遺傳〗使產生其所需的蛋白質。—形《限定用法》1 明示的，明確的，明白的。2 特別的，特定的。3 絲毫不差的。4 特別設立的；快車的；《英》快遞郵件的；高速用的：an ~ messenger 送急件的特使 / an ~ highway 高速公路。—名 1 特快列車；特快貨車；快速電梯：travel by ~ 搭快車旅行。2 Ⓤ 快遞。3《英》送急件的特使；由特使遞送的急件；快報。4《美》以快遞運送之物；捷運公司。—副 以快遞方式；搭快車。

ex·press·age [ɪk'sprɛsɪdʒ] 名 Ⓤ 1 快遞；快速運輸業。2 快遞費用，快運費。

ex'press de'livery 名 Ⓤ《英》限時專送（《美》special delivery）。

ex·press·i·ble [ɪk'sprɛsəbl] 形 可表達的；可擠出的。

:**ex·pres·sion** [ɪk'sprɛʃən] 名 1 Ⓤ 表現，表達：give ~ to one's gratitude 表達感激。2 詞語，語句；措詞，表達法。3 Ⓤ 表達能力。4 表情；調子，語調。5 Ⓤ 富有表情。6 Ⓤ 搾油；擠奶。7〖數〗式。

ex·pres·sion·ism [ɪk'sprɛʃən'ɪzəm] 名 Ⓤ〖美〗表現主義。

ex·pres·sion·ist [ɪk'sprɛʃənɪst] 名 表現主義者。—形 表現主義的。

ex·pres·sion·less [ɪk'sprɛʃənlɪs] 形 無表情的。～**·ly** 副

·**ex·pres·sive** [ɪk'sprɛsɪv] 形 1 表現（

情等）的《 *of...* 》。2 富於表情的；意義深長的，暗中示意的: ～ words 意味深長的話。3 表現（上）的；〖社〗自我顯示的。～·ly 副, ～·ness 名

ex·press·ly [ɪk'sprɛslɪ] 副 1 明白地，清楚地。2 特別地，專程地。

ex·press·man [ɪk'sprɛsmən, -,mæn] 名 (複-men) 1 快遞業者，快遞公司人員。2 快遞貨物收發員；特快貨車司機。

ex·pres·so [ɪk'sprɛso] 名 = espresso.

ex·press·way [ɪk'sprɛs,we] 名（需付費的）高速公路（《英》motorway）。

ex·pro·pri·ate [ɛks'proprɪ,et] 動及 1 徵用，強制收買。2 剝奪所有權: ～ the peasants 收回小耕農的農地。3 盜取，盜用。-a·tor 名

ex·pro·pri·a·tion [ɛks,proprɪ'eʃən] 名 Ⓤ Ⓒ（土地的）徵收，徵用。

ex·pul·sion [ɪk'spʌlʃən] 名 Ⓤ Ⓒ 1 排除，排出《 *from...* 》: ～ of breath *from* the chest 由肺部呼出氣。2 驅逐；開除，除名《 *from...* 》。

-sive 形 排除的；有驅逐力的。

ex·punc·tion [ɪk'spʌŋkʃən] 名 Ⓤ 除去，刪除，抹掉。

ex·punge [ɪk'spʌndʒ] 動及《文》1（從…）擦掉，刪除《 *from...* 》: ～ a person's fingerprints 擦掉某人的指紋。2 消除；使滅絕。

ex·pur·gate ['ɛkspɚ,get] 動及 1 刪除猥褻或不適當部分。2 清除，刪除。

ex·pur·ga·tion [,ɛkspɚ'geʃən] Ⓤ Ⓒ 刪除。

·**ex·qui·site** ['ɛkskwɪzɪt, ɪk's-] 形 1 精美的，美觀的；精緻的。2 完美的。3 優雅的，洗練的；高雅的。4 尖銳的，強烈的，劇烈的。5 敏銳的。—名 好打扮的人，花花公子。

～·ly 副, ～·ness 名

ex·sect [ɛk'sɛkt] 動及 切除。

ex·sert [ɛk'sɝt] 動及 突出，伸出。—形 突出的。

ex·serv·ice ['ɛks'sɝvɪs] 形《英》退役的；退伍的。

ex·serv·ice·man ['ɛks'sɝvɪs,mæn] 名 (複-men)《英》退伍軍人（《美》veteran）。

ex·tant ['ɛkstənt, ɪk'stænt] 形 1 現存的，殘存的。2《古》突出的。

ex·tem·po·ra·ne·ous [ɪk,stɛmpə'renɪəs] 形 1 即席的，不打草稿的；即興的。2 臨時搭成的，應付一時的。3 偶發的，突發的。

～·ly 副, ～·ness 名

ex·tem·po·rar·y [ɪk'stɛmpə,rɛrɪ] 形 毫無準備的，即席的。-rar·i·ly [-'rɛrɪlɪ] 副

ex·tem·po·re [ɪk'stɛmpərɪ] 副 即席地，無準備地；無草稿地；即興地。—形 無準備的，即席的。

ex·tem·po·ri·za·tion [ɪk,stɛmpərɪ'zeʃən] 名 Ⓤ Ⓒ 即席製作；即興之作。

ex·tem·po·rize [ɪk'stɛmpə,raɪz] 動 不及 1 即席演說。2 即興表演。3 臨時作成；權充一時。—及 1 製作: ～ a shelter 臨時搭建小屋。2〖樂〗即興演奏。

:**ex·tend** [ɪk'stɛnd] 動及 1 拉開，張開；展開。2 伸出，伸展；伸長: with one's body ～*ed* on the grass 身子平展躺在草坪上。3 延長《 *for, to...* 》: ～ one's hotel reservation 延長旅館的預訂。4 擴張；增廣，擴充範圍；引伸。5 伸出；表示: ～ support to friends in trouble 向困難中的朋友伸出援手。6〖金融〗延長期限。7《通常用被動》使竭盡全力；《反身》拚命努力。8 認真重寫；把（速記、略字）恢復爲普通文字。9 摻入便宜的材料以增加重量。10〖簿〗移到別欄。11〖英法〗評估，勘定；查封。—不及 1 展延；達到。2（範圍）及於，遍及《 *to, into...* 》。

ex·tend·ed [ɪk'stɛndɪd] 形 1 伸展的。2 延長的；廣泛的；廣大的。3 竭盡全力的。～·ly 副

ex'tended 'family 名〖人類〗延伸家庭，大家庭，大家族。

ex·ten·si·ble [ɪk'stɛnsəbl] 形 可擴展的；可延伸的；伸展性的。

ex·ten·sile [ɪk'stɛnsɪl] 形 = extensible.

·**ex·ten·sion** [ɪk'stɛnʃən] 名 1 Ⓤ 伸展，伸出。2 Ⓤ 擴張，擴大，延伸，擴展。3 Ⓤ 範圍，限度。4 擴大部分；擴建，增建；（鐵路的）延長（線）；（電話的）分機；延長麥克風。5 Ⓤ Ⓒ 延長，延期，延後；出售時間延長（許可）。6〖商〗債務償還延期同意書。7 Ⓤ〖理〗填充性，廣延性。8〖電腦〗副檔名。9 Ⓤ〖理則〗外延；〖數〗延拓，擴張。

ex'tension ,cord 名（家電的）延長線。

ex'tension ,ladder 名（消防用的、可拉長的）伸縮梯。

·**ex·ten·sive** [ɪk'stɛnsɪv] 形 1 寬廣的，廣大的。2 遍及廣大範圍的；淵博的；詳細的。3 長的，冗長的。4 大量的；巨大的。5 粗放的，大面積耕種的。～·ly 副 廣泛地，大規模地。～·ness 名

ex·ten·sor [ɪk'stɛnsɚ] 名〖解〗伸肌。

·**ex·tent** [ɪk'stɛnt] 名 1 Ⓤ 寬度；大小；量；Ⓒ 範圍；程度；限度: to the utmost ～ 極度地 / to the (full) ～ of one's power 盡全力 / to a certain ～ 到某種程度 / to such an ～ that... 到了…的程度 / beyond the ～ of one's patience 超過容忍的限度。2 廣泛的事物，大片地區。3〖理則〗= extension 9.

ex·ten·u·ate [ɪk'stɛnjʊ,et] 動及 1 從輕發落；作爲酌量的理由；減輕。2 藐視，低估。3《古》使憔悴，使衰弱。

ex·ten·u·at·ing [ɪk,stɛnjʊ,etɪŋ] 形 可斟酌從輕發落的，情有可原的。

ex·ten·u·a·tion [ɪk'stɛnjʊ'eʃən] 名 1 Ⓤ 減輕，酌情減刑。2 可減輕的理由。

E

·ex·te·ri·or [ɪk'stɪrɪɚ] 形 1 外面的，外部的；戶外用的：～ ornament 外部的裝飾。2 來自外部的；對外的。3 外表的，外觀上的；外界的；分離的，無關的《to...》：a problem ～ to one's concerns 與某人無關的問題。—名 1《常作 the ～》外部，外面。2（人的）外貌，儀容；《～s》（事物的）外貌，外形，形式：judge a person by his ～ 以貌取人。

ex·te·ri·or·ize [ɪk'stɪrɪə,raɪz] 動 及 1 使表面化；具體化。2〖外科〗（手術時）把器官從腹部取出。-i-'za·tion 名

ex·ter·mi·nate [ɪk'stɝmə,net] 動 及 撲滅，根絕，殲滅。

ex·ter·mi·na·tion [ɪk,stɝmə'neʃən] 名 U C 根絕，消滅。

ex·ter·mi·na·tor [ɪk'stɝmə,netɚ] 名 根絕者；以根絕建築物害蟲爲業的人或公司。

·ex·ter·nal [ɪk'stɝnl] 形 1 外面的，外部的，外側的；〖醫〗外用的，用於外部的：～ medicine 外用藥。2 外來的，外在的：～ evidence 外在的證據。3 外表的，外觀的，形式上的。4 對外的，外國的。5 外界的，現象界的，客觀的：the ～ world 外界。—名 1 U 外部，外側，外面；外在的東西。2《～s》外觀；外部特徵；（宗教的）外在形式。

ex'ternal fertili'zation 名 U 1 體外授精。2 人工體外受精。

ex·ter·nal·ism [ɪk'stɝnə,lɪzəm] 名 U（尤指宗教上的）形式主義。

ex·ter·nal·i·ty [,ɛkstɝ'nælətɪ] 名（複 -ties）1 U 外在性，外表性。2 U 注重外表，形式主義。3 外形，外貌。

ex·ter·nal·ize [ɪk'stɝnl,aɪz] 動 及 1 使表面化，使客觀化；使具體化。2 重視外觀；歸之於外因，以外因說明。3 表達感情或思想。

ex·ter·nal·ly [ɪk'stɝnlɪ] 副 外在地；由外部而來地；外面地。

ex·ter·ri·to·ri·al [,ɛkstɛrə'torɪəl] 形 =extraterritorial.

·ex·tinct [ɪk'stɪŋkt] 形 1 絕跡的，滅絕的。2 廢止的；廢棄的；失效的。3 消失的；熄滅的；（火山等）停止活動的。

ex·tinc·tion [ɪk'stɪŋkʃən] 名 U C 1 熄燈；滅火；消失。2 絕跡；斷絕；廢止；消亡；停刊；取消；償清。3〖心〗逝去；〖理〗吸光，消光。

·ex·tin·guish [ɪk'stɪŋgwɪʃ] 動 及 1 熄掉。2 使消失。3 使滅絕；使中斷。4《古》壓倒，使消聲匿跡，使靜默《in, with...》。5 使失效。6〖法〗償還。

ex·tin·guish·er [ɪk'stɪŋgwɪʃɚ] 名 消滅者；滅火器；熄滅蠟燭的器具。

ex·tir·pate ['ɛkstɚ,pet] 動 及 1 使絕滅；消滅；連根拔除；根絕。2〖醫〗切除，摘除。

ex·tir·pa·tion [,ɛkstɚ'peʃən] 名 1 U C 全軍覆沒，根絕，撲滅。2 U〖醫〗切除，摘除（手術）。

ex·tol,《美》**ex·toll** [ɪk'stol, -ɑl] 動 (-tolled, -tol·ling) 及《文》讚揚：～ a person to the skies 把某人捧上天。

ex·tort [ɪk'stɔrt] 動 及 1〖法〗勒索，敲詐《from...》。2 強取《from...》。

ex·tor·tion [ɪk'stɔrʃən] 名 U C 1 勒索；榨取。2〖法〗勒索罪。3 勒索的東西。～·er 名 勒索者；榨取暴利者。

ex·tor·tion·ate [ɪk'stɔrʃənɪt] 形 1 不合理的，強人所難的。2 勒索的，敲詐的。

ex·tor·tion·ist [ɪk'stɔrʃənɪst] 名 勒索者；敲詐者。

·ex·tra ['ɛkstrə] 形 1 多餘的，額外的；特別的；另加的，臨時的：an ～ charge 附加費 / an ～ number 增刊號。2 規格外的；〖商〗特優的，特佳的。—名 1 多餘的東西；號外，增刊號；特大號；附贈品；補習。2 小費；附加費，特別帳。3 特級品，特優產品。4 臨時雇員；〖影〗臨時演員，龍套。

—副 1 多餘地，另加地；附加地。2 特別地，格外地：～ strong shoes 特別堅固的鞋子。

extra-《字首》表「…之外的」、「…的範圍外的」之意。

'ex·tra-'base 'hit ['ɛkstrə'bes-] 名〖棒球〗長打。

ex·tract [ɪk'strækt] 動 及 1 拔出，拔取；取出《from...》：～ tonsils 取出扁桃腺。2 獲得，得到《from...》。3（從書本中）抽出《from, out of...》；引用，節錄，摘取。4 強行取得《from...》。5 榨出；壓出；分離出《from...》。6〖數〗開方。

—['ɛkstrækt] 名 1 U C 抽出物。2 引用句，選粹《from...》。3 U C（…的）精，高湯《of...》。

ex·trac·tion [ɪk'strækʃən] 名 1 U C 摘錄；拔取；摘出；抽出。2 U 出身，家譜，血統，門第《of...》：be born of low ～ 出身寒門 / be of Spanish ～ 西班牙裔。3 精華，引用句。4 抽出物，提煉物。

ex·trac·tive [ɪk'stræktɪv] 形 1 拔取的；抽出的；選粹的。2 可提煉出來的；精髓的。—名 抽出物，精髓。

ex·trac·tor [ɪk'stræktɚ] 名 1 拔取的人；抽出者；拔萃者。2 抽取器；離心式脫水機；〖齒〗鉗子。

ex·tra·cur·ric·u·lar [,ɛkstrəkə'rɪkjəlɚ] 形 正課以外的；課外的：～ activities 課外活動。—名 課外活動。

ex·tra·dit·a·ble ['ɛkstrə,daɪtəbl] 形 1（逃犯）可引渡的。2（罪）該予以引渡處分的。

ex·tra·dite ['ɛkstrə,daɪt] 動 及 引渡，遣送，押解《from..., to...》：～ a hijacker 引渡劫機犯。

ex·tra·di·tion [,ɛkstrə'dɪʃən] 名 U C 引渡，遣送。

ex·tra·ga·lac·tic [ˌɛkstrəgəˈlæktɪk] 形 銀河系外的。

ex·tra·ju·di·cial [ˌɛkstrədʒuˈdɪʃəl] 形 1 訴訟行爲外的；法庭外的，裁判（權）外的。2 違反裁判程序的；於法所不容的。～·ly 副

ex·tra·le·gal [ˌɛkstrəˈligl] 形 法律外的。

ex·tra·mar·i·tal [ˌɛkstrəˈmærətl] 形 婚姻之外的：an ～ affair 婚外情。

ex·tra·mun·dane [ˌɛkstrəˈmʌnden] 形 非現實世界的，物質世界以外的。

ex·tra·mu·ral [ˌɛkstrəˈmjurəl] 形《限定用法》1《美》有兩校以上參加的，校際的。2 校外的，課外的。

ex·tra·ne·ous [ɪkˈstrenɪəs] 形 1 外部的；來自外部的；外生的；異質的。2 無關的《*to...*》：a matter ～ *to* the subject 與主題無關的事。3〖數〗額外的。～·ly 副，～·ness 名

ex·traor·di·naire [ɛkˌstrɔrdəˈnɛr] 形 不平凡的，非凡的。

ex·traor·di·nar·i·ly [ɪkˈstrɔrdn̩ˌɛrəlɪ] 副 異常地，非常地。

:ex·traor·di·nar·y [ɪkˈstrɔrdn̩ˌɛrɪ] 形 1 非常的，異常的；非凡的；令人驚奇的。2《通常置於名詞之後》特派的，特命的：an ambassador ～ 特命大使。3 臨時的。-i·ness 名

ex·trap·o·late [ɪkˈstræpəˌlet] 動 及 不及 1〖統〗外推。2 推論；推測《*from...*》。

ex·trap·o·la·tion [ɪkˌstræpəˈleʃən] 名 U C 推測，推論；〖統〗外推法。

ex·tra·sen·so·ry [ˌɛkstrəˈsɛnsərɪ] 形 超感覺的，感官以外的。

extraˈsensory perˈception 名 ⇨ ESP

ex·tra·so·lar [ˌɛkstrəˈsolɚ] 形 在太陽系外發現的，太陽系之外的。

ex·tra·ter·res·tri·al [ˌɛkstrətəˈrɛstrɪəl] 形 地球以外的。—名 地球以外的生物，外星人。略作：E.T.。

ex·tra·ter·ri·to·ri·al [ˌɛkstrəˌtɛrəˈtorɪəl] 形 治外法權（享有者）的。

ex·tra·ter·ri·to·ri·al·i·ty [ˌɛkstrəˌtɛrəˌtorɪˈælətɪ] 名 U 治外法權。

ex·tra·u·ter·ine [ˌɛkstrəˈjutərɪn] 形 子宮外的：～ pregnancy 子宮外孕。

ex·trav·a·gance [ɪkˈstrævəgəns] 名 1 U C 浪費，奢侈（品）。2 U 過火，過度，無節制；放縱；C 放肆的言行思想：love one's children with ～ 溺愛子女。

ex·trav·a·gant [ɪkˈstrævəgənt] 形 1 浪費的，揮霍的：be ～ in one's way of living 生活奢靡。2 貴得出奇的：an ～ dress 昂貴的衣裙。3 過度的；亂來的；刻意匠心的。～·ness 名

ex·trav·a·gant·ly [ɪkˈstrævəgəntlɪ] 副 過分地，不合理地；非常。

ex·trav·a·gan·za [ɪkˌstrævəˈgænzə] 名 1 狂想的音樂劇。2 華麗的表演；狂言，狂態。

ex·tra·vas·cu·lar [ˌɛkstrəˈvæskjəlɚ] 形 淋巴腺或血管外的；脈管系統以外的。

ex·tra·ve·hic·u·lar [ˌɛkstrəviˈhɪkjəlɚ] 形 太空船外的。

ex·tra·vert [ˈɛkstrəˌvɝt] 名〖心〗外向性的人，外向型。—形 外向性的。—動 及 使外傾；使外翻。

·ex·treme [ɪkˈstrim] 形 (more ～; most ～; 偶作 -trem·er, -trem·est)《通常爲限定用法》1 極度的，非常的，厲害的；極致的：～ happiness 無上至福。2 最邊的，最末端的，最前面的；最遠的。3 極端的，極嚴厲的；過度的；急進的，偏激的；走在尖端的：the ～ penalty 極刑。4 最後的，最終的：in one's ～ moment 在垂死之時。—名 1 極端，極度；過火，過度；極端的狀態；最後的手段：to an ～ 極度地。2 兩極端的一方；《～s》兩極端：*Extremes* meet.《諺》物極必反。3《通常作 ～s》困境；危機。4〖數〗外項；極值。5〖理則〗（三段論法的）主詞；賓詞。～·ness 名

·ex·treme·ly [ɪkˈstrimlɪ] 副 極端地；非常地，極度地；《口》很。

exˈtreme ˌsport 名 極限運動。

exˈtreme ˈunction 名 U〖天主教〗臨終塗油禮。

ex·trem·ism [ɪkˈstrimɪzəm] 名 U 走極端的傾向；極端主義，激進主義。

ex·trem·ist [ɪkˈstrimɪst] 名 1 極端論者，偏激主義者。2 支持極端論者。—形 極端論的，偏激主義的。

·ex·trem·i·ty [ɪkˈstrɛmətɪ] 名 (複 -ties) 1 尖端，最前端，末端，盡頭。2 四肢之一；《通常作 -ties》手腳。3《偶作 -ties》窮途末路。4《只作單數》《文》極致，極度：an ～ of grief 悲傷之極 / be in a dire ～ 不幸之至。5《通常作 -ties》極端的手段；偏激的行動。

ex·tri·cate [ˈɛkstrɪˌket] 動 及 1（由困境等）救出《*from...*》。2 使脫離。-ca·ble [-kəbl̩] 形

ex·tri·ca·tion [ˌɛkstrɪˈkeʃən] 名 U 救出；脫離。

ex·trin·sic [ɛkˈstrɪnsɪk] 形 1 非本質的；非固有的；附帶的《*to...*》。2 外部的。

extro-《字首》extra- 的別體。

ex·trorse [ɛkˈstrɔrs] 形〖植〗向外的，朝外的。～·ly 副

ex·tro·ver·sion [ˌɛkstroˈvɝʃən] 名 U 1〖心〗外向，外向性。2〖醫〗（眼瞼等的）外翻。3 外轉。

ex·tro·vert [ˈɛkstroˌvɝt] 名 形，動 及 = extravert.

ex·tro·vert·ed [ˈɛkstroˌvɝtɪd] 形 外向的，外向型的。

ex·trude [ɪkˈstrud] 動 及 1 擠出，推出；流放，驅逐《*from...*》。2 塑造成形，鑄出《*from...*》。—不及 1 突出，推出。2 壓擠成形。

ex·tru·sion [ɪk'struʒən] 名Ⓤ 擠出，壓出；推出；噴出；流放；溶岩，泥漿。

ex·tru·sive [ɪk'strusɪv] 形 **1** 擠出的，推出的。**2** 突出的。**3**〖地質〗噴出的。

ex·u·ber·ance [ɪg'zjubərəns] 名 **1** Ⓤ 豐富，繁茂；橫溢。**2**《常作 **an** ～》豐富《 *of...* 》。

ex·u·ber·ant [ɪg'zjubərənt] 形 **1** 洋溢的，精力充沛的。**2**《文》豐富的。**3** 茂盛的；濃密的。**4** 華麗的。～**·ly** 副

ex·u·da·tion [,ɛksju'deʃən] 名ⓊⒸ 滲出，滲出物。

ex·ude [ɪg'zjud] 動 不及 滲出。—及 使滲出；散發；充滿。

ex·ult [ɪg'zʌlt] 動 不及《文》**1** 大喜，狂喜《 *at, in, over...* 》。**2** 因勝利而歡騰《 *over* 》。

～**·ing·ly** 副 狂喜地。

ex·ult·ant [ɪg'zʌltn̩t] 形 狂喜的；得意洋洋的。～**·ly** 副

ex·ul·ta·tion [,ɛgzʌl'teʃən, ,ɛksʌl-] 名ⓊⒸ 歡喜《 *at...* 》；勝利的誇耀《 *over...* 》。

ex·urb ['ɛksɝb] 名 都市遠郊的高級住宅區。

-'ur·ban 形 都市遠郊的。

ex·ur·ban·ite [ɛk'sɝbən,aɪt] 名（在都市工作而）住在都市遠郊地區的人。

ex·ur·bi·a [ɛk'sɝbɪə] 名Ⓤ 都市近郊之外的住宅地區。

ex·u·vi·ae [ɪg'zuvɪ,i] 名(複) 蛻皮。

ex·u·vi·ate [ɛg'zuvɪ,et] 動 及 不及 蛻皮。

-ey《字尾》-y[1] 的別體。

:eye [aɪ] 名 (複～**s**) **1** 眼睛，眼球：before a person's very ～*s* 在眼前，公然地 / out of the corner of one's ～ 斜著眼 / with the naked ～ 用肉眼 / What the ～ does not see the heart does not grieve over.《諺》眼不見，心不煩。**2** 視力，視覺；觀察力，鑑賞力《 *for...* 》: the ～ of an artist 藝術家的鑑賞力。**3**《常作～**s**》眼神，眼光，視線；注意的眼光：rivet one's ～*s* on ... 凝視…。**4**《通常作 **an** ～》留意，顧慮，關心；目的，意圖：*an* ～ to ... 目的是要…。**5**《常作～**s**》見地，觀點，見解，判斷：in my ～*s* 依我看來 / Beauty is in the ～ of the beholder.《諺》情人眼裡出西施。**6** 眼狀物；鏡頭孔；針鼻；鈕釦眼；（馬鈴薯等的）芽；目標的中心；眼球圖案；針孔；（鉤釦的）承鉤。**7** 颱風眼，颱風中心；〖海〗風吹來的方向。**8**《俚》偵探。

all (in) my eye《俚》夢話，胡說。

(an) eye for (an) eye 以牙還牙。

be all eyes《口》全神貫注，目不轉睛。

catch** a person's **eye 引人注目[注意]。

clap eyes on...《通常用於否定》遇見…，看見…。

cut an eye / cut the eyes《美俚》瞥見。

do** a person **in the eye《英俚》欺騙。

eyes and no eyes 有眼光與無眼光（之別）；有眼無珠的（人）。

get** one's **eye in〖運動〗《英》訓練眼力，培養洞察力。

get the eye《俚》(1) 被盯住，被送秋波。(2) 被冷眼相看。

give an eye to... 注意…，照料…。

give** one's **eyes for ... 為了…什麼事都做得出。

give** a person **the eye《俚》(1) 看上，送秋波。(2) 以冷眼看。

***give the glad eye to** a person* 送秋波；以歡迎、友善的眼色看。

have an eye on ... (1) ⇨ 名 (2) 盯著，想著，期望得到…，志在…。

have an eye to... (1) 注意…。(2) 著眼於…，以…為目標《 *doing* 》。

have eyes in the back of** one's **head 能知道一切。

have eyes only for... / only have eyes for... (1) 全神貫注；僅僅對…感興趣。(2) 只看到…。

have...in** one's **eye(s) 在心中想著，把…放在眼裡。

have one eye on... 對…的注意也不鬆懈。

hit** a person **between the eyes (1) 打擊要害。(2) 給予強烈的印象。

hit** a person **in the eyes (1) 揍某人的眼睛。(2) 吸引某人的眼光。

if** a person **had half an eye 如果稍加注意，如果不是完全痴呆的話。

in a pig's eye《俚》絕不。

in** one's **mind's eye 在心目中，在想像中。

in the public eye ⇨ PUBLIC（片語）

keep an eye on... 監視…，眼光不離…；照顧，照料。

keep an eye out（對…）嚴加警戒，密切注意…《 *for...* 》。

keep both eyes (wide) open 保持警覺，謹慎小心。

keep** one's **eye off...《常用於否定》把眼光由…移開。

keep** one's **eye on the ball (1)〖運動〗注視著球。(2) 細心注意，不錯失良機。

keep** one's **eyes open [《美》***peeled***,《英》***skinned***]（對…）保持警惕，小心監視，謹慎提防《 *for...* 》。

knock** a person's **eyes out《美俚》使某人嘆為觀止。

lay eyes on ...《用於否定，或與 **first, next** 等連用》看到，瞧見。

look** a person **in the eye 正視。

make** a person **open** his **eyes 令某人驚訝。

Mind your eye(s)!《英》注意！小心！

My eye!《口》《表示反對、驚訝等的叫聲》這真是意外！唉呀！哇！這怎麼可能？！

***one in the eye for** a person* 一大打擊。

open** a person's **eyes 使某人認清；使某人覺悟《 *to...* 》。

open** one's **eyes (1)（因驚訝而）瞪大眼睛。(2) 注目，睜開眼《 *to...* 》。

pipe one's eye / *put one's finger in one's eye* 哭泣。
see eye to eye (*with a person*)（與某人）見解完全相同《*on, over...*》。
set an eye by... 喜愛…；尊重…，看重…。
set [*clap, lay*] *eyes on* ... 瞧見。
shut [*close*] *one's eyes* (1) ⇨ 图 1. (2)《喻》視若無睹，不願考慮，不理會…《*to, on, against...*》。
spit in a person's eye 對某人的眼睛吐口水，侮辱某人。
take one's eye off... 停止看。
to the eye 給人的印象是，表面上。
up to the eyes 十分繁忙；債臺高築，深陷於…《*in...*》。
wipe a person's eye 打中某人未射中的獵物；以智取勝；用巧妙的手段得到。
with one's eyes open 明知危險，了解情況。
with half an eye (1)《美》不集中注意力地。(2)《英》一眼，一瞥，輕易地。
—動(**eyed, ey·ing,** 或～**·ing**) 及1 看，盯著看，打量。2 開孔。

'eye ap'peal 图Ⓤ《口》魅力，美貌。

eye·ball ['aɪ,bɔl] 图 眼球；眼睛：give a person the hairy ～《俚》冷眼看某人。
eyeball to eyeball《口》面對面《*with ...*》。
have an eyeball on...《俚》看。
—動 及不及《美俚》凝視，盯著看。

eye·ball-to-eye·ball ['aɪ,bɔltə'aɪ,bɔl] 形 面對面的。

'eye ,bank 图眼球銀行，眼庫。

'eye ,bath 图《英》= eyecup.

·eye·brow ['aɪ,braʊ] 图 1 眉毛，眉。2 天窗。3〖海〗活動遮陽板。
up to the [*one's*] *eyebrows* = up to the EYES.

'eyebrow ,pencil 图Ⓤ Ⓒ眉筆。

'eye ,catcher 图《口》引人注目的東西，美人。

eye-catch·ing ['aɪ,kætʃɪŋ] 形《口》引人注目的，漂亮的。～**·ly** 副

'eye ,chart 图視力檢查表。

'eye ,contact 图Ⓤ視線的相遇；凝視，注視；瞪。

eye·cup ['aɪ,kʌp] 图《美》洗眼杯。

eyed [aɪd] 形 1 有眼的；有芽的。2 有眼睛圖樣的。3《複合詞》長著…眼睛的。

'eye ,doctor 图眼科醫生。

eye·drop·per ['aɪ,drɑpə] 图 點滴器；眼藥水滴管。

'eye ,drops 图(複)眼藥水。

eye-fill·ing ['aɪ,fɪlɪŋ] 形《口》耳目一新的，很漂亮的。

eye·ful ['aɪ,fʊl] 图1 一瞥所見的量。2 滿眼。3《口》引人注目之物，美人。

eye·glass ['aɪ,glæs] 图 1 單眼鏡。2《～**es**》眼鏡。3 = eyepiece. 4 = eyecup.

eye·hole ['aɪ,hol] 图 1 = eye socket. 2 窺視孔；針眼；承鉤，扣眼；(繩索等的)環。

eye·lash ['aɪ,læʃ] 图 1 睫毛。2《集合名詞》(全部的)睫毛。
hang on by one's eyelashes《英俚》遇困境堅持到底。

eye·less ['aɪlɪs] 形 1 無眼睛的，無針眼的；《文》瞎的。2 沒有眼光的。

eye·let ['aɪlɪt] 图 1 帶孔；小孔；鵠眼狀金屬圈。2 窺孔；小洞。3 炮眼，槍眼。

'eye ,level 图Ⓤ（站立時）與眼同高。

·eye·lid ['aɪ,lɪd] 图眼瞼，眼皮：the upper ～ 上眼瞼。
hang (*on*) *by the eyelids* 千鈞一髮；處在危險萬分的情況下。
in the batting of an eyelid 轉瞬間。

eye·lin·er ['aɪ,laɪnə] 图Ⓤ（加強眼部輪廓用的）眼線化妝品。

eye·o·pen·er ['aɪ,opənə] 图 1 令人張目結舌的事，開眼界的經驗。2《美》提神酒，晨酒。

eye-o·pen·ing ['aɪ,opənɪŋ] 形 1《美》令人張目結舌的，大開眼界的；啓發性的。2 提神的。

'eye ,patch 图眼罩。

eye·piece ['aɪ,pis] 图 接目鏡。

eye-pop·per ['aɪ,pɑpə] 图《俚》令人驚訝的事物。

eye-pop·ping ['aɪ,pɑpɪŋ] 形《俚》令人目瞪口呆的，令人嚇一跳的。

'eye ,rhyme 图Ⓤ〖詩〗視覺韻。

eye·shade ['aɪ,ʃed] 图帽沿。

'eye ,shadow 图Ⓤ Ⓒ眼影。

eye·shot ['aɪ,ʃɑt] 图Ⓤ 視域，視野：beyond ～ of...在…的眼力所不及之處 / within ～ of...在…的眼力所及之處 / come into ～ of...進入…的視野。

eye·sight ['aɪ,saɪt] 图Ⓤ 1 視力，視覺：lose one's ～ 失明 / have poor ～ 視力不佳。2 觀看；視域，視野。

'eye ,socket 图眼窩。

eyes-on·ly ['aɪz'onlɪ] 形《美》最高機密的，限收件人閱讀的。

eye·sore ['aɪ,sor] 图刺眼之物；難看的東西；眼中釘。

eye·spot ['aɪ,spɑt] 图 1 鞭毛蟲等的視覺器官。2 眼狀斑點。

eye·stalk ['aɪ,stɔk] 图〖動〗(蝦、蟹等的)眼柄。

eye·strain ['aɪ,stren] 图Ⓤ眼睛疲勞。

eye·tooth ['aɪ,tuθ] 图 (複 **-teeth** [-,tiθ])〖齒〗上顎犬齒。
cut one's eyeteeth (1) 經驗漸增，世故漸深。(2) 初次學習 [嘗試]。
(*would*) *give one's eyeteeth*（為了交換想要的東西）願意付出大的代價《*for...*》。

eye·wash ['aɪ,wɑʃ] 图Ⓤ 1〖藥〗眼藥水；洗眼水。2《俚》胡扯，欺瞞的話；唬人的東西。

eye·wear ['aɪ,wɛr] 图Ⓤ 眼鏡類。

eye·wink ['aɪ,wɪŋk] 图眨眼；使眼色。

eye·wink·er ['aɪ,wɪŋkə] 图 1 = eyelash,

E

eyelid. **2** 進入眼內使人眨眼的異物。

eye·wit·ness ['aɪ'wɪtnɪs] 图（現場的）目擊者，證人《 *to, of...* 》。

—['aɪˌwɪtnɪs] 動及目擊，目睹。

ey·ot ['aɪət, et] 图《英方》= ait.

ey·rie, ey·ry ['ɛrɪ, 'ɪ-] 图= aerie.

Ez, Ezr 《縮寫》*Ezra*.

Ezek 《縮寫》*Ezek*iel.

E

E·ze·ki·el [ɪ'zikɪəl] 图 **1** 以西結：西元前六世紀的希伯來先知。**2** 以西結書：舊約聖經的預言書。略作:Ezek.

e-zine ['i'zin] 图電子雜誌。

Ez·ra ['ɛzrə] 图 **1** 以斯拉：活躍於西元前五世紀的猶太人先知、學者。**2** 以斯拉書：舊約聖經中的一書。

F f

F¹, f [ɛf] 名(複 **F's** 或 **Fs, f's** 或 **fs**) **1** Ⓤ Ⓒ英文字母第六個字母。**2** ⓊⒸ《**F**》《美》(學業成績)不及格。

F²《縮寫》*F*ahrenheit;〖電〗*f*arad(s);〖數〗*f*ield; *f*irm; *F*rench;〖數〗*f*unction (of).

F³ ['ɛf] 名 **1** Ⓤ(連續事物的)第六。**2** Ⓤ〖樂〗F音;F調;C長調的第四音。**3**《偶作**f**》(羅馬數字的)40。**4**《化學符號》fluorine. **5**〖理〗= force名8.

f《縮寫》*f*ailing;〖電〗*f*arad; *f*irm;〖攝〗*f*number, *f*ocal length;〖樂〗*f*orte².

F.《縮寫》*F*ahrenheit; *F*ebruary; *F*ellow; *f*ranc(s); *F*rance; *F*rench; *F*riday.

f.《縮寫》〖電〗*f*arad; *f*arthing; *f*ather; *f*athom; *f*eet; *f*emale; *f*eminine; *f*illy; *f*luid; *f*olio; *f*ollowing; *f*oot; *f*orm; *f*rom.

fa [fɑ] 名〖樂〗全音階之長音階的第四音;F音。

FAA《縮寫》〖美政府〗*F*ederal *A*viation *A*gency 聯邦航空總署。

fab [fæb] 形《主英口》= fabulous.

Fa·bi·an ['febɪən] 形 **1** 古羅馬費邊將軍式的;持久的;漸進的。**2**(英國)費邊社(社員)的。—名費邊社社員,費邊主義者。

~**·ism** [-ˌɪzəm] 名Ⓤ費邊主義。

Fabian So'ciety 名《**the** ~》費邊社:1884年由Sidney Webb等在英國創立,主張以和平漸進的方式來進行社會改革和推展社會主義。

fa·ble ['febl] 名 **1** 寓言。**2** 虛構的故事;謊話;胡扯。**3**《集合名詞·作單數》傳說,神話;(人人所談論的)人[事]。**4**(史詩、戲劇等的)情節。

fa·bled ['febḷd] 形 **1** 寓言或傳說中有名的;傳說的。**2** 不實在的;虛構的。

fab·li·au ['fæblɪˌo] 名(複**-aux** [-z]) 諷刺性敘事詩。

Fa·bre ['fɑbɚ] 名 **Jean Henri** 法布爾(1823–1915):法國昆蟲學家。

fab·ric ['fæbrɪk] 名 **1** ⓊⒸ 織物;布料;Ⓤ編織法;質地。**2** Ⓤ 構造,組織,結構;建築材料。**3** 構造物,建物。**4** Ⓤ 構築法,建造法。

fab·ri·cate ['fæbrɪˌket] 動及 **1** 製造;建造;建立;組合;裝配。**2** 虛構,捏造(謊言等);偽造。**-ca·tor** 名

fabricated ˌfood 名ⓊⒸ合成加工食品。

fab·ri·ca·tion [ˌfæbrɪ'keʃən] 名 **1** Ⓤ製造;組合;偽造。**2** 偽造物;謊言。

fab·u·list ['fæbjəlɪst] 名寓言作者;說謊者;偽造者。

fab·u·lous ['fæbjələs] 形 **1** 難以置信的;荒謬的。**2**《口》極好的;驚人的。**3** 想像的;傳說的,神話般的。~**·ness** 名

fab·u·lous·ly ['fæbjələslɪ] 副 難以相信地;驚人地;非常。

fa·çade, -cade [fə'sɑd, fæˌsɑd] 名(複~**s** [-z]) **1**〖建〗正面。**2** 外觀,外表。

:face [fes] 名(複**fac·es** [-ɪz]) **1** 臉,面孔:Right~!《號令》向右轉!/ About ~!向後轉!**2** 表情,面容;《常作~**s**》愁容,苦臉;鬼臉:make a ~ 扮鬼臉。**3** 臉部化妝:put on one's ~《口》化妝 / take off one's ~ 卸妝。**4**《通常作**the** ~》《口》魯莽,厚臉皮:have *the* ~ to do 厚著臉皮…,竟然膽敢…。**5** 假裝,表面:put a bold ~ on... 對…裝作毫不在乎;硬著頭皮撐下去。**6** 外觀;形勢,局面。**7** Ⓤ面目,面子,威信:lose (one's) ~ 失掉面子,丟臉。**8**(證券等的)票面額,面值;(文件的)字面。**9**(土地等的)表面;地勢;〖礦〗採掘面。**10**(物的)正面,表面;(鐘錶的)字盤;(建築物的)正面;(書的)頁面;(工具等的)使用面。

face down 臉朝下;表面向下。

***face to face* (*with*...)** (1) 面對面。(2) 面對。(3) 衝突,對立;到了決定性階段。

gain face 獲得權勢。

have two faces (1) 懷二心,言行不一致。(2) 有兩種意思,模稜兩可。

in a person's face (1) 當著某人的面。(2) 正對著…的面,由…的正面。

in (the) face of... (1) 縱然,即使。(2) 面對。(3) 想到…就。

keep (one's) face (1) 裝出嚴肅面孔。(2) 不在乎,不慌不忙。

on the face of it 從表面,看起來。

open one's face《俚》開口。

pull a long face 板著臉,拉長臉,不高興,沮喪。

put a new face on... 使面目一新[改觀]。

set one's face to... (1) 朝向。(2) 朝…邁出第一步,著手。

set one's face against... 斷然反抗,反對。

show one's face 露面,出現。

to a person's face 當著某人的面,毫不客氣地,公然地。

—動(**faced, fac·ing**)及 **1** 面朝;面向。**2** 轉向《*to, toward...*》。**3** 面臨,從正面談論《*with...*》;正視;勇敢地對付;抵抗《*down, out*》;《被動》使面對《*with, by*

... 》。**4** 塗，糊；覆蓋：（把裝飾品）鑲在《 *with...* 》。**5**（茶葉等）染色《 *up* 》；磨平，整修表面。**6** 翻出（撲克牌等的）正面；使（信）正面向上。**7**〖軍〗使轉向《 *about* 》。—不及 **1**（人）面向《 *to, toward* ... 》；（建築物等）朝向《 *on, to, toward* ... 》。**2**〖軍〗轉變方向《 *about* 》。**3**〖冰上曲棍球〗把橡皮圓盤投下，使比賽（再）開始《 *off* 》。

face about (1) ⇨ 動 不及 2. (2) 做[說]與以前正相反的事。(3) ⇨ 動 及 7.

face (it) out (1) 硬著頭皮做到底。(2) 周旋到底。

face off 《美》對抗，對決。

face the music ⇨ MUSIC（片語）

face up to... (1) 認定，承認（人、事等）的存在或重要性。(2) 勇敢地面對；正視。

'face ˌcard 名（撲克牌中的）人面牌。

'face ˌcloth 名 **1** = washcloth. **2** 表面光滑的呢絨。

face·down ['fes'daun] 名《美》攤牌；敵對。—副 表面向下地，臉朝下地。

'face ˌflannel 名《英》小毛巾，小方巾。

face-fun·gus ['fes,fʌŋgəs] 名 C U《英口》臉上的毛；鬍鬚；髯。

face-hard·en ['fes,hɑrdn̩] 動 及 使表面硬化。

face·less ['feslɪs] 形 **1** 沒有臉的；（鐘錶等）沒有字盤的。**2** 沒有特徵的；無法辨認的；不知名的。～·**ness** 名

face-lift ['fes,lɪft] 名 = face-lifting. —動 及 **1** 作拉皮手術。**2** 整修外觀；更新款式。

face(-)lift·ing ['fes,lɪftɪŋ] 名 U C **1** 臉部整形美容，拉皮術。**2**《口》整修外觀；更新款式。

face-off ['fes,ɔf] 名 **1**〖冰上曲棍球〗比賽開始。**2**《美口》對決。

'face ˌpack 名（清潔皮膚的）潔膚霜。

'face ˌpowder 名 U 撲面粉。

fac·er ['fesɚ] 名 **1** 化妝師，美容師；修整表面的人[物]。**2**《口》對臉部的打擊。**3**《英口》意外的難題；重大打擊。

face-sav·er ['fes,sevɚ] 名 保全或挽回面子的事物。

face-sav·ing ['fes,sevɪŋ] 形《口》保全面子的；有面子的；不丟臉的。

fac·et ['fæsɪt] 名 **1**（寶石等經切割的）小平面，刻面，割面；（岩片的）磨面。**2**（人或事的）一面，一端。**3**〖建〗（柱身凹槽間的）凸起面。**4**（骨頭等堅硬表面上的）小平滑面。

—動 (～·**ed**, ～·**ing** 或《英》～·**ted**, ～·**ting**) 及 **1** 在…上雕刻小平面。**2** 使（山脊等）風化形成磨面。

fa·ce·tious [fə'siʃəs] 形 不嚴肅的；滑稽的，詼諧的。～·**ly** 副, ～·**ness** 名

face-to-face ['festə'fes] 副 面對面地；對峙著，對立著；面臨著《 *with...* 》。—形 面對面的；直接接觸的；對峙的。

face(-)up ['fe'sʌp, '-,-] 副 臉朝上地。

'face 'value 名 U C **1**（證券、郵票等的）面值。**2** 表面價值，文字上的意義。

fa·cia ['feʃɪə] 名 **1**《英》汽車的儀表板。**2**（商店的）招牌。

fa·cial ['feʃəl] 形 **1** 臉上的，面部的，容顏的：～ angle 顏面角度，臉角 / ～ index 臉部指數（臉部寬度與高度的百分比）。**2** 臉用的。—名 美容術。～·**ly** 副

fa·ci·es ['feʃɪ,iz] 名 (複 ～) **1**（動植物群等的）面，外觀，外貌。**2**〖醫〗面容。

fac·ile ['fæsl̩] 形 **1** 流暢的，輕快的；輕便的；靈巧的，敏捷的。**2**《蔑》輕而易舉的；簡便的；淺顯的。**3**《古》隨和的，平易近人的；容易駕馭的。～·**ly** 副

fa·ci·le prin·ceps ['fæsəlɪ'prɪnsɛps] 形《拉丁語》輕易就成爲第一等的，出類拔萃的。—名 被公認的領導者。

fa·cil·i·tate [fə'sɪlə,tet] 動 及 使容易，使便利；促進，助長。

fa·cil·i·ta·tion [fə,sɪlə'teʃən] 名 U **1** 容易化，便利化；促進。**2**〖生理·心〗促進。

·**fa·cil·i·ty** [fə'sɪlətɪ] 名 (複 **-ties**) **1**《通常作 **-ties** 》設備，設施；便利，方便：*facilities* of civilization 文明的利器。**2** U 方便，便利，容易。**3** U C 技巧；熟練；（文體等的）流暢《 *for, in, with...* 》: have no ～ *in* games 沒有比賽才能，不適合於比賽。

fac·ing ['fesɪŋ] 名 **1** U C（牆壁的）飾面，飾面層；鋪面材料。**2** U C（衣服的）鑲邊，滾邊；鑲邊材料；《 ～**s** 》（表示兵種等）領飾，袖飾。

fac·sim·i·le [fæk'sɪməlɪ] 名 **1** 複製品，摹寫本，摹本：in ～ 逼真地。**2** U 電話傳真，無線電傳真，傳真照片或文字。—動 及 摹寫，複製；電話傳真（《口》fax）。—形 複製的；傳真的。

:fact [fækt] 名 **1** U 事實，真實，真理：story founded on ～ 依據事實的故事。**2** 事實；現實《 *of..., that* 子句 》: an established ～ 既定的事實。**3**《通常作 ～**s** 》實情：hear the ～*s* from an eyewitness 從目擊者口中聽取真相。**4**《 **the** ～ 》《常作 ～**s** 》〖法〗（犯罪等的）行爲，罪行。

a fact of life（必須接受的）現實人生。

as a matter of fact ⇨ MATTER（片語）

facts and figures 正確的知識；詳情。

in (point of) fact 事實上；確切地說。

the facts of life 《口》性知識。

'fact ˌfinder 名 實情調查員；調停者

fact-find·ing ['fækt,faɪndɪŋ] 形 實情調查的。—名 U 實情調查；調停。

·**fac·tion**[1] ['fækʃən] 名 **1** 小派別，派系，分派。**2** U（黨的）內部紛爭，派系爭鬥

fac·tion[2] ['fækʃən] 名 U C 寫實作品：小說或電影中的人物情節，乃真實與虛構合者。

fac·tion·al ['fækʃənl̩] 形 黨派的，派

的；黨派性的；利己性的。

fac·tion·al·ism ['fækʃənə,lɪzəm] 名Ⓤ 黨派心理；派系主義；派系傾軋，傾軋。

fac·tion·al·ize ['fækʃənḷ,aɪz] 動及《美》使分爲小派系，使起內訌。

fac·tion·ist ['fækʃənɪst] 名小派別的一分子；組織派系的人；黨羽。

fac·tious ['fækʃəs] 形專搞黨爭的；黨派的，好植黨派的；喜傾軋的；起於派系的。～**·ly**副, ～**·ness**名

fac·ti·tious [fæk'tɪʃəs] 形（笑等）不自然的，勉強的；人爲的，人工的：a ～ explanation 勉強的說明。～**·ly** 副 ,～**·ness** 名

fac·ti·tive ['fæktətɪv] 形〖文法〗作爲（動詞）的，使役的。～**·ly**副

fac·toid ['fæktɔɪd] 名ⓊⒸ似真似假的事件，馬路新聞。

fac·toi·dal [fæk'tɔɪdəl] 形似真似假的。

fac·tor ['fæktɚ] 名**1**因素，要素；原動力《*in...*》：a principle ～ 主要因素。**2**〖數〗因數，因子。**3**〖生〗遺傳因子，基因；〖生化〗因子，因素。**4**〖機〗因素，因數：the ～ of safety 安全係數。**5**代理商，掮客，（商務）代理人；委託販賣人；金融業者，金融機關。**6** 管家，地產經管人。

—動 及 **1**〖數〗作因數分解。**2** 把…算在內《*in*》。

fac·tor·age ['fæktərɪdʒ] 名Ⓤ **1** 代理商；代理買賣。**2** 代理佣金，介紹費。

fac·to·ri·al [fæk'torɪəl] 名〖數〗階乘。—形 **1**〖數〗階乘的；因數的。**2**代理人的，代理商的；駐外商務辦事處的。**3** 工廠的。

fac·tor·i·za·tion [,fæktərə'zeʃən] 名Ⓤ〖數〗因素分解。

fac·tor·ize,['fæktə,raɪz] 動 及 **1**〖數〗作因數分解。**2**〖法〗= garnishee動及1.

fac·to·ry ['fæktərɪ] 名(複**-ries**) **1** 工廠，製造廠。**2**《口》《蔑》製造場所，產生處；（罪惡的）溫床。**3**《昔》代理店，駐外商務辦事處。

factory ,farm 名工廠式飼養場。

factory ,farming 名Ⓤ工廠式飼養法。

factory ,ship名大型加工漁船。

fac·to·tum [fæk'totəm] 名聽差，雜役。

fac·tu·al ['fæktʃuəl] 形事實的，與事實有關的；根據事實的；實際的。～**·ly**副

fac·ture ['fæktʃɚ] 名Ⓤ 製造（法）；Ⓒ製成品。

fac·ul·ty ['fækəltɪ] 名(複**-ties**) **1** 能力《*for, of...*》：a great ～ *for* arithmetic 優異的算術能力。**2**《常作 **-ties**》（精神、身體的）機能，功能：lose one's *faculties* 喪失機能。**3**〖教〗(1)（大學的）科系；學院。(2)《集合名詞》《作單、複數》《美》（大學的）全體教授。(3)（大學、學校的）教職員。**4**（知識性職業的）全體從業人員；《 **the F-** 》《英口》醫學從業人員。**5** 權限，特權；〖教會〗權能，特別權限。

fad [fæd] 名**1** 一時流行的風尚，流行之物。**2**《英》奇想。

fad·dish ['fædɪʃ] 形風行一時的；趕時髦的；愛新奇的。～**·ness**名

fad·dist ['fædɪst] 名趕時髦者，愛新奇的人；《英》脾氣暴躁不易取悅的人。

·fade [fed] 動(**fad·ed, fad·ing**)不及**1**消退，變淡，減弱《 *away, off, down, out* 》。**2** 凋謝，枯萎。**3** 消失，衰弱。**4** 逐漸地消失；逐漸地被廢棄《*away, out*》。**5**（煞車）逐漸失靈。**6**（高爾夫球）偏離筆直的路線。—及使褪色；使衰退；使枯萎。

fade in（使）漸顯，淡入，漸明；（使）（音量）漸大。

fade out（使）漸隱，淡出，漸暗；（音量）漸小。

fade·a·way ['fedə,we] 名**1**（顏色等）消褪。**2**〖棒球〗內角曲球；（跑壘者的）避免被觸殺的斜身滑壘。

fad·ed ['fedɪd] 形褪了色的；衰弱的；已枯萎的；變舊了的。～**·ly**副,～**·ness**名

fade-in ['fed,ɪn] 名ⓊⒸ〖影視·廣播〗淡入，漸明，漸強。

fade·less ['fedlɪs] 形不褪色的，不凋謝的；不朽的；不變淡的。～**·ly**副

fade-out ['fed,aʊt] 名ⓊⒸ〖影視·廣播〗淡出，漸模糊，漸弱。

fad·ing ['fedɪŋ] 名Ⓤ**1** 逐漸褪色。**2**〖無線〗時強時弱。

fa·do ['fɑdu,-dʊ,-do] 名一種憂傷的葡萄牙民謠。

fae·ces ['fisiz] 名(複)《英》= feces.

fa·er·ie, fa·er·y ['feərɪ] 名 (複**-ies**)《古》**1** 仙鄉，仙境。**2** 神仙，仙子。—形神仙的；夢幻般的。

fag[1] [fæg] 動 (**fagged,** ～**·ging**) 及 **1**使疲勞，使疲倦不堪《 *away, out* 》；《反身》使疲憊不已：be *fagged out* 筋疲力竭。**2**《英》（在私立寄宿學校中）（高年級學生）差使（低年級學生）。—不及**1**《主英》工作得疲乏不堪；辛苦地工作《 *at ...* 》。**2**《英口》（在私立寄宿學校中）低年級學生（爲高年級學生）做差事《 *for ...* 》。—名 **1**《俚》紙煙，香煙。**2**（布等的）織成後的頭尾兩端。**3** 做苦工的人；《主英》辛苦的工作；疲勞。**4**《英口》（私立寄宿學校）爲高年級學生打雜的低年級學生。

fag[2] [fæg]《俚》男同性戀者。

'fag 'end 名**1** 布疋末尾的一端；繩索鬆散的一端。**2** 末端；《英》煙蒂。

fag·got[1] ['fægət] 名《英》= fagot.

fag·got[2] ['fægət] 名= fag[2].

fag·got·ry ['fægətrɪ] 名Ⓤ《俚》（男性的）同性戀行爲。

fag·got·y ['fægətɪ], **fag·gy** ['fægɪ] 形《俚》同性戀的；沒有男子漢氣概的。

'fag ,hag 名《美俚·常爲蔑》專與同性戀男子交往的女人。

F

fag·ot ['fægət] 名 1 小枝條捆成的柴把，束薪；一捆熟鐵；一束。2 五香包，藥草束。3《通常作~s》《英》用豬肝做成的菜肴。4 惹人討厭的女人。
一動 及 1 捆成束。2 以抽紗裝飾。

Fah(r). 《縮寫》*Fahr*enheit (thermometer).

·Fahr·en·heit ['færən,hart] 名 華氏溫度計 [刻度]。一形 華氏溫度計的。

fai·ence [far'ɑns] 名 U 塗釉的彩色陶器。

:fail [fel] 動 不及 1 失敗；不成功；落榜，不及格《*in*...》: ~ *in* an examination 考試不及格。2 不足，欠缺《*in*...》；缺乏《*of*...》: ~ *in* one's duty 未能履行義務。3 破產，倒閉。4 失靈，故障；(零件等) 折斷，彎曲。一及 1 不做，不會；未能達成，未能做到。2 沒有幫助，辜負期望；拋棄，使失望；缺少；忽略。3《口》沒有通過；給不及格的分數，使不及格。
fail safe 設安全裝置以防故障。
一名 1 U《美》證券的讓予分割之不履行。2 U C 不及格。
without fail 一定；務必。

failed [feld] 形 失敗的；不及格的。

fail·ing ['felɪŋ] 名 1 缺點，弱點；過失。2 失敗；不及格；破產；衰弱。
一介《文》如果缺乏…時，無。

faille [faɪl, fel] 名 U 羅緞；人造絲；棉布。

fail-safe ['fel,sef] 形 1〖電子〗有安全裝置的。2 設有雙重安全裝置的。3《偶作 F-》為防備轟炸機飛行中的失誤或故障而配備控制裝置的。一名 1 雙重安全裝置。2《偶作 F-》轟炸機的行進限制地點。
一動 及 不及 配備雙重安全裝置。

:fail·ure ['feljɚ] 名 1 U 失敗，失策《*in*, *of*...》；C 失敗者，失敗的事，失敗的企劃：a dismal ~ 淒慘的失敗（者）。2 U C 忽略，不履行《*in*...》；不會《*in*..., *to do*》: a ~ *in* duty 失職。3 U C 不足，不夠《*of*, *in*...》: ~ *of* issue〖法〗無後代，沒有子嗣。4 U C（活力等的）衰弱，減退；(機能的) 停止，故障《*of*...》。5 U C 破產，倒閉。6 U C 不及格（者）；不及格的成績。

fain [fen] 副〖詩〗《古》《與 **would** 連用》欣然地；積極地；樂意地。一形《敘述用法》1 (1) 欣然的；樂意的。(2) 受迫的。2 高興的。

fai·né·ant ['fenɪənt] 形 懶惰的，無所事事的（亦作 **faineant**）。
一名 懶惰者，無所事事者。

:faint [fent] 形 1 模糊的；暗淡的；輕微的；(思慮等) 不清楚的；微弱的：a ~ odor of gas 微弱的瓦斯味。2 微弱的；不感興趣的：with ~ hope 帶著一絲希望。3《敘述用法》感到頭暈的，虛弱無力的《*with*...》: turn ~ 變得頭暈目眩。4《古》沉悶的，令人不舒服的。5 無勇氣的，膽怯的。一動 不及 1 昏厥，神志昏迷《*away*》: ~ with hunger 由於飢餓而昏厥。2《古》變得衰弱，感到心情沮喪。3《古》(聲音等) 逐漸變弱。一名《通常作 **a**~》昏厥。

faint·heart ['fent'hɑrt] 名 膽怯者；猶豫不決的人。

faint·heart·ed ['fent'hɑrtɪd] 形 膽怯的；猶豫不決的。~·**ly** 副，~·**ness** 名

faint·ing ['fentɪŋ] 名 U 昏厥，昏倒。

faint·ly ['fentlɪ] 副 1 模糊不清地；輕微地。2 不熱中地；虛弱無力地；膽怯地。3 令人昏暈地。

faint·ness ['fentnɪs] 名 U 膽怯，無勇氣；暈眩。

:fair¹ [fɛr] 形 1 公平的；公正的《*to*, *with*, *toward*...》: by ~ means or foul 千方百計，不擇手段 / All's ~ in love and war.《諺》在愛情與戰爭中是不擇手段的。2 正直的，遵守規則的；適當的；合理的；堂堂正正的。3 可觀的，充分的；尚可的，普通的：receive a grade of ~ in English 英語一科得了「尚可」的成績。4 有希望的，很可能的。5〖氣象〗美好的，晴朗的。6 光滑的，平坦的；《古》沒有障礙（物）的，暢通無阻的。7 沒有污點或缺點的；清晰的；易讀的：a ~ name 美名，令譽。8 白晰的；(毛髮) 金色的；金髮白膚的。9（言詞等）有禮貌的；只是口頭上說說而已的。10《文》美麗的，美好的；有魅力的。11《澳·紐西蘭》《口》完全的，全然的。
Fair enough!《口》漂亮極了！好！
Fair's fair.《口》大家來個公平相待吧。
一副 1 公正地，公平地。2 直接地，正面地；順利地。3 清晰地；《古》有禮貌地。4《英·澳》全然地，完全地。
bid fair to do 很有…的希望。
fair and square《口》正直地，光明正大地。
一形《敘述用法》正直的，光明正大的。
一名《古》1 美麗的事物。2 美人；女性；受鍾愛的女人。
for fair《美俚》極度地，完全地。
no fair 違反規則之事。
一動 不及《以 **it** 為主詞》《方》(天氣) 轉，轉晴《*up*, *off*》。

·fair² [fɛr] 名 1《美》(農、畜產品等的) 評鑑會，評選會。2《主英》市集。3 博覽會；商展；展覽會。4 義賣會，慈善義賣會。
a day after the fair《口》過遲，太晚。

'fair 'ball 名〖棒球〗界內球。

'fair 'copy 名 文件的謄清本，清樣。

'fair em'ployment 名 U 公平雇用。

fair-faced ['fɛr'fest] 形 1 膚色白晰的，貌美的。2《英》未塗灰泥的。3 好像有理的。

'fair 'game 名 U 1（攻擊、批評等的）適當對象或目標。2 可合法獵捕的鳥獸。

fair·ground ['fɛr,graʊnd] 名《常作

作單數》展覽會或評選會的場地。

ir-haired ['fɛr'hɛrd] 形 金髮的；《口》寵愛的，令人喜歡的。

ir·ing ['fɛrɪŋ] 图 1 Ⓤ〖空〗(飛機的)減少阻力裝置。2 流線型構造。3《英》(市集上的)禮物，禮品。

ir·ish ['fɛrɪʃ] 形 1 尚可的，還好的。2 (膚色)較白的，(頭髮)淡金黃色的。

ir·ly ['fɛrlɪ] 副 1 公平地，公正地；正地，合法地；適當地，相稱地：act ～ to l men 公平對待所有的人。2 相當；尚可。3《口》完全地；真正地，確實地。4 楚地，明確地。

irly and squarely = FAIR and square.

ir-mind·ed ['fɛr'maɪndɪd] 形 公正的，平的。

ir·ness ['fɛrnɪs] 图 Ⓤ 1 公平，公正：in to a person 為了對某人公平起見。2 美；白膚，金髮。

ir 'play 图 Ⓤ 公平的比賽；公正的處；光明正大的行為。

ir 'sex 图《the ～》《集合名詞》女，婦女。

ir 'shake 图 公平的待遇。

ir-spo·ken ['fɛr'spokən] 形 談吐文雅；甜言蜜語的。

ir 'trade 图 Ⓤ 公平交易，公平貿易。

r-trade ['fɛr'tred] 動 及 依照公平貿易協定銷售（貨品）。─形 公平交易的。

r·way ['fɛr,we] 图 1 通行無阻的道路。〖海〗主航道；航路，水道。3〖高爾〗(開球區與果嶺之間的)平整草坪。

r-weath·er ['fɛr,wɛðɚ] 形 1 僅適合於天的。2 順境時才有的，可共安樂而不共患難的，酒肉之交的：a ～ friend 酒朋友。

r·y ['fɛrɪ] 图(複 fair·ies) 1 小仙子，仙。2《俚》同性戀男子。─形 小仙子；仙女似的；纖細的。

ry ,lamp [,lights] 图 裝飾燈；彩小燈泡。

r·y·land ['fɛrɪ,lænd] 图《常作 F-》1 仙境；童話國度。2 世外桃源，樂園。

ry ,ring 图 仙人圈，菌環。

ry ,tale [,story] 图 1 神話故事；童。2 捏造的故事；謊言。

r·y·tale ['fɛrɪ,tel] 形 極美的，極佳的；可思議的。

t ac·com·pli [,fɛtəkɑm'pli] 图(複 fa-ac·com·plis)《法語》既成事實。

th [feθ] 图 1 Ⓤ 信賴，信任；信仰，信《in...》：give ～ to his promise 相信他諾言 / have ～ in one's friends 信賴朋友 in one's ～ on... 堅決相信，絕對信任。自信，確信；信念《in, with...》。3 信，教義；宗教；《the ～, the F-》信仰系，基督教。4 Ⓤ 義務，責任；保證，言，誓約：by one's ～ 發誓（為真），保（確實）；一定：break (one's) ～ with... 某人不守信用；對…背信。5 Ⓤ 遵守；履行；忠實；誠實：act in bad ～ 行為不誠實。

in faith 確實；真正地。

in my faith《古》實在，誠然，真正地。

on faith 完全相信地。

'faith ,cure 图 Ⓤ 信仰治療法。

·faith·ful ['feθfəl] 形 1 忠實的，誠實的；有責任感的；守信的；忠心的；篤信（宗教）的《to, in...》：be ～ to one's promise 信守諾言 / be ～ in the performance of one's duties 忠實地履行義務。2 可信賴的。3 (合於事實地)正確的，原原本本的；翔實的，逼真的。─图《the ～》《集合名詞》1 忠實的支持者。2 忠實的信徒，基督教徒，回教徒。～·ness 图 Ⓤ 忠實，誠實。

faith·ful·ly ['feθfəlɪ] 副 忠實地，誠實地；正確地；翔實地。

Yours faithfully,《書信結尾的客套語》敬上，謹上。

faith(-)heal·er ['feθ,hilɚ] 图 信仰治療法治療師。

'faith ,healing 图 Ⓤ 信仰治療（法）。

faith·less ['feθlɪs] 形 1 不忠實的，不貞的，《to...》：a ～ husband 有外遇的丈夫。2 靠不住的，不可信賴的。3 無信心的；無信仰的；無信念的。～·ly 副

fake [fek] 動 及 1 捏造；偽造，仿造《up》：～ an alibi 捏造不在場證明。2 掩飾缺點，為使外表好看而做假；加以修改，予以潤色。3《口》假裝。4《俚》當場應付解決。5〖運動〗以假動作牽制《out》。6〖爵士〗即席演奏。─不及 1 偽造；假裝。2〖運動〗以假動作牽制對手。3〖爵士〗作即席演奏。─图 1 偽造物，贗品；詭計。2 騙子。3 不實的話，捏造的故事。─形 偽造的，假的，冒充的。

fak·er ['fekɚ] 图《口》1 偽造者；詐欺者，騙子。2 賣假貨的攤販。

fak·er·y ['fekərɪ] 图(複 -er·ies) Ⓤ 捏造，偽造；欺詐；Ⓒ 偽造物。

fa·kir [fə'kɪr, 'fekɚ] 图 1 (回教、印度教的)苦修僧，修行者，托鉢僧。2 回教團體的成員。

fal·cate ['fælket] 形 鉤狀的，鐮刀形的。

fal·chion ['fɔltʃən] 图 (中世紀時的)鐮形刀，偃月刀；《古》劍。

fal·ci·form ['fælsə,fɔrm] 形 鉤狀的。

fal·con ['fɔlkən] 图〖鳥〗鷹；獵鷹。～·er 图 放鷹者，養鷹者。

fal·con·ry ['fɔlkənrɪ] 图 Ⓤ 放鷹狩獵；獵鷹訓練術。

fal·de·ral ['fældə,ræl], **-rol** [-,rɑl] 图 1 (古歌謠中常見的)無意義的重複詞句。2《美》無意義的事情；無聊的話，胡說；無價值的東西。

'Falk·land 'Islands ['fɔklənd-] 图(複)(英屬)福克蘭群島：位於南大西洋。

:fall [fɔl] 動 (fell, ～·en, ～·ing) 不及 1 掉下，跌落，墜落；下降；掉落；脫落；流

F

下。**2** 跌倒，倒下《偶用 *down*》；跪下；負傷倒下；倒地死亡；倒下，倒塌《偶用 *over*》：～ *over a* stick 被木棍絆倒／～ on one's back 仰面倒下；跌得四腳朝天／～ (*down*) on one's knees 跪下／～ in war 戰死／～ on one's sword 舉刀自盡，自刎。**3** 垂下；下沉；傾斜《*to...*》；流注《*into...*》。**4** 減少；下跌；降低；減弱；衰退。**5** 往下看；（突然）變得沮喪，變得陰沉。**6** 屈服（於誘惑），失去貞操，墮落；懷孕。**7** 失去（地位、身分等）；失足：～ from power 失去權力。**8** 陷落；垮臺；滅亡。**9** 變爲，陷入（某種狀態），開始，養成，變成《*into, in...*》；脫離《*from, out of...*》；成爲：～ *in* love with... 愛上…／～ *into* difficulties 遭遇困難／～ *into* a violent rage 勃然大怒／～ *out of* fashion 不受歡迎，不再流行／～ (a) victim to... 成爲…的犧牲品。**10** 來臨，到來；降臨；來襲，（感情等）發生《*over, on, upon...*》；（布幕）落下。**11**（從口）說出，透露《*from ...*》。**12** 適逢；落在《*on, upon, to...*》。**13** 屬於（…的）領域，可納入（…的）範圍《*within, under...*》；分成，分爲《*into ...*》。**14** 留傳；成爲（某人）所有《*to...*》。**15** 投射，朝向，集中；落於《*on, upon...*》。

fall aboard (1) 相爭《*with...*》。(2)〖海〗與…相撞。(3) 襲擊，攻擊。

fall about (laughing)《英口》禁不住笑得前俯後仰。

fall across... 偶然遇見，邂逅。

fall all over...《口》對…過度親熱，對…極爲熱情；對…叩頭作揖。

fall among... (1) 突然陷於…的手中。(2) 置身於…的行列。

fall apart 碎裂，散裂；崩潰，解體。

fall asleep at the switch 怠忽職守。

fall astern（船）落後。

fall away (1) 脫落《*from...*》。(2) 不支持，疏遠，背叛，背棄《*from...*》。(3) 消瘦。(4) 減少《*to...*》。(5) 消失；消散；平息，停止。(6) 傾斜（至…）《*to...*》。

fall back (1) 回復《*into...*》。(2) 後退，屈服；退縮；撤退《*to...*》。

fall back on... (1) 退守至，撤退到。(2) 求助於，依靠。

fall behind（競爭等）落後；欠繳；拖欠；延誤落後《*in, on, with...*》。

fall below... 減少至…以下。

fall by the wayside 中途放棄。

fall down (1) 倒下；倒在地上。(2) 順流而下。(3) 不完成；《口》失敗；做得不好《*on...*》。(4)（議論等）不完善。(5) 由…滾落。(6) 流下（河川等）。

fall flat ⇨ FLAT[1]（片語）

fall (flat) on one's face (1)《口》臉朝下跌倒，仆倒。(2) 叩拜。(3) 完全失敗。

fall for...《俚》(1) 受…的騙，上…的大當。(2) 被迷住，愛上。

fall foul of... ⇨ FOUL（片語）

fall in (1) 掉入，跌入。(2) 塌陷；下陷；（面頰）凹進去。(3) 排隊；《集合，整隊。(4) 到期，期限屆滿入手中，可供使用。(6) = FALL in

fall in for... 獲得；分享；參與。

fall into... (1) 掉進，陷入。(2) ⇨動 9, 13.

fall into line (1) 排齊。(2) 步調一致同一步調；同意，贊成《*with...*》。

fall into place 前後吻合，前後一致

fall into step 配合步伐開始走，…）《*with...*》。

fall into the hands of... 歸…所有；處理；落入…之手。

fall in a person's way 落在…手中，有；被…看到。

fall in with... (1)（偶然）相識，遇調和；贊成，同意。

fall off (1) ⇨動不及1. (2) 退出，背手，分離；離開《*from...*》。(3) 降步；衰退；減少。(4)（失足）墜落

fall on one's feet ⇨ FOOT（片語）

fall on... (1) ⇨動不及2,10,12,15. (2) 攻擊，襲擊；貪婪地吃。(3)《文》的雙肩，由…負擔。(4) 遭逢。(5) 到。

fall on a person's ears《文》給某人

fall out (1) 掉出，脫離《*of...*》；落出；脫落。(2) 爭吵，吵架《*with..*和《*over, about...*》。(3)《以 **it** 爲主巧…，發生。(4)《與 **well** 等副詞連果是。(5) 離開行列，解散；離開（去排隊《*of...*》；《命令》解散。(6) *of...*》。(7) 散落。

fall over (1) ⇨動不及2. (2) 越過…而 (3) ⇨動不及10.

fall over backward = FALL over one

fall over one another 爭先恐後；激《*for...*》。

fall over oneself (1) 跌倒。(2)《口》…而）拚命做，努力《*to do, for..*

fall short ⇨ SHORT副（片語）

fall through (1)（穿過某個表面而）(2)《口》未能實現，失敗。

fall to (1) 開始飲食。(2) 自動關閉。至。(4) 開始。(5)《以 **it** 爲主詞》是責；落在…的頭上。(6) ⇨動不及 2

fall under... (1) 屬於…的管轄。(2 不及13. (3) 受到（注意等）。

let...fall / let fall... (1) 丟下；使倒下落。(2) 無意中說出，洩漏，透露

—名 **1** 墜落，落下（的物品）；降落差。**2**《主美》秋天：in (the) ～在 **3** 下跌，下降，減退；降低《*in...*》；降臨；退落。**4**《通常作～**s**》瀑布 Niagara *Falls* 尼加拉瀑布。**5** 下度。**6** 跌倒；倒塌；戰死：have a ～ 掉落。**7** 下垂，垂下；額前額密髮；長而披垂的假髮。**8**《**a** ～》被墮落《*from...*》；《**the F-**, 偶作

〖神〗墮落罪；人類墮落的原罪。9《俚》逮捕：take a ～ 被逮捕。10 陷落，崩潰；滅亡，衰落。11 部位；〖樂〗終止。12〖角力〗摔倒；一回合。13 帽子上垂下來的面紗；裝飾用的下垂飾物；寬幅領子；鋼琴鍵盤蓋子。14 誕生；(同一胎出生的動物的)頭數。15 滑車的吊索；《通常作～s》卸貨裝置。16 木材的採伐(量)。

ride for a fall 以胡搞招致失敗。

take a fall out of... 《俚》擊敗，勝過。

try a fall with... 一決勝負，較量一番。

—形《限定用法》秋天的；秋季播種的；秋天成熟的；秋天用的。

fal·la·cious [fə'leʃəs] 形 1 使人誤解的，虛偽的，欺騙的；靠不住的，令人失望的。2 邏輯上不正確的，不合理的。

～·**ly** 副, ～·**ness** 名

fal·la·cy ['fæləsɪ] 名(複-**cies**) 1 謬誤，誤謬的信念；謬論。2 Ⓤ Ⓒ〖理則〗謬論；謬誤的推論。

fal(-)lal [,fæl'læl] 名《主作～s》華麗而廉價的裝飾品。

fall·back ['fɔl,bæk] 名 失敗時可退而求助的事物；應急的辦法；退路。

fall·en ['fɔlən] 動 **fall** 的過去分詞。—形 1 落下的；減少的，降低的。2 倒下的，躺臥的；已死的；《**the** ～》《名詞》戰死者：a ～ soldier 陣亡士兵。3 墮落的，不道德的；不貞節的：a ～ woman 墮落的女人；妓女。4 被摧毀的，陷落的；被推翻的，滅亡的。5 消瘦的，凹陷的。

fall ,guy 名《美俚》1 易上當的人。2 被害者，替罪者。

fal·li·ble ['fæləbl] 形 1 可能犯錯的，容易犯錯的。2 易產生錯誤的。

fal·li·bil·i·ty [,fælə'bɪlətɪ] -**bly** 副

'falling 'door 名 吊門，落地門。

fall·ing-out ['fɔlɪŋ'aut] 名(複-**ings-out**, ～**s**) 失和，爭執，吵架。

'falling 'star 名 流星，隕石。

'fall ,line 名 1 瀑布線。2〖滑雪〗直接下滑線。

fall-off ['fɔl,ɔf] 名 減少，衰退。

Fal'lo·pi·an ,tube [fə'lopɪən-] 名《偶作 f-》〖解·動〗輸卵管。

fall·out ['fɔl,aut] 名《口》1 Ⓤ 原子塵；原子塵的落下；輻射塵；降落物：a ～ shelter 防止輻射塵的地下掩體。2 副產物，結果。3 放棄者。

fal·low¹ ['fælo] 形 1 休耕的：lay land ～ 使土地休耕。2 不被使用的；不活躍的；尚未實行的。—名 Ⓤ 休耕地；休耕；犂耕。—動 及 使休耕。～·**ness** 名

fal·low² ['fælo] 形 淡黃色的。

'fallow 'deer 名〖動〗(歐洲產的)梅花鹿。

fall-trap ['fɔl,træp] 名 陷阱。

false [fɔls] 形(**fals·er, fals·est**) 1 錯誤的，不正確的；不準確的：～ concord〖文法〗不一致 / make a ～ move 採取錯誤的行動。2 作虛偽陳述的，撒謊的；虛偽的：～ testimony 偽證。3 不忠實的，不誠實的；背叛的；沒有誠意的，無信義《*to* ...》；騙人的，使困惑的：a ～ friend 不忠實的朋友。4 非真實的，人造的；偽造的；仿造的；〖生〗假的，仿的；〖醫〗疑似的：a ～ coin 偽幣 / ～ eyelashes 假睫毛 / ～ dice 做了手腳的骰子。5 估計錯誤的，不適切的；輕率的。6 暫時的；輔助的：～ supports for a bridge 橋的臨時支柱。—副 有差錯地，錯誤地；不誠實地；背叛地。

play a person false 欺騙，出賣(某人)。

～·**ly** 副 錯誤地；不誠實地；虛偽地。

～·**ness** 名 Ⓤ 錯誤；虛偽；不誠實，背叛。

'false a'larm 名 1 虛報火警。2 一場虛驚，錯誤的警報。

'false ar'rest 名〖法〗非法逮捕。

'false 'bottom 名 活動底板。

'false 'cognate 名 外國語和本國語中，形音相似而意義不同的字詞。(或稱'false 'friend)

'false 'color 名 Ⓤ〖攝〗紅外線攝影。

'false-'color 形 紅外線攝影的。

'false 'colors 名(複) 1 外國國旗。2《喻》冒充，假名。

'false 'face 名 化裝面具，假面具。

false-heart·ed ['fɔls'hɑrtɪd] 形 奸詐的，虛偽的。～·**ly** 副, ～·**ness** 名

false·hood ['fɔlshud] 名 1 謊言；Ⓤ 欺騙：tell a ～ 說謊。2 錯誤；錯誤的想法。

'false im'prisonment 名 Ⓤ〖法〗非法監禁，非法拘留。

'false pre'tenses [《英》pre'tences] 名(複)〖法〗詐欺(罪)。

'false 'start 名 1 起跑過早，偷跑。2 失敗的開頭，出師不利。

'false 'step 名 失足，絆倒；愚行。

'false 'teeth 名(複)《口》假牙。

fal·set·to [fɔl'sɛto] 名(複～**s** [-z]) Ⓤ Ⓒ〖樂〗假聲；Ⓒ 假聲歌手。—副 假聲地。

fals·ies ['fɔlsɪz] 名(複)《口》胸罩襯墊。

fal·si·fi·ca·tion [,fɔlsəfə'keʃən] -**fi·'ca·tion** 名 Ⓤ 作假；偽造；竄改；歪曲。

fal·si·fy ['fɔlsə,faɪ] 動(-**fied**, ～·**ing**) 及 1 歪曲；偽造；作虛偽申報：～ one's score 偽造分數。2 證明…為錯誤，駁倒，反證。3 使落空，使沒必要。—不及 作假，撒謊；作虛偽的申述。-**fi·er** 名

fal·si·ty ['fɔlsətɪ] 名(複-**ties**) 1 Ⓤ 虛偽，錯誤。2 不誠實的行為；謊言。

Fal·staff ['fɔlstæf] 名 **Sir John**, 法爾斯達夫：Shakespeare 所著戲劇 *Henry IV* 與 *Merry Wives of Windsor* 中的一位快活、機智、愛吹噓的肥胖騎士。

Fal·staff·i·an [fɔl'stæfɪən] 形 法爾斯達夫式的。

·**fal·ter** ['fɔltɚ] 動 不及 1 蹣跚，搖晃。2 結結巴巴地說，口吃；堵塞住。3 躊躇，遲

疑；動搖；畏怯。4 勢力衰退。
—㊉支吾地說出，口吃地說出；猶豫地說《*out*》。—㊔ 1 躊躇；躊躇；畏怯。2 口吃，支吾。

fal·ter·ing ['fɔltrɪŋ] ㊊ 1 猶豫的，遲疑的。2 效力減弱的。～·**ly** ㊋

:fame [fem] ㊔Ⓤ 1 名望，名氣，聲譽：a musician of world-wide ～ 享譽全世界的音樂家 /achieve ～ 成名。2《文》傳聞，社會上的評價：a house of ill ～《古》妓院。

F

famed [femd] ㊊著名的，聞名的《*for..., to be*》；負有盛名的《*as...*》。

fa·mil·ial [fə'mɪljəl] ㊊家族的，親族的；家族特有的，一族遺傳的。～·**ly** ㊋

:fa·mil·iar [fə'mɪljɚ] ㊊ 1 普通的，平常的，經常發生的：a ～ story 耳熟能詳的故事。2 爲人所熟知的，熟悉的《*to...*》；精通的《*with...*》：be ～ *with* English 通曉英語。3 非正式的；融洽的，無拘無束的，親密的：talk in a ～ tone 以親切的語調說話。4 過於隨便的，冒失的；親暱的，異常親密的《*with...*》：make oneself ～ *with...* 變得親熱起來；使自己通曉。5 馴養的。—㊔ 1 親友，熟人，親密的夥伴。2 = familiar spirit. 3〖天主教〗宗教裁判所的捕吏；僕人。～·**ness** ㊔

·fa·mil·i·ar·i·ty [fə,mɪlɪ'ærətɪ] ㊔ (複 -**ties**) 1 Ⓤ 熟悉，精通《*with...*》；熟悉感《*of...*》。2 Ⓤ親密，親近；融洽；親暱：have personal ～ *with...* 與…有私交。3 Ⓤ過分的隨便，放肆；《常作-**ties**》親密的行爲：*F*- breeds contempt.《諺》過度親密易生侮慢之心；近之則不遜。

fa·mil·iar·i·za·tion [fə'mɪljərə'zeʃən] ㊔Ⓤ熟習，精通；通俗化。

fa·mil·iar·ize [fə'mɪljə,raɪz] ㊍㊉ 1 使熟悉；《反身》使熟習，精通《*with...*》：～ students *with* the use of the dictionary 使學生熟習字典的用法。2 推廣，使一般化《*to...*》：～ new ideas *to* the general public 使一般大眾熟悉新的觀念。
-**iz·ing·ly** ㊋

fa·mil·iar·ly [fə'mɪljɚlɪ] ㊋ 1 親近地；不拘禮地，隨便地。2 通常地，一般地。

fa'miliar 'spirit ㊔ 1 (供女巫使喚的) 傭魔。2 爲靈媒所召喚出來的死者靈魂。

fam·i·lism ['fæmə,lɪzəm] ㊔Ⓤ〖社〗家庭主義，家族主義。

:fam·i·ly ['fæməlɪ] ㊔ (複-**lies**) 1《集合名詞》家庭，一家人：a ～ of two 只有夫婦兩人的家庭。2 Ⓤ《集合名詞》小孩們：raise a ～ 養孩子 / start a ～ 生下頭胎子女。3 配偶與子女；全家人，家屬，家眷。4 親族；家族：the royal ～皇室，皇族。5 Ⓤ《主英》門第，家世，名門。6 全體部屬，高級幕僚：the office ～ 公家機構的職員。7 一群，集團；像家族關係般過生活者：the human ～人類。8 種族，民族；〖語言〗語系；〖化〗族；〖數〗族，群，集合。9〖生〗科。10《常作 **F-**》《俚》家族：各地區的幫派組織。11 住在一起的一群嬉皮。—㊊《限定用法》家庭的，家族特有的，適合家庭的。
in the family way 《口》(1) 像一家人似地，融洽地，不拘形式地。(2) 懷孕的。
run in a family (疾病、傾向等) 爲一家所共有，世代相傳。

'family al,lowance ㊔《英》家庭津貼，眷屬津貼。

'family 'Bible ㊔家庭用大型聖經。

'family 'circle ㊔ 1 家庭圈子，全體家人。2 (劇院等的) 家庭席。

'family 'doctor ㊔家庭 (特約) 醫師。

'family ,hotel ㊔家庭旅館。

'family ,hour ㊔《美口》闔家觀賞電視時間：通常爲晚間 7 至 9 點。

'family ,man ㊔有家室的男人；愛管家務的人，喜愛家庭生活的人。

'family 'name ㊔姓。

'family 'planning ㊔Ⓤ家庭計畫；《廣義》計畫生育，節育。

'family 'practice ㊔Ⓤ家庭醫學。

'family 'skeleton ㊔家庭祕密，家醜。

'family 'style ㊔Ⓤ，㊊家庭式 (的)，自助餐式 (的)。

'family 'therapy ㊔ⓊⒸ〖心〗家庭治療法。

'family 'tree ㊔家系圖，家譜。

·fam·ine ['fæmɪn] ㊔ 1 ⓊⒸ 饑荒，饑饉；空腹，飢餓：～ prices 缺貨時的高價。2 嚴重的缺乏，荒。

fam·ish ['fæmɪʃ] ㊍㊉《通常用被動》使挨餓；使餓死。—㊈挨餓，餓死。

fam·ished ['fæmɪʃt] ㊊非常飢餓的。

:fa·mous ['feməs] ㊊ 1 著名的，有名聲的《*for...*》；聞名的《*as...*》：a town ～ *for* its scenic beauty 以風景美麗馳名的城鎮。2《較罕》優越的，極好的，精彩的；恰好的《*for...*》：give a ～ performance 做了一次精彩的表演。

fa·mous·ly ['feməslɪ] ㊋ ～·**ly** ㊋ 出名地；《口》極好地，非常令人滿意地。

:fan¹ [fæn] ㊔ 1 扇子；風扇，送風機：a folding ～ 摺扇 / a ventilating ～ 通風扇。扇狀物。3 簸箕。
—㊍ (**fanned**, ～·**ning**) ㊉ 1 扇；扇涼；風；扇走《*away*》；扇…使其燃燒；動；刺激…使其成爲 (某種狀態)《*int...*》。2 徐徐地吹，輕撫。3 使展成扇形《*out*》。4 搜查。5 連續發射；《俚》啪一聲地打。6 以簸箕除去。7〖棒球〗將…振出局。—㊈ 1 晃動，飄動。2 展開扇形；燒開成扇形；向四面八方散開《*out*》。3〖棒球〗揮棒落空被三振出局。

·fan² [fæn] ㊔《口》狂熱支持者，熱愛者迷：a movie ～ 電影迷。

fa·nat·ic [fə'nætɪk] ㊔盲信者；狂熱的好者，狂熱的擁護者：a religious ～ 宗狂熱分子。—㊊ = fanatical.

-nat·i·cal [fə'nætɪkl] 形 盲信的；狂熱
的；狂熱分子的。～·ly 副
-nat·i·cism [fə'nætə,sɪzəm] 名Ⓤ 盲信；
熱；Ⓒ盲信行爲，狂熱行爲。
-nat·i·cize [fə'nætə,saɪz] 動 及 使盲
；使狂熱。
n·cied ['fænsɪd] 形 1 想像的，幻想
，空想的。2 喜愛的，中意的。
n·ci·er ['fænsɪə] 名1 愛好者，有特別
好者；飼養者，玩賞者：a dog ～ 愛狗
，狗迷。2 幻想者，夢想者。
n·ci·ful ['fænsɪfəl] 形 1 沉迷於幻想
，異想天開的。2 想像中的，虛構的。
奇特古怪的。～·ly 副, ～·ness 名
n·cy ['fænsɪ] 名(複 -cies) 1Ⓤ 幻想，想
；幻想力，想像力。2 夢想，心象；無
據的想法；幻念。3 反覆無常，一時的
頭：a passing ～ 一時的心血來潮 / follow
e's *fancies* 隨情緒而定，任性。4 喜好，
好：catch a person's ～ 投合某人的心
；討某人的喜歡。5Ⓤ 審美力；判斷
，鑑賞力；品味：a man of fine ～品味
尚的人。6 雙種培育。7《the ～》《集
名詞》愛好者。
a person's ***fancy*** 合（人）意的。
形 (-ci·er, -ci·est)《除義 1、2 外均爲限
用法》1 裝飾性的，別出心裁的，精心
計的。2 基於空想的；不規則的，奇特
；反覆無常的，離奇的。3 高昂的。4
美》上等的，極好的。5 新種的，特別培
的；雜色的。6 出售裝飾精品的。7 需
殊技巧的，特技的。
動 (-cied, ～·ing) 及 1《常用於疑問、否
》想像，幻想；想成。2《命令》想想
；竟然會，原來是。3《反身》《口》自
爲，自以爲。4 覺得，以爲。5 愛好，
歡，想要。6 飼養，培育。—感 想不
！
ncy 'ball 名 化裝舞會。
ncy 'dan [-'dæn] 名1 裝腔作勢的人，
而不實的人。2 虛張聲勢的人；以優美
作引人注目的運動選手。
ncy 'dress 名 1 奇裝異服。2Ⓤ 化裝
會用的服裝。
ncy 'dress ,party 名 化裝舞會。
n·cy-free ['fænsɪ'fri] 形 自由奔放的；
拘束的；不在戀愛中的；未婚的。
ncy ,goods 名(複) 別緻的飾品，精美
小物品。
ncy ,man 名 1 愛人，情郎；吃軟飯
；淫媒，拉皮條的人。2 賭徒，賽馬馬
賭徒。
ncy ,woman 名 情婦；品行不良的
女；妓女（亦稱 **fancy lady**）。
n·cy·work ['fænsɪ,wɝk] 名Ⓤ 刺繡品。
n·dan·go [fæn'dæŋgo] 名（複 ～s,
es) 方旦戈舞；方旦戈舞曲。
ne [fen] 名《古》神殿，寺院；教堂。
n·fare ['fæn,fɛr] 名1 短促活潑的吹奏。
ⓊⒸ 虛張聲勢，誇耀；《口》宣傳。

fang [fæŋ] 名1 毒牙；尖牙；似犬牙的牙齒。2 齒根；《口》牙齒。3 長細尖部分；尖端。**fanged** 形 有毒牙的；有尖牙的。
fan·gle ['fæŋgl] 名 流行，新款式：new ～*s* of dress 服裝新款式。
fan·jet ['fæn,dʒɛt] 名 鼓風式噴射發動機，扇葉渦輪引擎；裝有扇葉渦輪引擎的飛機。
'fan 'letter 名 歌迷、影迷等寄來的信。
fan·light ['fæn,laɪt] 名 扇形窗。
'fan ,mail 名Ⓤ 影迷、球迷等的來信。
fan·ner ['fænə] 名 1 扇風者，用扇子的人。2 簸穀機；送風機，通風機。
Fan·nie, Fan·ny ['fænɪ] 名〖女子名〗芬妮：Frances 的暱稱。
fan·ny ['fænɪ] 名 (複 -nies) 1《美俚》臀部，屁股。2《俚》女性性器官。
'fanny ,pack 名〖美〗腰帶包，腰間包。
fan·tab·u·lous ['fæn,tæbjələs] 形〖俚〗極佳的。
fan·tail ['fæn,tel] 名 1 扇狀尾。2 扇尾鴿；扇尾金魚。3〖建〗扇狀結構物；放射形結構。**'fan-tailed** 形
fan·ta·sia [fæn'teʒə, -ɪə] 名1〖樂〗(1) 幻想曲。(2) 接續曲。2 = fantasy 5.
fan·ta·sist ['fæntəsɪst] 名 幻想曲作者；幻想文學作家。
fan·ta·size ['fæntə,saɪz] 動 不及 幻想，做白日夢《*about*...》。—及 幻想；想像。
·fan·tas·tic [fæn'tæstɪk], **-ti·cal** [-tɪkl] 形1 幻想的，脫離現實的；極不合理的；奇妙的，怪誕的；反覆無常的。2 想像上的；毫無根據的：～ terrors 無中生有的恐怖。3 大得難以置信的。4《口》極好的，了不起的。
-ti·cal·ly 副 非常地；極佳地。
·fan·ta·sy ['fæntəsɪ] 名(複 -sies) 1ⓊⒸ 怪異的幻想；心象，狂想。2〖心〗幻想；白日夢；夢想；幻覺。3 怪念頭。4 好主意，有趣的發明。5〖文〗幻想的作品。6〖樂〗= fantasia1. 7 硬幣；非流通錢幣。—動 (-sied, ～·ing) 及 不及 想像，幻想。
fan·ta·sy·land ['fæntəsɪ,lænd] 名 一種想像的地方，理想的意境。
fan·wise ['fæn,waɪz] 副（展開）如扇形地。
fan·zine ['fæn,zɪn] 名（以各類「粉絲」爲對象的）愛好者雜誌。
FAO《縮寫》*F*ood and *A*gricultural *O*rganization（聯合國）糧食農業組織。
FAQ《縮寫》1 *f*requently *a*sked *q*uestions〖網路〗常見問題與解答。2 *f*air *a*verage *q*uality 比中等貨稍微高級的品質。
:far [fɑr] 副(～·ther 或 fur·ther, ～·thest 或 fur·thest) 1《表距離》遠地，遠離地。2《表距離、時間》《置於 away 等副詞之前》遙遠地，久遠地：～ up into the air 高高地入空中 / ～ back in the past 在遙遠的過去。3《表程度》很，大大地，遠爲。
as far as... (1)《表場所》遠至，到達。(2)

《表範圍》就…所能及，就…的限度。(3)就…有關範圍內。
by far (1)非常地，大大地。(2)《強調最高級、比較級》遠超過其他地，顯然。
carry ... too far 做得太過分。
far and away《通常用以強調最高級》非常地；遠超過其他地；顯然。
far and wide / near and far 遠近，廣泛地，到處。
far be it from me《常與 **but** 相呼應》我不會；我絕不想，我絕不敢《*to do*》。
far from... 毫不，絕非，一點也不。
Far from it!《通常用於強調前面的否定句》絕非那樣，正好相反，差得遠呢！
far out《俚》(1)不尋常的，不合常規的，不受慣例或前例拘束的。(2)過激的，極端的。(3)奧祕的；祕傳的。
go far (1)成功，成名。(2)大有幫助，大有貢獻《*toward, to, in...*》。(3)《通常用於否定》可以長時間保存。
go so far as to do 甚至做。
go too far 做得太過分，走極端。
so far (1)到目前為止，至今。(2)到這個程度為止。
so far as ⇨ AS FAR AS (1), (3)
so far from... 非但不…《*doing*》。
so far (,) so good 到目前為止一直都還不錯[很順利]。
thus far = so FAR.
—形 (~·**ther** 或 **fur·ther**, ~·**thest** 或 **fur·thest**)《通常為限定用法》**1** 遠方的，在遠處的。**2** 遙遠的，久遠的；看得很遠的。**3** 距離遠的。**4**《通常作 **the** ~》較遠的，另一邊的。**5** 極端的。**6** 老的，上了年紀的。
a far cry from... (1)距離很遠。(2)相差很遠，大不相同。

far·ad ['færəd] 名〖電〗法拉：靜電容量的單位。略作：F, f

Far·a·day ['færə,de, -dɪ] 名《偶作 **f-**》〖電〗法拉第。

fa·rad·ic [fə'rædɪk] 形〖電〗誘導電流的，感應電流的。

far·a·way ['fɑrə'we] 形 **1** 久遠的，遙遠的。**2** 恍惚的，迷濛的；微弱的。

farce [fɑrs] 名 **1** 笑劇，滑稽劇，鬧劇；Ⓤ滑稽，詼諧。**2** 滑稽可笑之事，胡鬧。

far·ci·cal ['fɑrsɪkl] 形 **1** 笑劇的；滑稽劇的。**2** 滑稽的，可笑的；胡鬧的。
~·**ly** 副 滑稽地。

far·del ['fɑrdl] 名《古》捆，包；重擔，負擔；不幸。

:fare [fɛr] 名 **1** 票價，車費：a taxi ~ 計程車車費 / a reduced ~ 打折票價。**2** 乘客；客人。**3** Ⓤ 食物，伙食：serve a person plain but delicious ~ 提供某人簡單但可口的食物。**4** Ⓤ 演出的節目：theater ~ 劇場的節目。—動 (**fared, far·ing**) 不及《文》《罕》**1** (1)過日子；進展，演變。(2)《以 **it** 為主詞》進行得（好、壞）《*with...*》。**2** 吃，進食。**3**《古》行，旅行。

'Far 'East 名《**the** ~》遠東。

'Far 'Eastern 形 遠東的。

fare-thee-well ['fɛrðɪ,wɛl] 名《美…美的狀態；極限：to a ~ 完美地，…（亦稱 **fare-you-well**）。

·fare·well [,fɛr'wɛl] 感《文》再見！—名 **1** 告別詞，臨別贈言。**2** Ⓤ 告別《*to...*》；Ⓒ 臨別聚會，餞行會—形《限定用法》告別的；最後的

far-famed ['fɑr'femd] 形 聞名的

far(-)fetched ['fɑr'fɛtʃt] 形 牽強…自然的：a ~ excuse 牽強的辯解。

far-flung ['fɑr'flʌŋ] 形《文》廣布…圍廣大的。

far-gone ['fɑr'gɔn] 形 **1** 遙遠的…的。**2** 病情加重的；醉得不省人事…乏不堪的；磨損不堪的；範圍廣泛…於終了的。

fa·ri·na [fə'rinə] 名 Ⓤ **1** 穀粉。**2**《…粉；花粉。

far·i·na·ceous [,færə'neʃəs] 形…做成的；含澱粉的；粉狀的。

:farm [fɑrm] 名 **1** 農場，農田；農家。**2** 飼養場，養殖場：a chicken…場 / a shrimp(-) ~ 養蝦場。**3** Ⓤ 租…制度；承包出去的土地；稅款。**4**〖…美國職業棒球大聯盟所屬的小聯盟 **5** 托兒所。—動 及 **1** 耕；飼養，養殖…包；委託，轉包；出租《*out*》。**3**…役；委託扶養；招人承包《*out*》…動〗將…調派到小聯盟（接受訓練…*ut*》。**5**《通常用被動》使貧瘠《*ou*…—不及 耕作；飼養；經營農場，務…
farm out (1)把（土地）租出去。(2)…童等）交付寄養。(3)將（工作）…去。

:farm·er ['fɑrmɚ] 名 **1** 農業經營者…主人，農夫：a landed ~ 自耕農。…者。**3**《美》《蔑》鄉下佬。

'farm ,hand 名 **1** 農場工人，雇…棒球〗小聯盟所屬的球員。

·farm·house ['fɑrm,haʊs] 名 (複-[-zɪz]) 農場內的房屋，農舍。

farm·ing ['fɑrmɪŋ] 名 Ⓤ 農作；農場經營；飼養業，養殖業。
—形 農業的；農場的。

farm·land ['fɑrm,lænd] 名 Ⓤ 農地。

farm·stead ['fɑrm,stɛd] 名 農莊

farm·yard ['fɑrm,jɑrd] 名 農家庭…

far·o ['fɛro] 名 Ⓤ〖牌〗一種牌九…

far-off ['fɑr'ɔf] 形 遙遠的，往昔的

far-out ['fɑr'aʊt] 形 **1** 遠方的。**2**《…由奔放的；走在時代前面的，先鋒…新的；極端的；心曠神怡的，出神…

far·rag·i·nous [fə'rædʒənəs] 形 混…七拼八湊的，拼湊成的。

far·ra·go [fə'rɑgo, -'re-] 名 (複 ~…混合物，混雜物。

ır-reach·ing ['fɑr'ritʃɪŋ] 形 深遠的，範圍廣的；遠大的。
ır·ri·er ['færɪə-] 名《英》馬蹄鐵匠。
ır·ri·er·y ['færɪərɪ] 名(複-er·ies)U蹄鐵術；C蹄鐵鋪。
ır·row ['færo] 名1 一胎豬，一窩小豬。U（豬的）分娩。一動及不及產（仔）。
ır(-)see·ing ['fɑr'siɪŋ] 形1 有先見之明的，有洞察力的。2 能看到遠處的。
ır·si ['farsi] 名U現代波斯語。
ır(-)sight·ed ['fɑr'saɪtɪd] 形1 遠視的（英》long-sighted）；能看到遠處的。2 有先見之明的。～**·ness**名
ırt [fɑrt] 名《粗》1 屁：let a ～ 放屁。2 無聊的傢伙。一動不及1 放屁。2 胡鬧，浪費時間《 *about, around* 》。
r·ther ['fɑrðə-] 副（**far** 的比較級：最高級為 **farthest**）1《表距離》更遠地，較遠地，再往前一點兒。2《表程度、範圍、時間》進一步地，更加地，更廣地。《非標準》此外，更加。
o farther and fare worse 每下愈況。
'o farther！夠了！到此為止！
一形 1 更遠的，較遠的：擴展至遠距離的。2 進一步的；後來的。3《非標準》更加的，另外的。
r·ther·most ['fɑrðə-,most] 形最遠的。
r·thest ['fɑrðɪst] 形副（**far**的最高級；比較級為**far·ther**）1 最遠的[地]，最久遠的[地]。2 最大限度的[地]。
t (the) farthest 最遠地；至遲；充其量。
r·thing ['fɑrðɪŋ] 名 1 法新：英國的舊硬幣，值四分之一辨士。2《通常與否定語連用》一點兒，極少量：*not* care a ～ 毫不在乎。
r·thin·gale ['fɑrðɪŋ,gel] 名 鯨骨環；用鯨骨環撐大的女裙。
ar 'West 名《the ～》（美國）遠西地區。
AS., f.a.s. 《縮寫》〖商〗*free alongside ship* 船邊交貨。
s·ces ['fæsiz] 名(複)(單 **-cis** [-sɪs])《通常作單數》1〖古羅馬〗權標。2 權威。
s·ci·a ['fæʃɪə] 名(複**fas·ci·ae** ['fæʃɪ,i]) 1（店門上的）招牌。2〖解·動〗筋膜，筋鞘；筋膜狀組織。3〖建〗(1) 封簷底板。(2)幕面。4《英》（汽車的）儀表板。
s·ci·cle ['fæsɪkl] 名1 小束，一簇。2 分冊。3〖植〗束，簇；密傘花序；叢生葉：〖解〗神經纖維束。
s·cic·u·lar [fə'sɪkjələ-] 形〖植〗維管束的；叢生的。
s·ci·cule ['fæsɪ,kjul] 名分冊。
s·cic·u·lus [fə'sɪkjʊləs] 名(複**-li** [-,laɪ])〖解〗纖維束。2 分冊。
s·ci·nate ['fæsə,net] 動 (**-nat·ed, -nat·ing**)及1 使恍惚，使著迷，使神魂顛倒《 *with, by, at...* 》；引起興趣，吸引；《被動》使目眩神迷。2 使嚇呆，蠱惑。一不及 迷人。

fas·ci·nat·ing ['fæsə,netɪŋ] 形迷人的，使人神魂顛倒的，勾魂攝魄的：a ～ novel 很有趣的小說。～**·ly**副
fas·ci·na·tion [,fæsə'neʃən] 名 1 U 迷惑，著迷；害怕。2《通常作**a** ～》魅力，迷惑力：exercise *a* ～ over a person 使某人神魂顛倒。
fas·ci·na·tor ['fæsə,netə-] 名 有迷惑力者，有魅力的女性。
fas·cism ['fæ,ʃɪzəm] 名U《常作 **F-**》法西斯主義。
fas·cist ['fæʃɪst] 名 1 法西斯主義信奉者，國粹主義者；《常作**F-**》法西斯黨黨員。2 獨裁者，專制者。
·**fash·ion** ['fæʃən] 名1UC流行，時髦，風氣；時髦人物，時興貨品：the latest ～ in dresses 服裝的最新流行式樣 / come into ～ 開始流行 / bring... into ～ 使流行 / lead the ～ for... 創…的新式樣，開…的風氣之先 / set the ～ for... 創立…的新式樣，開創…的新風尚 / a ～ conscious lady 穿最新流行服裝的女士。2《形容詞》最新流行的，時裝的：a ～ model 時裝模特兒 3《古》風尚：a man of ～《古》上流社會的紳士。4《 **the** ～》《集合名詞》上流社會的人士；趕時髦的人。5 (1) 方法，風格，姿態：in a friendly ～ 以友好的姿態 / live in one's own ～ 照自己的方式過日子 / Every one after his ～.《諺》各人各樣。(2)《複合詞》…的形式：swim dog*fashion* 以狗爬式游泳。6 構造，型式，形狀。7 種類。
after a fashion 略微地，多少，勉強，不很好。
一動及1 做成，製造《 *out of, from...* 》；變為，製成《 *into...* 》。2 使適合，使配合《 *to...* 》。3 使適合腳的形狀。
·**fash·ion·a·ble** ['fæʃənəbl] 形 1 流行的，時髦的，時尚的：a ～ hairdo 流行的髮型。2 社交界的，上流的；上流社會所愛好的；以上流社會為題材的：the ～ world 上流社會，社交界。一名上流社會人士；時髦人物。
-a·bly副 流行地，時髦地。
'fashion de'signer 名時裝設計師。
'fashion ,house 名高級時裝公司。
fash·ion·mon·ger ['fæʃən,mʌŋgə-] 名 研究時尚者；趕時髦的人；創流行者。
'fashion ,plate 名 1 新型服裝圖樣。2《口》穿著時髦的人。
'fashion ,show 名時裝發表會。
:**fast**[1] [fæst] 形 1 快的，迅速的；高速用的，快速的：a ～ worker 工作迅速的人；很有手腕的人 / a ～ pitcher 快速球投手 / a ～ talker《口》能言善道的騙子。2 不費勁的，不需花多少時間的；馬上奏效的：～ money《俚》容易到手的錢。3 走得快的；夏令時間的：～ time 夏令時間。4 放蕩不羈的，品行不好的；享樂主義的，放蕩的。5《主要作複合詞》耐…性的；難著色的。6 固定的，穩固的；不能動的；牢固

的，緊緊的；關牢的；拘牢的：roots ~ in the ground 牢牢埋在地裡的根 / make a door ~ 把門關緊。7 忠實的，可靠的；不變的；不褪色的：~ comrades 忠實的同志。8 熟睡的，酣暢的：fall into a ~ sleep 熟睡。9〖攝〗快速攝影用的；高感度的。10 乾燥又堅固的；堅硬的。

fast and furious 高潮迭起的，喧鬧的。

pull a fast one 《美俚》巧妙地欺騙《 *on, over...* 》。

—副 1 牢固地，緊密地，穩固地：*F-* bind, ~ find.《諺》藏得好，丟不了。2（睡得）熟地，完全地。3 迅速地；不斷地；早地。4 放蕩地。

play fast and loose ⇨ PLAY 動及（片語）

fast² [fæst] 動不及 1 斷食。2 齋戒，禁食：~ on fruit juices 齋戒時只喝果汁。

—及 使斷食，不給飼料。—名 斷食，絕食；齋戒；斷食期間，齋戒日。

fast·back ['fæst,bæk] 名 1 流線型汽車；後斜坡式車頂。2《 F- 》長背豬。3 尾部成流線型下傾的賽艇。

fast·ball ['fæst,bɔl] 名〖棒球〗快速直球。

'fast 'buck 名《美俚》容易到手的錢。

'fast ˌday 名 齋戒日。

·fas·ten ['fæsn̩] 動及 1 牢牢固定於《 *to, on, around...* 》：~ a rope *to* a post 把繩子繫在柱子上。2 扣緊鈕扣；拴緊；釘牢《 *up* 》；繫上；鎖上；咬緊；捆在一起《 *together* 》；封上。3 關起來：~ a dog in a cage 把狗關在籠裡。4 加在（人）身上；強迫；起（外號）；《反身》糾纏不休《 *on, upon...* 》：~ a nickname *on* a person 給某人取綽號。5 盯住，朝向《 *on, to...* 》：~ one's eyes *on* him 把眼睛盯住他。—不及 1 扣住，拴緊《 *up, together* 》。2 縫上《 *on* 》。3 握牢，緊抓；盯住；纏住《 *on, upon...* 》。4 集中於《 *on, upon...* 》。

fasten... down / fasten down... ⑴ 釘上，關上。⑵ 確定。⑶ 使做決定《 *to...* 》。

fas·ten·er ['fæsnɚ] 名 1 鉤扣，使牢緊之物。2 牢繫者；〖染色〗定色劑。

fas·ten·ing ['fæsnɪŋ] 名 1 繫結物。2 U 扣緊，繫牢。

'fast ˌfood 名 U 速食。

'fast-ˌfood 形 速食的，供應快餐的。

ˌfast 'forward 名 U 1 快轉，快速前進。2 快轉鍵。

ˌfast-'forward 動及不及 使（錄影帶或錄音帶）快轉。

fas·tid·i·ous [fæs'tɪdɪəs] 形 吹毛求疵的；需要細心注意的。~·ly 副，~·ness 名

fast·ing ['fæstɪŋ] 名 U 禁食，齋戒。—形 斷食的：a ~ cure 斷食療法。

'fast 'lane 名 超車車道，快車道。

fast·ness ['fæstnɪs] 名 1 要塞，堡壘；《 ~es 》逃避場所。2 U 固著，定著。3 U 急速，迅速。4 U 放蕩，品行不端。

fast-talk ['fæst'tɔk] 動及《美口》以花巧語引誘或說服。

'fast ˌtime 名《美》= daylight-savi time.

'fast ˌtrack 名 達到目的的便捷途徑；南捷徑。

'fast-ˌtrack 形 快速進行的。—動及 使快速處理。

:fat [fæt] 形 (~·ter, ~·test) 1 肥的，胖的豐滿的：get ~ 長胖，發福 / Laugh a grow ~.《諺》心廣體胖；煩惱爲健康毒；常笑會招福。2 養肥了的，養肥的 *F-* hens lay few eggs.《諺》肥雞不下蛋。油膩的；脂肪多的；油分多的: a low diet 低脂肪飲食。4 含量多的：~ coal 瀝青的煤。5 肥沃的：~ land 肥沃的地。6 有利的，優厚的，賺錢的：a ~j 待遇好的工作。7《口》富裕的，有錢的《美俚》一時有錢的。8 厚的；寬廣的；筆畫的，黑體的；大的：heave a ~ sigh 嘆一口氣。9 很多的，豐富的《 *with...* a ~ harvest 豐收。10《俚》愚蠢的，笨的：a ~ laugh 痴笑。

a fat chance 《俚》《反語》很小的可性，希望渺茫，極小的機會。

a fat lot (***of...***)《俚》《反語》很少，一也不。

cut it (***too***) ***fat*** 《俚》誇示，言過其實。

—名 1 U 脂肪，油，油脂。2 U 脂肪織，肥肉。3《 the ~ 》最富營養的部分最好產物。4 U 肥大，肥胖；《通常 ~s 》《美俚》肥胖的人，胖子；《 ~s 》澳》畜牛，羊。5 U 有利可圖的工作；俚》恰如其分的角色，討好的角色。6 潤澤，豐裕。

a bit of fat 《口》意外的幸運。

chew the fat ⇨ CHEW（片語）

live off the fat of the land 過著奢華的活。

The fat is in the fire. ⑴ 生米已成熟飯事情已無法挽回。⑵ 危機迫在眉睫，麻的事將要來臨。⑶ 憤怒將要爆發。

—動 (~·ted, ~·ting) 及不及（使）肥胖長胖；（使）肥沃，變肥。

fat... off [***up***] / ***fat off*** [***up***] ... 養肥。

kill the fatted calf ⇨ CALF¹（片語）

·fa·tal ['fetl̩] 形 1 致命的，致死的，生攸關的《 *to...* 》：~ collisions 致命的碰事故。2 毀滅性的，導致失敗的《 *to...* a ~ mistake 無可挽回的失策。3 重大的決定性的；命運的：the ~ moment which she accepted his proposal 她接受他婚的決定性時刻。4 命中注定的，不可免的。—名 車禍事件。

fa·tal·ism ['fetl̩,ɪzəm] 名 U 1〖哲〗宿論。2 聽天由命的人生態度。

fa·tal·ist ['fetl̩ɪst] 名 命運[宿命]論者。

fa·tal·is·tic [ˌfetə'lɪstɪk] 形 宿命論的宿命論者的。

fa·tal·i·ty [fe'tæləti, fə-] 名 (複-ties) 1

禍，災難；失敗。2 死亡；死亡者：airline *fatalities* 航空事故死亡者。3 Ⓤ 致命性。4 Ⓤ 必然，不可避免性；Ⓒ 命運，宿命。

fa·tal·ly ['fetl̩ɪ] 副 1 致命地；嚴重地：be ～ wounded 受到致命傷。2 宿命地。

Fa·ta Mor·ga·na ['fɑtəmɔr'gɑnə] 名《偶作 **f- m-**》海市蜃樓。

'fat ˌcat 名《美俚》1 政黨的大金主（巨額捐獻者）。2（政壇和商界）大老，大亨。

'fat 'city 名 Ⓤ《美俚》極優裕的環境[狀況]，極佳的展望。

·fate [fet] 名 1 Ⓤ《偶作 **F-**》運道，命運；宿命：by an irony of ～ 由於命運的作弄 / (as) sure as ～ 千真萬確地 / as ～ would have it 運氣不好 / suffer a ～ worse than death 遭受悲慘的命運；《謔》被姦污而失去貞操。2 Ⓤ 神意，天數。3 死亡，毀滅：meet one's ～ 到了生命的盡頭。4《**the Fates**》〖希神〗命運三女神。5 Ⓤ 發育。
—動 (**fat·ed, fat·ing**) 及《被動》注定。

fat·ed ['fetɪd] 形 宿命的；命數該盡的。

fate·ful ['fetfəl] 形 1 決定命運的，決定性的。2 致命性的。3 宿命的；預言性的，不祥的。～**·ly** 副，～**·ness** 名

fat ˌfarm 名《美俚》減肥中心。

fat-'free 形 無脂肪的。

fat·head ['fæt,hɛd] 名《口》傻瓜，呆子。

fat·head·ed ['fæt,hɛdɪd] 形 傻呼呼的。

fa·ther ['fɑðɚ] 名 1 父，父親：《**the** ～》父親之愛：a bereaved ～ 喪失子女的父親 / Like ～, like son.《諺》有其父必有其子。2《廣義》公公，岳父，繼父，養父；保護者，監護人。3《通常作 **one's** ～**s**》《文》祖先，祖宗；始祖，鼻祖。4 神父；《**F-**》《對司祭的尊稱》神父；《**Fathers**》爲教會寫書的神學家：the Holy *F-* 羅馬教皇，教宗 / *F-* Brown 布朗神父。5《對長者的尊稱》…老先生，…公。6《河川的擬人化》對河川的稱呼：*F-* Thames 泰晤士河 / (the) *F-* of Waters《美》密西西比河。7《常作 ～**s**》德高望重者，長老；《英》最年長者，元老。8 創始者，生父，發明者；《**F-**》…之父：the (Founding) *Fathers* 建國之父，美國憲法制定者。9 先驅，原型，根源：The child is ～ to the man.《諺》從小看大。/ The wish is ～ to the thought.《諺》願望爲思想之父；有什麼願望就有什麼想法。10《**F-**》〖神〗造物主，神；《**The F-, our F-**》天父，上帝。
the father and mother of a...《口》非常嚴厲的；異常大的。
—動 及 1 得（子），做父親。2 發起，創始，產生；爲…的創造者。3 像父親一樣照顧。4 承認是…的父親；承認是（著作等）的作者；視…爲自己的責任；確認是（孩子）的父親；認（某物）爲…的作品；歸因於《*on, upon...*》。～ˌ**·like** 形

Father 'Christmas 名《英》聖誕老人 = Santa Claus.

'father ˌfigure [ˌimage] 名 理想的父親形象，像父親般被尊敬愛慕的人，被人當做父親看待的人。

fa·ther·hood ['fɑðɚ,hʊd] 名 Ⓤ 1 父親的身分；父親的資格，父權；父性，父道。2《集合名詞》父親。

fa·ther-in-law ['fɑðərɪn,lɔ] 名 (複 **fathers-in-law**) 岳父；公公。

fa·ther·land ['fɑðɚ,lænd] 名 祖國。

fa·ther·less ['fɑðɚlɪs] 形 1 無父的，喪父的。2 私生的。3 作者不詳的。

fa·ther·ly ['fɑðɚlɪ] 形 父親的；像父親的；慈父般的；慈祥的。**-li·ness** 名

'Father's ˌDay 名 父親節。

'Father 'Time 名 時間老人。

fath·om ['fæðəm] 名 (複 ～**s**, ～) 1 噚：約等於 1.8 公尺，爲測量水深用的長度單位：five ～(*s*) deep 五噚深。2《英》量木材的單位。—動 及 1 測出深度。2《通常用於否定句》領悟，看穿《*out*》；推測。

fath·om·able ['fæðəməbl̩] 形 可測的；可看穿的。

fath·om·less ['fæðəmlɪs] 形 深不可測的，無底的；不可理解的。～**·ly** 副

fat·i·ga·ble ['fætəgəbl̩] 形 容易疲倦的。

·fa·tigue [fə'tig] 名 1 Ⓤ 疲勞，疲乏：sleep off ～ 以睡眠消除疲勞。2《常作 ～**s**》令人勞累的工作；勞動，勞苦：the ～*s* of proofreading 令人勞累的校對工作。3 Ⓤ〖生理〗疲勞；〖機〗疲乏，疲勞：metal ～ 金屬疲勞。4〖軍〗雜務。5《～**s**》〖美軍〗工作服。
—動 (**-tigued, -ti·guing**) 及 使疲勞；使強度弱化。～**·less** 形

fa·tigued [fə'tigd] 形 疲勞的，疲乏的。

fat·less ['fætlɪs] 形 無脂肪的，無肥肉的。

fat·ling ['fætlɪŋ] 名 肥畜。

fat·ly ['fætlɪ] 副 1 像胖子一般地。2 笨手笨腳地，慢吞吞地。3 豪華地。

fat-mouth ['fæt,maʊθ] 動 不及《美俚》話說太多，光說不練。

fat·ness ['fætnɪs] 名 Ⓤ 肥胖；豐富；肥沃。

fat·so ['fætso] 名 (複 ～**s**, ～**es**)《俚》《蔑·謔》胖子，肥仔。

fat·ten ['fætn̩] 動 及 1 使肥胖；養肥《*up*》。2 使肥沃；使充實；使增加。3〖牌〗增加（賭注）。—不及 變胖，長肥；增大，變充實。

fat·ten·ing ['fætənɪŋ] 形 使人發胖的。

fat·tish ['fætɪʃ] 形 稍肥的，略胖的。

Fat Tuesday 名 ⇨ MARDI GRAS

fat·ty ['fætɪ] 形 (**-ti·er, -ti·est**) 脂肪的，油膩的；脂肪過多的：～ tissue 脂肪組織。—名《俚》《通常稱呼》胖子，肥仔。

'fatty ˌacid 名 Ⓤ 脂肪酸。

fa·tu·i·ty [fə'tjuətɪ] 名 (複 **-ties**) 1 Ⓤ 愚鈍，昏庸。2 愚昧的行爲。

fat·u·ous ['fætʃuəs] 形 1 愚昧的，愚蠢

F

的：a ～ attempt 愚蠢的企圖。2 無實質的，非現實的：a ～ fire 鬼火。～·ly 副

fat-wit·ted ['fæt'wɪtɪd] 形 愚蠢的，遲鈍的，愚魯的。

fau·bourg [fo'bur, 'fo,burg] 名 (複～s [-z]) 郊外，近郊。

fau·ces ['fɔsiz] 名 (複～) 1〖解〗咽門。2 通道，走廊；玄關。

fau·cet ['fɔsɪt] 名《美》水龍頭，栓，活栓（《英》tap）：turn on a ～ 打開水龍頭。

faugh [fɔ] 感《表示輕蔑、厭惡》哼！嗤！呸！（亦作 **foh**）

F

Faulk·ner ['fɔknɚ] 名 **William**, 福克納（1897–1962）：美國小說家、評論家。

:fault [fɔlt] 名 1 毛病，瑕疵，缺點，短處：a man of many ～s 有很多缺點的人。2 錯誤，過失；罪過，不正當行爲：overlook a person's ～s 寬恕某人的過失。3 Ⓤ《通常作 **one's** ～》責任，原因。4〖地質〗斷層：～ scarps 斷層崖。5〖電〗故障，漏電。6 發球失誤；發球落於錯誤位置。7 ⓊⒸ〖狩〗失去臭味蹤跡。

at fault (1) 有罪過的，應受責難的；出故障的。(2) 有過錯的《*in doing*》。(3) 茫然不知所措的。(4) 失去獸味蹤跡。

find fault with... 吹毛求疵，抱怨，責難。

the fault lies with... 是…的過錯。

to a fault 過分地，極端地。

with all faults〖商〗不保證商品沒有瑕疵，一切由買方負責地。

—動 不及 1〖地質〗發生斷層。2 犯錯。

—及 1〖地質〗《主要用被動》使發生斷層。2 找岔子，挑剔，責難。

fault·find·er ['fɔlt,faɪndɚ] 名 1 吹毛求疵的人，揭人短處者。2 故障探測器。

fault·find·ing ['fɔlt,faɪndɪŋ] 名 Ⓤ 吹毛求疵，揭短。—形 吹毛求疵的，挑剔的。

fault·i·ly ['fɔltɪlɪ] 副 有缺點地，有錯誤地。

fault·less ['fɔltlɪs] 形 無缺點的，無過失的；完美無缺的。～·ly 副，～·ness 名

fault·y ['fɔltɪ] 形 (**fault·i·er, fault·i·est**) 有缺點的；不完美的；該指責的，有錯誤的。

faun [fɔn] 名〖羅神〗農牧神。

fau·na ['fɔnə] 名(複～s, -nae [-,ni]) 1《通常作 **the** ～》全部動物；動物區系。2 動物誌。

Faust [faust] 名 浮士德：1 **Dr. Johann**, 十六世紀德國傳說中的人物，爲換取知識與權力曾將其靈魂出賣給魔鬼 Mephistopheles。2《**F-**》歌德所著的悲劇。

Faust·i·an ['faustɪən, 'fɔ-] 形 浮士德（式）的；精神上得不到滿足的。

Fauve [fov] 名《偶作 **f-**》野獸派的畫家。

Fauv·ism ['fov,ɪzəm] 名 Ⓤ 野獸派。

Fauv·ist ['fovɪst] 名 形 野獸派（的）；野獸派畫家（的）。

faux pas [fo'pɑ] 名 (複～ [-z]) 過失；言，失態，無禮貌，不謹慎。

fa·vo·ni·an [fə'vonɪən] 形 1 西風的 溫和的；有助益的。

:fa·vor ['fevɚ] 名 1 厚愛，恩惠，愛護：a ～ of a person 請某人幫忙。2 Ⓤ 善意 提拔，援助；歡心，寵愛；贊成：find with a person 得到某人的歡迎 / look w ～ on a plan 對一項計畫表贊成 / be in hi ～ with a person 很得某人喜愛。3 Ⓤ 愛，偏袒。4 Ⓒ 禮物，贈品，紀念品。5 帶，徽章，帽徽。6《通常作 **one's** ～s》委身：bestow her ～*s* on many suitors 對 的許多求愛者以身相許。7《古》來函，函。

ask no favors 勇敢地面對一切。

by favor of... 煩請，拜託轉交。

curry favor with... 討好，巴結，逢迎。

do a person a favor 幫某人的忙。

in a person's favor (1) 得某人歡心或 感。(2) 對某人有利地。

in favor of... (1) 贊成，支持。(2) 有利於 (3) 以…爲受款人。

out of favor with... 不再受歡迎；退流行 失寵。

under favor 恕我冒昧地說。

—動 及 1 贊成；支持，贊助。2 偏袒 愛《*over...*》。3 表示好意；賞給。 於，有利於。5 妥善照顧。6《口》像

～·er 名 支持者，照顧者，贊成者。

～·ing·ly 副 順利地，方便地。

·fa·vor·a·ble ['fevərəbl] 形 1 給予 的，有利的《*to...*》；方便的，適合 *for...*》；有希望的；良好的：soil ～ *fo* growth of cabbage 適合栽種包心菜 壤。2 有好意的，贊許的，嘉許的《*to ward...*》；應允的：a ～ comment 好 得人好感的，博人歡心的：make a ～ pression upon a person 給予某人良好 象。

fa·vor·a·bly ['fevərəblɪ] 副 1 懷著 地，贊許地。2 有利地，順利地。

fa·vored ['fevɚd] 形 1 受寵的。2 受 惠待遇的《*with...*》：the most ～ natic 惠國。3《通常作複合詞》有…容貌

:fa·vor·ite ['fevərɪt] 名 1 中意的人[*of, with...*》；廣受喜愛的人[物]， play ～*s* 有所偏袒。2《**the** ～》〖運 熱門；最有希望贏得冠軍者。—形《 用法》最得寵的，最喜歡的；得意的 手的。

'favorite 'son 名〖美政〗寵兒。

fa·vor·it·ism ['fevərɪ,tɪzəm] 名 Ⓤ 偏袒；得寵。

:fa·vour ['fevɚ] 名，動 及《英》= fa

·fa·vour·a·ble ['fevərəbl] 形《英》 vorable.

fawn¹ [fɔn] 名 1 小鹿，未滿一歲的 2 Ⓤ 淡黃褐色。—形 淡黃褐色的。

fawn² [fɔn] 動 不及 巴結，奉承，

on, upon, over...》；搖尾乞憐。～·ing·ly副

fax [fæks] 名 1 C U 傳真。2 傳真機。—動及以傳真機傳送。

fax-on-de·mand ['fæsandɪ'mænd] 名 自動傳真回復系統。

fay¹ [fe] 名《文》小神仙。

fay² [fe] 動及不及密接，接合。

faze [fez] 動及《美口》《通常用於否定》使煩擾；使挫折。

FBI《縮寫》〖美政府〗Federal *Bureau* of *Investigation* 聯邦調查局。

FCC《縮寫》〖美政府〗Federal *Com*munications Commisson 聯邦傳播通訊委員會。

'F ,clef 名〖樂〗F 譜號，低音譜號。

FDA《縮寫》*F*ood and *D*rug *A*dministration.（美國）食品藥物管理局。

Fe《化學符號》《拉丁語》*ferrum* (iron).

fe·al·ty ['fiəltɪ] 名 U 1〖史〗（封建時代臣僕對主上的）忠誠，忠節；效忠的誓約：take an oath of ～ to... 向…宣誓效忠。2 忠貞，忠實《 *to...* 》。

fear [fɪr] 名 1 U C 恐懼，害怕：a popular ～ 普遍的恐懼感 / a ～ of heights 懼高。2 U C 掛念，擔心《 *that* 子句 》；《～s》不安，憂慮；《通常作 a ～》擔心的原因；U 可能性：hopes and ～*s* 希望與憂慮 / ～ for one's life 對自己性命的擔心。3 U 畏懼，敬畏：～ of the Lord 對上帝的敬畏。

for fear of... 因恐，爲免…起見，以免。

for fear (that, 《文》 ***lest)...*** 因恐，免得。

in fear and trembling 怕得發抖地。

in fear of ... 爲了…而擔心。

No fears!《口》(1) 絕對不那麼做！不行！(2) 不要怕！不必擔心！一定不會的！

***put the fear of God into** a person* 使某人懼怕，恐嚇某人。

without fear or favor ⇨ FAVOR 名 3

—動及 1 懼怕；恐怕，擔心。2 敬畏。—不及 懼怕；掛慮，擔心《 *for...* 》。

fear·ful ['fɪrfəl] 形 1 可怕的，令人毛骨悚然的：a ～ storm 可怕的暴風雨。2 害怕的，擔心的《 *of..., of* doing, *that* (*should*) 子句 》；掛慮的，擔憂的《 *for...* 》；敬畏的《 *of...* 》：～ *of* the Lord 敬畏上帝的。3 膽怯的：～ conduct 膽怯的行爲。4《口》嚴重的，非常的：a ～ cold 嚴重的感冒。～·ness 名

fear·ful·ly ['fɪrfəlɪ] 副 1 可怕地；膽怯地。2《口》極，非常地。

fear·less ['fɪrlɪs] 形 不怕的；無畏的《 *of...* 》；大膽的，勇敢的。～·ly 副 無畏地；大膽地。～·ness 名

fear·some ['fɪrsəm] 形 1《通常爲謔》可怕的，討厭的。2《口》極大的，驚人的。3 膽怯的；害怕的《 *of...* 》：a little ～ beast 膽怯的小動物。～·ly 副

fea·sance ['fizəns] 名 U〖法〗（條件、責任義務的）履行。

fea·si·bil·i·ty [,fizə'bɪlətɪ] 名 U 可行性，可能性。

feasi'bility ,study 名 可行性的研究。

fea·si·ble ['fizəbl] 形 1 可實現的，切實可行的。2 適合的，方便的，相配的《 *for...* 》。3《口》似乎合理的，有可能的：a ～ explanation 一種似乎合理的解釋。-bly 副

·feast [fist] 名 1 節慶，節日：a movable ～ 日期不固定的節日 / an immovable ～ 固定節日。2 宴會，盛宴：a high ～ 大宴會。3 盛饌；賞心樂事，樂趣《 *for, to...* 》：a continuing ～ *for* the eyes and ears 不斷使人賞心悅目的樂事 / a ～ of reason 妙趣橫生的談話 / a movable ～《謔》偶而享受的盛饌 / make a ～ of ... 對…盡情地享受。—動不及 1 享樂，大吃大喝《 *on...* 》。2 享受《 *on...* 》。—及 1 宴請，款待《 *on...* 》。2 使愉悅《 *on, with...* 》。

feast away 行樂以消遣，以歡宴度過。

～·er 名 歡宴者。～·less 形

'feast ,day 名 節日，宗教節日。

feat¹ [fit] 名 偉業，功績；絕技，技藝：～*s* of arms 武功。

feat² [fit] 形《英方》巧妙的，俐落的。

:feath·er ['fɛðɚ] 名 1 一根羽毛；腳上的長毛；《～s》《集合名詞》羽毛；服飾：light as a ～ 輕如鴻毛的 / Fine ～*s* make fine birds.《諺》馬靠鞍裝，人靠衣裳。2 U《集合名詞》禽類；獵鳥。3 U 狀態。4 種類，特性。5 羽毛狀之物；羽毛飾物；〖弓〗箭翎。6 羽毛狀瑕疵。7 輕如羽毛之物；〖木工〗栓槽；榫牙：get angry at a ～《美》爲了不足道的小事而生氣。

a feather in** one's **cap 榮譽；卓越的成就，值得誇耀的事物。

birds of a feather ⇨ BIRD（片語）

crop** a person's **feathers 挫某人的銳氣，殺某人的威風。

find a white feather in** a person's **tail 發現某人有膽怯的徵兆。

in fine feather 精神飽滿；興高采烈；很健康；情況極佳。

in full feather (1) ＝ in fine FEATHER. (2) 羽翼已豐的。(3) 有很多錢的。(4) 裝備齊全的；盛裝的。

make (the) feathers fly《口》(1) 引起大騷動。(2) 使用激烈的言語對付。

not care a feather 毫不在意。

ruffle** (a person's) **feathers 激怒某人。

show the white feather 顯出膽怯的跡象，示弱。

smooth** a person's **ruffled feathers 使某人鎮靜下來。

You could have knocked me down with a feather. 你使我大吃一驚。

—動及 1 裝以箭翎；加上羽飾；附裝《 *with...* 》。2 用羽毛覆蓋，像羽毛似地覆蓋。3〖划船〗平（槳）。4 以槽榫接合。—不及 1 長羽毛。2 成羽毛狀。3 像羽毛似地飄動。4〖划船〗使槳與水面平行。

feather one's nest ⇨ NEST（片語）
feather out《美》逐漸消失；減弱。
feather up to a person《俚》向（人）求愛。

'feather 'bed 名 1 羽毛床墊，羽毛床。2 安樂的境遇。

feath·er·bed ['fɛðɚ,bɛd] 形 旨在增加就業機會之規定的，超額僱用的。—動(～·ded, ～·ding)不及《美》規定必須超額僱用工人。—及 1 使遵行超額僱用規定；增額僱用。2 以政府的補助援助（企業）。3 縱容。～·ding 名U 增額僱用規定。

F

'feather 'boa 名 女用羽毛長披肩。

feath·er·brain ['fɛðɚ,bren] 名 低能者，愚蠢的人；輕浮的人。

'featherbrained 形 很愚蠢的，低能的。

'feather 'duster 名 羽毛撢子。

feath·ered ['fɛðɚd] 形 有羽毛的；長出羽毛的；用羽毛製作的。

feath·er·edge ['fɛðɚ,ɛdʒ] 名 1 薄緣。2 窄邊。3 淺溝，槽。-edged 形

feath·er-foot·ed ['fɛðɚ,futɪd] 形 腳步輕快的。

feath·er·head ['fɛðɚ,hɛd] 名 愚蠢的人；輕浮的人。～·ed 形

feath·er·ing ['fɛðərɪŋ] 名U 1《集合名詞》羽毛。2 箭翎；羽毛狀物；叢毛。

feath·er·stitch ['fɛðɚ,stɪtʃ] 名 羽狀針法。—動及 繡成羽毛狀。

feath·er·weight ['fɛðɚ,wet] 名 1〖拳擊〗羽量級選手。2《a ～》微不足道的人[物]。—形 1 羽量級的。2 微不足道的，不重要的；極輕的。

feath·er·y ['fɛðərɪ] 形 1 覆蓋著羽毛的，生有羽毛的。2 如羽毛的；輕的；輕而薄的。

feat·ly ['fitlɪ] 副 1 適當地，正適合地；巧妙地，伶俐地。2 整齊地，整潔地。—形 1 優雅的。2 合身的。

·**fea·ture** ['fitʃɚ] 名 1 容貌的一部分。2 相貌的構成；《～s》臉形，容貌：a woman with Oriental ～*s* 具有東方人面貌的女子。3 特色，特徵，要點：peculiar ～*s* of the epoch 那個時代的特色。4 最誘人的物品。5 電影；劇情片，長片：a double ～ 兩片聯映。6 連環漫畫；特載；特寫；專欄。—動(-tured, -tur·ing) 及 1 以…為特色；描寫…的特徵。2 以…作為號召物，特別報導；主演。3《口》想像；當作。4《主方》與…相貌相似。5《美俚》理解。—不及 構成特色；擔任主角，扮演重要角色，擔任重要任務《*in*...》。-tured 形

'feature ,film 名 劇情長片；電影長片。

fea·ture·less ['fitʃɚlɪs] 形 無特色的，單調的，平凡的。

'feature 'story 名 特寫文章，特稿。

fea·tur·ette [,fitʃə'rɛt] 名 短片。

Feb.《縮寫》*February.*

fe·bric·i·ty [fɪ'brɪsətɪ] 名U 發燒。

fe·brif·u·gal [fɪ'brɪfjəgl] 形 退熱的。

feb·ri·fuge ['fɛbrɪ,fjudʒ] 形 退熱的。—名 1 解熱劑，退燒藥。2 清涼飲料。

fe·brile ['fɛbrəl, 'fi-] 形 發燒（性）的，發燒引起的。

:**Feb·ru·ar·y** ['fɛbru,ɛrɪ, -bju-] 名 二月。略作：Feb.

fe·cal ['fikḷ] 形 糞便的，渣滓的。

fe·ces ['fisiz] 形(複)糞便；渣滓，糟粕

feck·less ['fɛklɪs] 形 1 無能的。2 無氣的，軟弱的；無價值的；輕率的，不負的。～·ly 副

fec·u·lent ['fɛkjulənt] 形 滿是穢物的污穢的，污濁的。-lence 名

fe·cund ['fikənd] 形 1 肥沃的；多產的豐饒的。2 富於創造力的，豐富的。

fe·cun·date ['fikən,det] 動及 1 使多產使肥沃。2〖生〗使受孕。

fe·cun·da·tion [,fikən'deʃən] 名U 受[受精]（作用）。

fe·cun·di·ty [fɪ'kʌndətɪ] 名U 1 多產性多產能力；肥沃。2 豐富。

Fed [fɛd] 名《the ～》= Federal Rese Board 聯邦準備銀行理事會，聯準會。

fed[1] [fɛd] 名《美俚》1 聯邦政府。2 聯邦府職員。3 聯邦調查局人員。

:**fed**[2] [fɛd] 動 **feed** 的過去式及過去分詞

·**fed·er·al** ['fɛdərəl] 形 1 聯合的，同的。2〖政〗(1) 聯邦的，合眾國的：the government of the U.S. 美國聯邦政府聯邦主義的；維持聯邦政體的。(3) 聯邦府的：～ offices 聯邦政府機關。3《F-美史〗(1) 聯邦黨的。(2) 擁護聯邦政府的北部聯邦同盟的：the *F*- States 北部聯州。(3) 支持美國憲法的。—名 1 聯邦者，擁護聯邦政府者。2《F-》〖美史〗邦主義者；支持北部聯邦者；北軍士

'Federal 'District 名 聯邦政府特區

fed·er·al·ism ['fɛdərəl,ɪzəm] 名U 邦主義；聯邦制度。2《F-》〖美史邦黨的主張。

fed·er·al·ist ['fɛdərəlɪst] 名 1 聯邦者，擁護聯邦制度者。2《F-》〖美史邦黨的黨員 [擁護者]。—形 聯邦主者）的。

fed·er·al·ize ['fɛdərəl,aɪz] 動及 置於政府支配之下；使成聯邦。

'Federal Re'serve ,Board 名《～》（美國）聯邦準備理事會。

fed·er·ate ['fɛdə,ret] 動 及 不及 1 聯聯盟。2 實行聯邦制。—['fɛdərɪt] 形的，聯邦制度的。

fed·er·a·tion [,fɛdə'reʃən] 名 1 聯邦聯邦制度；聯邦政府。2 U 聯合，聯同盟：the American *F*- of Labor 美國聯盟。3 聯合會。

fed·er·a·tive ['fɛdə,retɪv] 形 聯合的盟的，聯邦的。～·ly 副

FedEx ['fɛd,ɛks] 名〖商標名〗《美》

遞公司。全稱爲 Federal Express。

d 'up 形 《口》**1** 厭煩，受夠了。**2** 不
，不高興。

e [fi] 名 **1** 手續費，酬金；費用，繳納
；《～s》學費；小費，賞錢：a lawyer's
律師費 / a membership ～會費。**2** U
去〗不動產繼承權；〖史〗采邑；封地（
）：hold...in ～ 擁有；擁有無條件繼承
權利。

eb [fib] 名《美俚》精神耗弱者；白痴。

e·ble [fibl] 形 (**-bler**, **-blest**) **1** 體力衰弱
，虛弱的。**2** 軟弱無力的；低能的。**3** 弱
，微弱的：a ～ voice 微弱的聲音。**4** 不
的；無效的；無益的：a ～ government
能的政府。～**·ness** 名, **-bly** 副 軟弱地，
力地；微弱地。

e·ble-mind·ed ['fibl'maɪndɪd] 形 **1** 精
軟弱的；低能的；愚蠢的。**2** 懦弱的，
志薄弱的。～**·ly** 副, ～**·ness** 名

ed [fid] 動 (**fed**, ～**·ing**) 及 **1** 以食物[飼
]供給；施肥；餵奶；餵食；供養；《
身》給（自己吃）：～ a baby (at the bre-
t)給幼兒餵（母）乳。**2** 飼養；培養；供
：～ crusts of bread to chicks 以麵包屑飼
小雞 / ～ a person with tranquilizers 給某
服用鎮靜劑。**3** 供糧食。**4** 供給，添加；
（燈）加油；補給，輸入，供電給；注
《 *to...*; *with...* 》：the two streams that ～
e big river 注入大河的兩條小溪 / ～ the
ta into a computer 把資料輸入電腦。**5** 滿
；安慰，鼓勵《 *with*, *by...* 》；促進，增
；培養：～ a preson *with* hope 以希望鼓
人。**6** 將（土地）作爲牧場使用：land
d for cattle grazing 當作牧場使用的土
。**7**〖劇〗《口》提示臺詞或動作。**8**〖美
·冰上曲棍球〗傳球。

不及 **1** 吃草，吃飼料；《口》《謔》吃
，用餐。**2** 以…爲食料，以…飼養；以
維生。**3** 被輸入《 *into...* 》。

fed up to the back teeth (1)《口》感到焦
；厭煩；受夠了《 *with*, *about...*, *that*
子句 》。(2) 吃飽。

ed back (1) 回饋；反饋《 *to*, *into...* 》。(2)
電子〗使反饋；把（資訊）回輸給…《
, *into...* 》。

ed... down / ***feed down...*** 吃光。

ed one's face 《英俚》大吃大喝。

ed into... 流入，注入。

ed off (1) = FEED on (1). (2) 仰賴於。(3)
…取用食物。(4) 爲出售而養肥。

ed on... (1) ⇨ 動 不及 2. (2) 作食客。(3) 注
（於…）。

ed the fire 煽火。

ed the fishes 暈船；溺死，葬身魚腹。

ed up (1) 長胖。(2) 使長胖，養肥；（把
物）接連不斷地給（人）吃《 *on...* 》。
《通常用被動》使厭煩《 *with...* 》。

名 **1** U 飼料；C 一次餵的飼料；U 飼
。**2**《口》一餐，盛饌。**3** 原料的供給，送
；輸送裝置；原料（的量）。**4**〖劇〗《
口》逗趣的提示；（逗趣的）演員。**5**〖運
動〗傳遞。

at feed 吃著草，正在進食。

be on the feed 正在覓食；正在吞餌。

off one's feed 《俚》(1) 胃口不好的。(2) 憂
愁的，頹喪的。(3) 身體不適的。

out at feed 在牧場上吃著草。

feed·back ['fid,bæk] 名 U C **1**〖電子〗
反饋。**2**〖心·社會〗回饋。**3**〖電腦〗反
饋，回授，回輸。

'feed ,bag 名《美》飼料袋。

put on the feed bag 《俚》吃飯，吃。

feed·er ['fidɚ] 名 **1** 飼養者；餵養器，飼
料箱。**2** 食者；飼養家畜：a gluttonous ～
食量大的人，老饕。**3** 供應器；給食器；
奶瓶。**4**《常爲複合詞》支流；支線；〖
電〗饋（電）線。**5**《英》圍兜。

feed·ing ['fidɪŋ] 名 U **1** 供給飲食，飼
育；供水，供電。**2** 飲食。**3** 牧場。

—形 **1** 吃著的。**2** 供給飲食的；輸送的；
供水的，供電的。**3** 逐漸增強的。

'feeding ,bottle 名《英》奶瓶。

'feeding ,frenzy 名 **1** 狂吃。**2** 瘋狂的追
逐搶奪。

feed·lot ['fid,lɑt] 名 飼養場。

feed·stock ['fid,stɑk] 名 U 原料。

feed·stuff ['fid,stʌf] 名 U 飼料。

feel [fil] 動 (**felt**, ～**·ing**) 及 **1** 摸，觸摸；查
看；藉：～ a broken leg gingerly 小心地觸
摸骨折的腿。**2** 感覺到；感覺，覺得：～
one's heart beat violently 感到心臟在猛
跳。**3**（精神上）感到；感動於：～ loneli-
ness 感到寂寞 / ～ music 受音樂感動。**4** 意
識到，覺察到；感知：～ the approach of
spring 意識到春天迫近。**5** 用手摸索；探
查，偵察：～ one's way 摸著走；謹慎小心
地行動。**6** 受影響；受…的作用。**7** 持…
的意見；認爲。

—不及 **1** 有知覺，有感覺。**2** 用手觸摸；
（在心裡）搜尋《 *for*, *after...* 》。**3** 懷有，考
慮，想。**4** 感覺，感覺到，注意到。**5** 同
情，體諒。**6** 用手摸起來有…感覺。**7** 看
似《 *as if*, *as though* 子句 》。

feel one's feet 知道自己的所在，站得穩；
有自信；安心。

feel for... 同情。

feel free to do 請不用客氣做…。

feel good 《美俚》稍醉。

feel like 《口》(1) 想要，欲做《 doing 》。
(2) 彷彿，像要…。(3) 覺得好像。

feel (***like*** [***quite***]) ***oneself*** 覺得自在舒暢，
健康復原。

feel no pain(s) 《俚》喝醉。

feel of... 《美》摸摸看，用手觸摸。

feel... out / ***feel out...*** 《口》祕密探查，打
聽，試探；找出。

feel the draught 《口》吃苦頭；手頭拮
据。

feel... (up) / ***feel (up)...*** 《俚》撫摸性感部
位，猥褻。

F

feel up to...《口》《通常用於否定》能勝任，可以承擔…。

feel one's way (1) 摸索著行走。(2) 謹慎地行動。

—名《the ~, a ~》**1** 感觸，觸覺；感覺；氣氛。**2** 感受力，直覺，祕訣。**3**《口》觸摸。

get the feel of... 學會…的秘訣；嘗得…的味道。

feel·er ['filɚ] 名 **1** 觸摸的人[物]，感覺的人；〖軍〗偵察兵，斥候。**2** 試探；探詢：put out ~*s* 做試探；探測。**3**〖動〗觸角，觸毛；《美俚》手指。**4**〖機〗測隙片；指示針。

F

'feel-,good 形 輕鬆愉快的；完全滿足的。

:feel·ing ['filɪŋ] 名 **1** Ⓤ 感覺，觸覺，知覺；感觸：a ~ of coldness 寒冷的感覺。**2** ⓊⒸ 感覺《*that* 子句》；感情，情緒：a ~ of superiority 優越感 / bear ill ~ toward... 對…懷有惡感。**3**《通常用單數》感想，印象，意見。**4**《~s》（相當於理性的）感情，感受，心情：hurt a person's ~*s* 傷某人的感情。**5** Ⓤ 感受性。**6** Ⓤ 體諒，同情心，憐憫《*for*...》：a woman without any ~(*s*) 沒有同情心的女人。**7** Ⓤ (1) 情感；格調：a spacious ~ 宏大的印象。(2) 共鳴；鑑賞力《*for*...》。**8** Ⓤ 興奮，激情，反感。—形 **1** 有感覺的。**2** 動人的，易感動的；有同情心的。**3** 真心真意的，由衷的。~**·ly** 副, ~**·ness** 名

feel·ing·less ['filɪŋlɪs] 形 無感情的，冷酷的；缺少感覺的，無知覺的。

fee-split·ting ['fi,splɪtɪŋ] 名 Ⓤ 診療費的分給。

:feet [fit] 名 **foot** 的複數形。

·feign [fen] 動 及 **1** 假裝，裝作…的樣子。**2** 虛構；偽造；模仿。—不及 假裝，假冒。

feigned [fend] 形 **1** 假裝的，虛偽的；欺騙的，捏造的。**2** 想像的，杜撰的。

feint [fent] 名 **1**〖運動〗假動作。**2** 佯動。**3** 假裝《*of*..., *of* doing》：make a ~ *of* work*ing* 假裝在工作。—動 不及 假裝，撒謊；做假動作《*at, upon, against*...》。

feist·y ['faɪstɪ] 形 **1** 有活力的，勇敢的。**2** 易怒的，脾氣不好的。

feld·spar ['fɛld,spɑr] 名 Ⓤ〖礦〗長石。

Fe·li·cia [fə'lɪʃɪə] 名〖女子名〗菲莉西雅。

fe·lic·i·tate [fə'lɪsə,tet] 動 及《文》祝賀，慶賀，致賀詞《*on, upon*...》：~ a friend *on* his marriage 祝賀朋友結婚。

fe·lic·i·ta·tion [fə,lɪsə'teʃən] 名 Ⓤ 祝賀，慶賀；《通常作~s》祝詞，賀詞。

fe·lic·i·tous [fə'lɪsətəs] 形 **1** 適當的，得體的。**2** 表現高明的，做適當處置的：a ~ toastmaster 表現得當的宴會司儀。

~**·ly** 副, ~**·ness** 名

fe·lic·i·ty [fə'lɪsətɪ] 名 (複**-ties**)《文》**1** Ⓤ 至福，幸福；Ⓒ 喜慶，喜事。**2** Ⓤ 巧妙，適當；Ⓒ 佳句：with ~ 巧妙地地。

fe·line ['filaɪn] 形 **1** 貓科的。**2** 似貓狡詐的，狡猾的；偷偷摸摸的，言…致的。—名〖動〗貓科動物。

:fell[1] [fɛl] 動 **fall** 的過去式。

fell[2] [fɛl] 動 及 **1** 砍倒；推倒；擊倒…縫〗縫合。—名 **1**〖材〗採伐量。**2** …平縫，繡邊。

fell[3] [fɛl] 形《文》**1** 兇猛的，恐怖的…忍的：at one ~ swoop 在猛烈的一下。**2** 有害的，致命性的。

fell[4] [fɛl] 名 獸皮，毛皮；(人類的…膚；蓬髮；毛叢。

fell[5] [fɛl] 名《蘇·北英》**1**《常作~…野，荒原；窪地。**2** 高原，丘陵。

fel·lah ['fɛlə] 名 (複~s, **-la·hin, -l**… [,fɛlə'hin])（阿拉伯國家的）農民，…

fel·la·ti·o [fə'leʃɪ,o] 名 Ⓤ 含吸陰…

fell·er ['fɛlɚ] 名《方》= fellow.

fel·loe ['fɛlo] 名 輪圈，輪緣。

:fel·low ['fɛlo] 名《口·視覺方言作 **fellah, feller**》**1**《通常伴同修飾語》…男孩；《對人或動物帶有親暱感的…傢伙；《a ~》《口》人；《自己本…三人稱》任何人；我：*a* good nature… 性善良的人 / Poor ~！可憐的傢伙…口》情郎，愛人。**3** 無用之人，莽漢…通常作~s》同伴，同僚；同學，…同時代的人：~*s* in crime 犯罪同夥…at school 同學，同窗。**5** 一方，一…一，對手；匹敵者：the ~ of your g… 你手套配對的那隻手套。**6**〖教〗(1… 學金的研究生，特別研究員。(2)《…別校友。(3) 評議員，董事。**7**《常…特別會員，院士。—動 及 與…對…匹敵《*with*...》。—形《限定用法》…的；同類的；在同一境遇的。

'fellow 'creature 名（動物的）…人類。

'fellow 'feeling 名 Ⓤ《偶作 a ~…情；同感《*with, for*...》。**2** 互相理…情，同伴意識。

fel·low(-)man ['fɛlo'mæn] 名 (複…人類；同胞。

·fel·low·ship ['fɛlo,ʃɪp] 名 **1** Ⓤ 親…誼；友情；交際，交友：encourage i…tional ~ 增進國際友誼。**2** Ⓤ 參…力。**3** 團體；工會，會；協會；同…好。**4**〖教〗(1)《集合名詞》研究員…研究員職位。(2) 研究獎金，獎學金…—動(~ed, ~·ing) 及 不及《主美》…員，參加入會。

'fellow 'traveler [《英》'trave… 名 **1** 同情者，支持者；同路人。**2** 旅…

fel·ly ['fɛlɪ] 名 (複**-lies**) = felloe.

fel·on ['fɛlən] 名〖法〗重罪犯。

fe·lo·ni·ous [fə'lonɪəs] 形 **1**〖法〗…罪的：~ homicide 殺人罪。**2** 邪惡…法的。~**·ly** 副 邪惡地。~**·ness** 名

fel·o·ny ['fɛlənɪ] 图(複-nies)Ⓤ©〖法〗重罪（謀殺、搶劫、強姦、縱火等）。

fel·spar ['fɛl,spar] 图《主英》= feldspar.

:felt[1] [fɛlt] 動 **feel**的過去式及過去分詞。

·felt[2] [fɛlt] 图Ⓤ毛氈；©毛氈製品。—形《限定用法》毛氈（製）的。—動及不及 製成氈，凝固成氈；用氈等遮蓋。

'felt-'tip, 'felt-tip 'pen 图氈尖筆，簽字筆。

fe·luc·ca [fə'lʌka fɛ-] 图小型帆船。

fem. 《縮寫》*female*; *feminine*.

:fe·male ['fimel] 图**1** 女性；《諧》《侮辱語》女人，婦女。**2** 雌；牝；雌性植物，雌株。—形**1** 女性的，雌的；〖植〗雌性的；有雌蕊的。**2** 母的，婦女的；適合女子的。**3**〖機〗雌的，陰的：a ~ screw 螺母；陰螺旋。~**·ness** 图

'female 'chauvinism 图Ⓤ大女性主義，女性沙文主義。

'female im'personator 图扮演女性角色的男演員，紅頂藝人。

feme [fɛm] 图**1**〖法〗妻。**2**婦女；女子。

fem·i·na·cy ['fɛmənəsɪ] 图(複-cies)Ⓤ©女人（般）的性格。

fem·i·nine ['fɛmənɪn] 形**1**婦女似的，溫柔的；娘娘腔的，柔弱的。**2**女性的。**3**女性部門的；〖文法〗陰性的：~ nouns 陰性名詞 / the ~ form〖文法〗陰性形。—图**1** 女性，女人。**2**〖文法〗(1) 陰性。(2) 陰性詞。~**·ly** 副，~**·ness** 图

feminine 'ending 图**1**〖詩〗陰性韻尾，弱韻行尾。**2**〖文法〗陰性語尾。

feminine 'rhyme 图〖詩〗弱韻。

fem·i·nin·i·ty [,fɛmə'nɪnətɪ] 图Ⓤ**1** 女人氣質；溫柔，柔弱。**2**《集合名詞》婦女，女性。

fem·i·nism ['fɛmə,nɪzəm] 图Ⓤ**1** 女權運動，男女平等主義；《偶作**F-**》女性主義，男女平權運動。**2** 女性的特質。

fem·i·nist ['fɛmənɪst] 图形男女平等主義者（的）；女權運動者（的）：the ~ movement 男女平權運動。

fem·i·nize ['fɛmə,naɪz] 動及不及**1**（使）變成女性，（使）女性化。**2**（使）女性占多數。

Fem ,Lib 图 = Women's Lib.

femme [fɛm] 图(複~s [-z]) **1** 婦女，妻子。**2** 扮女性角色者。

femme fa·tale [,famfa'tal] 图(複 **femmes fatale** [,famfa'talz])《法語》妖姬；玩弄男性的美女；傾國傾城的美女。

fem·o·ral ['fɛmərəl] 形股部的，大腿骨的。

fe·mur ['fimɚ] 图(複~s, **fem·o·ra**) **1**〖解·動〗股骨；〖動〗股部。**2**〖昆〗腿節。

fen [fɛn] 图沼澤，沼地；《**the Fens**》(英國英格蘭東部的）沼澤地帶。

fence [fɛns] 图**1**防護物，防衛。**2**柵欄，籬笆，圍牆，鐵欄，磚牆：a board ~ 木板柵欄。**3**巧辯，臨機應變之才。**4**《口》贓品買賣處，買賣贓物者。**5**〖機〗導桿，圍欄。

be on a person's side of the fence 與某人意見相同，與某人同夥。

be on the other side of the fences 持反對意見，加入反對的一方。

descend on the right side of the fence 附和勝方，加入勝利者。

mend one's fences (1) 強化自己的立場；《美》鞏固選舉區的地盤。(2) 言歸於好，修復友誼關係《*with...*》。

rush one's fences 輕率行動，過於著急。

sit on the fence 《通常爲蔑》持觀望態度，騎牆。

take the fence (1) 除去柵欄。(2) 斷然說出難以啓齒的事。

—動 **(fenced, fenc·ing)** 及**1** 圍柵欄，砌矮牆，築以圍牆《*in, about, around, round*》。**2** 以柵欄將…隔離；遮蔽，防止《*in, off, out, up*》。**3** 防衛，防守《*from, against...*》。**4** 巧妙躲開，避開《*off*》。**5** 買賣。**6**〖冰上曲棍球〗罰（犯規選手）到禁閉區。**7**《英》指定爲禁止打獵、捕魚區。—不及**1** 鬥劍，舞劍。**2** 避開，巧妙地閃避《*with...*》。**3** 跳過柵欄。**4** 修築圍牆。**5** 買賣贓物。

fence... about / *fence about...* (1) ⇨ 動及 1. (2) 圍住，防守《*with...*》。

fence...in / *fence in...* (1) ⇨動及 2. (2)《常用被動》約束。

fence·less ['fɛnslɪs] 形無圍牆的；《古》無防備的。

fence-mend·ing ['fɛns,mɛndɪŋ] 图Ⓤ調停，修好。

fenc·er ['fɛnsɚ] 图**1** 擊劍選手；劍客。**2** 跳越柵欄的馬。**3**《澳》製造柵欄工人；籬笆匠。

fence-sit·ting ['fɛns,sɪtɪŋ] 图Ⓤ，形《口》觀望形勢（的），騎牆派（的）。

fence-sit·ter 图機會主義者，騎牆派。

·fenc·ing ['fɛnsɪŋ] 图Ⓤ**1**〖運動〗擊劍；劍術。**2** 巧妙閃避。**3**《美》圍牆，柵欄；《集合名詞》籬笆；築籬笆的材料。**4**《俚》贓物買賣。

fend [fɛnd] 動及**1** 擋開，抵擋《*off* / *away from...*》。**2**《古》防禦。—不及**1** 抵抗，防衛《*against...*》；擋開，巧妙地避開。**2**《口》供給，照顧《*for...*》。

fend·er ['fɛndɚ] 图**1** 抵擋的人或物；擋板；防禦物。**2**《美》擋泥板（《英》wing, mudguard）；《主英》緩衝裝置，排障器。**3**〖海〗護舷；護木。**4** 炭欄，爐圍。

'fender(-) ,bender 图《美·加俚》**1** 汽車輕微擦撞。**2** 出小車禍的駕駛員。

fe·nes·trate [fɪ'nɛstret] 形〖建〗有窗孔的，多窗的。

fen·es·tra·tion [,fɛnəs'treʃən] 图Ⓤ**1**〖建〗開窗法；〖家具〗拱門形裝飾花樣。**2**〖醫·外科〗成窗；成窗術。

fen·nec ['fɛnɛk] 图〖動〗（棲息於北非沙

漠的）大耳小狐。

fen·nel [ˈfɛnl] 名 1〖植〗茴香。2 茴香子。

fen·ny [ˈfɛnɪ] 形 沼澤地的；多沼澤的；生於沼澤地的。

feoff [fɛf, fif] 名 封地，采邑。

fe·ral [ˈfɪrəl] 形 1 野生的；未馴的。2 野蠻的，殘忍的。

fer-de-lance [ˈfɛrdəˈlæns] 名〖動〗（熱帶美洲產的）大毒蛇。

Fer·di·nand [ˈfɝdṇ,ænd] 名〖男子名〗斐迪南。

fe·ri·a [ˈfɪrɪə] 名 (複 -ae [ˈfɪrɪ,i], ～s) 1 宗教祭日，假日。2〖教會〗平日，週日。

fer·ment [ˈfɝmɛnt] 名 1 酵母，發酵劑；U 發酵：natural ～ of food 食物的自然發酵。2 U《或作 a ～》不安，激動，政治性的騷動。

—[fəˈmɛnt] 動 及 1 使發酵。2 挑撥；助長；引起騷動。

—不及 1 發酵。2 騷動。

fer·ment·a·ble [fəˈmɛntəbl] 形 可發酵的。

fer·men·ta·tion [,fɝmɛnˈteʃən] 名 U 1 發酵。2 騷動，激動。

fer·mi·um [ˈfɛrmɪəm] 名 U〖化〗鐨。符號：Fm

·fern [fɝn] 名 U C〖植〗羊齒，蕨類。

fern·er·y [ˈfɝnərɪ] 名 (複 -er·ies) 1 羊齒栽培箱。2 蕨類植物園。

fern·y [ˈfɝnɪ] 形 (fern·i·er, fern·i·est) 羊齒（狀）的；蕨類叢生的。

fe·ro·cious [fəˈroʃəs] 形 1 可怕的，兇猛的，殘忍的。2《口》非常的，大的。

～·ly 副 兇猛地；殘酷地。～·ness 名

fe·roc·i·ty [fəˈrɑsətɪ] 名 1 U 狂暴，殘忍，兇惡。2 殘暴的行爲。

fer·rate [ˈfɛret] 名 U〖化〗鐵酸鹽。

fer·ret [ˈfɛrɪt] 名 1〖動〗白鼬；雪貂。2 搜索者；偵探。—動 及 1 搜出；搜索《*about, away, out*》；驅出《*out*》。2 探出《*out*》。

—不及 1 四處搜尋《*about, around / for ...*》。2 利用雪貂行獵。

fer·ri·age [ˈfɛrɪɪdʒ] 名 U 渡船業，擺渡；渡船費。

fer·ric [ˈfɛrɪk] 形〖化〗鐵的，含鐵的；三價鐵的：～ oxide 氧化鐵。

ˈFer·ris ˌwheel [ˈfɛrɪs-] 名 摩天輪：a car on ～ 摩天輪上的吊箱。

ferro-, ferri-《字首》表「含鐵的」、「鐵的」之意。

fer·ro·con·crete [,fɛroˈkɑnkrit] 名 U 鋼筋混凝土；鋼筋水泥。

fer·ro·man·ga·nese [,fɛroˈmæŋgənis, -z] 名 U 錳鐵。

fer·ro·type [ˈfɛro,taɪp] 動 及 在（照片、圖案）上上光。—名 1 上光相片。2 上光法。

fer·rous [ˈfɛrəs] 形 1 鐵的。2〖化〗亞鐵的；二價鐵的。

fer·ru·gi·nous [fɛˈrudʒənəs] 形 1 鐵的，含鐵的。2 鐵鏽色的，紅褐色的。

fer·rule [ˈfɛrəl] 名 1 鐓，傘頂罩；〖釣〗釣竿前端引導釣線的頂圈。2 金箍，金屬環。3 連結用套管，接口。

·fer·ry [ˈfɛrɪ] 名 (複 -ries) 1 渡輪業務。2 口，碼頭；渡輪，渡船。3 飛至交貨地空運服務，定期空運。—動 (-ried, ～·i 及 1 以船渡；以船渡過。2 空運；飛至貨地。3 輸送，運送。

—不及 乘船渡過。

fer·ry·boat [ˈfɛrɪ,bot] 名 渡船。

ˈfer·ry ˌbridge 名 渡船；浮橋，渡橋

fer·ry·man [ˈfɛrɪmən] 名 (複 -men) 擺者，渡船夫。

·fer·tile [ˈfɝtl] 形 1 膏腴的，肥沃的。2 產的，有繁殖力的；產量豐富的《*in*.. 豐饒的，帶來豐收的。3 富有創造力的 *with...*》: a mind ～ *with* various projects 構想各種計畫的頭腦。4〖生〗受精的〖植〗能結果實的；有受精能力的。～ 副, ～·ness 名

fer·til·i·ty [fɝˈtɪlətɪ] 名 U 1 肥沃，多產豐富。2 生產力，肥沃度；〖生〗生育生殖力；繁殖力。

ferˈtility ˈdrug 名 催孕劑，排卵藥。

fer·ti·li·za·tion [,fɝtləˈzeʃən] 名 U 產化；肥沃化；施肥法。2 多產。3〖 受精；受胎。

fer·ti·lize [ˈfɝtl,aɪz] 動 及 1〖生〗使精。2 使肥沃；施肥於。3 使多產，使富。

·fer·ti·liz·er [ˈfɝtl,aɪzə] 名 1 U C 肥化學肥料：complete ～ 完全肥料。2 媒介物，媒精物。

fer·ule¹ [ˈfɛrəl] 名 教鞭，戒尺，手杖板。—動 及 以教鞭責打。

fer·ule² [ˈfɛrəl] 名，動 及 =ferrule.

fer·ven·cy [ˈfɝvənsɪ] 名 U 熱情，熱熱烈；熱誠。

fer·vent [ˈfɝvənt] 形 1 熱情的，熱心熱烈的；熱誠的：～ devotion 熱心獻 2 熱的，白熱的：～ heat 白熱。

～·ly 副, ～·ness 名

fer·vid [ˈfɝvɪd] 形 1 熱情的，熱烈的〖詩〗似火的，灼熱的，熱的。

～·ly 副, ～·ness 名

fer·vor,《英》**-vour** [ˈfɝvə] 名 U 烈，熱情。2 熾熱；白熱。

fess¹,《英》**fesse** [fɛs] 名〖紋〗中

fess² [fɛs] 動 不及《口》自白。

fess up《口》坦承，說實話。

-fest《字尾》1 表「慶祝和祭祀」之 2《美》表「會合」、「集會」之意。

fes·tal [ˈfɛstl] 形 = festive 1.

fes·ter [ˈfɛstə] 動 不及 1 潰爛，化膿成潰爛。2 腐敗。3 痛苦，煩惱。

—及 使化膿；使遭受痛苦。—名 1 潰

膿瘡。2 化膿性的小外傷。

·fes·ti·val ['fɛstəvl] 图 1 Ⓤ Ⓒ 慶祝，節日；定期性的表演會；表演季。2 慶祝活動；表演活動：the Edinburgh International *F*- 愛丁堡國際藝術節。3 宴樂，飲宴：hold a ～ 設宴招待，舉行宴會。
一形 喜慶的，節日的，有節日氣氛的。

fes·tive ['fɛstɪv] 形 1 喜慶的，節日的。2 歡樂的，愉快的。～**·ly** 副

fes·tiv·i·ty [fɛs'tɪvətɪ] 图 (複 **-ties**) 1 《**-ties**》節日的活動；慶祝活動，慶典。2 Ⓤ宴樂，歡樂；慶祝。3 Ⓤ熱鬧。

fes·toon [fɛs'tun] 图 1 花綵。2〖建〗垂花飾。一動 及 1 以花綵裝飾；以花綵連結《*with...*》。2 結成花綵。

fe·tal ['fitl] 形〖胚〗胎兒的。

fetal 'alcohol 'syndrome 图〖醫〗胎兒酒精中毒症候群。

fetch[1] [fɛtʃ] 動 及 1 取來，拿來。2 接來，帶來；使流出；引出；誘出：～ a doctor 去請醫師來。3 賣出；賣得：～ a good price 賣得好價錢。4《口》迷惑，迷住，博得人緣：～ the public 博得公眾的好感。5 吐出，發出：～ a deep breath 深深嘆息。6 一擊：～ him a blow on the chin 在他下巴打了一拳。7 完成，演出。8〖主海〗《方》抵達。一 不及 1 去取物品來。2〖主海〗向前航行，前進；改變航向；轉航。3 繞道，迂迴《 *around, about* 》。4〖狩〗(狗) 取獵物來。

fetch about (1) ⇨動 不及 3. (2)〖海〗(帆船) 改變航向。

fetch and carry (1) (經過訓練的狗) 往來取物。(2) 做卑賤的工作，打雜，聽差遣《*for...*》。(3) 散布謠言。

fetch around [round] (1) ⇨動 不及 3. (2) 恢復意識。(3) 使甦醒。

fetch...down / fetch down... (1) 使落下來。(2) 使下跌。

fetch... out / fetch out... (1) 拿出；引出。(2) 使顯現出來。

fetch through 擺脫困難，達到目的。

fetch up (1) 終止，停止；結束。(2)《口》到達《 *at, in...* 》；獲得某種結局《*in...*》。(3)〖海〗停泊，停船。

fetch...up / fetch up... (1)《美》養育。(2) 吐出。(3) 想起，記起；取回，補回。(4) (因意外而) 到達 (某處)。

一图 1 拿來；帶來。2 伸展距離。3〖海〗區。4 無任何障礙只靠風即能航行的距離。5 策略，詭計。

etch·ing ['fɛtʃɪŋ] 形《口》有魅力的，迷人的。～**·ly** 副

ete, fête [fet] 图 1 宗教性的慶典；祝宴，祭禮，熱鬧活動。2 節日，假日：a national ～ 國定節日。一動 及 設宴款待；慶祝。

ete ˌday 图 1 節日。2 祭日。

·ti·cide ['fitə,saɪd] 图 Ⓤ 殺胎，墮胎。

t·id ['fɛtɪd] 形 有惡臭的，非常臭的。

fet·ish, -ich ['fɛtɪʃ, 'fi-] 图 1 物神；盲目崇拜之物：make a ～ of money 盲目地崇拜金錢。2〖心〗戀物癖。

fet·ish·ism, fet·ich- ['fɛtɪʃɪzəm, 'fi-] 图 Ⓤ 1 物神崇拜。2〖精神醫〗戀物癖。3 盲目崇拜。**-is·tic** [-'ɪstɪk] 形

fet·ish·ist ['fɛtɪʃɪst, 'fi-] 形图 1 物神崇拜的 (人)。2〖精神醫〗戀物癖的 (人)。

fetish'istic ˌtransvestism 图 異裝癖。

fet·lock ['fɛt,lɑk] 图 1 馬蹄後小趾的突起部分；距毛。2 球節。

fe·tol·o·gy [fi'tɑlədʒɪ] 图 Ⓤ 胎兒學。

fe·tor ['fitɚ] 图 Ⓤ 惡臭。

fe·to·scope ['fitə,skop] 图 胎視鏡。

fe·tos·co·py [fi'tɑskəpɪ] 图 Ⓤ Ⓒ〖醫〗胎視法。

·fet·ter ['fɛtɚ] 图《通常作～**s**》足械，腳鐐；束縛：be in ～*s* 被囚禁；受到束縛。
一動 及 1 上腳鐐。2 束縛，拘束。

fet·tle ['fɛtl] 图 Ⓤ 狀態，情形：in fine ～ 身體健壯的，精神奕奕的。

fe·tus ['fitəs] 图 (複～**·es**)〖胚〗胎兒。

feud[1] [fjud] 图 Ⓤ Ⓒ 1 長期不和，宿怨，宿仇。2 爭執，爭鬥，反目：have a ～ with... 與…反目。
一動 不及 結仇；爭吵，爭鬥《 *with* 》。

feud[2] [fjud] 图 封地，采邑。

·feu·dal ['fjudl] 形 1 封地的。2 封建的；封建制度的。3 封建時代的，中世紀的。4 封建 (性) 的。

feu·dal·ism ['fjudl,ɪzəm] 图 Ⓤ 封建制度，封建主義，封建組織。

feu·dal·is·tic [ˌfjudə'lɪstɪk] 形 封建制度的，封建主義的。

feu·dal·i·ty [fju'dælətɪ] 图 (複**-ties**) 1 Ⓤ 封建 (狀態)；封建制度。2 封地，采邑。

'feudal ˌsystem 图 封建制度。

feu·da·to·ry ['fjudə,torɪ -,tɔrɪ] 图 (複**-ries**) 1 封建領主；諸侯，封臣。2 領地，采邑。
一形 1 臣屬的《 *to...* 》。2 受封的。

feuil·le·ton ['fɔɪtən] 图 (複～**s** [-z]) 1 文藝欄。2 刊登在文藝欄的文藝作品。

:fe·ver ['fivɚ] 图 1 Ⓤ 異常狀態。2 Ⓤ Ⓒ 發燒，發熱：run *a* ～ 發燒 / have a high ～ 發高燒。3 Ⓤ 熱病，高熱性疾病：typhoid ～ 傷寒。4《偶作 **a** ～》極度的興奮，激昂：in a ～ of excitement 非常興奮。

'fever ˌblister 图〖病〗= cold sore.

fe·vered ['fivɚd] 形 1 患熱病的；發燒的。2 非常興奮的，激昂的。3 極強烈的，不自然的。

'fever ˌheat 图 Ⓤ 1 高體溫。2 狂熱，異常的興奮。

·fe·ver·ish ['fivərɪʃ] 形 1 狂熱的；激動的；焦躁的；不安定的，失去控制的。2 發燒的，有輕微熱度的；熱病的；熱病性質的，有熱病之症狀的；發燒似的，像患了熱病似的。3 熱病蔓延的；易引起熱病

的。
～·ly 副 狂熱地；發燒似地，患了熱病似地。～·ness 名
fe·ver·ous ['fivərəs] 形 = feverish.
'fever 'pitch 名 U 亢奮狀態，狂熱。
:**few** [fju] 形 (～·er, ～·est) 1《關於數》(1)《無冠詞》《否定的意義》稀少的，很少的；只有少數的，幾乎沒有的：a man of ～ words 沉默寡言的人。(2)《a ～》《肯定的意義》幾個的，一些，兩三個的：a ～ minutes later 幾分鐘後。2《關於量》《方》(1)《無冠詞且否定的》少的；只有一點點的。(2)《a～》《肯定》少量的，少數的。
but few 只有少數；只有幾個。
few and far between 罕見的，極少的。
—名《作複數》1《a ～》少數人，少量物；幾杯酒。2《通常作 the ～》少數的人；少數被挑選的人。
a few (1)《主方》某程度；稍微。(2)《口》《反語》大大地。
a good few《口》相當多（的）。
not a few (1) 相當多（的），不少（的）。(2)《口·俚》頗，相當。
quite a few《口》相當多（的）。
some few 有幾個（的）；相當多（的）。
—代《作複數》《否定用法》很少的人，幾個東西。
few·er ['fjuɚ] 形 較少數的。
no fewer than... 不少於，與…一樣多。
—代《作複數》較少數的人[物]。
few·ness ['fjunɪs] 名 U 稀少。
fey [fe] 形 1《主蘇》中了咒語的；對死亡顯露出恐懼的；《英方》注定死亡的。2 超自然性的，具有魔力的。3 瘋癲的。
～·ness 名
fez [fɛz] 名 (複～·zes [-ɪz]) 土耳其帽。
ff 《縮寫》〖樂〗*fortissimo.*
ff. 《縮寫》*folios; following.*
fi·an·cé [fi,ɑn'se, fi'ɑnse] 名 (複～s [-z]) 未婚夫。
fi·an·cée [fi,ɑn'se, fi'ɑnse] 名 (複～s [-z]) 未婚妻。
fi·as·co [fɪ'æsko] 名 (複 ～s,《美》～·es) U C 大失敗，慘敗：end in (a) ～ 完全歸於失敗。
fi·at ['faɪət, 'faɪæt] 名 1 法令，命令；判行，認可。2 專制式的命令；諭令《*that... should* 子句》。
'fiat ˌmoney 名 U《美》不兌換紙幣。
fib¹ ['fɪb] 名《口》無關緊要的謊言，小謊。—動 (fibbed, ～·bing) 不及 撒小謊。
～·ber 名
fib² [fɪb] 動 (fibbed, ～·bing) 及《英俚》以拳輕擊。
·**fi·ber** ['faɪbɚ] 名 1 U C 纖維。2 細線；《集合名詞》纖維質；纖維構成物。3 U 性格，性質；骨氣，力量。4 U C 韌皮纖維；製紙用纖維；〖植〗纖維；〖解·動〗纖維。
feel in one's fiber 深深感到，確信《*that* 子句》。
with every fiber of one's body 以全心身
fi·ber·board ['faɪbɚ,bord] 名 U 纖維板。
fi·bered ['faɪbɚd] 形 1 摻混纖維的。2 纖維質的。
fi·ber·fill ['faɪbɚ,fɪl] 名 U 人造纖維。
fi·ber·glass ['faɪbɚ,glæs] 名 U 玻璃纖維，玻璃棉；玻璃絲。
fi·ber-op·tic ['faɪbə'rɑptɪk] 形 纖維光學的；光學纖維的。
'fiber 'optics 名 (複) 1 光學纖維，光纖。2《作單數》纖維光學。
fi·ber·scope ['faɪbɚ,skop] 名〖光〗內視鏡，纖維鏡。
fi·bre ['faɪbɚ] 名《英》= fiber.
fi·bril ['faɪbrəl] 名 小纖維；〖植〗纖絲〖解〗細纖維；微纖維。～·lar 形
fi·brin ['faɪbrɪn] 名 U C 1〖生化〗纖維蛋白，纖維素。2〖植〗麩質，麩筋。
～·ous 形 多纖維的，纖維狀的。
fi·broid ['faɪbrɔɪd] 形 1 纖維性的。2 纖維生成的。—名 纖維瘤；子宮肌瘤。
fi·bro·sis [faɪ'brosɪs] 名 U〖病〗纖維化。
fi·bro·si·tis [,faɪbrə'saɪtɪs] 名 U〖醫〗纖維組織炎。
fi·brous ['faɪbrəs] 形 纖維質的，纖維狀的。
fib·ster ['fɪbstɚ] 名《口》撒小謊者。
fib·u·la ['fɪbjələ] 名 (複-lae [-,li], ～s) 〖解·動〗腓骨。2〖考〗(古希臘、羅馬人所佩帶的）扣針，搭扣。-lar 形
-fication《字尾》把 -fy 爲字尾的動詞變爲名詞，表「做成…」、「…化」之意。
fiche [fɪʃ] 名 微縮膠片；顯微目錄卡片。
Fich·te ['fɪktə] 名 **Johann Gottlieb** 斐希特（1762－1814）：德國哲學家。
fich·u ['fɪʃu] 名 (複～s [-z]) 三角形披肩。
·**fick·le** ['fɪkl] 形 1 易變的，變化無常的，不安定的：～ fortune 多變的命運。2 愛情不專一的，不專情的。～·ness 名
fic·tile ['fɪktl] 形 1 可塑性的。2 塑造的。3 黏土製的，陶製的；陶器的。4 容易控制的，順從的。
·**fic·tion** ['fɪkʃən] 名 1 U 小說文學，創作的文學；《集合名詞》小說，短篇小說：science ～ 科幻小說。2 虛構之事；謊言，杜撰的故事；編造，杜撰，虛構。3 假設。4〖法〗假設；擬制。
fic·tion·al ['fɪkʃənl] 形 編造的，虛構的；小說式的：a ～ character 虛構的人物，想像的人物。～·ly 副 虛構地；小說式地。
fic·tion·al·ize ['fɪkʃənə,laɪz] 動 及 使成爲小說；把…小說化。-i·'za·tion 名 U 小說化。
fic·tion·ist ['fɪkʃənɪst] 名 小說家；短篇故事作家。

fic·ti·tious [fɪk'tɪʃəs] 形 1 虛僞的，虛構的，假的，不真實的。2 編造的，想像的；小說式的。3〖法·商〗假設的，擬制的：～ capital 虛擬資本。～·ly 副 ～·ness 名

fic·tive ['fɪktɪv] 形 幻想的，想像的；創作的：a ～ art 創作藝術 / ～ writing 創作。

fid·dle ['fɪdl] 名 1 提琴屬的弦樂器；《口》《常爲蔑》小提琴。2《俚》欺騙，詐欺。

(as) fit as a fiddle ⇨FIT[1] 形 4

be on the fiddle《英》詐欺，行騙。

hang up** one's **fiddle 退隱；放棄事業。

hang up** one's **fiddle when** one **comes home《口》在外興致高，回家就無聊。

have a face as long as a fiddle《口·謔》板著臉孔，臉色陰沉。

play second fiddle《口》居於次位，充當副手，服從某人《*to...*》。

—動 不及 1《口》拉小提琴。2 撥弄；亂弄《*about, around / with...*》。3 虛度時光《*around, about*》。—及 1《口》用小提琴演奏。2 虛度，浪費《*away*》。3《俚》欺騙，騙人去做《*into..., into* doing》；做手腳。

fiddle while Rome burns 大事臨頭卻袖手旁觀。

fiddle ˌbow 名 [-ˌbo]（弦樂器、鐘錶所用的）弓，小提琴的弓。

fid·dle·de(e)·dee [ˌfɪdl'di'di] 感 無聊！胡說！—名 U 無聊的事。

fid·dle-fad·dle ['fɪdlˌfædl] 名 U《口》愚蠢的事，無聊的事。—形 無聊的，無謂的。

—感 胡說！無聊！—動 不及 做無聊事，無事騷擾。

fid·dler ['fɪdlɚ] 名 1 小提琴手，拉小提琴者。2《英俚》詐欺者，騙子。

pay the fiddler = pay the PIPER.

fid·dle·stick ['fɪdlˌstɪk] 名 1 無聊的事。2《與否定語連用》少許：*not* care a ～ 一點兒也不在乎。3《古》小提琴的弓。

fid·dle·sticks ['fɪdlˌstɪks] 感《稍古》無聊！胡說八道！

fid·dling ['fɪdlɪŋ] 形《口》微不足道的，瑣碎的。

fi·del·i·ty [faɪ'dɛlətɪ] 名 (複 **-ties**) U C 1 嚴守：a retainer's ～ 侍從的盡職。2 忠誠，忠實，忠貞；貞節《*to...*》：～ *to* one's country 對國家的忠誠。3 與事實相符；精確，嚴謹。4〖無線〗保真度，逼真度：a high ～ receiver 高度傳真的接收機。

fidg·et ['fɪdʒɪt] 動 不及 操心，坐立不安，心神不寧《*over...*》；不安地玩弄《*with*》：～ *over* the upcoming visit of one's mother-in-law 因岳母即將來訪而心神不寧 / begin to ～ 開始坐立不安。—及 使煩躁不安。

—名 1《常作 **the** ～**s**》煩躁，焦慮不安：have *the* ～*s* 感到煩躁不安。2 煩躁的人。～·ing·ly 副

fidg·et·y ['fɪdʒɪtɪ] 形 1 坐立不安的。2 爲小事操煩的，煩躁的。**-i·ness** 名

Fi·do ['faɪdo] 名《美》費都：飼犬名。

fi·du·cial [fɪ'duʃəl] 形 1〖理〗標準的，基點的。2 基於信賴的；深信不疑的。3 = fiduciary 1. ～·ly 副

fi·du·ci·ar·y [fɪ'duʃɪˌɛrɪ] 名 (複 **-ar·ies**)〖法〗受信託者。—形 1〖法〗受信託的；受託人的。2 信用發行的。3 基準點的。**-i·ly** 副

fie [faɪ] 感《古》《表示不愉快或責難》呸！咄！

fief [fif] 名 封地，世襲領地。

:field [fild] 名 1 原野，曠野；牧場；田地，農場；《**the** ～**s**》田野；茫茫的一片：a ～ of clouds 雲海 / a snow ～ 雪原；長年不融的雪。2 場所，場地。3 產地，礦田。4〖運動〗跑道以內的運動場；球場，體育場；U《集合名詞》田賽：a baseball ～ 棒球場。5〖棒球〗(1)《**the** ～》守備：take to *the* ～ 出場守備。(2) 外野。6《通常作 **the** ～》《集合名詞》〖運動〗全體比賽人員，全體競賽馬；其他的全體比賽人員：lead *the* ～ 跑在最前頭，領先。7〖狩〗全體狩獵者。8〖軍〗《文》(1) 作戰地域；戰場：hold the ～ 開始戰鬥。(2) 戰鬥：a single ～ 單騎對打 / lose the ～ 戰敗。9 現場；作業場，工程現場；駐外機構。10 領域，界：the ～ of education 教育界 / an open ～ for new industry 新工業自由發展的領域。11〖理〗場；〖電〗磁場；〖數〗體；集；場；範圍；〖心〗域。12〖光〗視界，視域。13〖電腦〗(1) 表示訊息單位的一套字群。(2)欄位。

a fair field and no favor 條件均等。

be out in left field ⇨LEFT FIELD（片語）

hold the field (against...) 堅守陣地。

in the field (1)（機械等）在實際使用。(2) 參加候選。(3) ⇨名 1, 5.

play the field《美口》多方面活躍，把握住一切可能的機會，與數位異性交往。

take the field (1)（足球、棒球等）開始比賽。(2) 開始行動。(3) ⇨名 8 (1).

—動 及 1〖棒球·板球〗接（球）；使就守備位置；使出場比賽。2 編成。3 巧妙地答覆；守住。—不及〖棒球·板球〗擔任內[外]野手，擔任守備。—形《限定用法》1〖運動〗田賽的，田賽項目的。2〖軍〗野戰的。3 原野的；野生的；在旱田栽培的。4 從事農業勞動的。5 在現場的，外勤的，駐外的。

'field arˌtillery 名〖軍〗1 U《集合名詞》野戰炮。2 野戰炮兵隊。

'field ˌbattery 名〖軍〗野炮隊。

'field ˌday 名 1《美》戶外運動日，運動會，體育節。2 野外的集會；遠足，郊遊。3 打獵日。4〖軍〗野外演習日，閱兵日。5 充滿刺激活動的日子，大肆活動的機會，有重大事件的日子。6 野外調查日。

F

field·er ['fildɚ] 图 1〖棒球・壘球〗內外野手；外野手。2〖板球〗外場員。

'fielder's 'choice 图〖棒球〗野手選擇。

'field eˌvent 图田賽（項目）。

field·fare ['fildˌfɛr] 图〖鳥〗毛鶇。

'field ˌglasses 图(複)攜帶型野外用雙筒望遠鏡。

'field ˌgoal 图 1〖美足〗射門得分。2〖籃球〗投籃得分。

'field ˌhand 图《美》農場工人。

'field ˌhockey 图Ⓤ《美》（草地）曲棍球。

F

'field ˌhouse 图 1 運動場的附屬建築物。2 體育館，室內競賽場。

'field ˌjudge 图〖美足〗外場裁判。

'field ˌmarshal 图《英》陸軍元帥。略作：F.M.

'field ˌmethods 图(複)實地調查法：linguistic ～ 語言學的實地調查法。

'field ˌmouse 图野鼠，田鼠。

'field ˌofficer 图〖陸軍〗校級軍官。

fields·man ['fildzmən] 图(複-men)〖板球〗《英》外場員。

'field(s) of 'vision 图視野。

'field ˌsports 图(複) 1 野外運動；狩獵。2 = field event.

field-test ['fildˌtɛst] 動 及 做實地試驗。

'field ˌtest 图實地試驗，現場試驗。

'field ˌtrial 图戶外追獵試驗；試用。

'field ˌtrip 图實地考察旅行；校外參觀；現場調查旅行。

'field ˌwork 图Ⓤ 1 野外考察研究，實地調查工作。2 野外工作，戶外工作。
'field-ˌwork·er 图

field·work ['fildˌwɝk] 图 Ⓤ 1〖軍〗防禦工事，堡壘。2 = field work.

fiend [find] 图 1 魔神，惡鬼；《the F-》魔王，撒旦，惡魔。2 像惡魔的人，窮兇極惡的人。3《口》令人困擾的人[物]；惡作劇的人；心眼極壞的人。4《口》耽於惡習而無法擺脫的人；成癮者：a dope ～ 吸毒者。5 迷，狂熱者；傑出人才，高手《*at...*》：a ～ *at* tennis 網球高手。

fiend·ish ['findɪʃ] 形 1 惡魔似的；窮兇極惡的。2 巧妙的；別出心裁的。3《口》很大的。～·**ly** 副 惡魔似地；非常。

:fierce [fɪrs] 形 (**fierc·er, fierc·est**) 1 粗野的，兇猛的：a ～ animal 兇猛的動物。2 猛烈的，可怕的；激烈的：～ envy 強烈的嫉妒。3《口》厲害的，極端惡劣的。—副《俚》厲害地。～·**ness** 图Ⓤ兇猛，猛烈。

fierce·ly ['fɪrslɪ] 副 猛烈地；激烈地。

·fier·y ['faɪrɪ, 'faɪərɪ] 形 (**fier·i·er, fier·i·est**) 1（著）火的，燃燒的。2 如火般的；火紅的；將要燃燒似的。3 酷熱的，熾熱的；會燙傷的，火辣的；激昂的，熱情的；易怒的，急性的；烈性的。4 易燃的，易著火的；含有易燃氣體的。5 發炎的，紅腫的。

'fiery 'cross 图燃燒的十字架。

fi·es·ta [fɪ'ɛstə] 图 (複 ～**s** [-z]) 1 宗教節日，聖徒的紀念日。2 節日慶祝活動。

FIFA ['fifə] 图 國際足球總會，國際足總（1904 年成立）。

fife [faɪf] 图高音橫笛。—動 及 以橫笛吹奏。—不及 吹橫笛。'**fif·er** 图橫笛手。

FIFO《縮》*f*irst *i*n, *f*irst *o*ut〖會計〗先進先出法。

:fif·teen [fɪf'tin, 'fɪf'tin] 图 1 ⓊⒸ 十五；表示十五的記號。2 Ⓤ十五時，十五分。3 Ⓤ 十五歲。4《作複數》十五人，十五個：a Rugby ～（十五人制的）橄欖球隊。5 Ⓤ〖網球〗贏得第一球的得分：～ love 一比零。—形 十五的，十五人[個，歲]的。

:fif·teenth [fɪf'tinθ, 'fɪf'tinθ] 形 1 第十五（號）的。2 十五分之一的。—图 1《通常作 **the** ～》第十五，第十五號人[物]，（每月的）十五日。2《**a** ～, **one** ～》十五分之一。3《**the** ～》〖樂〗十五度音程。

:fifth [fɪfθ] 形 1 第五（號）的：the ～ act 第五幕，終幕；人生的晚年。2 五分之一的。3〖樂〗五度音程的。—图 1《通常作 **the** ～》第五，第五號人[物]。2《**a** ～, **one** ～》五分之一。3《美口》五分之一加侖。4〖樂〗五度音程，第五音。
take the fifth《美口》(1)《**F-**》依據美國憲法第五修正案拒絕作對自己不利的證言。(2) 拒絕回答。
～·**ly** 副 排在第五地。

Fifth A'mendment 图《the～》美國憲法第五修正案。⇨take the Fifth.

'Fifth 'Avenue 图《**the** ～》《美》第五街：紐約市的繁華街道。

'fifth 'column 图第五縱隊。

'fifth 'columnist 图第五縱隊分子；奸細。

'fifth 'wheel 图 1 轉向輪；預備車輪。多餘者[物]，無用的東西。

·fif·ti·eth ['fɪftɪɪθ] 形 1 第五十的。2 五十分之一的。—图 1《通常作 **the** ～》第五十號。2《**a**～, **one** ～》五十分之一。

:fif·ty ['fɪftɪ] 图(複 **-ties**) 1 ⓊⒸ 五十；表示五十的記號。2《作複數》五十人，五十個：by *fifties* 各五十人[個]。3《**one -ties**》五十到五十九歲之間；《**the -ties**》五十幾度，五〇年代（1950—59）。4《**a** ～》《美口》五十元紙幣。
—形 1 五十的，五十人[個，歲]的。2 多數的，許多的。

fif·ty-fif·ty ['fɪftɪ'fɪftɪ] 形 副《口》各半平分爲二份的[地]，各半數的[地]：a ～ chance of recovery 百分之五十的復原機會 / go ～ on expenses 費用平均分攤。

·fig¹ [fɪg] 图 1〖植〗無花果樹；無花果。《**a** ～》《通常用於否定》絲毫，一點兒 doesn't care a ～ 絲毫不在乎。

fig² [fɪg] 動 (**figged**, ～·**ging**) 及《口》1 打扮，裝飾《*out*》。2 刷新《*up*》。—

Ⓤ1 服裝，裝束。2 健康狀況。

fig. 《縮寫》*figurative(ly); figure(s).*

:fight [faɪt] 名 1 戰，戰鬥，戰役 : a hand-to-hand ~ 肉搏戰 / a sham ~ 模擬戰。2 搏鬥，決鬥，打架；勝負；〖拳擊〗一回合 : a prize ~ 一場有獎賞的拳擊賽。3 爭論《*for...*》；鬥爭《*against...*》；奮鬥 : a ~ *for* lower taxes 為降低稅金的奮鬥。4 Ⓤ戰鬥力；鬥志，戰鬥精神。5 激辯，爭論，口角 : have a ~ over the amendment 為修正案而激辯。

—動 (**fought**, ~·**ing**) 不及 1 打仗，戰鬥《*against, with...*》。2 搏鬥，打架。3 爭論《*for...*》；競爭《*against...*》；奮鬥。4 激辯，口角。

—及 1 打仗，交戰；搏鬥，抵抗。2 為支持而奮鬥；辯護。3 打仗以獲得；打開。4 比賽拳擊；使相鬥。5 操縱，指揮。

fight back 抵抗；反擊；強忍。

fight down 克服，壓服；拚命抑制。

fight it out 《口》戰到底，打個輸贏。

fight off 阻擋，擊退。

fight shy of... ⇨SHY[1]（片語）

fight tooth and nail 拚死戰鬥[抵抗]。

fight (with) windmills ⇨WINDMILL 名 2

fight·er [ˈfaɪtɚ] 名 1 拳擊選手。2〖軍〗戰鬥機。3 戰士，戰鬥者，有戰鬥意志者；好戰者。4 供打鬥比賽用的動物。

fight·er-bomb·er [ˈfaɪtɚˈbɑmɚ] 名〖軍〗戰鬥轟炸機。

fight·ing [ˈfaɪtɪŋ] 形《限定用法》1 戰鬥用的，適於戰鬥的 : a ~ ship 戰船，軍艦。2 好戰性的，挑戰性的；有勇氣的 : ~ words《口》挑戰性的言詞 / ~ drunk《口》醉得好鬥的；《英俚》很健康的。

—名ⓊⒸ 打仗，戰鬥；奮鬥。~·**ly** 副

fighting ˈchance 名《口》憑努力奮鬥可能獲得成功的機會 : have a ~ to do 經過一番努力奮鬥有…的成功機會。

fighting ˈcock 名 1 鬥雞。2《口》好鬥的人。

fig ˌleaf 名 1 無花果之葉。2 掩蓋物；掩飾物。3 無花果樹葉形的雕刻。

fig·ment [ˈfɪgmənt] 名 1 想像的事物；幻想。2 虛構；虛構的事，想像的理論。

fig·ur·al [ˈfɪgjərəl] 形 1 由人[動物]的形象構成的；人像的；動物形象的。2〖樂〗裝飾性的。3 比喻的，借喻的。

fig·ur·a·tion [ˌfɪgjəˈreʃən] 名 1Ⓤ 定形，成形；Ⓒ外形，形狀。2 比喻的表現法。3ⓊⒸ 象徵，裝飾。4ⓊⒸ〖樂〗修飾。

fig·ur·a·tive [ˈfɪgjərətɪv] 形 1 比喻的，借喻的；非完全照字義的；表象的，象徵的《*of...*》。2 多比喻的，詞藻富麗的 : a ~ style 華麗的文體。3 造形的 : the ~ arts 造形藝術。

fig·ur·a·tive·ly [ˈfɪgjərətɪvlɪ] 副 象徵地，比喻地，借喻地。

fig·ure [ˈfɪgjɚ, ˈfɪgɚ] 名 1 圖，圖案；輪廓，形狀；〖幾〗圖形 : be regular in ~ 形狀規則的。2 數字；位數；文字，符號 : think in ~*s* 從數字上來考量。3 金額，價格 : at a high ~ 以高價。4《~**s**》計算，計數 : be very poor at ~*s* 拙於計算。5 體格，身材，風姿；人影 : lose one's ~ 身材走樣 / a ~ moving slowly in the dusk 在暮色中緩緩移動的人影。6 人物，人；顯赫的人 : make a person a ~ of fun 把某人當笑柄。7 樣子，形象；特別姿態，異采 : make quite a ~ in artistic circles 在藝術界大放異采。8 畫像，雕像；肖像。9 象徵，典型，表象 : a ~ of peace 和平的象徵。10 (1)〖修〗= figure of speech. (2)〖文法〗變格，破格。11 插圖，圖解，圖表（略作 : fig.）；花樣，花紋；〖滑冰〗花式；（飛機的）飛行花式；〖舞〗一連串動作；一迴旋。12〖樂〗音型；數個和弦的連續體。13〖理則〗（三段論法的）格。

cut a figure (1) 躍起並以雙腳作快速的連續交叉；雀躍。(2) 惹人注目，放異采。

keep one's figure 保持身材苗條。

—動 (**-ured, -ur·ing**) 及 1 估計，計算《*up*》；以數字表示。2 飾以圖案《*with...*》。3 象徵，代表。4 以言語表示。5 用比喻表現。6 描寫，描繪。7 想，想像。8《美口》認為，判斷；以為。

—不及 1《口》計算，計數。2 出現；扮演某種角色；出名，出風頭《*in...*》。3《美口》有道理，合乎情理。4 表演花式舞蹈動作。

figure for... 策劃。

figure in... (1) 出名，大放異采。(2) 出現。(3) ⇨動 不及 2.

figure... in / figure in... 《口》計算在內。

figure on ... 《美口》(1) 依靠，指望。(2) 列入考慮。(3) 計畫。

figure out (1) 計算；算出。(2)《口》知道，了解《*wh-* 子句》；解釋，理解，評價。(3)《美口》解決；想出。

figure up (1) ⇨動 及 1. (2) 合計，總計。

That figures! 《口》有道理！應該這樣！

fig·ured [ˈfɪgjɚd, ˈfɪgɚd] 形 1 有圖案的，有花紋的。2 成形的，有某種形狀的。3 以畫像表現出來的。4〖樂〗(1) 華彩的。(2) 註有數字指示伴奏和弦的。5 詞藻富麗的，多比喻的。

ˈfigure ˌeight 名《美》8 字形的東西。

fig·ure·head [ˈfɪgjɚˌhɛd] 名 1 名義上的首領，傀儡。2〖海〗船首像。

ˈfigure of ˈspeech 名 1〖修〗修辭手法，詞藻。2 比喻。3 誇張（敘述）法。

ˈfigure ˌskating 名Ⓤ 花式滑冰。

fig·ur·ine [ˌfɪgjəˈrin] 名 小塑像，小雕像。

Fi·ji [ˈfidʒi] 名 斐濟（共和國）：南太平洋的島國；首都為蘇瓦（Suva）。

Fi·ji·an [fiˈdʒiən] 形 斐濟群島的；斐濟人[語]的。—名 斐濟人；Ⓤ 斐濟語。

fil·a·gree [ˈfɪləˌgri] 名形，動 及 = filigree.

·fil·a·ment ['fɪləmənt] 名 1 細絲，絲狀物；纖維；單纖維：~s of memory 絲絲記憶。2〖植〗花絲。3〖鳥〗細羽支；〖昆〗蜘蛛絲。4 燈絲。5〖病〗絲狀體。
-'men·tous 形 如絲的，由細絲構成的。

fi·lar·i·a [fɪ'lɛrɪə] 名(複-i·ae [-ɪ,i])〖醫〗血絲蟲。

fil·a·ture ['fɪlətʃɚ] 名 1 U 繅絲，紡絲。2 紡絲機，紡車；繅絲廠。

fil·bert ['fɪlbɚt] 名〖植〗榛樹；榛子。

filch [fɪltʃ] 動及 竊取《*from...*》；偷取《*of...*》。

F

:file¹ [faɪl] 名 1 文件夾，公文匣；檔案，卷宗；合訂本：a ~ of back issues of local newspapers 地方舊報的合訂本。2 電腦檔案。3《古》目錄，名冊。4 金屬線，細繩。5 縱隊：walk (in a) single ~ 成一列縱隊行進。6〖軍〗(1)行；排成縱隊的士兵。(2) 晉級表中的某一階段。7 縱線。
in file 依次，魚貫地；排成縱隊地。
on file 彙訂成冊地；存檔的。
—動 **(filed, fil·ing)** 及 1 歸檔；加以整理《*away*》。2〖報章·雜誌〗整理；發稿。3 以一列縱隊行進《*off, out*》。4 正式提出。—不及 1 以一列縱隊前進。2《美》提出，登記爲競選人《*for...*》。3 主張，申請《*on, upon...*》。

file² [faɪl] 名 1 銼子；銼刀。2《*the* ~》修整，磨光；琢磨，潤飾。3《英俚》狡猾的人，精明的人：an old ~ 老滑頭。
bite a file 徒勞無功，白費力氣。
—動及 1 銼光；銼除《*away, off, down*》。2 修整，潤飾。

'file ˌclerk 名 檔案管理員。

file·fish ['faɪlˌfɪʃ] 名(複~, ~·es)〖魚〗魨；銼魚。

file·name ['faɪlˌnem] 名〖電腦〗檔名。

'file ˌserver 名〖電腦〗檔案伺服器。

fi·let [fɪ'le, 'fɪle] 名(複 ~s [-z]) 1 U 方眼花邊網。2《美》= fillet 名 1.

fil·i·al ['fɪlɪəl] 形 1 子女的，孝順的；子女對父母的：~ duty 孝道。2〖遺傳〗雜交後代的，子代的：the first ~ generation 第一子代，雜交第一代（略作：f_1）。
~·ly 副 像子女地，孝順地。

fil·i·a·tion [ˌfɪlɪ'eʃən] 名 1 U 父子關係。2 U〖法〗私生子之父的判定。3 U 由來，血統衍生（關係）。4 分會，支部。

fil·i·bus·ter ['fɪləˌbʌstɚ] 名 1 U C《美》阻礙戰術，冗長的演說；C 阻撓議案通過的議員，妨礙議事進行者。2 十九世紀在拉丁美洲國家煽動革命的美國人；非法入侵外國從事非正規戰爭者；海盜。
—動 及 阻撓議案通過。—不及 阻礙議事進行。**-'bus·ter·er** 名

fil·i·gree ['fɪləˌgri] 名 1 U 金絲或銀絲細工做的花邊狀裝飾。2 極爲纖細的圖案。
—形 1 金絲細工的。2 纖細的，優美的。
—動 及 以金絲細工裝飾，做成金絲細工裝飾。

fil·ing ['faɪlɪŋ] 名 1 U 銼。2《~s》屑。3 U 整理文件；歸檔。

'filing ˌcabinet 名 檔案櫃。

Fil·i·pi·no [ˌfɪlə'pino] 名(複~s [-z]) 律賓人。—形 = Philippine.

:fill [fɪl] 動及 1 塞滿：~ a glass with m 把杯子裝滿牛奶。(1) 使充滿。(2) 以… 據：~ one's days with trivial tasks 使整 排滿瑣事。2 填塞，使填滿。3 使吃飽[足]；使填飽。4 裝入《*into...*》：~ wa *into* a pail 裝水於水桶。5 群集，布滿； 漫。6 填補；占有；擔任，完成：~ a p sition faithfully 盡忠職守。7 履行；供應 滿足：~ an order for... 供應…的訂貨。8 (藥方)。9 補《*in*》：~ (*in*) a crack w putty 用油灰填塞裂縫。10〖海〗使（帆 吃風張滿；調整…使帆吃風。11 摻入混 物。—不及 1 充滿《*with...*》。2 鼓脹 倒滿。
fill and stand on〖海〗由順風轉爲逆風 進。
fill away〖海〗乘風前進；轉帆向風。
fill in 代理《*for...*》。
fill...in / fill in... (1)在表格等上填寫。(2) 寫；填補。(3)《口》提供情報《*on...*》 (4) ⇨動及 9.
fill in time《口》消磨時間。
fill out (1) 長胖；變得豐滿。(2) 吸滿空 而鼓脹。
fill...out / fill out... (1)《主美》填寫。(2) 美》代理執行。(3) 使更充實，使更完全 (4) 使膨脹《*with...*》。(5) 供應。
fill up 漲滿，客滿。
fill...up / fill up... (1) 使填滿；加滿油。《英俚》= FILL in (2).
—名 1《*one's* ~》充分的供應，滿足 盡量，盡情。2《*a*~》足夠填滿容器的 量。3 填補物；〖建〗填土。

fill·er ['fɪlɚ] 名 1 填裝者[物]。2 填料 填塞物；內鞋底與外鞋底間的填充物； 型。3 雪茄煙的煙心。4 混合物；添加 料。5〖建〗填隙料。6 漏斗，導管。7 白；補白短片。8 機構增補的人員。

fil·let ['fɪlɪt] 名 1〖烹飪〗(《美》一般唸 [fɪ'le, '--]) 魚片，肉片；牛的腰部軟肉； 脊肉（《美》亦作 **filet**）。2 細帶，束 帶；細繩子；條片。3〖裝訂〗輪廓線， 線。4〖建〗平緣，嵌條；突出橫飾線 5〖解〗蹄係。—動及 1 [fɪ'le, '--]〖烹飪 切成薄片；切取薄片（《美》亦作 **filet**） 2 用飾帶束結。

fill-in ['fɪlˌɪn] 名 1 代替的人[物]；《口 代理，代用品；填寫。2《口》概要， 要。3 消磨時間。—動及《美俚》作簡 摘要。—不及 代理工作。—形 補缺的 暫時填檔的。

fill·ing ['fɪlɪŋ] 名 1 U C 填充，填補， 滿。2 填塞物；〖牙〗填料；食品的填料 餡。3〖織〗《美》緯紗。

ling ˌstation 名加油站（《英》petl station,《美》gas station）。
·lip ['fɪləp] 動及 1 以手指彈，彈出去 off》；輕打。2 激起，刺激。—不及彈 。—名 1 彈指，彈擊。2《口》刺激，令振奮的事物。3《主用於否定》微不足的東西，瑣事。
·ly ['fɪlɪ] 名(複 -lies) 1 小雌馬。2《口》潑的少女，年輕女子。
m [fɪlm] 名 1 Ⓤ Ⓒ 薄皮，薄膜。2 薄東西；ⓊⒸ〖攝〗軟片；ⓊⒸ感光膜：tch birds on ～ 把鳥攝入鏡頭。3〖〗影片；《英》電影；《the ～s》《集名詞》電影；《～s》電影業，電影界：silent ～ 無聲電影。4 細絲（網）。5 朦，模糊；薄霧：a ～ over the eye 眼前的陣模糊。—動及 1 覆以薄皮，覆上薄。2 拍攝；拍成電影。—不及 1 變朦朧；薄膜《over / with...》。2 適合照相，適拍電影；適於拍成電影。3 拍攝電影。
m·a·ble ['fɪlməbl] 形 適合拍成電影。
m·dom ['fɪlmdəm] 名 Ⓤ 電影界，電工業；電影工作人員。
m ˌfestival 名電影展，電影節。
m·go·er ['fɪlm,goɚ] 名 電影觀眾，常電影的人。
m·mak·er ['fɪlm,mekɚ] 名 1 電影製人；製片家；電影公司。2 軟片製作者。
ıak·ing 名Ⓤ 電影製作。
m 'noir [-'nwɑr] 名《法語》1 黑色電。2 黑色電影風格。
m·og·ra·phy [fɪl'mɑgrəfɪ] 名(複 -ph-s) Ⓤ 關於電影的論述；影片目錄，電影文。
m ˌpack 名〖攝〗盒裝膠捲。
m ˌpre·mière [-prɪ'mɪr] 名 電影首。
m ˌrating 名影片分級。
m·set ['fɪlm,sɛt] 名 電影布景。
m ˌstar 名電影明星。
m ˌstock 名 Ⓤ 尚未使用的電影底。
m·strip ['fɪlm,strɪp] 名ⓊⒸ 幻燈式影。
m ˌtest 名試鏡。
m ˌtrailer 名電影預告片。
m·y ['fɪlmɪ] 形(film·i·er, film·i·est) 1 極的；薄膜性質的，如薄膜的。2 朦朧，薄霧般的。-i·ly 副, -i·ness 名
·ter ['fɪltɚ] 名 1 過濾用的多孔性物；過濾裝置[器]。2《口》濾嘴香煙；香的濾嘴。3〖攝〗濾光鏡，濾色器；〖電〗過濾程式。4《英》綠箭頭指示燈。
—動及 1 過濾；濾掉《out, off》。2 使透。—不及 1 濾過；漏過，滲過《through》；慢慢傳開，走漏；滲入；慢慢移動 out / through...》。2《英》依燈號左右。
—形《口》附有過濾器的。
fil·ter·a·ble ['fɪltərəbl] 形 可過濾的；濾過性的。
'filter ˌbed 名濾水池；濾層。
'filter ˌcenter 名情報彙整中心；資料處理中心。
'filter ˌpaper 名Ⓤ 過濾紙，濾紙。
'filter ˌtip 名濾嘴香煙；香煙的濾嘴。
'fil·ter-tipped 形附有濾嘴的。
filth [fɪlθ] 名 Ⓤ 1 污物，垃圾；污穢。2 道德的腐敗，墮落；猥褻；猥褻語。
·filth·y ['fɪlθɪ] 形(filth·i·er, filth·i·est) 1 污穢的，不潔的；粗鄙的，淫穢的；卑鄙的，邪惡的；《英口》非常惡劣的。2《美俚》富有的《with...》。3《the ～》《名詞》《美俚》金錢，貨幣。
'filthy 'lucre 名 Ⓤ 骯髒錢；《謔》金錢。
fil·trate ['fɪltret] 動及不及 = filter. —名Ⓤ 濾液。
fil·tra·tion [fɪl'treʃən] 名 Ⓤ 過濾；擴散作用。
·fin [fɪn] 名 1 鰭。2《集合名詞》魚，魚類《主要用於以下的片語》：～, fur and feather(s) 魚類，獸類及鳥類。3〖海〗水平舵；鰭狀龍骨；〖空〗直尾翅；安定翼。4 凸片飛邊；《～s》散熱片，翅：tail ～s 尾部安定板。5《美俚》人的頭；胳膊，手：give a person one's ～ 伸出手來。6《通常作～s》游泳用鰭狀橡皮肢，鴨腳板。
—動 (finned, ～·ning) 及 裝上鰭板。—不及 1 揮動鰭；將鰭露出水面。2 潛水。
Fin. 《縮寫》*Fin*land; *Fin*nish.
fin. 《縮寫》*fin*ancial; *fin*ish(ed).
fin·a·ble ['faɪnəbl] 形 1 可罰款的，應罰款的。2 可精製的。～·ness 名
fi·na·gle [fə'negl] 動及《口》1 欺騙；詐取《out of...》。2 騙取，誘取。—不及 欺詐，行騙。-gler 名
:fi·nal ['faɪnl] 形 1 最後的，末尾的；決定性的，最終的：the ～ outcome 最後的結果。2〖法〗最後審判的：the ～ judicial determination 最後的判決；定讞。3 終極的，目標的：the ～ cause〖哲〗終極原因。4 表示目的的。5〖語音〗字或音節的末尾的。—名 1 最後之物；結局，終局。2《常作 the ～s》決賽，最後一回合。3《通常作 the ～s》期末考試。4《主口》末版。
fi·nal·e [fɪ'nɑlɪ] 名 1〖樂〗終曲，最後樂章，最後一幕。2 終場；結局，結果。
fi·nal·ist ['faɪnl̩ɪst] 名進入決賽的選手；獲決賽權的隊伍。
fi·nal·i·ty [faɪ'nælətɪ] 名(複 -ties) 1 Ⓤ 最後的狀態，決定性的事，定局：speak with ～ 斬釘截鐵地說，一口咬定。2 最後的事物[言行]。3 Ⓤ〖哲〗目的論。
fi·na·lize ['faɪnl̩,aɪz] 動及 作最後決定；完成，完結。—不及 訂立協定；完成交

F

涉。

·fi·nal·ly ['faɪnl̩ɪ] 副 1《置於句首》最後。2 決定性地。3 總算，終於。

·fi·nance [fə'næns, 'faɪnæns] 名 1《～s》財源，收入。2 Ⓤ財務，財政，金融；財政學：the Minister of *F-* 財政部長。3 融資。

一動 **(-nanced, -nanc·ing)** 及 1 供給經費，提供資金。2 在財政上管理…。

fi'nance ˌbill 名 1 財政法案。2《美》金融票據，融通票據。

fi'nance ˌcompany 名 短期融資公司，信貸公司。

F

·fi·nan·cial [fə'nænʃəl, faɪ'nænʃəl] 形 1 財務的，財政的；會計的，金錢出納（上）的；金融的：～ affairs 財政問題，財務 / the ～ year《英》會計年度。2 金融的：the ～ world 金融界。

fi·nan·cial·ly [fə'nænʃəlɪ] 副 財政上。

fin·an·cier [ˌfɪnən'sɪr, ˌfaɪ-] 名 財政家；財務官；金融業者，資本家。一動 及 1 供給資金；在財政上管理。2《主美》騙取《*away, out of...*》。

fin·back ['fɪnˌbæk] 名〖動〗脊鰭鯨。

finch [fɪntʃ] 名〖鳥〗雀科鳴禽類總稱。

:find [faɪnd] 動 **(found, ～·ing)** 及 1 偶然看見，碰見；《俚》《委婉》偷竊。2 發現；《通常用被動》找到：～ a gold mine 發現金礦 / ～ one's missing book 找到遺失的書。3 獲知，獲得；得到；覓得：～ him a job 幫他找份工作 / ～ one's way to a place 抵達某處。4 到達；寄達。5 使…能使用：～ one's legs 能站立行走 / ～ one's wings 能自立。6 識破，看穿；揭發，揭露；獲知真相；揭發本性《*out*》：～ *out* the answer to a riddle 解開謎底。7 查明，查出，找出，確認《*out*》：～ *out* when the train starts 查明火車開出的時間。8 得知《*out*》；發覺是…。9〖法〗宣告；判決：～ a verdict of innocence by reason of insanity 以精神異常為由而判決無罪。10 (1) 提供，供應《*for, to...*》：～ a room *for* a guest 提供房間給客人 / all *found*（除工資外）衣食住都供應的。(2)《英》供應給《*in...*》：～ him *in*pocket money 給他零用錢。一不及 1 發現，找到《*out*》。2〖法〗作（有利或不利的）判決《*for...; against...*》。

find fault with... ⇨FAULT（片語）

find it in one's heart to do ⇨ HEART

find out about... 發覺…的存在。

find oneself (1) 發現自己在（…場所、狀態）。(2) 自知，發覺自己的才能，找到自己應走的路。(3)《英》自給自理，自己負擔《*in...*》。

How do you find yourself? 近來如何?

take... as one finds... 接受現狀。

一名 1 找尋；發現，發現物，掘獲物；被發覺的寶貴人才。2《英》〖狩〗獵物的發現；有獵物的地方。

find·a·ble ['faɪndəbl̩] 形 可找到的。

find·er ['faɪndɚ] 名 1《常作複合獲者，發現者；拾得者：Losers s～s keepers.《諺》遺失者忙著找，喜獲寶；遺失物是拾得者的私囊攝〗取景器；〖天〗尋星鏡。3 測定

fin de siècle [ˌfæŋdə 'sjɛklə] 名語》世紀末，十九世紀末。一形 1的，萎靡的，頹廢派的。2 時髦的

·find·ing ['faɪndɪŋ] 名 1 Ⓤ 尋獲，Ⓒ尋獲物，發現物；《常作～s》拾2《常作～s》心得，結論。3〖法〗判決，裁決。4《～s》《美》工匠的工具或材料。

:fine[1] [faɪn] 形 **(fin·er, fin·est)** 1 品的，優良的；極好的，美好的；堂最高級的：a ～ view 美麗的景色，景色。2 沒有雜物的，純粹的；清純度高的：gold 23 karats ～ 23K 的3 技術卓越的，優秀的：a ～ musicia的音樂家。4 高尚的，優雅的；上時髦的：a ～ manner of speaking 優吐。5 美麗的，端正的；華麗的的；穿著漂亮的；雕琢的：a ～ anorate dress 漂亮的精緻衣服。6《口語》很好的，出色的：with ～ obstin其頑固地。7《口》非常健康的，況良好的。8 晴天的：a ～ morning 早上。9 細的，纖細的；因訓練而輕了的：a ～ wire 細金屬線。10 尖利的；劇烈的：a ～ shooting pain shoulder 肩膀上劇烈的疼痛。11 粒的，微細的；皮膚柔嫩細膩的：～精製糖。12 複雜的，精細的；精巧敏的：～ embroidery 精緻的刺繡 mechanism 精巧的機械裝置。13 微難以捉摸的，需謹慎處理的。14 敏敏銳的：a ～ sense of humor 敏銳感。

all very fine and large 好像蠻有道《諷》極好的。

fine and...《加強後接的形容詞》非為，極。

一副《常作複合詞》1《口》很棒地地。2 細小地，細膩地；精巧地。

cut it fine《口》把時間、金錢或空很緊。

一動 **(fined, fin·ing)** 及 1 使變精細《*away*》。2 去除不純物，使變純鍊；使澄清《*down, away*》。3 使縮小《*down, away*》。一不及 1 去物，變純淨，變清澈。2 變澄清《*d*3 變細，變小，縮小《*down*》。一通常作 the ～》好天氣，晴天。2《粉礦。

:fine[2] [faɪn] 名 1 罰金：a stiff ～ 嚴款。2〖英法〗和解讓渡。

in fine《文》(1) 總之。(2) 結果，最

一動 **(fined, fin·ing)** 及 處以罰金...》；罰鍰。

fi·ne[3] ['faɪn] 名 Ⓤ〖樂〗終結。

e 'arts 名(複)《the ～》**1** 造形藝術；
術。**2** 藝術。
e 'chemicals 名(複) 精製藥品。
e-draw ['faɪn'drɔ] 動 (**-drew, -drawn,**
·ing)及 **1**〖裁〗細縫。**2** 拉細。**3** 巧妙地
出精細部分。
e-drawn ['faɪn'drɔn] 形《限定用法》
成極細的；微妙的，極細微的。
e-grained ['faɪn'grend] 形《限定用
》**1** 紋理細密的。**2** 微粒子的。
e·ly ['faɪnlɪ] 副 **1** 漂亮地；優美地，高
地。**2** 仔細地，細微地；細膩地；精巧
；敏銳地。
e·ness ['faɪnnɪs] 名 U **1** 漂亮；優良；
美，高雅。**2** 細微，細緻；銳利；纖
；精密，正確；敏銳。**3** 純度，成色。
e 'print 名 **1** U 細字印刷。**2**《**the**
》（合約等的）細字部分，附屬細則。
·er·y ['faɪnərɪ] 名 U 華麗的衣服；美
的裝飾品：a matron in her Sunday ～ 一
穿著華麗的女士。
e(-)spun ['faɪn'spʌn] 形 **1** 細紡的，纖
的；精巧的：a ～ novel 結構細密的小
。**2** 過分精細的，空談的。
esse [fə'nɛs] 名 U **1** 敏銳，細密；技巧，
腕。**2** 手段，策略，詭計。**3**〖牌〗偷牌。
動 不及 **1** 發揮本領，使用策略。**2**〖牌〗
牌。—及 **1** 用詭計策略達成。**2** 騙，搶
。**3**〖牌〗以出（小牌）偷牌。
e-tooth(ed) 'comb ['faɪn,tuθ(t)-] 名
齒梳子。
over ...with a fine-tooth comb 仔細檢
，徹底搜查。
e-tune ['faɪn'tun] 動 及 把…予以精細
調節。
·ger ['fɪŋgɚ] 名 **1** 手指，指頭；《～**s**》
: the index ～ 食指 / the ring ～ 無名指 /
y one's ～ on... 以手指觸及；下手，傷害
ook through one's ～*s* at... 對…假裝沒看
。**2** 手指部。**3** 指狀物；指針；指狀成
起部分。**4** 指幅；一指的長度。**5**《俚》
密者，間諜；扒手。**6**《**the** ～》《俚》
指豎起其餘四指握緊的手勢。
all fingers and thumbs / *One's fingers*
e all thumbs. 笨拙至極。
rn one's fingers / *get one's fingers burnt*
虧；因投機而蒙受損失。
oss one's fingers 祈求幸運。
t one's fingers out 《英俚》(1) 趕緊。(2)
心地開始工作。
ve a person the finger 《俚》對某人比出
指，對某人表達憤怒。
ive a finger in the pie (1) 有利害關係；
加一份。(2) 插手，干涉，管閒事。
ive...at one's fingers' tips 精通。
ep one's fingers crossed 希望如願以償。
y one's finger on... (1) ⇨ 名 1. (2) 正確地
出；想起。(3) 發現。
ot lift a finger 什麼也不做，不採取任何
動《*to* do》。

pull one's finger out 《英俚》中止（對…的）妨礙《*over...*》；開始認真工作。
put the finger on... 《俚》向當局密告，指出，指認（犯人）爲當事人。
slip through one's fingers 被錯過，被溜走。
snap one's fingers 不予重視《*at...*》。
twist a person around one's (little) finger 任意地玩弄（某人）。
with a wet finger 容易地，直接地。
work one's fingers to the bone 不辭辛苦地勞動，拚命地工作。
—動 及 **1** 以手指碰觸，用指頭玩弄。**2**〖樂〗用手指彈奏；以運指法彈奏；指示運指法。**3** 盜取；收受。**4**《美口》指證。
—不及 **1** 以手指碰觸《*with...*》。**2** 以手指彈奏，依照運指法彈奏。**3** 擴展成指狀《*out, across*》。
'finger 'alphabet 名 手語字母。
fin·ger·board ['fɪŋgɚ,bɔrd] 名 **1**（小提琴等的）指板。**2** 鍵盤。
'finger ,bowl 名（餐桌上的）洗指碗。
fin·gered ['fɪŋgɚd] 形 **1**《通常作複合詞》有…指的，指頭…的：a light-*fingered* pickpocket 手指靈活的扒手。**2**〖動·植〗指狀的，掌狀的。**3** 指奏的，標明指法符號的。**4** 被摸壞的。
'finger ,hole 名 指孔；電話字盤的孔；保齡球的孔。
fin·ger·ing ['fɪŋgərɪŋ] 名 U **1** 碰觸，撫弄。**2**〖樂〗運指法；指法記號。
'finger ,language 名 U 指語，手語。
fin·ger·ling ['fɪŋgɚlɪŋ] 名 **1** 幼魚，小魚。**2** 極小之物。
'finger ,mark 名（污穢的）指痕。
fin·ger·nail ['fɪŋgɚ,nel] 名 指甲：to the ～*s* 連著指甲尖端；完全地，全部地。
'finger ,paint 名 指畫顏料。
'finger ,painting 名 U C 指畫（法）。
'finger ,plate 名 指板。
'finger ,post 名 指標，路標。
fin·ger·print ['fɪŋgɚ,prɪnt] 名 **1** 指紋：take a person's ～ 取某人的指紋。**2** 明顯的特徵或標記。
—動 及 **1** 採指紋。**2** 查明身分。
'finger ,reading 名 U 點字讀法。
fin·ger·stall ['fɪŋgɚ,stɔl] 名 指套。
fin·ger·tip ['fɪŋgɚ,tɪp] 名 指尖。
be at one's fingertips 在手邊而立即可使用的；能輕易得手的。
have... at one's fingertips 能自由操縱；精通，熟悉。
to one's fingertips 充分地，徹底地。
—形 **1** 長及指尖的。**2** 能簡單操作的。**3** 手指做的裝飾品的。**4** 能輕易得手的。
fin·i·cal ['fɪnɪkl] 形 = finicky.
fin·ick·y ['fɪnɪkɪ] 形 苛求的，非常注重的，過分講究的《*about...*》。
fin·is ['faɪnɪs] 名《只用單數》**1** 終了；完畢，結束。**2** 臨終，死亡。

F

:fin·ish ['fɪnɪʃ] 動及 1 辦完，完成，結束；以…作爲結束：~ high school 念完高中 / ~ typing one's thesis 打完論文。2 使完工；把磨光，修整《*up*》：~ a house 建造完成一棟房子。3 塗上最後塗層，加以表面處理《*off*》：*~ a chair in red lacquer* 給椅子塗上紅漆。4 讀完，完成教育。5 用盡；吃光《*up, off*》：~ *up* a plate of food 吃光一盤食物。6《口》使疲倦，使成爲泡影，使受不了；毀掉，使失去價值；殺掉，消滅掉《*off*》。

—不及 1 終了，結束。2 做完，完成，辦完《*with...*》；到達終點《*up*》：~ *up* by doing 以做…結束。

finish* (*up*) *with... (1) 做完，完成，以…作爲結束。(2) 斷絕關係，絕交。

—名 1 U《偶作 a ~》終結，最後，終局，結果，滅亡。2 U《偶作 a ~》潤飾後的外觀，完成後的狀況；完美。3 U 教養，嫻雅。4 最後一道塗飾；最後一道修飾的材料；完成塗飾工作的用具。

be in at the finish 看到狐狸被殺死的最後場面；《喻》目睹最後一幕。

fin·ished ['fɪnɪʃt] 形 1《敘述用法》結束了的；完成的，做完的。2 卓越的，完美的，有修練的，嫻雅的。3《口》無用的，絕望的；運氣已盡的；筋疲力盡的。

fin·ish·er ['fɪnɪʃɚ] 名 1 完工者；精作匠[機]。2《口》最後決勝負之一擊。

fin·ish·ing ['fɪnɪʃɪŋ] 形《限定用法》最後的，完工的。—名 1 U 最後的潤飾；完工。2《~s》〖建〗裝飾。3〖裝訂〗封面的裝飾與印字。

'finishing ˌschool 名 U C（女子）教養學校，禮儀學校。

'finish ˌline 名 終點線。

fi·nite ['faɪnaɪt] 形 1 有界限的，被限定的。2〖數〗有限的：a ~ number 有限數。3〖文法〗限定的。

—名《the ~》有限（性）；《集合名詞》有限物。~·ly 副 有限地。~·ness 名

'finite 'verb 名 限定動詞。

fin·i·tude ['fɪnɪˌtjud, 'faɪn-] 名 U 有限（性），限定性。

fink [fɪŋk] 名《美俚》1 破壞罷工者，工賊；告密者；線民。2《口》討厭的人，可鄙的人。—動 不及 1 告密；當線民《*on...*》。2 破壞罷工。

fink out《美口》拋棄；退縮；慘敗。

fink-out ['fɪŋkaʊt] 名《美俚》不履行，退縮；放棄。

Fin·land ['fɪnlənd] 名 芬蘭（共和國）：位於歐洲北部；首都爲赫爾辛基（Helsinki）。

Finn [fɪn] 名 1 芬蘭人。2 講芬蘭語的人。

Finn. 《縮寫》*Finnish.*

fin·nan had·die ['fɪnən'hædɪ] 名 燻鱈魚（亦稱 **finnan haddock**）。

finned [fɪnd] 形 有鰭的；《作複合詞》有…鰭的：short-*finned* 短鰭的。

Finn·ish ['fɪnɪʃ] 名 U 芬蘭語。—形 芬蘭語的；芬蘭（人）的。

fin·ny ['fɪnɪ] 形 (-ni·er, -ni·est) 1 魚的；魚的。2 有鰭的；鰭狀的。

fiord [fjɔrd] 名 = fjord.

fir [fɝ] 名 1 樅樹。2 U 樅木。

:fire [faɪr] 名 1 U 火，火焰：a blazing ~ 熊熊的火。2 爐火，炭火，篝火；《英》爐，暖爐；引燃的裝置，火藥：build a ~ 生火 / feed the ~ 在火上加燃料。3 U 火災，火警：~ prevention 防火。4 U 光，光輝；輝耀的狀態；亮光；〖詩〗星，像星般發亮的物體：eyes full of ~ 閃發亮的眼睛。5 U 熱情，激情；熱心，興奮；激怒：reserve one's ~ 克制自己熱情。6 U 生動活潑的想像力；靈感 U 發熱，發燒；發炎。8 嚴格的考驗，難；《通常作 the ~》烤刑，施火刑拷問 9 酒精濃度，強度。10 U C 火花，閃光《古》電光，雷電。11 U 發射，射擊；火；《喻》糾纏不休的攻擊。

between two fires 腹背受敵，左右爲難

catch fire 著火，開始燃燒。

fight fire with fire 以毒攻毒，以其人之還治其人之身。

fire and brimstone 地獄般的苦難與恐怖可怕的懲罰。

fire and sword 燒殺，戰禍。

fire in one's belly 野心，魄力；熱誠。

go through fire and water《口》赴湯火，冒一切危險。

hang fire (1) 發射遲緩；發射不出。(2) 豫不決，動作遲緩；耽擱時間，停頓。

lay a fire 堆積薪柴，準備生火。

like* (*a house on*) *fire《口》極快速地。

line of fire 射擊線；射程。

on fire (1) 著火，在燃燒。(2) 熱烈的；心的，熱誠的。

play with fire 輕率地處理重大的問題；火，冒不必要的危險。

set fire to...* / *set...on fire (1) 縱火燒，火；使燃燒。(2) 使激怒。

set the world on fire《通常用於否定》出驚人之舉，揚名。

strike fire (1) 打火《*from...*》。(2) 使感動

take fire (1) 著火。(2) 興奮，激動。

under fire (1) 受到炮火攻擊。(2) 遭受難。

—動 (**fired, fir·ing**) 及 1 點燃，使燃燒供給燃料；司爐。3 放在爐火上加熱；製；焙製。4 激起；使鼓舞。5 使發出輝。6 發射《*at...*》；發出；《口》投擲 *at...*》。7 使爆炸；爆破。8《口》解僱炒魷魚《*out* / *from...*》。—不及 1 著火燃燒；被燒製。2 發亮；熱情澎湃，動。3 開火，發射；發火啓動。4 射擊發炮《*at, on, upon, into...*》。

fire away《口》(1) 接連不斷地發問。(2) 始。(3) 不斷地開火《*at...*》。

fire off (1) 發射。(2) 說；提；毫不保留

出。(3) 很快地遞交《to...》。
e up (1) 生火。(2) 突然發怒。
e... up / fire up... (1) 使增高。(2) 發動。
) 激發。
e a,larm 图 火災警報器；火警。
e ,ant 图 紅火蟻。
e appa,ratus 图 消防設備。
e·arm ['faɪr,ɑrm] 图《通常作～s》輕
器，火器。
e·ball ['faɪr,bɔl] 图 **1** 火球；大流星；
閃電；核子彈爆炸時最明亮的中心部位。
〖棒球〗快速球。**3**《美口》精力充沛的
，極具野心的人
e·boat ['faɪr,bot] 图 消防艇。
e·bomb ['faɪr,bɑm] 動 及 不及 以燒夷
彈攻擊。**'fire ,bomb** 图 燒夷彈。
e·box ['faɪr,bɑks] 图 **1** 爐膛，燃燒室。
火災自動警報箱。
e·brand ['faɪr,brænd] 图 **1** 燃燒的木
，火把。**2** 煽動者；縱火者；精力極端
沛者；狂熱者。
e·break ['faɪr,brek] 图《美》防火帶，
火線。
e·brick ['faɪr,brɪk] 图 耐火磚。
e bri,gade 图 **1** 消防隊。**2**《英》消
署（Fire Service;《美》fire department）；
梯消防隊。
e·bug ['faɪr,bʌg] 图 **1**《口》放火者，
火犯。**2**〖昆〗《美方》螢火蟲。
e ,clay 图 Ⓤ 耐火黏土。
e ,company 图 **1**《美》消防隊。**2**《
》火災保險公司。
e con'trol 图 Ⓤ **1**〖軍〗發射控制。**2**
美》防火，消防。
e·crack·er ['faɪr,krækɚ] 图《美》爆
，鞭炮。
e·damp ['faɪr,dæmp] 图 Ⓤ 沼氣，甲
。
e de,partment 图《美》消防隊；
集合名詞》消防隊員。
e·dog ['faɪr,dɔg] 图（壁爐的）柴架。
e ,door 图 爐門，灶門；防火門。
e ,drill 图 Ⓤ Ⓒ 防火訓練，消防演
；火災避難訓練。
e-eat·er [faɪr,itɚ] 图 **1** 吞火表演者。**2**
氣火爆者，易與人吵架者。**3**《美口》消
隊員。
e ,engine 图 消防車。
e es,cape 图 太平梯；火災避難裝
；《英》雲梯。
e ex,tinguisher 图 滅火器。
e ,fight 图 短暫激烈的交火。
e ,fighter 图 消防隊員。
e ,fighting 图 Ⓤ 救火，消防。
e·fly ['faɪr,flaɪ] 图 (複 **-flies**)〖昆〗螢火
。
e·guard ['faɪr,gɑrd] 图 **1**《英》火爐
。**2**《美》防火線。**3**《美》火災警戒
。
e-hose ['faɪr,hoz] 图 消防水管。

fire·house ['faɪr,haʊs] 图《美》= fire station.
'fire ,hydrant 图《英》消防栓（《美》fire plug）。
'fire in,surance 图 Ⓤ 火災保險。
'fire ,irons 图 (複)《英》火爐用具。
fire·less ['faɪrlɪs] 形 **1** 無火的。**2** 無活力的。
'fireless 'cooker 图 保溫鍋。
fire·light ['faɪr,laɪt] 图 Ⓤ 火光，爐火的光。
fire-light·er ['faɪr,laɪtɚ] 图 Ⓤ Ⓒ《英》生爐火時用來引火的木柴，火種。
'fire ,line 图 防火線；消防警戒線。
fire·lock ['faɪr,lɑk] 图 燧發槍。
·fire·man ['faɪrmən] 图 (複 **-men**) **1** 消防人員。**2** 火伕；〖鐵路〗蒸汽火車司機助理。**3**〖美海軍〗輪機兵。**4**〖棒球〗《俚》救援投手。
'fire ,marshal 图《美》**1** 消防局長；消防隊長。**2** 消防負責人。
'fire ,office 图《英》火災保險公司。
fire·place ['faɪr,ples] 图 Ⓤ **1** 壁爐，暖爐；爐牀。**2** 野外爐灶。
fire·plug ['faɪr,plʌg] 图《美》消防栓（《英》fire hydrant）。略作：f.p.
'fire ,policy 图 火災保險單。
'fire ,power 图 Ⓤ〖軍〗火力；能力。
fire·proof ['faɪr'pruf] 形 耐火的，防火的；不燃性的。—動 及 使具耐火性。～·**ing** 图 Ⓤ 防火裝置；耐火材料。
fire-rais·ing ['faɪr,rezɪŋ] 图 Ⓤ《英》縱火；縱火罪（《美》arson）。**-rais·er** 图
fire-re·sist·ant ['faɪrrɪ'zɪstənt] 形 耐火性的，不易著火的。
'fire ,risk 图 火災的危險。
'fire ,sale 图 火災後受損物品大拍賣。
'fire ,screen 图《英》**1** 遮火板；防火花的屏風。**2** = fireguard 1.
·fire·side ['faɪr,saɪd] 图 **1**《通常作 the ～》爐邊。**2** 家庭（生活），一家團聚。—形《尤美》爐邊的，家庭式的，親切的；不拘形式的，不拘束的：the President's ～ chat 總統的爐邊談話。
'fire ,station 图 消防隊，消防站。
fire·stone ['faɪr,ston] 图 Ⓤ Ⓒ **1**《尤英》耐火石。**2** 火石；燧石。
'fire ,storm 图 **1** 猛烈大火。**2**《美》猛烈爆發《*of...*》。
'fire ,tower 图 火警守望塔。
fire·trap ['faɪr,træp] 图 易失火的建築物；無太平門的建築物。
'fire ,truck 图 = fire engine.
'fire ,walking 图 Ⓤ 過火，踩火。
'fire ,wall 图〖建〗防火牆，防火壁。
fire·wall ['faɪr,wɔl] 图〖電腦〗防火牆。
fire·ward·en ['faɪr,wɔrdn̩] 图《美》消防監督官；火災警戒員；防火瞭望員。
'fire ,watcher 图 火災警戒員。
fire·wa·ter ['faɪr,wɔtɚ] 图 Ⓤ《口》含酒

F

精的飲料；烈酒，火酒。

fire·wood ['faɪr,wud] 图Ⓤ木柴，柴薪。

·**fire·work** ['faɪr,wɜ·k] 图1《常作~s》煙火，烽火；爆炸的東西。2《~s》(1)《偶作單數》《俚》激烈的爭辯；《英俚》爭執；表現；絕佳表現。(2)《美俚》興奮。

'fire ˌworship 图Ⓤ〖宗〗拜火；拜火教。

fir·ing ['faɪrɪŋ] 图Ⓤ 1開炮，射擊；生火。2 燒製；焙製。3 燃料，薪炭。4 野火。

'firing ˌline 图〖軍〗1火線，最前線部隊。2 第一線，最前線：on the ~ 在第一線。

F

'firing ˌpin 图（槍炮的）撞針。

'firing ˌsquad 图 1 行刑隊。2《美》鳴放禮槍的儀隊。

fir·kin ['fɜ·kɪn] 图 1《英》容量單位：等於 1/4barrel。2 小木桶。

:**firm**[1] [fɜ·m] 形 1 堅固的，牢固的，穩固的；固定的，堅硬的，不會動搖的：~ plastic 硬塑膠 / be (as) ~ as a rock 穩如磐石。2 堅決的，果斷的，強硬的：be not ~ on one's legs 搖擺不定 / advance with ~ steps 以堅定的步伐前進。3 堅定的，不變的，堅強的：~ principles 不變的原則 / a ~ order 嚴令。4〖商〗堅挺的，穩定的：a ~ offer 穩固報價。

—動及 牢固，強化；穩定《*up*》。

—不及 變穩固，變堅固；穩定，安定《*up*》。—副 牢固地，堅定地。

·**firm**[2] [fɜ·m] 图 公司，商行，商店，事務所：a long ~《英》空頭公司。

fir·ma·ment ['fɜ·məmənt] 图《通常作 the ~》1〖詩〗天空，蒼穹。2 名人，要角。

firm·ly ['fɜ·mlɪ] 副 堅固地；堅定地；斷然地。

firm·ness ['fɜ·mnɪs] 图 Ⓤ堅固，堅定；果斷。

firm·ware ['fɜ·m,wɛr] 图 Ⓤ〖電腦〗韌體。

fir·ry ['fɜ·ɪ] 形 樅木製成的；樅樹的。

:**first** [fɜ·st] 形《通常作 the ~》1 第一的；起初的；緊接著的；最初的，最先的：*the* ~ month of the year 一年的第一個月，一月 / at *the* ~ opportunity 一有機會就 / *the* ~ flower of spring 春季一到就開的花。2 最佳的，最高級的，最上等的；第一流的，首席的：one's ~ concern 自身最關心的事 / *the* ~ scientist of the age 當代第一流的科學家。3《表否定》初步的，一點兒的。4〖汽車〗一檔的，最低速的。

at first hand ⇨HAND图（片語）

at first sight ⇨SIGHT（片語）

first thing 《作副詞》《口》首先。

first things first 要事先辦。

for the first time 初次。

in the first place 第一，首先。

the first time 最初，第一次。

—副1 最初，第一；《置於句首》首先《置於動詞、受詞之後》優先；《與 wo ld, will 連用》寧可，寧願。3《置於動之前》初次。4 搭頭等艙：travel ~ 搭頭席位旅行。

first and foremost 首先，首要的是。

first and last 始終；就全體而言；總之。

first and most important(ly) 最重要的是

first come, first served 先到者先受招待先到先得。

first last and all the time 始終一貫。

first of all 第一，首先。

first off 《口》最初，第一；立刻，馬上

first or last 遲早，早晚。

—图1《通常作 the ~》第一人；第一天第一年；第一號，第一版；第一位，第級；最初部分，起初時候。2 最初，步。3〖樂〗最高音部的聲音；首席，領者。4Ⓤ 第一檔，低速（排檔）。5 第名。6 Ⓤ〖棒球〗一壘。7〖英大學〗第等，最優等。8《通常作~s》〖商〗最級品，上等貨。

be the first to do 最先做…的。

'first 'aid 图Ⓤ急救（療法）：give ~ urgent cases 對緊急病患施予急救治療

'first-'aid 形急救的，急救用的。

'first ˌbase 图Ⓤ〖棒球〗一壘；一壘的守備位置。

get to first base (1) 上到一壘。(2)《美口《通常用於否定》獲得初步成功。

'first 'baseman 图〖棒球〗一壘手。

first-born ['fɜ·st'bɔrn] 形 最先出生的最年長的。—图1《文》長子，長女。2 初結果。

'first 'cause 图1 首要原因。2 原動力 3《the F- C-》上帝，造物主。

·**'first 'class** 图Ⓤ1 第一流，第一等，高級。2 頭等。3《美》〖郵〗第一類件。4〖英大學〗第一等，最優等；得最等成績的學生。

·**first-class** ['fɜ·st'klæs] 形 1 第一級的最高級的；《口》極好的，很棒的：feel 感覺很爽快。2 頭等的：a ~ passenger 等乘客。3 第一類的。—副《口》1 搭乘等艙地。2（郵件）以第一類。3《口》棒地。

'first 'cousin 图1 = cousin 1. 2 關係密的事物[人]；近親《通常用 *to*...》。

'first 'day 图星期日。

'first-day 'cover ['fɜ·st,de-] 图〖郵首日封。略作：FDC

first-de·gree [ˌfɜ·stdɪ'gri] 形《限定法》最輕度的，最低級的；一級的；第級的：~ burns 第一級灼傷。

'First 'Family 图《the ~》《美》第家庭。

'first 'finger 图食指。

'first 'floor 图《the ~》《美》一樓；英》二樓。

'first 'fruits 图(複) 1 第一次收成，初

憊。2 最初成果。3 第一年收益。
st-gen·er·a·tion ['fɝst,dʒɛnə'reʃən] （移民、機器設備等）第一代的。
st(-)hand ['fɝst'hænd] 副 直接地。形 第一手的，原始的；直接的。
st 'lady 名《通常作 the ～》1 (1)《常 F-L-》《美》第一夫人，總統夫人；州夫人。(2) 元首的夫人。2 位居首席的女。
st lieu'tenant 名〖美軍〗中尉。
st-line ['fɝst'laɪn] 形 1 最前線的，第線的。2 最重要的，首要的。
st·ling ['fɝstlɪŋ] 名《通常作～s》(( )) 1 新上市的東西，新貨。2 初生的幼。3 最初的結果，第一次結的果實。
st 'Lord 名《英》大臣，總裁。
st·ly ['fɝstlɪ] 副 第一，首先。
st 'mate 名 大副。
st ,name 名 = given name.
st-name ['fɝst,nem] 形 教名的；親密: be on ～ terms with... 與…關係親密。動 及 以名稱呼（人）。
st 'night 名（戲劇等的）首演之夜。
st-night·er ['fɝst'naɪtɚ] 名 看首夜演的常客；參加首演禮者。
st of'fender 名 初犯者。
st 'officer 名 1 大副。2 副駕駛。
st 'papers 名 (複)《美》第一文件。
st 'person 名《the ～》〖文法〗第人稱；用第一人稱敘述的文體。
st-rate ['fɝst'ret] 形 最上級的，第一的；《口》極好的。— 副《俚》非常好，順利地。**-rat·er** 名 第一流的人[物]。
st-run ['fɝst'rʌn] 形 首輪的。
st 'sergeant 名〖美陸軍·空軍·海〗上士。
st-strike ['fɝst'straɪk] 形 第一擊的，期攻擊（用）的，先發制人的。
st-'strike capa,bility 名 U〖軍〗發制敵能力。
st-string ['fɝst'strɪŋ] 形 1 最重要的，一流的。2 正選的，正規的。
st-time ['fɝst'taɪm] 形 首次的。
rst-'tim·er 名 初次做的人。
rst 'World 名《the ～》第一世界。
rst 'World 'War 名《the ～》= World War I.
th [fɝθ] 名《主蘇》河口，海灣。
cal ['fɪskl] 形 1 國庫的，國家歲收的。財務的，財政上的，會計的：～ law 會法。— 名 1 檢察官；《蘇》地方檢察官。收入印花。～·**ly** 副
cal 'year 名《美》會計年度（《英》稱 **financial year**）。
h [fɪʃ] 名 (複《集合名詞》～,《指不同類時》～·**es**) 1 魚，魚類：freshwater ～淡魚 / The sea has ～ for everyman.《諺》裡有魚供每個人享用；人人都有機會。《複合詞》魚介，水產動物。3 U 魚肉。《口》人，傢伙：a poor ～可憐的傢伙。5《the Fish (es)》〖天·占星〗雙魚座。6 類似魚的東西。7《俚》笨拙易受騙的對手；笨蛋，生手。

a pretty kettle of fish 大混亂；困境。
(as) drunk as a fish 酩酊大醉，爛醉。
cry stinking fish 叫賣臭魚；貶低自己的努力；招致人家的不信任；拆自己的臺。
drink like a fish 暢飲，酗酒。
feed the fishes 葬身魚腹；暈船嘔吐。
fish out of water 不得其所的人。
have other fish to fry《口》另有要事。
make fish of one and flesh of another 對二人厚此薄彼，差別待遇。
mute as a fish 默不作聲。
neither fish nor fowl 難以理解的人；非驢非馬，不倫不類。

— 形 魚的；漁業的；賣魚的。— 動 及 1 釣，捕；採；垂釣。2 拉出，掏出；探出；搜出《*out of, from...*》；搜。3〖海〗用釣錨器吊起。— 不及 1 垂釣，捕魚。2 掏取，找，捕魚《*for...*》。3 捕到魚。

fish in troubled waters 混水摸魚。
fish or cut bait《口》明確地決定要哪一邊，果斷地決定去留，決定是否參加。
fish out 捕盡魚；取出，掏取；探出。

fish-and-chips 名 U《英》(複) 薯條炸魚片。
'fish 'ball 名 魚丸。
fish·bowl ['fɪʃ,bol] 名 1 金魚缸。2 毫無隱私的處所。
fish·bur·ger ['fɪʃbɝgɚ] 名 炸魚漢堡。
'fish ,cake 名 炸魚餅。
fish·er ['fɪʃɚ] 名 1《古》漁夫，漁民；釣魚的人；漁船。2 (1) 以魚爲食的動物。(2)〖動〗食魚貂；U 食魚貂的毛皮。
·fish·er·man ['fɪʃɚmən] 名 (複 **-men**) 1 漁夫，漁民；釣魚的人。2 漁船，釣舟。
fish·er·y ['fɪʃərɪ] 名 (複 **-er·ies**) 1 U 漁業，水產業；《通常作 **-eries**》水產學。2《通常作 **-eries**》漁場；養殖場；漁期。3 水產公司。4 U〖法〗漁業權。
fish·eye ['fɪʃ,aɪ] 名 1 魚眼。2 月長石。3 表面出現的斑點。4《the ～》有敵意的眼光，疑惑的眼光。
'fish-'eye 形 1 魚眼的，超廣角的，採用超廣角鏡頭攝製的：～ lens 超廣角鏡頭。2 冷眼的，疑惑眼光的。
'fish ,farm 名 魚塭，養魚場。
'fish 'finger 名《主英》= fish stick.
'fish ,fork 名 食魚叉；裝卸魚類用的魚叉。
'fish ,hawk 名〖鳥〗魚鷹，鶚。
fish·hook ['fɪʃ,hʊk] 名 釣魚鉤。
·fish·ing ['fɪʃɪŋ] 名 1 U 釣魚，捕魚；漁業；捕魚[釣魚]的技術。2 漁場，釣魚場。3 U 漁業權。
'fishing ,banks 名 (複) 淺水漁場。
'fishing expe,dition 名 1 盤問。2 調查。
'fishing ,rod 名 釣竿。

'fishing ˌtackle 名U釣魚用具。
'fish ˌknife 名魚刀。
'fish ˌladder 名魚梯，魚階。
fish·like ['fɪʃˌlaɪk] 形 1 似魚的，魚腥的。2 冷淡的，冷漠的。
fish·line ['fɪʃˌlaɪn] 名《美》釣絲，釣線。
'fish 'meal 名U魚粉。
fish·mon·ger ['fɪʃˌmʌŋgɚ] 名《主英》賣魚的人，魚販子。
fish·net ['fɪʃˌnɛt] 名漁網。
'fish ˌoil 名U魚油。
fish·plate ['fɪʃˌplet] 名（鐵軌的）魚尾鈑；接合鈑。

F

fish·pond ['fɪʃˌpɑnd] 名魚池，魚塘。
'fish ˌslice 名《英》1 鍋鏟。2 分魚刀。
'fish ˌstick 名《美》炸魚排。
'fish ˌstory 名《口》誇大的話，吹牛；荒唐的故事；不可信的話。
fish·tail ['fɪʃˌtel] 動 不及《口》1 左右滑行，打滑。2 擺尾飛行。一名 1 擺尾飛行。2〖寶石〗寶石臺，寶石座。
一形魚尾形的；動作似魚尾搖擺的。
fish·wife ['fɪʃˌwaɪf] 名（複 **-wives**）1《英》女魚販子，賣魚女。2 罵街的潑婦。
fish·worm ['fɪʃˌwɝm] 名作魚餌用的蟲。
fish·y ['fɪʃɪ] 形 (**fish·i·er, fish·i·est**) 1 像魚的；魚腥的；〖詩〗《謔》多魚的；魚作成的：a ~ repast《謔》用魚作成的菜肴。2《口》靠不住的，難以相信的：a ~ story 難以相信的故事。3 無光彩的；單調的，呆滯的：a ~ look 呆滯的表情。
fishy about the gills《英俚》蒼白的。
fis·sile ['fɪsl] 形 1 可分裂的；容易劈裂的。2 核子分裂性的：~ material 可裂變物質。
fis·sion ['fɪʃən] 名U 1 裂開。2〖生〗分裂，分裂繁殖。3〖理〗裂變；核分裂。
一動不及產生核分裂。一及使分裂。
fis·sion·a·ble ['fɪʃənəbl] 形〖理〗核分裂（性）的，可核分裂的。一名核分裂性原子，可裂變物質。
'fission ˌbomb 名原子彈。
fis·sip·a·rous [fɪ'sɪpərəs] 形〖生〗分裂生殖的。~**·ness** 名
fis·sure ['fɪʃɚ] 名 1 裂痕，龜裂；分歧，不一致；裂開；分割。2〖解〗裂隙。
一動及使產生裂痕。一不及發生裂痕。
·fist [fɪst] 名 1 拳，拳頭。2《口》手；緊握。3《口》筆跡。4〖印〗手形指標。
hand over fist 大量地。
一動及 1 握成拳頭；揍。2 緊握。
fist·ed ['fɪstɪd] 形 握成拳頭的；《複合詞》拳頭…的：ham-*fisted* 笨手笨腳的 / tight-*fisted* 吝嗇的，小氣的。
fist·fight ['fɪstˌfaɪt] 名拳鬥，鬥毆。
fist·ful ['fɪstfʊl] 名一把，一撮；少數《*of*...》：a ~ *of* coin 一把錢幣。
fist·ic ['fɪstɪk] 形拳毆的；拳擊的。
fist·i·cuff ['fɪstɪˌkʌf] 名 1 用拳頭的毆打。2《~s》《文》互毆：come to ~s 毆。
fis·tu·la ['fɪstʃʊlə] 名(複~**s, -lae** [-lɪ 瘻，瘻管。2〖病〗因傷而形成的孔。
:fit[1] [fɪt] 形(~**·ter**, ~**·test**) 1 合乎的，適的；適當的，恰當的；合身的《*for*... do》：an occupation ~ *for* a lady 適合婦的職業。2 有能耐的，有能力的，有資的；值得的《*for*...》；有價值的《 do》：a ~ nominee 值得被提名的人 / ~ nothing 毫無用處的。3 準備妥當的；口》幾乎要…的；差點就…的《*for*... do》：laugh ~ *to* burst《英俚》幾乎要笑肚皮。4《通常為敘述用法》情況良的；《口》有足夠精力的，健康的，*for*..., *to* do》：feel (as) ~ as a fiddle 十分康；精神奕奕。
fit to be tied《美口》非常厭煩的；很生的；《美俚》《強調》非常的。
fit to drop《口》幾乎要累垮的。
fit to kill《口》非常的；很健康的。
fit to wake the dead《英俚》非常大聲的
not fit to hold a candle to... ⇨CANDLE
not fit to turn a dog out《英俚》天氣極惡劣的。
think* [*see*] *fit《常為諷》認為適當；決《*to* do, *that* 子句》。
一動(~**·ted** 或 **fit**, ~**·ting**; **1, 2**《美》及 1 適合。2 合（尺寸等）。3 使適合，配合；使吻合《*in, into, to, on, on to*...》4 使適應，使勝任《*for*...》。5 安裝；製《*with*...》。
一不及 1 合宜，合適；合身，相稱《*into*...》：If the shoe ~*s*, wear it.《美》諺》如果認為有道理，就接受吧！2《口》準備考試《*for*...》。
fit in (1) 配合，調和《*with*...》。(2) 吻合
fit... in / fit in... (1) 安裝；填入，嵌入。使吻合《 *with*...》；安排，決定。(3) ⇨ 及3.
fit like a glove* /《口》*fit to a T 合身。
fit on (1) 安裝。(2) 試穿。(3) 使吻合。
fit... out / fit out... 裝備；給…配備。
fit... up / fit up... (1) 安裝。(2) 裝置；口》安頓住處《 *with*...》。
一名《通常作 **a** ~》1 U 適合；C 合身合身的東西。2 能配合的操作。3《美口升學準備，訓練。4 標準適合度。
·fit[2] [fɪt] 名 1 發作；痙攣《*of*...》：be seiz by a ~ *of* coughing 突然咳了一陣子。2 然激發，興奮《*of*...》：in a ~ *of* jealo 一時妒火中燒 / by ~*s* and starts 陣發地，不規則地；偶而想起來地。
beat a person into fits《口》把某人揍得青臉腫；徹底打敗。
give a person a fit《口》使某人大為光火
give a person fits《口》(1) 把某人狠揍頓。(2)《美口》責罵。
have a fit / have fits《口》(1) 發作；暈倒 (2) 大驚；大怒。

nd a person into fits (1)使某人發作。(2)某人吃驚。

row a fit《口》大發脾氣。

ch [fɪtʃ] 名 1〖動〗臭貓。2 Ⓤ臭貓的皮。

·ful ['fɪtfəl] 形 陣發性的，斷斷續續；易變的，反覆無常的。～**·ly** 副 間歇地，發作性地；反覆無常地。

·ly ['fɪtlɪ] 副 恰好；適時地，適宜地。

·ment ['fɪtmənt] 名Ⓤ 家具；《～s》備，備用品，用具。

·ness ['fɪtnɪs] 名Ⓤ 1 適當，適合《*for*》。2 健康：classes in physical ～ 健身。

·ted ['fɪtɪd] 形 1 按實物尺寸做的，相稱。2 適合的《*for, to...*》。3 有裝備的，裝飾的《*with...*》。

·ter ['fɪtɚ] 名 1 試衣裁縫師。2 調整，裝配員；安裝人員。3 供給（必需）的人。

·ting ['fɪtɪŋ] 形 適切的，相稱的，合適；合身的《*for...*》：～ words *for* his thoughts 與他的想法一致的話。—名 1 調整；配，安裝。2《a ～》試穿，試衣。3《常作～s》零件，附屬品；家具，用，設備：gas ～*s* 瓦斯設備。4 款式，大尺寸。

·ly 副，～·ness 名

tz·ger·ald [fɪts'dʒɛrəld] 名〖男子名〗茲傑羅。

'e [faɪv] 名 1 ⓊⒸ五；表示五的記號。《作複數》五人[五個]一組。3〖籃球〗隊。4《～s》五根手指頭；拳頭；《俚》頭打架：a bunch of ～*s*《俚》手，拳。《～s》五號（尺碼）。6《英口》五鎊紙；《美口》五美元紙鈔。7《口》五分。

ve me five《口》相互擊掌以示慶賀。

ke five《口》休息五分鐘；休息片刻。

—形 五人的，五個的。

'e-and-ten ['faɪvən'tɛn] 名形《美口》廉價品雜貨店（的）。

'e-and-'ten-cent ˌstore ['faɪvən'tɛnt-] 名《美》= five-and-ten.

'e-day 'week ['faɪvˌde-] 名 每週五天工作制。

'e-fin·ger ['faɪvˌfɪŋgɚ] 形 用五指的：discount《謔》順手牽羊。

'e·fold ['faɪvˌfold] 形 由五個部分構成；五倍的，五重的。—副 五倍地。

'e-o'ˌclock 'shadow 名 早晨刮掉，傍晚就長出來的鬍鬚。

'e-o'ˌclock 'tea 名Ⓤ《英》下午茶。

'e·pen·ny ['faɪvˌpɛnɪ] 形 五辨士的。—名 五辨士鎳幣。

·er ['faɪvɚ] 名《俚》1《美》五元鈔；《英》五鎊的紙幣。2 五點（牌）。

'es [faɪvz] 名(複)《作單數》《英》壁球。

'e-star ['faɪv'stɑr] 形 1 五星的，一級的：a ～ general《口》陸軍一級上將。2 五星級的，第一流的，最佳的。

:fix [fɪks] 動(～**ed** 或〖詩〗**fixt**, ～**·ing**)及 1 固定，黏著，安裝，使穩定；裝上：～ a flagpole into the ground 把旗竿豎在地上 / ～ oneself in a chair 坐在椅子上。2 吸引住；集中，貫注《*on, upon...*》：～ one's attention *on* it 把注意力集中在這上面。3 凝視，盯著：～ a person with an accusing eye 以責備的眼神盯著某人。4 讓某人負起，歸於《*on, upon...*》。5《美》準備。6 決定，指定，確定：～ the price at one pound 價格定爲一鎊。7 使凝重。8《美口》整修，修理；使恢復健康；修改《*over*》。9《美口》整理，整頓：～ one's hair 梳理頭髮。10 供給，提供。11《口》事先安排好結果；收買，賄賂：～ a boxing match 預先安排好拳擊賽的輸贏。12《美口》收拾，處理，報復，殺死：～ one's account 清理帳目。13《口》閹割。14〖化〗使凝固，使不揮發；〖攝〗定影，定色：～ a photographic negative 把照相底片定影。—不及 1 固定黏在《*on...*》；凝結。2 安定，定居《*at, in...*》。3 凝重。4 停在《*on, to...*》。5 決定；選擇。6 安排，預定。7《美方》《用進行式》準備，打算。

fix a person's flint 懲罰某人。

fix a person for life 使某人成家。

fix it up 處理事情《*with*》。

fix... on / *fix on...* 安裝，釘牢；決定。

fix up (1)留住。(2)安裝。(3)修理；治療。(4)調整，解決；使穩定，使和解。(5)《反身或被動》裝扮。(6)準備安排，照應《*with*》。

—名《通常作a ～》1《口》苦境，左右爲難。2 定方位。3《昔美俚》毒品，注射量《*of...*》。4《美》情況。5《美俚》收買，賄賂；假比賽。6 駐紮，常駐。7《口》使人上癮的事物。

fix·ate ['fɪkset] 動及 1 使固定。2《美》凝視。—不及 1 固定，穩定。2〖精神分析〗《美》執著，固著。3《美》集中注意力。

fix·a·ted ['fɪksetɪd] 形 執著的《on… 》。

fix·a·tion [fɪk'seʃən] 名 Ⓤ Ⓒ 1 黏著，固定的狀態。2〖化〗固定定著法。3〖精神分析〗執著，固著《*on...*》；病態的執著。4〖攝〗定影；〖染色〗定色（法）。

fix·a·tive ['fɪksətɪv] 形 固定性的。—名（亦稱 **fixatif**）ⓊⒸ 1 定色劑，定著劑；固定劑。2 揮發保留劑。

·fixed [fɪkst] 形 1 固定的，不動的；靜止的：a ～ holiday 例假。2 不變的，確立的：～ deposit 定期存款 / ～ property 固定資產。3 明確的，堅定的。4 整理好的，整頓過的。5《口》暗地裡做了手腳的；事先安排好輸贏的；被收買的，被操縱的。6〖化〗固定的；不揮發性的；〖數〗不動的；固定的。7 生活安定的；境遇…

F

的：be comfortably ～ 享受安定舒適的生活。

'fixed 'assets 名（複）〖會計〗固定資產。

'fixed 'capital 名〖會計〗固定資本。

'fixed 'charge 名 1 固定費用；固定開支。2《～s》固定資產的維持費。

'fixed 'cost 名〖會計〗固定成本。

fix·ed·ly ['fɪksɪdlɪ] 副 牢固地；確定地；凝神地。

fix·ed·ness ['fɪksɪdnɪs] 名 U 固定，執著；凝固性。

F

'fixed 'rate 名 固定利率。

'fixed 'satellite 名 同步人造衛星。

'fixed 'star 名〖天〗恆星。

fix·er ['fɪksɚ] 名 1 使固定的人[物]。2 = fixative. 3《口》替犯人行賄說情者；作弊者；為人疏通訟案者。

fix·ing ['fɪksɪŋ] 名 1 U 固定，安裝；修理，整修；定影；〖化〗凝固。2《～s》《美口》附屬物，家具類，設備；服飾；配料。

fix·i·ty ['fɪksətɪ] 名（複 **-ties**）1 U 固定，安定；持續性，不變性，不動。2 固定物。

fix·ture ['fɪkstʃɚ] 名 1 安裝的東西，裝潢，必備用品：a kitchen ～ 廚房設備。2《a～》《英口》長期固定於一場所的人；久居一地的人。3《～s》〖法〗固定附屬物。4《英》預定開賽日；競技。

fizz [fɪz] 動 不及 發嘶嘶聲，嘶嘶地起泡；興奮，高興。—名 1 U 嘶嘶聲；沸騰，起泡。2 興奮，高興。3 U C《美》蘇打水，汽水；U《英口》香檳酒。

fiz·zle ['fɪzl] 動 不及 1 發嘶嘶聲。2《口》虎頭蛇尾而終《*out*》。

—名 1 微弱的嘶嘶聲。2《口》失敗。

fizz·y ['fɪzɪ] 形（**fizzi·er, fizzi·est**）起泡的，發泡的；加入碳酸的。

'fizzy lemon'ade 名 U《英》檸檬蘇打。

fjord [fjɔrd] 名 峭壁間的狹長海灣，（尤指挪威的）峽灣。

Fl.《縮寫》*F*landers; *Fl*emish.

FL《縮寫》*Fl*orida.

fl.《縮寫》*fl*orin; *fl*oruit; *fl*uid.

Fla.《縮寫》*Fl*orid*a*.

flab [flæb] 名 U《口》鬆弛的肌肉。

flab·ber·gast ['flæbɚ,gæst] 動 及《口》使大吃一驚；《被動》使驚愕；使張惶失措《*by, at...*》。

flab·by ['flæbɪ] 形（**-bi·er, -bi·est**）1 鬆弛的，不結實的。2 沒有力量的，軟弱的，散漫的。**-bi·ly** 副 鬆弛地，意志不堅地。**-bi·ness** 名 U 鬆弛；軟弱。

flac·cid ['flæksɪd] 形 鬆弛的，不結實的；軟弱的，薄弱的；不堅定的。～**·ly** 副

flac·cid·i·ty [flæk'sɪdətɪ] 名 U 鬆弛，軟弱，不堅定。

flack [flæk] 名《美俚》1 新聞宣傳人員，公關人員；宣傳，廣告。2 = flak.

—動 不及《美俚》擔任宣傳員。

flack·e·ry ['flækərɪ] 名 U《俚》《(俚)蔑》宣傳，廣告。

flac·on ['flækən] 名 小瓶，長頸細口瓶

:flag[1] [flæg] 名 1 (1) 旗子：the national ～ 旗 / with ～*s* flying 威風凜凜地 / fly a ～ half-mast 降半旗致哀 / a black ～ 海盜旗 黑旗 / a yellow ～ 黃旗，檢疫旗 / a ～ truce 休戰旗，白旗 / a ～ of convenience 宜國旗 / a *flag*-waver 搖旗打信號者；極的愛國者；搖旗吶喊者，宣傳鼓動者；起愛國情操的事物。(2) 國籍；〖海軍〗令旗，旗艦旗：hoist one's ～ 司令官任；升起司令旗 / with ～*s* fore and aft 首至船尾插滿旗子。2 尾巴；《～s》腿的羽毛；旗狀之物；空車顯示板。3〖紙〗報頭，報頭所印刷的報名；底頁欄 4 書籤。5〖樂〗鉤符；〖影·電視〗擋布，遮光幕。

keep the flag flying 《喻》不認輸，堅持念，堅持作戰。

put the flag out 慶功，慶祝勝利。

show the flag (1) 主張自我的權益。(2) 面；表明態度。(3) 正式訪問外國港口

strike [***lower***] ***the*** [***one's***] ***flag*** (1) 艦隊司等降旗解職。(2)《喻》投降，讓步。

wave the flag 激發愛國心。

—動（**flagged**, ～**·ging**）及 1 升旗；用旗裝飾。2 做停止的表示《*down*》；用旗示意；揮動旗子等把獵物誘過來。3《俚》不讓（人）接近，拒絕打招呼。

flag[2] [flæg] 名〖植〗菖蒲，香蒲。

flag[3] [flæg] 動（**flagged**, ～**·ging**）不及 1 下；枯萎。2 衰退，失去吸引力。

flag[4] [flæg] 名 1 石板，鋪路石。2《～s》石板路。—動（**flagged**, ～**·ging**）及 以石鋪（路等）。

'flag 'captain 名 旗艦艦長。

'flag(-) ,carrier 名 國營航空公司。

'flag ,day 名《英》售小旗募捐日（《美》tag day）。

'Flag ,Day 名 C U《美》國旗制定紀念（6 月 14 日）：制定於 1777 年。

flag·el·lant ['flædʒələnt] 名 1 鞭打人，執行笞刑的人。2 贖罪自笞者；《作 F-》鞭打苦行派。3 以鞭打獲得性滿的人。—形 1 鞭打的，耽溺於鞭打的嚴厲批評的。

flag·el·late ['flædʒə,let] 動 及 1 鞭打鼓勵。—['flædʒəlɪt, -,let] 形 1〖生〗有鞭的。2〖植〗有鞭狀匍匐枝的。3〖動〗毛蟲類的。—['flædʒəlɪt] 名〖動〗鞭蟲。

flag·el·la·tion [,flædʒə'leʃən] 名 U〖神分析〗鞭打。

fla·gel·lum [flə'dʒɛləm] 名（複 **-la** [-'dʒɛlə], ～**s**）1〖生〗鞭毛；〖昆〗鞭節。2 子。

flag·eo·let [,flædʒə'lɛt] 名 1 六孔笛。2 音栓的笛子。

g·ging¹ ['flægɪŋ] 形 衰弱的；疲憊的；
垂的，枯萎的；有點鬆懈的。
·ly 副 鬆懈地，萎靡地。
g·ging² ['flægɪŋ] 名 1 U《集合名詞》
扳。2 石板鋪設；石板路。
·gi·tious [flə'dʒɪʃəs] 形《主文》1 殘
兇惡的；厚顏無恥的。2 罪大惡極的；
名昭彰的。
g·man ['flægmən] 名(複 -men) 1 拿旗
的人，旗手。2 信號管制員。
g ˌofficer 名 海軍將官；《昔》艦隊
令官。
g·on ['flægən] 名 1 大肚酒瓶；此種酒
所盛之物。2 細口酒瓶；聖餐用的葡萄
容器。
g·pole ['flæg,pol] 名 旗竿。
·grance ['flegrəns], -gran·cy [-sɪ]
U 極惡，殘忍；惡名昭彰。
g ˌrank 名 U C 海軍將官階級。
·grant ['flegrənt] 形 1 明顯的，顯然
；惡名昭彰的，寡廉無恥的。2《古》燒
通紅的。～·ly 副 一清二楚地；暴虐無
地。
g·ship ['flæg,ʃɪp] 名 1 旗艦；最大型的
華輪船。2 最高級品。
g·staff ['flæg,stæf] 名(複 -staves [-,ste
, ～s) 旗竿。
g·stone ['flæg,ston] 名 1 石板。2《
s》石板路。
g ˌstop 名《美》(汽車或火車的) 臨
招呼站，信號停車站。
g-wav·ing ['flæg,wevɪŋ] 名 U《蔑》
國心的虛華表現，搖旗吶喊。
il [flel] 名 1 連枷。2 連枷形武器。
動 及 用連枷打，揮打，打。
ir [flɛr] 名 U 1《偶作 a ～》天生的能
，才幹；傾向；技巧《for...》；敏銳的
辨力，反應能力；鑑別力：a ～ for ora-
y 辯論的才能。2 清秀；高雅，標緻。
k, flack [flæk] 名 U 1〖軍〗高射炮
；高射炮部隊。2《口》喋喋不休的批
，非難；阻撓反對；激辯。
ke¹ [flek] 名 1 薄片，斷片；《～s》層：
eal ～s 薄片狀的穀類食品 / fall off in
s 片片落下。2 一片；火星，火花：large
s of snow 大雪片片。3 只有二種顏色的
乃馨。4《美俚》做特技表演的職業運動
；《美俚》怪人，奇人；《美俚》逮捕。
動 (flaked, flak·ing) 不及 1 變成薄片，
落《off, away》。2 鱗片落下。—及 1 使
薄片(狀)，削成薄片，撕裂。2 使被
片覆蓋，使剝落。
ke out《俚》睡著，打瞌睡；昏倒；離
，消失。
ke² [flek] 名 晒魚架；食品儲藏架。
ke³ [flek] 名，動 及 = fake².
k ˌjacket [ˌvest] 名 防彈衣。
k·y ['flekɪ] 形 (flak·i·er, flak·i·est) 1 薄
(狀)的，成片的；易剝落的。2《美
》古怪的。-i·ness 名

flam [flæm] 名《口》1 謊言，虛偽。2 詐欺；詭計。—動 (flammed, ～·ming) 及 欺騙《off》。—不及 撒謊。

flam·bé [flɑm'be] 形 (食物) 用酒澆燒的。

flam·beau ['flæmbo] 名 (複 -beaux [-boz], ～s) 火炬；華麗的大燭臺。

flam·boy·ance [flæm'bɔɪəns] 名 U 華麗，燦爛；誇張。

flam·boy·ant [flæm'bɔɪənt] 形 1 炫麗的，燦爛的；鮮豔的，五彩繽紛的；華麗的；誇張的，華而不實的，炫耀的。2《常作 F-》〖建〗火焰式建築的。—名 鳳凰木。～·ly 副

:flame [flem] 名 1 U C《常作～s》火焰；燃燒；白熱，赤熱：commit something to the ～s 燒毀某物，把某物付之一炬 / burn with ～ 火光熊熊地燃燒 / leap into ～(s) 突然起火燃燒。2 燦爛的光輝，燃燒似的顏色，火焰般的顏色；泛紅：the ～ of the setting sun 火紅的晚霞。3 熱情，激情，情火：fan the ～ 煽起熱情。

old flame《口》舊情人。

—動 (flamed, flam·ing) 不及 1 熊熊地燃燒，燒得炙烈《away, forth, out, up》。2 照耀，發出光輝《with...》；突然一片泛紅《up》。3 燃起來，爆發《out, up, forth》；勃然大怒。4〖詩〗像火焰似地搖晃。—及 1 焚，燒，燒焦。2 以火焰傳達。3〖詩〗燃起，激起。

flame out (1) ⇨動 不及 1, 3. (2) 突然熄火。

'flame ˌcolor 名 火紅色，橘紅色。

fla·men·co [flə'mɛŋko] 名 (複～s [-z]) U 佛拉明哥舞；C 佛拉明哥舞曲。

flame-out ['flem,aʊt] 名 1 突然熄火。2《美》毀滅，滅絕；因失敗而頹廢者；失去吸引力的事物。

flame·proof ['flem,pruf] 形 具耐火性的，不易燃著的。—動 及 使不易燃燒，使具防火性。～·er 名

flame·throw·er ['flem,θroə] 名 1 火焰噴射槍。2 操作噴火器的人。

flam·ing ['flemɪŋ] 形 1 冒出熊熊火焰的，猛烈燃燒的。2 明亮的；焰紅的；炙熱的；火焰形的：a ～ sunset 火紅的夕陽。3 熱情的，激烈的，熱烈的。4《文》誇大的；渲染的；不合理的，荒誕不經的。5《英口》可惡的。～·ly 副

fla·min·go [flə'mɪŋgo] 名 (複～s, ～es)〖鳥〗紅鶴，火鶴。

flam·ma·ble ['flæməbl] 形 易燃燒的，具可燃性的。

flam·y ['flemɪ] 形 (flam·i·er, flam·i·est) 火焰的，熊熊燃燒的；似火焰的。

flan [flæn] 名 1《英》雞蛋牛奶凍餡餅；果餡餅。2 貨幣金屬片。

Flan·ders ['flændəz] 名 法蘭德斯：包括比利時西部、法國北部、荷蘭西南部。

fla·neur [flɑ'noe:r] 名 遊手好閒的人。

flange [flændʒ] 名 1 管緣；凸緣；輪緣。

F

2 輪緣製造機。—動及 加上凸緣。

·**flank** [flæŋk] 名1 脅腹；大腿的外側；腰窩；由腰窩部分割下來的肉。2〖軍·海〗〖建〗側面，側翼；〖城〗要塞的側面：turn the ~ 由側面包抄。3〖機〗齒腹；螺腹。—動及1 位於側面，在旁邊；以側面承受：a driveway ~*ed* with rose bushes 兩旁是玫瑰花叢的車道。2 攻擊側面。3 繞過側面而行。—不及 側面接臨《*on, upon* ...》。

flank·er ['flæŋkə] 名 1 在側面的人。2〖軍〗側衛。3〖美足〗攻擊方的中衛。

'**flank ,speed** 名 U 全速：at ~ 以全速。

flan·nel ['flænl] 名 1 U 羊毛法蘭絨織物；法蘭絨；《尤美》棉布。2《~s》法蘭絨製的衣服。3《英》洗擦用的法蘭絨布塊，毛巾。4 U《英俚》哄騙，拍馬屁；柔和的態度。—形 法蘭絨製的。—動 (~ed, ~·ing或《英尤作》-nelled, ~·ling) 及1 給（人）穿上法蘭絨服裝；用法蘭絨布擦拭。2《英俚》奉承《*up*》。—不及《英俚》拍馬屁。~·ly形 似法蘭絨的；閃爍的。

flan·nel·ette [,flænl'ɛt] 名U 棉織法蘭絨。

·**flap** [flæp] 動 (flapped, ~·ping) 不及 1 飄動，飄揚。2 振翅；振翅飛翔《*about*》；鼓翼飛走《*away, off*》。3 拍打《*at...*》。4 垂下。5《口》慌亂，激動。6 伏下身子《*down*》。7 說；閒聊，說廢話《*about* ...》。8《英口》豎耳專注地聽：keep one's ears *flapping* 豎耳傾聽。—及 1 上下左右地拍動，使飄動。2 拍打《*at...*》；《口》拋擲；疊起來，關起來。

—名1 拍打的聲音，拍打；掌擊，摑；振翅（聲）；飄動（聲）。2 垂下物，口蓋，封口，活邊；鰓蓋；蕈類展開的傘部；制閥，活瓣；折門的一邊；書套摺進封面的部分；《~s》《美俚》耳朵；下垂的耳。3〖外科〗皮片；皮瓣。4〖空〗襟翼，魚鱗片。5〖語音〗閃音，彈舌音。6《俚》興奮狀態，張惶失措；騷動；喧鬧的派對。7〖軍〗空襲。8 緊急情況，緊急會議。

flap·doo·dle ['flæp,dudl] 名U《口》無意義的話，胡說八道。

flap·jack ['flæp,dʒæk] 名 1 = pancake. 2《英》燕麥、奶油混合烘烤的甜餅。

flap·pa·ble ['flæpəbl] 形《口》容易心慌的。

flap·per ['flæpə] 名1 發出拍擊聲的東西[人]；蒼蠅拍；響鈴，叫子；揮棒。2 扁平下垂物；平尾；寬鰭；鰭腳；《俚》手。3 雛鳥；《俚》摩登女郎，輕佻女子。

·**flare** [flɛr] 動 (flared, flar·ing) 不及 1 搖曳地燃燒《*out, away*》；突然起火燃燒《*out, up*》；閃耀，照得耀眼《*down*》。2 激發，湧現；突然爆發；突然大怒《*out, up*》；越發…起來《*into...*》：~ *up* at a person 對某人突然大發雷霆。3 向外成鐘形；向外伸展，外傾《*out, up*》空〗拉平落地，拉平《*out*》。

—及 1 使燃燒起來；〖冶〗加高熱耀。3 用火光發出。4 使展開成牽牛形狀，使下擺做成喇叭形。—名 1 U 的火焰；突然冒起的火。2 耀眼的火光，照明裝置，照明彈。3 激發；放 4 展開成喇叭形；喇叭狀下擺；外張傾；《~s》喇叭褲。5〖美足〗短橫

flare·back ['flɛr,bæk] 名 1 尾焰。現；激烈的反對論調。

'**flare ,path** 名〖空〗照明跑道。

flare-up ['flɛr,ʌp] 名 1 突然起火燃閃光。2 激怒；突發，復發。

flar·ing ['flɛrɪŋ] 形 1 閃光的，閃爍明亮的；火光搖曳的。2 華麗的，的。3 喇叭形的；有喇叭形下擺的；伸展的。

—名 油井所冒出的天然瓦斯之燃

~·ly 副

:**flash** [flæʃ] 名 1 閃光，閃爍。2 臨動；閃現；突發，迸發。3 瞬間。4 誇虛飾：show ~*es* of wit 賣弄小聰明聞快報。6 手電筒。7〖影〗瞬間的鏡 U C〖攝〗閃光（燈）。8《口》機人。9《英》徽章，臂章，肩章。10 堰水門。11 U《俚》隱語，黑話。12《驟然暴露性器官。

make a flash in the pan 曇花一現。

—動 不及 1 突然燃燒起來；突然亮 *on*》；閃閃發光；閃爍。2 突發《*ou* 勃然怒言《*out*》；突然發怒；瞬間《*into...*》。3 突然出現，突然閃現《 *th*》。4 飛馳而過，掠過《*by*》；突然蹤影《*off*》。5《美俚》突然暴露性器 6《美俚》立刻領悟，明白《*on...*》

—及 1 使突然放出，突然燃燒，使閃光，亮出。2 倏地發出，忽地露出微 *at...*》；快速報導。3《口》炫耀《 *around / at...*》；快速地亮一下撲克面。4 覆上一層色膜。

—形1《口》華而不實的；假的，偽造 2 愛花俏的，華麗而俗氣的。3《口》的；迅速的。4《口》盜賊的，江湖的。5 一瞬間的。6 由於閃光而引起

flash·back ['flæʃ,bæk] 名 U C 倒幻覺重現；火焰的逆向蔓延。—動重現；回溯《*to...*》。—及 重現。

'**flash ,bulb** 名〖攝〗閃光燈。

'**flash ,burn** 名 閃光灼傷。

'**flash ,card** 名1 閃視卡片。2〖競技分標示卡。

flash·cube ['flæʃ,kjub] 名〖攝〗立光燈。

'**flash ,drive** 名 隨身碟，可攜帶儲憶體。

flash·er ['flæʃə] 名1 自動閃爍裝置自動閃爍裝置所發出的信號。2《俚》狂。

sh 'flood 名《美》暴雨造成的山洪。
sh-for·ward ['flæʃ,fɔrwəd] 名UC
彡·視〗穿插未來的場面或鏡頭。
sh-'freeze 動及瞬間冷凍，急凍。
sh ˌgun 名閃光槍。
sh·ing ['flæʃɪŋ] 名1〖建〗禦水板，遮
坂。2 放水，泛水。3U閃光，閃爍。
形閃亮的；發出閃光的。
sh·light ['flæʃ,laɪt] 名1《美》手電筒
英》electric torch）。2 閃光；閃光燈，
光信號燈。
sh ˌmob 名快閃族：一群互不相識的
生人透過電子郵件、手機簡訊等指示時
、地點，聚集在特定地點做些無厘頭的
，然後又迅速消失。
sh ˌpoint 名1〖理化〗閃點，燃點。
-觸即發的狀態，爆發點。
sh·y ['flæʃɪ] 形 (flash·i·er, flash·i·est) 1
光似的；《罕》一時璀燦的。2 華而不實
。3 愛花俏的。-i·ly 副
sk [flæsk] 名1 燒瓶；一瓶之量：《
》保溫瓶，熱水瓶。2 輸送水銀用的鐵
容器。3〖鑄〗模箱，砂箱。
t¹ [flæt] 形(～·ter, ～·test) 1 水平的；平
〕的；扁平的：～ surface 平面 / a plain
～ as a table 如桌面般平坦的草原。2《
敘述用法》平伏著的，平臥的；緊貼著
；夷為平地的，倒塌的：stand ～ against
vall 背部緊貼著牆壁站立。3 淺的；不
的；扁平的；矮跟的，低平的；攤開
；洩氣的，癟陷的：lay a rug ～ on the
or 將地毯平鋪於地板上。4 乾脆的，直
了當的，正面的，露骨的；完全的，全
的：give a ～ refusal 斷然拒絕。5 統一
，相同的：give a ～ rate 給以同一價格。
美口》一文不名的，破產了的。7 沒精
的；無聊的，無生趣的；離題的，愚蠢
；走味的，無味道的；不景氣的，蕭條
：a ～ speech 枯燥的演說。8 正好的，
好的：a ～ ten days 剛好十天。9〖畫·
〗單調的；無光澤的，去掉光澤的；無
體感的；〖樂〗不響亮的，厚鈍的；變
的；降半音的；〖語言〗平舌的，有聲
：B ～ 降B調。10 彈道低的；不旋轉而
直飛出的。11《英》（電池）沒電的，
完電的。12〖文法〗無語尾變化的：～
verbs 單純副詞。—名1 平直部分；平
；〖建〗平臺式屋頂。2 寬而薄的書
；《常作～s》女用低跟鞋或平底鞋；《
俚》腳；五分錢的白銅幣；薄煎餅。3
～s》淺灘，沙洲。4《美口》洩氣的輪
。5《口》愚人，糊塗鬼，笨蛋。6《～
》《口》無障礙物之平地競賽。7 艙內甲
；《美》平底船；《美》平臺型貨車；淺
平的箱子。8 鐵製的板。9〖樂〗降半
；降記號。—動(～·ted, ～·ting)及1《
》鏟平，弄平。2〖樂〗下降。—不及1
》變平坦。2〖樂〗以降半音演唱。3
靜下來《out》。4 終告失敗；崩壞，塌
。—副1 水平地，平直地；緊密地，恰
好地。2《口》斷然地，斬釘截鐵地，直
截了當地；生硬地，唐突地，莽撞地；突
然地。3《口》全然地，徹底地。4 剛好，
正好，恰好，（時間）整。5〖樂〗降半
音。6 無利息地。

fall flat (1) ⇨ 副 1. (2) 完全失敗；全無反應，全無效果。

flat out《口》(1) 全速地；用盡全力地。(2)《英》疲憊已極的；毫無進展的。

·**flat²** [flæt] 名1《主英》公寓（《美》apartment）。2《英》公寓式住宅。

flat·bed ['flæt,bɛd] 名 平板拖車。—形平板的，平臺式的。

flat·boat ['flæt,bot] 名 大型平底船。

flat-bot·tomed ['flæt'bɑtəmd] 形（船）平底的。

flat·car ['flæt,kɑr] 名《美》鐵路平板貨車。

flat·fish ['flæt,fɪʃ] 名 (複 ～, ～·es) 比目魚，鰈類的扁平魚。

flat·foot ['flæt,fʊt] 名1 (複 -feet)〖病〗扁平足；平底足。2 (複 ～s)《俚》《蔑》警察。

flat·foot·ed ['flæt'fʊtɪd] 形1 扁平足的。2《口》斷然的，直截了當的；堅定的：catch a person ～《口》使某人嚇一跳；出其不意地襲擊某人；抓到現行犯。3《口》笨拙的。

—副《口》堅定地；直接地；突然地。

flat·i·ron ['flæt,aɪən] 名 熨斗。

flat·let ['flætlɪt] 名《英》小公寓。

flat·line ['flæt,laɪn] 動 不及1 死亡。2 進入停滯不前的狀態。

flat·ly ['flætlɪ] 副 1 斷然地，直截了當地。2 沒有精神地。3 平平地，緊貼地。

flat-out ['flæt'aʊt] 副 1 突然地，忽然地。2《主方》率直地，公然地：tell a person everything ～ 對某人率直地說出一切。3 以全速地，盡全力地。—形1 徹底的，完全的。2 最高的，全速的。

'flat ˌrace 名 平地賽馬。

'flat ˌrate 名 統一費用；均一價格。

'flat ˌsilver 名《美》= flatware 1.

'flat 'spin 名1〖空〗水平螺旋。2 極其焦慮，驚慌失措。

go into a flat spin 陷入混亂之境，感到很困惑，驚慌失措。

·**flat·ten** ['flætn̩] 動及1 弄平，軋平；拉平《out》；使緊貼：～ one's nose against the window 把自己的鼻子緊貼於窗戶上。2 使倒塌；〖拳擊〗《俚》擊倒。3 使沮喪；使蕭條。4 使單調；使無光澤。5〖樂〗使降低。6〖空〗使恢復水平飛行《out》。

—不及1 變平（坦）《out》；緊緊地貼著；平躺；寬廣地擴展。2 走味。3 變平靜。4〖樂〗降低。5〖海〗= flat¹ 動不及3. 6〖空〗作水平飛行《out》。

·**flat·ter** ['flætə] 動及1 諂媚，阿諛，恭維，奉承；過度誇讚《on, about...》；使

F

喜悅：～ a person with compliments 以恭維的話阿諛某人 / ～ him *about* his singing 極力誇讚他的歌喉。**2** 使顯得比真人實物漂亮。**3** ⦅反身⦆感到得意洋洋⦅*on...*⦆。**4** 使懷著幻想。—不及 諂媚。

flat·tered ['flætɚd] 形 感到高興的；感到受寵若驚的。

·**flat·ter·er** ['flætərɚ] 名 奉承者。

flat·ter·ing ['flætərɪŋ] 形 **1** 奉承的；令人喜悅的。**2** 美過其實的。～**·ly** 副

flat·ter·y ['flætərɪ] 名 (複 **-ter·ies**) Ⓤ 諂媚，巴結，奉承；Ⓒ 阿諛之詞，恭維話。

F

flat·tish ['flætɪʃ] 形 略平的；稍單調的。

flat·top ['flæt,tɑp] 名 ⦅美口⦆ **1** 航空母艦。**2** 平頭（髮型）。**3** 平頂的房屋。

flat·u·lence ['flætʃələns] 名 Ⓤ **1** 腸胃脹氣。**2** 空虛，誇大。

flat·u·lent ['flætʃələnt] 形 **1** 引起腸胃脹氣的；腸胃脹氣的；患腸胃脹氣的。**2** 誇大的，空洞的，虛張聲勢的。

flat·ware ['flæt,wɛr] 名 Ⓤ **1** 銀製的餐具。**2** 扁平餐具。

flat·ways ['flæt,wez] 副 = flatwise.

flat·wise ['flæt,waɪz] 副 平面地，平坦地，平放地。

flat·work ['flæt,wɝk] 名 可用機器或熨斗燙的床單、毛巾等物。

Flau·bert [flo'bɛr] 名 **Gustave** 福樓拜（1821–80）：法國小說家。

flaunt [flɔnt] 動 不及 **1** 招搖過市，厚顏炫耀。**2** 飄揚。—及 **1** 賣弄，炫耀，誇示。**2** ⦅美⦆⦅非標準⦆輕視，侮辱。—名 Ⓤ 誇示，炫耀；Ⓒ 賣弄炫耀的事物。

flaunt·y ['flɔntɪ] 形 (**flaunt·i·er, flaunt·i·est**) **1** 招搖的，賣弄的，炫耀的。**2** 華麗而庸俗的，浮華的。

flau·tist ['flɔtɪst] 名 ⦅英⦆= flutist.

·**fla·vor** ['flevɚ] 名 Ⓤ Ⓒ **1** 味道，風味，香味：give ～ to food 給食物添加味道。**2** 調味料。**3** 情趣，情調，韻味；特質，特色：an autumn ～ 秋天的韻味 / catch the ～ of the city 捕捉住那城市的特色。**4** ⦅古⦆芳香。—動 及 調味⦅*with...*⦆；添加情趣。

fla·vored ['flevɚd] 形 **1** 添加風味的。**2** ⦅複合詞⦆帶有…味道的: grape-*flavored* candy 有葡萄味的糖果。

fla·vor·ful ['flevɚfəl] 形 有味道的；好吃的。～**·ly** 副

fla·vor·ing ['flevərɪŋ] 名 **1** Ⓤ 加味道，調味。**2** Ⓤ Ⓒ 調味品，香料。

fla·vor·less ['flevɚlɪs] 形 無味道的；乏味的；無情趣的。

fla·vor·ous ['flevərəs] 形 **1** 味道好的。**2** 具有風味的。

·**fla·vour** ['flevɚ] 名，動 及 ⦅英⦆= flavor.

flaw[1] [flɔ] 名 **1** 缺點，缺陷，毛病。**2** 不完備，缺失。**3** 裂痕，裂縫。—動 及 **1** 使產生裂痕；使損毀。**2** 使破裂。—不及 成爲破損物；產生瑕疵。

flaw[2] [flɔ] 名 **1** 突起的暴風。**2** 短暫劣天氣。

flaw·less ['flɔlɪs] 形 **1** 無瑕疵的；沒片雲的。**2** 無缺點的，完美的。

～**·ly** 副，～**·ness** 名

·**flax** [flæks] 名 Ⓤ **1** 亞麻；亞麻纖維麻布。**2** 亞麻色，淡黃色。

flax·en ['flæksn̩] 形 **1** 亞麻的。**2** 亞的，淡黃色的：～ hair 亞麻色的頭髮

flay [fle] 動 及 **1** 剝除…的外皮。**2** 鞭打。**3** 說得一文不值，苛責，痛斥

:**flea** [fli] 名 **1** 〖昆〗跳蚤。**2** 似跳蚤的蟲。

a flea in one's ear 刺耳的話；斥責諷；向耳朵拍擊，打耳光。

flea·bag ['fli,bæg] 名 ⦅俚⦆ **1** ⦅军鋪；睡袋。**2** ⦅美⦆⦅蔑⦆廉價旅館不堪的出租公寓；破舊的公共建築

flea·bite ['fli,baɪt] 名 **1** 蚤咬；蚤咬斑。**2** 略微痛癢；微小的支出；芝事。

flea-bit·ten ['fli,bɪtn̩] 形 **1** 被蚤咬的蚤咬紅斑的。**2** (馬) 有淺底紅色斑紋 **3** ⦅口⦆悲慘的，簡陋的。

'**flea 'collar** 名 (狗的) 滅蚤項圈

'**flea ,market** 名 ⦅諧⦆跳蚤市場，市場，廉價市場。

flea·pit ['fli,pɪt] 名 ⦅俚⦆便宜且簡陋影院。

fleck [flɛk] 名 **1** 褐斑，雀斑。**2** 點。**3** 薄片，微粒，少量：a ～ of d點灰塵。—動 及 使充滿斑點；⦅被布滿斑點⦅*with...*⦆。～**·y** 形

fleck·ed [flɛkt] 形 有斑點的，有的。

fleck·less ['flɛklɪs] 形 = spotless.

flec·tion ['flɛkʃən] 名 **1** Ⓤ Ⓒ 彎曲解〗= flexion 1. **3** 〖文法〗= inflect **4** 〖數〗= flexure 2.

～**·al** 形

·**fled** [flɛd] 動 **flee** 的過去式及過去分

fledge [flɛdʒ] 動 及 **1** 養育。**2** 用羽蓋；加上羽毛做裝飾。—不及 長豐羽能飛離鳥巢⦅*out*⦆。—形 ⦅古⦆羽毛的。

fledged [flɛdʒd] 形 能飛出巢的；能自主的；長大成人的。

fledg·ling, ⦅英尤作⦆ **fledge-** ['ŋ] 名 **1** 剛會飛的幼鳥。**2** 初出茅廬的人，不成熟的人。

·**flee** [fli] 動 (**fled, ～·ing**) 不及 **1** 逃脫離，逃避：～ out of the window in night 跳出窗口逃入夜色中。**2** 快速飛馳而去；消失；褪掉；飛逝⦅*by*—及 逃離；拋棄；逃避。

fleece [flis] 名 Ⓤ Ⓒ **1** 羊毛；一頭羊剪取的毛。**2** 羊毛狀的東西：a light snow 一片潔白輕飄的雪。**3** 細絨毛—動 及 **1** 剪毛。**2** 掠奪，騙取⦅*of...*覆蓋，使綴滿斑點。

ec·y ['flisɪ] 形 (**fleec·i·er, fleec·i·est**)羊
所覆蓋的；羊毛製的；羊毛般的；心浮
躁的。

er¹ [flɪr] 動 不及 嘲笑，愚弄《*at...*》。
及 嘲笑，譏諷。—名 嘲笑，譏諷。

·er² ['fliə] 名 逃跑者，逃亡者。

et¹ [flit] 名 **1** 艦隊；船隊；《**the** ～》海
。**2** 全部船舶；機隊，船隊，車隊。

et² [flit] 形 **1**《文》快速的，腳力快
；急速行動的，迅速的：a ～ horse 快馬
e ～ of foot 捷足的，腿快的。**2**〖詩〗瞬
即逝的，虛幻的。—動 不及 **1** 快速行
，飛馳《*away*》；《古》飛逝《*by*》。
《古》變淡；消失。**3**〖海〗變換位置。
及 **1** 使飛快流逝。**2**〖海〗變換位置。
·ly 副, ～**·ness** 名

et³ [flit] 名《英方》小河灣，海灣；小
（《美》creek）；下水溝。

et ˌadmiral 名《美》五星海軍上將
英》Admiral of the Fleet）。

et-foot·ed ['flit'fʊtɪd] 形《文》捷足
，能跑得很快的。

et·ing ['flitɪŋ] 形 飛逝的，轉瞬即逝
；短暫的。～**·ly** 副, ～**·ness** 名

eet 'Street 名《**the** ～》**1** 艦隊街。**2**
國新聞界，英國報界。

em. 《縮寫》*Flemish.*

em·ing¹ ['flɛmɪŋ] 名 法蘭德斯人；說
蘭德斯語的比利時人。

em·ing² ['flɛmɪŋ] 名 **Sir Alexander**, 佛
明（1881－1955）：英國細菌學家，盤
西林的發現者。

em·ish ['flɛmɪʃ] 形 法蘭德斯的；法蘭
斯語[人]的；法蘭德斯風格的。
名 **1**《**the** ～》《集合名詞》法蘭德斯
。**2** U 法蘭德斯語。

sh [flɛʃ] 名 **1** U（人、動物的）肉，肌
和脂肪組織：proud ～ 肉芽，浮肉。**2**
食用肉；〖植〗果肉；柔嫩部分。**3** U
肉；脂肪；體重：put on ～ 發胖。**4**《
e ～》肉體，身體：after *the* ～ 憑外表：
俗地。**5**《**the** ～》人性，獸性，肉慾：
e sins of *the* ～ 肉慾之罪。**6** U 人，人
；生物：the way of all ～ 全人類必經之
，死亡。**7**《**one's own** ～》親屬，子
，同族。**8** U 人體的表面，肌膚：feel
e's ～ crawl 感到毛骨悚然。**9** U 膚色。
sh and blood (1) 骨肉，子孫；至親，親
。(2) 凡人；血肉之軀；人性。(3) 現實；
際存在之物。(4)《形容詞》有血緣關係
；活生生的，有血有肉的。
sh and fell 全身；《副詞》連皮帶肉
，全身地；完全地。
the way of all flesh 《委婉》死亡。
the flesh 親身的，活生生的。
e flesh 同心同體。
und of flesh 苛刻的要求。
ess (the) flesh 《尤美》握手。
動 及 **1**（用刀）刺入肉中。**2**〖狩〗以獵
的肉味刺激（獵狗、鷹等）；《喻》使習
慣於血腥的殘酷行為；使初次嘗到甜頭而
煽起情慾。**3** 使長肉；使變肥；《喻》賦予
血肉；使具體化；完成《*out*》。
—不及《口》發胖；長胖《*out, up*》。

flesh-col·ored ['flɛʃkʌlə·d] 形 肉色的，
膚色的。

'flesh ˌfly 名〖昆〗大麻蠅，肉蠅。

flesh·ings ['flɛʃɪŋz] 名 (複) 肉色緊身衣
褲。

flesh·ly ['flɛʃlɪ] 形 (**-li·er, -li·est**) **1** 肉體
的，肉體上的：the ～ nature of man 人體
的本能。**2** 現世的，世俗的。**3** 刺激肉慾
的；《主文》肉慾的，肉感的。

flesh·pot ['flɛʃˌpɑt] 名 **1**《通常作～**s**》人
肉市場，歡場，花街柳巷；《俚》妓女
戶。**2** 肉鍋。**3**《**the** ～**s**》美食；逸樂；
奢侈的生活。

'flesh ˌwound 名 輕傷，皮肉之傷。

flesh·y ['flɛʃɪ] 形 (**flesh·i·er, -i·est**) **1** 肉厚
的，肥胖的。**2** 肉的，似肉的；〖植〗多
肉的，厚且柔嫩的。

fleur-de-lis [ˌflə·də'li] 名 (複 **fleurs-de-lis** [ˌflə·də'liz]) **1** 百合花形的紋章；《**the**
～》法國（皇家）。**2**〖植〗鳶尾，鳶尾
花。

:flew¹ [flu] 動 **fly**¹的過去式。

flew² [flu] 名 = flue³.

flex [flɛks] 動 及 彎曲；收縮；《喻》示
威。—不及 彎曲；〖地質〗褶曲。
—名 **1** U C 彎曲（性）。**2** U C《英》延
長線，電線（《美》electric cord, extension）；《俚》有彈力的鬆緊帶。**3**〖數〗拐
折。

flex·i·bil·i·ty [ˌflɛksə'bɪlətɪ] 名 U 易曲
性，柔韌性；通融性；適應性；順從；彈
性；光的屈折率。

·flex·i·ble ['flɛksəbl] 形 **1** 可彎曲的，易彎
曲的，柔韌的。**2** 可自由改變的；可通融
的；柔順的：a ～ plan 具有彈性的計畫。
3 順從的，唯命是從的。**-bly** 副

'flexible 'time 名 = flextime.

flex·i·time ['flɛksəˌtaɪm] 名 = flextime.

flex·or ['flɛksə·] 名〖解〗屈肌。

flex·time ['flɛksˌtaɪm] 名 U 彈性工作時
間，上班時間自由選擇制（《英》**gliding
time**）。

flex·ure ['flɛkʃə·] 名 **1** U C 屈曲作用；
彎曲部分；褶；〖地質〗褶曲。**2**〖理〗彎
曲。**-ur·al** 形

flib·ber·ti·gib·bet ['flɪbə·tɪˌdʒɪbɪt] 名 **1**
《英》輕浮的人，喋喋不休的人；輕佻的
女人。**2**《古》閒話。

flick¹ [flɪk] 名 **1** 輕打，輕彈。**2** 輕彈聲：
the ～ of a whip 輕脆的鞭打聲。**3** 輕快的
動作。**4** 潑濺出來的東西；濺沫：a ～ of
paint 油漆斑點。—動 及 **1** 輕擊，輕打《
with...》；施予。**2** 打落，彈開《*away, off,
out / off, from...*》。**3** 突然移動；輕快地揮
動；突然伸出《*out*》；啪一聲翻過去《
over》；啪一下打開《*on*》。—不及 **1** 突

F

然動彈；突然伸出《*out*》；《口》迅速地翻過《*through...*》。**2** 振動，飄動。

flick² [flɪk] 名《俚》電影，影片：《**the ~s**》《集合名詞》電影。

·**flick·er¹** [ˈflɪkɚ] 動不及 **1** 漸漸地消失《*out*》；搖曳；明滅不定；閃現。**2** 搖晃不定；飄動；微微地抽動；振翅。一及 使搖動，使明暗不定；搖動；使抽動。

一名 **1** 搖晃的火焰，明滅的火光；微弱的閃現；明滅；動搖；顫動。**2**〖眼〗閃爍。

flick·er² [ˈflɪkɚ] 名〖鳥〗金翼啄木鳥。

flick-knife [ˈflɪk,naɪf] 名《英》彈簧刀（《美》switchblade）。

F

flied [flaɪd] 動 **fly¹** 的過去式及過去分詞。

fli·er, fly·er [ˈflaɪɚ] 名 **1** 會飛的東西；高速移動的東西；特快火車，快車，快艇。**2** 飛行員。**3** 快速轉動的部分。**4**《口》飛跳，飛躍；《美口》投機：take a ~ off the ladder 從梯子上跳下來。**5**《英口》野心家；傑出人才。**6**《美》傳單。**7**〖釣〗釣魚鉤的旋餌器。**8**〖建〗直上式樓梯的一級臺階；《~s》直上式階梯。

:**flight¹** [flaɪt] 名 **1** Ⓤ Ⓒ 飛，飛行；飛行能力；飛行方式；飛行距離，飛行方向：the ~ of the hot-air balloon 熱氣球飛行 / take to ~ 起飛。**2** 飛行中的一群：loose a swift ~ of arrows 快箭齊發。**3** 班機；太空旅行；Ⓤ 飛機操縱（法）；飛行隊形；《美》飛行分隊：catch the night ~ 搭乘夜間班機。**4** Ⓤ（箭等的）飛馳；（時間等的）飛逝。**5** Ⓤ Ⓒ 奔放，迸出；飛躍，飛翔。**6**〖建〗一道階梯：a ~ of steps 一段階梯。**7** 掛在旋餌器上的一列魚鉤。**8**〖運動〗競賽者按能力差異的分組。**9** 一列障礙物。**10** Ⓤ Ⓒ〖箭〗遠程射箭；其射程；遠程射箭比賽；遠程箭。

in the first flight 領頭的；占重要地位的；一流的。

一動 不及 成群地飛。一及 射擊；使飛起，使飛走。

flight² [flaɪt] 名 Ⓤ Ⓒ 逃亡，逃走，敗走；逃脫；退避，逃避：in full ~ 一溜煙地逃走 / take (to) ~ 逃走。

ˈflight atˌtendant 名 空中服務員。

ˈflight ˌbag 名 **1** 旅行袋。**2** 印有航空公司名稱的旅行袋。

ˈflight conˌtrol 名 Ⓤ Ⓒ〖空〗飛行管制；飛行管制室。

ˈflight ˌdeck 名 **1**（航空母艦的）飛行甲板。**2**（飛機的）駕駛艙。

flight·less [ˈflaɪtlɪs] 形 不會飛的。

ˈflight lieuˌtenant 名《英》空軍上尉。

ˈflight ˌofficer 名《美》空軍准尉。（《英》flight lieutenant）。

ˈflight ˌpath 名 航線，飛行路線；前進路線；指示路線。

ˈflight reˌcorder 名 飛行記錄器。

ˈflight ˌsimulator 名〖空〗飛行模擬裝置。

flight-test [ˈflaɪt,tɛst] 動 及 試飛（機）。

flight·wor·thy [ˈflaɪt,wɝðɪ] 形 可飛機等的；適於飛行的。

flight·y [ˈflaɪtɪ] 形 (**flight·i·er, flight**... **1** 輕浮的，反覆無常的；頭腦有點的；像瘋子般的，輕狂的。**2** 膽怯的。古》快的。**-i·ly** 副, **-i·ness** 名

flim·flam [ˈflɪm,flæm] 名 Ⓤ Ⓒ《口 說八道，胡扯；荒唐；詐欺，欺騙。一動 (**-flammed, ~·ming**) 及 詐騙，欺 一形 騙人的；胡說八道的；荒唐的。

flim·sy [ˈflɪmzɪ] 形 (**-si·er, -si·est**) **1** 輕的，脆弱的，易損壞的。**2** 薄弱的，說服力的；不足信的。一名 (複 **-si**... 紙，薄的複寫紙；通信原稿。**-si·ly** 副 **ness** 名

flinch [flɪntʃ] 動 不及 退縮，畏縮；《*from...*》。一及 突然縮回；避免到。一名 **1** 退縮，畏懼。**2**〖牌〗牌戲。

~**·er** 名, ~**·ing·ly** 副

flin·ders [ˈflɪndɚz] 名 (複) 碎片，break into ~ 碎成一片片。

·**fling** [flɪŋ] 動 (**flung, ~·ing**) 及 **1** (1) 猛投擲，摔出去；關入《*into...*》: ~ money away 浪費金錢 / ~ a person prison 把某人關進監獄。(2) 下達（等）；投送；擺明《*to, at, against...*》a person a command 對某人下命令 down a challenge *to* a person 向某人下書。(3) 使陷於；急忙調遣《*into...*》troops *into* battle 迅速調兵遣將進行戰 **2** 突然伸出《*round...*》: ~ back one' [head] 把頭髮往後一甩。**3**《反身》使挪動身體，使委身《*into...*》；使專力；使糾纏以求取幫助等《*on, upon*》~ *oneself into* a person's arms 猛然投人的懷抱裡 / ~ *oneself upon* one's ta 全力做自己的工作。**4** 拋棄《*off*》；《*off*》。**5** 拋開，擺脫《*aside, away*》猛然掙脫《*off*》；丟下，放棄《*up*》掉《*out*》；很快地脫掉《*off*》；很快上《*on*》。**6** 摔倒（對手）《*down*》垮臺《*down*》；摔落《*down*》。**7** 放出，發出；投下。**8**《古》欺騙；騙 一不及 **1** 突然往前衝；飛出去《 *off*》。**2** 亂衝出去《*out*》；亂蹦亂 *about*》。**3** 大聲叫罵《*out*》。

fling** one's **arms up in horrow 嚇得要

fling caution to the wind 魯莽行事。

fling the past in** a person's **face 揭人瘡

一名 **1** 擲摔，拋；揮舞；踢飛；急 《口》短暫的放肆，短期間的性關係 罵，嘲弄；《口》嘗試。

(at) full fling 放縱地；全速地。

at one fling 一口氣地，一舉。

in a fling 憤然地。

in full fling 猛然地；突飛猛進地，勇前地；全速地。

flint [flɪnt] 图 1 Ⓤ Ⓒ 打火石，燧石；打火機的火石：wring water from a ~ 做不可能的事；緣木求魚 / skin a ~ ((口)) 愛錢如命，貪得無厭。2 Ⓤ 非常強硬的東西[人]：a heart of ~ 鐵石心腸，冷酷無情。

flint ˌglass 图 Ⓤ 〖光〗鉛玻璃。

flint-heart·ed ['flɪnt'hartɪd] 形 冷酷的，無情的，鐵石心腸的。

flint·lock ['flɪntˌlak] 图（昔日的）燧發槍。

flint·y ['flɪntɪ] 形 (**flint·i·er, flint·i·est**) 1 燧石的，燧石質的；如打火石般的；堅硬的。2 冷酷無情的，頑固的。**-i·ly** 副

flip¹ [flɪp] 動 (**flipped, ~·ping**) 及 1 輕彈；彈飛起來；迅速投擲；輕輕敲打：~ the ash off a cigar 輕輕地彈掉雪茄的煙灰。2 很快地翻過去翻過來 ((*over*))；啪一聲打開；用力拉下拉上。3 使失去自制力。4 ((美俚)) 使非常高興，使入迷。—不及 1 彈；抽打 ((*at...*))。2 用力跳動。3 ((俚)) 欣喜若狂，興奮；失去理智，勃然大怒 ((*over, out*))。4 擲錢幣 ((*up*))。

flip (one's) lid 強烈反對；生氣，勃然大怒；失去自制力；突然爆出笑聲；說荒唐話。

flip through 草草翻閱。

flip up 擲錢幣以決定某事或某物。

—图 1 輕擊；突然一動。2 觔斗；翻面。3 快速短傳；〖牌〗翻牌。4 ((俚)) 短距離飛行。5 ((俚)) 請求。

flip² [flɪp] 图 Ⓤ Ⓒ 加蛋的甜酒。

flip³ [flɪp] 形 (**~·per, ~·pest**) ((口)) = flippant.

flip-flop ['flɪpˌflap] 图 1 〖電子〗正反電路；正反器。2 向後翻的觔斗。3 立場突然改變。4 叭噠叭噠的聲音；旋轉蹺蹺板。5 ((通常作 ~s)) 繫皮帶的橡膠平底涼鞋，夾腳拖鞋。—副 叭噠叭噠作響地。—動 (**-flopped, ~·ping**) 不及 1 翻後空觔斗；突然轉變。2 叭噠叭噠地作響。

flip·pan·cy ['flɪpənsɪ] 图 Ⓤ 輕率，輕浮；無禮。

flip·pant ['flɪpənt] 形 1 輕率膚淺的，不嚴肅的，不認真的；不禮貌的，唐突的。2 ((主方)) 敏捷的，靈活的；柔軟的。**~·ly** 副

flip·per ['flɪpɚ] 图 1 鰭狀肢；((通常作 ~s)) 潛水用具的鰭狀膠鞋，蛙人鞋。2 水上飛機。3 ((俚)) 手，手臂。

flip·ping ['flɪpɪŋ] 形 ((俚)) ((委婉)) 討厭的，該死的；可惡的；過分的。

flip ˌside 图 1 ((美口)) 反面，B 面；(與…) 相當的人。2 ((美俚)) 歸途。

flip-top ['flɪpˌtap] 形 (罐等) 往上拉開蓋子的，易開罐的。

flirt [flɝt] 動 不及 1 調情取樂，賣弄風騷 ((*with...*))。2 不太認真地考慮，玩弄 ((*with...*))。3 翩翩飛舞；輕快地移動。—及 1 輕快地揮動。2 猛然拋出。—图 1 賣弄風騷的人。2 突然拋出；輕快的拍動。

flir·ta·tion [flɝ'teʃən] 图 1 Ⓤ 調情，打情罵俏；賣弄風騷的舉動；Ⓒ 愛情遊戲。2 隨意想想；玩弄。

flir·ta·tious [flɝ'teʃəs] 形 喜歡調情的；輕佻的；輕薄的，輕浮的。**~·ly** 副

flit [flɪt] 動 (**~·ted, ~·ting**) 不及 1 輕快地移動；快速地飛掠；輕快地飛；飛逝 ((*by*))；掠過。2 ((英口)) 私奔；((英方·蘇)) 偷偷搬家，夜逃。3 ((英方·蘇·愛)) 死。—及 ((古)) 迫使搬家；移動；奪取，沒收。—图 1 輕快的動作；輕快的飛翔；掠過。2 ((英口)) 偷偷逃跑；私奔。

flitch [flɪtʃ] 图 1 醃燻的豬肋肉；大比目魚的薄切片；切成四方形的鯨魚脂肪。2 〖木工〗夾板。

fliv·ver ['flɪvɚ] 图 ((美俚)) 1 便宜貨；廉價的小汽車。2 失敗；欺騙；敷衍；惡作劇。

Flo [flo] 图 〖女子名〗芙蘿。

:float [flot] 動 不及 1 飄浮，浮起 ((*up*))；浮流，浮游；慢慢地飛去 ((*away, past*))；流散；懸掛；飄動。2 飄然地走動，漂泊。3 浮現；動搖 ((*between...*))：ideas ~*ing* through one's mind 浮現在心頭的想法。4 流傳，散布 ((*about*))。5 徬徨，躊躇 ((*around, round*))；常常變更；安樂舒適地過活。6 創設，設立，實行。7 〖金融〗流通，等待到期日；採浮動匯率制。8 ((通常用進行式)) 四處流動 ((*around, about*))。—及 1 使浮起，使飄浮。2 淹沒；灌溉。3 弄平表面；覆蓋，沾溼。4 推廣，散布。5 創設，設立；實行。6 〖金融〗發行；改為浮動匯率制；交涉。7 〖劇〗固定。—图 1 浮起物；〖配管·機〗浮標；〖釣〗浮標。2 (1) 使浮起之物。(2) 〖空〗浮筒；魚鰾；浮囊。3 彩車，花車；平臺卡車。4 〖建〗鏝刀；單紋銼刀。5 〖金融〗浮動匯率制；((主美)) 浮動證券[票據]。6 ((美)) 上面浮有冰淇淋的飲料。7 ((英)) 周轉零錢；小額借款；((俚)) 錢箱；錢箱中的錢。8 游離投票者，不固定黨派的游離投票者；流動勞工。

float·a·ble ['flotəbl] 形 1 可漂浮的，能浮起的。2 可航行的。

float·a·tion [flo'teʃən] 图 ((主英)) = flotation.

float·er ['flotɚ] 图 1 漂浮的人[物]，浮游物；筏；救生用具；浮鰾；浮子，浮標。2 ((口)) 常換住所的人。3 ((美)) 游離投票者。4 〖保〗流動保險（單），船名不確定保單；((英口)) 流通證券。5 ((俚)) 驅逐令。6 〖運動〗慢速飄浮球。

'float ˌglass 图 Ⓤ 浮型玻璃（板）。

'float·ing ['flotɪŋ] 形 1 漂浮的。2 在流傳的。3 〖病〗浮動的，游離的，下垂的。4 變動的，移動的：a ~ population 流動人口。5 〖金融〗流動的，不固定的；〖商〗卸貨尚未完成的；未到埠的，在運輸中的：~ capital 流動資本。

F

'**floating ˌbridge** 图《美》浮橋。

'**floating 'debt** 图流動短期債務。

'**floating 'dock** 图浮船塢。

'**floating ex'change ˌrate** 图浮動匯率。

'**floating 'island** 图乳蛋糕；浮島。

'**floating 'point** 图〖數〗浮點系統；浮點記數法。

'**floating 'ribs** 图(複)〖解〗浮肋。

'**floating ˌvote** 图《the ～》《集合名詞》無黨派投票者；游離票。

'**floating ˌvoter** 图游離投票者。

float·plane ['flotˌplen] 图水上飛機。

float·stone ['flotˌston] 图 Ⓤ Ⓒ 磨石；浮石。

floc·cu·late ['flɑkjəˌlet] 動 及 集成羊毛狀的絮塊。—不及 形成叢羊毛狀的絮塊狀物；凝集，凝固，凝結。

floc·cule ['flɑkjul] 图軟毛狀物，絮狀物；絮狀沉澱物。

floc·cu·lent ['flɑkjələnt] 形 叢毛狀的，羊毛狀的；覆蓋柔毛的。

·**flock**[1] [flɑk] 图 **1** 群《*of...*》；《～s》羊群：a large ～ *of* pigeons 一大群鴿子。**2**《口》一群；群眾，人群《*of...*》；集合，大量《*of...*》：a ～ *of* ideas 眾多的想法 / come in ～*s* 很多人一起來。**3** (1) 全部的基督教徒；基督教會；教會的教徒，會眾。(2) 孩子們。—動 不及 聚集，成群，成為一群；成群地來[去]《*to, into...*》：Birds of a feather ～ together.《諺》物以類聚。

flock[2] [flɑk] 图 **1** 一叢羊毛；《偶作～s》棉絮，毛屑，碎布。**2** 低級纖維。**3**《偶作～s》《集合名詞》絨屑，絨毛。**4**《～s》〖化〗短絨，絮凝物。

flock·bed ['flɑkˌbɛd] 图有毛絨墊子的床。

floe [flo] 图 **1** 海面浮冰。**2** 浮冰塊。

flog [flɑg] 動 (**flogged**, ～**·ging**) 及 **1** 用力鞭打；教訓，處罰；驅使；迫使《*into...*》；驅使改正《*out of...*》；敲打。**2** 用鞭子打…使其前進《*along*》；以全速開動；全力地運用；驅策，鼓動《*into...*》；《反身》迫使；驅使《*into...*》：～ a car 全速開車。**3** 反覆拋投釣線：～ a stream 向河裡反覆拋入釣線。**4** 激烈批評。**5**《英俚》打敗，勝過。**6**《英方》《被動》使筋疲力竭《*out*》。**7**《英俚》賣掉，脫手；盜取；《英口》積極地推銷；大力宣傳：～ a joke to death 同一個笑話講太多次而令人生厭。**8**《俚》辛苦地進行。—不及 辛苦地前進。

flog a dead horse ⇨HORSE（片語）

flog·ging ['flɑgɪŋ] 图 Ⓤ Ⓒ《英》鞭打，鞭刑。

:**flood** [flʌd] 图 **1** 洪水；《the F-》諾亞所遭遇的洪水。**2**《通常作 a ～》氾濫；橫溢；湧出；蜂擁而至；充滿《*of...*》：*a* ～ *of* questions 無數的問題 / *a* ～ *of* sunlight 陽光普照 / feel *a* great ～ *of* relief 感到極大安心。**3** 滿潮，漲潮；時機；《喻》在恰好的時機。**4**《通常作～s》《口》= floo light. **5**《古》〖詩〗湖；海；河。

flood and field 水陸，海陸。

in flood 氾濫；淹水。

—動 及 **1** 使氾濫；使淹水。**2**《被動》被洪水逼離《*out*》。**3** 灌溉；注入大量水。**4** 充滿；湧入，大量湧至《*out*》；《常用被動》使滿溢；使充滿，使湧入《*with...*》。**5** 用泛光燈照射。**6** 使溢出油。—不及 **1** 湧入《*in / into...*》。**2** 氾濫漲潮。**3**〖病〗大量出血。

flood·ed ['flʌdɪd] 形 淹水的；滿溢的

flood·gate ['flʌdˌget] 图 **1** 水門，防閘。**2**《通常作 the ～s》發洩口，出口 *of...*》: open the ～*s of* one's frustration 傾某人的挫敗感受。

flood·ing ['flʌdɪŋ] 图 **1** 氾濫；溢滿〖醫〗血崩。

flood·light ['flʌdˌlaɪt] 图 **1** Ⓤ 探照燈光 **2** 泛光燈；探照燈。—動 (～**·ed** 或 ～**·ing**) 及 以探照燈照明。

flood·lit ['flʌdlɪt] 形 用泛光燈照明的

'**flood ˌplain** 图沖積平原。

'**flood ˌtide** 图 **1**《the ～》滿潮，漲潮 **2**《喻》如潮水般湧至的東西；高潮。

:**floor** [flor] 图 **1** 地板；鋪板：scour the 磨地板。**2** (1) 層，樓：the ground ～《英》一樓 / the first ～《美》一樓；《英》二樓 (2)《集合名詞》住在（…）樓的人家 **3** 地面；路面部分；底部；底；平地。面，作業場；《通常作the ～》大廳，會場，證券買賣場所。**5**《通常作 the 議員席，聽眾席；《集合名詞》議員眾；《the ～》發言權。**6** 最低（價額）

cross the floor 站在反對的一邊。

***mop the floor with** a person*《俚》徹底打（人）；擊倒。

take the floor (1) 起立發言；在討論會言。(2) 起來跳舞，開始跳舞，參加跳舞

walk the floor 在地板上來回踱步。

—動 及 **1** 鋪地板；做…地板之用。**2**（油門）。**3** 打倒在地板上；打敗。**4**《使啞口無言，使困惑，使不知所措。

floor·board ['florˌbord] 图 地板；底板。

floor·cloth ['florˌklɔθ] 图 (複～s) **1** 板的抹布。**2** 鋪地板的漆布。

floor·er ['florɚ] 图 **1** 猛烈的一擊。口》極難應付的事情；《口》使人詞窮論。

'**floor ˌexercise** 图地板運動。

floor·ing ['florɪŋ] 图 **1** 地板；Ⓤ《集詞》地板。**2** Ⓤ 做地板的材料。

'**floor ˌlamp** 图《美》落地燈，座燈

'**floor ˌleader** 图〖美議會〗政黨領

'**floor-ˌlength** 形 拖地的。

'**floor ˌmanager** 图 **1** 司儀。**2** 電視的現場導播。**3**《美》巡視員，門市導員（《英》shop walker）。

'**floor ˌplan** 图 平面圖，隔間設計

or ˌprice 名最低價；底價。
or ˌshow 名夜店的歌舞表演。
or·walk·er ['flor,wokɚ] 名《美》= or manager 3.
o·zy, -zie ['fluzɪ] 名(複-zies) 1《俚》蕩的女人；妓女。2《美俚》不聰明又美麗但性情溫和的女人。
p [flɑp] 動 (flopped, ～·ping) 不及 1 猛地倒下，坐下《down》；《口》完全失；突然崩潰：～ into a chair 猛然地坐到子上。2《美》突然改變；背叛，倒戈向《over / to》。3 叭噠叭噠作響；《》呱嗒呱嗒地走動《along》；拍動，噠叭噠亂跳。4《俚》忽地躺下去；睡。—及 1 猛摔；拋下，猛然落下；翻：oneself down on the grass 叭噠一聲地坐草地上。2 使叭噠叭噠作響。3《俚》突一擊；毆倒《out》。4 做成逆版，做成右相反。
名 1 撲通地落下；落下的聲音。2《口》敗；失敗的作品；失敗者。3《俚》睡，床；廉價客棧。4 暴跌；驟變。5《》一擊。—副 叭噠一聲地。
p·house ['flɑp,haus] 名(複 -hous·es [-z])《美口》廉價旅館，簡陋的住宿所。
p·per ['flɑpɚ] 名《美俚》1 詐欺保險者。2 叛徒。3 露宿街頭的乞丐。
p·py ['flɑpɪ] 形 (-pi·er, -pi·est)《口》1 垮垮的；鬆軟的。2《口》沒精神的，散的。3 結構鬆散不嚴密的。
名(複-pies) = floppy disk. -pi·ly 副
ppy 'disk ['floppy 'disc] 名〖腦〗軟式磁碟片，軟碟。
·ra ['florə] 名 (複～s, -rae [-,ri]) 1 U《集合名詞》植物群。2 植物誌。
o·ra ['florə] 名 1〖羅神〗芙羅娜：花。2〖女子名〗芙羅拉。
·ral ['florəl] 形 1 如花的；花的。2 植群的。3《F-》花神的。～·ly 副
ral 'emblem 名（代表國家、州、市的）象徵花或植物。
ral 'envelope 名〖植〗花被。
or·ence ['flɔrəns] 名 1 佛羅倫斯：義大中部的一個都市；又譯翡冷翠。2（亦作orance）〖女子名〗芙羅倫絲。
or·en·tine ['flɔrən,tin, 'flɑr-] 形 1 佛羅斯的。2 佛羅倫斯派的。
名 1 佛羅倫斯人。2《常作f-》一種小甜餅乾。
·res·cence [flo'rɛsəns] 名 U 1 開花，開花。2 全盛期，繁榮期。
·res·cent [flo'rɛsənt] 形開花的。
·ret ['florɪt] 名 1 小花；〖植〗小筒花。絹絲。3〖印〗= flower 名4.
·ri·at·ed ['florɪ,etɪd] 形用花裝飾的；形的。
·ri·cul·ture ['florɪ,kʌltʃɚ] 名U 花卉培（法），園藝。-'cul·tur·al 形，'cul·r·ist 名 花卉栽培家，花匠。
r·id ['flɔrɪd] 形 1 鮮紅的，紅潤的：a ～ complexion 紅潤的面色。2 華麗的，絢爛的，過度文飾的；花俏的，漂亮的。3 充分發展的。～·ly 形
Flor·i·da ['flɔrɪdə] 名 佛羅里達：美國東南端的一州，首府爲 Tallahassee。略作：Fla.
Flor·i·dan ['flɔrədən] 形 佛羅里達的。—名 佛羅里達州居民。（亦作 Floridian）
flo·rif·er·ous [flo'rɪfərəs] 形 開花的，多花的。
flor·in ['flɔrɪn] 名 1《英》弗羅林銀幣。2《荷》盾銀幣。3 古時候翡冷翠的金幣；英國弗羅林金幣。
flo·rist ['florɪst] 名 花草栽培家；花卉研究者；花商；花店（主人）。
Flor·rie ['flɔrɪ] 名〖女子名〗芙羅麗。
floss [flɔs] 名U 1 木棉的棉狀纖維。2 繭上的粗絲；繭棉；散絲，絲棉。3 黍鬚。4〖齒〗牙線。
—動及不及 使用牙線。
'floss ˌsilk 名 U 亂絲；絲棉；絲絨。
floss·y ['flɔsɪ] 形 (floss·i·er, floss·i·est) 1 亂絲的，散絲的；絲絨的，絨毛（般）的，帶毛的；輕飄飄的，柔軟的。2《俚》華麗而庸俗的，漂亮的，瀟灑的，風流的。
flo·tage ['flotɪdʒ] 名 U 1 飄浮；飄浮力，浮力。2 漂流物。3《集合名詞》船，竹筏；廢物。4 U〖海〗乾舷。
flo·ta·tion [flo'teʃən] 名 1 U 漂浮。2 U C 設立，創業；股票發行。3 U〖冶〗浮游分離。4 U 浮力學。
flo·til·la [flo'tɪlə] 名 小艦隊；船隊。
'flot·sam (and 'jetsam) ['flɑtsəm-] 名 U 1（遇難船的）漂流物，漂浮貨物。2 不重要的雜物。3《集合名詞》流浪漢，無業遊民。
flounce[1] [flauns] 動不及 1 拂袖而去；盛怒而來；急動，急轉，急行：～ down on a sofa 一屁股跌坐在沙發上。2 用前蹄刨地；拚命掙扎而扭動身體《about》。—名 急動，急轉，肢體亂動，掙扎。
flounce[2] [flauns] 名荷葉邊裝飾；裙褶。
flounc·ing ['flaunsɪŋ] 名 U 做荷葉邊的材料；荷葉邊裝飾。
·floun·der[1] ['flaundɚ] 動不及 1 掙扎，肢體亂動；掙扎地前進《through...》。2 張惶失措，著慌；疏忽，犯錯誤；胡亂地做完《through...》：～ through a song 顛三倒四地唱完一首歌。—名 掙扎，扭動；著慌，張惶失措。
floun·der[2] ['flaundɚ] 名 (複～,～s)〖魚〗沼鰈；《廣義》比目魚科的鰈。
:flour [flaur] 名 U 1 小麥粉，麵粉。2 細粉，粉末。—動及 1《美》磨成粉。2 撒上《with...》。—不及 磨成粉狀。
·flour·ish ['flɝɪʃ] 動不及 1 繁榮，興盛；達到全盛期。2 繁盛。3 發育良好；繁茂，茂盛。4 做得很成功；享盛名《in...》；存在；活躍。5 揮舞；揮動手臂《about》。

F

6 賣弄，誇示；炫耀，自大《*about, off, with, on...*》。7 寫花體字；使用華麗的詞藻。8 嘹亮地吹奏；吹出嘹亮的聲音。—及 1 揮動…攻擊《*at...*》；揮舞，擺動。2 賣弄，炫耀，誇示。3 潤飾，潤色；以花紋裝飾。—图 1 揮舞。2 賣弄，炫耀，誇示。3 花體字寫法；〖修〗潤色；文采，華麗詞藻；〖樂〗裝飾的樂句；小喇叭嘹亮吹奏。4《罕》繁榮。

flour·ish·ing ['flɝɪʃɪŋ] 形 繁茂的，茂盛的；繁榮的，興隆的；盛大的；生氣勃勃的。~·ly 副

'flour ˌmill 图磨粉機；磨坊；麵粉廠。

flour·y ['flaurɪ] 形麵粉的；粉末狀的；多粉的，覆蓋著麵粉的。

flout [flaut] 動及輕蔑，嘲笑，藐視：~ a teacher's advice 輕視老師的忠告。

—不及輕蔑，輕視，嘲笑《*at...*》。

—图輕蔑的言詞或態度，侮辱。

:flow [flo] 動不及 1 流動。2 流通；循環。3 湧出《*out*》；流出[流入]《*out...; in ...*》；發源；發出；來自《*from...*》。4 絡繹不絕，川流不息；滔滔不絕，流暢；如流水般連續。5 沒有很大的影響《*over ...*》。6 柔順地飄垂；招展，起伏搖擺。7 充滿，富有《*with...*》；不斷地溢出，源源不斷地注入。8 = menstruate. 9 上漲，漲潮。—及 1 使流出；塗。2 使溢出，用液體覆蓋，淹沒；灌溉。—图 1 Ⓤ流出，流動；不停的流動；不停的湧現，奔流《*of...*》；Ⓒ流出物；如流水般連續不斷的東西：a ~ *of* spirits 精神煥發，快活。2 流入流出量。3《蘇》沿岸的水路；溼地帶。4 月經。5 Ⓤ洪水，氾濫。6《 the ~》漲潮。7〖理〗流通。

flow·age ['floɪdʒ] 图Ⓤ 1 流動，溢出；氾濫；溢出的水，流出物。2〖力〗流動。

'flow ˌchart 图 1 流程圖，工程作業過程圖。2〖電腦〗流程圖。

'flow ˌdiagram 图= flow chart 2.

:flow·er ['flauɚ] 图 1〖植〗花，花卉：a perishable ~ 會枯萎的花 / arrange ~*s* 插花。2 Ⓤ開花，盛開：come into ~ 開花。3 花的模樣；〖印〗花形；裝飾，花飾。4 = figure of speech. 5《 the ~》壯年，盛時；精髓，精英，精華《*of...*》：the ~ *of* one's youth 花樣年華，青春年華。6 最高級品，精品。7《~s》泡沫；《~s》《作單數》〖化〗華：~ of sulfur 硫磺華。—動不及 1 結花，開花；盛開，怒放。2《文》繁榮，達到全盛時期；成熟。—及 1 用花覆蓋。2 用花紋裝飾。

flow·er·age ['flauərɪdʒ] 图Ⓤ 1《集合名詞》花。2 裝飾花，花飾。3 開花（期）。

'flower arˌrangement 图Ⓤ插花。

'flower ˌbed 图花壇，花床。

'flower ˌbud 图花苞，蓓蕾。

'flower ˌchild 图花兒：指嬉皮

flow·ered ['flauɚd] 形 1 有花的，開花的；《複合詞》有…花的：single-*flowered* 單瓣花的，開一次花的 / double-*flowe*[red] 雙瓣花的；多次開花的。2 用花紋裝[飾]的。

flow·er·er ['flauərɚ] 图開花的植物：early ~ 早開花的植物。

flow·er·et ['flauərɪt] 图小花。

'flower ˌgirl 图 1《美》在結婚典禮上[撒]花的少女，女花童。2《英》賣花女。

'flower ˌhead 图〖植〗頭狀花（序）

flow·er·ing ['flauərɪŋ] 形開著花的，盛開的；有花的：the ~ bank 開滿花的[堤]堤。

—图 1 開花；花開的季節。2 加上花[紋裝]飾；《~s》裝飾花；花紋圖案。

'flowering 'dogwood 图〖植〗美[國]山茱萸，花瑞木。

'flowering 'fern 图ⓊⒸ〖植〗蕨

'flowering 'plant 图〖植〗顯花植物，開花結果的植物；花木，花卉。

flow·er·less ['flauəlɪs] 形 1 不開花的。2〖植〗隱花植物的。

'flower ˌpiece 图花卉畫；花飾。

flow·er·pot ['flauɚˌpɑt] 图花缽，花盆

'flower 'show 图花展，花卉展覽會

·flow·er·y ['flauərɪ] 形(-er·i·er, -er·i·e[st]) 很多花覆蓋著的；開很多花的；用花[裝飾]的；似花的。2《蔑》華麗的：a ~ spe[ech] 詞藻優美的演說。-i·ness 图

flow·ing ['floɪŋ] 1 流動的；湧出的；[上]漲的。2 似流水般的；流暢的；平滑的：~ hand 流暢的字跡。3 飄垂的。4 [很多]的，豐富的：his ~ wit 他豐富的才智。~·ly 副

:flown [flon] 動 fly¹的過去分詞。

fl. oz.《縮寫》*fl*uid *o*unce(s).

flu [flu] 图Ⓤ《常作the ~》《口》流行[性]感冒：catch *the* ~ 染上流行性感冒。

flub [flʌb] 動 (flubbed, ~·bing) 及《[美]口》做錯，搞得一團糟。—图《美》[愚蠢]或粗心的錯誤，大錯。

flub·dub ['flʌbˌdʌb] 图ⓊⒸ《口》[裝腔]作勢，矯飾；胡說八道，說大話；虛張[聲]勢。

fluc·tu·ant ['flʌktʃuənt] 形 1 動搖的，猶豫不決的；變動的。2 波動的。

fluc·tu·ate ['flʌktʃuˌet] 動不及 1 動搖，不斷地變化，不規則地變動；上下浮動《*between...*》：~ in price 價格變動。2 似[波]浪般地起伏。—及使動搖，使波動。

fluc·tu·a·tion [ˌflʌktʃu'eʃən] 图Ⓤ(動搖；不穩定《*in...*》。2 波浪般的起伏，升降，浮動；漲落。

flue¹ [flu] 图 1 煙道，排煙管。2 送氣管，瓦斯輸送管；暖氣輸送管；火管，熔[爐]。3〖樂〗風管。

flue² [flu] 图輕飄飄的東西，軟綿綿的[東]西：Ⓤ棉屑，毛屑，棉塵。~·y 形

flu·en·cy ['fluənsɪ] 图Ⓤ 1 流暢，流[利]：speak with great ~ 說話非常流利。2 能[言]善道者；善辯。

-ent ['fluənt] 形1 流利的；說話流利的 in...)；寫作流暢的，文筆通順的；能善道的：a ~ liar 善於說謊的人。2 和緩，優雅的。3 無阻塞的。4 流動性的：易改變的，不固定的。~·ly 副

e ˌpipe 名〖樂〗(風琴的) 唇管。

ff [flʌf] 名1 Ⓤ 綿毛；軟毛；胎毛，汗；絨毛；稀疏的鬍子；Ⓒ輕軟的東西。瑣碎不重要的東西；《美俚》容易的工。3《口》犯錯，失誤；讀錯臺詞；誤，誤讀：make a ~ 說錯話。4《the》《美俚》拒絕；解僱。

bit of fluff《古·俚》年輕女郎，性感的女。

動 及 1 抖鬆，使鬆散，使鼓起；抖開 up, out)。2《口》說錯，讀錯。3《美》嚴厲地責難。—不及 1 變成鬆軟如棉狀；起絨毛；鬆軟地動。2《口》做，讀錯臺詞。

uff off《美俚》輕視；解僱。

uff off one's lines〖劇〗說錯臺詞。

ff·i·ness ['flʌfɪnɪs] 名 Ⓤ 起絨毛；絨狀。

ff·y ['flʌfɪ] 形 (**fluff·i·er**, **fluff·i·est**) 1 絨毛般的；以絨毛覆蓋的；鬆軟的：a ~ ilt 鬆軟的被褥。2 不足道的，沒有價值。3《英俚》喝醉酒舉步蹣跚的。4《英》常忘記臺詞的。**-i·ly** 副

-id ['fluɪd] 名 Ⓤ Ⓒ 流體。—形1 流體；流動性的。2 易變的，不固定的。·ly 副，~·ness 名

id 'dram ['drachm] 名 液體特拉：藥劑用液量單位。略作：fl. dr.

-id·ic [flu'ɪdɪk] 形 流動性的，流體；射流的，流控的：~ fuel 流體燃料。名《~s》《作單數》流體工程學。

-id·i·ty [flu'ɪdətɪ] 名 Ⓤ 1 流動（性）；質；易變的事；可變性。2 通順，流。

id 'ounce 名 液量盎司：藥劑用液量位。略作：fl. oz.

-i·dram [ˌfluə'dræm] 名《美》= fluid am.

ke¹ [fluk] 名 1 錨鉤，錨爪。2 倒鉤。《~s》鯨魚的尾巴。

ke² [fluk] 名1 僥倖：defeat a person by ~ 僥倖地贏了某人。2 (撞球等的) 偶然中，僥倖打中。—動 及 1 偶然地打中。《口》僥倖獲得。

ke³ [fluk] 名1〖魚〗美國產比目魚的通。2〖魚〗鰈。3〖動〗= trematode.

k·(e)y ['flukɪ] 形 (**fluk·i·er**, **fluk·i·est**)《口》偶然得手的。2 易變的，不定的。

me [flum] 名《美》1 溪澗，峽流。2 人水路，引水溝，渡水槽；導管式水路，水管，水道。

m·mer·y ['flʌmərɪ] 名 (複 **-mer·ies**) 1 Ⓤ (麥片和小麥粉煮成的) 粥。2 Ⓒ 以牛奶、麵粉、蛋等煮成的甜食。3 Ⓒ 胡說八道；空洞的恭維話。

flum·mox ['flʌməks] 動 及《口》使為難；使困惑。—不及 失敗，破滅。

flump [flʌmp] 動 不及 及《口》砰然放下，突然落下《down》。—名 猛然放下；砰然聲。

·flung [flʌŋ] 動 **fling** 的過去式及過去分詞。

flunk [flʌŋk]《美口》動 不及 1 失敗，不及格《in...》。2 打斷念頭；退縮；投降。3 退學《out / out of...》：~ out (of one's university) (從大學) 退學。—及 1 使不及格。2 打不及格分數《in...》；使退學《in...》。—名 失敗；留級。

flun·ky, -key ['flʌŋkɪ] 名 (複 **-kies**, ~s) 1《蔑》穿制服的男僕。2 阿諛者，奉承者，諂媚者。3 副手，助理。

flu·o·resce [ˌfluə'rɛs] 動 不及 顯示螢光，發出螢光。

flu·o·res·cence [ˌfluə'rɛsəns] 名 Ⓤ〖理·化〗螢光的放射；螢光性；螢光。

flu·o·res·cent [ˌfluə'rɛsənt] 形 螢光性的；鮮明的，容光煥發的：~ lamp 螢光燈，日光燈。—名 螢光燈。

flu·o·res·cer [ˌfluə'rɛsɚ] 名 螢光劑。

flu·o·ric [flu'ɔrɪk] 形 氟的，含氟的。

fluor·i·date ['fluərɪˌdet] 動 及 添加少量氟化物。

fluor·i·da·tion [fluərɪ'deʃən] 名 Ⓤ 氟化物添加（法）。

flu·o·ride ['fluəˌraɪd] 名 Ⓤ Ⓒ〖化〗氟化物

flu·o·rine ['fluəˌrin] 名 Ⓤ〖化〗氟。符號：F

flu·o·rite ['fluəˌraɪt] 名 Ⓤ Ⓒ 螢石；氟石。

flu·o·ro·car·bon [ˌfluəro'kɑrbən] 名 Ⓤ 氟氯碳化合物。

fluor·o·scope ['flurəˌskop] 名 螢光鏡，螢光透視鏡。**-os·co·py** [-'rɑskəpɪ] 名 Ⓤ 螢光透視法；透視診斷。

flur·ry ['flɝɪ] 名 (複 **-ries**) 1 驟風，疾風；《美》飄雪；吹落。2 混亂，騷動；興奮；驚慌失措；《喻》慌亂的動作。3〖股票〗小波動。—動 (**-ried**, ~·**ing**) 及 使焦躁不安，使狼狽慌張。—不及 慌張失措，著急，慌慌張張。**-ried** 形 混亂的，驚慌失措的，騷動的。

·flush¹ [flʌʃ] 名 1 臉紅，潮紅：with a faint ~ on one's face 臉微現紅色。2 湧出，奔流；蜂擁而至，驟增。3 感激；興奮，激動；洋洋得意。4 Ⓤ《文》生氣勃勃，精力充沛；草木發芽：in the ~ of life 在人生的精壯時期。5 發熱；發高燒狀態。—動 及 1《通常用被動》(1) 使發紅，使現紅暈。(2) 使興奮；使變得很得意；使激動《with, by...》。2 沖洗，沖刷；驟然放水沖洗；倒水沖走《away, out》。

—不及 1 變紅《up》；突然發亮；染成；轉變成《into...》。2 奔流；突然湧出；突然浮現。3《美俚》曠課，逃學。

F

Flush it! 《美俚》胡說八道！
***flush it in** a thing* 《美俚》某件事失敗。
flush² [flʌʃ] 形 **1** 同高的，齊平的；同一平面的《 *with...* 》。**2** 接連的《 *against, with...* 》。**3** 《敘述用法》充分擁有的《 *of, with...* 》；《口》豐富的，富裕的；慷慨的《 *with...* 》: be ~ *with* one's money 用錢慷慨大方。**4** 景氣好的，繁榮的；非常多的。**5** 紅光滿面的，氣色佳的；臉紅的：a face ~ with happiness 因高興而紅光滿面。**6** 溢出的《 *with...* 》。**7** 〖海〗平甲板的。—副 齊平地，水平地；正面地；正好地。—動及 弄平；〖印〗弄整齊。
flush³ [flʌʃ] 動及 **1** 〖狩〗使飛散[突然飛起]。**2** 趕出來，揭發出來《 *out / out of, from...* 》。—不及 飛散，飛起。
—名UC 飛起的鳥（群）；飛起，飛散。
flush⁴ [flʌʃ] 形 〖牌〗同花的，清一色的。—名（撲克牌的）同花，清一色。
flushed [flʌʃt] 形（因成功、勝利、誇獎而）紅光滿面的，得意洋洋的《 *with ...* 》。
flush·ness ['flʌʃnɪs] 名U 《口》豐裕，充足；潤澤。
'flush ˌtoilet 名 抽水馬桶；沖水式廁所。
flus·ter ['flʌstɚ] 動及 **1** 使混亂。**2** 使興奮，使喝醉。—不及 慌亂，驚慌。—名 慌亂，驚惶失措，著急。
·flute [flut] 名 **1** 長笛，橫笛；長笛手。**2** 長笛音栓。**3** 〖建〗凹槽；圓溝狀褶；螺旋狀紋路。**4** 細長形酒杯。—動 **(flut·ed, flut·ing)** 不及 **1** 發出笛聲。**2** 吹笛子。**3** 彎彎曲曲。—及 **1** 用笛子般的聲音說唱；以笛子吹奏。**2** 刻凹槽。
flut·ed ['flutɪd] 形 **1** 優美清澄的；笛聲（般）的。**2** 刻有凹槽狀紋路的。
flut·ing ['flutɪŋ] 名 **1** U 笛子的吹奏。**2** 笛子（似）的音色，笛聲。**3** U 帶有凹槽裝飾；柱槽；《集合名詞》凹槽紋路。**4** 褶飾。
flut·ist ['flutɪst] 名 橫笛吹奏者，長笛手。
·flut·ter ['flʌtɚ] 動不及 **1** 隨風飄揚，啪達啪達作響；飄動；飄散。**2** 振翅飛翔；翩然飛舞。**3** 震動，跳動。**4** 快速不規則地跳動，急跳；發抖，害怕，打顫；加速心跳，擔心《 *with...* 》: ~ *with* new hope 期待新希望而興奮慌張。**5** 沒有目標地徘徊；徘徊打轉。
flutter the dovecotes ⇨DOVECOTE（片語）
—名 **1** 《 **the ~, a ~** 》振翅；飄動；揮舞；跳動。**2** 《 **a ~** 》焦躁不安，慌亂；騷動。**3** 〖泳〗= flutter kick. **4** 放音失真；跳動；〖空〗振動；干擾。**5** 《敘述用法》小冒險，小投機，小賭博。~·**y** 形 飄動的。
'flutter ˌkick 名 〖體〗（自由式及仰泳的）兩腳上下交替打水。
'flutter ˌwheel 名 水車，水輪。

flut·y ['flutɪ] 形 **(flut·i·er, flut·i·est)** 如笛聲的；清澈柔美的。
flu·vi·al ['fluvɪəl] 形 河川的，溪流的；因河川作用而產生的；生於河中的。
flux [flʌks] 名 **1** 流出；流動。**2** U 流入；上漲；榮枯，盛衰。**3** 氾濫；滔滔不絕。**4** U 不斷的變化；不確實性；變動；變；不安定。**5** UC 〖病〗異常流出；瀉；痢疾。**6** U 〖理〗流量，通量；束；流束；〖數〗流量。**7** U 〖化·冶·窯〗助熔劑；焊劑；熔接劑。—動及 **1** 熔化使成流體，使流出。**2** 以熔劑熔合。
—不及 **1** 大量地流，流出；熔化；流動。**2** 漲潮，漲滿。**3** 變化。
flux·ion ['flʌkʃən] 名UC 流出，流動；湧出；不斷的變化，變遷，波動；〖病〗異常流出；充血。~·**al**, ~·**ar·y** 形
:fly¹ [flaɪ] 動 **(flew, flown, ~·ing)** 不及 **1** 飛；飛來飛去《 *about* 》；飛走《 *awa*… *off* 》。(2) 飛行；搭乘飛機，坐飛機旅行… ~ in 搭飛機抵達。**2** 飛到空中，吹起；…盪；飛揚；飛舞，飄浮；飛射：~*ing* c…uds 流雲。**3** 隨風飄揚，飄動。**4** 飛出，…進《 *out, in* 》；飛跑，飛奔《 *to...* 》: ~ … a person's rescue 飛奔去救某人。**5** 突然…改變；突然變得《 *into...* 》；飛散：~ …突然向上開 / ~ open 突然打開 / ~ *i*… raptures 狂喜雀躍；歡天喜地。**6** 《僅用…現在式》飛奔逃跑；逃亡；逃離，消失… *off / from...* 》: ~ *from* the summer heat …暑。**7** 飛馳而過；飛逝；流傳《 *about* 》…揮霍：let the money ~ 揮霍金錢 / B… news *flies* apace. 《諺》壞事傳千里。**8** …撲過去《 *at, on, upon...* 》。**9** **(flied, fli**…〖棒球〗擊出高飛球；打高飛球被接殺…局《 *out* 》。**10** 《美俚》打迷幻藥；因麻…而陷入迷幻狀態。**11** 《美俚》成功，具…服力。—及 **1** 使飄揚；放：~ one's opi…ons proudly 《喻》揚揚得意大放厥詞。**2** …駛。**3** 飛行，飛越，在…上空飛行。**4** …飛機運送，空運。**5** 懸掛。**6** 《僅用於現…式》《口》逃出，逃脫；逃避。**7** 搭乘…班機。
fly around 《口》忙來忙去，忙進忙出。
fly at high game 胸懷大志。
fly at ... (1) ⇨動不及 8. (2) 嚴厲斥責，罵。
fly at** a person's **throat 咬住某人的喉嚨…猛烈攻擊。
fly blind 作盲目飛行；《口》盲目地…動。
fly high 《口》奢望，有野心；冒大險。
fly in the face of... 無視…而行動，公然…抗，大膽反抗。
fly light 《美俚》少吃一頓飯；餓肚子。
fly low 《口》謙卑；銷聲匿跡。
fly out (1) ⇨動不及 1. (2) 突然發脾氣。〖棒球〗⇨動不及 9.
fly right 《美俚》循規蹈矩。
fly the track 出軌；《喻》逾越常軌。

let fly (1) 發射炮火；射擊《*at*...》。(2) 以激烈的言詞責備；《美俚》叫喊，大聲叫罵。(3)《美俚》吐痰。

send...flying (1) 使飛散，扔出。(2) 踢開；驅逐，解僱。

—图(複**flies**) **1**（褲子的）鈕扣蓋或拉鍊蓋；門簾。**2** 飛，飛行。**3** 飛行路線；彈道；飛程；飛行距離。**4** (1)〖棒球〗《美》= flyball. (2)〖美足〗飛傳。**5**《flies》《英》一匹馬拉的有篷輕型馬車；出租馬車。**6**〖機〗= flywheel；織布機的飛梭。**7** 橫幅；外緣。**8**〖劇〗舞臺上懸掛布景的空間。**9**《a ~》《澳俚》嘗試。**10**《美俚》機伶的人。

off the fly《俚》不做任何事，休息中。

on the fly《美》(1) 在飛行中；尚未著地，在空中飛著。(2) 匆忙地；沒有休息地，忙碌地。(3)《口》暗中地，偷偷地。(4) 臨去之時，正要動身。

fly² [flaɪ] 图(複 **flies**) **1**〖昆〗蒼蠅；有翅膀的飛蟲。**2** 蟲害。**3**〖釣〗人造彩繩，假餌；活昆蟲餌：cast a ~ 用假餌釣魚。

a fly in amber 在琥珀中的化石蠅；《喻》保留原狀的遺物。

a fly in the ointment 瑕疵，掃興之物。

a fly on the (coach-) wheel 自負的人。

break a fly on the wheel 小題大作。

Don't let flies stick to your heels. 不要慢吞吞，快一點。

like flies 很多，大量。

rise to the fly 被騙，被耍。

There are no flies on...《俚》(1) 精明而不會受騙。(2) 沒有缺點；無可疵議。

fly³ [flaɪ] 形《英俚》機伶的，精明的，機警的《*to*...》；明快的，伶俐的。

fly·a·way ['flaɪə,we] 形 **1** 隨風飄動的，寬鬆的。**2** 輕率的，輕浮的。**3** 隨時都可以起飛的；已完成空運準備的。—图 **1** 輕飄的東西；輕浮的人。**2** 逃亡者。**3** 陸地上的海市蜃樓。**4**〖體〗翻身跳下。

fly ('ball) 图〖棒球〗高飛球。

fly·blow ['flaɪ,blo] 動 (**-blew, -blown, ~·ing**) 及 在…上面產下蠅卵；《喻》弄髒，使腐敗。—图 青果蠅的卵，蛆。

fly·blown ['flaɪ,blon] 形 **1** 生了蠅卵的，生了蠅蛆的。**2** 被破壞的，被污損的。**3** 陳腐的，落伍的。

fly·by ['flaɪ,baɪ] 图 **1** 近距離探測飛行。**2** = flyover 1.

fly-by-night ['flaɪbaɪ,naɪt, -bə-] 形 **1**《美》無信用的，不可靠的；不負責的，只顧眼前利益的。**2** 不持久的；不定的。—图《口》**1** 不可信賴的人；負債而趁夜逃亡的人。**2** 喜在夜間遊蕩者。

fly-by-night·er [,flaɪbə'naɪtɚ] 图 = fly-by-night. 图

fly 'casting 图 Ⓤ〖釣〗用假餌鉤釣魚。

fly·catch·er ['flaɪ,kætʃɚ] 图 **1** 鶲科食蟲的小鳥。**2** 京燕科的小鳥。**3** 捕蠅器。**4**〖植〗捕蠅草。

fly·er ['flaɪɚ] 图 = flier.

fly-fish ['flaɪ,fɪʃ] 動 不及〖釣〗以假餌釣魚。—及 以假餌釣《*for*...》。

fly-fishing ['flaɪ,fɪʃɪŋ] 图 Ⓤ 假餌鉤釣魚術。

fly·flap ['flaɪ,flæp] 图 拍蠅器，蠅拍。—動 (**-flapped, ~·ping**) 及 用蠅拍打；敲，打，擊。—不及 用蠅拍追打蒼蠅。

,fly 'half 图〖橄欖球〗= standoff half.

·fly·ing ['flaɪɪŋ] 形 **1** 飛的，能飛的；飛行的，在空中飛舞的；隨風飄揚的：〖海〗燕尾旗的：with a ~ sea 不密封的，開口的。**2** 飛快的；匆忙的；短暫的；匆忙趕造的，倉促的：on ~ feet 步伐飛快地 / a ~ comment 簡短的評論或談話。**3** 疾行的。**4** 緊急的；快遞的；機動性的：a ~ hospital 急救醫院。**5** 逃跑了的，逃走的。—图 **1** Ⓤ 飛，飛行；飛散，懸掛。**2**《~s》毛屑，棉屑。

'flying ,boat 图 飛艇；水上飛機。

'flying ,bomb 图 = robot bomb.

'flying ,bridge 图 艦橋，浮橋。

'flying 'buttress 图〖建〗飛拱。

'flying 'colors 图 (複) 迎風招展的旗幟；勝利，(大) 成功：pass a test with ~ 很成功地通過測驗。

'flying 'doctor 图《澳》搭飛機至偏遠地區從事醫療工作的醫師。

'flying 'dragon 图 **1**〖動〗飛蜥蜴。**2**〖昆〗蜻蛉，蜻蜓。

'Flying 'Dutchman 图 **1**《the ~》荷蘭幽靈船。**2** 幽靈船船長。

'flying ,field 图〖空〗小飛機場。

fly·ing·fish ['flaɪɪŋ,fɪʃ] 图 (複~, ~·es)〖魚〗飛魚。

'flying 'fox 图〖動〗大蝙蝠。

flying 'jib 图〖海〗船首斜桅帆。

'flying 'lemur 图〖動〗飛狐猴。

'flying ma,chine 图 飛機；飛船。

'flying 'mare 图〖角力〗過肩摔。

'flying ,officer 图《英》空軍中尉。

'flying ,ring 图〖體操〗《通常作~s》吊環。

'flying 'saucer 图 飛碟。

'flying ,squad 图 **1**《英》《常作F- S-》(倫敦警察總署的) 緊急特警隊，特勤組。**2** = flying squadron 2, 3.

'flying ,squadron 图 **1**〖海軍〗游擊艦隊；〖空軍〗緊急起飛部隊。**2** 緊急派遣小組。**3** 機動組織。

'flying 'squirrel 图〖動〗鼯鼠，飛鼠。

'flying 'start 图 **1** 疾走起步法。**2** 有利的起步：get off to a ~ 迅速地開始。

'flying 'visit 图 短暫的訪問，閃電到訪。

'flying 'wing 图〖空〗全翼飛機。

fly·leaf ['flaɪ,lif] 图(複 **-leaves** [-,livz]) 蝴蝶頁；小冊子和進度表的空白紙頁。

fly·o·ver ['flaɪ,ovɚ] 图 **1** 空中分列式，慶典上的低空飛行。**2** 轟炸機 (隊) 飛行。

F

3《英》高架道路，天橋，陸橋。

fly·pa·per ['flaɪ,pepɚ] 名U 捕蠅紙。

fly·past ['flaɪ,pæst] 名《英》= flyover 1.

fly·post ['flaɪ,post] 動及《英》偷偷張貼海報。

'fly ˌsheet 名 用法說明單；廣告單。

fly·speck ['flaɪ,spɛk] 名 **1** 蠅斑，蠅屎。**2** 小污點；逗點，頓號。**3**〖植病〗黑斑病。
—動及 使染上小污點。

'fly ˌswatter 名 蟲拍，蒼蠅拍。

fly·trap ['flaɪ,træp] 名 **1**〖植〗捕蠅植物。**2** 捕蠅器。

F

fly·weight ['flaɪ,wet] 名 **1**〖拳擊〗蠅量級選手。**2**〖舉重〗蠅量級選手。

fly·wheel ['flaɪ,hwil] 名〖機〗整速輪，飛輪。

'fly ˌwhisk 名 蠅拂。

FM, F.M. 《縮寫》*f*requency *m*odulation; *f*ield *m*arshal; *f*oreign *m*ission.

Fm 《化學符號》fermium.

fm. 《縮寫》*f*atho*m*; *f*ro*m*.

fn 《縮寫》*f*oot*n*ote.

f-number ['ɛf,nʌmber] 名〖攝〗f數；焦距比數。

F.O. 《縮寫》〖陸軍〗*F*ield *O*fficer；〖空軍〗*F*lying *O*fficer; *F*oreign *O*ffice.

foal [fol] 名 幼馬，幼騾，幼驢。
in foal 懷孕。
—動及不及（馬、驢等）生仔。

·foam [fom] 名U **1** 泡沫（堆），氣泡。**2** = foa-m rubber. **3** 水沫般的汗；白沫，涎沫。**4** 滅火氣泡（層）。**5**《**the ～**》〖詩〗海。
—動不及 **1** 起泡沫《*up*》；內外沾滿泡沫。**2** 冒出泡沫般大汗；吐出白沫。**3**《口》非常生氣。—及 **1** 使起泡沫；弄得都是泡沫。**2** 使發泡。
foam at the mouth 口吐白沫；《俚》震怒。
foam off [***away***] 像泡沫般消失。

'foam 'rubber 名U 泡沫膠，海綿膠。

foam·y ['fomɪ] 形 (**foam·i·er, foam·i·est**) 多泡沫的，由泡沫形成的，起泡沫的；（似）泡沫的。**-i·ly** 副, **-i·ness** 名

fob[1] [fɑb] 名 **1**《古》錶袋。**2**《美》短錶鍊；袋錶。**3**《美》裝在錶鍊端的裝飾品。

fob[2] [fɑb] 動 (**fobbed, ～·bing**) 及《口》欺騙；用騙術詐取《*off* / *out of*...》。
fob... off* / *fob off... (1) 賣，推銷《*on, with*...》。(2) 逃避；搪塞《*with*...》。—名 欺騙，策略。

f.o.b., F.O.B. 《縮寫》〖商〗*f*ree *o*n *b*oard 船上交貨，車上交貨。

'fob 'watch 名 袋錶，懷錶。

fo·cal ['fokl] 形 **1** 焦點的：the ～ plane 焦點平面。**2**〖醫〗病巢的。**～·ly** 副

fo·cal·ize ['fokə,laɪz] 動及 = focus. **-i·'za·tion** 名U 焦點調整，集中焦點；集中。

'focal ˌlength 名U〖光〗（透鏡、望遠鏡的）焦距。

'focal ˌpoint 名 **1**〖光〗焦點。**2** 中心，重點部分。

fo·ci ['fosaɪ] 名 **focus** 的複數形。

fo'c'sle ['foksl] 名 = forecastle.

·fo·cus ['fokəs] 名 (複～**·es, -ci** [-saɪ]) **1**〖物理·數〗焦點；UC〖光〗焦點，對焦：～ 對準焦點，清楚；明確 / out of ～ 離焦點，不清晰。**2** UC（興趣、活動的）中心，焦點。**3**（地震的）震央。**4**〖病〗病巢。—動 (**～ed, ～·ing** 或《英作》**-cussed, ～·sing**) 及 **1** 使集中於焦點，集中《*on*...》。**2** 將（注意力）集中於《*on*...》。—不及 聚集於焦點上；集中意力《*on*...》。

'focus ˌgroup 名 智囊團；顧問小組。

fod·der ['fɑdɚ] 名U **1** 秣，乾草；《諧》食物，素材。**2** 隨時可得的東西，隨時使喚的人。
—動及 餵飼料；給粗飼料。

·foe [fo] 名《文》**1** 仇敵，敵人；敵兵；軍；對手。**2** 反對者，敵對者；有害的西；有害物《*of, to*...》。

foehn, föhn [fen] 名〖氣象〗焚風。

foe·man ['fomən] 名 (複**-men**)《文》人，敵軍。

foe·tal ['fitl] 形《英》= fetal.

foe·tus ['fitəs] 名 (複～**·es**)《英》= fetu

·fog[1] [fɑg] 名UC **1** 霧，濃霧；全面籠著霧等的狀態；塵埃，煙霧，水沫。**2** 惑，混亂；含糊：wrapped in ～ 不知如是好。**3**〖攝〗模糊不清，感光過度。
—動 (**fogged, ～·ging**) 及 **1** 以煙霧籠罩使變模糊。**2**〖攝〗使模糊不清。**3** 使亂；《通常用被動》使困惑。**4**《美俚》而有力地投出。—不及 **1** 被霧包圍住；朦朧《*up*》；變不鮮明。**2**〖攝〗變模糊 **3**《英》發出濃霧警戒信號。

fog[2] [fɑg] 名UC **1** 再生草。**2** 枯草。
—動 (**fogged, ～·ging**) 及 **1** 任…枯草閒置 **2** 讓…吃再生草。

'fog ˌbank 名 霧堤，霧層。

fog·bound ['fɑg,baʊnd] 形〖海〗因濃而無法航行的；爲濃霧所包圍的。

fo·gey ['fogɪ] 名 (複～**s** [-z]) = fogy.

fog·gi·ness ['fɑgɪnɪs] 名U 濃霧的態。

·fog·gy ['fɑgɪ,'fɔgɪ] 形 (**-gi·er, -gi·est**) **1** 霧的，多霧的；如霧般的；不明淨的。混亂的，模糊的：have not the *foggi* (idea) of... 對…一無所知。**3**〖攝〗模的，不清晰的。**-gi·ly** 副

fog·horn ['fɑg,hɔrn] 名 **1** 霧笛。**2** 粗的聲音。

'fog ˌlight 名 霧燈（亦稱 **fog lamp**）。

'fog ˌsignal 名 濃霧信號[警報]。

fo·gy ['fogɪ] 名 (複 **-gies**)《通常作 **old ～**落伍者，守舊者，老古板。

foi·ble ['fɔɪbl] 名 **1** UC 小缺點，弱點 **2** U 刀身中央到尖端的易脆部分。

ie gras [ˌfwɑ'grɑ] [名][U] 鵝肝醬。
il¹ [fɔɪl] [動][及] **1**《常用被動》使失敗；
使受挫《*in...*》: ~ a person *in* his attempt
E某人的企圖無法得逞。**2** 打敗，挫敗；
擊退；阻止，妨礙。**3** 擾亂。
—[名] **1**《古》失敗，挫折；妨礙，阻止；
擊退，拒絕。**2** 野獸的臭跡。
il² [fɔɪl] [名] **1** [U] 金屬的薄片：aluminum
- 鋁箔。**2** [U] 水銀合金箔，裡箔；〖齒〗
箔；下襯用箔。**3** 襯托，做陪襯《*to, for*
》。**4**〖建〗葉形裝飾，花瓣形裝飾。
—[動][及] **1** 貼箔，以箔爲襯底。**2** 使顯眼，
襯托。**3**〖建〗加上葉形的裝飾。
il³ [fɔɪl] [名]〖擊劍〗**1** 鈍頭劍。**2**《~**s**》
鈍頭劍術。
ist [fɔɪst] [動][及] **1** 騙售，強賣，強迫推
銷《*on, upon...*》。**2** 偷偷地寫入；偷偷地
安插《*into...*》。
·late ['fo,let] [形]〖生化〗葉酸的。
—[名] = folic acid.
ld¹ [fold] [動][及] **1** 摺疊《*in, over, togeth-*
-》；摺疊整齊《*down, up*》；摺回去《
ack》；摺疊起來《*away*》: a piece of pa-
er ~*ed* in two 摺成二摺的紙。**2** 交叉起
來，交疊：~ one's hands 雙手交叉；雙手
交疊什麼都不做。**3** 捲，裹《*about, round*
around...》；覆蓋《*up*》；包進《*in,*
to...》。**4** 摺疊（羽翼）。**5** 擁抱：~ a
erson *in* one's arms 擁抱某人。**6**〖烹飪〗
把徐徐地調入《*in, into...*》。**7**《口》結束
營業，倒閉《*up*》。
—[不及] **1** 可摺疊，摺疊《*away, back, down,*
》。**2**〖牌〗把自己的牌面朝下放在桌
上。**3** 中止演出；失敗，倒閉；停止發行
up》。**4** 死，筋疲力盡。**5** 捧腹（而笑）
up / with...》。—[名] **1** 摺疊部分；褶；摺
痕，疊痕；摺疊；摺法。**2** 皺摺；褶子；
凹處，山谷；《~**s**》重疊的起伏。**3**〖地
質〗褶曲。**4** 盤繞；一卷，一團。
ld² [fold] [名] **1** 圍欄。**2**（柵欄中的）羊
群。**3** 教會；《集合名詞》教會成員，信
徒。**4** 持有共同信仰的團體。
old《字尾》表「…重，…倍」之意。
ld·a·way ['foldə,we] [形]《限定用法》
摺疊式的：a ~ table 摺疊式的桌子。
ld·er ['foldɚ] [名] **1** 摺疊者；摺疊器。**2**
卷宗，文件夾。**3** 摺疊式印刷品。**4** 摺紙
刀，剪紙刀。**5**《~**s**》摺疊式眼鏡。
l·de·rol ['fɑldə,rɑl] [名] = falderal.
ld·ing ['foldɪŋ] [形]《限定用法》摺疊
的，摺疊式的：a ~ bed 摺疊床。
lding 'doors [名](複)摺門，百褶門。
lding 'money [名][U]《美口》紙幣。
ld·out ['fold,aut] [名]（雜誌等）插附之
摺頁。
·li·a·ceous [ˌfolɪ'eʃəs] [形] 葉子的；葉
狀的；葉質的；有葉子的；會長葉子的。
·li·age ['folɪɪdʒ] [名][U] **1**《集合名詞》葉
子；樹葉。**2** 葉形裝飾。
·li·aged ['folɪɪdʒd] [形] **1**《常作複合
詞》帶葉子的；有某種葉子的：heavy-*foli-*
aged 樹葉繁茂的。**2** 有葉形裝飾的。

'foliage ˌplant [名] 觀葉植物。
fo·li·ar ['folɪɚ] [形] 葉子（般）的。
fo·li·ate ['folɪɪt] [形] **1** 樹葉覆蓋的，有葉子的；葉狀的。**2**〖建〗葉形飾的。
—['folɪ,et] [動][不及] **1** 長葉子。**2** 裂成葉狀薄片。—[及] **1** 做成葉狀；做成薄片。**2** 加葉形裝飾。**3** 塗箔。**4** 編上頁數。
fo·li·at·ed ['folɪ,etɪd] [形] **1** 做成葉狀的，葉狀的。**2**〖結晶〗葉片狀的。
fo·li·a·tion [ˌfolɪ'eʃən] [名] **1** [U] 發葉，長葉；葉子茂盛的狀態；〖植〗葉序；《集合名詞》葉子。**2** [U]〖印〗編頁數；頁數。**3** [U] [C]〖建〗花面飾；葉形裝飾。**4** [U] 金屬敷箔。
'folic 'acid [名][U]〖生化〗葉酸。
fo·li·o ['folɪ,o] [名](複~**s** [-z]) **1** 對摺，對開；對摺本，對開本。**2** 附有頁數的紙頁。**3**〖印〗頁碼。**4**〖簿〗一頁；帳頁左右同一號碼的兩頁。**5**〖法〗單位字數。—[形] 對摺的，對開本的。—[動][及] 加上頁碼，編上頁數。
fo·li·um ['folɪəm] [名](複**-li·a** [-lɪə]) 葉狀薄層。
·folk [fok] [名] **1**《通常作~**s**，作複數》人們，世人。**2**《與修飾語連用》（特定的）人們：country ~ 鄉下人 / rich ~*s* 有錢人。**3**《~**s**, **one's** ~**s**》《口》家族；親戚，家人；雙親。**4**《古》國民；民族，種族；平民信徒，俗眾；家臣。
just plain folks《口》純樸的人，古道熱腸的人。
—[形] **1** 相傳的，民間的。**2** 民俗的。
'folk ˌart [名] 民間傳統藝術。
folk·craft ['fok,kræft] [名][U][C] 民俗藝術（品）。
'folk ˌdance [名][C][U] 民族舞蹈；土風舞，土風舞曲。
'folk ety'mology [名][U][C] 通俗語源；俗解語源。
folk·lore ['fok,lor] [名][U] **1** 民間傳說，民間信仰，民俗。**2** 民俗學。
folk·lor·ist ['fok,lorɪst] [名] 民俗學者。
'folk ˌmedicine [名][U] 民俗療法。
'folk ˌmusic [名][U] 民俗音樂；民謠。
folk-pop ['fok,pɑp] [名][U][C]，[形] 具有民歌風味的流行音樂（的）。
folk-rock ['fok,rɑk] [名][形] 民謠搖滾音樂（的）。~·**er** [名] 民謠搖滾樂歌手。
folk·say ['fok,se] [名][U] 通俗詞句，俗話。
'folk ˌsinger [名] 民謠歌手，民歌手。
'folk ˌsong [名] 民謠，民歌。
folk·ster ['fokstɚ] [名]《美》民歌手。
folk·sy ['foksɪ] [形] (**-si·er**, **-si·est**) **1** 友善的；隨和的；不拘禮節的。**2** 庶民的；民俗的；民間藝術的。
'folk ˌtale [名] 民間故事，民間傳說。
folk·ways ['fok,wez] [名](複)〖社會〗風尚，民俗。

F

F

fol·li·cle ['falɪkl] 名〖解〗(皮膚上的)毛孔,毛囊。

:**fol·low** ['falo] 動及 1 跟隨,接著;在…之後。2 尾隨,接著;一起去,陪伴,隨從;參加:~ a person about 跟著某人到處轉。3 承認,同意,發誓對…忠誠;遵從,服從;模仿,效法;以…為模範:~ the rules 遵守規則。4 沿著…行走。5 繼之而來;由…而起。6 追蹤;追趕,追求《*up*》:~ (*up*) the criminal 跟蹤犯人。7 從事:~ the law 當律師。8 目送;注視,盯著:~ a plane in flight 注視飛行中的飛機。9 了解;觀察經過《*up*》;聽懂:~ events closely 仔細地了解發生的各件大事 / ~ *up* a clue 追蹤線索。10 發生興趣。—不及 1 接著來,跟隨。2 隨後;隨伴《*on, upon...*》。3 隨侍,伺候;結伴同行;尾隨;《喻》追隨:~ in a person's footsteps 效法某人。4《以 it 當主詞》推斷,當然是《*from...*》。5 理解,聽懂。

as follows 如下。

follow after... (1) ⇨動不及 1, 2. (2) 追求,為了達到…而努力。

follow...home 堅持到底,追求到底。

follow one's nose ⇨NOSE(片語)

follow on (1) ⇨動不及 2. (2) 繼續追蹤,跟隨;更加努力地追求。

follow out (1) ⇨動不及 2. (2) 貫徹到底。

follow suit ⇨SUIT(片語)

follow the hounds ⇨HOUND(片語)

follow through (1) 擊球後使打姿隨勢繼續。(2) 繼續攻擊《*with...*》。(3) 繼續努力到底,追求到底;做完《*with...*》。

follow up (1) ⇨動及 2, 6, 9. (2) 接連不斷地做;乘勢做到底《*with, by...*》。

follow up on... 徹底追求…,追查。

·**fol·low·er** ['faloɚ] 名 1 跟隨在後面的人[物,事]。2 跟隨者;弟子,學徒;信奉者,支持者;隨行人員;僕從,侍者;臣子;部下,黨羽:the king and his ~*s* 國王和他的臣僕們。3 追求者:a ~ of current fashion 時代潮流的追求者。

:**fol·low·ing** ['faloɪŋ] 名 1《集合名詞》隨員;家僕,部下,黨羽;信奉者,崇拜者;讀者;捧場者。2《the ~》下列,下述的人。—形 1 向同一方向動[吹,流]的;順風的;順潮的。2《通常作 the ~》下一次的,連續的;以下所記的,如下所敘的。—介 在…之後,接在…後面;連續地…,…的結果。

'**follow-,on** 形 後續的。—名 後續者;後續動作。

'**follow the 'leader** 名 U《美》模仿首領的遊戲(《英》follow-my-leader)。

fol·low-through ['falo,θru] 名 1 順勢動作。2 實行,完成。

fol·low-up ['falo,ʌp] 名 U C 1 追蹤;追擊;探究,追求;繼續的行動。2 連續推銷傳單;連續推銷術。3〖報章·雜誌〗追蹤報導;補充報導;續篇。4〖醫〗追蹤檢查。—形 接著做的,再度的;再追的。

·**fol·ly** ['falɪ] 名(複**-lies**) 1 U 愚蠢;C 蠢的想法,荒唐事,荒唐行為。2 費用大而無益處的事;華而不實的大建築物 3《**-lies**》豐滿的女演員。

fo·ment [fo'mɛnt] 動及 1 誘導,煽動助長。2 熱敷。~·**er** 名

fo·men·ta·tion [,fomən'teʃən] 名 1 誘導,煽動。2 U 熱敷;C 熱敷劑。

:**fond** [fand] 形 1《敘述用法》愛好,歡;《口》《諷》只會做…的《*of...*》。2 切的,深情的,有愛心的;過於親切的過於嬌寵的:a ~ father 慈愛的父親。3 限定用法》不太可能實現的。4《限定法》《主方》愚蠢的,糊塗的;《古》盲的,輕信的。

fon·dant ['fandənt] 名 C U 軟糖(料)

fon·dle ['fandḷ] 動及 撫摸;愛撫:~ baby 愛撫嬰兒。—不及 示愛;調情 together, with...》。-**dler** 名

fond·ling ['fandlɪŋ] 名 撫愛的對象;兒;寵物。

fond·ly ['fandlɪ] 副 1 親愛地,慈愛地親切地。2 輕率相信地,一廂情願地。

fond·ness ['fandnɪs] 名 1 U 喜愛;愛,愛戀;溺愛。2《通常作 a ~》喜好嗜好,非常喜愛《*for...*》:a ~ *for* ice cream 對冰淇淋的喜好。

fon·du(e) [fan'dju] 名(複~s [-z]) U C 烹飪〗1 (1) 奶酪濃汁。(2) 用奶酪濃汁作的菜肴。2 蛋白酥。—形 融化的。

font[1] [fant] 名 1〖教會〗(1) 洗禮盆。(2) 水盤。2 油壺。3《古》〖詩〗泉水。

font[2] [fant] 名 1〖印〗一套相同型號的字。2〖電腦〗字體,字型。

font·al ['fantḷ] 形 1 泉水的;起源的,源的。2 洗禮盆的;洗禮的。

:**food** [fud] 名 1 U 食物,糧食:a staple 主食。2 U C 固體食物,食品;營養品:~ and drink 飲食品 / processed ~*s* 工食品。3 U 養料,肥料,綜合肥料;料,營養物:plant ~ 植物用綜合肥料。U 精神食糧;材料,資料《*for...*》: *for* reflection 反省的材料。

be food for fishes 葬身魚腹,淹死。

be food for worms 死亡。

food for thought 值得深思的事。

'**food ,additive** 名 食品添加物。

'**food ,chain** 名 1〖生態〗食物鏈。2 鎖食品店。

'**food ,coupon** 名《美》糧票,食品券

'**food ,court** 名(購物中心的)美食區。

'**food ,cycle** 名〖生態〗= food web.

food·ie ['fudɪ] 名《口》美食家;喜好己下廚或到處品評美食的人。

food·less ['fudlɪs] 形 1 沒有食物的:go 未進食,挨餓。2 不毛之地的:~ tracts 毛之地。3 沒有營養的。

ood 'poisoning 图Ⓤ 食物中毒。
ood ˌprocessing 图Ⓤ 食品加工。
ood ˌprocessor 图 食物處理機。
ood ˌpyramid 图〖生態〗食物金字塔。
ood ˌscience 图 食品（科）學。
ood ˌstamp 图《美》糧票。
ood·stuff ['fud,stʌf] 图《常作 ～s》糧食，食材：staple ～*s* 主要食糧。
ood ˌweb 图〖生態〗食物環。
ol[1] [ful] 图 **1** 沒有判斷力的人，蠢人，傻子：a downright ～ 大笨蛋 / There's no ～ like an old ～.《諺》老傻瓜是無可救藥的。**2** 小丑，弄臣。**3** 被愚弄的人：a ～ of fate 被命運捉弄的人。**4** 狂熱者，不克自制的人《*for*...》：a ～ *for* wine 嗜酒的人。
be a fool for one's pains 徒勞無功。
be a fool to...《古》不能和…相比，和…比起來有如小巫見大巫。
be a fool to oneself《英俚》吃力不討好，好心未得好報。
be nobody's fool 不會被人欺騙，很聰明，精明。
make a fool of... 愚弄，使出醜。
make a fool of oneself 鬧笑話，出醜。
play the fool (1) 扮丑角，裝瘋賣傻。(2) 做傻事；出漏子。
play the fool with... 裝瘋賣傻，欺騙；玩弄；使失敗，破壞。
suffer fools gladly《通常用否定》對蠢人很有耐心。
—形《限定用法》《口》糊塗的。
—動及 **1** 愚弄。**2** 欺騙《*into* doing》；詐取《*out of*...》。—不及 **1** 扮丑角；裝瘋賣傻；幹傻事玩。**2** 開玩笑；鬧著玩。**3** 玩弄，不認真地對待《*with*...》。
fool along《美》優哉地漫步行進。
fool around (1) 鬼混，無所事事；浪費時間。(2) 玩弄，亂搞，胡搞男女關係《*with*...》。(3) 做無聊的舉動。
fool away 虛擲，浪費。
ol[2] [ful] 图ⓊⒸ〖英烹飪〗奶油果泥。
ol·er·y ['fulərɪ] 图(複**-er·ies**)Ⓤ 愚蠢，謬；Ⓒ 愚蠢的行為。
ol·har·dy ['fulˌhardɪ] 形 (**-di·er, -di·est**) 莽撞的，魯莽的；有勇無謀的，一味蠻幹的。
-di·ly 副, **-di·ness** 图
ol·ish ['fulɪʃ] 形 (偶用～·er, ～·est) **1** 缺乏判斷力的，愚蠢的。**2** 荒謬的，不可理喻的；非常無聊的；微不足道的。
ol·ish·ly ['fulɪʃlɪ] 副愚蠢地；無聊地。
ol·ish·ness ['fulɪʃnɪs] 图Ⓤ 愚蠢；愚行。
ol·proof ['fulˌpruf] 形 連傻瓜也會做的，極簡單的；安全無比的，絕不會出差錯的：a ～ plan 萬無一失的計畫。
ols·cap ['fulzˌkæp] 图 **1** Ⓤ 大頁書寫紙；印書紙（略作：cap, fcp.）。**2** = fool's cap

'fool's ˌcap 图 **1** 小丑帽。**2** = dunce cap.
'fool's 'errand 图 徒勞無功的工作：send a person on a ～ 使某人作無謂的奔走，派某人去做毫無意義的工作。
'fool's 'gold 图Ⓤ 黃鐵礦，黃銅礦。
'fool's 'paradise 图 愚人的天堂，虛幻的幸福感：be in a ～ 處於虛幻的幸福感之中。
:foot [fʊt] 图(複**feet** [fit]) **1** 足；腳；觸腳：drag one's *feet* 曳足而行。**2** 呎，英尺。**3** Ⓤ《集合名詞·作複數》〖英史〗步兵。**4** Ⓤ步行；腳步，步調：walk with light ～ 腳步輕盈地走路。**5** 類似足部之物；末端部分，尾部臺座的基腳；臺架腳；足部：at the ～ of the table 在桌腳處。**6** 支承物，底座；《通常作 **the** ～》最下面的部分，底部；麓，山腳：at *the* ～ of the stairs 在階梯底部。**7** 最後一個，末尾；寫在欄底部的東西，總計；《通常作 **the** ～》尾，末端；最下位，末席。**8**〖印〗(鉛字的）腳。**9**〖詩〗韻腳。**10** (複～**s**)《通常作～**s**，作單、複數》沉澱物，渣滓；粗糖。
at a person's feet (1) 在某人的腳下。(2) 拜倒在某人腳下；被某人征服；受某人控制。(3) 在某人門下受教。
at foot 在旁邊；(小馬）跟在母馬旁邊。
carry a person off his feet (1) 吹倒。(2) 使（人）大受震撼；使狂熱。
catch a person on the wrong foot 使（人）措手不及。
die on one's feet 瓦解，失敗。
fall on one's feet 化險為夷，安然度過危險；幸運，運氣好。
feet first《謔》死了。
feet of clay 脆弱的基礎；重大弱點，性格上的弱點；基本缺陷。
find one's feet (1) 開始站立行走。(2) 站穩腳步；能夠立足，習慣於《*in, at*...》。(3) 發揮能力；能獨立行動，能自立。
find the length of a person's foot 了解某人的弱點。
gain one's feet 站起來；可以走動。
get a foot in (the door of)...《口》有機會進入[加入，擠進]。
get one's feet wet 開始嘗試，開始參與。
get cold feet ⇨ COLD FEET
get off on the right foot 有一個好的開始。
have a foot in both camps 同時加入兩個敵對的陣營；腳踏兩條船。
have one's feet on the ground 腳踏實地，很實際。
have one's feet under one 堅守立場，堅持自己的意見。
have one foot in the grave ⇨ GRAVE[1]
keep one's feet (1) 站住腳，站穩。(2) 行動小心，慎重行事；順利，成功。
measure a person's foot by one's own last 以自己的標準去衡量某人，以己度人。
miss one's foot (1) 踏空，踩錯。(2) 失足。
(...) my foot《口》《強烈反對對方的言

F

詞》去你的！胡說！才怪！
off one's feet 無法動彈的，無法站得住的；躺著或坐著的；跌倒的。
on one's feet (1) ⇨图1. (2) 站著；走路；《喻》站起來；獨立，自立。(3) 復原，能夠恢復工作。(4) 未經準備地，即席。
on foot (1) 徒步，步行。(2) 活動，在進行中。(3)《美口》活的。
on the right foot 處於有利地位。
put a foot wrong《否定》做錯事。
put one's best foot forward (1)《美》盡可能給人好印象。(2)《英》用最快的速度走，全速行進；盡速進行；全力以赴。
put one's foot down 立定腳跟；採取斷然的態度，堅持立場；堅決反對。
put one's foot in (to) it / put one's foot in one's mouth《口》(1) 陷於窘境。(2) 犯下難堪的錯誤；做錯事；失言，說錯話。
put one's foot up 翹起腿來休息。
put [set] a person on his feet 使重新站起來；使東山再起；使恢復健康。
put one's worst foot forward 出醜。
set foot on... 踏進；造訪。
set one's foot on the neck of... 踩住…的脖子，完全征服…。
sit at a person's feet / sit at the feet of a person 在某人門下受教。
stand on one's own (two) feet 自食其力，自立；獨立自主。
take to one's feet 走路，步行。
trample under foot 把…踩在腳底下，蹂踏；蹂躪，虐待；嚴厲統治。
under a person's feet (1) 屈服於某人，仰人鼻息；在某人掌握中，完全聽某人操縱。(2) 阻礙某人。
under foot (1) 在腳底下；地面上。(2) 在掌握中，完全受其操縱。(3) 礙手礙腳。
with both feet 用力地，重重地；堅決地，斷然地；全然，徹底。
—動 不及 **1**《常與 **it** 連用》走路，步行；跑步；合著拍子移動兩腳；跳舞。**2** 行駛，前進；行經（某距離）。—及 **1** 走在…上；《喻》通過，越過。**2** 換底，加上底部。**3**《口》付；結算。**4** 用爪抓住。**5**《通常為反身或被動》《古》使安頓下來。
foot up 合計，總計，共達《*to...*》。

foot·age ['fʊtɪdʒ] 图 U C **1** 呎數，長度；體積，板呎數。**2**（電影影片等的）呎數，長度。

'foot-and-'mouth di͵sease 图 U 口蹄疫（亦稱 **hoof-and-mouth disease**）。

:foot·ball ['fʊt͵bɔl] 图 **1** U 美式足球。**2**《英》橄欖球；足球。**3** 足球所用的球。**4** 像皮球般被踢來踢去的人。

foot·ball·er ['fʊt͵bɔlɚ] 图 足球球員，橄欖球球員。

'football ͵pools 图 (複)《**the** ～》《英》足球賭博（亦稱 **pools**）。

foot·bath ['fʊt͵bæθ] 图 (複～**s** [-ðz]) 洗腳；洗腳盆。

foot·board ['fʊt͵bɔrd] 图 **1** 踏腳板；板；上下車用踏板。**2** 床尾的豎板。

foot·bridge ['fʊt͵brɪdʒ] 图 人行陸橋。

foot-can·dle ['fʊt'kændl] 图 U〖光〗燭光。略作：FC

foot-drag·ging ['fʊt͵drægɪŋ] 图 U《俚》慢條斯理，磨蹭。**-͵drag·ger** 图 拖拉拉的人。

foot·ed ['fʊtɪd] 形《常作複合詞》有的；有…隻腳的；有…樣的腳的；腳步的：a fleet-*footed* lass 腳步輕捷的少女

foot·er ['fʊtɚ] 图 **1** 頁面底部文字。**2** 和數詞連用的複合詞》身高…呎的人；…呎之物：a six-*footer* 高六呎的人。**3** 英口》= football 2.

foot·fall ['fʊt͵fɔl] 图 腳步聲。

'foot ͵fault 图〖網球〗發球犯規，腳犯規。

'foot-͵fault 動 不及〖網球〗發球犯規

foot·gear ['fʊt͵gɪr] 图 U《集合名詞》襪。

'Foot ͵Guards 图 (複)《**the** ～》《英禁衛兵連隊。

foot·hill ['fʊt͵hɪl] 图《通常作～**s**》山小丘，丘陵地帶。

foot·hold ['fʊt͵hold] 图 **1** 立足點，立處。**2** 立足點，穩固的地位；據點。

foot·ing ['fʊtɪŋ] 图 **1** 鞏固的地位，立地；基礎。**2** 立足點；場地情況。**3** U 的動作，腳步。**4**〖建·土木〗(1) 基腳，腳：～ piece 底板。(2) 加大的底部。**5**《用單數》地位，資格：on an equal ～ wit 和…同等資格。**6**《僅用單數》《與修飾連用》關係，交情。**7** 進入，加入，學；入會費：gain a ～ in the acader world 進入了學術界。**8** 體制，編制 U 加上足部；加在其他部分上作為足部物；足部材料。**10** 合計；總額。

foot-in-mouth ['fʊtɪn'maʊθ] 形 失的，言詞失當的；口不擇言的。

foot·le ['futl] 動 不及 做傻事，說傻話瞎混，浪費時間《*about, around*》。—因愚蠢的言行而錯過；虛擲《*away*》。图 U 愚蠢；蠢話，胡言亂語；愚行。

foot·less ['fʊtlɪs] 形 **1** 沒有腳的。**2** 沒基礎的；無實質的；《口》笨拙的；無的，無效的。～**·ly** 副, ～**·ness** 图

foot·lights ['fʊt͵laɪts] 图 **1**〖劇〗（舞前端的）腳燈：appear before the ～*s* 登 / behind the ～*s* 在觀眾席上。**2**《**the** 舞臺；演員行業。

foot·ling ['futlɪŋ] 形《口》愚蠢的；無的，無價值的。

foot-loose ['fʊt͵lus] 形 喜歡到處跑來去的；自由自在的，無拘無束的：～ fancy-free 自由自在，無牽無掛。

foot·man ['fʊtmən] 图 (複-**men**) **1** 男僕從。**2** 火爐前烘物的金屬架。**3**《古》兵。**4**《俚》對腳有特殊興趣的人。

ot·mark ['fut,mark] 名足跡，腳印。
ot·note ['fut,not] 名註腳。略作：fn.
—動及 加上註腳。
ot·pace ['fut,pes] 名 1 慢步，平常的步行速度。2 樓梯梯臺。
ot·pad ['fut,pæd] 名1 足墊。2〖史〗路上搶劫的強盜，攔路強盜。
ot·path ['fut,pæθ, -,pɑθ] 名 (複～s [-,æðz,-,pæθs]) 1 小道，小徑。2《英》人行道。
ot-pound ['fut'paund] 名〖理〗呎磅。
ot·print ['fut,prɪnt] 名 1 腳印，足跡。預定降落地區；受到某種力量影響的區域；能接收到通訊衛星訊號的區域。
ot ,pump 名腳踏式空氣打氣筒。
ot·race ['fut,res] 名競走；賽跑。
ot·rest ['fut,rɛst] 名擱腳板；腳凳。
ot ,rot 名 U 1〖獸病理〗腐腳病。2 植病理〗腐莖病。
ot·scrap·er ['fut,skrepɚ] 名刮泥棒。
ot·sie ['futsɪ] 名《偶作～s》《口》調情；親暱舉動；親密關係。
lay footsie with... (1) 調情。(2) 向…示好，巴結；與…建立親密關係。
ot·slog ['fut,slɑg] 動 **(-slogged, -slogging)** 不及 長途跋涉；艱苦地徒步行進。
～**ger** 名 步兵；《英俚》步行者。
ot ,soldier 名步兵。
ot·sore ['fut,sor] 形走得腳痛的，腳酸的。
ot·step ['fut,stɛp] 名 1 步伐，腳步；腳步聲；步幅；足跡。2 階梯，臺階。
ollow in a person's footsteps 踩著某人的腳印前進；步某人的後塵，繼承某人的志願；效法某人。
ot·stool ['fut,stul] 名擱腳凳。
ot·way ['fut,we] 名 小徑；《英》人行道。
ot·wear ['fut,wɛr] 名 U《集合名詞》鞋類：the ～ industry 製鞋工業。
ot·well ['fut,wɛl] 名擱腳處。
ot·work ['fut,wɝk] 名 U 1〖運動〗步法腳功。2 巧妙的處理，策略，手腕。3 跑腿工作；實地採訪。
ot·worn ['fut,worn] 形 1 被腳踏壞了的。2 = footsore.
o·zle ['fuzl] 動及 不及 搞砸；笨擊。
—名 1 笨拙的行爲；愚蠢的錯誤，笨拙的一擊。2 老朽，老頑固。
p [fɑp] 名紈袴子弟，花花公子。
p·per·y ['fɑpərɪ] 名 (複**-per·ies**) U C 時髦；紈袴習氣；華麗的衣飾。2 愚蠢行爲）。
p·pish ['fɑpɪʃ] 形有紈袴子弟習氣的，傲的，時髦的。
r [fɚ,《強》fɔr] 介 1《表目的》(1)《與動詞衍生出的名詞連用》爲了…的緣故：～ a swim in... 到…去游泳。2《表用途、適用性》作…之用；合於…的目的，適合於：movies ～ adults 給成人看的電影。3《表尋求、希望、期待》爲了獲得；求取: a claim ～ damages 損害賠償的要求。4《表才能、喜好、感情的對象》對於：have an eye ～ art 有藝術眼光 / have affection ～ one's children 疼愛子女。5《表報酬、交換》以…作爲回報: (an) eye ～ (an) eye 以眼還眼，以牙還牙。6《表關聯》關於，就…而論：～ my part 至於我。7《表距離》經過，計：walk (～) ten miles 走十哩路。8《表時間》在…期間：stay there (～) three weeks 在那裡停留三個星期。9《表贊成、支持》贊成，支持：die ～ democracy 爲民主捐軀。10《表代理、代用、代表》代替，交換；代表；象徵：use a chair ～ a footstool 用椅子代替腳凳 / make a phone call ～ a person 替某人打一通電話。11《表利益、恩惠、敬意》爲了；紀念，表敬意：give a dinner ～ a person 爲某人舉行晚宴。12《表方向、目的地》向，往，到：start ～ Boston 前往波士頓。13《表指定》:an appointment ～ tomorrow at two o'clock 明天下午兩點的約會。14《置於表理由、根據等字之後》關於：his reason ～ going 他外出的理由。15《表影響、效能》對：be good ～ one's health 對健康有益。16《表比較、比例》《偶與 **too, enough** 等連用》就…來說，鑑於：too sad ～ words 無法用言語形容的悲傷。17《表特性、歸屬》《與 **know, take** 等連用》當作：pass ～ a specialist 被視爲專家 / *take* it ～ granted that... 認爲…是理所當然的事。18《表理由、原因、動機、結果》由於，因爲；由於…的結果：～ fear of... 因恐…。19《通常與 **all** 連用》儘管，雖然，縱使。20《美》來自，由…。21《表準備》以備：～ a rainy day 以備遇上困難時救急之用；未雨綢繆。22 是…。
be (in) for it ⇨IN副（片語）
for all one cares... 與…何干，毫不在意。
for all one knows 或許，大概，就…所知。
for all me《通常置於句首》對我而言。
for one ⇨ ONE名（片語）
for one thing... for another ⇨ THING[1]
if it had not been for... /《文》*had it not been for...*《與過去事實相反的假設》倘若沒有…的話。
if it were not for... /《文》*were it not for...*《與現在事實相反的假設》倘若沒有…的話。
Now for it! 是時候了！動手！
Oh, for... 啊，但願…該多好啊！
There is... for you.《口》那實在是，這可真是，這就是。
—連 1《主文》《前面加逗點、引號、分號》理由是，因爲。2《導出獨立的句子》因爲。

for-《字首》表「離開的」、「除外的」、「完全的」之意。

F

for. 《縮寫》*for*eign; *for*ester; *for*estry.

F.O.R., f.o.r. 《縮寫》〖商〗*f*ree *o*n *r*ail 火車上交貨（價）。

fo·ra ['forə] 名 **forum** 的複數形。

for·age ['fɔrɪdʒ] 名 **1** U 飼料，飼草；馬糧。**2** U C 飼料收集，馬糧徵集；搜尋食糧。**3** U C 劫掠。—動 不及 到處尋找《*for...*》；徵集糧草；到處搜尋，亂翻亂找《*about*》；劫掠。—及 **1** 覓食，搜尋食糧；徵收糧草；掠奪；尋獲。**2** 供給飼料。**-ag·er** 名 糧秣徵收員；掠奪者。

for·as·much as [ˌfɔrəz'mʌtʃəs] 連《古》〖法〗由於，因為。

F

for·ay ['fɔre] 名 **1** 掠奪；襲擊。**2** 初次嘗試《*into...*》: a successful ~ *into* politics 成功的涉足政壇。—動 不及 突襲，劫掠《*into...*》。—及 劫掠。

for·ay·er ['fɔ,reə] 名 劫掠者，侵略者。

·for·bade, -bad [fə'bæd] 動 **forbid** 的過去式。

·for·bear¹ [fɔr'bɛr] 動 (**-bore, -borne, ~·ing**) 及 **1** 克制，避免。**2** 抑制。**3**《古》忍耐，容忍。—不及 **1** 自我克制，避免《*from* doing》。**2** 忍耐，容忍。

·for·bear² ['fɔr,bɛr] 名 = forebear.

for·bear·ance [fɔr'bɛrəns] 名 U **1** 自制，克制；忍耐；容忍，寬容: ~ from the use of tobacco 戒煙。**2**〖法〗不行使權利，不作為。**3** 債務償還期的延展。

for·bear·ing [fɔr'bɛrɪŋ] 形 **1** 善於忍耐的，能夠忍耐的。**2** 寬容的。**~·ly** 副

·for·bid [fə'bɪd] 動 (**-bade** 或 **-bad, ~·den** 或 **-bid, ~·ding**) 及 **1** 禁止；不許: ~ him to participate 不許他參加那個活動 / ~ that the wine bottle should be opened 不准打開那瓶酒。**2** 構成阻礙，使成為不可能；阻止，妨礙。**3** 不接納，不准許。

***God* [*Heaven*] *forbid*!** 但願不會這樣！絕不要發生這樣的事！

·for·bid·den [fə'bɪdn̩] 動 **forbid** 的過去分詞。—形 被禁止的: ~ ground 禁地；禁忌的話題，避諱的事情。

For'bidden 'City 名《the ~》(北京的）紫禁城。

for'bidden de'gree 名〖法〗禁婚親等：禁止通婚的親等。

for'bidden 'fruit 名 U C **1** 禁果。**2** 因被禁止而格外具有誘惑力的事物；不道德的享樂。

for·bid·ding [fə'bɪdɪŋ] 形 **1** 陰沉的，嚴峻的；可怕的，令人生畏的；非常不友善的，充滿敵意的；使人感到不祥的。**2** 險惡的，難以接近的。**~·ly** 副

for·bore [fɔr'bor] 動 forbear 的過去式。

for·borne [fɔr'born] 動 forbear 的過去分詞。

:force [fors, fɔrs] 名 **1** U 力量；能: the ~ of a kick 蹴力。**2** U C 影響力，支配力；說服力；表達力，傳神；有影響力的人[物]: (the) ~ of circumstances 環境的影響力。**3** U 體力，膂力；力氣；暴力，武力；精神力量；精力；氣魄: with all one's ~ 竭盡全力，不遺餘力 / resort to ~ 訴諸暴力。**4** U〖法〗暴力: by ~ and arms 憑藉暴力。**5** 軍事力量，兵力；《常作 ~s》勢力，有勢力者: the main ~*s* in the political arena 政壇的主要勢力。**6**《常作 ~s》軍隊，部隊，艦隊。**7**《集合名詞》集團，整體，全體人員；《the ~》警察。the labor ~ of a country 一國的勞動力。**8** U〖理〗力，勢能；力的強度: magnetic ~ 磁力 / the ~ of gravity 重力。**9** U 效力，實施: put a law into ~ 實施法律。**10** 意義，要點。

by* (*main*) *force 以強迫手段；憑力氣；以暴力。

by* (*the*) *force of... 以…的力量，憑藉。

in full force 用全力；全開放。

in force (1) ⇨名 1. (2) ⇨名 9. (3) 大批地，大舉，大規模地。

join forces 聯合，合作《*with...*》。

—動 (**forced, forc·ing**) 及 **1** 逼迫；迫使《*into, to..., into* doing》；《被動》使不得不。**2** 強使…；強行擠出；強使…通過《*through...*》；強行使…進入，硬塞入《*into...*》。**3** 竭力達成，勉強作出。**4** 強行施加；強迫《*on, upon...*》；用強迫的手段取得《*from, out of...*》；用強暴手段拚命驅使。**5** 強行打開，撬開《偶用 *in*》；攻占；強行進入。**6** 促使加速生長。**7** 行使暴力；強姦。**8**〖棒球〗(1) 封殺出局《*out*》。(2) 在滿壘的情況下以四壞球保送對方得分《*in*》；擠回本壘。**9**〖牌〗逼使亮出王牌；逼出。

force back (1) 迫使後退。(2) 壓抑。

force down 迫使下降；迫降；壓抑。

force off 迫使離去。

force a person's pace 促使（某人）加快腳步；催促（某人）行事。

force one's pace 加快腳步；倉促行事。

force the pace 加快腳步；（賽跑時）為使對手疲勞而加速快跑。

force up 使上升；使上揚。

forced [forst] 形《限定用法》**1** 強制的，強迫施行的，被迫的；勉強的；硬裝出來的，做作的；牽強附會的: a ~ march〖軍〗強行軍 / ~ bravery 裝出來的勇敢。**2** 強迫的；壓力的。**3** 緊急的。

forc·ed·ly [-sɪdlɪ] 副 強迫地；勉強地。

'forced 'landing 名 U 迫降。

force-feed ['fors'fid] 動 (**-fed, ~·ing**) 及 **1** 強迫餵食。**2** 強迫灌輸，強迫接受。

force·ful ['forsfəl] 形 **1** 堅強的，有力的；有說服力的，給人深刻印象的。**2** 強而有力的: a ~ stroke 強而有力的一擊。**~·ly** 副, **~·ness** 名

force-land ['fors,lænd] 動 不及 迫降。

force·less ['forslɪs] 形 無力的，軟弱的。

force ma·jeure [ˌfors mæ'ʒɝ] 名 U **1**〖法〗不可抗力。**2** 優勢力量。

rce·meat ['fors,mit, 'fɑrs-] 名 Ⓤ〖烹
〗調好味的魚或肉。
rce-out ['fors,aut] 名〖棒球〗封殺。
rce ˌplay 名〖棒球〗封殺。
r·ceps ['fɔrsəps] 名 (複～) 鉗子，鑷
。
rce ˌpump 名壓力泵，壓力唧筒。
rc·er ['forsɚ] 名 **1** 強制者，強迫的人。
促使果樹加速生長的人；被施以促熟栽
的植物。**3** 壓用唧筒的活塞。
r·ci·ble ['forsəbl] 形 **1** 強迫的；用暴力
：～ rape 強姦。**2** 強有力的；有效的；
說服力的。
r·ci·bly ['forsəblɪ] 副 有勁兒地，強制
；強有力地，猛烈地。
rc·ing ['forsɪŋ] 名 Ⓤ 強制，暴行；促
。
rd [ford] 名 淺灘，渡口。—動 及 涉淺
而過。～**·a·ble** 形
rd [ford] 名 **1 Gerald Rudolph,** 福特（
13–2006）：美國第 38 任總統（1974
77）。**2 Henry,** 福特（1863–1947）：美
汽車製造者。**3** 福特汽車。
r·done [fɔr'dʌn] 形《古》筋疲力盡
。
re [for, fɔr] 形《通常作 **the** ～》《限定用
》**1** 在前的；前部的；第一位[等]的；
古》先前的，早先的。**2**〖海〗前檣的；
首的。—副 **1**〖海〗船首地。**2**《古》從
。**3**《方》前方的。—名《通常作 **the**
》前部；〖海〗前檣。
the fore (1) 在顯著地位。(2) 成爲焦點。
在手邊，馬上到手；隨手可用。(4) 活
。
介連《方》在…之前；對著…的面前。
re-《字首》表示時間、空間、地位等
在…前」、「先」、「前」之意。
re-and-aft ['forənd'æft] 形〖海〗從
首到船尾的，和船身平行的。
副 從船首到船尾地，縱向地。
e·arm¹ ['for,ɑrm] 名 前臂。
e·arm² [for'ɑrm] 動及《通常用被動》
先武裝，警備。
(e)·bear ['for,bɛr] 名《通常作～**s**》《
》祖先；祖宗。
e·bode [for'bod] 動及 **1** 預示；成爲
兆。**2** 預感，預知。—不及 **1** 預言。**2** 有
感，預示。**-bod·er** 名 預言者；有所先
。
e·bod·ing [for'bodɪŋ] 名 Ⓤ Ⓒ **1** 預
，預報；前兆。**2** 預感，預知《*that*
句》。
形 有所預感的，惡兆的。
e·brain ['for,bren] 名〖解〗前腦。
e·cast ['for,kæst] 動 (**-cast** 或 ～**·ed,**
ing) 及 **1** 預料，預測；預報。**2** 成爲前
。**3** 預先計畫，預先準備。—名 **1** 預
，預料；預報。**2**《罕》做預測；預知
；《古》先見之明，未卜先知。
e·cast·er ['for,kæstɚ] 名 預測者；天
氣預報者。

fore·cas·tle ['foksl, 'for,kæsl] 名〖海〗**1** 船首樓。**2** 水手艙。**3** 上甲板的前段。
fore·close [for'kloz] 動 及 **1**〖法〗取消對抵押品的贖回權；取消贖回的權利，流當。**2** 排除，排斥；防止，阻止《*from* ...》。**3** 事先解決。—不及 取消贖回權《*on...*》。
fore·clo·sure [for'kloʒɚ] 名ⓊⒸ〖法〗取消抵押品贖取權。
fore·course ['for,kors] 名〖海〗前帆。
fore·court ['for,kort] 名 **1** 前院，前庭。**2**〖網球〗球場靠近網的前半部。
fore·deck ['for,dɛk] 名〖海〗前甲板。
fore·doom [for'dum] 動及《被動》事先注定《*to...*》: efforts ～*ed to* failure 注定要失敗的努力。—['-,-] 名Ⓤ《古》命運。
·fore·fa·ther ['for,fɑðɚ] 名《通常作～**s**》《文》祖先，祖宗。
'Forefathers' ˌDay 名《美》清教徒登陸美洲紀念日。
fore·fin·ger ['for,fɪŋgɚ] 名 食指。
fore·foot ['for,fut] 名 (複 **-feet**) **1**〖動〗前腳，前肢。**2**〖海〗龍骨的前端。
fore·front ['for,frʌnt] 名《通常作 **the** ～》最前部；最重要的位置，中心。
fore·gath·er [for'gæðɚ] 動 不及 = forgather.
fore·gift ['for,gɪft] 名《英》預付的租金，權利金；押租，押金。
fore·go¹ [for'go] 動 (**-went, -gone,** ～**·ing**) 及不及 先行，居於…之前。
fore·go² [for'go] 動及 = forgo.
fore·go·er [for'goɚ] 名 **1** 居先之人[物]；先驅；先例。**2** 先人，前輩；祖先。
fore·go·ing [for'goɪŋ] 形《通常作 **the** ～》先行的，前面的；前述的，上述的：from *the* ～ examples 由前述例子來看。
fore·gone [for'gɔn, 'forgɔn] 形 先前的，過去的。～**·ness** 名
'foregone con'clusion 名 必然的結局；事前可預知的結果；無可避免之事。
fore·ground ['for,graund] 名《通常作 **the** ～》**1** 前景。**2** 最前面，最引人注意的位置：be in *the* ～ 在最前面；在最引人注意的地位。
fore·hand ['for,hænd] 形 **1**（網球等）正擊的。**2** 前部的；最前面的。**3** 預先做的；預付的。—名 **1**（網球等的）正手擊球。**2** 馬的前半身。—副 正手地。
fore·hand·ed ['for,hændɪd] 形 **1** = forehand 形 1. **2** 能隨機應變的。**3**《美》對將來有準備的，節儉的；富裕的。～**·ly** 副，～**·ness** 名
:fore·head ['fɑrɪd, 'fɔr-；《偶念》'for,hɛd] 名 **1** 前額，額頭。**2** 前部，前面。
:for·eign ['fɔrɪn] 形 **1** 外國的，從外國來的，外國產的；在外國的；外地的；從別處來的：～ capital 外資 / a ～ correspondent 駐外記者。**2** 對外關係的，外交的：～ pol-

F

icy 外交政策。3〖法〗屬於外國法律管轄的；《美》州法適用地區以外的。4 來自別人的；取自別物的。5 外來的：a ~ body 異物。6 無關係的；不適宜的；看不慣的；不熟悉的《 to... 》。7《複合詞》外國的：*foreign*-made 外國製的。~·ly 副，~·ness 名

'foreign af'fairs 名(複) 外交事務。

'foreign 'aid 名U 外援。

for·eign-born ['fɑrɪn,bɔrn] 形 生於國外的。

:**for·eign·er** ['fɔrɪnɚ] 名 1 外國人，外地人。2 外國貨，舶來品。3《口》外人。

F

'foreign ex'change 名U 外匯。

for·eign·ism ['fɑrɪn,ɪzəm] 名U 外國習俗；外國語法；外國風格；模仿外國。

'foreign 'legion 名 外籍兵團。

'foreign 'minister 名《通常作 F- M-》外交部長。

'Foreign 'Office 名《the ~》《英》外交部。

'Foreign 'Secretary 名《the ~》《英》外交大臣，外相。

fore·judge [for'dʒʌdʒ] 動及 未明事實便下判斷；臆斷。

fore·know [for'no, fɔr-] 動 (-knew, -known, ~·ing) 及 預知。~·er 名

fore·knowl·edge [,for'nɑlɪdʒ] 名U 預知，先見之明。

fore·la·dy ['for,ledɪ] 名 (複 -dies) = forewoman.

fore·land ['forlənd, 'fɔr-] 名 1 岬，海角。2 沿海地區。3 堤外。

fore·leg ['for,lɛg] 名（四腳動物的）前肢，前腿。

fore·limb ['for,lɪm] 名 前肢，前腳。

fore·lock ['for,lɑk] 名 額髮，額毛。

take time by the forelock 把握時機。

fore·man ['formən] 名 (複 -men) 1 監工，領班：a construction ~ 建築工地的工頭。2 陪審長，陪審團主席。

fore·mast ['fɔr,mæst] 名〖海〗前桅。

·**fore·most** ['for,most] 形 1 最先的，最前的。2《通常作 the ~》最重要的，主要的。—副 最先地，占第一地：first and ~ 首先，第一。

fore·name ['for,nem] 名 名，教名。

fore·named ['for,nemd] 形 上述的。

fore·noon [for'nun] 名〖海·法〗《古》1 上午。2 午前。—形 上午的。

fo·ren·sic [fə'rɛnsɪk, fo-] 形 1 法庭的；供法庭用的，屬於法庭的：~ medicine 法醫學。2 適於公開辯論的，討論的；修辭的。

fo·ren·sics [fə'rɛnsɪks] 名《作複數》1 辯論術，討論法。2 法醫學。

fore·or·dain [,forɔr'den] 動及 1 預定。2 注定做《 to..., to do 》；注定會《 that 子句 》。

fore·or·di·na·tion [,forɔrdə'neʃən] 名U 天命；注定的命運，宿命；預先任命

fore·part ['for,pɑrt] 名 前部；初期。

fore·paw ['for,pɔ] 名（狗、貓等的）足。

fore·play ['for,ple] 名U 前戲，性愛奏。

fore·reach [for'ritʃ] 動 不及 1 追過，越《 on, upon... 》。2 繼續前進。—及過，超越。

fore·run [for'rʌn] 動 (-ran, -run, ~ng) 及 1 走在…之前，爲…的先驅；爲的前兆；預期，預示。2《古》預先制止

fore·run·ner [for'rʌnɚ] 名 1 祖先，人。2 徵候，前兆；先鋒，先驅；〖雪〗試滑者。3《the F-》施洗者約翰

fore·said ['for,sɛd] 形 前述的，上述的

fore·sail ['for,sel] 名〖海〗前桅帆。

·**fore·see** [for'si] 動 (-saw, -seen, ~·ing 預感，預見。—不及 有先見之明。

fore·see·a·ble [for'siəbl] 形 可預知的 in the ~ future 在可預見的將來。

fore·shad·ow [for'ʃædo] 動及 1 預示預兆。2 構成伏筆。~·ing 名 伏筆。

fore·shore ['for,ʃor] 名《通常作 the ~》1 河濱，湖濱，岸邊。2 前濱，前灘。

fore·short·en [for'ʃɔrtn] 動及 1 縮小體。2〖美〗以透視法縮短。

fore·show [for'ʃo] 動及 預告，預兆

·**fore·sight** ['for,saɪt] 名 1 U 深謀遠慮遠見；先見之明：a man of ~ 有遠見人。2 U 預測，展望。3〖測〗前視。4 星。

fore·sight·ed ['for'saɪtɪd] 形 有先見明的，預知未來的；有遠見的，深謀遠的。

fore·skin ['for,skɪn] 名〖解〗包皮。

:**for·est** ['fɔrɪst] 名 1 U C 森林，森林帶；《集合名詞》森林之樹木。2〖史〗獵場。3《a ~》林立之物《 of... 》：a ~ TV antennas 林立的電視天線。

—形《限定用法》森林的：~ animals 森動物。—動及 栽樹木，使變成森林林，造林。

for·est·al ['fɑrɪstəl] 形 森林（地帶）的

fore·stall [for'stɔl] 動及 1 防患於未然預先制止：~ the enemy 先發制敵。史〗壟斷。

for·est·a·tion [,fɔrɪs'teʃən, -fɑr-] 名 造林。

for·est·ed ['fɔrɪstɪd, -fɑr-] 形 樹木茂的。

for·est·er ['fɔrɪstɚ, 'fɑr-] 名 1 森林者，森林專家；林務官員；森林居住者林場工人。2〖動〗森林動物。

'forest 'ranger 名《美》山林保護森林騎警。

for·est·ry ['fɔrɪstrɪ, 'fɑr-] 名U 1 森林林政，林務。2 森林地。

fore·swear 動 = forswear.

fore·taste ['for,test] 名 1 試嘗，預嘗

知，預期；《通常作 a ～》事先經驗《
...》。
-['-'] 動及 1 試嘗。2 預先品嘗。
re·tell [for'tɛl] 動 (**-told**, ～**·ing**) 及 1 預
，預告《 *to...* 》。2 預示，爲…的前兆。
re·thought ['for,θɔt] 名 U 深謀遠慮，
雨綢繆；警覺；預謀，預籌；遠見：act
ithout ～ 非預謀的行動。
re·thought·ful [for'θɔtfəl] 形 有先見
明的；愼重的，事先設想周到的。
re·to·ken ['for,tokən] 名 前兆，預兆，
候。—[-'--] 動及 形成前兆；預示。
re·told [for'told] 動 及 foretell 的過去
和過去分詞。
re·tooth ['for,tuθ] 名 (複**-teeth**) 門齒。
re·top ['for,tap] 名〖海〗前桅樓。
r·ev·er, 《英》 **for ever** [fə'ɛvə] 副
永遠地。2 《與進行式連用》接連不斷
，總是。3 《口》長時間地，一直。
rever and a day 《口》永久地，總是。
rever and ever 《文》永遠地。
名 永遠，永久，長時間。
r·ev·er·more [fə,ɛvə'mor] 副 《文》
遠地，將來永遠地。
re·warn [for'wɔrn] 動 及 預先警告《
.. 》；預先警告不許《 *against* doing 》。
re·wom·an ['for,wumən, 'fɔr-] 名 (複-
om·en) 1 女領班。2 女陪審長。
re·word ['for,wɜd] 名 前言，序言。
·feit ['fɔrfɪt] 名 1 罰金，違約金；沒收
，喪失物；喪失的權利：pay a ～ 繳納
款。2 U C 沒收，喪失，被剝奪：the
of one's civil rights 喪失公民權。3 (1)
～**s** 》《作單數》罰金遊戲。(2) 抵押物
。—動 及 被處罰而失去，被沒收；喪
。
形 被沒收的，喪失的《 *to...* 》。～**·er** 名
沒收處分者；因犯罪而喪失職位者。
·fei·ture ['fɔrfɪtʃə] 名 1 U 沒收；喪
。2 沒收物；罰金，罰款。
·fend [fɔr'fɛnd] 動 及 1 《主美》防
，保護。2 《古》阻止；防止。
·gath·er [fɔr'gæðə] 動 不及 《文》聚
，會合；忽然遇見，突然相遇；與…來
《 *with...* 》。
·gave [fə'gev] 動 **forgive** 的過去式。
ge[1] [fɔrdʒ] 名 1 鍛冶爐，加熱爐；鍛工
，鐵工場。2 鍛爐。—動 (**forged, forg-
g**) 及 1 鍛鍊成《 *into...* 》；鍛造；打造。
想出，作出；締結。3 編造；僞造；仿
。—不及 1 僞造，仿造。2 鍛鍊；做鍛
。3 發出蹄鐵互撞聲。
ge[2] [fɔrdʒ] 動 不及 1 緩步前進，漸進；
在前面《 *ahead* 》。
g·er ['fɔrdʒə] 名 1 捏造者；僞造者，
造者。2 鍛造者，冶煉工。
·ger·y ['fɔrdʒərɪ, 'for-] 名 (複**-ger·ies**) 1
〖法〗僞造文書（罪），僞造署名（
）。2 U 捏造，僞造；仿造，僞造。3 僞
品，贋品。4 U 《古》虛構；欺瞞。

:for·get [fə'gɛt] 動 (**-got** 或《古》**-gat**, **-got·ten** 或《美·英古》**-got**, ～**·ting**) 及 1 忘記；《通常爲否定句》記不起來。2 疏忽；忘記做。3 忘記帶，遺忘。4 《通常用否定句》忘記問候某人《 *to...* 》。5 沒想到，沒注意到；不深究。—不及 忘記，遺忘《 *about...* 》。
and forgetting... 以及…，包括…。
Forget it. 《口》算了；別客氣。
forget oneself (1) 忘記自己身分，失態。(2) 專心《 *in...* 》。(3) 《古》失去自制力，張惶失措，勃然大怒。(4) 大公無私。
for·get·ful [fə'gɛtfəl] 形 1 易忘的，健忘的。2 《敘述用法》忘記的；常粗心的，疏忽的《 *of...* 》: be ～ *of* one's social obligations 疏忽某人的社會責任。3 《古》〖詩〗使人忘卻的。～**·ly** 副, ～**·ness** 名
for·get-me-not [fə'gɛtmɪ,nat] 名〖植〗琉璃草，勿忘草。
for·get·ta·ble [fə'gɛtəbl] 形 易被遺忘的；可忘記的。
forg·ing ['fɔrdʒɪŋ, 'for-] 名 U 鍛造，鍛冶；僞造；C 鍛造物；
for·giv·a·ble [fə'gɪvəbl] 形 可原諒的。
:for·give [fə'gɪv] 動 (**-gave, -giv·en, -giv·ing**) 及 1 原諒，寬恕：～ and forget 不念舊惡。2 勾銷，免除。3 一筆勾銷：～ a person his debt 把人的借款一筆勾銷。—不及 原諒，赦免。**-giv·er** 名
for·give·ness [fə'gɪvnɪs] 名 U 1 原諒，寬恕，饒恕《 *of...* 》。2 寬大，寬恕之心：be full *of* ～ 滿懷寬恕之心，寬宏大量。
for·giv·ing [fə'gɪvɪŋ] 形 寬大爲懷的；慈悲的，寬容的：a ～ nature 寬大的天性。～**·ly** 副
for·go, fore- [fɔr'go] 動 (**-went, -gone,** ～**·ing**) 及 抑制，節制；戒絕；捨棄，放棄。
:for·got [fə'gat] 動 **forget** 的過去式。
:for·got·ten [fə'gatn̩] 動 **forget** 的過去分詞。
:fork [fɔrk] 名 1 (1) 草叉，耙：a hay ～ 草耙。(2) 叉，肉叉。2 叉狀物，似叉之物：jagged ～*s* of lightning 不整齊的叉狀閃電。3 = tuning fork. 4 分岔；分岔物；分枝；分流；《主美》主要支流。5〖西洋棋〗雙攻。6 分叉處，岔路。—動 及 1 用叉子叉；用耙子耙；用耙挖起《 *up* 》。2 使成叉狀。3〖西洋棋〗雙攻。—不及 1 成叉狀，分岔，分歧。2 轉彎。
fork out [***up***] 花錢，支付《 *for, on...* 》。
fork over (1) = FORK out [up]. (2) 《命令性》交出，交給《 *to...* 》。
—形（用餐）站著吃的。
forked [fɔrkt, 'fɔrkɪd] 形 1 丫字形的，叉狀的；分叉的，有分岔的，有分枝的；《複合詞》有分岔的：a ～ road 雙岔路。2 含糊的，口頭上的，說謊的，敷衍的。
'forked ,lightning 名 U 叉狀閃電。
'forked ,tongue 名 欺騙，謊言。
fork·ful ['fɔrk,ful] 名 一叉的份量，滿叉。

F

F

fork·lift ('truck) ['fɔrk,lɪft] 名叉架升降機，堆高機。

·for·lorn [fɚ'lɔrn] 形 1 悽慘的，寂寞的，可憐的。2 被拋棄的，孤獨的《*of...*》。3 絕望的；〖詩〗被剝奪的，失去的《*of...*》: a future ～ *of* hope 無希望的未來。～·ly 副, ～·ness 名

for'lorn 'hope 名虛幻的希望；無成功希望的計畫；危險的計畫；決死的行動。

:form [fɔrm] 名 1 ⓊⒸ形，形狀；外貌，外觀；形態；形體，姿勢: one's tennis ～ 打網球的姿勢。2 人影，物影。3 假人，人像模型。4 外形，原型，模型；〖建〗模子，模版。5 樣式，形式《*of...*》: in the ～ *of* 以…的形式。6 Ⓤ 表現方式，表現法；〖美〗形式，結構: in the ～ of a drama 以戲劇方式。7 種類，類型。8 Ⓤ〖結晶〗結晶形。9 Ⓤ 方正的型體，有條不紊的構造。10 Ⓤ〖哲〗形式；形相。11〖理則〗形式，形相。12 ⓊⒸ常規，慣例，老規矩；常體俗套；禮儀；行為，行動；虛禮: in due ～ 正式的，照定式的 / social ～*s* 社交慣例。13 公式化語詞，刻板文章。14 模型，格式；表格: after the ～ of 照…的格式，以…的型式。15 手法，技術。16 Ⓤ狀況，健康狀態；《英俚》精神充沛，元氣十足。17 過去成績明細表。18 Ⓤ《英俚》犯罪紀錄。19 ⓊⒸ〖文法〗語形，語態，…式。20 Ⓤ Ⓒ〖語言〗形式。⑴和意義相對之聲音面，或以聲音構成之構造面。⑵和語言本質相對之抽象的單位間之構造。21 年級。22《英》長板凳，長椅。

in good form 很成功。

in the form of... 以…的形式。

off form 拙劣。

on form 成功。

take the form of... 呈現…的形式；採取…的形式。

—動 及 1 組織，形成，構成: ～ a cabinet 組織內閣，組閣。2 作成，造成《*into ...*》；製造《*after, by, from, on...*》；形成: ～ something upon a pattern 照模型製造。3 是；有用於；成為；內容為。4 整頓，整理；〖軍〗排列成《*into...*》；排成。5 彙集，想出；策立，構想出；作出。6 形成，養成；培養，鍛鍊成，陶冶；締結。7〖文法〗組成，造成。

—不及 1 形成，凝固。2 湧出，滲出；產生，發生。3 排成《*up / into...*》。

form up 〖軍〗整隊，編隊。

-form 《字尾》表「有…的形式」之意。

·for·mal ['fɔrml] 形 1 定型的，陳腐的；合於形式的: a ～ greeting 照例的問候。2 正式的，公式的；經正式手續的: a ～ agreement 正式協定。3 守慣例的，規矩的，合於禮儀的；拘於禮儀的，冷淡的。4 敷衍的，名義上的: ～ courtesy 形式上的禮貌。5 形式的，形態的；形式上的，外觀的: the ～ structure of a novel 小說的形式結構。6 學校式的，學院派的: ～ education 正規的學校教育。7 外觀整齊的，勻稱的。8 符合文法的，刻板的。9〖哲〗形式的；形相的；〖理則〗研究形式面的。10〖數〗合理的；形式正確的。—名 1 正式舞會。2 = evening dress.

form·al·de·hyde [fɔr'mældə,haɪd] Ⓤ〖化〗甲醛。

for·ma·lin ['fɔrməlɪn] 名 Ⓤ〖化〗甲醛液，福馬林：殺菌、消毒、防腐劑。

for·mal·ism ['fɔrməl,ɪzəm] 名 Ⓤ 1 …禮，拘泥形式。2〖宗〗形式主義；〖倫…〗形式主義；〖語言〗形式主義，形式論…

for·mal·ist ['fɔrməlɪst] 名 1 形式主…者；形式論者；拘泥形式者。2 機會主…者。3〖語言〗形式主義者；形式論者…

for·mal·i·ty [fɔr'mælətɪ] 名 (複-ties…) Ⓤ拘泥形式；因襲。2 Ⓤ一絲不苟；不…情面，剛直；遵守形式；嚴格。3《-ties…》正規的手續。4 儀式；俗套，常規；客…話，千篇一律的問候。

for·mal·ize ['fɔrməl,aɪz] 動 及 1 使成…正式，承認。2 使形式化。3 將…改換成…號。—不及 形式化；拘泥形式，一絲…苟。-i·'za·tion 名

for·mal·ly ['fɔrməlɪ] 副 1 正式地。2 …禮貌地；合禮儀地，拘泥地。3 形式上…外形上。4 明確地，明示地。

for·mant ['fɔrmənt] 名〖語音〗1 共…峰，共鳴頻率帶。2 構形成分。

for·mat ['fɔrmæt] 名 1 版式，格式。2 …構，型: a quiz show ～ 益智節目型。3 …態，體裁；形式。4〖電腦〗格式(化)—動 (～·ed 或 ～·ted, ～·ing 或～·ting) 1〖電腦〗格式化。2 安排版式。

·for·ma·tion [fɔr'meʃən] 名 1 Ⓤ 形成…養成，構成: the ～ of a Cabinet 成立內閣…組閣。2 Ⓤ形成方式，構造，組合；Ⓒ…成物，組成物。3 ⓊⒸ〖軍〗隊形，…形；編隊。4〖地質〗層，岩層。5 ⓊⒸ…列，組隊。6〖生態〗植物群。

form·a·tive ['fɔrmətɪv] 形 1 造形的；…成的，發展的: the ～ arts 造形美術…〖生〗形態形成的，造形的。3〖文法〗…成語的，成語的。—名〖文法〗造字…素；構詞成分。～·ly 副, ～·ness 名

form·book ['fɔrmbuk] 名《the ～》…英》(尤指賽馬的)成績表。

:for·mer[1] ['fɔrmɚ] 形《通常為限定用法…》1 以前的；較早的；過去的；很早以…的，古老的；先的: in ～ times 從前，…昔。2《通常作 the ～》前面的，最初的… in ～ editions 在前版。3《the ～》前…的，前者的。4 前任的，原來的: ～ members of the club 該俱樂部從前的會員。—名《the ～》前者。

form·er[2] ['fɔrmɚ] 名 1 形成者，構成者…鑄型，模型。2《複合詞》《尤英》…年…學生: a 6th-*former* 六年級學生。

·for·mer·ly ['fɔrmɚlɪ] 副 從前，以前…

rm·fit·ting ['fɔrm,fɪtɪŋ] 形 合於型式，合身的：a ～ shirt 合適的襯衫。
r·mic ['fɔrmɪk] 形 1 螞蟻的。2〘化〙蟻的，甲酸的。
rmic 'acid 名 U〘化·藥〙蟻酸。
·mi·da·ble ['fɔrmɪdəbl] 形 1 恐怖的，怕的；勇氣受挫的，令人畏懼的；難以答的；難以對抗的：a ～ opponent 頑強對手，勁敵。2 令人敬畏的；優異的，別的：a ～ grasp of the classics 精通古典學。3 強力的，極力的。**-bly** 副
m·less ['fɔrmlɪs] 形 無形狀的，未定的，形式不一的；混淆不一的。
·ly 副，**～·ness** 名
m ˌletter 名 複寫函件，印刷函件；容相同的信件或說明書。
m ˌmaster 名 級任老師。
r·mo·sa [fɔr'mosə] 名 臺灣。
·mu·la ['fɔrmjələ] 名 (複～s，《用於科論文等》**-lae** [-ˌli]) 1 套語，祭文；客套：the baptismal ～ 洗禮時用的套語。2《爲蔑》傳統的手法，定則《*for...*》。〘數·化〙式，公式《*for...*》：a binomial 二項式。4 調製法，處方箋《*for...*》；《美》嬰兒用流質食物：a ～ *for* making ison 毒藥製法。5 教義，信條。6 原則；法《*for...*》。7 等級，公定規格。
·mu·la·ic [ˌfɔrmjə'leɪk] 形 1 公式的；規定的；慣例的，定型的。2 合於規格，標準化的。
·mu·lar·y ['fɔrmjəˌlɛrɪ] 名 (複**-lar·ies**) 套語集，祭文集；規則書；〘教會〙儀式，禮拜書。2 口頭禪，刻板文章。〘藥〙處方集，藥方書。—形 規定的；式的；定型的，儀式上的。
·mu·late ['fɔrmjəˌlet] 動 及 1 明確地述，有系統地表達；使公式化，以公式示。2 籌劃，設想。
·mu·la·tion [ˌfɔrmjə'leʃən] 名 1 U 公化；有系統的論述，化成公式的說明。用確的語句。
·mu·lize ['fɔrmjəˌlaɪz] 動 及 = formulate.
·ni·cate ['fɔrnɪˌket] 動 不及 及 私通，姦。**-ca·tor** 名
·ni·ca·tion [ˌfɔrnɪ'keʃən] 名 U 1 通姦〘聖〙(1) 姦淫。(2) 偶像崇拜。
·pro·fit ['fɔr'prɑfɪt] 營利性的。
·rad·er ['fɑrədɚ] 副 = forward 2.
·sake [fɚ'sek] 動 (**-sook**, **-sak·en**, **-saking**) 及 1 遺棄，離棄。2 戒絕，拋棄：～ one's bad habits 戒絕惡習。
·sak·en [fɚ'sekən] 動 **forsake** 的過去分詞。—形 被拋棄的，遺棄的；孤獨的，寞的。**～·ly** 副，**～·ness** 名
·sook [fɚ'sʊk] 動 **forsake** 的過去式。
·sooth [fɚ'suθ] 副《古》確實，實在。
·swear [fɔr'swɛr] 動 (**-swore**, **-sworn**, **～·ing**) 及 1 誓絕，戒絕，放棄，強烈定《doing》：～ bad habits 戒絕惡習。2《反身》《文》作僞證，發僞誓。—不及 作僞證，發僞誓。
for·sworn [fɔr'sworn] 動 **forswear** 的過去分詞。—形 僞誓的，僞證的。
for·syth·i·a [fɚ'sɪθɪə] 名 U〘植〙連翹。
·fort [fɔrt] 名 1 堡壘，要塞。2 商品交易站，貿易站。3《美》常設的陸軍駐屯地。
hold the fort (1) 堅守自己立場，不讓步。(2) 維持現狀，維持勢力；守住要塞。
forte¹ [fɔrt, 'fort] 名 1 長處，優點：《one's ～》特長。2 刀身最強韌部分。
for·te² ['fɔrtɪ, 'forte] 形 副〘樂〙強聲的[地]，強音的[地]。略作：f —名 強音。
·forth [forθ] 副《文》1《置於動詞後》《表場所、方向》往前方；向外：draw ～ one's sword 拔劍。2《置於名詞後》《表時間、順序》以後：from this day ～ 從今以後。3 向明顯處：set ～ one's views 陳述己見。4 離去。
and so forth ⇨ AND（片語）
back and forth ⇨ BACK¹ 副（片語）
right forth 立刻，直接地。
so far forth 到目前爲止，單就…來說。
so far forth as... 到…的程度。
—介《古》出自。
forth·com·ing ['forθ'kʌmɪŋ] 形 1 即將出現的；將要來臨的，即將發生的：～ books 即將出版的書籍。2《常用於否定》《敘述用法》隨時可得的，現成的。3《常用於否定》《口》友善的，熱心的。—名 U 出現，接近。
forth·right ['forθ,raɪt] 形 1 一語道破的，坦白的；率直的：a ～ objection 率直的反對意見。2 直進的，直接的。
—[ˌ-'-, '-ˌ-] 副（亦稱 **forthrightly**）1 坦白地，率直地；直接地。2《古》立刻。
forth·with [forθ'wɪθ] 副 立即，立刻。
·for·ti·eth ['fɔrtɪɪθ] 形 1《通常作 **the**～》第四十（個）的。2 四十分之一的。
—名 1 四十分之一。2《通常作 **the** ～》第四十，第四十者。
for·ti·fi·ca·tion [ˌfɔrtəfə'keʃən] 名 1 U 設防，防備；防禦物；《常作～**s**》防禦設施，防禦工事；城堡，要塞；築城術。2 U 加強，強化。
for·ti·fi·er ['fɔrtəˌfaɪɚ] 名 1 築城家。2 強化者[物]。3《謔》含酒精的飲料；酒。
·for·ti·fy ['fɔrtəˌfaɪ] 動 (**-fied**, **～·ing**) 及 1 築要塞，鞏固工事《*against...*》：～ a city *against* attack 鞏固都市的防備以防遭到攻擊。2 強化《*with...*》；《常用反身》使強化《*against...*》；賦予活力《*with...*》：～ *oneself with* a few glasses of whiskey 喝兩三杯威士忌酒來提神。3 使加強營養價值，使營養價值提高《*with...*》。4《古》支持，證實。5 添加酒精成分：*fortified* wine 添加了酒精的酒。—不及 1 築要塞，築城；設防。
for·tis·si·mo [fɔr'tɪsəˌmo] 形 副〘樂〙

F

用最強音的[地]，極強的[地]。

·**for·ti·tude** ['fɔrtə,tjud] 图 Ⓤ 不屈不撓的精神，堅忍，剛毅：with ～ 毅然地。

·**fort·night** ['fɔrtnaɪt] 图《通常用單數》《英》兩個星期：Sunday ～ 兩週後的星期日。

fort·night·ly ['fɔrtnaɪtlɪ] 形副兩週一次的[地]，隔週的[地]，隔週發行的[地]：go ～ 兩週去一次。—图(複 -lies)隔週發行的刊物，雙週刊。

FORTRAN, For·tran ['fɔr,træn] 图〖電腦〗福傳：一種高階程式語言，用於科技計算。

F

for·tress ['fɔrtrɪs] 图 1 要塞；堡壘，城寨。2 堅固的場所。

for·tu·i·tism [fɔr'tjuə,tɪzəm] 图 Ⓤ〖哲〗偶然論，偶然說。

for·tu·i·tous [fɔr'tjuətəs] 形 1 偶發性的，偶然的。2 幸運的。～·ly 副

for·tu·i·ty [fɔr'tjuətɪ] 图(複 -ties) 1 Ⓤ 偶發性；偶然：by some ～ 偶然地。2 偶發事件；偶然的機會。

For·tu·na [fɔr'tjunə] 图〖羅神〗（命運女神）弗杜娜。

·**for·tu·nate** ['fɔrtʃənɪt] 形 1 幸福的，幸運的《*in*...》，運氣好的《*to* do》：be ～ *in* one's choice of a career 在選擇事業方面很幸運。2 帶來好運的，吉利的，吉祥的。

—图《the ～》幸運者。～·ness 图

·**for·tu·nate·ly** ['fɔrtʃənɪtlɪ] 副幸運地；幸虧；僥倖地《*for*...》。

·**for·tune** ['fɔrtʃən] 图 1 Ⓤ Ⓒ 財富；資產；鉅富；由財富所決定的社會地位：be worth a ～ 值不少錢 / come into a ～ 繼承大筆遺產。2 Ⓤ運氣，機會；ⓊⒸ命運，運數：by good ～ 幸運地。3《常作～s》浮沉，變遷：share a person's ～*s* 與某人同甘共苦。4 Ⓤ《F-》命運女神：*F-* favors the brave.《諺》幸運之神眷顧勇者。5 Ⓤ 幸運，好運；繁榮；成功：have ～ on one's side 蒙幸運之神眷顧，行好運。

a small fortune 《口》相當多的錢。

seek one's fortune 追求成功，碰運氣。

'**fortune ,cookie** 图《美》（中國餐館等的）幸運餅。

'**fortune ,hunter** 图追求財富的人，想娶富家女的人。

for·tune·less ['fɔrtʃənlɪs] 形 1 運氣不好的。2 貧窮的；無嫁妝的。

for·tune·tell·er ['fɔrtʃən,tɛlə] 图 占卜者，算命者，看相者。

for·tune·tell·ing ['fɔrtʃən,tɛlɪŋ] 图 Ⓤ 算命，看相，占卜。

:**for·ty** ['fɔrtɪ] 图(複 -ties) 1 Ⓤ Ⓒ（基數的）四十；四十人。2 表示四十的記號。3《-ties》四十歲；《one's ～》四十來歲；《the ～》40 年代；四十至四十九度；第四十至四十九號。4 Ⓤ〖網球〗第三分。5 四十號尺寸。6《the Forties》蘇格蘭東北海岸和挪威西南海岸之間水深四十噚以的海域。

forty to the dozen 《口》如放連珠炮地。

—形四十的，四十人的。

for·ty-five ['fɔrtɪ'faɪv] 图 1 Ⓤ Ⓒ 四五；《作複數》四十五人。2 表示四十五記號。3 四十五轉的唱片。4《美》45 徑手槍。

for·ty·ish ['fɔrtɪɪʃ] 形約四十歲的。

for·ty-nin·er [,fɔrtɪ'naɪnə] 图《美 1849 年湧往 California 採金礦的人。

'**forty 'winks** 图(複)《作單、複數》口》小睡，打盹。

fo·rum ['fɔrəm] 图(複～s, -ra [-rə]) 1 會廣場，公共集會地點；市場。2《F-》古羅馬市的集會廣場。3 法庭，院；裁判，制裁。4 有關公共問題的討會；論壇；座談會。

:**for·ward** ['fɔrwəd] 副 1 今後，將來 look ～ 前瞻，考慮未來。2 向前方地；前地；向船頭方向地：put the clock ～ 快時鐘。3 向外地，向明顯處地：put [s oneself ～ 出風頭。4〖商〗由收貨者付地。

look forward to... 期待，盼望。

—形 1 向前方的；〖運動〗前進的；前的；在前方的。2 進步的，前進的；早的；很有進展的《*in, with*...》；早熟的 3《古》很樂意的，急切的《*with*..., *to in doing*》。4 唐突的，魯莽的。5〖商〗訂的，期貨的。6 激進的，極端的。—1〖運動〗前衛，前鋒。2《美俚》有希成交的交易對象。—動及 1 進一步提出轉寄《*to*...》。2 送給。3 促進。4〖裝訂裱裝。

for·ward·er ['fɔrwədə] 图 1 轉送者遞送者；運輸代理商。2 促進者。

for·ward·ing ['fɔrwədɪŋ] 图 Ⓤ Ⓒ 1 進，促進。2《形容詞》遞送，轉寄：a address 轉寄地址。3〖裝訂〗裱裝。

for·ward-look·ing ['fɔrwəd,lʊkɪŋ] 向前的，有遠見的；進步的，積極的。

for·ward·ly ['fɔrwədlɪ] 副 1 大膽地出風頭地；魯莽地。2《美》前面地，前地。3 急切地；欣然地。

for·ward·ness ['fɔrwədnɪs] 图 Ⓤ 1 失逞能，不謙虛，專橫。2 急切；積極熱心。3 早熟；進展迅速。

'**forward 'pass** 图〖美足·橄欖球〗前傳球。

for·wards ['fɔrwədz] 副 = forward.

for·went [fɔr'wɛnt] 動 forgo 的過去式

F.O.S. 《縮寫》*free on steamer* 船上交貨

fos·sa ['fɑsə] 图(複 -sae [-,si]) 窩，凹

foss(e) [fɔs, fɑs] 图壕溝；溝渠，運河

·**fos·sil** ['fɑsl] 图 1 化石。2《口》守者，趕不上時代的人；只用在成語中的詞。—形 1 化石（性）的，成化石的由地下掘出的：～ fuel 化石燃料，礦物料。3 趕不上時代的，陳腐的。

s·sil·if·er·ous [ˌfɑsəˈlɪfərəs] 形 含化石的，蘊藏化石的。

s·sil·i·za·tion [ˌfɑsəlaɪˈzeʃən] 名U化石化；陳腐化。

s·sil·ize [ˈfɑslˌaɪz] 動及 1〖地質〗使成化石。2 使趕不上時代，使落伍，使陳舊；使僵化。—不及 1〖地質〗化石化。2 趕不上時代；落伍。3《口》尋找化石。

s·ter [ˈfɔstɚ] 動 及 1 促進，培養：～ Anglo American understanding 促進英美兩國間的互相了解。2 撫育，照顧；《英》交給收養人撫養；《古》照料：～ a foundling 養育棄嬰。3《古》心懷（想法等）。—形 養育的，收養的。

os·ter [ˈfɔstɚ] 名 **Stephen (Collins)**, 佛斯特（1826–64）：美國歌謠作家。

s·ter·age [ˈfɔstərɪdʒ] 名U 1 寄養，收養寄養制度。2 養子身分。3 促進，助成；激勵，獎勵。

ster ˈchild 名 養子，寄養子女。

s·ter·er [ˈfɔstərɚ] 名 1 收養者，養育者；養父或養母。2 助成者，培育者。

ster ˈhome 名 寄養家庭。

s·ter·ling [ˈfɔstɚlɪŋ] 名 養子，養女 = foster child.

ught [fɔt] 動 **fight** 的過去式及過去分詞。

ul [faʊl] 形 1 難聞的，令人反胃的：a ～ breath 口臭。2 污濁的；污穢的，不潔的；腐壞的：～ air 污濁的空氣。3 泥濘的。4 阻塞的，淤塞的。5 有暴風雨的，惡劣的；逆的。6 可憎的，邪惡的，卑劣的：a ～ crime 卑劣的罪行。7 猥褻的，低級的。8 違反規則的，犯規的；〖棒球〗界外的：a ～ ball 界外球。9 糾結的；〖海〗不利於航行的。10 多錯誤的，修改得面目全非的。11《方》容貌不美的，醜的。12《口》討厭的，令人作嘔的：be in ～ spirits 情緒惡劣。

—副 違法地，犯規地；〖棒球〗界外地。

by fair means or foul 不擇手段地。

fall foul of... (1) 與其他的船互撞。(2) 衝突，吵架；牴觸。(3) 攻擊。

run foul of... = fall FOUL of (1), (2).

—名 1 U C 可惡之事[物]，污穢的事物；壞天氣；《古》惡運。2 相撞；糾結。3 犯規；〖棒球〗界外球。

through foul or fair 不管遭遇好運或惡運；在任何情形下；排除萬難地。

—動及 1 弄髒《*up*》；玷污，使名譽受損。2 使堵塞，壅塞《*up*》。3 使相撞。4 使糾結《*up*》；糾纏住。5〖海〗使附著。6〖棒球〗打到界外《*off*, *away*》；〖運動〗犯規。

—不及 1 變臭，變髒。2〖海〗相撞。3 糾結《*up*》；堵塞。4〖運動〗犯規；〖棒球〗打出界外球。

foul out (1)〖籃球〗6 次犯滿離場。(2)〖棒球〗擊出界外飛球被接殺出局。

foul up《美口》(1) ⇨動不及 3. (2) 走入歧途。(3) 搞砸；陷入混亂狀態。

foul one's (own) nest ⇨ NEST（片語）

fou·lard [fuˈlɑrd] 名U C 薄絹；薄絹製品。

ˈfoul ˈball 名〖棒球〗界外球。

ˈfoul ˌline 名 1〖棒球〗界線。2〖籃球〗邊線，罰球線。3〖保齡球〗發球線。

foul·ly [ˈfaʊlɪ] 副 1 淫穢地；不愉快地。2 不正當地；惡毒地；可憎地，討人厭地。3 侮辱地。4《古》發出惡臭地。

foul·mouthed [ˈfaʊlˈmaʊðd] 形 言語下流的，言語粗鄙的。

foul·ness [ˈfaʊlnɪs] 名 1 U 不潔；惡臭；下流；卑劣；惡劣；邪惡。2 U C 穢物。

ˈfoul ˈplay 名U 1 不正當行爲，欺騙行爲。2 暴力犯罪，謀殺：meet with ～ 遭到謀殺。3（比賽中的）犯規。

ˈfoul ˌshot 名〖籃球〗罰球。

foul-spo·ken [ˈfaʊlˈspokən] 形 = foul-mouthed.

ˈfoul ˈtip 名〖棒球〗擦棒球。

foul-up [ˈfaʊlˌʌp] 名《口》1 混亂，一團糟。2 失靈，故障。

:found¹ [faʊnd] 動 **find** 的過去式及過去分詞。—形《尤英》1《常置於名詞後》附有必備品的；完備的；不另加費用的。2 取自自然的，拾來的：a ～ poem 自然詩。—名《英》免費供應之物，供膳：work for weekly wages and ～ 爲支領週薪及獲得免費供膳而工作。

·found² [faʊnd] 動及 1 建立基礎；創立，制定；創設；創始：～ a hospital 創設醫院 / ～ a small magazine 創辦小型雜誌。2 建造；《喻》建立於…基礎上《*on*, *upon* ...》。3《通常用過去分詞》構成…的基礎，爲…的根據。

—不及 基於《*on*, *upon*...》。

found³ [faʊnd] 動及 熔鑄，鑄造。

:foun·da·tion [faʊnˈdeʃən] 名 1 U C 基礎，根本；根據，來源：lay the ～(*s*) of one's fortune 建立財富的基礎。2《常作 ～s》地基；底層結構，地腳：a mansion built on a solid ～ 建築在堅固地基上的大廈。3 U 建立；創設；設立。4 基金。5《偶作 F-》基金會。6 U C 粉底。7 = foundation garment.

foun·da·tion·al [faʊnˈdeʃənl] 形 基礎的，基本的。～·ly 副

founˈdation ˌcourse 名《英》（大學的）基礎課程。

founˈdation ˌcream 名 U 粉底霜。

founˈdation ˌgarment 名 顯示身體曲線的女用緊身內衣。

founˈdation ˌschool 名 U C《英》由財團或基金會創辦的學校。

founˈdation ˌstone 名 1 基石。2 基礎，根基；基本原理。

·found·er¹ [ˈfaʊndɚ] 名 創設者，創辦者，發起人；捐助基金者。

found·er² [ˈfaʊndɚ] 動 不及 1 進水沉

F

沒。2 失敗；遭遇挫折。3 倒塌；陷落。4 跌倒，顛躓。—因 1 使進水沉沒。2 使跌倒。3〖高爾夫〗把（球）打到地面。

found·er³ ['faundə] 名鑄造者，鑄造工。

ˌfounder 'member 名《英》創始會員。（《美》charter member）

'founders' ˌshares 名(複)〖金融〗發起人股份。

'Founding 'Father(s) 名 1《the～》美國憲法制定者。2《f- f-》創立者。

found·ling ['faundlıŋ] 名棄兒，棄嬰。

'found ˌobject 名拾來的材料；自然材料製成的藝術品。

found·ress ['faundrɛs] 名女創立者。

found·ry ['faundrı] 名 (複-ries) 1 鑄造場，鑄造工廠：an iron ～ 鑄鐵工廠。2 U 鑄造，鑄造法。3 U 鑄物類。

fount¹ [faunt] 名 1〖主詩〗泉：《喻》泉源，起源《of...》。2 油壺；墨水管。

fount² [faunt] 名《英》= font².

·foun·tain ['fauntn, -tın] 名 1 泉；水源，儲水池；《喻》根源，來源《of ...》：a ～ of youth 青春之泉。2 水柱，噴泉；噴水池[盤，器，塔]。3 = drinking fountain. 4 = soda fountain. 5 液體儲存器；墨水管；儲油器。—動 不及 及 湧流。

foun·tain·head ['fauntn,hɛd] 名 1 水源，泉源。2 根源，起源《of...》: go to the ～ 追溯根源；追根究底。

'Fountain of 'Youth 名《the ～》青春之泉。

'fountain ˌpen 名鋼筆，自來水筆。

:four [for, fɔr] 名 1 U C（基數的）四。2 表示四的記號。3 四人，四個；四點鐘；四歲。4 四點，四點的牌等；四人湊成的一組；四號尺寸；《～s》四號尺寸的鞋：the ～ of spades 黑桃四。5 四匹馬；四人划行的船；《～s》四槳賽艇競賽；四汽缸的引擎：a carriage and ～ 一輛由四匹馬拉的馬車。6〖板球〗四分；得四分的一擊。7《～s》〖軍〗四列縱隊。8《～s》〖印〗四開本。

on all fours ⇨ ALL FOURS（片語）

—形四的，四人的。

four letter man《美俚》糊塗蟲，笨蛋。

four pointer（成績的）A；優秀的學生。

four·bag·ger ['for'bægə] 名〖棒球〗= home run.

four-chan·nel ['for'tʃænl] 形 = quadraphonic.

four-cor·nered ['for'kɔrnəd] 形 1 四角形的。2 有四人參加的。

four-cy·cle ['for,saıkl] 形四程循環的。

four-di·men·sion·al ['fordı'mɛnʃənl] 形〖數〗四維的，四次元的。

four·eyes ['for,aız] 名(複)《謔》戴眼鏡的人，四眼田雞。

4-F, IV-F ['for'ɛf] 名美國徵兵制度上的一種分類；屬於此類的免役者。

'four ˌflush 名〖牌〗手中只有四張同花卻假稱有五張同花。

four-flush ['for,flʌʃ] 動 不及 1 假裝有張同花。2《口》虛張聲勢，吹噓。

four·flush·er ['for'flʌʃə] 名《美口》嘘者，虛張聲勢者。

four·fold ['for'fold] 形有四部分的；倍的，四重的。—副四倍地。

four-foot·ed ['for'futıd] 形四足的。

four-hand·ed ['for'hændıd] 形 1 四手的；有四隻手的。2 四人參加的；兩人奏的。

'Four-H [4-H] ˌClub ['for'etʃ-] 名美》四健會。

'Four 'Hundred, 400 名《the ～》美》社交界名人圈，名流階級。

404 ['foro'for] 形形容一個人很愚笨的

411 ['for'wʌn'wʌn] 名資訊。

four-in-hand ['forın,hænd] 名 1《美活結領帶。2 一人駕駛的四馬馬車。—1 活結的。2 四匹馬拉的。

'four-leaf 'clover ['for,lif-] 名四葉蓿：傳說可帶來幸運。

four-let·ter ['for,lɛtə] 形用四個字母下流言語的。

'four-letter 'word 名猥褻語，粗話

four-o'clock ['forə,klɑk] 名〖植〗紫莉：午後開花。

four-part ['for,pɑrt] 形〖樂〗四部合的：～ song 四部合唱曲。

four·pence ['forpəns] 名《英》1 U 四士。2 四辨士銀幣。

four·pen·ny ['for,pɛnı, -pənı] 形 1 長分之一吋的。2《英》值四辨士的。

four·plex ['for,plɛks] 名《美》四戶一的住宅。

four·post·er ['for'postə] 名 1 四柱式床。2 四桅帆船。

four·pound·er ['for'paundə] 名 1 四炮。2 四磅重的麵包。

four·score ['for'skor] 形《文》八十的

four·some ['forsəm] 名 1〖高爾夫〗組比賽。2 四人一組。3 雙打。—形由人組成的；必須有四人的。

four·square ['for'skwɛr] 形 1 正方的正方形的。2 堅固的，不動搖的。3 坦的，率直的。—副 1 明白地；率直地成正方形地；堅固地。—名正方形，四形。

four-star ['for'stɑr] 形《美》四星的，將級的；《喻》優秀的，一流的。

:four·teen [for'tin] 名 1 U C（基數的十四。2 表示十四的記號。3 十四人；四歲；〖詩〗由十四音節組成的詩行；十四號的東西[人]；十四號尺寸。—形四的。

:four·teenth [for'tinθ] 形 1《通常作～》第十四的，第十四號的。2 十四分一的。—名 1 十四分之一。2《通常 the ～》第十四，（每月的）十四日。

:fourth [forθ, fɔrθ] 形 1《通常作 the

第四的。**2** 四分之一的：a ～ part 四分之一。

—名 **1** 四分之一。**2** ⟪通常作 **the** ～⟫ 第四；第四號；（每月的）四號。**3** ⟪通常作 **the** ～⟫〖樂〗第四度。**4** ⟪～**s**⟫（第）四等品[級]。

—副 第四，第四點。

ourth 'class 名 Ⓤ ⟪美⟫ 第四類郵件。

ourth-class ['forθ'klæs] 形 第四類的。

—副 以第四類郵件寄送地。

ourth di'mension 名 ⟪**the** ～⟫ 第四度空間，第四次元。

ourth es'tate 名 ⟪常作 **F- E-**⟫ ⟪ **the** ～⟫ 第四階級，新聞界，輿論界。

ourth·ly ['forθlɪ] 副 第四，第四點。

ourth 'World 名 ⟪ **the** ～ ⟫ 第四世界。

our-way ['for,we] 形 **1** 四處可通的，四通八達的。**2** 有四人參加的：a ～ tie for second place 同分並列第二名有四人。**3** 有各方面影響的。

WD ⟪縮寫⟫ *f*our-*w*heel *d*rive.

our-wheel 'drive 名 **1** Ⓤ 四輪傳動系統。**2** Ⓒ 四輪傳動汽車。

our-wheel(ed) ['for'hwil(d)] 形 有四輪的，四輪驅動的，四輪傳動的。

our-wheel·er ['for'hwilɚ] 名 四輪車輛；⟪英⟫ 四輪馬車。

owl [faul] 名 (複～**s**, ⟪集合名詞⟫ ～) **1** 雞；家禽。**2** Ⓤ 雞肉；禽肉。**3** ⟪集合名詞⟫ ⟪主要作複合詞⟫ 鳥類。**4** ⟪古⟫ 鳥。

owl·er ['faulɚ] 名 獵鳥者，獵野禽者。

owl·ing ['faulɪŋ] 名 Ⓤ 獵鳥，獵野禽。

owling ,piece 名 鳥槍，獵槍。

ox [fɑks] 名 (複 ～·**es**, ⟪集合名詞⟫ ～) **1** 〖動〗狐狸；公狐。**2** Ⓤ 狐皮。**3** ⟪喻⟫ 狡猾的人；矯捷的運動選手：a ～ in a lamb's skin 僞善者。**4** ⟪美俚⟫ 十分性感的女人。

fox's sleep 佯作漠不關心的狀態。

play the fox 耍滑頭。

—動 及 **1** ⟪口⟫ 欺騙，愚弄。**2** 以皮革等綴補。**3** ⟪美·英古⟫ 使變酸。**4** ⟪尤用過去分詞形⟫ 使變色。—不及 **1** 作僞；用狡計。**2** 變黃，生斑點。**3** ⟪美·英古⟫ 變酸。

ox ,brush 名 狐尾。

oxed [fɑkst] 形 **1** 被騙的。**2** 呈黃褐色的。**3** ⟪美·英古⟫ 變酸的。

ox-fire ['fɑks,faɪr] 名 ⟪美⟫ 狐火，鬼火。

ox·glove ['fɑks,glʌv] 名 〖植〗毛地黃。

ox·hole ['fɑks,hol] 名 **1** 〖軍〗散兵坑。**2** ⟪喻⟫ 隱蔽的場所。

ox·hound ['fɑks,haund] 名 獵狐犬。

ox-hunt ['fɑks,hʌnt] 名 Ⓒ 獵狐。

ox ,hunting 名 Ⓤ 獵狐。

ox·tail ['fɑks,tel] 名 **1** 狐尾。**2** 〖植〗狐尾草。

oxtail 'millet 名 Ⓤ 〖植〗粟，小米。

ox 'terrier 名 獵狐㹴。

ox ,trot 名 **1** 狐步舞；狐步舞曲。**2** 狐步。**fox-trot** 動 不及 跳狐步舞。

fox·y ['fɑksɪ] 形 (**fox·i·er**, **fox·i·est**) **1** 似狐的；狡猾的，奸詐的；精明的：play ～ 耍滑頭。**2** 變黃的；黃褐色的。**3** ⟪美俚⟫ 有魅力的，性感的。

foy·er ['fɔɪɚ, 'fɔre] 名 (複 ～**s**) **1** 休息室。**2** 門廳，入口處的走廊。

fp. ⟪縮寫⟫ 〖樂〗*f*orte-*p*iano.

f.p. ⟪縮寫⟫ *f*ire*p*lug; *f*oolsca*p*; *f*oot-*p*ound; *f*reezing *p*oint; *f*ully *p*aid.

Fr ⟪化學符號⟫ francium.

Fr. ⟪縮寫⟫ *Fr*ench; *Fr*ance; *Fr*iar; *Fr*iday.

fr. ⟪縮寫⟫ *fr*agment; *fr*anc; *fr*om.

Fra [frɑ] 名 〖羅馬天主教〗…兄弟，…修士。

frab·jous ['fræbdʒəs] 形 ⟪ 英口 ⟫ 精彩的，美好的；快樂的。

fra·cas ['frekəs] 名 喧鬧，打鬧；騷動。

·**frac·tion** ['frækʃən] 名 **1** 〖數〗分數；比，比率。**2** 一部分；小部分；派系 ⟪*of...*⟫：save oneself with only a ～ *of* a second to spare 於千鈞一髮間逃生。**3** 極少量，微量；斷片，破片：crumble into ～*s* 破得成碎片。**4** 弄碎，分割。**5** 〖教會〗聖體分掰儀式。**6** 〖化〗（分）餾（部）分，級分。—動 及 分成小部分，弄碎。

frac·tion·al ['frækʃənl̩] 形 **1** 〖數〗分數的。**2** 小部分的，片斷的；很少的；〖證券〗零股的。**3** 〖化〗分餾的，分別的，分級的。

frac·tion·al·ize ['frækʃənə,laɪz] 動 及 使成碎片；分成若干細小的部分。

-i·za·tion [-ə'zeʃən] 名

frac·tion·al·ly ['frækʃənlɪ] 副 極少地；輕微地。

frac·tion·ate ['frækʃən,et] 動 及 〖化〗 **1** 分成幾部分。**2** 分餾；以分餾法抽取。

frac·tion·ize ['frækʃən,aɪz] 動 及 不及 分成碎，分成小部分，化爲分數。

frac·tious ['frækʃəs] 形 **1** 乖張的；易怒的，暴戾的。**2** 難應付的，難駕馭的。

～·**ly** 副, ～·**ness** 名

·**frac·ture** ['fræktʃɚ] 名 **1** 骨折：suffer a ～ 遭到骨折。**2** Ⓤ 碎，裂，折；破損。**3** 破裂處；裂口，斷處：a ～ in the water pipe 水管的裂口。**4** Ⓤ Ⓒ 〖語音〗分裂；分裂的雙母音。—動 (-**tured**, -**tur·ing**) 及 **1** 使骨頭折斷，使折斷；破碎，碎裂。**2** ⟪美俚⟫ 使捧腹大笑；⟪諷⟫ 使嫌惡。—不及 折斷，破裂，破碎。

frag·ile ['frædʒəl] 形 **1** 易破的，脆弱的；虛弱的。**2** 虛幻的，無常的：a ～ happiness 好景不常。～·**ly** 副, ～·**ness** 名

fra·gil·i·ty [fræ'dʒɪlətɪ, frə-] 名 (複 -**ties**) **1** Ⓤ 易碎（性），脆弱；虛弱；虛幻。**2** 易碎的物品。

·**frag·ment** ['frægmənt] 名 **1** 破片，碎片；斷片：in ～*s* 破碎的。**2** 不完整部分；未完成的遺稿；片斷；斷簡殘編。**3** 少量：her last ～ of sanity 她僅存的一點理智。—['fræg,mɛnt] 動 不及 破碎。—及 使

F

破碎。

frag·men·tal [fræg'mɛntl] 形 = fragmentary. ～·ly 副

frag·men·tar·y ['frægmən,tɛrɪ] 形 片斷的；破碎的；殘破不全的，不完整的。

frag·men·ta·tion [,frægmən'teʃən] 名 1 Ⓤ Ⓒ 分裂；崩潰；爆裂。2 Ⓤ〖生〗無絲分裂，斷裂。—形 碎爆式的。

frag·ment·ed ['frægməntɪd] 形 碎片的；片斷的；殘破的。

fra·grance ['fregrəns] 名 Ⓤ 芳香，香氣，香味：the ～ of roses 玫瑰的香味。

F

·**fra·grant** ['fregrənt] 形 1 有香味的，(芳)香的。2《文》喜悅的。～·ly 副

·**frail** [frel] 形 1 虛弱的。2 脆弱的；短暫的，易消逝的。3 意志薄弱的；《古》不貞的。

～·ly 副，～·ness 名

frail·ty ['freltɪ] 名 (複 -ties) 1 Ⓤ 脆弱，虛弱。2 Ⓤ 性格軟弱；易受誘惑（的傾向），意志薄弱。3 缺點，弱點。

fram·be·sia [fræm'biʒɪə, -zɪə] 名〖病〗覆盆子疹，雅司病，熱帶莓疹。

:**frame** [frem] 名 1 框子，框架；書本飾框；《通常作～s》鏡框；欄框。2 骨架；臺架；刺繡用的框架；〖海〗肋骨。3 Ⓤ Ⓒ 體格，胴體。4 心情，心境。5 構架，結構；組織，機構，體制：a ～ of reference 參考架構；參照系；比較標準。6 活動溫室。7〖棒球·保齡球〗局；得分紀錄表的正方形格子。8 一個畫面。9〖電腦〗框，結構；資料傳送的一單位畫面。10〖視〗電視圖像的一映像。11《俚》= frameup. 12 項。—動 (framed, fram·ing) 及 1 構築，建造；塑造，使成形；設計，想出；構思。2《古》構想；想像。3 說出。4 設計得適合《for...》；使適合。5《口》誣陷；陷害；編造；以不實手段事先安排《up》。6 裝框；《常為喻》圈住《up》。—不及《古》1 赴，往。2 進行，進展。

'**frame 'house** 名《美》木造房屋。

frame·less ['fremlɪs] 形 無框架的。

'**frame of 'mind** 名 心情。

frame-up ['frem,ʌp] 名《美口》陰謀；不誠實的比賽。

·**frame·work** ['frem,wɝk] 名 1 骨架，結構；架構。2 構成，組織，體制。3 主枝。—動及 給…接枝。

fram·ing ['fremɪŋ] 名 1 Ⓤ 裝框；構組法。2 框架，骨架。3 Ⓤ 構成，構造。

franc [fræŋk] 名 (複～s) 法郎：1 歐元通行之前，法國、比利時、盧森堡、瑞士等國的貨幣單位。2 非洲約 20 個國家的貨幣單位。

:**France** [fræns] 名 法國，法蘭西：首都為 Paris。

Fran·ces ['frænsɪs] 名〖女子名〗法蘭西絲（暱稱作 Fannie, Fanny）。

fran·chise ['fræntʃaɪz] 名 1《the ～》選舉權；市民權，公民權。2《主美》特許，特許權《for..., to do》。3 經銷權，經銷權的地區；專營權。4〖棒球〗加盟權，會員權。5 免賠限度，免賠額。—及 給予特許權，授予加盟權。

fran·chis·ee [,fræntʃaɪ'zi] 名 特許經銷店；大公司的加盟店。

fran·chis·er ['fræntʃaɪzɚ] 名 授予特許權者。

Fran·cis ['frænsɪs] 名〖男子名〗法蘭西斯（暱稱作 Frank）。

Fran·cis·can [fræn'sɪskən] 形 聖芳濟（修會）的。—名 聖芳濟修會的修道士。

fran·ci·um ['frænsɪəm] 名 Ⓤ〖化〗鍅符號：Fr

Fran·co[1] ['fræŋko] 名 **Francisco,** 佛朗哥（1892−1975）：西班牙元首（1939−75）。

Fran·co[2] ['fræŋko] 名 (複 ～s)《加》法裔加拿大人；使用法語的加拿大人。—形 法裔加拿大人的。

Franco- 《字首》表「法國」「法國的」之意。

fran·co·phone ['fræŋkə,fon] 名 形《作 F-》說法語的居民（的）。

fran·co·pho·nie [,fræŋko'fonɪ] 名《作 F-》1 法語世界，法語地區。2 法語聯邦。**-phon·ic** [-'fɑnɪk] 形 講法語的。

Fran·co-Prus·sian War ['fræŋko'prʌʃən] 名《the ～》普法戰爭（1870−71）。

fran·gi·ble ['frændʒəbl] 形 易碎的，脆弱的。

fran·glais [frɑŋ'gle] 名 Ⓤ，形《偶作 F-》混雜英語的法語（的）。

fran·gli·fi·ca·tion [,fræŋglɪfɪ'keʃən] 名 Ⓤ 英語式法語。

·**frank**[1] [fræŋk] 形 1 無保留的，坦誠的，坦白的：a ～ opinion 率直的意見。2 明白的，無疑的，公然的。—名〖史〗免費郵遞物；免費郵遞的簽字或戳記；免費郵遞的特權。

—動及 1 簽署免費郵遞的字樣；蓋免費郵遞戳記；免費郵遞。2 免費運送，讓…免費出入《through》；讓…自由出入。3 豁免《from...》；使免疫《against...》。

frank[2] [fræŋk] 名《美口》= frankfurter

Frank[1] [fræŋk] 名 1 法蘭克族人，法蘭克人。2 西歐人。

Frank[2] [fræŋk] 名〖男子名〗法蘭克。

Frank·en·stein ['fræŋkən,staɪn] 名 1 法蘭肯斯坦：同名小說中一科學怪人。被自己製造的怪物所毀滅的人，作法自斃者。2（亦稱 **Frankenstein monster**）(1) 科學怪人，人形的怪物。(2) 無法為其創造者所控制，會毀滅其創造者的怪物；自己種下的惡因，自己找來的煩惱。

Frank·furt ['fræŋkfɚt] 名 1 法蘭克福：德國西部的一個大城市，歐洲的航空樞紐。

frank·furt(·er) ['fræŋkfɚt(ɚ)] 名 法

克福香腸。

ank·in·cense ['fræŋkɪn,sɛns] 名U乳香：以色列民族祭神等所用的香料。

anking ma'chine 名《英》自動郵資蓋印器（《美》postage meter）。

rank·ish ['fræŋkɪʃ] 形 法蘭克族的。—名U古法蘭克語。

ank·lin ['fræŋklɪn] 名1〖英史〗自由地主，自由農民。

rank·lin ['fræŋklɪn] 名 **Benjamin**, 富蘭克林（1706–90）：美國政治家、作家及發明家。

ank·ly ['fræŋklɪ] 副 率直地，坦白地；坦白地說：～ speaking 坦白說。

ank·ness ['fræŋknɪs] 名U 率直；正直。

an·tic ['fræntɪk] 形1狂亂的，發狂的；激動的《*with, about..., to* do》。2《口》非常的，精彩的。

an·ti·cal·ly ['fræntɪkəlɪ] 副 發狂地，瘋狂地。

ap [fræp] 動 **(frapped, ～·ping)** 及〖海〗緊縛，牢牢地纏住。

ap·pé [fræ'pe] 名 (複 ～s [-z]) U C 冰凍飲料：1《美》冷凍的果汁。2 加了碎冰的甜酒的飲料。3《美》= milk shake. —形冰鎮的，冰凍的。—動及冰凍。

at [fræt] 名《美學生語》= fraternity 2.

a·ter¹ ['fretə] 名 弟兄；同伴，同志。

a·ter·nal [frə'tɝnl] 形 1 兄弟（般）的，友愛的。2 兄弟會的，共濟會的。

·ly 副

a'ternal 'order 名《美》兄弟會，共濟會。

a'ternal 'twin 名 異卵雙胞胎。

a·ter·ni·ty [frə'tɝnətɪ] 名 (複 **-ties**) 1 兄弟關係，手足之情；友愛，博愛。2《美》兄弟會。3 互助會，同濟會；協會，同業組織。4 宗教團體；慈善組織。

at·er·nize ['frætə,naɪz] 動不及如兄弟般地交往，友善地交往《*with...*》。**-ni·'a·tion** 名

at·ri·cide ['frætrə,saɪd, 'fre-] 名 1 U 殺害兄弟或姊妹的行爲。2 殺害兄弟或姊妹者。3 自相殘殺。**-'cid·al** 形

au [fraʊ] 名 (複 **Frau·en** ['fraʊən], ～s)《德語》已婚婦人，女士，夫人。

aud [frɔd] 名1 U 欺騙，詐騙，詭計。詐欺行爲，不正當手段：a real estate ～ 不動產詐欺。3 僞造物，贗品；《口》詐欺者。

fraud of... 〖法〗爲了詐騙。

aud·u·lence ['frɔdʒələns] 名U詐欺，欺騙。

aud·u·lent ['frɔdʒələnt] 形詐欺的，欺詐的；欺騙手段的，不正當的。

·ly 副

aught [frɔt] 形1《敘述用法》帶有的；充滿的《*with...*》。2《口》困擾的，擔心的。3《古》〖詩〗滿載的《*with...*》。

Fräu·lein ['frɔɪlaɪn] 名 (複～, ～s)《德語》未婚的婦女，小姐。

fray¹ [fre] 名《the～》吵架，口角；打鬥，小糾紛。

fray² [fre] 動及 1 磨損，磨斷；磨破邊緣。2 擾亂；使不安，使緊張。—不及 被磨破，被磨損《*out*》；綻開，散開；磨擦。—名 磨損部分。

fraz·zle ['fræzl] 動 不及 及《口》1 磨斷，磨破；磨損。2 精疲力盡，使疲倦。—名1 精疲力盡的狀態。2 殘餘物，完全燒光之物。

F.R.B. 《縮寫》*F*ederal *R*eserve *B*ank [*B*oard].

freak [frik] 名1 反覆無常，偶發的念頭；反覆無常的舉動，異想天開。2 異常的事物，怪異之物；異常；性變態者。3 畸形；怪物。4《俚》怪人；狂熱者；嬉皮；吸毒成癮者：a drug ～ 染上毒癮者。—形異常的，奇特的。—動不及《俚》恍惚，興奮《*out*》。—及《俚》使受迷幻藥力的影響；使煩躁不安《*out*》。

freak·ish ['frikɪʃ] 形 1 反覆無常的，異想天開的。2 奇特的，反常的；怪異的。～**·ly** 副, ～**·ness** 名

freak(-)out ['frik,aʊt] 名《俚》1 幻覺，異常舉動。2 受迷幻藥力影響者，吸服迷幻藥者。3 逃避現實。4 嬉皮的群集。

freak·y ['frikɪ] 形 **(freak·i·er, freak·i·est)** 1 = freakish. 2《俚》異常的，幻覺症狀的；逃避現實的，似嬉皮的。—名吸毒者；嬉皮。

freck·le ['frɛkl] 名《常作 ～s》雀斑；小斑點；污點。—動 及 使沾滿污點；使生斑點。—不及 長雀斑。**-ly** 形 多雀斑的。

freck·led ['frɛkəld] 形長雀斑的。

Fred [frɛd] 名〖男子名〗弗雷德（Alfred, Frederick 的暱稱）。

Fre·da ['fridə] 名〖女子名〗弗麗達。

'Freddie 'Mac 《美》房地美：美國聯邦住宅抵押貸款公司（the Federal Home Loan Mortgage Corporation）的俗稱。

Fred·er·ick ['frɛdrɪk] 名〖男子名〗弗雷德立克。

:free [fri] 形 **(fre·er, fre·est)** 1 不被監禁的；自由的：～ people 自由的人們。2 自由主義的；政治獨立的。3 無外力干涉的，自主的；不受縛於特別規定的；不受拘束的，可以自由的《*to* do》: give a person a ～ hand 放手讓某人做某事。4 不受限於規則的；不拘形式的；流利的；不拘泥於文字的，意譯的；〖運動〗自由的；自由表現的：a ～ throw 自由投射。5 沒有的；無的，免於…的：a life ～ from blemish 沒有污點的人生。6 免除的，免費的；不受約束的: be ～ of debt 無債的。7 空閒的，閒暇的；空著的。8 自由通行的，自由出入的；公共使用的，開放的；自由參加的；能自由出入的《*to...*》: a ～ road 自由通行的道路。9 無妨礙的，得以舒展

的；隨便的，不拘束的；堅實的；輕快的：be ～ in one's gait 踏著輕快的步伐。**10** 鬆的，鬆弛的；未固定的；不連接的，分離的《*of...*》；〖化〗游離的：～ oxygen 游離氧。**11** 無自制心的，無顧忌的；放縱的，放蕩的《*with, in...*》；率直的；不拘泥儀式的，不正式的：be too ～ *in* one's behavior 舉止不莊重的。**12** 大方的《*with, of...*》；不吝嗇的：a ～ spender 花錢大方的人。**13** 無酬勞的；免費的，免稅的：a ～ pass 免費入場券。**14** 易於加工的；易於耕作的。**15**〖海〗順風的。

F

feel free to do 自由地做…。
for free 免費地，無報酬地。
free and easy (1) 無顧忌的，隨便的；悠閒的；非正式的，不拘禮儀的。(2) 不嚴肅的；自由隨意花費的《*with...*》。
get a free hand 有行動的自由，獲得自由的決定權。
have one's hands free (1) 空著手，手空著。(2) 可以自由去做自己喜歡做的事。
make free with... (1) 隨意使用；隨意取食；任意處理。(2) 過分隨便，放肆無禮。
set free 使成自由之身，釋放，解放。
with a free hand 慷慨地，大方地。
—副 **1** 自由地。**2**《美》免費地。**3**〖海〗不把帆完全張開地，順風地。
—動 (**freed**, ～**·ing**) 及 **1** 釋放，使自由，解放《*from...*》。**2** 使擺脫。

-free《字尾》表「無…的」、「…免費的」之意。

'free 'agent 名 **1** 有自主權者，行動不受任何人左右的人。**2**《美》自由球員。

free-as·so·ci·ate [ˌfriəˈsoʃɪˌet] 動 不及 自由聯想。

'free associ'ation 名 U〖精神分析〗自由聯想。

free·base [ˈfriˌbes] 名 U《口》一種高純度古柯鹼。—動 及 不及 吸食高純度古柯鹼。

'free 'beach 名 准許裸體的海灘。

free·bie, -bee [ˈfribi] 名《主美俚》**1** 免費品。**2** 施予（或接受）免費物品者。

free·board [ˈfriˌbord] 名 U C〖海〗**1** 乾舷。**2** 吃水線以上的船身。

free·boot [ˈfriˌbut] 動 不及 做海盜，掠奪。

free·boot·er [ˈfriˌbutɚ] 名 掠奪者；海盜。

free·born [ˈfriˌbɔrn] 形 **1** 出身自由的。**2** 出身自由者所擁有的。

'free 'church 名 **1**《偶作 F- C-》自由教會。**2**《偶作 F- C-》非國教派教會。

'free 'city 名 自由都市。

freed·man [ˈfridmən] 名 (複 **-men**)（由奴隸身分獲得釋放的）自由民。

:free·dom [ˈfridəm] 名 U **1** 公民的自由；獨立自主：give a slave his ～ 給奴隸自由。**2** 自由《 *to* do, *of...*》。**3** 特權。**4** 脫離，解放；解除，免除；無《*from...*》：～ *from* responsibility 免除責任。**5** 自由自在，從容，悠閒；率直；大膽；無禮，無顧忌；隨便，不羈：speak with ～ 直言侃侃而談。**6**《*the* ～》出入自由，使用自由《*of...*》。**7**〖哲〗自由；〖康德哲學〗自律，自己決定。

'freedom ˌfighter 名 自由鬥士，反抗專制者。

'freedom of infor'mation 名 U 資訊自由，資訊流通自由。略作：FOI

'freedom of 'speech 名 U 言論自由

'freedom of the 'city 名 **1** 模範市民權。**2** 榮譽市民權。

'freedom ˌride 名《常作 F- R-》《美》自由行，自由運動乘車。

freed·wom·an [ˈfridˌwʊmən] 名 (複 **-wom·en** [-ˈwɪmɪn]) 自由婦女。

'free 'enterprise 名 U 自由企業論，自由企業制度。

'free 'fall 名 **1** U 自由落體。**2** U C 落傘張開前的自由降落。**3** U 急速下跌

'free-'fire 'zone 名〖軍〗格殺區。

'free 'flight 名 無動力飛行。

free-float·ing [ˈfriˈflotɪŋ] 形 **1** 茫然的，曖昧的。**2** 獨立的，未受束縛的。

free-for-all [ˈfrifɚˌɔl] 名 可自由參加競賽；可自由參加的討論；混戰，打架。—形 可自由參加的；免費入場的。

'free-for-'all·er 名《英俚》不守法者，擇手段的牟利者，無法無天的人。

'free 'form 名 **1**〖語言〗自由形式，自由形態。**2** 自由型，不對稱型。

free-form [ˈfriˌfɔrm] 形 自由型的，不對稱型的。

'free 'gold 名 U《美》自由黃金。

'free 'hand 名 自由行動，全權。

free·hand [ˈfriˌhænd] 形 副 徒手畫的），用自由畫法（的）。

free-hand·ed [ˈfriˈhændɪd] 形 慷慨的，出手大方的。**2** = freehand.

free-heart·ed [ˈfriˈhɑrtɪd] 形 不用擔心的，悠閒的；直爽的，慷慨的。～**·ly** 副

free·hold [ˈfriˌhold] 名 U〖法〗**1** 自由保有的不動產。**2**（不動產）自由保有權。形 自由土地保有的。～**·er** 名 自由保有地者。

'free ˌhouse 名《英》獨立酒店，自由酒館。

'free 'kick 名〖足球〗自由球，自由踢

'free 'labour 名《英》自由勞工；《集名詞》未加入工會的勞動階級。

'free 'lance 名 **1** 自由撰稿人。**2** 保持自由立場的人。

free-lance [ˈfriˌlæns] 動 不及 自由撰稿者。—及 以自由撰稿人身分撰寫。—副 無契約的[地]；自由撰稿的[地]。

'free-ˌlanc·er 名 自由工作者；自由撰稿人，自由作家。

'free ˌlist 名 **1**〖商〗《美》免稅品一覽表。**2** 優待者名單。

ree-liver (名)縱情享受者；講究吃的人。
ree-liv·ing ['fri'lɪvɪŋ] (形)**1** 遊手好閒的；縱情享受的。**2** 自由生活的。
ree·load ['fri,lod] (動)不及 揩油，利用別人的慷慨而占便宜。～·**ing** (名)
ree·load·er ['fri,lodɚ] (名)《美口》利用別人的慷慨而占便宜的人，揩油者。
ree 'love (名)Ⓤ自由性愛，自由戀愛。
ree 'lunch (名)Ⓤ Ⓒ **1** 免費午餐。**2**《口》「白吃的午餐」，不勞而獲的東西。
ree·ly ['frilɪ] (副)**1** 自由地，無約束地；心甘情願地；率直地。**2** 大量地；大方地，慷慨地。**3** 自由自在地，一無阻礙地。
ree·man ['frimən] (名)(複 **-men**) **1** 自由人。**2** 自由市民，公民。
ree 'market (名)自由市場。
ree·ma·son ['fri,mesn, ,-'--] (名)共濟會會員：以互助友愛爲目的的國際性祕密結社的會員。
ree·ma·son·ry ['fri,mesn̩rɪ] (名)Ⓤ **1** 默契，意氣投合。**2**《**F-**》共濟會的主義、制度、儀禮、慣例等。
ree 'pardon (名)Ⓤ Ⓒ〖法〗恩赦，特赦。
ee 'port (名)自由港，免關稅的港口。
ee·post ['fri,post] (名)Ⓤ《英》免貼郵票的投遞法。
ee 'radical (名)〖生化〗自由基。
ee-'range (形)自由放養的；由自由放養的動物所生產的。
ee 'rein (名)Ⓤ行動自由，全權。
ee 'ride (名)《口》不勞而獲者。
ee 'safety (名)〖美足〗自由後衛。
ee 'school (名)自由學校；免繳學費的學校。**'free 'schooler** (名)
ee·si·a ['friʒɪə, zɪə] (名)〖植〗洋水仙，小蒼蘭屬。
ee-spo·ken ['fri'spokən] (形)直言的，直率的，自由談論的。
ee(-)stand·ing ['fri'stændɪŋ] (形)能獨立的，不須依靠支撐物的。
ree 'State (名)〖美史〗自由州。
ee·stone ['fri,ston] (名)**1** Ⓤ軟石。**2** 離核果實。一(形)果肉與核易分開的。
ee·style ['fri,staɪl] (名)Ⓤ〖游泳〗自由式。一(形)(副)自由式的[地]。
ee·think·er ['fri'θɪŋkɚ] (名)自由思想者。
ee·think·ing (形)自由思想的。一(名)Ⓤ自由思想。
ee 'thought (名)Ⓤ自由思想。
ee 'throw (名)〖籃球〗罰球。
ee throw 'lane (名)〖籃球〗罰球區。
ee 'trade (名)Ⓤ自由貿易。
ee 'trader (名)自由貿易主義者。
ee 'verse (名)Ⓤ〖詩〗自由詩。
ee·ware ['fri,wɛr] (名)Ⓤ〖電腦〗免費軟體。
ee·way ['fri,we] (名)《美》**1** 高速公路。**2** 免收費幹線公路。
free·wheel ['fri'hwil] (名)**1** 活輪。**2** 飛輪。一(動)不及 **1** 憑慣性滑行。**2** 隨心所欲地生活，放任自由地行動。
free·wheel·ing ['fri'hwilɪŋ] (形)**1** 以慣性滑行的。**2** 行動自由的，不受拘束的；隨心所欲的，奔放的。
'free 'will (名)Ⓤ自由選擇；〖哲〗自由意志（論）。
free·will ['fri'wɪl] (形)《限定用法》出於自由意志的，自願的。
'free 'world (名)《**the** ～》自由世界。
:freeze [friz] (動)(**froze**, **fro·zen**, **freez·ing**) 不及 **1** 結冰《*up*》；凍結《*over*》。**2** 因結冰而阻塞；凍結在一起《*to...*》；凍成硬塊；因結冰而無法發動《*up*》。**3** 拔不出來，卡住。**4**《以 **it** 爲主詞》變得極冷；冷到結冰的程度。**5** 感覺冷；凍死，凍僵；枯死：～ to death 凍死。**6** 變得冷淡《*up*》；變得僵硬；凝結《*with...*》；呆住，不能動彈；屏息：make a person's blood ～ 使某人呆住了。**7**《口》（喝令用語）不許動！站住！
一及 **1** 使凍結《*up*》；使結冰《*over*》。**2** 使凝結《*to...*》；使凍凝《*up*》；冷藏《*up*》；使凍得發硬。**3** 使凍僵，使因寒冷而枯死。**4** 使感情冷卻下來；使凝結；使僵住；使僵硬《*up*》。**5**〖金融〗《口》凍結；使封存。**6**〖外科〗人工凝凍，使接受冷凍麻醉。
freeze down《美口》定居，落戶。
freeze in《通常用被動》被冰封閉。
freeze off 表示出冷淡的態度。
freeze (*on*) *to...* (1) 緊抓，緊握。(2) 緊緊纏住。(3) 執著於。
freeze out (1)《美口》排擠出，趕走。(2)《通常用被動》被凍僵。(3)《通常用被動》因寒冷而無法進行。
一(名)**1** Ⓤ Ⓒ 結冰；凍結狀態；寒流。**2**〖氣象〗凍結，凝固；結冰期，嚴寒期；結霜。**3**（物價、工資等的）凍結，穩定。
'freeze-,dried (形)冷凍乾燥的。
freeze-dry ['friz'draɪ] (動)(**-dried**, ～·**ing**) 及〖化〗冷凍乾燥。
freez·er ['frizɚ] (名)冷凍機，冷凍裝置；冰箱；冷凍庫，冷凍室。
'freezer ,burn (名)凍斑。
freez·ing ['frizɪŋ] (形)**1** 接近冰點的，冰點的；開始凍結的；部分凍結的。**2** 酷寒的，凍僵的。**3** 冷冰冰的，極冷淡的；毛骨悚然的：a ～ reception 冷淡的接待。**4**《副詞》冰凍般地，嚴寒地。一(名)Ⓤ結冰，冷凍；凍結。
'freezing ,point (名)《**the** ～》〖理化〗冰點，凝固點。
·freight [fret] (名)**1** Ⓤ 普通運輸；《主英》水運；貨物的運費，船運費：ship ～ collect 船運費由收貨人給付的運輸方式。**2** Ⓤ《美·加》貨物；《尤英》船貨：a ship carrying passengers and ～ 客貨輪。**3** Ⓤ《

美口》代價，費用。4 貨運列車。—動 及 1 使擔負《with...》。2 裝載於…之上；裝貨於《with...》；當作貨物來運輸；以普通貨運運送。3 出租，租用。

freight·age ['fretɪdʒ] 名 U 1 貨運。2 運費；貨物，船貨。

'freight ˌcar 名〖鐵路〗《美》貨車（《英》goods waggon）。

freight·er ['fretə] 名 1 貨船；貨機，運輸機；《美》貨物運輸車。2 貨物承運人。3 貨主，託運者；租船者。4 裝貨者。

freight·lin·er ['fretˌlaɪnə] 名《英》貨櫃列車。

F

'freight ˌtrain 名《美》貨物列車。

:French [frɛntʃ] 形 法國的；法國人的，法語的；法國式的。—名 1《the ~》《集合名詞·作複數》法國人；法國軍隊。2 U 法語。—動 及《常作 f-》切成細條；去肉。

'French A'cademy 名《the ~》法蘭西學院。

'French ˌbean 名〖植〗《主英》四季豆。

'French 'bread 名 U 法國麵包。

'French Ca'nadian 名 法裔加拿大人；法裔加拿大人的語言。

'French 'chalk 名 U 滑石；石鹼石。

'French Com'munity 名《the ~》法蘭西國協。

'French 'curve 名 曲線板，曲線規。

'French 'door 名 法式窗，落地窗。

'French 'dressing 名 U《美》法式沙拉醬。

'French ˌfried po'tatoes 名（複）《美》炸薯條（《英》potato chips）。

'French 'fries 名（複）《美》油炸馬鈴薯條。

'French 'horn 名〖樂〗法國號。

french·i·fy ['frɛntʃəˌfaɪ] 動 (-fied, ~·ing)《口》使法國化；使法語化。**-fi·'ca·tion** 名

'French 'kiss 名《俚》法式接吻：以舌頭放入對方嘴內的接吻。

'French-'kiss 動 及 不及 與（人）作法式接吻。

'French 'leave 名 U 不告而別；擅自離去；偷溜：take ~悄悄離去，不告而別。

'French 'letter 名《英俚》= condom.

'French 'loaf 名 法國麵包。

·French·man ['frɛntʃmən] 名（複**-men**）1 法國人。2 法國船。

'French 'pastry 名 法式糕餅。

'French 'polish 名 U 法國釉漆。

French-pol·ish ['frɛntʃ'pɑlɪʃ] 動 及 塗以法國漆。

'French Revo'lution 名《the ~》〖法史〗法國大革命（1789－99）。

'French 'roof 名 法國式屋頂。

'French 'seam 名〖裁〗法式線縫，袋縫：內外均加縫以便遮蔽布邊的窄縫。

'French 'toast 名 U 法國土司。

'French 'twist 名 法式髮捲。

'French 'window 名 落地窗。

French·wom·an ['frɛntʃˌwʊmən] (複**-women**) 法國女人。

fre·net·ic [frə'nɛtɪk] 形 發狂的；狂的。**-i·cal·ly** 副

fren·zied ['frɛnzɪd] 形 狂熱的；狂的，狂暴的。**~·ly** 副

·fren·zy ['frɛnzɪ] 名（複**-zies**）U C 1 熱；狂亂，狂暴；激昂：drive a person in a ~使某人發狂。2 精神病的發作，精錯亂；發狂。—動（**-zied, ~·ing**）及《主用被動》使狂亂，使熱中。

·fre·quen·cy ['frikwənsɪ] 名（複**-cies**）1 C 時常發生的事，頻繁《of...》：the ~ earthquakes 地震的頻仍（亦稱 freque ce）。2 次數，頻率數；脈博次數。〖理〗頻率；振動率；周率。4〖數·統〗度，頻率。

'frequency ˌband 名〖電〗頻率帶。

'frequency distriˌbution 名 U〖統〗頻率分布，次數分布。

'frequency modu'lation 名 U〖子〗頻率調變；調頻廣播。略作：FM.

·fre·quent ['frikwənt] 形 1 常常發生的屢次的；間隔短促的。2 時常的，慣的；慣例的，通常的：~ checkups 慣常檢查。3 間隔狹小的；短距離內有許多的，靠得很近的。—[frɪ'kwɛnt] 動 及 1 常去，經常出入。2 與…交往。

fre·quen·ta·tion [ˌfrikwən'teʃən] 名 經常交往，常去拜訪；熟悉。

fre·quen·ta·tive [frɪ'kwɛntətɪv]〖法〗形 表示反覆的。—名 反覆動詞。

·fre·quent·ly ['frikwəntlɪ] 副 經常。

fres·co ['frɛsko] 名（複~**es**, ~**s**）1 U 壁法：在溼灰泥壁上作畫的畫法：in ~ 用畫法。2 壁畫。—動 及 以壁畫法畫。

:fresh [frɛʃ] 形 1 新做的；剛到手的；剛的《from...》；新鮮的，未腐壞的；未加工的，保持新鮮的：a ~ wound 剛受傷 / ~ *from* college 剛從大學畢業。2 新的，新奇的；新規定的，追加的；另一的：break ~ ground 開拓新天地；開闢女地：light a ~ cigarette 點燃另一支煙 3 淡的，不含鹽的：~ water 清水，淡水 4 有精神的，生氣勃勃的，年輕健康的 ~ complexion 氣色好的容顏。5 未褪的，未磨損的；保持清晰的《in...》：a handkerchief 乾淨的手帕 / put on a ~ c of paint 塗上一層新的油漆。6 清新的，朗的；〖氣象〗強的。7 未成熟的，天的，稚嫩的，不熟練的《to...》；8《厚顏的，無禮的《with...》；傲慢的，莽的《to...》。9 醉醺醺的。10 剛生小的；開始有乳的。

(as) fresh as a daisy 精神飽滿的。

—名 1 U 初期，開始。2 暴漲，氾濫；水河流；強風。3《俚》大學新生。

—副《偶作複合詞》重新地；剛才；新近地。

fresh-air ['frɛʃ'ɛr] 形 戶外的，野外的；空氣清新的。

'fresh 'breeze 名〖氣象〗清風。

fresh·en ['frɛʃən] 動 及 1 使變新鮮；使有生氣，使振作起來《*up*》: ~ oneself *up* 使自己振作起來。2 把…脫去鹽分，使變淡。—不及 1 煥然一新，變新鮮；精神變得振作，變得朝氣蓬勃；梳洗一番，變得清新《*up*》。2 增強；變清爽《*up*》。3 脫除鹽分。4（母牛）產子；出乳。

freshen* (*the*) *way （船）加速。

~·**er** 名 清新劑；清涼飲料。

fresh·er ['frɛʃɚ] 名《英俚》= freshman.

fresh·et ['frɛʃɪt] 名 1 河川暴漲，洪水，氾濫。2 淡水河流。3《喻》如洪水般奔湧的事物。

'fresh 'gale 名〖氣象〗大風。

·**fresh·ly** ['frɛʃlɪ] 副《通常置於過去分詞或形容詞之前》最近；清新地；活潑地。

·**fresh·man** ['frɛʃmən] 名（複 **-men**）1 新生，一年級學生（《英俚》fresher）: be a ~ at Yale 是耶魯大學新生。2 無經驗者，初學者；新面孔，新人。—形 1 新生的；新加入的。2 最初的，開始的。

fresh·ness ['freʃnɪs] 名 U 新鮮味；清晰，鮮明。

'fresh 'water 名 1 淡水。2 內陸水。

fresh-wa·ter ['frɛʃ,wɔtɚ, -,wɑtɚ] 形 1 淡水的：~ fishing 淡水釣魚；淡水漁業。2 只慣於航行內陸河流的；生疏的。3《美》鄉下的，內地的；無名的；土氣的：a ~ college 沒沒無聞的大學。

fret[1] [frɛt] 動（~·**ted**, ~·**ting**）不及 1 焦躁；煩惱《*about, at, for, over...*》；煩躁：~ *at* the smallest problems 爲了極瑣碎的問題而煩惱。2 腐蝕，侵蝕《*away*》；《喻》耗損，磨損《*away*》。3 起浪，激盪。—及 1《常用反身》使煩惱；使焦躁《*about, over...*》；焦躁不安地度過《*away*》。2 使遭到侵蝕；沖蝕出（洞、水道等）；《喻》使耗損《*away, out*》。3 使水面起浪，激盪。

—名 U C 1 焦躁；困惑，不安；不悅，發怒。2 腐蝕，侵蝕；蛀蝕；磨損處，腐蝕處。

fret[2] [frɛt] 名 格子細工，回紋；回紋圖案。—動（~·**ted**, ~·**ting**）及 飾以回紋。

~·**ted** 形 有回紋花案的。

fret[3] [frɛt] 名（弦樂器上的）馬，柱，品，橋。

fret·ful ['frɛtfəl] 形 1 焦躁的，憂煩的；易發怒的；浮躁的；不高興的。2 起波的；一陣陣的。~·**ly** 副

'fret ,saw 名 鋼絲鋸，鏤鋸。

fret·work ['frɛt,wɝk] 名 U 1 浮雕細工；回紋細工。2 回紋圖案。

Freud [frɔɪd] 名 **Sigmund**, 佛洛伊德（1856－1939）：創立精神分析學的奧地利精神病學家。

Freud·i·an ['frɔɪdɪən] 形 佛洛伊德的；佛洛伊德學說的；《口》無意識的。

—名 佛洛伊德學說信奉者。

Freud·i·an·ism ['frɔɪdɪə,nɪzəm] 名 U 佛洛伊德主義，佛洛伊德精神分析理論。

'Freudian ,slip 名《口》無意中脫口說出的心裡話或欲望；說溜嘴。

Fri. 《縮寫》*Fri*day.

fri·a·ble ['fraɪəbḷ] 形 易粉碎的，脆的。

-'bil·i·ty 名

fri·ar ['fraɪɚ] 名〖天主教〗修道士，修士。

'friar's 'lantern 名 磷火，鬼火。

fri·ar·y ['fraɪərɪ] 名（複 **-ar·ies**）修道院；修道會。

frib·ble ['frɪbḷ] 動 不及 浪費時間，做無價值的事。—及 浪費掉《*away*》。—名 1 輕浮的人；遊手好閒者，浪費時間的人。2 無價值的事。3 U 輕浮。—形 輕浮的；無價值的，無聊的。

fric·as·see [,frɪkə'si] 名 U C 雞肉（或小牛肉）燉成的菜肴。—動 及 燉肉。

fric·a·tive ['frɪkətɪv] 形〖語音〗摩擦（產生）的，摩擦音的。—名 摩擦音。

·**fric·tion** ['frɪkʃən] 名 1 U〖力·理〗摩擦，摩擦力。2 U C 衝突，傾軋。

fric·tion·al ['frɪkʃənḷ] 形 1 摩擦（性）的。2 由摩擦而產生的。~·**ly** 副

'friction ,tape 名 絕緣膠帶。

:**Fri·day** ['fraɪdɪ, -,de] 名 1 U C 星期五（略作：Fri., Fr., F.）：~ the thirteenth 十三號星期五。2 忠實僕人，助手，祕書。—副《口》在星期五的時候。

Fri·days ['fraɪdɪz, -,dez] 副 在星期五。

fridge [frɪdʒ] 名《英口》冰箱，冷藏庫。

·**fried** [fraɪd] 形 1 油炸的，油煎的。2《俚》酒醉的，酩酊大醉的。—動 **fry**[1]的過去式及過去分詞。

fried·cake ['fraɪd,kek] 名 小煎餅。

Fried·man ['fridmən] 名 **Milton**，佛里德曼（1912－2006）：美國經濟學家，1976 年諾貝爾經濟學獎得主。

Fried·man·ite ['fridmə,naɪt] 名 佛里德曼派金融學者。

:**friend** [frɛnd] 名 1 朋友，友人：Everybody's ~ is nobody's ~.《諺》對誰都討好的人不可作朋友；濫交者無友。/ A ~ in need is a friend indeed.《諺》患難之交才是真朋友；患難見真情。2 贊助者，支持者；同情者，共鳴者《*of, to...*》: a ~ *of* freedom 自由的擁護者。3 友方；給予助力者，可以依賴的人。4 同國人，同胞；同仁，同志。5《**F-**》基督教教友派的教徒。6《稱呼及介紹時用》朋友；同伴，夥伴；某君，某某閣下：my (good) ~ 老兄。

a friend at court 有勢力的朋友。

be friends with... 與…做朋友，和…爲友。

make friends* (*with a person*) *again （和某

人）言歸於好，重修舊好。

friend·less ['frɛndlɪs] 形 沒有朋友的，孤獨的。～·ness 名

friend·li·ness ['frɛndlɪnɪs] 名U友情；親善，親切。

:**friend·ly** ['frɛndlɪ] 形 (-li·er, -li·est) 1 像朋友般的；友誼的；友善的，親善的《to...》；有幫助的，有利的；交情好的，友好的《with...》：be on ～ terms *with* a person 與某人關係友善。2 贊成的，支持的《to...》。3《F-》教友派的。─副 像朋友般地，友善地，親切地。─名 (複 -lies) 1 友好的人，我方；友善的原住民。2 友誼賽。-li·ly 副

F

'**friendly so'ciety** 名《常作 F-S-》《英》= benefit society.

·**friend·ship** ['frɛndʃɪp] 名 1U 友誼；友好。2 U C 友愛，友善；友情：for ～'s sake 看在彼此友情的份上。3 U 親密，親善。

fri·er ['fraɪɚ] 名 = fryer.

Frie·sian ['frɪʒən] 形名 1 = Frisian. 2《主英》= Holstein 1.

Fries·land ['frizlənd] 名 菲仕蘭：荷蘭北部濱北海的一省。

frieze[1] [friz] 名〖建〗1 中楣。2 裝飾帶。─動及 飾以裝飾帶。

frieze[2] [friz] 名U C 起絨粗呢。

frig [frɪg] 動 (frigged, ～·ging) 及《粗》性交；手淫。

frig·ate ['frɪgɪt] 名 1 快速帆船。2 小型驅逐艦，護航艦。3 巡防艦。

'**frigate ,bird** 名〖鳥〗軍艦鳥。

Frigg [frɪg] 名〖北歐神〗弗麗歌：掌管雲、天空、夫妻愛的女神。

frig·ging ['frɪgɪŋ] 副形《粗》= fucking.

·**fright** [fraɪt] 名 1 U C 驚駭，驚嚇：take ～ at... 對…感到驚駭。2《口》奇醜的人，怪物。─動 及〖詩〗= frighten.

·**fright·en** ['fraɪtn̩] 動 及 1 使驚嚇，使驚駭，使駭怕；《被動》受驚《by, with...》：be ～*ed by* the earthquake 因地震而受驚。2 嚇走《away, off》；恐嚇《into..., into do*ing*》；嚇唬…（使其不敢…）《out of, out of doing》：～ *away* the dog 把狗嚇走 / ～ a person *out of* drink*ing* 嚇唬某人使他不敢喝酒。─不及 感到恐懼，吃驚。

fright·en·ing ['fraɪtn̩ɪŋ] 形 令人震驚的，令人恐懼的。～·ly 副 受驚地。

fright·ened ['fraɪtn̩d] 形 1 受驚的《at, of...》；被嚇住的《to do, that 子句》。2《敘述用法》畏懼《of..., to do》: be ～ *of meeting people* 害怕見人。～·ly 副

·**fright·ful** ['fraɪtfəl] 形 1 可怕的，恐怖的；驚人的；駭人聽聞的，厲害的；噁心的，醜惡的。2《口》不愉快的，討厭的；樣式古怪醜惡的。3《口》非常的；極度的：a ～ amount of money 極多的金錢。～·ness 名

fright·ful·ly ['fraɪtfəlɪ] 副 可怕地，駭人地。2《口》極度地，非常地。

frig·id ['frɪdʒɪd] 形 1 嚴寒的。2 不熱情的；冷淡的《to...》；無情的；呆板的，不帶感情的。3 性冷感的。～·ly 副

fri·gid·i·ty [frɪ'dʒɪdətɪ] 名U 1 寒冷。2 冷淡；冷酷；性冷感症。

'**Frigid ,Zone** 名《the ～》寒帶：*the* North ～ 北寒帶，北極帶。

frill [frɪl] 名 1 縐邊，飾邊；緣毛，頸毛；裝飾用紙帶。2《通常作～s》矯飾，擺架子：put on (one's) ～*s* 裝腔作勢。3 多餘之物，無用的裝飾。─動 及 給…加飾邊。

frilled [frɪld] 形 有飾邊的，鑲有縐邊的。

frill·ing ['frɪlɪŋ] 名U 有縐褶的飾邊。

frill·y ['frɪlɪ] 形 (frill·i·er, frill·i·est) 有飾邊的；似飾邊的；非必要的；無用的；裝飾的。─名 (複 frill·ies)《通常作 frill·ies》《口》有縐邊的女性內衣。

·**fringe** [frɪndʒ] 名 1 鬚邊，流蘇；穗狀之物；邊，鑲邊；周圍，外緣。2 末端的部分，外圍；《集合名詞》非主流派，偏激分子：the lunatic ～ 狂熱的偏激分子。3〖光〗明暗條紋。4 劉海；緣毛。5 = fringe benefit. ─動 (fringed, fring·ing) 及 1 裝飾邊緣《with...》。2 成為邊緣；沿著周圍。─形 較不重要的，次要的。'**fring·y** 形 有穗的，穗狀的。

'**fringe ,area** 名 邊緣地區。

'**fringe ,benefit** 名《常用複數》特別福利；薪水之外的福利津貼。

frip·per·y ['frɪpərɪ] 名 (複 -per·ies) 1 U C 廉價而俗豔的服裝；俗麗的裝飾品。2《集合名詞》廉價品；無用物。3 U 裝腔作勢。

Fris·bee ['frɪzbɪ] 名《偶作 f-》飛盤。

Fris·co ['frɪsko] 名《口》舊金山 = San Francisco.

Fri·sian ['frɪʒən, -zɪən] 形 菲仕蘭的；菲仕蘭人[語]的。
─名 1 菲仕蘭人。2 U 菲仕蘭語。3《主英》(1) = Friesland. (2) = Holstein 1.

frisk [frɪsk] 動 不及 跳躍；嬉戲。─及 1 搜身。2《俚》扒走錢財。─名 1 雀躍，嬉鬧。2 對人行竊。～·er 名

frisk·y ['frɪskɪ] 形 (frisk·i·er, frisk·i·est) 活潑的，雀躍的；嬉鬧的。-i·ly 副

fris·son [fri'sɔŋ] 名《法語》戰慄；刺激感，快感。

frith [frɪθ] 名《主蘇》= firth.

frit·ter[1] ['frɪtɚ] 動 及 1 消耗掉，一點點地浪費掉《away / on...》。2《古》切碎，割碎，撕碎。─不及 1 變小，減少；縮減；萎縮，退化《away》。2 破成碎片，碎裂。
─名 屑，碎片，破片。～·er 名

frit·ter[2] ['frɪtɚ] 名《通常作～s》《常作複合詞》水果餡油炸餅。

fritz [frɪts] 名《俚》《用於下列片語》
on the fritz（機器）無法操作的；需要修

聊的。

itz [frɪts] 名〖男子名〗弗利茲。

iv·ol ['frɪvl]《口》動(~ed, ~·ing 或《英》-olled, ~·ling) 不及 鬼混，做無聊的事。—及 浪費《 *away* 》。

i·vol·i·ty [frɪ'vɑlətɪ] 名(複-ties) 1 U 輕浮，輕率。2《常作-ties》輕浮的言行，無聊的舉動。

iv·o·lous ['frɪvələs] 形 1 無聊的，無意義的。2 不莊重的，輕浮的。

~·ly 副, ~·ness 名

izz [frɪz] 動 不及 及 = frizzle[1].

iz·zle[1] ['frɪzl] 動 及 不及 捲曲，捲縮《 *up* 》。—名《 a ~》捲髮。

iz·zle[2] ['frɪzl] 動 不及 發出嘶嘶聲。—及 炸到發出嘶嘶聲；燒烤，燒焦《 *up* 》。

iz·zy ['frɪzɪ] 形(-zi·er, -zi·est) 捲曲的。

o [fro] 副《用於下列片語》

and fro 來回地，往返地。

ock [frɑk] 名 1 女用連身長袍；兒童室服。2 工作服。3 僧袍。4 = frock coat. 5 織毛衣。

ock ˌcoat 名 長達兩膝的大禮服。

oe·bel ['frɝbl] 名 **Friedrich**, 福祿貝爾(1782–1852)：德國教育家。

og [frɑg] 名 1 青蛙：an edible ~ 食用蛙。2《口》喉嚨嘶啞：have a ~ in the throat 聲音嘶啞。3《 F- 》《蔑》法國人。劍山。5 吊掛劍等武器的環圈。

—動(frogged, ~·ging) 不及 捕捉青蛙。

og·eat·er ['frɑgˌitɚ] 名 1 食蛙者。2《通常作 F- 》《蔑》法國人。

og·gy ['frɑgɪ] 形(-gi·er, -gi·est) 1 青蛙的；似青蛙的。2 多蛙的。3《通常作 F- 》《蔑》法國人的。—名(複-gies)《通常作 F- 》《蔑》法國人。

og ˌkick 名〖泳〗蛙式。

og·man ['frɑgˌmæn, -mən] 名(複-men [-mən]) 潛水夫；蛙人。

og·march ['frɑgˌmɑrtʃ] 動 及 以蛙式押送；以蛙式抬運。—名 蛙式抬運法。

og·spawn ['frɑgˌspɔn] 名 U 青蛙卵。

ol·ic ['frɑlɪk] 名 作樂，嬉戲，玩耍；歡樂的聚會。—動(-icked, -ick·ing) 不及 嬉戲，作樂，歡鬧。

ol·ic·some ['frɑlɪksəm] 形 歡樂的，玩鬧的，嬉戲的。~·ly 副

om [《弱》frəm;《強》frʌm, frɑm] 介 1《表運動或動作等的起點、位置》由，從，自(1)《接名詞》: bees going ~ flower to flower 蜜蜂在花間穿梭。(2)《接副詞、關係詞片語》: ~ above 由上面 / ~ within 從裡面 / ~ under the table 從桌下 / ~ behind the curtain 從窗簾後面。2《表時間、數量等的起點》由，自，從：a week ~ today 下週的今天 / (~) June through September 由六月至九月底。3《表選擇的範圍》由，從…之中。4《表距離、間隔》離：stay away ~ work 休息，不工作。5《表分離、解脫、變化、抑制、妨害》從：awake ~ a dream 從夢中醒來。6《表差異、區別》與…（不同），和…（有別）：tell one thing ~ another 辨別某物與他物之不同。7《表出處、起源》由，自，從：lettuce fresh ~ the garden 剛從菜園中拔回的新鮮萵苣。8《表原料、材料》以，用。9《表原因、動機、媒介、手段》由於，因，據：mortality ~ septicemia 敗血症導致的死亡率。10《表見解、觀點、判斷的根據》由…觀之，憑，就，基於：speak ~ experience 根據經驗而言。

frond [frɑnd] 名〖植〗掌狀分裂複葉；葉狀體。~·ed 形

:front [frʌnt] 名 1《通常作 the ~》前部，前列；外部，前面；前方：a dress that fastens at *the* ~ 前面開釦的衣服 / read a newspaper from ~ to back 把報紙從頭到尾看一遍。2《通常作 the ~》(1) 正面，外部。(2)《通常和形容詞並用》側，面：*the* east ~ 東側。3〖軍〗最前列，先鋒；戰線；《通常作 the ~》前線，戰場：go to *the* ~ 上戰場，出征。4（面臨道路、河岸等的）空地；《通常作 the ~》《英》散步道（《美》seaside, promenade）: a river ~ 沿河岸的土地。5《口》名譽首長，名義上的領袖。6《口》幌子《 *for...* 》。7《 a ~》《口》模樣，聲勢：keep up a ~ 保持體面。8《罕》傲慢，厚顏，自大 :have the ~ to do 厚臉皮去做…。9〖詩〗額頭；臉: ~ to ~ 面對面。10 聯盟，陣線；活動，運動：the labor ~ 勞工聯盟。11 硬襯胸，虛衿；婦女戴在額際的假髮。12〖氣象〗鋒面：a cold ~ 冷鋒。13〖語音〗舌前部。

at the front 明朗化的，引人注目的；在前線；出征中。

change front 轉變方向；改變話題。

come to the front 竄到前面，出名，出風頭，變爲顯著。

front of...《俚》= in FRONT of.

get in front of oneself《美口》著急。

in front 在前面，在前方。

in front of... 在…之前；在…的面前。

out front (1) 勝過競爭者的[地]，搶先的[地]。(2)〖劇〗在觀眾之中，在觀眾席。

up front (1)〖運動〗在前面的位置。(2)《美口》預先地。(3)《美口》公開地；坦誠地，坦白地；率直地。

—形《限定用法》1 最前面；前面的，正面的；重要的。2〖語音〗舌前部的。

be in the front rank 有名的，重要的。

—副 向前部，向前方，向正面。

—動 及 1 面向，朝向，面對。2《通常用被動》裝於前面，附在前面《 *with...* 》。3 在前面，在正面。4《英古》面對；對抗。5〖語音〗以舌前部發音。—不及 1 面對，面向。2 作掩護，充作幌子《 *for...* 》。3 以舌前部發音。—感 1 向前方！: Eyes ~！《口令》向前看！2《旅館等櫃臺人員傳呼侍應生》櫃臺找！

front and center《口令》(1) 向前走！(2) 站

F

出來！

front·age ['frʌntɪdʒ] 名 1 正面，門面；正面的寬度；正面所朝的方向。2 臨河（或湖、街）地；臨河（或湖、街）的屋前空地：office buildings with ~ on two streets 兩面臨街的商業大樓。

'frontage ˌroad 名《美》側道 = service road.

fron·tal ['frʌntl] 形《限定用法》1 正面的，前面的：a ~ attack 正面的攻擊。2〖氣象〗鋒面的。3〖解〗額的，額頭的。4〖美〗向正面的；和畫面平行的。—名 1〖教會〗掛於正面的布簾。2〖解〗前頭骨，額骨。3 正面。

F

'front 'bench 名 U《the ~》《英》下議院的前排座位；高居首席的政治家。

'front 'bencher 名 前座議員；政黨領袖。

'front 'burner 名 1 前爐口。2 U 優先：(be) on the ~ of... 為…所優先考慮。

'front 'desk 名《美》櫃臺。

'front ˌdoor 名 1 正門，前門。2 公開而合法的手段[途徑]。

'front ˌfoot 名 地呎。

·**fron·tier** [frʌn'tɪr] 名 1 國境，邊界：within a country's ~*s* 在某國境內。2《美·加》邊疆，美國西部開拓時代的邊區。3《常作 ~s》界限，極限：beyond the ~*s* of language 超越語言的限制。4《常作 ~s》未開拓的領域；知識或成就的極限：advance the ~*s* of space science 加快太空科學發展。

—形《限定用法》1 國境的，邊境的。2《美》邊疆的；邊疆開拓者的。

fron·tiers·man [frʌn'tɪrzmən] 名 (複 -men) 邊疆居民；邊疆開拓者，拓荒者。

fron·tis·piece ['frʌntɪsˌpis, 'frɑn-] 名 1 卷頭插畫。2〖建〗正面；三角形裝飾。

front·lash ['frʌntˌlæʃ] 名 逆反擊。

front·let ['frʌntlɪt] 名 1 額部；〖鳥〗額斑。2 飾帶，裝飾絲帶。

'front ˌline 名《the ~》第一線；最前線。

front-line ['frʌntˌlaɪn] 形 1 位於前線的。2 第一線的；第一流的。3 與敵對國家毗鄰的，可能引起紛爭的地區的。

'front ˌman 名 1 掛名領袖，徒具虛名的對外代表。2 樂團的首席演唱者。

'front ˌmoney 名 U 1 訂金，預付金。2《美》第一筆資金。

'front 'office 名《美》本店，本部；決策部門；警察總局辦公室。

'front 'page 名 報紙的第一頁，頭版。

front-page ['frʌnt'pedʒ] 形《限定用法》登在第一頁的，重要的：~ news 頭版新聞。—動 及 刊登在第一頁。

front-rank ['frʌnt'ræŋk] 形 第一流的，優等的，最重要的。

'front 'room 名 起居室，客廳。

'front 'runner 名 1〖運動〗跑在最前面的選手，領先者。2 競選活動中的領先者，最有實力者。

front-'running 形 位居首席的；最可能贏的。

front·ward ['frʌntwɚd] 副 向前方地，向正面地。—形 向前方的，向正面的。

'front 'wheel 名 前輪。

front-wheel ['frʌnt'hwil] 形 前輪的，前輪驅動的：~drive 前輪驅動方式。

:**frost** [frɔst] 名 1 U 霜，白霜；下霜。U 結霜，結冰。3 U《偶作 a ~》下霜候，嚴寒；U《英》冰點下的溫度。4《偶作 a ~》冷淡，冷漠；《口》冷淡的係，疏遠：melt the ~ from a person's he 軟化某人冷漠的心。5《口》失敗的戲劇出版物等，失敗之作。—動 及 1 使覆霜，使結霜；使受霜害，使凍死；使結。2 以磨砂法處理。3 加上糖霜。4 挫情感。—不及 1《以 it 為主詞》降霜，霜。2 結凍，結霜《*up, over*》。

frost·bite ['frɔstˌbaɪt] 名 U 凍傷，凍瘡 —動 (-bit, -bit·ten, -bit·ing) 及 凍傷。

frost·bit·ten ['frɔstˌbɪtn̩] 形 受到霜的；被凍傷的，生凍瘡的；冷淡的，冷的；冷血的，冷漠無情的。

frost·bound ['frɔstˌbaund] 形 凍結的被霜覆蓋的；冷漠的，冷冰冰的。

frost·ed ['frɔstɪd] 形 1 覆霜的，結霜的霜的窗玻璃。2 = frostbitten. 3 急速冷的。4 加糖霜的；霜白的。5 磨砂去光的 ~ glass 毛玻璃。6 添加冰淇淋的。—U C 牛奶、糖漿及冰淇淋混製的飲料

frost·ing ['frɔstɪŋ] 名 U C 1 糖霜。2 砂去光；磨砂面，無光澤的霜狀表面；璃粉。3 灑霜式雙色染髮。

frost·work ['frɔstˌwɝk] 名 U 霜狀晶，霜花；霜狀花紋裝飾。

frost·y ['frɔstɪ] 形 (**frost·i·er, frost·i·est**) 下霜的，寒冷的：the ~ morning air 早寒冷凜冽的空氣。2 覆霜的。3 缺乏熱的，冷淡的：a ~ reception 冷淡的接待 4 灰白的，霜白的；蒼老的。

~·**i·ly** 副, ~·**i·ness** 名

froth [frɔθ] 名 U 1 泡沫，氣泡：the ~ a beer 啤酒泡沫。2 空洞虛幻之物；空想空談。—動 及 1 使被泡沫覆蓋，使充滿沫；使起泡沫。2 像吐泡般不停冒出；喋不休地吐露《*out*》。3 以微不足道的物陪襯。—不及 起泡，發泡。

froth·y ['frɔθɪ] 形 (**froth·i·er, froth·i·est**) 多泡沫的；起泡沫的。2 泡沫般的；無實的；空洞的；淺薄的：~ chatter 無聊的談。 -**i·ly** 副, -**i·ness** 名

frou·frou ['fruˌfru] 名 1（女裙的）沙聲。2 過分精緻的裝飾。3《口》矯柔作。

fro·ward ['frowɚd, 'froɚd] 形 乖僻的彆扭的；執拗倔強的，頑固的。

~·**ly** 副, ~·**ness** 名

·**frown** [fraun] 動 不及 1 皺眉，蹙額：with concern 因擔心而愁眉不展。2 表示

贊成或不悅：～ upon gambling 不贊成賭博。**3** 給人以險惡感。—及 **1** 皺眉表示。：皺眉《*into...*》。—名 **1** 冷峻的臉色，拉長臉的。**2** 不贊成的表情，不悅之色。

'own·ing·ly ['fraunɪŋlɪ] 副 皺著眉頭地，沉著臉地；給人壓迫感地。

'owst [fraust] 名U《英口》室內悶熱的空氣。—動 不及 待在悶熱的屋內。

ows·ty ['fraustɪ] 形《英口》室內悶熱的；不通風的。

'owz·y, frows·y ['frauzɪ] 形 (**frowz·i·r, frowz·i·est**) **1** 骯髒不潔的；邋遢的，懶散的。**2** 霉味的，陳腐的；難聞的，悶人的。**-i·ly** 副, **-i·ness** 名

oze [froz] 動 **freeze** 的過去式。

'o·zen ['frozn̩] 動 **freeze** 的過去分詞。—形 **1** 凍結的；覆冰的，結冰的；因冰而堵塞的。**2** 受霜害的；受凍傷的；凍死的。**3** 酷寒的，極寒冷的：the ～ latitudes 寒帶地區。**4** 冷藏的，冷凍的；急速冷凍的：～ food 冷凍食品。**5** 冷淡的，冷漠的；《美》冷酷的。**6** 被封鎖的，被凍結的；固定的，不變的：～ assets 凍結資產。**7** 不能動的，畏縮的：sit ～ with horror 因恐懼而坐著不動。**～·ly** 副

ozen ˌshoulder 名〖病〗五十肩。

t. 《縮寫》*freight.*

uc·ti·fi·ca·tion [ˌfrʌktəfə'keʃən] 名 **1** U結果實。**2** 果實。**3** 結果實器官。

uc·ti·fy ['frʌktəˌfaɪ] 動 (**-fied, ～·ing**) 不及 結果實；變肥沃；產生成果。—及《主文》使結果實；使肥沃。

uc·tose ['frʌktos] 名U〖化〗果糖。

'uc·tu·ous ['frʌktʃuəs] 形 多果實的；多產的；肥沃的；有利的，有益的。**～·ly** 副, **～·ness** 名

ug [frug] 名 弗魯格舞。—動 (**frugged, ～·ging**) 不及 跳 frug 舞。

u·gal ['frugl̩] 形 **1** 節省的；節儉的《*f...*》：be ～ *of* one's time 珍惜自己的時間。**2** 只花極少許費用的；樸素的，不豐盛的：a ～ supper 粗淡的晚餐。**～·ly** 副 樸素地，節儉地。

u·gal·i·ty [fru'gælətɪ] 名 (複**-ties**) U 儉約，節儉，樸素。

uit [frut] 名 (複～**s**,《集合名詞》～) **1** UC 水果：A tree is known by its ～.《諺》樹的好壞由果實得知；觀其行動知其人。**2**〖植〗果實。**3**《通常作～**s**》農產品，產物。**4**《～**s**》產品；成果，結果；報酬；收益。**5**《俚》男同性戀者。

ear fruit (1)（努力）產生效果。(2)（植物）結果實。

—動及不及 結（果實）；結果實。

uit·age ['frutɪdʒ] 名U **1** 結果實，結子；《集合名詞》果實。**2** 產物；成果。

uit·ar·i·an [frut'ɛrɪən] 名 果食主義者，常食水果者。—形 常食水果的。

uit ˌbat 名〖動〗大蝙蝠，狐蝠。

uit·cake ['frutˌkek] 名 **1** UC 水果糕餅；果子餅。**2**《俚》同性戀者；怪人，瘋子。

'fruit ˌcocktail 名UC 什錦水果片。

fruit·er ['frutɚ] 名 **1** 水果運輸船。**2** 果農，果樹栽培者。**3** 果樹。

'fruit ˌfly 名〖昆〗果蠅。

·fruit·ful ['frutfəl] 形 **1** 多產的。**2** 果實結很多的；多子的：Be ～ and multiply. 要繁殖要多產。**3** 帶來豐收的；肥沃的。**4** 帶來好結果的，有效果的；有益的；多果實的：a ～ collaboration 有成果的合作。

～·ly 副, **～·ness** 名

fru·i·tion [fru'ɪʃən] 名U **1** 成就，實現；結果，成果：bring one's idea to ～ 實現自己的理想。**2** 喜悅，快樂。**3** 結果實。

'fruit ˌknife 名 水果刀。

·fruit·less ['frutlɪs] 形 **1** 無效果的，無用的：無成果的；枉然的。**2** 不結果實的；不毛的。**～·ly** 副, **～·ness** 名

'fruit maˌchine 名《英》賭博用吃角子老虎（《美》slot machine）。

'fruit ˌsalad 名 **1** UC 水果沙拉。**2** U《美俚》掛於軍服上的一排勳章。

'fruit ˌsugar 名U〖化〗果糖。

fruit·y ['frutɪ] 形 (**fruit·i·er, fruit·i·est**) **1** 似水果的；有水果味的。**2** 圓潤的，宏亮的。**3**《英口》耐人尋味的，具有暗示性的；猥褻的，挑逗的。**4**《俚》瘋狂的。**5**《美俚》同性戀的。

frump [frʌmp] 名 打扮過時的人；服裝邋遢的女人。**～·ish, ～·y** 形 骯髒的。

·frus·trate ['frʌstret] 動 (**-trat·ed, -trat·ing**) 及 **1** 使遭受挫敗。**2** 使失望，使沮喪；阻礙，破壞：get ～*d* at the failure of one's subordinates 因自己部下的失敗而沮喪。

—不及 挫敗，挫折；失望。—形《古》挫折的；失望的。**-trat·ed** 形

frus·trat·ing [frʌs'tretɪŋ] 形 令人沮喪的，令人洩氣的。

·frus·tra·tion [frʌs'treʃən] 名 **1** UC 頓挫，失敗；失望，灰心：with a feeling of ～ 氣餒地。**2** U〖心〗挫折。

frus·tum ['frʌstəm] 名 (複～**s, -ta** [-tə]) **1**〖幾〗平截頭體，錐臺。**2**〖建〗柱身，鼓筒。

·fry¹ [fraɪ] 動 (**fried, ～·ing**) 及 **1** 用油煎，用油炸：～ fish 炸魚。**2**《俚》以坐電椅處決。—不及 **1** 油炸，油煎。**2**《口》日晒。

fry in one's own grease [*fat*] 自作自受。

fry the fat out of... 《美俚》榨取金錢；使捐款。

—名 (複 **fries**) **1**〖烹飪〗油炸食物。**2**《英》內臟。**3**《美》油炸食物餐會。

fry² [fraɪ] 名 (複～) **1** 魚苗，小魚；幼蟲。**2**《集合名詞》《口》人，小孩。

small fry 《集合名詞》小魚，小動物；兒童；小東西。

fry·er ['fraɪɚ] 名 **1** 烹調油炸食品的廚師；煎鍋，油炸的廚具。**2**《美》油炸食品的材料。

F

'frying ˌpan 名 油炸鍋，煎鍋。
jump out of the frying pan into the fire 脫離小難反遇大難；每下愈況。
fry-up ['fraɪˌʌp] 名《英口》**1** 油炸食物。**2** 油炸食物的烹調。
ft. 《縮寫》*foot; feet.*
FTC 《縮寫》〖美政府〗*Federal Trade Commission* 聯邦貿易委員會。
fth., fthm. 《縮寫》*fathom.*
ft-lb 《縮寫》*foot-pound(s).*
FTP 《縮寫》*file transfer protocol* 檔案傳輸協定。
fub·sy ['fʌbzɪ] 形 肥胖的；矮胖的。
fuch·sia ['fjuʃə, -ʃɪə] 名 **1**〖植〗晚櫻科植物。**2** Ⓤ 紫紅色。
·fuck [fʌk] 動及《粗》**1** 性交。**2** 弄糟《*up*》。**3** 欺騙。
—不及 **1** 性交。**2** 擾亂《*with...*》。
be fucked out 筋疲力盡。
be fucked up 弄亂，弄糟；弄砸。
Fuck around [*about*] 亂管閒事；胡鬧。
fuck off 《尤用於命令》滾，走開；嘲弄；犯錯誤；自慰。
—名 **1**《粗》性交；性交的伴侶。**2**《強調》：What the ～ is it? 這到底是什麼東西？—感《常作 **～ you**》混蛋！畜生！
fuck·er ['fʌkɚ] 名《粗》**1** 討厭的人。**2** 笨蛋，混蛋。
'fuck ˌhead 名《粗》混蛋，豬頭。
fuck·ing ['fʌkɪŋ] 形 副《粗》可惡的[地]，非常的[地]。
fud·dle ['fʌdl] 動及 **1** 使醉。**2** 使迷糊。
—不及 常飲（烈）酒，一點點地喝（烈）酒。
—名 Ⓤ Ⓒ 爛醉狀態；迷糊狀態：be on the ～ 爛醉的，迷糊的。
fud·dy-dud·dy ['fʌdɪˌdʌdɪ] 名 (複 **-dies**)《口》《蔑》**1** 庸俗守舊的人，想法陳腐的人。**2** 吹毛求疵的人。—形 **1** 趕不上時代的。**2** 囉嗦嘮叨的；無價值的。
fudge[1] [fʌdʒ] 名 Ⓤ Ⓒ 奶油巧克力軟糖。
fudge[2] [fʌdʒ] 名 Ⓤ《通常為蔑》蠢話，胡說。—動不及 胡說。—感 廢話！胡說！
fudge[3] [fʌdʒ] 名 捏造的事。
—動及 捏造；蒙混，欺瞞；敷衍應付。
—不及 **1** 捏造；推諉《*on...*》。**2** 與願相違《*on...*》。
·fu·el ['fjuəl] 名 **1** Ⓤ Ⓒ 燃料；核能燃料：liquid ～ 液體燃料。**2** 煽動感情之物，刺激之物：add ～ to the fire 火上加油。—動 (**～ed, ～·ing** 或《英》**-elled, ～·ling**) 及 給…加燃料；《喻》燃起；刺激。—不及 加油，加燃料；補給燃料《*up*》。
'fuel ˌcell 名 燃料電池；太陽能電池。
'fuel ˌoil 名 Ⓤ 燃料油。
fug [fʌg] 名 **1**《英口》窒悶。**2**《蘇》霧。
fu·ga·cious [fju'geʃəs] 形 **1**〖植〗易凋謝的，早落性的。**2**《文》短暫的，易逝的。**3** 揮發性的。
fug·gy ['fʌgɪ] 形 (**-gi·er, -gi·est**)《尤英》（室內空氣）窒悶的，通風不良的。
fu·gi·tive ['fjudʒətɪv] 名 **1** 逃亡者，脫⋯者；流浪者；亡命者《*from...*》。**2** 很快⋯去之物，虛幻之物。—形 **1** 逃亡的，逃⋯的。**2** 易變的，短暫的，虛幻的。**3** 即⋯的。**4** 飄泊的；巡迴的；不定的。**5**〖美⋯褪色的。
fugue [fjug] 名 **1**〖樂〗遁走曲。**2** Ⓤ〖⋯神醫〗喪失記憶狀態。
Füh·rer ['fjurɚ] 名《德語》**1** 領導者⋯《**der ～**》元首。
-ful[1] 《字尾》附於名詞、動詞、形容詞⋯後，表 **1**「充滿…的」、「多…的」、「⋯…性質的」之意。**2**「有…傾向的」⋯意。
-ful[2] 《字尾》表「滿…（的量）」之意
ful·crum ['fʌlkrəm] 名 (複 **～s, -cra** krə]) **1** 支點；支架。**2** 支柱，支撐物⋯〖動〗轉節，棘狀鱗。—動及 **1** 置支⋯於。**2** 以…為支架[支點]。
·ful·fill, 《英》**-fil** [fʊl'fɪl] 動 (**-filled, -⋯ling**) 及 **1** 實行，實現；達成；《反身》⋯行：～ one's vows 履行自己的誓言。**2** ⋯成，遵行；滿足。**3** 結束，滿（期）。**4**⋯通常用反身》使充分發揮潛在能力。
ful·fill·ment, 《英》**ful·fil-** [fʊl'fɪlm⋯nt] 名 Ⓤ Ⓒ 實現，成就，達成；滿期。
ful·gent ['fʌldʒənt] 形〖詩〗耀眼的，⋯爛的。**～·ly** 副
ful·gu·rant ['fʌlgjərənt] 形 發閃光的⋯閃電光似的，耀眼的。
ful·gu·rate ['fʌlgjəˌret] 動 不及 閃閃⋯光。—及〖醫〗用電灼法治療。
:full[1] [fʊl] 形 **1** 裝滿的，充滿的；擠滿的⋯全是…的《*of...*》：a ～ glass 滿杯。**2** 極⋯的，完全的；全員出席的；《俚》爛醉的⋯a ～ ten miles away 足足十哩遠 / in ～ vie⋯全景的。**3** 充分的；強烈的，濃的；⋯的；醇厚的；詳細的；充實的，有內⋯的：a ～ report 詳盡的報告 / lead a ～ li⋯過著充實的生活。**4** 多的，豐富的《⋯...》：a man ～ *of* kindness 富有善心⋯人。**5** 盤據的，專注的《*of...*》：a man ～ *of* himself 滿腦子只有自己的人。**6** 豐⋯的，胖的：thick, ～ lips 厚而豐滿的嘴唇 **7** 寬鬆的；多褶的：a boy dressed in ～ trousers 穿寬鬆褲子的男孩。**8**〖海〗滿⋯的：～ and by 扯滿帆的。**9** 同父母的：～ brothers 親兄弟。**10**〖棒球〗滿球數的，⋯好三壞的；滿壘的。—副 **1** 恰好地，直⋯地。**2** 非常，很。**3**《古》完全地，充⋯地。
—動及 把（衣服）裁寬大些。—不及⋯滿。
—名 Ⓤ 最高點，全盛時；充分，完全⋯
in full 全部的；完全的，詳盡的。
to the full 十足地，盡情地。
full[2] [fʊl] 動及 蒸洗或漂洗以使質地⋯緻。—不及 縮密，緊縮。
full·back ['fʊlˌbæk] 名 Ⓒ Ⓤ〖美 足⋯

球·曲棍球〗後衛。

'full ˌblood 名1 純種的人[動物]；Ⓤ純種，純血統。2 Ⓤ同父同母的血緣關係。

full-blood·ed ['fʊl'blʌdɪd] 形 1 血統純正的，純種的。2 氣色好的；健康的；活潑的；精神旺盛的，血氣方剛的；發自內心的。3 典型的，純粹的。～·**ness** 名

full-blown ['fʊl'blon] 形 1 盛開的。2 充分發展的，成熟的，完全的。

'full-blown 'AIDS 名〖病〗典型的愛滋病。

'full 'board 名Ⓤ供應三餐。

full-bod·ied ['fʊl'bɑdɪd] 形 1 胖的，肥碩的。2 強壯的；豐富的；濃郁的。

'full 'circle 副繞行一周地。

'full-'court ˌpress 名 1〖籃球〗全場緊迫盯人。2《美》全面施壓。

'full 'dress 名Ⓤ盛裝，禮服。

full-dress ['fʊl'drɛs] 形 1 穿禮服的；掛滿旗幟的。2 正式的；徹底的；大規模的：～ maneuvers 正式大演習。

full·er ['fʊlɚ] 名蒸洗工，漿洗業者。

'fuller's 'earth 名Ⓤ漂土，漂布泥。

full·face ['fʊl'fes] 名 1 正面像。2 Ⓤ〖印〗粗黑體鉛字。—副向正面。

full-faced ['fʊl'fest] 形 1 面頰豐滿的，圓臉的。2 向正面的：a ～ pose 正面的姿勢。3〖印〗黑體的。

full-fash·ioned ['fʊl'fæʃənd] 形（衣服）織得完全合身的。

full·fledged ['fʊl'flɛdʒd] 形 1 羽毛長全的，可以飛的。2 有充分資格的，經過充分訓練的。3 充分發展的。

full-grown ['fʊl'gron] 形發育完全的，成熟的：a ～ plant 成熟的植物。

full-heart·ed ['fʊl'hɑrtɪd] 形 = whole-hearted.

full 'house 名1 滿座，客滿；客滿的劇院。2〖牌〗葫蘆：三條及一對。

full-length ['fʊl'lɛŋkθ] 形 1 標準長度的；無刪除的。2 長至腳尖的；（外衣）和下裝同長的。3 實體大的，全身的。

full 'marks 名(複)《英》（考試獲）滿分。

full 'moon 名《通常作 a ～》望月，滿月；滿月的位相。

full-mouthed ['fʊl'maʊðd] 形 1 牙齒長全的。2 喧鬧的；大聲的。

full 'name 名全名。

full 'nelson 名〖角力〗全反夾式。

full·ness ['fʊlnɪs] 名Ⓤ 1 充滿，足夠；完全；飽足，滿足：in the ～ of one's heart 無限欣喜，無限感慨。2 豐滿；寬鬆。3 圓潤，鮮豔。

fullness of 'time 名成熟時機，預定的時機：in the ～ 在時機成熟時。

full-page ['fʊl'pedʒ] 形〖報紙·雜誌〗整版的，全頁的。

full pro'fessor 名《美》正教授。

full-rigged ['fʊlˌrɪgd] 形〖海〗桅帆齊備的；裝備齊全的。

full-scale ['fʊl'skel] 形 1 照原尺寸的，實體般大的。2 全力的；全面的，完全的：a ～ investigation 全面的調查。

'full-'size, 'full-'sized 形 按照原尺寸的。

'full 'speed 名Ⓤ1 全速。2〖海〗航行正常速度，常速。—副（以）全速地。

'full 'stop 名終止符，句點：come to a～ 完全終止。

'full-'term 形（懷孕）足月的。

full-throat·ed ['fʊl'θrotɪd] 形大聲的；幾乎喊破嗓子的。

'full 'time 名Ⓤ1 全時間，專任。2 比賽所規定的全部時間。

full-time ['fʊl'taɪm] 形全部時間的；專任的，專職的：a ～ teacher 專任教師。—副全部時間地，專任地。

full-timer 名專職者，專任者。

·ful·ly ['fʊlɪ] 副 1 完全地，充分地：～ three days 整整三天。2 十分地，徹底地：be ～ equipped for an expedition 爲了遠征而裝備齊全。

fully-fledged 形《英》= full-fledged.

ful·mar ['fʊlmɚ] 名〖鳥〗管鼻鸌。

ful·mi·nant ['fʌlmənənt, 'fʊl-] 形 1 突然爆發的。2〖病〗突發而嚴重的，急性的。

ful·mi·nate ['fʌlməˌnet] 動不及 1 轟然爆炸，爆鳴；閃光。2 嚴厲指責，叱責《*against, at...*》。3 爆發。—及 1 使爆發[爆炸]。2 激烈的指責，嚴詞譴責。—名Ⓤ 1〖化〗雷酸鹽；雷酸汞。2 雷粉，爆發粉。

ful·mi·na·tion [ˌfʌlmə'neʃən] 名ⓊⒸ 1 嚴厲的譴責，怒喝。2 爆炸。

ful·ness ['fʊlnɪs] 名= fullness.

ful·some ['fʊlsəm, fʌl-] 形 1 令人作嘔的，可厭的：～ flattery 令人作嘔的阿諛。2 逢迎的，卑躬的。3 完整的，豐富的。～·**ly** 副, ～·**ness** 名

Ful·ton ['fʊltn̩] 名 **Robert**, 福爾敦（1765－1815）：美國工程師，輪船發明者。

·fum·ble ['fʌmbl̩] 動(**-bled, -bling**)不及1 摸索，亂搜《*about, around / for...*》。2 笨手笨腳地做《*at, with...*》：～ *at* a lock 笨手笨腳地開鎖。3 低聲含糊地說，囁嚅。4 犯大錯；〖運動〗漏接球。—及1 笨拙地處理，錯失。2 摸索。3 低聲含糊地說。4〖運動〗漏接。—名 笨手笨腳的處理；笨拙，生疏；〖運動〗漏接，失誤。**-bling·ly** 副

fum·bler ['fʌmblɚ] 名 摸索者；失誤者；笨手笨腳的人。

·fume [fjum] 名1《常作～s》氣體，煙，蒸氣：automobile exhaust ～*s* 汽車排出的廢氣。2 氣味；香氣。3 使理性或判斷力遲鈍的事物；迷亂，頭昏眼花。4 發怒，焦躁：be in a ～ 焦躁不安地，憤怒地。—動(**fumed, fum·ing**)及1 發出，蒸發。2 燻發。—不及1 上升，冒出。2 冒煙，發出香氣。3 焦躁，急躁；憤怒。

F

fu·mi·gate ['fjuməˌget] 動及燻蒸；以煙燻消毒。

fu·mi·ga·tion [ˌfjumə'geʃən] 名 U 煙燻消毒。

fu·mi·ga·tor ['fjuməˌgetɚ] 名 燻蒸消毒者；燻蒸消毒裝置。

fum·y ['fjumɪ] 形 (**fum·i·er, fum·i·est**) 冒煙霧的，多煙霧的；煙霧狀的。

:**fun** [fʌn] 名 U **1** 樂趣，有趣：play tennis for ～ 為樂趣而打網球。**2** 遊戲，嬉戲；玩笑。**3** 有趣的人[事物]。

for the fun of it 為了好玩，為了享樂。

fun and games 《常為諷》開玩笑，玩樂。

have fun 愉快，開心。

in fun 鬧著玩地，玩笑地。

like fun (1)《口》絕不，絕對不是，不可靠地。(2)順利地，迅速地，旺盛地。

make fun of... 嘲弄，取笑。

poke fun at = make FUN of.

—動 (**funned, ～·ning**) 不及《口》戲弄，開玩笑，嘲弄；說笑話。—形《口》《主限定用法》**1** 供人娛樂的，愉快的。**2** 古怪的，奇特的；華而不實的。

·**func·tion** ['fʌŋkʃən] 名 **1** 機能，功能，效用；職責，職務：carry out a liaison ～ 建立連絡關係。**2** 儀式，典禮；大集會，宴會：an official ～ 正式儀式，正式典禮。**3** 相關依存要素。**4**〖數〗函數。**5**〖文法〗功能。—動 不及 **1** 產生作用；運轉，活動。**2** 完成功能，達成任務；盡職。

func·tion·al ['fʌŋkʃənl] 形 **1** 機能的；職務上的。**2** 達成機能的，能運作的。**3** 符合效能的；實用的，便利的。**4**〖數〗函數的：a ～ symbol 函數符號。**5**〖心〗機能上的，官能的：～ disease 官能性疾病。

func·tion·al·ism ['fʌŋkʃənəˌlɪzəm] 名 U **1**《通常作 **F-**》〖建·家〗實用主義。**2**〖心〗機能主義。

func·tion·al·ist ['fʌŋkʃənəlɪst] 名 實用主義者。

func·tion·al·ly ['fʌŋkʃənəlɪ] 副 **1** 機能上。**2** 職務上，實用上。

func·tion·ar·y ['fʌŋkʃənˌɛrɪ] 名 (複 **-ar·ies**) 公務員，官吏：a petty ～ 小官吏。

'**function ˌkey** 名〖電腦〗功能鍵：F1～F12。

'**function ˌword** 名〖文法〗功能詞。

:**fund** [fʌnd] 名 **1**《常作～**s**》資金，基金，專款：a reserve ～ 公積金。**2**《～**s**》存款，現款；財源。**3**《**the** ～**s**》《英》公債。**4** 儲存，蘊藏。—動及 **1** 為…提供資金。**2** 籌備；改為長期借款。**3**《英》投資於公債。**4** 儲存，蓄積。

·**fun·da·men·tal** [ˌfʌndə'mɛntl] 形 **1** 基本的，根本的；基礎的，基層的；主要的：～ human rights 基本人權。**2** 根本上的；根源的，原始的：the ～ idea 最初的想法。**3**〖樂〗基音的。—名 **1**《通常作～**s**》基本，基礎；原則，原理。**2**〖樂〗基音；大基音。**3**〖理〗基頻，基諧波。

fun·da·men·tal·ism [ˌfʌndə'mɛntlˌɪzm] 名 U **1**《偶作 **F-**》〖基督教〗原教旨主義。**2** 基本教義派，強硬派。

fun·da·men·tal·ist [ˌfʌndə'mɛntlˌɪst] 名 形 原教旨主義者（的），基本教義派人士（的）。

fun·da·men·tal·i·ty [ˌfʌndəmɛn'tælɪtɪ] 名 U 基本狀態，基本性。

fun·da·men·tal·ly [ˌfʌndə'mɛntlɪ] 副 根本地；基本地；最初地。

fund-rais·er ['fʌndˌrezɚ] 名 **1** 資金籌集員。**2**《美》籌募基金的聚會。

fund-rais·ing ['fʌndˌrezɪŋ] 名 U 募款籌募基金。—形 募款的，籌募基金的。

·**fu·ner·al** ['fjunərəl] 名 **1** 喪禮，葬儀；出殯行列：a state ～ 國葬。**2**《通常作 **one's** ～》《口》不愉快的事；需要操心的事。—形《限定用法》喪禮的；送葬的。

'**funeral diˌrector** 名 殯葬業者。

'**funeral ˌhome** 名《主美》葬儀場，殯儀館，靈堂，遺體安置所。

'**funeral ˌparlour** 名《英》= funeral home.

fu·ner·ar·y ['fjunəˌrɛrɪ] 形 葬禮的。

fu·ne·re·al [fju'nɪrɪəl] 形 **1** 葬禮的，送葬的。**2** 冷清的；陰鬱的；嚴肅的：a ～ expression 悲傷的表情。～**·ly** 副

fun·fair ['fʌnˌfɛr] 名《英》遊樂場，遊樂園。

fun·gi ['fʌndʒaɪ] 名 **fungus** 的複數形。

fun·gi·ble ['fʌndʒəbl] 形〖法〗可代替的，可互換的。—名 代替物。

fun·gi·cide ['fʌndʒəˌsaɪd] 名 U C 防黴劑，殺菌劑。

fun·gi·form ['fʌndʒəˌfɔrm] 形 蕈狀的。

fun·go ['fʌŋgo] 名 (複～**·es**)〖棒球〗**1** 高飛球。**2** 細長球棒。

fun·goid ['fʌŋgɔɪd] 形 **1**（似）真菌的，真菌性質的；類似蕈[黴菌]的。**2**〖病〗黴菌樣的，蕈狀的。—名 菌性植物。

fun·gous ['fʌŋgəs] 形 **1**（似）真菌的；有關真菌的；真菌性質的；由真菌引起的。**2** 迅速繁殖的；暫時的，不能持久的。

fun·gus ['fʌŋgəs] 名 (複 **-gi** [-dʒaɪ], ～**·es**) **1** 真菌類。**2**〖病〗蕈狀贅肉，贅蕈。**3** 迅速繁殖的東西；暫時的現象。

'**fun ˌhouse** 名（遊樂場內的）恐怖屋，鬼屋。

fu·nic·u·lar [fju'nɪkjəlɚ] 形 **1** 繩索的；繩索之拉力的。**2** 靠繩索運作的：a ～ railway 纜索鐵道。—名 纜車道。

funk[1] [fʌŋk] 名《口》**1**《**a**～》膽怯，害怕，退縮；恐慌，驚惶。**2**《**a**～》沮喪的狀態。**3** 懦夫。—動及 **1** 害怕，畏懼；畏縮不前，逃避。**2** 使害怕。—不及 害怕退縮，膽怯。

funk[2] [fʌŋk] 名《俚》**1** 強烈的惡臭。**2** 靠理性藝術，惡臭藝術；鄉土爵士音樂。—動及 使聞到惡臭；噴煙。—不及 發出惡臭。

ınk ˌhole 名 1 = dugout 1. 2 安全避難所；《口》可免兵役的職務。

ınk·y¹ ['fʌŋkɪ] 形 **(funk·i·er, funk·i·est)** 《口》害怕的；膽怯的；意志消沉的。

ınk·y² ['fʌŋkɪ] 形 **(funk·i·er, funk·i·est)** 《俚》**1** 惡臭的。**2** 鄉土氣息的；現實的；不落俗套的；極優秀的。**3** 性（感）的，官能的。**4**〖爵士〗帶有鄉土氣息的。**5** 古怪的。

ın·nel ['fʌnl] 名 **1** 漏斗。**2** 煙囪；採光筒，通風管；豎坑。

—動 **(~ed, ~·ing** 或 《英》 **-nelled, ~·ling)** 及 **1** 做成漏斗形。**2** 注入，灌入《*nto...*》；使集中。**3** 使通過狹窄的通道。

—不及 **1** 成漏斗形。**2** 集中（從某一處）散開。**3** 通過狹窄的通道。

ın·nel·form ['fʌnl,fɔrm] 形 漏斗形的。

ın·ni·ly ['fʌnɪlɪ] 副 有趣地；奇怪地。

ın·ni·ness ['fʌnɪnɪs] 名 U 有趣；奇妙。

ın·ny ['fʌnɪ] 形 **(-ni·er, -ni·est) 1** 有趣的，滑稽的；可笑的；開玩笑的：a ~ story 有趣的故事。**2** 可疑的，古怪的；狡猾的，騙人的。**3** 狂妄的，傲慢的。**4**《口》奇妙的，奇怪的，不可思議的。**5** 不舒服的，噁心的；令人沉醉的。**6**《美》連環漫畫的。

—名(複**-nies**) **1**《口》有趣的話，玩笑。**2**《**-nies**》《美》連環漫畫；漫畫欄。

ınny ˌbone 名 **1** 肱骨內髁。**2** 理解幽默的能力。

ınny ˌbusiness 名U《口》**1** 非法的行爲。**2** 愚昧的行爲。

ınny ˌfarm 名《謔》精神病院。

ınny ha-'ha 形 幽默的，有趣的。

ın·ny·man ['fʌnɪ,mæn] 名(複**-men**)《口》喜劇演員；幽默作家，詼諧的人。

ınny ˌmoney 名 U《俚》**1** 僞幣；玩具鈔票。**2** 來路可疑的錢；膨脹的通貨。**3** 不穩定的錢。

ınny ˌpaper 名（報紙的）漫畫欄。

ır [fɝ] 名**1**U毛，軟毛；《集合名詞》軟毛獸，毛皮獸：~ and feather《文》鳥類與獸類，鳥獸。**2**U毛皮；《常作**~s**》皮草，毛皮製品。**3**U 軟毛狀的附著物；舌苔；水垢，水鏽；酒垢。

nake the fur fly (1) 引起大騷動，製造麻煩。(2) 迅速地去做某事。

stroke** a person's **fur the wrong way 使某人發怒，激怒某人。

—形 毛皮（製）的。—動 **(furred, ~·ring)** 及 **1** 給…加上毛皮襯裡。**2**〖建〗釘上板條。**3**《通常用被動》使穿毛皮衣服。**4** 使覆上污垢，使生水垢。

ır·be·low ['fɝbə,lo] 名**1** 花綵邊飾，裙褶。**2** 俗麗的裝飾品；《**~s**》過度的裝飾：frills and ~*s* 不必要的虛飾。—動 及 用俗麗的裝飾品裝飾。

ır·bish ['fɝbɪʃ] 動 及**1** 恢復；刷新《*up*》；重溫。**2** 擦亮，磨光。

fur·cate ['fɝket] 形 叉狀的，分歧的。

—動不及 分叉，分歧。

Fu·ries ['fjurɪz] 名 (複)《 **the** ~》〖希·羅神〗復仇女神三姊妹。

·**fu·ri·ous** ['fjurɪəs] 形 **1** 盛怒的，激怒的《 *at, about, with..., to* do 》: be ~ *with* anger 狂怒。**2** 狂暴的，激烈的；吵鬧的：a ~ argument 激烈的爭論。

fu·ri·ous·ly ['fjurɪəslɪ] 副 狂暴地；猛烈地。

furl [fɝl] 動及**1** 捲起，捲收；摺疊，收攏《 *up* 》；拉攏。**2** 放棄。—不及 捲起，捲上，疊起《 *up* 》。

furl in the bunt 把帆布向上捲起。

—名 捲起，捲收；摺疊好的東西。

fur·long ['fɝlɔŋ] 名 浪：長度單位，等於 201 公尺。

fur·lough ['fɝlo] 名 U C **1** 休假，放假。**2** 暫時解僱，臨時解僱。

—動及 **1** 允許休假。**2** 暫時解僱。

—不及《美》休假。

·**fur·nace** ['fɝnɪs] 名 **1** 爐，火爐，窯；暖氣爐；熔爐：a blast ~鼓風爐。**2** 極熱的場所，酷熱之處。**3** 嚴格的考驗，磨練。

:**fur·nish** ['fɝnɪʃ] 動 及 **1** 供給：~ sufficient evidence 提供充分的證據 / ~ everyone with a pencil 給每人一枝鉛筆。**2** 裝設，布置《 *with, in...* 》: ~ the room luxuriously 豪華地布置房間。—不及 裝設家具，供應必需設備。

fur·nished ['fɝnɪʃt] 形 **1** 附有家具的，附有必要設備的。**2** 有現貨供應的。

fur·nish·er ['fɝnɪʃɚ] 名**1** 供給者，補給者。**2** 家具商。**3** 供應男子服飾配件的商人。

fur·nish·ing ['fɝnɪʃɪŋ] 名**1**U供給；裝備；家具的裝設。**2**《 **~s** 》《集合名詞》(1) 家具，室內設備。(2)《美》服飾品。

:**fur·ni·ture** ['fɝnɪtʃɚ] 名U **1**《集合名詞·作單數》家具：a piece of costly ~ 一件昂貴的家具 / a set of kitchen ~ 一套廚房用家具。**2** 必需設備，附屬品。

fu·ror ['fjurɔr] 名 U C **1** 狂熱；激情，狂熱的興奮狀態。**2** 流行，流行的時尚；轟動；騷動，鼓噪：create a ~ 引起轟動。**3**《文》激怒，狂亂；瘋狂。

fu·rore ['fjurɔr] 名《英》= furor.

furred [fɝd] 形 **1** 有毛皮的。**2** 毛皮製的；附毛皮襯裡的；穿毛皮製品的，穿戴皮裘的。**3** 長了舌苔的；附有水垢的：a ~ tongue 長了舌苔的舌頭。

fur·ri·er ['fɝɪɚ] 名 毛皮商，皮貨商；毛皮匠，毛皮加工者。

fur·ri·er·y ['fɝɪərɪ] 名U **1** 皮貨業。**2**《集合名詞》《古》毛皮類。

fur·ring ['fɝɪŋ] 名UC **1** 毛皮飾物；毛皮。**2** 形成水垢；長舌苔。

·**fur·row** ['fɝo] 名 **1** 畦，壟溝。**2**〖詩〗耕地，旱田。**3** 坑窪，條紋；航跡；車轍；《文》皺紋。—動 及 **1** 耕；犁。**2** 使

F

起皺紋；挖坑窪於。3〖詩〗破浪前進。—不及 闢窪坑；起皺紋。

fur·ry ['fɝɪ] 形 (-ri·er, -ri·est) 1 軟毛的；毛皮的；仿毛皮的。2 有軟毛的；穿著毛皮的。3 毛皮製的；襯有毛皮的。4 有舌苔的。5《美俚》可怕的，毛骨悚然的。

'fur ˌseal 名〖動〗海狗。

:fur·ther ['fɝðɚ] 副（**far** 的比較級；最高級爲 **fur·thest**）1 較遠地，更遠地：go ～ away 再走遠一點。2 更進一步地，更深入地。3 更有甚者，而且。—形 1 更遠的。2 更進一步的，深一層的，更多的。

further to... 《商業書信》附筆，附言。

—動 及 贊助，增進，推進。

fur·ther·ance ['fɝðərəns] 名 U 助長，促進，推進：for the ～ of... 爲了促進…。

'further edu'cation 名 U《英》= adult education.

·fur·ther·more ['fɝðɚˌmor, -ˌmɔr] 副 而且，此外。

fur·ther·most ['fɝðɚˌmost] 形 最遠的。

·fur·thest ['fɝðɪst] 形 副（**far** 的最高級；比較級爲 **further**）= farthest.

fur·tive ['fɝtɪv] 形 1 偷偷的，祕密的：take a ～ peek at... 對…偷看一眼。2 鬼鬼祟祟的，狡猾的。～**·ly** 副, ～**·ness** 名

fu·run·cle ['fjʊrʌŋkl] 名〖病〗癤。

·fu·ry ['fjʊrɪ] 名 (複 **-ries**) 1 U C 激怒，激憤；激情：fly into a ～ 勃然大怒，怒火上升，大發脾氣。2 U C 激烈，猛烈；狂暴：the ～ of desire 激烈的欲望。3《**the Furies**》〖希神〗復仇女神（三姊妹）。4 狂暴的人；兇暴的女性，潑婦。5 怨毒。

like fury 《口》猛烈地，激烈地。

furze [fɝz] 名 U〖植〗金雀花（亦稱 **gorse**）。

·fuse¹ [fjuz] 名 1 引信，信管；導火線。2〖電〗保險絲。3 = fuze 1.

blow a fuse (1) 燒斷保險絲。(2)《口》發脾氣，勃然大怒。

have a short fuse 《美》容易生氣，容易興奮。

—動 (**fused, fus·ing**) 不及《主英》燒斷保險絲。—及 = fuze.

fuse² [fjuz] 動 及 不及 1 熔化，熔解。2 熔合；合併，融合。

'fuse ˌbox 名（建築物牆上的）保險絲箱。

fu·see [fju'zi] 名 1 耐風火柴。2 信管。3〖鐵路〗紅色閃光警示號誌。

fu·se·lage ['fjusəˌlɑʒ, -zə-] 名〖空〗飛機機身。

'fu·sel ˌoil ['fjuzl-] 名 U〖化〗雜醇油。

fu·si·bil·i·ty [ˌfjuzə'bɪlətɪ] 名 U 1 可熔性，易熔性。2 熔度。

fu·si·ble ['fjuzəbl] 形 易熔的，可熔性的，能熔解的。

fu·sil¹ ['fjuzl] 名〖史〗燧發槍。

fu·sil² ['fjuzl], **-sile** [-zl, -zaɪl] 形 1 熔鑄而成的；熔解的。2《古》易熔解的。

fu·sil·ier [ˌfjuzə'lɪr] 名 1《昔》燧發槍手。2〖史〗燧發槍團的士兵。

fu·sil·lade [ˌfjusə'led] 名 1 齊射，連發。2 一連串的猛烈迸發：a ～ of accusations 連串的指責。—動 及 以齊射或連發炮擊。

fu·sion ['fjuʒən] 名 1 U 熔解，熔接，合；合併，融合：C 熔解物，融合物：～ of the dreamer and the doer 集夢想家實行家於一身的人。2 U C〖政〗聯合結合；《**F-**》聯合政黨。3 U〖理〗核子合。4 融合音樂。

'fusion ˌbomb 名 氫彈。

·fuss [fʌs] 名 1 U C《常作 **a** ～》焦慮安，緊張，激動；興奮；大驚小怪；無的紛擾；不必要的過度關切；爭論，吵；抗議，抱怨《*about, over...*》: kick a ～ 大吵大鬧，滋事 / make *a* ～ *over* his calligraphy 對他的書法過度稱讚。2 大小怪的人。

—動 不及 1 焦慮不安，緊張；忙亂，投過分的關注《*about* / *about, over...*》。2 議；抱怨；嘮叨。3《美俚》追求女性，女性約會。—及 1 使急躁，使煩惱。2《美俚》追求，約會。

fuss·budg·et ['fʌsˌbʌdʒɪt] 名《美口》於急躁的人，大驚小怪的人；吹毛求疵人。

fuss·pot ['fʌsˌpɑt] 名《英口》= fussbudget.

fuss·y ['fʌsɪ] 形 (**fuss·i·er, fuss·i·est**) 1 忙亂的，過分緊張的；愛大驚小怪的；挑剔的《*about, over...,wh-* 子句》: be *about* one's food 對食物很挑剔。2 過於究細節的，過於裝飾的；華而不實的，瑣的。

-i·ly 副, **-i·ness** 名

fus·tian ['fʌstʃən] 名 U 1 麻紗布，粗棉布。2《文》誇張的話，狂言。—形 1 紋棉布製的，麻紗布做的。2 無用的；價值的；《文》空洞的，浮誇的。

fus·ti·gate ['fʌstəˌget] 動 及 用棒打；烈抨擊。**-'ga·tion** 名

fus·ty ['fʌstɪ] 形 (**-ti·er, -ti·est**) 1 有霉的，霉臭的。2 陳舊的，舊式的。3 落的，守舊的：a ～ professor 一位思想守的教授。

-ti·ly 副

·fu·tile ['fjutl] 形 1 無益的，無效的。2 價值的；瑣細的。

～**·ly** 副, ～**·ness** 名

fu·til·i·ty [fju'tɪlətɪ] 名 (複 **-ties**) 1 U 勞，白費力氣。2 無價值的事物；愚行

:fu·ture ['fjutʃɚ] 名 1 U《通常作 **the** ～》未來，將來：in (*the*) ～ 將來，未來。U C 遠景，前途；預估：discuss the of space research 討論太空研究的未來望。3〖文法〗未來式。4《通常作 ～**s**》商〗期貨，期貨契約。

—形 1 未來的，將來的；關於未來的；

後的，來世的。2〖文法〗未來式的。

fu·ture·less ['fjutʃɚlɪs] ㊊前途無望的，無前途的。

'future 'life ㊔Ⓤ來世，來生。

'future 'perfect ㊔《the～》〖文法〗未來完成式。

'future ˌshock ㊔ⓊⒸ未來的衝擊。

futures ˌmarket ㊔期貨市場。

future 'tense ㊔《the～》〖文法〗未來時態。

fu·tur·ism ['fjutʃəˌrɪzəm] ㊔Ⓤ **1** 未來派。**2** 未來派藝術思潮。

fu·tur·ist ['fjutʃərɪst] ㊔ **1** 未來派藝術家，研究未來的學者。**2**〖神〗未來信奉者。—㊊未來派的。

fu·tur·is·tic [ˌfjutʃə'rɪstɪk] ㊊ **1** 未來的，有關未來的。**2** 未來派的。

fu·tu·ri·ty [fju'turətɪ, -'tʃu-] ㊔(複**-ties**) **1** Ⓤ未來，將來；來世，後世。**2** Ⓤ《集合名詞》後代的人，子孫。**3** ⓊⒸ未來的狀態，未來的事件；展望；未來性。

fu·tu·rol·o·gist [ˌfjutʃə'rɑlədʒɪst] ㊔研究未來學的學者。

fu·tu·rol·o·gy [ˌfjutʃə'rɑlədʒɪ] ㊔Ⓤ未來學。

fuze [fjuz] ㊔ **1** 引爆裝置。**2** = fuse[1] 1. —㊍㊋（亦作 **fuse**）裝置引爆設備於…。

fu·zee [fju'zi] ㊔= fusee.

fuzz [fʌz] ㊔(複～) **1** Ⓤ絨毛，軟毛；絨毛塵。**2**《俚》《the～》警方；刑警，警員。—㊍㊋ **1** 使覆蓋絨毛；使成絨毛狀。**2** 使不清楚，使模糊不清《*up*》。—㊌作絨毛狀飛散；覆以絨毛；起絨毛《*out*》。

fuzz·buzz ['fʌzˌbʌz] ㊔《美俚》小題大做或麻煩事；忙亂；騷動。

fuzz·y ['fʌzɪ] ㊊(**fuzz·i·er, fuzz·i·est**) **1** 絨毛狀的；覆以絨毛的。**2** 捲曲的。**3** 模糊不清的；不明確的；意識不清的：a ～ image 模糊的影像。**-i·ly** ㊏

'fuzzy 'logic ㊔Ⓤ〖電腦〗模稜兩可的邏輯，模糊的邏輯。

FWD《縮寫》*f*our-*w*heel *d*rive；*f*ront-*w*heel *d*rive.

fwd.《縮寫》*forward*.

'FX《縮寫》㊔ **1** 外匯 = foreign exchange. **2**（影視）特效。

FY《縮寫》*f*iscal *y*ear.

-fy《字尾》表「使…成爲」、「…化」之意。

FYI《縮寫》*f*or *y*our *i*nformation.

fyl·fot ['fɪlfɑt] ㊔卍字形（swastika）。

F

G g

G

G[1], **g** [dʒi] 名(複 **G's Gs; g's, gs**) **1** U C 英文字母中第七個字母。**2** G 狀物。

G[2] [dʒi] 名 **1**（連續事物的）第七。**2** U〖樂〗G 音；G 調；（固定唱法的）第五音。**3**《偶作 **g**》（羅馬數字的）400。**4**〖理〗重力加速度。**5**《美俚》一千美元。

g《縮寫》good; gram(s);〖理〗gravity.

G《縮寫》《美》〖電影〗*General* 普級。

G.《縮寫》gourdes; gravity; Gulf.

g.《縮寫》gauge; gender; genitive; grain(s); gram(s);〖美足〗guard;《英》guinea.

Ga《化學符號》gallium.

Ga., GA《縮寫》*Georgia.*

G.A.《縮寫》*General Agent; General Assembly.*（亦作 **g.a., G/A**）; *General Average*〖保〗共同海損；*General of the Army.*

gab[1] [gæb] 動 **(gabbed, ～·bing)** 不及《口》空談，閒聊；嘮叨。一名 U 廢話，饒舌：the gift of ～ 辯才無礙。

～**·ber** 名

gab[2] [gæb] 名〖機〗凹節。

gab·ar·dine ['gæbɚ,din] 名 **1** U 軋別丁：一種斜紋防水布料。**2** = gaberdine 1.

gab·ble ['gæbl] 動 不及 **1** 急促而不清楚地說《*away, on*》。**2**（母雞、鵝等）咯咯叫。一及 急促而不清楚地說《*out*》。

一名 U 急促不清的話；無意義的聲音。

-bler 名 說話急促不清的人。

gab·by ['gæbɪ] 形 **(-bi·er, -bi·est)**《口》饒舌的，愛說話的。

gab·er·dine ['gæbɚ,din] 名 **1** 工作服；（尤指中世紀時猶太人所穿的）寬鬆長袍。**2** = gabardine 1.

gab·fest ['gæb,fɛst] 名《美口》閒聊的聚會，雜談會；冗長的談話。

ga·bi·on ['gebɪən] 名 **1**〖築城〗土籠。**2**（築堤用的）石籠，蛇籠。

ga·ble ['gebl] 名〖建〗山形牆。一動 及 將…築成山形牆。～**·like** 形

ga·bled ['gebld] 形 有山形牆的，人字形的。

'gable ,roof 名 人字形屋頂，三角屋頂。

Ga·bon [gæ'bon, gɑ-] 名 加彭（共和國）：位於非洲中西部；首都為自由市（Libreville）。

Gab·o·nese [,gæbə'niz] 名 形 加彭人（的）。

Ga·bri·el ['gebrɪəl] 名 **1**〖聖〗加百列：七大天使之一。**2**〖男子名〗加布里埃爾。

ga·by ['gebɪ] 名 (複 **-bies**)《英俚》愚人。

gad[1] [gæd] 動 **(～·ded, ～·ding)** 不及 閒逛，遊蕩《*about, around, out / about, around...*》。

一名《只用於下列之片語》

on* [*upon*] *the gad 閒逛，遊蕩。

gad[2] [gæd] 名 **1**（趕家畜用的）刺棒。**2** 鑿狀尖頭棒，鑿刀。

Gad, gad[3] [gæd] 感《口》哎呀！天哪！

gad·a·bout ['gædə,baʊt] 名 遊蕩者，好閒逛者。一形 遊蕩的，好閒逛的。

gad·fly ['gæd,flaɪ] 名 (複 **-flies**) **1**（家畜身上的）虻，牛虻。**2** 令人討厭的人，堅持主張改變現狀的人。

gadg·et ['gædʒɪt] 名（小巧的機械）裝置；小機件；小器具；新的玩意。

gadg·et·ry ['gædʒətrɪ] 名 U《集合名詞》小機械裝置，電氣用品。

ga·did ['gedɪd], **-doid** [-dɔɪd] 形 名 鱈科的（魚）。

gad·o·lin·i·um [,gædəl'ɪnɪəm] 名 U〖化〗釓。符號：Gd

Gae·a ['dʒiə] 名〖希神〗紀雅。

Gael[1] [gel] 名 蓋爾人；蘇格蘭高地人。

Gael[2], **Gael.**《縮寫》*Gaelic.*

Gael·ic ['gelɪk] 名 U 蓋爾語。

一形 蓋爾語的。

gaff[1] [gæf] 名 **1** 魚叉，魚鉤：bring to ～ 把魚拉到魚鉤鉤得到的地方。**2**〖海〗縱帆斜桁。**3** U《俚》虐待，任意驅使。

stand the gaff《美俚》忍受痛苦或困境。

throw a gaff into... 使失敗，使落空。

一動 及 **1** 用魚鉤鉤上岸，用魚叉捕。**2**《俚》欺騙；詐取《*of...*》。

gaff[2] [gæf] 名 U C《英俚》饒舌，蠢話：blow the ～《俚》洩漏祕密，告密。

gaffe [gæf] 名（社交上）失言，失態。

gaf·fer ['gæfɚ] 名 **1** 老年人，鄉下老頭。**2**《英》(1) 工頭，領班。(2)《俚》（酒館、旅館的）老闆。**3**《美俚》（電影等的）燈光師。

gag[1] [gæg] 動 **(gagged, ～·ging)** 及 **1** 塞物於口中（以制止出聲等）。**2** 壓制言論自由：～ the press 剝奪出版的自由。**3** 置張口器於口中。**4** 使嘔吐；使阻塞。一不及 **1**《主美》作嘔；窒息《*on...*》。**2** 無法忍受《*at...*》。

一名 **1** 箝口物；馬口銜。**2** 言論壓制；〖議會〗討論終結。**3** 張口器。

gag[2] [gæg] 動 **(gagged, ～·ging)** 及《口》**1** 插科打諢《*up*》。**2** 詐欺。一不及 **1** 插科打諢。**2** 騙人。一名 **1** 玩笑；無聊的笑話。**2** 俏皮話，噱頭。**3** 欺騙。

ga·ga ['gɑgɑ] 形 **1** 熱中的，狂熱的：be ～

about [over]... 熱中於⋯。2 痴呆的；古怪的；《俚》老糊塗的：go ～ 老糊塗。

gage[1] [gedʒ] 图 1 投擲地上表示挑戰之物；挑戰：throw down the ～ 挑戰。2 典當品；抵押品：in ～ of... 作爲⋯的抵押。一動及 做抵押；打賭。

gage[2] [gedʒ] 图，動及 = gauge.

gage[3] [gedʒ] 图〖植〗青梅。

gag·gle ['gægl] 動不及（鵝等）咯咯叫。一图1 鵝群；（吵雜的）人群；《蔑》一群女人。2（鵝等的）咯咯聲。

gag·man ['gæg,mæn] 图(複-**men**) 1 編笑料的人。2 善於插科打諢的喜劇演員。

'gag ˌorder 图《美》言論箝制令：法院禁止大眾傳播人員對法庭尚在審理之案件作報導或公開評論的命令。

'gag ˌrule 图《美》言論箝制令。

·gai·e·ty, gay- ['geətɪ] 图(複-**ties**) 1 Ⓤ 快活，愉快；《常作-**ties**》狂歡，歡樂：in all ～ 狂歡。2 Ⓤ 華麗，華美。

·gai·ly, gay- ['gelɪ] 形 1 快活地，愉快地，歡樂地。2 華麗地，華美地。

:gain [gen] 動及1 獲得，得到；賺得；贏得：～ a victory 獲得勝利 / ～ an advantage over... 比⋯占優勢。2 說服；勸導《*over*》。3 增加，增進；（鐘錶）走快。4 到達，抵達。5 蒙受。6 引起，招致。一不及1 改善，進步；增進。2 獲得利益。3 接近，趕上《*on, upon...*》。4 拉遠距離《*on, upon...*》：～ *on* one's pursuers 把追趕者拋在後面。5（鐘錶）走快。

gain ground 前進；進步，改善。

gain on... (1) ⇨動 不及 3. (2) ⇨動 不及 4. (3)逐漸侵蝕（陸地）。(4)爲⋯所喜歡。(5)《古》巴結，討⋯的歡心。

gain time 爭取時間；拖延時間。

一图 1 Ⓤ 利益；《～**s**》收益，利潤，報酬：No ～*s* without pains.《諺》不勞則無獲；苦盡甘來。2 增加；進步。3 Ⓤ 獲得。4 音量增加；音量調整；（增幅器等的）增益。

gain·er ['genɚ] 图 1 獲得者；獲利者；勝利者：come off a ～ 成爲勝利者。2 = full gainer. 3〖泳〗後滾翻花式（跳水）。

gain·ful ['genfəl] 形 1 有利益的，有利的。2 有報酬的。～**·ly** 副

gain·ings ['genɪŋz] 图(複) 收入，收益。

gain·less ['genlɪs] 形 無利可圖的；一無所獲的。

gain·ly ['genlɪ] 形《主方》1 敏捷的；優美的。2 合適的，恰當的。

gain·say [gen'se] 動 (-**said**, ～**·ing**) 及《文》《通常用於否定、疑問》1 否認。2 反駁；爭論。一图否認；反駁。

(')gainst [genst] 介連〖詩〗= against.

gait [get] 图 1 步態，步伐，步調。2（馬的）步法。

gait·ed ['getɪd] 形《通常作複合詞》有⋯步伐的：stiff-*gaited* 步伐不靈活的 / wary-*gaited* readers 讀書仔細的人。

gait·er ['getɚ] 图1 綁腿。2《美》長統橡膠鞋。

gal[1] [gæl] 图《口》= girl.

gal[2] [gæl] 图伽：重力加速度單位。

gal[3] 《縮寫》*gal*lon(s).

Gal. 《縮寫》*Gal*atians.

ga·la ['gelə, 'gɑlə] 形節目的，愉快的。一图1 慶祝；節日；特別的娛樂；《英》運動會。2 盛裝：in ～ 著盛裝。

ga·lac·tic [gə'læktɪk] 形1〖天〗星系的；銀河的。2 巨大的。

ga·lac·tose [gə'læktos] 图Ⓤ〖化〗半乳糖。

Gal·a·had ['gælə,hæd] 图〖亞瑟王傳說〗加拉哈特：圓桌武士中最高尚純潔者。

gal·an·tine ['gælən,tin] 图Ⓤ（用雞肉、小牛肉等所作成的）冷凍肉食。

ga·'lan·ty ˌshow [gə'læntɪ-] 图影子戲。

Ga·'la·pa·gos 'Islands [gə'lɑpə,gos-] 图(複)《the ～》加拉巴哥群島：位於東太平洋赤道正下方，屬厄瓜多。

Ga·la·tia [gə'leʃə, -ʃɪə] 图加拉太：小亞細亞中部之一古國名。

Ga·la·tian [gə'leʃən, -ʃɪən] 形加拉太（人）的。一图 1 加拉太人。2《**the** ～**s**》〖聖〗加拉太書。

gal·ax·y ['gæləksɪ] 图(複-**ax·ies**) 1〖天〗星系；《**the G-**》= Milky Way. 2 顯赫的一群（人、物）：a ～ of movie stars 一群星光熠熠的電影明星。3 聚集，集合。

:gale [gel] 图 1 大風；強風（風速 13.9–28.4 m/s）：a ～ of wind 一陣強風。2（感情等的）突發；《美口》興奮：～*s* of laughter 陣陣笑聲。

ga·le·na [gə'linə] 图Ⓤ〖礦〗方鉛礦。

Gal·i·le·an [,gælə'liən] 形加利利的；加利利人的。一图1 加利利人。2《罕》基督教徒。3《**the G-**》= Jesus.

gal·i·lee ['gælə,li] 图 教堂的門廊。

Gal·i·lee ['gælə,li] 图 加利利（以色列北部的一地區）：the man of ～ 耶穌。

Gal·i·le·o [,gælə'lio] 图 伽利略（1564–1642）：義大利數學家、物理學家、天文學家。

-le·an [-'liən] 形

gal·i·ot ['gælɪət] 图1（昔日地中海的一種帆槳兩用的）小快艇。2（荷蘭）單桅小型帆船。

gall[1] [gɔl] 图Ⓤ 1 膽汁，牛的膽汁；膽囊；苦的東西：the ～ of repentance 後悔的苦汁。2 苦楚；憎惡：vent one's ～ 傾吐出對⋯的憎惡。3《口》厚顏；魯莽：have the ～ to do 竟會厚著臉皮做⋯。

dip one's pen in gall 惡毒地寫。

gall and wormwood 極可憎的東西。

in the gall of bitterness 受極端的痛苦。

gall[2] [gɔl] 動及1 擦傷，擦破。2 使焦躁，使惱怒。一不及 擦破；〖機〗磨損。一图 1 擦傷。2 令人惱怒之事；焦躁，憂慮。

gall³ [gɔl] [名]〖植〗(生於葉、莖、根上的)蟲癭,五倍子,沒食子。

·**gal·lant** ['gælənt] [形]**1** 勇敢的,英勇的,有勇氣的。**2** 堂皇的,壯麗的;華美的;豪華的:make a ～ show 把外觀裝飾得很華麗。**3** [gə'lænt, 'gælənt](對女人)殷勤的;性愛的,色情的。—[gə'lænt, 'gælənt] [名]**1** 勇敢的男子。**2**《古》時髦人物;溫柔男子。**3**《古》(對女人)求婚者;愛人;情人。—[gə'lænt, 'gælənt] [動][及]向(女人)獻殷勤;隨侍。—[不及]打扮時髦;向女人求愛;(與異性結伴)遊蕩。～**·ly** [副],～**·ness** [名]

gal·lant·ry ['gæləntrɪ] [名](複**-ries**)**1** [U]勇敢,英勇。**2** [U](對女人)殷勤;[U][C]風流韻事。**3** 勇敢的言行;獻殷勤的言行。

'**gall ˌbladder** [名]〖解〗膽囊。

gal·le·on ['gælɪən, -jən] [名](15－18 世紀的)西班牙大帆船。

·**gal·ler·y** ['gælərɪ] [名](複**-ler·ies**)**1** 走廊,迴廊;柱廊。**2** 陽臺。**3** 狹長的房間。**4** 廊臺,邊座;頂層樓座;《**the** ～》《集合名詞》頂層樓座的觀眾,一般觀眾。**5** 一般大眾;《集合名詞》(高爾夫球賽等的)觀眾;聽眾。**6** 畫廊,美術品陳列室;美術館(《美》museum);《集合名詞》陳列的美術品。**7** 攝影室;射擊練習場。**8**〖礦〗橫坑道;地下通道。

play to the gallery 設法迎合大眾趣味。

gal·ler·y·go·er ['gælərɪ,goə] [名]經常參觀畫廊、美術館的人。

·**gal·ley** ['gælɪ] [名](複～**s** [-z])**1**〖史〗單甲板平底帆船。**2**〖海〗櫓櫂船。**3** 船上廚房。**4**〖印〗⑴長方形活字盤。⑵ = galley proof.

'**galley ˌproof** [名]〖印〗長條校樣。

'**galley ˌslave** [名]**1** 划船的奴隸或囚犯。**2** 做苦工的人。

gall·fly ['gɔl,flaɪ] [名](複**-flies**)五倍子蟲。

Gal·lic ['gælɪk] [形]**1** 高盧(人)的。**2**《常爲謔》法國(人)的。

Gal·li·cism ['gælə,sɪzəm] [名]《偶作**g-**》**1** 法語特點。**2**(別種語言中的)法語成語,法式說法。**3** 法國的習俗。

Gal·li·cize ['gælə,saɪz] [動][及][不及]《偶作**g-**》(使)具有法國風格,(使)法國化。

gal·li·gas·kins [,gælɪ'gæskɪnz] [名](複)**1**(16－17 世紀時的)寬鬆男褲;《謔》燈籠褲。**2**《英方》皮綁腿。

gal·li·mau·fry [,gælə'mɔfrɪ] [名](複**-fries**)《文》**1** 雜湊,混合。**2** 雜燴。

gall·ing ['gɔlɪŋ] [形]令人焦躁的,惹人生氣的。～**·ly** [副]

gal·li·nule ['gælə,nul, -,njul] [名]〖鳥〗鷸:秧雞科的水鳥。

gal·li·ot ['gælɪət] [名] = galiot.

gal·li·pot ['gælə,pɑt] [名]**1** 陶製小罐;藥罐。**2**《古》藥劑師。

gal·li·um ['gælɪəm] [名][U]〖化〗鎵。符號:Ga

gal·li·vant ['gælə,vænt] [動][不及]**1** 閒蕩,閒逛《*about*》。**2**(與異性)遊蕩。

gall·nut ['gɔl,nʌt] [名](生在植物上的)五倍子,蟲癭,沒食子。

·**gal·lon** ['gælən] [名]**1** 加侖:液量單位(略作:gal)。**2** 加侖:英國的穀量單位。**3** 一加侖的液體或穀物。**4**《通常作 ～**s**》多數,大量。

gal·loon [gə'lun] [名](毛線等的)細帶,花邊,金銀帶。**-looned** [形]

·**gal·lop** ['gæləp] [動][不及]**1**(騎馬)飛奔;疾馳。**2** 急速前進;匆匆地做[講,讀]《*off, through*》。

—[及]使奔馳《*off*》。—[名]**1** 疾馳。**2** 奔馳;迅速進行;急速進行的期間。

at a gallop 奔馳;全速地。

gal·lop·ing ['gæləpɪŋ] [形]**1** 疾馳的;迅速移動的。**2** 成長迅速的;快速惡化的。

gal·lows ['gæloz] [名](複～**·es**, ～)**1** 絞刑架,(類似絞刑架的)懸掛物品的裝置[器具],掛架;單槓。**2**《**the** ～》絞刑。**3** = gallows bird.

—[形]**1** 應處絞刑的;罪大惡極的。**2**《英方》卑劣的;頑皮的;《俚》非常的。

'**gallows ˌbird** [名]《口》應處絞刑的人,罪大惡極的人。

'**gallows ˌhumor** [名][U]殘忍的幽默。

gall·stone ['gɔl,ston] [名]〖病〗膽石,膽結石。

'**Gal·lup ˌpoll** ['gæləp-] [名]《**the** ～》《美》蓋洛普民意測驗。

ga·loot, gal- [gə'lut] [名]《俚》呆子。

gal·op ['gæləp] [名]蓋樂普舞;其舞曲。—[動][不及]跳蓋樂普舞。

ga·lore [gə'lor] [副]很多地,豐富地。

ga·losh(e) [gə'lɑʃ] [名]《通常作 ～**s**》橡膠長統套鞋。

gals.《縮寫》gal*lon*s.

Gals·wor·thy ['gɔlz,wɝðɪ] [名] **John**, 高茲渥希(1867－1933):英國小說家及劇作家,獲得 1932 年諾貝爾文學獎。

ga·lumph [gə'lʌmf] [動][不及]《口》**1** 笨拙地奔跑。**2** 得意揚揚地走。

gal·van·ic [gæl'vænɪk] [形]**1** 以化學作用產生電流的。**2** 觸電似的;震驚的;使人振奮的。**-i·cal·ly** [副]

gal·va·nism ['gælvə,nɪzəm] [名][U]**1**〖電〗流電,(由化學作用產生的)電。**2**〖醫〗化電療法,電療。

gal·va·ni·za·tion [,gælvənə'zeʃən] [名][U]**1** 通電流;刺激。**2**〖醫〗電療。**3** 電鍍,鍍鋅。

gal·va·nize ['gælvə,naɪz] [動][及]**1** 通電流於,通電刺激。**2** 使興奮;刺激,激勵。**3**〖醫〗施行電療。**4** 鍍鋅。

gal·va·nom·e·ter [,gælvə'nɑmətə] [名]電流計。**-no·met·ric** [-no'mɛtrɪk] [形]

gal·va·nom·e·try [,gælvə'nɑmətrɪ] [名][U]電流測定(法)。

gal·va·no·scope ['gælvənə,skop, gæl'v

ænə,skop] 名 檢電器，檢流器。

gam[1] [gæm] 名 1 鯨魚群。2《美方》（捕鯨船間的）友好訪問。
—動 (gammed, ~·ming) 不及 1（鯨魚）聚集成群。2〖海〗（兩艘捕鯨船船員）作友誼訪問。3《美方》交際，互訪。—及 交際，聯歡。

gam[2] [gæm] 名《俚》（女性的）腿。

Ga·ma ['gɑmə, 'gæ-] 名 **Vasco da,** 伽馬（約 1460–1524）：葡萄牙航海家；好望角航路的發現者。

Gam·bi·a ['gæmbɪə] 名《the ~》甘比亞（共和國）：位於非洲西部；首都爲班竹（Banjul）。

Gam·bi·an ['gæmbɪən] 名 甘比亞人。—形 甘比亞的，甘比亞人的。

gam·bit ['gæmbɪt] 名 1〖西洋棋〗（犧牲卒子以取得優勢的）開局棋法。2 開場白。3 求取優勢的策略。

·**gam·ble** ['gæmbl] 動 (-bled, -bling) 不及 1 賭博《at...》：~ *at* cards 賭紙牌。2 冒險；投機；碰運氣《on...》。—及 1 賭輸《away》。2 打賭《on...》。—名 1 投機；冒險。2 打賭；賭博。

gam·bler ['gæmblɚ] 名 賭徒；投機的人：take a ~'s chance 賭賭運氣。

gam·bling ['gæmblɪŋ] 名 U 賭博。

'gambling ,house [,den] 名 賭場，賭窟。

gam·boge [gæm'bodʒ, -'buʒ] 名 U 1 藤黃，雌黃。2 黃色，橙黃色。

gam·bol ['gæmbl] 動 (~ed, ~·ing 或《英》-bolled, ~·ling) 不及 跳躍；雀躍，歡鬧；蹦蹦跳跳《about...》。—名《通常作~s》跳躍；嬉戲。

'gambrel ,roof 名〖建〗複折屋頂。

:**game**[1] [gem] 名 1 遊玩，娛樂，遊戲；有趣的事。2 體育用品，遊戲器具。3 比賽，運動會；（比賽中的）一場，一局，一盤。4《~s》運動會；（古希臘、羅馬的）運動競賽會；格鬥會。5（獲勝所需的）積分；得分；比賽狀況；競賽辦法。6 競賽，競爭。7 計謀；計畫；花招；《口》（帶有投機性的）職業，生意；《俚》賣淫；竊盜。8 玩笑，嬉戲。9 U《集合名詞》獵物；獵物的肉；目標，對象《*for*...》。10 U 鬥志，勇氣；耐力。11（天鵝等的）群。

ahead of the game《美口》占優勢的；贏錢的；賺錢的。

be on one's game（馬、比賽者）狀況良好。

fly at high(er) game 懷（更）大志向。

game and (set) 〖網球〗比賽結束。

game that two can play 一場兩個人都會玩的把戲。

give the game away 暴露自己的意圖；洩漏祕密計畫等。

have a game with... 愚弄；欺騙。

have the game in one's hands 穩操勝算，有必勝的把握。

make game of... 嘲笑，戲弄。

not in the game 不可能成功。

play a good game 手法高明。

play another's game / play the game of another《通常用於命令、否定》無意中做有利於他人的事。

play the game《口》(1) 遵守比賽規則。(2) 正直誠實，正大光明地做。

—形 (gam·er, gam·est) 1 狩獵的；獵物（之肉）的。2 有鬥志的；勇敢的。3《口》高興做的《*for*..., *to do*》。

die game (1) 壯烈成仁。(2) 奮鬥到底。

—動 (gamed, gam·ing) 不及《文》賭博。—及 因賭博而浪費《*away*》。

game[2] [gem] 形《口》殘廢的；跛的。

game·bag ['gem,bæg] 名 獵囊，獵袋。

'game ,ball 名 得勝紀念球。

'game ,bird 名 獵鳥。

game·cock ['gem,kɑk] 名 鬥雞。

'game ,fish 名 供垂釣之魚。

'game ,fowl 名 鬥雞；獵鳥。

game·keep·er ['gem,kipɚ] 名（私人土地上的）獵場看守人。

'game ,law 名 狩獵法。

'game ,license 名 狩獵執照。

'game of 'chance 名 靠運氣的遊戲。

'game ,park 名 野生動物保護區。

'game ,plan 名《美》精心策劃的行動策略。

'game ,point 名 決勝分，局點。

'game re,serve 名 禁獵區，鳥獸保護區。

'game ,room 名 遊戲室。

games·man ['gemzmən] 名 (複 **-men**) 巧用規則獲勝的人；要花招的人。

games·man·ship ['gemzmən,ʃɪp] 名 U（用以取勝而又不犯規的）小動作；花招。

'games ,master 名《英》體育教師。

game·some ['gemsəm] 形 好戲謔的，愛玩的；愉快的。~·**ly** 副

game·ster ['gemstɚ] 名 賭徒。

'game(s) ,theory 名《the ~》對策論，博奕論。

gam·ete ['gæmit, gə'mit] 名〖生〗配子。

'game ,warden 名 禁獵區管理員。

gam·ey ['gemɪ] 形 = gamy.

gam·in ['gæmɪn] 名 (複 ~**s** [-z]) 流浪兒。

gam·ine ['gæmin, -'-] 名 (複 ~**s** [-z]) 1 帶男孩氣的女孩。2 活潑好動且調皮的小女孩。3 流浪街頭的女孩。

gam·ing ['gemɪŋ] 名 U，形 賭博（的）。

gam·ma ['gæmə] 名 1 U C 伽瑪（Γ, ϒ）：希臘字母第三個字母。2 第三個。3（複~）微克：一百萬分之一公克。4〖理〗伽瑪：磁場強度單位。5〖攝〗反差係數。6〖理〗伽瑪射線。7《主英》學業成績分三級中最差之一級。

gam·ma·di·on [gə'medɪən] 名 (複 **-di·a**

G

[-dɪə]) 由四個大寫的希臘字母 Γ 所構成之圖形；卍形。

'gamma 'globulin 名U〖生化〗伽瑪球蛋白。

'gamma ,rays 名〖理〗伽瑪射線。

gam·mer ['gæmɚ] 名《古》老媼。

gam·mon¹ ['gæmən] 名西洋雙陸棋；該棋戲之全勝。

gam·mon² ['gæmən] 名 1 U 燻火腿，臘腿。2 醃豬肋肉的下部。

gam·mon³ ['gæmən] 名U《英口》胡說，蠢話；欺騙。—動不及 1 胡說。2 裝糊塗，裝假。—及 欺騙。

gam·my ['gæmɪ] 形《俚》= game².

gam·o·pho·bi·a [,gæmə'fobɪə] 名U 結婚恐懼症，婚姻恐懼。

gamp [gæmp] 名《英口》大傘。

gam·ut ['gæmət] 名 1 全部，整個範圍。2〖樂〗音階；全音域；大音階。

gam·y ['gemɪ] 形 **(gam·i·er, gam·i·est)** 1 有獵物之氣味的；發臭的。2 膽子大的；有活力的。3 腐化的；淫穢的。4 獵物多的。

-gamy 《字尾》表「某種婚姻制度或性關係」之意。

gan·der ['gændɚ] 名 1 雄鵝。2《俚》一眼，一瞥。3《口》笨人。

Gan·dhi ['gandɪ] 名 **Mohandas Karamchand**，甘地（1869－1948）：印度宗教領袖、民族主義者、社會改革家。～**·an** 形甘地的，甘地主義的。

ga·nef ['ganəf] 名《美俚》賊；騙子；壞蛋。

·gang [gæŋ] 名 1 一群，一隊，一夥；同僚。2 夥伴；幫派。3（匪徒等的）幫，暴力集團。4（工具的）一組。—動及 1 使組成幫。2《口》合夥攻擊。—不及 1《口》聯合在一起，結夥。2《蘇》去，走。

gang up on a person 《口》聯合對付（某人）。

gang ,bang 名《俚》雜交，輪姦。—動不及及 雜交，輪姦。

gang·board ['gæŋ,bɔrd] 名〖海〗跳板。

gang·bust·er ['gæŋ,bʌstɚ] 名《俚》致力於打擊犯罪組織的人，幫派剋星。

like gangbusters 《俚》幹勁十足地。

gang·er ['gæŋɚ] 名工頭，領班。

Gan·ges ['gændʒiz] 名《the ～》恆河：流經印度北部，注入孟加拉灣。

gang·land ['gæŋ,lænd, -lənd] 名黑幫橫行的街區；黑社會。

gan·gle ['gæŋgl] 動不及 笨拙地行進。—名 笨拙的動作。

gan·gli·a ['gæŋglɪə] 名 **ganglion** 的複數形。

gan·gling ['gæŋglɪŋ] 形身材瘦長的。

gan·gli·on ['gæŋglɪən] 名（複**-gli·a** [-glɪə], ～s) 1〖解〗神經節；神經中樞。2（智慧、產業活動等的）中心，中樞。

gan·gly ['gæŋglɪ] 形 **(-gli·er, -gli·est)** = gangling.

gang·plank ['gæŋ,plæŋk] 名（船的）跳板，踏板，梯板。

gang·rape ['gæŋ,rep] 名UC《俚》輪姦。—動及 輪姦。

gan·grene ['gæŋgrin] 名U〖病〗壞疽，脫疽；《喻》頹廢。—動及不及 生壞疽。

gan·gre·nous ['gæŋgrɪnəs] 形 得壞疽病的，腐爛的。

gang·ster ['gæŋstɚ] 名幫派分子，幫匪，匪徒；歹徒。

gang·way ['gæŋ,we] 名 1 通道。2《英》(1)（戲院等座席間的）走道。(2)（英國國會資深議員與資淺議員席位間的）過道。3〖鐵路〗客車之間的一般通道。4〖海〗(1) 梯口通道。(2) = gangplank. 5 舷梯。6（運送圓木至鋸木廠的）傾斜道。

—['-'-]感請讓路！請走開！

gan·ja ['gandʒa] 名 U 一種強烈的大麻煙。

gan·net ['gænɪt] 名〖鳥〗塘鵝。

gant·let¹ ['gæntlɪt, 'ga-] 名 1〖鐵路〗套線，套式軌道。2 = gauntlet² 1, 2.

gant·let² ['gæntlɪt, 'ga-] 名= gauntlet¹.

gan·try ['gæntrɪ] 名(複 **-tries**) 1 支撐木桶的框架。2 高架移動起重機，橋形臺架；〖鐵路〗跨軌信號架；〖太空〗輕型支架；高架構臺。

gaol [dʒel] 名，動及《英》= jail.

gaol·bird ['dʒel,bɝd] 名《英口》= jailbird.

gaol·er ['dʒelɚ] 名《英》= jailer.

·gap [gæp] 名 1 裂縫，漏洞；間斷；空地；空白《*in*...》；間隙；缺陷。2 隔閡，差異。3 峽谷，隘口；山間窄徑。

—動 **(gapped, ～·ping)** 及 使有縫隙。

—不及 裂開，缺口。

·gape [gep,gæp] 動 **(gaped, gap·ing)** 不及 1 目瞪口呆《*at*...》；張開大口；《古》打呵欠。2 開口，裂開。3《古》渴望《*after, for*...》；希望。—名 1 裂口，缺口。2 張口；呵欠；目瞪口呆。3〖動〗嘴張開時的寬度。4 渴望。5《**the ～s**》《作單數》一陣呵欠。**'gap·er** 名, **'gap·ing·ly** 副

gape·seed ['gep,sid] 名《英方》1 UC 白日夢；不可能實現的目標。2 目瞪口呆的人。3 不平凡的東西；驚人的東西。

gap·o·sis [gæ'posɪs] 名 1《口》（扣上鈕釦的前襟因過緊等所呈現的）開口。2 代溝現象，差距。

gap·py ['gæpɪ] 形有裂縫的；間斷的。

gap-toothed ['gæp,tuθt, -ðd] 形 兩齒間有隙縫的。

gar [gar] 名 (複～, ～s) 1 長嘴硬鱗骨魚類。2 = needlefish 1.

·ga·rage [gə'raʒ, -'radʒ] 名 1 車庫。2 汽車修理廠。3（附有修車部的）加油站。

—動 **(-raged, -rag·ing)** 及 開進車庫或修車廠。

~·ful [-,ful] 名 滿滿一車庫（之量）。

ga·rage·man [gə'rɑʒ,mæn] 名 (複 -men) 修車廠工人；汽車技工。

ga'rage ,sale 名《美》舊貨廉售（在賣主家當場進行）。

garb [gɑrb] 名 1 U 服裝，裝束；衣飾，裝扮。2 U C 外觀，外表。—動 及《反身或被動》穿著…的衣服，做…的打扮《*in...*》。

gar·bage ['gɑrbɪdʒ] 名 U 1《主美》剩餘菜飯；垃圾。2《主美》無價值的東西，廢物。3〖電腦〗不正確的資料；無用數據：garbage in, garbage out（GIGO）無意義資訊的輸入及輸出。4〖籃球〗籃下輕易的得分。5〖網球〗恰好過網之球。

'garbage ,can 名《美》垃圾桶。

'garbage col,lector 名《美》清潔工人（《英》dustman）。

'garbage dis,posal 名《美》垃圾處理。

'garbage ,truck 名《美》垃圾車（《英》dust cart）。

gar·ble ['gɑrbl] 動 及 1 歪曲，斷章取義；任意竄改。2 使混雜。—名 U C 1 曲解。2 被曲解的事物，被竄改的文章。

gar·bled ['gɑrbəld] 形 混淆不清的，不正確的。

gar·bol·o·gist [gɑr'bɑlədʒɪst] 名 垃圾處理工人。

gar·çon [gɑr'sɔŋ] 名 (複~s ['sɔŋ])《法語》1 男僕；侍者。2 少年。

:gar·den ['gɑrdn̩] 名 1 庭園，花園，菜圃，果園。2《通常作~s》公園，遊樂園。3《前冠地名》…街，…廣場。4《美》大型公眾集會廳。5《文》肥沃之土，穀倉地帶。

cultivate one's (own) garden 默默地做自己的事，注意自己的事。

Everything in the garden is lovely.《口》《常為反語》好得令人無話可說。

—形 1 庭園的；生長於花園的；有花園的；園藝用的。2 普通的，常見的。

lead** a person **up the garden (path)《口》使迷惑，欺騙。

—動 不及 造庭園；從事園藝。—及 把（地）開闢成庭園；造庭園於。

'garden apartment 名《美》花園公寓。

'garden ,balm 名〖植〗香水薄荷。

'garden ,center 名 園藝中心，園藝用品商店。

'garden 'city 名 花園城市。

·gar·den·er ['gɑrdnə·, 'gɑrdənə·] 名 園丁；花匠；園藝家。

gar·de·nia [gɑr'dinjə] 名〖植〗梔子花。

gar·den·ing ['gɑrdn̩ɪŋ] 名 U 園藝；花匠的工作，造園，造園術。

'garden ,party 名 園遊會。

'Garden 'State 名《the ~》花園州：美國 New Jersey 州的別稱。

'garden ,stuff 名 U《英》蔬果類。

gar·den-va·ri·e·ty ['gɑrdn̩və'raɪətɪ] 形《口》普通（品種）的，平凡（品種）的。

gar·fish ['gɑrfɪʃ] 名 (複~, ~·es) = gar.

Gar·gan·tu·a [gɑr'gæntʃuə] 名 高康大：法國諷刺小說家 Rabelais 的小說 *Gargantua* 中，以狂飲大食而出名的巨人王。

gar·gan·tu·an [gɑr'gæntʃuən] 形 巨大的：a ~ appetite 巨大的胃口。

gar·gle ['gɑrgl] 動 及 1 漱（口、喉）。2 咕嚕咕嚕地說。—不及 1 漱口《*with...*》。2 發出與漱口聲類似的聲音。—名 1 U 漱口劑；C 漱口。2 漱口聲。

gar·goyle ['gɑrgɔɪl] 名 承霤口：(1) 以人或動物形狀所作之古怪的雕刻。(2)（哥德式建築附在屋簷排水溝末端的）怪獸形的滴水口。

gar·i·bal·di [,gærə'bɔldɪ] 名 加里波的衫：一種女用寬大上衣。

gar·ish ['gɛrɪʃ] 形 1（裝飾等）過於豔麗的；俗麗的。2（文章等）過於修飾的。3 耀眼的。~·ly 副, ~·ness 名

gar·land ['gɑrlənd] 名 1 花環，花冠；榮譽，名譽；勝利的標誌，獎品。2 詩歌選集。3〖海〗（繩纜等的）索環。—動 及 戴花環，以花圈裝飾。

gar·lic ['gɑrlɪk] 名 U 1〖植〗大蒜；蒜頭。2 大蒜味。—形 以蒜調味的。

gar·lick·y ['gɑrlɪkɪ] 形 加了大蒜的；有大蒜味的。

·gar·ment ['gɑrmənt] 名 1 一件衣服；《~s》衣服，服裝。2 外表，裝扮。—動 及《通常用過去分詞》穿衣服。

'garment 'bag 1（攜帶衣服用的）褶疊式袋子。2 保護西裝等外衣的套子。

gar·ner ['gɑrnə·] 動 及《文》1 儲藏，蓄積；收集。2 獲得，取得。—名 1《文》穀倉。2 累積物；儲存物。

gar·net ['gɑrnɪt] 名 1 U C 石榴石。2 U 深紅色。

gar·nish ['gɑrnɪʃ] 動 及 1 裝飾；修飾（文章）《*with...*》。2 加上配菜《*with ...*》。3〖法〗傳訊（第三者）；扣押（第三債務人的）債權。—名 1 配菜，配料。2 裝飾品；華麗的詞藻。

gar·nish·ee [,gɑrnɪ'ʃi] 動 及〖法〗1 扣押債權；扣押薪金。2 通知扣押債權。—名 接到債權扣押令的人，第三債務人。

gar·nish·ment ['gɑrnɪʃmənt] 名 1 U C 裝飾（品）。2〖法〗（對第三者的）傳票，出庭令；（發給第三債務人的）債權扣押令。

gar·ni·ture ['gɑrnɪtʃə·] 名 1 U C 裝飾（品）。2〖烹飪〗配菜，配料。3 家具，擺設。

gar·ret ['gærɪt] 名 閣樓 = attic 1.

·gar·ri·son ['gærəsn̩] 名 1 衛戍部隊，駐軍：in ~ 駐防。2 要塞；駐紮地。—動 及 派衛戍部隊駐守；以軍隊占領。

'garrison ,state 名 實行軍事統治的國

家；軍人控制的中央集權國家。

gar·rote [gə'rɑt, -'rot] 名 1 西班牙式絞刑；此種絞刑所用的鐵環。2 勒殺強盜。3 勒殺搶劫所用的繩環。

—動 及 1（用鐵環）絞死，處以絞刑。2 把…勒斃劫其財物。

gar·rotte [gə'rɑt, -'rot] 名，動 及《英》= garrote.

gar·ru·li·ty [gə'rulətɪ] 名 Ⓤ 饒舌，多嘴。

gar·ru·lous ['gærələs] 形 1 喋喋不休的，饒舌的；冗長的。2 潺潺不息的；啁啾不停的。

～·ly 副, ～·ness 名

·**gar·ter** ['gɑrtɚ] 名 1《通常作～s》《主美》吊襪帶（《英》(sock) suspender）；扣襯衫袖子的橡皮帶子。2《英》(1)《the G-》嘉德勳章：英國爵士的最高勳章。(2)《通常作 G-》嘉德勳章受勳者。(3)《G-》嘉德勳位。3《G-》《英》勳章院第一部長。—動 及 用襪帶繫緊。

'**garter ˌbelt** 名 女用吊襪束腰帶。

'**garter ˌsnake** 名〖動〗《美》花紋蛇。

·**gas** [gæs] 名(複～·es,《美亦作》～·ses) 1 Ⓤ Ⓒ〖理〗氣體；(空氣以外的) 氣，混合氣。2 Ⓤ（麻醉用的）笑氣。3 Ⓤ 煤氣，瓦斯；毒氣；沼氣：fuel ～ 燃料氣 / tear ～ 催淚瓦斯。4 Ⓤ《美口》(1) 汽油。(2)《通常作 the ～》(汽車等的) 油門。5 Ⓤ《俚》空談，胡扯。6 (1)《俚》非常愉快的人，很好玩的事。(2) 給人很大影響的人[事]。

step on the gas《俚》踩油門，加速；加緊，趕緊行動。

—動 (gassed, ～·sing) 及 1 供給煤氣[氣體]；給（車）加汽油。2 用毒氣攻擊；以毒氣使…窒息。3 用煤氣[氣體]處理。4《俚》空談，胡說。5《俚》使開心。—不及 1（充電中的電池）發散氣體。2《通常用進行式》胡說《*about...*》。

gas up《美》（給汽車、飛機等）加滿油。

'**gas atˌtack** 名〖軍〗毒氣攻擊。

gas·bag ['gæsˌbæg] 名 1（氣球等的）氣囊。2《俚》廢話連篇的人，吹牛大王。

'**gas ˌbracket** 名 煤氣燈托座[供氣管]。

'**gas ˌburner** 名 1（煤氣爐的）煤氣噴嘴。2 以煤氣為燃料的器具。

'**gas ˌchamber** 名 死刑毒氣室。

gas·con·ade [ˌgæskən'ed] 名 Ⓤ 大話，自吹自擂的話。—動 不及 吹牛，誇口；嚇唬。

gas·e·i·ty [gæ'siətɪ] 名 Ⓤ 氣態；氣體。

gas·e·lier [ˌgæsə'lɪr] 名 = gasolier.

·**gas·e·ous** ['gæsɪəs] 形 1 氣態的；氣體的。2 無實質的；不可靠的。

'**gas ˌfire** 名《英》煤氣暖爐。

gas-fired ['gæsˌfaɪrd] 形 以瓦斯為燃料的。

'**gas ˌfitter** 名 煤氣安裝工人。

'**gas ˌfitting** 名 1 Ⓤ 煤氣裝置工程。2《～s》煤氣裝備。

gas(-)guz·zler ['gæsˌgʌzlɚ] 名《尤美加》耗油量極大的汽車。

gas-guz·zling ['gæsˌgʌzlɪŋ] 形《尤美加》很耗汽油的。

gash[1] [gæʃ] 名 1 長而深的傷口。2（岩石等的）裂縫。

—動 及 劃深長切口，劃開。

gash[2] [gæʃ] 名 Ⓤ《主蘇》喋喋不休，空談。—形 1 有知識的；明智的；機智的。2 穿著整齊的，外表漂亮的。3 愛說話的。—動 不及 空談。

'**gas ˌhelmet** 名〖軍〗= gas mask.

gas·hold·er ['gæsˌholdɚ] 名 瓦斯容器，煤氣筒（《英》gasometer）。

gas·house ['gæsˌhaus] 名 (複 **-hous·es** [-zɪz]) = gasworks.

gas·i·fi·ca·tion [ˌgæsəfɪ'keʃən] 名 Ⓤ 氣化；瓦斯化。

gas·i·fy ['gæsəˌfaɪ] 動 (**-fied**, ～**·ing**) 及 不及（使）氣化，（使）變成氣體。

'**gas ˌjet** 名 煤氣口；Ⓤ 煤氣燈的火焰。

gas·ket ['gæskɪt] 名 1 墊圈，密封墊。2〖航海〗捲帆索。～**·ed** 形 裝有墊圈的。

gas·light ['gæsˌlaɪt] 名 1 Ⓤ 煤氣燈光。2 煤氣燈；煤氣噴嘴。

'**gas ˌmain** 名 煤氣總管。

gas·man ['gæsˌmæn] 名 (複 **-men**) 1 煤氣公司的職員；煤氣抄表人，瓦斯收費員。2 = gas fitter.

'**gas ˌmantle** 名 = mantle 名 4.

'**gas ˌmask** 名 防毒面具。

'**gas ˌmeter** 名 煤氣表，瓦斯表。

gas·o·hol ['gæsəˌhɔl] 名 Ⓤ 酒精汽油。

gas·o·lier [ˌgæsə'lɪr] 名 瓦斯吊燈。

·**gas·o·line, -lene** [ˌgæsə'lin, '--ˌ-] 名 Ⓤ 汽油，揮發油（《英》petrol）。**-'lin·ic** 形

gas·om·e·ter [gæs'ɑmətɚ] 名 1 煤氣計量器，瓦斯容器。2《英》煤氣槽。

·**gasp** [gæsp, gɑsp] 名 1 喘氣；屏息：with a ～ of astonishment 吃驚得倒抽一口冷氣。2 上氣不接下氣地發出的短促聲音。

at one's last gasp (1) 即將斷氣。(2) 奄奄一息。

to the last gasp 直到死時，直到最後。

—動 不及 1 喘氣；屏息《*with, in...*》：～ *with* horror 嚇得透不過氣來。2 渴望《*for, after...*》。—及 喘著氣說《*out*》。

gasp one's last / ***gasp one's life away*** 斷氣，死亡。

gas·per ['gæspɚ, gɑspət] 名 1 喘氣者。2《英俚》廉價香煙。

'**gas ˌrange** 名《美》煤氣爐，瓦斯爐。

'**gas ˌring** 名 環形瓦斯爐。

gas·ser ['gæsɚ] 名 1 供氣物；天然氣井。2《俚》有趣的事。3《俚》好吹噓者。

'**gas ˌshell** 名〖軍〗毒氣彈。

gas·sing ['gæsɪŋ] 名 Ⓤ Ⓒ 1 氣體處理。2 毒氣攻擊。3 氣體的產生；（燻蒸消毒等

時的）氣化。

'gas ˌstation 名《美》加油站（= filling station,《英》petrol station）。

'gas ˌstove 名煤氣爐。

gas·sy ['gæsɪ] 形 (**-si·er, -si·est**) **1** 充滿氣體的；含氣體的。**2** 氣狀的。**3** 誇張的。

'gas ˌtank 名 **1** 煤氣槽。**2** 油箱。

gas·ter·o·pod ['gæstərəˌpɑd] 名形 = gastropod.

gas·tight ['gæsˌtaɪt] 形 不漏氣的。

gas·tral·gi·a [gæs'trældʒɪə, -dʒə] 名 U 〖病〗胃神經痛；胃痛。**-gic** 形名

gas·tric ['gæstrɪk] 形 胃的。

'gastric ˌjuices 名(複)胃液。

gas·tri·tis [gæs'traɪtɪs] 名 U 〖病〗胃炎。

gastro- 《字首》表「胃」之意。

gas·tro·en·ter·i·tis [ˌgæstroˌɛntə'raɪtɪs] 名 U 〖病〗胃腸炎。

gas·tro·en·ter·ol·o·gy [ˌgæstroˌɛntə'rɑlədʒɪ] 名 U 胃腸科，胃腸病學。

gas·tro·in·tes·ti·nal [ˌgæstroɪn'tɛstənḷ] 形 〖解〗胃腸的。

gas·trol·o·gy [gæs'trɑlədʒɪ] 名 U 胃學，胃病學。

gas·tro·nome ['gæstrəˌnɑm] 名 美食家。

gas·tron·o·my [gæs'trɑnəmɪ] 名 U **1** 美食學。**2** 烹飪法。**gas·tro·nom·ic** [ˌgæstrə'nɑmɪk], **-'nom·i·cal** 形

gas·tro·pod ['gæstrəˌpɑd] 名 〖動〗腹足綱動物。一形 腹足綱的。

gas·tro·scope ['gæstrəˌskop] 名 〖醫〗胃鏡，胃內視鏡。

gas·tros·co·py [gæs'trɑskəpɪ] 名 (複 **-pies**) 〖醫〗胃鏡檢查法。

gas·trot·o·my [gæs'trɑtəmɪ] 名 (複 **-mies**) U C 〖外科〗胃切開術。

'gas ˌturbine 名 汽油渦輪。

gas·works ['gæsˌwɝks] 名(複～) 瓦斯工廠。

gat[1] [gæt] 動《古》**get** 的過去式。

gat[2] [gæt] 名《俚》手槍，槍。

gat[3] [gæt] 名 流入內陸之水道。

:gate [get] 名 **1** 大門，扉，籬笆門。**2**（出）入口，關口，城門；《俚》（人的）嘴：a toll ～（收費道路的）收費口。**3** 狹窄通路；閘門；閥門；（管樂器等的）活門；山口；（滑雪比賽的）旗門；（賽馬的）起跑門。**4**（運動會等的）入場觀眾；門票總收入。**5** 柵欄。**6**〖鑄〗澆口；造模口。**7**〖電子·電腦〗閘，閘門。**8**《～s》《英俚》（Oxford 及 Cambridge 大學的）門禁。**9**《美俚》解僱。**10**（神經系統中的）閘。

at the gate(s) of... 接近。

get the gate 《美俚》被趕出；被開除。

give a person the gate 《俚》甩掉，拒絕；趕出；解僱。

open a gate for... 給予…方便；給予…機會。

一動 (**gat·ed, gat·ing**) 及 **1**《英》禁止（學生）外出以作爲懲罰。**2**〖電子〗以閘門控制；裝門。

gâ·teau [gɑ'to] 名 (複 **-teaux** [-'toz]) 糕餅，奶油蛋糕。

gate(-)crash ['getˌkræʃ]《口》動及 擅自進入或參加。一不及 擅自進場，闖入。

gate·crash·er ['getˌkræʃɚ] 名《口》不請自來的客人，擅自入場的客人。

gate·fold ['getˌfold] 名〖印〗摺疊插頁。

gate·house ['getˌhaʊs] 名 (複 **-hous·es** [-zɪz]) **1** 門房，《古》（城牆等的）門樓。**2** 閘門操作室。

gate·keep·er ['getˌkipɚ] 名 看門人，門警，門房；鐵路平交道看守人。

'gate-leg 'table ['getˌlɛg-] 名 摺疊式桌子（亦稱 **gate-legged table**）。

'gate ˌmoney 名 U 入場費總收入。

gate·post ['getˌpost] 名 門柱。

gate·way ['getˌwe] 名 **1** 門道；入口。**2** 街門。**3** 門戶；途徑，手段《*to*...》。

:gath·er ['gæðɚ] 動 及 **1** 集合，聚集《*round, around*》。**2** 收集；積蓄。**3**（由觀察）得知；推斷，推測，下…的結論《*from*...》。**4** 收穫，採收；收拾，採集《*up, in*》: *G-* roses while you may.《諺》及時享受青春。**5** 吸引；引起…的注意。**6** 拉緊；圍住，抱。**7** 選出，挑選。**8** 增加；鼓起（自己的勇氣等）《*up*》；恢復。**9** 蹙（眉）；打摺：～ one's brows 皺眉。**10**〖裝訂〗裝訂。**11**〖金工〗延展。

一不及 **1** 聚集，集合《*round / round, around*...》。**2** 聚集，蓄積。**3** 增加，增大。**4** 皺，摺皺。**5** 化膿。

be gathered to one's fathers 死。

gather head（力量）漸增；化膿。

gather... up / gather up... (1) 收集。(2) 蜷縮（手腳等）。(3) 歸納，概括。

一名 **1** 聚集，集合；收縮；收集。**2**《常作～s》（布等的）褶縐，褶襉。**3**（收成等的）數量。～**·a·ble** 形, ～**·er** 名

·gath·er·ing ['gæðərɪŋ] 名 **1** 聚集；集合；集會；聚集在一起的群眾；收集在一起的東西，收集品，編集物；U 捐款；收穫物。**2**（布的）褶縐，褶襉。**3** 膿瘡。**4**〖建〗縮窄。**5**〖裝訂〗（印刷後按頁碼次序摺疊好的）毛本。

一形 逐漸增加的，逐漸形成的。

ga·tor ['getɚ] 名《美口》鱷魚。

GATT [gæt] 名 = General Agreement on Tariffs and Trade 關稅暨貿易總協定（1995 年更名爲 WTO）。

gauche [goʃ] 形 **1** 不善交際的，不圓滑的；粗魯的；笨拙的。**2** 不平的，歪斜的，不相稱的。～**·ly** 副, ～**·ness** 名

gau·che·rie [ˌgoʃə'ri] 名(複～**s** [-z]) **1** U 不圓滑；笨拙；粗魯。**2** 笨拙的行爲。

gau·chiste [go'ʃist] 名 政治上的激進派，左派分子。一形 左派的，激進的。

gau·cho ['gaʊtʃo] 名 (複～**s** [-z]) **1** 高楚

人：南美洲草原地帶的牧人。2《～s》高楚褲。

gaud [gɔd] 名《文》1 俗麗的裝飾品，虛有其表之物。2《通常作～s》排場。

gaud·er·y ['gɔdərɪ] 名 (複-er·ies) U C 1 炫耀。2 華麗的服裝；俗麗的裝飾品。

gaud·y ['gɔdɪ] 形 (gaund·i·er, gaund·i·est) 1 華麗的；花俏的，俗氣的。2 詞藻華麗的。—名(複 gaund·ies)《英》年宴；慶典；大學每年爲畢業生所舉行的慶典。

-i·ly 副, -i·ness 名U俗麗；俗麗的美。

·**gauge,**《美專業用語尤作》**gage** [gedʒ] 名 1 標準尺寸，規格；(評價等的) 標準，方法，手段。2 容積；容量；範圍；程度。3 量器，量規：a temperature ～溫度計。4 (槍炮的) 口徑。5〖鐵路〗(鐵軌的) 軌距。6 金屬絲、螺絲等的直徑，金屬板的厚度等。7 左右車輪間的距離。8〖印〗版或欄的寬度。

take the gauge of... 估計，評價。

—動(gauged, gaug·ing)及 1 測定，測量…的尺寸、數量等。2 評價，判斷。3 使合乎標準 (的尺度)；調整。

～·a·ble 形能測量的；可評價的。

gaug·er ['gedʒɚ] 名 1 測量者[器]；檢驗員。2《主英》收稅官。

Gau·guin [go'gæn] 名 (Eugène Henri) Paul, 高更 (1848－1903)：法國畫家。

Gaul [gɔl] 名 1 高盧：歐洲西部的古代名。2 高盧人。3《謔》法國人。

Gaull·ist ['golɪst, 'gɔ-] 名 1 戴高樂的支持者。2 在納粹占領下從事反抗運動的法國人。—形戴高樂主義的；戴高樂的。

·**gaunt** [gɔnt] 形 1 消瘦的，憔悴的。2 荒涼的，蕭瑟的。～·ly 副, ～·ness 名

gaunt·let[1] ['gɔntlɪt, 'gɑ-] 名 1 (中古武士披盔甲時配用的) 鐵手套。2 長手套；長手套的護腕部分。

take [pick] up the gauntlet (1) 接受挑戰。(2) 表示反抗的態度。

throw down the gauntlet (向某人) 挑戰。

gaunt·let[2] ['gɔntlɪt, 'gɑ-] 名 1《the ～》笞刑。2 (執行此種刑罰的) 兩排人；《喻》嚴厲的考驗，痛苦的境遇。3 夾攻。

run the gauntlet (1) 受笞刑。(2) 遭受夾攻，遭遇苦難。

gaun·try ['gɔntrɪ] 名(複-tries) = gantry.

gauss [gaʊs] 名〖電〗高斯。略作：G.

Gau·ta·ma ['gɔtəmə, 'gaʊ-] 名 ⇒ BUDDHA 1

gauze [gɔz] 名U 1 薄紗，紗布：sterilized ～ 消毒紗布。2 細金屬絲的金屬網。3 薄霧。

gauz·y ['gɔzɪ] 形(gauz·i·er, gauz·i·est) 如紗的，輕薄透明的：a ～ mist 薄霧。

:**gave** [gev] 動 give 的過去式。

gav·el ['gævl] 名 (議長、法官、拍賣人等所用的) 小槌。—動(～ed, ～·ing 或《英尤作》-elled, ～·ling)及 (敲小槌) 使肅靜。—不及 敲小槌。

ga·vi·al ['gevɪəl] 名印度恆河鱷魚。

ga·vot(te) [gə'vɑt] 名嘉禾舞；其舞曲。

gawk [gɔk] 名《口》笨拙的人，呆子。—動不及 呆視《at...》。～·er 名

gawk·y ['gɔkɪ] 形 (gawk·i·er, gawk·i·est) 笨拙的，愚蠢的；不精緻的。

-i·ly 副, -i·ness 名

gawp [gɔp] 動不及《英俚》呆視《at...》。

:**gay** [ge] 形 1 愉快的，高興的，快活的。2 華美的，五光十色的。3《委婉》放蕩的，輕浮的。4《俚》同性戀的。

get gay《美俚》放肆《with...》。

—名《美俚》同性戀者。

'**gay** '**boy** 名《俚》男同性戀者。

gay·dar ['ge,dɑr] 名U同志雷達。

gay·e·ty ['geətɪ] 名(複-ties) = gaiety.

gay-in ['ge,ɪn] 名《俚》同性戀者示愛狂歡會。

'**Gay Libe'ration** 名《美》同性戀者解放運動 (亦稱 Gay Lib)。

gay·ly ['gelɪ] 副 = gaily.

'**gay** '**science** 名U 詩，情詩。

gaz. 《縮寫》*gaz*ette; *gaz*etteer.

'**Gaza** ,**Strip** 名加薩走廊：地中海東岸的一個狹長地帶，1967 年爲以色列所占領，現爲巴勒斯坦自治區。

:**gaze** [gez] 動(gazed, gaz·ing)不及 注視，凝視《*at, on, upon...*》：～ about [around] 左顧右盼 / ～ away (不停地) 注視；注視遠方 / ～round the shop 在店裡四處張望。—名《用單數》凝視，注視，盯視。

at gaze 盯著看。

ga·ze·bo [gə'zibo, -'ze-] 名(複～s, ～es) 1 陽臺，眺望臺；涼亭。2《美》《常爲蔑》人，傢伙。

ga·zelle [gə'zɛl] 名 (複～s,《集合名詞》～)〖動〗瞪羚。

gaz·er ['gezɚ] 名 1 凝視者。2《俚》警官，毒品取締官員。

ga·zette [gə'zɛt] 名 1 報紙。2《主英》公報：於 London, Edinburgh, Belfast 等地的官報每週發行二次，刊載有關任命、破產等事項。

go into the gazette 由公報宣布破產。

—動及《通常用被動》《主英》刊載於公報上。

gaz·et·teer [,gæzɪ'tɪr] 名 1 地名詞典。2 地名索引。

ga·zump [gə'zʌmp] 動及《英俚》(買賣契約後) 抬價敲詐 (買方)。—名 (買賣契約後的) 屋價的抬高敲詐。

G.B. 《縮寫》Great Britain.

G.B.E. 《縮寫》Knight Grand Cross of the British Empire.

GCA 《縮寫》〖空〗ground-controlled *a*pproach; *G*eneral *C*laim *A*gent.

g-cal 《縮寫》*g*ram *cal*orie(s).

G.C.D., g.c.d. 《縮寫》*g*reatest *c*ommon *d*ivisor 最大公約數。

G.C.E. 《縮寫》*G*eneral *C*ertificate of

*E*ducation.《英》普通教育證書。

G.C.F., g.c.f.《縮寫》*g*reatest *c*ommon *f*actor 最大公因數。

'G 'clef 图〖樂〗= treble clef.

G.C.M., g.c.m.《縮寫》*g*reatest *c*ommon *m*easure 最大公約數。

Gd《化學符號》gadolinium.

G.D.《縮寫》*G*rand *D*uchess [*D*uke, *D*uchy].

G-Day ['dʒi,de] 图（2003年美伊戰爭的）聯軍地面部隊攻擊發起日。

GDP《縮寫》*g*ross *d*omestic *p*roduct 國內生產毛額。

G.D.R.《縮寫》*G*erman *D*emocratic *R*epublic.

gds.《縮寫》*goods*.

Ge《化學符號》germanium.

·gear [gɪr] 图 **1** Ⓒ Ⓤ〖機〗齒輪，傳動裝置：put the car in high ～ 使車進入最高檔。**2** 裝置。**3** Ⓤ (1) 道具[用具]全套。(2)（馬等的）馬具；〖海〗索具。**4** Ⓤ 物品；隨身攜帶物品；家用器具；衣服。**5** Ⓤ《英俚》高級，一流。

in gear (1) 上檔。(2) 情況正常。

out of gear (1) 齒輪脫開。(2) 情況失常。

shift gears (1) 變速，換檔（由低速變為高速，或反之）。(2)（處理問題等）改變方法。

That's [It's] the gear.《俚》好極了！

—動 及 **1** 使扣上齒輪：～ down a motorcar 使車低速行駛。**2** 裝上馬具《*up*》。**3** 使適應。—不及（齒輪）銜接，吻合；適應；（與…）協調地工作《*into, with...*》。

gear...up / gear up... (1) ⇨動 及 1, 2. (2) 使…準備好《*for...*》。

—形《俚》極好的，絕佳的。

gear·box ['gɪr,bɑks] 图 **1** 變速箱。**2** 變速裝置（亦作 **'gear ,box**）。

'gear ,change 图《英》= gearshift.

gear·ing ['gɪrɪŋ] 图 Ⓤ Ⓒ **1**〖機〗傳動裝置；齒輪裝置（法）。**2** 傳動，聯動。**3**〖股票〗股票資本與全部投入資本之比。

'gear ,lever 图《英》= gearshift.

gear·shift ['gɪr,ʃɪft] 图《美》變速排檔，齒輪轉換裝置（《英》gear lever）。

gear·wheel ['gɪr,hwil] 图 齒輪。

geck·o ['gɛko] 图（複～s, ～es [-z]）〖動〗壁虎：爬蟲類守宮科的通稱。

GED《縮寫》*g*eneral *e*ducational *d*evelopment 普通教育發展測驗。

gee[1] [dʒi] 感《對馬等命令語》向前跑！快跑！向右（轉）！

gee ho / gee up《對馬等命令語》跑呀，快跑；向右走。

gee[2] [dʒi] 感《口》哎呀！咦！《表示驚奇、興奮、強調等的感嘆語》。

***Gee whiz*(*z*)!** 哎呀！

gee-gee ['dʒi,dʒi] 图《口》《兒語》馬。

geek [gik] 图《俚》**1** 表演驚險怪誕節目的雜耍藝人。**2** 變態者，怪客，宅男。**3** 人，傢伙。

geep [gip] 图 山綿羊（亦稱 **shoat**）。

·geese [gis] 图 **goose** 的複數形。

gee-whiz [dʒi'hwɪz] 形 **1** 誇大的。**2** 令人驚異的。**3** 狂熱的。

gee·zer ['gizɚ] 图《俚》《用於男性》**1** 古怪的人。**2** 老人，傢伙。

Ge·hen·na [gɪ'hɛnə] 图 **1**〖聖〗欣嫩子谷：Jerusalem 附近的 Hinnom 山谷。**2** = hell (1). **3** 地獄般的所在。

'Gei·ger ,counter ['gaɪgɚ-] 图 蓋氏計數器，放射能測定器。

'Gei·ger-'Mül·ler ,counter ['gaɪgɚ-'mjʊlɚ-] 图 = Geiger counter.

G-8《縮寫》the Group of Eight 世界八大工業國（G7 加上俄羅斯）。

gei·sha ['geʃə] 图（複～, ～s [-z]）《日語》藝伎。

gel [dʒɛl] 图 **1** Ⓤ Ⓒ〖理化〗凝膠（體）。**2**〖劇〗= gelatin 2. —動 (**gelled**, ～**·ling**) 不及 **1** 膠化，成凝膠狀。**2**《口》成功。**3** 具體化，定形，明朗化。

gel·a·tin, -tine ['dʒɛlətɪn, -tn̩] 图 Ⓤ **1** 明膠，骨膠，動物膠：供做食物、藥品膠囊等。**2** 膠狀的東西；〖劇〗骨膠紙。

ge·lat·i·nize [dʒə'lætə,naɪz, 'dʒɛlə-] 動 及 不及 **1**（使）成膠狀。**2** 塗膠。

ge·lat·i·nous [dʒə'lætənəs] 形 **1** 膠狀的；膠黏的。**2** 凝膠的，含膠的。

geld [gɛld] 動（～**·ed** 或 **gelt**, ～**·ing**）及 **1** 去勢，閹割。**2** 除去重要部分，剝奪。

geld·ing ['gɛldɪŋ] 图 被閹割的動物。

gel·id ['dʒɛlɪd] 形 **1** 似冰的，冰冷的。**2** 冷淡的。

gel·ig·nite ['dʒɛləg,naɪt] 图 Ⓤ 膠質炸藥。

gelt [gɛlt] 動 **geld**[1] 的過去式及過去分詞。

·gem [dʒɛm] 图 **1** 寶石。**2** 像寶石般美麗之物，珍貴之物，佳作。

—動 (**gemmed**, ～**·ming**) 及 用寶石裝飾，以寶石鑲嵌。—形 上等的。

gem·i·nate ['dʒɛmə,net] 動 及 不及 重複；成對。—['dʒɛmənɪt] 形（亦稱 **geminated**）成對的，一對的，成雙的。

gem·i·na·tion [,dʒɛmə'neʃən] 图 Ⓤ **1** 雙重，重複，反覆。**2**〖語音〗子音重複；〖修〗語句反覆。

Gem·i·ni ['dʒɛmə,naɪ] 图（複）《作單數》〖天〗雙子座；〖占星〗雙子宮。

gem·ma ['dʒɛmə] 图（複 **-mae** [-mi]）**1**〖植〗無性芽，胞芽。**2**〖動〗芽體。

gem·mate ['dʒɛmet] 形〖動·植〗有芽的；發芽生殖的。—動 不及 發芽；發芽繁殖。

gem·ol·o·gy, gem·mol·o·gy [dʒɛ'mɑlədʒɪ] 图 Ⓤ 寶石學。

-gist 图 寶石學家；寶石鑑定家。

gem·my ['dʒɛmɪ] 形 (**-mi·er, -mi·est**) 鑲寶石的；如寶石般燦爛的；閃耀的。

gems·bok ['gɛmzbɑk] 图（複～s,《集合

名詞》～)〖動〗(南非產的)大羚羊。

gem·stone ['dʒɛm,ston] 图未加工的寶石，首飾用的寶石。

gen [dʒɛn] 图Ⓤ《英俚》《the ～》(公布的)一般消息，情報；真相《*on...*》。一動及提供內幕消息《*up*》。一不及得知消息[真相]《*up / on...*》。

-gen 《字尾》表「生」、「被生」、「生成物」、「原」之意。

Gen. 《縮寫》*General; Genesis; Geneva.*

gen. 《縮寫》*gender; general; genitive; genus.*

gen·darme ['ʒandarm] 图(複～s [-z]) **1**(法國的)警官；憲兵。**2**(昔日法國的)騎兵班長。

G

gen·dar·me·rie [ʒan'darmərɪ] 图《集合名詞》(法國的)憲兵(隊)。

gen·der ['dʒɛndɚ] 图ⓊⒸ **1**〖文法〗性。**2**《口》性，性別。

'gender ,bender 图《俚》反串藝人；穿著異性服裝者。

gene [dʒin] 图〖遺〗遺傳因子，基因。

Gene [dʒin] 图〖男子名〗金。

ge·ne·a·log·i·cal [,dʒinɪə'ladʒɪkl] 形 **1** 系譜的。**2** 家系的。～**·ly** 副家系上。

ge·ne·al·o·gist [,dʒinɪ'ælədʒɪst, ,dʒɛ-] 图系譜學家。

ge·ne·al·o·gy [,dʒinɪ'ælədʒɪ, ,dʒɛ-] 图(複**-gies**) ⓊⒸ **1** 宗譜，系譜；家系的研究。**2** 後裔，血統，家系。

'gene ,bank 图 基因銀行：儲存各種特定遺傳物質以供研究的處所。

'gene engi'neering 图Ⓤ遺傳工程。

'gene ,pool 图〖生〗基因庫。

gen·er·a ['dʒɛnərə] 图 **genus** 的複數形。

:gen·er·al ['dʒɛnərəl] 形 **1** 全面的；全體的；普遍的。**2** 一般的；通常的：the ～ opinion 一般的看法。**3** 非專門性的；普通的；各式各樣的：～ education 普通教育，通才教育 / a ～ dealer《英》雜貨商。**4** 總括的，大體的；籠統的：a ～ proposal 概括的計畫 / a ～ resemblance 大同小異。**5** 權力大的，地位高的，將官級的；《常用於官銜後》總…，…長。

as a general rule 一般，通常。

in a general way 一般性地，大致上。

一图 **1** 陸軍上將；將軍。**2** 戰略家，兵法家。**3**〖教會〗(修道會的)總會長；(救世軍的)上將。**4**《通常作～s》一般原理；普通的事實。**5**《英口》做雜事的女傭。**6**《英口》= general post office 2.

in general 一般；總體上；通常。

'general 'agent 图總代理人[店]。

'general anes'thetic 图ⒸⓊ〖醫〗全身麻醉，全身麻醉法。

'General A'merican ('Speech) 图Ⓤ通用美國英語，標準美語。

'General As'sembly 图《the ～》**1**(美國若干州的)州議會。**2** 聯合國大會。**3**(長老教會的)大會。**4** 立法院，國會。

'general de'livery 图Ⓤ《美》留局待領郵件；(郵局的)郵件待領課(《英》poste restante)。

'general 'editor 图總編輯，主編。

'general e'lection 图 **1**《美》(1)(地方、州、聯邦的)定期選舉，大選。(2)(相對於地方選舉的)州或聯邦的選舉。**2**《英》(眾議院的)大選。

'general 'headquarters 图(複)《通常作複數》〖美陸軍〗總司令部。略作：GHQ, G.H.Q.

'general 'hospital 图(各科)綜合醫院；陸軍總醫院。

gen·er·al·is·si·mo [,dʒɛnərə'lɪsə,mo] 图(複～s [-z])(英美以外國家之數個軍團的)大元帥，總司令，最高統帥，委員長。

gen·er·al·ist ['dʒɛnərəlɪst] 图(在知識等方面)萬能的人，通才。

gen·er·al·i·ty [,dʒɛnə'rælətɪ] 图(複**-ties**) **1**Ⓤ一般性，普遍性。**2** 一般原則；概論，概說。**3**《通常作 the ～》《文》大部分，多數《*of...*》。

gen·er·al·i·za·tion [,dʒɛnərələ'zeʃən] 图 **1**Ⓤ一般化，普遍化；綜合，概括；〖心〗類化。**2** 概論，一般法則。

·gen·er·al·ize ['dʒɛnərəl,aɪz] 動及 **1** 使一般化，使普遍化，綜合，概括；泛論；引出，歸納《*from...*》。**2** 使普及，使推廣。一不及 **1** 綜合出，歸納出《*from ...*》。**2** 概括地說。

'general 'knowledge 图Ⓤ常識。

:gen·er·al·ly ['dʒɛnərəlɪ] 副 **1** 一般地；普遍地；廣泛地。**2** 通常；大概，大體上。

generally speaking* / *speaking generally 《通常用於句首》一般而言，概言之。

'general 'manager 图總經理。

'general 'meeting 图大會，總會。

'general ,post 图 **1**《the ～》上午投遞的郵件。**2** Ⓤ 送信遊戲。**3** Ⓤ《英》(公司內部因人員減少而作的)大幅度的調動。

'general 'post ,office 图《the ～》**1**《美》郵政總局(略作：GPO)。**2**《英》《G- P- O-》倫敦郵政總局。

'general 'practice 图全科診療。

'general prac'titioner 图全科醫師，一般診療醫生。略作：G.P.

gen·er·al-pur·pose ['dʒɛnərəl'pɝpəs] 形多種用途的，萬能的。

gen·er·al·ship ['dʒɛnərəl,ʃɪp] 图 **1**Ⓤ將領的才幹；指揮能力；用兵技巧。**2** 將官的職位。

'general 'staff 图〖軍〗參謀部。

'general 'store 图雜貨店。

'general 'strike 图總罷工，大罷工。

·gen·er·ate ['dʒɛnə,ret] 動(**-at·ed, -at·ing**) 及 **1** 發出，產生。**2** 引發，招致。**3**〖數〗形成(線、面等)；〖語言〗生成。

'generating ,station 图發電廠。

·gen·er·a·tion [ˌdʒɛnəˈreʃən] 图 1《集合名詞·作單數》同時代的人。2 一代：子女與父母間的年齡差距，約三十年。3 Ⓤ生育，生殖；（電氣等的）產生；〖數〗（線、面等的）形成。4（機器、商品的）代，型。～·al 形

gene'ration'D 图 D世代：即數位世代（digital generation）。

gene'ration ˌgap 图《the ～》代溝。

gene'ration'X 图 X世代：指1960－1970年代出生的年輕人。

gene'ration'Y 图 Y世代：指1980－1990年代出生的年輕人。

gen·er·a·tive [ˈdʒɛnəˌretɪv] 形 1 生產的；有生殖力的。2〖語言〗生成的。～·ly 副, ～·ness 图

'generative 'grammar 图Ⓤ〖言〗生成文法。

gen·er·a·tor [ˈdʒɛnəˌretɚ] 图 生產者，生產物；發電機；發生器。

ge·ner·ic [dʒəˈnɛrɪk] 形 1〖生〗屬的，屬類特有的。2 一般的，普通的；通用的。3〖文法〗總稱的。4 文體的。5 沒有註冊商標不被保護的。
一图 無註冊商標的產品。**-i·cal·ly** 副

·gen·er·os·i·ty [ˌdʒɛnəˈrɑsətɪ] 图（複**-ties**）1 Ⓤ慷慨，大方；寬大，雅量。2《通常作 **-ties**》慷慨的行爲。

:gen·er·ous [ˈdʒɛnərəs] 形 1 慷慨的，不吝嗇的《*about, over...*》；大方的《*with ...*》；寬大的《*to, toward...*》；有雅量的《*in..., in doing*》。2（葡萄酒等）濃郁的；（顏色）濃的。3 肥沃的。
～·ly 副, ～·ness 图

gen·er·ous·ly [ˈdʒɛnərəslɪ] 副 慷慨地；寬大地；豐富地。

gen·e·sis [ˈdʒɛnəsɪs] 图（複**-ses** [-ˌsiz]）1《G-》〖舊約〗創世紀。2《通常作 **the**～》起源，發生；開始。

'gene(-) ˌsplicing 图Ⓤ〖遺傳〗1 基因重組。2 基因接合。

gen·et[1] [ˈdʒɛnɪt, dʒəˈnɛt] 图 1〖動〗麝貓。2 Ⓤ麝貓的毛皮。

gen·et[2] [ˈdʒɛnɪt] 图＝jennet.

'gene ˌtherapy 图Ⓤ基因療法。

ge·net·ic [dʒəˈnɛtɪk], **-i·cal** [-ɪkl] 形 1〖生〗遺傳（學）的；遺傳因子的。2 發生的；發生學的。**-i·cal·ly** 副

ge'netically 'modified 形 基因改造的，基因改良的。

ge'netic 'alphabet 图 遺傳符號。

ge'netic 'code 图 遺傳密碼。

ge'netic 'copying 图 遺傳複製。

ge'netic 'counseling 图 遺傳諮詢。

ge'netic 'counselor 图 遺傳顧問。

ge'netic engi'neering 图Ⓤ 遺傳工程。

ge'netic engi'neer 图 遺傳工程專家。

genetic fingerprinting 图Ⓤ基因指紋鑑定。

ge·net·i·cist [dʒəˈnɛtəsɪst] 图 遺傳學者。

ge'netic 'map 图〖遺傳〗遺傳圖譜。

ge'netic 'marker 图 遺傳標誌。

ge·net·ics [dʒəˈnɛtɪks] 图（複）1《作單數》〖生〗遺傳學。2 遺傳現象。

ge'netic 'screening 图 Ⓤ 1 遺傳甄選。2 遺傳篩選。

ge'netic 'surgery 图Ⓤ遺傳手術。

'gene transplanˌtation 图Ⓤ 基因移植。

Ge·ne·va [dʒəˈnivə] 图 1 日內瓦：瑞士 Geneva 州的首府。2《**the** ～》**Lake of,** 日內瓦湖。

Ge'neva Con'vention 图《**the** ～》日內瓦公約（1864 年簽訂）。

Ge'neva 'cross 图 紅十字。

Ge'neva ˌgown 图 道袍。

Ge·ne·van [dʒəˈnivən] 形 1 日內瓦的。2 喀爾文教派的。一图 1 日內瓦人。2 喀爾文主義者，喀爾文教派的信徒。

Gen·e·vese [ˌdʒɛnəˈviz] 形，图（複～）＝Genevan.

Gen·ghis Khan [ˈdʒɛŋgɪzˈkɑn] 图 成吉思汗（1162－1227）。

·gen·ial[1] [ˈdʒinjəl] 形 1 親切的，溫柔的，和藹的。2 溫暖的，舒適的。3《罕》天才的。～·ly 副 親切地，和藹地。

ge·ni·al[2] [dʒəˈnaɪəl] 形〖解·動〗顎的。

ge·ni·al·i·ty [ˌdʒinɪˈælətɪ] 图（複**-ties**）1 Ⓤ親切，溫和，和藹。2《通常作 **-ties**》親切的行爲。3 Ⓤ 溫暖，舒適。

gen·ic [ˈdʒɛnɪk] 形〖生〗基因的，遺傳因子的；類似遺傳因子的。

-genic《字尾》用於構成表「生成」、「適宜於」、「基因」之意的形容詞。

ge·nie [ˈdʒinɪ] 图（複 ～**s**, **-ni·i** [-nɪ, aɪ]）〖阿拉伯神話〗神怪，精靈。

ge·ni·i [ˈdʒinɪˌaɪ] 图 **genius**, **genie** 的複數形。

ge·nis·ta [dʒɪˈnɪstə] 图〖植〗金雀花。

gen·i·tal [ˈdʒɛnətl] 形 1 生殖（器）的。2〖精神分析〗生殖期的，性器期的。一图《用複數》生殖器；外陰部。

gen·i·ta·lia [ˌdʒɛnɪˈtelɪə] 图（複）〖解〗（外部）生殖器，外陰部。

gen·i·ti·val [ˌdʒɛnəˈtaɪvl̩] 形〖文法〗屬格（形）的。～·ly 副

gen·i·tive [ˈdʒɛnətɪv] 形〖文法〗屬格的，所有格的。一图 屬格，所有格。

·gen·ius [ˈdʒinjəs] 图（複～·**es**）1 Ⓤ天才。2 才子。3《**a** ～》卓越的才能《*for..., for doing*》。4 Ⓤ 精神，思潮；特質；智慧，睿智；風氣《*of...*》。5（複**-i·i** [-ˌɪaɪ]）守護神；神靈；給人好影響的人。

ge·ni·us lo·ci [ˈdʒinɪəsˈlosaɪ] 图《拉丁語》《**the** ～》1 土地的守護神。2 地方的風俗。

genned-up [ˈdʒɛndˈʌp] 形《英俚》詳知的，熟悉的《*about, on...*》。

Gen·o·a [ˈdʒɛnoə] 图 熱那亞：位於義大

利西北部的港口。

gen·o·cide ['dʒɛnə,saɪd] 名 U 種族消滅，滅絕種族大屠殺。**-'cid·al** 形

Gen·o·ese [,dʒɛnə'wiz] 形 熱那亞的，熱那亞人的。—名(複～)熱那亞人。

ge·nome ['dʒinom], **-nom** [-nɑm] 名〖遺傳〗染色體組。

gen·o·type ['dʒɛno,taɪp] 名〖遺傳〗遺傳型，基因型。

gen·re ['ʒɑnrə] 名 **1**〖藝·文〗種類，類型，風格。**2** U 風俗畫（法）。—形 風俗畫的。

gens [dʒɛnz] 名(複 **gen·tes** ['dʒɛntiz]) **1**（古羅馬的）氏族。**2**〖人類〗父系氏

gent [dʒɛnt] 名 **1**《口》《常爲謔》紳士，假紳士；男子。**2**《**the Gents**》《英口》男廁所（亦稱 **Gents, Gent-s'**）。

Gent., gent. 《縮寫》*gentleman, gentlemen.*

gen·teel [dʒɛn'til] 形 **1** 上流社會的；有教養的，高貴的，優雅的。**2**《反語》裝紳士派頭的；裝得文質彬彬的。**～·ly** 副，**～·ness** 名

gen·teel·ism [dʒɛn'tilɪzəm] 名 優雅的談吐，有禮貌的措詞。

gen·tian ['dʒɛnʃən] 名 U C〖植〗龍膽。

'gentian 'violet 名 U C 龍膽紫。

gen·tile, Gen- ['dʒɛntaɪl] 形 **1** 非猶太人的，異邦人的；基督教徒的；〖摩門教〗非摩門教徒的。**2** 異教（徒）的。**3** 部族的，氏族的。

—名 **1** 異教徒；基督教徒；《罕》異邦人。**2**《美》非摩門教徒。

gen·til·i·ty [dʒɛn'tɪlətɪ] 名(複**-ties**) **1** U 高貴的身分，出身名門。**2** U《通常爲諷》冒充上流；《**-ties**》裝出優雅儀態的行爲。**3**《**the ～**》《集合名詞·作複數》身分高貴的人，上流階級。

:gen·tle ['dʒɛntl] 形 (**-tler, -tlest**) **1** 溫柔的，和善的，仁慈的；寬大的。**2** 輕柔的；輕的，緩和的；（酒等）緩和的，淡的；（山等）平緩的。**3** 身分高貴的，出生名門的。**4** 溫馴的，順從的。

gentle and simple 貴與賤；身分高的人與身分低的人。

gentle people 《**G- P-**》非暴力主義者。

gentle reader 敬愛的讀者。

'gentle 'craft 名《通常作 **the ～**》**1** 釣魚；釣魚術。**2**《廢》製鞋業。

gen·tle·folk ['dʒɛntl,fok] 名《作複數》有身分的人，出身名門的人。

:gen·tle·man ['dʒɛntlmən] 名(複**-men**) **1** 紳士。**2**《尊稱》先生，男士。**3**《**-men**》(1)諸君，諸位。(2)《信件的起始語》敬啓者（Dear Sirs）。**4**《**-men**》《作單數》《英》男廁所（《美》men）。**5**（宮廷、貴族等的）侍從。**6**〖英史〗（地位高於自由民之上的）縉紳。**7** 有閒階級的人；〖法〗有收入無需工作的人。**8**《**the ～**》《美》國會議員。

play the gentleman 擺紳士派頭。

the old gentleman 魔鬼。

'gentleman-at-arms 名 (複**-men-**)《英》御林侍衛。

'gentleman-'commoner 名 (**-men-com·mon·ers**)（昔日在 Oxford 及 Cambridge 大學就讀的）特別自費生。

'gentleman-farmer 名 (複**-men-farm·ers**)（依靠其他收入維生）以農耕爲消遣的人；富農。

gen·tle·man·ly ['dʒɛntlmənlɪ] 形 像紳士的，彬彬有禮的。**-li·ness** 名

gen·tle·man·ship ['dʒɛntlmən,ʃɪp] 名 U 紳士的身分；紳士風度。

'gentlemen's a'greement 名 **1** 君子協定。**2** 沉默的協定（亦稱 **gentleman's agreement**）。

gen·tle·ness ['dʒɛntlnɪs] 名 U **1** 和善，溫柔。**2** 輕柔，平緩。

gen·tle·per·son ['dʒɛntl,pɝsn̩] 名《美》《常爲謔、諷》高雅人士。

'gentle 'sex 名《**the ～**》《集合名詞》婦女，女性。

gen·tle·wom·an ['dʒɛntl,wʊmən] 名 (複**-wom·en**) **1**《古》貴婦，淑女；〖英史〗女侍。**2**《**the ～**》《美》女議員。

·gen·tly ['dʒɛntlɪ] 副 **1** 和善地，溫柔地，輕柔地。**2** 輕輕地；平緩地；緩和地。**3** 有身分地，良家地；高尚地。

gen·try ['dʒɛntrɪ] 名《通常作 **the ～**》《作複數》**1**《英》紳士階級，上流人士。**2**《蔑》同伴，夥伴。

Gents, Gents' [dʒɛnts] 名(複～) = gent[1] 2.

gen·u·flect ['dʒɛnju,flɛkt] 動 不及 **1** 屈膝；跪拜。**2** 卑躬屈膝。**-flec·tor** 名

gen·u·flec·tion [,dʒɛnju'flɛkʃən] 名 屈膝，跪拜。

·gen·u·ine ['dʒɛnjuɪn] 形 **1** 純血統的；純種的。**2** 真正的，非僞造的。**3** 真誠的，非僞裝的。**～·ness** 名

gen·u·ine·ly ['dʒɛnjuɪnlɪ] 副 真誠地；真正地；純粹地。

ge·nus ['dʒinəs] 名(複 **gen·e·ra** ['dʒɛnərə], **～·es**) **1** 種類；〖生〗（分類上的）屬。**2**〖理則〗屬。

geo- 《字首》表「地球」、「土地」、「土壤」、「地理學」之意。

Geo. 《縮寫》*George.*

ge·o·cen·tric [,dʒio'sɛntrɪk] 形 **1**〖天〗地心的，由地球中心所觀察的。**2** 以地球爲中心的；以地球或地上的生命爲基準的：a ～ theory of the universe 地球中心說。

ge·o·cen·tri·cism [,dʒio'sɛntrɪ,sɪzəm] 名 U 地球中心說，天動說。

ge·o·chem·is·try [,dʒio'kɛmɪstrɪ] 名 U **1** 地質化學。**2** 化學與地質的性質。

ge·o·chro·nol·o·gy [,dʒiokrə'nɑlədʒɪ] 名 U 地質紀年學。

ge·o·des·ic [ˌdʒiəˈdɛsɪk] 形 測地（學）的。
—名〖數〗捷線，測地線。

ge·od·e·sy [dʒiˈɑdəsɪ] 名U 大地測量學。

ge·o·det·ic [ˌdʒiəˈdɛtɪk], **-i·cal** [-ɪkl] 形 1 測地學的。2 = geodesic. **-i·cal·ly** 副

Geof·frey [ˈdʒɛfrɪ] 名〖男子名〗傑佛瑞。

geog. 《縮寫》*geog*rapher; *geog*raphic (al); *geog*raphy.

ge·og·ra·pher [dʒiˈɑgrəfɚ] 名 地理學家。

·**ge·o·graph·i·cal** [ˌdʒiəˈgræfɪkl], **-ic** [-ɪk] 形 地理學的；地理性的。～**·ly** 副

geoˈgraphical ˈmile 名 = mile 3.

·**ge·og·ra·phy** [dʒiˈɑgrəfɪ] 名(複**-phies**) 1 U 地理學。2 UC 地形，地勢。3 地誌。*the geography* (*of the house*)《口》（房子的）布局。

geol. 《縮寫》*geol*ogic(al); *geol*ogy.

ge·o·log·ic [ˌdʒiəˈlɑdʒɪk], **-i·cal** [-ɪkl] 形 地質學的。**-i·cal·ly** 副

ge·ol·o·gist [dʒiˈɑlədʒɪst] 名 地質學家。

ge·ol·o·gize [dʒiˈɑləˌdʒaɪz] 動 不及 研究地質。—及 調查地質。

·**ge·ol·o·gy** [dʒiˈɑlədʒɪ] 名(複**-gies**) 1 U 地質學。2 UC 地質特徵，地質。

geom. 《縮寫》*geom*etric(al); *geom*etry.

ge·o·mag·net·ic [ˌdʒiomægˈnɛtɪk] 形 地磁的。

ge·o·mag·net·ism [ˌdʒioˈmægnəˌtɪzəm] 名U 地磁，地磁學。

geomagˈnetic ˈstorm 名 地磁暴。

ge·o·med·i·cine [ˌdʒioˈmɛdəsn̩] 名U 地理醫學，氣候環境醫學。**-cal** 形

ge·om·e·ter [dʒiˈɑmətɚ] 名 幾何學家。

ge·o·met·ric [ˌdʒiəˈmɛtrɪk], **-ri·cal** [-rɪkl] 形 1 幾何學的，根據幾何學原理的。2 幾何形的。3《常作 **G-**》〖美〗（古希臘）（雕刻等）幾何圖形的。4 以幾何級數方式增加的。
-ri·cal·ly 副

geoˈmetrical proˈgression 名 幾何級數，等比級數。

geoˈmetric ˈart 名 幾何圖形藝術。

ge·om·e·tri·cian [dʒiˌɑməˈtrɪʃən, -dʒiəmə-] 名 幾何學家。

geoˈmetric ˈmean 名〖數〗幾何平均數，等比中項，等比中數。

geoˈmetric ˈsequence 名〖數〗等比數列，幾何數列。

geoˈmetric ˈseries 名〖數〗幾何級數，等比級數。

·**ge·om·e·try** [dʒiˈɑmətrɪ] 名 1 U 幾何學。2 幾何學書。3 幾何圖形的排列。

ge·o·mor·phol·o·gy [ˌdʒiəmɔrˈfɑlədʒɪ] 名 1 U 地形學，地貌學；地形學上的特徵。2 地形學書。

ge·o·phys·i·cal [ˌdʒioˈfɪzɪkl] 形 地球物理學的。

ge·o·phys·i·cist [ˌdʒioˈfɪzɪsɪst] 名 地球物理學家。

ge·o·phys·ics [ˌdʒioˈfɪzɪks] 名(複)《作單數》地球物理學。

ge·o·po·lit·i·cal [ˌdʒiopəˈlɪtɪkl] 形 地緣政治學的。

ge·o·pol·i·ti·cian [dʒioˌpɑləˈtɪʃən] 名 地緣政治學者。

ge·o·pol·i·tics [ˌdʒioˈpɑlətɪks] 名(複)《作單數》1 地緣政治學。2 地理、政治的主要因素。3 地緣政治的國策。

George[1] [dʒɔrdʒ] 名 1 St. George 誅龍像。2《英俚》有 St. George 像的硬幣。*by George*《表驚愕、感嘆等》噢！的確！*Let George do it.*《俚》讓別人去做吧。

George[2] [dʒɔrdʒ] 名 1 I～VI, 喬治：英國王名。2 I,II, 喬治：希臘國王名。3 Saint, 聖喬治：基督教殉教者名，英國的守護聖人。4〖男子名〗喬治。

ˈGeorge ˈCross [ˈMedal] 名《英》聖喬治十字勳章。略作：G.C., G.M.

George·town [ˈdʒɔrdʒˌtaʊn] 名 1 喬治敦：南美洲蓋亞那（Guyana）共和國的首都。2 喬治城：位於 Washington D.C.的高級住宅區，爲政界人士集居處。

Geor·gette, g- [dʒɔrˈdʒɛt] 名U 喬治紗。

Geor·gia [ˈdʒɔrdʒə, -dʒjə] 名 1 喬治亞：美國東南部的一州，首府亞特蘭大（Atlanta）；略作：Ga. 2 喬治亞（共和國）：瀕黑海小國，前蘇聯加盟共和國之一，1991年獨立；首都爲 Tbilisi。

Geor·gian [ˈdʒɔrdʒən, dʒjə] 形 1 喬治王時代的，英國國王 George 一世至四世時代的；喬治五世時代的；喬治王朝風格的。2（美國）喬治亞州的。3 喬治亞共和國的 —名 1 喬治王朝時代的人；喬治王時代的風格。2（美國）喬治亞州居民。3 喬治亞共和國國民；U 喬治亞語。

ge·o·sci·ence [ˌdʒioˈsaɪəns] 名U 地球科學。

ge·o·sta·tion·a·ry [ˌdʒioˈsteʃənˌɛrɪ] 形 與地球同步的，對地靜止的。

ge·o·stroph·ic [ˌdʒioˈstrɑfɪk] 形 因地球自轉引起的，地轉的。

ge·o·ther·mal [ˌdʒioˈθɝml] 形 地熱的（亦稱 **geothermic**）。

ge·o·trop·ic [ˌdʒioˈtrɑpɪk] 形〖生〗向地性的。**-i·cal·ly** 副

ge·ot·ro·pism [dʒiˈɑtrəˌpɪzəm] 名U〖生〗屈地性，向地性。

Ger. 《縮寫》*Ger*man; *Ger*many.

ger. 《縮寫》*ger*und; *ger*undive.

Ger·ald [ˈdʒɛrəld] 名〖男子名〗哲羅德。

Ger·al·dine [ˈdʒɛrəldɪn] 名〖女子名〗哲羅婷。

ge·ra·ni·um [dʒɪˈrenɪəm] 名 1〖植〗老鸛草；天竺葵。2 U 鮮紅色。

ger·bil, -bille [ˈdʒɝbɪl, -bl] 名〖動〗沙鼠。

ger·fal·con [ˈdʒɝˌfɔlkən, -ˌfɔkən] 名 =gyrfalcon.

ger·i·at·ric [ˌdʒɛrɪ'ætrɪk] 形 老年病的，老年醫學的；老人的。—名 老年病患者；老年人。

ger·i·a·tri·cian [ˌdʒɛrɪə'trɪʃən] 名 老人病學者，老人病專門醫師。

ger·i·at·rics [ˌdʒɛrɪ'ætrɪks] 名 Ⓤ《作單數》老人病學，老年醫學。

·**germ** [dʒɝm] 名 1 微生物，細菌；病菌，病原體。2 根源；初期。3〖胚〗芽，胚，胚芽；種子；細胞群，初胚；〖生〗胚胎的初期階段。—形 1〖病〗病菌的，細菌性的。2 初期的。—動 不及 發芽。

ger·man ['dʒɝmən] 形 1《通常置於名詞後作複合詞》同父母的，同（外）祖父母的：a brother-*german* 胞兄[弟]。

G

:**Ger·man** ['dʒɝmən] 形 1 德國（式）的；德國人[語]的。2 日耳曼民族[語]的。—名 1 德國人。2 Ⓤ 德語。3《通常作 g-》日耳曼舞。

'**German** '**band** 名《美》街頭樂隊。

'**German** '**cockroach** 名〖昆〗德國蟑螂。

'**German Demo'cratic Re'public** 名《the ~》德意志民主共和國：東、西德未統一前，East Germany 的正式國名。略作：GDR.

ger·mane [dʒɚ'men] 形 有密切關係的；適切的《*to...*》。~·**ly** 副，~·**ness** 名

Ger·man·ic [dʒɚ'mænɪk] 形 日耳曼民族的，日耳曼語的。—名 Ⓤ 日耳曼語。

Ger·man·i·ty [dʒɚ'mænətɪ] 名 Ⓤ 德國（人）的特性，德意志精神。

ger·ma·ni·um [dʒɚ'menɪəm] 名 Ⓤ〖化〗鍺。符號：Ge

Ger·man·ize ['dʒɝməˌnaɪz] 動 及 不及 1（使）德國化。2《古》譯成德文。

'**German** '**measles** 名（複）〖病〗風疹，德國麻疹。

'**German** '**Ocean** 名《the ~》North Sea 的舊稱。

Ger·man·o·phile [dʒɚ'mænəˌfaɪl] 名 親德者；研究德國（文化）的學者，德國文化的愛好者。

Ger·man·o·phobe [dʒɚ'mænəˌfob] 名 厭惡德國的人，排德主義者。

'**German** '**shepherd** 名 德國狼犬。

'**German** '**silver** 名 Ⓤ 洋銀，德銀。

:**Ger·ma·ny** ['dʒɝmənɪ] 名 德國：1990 年東、西德統一；首都爲柏林（Berlin）。

'**germ** ˌ**cell** 名〖生〗胚細胞。

germ·free ['dʒɝmˌfri] 形 無菌的；在無菌狀態下生長的。

ger·mi·cid·al [ˌdʒɝmə'saɪdl] 形 殺菌的；有殺菌力的。

ger·mi·cide ['dʒɝməˌsaɪd] 名 Ⓤ Ⓒ 殺菌劑。

ger·mi·nal ['dʒɝmənl] 形 1 胚種的，幼芽的。2 初期的。~·**ly** 副

ger·mi·nant ['dʒɝmənənt] 形 發芽的，萌芽中的；有成長力的；開端的。

ger·mi·nate ['dʒɝməˌnet] 動 不及 發芽；開始生長；《喻》發生，開始發展。—及 使發芽；《喻》使發生，使發展。

ger·mi·na·tion [ˌdʒɝmə'neʃən] 名 Ⓤ 發芽；成長，發展。

'**germ** ˌ**layer** 名 胚層。

'**germ** ˌ**plasm** 名 Ⓤ〖胚〗胚質。

'**germ** '**warfare** 名 Ⓤ 細菌戰 = biological warfare.

ge·ron·tic [dʒə'rɑntɪk] 形〖生理〗老年的，老衰的。

geront(o)-《字首》表「老年」之意。

ger·on·toc·ra·cy [ˌdʒɛrən'tɑkrəsɪ] 名（複-cies）1 Ⓤ 老人政治。2 由老人統治的國家。

ger·on·tol·o·gy [ˌdʒɛrən'tɑlədʒɪ] 名 Ⓤ 老人學。-**gist** 名 老人學專家。

ge·ron·to·pho·bi·a [dʒəˌrɑntə'fobɪə] 名 Ⓤ 恐老症，厭老症。

ger·ry·man·der ['dʒɛrɪˌmændɚ, 'gɛr-] 動 及 1〖美政〗改變選區的範圍以使某個政黨獲利。2 用不正當的手段操縱。—名〖美政〗傑利蠑螈：按己黨利益將州、郡等行政區不公正地劃分選區。

Ger·trude ['gɝtrud] 名〖女子名〗葛楚德。

·**ger·und** ['dʒɛrənd] 名〖文法〗1 動名詞。2〖拉丁文法〗動詞的中性名詞。

ge·run·di·al [dʒə'rʌndɪəl] 形 = gerundive.

ge·run·dive [dʒə'rʌndɪv] 形 動名詞的。—名〖拉丁文法〗動詞狀形容詞。

gest [dʒɛst] 名《古》1 故事詩；冒險故事，武功故事。2 功勳，偉業。

ge·stalt [gə'ʃtɑlt] 名（複~s, -**stal·ten** [-tn̩]）《偶作 G-》〖心〗格式塔，完形。

Ge'stalt psy'chology 名 Ⓤ《偶作 g-》格式塔心理學，完形心理學。

Ge·sta·po [gə'stɑpo] 名《the ~》蓋世太保：納粹德國時期的祕密警察組織。

ges·tate ['dʒɛstet] 動 及 1 懷（胎兒）。2 醞釀，孕育。—不及 1 懷孕。2 醞釀，孕育。

ges·ta·tion [dʒɛs'teʃən] 名 Ⓤ 1 懷孕；懷孕期。2 醞釀，孕育；孕育期。

geste [dʒɛst] 名 = gest.

ges·tic·u·late [dʒɛ'stɪkjəˌlet] 動 不及 做手勢；比手畫腳。—及 以動作表達。

ges·tic·u·la·tion [dʒɛˌstɪkjə'leʃən] 名 Ⓤ Ⓒ 表達某種意思的動作，手勢；打手勢。

ges·tic·u·la·tive [dʒɛs'tɪkjəˌletɪv], -**la·to·ry** [-ləˌtorɪ] 形 做手勢的。

·**ges·ture** ['dʒɛstʃɚ] 名 1 Ⓤ Ⓒ 手勢。2《通常與修飾語連用》姿態，（爲了禮節而做的）表示。—動（-**tured**, -**tur·ing**）不及 做動作。—及 用動作表達。

ge·sund·heit [gə'zuntˌhaɪt] 感《用於對打噴嚏的人說》請多保重！

:get [gɛt] 動 (**got** 或《古》**gat**, **got** 或《美》**got·ten**, **～·ting**) 及 **1** 收到；得到；贏得。**2** 獲得；購買；賺得；取得，拿來。**3** 學得，記住；得出。**4** 聽見，聽懂；《口》了解，明白。**5** 抓住；趕上（車等）；《口》到達，（以電話等）與…聯絡。**6** 養成；（習慣、缺點）存在（人）身上；《口》感動；吸引。**7**《美》準備（飯菜）；《英口》吃。**8** 患（病）；遭受（打擊、危害、失敗、敗北等）；受（罰）。**9**《口》打中，擊中。**10**（爲了…）對…報復，復仇《*for...*》；《口》殺，幹掉；〖棒球〗封殺…出局。**11**《常用完成式》《俚》使困惑；使厭煩。**12**（尤指雄性動物）獲（子）。**13** 使成爲某種狀態；使移動（入…）《*into...*》；（從…）移動《*out of...*》。**14** 使做（某事），說服，使（物）成爲（某種狀態）。**15** (1) 使成爲某種狀態。(2) 使…被。**16**《主英口》(1) 有，擁有。(2) 必須。—不及 **1** 到達《*to...*》。**2**《美口》有機會，能夠。**3** 成爲，變成。**4**《用以構成被動語態》被，受。**5** 賺錢，獲益。**6** 開始。**7**《命令》《口》馬上走開。

get about (1) 旅行；走來走去；（生病恢復後）在室外開始走動。(2)（謠言）傳開。(3)《口》經常從事社交活動。(4) 努力做。

get above oneself 變得驕傲自大。

get across (1) 橫過；使渡過。(2) 使理解《*to...*》。(3)《口》成功；使成功。(4) 用社交手腕解決。(5)《英口》使惱怒，使生氣。

get after... 《美口》(1) 責罵；攻擊《*for ...*》。(2) 催促，敦促《 *to* do 》。

get ahead 出人頭地；有剩餘儲蓄。

get ahead of... 超過，勝過。

get along (1)《口》走，離開。(2) = GET on (2), (3), (4).

get along without... 沒有…也行。

Get along with you! 《口》(1) 滾開！走開！(2) 別來這套！去你的！

get around [《英》***round***] (1) 到處旅行。(2) = GET about (1), (2). (3) 有空去做；考慮到《 *to...*, *to* doing 》。

get... around / get around... (1) 欺瞞。(2) 討好，哄騙；影響，說服《 *to...* 》。(3) 逃避，躲避。(4) 智勝。

get at... (1) 到達；得到；拿到；接近。(2) 表達，暗示。(3) 發現，了解。(4)《常用被動》《口》賄賂，收買。(5) 攻擊，傷害；《通常用進行式》責罵。(6) 專心從事。

get away (1) 逃走；擺脫，逃避《 *from ...* 》。(2) 出發，去；走開。(3) 起跑，開始。

get... away / get away... (1) 除掉，取下。(2) 送走，移走。

get away from it all 完全地休息。

get away with... 逃避懲罰。

Get away with you! = GET along with you!

get back (1) 回來，回去；退後。(2) 重掌政權。(3)《口》復仇，報仇《 *at*, *on...* 》。

get...back / get back... (1) 取回，收回，放回。(2) 送人回家。

get behind 落後；脫期；拖欠《 *with*, *in ...* 》；〖棒球〗落後。

get behind... (1) 支持，支援。(2) 藏於…之後。

get by (1) 通過。(2) 過得下去，勉強過活。(3) 勉強合格，通過。(4) 巧妙地通過（障礙物）；躲過（人）的耳目；通過（檢查）。

get down (1)（由梯子、屋頂等）下來。(2) 蹲下，跪下。(3) 離開飯桌。(4)（靜下心）著手；認真從事《 *to...* 》。(5) 厭惡《 *on ...* 》。

get... down / get down... (1) 降低，使落下。(2) 使憂鬱。(3) 吞下。(4) 寫下。

get even with... ⇨EVEN[1] 形（片語）

get going (1) 開始，著手《 *on...* 》；動身；採取行動。(2) 趕緊，加快。

get in (1) 進入；搭乘。(2) 到達。(3) 交往，親近《 *with...* 》。(4) 當選。(5) 被捲入。

get... in / get in... (1) 收割；收集。(2) 牽連。(3) 加入。(4) 請（醫生）。(5) 使入

get into... (1) 進入；從事於。(2) 穿上。(3) 陷入。(4) 控制，支配。

get it 《口》(1) 受罰，受責《 *for...* 》。(2) 了解。(3)《用於 **I'll get it**》我來接（電話）。

get nowhere 徒勞，無效，一無所成。

get off (1) 下來。(2) 出發。(3) 逃過（重大的災難或責難），被原諒《 *with...* 》。(4)《俚》（與異性）親近，發生關係《 *with ...* 》；感到性的快感。(5)（用麻藥）興奮《 *on...* 》。(6)《美俚》獲得極大快感或樂趣《 *on...* 》。(7) 做完（一天的）工作。(8) 從…下來。(9) 從…離開。(10) 講；發表。

get... off / get off... (1) 送走。(2) 郵寄，送。(3) 脫下，取下。(4) 使免受（處罰）。(5) 記住。(6) 出版。(7) 獲高度快感。(8) 將…從…取下。

get on (1) 搭乘。(2) 成功，繁榮《 *in...* 》。(3) 過日子。(4) 親近，投緣，相處《 *together / with...* 》。(5) 進行；進展《 *with...* 》。(6)《通常用進行式》晚了；上年紀；接近《 *for*, *to*, *toward...* 》。(7) 明白，了解《 *to ...* 》；《英》用電話聯絡《 *to...* 》。(8) 繼續（工作）《 *with...* 》。(9) 穿上；把（水壺）放在火上；燒（水），泡（咖啡）。

get on the stick 開始活動；掌握狀況。

get out (1) 出去；下來；離開，逃出《 *of ...* 》。(2) 傳出，洩漏。

get...out / get out... (1) 把…拿出；使逃出《 *of...* 》；放下。(2) 努力發出（聲音）。(3) 出產；出版；完成。(4) 借出。

get out of... (1) 從（場所）出去，離開，逃走；自（計程車等）下來。(2) 改掉。(3) 到…的範圍之外。(4) 退出，擺脫。(5) 避免；逃避。(6)（從…）弄出去。(7) 使逃避（責任）。(8) 從…打聽出。

get over (1) 越過，渡過。(2) 使了解。(3) 自（悲傷等）恢復；克服。(4)《與 **cannot** 連

G

用》非常驚訝。(5) 完成《*with*...》。
get rid of... ⇨RID[1]（片語）
get one's rocks off 感到顚峰的狀態。
get round = GET around.
get somewhere 成功，有效。
get the better of... 勝過，超過。
get the point ⇨ POINT（片語）
get there 達到目標；成功；《俚》明白。
get through (1)（以電話）聯絡《*to*...》。(2) 溝通《*to*...》。(3) 考試及格。(4) 到達目的地。(5)（在議會）通過。
get... through / get through... (1) 使被了解《*to*...》。(2) 使（法案）在議會通過。(3) 度過（時間）。(4) 完成，結束。(5) 通過（考試）。(6) 使通過。

get through with... 完成。
get to... (1) 到達。(2) 與…聯絡。(3) 開始。(4)《口》使感動。
get together (1) 聚集；團結；碰面，聚會《*with*...》。(2) 意見一致。
get under... 控制住；壓制。
get up (1) 起立，起來。(2) 起床。(3) 攀登；乘，騎。(4)（風、海浪）變猛烈。(5) 接近，到達；追上《*to*...》。(6)《對馬的命令》跑，前進，快。
get...up / get up... (1) 使起床，使起立。(2) 使騎腳踏車。(3) 準備，計畫；設立，組織。(4) 洗；洗完。(5)《反身用法或用被動》《口》穿著漂亮的衣服，打扮。(6) 獲得…方面的知識；精通；《英》研讀，研究；記住《*for*...》。(7) 印刷裝訂完成。(8) 鼓起，刺激，使興奮。(9) 增進；增加。(10) 把…搬上（樓梯）。
get up to... (1) 追及，勝過，趕上。(2) 耽於，從事，做。
get with it《俚》趕上潮流。

get·at·a·ble [gɛt'ætəbḷ] [形] 可到達的，可接近的；可得到的。

get·a·way ['gɛtəˌwe] [名][U][C] **1** 逃亡，逃走。**2** 起跑。—[形] 做案後逃走所用的。

Geth·sem·a·ne [gɛθ'sɛmənɪ] [名] **1**〖聖〗客西馬尼：位於 Jerusalem 東方，Kedron 河附近的花園，爲耶穌被出賣被捕之地。**2**《g-》苦難的場面；苦難。

get-out ['gɛtˌaʊt] [名][U]《英口》逃避。
as all get-out《俚》極端地。

get-rich-quick [形]《口》投機致富的。

get-to·geth·er ['gɛtəˌgɛðɚ] [名]（非正式的）聚會。

Get·tys·burg ['gɛtɪzˌbɝg] [名] 蓋茨堡：美國 Pennsylvania 州的一城鎮。

'Gettysburg Ad'dress [名]《*the* ～》蓋茨堡演說：1863 年 11 月 19 日林肯總統在 Gettysburg 所作的演說。

get·up ['gɛtˌʌp] [名]《口》**1** 設計；安排；構造；裝訂式樣，版式；（衣服的）式樣。**2** 服裝，打扮。**3** = get-up-and-go.

get-up-and-go ['gɛtˌʌpən'go] [名][U] 精神，活力，幹勁，衝勁；主動性，進取心。

ge·um ['dʒiəm] [名]〖植〗水楊梅。

gew·gaw ['gjugɔ] [名] 華麗而無價值的物品。—[形] 華而不實的。

gey·ser ['gaɪzɚ, -sɚ] [名] **1** 間歇泉，噴泉。**2** ['gizɚ]《英口》熱水鍋爐，熱水器。

Gha·na ['gɑnə] [名] 迦納（共和國）：位於非洲西部；首都爲阿克拉（Accra）。

Gha·na·ian [gɑ'neən, 'gɑnɪən] [名] 迦納人。—[形] 迦納的，迦納人的。

ghar·ry ['gærɪ] [名]（印度的）馬車，車。

ghast·ly ['gæstlɪ] [形] **(-li·er, -li·est) 1** 死人般的，蒼白的；恐怖的。**2**《口》令人不快的，糟透的。**3** 極大的。—[副] **1** 恐怖地。**2** 死人般地，蒼白地。**-li·ness** [名]

ghat, ghaut [gɔt] [名]《印度用語》**1**（上下河岸的）臺階，通道。**2** 山路。**3**《～s》山脈；急斜面，斷崖。

ghee [gi] [名][U]（印度）酥油。

gher·kin ['gɝkɪn] [名] **1**（作泡菜用的）嫩小黃瓜。**2**〖植〗小黃瓜。

ghet·to ['gɛto] [名] (複 ～·es, ～s) **1**〖史〗猶太人居住區。**2** 貧民窟。

ghet·to·ize ['gɛtoˌaɪz] [動][及] 使集中居住。

·**ghost** [gost] [名] **1** 鬼，亡靈，幽靈；如幽靈般憔悴的人。**2** 一絲絲的痕跡，一點點，少許。**3** 極小的可能性。**4** 生命的根源，靈魂；《偶作 G-》靈，神靈。**5**〖視〗重複的影像，複影。**6**《口》= ghost writer
give up the ghost 死；斷念，捨棄。
the ghost walks 發薪水。
—[動][及] **1** 代筆，捉刀；代人寫（稿）。**2** 幽靈似地糾纏，出沒。—[不及] **1** 代筆。**2** 在無風時行駛。

ghost·like ['gostˌlaɪk] [形] 幽靈似的；恐怖的，淒冷的。

ghost·ly ['gostlɪ] [形] **(-li·er, -li·est) 1** 幽靈的；似鬼的；朦朧的。**2**《文》精神的，宗教的，非世俗的。**3** 代筆人的。

'ghost ˌstory [名] 怪談，鬼故事，鬼話。

'ghost ˌtown [名] 鬼鎮：無人煙的村鎮。

'ghost ˌword [名] 幽靈字：由於抄寫、印刷等的錯誤而產生的字。

ghost·write ['gostˌraɪt] [動] **(-wrote, -writ·ten, -writ·ing)** [及][不及] 爲人代筆。

ghost·writ·er ['gostˌraɪtɚ] [名] 代筆者，捉刀人。

ghoul [gul] [名] **1** 食屍鬼。**2** 盜墓者；盜屍者。**3** 以令人噁心之事爲樂的

ghoul·ish ['gulɪʃ] [形] 食屍鬼似的；殘忍的；恐怖的。～**·ly** [副], ～**·ness** [名]

G.H.Q., GHQ《縮寫》〖軍〗*gener*al *h*ead-*q*uarters.

ghyll [gɪl] [名]《英方》= gill[3].

GI, G.I. ['dʒi'aɪ] [名] (複 **GI's** 或 **GIs**)《口》（美國陸軍的）士兵。—[形] **1** 嚴格守軍紀的。**2**（美國陸軍的）軍方補給的；符合軍事法規或慣例的。**3** 像美國士兵的。
—[動] **(GI'd, GI'·ing)** [及] 打掃乾淨。

gi·ant ['dʒaɪənt] 图 1（出現於童話、傳說中的）巨人，大漢；《常作G-》〖希神〗巨人族的一員。2 巨人，大個子；巨大的動物；具有巨大權力的人，卓越的人物；重要的人物。—形 1 巨大的，龐大的。2 非凡的，偉大的。

gi·ant·ess ['dʒaɪəntɪs] 图女巨人。

gi·ant·ism ['dʒaɪən,tɪzəm] 图U 1〖病〗巨大畸形。2 龐大；（尤指骨骼的）巨大。

giant 'killer 图（運動場上）擊敗強敵的人或隊伍。

giant 'otter 图大水獺。

giant 'panda 图 = panda 2.

giant se'quoia 图〖植〗巨杉。

giant 'slalom 图大彎道滑雪比賽。

giant 'star 图〖天〗巨星。

giaour [dʒaur] 图《土耳其語》異教徒，邪教者，非回教徒。

gib [gɪb] 图〖機〗嵌條。
—動 **(gibbed, ～·bing)** 及 以嵌條固定。

Gib. 《縮寫》*Gib*raltar.

gib·ber ['dʒɪbə, 'gɪ-] 動不及 急促而不清楚地說，嘰哩咕嚕地說。—图U 急促而不清楚的話[聲音]。

gib·ber·ish ['dʒɪbərɪʃ, 'gɪ-] 图U 1 急促而不清楚的話，嘰哩咕嚕的聲音。2 莫名其妙的話。

gib·bet ['dʒɪbɪt] 图 示眾絞首架。—動及 處以絞刑，吊死在示眾架上；使當眾受到侮辱。

gib·bon ['gɪbən] 图〖動〗長臂猿。

Gib·bon ['gɪbən] 图 **Edward**, 吉朋（1737–94）：英國歷史學家。

gib·bos·i·ty [gɪ'bɑsətɪ] 图（複 **-ties**）1〖天〗凸狀。2 U隆凸；駝背，佝僂。

gib·bous ['gɪbəs] 形 1 駝背的。2〖天〗凸狀的；（月亮、行星）凸圓的。**～·ly** 副

gibe [dʒaɪb] 動 不及 嘲笑，嘲弄《*at...*; *for...*》。—及 嘲笑，嘲弄。—图 嘲弄《*about, at...*》。

'GI 'Bill ['dʒi'aɪ-] 图《美口》退伍軍人福利法案。

gib·let ['dʒɪblɪt] 图《通常作～**s**》（家禽等可食用的）內臟。

Gi·bral·tar [dʒɪb'rɔltə] 图 1 直布羅陀：位於西班牙南端的港口和要塞，爲英國殖民地。2《**the** ～》**Strait of**, 直布羅陀海峽。3《偶作 **g-**》牢不可破的要塞。

gid·dy ['gɪdɪ] 形 **(-di·er, -di·est)** 1《文》輕浮的，輕率的，見異思遷的；易感情衝動的。2〖病〗暈眩的，眼花的。3 使人頭暈的；眩目的。—動 **(-died, ～·ing)** 及不及（使）頭暈。
-di·ly 副, **-di·ness** 图

Gide [ʒid] 图 **André (Paul Guillaume)**, 紀德（1869–1951）：法國小說家、詩人、批評家，1947 年獲諾貝爾文學獎。

Gid·e·on ['gɪdɪən] 图〖聖〗基甸：以色列古代英雄，以征服米甸人聞名。

'Gid·e·ons ,Intern'ational ['gɪdɪə ns-] 图《**the** ～》國際基甸協會：在旅館房間等放置聖經的超教派國際團體。

GIF 《縮寫》*G*raphic *I*nterchange *F*ormat 圖形交換格式。

:gift [gɪft] 图 1 禮物；贈品。2 特別的能力；天賦，天資；才能《*for, of...*》。3 U C 贈與，授予。4 U 贈與權，授予權。
a gift from the Gods 好運。
as a gift 白送。
gift of (the) gab 口才，辯才。
look a gift horse in the mouth 《諺》（對禮物或恩惠）吹毛求疵。
—動及 1 贈送；授予《*with...*》。2 賦予才能；《被動》使賦有才能《*with...*》。

gift·book ['gɪft,bʊk] 图 寄贈書；贈閱

'gift cer'tificate 图《美》禮券，贈券（《英》gift coupon）。

·gift·ed ['gɪftɪd] 形 有特殊才能的，有天賦的；天資優異的；傑出的。
～·ly 副, **～·ness** 图

'gift ,shop 图手工藝品店，禮品店。

'gift ,token [,voucher] 图 禮券。

gift-wrap ['gɪft,ræp] 動 **(-wrapped** 或 **-wrapt, ～·ping)** 及（用緞帶等）包裝。
～·ping 图 包裝禮品用的包裝紙或緞帶。

gig[1] [gɪg] 图 1 騎鴿艇。2 二輪單馬車。

gig[2] [gɪg] 图 1 排鉤；（捕魚用的）魚叉。2〖機〗起毛機。—動 **(gigged, ～·ging)** 及 1 用魚叉捕。2 使（紡織品）起絨毛。

gig[3] [gɪg] 图（學校、軍隊中的）小過錯；記過。—動 **(gigged, ～·ging)** 及 寫（某人）違反規則的正式報告；給（某人）記過。

gig[4] [gɪg] 图《俚》（尤指藝人及樂隊在晚上的）工作；演出。

giga- ['dʒɪgə-, 'gɪ-, 'dʒaɪ-] 《字首》表「十億」、「無數」之意。

gi·ga·byte ['dʒɪgə,baɪt, g-] 图〖電腦〗十億位元組。

gi·ga·cy·cle ['dʒɪgə,saɪkl, 'g-] 图〖理〗千兆周。

gi·ga·hertz ['dʒɪgə,hɜts, 'g-] 图（複 ～）〖理〗千兆赫。

·gi·gan·tic [dʒaɪ'gæntɪk] 形 1 非常大的，巨大的；龐大的。2 如巨人般的。
-ti·cal·ly 副, **～·ness** 图

gi·ga·ton ['dʒɪgə,tʌn, 'g-] 图 十億噸。

·gig·gle ['gɪgl] 動 **(-gled, -gling)** 不及 咯咯地笑，痴笑。—图 咯咯的笑，痴笑；有趣的人[物]；玩笑。**-gler** 图

gig·gly ['gɪglɪ] 形 **(-gli·er, -gli·est)** 經常痴笑的；喜歡傻笑的。

gig·let ['gɪglɪt] 图 輕佻的女人。

gig·o·lo ['dʒɪgə,lo, 'ʒ-] 图（複 ～**s** [-z]）1 吃軟飯的男人，情夫；（妓女供養的）小白臉。2 職業的男伴，舞男。

Gil [gɪl] 图〖男子名〗吉爾（Gilbert 的暱稱）。

'Gi·la 'monster ['hilə-] 图〖動〗（美國西南部的）大型毒蜥蜴。

Gil·bert ['gɪlbət] 图〖男子名〗吉伯特

G

(暱稱作 Bert, Gil)。

gild[1] [gɪld] 動(~·ed 或 gilt, ~·ing) 及 1 給…貼上金(箔),給…鍍金;給…塗上金色。2 虛飾…的外表,粉飾:~ the lily 畫蛇添足,作不恰當的修飾。

gild the pill 粉飾不愉快的事情使其較易令人忍受;虛飾外觀;粉飾太平。

gild[2] [gɪld] 名 = guild.

gild·ed ['gɪldɪd] 形 1 鍍金的;塗金色的。2 虛飾外表的。3 富有的,闊氣的;上流(階級)的,貴族的。

gild·er ['gɪldɚ] 名 鍍金匠。

gild·ing ['gɪldɪŋ] 名 U 1 鍍金,塗金;金箔,金粉。2 粉飾,虛飾。

G

·gill[1] [gɪl] 名 1《通常作 ~s》鰓。2 菌褶。3《常作~s》(雞等的)垂肉;腮;《口》臉色,表情。

to the gills 全部,完全;盡量。

—動 及 1 用刺網捕。2 除去鰓。

—不及 落入刺網中。

gill[2] [dʒɪl] 名 吉爾:液量單位,等於四分之一品脫,約 0.14 公升。

gill[3] [gɪl] 名《英方》峽谷;小溪。

gill[4] [dʒɪl] 名《常作G-》愛人,戀人;少女:Every Jack has his ~.《諺》男人自有女人愛。

'gill ˌcover 名〖動〗鰓蓋。

gilled [gɪld] 形 有鰓的;有菌褶的。

gil·lie, -ly ['gɪlɪ] 名《蘇》(打獵者或釣魚客的)侍從,嚮導。

'gill ˌnet 名 刺網。

gil·ly·flow·er ['dʒɪlɪˌflauɚ] 名〖植〗紫羅蘭;香羅蘭。

·gilt [gɪlt] 動 gild[1]的過去式及過去分詞。

—形 鍍了金的,塗了金粉的;金色的。

—名 U 1(鍍金用的)金,金箔。2 眩目的外表,虛有其表之美。3《俚》金幣,錢。4 債券,證券。

take the gilt off the gingerbread 剝去美麗外衣;降價;掃興。

gilt-edged ['gɪlt'ɛdʒd] 形 1(紙、書籍)金邊的。2 最上等的,一流的。

gim·crack ['dʒɪmˌkræk] 形 名 好看而無用的(東西),廉價的(東西)。

gim·crack·er·y ['dʒɪmˌkrækərɪ] 名 1 U《集合名詞》無價值的裝飾品,便宜貨。2(文學等中)顯而易見的效果。

gim·let ['gɪmlɪt] 名 1 木鑽,螺絲錐;開瓶器。2 U C 真力特酒:雞尾酒的一種。

—動 及 用螺絲錐鑽。—形 可穿透的。

'gimlet ˌeye 名 銳利的眼睛。

gim·me ['gɪmɪ] 形《俚》貪心的。—名《美口》囊中物,不費力氣即可取得的東西。

gim·mick ['gɪmɪk] 名 1《美口》騙人的裝置。2《口》(魔術等的)機關,訣。3 花招,噱頭;靈巧的小機械;小發明。4(廣告宣傳用的)策略。

gim·mick·ry ['gɪmɪkrɪ] 名 U《美口》要花招,玩伎倆;騙人的花招。

gim·mick·y ['gɪmɪkɪ] 形 花招的,耍噱的。

gimp[1] [gɪmp] 名 花邊;絨絲帶。

gimp[2] [gɪmp] 名《俚》跛行;跛腳者。—動 不及 一跛一跛地走。

gin[1] [dʒɪn] 名 U C 杜松子酒。

gin[2] [dʒɪn] 名 1= cotton gin. 2(打獵的)陷阱。3 三腳起重機。—動(ginne ~·ning) 及 1 用軋棉機軋掉(棉花)的子等。2 設陷阱捕捉。

'gin 'fizz 名 U C 杜松子酒汽水。

·gin·ger ['dʒɪndʒɚ] 名 U 1 薑;薑根。《口》辣味,刺激;朝氣,精力,活力。《主英》紅髮。4 黃褐色;赤褐色。

by ginger《輕微的感嘆詞》唉呀!

—動 及 1 以薑佐…之味。2《口》使有味;刺激;使有活力,鼓勵《*up*》。—以薑佐味的;黃褐色的。

'ginger 'ale 名 U C 薑汁汽水。

'ginger ˌbeer 名 U C 薑汁啤酒。

gin·ger·bread ['dʒɪndʒɚˌbrɛd] 名 U 薑餅。2 俗麗而無用的裝飾。—形 俗麗無用的,好看而不值錢的。

'ginger ˌgroup 名《英》(政黨等的積極派,急進派。

gin·ger·ly ['dʒɪndʒɚlɪ] 形 非常慎重的小心翼翼的。—副 小心翼翼地。

'ginger ˌnut 名《英》= gingersnap.

'ginger ˌpop 名《口》= ginger ale.

gin·ger·snap ['dʒɪndʒɚˌsnæp] 名 U 薑汁餅乾。

gin·ger·y ['dʒɪndʒərɪ] 形 1 薑的,有薑的;辛辣的。2 赤褐色的;黃褐色的;英》(毛髮)紅的。3 精力充沛的。

ging·ham ['gɪŋəm] 名 U 條紋或方格棉布。

gin·gi·li ['dʒɪndʒəlɪ] 名 U 芝麻;芝麻油

gin·gi·vi·tis [ˌdʒɪndʒə'vaɪtɪs] 名 U 病〗牙齦炎。

ging·ko ['gɪŋko, 'dʒ-] 名(複~es)《誤用= ginkgo.

gink·go ['gɪŋko, 'dʒ-] 名(複~s, ~es) 植〗銀杏(亦稱 **maidenhair tree**)。

'gin ˌmill [dʒɪn-] 名《美俚》(廉價或級的)酒吧,酒館。

'gin ˌpalace 名 華麗而俗氣的酒館。

gin·seng ['dʒɪnsɛŋ] 名〖植〗人參;人的根;U 由人參的根所製成的藥。

Gio·con·da [dʒo'kɑndə] 名 **La** ~, = M na Lisa.

Giot·to ['dʒɑto] 名 喬托(1266?–1337)義大利 Florence 的畫家及建築家。

Gip·sy ['dʒɪpsɪ] 名(複-**sies**),形《英》Gypsy.

·gi·raffe [dʒə'ræf] 名 1〖動〗長頸鹿。2(the G-)〖天〗鹿豹座。

gir·an·dole ['dʒɪrənˌdol] 名 1 旋射煙火旋轉噴水。2 華麗的多枝燭架。3 周圍有小寶石的垂飾或耳環。

gird[1] [gɝd] 動(~·ed 或 girt, ~·ing)

《文》1 束緊《with...》；佩帶《on》；授予，賦予。2 圍繞，包圍。3《反身》使準備行動，使下定決心《for...》。

gird[2] [gɝd] 動 不及《主英》嘲笑，嘲弄《at...》。—名 嘲笑。

gird·er [ˈgɝdɚ] 名 桁，支柱，大樑。

gir·dle [ˈgɝdl] 名 1（女用）束腰。2 皮帶，裝飾腰帶。3 環形物，圍繞物；〖解〗帶，束帶；〖建〗柱帶。

—動 及 1 用帶束緊；包圍。2 剝掉一圈（樹皮）。

:**girl** [gɝl] 名 1 女孩，未婚女子，少女；《口》女兒。2 女僕；女員工；輕鬆歌劇女演員，女演員。3《one's ～》《口》戀人。4《口》女性。5《口》賣春婦女。

'**girl** '**Friday** 名 女祕書，女職員。

'**girl** ˌ**friend** 名 1 女性朋友。2（指有固定關係的）女朋友，戀人，情人。

'**girl** '**guide** 名《英》女童子軍的一員（《美》girl scout）。

girl·hood [ˈgɝlhʊd] 名 U 1 少女身分；少女時代。2《集合名詞》少女們。

girl·ie [ˈgɝlɪ] 形《俚》刊有許多少女裸體照片的。—名 1《口》《常為暱稱》姑娘，妞兒，小姐。2《俚》娼妓。

girl·ish [ˈgɝlɪʃ] 形 1 少女的；少女時代的；少女似的。2（男孩）像女孩子的，娘娘腔的，柔弱的。～·**ly** 副, ～·**ness** 名

'**Girl** ˌ**Scouts** 名(複)《the ～》《美》女童子軍（《英》Girl Guides）。

girl·y [ˈgɝlɪ] 形 = girlie.

Gi·ro [ˈdʒaɪro] 名 U《常作 g-》（歐洲各國採用的）郵政劃撥；郵政轉帳存款。

Gi·ronde [dʒəˈrand] 名《the ～》吉倫泰黨：法國大革命時期的穩健派政黨。-'**ron·dist** 名 形 吉倫泰黨員；吉倫泰黨的。

girt[1] [gɝt] 動 **gird**[1] 的過去式及過去分詞。

—形《文》被圍繞的。

girt[2] [gɝt] 動 及 1 = gird[1] 1. 2 = girth.

girth [gɝθ] 名 1 U C 周圍的尺寸，周長，腰圍。2 帶子；（馬等的）肚帶。—動 及 1 上肚帶，用帶束緊。2 量…的周圍尺寸。

gis·mo [ˈgɪzmo] 名(複～s [-z]) = gizmo.

gist [dʒɪst] 名 1《通常作 the ～》要點，要旨，主旨。2（訴訟的）理由，主因。

git·tern [ˈgɪtɚn] 名 = cittern.

give [gɪv] 動 (**gave, giv·en, giv·ing**) 及 1 給予。2 委託；寄放；交付，親手交給。3 給，付給《for...》。4《通常用於否定句》注意，致力，關心。5（電話）連接，轉接。6 使產生。7 帶給；生產，產生。8 發出（聲音）；做（動作）。9 授予。10 提供，提出，供應。11 獻出《to...》。12 傳染。13 犧牲；奉獻《for...》。14 傳達，告訴；陳述，給予；登載。15 舉出；通知，指定；顯示；呈現出。16 舉辦《for...》；公演。17 宣判；宣告，宣布，下達《for, against...》。18 承認，允許。19《通常用被動》假設，假定。20 介紹。21 提議乾杯。22 伸出，交出。23《常用被動》使（人）…。24 立（約定）；完成。—不及 1 施捨，捐贈。2 面對，面臨（風景等）《on, onto, upon...》；通往《on, onto, into...》。3 屈服，讓步，妥協。4 凹下，彎曲，塌陷；倒塌，崩潰；鬆垮；無力。5《口》說出情況。6 融洽相處，親近。7 變暖和；溶化。8《口》（事情）發生。

give and take (1) 為合作而妥協，互相讓步。(2) 交換意見。

give as good as one gets 以牙還牙，一報還一報；巧妙地應付，巧妙地反擊。

give...away / give away... (1) 贈送，免費送給。(2) 將（新娘）交給新郎。(3) 背叛，出賣。(4) 暴露，洩漏。(5) 錯失，錯過。

give...back / give back... (1) 歸還《to...》；交還。(2) 反駁，回報。(3) 使反響，使反射。(4) 後退，退縮。

give a person best ⇨ BEST（片語）

give birth to... ⇨ BIRTH（片語）

give down... 流出（奶）。

give forth... (1) 發出。(2) 宣布，發表。

give ground ⇨ GROUND[1]（片語）

give in 承認失敗，投降，屈服，服從《to...》；交上，呈交。

give it to a person hot《口》（嚴厲地）責備某人。

give of... 奉獻。

give off... 放出，發散；長出。

give or take《口》有出入，大約。

give out (1) 疲倦不堪。(2) 用盡；停止。(3) 表現心情；熱中做《with...》。

give...out / give out... (1) 放出，發出。(2) 公布，發表，宣稱。(3) 分給；支付。

give over (1) 委託，交付，讓給。(2) 停止《doing》。(3)《通常用反身》放縱，沉迷《to...》。(4)《常用被動》用在，獻給（特定的活動等）《to...》。

give place to... ⇨ PLACE（片語）

give rise to... ⇨ RISE（片語）

give...something to cry about 讓…得到教訓。

give up (1) 斷念，放棄。(2) 停止，戒除，放棄。(3) 讓出；交出；把…交（給…）；《反身》投降，自首《to...》。(4)《通常用反身或被動》埋首，專心；沉溺《to...》。(5) 公開發表。

give up on... 對…表示絕望。

give way ⇨ WAY[1]（片語）

give a person what for 嚴厲地處罰。

What gives?《口》（驚訝地問）到底怎麼了？

—名 U 給予；彈力，彈性；適應

give-and-take [ˈgɪvənˈtek] 名 U 1 公平交易；互讓，妥協。2 愉快的交談；意見的交換。

give·a·way [ˈgɪvəˌwe] 名《口》1 無意的洩漏；不正當的交易。2（促銷用的）廉價物品，贈品；（廣播電視上的）贈獎節

G

目。—形賤價的；有獎的。

give·back ['gɪv,bæk] 名讓步，回報。

:giv·en ['gɪvən] 動 **give** 的過去分詞。
—形 **1** 指定的，特定的，規定的。**2** 被贈送的；被給予的：*G-* goods never prosper.《諺》不勞而獲的財產不會滋蕃。**3** 沉溺於；有癖好的。**4**《連接詞》《文》假定的。**5**〖數〗已知的；假設的。**6**（公文）簽訂的，發出的。
—名已知的事實。

'given 'name 名《美》（不包括姓的）名。

giv·er ['gɪvɚ] 名給予的人，贈予者。

Gi·za ['gizə] 名吉沙：埃及開羅附近的都市，以金字塔及獅身人面雕像聞名。

G

giz·mo ['gɪzmo] 名(複~s[z])《美俚》巧妙的小器材；某種玩意兒。

giz·zard ['gɪzɚd] 名 **1**〖鳥〗砂囊。**2**《集合名詞》《口》（禽類的）內臟，腸及胃。**3**《口》（人的）胃。
fret one's gizzard 苦惱，痛苦。
stick in one's gizzard 不合某人的胃口，令某人難以接受。

GK., GK《縮寫》*Greek.*

Gl《化學符號》glucinum.

gla·bel·la [glə'bɛlə] 名(複**-lae** [-li])〖解〗眉間，印堂。

gla·brate ['glebret, -brɪt] 形 = glabrous.

gla·brous ['glebrəs] 形〖動·植〗無毛的，光滑的，光禿的。

gla·cé [glæ'se] 形 **1** 冰凍的。**2** 有糖霜的；糖漬的。**3**（皮革）磨光的，表面光滑的。
—動及 **1** 將…加上糖霜。**2** 將…磨光。

gla·cial ['gleʃəl] 形 **1** 冰河（期）的；冰的；非常冰涼的。**2** 冷淡的，冷冰冰的。
~**·ly** 副由於冰河作用地。

'glacial ,epoch 名《**the** ~》〖地質〗冰河時期。

gla·cial·ist ['gleʃəlɪst] 名冰河學者。

'glacial ,period 名 = glacial epoch.

gla·ci·ate ['gleʃɪ,et] 動不及及 **1** 凍結，結冰。**2**〖地質〗以冰覆蓋；受冰河作用。

gla·ci·a·tion [,gleʃɪ'eʃən] 名U 冰河作用；凍結成冰。

gla·cier ['gleʃɚ] 名冰河。

gla·cis ['glesɪs, 'glæ-] 名（複 ~ [-siz], ~**·es**）**1** 緩斜坡。**2**（堡壘前的）斜堤。**3** 緩衝國；緩衝區。

:glad[1] [glæd] 形（~**·der**, ~**·dest**）**1**《敘述用法》高興的，滿足的；感到愉快的《*at, of, about...*》；感到歡喜的《*that* 子句, *to do*》。**2**《限定用法》(1) 令人高興的；晴朗的，明媚的；快活的。(2) 歡欣的，高興的。**3**《敘述用法》樂意（做…）的《*to do*》。
~**·ly** 副高興地，樂意地。
~**·ness** 名U高興，愉快。

glad[2] [glæd] 名《通常作~**s**》〖植〗《口》= gladiolus.

glad·den ['glædn̩] 動及使…高興，使快樂。

glade [gled] 名 **1** 森林中的空地。**2**《美》= everglade 1.

'glad ,eye 名《**the** ~》《口》調情的眼神；秋波，媚眼：give *the* ~ 送秋波，拋媚眼。

'glad ,hand 名《**the** ~》《口》（虛情假意的）熱烈的歡迎。

glad-hand ['glæd,hænd] 動及不及《口》**1** 熱誠地歡迎。**2** 虛情假意地熱烈歡迎。

glad·i·a·tor ['glædɪ,etɚ] 名 **1**（古羅馬時代的）鬥士。**2** 鬥士；爭論者。**3** 職業拳擊手。

glad·i·a·to·ri·al [,glædɪə'torɪəl] **1** 格鬥的，鬥士的。**2** 爭論的；爭論者的。

glad·i·o·lus [,glædɪ'oləs] 名（複~, **-li** [-laɪ], ~**·es**）〖植〗唐菖蒲，劍蘭。

'glad 'rags 名(複)《美俚》盛裝。

glad·some ['glædsəm] 形 **1** 高興的，快樂的。**2** 愉悅的。~**·ly** 副, ~**·ness** 名

Glad·stone ['glæd,ston] 名 **1 William Ewart**, 葛萊德斯東（1809–98）：英國政治家，1868–94 年間四度任首相。**2** = Gladstone bag.

'Gladstone ,bag 名輕便旅行提包。

glair(e) [glɛr] 名U 蛋白；（用蛋白製成的）釉漿；蛋白狀黏液。—動及塗蛋白。

glaive [glev] 名《古》闊劍，寬刃刀。

glam [glæm]《口》名 = glamor.
—形 = glamorous. —動及 = glamorize.

glam·or ['glæmɚ] 名《美》= glamour.

glam·our ['glæmɚ] 名UC **1** 刺激，興奮；激動人心的活動。**2** 令人著迷的魅力，誘惑力；肉體的魅力。**3** 魔術，魔法。—動及迷惑，迷住。

'glamo(u)r ,girl 名俏女郎。

glam·o(u)r·ize ['glæmə',raɪz] 動及 **1** 使有魅力，使迷人。**2** 美化；使浪漫化。

glam·o(u)r·ous ['glæmərəs] 形 **1** 富有魅力的，迷人的。**2** 多彩多姿的，非常有刺激性的。~**·ly** 副

·glance [glæns] 動（**glanced, glanc·ing**）不及 **1** 一瞥，匆匆一看《*at...*》；掃視，瀏覽《*down, over, through...*》: ~ around the room 略為環視房間 / ~ *down* an account 匆匆地瀏覽帳目。**2** 閃耀，閃光；突然而過。**3** 偏斜而過，擦過《*off*》；偶而提到，言及，暗指，影射《*at...*》。—及《古》晃一眼，掃視《*at, over...*》。—名一眼，一見，一瞥《*at, into, over...*》。閃耀，閃光。**3**（子彈等的）斜過，斜斜地彈回；偶而提到；暗示；暗諷。**4**〖板球〗斜打。

glanc·ing ['glænsɪŋ] 形輕快的，斜向一邊的。

gland [glænd] 名〖生理·植〗腺。

glan·ders ['glændɚz] 名(複)《作單數》鼻疽病。

glan·du·lar ['glændʒəlɚ] 形腺（狀）

的：～ fever 腺熱。

glans [glænz] 名 (複 **glan·des** ['glændiz]) 〖解〗龜頭；陰蒂頭。

·**glare**[1] [glɛr] 名 1 Ⓤ 刺眼的光。2 瞪眼，怒目而視：give a person a ～ 瞪某人一眼。3 Ⓤ（非常的）顯眼，俗麗，刺眼。—動 (**glared, glar·ing**) 不及 1 發出強烈的光，發出眩目的光。2 瞪眼，怒視《*at, on, upon...*》。—及 以瞪眼表示《*at...*》。

glare[2] [glɛr] 名《美》發亮而平滑的表面。

glar·ing ['glɛrɪŋ] 形 1 閃耀的，刺眼的；俗麗的，耀眼的。2 顯著的，昭彰的。3 怒目而視的。～**·ly** 副, ～**·ness** 名

glar·y[1] ['glɛrɪ] 形 (**glar·i·er, glar·i·est**) 閃耀的，刺眼的。

glar·y[2] ['glɛrɪ] 形 (**glar·i·er, glar·i·est**)《美》光滑的。

Glas·gow ['glæsgo, -ko] 名 格拉斯哥：英國蘇格蘭西南部的港市。

glas·nost ['glæz,nɑst] 名 Ⓤ《俄語》（1980 年代後期蘇聯的）民主改革。

:**glass** [glæs] 名 1 Ⓤ 玻璃；玻璃質的物質：transparent ～ 透明玻璃。2 玻璃杯；玻璃杯一杯（的量）；酒：a ～ of water 一杯水 / fill a ～ to the brim 斟滿一杯。3 鏡子；玻璃窗；蓋在畫面上的玻璃板；放大鏡；望遠鏡；單眼鏡；顯微鏡；晴雨計；溫度計；沙漏；《～**es**》眼鏡。4 Ⓤ《集合名詞》玻璃製品；玻璃器皿。5（軍隊的）監獄。—形 1 玻璃（製）的。2 鑲玻璃的；用玻璃圍住的。—動 1 鑲上玻璃；用玻璃覆蓋；裝在玻璃器內。2 用望遠鏡等瞭望。3《通常用反身》《文》映出影子。4 使（眼睛）呆滯無光。5 磨光。6 密封於玻璃容器中。

'**glass ˌblowing** 名 Ⓤ 玻璃吹製法。

'**glass ˌblower** 名 吹玻璃工人[機器]。

'**glass ˌcutter** 名 1 切割玻璃的工人；玻璃品刻花工人。2 切割玻璃工具；玻璃品刻花工具。'**glass ˌcutting** 名

'**glass ˌfiber** 名 Ⓤ 玻璃纖維。

glass·ful ['glæs,fʊl] 名 一杯（的容量）。

glass·house ['glæs,haʊs] 名 (複 **-hous·es** [-zɪz]) 1 玻璃工廠；玻璃店。2《主英》溫室。3 以玻璃蓋成的房子；有玻璃屋頂的攝影室：People who live in ～*s* should not throw stones.《諺》本身有缺失的人最好不要批評他人。4《**the** ～》《英俚》軍事監獄。

glass·ine [glæ'sin] 名 Ⓤ 半透明玻璃紙。

glass 'jaw 名 非常脆弱的下巴。

glass·mak·ing ['glæs,mekɪŋ] 名 Ⓤ 玻璃（器皿）製造術[業]。**-mak·er** 名 玻璃（器皿）工匠。

'**glass ˌpaper** 名 Ⓤ 塗玻璃粉的砂紙；用玻璃纖維所作的紙。

'**glass ˌsnake** 名〖動〗玻璃蛇，蛇蜥。

glass·ware ['glæs,wɛr] 名 Ⓤ《集合名詞》玻璃製品；玻璃器皿，玻璃餐具。

'**glass 'wool** 名 Ⓤ 玻璃棉，玻璃絨。

glass·work ['glæs,wɝk] 名 Ⓤ 1 玻璃（器皿）製造；《集合名詞》玻璃製品。2 安裝玻璃。

～**·er** 名 玻璃（器皿）製造工。

glass·works ['glæs,wɝks] 名 (複)《通常作單數》玻璃工廠。

glass·wort ['glæs,wɝt] 名〖植〗厚岸草。

glass·y ['glæsɪ] 形 (**glass·i·er, glass·i·est**) 1 如玻璃般的；平穩如鏡的。2 無生氣的，遲鈍的，呆滯的。**-i·ly** 副, **-i·ness** 名

glass·y-eyed ['glæsɪ'aɪd] 形 表情呆滯的，眼神遲鈍的。

'**Glau·ber('s) 'salt** ['glaʊbɚz-] 名 Ⓤ〖化·藥〗結晶硫酸鈉，芒硝。

glau·co·ma [glɔ'komə] 名 Ⓤ〖眼〗青光眼。

glau·cous ['glɔkəs] 形 1 淡藍綠色的。2〖植〗表面覆有霜狀白粉的。～**·ly** 副

·**glaze** [glez] 動 (**glazed, glaz·ing**) 及 1 裝上玻璃；裝玻璃窗於。2 上釉；塗光滑劑（上光）；〖烹飪〗（塗上糖漿等）表面發光澤；〖美〗塗透明顏料於；（又磨又擦）弄光滑；磨亮，擦亮。3 使目光鈍滯無光。—不及 1 變得如玻璃般光滑，變得有光澤。2（目光）變呆滯，變模糊《*over*》。—名 Ⓤ Ⓒ 1 有光澤的表面；表面的光澤。2 上光；上釉；釉料，釉面；光滑劑；〖烹飪〗糖漿等有光澤的塗料。3《美》〖氣象〗雨淞。4《俚》窗。

glazed [glezd] 形 1 上釉的；上光的；有光澤的；光滑的；目光鈍滯的，模糊的。2 裝有玻璃的；蓋以玻璃的。

gla·zier ['gleʒɚ] 名 安裝玻璃的工人。

gla·zier·y ['gleʒərɪ] 名 Ⓤ 玻璃工人的工作；玻璃（器皿）製造業。

glaz·ing ['glezɪŋ] 名 1 Ⓤ 安裝玻璃；Ⓤ Ⓒ（嵌於窗的）玻璃。2 Ⓤ 上釉的表面加工。

glaz·y ['glezɪ] 形 (**glaz·i·er, glaz·i·est**) 1 如玻璃的，玻璃質的；有光澤的，光亮的。2 目光模糊的，鈍滯的。

·**gleam** [glim] 名 1 閃爍，閃光；微弱的閃光，一絲光線。2（希望等的）瞬息一現，閃現《*of...*》：a ～ *of* hope 一線希望 / an occasional ～ *of* intelligence 偶而閃現的智慧。—動 不及 1 閃爍；隱約閃光。2 閃現。

gleam·ing ['glimɪŋ] 形 閃爍的，閃光的。

glean [glin] 動 及 1 拾（落穗等）。2 一點點地收集。—不及 拾落穗。

glean·er ['glinɚ] 名 拾穗者；收集者。

glean·ing ['glinɪŋ] 名 1 Ⓤ 拾落穗；收集。2《通常作～**s**》拾起的穀穗；集錄，選集，拾遺集。

glebe [glib] 名 1 Ⓤ《古》土地；田地。2《英》小教區教會所屬田地。

glee [gli] 名 1 Ⓤ 高興，歡喜。2 竊笑，暗自歡喜。3 英國式合唱曲。

G

'glee ˌclub 名《美》合唱團。

glee·ful ['glifəl] 形極高興的，快活的，歡樂的；愉快的。～·ly 副，～·ness 名

glee·man ['glimən] 名(複-men)《古》吟遊詩人。

glee·some ['glisəm] 形= gleeful.

glen [glɛn] 名（蘇格蘭或愛爾蘭的）峽谷。

glen·gar·ry [glɛn'gærɪ] 名(複-ries)蘇格蘭船形帽。

glib [glɪb] 形(～·ber, ～·best) 1 能說善道的；口齒伶俐的；油腔滑調的。2 不莊重的，輕鬆的；輕浮的。～·ly 副

·glide [glaɪd] 動 (glid·ed, glid·ing) 不及 1 滑，滑動；悄悄地流；滑行；滑翔。2（時間、季節等）漸漸地變化；不知不覺地逝去《*along, away, by*》；悄悄地溜走《*along, by*》；悄悄地進入或離開《*into...; along, out of, from...*》。3〖樂〗以滑唱法演唱。—及使滑行，使滑動；使滑翔；滑（音）。—名1（舞蹈的）滑步，滑動，（華爾滋等的）滑行；滑翔；悄悄的行進。2〖樂〗滑唱，滑奏。3〖語音〗半母音，滑音。

·glid·er ['glaɪdɚ] 名 1 滑行的人[物]；〖空〗滑翔機；滑翔炸彈。2 鞦韆式吊椅。

glid·ing ['glaɪdɪŋ] 名U 滑翔運動。

glim [glɪm] 名《俚》1U 燈火；燈光；蠟燭；燈籠。2 眼睛。3 少許。4 微光。

·glim·mer ['glɪmɚ] 名 1 閃光，微光。2 暗示，隱約的感覺。3 少量；一點《*of ...*》。

—動不及 1 閃爍。2 隱約地出現。

glim·mer·ing ['glɪmərɪŋ] 名1閃光；微光。2模糊的感覺，隱約的察覺。3少量；一點。—形閃爍的。

·glimpse [glɪmps] 名 1一瞥《*of...*》；瞥見：catch a ～ *of*... 瞥見…一眼。2 隱約的感覺。3《古》隱約的光。

—動(glimpsed, glimps·ing)及瞥見，看一眼。—不及投以一瞥《*at...*》。

glint [glɪnt] 名1閃爍，閃光。2光亮，光輝。3短暫的顯現。4（雷達訊號上的）閃光。—動不及及閃閃發光，反射。

glis·sade [glɪ'sad, -'sed] 名 1〖登山〗由積雪的山坡上滑降。2〖舞〗滑步。

—動不及 滑降；跳滑步。-'sad·er 名

glis·san·do [glɪ'sando] 形〖樂〗滑奏（法）的。

—名(複-di [-di]) 滑奏；滑奏法。

·glis·ten ['glɪsən] 動不及 閃爍，閃耀。—名閃光，光輝。

glis·ter ['glɪstɚ] 動不及《古》閃爍。—名閃光。

glitch [glɪtʃ] 名《美俚》小缺點；故障，失常。

·glit·ter ['glɪtɚ] 動 不及 1 閃光，閃爍，閃耀：All that ～*s* is not gold.《諺》發光的東西未必都是金子。2 呈現燦爛奪目的樣子。

—名1《通常作the ～》燦爛的光，光輝。U《通常作the ～》俗麗，華美；燦爛。U《集合名詞》（裝飾用的）晶亮的東西。

glit·te·ra·ti [ˌglɪtə'rɑti] 名(複)《the ～》名利雙收的上流人士。

glit·ter·ing ['glɪtərɪŋ] 形 閃爍的；俗麗的；燦爛的。～·ly 副

glit·ter·y ['glɪtərɪ] 形閃爍的，閃耀的，燦爛的。

glitz [glɪts] 名U《美·加俚》耀眼奪目的外觀；浮華，俗麗。

glitz·y ['glɪtsɪ] 形《俚》耀眼奪目

gloam [glom] 名《古》薄暮，黃昏。

gloam·ing ['glomɪŋ] 名《the ～》《文》薄暮，黃昏。

gloat [glot] 動不及 投以滿足的眼光，幸災樂禍地看待《*upon, on, over...*》。

—名UC 滿足的神色；垂涎；竊喜。

glob [glɑb] 名（液體的）小滴，一滴；可塑性物質的）一團。

glob·al ['globl] 形 1 全世界的，全球的，全面的，總括的。2 球狀的，球形的；地球儀的，用天球儀的。

glob·al·i·za·tion [ˌglobḷə'zeʃən]U全球化。

glob·al·ize ['globəˌlaɪz]動及 使全球化

glob·al·ism ['globəˌlɪzəm] 名U 世界性參與主義；全球化。-ist 名形 贊成世界性參與主義的（人）。

glob·al·ly ['globəlɪ] 副 全世界地，全球地。

'global 'village 名《the～》地球村：由於電視等通訊設施的發達使得世界縮小，人們變得好像同屬一個小村落。

'global 'warming名U地球氣候變暖，地球暖化。

glo·bate ['globet] 形球狀的，球形的。

·globe [glob] 名 1《通常作the ～》《文》地球；世界；天體；地球儀；天球儀。球體；球形物；眼球。3〖史〗（象徵君權的）金球。—動(globed, glob·ing)及不及形成球狀。

globe·fish ['globˌfɪʃ] 名 (複～, ～·es) 魚〗河豚。

globe·flow·er ['globˌflauɚ] 名〖植〗金蓮花。

globe-trot·ter ['globˌtrɑtɚ] 名 遊歷世界各國者。-ting 名形環球旅行（的）。

glo·bose ['globos, -'-] 形球狀的。

glob·u·lar ['glɑbjəlɚ] 形1球狀的；球面）的；由小球形成的。2 全世界的，世界性規模的（亦稱 globulous）。

glob·ule ['glɑbjul] 名（液體的）小點滴，一小滴。

glob·u·lin ['glɑbjəlɪn] 名U〖生化〗球蛋白，血球素。

glock·en·spiel ['glɑkənˌspil, -ˌʃpil] 名樂〗鐘琴，鐵琴。

glom·er·ate ['glɑmərɪt] 形 聚集的；

成團的。

·gloom [glum] [名] 1 [U] 黑暗；微暗；《the ～》《常作～s》黑暗的隱蔽處；濃蔭處。2 [U][C] 憂鬱，愁悶，悲哀。3 鬱悶的樣子；憂鬱的人；憂鬱的氣氛。—[動][不及] 1 變（微）暗；變陰沉。2《文》變憂鬱；現出愁容，皺眉頭。—[及] 1 使憂鬱；使悲哀。2 使變（微）暗。

·gloom·y ['glumɪ] [形] (**gloom·i·er, gloom·i·est**) 1 黑暗的；微暗的；陰暗的。2 使人憂鬱的；無望的；悲觀的。3 憂鬱的，消沉的。

-i·ly [副], **-i·ness** [名]

glop [glɑp] [名]《美口》1 呈黏糊狀引不起食慾的食物，黏的液體。2 無味之物。

Glo·ri·a ['glorɪə] [名] 1〖教會〗榮耀頌歌。2〖女子名〗葛洛莉雅。3《g-》光環，光輪；[U]《g-》絲毛合織的薄綢。

glo·ri·fi·ca·tion [ˌglorəfə'keʃən] [名] 1 [U] 讚美神的榮耀的行為；賦予神的榮耀；《口》讚美，美化。2《口》慶祝活動；歡慶。3（過分地）美化了的東西。

glo·ri·fy ['glorəˌfaɪ] [動] (**-fied, ～·ing**) [及] 1 [U] 讚美；讚美（神）的榮耀；崇拜（上帝）；賦予神的榮耀。2 使更美，美化；過分地稱讚。3 將榮耀加於，添加光輝於。

glo·ri·ole ['glorɪˌol] [名] 光圈，光輪。

·glo·ri·ous ['glorɪəs] [形] 1 極好的；非常愉快的。2 榮耀的。3 光彩的；壯麗的；燦爛的。4《口》處於恍惚狀態的；有醉態的。～**·ly** [副] 極好地；壯麗地；非常高興地。

'Glorious Revo'lution [名]《the～》光榮革命 = English Revolution.

·glo·ry ['glorɪ] [名] (複 **-ries**) 1 [U] 光榮，榮譽：be desired of ～ 期望獲得榮譽。2 榮耀的事物。3 [U]（對上帝的）讚美，感謝；（上帝的）榮耀，恩惠；天堂的榮耀；天國。4《通常作 the ～》壯麗；光輝；壯觀。5 [U] 繁榮，榮華；全盛；得意至極：in one's ～ 在極得意時。6（耶穌基督及聖人像的）光圈，光輪。

go to (*one's*) ***glory***《口》升天，死。

send a person to glory《口》殺死，送（人）歸天。

—[動] (**-ried, ～·ing**) [不及] 自豪，高興，得意《*in..., in doing*》。—[感]（亦稱 **glory be**）唉呀！謝天謝地！真要命！

Great glory!《俚》真叫人驚訝！好高興！

glory ˌhole [名] 1《英口》放置雜亂物品的儲藏室或抽屜。2〖海〗機關室。

gloss[1] [glɔs] [名] [U] 1（表面的）光澤：put a ～ on [upon]... 使…有光澤。2《通常作 a ～》表面的假像，虛飾；好像有道理的藉。—[動][及] 1 使有光澤。2 裝飾外表，掩飾《*over*》。

—[不及] 發出光亮。

gloss[2] [glɔs] [名] 1 頁邊註，行間註；註解，評註，解說；字彙解釋。2 牽強附會的解釋，曲解。—[動][及] 1 註解，評註。2 搪塞；曲解，詭辯《*over*》。—[不及] 1 加註解，註釋《*on, upon...*》。2《古》曲解，牽強附會地解釋《*on, upon...*》。

glos·sal ['glɑsəl] [形] 舌的。

glos·sa·ry ['glɑsərɪ, 'glɔ-] [名] (複 **-ries**) 1 特殊用語詞典《*to, of...*》。2 字彙解說，詞彙表。**glos·sar·i·al** [glɑ'sɛrɪəl] [形]

glos·sa·tor [glɑ'setɚ] [名] 註釋者。

'gloss ˌpaint [名] [U] 亮漆，光澤漆。

gloss·y ['glɔsɪ] [形] (**gloss·i·er, gloss·i·est**) 1 有光澤的，光滑的。2 好像真的，虛有其表的。—[名] (複 **gloss·ies**) 1《英口》（用光滑的上等紙印成的）高級雜誌：～ magazine 豪華雜誌。2《口》光面相片。

-i·ly [副], **-i·ness** [名]

glot·tal ['glɑtl] [形] 1〖解〗聲門的。2〖語音〗喉（音）的。

'glottal 'stop [名]〖語音〗聲門閉鎖音。

glot·tis ['glɑtɪs] [名] (複 ～**·es, -ti·des** [tə,diz])〖解〗聲門，喉門。

Glouces·ter ['glɑstɚ, 'glɔ-] [名] 格洛斯特：1 位於英格蘭西南部，為 Gloucestershire 的首府。2 = Gloucestershire. 3 格洛斯特所產的乳酪。

Glouces·ter·shire ['glɑstɚˌʃɪr, -ʃɚ, 'glɔs-] [名] 格洛斯特郡：英國英格蘭西南部的一郡，首府為 Gloucester。

·glove [glʌv] [名] 1（分成五指的）手套；拳擊手套；棒球手套；金屬手套：a pair of ～*s* 一副手套。2《美俚》拳擊賽。

bite one's glove 發誓報仇。

fit like a glove 吻合，恰恰相合。

handle ...with kid gloves 小心地處理；殷勤對待。

handle without gloves / handle with gloves off 粗暴地對待，不留情地做。

put on the gloves / have the gloves on《口》作拳擊比賽。

put on gloves 溫和地對待。

take off the gloves / take the gloves off 認真地打鬥，不客氣地競爭。

—[動] (**gloved, glov·ing**) [及] 1 戴上手套；供以手套。2〖棒球〗用戴手套的手接。

'glove 'box [名] 1《主英》= glove compartment. 2 附有防護手套的處理箱。

'glove comˌpartment [ˌlocker] [名]（汽車儀表板旁的）小置物箱。

'glove ˌpuppet [名] 布袋戲木偶。

glov·er ['glʌvɚ] [名] 製造手套者；手套商。

·glow [glo] [名]《the ～, a ～》1 光輝，白熱，灼熱；光。2 明亮，鮮明；鮮紅。3 發熱，溫暖；（臉頰的）紅光，容光煥發：feel a pleasant ～ after a drink 喝過一杯酒後渾身感到溫暖舒適。4 高昂，熱情，興奮。

in a glow / all of a glow 通紅；熱烘烘。

—[動][不及] 1 發出光與熱，變為白熱。2 發出光芒；（眼睛等）發亮，發紅《*with*

G

...》。3 發出火紅的光輝；紅潤；泛紅。4（因運動而）發熱；洋溢著《with...》。

glow·er ['glauə] 動 不及 怒目而視，瞪眼《at...》。—名 不悅的表情。

glow·er·ing ['glauərɪŋ] 形 怒目而視的；不悅的。

glow·ing ['gloɪŋ] 形 1 白熱的，灼熱的。2 鮮明的；紅潤的，泛紅的，發熱的。3 熱情的，熱烈的；極力稱讚的。4《副詞》通紅地，熾熱地，白熱地。~·ly 副

glow·worm ['glo,wɝm] 名〖昆〗無翅螢火蟲。

gloze [gloz] 動 及 搪塞，支吾；掩飾（缺點等）《over》。—名 U C 託詞，掩飾；解釋；欺騙。

G

glu·ci·num [glu'saɪnəm] 名〖化〗鈹 = beryllium.

glu·cose ['glukos] 名 U〖化〗葡萄糖。

·**glue** [glu] 名 U 1 膠（質）。2 接合劑；漿糊：quick-drying ~ 瞬間接合劑 / a dab of ~ 輕輕塗上的一層薄薄的漿糊。

—動 (glued, glu·ing 或 ~·ing) 及 1 黏；塗上黏膠；用漿糊黏。2《通常用過去分詞》使（眼睛等）固著而不移動《to, on ...》；《反身》使集中注意力《to...》。

glue-snif·fing ['glu,snɪfɪŋ] 名 U 吸食強力膠。'**glue ,sniffer** 名 吸食強力膠的人。

glue·y ['gluɪ] 形 (glue·i·er, glue·i·est) 1 膠（質）的；黏著的。2 有著一層黏膠的。

glum [glʌm] 形 (~·mer, ~·mest) 沉鬱的，不悅的；沮喪的。~·ly 副

glut [glʌt] 動 (~·ted, ~·ting) 及 1 使吃飽；（以…）滿足（欲望等）《with...》: ~ oneself *with*... 吃…吃得很飽；以…使自己感到十分滿足。2 使厭膩：~ the senses 感到厭膩。3 使（市場）供過於求；阻塞（道路、通路）《with...》。4 狼吞虎嚥地吃。—不及 吃飽；吃得過量。

—名《偶作 a ~》1 充分供應；供應過剩；過多的（數）量。2 飽食，過飽。~·ting·ly 副

glu·ten ['glutn̩] 名 U 麵筋，麩質。

glu·te·nous ['glutənəs] 形 麵筋狀的；含有麵筋的。

glu·ti·nous ['glutɪnəs] 形 膠質的；黏稠的：~ rice 糯米。~·ly 副

glut·ton[1] ['glʌtn̩] 名 1 貪食者，暴食者。2 熱中於某一件事的人；《口》對某件事具有極大的容忍能力的人。

glut·ton[2] ['glʌtn̩] 名〖動〗狼獾。

glut·ton·ous ['glʌtənəs] 形 1 貪吃的，食量大的。2 貪心的，貪婪的《of...》。~·ly 副, ~·ness 名

glut·ton·y ['glʌtənɪ] 名 U 暴飲暴食，貪食。

glyc·er·in, glyc·er·ine ['glɪsərɪn, 'glɪsrɪn] 名〖化〗= glycerol.

glyc·er·ol ['glɪsə,rol, -,rɔl, -,rɑl] 名 U〖化〗丙三醇，甘油。

gly·co·gen ['glaɪkədʒən] 名 U〖生化〗肝醣，肝澱粉，糖原質。

glyph [glɪf] 名 1〖建〗束腰豎溝。2 雕像；浮雕像。3〖考〗圖畫文字，象形文字。4 象形符號。~·ic 形

gm. 《縮寫》gram(s).

GM 《縮寫》(1) General Manager. (2) General Motors〖商標〗通用汽車公司。(3) guided missile.

G-man ['dʒi,mæn] 名 (複-men)《美口》聯邦調查局的調查員。

GMAT 《縮寫》Graduate Management Admissions Test〖商標〗研究所管理學科入學許可測驗。

Gmc, Gmc. 《縮寫》Germanic.

GMF 《縮寫》genetically modified food 基因改造食品。

GMO 《縮寫》genetically modified organism 基因改造生物。

GMT 《縮寫》Greenwich Mean Time 格林威治標準時間。

gnarl[1] [nɑrl] 名（樹木的）節，瘤。—動 及 扭曲，扭歪；使形成瘤。

gnarl[2] [nɑrl] 動 不及 吼叫，咆哮。

gnarled [nɑrld] 形 1 多節的，多瘤的；凹凸不平的，粗糙的；歪扭的。2 飽經風霜的；乖戾的，拗脾氣的。

gnarl·y ['nɑrlɪ] 形 (gnarl·i·er, gnarl·i·est) = gnarled.

gnash [næʃ] 動 及 1 咬（牙），切（齒）。2 緊緊咬住。—不及 咬牙切齒；（牙齒）磨咬得發出咯吱咯吱聲。

gnat [næt] 名〖昆〗蚋。

strain at a gnat and swallow a camel 對小事斤斤計較，對大事反持無所謂的態度，小事精明，大事糊塗。

gnaw [nɔ] 動 (gnawed, gnawed 或 gnawn, ~·ing) 及 1 咬，咬斷，咬掉《away, off》；嚙；咬成（洞孔等）《through...》。2《常用被動》使苦惱；使衰弱：be constantly ~*ed* by worry 不斷地爲操心所折磨。3 耗損《偶用 away》；侵蝕。—不及 1 (1)（不斷地）咬《on, upon...》；嚙進去《into...》；嚙《at...》；咬斷《through...》。(2) 腐蝕；蛀蝕《at...》。2 折磨，苦惱《at...》。

gnaw·er ['nɔə] 名 咬嚙者；腐蝕物；〖動〗嚙齒動物。

gnaw·ing ['nɔɪŋ] 名 1 咬，咬嚙。2《通常作 ~s》（肉體上、精神上隱約不斷的）痛苦，苦惱。—形 1 咬的。2 令人苦惱的；折磨人的。~·ly 副

gneiss [naɪs] 名 U〖地質〗片麻岩。

gnome[1] [nom] 名 1 地精，地下守護神；矮人；地精的雕像。2《通常作 ~s》《口》銀行家，金融家。

gnome[2] [nom] 名 箴言，格言。

gno·mic ['nomɪk] 形 箴言的，格言的。

gno·mon ['nomɑn] 名 日晷儀；日規針。

gno·mon·ic [no'mɑnɪk] 形 1 日晷儀的

日規的。**2** 用日晷儀測時的。**3** = gnomic.

gno·to·bi·ot·ic [ˌnotobaɪˈɑtɪk] 形〖菌〗無菌的。**-i·cal·ly** 副

GNP, G.N.P. 《縮寫》gross *n*ational *p*roduct 國民生產毛額。

gnu [nu, nju] 名(複~**s**,《集合名詞》~)〖動〗(非洲產的)牛羚。

go¹ [go] 動(**went, gone,** ~**·ing**) 不及 **1** (1) 走,前進。(2)《後接表示場所的語詞》去,前往《*to*...》。(3)《後接表示目的的語詞》去(做…)《*for, on*...》:~ hiking 去遠足 / ~ *for* a ride 出去騎馬。(4)《後接表示交通方式等的語詞》(乘…)去《*by, on*...》:~ *by* bicycle 騎腳踏車去。**2** 離開,離去;出發。**3** 延伸,擴展;(溫度等)到達,及於《*to*...》。**4** 運行,運轉;發聲,鳴響;(脈搏)跳動;鳴叫。**5** 進行,進展。**6** 用完,耗盡;被除去;損壞,衰退;死亡。**7** (時間等)過去,消逝。**8** 作出(姿勢等),舉止;做動作。**9** (貨幣等)流通;被承認;稱爲,叫做《*by, under*...》;算數,有效:~ *by* the name of Tate 名叫泰特。**10** (金錢等)被花費;(獎品、財產等)被給予《*on, to* ...》;(時間)被耗費《*in* doing》。**11** 出售,被賣出《*for, at*...》。**12** 訴諸,求助於《*to*...》。**13** 變成;到達(某種狀態)《*to, into*...》:~ mad 發瘋 / ~ dead (引擎)停止,熄火。**14** 繼續;處於(某種狀態):~ hungry 挨餓 / ~ armed 攜帶著武器 / ~ with child 懷孕。**15** 被裝進,被放置《*in, on, into*...》;等於;被容納《*to, into*...》。**16** (諺語、話等)說,寫;寫成。**17** 有用,有幫助。**18** 相搭配,相調合《*with*...》。**19** 照…一般的水準而言。**20** 《表示未來、預定、意志、確實性等》(1) 正要。(2) 正打算。(3) 將要。(4)《表示說話者的決心》要。**21** 《表示責備、輕蔑等之意》做(某事)。**22** 《口》排便,排尿。**23** 下定決心去做…。— 及 **1** 《通常用於否定句》《口》忍耐,忍受。**2** 《口》賭《*on*...》;打賭。**3** 生產。**4** 《口》能吃,能品嘗。

go about (1) 走來走去。(2) 流傳。(3) 掉頭航行。(4) 交往《*with*...》。(5) 從事,盡力《doing》。

go across... 渡過(橋、河川等)。

go afoul 出差錯;失敗。

go after... 追求;糾纏。

go against... (1) 反對…,對立。(2) 違反;不利於。

go ahead (1) 毫無遲疑地前進;先走;超前《*of*...》。(2) 請,做吧。(3) 進行,著手做(工作等)《*in, with*...》;有進展。

go (all) out 全力以赴《*for*...》。

go all the way 《口》(1) 完全同意《*with* ...》。(2)《美》獻出貞操,發生性關係。

go along (1) 進行;有進展。(2) 結伴同行《*with*...》。(3) 贊成,協助《*with*...》。

go and do 《口》去…;竟然蠢到…。

go around [《英》***round***] (1) 四處走動,遊歷;繞道;暈眩。(2) 足夠分配。(3) 拜訪(家庭等)《*to*...》。(4) 繞…轉動。(5) 長度足夠繞…一圈。(6) 巡迴,參觀。(7) 傳播至…,蔓延到…。(8) 滿足…的需要。

go at... (1) 撲向,衝向;攻擊。(2) 著手。

go away (1) 離開;往遠處去。(2) 潛逃《*with*...》。(3) 私奔《*with*...》。(4) 去蜜月旅行。(5)《口》《感嘆詞》別胡說八道。

go back (1) 回來。(2) 回顧;回溯至《*to* ...》。(3) 枯萎。(4) 走下坡,過盛時。

go back of... 《口》調查。

go back on... (1) 違背,毀(約)。(2) 背叛。

go before... (1) 居先;先死:Pride ~*es before* a fall.《諺》驕者必敗。(2) 到…面前(認錯、應訊等);在…面前被提出。

go behind a person's back 暗中搗某人的鬼,在某人背後鬼鬼祟祟。

go between... 進入…之中;調停,做中間人。

go beyond... 超出…的範圍;超過,勝過。

go by (1) 通過;逝去。(2) 失去,被錯過。(3) ⇨動 不及 1 (4). (4) 遵照;相信;根據…而判斷。(5)《美》順道訪問。(6) 稱爲。

go down (1) 下降,降低;降爲下坡路。(2) (日月等)落下;沉沒。(3) 被吞下。(4) (物價)跌落。(5) (風)平息下來;(溫度)降低。(6)《英》離開大學,返鄉;落第。(7) 被記錄下來,流傳下來《*in*...》。(8)《英口》被接受,被採納(《美》go over)《*with*...》。(9) 被打敗;屈服(於…)《*to, before*...》。(10) 病倒《*with*...》。(11) 延續,擴及《*to*...》。(12)《俚》被關入監獄。(13)《俚》發生。

go far 成功,有作爲。

go for... (1) 去拿;去請。(2) 盡力求得…。(3)《俚》攻擊;嚴厲地責備。(4) 支持,贊成。(5) 喜歡,迷上。(6)《通常用現在式》也適用於,對…而言也適用。(7) 被認爲是…。(8)《後接 **much, little** 等表示程度的語詞》有用(到…的程度)。

go for broke ⇨BROKE (片語)

go forth 《文》(1) 出發。(2) 被公布。

go forward (1) 前進。(2) 進展。(3) 進行,實施《*with*...》。

go hang 《俚》被忘卻;《命令》去死吧!

go home (1) 回家,回國。(2)《命令》滾回去!(3)《口》死;枯萎。(4) 擊中目標。(5) 磨破;損壞。

go in (1) 進入。(2) (太陽等)被雲遮蔽。(3)〖板球〗上場擊球;開始一局比賽。(4)《英》開始。(5) 參加。(6) 放得進…。

go in and out 忽明忽滅。

go in for... (1) 參加。(2) 愛好…。(3) 從事於…,以…爲職業。(4) 贊成,支持。

go into... (1) 進入;通往。(2) 詳細討論。(3) 從事,加入。(4) 著(服裝等)。(5) 進入(某種狀態)。(6) 調查,研究。

go in with... 加入,協助。

go it (1)《通常用進行式》魯莽地做;《

G

口》飛速行進。⑵急急忙忙地做，飛快地做。
go it alone 獨自做。
go off ⑴（炸彈等）發射；爆炸。⑵《後面接 **well, badly** 等副詞》進行，實行。⑶失去知覺；熟睡；死。⑷離開，逃走；潛逃；私奔《*with...*》。⑸《常用於劇本中的舞臺指示》退場。⑹賣完。⑺未實行。⑻腐壞，變壞；（精力等）衰弱。⑼《口》出嫁；《俚》生產。⑽熄滅。⑾《英》（疼痛等）止息，消失（《美》go away）。⑿《口》不再喜歡，停止。⒀從…脫離。
go on ⑴往前走《*to...*》。⑵繼續《*with ...*》；接著（做…）《*to* do》。⑶《口》（對人）喋喋不休地說；責罵《*at...*》。⑷《通常用在不好的方面》舉動，行動。⑸發生。⑹（演員）上臺，出場。⑺（時間）逝去。⑻被點亮；（瓦斯等）（已接通）可使用。⑼合穿，可穿用。⑽《口》《反語用法，表示不相信》胡說，少騙人。⑾繼續《*doing*》。⑿受…的照顧，接受…的援助。⒀承認，信賴。⒁《美》喜歡，迷上。
go on before 《常用進行式》帶頭前
go a person one better 超越，勝過。
go on for... 《通常用進行式》接近…的年齡；《以 **it** 作主詞》接近…的時刻。
go out ⑴出去，外出。⑵出國；移民《*to...*》。⑶進入社會，參加社交活動；（女性）離家出外工作。⑷約會《*with ...*》。⑸（政黨）下臺；不流行。⑹熄滅；《婉轉》死。⑺（海潮）退落；（季節）過去。⑻《美》崩潰。⑼罷工《*for ...*》。⑽被出版；被散播。⑾〖競賽〗淘汰出局。⑿傾注《*to...*》。⒀《美》（拳擊賽中）被擊昏。
go out of... 不再…，失去。
go over ⑴越過；渡過；飛過。⑵投靠（敵方）；轉變立場《*to...*》。⑶被延期。⑷《美口》順利進行，成功；受…歡迎《*with ...*》。⑸（車等）翻覆。⑹（在費用上）超過。⑺檢查；查看。⑻複習；反覆地說。
go public 公開發行股票。
go round 《英》＝GO around.
go through ⑴通過；鑽過。⑵（法案等）被通過；談妥。⑶穿過，橫越。⑷經歷，體驗。⑸詳細調查。⑹（錢）用完。⑺全部做完。⑻（書）賣完。
go through with... 做完，完成。
go together ⑴一起走，相伴隨。⑵相配，調和。⑶交往；（男女間）約會。
go to it 《口》《通常用於命令》不猶豫地做，立刻開始。
go toward... （錢）被用在…。
go under ⑴沉沒。⑵失敗，破產；被毀滅；輸（給…），屈服《*to...*》。
go up ⑴上升，登上。⑵高升。⑶《英》進入大學；進城《*to...*》。⑷投考，應試《*for...*》。⑸《美俚》破產，死；被破壞。⑹爆炸。⑺興建中。⑻攀登，上（樓梯等）；（道路）沿著…上升。
go up the wall 《口》心煩意亂；生氣。
go with... ⑴與…同行，陪伴。⑵附屬於，伴隨。⑶贊成，同意。⑷與…調和[相配]。⑸《俚》與（異性）交往。
go without ⑴沒有；沒有…也能應付過去。⑵沒帶著…。
go without saying 不用說，不待言。
How goes it? 《口》你好嗎？
let go ⑴給…自由，釋放。⑵解僱。⑶放（箭等）。⑷鬆手；忘記；放棄《*of...*》。
let go with... 不客氣地表明…，盡情地說出…；縱（聲）喊叫。
let it go at that 《口》這樣就好了；不再追究下去。
let oneself go ⑴放任自己。⑵盡情發洩。
There you go again. 你這一套又來了。
to go 《放在名詞之後》⑴《口》（食品、飲料）可帶走的。⑵（時間等）剩下。
to go on with 《放在 **enough** 或名詞之後》作為目前之用還算足夠的。
What goes? 《美俚》發生了什麼事？
Where do we go from here? 《口》接下來我們要怎樣做呢？
—名（複～es）**1** Ⓤ去，離開；進行。**2** Ⓤ《口》活力，精力，精神。**3**《口》嘗試，機會；（運動等中的）順次。**4**《口》成功。**5**《**the** ～》《口》流行。**6**《口》約定；（談成了的）交易。**7**《口》事態；困擾之事。**8**《口》喝一口（的量），一杯；一口。
from the word "go" 《口》從頭，自始。
It's all go. 《口》非常忙
near go 《口》僥倖逃脫，千鈞一髮。
no go 《口》不會成功的，沒有用的。
on the go 不斷活動的，忙碌的。
—形《美》預備好的《*for...*》；正常運作的；順利的，有利的。

go² [go] 名Ⓤ圍棋。

goad [god] 名 **1**（趕家畜用的）刺棒；刺狀物。**2**《**a** ～》刺激物。—動及 **1** 用刺棒刺[驅趕]。**2** 刺激，煽動《*on*》；煽動（人）（使其…）《*into, to...,* *to* do》。

go-a·head ['goə,hɛd] 形《限定用法》前進的；前進信號的。**2** 進取的，積極的。
—名 **1**《通常作 **the** ～》前進命令；前進信號；開始進行的許可。**2** Ⓤ進取心；野心；Ⓒ有進取心的人。

·goal [gol] 名 **1**《通常作 **one's** ～》目的，目標；目的地。**2** 終點，終線。**3** 球籃；球門。**4** 把球射入球門；得分。**5**《口》＝goalkeeper. ～·**less** 形

goal·ie ['golɪ] 名《口》＝goalkeeper.

goal·keep·er ['gol,kipə] 名（足球或曲棍球等的）守門員。

goal·keep·ing ['gol,kipɪŋ] 名 Ⓤ（足球或曲棍球的）守門。

goal·less ['gollɪs] 形沒得分的。

'goal ˌline 名〖運動〗決勝線，球門線。
goal·mouth ['gol,mauθ] 名球門門柱間的空間，球門口。
'goal ˌpost 名球門柱。
go-a·round ['goə,raund] 名 1 爭論，激辯。2 規避，拖延。3（飛機即將著陸時的）重新爬升。4 回合。
go-as-you-please ['goəzju'pliz] 形 隨心所欲的，不受拘束的。
·goat [got] 名(複~s, ~) 1〖動〗山羊。2《the G-》〖占星〗摩羯宮；〖天〗山羊座。3《美口》代罪羔羊。4 色鬼。5《~s》壞人：act the ~《口》幹蠢事；胡鬧 / divide the sheep from the ~s 將綿羊與山羊分開；區別善人與惡人。6《美俚》（祕密會社等的）被准許入會者。
get a person's goat《美口》激怒某人。
goat·ee [go'ti] 名山羊鬍。
goat·herd ['got,hɚd] 名放牧山羊的人。
goat·ish ['gotɪʃ] 形 1 山羊（般）的。2 淫亂的，好色的。～·ly 副, ～·ness 名
goat·skin ['got,skɪn] 名 U 山羊皮；C 山羊的皮革製品。
goat·suck·er ['got,sʌkɚ] 名〖鳥〗夜鷹。
gob[1] [gab] 名 1 塊，團。2《~s》《口》大量，很多《*of*...》。
gob[2] [gab] 名《口》水兵。
gob[3] [gab] 名《俚》嘴：Shut your ~! 閉嘴！。—動不及吐唾沫。
go·bang [go'bæŋ] 名（日本的）五子棋。
gob·bet ['gabɪt] 名 1 塊，團；（生肉的）一塊。2 原文的一部分，摘錄。
gob·ble[1] ['gabl] 動及 1 狼吞虎嚥地吃；吃完《*up*》；囫圇吞《*down*》。2《口》飛撲過來抓取，攫取《*up*》。—不及 狼吞虎嚥。
gob·ble[2] ['gabl] 動不及（雄火雞）咯咯地叫。—名雄火雞的叫聲。
gob·ble·de·gook, -dy·gook ['gabl̩dɪ,guk] 名 U 文字累贅的語言，官樣文章。
gob·bler[1] ['gablɚ] 名雄火雞。
gob·bler[2] ['gablɚ] 名狼吞虎嚥的人；手不釋卷猛讀書的人。
Gob·e·lin ['gabəlɪn] 形（法國巴黎的）高布林掛氈工廠出品的；具有似高布林掛氈的特色的。—名高布林掛氈。
go-be·tween ['gobɪ,twin] 名中間人，掮客；媒人：act as ~作中間人。
Go·bi ['gobɪ] 名《the ~》戈壁沙漠。
gob·let ['gablɪt] 名 1 高腳玻璃杯。2《古》（金屬或玻璃製成的）無把手的酒杯。
gob·lin ['gablɪn] 名醜妖怪，惡鬼。
go·by ['gobɪ] 名(複~, -bies)〖魚〗虎魚。
go-by ['go,baɪ] 名《通常作 the ~》《口》忽視；故意的視若無睹。
go-cart ['go,kart] 名 1 嬰兒車；《古》學步車。2 手推車。3 = go-kart.

:God [gad] 名 1 U 上帝，創造[造物]主，天主。2《常作 g-》神，男神；（特定宗教的）神。3《g-》神像，偶像；被神格化的人[物]，受崇拜的人：make *gods* of soldiers 視軍人若神。4《常作 gods》〖劇〗頂層樓座（的觀眾）。5 U《用於表示感嘆等的語詞》天哪！：by *G-* 向神發誓；的的確確 / *G-* bless you！你慘了！上帝保佑你！
for God's sake 請看在上帝面上。
for the gods 只有天上才有的，極好的。
God knows that... 一定會…；確實是…。
God knows when... 只有老天爺知道。
God willing《文》要是情況允許的話。
in God's good time 在適當時機。
in God's name 究竟。
on God's earth 全世界，在地球上；究竟，到底；《否定》完全，根本。
play God with... 對…以上帝自居；企圖主宰…。
please God《用於句首、句尾或插入句中》求神保佑；如果幸運的話。
under God 次於神的，神以外的。
with God 與主同在，（死後）升上天堂。
Ye gods (and little fishes)!《謔》《表示驚訝》啊！怎麼搞的！
god-aw·ful ['gad'ɔfəl] 形《偶作 G-》《口》非常可怕的，令人憎惡的。
god·child ['gad,tʃaɪld] 名 (複-chil·dren)《通常作 one's ~》教子。
god·dam, -damn ['gad'dæm] 感《偶作 G-》《口》= goddamnit.
god·damned ['gad,dæmd] 副《英口》極其，非常。—形非常的，該死的。—感 = goddamnit.
god·damn·it, -dam·mit ['gad'dæmɪt] 感《偶作 G-》《口》《表示憤怒、困惑、驚訝等》該死！見鬼！可惡！
god·daugh·ter ['gad,dɔtɚ] 名教女。
:god·dess ['gadɪs] 名 1 女神。2 絕世美女，充滿魅力的美女。3 受崇拜的女性。
god·fa·ther ['gad,faðɚ] 名 1 教父。2 保護者，監護者；獎掖者。3《俚》黑手黨或其他犯罪組織的頭目；首領，頭頭。—動及做教父；做監護者。
God-fear·ing ['gadfɪrɪŋ] 形 1 敬畏神的。2《偶作 g-》非常虔誠的。
god·for·sak·en ['gadfɚ,sekən,,--'--] 形《偶作 G-》1 荒涼的；偏僻的；陰沉的。2 被神所棄的；悲慘的。
God·frey ['gadfrɪ] 名〖男子名〗葛弗里。
God-giv·en ['gad,gɪvən] 形 1 神賜的，天賦的。2 難得的，絕好的；適時的。
God·head ['gad,hɛd] 名 1《the~》上帝，神。2 U《g-》神性，神格。
god·hood ['gadhud] 名 U 神性，神格。
Go·di·va [gə'daɪvə] 名 Lady ~, 歌黛娃夫人（?–1057）：英國Leofric伯爵之妻。
god·less ['gadlɪs] 形 1 無神的；不信神的。2 邪惡的。～·ly 副, ～·ness 名
god·like ['gad,laɪk] 形如神的；神聖的，

莊嚴的。

god·ly ['gadlɪ] 形 (-li·er, -li·est) 1 敬神的，虔誠的：the ～《常作反語》善男信女。2《古》神的；神聖的；如神的。
-li·ness 名U敬神；敬虔。

God-man ['gad'mæn] 名 1 耶穌基督。2 (複 -men)《g-》神人，半神半人。

god·moth·er ['gad,mʌðɚ] 名 1 教母。2 女監護人。—動及做教母。

go·down [go'daun] 名（印度、菲律賓等地的）倉庫。

god·par·ent ['gad,pɛrənt] 名教父[母]。

god·send ['gad,sɛnd] 名意外獲得的幸運，天賜之物。

god·ship ['gadʃɪp] 名U神格，神性。

god·son ['gad,sʌn] 名教子。

God·speed ['gad'spid] 名U幸運，成功（的祝福詞）：wish a person ～ 祝某人一路平安；祝某人成功。

go·er ['goɚ] 名 1 去的人：《通常與形容詞連用》行動得…的人[物]。2《通常作複合詞》常去…的人，常客：a theater*goer* 戲院的常客。3《英》快速行進的人[物]；精力充沛的人。

Goe·the ['gɝtə] 名 **Johann Wolfgang von**, 歌德（1749–1832）：德國詩人、劇作家、哲學家。

go·fer, -pher ['gofɚ] 名《俚》（公司的）雜役，使僕，跑腿者。

Gog and Ma·gog ['gagən'megag] 名〖聖〗歌革和瑪各：被 Satan 誘惑而與神的王國作戰的兩國人民。

go-get·ter ['go'gɛtɚ] 名《口》積極進取的人，雄心勃勃的人。**-ting** 形

gog·gle ['gagl] 名 1《～s》風鏡，護目鏡。2 瞪眼。3《the ～》《英俚》電視。
—動不及 1（對…）睜大眼睛看《*at*...》。2（眼睛）轉動，睜大。3 轉動眼珠。—及使（眼睛）睜大[轉動]。
—形（眼睛）睜大的，凸出的；轉動的。

gog·gle·box ['gagl,baks] 名《英俚》電視機。

gog·gle-eyed ['gagl,aɪd] 形 睜大眼睛的；眼珠凸出的；轉動眼珠的。

Gogh [go] 名 **Vincent van**，梵谷（1853–90）：荷蘭畫家。

go-go ['gogo] 形《美》1《口》充滿活力的；現代的，時髦漂亮的。2 投機性的；（因大量買空賣空而）價格飛漲的。

'go-go ,dance 名阿哥哥舞。

'go-go ,dancer 名阿哥哥舞者。

Go·gol ['gogəl] 名**Nikolai Vasilievich**，果戈里（1809–52）：俄國小說家及劇作家。

:go·ing ['goɪŋ] 名 1《one's ～》走開；出發，離去。2 U進展，進度。3 U道路的狀況；（一般的）進行狀況，形勢：hard～ 艱難的狀況 / while the ～'*s* good《喻》在狀況良好的時候。4《通常作～s》風度，行為，舉止。—形 1《接於名詞之後》在進行中的；活著的，在活躍中的；現有的。2《限定用法》繼續營業的，在經營中的；業務發達的：a ～ concern 成功的企業。3《限定用法》現行的，一般所實行的。
coming and going 無路可逃，逃脫不了。
get going《口》開始行動；出發；發動。
going away (1)〖運動〗（比賽接近終了時）比數差得遠的。(2) 出發去蜜月旅行的。
going on... 將近，幾乎。

go·ing-o·ver ['goɪŋ'ovɚ] 名 (複 **go·ings-o·ver**) 1 詳細檢查；調查。2《美》苛責；痛打。

goings-on ['goɪŋz'an] 名(複)《口》1（應受責備的）行為，舉止。2 事件，發生的事。

goi·ter,《英》**-tre** ['gɔɪtɚ] 名U〖病〗甲狀腺腫。

go-kart ['go,kart] 名小型單座賽車。

:gold [gold] 名 1 U 金；黃金，金塊：a nugget of ～ 一塊金塊 / an ounce of ～ 一盎斯金子。2 U《集合名詞》金製品，金幣；金錢，財富：pay in ～ 用金幣支付 / hoard ～ 儲藏黃金；聚財。3 U貴重之物，出色之物，華麗之物；高貴，純真。4 U金色，金黃色。5 U 鍍金；金箔；金線；金帶；金粉；金色顏料。6 金質獎牌，金牌。—形 1 金製的。2 金的；似金的。3 金色的。4 金幣的。5《美》（唱片）金的。

gold·beat·ing ['gold,bitɪŋ] 名U金箔製造。

gold-brick ['gold,brɪk] 動不及《俚》偷懶游手好閒。—及欺騙，詐騙。

gold·brick ['gold,brɪk] 名 1《口》假金磚；贗品。2《俚》偷懶的士兵；遊手好閒者。
—動不及《俚》欺騙；偷懶；裝病。

gold·bug ['gold,bʌg] 名1〖昆〗金甲蟲。2《俚》從事黃金交易的人，投資黃金的人。

'gold ,card 名金卡：信用卡的一種。

'Gold ,Coast 名《the ～》黃金海岸：英國在西非的舊屬地，現為迦納的一部分。

'gold ,digger 名 1 掘金者；淘金狂。2《口》淘金女郎。

'gold ,digging 名U 1 掘金；採金礦。2 金礦地帶。

'gold ,dust 名U 砂金，金粉。

:gold·en ['goldn̩] 形 1 金色的，金黃色的。2 金（製）的；含金的；產金的；金幣的。3《限定用法》貴重的；極好的；絕佳的；重要的：a ～ opportunity 絕佳的機會。4 充滿活力的；幸福的，興盛的：one's ～ days 黃金時代，全盛時期。5 有才幹的，幸運的；極成功的。6 柔和而響亮的。7（結婚紀念日等）五十週年的。《俚》富裕的。
～·ly 副, ～·ness 名

'golden 'age 名《the ～》1《通常作 G

A-》〖希神〗黃金時代。2（文學等的）全盛時期，黃金時代。3 中年以後的人生。4《口》退休的年齡。

gold·en-ag·er ['goldən,edʒɚ] 图《美口》老人（已退休者）。

'golden 'balls 图(複)當舖的標誌或招牌；當鋪。

'golden 'calf 图 1〖聖〗《通常作 the～》金犢形狀的偶像。2 金錢，財富。

'golden 'eagle 图〖鳥〗金鷹。

'Golden 'Fleece 图《the～》〖希神〗金羊毛。

'Golden 'Gate 图《the～》金門灣：連接太平洋與 San Francisco 灣的海峽。

'Golden 'Globe A,wards 图《the～》〖影．視〗《美》金球獎。

'golden 'goose 图 下金蛋的鵝。

'golden 'handcuffs 图(複)〖企管〗金手銬：企業體爲防止高階幹部跳槽的一種方法。

'golden 'handshake 图 1〖企管〗巨額退職金。2《英口》大筆離職金。

'Golden 'Horn 图《the～》金角灣：博斯普魯斯海峽（Bosporus）的一海灣。

'golden 'jubilee 图 五十週年紀念。

'golden 'mean 图《the～》1 中庸（之道）。2 = golden section.

gold·en-mouthed ['goldən'mauðd] 形 雄辯的，善辯的。

'golden 'oriole 图 歐洲產的一種金鶯。

'golden 'palm 图 金棕櫚獎：每年在法國舉行的坎城影展中所頒發的影劇獎。

'golden 'parachute 图〖企管〗金色降落傘：一種巨額遣散金。

gold·en·rod ['goldn,rad] 图〖植〗（北美產的）菊科植物。

'golden 'rule 图 1《the～》金科玉律，金箴。2 行爲準則。

'golden 'section 图《the～》〖美〗黃金分割：即矩形短邊與長邊的比例等於長邊與長短二邊和的比例。

'Golden 'State 图《the～》黃金州：美國 California 州的別稱。

'golden 'syrup 图Ⓤ《英》黃色糖漿。

'Golden 'Triangle 图 金三角：種植鴉片占世界產量極大部分的東南亞一個地區，包括中國的雲南省、緬甸東北部、泰國北部及寮國北部。

golden 'wedding 图 金婚：結婚五十週年

gold ,fever 图 掘金熱，淘金熱。

gold ,field 图 掘金區，金礦區。

gold-filled ['gold'fɪld] 形 鑲金的。

gold·finch ['gold,fɪntʃ] 图〖鳥〗1 五色金翅雀。2 美洲產的金翅雀。

gold·fish ['gold,fɪʃ] 图(複～,～·es)〖魚〗金魚。

goldfish ,bowl 图 1 金魚缸。2《口》無從保持隱密的處所或狀態。

gold 'foil 图Ⓤ 金箔。

gold·i·locks ['goldɪ,laks] 图(複～) 1《作單數》金髮女郎。2《作單、複數》〖植〗金鳳花科植物。

'gold 'leaf 图Ⓤ 金葉：用於鍍金等的極薄的金片。**'gold-,leaf** 形

'gold 'medal 图 金牌。

'gold 'medalist 图 金牌得主。

'gold 'mine 图 金礦，金山；寶庫，金庫；搖錢樹。

'gold 'plate 图Ⓤ 1 金製餐具。2 鍍金，包金。

gold-plated ['gold'pletɪd] 鍍金的。

'gold re,serve 图《the～》黃金準備金。

'gold ,rush 图 淘金熱，掘金熱。

gold·smith ['gold,smɪθ] 图 金匠。

'gold ,standard 图《the～》金本位。

·golf [galf, gɔlf] 图Ⓤ 高爾夫球。—動 不及 打高爾夫球。～·**er** 图 打高爾夫球者。

'golf ,ball 图 高爾夫運動的用球。

'golf ,cart 图 高爾夫球車：(1) 運高爾夫球袋的手推車。(2) 在高爾夫球場中，載送球員及其球具的電動車。

'golf ,club 图 1 高爾夫球桿。2 高爾夫球俱樂部；其建築物。

'golf ,course 图 高爾夫球場。

'golf ,links 图(複)高爾夫球場。

'golf ,widow 图《俚》高爾夫寡婦：丈夫留戀高爾夫球場而受冷落的女人。

Gol·go·tha ['galgəθə] 图 1 = Calvary 1. 2《偶作 g-》受難之地，墓地。

Go·li·ath [gə'laɪəθ] 图〖聖〗歌利亞：非利士族的巨人戰士。

gol·li·wog(g) ['galɪ,wag] 图《偶作G-》1 奇形怪狀的黑臉玩偶。2 醜怪的人。

gol·ly[1] ['galɪ] 感《口》《表示輕微的感嘆、驚訝、困惑等》哎呀，天哪！

gol·ly[2] ['galɪ] 图(複-lies)《英口》《主幼兒語》= golliwog 1.

go·losh(e) [gə'laʃ] 图 = galosh.

Go·mor·rah [gə'mɔrə, -'marə] 图 1〖聖〗蛾摩拉：因其居民罪惡重大與所多瑪同被神所毀滅的城市。2 罪惡之地。

-gon《字尾》表「…角形」之意。

go·nad ['gonæd, 'ga-] 图〖解〗性腺，生殖腺。～·**al** 形

gon·do·la ['gandələ] 图 1 狹長平底船。2《美》平底舢板。3〖鐵路〗《美》= gondola car. 4（纜車等的）吊艙，吊籃：the Maokong G～ 貓空纜車。

'gondola ,car 图《美》〖鐵路〗車身低矮的無篷大貨車。

gon·do·lier [,gandə'lɪr] 图 划平底船的船夫。

:gone [gɔn] 動 go 的過去式。—形 1 過去的，以前的；離開的；（太陽等）沉下的：in days ～ by 在過去的日子裡。2 無望的，絕望的；無用的：a ～ case 無藥可救的病人；無可挽回的事。3 滅亡的，毀壞的，

消滅的，死去的：be dead and ～ 死了。4 衰弱的，昏眩的。5 完的。6 懷孕的。7《常作 real ～》《美俚》傑出的，異常優秀的。8《口》暫時休假的。
far gone (1) 到了很深的程度，深陷。(2) 筋疲力盡的；瀕臨死亡的。
Get you gone！走開！滾開！
gone on ...《口》迷戀於…。

gone·ness ['gɑnɪs] 图 Ⓤ 衰弱，筋疲力竭。

gon·er ['gɔnɚ] 图《口》死者；落魄的人；無望的人，無可救藥的人[物]。

gon·fa·lon ['gɑnfələn] 图（中世紀義大利各城邦所用的）旗，旗幟。

G

gong [gɔŋ, gɑŋ] 图 1 鑼；鈴盅。2《英俚》紀念章，獎章。

gon·na ['gɔnə]《尤美口》表示 going to 口語化發音的拼法。

gon·or·rhe·a,《英尤作》**-rhoe·a** [,gɑnə'riə] 图 Ⓤ〖病〗淋病。

gon·zo ['gɑnzo] 形《美俚》瘋狂的；無法無天的；怪異的。

goo [gu] 图 Ⓤ《口》1 黏性物質。2 令人厭煩的自作多情；感傷。

'goo·ber (,pea) ['gubɚ(-)] 图〖植〗《美南部》落花生。

:good [gʊd] 形 (**better, best**) 1 良好的，令人滿意的；優秀的，美好的。2 正當的；適合的，便利的《*for*...》；適宜的《*to* do》：hold ～ 適用，合適 / take a ～ turn 好轉 / make a ～ deal 做成有利的交易 / *G- for* him! 幹得好！真好運！3 品行優良的，有道德的，善良的；公正的，正直的；虔誠的；忠實的。4 有禮的；聽話的，規規矩矩的。5 親切的，仁慈的；（批評等）好意的：*G-* words cost nothing.《諺》好話多說幾句惠而不費。6 很有名望的，高尚的；身分高的；有教養的：～ families 名家，名門。7 可靠的，負責的《*for*...》；有信用的，可信賴的；可靠的，確實的；安全的；（證書等）有效的；價值相當的《*for*...》：～ securities 可靠的證券 / hold ～ 有效。8 真的，真正的，非僞造的。9 合理的，正確的。10 有益健康的；（對疾病等）有效的《*for*...》。11 未腐敗的，可吃的。12 愉快的，快樂的；有趣的，滑稽的：have a ～ time 玩得高興，過得很快樂 / enjoy a ～ laugh 痛快地大笑。13 有魅力的；漂亮的。14 親近的，親密的：*G-* company makes the road shorter.《諺》旅途要有伴，好伴侶可減輕旅途孤寂。15《*a* ～》充足的，豐富的；相當多的；完全的：make *a* ～ profit 賺大錢 / give a person *a* ～ scolding 狠狠地責罵某人 / have *a* ～ mind to do 很想去做…。16 有才能的；巧妙的，高明的；靈巧的《*at, in, with*...》；精巧做成的：be ～ *with* a rifle 擅長以步槍射擊。17 質地好的；最好的，最漂亮的。18 晴朗的。19（肉類的等級）優良的。20《用於問候、稱呼等》可敬的：my ～ friend 我的好朋友 / My ～ man!《表驚訝、懷疑、抗議等》我的好先生，你。
as good as（實際上）和…一樣，幾乎等於；忠實於…的[地]。
as good as gold 價值極高的；規規矩矩的，很乖的。
as good as good《口》極好的。
as good as one's word 守信，守約。
good and...《口》很，非常地；完全地。
Good for you! 好棒！真運氣！幹得好！
Good God！⇨ God 图
good old...《包含感情、讚美以及嘲笑》從前的，過去的。
in good time 在適當的時機；立刻。
It's a good thing (that)...幸好，幸運的是。
look good《口》有希望的，前途看好的。
make good (1) 賠償，彌補；支付。(2) 履行；證實，證明。(3) 完成，實行，做成功；保持；《英》恢復，修復；〖海〗計算（航線）。
Not so good！糟透了！
too much of a good thing 因太好了反而令人難以置信。
—图 Ⓤ 1 福利，利益；價值；有利，優點；良好的事[物]：The best is often the enemy of the ～.《諺》凡事要求過高，有時反無成就。2 優點，長處；親切。3 善，（美）德；善行；《the ～》《集合名詞》善良的人們。4（成績）優良；（等級的）優良。5《～s》⇨ GOODS
come to no good 結果失敗，沒好下場。
for good (and all) 永遠地，一勞永逸地。
in good with... 相處融洽；處理高明。
to the good (1) 有好處。(2) 淨賺，盈餘。
up to no good (1) 企圖做壞事的。(2)《美》毫無用處的。
—感《表同意、承諾、滿足、高興等》。
—副《美口》很好地，高明地；完全地。

:good afternoon 感《午後的招呼語》1 [,gʊdæftɚ'nun] 午安！2 ['gʊdæftɚ,nun] 再見！

'Good 'Book 图《the ～》聖經。

:good·by(e) [gʊd'baɪ] 感 再見！再會！—图 (複～s [-z]) Ⓤ Ⓒ 告別辭，告辭。

'good 'cheer 图 Ⓤ 1 興高采烈，開朗活潑；勇氣。2 飲宴作樂；美酒佳肴。

'Good 'Conduct ,Medal 图〖美軍〗（授予士兵的）模範優良行爲獎章。

good day 感《白天的招呼語》1 [gʊd'de] 您好！2 ['gʊd,de] 再見！

,good 'deal 图《文》1《a～》(1) 多量，多數《*of*...》。(2)《副詞》很，頗，相當地，非常地。2《感嘆詞》《俚》很好！

good evening 感《晚上的招呼語》1 [gʊd'ivnɪŋ] 晚安！2 ['gʊd,ivnɪŋ]《罕·較嚴肅的用法》再見！

'good 'faith 图 Ⓤ 正直，誠信，誠實：in ～ 誠實地。

good-fel·low·ship ['gʊd'fɛlo,ʃɪp] 图 Ⓤ 親睦，擅於交際；友情；親切，友善。

'good-for-,nothing 形 無價值的，無用的。—名無用的人[物]。

'Good 'Friday 名 耶穌受難紀念日：即復活節前的星期五。

good-heart·ed ['gʊd'hɑrtɪd] 形 親切的，好心腸的。～·ly 副，～·ness 名

,Good 'Hope 名《the ～》Cape of, ⇨ CAPE OF GOOD HOPE

'good 'humor [《英》'humour] 名 U 高興，愉快的心情。

good-hu·mored ['gʊd'hjumɚd] 形 高興的，心情愉快的。
～·ly 副 高興地，愉快地。～·ness 名

good·ie ['gʊdɪ] 名 = goody.

good·ish ['gʊdɪʃ] 形 尚好的，差強人意的；（數量、程度上）頗大的，相當的。

'good ,life 名《the ～》美好的生活，富裕的生活。

good·li·ness ['gʊdlɪnɪs] 名 U 美麗，美貌，美好；頗大，頗多。

good-look·er ['gʊd'lʊkɚ] 名《俚》美人，漂亮的人。

:good-look·ing ['gʊd'lʊkɪŋ] 形 1 貌美的，漂亮的。2 美觀的。

'good 'looks 名(複)美貌。

:'good ,luck 名 U 幸運。

good·ly ['gʊdlɪ] 形 (-li·er, -li·est) 1 優良的，不錯的；美麗的，有魅力的。2《文》頗大的。

good·man ['gʊdmən] 名 (複 -men)《古》1 一家之主，家長；丈夫。2 …先生。

:good morning 感《上午的招呼語》1 [gʊd'mɔrnɪŋ] 早安。2 [gʊd,mɔrnɪŋ]《罕·稍微嚴肅的用法》再見。

'good 'nature 名 U 和藹，溫厚，親切。

·good-na·tured ['gʊd'netʃɚd] 形 性情溫和的，和藹的，溫柔的，親切的。
～·ly 副，～·ness 名

good-neigh·bor, 《英》**-bour** ['gʊd'nebɚ] 形（國家間）友好且有互助關係的，睦鄰外交的：the ～ policy 睦鄰政策。
～·hood 名 U（國家間的）友好關係。

good·ness ['gʊdnɪs] 名 U 1 好的狀態，優秀的性質。2 善良，美德；親切，仁慈，寬容：the ～ of man 人的善良本性。3 精華；優點；（食物的）養分。4《委婉》上帝：My ～！天啊！哎呀！
—感《表驚訝等》哎呀！天哪！

good 'news 名《美·加》愉快而和藹的人；令人稱心滿意的狀況。

good 'night 感《晚間告別的招呼語》再見！晚安！

good-night [,gʊd'naɪt] 名（晚間）告別的招呼語。

good 'offices 名 (複) 1（紛爭的）調停，斡旋。2 影響力。

goods [gʊdz] 名 (複)《通常作複數》1 財產，所有物，動產。2 商品，貨物：～ in stock 存貨。3《美口》(1)《the ～》真品；不負所望的物[人]：deliver the ～*s* 實現諾言；不負所望。(2) 犯罪的證據，贓物：get the ～ on a person 發現某人罪行的證據。4《美》布料，紡織品：dress ～ 衣料 / wash ～ 耐洗的紡織品。5《英》以陸路輸送的貨物（《美》freight）：by ～ 以貨運運送。

'good Sa'maritan 名〖聖〗好心的撒馬利亞人；行善者，好心人。

,goods and 'chattels 名 (複)〖法〗個人財物。

'good 'sense 名 U 健全的判斷力；常識。

'Good 'Shepherd 名《the ～》善良的牧羊人：Jesus Christ 的象徵性稱呼。

good-sized ['gʊd'saɪzd] 形 相當大的；大型的。

'good 'speed 名 U 幸運；成功。

'goods ,train 名《英》= freight train.

good-tem·pered ['gʊd'tɛmpɚd] 形 性情溫和的，和藹的。～·ly 副

'good ,thing 名 1 如願以償的事；順利進行。2 至理名言。3《～s》珍饈。

good-time ['gʊd,taɪm] 形 追求快樂的；放縱的，放蕩的。

good·wife ['gʊd,waɪf] 名 (複 -wives [-,waɪvz]) 1《主蘇》（一家的）女主人，主婦。2《常作 G-》《古》（通常加在姓氏之前）對婦人的敬稱。

good·will ['gʊd'wɪl] 名 U 1 親切，好意，友好，親善。2〖商〗信譽；商譽；營業權；商店轉讓時其商譽價值。3 欣然允諾，心甘情願。

good·y[1] ['gʊdɪ] 名(複 good·ies)《口》1《通常作 goodies》非常吸引人的事物；食物，糖果，餅乾：pull a ～《反語》弄糟。2《goodies》使人快樂的事物。3《口》好人。
—感《尤指小孩表達高興情緒時》好呀！太棒了！

good·y[2] ['gʊdɪ] 形 = goody-goody.

good·y[3] ['gʊdɪ] 名 (複 good·ies)《古》（身分低微、已婚的）婦人，老婦，媼。

good·y-good·y ['gʊdɪ'gʊdɪ] 形 偽善的，假道學的，假正經的。—名 (複 -goodies) 偽善者。

goo·ey ['guɪ] 形 (goo·i·er, goo·i·est)《口》1 (1) 膠黏的，黏性的。(2) 甜而膩的。2 感情豐富的，多愁善感的。

goof [guf] 名 (複～s)《俚》1 呆子。2《美》錯誤，大錯。—動 不及《美俚》1 失敗，犯錯；誤解，判斷錯誤《*on...*》。2 消磨時間，閒盪《*off, around*》。—及《美俚》弄糟，搞砸《*up*》。
goof off 偷懶，逃避工作，規避責任。

goof·ball ['guf,bɔl] 名《口》呆子，笨蛋。

goof-off ['guf,ɔf] 名《俚》遊手好閒者；逃避工作者，規避責任者。

goof·y ['gufɪ] 形 (goof·i·er, goof·i·est)《俚》愚蠢的；發瘋的；古怪的。-i·ness 名

goo·gle ['gugl] 動 及 用 Google 搜尋引擎查資料。

G

Goo·gle ['gugl] 名〖商標名〗谷歌：全球最大的網路搜尋引擎。

goo·gly ['guglɪ] 名 **(複 -glies)**〖板球〗曲線球，轉向球。

goon [gun] 名《俚》**1** 傻子，笨蛋。**2**《美》（受僱進行恐嚇或剷除異己等的）暴徒；惡棍；打手。

goop¹ [gup] 名《口》不懂禮貌的人，態度粗野的人；遲鈍的人；呆子。**～·y** 形

goop² [gup] 名 U《美俚》黏黏的、半液狀的東西。**～·y** 形

·goose [gus] 名 **1 (複 geese [gis])** 鵝，雁；雌鵝，雌雁：All his *geese* are swans.《諺》他一味自吹自擂；他老是言過其實。**2** U 鵝肉。**3 (複 geese)** 呆子，傻瓜；愚蠢的女人。**4 (複 goos·es)**（有彎曲把手的）熨斗，火熨斗。

call a goose a swan 指鹿為馬。

cannot say boo to a goose 非常膽小。

cook** a person's **goose《口》破壞機會、希望、計畫等；徹底毀掉。

gone goose《美俚》陷入困境的人，無可救藥的人；失事的船隻。

kill the goose that lays the golden eggs 殺雞取卵；為了目前的利益犧牲將來的利益。

pluck** a person's **goose (for him) 挫某人的傲氣。

shoe the goose 徒勞無益，白費力氣。

The goose hangs [honks] high.《美》一切順利，前途大有希望。

turn geese into swans 估價過高，言過其實，大言不慚。

—動 **(goosed, goos·ing)** 及 **1**《俚》突然加大油門。**2** 推動，促銷《常用 *up*》。

goose·ber·ry ['gus,bɛrɪ, 'guz-] 名 **(複 -ries)** **1**〖植〗醋栗，圓醋栗；醋栗的果實。**2** U 醋栗酒。**3**《口》（陪伴少女到社交場所的）女伴；電燈泡：play ～ 伴隨（一對情侶），當電燈泡。

'goose ,bumps 名 (複) = goose flesh.

'goose ,egg 名 **1**《美俚》零；（考試的）零分。**2**《口》（被毆打而引起的）腫瘤。

'goose ,flesh 名 U（因寒冷、恐懼、興奮等引起的）雞皮疙瘩。

goose·foot ['gus,fut] 名 **(複 ～s [-s])**〖植〗藜。

goose·herd ['gus,hɝd] 名 養鵝者。

goose·neck ['gus,nɛk] 名 鵝頸（狀之物）；鵝頸管；鵝頸鉤。

'gooseneck 'lamp 名 鵝頸管檯燈。

'goose ,pimples 名 (複) = goose flesh.

'goose ,quill 名 鵝的羽軸；鵝毛筆。

'goose ,step 名 正步。

goose-step ['gus,stɛp] 動 **(-stepped, ～·ping)** 不及 踢正步，以正步行進。

goos·(e)y ['gusɪ] 形 **(goos·i·er, goss·i·est)** **1** 像鵝的；起雞皮疙瘩的；愚蠢的。**2**《口》神經質的；易怒的。

GOP, G.O.P.《縮寫》Grand Old Party 美國共和黨的別稱。

go·pher¹ ['gofɚ] 名 **1**〖動〗衣囊鼠，地鼠。**2**（美國東南部產的）陸龜。**3** = pocket gopher.

go·pher² ['gofɚ] 名 **1**《俚》非常熱心的人，糾纏不休的人。**2** = gofer.

'Gopher 'State 名《the ～》黃鼠州：美國 Minnesota 州的別稱。

Gor·ba·chev ['gɔrbə,tʃɔf] 名 **Mikhail Sergeyevich,** 戈巴契夫（1931– ）：前蘇聯共產黨總書記（1985–91）兼國家主席（1988–91）；曾獲諾貝爾和平獎（1990）。

Gor·di·an knot ['gɔrdɪən-] 名《the ～》Gordius 所結之結；難題，極難的事。

cut the Gordian knot 快刀斬亂麻。

Gor·don ['gɔrdən] 名 **Charles George** 戈登（1833–85）：英國將軍。

gore¹ [gor] 名 U《文》（流出的）血，凝血。

gore² [gor] 動 及 **1** 用角牴破，牴傷。**2**（以尖器）劃破。

gore³ [gor] 名 **1** 長三角布；襠，衽。**2** 三角地帶。—動 及 裁剪成三角布；加縫三角布。

gorge [gɔrdʒ] 名 **1** 峽谷。**2** U 貪吃；暴食；胃中食物。**3**（河川等的）阻塞物，障礙物。**4** 咽喉。

cast the gorge at... 見到…就作嘔；嫌惡。

make** a person's **gorge rise 令某人噁心；使某人非常厭惡。

—動 及 **1**（貪婪地）吃下去；《通常用反身或被動》使塞飽《*with, on...*》。**2**《通常用被動》使填滿。—不及 狼吞虎嚥。

'gorg·er 名

·gor·geous ['gɔrdʒəs] 形 **1** 輝煌的；華麗的；豪華的；壯麗的。**2**《口》非常快樂的，很好的。**3**（技術等）很優秀的。

～·ly 副, **～·ness** 名

gor·get ['gɔrdʒɪt] 名 **1**〖史〗（甲冑的）護喉，頸甲。**2**（中世紀婦人用的）頸飾，胸巾。**3**（17、18 世紀時將校的）領章。**4**（鳥、動物的）喉下的斑點。

Gor·gon ['gɔrgən] 名 **1**〖希神〗蛇髮女妖：指 Stheno, Euryale, Medusa 三姐妹妖怪中的任何一人，相傳看見她們的人會立刻被嚇得化為石頭。**2**《**g-**》醜陋可怕的女人；恐怖的事物。

Gor·gon·'zo·la ('cheese) [,gɔrgə'zolə-] 名 U C 羊乳製的上等乾酪。

go·ril·la [gə'rɪlə] 名 **1**〖動〗大猩猩。**2** 醜陋而殘暴的男人；《俚》壞蛋，流氓。

gork [gɔrk] 名《俚》植物人。**～ed** 形 恍惚的；失去知覺的；吸毒吸得飄飄然的。

Gor·ki, -ky ['gɔrkɪ] 名 **Maxim,** 高爾基（1868–1936）：俄國小說家、劇作家。

gor·mand ['gɔrmənd] 名 = gourmand.

gor·mand·ize ['gɔrmən,daɪz] 動 不及 及 狼吞虎嚥地吃，拚命吃。

gor·man·diz·er ['gɔrmən,daɪzɚ] 名 貪吃者；講究飲食者。

gorm·less ['gɔrmlɪs] 形《英俚》無知的，愚鈍的。～·ly 副

gorp [gɔrp] 名《美》含高能量的小吃食物：水果乾，硬殼果類。

gorse [gɔrs] 名《主英》= furze.

gor·y ['gɔrɪ] 形 (**gor·i·er, gor·i·est**) **1** 沾滿鮮血的；血腥的；殘殺的。**2** 令人毛骨悚然的，聳人聽聞的。**3** 令人不愉快的，討厭的。

-i·ly 副, ～**i·ness** 名

gosh [gaʃ] 感《表驚訝、懷疑、輕微的咀咒》啊！哎呀！天哪！真是的！糟了！: Oh, (my) ～！唉喲！不得了！

gos·hawk ['gas,hɔk] 名〖鳥〗蒼鷹。

Go·shen ['goʃən] 名 **1**〖聖〗歌珊：出埃及前以色列人居住的埃及北部的肥沃牧羊地區。**2** 豐饒舒適之地，樂土。

gos·ling ['gazlɪŋ] 名 **1** 小鵝。**2** 愚昧且缺乏經驗的人。

go-slow ['go'slo] 名《英》怠工（《美》slowdown）。

gos·pel ['gaspəl] 名 **1**《the ～》福音：基督及其使徒所傳之教義。**2** 福音。**3** (1)《通常作 **G-**》福音書：新約全書中 *Matthew, Mark, Luke, John* 四書的總稱。(2)《常作 **G-**》〖教會〗福音奉讀集；福音經。**4** Ⓤ 絕對的真理，金科玉律；Ⓒ 主義，信條。**5** = gospel music. —形 **1** 福音的；按照福音（書）的；傳播福音的；福音音樂的。**2** 具有福音布道般熱情的。

gos·pel·er,《英尤作》**-ler** ['gaspələ] 名 **1** 福音書誦讀者。**2** 傳福音者。

gospel 'music 名Ⓤ 福音音樂：美國黑人的一種宗教性音樂。

gospel ˌside 名《the ～》福音書側：向著教堂神壇的左側，在此可讀經。

gospel 'truth 名Ⓤ《通常作 the ～》絕對的真理。

gos·sa·mer ['gasəmə] 名 **1** Ⓤ 蛛絲，游絲。**2** 薄紗；Ⓤ 薄而輕的布料。**3**《美》薄雨衣。**4**《英》帽子。

—形 如游絲般的；薄且輕的。

gos·sip ['gasəp] 名 **1** ⓊⒸ 閒談，閒話，流言蜚語，八卦；Ⓤ（報紙等的）雜談記事；漫談，隨筆：a ～ column 漫談專欄。**2** 愛說閒話的人，長舌者：a malicious [a wicked] ～ 說話刻薄的人；充滿惡意的長舌婦。

—動 (～**ed**, ～·**ing**) 不及（與人）喋喋不休地閒扯《 *with...* 》；以隨筆的方式寫，傳播流言蜚語《 *about...* 》。

～·**per** 名 愛饒舌的人。

gos·sip·ing ['gasəpɪŋ] 形《英口》閒聊的；饒舌的，愛聊天的。

gos·sip·mon·ger ['gasəp,mʌŋgə] 名 傳播流言蜚語的人。

gos·sip·ry ['gasəprɪ] 名 Ⓤ **1** 閒談，閒話；流言蜚語。**2**《集合名詞》愛說閒話者。

gos·sip·y ['gasəpɪ] 形 喜饒舌的；愛傳播流言蜚語的；多閒話的。

:got [gat] 動 **get** 的過去式及過去分詞。

got·cha ['gatʃə] 名《口》了解，明白。

Goth [gaθ] 名 **1** 哥德人：3–5 世紀侵略羅馬帝國領域的日耳曼民族的成員。**2** 粗野的人，野蠻人。

Goth·am ['gaθəm, 'go-] 名 **1** 歌沙姆：紐約市的別稱。**2** ['gatəm, 'go-] 歌譚村：英國的愚人村。

Goth·ic ['gaθɪk] 形 **1** 哥德式的。**2** 哥德語的；哥德人的。**3**《口》中世紀的；野蠻的，粗野的。**4**〖印〗哥德體的。

—Ⓤ名 **1** 哥德時期的美術工藝。**2** 哥德語。**3**《 **g-** 》《美》哥德體活字。**4**《英》= black letter. **5**《亦作 **g-** 》具有恐怖氣氛的小說或電影；哥德派作品。

Goth·i·cism ['gaθɪ,sɪzəm] 名 Ⓤ **1** 哥德式風格；哥德式風格的崇拜。**2**《偶作 **g-** 》野蠻，粗野，粗暴。

Goth·i·cize ['gaθɪ,saɪz] 動 及 **1** 使成哥德式。**2** 使具有哥德風格，使哥德化。**-ciz·er** 名

got·ta ['gatə]《美口》得，必須 = (have) got a, have got to.

:got·ten ['gatən] 動 **get** 的過去分詞。

got-up ['gat,ʌp] 形 經過修飾的；製作的，人工的；假的，僞造的。

gouache [gwaʃ, gu'aʃ] 名 (複 **gouach·es** ['gwaʃɪz, gu'aʃɪz]) **1** Ⓤ 樹膠水彩畫法；其顏料。**2** 樹膠水彩畫。

Gou·da ['gaudə] 名 ⓊⒸ 高德乾酪：荷蘭產的一種奶油色乾酪。

gouge [gaudʒ] 名 **1** 半圓鑿；鑿槽；用半圓鑿鑿出的槽。**2** 敲詐，強奪；《美口》詐欺，欺騙；騙子。

—動 及 **1** 用半圓鑿鑿製；（以半圓鑿）挖出；挖掘《 *out* 》。**2**《美口》榨取；詐騙。

gou·lash ['gulaʃ, -læʃ] 名 ⓊⒸ 蔬菜燉牛肉。

gourd [gord, -ʊ-] 名 **1**〖植〗葫蘆科植物的果實，葫蘆。**2** 結葫蘆的植物：snake ～ 蛇瓜 / Spanish ～ 南瓜 / sponge ～ 絲瓜 / wax ～ 冬瓜。**3** 葫蘆作成的容器；葫蘆形細口瓶，長頸瓶。

gourde [gurd] 名 (複 ～**s** [-z]) 古爾德：海地的貨幣單位；等於 100 centimes。略作：G., Gde.

gour·mand ['gurmənd] 名 (複 ～**s** [-z]) **1** 饕餮，貪吃者。**2** 美食家，講究飲食者。

gour·met ['gurme] 名 (複 ～**s** [-z]) 美食家；葡萄酒品嘗家。—形 美食的。

gout [gaut] 名 **1** Ⓤ〖病〗痛風。**2**（血等的）一滴；一片；一堆；凝塊。

gout·y ['gautɪ] 形 (**gout·i·er, gout·i·est**) **1** 痛風（性）的；引起痛風的，罹患痛風的。**2** 痛風般腫起的。

Gov.《縮寫》*gov*ernor.

gov.《縮寫》*gov*ernor; *gov*ernment.

:gov·ern ['gʌvən] 動 及 **1** 統治，治理。**2** 支配，決定，影響。**3** 抑制，壓抑，控

制：管理，經營：～ one's desires 抑制自己的欲望。4〖文法〗（動詞、介系詞）支配（受詞）。5 調節速度。—不及 1 實行統治，執行政務。2 運用威勢，擁有支配的勢力，管理。

gov·ern·a·ble ['gʌvə·nəbl] 形 可統治的，可控制的，可支配的，可管理的，順從的。

gov·ern·ance ['gʌvə·nəns] 名 U 統治；支配；管理；統治法，管理方式。

gov·ern·ess ['gʌvə·nɪs] 名 女家庭教師。—動 及 不及 做女家庭老師。

gov·ern·ing ['gʌvə·nɪŋ] 形 統治的；經營的，管理的；支配的。

G

:gov·ern·ment ['gʌvə·nmənt] 名 1 U 統治；政治；行政，施政；統治權，行政權：～ of the people, by the people, for the people 民有，民治，民享。2《常作 G-》《集合名詞》統治機關，政府；執行部門，理事會；內閣。3 U 政治體制，政體：a form of ～ 政治體制。4 政府當局。5 U（機構的）管理，經營；支配。6 行政區；國家，全部領土。7 U〖文法〗支配。8《～s》《美》政府公債。

'government 'party 名《the ～·the G-P-》執政黨。

gov·ern·men·tal [ˌgʌvə·n'mɛntəl] 形 政治的，政治上的；行政機關的，政府的；公營的；公立的。

gov·ern·ment·ese [ˌgʌvə·nmɛn'tiz] 名 U 官樣文章，官腔。

'government 'issue 名《常作 G- I-》政府發給的補給品。

·gov·er·nor ['gʌvə·nə·] 名 1《主英》（組織等的）首長，主管；理事；統治者；總經理。2 地方長官（如郡長、鎮長、司令官等）；《美》州長；《英》（殖民地、屬地的）總督。3〖機〗調速器。4《英口》父親；雇主，老闆；《偶為謔》了不起的人，老爺。

'governor 'general 名（複 **governors general**, ～s）（其下設有部屬等的）長官；（殖民地的）總督。

gov·er·nor·ship ['gʌvə·nə·ˌʃɪp] 名 U 州長（或長官、總裁）的職位或任期。

Govt., govt.《縮寫》govern*ment*.

·gown [gaʊn] 名 1 婦女的長袍；家居服，寬鬆長外衣；睡衣。2 晚禮服。3（表示職業、身分的）正式外衣，長袍。4《通常作 the ～》《集合名詞》（大學城內相對於全體鎮民的）大學生及教授，大學全體師生。5（抽象的）和平：arms and ～*s* 戰爭與和平。

—動 及 不及 穿長袍。

gowns·man ['gaʊnzmən] 名（複 **-men**）1 穿著長袍的人（如法官、律師、教士、教授等）。2 平民。

Go·ya ['gɔɪə] 名 **Francisco de**, 戈雅（1746－1828）：西班牙畫家。

G.P.《縮寫》*G*eneral *P*ractitioner; *Grad*uate in *Ph*armacy; *G*rand *P*rix.

GPA《縮寫》〖教〗*g*rade *p*oint *a*verage 成績點數平均值。

GPO《縮寫》*G*eneral *P*ost *O*ffice;《美》*G*overnment *P*rinting *O*ffice.

GPRS《縮寫》*G*eneral *P*acket *R*adio *S*ervice 整合封包無線通訊服務。

GPS《縮寫》*g*lobal *p*ositioning *s*ystem 全球衛星定位系統。

GPU ['ge,pe'u, 'dʒi,pi'ju] 名《俄》格別烏祕密警察。

Gr.《縮寫》*Gr*ecian; *Gr*eece; *Gr*eek.

gr.《縮寫》*gr*ade; *gr*ain(s); *gr*am(s) *gr*ammar; *gr*eat; *gr*oss; *gr*oup.

·grab [græb] 動 (**grabbed**, ～·**bing**) 及 1 抓住，攫取。2 搶奪，侵占。3 逮捕。4《美俚》引起注意；使留下深刻印象。

—不及 猛然抓住，奪取《*at*...》。

grab hold of... 突然抓住。

—名 1 突然抓住，奪取；掠奪，不法所得，侵占。2 搶來的東西。3 抓取東西的機械：（挖土機的）起重鉤。

up for grabs《美口》盡全力者便可獲得的，供奪取的。

'grab ˌbag 名 1 摸彩袋。2 混雜。

grab·ble ['græbl] 動 不及 摸索，探手去摸；匍匐，爬。

grab·by ['græbɪ] 形《口》貪得無厭的，貪婪的。

gra·ben ['grɑbən] 名〖地質〗地塹。

'grab ˌsample 名〖環境〗土壤或水的樣品。**'grab ˌsampler** 名 抓樣器。

Grac·chus ['grækəs] 名 1 **Gaius Sempronius**,（153－121B.C.）；其兄 **Tiberius Sempronius**,（163－133B.C.）格雷柯斯：兄弟二人同為羅馬政治家。2 **the Gracchi**, 格雷柯斯兄弟。

Grace [gres] 名〖女子名〗葛蕾絲。

·grace [gres] 名 1 U 高尚，雅緻，優美；（文體等的）優美，洗練。2 U 恩惠，提拔，照顧；好意，親切，盛情。3 U 慈悲，寬厚，寬容，寬恕：an act of ～ 寬厚的行為；〖法〗特赦（法）。4 U（對義務等的）延期，緩期；〖法〗（對債務人期限後的）付款寬限。5 U〖神〗恩寵；（美）德；受神恩寵的狀態；神的選民。6《通常作～s》優點，魅力，動人處。7 道德力量。8 U C 飯前飯後簡短的禱告。9《通常作 G-》《對公爵、大主教、大司教的尊稱》閣下，夫人。10《the Graces》〖希神〗象徵美麗、魅力、優雅的三位美麗女神：分別是 Aglaia, Euphrosyne 及 Thalia。

airs and graces 做作的姿態，裝腔作勢。

by (the) grace of... 託…之福。

fall from grace (1)〖神〗失去神寵。(2) 招致（有權位者等的）不悅，失去眷顧。

have the grace to do 好意地，有雅量地，明理地…。

in a person's good graces 得寵於某人。

with (a) bad grace 勉強地。
with (a) good grace 欣然地，情願地。
—動 及 1 使優美，裝飾。2 使增光彩。

·**grace·ful** ['gresfəl] 形 優雅的，高貴的，雅緻的，有氣質的；（言語等）得體的。
～·ly 副, ～·ness 名

grace·less ['greslɪs] 形 1 不優雅的，沒氣質的；庸俗的，難看的；沒禮貌的，粗野的。2 爲神所棄的，墮落的，邪惡的，罪惡深重的。
～·ly 副, ～·ness 名

'grace ˌnote 名〖樂〗裝飾音。

'grace ˌperiod 名〖保險〗寬限期。

grac·ile ['græsɪl, -sl] 形 身材苗條優美的，纖細優美的；纖弱的。

·**gra·cious** ['greʃəs] 形 1 親切的，和善的，慈祥的；有禮的，謙恭的。2 優美的，高雅的，優雅的；《古》舒適的。3 寬大的；慈悲爲懷的，深具同情心的，仁慈的。
—感《表驚訝、寬慰、驚慌等》啊！哎呀！: Gracious me! 哎呀！糟了！
～·ly 副, ～·ness 名

grad [græd] 名《口》（大學）畢業生。

gra·date ['gredet] 動 不及（顏色等）漸漸變化，漸漸顯出層次。—及 1 使漸漸變化，使漸漸顯出層次。2 依等級順次排列，定以等級。

gra·da·tion [gre'deʃən] 名 1 U 畫面的濃淡層次；（雕刻等的）線條平穩的變移。2 C U 一點一點的變化，漸次的移轉[變化]: change by ～ 漸漸地改變。3（漸次移轉中的）階段，程度；U 分等級，定次序。4〖語言〗= ablaut.

:**grade** [gred] 名 1 階級，等級；（食品的）品質等級。2 屬於同一等級的人[物]。3《美》(1) 年級（《英》form）。(2) 某一年級的全部學生。(3)《the ～s》小學。(4) 成績，等第，評分。4（道路等的）坡度（《英》gradient）；斜面。5〖建〗建築物周圍的地盤面。6（畜牧的）改良雜種。7〖數〗等級，階。
at grade 同水準的，在同一平面上。
make the grade《口》達到特定的目標，合乎要求，及格，成功。
up to grade 達到水準，符合規格。
—動 (**grad·ed**, **grad·ing**) 及 1 分等級，分類；決定等級，定規格。2《美》打成績，評分（《英》mark）。3 使（色彩等）漸漸變化。4 減緩傾斜度，使坡度平緩，弄平坦。5 使與純種交配而改良。—不及 1 屬於某種等級，被定以規格別；成爲（特定的）等級。2 漸漸轉變爲別的顏色，漸漸變化。
grade up 列爲上等品種。
grade up 改良品種；提高等級。
grade up with... 和…並肩，和…匹敵。

grade ˌcrossing 名《美》〖鐵路〗平交道，平面交叉（點）（《英》level crossing）。

grade·ly ['gredlɪ] 形《英方》1 極好的，絕妙的；有價值的；十足的；完美的；得體的；真正的。2 漂亮的，好看的；健康的。—副 1 仔細的；正確地。2 恰當地，得體地；真正地。

grade ˌpoint 名《美》〖教〗成績點數。

grade point ˌaverage 名《美》成績點數平均值。略作：GPA

grad·er ['gredə] 名 1 評定等級的人；評分者；分類機。2 某年級的學生。3《美》平路機，平土機。

'grade ˌschool 名 U C《美》小學。

'grade sepaˌration 名（鐵路、道路的）立體交叉。

grade ˌteacher 名 小學教師。

gra·di·ent ['gredɪənt] 名 1（道路、鐵路等的）傾斜度，坡度；斜面；坡道；坡。2〖理〗坡度；斜度；梯度。3〖數〗斜率，傾斜量。略作：grad.；符號：▽

·**grad·u·al** ['grædʒuəl] 形 1 逐漸的，漸次的。2 逐漸上升或下降的，坡度平緩的。

grad·u·al·ism ['grædʒuəˌlɪzəm] 名 U 1 漸進主義。2〖哲〗漸進主義。**-ist** 名

:**grad·u·al·ly** ['grædʒuəlɪ] 副 逐漸地，漸漸地，徐徐地。

·**grad·u·ate** ['grædʒuɪt, -ˌet] 名 1《美》畢業生；《英》大學畢業生，學士。2 研究生。3〖化〗附有刻度的容器，量杯。—形 1《美》畢業的；《英》大學畢業的，取得學士學位的。2 大學畢業生的，研究生的。—['grædʒuˌet] 動 (**-at·ed**, **-at·ing**) 不及 1 大學畢業，獲得學位；《美》畢業《*from...*,《英罕用》*at...*》。2 漸次地變化，漸漸地變爲《*into...*》。—及 1《主美》授予學位；准予畢業《*from...*》。2 把…區分等級，分爲若干階段，使（稅率）分級累進；給（圓規等）標上刻度。3（以蒸發方式）使（液體）濃縮。

grad·u·a·ted ['grædʒuˌetɪd] 形 1 有刻度的。2 分等級的；（稅）累進的。

'graduate 'nurse 名《美》合格護士。

'graduate ˌschool 名 U C 研究所。

·**grad·u·a·tion** [ˌgrædʒu'eʃən] 名 1 U《主美》畢業；《英》獲得學位；《主美》畢業典禮；《英》授學位典禮。2 U 刻上刻度；《～s》刻度。3 U 分等級；U C 等級，階段。4 U（因蒸發而）濃縮。

Grae·cism ['grisɪzəm] 名《主英》= Grecism.

graf·fi·ti [grə'fiti] 名（複）（單-to）（公共場所牆壁上的）塗鴉，塗畫。
-tist 名

graft¹ [græft] 名 1 接穗，接枝；嫁接（法）。2〖外科〗移植；移植用組織切片。—動 及 1 嫁接《*together / on, onto, in, into ...*》；以嫁接法改良。2〖外科〗移植（身體組織）。3 接合。—不及 1 嫁接。2〖外科〗做移植手術。3《英俚》拚命地工作。
～·er 名

graft² [græft] 名 U 1 不法獲利，受賄，

G

貪污；受賄事件；不正當取得的利益或財物。2《英俚》粗重的工作；正當的職業，本行。
一動及不及瀆職，受賄《off…》。

graft·age ['græftɪdʒ] 名U嫁接術[法]。

graft·ing ['græftɪŋ] 名 1〖外科〗= graft¹名2. 2U〖園〗嫁接（法）。

gra·ham ['greəm] 形《限定用法》《美·加》全麥的：~ crackers 全麥餅乾。

Gra·ham ['greəm] 名〖男子名〗格雷姆。

Grail [grel] 名《偶作 g-》《the ~》聖杯：耶穌在最後的晚餐上所用的杯子。

:grain [gren] 名 1堅硬小粒的種子；穀粒，麥粒，玉米粒，米粒。2U《集合名詞》穀物，穀類（《英》corn）；穀類植物。3粒子，顆粒。4喱：重量的最小單位；0.0648g（略作：gr., gr）。5《通常作 a~》《主要用於否定、疑問》少許，一點點《of...》。6U (1)（木材等的）組織，紋理；木紋，石紋。(2)纖維，紡絲；紡絲的方向，縱織方向。7U粗糙面：皮革的正面。8U性質，性情，本性。9U《古》〖詩〗顏色，色調。

in grain 徹底的；與生俱來的。

it goes against the grain 與個性相反的，格格不入的。

with a grain of salt 有保留地，謹慎地，存疑地；有條件地，批評地。

一動及 1使成粒狀。2染色，染透。3將外觀製成紋狀或粒狀。4漆成木紋狀。5把（獸皮）除毛；將（獸皮）軟化並使現出粒狀。6《美》以穀物餵。一不及變成粒狀。

'grain ˌalcohol 名= alcohol 1.

grained [grend] 形 1《通常作複合詞》…粒的。2有木紋的，塗上木紋的。3粒狀的，粗糙的；去毛的。4《通常作複合詞》有…性質的。

'grain ˌelevator 名大型穀物倉庫。

grain·field ['gren,fild] 名穀田。

grains [grenz] 名（複）《常作單數》魚叉。

grain·y ['grenɪ] 形(grain·i·er, grain·i·est) 1似顆粒的，粒狀的；多顆粒的；〖攝〗粗粒子的。2有木紋的。

:gram [græm] 名克，公克：度量衡的重量單位。

-gram 《字尾》表示「書寫物或圖」之意。

gra·mer·cy [grə'mɝsɪ] 感《古》《表示感謝、驚奇等情感》謝謝！多謝！天啊！

·gram·mar ['græmɚ] 名 1U文法；文法學；（個人的）文法知識，語法，措詞。2文法書，文典。3U基礎，基本原理；入門書，初學說。4《口》= grammar school.

gram·mar·i·an [grə'mɛrɪən] 名文法家，語法學者。

'grammar ˌschool 名UC 1《美》初級中學。2《英》普通中學。3《昔》文法學校：以拉丁文爲主要課程的中等學校。

gram·mat·i·cal [grə'mætɪkl] 形 1《限定用法》文法（上）的，語法的。2〖文法〗合乎文法規則的，文法上正確的。
~·ly 副, ~·ness 名

gram·mat·i·cal·i·ty [grə,mætə'kælətɪ] 名文法性，符合文法。

gramme [græm] 名《主英》= gram.

'gram ˌmolecule 名〖化〗克分子。

Gram·my ['græmɪ] 名(複~s, -mies)《美》葛萊美獎：美國「全國唱片藝術科學學院」每年所頒發的音樂大獎。

Gram·o·phone ['græmə,fon] 名《常作 g-》〖商標名〗《主英》留聲機。

gram·pus ['græmpəs] 名（複~·es）1〖動〗逆戟鯨。2《口》呼吸粗沉的人。

gran [græn] 名《口·兒語》奶奶，祖母。

Gra·na·da [grə'nɑdə] 名格拉那達：1西班牙南部中世紀時的王國。2西班牙南部的城市。

·gra·na·ry ['grenərɪ, 'græ-] 名（複-ries）1穀倉。2穀物盛產區。

Gran Cha·co [ˌgrɑn'tʃɑko] 名《the ~》格蘭加哥：橫跨南美洲阿根廷、玻利維亞、巴拉圭的大平原。

:grand [grænd] 形 1壯大的，雄偉的；壯麗的；豪華的；《the ~》《名詞》壯大的東西。2（計畫等）遠大的，雄心勃勃的。3威嚴的，堂堂的，莊重的；有氣派的；崇高的，高貴的：the ~ style（文學、藝術等的）莊重的風格 / a ~ character 崇高的人格。4重大的，重要的；著名的，偉大的；（官階、爵位等）最高的，高級的。5驕傲的，趾高氣昂的，佯裝高貴的。6（建築物等的）主體的，主要的。7全部的，總括的，整體的：a ~ sum 總計。8〖樂〗大規模的，大合奏用的；…，大…。9《口》極好的，美妙的，絕佳的。10〖法〗重大的，主犯的。一名（複~s）= grand piano. 2（複~）《美口》千元；《英口》一千鎊。3《常作 G-》（俱樂部等的）會長。

do the grand 《俚》裝模作樣，擺架子。
~·ly 副, ~·ness 名

grand- 《字首》在表示血緣關係語中「隔一親等」之意。

gran·dad ['græn,dæd] 名= granddad.

gran·dam ['grændəm, -dæm], **dam** [-dem, -dəm] 名 1祖母；外祖母，外婆。2老太婆。

grand·aunt ['grænd,ænt] 名伯祖母；叔婆；姑婆；舅婆；姨婆。

'Grand 'Bank(s) 名《the ~》大灘：加拿大紐芬蘭（Newfoundland）東南方外的淺灘，爲世界大漁場之一。

'Grand Ca'nal 名《the ~》大運河

'Grand 'Canyon 名《the ~》大峽谷：美國亞利桑那州（Arizona）北部 Colorado 河的大峽谷。

Grand 'Canyon 'State 图《the ~》大峽谷州：美國亞利桑那州的別稱。

grand·child ['grænd,tʃaɪld] 图 (複-**children**) 孫子；外孫：男女通用。

grand·dad ['græn,dæd] 图《口》= grandfather.

grand·dad·dy ['græn,dædi] 图《口》祖父，爺爺，外公。

grand·daugh·ter ['græn,dɔtɚ] 图 孫女；外孫女。

grand 'duchess 图大公夫人，大公爵夫人；女大公爵；(俄國沙皇的) 皇女。

grand 'duchy 图大公國。

grand 'duke 图大公，大公爵；(俄國沙皇的) 皇子，皇孫。

gran·dee [græn'di] 图身分地位高的人，達官，貴人；大公。

gran·deur ['grændʒɚ] 图Ⓤ **1** 偉大；高尚；威嚴；雄偉，壯麗。**2** 壯麗的事物。

grand·fa·ther ['grænd,fɑðɚ] 图 **1**祖父，外公。**2** 祖先。**3** 始祖，創始者。

grand·fa·ther·ly ['grænd,fɑðɚlɪ] 形 **1** 祖父(般)的。**2** 慈祥的，親切的；寬大的，縱容的。

grandfather 'clock 图 老爺鐘：有鐘擺的落地式大座鐘。

gran·dil·o·quence [græn'dɪləkwəns] 图Ⓤ矯飾誇大，浮誇不實。

gran·dil·o·quent [græn'dɪləkwənt] 形誇大的，誇張的。

gran·di·ose ['grændɪ,os] 形《文》**1**宏大的，莊嚴的。**2** 浮誇的；自以爲是的。
~·ly 副

gran·di·os·i·ty [,grændɪ'ɑsətɪ] 图Ⓤ 宏大；誇張。

grand 'juror 图大陪審員。

grand 'jury 图大陪審團。

Grand 'Lama 图《the ~》大喇嘛：西藏喇嘛教教主；十七世紀中葉以後稱Dalai Lama (達賴喇嘛)。

grand 'larceny 图Ⓤ**1**〖法〗重大竊盜，重竊盜罪。**2**《美》非暴力的竊盜罪。

grand·ma ['grændmɑ, 'græm-, 'græmə]图《口》= grandmother.

grand mal ['grænd'mæl] 图 Ⓤ〖病〗(癲癇的) 大發作。

grand 'march 图 (正式舞會開始時) 由全體賓客參加的繞場一圈開場式。

Grand 'Master 图**1** (騎士團、祕密會社、交誼會的) 團長，會長。**2**《**g-m-**》(西洋棋等的) 大師。

grand·moth·er ['grænd,mʌðɚ,'græn-] 图**1** 祖母，外婆。**2** 女性祖先。
shoot one's grandmother 撲空，失望。
teach one's grandmother to suck eggs ⇨ EGG[1] (片語)
This beats my grandmother. 令我吃驚。
—動及《口》溺愛，嬌寵。

grand·moth·er·ly ['grænd,mʌðɚlɪ] 形**1** 祖母的；溺愛的。**2** 過於囉嗦的。

'Grand 'National 图《the ~》大賽馬：每年三月在英國Liverpool近郊舉行的障礙大賽馬。

grand·neph·ew ['grænd,nɛfju] 图姪孫；姪外孫 (亦稱**great-nephew**)。

grand·niece ['grænd,nis] 图姪孫女；姪外孫女 (亦稱 **great-niece**)。

'grand ,old 'man 图《the ~》元老，長老。

'Grand ,Old 'Party 图《the ~》⇨ G.O.P.

'grand 'opera 图ⓊⒸ 大歌劇。

grand·pa ['grændpɑ] 图《口》= grandfather.

grand·pa·pa ['grænd,pɑpə] 图《口》= grandpa.

grand·par·ent ['grænd,pærənt, -,pɛr-] 图祖母或祖父；外公或外婆。

'grand pi'ano 图平臺鋼琴，大鋼琴。

grand prix [grɑn'pri] 图 (複 **grands prix** [grɑn'pri])《法語》**1** 大獎，最高獎賞。**2**《**G- P-**》國際汽車大獎賽。

grand-scale ['grænd,skel] 形大型的，大規模的，盛大的。

grand·sire ['grænd,saɪr] 图**1** (教堂鐘樂的) 變調打法。**2** 祖父；祖先；老人。

'grand 'slam 图**1**〖牌〗(橋牌的) 大滿貫。**2**〖運動〗(網球、高爾夫球重要比賽的) 全勝。**3**〖棒球〗滿壘全壘打；《俚》大成功。

·**grand·son** ['grænd,sʌn] 图孫子；外孫。

grand·stand ['grænd,stænd] 图 (競賽場等的) 正面特別觀眾席；特別席的觀眾。
—動不及作精彩演出；賣弄技巧。
—形**1** 特別觀眾席的。**2** 一覽無遺的。**3** 爲使觀眾興奮的；賣弄技巧的。**~·er** 图賣弄技巧者。

'grandstand ,play 图《美口》**1** 爲了博取觀眾喝采而賣弄的特別演出。**2** 嘩眾取寵的言語或動作。

'grand 'total 图總和。

'grand 'tour 图《the ~》**1**《古》歐洲大陸巡迴旅行。**2** 大旅行；畢業旅行。

grand·un·cle ['grænd,ʌŋkl] 图 伯公，叔公，舅公 (亦稱 **great-uncle**)。

grange [grendʒ] 图**1** 農場；農莊；(莊園等的) 附屬農場。**2**《主英》(鄉紳等的) 大宅院。

grang·er ['grendʒɚ] 图 **1** 農夫，農場勞動者。**2** 農場管理人。**3**《**G-**》《美》美國農業保護者協會會員。

gran·ite ['grænɪt] 图Ⓤ**1** 花崗岩，花崗石。**2** 堅硬；堅忍；耐久；冷酷。
bite on granite 白費力氣，徒勞無功。

'Granite 'State 图《the ~》花崗石州：美國 New Hampshire 州的別稱。

gran·ite·ware ['grænɪt,wɛr] 图 Ⓤ**1** 有花崗岩斑紋的單塗搪瓷器皿。**2** 有花崗岩花紋的陶器；半玻璃質的堅硬白色陶器。

G

gran·ny, -nie ['grænɪ] 名(複-nies) 1《口》《表示親暱、輕蔑》《兒語》奶奶；外婆。2 老太婆。3《美國南部》奶媽；接生婆。4 囉嗦愛管閒事的人，惹人厭煩的人。5 = granny knot.

'granny ˌglasses 名(複) 老祖母眼鏡。

'granny ˌknot 名 祖母結。

gra·no·la [grə'nolə] 名 U 穀物乾果類食品。

·**grant** [grænt] 動及 1 給予；授予，交付，賜給：～ a scholarship to a student 給予學生獎學金。2 答應；同意；承諾：～ a request 應允要求 / ～ a child his wish 讓小孩如其所願。3 姑且承認；假定…（為…）。4〖法〗讓渡給。

grant that...《文》假定…，即使…。

take... for granted (1) 視…為理所當然，認定…為事實；對…不在乎。(2) 將（所有物、權利等）視為當然。

—名 1 授予；援助，獎助（金）。2 U C 許可；承認。3〖法〗轉讓證書；U 讓渡。

Grant [grænt] 名 **Ulysses Simpson**, 格蘭特（1822－85）：美國第十八任總統（1869－77）。

gran·tee [græn'ti] 名 1〖法〗受讓人。2 被授予者。

grant-in-aid ['græntɪn'ed] 名 (複 **grants-in-aid**) 撥款；補助金，助學金。

gran·tor ['græntɚ, græn'tɔr] 名〖法〗讓渡人，授予者。

gran·u·lar ['grænjəlɚ] 形 粒狀的；由顆粒組成的；粗糙的，疙瘩狀的。

gran·u·late ['grænjəˌlet] 動及 使成粒狀；使表面粗糙。—不及 1 成粒狀；變粗糙。2〖病〗長肉芽。**-la·tor** 名

gran·u·la·tion [ˌgrænjə'leʃən] 名 U C 1 成粒（狀）；顆粒狀態；表面粗糙；顆粒。2〖病〗（傷口痊癒時的）肉芽形成；肉芽組織。

gran·ule ['grænjul] 名 小粒，顆粒；小藥丸；微小體，微粒子；小孢子。

·**grape** [grep] 名 1〖植〗(1) C U 葡萄（的果實）。(2) 葡萄樹。2 U 葡萄色。3《the ～》葡萄酒。

grape·fruit ['grepˌfrut] 名 C U〖植〗葡萄柚；C 葡萄柚樹。

grape·shot ['grepˌʃɑt] 名《古》葡萄彈。

grape·stone ['grepˌston] 名 葡萄核，葡萄子。

'grape ˌsugar 名 = dextrose.

grape·vine ['grepˌvaɪn] 名 1 葡萄藤，葡萄樹。2《the ～》謠言，傳聞；流言，虛報；U C《美口》小道新聞。

·**graph** [græf] 名 1 曲線圖；圖表。2〖數〗圖形；網絡。—動及 以圖形表示。

-graph《字尾》表「寫下的東西」之意。

graph·ic ['græfɪk], **-i·cal** [-ɪkl] 形 1 如圖畫般生動的，寫實的。2 曲線圖的，圖解的；書寫的。3 繪畫的；印刷的，描畫的。4〖地質〗（岩石）呈現文字圖案的。5 平面造型藝術的。—名 書畫刻印作品。

graph·i·cal·ly ['græfɪklɪ] 副 似畫般真實地，栩栩如生地；以圖表示地。

'graphic 'arts 名(複)《the ～》《作複數》平面造型藝術：1 版畫、鏤刻等用雕刻版拓製刻畫的藝術。2 書、畫、美術印刷、攝影等平面的視覺藝術。

'graphic 'novel 名 圖畫繪本小說。

graph·ics ['græfɪks] 名(複) 1《作單數》圖學，製圖法。2《作單數》圖解計算法。3〖電腦〗《作單數》電腦圖解法。4《作複數》= graphic arts 1.

graph·ite ['græfaɪt] 名 U〖礦〗石墨。

graph·ol·o·gist [græ'fɑlədʒɪst] 名 筆跡學家，筆相學家。

graph·ol·o·gy [græ'fɑlədʒɪ] 名 U 筆跡學，筆相學：由筆跡判斷人的性格等。

'graph ˌpaper 名 U 座標紙，方格紙。

-graphy《字尾》1 表「描畫、書寫、記錄等的方法或形式」之意。2 表「記述法」之意。

grap·nel ['græpnəl] 名 抓鉤；四爪錨。

grap·ple ['græpl] 名 1 抓鉤；四爪錨。2 用力抓住，緊握；（角力等的）扭住，捉牢。3 格鬥，扭打。—動(**-pled, -pling**)及 1 用抓鉤抓住；使固定。2 用力抓住。—不及 1 抓住，固定；使用抓鉤。2 扭打；揪在一起；（對難題等）設法對付，努力解決《*with...*》。

grap·pling ['græplɪŋ] 名 1 U C 鉤抓的器具。2 = grapnel.

'grappling ˌiron [ˌhook] 名 爪鉤；四根爪的小型錨。

·**grasp** [græsp] 動及 1 握緊，抓牢；使勁抓住，用力揪住；緊緊抱住。2 理解，掌握。—不及 想抓住，企圖攫住；企圖緊緊抱住；急切地接受《*at, for...*》: A drowning man will ～ *at* a straw.《諺》溺水者連一根草也要去抓住；急不暇擇。

grasp the nettle ⇨ NETTLE（片語）

—名 U C 1 牢牢揪住；緊握，抓住；擁抱。2（東西的）握把（部分），柄。3 支配，控制；掌握。4 理解（力）；領悟（力）。

take a grasp on oneself 自我控制。

grasp·ing ['græspɪŋ] 形 1 抓緊的，握住的。2 貪婪的。～**·ly** 副, ～**·ness** 名

:**grass** [græs] 名 1 U C《集合名詞》草，牧草。2《a ～, ～es》禾本科植物。3 U 草地，牧草地；畜牧地，牧場；《通常作 the ～》草坪：Keep off *the* ～！《告示》請勿踐踏草坪。4《～es》草的莖或葉。5 U 芳草季節，春。6 U《俚》大麻煙。7《英俚》密告者；（警察等的）線民。

be (out) at grass (1) 在牧場吃草。(2) 離職休養，閒著。

between grass and hay 尚未變成大人的；不明確的，曖昧的。

cut one's own grass《英俚》自食其力。

ut the grass from under a person's feet 阻撓某人，使某人失敗，拆某人的臺。
o to grass (1)去牧場，去吃草。(2)退休，隱居，引退；死去。(3)《俚》倒下，被打倒；筋疲力盡。
ear the grass grow 異常敏感。
'eep off the grass ! (1) ⇨ 名3. (2)別多管閒事！別多嘴！
t the grass grow under one's feet《通常用於否定》錯過時機，拖延，洩了氣。
ut ... out to grass (1)放牧。(2)使（賽馬）退休。(3)《口》使休養，讓（某人）休假；解僱。(4)《俚》打倒。
—動及 1 使長滿了草《*over*》。2《主美》放牧。3 撒下草種《*down*》。4《口》打倒；使摔倒；將（鳥）擊落；釣上岸。
—不及 1 吃草，放牧。2 被草覆蓋住《*up*》。3《英俚》提出密告《*on...*》；提供情報。
·ass ˌcharacter 名（中文、日文的）草書。
·ass·hop·per ['græsˌhɑpɚ] 名〖昆〗蚱蜢；蝗蟲；草食直翅類昆蟲的通稱。
·ass·land ['græsˌlænd] 名U草原；（文）草地，牧場。
·ass ˌroots 名(複)《the ～》《作單、複數》1 農業地區，鄉村地帶；農牧民，農業地區居民。2 一般人民，民眾，大眾。3 根源，基礎；基本概念。
·ass·roots ['græsˌruts, -ˌruts] 形 1 一般民眾的，與民眾有關的。2 基層的，草根的。
·ass ˌskiing 名U滑草（運動）。
·ass ˌsnake 名〖動〗1 無毒小蛇。2 草蛇。
·ass 'widow 名 和丈夫分居的妻子；離了婚的女人。
·ass 'widower 名 和妻子分居的丈夫；離了婚的男人。
·ass·y ['græsɪ] 形 (**grass·i·er, grass·i·est**) 被草覆蓋的，多草的；草的。2 草色的。食草的。
·ate[1] [gret] 名 1 爐架；壁爐。2《主美》（作爲隔間、護板等的）格柵，柵欄，格子窗[門]。
—動 (**gat·ed, grat·ing**) 及 加上鐵欄杆，用格柵覆蓋住。
·ate[2] [gret] 動 不及 1 磨擦；發出磨擦聲《*against, on, upon...*》。2 發出令人不快的聲音《*on, upon...*》。—及 1 磨擦，使發磨擦聲；使焦躁，傷感情，使覺得刺耳。2 磨碎。
·rated ['dʒiˌretɪd] 形（電影）普通級的。
·ate·ful ['gretfəl] 形 1 感謝的《*to...*》；感激的《*for..., for doing*》；感謝的《*that* 子句》；心懷感謝的《*to do*》；《限定用法》表示謝意的：a ～ letter 謝函。2《文》愉快的，舒適的；令人高興的；使人神清氣爽的。

～·ly 副, ～·ness 名
grat·er ['gretɚ] 名 刨菜板；擦碎器。
grat·i·fi·ca·tion [ˌgrætəfə'keʃən] 名 1 U滿足，滿意；喜悅。2 令人喜悅的事物。
·grat·i·fy ['grætəˌfaɪ] 動 (**-fied, ～·ing**) 及 1 使滿意；使高興；《被動》（對…）感到滿意《*with, at, by...*》。2 滿足；使愉悅：beauty that *gratifies* the eye 悅目之美。3《古》給報酬；收買。
grat·i·fy·ing ['grætəˌfaɪɪŋ] 形 令人滿足的；令人愉快的《*to do*》。～·ly 副
grat·in ['grætən] 名CU〖烹飪〗撒在菜餚上的烤過的麵包屑或碎乳酪。
grat·ing[1] ['gretɪŋ] 名 1（窗、門等的）（鐵）欄杆；格子窗；格柵；（船艙口的）格柵蓋。2〖理〗光柵。
grat·ing[2] ['gretɪŋ] 形 1 咯吱響的；刺耳的。2 令人煩躁的。～·ly 副
grat·is ['grætɪs, 'gre-] 副 形《敘述用法》免費地[的]，無償地[的]。
·grat·i·tude ['grætəˌtjud] 名U感謝《*for...*》；謝意《*to...*》: out of ～ 出於感激。
gra·tu·i·tous [grə'tjuətəs] 形 1 免費的，不要報酬的。2 無理由的，無故的；不必要的，多餘的。3〖法〗無償的。～·ly 副，～·ness 名
gra·tu·i·ty [grə'tjuətɪ] 名(複**-ties**) 1 賞錢，小費；贈品。2《英》（給予軍人的）慰勞金，特別獎金；退伍獎金。
gra·va·men [grə'vemɛn] 名(複**-vam·i·na** [-'væmɪnə]) 1〖法〗（告訴、訴訟等的）最重要點，主要理由；〖教會〗陳情（書）。2 不平，委屈。
:grave[1] [grev] 名 1 墳墓；墓穴；墓碑；《喻》（名譽等的）葬送處：(as) silent as the ～ 死寂；完全沉默的；極端祕密的 / from the cradle to the ～ 從搖籃到墳墓；由生至死。2《*the* ～》死亡。
dig one's own grave《口》自掘墳墓，自己害自己。
have one foot in the grave 一隻腳已踏進墳墓，瀕臨死亡。
make a person turn in his grave 使（死者）難安，使死不瞑目。
·grave[2] [grev] 形 (義 **1-3 grav·er, grav·est**) 1 嚴肅的，莊重的；正經的，認真的。2 重大的，重要的；包藏危險的，嚴重的。3 不鮮豔的，晦暗的。4 [grev, grɑv]〖文法〗低沉音調的；抑音（記號）(ˋ) 的；無重音的。—[grev, grɑv] 名〖文法〗抑音記號 (ˋ)。～·ness 名
grave[3] [grev] 動 (**graved, grav·en** 或 **gra-ved, grav·ing**) 及《文》1 雕刻《*on, in...*》。2 銘刻，銘記《*on, in...*》。
grave·clothes ['grevˌkloðz] 名(複) 壽衣，屍衣。
grave·dig·ger ['grevˌdɪgɚ] 名 掘墓人。
·grav·el ['grævl] 名 1 U《集合名詞》砂礫，碎石；《～s》（尤指含砂金的）砂礫

層。2ⓊⒸ〖病〗小結石，尿砂（病）。—動(~ed, ~·ing 或《英尤作》-elled, ~·ling)及 1 鋪碎石於。2 使困惑，使困窘。3《口》刺激，使發怒，使煩惱。—形粗重刺耳的。

grav·el-blind ['grævḷ,blaɪnd] 形眼睛幾乎看不見的，近乎全盲的。

grav·el·ly ['grævəlɪ] 形 1 碎石（般）的；多碎石的。2 粗重刺耳的。

·**grave·ly** ['grevlɪ] 副 1 嚴肅地，莊嚴地。2 嚴重地，重大地。

grav·en ['grevən] 動 grave³的過去分詞。—形《文》1 銘感於心的。2 雕刻的。

'**graven** '**image** 名 雕像，偶像。

grav·er ['grevɚ] 名 雕刻刀；雕刻師。

G

grave·stone ['grev,ston] 名 墓碑。

grave·yard ['grev,jɑrd] 名 墓地。

'**graveyard** ,**shift** 名 1 大夜班。2《集合名詞》上大夜班者。

gra·vim·e·ter [grə'vɪmətɚ] 名 比重計；重力計。

'**graving** ,**dock** 名〖海〗乾船塢。

grav·i·sphere ['grævə,sfɪr] 名Ⓤ〖天〗引力圈，重力範圍。

grav·i·tate ['grævə,tet] 動 不及 1 受引力吸引《*toward, to...*》。2 下沉，下降；沉澱；被吸引；被強力拉引；傾向《*to, toward...*》。

·**grav·i·ta·tion** [,grævə'teʃən] 名Ⓤ 1〖理〗重力，引力；重力作用。2 下沉，下降。3 趨勢。

grav·i·ta·tion·al [,grævə'teʃənḷ] 形 重力的，引力的，重力作用的。

gravi'tational '**field** 名〖理〗重力場，引力場。

grav·i·ta·tive ['grævə,tetɪv] 形 重力的，引力的；受到重力作用的。

·**grav·i·ty** ['grævətɪ] 名Ⓤ 1〖理〗重力，地心引力；引力。2 重，重量：the center of ~ 重心 / specific ~ 比重。3 嚴肅，莊重；正經，認真。4 重大性，嚴重性。5〖樂〗低音，抑音。

gra·vure [grə'vjʊr, 'grevjər] 名ⓊⒸ 凹版印刷（術），照相凹版印刷（術）；凹版（印刷品）；凹版印刷原版。

gra·vy ['grevɪ] 名Ⓤ 1 肉汁，肉滷汁（調味用）。2《俚》容易獲得的錢財；非法所得之財；意外之財。

'**gravy** ,**boat** 名 盛肉汁的器皿。

'**gravy** ,**train** 名《俚》可輕易獲取利益的機會：get on the ~ 獲得可輕易賺大錢的工作，利用職權吃甜頭。

:**gray**, 《英》**grey** [gre] 形 1 灰色的，鼠色的，淡黑色的。2（臉色）蒼白的，陰鬱的，陰暗的。3（天空）陰沉沉的，晦暗的；《喻》灰暗的，陰晦的，無生氣的：a ~ existence 灰暗的生活 / ~ prospects 黯淡的前途。4（頭髮）灰白的，斑白的。5 年老的；老練的，圓熟的。6 從前的，古代的：the ~ past 太古。7 曖昧的，中間的：the ~ area in between 曖昧的中間帶。8 穿灰色衣服的。—名 1ⓊⒸ 灰色，鼠色；Ⓤ灰色顏料；《the ~》黎明；昏。2 灰色的東西；灰色衣服。3 穿灰衣服的人；《常作 G-》（尤指美國南北戰爭時的）南軍的一員；南軍。4 灰白色馬。5《美黑人俚》白人。—動 及 不及 成灰色；〖攝〗去光。~·ly 副, ~·ness 名

Gray [gre] 名 **Thomas**, 格雷（1716–71）英國詩人。

'**gray** '**area** 名 灰色地帶，模稜兩可處。

gray·beard ['gre,bɪrd] 名《常為蔑》鬚花白的人；老人；賢者。'**gray-'bearded** 形

gray-col·lar ['gre,kɑlɚ] 形《美》灰領階級的，從事維修等工作的。

'**gray** '**eminence** 名 幕後掌權人物，幕後操縱者。

'**Gray** '**Friar** 名 灰衣教士：天主教聖方濟修道會的教士。

gray-head·ed ['gre,hɛdɪd] 形 1 頭髮灰白的；老年的。2 古老的。3《英》有長期經驗的；精通的：be ~ in... 對…有長期經驗；精通於…。

gray·hound ['gre,haʊnd] 名 = greyhound

gray·ing ['greɪŋ] 名Ⓤ 高齡化，老化。

gray·ish ['greɪʃ] 形 淺灰色的，略帶灰色的。

gray·lag ['gre,læg] 名〖鳥〗灰雁。

gray·ling ['grelɪŋ] 名 1〖魚〗茴魚。2〖昆〗褐目蝶。

'**gray** '**market** 名 灰市，半黑市，水貨市場。

'**gray** ,**matter** 名Ⓤ 1〖解〗（腦或脊髓的）灰白質。2《口》頭腦，智慧。

'**gray** ,**power** 名Ⓤ《美》灰權：老人（政治）勢力。

gray '**squirrel** 名〖動〗灰松鼠。

·**graze**¹ [grez] 動 (**grazed**, **graz·ing**) 不及 1 吃草。2 餵草；放牧。—及 1 吃（草）；放牧於；當作牧場使用。3 照料。

send** a person (**out**) **to graze《諧》給（人）休假；解僱；逐走。

graze² [grez] 動 及 1 輕觸，輕擦。2 擦破。—不及 擦過，掠過《*along, past,* ...》；碰觸，磨擦《*against...*》。—名 1 磨擦，擦破。2《通常作 **a** ~》擦傷處。

gra·zier ['greʒɚ] 名 1《主英》畜牧業者。2《澳》牧羊人。

graz·ing ['grezɪŋ] 名Ⓤ 1 放牧。2 牧場。

Gr.Br., **Gr.Brit.** 《縮寫》*Great Britain.*

GRE 《縮寫》*Graduate Record Examination* 研究所入學資格考試。

·**grease** [gris] 名Ⓤ 1 動物脂肪。2 脂肪；油脂；潤滑油。3 羊毛的脂肪成分；未脫脂的羊毛。

like a grease in a pan 聲勢非常壯大。

—[griz, gris] 動 (**greased**, **greas·ing**) 及 1

こ潤滑油。2 使容易進行；《俚》行賄。3 俚》使平穩地著陸。
rease a person's palm ⇨ PALM¹（片語）
rease the fat sow 多此一舉，管閒事。
rease the wheels《喻》（以賄賂等）使事情順利地進行，打通關節。
ke greased lightning《口》一眨眼。
ease ˌgun 图滑脂槍，注油槍。
'ease ˌmonkey 图《俚》（汽車、飛機的）機械工，修理工。
'ease ˌpaint 图Ⓤ1（演員化裝用的）油彩。2（演員的）化裝，打扮。
'ease·proof ['gris,pruf] 形《限定用法》防油的，不吸油的：～ paper 防油紙。
'eas·er ['grisɚ, -zɚ] 图1 加潤滑油器；加油工。2《美粗》《蔑》拉丁美洲人，墨西哥人。3《俚》惹人厭的人；賄賂者。
eas·y ['grisɪ, -zɪ] 形(greas·i·er, greas·i·est) 1 被油沾污的；多脂肪的，油膩的。2 滑溜的，光滑的。3諂媚的；油腔滑調的，靠不住的。
-ly 副
'easy 'spoon 图《美俚》不衛生的廉價餐館。
eat [gret] 形 1 大的；巨大的，壯大的，廣大的：a ～ city 大都會。2 數量大的；長期的，永久的：a ～ crowd 一大群人 / the ～ majority 大多數，大部分 /a ～ while 長時期。3 不平常的，極度的；《置於指人的名詞之前，表示其程度》大的，了不起的，非常的：a ～ light強烈的光線 / ～ pain劇烈的疼痛。4《限定用法》引人注目的，顯著的；重要的；首要的，主要的：a ～ occasion 盛大的場合，大節日。5 著名的；《the G-》《用於稱號、頭銜》偉大的；優異的，傑出的：a ～ painting 名畫。6 氣節高的，崇高的，高尚的；（身分等）高的，高位的。7常用的，非常喜愛的。8《口》美妙的，好極的。9《口》擅長的，精通的；熱中的《*at, on...*》。
reat with child 懷了孕的。
—副《口》順利地，很好地；《置於表大小的形容詞前面》非常地。—图(複～s, ～) 1 大人物，名人，明星；《集合名詞》偉人們；身分高的人們。2《the G-》大帝，女皇：Alexander ～ 亞歷山大大帝。
eat 'ape 图巨猿。
reat As'size 图《the ～》最後審判。
'eat-aunt ['gret'ænt] 图= grandaunt.
reat 'Barrier ˌReef 图《the ～》大堡礁：位於澳洲東北方海岸。
reat 'Basin 图《the ～》大盆地：美國西部的沙漠地區，位於 Nevada、California、Oregon、Idaho、Utah 和 Wyoming 等州境內。
reat 'Bear 图《the ～》〖天〗大熊座。
'eat be'yond 图《通常作 the G- B-》來世。
reat 'Britain 图大不列顛島：英格蘭、蘇格蘭、威爾斯的總稱。
'Great 'Charter 图《the ～》〖英史〗大憲章 = Magna Charta.
'great 'circle 图 1大圓：通過球心的平面和球面所切成的圓圈。2 大圈。
'great-cir·cle 'sailing ['gret,sɝkl-] 图Ⓤ〖航海〗大圈航法。
great·coat ['gret,kot] 图《主英》厚外套，厚大衣。
'Great 'Dane 图大丹狗。
'Great Di'vide 图《the ～》1 大陸分水嶺：北美大陸分水嶺（即Rocky 山脈）（亦稱 **Continental Divide**）。2《喻》分界線；生死之際，鬼門關；重大時機，危機。
'Great 'Dog 图《the ～》〖天〗大犬座。
great·en ['gretn̩] 動及《文》使變大；使高尚，使偉大；使增大。—不及變大，變得重大。
Great·er ['gretɚ] 形包括郊外地區的；包括屬地的；大的。
'Greater 'London 图= London 4.
'greatest 'common di'visor 图〖數〗最大公因數[公約數]。略作：G.C.D.
'great 'go 图《英口》牛津大學人文學科的課程；其文學士學位的最後大考。
great-grand·child ['gret'grænd,tʃaɪld] 图(複 **-chil·dren**)曾孫（女）；外曾孫（女）。
great-grand·daugh·ter ['gret'grænd,dɔtɚ] 图曾孫女；外曾孫女。
great-grand·fa·ther ['gret'grænd,fɑðɚ] 图曾祖父；外曾祖父。
great-grand·moth·er ['gret'grænd,mʌðɚ] 图曾祖母；外曾祖母。
great-grand·par·ent ['gret'grænd,pɛrənt] 图曾祖父[母]；外曾祖父[母]。
great-grand·son ['gret'grænd,sʌn] 图曾孫；外曾孫。
great·heart·ed ['gret'hɑrtɪd] 形 1 心胸寬大的，有雅量的，慷慨的。2 有勇氣的，勇敢的；無畏的。～**·ly** 副 ～**·ness** 图Ⓤ心胸寬大；勇敢。
'Great 'Lakes 图(複)《the ～》五大湖：位於美國和加拿大邊境的 Erie, Huron, Michigan, Ontario, Superior 等五湖總稱。
·great·ly ['gretlɪ] 副1 大大地，非常，極，很。2 偉大地；崇高地；寬大地。
great-neph·ew ['gret,nɛfju] 图 = grandnephew.
·great·ness ['gretnɪs] 图Ⓤ1大；巨大，大量，廣大，龐大。2偉大；著名；重要；崇高；寬大。
great-niece ['gret,nis] 图= grandniece.
'Great 'Plains 图(複)《the ～》大平原：跨越美國和加拿大的落磯山脈東側的大高原地帶。
'great 'power 图《常作 G- P-》強國，大國。
great-power ['get'pauɚ] 形《常作 G-P-》強國的：～ politics 強權政策。～**·ism**

G

名 U 強權主義。

'Great ˌSalt 'Lake 名 大鹽湖：美國 Utah 州西北部的鹹水湖。

'great 'seal 名 **1**《the ～》國璽。**2**《the G- S-》《英》國璽大臣；其職位。

great-un·cle ['gret'ʌŋkl] 名 = granduncle.

'Great 'Wall (of 'China) 名《the ～》(中國的) 萬里長城。

'Great 'War 名《the ～》= World War I.

'Great 'White 'Way 名《the ～》不夜街：美國 New York 市的百老匯劇場區。

greave [griv] 名〖甲胄〗護脛甲。

grebe [grib] 名〖鳥〗鷿鷈。

Gre·cian ['griʃən] 形 希臘的，希臘式的；希臘人的。

Gre·cism ['grisɪzəm] 名 **1** U 希臘精神；希臘精神的採用或模仿；希臘風格。**2** 希臘語成語。

Gre·co-Ro·man [ˌgriko'romən] 形 **1** 有希臘及羅馬兩者之特徵的。**2** 希臘羅馬的。

:Greece [gris] 名 希臘 (共和國)：位於歐洲南部；首都爲雅典 (Athens)。

greed [grid] 名 U 貪婪，貪心《*for*...》；貪念，欲望《*of*...》：～ *for* money 貪財。

greed·i·ly ['gridɪlɪ] 副 **1** 貪心地，貪婪地；渴望地，急欲地。**2** 貪食地。

greed·i·ness ['gridɪnɪs] 名 U **1** 貪慾，貪婪；貪吃。**2** 欲望，渴望。

·greed·y ['gridɪ] 形 (**greed·i·er, greed·i·est**) **1** 貪婪的，貪心的《*for, after, of*...》。**2** 貪吃的《*of*...》：be ～ *of* food 貪吃無厭的。**3** 急切的，渴求的《*of, for*...》；渴望 (做…) 的《*to do*》：with ～ lust 懷有強烈的貪慾。

·Greek [grik] 形 **1** 希臘 (人) 的；希臘語[文]的；希臘式的。**2** 希臘正教教會的。—名 **1** 希臘人。**2** U 希臘語。**3** U 無法理解的事物，莫名其妙的事。**4** 希臘正教的信徒。**5** 以希臘字母命名之男[女]大學生聯誼會的會員。**6**《美》(男性的) 同性戀者。

'Greek 'Church 名《the ～》= Greek Orthodox Church 1.

'Greek 'cross 名 希臘十字架。

'Greek 'fire 名 U 希臘火藥：中古時期拜占庭希臘人用於戰爭的一種燃燒劑。

'Greek 'gift 名 圖謀害人的禮物。

'Greek 'Orthodox 'Church 名《the ～》**1** 希臘正教教會。**2** = Orthodox Church 2.

:green [grin] 形 **1** 綠 (色) 的，青色的。**2** 綠葉覆蓋的，青蔥的；新綠的；暖和的，無雪的。**3** 用青菜做的，菜葉的；青草的：～ salad 生菜沙拉 / ～ vegetables 青菜。**4** 有活力的，有生氣的；青春的。**5** 未熟的；未加工的；未乾的；未鞣製的；(磚等) 未燒過的。**6** 無經驗的，未經訓練的；不成熟的；天真的，容易受騙的；未馴服的。**7** 最新的，最近的；剛來 (記憶等) 新的。**8** 蒼白的，發青的；暈船等而) 不舒服的；露出嫉妒的神《*with*...》：be ～ *with* envy 非常嫉妒 **9** 反對環境污染、生態破壞的。

in the green tree 在順境中；精神時；繁榮的時代。

turn green (1) 突然生病。(2) 非常失望

—名 **1** U C 綠色，青色。**2** U 綠色料；綠色的布料[衣服等]。**3** 綠 **4** 草地；草原，綠地；草坪；靶場。**5** 爾夫球〗= putting green. **6** 公共草地。～s》(1)《美》裝飾用綠葉；綠葉花 (2) 綠色蔬菜。**8** U 青春，青春氣息 口》未成熟，幼稚。**9**《the G-》綠黨 黨黨員或支持者。**10** U《俚》錢 (尤 幣)；質地不好的大麻煙。—動 及 **1** 綠色。**2**《俚》欺騙。—不及 變成綠 綠化，變青。～**·ly** 副

green·back ['grinˌbæk] 名《美口 鈔。

green·belt ['grinˌbɛlt] 名 **1** U C 綠 帶。**2** (亦作 **green belt**) 綠帶地：毗 漠的帶狀地。**3** ['-'-]〖柔道〗(在歐洲 用的) 綠帶。

'Green Be'ret 名 **1** 美國陸軍特種部 隊員。**2**《～s》綠扁帽：美國陸軍特 隊的別稱。

'green ˌcard 名 **1**《美》綠卡：爲外 士擁有在美國永久居留權的證明文件 《美》工作許可證：准許外國人在美 內從事勞務活動。**3**《英》(爲駕駛人 國發生意外事故提供保險的) 綠保卡

'green-ˌcarder 名《美》綠卡持有人 作許可證持有人。

'green ˌcorn 名 U 玉米筍。

green·er·y ['grinərɪ] 名 (複**-er·ies**) 《集合名詞》綠葉；青草；新綠的草 **2** 草木栽培所；溫室。

green-eyed ['grin'aɪd] 形 **1** 綠眼的。 口》嫉妒的：the ～ monster 嫉妒。

green·finch ['grinˌfɪntʃ] 名〖鳥〗 金翅：產於歐洲的綠黃色鳴禽。

'green 'fingers 名《英口》= green umb.

green·fly ['grinˌflaɪ] 名 U〖昆〗《英 蟲，綠色桃樹蚜蟲。

green·gage ['grinˌgedʒ] 名 青梅：一 綠色西洋李子。

green·gro·cer ['grinˌgrosə] 名《主 果菜商。

green·gro·cer·y ['grinˌgrosərɪ] 名 **-cer·ies**)《主英》果菜商店；U《集 詞》蔬果類 (商品)。

green·horn ['grinˌhɔrn] 名《俚》**1** 生 沒經驗的人；《美》新來的移民。**2** 天 人，易受騙的人。

green·house ['grinˌhaʊs] 名 (複**-hou** [-ˌhaʊzɪz]) 溫室。

'greenhouse efˌfect 名〖氣象〗《

~》溫室效應。
'eenhouse ˌgas 名 溫室氣體。
een·ing ['grinɪŋ] 名 1 青蘋果。2 U 返老還童；再生。
'een·ish ['grinɪʃ] 形 略呈綠色的。
'een·keep·er ['grinˌkipɚ] 名 高爾夫球場管理員。
reen·land ['grinlənd] 名 格陵蘭：位於北美東北角，爲世界上最大的島嶼，屬丹麥領土。
'een 'light 名 1（交通信號的）綠燈。（the ~）《口》正式許可，准許：get the ~ 獲得正式許可。
een ˌlung 名《英》綠肺：指城市中的公園或綠地。
'een ma'nure 名 U〖農〗綠肥；生肥，未腐敗的堆肥。
reen 'Mountain 'State 名《the ~》青山州：美國 Vermont 州的別稱。
een·ness ['grinnɪs] 名 U 1 綠（色）；青蔥，蒼翠；新鮮；蒼翠的草木。2 未成熟，無經驗；（馬的）訓練不足；天真，易受騙。3 青春；活力。
een 'onion 名 青蔥。
reen ˌPaper 名《英》綠皮書：英國政府發表提案、構想的文件。
reen ˌParty 名《the ~》綠黨。
reen·peace ['grinˌpis] 名 綠色和平（組織）：一個環境保護運動團體。
een 'pepper 名〖植〗甜椒，青椒。
een ˌpower 名 U 金錢的力量。
een revo'lution 名《the ~》綠色革命：尤指在落後或開發中國家因品種改良等而使穀物產量增加。
een·room ['grinˌrum, -ˌrʊm] 名 演員休息室，後臺。
lk greenroom《英》談論幕後消息。
een·stuff ['grinˌstʌf] 名 U 蔬菜；草木。
een·sward ['grinˌswɔrd] 名 U 綠草地；草皮。
een 'tea 名 U 綠茶。
een 'thumb 名 1《美》園藝的才能。2《俚》處世的本領；賺錢的才能。
een 'turtle 名〖動〗綠蠵龜。
een 'vitriol 名 U 綠礬。
een·way ['grinˌwe] 名《尤美》綠色道，園林路；自行車專用道。
'een·wich ['grɪnɪdʒ, -ɪtʃ] 名 格林威治：英國 London 東南部的一個行政區，位於本初子午線上，是經度起算點，該地從前爲皇家天文臺所在地。
eenwich ('Mean) ˌTime 名 格林威治（標準）時間，世界標準時間。略作：G.M.T.
een·wich 'Village ['grɛnɪtʃ-] 名 格林威治村：位於美國紐約市 Manhattan，爲藝術家、作家集居之地。
een·wood ['grinˌwʊd] 名《文》綠森林，綠林。
go to the greenwood《英》落草爲寇。
:**greet** [grit] 動 及 1 迎接，打招呼，表示敬意；歡迎《with...》。2 回答，回應，接受《with...》。3 映入眼簾，傳入耳中。
greet·er ['gritɚ] 名 招呼者，迎接的人。
·**greet·ing** ['gritɪŋ] 名 1 問候，致意，寒暄，歡迎：exchange ~*s* 互相問候。2《~s》寒暄語，問候話；問候信：Season's *Greetings* 恭禧。
'greeting ˌcard 名 賀卡。
gre·gar·i·ous [grɪ'gɛrɪəs] 形 1 群居的，群集的；〖植〗聚生的，成簇的。2 愛社交的，善社交的。3 成群的，群體的；群體特有的。~·**ly** 副, ~·**ness** 名
Gre·go·ri·an [grɪ'gorɪən] 形 1 羅馬教皇 Gregory 的。2 依照格列高里曆的。
Gre'gorian 'calendar 名《the ~》格列高里曆：即現今通用的陽曆。
Gre'gorian 'chant 名 U C 1 格列高里聖歌。2 格列高里聖歌的旋律。
Greg·o·ry ['grɛgərɪ] 名 格列高里：羅馬教皇名。
grem·lin ['grɛmlɪn] 名 1《通常作~s》（使飛機等發生故障的）肉眼看不見的小妖魔，小精靈。2 搗蛋鬼。
Gre·na·da [grɪ'nedə] 名 格瑞那達：加勒比海島國；首都 Saint George's。
gre·nade [grɪ'ned] 名 1 手榴彈，槍榴彈。2 瓦斯彈，催淚彈，滅火彈。
gren·a·dier [ˌgrɛnə'dɪr] 名 1《英》英國御林軍第一團的士兵。2《昔》精選出的步兵；《昔》手榴彈兵，擲彈兵。3〖魚〗鱈科深海魚。
'Grenadier 'Guards 名(複)《the ~》《英》御林軍步兵第一團。
gren·a·dine [ˌgrɛnə'din, '--ˌ-] 名 U 1 石榴糖漿。2 石榴汁，黃紅色；黃紅色染料。
'Gresh·am's 'law ['grɛʃəmz-] 名 U〖經〗格列辛法則：「劣幣驅逐良幣」的法則。
Gret·a ['grɛtə] 名〖女子名〗葛瑞妲。
:**grew** [gru] 動 **grow** 的過去式。
grew·some ['grusəm] 形 = gruesome.
:**grey** [gre] 形 名，動 及 不及《英》= gray.
·**grey·hound** ['greˌhaʊnd] 名 1 靈猩。2《G-》《美》〖商標〗灰狗公司：G~ Bus 灰狗巴士。
grid [grɪd] 名 1 鐵柵；（烤肉、烤魚用的）網架。2〖電〗（蓄電池的）柵極，鉛板；〖電子〗柵極；配電網。3 座標方格。4（瓦斯等的）配管網；道路網；送電系統；廣播網。5《美》美式足球場；（賽車的）出發位置。—形 美式足球的，橄欖球的。
grid·der ['grɪdɚ] 名《美口》足球選手，橄欖球員。
grid·dle ['grɪdl] 名 煎鍋；鐵板；烤板。—動 及 用煎鍋煎烤。
grid·dle·cake ['grɪdlˌkek] 名 薄烤餅。

G

gride [graɪd] 動 不及 發刺耳聲地刮擦，輾軋；發嘎吱聲。—及《古》（用武器等）刺穿，切割。

grid·i·ron ['grɪd,aɪɚn] 名 1 燒烤網。2 似烤網架的燒烤器具；（瓦斯等的）配管線；鐵路網；道路網；操縱布景的梁架。3《美》足球場。4 施火刑用的炮烙。

grid·lock ['grɪd,lɑk] 名 1 交通大阻塞。2 僵局。

:grief [grif] 名 1 ⓤ 苦惱，悲哀，悲痛《*over, about, for...*》；不幸的事故，災難：be in deep ~ 陷入極度的悲傷中 / Time tames the strongest ~.《諺》時間可以治療任何悲痛；再深的傷痛也會因時間的消逝而淡忘。2 哀痛之因，悲傷的根源《*to...*》。

bring... to grief 使受傷害；使失敗；使破產；使遭受不幸。

come to grief 蒙難，吃苦頭，嘗到失望的滋味；失敗；破產，破滅。

Good grief!《表驚愕、感嘆等》哎喲！唉呀！

grief-strick·en ['grif,strɪkən] 形 極度悲傷的，受悲痛之苦的。

·griev·ance ['grivəns] 名 1 不平，抱怨；生氣，不滿；牢騷《*against...*》。2 苦難的原因；受苦，哀痛。

grieve [griv] 動 (**grieved, griev·ing**) 不及 深感悲傷，哀傷《*at, about, for, over...*》；悲傷：~ *at* the death of a friend 因友人之死而悲痛 / ~ *for* one's sins 爲自己的罪孽而悲痛。—及 1 使深切悲傷：《被動》悲哀；悲傷《*at, about, for, over...*》。2《廢》虐待，壓制，迫害。

griev·er ['grivɚ] 名 1 悲哀的人。2 訴願處理委員會的勞方代表。

·griev·ous ['grivəs] 形 1 可嘆的，可悲的；悲痛的：a ~ parting 痛苦的離別。2 罪大惡極的，重大的；沉重的，嚴苛的，壓迫的：a ~ crime against humanity 違反人性的滔天罪行。3 劇痛的，重傷的；激烈的：a ~ wound 痛不可言的創傷 / ~ bodily harm 〖法〗重傷害。~·**ly** 副 悲哀地；重大地。~·**ness** 名

grif·fin ['grɪfɪn] 名〖希神〗格力分怪獸：頭、翼、前足似鷹，而身軀、後足和尾巴像獅子的怪獸。

grif·fon[1] ['grɪfən] 名 格里凡犬。

grif·fon[2] ['grɪfən] 名 = griffin.

grift ['grɪft] 動 及 詐騙，詐欺。

grig [grɪg] 名《方》1 健康[活潑，活躍]的人。2〖昆〗蟋蟀；蚱蜢。3 小鰻。

grill [grɪl] 名 1（烤魚等用的）烤架，鐵絲格架。2 一盤燒烤食物。3 = grillroom. —動 及 1 用烤網烤。2 使受炙熱之苦。3《美口》嚴厲盤問。—不及 用火烤；受炙晒。

grill(e) [grɪl] 名 1（鐵）格子；鐵窗；（銀行出納處、售票處等的）鐵欄窗。2（汽車引擎散熱口的）護欄。3 有孔格子板。

grill·room ['grɪl,rum] 名 1 烤肉館，（旅館等的）烤肉部，簡易餐館。2 審問室

grilse [grɪls] 名 (複 **grils·es**,《集合名詞》~)〖魚〗幼雄鮭。

·grim [grɪm] 形 (~·**mer**, ~·**mest**) 1 嚴…的，嚴厲的，頑強的，斷然的；殘酷的，兇殘的。2 令人毛骨悚然的；令人不…的，討人厭的。3 陰險的，可怕的。

hold on like grim death 死不放手，盡力堅持下去。

~·**ly** 副 殘忍地；頑強地；繃著臉地。~·**ness** 名

grim·ace [grɪ'mes] 名 愁眉苦臉，扭曲臉鬼臉。—動 不及 作怪相，扮鬼臉《…》；歪扭，扭曲《*with...*》。

gri·mal·kin [grɪ'mælkɪn, -'mɔl-] 名 1 貓，老母貓。2 惡毒的老婦人。

grime [graɪm] 名 ⓤ 污點，污垢；煤煙灰塵；塵垢，髒亂。—動 及 弄髒《*w…...*》。

Grimm [grɪm] 名 **Jakob Ludwig Karl** 1785–1863），及其弟 **Wilhelm Karl** 1786–1859），格林（兄弟）：德國的語學者，民俗學者，『格林童話』(1812–15）的編者。

'Grimm's ,Law 名《the~》〖語言〗格林法則。

grim·y ['graɪmɪ] 形 (**grim·i·er, grim·i·es…**) 髒污的，沾上污垢的，被煤煙熏黑的。

·grin [grɪn] 動 (**grinned**, ~·**ning**) 不及 露…而笑；露出牙齒，獰笑《*at...*》；齜牙…嘴《*with...*》。—及 露齒而笑以示（…情）。

grin and bear it 逆來順受。

grin from ear to ear 咧嘴大笑。

grin like a Cheshire cat ⇨ CHESHIRE

grin on the other side of one's face（爲…初的無心之舉）事後後悔。

—名 1 露齒笑。2（因生氣、痛苦等）…齒。

·grind [graɪnd] 動 (**ground** 或《罕》~·**e…** ~·**ing**) 及 1 磨成（粉）《*into, to...*》；…成《*down*》；碾碎，磨碎《*up*》。2 磨…壓，踩《*together / on, into, against...*》：… one's teeth (*together*) in anger 氣得咬牙…齒。3 磨快；磨；磨擦。4《通常用被動…虐待，折磨，折騰：be *ground* (down)… tyranny 受暴政的折磨。5 轉動（磨…等）；搖奏（手風琴等）《*out*》。6 填…式地塞入。—不及 1 磨，磨成粉，磨碎… 2 用力磨擦，互相磨擦；咬牙。3《與表…狀態的副詞（子句）連用》能夠磨碎，…夠磨快，能夠磨成（…）。4《口》孜孜…倦地工作《*away / at, for...*》。5（跳…時）挑逗性地扭轉臀部。

grind...away / grind away... 磨損。

grind...down / grind down... (1) ⇨動 及 1. 磨損（刀刃等）。(3) ⇨動 及 4. (4) 將（…格）殺低。(5) 磨成（粉）《*into...*》。

grind...out / grind out... (1) 碾成…；咬牙…齒地說。(2) ⇨動 及 5. (3) 敲詐《*of...*》。

（辛苦地）做出，賣力地做[想]出；機械性地做出。

grind the faces of the poor 壓榨貧民。

have an ax to grind ⇨ AX（片語）

—图1 Ⓤ磨，碾，研磨。2吃力的工作，枯燥的讀書。3（研磨成的）細粉。4《美俚》刻苦用功的人。5《俚》扭轉腰部的挑逗性舞步。6《英俚》性行爲。

grind·er ['graɪndɚ] 图 1《複合詞》研磨者，磨光者；磨切具匠。2粉碎機，磨床，磨刀石，研磨機；臼齒；《～s》《口》牙齒。3＝hero sandwich. 4《美俚》刻苦用功的人；填鴨式家庭老師。

grind·ing ['graɪndɪŋ] 图 1Ⓤ（小麥等的）磨碎，磨成粉；磨；磨擦（聲），磨礪。2辛苦單調的工作。3Ⓤ《美口》填鴨式教育。—形1劇痛的，疼痛難挨的，抽痛的；刺耳的，吱嘎吱嘎響的。2 壓迫的；苛酷的；吃力的；逼迫的。

grind·stone ['graɪnd,ston] 图旋轉磨石；石磨。

hold a person's nose to the grindstone 驅使某人不停地工作，要某人辛勤地工作。

with one's nose to the grindstone 勞苦地，費力地。

grin·go ['grɪŋgo] 图(複～s [-z])《蔑》(中南美西班牙語系地區的）外來的白人；（尤指）美國人或英國人。

grip [grɪp] 图 1《通常作 a ～》抓緊，握住，叨住《*on, on to, of...*》；被緊抓[握住]《*of...*》；抓法，握；握力：*a* weak ～ 輕輕一握 / get *a* good ～ *on* the rope 牢牢地握住繩索。2統治，支配，統御，掌握《*on, of...*》；纏困，支配《*of...*》: a ～ *on* the emotions of people 掌握國民的情緒 / get a ～ *on* oneself 抑制自己 / keep a ～ *on* one's temper 抑制自己的脾氣。3《通常作 a ～》理解（力），掌握（力），領會，了解《*on, of...*》；處理能力，控制能力；統率能力，支配力：have *a* good ～ *on* a problem 充分理解問題 / lose one's ～ 失去控制；張皇失措，沉不住氣；放手，鬆手。4《美》旅行用手提包；手提箱。5把手，柄把；柄，手把。6突然疼痛，（腹部）劇痛。

be at grips (*with...*) 在與…揪打；在努力處理（問題等）。

come to grips with... (1)揪打。(2)開始努力處理，面對（困難等）。

lose one's grip 《口》失去熱情[興趣等]《*on, of...*》；失去控制。

—動 (**gripped** 或 **gript**, ～**·ping**) 及 1 牢牢抓住，叨住，牢牢地握住。2吸引住，抓住；使感動，襲擊：～ one's attention 引起注意 / be *gripped* by anxiety 充滿憂慮。3扣住。—不及抓牢，壓住，捉住《*on*》；牢牢地扣住；引人注意。

gripe [graɪp] 動 及 1《口》使痛苦，使苦惱，壓迫，虐待；使肚子絞痛。2〖海〗用繩索扣綁在母船的甲板上。—不及 1 腹痛，腸絞痛。2《口》訴苦《*at...*》；發牢騷《*about, over...*》。3〖海〗逆風航行。—图 1《古》支配，統御；壓迫，痛苦，煩惱。2抓握的器具；柄，離合器；剎車；握把，柄，把手。3《美口》不平，抱怨。4《通常作 **the** ～**s**》《偶作 **the** ～》〖病〗《口》腹絞痛。5《古》抓，握。

come to gripes (*with...*) 互相揪扭。

grippe [grɪp] 图《the ～》流行性感冒。

grip·per ['grɪpɚ] 图 1 抓握的器具。2〖印〗夾子，銜器。

grip·ping ['grɪpɪŋ] 形引人興趣的，令人注意的，迷人的。～**·ly** 副

grip·py ['grɪpɪ] 形 (**-pi·er**, **-pi·est**)《口》染上流行性感冒的。

grip·sack ['grɪp,sæk] 图《美・英古》旅行包，手提包。

gript [grɪpt] 動 **grip** 的過去式及過去分詞。

gris·ly ['grɪzlɪ] 形 (**-li·er**, **-li·est**) 令人毛骨悚然的，令人害怕的。**-li·ness** 图

grist [grɪst] 图 1Ⓤ製粉用的穀物；磨碎的穀物。2一次所碾的穀物。3《美方》大量，很多。

grist to the mill 賺錢的機會，利益之源[本]。

gris·tle ['grɪsl] 图Ⓤ（肉食中的）軟骨。

in the gristle 骨頭還軟的，未成熟的。

grist·mill ['grɪst,mɪl] 图磨坊，製粉廠。

grit [grɪt] 图Ⓤ1《集合名詞》（導致機械故障的）砂礫，粗砂。2《口》氣概，骨氣，勇氣，膽量：a man of true ～ 真正的勇者 / have ～ enough to do 有足以承擔…的氣概。3 砂岩，粗粒砂岩。

put (*a little*) *grit in the machine* 阻礙事情的進行，搗亂。

—動(～**·ted**, ～**·ting**) 及 1 咬緊（牙根）；研磨。2 輒轢；撒細砂石於。

—不及發出摩擦聲。

grits [grɪts] 图(複)《作單、複數》粗磨的穀物；《美》粗碾玉米片；玉米粥。

grit·ty ['grɪtɪ] 形 (**-ti·er**, **-ti·est**) 1砂礫般的，進了砂（似）的，不光滑的。2《美口》剛毅的，勇敢的。**-ti·ly** 副

griz·zle[1] ['grɪzl] 動不及及（使）變成灰色。—形灰色的。—图1斑白的頭髮；灰色假髮。2燒得不透的磚塊。

griz·zle[2] ['grɪzl] 動不及《英》1訴苦，抱怨；（小孩）啼哭，煩人；煩燥地哭泣。2 嘲笑。

griz·zled ['grɪzld] 形頭髮花白的；灰白的；斑白的。

griz·zly ['grɪzlɪ] 形 (**-zli·er**, **-zli·est**) 灰色的；灰髮的。—图(複**-zlies**)＝grizzly bear.

'grizzly ,bear 图〖動〗大灰熊。

:groan [gron] 图 1 (1)呻吟；呻吟聲，哼聲。(2)（聽眾等的）嘲笑聲，非難聲：～*s* of disapproval 反對的吶喊聲。2 嘎吱聲《*of ...*》。

—動不及 1 呻吟，苦哼《*with, in...*》。2 抱不平，哼聲《*about, over...*》；渴求而

呻吟著《*for...*》。**3** 呻吟受苦，痛苦地掙扎《*under, beneath, with...*》。**4** 嘎吱叫；發出嘎吱聲。**5** 堆積過多，負擔太重《*with...*》。—及 **1** 呻吟地說《*out*》；以不滿的聲音答覆。**2** 喝倒采，發噓聲使閉嘴《*down*》。

groat [grot] 名 **1** 從前英國的四辨士銀幣。**2** 少量：don't care a ~ 毫不在乎。

groats [grots] 名 (複)《作單、複數》**1**（小麥、燕麥的）去殼的碎片。**2** 去殼的燕麥。

*give a person **groats** for pease* 立刻還擊。

·**gro·cer** ['grosɚ] 名 食品商，雜貨商。

·**gro·cer·y** ['grosərɪ] 名 (複-**cer·ies**) **1**《美》食品雜貨店。**2** U 食品雜貨業。**3**《通常作 -**ceries**》食品雜貨。**4**《俚》酒吧。

gro·ce·te·ri·a [ˌgrosə'tɪrɪə] 名《美》自助食品雜貨店。

grog [grɑg] 名 U **1** 摻水的烈酒。**2**〖陶〗燒粉。—動(**grogged**, ~·**ging**)不及 飲摻水酒。—及 將（酒桶）浸在熱水中以浸出一點酒。

grog·gy ['grɑgɪ] 形(-**gi·er**, -**gi·est**) **1**《口》步履蹣跚的，搖搖晃晃的，東倒西歪的，腳步不穩的《*from...*》。**2**《英》搖動的；（牙）鬆動的。**3**《古》醉酒的。

-**gi·ly** 副, -**gi·ness** 名

grog·ram ['grɑgrəm] 名 U C 絲毛混織物。

grog·shop ['grɑg,ʃap] 名《英》（低級的）小酒店。

groin [grɔɪn] 名 **1**〖解〗腹股溝，鼠蹊。**2**〖建〗穹稜交接線，穹稜，拱肋。**3**（亦作 **groyne**）丁堤，防波堤。

grom·met ['grɑmɪt] 名〖機〗金屬環，金屬孔眼；墊圈；索環。

·**groom** [grum, -ʊ-] 名 **1** 新郎。**2** 馬夫，馬僮。**3**（英國宮廷的）宮內侍從官。**4**《古》男僕。—動 及 **1**《通常用反身或被動，其過去分詞常與副詞連用》整理，修飾，收拾整齊。**2** 照顧，飼養；修整。**3**《美》推薦；教育，訓練《*for...*》。

grooms·man ['grumzmən, 'grʊ-] 名 (複 -**men**)《美》（婚禮的）男儐相，伴郎。

groove [gruv] 名 **1** 槽溝紋，溝痕；車轍，水路；（唱盤的）紋道；（書本封面和書背間的）凹槽，溝紋。**2** (1) 慣例，常規，常軌：get into a ~ 成爲常軌或習慣，落入老套。(2) 適合能力與興趣的職位。**3**《俚》美妙的經驗；《俚》巧妙的爵士樂演奏。

*in the **groove***《俚》(1) 處於最佳狀態，得心應手的。(2) 最新式的，流行的。

—動 及 **1** 刻溝紋；開水溝。**2**《俚》使非常快樂。—不及《俚》過得愉快，投緣；（爵士音樂）演奏精彩巧妙。

groov·y ['gruvɪ] 形 (**groov·i·er**, **groov·i·est**) **1** 遵循常軌的；老套的。**2**《俚》美妙的，極佳的，時髦的。

·**grope** [grop] 動 (**groped**, **grop·ing**) 不及 **1** 摸索，用手摸索《*about* / *for, after...*》：through the fog 在霧中摸索前進。**2** 探索搜尋《*for, after...*》：~ *for* words 思索字詞。—及 **1** 用手摸索。**2**《俚》撫（女性）的身體。

grope** one's **way (1) 摸著走。(2) 試著解決

—名 摸索，摸索前進。

grop·ing ['gropɪŋ] 形 **1** 摸索著的；行笨拙的。**2** 暗中摸索的；渴望了解的。

~·**ly** 副 摸索地，暗中摸索地。

gros·beak ['gros,bik] 名 蠟嘴雀。

·**gross** [gros] 形 **1** 總共的，全部的；毛的，總重的；總體上的，大體上的：profits 毛利 / a ~ description 概略的描述 a ~ overview of a problem 問題的大致廓。**2** 完全的，徹底的；頗爲嚴重的，著的：a ~ liar 扯大謊的人 / ~ neglect duty 嚴重怠忽職務。**3** 無知的；未開的；粗野的，下流的：~ manners 粗野態度 / ~ pleasures 低俗的娛樂。**4** 粗的；肥胖的；魁梧的：~ features（過於粗大的五官 / ~ obesity 痴肥。**5** 茂密的濃的：a ~, dark haze 又濃又暗的煙靄粗劣的，簡陋的；飲食粗茶淡飯的；遲的。

—名 **1** (複~) 籮：12 打，144 個（略作 gr.）。**2** (複 ~·**es**)《*the* ~》總計，合計

*by the **gross*** 以籮爲單位的；全體的，大的；躉批的，批發的。

*in (the) **gross*** 大體上，總括地；批發地

—動 及 **1**（含成本）總收益爲。**2** 使生氣使反感《*out*》。~·**ness** 名 U 粗大；野；愚鈍。

'**gross do'mestic 'product** 名 U 內生產毛額。略作：GDP

gross·er ['grosɚ] 名 賺錢的作品。

gross·ly ['groslɪ] 副 **1** 非常，很。**2** 殘地，粗野地。

'**gross 'national 'product** 名 U 民生產毛額。略作：GNP

gross-out ['gros,aʊt] 名《美俚》令人感的人或事物。—形 令人反感的。

'**gross 'ton** 名 長噸，英噸：重量單位等於 2,240 磅。

grot [grɑt] 名《文》= grotto.

·**gro·tesque** [gro'tɛsk] 形 **1** 古怪的，怪的；荒誕的。**2** 怪異風格的；荒誕主的。—名 **1** 怪異的東西。**2**《*the* ~》美〗怪異圖案；怪異風格；荒誕主義 **3**〖印〗粗黑字體（活字體的一種）。

~·**ly** 副, ~·**ness** 名

gro·tes·quer·y [gro'tɛskərɪ] 名 (-**quer·ies**) **1** U 怪異，古怪。**2** 怪異之物怪異的圖案。

grot·to ['grɑto] 名(複 ~**es**, ~**s**) **1** 洞穴洞窟。**2** 洞穴狀的小屋，石屋。

grot·ty ['grɑtɪ] 形《英俚》令人厭惡的不愉快的，悲慘的。

grouch [graʊtʃ] 動 不及《口》不高興繃著臉；抱怨，發牢騷。—名 **1** 壞脾氣

人，愛發牢騷的人。2 不高興的心情；抱怨，不滿。

grouch·y [ˈgrautʃɪ] [形] (**grouch·i·er, grouch·i·est**)《口》心情不好的；易怒的。

·ground[1] [graund] [名] 1《通常作 the ～》地，地面：deep under *the* ～ 深入地下 / burn to *the* ～ 完全燒毀。2 [U] 土，土壤；土地。3《常作～s》(供特定用途的) 場所，…場，…地：a parking ～ 停車場 / burial ～*s* 墓地。4 [U]《常作～s》根據，理由，原因；基礎，根據：on economic ～*s* 基於經濟上的理由 / on the ～*s* of illness (藉口) 因爲生病的緣故。5 [U] 範圍，領域；話題，論題，問題。6 [U] 立場；見解，想法，意見；立足點；陣地。7《～s》(建築物周圍的) 庭園，草坪；宅邸，房地。8 (繪畫等的) 底，底色。9《～s》沉澱物，渣滓。10 [U] [C]〖電〗《美》地線，接地。

be above ground 活著，在世。
be below ground 死了，埋葬了。
break ground 開墾；開工，破土。
come to the ground 落敗，滅亡。
cover (the) ground (1) 行走 (一段距離)，旅行。(2) 進展，進行。(3) 涉及，包含。
cut the ground from under a person 先發制人地使某人失利，駁倒某人的論點。
dash...to the ground (1) 將…擲到地上。(2) 粉碎，挫敗。
down to the ground (1) 倒地。(2)《口》完全地，十分地。
fall to the ground 破滅；失敗，無望。
from the ground up《美》從頭開始；完全地，徹底地。
gain ground (1) 前進，進展，進步，好。(2) 得到，獲得贊同。(3) 侵犯《*on...*》。(4) 逼近，接近《*on...*》。
get ground of... (1) 蠶食，侵蝕。(2) 勝過。(3) 甩開；逼近，追上。
get off the ground (1) 離陸。(2) 順利開始。
give ground 屈服 (於勢力等)，認輸；敗退，後退；讓步。
go to ground (1) 逃進地洞。(2) 隱遁。
hold one's ground 堅守陣地；堅持自己的立場；不退縮。
lose ground 喪失陣地，退卻；失利《*to ...*》；失去 (人緣、勢力)；(健康等) 衰退。
on one's own ground 自在；在行。
on the ground 在現場，在該地；(飛機) 在整備中；在決鬥。
on the ground(s) of ... 因爲，由於。
run...into the ground 使累倒；過度地做；弄壞。
shift one's ground 變更立場。
take (the) ground〖海〗擱淺，觸礁。
touch ground (1)〖海〗碰到水底。(2) 觸到現實的問題，進入本題。
—[形] 1 地上的，連接地面的，在地上進行的；生長在地上的。2 基礎的。
—[動][及] 1 放在地上。2 做爲基礎《*on...*》。3 打好基礎《*in...*》。4 塗底層，抹底色。5《美》〖電〗使接地。6〖海〗使觸礁；〖空〗解除飛行勤務；使停飛。7〖美足〗(爲避免對方擒抱搶球而) 壓球觸地。—[不及] 1 落到地面；觸礁；著陸。2〖棒球〗打滾地球。
ground out〖棒球〗打內野滾地球在一壘遭封殺出局。

·ground[2] [graund] [動] **grind** 的過去式及過去分詞。—[形] 1 磨碎的，成粉狀的。2 磨過的；磨成不光滑的。

ˈground ˌbait [名][U] 投餌。

ˈground ˈball [名]〖棒球〗滾地球。

ˈground ˈbass [名]〖樂〗基礎低音。

ground·break·er [ˈgraundˌbrekɚ] [名] 開拓者，拓荒者；先驅。

ground·break·ing [ˈgraundˌbrekɪŋ] [名] [U][C] (建築) 破土開工。

ˈground ˌcherry [名]〖植〗1 酸漿屬植物。2 歐洲產的數種小櫻花的總稱。

ˈground ˌcloth [名]《美》防水帆布 = groundsheet.

ˈground conˌnection [名]〖電〗接地。

ˈground conˌtrol(led) apˌproach [名][U]〖空〗地面管制進場。略作：GCA

ˈground ˌcover [名]《集合名詞》樹下的草木，地被 (植物)。

ˈground ˌcrew [名]《美》《集合名詞》〖軍〗地勤人員 (《英》ground staff)。

ground·er [ˈgraundɚ] [名]〖棒球·板球〗= ground ball.

ˈground ˈfloor [名] 1《英》一樓。2《美》最有利的關係 [地位]。3《美》事業的開始階段。
get in on the ground floor《口》取得有利的地位，獲得先機。

ˈground ˈglass [名][U] 1〖光〗毛玻璃。2 (作爲研磨劑的) 玻璃粉。

ground·hog [ˈgraundˌhɑg] [名] 土撥鼠 = woodchuck.

ˈGroundhog ˌDay [名]《美》土撥鼠日：二月二日。

ground·ing [ˈgraundɪŋ] [名]《a～》基礎知識；基礎，根底。

ground·keep·er [ˈgraundˌkipɚ] [名]《美》(公園、運動場的) 場地管理員。

ground·less [ˈgraundlɪs] [形] 無根據，無理由的，無事實根據的。～**·ly** [副]

ground·ling [ˈgraundlɪŋ] [名] 1 地上爬的動物；匍匐植物；棲息於水底的魚。2 低俗的觀眾、讀者等；缺乏鑑賞力的人；《古》正廳後座的觀眾。3 在地面上工作 (或生活) 的人。

ground·nut [ˈgraundˌnʌt] [名] 1 地下結球狀果實的植物；花生。

ground-out [ˈgraundˌaut] [名]〖棒球〗打內野滾地球遭封殺出局。

ˈground ˌpine [名]〖植〗1 薄荷屬的一

G

種草本植物。2 石松科苔類的通稱。

'ground ˌplan 名 1（建築物的）平面圖。2 初步計畫，基本計畫。

'ground ˌrent 名 U C《主英》地租。

'ground ˌrule 名 1《通常作～s》行動的基本原則，程序規則。2〖運動〗（棒球、壘球的）比賽場地規則。

ground·sel ['graundsl] 名《主英》〖植〗U 棗吾屬通稱。

ground·sheet ['graund,ʃit] 名防潮布。

grounds·man ['graundzmən] 名（複 -men）《英》場地管理員。

ground·speed ['graund,spid] 名 U 飛機的對地速度。

'ground ˌsquirrel 名〖動〗地松鼠。

'ground ˌstaff 名《英》1（運動場的）管理員。2 = ground crew.

'ground ˌswell 名 1 U C 巨浪，大波濤。2 輿論的翻騰。

ground-to-air ['graundtə'ɛr] 形地對空的 = surface-to-air.

ground-to-ground ['graundtə'graund] 形副 = surface-to-surface.

'ground ˌwater 名 U 地下水。

ground·work ['graund,wɝk] 名 U 1 地基，根基，基礎（工程）；基本原理：lay the ～ for... 為…紮好根基。2〖美〗底，背景。

'ground 'zero 名 U 1（核子彈的）原爆點。2 快速發展的中心區。

:group [grup] 名《指集合體時作單數，指構成分子時作複數》1 群，組。2 群體，團體，派別；集團：a social ～ in the town 城鎮的社交團體 / classify plants in ～*s* 把植物分類。3〖民族〗集團；〖化〗基；〖語言〗語團，語群；〖美〗群像；〖數〗群；〖軍〗《美》陸、空的戰鬥群；《英》空軍大隊。4《G-》…聯營[財團]公司。
—動 及 1 聚集，使成群。2 分類；組合；彙集《*together*》。
—不及 1 成群。2 成為群體的一部分；調和，配合。

'group ˌcaptain 名〖英軍〗空軍上校。

group·er[1] ['grupɚ] 名（複～，～s）〖魚〗鱸科的海魚。

group·er[2] ['grupɚ] 名《美》1 參加團體療法的人。2 參加集體性交活動的人。3 共租一棟度假小屋的年輕人。

grou·pie[1] ['grupɪ] 名《俚》1 追隨搖滾樂歌手的少女歌迷。2 纏著名人的崇拜者。3 酷愛者，迷。4《英》= group captain.

grou·pie[2] ['grupɪ] 名《尤美口》聯營公司，財團。

group·ing ['grupɪŋ] 名配合，配置。

'group inˌsurance 名 U 團體保險。

'group 'marriage 名 U C 集體結婚（亦稱 **communal marriage**）。

'group 'practice 名聯合診所，聯合事務所。

'group 'therapy 名 U〖精神醫〗團體療法，小組療法。

group·think ['grup,θɪŋk] 名 U 群體…思。

grouse[1] [graus] 名（複～, **grous·es**）〖鳥〗松雞。

grouse[2] [graus] 動 不及《口》抱怨，發牢騷。—名《口》1 牢騷。2 愛發牢騷者。
'grous·er 名

grout [graut] 名 1 U 水泥漿，薄泥漿，洋灰漿；灰泥粉飾。2《通常作～s》沉…物，渣滓。—動 及 1 用水泥漿塗抹，…縫。2 將…當作水泥漿用。～·**er** 名

·grove [grov] 名 1 樹叢，樹林，小森林。2 小規模的果樹園，果樹叢。

grov·el ['grʌvl, 'gra-] 動（～ed, ～·ing《英》-elled, ～·ling）不及 1 爬行，爬著…進；趴跪，匍匐前進；搖尾乞憐，卑屈。2 耽於，沉溺於。

grov·el·er,《英》**-ler** ['grʌvlɚ, 'gra-] 名卑躬屈膝的人。

grov·el·ing,《英》**-ling** ['grʌvlɪŋ, 'g…-] 形 1 爬行的。2 匍匐的；卑屈的，諂…的；卑下的，卑俗的：a ～ appeal for syr…pathy 搖尾乞憐。～·**ly** 副

:grow [gro] 動（**grew, grown,** ～·**ing**）不…1 成長，生長；長出，發育；發芽：～ o…（穀物等）發芽。2 產生，發生《*from, o… of...*》。3 漸漸變大，延伸，增多；漸漸…附著：～ in dignity 漸具威信 / ～ in know…edge 增長知識。4 漸漸變成；漸漸變得～ old 老了 / ～ excited 興奮起來 / ～ know a person better 漸漸了解某人。—…1 養育，栽培；出產；留（鬍子等）。2《被動》（用植物）覆蓋。3 培養。
grow away (1) 隨成長而離開《*from...*》(2) 漸漸疏離；漸漸脫離《*from...*》。
grow away up... 疏遠。
grow into... (1) 長成。(2)（身體成長）大…足以。(3) 變得能夠。
grow on a person (1)（惡習等）漸漸加重(2) 討人喜歡。
grow out of ... (1) ⇨ 動 不及 2. (2) 長大得不下。(3) 戒除（惡習等）。
grow (*together*) *into one* / *grow together* 在成長中）漸漸結合，混合為一。
grow up (1) 長成，長大。(2) 產生，出現(3) 從地下長出，發芽。

grow·er ['groɚ] 名 1 栽培者；飼養者養殖者。2 以…方式成長的植物。

grow·ing ['groɪŋ] 形 1 變大的，增大的2 成長中的；成長的。～·**ly** 副

'growing ˌpains 名（複）1 青少年期情緒不穩定。2 發育性痛，生長痛。3…事業等）開創期的困難。

·growl [graul] 動 不及 1（動物）咆哮，叫《*at...*》。2 叱責，抱怨《*at...*》：～ the request 斥罵他人的要求。3（雷等）隆作響。—及咆哮著說；發出（吼聲）*out*》。—名吼叫；吼聲；轟隆聲。

growl·er ['graulɚ] 名 1 咆哮者；隆隆…

響之物。2 海上浮冰。3《美口》（帶去買啤酒用的）壺，瓶，罐。

rown [gron] 動 grow 的過去分詞。
—形 1 長成的，已長大的；增大的；成熟的，大人的。2《複合詞》(1)…栽培的，…產的。(2) 長滿…的。

rown-up ['gron'ʌp] 形 1 成人的，大人的。2 大人似的；適用於成人的：behave n a ~ manner 行爲有如大人。
—名 成人，大人。

rowth [groθ] 名 1 U 成長，發育；成長階段；成熟：a species of slow ~ 成長慢的一種生物 / accelerate ~ 加速成長 / get one's ~ 成熟。2 U 發展，進展；展開；出現。3 U 增加，擴張。4 生長物；毛髮，鬍子，指甲；〖病〗腫瘤，贅瘤；《集合名詞》草木，植物：a ~ of weeds 草叢。5 U …產；出產；栽培：produce of local ~ 本地的農產品。6《形容詞》成長的，上升的。

rowth ˌhormone 名 生長激素，生長荷爾蒙。

rowth ˌindustry 名 新興產業，成長型產業。

rowth ˌrate 名 成長率。

rowth ˌstock 名 成長股（《英》growth shares）。

royne [grɔɪn] 名 = groin 3.

rub [grʌb] 名 1 昆蟲的幼蟲，蠐螬，蛆。2 懶散的人；邋遢的人；《美》孜孜不倦工作的人。3 U《口》食物。
—動 (grubbed, ~·bing) 及 1 挖掘；（一點也不留地）挖出，找出《*up, out*》。2《俚》供給食物。3 費力搜尋。—不及 1（費力）挖掘《*for...*》；到處搜尋《*about / for...*》。2 辛勤地勞動；費心地研究。

rub·ber ['grʌbɚ] 名 1 挖樹根的人；挖樹根用的鎬。2 辛勤工作的人；守財奴。

rub·by ['grʌbɪ] 形 (**-bi·er, -bi·est**) 1 骯髒的；懶散的；生蛆的。2 卑劣的，可鄙的。
bi·ly 副, **-bi·ness** 名

rub·stake ['grʌbˌstek] 名 1《美》供給探礦者的資金與設備。2（貸款等的）物質援助。
—動 及 提供資金或物品援助。

rub ˌStreet 名 1 貧民街：英國倫敦的一舊街名。2 U《集合名詞》窮苦的二流作家們；爲人捉刀的文人。

rub·street ['grʌbˌstrit] 形 窮文人寫的；不入流的。—名 = Grub Street 2.

udge [grʌdʒ] 名 不滿；積怨；惡意《*against...*》。—動 及 1 吝惜；不願，捨不得。2 嫉妒。

udg·ing ['grʌdʒɪŋ] 形 1 不情願的，勉強的：~ obedience 勉勉強強的服從。2 吝嗇的，小氣的。~·**ly** 副

u·el ['gruəl] 名 U 稀粥，麥片粥。

u·el·ing,《英》**-ling** ['gruəlɪŋ] 形 令人筋疲力竭的；非常嚴厲的：a ~ contest 激烈的競賽。~·**ly** 副

grue·some ['grusəm] 形 令人毛骨悚然的，可怕的。~·**ly** 副, ~·**ness** 名

gruff [grʌf] 形 1 粗啞的，粗嘎的。2 粗魯的，粗野的。3《主蘇》質地粗糙的。
~·**ly** 副 莽撞地。~·**ness** 名

·**grum·ble** ['grʌmbl] 動 (**-bled, -bling**) 不及 1 抱怨，鳴不平《*at, about, over...*》。2 低聲吼叫；隆隆作響。—及 咕噥地發出《*out*》。
—名 1 不滿；牢騷；抱怨；不滿的原因。2 轟隆聲。

grum·bler ['grʌmblɚ] 名 抱怨者，發牢騷的人。

grump·y ['grʌmpɪ] 形 (**grump·i·er, grump·i·est**) 情緒不佳的；易怒的；粗暴的。**-i·ly** 副, **-i·ness** 名

Grun·dy ['grʌndɪ] 名 **Mrs.**, 觀念偏狹而挑剔別人行爲是否合禮的人；世人。

Grun·dy·ism ['grʌndɪˌɪzəm] 名 U 1 拘泥於傳統習俗。2《**g-**》顧忌面子、拘泥俗禮的言行。

grunge [grʌndʒ] 名 U 1 一種重金屬搖滾音樂。2《美口》骯髒的衣服。

grun·gy ['grʌndʒɪ] 形《美口》髒亂的；破舊的，簡陋的。

·**grunt** [grʌnt] 動 不及 1 哼哼叫；發出咕嚕聲。2 喃喃抱怨。—及 咕噥著說出。
—名 1 哼哼聲；咕嚕咕嚕叫；不平；不滿。2〖美軍〗《俚》步兵。~·**ing·ly** 副

grunt·er ['grʌntɚ] 名 豬；發出咕噥聲的人或動物；喃喃鳴不平的人。

Gru·yère [gru'jɛr, gri-] 名 U 格魯耶乾酪。

gryph·on ['grɪfən] 名〖希神〗= griffin[1].

G.S.《縮寫》*g*eneral *s*ecretary; *g*eneral *s*taff.

G-7《縮寫》Group of Seven 世界七大工業國（美、加、日、英、法、德、義）。

GSM《縮寫》*G*lobal *S*ystem for *M*obile Communications 全球行動通話系統。

G-spot ['dʒiˌspɑt] 名 G 點（女性陰道內的敏感區）。

G-string ['dʒiˌstrɪŋ] 名（北美印第安人的）褲兜，丁字褲；（脫衣舞孃等在舞臺上穿著的）遮掩私處的狹長布條。

G-suit ['dʒiˌsut] 名 = anti-G suit.

Gt. Br(it).《縮寫》*Great Britain*.

Guam [gwɑm] 名 關島：西太平洋 Mariana 群島中最大的島嶼，屬美國。

gua·na·co [gwɑ'nɑko] 名 (複~s [-z])〖動〗栗色駱馬（產於南美 Andes 山脈）。

gua·no ['gwɑno] 名 U 海鳥糞；人造肥料。

·**guar·an·tee** [ˌgærən'ti] 名 1 保證《*of...*, *to* do, *that* 子句》；保證書；保證契約；保證物《*of...*》；售後保證：a letter *of* ~ 保證書。2 擔保（物品），保證金。3 保證人，擔保人。4 被保人。
be guarantee for... 替…作保。

G

一動(-teed, ～·ing)及 1 保證；成爲保證：～ goods against breakage 保證商品不受毀損。2 打包票，斷言，敢說。3 給予保證《*against, from...*》。

guar·an·tor ['gærən,tɚ, -tɔr] 名 1〖法〗保證人，擔保人。2 提供保證的人。

·guar·an·ty ['gærəntɪ] 名 (複 **-ties**) 1〖法〗保證，保證書；保證金；提供保證（的行爲）；擔保物。2 保證人。3 權利保證。

:guard [gɑrd] 動及 1 守護，保護《*against, from...*》；看守，監視；裝設防護物。2 抑制，慎防（脾氣等）：～ one's temper 抑制發怒 / ～ one's tongue 慎防口舌。3〖運動·西洋棋〗防守。一不及 1 注意，防備，警戒《*against..., against doing*》。2 提供保護；執行看守任務。3（於擊劍等時）採取防禦姿勢。一名 1《個別稱·集合名詞》保護者，護衛者，保鏢；〖軍〗警衛，哨兵；監視人；《美》（監獄的）看守；《集合名詞》（爲維護治安等而組成的）警衛隊；守衛隊。2 U 看守；監視，警戒；注意。3 保護物；安全裝置。4 U（各種運動的）防守位置；守勢。5《英》列車長（《美》conductor）；《美》（火車的）車門開關系統；（運貨火車的）制動手，司門員。6《**the Guards**》《英》禁衛軍。

keep guard over... 守衛，警戒。

mount guard 站崗。

off guard 不當班。

off (*one's*) ***guard*** 疏忽大意的。

on guard (1)值班。(2) = on one's GUARD.

on one's guard 非常小心的，有警戒心的《*against...*》。

relieve guard 交班，換哨。

stand guard 站崗；加以防守《*over...*》。

stand on guard 有所提防。

'guard ,boat 名 巡邏艇。

'guard ,chain 名（手錶等的）護鍊。

'guard ,dog 名 守護犬，看門狗。

guard·ed ['gɑrdɪd] 形 1 小心的，審慎的；警戒著的：a ～ statement 措詞審慎的聲明 / in a ～ tone 以審慎的口吻。2 受到保護的。～·**ly** 副

guard·er ['gɑrdɚ] 名 守護人[物]；看守人；保護裝置。

guard·house ['gɑrd,haʊs] 名 (複 **-hous·es** [-zɪz]) 衛兵室；拘留所。

guard·i·an ['gɑrdɪən] 名 1 保衛者；管理者；〖法〗監護人。2（天主教教會的）修道院院長。一形 保護的。

'guardian 'angel 名 守護天使；《喻》保護者。

guard·i·an·ship ['gɑrdɪən,ʃɪp] 名 U 1 保護者的任務，監護人的職務。2 保護，照顧，監督。

guard·less ['gɑrdlɪs] 形 1 未加防備的；無防護裝置的。2 疏忽大意的。

guard·rail ['gɑrd,rel] 名 護欄，扶手；（鐵路）護軌。

guard·room ['gɑrd,rum] 名〖軍〗衛兵室，守望所；禁閉室。

'guard ,ship 名 巡邏艇；警備艦。

guards·man ['gɑrdzmən] 名 (複 **-men**) 看守人，監視員；衛兵。2《美》國民兵（各州的民兵）；《英》禁衛軍隊員。

'guard's ,van 名《英》= caboose 1.

Gua·te·ma·la [,gwɑtə'mɑlə] 名 1 瓜地馬拉（共和國）：位於中美洲南部。2（亦稱 **Guatemala City**）瓜地馬拉市：瓜國首都。

-lan [-lən] 形名 瓜地馬拉的[人]。

gua·va ['gwɑvə] 名〖植〗番石榴樹；其果實。

gua·yu·le [,gwɑ'jule, wɑ'ule] 名 (複 ～[-z]) 1〖植〗銀膠菊。2 U 由該樹採取的橡膠。

gu·ber·na·to·ri·al [,gjubɚnə'torɪəl] 形《主美》州長的，有關州長的。

gudg·eon ['gʌdʒən] 名 1〖魚〗白楊魚：To angle all day and catch a ～ at night.《諺》忙了一整天只抓到一尾白楊魚；費盡力氣卻徒勞無功。2 易受騙的人，呆子。3 誘餌。

guel·der-rose ['gɛldɚ,roz] 名〖植〗雪球樹（亦稱 **snowball tree**）。

guer·don ['gɝdṇ] 名 U C《文》報答，報酬。一動及 1 報答。2 酬勞，酬謝。

Guern·sey ['gɝnzɪ] 名 (義 2, 3 複～s) 1 **Isle of**, 羣西島：英吉利海峽的島嶼。2 羣西種乳牛。3《**g-**》緊身毛衣。

·guer·ril·la, gue- [gə'rɪlə] 名 游擊隊隊員。一形 游擊隊的，游擊隊隊員的：～ warfare 游擊戰。

guer'rilla ,theater 名 行動劇：在戶外演出之探討社會、政治問題的諷刺短劇。

:guess [gɛs] 動及 1 推測，猜測，臆測，推想；推測…爲…。2 猜出，猜對。3《美》想，認爲，相信。一不及 推測，猜測《*at, about...*》；猜中，猜對。

keep a person guessing《口》使（人）猶疑不定，吊胃口。

一名 推測，猜測，臆測。

anybody's guess《口》無法確定之事，全憑臆測之事。

at a guess 憑推測，根據大概的估計。

by guess (***and by god***) 憑瞎猜。

guess·ti·mate ['gɛstə,met] 動及《口》瞎猜；瞎估計。一['gɛstəmɪt] 名 猜估。

guess·work ['gɛs,wɝk] 名 U 推測，猜想：by ～ 憑推測。

:guest [gɛst] 名 1 賓客；客人：a house ～ 在家小住的客人 / the principal ～ of the day 當天的主客 / a state ～ 國賓。3 宿客，旅客，房客：a paying ～（承租房間的）房客。一形 1 作客的，受招待的；客串的。2 客用的。一動及 招待，款待。一不及（在電視節目等中）客串演出。

guest·cham·ber ['gɛst,tʃembɚ] 名

guest room.

;uest·house ['gɛst,haus] 名 (複**-hous·es** [-zɪz]) **1** 賓館，招待所。**2** 修道院的接待所。**3** 高級的出租房屋。

uest ˌroom 名 客房。

;uff [gʌf] 名 U《俚》蠻橫、傲慢的話；廢話；蠢話。

;uf·faw [gʌ'fɔ, gə-] 名 大笑；哄笑：laugh with great ~*s* 哈哈大笑 / emit a ~ 出聲大笑。—動 不及 大笑；哄笑。

ug·gle ['gʌgl] 動 不及 發出咕嘟聲；咕嘟咕嘟地流。—及 咕嚕咕嚕地倒（水等）；用咕嚕聲表示（高興等）。—名 咕嚕聲。

;UI《縮寫》graphical *u*ser *i*nterface〖電腦〗圖形使用者介面。

;ui·a·na [gɪ'ænə, -'ɑnə] 名 **1** 圭亞那：南美洲北部的大西洋沿岸地區。**2** 圭亞那地區的海岸地帶。

uid·a·ble ['gaɪdəbl] 形 可引導的。

uid·ance ['gaɪdṇs] 名 U **1** 指導；引導，領導，指引：vocational ~ 就業指導 / for your ~ 供你參考 / under a person's ~ 在某人的引導下。**2**（飛彈、飛機、太空船的）導引，導航。

uide [gaɪd] 動 (**guid·ed**, **guid·ing**) 及 **1** 領路；帶領；引領：~ a person through the mountain pass 領某人通過隘口 / a ~*d* tour 有導遊的（觀光）旅行 / ~ a ship to harbor 引領船隻進港 / ~ a person into error 誘人犯錯。**2** 指導：~ a person in his reading 指導某人讀書 / ~ the young men to the right path 引導年輕人走正途。**3** 督導；處理；統治；《通常用被動》支配。**4**《蘇》對待。—不及 任嚮導；當指導人。
—名 **1** 領路人；嚮導；導遊；職業登山嚮導。**2** 範本；旅遊指南；指南，入門書《o...》；（目錄等的）指引標。**3** 路標；標記；準則。**4** 誘導裝置，導引物。**5**〖軍〗基準兵；基準艦；《~s》基準部隊。

uide·board ['gaɪd,bord] 名 路牌。

uide·book ['gaɪd,buk] 名 旅行指南，導遊手冊；指南。

uided 'missile 名 導向飛彈。

uide ˌdog 名《英》= Seeing Eye dog.

uide·line, guide line ['gaɪd,laɪn] 名 **1**（製圖等的）標線，導引線；（登山等的）指示方向的繩索，導繩。**2**《通常作 ~s》指導方針；準則。

uide·post ['gaɪd,post] 名 **1** 路牌，路標。指導方針。

ui·don ['gaɪdṇ] 名〖軍〗部隊旗；旗手。

uild, gild [gɪld] 名 **1**（同業）公會，互助協會，行會。**2**〖史〗基爾特：中世紀商人、手工業者等的共同組織。

uil·der, gild·er ['gɪldɚ] 名 = gulden

uild·hall ['gɪld,hɔl] 名 **1**《英》市公所，鎮公所。**2**〖史〗（中世紀的）同業公會集會所。**3**《the G-》《英》倫敦市政府。

guilds·man ['gɪldzmən] 名 (複 **-men**) 基爾特組織的成員，同業公會的會員。

'guild 'socialism 名 U 基爾特社會主義，公會制社會主義。

guile [gaɪl] 名 U 狡猾；詐欺。

guile·ful ['gaɪlfəl] 形 狡猾的；巧於詐欺的。~**·ly** 副 狡猾地。~**·ness** 名

guile·less ['gaɪllɪs] 形 不狡猾的，天真無邪的，誠實的。

guil·le·mot ['gɪlə,mɑt] 名〖鳥〗海鴿；《英》海鳩。

guil·lo·tine ['gɪlə,tin] 名 **1**《the ~》斷頭臺。**2**〖外科〗扁桃腺切除器。**3** 裁紙機，截斷機。**4**《通常作 the ~》《英》（議會的）討論截止。—動 及 **1** 以斷頭臺斬決。**2** 用截斷機切斷。**3** 切除（扁桃腺）。**4**《英》終止討論而付諸表決。

·guilt [gɪlt] 名 U **1** 犯罪，罪行；有罪；過失：charge a person with ~ in a crime 控告某人犯罪。**2** 犯罪行為。**3** 愧疚。

guilt·i·ly ['gɪltɪlɪ] 副 **1** 內疚地，愧疚地。**2** 有罪地。

·guilt·less ['gɪltlɪs] 形 **1** 無罪的，清白的《*of*...》。**2** 沒經驗的，無知的；沒有的《*of*...》。
~**·ly** 副, ~**·ness** 名 U 清白。

·guilt·y ['gɪltɪ] 形 (**guilt·i·er**, **guilt·i·est**) **1** 有罪的，犯罪的；犯有…罪的《*of*...》：plead ~ to a crime 服罪。**2** 與犯罪有關的。**3** 內疚的：feel ~ for... 因…而感到內疚。**-i·ness** 名 U 有罪；愧疚。

Guin·ea ['gɪnɪ] 名 **1** 幾內亞（共和國）：位於非洲西海岸，首都柯那克里（Conakry）。**2**《g-》基尼：英國古貨幣單位。

Guin·ea-Bis·sau ['gɪnɪbɪ'sau] 名 幾內亞比索（共和國）：位於西非；首都比索（Bissau）。

'guinea ˌfowl 名〖鳥〗珠雞。

'guinea ˌhen 名 母珠雞。

'guinea ˌpig 名 **1**〖動〗豚鼠；《俚》天竺鼠。**2**《口》實驗材料，實驗品。

Guin·ness ['gɪnɪs] 名 U〖商標名〗琴尼：愛爾蘭產的黑啤酒。

'Guinness Book of 'Records 名《the ~》金氏世界紀錄大全。

gui·pure [gɪ'pjur] 名 U 一種用厚線織成的重型花邊。

guise [gaɪz] 名 **1** 外觀，樣子：an old theory in a new ~ 換湯不換藥的理論。**2** 偽裝，假裝：an enemy in friendly ~ 假裝友好的敵人。**3** 裝束，服裝，裝扮。

:gui·tar [gɪ'tɑr] 名 吉他。
—動 (**-tarred**, ~**·ring**) 不及 彈吉他。
~**·ist** 名 吉他演奏者，吉他手。

gu·lag ['gu,lɑg] 名 **1**《G-》（前蘇聯的）勞改營總管理處。**2**（前蘇聯的）勞改營；政治犯囚禁營。

gulch [gʌltʃ] 名《美》陡峭的小峽谷。

gul·den ['guldən, 'gul-] 名 (複 ~**s**, ~) 盾：

G

1 荷蘭的前貨幣單位，現改用歐元。2 十九世紀奧地利的 florin 貨幣。

gules [gjulz] 图U，形〖紋〗紅色（的）。

·**gulf** [gʌlf] 图 1 海灣。2《文》深穴，深坑，深淵；漩渦。3 極大的差距，懸殊；鴻溝。一動及 吞沒；使深深捲入。

'Gulf ˌStates 图(複)《the ～》《美》墨西哥灣沿岸各州。

'Gulf ˌStream 图《the ～》墨西哥灣流，墨西哥灣流系統。

gulf·weed ['gʌlfˌwid] 图UC〖植〗馬尾藻。

gull¹ [gʌl] 图 1〖動〗海鷗。2〖軍〗雷達反射器。

gull² [gʌl] 動及《古·方》使上當；欺騙（使其…）《 *into doing* 》；騙取《 *out of ...* 》。一图 易於受騙者，愚笨的人。

gul·let ['gʌlɪt] 图 1 食道；喉嚨，咽喉。2 水路，水道；小峽谷；海峽。3 預備坑道。4 鋸齒間的齒溝。

gul·li·bil·i·ty [ˌgʌlə'bɪlətɪ] 图 U容易受騙的性格。

gul·li·ble ['gʌləbl] 形 易受騙的。

Gul·li·ver ['gʌlɪvə] 图 **Lemuel**, 格列佛：英國作家 J. Swift 所撰的諷刺小說『格列佛遊記』(*Gulliver's Travels* ）的主角。

gul·ly ['gʌlɪ] 图 **(複-lies)** 小峽谷，溪谷；溝渠。一動 **(-lied, ～·ing)** 及 沖成（峽谷等）；使形成溝渠。

gulp [gʌlp] 動不及 1 喘不過氣來，哽咽；喉嚨咕嚕作響。2 急切地吃，狼吞虎嚥。一及 1 大口吞下《 *down* 》；壓抑，抑制《 *back, down* 》。2 完全相信《 *down* 》。3 貪婪地吸收；全盤接受《 *down* 》。一图 1 吞嚥（聲）。2 一次吞嚥之量；一大口《 *of...* 》。

·**gum**¹ [gʌm] 图 1 U 樹膠；生橡膠。2 U 樹脂，膠。3 U 黏膠，塗膠；膠水；（郵票的）背膠；《～s》《主美方》橡膠製套鞋，膠鞋。4 U 口香糖 = chewing gum. 5 橡膠樹。6 U眼屎。7 U石油等的膠質沉澱物。一動 **(gummed, ～·ming)** 及 1 塗上膠（質）；用膠黏牢《 *down, together, up, in* 》；使固定。2 使停滯；《美俚》妨害，阻礙《 *up* 》。一不及 1 分泌膠質。2 變成膠狀。

gum up the works ⇨ WORK 图（片語）

gum² [gʌm] 图《常作～s》牙齦，牙床。

beat one's gums 《俚》白費力氣地饒舌。

gum³ [gʌm] 图U《俚》《用於溫和的咒罵或發誓》: By ～！天啊！哼！鬼扯！我敢發誓！

'gum am'moniac 图U 氨樹膠。

'gum 'arabic 图U阿拉伯樹膠。

gum·bo ['gʌmbo] 图 (複～s [-z]) 1〖植〗秋葵；其豆莢。2 UC〖烹飪〗《美》加秋葵燉的濃湯。3 U（美國西部的）溼黏的土壤。一形（似）秋葵的；（似）秋葵莢的。

gum·boil ['gʌmˌbɔɪl] 图〖病〗牙齦腫。

'gum ˌboot 图《主英》橡膠（長）靴

gum·drop ['gʌmˌdrɑp] 图《美》橡皮糖

'gum eˌlastic 图 = rubber¹ 图 1.

gum·my ['gʌmɪ] 形 **(-mi·er, -mi·est)** 1 樹膠（質）的；膠狀的；黏的；塗有膠狀物質的，附有黏著性物質的。2 含樹膠的 3（踝、足）有樹膠腫的。**-mi·ness** 图

gump [gʌmp] 图《口》呆子，笨蛋。

gump·tion ['gʌmpʃən] 图U《口》1 進取精神，積極性；勇氣，魄力。2 足智多謀，精明能幹。

'gum ˌresin 图U 樹膠脂。

gum·shoe ['gʌmˌʃu] 图 1《～s》橡膠套鞋；膠底鞋。2《美俚》靜靜走路的人；警察，偵探。3《口》隱密行動。

一動不及《美俚》靜靜地走，暗中偵察

一形暗中行動的。

'gum ˌtree 图〖植〗膠樹。

up a gum tree 《英俚》進退維谷。

gum·wood ['gʌmˌwʊd] 图U膠樹木材

:**gun** [gʌn] 图 1 大炮；槍，步槍，獵槍《美口》手槍，（連發的）左輪手槍；信號槍：work a ～操作大炮 / fire a ～開槍 2 噴霧器，噴射器：a squirt ～ 水槍。3《英》狩獵隊的一員；射擊手，炮手，槍手。4《俚》殺手；歹徒；扒手。5（禮炮、信號彈的）鳴放：a 21 ～ salute 廿一響禮炮。6《great ～》《美口》大人物，流。7《俚》煙斗。8 一種重型衝浪板。

a son of a gun ⇨ A SON OF A GUN

(as) sure as a gun 的確，無疑。

blow great guns 〖海〗《口》狂風大作。

bring up one's big guns （在比賽等之中打出王牌。

give...the gun 《俚》使啟動；使加速。

go great guns 全速進行；非常成功。

Great guns! 《表驚訝》啊！哎呀！糟了

guns and butter 〖美政〗軍事和經濟並的政策。

guns before butter 軍事優先政策。

jump the gun 《俚》(1)〖運動〗鳴槍前即跑。(2)《口》過早行動。

spike a person's gun 《口》破壞某人的畫；擊敗某人。

stick to one's guns 堅守立場，堅持己見毫不讓步。

till the last gun is fired 直到最後一刻。

under the gun(s) (1) 在武裝警衛監視之下 (2) 在壓力下。

一動 **(gunned, ～·ning)** 不及 1 用槍打獵用槍射擊。2《美口》快速行進。

一及 1《美口》用槍射擊（人），射殺 *down* 》。2 打獵。3《俚》使急劇加速。

gun for... 《口》(1)（為射殺而）追捕；槍伺機殺害。(2) 下決心要獲得；汲汲於住。(3) 去打獵。

gun·boat ['gʌnˌbot] 图〖海軍〗炮艦。

'gunboat di'plomacy 图U 炮艦交。

'gun conˌtrol 图U 槍枝管制，取締

枝。

un·cot·ton ['gʌn,kɑtn̩] 名 U 棉火藥。

un ,dog 名 獵犬。

un·down ['gʌn,daʊn] 名 槍殺行動。

un·fight ['gʌn,faɪt] 動 (**-fought**, ～·**ing**) 不及《美口》進行槍戰。—名 槍戰。

un·fight·er ['gʌn,faɪtɚ] 名 槍手，神槍手。

un·fire ['gʌn,faɪr] 名 U **1** 炮火。**2**〖軍〗炮火攻擊，炮擊。**3** 槍炮聲響。

unge [gʌndʒ] 名《英俚》柔軟且有黏性的團狀物。—動 及《通常用被動》用柔軟有黏性之物封住《*up*》。

ung(-)ho ['gʌŋ'ho] 形 極熱誠忠心的。

unk [gʌŋk] 名 U《口》黏黏之物，油膩物。

un·lock ['gʌn,lɑk] 名 槍機。

un·man ['gʌnmən] 名 (複 **-men**) **1** 持槍的歹徒；殺手。**2** 神槍手。

un ,metal 名 U **1** 炮銅；青銅合金。**2** 微帶紫或藍色的暗灰色。'**gun-,met·al** 形

un ,moll 名《俚》黑幫分子的女友，黑手黨歹徒的情婦。

un·nel ['gʌnl] 名〖海〗= gunwale.

un·ner ['gʌnɚ] 名 **1** 炮手，槍手；瞄準手；〖美海軍〗槍炮士官長。**2**〖軍〗《英》炮兵。**3** 帶槍獵人。～·**,ship** 名

un·ner·y ['gʌnərɪ] 名 U **1** 炮術；炮擊，射擊。**2**《集合名詞》槍炮，炮。

un·ning ['gʌnɪŋ] 名 U **1** 射擊（法），炮術。**2** 打獵。

un·ny ['gʌnɪ] 名 U 粗黃麻布。

un·ny·sack ['gʌnɪ,sæk] 名 粗麻袋。

un ,pit 名〖陸軍〗火炮掩體，凹座肩牆：掩護炮及炮兵的壕溝。

un·play ['gʌn,ple] 名 U《美》槍戰。

un·point ['gʌn,pɔɪnt] 名 槍口。

t gunpoint《美》在槍口威脅下。

un·pow·der ['gʌn,paʊdɚ] 名 U 火藥。

unpowder ,Plot 名《**the** ～》〖英史〗火藥叛國事件（1605 年）。

un ,room 名 **1** 槍械室。**2**〖英海軍〗下級軍官室。

un·run·ner ['gʌn,rʌnɚ] 名 軍火走私者。

un·run·ning ['gʌn,rʌnɪŋ] 名 U 軍火走私。

un·ship ['gʌn,ʃɪp] 名 武裝直升機。

un·shot ['gʌn,ʃɑt] 名 **1** 射出的子彈或炮彈；發炮，射擊，槍擊，炮擊。**2** U 射程，落點距離：within ～在射程內。
—形 槍擊的，由槍擊而造成的。

un·shy ['gʌn,ʃaɪ] 形 **1** 怕槍聲的。**2** 害怕的，疑懼的。

un·sling·er ['gʌn,slɪŋɚ] 名《俚》= gunfighter.

un·smith ['gʌn,smɪθ] 名 槍炮匠。

un·stock ['gʌn,stɑk] 名 槍托。

un·wale ['gʌnl] 名 **1**〖海〗舷緣；《廣義》船緣。**2**（木船的）舷側厚板。

gup·py ['gʌpɪ] 名 (複 **-pies**)〖魚〗一種觀賞用熱帶魚。

gur·gi·ta·tion [,gɝdʒə'teʃən] 名 U 沸騰：起伏，翻騰；翻滾。

gur·gle ['gɝgl] 動 不及 **1** 汩汩地流。**2** 從喉嚨發出咯嚕咯嚕聲《*with...*》。—及 以咯咯聲發出。—名 汩汩聲；咕嚕咕嚕聲。

Gur·kha ['gurkə] 名 (複 ～**s**,《集合名詞》～) 廓爾喀人（居住在尼泊爾山區的勇猛民族）。

gur·nard ['gɝnɚd] 名 (複～, ～**s**) **1**〖魚〗竹麥魚。**2** = flying gurnard.

gu·ru ['guru] 名 **1**〖印度教〗導師，教派領袖；教派領袖所穿著外袍。**2**《口》《常爲謔》權威，專家，大師。

·**gush** [gʌʃ] 動 不及 **1** 湧出，迸流《*out, forth, up*》；流出，噴出《*with...*》。**2**《口》感情奔放地說，滔滔不絕地談《*over ...*》。—及 迸出，噴出，湧出。
—名《**a** ～》**1** 迸出，噴出《*of...*》。**2**《口》（感情等的）湧出，迸發。**3**《口》大量（的…）《*of...*》。

gush·er ['gʌʃɚ] 名 **1** 自噴井；噴油井。**2** 易動感情的人；喋喋不休的人。

gush·ing ['gʌʃɪŋ] 形 **1** 大量迸流的：～ eyes 淚水滾滾的眼睛。**2** 感情橫溢的；過分熱情的；滔滔不絕的：a ～ speech 熱情洋溢的演說。～·**ly** 副, ～·**ness** 名

gush·y ['gʌʃɪ] 形 (**gush·i·er**, **gush·i·est**) 言詞或動作誇大的；過分多情的。

gus·set ['gʌsɪt] 名 **1**（補強用的）內襠，三角布料；保護甲胄膝肘等彎曲接口處的金屬片。**2**〖建〗擋板，接板。

gus·sy ['gʌsɪ] 動 (**-sied**, ～·**ing**) 及《美口》打扮得花枝招展；裝飾《*up*》。

gust [gʌst] 名 **1** 一陣強風，突起的狂風；（水等的）突然噴出，（聲音等的）突發《*of...*》: a violent ～ *of* wind 一陣狂風。**2**（感情的）迸發，爆發《*of...*》: a ～ *of* rage 勃然大怒。—動 不及 突然吹起；湧出；突發；迸發，爆發。

gus·ta·to·ry ['gʌstə,torɪ] 形 味覺的：～ buds（舌頭的）味蕾。

gus·to ['gʌsto] 名 U **1** 津津有味；熱情；興致。**2** 趣味：with ～ 樂在其中。

gust·y ['gʌstɪ] 形 (**gust·i·er**, **gust·i·est**) **1**（風、雨、暴風雨等）激烈的，狂暴的；颳大風的：～ winds 狂風。**2** 突發的，爆發的。**3** 生氣蓬勃的；熱情的。

gut [gʌt] 名 **1** U C 消化器官；《～**s**》內臟，腸；《英俚》肚子。**2** 內容；（機械的）內部重要部分；本質，精髓。**3**《～**s**》《俚》活力，魄力，膽量，毅力；耐力: have a lot of ～*s* 非常有膽量。**4** U 腸線（小提琴的弦、網球拍用線）；天蠶絲（釣線用）。**5** 狹窄的水路，海峽；溝渠；山峽；狹道。**6**《俚》= gut course.

bring a person's guts into his mouth 使某人嚇一跳[大吃一驚]。

hate a person's guts《俚》憎惡某人。

have no guts in it 不具真正的價值。
sweat one's guts out 《英口》拚命工作。
—形《口》基本的，重要的；本能的，感情的：a ～ issue 根本的問題。
—動(～·ted, ～·ting)及1 取出內臟，掏出腸子。2 劫掠；抽掉重點；《常用被動》破壞內部。—不及《俚》狼吞虎嚥。

'gut ˌcourse 名《美口》容易及格的大學課程。

Gu·ten·berg ['gutn̩ˌbɝg] 名 **Johannes,** 古騰堡（約 1400–68）：德國人，活版印刷發明者。

gut·less ['gʌtlɪs] 形 沒有膽量的，膽小的；沒有生氣的；沒有價值的。

guts·y ['gʌtsɪ] 形 (**guts·i·er, guts·i·est**)《俚》1 非常有勇氣的。2 下定決心的。

gut·ta-per·cha ['gʌtə'pɝtʃə] 名U馬來樹膠。

gut·ted ['gʌtɪd] 形 1《英口》極失望的。2 嚴重損壞的。

gut·ter ['gʌtɚ] 名 1 水溝，下水道；流水造成的溝痕；（屋頂的）邊溝。2《the ～》貧民窟；下層社會的生活。3〖保齡球〗球道側溝。4（書的）左右兩頁間的空白。
—動不及1 流動。2 淌蠟；快要熄滅。
—及1 開溝於。2 加設排水溝。

gut·ter·man ['gʌtɚˌmæn] 名 (複**-men**)（賣便宜貨的）街頭小販。

'gutter 'press 名《the ～》《英》低級趣味的報紙，黃色報紙。

gut·ter·snipe ['gʌtɚˌsnaɪp] 名 最下階層社會的人；街頭流浪者。

gut·ti·form ['gʌtəˌfɔrm] 形 滴狀的。

gut·tle ['gʌtl] 動 不及 及 狼吞虎嚥地吃喝。**-tler** 名貪吃者。

gut·tur·al ['gʌtərəl] 形 1 喉嚨的。2 喉音的，粗啞聲的；〖語音〗舌後的，軟顎音的。—名〖語音〗舌後音，軟顎音。

gut·ty ['gʌtɪ] 形 (**-ti·er, -ti·est**)《俚》= gutsy.

gut-wrench·ing ['gʌtˌrɛntʃɪŋ] 形 極度痛苦的。

guv [gʌv] 名 1《英口》《稱呼語》老爺，大人。2《英俚》（王侯、貴族子弟的）家庭教師。

guv·nor, guv'nor ['gʌvnɚ] 名《英俚》= gov.

·**guy**[1] [gaɪ] 名 1《美口》男人，傢伙，朋友；《～s》各位：a regular ～ 可親的人 / a good ～ 好人 / a tough ～ 硬漢。2《常作 G-》《英》佛克斯芻像：在 11 月 5 日晚上焚燒的形狀古怪的 Guy Fawkes 芻像。3《英俚》穿奇裝異服的人；笑柄。
give the guy to a person 甩掉（某人）逃走。
—動(～ed, ～·ing)不及《英俚》逃跑。
—及1 嘲笑。2《英》作…的芻像。

guy[2] [gaɪ] 名 張纜，支索[線]。—動及用張纜引導；（用牽索等）使穩固。

Gu·ya·na [gaɪ'ænə] 名 蓋亞那（共和國）：位於南美洲北岸；首都喬治敦（Georgetown）。

ˌGuy 'Fawkes ˌDay [-'fɔks-] 名《英》佛克斯紀念日：企圖用火藥炸毀國會的主謀者 Guy Fawkes（1570–1606）被捕紀念日（11 月 5 日）。

ˌGuy 'Fawkes ˌNight 名《英》火藥陰謀事件紀念夜（11 月 5 日）。

'guy ˌrope 名 =guy[2].

guz·zle ['gʌzl] 動不及狂飲；狼吞虎嚥；經常大吃大喝；（車）吃油很兇。—及 1 猛喝；狼吞虎嚥地吃。2 大吃大喝地浪費掉《*away, down...*》。

guz·zler ['gʌzəlɚ] 名酒鬼；大吃大喝的人。

·**gym** [dʒɪm] 名《口》1 = gymnasium[1]. 2 = gymnastics.

gym·kha·na [dʒɪm'kɑnə] 名 1 運動會，競賽。2 競技場。

gym·na·si·a [dʒɪm'nezɪə] 名 (複) **gymnasium** 的複數形之一。

:**gym·na·si·um**[1] [dʒɪm'nezɪəm] 名 (複 ～**s, -si·a** [-zɪə]) 體育館，室內競賽場；健身房。

gym·na·si·um[2] [dʒɪm'nezɪəm] 名 預科學校：特指德國的大學預科學校。

gym·nast ['dʒɪmnæst] 名 體操選手，體操運動員；體育教師。

gym·nas·tic [dʒɪm'næstɪk] 形 1 體操的（亦稱 **gymnastical**）。2 心智訓練的。
—名 1《通常作～s》體操。2 心智訓練。
-ti·cal·ly 副 體操訓練地。

gym·nas·tics [dʒɪm'næstɪks] 名(複) 1《作複數》體操：practice ～ 做體操。2《作單數》體操藝術[比賽]。

'gym ˌshoe 名 膠底帆布鞋，運動鞋。

gyn-《字首》**gyno-** 之後接母音的別體。

gy·nae·col·o·gy [ˌgaɪnɪ'kɑlədʒɪ, ˌdʒaɪ-] 名《英》= gynecology.

gyneco-《字首》表「女人」之意。

gyn·e·coc·ra·cy,《英》**gyn·ae-** [ˌdʒɪnə'kɑkrəsɪ, ˌgaɪ-] 名 (複**-cies**) 女性主政，女權政治。**gy·n(a)e·co·crat** [dʒɪ'nikəˌkræt, gaɪ-] 名 女權論者，擁護女性主政者。

gy·ne·col·o·gist [ˌgaɪnɪ'kɑlədʒɪst, ˌdʒaɪ-] 名 婦科醫生。

gy·ne·col·o·gy [ˌgaɪnɪ'kɑlədʒɪ, ˌdʒaɪ-] 名 U 婦科；婦科醫學。
gyn·(a)e·co·log·ic [ˌdʒaɪnɪkə'lɑdʒɪk, ˌgaɪ-], **gyn·e·co·'log·i·cal** 形

gyp[1]**, gip** [dʒɪp]《美口》動 (**gypped, ～·ping**) 及 欺騙，詐欺；騙取《*out of ...*》。—名 1 欺騙行爲；騙局。2 騙子，詐欺者。3（騎手的）馬主。

gyp[2] [dʒɪp] 名《英俚》《用於以下片語》
give a person gyp 痛擊，痛斥；使痛苦。

gyp·soph·i·la [dʒɪp'sɑfələ] 名〖植〗瞿麥的一種。

gyp·sum ['dʒɪpsəm] 名 U 石膏。

ɡyp·sy, 《英》**Gip-** ['dʒɪpsɪ] 图(複 sies) 1 吉卜賽（人）。2 Ⓤ 吉卜賽語。3《g-》過吉卜賽式生活的人；性喜流浪的人。
一形 吉卜賽的；吉卜賽式的；流浪的。

ɡypsy ˌcab 图《美》野雞計程車。

ɡyp·sy·dom, 《英》**gip-** ['dʒɪpsɪdəm] 图Ⓤ 吉卜賽生活，吉卜賽世界；《集合名詞》吉卜賽族。

ɡypsy ˌmoth 图 1〖昆〗舞毒蛾。2《美口》共和黨內唱反調的議員。

ɡy·rate ['dʒaɪret] 動不及 圓周狀地旋轉，迴旋。—['dʒaɪrɪt] 形 1 旋轉的；螺旋狀的。2〖動〗盤旋的，迴旋狀的。

ɡy·ra·tion [dʒaɪ'reʃən] 图Ⓤ 1 旋轉，迴旋。2《～s》迴旋運動。

ɡy·ra·to·ry ['dʒaɪrəˌtorɪ] 形 旋轉的。

ɡyre [dʒaɪr] 图〖詩〗1 環。2 旋轉，迴旋；漩渦（狀）。—動及不及 迴旋。

gyr·fal·con ['dʒɝˌfɔlkən, -ˌfɔl-] 图〖鳥〗白隼（亦作 **gerfalcon**）。

gy·ro¹ ['dʒaɪro] 图(複～s [-z])《口》1 = gyrocompass. 2 = gyroscope.

gy·ro² ['dʒaɪro] 图(複～s)《美》希臘式烤肉三明治。

gy·ro·com·pass ['dʒaɪroˌkʌmpəs] 图 旋轉羅盤，陀螺羅盤。

gy·ro·scope ['dʒaɪrəˌskop] 图 迴轉儀，陀螺儀（亦稱 **gyro**）。

gy·ro·scop·ic [ˌdʒaɪrə'skɑpɪk] 形 迴轉儀的；陀螺儀的。

gy·rose ['dʒaɪros] 形 波狀的，起伏的。

gy·ro·sta·bi·liz·er [ˌdʒaɪrə'stebəˌlaɪzɚ] 图 迴轉穩定器。

gyve [dʒaɪv] 图《通常作～s》《文》鐐銬，腳鐐。

G

H h

H

H[1], **h** [etʃ] 名 (複 **H's** 或 **Hs**, **h's** 或 **hs**) **1** U C 英文字母中第八個字母。**2** H 狀物。
drop one's h's 不發字首 h 音。

H[2] 《縮寫》*h*ard; 〖電〗 *h*enry; 《俚》 *h*eroin.

H[3] [etʃ] 名 **1** U（順序、連續事物的）第八。**2**《偶作 **h**》（羅馬數字的）200。**3**《化學符號》hydrogen.

h, h., H. 《縮寫》*h*arbor; *h*eight; *h*ence; 〖棒球〗 *h*it(s); *h*orns; *h*our(s); *h*undred.

·**ha, hah** [hɑ] 感《表示驚訝、悲傷、快樂、得意等》哇！啊！哈！

ha. 《縮寫》*h*ect*a*re(s) 公頃。

Ha·bak·kuk [hə'bækək, 'hæbə,kʌk] 名 〖聖〗哈巴谷（西元前七世紀希伯來的先知）；哈巴谷書（舊約聖經先知書之一）。略作：Hab.

ha·ba·ne·ra [,hɑbə'nɛrə] 名 哈巴內拉舞（源於古巴）；哈巴內拉舞曲。

ha·be·as cor·pus ['hebɪəs'kɔrpəs] 名 U 〖法〗人身保護令。

hab·er·dash ['hæbɚ,dæʃ] 動 及《美》製作，設計（服裝）。

hab·er·dash·er ['hæbɚ,dæʃɚ] 名 **1**《美》男用服飾商。**2**《英》小雜貨商。

hab·er·dash·er·y ['hæbɚ,dæʃərɪ] 名 (複**-er·ies**) U C《美》男用服飾品（店）；《英》小雜貨品（店）。

ha·bil·i·ment [hə'bɪləmənt] 名 **1**《～**s**》（士兵衣著、武器以外的）裝備。**2**《常用～**s**》（特殊職業、場合等穿的）服裝。

:**hab·it** ['hæbɪt] 名 **1** U C 習慣；癖頭，嗜好；《常作 **the** ～》《俚》吸食毒品的癖好：sensible ～*s* 良好的習慣 / a ～ of long standing 長年的嗜好 / acquire a chain smoking ～ 染上不停抽煙的習慣 / lose a ～ 革除某種習慣 / make a ～ of doing 養成做…的習慣 / have a ～ of doing 有做…的習慣 / develop good ～*s* 養成好習慣 / get into a bad ～ 沾上壞的嗜好 / out of ～ 出於習慣。**2** 風俗，慣例。**3** 個性，心性。**4** U C 本質；氣質；體質。**5**〖生〗習性。**6** 衣服，裝束；特殊場合的服裝；婦女的騎馬裝。

hab·it·a·ble ['hæbɪtəbl] 形 可居住的，適於居住的。**-'bil·i·ty** 名, **-bly** 副

hab·i·tan·cy ['hæbɪtənsɪ] 名 (複**-cies**) U C **1** 居住。**2**《集合名詞》所有居民；人口。

hab·it·ant ['hæbətənt] 名 居民，住戶。

hab·i·tat ['hæbɪ,tæt] 名 **1**〖生〗棲息地，產地。**2** 住所。**3** 充氣室；水中住所。

hab·i·ta·tion [,hæbɪ'teʃən] 名 **1** U 居住。**2** 住所，住宅。**3** 部落；群落。

hab·it-form·ing ['hæbɪt,fɔrmɪŋ] 形 養成習慣的；使人上癮的。

·**ha·bit·u·al** [hə'bɪtʃuəl] 形 **1** 習慣的，經常的，成俗的；慣常的。**2** 有某種習慣的：a ～ drunkard 常喝醉酒的人。**3** 天生的。～**·ness** 名

ha·bit·u·al·ly [hə'bɪtʃuəlɪ] 副 習慣地，經常地。

ha·bit·u·ate [hə'bɪtʃu,et] 動 及 **1**《常用反身或被動》使習慣於，使熟悉於《*to…*, *to doing*》: ～ *oneself to* hard work 使自己習慣於艱辛的工作。**2**《美》常去，常出入於…。— 不及 **1** 養成習慣，上癮。**2**（對…）已養成習慣《*to…*》。
-'a·tion 名

hab·i·tude ['hæbə,tud, -,tjud] 名 **1** U 氣質，個性。**2** 習慣，慣例。

ha·bit·u·é [hə'bɪtʃu,e, -,--'-] 名 (複～**s** [-z]) **1** 常客：a ～ of pubs 酒吧的常客。**2** 有毒癮的人。

hab·i·tus ['hæbɪtəs] 名 體型；體質。

Habs·burg ['hæbsbɝg] 名 = Hapsburg.

ha·ci·en·da [,hɑsɪ'ɛndə] 名 (複～**s** [-z])（中、南美的）農場，牧場；農場的主人；畜產實驗所，加工場。

hack[1] [hæk] 動 及 **1** 砍劈，挖凹《*up*, *down*, *off*》: ～ a shrub *down* with an ax 用斧頭砍伐灌木。**2** 挖掘，耕（地）；翻土《*in*》；開闢；剪短。**3** 使殘缺不全；大刀闊斧地削減。**4**《口》非法進入他人電腦。**5**〖籃球〗打，拉（對方球員的）手。〖橄欖球〗《英》故意踢（對方球員）的脛。**6**《常用 **it** 爲受詞》《美口》應付，圓滿達成。— 不及 **1** 砍劈，切割，砍斷《*away* / *at…*》。**2** 乾咳。**3**《美俚》遊手好閒，虛度光陰。**4**〖橄欖球〗《英》踢對方球員的腳脛。— 名 **1** 切縫，刻痕。**2** 砍劈，切割《*at…*》；砍劈工具。**3**《美》短暫而劇烈的乾咳。**4** 結巴。**5**〖籃球〗打手；《英》腳脛的踢傷。
take a hack at… 試一試，嘗試…。

hack[2] [hæk] 名 **1** 駑馬。**2**《英》出租的騎；騎用馬；《美》出租馬車。**3** 庸俗藝術家；替人捉刀者，作家的副手；受僱的作家。**4**《美口》計程車；計程車司機。— 動 及 **1** 借租（馬匹等）。**2** 使變成陳腐，濫調。**3** 忍受，寬容。**4** 僱…寫文章。— 不及 **1** 乘坐出租汽車；《英》騎馬《*along*》。**2** 替人代書。**3**《美口》開計程車。— 形 **1** 受僱用的，做副手的。**2** 用

了的，平凡的。

hack³ [hæk] [名] **1** 晒架；飼料架。**2** 生磚。
—[動] [及] 放在架上晒乾；放在飼料架上供家畜食用。

hack·ber·ry ['hæk,bɛrɪ] [名] (複**-ries**) **1** 朴屬的樹。**2** [U] 朴樹材。

hack·er ['hækɚ] [名] **1** 駭客：侵入他人電腦盜取或更改資料的人。**2**《美口》二流選手。

hack·ie ['hækɪ] [名]《口》計程車司機。

'hacking ,cough [名] 劇烈的乾咳。

hack·le¹ ['hækl] [名] **1**（公雞等脖子上的）細長羽毛。**2**《**～s**》後頸部（倒豎起）的毛；憤怒：with one's *～s* up 非常生氣地。**3** 梳麻刷。

hack·le² ['hækl] [動] [及] 砍劈，用力切割，剁碎。

hack·ly ['hæklɪ] [形] (**-li·er, -li·est**)（砍切成）鋸齒狀的，粗糙的。

hack·ney ['hæknɪ] [名] (複 **～s** [-z]) **1** 騎用馬；（可供御車用的）馬；《**H-**》哈哥尼種的馬。**2** 出租馬車；出租汽車。**3** 受僱擔任勞累工作的人。—[形] **1** 被租借的；受僱用的。**2** 用舊了的，平凡的。

'hackney ,carriage [名]《英》**1**《文》計程車。**2** 出租馬車。

'hackney ,coach [名] **1** 出租馬車。**2** 雙馬拉的六座四輪馬車。

hack·neyed ['hæknɪd] [形] 陳舊的，平凡的：a ～ phrase 陳腐的詞句。

hack·saw ['hæk,sɔ] [名] 鋼鋸，弓鋸。

hack·work ['hæk,wɝk] [名] [U] 無聊的工作，（尤指）寫雜文。

had [həd,《母音後》d,《強》hæd] [動] **have** 的過去式及過去分詞。
had as good** do* (as** do*) 與其…寧可…。
***had better** [**best**] do* ⇨ BETTER¹ [副], BEST [副]（片語）
***had like to have** done*《英》差一點就…，幾乎…。
had rather** do* (than** do*)（與其…）寧可…還好。

had·dock ['hædək] [名] (複～, ～**s**)〖魚〗（北大西洋產的）黑線鱈。

Ha·des ['hediz] [名] **1**〖希神〗黑底斯：冥府，陰間；冥府之王。**2**〖聖〗陰間，黃泉。**3** [U]《常作 **h-**》《俚》地獄。

hadj [hædʒ] [名] = hajj.

hadj·i ['hædʒɪ] [名] (複～**s** [-z]) = hajji.

had·n't ['hædn̩t] had not 的縮寫。

hadst [hədst,《強》hædst] [動]《古》**have** 的第二人稱單數直述法過去式。

hae·mat·ic [hi'mætɪk] [形] [名]《英》= hematic.

haem·a·tite ['hɛmə,taɪt] [名]《英》= hematite.

haemo-《字首》= hemo.

hae·mo·glo·bin [,himə'globɪn, ,hɛmə-] [名]《英》= hemoglobin.

hae·mo·phil·i·a [,himə'fɪlɪə, ,hɛmə-] [名] [形]《英》= hemophilia.

haem·or·rhage ['hɛmərɪdʒ] [名] [動]《英》= hemorrhage.

haem·or·rhoids ['hɛmə,rɔɪdz] [名]《英》= hemorrhoids.

haf·ni·um ['hæfnɪəm, hɑf-] [名] [U]〖化〗鉿：元素名。符號：Hf

haft [hæft] [名] 把手，（小刀、短劍等的）柄。—[動] [及] 給…裝上柄。～**·er** [名]

hag [hæg] [名] **1** 女怪，母夜叉。**2**（心腸惡毒的）醜陋老太婆；邋遢女人。**3** 有魔法的女人。

Hag.《縮寫》*Haggai.*

hag·fish ['hæg,fɪʃ] [名] (複～, ～**·es**)〖魚〗盲鰻的一種。

Hag·ga·i ['hægɪ,aɪ] [名]〖聖〗**1** 哈該：西元前六世紀的一先知。**2** 哈該書。

hag·gard ['hægɚd] [形] **1** 憔悴的，形容枯槁的。**2** 兇狠的，可怕的：a ～ look 眼露兇光的一瞥。**3**（鷹）不馴的，野性的。
—[名] 野鷹。

hag·gis ['hægɪs] [名] [U] [C] 羊肚雜碎：一種蘇格蘭食品。

hag·gish ['hægɪʃ] [形] 巫婆的；女巫似的；又老又醜的。

hag·gle ['hægl] [動] [不及] **1** 再三地殺價，討價還價《*over, about...*》；爭辯《*with ...*》。**2** 再三爭議，吹毛求疵《*over, about...*》。—[及] **1** 亂砍，亂劈。**2**《古》以不斷的爭論困擾…。—[名] 討價還價；爭論。**-gler** [名]

hag·i·og·ra·phy [,hægɪ'ɑgrəfɪ, ,hedʒɪ-] [名] (複**-phies**) [U] [C] 聖徒傳或聖徒言行錄（的研究）。

hag·i·ol·o·gy [,hægɪ'ɑlədʒɪ, ,hedʒɪ-] [名] (複**-gies**) **1** [U] 聖徒傳文學。**2** 聖徒傳。**3** 聖徒傳總集。

hag·rid·den ['hæg,rɪdn̩] [形]（受巫術等）騷擾的，（受惡夢等）驚擾的。

Hague [heg] [名]《**The** ～》海牙：荷蘭的行政中心，國際法庭所在地。

'Hague Tri'bunal [名] 國際仲裁法庭。

hah [hɑ] [感] = ha.

ha-ha¹ [,hɑ'hɑ] [感] [名]《表示笑聲》哈哈。

ha-ha² ['hɑ,hɑ] [名]（標示地界的）溝道；暗牆，隱籬。

hai·ku ['haɪku] [名]（日本的）俳句，短詩。

·hail¹ [hel] [動] [及] **1** 向…打招呼，歡迎：～ a proposal with the greatest enthusiasm 以無比的熱誠接受一個建議。**2** 喝采，歡呼；稱呼。**3** 招呼，呼喚：～ a taxi 叫計程車。
—[不及]〖海〗呼叫，打信號。
hail from...《美口》出身於…，來自…。
within hailing distance 在招呼得到的地方；就在附近《*of...*》。
—[名] **1** 叫聲，呼喚。**2** 招呼，歡迎。
out of hail 在招呼不到的地方《*of...*》。
within hail 在招呼得到的地方《*of...*》。

一感〖詩〗《文》萬歲。

hail² [hel] 名 1 U 雹，冰雹。2 冰雹的傾盆而下：《a ～》像冰雹般落下的東西《of...》: a ～ of gunfire 一陣漫天炮火。
一動 不及 1《常用 it 爲主詞》落冰雹。2 像冰雹般落下。一及 使像雹子般落下《on, upon...》。

hail³ [hel] 形《英方·廢》= hale.
一名 運道，運勢。

hail-fel·low-well-met ['hel'fɛlo'wɛl'mɛt] 形 親近的，融洽的；和藹可親的。

'Hail 'Mary 名 = Ave Maria.

hail·stone ['hel,ston] 名（一粒）冰雹。

hail·storm ['hel,stɔrm] 名 雹暴。

hail·y ['helɪ] 形（夾著）冰雹的。

:hair [hɛr] 名 1 (1) U《集合名詞》毛髮，頭髮，汗毛: do one's ～ 整理自己的頭髮 / wear one's ～ long 留長頭髮。(2)（一根）毛: gray ～s《古》老年。2 U（動物的）體毛；（葉、莖表皮的）茸毛。3 U 毛織品。4《a ～》《否定》些微，一絲。5〖機〗毛狀針，細發條絲。

by the turn of a hair 差點兒，幾乎。

comb** a person's **hair for him 嚴厲斥責某人。

get** a person **by the short hairs 《口》任意擺布某人，完全支配某人。

get in** a person's **hair 《俚》使某人困惑，使某人煩惱。

keep** one's **hair on 《口》《主用命令》保持鎮靜，勿發脾氣。

keep out of** a person's **hair 不去麻煩[打擾]某人。

let** one's **hair down 《口》(1) 放輕鬆，不拘禮節。(2) 直言不諱。

lose** one's **hair (1) 頭變禿。(2)《口》發怒。

make** a person's **hair stand on end** / **make** a person's **hair curl 《口》使某人膽怯，使某人毛骨悚然。

not harm a hair on** a person's **head 對某人總是和藹可親。

put up** one's **hair 束起頭髮。

split hairs 《蔑》吹毛求疵；作無謂的細微分析。

***tear** one's **hair** (**out**)* 扯自己的頭髮，表示焦慮、哀傷、憤慨。

to a hair 精確地，分毫不差地。

turn a hair 驚訝，激動。

hair·breadth ['hɛr,brɛdθ] 名 形 = hairsbreadth.

hair·brush ['hɛr,brʌʃ] 名 髮梳。

hair·cloth ['hɛr,klɔθ, -,klɑθ] 名 U 毛織布，作襯裡的布（亦稱 **cilice**）。

hair·col·or·ing ['hɛr,kʌlərɪŋ] 名 U C 染髮劑。

hair·curl·ing ['hɛr,kɝlɪŋ] 形《口》令人毛骨悚然的，恐怖的。

hair·cut ['hɛr,kʌt] 名 1 理髮: get a ～ 去理髮。2 髮型。～**·ter** 名 理髮師。

hair·do ['hɛr,du] 名 (複 ～**s** [-z]) 1（婦女的）髮型。2 剛梳好的頭髮，髮髻。

hair·dress·er ['hɛr,drɛsɚ] 名 1 美髮師 2《英》= barber.

hair·dress·ing ['hɛr,drɛsɪŋ] 名 U 做頭髮（業）；整髮用化妝品。

'hair 'drier [-dryer] 名 吹風機。

haired [hɛrd] 形 多毛髮的；《作複合詞》頭髮…的: long-*haired* 長髮的。

hair·grip ['hɛr,grɪp] 名《英》髮夾 = bobby pin.

'hair ˌimplant 名 人工植髮（術）。

hair·less ['hɛrlɪs] 形 無毛髮的；禿的。

hair·like ['hɛr,laɪk] 形 如毛（髮）的。

hair·line ['hɛr,laɪn] 名 1 非常細的線（字體的）一勾；（油畫等的）小細痕。髮型輪廓，（額頭的）髮際線。

to a hairline 精確地，分毫不差地。

'hair ˌnet 名 髮網。

hair·piece ['hɛr,pis] 名 假髮。

hair·pin ['hɛr,pɪn] 名 U 形髮夾；U 形物: take a ～ bend 呈 U 字形彎曲。一形 U 字形的。

hair-rais·ing ['hɛr,rezɪŋ] 形 令人毛骨悚然的，恐怖的。**-rais·er** 名

hairs·breadth ['hɛrz,brɛdθ] 名 極小的間隔: escape death by a ～ 千鈞一髮地逃過一死。一形 間隔極短的；好不容易的: ～ escape 九死一生（亦作 **hair's breadth**, **hairbreadth**）。

'hair 'shirt 名（苦行者所穿的）粗毛上衣。

'hair ˌslide 名《英》女用髮夾 = barrette.

hair·split·ter ['hɛr,splɪtɚ] 名 吹毛求疵的人；好爲小事爭執的人；鑽牛角尖的人。

hair·split·ting ['hɛr,splɪtɪŋ] 名 U 對小事吹毛求疵。一形 爲小事吹毛求疵的。**-ter** 名 好爲小事爭執的人。

'hair ˌspray 名 U C（噴霧式）髮膠。

hair·spring ['hɛr,sprɪŋ] 名〖鐘錶〗游絲，細彈簧。

'hair ˌstroke 名（畫、文字的）細線；〖印〗= serif.

hair·style ['hɛr,staɪl] 名 髮型。

hair·styl·ist ['hɛr,staɪlɪst] 名 髮型設計師，美髮師。**-styl·ing** 名 U 髮型設計。

'hair ˌtrigger 名 微動扳機。

hair-trig·ger ['hɛr,trɪgɚ] 形 敏銳的；一觸即發的；一碰就破壞的。

hair·weav·ing ['hɛr,wivɪŋ] 名 U 織髮。

'hair-ˌweav·er 名

hair·y ['hɛrɪ] 形 (**hair·i·er**, **hair·i·est**) 1 多毛的。2 毛製的；毛似的。3《俚》討厭的，令人不快的；粗魯的。**-i·ness** 名

Hai·ti ['hetɪ] 名 海地（共和國）: 大安地列斯群島中的一個共和國；首都太子港（Port-au-Prince）。

Hai·ti·an ['heʃən, -tɪən] 形 海地的，海地人的。

—图 1 海地人。2 Ⓤ海地語。

hajj, haj [hædʒ] 图(複～·es)（回教的）麥加朝聖。

haj·ji, haj·i ['hædʒɪ] 图(複～s [-z])曾赴麥加朝聖過的回教徒。

hake [hek] 图(複～, ～s) ⓊⒸ〖魚〗鱈魚科之魚。

Ha·ken·kreuz ['hɑkən,krɔɪts] 图（複 **-kreu·ze** [-,krɔɪtsə]）《德語》德國納粹黨的標誌（卍）。

ha·kim [hə'kim] 图（回教國家的）醫生。

Hak·ka ['hɑkə,'hɑ'kɑ] 图(複～s或～) 1 客家人。2 Ⓤ 客家話。

Hal [hæl] 图〖男子名〗郝爾（Harold 的別稱）。

ha·la·tion [he'leʃən, hæ-] 图Ⓤ〖攝〗暈光。

hal·berd ['hælbɚd], **-bert** [-bɚt] 图〖史〗戟：一種槍鉞組合的兵器。

hal·berd·ier [,hælbɚ'dɪr] 图 戟兵。

hal·cy·on ['hælsɪən] 图 1（相傳能使冬至時風浪平靜的）神翠鳥。2〖鳥〗翠鳥。
—形 1 翠鳥的。2 穩定的，平靜的。3 富裕的；幸福的。

halcyon 'days 图(複) 1 冬至前後氣候穩定的兩週：the sunny ～ of late spring 風和日麗的暮春時節。2 太平時代。

hale[1] [hel] 形 (**hal·er, hal·est**) 1《文》（老年人）強健的，精力充沛的。2《蘇·北英》完好無損的。
hale and hearty（老人、病剛好的人）健壯的，健康情形良好的。
～·ness 图Ⓤ 強壯，健康。

hale[2] [hel] 動及 1《文》強拉，硬拖。
—不及 1 用力拉…《 *at...* 》。2《英方》潸潸落下，流出。

half [hæf, -ɑ-] 图（複 **halves** [hævz]）1 一半：the latter ～ of the 16th century 十六世紀後半。2〖運動〗(1)比賽的半場。(2)〖棒球〗（一局裡的）上半或下半：the first ～ of the fifth inning 第五局的上半。(3)〖美足〗= halfback 1. (4)〖高爾夫〗平手。(5)半哩賽跑。3（一對中的）一個；舞伴。4《美口》五角錢。5《英口》(1) 半辨士。(2)半品脫。6《主英》學期，半學年：the summer ～ 夏季開始上課的學期。7《英口》費用半價的兒童。
and a half《俚》重要的，棘手的。
by half (1) 一半。(2)《口》《反語》非常。
by halves《通常用於否定句》半途而廢地，不完全地，不仔細地；不熱心地。
cry halves 要求平分。
go halves with** a person **in [***on***]...《口》與某人均分…。
in half / into halves 對半地，成兩半。
not (the) half of...（話等）尚有後文。
on halves《美》對半均分。
say half to oneself 喃喃自語。
the other half 剩下的一半。
to (the) halves 對半地；到半途。
—形 1 一半的：*H-* a loaf is better than none.《諺》麵包半個別嫌少，總比沒有麵包好；聊勝於無。2 部分的，不完全的。
—副 1 一半地：Well begun is ～ done.《諺》好的開始是成功的一半。2 一部分地；不完全地：a ～ educated person 受過一點教育的人。3 相當地；幾乎：speak ～ aloud 相當大聲地說話。
half as much again as...（為）…的一倍半。
half as much as...（為）…的一半。
more than half 過半，非常。
not half《口》(1)一點也不…。(2)《俚》《反語》非常；真正地。

half-a-crown ['hæfə'kraʊn] 图 ＝ half crown.

half-and-half ['hæfən'hæf] 形 一半一半的；不完整的，模稜兩可的：a ～ attitude toward... 對…的模稜兩可的態度。
—副 對半地，均等地。—图 Ⓤ 1 對半摻和的東西。2 調和飲料：《英》調和的啤酒；《美》奶油和牛奶各半的混合飲料。

half·back ['hæf,bæk] 图（足球、橄欖球、曲棍球的）中衛。

half-baked ['hæf'bekt] 形 1 半生不熟的。2 不完全的；準備不足的。3 尚未成熟的；不實際的；《口》古怪的。

half-bath ['hæf,bæθ] 图 1 僅有洗臉臺與馬桶的房間。2 淋浴用的浴室。

'half ,binding 图Ⓤ半皮[精]裝（書）。

'half ,blood 图 Ⓤ 1 異父或異母的兄弟姊妹。2 混血兒；雜種。—形 1 同父異母的，同母異父的。2 混血的；雜種的。
half-blood·ed 形

half-boiled ['hæf'bɔɪld] 形 半沸的；半熟的。

'half ,boot 图 半長統靴。

half-bred ['hæf,brɛd] 形 混血的。

half-breed ['hæf,brid] 图 1（白人與印第安人的）混血兒。2 雜種。—形《蔑》白人與印第安人混血所生後裔的。

'half ,brother 图 同父異母或同母異父的兄弟。

half-caste ['hæf,kæst] 图 1 混血兒；白人與印度人所生的混血兒。2 雙親門戶不相當的人。

'half ,cock 图Ⓤ 待擊狀態。
go off at half cock / go off half-cocked (1) 過早發射。(2)《口》時機未熟前就做；時機尚早時就發生。

half-cocked ['hæf'kɑkt] 形《美》1 處於待擊狀態的。2《口》準備不足的；未臻成熟的。3 愚蠢的。4《俚》微醉的。
go off half-cocked ⇨HALF COCK（片語）

'half 'crown 图（昔日英國的）半克朗銀幣。

'half ,deck 图〖海〗半甲板；甲板室。

'half ,dime 图 五分錢銀幣。

'half 'dollar 图（美國、加拿大的）五角銀幣；五角錢。

H

half-dozen ['hæf,dʌzn̩] 〈名〉(複～s) 半打，六個。—〈形〉半打的；六個的。

'half 'eagle 〈名〉《美》（從前的）五元金幣。

'half ˌgainer 〈名〉〖跳水〗背滾下水式。

half-hard·y ['hæf'hardɪ] 〈形〉（植物）半耐寒性的。

half-heart·ed ['hæf'hartɪd] 〈形〉無興趣的，不認真的。～**·ly** 〈副〉，～**·ness** 〈名〉

half-hol·i·day ['hæf'hɑlə,de] 〈名〉半天假。

'half 'hose 〈名〉短襪，半長統襪。

half-hour ['hæf'aur] 〈名〉**1** 半點鐘。**2**（鐘錶的）半個時點。—〈形〉半小時的。

half-hour·ly ['hæf'aurlɪ] 〈形〉**1** 半小時的。**2** 每半小時的。—〈副〉每隔半小時地。

half-length ['hæf,lɛŋkθ] 〈名〉正常長度的一半；半身像。—〈形〉全長之一半的；半身的。

half-life ['hæf,laɪf] 〈名〉(複**-lives**) Ⓤ Ⓒ **1**〖理〗（放射性物質的）半衰期。**2**（衰退前的）繁盛期。

half-light ['hæf,laɪt] 〈名〉Ⓤ 微明，薄明。

half-mast ['hæf'mæst] 〈名〉Ⓤ（表示弔念、遇難）降半旗的位置。

at half mast 降半旗的。

—〈動〉〈及〉降半旗。

'half ˌmeasure 〈名〉《常作～s》寬容的手段，折衷辦法。

half(-)moon ['hæf'mun] 〈名〉**1** 半月。**2** 半月形的東西。

'half ˌmourning 〈名〉Ⓤ 半喪服；半喪期。

'half 'nelson 〈名〉〖角力〗反扼頸。

half·ness ['hæfnɪs] 〈名〉Ⓤ 一半；半途而廢；猶豫不決。

'half ˌnote 〈名〉《美》〖樂〗二分音符。

half·pen·ny ['hep(ə)nɪ] 〈名〉(複**-nies**) **1** 英國半辨士的銅幣。**2**(複**-pence** ['hepəns]) 半辨士的金額。**3** 少量；(《**-nies**》)《英口》小錢，些許。

a bad halfpenny《口》令人討厭卻又不斷出現的人。

not have two halfpennies to rub together 囊空如洗，赤貧。

—〈形〉沒價值的，不值錢的。

half·pen·ny·worth ['hepənɪ,wɝθ] 〈名〉值半辨士之物；極少量（的…）(《*of* ...》)。

'half 'pint 〈名〉**1** 半品脫。**2**《俚》微不足道的人。**3**《口》矮子。

half-price ['hæf'praɪs] 〈形〉〈副〉半價的[地]。

half-read ['hæf'rɛd] 〈形〉一知半解的。

'half-seas 'over ['hæf,siz-] 〈形〉**1**（航海）半途的。**2**《俚》半醉的；醉倒的。

'half ˌsister 〈名〉同父異母或同母異父的姊妹。

half-slip ['hæf,slɪp] 〈名〉短的襯裙。

'half ˌsole 〈名〉半（皮）底：鞋底的前掌。

half-sole ['hæf,sol] 〈動〉〈及〉換新的半皮底，給（鞋）打前掌。

'half 'sovereign 〈名〉英國十先令金幣

half-staff ['hæf'stæf] 〈名〉= half-mast.

'half ˌstep 〈名〉《美》**1**〖樂〗= semitor

2〖軍〗小步，快步。

'half 'tide 〈名〉半潮。

half-tim·bered ['hæf'tɪmbɚd] 〈形〉

建〗（房屋）半露木的。

'half ˌtime 〈名〉Ⓤ **1** 半場時間或中場休

時間。**2** 半天工作。**'half-ˌtime** 〈形〉

half-tim·er ['hæf,taɪmɚ] 〈名〉**1** 工作半

者。**2**《英》半日制學童。

'half ˌtitle 〈名〉**1** 簡略書名；首頁。**2** 各

的標題，小標題。

'half ˌtone 〈名〉〖樂〗《美》= semitone.

half·tone ['hæf,ton] 〈名〉**1** 中間色調。**2**

印〗網版印刷，網版照片。

half-track ['hæf,træk] 〈名〉**1** 半履帶裝置

2 半履帶式汽車；〖軍〗半履帶裝甲車。

half-truth ['hæf,truθ] 〈名〉(複～s [-ðz]) (

Ⓒ 部分真實的話。

'half ˌvolley 〈名〉〖運動〗球剛落地彈

時立即打出或踢回。

:half·way ['hæf'we] 〈副〉**1** 中途地。**2** 幾乎

差一點就…。**3** 不徹底地，部分地。

meet a person halfway (1) 在半路上碰面

在半路上迎接。(2) 遷就，妥協。

meet trouble halfway 杞人憂天。

—〈形〉**1** 中途的。**2** 不徹底的。

'halfway ˌhouse 〈名〉**1** 中途旅舍。**2**

間地點；折衷辦法。**3** 中途之家，心理

健中心，回歸社會訓練所。

half-wit ['hæf,wɪt] 〈名〉魯鈍者；愚蠢者

half-wit·ted ['hæf'wɪtɪd] 〈形〉**1** 痴呆的

2 愚蠢的。～**·ly** 〈副〉，～**·ness** 〈名〉

half-year·ly ['hæf'jɪrlɪ] 〈形〉〈副〉每半年

[地]。

hal·i·but ['hæləbət] 〈名〉(複～, ～s)〖魚

大比目魚；Ⓤ 大比目魚的肉。

hal·ide ['hælaɪd, 'he-] 〈名〉〖化〗鹵化物

—〈形〉鹵化物的。

Hal·i·fax ['hælə,fæks] 〈名〉哈利法克斯：

拿大東南部一港市。

hal·ite ['hælaɪt, 'he-] 〈名〉Ⓤ 岩鹽，石鹽

hal·i·to·sis [,hælə'tosɪs] 〈名〉Ⓤ〖醫〗

臭。

:hall [hɔl] 〈名〉**1** 大廳，會場，禮堂；會館

總部：an assembly ～ 集會所 / a city ～

政廳 / the *H*- of Justice 審判廳，法庭。**2**

道，穿堂；走廊；門廳：the front ～

廳。**3** 宿舍；講堂：a lecture ～ 講堂 / liv

in the ～*s* 住在宿舍裡。**4** 學院，系科：th

science ～ 理學院。**5**（英國大學的）大

廳；在大餐廳的會餐。**6**《主英》大宅邸

府第。**7**（中世紀的）大院；城堡。

halls of ivy《美》高等學府。

The Hall of Fame《美》榮譽紀念堂，名

堂。

hal·le·lu·jah, -iah [,hælə'lujə] 〈感〉

利路亞！（讚美上帝之意）。—〈名〉**1** 哈

路亞的讚美聲；喜悅和讚美的呼聲。**2**

利路亞聖歌。一形救世軍的。

[al·ley's 'Comet ['hælɪz-] 名〖天〗哈雷彗星（約 76 年出現一次）。

al·liard ['hæljɚd] 名 = halyard.

all·mark ['hɔl,mark] 名 **1**（金銀製品的）純度保證標記；品質保證印記。**2** 特質，特徵。一動及 蓋上純度保證標記；保證品質，附上品質保證書。

al·lo(a) [hə'lo] 感 喂！嗨！（驅趕獵狗時的）嘿。一名（複～s [-z]）喊叫聲；歡呼聲。一動及不及 大聲喊叫。

al·low¹ ['hælo] 動 及《通常用被動》**1** 使神聖，使清高；把…獻給神。**2** 視為神聖；崇敬。

al·low² [hə'lo] 感名，動及不及 = hallo.

al·lowed ['hælod,《教會儀式中用》'hæloɪd] 形 神聖的，視為神聖的；受尊敬的：～ ground 神聖之地。～·**ness** 名

[al·low·een [,hælo'in, ,hɑl-] 名 萬聖節前夕；10 月 31 日的晚上（亦稱 **Hallowe'en**）。

[al·low·mas ['hæloməs, -,mæs] 名《古》（11月1日的）萬聖節華會。

all ,stand 名 進門處的衣帽架。

all ,tree 名 進門處的衣帽架。

al·lu·ci·nate [hə'lusə,net] 動及 使產生幻覺。一不及 產生幻覺。-**na·tor** 名

al·lu·ci·na·tion [hə,lusə'neʃən] 名 U C **1** 幻覺。**2** 錯覺，妄想。

al·lu·ci·na·to·ry [hə'lusənə,torɪ] 形 幻覺的。

al·lu·cin·o·gen [hə'lusənə,dʒɛn] 名 迷幻藥。

al·lu·cin·o·gen·ic [hə,lusənə'dʒɛnɪk] 形名 迷幻藥（的）。

al·lu·ci·no·sis [hə,lusə'nosɪs] 名 U〖精神醫〗幻覺症。

all·way ['hɔl,we] 名《美》**1** 通道，走廊。**2** 入口處的通道，穿堂。

al·ma ['hælmə] 名 一種跳棋。

a·lo ['helo] 名（複～s, ～es）**1**（聖像頭四周的）光環；（理想化人物的）光輝。**2**〖氣象〗暈輪；光暈。**3**〖電視〗光暈。一動及 使圍繞著光環。

al·o·gen ['hælədʒən] 名 U〖化〗鹵素。

al·oid ['hælɔɪd, 'helɔɪd] 形〖化〗鹵化物的，鹵素的。一名 鹵素金屬鹽。

al·o·thane ['hælə,θen] 名 U〖藥〗海樂仙：鼻吸全身麻醉劑。

alt¹ [hɔlt] 動 不及 停止，中止，終止。一及 使停止；使終止。一名 **1** 中止，終止。**2**《英》《文》候車站。一感《軍隊的口令》停！站住！不要動！

alt² [hɔlt] 動不及 **1** 支支吾吾；（理論）說不通；（在形式或格律上）有缺點：～ in midsentence 一句話說了一半而語塞。猶豫，疑惑。**3**《古》瘸[跛]著走。一形《古》跛足的。一名《古》跛足；瘸行。

al·ter ['hɔltɚ] 名 **1** 韁繩，籠頭。**2** 絞刑索；絞首（刑）。**3** 婦女穿的無袖露背服。一動及 **1** 給…繫上韁繩；束縛；抑制。**2** 絞殺，處以絞刑。

hal·ter·neck ['hɔltɚ,nɛk] 形（仕女服裝）露肩露背式的。

halt·ing ['hɔltɪŋ] 形 **1** 支支吾吾的；（理論）說不通的；（詩在形式或格律上）不完全的；猶疑的。**2** 跛腳的。**3** 拖拖拉拉的，不確定的。～·**ly** 副

halve [hæv] 動及 **1** 二等分；平分《with ...》。**2** 減半。**3**〖高爾夫〗以同桿數打完，不分勝負《with...》。

halve together 把（木材）以榫頭相接。

·**halves** [hævz] 名 **half** 的複數形。

hal·yard ['hæljɚd] 名〖海〗升降索。

·**ham¹** [hæm] 名 **1** U C 火腿：～ and eggs（西式早餐吃的）火腿和蛋。**2** 膕窩。**3**《常用～s》腿的後部。

ham² [hæm] 名 **1**〖劇〗《俚》表演動作過火的演員；誇張的表演。**2**《口》火腿族，業餘無線電愛好者。

一動 (**hammed**, ～·**ming**) 不及〖劇〗《俚》表演過火[誇張]。一及《俚》[**ham it up**]（將角色）誇張表演；做得過分。

Ham [hæm] 名〖聖〗含：Noah的次子。

ham·a·dry·ad [,hæmə'draɪəd, -æd] 名（複 ～s, -**a·des** [-ə,diz]）**1**〖希神〗樹神，樹精。**2**〖動〗= king cobra.

ha·mar·ti·a [,hɑmɑr'tɪə] 名（古希臘悲劇中的）悲劇性的缺點。

Ham·burg ['hæmbɝg] 名 漢堡：德國北部一港市。

·**ham·burg·er** ['hæmbɝgɚ] 名 **1** U《美》漢堡。**2** 牛肉餅。**3** 漢堡牛排。

'Hamburg ,steak 名《美》= hamburger 3.

ham-fist·ed [,hæm'fɪstɪd] 形《英俚》= ham-handed.

ham-hand·ed ['hæm'hændɪd] 形 **1** 手特別大的。**2** 笨拙的。

Ham·il·ton ['hæmḷtən] 名 漢米敦：**1** 英屬 Bermuda 群島的首府。**2** 加拿大 Ontario 省東南部的一港市。

Ham·ite ['hæmaɪt] 名 **1**〖聖〗Noah 次子 Ham 的後裔。**2** 哈姆族（人）。

Ham·it·ic [hæ'mɪtɪk, hə-] 名U，形 哈姆族[語]（的）。

ham·let ['hæmlɪt] 名 村落，小村莊。

Ham·let ['hæmlɪt] 名 **1**『哈姆雷特』：Shakespeare 的作品。**2** 該劇主角之名。

:**ham·mer** ['hæmɚ] 名 **1** 鎚，榔頭：wield a ～ 揮動鎚子。**2** 似鎚的東西；（木）槌，琴鎚，（鈴的）敲擊鎚。**3**（槍的）擊鐵；（鋼琴的）音鎚；〖田徑〗鏈球：throw the ～ 擲鏈球。**4**《美俚》（汽車的）油門：drop the ～ 踩油門加速。

(as) dead as a hammer《口》完全死亡。

go at it hammer and tongs《口》⑴ 兇猛地打鬥；劇烈地爭論。⑵ 拚命做。

hammer and tongs《口》《副詞》盡全力地，竭力地，不顧一切地。

H

under the hammer 被拍賣。
up to the hammer《口》一流的。
—動及 **1** 用鎚敲，鎚打；以釘子釘上《*down, up*》。**2** 用鎚（敲擊）做成；賣力做好《*out, together*》。**3** 以鎚鍛造。**4**（使）強記，硬塞進，強迫灌輸《*into ...*》；《常與 **home** 連用》有力地陳述。**5**《英口》打敗。**6**《英》（倫敦證券交易所內）處以除名處分；使股價滑落。—不及 **1** 用鎚敲擊；連續敲打《*at, on...*》。**2** 孜孜不倦地努力，反覆推敲。**3** 重複，不斷強調，不斷攻擊《*away / at...*》。
hammer out (1) ⇨動及 2. (2) 解決不合，努力達成（協議等）。(3) 用力敲打。

'hammer and 'sickle 名《the～》鐵鎚和鐮刀：共產主義的象徵，前蘇聯國旗的國徽。

ham·mer-head ['hæmə-ˌhɛd] 名 **1** 鎚頭。**2** 笨蛋；鄉巴佬。**3**〖魚〗撞木鮫；小型吸盤魚。～**·ed** 形 頭形似鎚的；笨頭笨腦的。

ham·mer·ing ['hæmərɪŋ] 名 U C **1** 用鎚敲打。**2** 抨擊。**3** 用鎚打出的圖案。

ham·mer·less ['hæmə-lɪs] 形 **1** 沒有鎚頭的。**2**（槍的）擊鐵上了套筒的。

'hammer ˌlock 名〖角力〗扭臂。

ham·mer·smith ['hæmə-ˌsmɪθ] 名 鍛工；鎚工。

'hammer ˌthrow 名《the～》〖田徑〗鏈球擲遠。

ham·mock ['hæmək] 名 吊床。

'hammock ˌchair 名 摺疊式帆布椅。

'Ham·mond 'organ ['hæmənd-] 名〖商標名〗哈蒙德電子琴，電子風琴。

Ham·mu·ra·bi [ˌhɑmə'rɑbɪ, ˌhɑmu'rɑbɪ] 名 漢摩拉比：最早的成文法—『漢摩拉比法典』的制定者。

ham·per¹ ['hæmpə-] 動 及 **1** 阻止，妨害。**2** 干擾。

ham·per² ['hæmpə-] 名 **1**（有蓋的）大籃子；裝食品的提籃；裝在籃內的禮物。**2**《美》洗衣籃。

Hamp·shire ['hæmpʃɪr, -ʃə-] 名 漢普夏：英格蘭南部的一郡。略作：Hants.

ham·ster ['hæmstə-] 名〖動〗倉鼠。

ham·string ['hæmˌstrɪŋ] 名（人的）膕旁腱；四腳動物後腿後側的肌腱。—動（**-strung, ～·ing**）及 **1** 把腿腱砍斷使跛腳[殘廢]。**2** 使受挫折[困擾，牽制]。

Han [hɑn] 名 **1**（中國的）漢朝。**2**《the～》漢水。**3** 漢人。

:hand [hænd] 名 **1** 手；（動物的）上肢；（猿猴的）四肢之一；（豬的）前腳；（動物的）可以抓東西的部分：the hollow of the ～ 手心 / vote by a show of ～*s* 舉手表決。**2** 指針：the hour ～ 時針。**3** (1)（做為手段、媒介的）行爲，作用：die by one's own ～ 自殺。(2) 幫忙；參與：have a ～ in... 參與…。(3)（手的）觸感。(4)《～**s**》〖馴馬〗控制韁繩的技巧。**4** (1) 人手，雇員：a hired ～ 雇工。(2) 船員。**5** 手藝，技能；（精幹、笨拙的）人：a fine ～ wi[th] horses 馭馬高手 / a top ～ at office work 精通辦公事務的頂尖好手。**6**《常用～**s**》支配，掌管；照顧：fall into enemy ～*s* 陷入敵人手中 / leave a child in good ～*s* 把孩子託靠得住的人照顧。**7** (1)《口》鼓掌喝采：get a big ～ 博得熱烈掌聲。(2) 婚約；允定：ask for a woman's ～ 向女子求婚 / giv[e] one's ～ to... 答應…的求婚。(3) 筆跡，字體：write (in) a good ～ 字寫得漂亮。(4)《文》簽名：set one's ～ to a deed 在證書上簽名。**8** 方位，方面：on the right ～ 在右側。**9**〖牌〗(1) 手上的牌：hold a good ～ 握有一手好牌。(2) 握牌的人：an elder ～ 先出牌的人。(3) 一局：play a ～ of bridge 打一局橋牌。

a man of his hands 凡事勤於動手實做的人，務實的人。
at first hand 第一手地，直接地。
at hand (1) 在手邊，在近處。(2)《文》在最近的將來，不久。(3) 隨時可用的。
at the hand(s) of a person / at a person hand(s) 經某人之手；由於某人的因素。
bite the hand that feed one 恩將仇報，忘恩負義。
by hand (1) 用手。(2) 靠自己養育地；以奶瓶餵養地。(3) 親自動手（寫）；親手（交給）；派人手遞（非經郵局者）。
change hands 易主，易手。
come to hand 到手，收到。
eat out of a person's hand 對某人言聽計從，對某人極其巴結。
force a person's hand（雖然時機尚未成熟）促使（某人）採取行動或表態。
for one's own hand 爲了自己。
from hand to hand 用手傳遞；轉手。
from hand to mouth 僅夠餬口，無積蓄。
get one's hand in... 開始熟練於…。
give a person one's hand on ... 與某人（握手）成交。
hand and foot (1) 手腳不得動彈地。(2) 竭力侍候地；奴隸似地；忠實地。
hand and glove / hand in glove (1) 極親近《*with...*》。(2) 串通，合作《*with...*》。
hand...around / hand around ... 依順序輪流分配…。
hand in hand 手攜手地；密切合作地。
hand over fist (1) 以雙手交互往上抓的方式。(2) 迅速地。(3) 穩健地。
One's hands are tied. 雙手被束縛住了，無能爲力了，沒辦法了。
hands down (1) 不費力地，容易地。(2) 不容置疑地，沒問題地。
Hands off! 不准動手！不許碰！不得干涉！
Hands up! (1) 手舉起來！快投降！(2)（贊成的）舉手！
hand to hand 扭打成一團；接近。
have one's hands full 忙得分身乏術。

hold** a person's **hand 給某人親切的指導或精神的援助。

hold** one's **hand 收斂，抑制，節制。

hold hands （示愛地）（與異性）牽手。

in hand ⑴在控制下。⑵手中的；手頭上的。⑶進行中；考慮中；交涉中。

in the turn(ing) of a hand 迅速地。

join hands ⑴（在結婚典禮上）（使）男女互握雙手。⑵攜手合作。

keep** one's **hand in... ⑴對…持續關心。⑵熟練於…；不斷地練習。

lay** one's **hands on... ⑴拿到，取得。⑵逮捕，捕獲。⑶（洗禮時）將手置於…頭上。⑷施暴。

make a hand 獲利；成功。

not do a hand's turn 不做任何努力。

not lift a hand 不做任何努力。

off** a person's **hands ⑴脫離某人的監督。⑵徹底完成。

on all hands / on every hand ⑴廣泛地，普遍地。⑵從四面八方，到處。

on hand ⑴手頭上的；身邊的。⑵將發生的。⑶《美》出席，在場。

on the one hand 就一方面而言。

on the other hand 就另一方面而言。

on** one's **hands 由…照顧；尚未脫手的。

out of hand ⑴失去控制地，無紀律地。⑵立刻。⑶已完成，終了的。

play into** a person's **hands （違反本意地）做對某人有利的事。

put** one's **hand to... ⑴抓住。⑵著手於…，從事於…。

shake hands with** a person / **shake** a person's **hand 與某人握手。

show** one's **hand ⑴〖牌〗露底牌。⑵表明心意；《喻》洩底。

sit on** one's **hands ⑴不熱烈；不聲援。⑵不採取任何行動，不動聲色。

strike hands 用力握手；擊掌訂約。

take ...in hand ⑴承擔；照料，管理。⑵處理；討論。

throw up** one's **hands 承認失敗；放棄努力。

tie** a person's **hands / have** a person's **hands tied 剝奪行動自由；綑住手腳。

Time hangs heavy on my hands. 無事可做而覺得時間過得太慢。

tip** one's **hand 過早透露計畫，攤牌。

to hand ⑴在手邊，在手頭。⑵使服從。

to** one's **hand ⑴正合理想的。⑵馴服的，服從的。

try** one's **hand (at...) 試試自己（在…）的本事，試一試…。

turn** one's **hand to... 著手，從事。

under** a person's **hand(s) 受某人保護；在某人手邊的。

under the hand of... 以…署名；由…親筆保證。

wash** one's **hands of... 洗手不幹…。

win** (a lady's) **hand 贏得（女士的）允婚。

win hands down 輕而易舉地贏。

with a heavy hand ⑴嚴厲地；強制地。⑵笨拙地。

with a high hand 驕傲自大地；高壓地。

with an open hand 慷慨地。

with clean hands 廉潔地。

wring** one's **hands 苦惱地絞手《*over...*》。

—動及 **1** 交付；傳遞；送給：～ a person a check 將支票交予某人。**2** 給予（人）援手。**3**〖海〗改變（航向）。

hand...back / hand back... 交還，歸還。

hand...down / hand down... ⑴傳達，宣布（判決、評審結果）。⑵《常用被動》把…留傳（後世）。⑶用手將…拿下。

hand...in / hand in... 親手交給，繳交。

hand in** one's **checks 《主英》⇨ CHECK 名（片語）

***hand it to** a person* 《口》尊敬，佩服，承認（某人）優秀。

hand...off / hand off... ⑴〖足球〗將（球）傳給（隊友）。⑵〖橄欖球〗用單手推開（對手）以免被其擒抱。

hand...on / hand on... ⑴（一個傳一個地）遞交。⑵留傳，遺留（給…）《*to...*》。

hand...out / hand out... 分發，分配。

hand...over / hand over... ⑴委交（某人）保管[管理，保護]《*to...*》。⑵將…讓渡與（某人）《*to...*》。

hand...up / hand up... ⑴以手將…拿[移]往高處。⑵將…呈給上級。

hand·bag ['hænd,bæg] 名 **1**（女用）手提包。**2** = valise 1.

hand·ball ['hænd,bɔl] 名 **1** Ⓤ⑴美式手球。⑵手球。**2** 上述運動比賽所用的球。

hand·bar·row ['hænd,bæro] 名 **1** 箱形搬運工具。**2** 手推車。

hand·bell ['hænd,bɛl] 名手搖鈴。

hand·bill ['hænd,bɪl] 名傳單。

hand·book ['hænd,buk] 名 **1** 手冊，指南。**2** 旅行指南。

'hand ,brake 名手煞車。

hand·breadth ['hænd,brɛdθ], **hand's-** ['hændz-] 名一掌之寬。

hand-car·ry ['hænd'kærɪ] 動及 攜帶。

hand·cart ['hænd,kɑrt] 名手推車，手車。

hand·clap ['hænd,klæp] 名拍手。

hand·clasp ['hænd,klæsp] 名握手。

hand·craft ['hænd,kræft] 名 = handicraft. —動及用手工製作。

hand·craft·ed ['hænd,kræftɪd] 形手工製作的。

hand·cuff ['hænd,kʌf] 名《通常作～**s**》手銬。—動及戴上手銬；約束行動。

hand·ed ['hændɪd] 形 **1** 有手的，帶柄的。**2**《通常作複合詞》由…人來玩的；由…人組成的：a five-*handed* game 五人玩的遊戲。**3**《通常作複合詞》用…手的：left-*handed* 左撇子的。

Han·del ['hændl] 名 **George Frederick,** 韓德爾（1685–1759）：英國作曲家。

H

:**hand·ful** ['hænd,ful] 名 (複～s) 1 一把，滿手（的…）《of...》: a ～ of dirt 一把泥土。2 少量，少數（的…）《of...》。3《口》管不了的事，難對付的人，棘手的事。

'**hand ˌglass** 名 1 手鏡。2（閱讀用的）放大鏡。

'**hand greˌnade** 名 手榴彈。

hand·grip ['hænd,grɪp] 名 1 握手：a weak ～ 無力的握手。2《～s》扭打，格鬥：come to ～s 扭打起來。3 把手，柄。

hand·gun ['hænd,gʌn] 名《美》手槍。

handheld ['hænd,held] 形 手提式的，袖珍型的。

hand·hold ['hænd,hold] 名 把手，握柄；緊握；可供攀抓之物。

·**hand·i·cap** ['hændɪ,kæp] 名 1（實力懸殊者比賽時爲使得勝機會均等而加諸優勢者的）讓分，障礙。2 讓分賽。3 不利條件；身體上的殘障：a physical ～ 身體殘障者。—動 (-capped, ～·ping) 及 1《通常用被動》使處於不利的地位；對…無能爲力。2 給予…不利的條件。3〖運動〗預測（比賽）的贏家；以讓步的方式賭勝負。

hand·i·capped ['hændɪ,kæpt] 形 1 殘障的，殘廢的：a physically ～ person 身體殘障者。2（比賽的選手）讓或被讓分的：a ～ golfer 被讓桿的高爾夫球選手。

hand·i·craft ['hændɪ,kræft] 名 1 Ⓤ 靈巧的手工。2 手工藝，手工藝業；《通常作～s》手工藝品。

hand·i·crafts·man ['hændɪ,kræftsmən] 名 (複-men) 手工藝師傅，工匠。

hand·i·ly ['hændɪlɪ] 副 1 靈巧地。2 便利地；容易地。

hand·i·ness ['hændɪnɪs] 名 Ⓤ 1 靈巧。2 便利。3 適合。

hand·i·work ['hændɪ,wɝk] 名 1 Ⓤ 手工，手工藝；Ⓒ 手工製品，手工藝品。2 Ⓤ（特定人的）作品；做法，方法；行爲。

:**hand·ker·chief** ['hæŋkɚtʃɪf, -tʃif] 名 (複～s, -chieves) 1 手帕。2《文》圍巾。

hand-knit ['hænd'nɪt] 動 (～·ted 或 -knit, ～·ting) 及 用手編織。—形 手工編織的。

'**hand ˌlanguage** 名 = dactylology.

:**han·dle** ['hændl] 名 1 柄，把手。2 可利用的材料，可乘之機。3《俚》頭銜，名字：a ～ to a name《口》頭銜，尊稱。4 賭金的總額；收益總額。5 觸感。

fly off the handle 發怒，失去自制。

get a handle on... 控制，掌握。

—動 (-dled, -dling) 及 1 以手觸摸；抓握，用手操縱。2 處理；應對；討論。3 領導；操縱，駕駛，駕馭：be excellent at *handling* horses 善於馭馬。4 買賣，經銷。5《俚》〖狩〗殺死。—不及 被操縱，被處理。

han·dle·a·ble ['hændələbl] 形 容易使用[操作]的。-'**bil·i·ty** 名

han·dle·bar ['hændl,bar] 名 1《通常作～s》(1)（腳踏車、機車等的）把手。(2) handlebar mustache. 2 採棒。

'**handlebar musˈtache** 名 八字鬍。

han·dled ['hændld] 形《常作複合詞》有柄的，有把手的。

han·dler ['hændlɚ] 名 1 操作者，處理（事物）者。2（拳擊）教練；助手。3 送狗參加展示會的人。4 警犬的訓練者。

hand·less ['hændlɪs] 形 1 無手的。2 笨拙的。

han·dling ['hændlɪŋ] 名 Ⓤ 1 用手接觸；用手操作。2 管理，處理；操縱；待遇。—形（運輸等方面的）處理的。

'**hand ˌluggage** 名 Ⓤ《英》手提行李。

hand·made ['hænd'med] 形 手工製的。

hand·maid(·en) ['hænd,med(n̩)] 名《古》婢女，侍女。2《文》補充品。

hand-me-down ['hændmi,daʊn] 名《～s》舊衣服；便宜貨，劣等貨品。—形（衣服）舊的；便宜的。

'**hand ˌmoney** 名 Ⓤ 訂金，保證金。

'**hand ˌorgan** 名 手搖風琴。

hand·out ['hænd,aʊt] 名 1（向報社）發布的新聞稿；廣告傳單；（散發的）印刷單；講義。2《美口》施捨物。

hand·o·ver ['hænd,ovɚ] 名 Ⓤ 移交。

hand-pick ['hænd'pɪk] 動 及 1 用手摘取。2 親自挑選。

hand-picked [ˌhænd'pɪkt] 形 用手摘的，精選的；《口》爲自己打算而親手挑選的。

hand·post ['hænd,post] 名 路標。

hand·print ['hænd,prɪnt] 名 手掌

hand·rail ['hænd,rel] 名 欄干，扶手。

hand·saw ['hænd,sɔ] 名 手鋸。

hands-down ['hændz'daʊn] 形 1 輕而易舉的：a ～ victory 垂手得來的勝利。2 無疑的。

hand·sel ['hænsl] 名 1 賀禮；新年紅包。2 訂金。3 第一次經驗；試吃。—動 (～ed, ～·ing 或《英》-selled, ～·ling) 及 1 送禮物；慶祝開張。2 初次經驗，嘗試。

hand·set ['hænd,sɛt] 名（電話送話器與受話器在一起的）聽筒。—動 (-set, ～·ting) 及 用手排（活字）。—形（活字）用手排的。

hand·sewn ['hænd'son] 形 手縫的。

hands-free ['hændz'fri] 形 無須用手的，免用手的。

'**hands-free ˌphone** 名 免持聽筒電話。

hand·shake ['hænd,ʃek] 名 1 握手。禮金，紅包。

hands-off ['hænd'zɔf] 形 不干涉的。

:**hand·some** ['hænsəm] 形 (-som·er, -som·est) 1 漂亮的，英俊的。2 勻稱的氣派的：a ～ horse 一匹體格勻稱的駿馬

a boy with ～ features 眉清目秀的男孩。3 相當多的；可觀的: a ～ gift of 100 dollars 價值一百美元的厚禮。4 慷慨的，寬大的: do the ～ thing by... 以…給予優待。5 《美》靈巧的，高明的；優雅的: a ～ piece of work 精巧的製品。

come down handsome 出手大方。

and·some·ly ['hænsəmlɪ] 副 1 漂亮地，有氣派地。2 充分地，慷慨大方地。3〖海〗慢慢地，謹慎地。

ands-on ['hænd'zɑn] 形 親手操作的，動手實習的。

and·spike ['hænd,spaɪk] 名 槓，推桿；滑車的支軸。

and·spring ['hænd,sprɪŋ] 名 翻觔斗。

and·stand ['hænd,stænd] 名 倒立。

and-to-hand ['hændtə'hænd] 形 極爲接近的；肉搏的: ～ fighting 肉搏戰。

and-to-mouth ['hændtə'mauθ] 形 僅能餬口的；生活不安定的。

and·work ['hænd,wɝk] 名 U 精細工藝，手工。**-worked** 形 手工製的。

and·wo·ven ['hænd,wovən] 形 手織的。

and·writ·ing ['hænd,raɪtɪŋ] 名 1 U 手寫，親筆。2 U C 筆跡，書寫體。

see the handwriting on the wall 發現（災難的）前兆。

and·writ·ten ['hænd,rɪtn̩] 形 手寫的。

and·wrought ['hænd'rɔt] 形 手工製成的。

and·y ['hændɪ] 形 (**hand·i·er, hand·i·est**) 1 近在手邊的，使用方便的；有用的: a ～ reference book 方便合用的參考書。2 手巧的，靈巧的《 *at, about, with...* 》: a ～ person 靈巧的人。3 好用的，合手的: a ～ boat 好划的船 / a ～ tool 合手好用的工具。

come in handy (*for...*) 證明（對…）有用，可能（對…）有用。

—副《口》在手邊，近在咫尺。

and·y-dan·dy ['hændɪ'dændɪ] 名 1 U 猜猜看遊戲。2《英口》紙巾。

and·y·man ['hændɪ,mæn] 名 (複 **-men**) 雜工；萬事通，做事敏巧者。

ang [hæŋ] 動 (**hung**, ～**·ing**) 及 1 懸掛《 *on, to...* 》；（從…）吊掛《 *from...* 》；《通常用被動》掛著（…的）裝飾《 *with ...* 》: ～ a lamp *from* the ceiling 天花板上吊著燈 / ～ a coat *on* a hook 把外套掛在鉤上 / ～ out the wash 晒出（洗過的）衣物。2（以可活動的方式）安裝: ～ a door 裝一扇（開關自如的）門。3（**hanged**,《俚》**hung**）處以絞刑，絞死: be ～*ed* for murder 因殺人被處絞刑。4 (1) 取（綽號等）。(2) 添加（條款等）: ～ an amendment on a law 在某項法律裡增加修正條款。(3)《俚》賞（人）以（老拳等）。(4) 將（想法等）寄託於: ～ one's hopes on doubtful success 將希望寄託在尚無把握的成功之上。(5)《口》轉嫁。5《通常用被動》將…掛出展示。6《美》（故意反對）使…表決擱置。7〖棒球〗投出變化不成的曲球。—不及 1 懸掛，垂吊。2（因有絞盤等而）自由開閉。3 (～**ed**,《俚》**hung**) 被處絞刑，被吊死。4 突出；覆蓋；飄動，籠罩《 *over...* 》；受壓抑，成爲負荷；（霉運等）迫近。5 視情況而定《 *on, upon...* 》。6 猶豫；尚無結論。7 纏住；徘徊；逗留。8 注視，傾聽，等待。9 展示，展出。10〖棒球〗（曲球、下沉球）沒能變化成功。

be hung up (1) 神經不安的。(2)（對…）著迷的《 *on, about...* 》。

go hang (1) 被處絞刑；翹辮子。(2) 棄置不顧，放在一旁。

hang about / hang around《口》(1) 糾纏不清《 *with...* 》。(2) 徘徊，閒蕩打發時間。

hang back 退縮，猶豫不決《 *from...* 》。

hang...back / hang back... 把…掛回原處。

hang by a thread 千鈞一髮，危在旦夕。

hang fire ⇨FIRE 名（片語）

hang** one's **head ⇨HEAD（片語）

hang heavy on** a person's **hands（時間）無聊而慢慢地自某人手中消逝；爲某人所難以處理。

Hang on to your hat. (1) 小心點，留神。(2) 別嚇一跳喔。

hang in the balance（生死、勝負等）未定。

hang in (***there***) 堅韌不拔，堅持下去。

hang it on《俚》故意拖延。

hang on (1) 緊緊抓牢《 *to...* 》。(2) 堅持下去。(3) 保持領先至終場。(4) 久治不癒。(5) 別掛斷電話。(6) 懸宕未決。

hang on... (1) 視…而定，受…左右。(2) 傾聽；靜待（回答等）。

hang one on《美俚》(1) 爛醉。(2) 重擊。

hang out (1) 伸出身體；掛出。(2)《俚》閒逛。(3)《俚》停留，住《 *at, in...* 》。(4)《英》堅持；耐用。(5) 懸掛；晾晒出來。

hang over (1) 懸宕未決。(2) ⇨ 動 不及 4.

hang together (1) 團結，合作: If we don't ～ *together*, we will all surely be hanged separately.《諺》現在若不團結將來必被各個擊破。(2) 懸掛。(3) 黏著，凝結。(4) 合乎邏輯，言之成理。

hang tough《美·加俚》保持意志堅定，決心做下去。

hang up (1) 掛掉電話。(2) 擱淺，拋錨。

hang...up / hang up... (1) 掛在《 *on...* 》。(2)《通常用被動》使拖延；中止。(3)《口》締造（紀錄）。(4) 掛上（電話聽筒）。(5)《通常用被動》《口》使困住而動彈不得。

let it all hang out《美俚》(1) 什麼都說出來。(2) 放開胸懷，盡情地發洩。

—名 1 懸掛的狀態。2《口》方法，訣竅；主旨，概要。3《 **a** ～》《主作副詞用於否定》一點。4 轉弱，停止。

hang·ar ['hæŋɚ] 名 1 庫房。2 飛機棚。

hang·bird ['hæŋ,bɝd] 名〖鳥〗《美方》

H

懸巢鳥的總稱。

hang·dog ['hæŋ,dɔg] 形 1 害怕的；垂頭喪氣的；悽慘的；心有愧疚的。2 卑鄙的，鬼鬼祟祟的：a ~ look 羞愧畏縮的神色。—名 卑鄙的人；無賴。

hang·er ['hæŋɚ] 名 1 掛衣架。2 掛繩，掛鉤，掛環。3 腰帶佩著的短刀。4 張貼，懸掛（廣告等）的人。5 絞刑執刑人。6 貼畫。7《英》急斜坡上的森林。8〖汽車〗懸桿；吊架。

hang·er-on ['hæŋɚ'ɑn] 名 (複 **hang·ers-on**) 不請自到的人；食客；常客。

hang-glide ['hæŋ,glaɪd] 動 不及 駕滑翔翼；從事滑翔翼運動。

'hang ˌglider 名 1 滑翔翼。2 玩滑翔翼者。

H

'hang ˌgliding 名U 滑翔翼飛行，滑翔翼運動。

hang·ing ['hæŋɪŋ] 名 1 U C 絞刑：death by ~ 絞刑。2 U 懸吊，懸掛。3《常用 ~s》（牆壁等上的）裝飾品，懸掛物；掛毯。4 C U 向下傾斜，斜坡。—形 1 懸掛著的：a ~ garden 空中花園。2 在高處的，在急斜坡上的。3 垂著頭的。4（壁櫥等）掛東西用的。5 該判絞刑的。6《英》尚未履行的，即將到期的。

'hanging ˌcurve 名〖棒球〗未能變化成功的曲球。

hang·man ['hæŋmən] 名 (複 **-men**) 劊子手，絞刑執行者。

hang·nail ['hæŋ,nel] 名（指甲旁的）倒刺。

hang·out ['hæŋ,aut] 名《口》1 巢穴；住處；常去的地方。2 低級娛樂場所。3《美》揭露，公開。

hang·o·ver ['hæŋ,ovɚ] 名 1 遺留物，殘餘物。2 宿醉；藥物副作用。3（過度興奮後的）精神失神狀態。

han·gul, H- ['hæŋgul] 名 = hankul.

hang·up ['hæŋ,ʌp] 名《俚》心理障礙，情結，不安的原因，困難。

hank [hæŋk] 名 1（紡織等用紗的）軸；一軸的長度。2（紗線等的）束；捲，捆。

han·ker ['hæŋkɚ] 動 不及《口》嚮往，渴望《*after, for…, to* do》：~ *after* forbidden pleasures 渴盼不道德的樂趣。

han·ker·ing ['hæŋkərɪŋ] 名《口》嚮往，渴望《*after, for…*》。

han·kul, H- ['hæŋgul] 名 韓國文字

han·ky, -kie ['hæŋkɪ] 名 (複 **-kies**)《口》《幼兒語》手帕 = handkerchief.

han·ky-pan·ky ['hæŋkɪ'pæŋkɪ] 名U《口》1 不道德的行爲；欺騙；惡作劇。2《美》愚蠢的行爲；胡言亂語。3《英》魔術；雜技，雜耍。

Han·ni·bal ['hænəbl] 名 漢尼拔（247–183B.C.）：第二次 Punic War 時 Carthage 的將軍。

Ha·noi [hɑ'nɔɪ] 名 河內：越南首都。

Han·o·ver ['hænovɚ] 名 1 漢諾威王室（的人）。2 漢諾威：位於德國西北部的市。

Han·o·ve·ri·an [ˌhæno'vɪrɪən] 形 名（英國）漢諾威王室的（支持者）。2（國）漢諾威省的（人）。

Hans [hænz] 名 1〖男子名〗漢斯。2 國人或荷蘭人的綽號。

Han·sa ['hænsə, -zə] 名 1 漢撒：中世歐洲城市的商會。2 漢撒的入會費。3 **the** ~》漢撒同盟。4《**the** ~》漢撒同城市（亦稱 **Hanse**）。

Han·sard ['hænsɚd] 名《英》國會議錄。

han·sel ['hænsl] 名，動 及 = handsel.

'Hansen's disˌease ['hænsənz-] 名〖病〗= leprosy 痲瘋（病）。

han·som ['hænsəm] 名 單馬雙輪有篷車。

Hants. [hænts] 名 = Hampshire 1.

hap¹ [hæp] 名U《古》1 命運，幸運，意外事件。—動 (**happed**, ~**·ping**) 不及 然發生；碰巧《*on, upon…, to* do》。

hap² [hæp, æp] 動 (**happed**, ~**·ping**) 及（外套等）覆蓋。—名（防寒用的）覆物。

hap·haz·ard [hæp'hæzɚd] 形 任意的隨便的；漫無計畫的，無目標的：~ wanderings 漫遊。—副 偶然地；任意地，便地。—名U 偶然。

~**·ly** 副，~**·ness** 名

hap·less ['hæplɪs] 形《文》不幸的，氣差的。~**·ly** 副，~**·ness** 名

hap·ly ['hæplɪ] 副《文》或許；偶然地

ha'p'orth ['hepɚθ] 名《英口》= halfpennyworth.

:hap·pen ['hæpən] 動 不及 1 發生，偶發：whatever may ~ 無論發生什麼事 / Accidents will ~.《諺》天有不測風雲。2 碰巧。3 偶然發現，突然碰到：~ on a job 意中找到工作。4 在場，偶然參加《*along / by, in…*》。

as it happens 偶然，碰巧。

as must happen 必然，勢必。

happen in with…《英方》偶然和…碰見。

hap·pen·chance ['hæpən,tʃæns] 名 偶然的情況，偶發事件。

·hap·pen·ing ['hæpənɪŋ] 名《常作 ~s》1 偶然發生的事，事件：amusing ~*s* 趣事。2《俚》即興演出。

hap·pen·stance ['hæpən,stæns] 名《美口》偶發事件，意外事件。

:hap·pi·ly ['hæpɪlɪ] 副 1 幸福地，快樂地；喜悅地：play ~ 興高采烈地玩。2《修飾全句》幸運地，幸好。3 巧妙地，適當地：go ~ together 天衣無縫地相匹配。

:hap·pi·ness ['hæpɪnɪs] 名 1 U 幸福快樂；滿足：bring a person ~ 帶給某人快樂。2 U 好運，幸運：have the ~ of seeing one's family after a long separation 久別後有幸與家人團聚。3 給予喜悅的事情。

Ⓤ（措詞等的）巧妙，貼切：an exceptional ～ of poetic diction 詩歌用詞無比的貼切。

:hap·py ['hæpɪ] 形(-pi·er, -pi·est) **1** 快樂的《*to* do》；滿意的《*in*, *at*..., *in* doing, *at* doing》；喜悅的《*that* 子句》；高興的《*about*, *with*...》。**2** 幸福的，幸運的，碰巧的：a ～ mood 幸福的心境 / a ～ ending 圓滿的結局 / by a ～ chance 幸運地。**3** 巧妙的，貼切的：a ～ combination of colors 顏色的巧妙搭配 / be ～ at ...精於⋯。**4**《俚》微醉的，喝過幾杯的：come home a bit ～ 帶著些許醉意回家。**5**《美俚》《通常作複合詞》陶醉於⋯的；老是喜歡⋯的：a money-*happy* person 拜金的人 / girl-*happy* 沉溺女色的。

as happy as the day is long 非常快樂地。

happy pill《口》鎮靜劑。

hap·py-go-luck·y ['hæpɪgo'lʌkɪ] 形 樂天的，無憂無慮的；隨遇而安的。

happy ˌhour 名《美口》（酒吧的）飲酒打折優待時間。

happy 'hunting ˌground 名《亦用複數》**1** 勇士樂園：印第安傳說中，戰士或獵人死後的靈魂在此盡情宴飲和狩獵。**2** 可以恣意做自己想做之事的場所。

happy 'medium 名《通常用單數》中庸之道，折衷辦法。

Haps·burg ['hæpsbɚg] 名 哈布斯堡皇族：歐洲著名的皇室。

ha·ra-ki·ri ['hɑrə'kɪrɪ, 'hærə-] 名 Ⓤ **1** 切腹自殺。**2** 自殺。

ha·rangue [hə'ræŋ] 名 **1**（激動且長篇大論的）演講，高談闊論；冗長無聊的訓話。**2** 叱責，非難。—動及不及 作激動的長篇演說。

har·ass ['hærəs, hə'ræs] 動及 **1** 侵擾，騷擾。**2** 使煩惱，使憂愁《*with*, *by*...》。

har·assed ['hærəst, hə'ræst] 形 **1** 筋疲力盡的；憂心忡忡的《*with*...》。**2** 焦慮的；急躁的；困惑的。～**·ly** 副

ha·rass·ment ['hærəsmənt, hə'ræsmənt] 名 Ⓤ 侵擾；騷擾：sexual ～ 性騷擾。

har·bin·ger ['hɑrbɪndʒɚ] 名 **1** 先驅，通報者；前兆，徵兆《*of*...》。**2** 先行官。—動及 作⋯的先鋒，預報。

har·bor ['hɑrbɚ] 名 **1** 港灣；海港，港口：a yacht ～ 遊艇碼頭 / be in ～ 泊港中。**2** 避難所，安全地方。**3**（動物的）窩巢，出沒場所。—動及 **1** 隱匿，窩藏；提供避難所。**2** 心懷（幻想等）。**3** 蘊育（動物等）。**4** 使停泊。**5** 追蹤到巢穴。—不及 **1** 在港埠停泊。**2**（動物）潛伏；棲居；（細菌等）蘊育，生長。

har·bor·age ['hɑrbərɪdʒ] 名 **1** 停泊設備。**2** Ⓤ（船隻的）避難。**3** 停泊地；避難所，隱藏處；住宿地。

harbor ˌmaster 名 港務局長。

harbor ˌseal 名〖動〗斑海豹。

har·bour ['hɑrbɚ] 名，動及不及《英》= harbor.

:hard [hɑrd] 形 **1** 堅硬的：a ～ mineral 堅硬的礦物 / ～ as iron 像鐵般堅硬的；冷酷無情的。**2** 堅牢的；有硬質封面的；健壯的：a ～ knot 牢固的結，死結。**3** 賣力的，勤勉的《*at*...》：be ～ after a prize 努力追求獎賞。**4** 困難的，艱深的，難解的：a ～ schedule 排得滿滿的行程表。**5** 艱苦的，難以忍受的；（價格）高的：have a ～ time 受苦 / ～ times 苦日子，不景氣（的時期）。**6** 劇烈的，猛烈的，險惡的：a ～ blow 強打，重擊。**7** 殘酷的，無情的；嚴厲的：～ use of slaves 對奴隸的任意驅使 / a ～ master 嚴厲的主人。**8** 觀察敏銳的；果斷堅毅的：a ～ look 剛毅的表情。**9** 不容否認的，確實的：～ evidence 鐵證。**10** 明暗對比顯明的，硬色調的。**11**《主方》吝嗇的，小器的。**12** 現款的；〖經〗硬幣的；〖商〗（市價等）居高不下的；貨幣的：～ cash 現款。**13** 酒精成分高的，烈性的；（水）硬質的；含無機鹽多的：～ liquor 烈酒，蒸餾酒 / ～ water 硬水。**14**（紡織品）絨毛較少的，光滑的。**15**（聲音）硬梆梆的；刺耳的；（顏色）強烈的；（文體等）正式的，硬的：a ～ tone 鏗鏘的音調。**16** 粗劣的，難吃的；硬的：～ biscuits 變硬的餅乾。**17**（藥物）有害的，致癮的：～ stuff 會上癮的強效毒品。**18**〖語音〗⑴ = fortis. ⑵ 硬音的。**19**（殺蟲劑、清潔劑）硬性的，難被細菌分解的。**20** 嚴肅的，重要的：～ news 重大新聞。

(as) hard as nails ⇨NAIL（片語）

do...the hard way ⑴ 以付出較高代價做⋯。⑵ 單獨艱苦地去做⋯。

drive a hard bargain 拚命討價還價。

hard and fast ⑴ = hard-and-fast. ⑵〖海〗（船）擱淺的。

hard of hearing 聽力不佳的，重聽的。

hard on... ⑴ 嚴厲的；粗暴的。⑵ 令（人）難以忍受的。

hard up《口》⑴ 非常窮困的。⑵ 欠缺的；急需的《*for*...》。

play hard to get 裝出滿不在乎的樣子，欲擒故縱。

take a hard look 仔細審察《*at*...》。

take (some) hard knocks 遭遇若干打擊。

—副 **1** 拚命地，賣力地。**2** 激烈地，猛烈地。**3** 殘酷地，嚴厲地。**4** 堅定地，穩固地。**5** 哀傷地；動容地。**6** 接近地；在附近。**7**〖海〗至極限，充分地。**8** 很儉樸地，節省地。

be hard done by 受不公平的待遇。

be hard hit 受到嚴重損害《*by*...》。

be hard put (to it) 陷入困境，不知所措。

die hard（習慣、嗜好等）很難戒除。

go hard with a person 引起（某人）的痛苦。

hard by 非常接近，在⋯附近。

take... hard 為⋯所苦惱。

H

hard-and-fast ['hardən'fæst] 形《限定用法》非常嚴格的，不容變動的。

hard·back ['hard,bæk] 名形=hardcover.

hard-baked ['hard,bekt] 形（麵包）烤得硬硬的。

hard·ball ['hard,bɔl] 名 1（硬式）棒球；硬式球。2《美·加俚》強硬不妥協的手法：play ～ 施展強硬手段。

hard-bit·ten ['hard'bɪtn̩] 形 頑固的；堅忍不拔的；不屈的；冷靜的，現實的；冷酷的。

hard·board ['hard,bord] 名 U 硬質纖維板。

hard-boil ['hard'bɔɪl] 動及 把（蛋）煮成凝固狀。

hard-boiled ['hard'bɔɪld] 形 1（蛋）煮硬了的。2《口》無情的，不動感情的：a ～ cop 嚴厲的警察 / a ～ style 冷酷的風格。3《口》現實的，實際的：a ～ view of the economy 對經濟問題的現實看法。4《美俚》（衣著等）硬挺的，漿硬的。

hard·bound ['hard'baund] 形 = hardcover.

hard·case ['hard,kes] 名 1 屢犯不改的歹徒；無可救藥的人；頑固的人。2 麻煩事；困境。3 陷入困境者。—形 頑固的；無情的。

'hard 'cash 名 U 硬幣；現金。

'hard 'coal 名 U 無煙煤。

'hard ,copy 名 U〖電腦〗硬拷貝。

'hard 'core 名《集合名詞》1（政黨等的）中堅分子，核心派；對組織或政策忠貞不二的人，頑強抵抗（改變）的分子。2 長期失業者。3 猥褻之極的色情作品或內容（亦作 **hard-core**）。

hard·core ['hard'kɔr] 名 碎磚石。

hard-core ['hard'kɔr] 形 1 堅定的：a ～ fan 死忠的崇拜者。2 赤裸裸描寫的，極其猥褻的。3（失業等）長期性的；致癮的。4 毒癮深得無法戒除的。

'hard ,court 名 硬地網球場。

hard·cov·er ['hard'kʌvɚ] 名 精裝書。—形 硬皮的；精裝的。**-ered** 形

'hard 'currency 名 U C 強勢貨幣。

'hard 'disk 名〖電腦〗硬碟。

'hard 'drink 名 U 烈酒。**'hard 'drinker** 名

'hard 'drive 名〖電腦〗硬碟。

'hard ,drug 名 強烈毒品，致癮毒品。

hard-earned ['hard'ɝnd] 形 得來不易的。

hard-edged ['hard'ɛdʒd] 形 客觀的，寫實的。

:hard·en ['hardn̩] 動及 1 使堅硬[硬化]。2 使變得冷酷；使堅定：《被動》（對…）毫無知覺《*to...*, *to doing*》：～ a person's convictions 堅定某人的信念。3 使強健；使耐寒《*off*》。4〖軍〗（爲防核子武器攻擊而）強化整備工事。—不及 1 硬化，凝固。2 變無情；變嚴厲。3 堅忍不拔；確定，鞏固。4〖商〗平穩；上漲。

har·dened ['hardn̩d] 形 1 硬化的，堅硬的；磨練過的，強壯的。2 無情的，冷酷的。3 根深蒂固的；無法改變的：a man ～ in sinful ways 罪大惡極不可救藥的壞蛋。4〖軍〗（以混凝土建於地下）防禦攻擊的。

hard·en·ing ['hardənɪŋ] 名 1 硬化劑。2 U 淬火；（動脈的）硬化：～ of the arteries《俗名》動脈硬化。

hard-fa·vored ['hard'fevɚd] 形 面相難看的，表情嚴肅的。～**·ness** 名

hard-fea·tured ['hard'fitʃɚd] 形 面貌可怕的，其貌不揚的。～**·ness** 名

'hard 'feelings 名(複) 懷恨，敵意。

hard(-)fist·ed ['hard'fɪstɪd] 形 1 吝嗇的。2 雙手結實的。3 強硬的，無情的。

'hard ,goods 名(複) 耐久消費品。

hard(-)hand·ed ['hard'hændɪd] 形 1 手掌粗硬的。2 強制的，用高壓手段的；殘酷的。～**·ness** 名

'hard 'hat 名 保護用頭盔，安全帽。

'hard-,hatted 形 戴了安全帽的。

hard(-)hat ['hard,hæt] 名《美》1 建築工人。2（藍領階級的）保守主義者。3 頂部特高的高帽。—形 必須戴頭盔的。

hard·head ['hard,hɛd] 名 1 精明現實的人。2 傻瓜，木頭人。3 保守派分子，反動分子。

hard(-)head·ed ['hard'hɛdɪd] 形 1 精明的，現實的；不輕易動搖的。2 頑固的，固執的。～**·ly** 副, ～**·ness** 名

hard(-)heart·ed ['hard'hartɪd] 形 鐵石心腸的；無情的。～**·ly** 副, ～**·ness** 名

hard-hit·ting ['hard'hɪtɪŋ] 形 積極的，有活力的；強烈的。

har·di·hood ['hardɪ,hud] 名 U 1 堅忍，剛毅。2 大膽；狂妄，輕率魯莽。

har·di·ly ['hardəlɪ] 副 剛毅地，堅忍地；大膽地；狂妄自大地。

har·di·ness ['hardɪnɪs] 名 U 1 堅忍。勇氣；傲慢；厚顏無恥。

'hard 'labor 名 U 苦役。

'hard ,line 名（政治等的）強硬路線：take a ～ 採取強硬政策。**'hard-,lin·ing** 形 採取強硬路線的。

hard-line ['hard,laɪn] 形 採取強硬路線的；不妥協的。

hard-lin·er ['hard,laɪnɚ] 名《口》採取強硬路線的人，死硬派。

'hard 'lines 名(複)《英》= hard luck.

'hard 'luck 名 U 不幸，噩運。—感 可憐啊！倒霉啊！

'hard-luck 'story 名《口》（爲了贏得對方的同情等而說的）傷心事。

:hard·ly ['hardlɪ] 副 1 (1) 幾乎沒有。(2) 不完全，不能說是…。(3) 可能不是，幾乎不可能。2《英》冷酷地；太嚴重地：treat a person ～ 給某人苦頭吃。

hardly...when ... 剛…就…。

ard ˌmoney 名U《美》硬幣。

ard-mouthed ['hard'mauðd] 形 1（馬）難駕馭的。2 頑固的，剛愎的。

ard·ness ['hardnɪs] 名U 1 堅硬；硬生，硬度。2 嚴厲。3 困難。4 頑固。

ard-nosed ['hard,nozd] 形 執拗的；頑固的；精明的，現實無情的。

ard ˌnut 名《口》難纏的人；難解的問題。

ard-of-hear·ing ['hardəv'hirɪŋ] 形 重聽的。

ard-on 名 ['hard,an] 名《俚》（陰莖）勃起。

ard 'palate 名〖解〗硬顎。

ard·pan ['hard,pæn] 名《主美》1 硬質層。2 堅固的基礎，根本；最低點。

ard-pressed ['hard'prɛst] 形 受重壓的；財政緊迫的；受苦的。

ard-rock ['hard,rak] 形 1〖礦·地質〗硬岩的。2《俚》粗暴執拗的。

ard ˌrock 名U 重金屬搖滾樂。

ard ˌscience 名 自然科學。

hard ˌscientist 名 自然科學家。

ard·scrab·ble ['hard,skræbl] 形 困苦的，貧窮的。

ard 'sell 名U 強迫推銷。

ard-set ['hard'sɛt] 形 1 固定的。2 堅決的；頑強的。3 陷入困境的。4 將要孵化的。5 空著肚子的。

ard-shell(ed) ['hard,ʃɛld] 形 1 有硬殼的。2 頑固的，不妥協的。

ard·ship ['hardʃɪp] 名 1 U C 艱苦，困苦；殘酷的命運：bear ~ well 泰然承受艱困。2 苦事，磨難：live through various ~*s* 歷盡千辛萬苦。

ard ˌshoulder 名（高速公路上的）路肩，路邊暫停區。

ard·stuff ['hard'stʌf] 名 U《美俚》烈酒；（易上癮的）毒品。

ard·tack ['hard,tæk] 名 U 乾糧，硬餅乾。

ard 'time 名 一段艱困的時間。

ard·top ['hard,tap] 名 硬頂小汽車（非敞篷車）。

ard·ware ['hard,wɛr] 名 U《集合名詞》1 金屬製品：a piece of ~ 一件金屬品。2 機械設備；〖電腦〗硬體。3 武器。4（飛彈等的）主體。

ard·ware·man ['hard,wɛrmən] 名（複-men [-mən]）金屬品製造商；五金工人。

ard 'water 名U 硬水。

ard·wear·ing ['hard,wɛrɪŋ] 形《英》耐穿的，耐用的。

ard(-)wired ['hard'waɪrd] 形〖電腦〗線路與電腦直接連線的，硬接的。

ard·wood ['hard,wud] 名 1 U 硬木。2〖植〗闊葉樹。—形 硬質木製的。

ard·work·ing ['hard,wɝkɪŋ] 形 愛勞動的；勤勉的，用功的。

·har·dy ['hardɪ] 形 (-di·er, -di·est) 1 能吃苦耐勞的；強壯的；（植物）耐寒的。2 勇敢的；魯莽的，輕率的：a ~ adventure 輕率的冒險。—名(複-dies) 頑強的人；耐寒的植物。

Har·dy ['hardɪ] 名 **Thomas**, 哈代（1840–1928）：英國小說家、詩人。

·hare [hɛr] 名(複~s,《集合名詞》~) 1 野兔。2 笨蛋：make a ~ of a person 愚弄某人。3 討論的題目。

(as) mad as a (March) hare（像三月份交尾期的野兔般）發狂的；興奮的。

(as) timid as a hare 膽小的。

hare and hounds 撒紙追逐遊戲。

hare and tortoise 龜兔賽跑。

run with the hare and hunt with the hounds / 騎牆，兩面討好。

start a hare 提出枝節問題（以避開主題）。

—動 (**hared, har·ing**) 不及《主英》快跑，狂奔《*off*》。

hare·bell ['hɛr,bɛl] 名〖植〗1 山小菜。2 藍鈴花。

hare·brained ['hɛr,brend] 形 輕率的；欠考慮的。~·**ness** 名

hare·heart·ed ['hɛr'hartɪd] 形 膽小的。

Ha·re Krish·na ['hari'krɪʃnə, 'hæri-] 名 1 印度教的一首唱詞之名。2 訖里什那教。3 訖里什那教的信徒。

hare·lip ['hɛr,lɪp] 名U C 兔唇。**-lipped** 形 兔唇的。

har·em ['hɛrəm, 'hær-] 名 1（回教國家的）閨房，後宮；《集合名詞》後宮婦女。2（只與一雄性配對並聚居的）雌群；（與同一男人有關聯的）一群女人。

har·i·cot ['hærɪ,ko] 名〖植〗《主英》扁豆，菜豆。

ha·ri-ka·ri ['harɪ'karɪ] 名 = hara-kiri.

hark [hark] 動 不及 1《文》《主用於命令》聽《*to, at...*》。2《命令獵犬》快追，快跑《*away, forward, off*》。

hark after... 追（隨）…。

hark back (1)（獵犬）循原路嗅跡尋覓。(2) 回憶，追溯，回到本題《*to...*》。

hark·en, heark- ['harkən] 動 不及 細聽，傾聽。

Har·lem ['harləm] 名 1 哈林：美國紐約市 Manhattan 島東北部的黑人住宅區。2 哈林河：紐約市的一河。

har·le·quin ['harləkwɪn] 名 1《常作 H-》丑角。2 滑稽角色。3 珊斑眼鏡蛇。—形 1 五顏六色的。2 滑稽的。

har·le·quin·ade [ˌharləkwɪ'ned] 名 1 啞劇。2 U 丑角的滑稽表演。

Har·ley-Da·vid·son ['harlɪ'devɪdsn̩] 名〖商標名〗哈雷機車。

'Har·ley ˌStreet ['harlɪ-] 名 1 哈利街：英國倫敦的一條街。2《英》專科醫生。

har·lot ['harlət] 名《文》妓女。—形 妓女的；淫蕩的。—動 不及 賣淫。

H

har·lot·ry ['harlətrɪ] 名 (複-**ries**) ((文)) **1** U 賣淫。**2** ((集合名詞)) 妓女。

:harm [harm] 名U **1** 損害，危害；傷害。**2** 妨害 ((*in..., in doing*))。
come to harm 遭遇不幸，受害。
do... harm / do harm to... 對…造成損害。
out of harm's way 不受傷害地；在安全的地方。
一動及 加害，傷害，損害。

·harm·ful ['harmfəl] 形 (對…) 有害的 ((*to...*))。
～**·ly** 副, ～**·ness** 名

harm·less ['harmlɪs] 形 **1** 無害的；沒有惡意的：(as) ～ as a dove 溫和得像鴿子的；不會害人的。**2** 未受損害的：escape ～ 安然無恙地脫逃。
～**·ly** 副, ～**·ness** 名

H

har·mon·ic [har'manɪk] 形 **1** 調和的。**2** 〖樂〗和聲的；悅耳的。一名 **1** 〖樂〗和聲。**2** ((常作～**s**)) 〖理〗高調幅。**3** ((數)) 調和函數。**-i·cal·ly** 副

har·mon·i·ca [har'manɪkə] 名 口琴。

har·mon·ics [har'manɪks] 名 (複) 〖樂〗((作單數)) 和聲學；((作複數)) 泛音。

·har·mo·ni·ous [har'monɪəs] 形 **1** 和睦的，融洽的。**2** 協調的，相稱的，和諧的 ((*with...*))。**3** 悅耳的。～**·ly** 副 調和地，和睦地；和諧地。～**·ness** 名

har·mo·nist ['harmənɪst] 名 **1** 和聲學者；音樂家；作曲家。**2** 福音書的對照研究者。**3** 協調者，調和者。

har·mo·ni·um [har'monɪəm] 名 簧風琴。

·har·mo·nize ['harmə,naɪz] 動 (**-nized, -niz·ing**) 及 **1** 使調和[一致] ((*with...*))。**2** 〖樂〗加上和音。一不及 **1** 協調，相稱 ((*with...*))。**2** 和聲；合唱。**-ni·'za·tion** 名

·har·mo·ny ['harmənɪ] 名 (複-**nies**) U C **1** 和諧，一致 ((*with...*))：perfect ～ of mind and body 身心全然的和諧 / be in ～ *with...* 與…相調和。**2** 〖樂〗和聲，和聲學。**3** (福音書的) 對照。**4** (鳥等的) 悅耳的聲音。

·har·ness ['harnɪs] 名 U C **1** ((集合名詞)) 轡具，馬具。**2** 似馬具的東西；(降落傘的) 背負皮帶；背嬰兒用的皮製吊帶。**3** 工作用具。
get back into harness 重回平日的工作崗位。
in double harness ⇨DOUBLE HARNESS
in harness (1) 從事日常的工作。(2)通力合作。
一動及 **1** 套上馬具。**2** 治理並利用。**3** 支配，控制。

Harold ['hærəld] 名 〖男子名〗哈羅德。

·harp [harp] 名 **1** 豎琴。**2** ((**the H-**)) 〖天〗天琴座。一動不及 **1** 彈奏豎琴。**2** 反覆地說 ((*on, upon...; about...*))。一及 用豎琴演奏。

harp·ist ['harpɪst] 名 演奏豎琴的人，豎琴家。

har·poon [har'pun] 名 (捕鯨魚用的帶繩魚叉。一動及 用魚叉捕殺。～**·er** 魚叉手。

har'poon ˌgun 名 捕鯨炮。

harp·si·chord ['harpsɪ,kɔrd] 名 大琴。

Har·py ['harpɪ] 名 (複-**pies**) **1** 〖希神〗皮：一種頭部及身軀像女人，翼、尾、似鳥，殘忍貪婪的怪物。**2** ((**h-**)) 貪婪人；潑婦。

har·que·bus ['harkwɪbəs] 名 (複～ 火繩槍。

har·ri·dan ['hærədən] 名 嘮叨陰險的老嫗。

har·ri·er[1] ['hærɪɚ] 名 **1** 侵略者，掠者。**2** 〖鳥〗非鷲科的通稱。

har·ri·er[2] ['hærɪɚ] 名 **1** 獵兔狗。**2** 越賽跑選手。**3** ((～**s**)) (一場狩獵中) 人犬的合稱。

Har·ri·et ['hærɪət] 名 〖女子名〗哈麗 (暱稱爲 Hattie)。

Har·ris ['hærɪs] 名 〖男子名〗哈里斯

'Harris 'Tweed 名 U 〖商標名〗哈斯粗花呢。

Har·ro·vi·an [hə'rovɪən] 形 ((英)) Harrow 學校的。一名 Harrow 學校的學生

·har·row[1] ['hæro] 名 耙子。
一動及 **1** 耙地。**2** 使痛苦；弄傷。

·har·row[2] ['hæro] 動及 ((古)) 搶奪；侵蕪，使受侵害。

Har·row ['hæro] 名 哈羅學校：英國四大男子名校之一。

har·row·ing ['hæroɪŋ] 形 慘痛的，折人的。～**·ly** 副

har·rumph [hə'rʌmf] 名，動 不及 故意且誇大地發出) 清嗓子聲。**2** 抗議

har·ry ['hærɪ] 動 (**-ried, ～·ing**) 及 **1** 使怒；再三地逼迫 ((*for...*))。**2** 掠奪。
一不及 侵略。一名 侵略；煩惱，痛苦

Har·ry ['hærɪ] 名 〖男子名〗哈利 (Henry 的別稱)。

·harsh [harʃ] 形 **1** 粗糙的；刺眼的，刺的；刺耳的，討厭的：～ sounds 刺耳的音/ ～ to the touch 觸感粗糙的。**2** 嚴厲的嚴酷的，嚴峻的；無情的。**3** 荒涼的
～**·ly** 副 粗糙地；刺耳地，刺眼地；嚴地。～**·ness** 名

hart [hart] 名 (複～**s**, ((集合名詞)) ～) ((英)) 雄鹿。

har·tal [har'tal] 名 (印度、巴基斯坦人用以消極反抗政府的) 聯合罷市。

har·te·beest ['hartə,bist] 名 (複～**s**, ((集合名詞)) ～) 〖動〗大角羚羊。

harts·horn ['harts,hɔrn] 名 **1** 雄鹿角 U 〖古化·藥〗氨水的俗稱；鹿角精。

har·um-scar·um ['hɛrəm'skɛrəm] 形 ((口)) 冒失的，輕率的。**2** 雜亂無章的不受控制的。一副 冒失地，輕率地。
一名 冒失的人，冒失的行爲。

har·vard·man ['hɑrvəd,mæn] 图 (複 **-men**) 哈佛大學畢業的人。

'Harvard Uni'versity 图哈佛大學。

:har·vest ['hɑrvɪst] 图 1 收穫，收割。2 收穫期；收穫量；生產物：a rich ～ 豐收。3 結果，後果。

make a long harvest for a little corn 事倍功半；小題大做。

—動及 1 收穫，收割。2 得到，獲得。3 爲改良品種等而淘汰。—不及 收穫。

har·ves·ter ['hɑrvɪstə] 图 收割者；收割機。

'harvest 'festival 图《英》豐收慶祝儀式，感恩儀式。

'harvest 'home 图 1 收穫歸倉。2 收割季節。3《英》豐年祭；慶豐收之歌。

'harvest ˌindex 图 收穫指數。

har·vest·man ['hɑrvɪstmən] 图 (複 **-men**) 1 收割工人。2〖動〗盲蜘蛛。

'harvest 'moon 图 秋分前後的滿月。

harvest·time ['hɑrvɪs,taɪm] 图 U 收割期。

Har·vey ['hɑrvɪ] 图〖男子名〗哈維。

has [həz,《強》hæz] 動 **have** 的第三人稱單數直述法現在式。

has-been ['hæz,bɪn] 图(複～s [-z])《口》失去影響力的人[物]。

hash¹ [hæʃ] 图 1 U 肉絲烤菜。2 混雜；重做，重述。3《主蘇》傻瓜。

fix a person's hash《俚》把某人除掉。

make a hash of...《口》胡搞一通，弄糟。

settle a person's hash《口》制服某人；使某人啞口無言。

—動及 1 切碎，切細。2《口》混雜在一起《*up*》。3 充分討論，斟酌《*out*》。

hash out《美口》充分討論以解決…。

hash over《俚》重新考慮，詳細討論。

hash² [hæʃ] 图《俚》1 = hashish. 2 大麻煙。

hash·eesh ['hæ,ʃiʃ] 图 = hashish.

hash·head ['hæʃ,hɛd] 图《俚》吸大麻煙上癮者。

hash ˌhouse 图《美俚》速簡餐廳，廉價餐館。

hash·ish ['hæʃiʃ] 图 U 哈嘻嘻：用印度大麻的莖和葉製成的毒品。

has·n't ['hæznt] has not 的縮略形。

hasp [hæsp] 图搭扣，鐵扣。—動及用搭扣扣上。

has·sle ['hæsl] 图《口》1 吵架；打鬥。2 混亂，騷動。3 奮鬥，掙扎；令人煩惱的事。—動及《美俚》使苦惱，騷擾。—不及 口角，吵架。

has·sock ['hæsək] 图 1 跪墊；厚座墊。2 草叢。

hast [《強》hæst;《弱》həst] 動《古》**have** 的第二人稱單數直述法現在式。

haste [hest] 图 U 1 急速；急忙，慌張，著急；草率：be in ～ to do 急於去做… / *H*- makes waste.《諺》忙亂易錯；欲速則不達。/ More ～, less speed.《諺》欲速則不達。2 迫切需要；緊急。

in haste (1) 急忙地。(2) 草率地。

make haste 趕緊，趕快《*to* do》。

—動 (**hast·ed, hast·ing**) 不及 及《主文》(使) 趕快行動。

·has·ten ['hesn̩] 動不及 急忙行動；快速 (趕至某處等)《*to...*》；趕緊：～ away 趕緊離開。—及 催促；促進：～ one's departure 提早出發。

·hast·i·ly ['hestəlɪ] 副 急忙地，慌張地，匆忙地；草率地。

Has·tings ['hestɪŋz] 图 哈斯丁斯：英格蘭的一港埠。

·hast·y ['hestɪ] 形 (**hast·i·er, hast·i·est**) 1 急速的；倉促的，急忙的：make a ～ exit 急忙退出。2 草率的；急躁的，性急的：～ words 脫口而出的輕率話 / make a ～ decision 草率作決定。**-i·ness** 图

'hasty 'pudding 图 1 U C《主英》現做的速食布丁。2 U《美》玉米濃粥。

:hat [hæt] 图 1 (有邊的) 帽子：take off one's ～ 脫帽 / hitch one's ～ back 把帽子推到後腦勺。2〖天主教〗樞機主教的紅帽子；樞機主教的職務[地位]。

a bad hat《英俚》品行不端的人，無賴。

(as) black as a hat 烏黑的。

at the drop of a hat ⇨DROP (片語)

bet one's hat《口》拿一切打賭，擔保絕對沒錯。

by this hat 我敢擔保。

hang one's hat inside《口》不拘禮節，拋開拘束 (而輕鬆自在)。

hang one's hat on...《口》依賴，指望。

hang up one's hat (1) 拋開拘束。(2) 久住，滯留。

hat in hand 謙虛地，恭敬地。

Hold on to your hat.《口》留心。

I'll eat my hat if...《口》我絕不…。

My hat!《俚》《驚呼語》我的天！

pass around the hat / *pass the hat*《口》募捐，傳遞帽子要人捐錢。

pull...out of a hat 變戲法似地做出。

take off one's hat to... 向…脫帽以示敬意。

talk through one's hat《俚》胡說八道，信口瞎說。

throw one's hat into the ring 參加競賽，宣布參加競選。

under one's hat《口》祕密的；在暗中。

wear two hats 有兩份工作[職責]。

—動 (～**·ted**, ～**·ting**) 及 給 (人) 戴帽子。

hat·band ['hæt,bænd] 图 帽帶；附於帽子上的黑色服喪緞帶。

hat·box ['hæt,bɑks] 图 放帽子的盒子。

·hatch¹ [hætʃ] 動及 1 孵出；孵《*out*》。2 策劃，圖謀《*up*》。—不及 1 孵巢；孵化，破卵而出《*out*》。2 醞釀成熟。

—图 1 孵化。2 一窩 (雛禽)。

hatches, catches, matches and dispatches《謔》(報紙上的) 出生、訂婚、結婚、

H

死亡欄。

·**hatch²** [hætʃ] 名 **1**〖海〗艙口，艙蓋；〖空〗飛機的緊急艙口。**2**（地板、天花板等的）通口，天窗。**3**（兩扇門的）下扇小門。**4** 儲藏室。**5** 水閘。

Down the hatch!《俚》乾杯！

under hatches 在甲板下；被監禁著的；死了的；屈從；非輪值。

—動及關上…的艙門。

hatch³ [hætʃ] 動及〖製圖·雕〗刻畫陰影線。—名（製圖、版畫的）影線。

hatch·back ['hætʃ,bæk] 名形 有活動門的汽車尾部（的），掀背式小汽車（的）。

'**hat·check ˌgirl** ['hæt,tʃɛk-] 名《美》衣帽間的女服務生。

hatch·er·y ['hætʃərɪ] 名 (複 **-er·ies**)（雞、魚卵等的）孵化場。

H

hatch·et ['hætʃɪt] 名 **1** 小斧頭。**2** 戰斧。

bury the hatchet 放下武器和睦相處，媾和。

take up the hatchet 開戰；再起戰端。

'**hatchet ˌface** 名 瘦削的臉。

'**hatchet-ˌfaced** 形 臉龐瘦削的。

'**hatchet ˌjob** 名《口》受僱進行的惡毒批評或惡意行為。

'**hatchet ˌman** 名《口》**1** 職業殺手。**2** 專事中傷他人者。**3** 打手。

hatch·ing ['hætʃɪŋ] 名 U〖製圖·雕〗影線，剖面線。

hatch·ment ['hætʃmənt] 名《主英》喪家忌中所懸掛的匾。

hatch·way ['hætʃ,we] 名 **1**〖海〗艙口（亦稱 **hatch**）。**2** 天窗。

:**hate** [het] 動 (**hat·ed, hat·ing**) 及 **1** 憎恨，厭惡。**2** 討厭。**3** 不願。—不及 懷恨。

hate... out (***of...***)（懷著敵意）驅逐出去。

hate oneself《口》恨自己，自責不迭。

—名 **1** 痛恨《*toward, for...*》；所討厭的人[物]。—形 仇恨的。

hate·ful ['hetfəl] 形 討厭的，可惡的；不愉快的；充滿憎恨的：a ～ task 討厭的工作。～**·ly** 副 討厭地；充滿憎恨地。～**·ness** 名 U 憎恨；可惡（的程度）。

hate·mon·ger ['het,mʌŋgə] 名 煽動仇恨者。～**·ing** 名 U 煽動仇恨。

hat·er ['hetə] 名 憎恨者，厭惡者。

hat·ful ['hæt,ful] 名 滿滿一帽子（的容量）；相當大的數量《*of...*》。

hath [《強》hæθ;《弱》həθ, əθ] 動《古》*have* 的第三人稱單數直述法現在式。

hat·less ['hætlɪs] 形 無帽的，沒戴帽的。

hat·pin ['hæt,pɪn] 名 帽針。

hat·rack ['hæt,ræk] 名 衣帽架。

·**ha·tred** ['hetrɪd] 名 U《常作 **a** ～》痛恨，厭惡《*of, for...*》：have *a* ～ *for...* 憎恨…。

hat·ter ['hætə] 名 帽子製造商；帽商。

(***as***) ***mad as a hatter*** 瘋狂的。

'**hat ˌtree** 名《美》= hall tree.

'**hat ˌtrick** 名 **1** 魔術師用帽子變的戲法。**2**〖板球〗連三振。**3**〖冰上曲棍球·足球〗帽子戲法：一位球員在一場比賽中進網三次。**4**《英》連勝三次或三次以上的成績。

Hat·ty, -tie ['hætɪ] 名〖女子名〗海蒂（Harriet 的暱稱）。

hau·berk ['hɔbək] 名〖甲冑〗鎖子甲。

haugh·ty ['hɔtɪ] 形 (**-ti·er, -ti·est**) 傲慢的，不遜的：have a ～ air 態度傲慢。

-ti·ly 副, **-ti·ness** 名

·**haul** [hɔl] 動及 **1**（用力）拖曳，拉，牽。**2** 以車運。**3**〖海〗使（船）隨風向轉變航向。**4** 逮捕；迫使應訊[受審]《*up, off / before, to, into...*》：～ a person *off to* jail 將某人逮捕入獄。—不及 **1** 拖，拉《*away / on, upon...*》。**2**（辛苦地）去，來。**3** 風向轉變《*round / to...*》；〖海〗改變航向，轉到迎風方向；靠岸停泊。

haul around〖海〗轉動帆桁。

haul down one's colors [***flag***] 投降。

haul off (1) 改變航向《*to...*》。(2) 撤退，退卻。(3)《口》（打人之前先）將手往後揚，拉開架勢。

haul up〖海〗(1) 隨風向轉變航向，改為迎風行駛。(2)（船）停下。(3)《常用被動》傳喚。(4) ⇨動及 1.

—名 **1** 拉，拖，曳；運送量；運送距離。**2**〖漁〗撒一次網的漁獲量；拖網漁場。《口》拿走的東西，收穫。

a long haul 比較長的期間或距離。

a short haul 比較短的期間或距離。

haul·age ['hɔlɪdʒ] 名 U **1** 拖曳；牽引。**2** 搬運（工作）；運費。

haul·er ['hɔlə] 名 **1** 拖曳工人；搬運工。**2**《英》搬運公司；運貨的卡車。

haul·ier ['hɔljə] 名《英方》= hauler.

haulm [hɔm] 名《英》**1** U《集合名詞》（蓋屋頂用的）穀類、豆類等的莖，稈。**2**（一枝）莖。

haunch [hɔntʃ, -ɑ-] 名 **1**《通常作～es》（人的）臀部，髖部。**2**（食用動物的）腿及腰部。**3**〖建〗拱腰。

'**haunch ˌbone** 名 髖骨，無名骨。

·**haunt** [hɔnt,-ɑ-] 動及 **1** 經常到（某處）；與…經常來往：～ local bars 經常出入於附近的酒吧。**2**《常用被動》（思想等）縈繞，糾纏。**3**《常用被動》（幽靈等）常作祟。—不及 **1** 經常到（某一場所）《*in, about...*》；緊緊糾纏《*with...*》。**2**（幽靈等）經常出現。—名 **1**《常作～**s**》（罪犯等的）出沒地點。**2** 幽靈。**3**（動物的）棲息地；適合生長的環境。

haunt·ed ['hɔntɪd, 'hɑn-] 形 **1** 鬧鬼的：a ～ house 鬼屋。**2** 著魔似的。

haunt·ing ['hɔntɪŋ, 'hɑn-] 形（思想、回憶等）不斷浮現的，不易忘懷的。—名 U C 經常出現；（幽靈等的）出沒。

haute cou·ture [,otku'tur] 名 U《法語》**1**《集合名詞》高級服飾，高級時裝（界）。**2**《集合名詞》（巴黎的）高級服裝店。

haute cui·sine [,otkwɪ'zin] 名 U《法語》高級烹飪。

hau·teur [ho'tɝ, o'tɝ] 名 U《法語》傲慢，驕橫。

haut monde [o'mɔnd] 名 U《法語》上流社會。

Ha·van·a [hə'vænə] 名 **1** 哈瓦那：古巴首都。**2** 哈瓦那雪茄。

:have [həv, əv,《強》hæv] 動（第一人稱單數現在式 **have**, 第二人稱 **have** 或《古》**hast**, 第三人稱 **has** 或《古》**hath**, 複數現在式 **have**; 第一人稱單數過去式 **had**, 第二人稱 **had** 或《古》**hadst**, **had·dest**, 第三人稱 **had**, 複數過去式 **had**; 過去分詞 **had**; 現在分詞 **hav·ing**）及 **1** 有，擁有；具有：～ nothing to do 沒事做 / ～ something to oneself 私自擁有某物 / ～ an eye for beauty 對美有鑑賞力 / ～ a good memory 記憶力好 / ～ a habit of sitting up late at night 有熬夜的習慣。**2** 抱有，持有；知道，懂：～ faith in God 信仰上帝 / ～ a great love for art 熱愛藝術 / ～ no idea (of) what it is like 不知道那東西是什麼樣子。**3** (1) **[have to** do]《敘述句·疑問句》必須，不得不。(2) not **[have to** do]《否定》不必，無須。(3) **[have only to** do] 僅須，只要。(4) **[have yet to** do] 尚未。**4** 經歷；享受；患：～ a bad night 睡得不好 / ～ a cold 感冒 / ～ an operation 動手術 / ～ trouble with... 因…爲難。**5** 令，叫，要；使（有…的經驗）。**6** 使，讓；招致。**7** 從事，進行：～ a bath 洗澡 / ～ a drink 喝一杯 / ～ a swim 游泳 / ～ a try 試一次。**8** 吃，喝，吸。**9**《用於含有 **will [can] not have** 的否定句》容許；忍受；原諒。**10** **[have it (that...)]** 認爲；主張，斷定：as Maugham *has it*《引用》如毛姆所說。**11** 拿到，獲得；拿取，接受：～ good news 得到好消息 / ～ an English lesson 上英文課 / ～ it at that price 以那價錢買到。**12** 生產，生：～ a baby 生下嬰兒。**13**《口》使（對手）居於不利的地位；打擊，打敗。**14**《口》欺騙；瞞哄；使失望。**15** 賄賂，收買。**16** 使保持（…的狀態），使預備好：～ coffee ready 預備咖啡 / ～ one's eyes wide open 把眼睛睜得大大的 / ～ it under consideration 予以考慮。**17** 招待，招呼：～ a person in 招呼客人進屋。**18**《通常用過去式、過去完成式》與…性交《*away, off*》；把（女人）占爲己有。—不及 擁有財產，有錢。

as luck would have it ⇨ LUCK（片語）

be not having any《英俚》(1) 不同意，不接受。(2) 不參加。

have and hold 保有。

have at...《文》精神奕奕地開始；攻擊；責難，批判。

have done (with...)《口》停止（做…），結束（做…）：*H- done!* 停！

have** a person **down 請（樓上的人）下來；邀請（人）來鄉下。

have had it《口》(1) 夠了；受夠了。(2) 敗北；被打得很慘；壞掉，不能用了。(3) 失去最後的機會。(4) 失去人望；陳舊。

have it (1) ⇨ 動及 10. (2) 做。(3) 了解，明白。(4)《口》勝過，占優勢。(5) 被處罰，受責難。(6)（命運等）造成，使然。

have it both ways ⇨ WAY[1]（片語）

have it coming (to** one**)《美口》罪有應得，自討苦吃。

have it easy《英口》生活奢靡。

***have it in** one* 天生有…的才能《*to* do》。

***have it in for** a person*《口》對（某人）抱著惡意，懷恨（某人），挑剔（某人）。

have it off 性交《*with...*》。

***have it on** a person* / ***have it (all) over** a person* 比（某人）占上風，勝過（某人）。

have it out《俚》一決雌雄，一爭高低《*with...*》。

have it out of** a person* / ***let** a person **have it《俚》處罰（某人）；報復（某人）。

have it (so) good《口》《主用於否定》生活富裕舒適。

have nothing on... 一點也不比…好。

have...on / have on...《口》(1) 穿戴（衣、帽等）。(2) 打開（電視等）。(3) 有…計畫，有…安排。(4)《口》優於…；抓住弱點；欺騙，愚弄。

have (only) oneself to thank for... ⇨ THANK（片語）

have** a person **on toast《英口》勝過（某人）；騙（某人）。

have something to do with... 與…有關。

have** a person **up (1) 請（樓下的人）上去；邀請（人）（從鄉下）進城。(2)《口》《通常用被動》控告（人）《*for...*》。

have what it takes 具有必備的特性。

—助動《與過去分詞連用》做完…，完成…，已經…。(1)《現在完成式》：She *has* gone to America. 她去了美國。(2)《過去完成式》：As soon as she (*had*) graduated, she got married. 她一畢業就結婚了。(3)《未來完成式》：I'll ～ finished my homework by seven. 七點以前我會做完功課。

—名 **1**《通常作～**s**》擁有（財富的）人；擁有（資源、核子武器等的）國家。**2**《英俚》詐欺；騙人的小玩笑。

ha·ven ['hevən] 名 **1**《罕》港口；避難所。**2** 庇護地。—動及 使進港避難。

have-nots ['hæv,nɑts] 名《the～》**1** 貧民，窮人。**2** 沒有資源的國家，窮國。

:have·n't ['hævənt] have not 的縮略形。

ha·ver[2] ['hevɚ] 動 不及《英》無聊地亂扯，說廢話。

hav·er·sack ['hævɚ,sæk] 名《罕》（旅行者用的）帆布背包。

·hav·oc ['hævək] 名 U 浩劫；大混亂，大騷動：cause ～ 造成破壞 / wreak ～ on... 將…嚴重破壞，使造成混亂[災害]。

cry havoc 警告有災難將臨。

—動 (**-ocked, -ock·ing**) 及 嚴重破壞。

H

一(不及)破壞。

haw[1] [hɔ] (名)〖植〗山楂；山楂果。

haw[2] [hɔ] (動)(不及)支支吾吾；（遲疑或支吾時）發出嗯啊聲。—(名)支吾時的聲音（咦、啊啊、嗯嗯等）。

haw[3] [hɔ] (感)《驅馬等左轉的命令語》喝嘿！—(動)(及)(不及)（使）向左轉。

·**Ha·wai·i** [hə'waɪi, -'wa-, -'wɑjə] (名) **1** 夏威夷：美國的一州（略作：Haw.,《郵》HI）；首府 Honolulu。**2** 夏威夷島。

Ha·wai·ian [hə'waɪən, -'wɑjən] (形)夏威夷的，夏威夷群島[語，人]的。—(名) **1** 夏威夷人。**2** (U) 夏威夷語。

Ha'waiian gui'tar (名)夏威夷吉他。

Ha'waiian 'Islands (名)(複)《the ～》夏威夷群島。

H

haw-haw ['hɔ,hɔ] (感)哈哈！—(名)哈哈的笑聲。—(動)(不及)哈哈大笑。

·**hawk**[1] [hɔk] (名) **1**〖鳥〗鷹；與鷹相類似的鳥的通稱。**2**《口》掠奪別人財物的人；騙子；貪婪的人。**3**《口》鷹派，強硬派。**4**《美俚》冬天刺骨的寒風。

know a hawk from a hernshaw 有基本的判斷力。

—(動)(不及) **1** 似鷹般飛翔；襲擊《*at, after* ...》；攜鷹狩獵。**2** 行動如好戰的鷹派分子。～**·ish**(形)好戰的，鷹派的。

～**·ish·ly** (副), ～**·ish·ness** (名)

hawk[2] [hɔk] (動)(及) **1** 叫賣。**2** 散布（謠言等）《*about*》。—(不及)叫賣。

hawk[3] [hɔk] (動)(不及)咳嗽，清喉嚨。—(及)咳出（痰）《*up*》。—(名)咳嗽（聲）。

hawk·er[1] ['hɔkɚ] (名)放鷹的人，攜鷹狩獵者。

hawk·er[2] ['hɔkɚ] (名)沿街叫賣的小販。

hawk-eyed ['hɔk,aɪd] (形)目光銳利的。

hawk·ing ['hɔkɪŋ] (名)(U)放鷹捕獵。

hawk·ish ['hɔkɪʃ] (形) **1** 如鷹的。**2** 屬於鷹派的；好戰的，主戰的。

hawk·nose ['hɔk,noz] (名)鷹鉤鼻。**-nosed** (形)有鷹鉤鼻的。

hawse [hɔz, -s] (名) **1** 船首有錨鏈孔的部分；錨鏈孔。**2** 船首至水面的距離。

haw·ser ['hɔzɚ, -sɚ] (名)〖海〗纜，大索。

haw·thorn ['hɔ,θɔrn] (名)〖植〗山楂。

Haw·thorne ['hɔ,θɔrn] (名) **Nathaniel,** 霍桑（1804–64）：美國小說家。

·**hay**[1] [he] (名)(U) **1** 乾草；牧草。**2**《口》《**not** ～》相當大的金額。**3**《俚》大麻煙。

hit the hay《俚》鋪床，睡覺。

make hay of... 使混亂；徹底攪亂。

make hay out of... 使有利於自己，利用。

make hay (***while the sun shines***)《口》勿錯失良機；打鐵趁熱。

raise hay 引起混亂。

—(動)(及)晒成乾草；餵（牛、馬等）乾草。—(不及)製乾草。

hay[2] [he] (名)《古》籬笆；樹籬。

hay·cock ['he,kɑk] (名)尖頂乾草堆。

Hay·dn ['haɪdn̩] (名) **Franz Joseph,** 海頓（1732–1809）... 1822–93)：奧地利作曲家。

'hay ,fever (名)(U)〖病〗花粉熱。

hay·field ['he,fild] (名)乾草地，牧草場

hay·fork ['he,fɔrk] (名)乾草叉[堆高機]

hay·loft ['he,lɔft] (名)乾草堆積處。

hay·mak·er ['he,mekɚ] (名) **1** 製作乾草的人[機器]。**2**《口》重擊，奮力一擊。

hay·mak·ing ['he,mekɪŋ] (名)(U)晒製乾草。

hay·mow ['he,maʊ] (名)倉廄的乾草堆積處；乾草堆。

hay·rack ['he,ræk] (名) **1** 飼料架。**2** 裝草架；有裝草架的貨車。

hay·rick ['he,rɪk] (名)《主英》= haystack

hay·seed ['he,sid] (名) **1** (C)(U)（散落的）乾草種。**2** (U) 乾草屑。**3**《口》鄉巴佬，莊稼漢。

hay·stack ['he,stæk] (名)乾草堆。

looking for a needle in a haystack 海底撈針，徒勞無功。

hay·wire ['he,waɪr] (名)(U)捆乾草用的鐵絲。—(形)《敘述用法》《口》混亂的；出了故障的；興奮的，瘋狂的。

go haywire《口》(1) 興奮，發狂。(2) 故障，損壞；混亂。

·**haz·ard** ['hæzɚd] (名) **1**（偶發的）危險；冒險：run the ～ of... 冒著…的危險 / at all ～*s* 不顧任何危險。**2** 造成危險的原因《*to*...》：a fire ～（釀成）火災的原因。**3** (U)偶然（的事）；不確定；機會：by ～ 憑運氣地，偶然地；置身危險中。**4**〖高爾夫〗障礙區。—(動)(及) **1** 大膽提出。**2** 以（生命、財產等）做為賭注《*on*...》。**3** 甘冒…的危險。

'hazard ,light (名)（汽車的）警示燈。

haz·ard·ous ['hæzɚdəs] (形)危險的《*for*...》；冒險的；碰運氣的。～**·ly** (副)

·**haze**[1] [hez] (名) **1** (U)(C) 靄，霾；《常作 **a** ～》靄狀物。**2**《常作 **a** ～》迷糊，懵懂：be in *a* ～ 糊裡糊塗。—(動)(**hazed, haz·ing**) (不及) **1** 起霧，變朦朧；模糊《*over*》。**2**《古》下霧雨。—(及)使模糊。

haze[2] [hez] (動)(及) **1**《美》以惡作劇戲弄。**2** 以粗重的工作折磨。**3**《美》騎馬驅趕（牛等）。

ha·zel ['hezl̩] (名) **1**〖植〗榛樹；(U)榛果，榛材。**2** (U)榛木色，紅褐色。

—(形) **1** 榛木（製）的。**2** 榛樹色的。

ha·zel·nut ['hezl̩,nʌt] (名)榛子。

ha·zy ['hezɪ] (形) (**-zi·er, -zi·est**) **1** 有薄霧的；靄氣瀰漫的。**2** 朦朧的，模糊的；混濁的。

-zi·ly (副), **-zi·ness** (名)

HB, hb《縮寫》*h*ard *b*lack（表示鉛筆心的）硬黑。

Hb《縮寫》〖生化〗*h*emoglo*b*in.

H.B.M.《縮寫》*H*is [*Her*] *B*ritannic *M*ajesty.

H-bomb ['etʃ,bɑm] (名)氫彈 = hydrogen

bomb.

HBV 《縮寫》*h*epatitis *B* *v*irus B 型肝炎病毒。

H.C. 《縮寫》*H*igh *C*hurch; *H*igh *C*ommissioner; *H*oly *C*ommunion; *H*ouse of *C*ommons.

H.C.F., h.c.f. 《縮寫》*h*ighest *c*ommon *f*actor 最大公約數。

hd. 《縮寫》*h*an*d*; *h*ea*d*.

HDL 《縮寫》〖生化〗*h*igh *d*ensity *l*ipoprotein 高密度脂蛋白。

hdqrs. 《縮寫》*h*ea*dq*ua*r*ter*s*.

HDTV 《縮寫》*h*igh-*d*efinition *t*ele*v*ision.

he [《弱》i, hɪ;《強》hi] 代（主格 **he**, 所有格 **his**, 受格 **him**;《複數》主格 **they**, 所有格 **their, theirs**, 受格 **them**）《人稱代名詞第三人稱單數陽性主格》**1** (1) 他，彼。(2)（指雄性動物）它，牠。(3)《古》《擬人語》它。**2**《文》《關係代名詞的前置詞》那個人：*H*- who laughs last laughs best.《諺》最後笑的人笑得最開心；勿高興過早。**3** 某人。**4**《英方》《作爲動詞、介系詞的受詞》= him, it[1]. **5**《**H-**》（基督教的）神，上帝。**6**《對嬰兒說話時的指稱語》你。—名(複～**s**) **1** 男，男性；雄性。**2**《古》〖詩〗人。—形《主要用於複合詞》**1** 雄的。**2** 男性的，男子氣概的。**3**《口》非常巨大的，雄糾糾的，高壯的。

He 《化學符號》helium.

H.E. 《縮寫》*H*is *E*minence 閣下; *H*is [*H*er] *E*xcellency 閣下。

head [hɛd] 名 **1** 頭，頭部；頭像：strike him on the ～ 打他的頭 / be taller by a ～ 高出一個頭。**2** (1) 頭腦；智力；才能：come into one's ～（念頭等）在腦中浮現 / have a (good) ～ for... 有…的才能。(2) 理性，意識：out of one's ～《主美》精神錯亂；著迷，狂喜 /have an old ～ on young shoulders 年輕但有見識；少年老成。**3** 生命，性命。**4** 頭髮；（鹿的）角：a closecropped ～ 理得短短的頭髮。**5** 人數，頭數；《集合名詞》《英》一群：five ～ of cattle 五頭牛 / a large ～ of game 一大群獵物。**6**《與修飾語連用》人：dull ～*s* 笨蛋。**7** 頭狀物；頭狀果實；〖植〗頭狀花序；〖樂〗符頭：a ～ *of* lettuce 一棵萵苣 / the ～ of a club 高爾夫球桿的桿頭。**8**（東西的）頭部，前端；（山）頂；《用於地名》岬；鼓皮；（啤酒等的）泡沫，（浮在牛乳上的）油脂；（青春痘、癤等的）化膿部分：the ～ of a nail 釘頭 / come to a ～（癤等）生膿 / sit at the ～ of the table 坐餐桌的上座；坐賓主之席。**9**（河川的）源頭；河流入口處：the ～ of the Thames 泰晤士河的源頭。**10** 領導地位；首位，領導人；長官：at the ～ of the poll（選舉時）獲最高票 / the ～ of a corporation 公司董事長。**11**（事態的）頂點；危機；高潮：come to a ～ 達於頂點；瀕臨危機。**12**（頁的）上端，（文章的）起首；標題：the ～ of a page 每頁的上端。**13**（主要的）項目；要點。**14**《通常作～**s**》硬幣的正面。**15**（照相機三腳架上的）機座；〖建〗楣（座）。**16**〖海〗船頭；（船頭的）廁所。**17**〖文法〗中心語。**18** 磁頭；〖電腦〗電磁裝置，讀取裝置，打孔裝置；（影片的）轉換音軌成聲音訊號的光電管。**19**〖理〗壓力落差；壓頭。**20**《口》（宿醉等的）頭痛。**21**《俚》麻醉藥成癮者；熱中…的人，…迷。**22**《口》= headlight. **23**《俚》嘴巴。

above a person's head / above the head of a person 超過某人的理解力。

beat one's head against a wall 去做必然失敗的事，白費力氣。

beat a person's head off 把人打得暈頭轉向；把人徹底打敗。

bite a person's head off《口》怒責某人。

bring... to a head 使（事態）陷入危機。

bury one's head in the sand 不敢面對危險；逃避現實。

by the head and ears / by head and shoulders 粗暴地；勉強地。

eat one's head off《口》大吃；好吃懶做。

fat in the head《口》愚蠢。

from head to toe (1) 從頭到腳，全身。(2) 完全地，徹底地。

get it into a person's head that... 使某人理解；使某人相信。

get one's head down《俚》睡覺。

get... through one's head 理解，使某人理解，使某人相信。

give a person head《俚》與某人口交。

give a person his head 使某人隨心所欲。

go to a person's head (1) 使某人困惑；使某人醉倒。(2) 使某人驕傲自滿。

hang (down) one's head 因羞愧而低下頭。

hang over a person's head 危及某人。

have a good head for heights 不懼高。

have a (good) head on one's shoulders 頭腦清楚，具判斷力；精明。

have a swollen head 自大，自負。

have one's head screwed on the right way 思考細密，明智，有判斷力。

have rocks in one's head《口》愚蠢，不明事理。

head and shoulders (1)（身高高出）肩膀與頭。(2) 遠超過：be ～ *and shoulders* above the others 遙遙領先他人。

head first (1) 頭向前地。(2)急忙地，慌張地。

one's head off 極端地，過度地。

head of hair（濃密的）頭髮。

head on 迎面地。

head over heels (1) 倒栽蔥地。(2) 強烈地；完全地。(3) 衝動地，不經心地。

heads up《警告語》《口》小心！注意！小心頭上（的危險）。

heads would roll《口》有些人因失職而將受重罰。

H

hold** one's **head high 高傲。
hold** one's **head up 得意揚揚；抬起頭來，自重。
keep** one's **head above (the) ground 活著，保住生命。
keep** one's **head above water 保持不滅頂；（財政上）盡量做到收支平衡。
keep** one's **head down 不拋頭露面；避免危險；避免分心。
knock... on the head《英》破壞。
lay their heads together 聚集會商。
let** a person **have** his **head = give *a person* his HEAD
make head(s) or tail(s) of...《通常與can連用於否定、疑問句》《口》理解，弄明白…。
need** one's **head examined《諧》要檢查一下腦袋；頭腦不清楚。
not know whether** one **is on** one's **head or** one's **heels 腦筋混亂，昏頭昏腦。
off the top of** one's **head《俚》即刻地；不加深思地。
on** a person's **head（災難等）降臨於某人；（罪等）歸咎於某人。
on** one's **head 由本人負責任；落到自己頭上。
ought to have** one's **head examined = need one's HEAD examined.
out of** one's **own head (1) 出自本身的努力，自己想出來的。(2) 被遺忘。
over** a person's **head (1) 令某人無法理解的。(2) 不與某人商量；越過某人的權利。(3) 迫近某人。
***put a head on** a person* 痛毆某人；使某人不敢開口。
put** one's **head into the lion's mouth 置身險境。
rear its ugly head（不受歡迎的事物）出現，冒頭。
set** one's **head on... 計畫做；決心做。
standing on** one's **head 輕而易舉地。
stand** a person **on** his **head 使某人生氣。
take it into** one's **head 決定（做…），計畫，相信（是…）《*to* do, *that* 子句》。
talk** one's **head off《口》喋喋不休。
the head and front (1)《古》（罪惡的）本質，本身。(2) 指揮者。(3) 頂點，絕頂。
turn** a person's **head (1) 使某人自傲。(2) 使某人昏頭。(3) 使某人陷入情網。
with** one's **head in the air (1) 擺架子。(2) 想入非非。
—形 **1** 首位的，首席的；主要的。**2**《常用於複合詞》頭（部）的；在上端的。
—動 及 **1** 領先；在…頂部。**2** 贏得；勝過，超過；做…的領袖；領導《*up*》。**3** 向著某處行駛。**4** 繞源頭而過。**5** 起頭；加上（標題等）《*with...*》。**6** 去掉頭（部）；將前端切掉《偶用 *down*》。**7** 妨礙《*off*》。**8**〖足球〗頂（球）。**9** 打破（紀錄等）。—不及 **1** 前進，出發；《喻》（向…）去《*for...*》。**2** 生出穗尖；結頭果實；（化膿）出頭。**3** 發源於《*in...*》。
be headed for... 向著…去；走向…的運。
head off (1) 站在…之前攔住來人去路；喻》阻止。(2)（使）改變前進路線。

·head·ache ['hɛd,ek] 名 **1** 頭痛。**2**《口苦惱的事[人]，頭痛的主因。
-ach·y 形 頭痛的。

head·band ['hɛd,bænd] 名 **1** 束髮帶〖印〗連續圖樣。**3** 連接左右耳機的頭環

head·board ['hɛd,bord] 名 床頭板。

'head ,case 名《英俚》失去理智的人瘋子。

head·cheese ['hɛd,tʃiz] 名 U《美》豬凍。

'head ,cold 名〖病〗急性鼻傷風。

'head ,count 名《美口》**1** 人口調查清點人數。**3** 民意調查。

head·dress ['hɛd,drɛs] 名 頭飾；髮型

head·ed ['hɛdɪd] 形 **1** 頭部的；有標的。**2** 球莖的；有膿頭的。**3**《複合詞》…頭的，頭呈…狀的：an empty-*head* student 沒頭腦的學生。

head·er ['hɛdɚ] 名 **1** 割穗機。**2** 母管 **3**〖建〗(1) 露頭磚。(2) 楣梁。**4**《口》頭腳後地墜下。**5**〖足球〗頂球射門。

head·first ['hɛd'fɝst] 副 **1** 頭向前地，腳朝天地：fall ~ 倒栽蔥地落下。**2** 莽地。

head·fore·most ['hɛd'for,most] 副 headfirst.

'head ,gate 名 閘門，水門。

head·gear ['hɛd,gɪr] 名 U **1** 帽子；盔；頭罩。**2**（馬的）轡頭。

head·hunt ['hɛd,hʌnt] —動 不及《俚挖角。
—及《俚》挖掘，延攬（人才）。

head·hunt·er ['hɛd,hʌntɚ] 名 **1** 獵人者。**2**《俚》負責挖角的人。**3** 喜歡與名在一起以襯顯自己的人。

head·hunt·ing ['hɛd,hʌntɪŋ] 名 U **1** 取人頭。**2** 不合理的解雇。**3**《俚》挖角
—形 不合理解雇的；把對方打倒的；俚》挖角的。

head·ing ['hɛdɪŋ] 名 **1** 標題，題目；頭。**2**（旅客、交通工具的）方向；〖空航向。**3** U C〖足球〗頂球。

'head ,lamp 名 = headlight.

head·land ['hɛdlənd] 名 **1** 岬，海角[-,lænd] 畦界，田埂。

head·less ['hɛdlɪs] 形 **1** 無頭（部）的 **2** 無領導者的。**3** 無知的，愚蠢的。

·head·light ['hɛd,laɪt] 名《常作~s》前燈，頭燈；（礦工的）帽燈。

·head·line ['hɛd,laɪn] 名 **1** 大標題：ma [hit] the ~*s* 成爲頭條新聞。**2** 頁頭標題 **3**《常作~s》《英》新聞提要。
—動 (**-lined, -lin·ing**) 及 **1** 加標題於特稿撰寫，大肆宣傳。**3** 使成爲主角

一不及擔任領銜主角。

ead·lin·er ['hɛd,laɪnɚ] 名《俚》領銜主演的演員；大明星。

ead·lock ['hɛd,lɑk] 名〖角力〗鎖頭。

ead·long ['hɛd,lɔŋ] 副頭向前地；迅速地；莽撞地。一形 1 急忙的；魯莽的，輕率的。2 倒栽蔥的。3 陡峭險峻的。

ead·man ['hɛdmən, -,mæn] 名（複-men）1 首領，酋長。2 工頭，領班。3 = eadsman.

ead·mas·ter ['hɛd,mæstɚ] 名 1《英》中、小學的）校長。2《美》（私立男校的）校長。

ead·mis·tress ['hɛd,mɪstrɪs] 名 1《英》（中、小學校的）女校長。2《美》（私立女校的）女校長。

ead·most ['hɛd,most] 形最前的。

ead·note ['hɛd,not] 名 1 眉註，眉批。〖法〗判決要旨。

ead ˌoffice 名總公司，本店。

ead of 'state 名（複heads of state）國家元首。

ead-on ['hɛd'ɑn, -'ɔn] 形正面衝突的；正面的；《喻》迎面來的：a ~ collision 迎面相撞。一副迎頭地，迎面地。

ead·phone ['hɛd,fon] 名《常作~s》耳機。

ead·piece ['hɛd,pis] 名 1 帽子；頭盔。= headset. 3 頭部；《口》才智；頭腦；智者。4〖印〗花飾圖案。

ead ˌpin 名（保齡球的）第一號瓶；中心人物。

ead·quar·ter ['hɛd,kwɔrtɚ] 動及設總部在…《通常用*in*...》。

ead·quar·ters ['hɛd,kwɔrtɚz] 名(複)（作單、複數）1（警察等的）總署，本部；（公司等的）總公司。2 司令部；《集合名詞》司令部部隊。3 活動中心《*for* ..》。

ead 'register 名〖語音〗高音域。

ead·rest ['hɛd,rɛst] 名（座椅上的）頭靠，頭枕。

ead·room ['hɛd,rum, -ʊm] 名U 1（汽車）車身內部空間。2 淨空高度。

ead·scarf ['hɛd,skɑrf] 名（複-scarves）女用頭巾。

ead 'sea 名〖海〗頂頭浪，逆浪。

ead·set ['hɛd,sɛt] 名《美》耳機。

ead·ship ['hɛd,ʃɪp] 名U 1《謔》首長資格；首長的地位；領導地位；主權。2《英》校長的職務。

ead ˌshop 名《美俚》出售吸毒用品的商店。

ead ˌshrinker 名 1《俚》精神病醫生。2 有獵取人頭後將之乾縮以作爲勝利品的習慣的種族[人]。

eads·man ['hɛdzmən] 名(複-men) 1 劊子手，死刑執行者。2 捕鯨船指揮。

eads or 'tails 名(複)《作單數》1 擲硬幣猜正、反面的遊戲。2 以此方法解決問題。

head·spring ['hɛd,sprɪŋ] 名 1（河流的）源頭。2 泉源，起源。

head·stall ['hɛd,stɔl] 名馬籠頭。

head·stand ['hɛd,stænd] 名倒立。

'head 'start 名有利的開始《*over, on* ...》；搶先：projected ~ 學前兒童教育。

head·stone ['hɛd,ston] 名墓碑；基石。

head·stream ['hɛd,strim] 名（河流的）源流。

head·strong ['hɛd,strɔŋ] 形 1 固執的。2 剛愎自用的。~·ly 副

heads-up ['hɛd,zʌp] 形有警覺心的，能隨機應變的。

'head ˌtable 名演說人之前的高桌；主客席，榮譽席。

'head ˌtax 名UC《美》人頭稅。

head·teach·er ['hɛd'titʃɚ] 名《英》校長。

head-to-head ['hɛdtə'hɛd] 名形《美》近戰（的），肉搏戰（的）。

'head ˌtone 名〖樂〗頭聲。

'head ˌtrip 名《俚》心靈探索，自由聯想。一動不及從事心靈之旅。

'head ˌvoice 名〖樂〗頭聲。

head·wait·er ['hɛd'wetɚ] 名侍者領班。

head·wa·ters ['hɛd,wɔtɚz] 名(複)（河的）上游，源流。

head·way ['hɛd,we] 名U 1 前進；船速；進展的速度。2（列車的）行駛間隔。

make headway（冒著…）前進《*against* ...》。

head·wind ['hɛd,wɪnd] 名逆風，頂頭風。

head·word ['hɛd,wɝd] 名 1（書內章節等的）標題；（詞典等的）詞目；〖文法〗複合詞的主要部分。

head·work ['hɛd,wɝk] 名 1 U 腦力工作；思考。2 拱頂裝飾。3〖足球〗頂球技巧。

~·er 名勞心者。

head·y ['hɛdɪ] 形 (head·i·er, head·i·est) 1 使人醉的。2 使人興奮的；性急的；猛烈的；破壞性的。3 頭腦靈活的。

-i·ly 副, -i·ness 名

·heal [hil] 動及 1 治療（刀傷、燙傷）；治癒。2 調停，解決。3 淨化：~ the psyche 淨化心靈。一不及 1 治癒《*up, over*》 2 平息，解決《*over*》。

heal-all ['hil,ɔl] 名萬靈藥；萬靈丹。

heal·er ['hilɚ] 名治療者，醫師；信仰治療者；治療之物。

heal·ing ['hilɪŋ] 形 1 治療（用）的，有療效的：the ~ art 醫術。2 痊癒中的。一名U 治癒，治療（法）。~·ly 副

:health [hɛlθ] 名U 1 健康（狀態）；《形容詞》健康：be in good ~ 健壯 / be in poor ~ 身體不好 / *H-* is better than wealth.《諺》健康勝於財富。2（祝福等的）乾杯：drink the ~ of a person 爲某人的健康乾

H

杯。3 活力；安定；繁榮。4 保健，衛生：public ～ 公共衛生。
for one's health (1)《常與否定句連用》不取報酬地，因爲好奇。(2) 爲了健康。
'health ˌcare 名U 健康照護。
'health ˌcenter 名《英》保健中心。
'health ˌclub 名健康俱樂部。
'health ˌfood 名健康食品。
health·ful ['hɛlθfəl] 形健康的，有益健康的；健全的。
～·ly 副
'health inˌsurance 名U 健康保險。
'health 'service 名U 健康保險；公共醫療服務。
'health ˌspa 名美容中心，減肥中心。
'health ˌvisitor 名《英》巡迴醫療服務的醫護人員。

H

:health·y ['hɛlθɪ] 形 **(health·i·er, health·i·est) 1** 健康的；正常的；健全的。**2** 旺盛的。**3** 有益健康的：～ exercise 有益健康的運動。**4** 大量的，很多的：a ～ portion 大部分。
-i·ly 副, **-i·ness** 名
HEAO 《縮寫》*h*igh-energy *a*stronomy *o*bservatory〖太空〗高能天文觀測衛星。
·heap [hip] 名 **1** 堆積（物），堆：in ～s 成山，成堆；累累 / at the bottom of the social ～ 在社會階層的底層。**2**《a～, 常作～s》《口》許多，大量《*of*...》；《與比較級的副詞連用》非常，很：give a child ～s *of* love 溺愛小孩。**3**《口》《常與 **fat, lazy** 等修飾語連用》邋遢女人。**4**《俚》汽車，破舊的車。
all of a heap《口》(1)（嚇）成一團。(2) 突然，一下子。(3)（倒）作一堆。
in a heap (1) 成山，成堆。(2) 大量聚集，雲集。
top of the heap 勝利者。
一動及堆積，累積《*up, on, together*》；堆成《*into*...》。**2** 積蓄《*up, together*》。**3** (1) 裝滿：～ food *on* a person's plate 給某人的盤子添滿食物。(2) 大量地給予。一不及聚積；聚集成堆《*up*》。
heap coals of fire on a person's head 對某人以德報怨使其感到慚愧。
:hear [hɪr] 動 **(heard** [hɝd], **～·ing)** 及 **1** 聽見；聽到：～ a whisper 聽到呢喃。**2** 獲悉，聽說：～ news 得知消息。**3** 注意聽；審理；聽取證詞；《尤英》督促：～ a person out 認真聽某人說完 / ～ a child's lesson《英》督促小孩的功課（的複習）。**4** 聽（演講等）；旁聽；聽講：～ a lecture 聽課。**5** 聽從。一不及 **1** 聽，聽見。**2** 聽說；知道。**3**《與 **won't, wouldn't** 連用》採納，允許《*of*,《美》*to*...》。**4** 受罰，受叱責《*about, of..., from...*》。**5**《英》《命令》：*H-！H-！*好！贊成！
hear out (1)⇨動及3. (2) 分辨出（聲音）。
hear tell of.../hear say that...《口》聽人說起…。

Let's hear it for...《美口》讓我們向某
掌歡呼吧！
make oneself heard 讓別人聽到；把想
訴別人。
:heard [hɝd] 動 **hear** 的過去式及過
詞。
hear·er ['hɪrɚ] 名聽者，旁聽者。
hear·ing ['hɪrɪŋ] 名 **1** U 聽力，聽
聽，聽到：an attentive ～ 傾聽 / the
of ～ 聽覺 / be hard of ～ 重聽。**2** 發
機會：get a ～ 得到發言機會。**3** 聽證
公聽會；審問：hold ～*s* on... 爲…開
會。**4** U 聽力範圍：be out of ～ 在聽
圍以外。
'hearing ˌaid 名助聽器。
hear·ing-im·pair·ed ['hɪrɪŋɪm,pɛrd
聽力受損的，聽障的。一名《**the** ～
集合名詞》聽障者。
heark·en ['hɑrkən] 動不及及 = hark
Hearn [hɝn] 名 **Lafcadio,** 小泉八
1850－1904）：美裔日籍文學家。
hear·say ['hɪr,se] 名U 風聞，傳聞
評：have it only from ～ 不過是由傳聞
來的。
'hearsay ˌevidence 名U〖法〗
證據。
hearse [hɝs] 名 **1** 靈車，葬儀車。**2**
主教的）一種排架燭臺；墓上的頂蓋
:heart [hɑrt] 名 **1** 心臟；心臟病；胸
patient 心臟病患者 / a throbbing ～ 跳
心臟 / ～ rates 心跳數。**2** 心，胸襟
跡；心情：open one's ～ to a person 向
推心置腹，坦誠待某人 / a kind ～
腸。**3** U 愛情，感情；思慕；同情：a
of no ～ 無情人 / the woman of one's
己中意的女人 / win a person's ～ 獲得
的愛情。**4** U《罕作 **a** ～》勇氣，精
熱心；興趣：in (good) ～ 健康的，心
的 / (with) ～ and hand 熱心的，進取
with half *a* ～ 勉勉強強地 / lift up one
鼓起勇氣 / put one's ～ into... 熱中於
5《**the** ～》中心部；深處；核心，重
the ～ of Africa 非洲內陸。**6**（尤指作
賞或愛情對象的）人。**7** 心形（物）
牌〗紅心；《～**s**》《作單、複數》紅
花。**8**（樹的）心材；（水果的）核；
苣等的）球莖；（繩索的）蕊。**9** U
地的）沃度：in good ～ 土地肥沃 / o
～ 土壤貧瘠。
after one's (own) heart 稱心如意的[地
at heart 內心裡；本質上。
at the bottom of one's heart 在內心。
break a person's heart 令人失望，令
心。
break the heart of... 度過（計畫、
等）的最困難的時刻。
bring a person's heart into his mouth
人嚇一跳。
by heart 默記地。
close to one's heart = near (to) one's HE

ross one's **heart** (*and hope to die*) 在自己胸前畫十字架；發誓所言屬實。
ry one's **heart** *out* 痛哭，悲痛欲絕。
o a person's **heart** *good* 使某人歡喜。
at one's **heart** *out* 憂傷過度；因過度渴望而受煎熬。
ind it in one's **heart** *to do*《常與 **can** 連用於否定、疑問句中》意欲，忍心做…。
rom (*the bottom of*) *one's* **heart** / *from he* **heart** 發自內心地，由衷地。
o to a person's **heart** 使某人傷心，深深感動某人。
ave a change of **heart** 轉變，改變心意。
ave a **heart**《俚》同情，體諒。
ave...at **heart** 把…放在心上；對…深感興趣。
have) *one's* **heart** *in one's mouth* 提心吊膽，戰戰兢兢。
ave one's **heart** *in the right place* 真心真意，好心好意。
ave one's **heart** *set on* = set one's HEART n.
eart and soul 全心全意地，熱心地。
Dne's **heart** *sinks into one's boots.*《口》意志消沉；極度焦慮。
eart to **heart** 推心置腹，坦誠地。
n one's **heart** (*of hearts*) 在內心深處。
ose **heart** 意志消沉，灰心喪氣。
ose one's **heart** *to...* 與…熱戀，迷戀。
ake a person's **heart** *leap out of his mouth* bring a person's HEART into his mouth.
ear (*to*) *one's* **heart** 被視爲重要的。
ot have the **heart** 沒勇氣（做…），不忍做…）《 *to* do 》。
ut one's **heart** *into...* 致力於…。
et one's **heart** *against...* / *have one's* **heart** *et against...* 堅決反對…。
et one's **heart** *at rest* 安心，放心。
et one's **heart** *on...* 渴望；決心（做…）。
teal a person's **heart** 得到某人的愛情。
ake **heart** 鼓起勇氣，打起精神。
ake ... to **heart** (1) 將…謹記在心；認真思考；對…掛心。(2) 深爲…所感動，爲…而悲傷。
o one's **heart's** *content* 盡情地。
ear one's **heart** *on one's sleeve* (1) 將內心隱私公諸於外；心直口快。(2) 感情外露，易於墜入情網。
ith all one's **heart** (*and soul*) (1) 誠懇地，熱心地。(2)《文》歡喜；衷心。

eart·ache ['hɑrt,ek] 名 Ⓤ 痛心，氣惱。

eart at,tack 名〖醫〗心臟病發作。

eart·beat ['hɑrt,bit] 名 1 Ⓤ《偶作 **a** ～》生理〗心跳，心搏。2 中樞，核心。

eart·break ['hɑrt,brek] 名 Ⓤ 心碎，悲痛。

eart·break·er ['hɑrt,brekə] 名 令人傷心的人[物]：You ～ !《稱呼語》你這個無情的人！

eart·break·ing ['hɑrt,brekɪŋ] 形 1 令人心碎的。2《口》非常艱難的，令人厭煩的。3 感動的，打動內心的。

heart·bro·ken ['hɑrt,brokən] 形 心碎的，悲傷的。～**·ly** 副

heart·burn ['hɑrt,bɝn] 名 Ⓤ 1〖病〗胃灼熱，心口灼熱。2 嫉妒。

heart·burn·ing ['hɑrt,bɝnɪŋ] 名 Ⓤ 不平，不滿；憎恨。

'heart dis,ease 名 Ⓤ Ⓒ 心臟病。

heart·ed ['hɑrtɪd] 形《用於複合詞》有…之心的，內心…的：kind-*hearted* 好心的。

heart·en ['hɑrtn] 動 及 使鼓起勇氣[精神]，激勵《 *up, on* 》。— 不及 精神振奮《 *up* 》。

heart·en·ing ['hɑrtənɪŋ] 形 使人振作的，令人振奮的。～**·ly** 副

'heart ,failure 名 Ⓤ 心臟麻痺；死亡；〖醫〗心力衰竭，心臟衰竭。

heart·felt ['hɑrt,fɛlt] 形《文》內心深有所感的；由衷的，真情流露的。

heart-free ['hɑrt,fri] 形 不爲愛情所困的，不知戀愛滋味的。

·hearth [hɑrθ] 名 1（壁爐的）爐底；爐邊；家庭：～ and home 家庭（生活）。2〖冶〗爐床；金屬炭盆。

hearth·rug ['hɑrθ,rʌg] 名 壁爐前的地毯。

hearth·side ['hɑrθ,saɪd] 名 爐邊；家庭。

hearth·stone ['hɑrθ,ston] 名 1 壁爐的底石。2 爐邊；家庭。3 磨光石。

heart·i·ly ['hɑrtɪlɪ] 副 1 由衷地；誠懇地；認真地：welcome a person ～ 由衷地歡迎某人。2 盡興地；食慾強烈地。3 熱烈地，完全地，徹底地。

heart·land ['hɑrt,lænd] 名 心臟地帶，中心區域。

heart·less ['hɑrtlɪs] 形 無情的，殘酷的：a ～ decision 無情的決定 / a ～ person 冷酷的人。～**·ly** 副, ～**·ness** 名

'heart-'lung ma,chine 名 心肺機。

heart·rend·ing ['hɑrt,rɛndɪŋ] 形 令人心碎的，悲痛的。～**·ly** 副

'heart's ,blood 名 = lifeblood.

heart-search·ing ['hɑrt,sɝtʃɪŋ] 形《限定用法》內省的，自我反省的。

heart's-ease, hearts·ease ['hɑrts,iz] 名 Ⓤ 1 心平氣和，安心。2〖植〗三色堇。

heart-shaped ['hɑrt,ʃept] 形 心形的。

heart·sick ['hɑrt,sɪk] 形 1 愁苦的；悲哀的。2 痛心的，意志消沉的。～**·ness** 名

heart·sore ['hɑrt,sor] 形 1 哀痛的。2 悲傷的。— 名 痛心，沉痛。

heart-strick·en ['hɑrt,strɪkən], **-struck** [-,strʌk] 形 悲痛欲絕的。～**·ly** 副

heart·strings ['hɑrt,strɪŋz] 名（複）心弦，摯情：pull at a person's ～ 打動某人的心弦。

heart·throb ['hɑrt,θrab] 名 1 急促的心

H

跳。2 熱烈的情感。3《俚》令人神往的男子；情人，愛人。

heart-to-heart ['hartta'hart] 形 率直的；有誠意的；親密的。

heart·warm·ing ['hart,wɔrmɪŋ] 形 1 感人的。2 令人滿意的；有益的。

heart-whole ['hart,hol] 形 1 勇敢的，大膽的。2 不為愛情所動的，未戀愛的。3 真心的，一心一意的。～·ness 名

heart·wood ['hart,wud] 名 U（木材的）中心木質，心材。

·**heart·y** ['hartɪ] 形 (heart·i·er, heart·i·est) 1 熱誠的；親切的；誠懇的；《尤英》生氣蓬勃的：a ～ welcome 熱忱的歡迎。2 衷心的：have a ～ distaste for... 非常憎惡…。3 充滿力量的；活潑的；激烈的：～ resistance 強有力的抵抗。4 健壯的，精力充沛的；（食慾）旺盛的：hale and ～ 元氣十足的。5 有營養的；豐盛的。6 肥沃的。7《英口》興高采烈的。

—名 (複 heart·ies) 1《船員間的稱呼語》好小子，夥伴，哥兒們。2 水手，船員。3《英大學》好運動的學生。-i·ness 名

:**heat** [hit] 名 1 U 熱；暑氣；熱度：the ～ of fire 火的溫度 / in the (full) ～ of the day 在炎熱日子裡。2 U 辣味。3 U 激烈；熱情；（辯論等的）最熱烈時：(in) the ～ of an argument 爭論最熱烈時。4 U (1)《俚》（警察的）壓力，調查，追蹤，刑求：turn the ～ on... 嚴厲追查…。(2)《美俚》警方。5 一次努力；〖運動〗（比賽的）一次；預賽。6 U〖動〗（雌性的）發情；交尾期：be in ～,《英》on ～ 處於發情期。

have a heat on 因酒精或毒品而興奮。

turn on the heat《俚》開槍。

—動 及 1 將…加熱。2《常用被動》使興奮[激動]。—不及 加熱《*up*》；興奮。

'**heat ˌbarrier** 名 = thermal barrier.

heat·ed ['hitɪd] 形 1 加熱的。2 忿怒的；激烈的，興奮的；熱烈的。～·ly 副

'**heat ˌengine** 名 熱力機（內燃機等）。

heat·er ['hitɚ] 名 1 暖氣設備，電熱器，暖氣機；加熱器。2 操作加熱系統的人；加熱用的容器。3〖電子〗加熱器。

'**heat exˌchanger** 名 熱交換器。

'**heat exˌhaustion** 名 U〖病〗熱衰竭。

heath [hiθ] 名 U C 1〖植〗石南。2《英》（長滿石南等灌木的）荒野。3〖植〗杜鵑科或類似灌木的通稱。

one's native heath 出生的故鄉。

·**hea·then** ['hiðən] 名 (複～s, ～) 1 無信仰的人；野蠻人；《口》教養差的人。2 異教徒：the ～(*s*)《集合名詞》異教徒。3《昔》回教徒；多神教信徒。—形 1《限定用法》無信仰的；《口》野蠻的。2 異教的，異教徒的。

hea·then·dom ['hiðəndəm] 名 U 異教；異教徒的風俗；《集合名詞》異教徒。

hea·then·ism ['hiðə,nɪzəm] 名 U 教的信仰；偶像崇拜。2 無信仰；野風俗習慣。

hea·then·ish ['hiðənɪʃ] 形 1 野蠻的開化的。2 異教的，異教徒的。

hea·then·ry ['hiðənɪ] 名 1 = heather 2《集合名詞》異教徒。

heath·er ['hɛðɚ] 名 U〖植〗石南通稱；擬龍草（英國產）或杜鵑科植

set the heather on fire 引起騷動。

～·y 形 石南的；多石南的。

heath·er-mix·ture ['hɛðɚ,mɪkstʃɚ U, 形《英》混紡毛料（的）；斜紋軟

heat·ing ['hitɪŋ] 名 U 暖氣設備。

'**heating ˌpad** 名 電暖坐墊（電氈等

'**heat ˌlightning** 名 U（夏季無的）熱閃電。

heat·proof ['hit'pruf] 形 耐熱的。

'**heat ˌpump** 名 熱幫浦。

'**heat ˌrash** 名 U C 痱子。

'**heat-reˌsistant** 形 耐熱的。

'**heat-seeking 'missile** 名 追熱飛

'**heat ˌshield** 名（太空船）隔熱板

'**heat ˌsink** 名 吸收熱的設備。

heat·stroke ['hit,strok] 名 U 中暑

'**heat ˌwave** 名 1〖氣象〗熱浪。2 季節。

heave [hiv] 動 (heaved 或〖海〗hov eav·ing) 及 1（用力）舉起；《口》扔擲出，拋掉。2〖海〗使移動；拉曳 ～ a vessel astern 使船向後移動。3（呻吟聲）；嘆（息）：～ a sigh 嘆息。起伏；使隆起《*up*》：～ one's bosom 部上下起伏。5 吐掉：～ one's lunch 餐吐掉。6 使（地層、礦脈等）在水上變位。

—不及 1 起伏；洶湧激盪。2 喘氣；嘔噁心《*up*》。3（地面）隆起，突起。引（繩索），纏繞（繩索等）《*a* ...》。5〖海〗航行；上下搖晃：～ o the harbor 出港。

heave at... (1) ⇨ 動 不及 4. (2) 舉起。

heave down（船）傾斜；將（船）傾

heave into view（船等在水平線上現；從遠處進入視野。

heave the lead ⇨ LEAD² 名 2

heave to〖海〗停止前進；使停航。

—名 1 舉起，拉起；擲，甩。2（地層水平傾斜移動。3《the ～》波浪起伏起。4《～s》《作單數》（馬的）肺泡氣腫。5 噁心，反胃。6〖角力〗右摔。7 避難所；小房間。

'**heave-'ho** 名《口》1 拋棄，甩開。退，免職。

:**heav·en** ['hɛvən] 名 1《通常作～s》天空：the eye of ～ 太陽 / in the ～*s* 在中。2 U C 天國，極樂世界：go to 天，死亡 / be in seventh ～ 在無比幸福 3 U《H-, 常作 Heavens》諸神，神。4 強調、驚訝等》: Thank ～(*s*)! 謝天謝

By ～(s)！託天之福！皇天在上！/ *H-* forbid！老天不容！但願不要這樣。5 Ⓤ Ⓒ 似天國的地方；非常幸福的狀況：(a) ～ on earth 人間仙境 / be in ～ 極樂。

Heaven knows (1) 唯神知之，無人知悉《 *wh-* 子句 》。(2) 確定。

in (the) heaven's name (1) 拜託。(2) 究竟。

move heaven and earth 竭盡全力（做…）《 *to* do 》。

heav·en·ly ['hɛvənlɪ] 形 **1** 天的，天空的；天國的：a ～ body 天體 / God, our ～ Father！上帝！我們在天國之父！**2** 天國似的；充滿喜悅的；美麗的；《口》榮耀的；有吸引力的。**3** 神聖莊嚴的；世上所無的。—副 天國似地；非常地。

heav·en-sent ['hɛvən,sɛnt] 形 天賜的；逢時的。

heav·en·ward ['hɛvənwəd] 副 朝向天空地（亦稱《英》**heavenwards** [-z]）。—形 朝向天空的。

heav·i·ly ['hɛvɪlɪ] 副 **1** 重地，沉重地；魁梧地。**2** 笨重地；費力地；沉悶地。**3** 嚴重地，厲害地：suffer ～ 損失嚴重。**4** 濃濃地；厚厚地；大大地：a ～ made-up face 濃妝的臉 /eat ～ 大吃一頓。

heav·i·ness ['hɛvɪnɪs] 名 Ⓤ **1** 重量，重。**2** 呆滯；笨拙；抑鬱；重擔。

Heav·i·side 'layer ['hɛvɪ,saɪd-] 名《 **the** ～》電離層。

heav·y ['hɛvɪ] 形 (**heav·i·er, heav·i·est**) **1** 重的；滿是…的《 *with, on...* 》；大量吃喝的《 *on...* 》；比重大的：be ～ *on* the mustard 芥末放得太多 / be ～ *on* beer（人）狂飲啤酒的。**2** (1) 多的；大的；大量的；強烈的；擁擠的；猛烈的：～ fighting 激烈的戰鬥 / a ～ smoker 老煙槍 / a ～ rain 大雨 / a ～ turnout at the polls 眾多的投票人，投票極踴躍。(2)《口》嚴厲的《 *on...* 》；大量消耗（燃料等）的《 *on...* 》。**3** 重大的；嚴重的：a ～ offence 重罪 / a ～ piece of information 重大的情報。**4** 深沉的；深遠的：a ～ sleep 沉睡 / ～ thinking 深思。**5**〖軍〗重裝備的；大口徑的；大彈頭的：a ～ bomber 重型轟炸機。**6** 難以忍耐的；（稅金等）過重的；困難的；洶湧的；泥濘難行的，難以耕作的；很陡的；《美俚》麻煩的；兇猛的：～ taxes 重稅 / a ～ sea 洶湧的大海。**7** 線條寬的；粗的：～ features 粗線條的五官。**8** 無精打彩的，沉重的；憂愁的；陰沉的：in ～ spirits 心情沉重。**9** 無聊的；遲鈍的；（風格）沉悶的；《口》嚴肅的。**10** 笨拙的，遲鈍的《 *on, upon...* 》：a ～ walk 笨重的腳步 / be ～ *on* one's feet 腳步遲緩。**11** 粗聲的；響亮的；〖語音〗強而重的：a ～ bass voice 宏亮的低音。**12** 未發好酵的；不易消化的。**13**《文》結滿了（果實等）的：a tree ～ with fruit 結滿果實的樹。**14** 重型的；〖化〗重…：～ oxygen 重氧。**15**（角色）嚴肅的；悲劇性的；反派角色的。**16** 內行的；幹練的。**17**《美口》有錢的，有勢的。

find...heavy going 發現（事情）棘手難辦；發現…很難了解。

play the heavy father 嚴厲苛責《 *to...* 》。

—名 (複 **heav·ies**) **1**（尤指）大而重的東西。**2** 反派角色（的演員）。**3**《 **the heavies** 》重炮；重型戰車；重型轟炸機。**4**《 **heavies** 》重工業。**5**《尤英口》重量級拳擊選手。**6**（有暴力傾向的）男子；《俚》強盜。**7**《俚》重要人物。

come heavy《俚》傲慢；威風凜凜。

on the heavy 犯罪。

—副《僅用於以下的片語》

lie heavy on... 使煩惱，使痛苦。

heav·y-armed ['hɛvɪ,ɑrmd] 形 以重武器裝備的。

'heavy ar'tillery 名 Ⓤ《集合名詞》〖軍〗重炮。

heav·y-du·ty ['hɛvɪ'djutɪ] 形 **1** 堅固耐用的。**2** 激烈的，認真的。

heav·y-foot·ed ['hɛvɪ'futɪd] 形 **1** 走路笨重緩慢的；笨拙呆滯的；笨重的。**2**《方》妊娠中的。**3** 有開快車傾向的。

heav·y-hand·ed ['hɛvɪ'hændɪd] 形 **1** 高壓的；殘酷的。**2** 遲鈍的，笨手笨腳的。～**·ly** 副，～**·ness** 名

heav·y-head·ed ['hɛvɪ'hɛdɪd] 形 **1** 頭腦遲鈍的。**2** 昏昏欲睡的。**3** 頭重腳輕的。

heav·y-heart·ed ['hɛvɪ'hɑrtɪd] 形 悲傷的；憂愁的；垂頭喪氣的。～**·ly** 副，～**·ness** 名

'heavy 'hitter 名 大人物，重要人物。

'heavy 'hydrogen 名 Ⓤ〖化〗重氫。

'heavy 'industry 名 Ⓤ 重工業。

heav·y-lad·en ['hɛvɪ'ledn̩] 形 **1** 負荷重的。**2** 疲乏的；受重大壓力的。

'heavy 'metal 名 **1** 重金屬。**2** Ⓤ《尤美》重金屬搖滾樂。

'heavy-,metal 形 重金屬搖滾樂的。

'heavy 'petting ['necking] 名 Ⓤ 不含性交的熱吻與愛撫。

heav·y·set ['hɛvɪ'sɛt] 形 身軀粗壯的。

'heavy 'swell 名 **1** 洶湧的海浪。**2** 風采翩翩的人。

'heavy 'water 名 Ⓤ〖化〗重水。

heav·y·weight ['hɛvɪ,wet] 形 **1** 重的；超出一般重量的。**2** 重量級的。

—名 **1** 超出一般體重的人。**2**《口》絕頂聰敏的人；有特殊才能的人；要人。**3** 重量級拳擊手。

Heb, Heb.《縮寫》*Hebrew.*

heb·do·mad ['hɛbdə,mæd] 名 **1** 七；七個一組。**2** 七天，一週。

heb·dom·a·dal [hɛb'dɑmədl] 形 每星期的。～**·ly** 副

He·be ['hibɪ] 名 **1**〖希神〗希碧：青春與春天之女神。**2**《謔》女侍。

heb·e·tude ['hɛbɪ,tjud] 名 Ⓤ《文》愚鈍；無精打彩。**-'tu·di·nous** 形

H

He·bra·ic [hiˈbreɪk] 形 希伯來人的，希伯來語的（亦稱 **Hebrew**）。

He·bra·ism [ˈhibrɪ,ɪzəm] 名 U C **1** 希伯來語法。**2** 希伯來主義，希伯來精神。**3** 猶太教。

He·bra·ist [ˈhibrɪ,ɪst] 名 **1** 希伯來語言學家，希伯來學專家。**2** 希伯來精神信仰者。

He·bra·is·tic [,hibrɪˈɪstɪk] 形 希伯來學專家的，希伯來式的，希伯來習俗的。

He·brew [ˈhibru] 名 **1** 希伯來人；U 希伯來語。**2**《口》聽不懂的話。—形 **1** 希伯來人的，希伯來語的。**2** 希伯來文字的。

He·brews [ˈhibruz] 名(複)《the ～》《作單數》〖聖〗希伯來書。

Heb·ri·des [ˈhɛbrə,diz] 名(複) 赫布里地群島：位於蘇格蘭西北方。

Hec·a·te, Hek- [ˈhɛkətɪ] 名〖希神〗海卡蒂：司月、地、冥間的女神。

hec·a·tomb [ˈhɛkə,tom, -,tum] 名 **1**（古希臘）百牲祭。**2** 大屠殺，慘烈的犧牲。

heck [hɛk] 感《口》《表輕蔑、厭惡等》嗤！—名 U《**hell** 的委婉語》到底，究竟。

heck·le [ˈhɛkl̩] 動 及 以不友善的態度質問或刁難（演說者等）；打斷，打擾（談話）。**-ler** 名

hec·tare [ˈhɛktɛr] 名 公頃。略作：ha.

hec·tic [ˈhɛktɪk] 形 **1**《口》異常興奮的，令人手忙腳亂的：have a ～ time 忙得一塌糊塗。**2**（患）消耗熱的；面泛潮紅的。
hec·ti·cal·ly 副

hect(o)-《字首》表「百」之意。

hec·to·gram,《英》**-gramme** [ˈhɛktə,græm] 名 百公克。略作：hg.

hec·to·graph [ˈhɛktə,græf] 名 膠版印刷，膠版印刷機。

hec·to·li·ter《英》**-tre** [ˈhɛktə,litɚ] 名 公石，百公升。略作：hl.

hec·to·me·ter《英》**-tre** [ˈhɛktə,mitɚ] 名 百公尺，公引。略作：hm.

Hec·tor [ˈhɛktɚ] 名 **1**〖希神〗赫克特：特洛伊城的勇士。**2**《**h-**》欺凌弱者的人。—動 及 不及《**h-**》欺凌；威嚇。

:he'd [hid] he had, he would 的縮略形。

·hedge [hɛdʒ] 名 **1** 樹籬；籬笆；《喻》境界；障礙：a ～ of conventions 傳統習俗的束縛 / be on the ～ 持觀望態度 / be on the right side of the ～在正義的這一邊。**2** 兩面押賭注；（對損失的）預防，避險《*against...*》。**3** 閃爍其詞。
not grow on every hedge 稀少。
take a sheet off a hedge 公然竊取。
—動 (**hedged, hedg·ing**) 及 **1** 用圍牆圍住《*in, about, round*》；以圍牆隔開《*off*》：～ *in* a garden 以圍牆圍住庭院。**2** 包圍；《常用被動》束縛，限制《*in, about, round / with...*》：～ a person about *with* rules 以規則將某人重重束縛。**3** 避重就輕地回答；在…上設防：～ the question of tax relief 避免正面回答減稅問題。**4**《口》兩方下（注等）。—不及 **1** 避免作正面答覆；含其詞。**2**《口》兩面押賭注。**3**〖金融〗套頭交易。**4** 躲藏。**5** 修樹籬。—形 **1** 籬（用）的。**2** 低級的，名聲不好的：a love affair 見不得人的戀情。

ˈhedge ,fund 名 U〖金融〗避險基金對沖基金。

hedge·hog [ˈhɛdʒ,hag, -,hɔg] 名 **1**〖動蝟；《美》豪豬。**2**〖軍〗拒馬，鐵絲網 **3**《口》易怒的人，難對付的人。

hedge·hop [ˈhɛdʒ,hap] 動 (**-hopped, -ping**) 不及 超低空飛行。～**·per** 名

hedge·row [ˈhɛdʒ,ro] 名 栽成樹籬的一排灌木。

ˈhedge ,sparrow 名〖鳥〗籬雀。

hedg·y [ˈhɛdʒɪ] 形 (**hedg·i·er, hedg·i·es**) 多樹籬的。

he·don·ic [hiˈdanɪk] 形 享樂至上的；唯樂主義的。

he·don·ism [ˈhidə,nɪzəm] 名 U 唯樂義；享樂至上主義。

he·don·ist [ˈhidənɪst] 名 唯樂主義者。

he·don·is·tic [,hidəˈnɪstɪk] 形 唯樂主（者）的。

hee·bie-jee·bies [ˈhibɪˈdʒibɪz] 名 (複)《通常作 **the** ～》《作複數》《俚》焦慮狀憂鬱狀，害怕狀。

heed [hid] 動 及 不及《文》注意。—名 U 留心：pay ～ to... 留心…。

heed·ful [ˈhidfəl] 形 注意的，留心的（*of...*）。
～**·ly** 副, ～**·ness** 名

heed·less [ˈhidlɪs] 形 不留心的；不注的《*of...*》。～**·ly** 副, ～**·ness** 名

hee·haw [ˈhi,hɔ] 名 **1** 驢叫聲。**2** 狂笑。—動 不及 **1**（驢）叫。**3** 狂笑。

·heel[1] [hil] 名 **1** 踵；後腳跟：have light ～ 腳步輕快 / turn on one's ～ 以腳跟爲支轉身。**2**（襪子、鞋子的）後跟。**3** 似後狀的東西；尾部，末端；（麵包、乳的）後端部分；手掌近腕部部分；（刀、劍的）近握柄處；（帆柱等的）端；（高爾夫球桿的）桿跟；〖建〗角的外角；〖鐵路〗岔尖踵端。**4**（演說的）終了，末尾部分。**5**《俚》卑劣的人鄙賤的人。**6**《美》下流的傢伙。
at heel 緊隨後，緊跟著。
at a person's heels 緊跟在某人之後。
bring... to heel 使…服從訓練與教導。
come to heel（狗）緊跟著主人之後；《喻》順從，跟隨。
cool one's heels《口》很不耐煩地久等，等。
down at the heels（鞋子）後跟脫落的；衫襤褸的，邋遢的。
have the heels of... 追過，勝過…。
head over heels ⇨ HEAD（片語）
heel and toe 以步行方式。
kick up one's heels 手舞足蹈，樂過了頭

宜鬧狂歡；《俚》死。
ry a person **by the heels**《英口》使某人入獄；挫敗某人。
n the **heels** *of*... 緊跟在…之後。
ut at (*the*) **heels** = down at the HEELS.
how (*a person*) **a clean pair of heels** / *how one's* **heels** *to a person* 逃之夭夭。
ke to one's **heels**《口》逃走。
rn up one's **heels** 死亡。
nder **heel** 被征服。
nder the **heel** *of*... / *under a person's* **heel** 在…支配之下，被…統治。
vith one's) **heels foremost**《口》腳跟朝天地，已死。
—動及 **1** 緊跟著…。**2** 給（鞋子）裝上後跟。**3** 以後腳跟跳（舞）。**4**〖高爾夫〗用球桿底部擊（球）；〖橄欖球〗以後跟回傳《*out*》。—不及 **1**《常用於命令》(狗) 依附在人的腳跟旁。**2** 用腳跟跳舞。

eel² [hil] 動不及（船等）傾斜《*over*》。—及 使傾斜。—名 傾斜。

eel-and-toe ['hilən'to] 形〖競賽〗競步的（前足腳跟落地後，後足腳尖方可離地的）：~ walking 競走。

eel·ball ['hil,bɔl] 名U 蠟墨：一種鞋油。

eeled [hild] 形 **1** 有踵或足跟的。**2**《俚》《常作複合詞》富裕的：the best-*heeled* family 最有錢的家族。**3**《俚》武裝的：go ~ 武裝起來。

eel·tap ['hil,tæp] 名 **1** 皮鞋後跟。**2** 玻璃瓶底的殘酒；渣滓：No ~！乾杯！

eft [hɛft] 名U **1**《美·方》重量。**2**《美口》重要性。**3**《the ~》《古》大部分《*of*...》。
—動及 **1** 以手舉起…以秤其重量。**2** 舉起。—不及 秤重量。

eft·y ['hɛftɪ] 形 (**heft·i·er, heft·i·est**)《口》強健的，結實的；大而笨重的。

e·gel ['hegl] 名 **Georg Wilhelm Friedrich** 黑格爾（1770–1831）：德國哲學家。

e·ge·li·an [he'geliən, hi'dʒi-] 形 黑格爾（哲學）的。—名 黑格爾派哲學家。

e·gem·o·nism [hi'dʒɛmə,nɪzəm] 名 = hegemony 2. **-'nis·tic** 形

e·gem·o·ny [hɪ'dʒɛmənɪ, 'hɛdʒə,monɪ] 名U **1** 盟主權；霸權，領導權，支配權。**2** 霸權主義。
eg·e·mon·ic [,hɛdʒə'manɪk] 形

e·gi·ra [hi'dʒaɪrə, 'hɛdʒərə] 名 **1**《the ~》黑吉拉：默罕穆德在西元622年由Mecca 至 Medina 的流亡。**2** 回教紀元。**3**《-》逃避之旅；集體移居。

e-goat ['hi'got] 名 公羊。

ei·del·berg ['haɪdl,bɝg] 名 海德堡：德國西南部的城市。

eif·er ['hɛfɚ] 名 小母牛，未生過小牛的母牛；《俚》少女，嫩妞。

eigh [he, haɪ] 感 喔！咦！喲！哇！

heigh-ho ['haɪ'ho, 'he-] 感《表驚訝、歡喜、憂愁、無聊、疲勞等的呼聲》嗨呵！唷！

:height [haɪt] 名 **1** U C 高度；海拔；高。**2**《常作~s, 作單數》高地，高臺。**3**《the ~》頂峰，極點；最熾烈時：at *the* ~ of the battle 戰鬥最慘烈之時 / be at *the* ~ of one's fame 達到名氣的頂峰。

height·en ['haɪtn̩] 動及 **1** 使提高。**2** 增加；加深；使醒目《*with*...》：~ the contrast in a painting *with* vermilion 以朱紅色強化畫面的對比。—不及 **1** 增高。**2** 增強，激化。**3** 變顯著。~**·er** 名

heil [haɪl] 感《德語》萬歲！—動及 對…高呼萬歲。

Hei·ne ['haɪnə] 名 **Heinrich**，海涅（1797–1856）：德國詩人。

hei·nous ['henəs] 形 可恨的，非常兇惡的：a ~ crime 滔天大罪。~**·ly** 副

·heir [ɛr] 名 **1** 繼承人，後嗣；〖法〗繼承者《*to*...》：be (an) ~ *to* a large fortune 繼承大筆財產。

'heir ap'parent 名 (複 **heirs appare-nt**) **1** 當然繼承人。**2** 已確定繼承權的人。

'heir at 'law 名 (複 **heirs at law**) 法定繼承人。

heir·dom ['ɛrdəm] 名 = heirship.

heir·ess ['ɛrɪs] 名 女繼承人。

heir·loom ['ɛr,lum] 名 **1** 世襲財產。**2**〖法〗法定繼承動產；傳家寶。

'heir pre'sumptive 名 (複 **heirs presumptive**) 假定繼承人。

heir·ship ['ɛrʃɪp] 名U 繼承人地位；繼承（權）。

heist [haɪst] 動及《美俚》搶劫；偷竊。—名 搶奪，夜盜，搶劫：a bank ~ 銀行大盜案。~**·er** 名

He·ji·ra [hɪ'dʒaɪrə, 'hɛdʒərə] 名 **1** = Hegira 1, 2. **2**《h-》= Hegira 3.

hek·tare ['hɛktɛr] 名 = hectare.

hek·to·gram ['hɛktə,græm] 名 = hectogram.

:held [hɛld] 動 **hold¹** 的過去式及過去分詞。

Hel·en ['hɛlən] 名 **1**〖希神〗海倫：引起特洛伊戰爭的美女（亦稱 **Helen of Troy**）。**2**〖女子名〗海倫。

Hel·e·na ['hɛlənə] 名〖女子名〗海莉娜。

hel·i·borne ['hɛlə,born] 形 以直升機運送的。

hel·i·cal ['hɛlɪkl] 形 螺旋的，螺旋狀的。~**·ly** 副

hel·i·coid ['hɛlə,kɔɪd] 形 螺旋狀的。—名〖幾何〗螺旋面。

hel·i·con ['hɛlə,kan, -kən] 名 **1**〖樂〗低音號。**2**《H-》〖希神〗赫利孔山。

·hel·i·cop·ter ['hɛlɪ,kaptɚ, 'hi-] 名 直升機。—動及 把…以直升機運送。

'helicopter ,gunship 名 武裝直升機。

H

heli(o)-《字首》表「太陽」、「太陽光，太陽能」之意。
he·li·o·cen·tric [ˌhilɪo'sɛntrɪk] 形〖天〗由太陽中心測量的；以太陽為中心的。
he·li·o·gram ['hilɪəˌgræm] 名日光反射訊號器發出的訊息。
he·li·o·graph ['hilɪəˌgræf] 名 **1** 日光反射訊號器。**2** 太陽攝影機；〖氣象〗感光日照計。
He·li·os ['hilɪˌɑs] 名〖希神〗希流士：太陽神。
he·li·o·scope ['hilɪəˌskop] 名觀測太陽用的望遠鏡。
he·li·o·ther·a·py [ˌhilɪo'θɛrəpɪ] 名 Ⓤ 日光療法。
he·li·o·trope ['hilɪəˌtrop] 名 **1**〖植〗天芥菜屬植物的通稱。**2** 向陽性植物。**3** Ⓤ 淡紫色。**4** Ⓤ 血石，血石髓。
he·li·ot·ro·pism [ˌhilɪ'ɑtrəpɪzəm] 名Ⓤ〖植〗向陽性，向日性。
he·li·o·type ['hilɪəˌtaɪp] 名動 = collotype.
hel·i·pad ['hɛləˌpæd] 名直升機機場。
hel·i·port ['hɛləˌport] 名直升機機場。
he·li·um ['hilɪəm] 名Ⓤ〖化〗氦。符號：He
he·lix ['hilɪks] 名 (複 **hel·i·ces** ['hɛlɪˌsiz], ～·es) **1** 螺旋；螺旋狀的裝飾物。**2**〖幾何〗螺旋線。**3**〖解〗耳輪。
·**hell** [hɛl] 名 **1** Ⓤ《常作 **H-**》(1) 地獄。(2) 冥府；《集合名詞》地獄中的人。**2** Ⓤ Ⓒ《偶作 **a** ～》苦境；(小孩等的) 喧鬧；Ⓤ《俚》引起痛苦的事，嚴厲斥責：catch ～ 挨罵，受責罰 / give ～ to...責罵…。**3** 惡魔。**4** 賭場；惡人的巢穴。**5**《罵人語·粗話·作為加強語氣用》：Go to ～！去你的！
(a) hell of a...《俚》非常壞的；糟透的；非常的，極端的。
all gone to hell 完全失敗。
... as hell 極端，非常。
be hell for... 對 (時間等) 要求嚴格的。
be hell on...《俚》對 (人) 刻薄嚴厲；對 (事、物) 有害。
come hell or high water《口》無論發生任何事，無論任何困難。
get the hell out (of...) 滾出去。
hell broken loose 喧鬧[騷動]起來。
hell for leather / hell-for-leather 飛快地，盡全力地。
hell to pay 很大的麻煩，嚴重的後果。
(just) for the hell of it《口》只是為了好玩[刺激]；無特別理由地。
like hell (1)《口》非常；拚命地。(2)《諷》絕對不…。
merry hell 嚴懲，痛斥；痛苦的事。
move hell 想盡辦法 (做壞事)《*to* do》。
not a chance in hell 完全不可能。
play hell with...《俚》對…造成困擾；《英口》痛斥。
raise hell《俚》大吵大鬧；引起騷動
sure as hell 絕對地，無可置疑地。
***do (the) hell out of** a person* 使某人完…，把某人狠狠地…。
to hell and gone 離得很遠地；永遠地
till hell freezes (over) 永遠不。
when hell freezes (over) 永遠不會。
—感《表驚訝、憤怒、厭惡等》：Oh, 混蛋！他媽的！—動不及《俚》狂鬧；過任性放蕩的生活。
:**he'll** [il, hɪl, ɪl,《強》hil] he will, he shall 縮略形。
Hel·las ['hɛləs] 名希臘的古代名。
hell·bend·er ['hɛlˌbɛndɚ] 名 **1**〖動〗鯢魚。**2**《口》放縱的喧鬧。
hell(-)bent ['hɛlˌbɛnt] 形《口》**1**《用法》固執的，不顧一切非要…的《*on...*, *on* doing, *to* do》。**2**《限定用法》速前進的。
—副魯莽冒失地。
hell·cat ['hɛlˌkæt] 名《文》悍婦，潑巫婆。
Hel·lene ['hɛlin] 名 (古代的) 希臘
Hel·len·ic [hɛ'lɛnɪk, -'li-] 形古希臘人古希臘語的。
Hel·len·ism ['hɛlɪˌnɪzəm] 名 Ⓤ Ⓒ 希臘的文化。**2** 希臘文化的特色；希明。**3** 對古希臘文化的模仿。
Hel·len·ist ['hɛlɪnɪst] 名 **1** 採用希臘化的人。**2** 古希臘文明的研究者。
Hel·len·is·tic [ˌhɛlə'nɪstɪk] 形 **1** Hellenist 的。**2** 希臘人的，希臘語的。**3** 希格的。
hel·ler[1] ['hɛlɚ] 名 (複～) 赫勒：**1** 德舊貨幣。**2** 奧地利的舊青銅幣。
hell·er[2] ['hɛlɚ] 名《俚》= hellion.
Hel·les·pont ['hɛləˌspɑnt] 名《**the** 赫里斯班：Dardanelles 海峽的古代名
hell·fire ['hɛlˌfaɪr] 名Ⓤ **1** 地獄之火。獄的刑罰。
hell·hole, hell hole ['hɛlˌhol] 名口》**1** 令人很不舒服而髒亂的地方。**2** 或罪惡的場所，(罪犯等的) 出沒地
hel·lion ['hɛljən] 名《美口》惹麻人，淘氣的小孩。
hell·ish ['hɛlɪʃ] 形地獄般的，討厭可怕的，像惡魔的：have a ～ time 經段可怕的時光。—副邪惡地。
hell·ish·ly ['hɛlɪʃlɪ] 副 **1** 可怕地，地。**2**《口》非常地，極。
:**hel·lo** [hɛ'lo, hə-] 感 **1**《用於表示問稱呼語或引人注意時》喂！**2**《表驚訝意、喜悅、得意等》啊呀！—名 (複 [-z]) hello 的招呼語。—動 (～**ed**, ～不及說哈囉；大聲叫。—及向 (人) 囉。
'**hello ˌgirl** 名女電話接線生。
hell·uv·a ['hɛləvə] 形《美俚》**1** 非常的，很不愉快的；《反語》極為愉快的

出的，醒目的。3 極端的。
—副 非常地；過度地。

lm [hεlm] 名 1〖海〗舵；操舵裝置。2 the ～》領導（的地位），統治（權）：ke *the* ～ 掌權 / be at *the* ～ (of State) 掌（國家）大權。—動及《通常爲喻》掌；指揮。～**·less** 形

l·met ['hεlmɪt] 名 1 頭盔，鋼盔。2 盔物；（擊劍等的）面罩。

l·met·ed ['hεlmɪtɪd] 形 戴頭盔的。

lms·man ['hεlmzmən] 名(複**-men**) 舵。

el·ot ['hεlət, 'hi-] 名 1 古代斯巴達的農。2《**h-**》農奴；奴隸。

l·ot·ry ['hεlətrɪ, 'hi-] 名 U 1 農奴[奴]制度；農奴[奴隸]地位。2《集合名詞》農奴。

lp [hεlp] 動(～**ed**, ～**·ing**)及 1 援助；服務；幫助：～ a person survive famine 助某人度過饑荒 / God ～*s* those who ～ themselves.《諺》天助自助者。2《尤美》促進，助長；促使…變得更容易；對…有所助益。3《通常與**can, cannot**連用》避免，阻止；不得不…。4 治癒，減輕；使免於單調。5 爲…夾菜；《反身》自行取用 *to...*》: *H- yourself to* the wine. 請自己倒酒。—不及 1 提供援助，幫忙《*with...*》；有用，有所助益。2 伺候飲食。

elp...along 扶著往前走；助（人）獲得進步；促使進展。

elp out（暫時）幫忙，協助《*with...*》。

elp oneself to... (1) ⇨動及 5. (2) 擅取；侵占，盜用。

o help me (*God*)《賭咒、發誓用語》我敢對天發誓，千真萬確。

—名 1 U 幫助；救助《*to...*》。2《**a** ～》幫助者，幫手《*to...*》。3《美》幫傭；《常用集合名詞》雇員；農工。4 U《否定》治療的方法，補救的方法。5《方》= elping 2.

elp·er ['hεlpɚ] 名 1 幫助者，支持者；助手；有助益的事物。2 助動詞。

elp·ful ['hεlpfəl] 形 有助益的；有用的。

～**·ly** 副, ～**·ness** 名

elp·ing ['hεlpɪŋ] 名 1 U 幫助，援助。2 食物的）一份，一客：a second ～ 第二份。

elping 'hand 名 援手；支持：reach out a ～ to... 對…伸出援手。

elp·less ['hεlplɪs] 形 1 不能自助的，須依賴別人的：a ～ infant 無助的嬰孩。2 無助的；無能力的；無效的，沒用的；不由自主的，不可遏止的。3（表情等）困惑的。

～**·ness** 名 U 無助；無力。

elp·less·ly ['hεlplɪslɪ] 副 無助地；無力地；無依無靠地。

elp·mate ['hεlp,met] 名 1 同伴，幫手。2《文》配偶。

help·meet ['hεlp,mit] 名 = helpmate.

Hel·sin·ki ['hεlsɪŋkɪ] 名 赫爾辛基：芬蘭首都，濱波羅的海。

hel·ter-skel·ter ['hεltɚ'skεltɚ] 副 驚惶失措地；亂七八糟地。—形 手忙腳亂的；亂七八糟的。—名 混亂，狼狽。

helve [hεlv] 名（斧、鎚等的）柄。

throw the helve after the hatchet 屋漏偏逢連夜雨。

Hel·ve·tia [hεl'viʃə] 名 赫爾威夏：1 古羅馬時代阿爾卑斯山一個地區。2 Switzerland 的拉丁文名稱。

hem[1] [hεm] 動(**hemmed**, ～**·ming**)及 1 包圍，禁閉《*in, about, around, up*》: be *hemmed in* by rules and regulations 被各種規定束縛得死死的。2 縫上邊。—名（衣服的）折邊；邊，緣；〖建〗旋渦狀邊，緣。

kiss the hem of a person's garment 阿諛某人。

hem[2] [hεm] 感《用於引起注意等的類似清喉嚨聲》哼！—名 輕哼聲。

—動(**hemmed**, ～**·ing**)不及 發哼聲；吞吞吐吐；（演講時）停頓，遲疑。

hem and haw [***ha***] 嗯嗯呃呃，吞吞吐吐。

he-man ['hi,mæn] 名(複**-men**)《口》雄糾糾有男性氣概的男人。

he·mat·ic [hɪ'mætɪk] 形 1 血液的；多血的；血色的。2（藥等）對血液起作用的。—名 補血劑；淨血劑。

hem·a·tite ['hεmə,taɪt] 名 U 赤鐵礦。-**'tit·ic** 形

he·ma·tol·o·gy [,himə'tɑlədʒɪ] 名 U〖醫〗血液學。

hemi-《字首》表「半」之意。

Hem·ing·way ['hεmɪŋ,we] 名 **Ernest (Miller)**, 海明威（1899–1961）：美國小說家，1954 年諾貝爾文學獎得主。

～**·esque** [-'εsk] 形 海明威（作品）的。

hem·i·ple·gi·a [,hεmɪ'plidʒɪə] 名 U〖病〗半身不遂。

he·mip·ter·ous [hɪ'mɪptərəs] 形〖昆〗半翅類的；半翅目的。

hem·i·sphere ['hεmə,sfɪr] 名 1（地球、天體的）半球；地球上半球的居民。2〖解〗大腦半球。3 範圍，領域。

hem·i·spher·ic [,hεmə'sfεrɪk], **-i·cal** [-ɪkl] 形 半球的；半球形的。

hem·line ['hεm,laɪn] 名 衣服、裙子等的底邊。

hem·lock ['hεmlɑk] 名 1《主英》毒人參；U 用毒人參所做的毒藥。2〖植〗毒芹。3〖植〗鐵杉；U 其木材。

hem·mer ['hεmɚ] 名 縫邊物；軋邊器。

hemo-《字首》表「血」之意。

he·mo·cyte ['himə,saɪt] 名 血球。

he·mo·dy·nam·ics [,himədaɪ'næmɪks] 名 U 血液動力學。

he·mo·glo·bin [,himə'globɪn] 名 U〖生化〗血紅素，血色素，血紅蛋白。略作：Hb

H

he·mo·phil·i·a [ˌhiməˈfɪlɪə] 名U〖病〗血友病。

he·mo·phil·i·ac [ˌhiməˈfɪlɪˌæk] 名〖病〗血友病患者。

hem·or·rhage [ˈhɛmərɪdʒ] 名U C出血，溢血：have a ～ 出血。
—動不及大量出血。

hem·or·rhoids [ˈhɛməˌrɔɪdz] 名(複)〖病〗痔瘡，痔。

he·mo·stat [ˈhiməˌstæt] 名 止血鉗；止血劑。

he·mo·stat·ic [ˌhiməˈstætɪk] 形 止血的。
—名 止血藥。

hemp [hɛmp] 名U〖植〗1 大麻；麻纖維。2 印度大麻；由大麻製成的麻醉劑。

hemp·en [ˈhɛmpən] 形（似）大麻的；大麻製的。

H

hem·stitch [ˈhɛmˌstɪtʃ] 動及以結穗法裝飾。—名U 結穗針法；用結穗法做成的裝飾。

·**hen** [hɛn] 名1 母雞；雌鳥。2 雌性。3《口》女子，長舌婦。4 膽小鬼。
(as) mad as a wet hen《美》非常生氣。
like a hen on a hot griddle《蘇》如熱鍋上的螞蟻，坐立難安。
like a hen with one chicken 大驚小怪。

hen·bane [ˈhɛnˌben] 名1〖植〗莨菪。2 U莨菪鹼（一種毒藥）。

·**hence** [hɛns] 副1《文》因此，於是，所以，以致。2《文》從現在起。3《通常用 **from** ～》今後，此後。
Hence with...！把…帶走！…滾開！
—名《美》來世；將來，未來。

hence·forth [ˌhɛnsˈfɔrθ] 副《文》此後，今後。

hence·for·ward [ˌhɛnsˈfɔrwəd] 副= henceforth.

hench·man [ˈhɛntʃmən] 名(複**-men**) 1 歹徒的手下，幫派頭子的爪牙；黨羽，走狗。2 可信賴的支持者。3 侍從。

hen·coop [ˈhɛnˌkup] 名雞籠，雞舍。

hen·di·a·dys [hɛnˈdaɪədɪs] 名U〖修〗二詞一義法，重言法。

hen·house [ˈhɛnˌhaʊs] 名(複**-hous·es** [-ˌhaʊzɪz]) 雞籠；雞舍。

hen·na [ˈhɛnə] 名U1〖植〗指甲花。2 指甲花染料；黃褐色，紅褐色。
—動及 用指甲花染料染（髮等）。**hen·naed** 形

hen·ner·y [ˈhɛnərɪ] 名(複**-ner·ies**) 養雞場。

ˈhen ˌparty 名《口》純女性的聚會。

hen·peck [ˈhɛnˌpɛk] 動及欺壓（丈夫）。

hen·pecked [ˈhɛnˌpɛkt] 形 怕老婆的，懼內的。

hen·ry [ˈhɛnrɪ] 名(複**-ries**, ～**s**)〖電〗亨利，亨。符號：H

Hen·ry [ˈhɛnri] 名1〖男子名〗亨利（暱稱 Hal, Harry）。2 O., 歐亨利（1862–1910）：美國小說家 William Sidney Porter 的筆名。

hep [hʌp, hɛp] 感《行進時的口令》一
—[hɛp] 形《俚》1 通曉的，熟知的《...》。2 追隨潮流的，時髦的。

he·pat·ic [hɪˈpætɪk] 形 1 肝臟的；治的。2 肝臟色的。3〖植〗地錢類的。
—名1 肝臟藥。2〖植〗地錢類。

he·pat·i·ca [hɪˈpætɪkə] 名〖植〗地錢植物的通稱。

hep·a·ti·tis [ˌhɛpəˈtaɪtɪs] 名U〖病〗炎：chronic ～ 慢性肝炎。

ˈhepatitis ˈA 名U A 型肝炎。

ˈhepatitis ˈB 名U B 型肝炎。

ˈhepatitis ˈC 名U C 型肝炎。

hep·cat [ˈhɛpˌkæt] 名《俚》爵士樂的愛者；趕時髦的人。

He·phaes·tus [hɪˈfɛstəs] 名〖希神〗菲斯塔斯：火、鍛冶、手工藝之神。

hepta-《字首》表「七」之意。

hep·ta·gon [ˈhɛptəˌgɑn] 名七角形，七形。
-tag·o·nal [-ˈtægənl] 形

hep·tam·e·ter [hɛpˈtæmətə] 名〖詩七音步格；七音步的詩行。

hep·tar·chy [ˈhɛptɑrkɪ] 名 (複**-chies**) 七巨頭政治。2 七國並立。3《常作**H-**》英史〗（五至九世紀的）七王國；七國代。

hep·tath·lon [hɛpˈtæθˌlɑn] 名〖田徑女子七項全能運動。

:**her** [《強》hɝ; 《弱》hə, ə] 代1《she 受格》她。2《she 的所有格》《限定形詞》她的。3《非正式》《為 **be** 的補語，置於 **than** 及 **as** 之後》《口》= She. 4 詩〗《古·口》= herself. —名(複～**s** [-z])(俚》女人，女孩。

her.《縮寫》*her*aldic; *her*aldry.

He·ra [ˈhirə] 名〖希神〗希拉：Zeus 的妹及妻子，奧林帕斯山眾神的天后。

Her·a·cles [ˈhɛrəˌkliz] 名 = Hercules 1

her·ald [ˈhɛrəld] 名1 使者，傳令官；驅。2 布告者，通報者，報導者；先驅前鋒：a ～ of truth 報導事實真相者。3（世紀的）司宗譜、紋章等的官。
—動及1 通報，宣布。2 為…的先驅；告…的來臨。

he·ral·dic [hɛˈrældɪk] 形 紋章（官）的紋章學的。

her·ald·ry [ˈhɛrəldrɪ] 名(複**-ries**) 1 U章學。2 U 紋章官的職務。3 U紋章的案；紋章。4 場面盛大的儀式。

herb [hɝb] 名1 草本（植物）；藥草；香味的植物。2 U《集合名詞》《古》草類；牧草。3《美俚》大麻。

Herb [hɝb] 名〖男子名〗赫伯（Herbe 的暱稱）。

her·ba·ceous [hɝˈbeʃəs] 形草本的；草的；非木質的，草質的。

herb·age [ˈhɝbɪdʒ] 名U《集合名詞》本類，草本植物；《英》牧草，青草。

rb·al ['hɝbl] 形草本的；藥草的。

rb·al·ist ['hɝbəlɪst] 名1 藥草採集者；藥草商。2 = herb doctor. 3《昔》草本植物學家。

rbal ˌmedicine 名1U 藥草療法。2 藥草劑，草藥。

r·bar·i·um [hɝ'bɛrɪəm] 名（複～s, a [-rɪə]) 1 植物標本集。2 植物標本室館]。

rb ˌdoctor 名草藥醫生。

rb·i·cide ['hɝbəˌsaɪd] 名除草劑。

r·biv·ore ['hɝbɪˌvor] 名草食動物。

r·biv·o·rous [hɝ'bɪvərəs] 形食草的。

rb·y ['hɝbɪ] 形(**herb·i·er**, **herb·i·est**) 1 長滿草本植物的，多草的。2 屬於藥草或藥草性的。

r·cu·le·an [ˌhɝkjə'liən, -'kjulɪən] 形1 艱鉅的；力大無比的；非常勇敢的；身強體壯的：a ～ task 困難的工作。2《**H-**》Hercules的；Hercules 所做的難事的。

er·cu·les ['hɝkjəˌliz] 名1〖希神〗赫克力士：力大無窮的英雄（亦稱 **Heraes**）。2大力士。3《**the** ～》〖天〗武仙座。

rd[1] ['hɝd] 名1（牛、豬的）一群《*of* ...》: a ～ *of* cattle 一群牛。2 一群人：《蔑》群眾：a ～ of children 一群小孩。3《**the** ～》民眾，平民：follow *the* ～ 盲目從眾。4《**a**～》大量，多數《*of...*》。

ride herd on... ⇨ RIDE（片語）

—動不及 結夥《*with...*》：成群結隊《*together*》；（植物）群生。—及使群聚在一起。

rd[2] [hɝd] 名《通常作複合詞》牧人，牧童：a shep*herd* 牧羊人。—動及1 看守，驅趕，放牧。2將（一群人等）引向。

rd·er ['hɝdɚ] 名牧人，看守者。

rds·man ['hɝdzmən] 名(複**-men**) 1 牧人；飼養家畜的人。2《**the H-**》〖天〗牧夫座。

re [hɪr] 副 1 在這裡，在這一帶。2 在這一點上；此際；此時。3《句首詞》《用於提醒人注意或強調》這就是…，到這裡，向這裡。4《通常置於名詞之後》《指附近的人或物》在這裡地。5《打電話時》我是…。6《點名時的回答》有：*H-*, r！有！7 在現世，在今生：～ below 今生，在塵世間。

be neither here nor there 不相干的；無關緊要的；與主題無關的。

here and now 此時此地，目前；立刻。

here and there 各處，四處；有時。

Here goes！《口》《宣布某事即將開始》動手了！開始！

Here it is. 這就是你要的東西，在這兒。

Here's hoping《置於句首》《口》希望…，但願…。

Here's how！乾杯！

Here's to a person！/ *Here's to a person's health*！這杯是敬某人！祝某人健康！

here, there, and everywhere 到處。

Here today and gone tomorrow.《諺》（形容世事之變化無常）滄海桑田；（形容人的來去匆匆）席不暇暖；行蹤不定。

Look here！《催促人注意》請注意！請聽我說！

—名 1《通常置於介系詞後面》這裡：此處。2 現在；今世。

the here and now 眼前的時光。

—感《用於引起注意或安慰人等》喂！來！好了！: H-, don't cry. 好了，別哭了。

here·a·bout(s) ['hɪrəˌbaʊt(s)] 副在這附近，在這一帶：somewhere ～ 在這附近的某個地方。

here·af·ter [hɪr'æftɚ] 副 1 此後，今後。2 在來世。—名1《**the** ～》來世，來生。2 今後，將來。—形《古》未來的。

here·at [hɪr'æt] 副此時；《古》因此。

here·by [hɪr'baɪ, '-,-] 副《文》憑此，藉此，謹此。

he·red·i·ta·ble [hə'rɛdətəbl] 形 = heritable.

her·e·dit·a·ment [ˌhɛrə'dɪtəmənt] 名〖法〗可繼承的財產。

he·red·i·tar·y [hə'rɛdəˌtɛrɪ] 形1 遺傳的：～ traits 遺傳特徵。2 世襲的；祖傳的，世代相傳的：a ～ feud 宿怨，世仇 / a ～ post 世襲的地位。**-tar·i·ly** [-'tɛrəlɪ]副

he·red·i·ty [hə'rɛdətɪ] 名U 1〖生〗遺傳（性）；遺傳的特性。2 世襲，繼承。

Her·e·ford ['hɛrəfɚd] 名 1 赫勒福種（英國種肉牛）。2 赫勒福：英國英格蘭西部的都市。

'Hereford and 'Worcester 名 赫渥郡：英國英格蘭西部的一郡。

Her·e·ford·shire ['hɛrəfɚdˌʃɪr] 名 赫勒福郡：英格蘭西部的一舊郡。

here·in [hɪr'ɪn] 副1 此中，於此。2 在此事上；鑑於此。

here·in·af·ter [ˌhɪrɪn'æftɚ] 副 在下文中；以下。

here·in·be·fore [ˌhɪrɪnbɪ'for] 副在前文中；以上。

here·in·to [hɪr'ɪntu] 副到此地，到這裡面入於此中。

here·of [hɪr'ʌv, -'ɑf] 副 1 在本文件中，於此中：on page 22 ～ 在這文件的第 22 頁。2《文》關於這個。

here·on [hɪr'ɑn, -'ɔn] 副= hereupon.

here's [hɪrz] here is 的縮略形。

he·re·si·arch [hə'riziˌɑrk] 名 異教的創始人或領袖。

her·e·sy ['hɛrəsɪ] 名(複**-sies**)UC 邪說，異端；異教；信奉異端。

her·e·tic ['hɛrətɪk] 名相信異端者，提倡邪說者；異教徒。—形= heretical.

he·ret·i·cal [hə'rɛtɪkl] 形 異端的，邪說的；異端者的。～**·ly** 副

here·to [hɪr'tu] 副隨此（文件等）；關於這個：attached ～ 隨此附上。

H

here·to·fore [ˌhɪrtəˈfor] 副 在此之前。—形《古》以前的，先前的。

here·un·der [hɪrˈʌndɚ] 副 1 下述地；在這後面。2 據此，依此。

here·un·to [ˌhɪrˈʌntu, ˌ--ˈ-] 副 = hereto.

here·up·on [ˌhɪrəˈpɑn, -ˈpɔn] 副 1 於此。2 隨即。

here·with [hɪrˈwɪθ, -ˈwɪð] 副 1 隨附地。2 憑此，以此。—形 隨附的。

her·it·a·ble [ˈhɛrətəbl] 形 1 可傳讓的，可被繼承的；有繼承權的。2 遺傳性的。—名《常作～s》可繼承之財產。
-ˈbil·i·ty 名, **-bly** 副

·**her·it·age** [ˈhɛrətɪdʒ] 名《文》1〖法〗世襲[繼承]財產。2 祖傳之物，遺產；繼承物；命運；傳統：a national ～ 國家的遺產 / a ～ of enlightenment and prosperity 上一代所傳下來的教化與繁榮。3 與生俱來的權利：the ～ of freedom 天賦的自由權。

her·maph·ro·dite [hɚˈmæfrəˌdaɪt] 名 1 兩性人；〖生〗兩性體；雌雄同體。2 具有兩種相反性格的人。3 同性戀者。—形 1 兩性的；〖植〗雌雄同蕊的。2 同時有兩種相反性質的。**-dit·ic** [-ˈdɪtɪk] 形

Her·mes [ˈhɝmiz] 名〖希神〗赫密茲：諸神的使者，爲旅行、商業、發明、狡詐、偷盜之神。

her·met·ic [hɚˈmɛtɪk], **-i·cal** [-ɪkl] 形 1 密閉的，不透氣的。2《偶作H-》神祕學的，煉金術的。

her·met·i·cal·ly [hɚˈmɛtɪklɪ] 副 密封地。

·**her·mit** [ˈhɝmɪt] 名 1 隱士；隱居者。2〖動〗獨居性動物。

her·mit·age [ˈhɝmɪtɪdʒ] 名 1 隱士的小屋茅屋。2 遠離塵煙的居所。3 隱居生活。4《H-》(聖彼得堡的一座) 宮殿。

ˈhermit ˌcrab 名〖動〗寄生蟹。

hern [hɝn] 名《古》= heron.

her·ni·a [ˈhɝnɪə] 名 (複～s, -ae [-nɪˌi]) Ⓤ Ⓒ〖病〗疝氣，脫腸，突出。**-al** 形

:**he·ro** [ˈhiro] 名 (複～es) 1 英雄，勇士；偶像：a national ～ 國家英雄 / make a ～ of... 將…英雄化；極端讚揚…。2 (小說、戲劇等的) 男主角。

Her·od [ˈhɛrəd] 名〖聖〗希律王：基督誕生時的猶太國王，以殘暴聞名。

He·rod·o·tus [həˈrɑdətəs] 名 希羅多德 (484?–425? B.C.)：希臘歷史學家。

·**he·ro·ic** [hɪˈroɪk] 形 1 英雄的，勇士的。2 令人佩服的；冒險的；像英雄一樣的；獻身的；堅定的：a ～ struggle 漂亮的一仗。3 有關英雄的；似英雄史詩的；誇張的；高雅的。4〖美〗(雕像等) 比實物大的；比想像還大的 (亦稱 **heroical**)。—名 1《常作～s》= heroic verse. 2《～s》誇張的言行，戲劇化的感情。

heˈroic ˈage 名《常作 the ～》英雄輩出的時代，(尤指) 古希臘和古羅馬時期。

he·ro·i·cal·ly [hɪˈroɪklɪ] 副 英勇地，英雄般地。

heˈroic ˈcouplet 名〖詩〗英雄雙體，英雄詩風格。

heˈroic ˈtenor 名 1〖樂〗英雄男高音 2 華格納歌劇男高音歌手。

heˈroic ˈverse 名 Ⓤ Ⓒ 英雄詩體。

her·o·in [ˈhɛroɪn] 名 Ⓤ〖藥〗海洛因

·**her·o·ine** [ˈhɛroɪn] 名 1 女中豪傑，女雄。2 (小說、戲劇等的) 女主角。3 受愛慕的女人。

her·o·ism [ˈhɛroˌɪzəm] 名 Ⓤ 1 英雄的概；威武，雄壯。2 英雄的行爲，英勇行爲。

her·on [ˈhɛrən] 名〖鳥〗鷺科的總稱。

her·on·ry [ˈhɛrənrɪ] 名 (複-ries) 鷺群卵的地方。

ˈhero ˌworship 名 Ⓤ 英雄崇拜。

he·ro-wor·ship [ˈhɪroˌwɝʃɪp] 動 (～e ～ing 或《英尤作》-shipped, ～·ping) 把…當英雄崇拜，視…爲英雄。

her·pes [ˈhɝpiz] 名 Ⓤ〖病〗1 疱疹。2 殖器疱疹。**her·pet·ic** [hɚˈpɛtɪk] 形

her·pe·tol·o·gy [ˌhɝpəˈtɑlədʒɪ] 名 Ⓤ 蟲類與兩棲類動物學。

Herr [hɛr] 名 (複 **Her·ren** [ˈhɛrən]) 1 先生在德語中相當於英語的 Mr., Sir。2 德國士。

her·ring [ˈhɛrɪŋ] 名 (複～, ～s)〖魚〗魚：kippered ～ 熏製鯡魚。
(**as**) ***thick as herrings*** 極其密集的。
packed as close as herrings 擠得像沙丁一樣的。

her·ring·bone [ˈhɛrɪŋˌbon] 名 1 鯡魚骨 2 人字形花紋。—形 (似) 人字形的。

:**hers** [hɝz] 代《she的所有格》《單複數形》《所有格代名詞》她的東西，她的有物：a friend of ～ 她的朋友。

:**her·self** [hɚˈsɛlf,《弱》ɚ-] 代《she的身代名詞》1《加強語氣》她親自，她人。2《反身》《爲動詞、介系詞的受格她自己。3 本來的她；正常的她。
beside herself ⇨ BESIDE oneself

Hert·ford·shire [ˈhɝtfɚdˌʃɪr] 名 赫福郡：英國英格蘭東南部的一郡。

Herts [hɝts] 名 Hertfordshire 的別稱。

hertz [hɝts, hɛrts] 名 (複～, ～·es) 赫：率單位。略作：Hz

ˈHertz·i·an ˈwave [ˈhɝtsɪən] 名 理〗赫茲電波，電磁波。

:**he's** [iz,《強》hiz] he is 或 he has 的縮形。

He·si·od [ˈhisɪəd, ˈhɛsɪ-] 名 海希奧德：元前八世紀左右的希臘詩人。

hes·i·tan·cy [ˈhɛzətənsɪ], **-tance** [-ns] 名 Ⓤ 躊躇，猶豫《*in* doing》；不勁，不樂意。

hes·i·tant [ˈhɛzətənt] 形 1 猶豫的，躊的《*about*...》；優柔寡斷的；不起勁的不樂意的。2 結結巴巴的。～**·ly** 副

·**hes·i·tate** [ˈhɛzəˌtet] 動 (**-tat·ed**, **-tat·in**

及 1 (1) 猶豫，躊躇《 *about, in, at...* 》；於選擇《 *between..., between doing* 》：～ *tween* fighting and giving in 或戰或降猶不決。(2) 吞吞吐吐；不樂意。2（暫）；站住。3 結結巴巴；畏畏縮縮。 **-tat·g·ly** 副

s·i·ta·tion [ˌhɛzə'teʃən] 名 U C 1 猶，躊躇《 *in..., in doing* 》；不樂意：without a moment's ～ 毫不猶豫地，立刻。2 結巴巴；口吃。

es·per ['hɛspɚ] 名 = Hesperus.

es·pe·ri·an [hɛs'pɪrɪən] 形 1 西方的，方國家的。2 Hesperides 的。名 西方國家的人。

es·per·i·des [hɛ'spɛrəˌdiz] 名（複）《 e ～ 》1〖希神〗海絲佩莉蒂絲：保護era 的金蘋果的眾仙女。2《作單數》金果園。3 = Islands of the Blessed.

es·per·us ['hɛspərəs] 名 黃昏之星，金。

es·se ['hɛsə] 名 **Hermann**, 赫塞（1877 1962）：德國小說家兼詩人，諾貝爾文獎得主（1946）。

es·sian ['hɛʃən] 形（德國）赫塞地方；赫塞人的。—名 1 赫塞人。2 赫塞傭；傭兵。3 U《 h- 》粗麻布。4 流氓。

essian 'boots 名(複)《古》帶飾穗的統靴。

st [hɛst] 名《古》命令。

es·ter ['hɛstɚ] 名〖女子名〗海絲黛。

es·ti·a ['hɛstɪə] 名〖希神〗海絲蒂：女神。

t [hɛt] 形《僅用於以下片語》

t up 《口》（因…）憤怒的，激動的；困的《 *about...* 》。

tero- 《字首》表「其他的」、「不同」、「異常的」之意。

t·er·o·clite ['hɛtərəˌklaɪt] 形 異常的，合規則的；〖文法〗不規則變化的。—反常的人[事，物]；〖文法〗不規則變的字。

t·er·o·dox ['hɛtərəˌdɑks] 形（宗教上）端的。

t·er·o·dox·y ['hɛtərəˌdɑksɪ] 名（複ox·ies) U C 1 異端。2 異說；異教。

t·er·o·ge·ne·i·ty [ˌhɛtərədʒə'niətɪ] 名 異質性；異種雜交性；不同成分。

t·er·o·ge·ne·ous [ˌhɛtərə'dʒinɪəs] 形 異質的：students of ～ talents 不同秉賦的生。2 由不同部分組成的：a ～ group of ople 三教九流混雜的一群人。 **·ly** 副, **～·ness** 名

t·er·o·nym ['hɛtərəˌnɪm] 名 同形異音義詞。

t·er·on·y·mous [ˌhɛtə'rɑnəməs] 形 1 形異音異義的。2 不同名稱的。

t·er·o·sex ['hɛtərəˌsɛks] 名 U 異性戀。

t·er·o·sex·u·al [ˌhɛtərə'sɛkʃuəl] 形〖〗異性的；異性戀的：～ love 異性戀。名 異性戀者。

het·er·o·sex·u·al·i·ty [ˌhɛtərəˌsɛkʃu'æləti] 名 U 異性愛，異性戀。

heu·ris·tic [hju'rɪstɪk] 形 啓發（式）的。—名《常作～s，作單數》啓發式教學法。 **-ti·cal·ly** 副

hew [hju] 動 (～ed, ～ed 或 hewn, ～·ing) 及 1（以斧、劍等）砍，劈：～ down a large tree 砍倒大樹。2 砍成，鑿成；開闢《 *out* 》；沖出（裂縫、水道等）；《喻》努力爭得：～ (out) a small boat from wood 刨木成小舟。3 砍掉，切斷《 *away, off, out / off, of, from...* 》：～ the branches *off* a tree 從樹上砍下枝椏。—不及 1 砍《 *at...* 》；採伐。2《主美》遵從，堅守，信奉《 *to ...* 》。 **～·a·ble** 形

HEW 《縮寫》Department of *H*ealth, *E*ducation, and *W*elfare《美》衛生教育福利部（1953–79）。

hew·er ['hjuɚ] 名 伐木工；採石工；煤礦工。

hewers of wood and drawers of water 砍材汲水的人；做卑微工作的人。

hewn [hjun] 動 **hew** 的過去分詞。—形 粗鑿的；砍倒的。

hex [hɛks] 動 及《美》使著魔；蠱惑。—名 魔力；惡兆；不祥的物[人]；女巫；術士。 **～·er** 名

hexa- 《字首》表「六」之意。

hex·a·gon ['hɛksəˌgɑn, -gən] 名 六角形，六邊形。

hex·ag·o·nal [hɛk'sægənl] 形 六角形的；〖結晶〗六面晶體的。 **～·ly** 副

hex·a·gram ['hɛksəˌgræm] 名 六角星形，六線形。

hex·a·he·dron [ˌhɛksə'hidrən] 名（複 ～s, -dra [-drə]) 六面體。

hex·am·e·ter [hɛk'sæmətɚ] 名〖詩〗六音步；六音步詩體。—形 六音步詩的。

·hey [he] 感《引起注意或表高興、驚訝、迷惑等》喂，嘿，嗳：*H*-, you！喂，老兄！/ *H*- presto！《對突發事件的叫聲》啊呀！嘿！乖乖；《魔術師用語》說變就變！

hey·day¹ ['heˌde] 名《 the ～ 》全盛期：a dictator in *the* ～ of his power 權力達顛峰的獨裁者。

hey·day² ['heˌde] 感《古》《表喜悅、驚訝等》啊呀。

HF 《縮寫》*h*igh *f*requency.

Hf 《化學符號》hafnium.

hf. 《縮寫》*half*.

Hg 《化學符號》hydrargyrum.

hg 《縮寫》*hectogram(s)*.

H.G. 《縮寫》*H*igh German; *H*is [*H*er] *Grace*.

hgt. 《縮寫》*height*.

H.H. 《縮寫》*H*is [*H*er] *H*ighness; *H*is *H*oliness.

hhd 《縮寫》*hogshead*(s).

H-hour ['etʃˌaur] 名〖軍〗攻擊開始時

刻。

:hi [haɪ] 感《美口》《問候》嗨，你（們）好；《主英》《用以引起注意》喂，嗨。

HI《郵》*Hawaii.*

H.I.《縮寫》*Hawaiian Islands.*

hi·a·tus [haɪ'etəs] 名 (複～·es, ～) 1 中斷；漏字，脫文；間隙，裂縫。2〖文法〗母音稍頓。3〖解〗裂孔。

hi·ber·nac·u·lum [ˌhaɪbə'nækjələm] 名 (複-la [-lə]) 1 冬眠處所，過冬巢。2 人工冬眠裝置。

hi·ber·nal [haɪ'bɝnl] 形《文》冬天的；冬天似的；寒冷的。

hi·ber·nate ['haɪbəˌnet] 動 不及 1 冬眠，蟄居；避寒；隱居。2《喻》停止活動；變得不活躍。**-na·tor** 名

H

hi·ber·na·tion [ˌhaɪbə'neʃən] 名 U 冬眠。

Hi·ber·ni·a [haɪ'bɝnɪə] 形《文》愛爾蘭 (Ireland) 的拉丁文名。

Hi·ber·ni·an [haɪ'bɝnɪən] 形《文》愛爾蘭（人）的。—名 愛爾蘭人。

hi·bis·cus [haɪ'bɪskəs, hɪ-] 名 (複～·es)〖植〗木槿，芙蓉。

hic [hɪk] 感 呃：喝醉酒時的打嗝聲。

hic·cough ['hɪkʌp] 名 動 = hiccup.

hic·cup ['hɪkʌp] 名 1《通常作～s，作單數》打嗝：have the ～*s* 打嗝。2（股市）一時的低迷。—動 (～ed 或 -cupped, ～·ing 或 ～·ping) 不及 打嗝；發出打嗝聲。—及 一面打嗝一面說話《*out*》。

hic ja·cet ['hɪk'dʒesɛt]《拉丁語》…在此安息。

hick [hɪk] 名《美口》《蔑》鄉下佬；農夫。

—形 鄉下佬的，粗俗的；農村的。

hick·o·ry ['hɪkərɪ] 名 (複-ries) 1〖植〗山胡桃。2 U 山胡桃木；C 山胡桃材製的鞭條。3 U 耐磨的斜紋布料。

·hid [hɪd] 動 **hide**[1] 的過去式及過去分詞。

hi·dal·go [hɪ'dælgo] 名 (複～s [-z]) 西班牙的下級貴族。

:hid·den ['hɪdn̩] 動 **hide**[1] 的過去分詞。

—形 隱匿的；祕密的；不可理解的，神祕的：～ agenda 隱匿的動機。

'hidden ˌtax 名 U C〖經〗間接稅。

:hide[1] [haɪd] 動 (**hid, hid·den** 或 **hid, hid·ing**) 及 1 隱匿；隱藏《*from...*》：～ a key in the flowerpot 把鑰匙藏在花盆裡。2 隱瞞《*from...*》：～ one's intentions 隱藏自己的本意。—不及 躲藏，潛匿。

hide one's head 掩面。

hide out 潛伏，隱藏。

—名《英》埋伏地點；藏身處。

·hide[2] [haɪd] 名 1 U C 獸皮。2《口》安全；（人的）皮膚，生命：get back with a whole ～ 平安回來。

have a thick hide 厚臉皮，不知羞恥。

hide nor hair《口》《通常用否定、疑問》痕跡，形跡。

(*in*) ***hide and hair*** 一概，全部，完全

tan a person's hide ⇨ TAN[1] 動 及 3

—動 (**hid·ed, hid·ing**) 及 1《口》鞭

剝皮。～**·less** 形

hide-and-seek ['haɪdən'sik] 名 U

藏；《喻》逃避，掩飾：play (at)～ 玩

藏（亦稱《美》**hide-and-go-seek**）。

hide·a·way ['haɪdəˌwe] 名《美口》

地點；偏僻的小場所。

—形 不惹眼的，隱蔽的。

hide·bound ['haɪdˌbaʊnd] 形 1 頑固

非常保守的。2（家畜）皮包骨的

植〗緊皮（性）的。～**·ness** 名

·hid·e·ous ['hɪdɪəs] 形 1 可怕的，令

惡的，很難看的。2 駭人聽聞的；可

a ～ crime 滔天大罪 / a ～ disfigureme

怕的面貌缺陷。3 大得嚇人的。

～**·ly** 副 令人毛骨悚然地。～**·ness** 名

hide(-)out ['haɪdˌaʊt] 名《美》藏匿

hid·ing[1] ['haɪdɪŋ] 名 1 U 隱匿，躲

in ～ 躲藏著 / go into ～ 躲藏起來。2

處；躲藏手段。

hid·ing[2] ['haɪdɪŋ] 名《口》痛打，

give a child a good ～ 把孩子痛打一

hie [haɪ] 動 (**hied**, ～**·ing** 或 **hy·ing**)〖

《謔》不及 急忙，趕往《*to...*》。—

緊，催促。

hi·er·arch ['haɪəˌrɑrk] 名 1 主教；

長。2 統治集團領導者。3（古希臘的

殿工作人員。**-'ar·chal** 形

hi·er·ar·chi·cal [ˌhaɪə'rɑrkɪkl̩], **-c**

[-kɪk] 形 階級制的；僧侶階級制度的

職政治的。～**·ly** 副

hi·er·ar·chy ['haɪəˌrɑrkɪ] 名 (複-c

U C 1（金字塔型的）階級制度。2

統治，教士政治。3 天使的級別；《

名詞》天使群。4〖語言〗階層。

hi·er·at·ic [ˌhaɪə'rætɪk] 形 1 神職（

的（亦稱 **hieratical**）。2 僧侶書寫體

3 宗教美術的。**-i·cal·ly** 副

hi·er·o·glyph ['haɪərəˌglɪf] 名 = hi

lyphic 名 1. ～**·ist** 名 象形文字專家。

hi·er·o·glyph·ic [ˌhaɪərə'glɪfɪk] 形

形文字的；以象形文寫的。2 象徵性

難懂的（亦稱 **hieroglyphical**）。

—名 1（亦稱 **hieroglyph**）（埃及的）

文字。2《通常作～s》象形文記載

《～s》難懂的文字。**-i·cal·ly** 副

hi-fi ['haɪ'faɪ] 名 1 = high fidelity. 2 高

真音響。—形 高度傳真的。—動 不

高度傳真音響。

hig·gle ['hɪgl] 動 不及 討價還價。

hig·gle·dy-pig·gle·dy ['hɪgl̩dɪ'pɪ

形 副 雜亂無章的[地]。—名 U 亂

糟。

hig·gler ['hɪglə] 名 1 討價還價的

行商，小販。

:high [haɪ] 形 1 高的；高處的；高地

～ tower 高塔 / a ～ city 高地都市。2

高的；由高處的：waist-*high* 腰高的

jump 跳高 / ～ flying [flight] 高空飛行。
強烈的，激烈的；高度的；偏激的；〖
〗高速的；〖海〗強風的：～ economic
wth 高度的經濟成長 / ～ anxiety 極度
不安 / ～ gear 高速排檔。4 昂貴的；奢
的；（數量、效力等）高的：a ～ price
價 / ～living 奢侈的生活 / *high*-protein
ds 高蛋白食品。5 極好的；高級的，優
的；《通常用比較級》發達的：～ quality
品質 / ～ ideals 崇高的理想 / ～*er* mam-
ls 高等哺乳動物。6（聲音）尖銳的，
耳的；〖語音〗高母音的（[i]，[ɪ]，[u]
）。7 主要的；重要的；嚴重的；高潮
：a ～ crime 重罪 / the ～ road 主要幹
。8 傲慢的，自負的：take a ～ tone
ith...) 以傲慢的語調（和…）說話。
時期、季節等）正盛的：～ noon 正午。
高興的；興奮的：in ～ spirits 神采奕奕
，很有生氣的樣子。11 因吸毒而陷入恍
狀態的；喝醉了的；狂熱的《*on...*》。
久遠的：of ～ antiquity 遠古的。
（肉）略微變質的。14〖棒球〗（投球）
高的。15〖牌〗好的；會贏的；大滿貫
的。

gh and dry (1) 擱淺的。(2) 孤立無助的；
時勢淘汰了的。
gh and low 高低貴賤的。
gh and mighty《口》傲慢的，狂妄的；
身顯赫的人。
gh, wide, and handsome《口》充滿自信
，從容不迫的；無憂無慮的。
副 1 高高地，向高處地：climb～向高處
登。2 評價高地。3 價格高地；奢侈地。
高度地，強烈地；（聲音上）高地。
high (1) ⇨副 1. (2) ⇨FLY[1]（片語）
gh and low 到處。
gh old《口》愉快享樂的。
y high (1) 豪賭。(2) 打出高點數的牌。
n high（行市）上漲；（感情等）激動
來；（海）浪高。
名 1 Ⓤ〖汽車〗高速齒輪，高速檔：in
高速地。2 Ⓤ 高地，高處；《通常用
w ～》（股票等的）高價位；最高紀
。3〖氣象〗高氣壓。4 高階層。5《美
》= high school. 6〖牌〗最高點數的切
。7《俚》（吸食毒品引起的）飄飄然的
覺。
m on high 自高處；自天上。
high (1) 在高處。(2) 在天上。

gh·ball ['haɪ,bɔl] 名 1《美》高腳杯
。2〖鐵路〗(1) 指示列車全速行駛的信
。(2) 特快列車。—動 不及《俚》全速行
。—及 使全速前進。

gh 'beam 名 汽車大燈的遠光。

gh·bind·er ['haɪ,baɪndɚ] 名 1 殺手；
賴。2 詐欺者。3 腐敗的政客。4 在美國
人街受僱暗殺人的幫派分子。

gh 'blood ˌpressure 名 Ⓤ〖醫〗
血壓。

gh-blown ['haɪ,blon] 形 得意揚揚的；
自負的。

high·born ['haɪ,bɔrn] 形 出身高貴的。

high·boy ['haɪ,bɔɪ] 名《美》高腳櫥櫃。

high·bred ['haɪ,brɛd] 形 1 出身高貴的；品種優良的。2 教養良好的。

high·brow ['haɪ,braʊ] 名 1 興趣高雅的知識分子。2《蔑》自詡有知識及教養的人。
—形（亦稱 **highbrowed**）知識分子氣息的；自以為興趣高雅的。

high·browed ['haɪ,braʊd] 形 = highbrow.

high·brow·ism ['haɪ,braʊ,ɪzəm] 名 Ⓤ 自命不凡，炫耀學問。

'high 'camp 名 ⇨CAMP[2] 名 2

high·chair ['haɪ,tʃɛr] 名（嬰兒用）高腳椅。

'High 'Church 名《the ～》高教會派：英國國教中的一派。

'High 'Churchman 名 高教會派教徒。

high-class ['haɪ'klæs] 形 高級的，一流的；上流的。

high-col·ored ['haɪ'kʌlɚd] 形 1 深顏色的；色彩鮮明的。2 泛紅的；紅潤的。

'high 'comedy 名 高級喜劇。

'high com'mand 名 最高司令部；最高軍事指揮權。

'high com'missioner 名《常作 **H-C-**》高級專員：尤指大英國協國家互派之大使級代表。

'high com'mission 名 大使館（館員）。

'High 'Court 名《偶作 **h- c-**》最高法院。

'High 'Court of 'Justice 名《the ～》《英》最高法院。

'high ˌculture 名 高級文化。

'high ˌday 名 1 教會的聚會日；節日。2 = heyday[1].

'high-defi'nition 'television 名 Ⓤ Ⓒ 高畫質電視。略作：HDTV

'high-ˌend 形 昂貴的，最先進的，最高級的。

high-en·er·gy ['haɪ'ɛnɚdʒɪ] 形〖理〗1 高能的。2 高能粒子的。3 水解時產生相當大能量的。

'high-'energy 'physics 名 (複)《作單數》高能物理學。

high·er ['haɪɚ] 形 **high** 的比較級。

'higher 'criticism 名 Ⓤ（聖經）高等考證。

'higher edu'cation 名 Ⓤ Ⓒ 高等教育。

high·er-up(s) ['haɪɚ'ʌp(s)] 名《口》上司，上級，大人物。

'high ex'plosive 名 Ⓤ 高性能炸藥。

high·fa·lu·tin, -tin' [ˌhaɪfə'lutn̩], **-ting** [-tɪŋ] 形《口》誇大的；傲慢的；裝模作樣的。—名 Ⓤ 誇大的話，狂妄的話（亦作 **hifalutin, hifalutin'**）。

H

'high 'fashion 名Ⓤ最新式樣。

'high-'fashion 形最新流行的。

'high fi'delity 名Ⓤ〖電子〗高度傳真。

'high-fi'delity 形高度傳真的。

ˌhigh 'five 名兩人高舉手掌相互拍擊掌心的動作（以示致意或慶賀）。

high·fli·er, -fly·er ['haɪˌflaɪɚ] 名 **1** 高空中的飛行物。**2** 野心家。**3** 獲利數倍的股票。

high-flown ['haɪ'flon] 形 **1** 有狂妄野心的。**2** 誇大的。

high·fly·ing ['haɪ'flaɪɪŋ] 形 **1** 飛得高的，跳得高的。**2** 野心勃勃的。**3** 神采飛揚的。**4** = high-flown 2.

'high 'frequency 名高頻率。略作：HF

'high 'gear 名 = high 名 1.

'High 'German 名Ⓤ 高地德語；（標準）德語。

high-grade ['haɪ'gred] 形 **1** 高級的。（礦砂）純度高的。—動 不及 盜採純度高的礦石；盜伐高級木材。

'high 'hand 名蠻橫的態度；高壓方式。

high(-)hand·ed ['haɪ'hændɪd] 形高壓的；獨斷的。～**·ly** 副, ～**·ness** 名

'high 'hat 名 **1** = top hat. **2**《俚》= table tripod.

high-hat ['haɪ'hæt] 動 (～**·ted**, ～**·ting**) 及《美》《口》擺架子；藐視。—形 勢利的；輕蔑的；傲慢的。～**·ter** 名

high-heeled ['haɪ'hild] 形高跟的。

'high 'horse 名傲慢的態度：on one's ～ 持傲慢的態度，神氣活現。

high·jack ['haɪˌdʒæk] 動及不及，名 = hijack.

'high ˌjinks 名（複）敲鑼打鼓般的喧鬧；狂歡作樂（亦作 **hi-jinks**）。

'high 'jump 名《the ～》**1**〖田徑〗跳高。**2** 嚴厲的處罰：be for *the* ～《英口》被判重刑。

high-key ['haɪ'ki] 形色彩鮮明的；色調對比不強烈的。

high-keyed ['haɪ'kid] 形 **1** 緊張的；神經質的。**2**（繪畫）色彩鮮明的。

·high·land ['haɪlənd] 名高地，臺地；《～s》山區。—形山區的，高地的。

High·land ['haɪlənd] 名 **1** 英國蘇格蘭北部的自治區。**2**《the ～s》蘇格蘭高地。

High·land·er ['haɪləndɚ] 名 **1** 蘇格蘭高地居民；《h-》高地居民。**2** 駐守蘇格蘭高地的士兵。

ˌHighland 'fling 名 = fling 名 4.

high-lev·el ['haɪ'lɛvl] 形 **1** 由高階層人士構成的；地位高的。**2** 高處的。**3** 具強烈輻射性的。

'high-'level 'language 名〖電腦〗高階語言，高級語言。

high-life ['haɪ'laɪf] 名Ⓤ **1** 上流社會奢侈的生活。**2**（非洲西部）一種節拍強烈的舞蹈音樂。

high·light ['haɪˌlaɪt] 動 (～**·ed**, ～**·ing**
1 強調；使醒目。**2** 給（相片、版畫）加亮點。—名 **1**《常作～s》最有趣的部分，精彩節目，最重要的部分，新聞焦 （亦作 **high light**）。**2**〖美〗畫面上光線明亮的部分。

high·light·er ['haɪˌlaɪtɚ] 名能加深睛、鼻梁等輪廓的化妝品。

'high 'liver 名生活奢靡的人。

·high·ly ['haɪlɪ] 副 **1** 高度地，非常地：a educated man 受過高等教育的人 / be pleased 非常地高興。**2** 評價高地；高地，高地：be ～ paid 領高薪。**3** 地位地；高貴地：be ～ descended 出身名門

high·ly-strung [ˌhaɪlɪ'strʌŋ] 形 = hstrung.

'High 'Mass 名Ⓤ Ⓒ〖天主教〗大撒。

high-mind·ed ['haɪˌmaɪndɪd] 形 **1** 高的，高尚的。**2**《罕》傲慢的。

high-necked ['haɪ'nɛkt] 形（服裝）領的：a ～ blouse 高領的短上衣。

high·ness ['haɪnɪs] 名 **1** Ⓤ高；高度；貴；高尚。**2**《H-》《通常用 **His** [H **Your**] ～》殿下[王妃]：*His* Imperial *H*- Crown Prince 皇太子殿下。

'high 'noon 名Ⓤ **1** 正午。**2** 鼎盛期；高點；顛峰（時期）。

high-nosed ['haɪ'nozd] 形驕傲的。

high-oc·tane ['haɪ'ɑkten] 形 **1**（汽油高辛烷值的。**2** 強力的，高效能的。

ˌhigh-per'formance 形高速的，高能的。

high-pitched ['haɪ'pɪtʃt] 形 **1**〖樂〗調高的；聲音尖銳的。**2** 高遠的，高的。**3** 激動的，緊張的。**4** 斜度陡的。

high-pow·ered ['haɪ'paʊɚd] 形 **1** 非有力的；能力強的。**2** 性能優越的；高數的。**3** 精力充沛的

high-pres·sure ['haɪ'prɛʃɚ] 形 **1** 高的，耐高壓的。**2** 強迫的；高度緊張的 —動及《美》強行推銷；強迫；強制，求。

high-priced ['haɪ'praɪst] 形高價的。

'high 'priest 名 **1** 主教；〖猶太教〗祭長。**2** 領導者；提倡人；裁決者。

high-prin·ci·pled ['haɪˌprɪnsəpḷd] 操守高潔的；堅守原則的。

'high ˌprofile 名高（傲）姿態。

'high-ˌprofile 形高姿態的。

high-proof ['haɪ'pruf] 形酒精成分的。

high·rank·ing ['haɪ'ræŋkɪŋ] 形高階的，高階級的。

'high re'lief 名Ⓤ Ⓒ〖雕〗高凸浮雕作品）。

high-res·o·lu·tion ['haɪrɛzə'luʃən] 高解析度的。

high-rise ['haɪˌraɪz] 形 **1**《美》高樓的高層建築物的：a ～ apartment building

公寓。2 多高樓大廈的。3（腳踏車等）手很高的。4（鞋子）設計得較高的。一高樓建築（亦作 **hi-rise**）。

gh·road ['haɪ,rod] 名 1《主英》主要路，高速公路。2 捷徑《*to...*》。

gh 'roller 名《美俚》1 生活奢靡的。2 豪賭成性的人。

gh ˌschool 名 U C 中學。

gh 'seas 名《**the** ～》公海。

gh 'season 名 U《偶作 **the** ～》工作重的時期；旅遊旺季。

igh 'Sheriff 名 = sheriff 2.

gh ˌsign 名《英口》打信號，使眼色，手勢。

gh-sound·ing ['haɪ'saʊndɪŋ] 形 誇大，論調高的。

gh-speed ['haɪ'spid] 形 高速的。

gh-spir·it·ed ['haɪ,spɪrɪtɪd] 形 活潑，大膽的；勇猛的；精力充沛的；烈性。

gh ˌspot 名 最精彩的部分；最難忘的刻。

gh-step·ping ['haɪ'stɛpɪŋ] 形 1 生活蕩的。2 抬高腳步走的。

gh 'street 名《英》大街，主要街道。

gh-strung ['haɪ'strʌŋ] 形 容易緊張；神經質的，很敏感的。

gh 'style 名 = high fashion.

gh 'table 名 U《英》貴賓席。

gh·tail ['haɪ,tel] 動 不及《美口》匆匆走；迅速離開。

ghtail it 匆匆地跑；落荒而逃。

gh 'tea 名 U C《英》將近傍晚時刻茶點。

gh-tech ['haɪ'tɛk] 名 U 高科技，尖端技。一形 高科技的，運用高科技的。

gh tech'nology 名 U 高科技。

gh-ten·sion ['haɪ'tɛnʃən] 形〖電〗高的。

gh-test ['haɪ'tɛst] 形 1 通過嚴格考驗。2（汽油）燃點很低的。

gh 'tide 名 1 U C 漲潮時間。2《通用單數》漲潮，高潮；顛峰。

gh 'time 名 U 1 應該即刻做某事的時，正是時候。2《俚》歡樂的時光。

gh-tone(d) ['haɪ'ton(d)] 形 1 高潔的；格調的；高尚的。2 上流的；時髦的；命高雅的。

gh 'treason 名 U 叛逆罪，叛國罪。

gh-up ['haɪ'ʌp] 形 身分地位高的。名 身分地位高的人，上司。

gh-volt·age ['haɪ'voltɪdʒ] 形 高性能，強力的。

gh 'water 名 U 1 高潮；顛峰（狀）。2 漲潮。3 最高水位。

gh-'wa·ter ˌmark ['haɪ'wɔtə-] 名 1 水位線，高潮線。2 顛峰。

gh·way ['haɪ,we] 名 1 交通要道；公；高速公路。2 途徑，捷徑《*to...*》。

ke to the highways 攔路打劫。

'Highway 'Code 名《偶作 **the** ～》《英》交通規則；公路指南。

high·way·man ['haɪ,wemən] 名（複 **-men**）攔路劫匪，攔路強盜。

'highway 'robbery 名 U《美口》非常高昂的價格；大敲竹槓。

'high 'wire 名《美》表演走鋼索用的繩索。

'high-ˌwire 形 走鋼索的。

H.I.H.《縮寫》*H*is [*H*er] *I*mperial *H*ighness. ⇨HIGHNESS

hi·jack, high- ['haɪ,dʒæk] 動 及 1 劫奪（運輸中的東西）；搶劫；劫持。2 挾持，綁架。一 不及 劫取運輸中的貨物；劫持飛機。

一名 劫機，劫機事件。

hi·jack·ee [ˌhaɪdʒæ'ki] 名 搶劫事件中的受害人。

hi·jack·er, high- ['haɪ,dʒækə-] 名 搶劫犯；劫機犯。

hi·jinks ['haɪ,dʒɪŋks] 名（複）《主美》= high jinks.

·hike [haɪk] 動（**hiked, hik·ing**）不及《口》1 徒步旅行。2《美》上提《*up*》。一及 大幅漲價《*up*》；《美口》（急劇地）抬高。一名 1 徒步旅行，遠足。2《美》上漲《*in...*》。

hik·er ['haɪkə-] 名 徒步旅行者。

·hik·ing ['haɪkɪŋ] 名 U 遠足，徒步旅行。

hi·lar·i·ous [hɪ'lɛrɪəs] 形 1 非常有趣的。2 高興的，愉快的。～**·ly** 副

hi·lar·i·ty [hɪ'lærətɪ] 名 U 歡笑；愉快。

Hil·a·ry ['hɪlərɪ] 名〖男子名〗希拉里；〖女子名〗希拉蕊（亦稱 **Hilaire**）。

Hil·da ['hɪldə] 名〖女子名〗秀妲。

:hill [hɪl] 名 1 小山，山丘；《～**s**》丘陵。2 斜坡，坡路。3（植物根部的）土堆，壟畝；成堆種植的作物：a ～ of beans 一叢豆類植物；《口》少量，小事。4〖棒球〗《俚》投手位置上的小土堆，投手丘。5《**the H-**》美國國會 = Capitol Hill.

go over the hill《俚》(1) 越獄。(2) 開小差。(3) 很快消失，蒸發。

over the hill《美口》(1) 度過危機。(2) 過了有效或最盛時期。

up hill and down dale (1) 翻山越谷。(2) 精力充沛地；徹底地。

一動 及 1 堆土於根部。2 堆成小山。

hill·bil·ly ['hɪl,bɪlɪ] 名（複 **-lies**）《常爲蔑》（美國西部和南部的）山民，鄉下人。

'hillbilly ˌmusic 名 U 鄉村音樂。

'hill ˌmyna 名〖鳥〗八哥。

hill·ock ['hɪlək] 名 小丘；塚。

hill·side ['hɪl,saɪd] 名 山腰；山坡。

'hill ˌstation 名（印度等的）避暑勝地。

hill·top ['hɪl,tɑp] 名 山頂。

hill·y ['hɪlɪ] 形（**hill·i·er, hill·i·est**）1 多小山的。2 小山似的；險峻的。

H

hilt [hɪlt] 〔名〕(刀、劍等的）把手，柄。
(up) to the hilt 徹底地，完全地。

:him [ɪm, 《強》hɪm] 〔代〕《**he** 的受格》**1** 他。**2**《口》《主詞，做爲 **be** 的補語，或置於 **than, as** 之後》= he. **3**《非標準》《反身》= himself. —〔名〕(複～**s** [-z])《俚》男子。

H.I.M. 《縮寫》*H*is [*H*er] *I*mperial *M*ajesty.

Him·a·la·yas [,hɪmə'leəz, -'mɑljəz] 〔名〕(複)《**the** ～》喜馬拉雅山脈（亦稱 **the Himalaya, Himalaya Mountains**）。

Hi·ma·la·yan [,hɪmə'leən,hɪ'mɑljən] 〔形〕喜馬拉雅（山脈）的。

:him·self [hɪm'sɛlf,《弱》ɪm-] 〔代〕(複 **themselves**) **1**《加強語氣》他自己，他親自。**2**《反身用法》他本身。**3**《口》平常的他。**4**《愛·蘇》強壯的男子，一家之主。

Hi·na·ya·na [,hɪnə'jɑnə] 〔名〕Ⓤ 小乘佛教。

·hind[1] [haɪnd] 〔形〕後面的，後部的 : a dog's ～ legs 狗的後腿。
on one's hind legs 採取堅決的立場。
talk a donkey's hind leg off 長時間地講個沒完。

hind[2] [haɪnd] 〔名〕(複～**s**,《集合名詞》～) **1** 雌鹿。**2** 鱟鱸科的食用魚。

hind[3] [haɪnd] 〔名〕**1**《古》農夫；農家長工。**2**《北英·蘇》技術熟練的農工。

·hin·der[1] ['hɪndɚ] 〔動〕〔及〕使遲到；妨礙《*from* doing》；干擾《*in*...》。—〔不及〕干擾，妨礙。
～**·er** 〔名〕, ～**·ing·ly** 〔副〕

hind·er[2] ['haɪndɚ] 〔形〕後面的，後部的 : the ～ legs 後腿。

Hin·di ['hɪndi] 〔名〕Ⓤ 印地語，北印度語。—〔形〕北印度的；印地語的。

hind·most ['haɪnd,most] 〔形〕《文》最後面的，最後方的。

Hin·doo ['hɪndu] 〔名〕(複～**s** [-z])，〔形〕= Hindu.

hind·quar·ter ['haɪnd,kwɔrtɚ] 〔名〕**1**（牛、羊等的）臀部及後腿部的肉。**2**《～**s**》(獸類的）身體後半部。

hin·drance ['hɪndrəns] 〔名〕**1** Ⓤ 妨礙，阻礙《*to*...》；被妨礙的狀態 : without ～ 暢通無阻地。**2** 妨礙的人或物《*to*...》。

hind·sight ['haɪnd,saɪt] 〔名〕**1**（槍的）照門。**2** Ⓤ《通常爲蔑》後知後覺。
knock the hindsight out of ...《口》完全破壞…。

Hin·du ['hɪndu] 〔名〕**1** 印度教徒。**2** 印度人。—〔形〕**1** 印度人的。**2** 印度教的。

Hin·du·ism ['hɪndu,ɪzəm] 〔名〕Ⓤ 印度教。

Hin·du·stan [,hɪndu'stɑn, -'stæn] 〔名〕印度斯坦：印度北部，尤指Deccan高原以北地區。

Hin·du·sta·ni [,hɪndu'stɑnɪ, -'stænɪ] 〔名〕Ⓤ 印度語。—〔形〕印度斯坦（人、語）的。

·hinge [hɪndʒ] 〔名〕**1** 鉸鏈；（膝關節、蛤類的）鉸部，蝶鉸；《喻》樞紐，關鍵。**2**〔郵票〕透明膠水紙。**3**《美俚》看 : ta a ～ 看一下。
off the hinges 健康失調；精神錯亂。
—〔動〕(**hinged, hing·ing**)〔不及〕**1** 以鉸鏈動。**2** 依…而定，端賴…。—〔及〕《常用動》安裝鉸鏈。

hin·ny ['hɪnɪ] 〔名〕(複-**nies**)〔動〕騾。

·hint [hɪnt] 〔名〕**1** 暗示；線索；《常作～s》須知，提示 : a broad ～ 明白的暗示 / helpful ～*s* for new students 新生須知 / be a to take a ～ 可以感覺出暗示。**2**《**a** ～》量，少許（的…）《*of*...》: *a* ～ *of* vine 少許的醋。—〔動〕〔及〕暗示，略微透露《...》。
—〔不及〕透露，暗示。

hin·ter·land ['hɪntɚ,lænd] 〔名〕**1** 腹地 **2** 內陸地區。**3**《常作～**s**》內地。

·hip[1] [hɪp] 〔名〕**1** 臀部，屁股；腰。**2** = joint. **3**〔昆〕基節。**4**〔建〕屋脊。
down in the hips 意志消沉的。
shoot from the hip 講話衝動。
smite hip and thigh 毫不留情地痛打。
—〔形〕長到臀部的，蓋到屁股的。

hip[2] [hɪp] 〔名〕薔薇的莢。

hip[3] [hɪp] 〔感〕喝采聲，歡呼聲 : *Hip, h* hurrah！加油！加油！好哇！

hip[4] [hɪp] 〔形〕(～**·per**, ～**·pest**)《俚》嬉的；通曉最新消息的；時髦的，漂亮的 —〔名〕《美俚》通曉最新流行事物的人；髦的東西。—〔動〕(**hipped**, ～**·ing**)〔及〕《俚》告訴，通知。

'hip ,bath 〔名〕坐浴；坐式浴缸。

hip·bone ['hɪp,bon] 〔名〕無名骨，髖骨

'hip ,flask 〔名〕(可放入臀部口袋的扁的）酒壺，水壺。

hip-hop ['hɪp,hɑp] 〔名〕Ⓤ 嘻哈音樂。

'hip ,joint 〔名〕〔解〕股關節。

hipped[1] [hɪpt] 〔形〕**1**《複合詞》有…臀的 : broad-*hipped* 大臀部的。**2**（尤指畜）傷到股關節的。**3**〔建〕(屋頂）有脊的。

hipped[2] [hɪpt] 〔形〕《口》熱中於…的，迷於…的《*on*...》。

hip·pie ['hɪpɪ] 〔名〕(複-**pies**) 嬉皮。
—〔形〕嬉皮的。

hip·pie·dom ['hɪpɪdəm] 〔名〕ⓊⒸ 嬉皮界；嬉皮群。

hip·pish ['hɪpɪʃ] 〔形〕悶悶不樂的。

hip·po ['hɪpo] 〔名〕(複～**s** [-z])《口》= hippopotamus.

hip·po·cam·pus [,hɪpə'kæmpəs] 〔名〕(-**pi** [-paɪ]) **1**〔希·羅神〕海馬：前半身馬，後半身是魚的怪獸。**2**〔動〕海馬 **3**〔解〕海馬：沿側腦室的突起構造。

'hip 'pocket 〔名〕(長褲、裙的）臀部袋。

Hip·poc·ra·tes [hɪ'pɑkrə,tiz] 〔名〕希波

拉底斯（460?－? 375B.C.）：希臘醫生，西方醫藥之父。**Hip·po·crat·ic** [ˌhɪpəˈkrætɪk] 形

Hippoˈcratic ˈoath 名《the ～》希波克拉底斯的誓約，醫療專業倫理信條。

Hip·po·crene [ˈhɪpəˌkrin,ˌhɪpəˈkrini] 名 1〖希神〗希波克里尼之泉。2 U 詩的靈感，富有詩意。-**ˈcre·ni·an** 形

hip·po·drome [ˈhɪpəˌdrom] 名 1 馬戲場；劇場。2（古代希臘、羅馬的）競技場；戰車比賽場。

hip·po·griff, -gryph [ˈhɪpəˌgrɪf] 名 鷲頭馬身有翼的怪物。

hip·po·pot·a·mus [ˌhɪpəˈpɑtəməs] 名 (複 ～·**es**, -**mi** [-ˌmaɪ])〖動〗河馬。

hip·py[1] [ˈhɪpɪ] 形 (-**pi·er**, -**pi·est**) 大臀部的，大腰圍的。

hip·py[2] [ˈhɪpɪ] 名(複-**pies**) = hippie.

hip ˌroof 名〖建〗前後及兩側均爲斜坡的屋頂。**ˈhip-ˈroofed** 形

hip-shoot·ing [ˈhɪpˌʃutɪŋ] 形《美》魯莽的；衝動的，任性的；隨便的。

hip·ster[1] [ˈhɪpstɚ] 名《俚》1 萬事通，趕時髦的人。2 強烈地對社會懷有疏離感的人。3 爵士樂迷。

hip·ster[2] [ˈhɪpstɚ] 形（衣服）低至臀部的。—名《～**s**》腰低及臀部的褲子。

hire [haɪr] 動(**hired**, **hir·ing**)及 1 僱用：～ a private detective 僱用私家偵探。2 租借：付錢；《美》借（錢）：～ a hall by the hour 以小時計費租借會堂。3 使受僱：《反身》被僱；出租（…）《*out* / *to*...》：～ *out* one's son 讓兒子去做雇傭。—不及 受人僱用《*out*, *on*》。

hire time 買時間。

—名 U 1 工資；報酬；借貸金，使用費，租金。2 臨時僱用，租借。

hired ˈgun 名 槍手：受僱解決問題的專家。

hire·ling [ˈhaɪrlɪŋ] 名《常爲蔑》被僱用工作的人；單純爲金錢而聽人使喚的人。—形 爲金錢而工作的。

hire-ˈpur·chase (ˌsystem) [ˈhaɪrˈpɚʃəs-] 名 U《英》分期付款購買法。

hir·er [ˈhaɪrɚ] 名 雇主；租借者。

hiring ˌhall 名 職業介紹所。

hir·sute [ˈhɚsut, -sjut] 形 1 毛質的；（人）多體毛的，毛長的。2〖植·動〗有粗毛的。

his [ɪz,《強》hɪz] 代 1《he的所有格》他的：《**H-**》（基督教的）神的。2（不論性別）他的。3《he的所有代名詞》《作單、複數》他的（東西）。

His·pa·ni·a [hɪsˈpenɪə] 名《文》西班牙 Spain.

His·pan·ic [hɪsˈpænɪk] 形 1 = Spanish. 2 拉丁美洲（後裔）的。—名《美》拉丁美洲裔的美國人。

hiss [hɪs] 動 不及 1 發嘶嘶聲。2 發噓噓聲表示非難等）《*at*...》。—及 1 發嘶嘶[噓噓]聲指責；以噓聲表示（非難等）《*to* ...》。2 以噓聲驅趕《*away*, *down*》。

hiss off*... / *hiss*...*off 把…噓下臺。

—名 1 嘶嘶聲，噓聲。2 因不滿意而發出的噓聲，喝倒采時所發的噓聲。3 擦齒音。

hist [hɪst] 感《古》《爲促使人注意、安靜等而發出》噓！—動 及 發噓聲。

hist.《縮寫》*hist*ology; *hist*orian; *hist*orical; *hist*ory.

his·ta·mine [ˈhɪstəˌmin,-mɪn] 名 U〖生化·藥〗組織胺。～·**ˈmin·ic** 形

his·to·gram [ˈhɪstəˌgræm] 名〖統〗直立圖，矩形圖。

his·tol·o·gy [hɪˈstɑlədʒɪ] 名 U 1 組織學，微視的解剖學。2 生物體的微細構造。

his·to·log·i·cal [ˌhɪstəˈlɑdʒɪkl] 形 組織學的。

·**his·to·ri·an** [hɪˈstorɪən] 名 1 歷史學家。2 年代史編纂者。

his·tor·ic [hɪˈstɔrɪk] 形 1 歷史上著名的，有歷史意義的：a ～ spot 史蹟，名勝古蹟。2 = historical 1, 2, 3.

·**his·tor·i·cal** [hɪˈstɔrɪkl] 形 1 歷史的：～ materials 史料。2 依據歷史的：a ～ novel 歷史小說。3 具有歷史真實性的：a ～ event 歷史上的事件。4《罕》= historic 1.

hisˈtorical [hisˈtoric] ˈpresent 名《the ～》〖文法〗歷史的現在時態。

his·to·ric·i·ty [ˌhɪstəˈrɪsətɪ] 名 U 歷史的真實性，史實性。

his·to·ri·og·ra·pher [ˌhɪstorɪˈɑgrəfɚ] 名 1 歷史學家。2 史料編纂官。

his·to·ri·og·ra·phy [ˌhɪstorɪˈɑgrəfɪ] 名 (複-**phies**) U C 1 有關歷史的文獻：《集合名詞》史實；史料編纂。2 歷史學研究方法。3 正史。

:**his·to·ry** [ˈhɪstrɪ, ˈhɪstərɪ] 名 (複-**ries**) 1 U 歷史（學）：a course in ～ 歷史課程。2 歷史書；傳記：write a ～ of English literature 寫英國文學史。3 履歷；病歷；（事物的）來歷。4 U 過去的事：ancient ～《文》往昔的事，舊聞 / That is all ～. 那已經事過境遷了。5 U 劃時代的思想或事件：make ～ 創造歷史，做名垂青史的大事。6 U（觀察自然現象而作的）有系統的記述：natural ～ 博物學。7 歷史劇。

his·tri·on·ic [ˌhɪstrɪˈɑnɪk] 形 1 演員的；演技的，戲劇的。2 裝腔作勢的，誇張的。

his·tri·on·ics [ˌhɪstrɪˈɑnɪks] 名 (複)《作單、複數》1 戲劇；演技。2 演戲似的行爲和說話神情，矯揉造作。

:**hit** [hɪt] 動(**hit**, ～·**ting**)及 1 打，打擊；射中；使碰撞《*against*, *on*...》：～ the ball with a racket 以球拍打球 / ～ the target 射中目標 / ～ one's head *against* the door 頭撞到門。2 使遭受；使受創；對…嚴厲批評：～ a person a crack 給某人猛烈一擊 / ～ a person where it hurts (most) 打擊某人

的弱點。3〖棒球〗擊出。4要求，請求《for...》：～ a person *for* a loan 向某人借錢。5達到：～ an all-time low 達到歷史上的最低紀錄。6 出現於，發表於。7《主美》到達；上路：～ the road《美》出發，上路。8《口》碰見；偶然遇見；忽然浮現在腦海中：～ a snag 碰到意外的障礙。9猜對，說中；正確地表達《*off*》。10《美俚》注射麻醉毒品。11《美俚》殺（人），幹掉。

—不及 1打，敲打；攻擊《*out / at...*》。2碰到，衝撞到《*against, on...*》。3偶然想起；偶然發現。4（內燃機）點燃燃料。5〖棒球〗擊出安打。6《美俚》打麻醉毒品。

hit back 報復，報仇《*at...*》；還擊。

***hit** a person **below the belt** (**when he is down**)* (1)（拳擊賽上）攻擊下腹，當對手倒下時尚繼續攻擊。(2) 施以卑鄙手段。

hit** a person **between the eyes 《口》使某人印象深刻，使某人吃驚。

hit** a person **for six 《英》在辯論等上駁倒某人，徹底擊敗（對手）。

hit it off 《口》（與…）相處融洽《*with ...*》。

hit it up 《美口》加速，急行；堅持。

hit off 正確地表現出…；即席模仿。

hit out on... 強調，極力主張…。

hit** a person **right 正中下懷。

—名 1打擊；碰撞；擊中。2批評，挖苦；貼切的表現，中肯的話。3很成功的表演。4〖棒球〗安打。5《俚》（以毒品等買賣為目的的）會面；《美俚》（能過一次毒品癮頭的）注射。6《美俚》暗殺。7〖電腦〗適配。

hit and miss 瞎碰，隨便地。

hit-and-run ['hɪtən'rʌn] 形《限定用法》1交通事故中肇事後立即逃跑的。2〖棒球〗打帶跑的。3（攻擊等）如閃電般的；打了就跑的。—動不及〖棒球〗使用打帶跑戰術。

hitch [hɪtʃ] 動及 1把（環、繩等）拴住[鉤住]：～ a rope around a tree trunk 把繩繫在樹幹上。2 猛拉；使勁扯起《*up*》：～ *up* one's pants 將褲子拉起。3《通常用被動》《美俚》使結婚：get ～*ed* (up) 結婚。—不及 1 被鉤住《*on...*》。2 一顛一簸地移動；跛行《*along*》。3搭便車旅行。4《俚》結婚。

hitch a ride 搭便車。

hitch horses together 和睦相處，協調。

hitch on 親密地相處。

hitch one's wagon to a star ⇨WAGON

—名 1拴住，繫住，鉤住。2使勁拉動。3（容易解開的)索結；掛鉤。4〖軍〗《美俚》服役期間。5 中止；障礙。6 不穩的步伐；跛行。7《俚》= hitchhike.

hitch·hike ['hɪtʃ,haɪk] 動不及 搭乘他人便車旅行。—名 沿途搭便車的旅行。

hitch·hik·er ['hɪtʃ,haɪkɚ] 名搭便車旅行者。

hith·er ['hɪðɚ] 副《文》到此處。

hither and thither 到處，向各處。

—形《文》這方的，這邊的。

hith·er·most ['hɪðɚ,most] 形最近的

hith·er·to ['hɪðɚ,tu, ,--'-] 副 1迄今，今：problems ～ neglected 迄今為止被忽的問題。2《古》至此為止，往這兒。

Hit·ler ['hɪtlɚ] 名 **Adolf** 希特勒（1889-1945）：德國納粹黨領袖。

Hit·ler·ite ['hɪtlə,raɪt] 名 信奉希特勒義者；《～**s**》德國國家社會黨（納黨）。—形 希特勒主義的。

'hit ,list 名《俚》1暗殺用的黑名單。2撤銷的清單，擬被去除的名單。

'hit ,man 名《美俚》職業殺手。

hit-or-miss ['hɪtɚ'mɪs] 形 疏忽的，便的；聽天由命的；因循苟且的。

'hit pa,rade 名流行歌曲排行榜。

'hit 'squad ['team] 名 1職業殺手織。2 恐怖組織。

hit·ter ['hɪtɚ] 名1 強勢人物。2〖棒球打擊手，打者。

Hit·tite ['hɪtaɪt] 名形（居住在小亞細近敘利亞一帶的古代民族）喜泰德人的）；Ⓤ喜泰德語（的）。

HIV 《縮寫》*h*uman *i*mmunodeficien*v*irus 人體免疫缺乏病毒（即愛滋病毒）。

hive [haɪv] 名 1蜂房，蜂箱；蜂巢狀物 2 忙碌之人群集的場所：a ～ of activity 商活動的中心地。3熙熙攘攘的人群 —動及 1使（蜂）入蜂箱。2將（蜜）於巢箱；儲存，積蓄《*up*》。—不及 1入蜂巢。2（像蜜蜂一樣）群居，聚居。

hive off (1) 分巢。(2) 分出並各自獨立 *from...*》。(3)《英口》躲藏。

hive-off ['haɪv,ɔf] 名《英》另組公司

hives [haɪvz] 名（複)《作單、複數》病〗發疹，蕁麻疹；喉炎。

hi·ya ['haɪjə]感《口》喂！（對熟人打招用）

H.J. 《縮寫》《拉丁語》*hic jacet*《墓銘》長眠於此。

hl 《縮寫》*h*ecto*l*iter(s).

H.L. 《縮寫》*H*ouse of *L*ords《英》上院。

h'm [hm] 感《表躊躇、疑問、為難等嗯！

hm 《縮寫》*h*ecto*m*eter(s).

H.M. 《縮寫》*H*is [*H*er] *M*ajesty.

H.M.S. 《縮寫》*H*is [*H*er] *M*ajesty's *S*vice [*S*hip].

ho[1] [ho] 感 1 噢！2 喂！：Westward ～喂，向西！/ Land ～！喲呀！陸地！

ho[2] [hɔ] 名《美俚》妓女。

Ho 《化學符號》holmium.

H.O. 《縮寫》*H*ead *O*ffice; *H*ome *O*ffic

hoa·gie, gy ['hogɪ]名《美》潛艇三明治潛艇堡。

ɔar [hor] 名 U 1 灰白。2 霜。—形《
詩》灰白色的；白髮的。
ɔard [hord] 名 儲藏，祕藏物；累積。
—動及 1儲藏《*up*》。2 藏於心中。
—不及 祕藏；囤積。～·er 名
ɔard·ing¹ ['hordɪŋ] 名 1 U 祕藏，囤
積。2《～s》儲藏物，祕藏物。
ɔard·ing² ['hordɪŋ] 名《主英》1（暫時
圍於建築物四周的）板牆。2 廣告牌。
ɔar·frost ['hor,frɔst] 名U白霜。
ɔarse [hors] 形 (hoars·er, hoars·est) 1
嘶啞的，粗嗄的：have a ～ voice 聲音嘶啞
shout oneself ～ 喊叫過度致聲音嘶啞。2
發出刺耳聲音的。～·ly 副 聲音嘶啞
地。～·ness 名
ɔar·y ['horɪ] 形 (hoar·i·er, hoar·i·est) 1
灰白的；白髮的，年老的。2 古代的，陳
舊的；古老而莊嚴的。
ɔar·y-head·ed ['horɪ'hɛdɪd] 形 年老而
頭髮斑白的，白頭髮的。
ɔax [hoks] 名 1 騙人；開玩笑，戲弄。
捏造之事，騙局。—動及 欺騙，愚弄
into..., into doing》。～·er 名
ɔb¹ [hab] 名 1壁爐擱架。2（擲環遊戲等
用的）標樁；標樁玩遊戲。3〖機〗滾齒
刀。4 = hobnail. —動 (hobbed,～·bing)
及〖機〗用滾齒刀切削。
ɔb² [hab] 名 愛惡作劇的小妖精。
play hob with...《美口》對…惡作劇。
raise hob with...《美口》搗亂[破壞]…。
ɔb-and-nob ['habən'nab] 形親密的。
obbes [habz] 名 Thomas, 霍布斯（
1588–1679）：英國哲學及政治思想家。
ɔb·ble ['habl] 動 不及1 蹣跚，跛行。2
吞吞吞地做，結結巴巴地講；（詩）不流
暢。
—及 1 使跛行。2 將（馬等）兩腳捆縛。
妨害…的進行。
—名1 跛行，蹣跚。2（捆縛馬等腳部的）
繩索。3《口》障礙物；困境。-bler 名
ɔb·ble·de·hoy ['habldɪ,hɔɪ] 名（笨手
笨腳的）小伙子。
ɔbble ˌskirt 名 裙擺窄細的長裙。
ɔb·by ['habɪ] 名 (複-bies) 1 興趣，業餘
嗜好。2 竹馬（hobbyhorse）。3《古》小
馬。
ride a [*one's*] *hobbyhorse* 沉溺於某種癖
好，反覆說自己的事。
ɔb·by·horse ['habɪ,hɔrs] 名1（可供孩
子乘玩的）竹馬；搖馬。2 繫於舞者腰部
的馬形物。3 旋轉木馬。4 常被提起的話
題；拿手好戲。
ride a [*one's*] *hobby horse* ⇨ HOBBY¹
ɔb·by·ist ['habɪɪst] 名 有業餘嗜好的
人，愛好者。
ɔb·gob·lin ['hab,gablɪn] 名 1 妖魔；鬼
怪。2 小妖精。3《H-》=Puck 1.
ɔb·nail ['hab,nel] 名1 鞋釘。2 鄉下佬。
-nailed 形土頭土腦的。
ɔb·nob ['hab'nab] 動 (-nobbed, ～·bi
ng) 不及（與…）親切交往，融洽交談；
共飲《*together* / *with...*》。—名（融洽
地）交談，閒談。
ho·bo ['hobo] 名 (複～s, ～es) 名《美》1
無業遊民，流浪漢。2 臨時工人。
—動 不及 過流浪似的生活。
'Hob·son's 'choice ['habsənz-] 名 U
無挑選餘地的選擇。
Ho Chi Minh ['ho'tʃi'mɪn] 名 ～ City,
胡志明市：舊稱 Saigon。
hock¹ [hak] 名1 飛節，（四足動物的）後
腳踝關節。2 雞的膝。—動及 挑掉後腳筋
使成殘廢。
hock² [hak] 名U《主英》德國萊茵河地
區所產的白葡萄酒。
hock³ [hak] 動 及《口》把…典當，抵
押。—名1 U抵押。2 監獄。
in hock《口》(1) 在典當中；借著債。(2)在
獄中。
·hock·ey ['hakɪ] 名《美》= ice hockey;《
英》= field hockey.
hock·shop ['hak,ʃap] 名《口》當鋪。
ho·cus ['hokəs] 動 (～ed, ～·ing 或《英》
-cussed, ～·sing) 及 1 欺騙，朦騙。2 以加
入迷藥的飲料使昏迷；將迷藥放入。
ho·cus-po·cus ['hokəs'pokəs] 名U1 咒
語戲法。2 欺騙，詐騙。3 轉移注意力的言
語[行動]。—動 (～ed, ～·ing 或《英》
-cussed, ～·sing) 及 不及 欺騙。
hod [had] 名 1（供搬運磚瓦等的）磚泥
斗。2 煤斗。
'hod ˌcarrier 名 搬運磚瓦的小工。
hodge [hadʒ] 名《主英》農夫；佃農。
hodge·podge ['hadʒ,padʒ] 名 混雜物，
拼湊而成的東西。
'Hodg·kin's dis,ease ['hadʒkɪnz-] 名
U〖病〗霍金氏症：一種癌症。
hod·man ['hadmən] 名= hod carrier.
hoe [ho] 名1 鋤頭。2 鋤形工具。
—動 及 用鋤頭挖掘、耕作、除草。—
不及使用鋤頭。
hard row to hoe ⇨ ROW¹（片語）
hoe·cake ['ho,kek] 名 U C《美》玉米
餅。
hoe·down ['ho,daun] 名 熱鬧的方塊舞
舞會[音樂]；方塊舞（曲）。
·hog [hag] 名 1 雄豬。2《口》自私、貪
婪、骯髒、貪吃、粗野的傢伙。3〖海〗掃
帚，刷子。4《英方》尚未剪毛的小羊，初
次從小羊身上剪下的毛；一歲大的家畜。
5《俚》大型摩托車。
go the whole hog《口》盡力而爲。
hog and hominy《美》豬肉與玉米粥；《
喻》粗簡的食物。
live high on the hog《美口》過奢侈的生
活。
low on the hog 儉樸。
make a hog of oneself《口》狼吞虎嚥。
on the hog《俚》(1) 來回走。(2) 故障。(3)
資金中斷，破產，一文不名。

H

H

—動 (hogged, ～·ging) 及 1《俚》貪婪，獨占。2（像豬一樣）將（背部）彎曲。
—不及 彎曲成拱形；（船底等）向後傾斜；《口》亂開快車。
hog it (1) 胡作非爲。(2) 熟睡。(3) 生活於不潔之處。
hog the whole show 獨斷獨行。

ho·gan ['hogən, -gan] 名 北美 Navaho 族印第安人用泥土和木條築成的小屋。

hog·ger·y ['hagərɪ] 名 (複-ger·ies) 1《英》養豬場，豬舍。2 U 像豬般的行為。

hog·gish ['hagɪʃ] 形 似豬的；貪婪的；不潔的；自私的。～·ly 副, ～·ness 名

Hog·ma·nay [,hagmə'ne] 名《蘇格蘭》1 U 除夕。2 除夕禮品；年夜飯。

hog·pen ['hag,pɛn] 名《美》小的豬舍。

hogs·head ['hagz,hɛd] 名 1 大桶。2 液量單位：合美制63加侖，英制52½加侖。略作：hhd

hog·tie ['hag,taɪ] 動 及《美》1 將…的四肢一齊綁住。2《口》束縛，妨害，妨礙。

hog·wash ['hag,waʃ, -,wɔʃ] 名 U 1（餵豬的）剩飯。2《美口》無價值之物；無稽之談，胡說。

hog-wild ['hag'waɪld] 形《口》非常熱中的，非常興奮的。

Ho·hen·zol·lern ['hoən,zalən] 名 霍恩佐倫家族：1871－1918 年的德國王室。

ho-hum ['ho'hʌm] 感 啊—（打呵欠聲，表厭煩或疲倦）。—形 無聊的，乏味的。

hoi pol·loi ['hɔɪpə'lɔɪ] 名 (複) 1《常作 the ～》《作複數·蔑》民眾，百姓。2《俚》大騷動，大驚小怪。

hoise [hɔɪz] 動 (hoised 或 hoist, hois·ing) 及《古》把…提起。
hoist...with [*by*] *one's own petard* ⇨ PETARD（片語）

hoist [hɔɪst] 動 及（用滑車等）舉起，提起《 *up* 》：～ one's flag 升起自己的旗幟；宣稱自己握有領導權。—名 1 捲起。2 捲[升]起的裝置；《英》升降機，起重機。3 旗垂直高度的尺寸。4 信號旗。

hoi·ty-toi·ty ['hɔɪtɪ'tɔɪtɪ] 形 1 傲慢的，粗魯的。2《主英》輕浮的，輕佻的。—名 U 裝模作樣；傲慢。

hoke [hok] 動 及《美俚》欺騙，矇騙，對…虛情假意。—名 = hokum.

ho·key ['hokɪ] 形 騙人的，虛情假意的。

ho·key-po·key ['hokɪ'pokɪ] 名 U 1 戲法，騙局。2 廉價冰淇淋。

ho·kum ['hokəm] 名 U《口》1 賺人眼淚或引人發笑的手法。2 無聊話，蠢話。

:hold[1] [hold] 動 (held, held 或《古》hold·en, ～·ing) 及 1 拿著，抓住，抱住。2 預訂，保留，繼續持有：～ a reservation 預約。3 舉行，召開（會議等）。4 使保持；抑制；吸引，留置，拘留：～ one's audience 掌握住觀眾的興趣。5 使遵守（諾言等）《 *to*... 》；使不（做…）《 *from*..., *from* doing 》：～ a man *to* his word 使人守信。6 獲得，持有，擁有；從事（職務）占有（地位）：～ government office 當[illegible]務員。7 容納；可裝，裝有；相當能喝 8 抱有（意圖等），認爲；相信；判決（爲…）：～ a person dear 覺得某人可愛 9 防守，防禦。10 瞄向…《 *on*... 》。
—不及 1（某狀態的）保持。2 捉住，[illegible]住；堅守《 *to*, *by*... 》。3 繼續維持，[illegible]住。4 有效，適用。5 續行。6《通常用[illegible]命令》停止，等待。
hold...against a person 將…歸咎於某人
hold back (1) 阻止；壓抑。(2) 不願拿出 (3) 使進步受阻。(4) 預留；隱瞞。
hold one's breath ⇨ BREATH（片語）
hold by... (1) ⇨ 動 不及 2. (2) = HOLD with
hold down (1) 壓低。(2) 壓抑；《反身》[illegible]靜下來。(3) 強迫服從。(4) 保有（工作）
hold forth (1)《通常爲蔑》長篇大論地[illegible]《 *on*... 》。(2) 提出，提案，提供。
hold hands ⇨ HAND 名（片語）
hold in 壓抑，抑制。
hold...in high regard 對…非常尊敬。
Hold it! 不要動！等一下！
hold it against a person that... 因…而對[illegible]人降低評價。
hold off (1) 延緩發生[開始]；（雨等）暫[illegible]不來。(2) 保持距離《 *from*... 》。
hold on (1)《通常用於命令》《口》（[illegible]話）別掛斷！(2) 繼續堅持下去。(3)（[illegible]等）持續下。(4)《命令》慢著！停止！
hold on to... (1) 緊緊握著。(2)《口》使不[illegible]手。
hold out (1) 不屈服，堅持。(2) 持續。
hold...out / *hold out*... (1) 給予，提供。[illegible]提出，伸出。(3)《俚》扣押。
hold out for...《口》堅持要求較好的[illegible]事、物等）而拒絕妥協。
hold out on a person 拒絕支持某人；對[illegible]人隱瞞。
hold over (1) 超出規定期間仍在加班。([illegible]《常用被動》把…延期；（因受好評而）[illegible]以繼續再演。(3) 加以（恐嚇），以…[illegible]脅。
hold one's own ⇨ OWN（片語）
hold the line ⇨ LINE[1]（片語）
hold to... 緊緊抓住；堅持；固守。
hold a person to bail 准許保釋。
hold together 連結在一起，使團結。
hold...under one's heel 迫使服從；壓制
hold up (1) 停留，停止。(2) 持續。(3)[illegible]態，慌張。(4) 證明爲真。(5) 延期《 *on*...
hold... up / *hold up*... (1) 舉起，提起。(2)[illegible]撐，支持。(3) 提出。(4) 中止，擱置。[illegible]《常用被動》受…妨礙而遲緩。(6) 攔劫搶劫。(7) 維持。
hold...up as an example 舉出…爲例證 *of*..., *to* do 》。
hold...up to ridicule 將…當成笑料，[illegible]笑。
hold with...《通常用於否定》贊成，

意；和…持相同的見解。
—名 1 U C 握住，抓住；掌握。2 握把；支撐物；立足點，固定裝置。3 預約。4 U C 支配力，控制力；理解（力）《 *on, over...* 》。5〖角力·柔道〗壓制。6〖樂〗停留記號。7 遲延；休止，停止。8 U 延遲發射。
atch [take] hold of... 抓住。
et hold of... (1) 抓住，逮住。(2) 得到，發見。(3) 和…聯絡上。(4) 理解。
eep firm hold on... 對…密切注意並加以強制管理。
et go (one's) hold of... 放開，撒手不管。
n hold 《美》(1) 電話不掛斷而處於保留狀態中。(2) 在中止狀態中。
ake a (firm) hold on oneself 壓抑自己，不慌張，沉住氣。
ake hold（事物）已確定，生效。
ith no holds barred 任何條件都可地的]，無條件限制地[的]。
old[2] [hold] 名船艙；（飛機的）貨艙。
old·all ['hold,ɔl] 名 1《英》大型手提袋，旅行袋。2 裝雜物的容器。
old·back ['hold,bæk] 名 1 停止；延遲。妨礙，牽制。
old-down ['hold,daʊn] 名 支撐物；托架；抑制；縮減。
old·en ['holdn̩] 動《古》**hold**[1] 的過去分詞。
old·er ['holdɚ] 名 1《偶作複合詞》支撐物；把手；容器：a pen*holder* 筆插。《偶作複合詞》持有者；使用者；租地人，房客。3〖法〗票據持有人。
old·fast ['hold,fæst] 名 1 緊扣東西的工具。2〖植〗附著器，固著器。
old·ing ['holdɪŋ] 名 1 U 握，抓，支撐。2 自有或租用耕地。3 控股公司；《常作～s》（股票等的）擁有財產。4 U〖籃球·足球·排球〗持球太久或阻擋對方的犯規行為。
olding ˌcompany 名〖金融〗股權公司；控股公司。
olding ˌpattern 名 1（飛機等待著陸許可時所作的）盤旋，橢圓形飛行。2 停滯狀態。
old·out ['hold,aʊt] 名 1 U 提供，提出；C 提供之物。2 U 堅持，不讓步。3 持觀望態度，拖延簽約的人。4（對團體活動或企劃）拒絕參加的人。
old·o·ver ['hold,ovɚ] 名 1《美》殘留者；〖會計〗結轉；遺民，遺物《 *from* ...》。2 留任者。3（在檔期結束後）繼續上演的電影。
old-up ['hold,ʌp] 名 1 攔路打劫，強盜；《口》要求高價。2 停止，停滯。
oldup ˌman 名強盜，攔路搶匪。
ole [hol] 名 1 穴；洞；坑窪：a ～ in the wall 壁穴。2（動物的）巢穴；簡陋或污穢的住處；牢房。3《口》困境。4《美》海灣；小港。5 漏洞；缺點。6（水流的）深凹處：a water ～河流的積水處。7〖高爾夫〗(1) 球洞。(2) 從開球球座到果嶺球洞之途；打完一洞時所得的桿數。
a hole in the heart 先天性心臟缺陷。
a hole in the wall 窄小骯髒的場所。
blow a hole in... 破壞，減弱，使滅亡。
burn a hole in one's pocket 一有錢就用完；恨不得馬上花光。
every hole and corner 到處。
hole in one〖高爾夫〗一桿進洞。
in holes 千瘡百孔。
in the hole (1) 借款；虧空。(2)〖棒球·壘球〗因球數不利而陷於困境。(3)〖牌〗牌面朝下。
make a hole in... 《口》大量花費。
make a hole in the water 投水自盡。
pick a hole in... 對…吹毛求疵。
shoot... full of holes 給予…沉痛打擊，指責。
—動 **(holed, hol·ing)** 及 1 挖穴；打洞。2 放入洞穴；將（高爾夫球）打入洞內。—不及 挖洞，挖掘。
hole out〖高爾夫〗將球打入洞內。
hole up (1) 入洞（蟄居）；冬眠。(2)《美俚》藏匿。
hole-and-cor·ner ['holən'kɔrnɚ] 形 1 祕密的，偷偷摸摸的。2 無趣不精彩的，瑣碎不重要的。
:**hol·i·day** ['hɑlə,de] 名 1 假日；不工作日：a legal ～《美》法定假日 / a public ～ 公休日。2（宗教上的）節日，禮拜日。3《偶作～s》《主英》假期：be (away) on (a) ～ 外出度假。
make holiday 休假。
on holiday / on one's holidays 在度假中。
—形休假日的，節日的，適合休假日的；歡樂的。—動不及《主英》度假。
'holiday camp 名《英》度假營地。
hol·i·day·mak·er ['hɑləde,mekɚ] 名《英》度假者；觀光旅遊者。**-mak·ing** 名
ho·li·er-than-thou ['holɪɚ-ðən'ðaʊ] 形名偽裝神聖的（人）；自以為是的（人）。
ho·li·ness ['holɪnɪs] 名 1 U 神聖；聖潔，崇高。2《通常作 **His H-, Your H-**》聖下：對羅馬（天主教）教皇的尊稱。
ho·lism ['holɪzəm] 名 U〖哲〗整體觀，全體論。**-list** 名
ho·lis·tic [ho'lɪstɪk] 形 1 整體觀的。2 身心合一治療的。
hol·la ['hɑlə, hə'lɑ] 感，名 (複～s [-z])，動及不及= hallo.
Hol·land ['hɑlənd] 名 1 荷蘭。2 U《偶作 h-》〖織〗荷蘭布。
hol·lan·daise [,hɑlən'dez] 名 U 荷蘭醬。
Hol·land·er ['hɑləndɚ] 名 荷蘭人。
Hol·lands ['hɑləndz] 名 (複)《作單數》荷蘭杜松子酒。
hol·ler[1] ['hɑlɚ] 動不及《主美口》1 大聲喊叫，呼喊《 *at...* 》。2 發牢騷，嘮叨。

H

—[不及]喊叫《*out / at, to...*》；喊出《*that* [子句]》。
—[名]1 喊叫。2 抱怨的話。

hol·ler² ['halɚ] [名]《方》穴，窪地。

hol·lo(a) ['halo, hə'lo] [感]，[名]（複～s [-z]），[動][不及][及]= hallo.

·**hol·low** ['halo] [形] 1 中空的，空的。2 表面凹陷的；瘦削的：～ cheeks 瘦削的雙頰。3（聲音）低沉的，重濁的；空洞的：a ～ booming 低沉的嗡嗡（振翅）聲。4 缺乏價值的，無內容的；虛假的：a ～ promise 虛假的許諾。5 空腹的，飢餓的。
—[名] 1 穴，洞；低窪處，凹陷處。2 山谷，盆地。
in the hollow of one's hand 完全在某人的手掌之中。
—[動][及] 1 使成空洞；挖通《*out*》。2 挖空成為《*out*》。—[不及]成空洞；低陷。
—[副]空洞地。
beat a person (all) hollow《口》徹底擊敗某人，遠遠勝過某人。
～·ly [副]空洞地，凹陷地，不誠懇地。

hol·low-eyed ['halo,aɪd] [形] 眼窩凹陷的。

hol·low·heart·ed ['halo'hartɪd] [形]不真誠的，虛偽的。～·ness [名]

hol·low·ware ['halo,wɛr] [名][U] 深凹形容器的總稱。

hol·ly ['halɪ] [名](複-lies) 1〖植〗冬青屬的樹木。2 [U]冬青枝。

hol·ly·hock ['halɪ,hak] [名]〖植〗蜀葵。

Hol·ly·wood ['halɪ,wud] [名] 1 好萊塢：美國電影工業中心，位於 California 州。2 [U]美國電影（工業）；好萊塢的風格。—[形]好萊塢（式）的。

Hol·ly·wood·ish ['halɪ,wudɪʃ] [形]好萊塢的；好萊塢式的。

holm¹, holme [hom] [名]《英方》1 河邊低地。2（河、湖中的）小島，小洲。

holm² [hom] [名] = holm oak.

Holmes [homz] [名] 1 **Sherlock**, 福爾摩斯：柯南道爾偵探小說中的主角。2 **Oliver Wendell**, 霍姆茲（1841–1935）：美國名法學家、大法官。

hol·mi·um ['holmɪəm] [名][U]〖化〗鈥。符號：Ho

'**holm ˌoak** [名]〖植〗冬青櫟。

hol·o·caust ['halə,kɔst] [名] 1 大屠殺，大破壞，完全滅亡，浩劫。2（猶太教的）燔祭。3《the H-》（二次世界大戰納粹對猶太人的）大屠殺。

ho·lo·gram ['holə,græm, 'ha-] [名]〖光〗（雷射光）全像立體照片。

hol·o·graph ['halə,græf] [形]親筆書寫及簽名的（亦稱 **holographic**）。
—[名] 1 親筆書寫及簽名的文件（遺書、信件等）。2 = hologram.

ho·log·ra·phy [hə'lagrəfɪ] [名][U]（雷射光）全像立體攝影術。-**lo·graph·ic** [ˌhalə'græfɪk] [形]

hols [halz] [名]《作複數》《英口》= holid 3.

Hol·stein ['holstaɪn] [名] 好斯坦種乳（亦稱 **Hol·stein-Frie·sian** [-'friʒən]）。

hol·ster ['holstɚ] [名]手槍皮套。～ed

ho·ly ['holɪ] [形] (-li·er, -li·est) 1 神聖的莊嚴的；宗教上的：a ～ place 聖地。2 身於神的，聖潔的，至善的：a ～ man 職人員 / a ～ calling 神聖的召喚。3 難接近的，可怕的。4《口》非常的，過的。
a holy terror《口》難以應付的人。
Holy cow!《口》哇！啊！呀！
—[名] (複-lies) 1 神聖的地方；禮拜堂；集合名詞》神聖的人[物]。2《the H-》聖者（基督、上帝的尊稱），神。

'**Holy Al'liance** [名]《the ～》神聖盟：俄、奧、普間的協定（1815–25）。

'**Holy 'Bible** [名]《the ～》聖經。

'**Holy 'City** [名]《the ～》聖城。

'**Holy Com'munion** [名][U]〖基督教聖餐儀式；〖天主教〗敬領聖體。

'**holy ˌday** [名]聖日，（宗教上的）節日祭日（亦作 **holyday**）。

'**Holy 'Family** [名]《the ～》聖家：耶基督全家人（的畫像或雕刻）。

'**Holy 'Father** [名]《the ～》〖天主教教皇陛下（亦稱 **Most Holy Father**）。

'**Holy 'Ghost** [名]《the ～》聖靈。

'**Holy 'Grail** [名]《the ～》= Grail.

'**Holy ˌLand** [名]《the ～》= Palestine

'**holy of 'holies** [名]《the ～》《偶作 oly of Holies》（猶太教等的）最神聖的殿；最神聖不可侵犯的地方。

'**Holy ˌOne** [名]《the ～》1 上帝，耶華。2 耶穌基督。

'**holy 'orders** [名] (複) 1（天主教的）職任命儀式。2 神職：take ～ 就任神職 3 神職人員的階級。

'**Holy 'Roman 'Empire** [名]《the ～ 神聖羅馬帝國（962–1806）。

'**Holy 'Rood** [名] 1《the ～》聖十字架 2《h- r-》十字架上的耶穌像。

'**Holy 'Saturday** [名]聖星期六：復活的前一天。

'**Holy 'See** [名]《the ～》1〖天主教〗廷；聖座。2 教皇法庭。

'**Holy 'Spirit** [名]《the ～》= Holy Gh st.

ho·ly·stone ['holɪ,ston] [名]（磨甲板的）磨石。—[動][及]以磨石磨擦。

'**Holy 'Thursday** [名] 1 = Ascension ay. 2 聖星期四：Holy Week 中的星期四 Good Friday 的前一日（亦稱 **Maun Thursday**）。

'**holy ˌwar** [名]聖戰。

'**holy ˌwater** [名][U]聖水。

'**Holy ˌWeek** [名]《the ～》聖週：復活的前一週。

'**Holy 'Writ** [名]《the ～》聖經。

H

ɔm·age ['hɑmɪdʒ] 名 U 1 尊敬，敬意；封建時代的）效忠儀式：do ~ to... 向…誓效忠 / pay ~ to... 對…表示敬意。2 領主和屬臣的關係。3（做為屬臣的）行為禮節；貢品。

ɔm·bre ['ɑmbre] 名《口》成年男子，傢伙。

ɔm·burg ['hɑmbɝg] 名（男用）翹邊凹頂的氈帽。

ɔme [hom] 名 1 U 家；C《美·加·澳》住宅：a ~ of one's own 自己的家 / be away from ~ 不在家。2 家庭；U 家庭生活：a happy ~ 快樂的家庭 / in the ~ 在家裡。3 收容所，住宿處；避難的場所；《口》精神病院：a rest ~ 療養院 / a ~ for the aged 老人之家 / one's last ~ 墓地。4 棲息地，生長地；原產地；發源地：the ~ of constitutional government 立憲政體之發源地。5 U 故鄉，祖國。6 U（比賽的）終點，主場；〖棒球〗本壘。

home from home 像自己家似的地方（具有和家庭一樣安適氣氛的場所）。

at home (1) 在家裡；在國內。(2) 樂意接見（拜訪者），有會見（訪客）的準備《...》。(3)（運動比賽）在本地舉行。

be at home (with...) (1) 像在家裡一樣舒適，自在。(2) 精通，熟練。

from home 不在，外出；離開家。

make one's home 成家。

—形《限定用法》1 自家的；家庭的；本國的；國內的；故鄉的；〖運動〗在本地舉行的，主場的；〖棒球〗本壘的。2 中要害的；打動心靈的，深刻的。

home free 進行順利的；穩操勝算的。

—副 1 在家，到家，向家；回故鄉；回本國；〖棒球〗向本壘。2 深入地；完全地，徹底地；中目標地；觸及心靈地。〖海〗(1) 在應有的位置上。(2) 由海上朝向陸地。

bring... home to a person 讓某人深切體會…，使某人明瞭…。

bring oneself home（經濟）復原；（地位）失而復得。

come home to a person = bring...HOME to a person.

get home (1) 到家。(2) 吸引注意《to...》。(3)（經濟等）復原；恢復地位。(4) 中目標，猜中。(5) 達到目的，成功。

home and dry 達到目的；《英》安全的。

nothing to write home about《口》不值得特別一提的事。

—動 不及 1 回巢；回家。2 (1)（飛彈、飛機等）導向。(2)（攝影機）向…前進。3 安家；建立根據地。—及 1 送…返家。2 給…一個家。3 引導（飛彈等）《in...》。4 教（鴿子）返巢。

ɔme 'base 名 = home plate.

ɔme·bod·y ['hom,bɑdɪ] 名（複-bod·ies）《口》注重家庭生活者；不喜交際者。

ɔme·born ['hom,bɔrn] 形 本國生的；土產的。

home·bound ['hom,baund] 形 1 返家的，返國的。2 困居在家裡的。

home·bred ['hom'brɛd] 形 1 在國內生長的；國產的。2 缺乏教養的，粗野的；未經世故的。

home·brew ['hom'bru] 名 U C 自家釀造的酒類。**'home-'brewed** 形

home·built [hom'bɪlt] 形 自製的。

home·com·ing ['hom,kʌmɪŋ] 名 1 歸鄉，回家；歸國。2 校友會，同學會。

'home com'puter 名 家用電腦。

'Home 'Counties 名（複）《the ~》《英》倫敦近郊諸郡。

'home eco'nomics 名（複）《通常作單數》家政學。

'home ˌfront 名《the ~》大後方。

'home ˌground 名 1 主場，地主隊所在地。2 U 熟悉的地方；擅長的領域。

home-grown ['hom'gron] 形 1 自己種植的；當地產的。2 有地方色彩的。

'home 'guard 名 國民兵；《H-G-》《英》國防民兵。

'home ˌhelp 名《英》家庭幫傭。

home·keep·ing ['hom,kipɪŋ] 形 經常待在家中的，不喜交際的。

home·land ['hom,lænd, -lənd] 名 1 祖國，故鄉。2 南非的「黑人家園」。

home·less ['homlɪs] 形 無家的；《the ~》《名詞》無家可歸的人。

home·like ['hom,laɪk] 形 像自己家的；自在的；安適的。~·ness 名 U 安適。

home·ly ['homlɪ] 形 (-li·er, -li·est) 1《美》不美麗的，無魅力的。2 家庭的，舒適的；質樸的，不做作的；粗野的，不高雅的。3 平凡的，通俗的。4 非常親切的，融洽的。

-li·ness 名

·**home·made** ['hom'med] 形 1 自製的；家裡做的；手工製的。2 國產的。

home·mak·er ['hom,mekɚ] 名《主美》主婦；女管家。

home·mak·ing ['hom,mekɪŋ] 名 U，形 管家（的），家庭管理（的）。

homeo-《字首》表「類似的」之意。

'Home 'Office 名《the ~》1《英》內政部。2《h- o-》總公司。3《h- o-》居家辦公室。

ho·me·op·a·thy [ˌhomɪ'ɑpəθɪ] 名 U 順勢醫療法，同種醫療法。**-o·path** ['ə,pæθ] 名 使用順勢醫療法的醫生。

ho·me·o·sta·sis [ˌhomɪə'stesɪs] 名 U 1〖生〗體內平衡。2 政府保持穩定的能力。**-stat·ic** [-'stætɪk] 形，**-stat·i·cal·ly** 副

home·own·er ['hom,onɚ] 名 住宅所有者，出生於當地的人。

'home ˌpage 名〖電腦〗首頁。

home·place ['hom,ples] 名 出生地；祖籍。

'home 'plate 名《the ~》〖棒球〗本

H

壘。

'home 'port 名〖海〗母港。

hom·er ['homɚ] 名 1〖棒球〗《美》= home run. 2 = homing pigeon.
—動(不及)〖棒球〗擊出全壘打。

Ho·mer ['homɚ] 名 荷馬（約西元前八世紀的希臘敘事詩人）: (Even) ~ (sometimes) nods.《諺》智者千慮，必有一失。

Ho·mer·ic [ho'mɛrɪk] 形 荷馬式的；荷馬時代的；堂皇的。**-i·cal·ly** 副

'Ho'meric 'laughter 名U 開懷大笑。

home·room ['hom,rum] 名UC《美》〖教〗班級教室（亦作 **home room**）。

'home 'rule 名 U 1 地方自治。2《H-R-》《英》愛爾蘭自治。

'home 'run 名〖棒球〗全壘打。

'home 'schooling 名U 居家學習。

H

'Home 'Secretary 名《the ~》《英》內政大臣，內政部長。

·home·sick ['hom,sɪk] 形 患思鄉病的。
~**·ness** 名U 懷鄉病，鄉愁。

home·spun ['hom,spʌn] 形 1 手織的；手工做的。2 樸素的，土氣的。
—名U 1 手織的布料。2 仿手織品。

'home ,stand 名〖棒球〗在本地球場舉行的比賽，主場比賽。

home·stay ['hom,ste] 名 家庭寄住時期。

home·stead ['hom,stɛd] 名 1《美》家宅。2《美》（給予移民的）居住和耕種的土地。
~**·er** 名 homestead 的所有人；《美》承領政府放領之公地者。

'homestead ,law 名《the ~》公有地放領法。

home·stretch ['hom'strɛtʃ] 名《通常作 the ~》《主美》1 最後一段直線跑道，最後的衝刺。2 最後階段。

home·town ['hom'taun] 名形 現居住城鎮（的）；故鄉（的）。

'home 'truth 名 令人不愉快的事實。

home·ward ['homwɚd] 副 朝向家地，朝向家鄉地（亦稱 **homewards**）。
—形 回本國的；回家（鄉）的，歸途的。

·home·work ['hom,wɝk] 名U 1 課外習題家庭作業；準備工作: a piece of ~ 一項家庭作業。2 在家裡做的工作；副業。

hom·ey ['homɪ] 形 (**hom·i·er**, **hom·i·est**)《美口》似家的，舒適的；安逸的。

hom·i·ci·dal [,hamə'saɪdl] 形 1 殺人（犯）的。2 有殺人傾向的。~**·ly** 副

hom·i·cide ['hamə,saɪd] 名 U C 殺人（罪）；C殺人犯。

hom·i·let·ic [,hamə'lɛtɪk] 形 1 講道的，布道的。2 說教的；講道術的。

hom·i·let·ics [,hamə'lɛtɪks] 名 (複)《作單數》講道術。**'hom·i·list** 名 布道家。

hom·i·ly ['hamәlɪ] 名 (複-**lies**) 講道，布道，說教的話。

hom·ing ['homɪŋ] 形 1 返家的，回巢的；引導至目標的: the ~ instinct 回巢的本能。2（飛彈等）自動追蹤目標的。

'homing de,vice 名 自動導向裝置。

'homing ,missile 名 自動導向飛彈。

'homing ,pigeon 名 信鴿。

hom·i·nid ['hamənɪd] 名〖人類〗人人科；原始人類。

hom·i·ny ['hamənɪ] 名 U 去皮的玉粒。

ho·mo[1] ['homo] 名(複~**s** [-z])，形《俚蔑》= homosexual.

ho·mo[2] ['homo] 名《偶作 **H-**》人；《作 **H-**》人類。

homo-《字首》表「相同的」之意。

ho·moe·op·a·thy [,homɪ'apəθɪ] 名 homeopathy.

ho·mo·e·rot·ic [,homor'ratɪk] 形 同戀的。

ho·mo·ge·ne·i·ty [,homədʒə'niətɪ, ,ho 名 U 同種（性），同質（性）；〖數〗性。

ho·mo·ge·ne·ous [,homə'dʒinɪəs, ,ho 形 1 同種的。2〖數〗齊次的。
~**·ly** 副 等質地。~**·ness** 名

ho·mog·e·nize [ho'madʒə,naɪz] 動 均質化；同質化；均一化。

hom·o·graph ['hamə,græf] 名 同形義字。
-'graph·ic 形 同形異義字的。

hom·o·log ['hamə,lɔg] 名 相當或相同物；〖生〗（細胞）同源染色體，同系官；〖化〗同系物。

ho·mol·o·gous [ho'maləgəs] 形 1 一的，對應的，相似的。2〖生〗同源的；化〗同系的。

hom·o·logue ['hamə,lɔg, -,lag] 名 1 相應的事物。2〖生〗同源染色體，同系物〖化〗同系物。

ho·mol·o·gy [ho'malədʒɪ] 名U 1 相同係。2〖生〗同源；〖化〗同系（現象）。

hom·o·nym ['hamənɪm] 名 1 同音同異義字。2 = homophone. 3 = homograph. 同名異人[物]。**-'nym·ic** 形

ho·mon·y·mous [ho'manəməs] 形 1 音同形異義（字）的；同名的。2 意義糊的。

ho·mo·phile ['homə,faɪl] 名 同性戀者
—形 同性戀的；爭取同性戀者權益的。

ho·mo·pho·bia [,homə'fobɪə] 名 U 性戀恐懼症。**-bic** 形

hom·o·phone ['hamə,fon] 名 1〖語音〗同音異形異義字。2 同音字母。

hom·o·phon·ic [,hamə'fanɪk] 形〖樂〗主調的。

ho·moph·o·ny [ho'mafənɪ] 名U 同音
-nous [-nəs] 形

'Ho·mo ,sa·pi·ens ['homo'sepɪ,ɛnz] U 人類（學名）。

ho·mo·sex ['homə,sɛks] 名U 同性戀。

ho·mo·sex·u·al [,homə'sɛkʃuəl] 形 同性戀的（人），同性愛的（人）。

ho·mo·sex·u·al·i·ty [ˌhoməˌsɛkʃuˈæləti] [名][U]同性戀；同性性行爲。

hom·y [ˈhomɪ] [形] (**hom·i·er, hom·i·est**) = homey.

hon [hʌn] [名]《常作**H-**》《口》= honey 3.

Hon. 《縮寫》*Hon*orable.

hon. 《縮寫》*hon*orably; *hon*orary.

hon·cho [ˈhɑnˌtʃo] [名](複～**s** [-z])《美俚》領導人，首領，上司。

Hon·du·ran [hɑnˈdjʊrən] [名] 宏都拉斯人。—[形]宏都拉斯的，宏都拉斯人的。

Hon·du·ras [hɑnˈdʊrəs, -ˈdjʊr-] [名] **1** 宏都拉斯（共和國）：位於中美洲；首都德古西加巴（Tegucigalpa）。

hone [hon] [名] **1** 磨刀石。**2**〖工具〗磨孔器。—[動][及]以磨刀石磨。**ˈhon·er** [名]

hon·est [ˈɑnɪst] [形] **1** 正直的《 *about, in* ... 》；誠實的《 *with*... 》；公正的，坦誠的《 *in* doing, *to* do 》: an ～ person 正直的人 / be ～ *in* business 做生意很老實。**2** 正當的；正當手段獲得的：an ～ deal 正當的交易。**3** 純正的，真正的；能信賴的：～ goods 真貨。**4** 可敬的，獲好評的：an ～ reputation 好名聲。**5** 質樸的，樸素的。**6** 《主英》好的，有用處的。**7**《古》貞潔的：make an ～ woman of her 娶與自己發生關係而有身孕的女子爲妻。

honest injun 《口》沒錯，真的。

honest to goodness 《口》真正的，純正的，單純的。

—[副]老實說；真正地。

hon·est·ly [ˈɑnɪstlɪ] [副] **1** 正直地，誠實地。**2** 坦白而言，說實在地。—[感]《表示微怒、不信任、失望》真是的。

hon·es·ty [ˈɑnɪstɪ] [名][U]正直；正當；誠實；坦率；公正：*H-* is the best policy.《諺》誠實爲最上策。

hon·ey [ˈhʌnɪ] [名](複～**s** [-z]) **1** [U]蜂蜜，花蜜；蜜狀物。**2** [U][C] 甜蜜之物：the ～ of a young man's attention 受一位年輕男子注目的甜蜜。**3**《常作**H-**》《美·暱稱》親愛的（寶貝）。**4**《口》一流之物，一級品。—[形] **1** 蜂蜜（似）的，甜美的。**2** 加了蜂蜜的。

—[動](～**ed**, ～**·ing**)[及]**1** 說奉承話《 *up* 》。**2** 加入蜂蜜使變甜。—[不及]阿諛，諂媚《 *up* 》。

hon·ey·bee [ˈhʌnɪˌbi] [名]〖昆〗蜜蜂。

hon·ey·bunch [ˈhʌnɪˌbʌntʃ] [名] 戀人，愛人。

hon·ey·comb [ˈhʌnɪˌkom] [名]**1** 蜂巢（狀之物）；[U]（烹飪用）蜜蜂巢的一部分。**2** 蜂巢胃。**3** 蜂巢狀編織。—[形]蜂巢（狀）的。

—[動][及]**1** 使千瘡百孔。**2** 滲透。

hon·ey·combed [ˈhʌnɪˌkomd] [形] 蜂巢狀的。

hon·ey·dew [ˈhʌnɪˌdju] [名] **1** [U] 蜜。**2** [U]添加蜜汁的甜煙草。**3** = honeydew melon.

ˈhoneydew ˌmelon [名]蜜瓜。

hon·eyed [ˈhʌnɪd] [形] **1** 奉承的：～ blandishments 奉承話，甜言蜜語。**2** 悅耳的：～ voice 悅耳的聲音。**3** 加入（蜂）蜜的，似蜜般甘甜的。

·hon·ey·moon [ˈhʌnɪˌmun] [名] **1** 蜜月旅行，度蜜月：go to Europe on one's ～ 去歐洲蜜月旅行。**2** 蜜月；（事業等）開始時的和諧期。—[動][不及]度蜜月《 *in, at*... 》。

hon·ey·mouthed [ˈhʌnɪˌmaʊðd] [形] 嘴甜的，會奉承人的。

hon·ey·suck·le [ˈhʌnɪˌsʌkl̩] [名] [U][C]〖植〗忍冬，金銀花。

hon·ey-sweet [ˈhʌnɪˈswit] [形]似蜜般甘甜的，甜如蜜的。

Hong Kong [ˈhɑŋˈkɑŋ] [名] 香港（亦作 **Hongkong**）。

honk [hɑŋk, -ɔ-] [名]《昔美》雁鳴聲；似雁叫的聲音；汽車喇叭聲。—[動][不及]（雁）鳴叫；按汽車喇叭《 *at*... 》。—[及]按（汽車喇叭）。

hon·ky, -kie, -key [ˈhɑŋkɪ] [名] (複**-kies**)《美俚》《蔑》白人。

honk·y-tonk [ˈhɑŋkɪˌtɑŋk] [名]《美口》廉價的低俗夜總會。—[形]〖爵士〗鋼琴爵士樂演奏法的。

Hon·o·lu·lu [ˌhɑnəˈlulu] [名] 火奴魯魯，檀香山：美國 Hawaii 州首府。

:hon·or,《英》**-our** [ˈɑnɚ] [名] **1**[U]名譽，榮譽；信用：a signal ～ 顯赫的聲譽 / ～ in business 商業信用。**2** [U] 道義感；榮譽感，節操；《文》《偶爲諱》（女性的）貞節：lose one's ～ 失節。**3** 榮耀《 *to*... 》: an ～ *to* one's family 自己家庭的榮耀。**4** [U]尊敬，禮遇：in ～ of... 向…表示敬意，爲紀念… / treat a person with ～ 對某人以禮相待，禮遇地招待某人。**5** [U][C]榮幸：have the ～ of doing 有幸做…。**6**《通常作～**s** 》榮譽的象徵，勳章，榮典；《～**s**》表示敬意的典禮儀式，葬禮；優等成績，（爲優等生開設的）高級課程：military ～*s* 軍葬禮 / the ～ roll 優良學生（名冊）。**7** 《通常作**H-**》《**His** ～, **Your** ～》閣下；《美》對市長、法官等的尊稱。**8**《～**s**》〖牌〗價值最高的牌。**9**《**the** ～》〖高爾夫〗先開球權。

a code of honor 社交禮儀，決鬥慣例。

a debt of honor（賭博等的）信用借款。

a field of honor 決鬥場，戰場。

an affair of honor 決鬥。

a point of honor 有關名譽的事。

be on one's honor / be bound in honor / be (in) honor bound 基於個人的榮譽而必須做《 *to* do 》。

do honor to... / do... honor (1) 對…表示敬意。(2) 給…帶來榮耀。

do the honors of... 盡主人之誼招待客人。

for (the) honor 爲顧全信譽《 *of*... 》。

give a person one's (word of) honor 以名譽向某人擔保。

H

honor bright《口》發誓以人格保證。
on one's honor 以名譽擔保。
the honors of war 對戰敗者的特殊禮遇。
—動及 **1** 表示敬意[尊敬]《*for...*》。**2** 給予榮譽《*with...*》。**3**《被動》以…爲榮。**4** 崇拜（神）。**5** 信守。**6** 承兌。
—形 榮譽的，名譽的。

·hon·or·a·ble ['ɑnərəbl] 形 **1** 正直的；光明磊落的：～ conduct 光明正大的行爲。**2** 高尙的，高貴的，優秀的。**3** 有名譽的，值得尊敬的；光榮的：an ～ death 光榮之死 / an ～ burial 隆重的葬禮。**4**《*H-*》閣下（略作：Hon.）：(1)《英》對伯爵之妻及其子弟或是子爵、男爵子弟的尊稱；對某些官員、議員等的尊稱：the *H-* gentleman 英國下議院議員在議會中對其他議員之稱呼。(2)《美》對國會議員及州議員的尊稱。

'honorable 'mention 名ⓊⒸ 未得獎的佳作；優等獎。

hon·or·a·bly ['ɑnərəblɪ] 副 正直地，正當地；光榮地。

hon·o·rar·i·um [ˌɑnə'rɛrɪəm] 名（複～s, -rar·i·a [-'rɛrɪə]）謝禮，酬金。

hon·or·ar·y ['ɑnəˌrɛrɪ] 形 **1** 名譽（上）的，頭銜的：～ doctorate 名譽博士學位。**2** 用以紀念性的。**3** 道義上的：～ debts 道義上的債務。**4** 義務的，不支薪的。

hon·ored ['ɑnəd] 形 **1** 有名譽的。**2** 引以爲榮的。

'honor ˌguard 名 儀隊。

hon·or·if·ic [ˌɑnə'rɪfɪk] 形 **1** 表示榮譽的；給予榮譽的：an ～ monument 榮譽紀念碑。**2** 表示尊敬的，尊稱的：～ titles 敬稱 / ～ language 敬語。—名 **1** 敬語。**2** 敬稱。**-i·cal·ly** 副

'honor ˌsystem 名 **1**（學校的）榮譽考試制度。**2**（監獄的）無看守人自治制度。

:hon·our ['ɑnə] 《英》= honor.

·hon·our·a·ble ['ɑnərəbl] 《英》= honorable.

hooch[1] [hutʃ] 名ⓊⒸ《美俚》**1** 酒，（尤指）劣酒。**2** 私釀酒。

hooch[2] [hutʃ] 名 = hootch.

·hood[1] [hʊd] 名 **1** 頭巾，兜帽：a raincoat with a ～ 附兜帽的雨衣。**2** 兜帽狀之物；《美》汽車的引擎蓋；（給獵鷹套上的）頭罩。**3**（學位服等的）後垂布。**4**（鳥獸的）冠毛，頭冠。—動及 罩上頭巾；罩蓋《*with...*》。

hood[2] [hʊd] 名《俚》= hoodlum.

-hood《字尾》加在名詞或形容詞後面，以表示性質、狀態、身分、階段等。

hood·ed ['hʊdɪd] 形 **1** 附頭罩的，戴頭巾的；頭罩狀的。**2**〖動〗有羽冠的。

hood·lum ['hudləm] 名《俚》強盜；暴徒；不良少年，流氓。
～ˌism [-ˌɪzəm] 名Ⓤ 暴力行爲。

hoo·doo ['hudu] 名（複～s [-z]）**1**《美》不祥之人[物]。**2**《美西部》〖地質〗奇形怪石。**3**《美》= voodoo. —動及 給…帶來[厄]運。

hood·wink ['hʊdˌwɪŋk] 動及 欺騙。

hoo·ey ['huɪ] 感《美口》胡扯！瞎說！—名Ⓤ 胡說，愚蠢的話。

hoof [hʊf, -u-] 名（複～s 或 **hooves**）**1** 蹄（有蹄動物的）足。**2**（複～）《方》有蹄[的]動物。**3**《口》人類的腳。
beat the hoof《口》走路，步行。
on the hoof (1)（家畜）活的，未宰殺的 (2)（人）平常狀態的。
see a person's hoof in...《口》看出某人…的影響痕跡。
under the hoof of... 受…蹂躪。
—動及《俚》**1**《常與 it 連用》步行。[**2**]（馬等）踐踏，踢。**3**《英》驅逐，開除。—不及《俚》跳舞（尤指跳踢躂舞）。

'hoof-and-'mouth disˌease ['hʊf 'maʊθ-] 名 = foot-and-mouth disease.

hoof·beat ['hʊfˌbit, 'hu-] 名 蹄聲。

hoofed [hʊft, -u-] 形 有蹄的；（鞋）圓頭形的，蹄狀的。

hoof·er ['hʊfə, 'hu-] 名《俚》（踢躂[舞]的）舞者。

hoof·print ['hʊfˌprɪnt, 'hu-] 名 蹄印。

hoo-ha ['huhɑ] 名Ⓤ《口》吵鬧，騷動。

·hook [hʊk] 名 **1** 鉤子；釣鉤；陷阱，[圈]套。**2** 鉤狀記號[物]。**3** 河彎，鉤狀岬。[**4**] 左曲球；（拳擊的）鉤拳；（橄欖球的）回踢。**5**《～s》《俚》手，手指：get one's ～s into... 占據，占有。**6**《俚》小偷。
by hook or (by) crook 不擇手段地，千方[百]計地。
drop off the hooks《英》死亡。
get the hook《俚》（被）開除。
hook line, and sinker《口》完全相信。
off the hook《俚》脫離困境的。
off the hooks《俚》死的，嚥了氣的。
on one's own hook《口》獨立，獨自。
on the hook (1) 陷入困境。(2) 拖延。
take one's hook《俚》逃走。
—動及 **1** 鉤住；釣；掛…於鉤上。**2**《俚》偷竊，扒。**3**《口》釣上，找到（結婚[對]象）。**4** 以角刺。**5**《美》以鉤針編織。**6** [使]成左曲球；〖拳擊〗擊出鉤拳。**7** 使彎[曲]成鉤狀。—不及 **1** 鉤住，吊掛。**2** 彎曲[成]鉤狀。**3**《俚》（娼婦等）拉客。**4** 投出[左]曲球；球向左彎曲；出鉤拳。**5**《俚》匆[匆]離開。
hook one's fish 把心目中的人鉤上。
hook...in / hook in... (1) 以鉤鉤進。(2) 拉進來。(3) 拴於馬車上《*to...*》。
hook it《俚》溜走，逃走。
hook on 以鉤吊掛；（與人）挽臂《...》。
hook up (1) 以鉤鉤住。(2)《俚》成爲伴；挽臂；結婚《*with...*》。
hook...up / hook up... (1) 以鉤鉤住；（人）扣上衣服上的掛鉤。(2) 安裝。(3) 連接在一起《*to...*》。

ook·a(h) ['hukə] [名] 水煙筒。

ook and 'eye [名]（衣服上的）鉤扣
。

ook and 'ladder (ˌtruck) [名]附有
梯的消防車。

ooked [hukt] [形] **1** 鉤狀的；帶鉤的。**2**
針編織的：a ～ rug《美》鉤針編織的地
。**3** (1) 上癮的《*on...*》。(2) 沉迷的《
...》。

ook·er¹ ['hukɚ] [名]**1**〖海〗《俚》舊式的
。**2**（使用釣鉤捕魚的）漁船。

ook·er² ['hukɚ] [名]**1**《美俚》娼妓。**2**《
》小偷。**3**〖橄欖球〗鉤球者。**4**《俚》
藏的困難，陷阱。

ook·nose ['huk,noz] [名] 鷹鉤鼻。

ook·nosed ['huk,nozd] [形] 鷹鉤鼻的。

ook·up ['huk,ʌp] [名]**1**（物品的）連接；
電子〗線路圖；（組成半導體等的）零
。**2**（廣播、電視的）聯播。**3** 聯盟。

ook·worm ['huk,wɝm] [名]鉤蟲，十二
腸蟲；[U]〖病〗鉤蟲病。～**·y** [形]

ook·y¹ ['hukɪ] [形] (**hook·i·er, hook·i·est**)
鉤的；全是鉤的；鉤狀的。

ook·y² ['hukɪ] [名][U]《美口》逃學；曠
：play ～ 逃學。

oo·li·gan ['hulɪgən] [名][形]《英》無賴，
氓（般的）。

oo·li·gan·ism ['hulɪgən,ɪzəm] [名][U]
賴行為，流氓習性。

oop [hup, -u-] [名] **1** 圈，箍；環狀物。**2**
以前婦女用來撐開裙子的）骨圈。**3**〖槌
〗拱門；〖籃球〗籃框。**4**《～**s**》籃球
動。

through the hoops《口》接受磨練，接
艱苦的考驗。

t a person through the hoops《口》使某
接受艱難的考驗。

[動][及] 箍；給…上箍。

oop·er ['hupɚ, 'hu-] [名] 箍桶匠。

oop·la ['huplɑ] [名][U]《俚》**1** 喧鬧，騷
；大吹大擂。**2** 投環套物遊戲。

oo·poe ['hupu] [名]〖鳥〗戴勝科鳥。

oop ˌskirt [名] 婦女所穿以骨圈撐開的
裙；其骨圈。

oop·ster ['hupstɚ, 'hu-] [名]《俚》籃球
手。

oo·rah [hu'rɑ], **-ray** [-'re] [感]，[動]
[及]，[名]= hurrah.

oo·sier ['huʒɚ] [名]《美》**1** 美國 Indiana
居民的綽號。**2**《通常作 **h-**》《俚》鄉巴
，大老粗。

oosier ˌState [名]《**the** ～》美國 Indi-
a 州的別名。

oot¹ [hut] [動][不及] **1**《表示不滿、輕蔑
》叫喊，嚷《*at...*》。**2**（貓頭鷹等）梟
；（喇叭等）鳴響；（按喇叭）嘟嘟叫。
《口》哄笑。

[及]**1** 向…叫囂《*down*》；以喊叫聲哄走
off, *away*, *out*》。**2** 以叫囂表示《*do-
n*》；（汽笛等）嗚嗚作響（使人注
意）。—[名] **1** 貓頭鷹的叫聲；似貓頭鷹的聲音。**2**（不滿的）叫嚷聲。**3** 笑。**4**《英》警報器之聲，汽笛聲，喇叭聲。**5**〖鳥〗貓頭鷹，梟。**6**《**a** ～》《否定》一點，微量。**7**《英俚》歡樂有趣的事[物]。

hoot² [hut] [感]《蘇·北美》哼！呸！《表示不滿、輕視、不耐煩》。

hootch [hutʃ] [名][U][C]《美俚》私酒，劣酒。

hoot·en·an·ny ['hutn̩,ænɪ] [名] (複**-nies**) **1** 非正式的民謠演唱會。**2**《美》不拘形式而以民謠演唱為主的慶祝舞會[宴會]。

hoot·er ['hutɚ] [名] **1** 貓頭鷹，梟。**2** 警笛，汽笛，喇叭。**3**《英俚》鼻子。

hoo·ver ['huvɚ] [名]《偶作 **H-**》《英》電動吸塵器。—[動][不及][及]用電動吸塵器吸。

Hoo·ver ['huvɚ] [名] **Herbert (Clark)**, 胡佛（1874–1964）：美國第 31 任總統（1929–33）。

'Hoover 'Dam [名]= Boulder Dam.

hooves [huvz, -u-] [名] **hoof** 的複數形。

:hop¹ [hɑp] [動] (**hopped**, ～**·ping**) [不及] **1** 單足跳；跳躍；（物）彈跳；急速行走：～ into a car 跳上車 / ～ (around) on one foot 以單腳跳躍 / ～ over a ditch 跳越壕溝。**2** 搭乘飛機；（坐飛機等高速交通工具）作短期旅行。**3**《口》起飛《*off*》。**4**《口》跳舞。—[及] **1** 跳越。**2**《口》飛越。**3**《口》跳上；搭乘。**4**《俚》責，攻擊。

hop it《主英俚》走開！出去！

hop on...《俚》斥責。

hop the twig《俚》(1) 溜走，潛逃。(2) 突然地死去。

hop the wag《俚》逃學。

hop to it（急忙地）開始工作，著手。

—[名] **1** 單腳跳躍。**2** 飛行；短途旅行；搭乘。**3**《口》（非正式的）跳舞，舞會。**4**（球的）跳回，彈回。

catch a person on the hop 乘（人）不備將其逮捕。

hop and jump《美口》近處，不遠處。

hop, step, and jump 三級跳遠。

on the hop《口》到處奔忙的；緊張的。

hop² [hɑp] [名] **1**〖植〗蛇麻草，忽布；《～**s**》蛇麻子，啤酒花。**2** [U]《美俚》鴉片。

—[動] (**hopped**, ～**·ping**) [及] 加蛇麻草苦味於（酒類飲料）。—[不及]摘蛇麻子。

hop... up / *hop up...*《俚》(1) 使興奮[激動]。(2) 使加大馬力。(3)《美》使服麻醉毒品；以麻醉毒品刺激。

:hope [hop] [名] **1** [U][C]希望：a bit of ～ 一線希望 / beyond ～ 毫無希望 / While there is life, there is ～.《諺》有生命，就有希望；天無絕人之路。**2** [U][C]期望《*that* [子句]》；預料，可能性《*of..., of doing*》：set great ～*s* on a new play 對新劇寄予很大的期望。**3**《通常用單數》寄予希望之人；依賴，信心。**4**[U]《古》信任，信賴。

not a hope /《反語》*some hope(s)*！完全

H

沒有希望！
—動 (hoped, hop·ing) 及 希望，想要，但願，相信。—不及 1 希望，期待。2《古》信賴，信任《 in... 》。
hope against hope 寄託希望於萬一《 that 子句》；絕望中仍抱一絲希望《 for... 》。
hope for the best 仍然抱持樂觀態度。
'hope ˌchest 名《美》嫁妝箱。
·**hope·ful** ['hopfəl] 形 1 充滿希望的，懷著希望的《 about, of... 》；期待的《 that 子句 》: ～ predictions 充滿希望的預言 / be ～ about the future 對將來充滿了希望。2 有希望的，可指望的 : a ～ development in the negotiations 談判中的光明轉機。—名 前途光明的年輕人，有希望的新人；《反語》前途堪慮的年輕人。～·ness 名
hope·ful·ly ['hopfəlɪ] 副 1 懷著希望地。2《美口》《修飾全句》希望…，若進行順利的話，但願…。
·**hope·less** ['hoplɪs] 形 1 絕望的，沒有希望的：～ tears 絕望的眼淚。2《口》完全不行的，絲毫無用的。～·ness 名 U 沒有希望；絕望的狀態。
hope·less·ly ['hoplɪslɪ] 副 絕望地，無救地，無效地。
hop-o'-my-thumb ['hɑpəmaɪ'θʌm] 名 侏儒，小矮人。
hopped-up ['hɑpt'ʌp] 形《美俚》1 受毒品刺激的；興奮的。2 加強馬力的。
hop·per[1] ['hɑpɚ] 名 1 漏斗，漏斗形裝置。2 跳躍者[物]；舞蹈者；短程旅行者；《通常作複合詞》從一處到另一處的人；跳躍的昆蟲。3 底卸式船。
hop·per[2] ['hɑpɚ] 名 摘蛇麻子者。
hop-pick·er ['hɑpˌpɪkɚ] 名 摘蛇麻子的人或機器。
hop·ping ['hɑpɪŋ] 形 1 忙碌的。2《通常作複合詞》從一處到另一處的。
hopping mad 盛怒的，極怒的。
'hop ˌpole 名 1 供蛇麻子藤攀爬的柱子。2 高瘦的人，高個子。
hop·scotch ['hɑpˌskɑtʃ] 名 U 跳房子：一種兒童遊戲。
Hor·ace ['hɑrɪs] 名 賀瑞斯（65–8B.C.）: 羅馬詩人。
Ho·ra·ti·o [hə'reʃɪo] 名〖男子名〗何瑞修。
horde [hord] 名 1《蔑》大群，大批《 of ... 》: a ～ of locusts 一大群的蝗蟲。2 遊牧民族；一大群移動的動物。—動 不及 成群。
·**ho·ri·zon** [hə'raɪzn̩] 名 1 地平線：below the ～ 地平線以下。2〖天〗地平。3 範圍；界限；視野：widen one's intellectual ～ 擴展自己知識的範圍。
on the horizon 可看出端倪的；即將發生的。
·**hor·i·zon·tal** [ˌhɔrɪ'zɑntl] 形 1 水平的：a ～ line 水平線。2《喻》橫向的；（職業等）層面相等的：a ～ merger 對等的合併 / ～ rate increases 全面的價格上漲。3（機械）水平運動的，橫式的。
—名《 the ～ 》水平線，水平位置。
～·ly 副
hori'zontal 'bar 名〖體〗單槓。
hori'zontal 'union 名 同業工會。
hor·mone ['hɔrmon] 名〖生化〗荷蒙，激素，內分泌素。
ˌ**hor·'mo·nal** [hɔr'monl] 形
·**horn** [hɔrn] 名 1（牛、綿羊等的）角 … 角狀物。3 角質物；角製品：a shoeh… （角製）鞋拔。4 角狀容器；〖樂〗號；笛；〖無線〗喇叭：a wine ～ 角狀酒… sound a car ～ 按汽車喇叭。5（神、惡…等的）頭角。6 新月形物之一角，新月…之岬。7〖聖〗象徵權力和成功之角。8 … the ～》《美俚》電話。
blow one's own horn 自吹自擂。
by the horn（用電話）不斷使用地。
draw in one's horns 克制自己；收斂傲氣…退縮；《英》節儉。
horn of plenty = cornucopia.
lock horns 以角相格鬥；爭執《 with 》…
take the bull by the horns ⇨ BULL[1]（…語）
—動 及 1 以角牴觸。2《通常用被動》…裝上角。
horn in《俚》插嘴，干涉《 on... 》。
—形 角（製）的。
Horn 名 Cape ～, 合恩角：南美洲最南…的地岬。
horn·beam ['hɔrnˌbim] 名〖植〗見風…樹；U 其木材。
horn·bill ['hɔrnˌbɪl] 名〖鳥〗犀鳥。
horn·blende ['hɔrnˌblɛnd] 名 U〖礦…角閃石。
horn·book ['hɔrnˌbuk] 名 蓋有透明角…的兒童認字書；初學入門書。
horned [hɔrnd] 形 1 有角的；《常作複…詞》有…角的：long-*horned* cattle 角長的…畜。2 有角狀突起物的，有角狀飾物的… 3 新月形的：the ～ moon 新月。
horn·ed·ness ['hɔrnɪdnɪs] 名
'horned 'toad ['lizard] 名〖動〗蜥蜴。
hor·net ['hɔrnɪt] 名〖昆〗大黃蜂。
'hornet's ˌnest 名 1 大黃蜂巢。2 非…大的麻煩；不利的情勢：bring a ～ do… about one's ears 招致憤怒的攻擊；引起…煩 / stir up a ～ 招惹大麻煩。
horn·less ['hɔrnlɪs] 形 無角的。
'Horn of 'Africa 名《 the～》非洲…角：非洲大陸東北部之俗稱，包括索馬…亞、衣索比亞兩國。
horn·pipe ['hɔrnˌpaɪp] 名 1 角笛。2 角…舞。3 角笛舞曲。
horn-rimmed ['hɔrn'rɪmd] 形（眼…等）角質鏡架的。**'horn-ˌrims** 名（複）…質鏡架的眼鏡。
horn·y ['hɔrnɪ] 形 (horn·i·er, horn·i·e…

角的，角製的；角般堅硬的。2 有角狀突起的。3《俚》淫蕩的，好色的。

or·o·loge ['hɔrə,lodʒ, 'hɑr-] 名鐘錶，計時器。

o·rol·o·gy [ho'rɑlədʒɪ] 名 U 鐘錶學；測時學。

or·o·scope ['hɔrə,skop, 'hɑr-] 名〖占星〗1 天宮圖。2 占星術：cast a ～ 作占星算命。

-scop·ic [-'skɑpɪk, -'sko-] 形

o·ros·co·py [ho'rɑskəpɪ] 名 U 1 占星術。2（天宮圖）諸星的位置。

-or·o·,sco·per [-,skopɚ] 名

or·ren·dous [hɔ'rɛndəs] 形《口》可怕的，令人震驚的。

or·rent ['hɔrənt] 形（毛髮等）豎立的。

or·ri·ble ['hɔrəbḷ, 'hɑr-] 形 1 可怕的，令人恐懼的：a ～ accident 可怕的意外事故。2《口》極可憎的；悲慘的；令人噁心的：～ weather 糟透的天氣。～**·ness** 名

or·ri·bly ['hɔrəblɪ, 'hɑr-] 副 1 可怕地，令人恐懼地。2《口》非常地：be ～ short of money 非常缺錢。

or·rid ['hɔrɪd, 'hɑr-] 形 1 恐怖的，可怕的：a ～ beast 可怕的野獸。2《口》極討厭的，極可惡的。～**·ly** 副

or·rif·ic [hɔ'rɪfɪk, hɑ-] 形使人顫慄的，恐怖的。**-i·cal·ly** 副

or·ri·fied ['hɔrə,faɪd, 'hɑr-] 形 1 感覺恐怖的；受驚嚇的：watch in ～ fascination 又害怕又愛看。2 表示恐怖的：a ～ look 恐怖的表情。

or·ri·fy ['hɔrə,faɪ, 'hɑr-] 動(**-fied**, ～**·ing**) 及《通常用被動》使感到驚嚇：be *horrified* at the news 被這消息嚇住了。

～**·ing·ly** 副, ～**·ing** 形令人驚嚇的。

or·rip·i·la·tion [hɔ,rɪpə'leʃən, hɑ-] 名 U 毛髮聳立，雞皮疙瘩。

or·ror ['hɔrɚ, 'hɑ-] 名 1 U 恐懼；顫慄：cry out in ～ 恐懼得大叫。2《**the** ～**s**》慘狀，慘事：*the* ～*s* of war 戰爭的慘狀。3 U C 強烈的反感，憎惡《*of*...》。4《C》極討厭的東西。5《**the** ～**s**》《俚》極度的抑鬱：give a person *the* ～*s* 使某人憂慮。—形引起恐懼的。—感《表示輕微驚慌、驚訝、失望等》呀！哇！

or·ror-struck ['hɔrɚ,strʌk, 'hɑr-] 形驚嚇的《*at*..., *to* do》（亦稱 **horrorstricken**）。

rs de com·bat [,ɔrdə'kɑmbɑ] 形副《法語》失去戰鬥力的[地]。

rs d'oeu·vre [ɔr'dɜv] 名《法語》（複 ～**s** [ɔr'dɜvz]）1 正餐前的開胃菜。2 無關緊要的事物。

rse [hɔrs] 名(複 **hors·es** [-sɪz],《集合名詞》～) 1〖動〗馬；雄馬；馬科動物：～ and cart 運貨馬車 / work like a ～ 拚命地工作 / You can lead a ～ to water but you can't make it drink.《諺》你可以把馬牽到水邊，但不能強迫牠喝水（意指不要逼迫別人做他不願做的事）。/ Hungry ～*s* make a clean manger.《諺》飢不擇食。2 U《集合名詞》騎兵：～ and foot 騎兵和步兵；《副詞》盡全力地。3 跨騎之物（木馬等）。4〖體〗木馬；鞍馬。5《通常作複合詞》有腳的支架；鋸臺，足凳：a towel ～毛巾架。6《方》《謔·蔑》人，傢伙。7〖棋〗棋子中的騎士。8 U《俚》馬力。9 U《俚》海洛因。

a horse of another color 另外一回事，完全不同的事物。

a willing horse 對工作有熱忱的人。

back the wrong horse 判斷錯誤；（賽馬中）下錯賭注。

beat a dead horse 重提久無定論的話題；枉費心機，徒勞無功。

be on one's high horse 態度驕傲。

change horses in midstream 中途改變（計畫、領導者等）。

from the horse's mouth 來源可靠的。

hold one's horses《常用於命令》忍耐。

horse and horse 各半，不相上下。

look a gift horse in the mouth《通常用於否定》挑剔別人的贈品。

lose...on the horses 在賽馬中賠光。

put the cart before the horse 本末倒置。

—動(**horsed, hors·ing**) 及 1 使騎上馬；繫馬於。2 使背負；載。3《口》使勁地拉。4《俚》作弄；使演出熱鬧。5〖海〗殘酷地對待。—不及 1 上馬；騎馬。2《口》戲弄，胡鬧《*around, about*》。—形 1 馬的；馬拉的。2 騎馬的。3 非常大的。

horse-and-bug·gy ['hɔrsənd,bʌgɪ] 形《限定用法》《美口》1 輕型馬車的。2 舊式的，古老的，過時的。

·horse·back ['hɔrs,bæk] 名 1 U 馬背：a man on ～ 指揮者，領導者。2《美》低而陡峭的岩脊。—副騎馬地。—形《美口》即席的，未經深思熟慮的。

'horse ,block 名騎馬踏板，乘車踏板。

'horse ,box 名運馬貨車。

horse·car ['hɔrs,kɑr] 名 1《美》軌道馬車。2 運馬用貨車。

'horse ,chestnut 名〖植〗七葉樹屬的樹；其果實。

horse·cloth ['hɔrs,klɔθ] 名(複 ～**s** [-,klɔðz]) 馬衣，馬被。

'horse ,doctor 名馬醫，獸醫。

'horse-,drawn 形用馬拉的。

horse-faced ['hɔrs,fest] 形馬臉的，臉長而難看的。

horse·feath·ers ['hɔrs,fɛðɚz] 名《俚》(複)《作單、複數》不值得考慮的事[物]。—感胡說！廢話！

horse·flesh ['hɔrs,flɛʃ] 名 U 1 馬肉（亦稱 **horsemeat**）。2《集合名詞》馬。

'horse ,fly 名〖昆〗馬蠅，虻。

'Horse ,Guards 名(複)《**the** ～》《英》禁衛軍騎兵隊，禁衛軍騎兵隊司令部。

horse·hair ['hɔrs,hɛr] 名 U 1 馬毛。2 馬

H

毛紡織品。一形 1 馬毛的。2 馬毛織品的。

horse·hide ['hɔrs,haɪd] 名 U 1 馬皮；馬皮製成的皮革。2《俚》(硬式)棒球。

'horse 'latitudes 名 (複)〖海〗馬緯度：北緯或南緯 30 度附近的副熱帶無風帶。

horse·laugh ['hɔrs,læf] 名，動 不及 大笑。

'horse ,mackerel 名〖魚〗1 金槍魚。2 竹筴魚。

horse·man ['hɔrsmən] 名 (複-men) 1 騎馬者；馬術家。2 馬的飼養者。

horse·man·ship ['hɔrsmən,ʃɪp] 名 U 馬術。

'horse ma,rine 名 1 (舊時的)海軍陸戰隊騎兵隊員。2 外行人。

horse·meat ['hɔrs,mit] 名 U 馬肉。

'horse ,opera 名《美》西部片。

horse·play ['hɔrs,ple] 名 U 胡鬧，惡作劇。

horse·play·er ['hɔrs,pleɚ] 名 喜歡賭賽馬的人。

·horse·pow·er ['hɔrs,pauɚ] 名 馬力。

'horse ,race 名 1 賽馬：bet on ~s 賭賽馬。2《喻》激烈的競賽。

'horse ,racing 名 U 賽馬。

horse·rad·ish ['hɔrs,rædɪʃ] 名 1 C U〖植〗山葵。2 U 山葵調味醬。

'horse-,riding 名 U《英》= horseback riding.

'horse ,sense 名 U《口》起碼的常識。

horse·shit ['hɔrs,ʃɪt] 名 U《粗》1 馬糞。2 胡說，吹牛。一感 胡說！

horse·shoe ['hɔrs,ʃu] 名 1 馬蹄鐵；馬蹄形之物。2《~s》《作單數》投套蹄鐵遊戲。一動 及 裝蹄鐵。

-sho·er 名 蹄鐵匠。

'horseshoe 'crab 名〖動〗《美》鱟。

'horseshoe ,magnet 名 馬蹄形磁鐵。

horse·tail ['hɔrs,tel] 名 1〖植〗木賊。2 馬尾。

'horse 'trader 名 馬販；會做買賣的商人，善於討價還價的人。

'horse ,trading 名 U《美》販馬；非常精明的交易。

horse·whip ['hɔrs,hwɪp] 名 馬鞭。一動 (-whipped, ~·ping) 及 以馬鞭抽打。

horse·wom·an ['hɔrs,wumən] 名 (複-wom·en) 女騎馬者，女騎師。

hors·y ['hɔrsɪ] 形 (hors·i·er, hors·i·est) 1 馬的似馬的。2 喜歡馬的；喜歡用馬僮或騎師服裝的。3《口》(外表)粗大笨重的(亦作 **horsey**)。**-i·ness** 名

hor·ta·tion [hɔr'teʃən] 名 U 忠告；激勵。

hor·ta·tive ['hɔrtətɪv] 形 = hortatory.

hor·ta·to·ry ['hɔrtə,torɪ] 形 忠告的；(建議等)激勵的。

hor·ti·cul·ture ['hɔrtə,kʌltʃɚ] 名 U 園藝學。

-'cul·tur·al 形, **-'cul·tur·ist** 名

Hos. 《縮寫》*Hosea.*

ho·san·na [ho'zænə] 名 (複~s [-z])〖聖〗和撒那：讚美上帝的稱呼。

·hose [hoz] 名 (複~,《古》**hos·en**) 1《集名詞·通常作複數》長統襪，短統襪。2 (**hos·es**) U C 軟管，水管：a shower ~ 浴用水管。3 (昔時男用)緊身半長褲。一動 (**hosed, hos·ing**) 及 1 以水管引水沖《*down, out*》。2《加俚》欺騙；利用徹底擊敗。

Ho·se·a [ho'ziə] 名 1〖聖〗何西阿：希來先知 (8B.C.)。2〖聖〗何西阿書。

hose·pipe ['hoz,paɪp] 名 水管，注水管

ho·sier ['hoʒɚ] 名 襪子、針織品的製販賣者。

ho·sier·y ['hoʒərɪ] 名 U 襪類，針織品其販賣店。

hosp. 《縮寫》*hospital.*

hos·pice ['hɑspɪs] 名 1 (朝拜者等的)宿處；收容所。2 臨終病患安寧中心。

·hos·pi·ta·ble ['hɑspɪtəbl] 形 1 招待周的，好客的；熱情的：a ~ welcome 熱的歡迎。2 樂意接納的《*to...*》：be ~ someone's suggestion 樂意接受別人的議。3 舒適的，適宜的《*to...*》：soil ~ [for] farming 適宜耕種的土壤。~·ne 名，**-bly** 副

:hos·pi·tal ['hɑspɪtl] 名 1 醫院：be in (th ~ 正在住院。2《英》慈善機構。3 修店：a watch ~ 鐘錶修理店。

·hos·pi·tal·i·ty [,hɑspɪ'tælətɪ] 名 (-ties) U C 1 款待；好客：kind ~ 親切招待 / lots of ~ 厚待。2 (對新思想等的理解，接納：extend a wide ~ to Weste thought 廣泛接受西方思想。

hos·pi·tal·i·za·tion [,hɑspɪtḷə'zeʃən 名 U C 1 住院；住院期間。2 住院保險

hos·pi·tal·ize ['hɑspɪtl,aɪz] 動 及《常被動》使住院。

'hospital ,ship 名 醫療船。

·host[1] [host] 名 1 主人；《形容詞》主的；主持人的：a ~ country for... …的主國 / act as ~ at a party 當宴會的主人 2〖生〗宿主。3《古》《諧》旅館老闆。電腦主機。

reckon without one's host 未經考慮重要素而作決定；忽略出差錯的可能。

一動 及 1 作…的主人；主辦：~ a party 辦宴會。2 以主人身分招待。

host[2] [host] 名 1 許多，大群《*of...*》：a *of* friends 許多朋友。2《古》軍隊。

a host in oneself 一夫當關的勇士。

Host [host] 名《the ~》〖教會〗聖餅

hos·tage ['hɑstɪdʒ] 名 人質：hold a pers (as a) ~ 扣留某人當人質 / exchange ~s 換人質。

give hostages to fortune 把一切託付給運；承擔風險。

一動 及 把…當人質。

os·tel ['hastl] 名 1（爲徒步旅行的青年而設的）招待所；《古》旅店。2《英》大學宿舍。3 療養所。一不及 以住青年招待所的方式旅行。

os·tel·er,《英》**-ler** ['hastələ˞] 名 青年招待所的住宿者；住青年招待所旅行的人；《古》旅店主人；《英》住宿生。

os·tel·ry ['hastəlrɪ] 名（複 **-ries**）青年招待所，簡易住宿處；《古》客棧。

ost·ess ['hostɪs] 名（複 ~·**es** [-ɪz]）1 女主人；（酒吧等的）女接待員；（火車等的）女服務員；空中小姐。2 = taxi dancer. 《古》《謔》（飯館、旅館的）女老闆，女領班。一動 及 作（宴會等）的女主人。

ostess ˌgown 名（女主人居家待客時穿著的）長袍。

os·tile ['hastl, -tɪl] 形 1 懷有敵意的《*to, toward...*》；對立[敵對]的；敵對性的：a ~ attitude 懷有敵意的態度。2 敵方的，敵國的：~ forces 敵軍。3 不友好的，冷淡的。

os·til·i·ty [has'tɪlətɪ] 名（複 **-ties**）1 Ⓤ 敵意；敵對；敵對行爲：a look of ~ 有敵意的眼神 / show ~ to a person 對某人表示敵意。2 Ⓤ（對計畫等的）反對。3《**-ties**》戰爭行爲，戰鬥行動；交戰：a cessation of *hostilities* 休戰 / the termination of *hostilities* 戰爭的結束。

os·tler ['haslə˞] 名《美》（尤指旅館的）馬僮（《英》ostler）。

ot [hat] 形（~·**ter**, ~·**test**）1 熱的；發熱的；使身體發熱的。2（皮膚、喉嚨等）感覺灼熱的，刺痛的；辛辣的：~ mustard 辣芥末。3 激動的；興奮的；憤怒的：a ~ rage 盛怒 / get ~ over an issue 因爭論某事而激動。4 熱情（去做…）的《*to* do》；狂熱的，熱心的《*for, on...*》：be ~ *for* reform 熱心於改革。5 情慾強的，好色的；（動物）發情的；（事、物）煽動情慾的。激烈的：the *hottest* battle 最激烈的戰鬥。7（氣味等）強烈的，新鮮的。8（報導等）剛發表的；《英口》（紙幣等）新發行的：~news 最新消息。9（報紙等）資料多的，報導詳細的。10《俚》（追捕者等）緊追不捨的：be ~on (a person's) trail 緊緊地追趕（某人）。11（顏色）強烈的。12 受歡迎的，需求量大的，銷路好的：the *hottest* show in Las Vegas 拉斯維加斯最受歡迎的節目。13《俚》有本領的，優秀的；（交通工具）高速的；極幸運的；（運動等中）發揮得好的：be ~ in math 精於數學。14《俚》活躍的，繁忙的；極令人興奮的，極有趣的；轟動的；令人滿意的: a ~ rumor 轟動的傳聞。15〖爵士〗使人激動的，節奏快而強烈的。16《俚》⑴ 新近竊取的；非法獲得的；違禁的：~ jewels 最近偷來的珠寶。⑵ 被警方通緝的。⑶ 危險的：a ~ situation 危險的狀況。17 通（高壓）電流的；（電話）緊急狀況用的：a ~ wire 有電的電線。18《俚》放射性的；引起核反應的。19〖金工〗熾熱的，高溫的：~cutting 高溫切割。

get hot ⑴ 變得興奮。⑵《通常用進行式》〖遊戲〗（搜索者）接近，快答對了。

go hot and cold 感到既刺激又害怕。

hot and bothered 發怒的，激動的，擔心的。

hot and strong 激烈的。

hot one《俚》不尋常的人[物]。

hot on the heels of... 緊隨在…的後面。

hot under the collar 憤怒；困惑，爲難。

hot water《口》麻煩，困境。

***make it (too) hot for** a person*《口》使不愉快；使痛苦，使不好過。

***make** a place **too hot for** a person* 使某人在某地待不下去。

not so hot《口》平凡的，不太傑出的。

play hot and cold（戀人）忽冷忽熱。

一副 1 熱地；熱烈地，激烈地；憤怒地。2 熱騰騰地。3〖金工〗以高溫。

blow hot and cold ⇨ BLOW²（片語）

get it hot 被嚴厲指責。

give it to** a person **hot《口》嚴厲斥責。

一動（~·**ted**, ~·**ting**）及《英口》1 將（冷卻的食物等）加熱。2 使變得興奮；使變激烈《*up*》。一不及 1 變熱，加熱《*up*》。2 變得興奮；變危急，變激烈《*up*》。

hot it up《俚》快樂起來，振作起來。

'hot 'air 名 Ⓤ 1 熱氣。2《俚》大話，空話，矯飾的話。

'hot ˌair bal'loon 名 熱氣球。

'hot 'atom 名 放射性原子。

hot·bed ['hatˌbɛd] 名 1 溫床。2《文》（罪惡等的）溫床《*of...*》：a ~ *of* crime 犯罪的溫床。

hot-blood·ed ['hat'blʌdɪd] 形 易激動的；大膽的；熱烈的；血氣方剛的。

'hot ˌcake 名 薄煎餅。

sell like hot cakes 暢銷。

hotch·potch ['hatʃˌpatʃ] 名 Ⓤ 蔬菜和肉類混合做成的濃湯或燉菜；《英》混雜物，雜燴（《美》hodgepodge）《*of...*》。

'hot 'corner 名《俚》= third base 2.

'hot ˌcross 'bun 名 Ⓒ Ⓤ（通常在四旬齋吃的）十字形霜糖麵包。

'hot ˌdog 名 1 Ⓒ Ⓤ 熱狗；《美口》法蘭克福香腸：a ~ stand 熱狗販賣站。2《美俚》（技巧優異的）運動選手。一感《美俚》《表示喜悅、滿足、贊同》幹得好！要得！很好！

hot-dog 形《美俚》有花式技巧的；表演特技的；花式滑雪的。

:ho·tel [ho'tɛl] 名 旅館：run a ~ 經營旅館 / stay at a ~ 住在旅館。

ho·tel·ier [hotə'lɪr] 名 = hotelkeeper.

ho·tel·keep·er [ho'tɛlˌkipə˞] 名 旅館經

營者。

'hot ˌflash 名《通常作～es》(更年期女性的)體熱感(《英》hot flush)。

hot·foot ['hɑtˌfut] 副 火速地,匆忙地。—動 不及 匆忙地走。

hot·head ['hɑtˌhɛd] 名 性急的人,冒失的人,魯莽的人;易怒的人。

hot·head·ed ['hɑt'hɛdɪd] 形 性急的,魯莽的;易怒的。～·ly 副,～·ness 名

hot·house ['hɑtˌhaus] 名(複 -hous·es [-zɪz]) 溫室。—形 溫室栽培的;過度保護的:a ～ plant 溫室裡長大的孩子。改裝高速汽車駕駛人。喜開快車的人;飛車黨徒困境。

'hot ˌline 名 熱線:1 兩國元首間的直通電話線路。2 緊急情況用直通電話線路。3 緊急狀況服務電話專線。

hot·ly ['hɑtlɪ] 副 1 熱地。2 強烈地,激動地。3 激烈地。4 緊緊地,堅決地。

'hot 'money 名 U 熱錢,短期資金;非法獲得的金錢。

'hot ˌpants 名(複)熱褲:女性穿著的一種短褲。

'hot 'pepper 名〖植〗辣椒屬總稱;其果實。

'hot ˌplate 名 1 鐵板烹飪器,電爐,瓦斯爐;食物保溫盤。2 一盤熱餐。

'hot ˌpot 名 U C《主英》牛、羊肉與馬鈴薯等合燉的菜肴。

'hot po'tato 名 1《口》難題,棘手的問題:drop a friend like a ～《口》突然與友人不來往。2《英口》烤馬鈴薯(《美》baked potato)。

hot-press ['hɑtˌprɛs] 名〖機〗熱壓機。—動 及 加熱壓平,加熱壓榨。～·er 名

'hot pur'suit 名 鍥而不捨的追擊。

'hot ˌrod 名《美俚》1(更換舊引擎並減重的)改裝高速汽車。2 = hot rodder.

'hot ˌrodder 名《美俚》1 改裝高速汽車駕駛人。2 喜開快車的人;飛車黨徒。

'hot ˌseat 名《the ～》《俚》1 = electric chair. 2 困境。

hot shot ['hɑtˌʃɑt] 名 1 曳光彈(射擊)。2 = hotshot 名.

hot·shot ['hɑtˌʃɑt] 形《俚》1 積極進取的,能幹的;喜歡表現的;飛黃騰達的。2 不休息的;快速直達的。—名(亦作 **hot shot**)1 積極能幹的人,能手,高手;(運貨的)快速列車。2 消防隊員。

'hot ˌspot 名 1《口》政治或軍事上的紛爭地帶。2《美俚》夜總會,易滋生問題的場所。3 地熱區:地表因地底下溶化物質向上衝而發熱的地區。

'hot 'spring 名《常作複數形》溫泉。

hot·spur ['hɑtˌspɝ] 名 性情急躁的人。

'hot 'stuff 名 U《俚》優秀的人[物],有活力的人,熟練者;多情者,色情狂;煽情的作品;厚臉皮者。

hot-tem·pered ['hɑt'tɛmpɚd] 形 易怒的,脾氣暴躁的。

Hot·ten·tot ['hɑtn̩ˌtɑt] 名 形(南非一土著)赫頓多特人(的);U 赫頓多特(的)。

'hot 'war 名 熱戰:國家間的武力戰爭

'hot-'wa·ter ˌbag ['hɑt'wɔtɚ-] 名 熱袋。

hou·dah ['haudə] 名 = howdah.

hough [hɑk]《蘇》名 = hock[1].
—動 及 = hamstring.

·hound [haund] 名 1《常作複合詞》犬;犬,狗:the ～s(獵狐用的)獵群。2《常作複合語》《口》熱中者,狂:a news ～ 追蹤新聞消息的人。3《口卑鄙的人。4〖魚〗= dogfish 1.

follow the hounds / ride to hounds (騎馬獵犬)參加狩獵。

—動 及 1 以獵犬狩獵;追蹤,追捕;搜《out》。2 不斷糾纏;催促《for, about do》。3 嗾使(犬)去追或攻擊《at...》4 勸誘,唆使(人)《on》。～·er 名

hound's-tooth ['haundzˌtuθ] 形 犬牙紋的。—名 U C 犬牙花紋。

:hour [aur] 名 1 小時:a quarter of an ～ 刻鐘,十五分鐘 / in an ～ or two 在一兩小時之內 / by the ～ 按鐘點 / ～ after ～ 小時又一小時地 / ～ by ～ 時時刻刻地 時刻,時間:(every ～) on the ～ 在每小正的時候 / at an early ～ 早些時刻。3 短的時間。4(特定的)時間;時候;時期時代;《one's ～》死期;《the ～》目前 *the* ～ of decision 作決定的時刻 / the question of *the* ～ 當前的問題。5《～s》(1)公時間,營業時間:business ～*s* 營業時 / after ～*s* 下班以後 / out of ～*s* 非上班間。(2)起床或就寢時間:keep early ～*s* 睡早起。(3)〖天主教〗(一日七次的)日時刻;定時祈禱。6 一小時的行程:l about an ～ from the station 住在離車站一小時路程的地方。7〖天〗時:經度的定單位;15 度。8〖教〗課時,一堂課學分時。9〖廣播·電視〗節目,時間。

at all hours 在任何時間,隨時。

in a good hour 幸運地,幸好。

in an evil hour 不幸地,倒楣地。

till all hours 直到深夜。

to an hour (1)於按時(不早不遲)。(2)巧。

—形 一小時的。

hour·glass ['aurˌglæs] 名 沙漏,水銖時器。—形 有細窄腰部的。

'hour ˌhand 名《the ～》時針,短針

hou·ri ['hurɪ, 'hau-] 名(複～s [-z]) 1〖教〗仙女,女神。2 嬌媚的美女。

hour·ly ['aurlɪ] 形 1 每小時的,每小時次的;按小時計的:～ train service 每小一班的火車。2 屢次的,不斷的。—副 每小時。2 屢次,不斷地。

:house [haus] 名(複 **hous·es** [-zɪz]) 1 子,住宅,宅邸:a two-storied ～ 二層的房子 / a wooden ～ 木屋 / a ～ for rent

屋出租 / from ~ to ~ 挨家挨戶地 / change ~s 搬家，遷居。2 家庭，家族 : setup ~ 建立家庭。3《常作 **H-**》(名門的) 家系，皇族，貴族 : the *H-* of Windsor 英國王室。4 機構；所，社 : a ~ of detention 拘留所 / a boarding ~ 供膳的寄宿處 / the *H-*《英》救濟院；《英口》倫敦證券交易所。5 (1) 劇院，音樂廳，會堂 : a full ~ (戲院的) 客滿 / an empty ~ 不賣座 / *H-* full.《告示》滿座。(2) 演出場次。(3)《集合名詞》(劇院等的) 觀眾，聽眾。6《通常作複合詞》(養動物等的) 棚，小屋。7 議院，會議廳；《**H-**》(兩院制的) 議會；《集合名詞》議員 : the *Houses* of Parliament《英》國會的兩院 / enter the *H-* 當選下議院議員。8《常作 **H-**》商社，商店，公司 : a trading ~ 貿易公司。9 (賭場等的) 經營；賭場。10 (英國式大學的) 學院；學生宿舍。11 旅館，飯店 : a public ~《英》旅社。12《美口》妓院。13 (大學、教會的) 顧問團，評審會。14〖海〗室 : a deck ~ 甲板室。15〖占星〗宮，宿。

(as) safe as houses《英》非常安全。

bring down the house / bring the house down《口》博得觀眾的滿堂喝采。

clean house 打掃房屋；整頓組織。

house and home《強調用法》家庭。

house of call《英》(1) (常預先訂貨的) 老客戶，固定顧客。(2) (商人等的) 等候生意的地方；旅舍。

house of cards (1) 孩子用撲克牌謹慎搭成而又易被破壞的房子。(2) 危險的計畫。

keep a good house 家中常備好食品；殷勤地待客。

keep house 料理家務；當家。

keep open house (門開著) 隨時歡迎客人來臨。

keep (to) the house 不外出。

like a house afire 非常迅速地；生氣勃勃地 : get on *like a ~ afire* 進展迅速。

on the house 由店東請客。

play house 扮家家酒。

put [set] one's house in order (1) 整理家務；整頓本身事務；處理工作。(2) 端正自己的行為。

the House of Representatives (美國國會的) 眾議院。

—[hauz] 動 (**housed, hous·ing**) 及 1 給…房子住；留置；安置 : ~ a person for the night 留宿某人一晚。2 庇護，予…以避難所；是…的宿處，接納。3 是…的活動場所。4 儲藏，保存。5〖海〗把…收進安全處；把 (錨) 捲起。—不及 避難，住宿。

—[haus] 形《限定用法》1 有關房子的，適於房子的；家養的。2 (雜誌等) 適於公司內的。

ouse ˌagent 名《英》房地產經紀人 (《美》realtor)。

ouse arˌrest 名 U 軟禁於家中 : be under ~ 被軟禁於自己家中。

house·boat ['haus,bot] 名 船屋。—動 不及 在此種船上居住。

house·bod·y ['haus,badɪ] 名 (複 **-bod·ies**)《美》常待在家裡的人。

house·bound ['haus,baund] 形 (因疾病等而) 閉居家中的。

house·boy ['haus,bɔɪ] 名 = houseman 1.

house·break ['haus,brek] 動 (**-broke, -brok·en**) 不及 1 強入住宅盜竊。2《英》拆毀房子。

house·break·er ['haus,brekɚ] 名 (白天) 強行侵入住宅者，闖空門者。

house·break·ing ['haus,brekɪŋ] 名 U 闖空門；侵入住宅。

house·bro·ken ['haus,brokən] 形 1 (貓狗等) 受過訓練能保持家裡乾淨的。2 整潔而有禮貌的 (《英》house-trained)。

house·build·er ['haus,bɪldɚ] 名 建築業者。

house ˌcall 名 (醫生或修理工人的) 到家裡看病或服務。

house·clean ['haus,klin] 動 及 不及 1 大掃除。2 肅清。~·**er** 名

house·clean·ing ['haus,klinɪŋ] 名 U 1 (屋子等的) 清掃，大掃除。2 肅清。

house·coat ['haus,kot] 名 (女用) 家居服，室內服。

house·craft ['haus,kræft] 名 U《英》家政學 (《美》home economics)。

'house deˌtective 名 (旅館等的) 保全人員，安全人員，警衛。

'house ˌdog 名 家犬，看門犬。

house·dress ['haus,drɛs] 名 家居便服。

house·fa·ther ['haus,faðɚ] 名 (孤兒院等的) 男舍監。

house·fly ['haus,flaɪ] 名 (複 **-flies**)〖昆〗家蠅，蒼蠅。

house·ful ['haus,ful] 名 滿屋子[一屋子]的數量 : a ~ of children 滿屋子孩童。

'house ˌfurnishings 名 (複) 家具。

'house ˌguest 名 (長期的) 宿客。

·**house·hold** ['haus,hold] 名 1《集合名詞》一家人 (包括傭人)；家庭 : a large ~ 大家庭 / run a ~ 料理家務。2 王室 : the royal ~ 王室。—形 家庭的；家庭用的；平常的 : ~ tasks 家務事。

'household 'art 名 家政 (學)。

'household 'cavalry 名 U《集合名詞》(英國的) 皇家騎兵儀隊；《**H-C-**》(英國的) 禁衛軍騎兵隊。

house·hold·er ['haus,holdɚ] 名 房屋所有者；屋主，戶長。

'household 'god 名 1 (古代羅馬的) 家庭守護神。2 家庭必需品。3 非常受尊重的人[物，習慣]。

'household 'word ['name] 名 家喻戶曉的名言[人物]；俗語。

house·hus·band ['haus,hʌzbənd] 名《美》做家事的丈夫，「家庭主夫」。

house·keep ['haus,kip] 動 (-kept, ～·ing) 不及 料理家務。

house·keep·er ['haus,kipɚ] 名 1 主婦；女管家。2 房屋管理人。

house·keep·ing ['haus,kipɪŋ] 名 U 1 家政；料理家務。2《口》家庭生活費。3 公司財產的管理。

house·less ['hauslɪs] 形 1 沒有房子的。2 無家可歸的。

house·lights ['haus,laɪts] 名(複)戲院觀眾席的照明燈。

house·maid ['haus,med] 名 女傭人。

'housemaid's 'knee 名 U〖病〗女傭膝症，膝蓋黏液囊腫。

house·man ['haus,mæn, -mən] 名 (複 -men [-,mɛn, -mən]) 1 男傭。2 保鏢；(旅館等的) 警衛。3《英》(醫院的) 駐院實習醫生 (《美》intern)。

H

'house ,martin 名〖鳥〗家燕。

house·mas·ter ['haus,mæstɚ] 名 (私立男校的) 舍監。

house·mate ['haus,met] 名 同屋居住者。

house·mis·tress ['haus,mɪstrɪs] 名 1 主婦。2 (女子寄宿學校的) 女舍監。

house·moth·er ['haus,mʌðɚ] 名 (孤兒院等的) 女舍監。

'house ,number 名 門牌，門號。

'house ,party 名 1 留客人在別墅等處過夜的聚會。2 參加此聚會的賓客。

house·phone ['haus,fon] 名 (旅館等的) 內線電話。

'house phy'sician 名 駐院內科醫師。

house·plant ['haus,plænt] 名 室內盆栽植物。

house-proud ['haus,praud] 形 以家庭和家事為重的；注重居家整潔的。

house-rais·ing ['haus,rezɪŋ] 名 U 上樑；為了蓋房子所集合的一群人。

house·room ['haus,rum, -um] 名 U 住人的地方，置物之處；宿處：give ～ to... 收容…。

house-sit ['haus,sɪt] 動 (-sat, ～·ting) 不及《尤美》代人看管住家。～·ting 名

'house(-)'sitter 名 代人看管住家者。

'house ,sparrow 名〖鳥〗家雀。

'house ,surgeon 名 駐院外科醫師。

house-to-house ['haustə'haus] 形 挨家挨戶的。

house-top ['haus,tɑp] 名 屋頂。

from the housetops 公然地；廣泛地。

'house ,trailer 名 可移動的居住拖車。

house-trained ['haus,trend] 形《主英》= housebroken.

house·wares ['haus,wɛrz] 名(複) 家庭用具。

house·warm·ing ['haus,wɔrmɪŋ] 名 U 慶祝喬遷的喜宴。

·house·wife ['haus,waɪf] 名 (複 -wives [-,waɪvz]) 1 家庭主婦。2 ['hʌzɪf]《主英》針線盒。

house·wife·ly ['haus,waɪflɪ] 形 家庭主婦的；擅於料理家務的，持家節儉的。

house·wif·er·y ['haus,waɪfrɪ] 名 U 家政。

house·work ['haus,wɝk] 名 U 家事。

house·wreck·er ['haus,rɛkɚ] 名《美》拆除房屋的人 (《英》housebreaker)。

hous·ing[1] ['hauzɪŋ] 名 1 U 住處；住家《集合名詞》住宅：～ shortage 住宅不足。2 U 收容；住宅供給：the ～ problem 住宅問題。3 遮蔽物；避難所。4〖機〗套殼。5〖木工〗槽，溝，榫眼。

hous·ing[2] ['hauzɪŋ] 名 馬衣；《通常作 ～s》馬飾物。

'housing de'velopment 名《美》(公營) 住宅社區。

'housing es'tate 名《英》= housing development.

'housing ,project 名 = project 名 4.

Hous·ton ['hjustən] 名 休士頓：美國 Texas 州東南部的一都市。

Hou·yhn·hnm [hu'ɪnəm, 'hwɪnəm] 名 英國作家 Jonathan Swift 所著的 *Gulliver's Travels* 中有理性的馬。

hove [hov] 動 heave 的過去式及過去分詞。

hov·el ['hʌvl, 'hɑvl] 名 簡陋的房子；放雜物的小屋；家畜的棚舍。

hov·er ['hʌvɚ, 'hɑ-] 動 不及 1 翱翔《*over, above...*》；盤旋《*about...*》。2 留在…旁；徬徨《*around, about...*》。3 猶豫《*on, between...*》。
—及 1 伏窩 (小鳥)。2 徘徊在…附近。
—名 翱翔；徘徊，猶豫。～·er 名, ～·ingly 副

hov·er·barge ['hʌvɚ,bɑrdʒ, 'hɑ-] 名《英》氣墊駁船。

Hov·er·craft, hov- ['hʌvɚ,kræft, 'hɑ-] 名 (複～)〖商標名〗《主英》氣墊船。

hov·er·train ['hʌvɚ,tren, 'hɑ-] 名 氣墊式火車。

:how [hau] 副 I《疑問句》1《表方法、手段、程序》怎麼，怎樣。2《表數量、程度》《通常與副詞、形容詞連用》多少，如何。3《表狀態》怎麼樣，如何。4《表理由》怎樣，為何。5《徵求對方的說明、意見》如何，怎樣：*H*-?《美口》什麼？請再說一遍如何？/ *H*- so? 怎麼會這樣呢，為什麼？6《表稱謂、名字》如何稱呼，叫什麼名字。II《感嘆句》7《強調形容詞、副詞或全句》多麼，何等。

all you know how《俚》盡你所能。

and how《口》當然，的確；極為，很。

any old how《口》不整齊地；隨意地。

Here's how!《乾杯時用語》祝你健康！

How about...? ⇨ ABOUT (片語)

How about it? 你認為如何？

How about that!《口》《表驚訝、祝福、讚賞》想不到吧！好棒啊！真想不到！

How are you? (1) 你好嗎？(2)《諷》的確

確實。

How come... ?《接子句》《美口》《表驚訝》怎麼？爲何？

How do you do? (1) = HOW are you? (2)幸會。(3)《美》《問候》日安，早安，晚安。

How ever... ? = HOWEVER 副 3.

How much... ? (1)（價錢是）多少？(2)《英俚》什麼？

How's about...?《口》= HOW about... ?

—連 1 以什麼方法[程度，狀態，理由]《wh-子句》。2 有關什麼的方法[狀態，做法]。3《非標準》《引導副詞子句》不管用什麼方法。4《口》《如同連接詞 **that**》: He told me ～he had seen it on TV 他告訴我曾經在電視上看過它。—名 1（關於方法、辦法）「如何做」的質問。2《通常作 **the** ～》辦法，方法。

How·ard ['hauɚd] 名〖男子名〗霍華德。

how·be·it [hau'biɪt] 副雖然如此，仍然。—連雖然。

how·dah ['haudə] 名象轎，駝轎。

how-do-you-do ['haudəjə'du] 名《口》令人尷尬或不愉快的狀況：a fine ～十分令人爲難的局面。

how·dy ['haudɪ] 名 (複 **-dies**)，感《美口》《表示問候》嗨，你好。

how·e'er [hau'ɛr] 副連《文》= however.

how·ev·er [hau'ɛvɚ] 副 1 不管怎樣，無論如何。2 然而。3《疑問》《口》到底，究竟。—連不管用什麼方法。

how·itz·er ['hauɪtsɚ] 名〖武器〗曲射砲，榴彈炮。

howl [haul] 動不及 1 叫嗥；呼嘯，怒吼。2 號叫；吼叫《*for...*》。3《口》高興地狂鬧；大聲哄笑《*with...*》。—及 1 怒吼地說《*out*》。2 轟下臺《*down*》。—名（狼等的）叫嗥；（風等的）呼嘯。2 叫喊，怒吼；（輕蔑的）大笑，狂叫。3《口》令人發笑的事物。

howl·er ['haulɚ] 名 1 咆哮者；（葬禮的）號哭者。2《口》愚蠢的錯誤；笑話。

howl·ing ['haulɪŋ] 形 1 叫喊的；怒吼的：a ～ gale 咆哮的強風。2 荒涼的，淒涼的：a ～ desert 荒涼的沙漠。3《口》極大的，非常的：a ～ lie 天大的謊言。

how's [hauz]《口》how is 的縮略形。

how·so·ev·er [,hauso'ɛvɚ] 副《文》= however 1.

how-to ['hau'tu] 形《美口》教導入門的：a ～ book on... 有關…的實用書。—名指導，入門。

hoy[1] [hɔɪ] 名〖海〗1 大型運貨駁船。2 單桅帆船。

hoy[2] [hɔɪ] 感喂！嘿！—名叫喊聲。

hoy·den ['hɔɪdn̩] 名帶男孩氣的女孩；調皮愛喧鬧的女孩。—形頑皮喜喧鬧的；粗野無禮的。

hoy·den·ish ['hɔɪdənɪʃ] 形頑皮女孩似的；喧鬧的。

Hoyle [hɔɪl] 名 1 **Edmond**, 霍依爾（1672–1769）：英國的撲克牌遊戲權威兼著述家。2（撲克牌遊戲的）規則書。

according to Hoyle 按照規則；公正地。

hp, Hp《縮寫》*h*orse*p*ower.

H.P., h.p.《縮寫》〖電〗*h*igh *p*ower; *h*igh *p*ressure; *h*igh *p*riest; *h*orse*p*ower;《英》*h*ire *p*urchase.

H.Q., h.q., HQ.《縮寫》*h*ead *q*uarters.

hr., h.《縮寫》*h*ou*r*(s).

H.R., HR《縮寫》*H*ouse of *R*epresentatives; *H*ome *R*ule; *h*ome *r*un.

H.R.H.《縮寫》*H*is [*H*er] *R*oyal *H*ighness. 殿下。

hrs.《縮寫》*h*ou*rs*.

H.S.《縮寫》*H*igh *S*chool;《英》*H*ome *S*ecretary.

H.S.H《縮寫》*H*is [*H*er] *S*erene *H*ighness.

H.T.《縮寫》*h*igh-*t*ension.

ht.《縮寫》*h*eigh*t*.

HTML《縮寫》*H*yper*t*ext *M*arkup *L*anguage 超文字標示語言。

http《縮寫》*h*yper*t*ext *t*ransfer *p*rotocol 超文字傳輸協定。

hub [hʌb] 名 1（車輪的）轂。2（活動的）中心。3 防滑片；插孔。

from hub to tire 完全地，從頭到尾。

up to the hub《口》完全地；埋首專心；深深陷入地。

hub·ba hub·ba ['hʌbə'hʌbə] 感《美俚》美極了！好極好極！

hub·ble-bub·ble ['hʌbl̩,bʌbl̩] 名 1 水煙筒。2 咕嚕咕嚕（起水泡）的聲音；喧囂的談話聲；騷動。

hub·bub ['hʌbʌb] 名U 喧囂；騷動。

hub·by ['hʌbɪ] 名 (複**-bies**)《口》丈夫。

hub·cap ['hʌb,kæp] 名（汽車輪胎的）輪軸蓋。

Hu·bert ['hjubɚt] 名〖男子名〗休伯特。

hu·bris ['hjubrɪs] 名U 過度自信；傲慢。

huck·a·back ['hʌkə,bæk] 名U 浮鬆布。

huck·le·ber·ry ['hʌkl̩,bɛrɪ] 名 (複**-ries**)〖植〗越橘樹；越橘。

huck·ster ['hʌkstɚ] 名 1 叫賣販；小販。2（販賣等的）宣傳者。3 不誠實的商人。4《口》強勢推銷者；《美》廣告業者。—動及不及 1 叫賣；販賣。2 討價還價。3 摻混劣質物。

HUD《縮寫》Department of Housing and Urban Development（美國）住宅與都市開發部。

hud·dle ['hʌdl̩] 動不及 1 擁塞，群集；《口》（祕密地）商談；聚在一起（討論等）。2〖美足〗聚集（商討戰術等）。3 蹲伏；彎腰低頭；（身體）縮成一團。—及 1 亂堆；使亂擠《*together, up / into...*》。2《被動或反身》縮成一團《*up*》。3 匆忙地穿上《*on*》；《主英》匆忙地做《*up,*

H

over, together, through》。—(名) 1（雜亂的）一群，一團，一堆；混亂；騷動。2《口》商談，祕密會議。3〖美足〗球員集合[聚集]。

Hud·son ['hʌdsn̩] (名)《the ～》哈德遜河；～ **Bay**, 哈德遜灣；～ **Strait**, 哈德遜海峽。

:hue¹ [hju] (名) 1 (U)(C) 色度；色調；顏色：all the ～*s* of the rainbow 彩虹所有的色彩。2 色相：光的三特性之一。3（觀念等的）特色，傾向：politicians of every ～ 形形色色的政治人物。

hue² [hju] (名)（追捕者等的）呼叫聲。
hue and cry (1) 追趕的叫喊聲。(2) 大聲抗議。

hued [hjud] (形)《通常作複合詞》…的顏色的：a silver-*hued* Rolls Royce 銀色的勞斯萊斯（汽車）/ many-*hued* 多彩的。

huff [hʌf] (名) 激怒：leave in a ～ 怒氣沖沖地離開 / go into a ～ 發怒。
—(動)(及) 1 使生氣，激怒。2《古》傲慢地對待；嚇唬《*into, out of...*》。3〖西洋棋〗吃掉。—(不及) 1 生氣；憤怒地說話。2 噴氣；喘息；激烈地吹颳：～ and puff 喘氣。3《古》顯威風；恫嚇。

huff·ish ['hʌfɪʃ] (形) 1 不高興的；盛怒的。2 傲慢的。～·**ly** (副), ～·**ness** (名)

huff·y ['hʌfɪ] (形) (**huff·i·er, huff·i·est**) 1 易怒的，暴躁的；憤怒的：a ～ mood 不高興的心境。2 傲慢的。-**i·ly** (副)

·hug [hʌg] (動) (**hugged**, ～·**ging**) (及) 1 擁抱；（熊）以前足緊抱。2 懷有，固守：～ a prejudice 懷有偏見。3 緊靠。4（船等）沿著，靠近（岸邊等）而行；（道路等）緊臨：～ the shore（船）靠著海岸航行。
—(不及) 擁抱；靠近；緊臨。
hug one's chains 甘願受束縛。
hug oneself on... 因…而深感歡欣。
—(名) 1 擁抱。2〖角力〗緊抱住對方。

·huge [hjudʒ] (形) (**hug·er, hug·est**) 1 非常巨大的，龐大的：a ～ pile of leaves 堆積如山的樹葉。2 無限的：a ～ undertaking 龐大無比的事業。～·**ness** (名)(U) 巨大，龐大。

huge·ly ['hjudʒlɪ] (副) 十分，非常地；巨大地。

hug·ger-mug·ger ['hʌgɚ,mʌgɚ] (名)(U)《古》1 混亂。2 祕密。—(形)(副) 1 祕密的[地]。2 混亂的[地]。—(動)(及) 使成為祕密，隱瞞《*up*》。—(不及) 暗中做；祕密磋商；草率地做。

hug·ger-mug·ger·y ['hʌgɚ,mʌgərɪ] (名) (複-**ger·ies**) = hugger-mugger.

Hugh [hju] (名)〖男子名〗休。

Hu·go ['hjugo] (名) **Victor (Marie, Viscount)**, 雨果（1802－85）：法國作家。

Hu·gue·not ['hjugə,nɑt] (名) 雨格諾派教徒：16－17 世紀的法國新教徒。

huh [hʌ] (感)《美》哈！哼！

hu·la ['hulə] (名) = hula-hula.

'hula ˌhoop (名)〖運動〗呼拉圈。

hu·la-hu·la ['hulə'hulə] (名) 草裙舞。

'hula ˌskirt (名) 跳草裙舞時穿的草裙。

hulk [hʌlk] (名) 1 廢船；《蔑》大而笨重的船；《常作～s》（從前的）囚船。2 笨重的人[物]。3（建築物等的）外殼，殘骸。—(動)(不及) 1 緩慢笨重地出現；愈來愈顯得巨大《*up*》。2《英方》笨重地行進。

hulk·ing ['hʌlkɪŋ] (形)（體積等）龐大笨重的；笨拙的。

hull¹ [hʌl] (名) 1（種子等的）外皮，殼；（草莓等的）蒂，萼。2 覆蓋物，表皮。—(動)(及) 除去…的外皮。

hull² [hʌl] (名) 1〖海〗船身，船體。2（水上飛機的）機身；（飛船的）船體。
hull down (1) 遙不可見船身的；在水平線下的。(2)（戰車）只見炮塔的。
hull up 出現在水平線上的。

hul·la·ba·loo ['hʌləbə,lu] (名) (複～s [-z])《通常作單數》喧囂；吵鬧聲；騷動。

hul·lo [hə'lo] (感), (名) (複～s [-z]), (動)(不及)(及)《主英》1 = hallo. 2 = hello.

hul·loa [hʌ'lo, '--] (感), (名)(複～s [-z]), (動)(不及)(及)《主英》= hello.

hum [hʌm] (動) (**hummed**, ～·**ming**) (不及) 1（像蜂、陀螺般）發嗡嗡聲；發混雜不清的聲音；發嗯嗯哼哼的聲音；哼曲子。2《口》忙碌；充滿活力；活躍起來：make things ～ 把事情炒熱。3《英俚》（汗、臭味等）發出惡臭。—(及) 閉著嘴說；閉口哼唱；以鼻哼歌使（人）…《*to...*》。
hum along（車等）向前飛奔；有發展。
—(名) 1 嗡嗡聲，哼歌；哼聲；嘈雜聲。收音機的雜音。3 (U)《英俚》（汗等的）惡臭。—(感) 哼！嗯！

:hu·man ['hjumən] (形) 1 人的，人類的：～ vegetable 植物人 / ～ relations 人際關係 / ～ interest（指新聞報導中的）人情趣味 / ～ issues 人間事。2 像人類的；有人性的：～ sympathy 有人情味的同情心。—(名)《通常作～s》《口》人，人類。

'human 'being (名) 人，人類。

hu·mane [hju'men] (形) 1 慈悲的，有同情心的：a ～ punishment 有人道的懲罰 / ～ treatment of mentally retarded children 對智能不足兒童之人道待遇。2 人文的。～·**ness** (名)

hu·mane·ly [hju'menlɪ] (副) 慈悲地，人道地。

'human engi'neering (名)(U) 人體工程學。

'Humane So,ciety (名)《the～》保護動物協會。

'human geo'graphy (名) 人文地理學。

'human 'growth ˌhormone (名)〖生化〗人體生長激素。略作：HGH, hGH

·hu·man·ism ['hjumə,nɪzəm] (名)(U) 1 人類主義，人道主義，人文主義。2《偶作 H-》（文藝復興時期的思潮所形成的）人文主義，人本主義；古典作品研究。3

文科學。4〖哲〗人本主義。5人性。

hu·man·ist ['hjumənɪst] 名 1 人文主義者；人道主義者。2《偶作 H-》（文藝復興時期的）人文主義者。3 古典作品研究者；人文學科學者。—形 人文主義的，人道主義的。

hu·man·is·tic [,hjumə'nɪstɪk] 形 人類研究的；人道主義的；人文學科的。**-'is·ti·cal·ly** 副

hu·man·i·tar·i·an [hju,mænə'tɛrɪən] 形 人道主義的，博愛的。—名 人道主義者。

hu·man·i·tar·i·an·ism [hju,mænə'tɛrɪənɪzəm] 名 U 1 人道主義，博愛主義。2〖倫〗人道主義；人性論。

hu·man·i·ty [hju'mænətɪ] 名（複**-ties**）1 U 人性；《**-ties**》人類的屬性。2 U《集合名詞》人類；人。3 U 人道；親切，慈愛：a sense of ～ 慈悲心。4《**the -ties**》(1) 希臘、拉丁的古典文學。(2) 人文學科。

hu·man·ize ['hjumə,naɪz] 動 及 1 使成為人，使通人情；教化；使變溫和：～ the tyrant 使暴君變得仁慈。2 使人性化。—不及 變得有人性[通人情]。

hu·man·kind ['hjumən,kaɪnd] 名 U《集合名詞·作複數》人類。

hu·man·ly ['hjumənlɪ] 副 像人地，人類般地；在人的知識和能力範圍內；從人類的觀點；採用人的手段：～ speaking 以人類的觀點而言 / ～ possible 人力範圍之內的。

human 'nature 名 U 人性；人之常情。

hu·man·oid ['hjumə,nɔɪd] 形 類似人類的；機器人的。—名 1 似人的生物；猿人；（科幻小說等的）外星人。2 機器人。

human 'race 名《**the** ～》人，人類。

human re'lations 名《常作單數用》人際關係。

human re'sources 名 U 人力資源部。

human 'rights 名（複）人權。

human 'sciences 名（複）人文科學。

Hum·ber ['hʌmbɚ] 名《**the** ～》漢伯河：英國英格蘭東部的一河川。

hum·ble ['hʌmbḷ] 形（**-bler, -blest; more** ～; **most** ～）1 謙卑的，恭順的：my ～ advice 愚見 / your ～ servant《古》《書信的結尾語》敬上，頓首。2 自感卑微的。3（地位等）卑下的，卑賤的；寒酸的，粗糙的：a man of ～ origin 出身卑微的男人。—動（**-bled, -bling**）及 1 使謙虛；貶低：make one's heart ～ 使自己謙虛。2 使喪失威信，使丟臉。

～**·ness** 名 U 謙遜，謙虛。

hum·ble·bee ['hʌmbḷ,bi] 名《主英》= bumblebee.

humble ,pie 名 U 屈辱。

eat humble pie 甘受屈辱，低聲下氣。

hum·bly ['hʌmblɪ] 副 謙虛地；低聲下氣地；身分卑微的。

hum·bug ['hʌm,bʌg] 名 1 U 欺詐，欺瞞；謊言。2 騙子。3《英》一種薄荷糖。—動（**-bugged, ～·ging**）及 欺騙《*into doing*》；騙取《*out of...*》。—不及 行騙，欺詐。

—感 胡說！豈有此理！

hum·bug·gery ['hʌm,bʌgərɪ] 名 U 欺騙。

hum·ding·er ['hʌm'dɪŋɚ] 名《俚》傑出的人；不尋常的事[物]。

hum·drum ['hʌm,drʌm] 形 單調的，平凡的，無聊的。—名 1 U 單調，平凡，無聊。2 單調的話；無聊的人。

hu·mer·al ['hjumərəl] 形〖解·動〗肱骨的；肩骨的。

hu·mer·us ['hjumərəs] 名（複**-mer·i** [-mə,raɪ]）〖解·動〗肱骨；上膊骨。

hu·mid ['hjumɪd] 形 潮溼的，有溼氣的。

hu·mid·i·fi·er [hju'mɪdə,faɪɚ] 名 溼潤器；溼度調節設備。

hu·mid·i·fy [hju'mɪdə,faɪ] 動（**-fied, ～·ing**）及 使潮溼，潤溼。

hu·mid·i·ty [hju'mɪdətɪ] 名 U 溼氣；溼度。

hu·mi·dor ['hjumɪ'dɔr] 名 1（保持煙草一定溼度的）保潤盒；保溼器。2 裝有保溼器的煙草盒[罐]。

·**hu·mil·i·ate** [hju'mɪlɪ,et] 動（**-at·ed, -at·ing**）及 使羞愧；侮辱：～ one's opponent 侮辱敵手 / ～ oneself 丟自己的臉。

hu·mil·i·at·ing [hju'mɪlɪ,etɪŋ] 形 恥辱的：a ～ experience 恥辱的經驗。～**·ly** 副

hu·mil·i·a·tion [hju,mɪlɪ'eʃən] 名 U C 恥辱，屈辱（感），丟臉。

hu·mil·i·ty [hju'mɪlətɪ] 名（複**-ties**）U 謙虛，謙恭；《**-ties**》謙遜的行為。

hum·mer ['hʌmɚ] 名 1 嗡嗡響之物；哼歌的人；蜂鳥。2 = humdinger.

hum·ming ['hʌmɪŋ] 形 1 嗡嗡響的；哼歌的。2 忙碌的；活躍的；（酒）濃烈的。

hum·ming·bird ['hʌmɪŋ,bɝd] 名〖鳥〗蜂鳥。

'humming ,top 名 響簧陀螺。

hum·mock ['hʌmək] 名 1 樹林高地；小圓丘。2（冰原上的）冰丘；波狀地。

hu·mon·gous [hju'mʌŋgəs] 形《美俚》極端巨大的（亦作 **humungous**）。

:**hu·mor** ['hjumɚ] 名 1 U 幽默，滑稽，詼諧；幽默的文章；滑稽的書：cheap ～ 無聊的滑稽話。2 U 理解幽默的能力：a sense of ～ 幽默感 / a man without ～ 不懂幽默的人。3《～**s**》詼諧的事，滑稽之處：the ～ of the situation 這種情況的可笑之處。4 U《文》氣質，性情：Every man has his ～.《諺》千人千個性格。5 U C（一時的）心情，興致；反覆無常的情緒：out of ～ 心情不好，沒有興致 / in a good ～ 興致很好 / be in a ～ to do 有興致做…。6 U〖生理〗液；C〖古生理〗體液。—

H

動及 1 使滿足。2 迎合，順應。

hu·mored ['hjumɚd] 形 …的心情的，…的興致的：good ～ 心情好的。

hu·mor·esque [,hjumə'rɛsk] 名 詼諧曲。

hu·mor·ist ['hjumərɪst] 名 幽默作家或演員；幽默的人；滑稽的人。

hu·mor·less ['hjumɚlɪs] 形 缺乏幽默的，拘謹的。～**·ly** 副

·hu·mor·ous ['hjumərəs] 形 1 幽默的，詼諧的，滑稽的。2 懂得幽默的，富幽默感的。

～**·ly** 副，～**·ness** 名 U 詼諧。

hu·mor·some ['hjumɚsəm] 形 情緒不穩定的，性情不定的。

:hu·mour ['hjumɚ] 名，動 及《英尤作》= humor.

·hump [hʌmp] 名 1（駝）峰；駝背；（背部的）隆肉；低圓丘。2〖鐵路〗駝峰調車場。3《the ～》《英俚》憂慮；不悅。

get a hump on 《口》趕快。

live on one's hump 自給自足，自立。

over the hump 脫離危險期，度過難關。

—動 及 1 弓著（背）。2《反身或與 it 連用》《美口》拚命努力；急忙。3《英口》背負；帶；搬運。4 使灰心。5《俗》性交。—不及 1 隆起，圓圓地鼓起。2《美口》努力，發奮；急忙地做。

hump·back ['hʌmp,bæk] 名 1 傴僂，駝背（的人）。2〖動〗座頭鯨。

hump·backed ['hʌmp,bækt] 形 駝背的，傴僂的。

'humpback 'whale 名〖動〗座頭鯨。

humped [hʌmpt] 形 有隆肉的；傴僂的。

humph [hmh,《拼法式發音》hʌmf] 感《表示不相信、輕蔑等》哼。

Hum·phrey ['hʌmfrɪ] 名〖男子名〗韓福瑞。

Hump·ty Dump·ty ['hʌmptɪ'dʌmptɪ] 名 1 矮而渾圓的胖子。2《h- d-》跌倒後爬不起來的人；摔破後修不起來之物。

hump·y¹ ['hʌmpɪ] 形 (**hump·i·er**, **hump·i·est**) 1 有隆肉的；有駝峰的。2 隆肉狀的；駝峰狀的。**-i·ness** 名

hum·py² ['hʌmpɪ] 名 (複 **-pies**)《澳俚》(土著的) 小茅草屋。

hu·mus ['hjuməs] 名 U 腐植質。

Hun [hʌn] 名 1 匈奴族，匈奴人。2《常作 **h-**》破壞文化者；野蠻人。3《尤英》《蔑》「德國鬼子」。

hunch [hʌntʃ] 動 及 1 拱曲（背等）《*up*》：～one's shoulders 聳起雙肩。2 推，撞，頂。3《口》預感，預料。—不及 1 弓起身體，弓著身子站立 [坐，走]。2 向前猛進。—名 1 肉峰，隆肉；厚片，厚塊。2《口》預感，預兆。3 推，撞。

hunch·back ['hʌntʃ,bæk] 名 = humpback 1.

:hun·dred ['hʌndrɪd] 名 (複 ～**s**,《在數詞、形容詞後》～) 1 一百。2 表示一百的符號。3《作複數》一百個。4《美口》一百美元的鈔票；一百美元；《英口》一百英鎊的鈔票；一百英鎊。5《昔》英國的郡之行政區。6〖數〗(帶小數數字的) 小數點後第三位；(整數的) 百位。

a hundred to one (1) 非常確定，十拿九穩。(2) 百分之一，幾乎無希望。

by hundreds 數以百計的，很多的。

great hundred 一百二十。

hundreds and thousands (1) 無數的。(2)(糕餅上綴飾的) 蜜餞或小糖果。

hundreds of... 數以百計的，許多的。

—形 一百的，百人的，百個的；很多的。

a hundred and one 許多的，眾多的。

hundred(-)proof 《俚》純粹的，道地的。

'Hundred 'Days 名 (複)《the ～》(拿破崙的) 百日天下。

hun·dred·fold ['hʌndrɪd,fold] 形 由百個部分所組成的；百倍的。—副 百倍地。—名 百倍。

hun·dred(-)per·cent ['hʌndrɪdpɚ'sɛnt] 形 副《口》百分之百的 [地]，純粹的 [地]，完全的 [地]。

hun·dred-per·cent·er ['hʌndrɪdpɚ'sɛntɚ] 名《美俗》1 極端愛國主義者。2《口》極好的青年男女。3 野心大而不計後果的實業家。

·hun·dredth ['hʌndrədθ] 形 1《the ～》第一百的，第一百號的。2《a ～, one ～》百分之一的。—名 1《a ～, one ～》百分之一。2《通常作 the ～》第一百，第一百號。3 百位。

hun·dred·weight ['hʌndrəd,wet] 名 (複 ～**s**,《數詞後作》～) 重量單位：在美國相當於 100 磅，在英國相當於 112 磅的重量單位。略作：cwt

'Hundred 'Years' 'War 名《the ～》英法百年戰爭 (1337–1453)。

:hung [hʌŋ] 動 **hang** 的過去式及過去分詞。

hung on... 《口》被…迷住，對…抱著極大的興趣。

hung over 《俚》宿醉的。

hung (-) up 《俚》(1) 心神不寧。(2) 猶豫不決。(3) 極度神經衰弱的。(4) 筋疲力竭的。(5) 落伍的，舊式的。(6) 被…迷住，專注於，被…纏住《*on, about...*》。

Hung. 《縮寫》*Hung*arian; *Hung*ary.

Hun·gar·i·an [hʌŋ'gɛrɪən] 形 匈牙利的；匈牙利人 [語] 的。—名 1 匈牙利人。2 U 匈牙利語。

Hun·ga·ry ['hʌŋgərɪ] 名 匈牙利 (共和國)：位於歐洲中部；首都布達佩斯 (Budapest)。

:hun·ger ['hʌŋgɚ] 名 1 U 飢餓，餓：die of ～ 餓死 / *H-* is the best sauce.《諺》飢者口中盡佳肴；飢不擇食。2 U 饑饉。3《通常作 **a** ～》渴望《*for, after..., to* do》：a ～ *for* sympathy 對同情的渴求 / have *a* ～ *to* go home 渴望回家。—動 不及 1 挨餓。2 渴望《*for, after...*》；想，欲。—及 使

餓；使因飢餓而…《into...》；使因飢餓（而從某場所）撤出《out of...》。

unger ˌcure 图絕食療法。

unger ˌmarch 图絕食遊行。

unger ˌstrike 图絕食抗議。

unger ˌstriker 图絕食抗議者。

ung ˌjury 图《美》無法作成一致判決的陪審團。

ung·o·ver ['hʌŋ,ovɚ] 形宿醉的，因喝酒而病醉到隔天的。

un·gry ['hʌŋgrɪ] 形 (**-gri·er**, **-gri·est**) **1** 飢餓的；（表情等）似飢餓的；使人飢餓的；不能填飽肚子的：(as) ～ as a hawk 極餓的 / go ～ 挨餓。**2** 渴望的《*for...*》：～ *for* an education 渴望受教育。**3** 貧瘠的，不毛的：～ land 貧瘠的土地。**4** 缺乏糧食的，饑饉的。**-gri·ly** 副貪婪地；渴望地。

ung-up ['hʌŋ,ʌp] 形 ⇨ HUNG（片語）

unk [hʌŋk] 图《口》（麵包、肉的）大塊，厚片《*of...*》。

hunk of a man 強壯而性感的男子。

un·ker ['hʌŋkɚ] 動不及蹲下《*down*》。—图《～**s**》屁股：on one's ～*s* 蹲著。

unks [hʌŋks] 图 (複)《作單、複數》心術不正的人；貪婪的人。

unk·y ['hʌŋkɪ] 形《美俚》**1** 強壯而性感的。**2** 令人滿意的。**3** 勢均力敵的，不相上下的。

unk·y-do·ry ['hʌŋkɪ'dorɪ] 形《美口》頗令人滿意的，相當好的。

unt [hʌnt] 動及 **1** 獵取，狩獵；（動物）追獵：～ buffalo 獵野牛。**2** 到處搜索《*for...*》。**3** 驅使，指揮（馬等）打獵。**4** 追捕；驅逐《*away* / *from, out of...*》；窮追…直至捕獲《*down*》：～ a murderer 追捕殺人犯。**5** 尋找出，搜出《*up, out*》：～ *up* some money to repay one's debts 張羅償還債務的錢。—不及 **1** 打獵：go out ～*ing* 出外打獵。**2** 搜尋，尋求。**3**（機器的速度）忽快忽慢；搖擺。—图 **1** 打獵；獵場，狩獵區；狩獵隊，狩獵會，狩獵團體。**2** 搜索，追尋。**3** 追趕。

unt·er ['hʌntɚ] 图 **1** 獵人，狩獵家。**2** 獵犬，獵馬。**3** 追求私利的人：a treasure ～ 搜尋寶藏的人；追求財富的人。**4**《**the H-**》〖天〗獵戶星座。**5**（狩獵用的）雙蓋錶。**6** Ⓤ 帶黃色的暗綠色。

unt·er-gath·er·er [ˌhʌntɚ'gæðərɚ] 图採獵者。

unter's 'moon 图《**the** ～》狩獵月：中秋滿月後的下一次滿月。

unt·ing ['hʌntɪŋ] 图 Ⓤ **1** 狩獵；《英》獵狐。**2**《美》槍獵。**3** Ⓤ 搜索，尋求：job ～ 謀職。**4**〖電〗振盪。—形 狩獵（用）的：a ～ dog 獵犬 / a ～ box 獵舍。

unting ˌcrop 图狩獵用馬鞭。

Hunting 'Dogs 图《**the** ～》〖天〗獵犬星座。

Hun·ting·don·shire ['hʌntɪŋdən,ʃɪr, -ʃɚ] 图漢廷頓郡：英格蘭中東部的舊郡。

'hunting ˌground 图狩獵場；漁場。***happy hunting ground***（北美印第安人的）死後的樂園；樂土，天堂。

'hunting ˌhorn 图〖樂〗狩獵用號角。

'hunting ˌknife 图獵刀。

'hunting 'pink 图Ⓤ鮮紅色。

hunt·ress ['hʌntrɪs] 图女獵人。

hunts·man ['hʌntsmən] 图 (複**-men**)《英》獵犬管理人；狩獵者。

hur·dle ['hɝdl] 图 **1** 障礙物，跨欄。**2**《**the** ～**s**》《作單數》跨欄賽跑。**3** 障礙，困難。**4**《主英》移動（式）籬笆。—動及 **1** 跳越。**2** 克服。**3** 以籬笆構築。—不及 跨欄；比賽跨欄。

hur·dler ['hɝdlɚ] 图 **1** 做籬笆的人。**2** 跨欄賽跑的選手。

'hurdle ˌrace 图跳欄賽跑。

hur·dy-gur·dy ['hɝdɪ'gɝdɪ, '--,--] 图 (複**-dies**) **1** 手搖風琴。**2**《口》手風琴。**3** 絞絃琴；古代四絃琴。

·hurl [hɝl] 動及 **1** 猛投，投擲；吐（惡言等）《*at...*》：～ a stone *at* the dog 向狗投擲石頭 / ～ insults *at* a person 向某人罵出侮辱的話。**2**《反身》猛撲《*at, against, upon...*》：～ *oneself against* the door 猛撲向門。**3** 把…摔倒：～ a person downstairs 把某人摔到樓下。—不及 **1** 投擲箭。**2**〖棒球〗投球。

—图《通常用單數》用力投擲。

hurl·er ['hɝlɚ] 图投擲者；〖棒球〗投手。

hurl·ing ['hɝlɪŋ] 图Ⓤ **1** 投擲。**2** 一種愛爾蘭式曲棍球戲。

hurl·y-burl·y ['hɝlɪ'bɝlɪ, '--,--] 图Ⓤ大騷動，混亂。—形 混亂的。

Hu·ron ['hjurən] 图 **Lake**, 休倫湖：北美五大湖中第二大湖。

·hur·rah [hə'rɑ, -'rɔ, hu-], **-ray** [-'re] 感《歡喜、激勵、歡呼加油聲等的叫聲》萬歲：*H*- for the Queen! 女王陛下萬歲！

—動不及 喊萬歲。—及歡呼迎接。—图 **1** 萬歲的歡呼聲。**2** 喧囂；炫耀（亦稱 **hooray, hoorah**）。

·hur·ri·cane ['hɝɪ,ken] 图 **1** 颶風。**2** 大風暴；（感情等的）激發，衝動。

'hurricane ˌdeck 图防風甲板。

'hurricane ˌlamp 图附防風燈罩的燭臺；附防風燈罩的煤油提燈。

hur·ried ['hɝɪd] 形 **1** 急促的，匆忙的。**2** 倉促的。～**·ness** 图

hur·ried·ly ['hɝɪdlɪ] 副急促地，匆忙地，倉促地。

:hur·ry ['hɝɪ] 動 (**-ried**, ～**·ing**) 不及 急行，趕快做；手忙腳亂，匆忙《*up, on, along*》：～*along* 急急忙忙往前趕 / ～ away 匆忙離開。—及 **1** 催促；催促（人）去做…《*into..., into doing*》；急忙做（工作等）《*up*》。**2** 急派，急運《*to...*》。

—图Ⓤ **1** 急忙；匆忙；忙亂。**2**《否定·疑問》趕緊的必要性。

H

in a hurry (1) 急忙地；慌張地《*for...*》；急欲《*to* do》: Nothing is ever done *in a* ～.《諺》欲速則不達，好事不從忙中起。(2)《否定》《口》容易地，輕易地。(3)《否定》《口》欣然地，樂意地。

in no hurry (1) 不急著《*for...*》。(2)《口》不想（做…）《*to* do》。～**·ing·ly** 副

hur·ry-scur·ry, -skur·ry ['hɝɪ'skɝɪ] 名U，副形 慌慌張張（地、的）。
—動 (**-ried**, ～**·ing**) 不及 張惶失措。

hur·ry-up ['hɝɪ,ʌp] 形 急忙的；緊急的。

:hurt [hɝt] 動 (**hurt**, ～**·ing**) 及 **1** 傷害，使受傷，使疼痛。**2** 損傷，損害；破壞，損壞；《以 it 爲主詞》使難過[苦惱]：～ a person's reputation 破壞某人的名譽。**3** 傷害感情；使悲傷。—不及 **1**《口》（受傷的部分等）感到疼痛；帶來痛苦。**2** 給予傷害；困乏；《以 **it** 爲主詞》使人難過[苦惱]。—名 **1** U C 傷痛；痛苦的事。**2** U 損傷，損害；打擊。—形 **1** 受傷的。**2**（名聲等）被傷害的；痛苦的。**3** 受損傷的。

hurt·er ['hɝtɚ] 名 帶來傷害的人[物]。

hurt·ful ['hɝtfəl] 形 給予痛苦的，傷感情的；傷害的，有害的：be ～ to the health 對健康有害。
～**·ly** 副, ～**·ness** 名

hur·tle ['hɝtl] 動 不及 **1** 猛衝；轟然疾馳而過。**2** 衝撞《*against...*》。**3** 鳴響。—及 **1** 使猛進；猛擲。**2** 衝撞。—名 衝撞；U 碰撞的聲音。

hurt·less ['hɝtlɪs] 形 **1** 無害的。**2** 未受傷的。～**·ly** 副, ～**·ness** 名

:hus·band ['hʌzbənd] 名 **1** 丈夫：A good ～ makes a good wife.《諺》有好丈夫才有好妻子。**2**《英》（他人財產的）管理人。
—動及（節儉地）管理；節約地使用；保存。

hus·band·man ['hʌzbəndmən] 名《古》農夫，農人。

hus·band·ry ['hʌzbəndrɪ] 名U **1** 農業；飼養業：dairy ～ 酪農業。**2** 家政；（資源等的）保護，管理。**3** 節儉，節約。

·hush [hʌʃ] 感 肅靜，噓。—動 不及 靜下來，沉默《偶用 *up*》。—及 **1** 使肅靜，使沉默；遮掩，隱瞞《*up*》。**2** 安撫，減輕，緩和。—名 U C **1** 寂靜。**2**〖語音〗《俚》噝音。

hushed [hʌʃt] 形 安靜的，寂靜的。

hush-hush ['hʌʃ,hʌʃ] 形《口》極祕密的：a ～ meeting 極祕密的會議。
—名U 審查；機密（政策）。

'hush ,money 名U 遮羞費，封口費。

·husk [hʌsk] 名 **1**〖植〗外殼，莢，皮；《美》（玉米的）外皮。**2** 殼；（無用的）外皮，外殼。**3**《俚》年輕人，傢伙。
—動及 **1** 去莢。**2** 以嘶啞的聲音說[唱]。
—不及 聲音變得嘶啞。

husk·i·ly ['hʌskɪlɪ] 副 **1** 強壯地。**2** 嘶啞地。

husk·ing ['hʌskɪŋ] 名《美》**1** U（玉米等的）剝皮，去殼。**2** = husking bee.

'husking ,bee 名 剝玉蜀黍殼的集會。

husk·y[1] ['hʌskɪ] 形 (**husk·i·er, husk·i·est**) **1**（身體）健壯的，魁梧的。**2**（聲音）嘶啞的。**3** 有外殼的；似外殼的；毫無內容的。
-i·ly 副, **-i·ness** 名

husk·y[2] 名 (複 **husk·ies**)《口》健壯者。

husk·y[3] ['hʌskɪ] 名(複 **husk·ies**) 愛斯基摩犬，哈士奇犬。

Hus(s) [hʌs] 名 **John**, 哈斯（1369–1415）捷克的宗教改革家及殉教者。

hus·sar [hʊ'zɑr] 名 一般歐洲軍隊的輕騎兵。

hus·sy ['hʌsɪ, 'hʌzɪ] 名(複 **-sies**) **1**《蔑》蕩婦。**2** 輕佻的女子。

hus·tings ['hʌstɪŋz] 名 (複)《作單、複數》**1**《美》競選演說的講壇；《英》（1872 年以前的）競選演說的講臺。**2** 競選演講場所；選舉程序。**3** 地方法院。

on the hustings 從事競選活動，發表競選演說。

·hus·tle ['hʌsl] 動 不及 **1** 敏捷地行動；趕緊做；《口》（買賣等）幹勁十足地做：～ across the street 匆忙地過馬路。**2** 硬擠；粗魯地推擠《*against...*》：～ through the crowds 擠過人群。**3**《俚》以非法手段謀生；《尤美口》（娼妓）賣淫。**4** 跳哈梭舞。—及 **1** 催促移動。**2** 硬逼做…《*into* ...》；催促，迅速做《*through, up*》。**3** 強行推銷。**4**《俚》強索；詐騙。—名 U **1**《口》振作，努力。**2** 推擠。**3**《俚》欺詐；詐騙。**4**《主美》哈梭舞。

hus·tler ['hʌslɚ] 名 **1**《口》能幹的人，有幹勁的生意人。**2** 騙子。**3** 妓女。

·hut [hʌt] 名 **1** 小屋，臨時房舍；（露營場的）有涼臺的平房。**2**〖軍〗臨時營房。
—動 (～**·ted**, ～**·ting**) 及 不及（使）暫宿於小屋中；（使）（軍隊）紮營。

hutch [hʌtʃ] 名 **1**（關兔子等的）籠子。**2** 小屋。**3**（儲藏用的）箱，櫥櫃；（有腳的）餐具櫃。**4** 揉麵槽。

hut·ment ['hʌtmənt] 名 臨時營房，野營地。

Hux·ley ['hʌkslɪ] 名 **Aldous (Leonard)** 赫胥黎（1894–1963）：英國小說家、散文家、批評家。

huz·za(h) [hə'zɑ] 感《古》萬歲。—名 萬歲（的歡呼聲）。—動 不及 歡呼萬歲。
—及 歡呼萬歲迎接。

Hwang Ho, Hoang·ho ['hwɑŋ'ho] 名《the ～》黃河。

hy·a·cinth ['haɪə,sɪnθ] 名 **1**〖植〗風信子（百合科）。**2** U C 風信子石。**3** U 堇紫色。

hy·a·cin·thine [,haɪə'sɪnθɪn] 形 **1** 風信子（般）的。**2** 以風信子裝飾的。**3** 風信子色的，堇紫色的。

hy·ae·na [haɪ'inə] 名 = hyena.

hy·a·line ['haɪəlɪn, -laɪn] 名U **1**〖生化〗

透明蛋白玻璃質（亦作 **hyalin**）。**2** 玻璃狀物質。
一形 透明的；玻璃狀的。

y·a·lite ['haɪə,laɪt] 名 U 〖礦〗玉滴石。

yal(o)- 《字首》表「玻璃，透明」之意。

y·a·loid ['haɪə,lɔɪd] 名 〖解〗(眼球的) 玻璃狀膜。一形 玻璃狀的，透明的。

y·brid ['haɪbrɪd] 名 **1** (動、植物的) 雜種；混血兒。**2** (異質成分的) 混合物。**3** 〖語言〗混合詞。一形 雜種的；混血的；由不同語言混合而成的。

y·brid·ism ['haɪbrɪ,dɪzəm] 名 U **1** 雜種性(狀態)。**2** 混種；混種之產生；〖語言〗(語言的) 混合。

y·brid·ize ['haɪbrɪ,d aɪz] 動 及 使生出雜種；使混種。一不及 生出雜種。
-'za·tion 名

Hyde [haɪd] 名 **Mr.**, 海德先生：R.L. Stevenson (1850−94) 所著 *The Strange Case of Dr. Jekyll and Mr. Hyde*『變身怪醫』中 Dr. Jekyll 的邪惡化身。

Hyde 'Park 名 海德公園：英國 London 市區內的公園，公共集會及民眾發表政論的地方。

y·dra ['haɪdrə] 名 (複～s, **-drae** [-dri]) **1** (**H-**) 〖希神〗九頭大蛇：砍去其中一頭立刻長出另外兩個頭，後被 Hercules 所消滅。**2** (**H-**) 〖天〗海蛇座。**3** 難以根除的禍害。**4** 〖動〗水螅。

y·dran·gea [haɪ'drendʒə, -'drændʒɪə] 名 〖植〗繡球花。

y·drant ['haɪdrənt] 名 水龍頭；消防栓。

y·drar·gy·rum [haɪ'drɑrdʒərəm] 名 U 水銀。

y·drate ['haɪdret] 名 U C 〖化〗水化合物。
一動 及 不及 (使) 成水化合物，(使) 與水化合。

y·drau·lic [haɪ'drɔlɪk] 形 水力(學)的；水壓的，液壓的；以水為動力的；水硬化的：～ ram 衝擊起水機。**-li·cal·ly** 副

y·drau·lics [haɪ'drɔlɪks] 名 (複) 《作單數》水力學。

y·dra·zide ['haɪdrəzaɪd] 名 U 〖化·藥〗痨得治：肺結核治療藥。

y·dric ['haɪdrɪk] 形 〖化〗(含) 氫的。

y·dride ['haɪdraɪd] 名 〖化〗氫化物。

y·dro ['haɪdro] 名 (複～s [-z]) **1** 《英》水療處；水療院。**2** U 《主加》水力所發的電；C 水力發電廠。

ydro- 《字首》表「水」、「氫」之意。

y·dro·air·plane [,haɪdro'ɛr,plen] 名 水上飛機。

y·dro·car·bon [,haɪdro'kɑrbən] 名 〖化〗烴，碳氫化合物。

y·dro·ceph·a·lus [,haɪdro'sɛfələs], **-a·ly** [-əlɪ] 名 U 〖病〗腦積水，腦水腫。

y·dro·chlo·ric [,haɪdrə'klorɪk] 形 〖化〗氯化氫的：～ acid 鹽酸。

hy·dro·cy·an·ic [,haɪdrosaɪ'ænɪk] 形 〖化〗氰化氫的：～ acid 氫氰酸。

hy·dro·dy·nam·ics [,haɪdrodaɪ'næmɪks] 名 (複) 《作單數》流體力學。

hy·dro·e·lec·tric [,haɪdroɪ'lɛktrɪk] 形 水力發電的。**-tri·cal·ly** 副

hy·dro·e·lec·tric·i·ty [,haɪdroɪlɛk'trɪsətɪ] 名 U 水力發電，水力電。

hy·dro·flu·or·ic [,haɪdroflu'ɑrɪk] 形 〖化〗含氟化氫的。

hy·dro·foil ['haɪdrə,fɔɪl] 名 〖海〗水翼船；水翼。

·**hy·dro·gen** ['haɪdrədʒən] 名 U 〖化〗氫。符號：H

hy·dro·gen·ate ['haɪdrədʒən,et] 動 及 〖化〗使與氫化合。**-'a·tion** 名

'hydrogen ,bomb 名 氫彈。

'hydrogen ,ion 名 U 〖化〗氫離子。

hy·drog·e·nous [haɪ'drɑdʒənəs] 形 含氫的。

'hydrogen per'oxide 名 U 〖化〗過氧化氫。

hy·drog·ra·phy [haɪ'drɑgrəfɪ] 名 U 水道測量術；水文學。**,hy·dro·'graph·ic** 形

hy·droid ['haɪdrɔɪd] 名 形 水螅綱動物(的)；水螅體(的)。

hy·dro·ki·net·ics [,haɪdrokɪ'nɛtɪks, -kaɪ-] 名 (複) 《作單數》流體(動)力學。

hy·drol·o·gy [haɪ'drɑlədʒɪ] 名 U 水文學。
-gist 名 水文學者。

hy·drol·y·sis [haɪ'drɑləsɪs] 名 (複 **-ses** [-,siz]) U C 〖化〗加水分解，水解(作用)。

hy·dro·lyt·ic [,haɪdrə'lɪtɪk] 形 引起水解作用的。

hy·dro·lyze ['haɪdrə,laɪz] 動 及 不及 (使) 水解。

hy·drom·e·ter [haɪ'drɑmətɚ] 名 液體比重計；測流計；浮秤。

hy·dro·met·ric [,haɪdrə'mɛtrɪk], **-ri·cal** [-rɪkl] 形 測定液體比重的。

hy·drom·e·try [haɪ'drɑmətrɪ] 名 U 液體比重測定(法)。

hy·dron·ic [haɪ'drɑnɪk] 形 循環加熱或冷卻系統的。

hy·dron·ics [haɪ'drɑnɪks] 名 (複) 《通常作單數》循環加熱或冷卻系統。

hy·dro·path·ic [,haɪdrə'pæθɪk] 形 水療法的。一名 《英》= hydro 名 1.

hy·drop·a·thy [haɪ'drɑpəθɪ] 名 U 水療法。

hy·dro·pho·bi·a [,haɪdrə'fobɪə] 名 U 〖病〗恐水症；狂犬病。

hy·dro·pho·bic [,haɪdrə'fobɪk] 形 **1** 〖病〗恐水病的，狂犬病的。**2** 忌水的。

hy·dro·phyte ['haɪdrə,faɪt] 名 水生植物。

hy·dro·plane ['haɪdrə,plen] 名 **1** 水上飛

H

機：水上滑行艇。**2** 水翼：（潛水艇的）水平舵。
—動不及 **1** 做水上滑行。**2** 乘水上飛機飛行。**3**（車輛在潮溼的道路上失控而）打滑。**-plan·ing** 名打滑。

hy·dro·pon·ics [ˌhaɪdrəˈpɑnɪks] 名(複)《作單數》水耕法，水栽法；溶液培養法。**hy·dro·pon·ic** 形

hy·dro·pow·er [ˈhaɪdrəˌpaʊɚ] 名 U 水力電。

hy·dro·qui·none [ˌhaɪdrokwɪˈnon, -drəˈkwɪnon] 名 U 〖化〗對苯二酚。

hy·dro·sphere [ˈhaɪdrəˌsfɪr] 名 水圈，水域；U（大氣中的）水氣。

hy·dro·stat [ˈhaɪdrəˌstæt] 名（汽鍋的）防止爆炸裝置；檢漏水器。

hy·dro·stat·ic [ˌhaɪdrəˈstætɪk] 形 流體靜力（學）的；靜水（學）的。

H

hy·dro·stat·ics [ˌhaɪdrəˈstætɪks] 名(複)《作單數》流體靜力學。

hy·dro·ther·a·py [ˌhaɪdrəˈθɛrəpɪ] 名 U 〖醫〗水療法。

hy·dro·trope [ˈhaɪdrəˌtrop] 名 U 溼性植物；向水性物質。**-trop·ic** [-ˈtrɑpɪk] 形〖植〗向水性的。

hy·drot·ro·pism [haɪˈdrɑtrəˌpɪzəm] 名 U 〖生〗向水性，向溼性。

hy·drous [ˈhaɪdrəs] 形 含水的；〖化〗水合的，水狀的。

hy·drox·ide [haɪˈdrɑksaɪd] 名〖化〗氫氧化物。

hy·drox·y(l) [haɪˈdrɑksɪ(l)] 名 U 〖化〗氫氧基。

hy·dro·zo·an [ˌhaɪdrəˈzoən] 名 水螅綱動物。—形 水螅綱的。

hy·e·na [haɪˈinə] 名 **1** 土狼。**2** 殘酷貪婪者。

Hy·ge·ia [haɪˈdʒiə] 名〖希神〗海姬：司健康的女神。

hy·giene [ˈhaɪdʒin] 名 U **1** 衛生學，保健學。**2** 衛生（狀態）：mental ～ 心理衛生 / public ～ 公共衛生。

hy·gi·en·ic [ˌhaɪdʒɪˈɛnɪk, haɪˈdʒɛn-] 形 **1** 衛生的，促進健康的。**2** 衛生學的。**-i·cal·ly** 副

hy·gi·en·ics [ˌhaɪdʒɪˈɛnɪks, haɪˈdʒɛn-] 名(複)《作單數》= hygiene 1.

hy·gien·ist [haɪˈdʒinɪst, -ˈdʒɛ-] 名 衛生學家，保健人員。

hygro- 《字首》表「溼」、「溼氣」之意。

hy·grom·e·ter [haɪˈgrɑmətɚ] 名 溼度（測量）計。**-gro·met·ric** [-grəˈmɛtrɪk] 形 測定溼度的。
-grom·e·try [-ˈgrɑmətrɪ] 名 U 溼度測定學；測溼法。

hy·gro·scope [ˈhaɪgrəˌskop] 名 測溼器。

hy·gro·scop·ic [ˌhaɪgrəˈskɑpɪk] 形 吸溼（性）的。**-i·cal·ly** 副

hy·ing [ˈhaɪɪŋ] 動 hie 的現在分詞。

Hyk·sos [ˈhɪksos, -ɑs] 名 希克索斯王朝
西元前 1700 年左右至 1580 年間統治埃及的遊牧民族國。

hy·men [ˈhaɪmən] 名〖解〗處女膜。

hy·me·ne·al [ˌhaɪməˈniəl] 形 結婚的，婚姻的。—名 婚禮頌歌。

·hymn [hɪm] 名 **1**（教會的）讚美詩，聖歌，聖詠。**2** 讚美的表現。
—動及〖詩〗（以讚美詩）讚揚（神）；以讚美詩表達《to...》。—不及 唱讚美詩。

hym·nal [ˈhɪmnl] 名 讚美詩集。
—形 讚美詩的，聖歌的。

hymn·book [ˈhɪmˌbʊk] 名 = hymnal.

hym·no·dy [ˈhɪmnədɪ] 名 U **1** 歌唱讚美詩。**2**《集合名詞》讚美詩。**3**《美》讚美詩研究。

hym·nol·o·gy [hɪmˈnɑlədʒɪ] 名 U **1** 讚美詩學。**2** 讚美詩創作。**3**《集合名詞》讚美詩。

hype¹ [haɪp] 名《俚》**1** 詐欺。**2** 誇大的廣告；促銷花招。**3** 利用噱頭打開知名度的人[事]。—動及 **1** 欺騙。**2** 使激動，使興奮《up》。**3** 誇大（數字等）；誇大宣傳，促銷《up》。

hype² [haɪp] 名《美俚》注射毒品的人；皮下注射（針）。—動及《通常用被動》（以注射毒品）使振作精神。

hyped-up [ˈhaɪptˌʌp] 形《美俚》**1** 虛假捏造的。**2** 精神振作的，興奮的。

hy·per [ˈhaɪpɚ] 名《俚》宣傳員。—形《美、加俚》過分興奮的，極易激動的。

hyper- 《字首》表「超越的，超過度的，與三度以上的空間有關的」之意。

hy·per·ac·id [ˌhaɪpɚˈæsɪd] 形 酸過多的；胃酸過多的。

hy·per·a·cid·i·ty [ˌhaɪpərəˈsɪdətɪ] 名 U 酸過多；胃酸過多症。

hy·per·ac·tive [ˌhaɪpɚˈæktɪv] 形 活動（性）過強的，過動的。

hy·per·bar·ic [ˌhaɪpɚˈbærɪk] 形〖醫〗高比重的，高壓的：～ oxygen therapy 高壓氧氣療法。

hy·per·bo·la [haɪˈpɝbələ] 名〖幾何〗雙曲線。

hy·per·bo·le [haɪˈpɝbəlɪ, -ˌli] 名 U C〖修〗誇張法，誇張。

hy·per·bol·ic [ˌhaɪpɚˈbɑlɪk], **-i·cal** [-kl] 形 **1** 誇張的；用誇張法的。**2**〖幾何〗雙曲線的。

Hy·per·bo·re·an [ˌhaɪpɚˈborɪən] 名〖希神〗（極北超越北風範圍的）陽光國度居民。
—形 **1**（北方的）陽光國度居民的。**2**《作 h-》極北的；極寒的。

hy·per·cor·rect [ˌhaɪpɚkəˈrɛkt] 形 **1** 吹毛求疵的。**2**〖語言〗矯枉過正的。

hy·per·cor·rec·tion [ˌhaɪpɚkəˈrɛkʃən] 名 U〖語言〗矯枉過正。

hy·per·crit·i·cal [ˌhaɪpɚˈkrɪtɪkl] 形 批評過苛的；吹毛求疵的。～**·ly** 副

y·per·crit·i·cism [ˌhaɪpəˈkrɪtəˌsɪzəm] 名Ⓤ苛評。

y·per·in·fla·tion [ˌhaɪpərɪnˈfleʃən] 名Ⓤ惡性通貨膨脹，超級通貨膨脹。

Iy·pe·ri·on [haɪˈpɪrɪən] 名 **1**〖希神〗海士里恩：Uranus 及 Gaea 之子，日神 Helios、月神 Selene 及黎明之神 Eos 之父，後被視爲 Apollo。

y·per·link [ˈhaɪpəˌlɪnk] 名〖電腦〗網路超連結。

y·per·mar·ket [ˈhaɪpəˌmɑrkɪt] 名《英》（郊外的）大型超級市場，大賣場。

y·per·me·tro·pi·a [ˌhaɪpəmɪˈtropɪə] 名Ⓤ〖眼〗遠視。

y·per·me·trop·ic [ˌhaɪpəmɪˈtrɑpɪk] 形〖眼〗遠視的。

y·per·o·pi·a [ˌhaɪpəˈopɪə] 名Ⓤ〖眼〗遠視。**hy·per·op·ic** 形

y·per·re·al·ism [ˌhaɪpəˈrɪəˌlɪzəm] 名Ⓤ超寫實主義。

y·per·sen·si·tive [ˌhaɪpəˈsɛnsətɪv] 形過度敏感的；〖病〗過敏（性）的。

y·per·sen·si·tiv·i·ty [ˌhaɪpəˌsɛnsəˈtɪvətɪ] 名Ⓤ過敏症，（對…的）過度敏感。

y·per·sex·u·al [ˌhaɪpəˈsɛkʃuəl] 形性慾過強的。**-ˈal·i·ty** 名

y·per·son·ic [ˌhaɪpəˈsɑnɪk] 形超高音速的：a ～ transport 超高音速運輸機。

y·per·tense [ˈhaɪpəˌtɛns] 形過度緊張的。

y·per·ten·sion [ˌhaɪpəˈtɛnʃən] 名Ⓤ **1** 過度緊張。**2**〖病〗高血壓；高血壓症。

y·per·ten·sive [ˌhaɪpəˈtɛnsɪv] 形〖病〗（引起）高血壓的。—名高血壓患者。

y·per·text [ˈhaɪpəˌtɛkst] 名Ⓤ〖電腦〗超文字系統。

y·per·thy·roid [ˌhaɪpəˈθaɪrɔɪd] 形 **1** 甲狀腺機能亢進（症）的。**2** 極度強烈的。

y·per·thy·roid·ism [ˌhaɪpəˈθaɪrɔɪdɪzəm] 名Ⓤ〖病〗甲狀腺機能亢進（症）。

y·per·tro·phy [haɪˈpɜtrəfɪ] 名Ⓤ〖病·植〗肥大。—動 (**-phied**, **～·ing**) 及不及（使）變肥大。**hy·per·troph·ic** [ˌhaɪpəˈtrɑfɪk] 形

y·phen [ˈhaɪfən] 名連字符號（-）。—動及 = hyphenate.

y·phen·ate [ˈhaɪfənˌet] 動及以連字符號連接；以連字符號表示（職業等）的多樣性。—形以連字符號連接的。—名《口》歸化外國者；歸化的美國人。**-ˈa·tion** 名

y·phen·at·ed [ˈhaɪfənˌetɪd] 形帶有連字符號的；（身分等）混合的；（人）歸化的：～ Americans 歸化的美國人。

yp·no·gen·e·sis [ˌhɪpnoˈdʒɛnɪsɪs] 名Ⓤ〖醫〗催眠。

yp·noi·dal [hɪpˈnɔɪdḷ], **-noid** [ˈ-ˌnɔɪd] 形〖心〗催眠狀態的；似入睡的。

hyp·no·pe·di·a [ˌhɪpnəˈpidɪə] 名Ⓤ睡眠學習（法）。

Hyp·nos [ˈhɪpnɑs] 名〖希神〗希普諾斯：司睡眠的神。

hyp·no·sis [hɪpˈnosɪs] 名（複**-ses** [-siz]）ⓊⒸ **1** 催眠狀態。**2** 催眠。**3** 似睡眠狀態。

hyp·no·ther·a·py [ˌhɪpnoˈθɛrəpɪ] 名Ⓤ催眠療法。

hyp·not·ic [hɪpˈnɑtɪk] 形 **1** 催眠狀態的；催眠術的：a ～ effect 催眠效果 / a ～ suggestion 催眠暗示。**2** 易於被催眠的；被催眠的。**3** 具有催眠性的。—名 **1** 催眠藥。**2**（易於）被催眠的人。**-i·cal·ly** 副

hyp·no·tism [ˈhɪpnəˌtɪzəm] 名Ⓤ催眠術；催眠狀態。

hyp·no·tist [ˈhɪpnətɪst] 名催眠師。

hyp·no·tize [ˈhɪpnəˌtaɪz] 動及 **1** 對…施催眠術。**2** 魅惑。**3** 削弱（判斷等）；使嚇得不能動彈。—不及施催眠術。

hyp·no·tiz·er [ˈhɪpnəˌtaɪzə] 名 = hypnotist.

hy·po[1] [ˈhaɪpo] 名Ⓤ硫代硫酸鈉，大蘇打。

hy·po[2] [ˈhaɪpo] 名（複～s [-z]）《口》皮下注射器。

hypo- 《字首》表「下」、「下方」；「低於」、「次於」；〖化〗「次，亞」之意。

hy·po·blast [ˈhaɪpəˌblæst] 名內胚葉，下胚葉，內胚層。

hy·po·cen·ter [ˈhaɪpəˌsɛntə] 名 **1**（地震的）震源。**2** 核爆的震源。

hy·po·chon·dri·a [ˌhaɪpəˈkɑndrɪə] 名Ⓤ **1**〖精神醫〗憂鬱症。**2** 對自己的健康過分疑慮。

hy·po·chon·dri·ac [ˌhaɪpəˈkɑndrɪˌæk] 形生病妄想症的；憂鬱症的。—名憂鬱症患者。

hy·poc·o·rism [haɪˈpɑkəˌrɪzəm, hɪ-] 名Ⓤ **1** 暱稱。**2** 使用暱稱。

hy·po·co·ris·tic [ˌhaɪpəkoˈrɪstɪk, -kɔ-, ˌhɪpə-] 形暱稱的。

hy·po·cot·yl [ˌhaɪpəˈkɑtḷ] 名〖植〗下胚莖，下胚軸。

·**hy·poc·ri·sy** [hɪˈpɑkrəsɪ] 名（複**-sies**）ⓊⒸ僞善；虛僞。

·**hyp·o·crite** [ˈhɪpəˌkrɪt] 名僞善者；僞君子：play the ～ 假冒僞善，當僞君子。

hyp·o·crit·i·cal [ˌhɪpəˈkrɪtɪkḷ] 形僞善的；僞君子的。**～·ly** 副

hy·po·der·mic [ˌhaɪpəˈdɜmɪk] 形 **1** 皮下注射的；皮下的。**2** 賦予活力的。—名 **1** 皮下注射；皮下注射藥劑。**2** 皮下注射器。**-mi·cal·ly** 副皮下地。

hy·po·der·mis [ˌhaɪpəˈdɜmɪs] 名Ⓤ〖動·植〗皮下組織；下皮。

hy·po·gas·tri·um [ˌhaɪpəˈgæstrɪəm] 名（複**-tri·a** [-trɪə]）〖解〗腹下部。**-tric** 形

hy·po·gly·ce·mia [ˌhaɪpoglaɪˈsimɪə] 名Ⓤ〖病〗血糖過少；低血糖症。

hy·poph·y·sis [haɪˈpɑfəsɪs, hɪ-] 名（複

H

-ses [-,siz])〖解〗腦下垂體。

hy·pos·ta·sis [haɪˈpɑstəsɪs, hɪ-] 名 (複 -ses [-,siz])〖哲〗根本;本質;〖神〗(神的)三位一體中之一位;耶穌基督的人性及神性合一性。

hy·pos·ta·tize [haɪˈpɑstə,taɪz, hɪ-] 動及 把…視爲真實的;使具體化。

hy·po·tax·is [,haɪpəˈtæksɪs] 名U〖文法〗附屬關係。**,hy·po·ˈtac·tic** 形

hy·po·ten·sion [,haɪpəˈtɛnʃən] 名U〖病〗低血壓(症)。

hy·po·ten·sive [,haɪpəˈtɛnsɪv] 形〖病〗低血壓的;降低血壓的。—名血壓低的人;降低血壓藥劑。

hy·pot·e·nuse [haɪˈpɑtə,njus] 名〖幾何〗(直角三角形的)斜邊。

hy·po·thal·a·mus [,haɪpəˈθæləməs] 名 (複 -mi [-,maɪ])〖解〗視丘下部。

hy·poth·e·cate [haɪˈpɑθə,ket, hɪ-] 動及 以(資產)爲抵押。

hy·poth·e·ca·tion [haɪ,pɑθəˈkeʃən] 名U 抵押;(訂立抵押權的)擔保契約。

hy·poth·e·nuse [haɪˈpɑθə,njus] 名 = hypotenuse.

hy·po·ther·mi·a [,haɪpəˈθɝmɪə] 名U 體溫過低;〖醫〗低體溫法。

hy·po·ther·mic [,haɪpəˈθɝmɪk] 形 體溫偏低的;(使用)低體溫法的。

·**hy·poth·e·sis** [haɪˈpɑθəsɪs] 名 (複 -ses [-,siz]) 1 假設:a working ~ 所據以展開…作的假設。2(辯論的)假設性的前提。…推測,猜測。

hy·poth·e·size [haɪˈpɑθə,saɪz] 動 不… 假設,假定。—及 假設。

hy·po·thet·i·cal [,haɪpəˈθɛtɪkl] 形 1 …設上的;假定的:~ argument 假設性的…點。2 喜歡做假設的。3〖理則〗假…的。~·ly 副

hy·son [ˈhaɪsn̩] 名U 熙春茶:中國產的一種綠茶。

hys·sop [ˈhɪsəp] 名U〖植〗牛膝草。

hyster- 《字首》**hystero-** 的別體。

hys·ter·ec·to·my [,hɪstəˈrɛktəmɪ] … (複 -mies) UC〖外科〗子宮切除術。

hys·te·ri·a [hɪsˈtɪrɪə] 名U 1 情緒異常…亢激動的狀態。2 歇斯底里症。

hys·ter·ic [hɪsˈtɛrɪk] 名 1《通常作~s…》《通常作單數》歇斯底里發作:go into ~… 發歇斯底里。2 歇斯底里症患者。
—形 = hysterical.

hys·ter·i·cal [hɪsˈtɛrɪkl] 形 1 歇斯底…的,狂亂的;情緒激動的:a ~ cry 歇斯…里的喊叫。2 歇斯底里症的:~ symptom… 歇斯底里症狀。3 患歇斯底里的。4 非…好笑的。
~·ly 副

HZ 《縮寫》*hertz*. 赫茲。

I i

I¹, i [aɪ] 名(複 **I's, Is; i's, is**) **1** Ⓤ Ⓒ 英文字母第九個字母。**2** I 狀物。

I² [aɪ] 代（《單數》主格 **I**, 所有格 **my, mine**, 受格 **me**;《複數》主格 **we**, 所有格 **our, ours**, 受格 **us**）《人稱代名詞第一人稱單數主格》我。
—名(複 **I's, Is**) **1**（小說中）第一人稱敘述者。**2**《**the I**》〖哲〗自我，我。

I³ [aɪ] 名 **1** Ⓤ（順序中的）第九個。**2** Ⓤ《通常作 **i**》（羅馬數字的）1：*III* [*iii*] = 3 / *XII* [*xii*] = 12。**3**《化學符號》iodine. **4** 〖電〗電流。

I. 《縮寫》*I*ndependent; *I*sland(s); *I*sle(s).

-ia 《字尾》表示病名、地名、羅馬時代的祭典名或動、植物的學名等的名詞字尾。

IA¹, Ia. 《縮寫》*Iowa.*

IA² 《縮寫》*I*ntomation *A*ppliance 資訊家電。

IAEA 《縮寫》*I*nternational *A*tomic *E*nergy *A*gency 國際原子能總署。

I·a·go [ɪ'ɑgo] 名伊亞格：Shakespeare 劇作 *Othello* 中的一位陰險邪惡的人物。

-ial 《字尾》從名詞演變而來的形容詞字尾。

i·amb ['aɪæmb] 名〖詩〗短長格；抑揚格，弱強格。

i·am·bic [aɪ'æmbɪk] 名形 **1**〖詩〗短長格（的），弱強格（的），抑揚格（的）。**2**〖希文〗以長短格寫成的諷刺詩（的）。

i·am·bus [aɪ'æmbəs] 名（複 **-bi** [-baɪ], ～**·es**) = iamb.

-ian 《字尾》**-an** 的別體，表「屬於…的，具有…之風格的（人）」之意，主要附於著名人物名字之後以構成形容詞或名詞。

-iasis 《字尾》表「病名」、「病症」之意。

IATA, I.A.T.A. [aɪ'ɑtə]《縮寫》*I*nternational *A*ir *T*ransport *A*ssociation 國際航空運輸協會。

iatro- 《字首》表「治療」、「藥」之意。

i·at·ro·gen·ic [aɪˌætrə'dʒɛnɪk, iˌæ-] 形〖醫〗因醫生（的治療法）而引起的，醫學造成的，醫原性的。

ib. 《縮寫》*ib*idem.

I·be·ri·a [aɪ'bɪrɪə] 名 **1** 伊比利半島：包括西班牙及葡萄牙。**2** 伊比利亞：西班牙的舊稱。

I·be·ri·an [aɪ'bɪrɪən] 形伊比利半島的；伊比利亞人[語]的。—名伊比利亞人；Ⓤ 伊比利亞語。

Iberian Pe'ninsula 名 = Iberia 1.

i·bex ['aɪbɛks] 名（複 ～**·es, ib·i·ces** ['ɪbɪˌsiz, 'aɪ-],《集合名詞》～）〖動〗（阿爾卑斯山脈中，有彎曲大角的）野生山羊。

ibid. 《縮寫》*ibid*em.

i·bi·dem [ɪ'baɪdɛm] 副《拉丁語》在同一個地方；在同一本書中。略作：ib., ibid.

i·bis ['aɪbɪs] 名（複～**·es** [-ɪz],《集合名詞》～）〖鳥〗**1** 朱鷺。**2** 鸛科總稱。

-ible 《字尾》**-able** 的別體，表「能夠…的」、「可以…的」之意。

IBM 《縮寫》*I*nternational *B*usiness *M*achines Corporation 國際商業機器公司。

ibn- ['ɪbən]《字首》表「子，…之子」之意，見於阿拉伯人名之前。

IBRD 《縮寫》*I*nternational *B*ank for *R*econstruction and *D*evelopment（聯合國）國際復興開發銀行。

Ib·sen ['ɪbsən] 名 **Henrik**, 易卜生（1828–1906）：挪威劇作家、詩人。

-ic 《字尾》附於名詞或字根，表「似…的」、「具有…的性質的」、「…的」之意。

IC¹ 《縮寫》(1) *i*mmediate *c*onstituent. (2) *i*ntegrated *c*ircuit 積體電路。

-ical 《字尾》**1** 附於字尾爲 **-ic** 的名詞，表「…的」、「和…有關」等之意的形容詞。**2** 構成與字尾爲 **-ic** 的形容詞之同義語。**3** 附於字尾爲 **-ic** 的形容詞構成與其意義相異的形容詞。

-ically 《字尾》字尾爲 **-ic, -ical** 的形容詞所變成的副詞。

ICAO 《縮寫》*I*nternational *C*ivil *A*viation *O*rganization 國際民航組織。

Ic·a·rus ['ɪkərəs, 'aɪ-] 名〖希神〗伊卡洛斯：以蠟與羽毛製成之翼飛離 Crete 島，因不聽其父 Daedalus 的勸告，飛得過高，太靠近太陽，翼上的蠟爲陽光所融，遂墜海而死。

ICBM, I.C.B.M 《縮寫》*i*nter*c*ontinental *b*allistic *m*issile 洲際彈道飛彈。

:ice [aɪs] 名 **1** Ⓤ 冰；冰狀物：a piece of ～ 一塊冰。**2**《通常作 **the** ～》冰面；冰河：break through *the* ～ 破冰前進。**3** 果凍；《英》冰淇淋：eat ～*s* 吃冰淇淋。**4** Ⓤ 糖衣。**5** Ⓤ 冷淡。**6** Ⓤ《美俚》鑽石。**7** Ⓤ《俚》賄賂。

break the ice (1) 打開僵局；打破沉默；破除矜持。(2) 解決，度過難關。

cut (much) ice 有（很大的）影響，有效力。

cut no ice 《美口》無法影響《*with...*》。

find one's ice legs 開始學會溜冰。

have one's **brains** *on ice* 《俚》保持冷靜。
on ice 《口》⑴獲勝的希望很大；實現的可能性高。⑵擱置，保留；儲備。⑶入獄，被監禁：keep a person *on* ～ 把某人關進監獄。
on thin ice 如履薄冰，在危困的處境中。
—動 **(iced, ic·ing)** 及 **1**用冰覆蓋《*over*》；使結冰。**2** 用冰冷卻；冰凍《*down*》。**3**加上糖衣。**4**《美俚》殺害；(在社交場合)忽視，排斥《*out*》。—不及 結冰；爲冰所覆蓋《*up*》。
ice out 融化。
—形 **1**冰的，冰做的。**2**冰上(進行)的。

Ice. 《縮寫》*Ice*land (ic).

'ice ˌage 名《the ～》〖地質〗冰河期。

'ice ˌax [《英》**ˌaxe**] 名(登山用的)碎冰斧，破冰斧。

'ice ˌbag 名冰袋：apply an ～ 敷冰袋。

I

·ice·berg ['aɪsˌbɝg] 名 **1** 冰山：the tip of the ～《喻》冰山之一角(指事件、問題暴露出來的表面部分)。**2**《口》冷峻的人：an ～ of a woman 冷若冰霜的女人。

ice·boat ['aɪsˌbot] 名 **1** 冰上滑艇。**2** 破冰船。

ice·bound ['aɪsˌbaʊnd] 形 被冰封的。

ice·box ['aɪsˌbɑks] 名 **1**(不用電而使用冰塊的)箱型冷藏庫，冰箱。**2**〖海〗冰庫。

ice·break·er ['aɪsˌbrekɚ] 名 **1**破冰船；碎冰器；(橋墩上)防流冰的圍欄。**2**解除緊張或拘束之物[人，事]。

ice·break·ing ['aɪsˌbrekɪŋ] 形 開創先例的；打破堅冰的。

ice·cap ['aɪsˌkæp] 名 **1** 冰原，冰冠，冰帽。**2** 冰袋。

ˌice 'coffee 名 U C =iced coffee.

ice-cold ['aɪs'kold] 形 **1** 冰冷的，冰涼的：her ～ hands 她冰冷的雙手。**2** 冷淡的；不爲情所動的；冷靜的。

'ice ˌcream 名 U C 冰淇淋：a scoop of ～ 一球冰淇淋。

'ice-cream ˌchair 名雪糕椅：無扶手無靠背的小圓椅。

'ice-cream ˌcone 名 **1** 圓錐形的冰淇淋筒。**2** 蛋捲冰淇淋，甜筒。

'ice-cream ˌsoda 名 冰淇淋汽水。

'ice ˌcube 名(電冰箱中製的)小冰塊。

iced [aɪst] 形 **1** 裝了冰的。**2** 冰凍的：～ tea 冰紅茶。**3** 加糖衣的：～ fruits 蜜餞。

ˌiced 'coffee 名 U C 冰咖啡。

'ice ˌdancing 名 U 雙人花式滑冰。

ice·fall ['aɪsˌfɔl] 名 **1** 冰河的崩落地點。**2** 冰瀑。**3**(冰河的末端落入海中的)冰塊。**4** 凍結的瀑布。

'ice ˌfield 名(尤指南北極地區的)冰原。

'ice ˌfishing 名 U 冰上挖洞釣魚。

'ice ˌfloe 名 **1** 浮冰。**2** 大塊浮冰。

ice-free ['aɪs'fri] 形 不結冰的，無冰封的：an ～ port [harbor] 不凍港。

'ice ˌhockey 名 U 冰上曲棍球。

ice·house ['aɪsˌhaʊs] 名 (複**-hous·es** [-zɪz]) 冰屋，冰庫；製冰廠。

ice·kha·na ['aɪsˌkɑnə] 名 冰上賽車；冰上賽車場。

Ice·land ['aɪslənd] 名 冰島(共和國)：位於北大西洋；首都雷克雅維克 (Reykjavik)。～**·er** [-ləndɚ] 名 冰島人。

Ice·lan·dic [aɪs'lændɪk] 形 冰島的；冰島人[語]的。—名 U 冰島語。

'ice ˌlolly 名《英》冰棒。

ice·man ['aɪsˌmæn, -mən] 名 (複**-men**) **1**《美》售冰人；製冰者；送冰人。**2** 善於冰上滑行的人。

'ice ˌpack 名 **1** = pack ice. **2** = ice bag. **3**〖醫〗冰袋療法。

'ice ˌpail 名(裝冰用的)冰桶。

'ice ˌpick 名碎冰用的鑿子，冰鋤。

'ice ˌplant 名 **1** 石榴草屬的植物。**2** 製冰工廠。

'ice ˌrink 名 室內溜冰場。

ice·scape ['aɪsˌskep] 名 冰景，(尤指)極地風光。

'ice ˌsheet 名 **1**(南極大陸等的)冰層，大冰原。**2** 大陸冰河。

'ice ˌshow 名 冰上表演，溜冰表演。

'ice ˌskate 名《通常作～s》溜冰鞋；冰鞋上的冰刀。

ice-skate ['aɪsˌsket] 動 不及 溜冰。

'ice ˌskater 名 溜冰者。

'ice ˌskating 名 U 溜冰；滑冰。

'ice ˌstation 名 極地觀測站。

'ice ˌtongs 名(複)夾冰塊之鉗子。

ice-up ['aɪsˌʌp] 名 **1**(雪、水)全面結冰，凍結。**2** U〖空〗(機翼等的)結冰。

'ice ˌwater 名 U **1**(由冰融解而成的)冰水。**2**(經冰凍冷卻的)冰水。

ich·neu·mon [ɪk'njumən] 名 **1**〖動〗埃及貓鼬。**2**〖昆〗= ichneumon fly.

ich'neumon ˌfly 名〖昆〗姬蜂。

i·chor ['aɪkɔr, -kɚ] 名 U **1**〖希神〗流動於諸神體內的靈液。**2**〖病〗膿水。

ich·thy·ol·o·gy [ˌɪkθɪ'ɑlədʒɪ] 名 U 魚類學。

-ician 《字尾》加在 **-ic** 字尾後構成名詞，表「…的專家」之意。

i·ci·cle ['aɪsɪkl] 名 **1** 冰柱。**2** 感情遲鈍者。**3**掛在聖誕樹上的細長錫箔裝飾品。

i·ci·ly ['aɪsəlɪ] 副 態度冰冷地，冷淡地。

i·ci·ness ['aɪsɪnɪs] 名 U 冰冷；態度冷淡。

ic·ing ['aɪsɪŋ] 名 U **1** 糖衣，糖霜：the ～ on the cake《喻》裝飾品，添加物。**2**〖氣象〗結冰；〖空〗結冰。**3** 用冰保存。

ICJ 《縮寫》*I*nternational *C*ourt of *J*ustice 國際法庭。

ick·y ['ɪkɪ] 形 (**ick·i·er, ick·i·est**)《俚》**1** 討厭的；黏的。**2** 很感傷的。**3** 落伍的。

i·con ['aɪkɑn] 名 **1** 肖像，圖像；〖東正教〗聖像。**2**〖理則〗圖像。**3** 偶像，傳統

的信仰。

·con·ic [aɪ'kɑnɪk] 形 1 肖像的，圖像的；聖像的。2〖美〗(雕刻像、肖像等)根據傳統形式的。

cono- 《字首》表「肖像」、「相似」之意。

·con·o·clasm [aɪ'kɑnə,klæzəm] 名 U 詆毀聖像的運動；舊習之破除。

·con·o·clast [aɪ'kɑnə,klæst] 名1 反對聖像崇拜者(尤指八、九世紀在希臘正教會中反對崇拜聖像者)。2 破除舊習者。

·con·o·clas·tic [aɪ,kɑnə'klæstɪk] 形 破除迷信的，破壞偶像的。

·co·nog·ra·phy [,aɪkə'nɑgrəfɪ] 名 U 1 圖解(法)。2 圖像學，聖像學。

CPO 《縮寫》*I*nternational *C*riminal *Po*lice *O*rganization 國際刑警組織。

ics 《字尾》1 表「…學，…術」之意。2 表「活動」之意。3 表「特性，現象」之意。

CU 《縮寫》*i*ntensive *c*are *u*nit 加護病房。

·cy ['aɪsɪ] 形(**i·ci·er**, **i·ci·est**) 1 冰造的；被冰所覆蓋的：～ slopes 被冰所覆蓋的斜坡。2 似冰的，冰冷的；(凍結)易滑溜的。3 冷淡的，疏遠的。

·cy-cold ['aɪsɪ'kold] 形= ice-cold.
—副 冰冷地。

d [ɪd] 名《the ～》〖精神分析〗本我：本能衝動的根源，主享樂原則。

'd [aɪd] I would, I had 的縮略形。

id 《字尾》1 表「…之女」之意。2 表星座等的流星群。3 表敘事詩的標題名。

D, Id. 《縮寫》*Id*aho.

d. 《縮寫》*id*em.

·da ['aɪdə] 名〖女子名〗愛妲。

DA 《縮寫》*I*nternational *D*evelopment *A*ssociation(聯合國)國際開發總署。

·da·ho ['aɪdə,ho] 名愛達荷州：美國西北部的一州；首府 Boise。略作：Id., Ida.
-ho·an [-,hoən] 形名Idaho 州的[人]。

D card ['aɪ'di-] 名= identity card.

ide [-aɪd] 《字尾》表示某種化合物。

·de·a [aɪ'diə, -'dɪə] 名 1 U C 概念，觀念：Western ～*s* 西方的思想 / abstract ～*s* 抽象觀念 / the realm of ～*s* 觀念的領域。2 構想，提案：a man of ～*s* 智謀之士。3 想法，意見：force one's ～*s* on... 強迫…接受自己的意見 / put an ～ into practice 把想法付諸實行。4 意識，了解《*of...*》：gain some ～ *of...* 對…大概了解。5 預感，想像：get ～*s* into one's head 幻想。6 意圖，計畫。7 U C 想要《*of...*》。8 U (1)〖哲〗概念，觀念。(2)《*I-*》〖柏拉圖哲學〗(理想的)原型。(3)〖康德哲學〗理念，純粹理性概念。

form an idea of... 在心中形成…的觀念；理解到…；解釋…。

get the idea that... 以為…

have a great idea of... 認為…了不起。

has no idea 《口》完全不知道。

put ideas in a person's head 使(某人)心存妄想。

The idea (of it)! 《口》豈有此理！

What an idea! 《口》糊塗！豈有此理！

·i·de·al [aɪ'diəl, -'dɪəl] 名 1 理想的目標；典型：attain an ～ 達到理想。2 空想。3〖數〗理想(函數)。—形 1 理想的，完美的《*for...*》。2 想像中的；虛構的。3〖哲〗觀念論的，唯心論的；理想主義的。

i·de·al·ism [aɪ'diə,lɪzəm] 名 U 1 理想主義理想化之物。2〖藝·文〗觀念主義。3〖哲〗觀念論；唯心論；理想主義。

i·de·al·ist [aɪ'diəlɪst] 名 1 理想主義者；夢想家。2 理想主義藝術家。3 唯心論者，觀念論者。—形= idealistic.

i·de·al·is·tic [aɪ,diə'lɪstɪk] 形 1 理想主義(者)的，理想家的。2 唯心論(者)的。

i·de·al·i·ty [,aɪdɪ'ælətɪ] 名(複**-ties**) 1 理想的性質。2 U 理想化的能力，想像力；〖哲〗觀念性。

i·de·al·ize [aɪ'diə,laɪz] 動及將…理想化，當做理想化之物看待。—不及形成理想；理想化地描述事物。
-i·'za·tion 名 U C 理想化(的事物)。

i·de·al·ly [aɪ'diəlɪ] 副 1 理想地，完美地。2 觀念地，想像地；理論上，原則地。

i·de·ate ['aɪdi,et, aɪ'diet] 動 及 將…觀念化，想像。—不及思考，形成觀念。

i·de·a·tion [,aɪdɪ'eʃən] 名 U 表象作用，觀念化。～**·al** 形觀念的。

i·dée fixe ['ide'fiks] 名(複 **i·dées fixes** ['ide'fiks])《法語》固定觀念；固定妄想。

i·dem ['aɪdɛm] 代形《拉丁語》同前述，同一作者[書](的)。略作：id.

i·den·tic [aɪ'dɛntɪk] 形 1 = identical. 2〖外交〗同步調的，同一方式的；(文書等)同文的：an ～ note 同文通牒。

·i·den·ti·cal [aɪ'dɛntɪkl] 形 1 (兩個東西)完全相同的；在各方面都一致的《*with, to*》：～ views 完全相同的看法。2〖理則·數〗恆等的：an ～ proposition 恆等命題。
～**·ly** 副, ～**·ness** 名

i'dentical 'twin 名 同卵雙胞胎(之一)。

i·den·ti·fi·a·ble [aɪ'dɛntə,faɪəbl] 形 可視為同一的，可證明為同一的。

i·den·ti·fi·ca·tion [aɪ,dɛntəfə'keʃən] 名 U C 1 視為同一；識別；鑑定：the ～ of a drowned body 確認溺斃者的身分。2 證明為同一之物；身分證(略作：I.D.)。3〖社〗認同，認同；〖心〗表同作用。

identifi'cation ,card 名 = identity card.

·i·den·ti·fy [aɪ'dɛntə,faɪ] 動(**-fied**, ～**·ing**) 及 1 (1) 確認；鑑定；識別；確認身分：～ handwriting 鑑定筆跡 / ～ oneself《電話等中》自報姓名。(2)〖生〗鑑定。2 認同，視

I

爲同一。3《反身或被動》結合，獻身《*with...*》：～ *oneself with* the political movement 獻身於政治運動。—不及融爲一體，見解相同。

-fi·er 图確認者，鑑定人。

i·den·ti·kit [aɪ'dɛntə,kɪt] 图《英》(犯罪者等的) 臉部照片畫面組合 (拼湊裝置)。

·**i·den·ti·ty** [aɪ'dɛntətɪ] 图(複-ties) 1 Ⓤ同一性，一致。2 ⓊⒸ本人：同一人[物]；身分，本質；個性，獨立性：reveal one's ～ 透露自己的身分 / mistaken ～ 被誤認的人 / prove a person's ～ 確認某人的身分。3 ⓊⒸ 非常類似；相似性。4〖數〗恆等式。

i'dentity ˌcard 图身分證。

i'dentity ˌcrisis 图〖心〗自我認同危機。

i'dentity paˌrade 图《英》供證人指認嫌疑犯的行列。

i'dentity ˌtheft 图 Ⓤ盜用身分。

ideo- 《字首》表「想，思考，意念」之意。

id·e·o·gram ['ɪdɪə,græm,'aɪ-] 图 1 表意文字。2 表意符號。

id·e·o·graph ['ɪdɪə,græf, 'aɪ-] 图表意文字。

-'graph·ic 形表意文字的。

i·de·o·log·ic [,aɪdɪə'lɑdʒɪk, ,ɪ-], **-i·cal** [-ɪkl] 形 1 與意識形態有關的。2 觀念學的；空論的。

i·de·ol·o·gist [,aɪdɪ'ɑlədʒɪst, ,ɪ-] 图 1 意識形態研究者，思想家。2 特別理念的倡導者。3 理論家；空想家。

i·de·ol·o·gy [,aɪdɪ'ɑlədʒɪ, ,ɪ-] 图(複-gies) 1 ⓊⒸ意識形態，思想形態。2 Ⓤ 觀念論。3 Ⓤ空論。

ides [aɪdz] 图 (複)《通常作 the ～》《作單、複數》(古代羅馬曆的) 3 月、5 月、7 月、10 月的 15 日，和其他各月份的 13 日。

id est [,ɪd'ɛst]《拉丁語》即，就是，換言之。略作：i.e.

id·i·o·cy ['ɪdɪəsɪ] 图 (複-cies) Ⓤ白痴；Ⓒ 白痴的言行，極愚蠢的行爲。

id·i·o·lect ['ɪdɪə,lɛkt] 图ⒸⓊ〖語言〗個人語型：一個人自己的說話習慣。

·**id·i·om** ['ɪdɪəm] 图 1 成語，慣用語；慣用語法。2 ⓊⒸ (某一民族、國民的) 語言；方言；(某種語言的) 特殊語法，表達法：the ～ of the New England Americans 新英格蘭美國人的語言。3 (音樂等的) 風格，流派：the ～ of New Orleans jazz 紐奧良爵士樂的特徵。

id·i·o·mat·ic [,ɪdɪə'mætɪk], **-i·cal** [-ɪkl] 形1 合乎慣用語法的；慣用的；慣用語法多的：speak ～ English 說道地的英語。2 獨特的。

-i·cal·ly 副

id·i·o·syn·cra·sy [,ɪdɪə'sɪŋkrəsɪ, -'sɪn-] 图(複-sies) 1 癖性，特別習慣；某一創作者特有的風格。2 (個人的) 生理體質。〖醫〗特異體質。**id·i·o·syn·crat·ic** [,ɪdɪosɪn'krætɪk] 形, -'crat·i·cal·ly 副

·**id·i·ot** ['ɪdɪət] 图 1《口》糊塗蛋，傻瓜。2 白痴：an ～ since birth 天生的白痴。

'idiot ˌbox 图《俚》電視機。

id·i·ot·ic [,ɪdɪ'ɑtɪk] 形白痴的；非常愚蠢的，非常無聊的。-i·cal·ly 副

id·iot-proof ['ɪdɪət,pruf] 形 簡單明瞭的，安全可靠的，容易操作的。

:**i·dle** ['aɪdl] 形 (i·dler, i·dlest) 1 空閒的；閒暇的：be agreeably ～ on Sunday after noon 閒逸愉快地過週日下午 / books for ～ hours 閒暇時看的書。2 停頓的，閒置的：～ capital 游資 / ～ factories 停頓的工廠。3 懶惰的，游手好閒的：an ～, worthless boy 懶惰而無用的孩子 / the ～ rich 有錢有閒的階級。4 無意義的，沒價值的；沒理由的；毫無目的的：an ～ chatter 廢話，閒談 / an ～ fancy 空想。

at an idle end 游手好閒，賦閒。

eat idle bread 吃閒飯。

—動 (i·dled, i·dling) 不及 1 無所事事，閒逛，賦閒。2 (機械) 空轉。—及 1 虛度《*away*》。2 使 (引擎) 空轉。3 使沒工作做。—图閒置狀態，空轉狀態。

·**i·dle·ness** ['aɪdl̩nɪs] 图Ⓤ1 無所事事：O ～ comes no goodness.《諺》怠惰成不了事。2 無用，白費。3 沒有根據。

i·dler ['aɪdlɚ] 图 1 懶鬼。2〖機〗惰齒輪；惰輪；遊滑輪；〖鐵路〗遊車：沒有載重物的空車廂。

'idle(r) ˌwheel 图〖機〗惰輪。

i·dly ['aɪdlɪ] 副無所事事地，懶惰地；無益地；徒然地。

·**i·dol** ['aɪdl] 图 1 偶像，神像；〖聖〗上帝以外的其他神祇 (像)：worship ～*s* 崇拜偶像。2 被崇拜的人[物]；受愛戴的人《*to...*》：an ～ *to* millions of young people 幾百萬年輕人的偶像。3 謬見，謬誤：the ～*s* of the tribe 種族的謬見。

make an idol of... 崇拜…。

i·dol·a·ter [aɪ'dɑlətɚ] 图 1 偶像崇拜者。2 崇拜者，醉心者《*of...*》。

i·dol·a·trous [aɪ'dɑlətrəs] 形 1 崇拜偶像的。2 盲目信仰的，醉心的。

～·ly 副, ～·ness 图

i·dol·a·try [aɪ'dɑlətrɪ] 图Ⓤ1 偶像崇拜。2 盲目的崇拜，過度的崇敬。

i·dol·ism ['aɪdl̩,ɪzəm] 图= idolatry.

i·dol·ist ['aɪdəlɪst] 图= idolater 1.

i·dol·i·za·tion [,aɪdl̩ə'zeʃən] 图Ⓤ偶像化；盲目的崇拜；醉心。

i·dol·ize ['aɪdə,laɪz] 動及 把…偶像化；醉心於。—不及崇拜偶像，盲目地崇拜。

i·dyl(l) ['aɪdl] 图田園詩，牧歌；田園詩意的故事。2 田園風景，田園生活。～·(l)ist 图田園詩作家[詩人]。

i·dyl·lic [aɪ'dɪlɪk] 形 1 田園詩 (般) 的。

牧歌（式）的。**-li·cal·ly** 副富於田園風情地。

e. ['aɪ'i,'ðæt'ɪz]《拉丁語》*id est* 即，就是，換言之。

[ɪf] 連 1《假設·條件》假使，假設，倘若。⑴《用現在式表示和現在、未來有關的推測》。⑵《用過去式表示實現的可能性很小的假設》。⑶《用過去式表示和現在事實相反的假設》。⑷《用過去完成式表示和過去事實相反的假設》。⑸《用現在式表示會產生必然結果的條件》。⑹《用 **should**，而且和人稱沒有關係，表示實現的可能性很小》萬一。2 無論何時。3《讓步》即使：an informative ～ dull lecture 枯燥卻有教育價值的演講。4《引導間接疑問句》《口》是否。5《引導獨立子句，表示願望、驚恐、憤怒等之意》如果…的話；對…感到驚訝；如果做…（我就不客氣）。

as if ⇨ AS[1]（片語）

if a day [*a yard, an inch, an ounce, a cent, a man*]（年齡、時間、距離、長度、重量、人數）無論如何應該是，至少有。

if and when / when and if《口》如果…，當…時。

if any ⇨ ANY 代（片語）

if anythig ⇨ ANYTHING（片語）

if at all ⇨ at ALL（片語）

if it had not been for... ⇨ FOR（片語）

if it were not for... ⇨ FOR（片語）

if only ⇨ ONLY（片語）

if you please ⇨ PLEASE（片語）

What if ⇨ WHAT（片語）

—名 1 假設；不確實的事。2 條件。

ifs and buts《口》（事情）拖延的藉口。

IFC《縮寫》*I*nternational *F*inance *C*orporation（聯合國）國際金融機構。

if·fy ['ɪfɪ] 形《口》不確定的；可疑的；有條件的：an ～ question 不確定的問題。

ig·loo ['ɪglu] 名（複～s [-z]）1（愛斯基摩人的）圓頂冰屋。2（一種便於攜帶的）圓頂塑膠篷。

ign.《縮寫》*ign*ition.

ig·ne·ous ['ɪgnɪəs] 形 1〖地質〗火成的：～ rock 火成岩。2（似）火的。

ig·nis fat·u·us ['ɪgnɪs'fætʃuəs] 名（複 **ig·nes fat·u·i** ['ɪgniz'fætʃu,aɪ]）1 鬼火，燐火。2 引人入歧途的東西；欺騙性的東西；不切實際的計畫。

ig·nit·a·ble [ɪg'naɪtəbl] 形可燃性的，易燃的。**-'bil·i·ty** 名 U 易燃性。

ig·nite [ɪg'naɪt] 動 及 1 使發火；使燃燒；〖化〗使著火，使燃燒發光：～ fuel 點燃燃料。2 煽動，激動。—不及 著火，開始燃燒。

ig·nit·er, -ni·tor [ɪg'naɪtɚ] 名 點火者；點火裝置；〖電子〗點火器。

ig·ni·tion [ɪg'nɪʃən] 名 U 發火，點火；燃燒；C 點火裝置。

ig·no·ble [ɪg'nobl] 形 1 卑劣的，下流的。2 粗劣的；出身卑微的。

-bly 副

ig·no·min·i·ous [,ɪgnə'mɪnɪəs] 形 1 不名譽的，屈辱的。2 令人輕視的：～ deceit 可恥的欺詐行爲。～**·ly** 副

ig·no·min·y ['ɪgnə,mɪnɪ] 名（複 **-min·ies**）1 U 不名譽，屈辱：bring ～ to one's family 有辱家族的名譽。2 可恥行爲，醜行。

ig·no·ra·mus [,ɪgnə'reməs] 名（複～**·es**）《文》毫無知識的人，無知者。

·ig·no·rance ['ɪgnərəns] 名 U 無知；沒有接受教育；不熟悉，不清楚《*of...*》：be in ～ *of*... 完全不知… / make a mistake out of ～ 因爲無知而犯錯 / leave him in ～ about... 不讓他知道關於…的事 / *I*- is bliss.《諺》無知便是福。/ *I*- is the mother of devotion.《諺》無知爲信心之母。

·ig·no·rant ['ɪgnərənt] 形 1 沒有知識的《*of, in...*》；無知的《*of, about...*》。2《敘述用法》不知道的，無意識的《*of..., that* 子句》。3《通常用於限定用法》基於無知的；被認爲無知的：～ errors 出於無知之過。

～**·ly** 副, ～**·ness** 名

·ig·nore [ɪg'nor] 動（**-nored, -nor·ing**）及 1 忽視，抹殺，置之不理：～ evidence 忽視證據。2〖法〗不承認；（大陪審團）駁回（起訴書）。

i·gua·na [ɪ'gwɑnə] 名〖動〗（熱帶美洲產的）大蜥蜴。

I.G.Y《縮寫》*I*nternational *G*eophysical *Y*ear 國際地球觀測年。

ihp《縮寫》*i*ndicated *h*orse*p*ower 指示馬力（亦作 **IHP, I.H.P.**）。

Ike [aɪk] 名 ⇨ EISENHOWER

i·kon ['aɪkɑn] 名 = icon 1.

il-《字首》**in-** 的別體，用於 l 之前。

IL《縮寫》*Il*linois.

-ile, -il《字尾》表「能…的」、「和…有關的」、「適於…的」之意。

il·e·um ['ɪlɪəm] 名（複 **-e·a** [-ɪə]）1〖解〗迴腸。2〖昆〗迴腸。

i·lex ['aɪlɛks] 名 1 = holm oak. 2 冬青樹枝。

Il·i·ad ['ɪlɪəd] 名 1（**I-**）『伊里亞得』：描寫 Troy 戰爭的希臘敘事詩，相傳爲 Homer 所作。2 長篇敘事詩。3（常用 **i-**）連續不斷的苦難。**-ad·ic** [-'ædɪk] 形

ilk[1] [ɪlk] 名《蘇·古·現爲謔》家族；同類，同族；同地：Kennedy and all his ～ 甘迺迪和他的家族。

of that ilk《口》⑴ 相同的，同類的。⑵（在蘇格蘭）和姓氏同名地方的。

—形《古》同一的，相同的，同類的。

ilk[2] [ɪlk] 代 各個。—形 各個的；每個的。

:ill [ɪl] 形（**worse, worst**）1 生病的，不舒服的；《美》覺得噁心的，想吐的；《英》受傷的：be ～ of a fever 發燒 / be taken ～ 生病 / mentally ～ 患精神病的。2 邪惡的，不道德的；有害的；懷敵意的；殘酷的：～ deeds 惡行 / of ～ repute 聲名狼藉的 / *I*-

I

news runs apace.《諺》好事不出門，壞事傳千里。3 不理想的，有缺點的；運氣不好的，不吉利的：～ breeding 不良的教養 / an ～ omen 凶兆。4 無聊的，低級的，沒價值的；技巧不熟練的，無效率的：an ～ taste 低級趣味。5 令人討厭的，引起痛苦的，鬱悶的：～ weather 壞天氣。

ill at ease 心神不定的，慌張的。

—名 1 Ⓤ罪惡；傷害。2 病，疾病。3 困難，麻煩；《～s》不幸，災難：Of one ～ come many.《諺》禍不單行。

for good or ill 好歹，不論是好是壞。

—副(worse, worst) 1 邪惡地；有害地；不利地。2 不充分地；錯誤地；不適當地。3 懷敵意地，粗魯地；殘酷地。4 不幸地。5 難以達成地。

:**I'll** [aɪl] I will 或 I shall 的縮略形。

Ill. 《縮寫》*Ill*inois.

ill. 《縮寫》*ill*ustrated; *ill*ustration; *ill*ustrator.

I

ill-ad·vised ['ɪləd'vaɪzd] 形不明智的；輕率的，粗心大意的。～**·ly** 副

ill-af·fect·ed ['ɪlə'fɛktɪd] 形無好感的，心懷不平的《*toward...*》。

ill-as·sort·ed [,ɪlə'sɔrtɪd] 形不調和的，不相稱的，不相配的。

ill-at-ease [,ɪlət'iz] 形不舒服的，不自在的；不安的。

il·la·tion [ɪ'leʃən] 名ⓊⒸ推論，推理，推斷；(所推出的)結論。

il·la·tive ['ɪlətɪv, ɪ'letɪv] 形 1 推理的，推論的；引導推論的。2〖文法〗推論連接詞的。

—名〖文法〗推論連接詞。

ill-be·ing ['ɪl'biɪŋ] 名Ⓤ不健康；不幸；貧困。

'**ill 'blood** 名 = bad blood.

ill-bod·ing ['ɪl'bodɪŋ] 形不祥的。

ill-bred ['ɪl'brɛd] 形 1 缺乏教養的，粗野的。2 劣種的，雜種的。

ill-con·di·tioned ['ɪlkən'dɪʃənd] 形 1 不高興的。2 情況糟的；健康欠佳的。3 品質不好的，品性惡劣的。

ill-con·sid·ered ['ɪlkən'sɪdɚd] 形考慮欠周詳的；不適當的；不明智的。

ill-de·fined ['ɪldɪ'faɪnd] 形不明確的。

ill-dis·posed ['ɪldɪs'pozd] 形 1 不懷好意的，不友好的，冷淡的《*toward...*》。2 居心不良的。～**·ness** 名

·**il·le·gal** [ɪ'ligl] 形違法的；法律所禁止的。—名 1 非法移民。2 違法者。～**·ly** 副

il·le·gal·i·ty [,ɪli'gælətɪ] 名(複**-ties**) 1 Ⓤ非法，違法，犯法。2 不法[違法]行爲。

il·le·gal·ize [ɪ'ligə,laɪz] 動及宣布…爲違法：～ drinking 宣布飲酒爲非法。

il·leg·i·ble [ɪ'lɛdʒəbl] 形難以辨認的。**-bil·i·ty** 名, **-bly** 副

il·le·git·i·ma·cy [,ɪlɪ'dʒɪtəməsɪ] 名 Ⓤ 1 不合法，違法；不合邏輯。2 私生，庶出。

il·le·git·i·mate [,ɪlɪ'dʒɪtəmɪt] 形 1 非嫡出的，私生的。2 違法的。3 違反規則的，無條理的：an ～ phrase 不合語法的用語。4〖理則〗不合理論的；〖生〗異常(受精)的，變態的：an ～ proposition 不合邏輯的命題。—名私生子，庶子。

—[,ɪlɪ'dʒɪtə,met] 動及宣告…爲違法；宣告(人)爲私生子。～**·ly** 副

'**ill 'fame** 名Ⓤ聲名狼藉：a house of ～ 妓院。'**ill-'famed** 形惡名昭彰的。

ill-fat·ed ['ɪl'fetɪd] 形惡運的；帶來不幸的：an ～ day 不吉利的日子。

ill-fa·vored,《英》**-voured** ['ɪl,fevɚd] 形 1 醜陋的。2 使人不舒服的，討厭的。

'**ill-'fitting** 形不合身的，不合適的。

ill-found·ed ['ɪl'faʊndɪd] 形缺乏事實根據的：an ～ argument 缺乏根據的論點。

ill-got·ten ['ɪl'gɑtn̩] 形以不正當手段得來的：～ gains 不義之財 / *I-* goods never prosper.《諺》不義之財無法久享。

'**ill 'humor** 名Ⓤ情緒惡劣；壞脾氣：an ～ 情緒不好。

ill-hu·mored ['ɪl'hjumɚd] 形性情惡劣的，易怒的；情緒不好的。～**·ly** 副, ～**·ness** 名

il·lib·er·al [ɪ'lɪbərəl] 形 1 氣量狹小的，思想偏狹的。2《文》沒教養的，沒學問的，粗俗的。3 吝嗇的。～**·ly** 副

il·lic·it [ɪ'lɪsɪt] 形被禁止的；非法的；不正當的：～ liquor 私酒 / ～ intercourse 通姦。～**·ly** 副, ～**·ness** 名

il·lim·it·a·ble [ɪ'lɪmɪtəbl] 形無窮無盡的：an ～ appetite 奇大的食慾。**-bly** 副

ill-in·formed ['ɪlɪn'fɔrmd] 形消息不靈通的；所知不多的，無知的《*of*, *about*, *in...*》。

il·lin·i·um [ɪ'lɪnɪəm] 名Ⓤ〖化〗鉯。

Il·li·nois [,ɪlə'nɔɪ, -'nɔɪz] 名 1 伊利諾州：美國中部的一州名；首府 Springfield；略作：Ill.。2《the ～》伊利諾河。

Il·li·noi(s)·an [,ɪlə'nɔɪ(z)ən] 形伊利諾州的。—名伊利諾州人。

il·lit·er·a·cy [ɪ'lɪtərəsɪ] 名(複**-cies**) 1 Ⓤ文盲；無學識；沒教養：a high rate of ～ 很高的文盲比例。

il·lit·er·ate [ɪ'lɪtərɪt] 形 1 文盲的；沒有文化的：an ～ primitive 不識字的原始人。2 無學識的，未受教育的；非常無知的；缺乏語言和文學方面知識的：～ pronunciations 錯誤的發音。—名文盲。～**·ly** 副, ～**·ness** 名

ill-judged ['ɪl'dʒʌdʒd] 形不明智的，欠考慮的，判斷錯誤的，輕率的。

ill-man·nered ['ɪl'mænɚd] 形不禮貌的，粗魯的，沒規矩的。

ill-na·tured ['ɪl'netʃɚd] 形壞心眼的，性情乖戾的，不和悅的，乖張的。～**·ly** 副, ～**·ness** 名

:**ill·ness** ['ɪlnɪs] 名ⓊⒸ生病；疾病；氣色不好：feign ～ 裝病 / have a severe ～

重病 / die of an ～ 病死。

·log·ic [ɪ'lɑdʒɪk] 名U 不合邏輯。

·i·cal [-ɪkl] 形不合邏輯的；缺乏邏輯的；不合常理的，愚蠢的。

·log·i·cal·i·ty [ɪ,lɑdʒɪ'kælətɪ] 名（複 **-ties**）1 U 不合邏輯。2 不合邏輯的事。

l-o·mened ['ɪl'omɪnd] 形不祥的；惡兆的，不幸的，惡運的。

l-pre'pared 形準備不足的。

l-sort·ed ['ɪl'sɔrtɪd] 形不相配的。

l-spent ['ɪl'spɛnt] 形浪費的。

l-starred ['ɪl'stɑrd] 形 1 命運不好的，倒楣的。2 悲慘的；會招來災難的。

l-suit·ed ['ɪl'sutɪd] 形不適當的，不合適的，不相稱的。

l 'temper 名易動怒，壞脾氣。

l-tem·pered ['ɪl'tɛmpɚd] 形脾氣不好的，易怒的。～**·ly** 副, ～**·ness** 名

l-timed ['ɪl'taɪmd] 形不是時機的，不湊巧的；不合時宜的。

l-treat ['ɪl'trit] 動及虐待。～**·ment** 名

l·lume [ɪ'lum] 動及《古》= illuminate.

l·lu·mi·nant [ɪ'lumənənt] 名光源，發光體。—形發光的，照明的。

l·lu·mi·nate [ɪ'lumə,net] 動 (**-nat·ed, -nat·ing**) 及 1 照亮，照明；使明亮《*with* ...》。2 闡釋，解釋《*with*...》: ～ one's thesis *with* examples 以實例闡明論文的主旨。3 以燈裝飾《*with*...》: ～ a shop window *with* Christmas lights 以聖誕燈泡裝飾櫥窗。4 啓迪，啓蒙；使揚名，使…光輝燦爛: ～ young students 啓發年輕的學生。5（以金、銀、色彩）裝飾: an ～*d* manuscript 有彩飾的手稿。6 以雷達、聲納或其他輻射方式偵測。—不及 1 以燈光美化。2 變亮。—形《古》被照明的。—名《古》（自稱）先覺者。

l·lu·mi·nat·ed [ɪ'lumə,netɪd] 形 1 裝設燈飾的。2 有彩色裝飾的。

l·lu·mi·nat·ing [ɪ'lumə,netɪŋ] 形 1 照明的，照耀的。2 闡明的；啓發的，啓迪的，發人深思的。～**·ly** 副

l·lu·mi·na·tion [ɪ,lumə'neʃən] 名 1 U 明亮，發光；照亮；《通常作～**s**》燈飾: indirect ～ 間接照明 / the brilliant ～ of the room 房間內明亮的燈光。2 U 啓迪；闡明: search for spiritual ～ 尋找神靈的啓示。3 U〖光〗亮度。4 U 光源。5《～**s**》（手抄本的）彩飾。

l·lu·mi·na·tive [ɪ'lumə,netɪv] 形照亮的；啓發的，啓示的，啓蒙的。

l·lu·mi·na·tor [ɪ'lumə,netɚ] 名 1 照明者；照明器材。2 啓蒙者，教化者；（抄本、書本等的）彩飾者。

l·lu·mine [ɪ'lumɪn] 動及不及 = illuminate.

llus.《縮寫》*illus*trated; *illus*tration.

ll-us·age ['ɪl'jusɪdʒ] 名U 虐待；濫用。

ll-use ['ɪl'juz] 動及虐待；濫用。—['ɪl'jus] 名U 虐待；濫用。

·il·lu·sion [ɪ'luʒən] 名 1 U C 幻影，幻覺。2 幻想；錯誤的感覺；錯誤的觀念；迷惑人的外表: a sweet ～ 甜美的幻想 / the naive ～*s* of youth 年輕人天真的幻想 / foster ～*s* in a person's mind 使某人起錯覺 / be under an ～ that... 抱有…的幻想。3 U C〖心〗錯覺。4 U C（面紗用的）網狀絹紗。

il·lu·sion·ar·y [ɪ'luʒə,nɛrɪ] 形幻影的；幻想的；錯覺的。

il·lu·sion·ism [ɪ'luʒə,nɪzəm] 名 U 1〖哲〗幻覺說。2 引起錯覺的藝術技法。

il·lu·sion·ist [ɪ'luʒənɪst] 名 1 陷入幻想中的人；幻覺論者。2 魔術師。

il·lu·sive [ɪ'lusɪv] 形 = illusory.

il·lu·so·ry [ɪ'lusərɪ] 形錯覺的，幻想的；虛幻的；無實體的: an ～ sense of security 虛幻的安全感。**-ri·ly** 副, **-ri·ness** 名

illust.《縮寫》*illust*rated; *illust*ration.

·il·lus·trate ['ɪləstret, ɪ'lʌstret] 動 (**trat·ed, -trat·ing**) 及 1（以實例、圖表、比較等）說明，舉例說明《*by, with*...》: ～ a theory *with* examples 舉例來說明理論。2 加上圖解。—不及舉例說明。

-trat·a·ble 形

il·lus·trat·ed ['ɪləstretɪd, ɪ'lʌstretɪd] 形附有圖解的。—名《英》附有很多照片或插圖的雜誌，畫報，畫刊。

:il·lus·tra·tion [,ɪlə'streʃən, ɪ,lʌs'treʃən] 名 1 插畫，圖解。2（用來說明的）比較；實例，例圖；U 舉例說明；解說: by way of ～ 舉例說明 / in ～ of... 做為…的例證 / for purposes of ～ 為了解說。3 U 傑出。

il·lus·tra·tive [ɪ'lʌstrətɪv, 'ɪləs,tretɪv] 形作為實例的，說明的: ～ examples 作說明的實例。～**·ly** 副

il·lus·tra·tor ['ɪləs,tretɚ, ɪ'lʌs-] 名 1 插圖畫家。2 用以說明的事[物]；圖解者。

·il·lus·tri·ous [ɪ'lʌstrɪəs] 形 1 傑出的。2 顯赫的: ～ achievements 輝煌的成就。～**·ly** 副, ～**·ness** 名

'ill 'will 名U 敵意，惡意，怨恨。

ill-wish·er ['ɪl'wɪʃɚ] 名幸災樂禍者。

ILO《縮寫》*I*nternational *L*abor *O*rganization（聯合國）國際勞工組織。

:I'm [aɪm] I am 的縮略形。

im-《字首》**in-**[1], **in-**[2] 的別體，用於 b, m, p 之前。

:im·age ['ɪmɪdʒ] 名 1（肖）像；畫像；塑像；偶像: an ～ in stone 石像。2 形態，外形。3 非常相似的人[物]，翻版。4 形象；印象；聲望；觀念；〖心〗心像。5 影像；〖數〗鏡像，像點: a virtual ～ 虛像 / a mirror ～ 鏡中的映像。6 象徵；實例，典型；化身。7 形象描寫。8〖修〗比喻；隱喻，直喻: overcharge one's speech with rhetorical ～*s* 說話中使用過多的比喻。9〖電腦〗像。10〖視〗接收機上重現的某一景象。

—動 (**-aged, -ag·ing**) 及 1 在心中描繪，想

I

像。2 以雕刻或繪畫表現；生動地描寫。3 將…映入鏡中；反映，反射。4 象徵；類似於。

im·age-build·er [ˈɪmɪdʒˌbɪldɚ] 名 塑造形象者。**-build·ing** 名 U 形象塑造。

im·age·ry [ˈɪmɪdʒrɪ] 名 U 1 心像；《集合名詞》(心)像，形象；表象。2 圖像，像，雕像。3 修辭上比喻的使用；比喻的描寫；《集合名詞》修辭上的表現，文學上的意象。

im·ag·i·na·ble [ɪˈmædʒɪnəbl̩] 形 可想像的；可能的：the finest thing ～ 可以想像到的最好東西。～**·ness** 名，**-bly** 副

im·ag·i·nal [ɪˈmædʒənl̩] 形 1 想像上的；用想像力的。2〖昆〗成蟲的。

·im·ag·i·nar·y [ɪˈmædʒəˌnɛrɪ] 形 1 虛構的：an ～ person 虛構的人物。2〖數〗虛數的。—名 (複 **-nar·ies**)〖數〗虛數。

i'maginary ˌnumber 名〖數〗虛數。

·im·ag·i·na·tion [ɪˌmædʒəˈneʃən] 名 U C 1 想像；想像力，(尤指文學上的)創造力：beyond all ～ 完全出乎想像 / a man of remarkable ～ 想像力豐富的人 / give full play to one's ～ 充分發揮想像力。2〖心〗想像：creative～ 獨創的想像。3 構想；空想，妄想；幻覺。4 解決問題的能力，機智。5〖哲〗構想力。6 傳統的想法。

·im·ag·i·na·tive [ɪˈmædʒəˌnetɪv] 形 1 喚起想像的；由想像生出的；想像的：the ～ faculty 想像力。2 富於想像力的；愛想像的：an ～ writer 想像力豐富的作家。3 虛構的。～**·ly** 副

:im·ag·ine [ɪˈmædʒɪn] 動 (**-ined**, **-in·ing**) 及 1 在心中描繪；想像(做…)；把…想像成…。2 認為。3 假定；猜想，推測。—不及 1 想像。2 認為；猜想，推測。

im·ag·ism [ˈɪməˌdʒɪzəm] 名 U〖文〗1 意象主義。2 取材日常用語和其韻律變化的自由詩體。**-ist** 名 形

i·ma·go [ɪˈmego] 名 (複～**es**, **-gi·nes** [ɪˈmædʒəˌniz, ɪˈmeʒə-]) 1〖昆〗成蟲。2〖精神分析〗(幼年時對雙親等形成的)無意識的影像。

i·mam [ɪˈmɑm] 名〖回教〗祭司，導師：1 執行禮拜的僧人。2 對回教領袖或傑出學者的敬稱。

im·bal·ance [ɪmˈbæləns] 名 U C 1 不平衡，不調和。2 (內分泌功能的)平衡失調。

-anced 形 失去平衡的，不調和的。

im·be·cile [ˈɪmbəsɪl, -sl̩] 名〖心〗低能者；傻瓜。—形 精神衰弱的，低能的；愚笨的：～ conduct 愚行。

im·be·cil·ic [ˌɪmbəˈsɪlɪk] 形 1 痴愚的，精神衰弱者(特有)的。2 豈有此理的。

im·be·cil·i·ty [ˌɪmbəˈsɪlətɪ] 名 (複 **-ties**) 1 U 精神衰弱，低能；愚蠢。2 愚行。

im·bed [ɪmˈbɛd] 動 (～**·ded**, ～**·ding**) 及 = embed.

im·bibe [ɪmˈbaɪb] 動 及 1 喝，喝光。2 吸收；接受。—不及 飲；吸收液體。
-bib·er 名

im·bro·glio [ɪmˈbroljo] 名 (複～**s** [-z]) 1 複雜的事態，糾紛。2 雜亂積疊之物。3 (戲劇等)錯綜複雜的情節。

im·brue [ɪmˈbru] 動 及 1 污染，浸染《*with*, *in*...》。2 使浸入；灌輸《*with*, ...》。

im·bue [ɪmˈbju] 動 及 1 使充滿；浸染《*with*...》：～ the skin *with* moisture 把皮膚弄溼。2 灌輸《*with*...》：be ～*d with* sense of responsibility 被灌輸責任感。3 浸透。

IMCO《縮寫》*I*nter-Governmental *M*aritime *C*onsultative *O*rganization (聯合國)政府間海事協議組織。

IMF《縮寫》*I*nternational *M*onetary *F*un (聯合國)國際貨幣基金會。

im·i·ta·ble [ˈɪmɪtəbl̩] 形 可模仿的。

:im·i·tate [ˈɪməˌtet] 動 (**-tat·ed**, **-tat·ing**) 1 效法，模仿：～ the wise and good in all things 凡事皆以聰明良善的人為榜樣。2 仿效；學…的模樣；假裝。3 模擬。

·im·i·ta·tion [ˌɪməˈteʃən] 名 1 贗品；複製品。2 U 模仿；C 模仿的舉動：in ～ of... 模仿…。3 U〖社〗〖心〗模仿；〖生〗擬態。4 (文學作品中的)模仿作。U〖樂〗模仿。5 U〖美〗真實重現。—形 1 仿造的，人造的。2 人造寶石的。

im·i·ta·tive [ˈɪməˌtetɪv] 形 1 臨摹的；喜愛模仿的《*of*...》；仿造的，偽造的：an ～ painting 臨摹畫。2 模仿性的。3〖生〗擬態的；〖語言〗擬聲的：～ words 擬聲字。～**·ly** 副，～**·ness** 名

im·i·ta·tor [ˈɪməˌtetɚ] 名 模仿者。

im·mac·u·late [ɪˈmækjəlɪt] 形 1 無污點的。2 無瑕疵的；純潔的；(字句等)無誤的。3〖生〗無斑點的。～**·ly** 副

Im'maculate Con'ception 名《*the* ～》〖天主教〗1 聖母無原罪說：聖母瑪利亞在其母親受孕的瞬間就已免去原罪。2 聖母無原罪節(12 月 8 日)。

im·ma·nent [ˈɪmənənt] 形 1 內在的《*in*...》：～ and external factors *in* social evolution 社會發展的內在與外在因素。2〖哲〗內在的，存在主觀意識中的；〖神〗(上帝)存在於宇宙萬物之內的。**-nence** 名 U 內在(性)；內在論。

Im·man·u·el [ɪˈmænjuəl] 名〖聖〗以馬內利：Isaiah 所預言的救世主。

im·ma·te·ri·al [ˌɪməˈtɪrɪəl] 形 1 不重要的，不足取的《*to*...》。2 非物質的；精神上的。～**·ly** 副

im·ma·te·ri·al·i·ty [ˌɪməˌtɪrɪˈælətɪ] 名 (複 **-ties**) 1 U 非物質性；非實體性；非重要性。2 無實體之物，非物質之物。

im·ma·ture [ˌɪməˈtjʊr] 形 未成熟的：an ～ talent 未成熟的才能。2〖地質〗幼年期的。—名 未成年者；發育中的動物。
～**·ly** 副

im·ma·tur·i·ty [ˌɪmə'tjurətɪ] 名 U 未成熟，發育不全。

im·meas·ur·a·ble [ɪ'mɛʒərəbl] 形 不可衡量的；無限的：～ faith 無限的信心。
-bly 副

im·me·di·a·cy [ɪ'midɪəsɪ] 名 (複-cies) 1 U 直接（性），緊急性；〖哲〗直接性。2《通常作 -cies》緊急必要之物；具有緊急性之物。3 U 直觀（性），直覺（性）。

·**im·me·di·ate** [ɪ'midɪɪt] 形 1 即刻的；當前的：an ～ answer 立即的答覆 / the ～ successor of the present chairman 現任會長的繼任者 / the ～ future 最近的將來。2 最靠近的；鄰近的：the ～ neighborhood 緊鄰的地區。3 直接的。4〖哲〗直觀的，直覺的。

im'mediate con'stituent 名〖文法〗直接構成要素，直接成分。略作：IC

im·me·di·ate·ly [ɪ'midɪɪtlɪ] 副 1 立即：～ after his death 在他死後馬上就…。2 直接地。3 緊接地，貼近地：～ away from the shore 緊鄰岸邊的地方。—連《主英》…之後馬上。

im·med·i·ca·ble [ɪ'mɛdəkəbl] 形《文》無藥可救的；無法矯正的。
-bly 副

im·me·mo·ri·al [ˌɪmə'morɪəl] 形 極古的，太古的，無法追憶的：from time ～ 自遠古以來。～**·ly** 副

im·mense [ɪ'mɛns] 形 1 非常大的；無法計算的：an ～ sum of money 一大筆錢 / ～ variety 無限的多樣性。2《口》極好的，極妙的。—名 無限，無量。

im·mense·ly [ɪ'mɛnslɪ] 副 1 無限地。2 非常：be ～ difficult 非常困難的。

im·men·si·ty [ɪ'mɛnsətɪ] 名 (複-ties) 1 U 廣大；無限，無際，無邊。2 巨大的數量，巨大的空間，極大之物。

im·merge [ɪ'mɝdʒ] 動 不及 跳進（水等之中），沉入《into...》。

im·merse [ɪ'mɝs] 動 及 1 使浸入液體中；埋入《in...》：～ the film *in* developer 將底片浸入顯影劑中。2 施浸禮。3《通常用被動或反身》使沉溺於，使專心於《*in*...》：be ～*d in* difficulties 陷於困難之中 / be ～*d in* mathematics 埋首於數學中。

im·mer·sion [ɪ'mɝʃən] 名 1 U 浸入；浸入的狀態《*in*...》。2 U C 浸禮；身體全部浸入水中的洗禮。3 U 沉溺，專心。—形 投入式教學法的。

im'mersion ˌheater 名 浸沒式電熱水器。

im·mi·grant ['ɪməgrənt] 名 1（自外國移入的）移民。2 外來動物或植物。—形 1 移民的。2 移民入境的。

im·mi·grate ['ɪməˌgret] 動 不及 1 自外國移入《into...》。2 移居。—及 使移居。

im·mi·gra·tion [ˌɪmə'greʃən] 名 1 U C 移居，遷到墾荒地區，移民：a wave of ～ 移民潮。2《集合名詞》外來移民；外來移民數量。3 U 入境管理；出入境管理業務；入境審查；出入境管理櫃臺。
-gra·to·ry [-grəˌtorɪ] 形

im·mi·nence ['ɪmənəns] 名 1 U 逼近的狀態，急迫（亦稱 **imminency**）。2 即將來臨的災禍。

·**im·mi·nent** ['ɪmənənt] 形 1 急迫的，逼近的：an ～ catastrophe 迫近的大災禍。2《古》朝前突出的。～**·ly** 副

im·mis·ci·ble [ɪ'mɪsəbl] 形 不能相互融合的《*with*...》。**-bly** 副

im·mo·bile [ɪ'mobl, -bil] 形 1 不動的。2 不能動的；靜止的。

im·mo·bil·i·ty [ˌɪmo'bɪlətɪ] 名 U 不動性，不動的狀態；靜止，固定。

im·mo·bi·lize [ɪ'mobəˌlaɪz] 動 及 1 使不動；固定。2〖金融〗停止流通；使（流動資本）固定化。3 使不能調動。
-li·'za·tion 名

im·mo·bi·liz·er [ɪ'moblˌaɪzɚ] 名 汽車防竊裝置。

im·mod·er·ate [ɪ'mɑdərɪt] 形 無節制的，極端的：～ drinking 過度的飲酒。
～**·ly** 副, **-'a·tion** 名 U 無節制；過度。

im·mod·est [ɪ'mɑdɪst] 形 1 無禮的，不謙虛的；下流的，粗鄙的。2（要求等）無恥的，冒失的。～**·ly** 副, **-es·ty** 名

im·mo·late ['ɪməˌlet] 動 及 1 犧牲：～ one's ambitions to a cause 為了某個事業而犧牲自己的抱負。2《文》（為了祭神而）宰殺《*to*...》：～ animals *to* a god 宰殺動物以祭神。
-la·tor 名

im·mo·la·tion [ˌɪmə'leʃən] 名 1 U 奉上犧牲品；成為犧牲品。2 犧牲；祭品。

im·mor·al [ɪ'mɔrəl, -'mɑr-] 形 不道德的；不檢點的；不貞的；荒淫的；品行不好的：～ acts 不檢點的舉動。～**·ly** 副

im·mo·ral·i·ty [ˌɪmə'rælɪtɪ] 名 (複-ties) 1 U 不道德（性）；墮落，邪惡；荒唐，淫亂；猥褻。2 不道德的行為。

·**im·mor·tal** [ɪ'mɔrtl] 形 1 不死的，肉身不滅的。2 不朽的；永遠的：～ literary classics 文學作品中不朽的傑作 / enjoy ～ fame 享有不朽的名聲。3 永久的。—名 1 不死的人。2 名聲不朽的人。
～**·ly** 副

im·mor·tal·i·ty [ˌɪmɔr'tælətɪ] 名 U 1 不朽；永恆的生命：the ～ of the soul 靈魂之不滅。2 不朽的名聲。

im·mor·tal·ize [ɪ'mɔrtəˌlaɪz] 動 及 1 使不滅，使永久。2 給予不朽的名聲。

im·mov·a·ble [ɪ'muvəbl] 形 1 固定的；靜止的：an ～ foundation 不可移動的基礎。2 不變的；堅定不移的：～ determination 堅定不移的決心。3 不為感情所動的：an ～ face 無表情的臉 / an ～ arbiter 不受感情左右的仲裁者。4（節日等）在每年的同一天的。5〖法〗（財產）不動的：～ property 不動產。—名 1 不（可移）動之

物。2《通常作～s》〖法〗不動產。
-'bil·i·ty 名, -bly 副

im·mune [ɪ'mjun] 形 1 具有免疫力的《from, to...》: ～ complex 免疫群 / be ～ to the disease 對那種病具有免疫力。2 被豁免的；可防止…的《from, against...》: be ～ from taxation 免除納稅。—名免疫者。

im·mu·ni·ty [ɪ'mjunətɪ] 名 (複-ties) 1 U C 免疫《from, to...》；抗體：people who carry *immunities* in their bloodstreams 血液中帶有抗體的人。2 U 免除《from...》。3 U 豁免；C〖教會〗(教會世俗義務的）豁免《from...》；豁免權：～*from* taxation 免除納稅義務。

im'munity ˌbath 名 U〖美法〗證詞豁免權。

im'munity ˌsystem 名 免疫系統。

im·mu·ni·za·tion [ˌɪmunə'zeʃən] 名 U 免疫；具免疫性。

im·mu·nize ['ɪmjəˌnaɪz] 動 及 1 使免疫《against...》。2 使無害；使無力：～ a bomb 使炸彈失效。

im·mu·no·ad·sor·bent [ˌɪm-jənoæd'sorbənt] 名 U C 免疫吸附劑。

im·mu·no·bi·ol·o·gy [ˌɪmjənobaɪ'ɑlədʒɪ] 名 U 免疫生物學。

im·mu·no·com·pe·tence [ˌɪmjəno'kɑmpətəns] 名 U 免疫性，免疫能力。
-tent 形 有免疫力的。

im·mu·no·de·fi·cien·cy [ˌɪmjənodɪ'fɪʃənsɪ] 名 U C〖醫〗免疫不全。**-de·'fi·ci·ent** 形 免疫不全的。

im·mu·nol·o·gy [ˌɪmjə'nɑlədʒɪ] 名 U〖醫〗免疫學。

im·mu·no·sor·bent [ˌɪmjəno'sorbənt] 名 = immunoadsorbent.

im·mu·no·sup·press [ˌɪmjənosə'prɛs] 動 及 不及 壓抑對外來物的免疫性反應。

im·mu·no·sup·pres·sion [ˌɪmjənosə'prɛʃən] 名 U〖醫〗免疫抑制。**-sive** [-sɪv] 形 名 免疫抑制的 [藥]。

im·mu·no·ther·a·py [ˌɪmjəno'θɛrəpɪ] 名 U C〖醫〗免疫療法。**-peu·tic** [-'pjutɪk] 形

im·mure [ɪ'mjʊr] 動 及 1 關入室內；監禁：～ oneself 閉門不出。2 限制：scientists who ～ themselves in specialized research 限制自己從事特殊研究的科學家。3 嵌入壁中。
～**·ment** 名

im·mu·ta·ble [ɪ'mjutəbl̩] 形 永遠不變的；不可改變的：～ laws 不變的法則。
-'bil·i·ty 名, *-bly* 副

i-mode ['aɪ'mod] 名〖商標名〗行動上網系統。

imp [ɪmp] 名 1 小鬼；頑童。2《古》嫩枝；小孩。

imp. 《縮寫》 *imp*erative; *imp*erfect; *impe*rial; *imp*ersonal; *imp*lement; *imp*ort; *impor*tant; *imp*orted; *imp*orter; *imp*rimatur; *imp*rint; *imp*roper; *imp*roved; *imp*rovement.

·im·pact ['ɪmpækt] 名 U C 1 碰撞；撞擊；衝擊力：on ～ 撞擊。2 影響；感化：have an ～ upon... 對…有影響。
—[-'-] 動 及 1 嵌入，裝入《into, in...》；塞滿《with...》；壓緊。2 碰撞；產生影響[衝擊]。
—不及 碰撞，產生影響《on, upon, against...》。

im·pact·ed [ɪm'pæktɪd] 形 1 塞緊的，嵌進的：an ～ fracture 嵌入骨折。2〖齒〗嵌塞的，阻生的。3 被塞入的；人口過密的：an ～ curriculum 過於密集的課程。4《美》人口激增以致公共設施（尤指學校）不足的；用以緩和此種公共設施不足的現象的。

im·pact·ful [ɪm'pæktfəl] 形 有巨大衝擊力的，極有效果的；強有力的；顯著的。

im·pair [ɪm'pɛr] 動 及 使變壞；減弱；損害：～ one's health through overwork 因工作過度而損害健康。

im·pair·ment [ɪm'pɛrmənt] 名 U 損害，損傷。

im·pal·a [ɪm'pɑlə] 名〖動〗飛羚。

im·pale [ɪm'pel] 動 及 1 用尖樁固定；處以刺刑；刺住，刺穿《on, upon, with...》：～ the insects *on* pins for display 為了展示將昆蟲以大頭針釘住。2 使手足無措。
～**·ment** 名

im·pal·pa·ble [ɪm'pælpəbl̩] 形 1 無法觸摸到的。2 不容易理解的，微妙的。3（粉末）非常細的。**-'bil·i·ty** 名 U 難解；不可觸知；無實體；微細。

im·pan·el [ɪm'pænl̩] 動 (～ed, ～·ing 或《英尤作》-elled, ～·ling) 及〖法〗1 將…列入陪審團名單。2 從陪審員名冊中選出（陪審團）。

·im·part [ɪm'pɑrt] 動 及 1 告知，傳知《to...》：～ secret information *to* the enemy 將機密情報告知敵人。2 傳授《to...》。
～**·a·ble** 形

im·par·tial [ɪm'pɑrʃəl] 形 1 不偏袒的；公正的。～**·ness** 名 U 公正無私。～**·ly** 副

im·par·ti·al·i·ty [ˌɪmpɑrʃɪ'ælətɪ] 名 U 公正無私，不偏不倚。

im·part·i·ble [ɪm'pɑrtəbl̩] 形〖法〗不可分割的。

im·pass·a·ble [ɪm'pæsəbl̩] 形 1 不能通行的。2 無法克服的。3 不通用的。
-'bil·i·ty 名 U 不能通過；C《-ties》不能通行之地。**-bly** 副

im·passe [ɪm'pæs, '--] 名《通常用單數》僵局，困境；死路，死胡同。

im·pas·si·ble [ɪm'pæsəbl̩] 形 不會感覺痛苦的；不會受到傷害的；無動於衷的。

im·pas·sion [ɪm'pæʃən] 動 及 使深受感動；使興奮，使激動。

im·pas·sioned [ɪm'pæʃənd] 形 慷慨激昂的，熱烈的，熱情的。～**·ly** 副

im·pas·sive [ɪm'pæsɪv] 形 1 無動於衷

的；冷靜的，冷淡的。2 麻木不仁的；不省人事的。3 不覺痛苦的。～·ly 副, ～·ness 名

m·pas·siv·i·ty [ˌɪmpæ'sɪvətɪ] 名 U 冷淡；無動於衷；冷靜。

m·pa·tience [ɪm'peʃəns] 名 1 U《或作 an ～》無耐心，不耐煩《 *with...* 》: with ～ 不耐煩地 / my ～ *with* the boy 我對那小孩沒有耐性。2 U 渴望《 *for...* 》；著急；難忍的心情《 *to* do 》。3 U（痛苦等的）難忍。

m·pa·ti·ens [ɪm'peʃɪˌɛnz] 名（複～）〖植〗鳳仙花。

m·pa·tient [ɪm'peʃənt] 形 1 難以忍受的《 *of, at..., at* doing 》；焦急的，不耐煩的《 *with...* 》。2 急切的《 *for...* 》；急於…的《 *to* do 》。3 急躁的：an ～ gesture 急躁的樣子。

～·ly 副 難忍地，急躁地。

m·pawn [ɪm'pɔn] 動 及《罕》典當；《喻》立誓擔保。

m·peach [ɪm'pitʃ] 動 及 1 告發；《尤美》彈劾（公務員）《 *of, with, for...* 》: ～ the President of the United States 彈劾美國總統 / ～ a person *of* a crime 控告某人有罪 / ～ a person *with* an error 責難某人的過失。2 懷疑；對可信度發生懷疑：～ a person's motives 懷疑某人的動機。～·**able** 形（罪等）該彈劾的，可告發的，可責難的。

m·peach·ment [ɪm'pitʃmənt] 名 U C 彈劾；告發；責難。

m·pec·ca·bil·i·ty [ɪmˌpɛkə'bɪlətɪ] 名 U 無罪；無缺點。

im·pec·ca·ble [ɪm'pɛkəbl̩] 形 1 不會犯罪的，無罪的。2 無缺點的，完善的。
-**bly** 副

im·pec·cant [ɪm'pɛkənt] 形 無罪的，無過失的。-**cance**, -**can·cy** 名

im·pe·cu·ni·ous [ˌɪmpə'kjunɪəs] 形 貧窮的。

～·**ly** 副, ～·**ness** 名

im·ped·ance [ɪm'pidn̩s] 名 U〖電〗阻抗。

im·pede [ɪm'pid] 動 及 使遲緩；妨礙。

im·ped·i·ment [ɪm'pɛdəmənt] 名 1 妨礙，障礙（物）《 *to...* 》: an ～ *to* progress 進步的障礙。2 婚姻障礙；婚姻限制：a minor ～ 未成年者婚姻限制。3 體能障礙《 *in, of, to...* 》；（尤指）語言障礙：have a speech ～ 有語言障礙 / an ～ *of* the circulatory system 循環系統的障礙。

im·ped·i·men·ta [ɪmˌpɛdə'mɛntə] 名（複）(單 -**tum** [-təm]) 阻礙物；隨身行李，（尤指軍隊的）行李，輜重。

m·pel [ɪm'pɛl] 動 (-**pelled**, ～·**ling**) 及 1 逼迫，驅使《 *to..., to* do*ing, in, into...* 》；促使，勉強。2 推開；推進《 *to...* 》。

m·pel·lent [ɪm'pɛlənt] 形 推進的，推動的；強迫的。—名 推進器；推動力。

im·pend [ɪm'pɛnd] 動 不及 1 懸掛《 *over ...* 》。2 即將發生，迫近，逼近。

im·pend·ing [ɪm'pɛndɪŋ] 形 1 即將發生的；逼近的，迫近的。2 懸在上面的，突出的；即將崩塌的。

im·pen·e·tra·bil·i·ty [ˌɪmpɛnətrə'bɪlətɪ] 名 U 不能貫穿；不可解；冥頑不靈。

im·pen·e·tra·ble [ɪm'pɛnətrəbl̩] 形 1 不能穿透的，不能通過的《 *to, by...* 》: ～ darkness 漆黑 / a safe designed to be ～ *to* thieves 有防盜設計的保險箱。2 冥頑不化的：an ～ mind 頑固之心。3 不可解的：～ motives 不可解的動機。

～·**ness** 名, -**bly** 副

im·pen·i·tent [ɪm'pɛnətənt] 形 不知悔改的，頑固的。-**tence** 名, ～·**ly** 副

imper. 《縮寫》*imper*ative.

im·per·a·tive [ɪm'pɛrətɪv] 形 1 無法避免的；必須的；緊急的，重要的；義務的：～ needs 緊急之需。2 命令的；斷然的，嚴厲的；〖文法〗祈使法的：the ～ mood 祈使語氣 / an ～ tone of voice 命令的口氣。

—名 命令；義務，必要；〖文法〗祈使語氣；祈使動詞；祈使句。

im·per·a·tive·ly [ɪm'pɛrətɪvlɪ] 副 專橫地；莊嚴地。

im·per·cep·ti·ble [ˌɪmpɚ'sɛptəbl] 形 微小的；不能感覺到的；不能感知的《 *to...* 》。

-**bly** 副 細微地；不知不覺地。

im·per·cep·tive [ˌɪmpɚ'sɛptɪv] 形 感覺遲鈍的。～·**ness** 名

imperf. 《縮寫》*imperf*ect.

·**im·per·fect** [ɪm'pɝfɪkt] 形 1 不健全的；有缺點的：～ color vision 不完全的色彩視覺 / an ～ knowledge of Greek 一知半解的希臘語的知識。2〖文法〗（時態）未完成的；（動詞）未完成式的：the ～ tense 未完成時態。3〖法〗沒有法律效力的。—名〖文法〗未完成時態。

～·**ly** 副, ～·**ness** 名

im·per·fec·tion [ˌɪmpɚ'fɛkʃən] 名 缺點，缺陷；U 不完美，不完備。

im·per·fo·rate [ɪm'pɝfərɪt] 形 1 無孔的。2（郵票）無齒孔的。—名 無齒孔郵票。

·**im·pe·ri·al** [ɪm'pɪrɪəl] 形 1 帝國的；《 I- 》大英帝國的。2 皇帝的，女皇的，皇室的：His *I*- Majesty 皇帝陛下 / the ～ household 皇室。3 帝位[帝權]的，最高權威的。4 堂皇的，莊嚴的；傲慢的。5 特大的，特製的，質地最優的：～ tea 上好的茶。6（度量衡）英國法定標準的。—名 1 皇帝鬚：蓄於下唇下面的尖鬚。2《 I- 》神聖羅馬帝國皇帝的擁護者。3 皇帝，皇后。4 特級品，特製品。

im'perial 'gallon 名 英國（法定）加侖（約等於 4.546 公升）。

im·pe·ri·al·ism [ɪm'pɪrɪəˌlɪzəm] 名 U

I

帝國政治制度（的政府）；帝國主義，領土擴張主義；《英》大英帝國主義。

im·pe·ri·al·ist [ɪm'pɪrɪəlɪst] 名形《偶作 I-》1 帝國主義者（的）。2《英》大英帝國主義者（的）；（大英帝國時代的）殖民地官吏（的）。

im·pe·ri·al·is·tic [ɪm,pɪrɪə'lɪstɪk] 形 帝國主義的。
-'is·ti·cal·ly 副

im·per·il [ɪm'pɛrəl] 動（～ed, ～·ing 或《英》-illed, ～·ling）及 使陷於危險中，危及。

im·pe·ri·ous [ɪm'pɪrɪəs] 形 1 傲慢的，專橫的：an ～ glance 瞧不起人的眼色。2 緊急的，迫切的；無法迴避的：an ～ command 緊急命令。～·ly 副，～·ness 名

im·per·ish·a·ble [ɪm'pɛrɪʃəbl̩] 形 不會毀壞的；不朽的：～ fame 不朽的名聲。
-'bil·i·ty 名，**-bly** 副

I

im·per·ma·nent [ɪm'pɝmənənt] 形 非永久的。**-nence** 名，～·ly 副

im·per·me·a·ble [ɪm'pɝmɪəbl̩] 形 1 不能通過的。2 不透（水、空氣等）的，不滲透性的（*to*...）：an ～ coating of plastic 不滲透的塑膠薄層。

im·per·mis·si·ble [,ɪmpɚ'mɪsəbl̩] 形 不容許的。

impers.《縮寫》*impers*onal.

im·per·son·al [ɪm'pɝsənl̩] 形 1 非個人的，客觀的：～ observations 客觀的見解。2 不具人格的，缺乏人性的；〖文法〗無人稱的：～ bureaucracy 缺乏人性的官僚制度 / a cold and ～ office 冷漠且沒有人情味的辦公室 / an ～ verb 無人稱動詞。— 名〖文法〗無人稱動詞，非人稱代名詞。

im·per·son·al·i·ty [ɪm,pɝsə'nælətɪ] 名（複-ties）Ⓤ 無人格性；客觀；和特定的個人無關；Ⓒ 無人格性的事物。

im·per·son·ate [ɪm'pɝsə,net] 動及 1 扮演；使用聲音模仿；飾演角色。2《罕》具體呈現，使擬人化；成爲典型。
—[ɪm'pɝsənɪt] 形 具體表現的；人格化的。

im·per·son·a·tion [ɪm,pɝsə'neʃən] 名 1 ⓊⒸ 模仿。2 Ⓤ 人格化；具體化；模範，典型。3 ⓊⒸ 化身；演出；模仿聲音。

im·per·son·a·tor [ɪm'pɝsə,netɚ] 名 裝扮者；演員。

im·per·ti·nence [ɪm'pɝtənəns] 名 1 Ⓤ 無禮，魯莽。2 Ⓤ 不切題，不適當。3 無禮的人，冒失鬼。

im·per·ti·nent [ɪm'pɝtənənt] 形 1（尤指對長輩等）魯莽的，無禮的：an ～ act 無禮的行爲。2 不相關的，不切題的。
～·ly 副

im·per·turb·a·ble [,ɪmpɚ'tɝbəbl̩] 形 不容易動搖的，沉著的：～ calm 冷靜沉著。**-'bil·i·ty** 名，**-bly** 副

im·per·vi·ous [ɪm'pɝvɪəs] 形 1 不透（水、空氣等）的，不滲透性的（*to*...）；2 不受影響的，感覺遲鈍的（*to*...）：be ～ *to* criticism 不受批評影響的。
～·ly 副，～·ness 名

im·pe·ti·go [,ɪmpɪ'taɪgo] 名 Ⓤ〖病〗膿疱疹。

im·pet·u·os·i·ty [ɪm,pɛtʃʊ'ɑsətɪ] 名（複-ties）1 Ⓤ 衝動，激烈。2 衝動的行爲。

im·pet·u·ous [ɪm'pɛtʃʊəs] 形 1 性急的，衝動的，激烈的：an ～ temperament 急躁的脾氣。2（風等）狂暴的，猛烈的。
～·ly 副

im·pe·tus ['ɪmpətəs] 名（複～·es）1 Ⓤ Ⓒ 原動力，推動力；衝力；彈力；刺激（*to*...）：the ～ of a hard push from behind 從背後來的強大推力。2 Ⓤ〖力〗運動量。

imp. gal.《縮寫》*imp*erial *gal*lon.

im·pi·e·ty [ɪm'paɪətɪ] 名（複-ties）1 Ⓤ 不信神，不虔誠；不恭敬，無禮。2 不信神的行爲，不恭敬的言行。

im·pinge [ɪm'pɪndʒ] 動 不及 1（光等）觸及，撞擊。2 侵犯，侵害。～·ment 名

im·pi·ous ['ɪmpɪəs] 形 不信神的，不恭敬的；無禮的。～·ly 副

imp·ish ['ɪmpɪʃ] 形（像）小鬼的；頑皮的，惡作劇的。～·ly 副，～·ness 名

im·plac·a·ble [ɪm'plækəbl̩, -'plekə-] 形 難平息的，難和解的；冷酷無情的。
-'bil·i·ty 名，**-bly** 副

im·plant [ɪm'plænt] 動及 1 注入，灌輸（*in*, *into*...）。2 植入，嵌入；〖醫〗移植。—['ɪmplænt] 名〖醫〗移植組織片
～·er 名

im·plan·ta·tion [,ɪmplæn'teʃən] 名 Ⓤ Ⓒ 1 灌輸，注入；嵌入；種植。2〖醫〗植入；移植；植入法。

im·plau·si·ble [ɪm'plɔzəbl̩] 形 不似真實的，難以置信的。**-'bil·i·ty** 名，**-bly** 副

:**im·ple·ment** ['ɪmpləmənt] 名 1 工具，器具；（～s）全套工具：farming ～*s* 農具。2 一項配件。3 手段；技巧。4〖蘇法〗履行。
—['ɪmplə,mɛnt] 動及 1 履行，完成。2 補足。3 提供工具。

im·ple·men·tal [,ɪmplə'mɛntl̩] 形 工具的；可作爲手段的；有幫助的。**-men·'ta·tion** 名

im·ple·men·ta·tion [,ɪmpləmɛn'teʃən] 名 Ⓤ 履行，實施，實行。

im·pli·cate ['ɪmplɪ,ket] 動及 1（通常用被動）使牽連（*in*...）：be ～*d in* a plot 被捲入陰謀中。2 暗示，隱含。

im·pli·ca·tion [,ɪmplɪ'keʃən] 名 1 Ⓤ Ⓒ 言外之意；暗示；〖理則〗含意。2 Ⓤ 牽連，密切的關係（*in*...）：his ～ *in* murder 他和謀殺案有關。

·**im·plic·it** [ɪm'plɪsɪt] 形 1 絕對的，無條件的：～ trust 絕對的信賴 / ～ obedience 絕對的服從。2 含蓄的；包含事實的，潛在

的《in...》。

～·ness 名, ～·ly 副

im·plied [ɪm'plaɪd] 形 含蓄的，暗示的。**-pli·ed·ly** [-'plaɪɪdlɪ] 副 暗示地。

im·plode [ɪm'plod] 動 不及 1 向內破裂。2〖天〗激烈地收縮。—及〖語音〗使發出內破裂音。

·im·plore [ɪm'plor] 動 (**-plored**, **-plor·ing**) 及 請求；懇求《for...》；哀求：～ a judge *for* mercy 哀求法官發慈悲。—不及 懇求，哀求。

im·plor·ing [ɪm'plorɪŋ] 形 懇求的，哀求的。

im·plo·sion [ɪm'ploʒən] 名 U C 1 向內破裂。2〖語音〗內破裂（音）。3〖天〗激烈收縮。4〖心〗內壓法。

im·plo·sive [ɪm'plosɪv] 形〖語音〗內破裂的。—名 內破裂音。～·ly 副

·im·ply [ɪm'plaɪ] 動 (**-plied**, ～·**ing**) 及 1 含有，隱含。2 暗示，暗指。

im·po·lite [,ɪmpə'laɪt] 形 失禮的，沒禮貌的《to...》。～·ly 副, ～·ness 名

im·pol·i·tic [ɪm'pɑlətɪk] 形 輕率的，失策的，顧慮不周的。～·ly 副 愚蠢地，不當地。

im·pon·der·a·ble [ɪm'pɑndərəbl] 形 不能計量的，過輕的；不能評估的，難以衡量的。

—名《通常作～s》不能確切評價之物。**-bly** 副

:im·port [ɪm'port] 動 及 1 移入，進口《*from...*》；《喻》輸入《*into...*》：～ wheat *from* Canada 從加拿大進口小麥 / food ～*ed into* the city *from* surrounding farms 從近郊的農場運到都市的糧食。2《主文》表示，意味。3《以 it 爲主詞》《文》對…很重要。—不及 有重要性，有關係。—['ɪmport] 名 1 U 輸入，進口；C《通常作～s》進口貨，輸入額。2 U《常作 the ～》意義，含意。3 U《文》重要（性）。

～·a·ble 形

im·por·tance [ɪm'portn̩s] 名 U《偶作 an ～》1 重要性：a matter of great ～ 非常重要的事情 / attach ～ to... 重視…。2 重要的地位，威望：a man of ～ 有影響力者，重要人物。3 神氣，自大：with an air of ～ 神氣地，自以爲了不起地。

im·por·tant [ɪm'portn̩t] 形 1 重要的，重大的。2 顯著的；卓越的；大的：an ～ source of income 收入的主要來源。3 顯要的，偉大的：a very ～ person 非常重要的人物（略作：VIP）。4 傲慢的，神氣的：put on ～ airs 擺架子。

im·por·tant·ly [ɪm'portəntlɪ] 副 重要地；擺架子地，裝模作樣地。

im·por·ta·tion [,ɪmpor'teʃən] 名 U 輸入，進口；C 進口貨，輸入品。

im·port·er [ɪm'portɚ] 名 進口商，進口國，輸入國。

im·por·tu·nate [ɪm'portʃənɪt] 形 糾纏不休的；迫切的。～·ly 副

im·por·tune [,ɪmpɚ'tjun, ɪm'portʃən] 動 及 1 不斷央求《*for, with...*》；煩求…做。2 使心煩《*with...*》；（妓女）引誘。—不及 1 強求，央求。2（妓女）拉客。—形 = importunate.

～·ly 副

im·por·tu·ni·ty [,ɪmpɚ'tjunətɪ] 名 (複 **-ties**) U 強求，不斷央求；C《**-ties**》煩人的懇求。

:im·pose [ɪm'poz] 動 (**-posed**, **-pos·ing**) 及 1 課（稅）。2 強加，強使接受：～ oneself on others 硬纏住別人。3 強行推銷。4〖印〗整版，裝版。—不及 1 留下印象；出風頭。2 施壓。

***impose on* [*upon*]...** (1) 利用…，占…便宜。(2) 欺騙。

im·pos·ing [ɪm'pozɪŋ] 形 儀表堂堂的，引人注目的。～·ly 副, ～·ness 名

im·po·si·tion [,ɪmpə'zɪʃən] 名 1 U 課徵；強加《*on, upon...*》。2 稅金，負擔；刑罰；《英》罰寫的作業。3 利用；欺騙。4〖宗〗按手儀式。5〖印〗整版。

im·pos·si·bil·i·ty [ɪm,pɑsə'bɪlətɪ] 名 (複 **-ties**) 1 U 不可能（性）。2 不可能的事。

:im·pos·si·ble [ɪm'pɑsəbl] 形 1 不可能的；不可能辦到的：be ～ of attainment 不可能達成的。2 不可能發生的，難以置信的：an ～ journey 一趟難以置信的旅程。3《口》無法忍受的；難應付的：an ～ person 一個令人無法忍受的人 / ～ circumstances 無法忍受的情況。～·ness 名

im·pos·si·bly [ɪm'pɑsəblɪ] 副 不可能地；極端地；難以相信地。

im·post ['ɪmpost] 名 1 稅；進口稅，關稅《*on, upon...*》。2〖賽馬〗（因各騎師體重有別，爲使馬負重量相同而）額外加諸於馬的重量。—動 及（爲了課稅而）將（輸入品）分類。

im·pos·tor, -post·er [ɪm'pɑstɚ] 名 騙子，詐欺者；冒名頂替者。

im·pos·ture [ɪm'pɑstʃɚ] 名 U C 詐騙行爲；欺騙，詐稱。

im·po·tence ['ɪmpətəns] 名 U 無能；虛弱；〖醫〗陽痿。

im·po·tent ['ɪmpətənt] 形 1 無力量的；無能的《*to* do, *in* doing》：an ～ feeling 無能爲力的感覺。2 虛弱的，衰老的；（尤指男性）陽痿的。～·ly 副

im·pound [ɪm'paʊnd] 動 及 1 關入欄中。2 將（某物）圍起來；禁閉，拘留；蓄（水）。3 將（文件等）扣押。～·er 名, ～·ment 名

im·pov·er·ish [ɪm'pɑvərɪʃ] 動 及《通常用被動》1 使變貧窮，使（土地）貧瘠：a family ～*ed* by misfortune and illness 因災禍和疾病而陷入窮困的家庭。2 使能力、品質等低落。～·ment 名

im·pov·er·ished [ɪm'pɑvərɪʃt] 形 赤貧

I

的，陷入貧困中的；被剝奪能力的；貧瘠的：～ soil 貧瘠的土壤。

im·prac·ti·ca·ble [ɪm'præktɪkəbl] 形《美》1 不可能實行的。2 不能通行的：an ～ road 一條無法通行的道路。3 難駕馭的。

-'bil·i·ty 名U 不切實際；難駕馭，固執。

-bly 副

im·prac·ti·cal [ɪm'præktɪkl] 形 不切實際的，無實踐力的；不可能實行的；不實用的：an ～ plan 不能實行的計畫。

-'cal·i·ty 名

im·pre·cate ['ɪmprɪ,ket] 動及 詛咒降（災禍）《*on, upon...*》。

im·pre·ca·tion [,ɪmprɪ'keʃən] 名 1 U 祈求，詛咒。2 咒語，咒罵。

im·pre·cise [,ɪmprɪ'saɪs] 形 不精確的。～·ly 副, ～·ness 名

im·pre·ci·sion [,ɪmprɪ'sɪʒən] 名U 不精確

I

im·preg·na·ble [ɪm'prɛgnəbl] 形 1 難以攻破的。2 不動搖的，堅定的。

-'bil·i·ty 名, -bly 副

im·preg·nate [ɪm'prɛgnet] 動及 1 使懷孕〖生〗使受精。2 使充滿《*with...*》；灌輸《*with...*》：～ a mind *with* new ideas 把新思想灌輸給某人。3 使滲入，注入《*into...*》。

—[-nɪt] 形 懷孕的，受精的；飽和的，充滿的。

im·preg·na·tion [,ɪmprɛg'neʃən] 名U 受精；飽和；灌輸；注入。

im·pre·sa·ri·o [,ɪmprɪ'sɑrɪ,o] 名(複～s) 1（尤指交響樂團、芭蕾舞團、音樂會等的）團長，經理人。2 導演；指揮。

·**im·press**[1] [ɪm'prɛs] 動（～ed 或《古》-prest, ～·ing）及 1 使有深刻印象，使感動。2 使銘記《*on, upon...*》；使記住《*with...*》。3 蓋（印）《*on, upon...*》：～ his seal *on* the wax 在封蠟上蓋上他的印章。4〖電〗外加（電壓）。

—不及 給人好印象，引人注目。

—['ɪmprɛs] 名 1 蓋印，痕跡。2 印象，銘感。3 特徵，影響《*of...*》。

im·press[2] [ɪm'prɛs] 動（～ed 或《古》-prest, ～·ing）及 1（昔日海軍）強制徵召服役《*into...*》。2 徵用（金錢、財產等）。3 積極說服（人等）幫忙。—['--] 名 強制徵召，徵用。

im·press·i·ble [ɪm'prɛsəbl] 形 易感動的，感受性強的，敏感的。-bly 副

·**im·pres·sion** [ɪm'prɛʃən] 名 1 印象，銘感：visual ～*s* 視覺的印象。2 U 效果，影響《*on, upon...*》。3《常用單數》感覺，記憶，感想《*that* 子句》：be under the ～ *that*... 覺得⋯。4 UC 蓋印；印痕，痕跡；〖齒〗齒壓跡：the ～ of his thumb on the clay 他的大拇指在黏土上留下的印 / leave an ～ of one's foot 留下一個足跡。5《常用單數》〖印〗印刷；一版；一版所印的總數：the second ～ of the first editio[n] 一版的第二次印刷。6 模仿。～·al 形 ～·al·ly 副

im·pres·sion·a·ble [ɪm'prɛʃənəbl] 形 [1] 易受感動的，易受影響的。2 可蓋上[印] 的；有可塑性的。-'bil·i·ty 名

im·pres·sion·ism [ɪm'prɛʃən,ɪzəm] [名] U《通常作 I-》〖藝〗印象派，印象[主] 義。

im·pres·sion·ist [ɪm'prɛʃənɪst] 名 1《通常作 I-》〖藝〗印象主義者，印象派[藝] 術家。2（模仿名人的）藝人。—形《通[常] 作 I-》〖藝〗印象主義的，印象派的。

im·pres·sion·is·tic [ɪm,prɛʃən'ɪstɪk] [形] 印象主義的，印象派的；憑印象的。

·**im·pres·sive** [ɪm'prɛsɪv] 形 感人的，[令] 人印象深刻的；感覺莊重的；美好的：a ～ performance 動人的表演。

～·ly 副, ～·ness 名

im·press·ment [ɪm'prɛsmənt] 名U [強] 制徵召，徵兵，徵用。

im·pri·ma·tur [,ɪmprɪ'metə] 名 1（[天] 主教會的）出版許可執照。2 許可，[認] 可，承認。

im·pri·mis [ɪm'praɪmɪs] 副 首先，[第] 一，最初。

im·print ['ɪmprɪnt] 名 1 印跡，痕跡：th[e] ～ of a foot in the mud 留於泥濘中的足跡。2 印象，跡象。3（書籍的）底頁或內封[面] 上所印的出版者的姓名、地址、發行年[月] 日等。—[ɪm'prɪnt] 動及 1 蓋（印）《*on, with...*》。2 將⋯刻入[銘記]《*on, in...*》。3《通常用過去分詞》〖動·心〗銘記於《*to, on...*》。

～·er 名, ～·ing 名U〖心〗銘刻機能。

·**im·pris·on** [ɪm'prɪzən] 動及 關入監獄，禁錮，拘留，監禁；《喻》禁閉，拘束：～ the tongue 閉嘴。～·er 名

im·pris·on·ment [ɪm'prɪzənmənt] [名] U 收押，禁錮，拘留，監禁。

im·prob·a·bil·i·ty [ɪm,prɑbə'bɪlətɪ] [名]（複 -ties）U 未必發生；不大可能，未[必] 然；C 不會有的事，未必會發生的事件。

im·prob·a·ble [ɪm'prɑbəbl] 形 未必會的，不大可能的：an ～ event 未必發生的事件 / an ～ name 不大可能會有的名字 / not ～ 或許。-bly 副

im·promp·tu [ɪm'prɑmptju] 形 即席的，即興的；（設備等）急忙做成的：a[n] ～ speech 即席演講。—副 即席地；臨時地。—名 即席做成之物；即席而吟的詩，即席演說[演奏]；〖樂〗即興曲。

·**im·prop·er** [ɪm'prɑpə] 形 1 不妥當的；錯誤的：～ diagnosis 誤診 / use a word in a[n] ～ sense 以不適切的意義使用單字。2 不合禮儀的，無規矩的；不穩當的，不適合的：～ thoughts 不正當的想法。3 不正常的，不合常理的：～ procedure 不合常理的程序。

～·ly 副

im'proper 'fraction 图〖數〗假分數。

im·pro·pri·e·ty [,ɪmprə'praɪətɪ] 图(複 **-ties**) Ⓤ Ⓒ 不適當；用字錯誤；失禮的行為。

:im·prove [ɪm'pruv] 動 (**-proved, -prov·ing**) 及 **1** 改良，改善；使進步：~ one's mind 健全自己的心靈 / ~ oneself（從知識的學習中）求進步。**2** 使（土地等）的價值提高。**3** 利用（機會等）：~ an opportunity to make friends 利用機會交朋友 / ~ one's time by studying 利用時間念書。—不及 改良，向上；（價值等）增加，好轉《*in...*》。

improve...away / improve away... 透過改良除去…；欲改良反而失去…。

improve on... 改良，改善。

·im·prove·ment [ɪm'pruvmənt] 图 **1** Ⓤ 改良；增進《*of, in...*》：the ~ *of* the transportation system 運輸系統的改良 / an ~ *in* health 健康的增進。**2** 改良的事物，改良工作《*in...*》；進步的地方；保養，整修《*on, over...*》。**3** Ⓤ 利用：land ~ 土地利用。

im·prov·i·dent [ɪm'prɑvədənt] 形 **1** 缺乏遠見的；輕率的。**2** 不節儉的，得過且過的。**-dence** 图 Ⓤ 缺乏遠見；不節儉。

im·prov·i·sa·tion [ɪm,prɑvə'zeʃən, ,ɪmprəvaɪ-] 图 Ⓤ 即興而作；Ⓒ 即興詩[曲，演奏，畫等]。~**·al** 形

im·prov·i·sa·tor [ɪm'prɑvə,zetə] 图 即席而作之人；即興詩人；即席演奏家。

im·pro·vi·sa·to·ry [,ɪmprə'vaɪzə,torɪ] 形 即席的，即興的。

im·pro·vise ['ɪmprə,vaɪz] 動 及 即席演出，即興演奏；臨時湊合（飲食等）。—不及 即興演唱。

-vised 形 即席的，即興的。

im·pru·dence [ɪm'prudṇs] 图 Ⓤ 輕率，莽撞；Ⓒ 輕率的言行。

im·pru·dent [ɪm'prudṇt] 形 輕率的，莽撞的，不謹慎的。~**·ly** 副

im·pu·dence ['ɪmpjədəns] 图 **1** Ⓤ 厚顏，無恥；無禮，狂妄：have the ~ to do 厚著臉皮做。**2** 無恥的行為。

im·pu·dent ['ɪmpjədənt] 形 厚顏無恥的；狂妄無禮的；放肆的。

~**·ly** 副

im·pu·dic·i·ty [,ɪmpju'dɪsɪtɪ] 图 Ⓤ 放肆，淫亂；寡廉鮮恥。

im·pugn [ɪm'pjun] 動 及 指責，攻擊，駁斥；對…置疑。

~**·a·ble** 形 可指責的。

im·pu·is·sance [ɪm'pjuɪsəns] 图 Ⓤ 虛弱；無能。

im·pu·is·sant [ɪm'pjuɪsənt] 形 虛弱的，無能的。

im·pulse ['ɪmpʌls] 图 **1** 衝力，衝擊；刺激，促進力，驅動力。**2** Ⓤ Ⓒ 衝動《*to do*》；鼓舞；興致：on the ~ of the moment 因一時的衝動 / under the ~ of curiosity 受一時的好奇心所驅使 / act from ~ 憑衝動行事。**3**〖生理〗衝動；〖力〗衝力；衝量；〖電〗脈衝，衝量。

'impulse ,buying 图 Ⓤ 即興購買。

'impulse ,buyer 图 只憑一時衝動而購物者。

im·pul·sion [ɪm'pʌlʃən] 图 Ⓤ Ⓒ 衝擊，衝動，刺激，驅動（力）。

im·pul·sive [ɪm'pʌlsɪv] 形 **1** 衝動的：an ~ child 衝動的小孩 / an ~ remark 一句出於衝動的話。**2** 推進的，驅進的：~ forces 推進力。**3**〖力〗瞬間衝力的。

~**·ly** 副, ~**·ness** 图

im·pu·ni·ty [ɪm'pjunətɪ] 图 Ⓤ 免除刑罰，免受傷害，免受指責，平安無事：with ~ 不受懲罰地；不受責備地。

im·pure [ɪm'pjʊr] 形 **1** 不清潔的：~ water 污水。**2** 有混雜物的；雜色的；（文體等）不純正的，混雜的。**3** 不純的，墮落的，淫亂的。

~**·ly** 副, ~**·ness** 图

im·pu·ri·ty [ɪm'pjʊrətɪ] 图(複 **-ties**) **1** Ⓤ 不純，不道德，淫亂。**2**《通常作 **-ties**》混合物；不道德的事。

im·put·a·ble [ɪm'pjutəbl] 形 可歸因於…的《*to...*》。

-bly 副

im·pu·ta·tion [,ɪmpjʊ'teʃən] 图 **1** Ⓤ 歸罪，歸咎；歸因。**2** 指責，指控，損毀名聲。**3**〖神〗轉嫁：耶穌將義轉嫁給世人等的神聖行為。**4**〖經〗（價值的）轉嫁。

im·pute [ɪm'pjut] 動 及 **1** 歸罪於，歸因於《*to...*》：~ a fault *to* a person 把過失歸咎於某人 / ~ one's failure *to* laziness 將自己的失敗歸因於怠惰。**2**〖經〗把（價值）轉嫁給《*to...*》。

:in [ɪn] 介 **1**《表場所、位置》在…之內：the largest animal ~ the world 世界上最大的動物 / travel ~ Italy 在義大利旅行 / look up a word ~ a dictionary 在字典中查一個字。**2**《表動作的方向》《主口》進入，往：get ~ the car 上車 / put one's hands ~ one's pocket 把手插入口袋內。**3**《表環境》在…之中：sit ~ the sun 坐在陽光下 / walk ~ the rain 在雨中行走。**4**《表狀態》在…的狀態中：~ tears 淚汪汪地 / ~ earnest 認真地，熱心地 / ~ pieces 破碎地，分裂地 / ~ the office 在任期中 / a cow ~ milk 產乳中的牛。**5**《表穿著》穿，戴：~ slippers 穿著拖鞋 / a man ~ a tuxedo 穿小晚禮服的男子。**6**《表限定、範圍》在…方面，關於：~ my opinion 依我看，根據我的意見 / be blind ~ one eye 瞎了一隻眼 / be rich ~ natural resources 有豐富的天然資源。**7**《表比率、比例》在…之中，每…有：99 people ~ 100 一百人中之九十九人。**8**《表程度》…左右：~ large quantities 大量地 / ~ part 部分地 / ~ the main 大部分，主要地。**9**《表所屬、職業、活動》從

事，做：be ~ business 從商 / be ~ the army 在當兵，入伍中 / make a good use of one's time ~ reading the classics 善用時間閱讀古典作品。10《表同位格關係》即，就是。11《表對象》對於，在…方面：share ~ the expenses 分擔費用。12《表工具、材料》以，用：draw ~ pencil 用鉛筆描繪。13《表方法、方式》以，用：~ this way 以此方式 / ~ three shades of blue 以三種深淺不同的藍色。14《時間》(1) 在…之內：~ the afternoon 在下午 / ~ my absence 我不在時。(2)《表由現在算起》…之後，經過…：~ a moment 馬上 / finish the work ~ an hour 從現在起一小時之內完成這項工作。(3)《和 **no, not, first, only** 或最高級一起使用》在…期間：the *coldest* day ~ 20 years 二十年中最冷的一天。15《表目的》爲了…：~ reply to his letter 作爲對他的信的答覆 / ~ honor of this event 爲紀念此事件。16《表形狀、配置》變成，形成：~ a line 排成一列 / ~ order of size 按照大小順序。17《表能力、性格》具備，被賦予：with all the strength I have ~ me 盡我所能。

be in it (***up to the neck***) (1) 受到（非常大的）困擾，受困。(2) 陷入；沉迷；參與。

be not in it (***with***...)《俚》(比…) 差得遠。

in as much as ⇨ INASMUCH AS

in so much as ⇨ INSOMUCH

in that... 因爲。

(***There is***) ***not much in it.*** 那沒有多大的意義。

What is in it for *a person*? 對某人有何益處？

—(副) 1 向…之內。2 在家；在辦公室；入獄。3 到達；來到；收穫中。4 登載。5 當選，在任；當政。6 當令；(服裝等) 流行中；漲潮中。7 燃燒著，點亮著。8 (運氣) 來臨。9〖競賽〗攻擊中。10〖棒球〗靠近本壘，縮小防守區域。

all in ⇨ ALL (副) (片語)

(***be***) ***in at***... 參加，出席 (告別式等)。

(***be***) ***in for***... (1) 定會遭到 (麻煩等)；非遭受…不可。(2) 正是經驗…之時。(3) 準備出場。(4) 應徵。(5) ⇨ HAVE it in for.

(***be***) ***in for it*** /《英》***for it***《俚》定會挨罵 [受處罰，倒楣]。

(***be***) ***in on***...《俚》參加，知道 (內幕)。

be in with *a person* 與某人親近。

have it in for *a person* ⇨ HAVE (片語)

in and in 同種交配，血親交配。

in and out 進進出出《*of*...》；裡裡外外。

in with...《表命令》進…裡面去。

—(形)《限定用法》1 中間的，內部的。2 (火車等) 到達的；(郵件等) 收受的。3 當權的，執政的。4 趕上潮流的；流行的。5《口》只限好友間的；高級的。6〖競賽〗進攻隊伍的。

—(名) 1 執政黨員；《**the ~s**》執政黨。2《口》影響力，特權，門路。3《**the ~s**》〖競賽〗攻方。

be on the in《美口》得到內幕消息。

ins and outs (1) 裡裡外外，詳情《*of*...》。(2) (河川等的) 曲折；(房間等的) 角落。(3)《**the ~**》執政黨與在野黨；執政黨與在野黨的黨員。(4) 進出感化院的人。

—(動) (**inned**, **~·ning**) (及)《方》1 收穫。2 開墾。

In《化學符號》indium.

IN《縮寫》*In*diana.

in-[1]《字首》表「in」、「into」、「on」、「towards」、「within」等之意。

in-[2]《字首》表「not」之意。

in-[3]《字首》用於名詞前以構成形容詞表「within」、「during」之意。

in-[4]《字首》置於名詞前以構成另一名詞，表「流行的，時髦的」之意。

-in[1]《字尾》表「屬於…」之意。

-in[2]《字尾》用於化學、礦物學上的學名。

-in[3] [-ˌɪn]《字尾》1《動詞+**in**》表「往內」之意。2 表文化、政治等有組織的活動之名詞。

in.《縮寫》*in*ch；*in*ches

in·a·bil·i·ty [ˌɪnəˈbɪlətɪ] (名) Ⓤ《偶作 **an ~**》無能力，無法《*to do*》：his ~ *to* pay his debts 他沒有償債能力。

in ab·sen·tia [ɪnəbˈsɛnʃɪə] (副)《拉丁語》缺席，不在。

in·ac·ces·si·ble [ˌɪnəkˈsɛsəbl] (形) 1 難接近的，不能到達的，難得到的；不能進入的《*to*...》：a library ~ *to* the people at large 一般人不得使用的圖書館。2 冷淡的，不易親近的；(作品等) 難理解的。**-ˈbil·i·ty** (名), **-bly** (副)

in·ac·cu·ra·cy [ɪnˈækjərəsɪ] (名) (複 **-cies**) 1 Ⓤ 不精確，不準確。2《常作 **-cies**》錯誤。

in·ac·cu·rate [ɪnˈækjərɪt] (形) 不確實的；不精確的；錯誤的。~**·ly** (副), ~**·ness** (名)

in·ac·tion [ɪnˈækʃən] (名) Ⓤ 不活動，懶散。

in·ac·ti·vate [ɪnˈæktəˌvet] (動) (及) 使不活動；〖免疫〗使 (血清等) 不活潑。

-ˈva·tion (名)

in·ac·tive [ɪnˈæktɪv] (形) 1 不活動的，不活躍的；清淡的，蕭條的；停用的，廢棄的。2 不活潑的；怠惰的，消極的。3〖軍〗非現役的。4〖理化〗鈍性的；無放射能的。~**·ly** (副), **in·ac·ˈtiv·i·ty** (名)

in·ad·e·qua·cy [ɪnˈædəkwəsɪ] (名) (複 **-cies**) Ⓤ Ⓒ 不適切；不充分；不足之處。

in·ad·e·quate [ɪnˈædəkwɪt] (形) 1 不充足的《*to, for*...》；不充分的《*to do*》：~ preparations 不充分的準備。2 (心理成熟度) 不足的；不能充分適應社會的。—(名) 社會的不適應者。~**·ly** (副) 不適當地，不充分地。~**·ness** (名)

in·ad·mis·si·ble [ˌɪnədˈmɪsəbl] (形) 難以

容許的，不被認可的。-'bil·i·ty 名

in·ad·vert·ence [,ɪnəd'vɝtṇs] 名 U 粗心，輕率；C 疏忽，錯誤。

in·ad·vert·en·cy [,ɪnəd'vɝtṇsɪ] 名 (複 -cies) = inadvertence.

in·ad·vert·ent [,ɪnəd'vɝtṇt] 形 1 漫不經心的。2 疏忽的；出於無心的。

in·ad·ver·tent·ly [,ɪnəd'vɝtntlɪ] 副 粗心地；想不到地；突然地。

in·ad·vis·a·ble ['ɪnəd'vaɪzəbl̩] 形 不可取的，失策的；不智的。-'bil·i·ty 名

in·al·ien·a·ble [ɪn'eljənəbl̩, -'elɪən-] 形 不能讓渡的，不可分割的，不可剝奪的。-'bil·i·ty 名, -bly 副

in·al·ter·a·ble [ɪn'ɔltərəbl̩] 形 不能變更的，不變的。

in·am·o·ra·ta [ɪn,æmə'rɑtə] 名 (複 ~s [-z]) ((常作 one's ~)) 情人，情婦。

in·am·o·ra·to [ɪn,æmə'rɑto] 名 (複 ~s [-z]) 情郎，情夫。

in·ane [ɪ'nen] 形 1 愚蠢的，愚昧的，無意義的。2 空的，空虛的。—名 ((the ~)) ((罕)) 空虛之物；無限的空間。~·ly 副

in·an·i·mate [ɪn'ænəmɪt] 形 1 無生命的；死的: an ~ object 無生物 / an ~ form （失去意識）不能動彈的形體。2 無生氣的: an ~ tone of voice 無生氣的聲調。~·ly 副, ~·ness 名

in·a·ni·tion [,ɪnə'nɪʃən] 名 U 1 〖醫〗營養失調。2 空虛；無氣力，無精打采。

in·an·i·ty [ɪn'ænətɪ] 名 (複 -ties) 1 U 無意義，愚蠢；空虛。2 愚蠢的言行。

in·ap·pe·tence [ɪn'æpɪtəns] 名 U 食慾不振。

in·ap·pli·ca·ble [ɪn'æplɪkəbl̩] 形 不適用的，不能應用的，不適宜的 ((to...))。-'bil·i·ty 名 U 不適用。

in·ap·po·site [ɪn'æpəzɪt] 形 不適合的，不切合題旨的。~·ly 副, ~·ness 名

in·ap·pre·ci·a·ble [,ɪnə'priʃɪəbl̩] 形 微不可辨的；微小的，微不足道的。-bly 副

in·ap·pre·ci·a·tion [,ɪnə,priʃɪ'eʃən] 名 U 不欣賞；缺乏鑑賞力。

in·ap·pre·ci·a·tive [,ɪnə'priʃɪ,etɪv] 形 不欣賞的，無鑑賞力的，不能作正確評價的 ((of...))。~·ly 副

in·ap·pre·hen·si·ble [,ɪnæprɪ'hɛnsəbl̩] 形 不可解的，難領會的。

in·ap·pre·hen·sion [,ɪnæprɪ'hɛnʃən] 名 U 不理解，缺乏理解力。

in·ap·pre·hen·sive [,ɪnæprɪ'hɛnsɪv] 形 1（對危險等）未意識到的 ((of...))。2 欠缺理解（力）的。

in·ap·proach·a·ble [,ɪnə'protʃəbl̩] 形 1 難以接近的。2 無法抗衡的。

in·ap·pro·pri·ate ['ɪnə'proprɪɪt] 形 不適切的 ((for, to...))。~·ly 副, ~·ness 名

in·apt [ɪn'æpt] 形 1 不適當的 ((for...))。2 不精的，笨拙的。~·ly 副, ~·ness 名

in·ap·ti·tude [ɪn'æptə,tjud] 名 U 1 不適當，不適宜 ((for...))。2 不精，笨拙。

in·ar·gu·a·ble [ɪn'ɑrgjuəbl̩] 形 不容爭辯的。

in·ar·tic·u·late [,ɪnɑr'tɪkjəlɪt] 形 1 發音不清楚的，口齒不清的；音節不清的。2 無以言表的；啞口無語的；不善辭令的: ~ fear 無法形容的恐懼 / be ~ with rage 氣得講不出話來。3〖解·動〗無關節的。~·ly 副 不明確地，不清楚地。~·ness 名

in·ar·tis·tic [,ɪnɑr'tɪstɪk], **-ti·cal** [-tɪkl̩] 形 1 非藝術的，無美感的。2 缺乏藝術品味的。-ti·cal·ly 副

in·as·'much ,as [,ɪnəz'mʌtʃ-] 連 ((文)) 1 因爲，由於。2 就…而論。

in·at·ten·tion [,ɪnə'tɛnʃən] 名 1 U 不專心，疏忽 ((to...)): through ~ 由於粗心。2 不注意的行爲。

in·at·ten·tive [,ɪnə'tɛntɪv] 形 怠慢的，粗心的；不留神的；不理不睬的 ((to...))。

in·au·di·ble [ɪn'ɔdəbl̩] 形 聽不見的。-'bil·i·ty 名, -bly 副 聽不見地。

in·au·gu·ral [ɪn'ɔgjərəl] 形 就職（典禮）的；開幕的；首次的: an ~ address 就職演說，開幕致詞 / an ~ ceremony 就職典禮，開幕典禮。

—名 就職演說；（教授的）首次演講；就職典禮。

in·au·gu·rate [ɪn'ɔgjə,ret] 動 及 1 使就任: ~ a president 舉行總統的就職典禮。2 爲…舉行開幕典禮。3 使正式活動，開始。-ra·tor 名 主持就職儀式者；創始者。

in·au·gu·ra·tion [ɪn,ɔgjə'reʃən] 名 1 U C 就職（典禮）。2（公共設施等之使用的）正式開始，竣工典禮。3 U（新政策等的）開始。

Inaugu'ration ,Day 名 ((the ~)) ((美)) 總統就職日。

in·aus·pi·cious [,ɪnɔ'spɪʃəs] 形 惡運的；不吉利的；不順利的。~·ly 副 不吉祥地；倒楣地。~·ness 名

in-be·tween [,ɪnbə'twin] 名 介乎中間者: fat people, skinny people, and the ~*s* 胖子、瘦子和介於其間的人。—形 介乎中間的。—副 中間地。

in·board ['ɪn,bord] 形 1 在船 [機] 艙內的。2 靠近（飛機、船的）中央的。3 馬達裝於船內的。—副 在船艙內。

in·born ['ɪn'bɔrn] 形 天生的，先天的。

in·bound ['ɪn'baund] 形 1 返航的，回本國的。2 向市內的，開進（港內等）的。

in·bounds ['ɪn,baundz] 形〖籃球〗從邊線外向場內發（球）的。

in·breathe [ɪn'brið, '-,-] 動 及 1 吸入，吸收。2 鼓吹，激勵，鼓舞。

in·breed ['ɪn,brid, '-'-] 動 (-bred, ~·ing) 及 1 使近親繁殖。2 使生於內部。

in·breed·ing ['ɪn,bridɪŋ] 名 U 1〖生〗近親繁殖，同種交配。2 ((喻)) 由同系統的人所組成的團體。

I

·**Inc.** 《縮寫》*inc*orporated.

inc. 《縮寫》*inc*luding; *inc*omplete; *inco*me; *inc*orporated; *inc*rease.

In·ca ['ɪŋkə] 名 1 印加族人，印加人。2 印加帝國皇帝。

in·cal·cu·la·ble [ɪn'kælkjələbl] 形 1 極大的，無數的。2 無法預料的；不可靠的，反覆無常的，善變的。-**bly** 副

In·can ['ɪŋkən] 形 印加人的，印加帝國的，印加文化的。—名 印加人。

in·can·desce [,ɪnkən'dɛs] 動 不及 及 (使) 白熱。

in·can·des·cence [,ɪnkən'dɛsəns] 名 U 白熱，白熾。

in·can·des·cent [,ɪnkən'dɛsənt] 形 1 白熱的；發白熱光的：an ~ lamp 白熱燈。2 耀眼的，光輝的；傑出的，巧妙的。3 熱烈的，熱情的。~·**ly** 副

in·can·ta·tion [,ɪnkæn'teʃən] 名 U C 1 咒語。2 魔法。3 冗長重複的贅語；《~s》口頭禪，千篇一律的標語。

I

·**in·ca·pa·ble** [ɪn'kepəbl] 形 1 不能的，不會的；無餘地的；不容許的；無資格的《*of*..., *of* doing》: be ~ *of* working 無能力工作 / be ~ *of* change 不能變更的。2 不適任的；無能的。

drunk and incapable 酩酊大醉。

-'**bil·i·ty**, ~·**ness** 名, -**bly** 副

in·ca·pac·i·tant [,ɪnkə'pæsɪtənt] 名 智能麻醉劑，行動能力喪失劑。

in·ca·pac·i·tate [,ɪnkə'pæsə,tet] 動 及 1 使無能；剝奪能力《*for*..., *from* do*ing*》。2〖法〗剝奪資格。

in·ca·pac·i·ty [,ɪnkə'pæsətɪ] 名 U 1 無能力，不勝任，無資格《*for*..., *to* do》。2〖法〗剝奪資格，無行爲能力。

in·car·cer·ate [ɪn'karsə,ret] 動 及 1 關進監獄；禁閉，監禁。2 包圍；收緊，壓縮。

in·car·cer·a·tion [ɪn,karsə'reʃən] 名 U 監禁，禁閉，入獄。

in·car·na·dine [ɪn'karnə,daɪn, -dɪn] 名 U《主文》1 肉色，淡紅色。2 血紅色。—動 及 染成紅色。

in·car·nate [ɪn'karnɪt, -net] 形 1 具有肉體的，化身的：the devil ~ 魔鬼的化身。2 具體化的：honesty ~ 誠實的化身。3 肉色的；深紅色的。

—[ɪn'karnet] 動 及 1 賦予形體，使以形體出現《*in*...》。2 具體化，體現《*in*...》。3 成爲化身，成爲典型。

in·car·na·tion [,ɪnkar'neʃən] 名 1 具體化的事物；U 賦以形體，具體化。2 神的化身；《the ~》(觀念等的) 化身《*of*...》。3 前世。4《the I-》〖神〗(上帝) 以人的形體出現。

in·case [ɪn'kes] 動 及 = encase.

in·cau·tion [ɪn'kɔʃən] 名 U 不注意，不慎重，輕率；粗心大意。

in·cau·tious [ɪn'kɔʃəs] 形 輕率的，不謹慎的。~·**ly** 副, ~·**ness** 名

in·cen·di·a·rism [ɪn'sɛndɪə,rɪzəm] 名 U 1 縱火，放火。2 煽動，教唆。

in·cen·di·ar·y [ɪn'sɛndɪ,ɛrɪ] 形 1 放火的。2 引起燃燒的：an ~ bomb 燃燒彈。3 煽動的；刺激的，煽情的。—名 (複-ar ies) 1 縱火者，縱火犯。2 燃燒彈。3 煽動者，教唆者。

in·cense[1] ['ɪnsɛns] 名 U 1 (供神時點燃的) 香；香氣，煙：a bit of ~ 些許幽香 / burn ~ 燒香。2 芳香。3 尊敬；奉承 (話)。

—動 及 1 使飄香。2 燃香，供奉。—不及 供奉，燒香。

in·cense[2] [ɪn'sɛns] 動 及 使發怒；《被動》被激怒《*at*, *by*...》；發怒《*with*, *against*...》。

'**incense ,burner** 名 香客；香爐。

in·censed [ɪn'sɛnst] 形 非常憤怒的。

in·cen·tive [ɪn'sɛntɪv] 名 1 U C 誘因，刺激《*to*...》；動機《*to* do, *to* doing》。2 獎勵金，獎勵物。

—形 刺激的，鼓舞人心的。

in·cep·tion [ɪn'sɛpʃən] 名 U C 1 起初，開始。2《英》(劍橋大學的)；學位授予 (典禮)。

in·cep·tive [ɪn'sɛptɪv] 形 1〖文法〗表示動作或狀態開始的。2 起初的，開始的。—名〖文法〗表始動詞。~·**ly** 副

in·cer·ti·tude [ɪn'sɝtə,tjud] 名 U 不安定，不確定；疑惑。

in·ces·sant [ɪn'sɛsənt] 形 不斷的，不停的：~ rains 連續不斷的雨。~·**ness** 名

in·ces·sant·ly [ɪn'sɛsəntlɪ] 副 不斷地。

in·cest ['ɪnsɛst] 名 U 近親相姦 (罪)，亂倫。

in·ces·tu·ous [ɪn'sɛstʃuəs] 形 1 近親相姦的，亂倫的。2 犯了亂倫罪的。

~·**ly** 副, ~·**ness** 名

:**inch** [ɪntʃ] 名 1 英寸，吋 (等於2.54cm；略作：in.；符號爲")：five feet four ~*es* 五呎四吋 / Give him an ~ and he'll take a mile《諺》得寸進尺。2《~es》身高：a man of your ~*es* 像你那麼高的人。3 些許；少量；小額。

by inches (1) 好不容易地。(2) 逐漸地。

every inch 在各方面；完全。

inch by inch = by INCHES (2).

to an inch 精確地。

within an inch of... 非常接近地，瀕臨。

—動 及 不及 (使) 慢慢移動。

inch·er ['ɪntʃɚ] 名《通常和數詞連用以構成複合詞》(長度等) …吋之物。

inch·meal ['ɪntʃ,mil] 副《常作 by ~》逐漸地，一點一點地。

in·cho·ate [ɪn'koɪt] 形 1 剛開始的；初期的。2 不完全的；未完成的；不完善的；無組織的。—['ɪnko,et] 動 及 使開始。

~·**ly** 副, ~·**ness** 名

in·cho·a·tion [,ɪnko'eʃən] 名 U 起初，

開始；起源，發端。

nch·worm ['ɪntʃ,wɝm] 名 尺蠖。

n·ci·dence ['ɪnsədəns] 名 U C 1 發生；發生的程度；影響的範圍：the ～ of divorce 離婚率 / the ～ of taxation 稅的負擔。2〖光·理〗入射；入射角。

n·ci·dent ['ɪnsədənt] 名 1 事故，事件；偶發事件；(小說等的) 小插曲：an everyday ～ 日常事故。2 附隨之物，附帶之事；〖法〗附隨條件，附帶權利。3 事變：a racial ～ 種族紛爭 (事件)。—形 1 易發生的，常有的《*to*...》。2 附隨的，伴隨而來的《*to*...》；〖法〗附帶的，附隨於…的《*to*...》。3 (線等) 投射的，入射的《*on, upon*...》。

n·ci·den·tal [,ɪnsə'dɛntl] 形 1 伴隨 (…而) 發生的《*to*...》：discomforts ～ *to* a journey 旅行時常有的不舒服。2 偶然的；伴隨的：～ events 偶發的事件 / ～ fees 臨時雜費 / ～ expenses 附帶的開銷，雜費。*incidental on* [*upon*]... 附隨於…。—名 1 附帶事件。2《～s》雜費。

n·ci·den·tal·ly [,ɪnsə'dɛntlɪ] 副 1 附帶地；偶然地。2《修飾全句》順便一提。

nci'dental 'music 名 U 背景音樂。

n·cin·er·ate [ɪn'sɪnə,ret] 動 及《常用被動》燒掉，焚化；火葬。—不及 燒成灰。-'a·tion 名 U 焚化。

n·cin·er·a·tor [ɪn'sɪnə,retɚ] 名 焚化爐；火葬爐。

n·cip·i·ence [ɪn'sɪpɪəns], **-en·cy** [-ənsɪ] 名 U 最初，開端；(疾病等的) 初期。

n·cip·i·ent [ɪn'sɪpɪənt] 形 剛開始的，初期的：an ～ case of the flu 流行性感冒的初期症狀。～·ly 副 起初地。

n·cise [ɪn'saɪz] 動 及 1 切入，切開。2 刻 (圖案、數字等)《*with*...》；雕刻《*on*...》。

n·cised [ɪn'saɪzd] 形 1 切入的；有刻痕的；雕刻的：an ～ wound 割傷。2 (葉子) 有鋸齒狀邊緣的，有切痕的。

n·ci·sion [ɪn'sɪʒən] 名 U C 1 切入；切痕割傷。2 切口；切開 (術)。3 尖銳。

n·ci·sive [ɪn'saɪsɪv] 形 1 (刀刃等) 銳利的；(聲音等) 響亮的。2 (言詞等) 尖刻的，激烈的；(智力等) 敏銳的，敏捷的。3 門牙的。
～·ly 副, ～·ness 名

n·ci·sor [ɪn'saɪzɚ] 名〖齒〗門牙。

n·ci·ta·tion [,ɪnsaɪ'teʃən] 名 1 U 刺激；激勵；煽動，誘發。2 誘因，動機。

n·cite [ɪn'saɪt] 動 及 1 激勵，煽動《*to*...》。2 引起。

n·cite·ment [ɪn'saɪtmənt] 名 1 U 刺激；激勵；煽動，誘發。2 誘因，動機。

n·ci·vil·i·ty [,ɪnsə'vɪlətɪ] 名 (複**-ties**) 1 U 失禮，魯莽。2 粗魯的言行。

ncl. 《縮寫》*incl*osure; *incl*uding; *incl*usive.

in·clem·ent [ɪn'klɛmənt] 形 1 嚴寒的；狂風暴雨的，險惡的。2《文》無慈悲心的，無情的。-en·cy 名, ～·ly 副

in·clin·a·ble [ɪn'klaɪnəbl] 形 1 有…傾向的，想做…的《*to*..., *to* do》。2 有好感的，有利的，贊成的《*to*...》。3 可傾斜的。

·**in·cli·na·tion** [,ɪnklə'neʃən] 名 1 U C《常作～s》趨勢，愛好《*toward, for*...》；心意，意願《*to* do》：follow one's own ～*s* 隨性之所好 / have an ～ *toward* conservatism 有保守主義的傾向。2 愛好之物。3《an ～, the ～》傾向特質《*to*..., *to* do》：*the* car's ～ *to* engine failure 該車的引擎容易熄火的特性。4《an ～, the ～》傾斜：*an* ～ of the head 點頭。5 傾斜 (度)，坡度；(傾) 斜面：an ～ of 15 degrees 15 度的傾斜。6〖數〗傾角，斜角；傾向。

·**in·cline** [ɪn'klaɪn] 動 (**-clined, -clin·ing**) 不及 1 傾心於，傾向；意欲《*to, toward*...》：～ *toward* traditional ways 傾心於傳統的方法。2 (性質上) 傾向；類似《*to, toward*...》。3 傾斜；彎曲上體；鞠躬。—及 1 使 (人) 心向《*to, toward*...》；使想要。2 使傾斜；俯下，彎曲。
incline one's ear 樂於聽聞，傾耳以聽。
—['--,-'-] 名 1 斜面；坡度。2 傾斜度約為 45 度的纜車軌道；齒輪式軌道。

in·clined [ɪn'klaɪnd] 形 1 想做的，喜好的《*to* do, *toward* do*ing*》：be ～ *toward* swim*ming* 想去游泳。2 有 (做…的) 傾向的《*to* do》。3 斜的，傾斜的。

in'clined 'plane 名 1 斜面。2 = incline 名 2.

in·cli·nom·e·ter [,ɪnklɪ'nɑmətɚ] 名 1〖空〗傾斜儀，傾角計。2 測斜儀。

in·close [ɪn'kloz] 動 及 = enclose.

in·clo·sure [ɪn'kloʒɚ] 名 = enclosure.

:**in·clude** [ɪn'klud] 動 (**-clud·ed, -clud·ing**) 及 1 包括，包含：Price：$5, postage ～*d*. 價錢五元，郵資包括在內。2 把…算入《*in, with, among*...》：～ a glossary *with* the program 隨節目表附上用語解說。
include out...《英口》《謔》把…除外。

in·clud·ed [ɪn'kludɪd] 形 被包圍的；包括在內的；被包入的。

in·clud·ing [ɪn'kludɪŋ] 介 包括，包含。

in·clu·sion [ɪn'kluʒən] 名 1 U 包括；含有；算入。2 含有物。

·**in·clu·sive** [ɪn'klusɪv] 形 1 包括的，包含的：an ～ charge 包括一切的費用 / ～ terms (旅館) 包括一切費用在內的價目。2 包含進去的，列入的：from Monday to Friday ～ 從星期一到星期五。3 圍入的。
inclusive of... 連…在內。
～·ly 副 包括一切地；列入帳目地。

in·cog [ɪn'kɑg] 形 副 名《口》= incognito.

in·cog·i·tant [ɪn'kɑdʒɪtənt] 形 1 莽撞的，輕率的。2 無思考力的。～·ly 副

in·cog·ni·to [ɪn'kɑgnɪ,to] 形 副 隱姓埋名

I

的[地]；微服出行的[地]。—图(複~s [-z]) **1** 匿名者；微行者。**2** 微行。**3** 匿名，化名。

in·co·her·ence [ˌɪnkoˈhɪrəns] 图Ⓤ 無條理，不合邏輯；Ⓒ矛盾的思想。

in·co·her·ent [ˌɪnkoˈhɪrənt] 形 **1** 不合邏輯的，不連貫的，支離破碎的；語無倫次的：an ~ explanation 雜亂無章的說明。**2** 無內聚力的；黏不住的，鬆散的。**3** 不統一的，不協調的；性質不同的，不相容的。~·ly 副

in·co·he·sive [ˌɪnkoˈhisɪv] 形 **1** 無黏著力的，無凝結力的。**2** 無內聚力的。

in·com·bus·ti·ble [ˌɪnkəmˈbʌstəbl̩] 形 图 不燃的（東西），防火的（東西）。
-'bil·i·ty, ~·**ness** 图Ⓤ 不燃性。**-bly** 副

·**in·come** [ˈɪnkʌm] 图ⓊⒸ 所得，收入：gross ~ 總收入 / a middle-*income* family 中等收入階層的家庭 / unearned ~ 非工作所得 / live within one's ~ 過量入爲出的生活。

'income ˌmaintenance 图《美》生活補助金。

'imcomes ˌpolicy 图 所得政策。

'income ˌtax 图ⓊⒸ 所得稅。

in·com·ing [ˈɪnˌkʌmɪŋ] 形 **1** 進來的；繼任的，新任的：the ~ tide 漲潮。**2**（利息等）正在產生的，即將取得的。**3** 新入的；即將開始的。—图 **1** ⓊⒸ 進來；來臨。**2**《常作~s》收入。

in·com·men·su·ra·ble [ˌɪnkəˈmɛnʃərəbl̩, -sə-] 形 **1** 無共同標準可計量的，不能比較的，不成比例的《*with...*》。**2**〖數〗不可通約的。
—图 **1** 不能用同一標準計量之物。**2**〖數〗不可通約之數[量]。

in·com·men·su·rate [ˌɪnkəˈmɛnʃərɪt, sərɪt] 形 **1** 不相稱的，不成比例的《*with ...*》；不適當的，不配的《*to...*》。**2** = incommensurable.

in·com·mode [ˌɪnkəˈmod] 動及 **1** 使感到不便。**2** 阻礙，妨礙。

in·com·mo·di·ous [ˌɪnkəˈmodɪəs] 形 不方便的，不舒服的；不夠寬敞的。

in·com·mod·i·ty [ˌɪnkəˈmadətɪ] 图(複 -ties)《常作 -ties》不方便之物。

in·com·mu·ni·ca·ble [ˌɪnkəˈmjunɪkəbl̩] 形 **1** 不能傳達的；不能對人說的，無法表達的。**2** 孤僻的。**-bly** 副

in·com·mu·ni·ca·do [ˌɪnkəˌmjunɪˈkado] 副形 被禁止與外界聯絡地[的]；被單獨監禁地[的]；與外界的通訊斷絕地[的]。

in·com·mu·ni·ca·tive [ˌɪnkəˈmjunəˌketɪv] 形 沉默寡言的，不愛說話的。

in·com·mut·a·ble [ˌɪnkəˈmjutəbl̩] 形 **1** 不能替換的。**2** 不能改變的；不變的。

in·com·pact [ˌɪnkəmˈpækt] 形 鬆散的。

in·com·pa·ra·ble [ɪnˈkampərəbl̩] 形 **1** 無與倫比的：~ charm 無比的魅力。**2** 不能比較的《*with, to...*》。**-bly** 副

in·com·pat·i·ble [ˌɪnkəmˈpætəbl̩] 形 個性不合的，難以一起共事的《*with...*》。**2** 不相容的，互相矛盾的；不調和的《*with...*》；不能共存的；不能共處的；[則]（命運）不能同時成立的。**3** 不能兼的。**4**〖醫〗（血型等）不合的；（藥等）配合禁忌的，不能並服的。—图《常作~s》個性不合的人；不合的血型配合禁忌的藥劑。
-'bil·i·ty 图, **-bly** 副

in·com·pe·tence [ɪnˈkampətən **-ten·cy** [-tənsɪ] 图Ⓤ **1** 無能力；不能任；不適合。**2**〖法〗無資格。

in·com·pe·tent [ɪnˈkampətənt] 形 **1** 法勝任的；不適合的《*for..., for doing,* do》：an ~ mechanic 無法勝任的機工〖法〗無行爲能力的；不被承認（爲據）的。—图 **1** 無能力者，不適任者 **2**〖法〗無行爲能力者，無資格者。~·ly

in·com·plete [ˌɪnkəmˈplit] 形 **1** 不完的，不完備的：an ~ transitive verb [法] 不完全及物動詞。**2**〖美足〗（向前球）漏接的。~·ly 副, ~·**ness** 图

in·com·ple·tion [ˌɪnkəmˈpliʃən] Ⓤ不完整，未完成。

in·com·pli·ant [ˌɪnkəmˈplaɪənt] 形 不順從的，固執的。**2** 不能彎曲的。

in·com·pre·hen·si·ble [ˌɪnkamprɪˈhɛnsəbl̩] 形 **1** 無法理解的，莫名其妙的。**2** 古》無限的。**-'bil·i·ty** 图

in·com·pre·hen·si·bly [ˌɪnkamprɪˈhɛnsəblɪ] 副 **1** 不可理解地。**2**《修飾全句》以理解地。

in·com·pre·hen·sion [ˌɪnkamprɪˈhɛnʃən] 图Ⓤ 不了解，缺乏理解力。

in·com·pre·hen·sive [ˌɪnkamprɪˈhɛnsɪv] 形 **1** 包羅不豐富的。**2** 不能立即理的，理解力不足的。~·ly 副, ~·**ness**

in·com·press·i·ble [ˌɪnkəmˈprɛsəbl̩] 不能壓縮的。**-bly** 副

in·con·ceiv·a·ble [ˌɪnkənˈsivəbl̩] 形 可思議的《*to...*》；《口》不能相信的；常顯著的。**-bly** 副

in·con·clu·sive [ˌɪnkənˈklusɪv] 形（據等）非決定性的；不確定的；無結的；沒說服力的。~·ly 副 不得要領地不能產生明確結果地。~·**ness** 图

in·con·dite [ɪnˈkandɪt] 形（文學作等）結構拙劣的，胡亂湊成的；拙劣的不完善的：~ prose 胡亂湊成的散文。

in·con·form·i·ty [ˌɪnkənˈfɔrmətɪ] Ⓤ 不遵從；不協調；《文》不符《*to, w...*》。

in·con·gru·ence [ɪnˈkaŋgruəns] 图 不和諧，不一致。

in·con·gru·ent [ɪnˈkaŋgruənt] 形 不致的，不協調的，不相稱的。~·ly 副

in·con·gru·i·ty [ˌɪnkaŋˈgruətɪ] 图 -ties) **1** Ⓤ 不一致，不調和。**2** 不調和

物，不適當的事。

in·con·gru·ous [ɪn'kaŋgruəs] 形 1 不和諧的，不一致的《with, to...》: conduct ~ *with* one's principles 和自己的原則不一致的行爲。2 不合條理的，首尾不能一貫的。3 不適當的。~·ly 副, ~·ness 名

in·con·sec·u·tive [ˌɪnkən'sɛkjətɪv] 形 不連續的；無一貫性的，無脈絡的。

in·con·se·quence [ɪn'kansəˌkwɛns] 名 Ⓤ 不合條理；矛盾；不配合；不調和；無價值。

in·con·se·quent [ɪn'kansəˌkwɛnt] 形 1 欠缺一貫性的，不合條理的。2（推論等）不是由前提引伸而來的；不合邏輯的。3 離題的；不合理的；不配合的；不調和的。4 無價值的。~·ly 副 不合條理地；不配合地。

in·con·se·quen·tial [ˌɪnkansə'kwɛnʃəl] 形 1 不重要的；不足取的，瑣碎的。2 不合邏輯的；前後矛盾的；離題的。~·ly 副

in·con·sid·er·a·ble [ˌɪnkən'sɪdərəbl] 形 微小的，微不足道的: an ~ amount of money 微不足道的金額。-bly 副

in·con·sid·er·ate [ˌɪnkən'sɪdərɪt] 形 1 不體恤他人的。2 輕率的；急躁的。~·ly 副

in·con·sist·en·cy [ˌɪnkən'sɪstənsɪ] 名 (複 -cies) 1 Ⓤ 矛盾，不一致，分歧；無定見，多變。2 矛盾的事情。

in·con·sist·ent [ˌɪnkən'sɪstənt] 形 1 不調和的；不合條理的，前後矛盾的；不一致的《with...》: an ~ testimony 前後矛盾的證詞。2 不一貫的；反覆無常的；言行不一致的。3〖數〗不相容的，不一致的。~·ly 副 矛盾地；反覆無常地。

in·con·sol·a·ble [ˌɪnkən'soləbl] 形 無法慰藉的，意氣消沉的: ~ grief 無法安慰的憂傷。-bly 副

in·con·so·nant [ɪn'kansənənt] 形 不一致的，不調和的《with, to...》。

in·con·spic·u·ous [ˌɪnkən'spɪkjuəs] 形 不顯眼的。~·ly 副, ~·ness 名

in·con·stan·cy [ɪn'kanstənsɪ] 名 Ⓤ 反覆無常；《通常作 -cies》反覆無常的行爲。

in·con·stant [ɪn'kanstənt] 形 反覆無常的；見異思遷的，不堅定的: an ~ lover 用情不專的戀人。~·ly 副

in·con·sum·a·ble [ˌɪnkən'suməbl] 形 用不盡的；燒不掉的；非消耗品的，非消耗性的。-bly 副

in·con·test·a·ble [ˌɪnkən'tɛstəbl] 形 不容置疑的: ~ evidence 不容置疑的證據。-bly 副

in·con·ti·nent [ɪn'kantənənt] 形 1 不能抑制的《of...》: be ~ *of* anger 無法抑制住憤怒。2 停不住的。3 無節制的；放縱的；淫亂的。4〖病〗失禁的。-nence 名, ~·ly 副 放縱地。

in·con·trol·la·ble [ˌɪnkən'troləbl] 形 不能駕馭的，控制不了的。-bly 副

in·con·tro·vert·i·ble [ˌɪnkantrə'vɝtəbl] 形 無爭辯餘地的，無疑問的: an ~ fact 明確的事實。-bly 副

in·con·ven·ience [ˌɪnkən'vinjəns] 名 1 Ⓤ 不方便，不妥: suffer great ~ 遭受極大的不便 / cause ~ to a person 給某人添麻煩。2 麻煩的事，不方便的事: the ~*s* of living in the suburbs 住在郊外的種種不便。—動 及 使感到不便，給…添麻煩。

·in·con·ven·ient [ˌɪnkən'vinjənt] 形 不便的，麻煩的《to, for...》。~·ly 副

in·con·vert·i·ble [ˌɪnkən'vɝtəbl] 形 1（紙幣）不能兌換的。2 不能轉換的。

in·con·vin·ci·ble [ˌɪnkən'vɪnsəbl] 形 無法使人信服的。-bly 副

in·co·or·di·nate [ˌɪnko'ɔrdənɪt] 形 不同等的，不同格的；不協調的。

in·cor·po·ra·ble [ɪn'kɔrpərəbl] 形 可合併的，可結合的，可編入的。

in·cor·po·rate [ɪn'kɔrpəˌret] 動 及 1 使成爲法人組織；《美》使成爲（股份有限）公司: ~ a business 使某一事業轉變成正式的公司組織形態。2 納入，編入《in, into...》；合併《with...》；使成爲團體的一分子: ~ changes *in* a proposal 將變更部分加入計畫中 / become ~*d with*... 和…合併。3 混合。4 具體表現，給予實質。—不及 1 合併《with...》。2 成爲法人組織；《美》組成（股份有限）公司。— [ɪn'kɔrpərɪt] 形 1 成爲法人組織的；《美》成爲公司組織的。2 合併的。3 具體化的。

in·cor·po·rat·ed [ɪn'kɔrpəˌretɪd] 形 1 組成公司組織的；《美》股份有限的: an ~ company《美》股份有限公司（《英》limited company）。2 合併的，結合的；成爲一體的。~·ness 名

in·cor·po·ra·tion [ɪnˌkɔrpə'reʃən] 名 1 Ⓤ 結合，合併；編入。2 法人團體；《美》公司。3 Ⓤ 成立法人組織。4〖文法〗包含。

in·cor·po·ra·tor [ɪn'kɔrpəˌretɚ] 名 1 法人或公司創辦者；法人或公司之一員。2 合併者，結合者。

in·cor·po·re·al [ˌɪnkɔr'porɪəl] 形 1 無實體的，無形體的；無形的，非實質的；精神的。2〖法〗無形的。~·ly 副

in·cor·rect [ˌɪnkə'rɛkt] 形 1 不正確的，錯誤的。2 不妥當的，不適當的。~·ly 副, ~·ness 名

in·cor·ri·gi·ble [ɪn'kɔrɪdʒəbl, -'kar-] 形 1 無可救藥的: an ~ philanderer 無可救藥的好色之徒。2 頑固的；不動搖的: an ~ pessimist 徹底的悲觀主義者。3 懲罰不具效果的，任性的: an ~ teenager 任性的少年。

—名 任性的人，無可救藥的人。

-'bil·i·ty 名, -bly 副

in·cor·rupt(·ed) [ˌɪnkə'rʌpt(ɪd)] 形 1 不會腐蝕的；不腐敗的，清廉的。2（版本

I

等）無誤的，無改動的。～·ly 副, ～·ness 名

in·cor·rupt·i·ble [,ɪnkə'rʌptəbl] 形 1 不會腐蝕的。2 清廉的，正直的。
-'bil·i·ty 名, **-bly** 副

:in·crease [ɪn'kris] 動 (**-creased, -creas·ing**) 及 加大數量，使增大：～ the amount 增加數量 / ～ a person's salary 給某人加薪 / ～ one's happiness 增加幸福感。—不及 1 增加，變大；加高，增強，變顯著 (*in* ...)。2 繁殖；(月亮等) 變滿。
—['--] 名 1 U C 增加，增大；增強。2 增大量，增加額。3 利益，利息。
on the increase 正在增加中。

in·creas·ing [ɪn'krisɪŋ] 形 日益增加的；越來越強的。

·in·creas·ing·ly [ɪn'krisɪŋlɪ] 副 愈益，逐漸增加地。

I

in·cre·ate [,ɪnkrɪ'et, 'ɪnkrɪ,et] 形 1 非創造的。2 (神) 本來就存在的。～·ly 副

in·cred·i·ble [ɪn'krɛdəbl] 形 1 難以置信的。2 《口》毫無道理的；不可思議的；非常的，驚人的，了不起的：an ～ cost 極不合理的費用 / an ～ house 一棟 (漂亮得) 不可思議的房子。
-'bil·i·ty 名, **-bly** 副

in·cre·du·li·ty [,ɪnkrə'djulətɪ] 名 U 不輕信；懷疑，不信。

in·cred·u·lous [ɪn'krɛdʒələs] 形 1 不相信的；不肯輕信的 (*of, about, at...*)。2 表示懷疑的：an ～ look 懷疑的表情。
～·ly 副, ～·ness 名

in·cre·ment ['ɪnkrəmənt] 名 1 U 增加，增大，增值；C 增加量，增額：an annual salary ～ of $200 每年加薪 200 美元。2 U 利益，利潤。3 U 〖數〗增量。

in·cre·men·tal [,ɪnkrə'mɛntl] 形 漸增的；增值的。

in·crim·i·nate [ɪn'krɪmə,net] 動 及 1 使負罪，指控；使受到牽連而入罪。2 歸咎於，諉罪於。**-na·tor** 名 累人入罪者。
-'na·tion 名, **-na·,to·ry** 形

in·crowd ['ɪn,kraud] 名 小集團，派系。

in·crust [ɪn'krʌst], **en-** 動 及 1 覆以堅硬的外層；使形成硬殼。2 鑲飾 (*with* ...)。—不及 形成外皮[外殼]。

in·crus·ta·tion [,ɪnkrʌs'teʃən], **en-** 名 1 U 覆以外皮；結殼。2 外殼；痂。3 U C 鑲嵌；表面裝飾；鑲嵌材料。

in·cu·bate ['ɪnkjə,bet] 動 及 1 孵；孵化。2 培養 (細菌等)。3 保育 (早產兒)。4 使具體化；計畫，醞釀。—不及 1 孵蛋；孵化；進行人工孵化。2 (疾病) 潛伏；成長，發展；具體化。

in·cu·ba·tion [,ɪnkjə'beʃən] 名 U 1 孵蛋，孵化；孵育；培養。2 (傳染病等的) 潛伏；潛伏期。

incu'bation ,period 名 潛伏期；孵化期；培養期。

in·cu·ba·tor ['ɪnkjə,betə] 名 從事保育工作的人；孵卵器；(早產嬰兒的) 保溫箱；細菌培養器；育成中心。

in·cu·bus ['ɪnkjəbəs] 名 (複 **-bi** [-,baɪ], ～**·es**) 1 夢魔，侵犯睡眠中女性的惡魔。2 惡夢；(心理上的) 重擔。

in·cul·cate [ɪn'kʌlket, 'ɪnkʌl,ket] 動 及 三番五次重述以期造成深刻印象 (*in, into, on, upon...*)；反覆灌輸，諄諄教誨 (*with...*)。
-'ca·tion 名 U 諄諄教誨，反覆灌輸。
-,ca·tor 名 教誨者。

in·cul·pa·ble [ɪn'kʌlpəbl] 形 無罪的，廉潔的；無可非議的。

in·cul·pate [ɪn'kʌlpet] 動 及 歸罪於；牽連。

in·cul·pa·to·ry [ɪn'kʌlpə,torɪ] 形 歸罪的，諉罪的；譴責的，責問的；牽連的。

in·cum·ben·cy [ɪn'kʌmbənsɪ] 名 (複 **-cies**) 1 在職；在職期間；(神職人員的) 地位，任期。2 義務，職責。

in·cum·bent [ɪn'kʌmbənt] 形 1 使負有責任的 (*on, upon...*)。2 《限定用法》現任的，在職的：the ～ senator 現任的參議員。—名 1 現任者，在職者；《美》現任議員。2 《英》在職牧師。

in·cum·ber [ɪn'kʌmbə] 動 及 = encumber.

in·cum·brance [ɪn'kʌmbrəns] 名 = encumbrance.

in·cu·nab·u·la [,ɪnkju'næbjələ] 名 (複) (單 **-lum** [-ləm]) 1 古版本：西元 1501 年以前印行的書籍。2 初期，早期，搖籃期。
-lar 形

in·cur [ɪn'kɜ] 動 (**-curred**, ～**·ring**) 及 惹起；招致，遭受。

in·cur·a·ble [ɪn'kjurəbl] 形 不治的；不能矯正的：an ～ disease 不治之症。—名 患不治之症者；無可救藥的人。**-'bil·i·ty** 名 U 不治；不能矯正。**-bly** 副

in·cu·ri·ous [ɪn'kjurɪəs] 形 1 無好奇心的。2 不在乎的，不關心的。3 無趣味的，不新穎的：a not ～ piece of poetry 一首相當有趣的詩。～·ly 副

in·cur·sion [ɪn'kɜʒən, -ʃən] 名 1 侵入，侵略；襲擊。2 流入。3 侵蝕。

in·cur·sive [ɪn'kɜsɪv] 形 入侵的，襲擊的；侵蝕的；流入的。

in·curve [ɪn'kɜv] 動 及 不及 (使) 向內彎曲。—['-,-] 名 (向內的) 彎曲；〖棒球〗內曲球。

in·curved [ɪn'kɜvd] 形 向內彎曲的。

Ind. 《縮寫》*Ind*ia(n); *Ind*iana; *Ind*ies.

ind. 《縮寫》*ind*ependent; *ind*ex; *ind*icative; *ind*igo; *ind*irect; *ind*ustrial; *ind*ustry.

·in·debt·ed [ɪn'dɛtɪd] 形 1 欠了人情的，感激的 (*to...*)。2 對…欠了債的 (*to* ...)。

in·debt·ed·ness [ɪn'dɛtɪdnɪs] 名 U 1 負債；欠人情，受恩。2 欠款；債務。

in·de·cen·cy [ɪn'disṇsɪ] 名 (複 **-cies**)

)不合宜，不得體；粗野，下流；猥褻。粗野的行為。

·de·cent [ɪn'disn̩t] 形 **1** 下流的，不道德的；粗俗惡劣的。**2** 不合宜的，不禮貌的。**3** 超出常態的。～**·ly** 副

'decent as'sault 名 U C 強制猥褻罪。

'decent ex'posure 名 U C 公然暴露罪。

·de·ci·pher·a·ble [ˌɪndɪ'saɪfərəbl̩] 形 無法破解的；不可辨識的。**-bly** 副

·de·ci·sion [ˌɪndɪ'sɪʒən] 名 U 猶豫不決。

·de·ci·sive [ˌɪndɪ'saɪsɪv] 形 **1** 不乾脆的，優柔寡斷的。**2** 無結論的，非決定性的。**3** 不明確的。～**·ly** 副, ～**·ness** 名

·de·clin·a·ble [ˌɪndɪ'klaɪnəbl̩] 形〖文法〗無變格的，無字形變化的。—名 不變化詞。**-bly** 副

·de·com·pos·a·ble [ɪnˌdikəm'pozəbl̩] 形 不能分解的。

·dec·o·rous [ɪn'dɛkərəs, ˌɪndɪ'ko-] 形 不合宜的，不合禮節的；不雅的。～**·ly** 副, ～**·ness** 名

·de·co·rum [ˌɪndɪ'korəm] 名 **1** U 不得體；失禮。**2** 不合禮節的言行。

·deed [ɪn'did] 副 **1**《加強全句語氣》的確，誠然，真地，確實：A friend in need is a friend ～.《諺》患難見真情。**2**《進一步肯定或擴充前文的敘述》實在，更進一步地說，事實上。**3**《表讓步》的確，誠然。—感《表示驚訝、懷疑、諷刺、輕蔑等》真的！的確！

·def.《縮寫》*indef*inite.

·de·fat·i·ga·ble [ˌɪndɪ'fætɪgəbl] 形 不知疲倦的，不屈不撓的。**-'bil·i·ty** 名 U 不疲倦；不屈不撓。**-bly** 副

·de·fea·si·ble [ˌɪndɪ'fizəbl̩] 形 不能廢除的，不能沒收的。**-bly** 副

·de·fect·i·ble [ˌɪndɪ'fɛktəbl̩] 形 **1** 不會毀損的，永存的。**2** 無缺點的，完美的。**-bly** 副

·de·fen·si·ble [ˌɪndɪ'fɛnsəbl̩] 形 **1** 無可辯解的；不可原諒的。**2** 無法防守的。站不住腳的。**-bly** 副

·de·fin·a·ble [ˌɪndɪ'faɪnəbl̩] 形 難以下定義的，難以分類的，難以說明的；含混的，不明確的。**-bly** 副

·def·i·nite [ɪn'dɛfənɪt] 形 **1** 不明確的，不確定的；含混的：an ～ opinion 不明確的意見。**2** 未限定的；無限期的：an ～ prison term 無期徒刑。**3**〖文法〗不定的。～**·ness** 名

'definite 'article 名〖文法〗不定冠詞。

·def·i·nite·ly [ɪn'dɛfənɪtlɪ] 副 **1** 模糊不清地。**2** 不限定地，無限期地。

·del·i·ble [ɪn'dɛləbl̩] 形 **1** 無法消除的，洗不掉的，難忘的，持久的：an ～ impression 難忘的印象。**2** 留下消不掉的痕跡的：an ～ ink 擦不掉的墨跡。**-'bil·i·ty** 名, **-bly** 副

in·del·i·ca·cy [ɪn'dɛləkəsɪ] 名 (複 **-cies**) **1** U 不文雅，粗魯；不精緻。**2** 粗鄙的言行。

in·del·i·cate [ɪn'dɛləkət] 形 **1** 不精細的；粗糙的。**2** 不文雅的，粗鄙的。～**·ly** 副, ～**·ness** 名

in·dem·ni·fi·ca·tion [ɪnˌdɛmnəfə'keʃən] 名 **1** U 保障；賠償，補償。**2** 賠償金[物]，補償金。

in·dem·ni·fy [ɪn'dɛmnə'faɪ] 動 (**-fied**, ～**·ing**) 及 **1** 使獲得保護《*from, against* ...》。**2** 賠償，補償《*for*...》。**3** 使不致受罰《*for*...》。

in·dem·ni·ty [ɪn'dɛmnətɪ] 名 (複 **-ties**) **1** U 保護，保障；賠償。**2** 賠償金，補償金；損害賠償保險。**3** U 免除責任。

in·dent[1] [ɪn'dɛnt] 動 及 **1** 使凹進去。**2** 使邊緣變成鋸齒狀，刻出凹口。**3** 縮進排印[書寫]。**4**（正副兩聯）沿齒紋線撕下；製成正副兩份。**5**《英》（以一式兩聯的訂單）訂購；下訂單預訂《*on, upon*...》。—不及 **1** 形成鋸齒狀。**2**《主英》下訂單；《*on, upon*...; *for*...》。**3**《主英》製成正副兩張訂單。—[-'-, '-,-] 名 **1** 鋸齒紋，（齒狀的）凹口。**2** 縮進排印。**3** 契約書，證書。**4**《主英》訂購單。

in·dent[2] [ɪn'dɛnt] 動 及 **1** 壓出（圖案等）。**2** 使凹陷。—[-'-, '-,-] 名 凹處，凹痕。

in·den·ta·tion [ˌɪndɛn'teʃən] 名 **1** 鋸齒狀凹口，缺口；凹進。**2** U 刻成鋸齒狀凹口；成鋸齒狀。**3** U 行首縮進。**4** 凹痕。

in·den·tion [ɪn'dɛnʃən] 名 **1** U 形成鋸齒狀。**2** 齒狀刻口，凹口。**3** U 縮進排印；C 行首空格部分。

in·den·ture [ɪn'dɛntʃɚ] 名 **1**（有齒狀紋線、一式二份的）合同；契約書，訂單，證書。**2**《通常作～**s**》學徒契約書：take up one's ～*s* 學徒期滿，服務期滿。**3** 齒狀紋，凹口。—動 及 以契約束縛。

·in·de·pend·ence [ˌɪndɪ'pɛndəns] 名 U **1** 獨立；自主《*of, on, from*...》。**2** 獨立生活：enjoy ～ *from* outside control 不受外界的支配而獨立自主 / declare one's ～ *from*... 宣布脫離…而獨立。

Inde'pendence ˌDay 名 **1**《美》獨立紀念日。**2**（其他國家的）獨立紀念日。

in·de·pend·en·cy [ˌɪndɪ'pɛndənsɪ] 名 (複 **-cies**) **1** U 獨立，獨立性，自主。**2** 獨立國。**3** U《I-》〖教會〗獨立主義。

:in·de·pend·ent [ˌɪndɪ'pɛndənt] 形 **1** 獨立的，自主的，自治的：an ～ ministry 獨立的部門。**2** 能自立的。**3** 獨自的，個別的：a principle with ～ motivation 基於個人動機所訂的原則。**4** 有主見的；不願受約束的。**5** 經濟獨立的：a man of ～ means 有足夠資產過活而不需工作的人。**6** 無黨無

I

派的。7〖數〗獨立的；〖文法〗獨立的。8《I-》〖教會〗獨立主義的；《英》公理會教派的。

independent of... 不依賴…的；和…無關的，撇開…不提的。

—[名] 1 獨立的人[物]。2《I-》〖教會〗獨立主義的信徒；《英》公理會信徒。

in·de·pend·ent·ly [ˌɪndɪ'pɛndəntlɪ] [副] 獨立地，自主地；無關地《*of*...》。

inde'pendent ˌschool [名][U][C]（英國）私立學校。

in-depth ['ɪn'dɛpθ] [形] 徹底的，深入的：an ~ analysis of an American town 對美國一個市鎮的深入分析。

in·de·scrib·a·ble [ˌɪndɪ'skraɪbəbl̩] [形] 難以形容的；含混的：a strange and ~ feeling 奇怪而難以形容的感覺。

-bly [副]

in·de·struct·i·ble [ˌɪndɪ'strʌktəbl̩] [形] 難以毀壞的，不滅的。**-'bil·i·ty** [名]，**-bly** [副]

in·de·ter·mi·na·ble [ˌɪndɪ'tɝmɪnəbl̩] [形] 1 不能確定的。2 不能決定的；無法解決的。~**·ness** [名]，**-bly** [副]

in·de·ter·mi·na·cy [ˌɪndɪ'tɝmənəsɪ] [名][U] 不確定性，不確定狀態。

inde'terminacy ˌprinciple [名]〖理〗測不準原理。

in·de·ter·mi·nate [ˌɪndɪ'tɝmənɪt] [形] 1 不確定的；模糊的。2 沒有結果的；未解決的。3〖數〗不定的；4〖語音〗模糊不清的。~**·ly** [副]

in·de·ter·mi·na·tion [ˌɪndɪˌtɝmə'neʃən] [名][U] 1 不定，不確定。2 不果斷，優柔寡斷，猶豫不決。

in·de·ter·min·ism [ˌɪndɪ'tɝmɪˌnɪzəm] [名][U]〖哲〗1 非決定論。2 自由意志論。**-ist** [名][形] 自由意志論者（的）。

:in·dex ['ɪndɛks] [名]（複 ~**·es**, **-di·ces** [-dəˌsiz]）1（複 ~**·es**）索引：an alphabetical ~ 按照字母順序排列的索引。2 標誌，表徵；標記：a good ~ of his abilities 他能力的清楚表徵。3 指針，指標。4〖印〗指示記號（☞）。5 食指。6 指數，比率：a (consumer) price ~（消費者）物價指數。7（複 **-di·ces**）〖代〗指數，根式的指數，上標，下標。—[動][及] 1（書等）附上索引；編入索引。2 指出，指示。3 列為禁書。4 使（利率等）按生活費指數等經濟指數的變動調整。—[不及] 編索引。

in-'dex·i·cal [形] 索引的，編成索引的。

in·dex·a·tion [ˌɪndɛk'seʃən] [名][U]〖經〗指數法。

'index ˌcard [名] 索引卡片。

'index ˌcrime [名]《美》重大犯罪。

'index finger [名] 食指。

'index ˌnumber [名]〖統·數〗指數。

:In·di·a ['ɪndɪə] [名] 印度（共和國）：位於亞洲南部；首都新德里（New Delhi）。

'India 'ink [名][U]《美》墨，墨汁。

In·di·a·man ['ɪndɪəmən] [名]（複 **-me**…）以前用來和印度作貿易的大商船；東印…公司的大帆船。

:In·di·an ['ɪndɪən] [名] 1 印度人；東印…群島人。2 印第安人；[U]《口》印第…語。3《英》留印歐洲人。4《the ~》…天〗印第安（星）座。5《美俚》小嘍囉…一般老百姓。—[形] 1 印度（人）的；東…度群島的。2 印第安人[語]的。3 玉米…粉）做的。

In·di·an·a [ˌɪndɪ'ænə] [名] 印第安那：美…中西部的一州；首府為 Indianapolis。…作：Ind.,《郵》IN

-'an·i·an [形][名] 印第安那州的（人）。

'Indian ˌclub [名]（體操用的）瓶狀棒

'Indian 'corn [名] 1 = corn¹ 1. 2 生玉米

'Indian file [名][U]·[副] 一列縱隊（地）march (in) ~ 以一路縱隊行進。

'Indian ˌgiver [名]《美口》把禮物送給他人後又索回者；送禮而期待對方還禮的人。

'Indian 'hemp [名]〖植〗1 [U] 印度…麻。2《美》夾竹桃科的矮木。

'Indian 'ink [名]《英》= India ink.

'Indian 'meal [名]《主英》= corn meal.

'Indian 'Ocean [名]《the ~》印度洋

'Indian 'pudding [名][U][C] 用玉米粉…成的布丁。

'Indian 'summer [名] 1（在美國、加…大 10 月到 11 月間的）小陽春。2（人的…年等的）回春期；愉快寧靜的晚年。

'Indian 'Territory [名]《the ~》印…安保留區。

'India ˌpaper [名][U] 聖經紙。

'India 'rubber [名] 1 [U] 天然橡膠。2 …皮擦。

In·dic ['ɪndɪk] [形] 1 印度的。2〖語言〗…度語系的。

·in·di·cate ['ɪndəˌket] [動]（**-cat·ed**, **-ca…ing**）[及] 1 指示，指出。2 顯示；表示，…示：~ one's feelings by facial expression…以臉部表情表示感情。3 簡要地說明。4…必要，需要。

—[不及]（人、車用方向指示器）表示…向；指示方向。

'indicated 'horsepower [名] 實質…力，指示馬力。

in·di·ca·tion [ˌɪndə'keʃən] [名] 1 [U][C] …示物，表示物，跡象《*of*..., *of doing*》，…徵《*that* [子句]》：give ~ *of*... 表示…。…[U] 指示，指出；表示，暗示。3 顯示的…度。

in·dic·a·tive [ɪn'dɪkətɪv] [形] 1《敘述…法》指出的，預示的《*that* [子句]》；表…的，指示的，賣弄風情的《*of*...》：a fac… ~ *of* a good nature 一張顯示本性善良的…孔。2〖文法〗敘述法的：the ~ mood 直…法，敘述法。

—[名]〖文法〗1《the ~》直陳法，直陳…氣。2 直陳法動詞（形態）。~**·ly** [副]

in·di·ca·tor ['ɪndə,ketɚ] 名 1 指示者[物]：a train ～ 火車指示牌。2 指示器；指針；標誌；表示機械狀態的儀表；壓力指示計；放射能跡象標誌。3 經濟指標。4〖化〗指示劑。

in·dic·a·to·ry [ɪn'dɪkə,torɪ] 形 指示的，表示的，指出的《of...》。

in·di·ces ['ɪndə,siz] 名 **index** 的複數形。

in·di·ci·a [ɪn'dɪʃɪə] 名 (複～, ～s) 1《美》郵戳。2（亦稱 **indicium**）標誌；徵兆；跡象。

in·dict [ɪn'daɪt] 動 及 指責，譴責；《常用被動》起訴，控告《for...》；被起訴《as...》。

～·**er**, ～·**or** 名 起訴者。

in·dict·a·ble [ɪn'daɪtəbl̩] 形 可被控告的，應予起訴的。-**bly** 副

in·dict·ee [,ɪndaɪ'ti] 名 被起訴者，被告。

in·dict·ment [ɪn'daɪtmənt] 名 1 Ⓤ 控訴，告發；責難，譴責：be under ～ for robbery 被控犯有強盜罪。2〖法〗起訴，公訴：a bill of ～ 起訴書。

In·dies ['ɪndiz] 名(複)《the ～》1《作複數》西印度群島。2《作複數》東印度群島。

in·dif·fer·ence [ɪn'dɪfərəns] 名 Ⓤ 1 漠不關心，冷淡《to, toward, as to...》；漠不關心的狀態：with ～ 漠不關心地，冷淡地 / show icy ～ to... 對…擺出冷冰冰漠不關心的態度。2（對…來說）無關緊要，無足輕重《to...》。3 平凡；中立。

in·dif·fer·ent [ɪn'dɪfərənt] 形 1 漠不關心的，缺乏興趣的，冷淡的《to, toward...》。2 不偏袒的，中立的：an ～ decision 不偏袒任何一方的決定 / remain ～ in a dispute 在爭論中保持中立。3 一般的；平庸的；不重要的，不足取的《to...》：a very ～ player 表現平平的選手。4（量、程度）中等的。5 非強制性的：an ～ custom 並非一定要遵守的習俗。6 中性的；〖生〗未分化的。—名 1 漠不關心的行為。2 漠不關心的人，中立的人。～·**ly** 副

in·dif·fer·ent·ism [ɪn'dɪfərən,tɪzəm] 名 Ⓤ 1 冷淡主義。2 不關心主義，宗教無差別論；〖哲〗同一說。

in·di·gence ['ɪndədʒəns] 名 Ⓤ 貧困。

in·dig·e·nous [ɪn'dɪdʒənəs] 形 1 固有的；原產的；土著的《to...》：a plant ～ to Australia 澳洲原產的植物。2 天生的：an ～ love of freedom 天生愛好自由。～·**ly** 副

in·di·gent ['ɪndədʒənt] 形 缺乏生活必需品的，生活困苦的；貧窮的。

in·di·gest·ed [,ɪndɪ'dʒɛstɪd, -daɪ-] 形 1 未整理的；雜亂的。2 未消化的。3 未加以充分考慮的；草率的。

in·di·gest·i·ble [,ɪndə'dʒɛstəbl̩] 形 難消化的，不消化的；難理解的。

-'**bil·i·ty** 名 Ⓤ 不消化。-**bly** 副

in·di·ges·tion [,ɪndə'dʒɛstʃən] 名 Ⓤ 1 不消化，消化不良，胃弱。2 不理解，不吸收；生硬，不成熟。

in·dig·nant [ɪn'dɪgnənt] 形 憤怒的，憤慨的《at, over, about...》：be ～ at an insult 對侮辱感到憤慨 / be ～ over the cruelty 對殘酷行為感到憤怒。～·**ly** 副

in·dig·na·tion [,ɪndɪg'neʃən] 名 Ⓤ 憤怒《at, over, about...》；憤慨；義憤《against...》：righteous ～ at an injustice 對不公正（的行為）的義憤 / feel ～ against the government 對政府大為憤怒 / in (one's) ～ 憤然，在憤怒下。

in·dig·ni·ty [ɪn'dɪgnətɪ] 名 (複-**ties**) Ⓤ 輕蔑侮辱；無禮；Ⓒ侮辱的言行：suffer an ～ 遭受侮辱 / subject a person to an ～ 對某人加以侮辱。

·**in·di·go** ['ɪndɪ,go] 名(複～s, ～es) 1 Ⓤ靛藍染料；靛青。2〖植〗豆科木藍屬的植物的通稱。3 Ⓤ 深紫藍色。

'**indigo** '**blue** 名 Ⓤ 靛藍色，靛青。

·**in·di·rect** [,ɪndə'rɛkt] 形 1 不直的，迂迴的：an ～ route 迂迴的路線。2 間接的；次要的：～ influence 間接的影響。3 不率直的；不誠實的，不正直的：an ～ fellow 狡猾的傢伙 / ～ methods 騙人的方法，不正當的手段。4 非直系的：～ descent 旁系（血親）。5〖文法〗間接的。～·**ly** 副，～·**ness** 名

'**indirect** '**cost** 名 Ⓒ Ⓤ〖經〗間接成本。

'**indirect** '**discourse** 名 Ⓤ〖文法〗間接引句，間接敘述。

in·di·rec·tion [,ɪndə'rɛkʃən] 名 Ⓤ 1 間接的行動；迂迴；拐彎抹角的方法。2 無目的。3 不誠實，欺騙。

'**indirect** '**lighting** 名 Ⓤ 間接照明。

'**indirect** '**object** 名〖文法〗間接受詞。

'**indirect** '**speech** 名 Ⓤ〖文法〗間接引述。

'**indirect** '**tax** 名 Ⓤ Ⓒ 間接稅。

in·dis·cern·i·ble [,ɪndɪ'sɝnəbl̩, -'zɝn-] 形 名 不能識別的（物）：an ～ difference 難以辨認的差異。-**bly** 副

in·dis·ci·pline [ɪn'dɪsəplɪn] 名 1 Ⓤ 缺乏訓練，無紀律。2 放蕩不羈的行為。

in·dis·creet [,ɪndɪ'skrit] 形 莽撞的，輕率的；不謹慎的：an ～ remark 輕率的評語。～·**ly** 副

in·dis·crete [,ɪndɪ'skrit, ɪn'dɪskrit] 形 未分開的；密合的。

in·dis·cre·tion [,ɪndɪ'skrɛʃən] 名 1 Ⓤ 不慎重，輕率《in..., in doing, to do》：speak without ～ 慎重地說。2 輕率的言行；不檢點：commit an ～ 生活不檢點。3 Ⓤ 洩漏（他人的）祕密，洩漏機密。

in·dis·crim·i·nate [,ɪndɪ'skrɪmənɪt] 形 1 不加區別的，不加選擇的，隨便的《in..., in doing》：be ～ in choosing dinnerguests 不加選擇地亂請晚宴的賓客 / deal ～ blows 不分敵我地亂打。2 雜亂的。～·**ly** 副

in·dis·crim·i·nat·ing [,ɪndɪ'skrɪmə,

netɪŋ] 形 無差別的，不加選擇的。～·ly 副

in·dis·crim·i·na·tion [ˌɪndɪˌskrɪməˈneʃən] 名 1 思慮欠周的行動。2 U 無選擇；雜亂，混淆。

in·dis·pen·sa·ble [ˌɪndɪˈspɛnsəbl] 形 1 不可或缺的，絕對必要的《 *to, for...* 》: goods ～ *to* city life 都市生活的必需品。2 不能逃避的，責無旁貸的 : an ～ duty 不能逃避的義務。-**'bil·i·ty** 名, -**bly** 副

in·dis·pose [ˌɪndɪˈspoz] 動 及 1 使不適當《 *for...* 》；使不能《 *to* do 》。2 使不願意，使嫌惡《 *for, toward, from...* 》: ～ a person *for* work 使某人不願意工作。3 使微感不適。

in·dis·posed [ˌɪndɪˈspozd] 形《敘述用法》1 不舒服的，微恙的《 *with...* 》。2 不願意的《 *to* do 》；嫌惡的《 *to, for...* 》。

in·dis·po·si·tion [ˌɪndɪspəˈzɪʃən] 名 U C 1 不舒服，微恙。2 嫌惡《 *to, toward ...* 》；不願意（做…）《 *to* do 》。

in·dis·put·a·ble [ˌɪndɪˈspjutəbl] 形 不容置辯的，無可爭論的。-**bly** 副

in·dis·sol·u·ble [ˌɪndɪˈsaljəbl] 形 1 不能分解的；無法破壞的。2 穩定的，不動搖的；永久不變的。-**bly** 副

in·dis·tinct [ˌɪndɪˈstɪŋkt] 形 1 不清楚的，模糊的 : an ～ image 模糊的影像。2 無法區分明白的。～·**ly** 副, ～·**ness** 名

in·dis·tinc·tive [ˌɪndɪˈstɪŋktɪv] 形 1 無特色的，不明顯的。2 難以區分的；無差別的。

in·dis·tin·guish·a·ble [ˌɪndɪˈstɪŋgwɪʃəbl] 形 1 不能區別的《 *from...* 》。2 難以分辨的。-**bly** 副

in·dite [ɪnˈdaɪt] 動 及 1 撰寫，著作。2《謔》寫（信等）。～·**ment** 名 U 撰寫。

in·di·um [ˈɪndɪəm] 名 U 〖化〗 銦。符號 : In

in·di·vert·i·ble [ˌɪndəˈvɝtəbl, -daɪ-] 形 不能轉移的，難使分心的。

:**in·di·vid·u·al** [ˌɪndəˈvɪdʒuəl] 形 1 單獨的；各個的，個別的 : each ～ person 各個人。2 個人的 : ～ preference 個人的愛好。3 獨自的，獨特的 : an ～ style of dress 衣服的獨特風格。—名 1 個人。2《口》人。3 個體，單一體；（成一個單位的）群。4 〖生〗 個體；各個成員。

in·di·vid·u·al·ism [ˌɪndəˈvɪdʒuəˌlɪzəm] 名 U 1 個人主義；〖哲〗 個體主義。2 獨立思考的原則。3《委婉》利己主義。4 個性。

in·di·vid·u·al·ist [ˌɪndəˈvɪdʒuəlɪst] 名 1 獨立的人，獨來獨往的人。2 個人主義者；利己主義者。

in·di·vid·u·al·is·tic [ˌɪndəˌvɪdʒuəˈlɪstɪk] 形 個人主義的；利己主義的。

in·di·vid·u·al·i·ty [ˌɪndəˌvɪdʒuˈælətɪ] 名 (複-ties) 1 U 個性，特性；C《-ties》個人的特質 : a person who lacks ～ 欠缺個性的人。2 個人，個體；U 個體的存在。3 利。4 個人主義。

in·di·vid·u·al·ize [ˌɪndəˈvɪdʒuəˌlaɪz] 及 1 使有個性[特性]，使特殊化。2 個敘述，個別處理。3 使合於個人的需求

in·di·vid·u·al·ly [ˌɪndəˈvɪdʒuəlɪ] 副 1 格獨特地，發揮個性地。2 單獨地，各地。3 個人地。

in·di·vid·u·ate [ˌɪndəˈvɪdʒuˌet] 動 及 使個體化；使具特色。2 給予特徵；別。

in·di·vid·u·a·tion [ˌɪndəˌvɪdʒuˈeʃən] U 1 個體化；個性的形成；個性化。2 別存在；個性。3 〖哲〗 個別化。

in·di·vis·i·ble [ˌɪndəˈvɪzəbl] 形 1 不可的。2 〖數〗 除不盡的。—名 不能分割物；極少的量。-**'bil·i·ty** 名 U 不可分性不能整除。-**bly** 副

Indo-《字首》India 的複合形。

In·do-Chi·na, In·do·chi·na [ˈɪnoˈtʃaɪnə] 名 中南半島；印度支那。

In·do-Chi·nese, In·do·chi·nes [ˈɪndotʃaɪˈniz] 形 1 中南半島的；中南半人的。2 = Sino-Tibetan. —名 (複～) 1 中半島人。2 = Sino-Tibetan.

in·doc·ile [ɪnˈdasl̩, -sɪl] 形 難馴服的，駕馭的，不順從的。

in·do·cil·i·ty [ˌɪndoˈsɪlətɪ] 名 U 不從，難駕馭。

in·doc·tri·nate [ɪnˈdaktrɪˌnet] 動 及 灌輸，教導《 *with, into, in...* 》: ～ a population *with* democratic beliefs 灌輸某地區們民主信仰 / ～ oneself *with...* 學習…。教，教誨。

-**'na·tion** 名, -**'na·tion·al** 形

In·do-Eu·ro·pe·an [ˈɪndoˌjurəˈpiən] 1 U 〖語言〗 印歐語系。2 U 〖語言〗 印語。3 使用印歐語者。—形 印歐語系的

in·do·lence [ˈɪndələns] 名 U 1 懶惰，惰。2 不痛；小痛。

in·do·lent [ˈɪndələnt] 形 1 怠惰的，懶的。2 完全不痛的。～·**ly** 副

in·dom·i·ta·ble [ɪnˈdamɪtəbl] 形 不不撓的，頑強的。～·**ness** 名, -**bly** 副

In·do·ne·sia [ˌɪndəˈniʒə, -ʃə] 名 1 東度群島。2《 the ～》印尼（共和國）：都雅加達（Jakarta）。

In·do·ne·sian [ˌɪndəˈniʒən, -ʃən] 名 1 尼人。2 原馬來人。3 U 印尼語。—形 1 來群島的。2 印尼（人、語）的。

·**in·door** [ˈɪnˌdor] 形《限定用法》1 屋的，室內的 : an ～ sport 室內運動。2 喜在室內的 : an ～ style of living 閉居家中生活方式。

·**in·doors** [ɪnˈdorz] 副 在室內；在家中 stay ～ 待在家中，不外出。

in·dorse [ɪnˈdɔrs] 動 及 = endorse.

In·dra [ˈɪndrə] 名 〖印度教〗 因陀羅：和雷之神。

in·draft,《英》-**draught** [ˈɪnˌdræft]

)Ⓒ流入，吸入，引入。

-drawn ['ɪn,drɔn] 形 1 內向的；內省
的；沉默寡言的，冷淡的。2 吸入的。

-du·bi·ta·ble [ɪn'djubɪtəbl] 形 不容置
疑的；明白的，確實的。-**bly** 副

-duce [ɪn'djus] 動 及 1 引誘；說服：～
a person to perform an action 勸使某人作出
某種行動。2《常用被動》引起，誘發：
sleep ～*d* by drugs 因藥物而引起的睡眠。
〖電〗感應，誘導：an ～*d* current 感應電
流。4〖理則〗歸納。5（以藥物作用）誘
導；《口》使（嬰兒）出生。

-duce·ment [ɪn'djusmənt] 名 1 Ⓤ 誘
導，引誘。2 ⓊⒸ 引誘物，誘因；刺激；
動機《*to...*, *to* do》：on any ～ 不論怎麼引
誘。

-duc·er [ɪn'djusɚ] 名 1 引誘者；誘導
者。2〖生化〗誘導體，去阻遏物。

-duct [ɪn'dʌkt] 動 及 1《常用被動》使
正式就任《*into*, *to...*》。2 引導，教導《
o, *into...*》。3 使加入；《美》徵召入伍。
引導…入（座位、房間）《*into...*》。

-duct·ance [ɪn'dʌktəns] 名 ⓊⒸ〖電〗
感應。2 感應器，感應體。

-duct·ee [,ɪndʌk'ti] 名《美》應召入伍
者。

-duc·tion [ɪn'dʌkʃən] 名 1 Ⓤ〖電〗感
應，誘導：～ heating 感應加熱。2 Ⓤ
Ⓒ〖理則〗歸納（法）；Ⓒ 歸納的結論。
3 ⓊⒸ 提示，提出。4 ⓊⒸ 引發，誘導。
5 ⓊⒸ 入門；傳授。6 ⓊⒸ 就任；就任典
禮。7 ⓊⒸ《美》徵兵；入伍典禮。

-'duction ,coil 名〖電〗感應線圈，
誘導線圈。

-duc·tive [ɪn'dʌktɪv] 形 1〖電〗感應
的，誘導的；以電磁誘導而動作的。2 序
的，緒論的。3 歸納（法）的：～ reaso-
ning 歸納推理。～**·ly** 副

-duc·tor [ɪn'dʌktɚ] 名 1〖電〗感應
體，感應器。2 授職者。3〖化〗感應體，
誘導質。

-due [ɪn'dju] 動 及 = endue.

-dulge [ɪn'dʌldʒ] 動 (**-dulged**, **-dulg-
ing**) 不及 1 沉迷，耽溺於；放任自己；盡
情享受。2 從事於《*in...*》。3《口》飲酒
過量，酗酒。—及 1 使滿足。2 放縱；取
悅《*with...*》。3《反身》沉溺於。4〖商〗
延期支付，延期履行。

-dul·gence [ɪn'dʌldʒəns] 名 1 Ⓤ 耽
溺，沉迷《*in...*》；任性，放縱：frequent
～ *in* drinking and gambling 經常沉溺於飲
酒和賭博之中。2 Ⓤ 縱容，寬容：～ to-
wards human frailty 寬恕人類的弱點。3 癖
好，嗜好。4 Ⓤ〖天主教〗免罪，赦免。
5 Ⓤ〖商〗延期支付。—動 及〖天主教〗
給予特赦。

-dul·gen·cy [ɪn'dʌldʒənsɪ] 名 (複-**cies**)
= indulgence.

-dul·gent [ɪn'dʌldʒənt] 形 寬容的；溺
愛的，縱容的《*to*, *toward*, *with*, *of...*》: be
～ *to* children 對小孩溺愛的 / be ～ *of* a per-
son's failure 寬恕某人的失敗。～**·ly** 副

in·du·rate ['ɪndjʊ,ret] 動 及 1 使堅硬；
使無情，使無感覺。2 確立。3 使習慣於。
—不及 1 變硬；變無情，變無感覺。2 確
立。—['ɪndjʊrɪt] 形 硬化的；無情的；習
慣的。

in·du·ra·tion [,ɪndjʊ'reʃən] 名 Ⓤ 1 硬
化；硬化的狀態；頑固。2〖地質〗硬化；
〖病〗硬結（部）。

In·dus ['ɪndəs] 名《the ～》印度河：縱
貫巴基斯坦的大河。

:in·dus·tri·al [ɪn'dʌstrɪəl] 形 1 產業的，
工業的：～ waste pollution 工業廢棄物污
染。2 工業化的：an ～ nation 工業國家。
3 從事工業的；產業工人的：an ～ training
school 工業訓練學校，技藝訓練學校。
～**·ly** 副

in'dustrial 'action 名《英》勞工示威
行動。

in'dustrial archae'ology 名 Ⓤ 工業
考古學。

in'dustrial 'arts 名(複)《作單數》《
美》工藝。

in'dustrial di'sease 名 ⓊⒸ 職業
病。

in'dustrial di'spute 名 勞資糾紛。

in'dustrial engi'neering 名 Ⓤ 生產
管理工程學，工業工程。

in'dustrial 'espionage 名 Ⓤ 工業間
諜活動。

in'dustrial es'tate 名《英》= indus-
trial park.

in·dus·tri·al·ism [ɪn'dʌstrɪə,lɪzəm] 名
Ⓤ 產業主義，工業主義。

in·dus·tri·al·ist [ɪn'dʌstrɪəlɪst] 名 產業
經營者，工業家，實業家，製造業者。—
形 產業主義的。

in·dus·tri·al·ize [ɪn'dʌstrɪə,laɪz] 動 及 1
使工業化，使成爲工業區。2 使轉換爲產
業主義。—不及 產業化，工業化。-**i·'za·
tion** 名 Ⓤ 工業化，產業化。

in'dustrial 'park 名 工業區。

in'dustrial re'lations 名(複) 勞資關
係；產業關係。

In'dustrial Revo'lution 名《the
～》工業革命：18 世紀後半興起於英國。

in'dustrial 'school 名 ⓊⒸ 1 實業學
校，工業學校。2《美》（爲使不良少年自
力更生而設的）職業學校，技藝學校。

in'dustrial-'strength 形 1 工業用規格
的。2 很強的，高強度的。

in'dustrial 'union 名 產業同業工會。

in·dus·tri·ous [ɪn'dʌstrɪəs] 形 勤勉的，
勤勞的；熱心的：an ～ student 用功的學
生。
～**·ly** 副, ～**·ness** 名

:in·dus·try ['ɪndəstrɪ] 名 (複-**tries**) 1 Ⓤ
產業；（製造）工業；Ⓒ（產業各部門
的）…業；事業，實業：the steel ～ 鋼鐵

I

工業 / the tourist ～ 觀光事業。2 Ⓤ《集合名詞》經營者；資方；產業界：labor and ～ 勞工和雇主。3 Ⓤ 組織的作業。4 Ⓤ 勤勉，用功：possess ～ 用功 / Poverty is a stranger to ～.《諺》勤勞的人不會窮。5《口》研究。

in·dwell [ɪn'dwɛl] 動 (-dwelt, ～·ing) 及 1 住於，居住。2 充滿於。—不及 1 居住（於…）《*in*...》。2 充塞，存在《*in*...》。'in-,dwell·er 名, ～·ing 形 內在的。

-ine¹ 《字尾》表「似…的，有…的性質的」之意。

-ine² 《字尾》1 構成抽象名詞。2 構成化學名詞（特別是鹽基性物質的名稱）。3 表示女性名詞、名字、稱號。4 構成由礦物、植物等名稱變來的形容詞字尾。

in·e·bri·ant [ɪn'ibrɪənt] 形 醉人的。—名 麻醉劑。

in·e·bri·ate [ɪn'ibrɪ,et] 動 及 1 使醉，使酩酊大醉。2 使陶醉；激勵。—[ɪn'ibrɪɪt] 名 1 醉漢。2 酒徒。—形 酒醉的；好飲酒的。

in·e·bri·a·tion [ɪn,ibrɪ'eʃən] 名 Ⓤ 1 醉；醉的狀態，酩酊。2 喝酒癖。

in·e·bri·e·ty [,ɪnɪ'braɪətɪ] 名 Ⓤ《文》醉，酩酊；陶醉；嗜酒癖。

in·ed·i·ble [ɪn'ɛdəbl] 形 不能吃的，不宜食用的。-'bil·i·ty 名

in·ed·u·ca·ble [ɪn'ɛdʒəkəbl] 形 不能教育的，無法造就的。

in·ef·fa·ble [ɪn'ɛfəbl] 形 1 言語難以形容的：an ～ beauty of sunrise 言語難以形容的日出之美。2（因神聖而）不應說出的，須避諱的：an ～ name 不容稱呼的名字。

in·ef·face·a·ble [,ɪnə'fesəbl] 形 不能磨滅的，難忘的。-'bil·i·ty 名, -bly 副

in·ef·fec·tive [,ɪnə'fɛktɪv] 形 1 無效果的，無效力的；無力的；無藝術性的：an ～ attempt 無效果的嘗試。2 無用的，無能力的。
～·ly 副, ～·ness 名

in·ef·fec·tu·al [,ɪnə'fɛktʃuəl] 形 1 無效果的：～ efforts 無效果的努力。2 無力的，無能的。3 無益的，無用的。～·ly 副

in·ef·fi·ca·cious [,ɪnɛfə'keʃəs] 形 無功效的，無效力的。～·ly 副, ～·ness 名

in·ef·fi·ca·cy [ɪn'ɛfəkəsɪ] 名 Ⓤ 無效力，無效果，無效能。

in·ef·fi·cien·cy [,ɪnə'fɪʃənsɪ] 名 (複-cies) 1 Ⓤ 無能；無效果；無效率。2 無效率之處，無效率的行為。

in·ef·fi·cient [,ɪnə'fɪʃənt] 形 1 無效果的；無效率的，效率低的。2 無能的，無用的。～·ly 副

in·e·las·tic [,ɪnɪ'læstɪk] 形 1 無彈力的；頑固的，不能變通的。2〖經〗無伸縮性的，無適應性的。3〖理〗（撞擊時）運動能量減少的。

in·e·las·tic·i·ty [,ɪnɪlæs'tɪsətɪ] 名 Ⓤ 無彈性，無韌性；無伸縮性，不能通融性。

in·el·e·gance [ɪn'ɛləgəns] 名 1 Ⓤ 不雅，粗俗。2 不優雅的事物。

in·el·e·gant [ɪn'ɛləgənt] 形 不優美的，不文雅的，庸俗的。～·ly 副

in·el·i·gi·ble [ɪn'ɛlɪdʒəbl] 形 沒有資的，不適當的；不合格的《*for*...》: be *for* a prize 沒有資格受獎的。—名 無資者，不合格者。～·ness 名, -'bil·i·ty Ⓤ 無資格，不適任。-bly 副

in·e·luc·ta·ble [,ɪnɪ'lʌktəbl] 形 不能避的，必然發生的。-bly 副

in·ept [ɪn'ɛpt] 形 1 無能的；不合適的；拙的《*in, at*...》。2 馬虎的；離題的；合時宜的：an ～ metaphor 不切題的隱喻
～·ly 副, ～·ness 名

in·ept·i·tude [ɪn'ɛptə,tjud] 名 1 Ⓤ 拙，愚蠢。2 愚蠢的言行。

in·eq·ua·ble [ɪn'ɛkwəbl] 形 1 不公的，不公正的。2 非均等的；朝三暮的。

in·e·qual·i·ty [,ɪnɪ'kwɑlətɪ] 名 (複-ti 1 Ⓤ 不平等，不同，不均衡。2 Ⓤ 不平，偏頗。3 Ⓤ（表面）粗糙；Ⓒ《-ties（表面）凹凸不平。4 變動；Ⓤ〖天〗等，均差。5 Ⓤ Ⓒ 不等（式）。

in·eq·ui·ta·ble [ɪn'ɛkwɪtəbl] 形 不公的，不公平的。～·ness 名, -bly 副

in·eq·ui·ty [ɪn'ɛkwɪtɪ] 名 (複-ties) 1 Ⓤ 公正，不公平。2 不公平的事件。

in·e·rad·i·ca·ble [,ɪnɪ'rædɪkəbl] 形 能根絕的；根深蒂固的：an ～ supersti 根深蒂固的迷信。-bly 副

in·er·ra·ble [ɪn'ɛrəbl, -'ɝ-] 形 不應有的，絕對無誤的。-bly 副

in·er·rant [ɪn'ɛrənt] 形 無誤的，無錯的。

in·ert [ɪn'ɝt] 形 1 無自動力的：～ matt 無活動力的物質。2〖化〗非活性的，不化學作用的；〖藥〗無藥效的：～ gases 活性氣體。3 遲緩的，不活潑的。
～·ly 副, ～·ness 名

in·er·tia [ɪn'ɝʃə] 名 Ⓤ 1〖理〗慣性，性。2 不活潑，懶。3〖醫〗無力，緩慢

in·es·cap·a·ble [,ɪnə'skepəbl] 形 無法避的，不可避免的。-bly 副

in es·se [ɪn'ɛsɪ] 副 形《拉丁語》實在[的]，存在地[的]。

in·es·sen·tial [,ɪnə'sɛnʃəl] 形 非本質的非必要的《*to*...》。—名《常作～s》非要之物。

in·es·ti·ma·ble [ɪn'ɛstəməbl] 形 1 不計量的，無法估計的。2 無價的，價值城的。-bly 副

in·ev·i·ta·bil·i·ty [,ɪnɛvətə'bɪlətɪ] 名 必然性，不可避免。

·**in·ev·i·ta·ble** [ɪn'ɛvətəbl] 形 1 無法避的；必然（發生）的；改變不了的：an result 必然的結果 / as ～ as death and tax 如死亡和稅金一樣絕對逃避不了的。2 限定用法》《口》總是的，慣例的：an En lish gentleman with his ~ umbrella 總是帶著傘的英國紳士。—名不能逃避的事物。

in·ev·i·ta·bly [ɪn'ɛvətəblɪ] 副必然地。

in·ex·act [,ɪnɪg'zækt] 形不精確的，不嚴密的。~·ly 副，~·ness 名

in·ex·act·i·tude [,ɪnɪg'zæktə,tjud] 名不精確的事物；Ⓤ不精密。

in·ex·cus·a·ble [,ɪnɪk'skjuzəbl̩] 形不可原諒的，無可辯解的，無法交代的。-bly 副

in·ex·e·cu·tion [ɪn,ɛksə'kjuʃən] 名 Ⓤ 不實施，不執行。

in·ex·er·tion [,ɪnɪg'zɝʃən] 名Ⓤ努力不足；不活動，無作爲。

in·ex·haust·i·ble [,ɪnɪg'zɔstəbl̩] 形 1 取之不盡的，無窮盡的。2 不知疲倦的，不疲乏的：an ~ worker 不疲乏的工作者。-bly 副

in·ex·ist·ent [,ɪnɪg'zɪstənt] 形不存在的。

in·ex·o·ra·ble [ɪn'ɛksərəbl̩] 形 1 不可動搖的；不能改變的：an ~ demand 不能改變的要求 / the ~ forces of nature 大自然的不變之力。2 不寬恕的，無情的。-bly 副不寬恕地。

in·ex·pe·di·en·cy [,ɪnɪk'spidɪənsɪ], **-ence** [-əns] 名Ⓤ不適宜；不適當，失策。

in·ex·pe·di·ent [,ɪnɪk'spidɪənt] 形不合時宜的；不適當的，失策的。~·ly 副

in·ex·pen·sive [,ɪnɪk'spɛnsɪv] 形價格不算高的，不貴的。~·ly 副

in·ex·pe·ri·ence [,ɪnɪk'spɪrɪəns] 名 Ⓤ 缺乏經驗；不熟練。

in·ex·pe·ri·enced [,ɪnɪk'spɪrɪənst] 形無經驗的；不熟練的，未經訓練的。

in·ex·pert [,ɪnɪk'spɝt] 形外行的，不熟練的，笨拙的。~·ly 副

in·ex·pi·a·ble [ɪn'ɛkspɪəbl̩] 形 1 不能補償的，不可救贖的：an ~ sin 不可贖的罪。2 不能勸解的，不能平息的。-bly 副

in·ex·plain·a·ble [,ɪnɪk'splenəbl̩] 形不能說明的，無法解釋的。

in·ex·pli·ca·ble [ɪn'ɛksplɪkəbl̩] 形無法說明的，不可思議的：an ~ mystery 不可解的奧祕。

in·ex·pli·ca·bly [ɪn'ɛksplɪkəblɪ] 副不可解釋地，無法說明地。

in·ex·plic·it [,ɪnɪk'splɪsɪt] 形不明確的，模糊的。~·ly 副，~·ness 名

in·ex·press·i·ble [ɪnɪk'sprɛsəbl̩] 形無法表達的，難以形容的。-bly 副

in·ex·pres·sive [,ɪnɪk'sprɛsɪv] 形無表情的，缺乏表情的。~·ly 副，~·ness 名

in·ex·pug·na·ble [,ɪnɪk'spʌgnəbl̩] 形《文》《喻》難攻陷的，無法征服的；難推翻的，確立不搖的。-bly 副

in·ex·ten·si·ble [,ɪnɪk'stɛnsəbl̩] 形不能擴張的，不能伸展的。

in·ex·tin·guish·a·ble [,ɪnɪk'stɪŋgwɪʃəbl̩] 形不能撲滅的；無法抑制的。-bly 副

in·ex·tir·pa·ble [,ɪnɪk'stɝpəbl̩] 形不能根絕的。

in ex·tre·mis [,ɪnɪk'strimɪs] 副《拉丁語》1 在困境中。2 臨死時。

in·ex·tri·ca·ble [ɪn'ɛkstrɪkəbl̩] 形 1 無法脫身的：an ~ maze 不能脫身的迷陣。2 解不開的，複雜的：an ~ tangle 解不開的糾葛 / ~ difficulties 無法解決的困難。-bly 副

inf. 《縮寫》*inf*antry; *inf*erior; *inf*ield(er); *inf*initive; *inf*inity; *inf*irmary; *inf*ormation.

in·fal·li·bil·i·ty [ɪn,fælə'bɪlətɪ] 名 Ⓤ 1 絕無錯誤，絕對可靠。2〖天主教〗教皇無謬說。

in·fal·li·ble [ɪn'fæləbl̩] 形 1 絕無謬誤的。2 絕對可靠的；絕對有效的：an ~ remedy 絕對有效的藥物。~·ness 名

in·fal·li·bly [ɪn'fæləblɪ] 副全然無誤地；《口》絕對確實地，確定地。

in·fa·mous ['ɪnfəməs] 形 1 風評不佳的，惡名昭彰的《*for*...》：an ~ town 風評不佳的城鎮。2 可恥的，不名譽的：~ acts 可恥的行爲，無醫德的行爲。3《口》惡劣的，很壞的。4〖法〗被褫奪公權的；可招致公權褫奪的。~·ly 副

in·fa·my ['ɪnfəmɪ] 名 (複-mies) 1 Ⓤ惡名，醜名；可恥；強烈指責。2 可恥的行爲；邪惡；Ⓒ《常作-mies》醜行，劣行。3 Ⓤ〖法〗喪失公權；喪失名譽。

·**in·fan·cy** ['ɪnfənsɪ] 名 (複-cies) 1 Ⓤ 幼年，幼小；Ⓒ《集合名詞》幼兒：in one's ~ 處於幼年時期。2 Ⓤ 初期，搖籃時期。3 Ⓤ〖法〗未成年（期）。

·**in·fant** ['ɪnfənt] 名 1 嬰兒，幼兒；《英》五至七歲的兒童；〖法〗未成年人。2 初學者。—形 1 嬰兒的；幼年期的。2 年幼的。3 初期的，幼稚時期的。

in·fan·ta [ɪn'fæntə] 名 1（西班牙、葡萄牙的）公主。2 infante 之妻。

in·fan·te [ɪn'fænte] 名（西班牙、葡萄牙王位繼承人以外的）王子，親王。

in·fan·ti·cide [ɪn'fæntə,saɪd] 名 1 Ⓤ 殺嬰（罪）。2 殺嬰者，殺嬰的罪犯。

in·fan·tile ['ɪnfən,taɪl, -tɪl] 形 1 似嬰兒的，孩子氣的。2 幼兒的；幼兒期的。3（地勢）未發達階段的，初期的。

-**til·i·ty** [-'tɪlətɪ] 名 Ⓤ 幼稚。

'infantile pa'ralysis 名《罕》〖病〗= poliomyelitis.

in·fan·ti·lism ['ɪnfəntə,lɪzəm] 名Ⓤ 1 似幼兒的言行。2〖心〗幼稚症。

in·fan·tine ['ɪnfən,taɪn] 形 = infantile.

in·fan·try ['ɪnfəntrɪ] 名 Ⓤ《集合名詞》步兵，步兵團。

in·fan·try·man ['ɪnfəntrɪmən] 名 (複 -men)（個別的）步兵。

'infants(') ,school 名ⓊⒸ《英》幼兒學校

in·farc·tion [ɪn'fɑrkʃən] 名 Ⓤ〖病〗1 梗塞形成。2 梗塞。

I

in·fat·u·ate [ɪn'fætʃʊ,et] 動 及 使著迷；使糊塗；使熱中《*with...*》。
—[ɪn'fætʃʊɪt, -,et] 形 = infatuated. —名 迷戀者。

in·fat·u·at·ed [ɪn'fætʃʊ,etɪd] 形 著迷的，迷戀的，沖昏頭腦的《*with...*》。～**·ly** 副

in·fat·u·a·tion [ɪn,fætʃʊ'eʃən] 名 **1** U 迷戀，醉心，著迷《*for, with...*》。**2** 令人醉心之物[人]。

in·fea·si·ble [ɪn'fizəbl] 形 不能實行的。

·in·fect [ɪn'fɛkt] 動 及 **1** 傳染，使感染；使污染《*with...*》: a dog ～*ed with* rabies 感染狂犬病的狗。**2** 感化，使受影響：be ～*ed* with greed 受貪婪的影響。—不及 感染；污染。

·in·fec·tion [ɪn'fɛkʃən] 名 **1** U 傳染，感染；污染；影響，感化：～ from impure water 受污水的傳染 / ～ with sinful thoughts 罪惡思想的腐蝕。**2** 傳染病，感染媒介。**3** U C 〖文法〗感應影響。

in·fec·tious [ɪn'fɛkʃəs] 形 **1** 傳染性的，傳染疾病的: an ～ disease 傳染病。**2** 易傳播的，易影響他人的: an ～ laugh 有感染力的笑聲。～**·ly** 副, ～**·ness** 名

in·fec·tive [ɪn'fɛktɪv] 形 = infectious.

in·fe·lic·i·tous [,ɪnfə'lɪsətəs] 形 **1** 不幸的，不快樂的。**2**（言詞等）不適切的，不恰當的。～**·ly** 副

in·fe·lic·i·ty [,ɪnfə'lɪsətɪ] 名 (複**-ties**) **1** U 不幸，惡運；C 不幸的事件。**2** U 不適切。**3** 不適當的言行。

·in·fer [ɪn'fɝ] 動 (**-ferred**, ～**·ring**) 及 **1** 推論，推斷。**2** 隱含，暗示。—不及 導出結論，作出推論。～**·a·ble** 形 能推斷的。

in·fer·ence ['ɪnfərəns] 名 **1** U 推論，推定；〖理則〗推理: inductive ～ 歸納推理 / by ～ 依據推論。**2** 推斷的結論：make rash ～*s* 做出輕率的結論。

in·fer·en·tial [,ɪnfə'rɛnʃəl] 形 根據推論的，基於推理的。～**·ly** 副

·in·fe·ri·or [ɪn'fɪrɪɚ] 形 **1** 下層的，低下的；下（方）的；低劣的，下等的《*to...*》: an ～ officer 下級軍官。**2** 普通的，二流的: an ～ violinist 二流的小提琴演奏者。**3**〖植〗下位的；〖解〗下的；〖天〗地平線下的。**4**〖印〗下標字的。
—名 **1**《通常作 **one's** ～》部下，晚輩。**2**〖印〗下標文字。～**·ly** 副

·in·fe·ri·or·i·ty [ɪn,fɪrɪ'ɑrətɪ] 名 U 下等；低劣；下級，次級: a sense of ～ 自卑感。

inferi'ority 'complex 名 **1**〖精神醫〗自卑心理。**2**《口》喪失自信。

in·fer·nal [ɪn'fɝnl] 形 **1**〖希神〗冥府的。**2** 地獄的；似地獄般的；似惡魔般的。**3**《限定用法》《口》殘酷的，可恨的。～**·ly** 副 惡魔般地；殘暴地；極度地。

in'fernal ma'chine 名《古》隱藏或偽裝的爆破裝置，定時炸彈，詭雷。

in·fer·no [ɪn'fɝno] 名 (複～**s** [-z]) **1** 地獄；如地獄般恐怖的地方。**2** 大火災。

in·fer·tile [ɪn'fɝtl] 形（土地）貧瘠的，不毛的；無生殖力的。**in·fer·'til·i·ty** 名

in·fest [ɪn'fɛst] 動 及 出沒於，騷擾於《被動》被…所蔓延《*with...*》: a dog ～*ed with* lice 蝨子滋生的狗。

,in·fes·'ta·tion 名 U C 騷擾，出沒。

in·fi·del ['ɪnfədl] 名 **1** 無宗教信仰者，異教徒，異端者。**2**《廣義》懷疑論者。—
1 不信教的；異教徒的；反基督教的。
不信教者的。

in·fi·del·i·ty [,ɪnfə'dɛlətɪ] 名 (複**-tie**
U C 不忠；不貞；背信；無宗教信仰。

in·field ['ɪn,fild] 名 **1**〖棒球〗內野；《
合名詞》內野的守備位置；《集合名詞
內野手。**2** 農家周圍的田地；耕地。

in·field·er ['ɪn,fildɚ] 名〖棒球〗內
手。

'infield ,fly 名〖棒球〗內野高飛球。

in·fight·ing ['ɪn,faɪtɪŋ] 名 U **1**〖拳擊
近接戰，肉搏戰。**2** 內鬨；混戰，群鬥

in·fill ['ɪn,fɪl] 名 U **1** 填補，填塞。**2** 填
用料，填塞用之物。—動 及 填補，填塞
—形 用以填補的。

in·fil·trate [ɪn'fɪltret] 動 及 **1** 使滲透
使滲入；〖軍〗潛入：～ water into cotto
使水滲入棉花中。—不及 滲透，浸透
into, through...》。—名 **1** 滲入物。**2**〖病
浸潤物。

in·fil·tra·tion [,ɪnfɪl'treʃən] 名 **1** U
透，滲入；〖醫〗浸潤。**2** 滲透物，滲
物。**3**《通常用單數》〖軍〗潛入。

in·fil·tra·tor [ɪn'fɪltretɚ] 名 滲透者。

infin.《縮寫》*infin*itive.

·in·fi·nite ['ɪnfənɪt] 形 **1** 極大的，莫
的: an invention of ～ value 極有價值的
明。**2** 無限的；無邊的；非常偉大的
3〖數〗無限的。**4**〖文法〗不定的。—
1 無限之物；《**the** ～》無限的空間。**2**
數〗無限大。**3**《通常作 **the I-**》神，造
主。

in·fi·nite·ly ['ɪnfənɪtlɪ] 副 無限地，
常。

in·fin·i·tes·i·mal [,ɪnfɪnə'tɛsəml]
微小的，無限小的，極小的；極微量的
—名 **1** 極微量。**2**〖數〗無限小。～**·ly** 副

infini'tesimal 'calculus 名 U
數〗微積分。

in·fin·i·ti·val [,ɪnfɪnə'taɪvl] 形〖文法
不定詞的。

·in·fin·i·tive [ɪn'fɪnətɪv] 名 U C〖
法〗不定詞。—形 不定詞的。～**·ly** 副

in·fin·i·tude [ɪn'fɪnə,tjud] 名 **1** U
限；無窮。**2** 無限範圍，無限量: an ～
possibilities 無限的可能性。

in·fin·i·ty [ɪn'fɪnətɪ] 名 (複**-ties**) **1** U
限（性），無窮；無限的空間[時間，
量]: to ～ 無限地。**2** 龐大的數量。**3**
〖數〗無窮大，無限大；〖攝〗無限遠。

in·firm [ɪn'fɝm] 形 **1** 體弱的，虛弱的

衰老的：be ~ with age 年老衰弱的。2 意志薄弱的，不堅定的；不堅固的《*of...*》：ɔe ~ *of* resolution 意志薄弱的。3 根據不穩固的；（財產權）薄弱的，無效的。~·ly 副, ~·ness 名

ı·fir·ma·ry [ɪn'fɝmərɪ] 名 (複-ries) 醫院，診療所；醫務室，保健室。

ı·fir·mi·ty [ɪn'fɝmətɪ] 名(複-ties) 1 疾丙；缺陷，弱點。2 U 虛弱，無力氣。

ı·flame [ɪn'flem] 動 (-flamed, -flaming) 及 1 使燃燒；使變紅。2 煽動，刺敫。3 使興奮《*with...*》；使火上加油。4 吏紅腫，使發炎《*with...*》；使發燒。—不及 1 著火，突然燃燒；激動；發怒。2 發炎。

ı·framed [ɪn'flemd] 形 1 興奮的。2 發炎钓，紅腫的。

ı·flam·ma·ble [ɪn'flæməbl] 形 1 易燃钓，易燃性的：~ liquid 易燃液體。2 易敫昂的，易怒的：an ~ disposition 易激動钓性情。—名 易燃物。-'bil·i·ty 名 U 易然，可燃；激動性。-bly 副

ı·flam·ma·tion [,ɪnflə'meʃən] 名 1 U 著火，燃燒；興奮；激怒。2 U C 〖病〗炎症：cause the ~ of the lungs 引起肺炎。

ı·flam·ma·to·ry [ɪn'flæmə,torɪ] 形 1 引起憤怒的；激情的，煽動的。2〖病〗炎症的，發炎的。-ri·ly 副

ı·flat·a·ble [ɪn'fletəbl] 形 可膨脹的；可充氣的：an ~ pillow 充氣（式）的枕頭。—名 可充氣的物品。

ı·flate [ɪn'flet] 動 及 1 使膨脹，使充氣；使自大，使得意《*with...*》：be ~*d* *with* pride 傲氣十足，得意揚揚。2 使（通貨、物價、信用等）不當地抬高；誇張。—不及 膨脹。

-flat·er, -flat·or 名 空氣幫浦，打氣筒。

ı·flat·ed [ɪn'fletɪd] 形 1 吹脹的，膨脹钓。2 自滿的；誇大的。3 上揚的，暴漲钓：~ prices 高漲的物價。

ı·fla·tion [ɪn'fleʃən] 名 1 U C 通貨膨脹；物價暴漲：counter ~ 防止通貨膨脹。2 U 膨脹；自負；誇大。

ı·fla·tion·ar·y [ɪn'fleʃə,nɛrɪ] 形 通貨膨脹的；導致通貨膨脹的。

ı'flationary 'spiral 名〖經〗通貨膨脹之惡性循環。

ı·fla·tion·ism [ɪn'fleʃə,nɪzəm] 名 U 通貨膨脹論。

ı·flect [ɪn'flɛkt] 動及 1 使向內彎曲，使屈折。2 調節音調，使抑揚頓挫。3〖文法〗使屈折變化。—不及〖文法〗屈折，字形變化。-flec·tor 名

ı·flec·tion [ɪn'flɛkʃən] 名 1 U 聲音的變化，抑揚頓挫。2 U〖文法〗屈折；C 變化詞形，屈折字尾；形態論。3 U C 彎曲；彎曲點；C〖數〗回折。

ı·flec·tion·al [ɪn'flɛkʃənl] 形 1 屈折钓，字形變化的：an ~ suffix 屈折後綴。2 有字尾變化的，有屈折特徵的：an ~ language 屈折語。~·ly 副

in·flec·tive [ɪn'flɛktɪv] 形 1 彎曲的；拐折的。2〖文法〗屈折的，字形變化的。3〖樂〗有抑揚頓挫的。

in·flex·i·bil·i·ty [ɪn,flɛksə'bɪlətɪ] 名 U 剛直，堅毅；不屈撓；不（可）變性。

in·flex·i·ble [ɪn'flɛksəbl] 形 1 不能彎曲的；堅硬的；堅定的，堅固的《*to...*》：an ~ will 堅毅的意志。2 不（可）變的：an ~ rule 不可變的規則。-bly 副

in·flex·ion [ɪn'flɛkʃən] 名《英》= inflection.

·in·flict [ɪn'flɪkt] 動 及 施加（打擊等）；使遭受，使承擔；《被動》使（爲…）所苦，使（被…）所煩《*with, by...*》：be ~*ed with* ... 被…所苦，被…所煩 / ~ 50 lashes on a person 給予某人鞭笞 50 下。

in·flic·tion [ɪn'flɪkʃən] 名 1 U 施加：the ~ of pain on a person 使某人受苦。2 苦難；刑罰；磨練；麻煩：~*s* from Heaven 天譴，神罰。

in-flight ['ɪn,flaɪt, -'-] 形 供飛行時使用的；飛行途中的；飛機內的。

in·flo·res·cence [,ɪnflo'rɛsəns, ,ɪnflɔ-] 名 U 1 開花。2〖植〗花序。3《集合名詞》花。

-cent 形 正在開花的。

in·flow ['ɪn,flo] 名 流入物；U 流入。

:in·flu·ence ['ɪnfluəns] 名 (複-enc·es [-ɪz]) 1 U 影響（力），感化（力）《*on, upon...*》；勢力，支配力《*over, with...*》：a man of ~ 有勢力者，有權力者 / the ~ of European literature *upon* his work 歐洲文學對他的作品所產生的影響。2 有影響力的人[物]，有權力者：an ~ for good 影響人爲善者。3 U〖電〗感應，誘導。4 U〖占星〗感應力，神祕的力量。

under the influence 酒醉。

under the influence of... 受…的影響；被…所左右。

—動 (-enced, -enc·ing) 及 1 對…發生影響，使受感化；左右。2 促使，強迫。3《俚》加酒於（飲料）中。

in·flu·ent ['ɪnfluənt] 形 流入的。—名 支流。

·in·flu·en·tial [,ɪnflu'ɛnʃəl] 形 有影響力的；有勢力的，有權力的：an ~ newspaper 有影響力的報紙。~·ly 副

in·flu·en·za [,ɪnflu'ɛnzə] 名 U〖病〗流行性感冒（亦稱 **flu**）；感冒。

in·flux ['ɪn,flʌks] 名 1 U C 流入。2（人、物的）蜂擁而至，湧入。3 河口，匯合處。

in·fo ['ɪnfo] 名《口》= information.

in·fold [ɪn'fold] 動及 = enfold.

:in·form [ɪn'fɔrm] 動 及 1 告訴，通知《*of, about, on...*》；《反身》使（自己）知道《*of...*》。2 賦予特徵；滲透；使充滿《*with...*》：~ one's students *with* new zeal 使

I

自己的學生充滿新的熱忱。—不及 1 提供資訊，啓發。2 控告，告發。

·**in·for·mal** [ɪn'fɔrml] 形 1 非正規的，非正式的；不拘形式的；便裝的。2 口語的；表示親密程度的。~·ly 副

in·for·mal·i·ty [ˌɪnfɔr'mælətɪ] 名 (複 -ties) 1 U 非正式，簡便。2 不拘形式的行爲。

in·form·ant [ɪn'fɔrmənt] 名 1 通知者，報告者；提供消息者，告密者。2 〖語言〗語言資料提供者。

in·for·mat·ics [ˌɪnfɚ'mætɪks] 名 (複) 《作單數》資訊（科）學。

:**in·for·ma·tion** [ˌɪnfɚ'meʃən] 名 U 1 情報消息，訊息《*about, on, as to...*》: a reliable source of ~ 可靠的消息來源 / pick up valuable ~ 得到珍貴的資料。2 知識，見聞《*about, upon...*》；通知，通報；密告: a man of vast ~ 見識廣博的人 / get further ~ *about...* 得到有關…更多的知識。3《通常無冠詞·用單數》詢問處，服務臺。4〖法〗簡便起訴（狀）；訴訟（狀）。5 資訊量；〖電腦〗資訊。~·al 形

infor'mation ˌcenter 名 服務中心，服務臺。

infor'mation ˌdesk 名《美》詢問處，服務臺。

infor'mation engi'neering 名 U 資訊工程學。

infor'mation ˌoffice 名 服務處。

infor'mation ˌprocessing 名 U 資訊處理。

infor'mation reˌtrieval 名 U 資訊檢索。略作: IR

infor'mation ˌscience 名 U 資訊科學。**infor'mation ˌscientist** 名 資訊科學家。

infor'mation super'highway 名《the~》〖電腦〗資訊高速公路。

infor'mation tech'nology 名 U 〖電腦〗資訊科技。

infor'mation ˌtheory 名 U 資訊理論。

in·form·a·tive [ɪn'fɔrmətɪv] 形 提供情報的，給予知識的；有益的（亦稱 **in·form·a·to·ry** [ɪn'fɔrməˌtorɪ]）。~·ly 副

in·formed [ɪn'fɔrmd] 形 見聞廣博的《*about, of, on, as to...*》；有知識的；消息靈通的: be ~ *of ...* 詳知…。**-form·ed·ly** 副

in'formed con'sent 名 U 〖醫〗（病人的）知情同意。

in·form·er [ɪn'fɔrmɚ] 名 1 提供[傳達]情報者；報告者。2 告密者；諜報員: a common ~ 職業告密者。

in·fo·tain·ment [ˌɪnfou'tenmənt] 名 U （電視）資訊娛樂節目。

in·fra ['ɪnfrə] 副《特別用於書籍中》以下，下文；於後。

infra-《字首》表「在下」、「在…之中」之意。

in·fract [ɪn'frækt] 動 及 侵犯，違反。

in·frac·tion [ɪn'frækʃən] 名 U 違反侵害，侵犯。

in·fra dig ['ɪnfrə'dɪg] 形《拉丁語》《述用法》《口》有失尊嚴的，有失身的。

in·fran·gi·ble [ɪn'frændʒəbl] 形 1 不破碎的；堅強的。2 不能違反的，不得犯的。

in·fra·red [ˌɪnfrə'rɛd] 名 U 紅外線。形 1 紅外線的: ~ radiation 紅外線輻射 2 對紅外線敏感的。

in·fra·son·ic [ˌɪnfrə'sɑnɪk] 形 人類聽聽不到的，超低頻率聲波的。

in·fra·sound ['ɪnfrəˌsaund] 名 U C 低周波音波，人類聽覺聽不到的聲音。

in·fra·struc·ture ['ɪnfrəˌstrʌktʃɚ] 名 基礎設施。2 永久性軍事設施。3 基本造，基礎結構。4（經濟）基盤。

in·fre·quence [ɪn'frikwəns] 名 = infrequency.

in·fre·quen·cy [ɪn'frikwənsɪ] 名 U 見，稀罕，稀少，稀有。

in·fre·quent [ɪn'frikwənt] 形 1 極少生的；偶爾的: ~ visits 偶爾的訪問。2 多的，稀少的: ~ spelling errors 罕見的寫錯誤。3 遠離的，稀疏的。~·ly 副

in·fringe [ɪn'frɪndʒ] 動 及 侵犯，侵害違背: ~ a copyright 侵犯版權。—不及 侵犯: ~ on woman's rights 侵犯女權。**-fringer** 名

in·fringe·ment [ɪn'frɪndʒmənt] 名 1 （法律等的）違反，違背；（專利權、版等的）侵害。2 侵害行爲《*of...*》。

in·fur·i·ate [ɪn'fjurɪˌet] 動 及 激怒，狂怒。

in·fu·ri·at·ing [ɪn'furɪˌetɪŋ] 形 令人氣的，火大的。~·ly 副

in·fuse [ɪn'fjuz] 動 及 1 灌輸《*with...*》灌注《*into...*》。2 煎熬，泡沏，泡製 —不及 泡沏，浸漬。

in·fu·si·ble [ɪn'fjuzəbl] 形 不溶解的，以溶化的。

in·fu·sion [ɪn'fjuʒən] 名 1 U 注入，輸。2 注入[灌輸，摻入]物；雜配。3 〖藥〗煎熬，浸泡；C 煎熬液，浸泡液 4 U 〖醫〗點滴；C 點滴液。

in·fu·so·ri·an [ˌɪnfu'sorɪən] 名 滴蟲。

-ing《字尾》構成動詞的現在分詞、動詞。

in·gath·er ['ɪnˌgæðɚ] 動 及 收集，穫。—不及 集中，集合。

in·gath·er·ing ['ɪnˌgæðərɪŋ] 名 U C 收割，收穫。2 集合，會合。

·**in·gen·ious** [ɪn'dʒinjəs] 形 1 巧妙的，計精巧的: an ~ explanation 巧妙的說明 2 有創造力的，聰明的: an ~ designer 於創造的設計者 / an ~ mystery writer 巧的推理小說家。~·ly 副, ~·ness 名

in·gé·nue ['ænʒəˌnu] 名 (複~s [-z]) 1

無邪的少女。2 演純情少女的女演員。
ge·nu·i·ty [,ɪndʒə'nuətɪ] 名(複-ties) 1 創造力；精巧，巧妙。2《通常作-ties》妙的計畫，精巧的發明。
gen·u·ous [ɪn'dʒɛnjuəs] 形 1 坦率，誠實的：an ~ opinion 率直的意見。2 真的，純樸的：an ~ country girl 純樸的下女孩。~·ly 副, ~·ness 名
gest [ɪn'dʒɛst] 動 及 1 攝取，採用。2 吸入。
ges·tion [ɪn'dʒɛstʃən] 名 U（食物的）取。
gle ['ɪŋgl] 名《英方》爐火；壁爐。
gle·nook ['ɪŋgəl,nʊk] 名爐邊，爐隅。
glo·ri·ous [ɪn'glorɪəs] 形《文》1 可的，不名譽的。2 不出名的。~·ly 副
go·ing ['ɪn,goɪŋ] 形 1 新進的，就任；根據租借契約而占有的：an ~ tenant 位新租戶。2 深入的，富有明察力的，銳的。
got ['ɪŋgət] 名（金、銀等的）鑄塊，。
grade ['ɪn,gred] 形 在某職等內的。
graft [ɪn'græft] 動 及 = engraft.
grain [ɪn'gren] 動 及 使根深蒂固；深（習慣等）《in...》。—['-,-] 形 1（亦作 grain）根深蒂固的，銘記不忘的；天的，固有的。2 生染的；能兩面使用。—['-,-] 名 1 生染的絲。2 生染地毯。
grained [ɪn'grend] 形 1 深植的；根蒂固的；天生的：an ~ habit 一種積習 / prejudice 根深蒂固的偏見。2 浸染入絲的。~·ly 副
grate ['ɪngret] 名《文》忘恩負義者。
gra·ti·ate [ɪn'greʃɪ,et] 動 及《反身》迎，討好《with...》。-'a·tion 名
gra·ti·at·ing [ɪn'greʃɪ,etɪŋ] 形 1 討的，巴結的：~ manners 逢迎的態度。有魅力的，和藹可親的。~·ly 副
grat·i·tude [ɪn'grætə,tjud] 名 U 忘恩義，不知感恩。
gra·ves·cent [,ɪngrə'vɛsənt] 形〖〗漸重的，逐漸惡化的。
gre·di·ent [ɪn'gridɪənt] 名 1 成分，原；含有物：the ~*s* of soup 湯的原料。2 成內容，構成要素：the ~*s* of a lecture 講的主要內容。
gress ['ɪngrɛs] 名《主文》1 U 進入，臨。2 入場權；進入的方法；入口《*to*》：the ~ *to* the garden 花園的入口。
group ['ɪn,grup] 名 圈內，小集團。
grow·ing ['ɪn,groɪŋ] 形 1 向內生長；（指甲）生進肉內的。2 在內發展。
grown ['ɪn,gron] 形 向肉內生長的；內成長的。
gur·gi·tate [ɪn'gɝdʒə,tet] 動 及 1 大喝，大口吞嚥。2《喻》捲入，吞下。不及 狼吞虎嚥，暴飲暴食。-'ta·tion 名
hab·it [ɪn'hæbɪt] 動 及 1 居住，棲息。2 存在於，占據：the characters that ~ this tale 這個故事中的人物。

in·hab·it·a·ble [ɪn'hæbɪtəbḷ] 形 可居住的；適合居住的。
in·hab·it·an·cy [ɪn'hæbɪtənsɪ] 名（複-cies) 1 居住地，住所。2 U 住，居住。
·in·hab·it·ant [ɪn'hæbətənt] 名 居住者，居民；棲息於某地區的動物。
in·hab·i·ta·tion [ɪn,hæbɪ'teʃən] 名 U 居住，棲息。
in·hab·it·ed [ɪn'hæbɪtɪd] 形 有人煙的，有居住者的。
in·hal·ant [ɪn'helənt] 形 吸入的；用以吸入的。—名 1 吸入劑；吸入器；吸入孔。2 吸入因子。
in·ha·la·tion [,ɪnhə'leʃən] 名 1 U C 吸入：the ~ of oxygen 吸入氧氣。2 吸入劑[藥]。
in·hale [ɪn'hel] 動 及 1 吸入：~ air 吸入空氣。2（狼吞虎嚥地）吃，猛喝。—不及 吸氣。
in·hal·er [ɪn'helɚ] 名 1 吸入器；空氣過濾器。2 吸入者。3 小口梨狀酒杯。
in·har·mon·ic [,ɪnhɑr'mɑnɪk] 形 不和諧的，不調和的。
in·har·mo·ni·ous [,ɪnhɑr'monɪəs] 形 不和諧的，不協調的；不合適的。
~·ly 副, ~·ness 名
in·here [ɪn'hɪr] 動 不及 生來即存在於…，與生俱來《*in...*》。
in·her·ence [ɪn'hɪrəns] 名 U 1 固有天性，天賦。2〖哲〗內屬性。
in·her·en·cy [ɪn'hɪrənsɪ] 名 = inherence.
·in·her·ent [ɪn'hɪrənt] 形 固有的，與生俱來的《*in...*》：~ rights 天賦權利。
in·her·ent·ly [ɪn'hɪrəntlɪ] 副 與生俱來地；本質上地，天賦地。
·in·her·it [ɪn'hɛrɪt] 動 及 1 繼承《*from* ...》：~ a title *from* his father 繼承了他父親的頭銜。2 成爲…的繼承人。3（從前任者）接過，得到；經遺傳而得（體質、長相等）《*from...*》。
—不及 繼承財產，繼承；成爲繼承人《*from...*》。
in·her·it·a·ble [ɪn'hɛrətəbl] 形 1 可繼承的，世襲的；可遺傳的。2 有繼承資格的。
·in·her·it·ance [ɪn'hɛrətəns] 名 1 繼承物，繼承財產：a quarrel over an ~ 爲一筆遺產而起的紛爭。2 U 遺傳的性格[體質]；繼承；繼承權；遺傳：the ~ of musical talent from one's mother 得自母親音樂天分的遺傳。3 C U 天賜之物；傳統。
in'heritance ,tax 名 U C 遺產稅。
in·her·it·ed [ɪn'hɛrɪtɪd] 形 1 繼承的；遺傳的。2〖文法〗出自古語的。
in·her·i·tor [ɪn'hɛrətɚ] 名（遺產）繼承人；後繼者。
in·her·i·tress [ɪn'hɛrətrɪs] 名 女繼承人。

in·hib·it [ɪn'hɪbɪt] 動 及 **1** 抑制，約束，阻止，禁止《*from, from* doing》: ～ the functions of the brain 抑制大腦的功能 / ～ a person *from* tak*ing* such a step 阻止某人採取如此的步驟。

in·hib·it·ed [ɪn'hɪbɪtɪd] 形 被抑制的。

·in·hi·bi·tion [,ɪnhɪ'bɪʃən] 名 U C **1** 抑制，禁止，妨礙（物）。**2**〖心〗抑制，壓抑。

in·hib·i·tor [ɪn'hɪbɪtɚ] 名 **1**〖化〗抑制劑，防止劑；防氧化劑。**2** 抑制者；抑制物。

in·hib·i·to·ry [ɪn'hɪbə,torɪ] 形 抑制的；阻礙的；禁止的。

in·hos·pi·ta·ble [ɪn'hɑspɪtəbl] 形 **1** 招待不殷勤的，冷淡的。**2** 無處可避風雨的；不適合居住的，荒涼的，不毛的。～·**ness** 名, **-bly** 副

in·hos·pi·tal·i·ty [,ɪnhɑspə'tælətɪ, ɪn,hɑs-] 名 U 招待不殷勤，愛理不理；不親切。

in-house ['ɪn'haus] 形 機構內的，組織內的，公司內部的。

in·hu·man [ɪn'hjumən] 形 **1** 無人性的，無同情心的，殘酷的。**2** 不人道的，非人類的。**3** 超人的。～·**ly** 副, ～·**ness** 名

in·hu·mane [,ɪnhju'men] 形 不人道的，不近人情的，殘暴的。～·**ly** 副

in·hu·man·i·ty [,ɪnhju'mænətɪ] 名 (複 **-ties**) U 無情，不仁慈，殘酷；C《通常作**-ties**》不人道的行爲，殘暴的行動。

in·hu·ma·tion [,ɪnhju'meʃən] 名 U 埋葬，土葬。

in·im·i·cal [ɪn'ɪmɪkl] 形 **1** 不利的，有礙的，有害的《*to...*》: a policy ～ *to* world peace 一項有礙於世界和平的政策。**2** 不友好的《*to...*》。～·**ly** 副

in·im·i·ta·ble [ɪn'ɪmətəbl] 形 無法模仿的；無雙的，獨特的。**-bly** 副

in·iq·ui·tous [ɪ'nɪkwətəs] 形 不公正的，違法的；邪惡的。～·**ly** 副

in·iq·ui·ty [ɪ'nɪkwətɪ] 名 (複 **-ties**) U 不公正，違法；邪惡；C 不義的行爲，違法的行爲。

·in·i·tial [ɪ'nɪʃəl] 形 **1** 起初的，初期的: the ～ symptoms of measles 麻疹的初期症狀 / an ～ fee 入會費。**2** 起首字母的: an ～ signature 只有起首字母的（簡略）署名。**3**〖音〗字首的，首音的。—名 **1** 起首字母；《通常作～**s**》（姓名、名稱的）第一個字母。**2**（文章內章節、段落開始的）特大號的大寫首字母。
—動（～**ed**, ～·**ing**,《英》**-tialled**, ～·**ling**）及 草簽；簽姓名的第一個字母於。

in·i·tial·ly [ɪ'nɪʃəlɪ] 副 最初，起初地，開頭地。

in·i·ti·ate [ɪ'nɪʃɪ,et] 動 及 **1** 開始，發起，創始。**2**《通常用被動》教…的入門；傳授祕訣；使加入《*in, into...*》: ～ the new employees *into* their duties 讓新進人員了解他們的職務 / be ～*d* into the tea ce[remony] 授予茶道。**3** 提議，倡議。—[ɪ'nɪʃ...] 形 **1** 開始的，初期的。**2** 被准許入會的；接受入門知識的，被傳授祕法的。—[...ʃɪɪt] 名 接受入門知識者，新加入者；被授祕法的人。

in·i·ti·a·tion [ɪ,nɪʃɪ'eʃən] 名 **1** U 加入，入會《*into...*》。**2** 入會儀式；〖人類〗[成]人儀式。**3** U 創始，開始；傳授，入門...

·in·i·ti·a·tive [ɪ'nɪʃɪ,etɪv] 名 **1**《通常 the ～》開始，初步；首創，主動權: at ～ of Mr. Jones 鍾斯先生爲發起人 / t[ake] *the* ～ in supporting the program 率先贊[助]那個計畫 / have *the* ～ 掌握制敵主動權... **2** U 自己負責的決定或決斷: on one's o[wn] ～ 主動地。**3** U 進取的精神；創意，獨[創]力: a man of great ～ 一個很有創意的人... **4**《通常作 **the** ～》〖政〗創制權，公民[提]案；提案權。—形 起初的；率先的；入[門]的。～·**ly** 副

in·i·ti·a·tor [ɪ'nɪʃɪ,etɚ] 名 **1** 創始者，[發]起人；首倡者；傳授者。**2** 入會儀式主[持]人。**3** 引爆藥[劑]。

in·i·ti·a·to·ry [ɪ'nɪʃɪə,torɪ] 形 **1** 起[始]的；初步的，入門的，基礎的。**2** 入[會]的，入門的，介紹加入的。

·in·ject [ɪn'dʒɛkt] 動 及 **1** 注入，注射《*into...*》；導入…之中《*with...*》: ～ a t[ank] *with* water 將水注入儲水槽。**2** 插話《*into...*》。

in·ject·a·ble [ɪn'dʒɛktəbl] 形 可注射的 —名 可直接注入血管的藥物。

·in·jec·tion [ɪn'dʒɛkʃən] 名 **1** U C 注入，注射；灌腸: give an ～ of cocaine 施以[古]柯鹼注射。**2** 被注入之物；注射液[藥]；灌腸液。**3** 充血，淤血。**4** U 噴射。**5** C〖太空〗進入軌道。

in·jec·tor [ɪn'dʒɛktɚ] 名 **1** 注射者；注[射]器。**2**〖機〗噴射器，注水器。

in·ju·di·cious [,ɪndʒu'dɪʃəs] 形 不聰[明]的，欠考慮的，無判斷力的。～·**ly** 副

In·jun ['ɪndʒən] 名《美方》印第安人

in·junct [ɪn'dʒʌŋkt] 動 及 禁止，阻止

in·junc·tion [ɪn'dʒʌŋkʃən] 名 **1**〖法〗[禁]制令《*against...*》。**2** 勸告《*to* do, *t*[*hat*]...(*should*) 子句》；命令；訓令，指令。

·in·jure ['ɪndʒɚ] 動 (**-jured, -jur·ing**) 及 [傷]害，損害: crops ～*d* by the flood 被洪[水]所損壞的農作物 / ～ a person's feelings [傷]害某人的感情。**-jur·er** 名 加害者。

in·jured ['ɪndʒɚd] 形 **1** 受傷的；受損[害]的: be seriously ～ 負重傷 / the ～ party 受損害的一方 / the dead and the ～ 死[傷]者。**2** 被傷害的；被觸怒的，責備的: [～] pride 受打擊的自尊心。

·in·ju·ri·ous [ɪn'dʒurɪəs] 形 **1** 有害，[有]損的，致傷的《*to...*》: ～ defects 有害[的]缺陷 / be ～ *to* health 有害健康。**2** 中[傷]的，侮辱的。～·**ly** 副

·in·ju·ry ['ɪndʒərɪ] 名 (複 **-ries**) U C **1**

；受傷處；損害《 to... 》: do ～ to a person 傷害某人；傷人。2 侮辱，無禮；不正的處理，無禮的對待《 to... 》: an ～ one's reputation 對自己名譽的一種傷。3〖法〗侵權（行爲）。
d insult to ⇨ INSULT（片語）
jury ˌtime 名 U（運動比賽的）傷停間。
jus·tice [ɪn'dʒʌstɪs] 名 1 U 不公正，當；權利的侵害：without ～ to anyone 正對待任何人地 / with ～ to a person 侵某人的權利地，對某人不當地。2 不公的處置；不義之行；不正直：commit a eat ～ 做天大的壞事 / do a person an ～ 公平地對待某人，冤枉某人。
k [ɪŋk] 名 U 1 墨水：a splotch of ～ 墨的污漬 / (as) black as ～ 漆黑的，墨黑。2（章魚、烏賊等的）墨汁。
ng ink 《口》以寫作爲業；操筆墨生。
動 及 1 塗墨水於；以墨水沾污；用墨水記號於。2 灌墨水於；署名於；簽契約用。
k...in / ink in... 用墨水完成（畫稿等）。
k...out / ink out... 以墨水塗去。
k...over / ink over... 用墨水加描。
k-blot ˌtest ['ɪŋkˌblɑt-] 名〖精神分〗墨跡測驗。
k·bot·tle ['ɪŋkˌbɑtl] 名 墨水瓶。
k·horn ['ɪŋkˌhɔrn] 名 角製墨水壺。
khorn term 賣弄學問的術語。
k-jet ˌprinter 名 噴墨印表機。
k·ling ['ɪŋklɪŋ] 名 1 略示，暗示；模糊概念，不明確的感覺：have an ～ of ... …微微感覺到。2《英》微弱的聲音。
k·pad ['ɪŋkˌpæd] 名 印泥，打印臺。
k·pot ['ɪŋkˌpɑt] 名《英》墨水瓶。
k·stand ['ɪŋkˌstænd] 名 墨水臺；杯狀墨水壺，墨水池。
k·stone ['ɪŋkˌston] 名 硯臺。
k·well ['ɪŋkˌwɛl] 名 墨水池，墨水壺。
k·y ['ɪŋkɪ] 形 **(ink·i·er, ink·i·est)** 1 墨黑，烏黑的：～ darkness 漆黑。2 給墨水污的；（像）墨水的；墨製成的；含墨的；用墨水寫的。**-i·ness** 名
laid [ɪn'led] 動 **inlay** 的過去式及過去詞。—形 嵌入的，鑲嵌的；以鑲嵌圖案飾的：a table ～ with mother-of-pearl 一鑲嵌有珍珠母的桌子。
land ['ɪnlənd] 形 1 內陸的，內地的。《英》國內的：an ～ duty 國內稅 / an～bill 內匯票 / ～ trade 國內貿易。—['ɪnˌlænd] 到內陸，在內陸。—['ɪnˌlænd, -lənd] 名陸，內地，腹地。
land·er ['ɪnləndɚ, -ˌlæn-] 名 內地人。
land 'revenue 名 U《英》國內稅（《美》internal revenue）；《the I- R-》內稅務局。
land 'sea 名 內海。
law ['ɪnˌlɔ] 名《常作～s》《口》姻親。

in·lay [-'-] 動 **(-laid, ～·ing)** 及 1 以鑲嵌物裝飾《 with... 》；將…鑲嵌《 in, into... 》: ～ a wooden box *with* gold 以黃金鑲飾一個木盒 / ～ gems *into* a ring 把寶石嵌入一只戒指。2〖園〗將…接枝於…。—['ɪnˌle] 名 1 U 鑲嵌工藝。2 鑲嵌飾物；鑲嵌圖案；鑲嵌。3〖齒〗鑲嵌料；〖園〗接枝。～**·er** 名
in·let ['ɪnlɛt] 名 1 河灣，海灣；（島和島之間的）灣。2 入口。3 插入物。
—[ɪn'lɛt] 動 **(-let, ～·ting)** 及 嵌入，插入。
ˌin-line 'skate 名 直排輪。
ˌin-line 'skating 名 U 直排輪運動。
in loc. cit. 《縮寫》《拉丁語》*in loco citato* 在剛才所提及之處。
in lo·co pa·ren·tis [ɪn'lokopə'rɛntɪs] 副《拉丁語》以父母親的立場地，代替父母地。—名 代父母管教。
in·ly ['ɪnlɪ] 副《文》1 在內部，在心中。2 深深地；由衷地，完全地。
in·mate ['ɪnmet] 名 被收容者；同住者。
in me·di·as res [ɪn'midɪˌæs'riz] 副《拉丁語》在事件的核心；由事件的中途開始：enter ～ 進入事件的核心。
in me·mo·ri·am [ˌɪnmə'morɪˌæm] 副《用於碑文等》紀念；追悼；作爲紀念。
in·mi·grant ['ɪnˌmaɪgrənt] 形 移來的，遷入的。—名 移入者；引進品種。
in·most ['ɪnˌmost] 形《限定用法》1 最內部的，最深處的：the ～ depths of the jungle 叢林的最深處。2 內心深處的：my ～ feelings 我心中的感情。
·inn [ɪn] 名 1 客棧，小旅館。2 旅館，汽車旅館。3 小酒館。4《I-》《英》(1) 學生宿舍。(2) 在(1)內合法組成的學友會。
in·nards ['ɪnɚdz] 名(複)《口》1 內臟。2 內部機構，內部。
in·nate [ɪ'net] 形 1 天生的，生來的，天賦的，與生俱來的。2 固有的，本質的。～**·ly** 副, ～**·ness** 名
·in·ner ['ɪnɚ] 形 1 內部的，深處的：an ～ pocket 一處暗袋。2 內心深處的；較親密的：one's ～ thoughts 內心深處的想法。3 精神的，心靈的：the ～ life 精神的生活。4 含糊的，隱藏的：an ～ meaning 隱藏的意義。5 接近中心的，較重要的。—名 1 最靠近靶心的內環。2 內環的高得分。
～**·ly** 副, ～**·ness** 名
'inner ˌcabinet 名《英》核心委員會；〖政府〗核心內閣。
'inner 'circle 名 權力核心。
'inner 'city 名《美》市中心區。
ˌinner-'city 形
'inner 'ear 名 內耳。
'inner 'man 名《the ～》1 精神，靈魂。2《諧》胃；食慾：refresh *the* ～ 填飽肚皮。
'Inner Mon'golia 名 內蒙古。
in·ner·most ['ɪnɚˌmost] 形 最內部的，

I

最深處的。—图最深處的部分，最內部。

'inner ˌtube 图（車輪的）內胎。

in·ning ['ɪnɪŋ] 图 **1** (1)〖棒球〗一局：the top of the ～ 上半局。(2)《～s,《英口》～es》《作單、複數》〖板球〗輪到打擊的機會。**2**《通常作～s,《英口》～es》《作單、複數》執政期間，在任期間，活躍時期：have a good ～s《口》過著幸福的人生。**3**《～s,《英口》～es》《作單、複數》新開墾地。

inn·keep·er ['ɪnˌkipɚ] 图小酒館的主人或經營者。

·**in·no·cence** ['ɪnəsəns] 图 **1** Ⓤ 無罪，清白。**2** Ⓤ 天真無邪；無知；愚直：in all～ of... 全然不知…。**3** Ⓤ 純潔。**4** Ⓤ 無害，無毒。**5** 天真無邪的人；無害之物。

·**in·no·cent** ['ɪnəsənt] 形 **1**（人）純潔的，未受污染的：an ～ young child 一位純潔的孩童。**2** 無罪的，清白的。**3** 無惡意的；天真無邪的，單純的：an ～ mistake 無心之過。**4** 無害的：an ～ question 無惡意的問題。**5**《口》無…的《*of*...》：a stove ～ *of* heat 一個不熱的爐子。—图 **1** 純潔的人；小孩。**2** 天真無邪的人；《罕》頭腦簡單的人，愚笨者：play the ～ 裝傻。**3**《通常作～s·作單數》〖植〗《美》長磐蒡。～·**ly** 副 天真地。

in·noc·u·ous [ɪ'nakjuəs] 形 **1** 無害的，無毒的。**2** 不會刺激人的，不令人討厭的；乏味的：an ～ play 乏味的戲劇。～·**ly** 副

in·nom·i·nate [ɪ'namənɪt] 形 無名的；匿名的。

in·no·vate ['ɪnəˌvet] 動 不及 革新，創新《*on, in*...》：～ *on* the existing conditions 革新現狀。—及 採用，引進。

in·no·va·tion [ˌɪnə'veʃən] 图 **1** 採用的新事物；革新的事物：an unheard-of ～ 前所未聞的新計畫。**2** Ⓤ 革新，創新。

in·no·va·tive ['ɪnəˌvetɪv] 革新的，創新的。

in·no·va·tor ['ɪnəˌvetɚ] 图 革新者，創新者；引進者。

in·nox·ious [ɪ'nakʃəs] 形 無害的，無毒的。～·**ly** 副, ～·**ness** 图

in·nu·en·do [ˌɪnju'ɛndo] 图（複～s, ～es）ⓊⒸ **1** 暗示，影射；譏諷。**2**〖法〗對被指稱爲誹謗性詞句的說明。

·**in·nu·mer·a·ble** [ɪ'njumərəbl] 形 很多的，無數的：an ～ crowd of people 人山人海。-**bly** 副

in·nu·mer·ate [ɪn'njumərɪt] 形《主英》不懂數學觀念的。

in·nu·tri·tion [ˌɪnju'trɪʃən] 图 Ⓤ 營養不良，缺乏營養。-**tious** [-ʃəs] 形

in·ob·serv·ance [ˌɪnəb'zɝvəns] 图 Ⓤ **1** 不注意，粗心，疏忽。**2** 不履行，違反。

in·ob·serv·ant [ˌɪnəb'zɝvənt] 形 **1** 不注意的，粗心的。**2** 不遵守的，忽視的。

in·oc·u·late [ɪn'akjəˌlet] 動 及 **1** 給…預防接種《*with..., for, against..., on, into*...》：～ a person *with* a virus 對人接種濾過性病原體 / ～ a person *for* typhoid 給某人做傷寒的預防接種。**2** 對…灌輸《*with*...》：～ the young *with* patriotic fervor 給青年灌輸熱烈的愛國思想。

-**la·tive** [-ˌletɪv] 形, -**la·tor** 图

in·oc·u·la·tion [ɪnˌakjə'leʃən] 图 Ⓤ **1**（預防）接種；接種疫苗。**2** 灌輸化。**3**〖農〗土壤改良。**4** 接芽；接木

in·o·dor·ous [ɪn'odərəs] 形 無香味的，無臭味的。～·**ly** 副, ～·**ness** 图

in·of·fen·sive [ˌɪnə'fɛnsɪv] 形 **1** 無害的，無礙的；不得罪人的，無惡意的：useful, ～ animals 有用而無害的動物。討厭的。～·**ly** 副, ～·**ness** 图

in·op·er·a·ble [ɪn'apərəbl] 形 **1** 無法實施的。**2** 不能動手術的。

in·op·er·a·tive [ɪn'apəˌretɪv, -rətɪv] 不能工作的，不能運轉的。**2** 無效的，效的。～·**ness** 图

in·op·por·tune [ɪnˌapɚ'tjun] 形 不合宜的，不湊巧的：an ～ remark 不合的話。～·**ly** 副

in·or·di·nate [ɪn'ɔrdn̩ɪt] 形 **1** 過度，極端的：a sermon of ～ length 冗長的說教。**2** 無節制的，越軌的。**3** 紊亂的，規則的：keep ～ hours 過不規律的生活。～·**ly** 副, ～·**ness** 图

in·or·gan·ic [ˌɪnɔr'gænɪk] 形 **1** 無生物的；無生命機能的。**2**〖化〗無機（的。**3** 非本質的；異質的。**4**〖語言〗不規則發展的，沒有語源的。-**i·cal·ly**

inor'ganic 'chemistry 图 Ⓤ 無機化學。

in·pa·tient ['ɪnˌpeʃənt] 图 住院病人

in-person ['ɪnˌpɝsn̩] 形 親自的。

in-plant ['ɪnˌplænt] 形《限定用法》工廠內實施的，限於工廠內的。

in pos·se [ɪn'pasɪ] 副 形《拉丁語》地[的]，可能地[的]。

in·pour [ɪn'por] 動 不及 及 流入，湧

'**in-ˌpour·ing** 图 流入，湧入。

in·put ['ɪnˌput] 图 Ⓤ Ⓒ **1** 投入（量供給電力，輸入能源。**3**〖電腦〗輸入入的資料。**4** 可利用的全部資料。—形 輸入裝置的。—動（～·**ted**, ～·**tin**不及〖電腦〗輸入（資料）。

in·quest ['ɪnkwɛst] 图 **1** 審訊，審問 coroner's ～ 驗屍 / hold an ～ 進行審訊調查死因的陪審團；根據陪審員而做決。**3**《口》調查，查明。

in·qui·e·tude [ɪn'kwaɪəˌtjud] 图 **1** Ⓤ 慮，不安。**2**《～s》焦慮的事。

:**in·quire** [ɪn'kwaɪr] 動（-**quired**, -**quir·ing**）及 探問，詢問《*of, from*...》：～ the way *from* a policeman 向警察問路 不及 **1** 詢問，打聽《*about*...》；探問...》：～ *about* the train schedule 詢問的時刻表。**2** 調查，查究《*into*...》。

inquire after... 問候，問候…的健康。
inquire for... (1) 求見，訪問。(2) = INQUIRE after. (3) 詢問；查購；打聽。
-quir·a·ble 形

in·quir·er [ɪn'kwaɪrɚ] 名 詢問者；探求者；調查者。

in·quir·ing [ɪn'kwaɪrɪŋ] 形 **1** 有探求心的，好問的；好奇的；喜歡追根究底的：an ~ mind 喜歡追根究底的頭腦。**2** 探索的，斟酌的，探詢的，懷疑的：with ~ eyes 以探詢的目光。~**·ly** 副

·in·quir·y [ɪn'kwaɪrɪ, 'ɪnkwərɪ] 名(複**-quir·ies**)Ⓤ Ⓒ **1** 探究，探索。**2** 調查，查究《*into, about, after*...》: make (searching) *inquiries into* the matter（深入）調查那件事。**3** 質問，詢問。

in'quiry ˌagency 名《英》私家偵探社，徵信社。

in'quiry ˌagent 名《英》私家偵探。

in'quiry ˌoffice 名《英》詢問處，服務臺（《美》information desk）。

in·qui·si·tion [ˌɪnkwə'zɪʃən] 名 **1** ⓊⒸ 偵查，調查；詢問，審訊。**2** 調查的事：Ⓤ調查，研究：propose an ~ into... 提議調查…。**3**《the I-》(1)〖天主教〗對異教徒的審問，宗教裁判，宗教法庭，對異端者的鎮壓。~**·al** 形

in·quis·i·tive [ɪn'kwɪzətɪv] 形 **1** 好問的，愛探究的：好奇心強烈的《*about, after, as to*...》: a bright and ~ child 聰明又好問的孩子。**2** 好管閒事的：with ~ eyes 以探詢他人隱私的目光。—名愛打聽別人隱私的人。
~**·ly** 副, ~**·ness** 名

in·quis·i·tor [ɪn'kwɪzətɚ] 名**1** 調查者；審問官。**2**（好奇心強的）質問者，盤問者。**3**《常作**I-**》《古》宗教裁判官：Grand *I-* 宗教裁判長。

in·quis·i·to·ri·al [ɪnˌkwɪzə'torɪəl] 形 **1** 調查者的；宗教裁判官的。**2** 有正式調查權的。**3**〖法〗詢問主義的；祕密刑事追訴的。**4** 追根究底的；好奇心強的。~**·ly** 副, ~**·ness** 名

in-res·i·dence [ɪn'rɛzədəns] 形《通常作複合詞》（以本行在大學、研究所等）任教的：a physician *in-residence* at a university 在大學任教的醫生。

I.N.R.I.《縮寫》《拉丁語》*Iesus Nazarenus, Rex Iudaeorum* 拿撒勒的耶穌，猶太人的王。

in·road ['ɪnˌrod] 名《常用~s》**1** 侵害，侵蝕《*on, upon, in, into*...》: a sharp ~ *on* the principle of free trade 對自由貿易原則的侵害。**2** 襲擊；侵入，侵略。—動 及 不及 侵害，侵略，蠶食。

in·rush ['ɪnˌrʌʃ] 名 流入，侵入，湧入，闖入，來襲。~**·ing** 名 形

INS《縮寫》*I*mmigration and *N*aturalization *S*ervice（美國）移民歸化局。

ins.《縮寫》*in*ches; *ins*pector; *ins*ulated; *ins*ulation; *ins*urance.

in·sa·lu·bri·ous [ˌɪnsə'lubrɪəs] 形《文》對健康不好的，不衛生的。

ˌins and 'outs 名（複）《*the*...》全部的細節。

·in·sane [ɪn'sen] 形(**-san·er, -san·est**) **1** 精神不正常的，患精神病的，瘋狂的：go ~ with rage 氣瘋。**2** 狂人特有的；為精神異常者設立的：an ~ laugh 狂笑 / an ~ asylum 瘋人院，精神病院。**3**《限定用法》極愚蠢的，荒唐的：an ~ scheme 極愚蠢的計畫。
~**·ly** 副

in·san·i·tar·y [ɪn'sænəˌtɛrɪ] 形 不衛生的，不清潔的；有害健康的。

in·san·i·ty [ɪn'sænətɪ] 名 (複**-ties**) **1** Ⓤ 精神異常，瘋狂。**2** ⓊⒸ 瘋狂或愚蠢的行為；魯莽：the ~ of war 戰爭的瘋狂行為。

in·sa·tia·ble [ɪn'seʃɪəbl] 形 無法滿足的，貪婪的：~ curiosity 不能滿足的好奇心。**-'bil·i·ty,** ~**·ness** 名, **-bly** 副

in·sa·ti·ate [ɪn'seʃɪɪt] 形 不知足的，欲望非常強的《*for, of*...》: be ~ *for* affection 渴望愛情。~**·ly** 副, ~**·ness** 名

in·scribe [ɪn'skraɪb] 動 及 **1** (1) 書寫，題記；刻《*on, in*...》: ~ one's name *in* a list 在名單上書寫姓名 / ~ one's name *on* a trophy 在紀念品上題名。(2) 銘記《*on, in*...》。**2** 題獻，題贈《*to, for*...》。**3** 將（姓名）編入（名冊等），登記。**4**《英》以記名方式發行（股票等）；買[賣]（證券）。**5**〖幾〗使（圓等）內接。

in·scrip·tion [ɪn'skrɪpʃən] 名 **1** 銘刻之物；題辭；獻辭；碑文。**2** Ⓤ 記載，銘刻；刻入；登記；Ⓒ〖貨幣〗銘刻。**3**《英》（股票等的）發行；一疊由一人持有、買賣的證券。

in·scrip·tive [ɪn'skrɪptɪv] 形 題辭的；（像）碑文的，銘刻的。~**·ly** 副

in·scru·ta·ble [ɪn'skrutəbl] 形 **1** 不能探知的。**2** 不可理解的，謎樣的；不能透視的：an ~ look 神祕的眼神 / an ~ prophecy 不可解的預言。**-bly** 副

:in·sect ['ɪnsɛkt] 名 **1** 昆蟲；《廣義》蟲。**2** 微不足道的人，卑賤的人。—形（似）昆蟲的；昆蟲用的。

in·sec·ti·cid·al [ɪnˌsɛktɪ'saɪdl] 形殺蟲劑的，殺蟲用的。

in·sec·ti·cide [ɪn'sɛktəˌsaɪd] 名 Ⓤ Ⓒ 殺蟲劑。

in·sec·ti·vore [ɪn'sɛktəˌvor] 名食蟲動物或植物。

in·sec·tiv·o·rous [ˌɪnsɛk'tɪvərəs] 形 食蟲性的。

in·se·cure [ˌɪnsɪ'kjʊr] 形**1** 不安全的；不穩的：an ~ foundation 不穩的地基。**2** 不可靠的；不安的；不確實的：an ~ person 不可靠的人。~**·ly** 副, ~**·ness** 名

in·se·cu·ri·ty [ˌɪnsɪ'kjʊrətɪ] 名 (複**-ties**) **1** Ⓤ 不穩定，不可靠，不安全，無自信：

political ～ 政治的不安定 / a feeling of ～ 沒有安全感。 **2** 不安全之物，靠不住之物。

in·sem·i·nate [ɪn'sɛmə,net] 動 及 **1** 播（種）。**2** 使懷孕。**3** 灌輸。

in·sem·i·na·tion [ɪn,sɛmə'neʃən] 名 Ⓤ Ⓒ 播種；受精。

in·sen·sate [ɪn'sɛnset, -sɪt] 形 **1** 無感覺的，無生命的：～ stone 頑石。**2** 無感情的；殘酷的。**3** 無辨別力的；愚鈍的。

in·sen·si·bil·i·ty [ɪn,sɛnsə'bɪlətɪ] 名 Ⓤ **1** 無感覺；不省人事；無感情《*to...*》：～ *to* cold 對寒冷無感覺。**2** 麻痺，不關心，冷淡。

in·sen·si·ble [ɪn'sɛnsəbl] 形 **1** 失去感覺的《*to, of...*》：～ *to* pain 不感覺痛苦的。**2** 不感覺（某種感情）的；沒察覺到的；不理解的《*of, to..., how* 子句》：～ *to* the suffering *of* the poor 對窮人的疾苦不注意的。**3** 不易察覺到的，微小的：an ～ motion 極細小的動作。**4** 遲鈍的；冷淡的：～ to the beauties of nature 對自然的美毫無感覺的。**5** 無感情的，麻木不仁的。
-bly 副

in·sen·si·tive [ɪn'sɛnsətɪv] 形 **1** 無感覺的，感覺遲鈍的：an ～ heart 感覺遲鈍的心。**2** 無感應的《*to...*》：～ *to* the beauty of music 對音樂之美無感覺的。
～**·ness**, **-'tiv·i·ty** 名, ～**·ly** 副

in·sen·ti·ent [ɪn'sɛnʃɪənt] 形 無感覺的，無知覺的；沒有感情的，無生命的。
-ence, **-en·cy** 名

in·sep·a·ra·ble [ɪn'sɛpərəbl] 形 無法分開的，不能分離的《*from...*》：～ friends 分不開的朋友。—名《通常作～**s**》**1** 不可分之物（屬性等）。**2** 難以分離的朋友。
-'bil·i·ty 名, **-bly** 副

·in·sert [ɪn'sɝt] 動 及 **1** 插入，嵌入《*in, into...*》：～ a key *into* a lock 將鑰匙插入鎖中。**2** 寫進；刊載（廣告等）《*in...*》：～ a want ad *in* the paper 在報紙上刊登求才廣告。
—['--] 名 插入物；插頁；插畫；夾在報中的廣告傳單；〖影·視〗插入的字幕。

in·ser·tion [ɪn'sɝʃən] 名 **1** Ⓤ 插入；嵌入。**2** 插入物；插入傳單。**3**〖服〗飾帶。**4**〖解〗（肌肉的）附著點，著生點。**5**〖太空〗= injection 名 5.

in-serv·ice ['ɪn'sɝvɪs] 形 在職的；在現職中實施的：an extensive ～ training program 大規模的在職訓練計畫。

in·set ['ɪn,sɛt] 名 **1** 插入物；插圖。**2**〖服〗鑲邊。**3** Ⓤ 嵌入，插入。**4** Ⓤ 流入。
—[-'-] 動 (**-set**, ～**·ting**) 及 嵌入，插入。

in·shore ['ɪn'ʃor] 形 靠近海岸的；沿岸的；向海岸的：an ～ current 近岸潮流。
—副 向海岸地，往陸地方向地。

:in·side [ɪn'saɪd] 介 **1** 在…內側：～ the circle 在圓圈的內側。**2** 在（時間）之內。
—['-'-] 副 **1** 在內，在內側；在家中。**2** 在心中，本性上。**3**《口》在獄內。
inside of... 在…之內，不到…。
—['-'-] 名 **1** 內（部）；內側；內側跑道[走道]。**2**《通常作～**s**》(1)《主口》身體的內部，腸胃。(2) 想法，感情；內情。(3) 零件。**3**（擁有權力、威信等的）內部（集團），中堅分子；受到信賴的地位，可獲得內部消息的位置。**4** 車內乘客；車內座位。**5**（時間的）中間，主要部分。
inside and out 裡裡外外；完全，一切。
inside out (1) 從裡面翻到外面，顛倒地。(2) 徹底地，完全地。
—['--] 形 **1** 內側的，在內部的。**2** 室內的，在家中舉行的。**3** 通達內情的。**4**〖棒球〗（投球）內角的。

'inside 'job 名《口》內賊所爲的案件。

in·sid·er [ɪn'saɪdɚ] 名 **1** 內部的人，會員；《口》內線，熟知內情的人，消息靈通人士。**2**《口》享有特別優待的人。

'insider 'trading 名（股票）內線交易。

'inside 'track 名 **1**（跑道的）內圈。《口》有利的地位；優先權，優勢。
have the inside track (1) 跑內圈。(2) 處於有利的地位。

in·sid·i·ous [ɪn'sɪdɪəs] 形 **1** 騙人的；暗中爲害的；陰險的，狡猾的：an ～ enemy 陰險的敵人。**2** 暗中活動的，隱伏的。
～**·ly** 副, ～**·ness** 名

in·sight ['ɪn,saɪt] 名 Ⓤ Ⓒ 洞察，視破《*into...*》；洞察力，見識：a critic of great ～ 具有不凡洞察力的批評家。

in·sight·ful ['ɪn,saɪtfəl, -'--] 形 有見識的，有眼光的；顯出洞察力的。～**·ly** 副

in·sig·ni·a [ɪn'sɪgnɪə] 名 (複～, ～**s**)《通常作單數》徽章，勳章；標識：an ～ of rank 階級徽章。

in·sig·nif·i·cance [,ɪnsɪg'nɪfəkəns] 名 Ⓤ 無意義；無價值；微不足道；卑賤。

·in·sig·nif·i·cant [,ɪnsɪg'nɪfəkənt] 形 **1** 無關緊要的，不足取的：an ～ delay 無關緊要的延遲。**2** 無意義的。**3** 一點點的；微不足道的：an ～ amount of money 微不足道的金額。**4** 不重要的；卑賤的：an ～ chap 無用的傢伙。**5**〖語言〗無區別功能的。～**·ly** 副

in·sin·cere [,ɪnsɪn'sɪr] 形 無誠意的，不誠實的，虛僞的。～**·ly** 副

in·sin·cer·i·ty [,ɪnsɪn'sɛrətɪ] 名 (**-ties**) **1** Ⓤ 無誠意，虛僞。**2** 不誠實的言行。

in·sin·u·ate [ɪn'sɪnjʊ,et] 動 及 **1** 暗諷，暗示《*to...*》。**2** 使不露痕跡地滲入，徐徐地注入《*into...*》；迂迴地討好《*into...*》：～ doubt *into* a person's mind 巧妙地使人起懷疑。—不及 暗示；討好；徐徐滲入。
-u·a·tive 形, **-u·a·tor** 名

in·sin·u·at·ing [ɪn'sɪnjʊ,etɪŋ] 形 **1** 暗示的，暗指的：an ～ remark 使人產生猜

的話。2 曲意奉承的。～·ly 副

·sin·u·a·tion [ɪn,sɪnjʊ'eʃən] 名 1 Ⓤ 另彎抹角的說法；影射。2 暗諷：make nasty) ～s about... 對…（惡意地）暗諷。Ⓤ 巴結，迎合。

·sip·id [ɪn'sɪpɪd] 形 1 沒趣的，乏味的；無生氣的，無特徵的：an ～ conversation 無趣的會話。2 淡而無味的：～ wine 淡而無味的葡萄酒。

·si·pid·i·ty [,ɪnsɪ'pɪdətɪ] 名 Ⓤ 平淡，乏味；Ⓒ《通常作 -ties》平淡的言詞。-ly 副

·sist [ɪn'sɪst] 動 不及 1 堅持，主張，強調《on, upon...》：～ on the justice of a claim 堅持要求的公平性。2 強烈要求。—及 1 堅持認爲，主張。2 強烈要求。～·ing·ly 副

·sist·ence [ɪn'sɪstəns] 名 Ⓤ Ⓒ 1 堅持，主張；強求《on, upon...》：lay much ～ upon... 大大地強調…。2 固執，執拗：with (some) ～（很）執拗地，（相當）強硬地。

·sist·en·cy [ɪn'sɪstənsɪ] 名 (複 -cies) = insistence.

·sist·ent [ɪn'sɪstənt] 形 1 固執的；執拗的《on, about...》；強求的，堅持的《in doing, that 子句》。2 引人注目的，強烈的：the ～ heat of summer 夏天的酷熱。急迫的。～·ly 副

si·tu [ɪn'saɪtju] 副《拉丁語》在原處。

·so·bri·e·ty [,ɪnsə'braɪətɪ] 名 Ⓤ 不清醒；無節制；酗酒。

·so·far, 《英》**in so far** [,ɪnso'fɑr] 副至…程度；在（…的）範圍內《as...》。

·so·late ['ɪnso,let] 動 及 曝晒；把…曝於陽光中處理。

·so·la·tion [,ɪnso'leʃən] 名 Ⓤ 1 日光浴。2〖病〗中暑。

·sole ['ɪn,sol] 名 鞋的內底；鞋的皮墊。

·so·lence ['ɪnsələns] 名 1 粗野的態度[言詞]。2 Ⓤ 粗野，傲慢，無禮。

·so·lent ['ɪnsələnt] 形 粗野的，傲慢的：～ behavior 無禮的行爲。—名 粗野的人。～·ly 副

·sol·u·ble [ɪn'sɑljəbl] 形 1 不能溶解的：～ salts 不溶性鹽類。2 不能解決的，無法解釋的：an ～ mystery 不可解的謎。-bil·i·ty 名, -bly 副

·solv·a·ble [ɪn'sɑlvəbl] 形 無法解決的，不能解釋的，不可解的。-bly 副

·sol·ven·cy [ɪn'sɑlvənsɪ] 名 Ⓤ 無力償付債務；破產。

·sol·vent [ɪn'sɑlvənt] 形 1〖法〗無力償付債務的；破產（者）的。2《謔》一文不名的，（尤指）薪水用盡的。—名〖法〗無力償付債務者，破產者。

·som·ni·a [ɪn'sɑmnɪə] 名 Ⓤ 失眠；（尤指）失眠症。

·som·ni·ac [ɪn'sɑmnɪ,æk] 名 失眠症患者。—形 1 患失眠症的；失眠症的。2（噪音等）引起失眠的。

in·so·much [,ɪnso'mʌtʃ] 副 1 到…的程度：He sang beautifully, ～ that the audience was reduced to tears. 他唱得很美，聽眾都感動得落下淚來。2 由於，因爲：Children should eat lots of fruit ～ as it promotes good health. 小孩子應多吃水果，因爲它可增進健康。

in·sou·ci·ance [ɪn'susɪəns] 名 Ⓤ 從容；漠不關心，無憂無慮。

in·sou·ci·ant [ɪn'susɪənt] 形 漠不關心的，無憂無慮的。

·in·spect [ɪn'spɛkt] 動 及 1 檢驗，抽驗：～ a used car 檢查一輛舊車。2 檢查，調查，視察：～ factories and mines 視察工廠和礦坑。～·a·ble 形, ～·ing·ly 副

·in·spec·tion [ɪn'spɛkʃən] 名 Ⓤ Ⓒ 1 仔細檢查：undergo a safety ～ 接受安全檢查。2 檢查，調查：pass ～ 通過檢查。3 在視察下的地區。

in·spec·tive [ɪn'spɛktɪv] 形 1 做調查的；留神的，密切注意的。2 調查的。

·in·spec·tor [ɪn'spɛktɚ] 名 1 檢查員；調查官，督察；督學；選舉監察人：a ticket ～ 查票員。2 巡官。

in·spec·tor·ate [ɪn'spɛktərɪt] 名 1 inspector 之職位；其管轄區域。2 視察團；監察團。

in'spector 'general 名 (複 inspectors general)〖軍〗檢查長，監察長；（美軍的）監察局局長；督察署署長。

·in·spi·ra·tion [,ɪnspə'reʃən] 名 1 Ⓤ 靈感；Ⓒ 妙想，靈機一動的構想：have an ～ 有妙計。2 Ⓤ 鼓舞：under the ～ of... 受…的鼓舞。3 鼓舞者[物]；給予靈感的人[物]。4 Ⓤ〖神〗神靈的感召；啓示。5 Ⓤ 吸入，吸氣。6 Ⓤ 祕密指示，授意。

in·spi·ra·tion·al [,ɪnspə'reʃənl] 形 給予靈感的；得到靈感的；靈感的。

in·spir·a·to·ry [ɪn'spaɪrə,torɪ] 形 吸氣的，吸入的：～ organs 呼吸器官。

·in·spire [ɪn'spaɪr] 動 (-spired, -spir·ing) 及 1 使奮起；鼓舞；激發，促使（做…）。2 激起，注入，灌輸：～ dislike in a person 激起某人的厭惡感。3 給予生氣，使活潑。4 將神靈啓示傳給…；得自靈感而產生（作品等）；以靈感引導。5 唆使，教唆。6 引起，產生。7 吸入。—不及 1 鼓舞；賦予靈感。2 吸入空氣。-spir·er 名

in·spired [ɪn'spaɪrd] 形 1 得到靈感的：an ～ musician 得到靈感的音樂家。2 得到靈感而寫的：～ poetry 得到靈感而寫的詩。3 吸入的。4 受指使的，被人授意的：an ～ article 受人指使而寫的文章。

in·spir·ing [ɪn'spaɪrɪŋ] 形 鼓舞人的：an ～ speech 鼓舞人的演說。～·ly 副

in·spir·it [ɪn'spɪrɪt] 動 及 使有活力；鼓舞。

inst. 《縮寫》*inst*ant; *insti*tute; *insti*tution.

in·sta·bil·i·ty [,ɪnstə'bɪlətɪ] 名 Ⓤ 不穩

I

定性：易變，反覆無常。

·**in·stal(l)** [ɪn'stɔl] 動及 **1** 安裝。**2** 安排就職，任命：~ a person as secretary 安排某人擔任祕書。**3** 入席，就坐。 ~·**er** 名

in·stal·la·tion [ˌɪnstə'leʃən] 名 **1** 設施；《常作~**s**》裝置，設備。**2** Ⓤ 安裝；任命；就任。**3**〖軍〗軍事設施。

·**in·stall·ment¹,** 《英》 **in·stal-** [ɪn'stɔlmənt] 名 **1** 分期付款的一期錢，攤付金：pay for the television in (monthly) ~*s*（按月）分期付款支付買電視的錢。**2**（分期連載或連播的）一集，一回，一冊：the twelfth ~ of a twelve-part serial 分十二次連載的最後一次。

in·stall·ment², 《英》 **in·stal-** [ɪn'stɔlmənt] 名 Ⓤ **1** 裝設；所裝設之物。**2** 任命；就任。

in'stallment ˌplan 名 《**the** ~》《主美》分期付款，按月付款：buy furniture on *the* ~ 以分期付款購買家具。

:**in·stance** ['ɪnstəns] 名 **1** 情況，場合，事實：an ~ of high treason 叛國罪的事實 / in such ~*s* 在如此情況下。**2** 實例，例證：to take a trivial ~ 若以極常見的例子來說。**3**〖法〗訴訟事件；訴訟程序：a court of first ~ 第一審法院。

at the instance of** a person* / ***at** a person's **instance 應某人的要求[建議，勸告]。

for instance 例如，舉例來說。

give (*a person*) ***a for*** (-) ***instance*** 《美口》給（某人）舉個例子。

in the first instance 首先，第一。

in the last instance 在終審時；最後。

—動(**-stanced, -stanc·ing**)及 **1** 引…爲例。**2** 舉例證明。

in·stan·cy ['ɪnstənsɪ] 名 (複 **-cies**) ⓊⒸ **1** 迫切，緊急。**2** 即刻性，立刻。

:**in·stant** ['ɪnstənt] 名 **1** 瞬間，頃刻；…的一瞬間：an ~ too late 稍遲了一點點 / in an ~ 立即，一瞬間。**2** Ⓤ 正當此時；現在，立刻。**3** ⓊⒸ《口》速食食品。

not...for an instant 全然沒有，完全沒有。

on the instant 在一瞬間，立刻。

the instant (*that*)... 《連接詞用法》一…馬上，一經…就。

this instant 《口》立刻。

—形 **1** 馬上的，即時的。**2** 緊急的，迫切的。**3** 可立即沖食的，速食的，即溶的。**4** 本月的。—副 立刻。

in·stan·ta·ne·ous [ˌɪnstən'tenɪəs] 形 **1** 瞬間的；立即的：an ~ reaction 瞬間的反應。**2** 某特定瞬間的：~ velocity 瞬間速度。

~·**ly** 副, ~·**ness** 名

'**instant** '**book** 名 快速書籍。

'**instant** '**camera** 名 拍立得照相機。

in·stan·ter [ɪn'stæntɚ] 副《古》《謔》立即，馬上，即刻。

in·stan·ti·ate [ɪn'stænʃɪˌet] 動及 以具體的實例表示[說明]。

in·stan·tize ['ɪnstənˌtaɪz] 動及 製成速食式（的菜肴等）。

·**in·stant·ly** ['ɪnstəntlɪ] 副 立即，即刻。—連 一…就…。

'**instant pho'tography** 名 Ⓤ 立即顯影照相術。

'**instant** '**replay** 名 《美·加》立即重播。

'**instant ˌscratch ˌcard** 名 刮刮樂彩券。

in·state [ɪn'stet] 動及 安置，任命。

in sta·tu quo [ɪn'stetju'kwo, -'stætʃu-] 副《拉丁語》維持現狀，照原樣地。

:**in·stead** [ɪn'stɛd] 副 代替；反而，卻。

***instead of**...* 代替…，而不是…。

in·step ['ɪnˌstɛp] 名 **1** 腳背；（馬、牛等的）後腿脛骨部分。**2** 鞋襪的足背部分。

in·sti·gate ['ɪnstəˌget] 動及 煽動；慫恿：~ the students to resort to violence 鼓動學生使用暴力 / ~ a rebellion 煽動叛亂。

in·sti·ga·tion [ˌɪnstə'geʃən] 名 **1** Ⓤ 教唆，煽動：at the ~ of Mr. Smith 在史密斯先生的教唆下。**2** 刺激，誘因。

in·sti·ga·tor ['ɪnstəˌgetɚ] 名 煽動者。

in·still, 《英》 **-stil** [ɪn'stɪl] 動及 **1** 逐漸灌輸，注入《*in, into...*》。**2** 徐徐滴入《*into...*》。

in·stil·la·tion [ˌɪnstɪ'leʃən] 名 **1** Ⓤ 滴注，滴下；逐漸灌輸。**2** 滴注物。

·**in·stinct¹** ['ɪnstɪŋkt] 名 **1** ⓊⒸ 本能；天性：the ~ for survival 生存的本能 / act on ~ 照本能而行動 / know by ~ 憑本能知道。**2** 天生的才能，天賦《*for, toward...*》：her ~ *for* understanding the feelings of others 她所與生俱來的了解他人內心情感的能力。**3** 直覺（力）。

in·stinct² [ɪn'stɪŋkt] 形《敘述用法》充滿的，滿溢的《*with...*》：~ *with* life and beauty 充滿生命力與美。

in·stinc·tive [ɪn'stɪŋktɪv] 形 **1** 本能的，直覺的，天生的：~ behavior 本能的行爲。**2** 從本能產生的。~·**ly** 副

in·stinc·tu·al [ɪn'stɪŋktʃuəl] 形 = instinctive.

·**in·sti·tute** ['ɪnstəˌtjut] 動 (**-tut·ed, -tut·ing**) 及 **1** 設立，制定：~ rules 設立規則。**2** 開始，著手；實施：~ a reform 開始改革 / ~ legal proceedings 著手提起訴訟。**3** 任命；授（人）（以神職、教區）《*into...*》。—名 **1** 學會，協會；會館。**2** (1)（理工科的）專科學校，大學。(2) 大學附屬的研究所。(3) 專門研習會，講習會；《英》成人教育設施。**3** 所制定之物；原則；規則；慣例；組織。**4** 《~**s**》法律（學）教科書，法學緒論。

·**in·sti·tu·tion** [ˌɪnstə'tjuʃən] 名 **1** 機構，團體，院，所；其建築物，會館：a charitable ~ 慈善機構。**2** 商行，公司。**3** 社會制度：the ~ of marriage 結婚制度。**4** 規則，法規；慣例。**5** 《口》爲人熟識的事

[物，人]。6 Ⓤ 設立，制定：the ~ of a savings bank 儲蓄銀行的設立。

in·sti·tu·tion·al [ˌɪnstəˈtjuʃənl] 形 1 制度（上）的；制度化的。2 協會的，公共團體的。3 規格化的：《美》（廣告）以打開知名度爲第一目的的。4（尤指在法學上）原理的，和原論有關的。5 以社會慈善事業爲特色的。~·ly 副

in·sti·tu·tion·al·ize [ˌɪnstəˈtjuʃənəˌlaɪz] 動 及 1 使制度化，使習俗化，使一式化。2 使…成協會。3 將…收容於（勒戒所、養老院等）。

in·sti·tu·tor, -tut·er [ˈɪnstəˌtjutɚ] 名 1 設立者；制定者；創始者。2（美國聖公會）神職授任者。

·**in·struct** [ɪnˈstrʌkt] 動 及 1 教，傳授《*in*...》：~ him *in* English 教他英語。2 指示，指導《*on, about*...》；吩咐，命令：a manual ~*ing* the buyer *on* the use of a computer 指導買者如何使用電腦的手冊。3 通知，告知。4〖法〗（法官）向（陪審員、證人等）明示。

in·struc·tion [ɪnˈstrʌkʃən] 名 1 Ⓤ 教授，教育；（被教授的）知識；教誨：give ~ in Chinese 教中文。2《通常作~s》指示，命令《*to* do》。3〖電腦〗指令。

in·struc·tion·al [ɪnˈstʌkʃənl] 形（爲了）教育的，教學的。

in·struc·tive [ɪnˈstrʌktɪv] 形 1 具有教育性的，有教育意義的，有教育價値的。2〖文法〗工具格的。~·ly 副

in·struc·tor [ɪnˈstrʌktɚ] 名 1 教師，指導者：an ~ in linguistics 語言學教師。2《美》（大學的）講師（《英》lecturer）。~·ship 名

in·struc·tress [ɪnˈstrʌktrɪs] 名 **instructor** 的女性形。

in·stru·ment [ˈɪnstrəmənt] 名 1 器械；器具；儀器：astronomical ~*s* 天文儀器 / fly on ~*s* 靠儀器飛行。2 樂器：a stringed ~ 弦樂器。3 手段《*for*...》；機關；被他人利用者，工具：a local ~ of government 政府的地方機關。4 法律文件。

in·stru·men·tal [ˌɪnstrəˈmɛntl] 形 1 可作爲手段的；有幫助的《*in* doing》。2 樂器的；以樂器演奏的。3（憑藉）器具的。4〖文法〗工具格的。5〖心〗以獎勵做條件的；嘗試錯誤的。~·ly 副 以使用工具等做爲手段地；以樂器。

in·stru·men·tal·ist [ˌɪnstrəˈmɛntəlɪst] 名 樂器演奏者。

in·stru·men·tal·i·ty [ˌɪnstrəmɛnˈtælətɪ] 名 (複-ties) 1 Ⓤ 有功用，有助益。2 幫助；媒介。3 手段，方法。4 執行部門。

in·stru·men·ta·tion [ˌɪnstrəmɛnˈteʃən] 名 Ⓤ 1 樂器編成（法）；樂器演奏法。2 手段；媒介。3 器具的使用，憑藉儀器的運轉。4 器械工程學。

ˈinstrument ˌpanel 名 = dashboard 1.

in·sub·or·di·nate [ˌɪnsəˈbɔrdənɪt] 形 1 不服從的，反抗的《*to*...》：be ~ *to* one's superiors 不服從上司。2（較）高的，非下級的。—名 反抗者。~·ly 副

in·sub·or·di·na·tion [ˌɪnsəˌbɔrdəˈneʃən] 名 Ⓤ 不服從；反抗，犯上。

in·sub·stan·tial [ˌɪnsəbˈstænʃəl] 形 1 無實質的，無內容的；脆弱的。2 想像中的，虛構的。~·ly 副

in·suf·fer·a·ble [ɪnˈsʌfərəbl] 形 不能忍受的，難堪的。-bly 副

in·suf·fi·cien·cy [ˌɪnsəˈfɪʃənsɪ] 名 (複-cies) 1 Ⓤ 不足，不充分；不適當：~ of provisions 糧食不足 / have feelings of ~ regarding one's work 對於自己的工作有不能勝任的感覺。2 不足之處，不適當之處。3 Ⓤ〖醫〗（心臟等的）機能不全。

·**in·suf·fi·cient** [ˌɪnsəˈfɪʃənt] 形 1 不充分的，不足的《*for*...》：an ~ supply of food 糧食供應的不足。2 無能力的，不能勝任的《*for*...》。~·ly 副

in·su·lant [ˈɪnsələnt] 名 絕緣物質。

in·su·lar [ˈɪnsjəlɚ, ˈɪnsju-] 形 1 島嶼的。2 住在島上的。3 島形的，似島的；孤立的：an ~ cluster of buildings 一群孤立的建築物。4 島民的；島國特性的；偏狹的：~ prejudices 偏見。—名 島民。

in·su·lar·ism [ˈɪnsələrɪzəm, ˈɪnsju-] 名 Ⓤ 島國特性；胸襟偏狹。

in·su·lar·i·ty [ˌɪnsəˈlærətɪ, ˌɪnsju-] 名 Ⓤ 島嶼性；孤立；島國特性；偏狹。

in·su·late [ˈɪnsəˌlet, ˈɪnsju-] 動 及 1 使絕緣《*from, against*...》。2 隔離《*from*...》；使孤立。

ˈinsulating ˌtape 名 絕緣（膠）帶。

in·su·la·tion [ˌɪnsəˈleʃən, -sju-] 名 Ⓤ 1 絕緣體，絕緣材料。2 絕緣，分離；隔離狀態，孤立狀態。

in·su·la·tor [ˈɪnsəˌletɚ, ˈɪnsju-] 名 1〖電〗絕緣體[物]；絕緣器。2 隔離者[物]。

in·su·lin [ˈɪnsəlɪn, -sju-] 名 1 Ⓤ〖生化〗胰島素。2〖藥〗胰島激素。

·**in·sult** [ɪnˈsʌlt] 動 及 1 侮辱，羞辱。2《古》攻擊，襲擊。—不及《古》自誇，驕傲自大《*on, upon, over*...》。—[ˈ--] 名 1 Ⓤ Ⓒ 侮辱的行動，無禮的行爲。2 成爲侮辱的事物《*to*...》。3〖醫〗傷害，外傷；傷害的原因。

add insult to injury 禍不單行。

in·sult·ing [ɪnˈsʌltɪŋ] 形 侮辱的，無禮的。

~·ly 副 侮辱地，無禮地。

in·su·per·a·ble [ɪnˈsupərəbl] 形 不能超越的，不能克服的：~ difficulties 無法克服的困難。-bly 副

in·sup·port·a·ble [ˌɪnsəˈportəbl] 形 1 不能忍受的，難以接受的。2 無理的。

in·sup·press·i·ble [ˌɪnsəˈprɛsəbl] 形 不能壓抑的，不能阻止的。-bly 副

in·sur·a·ble [ɪnˈʃurəbl] 形 可以保險的；適合保險的。-ˈbil·i·ty 名

I

·in·sur·ance [ɪn'ʃurəns] 名 1 Ⓤ保險（方式）；保險業。2 Ⓤ保險金（額）；投保金額。3 保險契約，保險單 : take out ~ on one's house 給房子保險。4 保護手段，防護裝置《*against...*》: ~ *against* thieves 防盜裝置。
—形 確保勝利的，另外再加上的。

in'surance ˌbroker 名 拉保險者。

in'surance ˌpolicy 名 保險單，保單。

in'surance 'premium 名 保險費，保險金。

in·sur·ant [ɪn'ʃurənt] 名 被保險者，投保人。

·in·sure [ɪn'ʃur] 動 (**-sured, -sur·ing**) 及 1 保證，擔保 : ~ success 保證成功。2 保險《*against...*》；訂保險契約 : ~ one's life 投保壽險。3《美·加》= ensure. —不及 發行保險單證書，投保。

in·sured [ɪn'ʃurd] 形 投保的，加入保險的。—名《the ~》被保險者，保戶。

in·sur·er [ɪn'ʃurɚ] 名 1 保險業者，保險公司。2 保證人[物]。

in·sur·gence [ɪn'sɝdʒəns] 名 ⓊⒸ 暴動（行爲）；叛亂，謀反。

in·sur·gen·cy [ɪn'sɝdʒənsɪ] 名 (複-**cies**) ⓊⒸ 暴動；叛亂，謀反，造反。

in·sur·gent [ɪn'sɝdʒənt] 名（複）1 叛亂者，叛軍的士兵。2〖美政治〗反抗分子，叛黨者。
—形 1 叛亂的，暴亂的，造反的。2 洶湧而來的。

in·sur·mount·a·ble [ˌɪnsɚ'mauntəbl̩] 形 難越過的；難以克服的。
-bly 副

·in·sur·rec·tion [ˌɪnsə'rɛkʃən] 名 ⓊⒸ 叛亂；暴動；反抗。~**al** 形, ~**ist** 名

in·sur·rec·tion·ar·y [ˌɪnsə'rɛkʃəˌnɛrɪ] 形 叛亂的，暴動的，反抗的；引起叛亂的。—名 (複-**ar·ies**) 暴徒，叛亂者。

in·sus·cep·ti·ble [ˌɪnsə'sɛptəbl] 形 不受…的影響的；不採納…的；不容許…的《*to, of...*》: ~ *to* change 不採納變更的 / an illness ~ *of* treatment 很難醫治的疾病。
-'bil·i·ty 名, **-bly** 副

int. 《縮寫》*int*elligence; *int*ercept; *int*erest; *int*erior; *int*erjection; *int*ernal; *int*ernational; *int*ransitive.

in·tact [ɪn'tækt] 形 1 未受損的，完整的，未受影響的。2（身體）完整的，健全的；處女的。

in·ta·glio [ɪn'tæljo, -'tɑljo] 名 (複~**s**) 1 Ⓤ凹刻，凹雕；Ⓒ凹刻的花樣 : in ~ 凹刻的花樣。2 凹刻之物。3 Ⓤ凹刻印刷（法）。—動 及 凹雕。

in·take ['ɪnˌtek] 名 1 進水口，吸入口；通氣孔。2 ⓊⒸ引入，吸入；攝取量，吸入量 : an adequate ~ of vitamins 維他命的適量攝取。3《集合名詞》接受的人[物]，招收人員；《英》新兵。4（管線等的）入口。

in·tan·gi·ble [ɪn'tændʒəbl̩] 形 1 觸摸出的；無形的 : an ~ cultural treasure 無的文化珍寶。2 模糊的，不明確的 : an fear 莫名的恐懼。3 不可解的。
—名 不能觸摸之物，無形之物。
-'bil·i·ty 名, **-bly** 副

in·te·ger ['ɪntədʒɚ] 名 1 整數。2 完體，完整之物。

in·te·gral ['ɪntəgrəl] 形《限定用法》構成全體所不可或缺的，必需的 : an part of the social order 社會秩序不可或的一部分。2 完整的，整體的；組成的 3〖數〗整數的；積分的 : ~ equation 積方程式。
—名 1 全體，整體。2〖數〗積分。

'integral 'calculus 名 Ⓤ 積分學。

in·te·gral·i·ty [ˌɪntə'grælətɪ] 名 Ⓤ 完全圓滿；不可缺性。

in·te·grant ['ɪntəgrənt] 形 要素的；不或缺的，重要的，構成整體的。
—名 不可或缺的成分，要素。

in·te·grate ['ɪntəˌgret] 動 及 1 合併 *with...*》；彙集，使成一體《*into...*》使完整，使完善。3 表示（溫度、風速等的平均值。4〖數〗求…的積分。5 取消各機關、學校等）的種族差別待遇；使等。—不及 取消種族差別待遇。—['ɪ grɪt] 形 完全的，各部齊全的。

in·te·grat·ed ['ɪntəˌgretɪd] 形 1 無差待遇的，平等的 : an ~ neighborhood 無族界線的地區。2 整合的；完整的。心〗均衡而融合的。

'integrated 'circuit 名〖電子〗積電路。略作 : IC

in·te·gra·tion [ˌɪntə'greʃən] 名 Ⓤ 1 合，集成，成爲整體。2 調和，融合。數〗積分。4 種族差別待遇的廢除。經〗經濟統合。6〖教〗科際的整合，綜學科制；〖心〗統合，整合。

in·te·gra·tion·ist [ˌɪntə'greʃənɪst] 《美》主張廢除種族差別待遇者。

in·teg·ri·ty [ɪn'tɛgrətɪ] 名 Ⓤ 1 正直，實 : a person of high ~ 非常正直的人 完整，完全 : territorial ~ 領土完整。

in·teg·u·ment [ɪn'tɛgjəmənt] 名 1〖植〗外皮。2 覆蓋物；被膜。

In·tel ['ɪntɛl] 名〖商標名〗英特爾公（美國的資訊科技公司）。

·in·tel·lect ['ɪntəˌlɛkt] 名 1 Ⓤ悟性；理力；智力。2 有聰明才智的人；《通常 ~s, the ~s》《集合名詞》知識分子 : ~s of the age 當代的知識分子。

in·tel·lec·tion [ˌɪntə'lɛkʃən] 名 1 Ⓤ 考，思維（作用）。2 概念，觀念。

in·tel·lec·tive [ˌɪntə'lɛktɪv] 形 1 有智的；聰明的。2 智力的，理性的。~**ly**

in·tel·lec·tu·al [ˌɪntə'lɛktʃuəl] 形 1 智的，智慧的，智能的；像知識分子般的 ~ faculties 智能 / ~ taste 知識性的嗜 ~ property 智慧財產權（如專利、商標

著作權等)。2 擁有智慧的，理智的。3 智慧性占優勢的。

—图 1 知識分子；注重智能的人。2 運用腦力工作者，知識階層的人。

ı·tel·lec·tu·al·ism [ˌɪntəˈlɛktʃʊəˌlɪzən] 图 Ⓤ 1 知識的追求；對理智之偏重。2〖哲〗理智主義。

ı·tel·lec·tu·al·i·ty [ˌɪntəˌlɛktʃʊˈæləti] 图 Ⓤ 理智；智慧，智力。

ı·tel·lec·tu·al·ize [ˌɪntəˈlɛktʃʊəˌlaɪz] 動 及 1 使理智化，賦予…理性的內容。2 理智地分析處理。—不及 理智地說寫；思考；推究哲理。

ı·tel·lec·tu·al·ly [ˌɪntəˈlɛktʃʊəlɪ] 副 理智地；在知性方面。

ı·tel·li·gence [ɪnˈtɛlədʒəns] 图 1 Ⓤ 智力；理智；理解力；聰明；〖電腦〗智能：human ~ 人類的智慧：a man of mean ~ 頭腦不好的人。2 智能的存在；《常作 I- 》天使；靈：the Supreme *I*- 神，上帝。3 Ⓤ 情報，消息；情報搜集；諜報機關：an ~ officer 情報官。

ı'telligence ˌquotient 图〖心〗智力商數，智商。略作：IQ, I.Q.

ı'telligence ˌtest 图〖心〗智力測驗。

ı·tel·li·gent [ɪnˈtɛlədʒənt] 形 1 有智力的，聰明的；巧妙的，靈活的：an ~ answer 巧妙的回答 / an ~ student 聰明的學生。2 有智能的，理解力強的。3 有某些電腦功能的，智慧型的。~·ly 副

ı·tel·li·gen·tial [ɪnˌtɛləˈdʒɛnʃəl] 形 理智的；具備智能的；傳達情報的。

ı·tel·li·gent·si·a, -zi·a [ɪnˌtɛləˈdʒɛntsɪə, -ˈgɛnt-] 图《通常作 the ~》《集合名詞·作複數》知識階級；知識分子。

ı·tel·li·gi·bil·i·ty [ɪnˌtɛlɪdʒəˈbɪlətɪ] 图 (複 -ties) 1 Ⓤ 可理解性，明白。2 可理解的事物。

ı·tel·li·gi·ble [ɪnˈtɛlɪdʒəbl] 形 1 易領悟的可理解的，意思清晰的《 *to...* 》。2〖哲〗只能利用智力理解的；概念的。-bly 副

ı·tel·sat [ˈɪntɛlˌsæt, -ˈ--] 图 國際通訊衛星組織；國際通訊衛星。

ı·tem·per·ance [ɪnˈtɛmpərəns] 图 Ⓤ 酗酒；不節制，放縱。2 偏激，暴戾。

ı·tem·per·ate [ɪnˈtɛmpərɪt] 形 1 飲酒過度的。2 無節制的。3 欠謹慎的，過度的；嚴寒的，酷熱的。~·ly 副

ı·tend [ɪnˈtɛnd] 動 及 1 打算，想要；意使成爲：~ that no one should overhear the conversation 不想讓任何人聽到這次談話。2 意使從事；意使用於：money ~*ed* for the poor 錢是要送給貧民的。3 意指；表示。4《古》使朝向《 *to...* 》。—不及 1 計畫，抱有企圖。2《廢》出發；朝向。~·er 图

ı·tend·ance [ɪnˈtɛndəns] 图 1 行政部門；《集合名詞》監督官，行政部門的官員。2 政府行政機構的建築物。3 Ⓤ 行政監督，管理。

in·tend·ant [ɪnˈtɛndənt] 图 1 監督官，管理人。2 行政官。

in·tend·ed [ɪnˈtɛndɪd] 形 1 有計畫的，故意的。2 未來的，預期的；已訂婚的：her ~ husband 她的未婚夫。—图《 **one's ~** 》《口》未婚夫，未婚妻。

·in·tense [ɪnˈtɛns] 形 1 極度的，強烈的；(顏色)濃的：~ pain 劇痛 / blindingly ~ sunlight 非常眩目的陽光。2 熱心的；熱切的。3 易於動感情的；熱情的，緊張的: an ~ child 感情豐富的小孩。

in·tense·ly [ɪnˈtɛnslɪ] 副 強烈地，激烈地；熱心地。

in·ten·si·fi·ca·tion [ɪnˌtɛnsəfəˈkeʃən] 图 Ⓤ 1 強化，增強，增大。2〖攝〗加強明暗對比度。

in·ten·si·fi·er [ɪnˈtɛnsəˌfaɪɚ] 图 1 強化物，增強物。2〖文法〗加強語意的字詞。

in·ten·si·fy [ɪnˈtɛnsəˌfaɪ] 動 (-fied, ~·ing) 及 使變激烈；增強，強化。—不及 變激烈，變強烈，增加強度。

in·ten·sion [ɪnˈtɛnʃən] 图 Ⓤ 1 強化，增強；強度；激烈(度)。2 緊張；決心；專心致志，努力。3〖理則〗內涵。~·al 形〖理則〗內涵的。

·in·ten·si·ty [ɪnˈtɛnsətɪ] 图 (複 -ties) 1 Ⓤ 強烈，劇烈：at the ~ of his anger 在他極爲憤怒之下。2 Ⓤ Ⓒ 努力，熱心；(氣候的)嚴酷：(an) ~ of heat 極度的高溫。3 Ⓤ〖理〗強度，量：luminous ~ 光度。

in·ten·sive [ɪnˈtɛnsɪv] 形 1 強烈的；深入的；密集的；強化的：~ discussion 深入的討論 / ~ language study 密集的語言研習。2〖農·經〗精耕細作的，集約的：~ agriculture 密集型農業。3〖文法〗加強的，增強語氣的。4〖理則〗內涵的。—图 加強物，強化物；〖文法〗加強語氣的字詞。~·ly 副, ~·ness 图

in'tensive 'care 图 Ⓤ〖醫〗加強醫護。

in'tensive(-)'care 形 加強醫護的。

in'tensive 'care ˌunit 图〖醫〗加護病房。略作：ICU

In'tensive 'Pulsed ˌLight 图 脈衝光。略作：IPL

in·tent¹ [ɪnˈtɛnt] 图 Ⓤ 1 意圖；目的：with ~ to defraud 企圖欺騙地 / wound a person by ~ 故意傷人。2 意義，含意。

to all intents and purposes 從任何觀點來看，事實上。

·in·tent² [ɪnˈtɛnt] 形 1 專注的，集中的《 *on, upon...* 》：~ concentration 注意力集中。2 有熱誠的；熱中的，狂熱的《 *on, upon..., on doing* 》：~ *on* one's studies 專心於自己的研究。3 下定決心的。

·in·ten·tion [ɪnˈtɛnʃən] 图 1 Ⓤ 企圖，意向《 *of doing, to do* 》：without ~ 無意地，非故意地 / with the ~ *of doing* something 意圖做某事。2 目的，目標。3《通常作

I

~s》態度，心中的打算：結婚的意向。4〖理則〗觀念，概念：first ~ 第一次概念。5 意義，含意。6 專心，熱中。

in·ten·tion·al [ɪn'tɛnʃənl] 形 故意的；意圖的：an ~ insult 故意的侮辱。

in·ten·tion·al·ly [ɪn'tɛnʃənḷɪ] 副 有意地，企圖地，故意地。

in·ten·tioned [ɪn'tɛnʃənd] 形 有某種意圖的；《常作複合詞》有…的打算的，有…之意的：a well-*intentioned* letter 善意的信。

in·tent·ly [ɪn'tɛntlɪ] 副 專注地；熱心地，熱中地。

in·ter [ɪn'tɝ] 動 (-terred, ~·ring) 及 埋葬；埋。**-ment** 名

inter-《字首》表「在…之間」、「互相」之意。

in·ter·act [ˌɪntɚ'ækt] 動 不及 相互作用，交互影響。

in·ter·ac·tion [ˌɪntɚ'ækʃən] 名 U C 交互作用，互相影響《*with...*; *between...*》。~·**al** 形

in·ter·ac·tive [ˌɪntɚ'æktɪv] 形 相互影響的，互動的，雙向的。

in·ter·a·gen·cy [ˌɪntɚ'edʒənsɪ] 形 相關政府部門之間的，跨部門的。

in·ter a·li·a ['ɪntɚ'elɪə] 副《拉丁語》尤其是，特別是（…之事、物），在其他事物當中。

in·ter a·li·os ['ɪntɚ'elɪˌos] 副《拉丁語》尤其是，特別是（…的人們），在其他人之中。

in·ter·breed [ˌɪntɚ'brid] 動 (-bred, ~·ing) 及 不及（使）雜交繁殖，（使）混種；（使）近親交配，（使）同族通婚。

in·ter·ca·lar·y [ɪn'tɝkəˌlɛrɪ] 形《限定用法》1 閏的：an ~ day 閏日（2 月 29 日）/ an ~ year 閏年。2 插入的，添加的。**-i·ly** 副

in·ter·ca·late [ɪn'tɝkəˌlet] 動 及 1 設置（閏日、閏月等）。2 插入。**-'la·tion** 名 閏日；閏月；U 插入。

in·ter·cede [ˌɪntɚ'sid] 動 不及 說項，調停；懇求《*with...*; *for...*》：~ *with* the President *for* a pardon 向總統懇求赦免。

in·ter·cel·lu·lar [ˌɪntɚ'sɛljələ] 形 細胞間的。

·**in·ter·cept** [ˌɪntɚ'sɛpt] 動 及 1 攔截；截住；偷看，竊聽。2 封鎖，阻止：~ an escape 阻止逃亡。3 遮住，截斷（光、熱、水等）。4〖軍〗迎擊攔截，在空中破壞。5〖數〗截斷；截切。6〖運動〗（足球比賽時）攔截，阻止（傳球）。—['--,-] 名 1 妨害，阻止；迎擊，攔截；竊聽；〖運動〗截球。2〖數〗截距；截斷。

in·ter·cep·tion [ˌɪntɚ'sɛpʃən] 名 U C 1 攔阻，逮捕，截斷；被攔阻[被捕捉]（的狀態）；竊聽。2〖軍〗迎擊，攔截：a fighter going up on an ~ 起飛迎擊的戰鬥機。3〖美足〗被攔截的（前）傳球。

in·ter·cep·tor [ˌɪntɚ'sɛptɚ] 名 1 中途攔截者；障礙物。2〖軍〗攔截機，防空戰鬥機。

in·ter·ces·sion [ˌɪntɚ'sɛʃən] 名 1 U 仲裁，居中調停；懇求，代為求情。2 U C 祈禱，懇求。

in·ter·ces·sor [ˌɪntɚ'sɛsɚ, '--,--] 名 仲裁者，調解人；代為求情者。

in·ter·ces·so·ry [ˌɪntɚ'sɛsərɪ] 形 仲裁的，調停的；代為求情的：an ~ prayer 代禱。

in·ter·change [ˌɪntɚ'tʃendʒ] 動 及 1 互相交換：~ presents 交換禮物。2 交替，輪換《*with...*》：~ displays 替換陳列品 / constantly ~ l and r 不斷地弄錯 l 和 r。—不及 1 按順序輪換。2 互換；替換《*with...*》。—['--,-] 名 1 U C（…的）交換，互換《*of...*》。2 U C 交替。3《美》立體交流道。4《英》不同交通工具間的轉運地點[站]。

in·ter·change·a·ble [ˌɪntɚ'tʃendʒəbl] 形 1 可互相替換的，可交換的。2 可交替的《*with...*》。

-'bil·i·ty 名，**-bly** 副

in·ter·cit·y [ˌɪntɚ'sɪtɪ] 形 都市之間的。

in·ter·class [ˌɪntɚ'klæs] 形 階級間的；班級間的，班際對抗的。

in·ter·col·le·giate [ˌɪntɚkə'lidʒɪɪt] 形 1 大學間的：an ~ baseball game 大學校際棒球比賽。2 大學間聯合的。

in·ter·com ['ɪntɚˌkɑm] 名《口》內部通話系統，對講機。

in·ter·com·mu·ni·cate [ˌɪntɚkə'mjunəˌket] 動 不及 互相通信；互通。

in·ter·com·mu·ni·ca·tion [ˌɪntɚkəˌmjunə'keʃən] 名 U 互通，聯絡。

intercommuni'cation ˌsystem 名 = intercom.

in·ter·com·mun·ion [ˌɪntɚkə'mjunjən] 名 U 1 聯誼，交往。2〖教會〗不同教派間共同舉行的聖餐式。

in·ter·com·mu·ni·ty [ˌɪntɚkə'mjunətɪ] 名 U 公用，共有。—形 共通的。

in·ter·con·nect [ˌɪntɚkə'nɛkt] 動 及 使互相連接。—不及 互相連接在一起。—形《美》電話連線的。**-'nec·tion** 名

in·ter·con·ti·nen·tal [ˌɪntɚˌkɑntṇ'ɛntl] 形 大陸間的，洲際的：~ ballistic missile 洲際彈道飛彈（略作：ICBM）。

in·ter·cos·tal [ˌɪntɚ'kɑstl] 形 肋骨間的：~ muscles 肋間肌 / ~ nerves 肋間神經。—名 肋間肌；肋間部分。~·**ly** 副

·**in·ter·course** ['ɪntɚˌkors] 名 U 1 性交，交媾：illicit ~ 私通，通姦。2 交流；交際《*with...*》；往來《*between...*》：the cultural ~ *between* the two nations 兩國間的文化交流 / have much ~ *with* him 和他頗有來往。3 神交，靈交。

in·ter·cul·tur·al [ˌɪntɚ'kʌltʃərəl] 形 不同文化間的。

in·ter·cur·rent [ˌɪntəˈkɝənt] 形 1 起於過程中的，介入的。2〖病〗併發性的，間發性的。-rence 名，～·ly 副

in·ter·de·nom·i·na·tion·al [ˌɪntədɪˌnɑməˈneʃənḷ] 形不同教派間（共通）的；涉及不同教派的。

in·ter·den·tal [ˌɪntəˈdɛntḷ] 形 1 齒間的。2〖語音〗將舌尖放在上下牙齒之間而發音的。～·ly 副

in·ter·de·part·men·tal [ˌɪntəˌdipɑrtˈmɛntḷ, -dɪˌpɑrt-] 形部門間的，學系間的；各部門間合作的。～·ly 副

in·ter·de·pend·ence [ˌɪntədɪˈpɛndəns] 名U互相依賴。

in·ter·de·pend·ent [ˌɪntədɪˈpɛndənt] 形相互依存的，彼此依賴的。
～·ly 副

in·ter·dict [ˈɪntəˌdɪkt] 名 1〖大陸法〗禁令。2〖天主教〗停止教權令。3〖羅馬法〗禁止命令，特別命令。—[ˌ--ˈ-] 動及 1 禁止。2〖教會〗停止。3 制止（敵人）進攻。

in·ter·dic·tion [ˌɪntəˈdɪkʃən] 名UC 1 禁止，制止；（被）禁止狀態。2 禁止令。
-dic·to·ry [-ˈdɪktərɪ] 形禁止的，制止的。

in·ter·dig·i·tate [ˌɪntəˈdɪdʒɪˌtet] 動不及及（把雙手手指等）交錯在一起；如雙手手指般交叉鎖住。

in·ter·dis·ci·pli·nar·y [ˌɪntəˈdɪsəplɪˌnɛrɪ] 形各學科間的；和許多學術領域相關的，跨學科的。

in·ter·est [ˈɪntərɪst, ˈɪntrɪst] 名 1 (1) UC 興趣，關心，愛好《in...》: take an ～ in sports 對運動有興趣 / lose ～ 失去興趣；引不起興趣。(2) U 趣味，引發興趣的事物: places of ～ 好玩的地方，名勝 / questions of common ～ 共同感興趣的問題。(3) 愛好之事，感興趣的目標。2 U 重要，重大（性）: an issue of great ～ 重要的問題。3 所有權；利權，股份《in...》;（擁有股份的）事業: vested ～s 既得權。4 U（利害）關係；參與: an arbiter who is without ～ in the outcome 和產生的結果沒有利害關係的仲裁者。5《常作～s》利益: the public ～s 公共利益。6《集合名詞》同業者，（利害）相關者，某一方；（～s）財閥，富商們；《偶作》大企業: the shipbuilding ～s 造船業者們。7 U 勢力，影響力: establish an ～ in a group 在團體裡建立勢力 / through one's ～ in the firm 利用自己在該公司的勢力。8 U〖金融〗利息；利率: return the blow with ～《喻》加重還擊 / at high ～ 以高利。
in the interest(s) of... 爲…的利益，爲了…起見。
—動及 1 使感興趣，引起注意: ～ the boy in the game 使該男孩對遊戲感興趣。2 使有關係；使參加《in...》: ～ a person in a research project over the course of many years 經過許多年時間使某人參加研究計畫。

·in·ter·est·ed [ˈɪntərɪstɪd, ˈɪntrɪstɪd] 形 1 有興趣的，注意的: not ～ in learning how to drive 對學開車沒有興趣。2 有利害關係的，參與的《in...》: an ～ party〖法〗有利害關係者。3 偏私的，有私心的: ～ motives 有私心的動機。

in·ter·est·ed·ly [ˈɪntərɪstɪdlɪ] 副感興趣地；有趣地；《修飾全句》有趣的是。

interest-free [ˈɪntərɪstˈfri] 形副免利息的[地]。

ˈinterest ˌgroup 名利益團體。

:in·ter·est·ing [ˈɪntərɪstɪŋ, ˈɪntrɪstɪŋ] 形引起興趣的，引起好奇心的，引起關心的；有趣的: an ～ movie 有趣的電影。
(be) in an interesting condition 《英古》懷孕的，妊娠的。
It is interesting that... 有趣的是…。

in·ter·est·ing·ly [ˈɪntərɪstɪŋlɪ] 副令人深感興趣地；《修飾全句》有趣的是。

ˈinterest ˌrates 名(複)利率。

in·ter·face [ˈɪntəˌfes] 名 1（兩者的）交接面，界面。2 共同事項。3〖電腦〗介面裝置；接觸領域；居間裝置。
—[ˌ--ˈ-] 動及使相連接《with...》。
—不及連結；調和，合作《with...》。

in·ter·fa·cial [ˌɪntəˈfeʃəl] 形 1 兩面之間的。2 界面的，接觸領域的；共同的: ～ tension 界面張力。

in·ter·fac·tion·al [ˌɪntəˈfækʃənḷ] 形各派系之間的。

in·ter·faith [ˌɪntəˈfeθ] 形不同宗教間的，各教派之間的。

·in·ter·fere [ˌɪntəˈfɪr] 動 (-fered, -fer·ing)不及 1 打擾；妨礙，妨害: in order not to be ～d with 爲了不被打擾。2 干涉；插嘴《in...》: ～ in another person's affairs 干涉他人的事。3 調停；仲裁《in...》。4 衝突，牴觸。5（走路時）腳和腳碰撞。6〖運動〗犯規妨害對手；〖美足〗合法阻擋。7 干擾。
interfere with... (1) ⇨動不及 1. (2)《委婉》對…施暴，強暴，非禮。

·in·ter·fer·ence [ˌɪntəˈfɪrəns] 名U 1 妨害打擾；干涉；衝突《with...》；妨害物。2 干擾。3〖美足〗合法阻擋；阻擋犯規《with...》。4〖法〗專利權之爭。

in·ter·fer·ing [ˌɪntəˈfɪrɪŋ] 形妨礙的；干涉的；干擾的。

in·ter·fer·on [ˌɪntəˈfɪrɑn] 名UC〖生化〗干擾素。

in·ter·flow [ˌɪntəˈflo] 動不及合流，互通混合。—[ˈ--ˌ-] 名合流；混合。

in·ter·flu·ent [ˌɪntəˈfluənt] 形合流的，互通的；混合的。-ence 名

in·ter·fuse [ˌɪntəˈfjuz] 動及 1 使混合，使融合。2 滲入；使充滿，使瀰漫。—不及混合；滲入。-ˈfu·sion 名

in·ter·ga·lac·tic [ˌɪntəgəˈlæktɪk] 形存在或發生於星系之間的，星系間的。

in·ter·gen·er·a·tion·al [ˌɪntɚˌdʒɛnəˈreʃənl] 形 世代間的，不同年齡層之間的。

in·ter·gov·ern·men·tal [ˌɪntɚˌgʌvɚnˈmɛntl] 形 政府間的。

in·ter·grade [ˈɪntɚˌgred] 名 中間等級，中間形式；過渡階段。—[ˌ--ˈ-] 動 不及 逐漸地轉變爲別種形態。

in·ter·im [ˈɪntərɪm] 名 U C **1** 中間時期：in the ~ 在過渡期間。**2** 臨時協定。
—形 臨時的，暫時的；中間的，過渡時期的。

·**in·te·ri·or** [ɪnˈtɪrɪɚ] 形 **1** 內部的，室內的：the ~ parts of a building 建築物的內部。**2** 在內陸的。**3** 國內的。**4** 祕密的，內心的：an ~ monologue 〖文〗內心的獨白。—名《通常作 **the** ~》**1** 內部。**2**〖建〗內面，室內；室內圖：(電影、戲劇的) 內景，背景。**3** 內陸，腹地。**4** 內政：the Department of the I~《美》內政部。**5** 本性，內心。**6**《俚》內臟，腹部。**~·ly** 副 在內地；內部地。

in'terior 'angle 名〖幾〗內角。

in'terior deco'ration 名 U 室內裝潢，室內設計。

in'terior 'decorator 名 室內裝潢設計師。

in'terior de'sign 名 U 室內設計。

in'terior de'signer 名 室內設計師。

interj.《縮寫》*interj*ection.

in·ter·ject [ˌɪntɚˈdʒɛkt] 動 及 **1** 投入…之間。**2** 突然插入：~ a remark 插入意見。
-ˈjec·tor 名

·**in·ter·jec·tion** [ˌɪntɚˈdʒɛkʃən] 名 **1** 投入，插入；插入的言詞。**2** U 突然的叫聲 [言詞]。**3**〖文法〗感嘆詞。**~·al·ly.** 副

in·ter·jec·to·ry [ˌɪntɚˈdʒɛktərɪ] 形 感嘆詞的；突然插入的。

in·ter·lace [ˌɪntɚˈles] 動 不及 交錯，交織。—及 **1** 使互相纏繞；編織。**2** 攪混，攪拌。**3** (以…) 使多樣化；散置…(於…之間)《*with*...》。**4**〖電腦〗交錯儲存。
~·ment 名

in·ter·lard [ˌɪntɚˈlɑrd] 動 及 使夾雜，插入《*with*...》：~ a play *with* amusing acenes 劇中夾雜有趣的場面。**2** 混入。

in·ter·lay [ˌɪntɚˈle] 動 (**-laid**, **~·ing**) 及 **1** 插入。**2** 以插入物使…有變化。

in·ter·leaf [ˈɪntɚˌlif] 名 (複 **-leaves** [-vz]) 插頁，插入的空白紙。
—[ˌ--ˈ-] 動 及 = interleave.

in·ter·leave [ˌɪntɚˈliv] 動 及 **1** 插空白紙頁於 (書) 中；交互重疊《*with*...》。**2**〖電腦〗= interlace 動 及 4. —名〖電腦〗交錯處理。

in·ter·line[1] [ˌɪntɚˈlaɪn] 動 及 在行間插入語詞《*with*...》：a script ~*d with* notes 在字行間有附註的劇本原稿。

in·ter·line[2] [ˌɪntɚˈlaɪn] 動 及 加襯層。

in·ter·lin·e·ar [ˌɪntɚˈlɪnɪɚ] 形 **1** 在字行間的；在字行間有註釋的。**2** 在隔行附上其他語言之譯文的：the ~ Bible 逐行加譯文的聖經。—名 逐行翻譯本。

in·ter·lin·e·a·tion [ˌɪntɚˌlɪnɪˈeʃən] 名 U C 行間書寫。

in·ter·lin·ing [ˈɪntɚˌlaɪnɪŋ] 名 U **1** 襯層；做襯層的材料。**2** 裝填物。

in·ter·link [ˌɪntɚˈlɪŋk] 動 及 使互相連結《*with*...》。—[ˈ--ˌ-] 名 連結環。

in·ter·lock [ˌɪntɚˈlɑk] 動 不及 **1** 扣合，結合。**2** 互相嚙合，連鎖；互相連鎖：~*ing* parts 相互嚙合的零件。—及 **1** 重疊在一起，連結在一起：with arms ~*ed* 手搭在一起。**2** 使互相嚙合，使互相連鎖。
—[ˈɪntɚˌlɑk] 名 **1** 重疊，連結。**2** 連鎖裝置：〖影〗使影像和聲音一致的裝置。

in·ter·lock·ing [ˌɪntɚˈlɑkɪŋ] 形 連鎖的

in·ter·lo·cu·tion [ˌɪntɚləˈkjuʃən] 名 U C《文》會話，對話。

in·ter·loc·u·tor [ˌɪntɚˈlɑkjətɚ] 名《文》對話者；發問者。

in·ter·loc·u·to·ry [ˌɪntɚˈlɑkjəˌtorɪ] 形 **1** 對話 (體) 的，問答 (形式) 的。**2** 插話的。**3**〖法〗中間判決的；在訴訟期間判決的；暫定的。

in·ter·lope [ˌɪntɚˈlop] 動 不及 **1** 無執照營業。**2** 干涉他人的事。**3** 闖入，侵害。

in·ter·lop·er [ˌɪntɚˈlopɚ] 名 無照營業者；侵入者，妨礙者。

in·ter·lude [ˈɪntɚˌlud] 名 **1** 中間時段，間歇；插曲。**2** 幕間滑稽劇；幕間節目。**3** 間奏，間奏曲；幕間音樂。

'Inter Market ˌTrading 'Syste
名 市場間電子交易系統。

in·ter·mar·riage [ˌɪntɚˈmærɪdʒ] 名 U **1** 不同種族，宗教，國家，階級間的婚。**2** 近親結婚，同族結婚。

in·ter·mar·ry [ˌɪntɚˈmærɪ] 動 (**-ried**, **·ing**) 不及 **1** 不同民族，宗教，種族，階間通婚。**2** 近親結婚。

in·ter·med·dle [ˌɪntɚˈmɛdl] 動 不及 涉，管閒事《*in*, *with*...》。

in·ter·me·di·ar·y [ˌɪntɚˈmidɪˌɛrɪ] 形 居間的，在中途傳送的：an ~ station 轉站。**2** 中介的，調停的。—名 (複 **-ar·ie** 調停者，媒介者。**2** 媒介，手段。**3** 中階段；暫定形式。

·**in·ter·me·di·ate**[1] [ˌɪntɚˈmidɪɪt] 形 間的，居間的：an ~ range ballistic mis 中程彈道飛彈 (略作：IRBM) / a spiri being ~ between God and man 居於神和之間的靈。—名 **1** 中介物；媒介物；仲者：〖化〗中間體，中間物。**2**《英大入學考之後的期中考試。**3**《美》中型車。
~·ly 副

in·ter·me·di·ate[2] [ˌɪntɚˈmidɪˌet] 動 作中間人：仲裁，調停：起媒介作用 *between*...》。**-ˈa·tion** 名, **-a·tor** 名

inter'mediate ˌschool 名《美》

nior high school. 2 只設有四、五、六年級的學校。

·ter·me·di·um [ˌɪntəˈmidɪəm] 图(複 [-ə], ～s) 1 中間物，媒介物。2 間奏曲；幕間舞蹈。

·ter·ment [ɪnˈtɝmənt] 图ⓊⒸ埋葬；葬。

·ter·mer·cial [ˌɪntəˈmɝʃəl] 图（網頁開啓時出現的）互動式廣告。

·ter·mez·zo [ˌɪntəˈmɛtso, -ˈmɛdzo] 图(複 ～s, -zi [-tsi, -dzi]) 1 幕間演出，幕間滑稽劇。2 間奏曲，插曲。

·ter·mi·na·ble [ɪnˈtɝmɪnəbl̩] 形 1 無止的，無期限的。2 冗長的，繼續不斷的。

·ter·mi·na·bly [ɪnˈtɝmɪnəblɪ] 副 無止境地，無期限地。

·ter·min·gle [ˌɪntəˈmɪŋgl̩] 動及使混合摻雜，混雜《 *with...* 》。— 不及混合，混雜《 *with...* 》。

·ter·mis·sion [ˌɪntəˈmɪʃən] 图 1 Ⓤ暫停；中止；間歇：with the ～ only of dinner 只有晚餐時間暫停 / without ～ 流連不斷地。2《美》幕間；課間休息時間。

·ter·mit [ˌɪntəˈmɪt] 動 (～·ted, ～·ting) 及暫停，中止。— 不及中斷；暫停；暫時減弱；（脈搏）間歇。

·ter·mit·tent [ˌɪntəˈmɪtənt] 形 間歇的；斷斷續續的；周期性的：an ～ rain 間歇雨。**-tence** 图, ～**·ly** 副

·ter·mix [ˌɪntəˈmɪks] 動及不及混雜，混合。

·ter·mix·ture [ˌɪntəˈmɪkstʃə] 图 1 Ⓤ混合，混雜；摻和。2 混合物；摻入物。

·ter·mod·al [ˌɪntəˈmodl̩] 形 1 綜合運輸的，聯運的。2 可用聯運的。

·tern¹ [ɪnˈtɝn] 動及拘留；扣留。
—[ˈ--] 图被拘留者。

·tern² [ˈɪntɝn] 图《美·加》1〖醫〗駐院實習醫生：an ～ on Dr. Smith's service 在史密斯博士跟前工作的實習醫生。2〖教〗= student teacher.
—動不及擔任實習醫生。～**·ship** 图

·ter·nal [ɪnˈtɝnl̩] 形 1 內部的；在體內的：～ bleeding 內出血 / ～ medicine 內科。2 經口的，內服的：for ～ use 內服用的（藥等）。3 內政的，國內的：～ revenue《美》國內稅收。4 內在的，本質的：～ evidence 內證 / the ～ logic of a theory 某種理論的內在邏輯。5 心靈的；主觀的：～ equilibrium 精神的平衡。— 图 1《通常作～s》腸，內臟。2 特質，本質。
～**·ly** 副

·ter·nal-com·bus·tion [ɪnˈtɝnl̩kəmˈbʌstʃən] 形內燃式的。

·ter·nal·i·za·tion, [ɪnˈtɝnələˈzeʃən] 图 1 Ⓤ內（在）化。2《美》〖證券〗內部交易。

·ter·nal·ize [ɪnˈtɝnəˌlaɪz] 動及使內（在）化；吸收；壓抑，深藏。

:in·ter·na·tion·al [ˌɪntəˈnæʃənl̩] 形 國際的，國際上的，超越國家界限的：～ law 國際（公）法 / be of ～ value 具有世界性的價值。— 图 1《 **the I-** 》國際性組織。2《通常作 **I-** 》在好幾個國家擁有會員的團體。3 國際比賽；其參加者。

inter'national 'date ˌline 图《 **the ～** 》國際換日線。

In·ter·na·tio·nale [ˌɪntəˌnæʃəˈnæl, -ɑl] 图 1《 **L'～, the ～** 》共產國際歌。2 = international 图 1.

in·ter·na·tion·al·ism [ˌɪntəˈnæʃənəˌlɪzəm] 图Ⓤ 1 國際主義，世界主義。2 國際性，國際合作[管理]。

in·ter·na·tion·al·ist [ˌɪntəˈnæʃənəlɪst] 图 1 國際主義者。2 精通國際法或國際關係的人。

in·ter·na·tion·al·ize [ˌɪntəˈnæʃənəˌlaɪz] 動及 1 使國際化。2 使置於國際管理下。
-i·'za·tion 图Ⓤ國際化；國際共管。

inter'national 'law 图國際法。

in·ter·na·tion·al·ly [ˌɪntəˈnæʃənəlɪ] 副 國際上；國際地。

Inter'national 'Monetary ˌFund 图《 **the ～** 》國際貨幣基金會。略作：IMF

Inter'national Pho'netic 'Alphabet 图國際音標，萬國音標。略作：IPA, I.P.A.

inter'national re'lations 图(複) 1 國際關係。2《作單數》國際關係論。

inter'national 'unit 图國際單位。

in·terne [ˈɪntɝn] 图= intern².

in·ter·ne·cine [ˌɪntəˈnisɪn, -saɪn] 形 1 自相殘殺的，內訌的；互相衝突的。2 大量殺戮的，毀滅性的。

in·tern·ee [ˌɪntɝˈni] 图被拘留者。

In·ter·net [ˈɪntəˌnɛt] 图《 **the ～** 》網際網路。

'Internet Exˌplorer 图〖商標名〗（微軟公司出版的）網頁瀏覽器。

'Internet proˌtocol 图〖電腦〗網際網路通訊協定。略作：IP

in·tern·ist [ˈɪntɝnɪst, -ˈ--] 图內科醫師。

in·tern·ment [ɪnˈtɝnmənt] 图 1 Ⓤ拘留，監禁：an ～ camp 俘虜拘留所。2 拘留期間，監禁期間。

in·tern·ship [ˈɪntɝnˌʃɪp] 图實習醫師的地位；醫院實習（期間）。

in·ter·pel·lant [ˌɪntəˈpɛlənt] 图（議會中的）質詢者。

in·ter·pel·late [ˌɪntəˈpɛlet, ɪnˈtɝpəˌlet] 動及（在議會中對政府官員）質詢。
-pel·la·tor [ˈɪntəpəˌletə] 图

in·ter·pel·la·tion [ˌɪntəpɛˈleʃən, ɪnˌtɝpɪ-] 图ⓊⒸ（在議會中對政府官員的）質詢。

in·ter·pen·e·trate [ˌɪntəˈpɛnəˌtret] 動及滲透；貫穿。— 不及互相貫穿；互相滲

透。

-'tra·tion 名U相互貫通，相互滲透。

in·ter·per·son·al [ˌɪntɚˈpɝsənl] 形人與人之間的；人際關係的：～ relations 人際關係。

in·ter·phone [ˈɪntɚˌfon] 名《偶作 I-》內部電話；對講（電話）機。

in·ter·plan·e·tar·y [ˌɪntɚˈplænəˌtɛrɪ] 形行星間的；太陽系內的。

in·ter·play [ˈɪntɚˌple] 名U相互影響，交互作用。—[ˌ--ˈ-] 動不及相互影響。

In·ter·pol [ˈɪntɚˌpol] 名國際刑警組織。

in·ter·po·late [ɪnˈtɝpəˌlet] 動及1改變，竄改；插入修正語句。2〖數〗在級數中插入（中項）。—不及1插入。2插值，內插。

in·ter·po·la·tion [ɪnˌtɝpəˈleʃən] 名1 U竄改；插入；U插入的事項[語句]。2 U〖數〗（中項的）補入，插入。

in·ter·pose [ˌɪntɚˈpoz] 動及1使插入，使干預《*in, between, among...*》：～ a fence *between* two houses 在兩間屋子之間立圍牆。2提出：～ an objection 提出異議。—不及1插入；仲裁，調停《*in, between, among...*》。2打攪；插嘴；干涉。

-'pos·al 名, **-'pos·er** 名

in·ter·po·si·tion [ˌɪntɚpəˈzɪʃən] 名1 U插入；干涉，打攪；仲裁，調停。2插入物。

·in·ter·pret [ɪnˈtɝprɪt] 動及1解釋，說明：～ the meaning of a passage 闡明一段文字的意義。2把…解釋（爲…），把…看作（…）。3（根據自己的詮釋、感覺而）扮演…的角色，演奏，演出。4翻譯，口譯。5〖電腦〗解譯（數據）。—不及1翻譯，口譯。2解釋，說明。

in·ter·pret·a·ble [ɪnˈtɝprɪtəbl] 形可闡明的，可說明的；能解釋的；可翻譯的。

·in·ter·pre·ta·tion [ɪnˌtɝprɪˈteʃən] 名1 UC說明，闡明；理解，解釋：～ of a treaty 條約的解釋。2 UC（在戲劇、音樂等中基於個人的詮釋方法所做的）演出，演奏。3 U翻譯。～·al 形

in·ter·pre·ta·tive [ɪnˈtɝprɪˌtetɪv] 形1說明的；解釋的。2再生藝術的。

·in·ter·pret·er [ɪnˈtɝprɪtɚ] 名1解釋者，翻譯者；演出家。2〖電腦〗解譯程式；（卡片的）譯碼器。～·ship 名

in·ter·pre·tive [ɪnˈtɝprɪtɪv] 形 = interpretative.

in·ter·ra·cial [ˌɪntɚˈreʃəl] 形不同種族間的，人種混合的。

in·ter·reg·num [ˌɪntɚˈrɛgnəm] 名（複～s, -na [-nə]）（王位的）空位期；政權空白期；間歇，中斷。**-nal** 形

in·ter·re·late [ˌɪntɚrɪˈlet] 動及不及（使）相互關聯。

in·ter·re·lat·ed [ˌɪntɚrɪˈletɪd] 形互相關聯的，相關的。～·ly 副，～·ness 名

in·ter·re·la·tion [ˌɪntɚrɪˈleʃən] 名U C相互關係《*between...*》。

in·ter·re·la·tion·ship [ˌɪntɚrɪˈleʃənp] 名UC相互關係。

in·ter·ro·bang [ɪnˈtɛrəˌbæŋ] 名疑問嘆號（！？）。

interrog. 《縮寫》*interrogation; interrogative.*

in·ter·ro·gate [ɪnˈtɛrəˌget] 動及1詰問，詢問。2訊問，審問：～ a suspect 審問疑犯。3向（電腦等）查詢。—不及問；訊問。

-gat·ing·ly 副

in·ter·ro·ga·tion [ɪnˌtɛrəˈgeʃən] 名U C質問，詢問；疑問；審訊。2被問。3問號。4疑問句。

interro'gation ˌpoint [ˌmark] = question mark 1.

·in·ter·rog·a·tive [ˌɪntəˈrɑgətɪv] 形1問的；疑惑的：an ～ tone of voice 疑惑聲調。2〖文法〗疑問（句）的。—名〖文法〗疑問句；疑問詞。～·ly 副

in·ter·ro·ga·tor [ɪnˈtɛrəˌgetɚ] 名1詢者；質詢者。2〖無線〗問答機。

in·ter·rog·a·to·ry [ˌɪntəˈrɑgəˌtorɪ] 形疑問的，詢問的；懷疑的：in an ～ manner 以疑惑的態度。—名（複-ries）1疑問，問，質問；審問。2〖法〗書面質詢，訊問程序。

:in·ter·rupt [ˌɪntəˈrʌpt] 動及1打擾，斷：～ my thoughts 打斷了我的思緒。2斷。—不及中斷；打攪；插嘴。—[ˌ--ˈ-, ˈ--ˌ-] 名1〖電腦〗中斷。2缺口；隔。

in·ter·rupt·er, -rup·tor [ˌɪntəˈrʌptɚ] 名1打斷者[物]；阻礙者[物]。2〖電〗斷續器，斷流器。

·in·ter·rup·tion [ˌɪntəˈrʌpʃən] 名1 C打擾；遮斷；妨礙物，造成中斷的物。2 U休止，中斷：without ～ 持續地

in·ter·scho·las·tic [ˌɪntɚskəˈlæstɪk] 形校際的，（中學）學校間的。

in·ter·sect [ˌɪntɚˈsɛkt] 動及橫斷，和交叉。—不及交叉；〖幾〗相交。

in·ter·sec·tion [ˌɪntɚˈsɛkʃən] 名1（道路的）交叉點，十字路口。2 U交叉。3〖數〗相交，交點。

in·ter·serv·ice [ˌɪntɚˈsɝvɪs] 形（陸空）軍種間的，三軍間的。

in·ter·sex [ˈɪntɚˌsɛks] 名1〖生〗中性；陰陽人。2 = unisex.

in·ter·sex·u·al [ˌɪntɚˈsɛkʃuəl] 形兩之間的；〖生〗中間性的，兼具兩性特的。

in·ter·space [ˈɪntɚˌspes] 名U兩物體的空間；間隔；間隙。—[ˌ--ˈ-] 動及1空間於…之間。2占滿…之間的空間。

in·ter·sperse [ˌɪntɚˈspɝs] 動及1散置散布。2使具有變化《*with...*》：～ one's talk *with* good humor 以幽默的語氣使談有變化。

ı·ter·state [ˌɪntɚˈstet] 形 各州之間的：n ~ highway 州際公路（略作：IH）。—名《美》州際公路。

ı·ter·stel·lar [ˌɪntɚˈstɛlɚ] 形 星球間勺，星際的：~travel 星際旅行。

ı·ter·stice [ɪnˈtɝstɪs] 名 1 間隔；空隙，裂縫。2（時間的）間隔。

ı·ter·trib·al [ˌɪntɚˈtraɪbl̩] 形 種族間勺，部落間的。

ı·ter·twine [ˌɪntɚˈtwaɪn] 動 及不及（使）糾纏在一起，交織在一起《with .》。

ı·ter·twist [ˌɪntɚˈtwɪst] 動 及 不及（使）糾纏。—名纏繞。

ı·ter·u·ni·ver·si·ty [ˌɪntɚˌjunəˈvɝsə] 形 各大學間的，校際的。

ı·ter·ur·ban [ˌɪntɚˈɝbən] 形 都市間的。—名 都市間的交通工具。

ı·ter·val [ˈɪntɚvl̩] 名 1（時間的）間隔；間歇；（場所的）空間，距離，間隔: an ~ of two years 兩年的間隔 / at ~s of five eet 每隔五呎。2《英》幕間休息（《美》ıtermission）。3〖數〗區間；〖樂〗音程。4 本質的相異。

intervals (1) 間或。(2) 處處。(3) ⇨名 1.

ıt·er·var·si·ty [ˈɪntɚˌvɑrsətɪ] 形《英》大學間的，大學校際比賽的，大學對抗的。

ı·ter·vene [ˌɪntɚˈvin] 動 (-vened, -ven·ıg) 不及 1 調停，仲裁《*in, between...*》: ~ *in* a fight 勸架。2 居其間，插入《*between...*》: a coastal strip *intervening between* the mountains and the sea 介於山和海之間的狹長土地 / in the *intervening* weeks 在其間的數週中。3 阻撓，妨礙；干涉，干預《*in, against...*》: ~ *in* the internal affairs of another nation 干涉他國內政。

ı·ter·ven·ing [ˌɪntɚˈvinɪŋ] 形 居於其間的，在中間發生的。

ı·ter·ven·tion [ˌɪntɚˈvɛnʃən] 名 U C 居間；調停，仲裁。2 干涉: ~ in another country's internal affairs 對他國內政的干涉。3〖美教〗由父母親自教導子女（學習）。

ı·ter·ven·tion·ism [ˌɪntɚˈvɛnʃəˌnɪzəm] 名 U 干預主義。

ı·ter·ven·tion·ist [ˌɪntɚˈvɛnʃənɪst] 名 主張干預者。—形 干預主義的，干預主義者的。

ı·ter·view [ˈɪntɚˌvju] 名 1 訪問，採訪；接見，會見：a job ~ 求職面談 / seek an ~ with... 要求會見…。2 會談紀錄，訪問記。—動 及 與（人）會面，面談；接見；採訪。

ı·ter·view·ee [ˌɪntɚvjuˈi] 名 被接見者；被採訪者；接受面談者。

ı·ter·view·er [ˈɪntɚˌvjuɚ] 名 1 接見者，面談者；採訪者。2 正門窺孔。

ı·ter·vo·cal·ic [ˌɪntɚvoˈkælɪk] 形 母音間的。

in·ter·weave [ˌɪntɚˈwiv] 動 (-wove 或 -weaved, -wo·ven 或 -wove 或 -weaved, -weav·ing) 及 1 使交織。2 使混織；使混合《*with...*》: ~truth *with* fiction 把真實和虛構混在一起。—不及 交織。—[ˈ--ˌ-] 名 混織，交織；混合。

in·tes·ta·cy [ɪnˈtɛstəsɪ] 名 U 未立遺囑死亡。

in·tes·tate [ɪnˈtɛstet, -tɪt] 形 1 未立遺囑的：die ~ 未留遺囑而死。2 無遺囑明處理的，非根據遺囑處理的：an ~ property 無法根據遺囑處分的財產。—名 未留遺囑的死者。

in·tes·ti·nal [ɪnˈtɛstɪnl̩] 形 腸的：the ~ wall 腸壁 / an ~ worm 腸內寄生蟲。~·ly 副

in·tes·tine [ɪnˈtɛstɪn] 名 1《通常作~s》腸：a pain in the ~*s* 腸痛。2 小腸；大腸。—形 內部的；國內的。

in·ti·ma·cy [ˈɪntəməsɪ] 名 (複-cies) 1 U 親密；深交；《常作-cies》表示親密、愛意等的行爲：form an ~ with... 和…成爲密友 / the ~ of calling each other by first names 直呼彼此名字的親密關係。2 U 詳細了解，熟悉：his ~ with the history of China 他對中國歷史的深切了解。3 U《委婉》性愛的親密行爲，性交：sexual ~ 性交。4 U 祕密，私下。

·in·ti·mate¹ [ˈɪntəmɪt] 形 1 深交的；親密的：become ~ with... 和…成爲密友 / be on ~ terms with... 和…有親密關係；（和異性）親密。2 個人的，私人的；直接的：one's ~ beliefs 個人的信念。3 令人無拘束感的，令人心情舒暢的：an ~ little coffee shop 雅致舒適的咖啡店。4 詳細的；深入的：have an ~ knowledge of... 對…精通。5 有性關係的。6 最深處的；內心的。—名《常作 one's ~》至友，密友，心腹。

in·ti·mate² [ˈɪntəˌmet] 動 及 1 暗示，示意《*to..., that* 子句》。2 通告，公布。

in·ti·mate·ly [ˈɪntəmɪtlɪ] 副 親密地；毫不生疏地；打從心底地。

in·ti·ma·tion [ˌɪntəˈmeʃən] 名 U C 1 暗示《*of...*》；暗指《*that* 子句》。2 宣布，發表，通告，通知。

in·tim·i·date [ɪnˈtɪməˌdet] 動 及 恐嚇，威脅；脅迫《*into doing*》。

in·tim·i·da·tion [ɪnˌtɪməˈdeʃən] 名 U 脅迫，恐嚇。

in·ti·tle [ɪnˈtaɪtl̩] 動 及 = entitle.

intl. 《縮寫》*international*.

:in·to [《子音之前》ˈɪntə,《母音之前》ˈɪntʊ,《強》ˈɪntu] 介 1《表場所、方向》到…之內，進入：go ~ town 進城。2 撞及，碰著。3《表入會、參加、包含、職業、行爲、所有、承諾》入：be received ~the faith 被接納成爲信仰的夥伴 / be voted ~ chairman's post 經由投票而登上主席的寶座 / be forced ~ complying 被強迫順從。4

I

轉為，成為：translate ~ Chinese 譯成中文 / turn water ~ steam 將水變成蒸汽。5《表時間、空間的繼續》往…之中，進入到：three hours ~ the morning 上午三點 / go far ~ the cave 往洞穴的深處去。6〖數〗除。

be into... (1)《口》熱中，專注，狂熱，有興趣；熟知。(2) 欠錢，欠情《*for...*》。

一形〖數〗涵蓋於…之內的。

·in·tol·er·a·ble [ɪnˈtɑlərəbl] 形 1 無法忍受的，難耐的：~ pain 無法忍受的痛。2 過度的。**-bly** 副

in·tol·er·ance [ɪnˈtɑlərəns] 名 U 1 不能忍受的事《*of...*》：~ *of* heat 對熱的無法忍受。2 不容異說，偏執。3 過敏症。

in·tol·er·ant [ɪnˈtɑlərənt] 形 1 不能忍受的，難以忍耐的《*of...*》：be ~ *of* failure 不能忍受失敗。2 不寬容的，偏執的。一名 器量狹小者，頑固者。**~·ly** 副

in·to·nate [ˈɪntəˌnet] 動 及 1 吟詠，吟誦。2 詠唱。

in·to·na·tion [ˌɪntoˈneʃən] 名 1 U C 語調抑揚頓挫，音調：rising ~ 上升調。2 U 抑揚頓挫的表示法；〖樂〗發音調節法，調音。3 U 吟詠，吟誦；單旋律聖歌的起唱。

in·tone [ɪnˈton] 動 及 1 吟詠，吟誦。2 給…某種特殊音調；唱出；詠唱（聖歌等）。一不及 1 吟詠，吟誦。2〖樂〗以單調的節拍唱。

in to·to [ɪnˈtoto] 副《拉丁語》全部地；整個地，全然。

in·tox·i·cant [ɪnˈtɑksəkənt] 形 致醉的，令人陶醉的。一名 酒類飲料；麻醉劑。

·in·tox·i·cate [ɪnˈtɑksəˌket] 動 **(-cat·ed, -cat·ing)** 及 1 使醉；使中毒：get ~*d* 喝醉酒。2 使陶醉，使欣喜若狂，使得意忘形《*with, by...*》: be ~*d with* power 醉心於權力。一不及 產生醉意。

in·tox·i·cat·ed [ɪnˈtɑksəˌketɪd] 名 1 醉的。2 興奮的，興高采烈的。**~·ly** 副

in·tox·i·cat·ing [ɪnˈtɑksəˌketɪŋ] 形 1 醉人的。2（酒）蒸餾的。3 令人興奮，令人陶醉的。

~·ly 副

in·tox·i·ca·tion [ɪnˌtɑksəˈkeʃən] 名 U 1 酩酊大醉；〖病〗中毒。2 興奮，陶醉。

intr. 《縮寫》*intr*ansitive.

intra- 《字首》1 用以構成形容詞，表示「在…內」之意。2 用以構成名詞，表示「內部」之意。

in·tra·cel·lu·lar [ˌɪntrəˈsɛljələ˞] 形 細胞內的。

in·tra·cit·y [ˌɪntrəˈsɪtɪ] 形《美》都市內的；市中心區的。

in·tra·com·pa·ny [ˌɪntrəˈkʌmpənɪ] 形 公司內部的。

in·trac·ta·ble [ɪnˈtræktəbl] 形 1 難駕馭的；難應付的，倔強的，頑固的；難治癒的。2 難處理的，難纏的。3〖數〗無法以多項算式處理的。一名 固執的人。

-ˈbil·i·ty 名, **-bly** 副

in·tra·mu·ral [ˌɪntrəˈmjurəl] 形《美》校內的：~ games 校內對抗比賽。2 內部的；〖解〗（器官等）壁內的。**~·ly** 副

in·tra·net [ˈɪntrəˌnɛt] 名〖電腦〗內部網路。

intrans. 《縮寫》*intrans*itive.

in·tran·si·gence [ɪnˈtrænsədʒəns] 名 不妥協；頑固。

in·tran·si·gent [ɪnˈtrænsədʒənt] 形 不妥協的，不讓步的；頑固的。一名 不妥協的人。

in·tran·si·tive [ɪnˈtrænsətɪv] 形〖文法〗不及物（動詞）的。一名 = intransitive verb.

~·ly 副, **~·ness** 名

inˈtransitive ˈverb 名〖文法〗不及物動詞。

in·trant [ˈɪntrənt] 名《古》新生，入學者；入會者，新進人員。

in·tra·par·ty [ˌɪntrəˈpartɪ] 形 黨內的。

in·tra·state [ˌɪntrəˈstet] 形 在州內的。

in·tra·u·ter·ine [ˌɪntrəˈjutərɪn] 形 子宮內的；胚胎時期的。

intraˈuterine deˌvice 名 ⇨ IUD

in·tra·vas·cu·lar [ˌɪntrəˈvæskjələ˞] 形 血管內的；淋巴管內的。**~·ly** 副

in·tra·ve·nous [ˌɪntrəˈvinəs] 形 靜脈內的；進入靜脈的：an ~ injection 靜脈注射。一名 靜脈注射；點滴。**~·ly** 副

in-tray [ˈɪnˌtre] 名《英》（辦公室的）收文格。

in·treat [ɪnˈtrit] 動 及 不及《古》= entreat

in·trench [ɪnˈtrɛntʃ] 動 及 不及 = entrench.

in·trep·id [ɪnˈtrɛpɪd] 形 無畏的，勇敢的。**~·ly** 副

in·tre·pid·i·ty [ˌɪntrəˈpɪdətɪ] 名 U 無畏，勇猛。

in·tri·ca·cy [ˈɪntrəkəsɪ] 名 (複 **-cies**) U 複雜；錯綜；紛亂：the ~ of the mechanism 機械裝置的錯綜複雜。2 糾纏不清的事物；複雜的零件。

in·tri·cate [ˈɪntrəkɪt] 形 1 錯綜複雜的，糾纏不清的：an ~ knot 糾纏不清的結。難解的，不清楚的：an ~ story 複雜而難懂的故事。**~·ly** 副

·in·trigue [ɪnˈtrig] 動 **(-trigued, -tri·guing)** 及 1 引起興趣，激起好奇心。2 以計策達成，以奸計取得：~ oneself into a position 要計謀得到地位。3《罕》使迷惑，使困惑；使沉思。一不及 1 要奸計，策劃陰謀《*against...*》。2《古》私通，密通《*with...*》。

一[ˈ-ˌ ˈ--] 名 1 U C 陰謀，奸計。2 陰謀事件；《文》私通事件。3 U 錯綜複雜的情節。

-ˈtrigu·er 名 陰謀者。

in·tri·guing [ɪnˈtrigɪŋ] 形 1 引起興

[好奇心]的，有魅力的：an ～ smile 有魅力的微笑。2 懷有陰謀的。～·ly 副

in·trin·sic [ɪn'trɪnsɪk] 形 本質的，固有的，內在的《 *to, in...* 》：～ value 固有價值。

-si·cal·ly 副

in·tro ['ɪntro] 名(複 ～s [-z])《口》1 = introduction. 2 序曲，前奏。

intro- 《字首》表「向內部」、「往內」、「裡面的」之意。

intro(d). 《縮寫》*introd*uce(d); *introd*uction; *introd*uctory.

in·tro·duce [ˌɪntrə'djus] 動 (-duced, -duc·ing) 及 1 介紹，引見：～ a girl to society 將少女引進社交界。2 推銷：～ a new product to the market 向市場推出新產品。3（初次）提出《 *into, in, before...* 》：～ a new idea *into* the discussion 在討論中提出新構想。4 以（文章、儀式等）作為（文章、儀式等）的開頭《 *with..., by doing* 》：～ a speech *with* a joke 以一則笑話作為演講的開場白。5 插入《 *into...* 》：～ a tube *into* the patient's throat 把管子插入病人的喉嚨。6 採用，引進，傳入《 *into, to...* 》：～ new methods *into* management 在管理中採用新方法。7 引入，帶進。

-duc·er 名 介紹人；創始者。

in·tro·duc·tion [ˌɪntrə'dʌkʃən] 名 1 Ⓤ 引進，傳入《 *into, to...* 》；採用；Ⓒ 被介紹者，被採用之物：the ～ of submarines in naval warfare 潛艇之引進於海戰中。2 Ⓤ Ⓒ 介紹，推薦：a letter of ～ 介紹信 / arrange an ～ 安排一次正式的介紹。3 引言，緒論，導論《 *to...* 》；〖樂〗序曲，導奏。4 概論，導讀，入門（書）：an ～ to literature 文學入門。5 Ⓤ 插入。

in·tro·duc·to·ry [ˌɪntrə'dʌktərɪ] 形 介紹的；前言的，緒論的：an ～ chapter 緒論，序篇 / an ～ speech 開場白。

in·tro·it ['ɪntroɪt] 名《 the ～ 》〖天主教〗入祭文；〖英國教〗讚美歌。

in·trorse [ɪn'trɔrs] 形 〖植〗向內的，內曲的，內開的。

in·tro·spect [ˌɪntrə'spɛkt] 動 不及 內省，自省。—及 內省，反省。

in·tro·spec·tion [ˌɪntrə'spɛkʃən] 名 Ⓤ 內省，自省。2 內省的特質。

in·tro·spec·tive [ˌɪntrə'spɛktɪv] 形 內省的，反省的。～·ly 副

in·tro·ver·sion [ˌɪntrə'vɝʒən, -ʃən] 名 Ⓤ 1 內向；〖心〗（個性的）內向性。2 〖醫〗內彎，內翻。

in·tro·vert ['ɪntrəˌvɝt] 名 1 〖心〗個性內向者；《口》害羞的人。2 〖動〗翻吻。—形 內向的：an ～ little girl 內向的小女孩。—[ˌ--'-] 動 及 1 使內向。2 〖動〗往內縮入，使內翻。3 〖心〗將…轉向自己的內心世界。

in·trude [ɪn'trud] 動 (-trud·ed, -truding) 不及 闖入，侵入；多管閒事，打擾《 *on, upon, in, into...* 》：～ *upon* a person's privacy 干涉某人的私事 / ～ *in* anysituation 任何場合都想插一腳。—及 1 把…強加於：～ one's opinions on others 強使別人接受自己的意見。2 把…硬擠（入）《 *into...* 》：～ oneself *into* a meeting 硬擠入一個會議。

in·trud·er [ɪn'trudɚ] 名 侵入者；闖入者，強盜。

in·tru·sion [ɪn'truʒən] 名 Ⓤ Ⓒ 1 侵入，闖入；侵擾行為《 *on, upon, into...* 》。2 〖法〗非法占有；土地非法侵占。

in·tru·sive [ɪn'trusɪv] 形 闖入的；侵入的，侵蝕的；好管閒事的：an ～ man 好管閒事的人。～·ly 副

in·trust [ɪn'trʌst] 動 及 = entrust.

in·tu·it [ɪn'tjuɪt, 'ɪntjuɪt] 動 及 不及 由直覺知道，直觀。

in·tu·i·tion [ˌɪntjʊ'ɪʃən] 名 1 Ⓤ Ⓒ 觀（力），直覺《 *that* 子句 》；洞察（力）。2 直覺到的事實。3 Ⓤ Ⓒ 〖哲〗直觀；由直觀而獲得的知識。～·al 形（有）直覺的；憑直覺的。

in·tu·i·tive [ɪn'tjuɪtɪv] 形 1 直覺的，有直觀力的：an ～ person 有直觀力的人。2 由直觀認識的，直觀的：～ knowledge 由直觀獲得的知識。～·ly 副

in·tu·mes·cence [ˌɪntju'mɛsəns] 名 Ⓤ Ⓒ 1 腫脹，膨脹。2 膨脹物。

in·tu·mes·cent [ˌɪntju'mɛsənt, -tu-] 形 膨脹的；腫起的。

in·twine [ɪn'twaɪn] 動 及 不及 = entwine.

In·u·it ['ɪnjuɪt] 名（複～s）1 伊努特人：即愛斯基摩人。2 伊努特語。

in·unc·tion [ɪn'ʌŋkʃən] 名 Ⓤ 1 塗油，敷油。2 〖醫〗塗擦；〖藥〗塗擦劑。

in·un·date ['ɪnənˌdet, ɪn'ʌndet] 動 及 1 氾濫，淹沒《 *with...* 》：be ～*d with* high seas 被大浪淹沒。2 湧到；使充滿《 *with...* 》。

in·un·da·tion [ˌɪnən'deʃən, ˌɪnʌn-] 名 Ⓤ 氾濫，淹沒；洪水；充滿，湧到。

in·ur·bane [ˌɪnɝ'ben] 形 粗野的，不禮貌的；下流的。

in·ure [ɪn'jʊr] 動 及 使習慣於《 *to..., to do* 》；鍛鍊：～ oneself *to* do 使自己慣於做…。

—不及 1（法律）生效，施行。2 有助益。

～·ment 名

in·u·tile [ɪn'jutl] 形 無益的，無用的。

in·u·til·i·ty [ˌɪnju'tɪlətɪ] 名 (複 -ties) Ⓤ 無益，無用；Ⓒ 無益之物，無用之物；無用的人。

inv. 《縮寫》*inv*ention; *inv*entor; *inv*oice.

·**in·vade** [ɪn'ved] 動 (-vad·ed, -vad·ing) 及 1 侵略，侵犯，打擾；充滿；瀰漫：～ the rights of others 侵犯他人的權利。2 蜂擁而入，湧到。3 侵襲。—不及 侵犯，侵入；侵襲；大批蜂擁而至。

in·vad·er [ɪn'vedɚ] 名 侵入者，侵略者；遷入者，移居者。

·in·va·lid[1] ['ɪnvəlɪd] 名 1 病弱者，病人：an aged ~ 年老的病人。2《古》傷殘兵。—形 1 病弱的；傷殘的；供病人用的：his ~ father 他病弱的父親 / an ~ chair 輪椅。2 毀壞了的，用舊了的。—動 及 1《通常用被動》使生病；把…當成病人對待。2《主英》將（軍人）當作傷殘兵除役《*out*》。

in·val·id[2] [ɪn'vælɪd] 形 1 無效力的，（法律上）無效的：an ~ document 無效的文件。2 證據薄弱的，無說服力的：~ claims 無根據的主張。~·ly 副

in·val·i·date [ɪn'vælə,det] 動 及 使無效；使無說服力。

in·val·i·da·tion [ɪn,vælə'deʃən] 名 U 失效；使無效。

in·va·lid·ism ['ɪnvəlɪ,dɪzəm] 名 U 1 病弱，久病。2 某人口的病人比率。

in·va·lid·i·ty[1] [,ɪnvə'lɪdətɪ] 名 1 U（由於疾病等而）無法工作。2 = invalidism.

I

in·va·lid·i·ty[2] [,ɪnvə'lɪdətɪ] 名 U 無價值，無效力。

in·val·u·a·ble [ɪn'væljəbl] 形 無價的，非常貴重的。-**bly** 副

In·var [ɪn'vɑr] 名 U〖商標名〗不變鋼。

in·var·i·a·ble [ɪn'vɛrɪəbl] 形 1 不變的，恆定的。2〖數〗一定的，常數的。—名 1 不變之物。2〖數〗不變量，常數。

·in·var·i·a·bly [ɪn'vɛrɪəblɪ] 副 1 不變地。2 總是；無例外地。

·in·va·sion [ɪn'veʒən] 名 U C 1 入侵，侵略；侵襲；湧到。2 侵害，侵犯：an ~ of individual privacy 對個人隱私權的侵犯。

in·va·sive [ɪn'vesɪv] 形 1 侵入的，侵略的。2 闖入的，侵害的，多管閒事的。

in·vec·tive [ɪn'vɛktɪv] 名 1 U 痛罵；咒罵。2《常作~s》咒罵人的話，辱罵。—形 罵人的；責難的；惡言抨擊的。

in·veigh [ɪn've] 動 不及 激烈地抗議，痛罵，猛烈抨擊《*against...*》。

in·vei·gle [ɪn'vigl, -'vegl] 動 及 1 引誘《*into...*》；誘騙《*into doing*》：~ a person *into* buy*ing* a bad stock 誘騙某人買不良的股票。2 騙取《*away / from, out of...*》：~ a promise *from* a person 騙取某人的承諾。

:in·vent [ɪn'vɛnt] 動 及 1 創造，發明：~ the telephone 發明電話。2（以想像力）創造，創作；捏造，虛構：~ a lie 編造謊言 / ~ excuses 捏造藉口。

:in·ven·tion [ɪn'vɛnʃən] 名 1 U 發明，創造；發明才能，創造力：a man of great ~ 有卓越發明才能的人 / Necessity is the mother of ~.《諺》需要爲發明之母。2 發明物。3 捏造的事；虛構，編造。4〖樂〗創意曲；〖修〗臆想的選擇。

in·ven·tive [ɪn'vɛntɪv] 形 有發明才能的；富創意的：an ~ writer 有創作力的作家。~·**ly** 副，~·**ness** 名

·in·ven·tor [ɪn'vɛntɚ] 名 發明家，創造者，創作者。

in·ven·to·ry ['ɪnvən,torɪ] 名（複-**ries**）1 存貨清單；財產目錄。2 U 盤點存貨。3 庫存。4 U 存貨總價。5 自然資源一覽表；個人品德（或技能等）的鑑定紀錄。6 U 清單目錄的編成。

make* (*an*) *inventory of... (1) 製成…的目錄。(2)《喻》詳細調查。

—動(-**ried**, ~·**ing**) 及 1 製作目錄；盤點；編入目錄。2 摘要敘述。

In·ver·ness [,ɪnvɚ'nɛs] 名《常作 i-》〖服〗附有可卸下披肩的外套；披肩。

in·verse [ɪn'vɝs, 'ɪnvɝs] 形 1 相反的；顛倒的：~ order 相反的順序 / in ~ relation to... 和…成相反的關係。2〖數〗反比例的；逆的。—名 1 顛倒，正相反（之物）。2〖數〗倒數；反函數；倒轉；倒轉圖形。—[-'-] 動 及 使相反，使顛倒；使倒轉。

in·verse·ly [ɪn'vɝslɪ] 副 相反地，顛倒地；〖數〗成反比例地。

in·ver·sion [ɪn'vɝʒən, -ʃən] 名 U C 倒轉，顛倒；相反（之物）。2〖修〗倒置法；〖文法〗倒裝法，倒置。3〖解〗內彎，內翻。4〖化〗轉化；〖樂〗轉位〖語音〗捲舌。5〖精神醫〗性倒錯，同性戀。

in·ver·sive [ɪn'vɝsɪv] 形 顛倒的，相反的，倒轉的，逆的。

·in·vert [ɪn'vɝt] 動 及 1 使顛倒，把…翻過來；使內翻：an ~*ed* pail 倒翻的桶。使相反。3〖化〗使轉化；〖樂〗使轉位〖語音〗將…當成捲舌音發音。—不及〖化〗轉化。

—['ɪnvɝt] 形〖化〗轉化的。—名 1 顛倒[物]；〖精神醫〗性慾顛倒者，同性戀者。2〖建〗仰拱。3〖郵票〗圖案顛倒印刷的稀有郵票。~·**i·ble** 形

in·ver·te·brate [ɪn'vɝtəbrɪt, -,bret] 1〖動〗無脊椎的。2 無骨氣的。—名 無脊椎動物；無骨氣者，無魄力者。

in'verted 'comma 名《英》= quotation mark.

:in·vest [ɪn'vɛst] 動 及 1 投（資）《*in...*》：~ one's money *in* stocks 投資股票 / ~ large sums *in* one's wardrobe 花費大筆金錢在衣服上。2 花費，投入（時間等）《*in..., doing*》：~ time and energy *in* the election campaign 投入時間和精力在選舉活動上。3 授予。4 使具備。5〖鑄〗以耐火材料覆。6 使穿上；覆蓋，籠罩《*in, with...*》：~ a king *in* his robes 給國王穿上袍子。7〖軍〗包圍。—不及《口》買；投資《*in...*》。

·in·ves·ti·gate [ɪn'vɛstə,get] 動 (-**gat·ed**, -**gat·ing**) 及 研究；調查：~ the cause of a traffic accident 調查交通事故的原因 / ~ a crime 調查某犯罪案。—不及 進行研究，調查，偵查。

·in·ves·ti·ga·tion [ɪn,vɛstə'geʃən] 名

ⓊⒸ研究，調查；探查；審查。2 調查報告，研究結果。～·al 形

in·ves·ti·ga·tive [ɪn'vɛstə,getɪv] 形 從事調查的；喜好做調查的：an ～ technique 調查技術。

in·ves·ti·ga·tor [ɪn'vɛstə,getɚ] 名 調查員，審查者，審查官。

in·ves·ti·ture [ɪn'vɛstətʃɚ] 名 1 ⓊⒸ《英》（封地等的）授予（儀式）；封官（式）；授職（式）。2 Ⓤ被服；遮蓋物。

·in·vest·ment [ɪn'vɛstmənt] 名 1 ⓊⒸ投資，投資法。2 投入的資本；投資的對象，投資物：a safe ～ 一項安全可靠的投資。3 Ⓤ（時間、精神等的）投入。4〖生〗外被，外層。5 Ⓤ穿著。6 授予；授職，任命。7（軍隊的）包圍，封鎖。

in'vestment ˌbank 名投資銀行。

in'vestment ˌcompany 名投資公司。

in'vestment ˌtrust 名投資信託公司。

in·ves·tor [ɪn'vɛstɚ] 名 1 投資者。2 敘任者，任命者；授予者。3 包圍者。

in·vet·er·a·cy [ɪn'vɛtərəsɪ] 名ⓊⒸ 1 根深蒂固，頑固。2 慢性，持久。

in·vet·er·ate [ɪn'vɛtərɪt] 形 根深蒂固的，持久的；頑固的，積習已深的：an ～ talker 喋喋不休積習難改的人。～·ly 副

in·vi·a·ble [ɪn'vaɪəbl] 形不能生存的。

in·vid·i·ous [ɪn'vɪdɪəs] 形 1 招嫉妒的；令人厭惡的，惹人反感的：an ～ comparison 惹人反感的比較。2 不公平以致造成傷害的。～·ly 副，～·ness 名

in·vig·i·late [ɪn'vɪdʒə,let] 動 不及《英》監考（《美》proctor）。-'la·tor 名

in·vig·or·ant [ɪn'vɪgərənt] 名強壯劑，補品。

in·vig·or·ate [ɪn'vɪgə,ret] 動 及 使充滿生氣與活力，激勵。-'a·tion 名

in·vig·or·at·ing [ɪn'vɪgə,retɪŋ] 形 使人充滿生氣與活力的；激勵的。～·ly 副

in·vin·ci·ble [ɪn'vɪnsəbl] 形 1 無法征服的，無敵的。2 無法克服的，頑強的。～·ness 名，-bly 副

In'vincible Ar'mada 名《the ～》〖史〗（西班牙的）無敵艦隊。

in·vi·o·la·ble [ɪn'vaɪələbl] 形不可侵犯的；不可褻瀆的，神聖的：～ morals 不可侵犯的道德規範。-bly 副

in·vi·o·late [ɪn'vaɪəlɪt, -ˌlet] 形未受侵犯的；未遭褻瀆的；未受損傷的。

-la·cy [-ləsɪ]，～·ness 名，～·ly 副

in·vis·i·bil·ity [ˌɪnvɪzə'bɪlətɪ] 名Ⓤ看不見，隱藏。

in·vis·i·ble [ɪn'vɪzəbl] 形 1 看不見的；隱形的；無從察覺的，無從分辨的：remain ～ 不被看見，不露面 / be ～ to the naked eye 肉眼看不見的。2 未列在公開帳目上的；無形的：～ trade balance 無形貿易差額。3 不爲社會所知曉的，未公布的。

—名 1 看不見的人[物]。2《the ～》靈界；《the I-》上帝，神。3《～s》無形貿易。

in'visible 'ink 名Ⓤ隱形墨水。

:in·vi·ta·tion [ˌɪnvə'teʃən] 名 1 ⓊⒸ邀請，招待《to...》；Ⓒ請帖：on the ～ of... 受…之邀 / decline an ～ to dinner 謝絕邀宴。2 吸引；誘惑（物）《to...》；挑逗的事物；誘因《to do》：an ～ to suicide 自殺的誘因。3《常作I-》〖英國教〗懺悔儀式之前的簡短訓道。

in·vi·ta·tion·al [ˌɪnvə'teʃənl] 形應邀而舉行的；只限受邀選手參加的。

in·vi·ta·to·ry [ɪn'vaɪtə,torɪ] 形 邀請的；傳達邀請之意的。

:in·vite [ɪn'vaɪt] 動 (-vit·ed, -vit·ing) 及 1 邀請《to...》：～ friends to a party 邀請朋友參加宴會。2 請求，懇求：～ contributions 懇請捐獻。3 引起，招致：～ laughter 引起笑聲。4 吸引，引誘；誘發。

—不及 發出邀請；發出誘惑力。

—['-,-] 名《俚》請柬，請帖。

in·vi·tee [ɪn'vaɪti, ˌɪnvaɪ'ti] 名被邀請者。

in·vit·ing [ɪn'vaɪtɪŋ] 形 誘人的；引起興趣的，吸引人的：an ～ opportunity 誘人的機會。～·ly 副

in vi·tro [ɪn'vɪtro] 副形〖生〗在活體外地[的]，在試管內地[的]。

in 'vitro fertili'zation 名Ⓤ 人工體外受精 = external fertilization.

in·vo·ca·tion [ˌɪnvə'keʃən] 名ⓊⒸ 1 祈禱，祈求《to...》；禱文；哀求。2 向詩神請求賜予寫詩靈感的呼籲；降魔召鬼的咒文。3 引證，援引；訴訟；行使。～·al 形

in·voc·a·to·ry [ɪn'vɑkə,torɪ] 形祈求的，懇求的；向神呼求的；祈禱似的。

in·voice ['ɪnvɔɪs] 名 發票；送貨清單。

—動及 開發票，開列清單。

in·voke [ɪn'vok] 動及 1 祈求（神靈等的幫助）；乞靈於。2 請求：～ a person's aid 請求某人援助。3 援引，行使（法律條款、權利等）；訴諸於：～ a veto 行使否決權。4（以咒語）召喚。5 使產生；引起。

·in·vol·un·tar·y [ɪn'vɑlən,tɛrɪ] 形 1 非本意的，不得已的：～ consent 不得已的同意。2 無意識的，非故意的。3〖生理〗不隨意的。

-i·ly 副，-i·ness 名

in·vo·lute ['ɪnvə,lut] 形 1 糾纏的，錯綜複雜的。2 漩渦狀的，螺旋狀的。3〖植〗內旋的。

—名 1〖幾何〗漸伸線；切展線。2 複雜之物。—[,--'-] 動不及 1 內旋，捲成螺旋狀。2 回復原狀；消失。

in·vo·lu·tion [ˌɪnvə'luʃən] 名ⓊⒸ 1 捲入，糾纏；錯綜複雜。2 錯綜之物：～s of the plot 情節的錯綜複雜。3〖植·動〗內旋（部分）。4〖生〗退化；〖生理〗萎縮，捲縮；身體功能的衰退，（性機能的）衰

弱。5〖文法〗複雜的構句。6〖數〗乘方，冪方；對合。

in·vo·lu·tion·al [ˌɪnvəˈluʃənl] 形 更年期憂鬱症的：～ melancholia 更年期憂鬱症。—名 更年期憂鬱症患者。

·**in·volve** [ɪnˈvɑlv] 動 (-volved, -volv·ing) 及 1 使捲入；使受到牽連《*in*...》：～ a person *in* a quarrel 把某人捲入爭吵中。2 ⑴捲，裹《*in*...》。⑵使包圍；使專心《*in, with*...》。3《被動》⑴使有糾葛《*with*...》。⑵使和…產生關係《*with*...》。4 包含；需要；牽涉。

in·volved [ɪnˈvɑlvd] 形 1 複雜的，錯綜的：an ～ argument 複雜的爭論。2 被捲入的；參與的。3（財政等）困難的。4（與異性）有性關係的。

in·volve·ment [ɪnˈvɑlvmənt] 名 1 U 捲入；牽連《*in, with*...》。2 困難；迷惑。

in·vul·ner·a·ble [ɪnˈvʌlnərəbl] 形 1 不能傷害的。2 攻不破的；不能駁倒的；無懈可擊的；固若金湯的。-**bly** 副

·**in·ward** [ˈɪnwɚd] 副 1 向內側[內部]地，向中心地：a train bound ～ from the coast 從海岸開往內陸的列車。2 向內心地：turn one's thoughts ～ 內省。—形 1 向內側的，往內部的；〖商〗輸入的：～ traffic 從外地進來的交通量。2 在內部的，內側的。3 在體內的。4 內地的。5 固有的；內心的，精神的。6 含混的：speak in an ～ voice 以含混的聲音說話。7 隱私的，秘密的。

—名 1 內部，內側；內心；精神。2（～s）《英口》腸，內臟。

in·ward-look·ing [ˈɪnwɚdˌlukɪŋ] 形 著眼於內部的，重視內政的。

in·ward·ly [ˈɪnwɚdlɪ] 副 1 在[向]內部地：curve ～ 向內側彎曲。2 秘密地；私自地；在心中：chuckle ～ 暗自乾笑 / look ～ 內省。3 小聲地。

in·ward·ness [ˈɪnwɚdnɪs] 名 U 1 位於內部（的狀況）。2 思想的深度；內省。3 精神性，靈性；對精神生活的關注。4 本質；真諦。5 親密性。

in·wards [ˈɪnwɚdz] 副 = inward.

in·weave [ɪnˈwiv] 動 (-wove [-ˈwov] 或 -weaved, -wo·ven [-ˈwovən] 或 -wove 或 -weaved, -weav·ing) 及 使交織，使混入；使織進，使織成。

in·wrought [ɪnˈrɔt] 形 1 摻入的，混入的。2 織有（圖案等）的；鑲嵌的：silver ～ with gold 鑲金的銀器。

ˌ**in-your-ˈface** 形 侵略式的，粗暴的。

I·o [ˈaɪo] 名 愛歐：1〖希神〗Zeus 所愛的女神。2〖天〗木星的 12 個衛星之一。

Io《化學符號》*io*nium.

Io.《縮寫》*Io*wa.

I/O《縮寫》*i*nput / *o*utput 1〖電腦〗輸入/輸出。2〖經〗投入產出。

IOC《縮寫》*I*nternational *O*lympic *C*ommittee 國際奧林匹克委員會。

i·o·dide [ˈaɪəˌdaɪd, -dɪd] 名 U C〖化〗碘化物。

i·o·dine [ˈaɪəˌdaɪn, -dɪn] 名 U 1〖化〗碘（符號：I）。2《口》碘酒。

i·o·dize [ˈaɪəˌdaɪz] 動 及 使碘化，以碘處理。

i·o·do·form [aɪˈodəˌfɔrm, -ˈɑd-] 名 U〖化〗三碘化甲烷，碘仿。

I.O.M.《縮寫》the *I*sle *o*f *M*an.

i·on [ˈaɪən, ˈaɪɑn] 名〖理·化〗離子。

-ion《字尾》表「動作，狀態，過程，結果」之意（亦作 **-ation, -(i)tion**）。

ˈ**ion exˌchange** 名 U C〖理·化〗離子交換。

I·o·ni·a [aɪˈonɪə] 名 愛奧尼亞：小亞細亞西部的地區，古希臘的殖民地。

I·o·ni·an [aɪˈonɪən] 形 1 愛奧尼亞的。愛奧尼亞人的。—名 愛奧尼亞人。

Iˈonian ˈSea 名 愛奧尼亞海。

I·on·ic [aɪˈɑnɪk] 形 1 愛奧尼亞（人）的。2〖建〗愛奧尼亞式的；愛奧尼亞式字體的：the ～ order 愛奧尼亞柱型。—名 1 愛奧尼亞方言。2 U（亦作 **ionic**）〖印〗活字體的一種。

i·on·ic [aɪˈɑnɪk] 形 離子的。

i·o·ni·um [aɪˈonɪəm] 名 U〖化〗鑀。符號：Io

i·on·i·za·tion [ˌaɪənəˈzeʃən] 名 U〖理化〗離子化，電離。

i·on·ize [ˈaɪəˌnaɪz] 動 及 不及（使）離子化，（使）電離。

i·on·o·sphere [aɪˈɑnəˌsfɪr] 名〖氣象〗（the ～）電離層。

i·o·ta [aɪˈotə] 名 1《否定》少量，些微，絲毫。2 U C 希臘文的第九個字母（ι）。

IOU, I.O.U. [ˈaɪˌoˈju] 名 借據，借條。

-ious《字尾》-**i**- 和 -**ous** 的複合形；構成形容詞。

I.O.W.《縮寫》the *I*sle *o*f *W*ight.

I·o·wa [ˈaɪəwə] 名 1 愛荷華：美國中西部的一州；首府 Des Moines（略作：Ia., IA.）。2（複 ～s, ～）愛荷華族（的人）。-**wan** 形 名 愛荷華州的[人]。

IPA, I.P.A.《縮寫》*I*nternational *Ph*onetic *A*lphabet 國際音標；*I*nternational *Ph*onetic *A*ssociation 國際語音學協會。

ˈ**IP aˈddress** 名〖電腦〗網際網路通訊協定位址。IP = *I*nternet *P*rotocol.

I-phone [ˈaɪˌfon] 名 網路電話。

IPR《縮寫》*i*ntelligence *p*roperty *r*ights 智慧財產權。

ip·so fac·to [ˈɪpsoˈfækto] 副 1 根據事實；有鑑於此。2 由於此一事實[行爲]。

IQ, I.Q.《縮寫》*i*ntelligence *q*uotient 智商。

Ir[1]《縮寫》*Ir*ish.

Ir[2]《化學符號》iridium.

Ir.《縮寫》*Ir*eland; *Ir*ish.

ir-《字首》**in-** 的變體，用於 r 之前，如

irradiate, irregular.

RA, I.R.A. 《縮寫》(1)《美》*i*ndividual *r*etirement *a*ccount 個人退休金專戶。(2) *I*rish *R*epublican *A*rmy 愛爾蘭共和軍。

·rak [i'rɑk] 名 = Iraq.

·ran [aɪ'ræn, i'rɑn] 名伊朗（共和國）：位於亞洲西部；首都德黑蘭（Taheran）。

·ra·ni·an [aɪ'renɪən] 形 1 伊朗（人）的；伊朗語的。2 伊朗語系的。— 名 1 伊朗人，波斯人。2 Ⓤ 伊朗語。

·raq [i'rɑk] 名伊拉克（共和國）：位於亞洲西南部；首都巴格達（Baghdad）。

·ra·qi [i'rɑkɪ] 名（複 ~s [-z]）1 伊拉克人。2 Ⓤ 伊拉克語。— 形 伊拉克的；伊拉克人的，伊拉克語的。

·ras·ci·bil·i·ty [ɪ,ræsə'bɪlətɪ] 名 Ⓤ 易怒，脾氣暴躁。

·ras·ci·ble [aɪ'ræsəbḷ, ɪ'ræsə-] 形 1 易怒的，暴躁的：an ~ matron 脾氣暴躁的女舍監。2 發怒的，流露出怒氣的。~·ness 名, -bly 副

·rate ['aɪret, aɪ'ret] 形《文》大怒的，憤慨的。~·ly 副

·RBM, I.R.B.M. 《縮寫》*i*ntermediate *r*ange *b*allistic *m*issile 中程彈道飛彈。

·RC 《縮寫》*I*nternational *R*ed *C*ross 國際紅十字會。

·re [aɪr] 名 Ⓤ《文》怒氣，憤怒。— 動 及 使發怒。

·re. 《縮寫》*Ire*land.

·re·ful ['aɪrfəl] 形《文》1 發怒的，憤怒的：an ~ glance 憤怒的一瞥。2 易怒的。~·ly 副, ~·ness 名

·re·land ['aɪrlənd] 名 1 愛爾蘭。2《the Republic of ~》愛爾蘭共和國：首都都柏林（Dublin）。

·re·ne[1] [aɪ'rinɪ] 名〖希神〗愛寧妮：和平女神。

·rene[2] [aɪ'rin] 名〖女子名〗艾琳。

·i·des ['ɪrə,diz, 'aɪ-] 名 iris 的複數形。

·i·des·cence [,ɪrə'dɛsəns] 名 Ⓤ 虹彩；（呈虹彩的）變色現象：the ~ of the soap bubble 肥皂泡的虹彩。

·i·des·cent [,ɪrə'dɛsənt] 形 呈虹彩的，有暈光的：the ~ wings of the dragonfly 蜻蜓的帶虹彩的翅膀。~·ly 副

·rid·i·um [aɪ'rɪdɪəm, ɪ-] 名 Ⓤ〖化〗銥。符號：Ir

·i·dol·o·gy [,ɪrɪ'dɑlədʒɪ] 名 虹膜學。

·ris ['aɪrɪs] 名（複 ~·es, **ir·i·des** ['ɪrə,diz, 'aɪ-]）1〖解〗虹膜。2〖植〗鳶尾科植物；鳶尾花。3 彩虹（般之物）；Ⓤ 彩虹色；淡紫色。4〖影·視〗光圈。5〖礦〗暈色石英。— 動 不及 1〖影〗把（影像）圈入[出]（in / out）。2 使成彩虹狀[色]。

·ris[1] ['aɪrɪs] 名 1〖希神〗艾莉絲：彩虹女神。2〖女子名〗艾莉絲。

·ris[2] ['aɪrɪs] 名 紅外線入侵警報系統。

·rish ['aɪrɪʃ] 形 愛爾蘭（式）的；愛爾蘭人[語]的。— 名 1 愛爾蘭人；愛爾蘭土著。2 Ⓤ 愛爾蘭語；愛爾蘭英語。3 愛爾蘭產品。4《俚》怒氣，暴躁脾氣。~·ly 副

'Irish 'bull 名 不合邏輯的話。

'Irish 'coffee 名 Ⓤ 愛爾蘭咖啡。

'Irish 'Free ,State 名《the ~》愛爾蘭自由邦（1921-37）。

I·rish·ism ['aɪrɪʃɪzəm] 名 Ⓤ Ⓒ 愛爾蘭風格。

I·rish·man ['aɪrɪʃmən] 名（複 **-men**）愛爾蘭裔的人；（土生土長的）愛爾蘭人。

'Irish po'tato 名 Ⓒ Ⓤ 白馬鈴薯。

'Irish Re'public 名《the ~》= Ireland 名 2.

'Irish 'setter 名 愛爾蘭長毛獵犬。

'Irish 'stew 名 Ⓒ Ⓤ 以羊肉、馬鈴薯、洋蔥、紅蘿蔔等燉煮成的菜肴。

'Irish 'whiskey 名 Ⓤ Ⓒ 愛爾蘭威士忌。

I·rish·wom·an ['aɪrɪʃ,wumən] 名（複 **-wom·en** [-,wɪmɪn]）愛爾蘭（裔）婦女。

irk [ɝk] 動 及《文》使困擾；使惱怒。

irk·some ['ɝksəm] 形 令人困擾的，討厭的，麻煩的，難辦的：~ rules 討厭的規則。~·ly 副, ~·ness 名

:i·ron ['aɪɚn] 名 1 Ⓤ〖化〗鐵。2 Ⓤ 毅力；無情；堅強；堅固：a will of ~ 堅強的意志 / a man of ~ 鐵漢，硬漢；冷酷無情的人 / (as) hard as ~ 似鐵般堅硬的；非常嚴酷的。3 鐵器；（鉋等的）刀；魚叉：fire ~s 爐子的生火用具。4 熨斗，烙鐵；烙印：use an ~ to press a skirt 用熨斗燙裙子。5〖高爾夫〗鐵頭球桿。6《俚》手槍。7 Ⓤ〖醫〗鐵劑，含鐵質的補藥。8《~s》手銬，腳鐐；馬鐙；（鐵製的）下肢矯正器：under guard and in ~s 繫於獄中且加上鐐銬。

irons in the fire 手頭的各種工作；同時進行的各種計畫。

rule with a rod of iron 實行苛政，施以高壓政策。

Strike while the iron is hot. 《諺》打鐵趁熱；勿失良機。

The iron entered into his soul. 嘗過極大的苦楚；心中覺得非常痛苦。

— 形 1 鐵（製）的。2 似鐵般的；不屈不撓的；嚴厲的；冷酷的：the ~ laws of nature 嚴酷的自然法則。3 堅固的，不動搖的：an ~ alibi 難以推翻的不在場證明。4 強健的。5 緊緊地握住的：with an ~ grip 緊緊握住地。6 不愉快的，刺耳的。— 動 及 1 熨燙。2 給（人）加上手銬腳鐐。— 不及 熨燙衣服；被熨平。

iron...out* / *iron out... 《口》(1) 燙平。(2) 消除；調停，解決。

'Iron 'Age 名《the ~》1 鐵器時代。2《i- a-》〖希神〗黑鐵時代。

i·ron·bound ['aɪɚn,baund] 形 1 包鐵的；戴鐐銬的。2 堅硬的；嚴厲的，不容變通的。3《文》被岩石圍繞的，險阻的。

I

i·ron·clad ['aɪɚn'klæd] 形1裝上鐵甲的：an ~ ship 鐵甲船。2 非常嚴厲的，打不破的：an ~ promise 堅定的諾言。—['--,-] 名（19 世紀的）裝甲艦。

'Iron 'Cross 名鐵十字勳章。

'Iron 'Curtain 名《the ~》鐵幕。

i·ron·fist·ed ['aɪɚn'fɪstɪd] 形 1 殘暴的；鎮壓的。2 吝嗇的，小氣的。

'iron 'gray 名U, 形鐵灰色（的）。

'iron 'hand 名鐵腕控制，壓制。

'i·ron-'hand·ed 形 鐵腕控制的，嚴厲的。

i·ron·heart·ed ['aɪɚn'hɑrtɪd] 形《口》鐵石心腸的，無情的，冷酷的。

'iron 'horse 名《the ~》《古·諧》蒸汽火車頭。

i·ron·ic [aɪ'rɑnɪk], **-i·cal** [-ɪkḷ] 形 1含反諷意味的，挖苦的；諷刺性的：an ~ remark 反諷性的評論。2 愛說反話的，好嘲弄的：a very ~ man 很愛嘲弄的人。**-i·cal·ly** 副

i·ron·ing ['aɪɚnɪŋ] 名U 1 熨燙。2 已燙好或準備要燙的衣服。

'ironing ˌboard 名熨衣板，熨衣檯。

i·ro·nist ['aɪrənɪst] 名用反語者，譏諷者，諷刺作家。

i·ro·nize ['aɪrəˌnaɪz] 動 不及說反話，挖苦人。—及挖苦。

'iron 'lung 名鐵肺：一種人工呼吸器。

'iron 'man 名《俚》1能堅忍不拔地完成工作的人；韌性極強的運動員。2 機器人。

'iron ˌmold 名U鐵鏽跡；墨跡。

i·ron·mon·ger ['aɪɚnˌmʌŋgɚ] 名《英》五金商。

i·ron·mon·ger·y ['aɪɚnˌmʌŋgərɪ] 名(複-ger·ies)《英》1 五金商店。2 U 五金類，鐵器類。

'iron 'oxide 名U〖化〗氧化鐵。

'iron 'rations 名(複)應急口糧。

i·ron·sides ['aɪɚnˌsaɪdz] 名(複)《作單數》勇敢果斷的人。

i·ron·stone ['aɪɚnˌston] 名U 1 鐵石，含鐵礦石。2 白色粗陶器。

i·ron·ware ['aɪɚnˌwɛr] 名 U 鐵器，五金。

i·ron·wood ['aɪɚnˌwud] 名 1〖植〗硬質樹木的通稱。2 U 硬質木材。

i·ron·work ['aɪɚnˌwɝk] 名 U 鐵製部分；鐵製品（工藝）。~·**er** 名鐵工。

i·ron·works ['aɪɚnˌwɝks] 名 (複)《作單、複數》鐵工廠，煉鐵廠。

·i·ro·ny ['aɪrənɪ] 名 (複-nies) 1 U 反語法；反語。2 U〖文〗反諷（法）。3 U 蘇格拉底的反問法。4 和預期相反的結局，具諷刺性的收場；〖劇〗戲劇式的嘲弄：by the ~ of fate 由於命運的捉弄。5 諷刺的筆調；嘲弄，譏諷。

Ir·o·quoi·an [ˌɪrə'kwɔɪən] 形（北美印第安的）依洛克族的，依洛克語的。—名依洛克族；U依洛克語。

Ir·o·quois ['ɪrəˌkwɔɪz] 名 (複~)《 th ~》依洛克族。

ir·ra·di·ance [ɪ'redɪəns] 名 U 1〖理〗輻射度。2 發光，光輝：an intellectual ~ 智慧的光輝。

-ant 形 光輝的。

ir·ra·di·ate [ɪ'redɪˌet] 動及1 投光於，照耀。2 啓發，闡明。3 放射，發出：~ light and heat 放射光和熱。4 使生輝，使發光。5 施以放射線治療；使暴露於放射線中。—不及 發光。

—[-dɪɪt, -dɪˌet] 形明亮的，光輝的。

ir·ra·di·a·tion [ɪˌredɪ'eʃən] 名U 1 光，照射；使用放射線；暴露於放射線中。2 啓發，啓蒙。3 光線，光束。

ir·ra·tion·al [ɪ'ræʃənḷ] 形 1 無理性的：~ beasts 無理性的動物。2 無分辨是非能力的。3 不合理的；荒唐無稽的。4〖數〗無理的。—名〖數〗無理數。~·**ly** 副

ir·ra·tion·al·ism [ɪ'ræʃənḷˌɪzəm] 名 U1 無理性；無分辨是非能力；不合理性。2 不理智的態度；非理性主義。-**ist** 形名

ir·ra·tion·al·i·ty [ɪˌræʃə'nælətɪ] 名 (複-ties [-z]) 1 U 無理性；不合理。2 不理智的行動；荒唐無稽的想法。

i'rrational ˌnumber 名無理數。

ir·re·claim·a·ble [ˌɪrɪ'klemәbḷ] 形不能開墾的；不能恢復的；不能矯正的；不能取消的。-**bly** 副

ir·rec·on·cil·a·ble [ɪ'rɛkənˌsaɪləbḷ] 形 1 不能調和的，對立的：~ views 對立的見解。2 不能妥協的。—名不能和解的人，不相容者；不妥協的人，不妥協派分子。-**'bil·i·ty** 名, -**bly** 副

ir·re·cov·er·a·ble [ˌɪrɪ'kʌvərəbḷ] 形 1 不能挽回的，不能補救的：an ~ debt 收不回來的債 / ~ damage 不能補救的損害。2 不能治療的。-**bly** 副

ir·re·cu·sa·ble [ˌɪrɪ'kjuzəbḷ] 形不能拒絕的，不能反對的，非接受不可的。

ir·re·deem·a·ble [ˌɪrɪ'dimәbḷ] 形 1 不能清償的；不能兌現的。2 無可救藥的。3 無法補救的；無希望的。

—名不可提前償還的債券。-**bly** 副

ir·re·duc·i·ble [ˌɪrɪ'djusəbḷ] 形 1 不能減的，不能再小的：the ~ minimum 不能再少的最低額度。2 不能改變的，難歸納的《 *to*... 》：be ~ *to* rule 找不出規則的；無規則可循的。3〖數〗不能約的。4〖外科〗難以回復的。-**bly** 副

ir·re·form·a·ble [ˌɪrɪ'fɔrməbḷ] 形 1 不能矯正的，不可改造的。2 無改善餘地的，決定性的，完全的。

ir·ref·ra·ga·ble [ɪ'rɛfrəgəbḷ] 形 1 不能拒絕的；無可辯駁的；不能否認的：~ evidence 不容辯駁的證據。2 不能破壞的，不可侵犯的。-**'bil·i·ty** 名, -**bly** 副

ir·ref·u·ta·ble [ɪ'rɛfjutəbḷ, ˌɪrɪ'fju-] 形 不可反駁的。

r·reg·u·lar [ɪ'rɛgjələ] 形 1 不整齊的；不平坦的：～ teeth 排列不整齊的牙齒。2 不規則的；不按常理的：an ～ liner 不定期班輪。3 不合法的；不合道德的；非正式的；祕密的：an ～ marriage 非正式的婚禮 / ～ means 不法的手段。4〖植〗不齊的；不一致的；無對稱面的。5〖文法〗不規則（變化）的。6〖軍〗非正規的：～ troops 非正規軍。7 有瑕疵的，有缺點的。—名 1 不合規則者。2 瑕疵品。3〖軍〗非正規士兵。～·ly 副 不規則地，不定期地。

r·reg·u·lar·i·ty [,ɪrɛgjə'lærətɪ] 名 (複 -ties) 1 Ⓤ 不規則，異常；不整齊，不一致（*in...*）。2 不規則之物；不平整之物；不法行爲，品行不端：*irregularities* in the city government 市政府的違法行爲。3 Ⓒ Ⓤ〖文法〗不規則變化。4 便祕。

r·rel·a·tive [ɪ'rɛlətɪv] 形 1 無關係的；非姻親的（*to...*）。2 不適當的，不切題的。～·ly 副

r·rel·e·vance [ɪ'rɛləvəns] 名 Ⓤ 1 不適切；不相干；不相干的事物。2 不切題，無關聯性。

r·rel·e·van·cy [ɪ'rɛləvənsɪ] 名 (複-cies) = irrelevance.

r·rel·e·vant [ɪ'rɛləvənt] 形 1 無關係的（*to...*）；不適切的：be ～ *to* the matter 和那件事無關。2（證據）無關聯性的。～·ly 副

r·re·li·gion [,ɪrɪ'lɪdʒən] 名 Ⓤ 1 無宗教，無信仰。2 反宗教，（對神）不敬。

r·re·li·gious [,ɪrɪ'lɪdʒəs] 形 無宗教的；反對宗教的；無宗教信仰的。

r·rem·e·a·ble [ɪ'rɛmɪəbl, ɪ'ri-] 形〖詩〗不准回去的，不能退回的。-bly 副

r·re·me·di·a·ble [,ɪrɪ'midɪəbl] 形 不能治療的；不能改的，不能補救的：～ illness 不治之症。-bly 副

r·re·mis·si·ble [,ɪrɪ'mɪsəbl] 形 1 難以寬恕的。2 不能免除的，不可逃避的。-bly 副

r·re·mov·a·ble [,ɪrɪ'muvəbl] 形 不能移動的；不能除去的，不能解僱的，不能免職的。-bly 副

r·rep·a·ra·ble [ɪ'rɛpərəbl] 形 不能修復的；不能償還的；不能挽回的。-bly 副

r·re·place·a·ble [,ɪrɪ'plesəbl] 形 不能替換的：an ～ vase 獨一無二的花瓶。

r·re·press·i·ble [,ɪrɪ'prɛsəbl] 形 不能壓抑的，無法控制的。—名《口》難駕馭的人。-bly 副

r·re·proach·a·ble [,ɪrɪ'protʃəbl] 形 無可責難的，無缺點的：～ manners 無懈可擊的舉止。-bly 副

r·re·sist·i·ble [,ɪrɪ'zɪstəbl] 形 1 不能壓制的；不能抵抗的：(an) ～ proof 不容反駁的證據。2 非常有魅力的；可愛的：an ～ attraction 令人無法抗拒的吸引力。—名 難以抗拒的人[物]，極具吸引力的人[物]。-bly 副

ir·res·o·lu·ble [ɪ'rɛzəljəbl] 形 1 無法解決的，無法解釋的。2 不能溶解的。

ir·res·o·lute [ɪ'rɛzə,lut] 形 不果斷的，無定見的，猶豫不決的，優柔寡斷的。～·ly 副

ir·res·o·lu·tion [,ɪrɛzə'luʃən] 名 Ⓤ 無果斷力，無定見，猶豫不決。

ir·re·solv·a·ble [,ɪrɪ'zɑlvəbl] 形 不能解決的；不能分解的，不能分析的。

ir·re·spec·tive [,ɪrɪ'spɛktɪv] 形 無關的，無視的，不顧的，不考慮的。
irrespective of... 不論…，不分…。

ir·re·spec·tive·ly [,ɪrɪ'spɛktɪvlɪ] 副 不顧地。

ir·re·spon·si·ble [,ɪrɪ'spɑnsəbl] 形 1 不負責任的，不能信賴的。2 無負責任能力的。—名 無責任（感）的人。-'bil·i·ty 名, -bly 副

ir·re·spon·sive [,ɪrɪ'spɑnsɪv] 形 不起感應的，無反應的（*to...*）：～ *to* control 無法控制。

ir·re·ten·tive [,ɪrɪ'tɛntɪv] 形 無持久力的；記性差的。

ir·re·triev·a·ble [,ɪrɪ'trivəbl] 形 不能挽回的，無法補救的；不能恢復的。-bly 副

ir·rev·er·ence [ɪ'rɛvərəns] 名 1 Ⓤ 不敬，無禮；Ⓒ 無禮的言行：treat him with ～ 對他十分無禮。2 Ⓤ 不名譽。

ir·rev·er·ent [ɪ'rɛvərənt] 形 不敬的，無禮的：an ～ reply 不敬的回答。～·ly 副

ir·re·vers·i·ble [,ɪrɪ'vɝsəbl] 形 不能反轉的，不能逆轉的；不能取消的。-'bil·i·ty 名, -bly 副

ir·rev·o·ca·ble [ɪ'rɛvəkəbl] 形 不能挽回的；不能取消的；不能廢棄的：the ～ past 不能喚回的過去 / make an ～ promise 做不可撤回的允諾。-bly 副

ir·ri·ga·ble ['ɪrɪgəbl] 形 可灌溉的。

ir·ri·gate ['ɪrə,get] 動 及 1 灌溉；使潮溼[溼潤]。2〖醫〗沖洗：～ the wound with a disinfecting solution 以消毒液洗淨傷口。3 將生命賦予…，使肥沃。—不及 灌溉，洗淨。

·ir·ri·ga·tion [,ɪrə'geʃən] 名 Ⓤ 1 灌溉，注水；被灌溉的狀態，溼潤：an ～ ditch 灌溉用渠。2〖醫〗灌注，洗淨；冷敷或熱敷：an intestinal ～ 灌腸。

ir·ri·ta·bil·i·ty [,ɪrətə'bɪlətɪ] 名 Ⓤ 1 易怒，急躁。2〖生理·生〗感受性，感應性，反應性；〖藥〗過敏。

ir·ri·ta·ble ['ɪrətəbl] 形 1 易怒的，急躁的：an ～ disposition 易怒的性情 / be in an ～ mood 情緒焦躁。2〖生理〗敏銳的，過敏的。-bly 副

ir·ri·tant ['ɪrətənt] 形 使人焦躁的；（藥等）刺激性的，刺痛的。—名 1 刺激物。2〖病·醫〗刺激藥[劑]。

·ir·ri·tate ['ɪrə,tet] 動 (-tat·ed, -tat·ing)

(及)**1** 使焦躁，激怒。**2**〖生理〗刺激，使興奮；〖病〗使發炎，使刺痛，使過敏。—(不及) 造成焦躁、興奮等。**-ta·tor** (名)

ir·ri·tat·ed ['ɪrəˌtetɪd] (形)**1** 焦躁的，發怒的《*at, with, against...*》: get very ~about it 因那件事而非常生氣。**2** 發炎的，刺痛的。

ir·ri·tat·ing ['ɪrəˌtetɪŋ] (形)**1** 使人焦躁的，惱人的。發炎的，刺激的。~**·ly** (副)

ir·ri·ta·tion [ˌɪrə'teʃən] (名)(U)(C) **1** 焦躁，憤怒；激怒：be full of ~ 充滿怒氣 / feel a rising ~ 焦躁油然而生。**2**〖生理·病〗刺激，興奮；過敏症，發炎，痛楚。

ir·ri·ta·tive ['ɪrəˌtetɪv] (形) **1** 發怒的，焦躁的。**2**〖病〗刺激性的；〖生〗給予（特殊的行動或機能）刺激的。

ir·rupt [ɪ'rʌpt] (動)(不及)**1** 侵入，闖入；表達激烈的情緒。**2**（動物）急速增加。

ir·rup·tion [ɪ'rʌpʃən] (名)(U)(C) **1** 侵入，闖入: an ~ of enemy troops into the city 敵軍侵入該城市。**2**（動物數目的）急增。

IRS 《縮寫》《美》*I*nternal *R*evenue *S*ervice 國稅局。

Ir·ving ['ɝvɪŋ] (名) **Washington**, 歐文（1783−1859）: 美國作家、歷史家。

Ir·win ['ɝwɪn] (名)〖男子名〗爾溫。

:**is** [《z, ʒ 以外的有聲子音之前》z,《s, ʃ以外的無聲子音之前》s,《強》ɪz] (動) **be** 動詞的第三人稱，單數，直說法，現在式。

as is ⇨ AS[1] (介)（片語）

is- 《字首》**iso-** 在母音前的別體。

Is. 《縮寫》*Is*aiah; *is*land, *is*le.

Isa. 《縮寫》*Isa*iah.

I·saac ['aɪzək] (名)〖聖〗以撒。

Is·a·belle ['ɪzəˌbɛl] (名)〖女子名〗伊莎貝爾（亦稱 **Isabella**）。

I·sa·iah [aɪ'zeə] (名) **1** 以賽亞：舊約聖經中的大先知之一。**2**〖聖〗以賽亞書。

ISBN《縮寫》*I*nternational *S*tandard *B*ook *N*umber 國際標準圖書編號。

Is·car·i·ot [ɪs'kærɪət] (名) **1**〖聖〗以色加略：出賣耶穌的 Judas 的姓。**2** 賣友背信者。

ISD《縮寫》*i*nternational *s*ubscriber *d*ialing 國際電話直撥系統。

ISDN《縮寫》*I*ntegrated *S*ervices *D*igital *N*etwork 整體服務數位網路。

-ise ⇨ -ize

-ish 《字尾》**1** 從名詞變成形容詞。(1) 特別是加在表國名或地區名字之後，表「…的」、「屬於…的」之意。(2) 表「擁有…的性質」、「似…般的」之意。(3) 表「有…的傾向的」之意。**2** 加於形容詞之後，構成表「具有某種傾向」、「近似」之意的形容詞。**3**《俚》表「（年齡、時刻等）大約在…左右」之意。

Ish·ma·el ['ɪʃmɪəl] (名) **1**〖聖〗以實瑪利。**2** 被唾棄者，無家可歸的人。

Ish·ma·el·ite ['ɪʃmɪəˌlaɪt] (名)**1** 以實瑪利族：Ishmael 的後裔。**2** 流浪者，被唾棄者。

i·sin·glass ['aɪzɪŋˌglæs] (名)(U) **1** 魚膠。〖礦〗雲母。

I·sis ['aɪsɪs] (名)〖埃及宗教〗愛西絲：古及司豐饒的女神。

isl., Isl 《縮寫》*is*land; *is*le.

Is·lam ['ɪsləm, ɪs'lɑm] (名)(U) **1** 伊斯蘭教回教。**2**《集合名詞》伊斯蘭教徒，回徒；伊斯蘭文化；伊斯蘭世界。~ [ɪs'læmɪk] (形)

Is·lam·a·bad [ɪs'lɑməˌbɑd] (名)伊斯蘭巴德：巴基斯坦首都。

Is·lam·ism ['ɪsləmɪzəm] (名)(U)伊斯教，回教。

Is·lam·ite ['ɪsləˌmaɪt] (名)伊斯蘭教徒回教徒。

Is·lam·ize ['ɪsləˌmaɪz](動)(不及)(及)（使）信伊斯蘭教[回教]，（使）伊斯蘭化 **-i·'za·tion** (名)

:**is·land** ['aɪlənd] (名) **1** 島，島嶼；似島物：a desert ~ 無人島，荒島 / a cultu ~ 文化孤島。**2**（大草原中的）森林帶；孤立的小丘。**3**（路上的）安全島〖鐵路〗島式月臺。—(動)(及) **1** 使變成島使孤立，使隔離。**2** 使（似島般）散布。

is·land·er ['aɪləndɚ] (名)島民，島上的民。

isle [aɪl] (名)《文》島嶼，小島：the *I*-Wight 威特島 / the British *Isles* 不列顛島。

—(動)(及) **1** 使成為島嶼（般）。**2** 置於島上；使孤立，使隔離。

is·let ['aɪlɪt] (名)**1** 小島。**2** 小島狀之物：d connected ~*s* of knowledge 不連貫的片知識。~**·ed** (形)

ism ['ɪzəm] (名)《常為蔑》主義，學說。

-ism《字尾》附於名詞、形容詞之後造表「行動，行為」、「狀態，狀況」、「義」、「教義，學說」、「慣例」、「例」、「異常」等的抽象名詞。

:**isn't** ['ɪznt] is not 的縮略形。

ISO《縮寫》*I*nternational *S*tandards *O*rg nization 國際標準化組織。

iso-《字首》表「相等，相同」之意。

i·so·bar ['aɪsəˌbɑr](名)〖氣象〗等壓線

i·so·chro·mat·ic [ˌaɪsəkro'mætɪk] (形)〖光〗等色的。**2** 正色的。**3** 一定周波的。

i·soch·ro·nal [aɪ'sɑkrənl] (形)等時（性的，時間間隔相同的。

i·so·gloss ['aɪsəˌglɑs] (名)〖語言〗等線。

i·so·gon·ic [ˌaɪsə'gɑnɪk] (形) 等角的；偏角線的。—(名) 等偏角線。

·**i·so·late** ['aɪsəˌlet, 'ɪs-] (動) (**-lat·ed, -ing**) (及)《常用被動》**1** 使分離，使隔離使孤立《*from ...*》: ~ oneself *from* all cial contact 斷絕一切與外面的接觸。化〗使游離；分解。**3**〖電〗使絕緣。

—[-lɪt] (形) = isolated. —[-lɪt] (名) 被隔離

物[人]。**-la·tor** 图 隔離之物[人]。

i·so·lat·ed ['aɪsə,letɪd, 'ɪs-] 形 **1** 被隔離的；孤立的：an ~ fortress 孤立無援的要塞 / an ~village 孤立的村莊。**2**〖數〗孤立的；〖電〗絕緣的；〖化〗游離的。

i·so·la·tion [,aɪsə'leʃən, ,ɪsə-] 图 U **1** 分離隔離；孤立：an ~ ward 隔離病房。**2** 隔離狀態；孤獨：be in the ~ of one's home 獨自悶居家中。**3** 國家孤立：international ~ 國際上的孤立。**4**〖社會〗社會孤立。**5**〖化〗游離；絕緣。

i·so·la·tion·ism [,aɪsə'leʃən,ɪzəm] 图 U 孤立主義。**-ist** 图 形 孤立主義者(的)。

i·so·la·tive ['aɪsə,letɪv, -lətɪv, 'ɪs-] 形 **1**〖語言〗獨立的。**2** 獨立的；游離的。

i·so·mer ['aɪsəmə] 图 U〖化〗同分異構物，同質異構體；〖理〗同質異能素。

i·so·mer·ic [,aɪsə'mɛrɪk] 形〖化〗(同質)異構體的。

i·so·met·ric [,aɪsə'mɛtrɪk] 形 **1** 等容積的，同量的。**2**〖結晶〗等軸的。**3**〖生理〗在持續的緊張中不發生肌肉收縮的。**4**〖詩〗由同韻律變成的。

i·so·met·rics [,aɪsə'mɛtrɪks] 图《單·複》以靜態的動作鍛鍊肌肉的運動。

i·sos·ce·les [aɪ'sɑsə,liz] 形〖幾何〗二等邊的：an ~ triangle 等腰三角形。

i·sos·ta·sy [aɪ'sɑstəsɪ] 图 U **1**〖地質〗地殼均衡。**2** 平衡。

i·so·therm ['aɪsə,θɝm] 图〖氣象〗等溫線。

i·so·ther·mal [,aɪsə'θɝml] 图 形〖氣象〗等溫線(的)：an ~ line 等溫線。

i·so·ton·ic [,aɪsə'tɑnɪk] 形〖理化〗等滲壓的；〖生理〗等滲的，等張力的；(肌肉)均等緊張的。

i·so·tope ['aɪsə,top] 图〖化〗同位素。

i·so·tron ['aɪsə,trɑn] 图〖理〗同位素析離裝置。

i·so·trop·ic [,aɪsə'trɑpɪk] 形 **1**〖理〗等方性的。**2**〖動〗(卵)各向同性的。

ISP《縮寫》*I*nternet *S*ervice *P*rovider 網際網路服務提供者。

Is·ra·el ['ɪzrɪəl] 图 **1** 以色列：位於亞洲西南部；首都 Jerusalem。**2**《集合名詞·作複數》以色列人，猶太人。**3** 古代以色列王國。**4**〖聖〗以色列(Jacob的別名)。**5** 神的選民，基督教徒。

Is·rae·li [ɪz'relɪ] 图(複 ~s,《集合名詞》~)(現代的)以色列人。—形(現代的)以色列人的；以色列的。

Is·ra·el·ite ['ɪzrɪə,laɪt] 图 形 雅各的子孫(的)；神的選民(的)；古代以色列(人)(的)；希伯來人(的)。

Is·sei [i'se, 'ise] 图 (複~, ~s)《偶作 i-》一世：移居美國的第一代日本人。

ISSN《縮寫》*I*nternational *S*tandard *S*erial *N*umber 國際標準期刊編號。

is·su·a·ble ['ɪʃuəbl] 形 **1** 可發行的，可發布的。**2** 能獲得的。**3**〖法〗可成為(訴訟的)爭論點的。

is·su·ance ['ɪʃuəns] 图 U 發行，發布；配給，發給，發放。

·is·sue ['ɪʃu] 图 **1** 爭執點，爭端；問題；焦點：the real ~ in the conflict 衝突的癥結所在 / make an ~ of everything 把每件事當成問題。**2** U C 發行；(票據等的)開發；公布；散布：make public an ~ of bonds 公布債券的發行。**3** 發行物；(出版物的)號，版；(一版的)發行冊數：the April ~ 四月號 / a new ~ of silver dollars 新銀元的發行額。**4** 結果，結局：in the (last) ~ 在結局中，到頭來 / force the ~ 強迫做決定。**5** 所生產之物；成果，結果。**6** U《集合名詞》〖法〗子孫，後代。**7** U 流出，放出；C 流出物，發出物：the ~ of blood 出血 / the ~ of child from the mother 孩兒出生。**8** 出口，排泄口；河口。**9**〖病〗排出(物)；潰瘍，傷口。

at issue (1)(在)爭論中的，成為問題的。(2) 見解不同，不和《*with...*》。

face the issue 面對問題，認清事實。

join issue (1)(和…)開始爭論《*with...*》；持異議，反對《*on, upon, about...*》。(2)(將某事)任由法律裁決。

take issue with... 反對；爭論《*on...*》。

—動 **(-sued, -su·ing)** 及 發出，公布；散布；流出，冒出；配給，發給；發行；開發(票據)；出版，刊行。—不及 **1**(從…)冒出，流出《*from, out of...*》；出來，出現《*forth*》：~ *forth* to battle 出擊。**2** 發行；出版。**3** 發生，產生，(由…)而來《*from...*》。**4**〖主法〗(子孫、後代)(從…)衍生，生出；(收益)(從土地等)獲得《*from...*》。

is·sue·less ['ɪʃulɪs] 形 **1**〖法〗無子孫的，無後嗣的。**2** 無爭端的。**3** 無結果的。

is·su·er ['ɪʃuə] 图 發行人；開發人。

-ist《字尾》形成與**-ize**結尾的動詞及**-ism**結尾的名詞相對應的名詞。(1)表「做…者」之意。(2)表「精於…者」、「…家」之意。(3)表「從事…者」、「與…有關者」之意。(4)表「…信奉者[支持者]」之意。

Is·tan·bul [,ɪstæn'bul, -'bul, -tɑn-] 图 伊斯坦堡：土耳其最大都市及舊首都。

isth·mi·an ['ɪsmɪən] 形 **1** 地峽的。**2**《**I**-》Corinth 地峽的；Panama 地峽的。

isth·mus ['ɪsməs] 图 (複~·**es**, **-mi** [-maɪ]) **1** 地峽。**2**〖解·動〗峽部。

ISV《縮寫》*I*nternational *S*cientific *V*ocabulary.國際科學用語。

IT《縮寫》*I*nformation *T*echnology. 資訊科技。

:it¹ [ɪt] 代《第三人稱中性單數主詞、受詞》這個；它。**1**《指已經提過的事物》(1)《無生物、植物、蟲等》。(2)《人的團體》。(3)《抽象的觀念、命題、事》。(4)《性別不明或無性別的人、嬰兒、動物》。(5)《動作、行動》。2《當做非人稱動詞的主詞》(1)《含混地指事情、狀況》。(2)《指天氣、冷暖、明暗、時間、距離》。3《指痛苦、快樂等的原因、發源》。4《含混地指表現主體》。5《置於句首或句中作爲形式主詞、形式受詞》(1)《指後續的語句》。(2)《指後續的「for +(代)名詞+)不定詞」/「(of+)(代)名詞」》。(3)《指後續的子句》。(4)《指後續的動名詞片語》。6《以 **it is [was]... that [who, which, when]** 分裂句形式強調句子的主詞、(動詞的)受詞、副詞等》。7《在動詞、作動詞使用的名詞及介系詞之後當作其受詞》(1)《動詞》: fight ～ out 戰鬥到底 / rough ～ 忍耐困境 / sweat ～ out 堅持到底。(2)《某種名詞被用作動詞時》: bus～搭公車去 / hotel ～ 住旅館。(3)《前置詞》。8《主黑人方言》《用於代替 **there** 句型中的 **there**》。—名U 1(捉鬼遊戲中的)鬼。2《口》理想,至上:無與倫比之物;無可匹敵者。3《偶作I-》《俚·古》性感,吸引力。4《口》性交。

be with it《俚》(1)靈敏的,機警的。(2)跟上潮流的,時髦的。(3)成爲巡迴公演團的成員。

get with it《俚》敏捷地做;振作起來。

have it《俚》(1)有性的魅力。(2)愛某人,迷戀。(3)有能力;熟練。

That's it. (1)那才是問題;到此爲止。(2)就是那樣。

This is it. 正如所想;你看,我不是說過嗎?我不是跟你說過不行的嗎?

it² [ɪt] 名U《英口》甜的苦艾酒。

Ital., It. 《縮寫》*Ital*ian; *Ital*ic; *Ital*y.

ital. 《縮寫》*ital*ic(s).

·**I·tal·ian** [ɪ'tæljən] 形 義大利的;義大利人[語]的。—名 1 義大利人;義大利居民;出生在義大利的人。2 U 義大利語。

I·tal·ian·ize [ɪ'tæljə,naɪz] 動 不及 及 (使)具有義大利風格,(使)義大利化;(使)說義大利語。

i·tal·ic [ɪ'tælɪk] 形 斜體字的。—名 《～s》《偶作單數》義大利體字,斜體字。

i·tal·i·cize [ɪ'tælə,saɪz] 動及 以斜體字印刷;在…下畫橫線表示排斜體。—不及 使用斜體字。

I·tal·o- [ɪ'tælo] 表「義大利的」之意。

:**It·a·ly** ['ɪtlɪ] 名 義大利(共和國):位於歐洲南部;首都羅馬(Rome)。

·**itch** [ɪtʃ] 動 不及 1 癢;發癢: scratch one's ～ *ing* foot 搔癢足。2 渴望;極想《*for, after...*》。—及 1 使感覺癢。2 使焦躁。—名 1 癢。2《**an** ～, **one's** ～》熱望《*for*...》;渴望《*to* do》: *an* ～ *for* competition 渴望競爭的心情。3《**the** ～》疥癬,皮癬: suffer from *the* ～ 罹患皮癬。

itch·ing ['ɪtʃɪŋ] 形《限定用法》1 癢的。2 熱望的;渴望的;貪婪的: an ～ foot 渴望到處走走。—名 U C 1 癢。2 渴望《*for*...》。～·**ly** 副

itch·y ['ɪtʃɪ] 形 (**itch·i·er, itch·i·est**) 1 發癢的;癢的;患疥癬的。2 渴想的,渴望的。

:**it'd** ['ɪtəd] 1 it would 的縮略形。2 it had 的縮略形。

-**ite**《字尾》構成表下列之意的名詞。1 和場所、種族、指導者、主義、組織等有關的人。2 礦石、化石名稱。3 炸藥、化合物名稱。4 藥品、商品名。5 身體的部分。

·**i·tem** ['aɪtəm] 名 1 事項,條款,項目;物品;節目(的一部);特徵: a fast-selling ～ 銷路好的物品 / ～ by ～ 逐條的,一項一項地。2(新聞等的)一則,一條: local ～*s* 地方新聞。3《俚》(消息、謠言等的)來源,供閒談的話題。—動及《古》逐條寫下,記入備忘錄。—[-tɛm] 副《列舉項目時用語》同樣地。

i·tem·ize ['aɪtə,maɪz] 動及 逐項敘述,分項記入,分條列記,詳列。-**i·'za·tion** 名

it·er·ate ['ɪtə,ret] 動及 1 重述;反覆: ～ one's argument 反覆自己的辯論。2〖數·電腦〗反覆應用。

it·er·a·tion [,ɪtə'reʃən] 名U 1 重複,反覆;重複的事物。2〖電腦〗反覆操作。

it·er·a·tive ['ɪtə,retɪv] 形 1 反覆的;重複的;疊接的。2〖文法〗表示反覆的。3〖數·電腦〗反覆(應用)的。—名〖文法〗反覆態。

Ith·a·ca ['ɪθəkə] 名 伊色佳:希臘西部沿岸的一小島,爲 Odysseus 的家鄉。

i·tin·er·a(n)·cy [aɪ'tɪnərə(n)sɪ, ɪ-] 名(複-cies) 1 U C 遊歷;巡迴。2 巡迴傳教會;巡迴法官團。

i·tin·er·ant [aɪ'tɪnərənt, ɪ-] 形《限定用法》1 遊歷的,巡迴的;流動性的: an ～ preacher 巡迴傳道師。2 移動式的,飄蕩的。

—名 遊歷者,巡迴法官,推銷員;流動工人。

i·tin·er·ar·y [aɪ'tɪnə,rɛrɪ, ɪ-] 名 (複-**ar·ies**) 旅程,路線;旅行計畫;旅行記;旅行指南: arrange one's ～ 安排旅行計畫。—形 旅行的;旅行路線的。

i·tin·er·ate [aɪ'tɪnə,ret, ɪ-] 動 不及 巡迴,遊歷。-**'a·tion** 名

-**itis**《字尾》1〖醫〗表「…炎」之意。2《口》表「異常的狀況」、「過度」、「…狂」之意。

:**it'll** ['ɪtl] 1 it will 的縮略形。2 it shall 的縮略形。

:**its** [ɪts] 代《it¹ 的所有格》《限定形容詞》它的,牠的;其。

:**it's** [ɪts] 1 it is 的縮略形。2 it has 的縮略形。

:**it·self** [ɪt'sɛlf] 代 1《it¹ 的反身用法》《動詞的直接、間接受詞,介系詞的受詞》它本身。2 其自身,其物。(1)《作 **it, which, that, this** 的強調詞》: a book-binding *that* ～ is valuable 裝訂書本身是有其價值的。

(2)《作獨立分詞意義上的主詞》。**3**《非標準》《強調》= it. **4** 正常的狀態。
by itself (1) 單獨。(2) 自動地，自行。
in itself 本質上，本身，本來。
of itself 自行地，自然地。

it·sy-bit·sy ['ɪtsɪ'bɪtsɪ], **it·ty-bit·ty** ['ɪtɪ 'bɪtɪ] 形《兒語》微小的，極小的。

ITU, I.T.U.《縮寫》*I*nternational *T*elecommunication *U*nion 國際電信聯盟。

-ity《字尾》表「狀態」、「（性）質」、「程度」之意。

IUD《縮寫》*i*ntra*u*terine *d*evice 子宮內避孕器。

I·van·hoe ['aɪvən,ho] 名 **1**『撒克遜劫後英雄傳』：一部歷史小說名。**2** 艾凡何：撒克遜劫後英雄傳書中男主角之名。

-ive《字尾》構成表「傾向」、「性質」、「機能」、「關係」等之意的形容詞。

I've [aɪv] I have 的縮略形。

IVF《縮寫》*in vitro fertilization.*

i·vied ['aɪvɪd] 形 長滿常春藤的。

i·vo·ry ['aɪvərɪ] 名 (複 **-ries**) **1** Ⓤ象牙質；似象牙的物質；象牙。**2** 象牙（製品）；《**-ries**》《集合名詞》《俚》（鋼琴的）鍵盤；骰子；撞球的球：tickle the *ivories*《謔》彈鋼琴。**3**《**-ries**》《俚》牙齒。**4** Ⓤ植物象牙。**5** Ⓤ象牙色，乳白色。—形《限定用法》**1** 象牙製的。**2** 象牙色的，乳白色的；似象牙般的。

'ivory 'black 名 Ⓤ象牙灰製成的黑色顏料。

Ivory 'Coast 名《the ～》象牙海岸（共和國）：正式國名為法文 Côte d'Ivoire；位於非洲西部；首都雅穆索戈（Yamoussoukro）。

ivory ˌnut 名〖植〗象牙棕櫚的果實。

'ivory ˌpalm 名〖植〗象牙棕櫚樹。

'ivory 'tower 名 象牙塔；與世隔絕的地方。

i·vo·ry-tow·ered ['aɪvərɪ'tauəd] 形 生活於象牙塔內的，脫離現實的。

i·vo·ry-tow·er·ism ['aɪvərɪ'tauə,rɪzəm] 名Ⓤ象牙塔主義，超俗主義，對俗事冷淡的態度。

'ivory 'white ['yellow] 名Ⓤ象牙色，乳白色。**'ivory-'white** 形

i·vy ['aɪvɪ] 名 (複 **-vies**) **1** Ⓤ常春藤；蔓藤植物的通稱。**2**《通常作 **I-**》常春藤盟校。

'Ivy 'League 名 **1**《the ～》常春藤聯盟：美國東北部的八所著名大學所組成的傳統聯盟。**2**《形容詞》常春藤聯盟大學（的學生或畢業生）的；具有權威的。

'Ivy 'Leaguer 名 常春藤盟校的學生或畢業生。

I.W.《縮寫》*I*sle of *W*ight.

I·wo Ji·ma ['iwo'dʒimə] 名 硫磺島：位於日本南方太平洋上的一火山島。

IWW《縮寫》*I*ndustrial *W*orkers of the *W*orld.

-ization《字尾》與 **-ize** 對應的名詞字尾。**1** 表示「成為…」之意，通常譯為「…化」。**2** 加在（通常以**-an**結尾的）專有形容詞和名詞之後，表示「將機構、制度或政治權力移交給某國家、民族」之意。

-ize《字尾》附於名詞及形容詞後。**1** 構成不及物動詞，表「依從某行動、習慣、政策、方針等」、「變成似…的樣子」之意。**2** 構成及物動詞，表「使形成」、「給予…的影響」之意。

iz·zard ['ɪzəd] 名ⓊⒸ《古·方》字母Z：from A to ～ 從 A 到 Z；自始自終。

J j

J[1], **j** [dʒe] 名 (複 **J's** 或 **Js**, **j's** 或 **js**) **1** U C 英文字母中第十個字母。**2** J 形物。

J[2] [dʒe] 名 U **1** (連續事物的) 第十。**2** ((偶作 **j-**)) (羅馬數字) I 的異體。

J[3] ((縮寫)) *j*oule; *J*ournal; *J*udge; *J*ustice.

j [dʒe] 名 (複 **j's**) ((美俚)) 大麻煙。

Ja. ((縮寫)) *Ja*nuary.

J.A. ((縮寫)) *j*oint *a*ccount; *J*udge *A*dvocate.

jab [dʒæb] 動 (**jabbed**, **~·bing**) 及 **1** 捅，猛戳，猛刺；戳入，刺入 ((*into...*))；戳出 ((*out*))：~ one's finger at... 用手指頭戳；強烈指責… / ~ the vein ((美俚)) 注射海洛因 / ~ *out* one's fist 出拳。**2** 〖拳擊〗猛擊：~ out an eye 對眼睛予以重擊 / ~ out a question 強烈地質問。

—不及 **1** 猛刺 ((*away*))；刺 ((*at...*))。**2** 迅速地給予一擊；〖拳擊〗猛擊。

—名 猛戳；((口)) 皮下注射；接種，種痘。

jab·ber ['dʒæbɚ] 動 及 急促而含糊地說；(猴子等) 吱吱地叫 ((*out*))。—不及 急促含糊地說；吱吱叫 ((*away*))。—名 U **1** 急促而含糊的話。**2** (吱吱的) 叫聲。

~·er 名 說話莫名其妙的人。

Jab·ber·wock·y ['dʒæbɚ,wɑkɪ] 名 U 無意義的話，胡言亂語。—形 無意義的，胡言亂語的。

ja·bot [ʒæ'bo] 名 女裝胸部的褶邊裝飾。

jac [dʒæk] 名 ((口)) = jacket 名 1.

ja·cinth ['dʒesɪnθ, 'dʒæ-] 名 = hyacinth 2.

jack [dʒæk] 名 **1** 千斤頂，起重機。**2** 〖牌〗傑克。**3** 〖遊〗(1) = jackstone. (2) ((~**s**)) ((作單數)) = jackstones ((英)) dibs)。**4** ((**J-**)) ((口)) 老兄，傢伙；((對陌生人的稱呼))：*J*- of all trades, and master of none. ((諺)) 樣樣通，樣樣稀鬆。**5** 〖滾球戲〗作爲靶的小白球。**6** 烤肉用的鐵叉；脫靴器；〖海〗桅頂橫桁；(船的) 國籍旗。**7** 公驢；雄的；= jack rabbit. **8** (1) ((**J-**)) 水兵；船員。(2) ((常作 **J-**)) 僕人；隨從；勞動者。(3) ((常作 **J-**)) ((英·澳)) 警官。**9** U ((俚)) 金錢。**10** U ((美)) 蘋果白蘭地；白蘭地。

every man jack / ***every jack one*** 每個人，人人。

—動 及 **1** 以起重機抬起；((口)) 提高，增加 ((*up*))。**2** ((美)) 以攜帶型照明燈誘捕。

—不及 ((美)) 以攜帶型照明燈捕魚[狩獵]。

jack...in / ***jack in...*** ((英俚)) 停止，放棄。

jack off ((美俚)) = JERK off.

jack...up / ***jack up...*** (1) ⇨ 動 及 1. (2) ((口)) 責罵，責難。(3) ((口)) 鼓勵。(4) ((口)) 準備，安排。

Jack [dʒæk] 名 〖男子名〗傑克 (Jacob, James, John 的別稱)。

jack·al ['dʒækɔl] 名 **1** 〖動〗胡狼，豺狼。**2** 苦工；走狗，爪牙。**3** 騙子，歹徒。

jack·a·napes ['dʒækə,neps] 名 **1** 傲慢的年輕人；頑童。**2** ((古)) 猿猴。

jack·a·roo [,dʒækə'ru] 名 (複 **~s** [-z])，動 不及 ((澳口)) = jackeroo.

jack·ass ['dʒæk,æs] 名 **1** 公驢。**2** ((口)) 傻瓜，笨蛋。

jack·boot ['dʒæk,but] 名 **1** 長統皮靴。**2** ((**the** ~)) 威嚇。—動 及 強使服從。

'jackboot 'tactics 名 (複) 用高壓手段來迫使他人服從的策略。

jack·daw ['dʒæk,dɔ] 名 **1** 〖鳥〗穴烏：產於歐洲的小烏鴉。**2** 喋喋不休的人。

jack·e·roo [,dʒækə'ru] 名 (複 **~s** [-z]) ((澳口)) 牧場的年輕新手；((美俚)) 牛仔。

·jack·et ['dʒækɪt] 名 **1** 夾克；運動夾克；西服上衣；背心。**2** (水管等防散熱的) 覆蓋物；套子；金屬製夾套。**3** 護套封面；書皮；(唱片) 護套。**4** ((美)) (公文等用的) 紙夾，封套。**5** 毛皮；(蛇等的) 皮；馬鈴薯皮。

—動 及 使穿短上衣；加以被覆；加封套於 (書籍)。

'jacket po,tato 名 C 連皮烤的馬鈴薯。

jack·fish ['dʒæk,fɪʃ] 名 (複 ~, **~·es**) 梭魚的俗稱。

'Jack 'Frost 名 U 霜，嚴寒。

jack·fruit ['dʒæk,frut] 名 木波羅樹；木波羅果。

jack·ham·mer ['dʒæk,hæmɚ] 名 ((美)) 鑽岩機。

Jack·ie ['dʒækɪ] 名 **1** 〖女子名〗賈姬 (Jacqueline 的暱稱)。**2** 〖男子名〗傑基 (Jack 的暱稱)。

jack-in-a-box ['dʒækɪnə,bɑks] 名 (複 **~·es**, **jacks-in-a-box**) = jack-in-the-box.

jack-in-of·fice ['dʒækɪn,ɔfɪs] 名 (複 **jacks-in-office**) 小官僚，擺架子的公務員。

jack-in-the-box ['dʒækɪnðə,bɑks] 名 (複 **~·es**, **jacks-in-the-box**) **1** 玩偶匣。**2** ((英)) 盒子煙火。**3** ((美)) 寄生蟲。

jack-in-the-pul·pit ['dʒækɪnðə'pulpɪt] 名 (複 **~s**, **jacks-in-the-pulpit**) 〖植〗青[illegible]科天南星屬的植物。

jack·knife ['dʒæk,naɪf] 名 (複 **-knives**) 大型摺刀。**2** 〖泳〗鐮刀式跳水。

—(動) (及)用摺刀切[刺]；使折疊。—(不及)（拖車）成 V 狀彎曲。

ack·leg ['dʒæk,lɛg] (形)《美俚》**1** 不熟練的；無職業道德的。**2** 權宜之計的。

ack·light ['dʒæk,laɪt] (名)（漁獵用的）攜帶式照明燈。

ack-of-all-trades ['dækəv,ɔl'tredz] (名)(複 **jacks-of-all-trades**) 萬事通，博而不精的人。

ack-o'-lan·tern ['dʒækə,læntən] (名) **1**（萬聖節等的）人面空心南瓜燈。**2** 磷火，鬼火；騙人的東西。

ack ˌplane (名)粗鉋。

ack·pot ['dʒæk,pɑt] (名) **1**〖牌〗累積賭注。**2**（吃角子老虎的）大獎。**3**《口》大成功，中大獎：hit the ～《俚》中大獎；發大財。

ack ˌrabbit (名)《美》野兔。

Jack 'Robinson (名)《僅用於以下的片語》

before one can say Jack Robinson《俚》一眨眼的工夫；突然間。

ack·screw ['dʒæk,skru] (名)螺旋起重機。

ack·smelt ['dʒæk,smɛlt] (名)《美》〖魚〗（加州沿岸產的）形似沙丁魚的食用小魚。

ack·snipe ['dʒæk,snaɪp] (名)（複～，～s）〖鳥〗小真鷸。

Jack·son ['dʒæksən] (名)傑克遜：**1 Andrew**（1767–1845），美國第七任總統（1829–37）。**2** 美國 Mississippi 州首府。

Jack·so·ni·an [ˌdʒæk'sonɪən] (形) Andrew Jackson（主義）的。—(名) Andrew Jackson 的追隨者。

ack·stone ['dʒæk,ston] (名)（遊戲用的）小石頭或六角小鐵塊等；《～s》《作單數》擲石頭或鐵塊遊戲。

ack·straw ['dʒæk,strɔ] (名) **1** 稻草人。**2** 無用的人；小人物。**3**《～s》《作單數》抽桿遊戲。**4** 抽桿遊戲中所用的細棒或麥稈等。

ack-tar ['dʒæk'tɑr] (名)水手，船員（亦作 **Jack Tar**）。

Jack ˌthe 'Ripper (名)開膛手傑克：19 世紀英國倫敦的殺人兇手。

ack ˌtowel (名)兩端縫接套在軸上使用的毛巾。

ack-up ['dʒæk,ʌp] (名) **1**《美》增加，上漲，提高。**2** 一種海上鑽油裝置。

Ja·cob ['dʒekəb] (名)〖聖〗雅各：Isaac 之子。

Jac·o·be·an [ˌdʒækə'biən] (形) **1** 英王詹姆斯一世（James I）的，詹姆斯一世時代（1603–25）的。**2** 使徒小雅各的；（新約聖經中的）雅各書的。—(名)詹姆斯一世時代的文人或政治家。

Ja·co·bi·an [dʒə'kobɪən] (名)〖數〗函數行列式。

Jac·o·bin ['dʒækəbɪn] (名) **1**（法國革命時的）雅各賓派黨員。**2** 道明會修士。**3** 激進派（分子）。

Jac·o·bin·ism ['dʒækəbɪ,nɪzəm] (名)(Ⓤ) 激進主義。

Jac·o·bite ['dʒækə,baɪt] (名)英王詹姆斯二世的支持者。

'Jacob's 'ladder (名) **1**〖聖〗天梯，雅各所夢見的通往天堂的梯子。**2**〖海〗繩梯。

jac·o·net ['dʒækə,nɛt] (名)(Ⓤ) 薄棉布；一面光滑的棉布。

jac·quard ['dʒækɑrd, dʒə'-] (名)《常作 **J-**》提花織物。

Jac·que·line ['dʒækəlɪn, -,lin] (名)〖女子名〗賈克琳（暱稱作 Jackie）。

jac·ti·ta·tion [ˌdʒæktɪ'teʃən] (名) **1** (Ⓤ)(Ⓒ)〖法〗冒充，詐稱。**2**〖病〗輾轉反側。

Ja·cuz·zi [dʒə'kuzɪ] (名)〖商標名〗按摩浴缸（一種會產生漩渦和氣泡的浴缸）。

jade[1] [dʒed] (名) **1** (Ⓤ)(Ⓒ) 玉，翠玉；玉石工藝品。**2** (Ⓤ) 翠綠色，翡翠色。

jade[2] [dʒed] (名) **1** 劣馬，駑馬；疲憊不堪的馬。**2**《蔑》蕩婦，聲名狼藉的女人。—(動) (及)(不及) 使疲勞；使厭倦。

jad·ed ['dʒedɪd] (形) **1** 疲倦的；厭倦的；厭膩的。**2** 沉迷於享樂的；放蕩的。

'jade ˌgreen (名)= jade[1] (名) 2.

jade·ite ['dʒedaɪt] (名)(Ⓤ) 翡翠，硬玉。

jae·ger ['jegə] (名) **1**（亦唸作 ['dʒegə]）〖鳥〗盜賊鷗。**2**（德國、瑞士的）獵人。

jaf·fa ['dʒæfə] (名)《常作 **J-**》《英》雅法橙：一種形體碩大的柳橙。

jag[1] [dʒæg] (名)尖的突出部分；（衣服下襬的）V 狀凹口。—(動) (**jagged**, ～**·ging**) (及) 使成鋸齒狀，在…上刻 V 狀凹口。

jag[2] [dʒæg] (名) **1**《方》少量的負載物。**2**《俚》酒醉，（服用麻醉藥後的）昏醉；《口》沉湎；狂飲；一陣狂熱的舉動：have a ～ on 醉酒；服用麻醉藥後神魂顛倒 / a crying ～ 大哭一場。

jag·ged ['dʒægɪd] (形) **1** 鋸齒狀的。**2** 刺耳的；草率的；不調和的。**3**《美俚》酒醉的，昏醉的。～**·ly** (副)

jag·ger·y ['dʒægərɪ] (名)(Ⓤ) 由棕櫚樹汁提煉出來的粗黑砂糖。

jag·gy ['dʒægɪ] (形)(**-gi·er**, **-gi·est**) = jagged 1.

jag·uar ['dʒægwɑr, -gjʊ,ɑr] (名)(複～，～s)〖動〗美洲虎。

Jag·uar ['dʒægwɑr] (名)〖商標名〗捷豹汽車。

jai a·lai ['haɪə,laɪ, ˌhɑɪə'laɪ] (名)(Ⓤ) 回力球（亦稱 **pelota**）。

·jail [dʒel] (名)監獄，拘留所；(Ⓤ)入獄，拘留：break (out of) ～ 越獄。—(動)(及) 使入獄，拘留《*up*》。

'jail ˌbait (名)《美俚》未成年的辣妹。

jail·bird ['dʒel,bɝd] (名)《美口》囚犯；累犯，前科犯（《英》gaolbird）。

jail·break ['dʒel,brek] (名)《美口》越獄（《英》gaolbreak）。

'jail de,livery 名 1《美》劫獄。2《英》把所有囚犯帶至法庭受審而空出監獄。

jail·er, -or ['dʒelɚ] 名 看守，獄卒（《英》gaoler）。

jail·house ['dʒel,haus] 名（複 **-hous·es** [-zɪz]）《美》監獄，拘留所，牢房（《英》gaolhouse）。

Jain [dʒaɪn], **Jai·na** ['dʒaɪnə] 名 耆那教徒。
—形 耆那教（徒）的。

Jain·ism ['dʒaɪnɪzəm] 名 U 耆那教。

Ja·kar·ta [dʒə'kɑrtə] 名 = Djakarta.

jake[1] [dʒek] 形《美俚》沒有缺點的，極好的。

jake[2] [dʒek] 名 鄉下佬；《蔑》傢伙。

jal·ap ['dʒæləp] 名 U〖植〗瀉根，藥喇叭（亦稱 **ja·la·pa** [hɑ'lɑpɑ]）。

ja·lop·y [dʒə'lɑpɪ] 名（複 **-lop·ies**）《口》破舊汽車；破舊飛機。

jal·ou·sie [,ʒælʊ'zi] 名 百葉窗。

·**jam**[1] [dʒæm] 動（**jammed, ～·ming**）及 1 塞入，塞進，塞滿《*in / into, in...*》；夾傷，壓碎；用力壓；放到（…上面）《*on / on...*》：～ the brakes *on* 用力踩煞車。2 使擁擠。3《口》招攬入內《*in*》。4 努力使（法案）通過《*through*》。5 使停頓，使故障。6〖無線〗電波干擾。—不及 1 塞滿；擁擠，塞。2 卡住不能動《*up*》。3〖爵士〗即興演奏。—名 1 堵塞；擁擠；擁塞的一堆：a traffic ～ 交通堵塞。2 停頓，故障。3 即興爵士演奏會。4《口》困境。

jam[2] [dʒæm] 名 U 1 果醬。2《主英俚》愉快的事；輕鬆的事。
money for jam《英口》⑴ 不勞而獲的東西。⑵ 容易的事。

Jam.《縮寫》*Jamaica.*

Ja·mai·ca [dʒə'mekə] 名 牙買加：西印度群島中的國家；首都爲京斯敦（Kingston）。

Ja·mai·can [dʒə'mekən] 形 牙買加的，牙買加人的。—名 牙買加人。

Ja'maica 'pepper 名 = allspice.

Ja'maica 'rum 名 U 牙買加蘭姆酒。

ja·mai vu [,ʒamɛ'vu] 名《法語》〖心〗無覺現象：面臨曾經經歷過的一個情況卻不記得曾經有此經歷的幻覺。

jamb [dʒæm] 名〖建〗（入口、窗戶、壁爐等的）兩側側壁；側面石壁側柱。

jam·ba·lay·a [,dʒʌmbə'laɪə] 名 1 C U 什錦飯。2《口》混雜物。

jam·bo·ree [,dʒæmbə'ri] 名 1《口》熱鬧的慶祝活動；狂歡。2 童子軍大會。

James[1] [dʒemz] 名〖聖〗1（大）雅各：Zebedee 之子，耶穌基督十二使徒之一（亦稱 **James the Greater**）。2（小）雅各：Alphaeus之子，耶穌基督十二使徒之一，傳說爲新約聖經雅各書的作者（亦稱 **James the Less**）。3〖新約〗雅各書。4〖男子名〗詹姆斯（暱稱作 Jim）。

James[2] 名 1 **James I**，詹姆斯一世（1566－1625）：英格蘭、愛爾蘭王（160[illegible]－25）。2 **James II**，詹姆斯二世（163[illegible]－1701）：英格蘭、愛爾蘭、蘇格蘭王（1685－88）。

James·i·an ['dʒemzɪən] 形 1 William Ja[illegible]mes（學說）的。2 Henry James（風格[illegible]）的（亦作 **Jamesean**）。

James·town ['dʒemztaun] 名 詹姆[illegible]敦：昔日美國 Virginia 州東部的一城鎮。

jam·mer ['dʒæmɚ] 名 1〖無線〗干擾器[illegible]干擾者。2（在Roller Derby賽中）負責[illegible]先對手以期得分的隊員。

jam·my ['dʒæmɪ] 形（**-mi·er, -mi·est**）《[illegible]俚》容易的；好運的。

jam-pack ['dʒæm'pæk] 動 及《口》將[illegible]塞滿，使擁擠《*with...*》：a road ～*ed wi*[illegible] cars 汽車擁塞的道路。

'jam-'packed 形 塞滿的，擠爆的《*wi*[illegible] *...*》。

jams [dʒæmz] 名（複）1 睡衣褲。2 男用[illegible]褲。

'jam ,session 名 即興爵士樂演奏會。

jam-up ['dʒæm,ʌp] 名《口》阻塞。

Jan.《縮寫》*January.*

jane [dʒen] 名 1《俚》女子。2《美俚》[illegible]戀人；女用洗手間。

Jane 名〖女子名〗珍（別稱爲Jayn, Jay[illegible](n)e）。

'Jane 'Doe [-do] 名〖法〗⇨ JOHN DO[illegible] 1

Jan·et ['dʒænɪt] 名〖女子名〗珍妮特（[illegible]Jane 的暱稱）。

jan·gle ['dʒæŋgl] 動 不及 1 發出刺耳的[illegible]音。2 口角，爭吵。—及 1 使發出刺耳[illegible]聲音。2 使激動。—名 U 1 刺耳的聲音[illegible]噪音，吵鬧。2 口角，爭吵。
-gler 名，**-gly** 形

jan·i·tor ['dʒænətɚ] 名 1《美》（公寓[illegible]的）管理員；（學校等的）工友。2 [illegible]房，門警。

jan·i·tress ['dʒænətrɪs] 名 **janitor**的女[illegible]形。

jan·i·za·ry, jan·is·sa·ry ['dʒænə,[illegible]rɪ] 名（古土耳其的）禁衛軍；土耳其兵[illegible]壓迫者的爪牙。

:**Jan·u·ar·y** ['dʒænju,ɛrɪ] 名 一月。略作 Jan.

Ja·nus ['dʒenəs] 名〖羅神〗（古羅馬的[illegible]）雙面門神。

Ja·nus-faced ['dʒenəs,fest] 形 1 有兩[illegible]面孔的。2 具相反兩面的；兩面性的。3 [illegible]裡不一的。4 從正反兩面觀察事物的。

Jap [dʒæp] 名《俚》《通常爲蔑》日本人。—形 日本（人）的。

ja·pan [dʒə'pæn] 名 U 漆；C 漆器。—形 漆的；漆器的。—動（**-panned**，～**·ning**）及 塗上假漆。～**·ner** 名 漆工。

:**Ja·pan** [dʒə'pæn] 名 日本（國）：位於[illegible]洲東部的國家，首都爲東京（Tokyo）。

—形日本的。

apan. 《縮寫》*Japanese.*

a'pan 'cedar 名 = Japanese cedar.

a'pan 'Current 名《the ～》日本海流，黑潮。

ap·a·nese [,dʒæpə'niz] 形 日本的；日本人的；日語的。—名(複～) 1 日本人。2 U 日語。

apa'nese 'apricot 名〖植〗梅(樹)。

apa'nese 'beetle 名〖昆〗金龜子。

apa'nese 'cedar 名〖植〗柳杉。

apa'nese per'simmon 名〖植〗柿。

apa'nese ,quail 名〖鳥〗鵪鶉。

apa'nese 'quince 名〖植〗日本榲桲。

ap·a·nesque [,dʒæpə'nɛsk] 形 日本式的。

a·pan·ism [dʒə'pænɪzəm] 名 U C 1 日本崇拜。2 日本人的特性；日本式。

ap·a·nize ['dʒæpə,naɪz] 動 及 使…成日本人[語]化；使日本化；使（一地區）處於日本人勢力下。**-ni·'za·tion** 名

ap·a·nol·o·gy [,dʒæpə'nɑlədʒɪ] 名 U 日本研究。

a'pan ,wax [,tallow] 名 U 木蠟。

pe [dʒep] 動 不及 開玩笑。—及 戲弄；輕侮；欺騙。—名 玩笑，戲弄。

ap·lish ['dʒæplɪʃ] 名 U 日英混合語。—形（用）日英混合語的。

·pon·i·ca [dʒə'pɑnɪkə] 名〖植〗1 山茶。2 = Japanese quince.

r[1] [dʒɑr] 名 1 大口瓶，壺，缸。2 一瓶的容量《*of...*》: a ～ *of* peaches 一瓶桃子。《英口》(啤酒的) 一杯。

r[2] [dʒɑr] 動 (**jarred**, ～**·ring**) 不及 1 輾軋；震動；發出刺耳的輾軋聲《*against, n, upon...*》。2 產生刺激，造成不快；擾亂《*on, upon...*》。3 爭吵；不一致，分歧；不調和《*with...*》。—及 1 使輾軋，使震動；使發出刺耳的聲音。2 傷害。3 使造成不快的感覺；擾亂；使動搖。—名 1 刺耳的聲音，輾軋般的聲音，噪音。2 動搖，震動。3（精神上的）打擊。爭吵；不一致。～**·ring·ly** 副

r[3] [dʒɑr] 名《僅用於以下片語》
n the jar 半開半掩，虛掩。

r·di·niere [,dʒɑrdn̩'ɪr, ,ʒardn̩'jɛr] 名 1 花架。2〖烹飪〗裝飾肉類菜肴用的蔬菜。

r·ful ['dʒɑr,ful] 名 一瓶（的量）。

r·gon ['dʒɑrgən, -gɑn] 名 U C 1 莫名其妙的話[文章]: speak ～ 胡言亂語。2 特殊用語，行話，切口：official ～官方用語。3 混合語。4《古》鳴叫聲。—動 不及 使用專門語[切口]；胡說。

r·gon·ize ['dʒɑrgə,naɪz] 動 不及 使用術語[行話]；說莫名其妙的話。—及 用術語[行話]來說。

r·head ['dʒɑr,hɛd] 名 U《美俚》1 鍋蓋頭：對海軍陸戰隊的別稱。2 愚笨，白痴。

jarl [jɑrl] 名〖北歐史〗首領；伯爵。

jar·ring ['dʒɑrɪŋ] 形 1 驚人的，令人意外的。2（噪音）刺耳的，令人不愉快的。

jar·vey ['dʒɑrvɪ] 名 (複～s [-z])《愛爾蘭英語》出租馬車；馬車夫。

Jas. 《縮寫》〖聖〗*James.*

jas·mine ['dʒæsmɪn, 'dʒæz-] 名 1〖植〗茉莉；U 其香味：～ tea 茉莉香片。2 U 淡黃色。

Ja·son ['dʒesn̩] 名 1〖男子名〗傑森。2〖希神〗傑森：Argonauts 的首領。

jas·per ['dʒæspɚ] 名 U C 碧玉。

Jas·pers ['jɑspɚs] 名 **Karl**，雅士培(1883–1969)：德國哲學家。

Ja·ta·ka ['dʒɑtəkə] 名〖佛教〗本生經。

jaun·dice ['dʒɔndɪs] 名 U 1〖病〗黃疸（病）。2 猜忌，偏見。

jaun·diced ['dʒɔndɪst] 形《限定用法》1 患黃疸（病）的。2 有偏見的，有成見的：take a ～ view of... 對…持偏頗的看法。

jaunt [dʒɔnt, dʒɑnt] 動 不及 短程旅行；到處遊玩《*about, around*》。—名 短程旅行；遠足。

'jaunting ,car 名（愛爾蘭的）一匹馬拉的二輪輕型馬車。

jaun·ty ['dʒɔntɪ, 'dʒɑn-] 形 (**-ti·er, -ti·est**) 1 活潑的，精神抖擻的。2 漂亮的，時髦的。
-ti·ly 副 輕快地；矯飾地。**-ti·ness** 名

Jav. 《縮寫》*javanese.*

Ja·va ['dʒɑvə] 名 1 爪哇：印尼的本島。2 U（爪哇產的）咖啡。3 U《**j-**》《美俚》咖啡。4 U〖電腦〗爪哇程式語言。

'Java ,man 名《the ～》爪哇猿人。

Jav·a·nese [,dʒævə'niz] 形 爪哇島的，爪哇人的，爪哇語的。—名 (複～) 爪哇人；U 爪哇語。

jave·lin ['dʒævlɪn] 名 1 標槍。2《the ～》〖田徑〗擲標槍。

Ja·'vel(le) ,water [dʒə'vɛl-] 名 U 次氯酸鈉水溶液，漂白水。

·jaw [dʒɔ] 名 1 顎：the lower ～ 下巴。2《通常作～s》口，口部。3《～s》顎狀的東西；狹小的入口；〖機〗顎夾，爪，鉗口；《喻》絕境：into the ～*s* of death 陷入死境。4 U C《俚》嘮叨，囉嗦；說教。—動 不及《俚》喋喋不休；責罵《*away*》。—及 責罵，說教。

jaw·bone ['dʒɔ,bon] 名 1 顎骨；下顎的骨。2 U《俚》借用，貸款。—動 不及 1 說服。2 貸款；信用。—及 1 借用；以信用購買。2《美俚》強勸，說服。—形《美俚》施壓力來說服的。

jaw·bon·ing ['dʒɔ,bonɪŋ] 名 U 強力的說服[勸告]，施加壓力。

jaw·break·er ['dʒɔ,brekɚ] 名 1《口》難發音的字，多音節的單字。2 堅硬的糖果。

jaw·break·ing ['dʒɔ,brekɪŋ] 形《口》難

J

發音的，詰曲聱牙的。

jaw-jaw ['dʒɔ,dʒɔ] 動 不及《英俚》喋喋不休地說；冗長地討論。一名 U 冗長的談論。

jay¹ [dʒe] 名 1〖鳥〗樫鳥。2《口》易受騙的人，愚蠢的人；鄉巴佬；講究衣飾的人；聒噪的人。

jay² [dʒe] 名 1 字母 j。2《美俚》= j.

jay·bird ['dʒe,bɝd] 名 = jay¹.

Jay·cee ['dʒe'si] 名《美口》青商會會員。

Jay·hawk·er ['dʒe,hɔkɚ] 名 1《美口》堪薩斯佬：～ State 樫鷹州（堪薩斯州的別稱）。2《美俚》《偶作 j-》掠奪者，強盜；南北戰爭時堪薩斯等州的反蓄奴游擊隊隊員。

jay·vee ['dʒe'vi] 名《美口》1 學校代表隊的預備隊。2 校隊預備隊的選手。

jay·walk ['dʒe,wɔk] 動 不及《口》（不遵守交通規則或信號燈而）擅自穿越馬路。～·er 名

·**jazz** [dʒæz] 名 U 1 爵士樂；爵士舞。2《俚》朝氣，活力，狂熱。3 構成喜劇的要素。4《俚》謊言，胡說。5《口》諸如此類的東西：and all that ～ 以及諸如此類的東西。一形 爵士樂的；爵士樂風格的。一動 及 1 以爵士樂方式演奏《*up*》。2《俚》使…有生氣，使活潑，使有趣；使華麗《*up*》。3《俚》加速《*up*》。一不及 1 配合爵士樂跳舞；演奏爵士樂。2《俚》振作精神。

jazz·man ['dʒæz,mæn, -mən] 名（複 -men [-mɛn, -mən]）爵士樂樂手。

jazz-rock ['dʒæz,rɑk] 名 U 爵士搖滾樂。

jazz·y ['dʒæzɪ] 形 (jazz·i·er, jazz·i·est)《俚》爵士樂風格的；活潑的；華麗的。-i·ly 副, -i·ness 名

J.C.《縮寫》*J*esus *C*hrist; *J*ulius *C*aesar.

JCS《縮寫》*J*oint *C*hiefs of *S*taff.

jct(n).《縮寫》*junction*.

JD《縮寫》《口》*j*uvenile *d*elinquent.

Je.《縮寫》*June*.

·**jeal·ous** ['dʒɛləs] 形 1 妒忌的，羨慕的。2 吃醋的。3 非常謹慎的《*of...*，偶用 *for* ...》: keep a ～ eye on... 對…警戒。4〖聖〗不可不信的。～·ness 名

jeal·ous·ly ['dʒɛləslɪ] 副 1 猜忌地，妒忌地。2 非常小心注意地。

·**jeal·ous·y** ['dʒɛləsɪ] 名（複 -ous·ies）1 U 猜忌，妒忌，醋意《*of, over...*》。2 U 注意，警戒。3 妒忌心，猜忌心。

jean [dʒin] 名 1 U《偶作 ～s》斜紋布。2《～s》牛仔裝；牛仔褲。3《～s》《俚》長褲。～·ed 形 穿著牛仔裝的。

Jean [dʒin] 名〖女子名〗珍。

Jeanne d'Arc [ʒan'dɑrk] 名 聖女貞德：Joan of Arc 的法文名。

Jean·nette [dʒə'nɛt] 名〖女子名〗珍妮特（Jean 的暱稱）。

jeans·wear ['dʒinz,wɛr] 名 牛仔裝。

jee [dʒi] 感 動 不及 及 = gee¹.

jeep [dʒip] 名 吉普車。

jee·pers ('**creepers**) ['dʒipɚ-z-] 感《美》《表驚訝、狂熱》天哪！

jeep·ney ['dʒipnɪ] 名 吉普尼：菲律賓種用吉普車改裝的小型巴士。

jeer [dʒir] 動 不及 嘲笑，奚落《*at...*》一及 嘲笑，喝倒采。一名 奚落，嘲笑

jeer·ing ['dʒɪrɪŋ] 名 U 嘲笑，揶揄。一嘲笑的，嘲弄的。

jeer·ing·ly ['dʒɪrɪŋlɪ] 副 譏笑地，嘲地。

Jeff [dʒɛf] 名〖男子名〗傑夫。

Jef·fer·son ['dʒɛfɚsn̩] 名 Thomas，佛遜（1743－1826）：美國第三任總統1801－09），獨立宣言的主要起草人。

'**Jefferson** '**City** 名 傑佛遜市：美Missouri 州的首府。

Jef·fer·so·ni·an [,dʒɛfɚ'sonɪən] 形 佛遜（派）的。一名 傑佛遜主義的擁者。

Jef·fery ['dʒɛfrɪ] 名〖男子名〗傑佛瑞（稱 Jeff）。

je·had [dʒɪ'hɑd] 名 = jihad.

Je·ho·vah [dʒɪ'hovə] 名 耶和華：舊約經中上帝的名稱。

Je'hovah's '**Witnesses** 名 耶和華證會：基督教的一小派，創於 1872 年

je·hu ['dʒihju] 名《口》《謔》魯莽的駕者；駕駛馬車者。

je·june [dʒɪ'dʒun] 形 1《文》沒有營的；貧瘠的。2 無趣味的，無聊的。3 乏知識的；不成熟的，幼稚的。～·ly

je·ju·num [dʒɪ'dʒunəm] 名（複 -na [-r〖解〗空腸。-'ju·nal 形

'**Je·kyll and** '**Hyde** ['dʒikl̩-, 'dʒɛk 名《a ～》雙重人格者。

jell [dʒɛl] 動 及 不及 1（使）凝固，變成狀（亦作 gel）。2《口》使固定，使具化。一名 U 果凍。

jel·lied ['dʒɛlɪd] 形 凝成膠狀的；含凝的。

jel·li·fy ['dʒɛlə,faɪ] 動 (-fied, ～·ing) 不及 凝膠化。

jel·lo ['dʒɛlo] 名 U 果凍。

·**jel·ly** ['dʒɛlɪ] 名（複 -lies）1 U C 果凍凝膠狀的東西；果醬。2 U 優柔寡斷《俚》硝化炸藥。一動 (-lied, ～·ing) 不及 變成膠狀。一形 含果凍的；用果凍成的；塗有果子凍的。

jel·ly·bean ['dʒɛlɪ,bin] 名 豆狀的膠質果。

'**jelly** ,**bomb** 名〖軍〗用凝膠汽油製的燃燒彈。

jel·ly·fish ['dʒɛlɪ,fɪʃ] 名（複～, ～·es C U〖動〗水母，海蜇。2《口》意志弱的人。

'**jelly** ,**roll** 名《美》一種塗有果凍的捲（《英》swiss roll）。

jem·my ['dʒɛmɪ] 動 (-mied, ～·ing) 及英》= jimmy. 一名（複 -mies）1 = jimmy

《俚》大衣，外套。3 火烤的羊頭。

ne sais quoi [ʒənə,se 'kwɑ] 名《法語》難以形容的事物。

en·ghis Khan ['dʒɛŋgɪz'kɑn, 'dʒɛŋgɪz-] 名 = Genghis Khan.

en·ner ['dʒɛnə] 名 **Edward**，金納（1749-1823）：英國醫師，爲牛痘接種的發明者。

n·net ['dʒɛnɪt] 名 西班牙產的小馬；雌驢（亦作 **genet**）。

en·ni·fer ['dʒɛnɪfə] 名〖女子名〗珍妮弗。

n·ny ['dʒɛnɪ] 名 (複**-nies**) 1 = spinning jenny. 2（驢或鳥類的）雌性者。

en·ny ['dʒɛnɪ] 名〖女子名〗珍妮。

op·ard·ize ['dʒɛpə,daɪz] 動 及 使陷入危險。

op·ard·y ['dʒɛpədɪ] 名 (複**-ard·ies**) 1 U 危險：put one's career in ～ 使自己的事業陷於險境。2〖法〗《美》（被判有罪的）危險性。

·quir·i·ty [dʒɪ'kwɪrətɪ] 名〖植〗印度、巴西產的豆類；《集合名詞》其果實。

er. 《縮寫》〖聖〗*Jer*emiah; *Jer*sey.

r·bo·a [dʒə'boə] 名（北非、亞洲產的）跳鼠。

·reed [dʒə'rid] 名（中東回教國家賽馬時所用的）木製標槍。

r·e·mi·ad [,dʒɛrə'maɪæd] 名 悲嘆；哀悼文，諷世文。

er·e·mi·ah [,dʒɛrə'maɪə] 名 1〖聖〗耶利米：西元前 6-7 世紀的猶太先知。2〖聖〗（舊約聖經中的）耶利米書。

er·e·my ['dʒɛrəmɪ] 名〖男子名〗傑勒米（暱稱 Jerry）。

er·i·cho ['dʒɛrə,ko] 名 1〖聖〗耶利哥：位於死海北方巴勒斯坦的古城。2《口》藏身之地；偏僻之地。

rk¹ [dʒɝk] 名 1 急動；急拉：give the rope a ～ 急扯繩索一下。2 痙攣，抽筋，反射作用；《the ～s》《美》（因宗教的興奮等所引起的）四肢或臉部的抽搐。3《俚》不懂人情世故者；笨蛋，糊塗蛋。4 挺舉。5《～s》《英口》= physical jerks. —動 及 1 急拉，急推，急扭，急投。2 突然地說出《*out*》。3《美口》配製並販賣。—不及 1 急動，急拉；猛烈地動，顫動：～ to a stop 猛然停止。2 突然說話，斷續地說話。

jerk off《美粗》手淫，自慰。

rk² [dʒɝk] 動 及 切碎作成肉條乾。—名 = jerky².

r·kin ['dʒɝkɪn] 名 無袖緊身男用皮上衣；男用或女用背心。

r·kin·head ['dʒɝkɪn,hɛd] 名〖建〗半山形牆。

rk·i·ness ['dʒɝkɪnɪs] 名 U 急動；痙攣性。

rk·wa·ter ['dʒɝk,wɔtə, -wɑtə] 名《美口》支線火車，慢行火車。—形 1 支線的；非常偏僻的。2《蔑》微不足道。

jerk·y¹ ['dʒɝkɪ] 形 (**jerk·i·er**, **jerk·i·est**) 1 急動的；急停的；斷續的；痙攣的。2《俚》愚笨的，糊塗的。**-i·ly** 副

jerk·y² ['dʒɝkɪ] 名 U C《美》肉乾。

jer·o·bo·am [,dʒɛrə'boəm] 名 約五分之四加侖的酒瓶。

Je·rome [dʒə'rom] 名〖男子名〗哲洛姆。

Jer·ry ['dʒɛrɪ] 名 1〖男子名〗傑利（Jerome 的暱稱）。2〖女子名〗潔麗（Geraldine 的暱稱）。3《英俚》德國人。

jer·ry-build ['dʒɛrɪ,bɪld] 動 (**-built**, ～**·ing**) 及 1 偷工減料地建造。2 草率地執行〔籌備〕。～**·er** 名, ～**·ing** 名

jerry-built ['dʒɛrɪ,bɪlt] 形 偷工減料建造的。

'jerry ,can 名 1〖軍〗石油桶。2《英》5 加侖油桶。

jer·sey ['dʒɝzɪ] 名 1 伸縮性毛衣或運動衫；（婦女、小孩的）伸縮性上衣。2 U 有伸縮性的編織布。3《J-》澤西種乳牛。

Jer·sey ['dʒɝzɪ] 名 澤西島：英吉利海峽中的英屬島嶼，澤西種乳牛發源地。

·Je·ru·sa·lem [dʒə'rusələm] 名 耶路撒冷：古代 Palestine 的首都，1950 年後爲以色列（Israel）的首都。

Je'rusalem 'artichoke 名 C U〖植〗菊芋；菊芋的塊莖。

jes·sa·mine ['dʒɛsəmɪn] 名 = jasmine.

Jes·se ['dʒɛsɪ] 名 1〖聖〗耶西：大衛之父。2〖男子名〗傑西。

'Jesse ,tree 名〖聖〗耶西樹，耶穌的家譜圖（亦稱 **tree of Jesse**）。

Jes·si·ca ['dʒɛsɪkə] 名〖女子名〗潔西卡（Johanna 的暱稱）。

Jes·sie ['dʒɛsɪ] 名 1〖女子名〗潔西（Jessica 的暱稱）。2〖男子名〗傑西。

·jest [dʒɛst] 名 1 玩笑，打趣：make a ～ 開個玩笑。2 嘲弄；戲謔：in ～ 戲謔地。3 笑柄：make a ～ of... 使…成爲笑柄。—動 不及 1 開玩笑；戲弄《*with*...》。2 嘲笑《*at*...》。—及 嘲笑，愚弄。～**·ing·ly** 副 開玩笑地。

jest·book ['dʒɛst,bʊk] 名 笑話集。

jest·er ['dʒɛstə] 名 愛開玩笑的人；（中世紀王侯、貴族所僱的）丑角，弄臣。

Je·su ['dʒizju, 'dʒis-, -u] 名《文》= Jesus.

Jes·u·it ['dʒɪzju, 'dʒɪs-, -u] 名 1〖天主教〗耶穌會教士。2《通常作 j-》《蔑》陰險的人，詭辯家。

Jes·u·it·ic [,dʒeʒu'ɪtɪk, 'dʒɛzju'ɪtɪk] 形 1 耶穌會的。2《偶作 j-》陰險的。**-i·cal·ly** 副

:Je·sus ['dʒizəs] 名 耶穌：基督教的救世主。—感（遲疑、不能置信、驚慌、害怕、失望、痛苦等強烈表現時發出的）天啊！

'Jesus 'Christ 名 感 = Jesus.

J

'Jesus ˌfreak 名《美俚》狂熱耶穌迷。

jet[1] [dʒɛt] 名 1（液體、瓦斯等的）噴出，噴射，噴流《of...》；噴出物。2 管嘴，噴出口，噴嘴。3 = jet plane. 4 = jet engine.
—動(~·ted, ~·ting) 及 噴射，噴出《out》。—不及 1 噴射，噴出《out》。2 以噴射力推動；急速推動。3《口》乘噴射機旅行。
—形 1 噴射機的。2 以噴射推進的。

jet[2] [dʒɛt] 名 U 1〖礦〗黑玉，煤玉：(as) black as ~ 漆黑的，黑暗的。2 漆黑，烏黑發亮。—形 1 黑玉（製）的。2 漆黑的。

jet·a·va·tor ['dʒɛtəˌvetə] 名〖空〗噴射偏轉舵。

'jet 'black 名 U 烏黑色。
'jet-'black 形 烏黑（發亮）的。

'jet ˌboat 名 噴射快艇（亦作 jetboat）。

jet-borne ['dʒɛtˌborn] 形 噴射推進的。

'jet 'engine 名 噴射引擎，噴射推進器。

'jet ('flying) 'belt 名 噴射飛行帶。

jet·foil ['dʒɛtˌfɔɪl] 名《尤英》噴射式水翼船。

jet-hop ['jɛt'hɑp] 動 不及 乘噴射機四處旅行。

'jet ˌlag 名 時差症（亦作 jetlag）。

jet·lin·er ['dʒɛt'laɪnə] 名 噴射客機。

·'jet 'plane 名 噴射機。

jet·port ['dʒɛtˌport] 名 噴射機機場。

jet-pro·pelled ['dʒɛtprə'pɛld] 形 由噴射引擎推進的；快速的，強而有力的。

'jet pro'pulsion 名 U 噴射推進。
'jet-pro'pulsion 形 噴射推進式的。

jet·sam ['dʒɛtsəm] 名 U（船舶遇危難時為減輕重量而）拋棄的貨物。

'jet ˌset 名《the ~》《集合名詞》《美口》（搭噴射機四處玩樂的）富人階級。
jetset 形

'jet ˌsetter 名《美口》搭噴射機的常客。

'jet ˌstream 名 噴射氣流。

jet·ti·son ['dʒɛtəsn̩, -zn̩] 名 U〖海·保〗投棄貨物。—動 及 1 拋棄，放棄。2〖牌〗《俚》打掉（不要的牌）。

jet·ty[1] ['dʒɛtɪ] 名 (複-ties) 1 堤防，防波堤。2 碼頭，棧橋。

jet·ty[2] ['dʒɛtɪ] 形 黑玉（質地）的；黑玉色的，漆黑的。

·Jew [dʒu] 名 1 猶太教徒；猶太人，以色列人。2《口》《蔑》放高利貸的人，精打細算的商人：worth a *Jew's* eye 非常有價值。
—形《蔑》（似）猶太人的。

:jew·el ['dʒuəl, dʒjuəl] 名 1 寶石，玉石；（鑲寶石的）裝飾品。2 貴重的人[物]。3（錶的）寶石：a 21 ~ watch 21 鑽的錶。4 類似寶石之物。—動(~ed, ~·ing 或《英》-elled, ~·ling)及《通常用被動》鑲寶石；將寶石鑲進。

'jewel 'box 名 1 珠寶盒，珠寶箱。2 光碟盒。

jew·el·er,《英》-ler ['dʒuələ] 名 寶石匠；珠寶商；貴重金屬商；鐘錶商。

·jew·el·ry,《英》-ler·y ['dʒuəlrɪ] 名 U《集合名詞》珠寶類；鑲有寶石的飾品。

jew·el·weed ['dʒuəlˌwid] 名〖植〗水金鳳，（野）鳳仙花等鳳仙花屬植物的總稱。

Jew·ess ['dʒuɪs] 名《蔑》猶太女人。

Jew·ish ['dʒuɪʃ] 形 1 猶太人的。2 猶太語的。—名 U《口》猶太語。

'Jewish 'calendar 名《the ~》猶太曆。

'Jewish 'princess 名《通常為蔑》猶太公主，富裕的美國猶太家庭的女兒（cf. 稱 Jewish American princess, JAP）。

Jew·ry ['dʒurɪ] 名(複-ries) 1 U《集合名詞》猶太民族。2 猶太人區，猶太人街。

Jew's harp ['dʒuzˌhɑrp] 名 單簧口琴。

Jez·e·bel ['dʒɛzəˌbɛl] 名 1〖聖〗耶洗別：以色列王亞哈（Ahab）之妻。2《常作 j-》不知廉恥的女人，蕩婦。

JFK《縮寫》John Fitzgerald Kennedy.

jg, j.g.《縮寫》junior grade 低年級。

jib[1] [dʒɪb] 名〖海〗船首三角帆。
the cut of a person's jib《口》某人的外表[外貌]。

jib[2] [dʒɪb] 動 (jibbed, ~·bing) 不及 及 1（帆）由一舷轉到另一舷。2 改變方向。

jib[3] [dʒɪb] 動 (jibbed, ~·bing) 不及《主英》1（馬等）急停，退後。2 退縮，躊躇；拒絕《at..., at doing》：~ at working overtime 拒絕加班。—名 不肯前進的馬等動物。

jib[4] [dʒɪb] 名 1（起重機的）伸臂，起重臂。2 人字吊桿。

jib·ber ['dʒɪbə] 名《主英》躊躇不前的人[馬]。

'jib ˌboom 名〖海〗船首第二斜桅。

'jib ˌdoor 名〖建〗隱門。

jibe[1] [dʒaɪb] 動 及 不及，名 = gibe.

jibe[2] [dʒaɪb] 動 不及《美口》相調和，一致《with...》。

jif·fy ['dʒɪfɪ], jiff [dʒɪf] 名 (複-fies)《口》轉瞬間，一會兒。

'Jif·fy 'bag ['dʒɪfɪ-] 名〖商標名〗捷利袋：一種用來包裝郵寄包裹以免損毀物品的袋子。

jig[1] [dʒɪg] 名 1〖機〗工模，鑽模，搪模型架。2〖釣〗釣鉤。
—動(jigged, ~·ging) 及 切割。—不及 用誘餌會上下跳動的特種魚鉤釣魚。

jig[2] [dʒɪg] 名 1 捷格舞；捷格舞曲。2《俚》惡作劇，開玩笑。3《美》《蔑》黑人。
in jig time 迅速地。
The jig is up.《俚》紙包不住火了；沒希望了。
—動(jigged, ~·ging) 及 1 跳（捷格舞）

以捷格舞的拍子演奏。2 使激烈搖動。
—不及 1 跳捷格舞；演奏捷格舞曲。2 活蹦亂跳。

jig·ger[1] ['dʒɪgɚ] 名 1 跳捷格舞的人；演奏捷格舞曲的人。2〖海〗補助帆；有補助帆的小型漁船。3 機械裝置；《口》小玩意兒，裝置。4〖高爾夫〗4 號與 5 號之間的小鐵頭球桿。5〖撞球〗球桿架。6《美》容量為 1½ 盎司的威士忌酒（計量）杯。

jig·ger[2] ['dʒɪgɚ] 名 = chigoe.

jig·gered ['dʒɪgɚd] 形《口》1 吃驚的。2 非常疲倦的。3《表輕微責罵》可惡的，可恨的。4 酒醉的。

jig·ger·mast ['dʒɪgɚ,mæst], **'jigger ˌmast** 名〖海〗最後桅；從前面數起的第四根船桅。

jig·ger·y-pok·er·y ['dʒɪgərɪ'pokərɪ] 名 (複 -er·ies)《英口》1 U 欺騙，詭計；策略。2 修理，調整。

jig·gle ['dʒɪgl] 動 及 不及 左右或上下急速輕搖。—名 左右或上下的急速輕搖。
—形 = jiggly 2.

jig·gly ['dʒɪglɪ] 形 1 搖晃的；顛簸的。2《美俚》煽情的，猥褻的。

jig ˌsaw 名 鏤花鋸，鋼絲鋸。

jig·saw ['dʒɪg,sɔ] 動 (~ed, ~ed 或 -sawn, ~·ing) 及 用鋼絲鋸子鋸。—名 = jigsaw puzzle.

jigsaw ˌpuzzle 名 拼圖玩具。

ji·had [dʒɪ'hɑd] 名（回教徒的）聖戰；（為主義、信仰等而打的）聖戰（亦作 jehad）。

Jill [dʒɪl] 名 1〖女子名〗姬兒（Gillian 的暱稱）。2《通常作 j-，偶作 J-》少女；甜心。

jil·lion ['dʒɪljən] 名《口》龐大，巨量。

jilt [dʒɪlt] 動 及（女子）拋棄（戀人）。
—名 任意拋棄男人的女子。

Jim [dʒɪm] 名〖男子名〗吉姆（James 的暱稱）。

Jim 'Crow 名《美》1 U 黑人所受的種族歧視（政策）。2《俚》《蔑》黑鬼。

Jim-Crow ['dʒɪm'kro] 形《通常作 j- c-》《美俚》黑人（專用）的；歧視黑人的：a ~ school 黑人專屬學校。

Jim 'Crow·ism ['dʒɪm'kroɪzəm] 名《美》1 = Jim Crow 1. 2 U 反黑人情緒，黑人種族歧視主義。

jim-dan·dy ['dʒɪm'dændɪ] 名 (複 -dies)《美口》出色的人[物]。—形 優異的，高級的。

jim·i·ny ['dʒɪmənɪ] 感《表輕微驚訝等》咦！

jim·jams ['dʒɪm,dʒæmz] 名 (複)《the ~》《俚》1 過度焦急[緊張]；神經過敏。2 = delirium tremens. 3 怪癖。

jim·mie, -my ['dʒɪmɪ] 名 1〖男子名〗吉米（James 的暱稱）。2〖女子名〗吉咪。

jim·my ['dʒɪmɪ] 名 (複 -mies) 短鐵橇。
—動 (-mied, ~·ing) 及 用鐵橇撬開。

jimp [dʒɪmp] 形《蘇·北英》1 細長的，苗條的，纖弱的。2（修改或修整得）整齊的，剛剛好的；優美的。3 稀少的，缺乏的。—副 幾乎沒有地。

'jim·son ['J-] ˌweed ['dʒɪmsən-] 名《美》〖植〗曼陀羅。

jin·gle ['dʒɪŋgl] 動 不及 1 叮噹地響；發叮叮的鈴聲前進。2 音調鏗鏘，有押韻。
—及 使叮噹響。—名 1 叮噹的響聲；發出叮噹聲響之物。2 同音反覆；調子簡單而優美的詩歌；（電視的）廣告歌曲。

jin·gly ['dʒɪŋglɪ] 形 發出叮噹聲響的；聲調鏗鏘的。

jin·go ['dʒɪŋgo] 名 (複 ~es) 對外強硬主義論者，主戰論者。
by (*the living*) *jingo*！《口》我發誓！絕對！一定！
—形 對外強硬主義（者）的，主戰論的。
—動 不及 表現盲目愛國主義。

jin·go·ism ['dʒɪŋgo,ɪzəm] 名 U 對外強硬主義，主戰論。

jin·go·ist ['dʒɪŋgoɪst] 名 = jingo.

jin·go·is·tic [,dʒɪŋgo'ɪstɪk] 形 極端愛國主義的。

jink [dʒɪŋk] 名 1《~s》狂歡作樂：high ~s 喧鬧的嬉戲。2 急轉。
—動 不及 1 急速轉身；閃開，急速移動；（快速地）跳舞。2《英俚》巧妙地閃避射擊而飛行。—及 1 急速地轉身躲避，閃躲。2 欺騙。

jinn [dʒɪn] 名 (複 ~s, ~)〖回教神話〗精靈，妖精。

jin·ni [dʒɪ'ni, 'dʒɪnɪ] 名 = jinn.

jin·rik·i·sha [dʒɪn'rɪkʃə] 名 人力車 = rickshaw.

jinx [dʒɪŋks] 名《口》帶來惡運的人[物]，不祥的人[物]（*on...*）；惡運：put a ~ *on...* 給…帶來不幸。—動 及《口》1 帶來惡運，使倒霉。2 糟蹋，破壞氣氛。

JIS 《縮寫》*J*apanese *I*ndustrial *S*tandard 日本工業規格。

jit·ney ['dʒɪtnɪ] 名《美俚》1《古》五分鎳幣。2 小型公共汽車。—動 及 不及 搭乘小型公共汽車。

jit·ter ['dʒɪtɚ] 名《口》《the ~s》《作單、複數》神經質；不安感：have *the* ~*s* 焦躁不安。—動 不及 神經質發作，煩躁不安。

jit·ter·bug ['dʒɪtɚ,bʌg] 名《口》1《the ~》吉特巴舞；跳吉特巴舞的人。2《英》神經質的人。
—動 (~·ged, ~·ging) 不及 跳吉特巴舞。

jit·ter·y ['dʒɪtərɪ] 形《口》神經質的，緊張不安的。

jiu·jit·su [dʒu'dʒɪtsu] 名 = jujitsu.

jive [dʒaɪv] 名 1 U 搖擺樂；C 配合搖擺樂拍子跳的舞蹈。2 U《俚》（黑人爵士樂演奏者和吸毒者的）行話，暗語。3 U《俚》無意義或無聊的話，欺騙的話。—動 不及 1 演奏搖擺樂；隨著搖擺樂跳舞。2

J

欺騙。—及《俚》欺騙，戲弄；胡說八道，說莫名其妙的話。
—形《俚》僞造的，虛假的；易誤導的，不易分辨的。

jo [dʒo] 图(複～es)《蘇》戀人，愛人。

Jo [dʒo] 图 **1**〖女子名〗喬（Josephine 的暱稱）。**2**〖男子名〗喬（Joseph的暱稱）。

Joan [dʒon] 图〖女子名〗瓊。

Jo·an·na [dʒo'ænə] 图〖女子名〗瓊安娜。

'Joan of 'Arc [-ɑrk] 图 **Saint**，聖女貞德（1412?–31）：法國女民族英雄，鼓舞法人抵抗英軍，後被焚而死。

:job [dʒɑb] 图 **1** 工作；零工，散工，包工：odd ～*s* 零工，雜役 / by the ～ 以包工方式，計件。**2** 職務，職業：be out of (a) ～ 失業。**3** 應做的事，義務，責任。**4**《主英》事，事件，事態。**5** 困難的工作，費力的事。**6** 不正當行爲，瀆職：《俚》犯罪，竊盜，搶奪。**7**《俚》（顯眼的）東西；《美俚》汽車，飛機。
a job of work《英口》艱難的工作；值得做的工作。
between jobs《口》失業中。
do a job on...《俚》毆打，毀損；毀壞，使…變無用。
***do the job for** a person* / ***do** a person's **job** (**for** him)*《俚》殺死，毀滅。
jobs for the boys 錄用自己人。
just the job《俚》正合理想的東西。
make the best of a bad job 想辦法改善惡劣的事態；盡量減少損失。
on the job ⑴《俚》警戒性高；忠於職責的。⑵ 努力工作的。⑶《英俚》性交中的。
—動 (**jobbed**, ～**·bing**) 不及 **1** 兼差，做臨時性的工作。**2** 擔任經紀人。**3** 營私舞弊，中飽私囊。—及 **1** 做股票或商品掮客。**2** 分包（工作等）《 *out* 》。**3** 假公濟私地做；（利用地位）對…施加影響《 *into ...* 》。**4** 欺騙，詐欺；除掉，開革。**5** 租借（馬、馬車等）。—形 **1** 職業的；買賣的。**2** 批發買賣的。**3**《英》爲特定的工作而雇用的，按件的。

Job [dʒob] 图〖舊約〗**1** 約伯（Hus 族之長，能忍耐神考驗的正義之士）：(as) patient as ～ 忍耐力極強的。**2** 約伯記。

'job ˌaction 图《美》（罷工等的）抗議行動。

'job ˌbank 图《美》求職資料庫，人力銀行。

job·ber ['dʒɑbɚ] 图 **1** 掮客，經紀人；批發商。**2** 做零工者。**3** 假公濟私的公職人員。**4**《英》場內股票經紀人（《美》dealer）。**5** 家畜經紀人。**6**《英》= jobmaster.

job·ber·y ['dʒɑbərɪ] 图 U 貪污，瀆職。

job·bing ['dʒɑbɪŋ] 形《限定用法》《英》（木工、家教等）論件計酬的，兼差的。

'job ˌcentre 图《英》= job bank.

job·hold·er ['dʒɑbˌholdɚ] 图 **1** 有固定工作的人。**2**《美》公務員，政府職員。

job-hop ['dʒɑbˌhɑp] 動 不及 經常變換職業。

'job-ˌhopper 图 經常換職業的人。

'job-ˌhopping 图 U 經常換職業。

job·less ['dʒɑblɪs] 形 無業的，失業者的
—图《 the ～ 》《集合名詞、作複數》失業者。

'job ˌlot 图 **1** 綜合各種貨物一起出售的廉價品：in *job lots* 大量地；批發地。**2** 綜合的廉價物，大量的零碎物。

job·nik ['dʒɑbˌnɪk] 图 工作狂，工作迷。

'Job's ˌcomforter 图 增加對方痛苦的安慰者，反而令人添愁的安慰者。

Job's-tears ['dʒobz'tɪrz] 图(複)《作單數》〖植〗念珠草；其種子。

'job ˌwork 图 U（名片、廣告單等的）雜項印刷；兼差工作；包工。

jock [dʒɑk] 图 **1**《口》= jockey 图 1. **2**《口》= disk jockey. **3** = jockstrap. **4**《美俚》（大學的）運動選手。

Jock [dʒɑk] 图 **1**《蘇·愛爾蘭英語》⑴〖男子名〗喬克（John的別稱）。⑵ 天真的少年人；鄉下小男孩；蘇格蘭人的別稱。《英口》蘇格蘭軍人。

jock·ey ['dʒɑkɪ] 图 **1**（職業賽馬的）騎師。**2**《口》駕駛者，操縱者；操作者。《英》少年人。**4**《口》= disk jockey.
—動 及 **1** 騎師騎（馬）。**2**《口》駕駛，操縱，操作。**3** 靈巧地移至某處。**4** 欺騙，用巧計使（人）失去《 *out of...* 》；欺騙（人）使其（做…），用計謀使（做…）《 *into...*, *into doing* 》。
—不及 **1** 巧妙地處理以取得有利的位置，使用狡猾手段。**2** 擔任騎師。

'jockey ˌclub 图 賽馬俱樂部；賽馬場內賽馬俱樂部會員專用的餐廳、會議室等

jock·strap ['dʒɑkˌstræp] 图（男性運動員的）下體保護物，護襠。

jo·cose [dʒo'kos] 形 滑稽的，詼諧的；詼諧的，愛開玩笑的。～**·ly** 副

jo·cos·i·ty [dʒo'kɑsətɪ] 图(複-**ties**) U 滑稽；開玩笑；C 詼諧的言行。

joc·u·lar ['dʒɑkjələ] 形 滑稽的，有趣的，幽默的。～**·ly** 副

joc·u·lar·i·ty [ˌdʒɑkjə'lærətɪ] 图 (複-**ties**) U 滑稽；C 滑稽的言行。

joc·und ['dʒɑkənd] 形《文》快活的，愉快的。～**·ly** 副

jo·cun·di·ty [dʒo'kʌndətɪ] 图(複-**ties**) 有生氣，快活；C 快活的言行。

jodh·pur ['dʒɑdpɚ, 'dʒod-] 图《 ～*s* 》馬褲；馬靴。

joe [dʒo] 图《通常作 **J-** 》《俚》**1** 傢伙，男人；《美》士兵。**2** U 咖啡。

Joe [dʒo] 图〖男子名〗喬（Joseph的暱稱）（亦作 **Jo**）。

'Joe 'Blow 图《美·澳俚》一般人，普通人。

'Joe 'College 图（典型的）美國大學生。

›·el ['dʒoəl] 图 1〖聖〗約珥：希伯來的先知。2〖舊約〗約珥書。

›e 'Mil·ler [-'mɪlɚ] 图老笑話；笑話集。

·ey ['dʒoɪ] 图《澳》1 小袋鼠。2 幼獸；幼兒。

›g¹ [dʒɑg] 動(**jogged**, ～**·ging**)及1 輕撞，輕拉；輕推，以肘輕碰：～ a person's elbow 輕推某人的肘部。2(作暗示以使人)喚起：～ a person into action 提醒某人採取行動。3 使緩慢平穩地前進。—不及1 搖擺前進。2 馬慢跑前進。3 蹣跚而行。4《美》慢跑。5 緩慢進行，進展平穩《*on, along*》。—图 1 搖動；輕推；輕的刺激；衝動，喚醒。2 蹣跚而行，徐徐前進；(馬等)有節奏的慢跑。

›g² [dʒɑg] 图《美》歪曲；凹凸不平；突然的轉方向。

›g·ger ['dʒɑgɚ] 图作 jog¹ 的人，慢跑者。

›g·ging ['dʒɑgɪŋ] 图 U〖運動〗慢跑。

›gging 'pants 图(複)慢跑褲。

›gging 'shoe 图慢跑鞋。

›gging 'suit 图運動服裝；慢跑裝。

›g·gle ['dʒɑgl] 動 及 1 輕搖；使搖動。2 使固定。—不及 搖擺著移動《*on, along*》；搖動。—图 1 輕搖。2〖木工〗楔合，銜接。

›g ˌtrot 图(馬等)緩慢而有節奏的步調；單調的生活。

›o·han·nes·burg [dʒo'hænɪsˌbɝg] 图約翰尼斯堡：南非共和國北部的工業都市。

›hn [dʒɑn] 图《美俚》1(尤指男用的)廁所。2《亦作 J-》《美俚》嫖客。

›ohn [dʒɑn] 图 1 約翰：耶穌十二使徒之一。2〖聖〗約翰福音；約翰書信。3〖聖〗= John the Baptist. 4 失地王約翰(1167?–1216)：英國國王(1199–1216)；失掉大部分的法國所有權；簽署大憲章。5《澳》警官。6〖男子名〗約翰。

›ohn 'Barleycorn 图 啤酒或威士忌酒的別名。

›ohn 'Bull 图約翰牛：(典型的)英國人；英國。

›ohn 'Doe 图 1 U C 杜約翰：訴訟當事者的本名不詳或不願出示本名時所用的男性假名。2《美》普通人。

›ohn 'Do·ry [-'dorɪ] 图〖魚〗魴魚類的通稱。

›ohn 'Hancock 图《口》親筆簽名。

›ohn·ny ['dʒɑnɪ] 图 1 (複-**nies**)《偶作 J-》《英俚》傢伙；老兄；(住院病患穿的)短袖無領罩衫。2〖男子名〗強尼(John 的別稱)。

›hn·ny·cake, johnny cake ['dʒɑnɪkek] 图 U C《美》玉米麵包。

›ohn·ny-come-late·ly, John·nie- ['dʒɑnɪˌkʌm'letlɪ] 图 (複-**lies**, **John·nies-come-late·ly**)《口》新手，新人；跟不上流行的人。

John·ny-jump-up ['dʒɑnɪ'dʒʌmpˌʌp] 图《美》〖植〗紫羅蘭；三色堇。

John·ny-on-the-spot ['dʒɑnɪɑnðə,-spɑt] 图《口》隨時待命的人，抓住機會的人；攜帶用便器。

'John o''Groat's (ˌHouse) [-'grots(-)] 图約翰．奧．格羅茲：蘇格蘭最北端。

John·son ['dʒɑnsn̩] 图 1 **Samuel**，約翰生(1709–84)：英國的詞典編纂者、評論家、詩人。2 **Andrew**，詹森(1808–75)：美國第十七任總統(1865–69)。3 **Lyndon Baines**，詹森(1908–73)：美國第三十六任總統(1963–69)。

John·son·ese [ˌdʒɑnsə'niz] 图 U Dr. Johnson 式的文體。

John·so·ni·an [dʒɑn'sonɪən] 图 形 Dr. Johnson的文體(的)；誇飾的文體(的)。

'John the 'Baptist 图〖聖〗施洗者約翰。

joie de vi·vre [ʒwadə'vivr] 图 U《法語》喜悅的人生；享樂人生。

:join [dʒɔɪn] 動及1 結合《*together, up*》；連接：～ two boards *together* 將兩塊板子接合 / ～ hands with a person 與某人聯手；與某人合作。2 加入，參加《*in, on, for...*》：～ a person *in* a game 加入某人和他一起玩遊戲。3 會合，變成一起。4 使結合，使在一起《*in...*》：～ two persons *in* marriage 使二人結婚。5 交(戰)：～ battle 交戰。6《口》相鄰。7〖幾何〗以線連接。

—不及 1 連接《*with, to...*》；接觸，連結；合爲一體，聯合；一起做《*with ...*》；加入，參加《*in...*》。2 接鄰。3《口》入伍《*up*》；交戰。

***join company with** a person* 與某人作伴。

join issue ⇨ISSUE(片語)

—图 1 接合處[點，線，面]；接合，會合；接續處，縫合處。2 = union 图 9.

join·der ['dʒɔɪndɚ] 图 U C 1 結合，會同。2〖法〗(1) 訴訟原因的合併；共同訴訟。(2) 爭論點的承認[接受]。

join·er ['dʒɔɪnɚ] 图 1 結合者[物]。2 細工木匠。3《美口》加入各種團體的人。

join·er·y ['dʒɔɪnərɪ] 图 U 細木工；細木匠業。

·joint [dʒɔɪnt] 图 1 接合處，接續處；接合(法)：a ～ in a fishing rod 釣魚竿的接合處。2〖解·動〗關節(部)：put one's knee out of ～ 使膝部關節脫臼。3〖生〗節。4〖地質〗節理。5(帶骨頭的)大肉塊。6(書的)折合線。7〖機〗接線，接頭。8《俚》不正派的場所，便宜的餐館；場所；住處。9《俚》大麻煙捲。

out of joint (1) ⇨图 2. (2) 混亂的；不利的，非良好狀態的。(3) 不調和的，不相稱的。

put** a person's **nose out of joint ⇨NOSE(片語)

—形 1《限定用法》共有的，共通的，連

J

帶的。2〖數〗聯合的。
—動 及 1接合;〖木工·石工〗連接;在(石、磚頭)之間塗灰泥。2在關節處切開。
—不及 在接縫處連接。

'joint ac'count 名 聯合帳戶。

'Joint 'Chiefs of 'Staff 名(複)《the ～》《美》參謀首長聯席會議。略作:JCS

'joint com'mittee 名(議會的)兩院聯合委員會。

'joint 'custody 名 U 共同監護。

joint·ed ['dʒɔɪntɪd] 形 有接縫的;有關節的;有節的;連接的。～·ly 副

joint·er ['dʒɔɪntɚ] 名 接合的人[物,工具];(泥工用的)鏝,抹子;(木工用的)長鉋;磨鋸齒的工具。

'jointing ˌrule 名 接榫規。

joint·ly ['dʒɔɪntlɪ] 副 一起,共同地。

'joint reso'lution 名《美》兩院的共同決議。

joint·ress ['dʒɔɪntrɪs] 名〖法〗具有寡婦所得財產權的婦女。

J

joint re'turn 名《美》夫妻合併申報(所得稅)書。

'joint 'stock 名 U 合資,合股。

'joint-'stock ˌcompany ['dʒɔɪnt'stɑk-] 名《美》合資公司;《英》股份公司(《美》corporation)。

join·ture ['dʒɔɪntʃɚ] 名〖法〗寡婦所得財產(權)。—動 及 設定寡婦財產給(妻子)。

'joint 'venture 名 聯合創業投資。

joint·worm ['dʒɔɪntˌwɝm] 名〖蟲〗膜翅類昆蟲的幼蟲。

joist [dʒɔɪst] 名 格柵;托樑;小樑。
—動 及 裝小樑;架格柵。

jo·jo·ba [ho'hoba] 名〖植〗荷荷葩。

:joke [dʒok] 名 1滑稽的言行;戲謔;笑話;戲弄,嘲弄:go beyond a ～ 笑不出來,是很嚴重的 / crack a ～ about 說…的笑話。2《常用於否定》笑料;滑稽的事;無聊的事;空話;不足取的東西。3 極簡單的事。4 = practical joke.
—動 (joked, jok·ing) 不及 開玩笑《 *with* ... 》;說笑話,戲弄《 *about...* 》。—及 嘲弄,戲弄,當作笑話《 *on, about...* 》。

jok·er ['dʒokɚ] 名 1開玩笑者,愛戲弄別人者;人,傢伙:a confirmed ～ 愛開玩笑的人。2〖牌〗百搭。3《美》掩飾條款;意外因素;詭計,花招:play a ～ 取巧;要個花樣。

joke·ster ['dʒokstɚ] 名 喜歡開玩笑或惡作劇的人。

jok·y ['dʒokɪ] 形 愛開玩笑的。

jol·li·er ['dʒɑlɪɚ] 名《口》使別人開心的人。

jol·li·fi·ca·tion [ˌdʒɑləfə'keʃən] 名《常作～s·作單數》狂歡,歡宴,作樂。

jol·li·fy ['dʒɑləˌfaɪ] 動 (-fied, ～·ing) 及 不及《口》快活,高興(尤指飲酒作樂)。

jol·li·ty ['dʒɑlɪtɪ] 名(複-ties) 1 U 愉快,狂歡。2《-ties》狂歡地喧鬧。

·jol·ly ['dʒɑlɪ] 形 (-li·er, -li·est) 1 高興的,愉快的;熱鬧的,歡樂的:have a ～ tim(of it) 度過一段歡樂時光。2《英口》令人愉快的,舒適的:～ fine weather 宜人的天氣。3《英口》(1)《常為諷》非常,完全。(2) 微醉的。
—動(-lied, ～·ing) 及《口》1(用捧、哄)使高興《 *up, along* 》。2 戲弄。—不及《口》取悅。
—名(複-lies) 1《口》取悅。2《英》狂歡《-ties》《俚》興奮,刺激。3 = jolly bo 1;《英俚》海軍陸戰隊隊員。
—副《英口》非常地,完全。
jolly well《英口》《強調動詞等》完全,確切地。

'jolly ˌboat 名〖海〗1大船上所附帶的小船。2 內海用遊覽船。

'Jolly 'Rog·er [-'rɑdʒɚ] 名《the ～》海盜旗。

jolt [dʒolt] 動 及 1搖動,搖晃;〖拳擊〗(以猛擊)使暈眩。2 使吃驚,使受到驚嚇:be ～*ed* to see the devastation 看到毀壞的景象而震驚。3 使突然產生某種意識:～ a person into recognition of the danger 使人突然警覺到危險。4(兇暴地)干涉,侵入。—不及 顛簸,搖擺前進《 *along* 》。—名 1激烈搖動;精神上的打擊或震驚;猛擊。2(可提神的)一劑,一杯;《美俚》藥劑的注射。3《美俚》入獄。

jolt·er·head ['dʒoltɚˌhɛd] 名《英·方》呆子。

jolt·y ['dʒoltɪ] 形 (jolt·i·er, jolt·i·est) 顛簸搖動的。

Jon [dʒɑn] 名〖男子名〗強恩(Jonatha的別稱)。

Jo·nah ['dʒonə] 名 1約拿(希伯來的先知);〖舊約〗約拿書。2不祥的人[物]

Jo·nas ['dʒonəs] 名 = Jonah.

Jon·a·than ['dʒɑnəθən] 名 1〖聖〗約拿單:Saul 之子,David 之友。2〖男子名〗江納森。3《英》= brother Jonathan. 4〖園〗(美國產的)一種初秋時成熟的紅蘋果。

Jones [dʒonz] 名 1〖男子名〗瓊斯。**Daniel,** 瓊斯(1881－1967)英國語音學家。

jones [dʒonz] 名《美俚》1《常作 **the Jones**》毒癮。2 麻醉藥。

jon·gleur ['dʒɑŋglɚ] 名(中世紀的)吟遊詩人。

jon·quil ['dʒɑŋkwɪl, 'dʒɑn-] 名〖植〗黃水仙。

Jor·dan ['dʒɔrdn̩] 名 1約旦(王國):位於亞洲西南部,首都為 Amman。2 約旦河:巴勒斯坦的河名,流入死海。
-da·ni·an [-'denɪən] 名形 約旦人(的)。

Jo·seph ['dʒozəf, -səf] 名 1〖聖〗約瑟

⑴ Jacob與Rachel 的第十一子。⑵ 聖母 Mary 之夫。2〖男子名〗約瑟夫。

ɔ·se·phine ['dʒozə,fin] 名〖女子名〗 㔾瑟芬。

ɔsh [dʒaʃ] 動 及 不及 《美口》（無惡意 也）戲弄（人），開玩笑。—名（無惡意 勺）戲弄，玩笑。~·er 名

ɔsh [dʒaʃ] 名〖男子名〗約西（Joshua 勺別稱）。

ɔsh. 《縮寫》*Josh*ua.

ɔsh·u·a ['dʒaʃuə] 名 1〖聖〗約書亞：以 色列民族領袖摩西（Moses）的繼承者。 〖舊約〗約書亞記。略作：Josh.

ɔshua ˌtree 名〖植〗約書亞樹。

ɔ·si·ah [dʒo'saɪə] 名〖聖〗約西亞：Ju- lah 之王（640?−609? B.C.）。

ɔ·sie ['dʒosɪ] 名〖女子名〗約茜（Jose- hine的暱稱）。

ɔs·kin ['dʒaskɪn] 名《主英俚》粗俗的鄉 下佬。

ɔss [dʒas] 名（中國的）神像，菩薩。

ɔss ˌhouse 名（中國的）寺院；廟宇。

ɔss ˌstick 名（中國人祭奉用的）香。

ɔs·tle ['dʒasl] 動 及 1 用肘部推擠；撞 擠：~ one another 互相推擠。2 貼近。3 爭 奪，競爭。4 擾亂，騷擾。—不及 1 推， 推擠《 *against* 》；擠開以前進《 *through, into...* 》。2 爭奪《 *with ...* 》；競爭《 *for ...* 》。3《美俚》當扒手。—名推擠，推撞 （亦作 **justle**）。

tler 名《美俚》扒手。

ɔt [dʒat] 動 (~·ted, ~·ting) 及 簡略地記 下《 *down* 》。—名《通常用於否定》一點 兒，微量：not a ~ / not one ~ 一點也不， 絲毫不。

ɔt·ter ['dʒatɚ] 名記錄者；記事本。

ɔt·ting ['dʒatɪŋ] 名 《~s》匆匆記下， 記錄；匆匆記下的東西，便條。

ɔule [dʒaul, dʒul] 名〖理〗焦耳。略作： J, j

ɔunce [dʒauns] 動 及 不及（使…）上下 震動，（使…）顛跳。

ɔur. 《縮寫》*jour*nal; *jour*neyman.

ɔur·nal ['dʒɝnl] 名 1 日記，日誌；〖 海〗航海日誌；議事錄；〖簿〗分類（日 記）帳。2 報紙，日報；定期刊物，雜誌： a quarterly ~ 季刊。3〖機〗軸頸。

ɔurnal ˌbox 名〖機〗軸頸箱。

ɔur·nal·ese [ˌdʒɝnl'iz, -is] 名 Ⓤ，形《 蔑》新聞體（的）。

ɔur·nal·ism ['dʒɝnl,ɪzəm] 名 Ⓤ 1 新聞 學；新聞雜誌業，新聞報導業；新聞寫 作；《集合名詞》新聞雜誌；新聞機構的 編輯和記者：enter ~ 進入新聞界，當新聞 記者。2（大學的）新聞科系。3 通俗性的 文章。

ɔur·nal·ist ['dʒɝnlɪst] 名新聞記者，新 聞工作者。

ɔur·nal·is·tic [ˌdʒɝnl'ɪstɪk] 形 新聞事 業的；新聞工作者的。**-ti·cal·ly** 副

:jour·ney ['dʒɝnɪ] 名 1 陸上長途旅行， 旅行：go on a ~ to... 出發到…旅行。2 旅 行距離；旅程，行程：(a) two day's ~ 兩 天的行程。3 推移，進展；歷程。

one's journey's end ⑴ 旅途終點。⑵ 人生 旅程的盡頭。

—動 不及旅行。~·er 名旅行者。

jour·ney·man ['dʒɝnɪmən] 名 (複**-men**) 1 學徒期滿的工人。2 熟練的工人。3 按日 雇用的工人。

jour·ney·work ['dʒɝnɪ,wɝk] 名 Ⓤ雇用 的工作；零工，散工。

joust [dʒaust, -ʌ-] 名（騎士的）馬上長槍 比武；《~s》馬上長槍比武大會。

—動 不及進行馬上長槍比武《 *with...* 》。

Jove [dʒov] 名 = Jupiter 1, 2.

by Jove !《表強調、驚訝、贊成等的驚嘆 詞》啊！真的！

jo·vi·al ['dʒovɪəl] 形快活的，高興的，愉 快的。~·ly 副

jo·vi·al·i·ty [ˌdʒovɪ'ælətɪ] 名 Ⓤ 快活，快 樂。

Jo·vi·an ['dʒovɪən] 形 朱比特的；威武 的；木星的。~·ly 副

Jo·vi·ol·o·gist [ˌdʒovɪ'alədʒɪst] 名專門 研究木星的太空科學家。

jow [dʒau] 名《蘇》鐘聲，鈴聲。

jowl[1] [dʒaul, dʒol] 名顎，下顎；頰。

jowl[2] [dʒaul, dʒol] 名 1（胖子的）雙下 巴。2（豬的）頰肉；（牛的）喉袋；（家 禽的）垂肉。

~·y 形雙下巴的。

jowled [dʒauld] 形 下顎有垂肉的；《複 合詞》有…下顎的：heavy-*jowled* 下顎有垂 肉的。

:joy [dʒɔɪ] 名 Ⓤ歡欣，歡喜，開心；Ⓒ高 興的原因：to one's great ~ 感到極其快樂 / inspire a person with ~ 使某人快樂。

—動 不及 快樂《 *at...*，文．詩 *in...* 》。

—及《古》使快樂。

joy-bells ['dʒɔɪ,bɛlz] 名(複) 報喜鐘。

Joyce [dʒɔɪs] 名 1 **James (Augustine Al- oysius)**，喬伊斯（1882−1941）：愛爾蘭 作家。2〖女子名〗喬伊絲。

joy·ful ['dʒɔɪfəl] 形 快樂的，充滿喜悅 的；顯得高興的；令人快樂的：in ~ glee 非常快樂地 / be ~ at hearing the news 因聽 到這個消息而高興。~·ly 副，~·ness 名

joy·less ['dʒɔɪlɪs] 形 沒有快樂的，悽慘 的；未帶來快樂的，無趣乏味的。

~·ly 副，~·ness 名

joy·ous ['dʒɔɪəs] 形《文》= joyful. ~·ly 副，~·ness 名

joy·pop ['dʒɔɪ,pap] 動 (**-popped**, ~·**ping**) 不及《俚》偶爾吸食麻醉毒品。

joy·ride ['dʒɔɪ,raɪd] 名《口》（用偷來的 車）開車兜風；不顧後果的玩樂行爲。

—動 (**-rode**, **-rid·den**, **-rid·ing**) 不及《 口》開車兜風。

'joy ˌstick 名 1《口》(飛機的)操縱桿。2(電動玩具等的)操作桿，搖桿。

JP 《縮寫》*jet propulsion.*

J.P. 《縮寫》*Justice of the Peace.*

JPEG ['dʒeˌpɛg] 《縮寫》*Joint Photographic Experts Group* JPEG 圖形檔案格式。

Jr., jr. 《縮寫》*junior*; *journal.*

ju·ba ['dʒubə] 名朱巴舞。

ju·bi·lant ['dʒubələnt] 形歡騰的，興高采烈的；欣喜若狂的；充滿喜悅的。
-lance 名, ～**·ly** 副

ju·bi·late ['dʒubəˌlet] 動不及歡欣，歡呼歡慶。

ju·bi·la·tion [ˌdʒubə'leʃən] 名 U 欣喜，歡欣；C 慶祝。

Ju·bi·la·te [ˌdʒubə'leti] 名 1 復活節之後的第三個星期日。2 聖經詩篇第一百篇；其樂曲；《j-》歡樂之歌。

ju·bi·lee ['dʒubəˌli] 名 1 週年紀念；佳節，五十週年紀念，金禧：silver ～ 廿五週年紀念。2 U C 歡欣，歡度。3〖天主教〗(通常每廿五年一次的)大赦年。4〖聖〗每五十年一次的安息。

Jud. 《縮寫》*Judges; Judith (Apocrypha).*

jud. 《縮寫》*judge; judgment; judicial.*

Ju·dae·a [dʒu'diə] 名 = Judea.

Ju·dah ['dʒudə] 名 1 猶大：Jacob 與 Leah 的第四子。2 猶大族：猶大的後裔，以色列十二族之一。3 猶大王國：舊約聖經時代位於巴勒斯坦南部的王國。

Ju·da·ic [dʒu'deɪk] 形猶太教的；猶太式的；猶太人的。**-i·cal·ly** 副

Ju·da·ism ['dʒudɪˌɪzəm] 名 1 U 猶太教。2 U 猶太主義。3《集合名詞》猶太人。

Ju·da·ist ['dʒudɪɪst] 名猶太教徒；尊崇猶太風俗者。

Ju·da·ize ['dʒudɪˌaɪz] 動 及 不及 使…具猶太人作風；(使)皈依猶太教。

Ju·das ['dʒudəs] 名 1 猶大：十二使徒之一，出賣耶穌的人。2 出賣朋友的人，叛徒。3《通常作 j-》(門戶等的)窺視孔。
a Judas kiss 假親熱；出賣的行爲。
play the Judas 出賣，背叛。
—形(狩獵或屠殺時)(當作)誘餌的。

'Judas ˌtree 名〖植〗南歐紫荊。

jud·der ['dʒʌdɚ] 動不及《英》激烈搖動。—名(機械的)不正常震動。

Jude [dʒud] 名 1〖新約〗猶大書。2〖男子名〗裘德(Judah 的別稱)。

Ju·de·a, Ju·dae- [dʒu'diə] 名猶太：古代巴勒斯坦的南部地方。
-an 形 名猶太的(居民)。

Judg. 《縮寫》*Judges.*

:judge [dʒʌdʒ] 名 (複 **judg·es** [-ɪz]) 1 法官，推事，審判者：(as) sober as a ～ 極嚴肅的，像法官一樣莊重的。2 裁判。3 行家，鑑定家《*of...*》。4〖聖〗士師，裁判者。5《J-》(擔任最高審判者的)神，上帝。—動(**judged, judg·ing**)及 1 審判，判決；審理；裁判；判斷，估計，想；鑑別，評價《*by...*》；批評。2(擔任古代…伯來的士師)支配，統治。
—不及 1 作出裁判；下判斷；作評價。…判斷《*by, from...*》。3〖聖〗(士師)…治。
judg·er 名, ～**·ship** 名 U 法官的職務。

'judge 'advocate 名 (複 ～**s**)〖軍〗…法官，軍事檢察官。

'judge 'advocate 'general 名 (… **judge advocates general,** ～**s**)〖軍〗陸軍[海軍，空軍]軍法局長，軍法處長。

·judg·ment, 《英尤作》**judge-** ['dʒʌ…mənt] 名 1 U C 判斷，判定；審判：make a fair ～ 下公正的判斷。2〖法〗判決；…判決而確定的債務；確定債務的判決書：pass ～ on a person 對某人下判決。3 U …斷力(的發揮)；識別；見識：a person … good ～ 判斷力強的人。4 U C 意見，…解；評價；非難：in my ～ 依我看 / against one's better ～ 明知不可取地；無奈。5《…諷》上天的懲罰。
-'men·tal 形

'Judgment ˌDay 名《the ～》〖基督教〗最後審判日。

'judgment ˌseat 名法官席；法庭。

ju·di·ca·to·ry ['dʒudɪkəˌtorɪ] 形裁…的；司法的：～ authority 司法當局。
—名 (複**-ries**) 裁決所，法院；U 司法行政。

ju·di·ca·ture ['dʒudɪkətʃɚ] 名 1 U 司法行政；司法(權)，審判權；法官職權。2《集合名詞》法官，司法當局：the Supreme Court of *J-* (英國)最高法院。

ju·di·cial [dʒu'dɪʃəl] 形 1 裁判的；司法的：take ～ proceedings 辦理訴訟手續。…依據審判的；規定的：a ～ wage level 規定的工資標準。3 似法官的，公正的；有判斷力的，批評的：a ～ mind 公正縝密的頭腦。4 天譴的，神之處罰的。

ju·di·cial·ly [dʒu'dɪʃəlɪ] 副司法上；依據裁判地；像法官般地。

ju·di·ci·ar·y [dʒu'dɪʃɪˌɛrɪ, -'dɪʃərɪ] 形裁判的，司法的；法院的，法官的。—名 (複**-ar·ies**)司法部；司法制度；《集合名詞》法官。**-ar·i·ly** 副

ju·di·cious [dʒu'dɪʃəs] 形有判斷力的，慎重的。～**·ly** 副, ～**·ness** 名

Ju·dith ['dʒudɪθ] 名 1 朱蒂絲：古猶太的女英雄。2〖女子名〗朱蒂絲。

ju·do ['dʒudo] 名 U 柔道。

ju·do·gi [dʒu'dogɪ] 名柔道服。

ju·do·ist ['dʒudoɪst] 名(複～, ～**s**)柔道家[選手]。

Ju·dy ['dʒudɪ] 名 1《j-》《俚》女子。2(亦作 **Judie**)〖女子名〗朱蒂(Judith的暱稱)。

·jug[1] [dʒʌg] 名 1 罐，盂，水壺；《英》有把手的大口瓶；《俚》威士忌酒瓶。2 = jugful 1. 3《俚》監獄，拘留所：go to the ～ 入獄。4《俚》銀行。5《俚》(內燃機…

j）汽化器。
-動(**jugged**, ～·**ging**)及 **1** 裝入水壺；用
j製鍋燉煮。**2**《俚》送進監獄。
g² [dʒʌg] 名鳥叫聲，夜鶯的叫聲。
·gal ['dʒugl] 形頰（骨）的。
·gate ['dʒuget, -gɪt] 形 **1**〖植〗（樹葉）
對的。**2**（硬幣背像）並列的。
g·ful ['dʒʌg,ful] 名 **1** 滿壺（的量）《*of*
》。**2**《美俚》《通常用於否定》很多，
量：*not* by a ～ 一點也不，絕不。
g·ger·naut ['dʒʌgə-,nɔt] 名 **1**（印度
j）Krishna 的神像。**2**《常作 **j-**》有強大
破壞力的事物；使人盲目崇拜或犧牲的事
j；妨礙其他車輛的大卡車；不可抗拒的
j量。
g·gle ['dʒʌgl] 動及 **1**（雜耍中）耍（球
等），使用…來耍雜耍[變戲法]。**2** 竄改，
歪曲；騙取（金錢等）《*out of...*》：～ the
ccount books 竄改帳簿。**3** 很不穩地接住
球等）；盡力持穩。─不及 **1**（用球等）
耍雜耍，變戲法《*with...*》。**2** 欺騙；竄
改。─名 **1** 戲法，魔術。**2** 欺騙，詐欺。
gling·ly 副
g·gler ['dʒʌglə-] 名玩雜耍的人，魔術
師；騙子。
g·gler·y ['dʒʌglərɪ] 名 (複-**gler·ies**) =
uggle.
g·head ['dʒʌg,hɛd] 名《美俚》**1** 騾子。
傻瓜，呆子。
u·go·sla·vi·a [,jugo'slɑvɪə] 名 = Yugo-
lavia. **'Ju·go·slav** 名形, **-'slav·ic** 形
g·u·lar ['dʒʌgjələ-, 'dʒu-] 形 **1**〖解〗頸
部的；頸靜脈的。**2**（魚）喉部有腹鰭的。
瞄準要害的；致命的。─名 **1** 頸靜脈。
（對方的）要害。
gular 'vein 名頸靜脈。
ice [dʒus] 名 **1** Ⓤ Ⓒ（水果等的）液，
汁：orange ～ 柳橙汁。**2** Ⓤ Ⓒ 分泌物；抽
出液：gastric ～(*s*)胃液，消化液，腸液。
Ⓤ 精髓，本質；《口》力，強壯；健
康，活力：sap the ～ of a person's vitality
消耗某人的活力。**4** Ⓤ《美俚》電，電力；
石油，燃燒油；酒。**5** Ⓤ《美俚》違法的
高利貸：a ～ dealer 放高利貸的人。**6**《美
俚》有利的地位，權勢。**7**《俚》毒品。
tep on the juice《俚》加快（車輛的）速
度。
tew in one's (own) juice ⇨ STEW¹（片
語）
─動(**juiced**, **juic·ing**)及《口》擠汁；將
汁加於，澆汁於。
uice...up / juice up... ⑴ 加（動）力於，
將（車輛）加速。⑵ 使有精神；使變有
趣。
～·**less** 形沒有汁液的。
iced [dʒust] 形 **1** 含有汁的。**2**《美俚》
= drunk 形 1.
ice·head ['dʒus,hɛd] 名《美俚》酒鬼。
ic·er ['dʒusə-] 名 **1**（水果等的）榨汁
機。**2**《美俚》酒鬼，酗酒者。

juic·y ['dʒusɪ] 形(**juic·i·er**, **juic·i·est**) **1** 汁多的；潤溼的；《口》（天氣）潮溼的。**2**《口》好色的；猥褻的；有趣的。**3** 有活力的，有生氣的。**4**《口》利益多的，賺錢的。
-i·ly 副, **-i·ness** 名
ju·ji·tsu [dʒu'dʒɪtsu], **ju·ju-** ['dʒu-] 名 Ⓤ 柔術：日本的一種徒手自衛術（亦作 **jiujitsu**, **jiujutsu**）。
ju·ju ['dʒudʒu] 名（非洲西部土人的）符咒，物神，護符；Ⓤ（守護的）魔力；避邪。
ju·jube ['dʒudʒub] 名〖植〗棗樹；棗子；有棗子香味的糖果；棗子醬。
juke [dʒuk] 名 = jukebox.
juke·box ['dʒuk,bɑks] 名（投幣式的）自動點唱機。
'juke ,joint 名《美俚》小餐館，小酒館。
Jul.《縮寫》*July*.
ju·lep ['dʒulɪp] 名 **1**（藥用的）糖（漿）水。**2**《美》= mint julep.
Jul·ia ['dʒuljə] 名〖女子名〗茱莉亞。
Jul·ian¹ ['dʒuljən] 名〖男子名〗朱利安（Julius 的別稱）。
Jul·ian² ['dʒuljən] 形 凱撒（Julius Caesar）的。
Ju·li·an·a [,dʒulɪ'ænə] 名〖女子名〗茱莉安娜（Julia 的別稱）。
'Julian 'calendar 名《**the** ～》儒略曆：凱撒大帝西元前 46 年所創的太陽曆。
ju·li·enne [,dʒulɪ'ɛn] 形（蔬菜等）切絲的。─名 Ⓤ 菜絲湯。
Ju·li·et ['dʒuljət] 名茱麗葉：Shakespeare 所作戲劇 *Romeo and Juliet* 中的女主角。
'Juliet ,cap 名（用珍珠或寶石裝飾的）無邊女帽；新娘帽。
Jul·ius ['dʒuljəs] 名〖男子名〗朱利爾斯。
'Julius 'Caesar 名 ⇨ CAESAR 1
:Ju·ly [dʒu'laɪ, dʒə-] 名 七月。略作：Jul., Jl., Jy.
jum·ble ['dʒʌmbl] 動及 **1** 弄亂《*up*, *together*》。**2** 使迷惑。─不及混亂，擁擠。─名混雜一起；混亂《*of...*》。
'jumble ,sale 名《主英》= rummage sale.
jum·bly ['dʒʌmblɪ] 形混雜的，混亂的，亂七八糟的。
jum·bo ['dʒʌmbo] 名(複～**s**) **1**《口》巨大的人[動物，東西]。**2** 巨無霸型噴射客機，波音（Boeing）747 飛機。─形巨大的，特大的。
'jumbo ,jet 名 = jumbo 名 2.
:jump [dʒʌmp] 動不及 **1** 跳躍，跳：～ aside 閃開 / ～ for [in] joy 高興得躍起；歡躍 / ～ at a person 猛撲某人。**2** 驚跳起來。**3**（價格等）暴漲；（在職務上）竄升。**4** 匆匆作出（結論等）《*at*, *to...*》；熱心地著手，（某種狀態）變爲緊急《*into...*》；

欣然接受，欣然應承：～ *at* an offer 對提議欣然接受。**5** 突然改變；經常變換（職業等）；無目標地轉變。**6** 一致，符合《*together / with...*》。**7**〖西洋棋〗跳吃對方的棋子；〖牌〗（在橋牌中）跳級叫牌。**8**（打字機等）脫漏，跳過，遺漏（文字等）；〖電腦〗跳越；〖影〗畫面跳過；〖報章雜誌〗轉入他頁；由他頁轉來。**9**《俚》活躍；雜亂。**10**（由飛機）跳傘降落。一[及] **1** 躍過，跳越；跳過；〖報章雜誌〗轉入他頁；由他頁轉來。**2** 使跳起來；使跳越《*over...*》。**3** 使驚跳起來；使（獵物等）驚走；《口》突然襲擊，使受突然襲擊。**4** 使（物價、工資等）突漲。**5** 侵占（權利、土地等）。**6**《口》逃跑，溜走；逃避。**7**《美口》跳上（交通工具）；偷偷乘坐。**8**（列車、思想等）脫軌。**9**〖西洋棋〗跳過吃（對方的棋子）；〖牌〗（叫牌時）跳級叫高（搭檔的叫牌）。

jump aboard 參加。

jump all over *a person*《俚》=JUMP on a person.

J

jump down *a person's* ***throat*** ⇨ THROAT（片語）

jump out of the frying pan into the fire ⇨ FRYING PAN（片語）

jump in with both feet 熱切地參加；熱切地展開行動。

jump off 開始進行，展開，發動；（快速地）出動。

jump on *a person*《口》激烈地責罵。

jump on the bandwagon ⇨ BANDWAGON（片語）

jump out (***of***) *one's* ***skin***《口》大吃一驚，嚇了一大跳；驚喜若狂。

jump the gun ⇨ GUN[1]（片語）

jump the queue [《美》***in line***] ⇨ QUEUE [名] 2

jump the traces ⇨ TRACE[2]（片語）

jump through a hoop《口》服從任何命令。

jump to it《命令》《俚》趕快！趕快開始工作！立刻展開行動。

jump to the eyes 顯眼，顯著，明顯。

jump up (1) 突然站起。(2) 跳jump-up 舞。

see how the cat will jump / see which way the cat jumps ⇨ CAT[1]（片語）

一[名] **1** 跳起，跳躍。**2**〖運動〗跳的競技；一跳的距離；需跳越的障礙；跳躍臺。**3** 陡升，暴漲。**4** 發作性動作，痙攣；《***the*** ～***s***》《口》著急，不安，憂慮。**5** 突然改變，突然轉變；（議論等的）遽下定論；移動；〖報章雜誌〗轉頁。**6**（從飛機上）跳傘降下。**7**《口》短程旅行。**8**〖影〗畫面的跳越。**9**〖西洋棋〗跳越吃對方的棋子。**10**〖電腦〗跳越。

at a full jump 全速的[地]，盡全力的[地]。

for the high jump〖軍〗欲接受審判。

from the jump《口》從一開始。

have the jump on ...《口》比…搶先一步，勝過…。

on the jump《口》(1) 急速地。(2) 提心吊膽地，不安地。

put *a person* ***over the big jump***《口》殺

一[形]〖爵士〗swing（特有）的；節奏快的爵士樂的。～**·a·ble** [形], ～**·ing·ly** [副]

'jump ˌball [名]〖籃球〗跳球。

'jump ˌcut [名]〖影〗跳景。

jump-cut [ˈ-ˌ-, ˈ-ˈ-] [動][不及]跳景。

jumped-up [ˈdʒʌmpt,ʌp] [形]《限定法》（從下層）發跡的；《蔑》（獲得高位而）自滿的。

jump·er[1] [ˈdʒʌmpɚ] [名] **1** 跳躍者；跳躍選手；參加障礙競賽的馬。**2** 鑽岩機。**3**〖電〗跨接線。**4** = jump shot.

jump·er[2] [ˈdʒʌmpɚ] [名] **1** 短外套；工作服上衣；《英》女套衫。**2**《～**s**》= rompers.

jump·ing [ˈdʒʌmpɪŋ] [名] [U] 跳躍。一[形]跳躍的。

'jumping ˌbean [名]〖植〗跳豆。

'jumping ˌjack [名] **1**（用線拉動的）玩偶。**2**〖體〗分腿上躍。

'jump·ing-'off ˌplace [ˈdʒʌmpɪŋˈɔ...] [名]偏遠地區；邊陲地帶；出發點。

jump(-)jet [ˈdʒʌmp,dʒɛt] [名]《英》垂直起落式噴射機。

'jump ˌline [名]〖報章雜誌〗文章接續指示。

jump-off [ˈdʒʌmp,ɔf] [名]（競技的）開始（點）；（馬術比賽時的）平分決勝賽。

'jump ˌrope [名]《美》跳繩（用的繩）。

'jump ˌseat [名]《美》（汽車等的）折疊式座椅。

'jump ˌshot [名]〖籃球〗跳投。

jump·start [ˈdʒʌmp,stɑrt] [動][及]推動（汽車）以啓動引擎。一[名]（汽車的）推動發動。

'jump ˌsuit, jump·suit [ˈdʒʌmp,s...] [名]跳傘裝；（男女皆可穿的）連身服裝。

jump·y [ˈdʒʌmpɪ] [形] (**jump·i·er, jump·i·est**) 心驚肉跳的；跳起來的；著急的，神經過敏的；缺乏連貫性的。**-i·ly** [副]

Jun.《縮寫》*June*; *Jun*ior.

Junc.《縮寫》*Junc*tion.

jun·co [ˈdʒʌŋko] [名](複～**s** [-z])〖鳥〗（美產的）磧鷚科小鳥。

junc·tion [ˈdʒʌŋkʃən] [名] **1** [U] 連結，結合，接合（狀態）。**2** 連絡[接合，結合]點；（河川的）交會點；交叉點；連接[轉運]站，連接處。**3**〖電〗接合，接頭，繼線。**4** [U]〖文法〗連接。～**·al** [形]

junc·ture [ˈdʒʌŋktʃɚ] [名] **1**（危急的）關頭，轉機；（重大、危急的）情勢[局面]：at this ～ 在這個緊要關頭，在此時刻。**2** [U][C] 連結，接合（點、線）；接縫；連結狀態，連結物；〖文法〗（音素的）連接。

:June [dʒun] [名]六月。略作：Jun., Je.

Ju·neau [ˈdʒuno, dʒʊˈno] [名]朱諾：美

Alaska 州的首府。

une ˌbug 图〖昆〗(美國北部的)六月甲蟲;(美國南部的)無花果蟲。

ung [jʊŋ] 图 **Carl Gustav**, 榮格(1875–1961):瑞士精神醫師及心理學家。

ung·frau ['jʊŋ,fraʊ] 图《**the** ~》少女峰:瑞士阿爾卑斯山脈的高峰(4158m)。

ung·i·an ['jʊŋɪən] 图 榮格(Jung)學說的信奉者。—形 榮格(學說)的。

un·gle ['dʒʌŋgl] 图 **1**《通常作 **the** ~》(熱帶的)叢林;熱帶植物叢生之處,沼澤地帶。**2** 混雜在一堆的物品;複雜而難以解決的事。**3**《俚》殘酷的生存競爭場合,競爭激烈的社會:the law of the ~ 弱肉強食的定律。**4**《美俚》無業遊民的宿營地。**-gled** 形

ungle 'fever 图 U〖病〗叢林熱。

ungle ˌfowl 图〖鳥〗原雞。

ungle·gym ['dʒʌŋgl,dʒɪm] 图 兒童遊戲攀爬的立體方格鐵架。

un·gli ['dʒʌŋglɪ] 图 印度叢林內的居民。—形 **1** 在印度叢林內居住的;叢林居民的。**2**《印度英語》粗野的,庸俗的。

un·gly ['dʒʌŋglɪ] 形 叢林般的。

un·ior ['dʒunjɚ] 形 **1** 較年幼的,較年少的:Robert Downey, *J-* [*Jun, Jr, jr.*] 小羅勃道尼。**2** 資歷較淺的,新進的;職位較低的,從屬的,副的:a ~ author 副執筆者。**3** 日期較後的,較遲的《*to...*》。**4**〖法〗(債權等)順位較後的。**5**《美》(大學、高中)(四年制的)三年級的,(三年制的)二年級的,(二年制的)一年級的。—图 **1**《通常作 **one's** ~》年幼的人;新進人員;職位較低的人,等級較低的人,後輩。**2**《美》(大學、高中)(四年制的)三年級學生,(三年制的)二年級學生,(二年制的)一年級學生。**3**(女裝的)小號尺寸。**4**《口》《稱呼語》小伙子,小孩子,小傢伙;《美口》(家族中的)兒子。

unior 'college 图 U C(二年制的)專科學校;(四年制)大學前兩學年的一般性課程。

unior 'high ˌschool 图 ⇨ HIGH SCHOOL

unior 'miss 图《口》十三至十六歲的少女。

unior ˌschool 图 U C《英》小學(《美》elementary school)。

unior 'varsity 图〖運動〗(高中或大學的)校隊預備隊。

u·ni·per ['dʒunəpɚ] 图 **1**〖植〗杜松:松杉科常綠喬木,其果實之油用於杜松子酒之調味。**2** 羅騰樹。

unk[1] [dʒʌŋk] 图 U **1** 廢物,垃圾;無價值的東西。**2**《英》厚片,大塊。
—動 及《口》當作廢物拋棄。
—形 沒有價值的;破爛的;不要的。

unk[2] [dʒʌŋk] 图(中國式)平底帆船。

unk[3] [dʒʌŋk] 图 U《口》麻醉藥品,毒品,海洛因。

'junk ˌart 图 U 廢物雕塑(品)。

'junk ˌartist [ˌsculptor] 图 廢物雕塑家。

'junk ˌbond 图《美》垃圾債券。

'junk ˌcall 图 由自動錄音推銷商品或要求捐款的電話。

junk·er ['dʒʌŋkɚ] 图《美俚》廢車,破爛車。

Jun·ker ['jʊŋkɚ] 图 **1** 19 世紀普魯士的貴族地主。**2** 德國的年輕貴族。

jun·ket ['dʒʌŋkɪt] 图 **1** U C 乳凍甜點。**2** 宴會;野宴;旅行;《美》(使用公款的)豪華旅行。—動 不及 舉行宴會;以公費作豪華旅行;野餐。—及 設宴招待。**-ke·'teer** 图

jun·ket·ing ['dʒʌŋkɪtɪŋ] 图《常作 ~s》《作單數》(菜肴豐盛的)宴會,宴請。

'junk ˌfood 图 U(熱量高而營養價值低的)垃圾食物;有如垃圾食物之事物。

junk·ie ['dʒʌŋkɪ] 图(複 **junk·ies**) **1**《俚》有毒癮者。**2**《口》販賣毒品者。**3**《口》熱中或耽溺於某項事物的人。

'junk ˌjewelry 图 U 廉價飾品。

'junk ˌmail 图 U《美口》垃圾郵件:無收件人姓名,只寫「貴住戶」等的大量郵寄的廣告信件。

junk·man ['dʒʌŋk,mæn] 图(複 **-men**)舊貨商。

'junk ˌsculpture 图 = junk art.

'junk ˌshop 图 **1** 舊貨店。**2** 古董店。

junk·y ['dʒʌŋkɪ] 图(複 **junk·ies**) = junkie.

junk·yard ['dʒʌŋk,jɑrd] 图 舊貨堆置場,廢物拋棄場。

Ju·no ['dʒuno] 图 **1**〖羅神〗朱諾:羅馬最尊貴的女神。**2** 高貴端莊的女人。**3**〖天〗婚神星。

Ju·no·esque [,dʒuno'ɛsk] 形(女人)高貴端莊的。

jun·ta ['hʊntə, 'dʒʌn-] 图 **1** 臨時政府,軍事執政團。**2** 評議會;(西班牙、中南美洲的)議會。**3** = junto.

jun·to ['dʒʌnto] 图(複 ~**s** [-z])祕密集團。

·**Ju·pi·ter** ['dʒupɪtɚ] 图 **1**〖羅神〗朱比特:羅馬神界的主神,相當於希臘神話中的 Zeus。**2**〖天〗木星。

ju·ra ['dʒʊrə] 图 **jus** 的複數形。

Ju·ra ['dʒʊrə] 图 = Jurassic.

ju·ral ['dʒʊrəl] 形 法律(上)的;有關權利義務的。

Ju·ras·sic [dʒʊ'ræsɪk] 形〖地質〗侏羅紀的。—图《**the** ~》侏羅紀。

ju·rid·i·cal [dʒʊ'rɪdɪkl] 形 司法的;裁判的:~ days 開庭日。~**·ly** 副

ju·ri·met·rics [,dʒʊrɪ'mɛtrɪks] 图(複)《通常作單數》計量法學。

ju·ris·con·sult [,dʒʊrɪs'kɑnsʌlt, -kən'sʌlt] 图 **1**〖羅馬法〗法律顧問官。**2**(精通大陸法、國際法的)法學家。略作:J.C.

ju·ris·dic·tion [,dʒʊrɪs'dɪkʃən] 图 **1** U

J

司法權，審判權；權力，支配權，管轄權：territorial ～領土管轄權。2 Ⓤ 司法權所及的範圍；Ⓒ管轄區，管轄範圍。～·al 形，～·al·ly 副

jurisp. 《縮寫》*juris*prudence.

ju·ris·pru·dence [ˌdʒurɪsˈprudn̩s] 名Ⓤ 1 法學。2 法律體系，法制。3 法學的一個分支；判決。-ˈ**den·tial** 形

ju·ris·pru·dent [ˌdʒurɪsˈprudn̩t] 形 名 精通法律或法學的（人）。

ju·rist [ˈdʒurɪst] 名律師；法官；法學家；法律問題專家。

ju·ris·tic [dʒuˈrɪstɪk] 形 1 法學家的；法科學生的。2 法學上的；法制上的。-**ti·cal·ly** 副

juˈristic ˈperson 名〖法〗法人。

ju·ror [ˈdʒurɚ] 名1 陪審員。2 宣誓者。3 評審員。

·**ju·ry**¹ [ˈdʒurɪ] 名 (複-ries)《集合名詞》1 陪審團：a grand ～ 大陪審團 / serve on a ～ 擔任陪審。2（比賽等的）評審委員會。

J

ju·ry² [ˈdʒurɪ] 形〖海〗應急的，臨時的。

ˈjury ˌbox 名陪審團席。

ju·ry·man [ˈdʒurɪmən] 名 (複-men) = juror 1.

ˈjury ˌmast 名〖海〗應急桅，臨時桅。

ju·ry-pack·ing [ˈdʒurɪˌpækɪŋ] 名《美》賄賂陪審員。

jus·sive [ˈdʒʌsɪv] 名 形〖文法〗命令形（的），（弱）祈使式（的）。

:**just**¹ [dʒʌst] 形 1 正確的，公正的，公平的；〖聖〗正義的：be ～ in one's decision 決定是公正的。2（價格等）適當的，合理的；正當的，合法的。3（懷疑、憤怒等）有確實根據的。4（報告等）正確的，與事實一致的。5 實際的，真正的。—[dʒʌst;《弱》dʒəst] 副 1《修飾名詞、副詞、片語、子句》正好，恰好，正是。2《常作 only ～》極少地，好不容易地，勉強地；接近地。3《與完成式、過去式連用》剛才，剛剛；《與進行式連用》正要，立即，馬上。4 (1)《口》僅僅，只不過是。(2)《命令》試請，且請。(3)《疑問句》到底。5《口》《加強語氣》真地，實在地；十分地。

just about (1)《口》幾乎，差不多。(2)《加強語氣》正是，完全。

just come up《俚》無經驗的，不熟練的，笨拙的。

just now (1)《與現在式連用》此刻，現在。(2)《與命令句、未來式連用》立刻。(3)《與過去式連用》剛才，剛剛。

just so (1)《形容詞》正是那樣的。(2)《連接詞》只要，如果。(3) 非常小心地。(4) ⇨ 副 1.

just what the doctor ordered《口》正是需要的東西。

just² [dʒʌst] 名 動 不及 = joust.

·**jus·tice** [ˈdʒʌstɪs] 名 1 Ⓤ 正義；正直，公正：a sense of ～ 正義感 / in ～ to a person 公正對人。2 Ⓤ 必然的報應，賞罰：providential ～ 天譴 / administer ～ 執行賞罰。3 Ⓤ 正當性，妥當性，正當的理由；合理性；正確；道義。4 Ⓤ 司法；裁判；審判：give oneself up to ～ 自首。5 法官，推事。6《 j- 》正義女神。

do... justice / do justice to... 公正地對待…

do oneself justice / do justice to oneself 充分發揮自己的長處[能力]。

ˈjustice ˈcourt 名治安法庭。

ˈjustice of the ˈpeace 名《美》（初級法院的）治安法官，保安官；《英》（地方上兼理一般司法事務的）治安（法）官。略作：J.P.

jus·tice·ship [ˈdʒʌstɪsˌʃɪp] 名 Ⓤ 法官的職位，法官的職權。

jus·ti·fi·a·ble [ˈdʒʌstəˌfaɪəbl] 形 可證明為正當的；合理的；可辯解的：～ homicide 正當殺人，執行死刑。-ˈ**bil·i·ty** 名 -**bly** 副 正當地；《修飾整句》有理由地。

·**jus·ti·fi·ca·tion** [ˌdʒʌstəfəˈkeʃən] 名 Ⓤ Ⓒ 1 正當化；正當理由；辯明；辯護：～ of ... 使…正當化，替…辯解。2〖神〗（因信仰）釋罪。3〖印〗（每行長度的）整理，整版。4〖電腦〗調整。

jus·tif·i·ca·to·ry [dʒʌsˈtɪfəkəˌtorɪ] 形 提供正當理由的，辯護的（亦稱 justificative）。

jus·ti·fied [ˈdʒʌstəˌfaɪd] 形 有道理的，有正當理由的。

·**jus·ti·fy** [ˈdʒʌstəˌfaɪ] 動 (-fied, ～·ing) 及 1 證明（人、言行）為正當，辯解；澄清…的觀點；使正當化《 *in...* 》：～ oneself by success 因成功而使自己的行為正當化 / ～ one's actions to others 向他人顯示自己行為的正當性 / The end *justifies* the means.《諺》為達目的不擇手段。2〖神〗宣告無罪，赦免。—不及〖法〗提出法律上的根據；證明具有保釋人資格。～·**ing·ly** 副

Jus·tin·i·an I [dʒʌsˈtɪnɪən-] 名查士丁尼一世（483–565）：東羅馬帝國皇帝（527–565）。

Jusˈtinian ˈCode 名《 the ～ 》查士丁尼法典。

jus·tle [ˈdʒʌsl] 動 及 不及，名 = jostle.

just·ly [ˈdʒʌstlɪ] 副 1 有理地，正直地，公正地，公平地。2《修飾全文》當然，正當地。

just·ness [ˈdʒʌstnɪs] 名 Ⓤ 1 正直，正當；公正；合法。2 真實，確實。

jut [dʒʌt] 動 (～·ted, ～·ting) 不及 突出，伸出《 *out, forth* 》。—名突出物，突起，尖端。

jute [dʒut] 名 Ⓤ 黃麻。

Jute [dʒut] 名朱特族：西元第五世紀侵入英國並定居在 Kent 的日耳曼民族。

Jut·land [ˈdʒʌtlənd] 名 日德蘭半島：在歐洲北部，為丹麥主要領土。

ju·ve·nes·cence [ˌdʒuvəˈnɛsn̩s] 名 Ⓤ 年輕，青春；變年輕，返老還童。

ju·ve·nes·cent [ˌdʒuvəˈnɛsn̩t] 形青春期的年輕的，返老還童的。

ju·ve·nile [ˈdʒuvənl̩, -ˌnaɪl] 形 **1** 年輕的。**2** 青少年的；青少年特有的；適合青少年的：～ problems 青少年問題。**3** 孩子氣的，未成熟的。—名 **1** 青少年。**2** 兒童讀物。**3**〖劇〗演少年角色的演員。

ˈjuvenile ˈcourt 名少年法庭。

ˈjuvenile deˈlinquency 名少年犯罪。

ˈjuvenile deˈlinquent 名少年犯。

ju·ve·nil·i·a [ˌdʒuvəˈnɪlɪə] 名(複)《偶作單數》年輕時代的作品；初期作品；適合少年的文藝作品。

ju·ve·nil·i·ty [ˌdʒuvəˈnɪlətɪ] 名 (複**-ties**) Ⓤ年少，年輕；幼稚；《集合名詞》少男少女；《～**s**》幼稚的性格，幼稚的言行。

ju·vie, -vey [ˈdʒuvɪ] 名《美俚》**1** 未成年罪犯。**2** 少年感化院。

jux·ta·pose [ˌdʒʌkstəˈpoz, ˈ--ˌ-] 動及並置，並列。

jux·ta·po·si·tion [ˌdʒʌkstəpəˈzɪʃən] 名Ⓤ並置，並列：in ～ 並列地。

JV《字首》*j*unior *v*arsity.

Jy.《字首》*J*ul*y*.

J

K k

K¹, k [ke] 名 (複 **K's** 或 **Ks, k's** 或 **ks**) **1** Ⓤ Ⓒ 英文字母中第十一個字母。**2** K 狀物。

K² 《縮寫》〖西洋棋〗*k*ing; *K*elvin.

K³ [ke] 名 **1** Ⓤ (順序、連續物的) 第十一 (之物)。**2** 《偶作 **k-**》(羅馬數字的) 250。**3** 《化學符號》《拉丁語》*kalium*。**4** 〖電腦〗記憶容量的單位，相當於 1,024 (2^{10}) 位元組；〖電腦〗10 進位的 1,000。**5**〖棒球〗三振。**6** 《口》1,000。

K. 《縮寫》*K*night; *K*öchel.

k. 《縮寫》*k*arat; *k*ilogram(s); 〖西洋棋〗*k*ing; *k*rone.

KA 《縮寫》*k*ilo*a*mpere.

Kaa·ba ['kɑbə, 'kɑəbə] 名《the ～》卡巴聖殿：位於麥加 (Mecca)，爲回教徒朝聖的主要目的地。

K

kab·(b)a·la ['kæbələ, kə'bɑlə] 名 = cabala.

ka·be·le [kɑ'bele] 名 = kebele.

ka·bob [kə'bɑb] 名《通常作～s》〖烹飪〗烤肉串 (亦稱 **cabob, kebab**)。

Ka·bu·ki, k- [kɑ'buki] 名 Ⓤ 歌舞伎。

Ka·bul ['kɑbʊl, kə'bul] 名喀布爾：阿富汗的首都。

Ka·byle [kə'baɪl] 名 **1** 卡拜耳人：北非 Berber 族的一支。**2** Ⓤ 卡拜耳語。

kad·dish ['kɑdɪʃ] 名 (複 **-di·shim** [-'dɪʃɪm])〖猶太教〗珈底什：**1** 禮拜接近終了時的祈禱。**2** 服喪者的祈禱。

ka·di, ca- ['kɑdɪ] 名 (複～**s** [-z]) 回教國家的法官。

kaf·fee klatsch ['kɔfɪ,klætʃ] 名《美》= coffee klatsch.

Kaf·fir ['kæfɚ] 名 (複～**s**, 《集合名詞》～) **1** 卡菲爾人：南非班圖族的黑色人種。**2** 《**k-**》= Kafir 3.

Kaf·ir ['kæfɚ] 名(複～**s**,《集合名詞》～) **1** 卡菲爾人。**2** = Kaffir 1. **3** 《**k-**》卡菲爾高粱。

Kaf·ka ['kɑfkə] 名 **Franz**，卡夫卡 (1883–1924)：出生於捷克的德國小說家。～**·'esque** 形 卡夫卡 (風格) 的。

kaf·tan ['kæftən, kɑf'tɑn] 名 = caftan.

kail [kel] 名 = kale.

kail·yard ['kel,jɑrd] 名 = kaleyard.

kai·ser ['kaɪzɚ] 名 **1** 德國皇帝的稱號；奧地利皇帝的稱號。**2**〖史〗神聖羅馬帝國皇帝的稱號。**3** 獨裁者。

Ka·la·ha·ri [,kælə'hɑrɪ] 名《the ～》喀拉哈里沙漠：位於非洲西南部。

kale, kail [kel] 名 **1** Ⓤ Ⓒ〖植〗甘藍菜；《蘇》蔬菜；蔬菜湯。**2** Ⓤ《美俚》鈔票。

ka·lei·do·scope [kə'laɪdə,skop] 名 **1** 萬花筒。**2** 事物的千變萬化。

ka·lei·do·scop·ic [kə,laɪdə'skɑpɪk], **-i·cal** [-ɪkl] 形 **1** 萬花筒的。**2** 千變萬化的；不斷變化的；複雜多變的。**-i·cal·ly** 副

kal·ends ['kæləndz, -ɪndz] 名 (複) = calends.

Ka·le·va·la [,kɑlɪ'vɑlə] 名《the ～》芬蘭的民族史詩。

kale·yard, kail- ['kel,jɑrd] 名《蘇》= kitchen garden.

kal·i ['kælɪ, 'kelɪ] 名(複～**s** [-z])〖植〗生長在海邊、鹽湖、鹼性地帶植物的通稱。

ka·lim·ba [kə'lɪmbə] 名 卡林巴：非洲的一種手擊樂器。

ka·li·um ['kelɪəm] 名 Ⓤ〖化〗鉀：一種金屬元素，即 potassium。符號：K

ka·long ['kɑlɔŋ, -ɑŋ] 名〖動〗狐蝠蝠。

kal·so·mine ['kælsə,maɪn, -mɪn] 名 動 及 = calcimine.

ka·ma·ai·na [,kɑmə'aɪnə] 名 久住夏威夷的人。

ka·ma·graph ['kɑmə,græf] 名 **1** 卡馬式油畫印刷機。**2** 卡馬式油畫印刷機印出的複製油畫。

Kam·chat·ka [kæm'tʃætkə] 名《the ～》堪察加半島：俄羅斯遠東地區東北部的一個半島。

kame [kem] 名〖地質〗冰磧丘。

ka·mi·ka·ze [,kɑmɪ'kɑzɪ] 名 形 (二次大戰時日本) 神風特攻隊員 (的)，自殺性攻擊 (的)。

kam·pong ['kɑm,pɔŋ] 名 (馬來西亞原住民的) 部落。

Kam·pu·che·a [,kæmpʊ'tʃiə] 名 柬埔寨 = Cambodia。**-an** 形 名 柬埔寨的[人]。

Kan. 《縮寫》*Kan*sas.

Ka·nak·a [kə'nækə] 名 卡內加人：夏威夷及南太平洋諸島的土著。

kan·ga·roo [,kæŋgə'ru] 名(複～**s**,《集合名詞》～)〖動〗袋鼠。

'kangaroo 'closure 名《the ～》跳議法。

kanga'roo 'court 名 私設法庭；非法審判。

kan·ga·roo-paw [,kæŋgə'ru,pɔ] 名《澳》〖植〗類似蓑衣草的花草。

kanga'roo ,rat 名〖動〗**1** 美洲跳鼠。**2** 鼴。

Kans. 《縮寫》*Kans*as.

an·san ['kænzən] 形名（美國）堪薩斯州的（居民）。
an·sas ['kænzəs] 名堪薩斯州：美國中部州名，首府爲Topeka。略作：Kans., Kan.
ansas 'City 名堪薩斯城：1 美國 Missouri 州西部的城市。2 美國 Kansas 州東北部的城市。
ant [kænt] 名 **Immanuel**，康德（1724–1804）：德國哲學家。
ant·i·an ['kæntɪən] 形康德的；康德哲學的。—名Ⓒ康德學派的哲學家。
ant·i·an·ism ['kæntɪə,nɪzəm] 名Ⓤ康德哲學。
a·o·lin, -line ['keəlɪn] 名Ⓤ高嶺土，瓷土，陶土。
a·on ['keɑn] 名〖理〗K 介子。
a·pell·meis·ter [kɑ'pɛl,maɪstɚ, kə-] 名（複～）（聖歌隊、管弦樂團、樂隊的）指揮。
a·pok ['kepɑk] 名Ⓤ木棉。
ap·pa ['kæpə] 名ⓊⒸ K, *k*：希臘語的第十個字母。
appa 'meson 名〖理〗= K-meson.
a·put [kə'put, kɑ-] 形《俚》被破壞的；沒有用處的；過時的。
a·ra·chi [kə'rɑtʃɪ] 名喀拉蚩：巴基斯坦南部港都。
a·ra·jan ['kɑrəjɑn] 名 **Herbert von**，卡拉揚（1908–89）：奧地利指揮家。
a·ra·ko·ram [,kærə'korəm, ,kɑ-] 名《the ～》喀拉崑崙山脈：印度西北部的山脈（亦稱 **Mustagh**）。
a·ra·o·ke [kærə'okɪ] 名Ⓤ卡拉 OK。
ar·at ['kærət] 名開：黃金純度的單位。略作：k., kt.
a·ra·te [kə'rɑtɪ] 名Ⓤ空手道。—動及以空手道劈擊。～**·ist** 名空手道高手。
a·ra·te-chop [kə'rɑtɪ,tʃɑp] 名空手道的砍劈。—動(**-chopped, -chop·ping**)不及及以空手道砍劈。
a·ra·te·ka [kə'rɑtɪ,kɑ] 名(複～, ～s)空手道高手。
a·re(e)·ba [kə'ribə] 名牙買加衫。
a·ren[1] [kə'rɛn] 名(複～s,《集合名詞》～) 1 喀倫族：緬甸東南部的山地民族。2 Ⓤ喀倫語。—形喀倫族[語]的。
ar·en[2] ['kærən] 名〖女子名〗凱倫。
ar·ma ['kɑrmə, 'kɚ-] 名Ⓤ 1〖印度教·佛教〗羯磨，業；〖靈智〗因果報應，因緣。2 命運。3 = vibration 名 3. **-mic** 形
ar·roo, k- [kə'ru] 名 1《the ～》南非共和國南部的高原。2《k-》（南非的）乾燥性臺地。
arst [kɑrst] 名〖地質〗喀斯特地形。
art [kɑrt] 名（賽車用）小型跑車。
ar·tell 名= cartel.
art·ing ['kɑrtɪŋ] 名Ⓤ駕駛小型跑車；小型跑車賽車活動。
aryo- 《字首》表「細胞核」之意。
ar·y·o·ki·ne·sis [,kærɪokɪ'nisɪs, -kaɪ-] 名Ⓤ〖生〗1 = mitosis. 2 間接核分裂。
ka·sher ['kɑʃɚ] 形名，動及= kosher.
kash·mir ['kæʒmɪr, 'kæʃ-] 名= cashmere.
Kash·mir ['kæʃmɪr, -'-] 名喀什米爾：位於印度西北部。
Kash·mir·i [kæʃ'mɪrɪ, kæʒ-] 名(複～s,《集合名詞》～)喀什米爾人；Ⓤ喀什米爾語。
Kash·mir·i·an [kæʃ'mɪrɪən, kæʒ-] 形喀什米爾的；喀什米爾人[語]的。—名喀什米爾人。
kat·a·bat·ic [,kætə'bætɪk] 形〖氣象〗（氣流）下降的。
Kate [ket] 名〖女子名〗凱特（Katherine 的暱稱）。
Kath·er·ine ['kæθərɪn] 名〖女子名〗凱瑟琳。
Kath·leen ['kæθlin, kæθ'lin] 名〖女子名〗凱絲琳（Katherine 的別稱）。
kath·ode ['kæθod] 名= cathode.
Kath·y ['kæθɪ] 名〖女子名〗凱絲（Katherine 的暱稱）。
kat·i·on ['kæt,aɪən] 名〖理化〗= cation.
Kat·man·du, Kath- [,kɑtmɑn'du] 名加德滿都：尼泊爾（Nepal）首都。
Ka·tri·na [kə'trinə] 名〖女子名〗卡翠娜（Katherine 的別稱）。
ka·ty·did ['ketɪ,dɪd] 名〖昆〗（北美產的）螽斯科昆蟲。
katz·en·jam·mer ['kætsən,dʒæmɚ] 名 1ⓊⒸ宿醉。2 焦慮；苦惱。3 吵鬧，騷動。
kau·ri ['kaurɪ] 名(複～s [-z])〖植〗（紐西蘭產的）一種高松樹。
kau·ry ['kaurɪ] 名(複**-ries**) = kauri.
kay·ak ['kaɪæk] 名 1 愛斯基摩人狩獵用的小舟。2 類似這種形狀的小舟。
kay·o ['ke'o] 名(複～s [-z])《口》（拳擊賽中）擊倒。—動及擊倒。
Ka·zak(h) [kə'zɑk] 名 1 哈薩克人。2 Ⓤ哈薩克語。
Ka·zak(h)·stan [,kɑzɑk'stɑn] 名哈薩克（共和國）：位於裡海東北部的西亞國家；首都阿斯塔納（Astana）。
ka·zoo [kə'zu] 名(複～s [-z])玩具笛子。
KB 《縮寫》〖西洋棋〗*k*ing's *b*ishop; *k*ilo*b*yte.
K.B. 《縮寫》*K*ing's *B*ench; *K*night *B*achelor.
kbar ['ke,bɑr] 《縮寫》*k*ilo*bar*.
kc. 《縮寫》*k*ilo*c*ycle(s); *k*ilo*c*ycles per second.
KC. 《縮寫》*K*ansas *C*ity; *K*ing's *C*ounsel; *K*nights of *C*olumbus.
kcal ['ke,kæl] 《縮寫》*k*ilo*cal*orie.
K.C.B. 《縮寫》*K*night *C*ommander of the *B*ath 巴斯高級爵士。
KD 《縮寫》*k*iln-*d*ried; 〖商〗*k*nocked-*d*own.
ke·a ['keə, 'kiə] 名〖鳥〗（紐西蘭產的）

K

一種大鸚鵡。

Keats [kits] 名 **John**，濟　慈（1795–1821）：英國詩人。

ke·bab [kə'bɑb] 名 = kabob.

kedge [kɛdʒ] 動 及 不及〖海〗(使) 拋錨並以錨索拖拉著移動。—名 小錨。

ked·ger·ee ['kɛdʒə,ri] 名ⓊⒸ魚米燴飯。

keek [kik] 動 不及《蘇·北英》窺視，偷看。—名 窺視，偷看。

keel [kil] 名 **1**〖海〗龍骨：lay (down) the ～ 安放龍骨，開工造船。**2** 平底船：《詩》船。**3**（飛機、葉子的）龍骨瓣：（鳥的）龍骨突起：〖建〗龍骨棵。**4**《英》煤炭重量單位；相當於 21.54t.

on an even keel (1)（船）平衡的 [地]，平穩的 [地]。(2) 安定的 [地]，穩定的 [地]。(3)（人）沉著的 [地]。

—動 及 **1** 使（船）傾覆《*over, up*》。**2** 給（船、鳥）裝龍骨 [龍骨狀物]。**3** 使昏倒《*over*》。

—不及 **1** 傾覆《*over, up*》。**2**《口》昏倒《*over*》。

keel·age ['kilɪdʒ] 名Ⓤ入港稅，停泊稅。

keel·blocks ['kil,blɑks] 名(複)龍骨墩。

keel·boat ['kil,bot] 名《美》龍骨船，平底船。

keel·haul ['kil,hɔl] 動 及 **1**〖海〗將（人）縛在船底施以拖刑。**2** 嚴厲斥責，痛罵。

'keel ,line 名〖海〗首尾線。

·**keen**[1] [kin] 形 **1** 鋒利的，銳利的：a ～ blade 銳利的刀刃。**2** 刺骨的；刺耳的；刺鼻的；激昂的；尖刻的；強烈的；激烈的：a ～ chill 嚴寒 / ～ delight 強烈的快樂 / ～ desire 強烈的欲望。**3** 敏銳的，敏感的《*of...*》；明察秋毫的；警覺的：a ～ observer 敏銳的觀察者 / be ～ *of* hearing 聽覺敏銳的 / be (as) ～ as a razor 精明的，機警的 / be ～ in one's business 對自己所從事的行業十分在行。**4** 熱心的；熱中的《*about, for, on...*》；《*to* do》；渴望…的《*that* 子句》：a ～ golfer 高爾夫球迷 / be (as) ～ as mustard《口》非常渴望的 / be ～ *on* going abroad 想要出國的。**5**《俚》極好的，極漂亮的。**6**《英》特別便宜的。

～**·ness** 名

keen[2] [kin] 名哀歌；悲嘆。—動 不及 唱哀歌；慟哭。～**·er** 名哭喪者。

keen·ly ['kinlɪ] 副 尖銳地，激烈地；敏銳地；熱心地；機敏地；《英》廉價地。

:**keep** [kip] 動(**kept**, ～**·ing**)及 **1** 持有；保存，保留《*out / for...*》；使留置《*in...*》：～ something *in* mind 記住某事。**2** 使保持：～ a person (a) prisoner 拘留某人 / ～ oneself cool 使自己保持冷靜 / ～ one's body clean 保持自身清潔 / ～ a person waiting 使某人等著 / ～ things in order 使物品保持整齊。**3** 維持；繼續，堅持；繼續前進：～ an eye on... 繼續監視 / ～ balance 保持平衡 / ～ a person company 和某人交往。**4** 防守，防衛《*against...*》；防止；隱瞞；使免於：～ oneself from laughing 使自己不笑出來 / ～ a person from violent acts 使某人免於遭受暴力 / ～ nothing from a person 對某人無所隱瞞。**5** 僱用；照顧，贍養；供養；看守；飼養。**6** 堆置，存放；儲備。**7** 拘留；挽留。**8** 保持停留在某場所、座位等）；閉居：～ (to) one's seat 坐在位子上。**9** 記載，記錄。**10** 經營，管理；整修《*up*》。**11** 遵守；依照；慶祝；召開，舉行：～ a secret 保守祕密。—不及 **1** 保持；繼續《*on*》：～ *on* smoking in spite of the warnings 雖受到警告仍繼續抽煙 / ～ quiet 保持肅靜。**2** 停留，置身：～ at home 閉居家中 / ～ to the right 靠右走。**3** 不（做），抑制，小心。**4** 保持不壞；《喻》能延續下去；不洩漏。**5**《美口》開學，上課。**6**〖美足〗（傳球後而假裝）持球。**7**《主英口》居住，寄宿。

keep after... 向…糾纏不休地說；尾隨而行；固執於…。

keep at... (1) 堅持，繼續。(2) = KEEP on a person.

keep a person at... (1) 使堅持。(2) = KEEP after... .

keep away 避免…《*from...*》

keep... away 使…遠離，避開《*from...*》

keep back ⇨動 不及 2.

keep...down / keep down... (1) 抑制；隱藏：～ *back* nothing from a person 對某人絲毫不隱瞞。(2) 預防，防止；防礙。(3) 扣留，阻擋。(4)（由薪水）扣。

keep down (1) 不站起來。(2) 減弱，靜下來。

keep...down / keep down... 壓制，鎮壓；抑制；減弱，降低；抑制；限制；不使蔓延；妨礙進步；垂下；嚥下。

keep going 《口》維持下去。

keep...going 《口》使…維持下去；使不停地繼續進行。

keep in (1) 隱居，隱藏。(2) 繼續燃燒。

keep...in / keep in... (1) ⇨動 及 2. (2) 抑制，隱藏。(3) 使繼續燃燒。(4) 將（學生）留下作為懲罰。

keep in with a person 《口》與（某人）友好相處。

keep it up (1)（照原樣）努力下去，堅持不懈；宴會繼續下去。(2)《美口》= LIVE[1] it up.

keep off (1)（雨、雪等）不下。(2) ⇨動 不及 2.

keep...off / keep off... (1) 節制。(2) 防止，不使…接近；使轉移。(3) 使不接觸。(4) 使離開；使不觸及。

keep on (1) ⇨動 不及 1. (2) 照原樣繼續《*with...*》；前進。

keep...on / keep on... (1) 繼續。(2) 繼續使用。(3) 穿戴。(4) 使繼續燃燒。

keep on about... 喋喋不休地請求。

keep on at a person 《口》執拗得使（人）煩惱，嘮叨著要（某人）（去做

事）。

keep out ⇨動不及 2.

keep...out / keep out... (1) ⇨動及 1. (2) 不讓（人、動物等）進入。

keep out of... 不參加，不捲入（打架等）；避開（目光等）。

keep...out of... 不讓（人）加入；使遠離；除去。

keep to... (1) ⇨動不及 2. (2) 遵從，依據；貫徹，堅守；不脫離。

keep to oneself 與他人沒有往來，離群索居。

keep...to oneself 對（事實等）保守祕密；占爲已有。

keep...under / keep under... (1) ⇨動及 2. (2) 抑制；平息，控制；使服從。

keep up (1) ⇨動不及 1. (2) 知道關於…的消息《*on, with...*》。(3) 不落伍《*with...*》。(4) 對…繼續抱著興趣《*with...*》。(5) 與（人）繼續接觸。(6) 不屈於《*under...*》。(7)（雨、風、聲音等）繼續下[吹，響]。

keep...up / keep up... (1) ⇨動及 10. (2) 繼續。(3) 維持。(4) 依照，遵從。(5) 飼養。(6) 使繼續燃燒。(7) 使不下沉；使不下降。

keep a stiff upper lip 堅忍。

keep up with the Joneses 《口》與鄰人競爭；追求最新流行。

You can keep it. 《口》我才不希罕呢；我可一點也不喜歡；你可以留著它。

—名 **1** Ⓤ 生活（費）；食物：earn one's ~ 賺取生活費。**2**（城堡的）中心城樓，城樓。**3** 牢獄，監獄。**4** ⓊⒸ《古》保存[維持，管理]（者）：be in good ~ 保管得很好。**5**〖美足〗= keeper 名 7.

for keeps 《口》(1)（小孩的遊戲中）歸勝利者所有而不歸還；認真地。(2) 決定性地，乾脆地；《口》永久地，一直。

keep·er ['kipɚ] 名 **1** 司閽，守衛，監視者；獵場的守衛，森林警衛員；飼養者；保護者，保證人；《古》看守瘋子的人。**2** 遵守者：a ~ of one's word 守信用的人。**3** 所有者，經營者；保管者：the *K-* of the Exchange and Mint 造幣局長 / Finders (are) ~*s*.《諺》拾獲即爲己有。**4** 金屬扣子；戒指扣；結婚戒指；（門上扣環的）銜環。**5**〖美足〗四分衛自己持球跑的攻擊法。**6**〖曲棍球·足球〗守門員。

keep·ing ['kipɪŋ] 名 Ⓤ **1** 一致，調和《*with...*》: be in ~ *with...* 與…相調和。**2** 遵守；慶祝，祝賀。**3** 管理，保存，維持；《~**s**》保有物：be in safe ~ 安全地保管著 / Finding is.《諺》拾獲即爲己有。**4** 保護，扶養；照顧，飼養；食物。—形 能持久不壞的，適於儲藏的。

keep·sake ['kip,sek] 名紀念品：as a ~ 作爲紀念。

kees·hond ['kes,hɑnd] 名(複 **-hon·den** [-dən]) 荷蘭毛獅狗。

kef [kef, -ɛ-] 名 Ⓤ 幻境；吸服的毒品。

keg [kɛg] 名 **1** 小桶。**2** 釘子的重量單位。

keg·ler ['kɛglɚ] 名《美俚》（保齡球）競技者。

Kel·ler ['kɛlɚ] 名 **Helen (Adams)**，海倫凱勒（1880–1968）：美國的盲聾啞社會教育家及作家。

'Keller 'plan ['method] 名凱勒計畫，凱勒教學法（亦稱 **PSI**）。

Kel·ly ['kɛlɪ] 名〖女子名〗凱莉。

ke·loid ['kilɔɪd] 名 Ⓤ〖病〗蟹狀腫；疤腫。**-'loi·dal** 形

kelp [kɛlp] 名 Ⓤ **1**（昆布科）大型褐藻。**2** 海草灰。

kel·pie ['kɛlpɪ] 名〖蘇格蘭傳說〗馬形水鬼。

kelt [kɛlt] 名產卵後的鮭魚。

Kelt [kɛlt] 名 = Celt. **'Kel·tic** 名形

kel·vin ['kɛlvɪn] 名〖理〗絕對溫度。符號：K。—形《**K-**》絕對溫度刻度的。

Kel·vin ['kɛlvɪn] 名 **William Thomson**，克爾文（1824–1907）：出生於愛爾蘭的英國物理學家。

'Kelvin ,scale 名〖理〗克爾文溫標，絕對溫度計。

kemp [kɛmp] 名 Ⓤ 粗羊毛纖維。

Kem·pis ['kɛmpɪs] 名 **Thomas à**，肯比斯（1379?–1471）：德國神學家及作家。

kempt [kɛmpt] 形整理清潔的，乾淨的。

ken [kɛn] 名 Ⓤ 理解，知識，認識；視野：within a person's ~ 在某人能夠理解的範圍內；在某人的視野內 / beyond ~ of... 在…的視界之外。

Ken. 《縮寫》*Ken*tucky.

Ken·ne·dy ['kɛnədɪ] 名 **1 John Fitzgerald**，甘迺迪（1917–63）：第三十五任美國總統（1961–63）。**2** ~ **International Airport**，甘迺迪國際機場：位於紐約市。

ken·nel ['kɛnl] 名 **1** (1) 狗舍，狗屋；《常作~**s**》犬舍；養狗場；動物的巢。(2)《美》小動物的收容所。**2** 破房子。**3** 群；人群。

—動 (~**ed**, ~**·ing** 或《英》**-nelled**, ~**·ing**) 及 **1** 使進入狗舍；飼養於狗舍。**2** 使住進簡陋的住所。—不及 進入犬舍；住在簡陋的小屋內。

kennel up 《口》(1)（狗）回到自己的犬舍。(2)《命令》安靜。

ken·nels ['kɛnlz] 名(複~**s**)《英》小動物收容所（《美》kennel）。

Ken·neth ['kɛnɪθ] 名〖男子名〗肯尼斯；暱稱作 Ken。

ken·ning ['kɛnɪŋ] 名 **1**《蘇》(1) 知道，認識。(2) 小量，可辨識的量。**2** 隱喻，象徵語。

ke·no ['kino] 名 Ⓤ《美》奇諾：一種賭博，類似 bingo 遊戲。

ke·no·sis [kɪ'nosɪs] 名 Ⓤ〖神〗**1**〖聖〗（耶穌基督的）降格爲人。**2**（耶穌基督）神性放棄說。

Ken·sing·ton ['kɛnzɪŋtən] 名肯辛頓：倫敦西部的一地區。

K

Kent [kɛnt] 名肯特：英國英格蘭東南部的一郡，首府爲 Maidstone。

Kent·ish ['kɛntɪʃ] 形（英國的）肯特郡（人）的。—名 Ⓤ 肯特的方言。

'Kentish 'fire 名 Ⓤ《英》長時間的鼓掌；喝倒采；一片反對及搗亂聲。

kent·ledge ['kɛntlɪdʒ] 名 Ⓤ〖海〗壓載鐵。

Ken·tuck·y [kən'tʌkɪ] 名肯塔基：美國中東部的一州；首府爲 Frankfort。略作：Ky., Ken.,《郵》KY

Ken·tuck·i·an [-ɪən] 形 名肯塔基州的，肯塔基州人。

Ken'tucky 'Derby 名《the ～》肯塔基賽馬會。

Ken·ya ['kɛnjə, 'kin-] 名肯亞：非洲東部一共和國；首都爲奈洛比（Nairobi）。

Ken·yan ['kɛnjən, 'kin-] 形肯亞的，肯亞人的。名肯亞人。

kep·i ['kɛpɪ] 名（複～s）法國陸軍帽。

Kep·ler ['kɛplɚ] 名 **Johann**，克卜勒（1571－1630）：德國天文學家。

:kept [kɛpt] 動 **keep** 的過去式及過去分詞。—形 **1** 受人贍養的；受人財力援助及控制的；被人供養的：a ～ woman 情婦 / a ～ politician 受人供養的政客。**2** 維護良好的。**3** 有同性戀關係的。

ke·ram·ic [kə'ræmɪk] 形 = ceramic.

ker·a·tin ['kɛrətɪn] 名 Ⓤ〖動〗角質素，角蛋白。

ker·a·ti·tis [,kɛrə'taɪtɪs] 名 Ⓤ〖病〗角膜炎。

ker·a·tose ['kɛrə,tos] 形角質（纖維）的。—名 Ⓤ 角質海棉[纖維]。

kerb [kɝb] 名，動 及《英》= curb 名 1, 動 及 3.

kerb·stone ['kɝb,ston] 名《英》= curbstone.

ker·chief ['kɝtʃɪf] 名（複～s）（女用）頭巾；圍巾；手帕。

ker·chiefed ['kɝtʃɪft] 形戴著頭巾的；圍戴在頭頸上的《*in...*》。

kerf [kɝf] 名鋸口，劈痕；鋸口的寬度。—動 及留下鋸口。

ker·fuf·fle [kɚ'fʌfl] 名 Ⓤ Ⓒ《英俚》大騷動；突來的恐慌：fuss and ～大動亂。

ker·mis, -mess, kir·mess ['kɝmɪs] 名 **1** 每年一次的市集。**2**《美》慈善義賣會。

ker·nel ['kɝnl] 名 **1**（果實的）仁；子，種子；穀粒。**2** 中心；要點；〖數〗核。**3** = kernel sentence. —動（～ed, ～·ing 或《英》-nelled, ～·ling）及 以…爲核心。**-nel(l)ed** 形

'kernel ,sentence 名核心句。

ker·o·sene, -sine ['kɛrə,sin, ,--'-] 名 Ⓤ《美·澳·紐》煤油，燈油。

ker·sey ['kɝzɪ] 名（複～s）**1** Ⓤ 凱賽棉毛粗絨。**2**《～s》用棉毛粗絨布製作成的產品。

ker·sey·mere ['kɝzɪmɪr] 名 Ⓤ 喀什米爾羊毛布料。

kes·trel ['kɛstrəl] 名〖鳥〗茶隼。

ketch [kɛtʃ] 名〖海〗雙桅帆船。

ketch·up ['kɛtʃəp] 名 Ⓤ 番茄醬：tomat ～ 番茄醬（亦作 **catchup, catsup**）。

keto-《字首》**ketone** 的複合形。

ke·tone ['kiton] 名 Ⓤ，形〖化〗酮類（的）。

'ketone ,body 名〖生化〗酮體。

ke·to·sis [ki'tosɪs] 名 Ⓤ〖醫〗酮症。

·ket·tle ['kɛtl] 名 **1** 鍋；罐；壺。**2** = kettle drum. **3**〖地質〗壺穴。**4** 一壺的量：a ～ o water 一壺水。**5**《美俚》懷錶。

a different kettle of fish 完全不同的東西[事，人]。

a pretty kettle of fish ⇨ FISH（片語）

ket·tle·drum ['kɛtl,drʌm] 名〖樂〗定音鼓。

'kettle 'hole 名〖地質〗壺穴。

Kew [kju] 名克佑：倫敦西南部的一個地區；國立克佑植物園的所在地。

Kew·pie ['kjupɪ] 名〖商標名〗丘比娃娃。

:key[1] [ki] 名（複～s）**1** 鑰匙；鑰匙狀之物：turn the ～ in the lock 上鎖 / under lock an ～上了鎖，嚴密保管。**2** 竅門，線索，答案《*to, of*》；暗號解讀法；自習用參考書；解答；索引，記號表；識別符號，分類記號；〖植·動〗檢索表：hold the ～ o ... 掌握…之鑰，有解…的方法。**3** 重要人物；《the ～》要道，關卡《*to...*》。**4** 固定栓，楔。**5** 扳手。**6** 鍵；電鍵。**7**〖樂〗調；主調音；曲調；〖攝〗基調；〖畫〗色調；聲調；風格，格調：a sonata in the ～ of B flat 降 B 調奏鳴曲 / out of ～ 走調的。**8**〖建〗楔石，拱心石；〖木工·石工〗楔子；Ⓤ〖建〗壁面的粗糙。**9**〖植〗= samara. **10**《K-》（英國 Man 島的）下院議員。**11**《the ～s》精神權威，天國之鑰：the power of *the* ～*s* 教宗的教權。

get* [*have*] *the key of the street 被關在門外，無家可歸。

lay the key under the door 關鎖家門離去。

(the) golden key 賄賂，賄金。

—形 重要的，不可少的；重大的；主要的；基本的；識別用的。

—動 及 **1** 調整《*to..., to* do》。**2** 提高或降低調子《*up; down*》；色調《*to...*》。**3** 用楔栓固定《*in, on, to...*》；上鎖。**4** 嵌入拱心石；插入楔以搬起《*up*》。**5** 加識別記號於；加上解說記號於；加上解說標記以檢索表確認。**6**〖電腦〗由鍵盤輸入。**7** 使附著；弄粗糙。

—不及 **1** 附著於表面。**2** 使用鍵盤。**3**〖美足〗盯住動作《*on...*》。

key... up / key up... (1) ⇨ 動 及 2, 4. (2) 煽動；鼓舞（去做…）《*to* do, *to...*》；《被動》興奮，緊張《*about, for...*》；加強。

·y² [ki] 名(複～s)小島；珊瑚礁。

·y·board ['ki,bɔrd] 名 1 鍵盤。2 ((～s))鍵盤樂器。3 掛鑰匙的木板。
—動 不及 以鍵盤式排字機排字。—及 以鍵盤式排字機排（稿）；用鍵盤將（資料）打入。

·y·board·ist ['ki,bɔrdɪst] 名 鍵盤樂器演奏者。

·y ˌclub 名 鑰匙俱樂部。

·yed [kid] 形 1 有鍵的；〖樂〗已調整成特定調子的。2 用鑰匙關閉著的。3 用拱心石加固的。

·yed ˌup 形 ((口)) 激動的，緊張不安的。

·y·er ['kiɚ] 名〖電子〗鍵控器。

·y ˌfruit 名〖植〗= samara.

·y ˌgrip 名 布景師。

·y·hole ['ki,hol] 名 1 鎖匙孔；栓孔。2〖籃球〗罰球位置。—形 1 內幕的。2 不斷探聽或揭露內情的。

·yhole ˌsaw 名 鎖孔鋸。

·y·less ['kilɪs] 形 1 沒有鑰匙的；沒有鍵盤的。2 用轉柄上發條的。

·y·man ['ki,mæn] 名 (複-men) 主要人物，關鍵人物。

·y ˌmoney 名 U 權利金，保證金。

·eynes [kenz] 名 **John Maynard**，凱因斯（1883–1946）：英國經濟學家。

·eynes·i·an ['kenzɪən] 形 凱因斯的。
—名 凱因斯經濟學派的信奉者。

·eynes·i·an·ism ['kenzɪə,nɪzəm] 名 U〖經〗凱因斯學說。

·y·note ['ki,not] 名 1〖樂〗主音。2 主旨基調；基本方針：strike the ～ of... 揣摩…的基本動向。
—動 及 1 發表基本方針；作基調演說。2〖樂〗定主音。
·not·er 名 基本政策演說者；宣示主題演說者。

·eynote adˈdress [ˈspeech] 名 ((美)) 主題演講；施政方針演說。

·y·pad ['ki,pæd] 名 ((英)) 小型鍵盤。

·y·phone ['ki,fon] 名 ((英)) 按鍵式電話機。

·y ˌpunch 名〖電腦〗((美)) 打孔機。

·y·punch ['ki,pʌntʃ] 動 及 ((美)) 用打孔機在（卡片）上打孔。～·er 名

·y ˌring 名 鑰匙環，鑰匙圈。

·y·set ['ki,sɛt] 名 鍵盤。

·y ˌsignature 名〖樂〗調號。

·y ˈstation 名〖廣播·視〗主要電臺。

·y·stone ['ki,ston] 名 1〖建〗拱心石，楔石。2 中樞，中心；基本原理。3〖棒球〗((俚)) 二壘。

·eystone ˌState 名 ((the ～)) 美國 Pennsylvania 州的別稱。

·y·stroke ['ki,strok] 名（打字機等）鍵的一擊。—動 不及 打鍵盤。

·y·way ['ki,we] 名 1〖機〗鍵槽。2 鑰匙孔。

ˈKey ˈWest 名 1 基維斯：美國 Florida 半島向西南延伸的一島。2 該島上的軍港。

ˈkey ˌword 名 關鍵語，主要語詞。

kg, kg. ((縮寫)) *k*eg(s); *k*ilo*g*ram(s).

K.G. ((縮寫)) *K*night of the *G*arter.

K.G.B., KGB ((縮寫)) ((俄語)) *Komitet Gosudarstvennoi Bezopasnosti*（前蘇聯的）國家安全委員會。

khak·i ['kakɪ] 名(複～s) 1 U 卡其色，黃褐色。2 U 卡其毛料；((～s)) 卡其布的軍服：put on (the) ～(*s*) 穿上軍裝，從軍。—形 卡其色的，卡其料子製的。

kha·lif ['kelɪf, 'kælɪf] 名 = caliph.

khan¹ [kan, kæn] 名 1 可汗：中世紀的韃靼與蒙古族的統治者。2 汗：對貴族或高官的尊稱。

khan² [kan, kæn] 名 旅店，商隊宿店。

khan·ate ['kanet, 'kæn-] 名 可汗或汗所統治的領土，汗國。

Khar·toum, -tum [kar'tum] 名 喀土木：蘇丹首都。

Khmer [kə'mɛr] 名 1 高棉人：柬埔寨的主要民族。2 U 高棉語。

Khmer·i·an [kə'mɛrɪən] 形 高棉人的；高棉語的。

ˈKhmer ˈRouge [-'ruʒ] 名 赤色高棉，赤棉（軍）。

Khrush·chev ['kruʃtʃɛf, tʃɔf, -'-, 'kruʃ-] 名 **Nikita**，赫魯雪夫（1894–1971）：前蘇聯總理（1958–64）。

ˈKhy·ber ˈPass ['kaɪbɚ-] 名 ((**the** ～)) 開伯爾山口：連接巴基斯坦與阿富汗的主要山道。

kHz ((縮寫))〖理〗*k*ilo*h*ert*z*.

KIA ((縮寫)) *k*illed *i*n *a*ction 陣亡。

kib·ble ['kɪbl] 動 及 磨成粗片。—名 U 磨成粗片的穀物。

kib·butz [kɪ'buts, -'buts] 名 (複 **-but·zim** [-bu'tsɪm]) （以色列的）集體農場，屯墾區。

kib·butz·nik [kɪ'butsnɪk, -'bu-] 名 以色列集體農場的一員。

kibe [kaɪb] 名〖醫〗((古)) 凍瘡 ((主要用於下列片語中))：tread on a person's ～*s* 觸到某人傷痛處；傷害某人的感情。

kib·itz ['kɪbɪts, -'-] 動 不及 ((口)) 1〖牌〗旁觀牌局並亂出點子。2 多管閒事。

kib·itz·er ['kɪbɪtsɚ] 名〖牌〗旁觀牌局並亂出點子的人；多管閒事的人。

ki·bosh ['kaɪbaʃ, kɪ'baʃ] 名 U ((口)) 胡說；夢話。
put the kibosh on... 徹底打擊，壓制，挫敗。

:kick [kɪk] 動 及 1 踢，踢開：～ a ball over the goalpost 將球踢進球門 / ～ a pail over 踢翻桶子。2 踢…（使其…）((*into...*))；勉強 ((*out of...*))：～ a person *out of* a chair 強迫某人從椅子上站起來。3 使增加或減低速度 ((*up*; *down*))。4〖美足〗踢球得分。5（槍炮）後座力反擊。6〖牌〗((俚))

K

下更高的賭注。7《主方》辭退；拒絕；《俚》戒除，斷絕：～ a drug habit 戒毒。—不及 1 踢《*at...*》；〖美足〗踢球；〖足球〗故意將球踢出邊線《*out*》。2《口》拒絕，抵抗《*against, at...*》；抱不平《*about...*》。3《口》因後座力而反擊《*back*》。4 精力充沛，活躍；存在：be alive and ～*ing* 活躍有勁。

***kick around* [*about*]** (1) 到處跑來跑去[打轉]。(2)《俚》經常變動；《口》被閒置。

***kick...around* [*about*] / *kick around* [*about*]...** (1)《俚》殘酷地對待，虐待。(2)《口》考慮，討論；實驗，嘗試。

kick back (1) ⇨動 不及 3. (2) 反擊《*at...*》。

kick...back* / *kick back... (1) ⇨動 及 1. (2)《俚》支付；歸還失主。

kick in《俚》死亡。

kick...in* / *kick in...《俚》捐贈；支付。

kicking and screaming 大吵大鬧。

kick off (1) 開始。(2)〖足球〗開球，比賽開始。(3)《俚》死。

kick...off* / *kick off... (1) 踢脫（鞋等）。(2)《口》開啓；開始。

kick on (1) 啓動。(2)《澳俚》繼續努力。

kick out (1) ⇨動 不及 1. (2) 使衝浪板前後回轉一次，後腳用力而衝上浪頭。

kick...out* / *kick out...《口》逐出；開除；解僱《*of...*》。

kick...over* / *kick over... (1) ⇨動 及 1. (2) 使點火，使開始運轉。(3)《俚》搶劫。

kick oneself for doing 悔恨自責做了…。

kick up 痛；故障。

kick...up* / *kick up... (1) ⇨動 及 3. (2) 踢起。(3) 引起，開始。

—名 1 踢，踢開。2 踢的力量；球的踢法；踢球；球踢出的距離；踢球的順序；輪到踢球的人；Ⓤ 後座力。3《口》抱怨；反對，抗議《*against...*》：have no ～ *against...* 對…沒有異議。4《通常作 the ～》《俚》解雇，免職：get *the* ～ 被解僱 / give a person *the* ～ 把某人炒魷魚。5 Ⓤ《俚》刺激性，辣味；活力，精神；力量，馬力；Ⓒ《俚》興奮，樂趣，刺激；關心，熱心：(just) for ～*s* 爲了好玩（而已）。6《美俚》褲袋；《～s》《俚》長褲；鞋子。

a kick in the pants《俚》慘敗；大失所望；辱罵。

a kick in the teeth 意想不到的挫折，大失所望。

get more kicks than halfpence《英》不但沒有得到好處反遭奚落；得不償失。

kick·back ['kɪk,bæk] 名《口》1 強烈反應，反作用。2 回扣；佣金。

kick·box·ing ['kɪk,bɑksɪŋ] 名 Ⓤ 踢腿拳擊，搏擊。**-box·er** 名 搏擊選手。

kick·er ['kɪkɚ] 名 1 踢的人[動物]；踢球者。2《口》反對者，抱怨者。3《美俚》優點；意外的結果。4《口》額外費用。

kick·off ['kɪk,ɔf] 名 1〖足球〗開球。2《口》最初的階段，開始。

kick·shaw ['kɪk,ʃɔ] 名 1《古》好吃的品珍饈美味。2 虛有其表之物。

kick·stand ['kɪk,stænd] 名 撐腳架：腳車或摩托車用以停放的裝置。

'kick ˌstart, kick-start 名 腳踩發器（亦稱 **kickstarter**）。

kick·tail ['kɪk,tel] 名 板尾：滑板後端稍翹起的部分，便於回轉用。

kick·up ['kɪk,ʌp] 名《口》騷動，吵鬧

kick·y ['kɪkɪ] 形 (**kick·i·er, kick·i·est**)《俚》興奮的；富有刺激性的；活潑的，活力的。

:kid[1] [kɪd] 名 1 小山羊，小羚羊。2 Ⓤ 小羊皮[肉]。3 Ⓒ《～s》小山羊皮革；小羊皮革製品。4《口》娃娃，小孩；《俚》小伙子：a high school ～ 高中生。5 俚》騙人，開玩笑。

—動 (～·**ded**, ～·**ding**) 及 產（子）。—不 產子。—形 1 小山羊皮製的。2《美口》少的；未成年的；較幼的。～·**dish** 形

kid[2] [kɪd] 動 (～·**ded**, ～·**ding**) 及 不及 口》戲弄，開玩笑。～·**der** 名

kid·die, -dy ['kɪdɪ] 名 (複-**dies**)《口》孩。

kid·dle ['kɪdl] 名 1（捕魚用的）魚梁魚簖。

kid·do ['kɪdou] 名《美口》老兄。

kid-glove ['kɪd'glʌv, '-,-] 形 過於斯的；小心翼翼的。

'kid 'gloves 名 (複) 用小山羊皮革製手套。

handle...with kid gloves 謹慎地處理；溫地對待。

kid·nap ['kɪdnæp] 動 (～**ed**, ～·**ing** 或英》-**napped**, ～·**ping**) 及 誘拐；綁架。～·**er**,《英》～·**per** 名

kid·ney ['kɪdnɪ] 名 (複～**s**) 1〖解〗臟；〖生〗無脊椎動物具有腎機能的官。2 氣質，個性。3 種類。

'kidney ˌbean 名 菜豆，四季豆。

'kidney maˌchine 名 人工腎臟，洗機。

kidney-shaped 形 腎臟形的。

'kidney ˌstone 名〖病〗腎結石。

kid·ol·o·gy [kɪd'ɑlədʒɪ] 名《口》1《口》滑稽好笑的事物。2 Ⓤ《俚》兒童心學。

kid·skin ['kɪd,skɪn] 名 Ⓤ，形 小山羊（的）小山羊皮革（製的）。

'kid ˌstuff 名 Ⓤ 1 只適合於小孩的言[事物]。2 極簡單的東西；小孩玩意兒。

Kiel [kil] 名 基爾：德國西北部的海港有基爾運河連通波羅的海與北海。

Kier·ke·gaard ['kirkə,gɑrd] 名 **Sör Aabye**，齊克果（1813–55）：丹麥哲家。

Ki·ev ['kiɛf, ki'ɛv] 名 基輔：烏克蘭共和的首都。

kike [kaɪk] 名《蔑》猶太教徒；猶太人

K

Kil·i·man·ja·ro [ˌkɪlɪmən'dʒɑro] 名 吉力馬札羅山：坦尚尼亞北部的火山，爲非洲最高峰（5,895m）。

kill[1] [kɪl] 動 及 **1** 殺，殺害；奪去生命；《反身》自殺；（文藝作品中）安排（某角色）死去；宰殺，射殺；使枯死；〖軍〗擊毀：～ ... by inches 凌遲 / ～ *oneself* 自殺；《口》因過度努力而耗損身體 / ～ *oneself* by taking poison 服毒自殺 / ～ beef 割取牛肉 / *K-* two birds with one stone.《諺》一石二鳥，一舉兩得。**2** 使無望；扼殺；抑制：～ a person's hope for victory 使某人失去勝利的希望 / ～ a yawn 強忍住呵欠。**3** 減弱；傷害…的效果；消除；使不顯眼：～ the pain 止痛 / ～ the noise with a muffler 以減音器消除噪音。**4** 打發，消磨；浪費，虛度。**5** 使（人）被制服，無法忍受；《口》使娛樂，使著迷，風靡。**6** 使累得精疲力盡；《口》使感覺慘痛；使壽命短縮：It won't ～ you.《諷》又不會要你的命。**7** 否認，否決；〖報章雜誌·印〗不採用；棄而不用；置之不理。 **8**《口》使熄火；切斷；《口》關掉，使變黑暗；《口》熄滅。**9**《口》全部吃光，全部喝光。**10**〖網球〗殺（球）；〖足球〗《英》突然地停住。—不及 **1** 殺，殺死；達到致死量。**2** 枯死。**3**（ **to kill** 當作表示程度的修飾語）非常地，神魂顛倒地：be dressed *to* ～ 打扮得非常迷人。**4**《口》令人毛骨悚然：eyes that could ～ 令人毛骨悚然的眼光。

If looks could kill!《口》被可怕的眼光瞪視著。

kill...off* / *kill off... (1) 使消滅。(2)《俚》用盡。(3) ⇨動 及 10.

kill or cure 不論生死；碰運氣，孤注一擲。

kill a person with kindness 對人過於熱心反而害了他，過於保護反而使人不上進；《英》寵小孩反而使他無用。

—名 **1**（ **the** ～）殺，射殺獵物。**2**（用單數）獵物。**3** Ⓤ Ⓒ 擊落，擊沉；Ⓒ 被擊落的敵機，被擊沉的敵艦。**4** 殺球。**5** Ⓤ（俚）謀殺。

be in at the kill 獵物被殺時在場；最後決定性的瞬間時在場。

on the kill 尋求獵物時有把獵物殺害的目的；爲達目的任何事都肯做。

kill[2] [kɪl] 名《美方》小河，河。

Kil·lar·ney [kɪ'lɑrnɪ] 名（ **the** ～）**Lakes of**，奇拉尼湖：位於愛爾蘭共和國西南部的三座湖泊。

kill·dee ['kɪldi] 名《美方》= killdeer.

kill·deer ['kɪlˌdɪr] 名(複～s,《集合名詞》～)〖鳥〗（美洲產的）一種小水鳥。

kill·er ['kɪlɚ] 名 **1** 嗜殺成性的人；屠殺者；殺人者；職業殺手。**2** 止痛物。**3** = killer whale. **4**《俚》服裝考究的人；有魅力的人；玩弄女人的人；使人著迷的東西。

'**killer** '**bee** 名 殺人蜂：一種非洲蜜蜂。

'**killer** ˌ**weed** 名 = angel dust.

'**killer** '**whale** 名〖動〗逆戟鯨，殺人鯨。

kil·li·fish ['kɪləˌfɪʃ] (複～·es,《集合名詞》～) 名〖魚〗（北美產的）淡水鱂科小魚。

kill·ing ['kɪlɪŋ] 名 **1** Ⓤ 殺，殺害；殺人；屠殺：～ fields 殺戮戰場。**2** 獵獲物。**3**（ **a** ～）《美口》大賺錢，大成功（ *in, on...* ）。—形 **1** 致命的；使枯萎的：a ～ disease 致命的疾病。**2**《口》非常疲勞的；極爲痛苦的；非常滑稽的。**3**《口》令人神魂顛倒的，令人出神的。～**·ly** 副

kill-joy ['kɪlˌdʒɔɪ] 名 掃興的人[物]，殺風景的人[事物]。

'**kill** ˌ**shot** 名 扣殺而無法擊回的球。

kill-time ['kɪlˌtaɪm] 名 爲了打發時間所作的消遣。

kiln [kɪl, kɪln] 名 窯。—動 及 放在窯內焚燒。

kiln-dry ['kɪlnˌdraɪ] 動 (**-dried**, ～**·ing**) 及 放在窯內烘乾。

'**kil·ner** ˌ**jar** ['kɪlnɚ-] 名（常作 **K-**）〖商標名〗保存食物用的密封式廣口瓶。

ki·lo ['kilo, 'kɪ-] 名(複～**s**) **1** = kilogram. **2** = kilometer.

kilo-《字首》表「一千」之意。

kil·o·am·pere ['kɪləˌæmpɪr] 名〖電〗千安。略作：KA

kil·o·bar ['kɪləˌbɑr] 名 千巴：壓力的單位。略作：kbar, kb

kil·o·bit ['kɪləˌbɪt] 名〖電腦〗千位元資訊單位。

kil·o·byte ['kɪləˌbaɪt] 名〖電腦〗千位元組。略作：KB

kil·o·cal·o·rie ['kɪləˌkælərɪ] 名〖理〗千卡，大卡。略作：kcal

kil·o·cy·cle ['kɪləˌsaɪkl] 名 千周。略作：KC, kc

·**kil·o·gram** ['kɪləˌgræm] 名 公斤。略作：kg

'**kilogram** ˌ**calorie** 名 = kilocalorie.

kil·o·gram-me·ter,《英》**-tre** ['kɪləˌgræm'mitɚ] 名〖理〗千克米。略作：kgm

kil·o·hertz ['kɪləˌhɝts] 名〖理〗千赫。略作：kHz

kil·o·joule ['kɪləˌdʒaul] 名 千焦耳。

kil·o·li·ter,《英》**-tre** ['kɪləˌlitɚ] 名 公秉。略作：kl., kl

kil·o·meg·a·cy·cle [ˌkɪlə'mɛgəˌsaɪkl] 名〖電〗千兆周。略作：kMc

·**kil·o·me·ter,**《英》**-tre** ['kɪləˌmitɚ] 名 公里。略作：km., km

kil·o·ton ['kɪləˌtʌn] 名 **1** 千噸。**2** 相當於 TNT 一千噸威力的單位。

kil·o·volt ['kɪləˌvolt] 名〖電〗千伏特。

kil·o·watt ['kɪləˌwɑt] 名〖電〗瓩。略作：kw, kW

kil·o·watt-hour ['kɪləˌwɑt'aur] 名〖電〗

千瓦特時。略作：kWh, kwhr

kilt [kɪlt] 名 1《通常作 the ～》(蘇格蘭高地男子所穿著有褶的）短裙。2《美》（女學生的）褶式裙子。—動及 1 將（裙子等）撩起塞在腰際等以便於活動。2 打褶。

～·ie 名 穿著褶裙的人；蘇格蘭高地的士兵。

kilt·ed ['kɪltɪd] 形 穿著褶裙的；有褶的。

kil·ter ['kɪltɚ] 名 Ⓤ《口》良好的情況。

Kim·ber·ley ['kɪmbɚlɪ] 名 慶伯利：位於南非共和國中部的城市，爲鑽石礦產地。

ki·mo·no [kə'monə, -no] 名 (複～s) 1 和服。2 寬大晨袍。 **-noed** 形 穿著和服的。

kin [kɪn] 名 Ⓤ 1《集合名詞》家屬，親屬：the blood ～ 血親 / lose all one's near ～ 失去了所有的近親。2 Ⓤ 親屬關係；家族，門第：be of good ～ 出身名門（貴族）/ be of ～ to... 與…是親戚；與…類似。3 親戚。4 同類的人[物]；同質。—形《敘述用法》有親戚關係的；同類的，同質的《 *to...* 》：more ～ than kind 雖是親戚卻無感情 / feel ～ *to...* 感覺與…很親近。

K

-kin 《字尾》表示「小」之意的名詞字尾。

:kind[1] [kaɪnd] 形 1 親切的，仁慈的，寬大的：a ～ mother 慈祥和藹的母親 / be ～ about... 對…寬大 / take a ～ view of... 對…採寬容的看法。2 出自內心的。3《口》溫和的，舒適的；柔軟的；有益的：a ～ climate 溫和的氣候。

:kind[2] [kaɪnd] 名 1 種類《 *of...* 》：a new ～ *of* camera 新型的照相機 / all ～*s of*...各種各樣的…。2（動、植物的）族，種，屬。3 具有獨特個性或性質的人[物]，某種人[物]。4《 **a person's** ～》同類的人。5《 **a** ～ **of...** 》有些相似的人[物]；某種感受，不尋常的感覺。6 Ⓤ 本質，性質。7〖基督教〗聖餐的形式（聖餐儀式中的麵包或葡萄酒）：in both ～*s* 以麵包及葡萄酒兩種形式。8 Ⓤ《古》(1) 自然；與生俱有的性質；本能：by ～ 憑本能，本能地。(2) 方式，形式。

in a kind 在某種程度上，有幾分，可以說。

in kind (1) 以同樣的東西，以同樣的方法，同樣地。(2) 以非金錢的物品，以實物。(3) 在本質上。

kind of...《口》《副詞》有點兒，有幾分，像…一般地。

nothing of the kind《加強語氣》(1) 沒有那回事，絕非如此。(2) 恰好相反。

of a kind (1) 相同種類的。(2)《蔑》馬馬虎虎的。

something of the kind 類似的事物。

kind·a ['kaɪndə], **kind·er** ['kaɪndɚ] 副 = KIND[2] of.

kin·der·gar·ten ['kɪndɚ,gartn̩] 名 幼稚園，幼兒園。

-gart·ner, ～·er 名 幼稚園學童；《主英》幼稚園老師。

kind·heart·ed ['kaɪnd'hartɪd] 形 好心腸的，親切的，仁慈的。～·ly 副, ～·ness 名

·kin·dle[1] ['kɪndl] 動 (-dled, -dling) 及 1 點燃，使燃燒起來；點上火：～ a fire 點火 / ～ a wood with a match 以火柴點燃木頭。2《文》燃起，煽動；引起；刺激：～ a person's anger 激怒某人 / ～ a person t[o] passion 使某人燃起熱情。3 使（臉、眼睛等）發光，發紅；照亮，染紅。—不及 1 點燃，燃燒起來《 *up* 》。2 明亮起來；發光，發紅《 *up / with...* 》；發怒；燃起：～ *up* at the harsh words 因刻薄話而發怒。

kin·dle[2] ['kɪndl] 動及不及 生產，生殖。—名 一胎所生的小動物。

kind·li·ness ['kaɪndlɪnɪs] 名 1 Ⓤ 親切和氣；Ⓒ 親切的行爲。2 Ⓤ 溫和。

kin·dling ['kɪndlɪŋ] 名 Ⓤ 1 引火物。2 點火，點燃；激起。

·kind·ly ['kaɪndlɪ] 形 (more ～; most ～ 偶用 -li·er, -li·est) 1（對部下或晚輩）親切的，仁慈的；善意的：a ～ act 仁慈的行爲 / be ～ toward people 對人親切的。2 溫和的，寬大的。3 令人愉快的，舒適的；適合的《 *for...* 》：～ soil *for* soybeans 適合種植大豆的土壤。—副 1 親切地，溫和地，仁慈地。2 誠心地；欣然地。3 勞駕，請。

take kindly to... 喜歡，欣然接受。

kind·ness ['kaɪndnɪs] 名 1 Ⓤ 親切，仁慈《 *to...* 》；善意《 *to* do 》：～ *to* anima[ls] 對動物的愛護 / with ～ 親切地。2 親切的行爲：do a person a ～ 幫某人一個忙。Ⓤ Ⓒ 友情，好感《 *for...* 》；《古》愛意：feel a ～ *for* her 對她懷有愛意。

·kin·dred ['kɪndrɪd] 名 1 一族，同族；《集合名詞·作複數》親人，親戚。2 Ⓤ 血緣關係：claim ～ with... 聲稱與…有血緣關係。3 Ⓤ 相似，類似。—形 1 同類的，類似的。2 有血緣關係的；同類的，同質的。

～·ly 副, ～·ness 名, ～·ship 名

kine [kaɪn] 名《古》cow[1] 的複數形。

kin·e·ma ['kɪnəmə] 名《英》= cinema

ki·ne·mat·ic [,kɪnə'mætɪk] 形 運動學的；應用運動學的。

kin·e·mat·ics [,kɪnə'mætɪks] 名 (複)《作單數》1 運動學。2 應用運動學。

kin·e·scope ['kɪnɪ,skop, 'kaɪ-] 名〖視〗《 **K-** 》〖商標名〗映像管。2 從映像管拍得的錄影片。

ki·ne·sics [kɪ'nisɪks, kaɪ-] 名 (複)《作單數》身體語言學。-sic 形

ki·ne·si·ol·o·gy [kɪ,nisɪ'alədʒɪ,kaɪ-] 名 Ⓤ 人體運動學。

kin·es·the·sia [,kɪnɪs'θiʒə, ,kaɪ-], -s[is] [-sɪs] 名 Ⓤ 肌肉運動感覺，肌覺。

ki·net·ic [kɪ'nɛtɪk, kaɪ-] 形 1 運動的；力（學）的；因運動而產生的：～ ene[rgy]

動能。2 充滿活力的；動態的。3 動態藝術的。
-i·cal·ly 副
ki'netic ˌart 名 U 動態藝術。
ki'netic 'energy 名 U 〖物理〗動能。
ki·net·i·cism [kɪ'nɛtə,sɪzəm, kaɪ-] 名 = kinetic art.
ki·net·ics [kɪ'nɛtɪks, kaɪ-] 名 (複) 《作單數》動力學。
kin·folk ['kɪn,fok] 名 (複) 《集合名詞·作複數》親屬，親戚；家族（亦稱 **kinfolks, kinsfolk**）。
king [kɪŋ] 名 1《偶作 K-》國王，君主，帝王：*K-* Henry Ⅷ 亨利八世 / His Majesty *K-* 國王陛下 / *K-* Log 沒有實權或領導力的國王 / *K-* Stark 暴君 / crown a person ～立某人爲王 / a dinner fit for a ～ 最高級的晚餐。2 (1)《K-》神；基督：the *K-* of Heaven 上帝。(2) 皇帝。3 最佳者；最具代表性的人物《*of...*》；臺柱；《俚》龍頭老大：the ～ *of* metals 金屬之王（金）/ the ～ *of* the day 白晝之王（太陽）/ the ～ *of* beasts 百獸之王（獅子）/ the ～ *of* birds 鳥類之王（老鷹）/ the ～ *of* Terrors 死神 / the uncrowned ～ *of...* 在某領域中的無冕王。4〖牌〗撲克牌的老 K；〖西洋棋〗王；〖西洋跳棋〗王棋。
(as) happy as a king 非常幸福的，非常快樂的。
—動 及 立…爲王，使…成國王[君主]。
—不及 君臨（…之上）；擺架子，頤指氣使《*over...*》。～·less 形
King [kɪŋ] 名 Martin Luther, Jr., 金恩牧師）(1929－68)：美國黑人民權運動領袖，曾獲諾貝爾和平獎（1964）。
king·bird ['kɪŋ,bɝd] 名（北美所產）必鶲鳥的一種。
king·bolt ['kɪŋ,bolt] 名〖機〗中心栓；轉向軸栓；〖建〗大螺栓（亦稱 **king rod**）。
King 'Charles 'spaniel 名 查理王小獵犬。
king 'cobra 名 大眼鏡蛇。
king 'crab 名 1 = horseshoe crab. 2 大王蟹。
king·craft ['kɪŋ,kræft] 名 U 君王的治國之術，王術。
king·cup ['kɪŋ,kʌp] 名〖植〗1 開黃花的毛茛屬。2《主英》立金花、猿猴草之類的多年生草本植物。
king·dom ['kɪŋdəm] 名 1 王國：the United *K-* 大英聯合王國。2 國度，世界領域：the ～ of music 音樂王國。3（自然界分法的）界：the animal ～ 動物界。4《作 **the** ～》神的統治；神之王國：*the* ～ of Heaven 天國。
kingdom 'come 名 U《俚》來世；天國；死亡：gone to ～ 死去。
king·fish ['kɪŋ,fɪʃ] 名(複～, ～·es) 1 無鰾石首魚；鰤魚；大西洋馬鮫。2 大型的魚。3《口》首腦，鉅子，重要人物。
king·fish·er ['kɪŋ,fɪʃɚ] 名〖鳥〗魚狗。
king-hit ['kɪŋ,hɪt] 名《澳口》擊倒對手的一拳。—動 不及 揮拳擊倒對手。
ˌKing 'James 'Version 名《the ～》= Authorized Version。
'King 'Kong ['kɪŋ'kɑŋ] 名 金剛：電影中的人猿。
'King 'Lear 名『李爾王』：莎士比亞所作四大悲劇之一。
king·let ['kɪŋlɪt] 名 1 小王，小國之王。2〖鳥〗戴菊鳥的一種。
king·ly ['kɪŋlɪ] 形 (more ～; most ～; 《偶用》-li·er, -li·est) 1 居於王位的，王的；屬於國王的；如國王般的；堂皇的。2 王族的。—副 如國王般地；堂皇地。-li·ness 名
king·mak·er ['kɪŋ,mekɚ] 名 1 對領袖或候選人的人選深具影響力者；操縱局勢者。2 擁護國王者。
king-of-arms [,kɪŋəv'ɑrmz] 名（複 **kings-of-arms**）紋章院長。
king·pin ['kɪŋ,pɪn] 名 1〖保齡球〗（十個球的）一號瓶；（九個球的）五號瓶。2 = kingbolt. 3《口》中心人物，首領；中樞。
'king ˌpost 名 1〖建〗主柱。2〖機〗滑車裝置等的支柱（亦作 **king-post**）。
Kings [kɪŋz] 名 (複)《作單數》（舊約聖經的）列王紀上、下篇之一。
'king ˌsalmon 名 = chinook salmon.
'King's 'Bench (Diˌvision) 名《the ～》〖英法〗王座法庭。
'King's 'Counsel 名《the ～》〖英法〗1 王室法律顧問，勅選律師（略作：K. C.）。2 給予優秀律師的名譽稱號。
'King's 'English 名《the ～》純正英語；（英國）標準英語。
'king's 'evidence 名 U〖英法〗對共犯所作的不利證詞；此種證人。
'king's 'evil 名《the ～》《偶作 K- E-》《古》瘰癧，淋巴腺結核病。
king·ship ['kɪŋʃɪp] 名 U 1 國王的身分，王位，王權。2 國王的統治，王政。
king·side ['kɪŋ,saɪd] 名〖西洋棋〗王位線。
king-size ['kɪŋ,saɪz], -sized [-,saɪzd] 形 特大的；特長的；不尋常的，特別的：a ～ cigarette 特長香煙。
king·snake ['kɪŋ,snek] 名（美洲產的）大蛇（亦作 **king snake**）。
'king's 'ransom 名 非常多的金錢，巨額金錢。
kink [kɪŋk] 名 1 糾結，捲曲：brush out the ～*s* 用梳子將打結頭髮梳通。2 痙攣，酸痛：get a ～ in one's neck 頸部的肌肉抽痛。3 彆扭，古怪。4 缺陷。5 妙方；怪念頭：cost-cutting ～*s* 節省經費的妙方。
—動 及 不及（使）打結，扭曲。
kin·ka·jou ['kɪŋkə,dʒu] 名〖動〗蜜熊。

K

kink·y ['kɪŋkɪ] 形 **(kink·i·er, kink·i·est) 1** 糾結的，糾結得很厲害的；很捲曲的。**2** 《主英俚》古怪的；性格異常的；變態的。**-i·ness** 名

kin·less ['kɪnlɪs] 形沒有親屬的；沒有親戚的。

kins·folk ['kɪnz,fok] 名(複) = kinfolk.

kin·ship ['kɪnʃɪp] 名 U **1** 親戚關係，親屬關係，血緣關係；同族關係。**2** 關係，共通性，類似。

'kinship 'family 名 = extended family.

kins·man ['kɪnzmən] 名 **(複-men) 1** 血親，親屬。**2** 姻親；同族者。

kins·wom·an ['kɪnz,wumən] 名 (複 **-wom.en)** 女性親屬。

ki·osk [kɪ'ɑsk, ,kaɪɑsk] 名 **1** 涼亭式建築物；《英口》公共電話亭。**2** 亭子。

kip[1] [kɪp] 名 U（未硝過的）幼獸皮；C 一捆幼獸皮。

kip[2] [kɪp] 名 **1** 《俚》床；下榻處。**2** U C 《英口》睡覺，假寐。
—動 **(kipped, ～·ping)** 不及《口》睡覺《*down*》。

Kip·ling ['kɪplɪŋ] 名 **(Joseph) Rudyard**，吉普林（1865–1936）：英國作家；諾貝爾文學獎得主（1907）。

kip·per ['kɪpɚ] 名 **1** 雄鱒 [鮭魚]。**2** C U 燻魚，燻鯡魚；魚的燻製法。**3** 《澳口》土著青年（十四至十六歲）；《英俚》軍人；傢伙，人。—動 及 燻製。

Kir·ghiz [kɪr'giz] 名 **(複～, ～·es) 1** 吉爾吉斯人：中亞西部的蒙古族人。**2** U 吉爾吉斯語。

Kir·ghi·zia [kɪr'gizɪə] 名吉爾吉斯：前蘇聯加盟共和國，1990 年改國名爲 Kyrgyzstan。

Ki·ri·ba·ti ['kɪrɪ,bæs] 名 吉里巴斯（共和國）：太平洋中部一群島國，首都塔拉瓦（Tarawa）。

kirk [kɝk] 名《蘇·北英》教會；《**the K-**》蘇格蘭教會。

kirk·man ['kɝkmən] 名 **(複-men)** 《蘇·北英》**1** 蘇格蘭教會的信徒。**2** 神職人員，牧師。

kir·mess ['kɝmɪs] 名 = kermis.

kirsch ['kɪrʃ] 名 U C（德國及法國產的）一種櫻桃白蘭地酒。

kir·tle ['kɝtl] 名《古》**1** 中世紀婦人用長袍。**2** 寬鬆外衣。

kis·met ['kɪzmɛt] 名 U 命運，宿命。

:kiss [kɪs] 動 及 **1** 以唇輕觸，親吻：～ the Bible 親吻聖經發誓 / ～ one's hand to... 向…飛吻 / ～ her lips 吻她的唇。**2** 輕拂，輕撫。**3** 〖撞球〗（球）與（球）輕觸，輕碰。**4** 藉親吻吻去（眼淚等）《*away*》。—不及 **1** 彼此親吻。**2** 輕觸。**3** 〖撞球〗與別的球輕輕撞上。

(as) easy as kiss** one's **hand 非常簡單地，很容易地。

kiss and tell 辜負信任，洩露祕密；打破誓約。

kiss...good-bye 《口》吻別；告別；失去；放棄。

kiss hands of** a person / **kiss** a person's **hand （表示忠誠、禮儀、服從或告辭等時）吻（君王、上司等）的手。

Kiss my ass! 《俚》《表拒絕要求·輕蔑》想都別想！休想！

kiss of death 致命之吻；失敗的關鍵。

kiss of life (1)《**the** ～》口對口人工呼吸。(2) 注入新活力。

kiss...off / kiss off... 《美俚》(1) 把…吻掉。(2) 解僱；擺脫。(3) 排斥；不屑一顧。

kiss the cross 《俚》被打倒。

kiss the dust 《口》(1) 卑躬屈膝。(2)（在…鬥等中）屈服，被打倒；被殺。

kiss the ground 屈服；匍匐於地；受辱。

kiss the rod 順從地接受處罰。

—名 **1** 吻，親吻。**2** 輕觸。**3** 〖撞球〗球與球的輕觸。**4** 可一口吃掉的小顆糖果。

kiss·a·ble ['kɪsəbl] 形 使人想親吻的，可親吻的。

'kiss ,curl 名《英》= spit curl.

kiss·er ['kɪsɚ] 名 **1** 接吻的人。**2** 《俚》臉；嘴。

'kissing bug 名吸血的有毒昆蟲。

'kissing 'cousin 名 **1** 頗爲熟稔的親…（亦稱 **kissing kin**）。**2** 密切相關的人，…常類似的人。

'kissing di,sease 名 U C《口》接…病，單核白血球增多症。

kiss-off ['kɪs,ɔf] 名《作單數》《俚》…僱；擺脫；排斥：give him the ～ 將他…僱。

kit[1] [kɪt] 名 **1** 一組，一套：a toilet ～ 盥…用具。**2** 箱，袋；一套用具；一組材料…first-aid ～ 急救箱。**3** U《主英》衣服…flying ～ 飛行裝。**4** 木製提桶。

the whole kit and caboodle 《美俚》全部…人，所有的東西。

—動 **(～·ted, ～·ting)** 及《主英》使獲得…要裝備；裝備；使穿上《*out, up / wi… in...*》。

kit[2] [kɪt] 名小貓；小狐狸。

Kit [kɪt] 名 **1** 〖男子名〗基特（Christoph…的暱稱）。**2** 〖女子名〗姬特（Catheri… Katherine 的暱稱）。

'kit ,bag 名背包，背囊；兩側可打開…狹長形旅行袋。

:kitch·en ['kɪtʃən] 名 **1** 廚房。**2** 《美》…員車廂；駕駛員室。—形《限定用法…廚房的，廚房用的；在廚房工作的。**2** 純正的；粗俗的；混雜兩種語言的。

everything but the kitchen sink 《諧》…切，全部。

'kitchen ,cabinet 名 **1**（廚房內裝…的）餐具櫃，碗櫃。**2** 《美口》（總統…的）政治顧問團，私人智囊團。

kitch·en·ette [,kɪtʃə'nɛt] 名小型廚房

'kitchen ,garden 名家庭菜園，菜…

tch·en·maid ['kɪtʃən,med] 名廚房女
。

tchen ˌmidden 名〖考〗貝塚。

tchen po'lice 名〖軍〗1 U 炊事勤
（略作：K.P.）。2《美》《集合名詞》炊
兵，炊事值勤員。

tchen-sink 'drama 名 U C《英》
碗槽劇；嚴肅的現實生活戲劇。

tchen ˌtea 名《澳》舉行結婚儀式前
宴會。

tch·en·ware ['kɪtʃən,wɛr] 名 U《集
名詞》廚房用品，炊事用具。

te [kaɪt] 名 1 風箏：draw in a ～ 降下風
。2〖鳥〗鳶。3《～s》〖海〗最高的輕
。4〖商〗《俚》空頭支票。5 騙子；貪
的人。

y a kite (1) 放風箏。(2) 開出空頭票據。
)放出風聲以查探民意。

o fly a kite！《美俚》滾蛋！

gher than a kite《美俚》非常高的；爛醉
。

-動(**kit·ed, kit·ing**) 不及 1《口》快速地移
；飛漲。2〖商〗開出空頭票據。

-及〖商〗《俚》使飛漲；當作空頭票據
用。

te balˌloon 名風箏氣球。

te·mark ['kaɪt,mark] 名《英》英國標
協會（B.S.I.）的產品規格檢查標記，
狀似風箏。

th [kɪθ] 名《僅用於以下的片語》

th and kin 親朋好友，親友。

tsch [kɪtʃ] 名 U 庸俗的藝術[文學]作
；草率做成的東西，粗劣的手工藝品。

tsch·y ['kɪtʃɪ] 形 投合大眾所好的，淺
的。

t·ten ['kɪtn̩] 名 1 小貓；小動物。2 頑皮
娘，反覆無常的女子。

s) playful as a kitten 喜歡嬉鬧的。

ave kittens《俚》反應激烈，大為煩惱，
慌意亂。

ke kittens in a basket（女子與女子）彼
之間感情很好。

-動 及 生（小貓）。— 不及 1 生產。2 舉
淘氣；忸怩作態。

t·ten·ish ['kɪtənɪʃ] 形 像小貓般的；活
的；愛嬉鬧的；輕佻的；羞怯的。～**·ly**
)

t·ti·wake ['kɪtɪ,wek] 名〖鳥〗三趾
。

t·tle ['kɪtl̩] 動 及《英方》1 以指搔胳肢
發癢。2 討好，取悅；使快樂。3 逗弄；
困惑。—形(**-tler, -tlest**) 1 性情火爆的；
情變化不定的。2 難處理的。

t·ty[1] ['kɪtɪ] 名(複**-ties**) 1 小貓；《兒語》
咪（貓的暱稱）。2 不規矩的女子。

t·ty[2] ['kɪtɪ] 名 (複**-ties**) 1 儲蓄，存款；
同湊集的資金；存錢箱。2〖牌〗(1) 頭
，每人拿出一點賭金湊成的資金。(2) 各
所賭注的總額。

ed the kitty 將錢積存起來。

Kit·ty, -tie ['kɪtɪ] 名〖女子名〗吉蒂（Katherine, Catherine 的暱稱）。

kit·ty-cor·ner(ed) ['kɪtɪ,kɔrnɚ(d)] 形 副《美口》成對角線的[地]，斜對面的[地]；斜的[地]。

Ki·wa·nis [kɪ'wanɪs] 名同濟會。

ki·wi ['kiwɪ] 名 1（紐西蘭產的）鷸鴕。2《通常作 **K-**》《澳口》紐西蘭人。3 = kiwi fruit.

'kiwi ˌfruit 名奇異果，獼猴桃。

K.J.V.《縮寫》*K*ing *J*ames *V*ersion.

K.K.K., KKK《縮寫》*K*u *K*lux *K*lan.

Kl., Kl《縮寫》*k*ilo*l*iter.

Klan [klæn] 名《美》1 = Ku Klux Klan. 2 三 K 黨支部。

Klans·man ['klænzmən] 名(複**-men**)三 K 黨黨員。

klat(s)ch [klætʃ] 名《美》閒聊的聚會。

klax·on ['klæksən] 名〖商標名〗（汽車的）喇叭。

Kleen·ex ['klinɛks] 名 U〖商標名〗可麗舒：可代替手帕的面紙，紙巾。

klep·to·ma·ni·a, clep- [ˌklɛptə'menɪə] 名 U〖心〗竊盜狂，竊盜癖。

-ac [-ˌæk] 名病態的竊盜癖患者。

'klieg ˌlight ['klig-] 名昔日拍電影用的弧光燈。

klip·spring·er ['klɪp,sprɪŋɚ] 名（非洲產的）山羚。

Klon·dike ['klandaɪk] 名 克倫代克：位於加拿大西北部的產金地區。

kloof [kluf] 名（非洲的）深峽谷。

kludge [kludʒ] 名 1《俚》荒謬組合。2 由一些原作用途的零件拼湊而成的電腦。

klutz [klʌts] 名《美俚》1 笨拙的人。2 笨瓜，呆子。

klutz·y ['klʌtsɪ] 形《美俚》笨手笨腳的。

km《縮寫》*k*ilo*m*eter(s).

K-me·son ['ke'mɛzan] 名〖理〗K 介子。

knack [næk] 名 1《a ～, the ～》本領，技巧《*for, of...*》：have *a* ～ *for* drawing maps 有畫地圖的本領。2 特性。3 尖銳的聲音。4《古》精巧的小玩意；玩具，飾物。

knack·er ['nækɚ] 名《英》1 收購無用家畜的人；收購廢船舊屋加以解體的業者。2《方》老病無用的牛馬。

knack·ered ['nækɚd] 形《英俚》非常疲倦的，筋疲力竭的。

'knacker's ˌyard 名《英》屠宰場。

knap[1] [næp] 名《方》小山丘的山頂；小山丘，土墩。

knap[2] [næp] 動 (**knapped, ～·ping**) 不及 及《主英方》1 敲打；打碎。2 折斷。3 突然咬住。4 喋喋不休地說。

knap·sack ['næp,sæk] 名背包，背袋（《美》backpack）。

knap·weed ['næp,wid] 名矢車菊屬的植物。

K

knave [nev] 名 **1** 惡棍，無賴。**2**〖牌〗= jack 2. **3**《古》男僕，身分卑賤的男子。

knav·er·y ['nevərɪ] 名 (複 **-er·ies**) 無賴行爲，流氓行爲；U詐欺。

knav·ish ['nevɪʃ] 形 **1** 無賴的，狡猾的。**2** 喜歡惡作劇的。～**·ly** 副

knead [nid] 動及 **1** 捏，揉。**2** 按摩。**3** 推敲，磨練。—不及揉搓，作揉搓的姿勢。

'kneading ˌtrough 名（木製）揉麵槽。

:knee [ni] 名 **1** 膝；膝頭，膝蓋：on one's hands and ～*s* 趴著 / bend one's ～(*s*) to a person 向某人下跪哀求 / fall [go (down)] on one's ～*s* 下跪。**2** 後肢膝蓋關節；相當於腕骨的部分；跗骨關節。**3** 膝蓋部分：gone at the ～*s*《口》膝部破損。**4** 膝蓋狀的東西；〖機〗曲管，曲材；（工作機械的）膝臺；〖建〗彎材；〖船〗肱材。**5** 跪臺。

at one's mother's knee 在母親膝下，童年時。

be up to one's knees in... 深陷於…。

bring a person to his knees 使屈服，使服從。

get knee to knee with... 與…促膝而談。

give a knee to... 服侍（拳擊手），當…的助手；向…伸出援手。

on the knees of the gods 非人力所能控制的；尚未可知的。

—動 (**kneed**, ～**·ing**) 及 **1** 用膝蓋踢[碰，移動，頂]。**2** 安裝曲材。**3**《口》使膝部鼓出。**4** 膝行爬過。—不及 **1**《詩》跪下。**2** 彎曲；垂頭《 *over* 》。

'knee ˌbreeches 名(複) = breeches 1.

knee·cap ['ni,kæp] 名 **1** 髕，膝蓋骨。**2** 護膝。—動 及 不及 射擊或鑿穿膝蓋骨。

'knee(-) ˌcapping 名毀膝：用槍射擊或用電鑽鑽穿人的膝蓋以使其跛腳的酷刑。

knee-deep ['ni'dip] 形 **1** 深及膝的，到膝部的：～ water 及膝的水。**2** 陷入的《 *in* ... 》。**3** 忙碌的，被纏住的《 *in...* 》。

knee-high ['ni'haɪ] 形 高及膝的。

knee·hole ['ni,hol] 名 容納膝部的空間。

'knee ˌjerk 名 膝反射。

knee-jerk ['ni,dʒɝk, '-'-] 形《口》**1** 膝反射的。**2**《口》反射式的，完全在意料之中的；言行完全依循固定模式的。

—名 不經熟思而行事或做出反應的人。

kneel [nil] 動 (**knelt** 或《美》～**ed**, ～**·ing**) 不及 跪下；屈膝；跪：～ down 跪下；屈服 / ～ down in prayer 下跪祈禱 / ～ to a person 向人下跪。—名 下跪；跪姿。

knee·length ['nilɛŋkθ] 形《限定用法》長度及膝的。

kneel·er ['nilɚ] 名 **1** 跪著的人。**2** 跪臺，跪墊。

'kneeling 'bus 名 車身或車門可降低的公車。

knee·pad ['ni,pæd] 名 護膝。

knee·pan ['ni,pæn] 名 膝蓋骨。

knee·room ['ni,rum] 名 U 可容膝蓋舒展的空間。

knee-slap·per ['ni,slæpɚ] 名《美》人拍腿大笑的笑話。

knees-up ['niz,ʌp] 名 (複 **knees-ups**)《口》生動活潑的宴會，慶典。

knell [nɛl] 名 **1** 喪鐘；喪鐘（似）的音。**2** 凶兆：ring the ～ of... 敲響…的鐘；宣告…的死亡。—動 不及 **1**《古》響（喪鐘）；發出悲傷的聲音。**2** 預告亡。—及（敲喪鐘）召喚；宣布。

·knelt [nɛlt] 動 **kneel** 的過去式及過去詞。

:knew [nju] 動 **know** 的過去式。

Knick·er·bock·er ['nɪkɚ,bɑkɚ] 名 移民到紐約的荷蘭人後代。**2** 紐約市民

knick·er·bock·ers ['nɪkɚ,bɑkɚz] (複) = knickers[1].

knick·ers ['nɪkɚz] 名 (複) **1**《美》在部紮口的寬鬆燈籠形半長褲。**2**《英口》用束口短內褲。

get one's knickers in a twist 《英》《常生氣；困惑。

knick·knack, nick·nack ['nɪk,næ 名《口》**1** 小玩意兒，小擺設。**2** 古董，物。

:knife [naɪf] 名 (複 **knives** [-vz]) **1** 小刀餐刀，菜刀：a clasp ～ 摺疊式小刀 / w a ～ 磨小刀。**2** 短劍，匕首；刃，刃部 stick a ～ into a person 用短刀刺某人。**3** 術刀，解剖刀；《 **the** ～》外科手術：under *the* ～ 接受手術。

before one can say "knife" 《口》轉瞬間突然。

get one's knife into ... 《口》對…懷有恨；傷害某人。

play a good knife and fork 飽吃一頓。

war to the knife 激戰，血戰，白刃戰。

—動 (**knifed**, **knif·ing**) 及 **1** 用小刀刺；小刀塗抹。**2**《俚》圖謀擊敗[傷害]，陰使（己方候選人）落選。—不及穿過；速飛越，貫穿《 *across, through...* 》。

knife·board ['naɪf,bord] 名 **1** 磨刀臺《英》背對背的座位。

'knife ˌedge 名 **1** 刀刃；銳利的東西刃狀支承。**3**〖登山〗山脊。

on a knife edge (1) 非常擔心的《 *ab* ... 》。(2) 非常不確定的狀態的。

knife-edged ['naɪf,ɛdʒd] 形

'knife ˌgrinder 名 磨刀匠；（刀類）磨機。

'knife ˌpleat 名 像刀刃般的褶。

'knife ˌrest 名（餐桌上的）刀叉臺。

·knight [naɪt] 名 **1**〖中古史〗武士，士。**2**（英國的）武士爵，勳爵士（略 Kt.）。**3**〖西洋棋〗騎士（略作：N）。騎士）會員。**5**〖英史〗郡選議員。**6**《 護衛，侍衛；擁護者，支持者。**7** 騎士級。

knight of the road 攔路強盜；卡車司機

—動 及 封…爲爵士。

K

night·age ['naɪtɪdʒ] 名 1 U《集合名詞》騎士，爵士。2 動爵士名錄。

night 'bachelor 名（複 **knight(s) bachelors**）= bachelor 3.

night-er·rant ['naɪt'ɛrənt] 名（複 **knights-er·rant**）1〖史〗遊俠騎士。2《風》俠客。

～**·ry** 名 U 騎士作風；俠義行為。

night·hood ['naɪthʊd] 名 1 U C 騎士身分。2 U 騎士的職業。3 U C 騎士精神，騎士氣質；《the ～》《集合名詞》騎士團，騎士們。

night·ly ['naɪtlɪ] 形（**more** ～; **most** ～;《偶作》**-li·er**, **-li·est**）1 騎士的；如騎士的，高貴勇敢的。2 身為騎士的；騎士般的。3 由騎士組成的。—副 行為如騎士地，英勇地。

nights of the 'Round ˌTable 名(複)《the ～》圓桌武士。

nights 'Templars 名(複)《the ～》聖堂修道騎士團。2 = Templar.

nish [knɪʃ] 名 包有馬鈴薯或牛肉的炸餡餅。

nit [nɪt] 動（～**·ted** 或 **knit**, ～**·ting**）及 1 編織《*from, out of...*》；編成《*into...*》: ～ socks *from* wool 用毛線編織襪子 / ～ the yarn *into* socks 用織線編織襪子 / ～ the yarn *into* socks 用織線編織襪子。2 緊密地握在一起；接合《*together*》；《喻》使緊密結合；締結，聯合：～ one's fingers 將手指合攏起來。3 皺起，皺緊《*together*》: ～ one's brows in thought 皺眉思考。4 編出，生出。5《通常用過去分詞》使緊繃：a well-*knit* frame 結實的體格。—不及 1 編織，作編織物。2 接合，結合《*together*》；變得親密。3 皺眉。

knit up 被編織；適於編織。

knit...up* / *knit up... (1) 編織，編成。(2) 終結。(3) 結合。

—名 1 針織品。2《常作～s》編織成的衣服，針織衣服。

nit·ted ['nɪtɪd] 形 編織的；針織的。

nit·ter ['nɪtɚ] 名 編織者；毛線編織機。

nit·ting ['nɪtɪŋ] 名 U 1 編織；布料編織。2 編織物。3 編織業。

stick close to one's knitting 專心自己的工作而不干涉別人的事。

nitting ˌneedle 名 編織針。

nit·wear ['nɪt,wɛr] 名 U 針織衣服。

nives [naɪvz] 名 **knife** 的複數形。

nob [nab] 名 1 把手，柄；《口》開關，旋鈕。2（樹幹等的）節；疙瘩。3 飾球；〖建〗突出的裝飾，《俚》頭。4《美》小圓丘；《～s》丘陵地帶。5《主英》小塊。

with knobs on《俚》尤其突出地；《諷》更加，而且。

—動（**knobbed**, ～**·bing**）及 裝把手。

—不及 長出瘤；生節《*out*》。

nob·ble ['nabl̩] 名 小節，小瘤。

knob·by ['nabɪ] 形（**-bi·er**, **-bi·est**）1 多瘤的，凹凸不平的。2 複雜的，棘手的。3 頑固的。

knob·ker·rie ['nab,kɛrɪ] 名（南非土著當武器的）圓頭短棒。

:knock [nak] 動 不及 1 敲打《*at, on...*》: ～ *at* [*on*] the door 敲門。2 碰，撞《*against, into...*》: ～ *into* a wall 撞到牆壁。3 發出敲擊聲；發出異樣的聲音。4《口》挑毛病，批評。5〖牌〗贏家攤牌。—及 1 打擊，敲打；敲入《*in, into...*》。2 撞擊《*on, against...*》；敲打以作成《*in*》。3 打敗，擊敗，袪除。4 重擊…使成某種狀態。5《口》毀謗，說壞話。6《英俚》使吃驚，給強烈印象。

knock about《口》(1) 遊蕩，流浪，忙碌地跑來跑去。(2)《口》交往，廝混；發生性關係，有染《*together* / *with...*》。(3) 亂擺。(4) 徘徊。

knock...about* / *knock about... (1) 虐待，粗暴對待；將（船）弄翻。(2) 度過。(3) 傷害，損壞。

knock against... (1) ⇨動 不及 2. (2) 偶然遇見。

knock around = KNOCK about.

knock at an open door 白費力氣。

knock away 連續敲打《*at...*》。

knock...away* / *knock away... 打掉，擊落。

knock back 回敲。

knock...back* / *knock back... (1)《英口》將…一口氣喝下。(2)《口》使驚訝。(3)《口》花費。

knock a person cold (1) 把（人）打昏。(2) 使（人）吃驚。

knock a person dead (1) 把（人）打死。(2) 使（人）感動。

knock...down* / *knock down... (1) ⇨動 及 1. (2) 拆除；打倒。(3)（拍賣中）將拍賣給《*to...*》；競買到手《*at, for...*》。(4)（為了運輸方便而）解體。(5)《俚》侵吞，盜用；搶劫；《美》偷。(6)《俚》賺；獲得。(7)《口》降低；迫使降價《*to...*》。(8) 使（船）翻覆；撞倒；射落。(9) 駁倒，推翻。

knock... for a loop ⇨ LOOP[1]（片語）

knock a person's head off《通常將 **will**, **shall** 置於前面》《俚》（威脅要）揍扁某人。

knock persons' heads together 強迫使（人）和解或妥協。

knock in《英大學俚》（在關門時限以後）敲門進入。

knock into... ⇨動 不及 2.

knock...into... (1) ⇨動 及 1. (2) 強迫灌輸，教導。

knock...into a cocked hat《俚》(1) 使破壞，使泡湯。(2) 證明（不正確、錯誤）。(3) 超越，勝過。(4) 打敗。

knock...into shape (1) 訓練，鍛鍊。(2) 歸納。

knock a person into the middle of nextweek

《俚》打倒（某人）。
Knock it off!《俚》不要吵！停止！住手！閉嘴！
knock off《口》停止。
knock...off / knock off... (1)《口》停止做《doing》。(2)《口》迅速做成，完成。(3)《美俚》殺，謀殺。(4)《口》除去，使投降。(5)《口》減少，降低。(6)《英口》偷竊；闖入，搶劫。(7)打落。(8)《口》獲得。(9)解僱。(10)《俚》性交，使懷孕。
knock** a person **off** his **pins《口》使（人）大吃一驚。
knock...on the head (1) ⇨ 動 及 1. (2)《口》使不能實現；使結束。
knock on wood / 《英》 ***touch wood*** ⇨ TOUCH（片語）
knock out (1)筋疲力竭。(2)《英大學俚》（關門時限以後）敲門出去。
knock...out / knock out... (1)〖拳擊〗擊倒。(2)《俚》快速建造，迅速完成[寫完]。(3)撲滅；使失去效能，對…造成損害。(4)〖棒球〗打得對方更換投手。(5)《通常用被動》使筋疲力盡。(6)《反身》拚命努力。(7)敲乾淨，敲空。(8)《口》使震驚。(9)打敗，使敗退。(10)打昏；使入睡。(11)彈奏。
knock...out (of the box) = KNOCK out (4).
knock...out of time = KNOCK out (1).
knock...over / knock over... (1)打倒；〖保齡球〗打倒（球瓶）。(2)使痛苦，使吃驚，使感動。(3)《俚》搶劫，搶奪。(4)排除，除去。(5)迅速結束，完成。(6)賺取。
***knock (some) sense into** a person*《口》把某種觀念強迫灌輸給（某人）。
knock spots off ...《口》勝過，壓倒性地凌駕於…之上《*at...*》。
knock the bottom out of...《口》弄壞，搞砸；使失敗；推翻；使無效；捨棄。
knock the breath out of** a person's **body 使（人）瞠目咋舌，使驚呆。
***knock the living daylights out of** a person / **knock hell out of** a person* 狠狠地揍（某人）一頓。
knock the spirit out of...《口》挫傷士氣。
***knock the wind out of** a person* 結束（某人）的生命。
knock through 除去（房間與房間中的）間壁。
knock together 碰撞，接觸。
knock...together / knock together... 草草做成匆匆拼湊成。
knock up〖網球〗賽前練球。
knock...up / knock up... (1)損壞，使受傷；傷害。(2)《英口》叫醒。(3)匆匆準備，急速建造。(4)使筋疲力盡，使生病。(5)向上揮動。(6)《美俚》性交，使懷孕。(7)〖板球〗很快得（分）。(8)《英口》賺（錢）。
knock up against... = KNOCK against.
—名 1 敲打，毆打；打擊的聲音；《常作 a ～》敲擊。2 打擊，失敗。3《口》無情的批評，指摘。4 內燃機內異常的爆[illegible]聲。5〖板球〗回合，局。
get the knock《口》被解僱；（演員）名[illegible]沒落，落伍。
on the knock 賣淫。
take the knock《俚》蒙受（財政上的）[illegible]擊。

knock·a·bout ['nakə,baut] 名 1〖海[illegible]〗單桅小艇。2 幹粗活用的東西。3《俚》[illegible]劇表演。—形 1 粗活用的。2 粗野的；[illegible]鬧的。3 閒蕩的；漫無目的的。

knock·down ['nak,daun] 形 1 擊倒的[illegible]銳不可當的；無法反抗的：a ～ blow 致[illegible]的一擊。2 組合式的，摺疊式的。3 最[illegible]的。—名 1 組合式的東西。2 壓倒性的[illegible]西。3 削減，殺價。4《俚》介紹。5 Ⓤ《[illegible]俚》烈酒。

knock-down-drag-out ['nak,dau[illegible] dræg,aut] 形《美俚》激烈而無情的，你[illegible]我活的。

knocked-down ['nakt'daun] 形〖商[illegible]組合式的。

knock·er ['nakɚ] 名 1 敲打的人。2 [illegible]環。3《口》挑剔者，吹毛求疵的人。4《[illegible]英》挨戶銷售的推銷員。5《～s》《粗[illegible]乳房。6《美俚》傢伙。
on the knocker《英俚》挨戶推銷。
up to the knocker《英俚》(1)達到標準[illegible]正常地。(2)完全地，充分地。

knock·er-up ['nakɚ,ʌp] 名（複 **knock[illegible]ers-up**）名《英》挨戶叫門者：將屋主引[illegible]門口，以便另一人對他進行政治或商業[illegible]說。

knock·ing-shop ['nakɪŋ,ʃap] 名《英俚[illegible]妓院（= brothel）。

knock-knee ['nak,ni] 名 1 X 字狀腳[illegible]膝部向內彎曲。2《～s》向內彎曲的膝

knock-kneed ['nak,nid] 形 呈內八[illegible]的；膝內翻的。

knock·off ['nak,ɔf] 名 1《美》品質低[illegible]的仿製品。2 中止；停止。

'**knock-,on** 形《英》間接的，連鎖的：～ effect 連鎖效應。

knock·out ['nak,aut] 名 1〖拳擊〗擊[illegible]（略作：K.O., KO, k.o.）。2 重擊。3《口[illegible]非常成功者；引人注目的人，轟動的[illegible]物。4《英》串通拍賣。—形 1 擊倒對[illegible]的，猛烈的。2 引人注目的，迷人的。3《英》以不正當手段得到手的。4 淘汰的[illegible]

knock-up ['nak,ʌp] 名《英》賽前練習

knoll[1] [nol] 名 小山，圓丘；土墩。

knoll[2] [nol] 動 及 不及，名《古》= kne[illegible]

knop [nap] 名 圓形把手；花蕾狀的[illegible]飾；裝飾鈕子。

·**knot** [nat] 名 1 結；花結，飾結。2 群[illegible]集合，一群：a ～ of tourists 一群觀光客[illegible] in ～s 三五成群地。3〖解·動物〗節，瘤[illegible] 4（樹木的）節眼；瘤病，節病。5〖海[illegible]節：速度單位；（測量船速的）測程[illegible]位；《廣義》浬。6 (1)困難，混亂：tie on[illegible]

self (up) in [into] ～*s* 《口》陷入困境。(2) 焦點，核心。**7** 結合：a marriage ～ 婚姻的結合。**8** 皺紋。**9**《英》墊肩。
at the rate of knots《口》非常快速地。
tie the knot《口》結婚。
—動 (～·ted, ～·ting) 及 **1** 打結；連結《*together*》。**2** 使成節；形成瘤。**3** 使糾結。**4** 皺（眉），使成八字形。—不及 **1** 糾結，糾纏；成結。**2** 成瘤[節]。

knot·hole ['nɑt,hol] 名（木板上的）節孔。

knot·ted ['nɑtɪd] 形 **1** 有節的，長滿節的。**2**〖動〗有瘤的；〖植〗多瘤的。**3** 困難的。

knot·ting ['nɑtɪŋ] 名結狀花樣。

knot·ty ['nɑtɪ] 形 (-ti·er, -ti·est) **1** 有節的，有結的；多節的，多瘤的。**2** 糾纏的，複雜的，麻煩的。**-ti·ly** 副

knot·work ['nɑt,wɝk] 名 U 縫飾；編結工藝。

knout [naʊt] 名（昔日俄國的）皮鞭，笞。

know [no] 動 (**knew**, **known**, ～·**ing**) 及 **1** 了解，知道，理解；明白。**2** 聽到過，見到過；經歷，體驗；熟知，精通。**3** 認識，熟悉，有交往。**4** 分辨，識別；判斷《*by...*》；區別。**5**《無生物主詞》受影響。**6**《古》發生性關係。—不及了解，知道，得悉《*of, about...*》：as far as I ～ 據我所知。
all** one **knows 盡可能地；盡全力地。
as I know on《美口》據我所知。
before you know it 立即，馬上，剎那間，轉瞬間。
for aught I know《詩·古》就我所知。
God knows what ... 誰也不知道的東西，天曉得…。
God knows (1) 只有上帝知道，誰也不知道。(2) 誓必，的確。
I want to know《美口》《表示驚訝》啊呀！唷！
know a thing or two《口》明白事理，精明能幹，有判斷力，有經驗。
know better 很懂得，明事理。
know better than to do 明白事理而不至於…；不會愚笨到…程度。
know like a book 完全懂得，非常精通。
know** one's **own mind 有決斷，堅定決心，不三心二意。
know the ropes ⇨ ROPE 名 7
know what** one **is about 做事精明，處事周詳。
know what's what ⇨ WHAT（片語）
make...known** / **make known...《文》通知，發表。
make** oneself **know《文》自我介紹，自稱為《*to...*》；變得有名。
Not if I know it!《口》如果我知道就不那樣做了！誰會做那樣的事！豈有此理！
not know which way to turn《否定》《喻》不知如何是好。
Not that I know of《口》據我所知並非如此，我沒聽說。
(Well) what do you know (about that)!《美口》《表驚訝》你看怪不怪！真想不到！
Who knows? 誰知道？或許吧？說不定吧？
you know what《開始說話時引起對方注意的話》你知道嗎；聽我說。
you know (1)《置於句首、句尾》你要知道，你可知道。(2)《插入句中作為緩衝語使用》。
—名《僅用於下面的片語》
in the know《口》知道內情的，熟知內幕的。

know·a·ble ['noəbl̩] 形 **1** 可知的，可理解的。**2** 容易交往的，易於接近的。—名《通常作複數》可認識之物，可知道的事。

know-all ['no,ɔl] 名《英·蔑》萬事通，自稱無所不知的人。

know-how ['no,haʊ] 名 U 知識，專門的知識；實用技術，訣竅。

·know·ing ['noɪŋ] 形 **1** 精明的；狡猾的，世故的；假裝有學問的。**2** 會意的。**3** 有知識的《*about...*》；聰明的。**4** 故意的。**5** 漂亮的。—名 U 知道，理解，認識。

know·ing·ly ['noɪŋlɪ] 副 會意地；裝內行地；精明地；故意地。

know-it-all ['noɪt,ɔl] 名《口》《蔑》假裝有學問的人；自稱無所不知的人。
—形 假裝有學問的；自稱無所不知的。

:knowl·edge ['nɑlɪdʒ] 名 U **1** 知識，學識；《偶作 **a** ～》精通，熟知《*of...*》：a piece of ～ 一種知識 / a scholar of great ～ 博學的學者 / have *a* fair ～ *of* the present situation 對現狀非常熟悉。**2** 辨別，理解，認識《*of...*》：conduct oneself without ～ *of* good and evil 行事善惡不分。**3** 了解《*of..., that* 子句》；消息，見聞《*of...*》：come to a person's ～ 被某人知道，為某人得悉。**4**《古》性交，性關係。
to (the best of) one's knowledge 據某人所知。

knowl·edge·a·ble ['nɑlɪdʒəbl̩] 形 聰明的，學識淵博的；有理解力的；知曉的《*of...*》。**-bly** 副

'knowledge ˌindustry 名 知識工業：泛指新聞、傳播、出版、印刷、電影、音樂、廣播、電視等生產傳遞思想與訊息的事業。

'knowledge 'management 名 U 知識管理。

:known [non] 動 **know** 的過去分詞。
—名 已知數；已知的事。—形 大家知道的，知名的《*to...*》。

know-noth·ing ['no,nʌθɪŋ] 名 **1** 無知的人。**2**〖哲〗不可知論者。
—形 **1** 無知的。**2**〖哲〗不可知論的。**3** 對政治無知的人的。

K

'known 'quantity 名 1〖代〗已知量。2《喻》有名的人或事物。

Knox [nɑks] 名 **John**，諾克斯（1505?–72）：蘇格蘭新教牧師、宗教改革家，長老派教會的創始者。

Knt. 《縮寫》*Knight.*

·**knuck·le** [ˈnʌkl] 名 1 指關節：《the ～s》指關節部，拳骨。2 膝關節，蹄爪。3 折角，稜角。4《～s》= brass knuckles. 5 門窗合葉的鐵門臼。

a rap on the knuckles ⇨ RAP[1] 動 及 1

go the knuckle 《澳俚》毆打，打架。

near the knuckle 《口》(1) 下流的，猥褻的。(2) 幾乎要傷害到感情的。(3) 很重要的。

—動 (-led, -ling) 及 1〖彈珠戲〗彈出。2 以指關節敲[壓，磨，觸]。—不及 1 握拳。2（彈彈珠時）以指關節貼地《*down*》。

knuckle down (1)《口》專心《*to...*》。(2) 屈服《*to...*》。(3) ⇨ 動 不及 2.

knuckle under 《口》向…屈服《*to...*》

'knuckle ˌball 名〖棒球〗蝴蝶球：一種慢速變化球。

knuck·le·bone [ˈnʌklˌbon] 名 1 指關節骨；膝節骨。2《～s》《作單數》用羊骨片所作的遊戲。

knuck·le-dust·er [ˈnʌklˌdʌstɚ] 名 = brass knuckles.

knuck·le·head [ˈnʌklˌhɛd] 名《口》笨蛋，傻瓜。～**·ed** 形

knur [nɝ] 名 節，瘤；硬瘤。

knurl [nɝl] 名 1 稜紋，凸起的小粒；硬節，瘤。2《蘇》矮而粗壯的人；糾結。—動 及 使成鋸齒狀凸起（亦作 **nurl**）。

knurled [-d] 形 有鋸齒狀凸起的，滿是瘤狀物的。

knurl·y [ˈnɝlɪ] 形 (**knurl·i·er, knurl·i·est**) 有瘤的，多瘤節的。

KO, K.O. [ˈkeˌo] 名 (複 **KO's, K.O.'s**) = knockout（亦作 **kayo**）。

ko·a [ˈkoə] 名〖植〗（夏威夷產的一種）相思樹。

ko·a·la [koˈɑlə] 名〖動〗（澳洲產的）無尾熊。

ko·an [ˈkoɑn] 名（佛教禪宗的）公案。

Ko·be [ˈkobɪ] 名 神戶：日本本州的一個海港。

Koch [kɔk] 名 **Robert**，柯霍（1843–1910）：德國細菌學家；諾貝爾生理、醫學獎得主（1905）。

Ko·dak [ˈkodæk] 名 1〖商標名〗柯達牌照相機。2《**k-**》廉價照相機。

ko·el [ˈkoəl] 名〖鳥〗（產於印度、澳洲）一種類似杜鵑的鳥類。

K. of C. 《縮寫》*K*nights *of C*olumbus.

Koh·i·noor [ˈkoɪˌnur] 名 印度產的一顆大鑽石；現鑲飾於英國王室的王冠上。

kohl [kol] 名 Ⓤ 眼圈粉：阿拉伯婦女將眼圈塗黑所用的粉末。

kohl·ra·bi [ˈkolˈrɑbɪ, -ˌrɑbɪ] 名 (複 ～**es**) Ⓒ Ⓤ〖植〗球莖甘藍。

ko·la [ˈkolə] 名 1〖植〗可樂樹。2 = ko… nut. 3 = cola[2].

'kola ˌnut 名 可樂果。

ko·lin·sky [kəˈlɪnskɪ] 名 (複 **-skies**) 1 朝… 貂，西伯利亞貂。2 Ⓤ 黃褐色的貂皮。

kol·khoz [kɑlˈkɔz] 名（俄國）集體農場…

Ko·'mo·do 'dragon [kəˈmodo-] 名 莫多龍：一種巨型的肉食性蜥蜴，產於… 尼的 Komodo 島（亦稱 **dragon lizard**）

koo·doo [ˈkudu] 名 (複 ～**s**) = kudu.

kook [kuk] 名《美俚》1 奇人，怪人；… 瓜。2 狂人，瘋子。

kook·a·bur·ra [ˈkukəˌbʌrə] 名〖鳥〗… 澳洲產的）笑鴗。

kook·y, -ie [ˈkukɪ] 形 (**kook·i·er, kook·i·est**)《俚》古怪的，愚蠢的；發瘋的。**-i·ly** 副, **-i·ness** 名

kop [kɑp] 名（南非的）小山，丘陵。

ko·pe(c)k, co- [ˈkopɛk] 名 戈比：俄國… 銅幣。

Ko·ran [koˈrɑn, -ˈræn] 名《the ～》可… 經，古蘭經。**Ko·ran·ic** [koˈrænɪk] 形

:**Ko·re·a** [koˈriə] 名 韓國；見 North [Sou… Korea。

·**Ko·re·an** [koˈriən] 形 韓國的；韓國[語]的。—名 1 韓國人。2 Ⓤ 韓國語。

Ko'rean 'War 名《the ～》韓戰 1950–53）。

Ko'rea 'Strait 名《the ～》朝鮮海峽… 連接黃海與日本海。

korf·ball [ˈkɔrfˌbɔl] 名〖運動〗合球。

kor·o·mi·ko [ˌkɔrəˈmɪko] 名〖植〗（… 西蘭）燕尾草屬植物。

ko·ru·na [ˈkɔrəˌnɑ] 名 (複 **-ny** [-nɪ], **-r…** [-run], ～**s**) 克朗：捷克貨幣單位。

ko·sher [ˈkoʃɚ] 形 1〖猶太教〗被適… 處理的；衛生的，可食的；販賣合法食… 的。2《俚》真正的；適當的；合法的。名 Ⓤ《口》清潔的食物。—動 及〖猶… 教〗適當地處理。

Ko·so·vo [ˈkɔsɔˌvo] 名 科索沃（共和國）… 原塞爾維亞的一自治省，2008 年獨立；… 都普里斯提納（Pristina）。

kou·mis(s) [ˈkumɪs] 名 = kumiss.

kour·bash [ˈkurbæʃ] 名，動 及 = ku… bash.

ko·whai [ˈkowaɪ] 名〖植〗（紐西蘭）… 科植物。

kow·tow [ˈkauˈtau] 動 不及 1 磕頭：中… 舊式的叩頭禮。2 卑躬屈膝《*to...*》。—名 叩頭禮。

KP 《縮寫》〖軍〗*k*itchen *p*olice.

kpc 《縮寫》*k*ilo*p*ar*s*e*c*(s).

kph 《縮寫》*k*ilometers *p*er *h*our.

Kr 《化學符號》krypton.

kr. 《縮寫》*kr*eutzer; *kr*ona; *kr*one.

kraal [krɑl] 名 1《偶作集合名詞》南非… 人村落。2 關家畜的圍欄。—動 及 關入柵欄裡。

ıft [kræft] 名 U 牛皮紙。
ıit [kraıt] 名金環蛇。
ıration 名〖美陸軍〗K 號乾糧包。
ıut [kraʊt] 名= sauerkraut.
em·lin ['krɛmlɪn] 名 1《the ~》(1) 克姆林宮。(2) 俄國政府。2《k-》城堡。
形俄國政府的。~·ol·o·gy [-'ɑlədʒɪ] 名俄國政策研究。-o·'log·i·cal 形
em·lin·ol·o·gist [,krɛmlɪ'nɑlədʒɪst] （前）蘇聯政治研究專家；俄國政策研者。
eg·spiel ['krig,spil] 名《偶作 K-》兵，沙盤戰爭遊戲。
ll [krɪl] 名(複) 磷蝦。
m·mer, crim- ['krɪmɚ] 名 U（克米亞半島產的）小羊毛皮。
i·o ['krio] 名(複~s) 1 U 克立歐語：非一語言。2 操克立歐語的人。
ish·na ['krɪʃnə] 名 1〖印度教〗訖里那神。2 = Hare Krishna 3.
ism 名 U 訖里什那崇拜。
ishna 'Consciousness 名訖里什教。
iss Krin·gle ['krɪs'krɪŋgəl] 名《美》Santa Claus.
›·mes·ky [kro'mɛskɪ] 名俄國式炸肉。
›·na ['kronə] 名(複-nor [-nɔr]) 克朗：典的貨幣單位。
ó·na ['kronə] 名(複-nur [-nə]) 克朗：冰的貨幣單位（Icelandic ~）。
›·ne¹ ['kronɛ] 名(複-ner [-nɛr]) 克朗：麥、挪威的貨幣單位。略作：Kr., kr.
›·ne² ['kronə] 名(複-nen [-nən]) 克朗：國舊時的金幣。
o·nos ['kronɑs] 名= Cronus.
o·pot·kin [krə'pɑtkɪn] 名 Peter Alek-evich，克魯泡特金（1842－1921）：俄的無政府主義者。
u·ger·rand ['krugə,rænd] 名克魯格金：南非共和國的一盎斯金幣。
ʼp·ton ['krɪptɑn] 名 U〖化〗氪（惰性有元素）。符號：Kr
《縮寫》Kansas.
《縮寫》Knight.
T. 《縮寫》Knights Templars.
a·la Lum·pur ['kwɑlə 'lumpʊr] 名隆坡：馬來西亞首都。
·blai Khan ['kublaɪ'kɑn] 名忽必烈（1216?－94）：中國元朝開國者，即元祖。
chen ['kukən] 名(複~) C U 水果糕。
·do ['kjudo] 名(複~s) 1 獎勵，嘉獎，耀。2 讚美，稱讚。
·dos ['kjudɑs] 名(複)《作單數》《口》榮；名聲；稱讚。
du ['kudu] 名(複~s,《集合名詞》~)〗（非洲產）大型羚羊（亦作 koo-）。

kud·zu ['kʊdzu] 名 U〖植〗葛。
Ku·gel·blitz, k- ['kugəl,blɪts] 名球狀閃電（亦稱 ball lightning）。
Ku Klux·er ['kju'klʌksɚ] 名三 K 黨黨員。
Ku Klux Klan ['kju,klʌks'klæn] 名《the ~》三 K 黨。略作：K.K.K., KKK.
ku·lak [ku'lɑk] 名 1 俄國的富農。2 俄國革命以前陰險而吝嗇的有錢商人或放高利貸者。
Kul·tur [kʊl'tur] 名 1 U 精神文化；《蔑》德國文化。2 文化，教養。
ku·miss ['kumɪs] 名 U 亞洲遊牧民族以馬乳或駱駝乳發酵而成的飲料。
ku·mi·te [kʊ'mitɪ] 名組手：點到爲止、不觸及對方身體的空手道觀摩賽。
küm·mel ['kɪməl] 名 U 1 茴香酒。2《K-》《德語》芷茴的種子；加入芷茴香種子的乳酪。
kum·quat ['kʌmkwɑt] 名金橘，金柑。
kun·da·li·ni, K- [,kʊndə'linɪ] 名〖瑜伽〗隱藏的生命力，潛力。
kung fu ['kʊŋ'fu, ,kʌŋ-] 名 U 功夫：拳腳武術。
Kuo·min·tang ['kwo,mɪn'tæŋ, -'tɑŋ] 名《the ~》中國國民黨。略作：KMT.
kur·bash ['kuɚ,bæʃ] 名皮鞭。
—動及用皮鞭打。
Kurd [kɝd, kʊrd] 名 1 (the ~s) 庫德族。2 庫德人。
Kurd·ish ['kɝdɪʃ, 'kʊr-] 形 1 庫德族[語]的。2 庫德斯坦的；庫德斯坦人[語]的。
—名 U 庫德語。
Kur·di·stan ['kɝdɪ,stæn] 名 1 庫德斯坦：土耳其、伊朗、伊拉克一帶的高地。2 庫德族編織的地毯。
'Ku·ril(e) 'Islands ['kurɪl-] 名(複)《the ~》千島群島。
kur·ta ['kɝtə, -ʊrtɑ] 名= khurta.
Ku·ta·ni [ku'tɑnɪ] 名九谷燒：一種日本瓷器（亦稱 Kutani ware）。—形九谷燒的。
ku·rus [kʊ'ruʃ] 名(複~)庫魯：土耳其的銅幣。
Ku·wait [kʊ'waɪt, -'wet] 名科威特：位於阿拉伯半島東北部，首都亦稱 Kuwait。
-wai·ti [-tɪ] 名 形科威特人[的]。
kV, kv 《縮寫》kilovolt(s).
kvass [kvɑs, kvæs] 名 U（俄羅斯產的）克瓦斯啤酒。
kvell [kvɛl] 動不及《美俚》得意洋洋。
kvetch [kvɛtʃ] 名《美俚》經常抱怨的人，愛挑毛病的人。—動不及抱怨，挑毛病。
kw, kW 《縮寫》kilowatt.
kwa·cha ['kwɑtʃə] 名(複~) 克瓦查：尚比亞和馬拉威的貨幣單位。
kwan·za ['kwɑnzə, -ɑ] 名(複~, ~s) 寬薩：安哥拉的貨幣單位。
Kwan·za ['kwɑnzə] 名寬薩節：美國黑人

的民俗節慶，12 月 26 日至 1 月 1 日。

kwash·i·or·kor [ˌkwɑʃɪˈɔrkə] 名 U〖病〗金孩病，紅孩病。

kwe·la [ˈkwelə] 名 U 南非黑人的一種流行音樂。

kWh, K.W.H., kwhr 《縮寫》*kilo-watt hour*.

KY, Ky. 《縮寫》*Kentucky*.

ky·a·nite [ˈkaɪəˌnaɪt] 名 U〖礦〗藍晶石。

ky·pho·sis [kaɪˈfosɪs] 名 U〖病〗脊柱後彎，駝背。**-phot·ic** [-ˈfɑtɪk] 形

Kyr·gyz [kɪrˈgɪz] 形 吉爾吉斯（人）的

Kyr·gyz·stan [ˌkɪrgɪˈstɑn] 名 吉爾吉斯（共和國）：西亞國家；首都為比斯凱克（Bishkek）。

-stani 名 吉爾吉斯人。

kyr·i·e e·le·i·son [ˈkɪrɪˌiəˈleəsn̩] 《K-》類似「主啊，憐憫我們！」等的祈禱文。**2**（亦稱 **Kyrie**）啓應禱告時的音樂。

K

L l

L¹, l [ɛl] 名 (複 **L's** 或 **Ls, l's** 或 **ls**) **1** Ⓤ Ⓒ英文第十二個字母 s。**2** L 狀物。

L² [ɛl] 名(複 **L's** 或 **Ls**) **1**《美口》高架鐵路：ride on the ～ 搭乘高架火車。**2**= ell¹. **3**《英》正學習開車的人。

L³ [ɛl] 名 **1** Ⓤ（順序中的）第十二個。**2** Ⓤ（羅馬數字的）50 : *LX* = 60.

L《縮寫》*L*arge（衣服的尺寸）; *L*atin;〖理〗*l*ength;〖光〗*l*ambert(s);〖軍〗*l*iaison; libra;〖測〗*l*ongitude.

L.《縮寫》*L*atin; *l*atitude; *l*aw; *l*eft; *L*iberal; *l*ira; *L*ondon; *L*ord; *L*ow; stage *l*eft; *l*umen.

l.《縮寫》*l*atitude; *l*eft; *l*ength; *l*ine; *l*ira(s); *l*iter; *l*umen.

£（英國貨幣單位）英鎊（pound(s)）的記號。

la¹ [lɑ] 名〖樂〗**1** Ⓤ Ⓒ全音階的第六音。**2**（固定唱名法的）A 調。

la² [lɔ, lɑ] 感《表驚訝》唉呀！嗳喲！嘿！

La《化學符號》lanthanum.

LA, La.《縮寫》*L*ouisi*a*na.

L.A.《縮寫》*L*atin *A*merica; *L*aw *A*gent; *L*ocal *A*gent; *L*os *A*ngeles.

laa·ger ['lɑgɚ] 名《南非》**1**（用馬拉篷車等圍成的）野營地。**2**（以裝甲車圍成的）防禦陣地，車陣。—動 及 不及（使）圍成車陣；（使）駐紮在車陣中。

lab [læb] 名 = laboratory.

Lab.《縮寫》《英》*Lab*our (Party);《英》*Lab*ourite; *Lab*rador.

La·ban ['lebən] 名〖聖〗拉班：Jacob 的岳父。

lab·e·fac·tion [ˌlæbə'fækʃən] 名 Ⓤ Ⓒ《文》（道德、法紀等的）衰敗，沒落，動搖。

la·bel ['lebl] 名 **1** 標識，籤條。**2** (1)（顯示團體等特色的）詞句；頭銜，稱呼；標記：pin a ～ on a person 硬給某人封個頭銜。(2)（標本分類、詞典索引等的）標籤。(3)《美口》商標，標誌。**3**〖建〗防雨簷。**4**（塗有膠水的）郵票。

—動 (～**ed**, ～**·ing** 或《英尤作》**-belled**, ～**·ling**) 及 **1** 貼上標籤。**2** 貼上標記以分類。

la·bi·al ['lebɪəl] 形 **1** 唇形的。**2**〖聲〗唇音的。**3**〖樂〗以唇吹氣發聲的：a ～ flute 一管長笛。—名〖聲〗唇音。

～**·ly** 副

la·bi·al·ize ['lebɪəˌlaɪz] 動 及〖聲〗使唇音化；用唇發出（聲音）。

la·bi·ate ['lebɪˌet] 形 **1** 唇形的。**2**〖植〗雙唇形花冠的；唇形科的。**3**〖動〗唇形的；有唇狀物的。—名 唇形科植物。

la·bile ['lebḷ, -bɪl] 形 **1** 易變的，不安定的。**2** 柔軟的，具適應性的。

la·bi·o·den·tal [ˌlebɪo'dɛntḷ] 形〖聲〗唇齒音的。—名 唇齒音。

:la·bor,《英》**-bour** ['lebɚ] 名 **1** Ⓤ 勞動；（精神、肉體的）勞力，苦心；〖軍〗勞役：physical ～ 體力勞動 / lost ～ 徒勞 / shrink from ～ 躲避工作 / with much ～ 非常吃力地。**2** 工作，《～**s**》一生的勞績：a ～ of love 一件樂意做的工作。**3** Ⓤ 勞方；《集合名詞》勞工，勞力：*L*- and Capital 勞資雙方 / the Department of *L*- 勞工部。**4**《通常作 **Labour**》《英》工黨。**5** Ⓤ 分娩的陣痛：hard ～ 難產 / be in ～ 在分娩中。**6** Ⓤ（船的）劇烈搖晃。—動 不及 **1** 工作；從事《*at, on...*》；努力《*after, for...*》。**2**《文》勞苦，苦惱《*under...*》；受陣痛。**3** 吃力地前進《*along*》；顛簸搖晃。—及 **1** 過分詳細地說明。**2** 使負重擔；使疲憊《*with...*》。

labor** one's **way 艱辛地前進。

—形 **1** 勞工的；勞資間的：～ shortage 勞工短缺 / ～ relations 勞資關係 / ～ negotiations 勞資談判。**2**《通常作 **Labour**》《英》工黨的。

·lab·o·ra·to·ry ['læbrəˌtorɪ, 'læbərə-] 名 (複 **-ries**) **1** 研究所，試驗所，實驗室；製藥廠：a physics ～ 一間物理實驗室 / a language ～ 一間語言實習室。**2**（授課、研究的）實驗，實習。—形 實驗（室）的，試驗的。

-to·ri·al [-'torɪəl] 形

'labor ˌcamp 名 強制勞動營，勞工營。

'Labor ˌDay 名 勞動節：在美國、加拿大為 9 月的第一個星期一。

la·bored ['lebɚd] 形 **1** 困難的，費力的。**2**《敘述用法》不自然的，矯揉造作的；不流暢的，生硬的。

la·bor·er ['lebərɚ] 名 勞動者，勞工，工人：a seasonal ～ 季節性勞工。

'labor ˌforce 名 Ⓤ **1** 全部勞工。**2** 勞動力；勞工人口。

la·bor·ing ['lebərɪŋ] 形 **1** 從事勞動的：the ～ man 勞動者，工人。**2** 困苦的，辛勞的。**3**（船）劇烈顛簸的。～**·ly** 副

la·bor-in·ten·sive ['lebɚɪnˌtɛnsɪv] 形 勞力密集型的。

la·bo·ri·ous [lə'borɪəs] 形 **1** 費力的，困難的；細心的，謹慎的。**2** 勤勉的。**3**（文體等）有苦心做作之痕跡的；不自然的。～**·ly** 副, ～**·ness** 名

la·bor-man·age·ment ['lebə'mænɪdʒmənt] 形勞方與資方的：～ issues 勞資糾紛。

'labor ˌmarket 名《the ～》勞動市場。

'labor ˌmovement 名 1《集合名詞》勞工組織。2 勞工組織的支持團體。3 勞工（組織）運動。

'labor ˌpains 名(複) 1（婦女分娩時的）陣痛。2 工作開始時所遇到的困難。

la·bor-sav·ing ['lebə,sevɪŋ] 形省力的，節省勞力的。

'labor ˌstatesman 名勞工政治家。

'labor ˌunion 名《美》工會。

:la·bour ['lebə] 名．動不及 及《英》= labor.

la·bour·er ['lebərə] 名《英》= laborer.

'Labour Exˌchange 名《英口》公營職業介紹所。

La·bour·ite ['lebə,raɪt] 名英國工黨黨員或支持者（亦稱 **Labourist**）。

'Labour ˌParty 名《the ～》（英國的）工黨。

Lab·ra·dor ['læbrə,dɔr] 名拉布拉多半島：位於加拿大東部。

'Labrador re'triever 名〖動〗拉布拉多獵犬。

L

la·bur·num [lə'bɜnəm] 名 U C〖植〗金鏈花。

lab·y·rinth ['læbə,rɪnθ] 名 1 迷宮；迷陣；彎曲的街道。2 錯綜複雜的事情。3《the L-》〖希神〗拉比林斯迷宮。4〖解〗內耳。

lab·y·rin·thine [,læbə'rɪnθɪn, -θin], **-thi·an** [-θɪən] 形 1（像）迷宮的；複雜的，難懂的。2 迷路的。

lac[1] [læk] 名 U 蟲膠：可做漆或染料用。

lac[2] [lɑk, læk] 名《印度》1 十萬（盧比）。2 極多數，無數。

·lace [les] 名 1 U 花邊；飾邊：finish a piece of ～ 編完一條花邊。2（鞋子等的）帶子：a pair of shoe*laces* 一副鞋帶。3（調入飲料中的）少量烈酒。—動 **(laced, lac·ing)** 及 1 以帶子綁住[繫結]《*up*》。2 穿過孔洞《*up*》。3 以花邊裝飾，加以飾邊；使成彩條；鋪成網狀《*with*...》。4 使混合；使交織。5（鞭）打；打敗。6 加少量酒於（飲料）；使添加風味《*with*...》。—不及 1 用帶子繫好。2《口》鞭打；斥責，責備《*into*...》。

laced [lest] 形 1 有帶子的；用帶子繫的；飾有花邊的。2（飲料等）摻了一點酒的。

lac·er·a·ble ['læsərəbl] 形易劃破的，易撕裂的。

lac·er·ate ['læsə,ret] 動 及 1 劃破，撕裂。2 傷害（心、感情）；折磨。—['læsə,ret, -rɪt] 形 1 撕裂的；受到傷害的。2〖植〗（葉子等）呈鋸齒狀的。

lac·er·at·ed ['læsə,retɪd] 形 1 被撕裂的；受傷害的，被折磨的，痛苦的。2〖植〗呈撕裂狀的，鋸齒狀的。

lac·er·a·tion [,læsə'reʃən] 名 1 U 劃破，撕裂；（感情等的）傷害。2 裂傷，裂痕

lace-up ['les,ʌp] 形《主英》（鞋、靴）繫帶式的。—名繫帶式的鞋。

lace·wing ['les,wɪŋ] 名〖昆〗草蜻蛉。

lace·work ['les,wɜk] 名 = lace 名 1.

lach·es ['lætʃɪz] 名(複)《作單數》〖法〗懈怠。

Lach·e·sis ['lækəsɪs] 名〖希神〗拉克西斯：命運三女神之一，主宰人類壽命的長短。

lach·ry·mal ['lækrəml] 形 1 眼淚的；流淚的；哭泣似的。2〖解〗分泌眼淚之器官的：a ～ duct 淚腺。—名 1《～s》淚腺眼淚；〖解〗淚骨。2 = lachrymatory.

lach·ry·ma·tor ['lækrə,metə] 名〖化〗催淚瓦斯。

lach·ry·ma·to·ry ['lækrəmə-,torɪ] 形眼淚的；催淚的：a ～ agent 一種催淚劑—名(複-ries) 淚水瓶：古羅馬人用以盛裝哀悼者眼淚的瓶子。

lach·ry·mose ['lækrə,mos] 形 1 愛流淚的；含淚的；人落淚的。2 非常悲哀的。～·ly 副

lac·ing ['lesɪŋ] 名 U C 1 繫上帶子；以花邊裝飾。2 繫帶；花邊裝飾，金或銀飾帶。3（在飲料中添加的）少量烈性酒。4《口》鞭打；笞：give a person a ～ 鞭打某人一頓。5 有色條紋。

:lack [læk] 名 1 U 不足，缺乏《*of*...》：for ～ *of* evidence 由於證據不足。2 不足之物：a man with no ～ *of* courage 不乏勇氣的男子。—動 及欠缺；缺乏《*of*...》—不及《主要作現在分詞》欠缺，缺少《*in*...,《文》*for*...》。

lack·a·dai·si·cal [,lækə'dezɪkl] 形 1 無精打采的，虛弱的。2 怠惰的。3 感傷的。～·ly 副

lack·er ['lækə] 名．動 及 = lacquer.

lack·ey ['lækɪ] 名(複～s) 1（穿著制服的）男傭，侍從。2 卑屈的追隨者，跟班，趨炎附勢之人。—動 及伺候；作…的跟班；諂媚。

lack·ing ['lækɪŋ] 介《文》沒有，欠缺。—形《敘述用法》1 不足的，欠缺的《*in*...》。2《英口》愚笨的。

lack·lus·ter, 《英》**-tre** ['læk,lʌstə] 形無光澤的，如死魚眼般的；沒有元氣的

La·co·ni·a [lə'konɪə] 名拉哥尼亞：希臘南部的古王國；首都 Sparta。**-an** 形名

la·con·ic [lə'kɑnɪk] 形 1 簡短的，簡潔的，不浪費口舌的：a ～ style 一種簡潔的文體。2 用語簡潔的；言語唐突的。**-i·cal·ly** 副

lac·o·nism ['lækə,nɪzəm] 名 1 U 措詞簡潔。2 簡潔的措詞，簡明的詞句（亦稱 **la·con·i·cism** [lə'kɑnə,sɪzəm]）。

·lac·quer ['lækə] 名 1 U C 真漆；樹脂清漆；油漆。2 U《集合名詞》漆器。3 U 指甲油；噴髮膠水。—動 及 1 塗漆。

欺騙，掩飾《over》。

lac·quey ['lækɪ] 图(複～s)，動 及= lackey.

lac·ri·mal ['lækrɪməl] 形 图= lachrymal.

la·crosse [lə'krɔs] 图 U 長曲棍球。

lac·tar·i·an [læk'tɛrɪən] 图 飲食包括乳製品的素食者。

lac·tate ['læktet] 動 不及 1 分泌乳汁。2 授乳。

lac·ta·tion [læk'teʃən] 图 U 泌乳，產乳；授乳（期）。

lac·te·al ['læktɪəl] 形 1 乳的；含乳的；乳狀的：a ～ gland〖解〗乳腺。2〖解〗輸送乳糜的。—图〖解〗乳糜管。

lac·te·ous ['læktɪəs] 形《古》似乳的；乳白色的。

lac·tic ['læktɪk] 形乳的；採自於乳的：～ acid 乳酸。

lact(o)-《字首》表「乳」之意。

lac·tom·e·ter [læk'tɑmətɚ] 图乳汁比重計，乳汁濃度計，乳脂計。

lac·to-o·vo-veg·e·tar·i·an [,lækto,ovo,vɛdʒɪ'tɛrɪən] 图，形= ovo-lactarian.

lac·tose ['læktos] 图 U〖生化〗乳糖。

lac·to·veg·e·tar·i·an [,lækto,vɛdʒɪ'tɛrɪən] 图只吃乳製品與蔬菜的素食者。—形乳製品與蔬菜的。

la·cu·na [lə'kjunə] 图(複**-nae** [-ni], ～s) 脫漏，闕文；空白；坑窪；〖解〗陷窩，空腔；〖植〗細胞間隙。

la·cus·trine [lə'kʌstrɪn] 形 1 湖（水）的；生長在湖中的。2 在湖底形成的；（史前時代的）湖上生活的。

lac·y ['lesɪ] 形 (**lac·i·er, lac·i·est**) 花邊的，花邊狀的，絲帶的。

·**lad** [læd] 图 1 少年，青年。2《口》小夥子，老兄，兄弟。3《英口》浪子：bit of a ～ 相當放蕩的人。4 戀人。5《英》（女）馬僮。

·**lad·der** ['lædɚ] 图 1 梯子：an emergency ～ 緊急逃生梯 / He who would climb the ～ must begin at the bottom.《諺》登高必先自卑，行遠必先自邇。2《通常和修飾語連用》梯狀物。3《英》（襪子的）綻線，梯形裂縫（《美》run）。4（出人頭地的）手段；（地位的）階級：be high on the social ～社會地位崇高。

get one's foot on the ladder 開始著手。

kick down the ladder 過河拆橋，背棄提拔自己的恩人。

see through a ladder 洞察，看穿。

—動 及 1 以梯攀登，架梯於。2《英》使綻線[抽絲]（《美》run）。—不及《英》1（襪子等）綻線（《美》run）。2 發跡。

'**ladder ,truck** 图《美》= hook and ladder.

lad·die, -dy ['lædɪ] 图《主蘇》《表親暱》年輕人，少年人。

lade [led] 動 (**lad·ed, lad·en** 或 **lad·ed, lad·ing**) 及 1 裝載；（將貨物）裝上（船、車）《with...》；《常用被動》《文》填滿《with...》：～ a ship 在船上裝載貨物。2《常用被動》使背負；受痛苦《with...》。3 汲出。—不及 1 裝載貨物。2 汲水。

lad·en ['ledn̩] 形裝載了（貨物）的；背負的；苦惱的，充滿憂傷的《with...》；《複合詞》裝滿的：the smog-*laden* sky 煙霧瀰漫的天空 / a person ～ *with* sorrows 一位滿懷悲傷的人。

—動 及 不及 = lade.

la-di-da [,lɑdɪ'dɑ] 感《口》嘿嘿！—形裝模作樣的，矯飾的。—图 1 愛裝模作樣的人，矯飾者，假斯文者。2 做作的文雅言行。

La·dies(') ['ledɪz] 图(複 **-dies(')**) = lady 图 9.

'**ladies' [lady's] ,man** 图喜歡廝混在女人圈裡專門討好女性的男子。

'**ladies (,room)** 图《作單數》女廁所。

lad·ing ['ledɪŋ] 图 U 1 裝載，裝貨。2 裝載的貨物。

la·dle ['ledl] 图 1 長柄杓，大湯匙。2〖冶〗澆斗，澆桶。—動 及 1 汲取，舀取《*out / out of...; into...*》。2《口》一視同仁地給予《*out*》。

la·dle·ful ['ledl,fʊl]（… 的）图 (複～s) 一杓（的量）《*of...*》。

La·do·ga ['lɑdɑ,gɑ] 图 **Lake**，拉多加湖：位於俄羅斯西北部，歐洲第一大湖。

:**la·dy** ['ledɪ] 图(複**-dies**) 1 貴婦人，淑女：the First *L*- (of the land)《美》總統夫人，第一夫人。2 夫人，女士；婦女，婦人：a ～ of the night《委婉》妓女 / a ～ of pleasure 妓女。3《古俚》《**one's** ～》太太，夫人。4《**L-**》《英》某某夫人。5（莊園等的）女主人。6《**Our L-**》聖母瑪麗亞。7（騎士愛慕的）貴婦人。8《通常作 **L-**》女神的稱號：*L*- Luck 幸運（女神）/ *L*- Juno 茱諾女神。9《**-dies**》《作單數》《英》女廁所。—形 1 女性的。2 貴婦人（般）的，高貴典雅的。3 雌性的。

'**la·dy·bird (,beetle)** ['ledɪ,bɝd(-)] 图《英》= ladybug.

'**lady 'bountiful** 图女慈善家。

la·dy·bug ['ledɪ,bʌg] 图《美》瓢蟲。

'**Lady ,Chapel** 图聖母教堂。

'**Lady ,Day** 图 1 = annunciation 2. 2《英》春季繳納日（3 月 25 日）。

la·dy·fin·ger ['ledɪ,fɪŋgɚ] 图《美》一種手指形狀的鬆軟小蛋糕。

'**lady ,friend** 图女朋友，情婦。

la·dy·hood ['ledɪ,hʊd] 图 U 1 貴婦人的風範。2《集合名詞》貴婦，淑女。

la·dy-in-wait·ing ['ledɪɪn'wetɪŋ] 图(複 **ladies-in-waiting**) 侍女，宮女。

la·dy-kill·er ['ledɪ,kɪlɚ] 图《口》對女人特別有吸引力的男人；色狼。

la·dy·kin ['ledɪkɪn] 图《表親暱稱呼》小姐，姑娘。

la·dy·like ['ledɪ,laɪk] 形 1 淑女般的；有

L

貴婦氣質的；適合淑女身分的。2 娘娘腔的。

la·dy·love ['ledɪ,lʌv] 名 情人，情婦。

la·dy·ship ['ledɪ,ʃɪp] 名 1《常作 L-》對擁有Lady稱號的婦人的敬稱：your L-《傭人用語》太太，小姐。2 Ⓤ 貴婦人的身分。

'lady's 'maid 名 貼身婢女，侍女。

'lady's ˌman 名 = ladies' man.

la·dy's-slip·per ['ledɪz,slɪpɚ] 名〖植〗敦盛草；鳳仙花。

La·fay·ette [,lafɪ'et] 名 **Marquis de**，拉法葉（1757–1834）：法國將官及政治家。

La Fon·taine [ləfɑn'ten] 名 **Jean de**，拉豐田（1621–95）：法國詩人及作家。

·lag[1] [læg] 動 **(lagged, ~·ging)** 不及 1 落後，落伍；慢條斯理地進行《 *behind / behind...* 》；躊躇，徘徊。2（漸漸地）式微，減弱。3〖撞球〗《美》（為了決定攻打次序而比）打母球。— 名 ⓊⒸ 1 落後；遲來者。2 時差。3〖力·電〗落後，時滯；慣性。4〖撞球〗《美》（決定順序的）撞母球。

lag[2] [læg] 動 **(lagged, ~·ging)**《英》《俚》使下獄；逮捕。— 名 1 囚犯。2 服刑期。

lag[3] [læg] 名 桶板，套板；（汽鍋等的）隔熱包層套。— 動 **(lagged, ~·ging)** 及（用隔熱材）包住《 *with...* 》。

'la·ger ('beer) ['lagɚ(-)] 名 ⓊⒸ 一種低溫冷藏的淡啤酒。

lag·gard ['lægɚd] 名 落後者；慢吞吞的人。— 形 落後的，緩慢遲鈍的《 *in, about...* 》。

lag·gard·ly ['lægɚdlɪ] 副 形 落後地[的]；緩慢地[的]。

lag·ger ['lægɚ] 名 1 落後者；動作緩慢遲鈍者。2〖經〗滯延指數。

lag·ging[1] ['lægɪŋ] 名 Ⓤ 遲延，落後；慢吞吞。— 形 落後的；緩慢遲鈍的。~·ly 副

lag·ging[1] ['lægɪŋ] 名 Ⓤ 1（汽鍋等的）包覆隔熱材料。2 保溫材料。3 拱模撐，板條。

la·goon [lə'gun] 名 1 礁湖；被環礁包圍的淺海。2 瀉湖。3《英》污水處理工池。

lah-di-dah [,ladɪ'da] = la-di-da.

la·ic ['leɪk] 形 俗人的；世俗的，現世的（亦稱 **laical**）。— 名 俗人；平民信徒。

la·i·cize ['leɪ,saɪz] 動 及 使世俗化。

:laid [led] 動 **lay**[1] 的過去式及過去分詞。

laid(-)back ['led,bæk] 形《美俚》1 閒適從容的，悠然的；低調的。2 冷靜的；冷淡的，寡情的。

laid(-)off ['led'ɔf] 形 遭到暫時解僱的。

'laid 'paper 名 Ⓤ 直紋紙，條紋紙。

:lain [len] 動 **lie**[2] 的過去分詞。

lair [lɛr] 名 1（野獸的）窩，穴。2 隱藏處；《英》休息場所；床鋪。— 動 及 使進入巢穴；做為…的巢穴。

laird [lɛrd] 名《蘇》地主。

lais·sez [lais·ser] faire [,lɛse'fɛr] 名 Ⓤ 1（經濟上的）放任主義。2 不干涉主義；放牛吃草。

'laissez-'faire 形 放任主義的；不干涉主義的。

la·i·ty ['leɪtɪ] 名《the ~》1《集合名詞·作複數》俗人；平民信徒。2 外行人。

:lake[1] [lek] 名 1 湖泊；池塘；沼澤。2 噴水池；儲水壩；（石油等的）聚蓄處，池：a ~ of azaleas 滿地盛開的杜鵑。

lake[2] [lek] 名 1 Ⓤ Ⓒ 沉澱色料。2 Ⓤ 深紅色。

'Lake ˌDistrict [ˌCountry] 名《the ~》（英格蘭西北部的）湖泊區。

'lake ˌdweller 名（史前時期的）湖上生活者。

'lake ˌdwelling 名（史前期的）湖上架屋。

lake·front ['lek,frʌnt] 名《常作 the ~》湖岸區，臨湖區。

'Lake ˌPoets 名(複)《the ~》湖畔詩人：指 18–19 世紀居住在Lake District的英國詩人 Wordsworth，Coleridge 等人。

lake·scape ['lek,skep] 名 湖泊景色。

lake·shore ['lek,ʃɔr] 名 Ⓤ 湖岸。

lake·side ['lek,saɪd] 名《 the ~》湖岸，湖畔。

'Lake 'State 名《the ~》大湖州：美國 Michigan 州的別稱。

lake·view ['lek,vju] 名 湖泊景色。

lakh [lak, læk] 名 = lac[2].

lam[1] [læm] 動 **(lammed, ~·ming)** 及《俚》杖打，鞭打。— 不及 杖打，鞭打；嚴厲批評《 *out / into...* 》。

lam[2] [læm] 名《美俚》逃竄：on the ~ 在逃亡中 / take it on the ~ 一溜煙地逃跑。— 動 **(lammed, ~·ming)** 不及 逃走。

Lam. 《縮寫》*Lam*entations.

la·ma ['lamə] 名（西藏喇嘛教的）喇嘛。

La·ma·ism ['lamə,ɪzəm] 名 Ⓤ 喇嘛教。**-ist** 名 喇嘛教教徒。

La·marck·ism [lə'markɪzəm] 名 Ⓤ（法國博物學家）拉馬克學說：一種進化論。

la·ma·ser·y ['lamə,sɛrɪ] 名（複 **-ser·ies**）喇嘛寺。

La·maze [lə'mez] 形〖醫〗無痛分娩的。

·lamb [læm] 名（複 ~s [-z]）1 小羊，羔羊：like a ~ (to the slaughter) 溫順的，順從的 / You may as well be hanged for a sheep as (for) a ~.《諺》一不做二不休。2 Ⓤ 小羊肉；小羊皮。3 溫順的小孩或成人：my ~《表暱稱》乖孩子，小親親。4 容易受騙的人；外行的投機者。5《the L-》= the Lamb of God. — 動 不及 生小羊。— 及 1《被動》生（小羊）。2 看守（待產的母羊）。

Lamb [læm] 名 **Charles**，蘭姆（1775–1834）：英國散文作家、批評家。

lam·baste [læm'best] 動 及《口》1 痛毆，鞭打。2 嚴加斥責；痛批。

lamb·da ['læmdə] 图 1Ⓤ Ⓒ Λ, λ：希臘字母的第十一個字母。2〖理〗Λ粒子。

lam·ben·cy ['læmbənsɪ] 图 (複-**cies**) 1Ⓤ(火焰、光等的)搖曳；妙趣。2 柔光；發搖曳柔光的東西。

lam·bent ['læmbənt] 形 1(火焰等)搖曳的；閃爍的；放出柔光的：～ eyes 溫和閃亮的眼神。2 輕鬆有趣的，充滿才氣的：～ humor 妙趣橫生的幽默。～**·ly** 副

lamb·kin ['læmkɪn] 图 1 小羊。2 可愛的小孩。

lamb·like ['læm,laɪk] 形 小綿羊般的，溫馴的，溫柔的。

'Lamb of 'God 图《the ～》上帝的羔羊，基督。

lamb·skin ['læm,skɪn] 图 1 小羊的毛皮。2Ⓤ 小羊皮。3Ⓤ 羊皮紙。

·lame[1] [lem] 形 (**lam·er, lam·est**) 1 跛腳的；殘廢的：be ～ in the left leg 左腳殘廢 / go ～變成瘸子。2《美》僵痛的。3 不充分的，沒有說服力的。4 不合韻律的。5《美俚》不了解潮流的。

help a lame dog over a stile 幫助貧弱者。

—動 (**lamed, lam·ing**) 及 1 使成瘸子。2 發揮得不充分。

—图《美俚》想法老舊的人，老古董。

～**·ly** 副, ～**·ness** 图

lame[2] [lem] 图〖甲冑〗金屬薄片。

la·mé [læ'me] 图 Ⓤ 金銀線織品。

lame·brain ['lem,bren] 图《美俚》呆子，笨蛋，傻瓜。

'lame 'duck 图 1《美口》跛腳鴨：不能連任或競選連任失敗而任期即將屆滿的現任議員、總統等。2《口》不中用的人[物]。

'lame-'duck 形 無能的。

la·mel·la [lə'mɛlə] 图 (複-**lae** [-li], ～**s**) 1(骨頭等的)薄板，薄葉，薄膜。2(花卉的)薄片；(魚的)鰓瓣；(磨菇等的)菌褶。

lam·el·late ['læmə,let, lə'mɛlet, -lɪt] 形 1 用薄片做成的。2 平坦的；薄板狀的。

la·mel·li·form [lə'mɛlə,fɔrm] 形 薄板形的，薄片狀的；鱗狀的，鰓狀的。

·la·ment [lə'mɛnt] 動 及 哀傷，悲嘆；感到悔恨：～ one's folly 對愚蠢行為深感後悔 / ～ the loss of one's child 因失去小孩而悲傷。

—不及 悲傷；後悔《*for, over...*》。—图 1 悲傷，哀嘆《*for...*》。2 哀歌，輓歌。3 哭訴。

lam·en·ta·ble ['læməntəbl̩] 形 1 哀傷的，可悲的，令人痛惜的：fall into a ～ condition 陷於可悲的境遇。2《蔑》粗劣的。

-bly 副

lam·en·ta·tion [,læmən'teʃən] 图 1Ⓤ 悲傷，嘆息；悲嘆的聲音；哀歌：pour out ～*s* over the past 對過去的事情縱情哀號。2《**Lamentations**》《作單數》〖聖〗耶利米哀歌。

la·ment·ed [lə'mɛntɪd] 形 被哀悼[痛惜]的：the late ～ 已故者；亡夫。～**·ly** 副

la·mi·a ['lemɪə] 图 (複～**s**, -**ae** [-mi,i]) 1〖希神〗拉米亞：上身為女人下身為蛇的吸血怪物。2 妖婦，魔女。

lam·i·na ['læmənə] 图 (複-**nae** [-,ni], ～**s**) 薄層，薄板，薄片；(礦物等的)薄層；〖植〗葉身，葉片。

lam·i·nar ['læmənɚ] 形 由薄板組成的；薄層狀的(亦稱 **laminary, laminal**)。

lam·i·nate ['læmə,net] 動 及 1 切成薄層；輾壓成薄板狀。2 用薄片疊成；用薄板覆蓋。—不及 變成薄層。—形 薄層做成的。

—[-nɪt] 图 Ⓤ Ⓒ 合板製品；薄層，層狀組織。

lam·i·nat·ed [læmə,netɪd] 形 薄層狀的；由薄片做成的。

lam·i·na·tion [,læmə'neʃən] 图 Ⓤ 1 輾壓成薄板的動作。2 薄板狀態。3 層壓結構，疊板結構。

Lam·mas ['læməs] 图 收穫節：早期英國於 8 月 1 日舉行的慶祝節日。

lam·ming ['læmɪŋ] 图《俚》狠擊，毆打；酷評，臭罵一頓。

:lamp [læmp] 图 1 燈；煤油燈；電燈：a gas ～ 瓦斯燈 / light a ～ 點燈。2(智慧或精神的)光明，明燈：the ～ of hope 希望之光。3《～s》《美俚》眼睛。

pass on the lamp 把知識傳給後代；助長知識的進步。

smell of the lamp 有苦心經營的痕跡。

—動 及 1《俚》看見。2 照射，使放光明。—不及 放光明。

lamp·black ['læmp,blæk] 图 Ⓤ 煤渣，油煙；黑色顏料。

'lamp ,chimney 图(煤油燈的)燈罩。

'lam·per ,eel ['læmpɚ-] 图 = lamprey.

lamp·light ['læmp,laɪt] 图 Ⓤ 燈火，燈光。

lamp·light·er ['læmp,laɪtɚ] 图 1 點燈夫。2《美》點燈用具。

lam·poon [læm'pun] 图 諷刺，挖苦；諷刺作品。—動 及(以諷刺詩文等)嘲笑，譏諷；使成為笑料；戲弄。～**·er**, ～**·ist** 图 諷刺作家。

lamp·post ['læmp,post] 图 路燈柱。

lam·prey ['læmprɪ] 图 (複～**s**)〖魚〗八目鰻，七鰓鰻。

lamp·shade ['læmp,ʃed] 图 燈罩。

LAN [læ]《縮寫》*l*ocal *a*rea *n*etwork 區域網路。

la·nate ['lenet] 形 羊毛狀的；帶有羊毛狀被覆物的，有細絨[細毛]的。

Lan·ca·shire ['læŋkə,ʃɪr] 图 蘭開夏：英國英格蘭西北部的一郡，首府 Preston。

Lan·cas·ter ['læŋkəstɚ] 图 1 蘭卡斯特家族(的一員)：英國的王室(1399–1461)。2 蘭卡斯特：英國英格蘭西北部

L

Lancashire 郡的舊首府。

Lan·cas·tri·an [læŋ'kæstrɪən] 形 1 英國蘭卡斯特王室的；紅薔薇黨的。2 英國 Lancashire 的。
—名 1 蘭卡斯特王室的一員。2 Lancashire (出生)的人。

lance [læns] 名 1 槍，矛；槍騎兵。2 槍狀的工具，魚叉；柳葉刀，雙刃刀。
break a lance with... 和…較量[辯論]。
—動及 1 用柳葉刀(狀的東西)切開；用魚叉刺。2〖詩〗發射出去。

Lance [læns] 名〖男子名〗藍斯。

'lance ˌcorporal 名 1《美》海軍陸戰隊上等兵。2《英》陸軍代理下士的上等兵。

Lan·ce·lot ['lænsələt] 名 蘭斯洛：亞瑟王屬下圓桌武士中最偉大的騎士，王后桂妮薇亞(Guinevere)的情人。

lan·ce·o·late ['lænsɪəlɪt] 形 1 矛尖形的。2 (樹葉等)披針形的。~·**ly** 副

lanc·er ['lænsɚ] 名《古》槍騎兵。

lanc·ers ['lænsɚz] 名(複)《the ~》《作單數》蘭瑟斯舞；蘭瑟斯舞曲。

'lance ˌsergeant 名《英》陸軍代理中士職務的下士。

lan·cet ['lænsɪt] 名 1〖外科〗刺血針；柳葉刀；雙刃小刀。2〖建〗(1) = lancet arch. (2) = lancet window.

'lancet ˌarch 名〖建〗尖拱。

'lancet 'window 名〖建〗尖頂窗。

lan·ci·nate ['lænsəˌnet] 動及 刺，刺穿，扎。

Lancs. 《縮寫》*Lancashire.*

:land [lænd] 名 1 Ⓤ 地面，陸(地)：step off dry ~ 搭船 / touch ~ 著陸 / by ~ 由陸路。2 Ⓤ 土地；土壤：fertile ~ 肥沃的土地 / green ~《英方》牧草地。3 Ⓤ 地皮，所有地：own ~ 擁有土地。4《~s》領地；《南非》(用柵欄圍起來的)耕地。5 Ⓤ〖法〗(1)《偶作~s》土地及其附著物，地產。(2) 不動產權。6 Ⓤ〖經〗天然資源。7《the ~》(1) 鄉下，田園：leave *the* ~ for a job in town 離開鄉下到都市求職。(2) 農業：go on *the* ~ 務農。8《文》地域，地方；國，國土：no man's ~ 無人地帶 / one's native ~ 祖國。9 地域的居民，國民。10 領域，國度《*of...*》：the ~ *of* dreams 夢幻之國，理想國 / the ~ *of* the living 人間。
make land 〖海〗(船、水手等)看見陸地。
see how the land lies (在行動之前)察看形勢，預先調查。
—動及 1 使著陸。2 使到達；使陷入《*in* ...》。3《口》抓到；得到；釣起來。4《口》施加(打擊等)《*in, on* ...》。5《口》使承擔《*with...*》。6《口》使(馬)跑第一名。
—不及 1 抵達陸地；停泊《*at...*》；登陸《*at, in, on...*》；(從交通工具上)下來；著陸。2 掉落，飛落；碰到(…)而停止《*at, in, on...*》。3 刊載。4《口》停在；處在，陷入《偶用 *up / in...*》。5《口》(馬)跑第一名。
land on one's feet / land like a cat (1) 安全雙腳著地。(2) 平安地脫離。
land on a person 《口》斥責，責難《*for* ...》。

-land 《字尾》表集稱的「土地」之意。

'land ˌagent 名 1 土地買賣經紀人；不動產公司。2 (公有土地的)土地管理官員；《英》地產管理人。

lan·dau ['lændɔ] 名 聯德式馬車：一種四輪客用馬車，前後座位相向，頂篷可拉起或放下。

'land ˌbank 名 不動產銀行，土地銀行。

land-based ['lændˌbest] 形 由陸上基地發射的。

'land ˌbreeze 名 陸風。

'land ˌcarriage 名 Ⓤ 陸上運輸。

'land ˌcrab 名〖動〗陸蟹。

land·ed ['lændɪd] 形《限定用法》1 擁有土地的；土地的：(the) ~ interests 地主階級 / a ~ estate 地產。2 困難的，困窘的。3 卸貨了的。

land·er ['lændɚ] 名 1 登陸者。2〖太空〗登陸艙。

land·fall ['lændˌfɔl] 名 1 接近陸地，初見陸地。2 山崩，崩坍，地表滑落。3 (飛機的)著陸。4 (颱風)登陸。

land·fill ['lændˌfɪl] 名 垃圾掩埋地；埋在地下的垃圾；垃圾掩埋法。

'landfill ˌsite 名 垃圾掩埋場。

'land ˌforce 名《常作~s》地面部隊，陸軍。

land·form ['lændˌfɔrm] 名 地形。

'land ˌfreeze 名 土地凍結。

land-grab·ber ['lændˌgræbɚ] 名 不法取得土地者，侵占土地者。

'land ˌgrant 名《美》(作爲大學校園和鐵道用地等的)政府撥給的土地；無償放領地。

land·grave ['lændˌgrev] 名 伯爵：1 中世紀德國有領地管轄權的伯爵。2《通常作 L-》德國王公的頭銜。

land·hold·er ['lændˌholdɚ] 名 地主，出租土地的人。

land·hold·ing ['lændˌholdɪŋ] 形 擁有土地的。—名 Ⓤ 土地的所有。

·land·ing ['lændɪŋ] 名 1 Ⓤ Ⓒ 上岸；卸貨；著陸；降落到水面；下車：make a ~ 上岸，著陸。2 上岸的地方，卸貨地，碼頭；月臺。3〖建〗樓梯間的平臺。
Happy landings! 《口》1 一路平安！祝好運！2 乾杯！

'landing ˌcraft 名〖海軍〗登陸艇。

'landing ˌfield 名 小型機場。

'landing ˌforce 名 1〖軍〗登陸部隊。2 = landing party.

'landing ˌgear 名 Ⓤ (飛機的)起落裝置，起落架；(水上飛機的)浮筒。

'landing ˌnet 图〖釣〗小撈網。
'landing ˌparty 图登陸部隊。
'landing ˌplace 图上岸的地方，碼頭。
'landing ˌship 图〖海軍〗登陸艦。
'landing ˌstage 图浮動碼頭，棧橋。
'landing ˌstrip 图 **1** 飛機跑道。**2** 著陸場所。
·land·la·dy ['lænd,ledɪ] 图(複 **-dies**) **1** 女房東，女主人。**2** 女地主。
'land ˌlaw 图《常用複數》土地法。
land·less ['lændlɪs] 形 **1** 沒有土地的。**2** 沒有陸地的。
'land ˌline 图陸上通訊線路。
land·locked ['lænd,lɑkt] 形 **1** 爲陸地所包圍的；未連接大海的：a ～ harbor 內陸港。**2**（魚類）生存在與海水隔絕的淡水中的。
·land·lord ['lænd,lɔrd] 图 **1** 房東，主人；經營者。**2** 地主。**3**《蘇》一家之主。
～**·ry** 图, ～**·ly** 形地主（特有）的。
land·lub·ber ['lænd,lʌbɚ] 图〖海〗《口》《蔑》無經驗的新水手；不熟悉海或航海的人。
land·mark ['lænd,mɑrk] 图 **1** 陸地引航標，陸標。**2** 界標。**3** 顯著的特色；劃時代大事；具有歷史意義的建築。
land·mass ['lænd,mæs] 图大塊陸地。
'land ˌmine 图〖軍〗地雷。
'land ˌoffice 图《美》國有土地管理局。
'land-office 'business ['lænd,ɔfɪs-] 图《美口》有賺頭的生意《*in...*》：do a ～ *in* soft drinks 以清涼飲料賺得暴利。
land·own·er ['lænd,onɚ] 图地主。
land·own·er·ship ['lænd,onɚʃɪp] 图 Ⓤ土地所有權。
land·own·ing ['lænd,onɪŋ] 形擁有土地的；地主的。
land-poor ['lænd'pʊr] 形有地無錢的。
'land ˌrail 图= corn crake.
'land reˌform 图 Ⓤ Ⓒ 土地改革。
Land Rov·er ['lænd,rovɚ] 图《偶作 l-r-》〖商標名〗路華汽車：一種英國旅行車，越野專用。
·land·scape ['lænd,skep] 图 **1** 風景，山水。**2**〖美〗風景畫；Ⓤ風景畫法。
—動 **(-scaped, -scap·ing)** 及（種植樹木、改變地形）美化，綠化。
'landscape ˌarchitecture 图 Ⓤ 造園術；環境設計。**'landscape ˌarchitect** 图造園家；都市美化設計家。
'landscape ˌgardening 图 Ⓤ庭園設計，造園技術。**'landscape ˌgardener** 图造園技師；庭園設計師。
'landscape ˌpainter 图風景畫家，山水畫家。
'landscape ˌpainting 图ⓊⒸ風景畫（法），山水畫（法）。
Land's ˌEnd 图《the ～》地角：英格蘭西南端的海岬。
land·slide ['lænd,slaɪd] 图 **1** 山崩，地表滑動；土石崩塌。**2** 壓倒性勝利；大勝利：win...by [in] a ～ 在…大獲全勝。
—動 **(-slid, -slid** 或 **-slid·den, -slid·ing)** 不及 **1** 崩塌，滑動。**2** 在選舉中獲壓倒性勝利。
land·slip ['lænd,slɪp] 图《英》= landslide 图 1.
lands·man ['lændzmən] 图 (複 **-men**) **1** 陸上生活者（亦稱 **landman**）。**2**〖海〗見習船員，新水手。
'land subˌsidence 图 Ⓤ Ⓒ地盤下陷。
'land ˌtax 图 Ⓤ Ⓒ 土地稅；地租。
land-to-land [,lændtə'lænd] 形（飛彈）地對地的。
land·ward ['lændwɚd] 副向陸上地，朝向內陸地（《英》landwards）。—形靠著陸地的；朝陸地方向的。
'land ˌyacht 图= sand yacht.
·lane [len] 图 **1**（房舍等之間的）小路，小徑；巷道；水路；（隊伍間的）通路；行人穿越道：a blind ～死胡同 / It is a long ～ that has no turning.《諺》路必有彎（喻凡事耐心等待必有轉機到來）。**2** 航道。**3** 車道。**4**（田徑賽的）跑道；泳道。**5**（保齡球的）球道。
'lane ˌchange 图（汽車等的）變換車道。
lang·syne ['læŋ'saɪn] 副《蘇》很久以前。—图 Ⓤ往昔。
:lan·guage ['læŋgwɪdʒ] 图 **1**（某個國家、民族的）國語，語言，…語：the English ～ 英語 / an international ～ 國際通用語言 / one's first ～ 自己的母語 / a dead ～ 死的語言。**2** Ⓤ 語言，措詞：spoken ～口語 / the nature of human ～人類語言的本質。**3** Ⓤ 語言能力。**4** Ⓤ（非語言的）符號系統；記號語言；人造語言代碼：computer ～電腦語言。**5** Ⓤ（文字的）語言；（動物的）傳送訊息的方式：sign ～手語 / the ～ of flowers 花語 / the ～ of porpoises 海豚的語言 / the ～ of painting 圖畫（所表達）的意義。**6** Ⓤ語言學。**7** Ⓤ《偶作 **the** ～》用語，專門術語：legal ～ 法律用語 / *the* ～ of the army 軍隊用語。**8** Ⓤ說法，表達；文體，文風：informal ～ 不拘形式的措詞 / ornate ～華麗的文體 / the ～ of journalism 新聞文體。**9** Ⓤ下流話，責罵人的話。
speak* [*talk*] *the same language 和某人的想法[觀念，態度]相同。
'language 'laboratory 图語言實習教室。
langue [lɑŋg] 图 Ⓤ〖語言〗（一個群體共同使用的）語言。
langue d'oc [lɑŋg'dɔk] 图 Ⓤ **1** 歐克語：中世紀法國南部使用的羅曼斯語。**2**（現今）法國南部 Provence 的方言。
langue d'oïl [lɑŋg'dɔɪl] 图 Ⓤ **1** 歐意語：中世紀法國北部所用的羅曼斯語。**2** 現代法語。
lan·guid ['læŋgwɪd] 形 **1** 疲倦的，無精打采的，慵懶的；不活躍的，沉悶的。**2**

L

沒有力氣的；無興趣的，倦怠的：be ~ about ... 對…不熱中。~·ly 副

lan·guish ['læŋgwɪʃ] 動 不及 1 變衰弱，枯萎；沮喪；(聚會等) 失去生氣。2 過悲慘的生活《*in, under...*》: ~ *in* prison 在獄中煎熬地度日。3 (因渴望…而) 感到苦惱《*for...*》；熱切地希望 (做…)：~ *for* the prize 熱切地希望贏得獎賞。4 露出苦悶傷感的神色。一名 U 1 無精打采；衰弱。2 悲傷。~·ment 名 U《古》衰弱；煩惱，憂慮。

lan·guish·ing ['læŋgwɪʃɪŋ] 形 1 漸漸變弱的。2 憂煩的，愁苦的；拖延的，拉長的：a ~ look 愁苦的表情。3 焦慮的，苦思的。~·ly 副

lan·guor ['læŋgɚ] 名 U 1 (身體的) 虛弱。2 遲緩，無力；倦怠，慵懶；抑鬱，沉悶《*of...*》；傷感，憂思，憂慮：the ~ *of* a hot summer afternoon 酷暑午後的慵懶氣氛。

lan·guor·ous ['læŋgərəs] 形 1 衰弱的；倦怠的。2 令人倦怠的，無聊的；精神鬱悶的。~·ly 副

lank [læŋk] 形 1 (頭髮) 直而柔軟的，無波浪的。2 苗條的；(植物) 細長的。~·ly 副，~·ness 名

L

lank·y ['læŋkɪ] 形 (lank·i·er, lank·i·est) 瘦巴巴的，瘦長的：a ~ lad 又瘦又高的小夥子。
-i·ly 副，-i·ness 名

lan·o·lin ['lænəlɪn] 名 U 羊毛脂。

·**lan·tern** ['læntɚn] 名 1 燈籠，角燈，手提油燈：a dark ~ 有罩子的手提油燈 / a paper ~ 紙燈籠。2 = magic lantern. 3 (燈塔頂部的) 燈光室。4〖建〗(為了採光、通風的) 天窗；(排煙、換氣用的) 屋頂側面開著的部分；(屋頂的) 頂塔。

'lantern ˌjaw 名 瘦削的下巴。

lan·tern-jawed ['læntɚn,dʒɔd] 形 臉頰消瘦的，下巴突出的。

'lantern ˌslide 名 幻燈片。

lan·tha·num ['lænθənəm] 名 U〖化〗鑭。符號：La

lan·yard ['lænjɚd] 名 1〖海〗船上繫物用的短繩。2 (通常掛在頸上用來繫哨笛等的) 細繩。3〖軍〗(發射大炮用的) 拉火繩。

La·oc·o·ön [le'ɑko,ɑn] 名〖希神〗雷歐寇旺：Troy 城 Apollo 神殿的祭司；由於他警告國人不可以將希臘人留下的木馬運入城中，而與二子一起被雅典娜女神派來的海蛇纏斃。

La·os ['lɑʊs] 名 寮國：位於中南半島西北部；首都永珍 (Vientiane)。

La·o·tian [le'oʃən] 形，名 C U 寮國人 (的)，寮國語 (的)。

Lao-tzu, -tse ['laʊ'tsu] 名 老子 (604? −531B.C.)：中國的哲學家。

·**lap**[1] [læp] 名 1 膝部：a cat sleeping on a person's ~ 睡在某人懷裡的貓咪。2 (衣服、裙子等的) 膝部；裙兜；(衣服的) 下擺，底襟。3 安樂場所，休息場所，培育的環境：in Fortune's ~ 走運。4 責任，管理：drop the problem in his ~ 將這個問題交由他負責處理 / in the ~ of the gods 人力所不及的。5 塌陷處，山間凹地：a cottage in a ~ among the hills 山坳處的小屋。6 (衣服的) 重疊的部分，重疊。7 耳垂。

·**lap**[2] [læp] 動 (lapped, ~·ping) 及 1 重疊，摺疊《*up*》。2 捲起《*about, around ...*》；包住《*in...*》: ~ a child *in* a blanket 用毯子把小孩包住。3 將…圍起來 [包起來]；《主要用於被動》小心地養育，擁抱：*be lapped* in luxury 生活於奢侈環境中。4 使形成部分重疊《*on, over...*》: ~ a board *on* another 將一塊木板重疊地覆蓋在另一塊之上。5〖競賽〗領先一圈 (以上)。6 (用磨盤) 切，磨 (寶石等)。7 將 (木材等) 接續起來。一不及 1 摺疊；捲起。2 (部分地) 覆蓋上，重疊《*over*》。3 延擴，擴大《*over*》。4〖田徑〗跑一圈《*in*》。一名 1 包，捲，重疊。2 (帶子等的) 捲一圈。3 (賽跑的) 一圈；一圈跑道，泳道的一次來回；一次行程；(長期計畫、事業的) 一部分，一個階段。4 重疊的部分；其尺寸。5 (刀刃類等的) 磨盤。

lap[3] [læp] 動 (lapped, ~·ping) 及 1 (波浪) 輕拍，拍擊。2 一下子舔光《*up*》；狼吞虎嚥地吃喝《*up, down*》。一不及 1 (波浪) 輕拍，拍擊《*against...*》。2 一下子舔光。
lap up 《口》輕易全盤接受；熱心地聽。一名 1 舔。2 微波拍擊；《**the** ~》(拍岸的) 波浪聲。3 (供狗等動物舔食的) 流質食物。

lap·a·ro·scope ['læpərə,skop] 名〖醫〗腹腔鏡。

lap·a·ros·co·py [,læpə'rɑskəpɪ] 名 U C〖醫〗腹腔鏡檢查，使用腹腔鏡的手術。

lap·a·rot·o·my [,læpə'rɑtəmɪ] 名 (複 -mies) U C 1〖外科〗腹部切開術。2 剖腹手術。

La Paz [lə'pɑz] 名 拉巴斯：玻利維亞 (Bolivia) 的行政首都。

lap·belt, 'lap ˌbelt ['læp,bɛlt] 名《主美》(飛機、汽車座位上的) 安全帶。

lap·board ['læp,bord] 名 置於膝上的桌板。

'lap ˌdog 名 小玩賞犬，膝狗。

la·pel [lə'pɛl] 名《通常作 ~s》翻領。

lap·ful ['læp,fʊl] 名 (複 ~s) 滿兜，滿膝《*of...*》: a ~ *of* apples 滿兜的蘋果。

lap·i·dar·y ['læpə,dɛrɪ] 名 (複 -dar·ies) 1 玉石工，寶石工；U 寶石雕刻術。2 有關寶石的古書。3 寶石專家，寶石鑑定家。一形 1 寶石工 [研磨術] 的。2 精密的，極為精巧的。3 刻在石碑上的，碑文的。

lap·i·date ['læpə,det] 動 及 以石頭投擊；以石頭擊斃。

lap·i·des·cent [,læpə'dɛsənt] 形 像石頭

般的，像石碑一般的。

la·pil·lus [lə'pɪləs] 名 (複 **-pil·li** [-'pɪlaɪ]) 火山礫。

lap·in ['læpɪn] 名 兔子；其毛皮。

lap·is laz·u·li ['læpɪs'læzjə,laɪ] 名 1 Ⓤ Ⓒ〖礦〗琉璃，青金石。2 Ⓤ 琉璃色，天藍色。

Lap·land ['læp,lænd] 名 拉布蘭：歐洲最北部地區。

Lapp [læp] 名 1 拉布蘭人。2 Ⓤ 拉布蘭語。

lap·pet ['læpɪt] 名 1（衣帽等的）垂下部分，垂褶。2（無脊椎動物和鳥類頭部的）肉質突起物；肉垂；耳垂。

'lap ˌrobe 名《美》膝披：置於膝上用以禦寒的皮褥或毛毯等。

·lapse [læps] 名 1（一時的）衰退，墮落；陷入《 *into...* 》；（由正道的）脫離，墮落《 *from, of...* 》：a ～ *of* morality 道德的衰微 / a ～ *into* bad habits 陷於惡習 / a ～ *from* etiquette 有失禮儀。2（微小的）錯誤，過失，失敗：a ～ of pen 筆誤 / a ～ of memory 記憶錯誤。3（時間的）經過，推移；期間，間隔《 *of...* 》：with the ～ *of* time 隨著時間的逝去 / meet again after a ～ *of* many years 多年不見之後再度相會。4〖法〗（權利等的）消滅，失效；〖保〗失效。5 廢除，廢止。

—動 (**lapsed, laps·ing**) 不及 1 犯小錯。2 低落，衰微；消失，終止。3 誤入歧途；墮落《 *into...* 》；脫離《 *from...* 》；捨棄。4 陷入，墮入（某種狀態）《 *into...* 》。5〖法〗失效，終止；轉歸（給…）《 *to...* 》。6（時間）經過，過去《 *away* 》。

lapsed [læpst] 形 1 放棄了（信仰、主義等）的。2〖法〗無效的，失去時效的：a ～ license 過期的駕駛執照。

'lapse ˌrate 名 Ⓤ Ⓒ〖氣象〗氣溫遞減率。

'lap ˌstrap 名（飛機座位上的）安全帶。

lap·sus ['læpsəs] 名 失策，錯誤，失敗。

lap·top ['læp,tɑp] 名 膝上型小電腦。

La·pu·ta [lə'pjutə] 名 勒飄特島：Swift所撰 *Gulliver's Travels* 中的空中浮島；島上居民好幻想不務實際。

La·pu·tan [lə'pjutən] 形 Laputa 島的；空想的；荒謬可笑的。—名 1 Laputa 島的居民。2 空想家。

lap·wing ['læp,wɪŋ] 名〖鳥〗田鳧。

lar·board ['lɑr,bord, -bɚd] 名 Ⓤ〖海〗《廢》左舷。—形 左舷的。

lar·ce·ner ['lɑrsənɚ] 名 竊盜犯。

lar·ce·nous ['lɑrsənəs] 形 竊盜的；偷竊的；好偷竊的。～**·ly** 副

lar·ce·ny ['lɑrsənɪ] 名 (複 **-nies**) Ⓤ Ⓒ〖法〗竊盜（罪）；偷竊：grand ～ 重竊盜罪 / commit ～ 犯竊盜罪。**-nist** 名

larch [lɑrtʃ] 名〖植〗落葉松；Ⓤ 其木材。

lard [lɑrd] 名 Ⓤ 豬油。—動 及 1 塗豬油於；填塞肥豬肉於（家禽肉等）中。2 潤飾《 *with...* 》。

lard·ass ['lɑrd,æs] 名《美俚》1 笨蛋，無用的人。2《蔑》胖子；食量大而無用的人，飯桶。

lar·der ['lɑrdɚ] 名 食物儲藏室；儲藏的食物。

lard·head ['lɑrd,hɛd] 名《美俚》笨蛋。

lard·y ['lɑrdɪ] 形 (**lard·i·er, lard·i·est**) 1 豬油狀的，由豬油做成的。2 脂肪多的，肥胖的：～ hogs 肥豬。

lar·es ['leriz] 名 (複) (單 **lar** [lɑr])（古羅馬的）家神，守護神。

'lares and pe'nates 名 (複) 1（古羅馬的）家庭守護神。2 傳家寶。

:large [lɑrdʒ] 形 (**larg·er, larg·est**) 1（形狀、面積、容量等）大的；寬大的：～ of limb 手腳大的。2《作集合名詞、數量名詞》（成員）多的，多數的；（量）多的：a ～ family 大群子女 / ～ crowds 大群大群的人 / a ～ sum of money 鉅額的金錢。3 寬廣的，多方面的；不受拘束的，豪放的，宏大的：in ～ measure 大部分 / to a ～ extent 大大地；大部分 / a ～ variety of interests 廣泛的興趣 / ～ hopes 宏願。4 重要的：a ～ role 重要的角色。5 裝模作樣的，誇大的。6〖海〗順風的。

as large as life ⇨ LIFE（片語）

—名《僅用於下列片語中》

at large (1)（危險人物、動物）自由的；未逮到的。(2)《稍罕》充分地，詳細地：write *at* ～ 寫得詳細。(3)《接在名詞後》就全體而言，一般的：the people *at* ～ 一般人民。(4)《接在名詞後》《美》代表州[地方，團體]全體的：a representative *at* ～ 州選出來的眾議員。(5) 無特別目的地，信口地，隨便地。(6) 沒有特定任務的，無任所的：a gentleman *at* ～ 沒有特定任務的宮廷官員；無定職的人。(7) 未定地，未解決地。

in* (*the*) *large 大規模地；一般地。

—副 1〖海〗順風地。2 大大地：write ～ 以大字寫。3 誇大地，自傲地 talk ～ 說大話，誇口。4 重大地。

by and large 大體而言，基本上。

'large 'calorie 名 = kilocalorie.

large-heart·ed ['lɑrdʒ'hɑrtɪd] 形 慷慨的，慈悲的；親切的；心胸寬大的。～**·ly** 副, ～**·ness** 名

'large in'testine 名 大腸。

·large·ly ['lɑrdʒlɪ] 副 1 大部分地，大大地；廣大地；主要地。2 大量地；大規模地；慷慨地：drink ～ 豪飲。

large-mind·ed ['lɑrdʒ'maɪndɪd] 形 寬容的，心胸開闊的，思想開通的。～**·ly** 副, ～**·ness** 名

large·ness ['lɑrdʒnɪs] 名 Ⓤ 廣大，大；偉大。

'large 'order 名 1 大批的訂購。2《口》艱鉅的工作。

larg·er-than-life ['lɑrdʒɚðən'laɪf] 形 現實生活中不存在的，傳奇式的。

L

large-scale ['lɑrdʒ,skel] 形 1 範圍大的，大規模的。2（地圖等）大比例尺的：a ~ map 大比例尺地圖 / ~ integration 〖電腦〗大型積體電路（略作：LSI）。

lar·gess, 《英》 **-gesse** ['lɑrdʒɪs] 名 Ⓤ 1 慷慨的贈與。2《文》豐厚的禮物。

lar·ghet·to [lɑr'gɛto] 形 副 〖樂〗稍緩慢的[地]。—名(複~s) 稍緩慢的拍子；稍緩慢拍子的樂章。

larg·ish ['lɑrdʒɪʃ] 形 稍大的，頗大的。

lar·go ['lɑrgo] 形 副 〖樂〗最緩板的[地]，緩慢而莊嚴的[地]。—名(複~s) 廣板；緩慢而莊嚴的樂章。

lar·i·at ['lærɪət] 名 1（爲捕捉牲畜而用的）套索。2（拴住吃草家畜用的）繫繩。—['lærɪ,æt] 動 及 用套繩捕捉；用繫繩綁住。

·**lark**¹ [lɑrk] 名 〖鳥〗 1 雲雀：rise with the ~ 早起 / If the sky falls, we shall catch ~*s*. 《諺》天塌了正好可以捉雲雀；勿杞人憂天。2 類似雲雀的小鳥的通稱。—動 不及 捉雲雀。

lark² [lɑrk] 名《口》1 玩樂，嬉耍：have a ~ in Paris 在巴黎玩樂一陣。2《口》戲謔，開玩笑：for a ~ 開玩笑地。—動 不及 惡作劇；嬉鬧《*about, around*》。

L

lark·spur ['lɑrk,spɝ] 名 〖植〗飛燕草。

lark·y ['lɑrkɪ] 形 開玩笑的；惡作劇的。

lar·rup ['lærəp] 動 及《口》打，鞭打。~·er 名

Lar·ry ['lærɪ] 名 〖男子名〗賴瑞（Lawrence 的暱稱）。

lar·va ['lɑrvə] 名(複-vae [-vi]) 1〖昆〗幼蟲；〖動〗幼體。2 無脊椎動物的幼仔。

lar·val ['lɑrvəl] 形 1 幼蟲的，幼體形的。2〖病〗潛性的，隱匿的。

la·ryn·ge·al [lə'rɪndʒɪəl], **gal** [-gəl] 形 1（在）喉頭的。2〖語音〗喉音的。—名〖語音〗喉音。

lar·yn·gi·tis [,lærɪn'dʒaɪtɪs] 名 Ⓤ〖病〗喉炎。

la·ryn·go·scope [lə'rɪŋgə,skop] 名〖醫〗喉鏡，檢喉鏡。

lar·ynx ['lærɪŋks] 名(複 **la·ryn·ges** [lə'rɪndʒiz], ~·es) 喉頭；〖動〗發聲器官。

la·sa·gna [lə'zɑnjə] 名 Ⓤ 1〖烹飪〗義大利千層麵條的一種。2 烤千層麵條。

las·car ['læskɚ], **lash·kar** ['læʃkɚ] 名 1 印度水手。2《印度英語》炮兵。

las·civ·i·ous [lə'sɪvɪəs] 形 1 淫蕩的，好色的。2 煽情的，挑逗的。~·ly 副, ~·ness 名

lase [lez] 動 不及〖光〗發出雷射光。—及 使受雷射光照射。

la·ser ['lezɚ] 名 雷射；雷射器。

'**laser ,disk** 名 光碟；碟影片，影碟。

'**laser ,printer** 名 雷射印表機。

'**laser ,surgery** 名 Ⓤ〖外科〗雷射手術。

·**lash**¹ [læʃ] 名 1 鞭條；鞭子柔韌的前端。2 鞭子的一擊：《the ~》鞭笞刑罰。3 痛楚，痛苦；責難：the ~ of his conscience 他良心上的痛楚。4（手腳等的）快速揮動，（尾巴的）一甩，一搖；（波浪等的）激烈的拍打。5《~es》睫毛。—動 及 1 鞭打；（用類似鞭子的東西）打，痛擊《*with...*》；激烈地拍打，撞擊：~ a horse *with* a whip 鞭打馬匹。2 驅策，迫使，激使《*to, into...*》。3 斥責，責難《*with...*》：~ a person *with* one's tongue 以刻薄的話斥責某人。4 猛烈甩動。—不及 1（用鞭子、拳頭等）猛打，痛打；嚴斥，痛罵《*out / at, against...*》：~ *out at* him 痛打他一頓。2 踢，做出要踢人的樣子《*out / at...*》。3 劇動，翻滾亂動《*about, around*》。4《主英口》浪費金錢《*out / on...*》：~ *out on* gambling 揮霍金錢於賭博。5 強勁地拍打；（眼淚等）不停地流出；閃耀。

lash² [læʃ] 動 及（用繩子、帶子等）捆綁。

lash·ing¹ ['læʃɪŋ] 名 1 Ⓤ 驅策，刺激。2 鞭打，打；痛責，非難。

lash·ing² ['læʃɪŋ] 名 Ⓤ 捆，綁；Ⓒ 繩，索。

lash·ings ['læʃɪŋz] 名(複)《英口》很多，大量《*of...*》：~ *of* tomatoes 很多番茄。

lash-up ['læʃ,ʌp] 名 形《口》應急物（的），權宜之計（的）。

lass [læs] 名 1 少女，小姑娘。2 女情人，情婦。

las·sie ['læsɪ] 名《主蘇》少女，小姑娘。

las·si·tude ['læsə,tjud] 名 Ⓤ 疲勞，慵懶；厭倦，無精打采，倦怠。

las·so ['læso] 名(複~s, ~es)（爲了捕捉牲畜等所用的）套索，套環。—動 及 用套環捕捉。

:**last**¹ [læst] 形（late 的最高級）1《通常作 the ~》（時間、順序等）最後的：*the* ~ lesson of the textbook 教科書的最後一課 / *the* ~ day of the year 除夕。2 (1) 剛過去的，緊接前面的：~ night 昨晚，昨夜 / ~ Friday 上個星期五 / since ~ month 從上個月起 / for the ~ week 上週內 / in the ~ fortnight 在上兩週內。(2)《通常作 the ~》最近的：*the* ~ news 最新消息。(3)《the ~》最新式的；最時髦的：*the* ~ thing in shoes 最新的鞋子款式。3 唯一剩下的，最後的：the ~ chance 最後的機會。4 最終的；臨終的；末日的：one's ~ years 晚年 / the ~ sleep 長眠 / the ~ days 末日 / the ~ rites 臨終儀式；葬儀。5 結論性的，決定性的：have the ~ say in a matter 對某事擁有決定權。6 極度的，極端的：the ~ degree of sorrows 悲傷之至。7《the ~》(1) 至上的，最上等的：of *the* ~ importance 最重要的。(2) 最不適宜的。8《the ~》最不可能的，令人難以想像的。9《口》《諧》每一的，各個的，個別的。

for the last time 最後地，最後一次。

last but one = second LAST.

on one's last legs ⇨ LEG（片語）
second last 倒數第二個的。
—副 1 最後地，最終地。2 最近，上次。
last but not least 最後的但並非最不重要的，最後還有一件重要的事情。
last of all 最後。
—名《通常作 the ～》1 最後的人[物，事]。2《the [this, these, which] ～》剛才提到的人[物，事]。3 最後的出現[談及]。4《the ～》結束；末日；《one's ～》臨終，死。5《常作 one's ～》最近的東西。
at last 終於，最後。
at long last 好不容易，終於。
breathe one's last 嚥下最後一口氣，死去。
to the last 直到最後；至死。

·last² [læst] 動 不及 1（時間）持續，繼續。2 耐久，持久；足夠，充足。3（力氣、精力等）持續，維持。—及 支撐度過，《*out*》；使足夠維持（某期間）。

last³ [læst] 名 鞋楦，鞋樣。
stick to one's last 堅守本分；僅做適合於自己能力的工作。
—動 及 使嵌進鞋楦，使合於鞋樣。

'last ˌcry 名《the ～》最新流行的東西。

'Last 'Day 名《the ～》最後審判日。

last-ditch ['læst'dɪtʃ] 形 最後防線的，窮途末路的，拚死抵抗的。

'last ˌhurrah 名《美·加》最後的嘗試。

last·ing ['læstɪŋ] 形 持久的，持續性的，有耐久力的。—名 U 堅韌密實的紡織品。
～·ly 副, ～·ness 名

'Last 'Judgment 名《the ～》最後的審判：上帝在世界末日對人類的審判。

last·ly ['læstlɪ] 副 結果，終究；最後。

last-min·ute ['læst,mɪnɪt] 形 最後一刻的，末了的：a ～ proposal 最後的提案 / ～ shoppers 正要關門時來的顧客。

last ˌname 名《美》姓（＝《英》surname）。

last 'quarter 名〖天〗下弦月。

last 'rites 名 (複)《the ～》（教士為垂死之人所舉行的）最終儀式。

last 'straw 名《the ～》終於使人不能忍受的最後一擊；使人忍無可忍的因素。

Last 'Supper 名 1《the ～》（基督殉難前夕與其十二門徒的）最後晚餐。2《the ～》『最後的晚餐』: Leonardo da Vinci 作的名畫。

last 'thing 名《the ～》最新流行物。—副《口》睡覺前，作為最後一樁事情。

last 'word 名《the ～, one's ～》1 終結的話，最後的斷言。2 決定性的工作[說明，作品]。3《口》最新流行物，最新型《*in*...》: the ～ *in* cars 最新型的車種。

Las Ve·gas [lɑs'vegəs] 名 拉斯維加斯：美國 Nevada 州東南部的城市；以賭博及遊樂場所聞名。

Las 'Vegas 'Night 名《美》拉斯維加斯之夜：指由非營利機關團體所舉辦的合法賭博，目的為籌募款項。

Lat. 《縮寫》*Lat*in.

lat. 《縮寫》*lat*itude.

·latch [lætʃ] 名 門閂，門鎖：on the ～ 栓上門閂。—動 及 用門閂栓上。
—不及 栓上門閂。
latch on《口》(1) 理解《*to*...》。(2) 用力抓牢，咬住不放。
latch onto...《口》(1) 理解；注意聽；了解。(2) 占為己有，緊緊抓住。(3) 纏著，黏上，親密交往。(4) 絕不讓…離去。

latch·et ['lætʃɪt] 名《古》鞋帶。

latch·key ['lætʃ,ki] 名 (複～s) 門閂的鑰匙；《喻》打開枷鎖的鑰匙。

'latchkey ˌchild 名 鑰匙兒。

:late [let] 形 (《時間》lat·er, lat·est；《順序》lat·ter, last) 1 遲的，遲到的；晚的，不合季節的：～ blossoms 遲開的花 / be ～ for school 上學遲到 / be ～ with lunch 很晚才吃午餐。2 將近終了的，後期的；(在人生中）遲的，晚年的：a ～ marriage 晚婚 / the ～ period of one's life 晚年 / in the ～ forties 快五十歲；在四〇年代後半。3 近日暮的；夜深的：keep ～ hours 習慣熬夜 / in the ～ afternoon 傍晚。4 持續到很晚的，延長的：a ～ session 延長會期。5《限定用法》最近的，新近的：～news 最新的消息 / the ～ storm 前不久的暴風雨。6《限定用法》先前的，前任的：the ～ premier 前任首相。7《the ～, one's ～》《限定用法》（最近）死去的，已故的。
as late as... 遲至…。
of late《副詞》近來，最近。
—副 (lat·er, lat·est) 1 更晚一些，遲。2 晚，到夜深。3 不久前，直到最近。4〖詩〗最近，近來。
late in the day 遲了的，過了時效的。
soon or late 遲早。

late-bloom·ing ['let'blumɪŋ] 形 晚開花的；晚熟的，晚成型的。-ˌbloom·er 名 晚熟的人、大器晚成的人。

late·com·er ['let,kʌmɚ] 名 1 晚來者，遲到者。2 新進者。

la·teen [læ'tin] 形 有大三角帆的。
—名 大三角帆；大三角帆帆船。

la·teen-rigged [læ'tin,rɪgd] 形 有大三角帆的。

'Late 'Greek 名 U 後期希臘語（西元 200–700 年）。

'Late 'Latin 名 U 後期拉丁語（西元 150–700 年）。

·late·ly ['letlɪ] 副 近來，最近。

late-mod·el ['let,mɑdl̩] 形 新型的。

la·ten·cy ['letn̩sɪ] 名 U 1 潛在，潛伏。2 潛伏期。

'late-ˌnight 形 深夜的。

la·tent ['letn̩t] 形 1 潛在性的，表面看不見的：～ ability 潛力 / ～ snobbery 潛在的勢利性格。2〖病〗潛伏性的；休止狀態的；〖植〗潛伏的，休眠的：the ～ period

L

（疾病的）潛伏期 / a ～ bud 休眠芽。3〖心〗潛在性的。

:lat·er ['letɚ] 形（late 的比較級）更遲的，更晚的：a ～ train 較晚的一班火車 / in ～ life 在晚年。—副以後，隨後，稍後。

later on 以後，下回。

sooner or later ⇨ SOON（片語）

lat·er·al ['lætərəl] 形 1 橫的，側面的；從旁邊的；向旁邊的：～ communication 橫向的聯絡 / ～ coordinates 橫座標 / ～ space 左右的間隔。2（家譜）旁系的。3〖聲〗邊音的。4〖植〗側生的。—名 1〖植〗側生芽。2〖聲〗邊音。3〖美足〗側傳。

—動不及〖美足〗側向傳球。～·ly 副

'lateral ˌthinking 名U 水平思考。

Lat·er·an ['lætərən] 名 1《the ～》拉特蘭大教堂：羅馬教皇專用的大聖堂，爲天主教的總部。2 拉特蘭宮：從前爲教皇的住所，今爲博物館。

lat·er·ite ['lætəˌraɪt] 名U〖地質〗紅土。

·lat·est ['letɪst] 形（late 的最高級；比較級爲 later）《通常作 the ～, one's ～》1 最晚的，最後的。2 最近的，最新的；現今的：*the* ～ fashions 最新的女裝款式 / *the* ～ trend 最近的動向 / his ～ book 他最新出版的書。

at (the) latest 最遲。

the latest 最新情況[式樣，設計]。

la·tex ['letɛks] 名（複 **lat·i·ces** ['lætəˌsiz], ～·es）U C 1（橡膠樹等的）乳液。2〖化〗膠漿，乳膠。

lath [læθ] 名（複～s [læðz, læθs]）1〖建〗板條：as thin as a ～ 骨瘦如柴。2 瘦子。—動及鋪上板條。～·ˌlike 形

lathe [leð] 名 1 鏇床，車床；（陶工用）旋盤。2 = batten[3]. —動及用車床鏇削。

lath·er[1] ['læðɚ] 名 1 肥皂泡沫。2（馬等的）汗沫；《口》興奮狀態：in a ～ 汗流浹背地。—動不及 1 起泡。2 冒沫狀的汗，大汗淋漓。—及 1 塗以肥皂泡沫《*up*》。2《口》痛毆。3《口》使興奮《*up*》。

lath·er[2] ['læθɚ] 名鋪板條的工人。

lath·ing ['læθɪŋ] 名U 1 板條的釘置；板條的底子。2 板條木材。

lath·y ['læθɪ] 形（**lath·i·er, lath·i·est**）似板條的；瘦削細長的。

:Lat·in ['lætɪn, -tn̩] 名 1 U 拉丁語。2 拉丁系的人；古代羅馬人。3 (1) 拉丁民族人。(2)（中南美洲的）拉丁系民族的人。4 羅馬天主教教徒。5 U 難懂的話：thieves' ～ 小偷的暗語。—形 1 拉丁語的。2 拉丁文字的，羅馬字的。3 Latium（人）的；古代羅馬（人）的。4 拉丁民族的；（中美洲和南美洲）拉丁系民族的。5 羅馬天主教的。

'Latin A'merica 名拉丁美洲。

'Latin A'merican 名拉丁美洲人。

'Latin-A'merican 形 拉丁美洲的，拉丁美洲人的。

'Latin 'cross 名拉丁十字架。

Lat·in·ism ['lætəˌnɪzəm] 名 U C 拉丁語風味，拉丁特質[性格]；拉丁語法。

Lat·in·ist ['lætənɪst] 名拉丁語專家。

lat·in·ize ['lætəˌnaɪz] 動及《偶作 L-》1 使拉丁化；使（信仰等）羅馬天主教化。2 使拉丁語化；將…翻譯成拉丁語。—不及使用拉丁語。

La·ti·no [læ'tino] 名（美國的）拉丁美洲裔的族群。

'Latin ˌQuarter 名《the ～》拉丁區：巴黎 Seine 河南岸的學生、藝術家薈集處。

lat·ish ['letɪʃ] 形稍遲的，稍晚的。

·lat·i·tude ['lætəˌtjud] 名 1 U〖地〗緯度：south ～ 35 degrees 南緯 35 度 / the north ～ 北緯 / in ～ 30°N 在北緯30度的地方。2《常作～s》地方，地帶：the high ～*s* 高緯度地帶 / the cold ～*s* 寒帶地方。3 U（行動等的）自由，餘地。4 U〖攝〗（曝光的）時限。

lat·i·tu·di·nal [ˌlætə'tjudənl] 形緯度的。～·ly 副從緯度看，就緯度而言。

lat·i·tu·di·nar·i·an [ˌlætəˌtjudə'nɛrɪən] 形（宗教思想）自由（主義）的。—名 1 自由主義者，不拘泥於教條者。2〖英國教〗廣教會派。～·ˌism 名

la·trine [lə'trin] 名（軍營等的）廁所。

lat·te ['lɑte] 名《義大利語》拿鐵咖啡。

:lat·ter ['lætɚ] 形（late 的比較級）《限定用法》1《the ～》（二者之中）後者的；《the ～, this ～, these ～》《作代名詞》後者；（三者以上中）最後的。2《the ～》（時間上）後段的；後半的，末尾的：*the* ～ half of the year 這一年的後半。3 近來的，最近的：in these ～ days 近來。

the latter end (1) ⇨形 2. (2) 死，臨終。

lat·ter-day ['lætɚ'de] 形《限定用法》1 後期的。2《古》近代的，現代的。

'Latter-day 'Saint 名摩門教徒。

lat·ter·ly ['lætɚlɪ] 副 1 最近，近來。2 在後期；在末期，在晚年。

lat·tice ['lætɪs] 名 1 格子；格子窗[門]；U 格子工藝。2 格子狀的東西；〖理〗（原子爐的）格子，晶格；〖數〗絡，格子。3（地圖、海圖上的）線網。—動及 1 做成格子，排成格子式樣。2 安裝格子，用格子覆蓋[裝飾]。

-ticed 形製成格子狀的；裝有格子的。

lat·tice·work ['lætɪsˌwɝk] 名 U 格子式樣，格子細工；《集合名詞》格子。

Lat·vi·a ['lætvɪə] 名拉脫維亞（共和國）：濱波羅的海的一國家；首都爲 Riga。

Lat·vi·an ['lætvɪən] 形拉脫維亞（人，語）的。—名拉脫維亞人；U 拉脫維亞語。

laud [lɔd] 動及《文》讚美，稱讚：～ person to the skies 把某人捧上天。—名 1 U 讚美，讚賞。2 頌歌；《～s》

作單、複數)〖教會〗讚美詩課，晨禱。

aud·a·ble ['lɔdəbl̩] [形]值得讚賞的。
-bly [副]

au·da·num ['lɔdənəm,'lɔdnəm] [名] [U]〖藥〗鴉片酊；鴉片劑。

au·da·tion [lɔ'deʃən] [名] [U]讚美，讚賞。

aud·a·to·ry ['lɔdə,torɪ], **-tive** [-tɪv] [形]《限定用法》讚美的，讚賞的，褒獎的。

augh [læf] [動][不及]**1**（出聲地）笑：～ out loud 縱聲大笑 / ～ at the scene 看見該景象而笑 / ～ over a book 邊看書邊笑 / ～ to oneself 獨自發笑 / He ～*s* best who ～*s* last.《諺》最後笑的人笑得最開心；贏得最後勝利的人才是真正的勝利者。**2** 譏笑，嘲笑；當作笑話《 *at...* 》：～ *at* him for being childish 嘲笑他太孩子氣。**3** 認爲（...）很愚蠢，不認真考慮；不同意，拒絕《 *at* ... 》。**4** 發出似人類笑聲的聲音。**5**〖詩〗栩栩如生。—[及] **1** 笑（至某種狀態）；《反身》笑成（…）。**2** 笑著說，笑著表示；《與同類受詞連用》笑…的一笑。

laugh away (1) 繼續笑個不停。(2) 笑著驅走[排遣，掩飾]。(3) 笑著度過（日子等）。

laugh down 笑使沉默；用笑聲來拒絕。

laugh in** a person's **face《口》當面嘲笑。

laugh up** one's **sleeve** / **laugh in** one's **beard ⇨ SLEEVE（片語）

laugh off 一笑置之。

laugh on the other side of** one's **face** / **laugh out of the other side of** one's **mouth 突然由喜轉悲。

***laugh** a person **out of**...* (1) 用笑聲使某人忘記（痛苦）等；用笑聲使某人放棄。

laugh... out of court《口》將…一笑置之。

—[名] **1**《通常作 **a** ～》發笑；嘲笑；笑聲；笑的方式。**2**《通常作 **a** ～》使發笑的原因。**3**《～**s**》《口》散心，消遣，逗樂。

have the last laugh 結果終於勝了《 *on* ... 》；最後終於成功。

have* [*get*] *the laugh on one's side (1) 反敗爲勝。(2) 站在有利的立場。

augh·a·ble ['læfəbl] [形]滑稽可笑的；有趣的；荒謬發噱的。**-bly** [副]

augh·ing ['læfɪŋ] [名] [U]笑，笑聲。—[形] **1** 帶笑的；笑容滿面的，愛笑的。**2** 發出如人類笑聲般的聲音的；爽朗的，快活的。**3** 滑稽可笑的。～**·ly** [副]

aughing ˌgas [名] [U]笑氣，一氧化二氮。

aughing hy'ena [名]笑土狼。

aughing 'jackass [名]= kookaburra.

augh·ing·stock ['læfɪŋ,stɑk] [名]嘲笑的對象，笑柄：make a ～ of a person 把某人當做笑柄。

augh ˌline [名]**1**（眼尾的）笑紋。**2** 簡短的笑話。

augh·ter ['læftɚ] [名] [U] **1** 笑；笑聲：inward ～ 內心暗笑 / an outburst of ～ 一陣狂笑 / roar with ～ 哄笑。**2** 高興的表情。

'laugh ˌtrack [名]罐頭笑聲（預先錄好的笑聲）。

launch[1] [lɔntʃ, lɑntʃ] [名] **1** 汽艇，遊艇。**2**（軍艦所載的）大艇。

·**launch**[2] [lɔntʃ, -ɑ-] [動][及] **1** 使（船等）下水，浮於水面：a ～*ing* ceremony 下水典禮。**2** 使踏上（社會等），送出《偶用 *forth* / *into, in...* 》；《反身》自立；發跡：～ one's son *in* business 把兒子送入商界。**3** 開始，著手進行。**4** 發射；投擲；《喻》發出，施以《 *against, at...* 》：～ reproaches *against* a person 責難某人。

—[不及]突然開始，展開《偶用 *out, off, forth* / *into...* 》；開船《 *out* 》；《口》（向政界等）投身進入；開創《 *out, forth* / *on, upon, into...* 》。

launch into... (1) ⇨[動] [不及]. (2) 展開攻擊。

launch out (1) ⇨[動] [不及]. (2) 激烈地譴責。(3) 大肆揮霍；開始做冗長的敘述。

—[名]（船的）下水；（火箭的）發射。

launch·er ['lɔntʃɚ, 'lɑn-] [名]發射裝置；發射筒；飛彈或太空船的發射臺。

'launch(ing) ˌpad [名] **1** 火箭發射臺。**2**（政治上的）跳板。**3**《美俚》= acid pad.

'launch ˌvehicle [名]〖太空〗推進火箭。

'launch ˌwindow [名] **1**〖太空〗發射時限。**2** 最適當時機。

laun·der ['lɔndɚ, 'lɑn-] [動][及] **1** 洗，洗滌；洗熨。**2** 除去污垢，弄乾淨。**3**《俚》使不法錢財合法化：～ money 洗錢。

—[不及]**1** 洗衣服；洗熨。**2** 被洗熨。

～**·er** [名]

laun·der·ette [,lɔndə'rɛt, 'lɑn-, '--,-] [名]《英》= laundromat.

laun·dress ['lɔndrɪs, 'lɑn-] [名]洗衣婦。

laun·dro·mat ['lɔndrə,mæt, 'lɑn-] [名]《美》投幣式自助洗衣店。

·**laun·dry** ['lɔndrɪ, 'lɑn-] [名] (複**-dries**) **1** [U]《 **the** ～》《集合名詞》洗滌物：do ～ and ironing 洗燙衣物。**2** 洗衣店，洗衣房。**3** 不法錢財「洗刷」之處。

'laundry ˌbasket [名]《英》放待洗衣物的大籃子。

'laundry ˌlist [名]洗衣清單；《主美》詳細（又雜亂）的長串清單。

laun·dry·man ['lɔndrɪmən, 'lɑn-] [名] (複**-men**) 洗衣匠。

laun·dry·wom·an ['lɔndrɪ,wumən, 'lɑn-] [名](複**-wom·en**) = laundress.

Lau·ra ['lɔrə] [名]〖女子名〗蘿拉。

lau·re·ate ['lɔrɪɪt] [形] **1**《文》戴著月桂冠的。**2** 優秀的；有資格戴桂冠的：a poet ～ 桂冠詩人。**3** 用月桂樹枝編織成的。—[名] **1** 獲得榮譽者。**2** 桂冠詩人。**3** 讚賞者。

～**·ˌship** [名]

·**lau·rel** ['lɔrəl, 'lɑr-] [名] **1** 月桂樹。**2** 似月桂樹的樹木的通稱。**3**《集合名詞，作單、複數》月桂樹的枝[冠]；月桂冠。**4**《通常作～**s**》榮譽，名譽；勝利：win ～*s* 贏得榮譽，博得讚賞 / look to one's ～s 小心維

護自己的名譽 / rest on one's ～s 滿足於既有的榮譽而不圖進取。

Lau·rence ['lɔrəns] 图〖男子名〗勞倫斯。

Lau·sanne [lo'zæn] 图洛桑：瑞士西部一都市。

lav [læv] 图《口》= lavatory.

·la·va ['lɑvə, 'lævə] 图Ⓤ（火山）熔岩。

lav·a·lier(e) [,lævə'lɪr] 图 **1** 鑲有寶石的項鍊墜子。**2**（掛在脖子或夾在胸前的）小型麥克風。

lava'liere 'microphone 图 = lavaliere 2.

la·va·tion [læ'veʃən] 图 Ⓤ洗滌，淨化。

lav·a·to·ry ['lævə,torɪ] 图 **(複-ries) 1** 盥洗室；《委婉》廁所：～ paper 衛生紙。**2** 洗臉槽，洗手臺；抽水馬桶。

lave [lev] 動及**1** 洗，浸；（波浪等）沖洗（岸邊）。**2**《文》用水杓撈取。—不及 沐浴。

lav·en·der ['lævəndɚ] 图 Ⓤ **1**〖植〗薰衣草。**2** 薰衣草的乾花。**3** 淡紫色。**4** 薰衣草香水、化妝水。

lay... out in lavender 《美俚》嚴厲斥責；死命狠揍。

lay...(up) in lavender 把…小心保存。

—動 及撒薰衣草香水於；放入乾燥的薰衣草。—形 淡紫（色）的。

L

'lavender ,water 图= lavender 图 4.

la·ver[1] ['levɚ] 图 **1**〖舊約〗（祭司沐浴等所用的）大水盆；〖教會〗洗禮用的水盆。**2** 使精神潔淨之物。

la·ver[2] ['levɚ] 图 Ⓤ Ⓒ 紫菜。

·lav·ish ['lævɪʃ] 形**1** 很大方的，慷慨的，奢侈的；不吝惜的，浪費的《 *of, with, in* ...》: be ～ *in* one's praise 不吝於讚美 / be ～ *with* one's money 用錢不珍惜。**2** 豐富的，足夠的；過多的：～ expenditure 大量的花費。—動 及 大方地施予《 *on, upon* ...》。～**·ness** 图

lav·ish·ly ['lævɪʃlɪ] 副很大方地，奢侈地；多餘地。

:law [lɔ] 图 **1** Ⓒ Ⓤ《常作 **the** ～》（一般的）法，法律，法規：～ and order 法律和秩序 / by ～根據法律。**2**（成文的）法律，律法，條例；法律體系。**3** Ⓤ（特定的）法律，…法：commercial ～ 商事法。**4** Ⓤ 法的統制力；法治狀態：Necessity knows no ～.《諺》需要之前無法律；迫於情勢，以身試法。**5**Ⓤ 法（律）學：study ～ 學法律。**6**《通常作**the** ～》與法律有關的職業，律師業；司法界：practice *the* ～ 從事律師業。**7**《**the** ～》《作單、複數》《口》警察，警官。**8** Ⓤ 法律手段，訴訟。**9** 規定，慣例，規則，規矩。**10**（道德、本能的）行動原則；（自然界、社會的）法則，法，原則，定律：a moral ～ 道德律 / the ～ of survival of the fittest 適者生存的法則 / Ohm's ～ 歐姆定律。**11**（語言、藝術作品等的）法則，原則，約定，規定；（運動的）規則：the ～*s* of poetry 詩的法 / the ～*s* of metrics 作詩的規則。**12** Ⓤ（宗教上的）律法，戒律；天啓，啓示；偶作 **L-**》神定的律令；《 **the L-** 》= Law Moses；〖聖〗（舊約的）摩西五書；（約中與神救世人的部分相對的）訓戒的分。

at law 以法律為基礎的[地]，遵從法律[地]；在法律上。

be against the law 違反法律。

be a law to oneself 依自己的想法獨斷行，以自己獨特的方式行動。

be good law 合法的。

give (the) law to... 使…遵從自己的意旨

go to law 控告（人）《 *against, with...* 》

have the law into one's own hands 依己意處，依自己的意思私下加以制裁。

have the law of a person（向警察）控告人。

lay down the law (1) 用命令的語氣說話 (2) 發號施令；申斥，責罵《 *to...* 》。

—動 不及《口》發生訴訟。—及 控訴。

law-a·bid·ing ['lɔə,baidɪŋ] 形遵守法的，守法的。

law-and-or·der ['lɔənd'ɔrdɚ] 形 重法律和秩序的，強化治安的。

law·break·er ['lɔ,brekɚ] 图犯法者，犯：first-time ～*s* 初次犯法者。

law·break·ing ['lɔ,brekɪŋ] 图 Ⓤ 違法 —形違法的。

'law ,court 图法院，法庭。

'law en'forcement ,agency 图 美》執法機關：警察機關、FBI 等機構

'law 'firm 图《美》法律事務所。

·law·ful ['lɔfəl] 形 **1** 合法的；不觸犯法的；法定的；守法的：～ acts 合法的行 / ～money 法定貨幣 / a ～ man 守法的人 a ～ society 治安良好的社會。**2** 有法律的資格的；嫡生的：a ～ possessor 法律具有資格的所有者 / a ～ child 嫡生子。～**·ly** 副, ～**·ness** 图

law·giv·er ['lɔ,gɪvɚ] 图《文》立法者

·law·less ['lɔlɪs] 形 **1** 違反法律的，無於法律的；不合法的；無法律的：a society 無法紀的社會 / a ～ heir 沒有法上權利的繼承人。**2** 不法的；難以應的；放縱的：a ～man 不法之徒 / a perso ～ hair 某人的一頭亂髮。～**·ly**副, ～**·n** 图

law·mak·er ['lɔ,mekɚ] 图立法者。

law·mak·ing ['lɔ,mekɪŋ] 图Ⓤ 立法 —形立法的。

law·man ['lɔ,mæn, -mən] 图 (複-m 《美》執法官員：保安官、警官等。

'law 'merchant 图 Ⓤ 商事法。

·lawn[1] [lɔn] 图 草地，草坪：mow the 割草。

lawn[2] [lɔn] 图 Ⓤ 上等細麻布。

'lawn ,bowling 图 Ⓤ《美》草地滾球。

'lawn ˌmower 名割草機。

'lawn ˌparty 名《美》= garden party.

'lawn-sprin·kler ['lɔn,sprɪŋklɚ] 名草坪灑水器。

'lawn ˌtennis 名 U 網球（尤指使用草地球場者）。

'law 'office 名法律事務所。

'Law of 'Moses 名《the ～》摩西的律法：指舊約前五書。

'law of 'nations 名 = international law.

'law of the 'jungle 名《the ～》叢林律：弱肉強食的法則。

'Law of the 'Medes and the 'Persians 名鐵律，無可更動的法律。

Law·rence ['lɔrəns, 'lɑr-] 名 1 D(avid) H(erbert)，勞倫斯（1885–1930）：英國小說家兼詩人。2〖男子名〗勞倫斯。

law·ren·ci·um [lɔ'rɛnsɪəm] 名 U〖化〗鐒。符號：Lr

'law ˌschool 名《美》法學院。

law·suit ['lɔ,sut] 名（民事）訴訟（案件）：bring a ～ against... 對…提起訴訟。

'law ˌterm 名 1 法律用語。2 法庭開庭期間。

:law·yer ['lɔjɚ] 名 律師，法律專家；法律研究者，法律學者：a poor ～不太了解法律者。

lax [læks] 形 (～·er, ～·est ; more ～ ; most ～) 1 不嚴厲的；寬鬆的，鬆弛的；散漫的，懈怠的：～ discipline 鬆弛的紀律 / be ～ in one's duties 怠慢職務。2 不嚴密的；含糊的，不明確的：a ～ way of thinking 不縝密的思考方式。3（綁法）鬆弛的；（肌肉等）不結實的；（腸）下痢的。4〖語音〗（母音）弛緩的。
～·ly 副, ～·ness 名

lax·a·tion [læk'seʃən] 名 U C 1 鬆弛，鬆懈。2 排便；輕瀉。

lax·a·tive ['læksətɪv] 名通便藥，瀉藥。—形 1 通便的，瀉藥的。2《古》下痢的；下痢性的。～·ly 副, ～·ness 名

lax·i·ty ['læksətɪ] 名 (複 -ties) U C 1 鬆弛；渙散，放縱：moral ～道德敗壞。2 不清楚，不明確。

lay¹ [le] 動 (laid, ～·ing) 及 1 放置；橫放，平放；埋葬《*away*》；《反身》躺臥，俯伏：～one's head on a pillow 把頭枕在枕頭上 / ～one's ear against the wall 把耳朵貼在牆壁。2 打倒。3 揮，擊《*on, to...*》：～ the ax *to* a tree 揮斧砍樹 / ～ a blow *on* a person 毆打某人。4 提出《*before...*》；陳述，申訴《*against...*》；確定（損害）金額《*at...*》：～ an information *against* him 控告他。5 歸因於，歸罪於《*on, to...*》：～ ... *to* a person's charge 使某人負…責。6 把（信賴等）放在；寄託於《*on...*》：～ emphasis *on* morals 注重道德。7 使背負，課處（罰金等）《*on...*》：～ a tax *on* land 課徵土地稅。8《被動》（故事等）被設定於（…）《*in...*》。9 放置，牢固地安置（基礎等）；鋪設；設（圈套等）：～ (out) exhibits 擺出展品 / ～ (down) a railroad 鋪設鐵路 / ～ a trap for mice 設下陷阱捉老鼠。10 籌劃，擬定《偶用 *out*》；準備：～ a conspiracy 籌劃陰謀 / ～ the table for dinner 擺置晚餐餐具。11 將（塗料）塗布；在…的表面上敷展（塗料、材料）《*with...*》：～ paint on a floor 在地板上塗油漆 / ～ a path *with* stones 在小徑上鋪石頭。12 產（卵）：new-*laid* eggs 剛下的蛋。13 下（賭注）；以…下賭（於…）《*on...*》；相信一定是（…）：～ a bet 打賭 / ～ $20 *on* that team 下賭注二十元賭該隊贏。14 使處於某種狀態：～ oneself under an obligation 使自己負起義務 / ～ one's heart bare 坦白說出心裡的話 / ～ oneself open to criticism 招致責難。15 平息，消除；使鎮靜下來，安撫；使平坦[光滑]：a brush to ～ the nap 刷平絨毛的刷子 / ～ a person's fears to rest 消除某人的恐懼。16 捻，搓：～ yarn into a rope 捻線爲繩子。17〖海〗駕（船）朝向（…）。18 使（狗）追蹤《*on...*》：～ a dog *on* a scent 使狗跟蹤臭跡。19《俚》和（女人）性交。—不及 1 產卵，下蛋。2 打賭《*on...*》。3 盡全力，專心一意《*to...*》。4《方》圖謀，策劃；等待。5〖海〗採（…的）方位。

lay about (1)（用…）向四面八方揮舞著亂打《*with...*》。(2) 開始活動，奮鬥。(3) 咆哮，怒喝《*with...*》。

lay about one 向四面八方揮打《*with ...*》。

lay aside (1) 堆置一邊。(2) 脫下，除掉（衣服等）。(3) 拋棄，停止；拒絕。(4) 儲蓄，儲藏。

lay away (1) ⇨動 及 1. (2) 儲藏。

lay back《俚》舒舒服服鬆懈一下。

lay by (1) = LAY to (1). (2) = LAY aside (4). (3)《美口》最後一次耕種；收割。

lay down (1) 放下；擱（筆）。(2) ⇨動及 9. (3) 放棄；停止，辭掉；犧牲。(4)（在地窖中）儲藏，收藏。(5)《常用被動》斷然地主張；帶權威地敘述。(6) 規定，訂定。(7) 支付（訂金）；賭（錢）。(8) 栽植（農作物）。

lay for...《俚》（爲了攻擊等）埋伏等待。

lay in (1) 儲藏；買進；囤積。(2)〖園〗浮栽，暫時栽培；拾掇，整修。

lay into...《俚》(1) 毆打；痛罵；攻擊。(2) 開始狼吞虎嚥地吃。

lay it on / lay it on thick (with a trowel)《口》做得太過分，大吹大擂；過於阿諛；過分苛責。

lay off (1)〖海〗停泊在港外。(2)《俚》休息，休憩。(3) 瞄準前方。(4)《俚》停止，抑制（給人添麻煩之事）。(5)《口》打算（做…）《*to do*》；裝（成…）樣子《*to be*》。(6)（船）從…離開。(7)《通常用命令句》《口》停止（給人爲難），不打擾。

lay...off / lay off... (1) 收藏起來。(2) 暫時解

僱，停職。(3) 區劃，測量。(4) 戒除。
lay on (1) 毆打，猛烈地攻擊。(2)（家畜）長胖。(3)〖海〗拚命地划槳。
lay...on / lay on... (1) 塗刷。(2)《英》裝設，安裝。(3)《英口》給予，支給，請客《 *to, for...* 》(4)《英》籌劃（宴會等）。(5) 課徵（稅金等）。(6)《英》僱用。
lay oneself out《口》竭盡全力《 *to* do 》。
lay out (1) ⇨動 因 9. (2) ⇨動 因 10. (3) 展開；陳列；展現；把（衣服）攤開。(4) 準備殮葬。(5) 區劃；設計；分派。(6)《口》花費；捐贈。(7)《俚》擊昏，打倒。(8)《俚》大聲斥責。(9)《口》用（錢）；投資。
lay over《美》（旅行等之時）中途落腳，順利到（…）《 *in, at...* 》。
lay...over / lay over... (1) 弄翻。(2) 延期。(3)《俚》勝過，超過。
lay to (1)〖海〗停泊，逆風而停。(2) 毆打，攻擊。(3) [*lay to...*] ⇨動 因 3.
lay together 併置；收集。
lay...up / lay up... (1) 伸展。(2) 建造。(3) 翻鬆（土地）。(4) 儲蓄；儲藏。(5) 惹上，增添。(6)《通常用被動》閒置。(7) 使臥病；《被動》臥倒《 *with...* 》；《反身》（因生病）悶居家中。(8) 編織。
lay up for...〖海〗向…航行。

L

—名 **1** Ⓤ《通常作 the ～》位置，配置；地形，地勢；狀況。**2** 層面。**3** 搓法，編法；捻節。**4** 漁獲量分配額，分紅額。**5**《美》買賣的條件；價錢。**6**《美俚》性交；性交對象。

:lay² [le] 動 **lie²** 的過去式。

lay³ [le] 形《限定用法》**1** 一般信徒的，俗人的。**2** 非專家的，外行的。

lay⁴ [le] 名 **1**（可以唱的）短的故事詩，詩；歌謠。**2**《文》歌；鳥鳴。

lay·a·bout [ˈleəˌbaut] 名《主英口》遊手好閒的人；流浪者。

ˈlay ˈanalyst 名 非專業的精神分析家。

ˈlay·a·way ˌplan [ˈleəˌwe-] 名 商品預約購入法：先付訂金，於餘款繳清後交貨。

lay-by [ˈleˌbaɪ] 名(複～s) **1**《英》（公路幹線旁的）路肩；（鐵路的）錯車道，側線。**2**《美》（農作物栽培的）最後作業。

·lay·er [ˈleɚ] 名 **1** 層；地層；階層：a thick ～ of dust 厚厚的一層灰塵。**2** 安置者。**3**（賽馬賭博中接受賭客下注的）莊家。**4** 下蛋的雞：a good ～ 很會下蛋的雞。**5**〖園〗壓條，壓枝；以壓條法分出的新株。**6** 製繩機，捻繩機。—動 因 **1** 使成層；把…插入。**2**〖園〗用壓條法栽培。—不及 **1** 成爲一層；分離成層。**2**〖園〗依壓條法繁殖；在地下生根。

ˈlayer ˌcake 名 Ⓤ Ⓒ 夾心蛋糕。

lay·ette [leˈɛt] 名 新生嬰兒全套衣物用品。

ˈlay figure 名 **1**（有關節的）人體模型。**2** 無足輕重的人物，欠缺真實性的人物。

·lay·man [ˈlemən] 名(複**-men**) **1** 俗人。**2** 外行人，門外漢。

lay·off [ˈleˌɔf, -ˌɑf] 名 **1** 暫時失業，臨時停職；其停職期間。**2**（活動等的）暫停期間；（運動選手的）活動中止期間。

lay·out [ˈleˌaut] 名 **1** 伸展。**2**《口》（菜盤等的）布置；陳設。**3** 區劃土地；設計。**4**《口》結構；設施。**5** Ⓤ Ⓒ 版面編排；版面編排技術。**6** 全套道具。

lay·o·ver [ˈleˌovɚ] 名《美》（飛機等的）中途短暫停留。

lay·per·son [ˈleˌpɚsn̩] 名（與神職人員相對的）俗人；外行人，圈外人。

ˈlay ˌreader 名 主持禮拜的普通信徒。

lay-up [ˈleˌʌp] 名 **1**〖籃球〗擦板球。**2**〖海〗航行停止，入塢。

laz·ar [ˈlezɚ] 名 **1** 痲瘋病患者。**2** 無人敢接近者。

laz·a·ret·to [ˌlæzəˈrɛto] 名(複～s) **1** 隔離醫院，傳染病醫院，痲瘋病醫院。**2** 檢疫所；檢疫船。**3**（船尾的）食物儲藏室。

Laz·a·rus [ˈlæzərəs] 名 **1**〖男子名〗拉撒路。**2**〖聖〗拉撒路：因耶穌的神力而復活的男子。**3**《偶作 **l-** 》患痲瘋病的乞丐；乞丐，窮人。

laze [lez] 動 不及 遊手好閒，怠惰《 *about, around* 》。—因 懶散度過《 *away* 》。—名 休息的時間；閒散。

:la·zy [ˈlezɪ] 形 (**-zi·er, -zi·est**) **1** 怠惰的，懶惰的，無精神的：a gifted but ～ artist 有天分卻懶惰的藝術家。**2** 易引起怠惰的；動作遲鈍的；不活潑的：a ～ afternoon 一個慵懶的下午 / a ～ day 閒散度過的一天。**3**（家畜的烙印等）印在側面的。**-zi·ly** 副, **-zi·ness** 名

la·zy·bones [ˈlezɪˌbonz] 名(複)《通常作單數》《口》懶人，懶骨頭。

ˈlazy ˌeye 名 Ⓤ Ⓒ 弱視。

ˈlazy ˈSusan 名（餐桌中央的）旋轉盤

ˈlazy ˌtongs 名(複)（用以夾取遠處之物的）伸縮鉗。

lb, lb.《縮寫》*libra(e).*

lbs.《縮寫》pounds.

LC《縮寫》*l*anding *c*raft; *l*iquid *c*rystal 液晶體。

L.C.《縮寫》*L*ibrary of *C*ongress.

l.c.《縮寫》*l*eft *c*enter; *l*etter of *c*redit;《拉丁語》*loco citato* (in the place cited).

L/C, l/c《縮寫》*l*etter of *c*redit 信用狀。

L.C.C.《縮寫》*L*ondon *C*ounty *C*ouncil.

L.C.D., l.c.d.《縮寫》*l*owest *c*ommon *d*enominator.

LCD [ˌɛlsiˈdi] 名 = liquid crystal display.

L.C.M., l.c.m.《縮寫》*l*east *c*ommon *m*ultiple.

LD《縮寫》*l*aser *d*isk.

Ld.《縮寫》*l*imite*d*; *l*or*d*.

ldg.《縮寫》*l*an*d*in*g*; *l*oa*d*in*g*.

LDL《縮寫》*l*ow-*d*ensity *l*ipoprotein〖生化〗低濃度脂蛋白質。

L-do·pa, l-Do·pa [ˈɛlˈdopə] 名 Ⓤ 一種

治療震顫麻痺的藥物（《英》levodopa）。

L-driv·er ['ɛl'draɪvɚ] 名《英》正在學習駕駛者。

lea [li, le] 名〖詩〗草地，草原；牧地。

leach [litʃ] 動 及 1 過濾。2 濾出（可溶物）（《*out, away / from...*》：～ *out* alkali *from* ashes 從灰中濾出鹼。—不及 1 被濾過，滲出（《*away / out of...*》。2 讓濾水滲過。—名 1 U 過濾。2 U 被濾過的液體。3 過濾器。

leach·y ['litʃɪ] 形 **(leach·i·er, leach·i·est)** 可滲水的，多孔的。

:lead¹ [lid] 動 **(led, ～·ing)** 及 1 帶領，引導；引領，牽引（《*along*》：～ a dog on a leash 用皮帶牽狗 / You can ～ a horse to water, but you can't make it drink.《諺》你可以把馬牽到河邊，但不能叫牠喝水；你可以給人機會，但能否善用則全靠他自己。2 致使，誘使；影響，左右；引導，致使（《*to, into...*》：～ a person *to* ruin 導致某人毀滅。3 導，引（水、蒸氣等）；牽，接通。4 引導，帶引（《*to...*》。5 帶走（囚犯等）：～ a captive 帶走俘虜。6 指揮，統率；居領導的角色；走在前面；列在（名單等）的前面；最先開始（跳舞等），最先開口說。7 領先，勝過；居首位（《*in ...*》。8 過；使度過：～ a quiet life 過恬靜的生活。9〖牌〗首先引出。10 瞄準射擊（移動體）的前方；〖拳擊〗向對手擊出。—不及 1 嚮導，引導（《*on*》。2 通往；作爲入口（《*to...*》：All roads ～ *to* Rome.《諺》條條大路通羅馬；殊途終同歸。3 導致，引起（《*to...*》。4 走在前頭；居領導性的角色，指揮；超越他人（《*in...*》；（在競賽等中）領先。5〖拳擊〗擊出第一拳。6〖牌〗率先出牌（《*off*》。7（馬等）被牽引。8〖棒球〗先行離壘（《*away*》。9〖報章〗作爲頭條新聞（《*with...*》。

lead astray 引入歧途。

lead away (1) 帶走。(2)《常用被動》使熱中；使脫離（《*from...*》；使相信。

lead in (1)（以…）開始（《*with, by...*》。(2)（電線）被引入；引進；通入（電流）。

lead off (1) ⇨動 不及 6. (2)〖棒球〗當第一棒打者，當（某一局的）第一位打者。(3) 帶離。(4)（以…）開始（《*with, by...*》。

lead on (1)《常用於命令》領頭。(2) 誘惑，嘲弄，欺騙；誘使（《*to* do, *into...*》。

lead out (1) 帶出去。(2) 領入舞池跳舞。

lead up to... (1) 成爲…的開端。(2) 把話題逐漸引到…。

—名 1《通常作 **the** ～》首位，領先，優勢。2《通常作 **a** ～》勝過（《*of...*》；領先（《*over...*》。3 引導的人[物]；（牽狗、馬用的）繩索，皮帶。4 指標，指示；線索；暗示。5 先例；榜樣；領導（能力）。6《通常作 **the** ～》〖劇〗主角；扮演主角的演員。7《通常作 **the** ～》〖牌〗率先出牌（的權利）；率先打出的紙牌。8〖報章〗內容提要，導語。9〖電〗引線，導線。10〖棒球〗先行離壘；〖拳擊〗第一拳。—形 最重要的，爲首的。

·lead² [lɛd] 名 1 U〖化〗鉛（符號：Pb）。2 鉛（合金）製品；鉛錘；測錘：(as) dull as ～ 像鉛一般沉濁無光的；《口》非常魯鈍的 / (as) heavy as ～ 非常重的。3 U《集合名詞》子彈：a shower of ～ 彈雨。4 鉛質窗框；《～s》《英》鉛板屋頂。5 U 黑鉛；鉛白。6 U C 鉛筆心。7〖印〗鉛條。

swing the lead《英俚》(1) 以裝病等理由來逃避工作。(2) 吹牛，捏造。

—動 及 1 用鉛（合金）覆蓋；加入鉛；加鉛錘。2 給（窗玻璃）加鉛框。3〖印〗插進鉛條。

—形 鉛（製）的；含鉛的。

lead·ed ['lɛdɪd] 形（汽油）含鉛的。

lead·en ['lɛdn̩] 形 1 沉重的，不易舉起或移動的。2 無生氣的，遲鈍的；無精打采的，意志消沉的：a ～ pace 慢吞吞的步調 / a ～ heart 沉重鬱悶的心。3 鉛灰色的，暗灰色的。4 粗劣的，無價值的；低廉的。5 鉛（製）的。

～·ly 副, ～·ness 名

:lead·er ['lidɚ] 名 1 領導者，指揮者，統率者，首領；引導的人[物]：a ～ in society 社會領袖。2〖樂〗(1)《美》指揮。(2)《英》首席小提琴手；首席短號手；首席女高音。3《英》主要辯護人；皇室法律顧問。4（馬車的）前導馬。5（機械的）導桿；通風管；（水道的）導管；排水管；〖海〗測（深）錘。6〖報章〗= leading article. 7（膠卷或錄音帶最前頭的）空白部分；說明字幕，解說字幕。8〖經〗領先指標。9 吸引顧客的特價品。10 腱，筋。11《～s》〖印〗點線，虛線。12〖釣〗釣線；導魚網。

lead·er·ette [ˌlidə'rɛt] 名 短篇社論，短評。

·lead·er·ship ['lidɚˌʃɪp] 名 1 U 領導者的地位[任務]。2 U 領導，統率；當領導者的素質；領導能力：follow the ～ of... 聽從…的指揮。3《集合名詞》領導階層。

'leader ˌwriter 名《主英》（報紙的）社論執筆者，主筆（《美》editor, editorial writer）。

lead-free ['lɛdˌfri] 形（汽油）不含鉛的。

lead-in ['lidˌɪn] 名〖無線·視〗1 引入線。2 用以引介後續廣告節目的部分；介紹，開場白。

:lead·ing¹ ['lidɪŋ] 形《限定用法》1 最重要的，主要的；第一級的，第一流的。2 前導的；指導性的，誘導性的：the ～ principle 指導原則。3 主角的。—名 U 嚮導，前導；領導，指揮；領導能力。

lead·ing² ['lɛdɪŋ] 名 U 1 鉛製的覆蓋物；鉛細工；鉛框。2〖印〗鉛條。

'leading 'article 名〖報章〗1 主要新聞。2《英》社論。

'leading 'edge 名《**the** ～》領先地位。

L

'leading 'lady 名女主角。

'leading 'light 名 1〖海〗導航燈。2 重要人物，有影響力的人物。

'leading 'man 名男主角。

'leading 'question 名誘導式詢問。

'leading 'reins 名(複)（馬的）韁繩。

'leading 'strings 名(複) 1《罕》（幼兒練習走路用的）牽引繩帶：be in ～ 無法獨自站立。2 太過嚴格的管教；束縛：be in one's uncle's ～ 受叔叔很嚴格的管教。

'leading 'tone ['note] 名《the ～》〖樂〗導音。

'lead ˌline ['lɛd-] 名〖海〗測錘線。

lead-off ['lid,ɔf] 形最初的。

lead·off ['lid,ɔf] 名 1 開始，著手；先發制人的一擊。2〖棒球〗第一棒打者；（各局的）第一位打者，首打席。

'lead 'oxide ['lɛd-] 名 U〖化〗一氧化鉛。

'lead 'pencil ['lɛd-] 名鉛筆。

'lead-pipe 'cinch ['lɛd,paɪp-] 名《美口》完全確定的事情；極爲容易的事情。

'lead ˌpoisoning ['lɛd-] 名 U〖病〗鉛中毒。

'lead ˌtime ['lid-] 名 U 由產品的企劃到完成的時間；從收到訂單到送出貨品的時間。

lead-up ['lid,ʌp] 名準備階段；入門，初階。

lead·y ['lɛdɪ] 形 (**lead·i·er, lead·i·est**) 似鉛的；鉛灰色的；含鉛的。

:leaf [lif] 名 (複 **leaves** [livz]) 1 葉。2 花瓣：a violet ～ 紫羅蘭的花瓣。3《集合名詞》(1) 葉：a mulberry tree in ～ 綠葉滿枝的桑樹 / rake up the fallen *leaves* 把落葉耙在一起。(2) U 茶葉；煙葉。4（書籍等的）一張。5 U 金屬薄片，箔；（岩石等的）薄層。6（門等的）可以拿開的一扇。7 活動橋的活橋面之一；板片彈簧的一葉（簧片）。8（小齒輪的）齒。

take a leaf out of** a person's **book 仿效某人。

turn over a new leaf 重新開始，改過自新；翻開新的一頁。

—動 不及 1 長葉子《*out*》。2《美》快速翻書頁；約略地過目《*over, through...*》。—及約略地翻閱《*through*》。～·ˌlike 形

leaf·age ['lifɪdʒ] 名 = foliage.

'leaf ˌbud 名〖植〗葉芽。

leafed [lift] 形 = leaved 1.

leaf·less ['liflɪs] 形沒有葉子的。

leaf·let ['liflɪt] 名 1 傳單，散頁印刷品。2〖植〗小葉；〖動〗葉狀部分，葉狀構造。3 嫩葉，小葉。—動 (～·(t)ed, ～·(t)ing) 不及 及 散發傳單。

'leaf ˌmold 名 U 腐葉土。

leaf·stalk ['lif,stɔk] 名 = petiole 1.

leaf·y ['lifɪ] 形 (**leaf·i·er, leaf·i·est**) 1 多葉子的；葉子覆蓋著的；葉子形成的；闊葉的：a ～ branch 樹葉茂盛的樹枝。2 似葉子的；成薄層的；薄層狀的。**-i·ness** 名

·league¹ [lig] 名 (複～**s** [-z]) 1 同盟，聯盟：in ～ with... 和…結盟。2《集合名詞》參加同盟者；聯合團體，協會。3 種類。4〖運動〗(1) 競賽聯盟：a football ～ 足球聯盟。—動 (**leagued, lea·guing**) 不及 聯盟，聯合，團結《*together / with...*》。—及使結盟《*with....*》。

league² [lig] 名里格：距離單位，約爲 3 哩（4.8 公里）。

lea·guer¹ ['ligɚ] 動 及《古》圍攻。—名圍攻；圍攻部隊的陣營。

lea·guer² ['ligɚ] 名 1 同盟國；加盟成員。2〖棒球〗聯盟所屬球員。

'league ˌtable 名《英》（聯盟賽的）成績表，排名表；比較一覽表，對照表。

Le·ah ['liə] 名〖聖〗莉亞：Jacob 的原配。

·leak [lik] 名 (複～**s** [-z]) 1 裂縫，漏洞：a ～ in a hose 水管上的破洞 / start a ～ （物件）出現漏洞。2〖電〗漏洩；漏電（的地方）。3 U C 漏，洩漏；漏出物；漏出量。4《*a* ～》《常爲粗》撒尿：take *a* ～ 小便。

—動 不及 1 漏；流鼻水；流眼淚。2 滲漏，漏進《*in*》；漏出《*out*》；洩漏《*out*》。3 一點一點地消失《*away*》。—及 1 讓…漏出。2 洩漏《*out / to...*》。

leak·age ['likɪdʒ] 名 1 U C 漏；洩漏。2 漏出物；漏出量。3〖商〗漏損；〖電〗漏電，漏洩。

leak·proof ['lik,pruf] 形 1 防漏的，不會漏的。2《美》保證不洩漏機密的。

leak·y ['likɪ] 形 (**leak·i·er, leak·i·est**) 1 會漏的。2（記憶等）靠不住的；健忘的。3 會洩密的：a ～ vessel 守不住祕密的人。4（電腦等）會洩漏機密的。**-i·ness** 名

leal [lil] 形《蘇》誠實的，忠實的。

:lean¹ [lin] 動 (**leaned** [lind] 或《英尤作》**leant** [lɛnt], ～**·ing**) 不及 1 彎曲身體，俯身；傾，傾斜：～ out of the window 從窗戶探出身子 / ～ over the rail 身體探出欄杆 / ～ to the left 向左傾斜。2 傾向，偏向《*toward, to...*》：～ *toward* visiting him 有意去拜訪他。3 依靠，倚靠《*against, on, upon...*》：～ *against* a person 倚靠某人 / ～ *on* one's stick 拄著拐杖。

—及 1 使傾斜。2 使依靠《*against, on, upon...*》。

lean over backward (1) 矯枉過正《*to* do》。(2) 不遺餘力。

lean on... (1) ⇨動 不及 3, 4. (2)《俚》施加壓力；威脅，恐嚇。(3)《美俚》痛毆。

—名《通常作 **a** ～》傾，傾斜；偏，彎曲；傾向：*a* ～ of 110° 110 度的傾斜。

·lean² [lin] 形 1 瘦的，沒多少肉的；（臉）細長的；脂肪少的，精瘦的。2 不充足的，貧乏的；貧瘠的：a ～ meal 缺乏營養的餐點 / a ～crop 歉收 / an era ～ in great leaders 缺乏偉大領導人物的時代。3（油

漆、繪畫顏料）油少顏料多的；可燃成分少的。4不耗費（燃料）的《 on... 》。5〖海〗（船首）細尖的。一名 1 U《偶作the ~》脂肪少的肉，瘦肉。2 細長的部分。
~·ly 副, ~·ness 名

Le·an·der [lɪ'ændɚ] 名〖男子名〗里安德。

lean·ing ['linɪŋ] 名 1 U 傾，傾斜。2 傾向；興趣；偏愛《 *to, toward...* 》。

'Leaning 'Tower of 'Pisa 名《 the ~》比薩斜塔。

leant [lɛnt] 動《主英》lean¹ 的過去式及過去分詞。

lean-to ['lin,tu] 名(複~s) 單斜屋，單斜面屋頂。一形（屋頂）僅具單斜面的；一面與主屋搭連的。

:leap [lip] 動 (**leaped** 或《英》**leapt** [lɛpt], **~·ing**) 不及 1 跳，躍，跳起：~ over a stream 跳過小河 / Look before you ~.《諺》看好以後再跳；三思而後行。2 猛然行動：~ forward 猛跳向前。3（心臟）激烈地跳動。4 猛然變成《 *into...* 》；猛然達到《 *to...* 》；反應急切《 *out / at...* 》：~ *into* flame 一下子旺燒起來。一及 1 跳躍，跳過；渡過。2 使跳越。
leap at... 急切抓住（機會等）。
leap out of one's skin（因高興、驚訝等而）跳起來。
一名 1 跳，跳躍；飛躍。2 跳躍的高度；跳的地點；必須跳越的東西。3 急劇的增大。
a leap in the dark 不顧後果的行動。
by leaps and bounds 突飛猛進地。

'leap ,day 名（閏年的）2 月 29 日，閏日。

leap·er ['lipɚ] 名 跳躍的人或動物。

leap·frog ['lip,frɑg] 名 1 U 跳背遊戲。2 U C 競相提高（價格等）。
一動 (**-frogged**, **~·ging**) 及 1 跳越。2 閃過，繞過；越過。3〖軍〗使交互躍進。4 競相提增。一不及 1 玩跳背（遊戲）。2 交互超越前進。

'leap ,second 名 閏秒。

:leapt [lɛpt, lipt] 動 **leap** 的過去式及過去分詞。

'leap ,year 名 U C 閏年。

'leap-'year 形 閏年的：a ~ proposal 由女方提出的結婚之請。

Lear [lir] 名 ⇨ KING LEAR

:learn [lɝn] 動 (**learned** [lɝnd] 或 **learnt**, **~·ing**) 及 1 學，學習；懂得，學會（做…）：~German 學德語 / ~ how to swim 學游泳。2 記得，記住：~ 50 words (by heart) a day 一天記 50 個單字。3 得知，查明；獲悉；了解：~ a fact 知道事實。4 學到。5《非標準》教。6《常爲謔》教訓，使領會。一不及 1 學，學習《 *from...* 》。2 知道，聞知《 *of, about...* 》。
learn... by heart 記住，背誦。
learn one's lesson 學到教訓，學乖。

·learn·ed ['lɝnɪd] 形 1 有學問的，博學的；造詣深的；精通的，熟知的《 *in...* 》：~ men 飽學之士 / be ~ *in* Shakespeare 通曉莎士比亞。2《限定用法》學術性的；需要經過學習研究的；學者用的：a ~ profession 需要學問的職業（神學、法學、醫學）/ a ~ journal 學報。~·ly 副, ~·ness 名

learn·er ['lɝnɚ] 名 1 學習者；初學者；弟子。2《英》學習駕駛汽車的人。

·learn·ing ['lɝnɪŋ] 名 U 1 學問，學識：a man of profound ~ 學問造詣深的人。2 學，學習；學會；〖心〗學習。

'learning ,curve 名〖心〗學習曲線。

'learning disa,bility 名 U 學習障礙。

learn·ing-dis·a·bled ['lɝnɪŋdɪs'ebḷd] 形 有學習障礙的。略作：LD

:learnt [lɝnt] 動 **learn** 的過去式及過去分詞。

·lease [lis] 名 1 租賃契約；租賃契約書：by [on] ~ 依租約；以租借方式 / put... (out) to ~ 把…出租 / take a ~ on... 租借…。2 出租期，租賃期；租借權：fall out of ~ 租賃期限已到。3 出租的財產。
a new lease on life 壽命延長；過新生活的機會；（修理後的）完好如新。
一動 (**leased**, **leas·ing**) 及 租得，租賃；出租《 *out* 》。一不及 被出租。**'leas·a·ble** 形

lease·hold ['lis,hold] 名 U 1 租用權。2 租得的物件[土地]。一形 租來的。

lease·hold·er ['lis,holdɚ] 名 租屋人，租賃人。

leash [liʃ] 名 1（繫動物的）皮帶，繩索；U 拘束，抑制：keep...in ~ 抑制… / strain at the ~（動物）爲了想脫逃而用力扯皮帶；爲了擺脫束縛而拚命掙扎。2《 a ~ 》〖狩〗三隻一組《 *of...* 》：*a* ~ *of* foxes 三隻狐狸。一動 及 1 用繩子繫；束縛，抑制。2 一起綁著；使連接起來。

:least [list] 形（**little** 的最高級；比較級是 **less** 或 **lesser**）《常作 **the** ~》1 最小的；最少的：*the* ~ sum 最少的數額 / a fixed star of *the* ~magnitude 光度最小的恆星 / without *the* ~shame 毫不知恥地。2《古》最沒價值的，最不重要的。
not the least (1)《重音在 **least** 上》一點也不。(2)《重音在 **not** 上》很多，非常。
the least one 么兒，幼子。
一名《通常作 **the** ~》最小的東西[量]；最沒用的東西。
at (the) least (1) 起碼，至少。(2) 無論如何，好歹，總之。
not...in the least 一點也不…，全然不…。
to say the least (of it) 保守地說。
一副（**little** 的最高級；比較級是 **less**）最少地，最不：*L-* said, soonest mended.《諺》言多必失；話少說爲妙。
least of all《通常用於否定》尤其不，最不。
not least 相當重要的是。

L

'least 'common de'nominator 名 《the ～》〖數〗最小公分母。略作：LCD

'least 'common 'multiple 名 = lowest common multiple. 略作：LCM

least·ways ['list,wez] 副《方》= leastwise.

least·wise ['list,waɪz] 副《口》至少；無論如何。

·leath·er ['lɛðɚ] 名 1 Ⓤ 皮革，鞣皮：a piece of ～ 一張鞣皮。2 皮革製品；皮帶；鐙革；皮衣；《俚》錢包；拳擊手套。3《～s》（皮革製的）騎馬用半長褲；綁腿，護腳。4（板球等的）球。
hell(-bent) for leather《俚》極爲快速地。
—形 皮革製品的；（似）鞣皮的。
—動 及 1 加上皮革。2 以皮革擦拭。3《口》以皮鞭鞭打。

leather-bound ['lɛðɚ,baund] 形（書）皮面的，皮裝的。

leath·er·ette [,lɛðɚ'rɛt] 名 Ⓤ 假皮，人造皮。

leath·er·head ['lɛðɚ,hɛd] 名《俚》笨蛋，蠢材。**-headed** 形 笨頭笨腦的。

leath·ern ['lɛðɚn] 形 皮革製的；似皮的。

leath·er·neck ['lɛðɚ,nɛk] 名《美俚》海軍陸戰隊隊員。

leath·er·y ['lɛðərɪ] 形 似皮革的；強韌的；（肉等）堅韌的，硬的。

:leave[1] [liv] 動 (**left, leav·ing**) 及 1 離開《*for...*》；退出，脫離；《喻》辭去，停止：～ the room 離開房間 / ～ a job 辭職 / ～ Hongkong *for* Guam 離開香港去關島 / ～ school 退學；《英》畢業。2 使處於；忽視，棄置：～ a door open 讓門開著 / ～ the light burning [on] 燃著燈火；讓燈亮著。3 聽任（做…）《*to...*》；維持（某種狀態）。4 委託《*to...*》。5 除掉，除外，略去，（不留神而）漏掉《*out*》。6 將…擱著；將…留著給：cut down a few trees and ～ the others 砍倒幾株樹而把其他的留著。7 遺留；留置；棄置不顧；遺忘《*behind*》：～ *behind* one's overcoat 忘了帶走外套。8 死後留下；遺贈《*behind*》；（死後、離開後）留下；留給，遺贈給：～ a good name 死後留下好名聲 / ～ money in a will 遺囑中留有金錢。9 存放（在某人那裡）《*with...*》；寄放（在…場所）《*in ...*》。10 剩餘，剩下。11 通過，經過。12《非標準》允許。—不及 動身，出發，離去《*for...*》；開車《*from...*》。
be nicely left 被巧妙地騙了一著；被遺棄。
leave...about [*around*] 把…到處亂扔。
leave...alone 將…置之一邊不予理會，不管；棄置一旁；不去觸及（話題等）。
leave...aside / *leave aside...* 擱置；未加理睬；未列入考慮。
leave...behind / *leave behind...* (1) ⇨動 及 7. (2) ⇨動 及 8. (3) 遺棄。(4) 追過，把…拋在後面。(5) 留下，遺下。
leave a person flat《口》（突然）拋棄。
leave go of... 放手；放掉。
leave...hanging (*in the air*) 使懸而不決。
leave a person holding the bag《口》(1) 未給人所要求的東西；使某人終未獲得。(2) 把全部的責任推卸給某人。
leave...in / *leave in...* 使…保持原狀。
leave it at that（議論等）就到此爲止。
leave off (1) 停止。(2) 關掉。(3) 脫掉，不再穿；戒掉。
leave on (1) 穿著…不脫。(2) ⇨動 及 2.
leave...over / *leave over...* (1)《通常用被動》殘留，剩餘。(2) 延期。
leave a person to himself [*to his own devices*] 讓某人隨意行動。

·leave[2] [liv] 名 1 Ⓤ 允許《*to* do》：without ～ 未經許可地，擅自地 / by your ～《常爲諷》恕我冒昧，恕不遵命 / beg ～ *to* do 請求允許去做…；請容本人冒昧做…。2 Ⓤ Ⓒ 休假，准假；休假期間：(a) sick ～ 病假 / a ticket of ～《英》假釋許可證 / on ～ 休假中 / (take) French ～ 開小差；擅自缺課；不告而別。3 Ⓤ 離開，告辭：take (one's) ～ of a person 向某人告辭 / take ～ of one's senses 喪失理智，發狂。4〖保齡球〗殘瓶；〖撞球〗（擊出一桿後）剩餘的球。

leave[3] [liv] 動 不及（植物）長葉子，生葉。

leaved [livd] 形 1 有葉子的；《複合詞》有…葉子的；（門等）…扇的：a ～ branch 有葉子的樹枝 / a broad-*leaved* plant 闊葉樹。2 似葉子的，葉狀的。

·leav·en ['lɛvən] 名 1 Ⓤ 酵母；酵素。2 ⓊⒸ 潛移默化的改變因素。3 Ⓤ 氣息，色彩《*of...*》。
the old leaven 舊惡習尚未根除的痕跡；很難除去的積弊。
—動 及 1 使發酵；使膨脹。2 使潛移默化《*with, by...*》。3 使帶…氣味《*with...*》。

leav·en·ing ['lɛvənɪŋ] 名 Ⓒ Ⓤ 1 發酵素，酵母。2《喻》感化；影響。

:leaves [livz] 名 **leaf** 的複數形。

leave-tak·ing ['liv,tekɪŋ] 名 Ⓤ 告辭，道別。

leav·ing ['livɪŋ] 名 1 leave[1] 的舉動。2 剩餘，殘留。3《通常作 **the** ～**s**》殘留物，剩餘物；廢物，渣滓。

Leb·a·nese [,lɛbə'niz] 形 黎巴嫩人的，黎巴嫩的。
—名(複～)黎巴嫩人[居民]。

Leb·a·non ['lɛbənən] 名 黎巴嫩（共和國）：位於地中海東岸；首都爲 Beirut。

lech [lɛtʃ] 動 不及《口》耽於漁色；（情慾勃勃地）追求，渴慕《*after...*》。
—名《通常用單數》色慾；好色之徒。
—形 = lecherous.（亦作 **letch**）

lech·er ['lɛtʃɚ] 名 好色之徒。

lech·er·ous ['lɛtʃərəs] 形 好色的；猥褻

的。～·ly 副，～·ness 名。

lech·er·y ['lɛtʃərɪ] 名(複-er·ies) U 好色，淫亂；C 淫亂的行為。

lec·i·thin ['lɛsəθɪn] 名 U〖生化〗卵磷脂。

lec·tern ['lɛktɚn] 名 聖經臺；(直立式)讀經臺；《英》講桌。

·lec·ture ['lɛktʃɚ] 名 **1** 講課，演講，講話《*on, about...*》: a ～ *on* modern art 一場有關現代藝術的演講 / give a ～ 演講；講課。**2** 訓話，說教；訓誡，指責：read a person a ～ 對某人說教。
—動(-tured, -tur·ing) 不及 發表演講《*on, about...*》；講授課業《*in...*》。—及 **1** 講課。**2** 訓誡《*for..., for doing*》。

'lecture 'hall 名 講堂，階梯教室。

lec·tur·er ['lɛktʃərɚ] 名 **1** 演講者；講課者。**2**《英》(大學的)講師。**3** (英國教會的)說教者。

lec·ture·ship ['lɛktʃɚ,ʃɪp] 名《英》大學講師的職位。

'lecture 'theater 名 階梯教室。

:led [lɛd] 動 **lead¹** 的過去式及過去分詞。

LED《縮寫》*l*ight-*e*mitting *d*iode 發光二極體。

·ledge [lɛdʒ] 名 **1** 突出部分；水平突出物；岩棚。**2** 岩層，岩塊；礦脈，岩脈。
—動(ledged, ledg·ing) 及 裝配橫木條。
'ledg·y 形 有岩棚的。

ledg·er ['lɛdʒɚ] 名 **1**〖簿〗分類帳，分戶帳。**2**〖建〗鷹架的橫腳平木；橫板。**3** (墓的)平石，臺石。

'ledger ,line 名 **1**〖釣〗未繫浮標附有底餌能沉於水底的釣絲。**2** = leger line.

lee¹ [li] 名《通常作 the ～》**1** 蔭暗處；背風面：under *the* ～ of a fallen tree 在一棵倒樹的樹蔭下。**2**〖主海〗下風處。—形《限定用法》〖主海〗(向)下風處的。

lee² [li] 名《通常s作 the ～s》(酒類的)沉澱物，渣滓。
drain (to) the lees 把…全部喝光；嘗盡…的辛酸。

Lee [li] 名 **1 Robert E(dward)**，李 (1807–70)：美國南北戰爭時南軍的名將。**2**〖男子名〗李。

leech¹ [litʃ] 名 **1**〖動〗水蛭；《喻》吸血鬼；陰險的榨取者；放高利貸者；(似)寄生蟲(的人)：cling like a ～ (像水蛭般)吸附不放。**2** 人工抽血器。—動 及 **1** 吸盡血汗，壓榨。**2**《古》治癒；醫治。—不及 抓住不放，緊緊抱住《*on to...*》。

leech² [litʃ] 動 及 用水蛭吸血。—名《古》〖詩〗《諧》醫生；神；基督。

leek [lik] 名〖植〗韭蔥。
eat the leek 忍受屈辱。

leek-green ['lik'grin] 形 蔥綠色的。

leer [lɪr] 動 不及 以不懷好意的目光看；斜眼看《*at...*》：～ *at* a woman 色瞇瞇地看一個女人。—名 (具惡意的)斜眼；色眼，秋波，媚眼。
～·ing 形

leer·y ['lɪrɪ] 形(lerr·i·er, lerr·i·est)《口》小心留神的；多疑的《*of...*》。

'lee ,shore 名 下風岸。
on a lee shore 在困難[危險]的狀況下。

lee·ward ['liwɚd] 形 **1** 下風的；在下風處的《*of...*》: an island ～ *of* the boat 在船的下風處的島嶼。**2** 避風的；《喻》隱蔽的。—名 U 下風：steer to ～ of... 向…下風航駛 / on the ～ of... 在…的下風處。
—副 在下風，向下風。～·ly 副

lee·way ['li,we] 名 **1** U C《口》餘裕，餘地；自由，彈性：give a person (some) ～ 給某人留(一點)餘地。**2** U〖海〗風壓偏航。**3** U 風壓差，風壓偏角：make up the ～ 回復到原定前進的位置；脫離逆境。**4** U〖空〗風壓偏航。**5** U C《英》落後，延誤；時間上的損失。

:left¹ [lɛft] 形 **1**《限定用法》左的，左方的；〖數〗左方的：at one's ～ (hand) 在左手邊 / on the ～ bank 在左岸 / lower ～ side 左下方 / have two ～ feet 笨拙，不靈巧。**2**《常作 L-》(政治上的)左派的，左傾的。
work with the left hand 懶散地做事。
—名 **1**《通常作 the ～, one's ～》左，左側，左方；左轉。**2**《通常作 the L-》《集合名詞》〖政〗左傾；左派議員；急進派黨員。**3**《 the L-》(1) 改革派；激進派的地位。(2) = left wing. **4**〖拳擊〗左拳；〖棒球〗左外野(手)。
over the left 反過來說，恰恰相反。
—副 向左方，向左邊。

:left² [lɛft] 動 **leave¹** 的過去式及過去分詞。

left-brain ['lɛft'bren] 名 形 左腦(的)。

left-brained ['lɛft'brend] 形 左腦的。

'left'field 名 **1** U〖棒球〗左外野；左外野的守備位置。**2** (亦作 **leftfield**)《美》遠離活動核心的地方；局外人的地位。
be out in left field《美俚》完全錯誤的；頭腦有點奇怪的。

'left 'fielder 名〖棒球〗左外野手。

left-hand ['lɛft'hænd] 形《限定用法》**1** 左側的，左方的；向左方的。**2** 左手的；用左手的；左撇子的；向左轉的。**3** 不吉利的，不祥的；間接的，拐彎抹角的；不靈巧的，笨拙的。

left-hand·ed ['lɛft'hændɪd] 形 **1** 左撇子的；左撇子用的：a ～ baseball mitt 一隻左撇子用的棒球手套。**2** 在左手邊的。**3**〖機〗向左旋轉的；反時針旋轉的。**4** 曖昧的；可疑的；不誠實的；陰險的；《口》假的，仿造的。**5**《口》不靈巧的，笨拙的。**6** 門第不相當而通婚的。**7** 不吉利的，不祥的。—副 **1** 用左手。**2** 向左方。
～·ly 副, ～·ness 名

left-hand·er ['lɛft'hændɚ] 名 **1** 左撇子；左投手。**2**《口》左手的一擊，左拳。

left·ish ['lɛftɪʃ] 形 左派的，左翼的。

L

left·ism ['lɛftɪzəm] 名 U 左傾主義。

left·ist ['lɛftɪst] 名 1 左派分子，急進分子。2《美俚》= left-hander1. 一形 左傾的，左派的；左傾思想的。

'left-'lug·gage ˌoffice ['lɛft'lʌgɪdʒ-] 名《英》行李寄存處。

left·most ['lɛftˌmost] 形 最左的。

left-of-cen·ter ['lɛftəv'sɛntɚ] 形（政治、思想）中間偏左的。

left-off ['lɛft'ɔf] 形 捨棄的，不用的。

left·o·ver ['lɛftˌovɚ] 名《通常作～s》1 剩餘物；殘餘；剩菜，剩飯。2 遺跡，遺風。一形 吃剩的，未用完的。

left·ward ['lɛftwɚd] 副 在左方。一形 在左側的，向著左邊的。

'left 'wing 名《常作 the ～》1（政黨的）左翼；《集合名詞》左傾分子；左派政黨，左傾團體。2〖運動〗左翼，左鋒。 **'left-'wing** 形, **'left-'wing·er** 名

left·y, -ie ['lɛftɪ] 名（複 **left·ies**）《口》1 左撇子；左投手。2《主英》左派分子。一形〖運動〗用左手的；（尤指棒球的）左投手的。一副 以左手。

:leg [lɛg] 名 1 腿；（供食用的）動物的腿：an artificial ～ 義肢 / a ～ of pork 一隻豬蹄膀 / cross one's ～s 蹺腿 / stand on one ～ 以一條腿站立。2〖解〗小腿：從膝蓋到腳踝的部分。3 似腿腳的東西；褲管；（羅盤等的）腳；（三角形的）底邊以外的邊；勾，股；支柱。4（尤指航空旅行的）一段行程：the final ～ of a journey 旅行的最後一段行程。5《常作 a long ～》〖海〗（船搶風直駛的）一段航程。6〖運動〗一回合；（接力賽中的）一棒的賽程。7 U C〖板球〗守在打者左後方的外野手或其守備位置。8〖電〗（迴路網的）支線，引線；（天線的）枝狀部分；〖廣播·視〗《美》支臺，中途轉播站。9《英》騙子。

dance a person off his legs 叫某人跳得筋疲力竭；使某人疲於奔命。

fall on one's legs 化險為夷，僥倖成功。

feel one's legs（小孩）學會站立[走路]；具備了自信心。

get a person back on a person's legs (1) 使某人恢復健康。(2) 濟助某人。

get up on one's (hind) legs (1) 站起來，站立。(2) 發怒。

give a person a leg up 扶某人上馬，幫助某人爬上去；《喻》援助某人。

have legs《口》腳程快，跑得快。

have no legs《口》（高爾夫球的球等）後繼無力到達不了目標。

have no leg to stand on = not have a LEG to stand on.

have the legs of a person 比某人跑得快。

in high leg 非常有精神地；趾高氣揚地。

keep one's legs 站穩，屹立不倒。

leg and leg（競賽等）平分秋色。

not have a leg to stand on《口》欠缺正當的根據，站不住腳。

off one's legs (1) 休息。(2) 筋疲力竭。

on one's last legs 臨死；陷於絕境；黔驢技窮；筋疲力竭。

on one's legs / on one's hind legs (1) 站立（講話或爭辯）。(2) 康復；（經濟）好轉。

pull a person's leg (1) 戲弄某人。(2) 欺騙某人，欺侮某人。

put one's best leg forward (1) 以全速走。(2) 盡全力。

run off one's legs 累倒，疲於奔命。

shake a leg《俚》(1)《通常用於命令》趕快！(2) 跳舞。

show a leg《俚》(1) 露面；起身，起床。(2)《命令》打起精神！加油！

stand upon one's own legs 自立，自主。

stretch one's legs 伸伸腿，活動一下筋骨。

take to one's legs = take to one's HEELS.

一動 (**legged**, ～**·ging**) 及 1《以 **it** 為受詞》(1)（快速地）走；跑。(2) 做採訪記者。2 助（人）上馬《*up*》。一不及（快速地）走；跑。

leg...out / leg out...〖棒球〗以快跑盜壘而獲得（安打等）的效果。

leg.《縮寫》*leg*al; *leg*islative; *leg*islature.

leg·a·cy ['lɛgəsɪ] 名（複 **-cies**）1〖法〗遺贈（物）；遺產：a ～ hunter 一個想把別人遺產弄到手的人。2 傳統；繼承之物。

·le·gal ['ligl] 形 1 合法的，法定的，基於法律上的：a ～ fare 法定運費 / a ～ wife 合法妻子。2 法律（關係）的。3 根據習慣法的，約定俗成的：the ～ estate 習慣法上規定的不動產權。4 律師的：～ fees 律師費。一名 1《～s》合法投資。2 法律要件，法定繼承權。3 法律公告，聲明。

'legal 'age 名 法定年齡。

'legal 'aid 名 U（為窮人提供的）免費法律服務。

'legal 'cap 名《美》法律文件用紙。

'legal 'fiction 名 法律上的假設。

'legal 'holiday 名《美》法定假日。

le·gal·ism ['liglˌɪzəm] 名 U 1 律條主義，守法主義，官僚的形式主義。 **-ist** 名

le·gal·is·tic [ˌligə'lɪstɪk] 形 嚴守法律的；拘泥於形式的。

le·gal·i·ty [lɪ'gælətɪ] 名（複 **-ties**）U C 1 適於法律，合法（性）；嚴守法律。2 法律上的義務。

le·gal·ize ['liglˌaɪz] 動 及 使合法化；給…法律上的認可。 **-i·'za·tion** 名 U 合法化，公認。

·le·gal·ly ['ligəlɪ] 副 在法律上；合法地。

'legal 'tender 名 C U 法定貨幣，法幣。

leg·ate[1] ['lɛgɪt] 名 1 羅馬教皇特使；使節，特使。2〖羅史〗將軍的副官；地方長官；地方總督。 ～**ˌship** 名

le·gate[2] [lɪ'get] 動 及 遺贈。

leg·a·tee [ˌlɛgə'ti] 名 遺產領受人。

le·ga·tion [lɪ'geʃən] 名 1《集合名詞》公

L

使團，公使館館員。2 公使館。3 使節的職務。4 ⓤ使節的派遣。

le·ga·to [lɪ'gɑto] 形 副〖樂〗圓滑演奏的[地]，無斷音的[地]，圓滑唱出的[地]。

·leg·end ['lɛdʒənd] 名 1 傳說，傳奇；ⓤ 民間流傳：Chinese ～*s* 中國民間傳說 / in ～ 在傳說中。2 題銘，題字；（地圖等的）圖例，記號說明表。3〖幣〗（貨幣的）銘刻，刻字。4 奇聞錄，傳說集。5 偉人傳中的主角；傳說中的人物。

leg·end·ar·y ['lɛdʒən,dɛrɪ] 形 1 傳說的；傳說性的。2 有名的。—名(複-ar·ies)《集合名詞》傳說集；聖賢列傳。

leg·end·ry ['lɛdʒəndrɪ] 名 ⓤ《集合名詞》傳說（集）。

leg·er·de·main [,lɛdʒɚdɪ'men] 名 ⓤ 1 戲法；障眼法。2 欺騙；手段，策略。

'leg·er ,line ['lɛdʒɚ-] 名〖樂〗加線。

le·ges ['lidʒiz] 名 **lex** 的複數形。

leg·ged ['lɛgɪd, 'lɛgd] 形 1《通常作複合詞》有…腿[足]的：four-*legged* animals 四足動物 / a three-*legged* race 兩人三足競走 / bare-*legged* 裸足的。2 有腳的。

leg·ging ['lɛgɪŋ], **-gin** [-gɪn] 名(複～s [-z]) 1《通常作～s》（女用）緊身九分褲。2《～s》（小孩的）護腿套褲。**-gin·ged** 形

leg·gy ['lɛgɪ] 形(-gi·er, -gi·est) 1（小孩、動物的幼獸）腿過長的。2《口》女性有修長美腿的。3〖植〗莖細長的。

leg·horn ['lɛgɚn, 'lɛg,hɔrn] 名《偶作 L-》來亨雞（產卵用）。

leg·i·bil·i·ty [,lɛdʒə'bɪlətɪ] 名 ⓤ（筆跡等的）易讀。

leg·i·ble ['lɛdʒəbl] 形 1 易讀的，容易辨識的。2（感情等）可察知的，可識別的。**-bly** 副

le·gion ['lidʒən] 名 1（古羅馬的）軍團：由 3,000–6,000 人的步兵組成。2 軍隊，軍團。3 退伍軍人協會：《the L-》美國退伍軍人協會；（法國）外籍兵團。4 多數，一大群：～*s* of people 許多人。—形《敘述用法》《文》無數的，眾多的。

le·gion·ar·y ['lidʒə,nɛrɪ] 形 1（古羅馬的）軍團的。2 無數的，眾多的。—名(複-ar·ies) 1（古羅馬）軍團的士兵。2《英》英國退伍軍人協會的會員。

le·gion·naire [,lidʒə'nɛr] 名 1《常作L-》美國退伍軍人協會會員。2 軍隊的一員。

legion'naire's dis,ease 名 ⓤ〖病〗退伍軍人病：一種重症肺炎。

leg·is·late ['lɛdʒɪs,let] 動 不及 立法；制定法律：～ against divorce 制定禁止離婚的法律。—及 藉立法創立；根據立法使成爲（某種狀態）《*into...*; *out of...*》。

legislate against... (1) ⇨動 不及. (2) 妨礙。

legislate for... 爲…而立法；考慮到…。

·leg·is·la·tion [,lɛdʒɪs'leʃən] 名 ⓤ 1 立法，法律制定。2《集合名詞》法律，法令。

leg·is·la·tive ['lɛdʒɪs,letɪv] 形 1 制定法律的，立法的：the *L*- Yuan 立法院 / a ～ assembly 立法會議。2 立法機關的：a ～ committee 立法委員會。—名 = legislature. ～**·ly** 副

leg·is·la·tor ['lɛdʒɪs,letɚ] 名 1 立法者，制定法律者。2 國會議員，立法委員。

leg·is·la·ture ['lɛdʒɪs,letʃɚ] 名 1 立法機關。2《美》州議會。

le·gist ['lidʒɪst] 名 法律學者；（精通古羅馬法律的）法學者。

le·git [lə'dʒɪt] 形《俚》= legitimate.

on the legit《美俚》合法的；正當的。

le·git·i·ma·cy [lɪ'dʒɪtəməsɪ] 名 ⓤ 1 合法性，正當性。2 正當，合理。3 嫡出；正統。

·le·git·i·mate [lɪ'dʒɪtəmɪt] 形 1 合法的；合於規則的：a ～ excuse 一種正當的辯解。2 嫡生的；嫡生子的。3 合理的，合乎邏輯的。4（君王等）正統的。5 真正的，真品的。6 正規的。7〖劇〗正統的：the ～drama 正統戲劇。—[lɪ'dʒɪtə,met] 動 (-mat·ed, -mat·ing) 及 1 使合法化；表示…爲正當；使正當化；認可。2 認做嫡生子。—[lɪ'dʒɪtəmɪt] 名 1《the ～》正統戲劇（界）。2 被承認爲嫡生子的人。～**·ly** 副

le·git·i·ma·tize [lɪ'dʒɪtəmə,taɪz] 動 及 = legitimate.

le·git·i·mize [lɪ'dʒɪtə'maɪz] 動 及 = legitimate.

leg·man ['lɛg,mæn, -mən] 名(複-men) 1 外勤事務人員，聯絡員，資料蒐集或跑腿的人。2〖報章〗採訪記者。

Leg·o ['lɛgo] 名〖商標名〗樂高：組合積木玩具。

leg-of-mut·ton ['lɛgə'mʌtn̩,'lɛgəv-] 形（帆、衣袖）羊腿形的，倒三角形的。

leg-pull ['lɛg,pul] 名《口》惡作劇，玩笑。

leg(-)room ['lɛg,rum] 名 ⓤ（劇場或車內座位間的）供腳伸展的空間。

leg-show ['lɛg,ʃo] 名 大腿舞表演。

leg·ume ['lɛgjum, lɪ'gjum] 名〖植〗1 豆類。2 豆莢。

le·gu·mi·nous [lɪ'gjumənəs] 形 生豆的；豆科的；豆的。

'leg(-),warmer 名《通常作～s》暖腿護套。

leg·work ['lɛg,wɝk] 名 ⓤ《口》（爲了學術研究等的）走訪，外勤探訪。

le·hu·a [le'huɑ] 名 1〖植〗桃金孃科灌木。2 桃金孃花。

le·i [le, 'leɪ] 名(複～s [-z]) 夏威夷諸島居民戴在頭上或頸部的花環。

Leib·ni(t)z ['laɪbnɪts] 名 **Gottfried Wilhelm von**，萊布尼茲（1646–1716）：德國哲學家及數學家。

Leices·ter ['lɛstɚ] 名 1 列斯特：英國 Leicestershire 的首府。2 = Leicestershire.

3 列斯特種的羊。

Leices·ter·shire ['lɛstə-,ʃɪr] 名列斯特郡：英國英格蘭中部的一郡；首府爲Leicester。略作：Leics.

Leip·zig ['laɪpsɪg, -sɪk] 名來比錫：德國東部的都市。

·**lei·sure** ['liʒə-, 'lɛʒə-] 名 U **1** 休閒，閒暇；空閒的時間。**2** 悠閒輕鬆，安逸。

at leisure (1) 有空暇。(2) 不急的，沉著的。(3) 沒有工作的，失業的。

at one's leisure 在閒暇時；有空時。

—形《限定用法》**1** 閒暇的；有空的。**2** 休閒時穿的，平常穿的。

～·less 形沒時間的，沒空的；忙碌的。

lei·sured ['liʒə-d, 'lɛʒə-d] 形 **1** 有閒暇的，有空閒的：the ～ class(es) 有閒階級。**2** 時間充裕的，從容的。

lei·sure·ly ['liʒə-lɪ, 'lɛʒə-lɪ] 形悠閒的；不匆忙的；有空閒的：a ～ conversation 悠閒的對話。

—副悠閒地；不匆忙地。**-li·ness** 名

'leisure ˌsuit 名（男性的）休閒便裝。

lei·sure·wear ['liʒə-,wɛr] 名休閒服。

leit·mo·tif, leit·mo·tiv ['laɪtmo,tif] 名 **1**〖樂〗主樂旨，覆現主題。**2** 不斷重複出現的主題，中心思想。

L

LEM [lɛm] 名= lunar excursion module.

lem·an ['lɛmən, 'limən] 名《古》愛人，情人；情婦。

Le·man ['limən] 名**Lake**，里蒙湖：瑞士最大的湖泊；Lake Geneva 的別稱。

lem·me ['lɛmi] 《口》let me 之縮寫。

lem·ming ['lɛmɪŋ] 名〖動〗旅鼠。

·**lem·on** ['lɛmən] 名 **1** 檸檬，檸檬樹；U 檸檬（的風味）；U 檸檬汁，檸檬製飲料。**2** U 檸檬色，淡黃色。**3**《口》品質不良的物品，有瑕疵的東西：～ law《美》〖法〗新車保證法。**4** 無價值的人[物]；《主英俚》沒有魅力的女人。

hand a person a lemon 給某人不良的物品，以次級品欺騙某人。

—形用檸檬做的；加入檸檬的；檸檬色的。

lem·on·ade [,lɛmə'ned] 名 U **1**《美》檸檬水。**2**《英》= lemon squash. **3**《英》加入碳酸的檸檬水。

'lemon 'curd ['cheese] 名 U 檸檬乳糕。

'lemon ˌlime 名 U 檸檬水。

'lemon ˌsoda 名 U《美》檸檬蘇打水。

lemon ˌsole 名〖魚〗**1** 檸檬鰈。**2** 其肉。

'lemon 'squash 名 U 檸檬汁（飲料）。

'lemon ˌsqueezer 名檸檬榨汁器，榨檸檬器。

le·mur ['limə-] 名〖動〗狐猴。

:**lend** [lɛnd] 動 (**lent**, ～·**ing**) 及 **1** 借給；出借。**2**（爲傾聽）俯（耳）；援（手等）；給予，添加《*to*...》：～ an ear *to*...《古》豎耳傾聽… / ～ a hand with the package 幫助搬運行李。**3**《反身》使適合於；使致力於《*to*...》。—不及出借。—名《口》出借；放貸。

lend itself to... 適合於…

lend·er ['lɛndə-] 名出借人；貸方；放高利貸者。

'lending ˌlibrary 名租書店（《美》circulating library, rental library）；《英》公立的出借圖書館。

'lending ˌrate 名貸款[放款]利率。

lend-lease ['lɛnd'lis] 名 U（對同盟國提供武器等的）租借（政策）。—動及租借（武器等給某國）。

:**length** [lɛŋkθ, lɛŋθ] 名 **1** U C 長度；長；縱距。**2** U C《偶作 **the** ～》（時間的）長短，期間，期限。**3**《偶作 **the** ～》（記述等的）長度。**4** 伸展的程度；長度；具有特定長度之物。**5** 範圍，程度。**6** 一馬身之長；一船身之長。**7**《通常作複合詞》〖服〗長度，尺寸。**8** U C〖語音·詩〗（母音、音節的）長度，音量；《俚》（母音的）音質。

at arm's length ⇨ ARM[1]（片語）

at full length (1) 身體完全伸展著。(2) 充分地，詳細地；冗長地。

at length (1) 充分地。(2) 終於。(3) 冗長地，囉嗦地。(4) 全身伸展成大字形。

at some length 相當長地；相當詳細地。

go (to) any length(s) / go (to) all lengths 不擇手段，盡一切力量，不遺餘力，不惜任何勞苦。

go to the length of doing 盡全力去做…；（竟）到了做…的程度。

know the length of a person's foot 了解某人的個性。

over the length and breadth of... 在…的各處，遍布於…。

·**length·en** ['lɛŋkθən,'lɛŋθ-] 動及 **1** 使變長，伸長；將（母音）拉長《*out*》。**2** 使因摻水而增加《*out*》。—不及變長，延伸；延長爲《*into*...》。～·**er** 名

length·ways ['lɛŋkθ,wez] 副形= lengthwise.

length·wise ['lɛŋkθ,waɪz] 副形長地[的]，縱地[的]。

length·y ['lɛŋkθɪ] 形 (**length·i·er, length·i·est**) **1** 非常長的，有相當長度的。**2** 冗長的，漫長的。**-i·ly** 副, **-i·ness** 名

le·ni·en·cy ['linɪənsɪ, 'linjən-] 名(複**-cies**) **1** U 寬大，寬容。**2** 寬大的行爲；從輕發落（亦稱 **lenience**）。

le·ni·ent ['linɪənt, 'linjənt] 形寬大的；慈悲爲懷的，溫和的《*to, toward, on, with*...》；寬容的《*about*...》。～·**ly** 副

Len·in ['lɛnɪn] 名 **Vladimir Ilyich**，列寧（1870－1924）：俄國革命領袖。

Len·in·grad ['lɛnɪn,græd] 名列寧格勒：俄國北部的一城市；現已改稱聖彼得堡（St. Petersburg）。

Len·in·ism ['lɛnɪnɪzəm] 名 U 列寧主

義。

Len·in·ist ['lɛnɪnɪst] 形 列寧（主義）的。─名 列寧主義的信奉者。

len·i·tive ['lɛnətɪv] 形（藥等）緩和性的，鎮痛性的。─名 緩和劑，鎮痛劑；緩瀉劑。

len·i·ty ['lɛnətɪ] 名 (複-ties) U 溫和，寬大，寬恕；C 寬大的行爲。

·lens [lɛnz] 名 (複～·es) **1** 透鏡，鏡片。**2**（照相機等的）組合鏡頭：a plano-concave ～ 一面平凹透鏡 / a magnifying ～ 一面放大鏡。**3**〖解〗（眼球的）水晶體。

lens·man ['lɛnzmən] 名 (複-men)《美口》攝影師。

:lent [lɛnt] 動 **lend** 的過去式及過去分詞。

Lent [lɛnt] 名（基督教的）四旬節，封齋期：從聖灰日開始，到復活節爲止，除主日外均禁食肉類的四十天齋期。

Lent·en ['lɛntən] 形 **1**《偶作 l-》四旬節的。**2** 簡陋的；質樸的；陰鬱的。

len·til ['lɛntɪl, -tl] 名〖植〗扁豆。

len·to ['lɛnto] 形 副〖樂〗緩慢的[地]。

'Lent ˌterm 名 U C《英》春季學期。

Le·o ['lio] 名 **1**〖天〗獅子座；〖占星〗獅子宮。**2**〖男子名〗利奧。

Le·o·nar·do da Vin·ci [ˌliə'nɑrdo də 'vɪntʃɪ] 名 達文西（1452－1519）：義大利畫家、建築師、音樂家、數學家及科學家。

Le·o·nid ['liənɪd] 名 (複～s, **Le·on·i·des** [li'ɑnɪdiz])〖天〗獅子座流星。

le·o·nine ['liəˌnaɪn] 形 獅子的；如獅般的，勇猛的：the ～ face of Russell Crowe 羅素克洛威武的臉孔。

Le·o·no·ra [ˌliə'norə, -'nɔ-] 名〖女子名〗麗兒露娜（Eleanor 的別稱）。

leop·ard ['lɛpɚd] 名 **1**〖動〗豹；美洲虎。**2** U 豹的毛皮。**3**〖紋〗頭朝正面呈走姿的獅子。

leop·ard·ess ['lɛpɚdɪs] 名 母豹。

Le·o·pold ['liəˌpold] 名〖男子名〗利奧波德。

le·o·tard ['liətɑrd] 名（雜技演員等穿的）緊身連身衣。

lep·er ['lɛpɚ] 名 痲瘋病患者；《喻》道德敗壞者。

lep·i·dop·ter·an [ˌlɛpɪ'dɑptərən] 形 名〖昆〗鱗翅類的（昆蟲）。

lep·i·dop·ter·ous [ˌlɛpə'dɑptərəs] 形 有鱗翅的。

Lep·i·dus ['lɛpɪdəs] 名 **Marcus Aemilius**，雷比達（?－13B.C.）：羅馬政治家，後三執政之一。

lep·re·chaun ['lɛprəˌkɔn] 名〖愛爾蘭傳說〗（可指點人黃金隱藏處的）淘氣小妖精。

lep·ro·sy ['lɛprəsɪ] 名 U **1**〖病〗痲瘋病。**2**（道德上的）敗壞，墮落。

lep·rous ['lɛprəs] 形 **1**〖病〗（患）痲瘋病的。**2**〖生〗被鱗片覆蓋的。～**·ly** 副

lep·ton ['lɛptɑn] 名 (複～s)〖理〗輕粒子。

les·bi·an ['lɛzbɪən] 形 **1**（女性間的）同性戀的。**2** 好色的；官能上的。─名 女同性戀者，蕾絲邊，拉子（《俚》les, lez）。

les·bi·an·ism ['lɛzbɪəˌnɪzəm] 名 U 女同性戀。

'lese 'majesty ['liz-] 名 U **1**〖法〗叛逆罪，不敬罪。**2**（對習慣等的）攻擊，冒瀆。**3** 厚顏的行爲（亦作 **lèse majesté**）。

le·sion ['liʒən] 名 **1** 傷害，損傷，傷痕。**2**〖病·植病〗機能病變；病害，損害。─動 及 傷害。

Le·sot·ho [lə'soto, -'sutu] 名 賴索托（王國）：位於非洲南部；首都爲 Maseru。

:less [lɛs] 副（**little** 的比較級；最高級 **least**）**1** 較少的，較低的；不是…（而是…），與其說是…（不如說是…）《 *than* ... 》。**2**《用在否定句，其前常置 **much, still, even, far** 等》何況是，況且是，更別說是。

less than... (1) 遠非，絕不，不能算是。(2)《後跟數詞或數詞相當語》在…以下，不及…之數，不夠…的水準。

little less than ... 和…幾乎一樣。

no less...than... …絕不比…差，在…方面和…相同。

no less than... (1) 和…一樣，不亞於。(2)《後跟數詞或數詞相當語》像…那樣多。

none the less / no less / not the less / not... any the less 一點也不少；仍然。

not any less...than... 和…一樣是…。

nothing less than... (1) 不外乎…，確實是…。(2) 與…同樣地，至少在…以上。

not less...than... 在…方面比…有過之而無不及。

not less than... 《後跟數詞或數詞相當語》至少在…以上，至少。

─形（**little** 的比較級；最高級是 **least**）**1** 較少的，少量的；較小的：More haste, ～ speed.《諺》欲速則不達。**2**（身分等）比較差的，較低下的。─名 較少之量。

in less than no time 《口》馬上，立刻。

─介 減，差。

-less 《字尾》**1**《接在名詞後形成形容詞或副詞》沒有…的[地]。**2**《接在動詞後形成形容詞》不能…的，難做…的。

les·see [lɛ'si] 名 承租人；借貸者。

less·en ['lɛsən] 動 不及 減少，變少，變小。─及 使變少，使減少。

less·er ['lɛsɚ] 形（**little** 的比較級；最高級是 **least**）較小的；較少的；較不重要的；較差的：～ nations 弱小國家 / a ～ man 不顯赫的小人物 / the ～ of two evils 兩惡中較輕微者 / Of two evils, choose the ～.《諺》兩害相權取其輕。─副《通常作複合詞》較少地。

'lesser 'panda 名〖動〗小熊貓。

:les·son ['lɛsən] 名 **1** 課業，學業，授課（時間）；《～s》（系統的）授課，學習課

L

程，（一節）課：take ～*s* in English 學習英語 / an English ～ on the articles "a" and "the" 有關冠詞a和the的英語課 / run a person through his ～*s* 督促某人學習。2（教科書的）課：*L-* Two 第二課。3 教導，教訓：take a ～ from failure 從失敗中學習。4 警惕，警戒；叱責，訓誡：read a person a ～ 訓誡某人。5〖基督教〗誦讀，朗誦：聖經中的一節。—動及 1 教導。2 叱責。

les·sor ['lɛsɔr] 名出租人，地主，房東；放款人。

·lest [lɛst] 連《文》1 唯恐，以免，為了不。2《用在**fear, danger, be afraid**等表恐懼、危險的用語後》擔心是否會《*that*》。

:let[1] [lɛt] 動(**let**, **～·ting**) 及 1 允許，使[讓]…做；使處於；使招致：～ him go（因為他想去）讓他去 / *L-* bygones be bygones.《諺》過去的事情讓它過去吧，既往不咎。2 讓…進入；使處於（某種狀態）：～ a person out 讓某人出去 / ～ the fires down 使火勢減弱 / ～ a person through the gate 讓某人通過大門。3《英》出租《*out / to ...*》：a house to ～ 房屋出租 / ～ lodgings by the month 按月出租房間。4 發包給《*out / to...*》：～ work *to* a plumber 包工給水管工人。5《命令》(1)《與第一、第三人稱連用，在祈使句中表提議、要求、勸誘等》讓，聽任。(2)《表條件、假定、讓步》假使…的話。6 使流出，把…放出《*from, out of...*》：～ blood 放血，抽血 / ～ the water *from* the pool 讓池水流出 / ～ the air *out of* one's lungs 吐氣。—不及《主英》1 租出。2〖空〗（飛機）自高空降向低空。

let...alone ⇨ ALONE 形（片語）

let alone... ⇨ ALONE 形（片語）

let...be 聽任…不管，棄而不顧…。

let...by 不打擾；寬恕，不追究。

let down (1) 放鬆；鬆懈。(2)（飛機、飛行員）自高處落下，降下。

let...down / let down... (1) 放下，使落下，倒下；把（水準）降低。(2) 放下（衣服的）縫邊部分。(3)《口》使失望，違背期望。(4) 辜負，拋棄，拋開不管；羞辱人格。(5) 洩掉空氣。(6) 溶化。

let a person down easily 婉轉地拒絕某人；告知某人不好的消息。

let a person down gently 輕輕叱責某人；給某人留面子。

let... fall / let fall ... (1) 丟掉，使落下。(2)（不知不覺地）洩漏，（無意中）說出。(3)〖幾〗作（垂直線）《*on, upon, to...*》。

let fly ⇨ FLY[1] 動（片語）

let go ⇨ Go 動（片語）

let a person have it《俚》(1) 打擊某人，殺害某人。(2) 對某人痛加申斥。

let in（帳篷等）因漏進水。

let...in / let in... (1) 放入，使通過；插入，鑲入。(2) 使陷入，使受牽連《*for...*》；《反身》使被捲進，蒙受《*for...*》。(3)《口》使受騙《*over...*》。

let a person in on... 讓某人知曉，對某人坦白說出；讓某人加入為一夥。

let...into... (1) ⇨ 動及 2. (2) 放入，嵌入。(3) 告訴，告知（祕密）。

let into...《主英俚》毆打；臭罵。

let it lay《命令》《俚》讓它去，就此算了。

let it rip《命令》(1)《俚》別管它，由它去。(2) 盡全力。

let loose ⇨ LOOSE 副（片語）

Let me see.《口》讓我想想看。

let off (1) 開（槍）；開（玩笑）。(2) 發射（彈藥、箭），放（煙火），讓（炸彈）爆炸。(3)《口》赦免，寬恕；宣判（輕刑）《*with...*》。(4) 將一部分隔間出租。(5)《粗》放（屁）。(6) 讓（某人）下（車等）。(7)《口》免除（懲罰、工作等）。

let on (1)《常用於否定》《口》暴露，洩漏《*about...*》；招認。(2) 假裝。

let out (1)《美》終了，散場。(2) 襲擊；加諸以粗暴的言語《*at...*》。

let...out / let out... (1) ⇨ 動及 2. (2) 洩漏；說出。(3) 發出（聲音等）。(4) 將（衣服等）改大。(5) 放鬆，撒出。(6) 使散場。(7) 赦免；使解脫《*of...*》；使精簡。(8)《主英》出租。(9) 以非常快的速度開（車）；策（馬）跑快一點。(10)《口》解僱，免職。

let's have it《命令》說說看；做做看。

let up (1)（雨、雪等）停止；減弱；鬆懈；減少。(2)〖棒球〗以慢速投球。

let up on...《口》對（人）態度和緩。

let well enough alone* / 《英》*let well alone (1) 全然不去干涉。(2) 更不用提。

—名《英》1 借貸；出租。2 出租的屋子[房間]。3《口》租屋人，房客。

let[2] [lɛt] 名 1〖網球〗（發球時的）觸網球。2《古》障礙。

without let or hindrance〖法〗暢通無阻地。

-let《字尾》接於名詞尾表「小」之意。

letch [lɛtʃ] 名好色（者）；沉迷《*for...*》。—動不及 好色。—形好色的。

let·down ['lɛt,daʊn] 名 1 減少，減退。2《口》失望；意氣消沉。3〖空〗降落。

le·thal ['liθəl] 形致命的，致死的：a ～ chemical 致命化學品 / a ～ dose 致死劑量。～**·ly** 副

le·thar·gic [lɪ'θɑrdʒɪk] 形 1 昏睡（狀態）的，昏昏欲睡的。2 無力氣的，不活潑的。**-gi·cal·ly** 副

leth·ar·gy ['lɛθɚdʒɪ] 名 U 1 無興趣，無感覺；懶洋洋，倦怠。2〖病〗嗜睡症。

Le·the ['liθi] 名 1《**the** ～》〖希神〗忘川：陰間之河，相傳人死後飲其水便忘去生前一切。2 U 忘卻，遺忘。

Le·the·an [lɪ'θiən] 形 1 Lethe 的。2 使人遺忘過去的。

:let's [lɛts] let us 的縮略形。

:let·ter[1] ['lɛtɚ] 名 1 字，文字；《～**s**》字

母：an initial ～ 起首字母 / in capital ～*s* 用大寫字母。**2** (1) 信，書簡，書函：a ～ of introduction 介紹函 / a ～ of thanks 感謝函。(2) 記事，報導。(3)《常作～**s**》證書，許可狀：～*s* of citizenship 公民證。**3** 活字；Ⓤ（活字的）字體；《集合名詞》一組活字。**4**《the ～》字句，條文；字義，拘泥於字面的意義：in ～ and in spirit 在字面及精神上 / keep *the* ～ of the law 不折不扣依照法律條文實行。**5**《～**s**》《作單、複數》文學；著述工作；學問；（特指文學方面的）知識：a man of ～*s* 文學家，作家，學者：a lady of ～*s* 女作家。**6**《美》印有校名起首字母的徽章：win a football ～ 當選為優秀足球選手。

to the letter (1) 照字面地。(2) 精確地。

—動 及 **1** 寫上文字；加標題。**2** 附上（文字、號碼等）。—不及 **1** 寫字。**2**（校際運動比賽等活動中的優勝者）接受校名起首字母徽章。

let·ter² ['lɛtɚ] 名 房東；土地出租人。

'letter ˌbomb 名 郵件炸彈。

'letter ˌbook 名 信件謄錄簿。

'letter ˌbox 名《英》（住宅的）信箱；郵筒（《美》mailbox）。

let·ter·card ['lɛtɚˌkɑrd] 名《英》郵簡。

'letter ˌcarrier 名《美》郵差。

'letter ˌdrop 名 受信口，投信口。

let·tered ['lɛtɚd] 形 **1** 有學問的，博學的；有文學素養的。**2** 印有文字的；印有像文字的圖案的。

let·ter·gram ['lɛtɚˌgræm] 名 減價電報。

let·ter·head ['lɛtɚˌhɛd] 名 **1** 信頭。**2** Ⓤ印有住址、名字的信箋。

let·ter·ing ['lɛtɚɪŋ] 名 Ⓤ **1** 文字的書寫。**2** 書寫的文字；字體。

let·ter·less ['lɛtɚlɪs] 形 **1** 無文字的；沒有信的。**2**《古》不識字的。

'letter of 'credit 名 (複 **letters of credit**)（銀行發行的）信用狀。略作：l.c., L.C., l/c, L/C.

'letter ˌopener 名 拆信刀。

'letter ˌpaper 名 Ⓤ 便箋，信紙。

let·ter-per·fect ['lɛtɚ'pɝfɪkt] 形《美》完全熟記臺詞的；（文書、校稿）無訛的，正確無誤的。

let·ter·press ['lɛtɚˌprɛs] 名 **1** Ⓤ 凸版印刷（物）；Ⓒ 凸版印刷機。**2**《英》（對插畫而言的）文本。

'letters 'patent 名 (複)《作複數》（政府頒發的）專利特許證，所有權證書。

'letter ˌstamp 名（信件的）郵戳。

let·ter·weight ['lɛtɚˌwet] 名 紙鎮，紙壓。

let·ting ['lɛtɪŋ] 名《英》要出租的房屋。

let·tuce ['lɛtɪs] 名 **1**〖植〗萵苣；Ⓤ（食用的）萵苣（葉）：a head of ～ 一棵萵苣。**2** Ⓤ《美俚》紙幣；現金。

let·up ['lɛtˌʌp] 名 Ⓤ Ⓒ《口》弛緩，減少；停止，中止。

leu·co·cyte ['lukəˌsaɪt] 名 = leukocyte.

leu·k(a)e·mi·a [ljə'kimɪə] 名 Ⓤ〖病〗白血球過多症，白血病，血癌。

-mic 形 名 白血病的，血癌的（患者）。

leu·ko·cyte ['lukəˌsaɪt] 名〖解〗白血球。

leu·kor·rhea [ˌlukə'riə] 名 Ⓤ〖病〗白帶。**-al** 形

Lev.《縮寫》*Leviticus.*

le·vant [lə'vænt] 動 不及《英》賴債，潛逃。

Le·vant [lə'vænt] 名 **1**《the ～》利凡特：地中海與愛琴海東岸的國家和島嶼所構成的地區。**2** Ⓤ《偶作 l-》利凡特皮革。

le·vant·er [lə'væntɚ] 名 **1** 地中海的強烈東風。**2**《英》賴債者，潛逃者。

Le·van·tine ['lɛvənˌtaɪn, lə'væntɪn] 形 利凡特地區的。—名 **1** 利凡特人。**2** Ⓤ Ⓒ《l-》原在 Levant 產的紡織品。

lev·ee¹ ['lɛvɪ] 名《美》**1** 堤防，沖積堤，土堤。**2**〖農〗畦，田界。

lev·ee² [lə'vi] 名 **1**《英》（君主在午後僅接見男子的）謁見式。**2**《美》（總統等的）正式接見。

:lev·el ['lɛvəl] 形 **1** 平的，平坦的；水平的：a ～ plane 水平面 / two ～ tablespoonfuls of sugar 兩滿匙的糖。**2** 同樣高度的；同等的《*with, to...*》：a ～ distribution 同等的分配 / branches ～ *with* one's eyes 與眼睛齊高的樹枝。**3** 一樣的，均等的：a ～ pitch 平音調。**4** 平穩的，穩健的；公正的；沉靜的：a ～ judgment 冷靜的判斷 / have a ～ head 頭腦沉著。**5** 率直的；明白的：in a ～ way 率直地。

do one's level best 盡一切所能。

—名 **1** 水平儀；〖測〗水準儀。**2** Ⓤ Ⓒ 水平面，水平線；水平的位置。**3** Ⓤ Ⓒ 高，高度。**4** 平面；平地，平原。**5** Ⓤ Ⓒ 標準，水準，階級；程度。

find one's (own) level 適得其所，得到與能力相稱的地位。

on the level《口》正直的[地]，誠實的[地]；認真的[地]。

—動 (～**ed**, ～**·ing** 或《英》**-elled**, ～**·ling**) 及 **1** 弄平；整平《*out, off*》。**2** 舉起，放下《*up; down*》；使配合《*to, with...*》。**3** 弄倒，拆毀；夷為平地；《口》打倒。**4** 使平等《*out, off*》；使（顏色、音調等）一致《*out, off*》；〖語言．語音〗使（詞形、發音）變成相同，使一樣《*under...*》。**5** (1) 將（槍）指向，對準《*at...*》。(2)《常用被動》（責難、諷刺等）針對《*at, against...*》。**6**〖測〗測量高低。—不及 **1** 訂定目標《*at...*》。**2** 變得平坦；拉平《*out, off*》。**3**〖測〗做水準測量；使用水平儀。**4**〖空〗做水平飛行《*off, out*》。**5** 坦白地說《*with...*》。～**·ly** 副，～**·ness** 名

'level 'crossing 名《英》鐵路平交道 = grade crossing.

lev·el·er,《英尤作》**-ler** ['lɛvəlɚ] 名 **1**

使成水平的人。2 平等主義者，平等論者；使一律平等的人。

lev·el-head·ed ['lɛvəl'hɛdɪd] 形 頭腦清楚的，穩健的，判斷公正的。～·ness 名

·lev·er ['lɛvɚ, 'livɚ] 名 1 槓桿；任何作用似槓桿之物。2 手段，力量，工具。
—動 及 以槓桿移動《*along, away, over*》；當作槓桿用《*up*》。—不及 使用槓桿。

lev·er·age ['lɛvərɪdʒ, 'liv-] 名 U 1 槓桿作用；槓桿裝置；槓桿比率。2 行動力；效力；影響力。3〖經〗《美》槓桿比率，財務槓桿作用。—動 及〖經〗《美》使利用貸款從事投機式投資。—不及 利用貸款從事投機式投資。

lev·er·et ['lɛvərɪt] 名 小兔子，未足歲的兔子。

le·vi·a·than [lɪ'vaɪəθən] 名 1〖聖〗大海獸。2 龐然大物；《喻》極權主義國家。

lev·i·gate ['lɛvə,get] 動 及 1 磨成細粉；弄成糊狀；磨光。2〖化〗研調成均勻混合物。—形〖植〗光滑的，無毛的。-'**ga·tion** 名

lev·in ['lɛvɪn] 名《古》閃電，電光。

Le·vi's ['livaɪz] 名 (複)《偶作 l-》〖商標名〗李維（牌）牛仔褲。

lev·i·tate ['lɛvə,tet] 動 及 不及（用催眠術等超自然力量）（使）飄浮在空中。
-'**ta·tion** 名 U 空中飄浮。

Le·vite ['livaɪt] 名 利未族的人，利未的子孫，利未人。

Le·vit·i·cus [lɪ'vɪtɪkəs] 形〖舊約〗利未記。

lev·i·ty ['lɛvətɪ] 名 (複 **-ties**) 1 U 輕率，輕佻；C 輕率的行爲。2 U《古》（重量的）輕。

lev·o·do·pa [,lɛvo'dopə] 名《主英》= L-dopa.

lev·u·lose ['lɛvjə,los] 名 U〖化〗果糖。

·lev·y ['lɛvɪ] 名 (複 **lev·ies**) 1 徵收；徵稅《*on...*》；強制分攤；徵收額；徵募，召集：a ～ of 5% *on* profits 對利潤所課百分之五的稅金。2 徵募的軍隊；《**levies**》（軍隊徵募的）士兵；分配的稅金。
—動 (**levi·ed**, ～·**ing**) 及 1 徵收，課徵；募集《*on, upon...*》；課稅。2（強制地）召集，徵募。3 發動，宣戰《*on, upon, against...*》。4〖法〗扣押，沒收。—不及 1 徵稅，課稅。2〖法〗扣押，沒收《*on ...*》。**lev·i·er** 名 課稅者，徵稅者。

lewd [lud] 形 淫邪的，猥褻的。
～·**ly** 副, ～·**ness** 名

Lew·is ['luɪs] 名 1〖男子名〗路易士（暱稱 Lew, Lewie）。2 **Sinclair**，劉易士（1885–1951）：美國小說家、劇作家及新聞記者，榮獲諾貝爾文學獎（1930）。

lex [lɛks] 名 (複 **le·ges** ['lidʒiz]) 法，法律。

lex·i·cal ['lɛksɪkl] 形 1 詞彙的，字彙的：a ～ meaning 詞彙上的意義。2 詞典的，字典的。

lex·i·cog·ra·pher [,lɛksə'kɑgrəfɚ] 名 詞典編纂者。

lex·i·cog·ra·phy [,lɛksə'kɑgrəfɪ] 名 U 詞典編纂（法），詞典學。
-**co·graph·ic** [-kə'græfɪk], -**co·'graph·i·cal** 形, -**co·'graph·i·cal·ly** 副

lex·i·col·o·gy [,lɛksɪ'kɑlədʒɪ] 名 U 詞彙學。-**co·'log·i·cal**, -**co·'log·ic** 形, -**gist** 名

lex·i·con ['lɛksɪkən] 名 (複 **lex·i·ca** ['lɛksəkə], ～**s**) 1 字典；（尤指拉丁語、希臘語、希伯來語等的）古典詞典。2 語彙；〖語言〗詞彙。3 詞彙（目錄）；字庫。

Lex·ing·ton ['lɛksɪŋtən] 名 列新頓：美國 Massachusetts 州東部鎮名，位於波士頓西北，美國獨立戰爭最初的戰場。

lex·is ['lɛksɪs] 名 (複 **lex·es** [-iz])〖語言〗字彙，詞彙；U 字彙學。

'Ley·den ,jar ['laɪdn-] 名〖電〗萊登瓶。

lez [lɛz] 名 (複 ～·**zes**)《美俚》《常爲蔑》拉子 = lesbian.

LF《縮寫》*l*ow *f*requency.

lf., l.f.《縮寫》〖棒球〗*l*eft *f*ield(er).

l.h., LH《縮寫》*l*eft *h*and; *l*ower *h*alf.

Lha·sa, Las- ['lɑsə] 名 拉薩：西藏的首府；喇嘛教的聖地。

Li《化學符號》lithium.

L.I.《縮寫》*l*ight *i*nfantry; *L*ong *I*sland.

li·a·bil·i·ty [,laɪə'bɪlətɪ] 名 (複 **-ties**) 1《通常作 **-ties**，作單數》借款，債務；〖會計〗負債項目：make good one's *liabilities* 支付債務。2《口》對人不利的事物，障礙。3 U（亦稱 **liableness**）易於…的傾向《*to...*》；（法律上的）責任，義務《*for ..., to* do》：～ *to* disease 容易生病 / ～ *for* the accident 事故的責任。

·li·a·ble ['laɪəbl] 形《敘述用法》1 負法律上責任的《*for...*》；應受（處罰）的；對…應負責任的：be ～ *for* the debt 有支付債款的責任 / be ～ to the laws of the state 應該遵從州的法律。2 易於…的《*to* do》；易受…影響等的；有…餘地的：be ～ *to* disease 容易生病的 / be ～ *to* err 易犯錯。3《口》可能…的《*to* do》。

li·aise [lɪ'ez] 動 不及《英口》1 有聯絡《*with...*》。2 當聯絡官。

li·ai·son [,lɪe'zɑn] 名 (複 ～**s** [-z]) 1 U C〖軍·海〗聯絡機構；聯絡；交涉《*between...*》；聯絡人員《*with...*》。2《文》曖昧關係，私通。3 U〖烹飪〗加濃料。4〖語音〗連音，連讀。—動 不及 聯絡；交往《*with...*》。—及 交往。

·li·ar ['laɪɚ] 名 說謊者。

Li·as ['laɪəs] 名〖地層〗黑侏羅系（的岩石）；U《l-》青色石灰岩。

Lib.《縮寫》*Lib*eral; *Lib*eration; *Lib*eria.

lib.《縮寫》《拉丁語》*liber* (book); *librar*ian; *lib*rary.

lib [lɪb] 名 U，形《口》（婦女等）解放運動（的）。

li·ba·tion [laɪ'beʃən] 名 1 奠酒，祭神酒。

2《謔》酒，飲酒。

lib·ber ['lɪbɚ] 图《口》從事消除差別待遇及爭取權益的解放運動者，（尤指）女權運動者。

li·bel ['laɪbl] 图 1 Ⓤ〖法〗誹謗（罪）。2〖法〗訴狀。3 構成名譽損害的東西；侮辱，誹謗文。—動 (~ed, ~·ing 或《英》-belled, ~·ling) 及 1 發表誹謗…的文書；誹謗，中傷。2 提出告訴。—不及 中傷，誹謗《 *against, on...* 》。

li·bel·er, 《英》 **-ler** ['laɪbələ] 图誹謗者，中傷者。

li·bel·ous, 《英》 **-lous** ['laɪbələs] 形誹謗的，中傷的。~·ly 副

·lib·er·al ['lɪbərəl] 形 1 大方的，慷慨的《 *of, with...* 》: a ~ giver 慷慨大方的人 / be ~ *with* one's money 不吝惜金錢。2 很多的，豐富的：a ~ supply of fuel 充裕的燃料補給。3 無偏見的，寬大的，開明的；不受習俗束縛的；公平的。4 自由主義的；《常作 **L-**》自由黨的：a ~ government 自由主義的政府。5 代議制政治的。6 認定個人自由的；自由的。7 不嚴格的；不拘泥字面意義的：a ~ translation 意譯。8 自由人的。9 用於培養人格的，通才的：~ studies《英》（大學的）普通課程。—图 1 自由主義者。2《常作 **L-**》（英國的）自由黨黨員。

'liberal 'arts 图(複)《**the** ~》1（大學的）普通課程，人文學科：包括人文、社會、自然科學及藝術課程（《英》liberal studies）。2（中世紀的）文藝，學藝。

'liberal edu'cation 图 Ⓤ 一般課程教育；通識教育。

lib·er·al·ism ['lɪbərə,lɪzəm] 图 Ⓤ 1 寬大自由，開明。2《偶作 **L-**》（自由黨的）自由主義。3 自由主義（運動）。**-'is·tic** 形

lib·er·al·ist ['lɪbərəlɪst] 图自由主義者。—形自由主義的。

lib·er·al·i·ty [,lɪbə'rælətɪ] 图 (複**-ties**) 1 Ⓤ 慷慨，大方；《**-ties**》厚禮，布施之物。2 Ⓤ 心胸寬大，寬容；無偏見，公平無私。3 Ⓤ 豐滿，寬闊。4 = liberalism.

lib·er·al·ize ['lɪbərə,laɪz] 動及 1 使自由主義化；使放寬。2 使（心胸等）寬大。—不及 1 自由主義化。2 開明化。

-i·'za·tion 图 Ⓤ 自由化。

lib·er·al·ly ['lɪbərəlɪ] 副自由地，寬大地；慷慨地；豐滿地，豐富地。

'Liberal 'Party 图《**the** ~》《英》自由黨。略作：Lib.

·lib·er·ate ['lɪbə,ret] 動 (**-at·ed, -at·ing**) 及 1 使獲得自由，解放；釋放《 *from...* 》；使開放：~ a person *from* his misery 解除某人的痛苦 / ~ the mind *from* prejudice 解除內心的偏見。2 使（由化合物中）游離，揮發《 *from...* 》。

lib·er·at·ed ['lɪbə,retɪd] 形解放的，進步的：~ areas 解放區。

lib·er·a·tion [,lɪbə'reʃən] 图 Ⓤ 1 解放運動；女性解放運動（《口》lib）。2 釋放，解放。3〖化〗游離。

lib·er·a·tor ['lɪbə,retɚ] 图釋放者，解放者。

Li·be·ri·a [laɪ'bɪrɪə] 图 賴比瑞亞（共和國）：位於非洲西部；首都爲蒙羅維亞（Monrovia）。

-an 形图賴比瑞亞的，賴比瑞亞人。

lib·er·tar·i·an [,lɪbɚ'tɛrɪən] 图自由論者；自由意志論者。—形自由（意志）論的。

lib·er·tin·age ['lɪbɚ,tɪnɪdʒ] 图 Ⓤ 自由行爲，自由思想；放縱，不守規矩。

lib·er·tine ['lɪbɚ,tin] 图 1 不受道德約束的人；狂放的人。2（宗教上的）自由思想家。3（古代羅馬）解放奴隸。—形 1 放蕩的，荒唐的。2（宗教上）自由思想的。

lib·er·tin·ism ['lɪbɚti,nɪzəm] 图 Ⓤ 1 放蕩，淫蕩。2 對性規範或宗教權威之無視。

·lib·er·ty ['lɪbɚtɪ] 图(複**-ties**) 1 Ⓤ 自由；獨立；解放，釋放：civil ~ 公民自由 / ~ of conscience 信仰的自由。2 Ⓤ（船員的）上岸假；上岸假的期限；許可：grant a boy ~ to go out 允許孩子外出。3《常作 **the** ~》進出的自由。4《常作**-ties**》過分自由，隨便《 *of...* 》；無禮的言行《 *of doing, to do* 》。5《**-ties**》特權；特別的恩典。6〖哲〗意志的自由。7《偶作**-ties**》特別行政區；（犯人可活動的）特別區。

at liberty (1) 自由的。(2) 空閒的；失業的；閒置的，廢棄的。(3) 可隨意的。

take liberties with... (1) 過分隨便，冒昧。(2) 隨意變更。(3) 不假思索地處理。(4) 歪曲（事實）；傷害（名譽等）。

'Liberty ,Bell 图《**the** ~》自由鐘：位於費城，1776 年 7 月 4 日美國獨立宣言日所鳴的鐘。

'liberty ,cap 图自由帽：古羅馬時被解放的奴隸所戴的圓錐形帽子。

'Liberty 'Island 图自由島：New York 港內的小島，爲自由女神像所在地。

li·bid·i·nous [lɪ'bɪdənəs] 形 1〖精神分析〗性慾的。2 好色的，肉慾的。~·ly 副, ~·ness 图

li·bi·do [lɪ'baɪdo] 图(複~s [-z]) Ⓤ Ⓒ 1〖精神分析〗本能的衝動。2 性慾。

li·bra ['laɪbrə] 图(複**-brae** [-bri]) 1 磅：重量單位（略作：lb）。2 鎊：貨幣單位（略作：£）。

Li·bra ['laɪbrə, 'li-] 图 1〖天〗天秤座。2〖占星〗天秤宮。

Li·bran ['librən, 'laɪ-] 图屬天秤座的人。—形屬天秤座的。

li·brar·i·an [laɪ'brɛrɪən] 图 1 圖書管理人；圖書館員。2 文獻管理人。

~,ship 图 Ⓤ 圖書館員的地位。

:li·brar·y ['laɪ,brɛrɪ, -brərɪ] 图 (複**-brar·ies**) 1 圖書館，圖書室：a public ~ 公共圖書館。2 租書店。 3 圖書收藏，藏書；藏

L

書房。4（影片等的）蒐集；〖電腦〗記憶庫：an audio-visual ～ 視聽資料館。5 叢書，全集，文庫。6 = canon[1] 8.

'library 'science 名 U《美》圖書館學。

li·brate ['laɪbret] 動 不及 1 擺動，振動。2 均衡，對稱。

li·bra·tion [laɪ'breʃən] 名 U 1 振動，規則的擺動。2 均衡。

～·al 形

li·bret·to [lɪ'brɛto] 名 (複～s, -bret·ti [-'brɛti])歌劇劇本，歌劇歌詞。-tist 名

Lib·y·a ['lɪbɪə] 名 利比亞：位於非洲北部的一個共和國；首都為的黎波里（Tripoli）。

Lib·y·an ['lɪbɪən] 形 利比亞（人）的。—名 利比亞人。

'Libyan 'Desert 名《the ～》利比亞沙漠：Sahara 沙漠的一部分。

lice [laɪs] 名 louse 的複數形。

:li·cence ['laɪsəns] 名，動 及 = license.

:li·cense ['laɪsəns] 名《美》1 U C《通常作 a ～》特許，許可；營業執照，特許證：*a* ～ to practice medicine 醫師開業執照 / grant a person *a* ～ to excavate 發給某人挖掘特許證。2 許可證，特許狀；〖海〗船舶執照；學分修畢證書：a driver's ～ 駕駛執照。3 U（文學、藝術上的）破格，打破規矩。4 U 特許；過分的自由；放縱，放肆。5 使用他人專利的法權。—動 及 1 發證認可，特許：～ a person to sell liquor 發給某人酒類營業特許執照。2 准許出版；准許演出。

li·censed, -cenced ['laɪsənst] 形 1 政府特許的，被認可的，有執照的：a ～ retailer 酒類販賣許可商店。2 社會公認的；享有特殊待遇的。

li·cen·see, -cee [,laɪsən'si] 名 持有執照的人；擁有特許證的人。

'license ,plate 名《美》（汽車的）牌照（《英》number plate）。

li·cens·er, -cen·sor ['laɪsənsɚ] 名 頒發執照的人。

'licensing 'laws 名 (複)《英》酒類銷售法。

li·cen·ti·ate [laɪ'sɛnʃɪɪt] 名 1（獲大學等頒發證書的）有開業資格者。2 歐洲部分大學所授予的碩士學位；獲此學位的人。

～·,ship 名, -'a·tion 名

li·cen·tious [laɪ'sɛnʃəs] 形 1 放蕩的；不道德的；淫佚的。2《古》破格的，不守規範的。～·ly 副, ～·ness 名

li·chen ['laɪkɪn, -kən] 名 U 1〖植〗地衣（類）。2〖病〗苔蘚。—動 及 覆以地衣（或類似物）。

～·ous [-nəs] 形 地衣的。

'lich ,gate ['lɪtʃ-] 名（教堂墓園前面）有頂棚的停柩門。

lic·it ['lɪsɪt] 形 合法的，正當的；許可的。

·lick [lɪk] 動 及 1 舔《*up, off, away*》：～ *off* the frosting 舔掉糖霜 / ～ a postage stamp 舔溼郵票（背膠）/ ～ one's wounds 舔傷口；休養生息以期捲土重來 / ～ someone's boots 拍某人的馬屁。2（火焰等）輕觸；席捲，吞噬《*up*》。3《口》（尤指處罰）打，毆打；鞭撻；挑（毛病等）《*out of...*》。4《口》戰勝，打敗；征服，凌駕。5《英口》超乎理解能力。

—不及 1（波浪）輕輕拍打；（火焰）像舌頭一樣伸吐。2《俚》急速走。

lick...into shape《口》把…鍛鍊成材，使獨立；使變得像樣。

—名 1 舔一下。2《a ～》一舔（之量）；少量（的…）《*of...*》，些許。3 = salt lick. 4《口》(1) 一擊。(2) 盡力，努力。5 U 速度。6〖爵士〗即興演奏的一段。7《常作～s》機會，輪流。

a lick and a promise 草率的處理方法。

lick·er·ish ['lɪkərɪʃ] 形《古》1 貪吃的；貪婪的。2 好色的，淫亂的。～·ly 副

lick·e·ty-split ['lɪkətɪ'splɪt] 副 形《口》急速地[的]，飛快地[的]。

lick·ing ['lɪkɪŋ] 名 1《口》打擊，打垮；挫敗：give a person a good ～ 將某人痛打一頓。2 舔，舐。

lick·spit(tle) ['lɪk,spɪt(l)] 名《文》阿諛者，奉承者。

lic·o·rice ['lɪkərɪs, -rɪʃ] 名 1 U〖植〗甘草（豆科）。2 U 甘草根。3 U 甘草粉；C U 甘草味的糖果（亦作 **liquorice**）。

lic·tor ['lɪktɚ] 名 馬前警吏：手持束棒為長官開道的古羅馬小吏。

·lid [lɪd] 名 1 蓋：with the ～ off 揭露內容之後。2 眼瞼。3（苔蘚的）蓋，帽；果蓋。4《俚》帽子。5《通常作 the ～》《口》限制，取締，壓制：put *the* ～ on... 取締…。

blow the lid off...《俚》揭發。

flip one's lid (1) 失去自制，暴怒，放聲狂笑。(2) 迫切想要，狂熱。

put the lid on...《俚》(1) 完全破壞。(2) 冠絕；勝過。(3) 把…窒息；嚴格取締。

—動 (～·ded, ～·ding) 及 裝蓋子；蓋蓋子。

lid·ded ['lɪdɪd] 形 有蓋子的，蓋著的。

lid·less ['lɪdlɪs] 形 1 無蓋的；無眼瞼的。2 警惕注視的。

li·do ['lido] 名 (複～s) 海濱遊樂地；露天公共游泳池。

:lie[1] [laɪ] 名 1 謊言，欺人之談：tell a ～ 說謊 / act a ～ 以行為欺騙 / A ～ begets a ～.《諺》謊言孳生謊言。2 偽善，偽造品。3 責難他人說謊，提出事實真相的反駁：give a person the ～ 責某人說謊。

give the lie to... (1) 斥責…說謊。(2) 證明…的虛假。

—動 (lied, ly·ing) 不及 1 說謊《*to...*》。2 欺騙。—及 騙取，詐取…《*into...; out of...*》；《反身》說謊以逃避…《*out of...*》。

lie in one's throat 撒大謊。

:lie² [laɪ] 動 **(lay, lain, ly·ing)** 不及 **1** 躺下，橫臥《*down*》；倚附，依靠：～ *down* on the floor 躺在地板上 / ～ in bed 躺在床上 / ～ on the bed one has made 自作自受 / Let sleeping dogs ～.《諺》不必自找麻煩；莫惹是生非。**2** 長眠（於…）《*at, in ...*》。**3** 平放。**4** 處於某種狀態：～ dead 死了 / ～ idle 閒置著 / ～ open 公諸於世；大白 / ～ at the mercy of... 處在聽憑…發落的狀態。**5** 存在《*on, over, upon...*》；依賴，依據《*on, upon...*》：～ heavy *on* one's conscience 沉重壓迫著良心。**6**（理由等）在於；（抽象東西）存在《*in...*》。**7**（道路等）通往《*through, by, along, among, to...*》；位於；（在…之前）展開；（危機）隱伏《*before, ahead of...*》: see how the land ～*s* 了解地形；《喻》探明形勢。**8**〖法〗（訴訟等）成立，可受理，可予支持。**9** 停泊；駐紮《*at, in, near...*》；（獵鳥）靜候；（馬、帆船等）進入並於…附近停留。

as far as in one lies 個人能力所及。

lie about [***around***] (1) 散置，七零八落。(2) 懶散，閒著不做事。

lie at a person's door 歸咎於某人。

lie back (1) 向後倚靠。(2) 休息。

lie behind (1) 已成過去。(2) 隱藏在背後。(3) 成爲隱藏在背後的原因。

lie by (1) 休息，中止；暫停。(2) 擱置不用。(3) ⇨動 不及 7.

lie close 隱藏。

lie down (1) ⇨動 不及 1. (2) 憩息。(3) 屈服（於…）《*under...*》。

lie down on the job《口》偷懶，做事馬虎，不盡職責。

lie heavy on... (1) 不消化。(2) ⇨動 不及 5.

lie in《英》睡懶覺。

lie off (1)（船隻）稍微離開（陸地或他船）而停泊。(2) 工作暫停。

lie over... (1) 延期；未完待續辦。(2) 在中途停留。(3) 滯留在…上。(4) ⇨動 不及 5.

lie to〖海〗（船首逆風）停泊。

lie up (1) 退隱。(2) 臥病；休養。(3)（船）進塢；（軍艦）退役。(4) 隱伏。(5) 進入。

lie with... (1)（責任等）在於…。(2) 性交。

take...lying down 心甘情願地接受。

—名 **1** U《通常作 **the** ～》狀態；位置，方向。**2** 棲息地，巢穴，出沒地點。**3**〖高爾夫〗球的位置。**4**《英》就寢（時間），休息（時間）；睡過了頭。

Liech·ten·stein ['lɪktən,staɪn] 名 列支敦斯登（公國）：位於奧地利與瑞士之間的小國；首都爲瓦都茲（Vaduz）。

～·er 名 列支敦斯登人。

lied¹ [lid] 名 (複 **lied·er** ['lidɚ]) 歌曲。

lied² [laɪd] 動 lie¹ 的過去式及過去分詞。

'lie de,tector 名 測謊器。

lie-down ['laɪ,daʊn] 名 **1** = lie-in. **2**《口》小憩，小睡。

lief [lif] 副《文·古》喜悅地，自願地。

had [***would***] ***as lief*** *do* ***as*** *do*（與其…）寧可…，（若…）倒不如…。

liege [lidʒ] 名 **1** 君主，公侯：my ～《稱謂》陛下。**2**《通常作 **the** ～》家臣，扈從，臣子。—形 **1** 有扈從義務的。**2**（君主）得受臣僕之禮的。**3** 君臣關係的，君臣間的。**4** 忠義的，效忠的。

liege·man ['lidʒmən] 名 (複 **-men**) **1** 家臣，臣子。**2** 忠實的追隨者。

lie-in ['laɪ,ɪn] 名 **1**《美》（抗議等時的）集體靜臥。**2**《英口》睡懶覺。

lien [lin, 'liən] 名〖法〗留置權；抵押權，質權《*on, upon...*》。

lieu [lu] 名 U 場所《僅用於下列片語》。

in lieu of... 代替…。

Lieut.《縮寫》*Lieut*enant.

lieu·ten·an·cy [lu'tɛnənsɪ] 名 (複 **-cies**) **1** U C lieutenant 的官職。**2**《集合名詞》中尉；少尉；上尉。

lieu·ten·ant [lu'tɛnənt] 名 **1**〖軍〗中尉；少尉；〖海軍〗上尉。**2** 副官：～ governor《美》副州長；《英》副總督。**3** 副隊長，副局長。

lieu'tenant 'colonel 名《美》陸、空軍中校；《英》陸軍中校。

lieu'tenant com'mander 名 海軍少校。

lieu'tenant 'general 名《美》陸、空軍中將；《英》陸軍中將。

:life [laɪf] 名 (複 **lives**) **1** U 生命；生命現象；壽命：the origin of ～ 生命的起源 / a matter of ～ and death 生死問題；《喻》生死攸關的重大問題 / take (a) ～ 殺人 / take one's (own) ～ 自殺。**2** 生存期間，壽命，活動期間；任期：the ～ of a lease 租賃契約的有效期。**3** U 人生，人世；世間，人間：this ～ 今生 / the other ～ 來世 / get on in ～ 發跡，出頭 / see ～ 體驗人生。**4** 有生命之物，活生生的人；U《集合名詞》活的東西，生物；人：animal ～ 動物 / plant ～ 植物。**5** U C 生活方式，生活（狀態）；生計：a degenerate ～ 墮落的生活。**6** 一生，畢生（的經驗），一世；傳記：all (of) one's ～ 終身，一生 / a ～ of Lincoln 林肯傳。**7** 新生，重生；《喻》人生旅途的再出發。**8** U 元氣，活力；賦予活力之物，活力的泉源，生命的泉源；精髓：with ～ 以奕奕活力 / full of ～ 生氣蓬勃。**9** U 彈力；彈性。**10**《**the** ～》製造氣氛、使場面熱鬧的人[物]，中心人物，主角《*of...*》。**11** U《俚》無期徒刑：get ～ 被判無期徒刑。**12** 被視爲珍貴若生命之人[物]。**13**（珍奇物品的）香醇；（葡萄酒等的）起泡沫。**14** U（作爲藝術創作用的）實物；裸體模特兒：as large as ～ 與實物同大的 / a *life*-size photograph of her 她的等身大照片。

all one's life (***through***) 一輩子，畢生。

(***as***) ***large as life*** (1) 的的確確；絲毫不差。(2) ⇨名 14.

bring...to life 使…甦醒。

come to life (1) 清醒，甦醒。(2) 顯現出生氣或活力；逼真。(3) 實現。
for dear life 拚命，盡全力。
for life (1) 至死不渝（的），終身（的）。(2) 爲了生命（之故）。
for the life of one 《否定》無論如何（也不…）。
have the time of one's life 《口》享受一生中前所未有的快樂時光。
in life 生存期間；一生；今生今世。
larger than life 失真的，誇張的。
Not on your life! 《口》絕對不！
safe in life and limb 安然無恙的。
take one's life in one's hands 冒生命危險，（明知有危險仍）奮不顧身地前往。
upon my life 我敢發誓。
with life and limb 未受重大損傷地。
—形《限定用法》**1** 一生的，終身的。**2** 生命的。**3** 實物寫生的。**4** 人壽保險的。

life-and-death ['laɪfən'dɛθ] 形 生死攸關的，極重要的。
'life an,nuity 名〖保〗終身年金。
'life as,surance 名 U《英》人壽保險。
'life ,belt 名 救生帶。
life·blood ['laɪf,blʌd] 名 U（生命必需的）血液；活力的泉源。
life·boat ['laɪf,bot] 名 救生艇，救生船。
'life ,buoy 名 救生浮圈，救生袋。
'life ,company 名 人壽保險公司。
'life ,cycle 名〖生〗生命周期。
'life ex,pectancy 名 U 平均壽命。
'life ,force 名 U 生命力。
life-giv·ing ['laɪf,gɪvɪŋ] 形 賦予生命的，給予活力的，振奮精神的。
life·guard ['laɪf,gɑrd] 名《美》救生員。
'Life ,Guards 名（複）《the ~》（英國的）御林軍騎兵連。
'life 'history 名〖生〗生命史。
'life im,prisonment 名 U 無期徒刑。
'life in,surance 名 U《美》人壽保險。
'life ,jacket 名 救生衣。
'life ,kiss 名 = kiss of life.
life·less ['laɪflɪs] 形 **1** 無生命的；死的。**2** 無生命跡象的；不省人事的。**3** 無精打采的。～**·ly** 副, ～**·ness** 名
life·like ['laɪf,laɪk] 形 生動的；栩栩如生的；逼真的。～**·ness** 名
life·line ['laɪf,laɪn] 名 **1** 救生索；（潛水夫聯繫母船等的）生命索。**2**（重要航道等）生命線；（手紋的）生命線。
life·long ['laɪf,lɔŋ] 形 一生的，終身的：～ education 終身教育。
life·man·ship ['laɪfmən,ʃɪp] 名 U 狂妄，虛張聲勢。
'life ,mask 名 照活人臉面製成的面具。
'life ,member 名 終身會員。
'life ,net 名（消防用）救生網。
life-or-death ['laɪfɚ'dɛθ] 形 = life-and-death.
'life ,peer 名（英國的）非世襲貴族。
'life ,policy 名 人壽保險單。
'life pre,server 名《美》救生器具。
lif·er ['laɪfɚ] 名 **1**《俚》被處無期徒刑者；無期徒刑的宣判。**2**《俚》職業軍人。
'life ,raft 名 救生筏。
life·sav·er ['laɪf,sevɚ] 名 **1**（海灘的）救難人員；救生器具；《英》海水浴場的救生員。**2** 救難者。
life·sav·ing ['laɪf,sevɪŋ] 形 救生的，救難的。—名 救生術。
'life ,science 名 生命科學。
'life ,scientist 名 生命科學家。
'life ,sentence 名 無期徒刑。
life-size(d) ['laɪf'saɪz(d)] 形 等身的。
'life ,span 名 **1** 壽命。**2** = lifetime.
'life 'story 名 傳記。
'life ,style 名 生活方式。
life-sup·port ['laɪfsə'port] 形 **1**〖醫〗維持生命的。**2**〖生〗能維持生命的。—名 維持生命的必要事物。
'life-sup'port ,system 名 維生系統。
life-threat·en·ing ['laɪf'θrɛtnɪŋ] 形 危及生命的。
·life·time ['laɪf,taɪm] 名 **1** 一生，終身，畢生。**2** 有效期限。—形 一生的，終身的。
'life ,vest 名 救生衣。
life·work ['laɪf'wɝk] 名 U 終身事業。
LIFO ['laɪfo] 名〖簿〗先支後收；〖電算〗（資料的）後進先出法。
:lift [lɪft] 動 及 **1** (1) 舉起，抬起《*up, off, out*》；拿下《*down*》；拿掉《*off*》：～ a child in one's arms 把孩子抱起來。(2) 舉起，抬高（眼睛、臉等）《*up*》：～ one's face 抬起臉 / ～ *up* one's head 抬起頭；《喻》嶄露頭角；恢復勇氣 / not ～ a finger to do 不肯出舉手之勞做…。**2** 撤銷；停止，解除；轉移目標；暫時停止（炮火）；解脫：～ the ban on the book 解除對該書的禁令。**3** 使舉起[聳立]；使突出水平面以上。**4**《偶用反身》使（地位等）提高，使晉升：～ a person to fame 使某人成名。**5** 提高（聲音）《*up*》：～ (*up*) one's voice against a person 向某人抗議。**6** 剽竊；《口》偷取，扒走，竊取《*from*…》：～ a dress *from* the department store 在百貨公司摸走一件衣服。**7** 空運；使乘坐。**8** 掘出，掘除。**9**《美》贖回，償還；催收。**10**〖高爾夫〗撿起（球）；〖高爾夫〗將（球）擊高。**11** 施以臉部拉皮手術；採集（指紋）。**12** 逮捕，監禁。—不及 **1** 上升，升高，開啓。**2** 用力提起《*at*…》。**3** 雲霧消散，放晴痊癒。**4** 高出水平面；聳立，高聳。**5** 翹起；被浪抬起。**6** 起飛；升空《*off*》。
lift one's hand 舉手；宣誓。
lift (up) one's hands [heart] 祈禱。
—名 **1** 舉起。**2** 舉起的高度；U C 浮力，

上揚力；舉起的重量。3《通常作 a ～》駕車送一程，搭乘；助力，幫忙。4 振奮。5《英》電梯；升降機；〖滑雪〗纜車；起重機。6 隆起。7〖海〗積載量。8（鞋跟的）一層皮革。9 空運。10 偷竊。11 晉升。12〖環境〗經壓縮覆蓋之垃圾。

on the lift《美南、中部》孱弱；（體力不支而）站不住。

lift·back ['lɪft,bæk] 图掀背式汽車。

lift·boy ['lɪft,bɔɪ] 图 = lift-man.

'lift ˌbridge 图升降橋。

lift·er ['lɪftɚ] 图 1 舉起者[物]；舉重選手。2 扒手。

lift-man ['lɪft,mæn] 图 (複-**men**)《主英》升降梯操作員，電梯員。

lift-off ['lɪft,ɔf] 图〖空〗1 升空，火箭垂直離開發射架。2 發射的瞬間。

'lift ˌpump 图抽水機。

lig·a·ment ['lɪgəmənt] 图 1〖解〗韌帶。2 細繩，帶；羈絆；團結力，約束力。

li·gate ['laɪget] 動 及將（動脈等）結紮。

li·ga·tion [laɪ'geʃən] 图 1 Ⓤ 結紮。2 細繩；結紮線；束縛用具。

lig·a·ture ['lɪgə,tʃʊr] 图 1 Ⓤ 繫，紮，綑，綁。2 束縛用具，綑繩，結紮線；羈絆。3〖印·書法〗連筆線（⌒）；〖印〗連字，合字。4〖樂〗連結線。

:light[1] [laɪt] 图 1 Ⓤ光，光線；光亮；（眼睛等的）光，閃亮：a beam of ～ 一道光線 / a glimmer of ～ 一線微弱的光 / the ～ of a lamp 燈光。2 Ⓤ〖理〗(1) 可見光線。(2) 不可見光線。3 發光體，光源；天體；燈；火；光亮；照明：see a ～ in the distance 看見遠處的燈火 / turn on the ～ 開燈。4 Ⓤ日光；白天；破曉。5 Ⓤ〖藝〗（繪畫的）明亮的部分。6 觀點；看法，見解：see the matter in the correct ～ 對該事持有正確的見解。7《通常作 **a** ～》火，火花；引火物，點火物：strike *a* ～（打火石或劃火柴以）點火。8 Ⓤ 可見物；發光物；顯露（物）；《～**s**》舞臺上的腳燈。9 窗戶的一角；（通常爲小的）窗；天窗；車窗；溫室的玻璃窗。10 Ⓤ 精神上的啓示，啓蒙。11《～**s**》事實真相，發現；解答。12《～**s**》知識；看法，見解；才能，智慧：act by one's ～*s* 按自己的良知行事。13 被視爲模範的人；有特出才能的人，傑出的人。14 燈塔；（燈塔、船的）燈光；紅綠燈。15 情勢。

bring...to light 揭露，明示…。

come to light 揭露，出現。

give** a person **the green light ... 允許某人做…。

go out like a light《俚》很快熟睡；失去意識。

hide** one's **light under a bushel 隱藏自己的才能品德；謙遜。

in a good light 在看得清楚的地方；處於有利的狀況。

in (the) light of... (1) 借助，徵諸，從…的觀點。(2) 考慮到…，鑑於…。(3) 好像。

see the light (of day) (1) 出生，出現。(2) 公開，問世。(3) 省悟；明事理，接納意見或宗教信仰。

(see the) light at the end of the tunnel《喻》（看到）在漫長而艱險的歷程中一線成功的希望。

shed light on... 使…清楚明白地顯示出來，闡明。

stand in** a person's **light 擋住某人的光線；妨礙某人成功的機會。

stand in** one's **own light 擋住自己的光線；自己妨礙自己，使自己的名聲受損。

the light of** a person's **countenance 某人的好意；《常爲諷》某人的贊助。

the light of** one's **eyes 最愛的人。

—形 1 明亮的。2 淡的，淺的，略白的。

—動(～·**ed** 或 **lit**, ～·**ing**) 及 1 點著，點燃；使燃起《*up*》。2 使光亮，照明，照亮《*up*》。3 使容光煥發《*up*》。4 給…光亮以引導《*to...*》。—不及 1 燃燒。2 點火《*up*》。3 變得明亮《*up*》。～·**ful** 形，～·**ful·ly** 副

:light[2] [laɪt] 形 1 輕的；裝載少的，比重低的；平均重量以下的；（秤鉈等）不足刻度的：a ～ cargo 少量的載貨 / ～ in weight 重量輕的 / as ～ as a feather 輕如羽毛，非常輕的。2 少的；弱的；（睡眠）淺的，易醒的：a ～ snow 小雪 / ～ traffic 小的交通流量 / ～ fog 薄霧。3（文字等）不清的，不明瞭的。4（病痛、費用等）輕微的，可應付的；（處罰等）不嚴厲的，（規則）寬的，（過失等）不嚴重的：～ taxes 輕稅。5 非嚴肅的，娛樂性的，輕鬆的。6 易消化的，清淡的，少量的；酒精成分少的；（香味）淡的。7 鬆軟的；充分發酵的；多砂的；吸水性高的；易碎的，易破的。8 細長的；苗條的；優美的。9 輕快的，輕鬆的；敏捷的，快的：～ movement 輕快的動作 / ～ of step 腳步輕盈的 / have a ～ hand 雙手靈活，做事輕快。10 不擔心的；快活的：a ～ conscience 無愧於心 / ～ of heart 無憂無慮的。11 輕率的，易變的；輕佻的；一時興起的：～ conduct 輕率的行爲。12 頭暈目眩的：～ in the head 頭暈目眩的。13 輕裝備的；（幾乎）沒有載貨的；未拖掛列車的；輕便的：a ～ truck 輕型卡車。14〖海〗輕帆的。15 輕風的。16〖語音〗無重音的，弱音的；清音的；清亮的。

make light of... 輕視，低估。

—副 1 輕地，輕快地；容易地，簡單地。2 空貨地，載貨少地。

light[3] [laɪt] 動(～·**ed** 或 **lit**, ～·**ing**) 不及 1《古》（從馬、車上）跨下《*from...*》；（鳥等）停在，飛落；（視線等）停留在《*on, upon...*》。2 偶然發現，巧逢。3（報復等）降臨於《*on...*》。

light into...《口》攻擊；責備，申斥。

light out《美俚》逃走，溜掉《*for...*》。

L

'light adap,tation 名 U〖眼〗明光適應。

'light-a,dapt·ed 形明光適應的。

'light 'air 名〖氣象〗輕風（一級）。

light aircraft 名輕型飛機。

light-armed ['laɪt'ɑrmd] 形（軍隊）輕裝備的。

'light 'breeze 名〖氣象〗輕風（二級）。

'light ,bulb 名電燈泡。

light·en[1] ['laɪtn̩] 動 不及 **1** 變亮。**2** 突放光芒；閃電。**3** 神采奕奕，炯炯發光。**4** 顏色微淡。—及 **1** 使光亮，照亮。**2** 使煥發，使有精神。**3** 使（顏色）淡薄。**4** 突然放射《*at...*》。

～**·er** 名

light·en[2] ['laɪtn̩] 動 及 **1** 減輕；減少：～ the work load 減輕工作量。**2** 舒緩。**3** 使振奮，使快樂。—不及 **1** 放寬，放鬆；減輕，變少。**2** 變輕鬆。

light·er[1] ['laɪtɚ] 名 **1** 點火人；點火器。**2** 打火機。**3** 引火的燃煤，火煤棒。

light·er[2] ['laɪtɚ] 名平底船，駁船。—動 及以駁船運（貨物）。

light·er·age ['laɪtərɪdʒ] 名 U駁運（費）。

light·er·man ['laɪtɚmən] 名（複 **-men**）駁船船夫。

L

light·face ['laɪt,fes] 名 U〖印〗細體鉛字。—形細體的。**-faced** 形

light·fast ['laɪt,fæst] 形不會因日光照射而褪色的。

light-fin·gered ['laɪt'fɪŋgɚd] 形 **1** 手指靈巧的。**2** 有偷竊癖的。

light-foot·ed ['laɪt'futɪd] 形 **1** 腳程輕快的，步履敏捷的。**2**《美俚》同性戀的。

～**·ly** 副, ～**·ness** 名

light-hand·ed ['laɪt'hændɪd] 形 **1** 手指靈巧的；手法高明的。**2** 手上沒有什麼東西的，手上的東西輕的。**3** 人手不足的。

～**·ness** 名

light-head·ed ['laɪt'hɛdɪd] 形 **1** 輕浮的；輕率的。**2** 頭昏眼花的。～**·ness** 名

light(-)heart·ed ['laɪt'hɑrtɪd] 形悠然自得的，輕鬆愉快的；快樂的，樂觀的。

～**·ly** 副, ～**·ness** 名

'light 'heavyweight 名〖拳擊〗輕重量級選手。

light-horse·man ['laɪt,hɔrsmən] 名(複 **-men**) 輕騎兵。

light·house ['laɪthaus] 名(複 **-hous·es**) 燈塔。

'light 'industry 名 U輕工業。

light·ing ['laɪtɪŋ] 名 U **1** 點火；點燈。**2** 燈光布置；照明方法。**3** 燈光效果；因燈效而產生的明暗對比。**4** 照明學。

light·ish[1] ['laɪtɪʃ] 形（顏色）微亮的。

light·ish[2] ['laɪtɪʃ] 形（重量）較輕的。

light·less ['laɪtlɪs] 形無光的，黑暗的；不亮的，不發光的。

·light·ly ['laɪtlɪ] 副 **1** 輕輕地；悄悄地。**2** 敏捷地。**3** 輕而易舉地：*L-* come, ～ go.《諺》來的快，去的也快；悖入悖出。**4** 爽朗地，快活地；直截了當地。**5** 輕率地，草率地。**6**《常用於否定》輕易地；不假思索地。**7** 些微地。**8** 冷淡地；輕蔑地：speak ～ of... 貶抑…。**9** 輕盈地：a small boat floating ～ on the lake 在湖面蕩漾的輕舟。

'light ,meter 名（照相機的）曝光表。

light-mind·ed ['laɪt'maɪndɪd] 形輕率的；輕浮的。～**·ly** 副, ～**·ness** 名

'light 'music 名 U輕音樂。

light·ness[1] ['laɪtnɪs] 名 U **1** 明亮；光亮；亮度。**2**（色的）淺淡。

light·ness[2] ['laɪtnɪs] 名 U **1** 輕。**2** 敏捷；輕盈。**3** 輕鬆，活潑。**4** 沒有負擔。**5** 輕浮；輕率；輕薄。

·light·ning ['laɪtnɪŋ] 名 **1** U 電閃光，閃電：forked ～ 枝椏狀閃電 / a bolt of ～ 一道電光 / a streak of ～ 一線閃電 / a flash of ～ 閃電 / like ～ 如電光般的，一瞬間。**2** 比賽用的帆船。—形電擊的；似閃電的，迅疾的。

'lightning ar,rester 名〖電〗避雷器。

'lightning ,bug 名《美》螢火蟲。

'lightning con,ductor 名《英》= lightning rod.

'lightning ,rod 名《美》避雷針。

'lightning ,strike 名閃電式罷工。

light-o'-love ['laɪtə'lʌv] 名妓女；蕩婦。

'light 'opera 名輕歌劇。

'light ,pen 名〖電腦〗光筆。

'light pol,lution 名 U光污染：指城市中過多的閃耀光而干擾天文觀察和瞭望。

light·proof ['laɪt'pruf] 形能遮光的。

lights [laɪts] 名 (複)（豬、羊等的）肺臟。

light·ship ['laɪt,ʃɪp] 名燈光訊號船。

'light ,show 名五彩燈光表演。

light·some[1] ['laɪtsəm] 形 **1** 輕巧的；靈活的；輕快的；無憂無慮的。**2** 輕薄的；輕浮的；輕易改變的。**3** 優雅的，優美的。

～**·ly** 副, ～**·ness** 名

light·some[2] ['laɪtsəm] 形《文》**1** 發光的。**2** 明亮的，閃閃發光的。～**·ly** 副

'lights(-)'out 名 U熄燈號；熄燈時間。

'light ,wave 名〖物理〗光波。

light·weight ['laɪt,wet] 形 **1** 輕的，重量輕的；標準重量以下的。**2** 不莊重的；（內容）不嚴肅的；言之無物的。**3**（拳擊手）輕量級的。—名 **1** 標準重量以下的人。**2**〖拳擊〗輕量級選手。**3**《口》無足輕重的人，小人物；傻瓜，笨蛋。

'light(-),year 名 **1**〖天〗光年：光在一年時間行進的距離（約 9 兆 4670 億公里）（略作：ltyr）。**2**《～s》《作單數》《口》非常長的距離。

lig·ne·ous ['lɪgnɪəs] 形〖植〗（草）似樹木的；木質的。

lig·nite ['lɪgnaɪt] 名 U 褐煤。

lig·num vi·tae ['lɪgnəm'vaɪtɪ] [名] 1〖植〗癒瘡木；[U]其木材。2 似癒瘡木的硬質樹木。

lik·a·ble ['laɪkəbl] [形]予人好感的；討人喜歡的，可愛的。～·ness [名]

:**like**[1] [laɪk] [形](more ～; most ～;〖詩〗偶作 lik·er, lik·est) 1 相同的，相等的，大致相同的：things of ～ shape 形狀相同的東西 / in ～manner 同樣地。2 相似的，具類似性質的：baseball, football, and ～ sports 棒球，橄欖球以及其他類似的運動 / (as) ～ as two peas (in a pod) 酷似，就像一個模子搗出來的。3《古·方》似真的，有可能的；似乎即將發生的《 *to* do 》。—[介] 1 以和…同樣做法，如同；以類似…的做法；和…相同程度；和…相匹敵：*L-* father, ～ son.《諺》有其父必有其子。2（外觀等）像，似，如。3 表現…特性的，就像。4 像要發生，有…的徵兆。5 想要做。6《非標準》如…等的。

like anything《口》非常，極端，極度。

something like... (1) 多少像…的。(2) 大約。

—[副] 1 大致，大概，幾乎。2《～ enough》《口》可能，也許。3《非標準》(1)《通常用於句尾》宛如；像…似地。(2)《用於句尾、句中、句首》稍微。

(as) like as not《文》可能，或許。

like as...《古·方》正像…的樣子。

—[連] 1 好像，如同。2 宛如，似乎。

—[名] 1《通常作 one's ～, the ～》相似之人[物]；相匹敵之人[物]《 *of...* 》。2《通常作 one's ～》同類的人[物]。3《the ～》〖高爾夫〗使自己和對手的桿數相同的一擊；追上對手桿數的一擊。

and the like 和其同類的東西，等等。

the likes of me《口》像我這般卑下的人。

—[動] (liked, lik·ing) [不及]《非標準》《方》即將變成，幾乎…。

:**like**[2] [laɪk] [動] (liked, lik·ing) [及] 1 (1) 喜歡；喜愛。(2)《反語》喜歡。2 想要。3 希望（做…）。4《常用於否定》對…適合；對…相配。—[不及]喜歡，期望。

if you like (1) 如果你喜歡；你高興的話。(2) 如果你要那樣說，也好。(3) 實在地，真的；或許。

like it or not /《口》***like it or lump it*** 不論喜不喜歡。

would like... (1) 想要。(2) 想要做…；希望（去做…）《 *to* do 》。

—[名]《通常作～s》喜歡；喜好的東西。

-like《字尾》接在名詞之後，構成形容詞，表「似…的」、「像…的」之意。

like·a·ble ['laɪkəbl] [形]= likable.

like·li·hood ['laɪklɪ,hʊd] [名] [U] 可能的狀態，或然率，大概；可能性，機會：in all～ 十之八九。

:**like·ly** ['laɪklɪ] [形] (-li·er, -li·est) 1 有可能的《 *to* do 》。2 似真的，像是事實的，似乎合理的：a ～ story 可能有的事；《反語》不見得吧。3 適當的，恰好的：a ～ place to play games 一處恰好適合玩遊戲的場所。4 可能成功的，有希望的。5《方》容貌美麗的。

(as) likely as not 多半，很可能，大概。

Not likely!《口》不！不可能！我不幹！

—[副] 可能，或許。

like-mind·ed ['laɪk'maɪndɪd] [形]持相同見解的，志趣相同的。～·ly[副], ～·ness[名]

lik·en ['laɪkən] [動][及]比喻爲，比作《 *to ...* 》：～ life *to* a pilgrimage 將人生比喻爲一段天路歷程。

·**like·ness** ['laɪknɪs] [名] 1 像，肖像畫；酷似之人[物]：draw a ～ of a person 畫某人的肖像。2 [U] 相似《 *to...* 》；類似《 *between...* 》；類似點。3 外觀，外表：have the ～ of a swan 看起來像天鵝。

·**like·wise** ['laɪk,waɪz] [副] 1 並且，再者；也。2 一樣地，同樣地。

·**lik·ing** ['laɪkɪŋ] [名] 1《通常作 a ～》喜歡，喜好，愛好《 *for, to...* 》：have *a* ～ *for* old songs 喜歡老歌 / take *a* ～ *to* him 對他有意，愛上他。2《通常作one's ～》嗜好，趣味。

li·lac ['laɪlək] [名] 1〖植〗紫丁香；[U]紫丁香花。2 [U]淡紫色，淡紫紅色。—[形]淡紫紅色的。

Lille [lil] [名]里耳：法國北部的一城市。

Lil·li·put ['lɪlɪ,pʌt] [名]小人國：Swift 所作 *Gulliver's Travels* 中的小人國。

Lil·li·pu·tian [,lɪlə'pjuʃən] [形]小人國的；極小的；心胸狹窄的。—[名] 1 小人國的居民。2 矮小的人；心胸狹窄的人。

Lil·ly ['lɪlɪ] [名]〖女子名〗莉莉。

li·lo ['laɪlo] [名](複～s [-z])《英》氣墊。

lilt [lɪlt] [名] 輕快的節拍[歌，曲子，動作]。—[動][不及][及]以輕快的節奏唱[演奏，說話]《 *out* 》；輕盈地跳動。

:**lil·y** ['lɪlɪ] [名](複 lil·ies) 1 百合；百合花。2 類似百合花的植物的總稱。3《the lil·ies》（法國皇室的）白色百合勳章。4 皮膚白晰的女孩，聖女般的女孩；像百合一般潔白的東西：gild the ～ 作無必要的裝飾；畫蛇添足。5 君影草的香味。6 缺乏男子氣概的男人；同性戀者。

lilies and roses《喻》白晰姣美。

—[形] 1 像百合一樣白的。2 纖細美麗的；單純的；沒有瑕疵的。3 蒼白的；脆的；微弱的。

lil·y-liv·ered ['lɪlɪ'lɪvəd] [形]膽怯的。

'lily of the 'valley [名](複lilies of the valley)〖植〗君影草，鈴蘭。

'lily ,pad [名]《美》漂浮在水面的睡蓮的大葉子。

lil·y-white ['lɪlɪ'hwaɪt] [形] 1 如百合般潔白的。2 純潔無瑕的；沒有落人把柄的。

Li·ma ['limə] [名]利馬：祕魯（Peru）的首都。

'li·ma ,bean ['laɪmə-] [名]〖植〗白扁豆。

·**limb**[1] [lɪm] [名] 1 肢；臂；腿；翼；鰭足；

《口》女性匀稱的腿：the upper ~*s* 上肢／be torn ~ from ~ 被肢解。**2** 大枝幹；延伸的部分。**3** 實際活動的部分，代表；幫手：a ~ of the Federal Government 聯邦政府的左右手。**4**《口》淘氣的孩子。

out on a limb《美口》處於險境的；易受責難、攻擊的。

—動 及 切斷四肢；砍除樹枝。

limb² [lɪm] 名 **1**（四分儀等的）刻度圈，分度弧。**2**〖天〗（日、月等的）邊緣。**3**〖植〗冠檐；萼檐；瓣片。

lim·ber¹ [ˈlɪmbɚ] 形 **1** 易彎曲的，柔軟的。**2** 敏捷的，輕快的。—動 及 不及（使）易彎曲，（使）變柔軟《*up*》。

lim·ber² [ˈlɪmbɚ] 名〖軍〗拖炮車。

—動 及 不及 將拖炮車連接（火炮）《*up*》。

lim·bic [ˈlɪmbɪk] 形 **1** 邊緣的，周圍的。**2**〖醫〗大腦邊緣的。

lim·bo¹ [ˈlɪmbo] 名（複~s [-z]）**1** Ⓤ《常作 **L-**》地獄邊緣的一地區：the ~ of infants 嬰兒的煉獄界。**2** Ⓤ 受忽視的狀態[地方]：be cast into ~ 被遺忘。**3** 中間狀態[地帶]。**4** 拘留所，監獄；拘留狀態，拘禁。

L

lim·bo² [ˈlɪmbo] 名（複~s）凌波舞：原為加勒比海諸島部族的一種特技舞蹈，舞者身體後仰以滑步通過橫竿。

·lime¹ [laɪm] 名 Ⓤ **1** 石灰。**2** 黏鳥膠。—動 **(limed, lim·ing)** 及 **1** 撒石灰在…上；塗石灰於。**2** 塗擦黏鳥膠於（樹枝等）；用黏鳥膠捕捉。**3** 設計誘陷。

lime² [laɪm] 名 萊姆；萊姆的果實。

lime³ [laɪm] 名《英》= linden.

lime·ade [ˌlaɪmˈed] 名 Ⓤ 以萊姆果汁調製的一種清涼飲料。

lime·kiln [ˈlaɪmˌkɪln] 名 石灰窯。

lime·light [ˈlaɪmˌlaɪt] 名 **1** Ⓤ〖劇〗灰光燈；灰光燈發出的光。**2**《**the** ~》大眾注目的焦點：in *the* ~ 出風頭；受注目。

lim·er·ick [ˈlɪmərɪk] 名 五行打油詩。

lime·stone [ˈlaɪmˌston] 名 Ⓤ 石灰石，石灰岩。

ˈlime ˌtree 名 菩提樹。

lime·wa·ter [ˈlaɪmˌwɔtɚ] 名 Ⓤ 石灰水。

lim·ey [ˈlaɪmɪ] 名（複~s [-z]）《俚》**1** 英國水手；英國船。**2** 英國人。

:lim·it [ˈlɪmɪt] 名 **1**《常作~**s**》《作單數》極限，界限，限度：the upper ~ 最高限度／out of ~*s* 違法／to the utmost ~ 極度／within ~*s* 在限度之內；適度地／without ~ 無限地，無限制地。**2** 疆界；《~**s**》範圍，區域：off ~*s*《美》禁止進入的區域。**3**〖數〗極限；端點，界限。**4** 一次賭注的最高限額。**5**《**the** ~》《口》令人難以忍受的人[物]，令人高興的人，最可喜的事物。

go the limit 沒有分寸，達到極限；（拳擊賽中）打到最後一回合；超越最後的界線，允許做愛。

—動 及 將…設限，限制；（在數量上）限定《*to...*》。~**·a·ble** 形

lim·i·tar·y [ˈlɪməˌtɛrɪ] 形 限制的。

·lim·i·ta·tion [ˌlɪməˈteʃən] 名 **1** Ⓤ Ⓒ 界限；極限；限制；被限制的狀態《*on...*, *in...*》：nuclear arms ~ 核子軍備限制。**2**《通常作~**s**》限度，限制的條件：know one's ~*s* 了解本身才能有限；有自知之明。**3** Ⓤ Ⓒ〖法〗上訴期限。

lim·i·ta·tive [ˈlɪməˌtetɪv] 形 限制的；限定的。

·lim·it·ed [ˈlɪmɪtɪd] 形 **1** 被限定的，有限的，狹窄的《*in...*》；不足的《*for...*》；限制的《*to...*》：a ~ time 一定期限；限定的時間／a ~ edition 限量發行版／~ ability 有限的能力。**2**《英》有限（責任）的；《通常作 **L-**》股份有限的。**3**（依法）受限的，立憲的：a ~ government 立憲政府。**4** 缺乏想像力的，缺少獨創性的，視野偏狹的，血液循環不良的。**5**（火車、巴士等）特別的；特快的。—名《美》特別快車。~**·ly** 副

ˈlimited ˈcompany 名《英》有限公司。

lim·it·ing [ˈlɪmɪtɪŋ] 形 **1** 限制的。**2**〖文法〗限定的，限制的。

lim·it·less [ˈlɪmɪtlɪs] 形 無限制的；無限的。~**·ly** 副

lim·i·trophe [ˈlɪmɪˌtrof] 形 位於邊境上的，相鄰接的。

limn [lɪm] 動 及《古》描繪；描述。

lim·ner [ˈlɪmnɚ] 名（肖像）畫家，畫匠。

lim·nol·o·gy [lɪmˈnɑlədʒɪ] 名 Ⓤ 湖沼學。

lim·o [ˈlɪmo] 名（複~s [-z]）《口》= limousine.

li·mo·nite [ˈlaɪməˌnaɪt] 名 Ⓤ 褐鐵礦。

lim·ou·sine [ˈlɪməˌzin, ˌ--ˈ-] 名 **1** 轎車；（前後座以玻璃板隔開的）大型豪華轎車。**2**（接送旅客的）小型巴士。

·limp¹ [lɪmp] 動 不及 **1** 跛行。**2** 緩慢行進；不流利，不順暢；（詩歌）韻律混亂。

—名《**a** ~》跛行。~**·er** 名

limp² [lɪmp] 形 **1** 癱軟的；易彎的：go ~ 呈癱軟狀。**2** 無精打采的，疲倦的；軟弱的，無魄力的。**3**〖裝訂〗沒有用硬紙板裝訂的。~**·ly** 副, ~**·ness** 名

lim·pet [ˈlɪmpɪt] 名 **1**〖動〗蝛，帽貝：hold on like a ~ to... 緊緊附著…不放。**2** 戀棧職權者，依附他人者。

lim·pid [ˈlɪmpɪd] 形《文》**1** 清澈的，透明的。**2** 清楚的；非常平靜的。

limp-wrist·ed [ˌlɪmpˈrɪstɪd] 形 **1** 娘娘腔的，女人氣的。**2** 柔弱的，軟弱的。

lim·y [ˈlaɪmɪ] 形 **(lim·i·er, lim·i·est) 1** 含石灰的；石灰狀的，石灰質的。**2** 塗有黏鳥膠的；黏的。

lin·age [ˈlaɪnɪdʒ] 名 Ⓤ **1**（報紙等的）行

數。2 按行數計算的廣告費。

linch·pin ['lɪntʃ,pɪn] 图（車的）制輪楔；《喻》關鍵；樞紐。

Lin·coln ['lɪŋkən] 图 **Abraham**，林肯（1809–65）：美國第十六任總統（1861–65）。

'Lincoln ˌgreen 图 U 橄欖綠，黃綠色。

'Lincoln's ˌBirthday 图 Abraham Lincoln的誕辰紀念日：2月12日；爲美國許多州的法定節日。

Lin·coln·shire ['lɪŋkən,ʃɪr] 图林肯郡：英國英格蘭東部的一郡；首府爲 Lincoln。略作：Lincs.

Lincs. 《縮寫》*Linc*oln*s*hire.

linc·tus ['lɪŋktəs] 图 U 止咳糖漿。

Lin·da ['lɪndə] 图〖女子名〗琳達。

Lind·bergh ['lɪndbɝg] 图 **Charles Augustus**，林白（1902–74）：美國飛行家，於 1927年首次完成橫越大西洋不著陸飛行。

lin·den ['lɪndən] 图〖植〗菩提樹。

:line¹ [laɪn] 图 **1** 線：draw four ~*s* 劃四條線。**2**〖數〗線：a dotted ~ 一條虛線 / parallel ~*s* 平行線。**3** 折線，條紋；皺紋。**4** 排；列，行列：a ~ of houses 一排房子。**5** (1) 行：read between the ~*s* 領會言外之意。(2) 詩行；《~**s**》詩；《英》（罰學生抄寫的）希臘文、拉丁文詩；《通常作~**s**》臺詞。(3) 短函：drop a person a ~ 寫封短信給某人。(4)《~**s**》《口》結婚證明書。**6** 疆界；終點線；界限：a hair ~ 髮線 / draw a ~ between good and bad 明顯地區分善惡。**7** 進行方向，路線：《常作~**s**》（政策等的）方向，方針：be on the right ~ 以正確的方法 / take a hard ~ 採取強硬路線。**8** 情報《*on*...》。**9**《文》家系，家譜；（動物的）血統；（植物的）種系：a ~ of emperors 歷代的皇帝。**10**《俚》討好人的誇大說法：give a person a ~ about... 對某人誇大…。**11**《~**s**》(1) 輪廓，外形；〖美〗輪廓線，描線。(2) 方法，計畫。**12**《~**s**》《英》命運：hard ~*s* 倒楣。**13** 職業，行業，生意；專門，專長；嗜好：in one's ~ 某人的嗜好。**14** 運輸公司；路線，航線；軌道：the European ~ 歐洲航線。**15**〖電〗電線，電話線；配線：an aerial ~ 天線 / get a person on the ~ 叫某人來接電話 / Please hold the ~.《電話》請稍等一會兒。**16**〖視〗掃描線。**17** 視線：~ of vision 視線。**18**《通常作 **the** ~》（地球圓周上所畫的）線（經線、緯線等）；《**the** ~》〖地理〗赤道：*the* equinoctial ~ 晝夜平分線。**19** 種類，存貨：某一種類或與其相關的商品：a new ~ of cars 新進的一種汽車。**20**〖樂〗（五線譜的）線。**21**《常作 **the** ~》〖軍〗(1) 防禦線，前線。(2) 要塞線，壕溝線；《常作 **the** ~**s**》戰線，陣線。(3) 戰鬥行列：橫隊，橫列。(4)《美》戰鬥部隊，《英》步兵正規軍。**22**（行政機關的）執行機關。**23** 線；繩；釣魚線；測量用的尺帶或線；〖海〗管，橡皮管；《~**s**》《美》（馬的）韁繩。**24**〖美足〗並列爭球線。**25**〖纖〗麻類特選的較長纖維。**26** 長度單位：十二分之一英寸。**27**《常作 **the** ~》《美》賠率。

above the line 在水準以上。

all along the line (1) 到處。(2) 全面，全部。(3) 不論何時。

bring...into line (1) 使…成一直線。(2) 使一致，使協調《*with*...》。

come into line (1) 成爲一直線。(2) 一致，調和《*with*...》。

down the line (1) 沿街一直向前。(2) 直到最後；完全地，全部地。

draw a line (1) ⇨图 1. (2) 畫界限，區別《*between*...》。(3) 畫定最後界線，至多做到某種限度《*at*...》。

get a line on... 《俚》得到有關…的消息[知識]，詳查…。

give a person line enough 暫時放任以便最後收拾某人；對某人欲擒故縱。

go down the line for... 衷心支持…。

hit the lines (1)〖美足〗抱著球衝越對方防線。(2) 大膽地嘗試。

hold the line (1) ⇨图 15. (2) 維持現狀，堅持立場。(3)〖美足〗阻止球的前進。

in (a) line (1) 成一列；排隊。(2) 一致，相符合《*with*...》。(3) 限制自己的行動。

in line for... 即將輪到；有得到…的希望。

in the line of duty 値勤中。

lay it on the line 《俚》(1) 付錢。(2) 給予所要的情報；坦率地敘述。

on a line (1) 成一列。(2)〖棒球〗成平飛直球。(3) 水準相等的。

on line (1)〖測〗在測量線上。(2) 排成一列（等候）。

on the line 《口》(1) 隨即，即刻。(2) 暴露於眾；岌岌可危。(3) 掛於齊眼高度。(4) 在交界線上。(5) 在接電話。

on the line of... 和…相同[極爲相似]。

out of line (1) 不在一線上；亂了行列。(2) 不一致，不協調《*with*...》。(3)《俚》不合社會規範。(4)《俚》無禮的，魯莽的。

reach the end of the line 到達最後階段；到了崩潰的地步。

shoot a line 《俚》吹牛，自誇；擺架子說話，裝模作樣。

toe the line (1) 遵守規則；服從命令。(2) 負責；履行義務；盡忠職守。

—動 (**lined**, **lin·ing**) 不及 **1** 排隊，成行《*up*》。**2**〖棒球〗打平飛球；打成平飛球被接殺。

—及 **1** 使排成一直線《*up*》。**2** 安排好，取得《*up*》。**3** 用線標明，畫輪廓；畫眼線；畫線；使生皺紋。**4** 概略地說明《*out*》。**5** 沿…排列《*with*...》；排成行列。**6** 打出（平飛球）。

L

line out (1)唱。(2)並列種植。(3) ⇨動及4.
line up (1) ⇨動不及1. (2)聚集；聯合起來（支持）《*behind...*》；聯合起來（反對）《*against...*》。(3)合作，結夥《*with ...*》。

line[2] [laɪn] 動及1加襯裡於；作…的襯裡《*with...*》；成為…的覆蓋物[襯裡]：～ a jacket *with* wool 用羊毛做夾克的襯裡。2 裝滿，填滿：～ one's pockets 填滿自己的荷包，中飽私囊。—名（三合板之間的）夾材層。

lin·e·age[1] ['lɪnɪɪdʒ] 名 U《文》1 血統；家系：a man of high ～ 出身高貴的人。2 一族，種族，部族。

line·age[2] ['laɪnɪdʒ] 名 = linage.

lin·e·al ['lɪnɪəl] 形 1 直系的，正統的；祖先遺傳的：a ～ descendant 直系後裔。2 線狀的。～·ly 副

lin·e·a·ment ['lɪnɪəmənt] 名 1《常作～s》容貌；輪廓，外形。2《通常作～s》特徵，獨特的性質。

lin·e·ar ['lɪnɪɚ] 形 1 直線形狀的：a ～ series 排成一列的東西。2 關於長度的，一次元的；用線表示的。3 由線形成的；（美術作品）線狀的。4 線形的；絲狀的：a ～ design 線形設計。5〖數〗一次的：a ～ equation 一次方程式。～·i·ty 名

L

'linear 'algebra 名 U〖數〗線性代數學。

'linear 'measure 名 U C 尺度；長度。

'linear ˌmotor 名線性感應馬達。

'linear 'programming 名 1 U〖數〗線性規劃。2〖經〗線性規劃法。

lin·e·a·tion [ˌlɪnɪ'eʃən] 名 U 1 畫直線；標線；線的排列；《集合名詞》線。2（詩等的）分行。3 輪廓，外形。

line·back·er ['laɪnˌbækɚ] 名〖美足〗線衛。

lined [laɪnd] 形 1 畫線的。2 有襯裡的。

'line ˌdrawing 名 U C 線條畫。

'line 'drive 名〖棒球〗平飛球。

'line enˌgraving 名 U 線刻版畫（法）。

'line ˌgraph 名直線圖表，曲線圖表。

'line ˌjudge 名〖美足〗邊線裁判。

line·man ['laɪnmən] 名(複-men) 1 線務員，架線工（亦稱 **linesman**）；鐵路工人。2〖美足〗前鋒。3〖測〗測線員。

·lin·en ['lɪnɪn] 名 U 1 亞麻織品；亞麻纖維。2《常作～s》《作單數》亞麻製品；棉製品或人造纖維製品。3（尤指白色的）內衣。4 = linen paper.

wash one's dirty linen in public 宣揚家醜。

—形 1 亞麻製的。2 似亞麻製的。

'linen ˌdraper 名《英》布料商。

'line of 'credit 名信用貸款的限額。

'linen 'paper 名 U 亞麻紙。

'line ˌofficer 名〖軍〗部隊長，指揮官；艦長。

'line of 'fire 名彈道，射擊線。

'line of 'sight 名 1 瞄準線，測量線。2 視覺線。3 雷達天線的直線電波。

'line of 'vision 名視覺線，視線。

'line ˌprinter 名〖電腦〗印表機。

'line ˌprinting 名 U〖電腦〗行式列印。

·lin·er[1] ['laɪnɚ] 名 1 定期班輪[班機]。2 畫線的人或工具。3 = eyeliner. 4〖棒球〗= line drive.

lin·er[2] ['laɪnɚ] 名 1 做襯裡的人或工具。2 襯裡；襯墊；襯圈。3 護套。

lin·er·train ['laɪnəˌtren] 名 = freightliner.

line·shoot·er ['laɪnˌʃutɚ] 名《俚》吹牛者。

'line-ˌshoot·ing 名 U 吹噓。

lines·man ['laɪnzmən] 名 (複-men) 1〖運動〗邊線裁判。2 架線工人。3 成作戰隊形的步兵。

line(-)up ['laɪnˌʌp] 名 1 配置，整列，行列；排好隊的人，排列的東西；節目大綱。2（警方要目擊者指認的）嫌疑犯的行列。3〖運動〗出場選手的陣容。4（有共同目的者的）聚集，集合，組織。

ling[1] [lɪŋ] 名 (複～, ～s)〖魚〗鱈科食用魚。

ling[2] [lɪŋ] 名 U〖植〗石南屬植物。

-ling[1]《字尾》1 附加在名詞後，含有輕蔑意思。2 附加在名詞後表「小」之意。

-ling[2]《字尾》附加在表方向、位置、狀態的副詞或形容詞之後。

·lin·ger ['lɪŋgɚ] 動不及 1 逗留，徘徊《*about, around, on*》。2 拖延；久病不癒 持久不衰《*on*》。3 縈繞心頭，無法釋懷《*on, upon, over*》。4 遲鈍，緩慢《*over, in*》；恍惚度過；閒逛，散步：～ *over* one's work 拖拉著工作 / ～ *in* finishing one's homework 由於散漫而未能完成作業。—及 懶散地度過《*away, out...*》。

lin·ge·rie ['lænʒəˌri] 名 U 女用內衣或睡衣等的通稱。—形 女用內衣的；有花邊的，有褶邊的。

lin·ger·ing ['lɪŋgərɪŋ] 形 延長的，持續的，拖延的。

lin·go ['lɪŋgo] 名 (複～es)《口》1《謔·蔑》外國話。2 隱語，術語；行話。

lin·gua fran·ca ['lɪŋgwə'fræŋkə] 名(複～s, **lin·guae fran·cae** ['lɪŋgwi'frænki]) 1（商業交易通用的）混合語。2 共同語言。3 U《L- F-》（地中海沿岸所用的）義大利語、法語、希臘語等的混合語。

lin·gual ['lɪŋgwəl] 形 1 舌的；舌狀部分的。2〖語音〗舌音的。3 語言的。—名〖語音〗舌音。～·ly 副

lin·guist ['lɪŋgwɪst] 名 1 精通數國語言者；擅長語言者。2 語言學家。

lin·guis·tic [lɪŋ'gwɪstɪk] 形 1（有關）語言的。2 語言學的。**-ti·cal·ly** 副

lin'guistic 'atlas 名語言地圖集。

lin'guistic ge'ography 名 U 語言地理學，方言地理學。

lin·guis·tics [lɪŋ'gwɪstɪks] 名(複)《作單

數》語言學。

lin·i·ment ['lɪnəmənt] 名 U C〖醫〗擦劑，軟膏。

lin·ing ['laɪnɪŋ] 名 1 U 加襯裡。2 襯裡；襯料：Every cloud has a silver ～.《諺》雲中總有罅隙，黑暗中總有一線光明。

·link[1] [lɪŋk] 名 1 鍊環；織眼：The strength of a chain is its weakest ～.《諺》最弱的一環決定整條鎖鍊的強度。2 連接的東西，關聯：a ～ between cancer and poor hygiene 癌症與不衛生的關聯性。3 輪狀物；香腸的一節；《通常作～s》袖扣：a ～ of rope 捲成圈狀的繩索。4 通訊線路；網絡節。5〖電〗保險絲；〖機〗連桿滑環，月牙板。6〖電腦〗連結。─動 及 1 使連接[關聯]《*together*》；使連繫起來《*to, with...*》。2《英方》握，挽《*in, through...*》。─不及 結合，連繫，聯合《*together, up*》。

link up 連結《*with...*》。

link[2] [lɪŋk] 名 火炬。

link·age ['lɪŋkɪdʒ] 名 U 1 結合，聯結；連鎖。2〖遺傳〗連鎖，關聯。3〖機〗聯動裝置。4〖電〗耦合，磁鏈。

link·boy ['lɪŋk,bɔɪ] 名《昔》受僱手持火炬爲路人照明的小廝。

'linking ˌverb 名〖文法〗連繫動詞。

link·man ['lɪŋkmən] 名 (複 **-men**) 1 = linkboy. 2《英》守中間位置的球員。3《英》(廣播節目的）主持人。

links [lɪŋks] 名 (複) 1《常作單數》= golf course. 2《作複數》《蘇》(海濱的）砂地，砂丘。

link·up ['lɪŋk,ʌp] 名 1 連結，結合，會合。2 連結裝置。

Lin·n(a)e·an [lɪ'niən] 形〖生〗林奈式植物雙名分類法的。

lin·net ['lɪnɪt] 名〖鳥〗紅雀。

li·no ['laɪno] 名《主英》= linoleum.

li·no·cut ['laɪno,kʌt] 名 以 linoleum 爲材料的浮雕品[版畫]。

li·no·le·um [lɪ'nolɪəm] 名 U 油氈，油布。

Lin·o·type ['laɪnə,taɪp] 名〖商標名〗鑄造排字機；U 鑄造排字印刷（法）。

lin·seed ['lɪn,sid] 名 C U 亞麻籽，亞麻仁：～ oil 亞麻仁油。

lin·sey-wool·sey ['lɪnzɪ'wʊlzɪ] 名 U 1 棉毛混織品。2 雜亂無章的言行。

lint [lɪnt] 名 U 1 生棉。2 絲屑；棉屑。3 細柔的麻布所作的繃帶。～**·y** 形

lin·tel ['lɪntl] 名 楣：窗戶及門上的橫木。

lin·ter ['lɪntɚ] 名 1《～s》軋棉之後所留下的棉屑。2 剝絨機。

Lin·ux ['laɪnʌks] 名〖電腦〗Linux 電腦作業系統。

lin·y, line·y ['laɪnɪ] 形 (**lin·i·er, lin·i·est**) 1 多線的，畫線的。2 似線的。

:li·on ['laɪən] 名 1 (1) 獅子：(as) brave as a ～ 像獅子般勇猛。(2) 其他貓屬類的猛獸。2（象徵英國的）獅子。3《文》(1) 勇猛的人；殘酷的人，暴君。(2)（藝壇或文壇的）名人，巨擘：make a ～ of a person 頌揚某人。4《～s》《英》名作，名產；名勝。5《the L-》〖天〗獅子座；〖占星〗獅子宮。6《L-》獅子會的會員。

a lion in the way 攔路的困難或障礙（尤指想像中的危難）。

beard the lion in his den 入虎穴，捋虎鬚；敢於犯上。

in the lion's mouth 處於千鈞一髮的險境。

the lion's share 最大或最好的一份。

Li·o·nel ['laɪənl] 名〖男子名〗萊恩諾。

li·on·ess ['laɪənɪs] 名 母獅。

li·on·heart ['laɪən,hɑrt] 名 勇猛的人。

li·on·heart·ed ['laɪən'hɑrtɪd] 形 勇猛的。

li·on-hunt·er ['laɪən'hʌntɚ] 名 1 獵獅者。2 巴結名人者，攀龍附鳳者。

li·on·ize ['laɪə,naɪz] 動 及 1 把…捧爲名流。2《英》參觀（名勝）；招待…遊覽名勝。─不及 1 巴結名流，結識名人。2《英》遊覽名勝。**-i·'za·tion** 名，**-iz·er** 名

'Lions Inter'national 名 國際獅子會：1914 年美國人 Melvin Jones 所創，商業、專業人士的公益團體。

:lip [lɪp] 名 1 嘴唇；嘴唇紅色的部分；《通常作～s》（作爲發音器官的）唇，嘴：curl one's ～《表輕蔑》撇嘴 / pucker one's ～*s* 噘嘴。2 U《one's ～》《俚》冒失的話。3〖植〗唇瓣。4（容器等的）口，口緣；突出的唇狀部分；（峽谷、傷處等的）口子；邊緣部分。

be steeped to the lips 深陷於（惡習、貧困等之中）《*in...*》。

bite one's lip 抑住怒氣；忍耐苦痛；摒住笑；咬嘴唇。

button (up) one's lip《俚》守口如瓶。

hang on the lips of a person 傾聽某人沉著的一言一語。

keep a stiff upper lip 沉著地面對困境，雖有困難亦不氣餒；固執不屈，堅定不移。

smack one's lips 咂嘴。

─形 1 嘴唇（用）的。2 用嘴唇的。3 口頭上的，敷衍的。4〖語音〗唇音的。

─動 (**lipped**, **～·ping**) 及 1 用嘴唇碰觸。2〖高爾夫〗使掠過球洞的邊緣。3 喃喃說出。─不及 用嘴唇吹奏。

lip-balm ['lɪp,bɑm] 名 U C《英》護唇膏。

lip-deep ['lɪp'dip] 形（僅在）口頭上的；表面上的。

li·pid ['lɪpɪd, 'laɪ-] 名〖生化〗脂質。

'lip ˌlanguage 名 唇語。

lip·o·pro·tein [ˌlɪpo'protin, ˌlaɪ-] 名 U〖生化〗脂蛋白質。

li·po·suc·tion [ˌlɪpo'sʌkʃən] 名 U 抽脂術。

lipped [lɪpt] 形 1 有嘴唇的；《常作複合詞》…嘴的：tight-*lipped* 嘴巴緊閉著；寡

L

言的。2〖植〗= labiate.

lip·py ['lɪpɪ] 形 1《口》厚嘴唇的。2《俚》無禮的，魯莽的。**-pi·ness** 名

lip-read ['lɪp,rid] 動 (**-read** [-,rɛd], **~·ing**) 及 不及 以讀唇術讀。

'lip ,reading 名 U 讀唇（術）。

'lip ,service 名 U 口惠，有口無心的好意。

lip-speak·ing ['lɪp,spikɪŋ] 名 U 唇語（術）。

·lip·stick ['lɪp,stɪk] 名 U C 口紅，唇膏：use ~ 塗口紅 / wear no ~ 沒擦口紅。

lip(-)sync(h) ['lɪp,sɪŋk] 動 不及 及 根據影像作同步配音；（使）對嘴。
—名 U（電影配音時的）對嘴。

liq. 《縮寫》*liq*uid; *liq*uor.

liq·ue·fac·tion [,lɪkwɪ'fækʃən] 名 U 液化（作用）。**-fa·cient** [-'feʃənt] 名 溶劑。

liq·ue·fy ['lɪkwə,faɪ] 動 (**-fied**, **~·ing**) 及 不及 液化，溶解：*liquefied* natural gas 液化天然氣（略作：LNG）/ *liquefied* petroleum gas 液化石油氣（略作：LPG）。

li·ques·cent [lɪ'kwɛsənt] 形 1 液化的，溶解的。2 液化性的。**-cence** 名

li·queur [lɪ'kɝ, -'kjur] 名 U C 利久酒：一種摻有香料的甜味烈酒，通常於餐後飲用。

·liq·uid ['lɪkwɪd] 形 1 液體的，流動性的：a ~ diet 流質食譜 / ~ fuel 液態燃料。2 澄清的，明亮的；淚眼汪汪的。3（聲音等）輕快的，流暢的；圓滑的，優美的；〖語音〗流音的：in his ~ Italian 用他流暢的義大利話。4 善變的，不安定的，不確定的。5（資產等）易變賣的，流動性的：~ assets 流動資產。—名 1 U C 液體，流體。2〖語音〗流音。**~·ly** 副, **~·ness** 名

'liquid 'air 名 U 液態空氣。

liq·ui·date ['lɪkwɪ,det] 動 及 1 償付，清償。2 將（不動產等）變換現金。3 肅清，清算；《俚》幹掉：~ all opposition to the regime 肅清所有反政府勢力。4 解散，重整。
—不及 結算或清理負債；破產，倒閉。

liq·ui·da·tion [,lɪkwɪ'deʃən] 名 U 1 清算，清理；破產，解散：a company in ~ 破產倒閉的公司 / go into ~（公司）解散。2 兌換現金。3 肅清，殺害。

liq·ui·da·tor ['lɪkwɪ,detɚ] 名 清算人。

'liquid 'crystal 名 U 液晶。

'liquid 'crystal dis'play 名〖電子〗液晶顯示器。略作：LCD

li·quid·i·ty [lɪ'kwɪdətɪ] 名 U 1 流動性。2〖商〗流動資產。3（聲音的）清澄。

liq·uid·ize ['lɪkwɪ,daɪz] 動 及 使液化；榨成汁。

liq·uid·iz·er ['lɪkwɪ,daɪzɚ] 名《英》= blender.

'liquid 'measure 名 U 液量；C 液量單位。

·liq·uor ['lɪkɚ] 名 1 U C 酒精飲料，酒：intoxicating ~ 酒類 / be in ~ 喝醉 / be off hard ~ 不喝烈酒。2 U 煮成的汁；（工業用）溶液；〖藥〗藥水，溶液。3 ['lɪkwɔr]《口》喝酒：have (some) ~ 喝（點）酒。
—動 及《口》勸喝酒，使喝酒《*up*》。
—不及《口》豪飲《*up*》。

liq·uo·rice ['lɪkərɪs] 名《英》= licorice.

liq·uor·ish ['lɪkərɪʃ] 形 1 = lickerish. 2 嗜酒的。

li·ra ['lɪrə] 名(複 **li·re** ['lɪre], **~s**) 里拉：歐元通行之前的義大利貨幣單位。

Li·sa ['lisə] 名〖女子名〗麗莎（Elizabeth 的暱稱）。

Lis·bon ['lɪzbən] 名 里斯本：葡萄牙（Portugal）首都。

lisle [laɪl] 名 U 萊爾線：一種硬棉線。
—形 以萊爾線編成的。

Lisle [lil] 名 Lille 的舊名。

lisp [lɪsp] 名 1 口齒不清。2 沙沙[潺潺]聲。—動 及 口齒不清地說《*out*》。
—不及 1 口齒不清地說話。2 發出沙沙聲。
~·er 名, **~·ing·ly** 副

lis·some,《英》**-som** ['lɪsəm] 形 1 柔軟的；易彎。2 敏捷的。**~·ly** 副

:list[1] [lɪst] 名 1（一覽）表，目錄，說明書；名單；明細表；價格表：a ~ of names 姓名一覽表 / a price ~ 價目表 / the new cabinet ~ 新內閣閣員名單 / close the ~ 停止招募 / lead (up) a ~ 列於首位。2 = list price. —動 及 1 記入（表、名單、目錄中），做明細表，記載。2 使上市。—不及 在目錄上標明商品價格《*at, for...*》。

list[2] [lɪst] 名 1 C U 布料的邊緣；織邊；細長的布條；U《集合名詞》紡織品的邊。2 細長的小片。3 花紋。4（頭髮和鬍鬚的）分線。5 U《美》畦，田埂。6 木條。

list[3] [lɪst] 名（船等的）傾斜。
—動 及 不及 使傾向一邊；（船）傾斜。

list[4] [lɪst] 動 及《英古》屬意於；喜好，期望《*to* do》。—不及 但願。

list[5] [lɪst] 動 及 不及《古》傾聽；聽聞《*to...*》。—感 聽啊！

'listed 'building 名《英》被指定為文化遺產的建築物。

:lis·ten ['lɪsn̩] 動 不及 1 聽，傾聽《*to* ...》；諦聽《*at...*》；聆聽：~ *to* music 聽音樂 / ~ *at* the phone 聽電話 / ~ *to* the children talking 聽孩子們談天。2 聽從，遵從：~ to advice 聽從忠告 / ~ to temptation 陷入誘惑 / ~ to one's parents 聽從父母的話。3《美口》聽起來似乎是。4《命令》(1)《口》注意！(2)《為引起對方注意的用詞》。—動 及《古》〖詩〗聽。

listen in 竊聽《*on, to...*》；聽廣播《*to* ...》；旁聽《*to...*》。

listen for... 凝神傾聽。

listen out《常用於命令句》注意聽著。
—名 U 聽。

lis·ten·a·ble ['lɪsənəbl] 形《口》悅耳的；

可聽的，值得一聽的。

lis·ten·er ['lɪsənɚ] 图 1 聽者；無線電廣播的聽眾；（大學的）旁聽生：a good ~ 聽覺好的人（或好聽眾）。2《俚》耳朵。

lis·ten·er-in ['lɪsənɚ'ɪn] 图（複 **lis·ten·ersin** ['lɪsənɚz'ɪn]）無線電廣播的聽眾；偷聽者。

lis·ten·er·ship ['lɪsənɚ,ʃɪp] 图（電臺的）聽眾；聽眾數目。

lis·ten·ing ['lɪsṇɪŋ] 图 Ⓤ 傾聽；監聽。

'listening ˌpost 图〖軍〗（偵察敵軍動向的）監聽站；情報站。

list·er[1] ['lɪstɚ] 图《美》起壟機；播種機。

list·er[2] ['lɪstɚ] 图 列表者，造冊者；評審員。

list·ing ['lɪstɪŋ] 图 1 Ⓤ 名單的製作；表上的記載。2 表，名冊，目錄。

list·less ['lɪstlɪs] 形 無精打采的，倦怠的；懶散的。~**·ly** 副

'list 'price 图 定價，表列價格。

Liszt [lɪst] 图 **Franz**，李斯特（1811–86）：匈牙利作曲家。

:lit[1] [lɪt] 動 **light**[1] 的過去式及過去分詞。
—形 醉酒的，被毒品麻醉了的《*up*》。

lit[2] [lɪt] 图《口·學生語》= literature.

lit. 《縮寫》*lit*er(s); *lit*erally; *lit*erary; *lit*erature.

lit·a·ny ['lɪtənɪ] 图（複 **-nies**）1〖教會〗連禱；《**the L-**》（英國國教會祈禱書中的）請願。2 冗長無聊的說明。

li·tchi ['litʃi, 'laɪtʃi] 图（複 **~s**）〖植〗荔枝樹；荔枝。

·li·ter ['litɚ] 图 公升：等於 1,000c.c.。略作：l., lit.

lit·er·a·cy ['lɪtərəsɪ] 图 Ⓤ 有讀寫能力；有教養，受過教育：~ rate（一國國民的）識字率，教育普及的程度。

·lit·er·al ['lɪtərəl] 形 1 逐字的，忠於原文的；依照字面的：a ~ translation 直譯，逐字翻譯 / the ~ meaning of an idiom 成語的字面意義。2 拘泥字面意義的；不知變通的；無想像力的；忠於事實的，不誇張的。3 道地的，完全的：~ bankruptcy 徹底的破產。4 文字（上）的；基本知識的：a ~ error 錯字。
—图 錯字，排字錯誤。~**·ness** 图

lit·er·al·ism ['lɪtərə,lɪzəm] 图 Ⓤ 1 拘泥於字面的解釋；直譯論。2 寫實主義。
-al·ist 图, **-'is·tic** 形

lit·er·al·i·ty [,lɪtə'rælətɪ] 图 Ⓤ Ⓒ 拘泥於字面，依照字義（的解釋）。

lit·er·al·ize ['lɪtərə,laɪz] 動 及 依照字面解釋，拘泥於字句。**-i·'za·tion** 图

·lit·er·al·ly ['lɪtərəlɪ] 副 1 逐字地：translate ~ 逐字翻譯。2 按照字義地，文義嚴謹地，不誇張地，忠實地；《強調用法》實際地，真正地：take what he says ~ 把他所說的每一個字當真。

·lit·er·ar·y ['lɪtə,rɛrɪ] 形 1 文學的；文藝的；著作的：~ criticism 文學批評 / a ~ copyright 著作權。2 精通文學的；專攻文學的：a ~ man 文學家 / the ~ world 文壇。3 書面的；文言的：~ language 書面語言。**-ar·i·ly** 副 文學上。**-ar·i·ness** 图

lit·er·ate ['lɪtərɪt] 形 1 具有讀寫能力的；受過教育的，有學問的；博學的，通曉事物的。2 精通文學的。3 有技巧的，洗練的，明晰的；不用俚語或口語的。—图 1 能讀寫的人。2 有學問的人，受過教育的人。~**·ly** 副

lit·e·ra·ti [,lɪtə'rɑtɪ, -'retaɪ] 图（複）（單 **-tus** [-təs]）文人；知識分子；《**the** ~》知識階級。

lit·e·ra·tim [,lɪtə'retɪm] 副 逐字地，按字面地。

:lit·er·a·ture ['lɪtərətʃɚ] 图 Ⓤ 1 文學（作品）：English ~ 英國文學 / polite ~ 純文學。2《偶作 **a** ~》（特定範圍的）文獻：medical ~ 醫學文獻 / *an* extensive ~ on the Greek theater 有關希臘戲劇的廣泛文獻。3《文》著述業；文學研究：pursue ~ 以寫作爲業。4《口》印刷物：campaign ~ 競選活動用的印刷品。5 音樂作品。

lith·arge ['lɪθɑrdʒ] 图 Ⓤ〖化〗一氧化鉛。

lithe [laɪð] 形（**lith·er, lith·est**）柔軟的，易彎的；骨骼柔軟的（亦稱 **lithesome**）。~**·ly** 副, ~**·ness** 图

lith·ic ['lɪθɪk] 形 1 石頭的；〖病〗（膀胱）結石的。2〖化〗鋰的。**-i·cal·ly** 副

lith·i·um ['lɪθɪəm] 图 Ⓤ 1〖化〗鋰；符號：Li。2 鋰鹽。

lith·o·graph ['lɪθə,græf] 图 平版（畫）。
—動 及 將（畫等）以平版印刷。

lith·o·graph·ic [,lɪθə'græfɪk] 形 平版（印刷）的：a ~ press 平版印刷機。**-i·cal·ly** 副

li·thog·ra·phy [lɪ'θɑgrəfɪ] 图 Ⓤ 平版印刷（術）。

lith·o·print ['lɪθə,prɪnt] 图 平版印刷品。
—動 及 用平版印刷法印刷。

lith·o·sphere ['lɪθə,sfɪr] 图〖地質〗岩石圈，地殼。

Lith·u·a·ni·a [,lɪθju'enɪə] 图 立陶宛（共和國）：瀕波羅的海；首都爲維爾紐斯（Vilnius）。

Lith·u·a·ni·an [,lɪθju'enɪən] 形 立陶宛的；立陶宛人[語]的。—图 Ⓒ Ⓤ 立陶宛人[語]。

lit·i·gant ['lɪtəgənt] 图 訴訟當事人。
—形 有關訴訟的；爭辯中的。

lit·i·gate ['lɪtə,get] 動 及 爭論，訴訟。
—不及 訴訟。**-'ga·tion** 图 Ⓤ 訴訟，訟爭。

li·ti·gious [lɪ'tɪdʒɪəs] 形 1 關於訴訟的。2《蔑》好訴訟的。3 好議論的。
~**·ly** 副, ~**·ness** 图

lit·mus ['lɪtməs] 图 Ⓤ 石蕊。

lit·mus·less ['lɪtməslɪs] 形 中性的，不肯定也不否定的。

'litmus ˌpaper 图 Ⓤ 石蕊試紙。

L

'litmus ˌtest 图 1 酸性試驗。2 決定性的試驗。

li·to·tes ['laɪtəˌtiz] 图 Ⓤ〖修〗間接肯定法，曲言法。

li·tre ['litɚ] 图《主英》= liter.

Lit(t). D.《縮寫》《拉丁語》*Lit(t)erarum Doctor* (Doctor of Letters [Literature]).

·lit·ter ['lɪtɚ] 图 1 Ⓤ散亂之物，廢紙，垃圾：a piece in ~ 作為垃圾丟棄的一樣廢物。2 雜亂。3 同一胎生的小動物：a ~ of pigs 一窩小豬。4 擔架；轎子。5 Ⓤ 窩；(植物的) 草薦；廄裡的糞肥；腐質土。一動 及1 使雜亂《*up*》；弄亂《*with...*》；散置，亂放《*about, around...*》。2 (動物) 產 (子)。3 鋪設稻草《*down*》；鋪草薦。一不及 1 (動物) 產一胎；《俚》生孩子。2 弄亂。

lit·té·ra·teur [ˌlɪtərə'tɝ] 图 (複~s [-z]) 文人，作家 (亦作 **litterateur**)。

lit·ter·bag ['lɪtɚˌbæg] 图《美》垃圾袋。

lit·ter·bas·ket ['lɪtɚˌbæskɪt], **-bin** [-ˌbɪn] 图《英》(公共場所的) 垃圾箱。

lit·ter·bug ['lɪtɚˌbʌg] 動 不及，图《美口》到處亂丟垃圾 (的人)。

lit·ter·er ['lɪtərɚ] 图 = litterbug.

lit·ter-lout ['lɪtɚˌlaut] 图《英口》= litterbug.

L

:lit·tle ['lɪtl] 形 (less [less·er], least; lit·tler, lit·tlest) 1 小的；矮小的；幼小的；小規模的；人數少的：one's ~ finger 小指 / a ~ stranger《俚》「陌生的小傢伙」(指新生兒或行將出生的嬰兒) / a ~ man 小男人，小大人；《蔑》不足道的小人物 / a ~ mother 小媽媽，代替母職照顧弟妹的女兒 / a ~ brother 小弟弟 / one's ~ one(s)…的孩子 (們)；(動物的) 幼仔；(童話故事中的) 小矮人，小精靈 / the ~ Joneses 瓊斯家的孩子們。2《限定用法》少的，短的；微小的，一點點的：a ~ walk 短距離的步行 / a ~ ways off 不遠。3《跟隨物質名詞、抽象名詞》(1)《a ~》《肯定》少許的，少量的，多少有一點的。(2)《無冠詞時表示否定》幾乎沒有。4 弱的，微弱的；(打擊等) 輕微的：a ~ blow 輕微的打擊。5 不重要的，瑣碎的；沒有地位的：a ~ problem 小問題。6 偏狹的，心胸狹窄的；小心眼的：a ~ mind 狹隘的心胸 / *L-* things please ~ people.《諺》小人物好瑣屑之事；小人易悅。7 可愛的，惹人愛的；乾淨俐落的：my ~ darling 我的小親親 / one's ~ woman《口》太太，妻子 / a cute ~ dress 漂亮可愛的衣服。

not a little / no little 不少的，相當的。

quite a little《美口》很多的。

what little 僅剩的，僅有的。

一副 (less, least) 1《無冠詞》《否定》幾乎不。2 一點也沒有。3《a ~》《肯定》少，少許地，些微地。4《通常作 very ~》很少，一點也沒有。

little better than... (1) ⇨ BETTER[1] 形. (2) 和…幾乎相同。

little less than... (1) ⇨ LESS 副. (2) 和…一樣多；《與數詞連用》簡直一樣。

little more than... (1) ⇨ MORE. (2) 和…幾乎一樣少；《與數詞連用》僅，只，不過。

little short of... 幾近於；《與數詞連用》幾乎是…。

not a little 不少地，大大地。

一图 1《a ~》《肯定》少，少許；《無冠詞》《否定》只有一點點，幾乎沒有。2《a ~》少許距離 [時間]。3《the ~》《作單數》僅有的一點東西，小的東西；《作複數》不重要的人。

in little 小規模地。

little by little / by little and little 一點一點地，漸漸地。

little or nothing / little if anything 幾乎什麼也沒有。

make little of... 輕視，小看；難以理解。

not a little《文》不少的數量 [金額]。

think little of... 對…滿不在乎，認為…無足輕重。

what little... / the little that... 僅有的一點…。

'Little 'Bear 图《the ~》〖天〗小熊座。

'Little 'Dipper 图《the ~》〖天〗《美》小北斗星。

'Little 'Dog 图《the ~》〖天〗小犬座。

'Little 'Englander 图 (十九世紀的) 英國本土主義者。

'little 'finger 图 小指。

twist** a person **around** one's **little finger 玩弄某人於股掌之上。

little-known ['lɪtl'non] 形 鮮為人知的。

'Little ˌLeague 图《the ~》美國少年棒球聯盟。

'little maga'zine 图 小型雜誌。

lit·tle·ness ['lɪtəlnɪs] 图 Ⓤ 少，少量；氣量狹窄。

'little ˌpeople 图 (複) 1 (民間傳說中的) 小精靈。2 小孩；矮子，侏儒。

'Little 'Red 'Riding ˌHood 图《the ~》小紅帽：格林童話中的主角少女。

'little 'theater 图《美》1 小劇場。2 實驗劇。3《集合名詞》實驗性業餘戲劇。

'little ˌtoe 图 小趾。

'little 'woman 图《the ~》《口》拙荊，拙內。

lit·to·ral ['lɪtərəl] 形 1 湖岸的；海岸的。2〖生〗沿岸的。一图 沿岸地區。

li·tur·gi·cal [lɪ'tɝdʒɪkl] 形 1 禮拜的；禮拜儀式的。2 (東正教) 關於聖體禮拜的；祭典學的。~·ly 副

lit·ur·gy ['lɪtɚdʒɪ] 图 (複-gies) 1 祭典，禮拜儀式；(東正教的) 聖餐儀式。2《the L-》(英國國教的) 祈禱書。

liv·a·ble ['lɪvəbl] 形 1 適於居住的。2《尤英》(人) 可以共同生活的，容易相處

的；（事）可以忍受的。3（人生）有生存價值的；（家畜等）能飼養的。

～·ness, -'bil·i·ty 图 Ⓤ（家畜的）存活率；（人的）壽命。

:live¹ [lɪv] 動 不及 1 生活，生存：as long as I ～ 在我有生之年。2 生存下去；活著：～ long 活到高齡 / ～ to (be) a hundred 活到一百歲 / *L*- and learn.《諺》活到老學到老。3 居住；共同生活，共同居住《*with*...》：～ abroad 住在國外 / ～ in（店員、傭人等）住在東家處 / ～ *with* one's grandparents 和祖父母一起生活 / ～ at one's uncle's 住在叔叔家。4（以…）過活，（以…）爲主食而維生《*on, upon*...》：～ *on* meat 食肉爲生。5（靠…）生活，（以…）謀生《*on, upon*..., *by* ...》：～*on* one's name 靠自己的名聲過日子 / ～ *on* one's salary 靠自己的薪水過活 / ～ *by* one's pen 靠寫作爲生。6（以某種方式）生活；採取某種生活方式；（依據某種規則等）規範生活：～ poorly 貧困地生活 / ～ high off the hog 奢侈地過日子 / ～ honestly 誠實地過日子 / ～ above one's means 過入不敷出的生活 / ～ by the Bible 遵循聖經的訓示過日子。7 充分享受人生；（所描寫的人物等）活生生地存在：make a historical character ～ 使歷史人物栩栩如生地出現在作品中。8（狀態、活動等）持續下去；（記憶等）遺留，留存。9（船、飛機等）免遭破壞。—及 1《與同系受詞合用》過（某種生活）：～ a *life* of pleasure 過享樂的生活 / ～ one's *life* in seclusion 過隱居的生活。2 實踐，在生活中表現出（某種思想等）：～ a lie 過著虛僞的生活 / ～ one's conviction 實踐自己的信念。

live and let live 自己活也讓他人活，待人寬容如待己。

live by one's wits ⇨ WIT¹（片語）

live down 改過自新而擺脫（自己的錯誤），隨著歲月的流逝而忘卻（悲傷）。

live for... 爲…而生活。

live it up《口》無憂無慮地過日子，盡情地享受人生。

live off... 寄食於，靠…生活。

live out (1) 不住在工作處，通勤。(2) 活過[度過]（一定時期）。

live through... 歷經…而活下來；度過。

live to oneself 孤獨地過活。

live up to... 過著和…一致的生活；實現，實踐；遵循…生活；無愧於，符合；達到（某人）的標準。

live with... (1) ⇨動 不及 3. (2) 接受。

where one lives《俚》敏感地帶，要害。

·live² [laɪv] 形（義 3－義 5 **liv·er, liv·est**）《通常爲限定用法》1 活的，有生命的：《謔》真正的；活生生的：a ～ fence 樹籬 / a real ～ burglar 一個活生生的破門而入的竊賊。2 充滿生命跡象的，生氣蓬勃的：the ～ noises of the jungle 叢林中萬物的自然聲響。3 現代的，合乎潮流的；《口》《主爲謔》精力充沛的；非常機敏的：a ～ religion 現代的宗教 / a ～ personality 充滿活力的個性。4 生動的；有朝氣的：a ～ meeting 生氣勃勃的會議。5《主美》當前的，現在所最關心的：a ～ case 調查中的案件。6 燃燒的；噴出水的。7 激烈的；亮麗的，鮮明的；清新的，清爽的；聲音迴響的。8（球等）彈性足的；（比賽中的球）有效的。9（子彈等）裝塡好的；（火柴）未用過的；通電的；轉動的，迴轉的；傳動的；正在使用的。10 實況[轉播]的；在現場的；（電影）使用活生生的人或動物的：a ～ show 現場直播演出 / a ～ concert 現場直播音樂會。11（礦石等）天然的，未切割的。

live one《美俚》揮金如土的人；易受騙的人；熱鬧且有趣的地方[人]。

—副 從現場地，非錄音或錄影地。

live·a·ble ['lɪvəbl] 形 = livable.

'live 'birth [,laɪv-] 图 Ⓤ Ⓒ 活胎，活產。

live cov·er·age ['laɪv'kʌvərɪdʒ] 图 Ⓤ（廣播等的）現場報導。

lived [laɪvd] 形《通常作複合詞》擁有…的生命的。

lived-in ['lɪvd,ɪn] 形 有人居住的，長期有人居住的；像是有人居住般的。

live-in ['lɪv,ɪn] 形 住在東家的；寄宿的。

·live·li·hood ['laɪvlɪ,hud] 图 生計，營生：earn a ～ as a teacher 以教書爲生 / write for a ～ 寫作爲生。

live·li·ness ['laɪvlɪnɪs] 图 Ⓤ 1 活潑。2 有精神，有朝氣。3 鮮明；生動。

live·long ['lɪv,lɔŋ] 形《尤詩》《主要置於 **day, night, summer** 之前》完整的，整整的，漫長的：all the ～ *day* 一整天。

·live·ly ['laɪvlɪ] 形 (**-li·er, -li·est**) 1 有精神的，活潑的；有朝氣的，輕快的；有活力的《*with*...》。2 強烈的，敏銳的：a ～ imagination 敏銳的想像力。3 明亮的，鮮明的；生動的，有效果的；逼真的：a ～ description 生動的描述。4《謔》令人擔心的：have a ～ time 度過一段驚心動魄的時光 / make it ～ for a person 使某人日子難熬。5（酒等）有泡沫的。6（空氣等）清爽的，涼爽的。7（墊子等）有彈性的；（船）輕快的，即使傾斜亦能馬上恢復平衡的；（車）發動快的。—副 活潑地，精神奕奕地；生動地。—图 精神奕奕的人。

liv·en ['laɪvən] 動 及 不及《口》（使）活潑起來；（使）變得有朝氣《*up*》。

live park·ing ['laɪv'parkɪŋ] 图 Ⓤ 駕駛人不下車的停車。

·liv·er¹ ['lɪvɚ] 图 1〖解〗肝臟；Ⓤ Ⓒ（食用動物的）肝臟；肝的異狀：have a touch of ～ 肝有些異狀 / the ～ wing《謔》右手。2 Ⓤ 豬肝色，赤褐色。

liv·er² ['lɪvɚ] 图 1《置於修飾語之後》（以某種態度）生活的人：a loose ～ 放蕩者 / a good ～ 有德者；美食家。2《尤美》住民，居住者 : city ～*s* 都市居民 / apartment ～*s* 公寓住戶。

'live re,cording ['laɪv-] 名 U C 現場錄音[錄影]。

liv·ered ['lɪvɚd] 形《通常作複合詞》有…的肝臟的；有…特徵的：a lily-*livered* man 膽小鬼。

liv·er·ied ['lɪvərɪd] 形 穿制服的。

liv·er·ish ['lɪvərɪʃ] 形 **1** 赤褐色的。**2** 患肝病的。**3**《口》乖張的，脾氣壞的。

Liv·er·pool ['lɪvɚ,pul] 名利物浦：英格蘭西北部港市。

'liver ,sausage 名《英》= liverwurst.

liv·er·wort ['lɪvɚ,wɝt] 名〖植〗地錢。

liv·er·wurst ['lɪvɚ,wɝst] 名 U C《美》肝泥製香腸。

·liv·er·y[1] ['lɪvərɪ] 名 (複**-er·ies**) **1** U C 指定服；制服：servants in ～著制服的服務生 / take up one's ～ 成為同業公會會員。**2** U（特殊的）服裝：《喻》衣裳：trees in summer ～ 披上夏裝的樹木 / clothe oneself in the ～ of other men's opinion 借用他人的意見。**3**《英》（有特殊制服的）倫敦市同業公會。**4** U（各種）交通工具出租業；《美》= livery stable.

liv·er·y[2] ['lɪvərɪ] 形 = liverish.

L

'livery ,company 名 = livery[1] 3.

liv·er·y·man ['lɪvərɪmən] 名 (複**-men**) **1**（出租馬車的）營業商。**2**《英》（倫敦市的）自由市民。

'livery ,stable 名《常作～s，作單數》出租馬車商行；收費飼馬場。

:lives [laɪvz] 名 **life** 的複數形。

live·stock ['laɪv,stɑk] 名 U《集合名詞，作單、複數》家畜：～ farming 畜牧業。

live·trap ['laɪv,træp] 動 及 用陷阱捕捉。

'live ,trap 名（捕捉用的）圈套，陷阱。

'live 'wire 名 **1** 有電流的電線。**2**《俚》精力充沛的人；很活躍的人。

liv·id ['lɪvɪd] 形 **1**（因被打傷、充血等而呈）青黑色的；青灰色的。**2**《口》暴怒的，非常生氣的。

:liv·ing ['lɪvɪŋ] 形 **1** 活的，有生命的：a ～ corpse 行屍走肉。**2** 現存的，當代的；使用中的，當今人們的：the greatest ～ poet 當代最偉大的詩人。**3**《主為限定用法》有朝氣的，生動的；強烈的；逼真的：the ～ image of a person 酷似某人的人。**4** 燃燒的，火光熊熊的；流動的；不斷地噴出的；猛烈的。**5** 天然狀態的，未經採掘的。**6** 生活的，居住的；生活上舒適的：～ expenses 生活費 / ～ necessities 生活必需品。**7**《強調用法》真正的，實在的：a ～ angel 活像天使的人 / scare the ～ daylights out of a person《俚》把某人嚇得半死。—名 **1** U 生存，生活。**2**（某種特定的）生活方式。**3** 生活費，生計。**4**《the ～》《集合名詞》所有活著的人，生者。**5**《英》教士的俸祿。

'living 'death 名無生存樂趣的生活。

'living 'fossil 名 **1** 活化石。**2**《口》趕不上時代的人，老古董。

liv·ing-in ['lɪvɪŋ,ɪn] 形居住的，住著的。

'living 'likeness 名逼真的畫像。

'living 'picture 名 = tableau vivant.

·'living ,room 名 **1** 客廳。**2** U 生活空間。

'living ,space 名 U **1** 生活圈。**2** 生活空間。

'living ,standards 名 = standard of living.

Liv·ing·stone ['lɪvɪŋstən] 名 **David**，李文斯頓（1813–73）：蘇格蘭籍傳教士兼非洲探險家。

'living 'wage 名基本生活薪資。

'living ,will 名生前遺囑：一種書面聲明，簽署者要求在病重或恢復健康無望時允其死亡，而不願以人為方式維持生命。

Li·za ['laɪzə] 名〖女子名〗萊莎（Elizabeth 的暱稱）。

liz·ard ['lɪzɚd] 名 **1** 蜥蜴；U 蜥蜴的皮革。**2**《**the L-**》〖天〗蜥蜴座。**3**《英俚》閒蕩胡混的人。**4**《美俚》皮夾，手皮包。**5**《美俚》一元。

Liz·zy, -zie ['lɪzɪ] 名〖女子名〗麗姬（Elizabeth 的暱稱）。

'll **1**《口》will, shall 的縮略形。**2**《口》till[1] 的縮略形。

LL, L.L.《縮寫》*L*ate [*L*ow] *L*atin.

ll.《縮寫》*l*eaves; *l*ines.

lla·ma ['lɑmə] 名〖動〗駱馬；U 駱馬毛；駱馬毛製的衣物。

lla·no ['lɑno] 名 (複～s [-z])（中南美洲的）大草原。

LL.D.《縮寫》《拉丁語》*Legum Doctor* (Doctor of Laws).

'Lloyd 'George ['lɔɪd-] 名 **David, 1st Earl of Dwyfor**，勞埃·喬治（1863–1945）：英國政治家、首相（1916–22）。

Lloyd's [lɔɪdz] 名 **1** 勞氏保險協會：1688 年在倫敦創設，主要由船東和保險業者組成，承保任何風險。**2** = Lloyd's Register.

'Lloyd's 'Register 名 **1** 勞氏船級協會。**2** 勞氏船級協會的船名年鑑。

LNG《縮寫》*l*iquefied *n*atural *g*as.

lo [lo] 感《文》《常作 **Lo and behold**》看哪！瞧！注意！

loach [lotʃ] 名 C U〖魚〗泥鰍。

:load [lod] 名 **1**（裝）貨，裝載：bear a ～ on one's shoulders 兩肩扛著貨物。**2** 一擔（的分量），裝載量：a car with a full ～ of children 滿載孩子的車 / three car ～*s* of coal 三車的煤。**3** 重量，重壓；負擔，擔心；工作量，負載量：a ～ of grief 憂愁的重壓 / have a ～ on one's mind 有精神負擔。**4** 裝填（彈藥）。**5** 多數，很多：～*s* of money 很多的錢。**6** 開放投資信託的手續費。**7**〖力〗荷重；〖電〗負載；負載裝置。**8**《俚》使人喝醉的酒量；酒醉的狀態，醉：have got a ～ on 豪飲。

get a load of... ⦅俚⦆ (1)⦅通常用於命令⦆仔細看，觀察。(2)傾聽，注意。

take the load off one's feet ⦅通常用於命令⦆⦅俚⦆⦅謔⦆坐下。

—動 及 **1** 裝載⦅*with...*⦆；裝貨於⦅*in, into, onto...*⦆。**2** 大量給予；使堆滿；使（胃）塞滿⦅*with...*⦆；添加⦅*down / with ...*⦆。**3** 裝填彈藥；裝上煙草；裝上底片；上原料；〖棒球〗形成（滿壘）。**4** 灌鉛加重（以便作弊等），加不純物於；附加特殊費用於；使（話語中）附加其他的意思；投入多餘的感情於；〖美〗在（畫布、筆）上沾滿顏料；〖電〗在（迴路）上增加負荷。—不及 **1** 裝載貨物⦅*up*⦆；登上（車、船等）⦅*into...*⦆；載客。**2**（槍炮）裝上彈藥；（相機）裝上底片；飽食。

load the dice in one's favor 做對自己有利的事。

—副⦅~s⦆⦅口⦆非常地，大大地。

load·ed ['lodɪd] 形 **1** 裝載著貨物的；滿載的；裝滿東西的；堆滿食物的；（胃）塞滿食物的；果實纍纍的；滿懷激烈情感的：a ~ bus 客滿的巴士。**2** 裝入彈藥的；裝了底片的。**3** 有感情含意的，話中有話的。**4** 設有圈套的，狡猾的。**5** 灌鉛的；摻入雜質的；⦅俚⦆（咖啡）混合威士忌的。**6**⦅俚⦆醉酒的；⦅美俚⦆因吸食毒品而變得像醉酒的：get ~ on wine 喝葡萄酒醉了。**7**⦅俚⦆有很多錢的：~ with dough 腰纏萬貫。

be loaded for bear ⦅俚⦆裝備充分的；醉酒的；生氣的。

'load ˌfactor 名 U C **1**〖電〗負載率。**2**（飛機的）載客率。

load·ing ['lodɪŋ] 名 U **1** 裝載；⦅集合名詞⦆貨物。**2**〖空〗負載量。**3**〖電〗負載量。**4**〖保〗附加費用。

'load ˌline 名〖海〗滿載吃水線。

load·mas·ter ['lod,mæstɚ] 名（巨型運輸機上的）貨運管理員。

load-shed·ding ['lod,ʃɛdɪŋ] 名 U〖電〗（電力不勝負荷時的）分區停電。

load·star ['lod,stɑr] 名 = lodestar.

load·stone [lod,ston] 名 **1** U 磁鐵礦；U C 天然磁石。**2** 具有吸引力的東西。

·loaf[1] [lof] 名（複 **loaves** [lovz]）**1** 一條[塊]（麵包、蛋糕）⦅*of...*⦆；麵包，土司：five *loaves of* ginger bread 五塊薑餅 / Half a ~ is better than no bread. ⦅諺⦆聊勝於無。**2** C U 肉糕。**3**⦅俚⦆頭；頭腦：use one's ~ 動動腦筋；熟慮。

loaves and fishes 現世利益，物質利益；私利。

loaf[2] [lof] 動 不及 ⦅口⦆遊蕩⦅*about, around*⦆；懶散地做⦅*on...*⦆；⦅口⦆作食客⦅*on...*⦆：~ *on* the job 辦事拖拖拉拉。—及 虛度⦅*away*⦆。—名 遊手好閒；虛擲光陰：on the ~ 在遊蕩著。

loaf·er ['lofɚ] 名 **1** 懶人，遊手好閒者。**2**⦅美⦆一種平底軟皮的簡便休閒鞋。

loam [lom] 名 U **1** 沃土。**2**〖建〗爐坶。**3**⦅古⦆土，黏土，壤土。~**·y** 形

·loan [lon] 名 **1** 借出物；貸款；借款；公債：raise a ~ 發行公債 / make a ~ on... 以…作抵押發放貸款。**2** U 借給，貸給；（暫時的）准許使用：get a ~ (of money) from a person 向某人借到一筆錢。**3** 借用語，外來語；外來的習俗。**4** U 暫借工作[幫忙]：be on ~ to another firm（人員）外借給別家公司幫忙。

—動 及⦅主美⦆借給⦅*out / to...*⦆；附利息地借貸；⦅美方⦆借入。—不及 借出；附利息借貸。

'loan col'lection 名 自外部借來展覽的藝術品。

loan·er ['lonɚ] 名 **1** 借出者，債權人。**2** 代用品。

'loan ˌoffice 名 **1**（金融機構中的）貸款部。**2**（政府的）融資部門。**3** 當鋪。

'loan ˌshark 名⦅美口⦆放高利貸者。

'loan ˌsharking 名 U 放高利貸。

'loan transˌlation 名 譯借；譯借語[詞]：由直譯外國語而來的字或詞。

'loan ˌword 名 外來語，借用語。

loath [loθ] 形⦅敘述用法⦆厭惡的；不願意的⦅*to* do, *that* 子句⦆：be ~ *to* go 不願意去 / nothing ~ 很樂意。~**·ness** 名

loathe [loð] 動 及 **1** 厭惡，憎恨。**2** 不喜歡。**'loath·er** 名

loath·ing ['loðɪŋ] 名 U 極端的厭惡，憎恨。

loath·ly[1] ['loðlɪ] 副⦅罕⦆不情願地。

loath·ly[2] ['loðlɪ] 形⦅古·文⦆= loathsome.

loath·some ['loðsəm] 形 可憎的，極爲厭惡的；令人噁心的：a ~ odor 惡臭。~**·ly** 副, ~**·ness** 名

·loaves [lovz] 名 **loaf**[1] 的複數。

lob [lɑb] 動 **(lobbed, ~·bing)** 及 **1**〖網球·桌球〗以吊高方式擊出；〖板球〗以緩慢而低的方式投。**2** 以曲彈道發射。—不及 **1**〖網球·桌球〗打高吊球。**2**⦅古⦆蹣跚地走路⦅*along*⦆。—名 **1**〖網球·桌球〗高吊球；〖板球〗低緩球。**2**⦅英方⦆遲鈍的人。~**·ber** 名

lo·bar ['lobɚ] 形 **1**〖解〗肺葉的。**2**〖植〗（葉子）裂片的。

·lob·by ['lɑbɪ] 名（複 **-bies**）**1**（旅館等處的）門廳，通道。**2**⦅英⦆（議會的）會客室；（眾議院）等候投票的房間。**3**⦅集合名詞⦆⦅美⦆向議員進行遊說的人，遊說團體；壓力團體。—動 **(-bied, ~·ing)** 不及 時常出入議會走廊及休息室；⦅美⦆對議員進行遊說活動。—及 **1** 遊說（議員）。**2** 施壓力使（議案）通過。

lob·by·ism ['lɑbɪ,ɪzəm] 名 U⦅美⦆（向議會的）陳情活動，國會外的遊說活動。

lob·by·ist ['lɑbɪɪst] 名 國會外的遊說者，在議院外活動圖使議案通過者。

lobe [lob] 名 **1**〖解〗（大腦、肺、肝的）

葉；〖植〗裂片。**2** 耳垂；（建築物的）圓形突出物。**3**〖電〗天線的橫枝。

lobed [lobd] 形 有裂片的；瓣狀的。

lo·bel·ia [lo'biljə] 名〖植〗山梗菜屬的植物。

lob·lol·ly ['lɑblɑlɪ] 名 (複 **-lies**) **1** 火炬松；Ⓤ 其木材。**2**《美方》爛泥；泥坑；鄉巴佬。**3** Ⓤ〖海〗《英方》濃麥片粥。

lo·bo ['lobo] 名 (複～**s**) **1**（美國西部所產的）大灰狼。**2**《美俚》流氓。

lo·bot·om·ized [lo'bɑtəmaɪzd] 形 接受腦前葉白質切除術的；《喻》遲鈍的。

lo·bot·o·my [lo'bɑtəmɪ] 名 (複**-mies**) Ⓤ Ⓒ〖醫〗《美》腦前葉切開術。

lob·ster ['lɑbstɚ] 名 (複～, ～**s**) **1** 大海蝦，大龍蝦；Ⓤ 其肉：(as) red as a ～ 通紅的。**2** = spiny lobster. **3**《美俚》糊塗蛋，容易上當的人；紅臉漢。

～**·ing** 名 Ⓤ 捕龍蝦。

lob·ster·man ['lɑbstɚmən] 名 (複**-men**) 捕龍蝦的漁民。

'lobster ˌpot 名 捕龍蝦的籠子。

lob·ule ['lɑbjul] 名〖解〗小葉；〖植〗小裂片。

:lo·cal ['lokl] 形 **1** 場所的；占有一定空間的：～ adverbs 地方副詞。**2** 特定場所的，某地方的；地方性的：a ～ citizen 當地居民 / ～ taxes 地方稅。**3**（身體上）一部分的，局部的：a ～ infection 局部感染。**4** 狹隘的，偏狹的：a ～ prejudice 狹隘的偏見。**5** 短距離行駛的；逢站必停的：a ～ line 短程鐵路路線 / a ～ train 普通列車，慢車。**6**《英》本埠郵件的。

—名 **1** 區間火車。**2**《美》（工會等的）地方分會。**3** 地方消息，地方版。**4**《常作～**s**》(1) 當地人，本地人；在本地開業的醫生。(2) 地方性比賽團體，本地球隊。(3)《英》（大學的）地區性考試。**5** 限定區域內通用的郵票。**6**《**the** ～》《英口》（尤指常去的）本地酒店，附近的酒館。

～**·ness** 名

'local ˌarea 'network 名〖電腦〗區域網路。

'local 'color 名 Ⓤ 地方色彩；〖美〗自然色彩；（繪畫中的）部分色彩。

lo·cale [lo'kæl] 名《文》**1** 場所，（事件等的）現場。**2** 舞臺，布景，背景。

'local 'government 名 Ⓤ 地方自治；Ⓒ 地方政府。

lo·cal·ism ['lokəl,ɪzəm] 名 **1** Ⓤ 地方色彩，地方氣息；Ⓒ 方言，土話。**2** Ⓤ 地方習俗。**3** Ⓤ 對特定地方的偏愛；地方主義。

lo·cal·i·ty [lo'kælətɪ] 名 (複**-ties**) **1** 場所，地方；產地；（特殊事物的）所在地；（事件等的）現場；附近：*localities* of heavy snowfall 下大雪的諸地點 / a fashionable ～ 高級住宅區。**2** Ⓤ 所占的地方；位置性，地方的外貌：a sense of ～ 對方位的辨識力。

lo·cal·i·za·tion [ˌlokə-laɪ'zeʃən] 名 Ⓤ 地方化，局部化；侷限。**2** 位置測定。（病原）部位；局部性。

lo·cal·ize ['lokə,laɪz] 動 及 **1** 使具地方色彩。**2** 限於某地方；使（疾病等）止於局部；集中（注意力等）《on, upon...》：～ the infection in the foot 使感染侷限於腳部。**3** 配置於某處；窮究…的場所；探究起源。

—不及 侷限《in》；集中《on, upon...》。

lo·cal·ly ['lokəlɪ] 副 **1** 在場所上，位置上。**2** 地方性地，局部地；在某地方；在原產地。**3** 在當地，在本地。

'local 'option ['vote] 名 Ⓤ（依據居民投票決定有關酒類販賣等問題的）地方選擇權（制度）。

'local ˌtime 名 Ⓤ 當地時間。

'local 'train 名（每站皆停的）區間列車，普通列車。

:lo·cate ['loket, -'-] 動 (**-cat·ed, -cat·ing**) 及 **1** 放置，安置；《用被動或反身》使定居，使置身，使座落於：～ the capital in Tokyo 定都於東京 / ～ *oneself* behind the curtain 藏身於帷幕後。**2** 發現所在位置。把…的位置標示出來；確定…的位置：～ the position of the ship on the map 把船的位置在地圖上標出。**4**《美》（正式測量）要求（土地所有權）；擁有（土地）。—不及《美》居住，定居；開張。

·lo·ca·tion [lo'keʃən] 名 **1** 場所，位置；居住地；所在地；指定地區或範圍：an attractive ～ for a camp 頗具吸引力的露營場地 / the exact ～ of London 倫敦的準確位置。**2**（電算機的）（記憶）場所。**3** Ⓤ〖影〗外景拍攝地；拍外景：be on ～ 正在拍外景。**4** Ⓤ 配置；（土地的）占有；測量，測量設計；所在位置的搜尋。**5** Ⓤ〖法〗賃約；租賃契約。

lo·ca·tion·al [lo'keʃənl] 形 位置上的；場地上的。

loc·a·tive ['lɑkətɪv] 名 形〖文法〗位置格（的）；表示位置（的）。

loc. cit. ['lɑk'sɪt]《縮寫》《拉丁語》*loco citato* 在上述引文中。

loch [lɑk] 名《蘇》湖；狹長的海灣。

'Loch ˌNess 'monster 名《**the** ～》尼斯湖水怪。

lo·ci ['losaɪ] 名 **locus** 的複數形。

:lock[1] [lɑk] 名 **1** 鎖：a ～ to a gate 門鎖 / have the ～ on 上著鎖 / fasten a ～ 上鎖 / turn a ～ 開鎖。**2** 止動裝置；煞車。**3** 水門，閘；氣閘；減壓室，氣壓調節室。**4** (1) 槍機。(2) = safety 3. **5** 糾纏，揪扭；（車輛等的）阻塞；〖角力〗鎖關節。**6** Ⓤ Ⓒ（車前輪的）方向轉換：at full ～（前輪）完全轉向。**7**〖橄欖球·美足〗並列爭球時第二排的球員。

lock, stock, and barrel 全部，完全地。

under lock and key 被妥善地鎖藏著；被嚴密地監禁著。

L

—動 及 1 鎖，鎖上《up》。2 鎖藏起來《away, up》；鎖在（房裡）《in, up / in, into...》；祕藏《up》。3（用鎖等）使固定《偶用 up》；〖印〗緊牢《up》；勾住，挽住；《常用被動》抱緊；抓緊。4 使（船）通過閘門《through / through...》；設置閘門《off》。—不及 1 鎖著，鎖得上《up》。2 固定；咬合《into...》。3 通過水閘；設閘門；操作閘門使（船）通行。

be locked in 牢固的。

lock... away / lock away... 把（東西）鎖藏起來；《口》把（人）監禁起來。

lock horns ⇨ HORN（片語）

lock in 監禁，關住；收藏。

lock on (1) 聯結（到…）《to...》。(2)（飛彈等）自動追蹤《to...》。

lock out (1) 關在外面；《通常用被動或反身》使無法入內。(2) 不准進廠。

lock up (1) 監禁。(2) 鎖住門。(3) 套牢（資本）。(4)《美俚》使成就紮實。

·**lock²** [lɑk] 名 1（一簇）髮束，捲髮；《～s》《文》頭髮：a ～ of hair over one's right eye 垂在右眼上的一綹頭髮。2（羊毛等的）一簇；一束，一撮。3《～s》毛根短的羊毛。

lock·age [ˈlɑkɪdʒ] 名 Ⓤ Ⓒ 1 水閘的構築。2 水閘的通行（費）。3 船閘水位升降度。

lock·er [ˈlɑkɚ] 名 1 上鎖的人[物]。2 保險櫃，帶鎖的衣物櫃；《美》（租賃用的）冷凍庫。3〖海〗箱櫃，庫房。

Davy Jone's locker 海底；水手的墳墓。

go to Davy Jone's locker 溺死在海中；葬身魚腹。

not a shot in the locker 身無分文，束手無策。

ˈlocker ˌroom 名（體育館、工廠等的）衣帽間，更衣室。

lock·et [ˈlɑkɪt] 名 1 懸於項鍊或錶鍊下的金屬小盒。2 金屬座。

ˈlock ˌgate 名（運河等的）閘門。

lock-in [ˈlɑk,ɪn] 名《美》1 一群人占領並封鎖建築物的抗議運動。2 監禁。

lock·jaw [ˈlɑk,dʒɔ] 名 Ⓤ〖病〗破傷風（的初期）；牙關緊閉症。

lock-keep·er [ˈlɑk,kipɚ] 名 閘門管理員。

lock·nut [ˈlɑk,nʌt] 名〖機〗鎖緊螺母。

lock·out [ˈlɑk,aut] 名 Ⓤ Ⓒ 關廠，停工：不讓勞工入內以強行解僱。

lock·smith [ˈlɑk,smɪθ] 名 鎖匠。

lock·step [ˈlɑk,stɛp] 名 Ⓤ 僵化刻板的方式；墨守成規。

ˈlock ˌstitch 名 雙線連鎖縫紉法。

lock·up [ˈlɑk,ʌp] 名 1《口》監獄，拘留所。2 停工時間；宵禁時間；閉戶；拘留，監禁；（部分的）咬合。3（資本的）凍結；固定資本。

lo·co [ˈloko] 名(複～s)《美》1 = locoweed. 2 Ⓤ〖醫〗瘋草症。3《俚》瘋子，狂人。—形《俚·昔美》瘋狂的；精神失常的。

lo·co·mo·bile [ˌlokəˈmobɪl] 形 自動（推進）的。—名 自動推進車。

lo·co·mo·tion [ˌlokəˈmoʃən] 名 Ⓤ 1 移動，轉位；步行；移動力，步行力；移動方式，步伐。2 旅行；交通（工具）。

·**lo·co·mo·tive** [ˌlokəˈmotɪv] 名 1 火車機車，火車頭；《古》自動推進車：a steam ～ 蒸氣火車頭。2《美俚》（啦啦隊的）集體歡呼聲援。—形 1 火車機車的。2 移動的；有利於移動的。3《謔》旅行的。4 能刺激或加速經濟成長的。

lo·co·mo·tor [ˌlokəˈmotɚ] 形 運動的，轉位的。—名 有運動力的人[物]。

locoˈmotor aˈtaxia 名 Ⓤ〖病〗運動失調症，脊髓痨。

lo·co·weed [ˈloko,wid] 名 1〖植〗瘋草。2 Ⓤ 大麻，嗎啡。

lo·cum te·nens [ˈlokəmˈtinɛnz] 名 (複 **lo·cum te·nen·tes** [-təˈnɛntiz])《主英》代理牧師；代理醫師。

lo·cus [ˈlokəs] 名(複 **-ci** [-saɪ], **-ca** [-kə]) 1 場所，位置；〖數〗軌跡。2〖遺傳〗（染色體內的）位點，基因座。

lo·cus clas·si·cus [ˈlokəs ˈklæsɪkəs] 名 (複 **lo·ci clas·si·ci** [ˈlosaɪˈklæsɪsaɪ])《拉丁語》常被引用的最有權威性的章節。

lo·cust [ˈlokəst] 名 1〖昆〗蝗蟲：～ years 蝗災饑饉年，荒年；困苦的歲月。2〖昆〗《美》蟬。3〖植〗刺槐，槐木。4 蝗豆（樹）。5 貪婪者；肆意破壞的人。

lo·cu·tion [loˈkjuʃən] 名 1（某地、某集團特有的）慣用語法：a Cockney ～ 倫敦方言。2 Ⓤ Ⓒ（特定人的）說話方式，談吐方式；措詞。

lode [lod] 名 1〖礦〗礦脈；礦體。2《喻》豐富的泉源[蘊藏]。

lode·star [ˈlod,stɑr] 名 1 指示方向之星；《the ～》北極星。2 指標；指導原則；注目的焦點。

lode·stone [ˈlod,ston] 名 = loadstone.

·**lodge** [lɑdʒ] 名 1 小屋。2（狩獵期間）山林小屋；《美》夏季用小別墅；《古》暫時逗留的場所：a hunting ～ 狩獵小屋。3（獵園等的）門房，管理員室，警衛室。4（旅遊勝地等處的）旅館；客棧。5（英國 Cambridge 大學的）院長住宅。6《美》美洲印第安人的帳篷。7（祕密結社等的）分部（集會處）；《集合名詞》分部會員；《英》工會的分部：the grand ～（祕密結社等的）首領們。8（海狸的）巢，穴。

—動 (**lodged, lodg·ing**) 不及 1 暫住，寄宿；《主英》投宿《at, in, with...》。2 射入；卡住《in...》。3〖狩〗躲藏，潛伏。4 倒伏。—及 1（暫時）留宿，投宿；藏匿；使寄宿《at, in, with...》。2 收容，容納；存放《in...》；寄放在《in, with...》。3 射入，使留置在內；《通常用被動》使梗於《in...》。4 授（權），委託《in, with, in the hands of...》。5 提出（抗議等），申述《

before, with... 》。6（風雨）吹倒（作物）。

lodge·ment ['lɑdʒmənt] 图《主英》= lodgment.

lodg·er ['lɑdʒɚ] 图 1 寄宿者，房客；投宿者：take in ～*s* 接納房客。2 被射入之物。

·**lodg·ing** ['lɑdʒɪŋ] 图 1 Ⓤ 寄宿；其設備：furnish ～ and board 供膳宿。2 住所。3 ⑴《～s》出租的房間。⑵（英國 Oxford 大學的）舍監公館；《英》（大學校外的）學生宿舍：live in ～*s* 在校外寄宿租房居住。

'**lodging ˌhouse** 图 分間出租供人住宿的房子，客房：a common ～（不供膳食的）簡便客棧（《美》rooming house）。

lodg·ment ['lɑdʒmənt] 图 1 Ⓤ 住宿，投宿；住宿設備；Ⓒ 出租房間；《罕》宿舍。2 Ⓤ 沉積，堆積；Ⓒ 堆積物。3〖軍〗占領；據點；占領地的緊急防禦塹壕；穩固地位：find a ～ 找到立足點。4〖法〗（金錢、擔保的）委託；存款。5 申訴。

lo·ess ['loɪs] 图 Ⓤ〖地〗黃土。

loft [lɔft, -ɑ-] 图 1 閣樓，頂樓；《美》（工廠等的）頂層；（倉庫、馬廄的）二樓；（禮堂等的）樓廂：a choir ～ 聖歌隊席。2 鴿舍；同一鴿舍內的一群鴿子。3〖高爾夫〗⑴ 高擊斜面：a club face with a good deal of ～ 大傾斜面的球桿。⑵ 高打，高飛球。—動 及 1 把…收入閣樓。2〖高爾夫〗把（球）打高；《通常用被動》在（球桿）上加傾斜面。3 養在鴿舍中。4 發射（人造衛星等）。5 升遷，擢升。—不及 1 打高飛球。2（球等）被打高。

loft·er ['lɔftɚ, 'lɑ-] 图〖高爾夫〗打高飛球所用的球桿。

loft·y ['lɔftɪ, 'lɑ-] 形 (**loft·i·er, loft·i·est**) 1 非常高的，聳立的：a ～ mountain 巍巍高山。2 地位高的，高貴的；有威嚴的；清高的；堂皇的，高雅的；高尚的：a ～ style 高雅的風格。3 傲慢的：in a ～ manner 以傲慢的態度。

loft·i·ly 副, **loft·i·ness** 图

·**log**[1] [lɔg, hɑg] 图 1 圓木，原木；（大）木料：in the ～ 以原木狀態 / sleep like a ～ 睡得很熟。2〖海〗測程儀：heave the ～ 用測程儀測船速。3 航海日誌，飛行日誌；旅行日記。4（機器的）操作紀錄。5〖電腦〗紀錄表。

keep the log rolling 使活動進行下去。

—動 (**logged, ～·ging**) 及 1 鋸成圓木；《美》砍伐樹木《*off, over, up*》。2 記錄；記入航海日誌或飛行日誌；整編，搜集《*in*》。3 以…速度航行；航行…的距離。4《英》科以罰金。

—不及《美》採伐木材，鋸圓木。

log[2] [lɔg, lɑg] 图《口》= logarithm.

log, log. 《縮寫》*log*ic; *log*arithm.

lo·gan·ber·ry ['logən,bɛrɪ] 图 (複 **-ries**) 大楊梅。

log·a·rithm ['lɔgə,rɪðəm, 'lɑgə-] 图〖數〗對數（記號：log）：a table of ～*s* 對數表。

-'rith·mic, -'rith·mi·cal 形 對數的。

-'rith·mi·cal·ly 副

log·book ['lɔg,bʊk, 'lɑg-] 图 1 航海日誌，飛行日誌。2 旅行日記。

'**log ˌcabin** 图 圓木小屋。

loge [loʒ] 图 1 隔開的小房間。2（劇院等的）包廂，特別席；前座。

log·ger ['lɔgɚ, 'lɑ-] 图 1《美》樵夫；伐木者。2 堆木機，伐木曳引機。

log·ger·head ['lɔgɚ,hɛd, 'lɑ-] 图 1《古》笨蛋，傻瓜。2〖動〗紅海龜。3 用以溶解焦油或加熱液體等的鐵球棒。

at loggerheads with... 與…不和。

fall to loggerheads 開始爭吵或互毆。

log·gia ['lɑdʒɪə, 'lɔ-] 图 (複 **～s, -gie** [-dʒe])〖建〗走廊，迴廊。

log·ging ['lɔgɪŋ, 'lɑ-] 图 Ⓤ 伐木及運輸業：a ～ railroad 森林鐵路。

:**log·ic** ['lɑdʒɪk] 图 1 Ⓤ 理則學；Ⓒ 理則學書；理則學論文：deductive ～ 演繹理則學。2 Ⓤ 推理法：I couldn't follow his ～. 我無法理解他的推理。3 Ⓤ 論理；〖電腦〗邏輯：～ symbols 邏輯符號。4 Ⓤ《口》道理，條理；正當的判斷；絕對的說服力：He argues with admirable ～. 他以令人欽佩的條理辯論。

·**log·i·cal** ['lɑdʒɪkl] 形 1 合理的；符合邏輯的：a ～ conclusion 合理的結論。2 邏輯上必然的。3 理則（學）的，形式上的。

log·i·cal·ly ['lɑdʒɪkəlɪ] 副 論理上地，必然性地，合乎邏輯地。

'**logical** '**positivism** 图〖哲〗論理實證主義。

lo·gi·cian [lo'dʒɪʃən] 图 邏輯學家；論理巧妙的人。

log·in ['lɔg,ɪn] 图 Ⓒ Ⓤ〖電腦〗登入。

log·out ['lɔg,aʊt] 图 Ⓒ Ⓤ〖電腦〗登出。

-lo·gist [-lədʒɪst]《字尾》表「…學家」、「…研究者」、「…理論的信奉者」之意。

lo·gis·tic[1] [lo'dʒɪstɪk] 形〖軍〗後勤的，後勤學的。

lo·gis·tic[2] [lo'dʒɪstɪk] 图 Ⓤ《偶作～s，作單數》符號邏輯學。—形 符號邏輯學的。

lo·gis·tics [lo'dʒɪstɪks] 图 Ⓤ 後勤；後勤學。

log·jam ['lɔg,dʒæm, 'lɑg-] 图 1 河上圓木的阻塞。2《美》困境，僵局，封鎖。

lo·go ['logo, 'lɑ-] 图 (複 **～s** [-z])（公司或組織的）識別標記。

lo·gos ['lɑgɑs] 图 Ⓤ 1 理法，理性；宇宙的法則。2《L-》〖神〗神旨；（三位一體的第二位的）基督。

log·o·type ['lɔgə,taɪp, 'lɑ-] 图 = logo.

log·roll ['lɔg,rol, 'lɑg-] 動 及《昔美口》互投贊成票促成（議案）通過。—不及 協助議案通過。～**·er** 图

log·roll·ing ['lɔg,rolɪŋ, 'lɑg-] 名 U 1《昔美》(議員間的)事先拉攏,換票;(批評家)互捧對方;合作。2 滾圓木(至某處);水上踩滾木遊戲。

-logue,《美》**-log**《字尾》表特定的「談話」、「編輯物」之意。

log·wood ['lɔg,wud, 'lɑg-] 名〖植〗蘇木,蘇方樹:豆科的一種小矮木。

lo·gy ['logɪ] 形 **(-gi·er, -gi·est) 1**《美口》遲鈍的,無生氣的。**2** 彈性不足的。

-logy《字尾》**1** 表「學問」、「學說」、「學理」之意。**2** 表「文章」、「談話」、「彙集」之意。

LOHAS《縮寫》*L*ifestyles *o*f *H*ealth *a*nd *S*ustainability 樂活:以健康的精神態度永續生活。

loin [lɔɪn] 名 **1**《通常作~s》腰;《~s》《文》(作爲活力、生殖力之源的)腰:the fruit of one's ~s 自己的孩子。**2** U(牛、豬、羊等的)腰肉。

gird (up) one's loins 準備行動。

loin·cloth ['lɔɪn,klɔθ] 名 腰布,纏腰帶。

·**loi·ter** ['lɔɪtɚ] 動 不及 **1** 閒逛,徘徊《*about, around*》;徐徐行進;順道往訪:~ *about* 四處閒逛 / ~ in the park 逛公園。**2** 拖延(工作等)《*on, over...*》:~ *on* the job 拖拖拉拉地工作。—及 消磨(時間),悠閒過(日子)《*away*》:~ *away* one's time 蹉跎光陰。~·**er** 名, ~·**ing·ly** 副

loll [lɑl] 動 不及 **1** 懶洋洋地倚靠;懶散地閒蕩:~ in a chair 懶洋洋地坐在椅子上。**2**(舌頭)垂下,伸出《*out*》—及 **1**(舌頭)垂下;使懶洋洋地垂下。**2** 閒度。

lol·li·pop,《美》**lol·ly·pop** ['lɑlɪ,pɑp] 名 **1**《常作~s》棒棒糖。**2**《英口》(1)(供學童穿越馬路用的)畫上車輛停止標誌的有柄安全牌。(2)在學校附近照顧學童穿越馬路的導護人員,「安全保姆」。**3** 低級演奏,演藝,餘興。**4**《俚》= sugar daddy.

'lollipop ,man 名《英》= lollipop 2 (2).

lol·lop ['lɑləp] 動 不及《口》**1** 懶洋洋地倚靠;蹉跎;徐行。**2** 蹦跳著走。—名 懶人。

lol·ly ['lɑlɪ] 名 **(複-lies)**《英》**1**《口》= lollipop 1. **2**《口》(1)(尤指硬的)糖果。(2)請客;小費;U《俚》錢。

lol·ly·gag ['lɑlɪ'gæg] 動 不及《美口》游手好閒,閒蕩;虛度光陰。

Lom·bard ['lɑmbɚd, -bɑrd] 名 **1** 倫巴底人。**2** 倫巴底族:侵入義大利北部的古日耳曼民族。**3** 銀行家;放款者。—形 倫巴底(人)的。

'Lombard ,Street 名 **1** 倫巴德街:倫敦的金融街。**2** 金融市場。

Lom·bard·y ['lɑmbɚdɪ] 名 倫巴底:義大利北部的一地區,行政中心爲 Milan。

Lo·mond ['lomənd] 名 **Loch**,羅蒙湖:蘇格蘭中西部的湖泊。

lon.《縮寫》*lon*gitude.

:Lon·don ['lʌndən] 名 倫敦:位於英格蘭東南部;爲英國的首都。

'London 'Bridge 名 **1** 倫敦橋。**2** U 古老兒戲的一種。

'London 'Club 名《**the** ~》倫敦俱樂部:核燃料供應國組織。

Lon·don·er ['lʌndənɚ] 名 倫敦人。

Lon·don·ism ['lʌndə,nɪzəm] 名 C U 倫敦風格,倫敦口音,倫敦腔調。

lone [lon] 形 **1**〖詩〗孤獨的,無伴的;喜歡獨來獨往的:a ~ wolf(離群的)孤狼;喜歡獨來獨往的人。**2**〖詩〗(房子等)孤立的,獨處的;人煙稀少的,遠僻的。**3** 唯一的:the ~ dissenter 唯一持反對意見者。**4** 寂寞的,不安的:feel ~ 感到孤獨。**5**《謔》單身的,守寡的。

lone·li·ness [lonlɪnɪs] 名 U 寂寞;孤獨。

:lone·ly ['lonlɪ] 形 **(-li·er, -li·est) 1** 孤獨的;寂寞的:feel ~ 覺得寂寞。**2** 沒有朋友的,無伴的:a ~ old man 無依無靠的老人。**3** 偏僻的,荒涼的;孤立的。

'lonely 'hearts 名(複)**1** 徵婚的女性。**2**《俚》急於找到結婚對象的中年男女。—形 爲徵婚女性而設的。

lon·er ['lonɚ] 名《口》不與人交往的人;個人主義者;獨來獨往的人。

·**lone·some** ['lonsəm] 形《口》**1**《主美》孤寂的,悵惘的;寂寞的《*for...*》。**2** 孤立的;偏遠的;荒涼的。—名《僅用於下列片語》

(all) on one's lonesome《口》孤單地。

~·**ly** 副, ~·**ness** 名

'Lone 'Star ('State) 名《**the** ~》孤星州:美國 Texas 州的別稱。

'lone 'wolf 名《口》喜歡獨來獨往的人,獨行其事者。

:long[1] [lɔŋ, lɑŋ] 形 (~·**er** ['lɔŋgɚ, 'lɑŋ-], ~·**est** ['lɔŋgɪst]) **1** (1) 長的,長距離的:a ~ skull 長頭骨 / a ~ nose 高鼻子。(2) 較長的;最長的。(3) 伸到遠方的:a ~ fly 高飛球 / make a ~ reach 伸長臂膀攫取;奮力搏取 / have a ~ arm 具有及於遠處的威力。**2** (1)(時間)長的,長期的:a ~ life 長壽 / a ~ lease 長期租賃契約。(2) 感覺上很長的;拖長的,冗長的《*in, about ...*》:a ~ explanation 冗長的解釋 / be ~ *(in)* making up one's mind 遲遲才下決心。(3)〖主法〗(時間上)遠的,先交貨後付款的。(4) 溯及從前的:a ~ memory 好記性。**3**《與距離、時間等的片語連用》…長度的;合計…的。**4** (1) 項目多的,內容豐富的;(數量)過多的,充足的:a ~ list of groceries 項目繁多的食品(雜貨)表 / a ~ drink 高杯酒;大量的酒 / three ~ miles 整整三哩。(2)《口》富有(才華等)的《*on...*》;繁多的《*in, of, on...*》。**5** 洞悉未來的,廣闊的:have a ~ perspective 高瞻遠矚。**6** 強烈的,激烈的;徹底的,集中的。**7** 馬虎的,輕率的;沒有多大希望

的：a ～ guess 臆測，揣摩。**8**（酒）（用蘇打水等）兌調過的，稀釋了的。**9**〖語音〗⑴長音的。⑵長母音的。**10**〖金融〗保有商品[股權]的，投機的，買方的《 *on, of ...* 》；被保有的。
(as) broad as it is long / (as) long as it is broad 寬長皆一樣；不相上下。
at (the) longest 最長，最久，充其量。
at (the) long last 總算，終於。
by a long chalk / by long chalks ⇨ CHALK
by long odds ⇨ ODDS（片語）
in the long run ⇨ RUN 图（片語）
long odds ⇨ ODDS（片語）
一副 **1** 長；遙遠地。**2** 長期地，久遠地。**3**《與表時間、期間的片語連用》⑴長達。⑵《 **all** 置於前》整整。**4**《置於 **before, after** 等之前》在…前面[後面]。
as long as ⇨ AS¹ 介（片語）
long gone 早就不在的，去遠方的。
no longer / not...any longer 不再。
So long! 《口》再見。
一图 **1** Ⓤ長時間，長時期。**2** 長的東西。**3**（衣服的）大號；《～**s**》大尺碼的衣服；《口》長褲。**4**《～**s**》長期債券；〖金融〗期待漲價的買主，買空投機者。**5**〖語音〗長母音；〖詩〗（希臘、拉丁詩的）長音節。**6**《 **the L-** 》《英》（大學的）暑假。
before long 不久，很快。
longs and shorts ⑴長音節與短音節。⑵〖建〗隅石的長短堆砌。
the long and (the) short of it 要旨，要點；本質；總之，總歸起來。

:long² [lɔŋ, lɑŋ] 動不及 期望，渴望：～ for her arrival 期盼她的到來。

long. 《縮寫》*long*itude.

long-a·go ['lɔŋə'go] 形《限定用法》往昔的，從前的。

lon·gan ['lɑŋgən] 图〖植〗龍眼，桂圓。

'Long ˌBeach 图 長堤：美國 California 州 Los Angeles 都會區的一城市：工業港口及旅遊勝地。

long·boat ['lɔŋ,bot] 图〖海〗（裝載於帆船的）大型划艇。

long·bow ['lɔŋ,bo] 图大弓，長弓。
draw the longbow 說大話，吹牛。

long·cloth ['lɔŋ,klɔθ] 图 Ⓤ上等（輕柔）棉布。

'long 'clothes 图(複)《英》嬰兒襁褓。

long-dat·ed ['lɔŋ,detɪd] 形（債券等）長期的。

'long 'distance 图 Ⓤ《美》長途電話（總機、局）。

long-dis·tance ['lɔŋ'dɪstəns] 形《限定用法》**1** 遠距離的。**2** 達遠方的；《美》長途電話的：a ～ call 一通長途電話（《英》trunk call）。**3**《尤英》（天氣預測）長期的。
一副《美》以長途電話。

'long di'vision 图 Ⓤ〖數〗長除法。

'long 'dozen 图《 **a** ～》十三個。

long-drawn ['lɔŋ'drɔn] 形 拖延很久的，延長的（亦稱 **long-drawn-out**）。

long-eared ['lɔŋ'ɪrd] 形 長耳的；似驢的；愚蠢的。

'long 'ears 图(複)《英》**1** 笨蛋。**2** 順風耳。

'longed-'for 形 渴望很久的。

lon·gev·i·ty [lɑn'dʒɛvətɪ] 图 Ⓤ **1** 長壽，壽命。**2** 長年全勤；老資格。

'long 'face 图《 **a** ～》悲傷的表情，不悅的臉色：have *a* ～ 拉長臉，擺著一副不悅的臉色。**'long-'faced** [-'fest] 形長面孔的；愁容滿面的。

Long·fel·low ['lɔŋ,fɛlo] 图 **Henry Wadsworth**，朗菲羅（1807–82）：美國詩人。

long·hair ['lɔŋ,hɛr] 图《口》**1** 留長髮的人；（男的）嬉皮。**2** 藝術家；愛好[演奏]古典音樂者；《偶為蔑》知識分子。一形（亦稱 **long haired**）**1** 長髮的。**2** 知識分子的，夢想家的；不實際的；空論的。**3**《俚》（愛好）古典音樂的。

long·hand ['lɔŋ,hænd] 图Ⓤ，形 普通書寫（的）：write in ～（與速記相對）用普通寫法書寫。

'long 'haul 图 長距離；漫長的時期：over the ～ 結果，終究。

'long-ˌhaul 形 長程的；長途旅行的。

long-head·ed ['lɔŋ'hɛdɪd] 形 **1**〖人類〗長頭的。**2** 有先見之明的，精明的。
'long-ˌhead 图長頭（的人）。

long·horn ['lɔŋ,hɔrn] 图 長角牛：產於美國西南部。

'long ˌhorse 图〖體〗（體操用的）跳馬。

long·ing ['lɔŋɪŋ, 'lɑŋ-] 图 Ⓤ《偶作 **a** ～》憧憬，渴望《 *after, for...* 》；切盼《 *to do* 》：have *a* ～ *for* home 懷鄉。一形 渴望的；嚮往的；切盼的。～**·ly** 副

long·ish ['lɔŋɪʃ] 形 稍長的，較長的。

ˌLong 'Island 图 長島：美國 New York 州東南部之一島。

'Long ˌIsland 'tea 图 長島冰茶：一種雞尾酒名。

·lon·gi·tude ['lɑndʒə,tjud] 图 Ⓤ **1**〖地〗經度，經線。**2**〖天〗黃經。**3**《古》長度。

lon·gi·tu·di·nal [ˌlɑndʒə'tjudənl] 形 **1** 經度的，經線的。**2**〖動〗（身體的）縱軸的。**3** 縱向的；長度的。**4** 有關被調查對象在一段期間內的變化及成長情形的：a ～ survey 縱向[追蹤]調查。一图 **1**（船體的）縱材（柱）。～**·ly** 副

'long ˌjohns 图(複)《口》長羊毛內衣。

'long ˌjump 图《 **the** ～》《英》跳遠 = broad jump.

'long-ˌlasting 形 持續很久的。

long-legged ['lɔŋ'lɛgɪd] 形 **1** 長腿的。**2**《口》跑得快的。

long-life ['lɔŋ'laɪf] 形（果汁、電池等）耐久的，持久的。

long-limbed ['lɔŋ,lɪmd] 形 四肢很長的

ong-lived ['lɔŋ'laɪvd] 形 **1** 長壽的。**2** 永續的；持久的，耐用的。～**·ness** 名

ong-ˌlost 形久未見面的；消失很久的。

ong 'measure 名 = linear measure.

ong 'odds 名(複)勝算很大[很小]的可能性，相差懸殊的機會。

ong-o·ver·due [ˌlɔŋˌovəˈdju] 形早已過期的，延誤多時的。

.ong 'Parliament 名《the ～》〖英史〗長期議會（1640–53, 1659–60）。

ong ˌplay 名（每分鐘 33⅓ 轉的）長時間唱片（通稱 LP 唱片）。

ong-play·ing ['lɔŋ'pleɪŋ] 形（唱片）長時間演奏的，LP 唱盤的（每分鐘 33⅓ 轉）。

ong-range ['lɔŋ'rendʒ] 形 **1** 長射程用的；長距離的：a ～ gun 一門長射程炮。**2** 著眼於將來的，長期的：～ effects 久遠的影響 / ～ plans 遠程計畫。

ong·reach ['lɔŋˌritʃ] 形可達到遠方的。

ong 'robe 名《the ～》（法律學家等的）長袍；律師業。

ong-run ['lɔŋ'rʌn] 形 **1** 歷時很久的。**2**（公債等）長久才能兌現的。

ong-run·ning ['lɔŋ'rʌnɪŋ] 形上演歷久不衰的。

ong·shore ['lɔŋˌʃor] 形 在海岸的：～ fishery 近海漁業。—副沿著海岸地。

ong·shore·man ['lɔŋˌʃormən] 名(複 **-men**)《美》碼頭工人；港灣工人。

ong-'short ˌstory ['lɔŋ'ʃɔrt-] 名較長的短篇小說。

ong ˌshot 名 **1** 幾無勝算的選手。**2**〖影·視〗長距離拍攝。**3** 孤注一擲。

by a long shot《口》(1)《否定》決，絕對。(2)《罕》《表加強語氣》的確，無訛。

ong-ˌshot 形殆無的，渺茫的。

ong-sight·ed ['lɔŋ'saɪtɪd] 形 **1** 看得遠的；遠視的。**2** 有遠見的，有洞察力的。

ong·stand·ing ['lɔŋ'stændɪŋ] 形久遠以前的；可持久的，持續的：a ～ feud 世仇，宿怨。

.ong-suf·fer·ing ['lɔŋ'sʌfərɪŋ] 形忍受長期折磨的，受苦的，堅忍的。—名 U 堅忍，忍耐。～**·ly** 副

ong 'suit 名 **1**〖牌〗四張以上同花色的牌。**2**《one's ～》《喻》長處，專長。

ong-term ['lɔŋˌtɝm] 形 **1** 長期的。**2** 長期屆滿的。

ong-term 'memory 名 U〖心〗長期記憶。

ong·time ['lɔŋˌtaɪm] 形自古的，長期的：a ～ companion 長期老夥伴。

ong 'tom 名《通常作 **L- T-**》**1**〖陸軍〗《俚》大型野戰炮；（古代的）軍艦上用的長射程炮。**2** 高性能望遠鏡頭。

ong 'ton 名長噸（= 2240 磅）。

.ong-tongued ['lɔŋ'tʌŋd] 形長舌的；洩漏機密的；碎嘴的。

.on·gueur [lɔŋ'gɝ] 名（書籍、戲劇等的）冗長沉悶的部分。

'long va'cation 名《英》暑假。

'long ˌwave 名 U **1**〖電〗長波。**2** L 波。

'long,wave 形長波的；用長波的。

long·ways ['lɔŋˌwez] 副 形縱長地[的]。

long·wear·ing [ˌlɔŋ'wɛrɪŋ] 形《美》耐穿的（《英》hardwearing）。

long-wind·ed ['lɔŋ'wɪndɪd] 形 **1** 囉嗦的；冗長的，漫長的：a ～ speaker 講話囉嗦的演說家。**2** 有耐力的；不易疲倦的。～**·ly** 副, ～**·ness** 名

long·wise ['lɔŋˌwaɪz] 形副 = lengthwise.

loo² [lu] 名(複～**s**)《英口》廁所。

loo·fah ['lufə] 名〖植〗絲瓜；絲瓜絡。

:look [luk] 動 不及 **1** 看；注目，觀望，巡視《*around...*》：～ out (of) the window 向窗外看。**2** 尋找《*for...*》。**3**（事情）傾向於，顯示《*to, toward...*》。**4** 看起來；被看成：～ pale 看起來蒼白。**5** 注意到《*at ...*》。**6** 面向，朝著（某處）；可眺望到（某處）《*to, toward, on, upon...*》。**7** 現出特定臉色。—及 **1** 看，正視。**2** 看來符合；看似。**3** 尋覓，搜求《*up*》；檢查，調查《*over*》。**4** 用眼色或臉色表示出…。**5**《古》使眼色，睥睨《*to...*》。**6** 證實。**7** 期盼。

look about one (1) 四周探望。(2) 審察環境。(3) 慎重權衡。

look after... (1) 目送。(2) 注意，關心。(3) 照顧，照料。

look ahead 考慮前途，往前看，未雨綢繆。

look alive《通常用於命令句》趕快敏捷從事；趕緊。

look around (1) 查看周圍《*for ...*》。(2) 回頭看，回顧。(3)（事前）多方考慮；仔細檢查。(4)（到處）參觀。

look at... (1) 看，望，注視。(2) ⇨ 動 不及 5. (3) 考察。(4) 檢查，調查。(5)《通常用於否定句》採納，考慮。

look back (1) 回頭看。(2) 回想，回顧《*to, on, over...*》。(3)《通常作 **never** ～》《口》（演員等）止步不前，停滯。

Look before you leap.《諺》三思而後行。

look black 前途黑暗，悲觀；不和悅。

look down 低著頭看，俯視。

look down one's nose at... 輕視，藐視。

look down on... 輕視；向下看…。

look for... (1) ⇨ 動 不及 2 (2) 期待，預期。(3) 惹來，招致。

look forward to...《通常用進行式》期待，盼望。

look in (1) 順便到（某場所）《*at...*》；往診（病患）；拜訪《*on...*》。(2) 看（電視）《*at...*》。(3) 窺視裡面。

look into... (1) 窺視。(2) 調查。(3) 順便拜訪（某場所）。(4) 翻查（書本等）。

look on / look upon (1) 旁觀，參觀。(2) ⇨ 動 不及 6. (3) 看，注視《*with...*》；認為，視作《*as...*》。

look on with... 與（人）一起看[讀]書等。
look out (1)看外面。(2)《通常用命令句》警戒《*for...*》。(3)《口》注意《*for..., that* 子句》；照料《*for...*》。**4**面對；眺望，瞭望《*on...*》。
look... out / look out... 《英》找出，挑選。
look over (1)環顧，瞭望。(2)越過…看。(3)瀏覽；勘查；檢查。
look round (1)（買物前）仔細考慮，周密調查，到處看。(2) = LOOK around.
look oneself 與平常無異；健康如常。
look sharp (1)機警，敏捷；細心。(2)= LOOK alive.
look slippy 《英》= LOOK alive.
look small 顯得畏縮，自慚形穢。
look through (1)透過…看。(2)裝著沒看見。(3)由（眼神等）可見。(4)詳細調查。(5)看穿。
look to... (1)往…方面看；朝向。(2)《文》注意；照顧。(3)寄予希望；等待。(4)依賴《*for...*》；期待。(5)著意於…，志在…。
look toward(s)... (1)往…看。(2)⇨動 不及 3. (3)為…乾杯。(4)（建築物）面向…。
look up (1)向上看。(2)《口》《用進行式》變好，看好《*for, with...*》。(3)〖海〗（由於風向好轉）船首朝向目的地的方位。
look...up / look up... (1)⇨動 及 3. (2)搜出；（憑地圖等）拜訪。
look up to... 瞻仰；尊敬（為…）《*as ...*》。
to look at... 《口》從…的外表下判斷。
—名 **1**《通常作 **a** ～》看；一見；注目，注視；眼神。**2** 外觀，樣子，表情，光景。**3**《～**s**》容顏；美貌。

look-a·like ['lʊkə,laɪk] 名 外貌酷似的人[物]：Mr. *L-* 一模一樣的人。

look·er ['lʊkɚ] 名 **1**(1)觀看者《*on...*》。(2)《英》檢查員。**2**《美俚》(1)《亦可與形容詞連用》…相貌的人：a good ～ 美女，美男子。(2)漂亮的人，美女。

look·er-on [,lʊkɚ'ɑn] 名(複 **look·ers-on**)《口》旁觀者，觀眾：*Lookers-on* see most of the game.《諺》旁觀者清。

look-in ['lʊk,ɪn] 名《通常作 **a** ～》**1** 一瞥；短暫停留，短暫訪問。**2**《俚》勝算。**3** 參加機會。**4**〖美足〗傳球給向球場中央跑的球員。

-look·ing 《字尾》表「容貌看似…」之意，前面加形容詞，可組成複合字。

look·ing-glass ['lʊkɪŋ,glæs] 名 **1** 鏡子；具有鏡子功能之物。**2** Ⓤ 製造鏡子用的玻璃。—形 相反的，相對的。

look·out ['lʊk,aʊt] 名 **1**《常作單數》提防，戒備，警戒《*for...*》：keep a sharp ～ *for...* 小心提防… / be on the ～ *for...* 監視…。**2** 監視人，警備隊；巡邏艇；監視哨；展望臺。**3**《常作單數》《英》眺望；希望；展望。**4**《口》關心的事，任務。

look-o·ver ['lʊk,ovɚ] 名 檢查。

look-see ['lʊk,si] 名《通常作 **a** ～》《俚》略覽，一瞥；檢查，視察：have *a* ～ at... 粗略視察一下…。

loom[1] [lum] 名 **1** 紡織機；織布：work at the ～ 做紡織工作。**2** 槳柄。

loom[2] [lum] 動 不及 **1** 若隱若現，模糊中看似巨大《*up*》；聳立，突現。**2** 恐怖地逼近；呈現急迫的樣子。
loom large (1)赫然出現。(2)顯得重大，龐然大物似地顯現。
—名 隱約可見的模樣。

loon[1] [lun] 名〖鳥〗潛鳥：一種水鳥。

loon[2] [lun] 名 **1** 無用之人；懶人；笨蛋。**2** 瘋子，狂人。**3**《主蘇》男孩子，年輕人；鄉下人，庸俗的人；情婦。

loon·y ['lunɪ] 形 (**loon·i·er, loon·i·est**)《俚》瘋狂的；愚蠢的，分不清是非的。
—名(複 **loon·ies**) 狂人，瘋子。

'loony ,bin 名《俚》精神病院；瘋人院。

·loop [lup] 名 **1**（線、繩等打成的）圈，（編織等的）耳形孔；環；環狀把手。**2** 輪狀物；（畫在紙上的）圈圈；（字劃的）輪形部分；（道路等的）彎曲部分；環狀運動；循環式軟片：make a ～ around... 繞…一周 / turn in a ～ 轉圈變向。**3**〖空〗翻觔斗，翻圈飛行。**4** 環狀線；〖電〗迴路，環路。**5**《**the** ～》樂普，子宮內避孕環。**6**（比賽的）聯盟。**7**〖電腦〗迴路，循環指令。
knock... for a loop 使吃驚；使陷於困境；（比賽時）擊敗。
up the loop 《俚》瘋狂的。
—動 及 **1** 作成圈[環]狀。**2** 加圈圈；用圈圍住，捲成圈圈。**3** 綁成圈《*up, back*》；用圈連結《*together*》。**4** 使成圓弧形發射；使翻觔斗。**5**〖電〗連成迴路。—不及 **1** 做圓圈，圍成圓圈；（河流）曲流；（道路）繞回出發地點。**2** 伸屈前進；（飛機）翻觔斗。

loop·er ['lupɚ] 名 **1**〖昆〗尺蠖。**2**〖棒球〗= blooper 3.

loop·hole ['lup,hol] 名 **1** 孔眼，小窗，換氣孔；（要塞的）窺孔，槍眼，炮孔；隙縫。**2** 脫逃的路，漏洞；（法律等的）漏洞：a tax ～ 逃稅的漏洞 / find a ～ in the law 找法律漏洞。—動 及 裝設窺孔。

loop-the-loop ['lupðə'lup] 名 **1**（飛機的）翻觔斗。**2**（遊樂場的）雲霄飛車。

loop·y ['lupɪ] 形(**loop·i·er, loop·i·est**) **1** 多圈的，多環的。**2**《口》頭腦怪誕的；醉得不像樣的；瘋狂的。

:loose [lus] 形 (**loos·er, loos·est**) **1** 被解放的，自由的：a horse ～ of his tether 一匹脫韁的馬 / get ～ 逃脫。**2** 沒打結的，沒綁好的；解開的，分離的；（元素等）游離的，未化合的：come ～ 解開，分離，鬆弛。**3** 不成束的，未束縛在一起的；沒有包裝的，沒放入容器內的；零散的：～ papers 沒有裝訂的文件。**4** 可自由運用的；未被善用的，閒置的；不作特定用途的；空閒的；不受約束的：～ funds 游資。5（衣服等）寬鬆的，寬大的；不結實的；（肌肉等）鬆弛的；下痢似的：have a ～ tongue 多嘴，饒舌。6 無規律且放蕩的，懶散的，馬馬虎虎的；善變的，不貞的，見異思遷的：～ morals 不檢點的品行。7 鬆動的；鬆開的：give a ～ rein 鬆開韁繩。8（活動等）柔和的，緩慢的。9（紡織品等）粗孔的，不細密的；（砂等）鬆散的，脆的：～ earth 鬆土。10 不嚴謹的，不忠於原文的，曖昧不明的；寬宏大量的：a ～ translation 一篇不忠於原文的翻譯 / ～ thinking 不嚴密的思想。11 沒有太大約束力的。12〖運動〗(1)（足球隊形等）散開的。(2) 離開球員之手的。(3)（守備）漏失的。

—副《常作複合詞》鬆弛地，無拘束地。

break loose (1) 逃脫；脫離束縛。(2) 不知不覺中發出；愛亂說話。

cast...loose (1) 放開，解開。(2) 放出，趕出。

cut loose (1) 獲得自由，逃出；爭得獨立《*from...*》。(2) 任意而為，盡情。(3) 解除，解放，免除《*from...*》；切開束縛。

hang loose 保持輕鬆的心情，從容不迫。

let loose (1) 獲得自由，離開。(2) 崩潰。

set...loose = turn LOOSE (1).

sit loose 冷淡《*with...*》；不關心，不動心《*to...*》；不算什麼《*on, upon...*》。

Stay loose.《命令》《口》別緊張。

turn loose (1)（由監禁等之中）解放；《口》解除抑制，使自由。(2) 發射，投擲。

work loose（螺絲等）鬆脫。

—動 **(loosed, loos·ing)** 及 1 解放，使自由。2〖主海〗把（船等）解開。3 解開（腳鐐等），打開（結）。4 發射，使飛向《*against, at...*》。5 鬆開，放鬆。—不及 1 離開，解開，鬆開；脫離。2 射箭；開炮《*off*》。3 起錨；出發。

—名 1（箭的）發射。2 脆岩石。

give (a) loose to... 使自由；自由表達；任（想像等）自由馳騁。

on the loose (1)（犯人）在逃的。(2)《口》操守不良的，放縱的。(3)《口》盡情狂歡。

～**·ly** 副, ～**·ness** 名

loose-bod·ied ['lus'badɪd] 形（衣服）寬鬆的。

loose-box ['lus,baks] 名《英》馬可以在裡面走動的馬廄（《美》box stall）。

loose 'cannon 名 失控的人(或事物)。

loose ,change 名 零錢。

loose 'cover 名《英》椅套。

loose 'end 名 1 沒有打結的部分。2 未解決的細節，未處理事項。

at loose ends / at a loose end (1) 沒有職業的，閒蕩的。(2) 拿不定主意的，漫無目標與計畫的。

loose-fit·ting ['lus'fɪtɪŋ] 形（衣服）寬鬆的。

loose-joint·ed ['lus'dʒɔɪntɪd] 形 1 接合不牢的；自由移動的；柔軟的。2 構造簡陋的。

loose-leaf ['lus,lif] 形 活頁式的：～ paper 活頁紙 / a ～ binder 活頁夾。

loose·ly ['luslɪ] 副 1 寬鬆地；放鬆地；邋遢地，散漫地：hang ～ 鬆鬆地垂掛著 / live ～ 過放縱的生活。2 離散地；稀疏地。3 大概，籠統地；粗枝大葉地。

loos·en ['lusn̩] 動 及 1 解開，放鬆。2 鬆開；使動搖：～ a rope 解開繩索 / ～ one's grip 鬆開手。3 緩和，鬆懈《*up*》；解放，使自由：～ discipline 放寬紀律。4 鬆弛…的構造；翻鬆（土壤等）；鬆弛（肌肉等）《*up*》。5 使通便；使（咳嗽）緩和：～ the bowels 通便。—不及 鬆弛，鬆懈；鬆散，鬆開《*up*》。

loosen a person's hide《俚》鞭打。

loosen oneself up = LOOSEN up (2).

loosen up《美口》(1) 慷慨解囊。(2) 放輕鬆；暢所欲言；運動前做暖身運動。(3) 放寬《*on...*》；鬆弛，鬆開。

loose·strife ['lus,straɪf] 名〖植〗1 莕草，珍珠菜。2 千屈菜。

loose-tongued ['lus'tʌŋd] 形 容易說漏嘴的；饒舌的。

loot [lut] 名 U 1 戰利品，掠奪物；掠奪；不當利益；贓物。2《集合名詞》《口》貴重東西。3《美俚》金錢。—動 及 1 掠奪，洗劫。2 盜取；以不正當方法取得。—不及 掠奪；竊盜；以不正當方法取得。～**·er** 名

lop[1] [lap] 動 **(lopped, ～·ping)** 及 1 剪落，修剪；剔除《*off, away / off...*》。2 剪掉枝葉；剔除不必要部分《*off, away*》。3 砍掉；《古》砍掉頭。—不及 1 剪枝；刪掉。2 削除，祛除。—名 1 被剪掉的部分。2 剪下的樹枝，小枝。

lop[2] [lap] 動 **(lopped, ～·ping)** 不及 1 長垂，下垂《*down*》。2 遊手好閒，緩緩而動《*down*》。3 大步慢跑。—及（動物）垂下（耳朵）；把…垂下。—形 長垂的。

lop[3] [lap] 動 **(lopped, ～·ping)** 不及 起漣漪。—名 漣漪，起漣漪。

lope [lop] 動 不及（動物）躍進；大步慢跑；（馬等）慢跑。—及 使（馬等）慢跑。—名 大步慢跑。

lop-eared ['lap,ɪrd] 形 垂耳的。

lop·per ['lapɚ] 名 剪枝的人；剪刀。

lop·pings ['lapɪŋz] 名(複) 剪下的樹枝。

lop·sid·ed ['lap'saɪdɪd] 形 1 傾斜的。2 偏頗的，不公平的，不均衡的：～ views 片面性的觀點。～**·ly** 副

lo·qua·cious [lo'kweʃəs] 形 1 嘮叨的；吵鬧的。2 囉嗦的，冗長的。～**·ly** 副

lo·quac·i·ty [lo'kwæsətɪ] 名 U 多嘴，聒噪好辯。

lo·quat ['lokwat] 名〖植〗枇杷樹；枇杷。

lo·ran, LORAN ['lɔrən] 名 U〖無線

L

電〗1 洛蘭導航器。2 洛蘭導航法。

:lord [lɔrd] 图 1 主人，首長，支配者；房東，地主：the ～ of a mansion 宅邸的所有人。2 封建君主，領主：the ～ of the manor 莊園領主。3《英》貴族，王室；《the Lords》《英》上議院議員。4（某一行業的）領導者，臺柱，大師：shipping ～*s* 航運界大亨 / the ～*s* of the movie industry 電影界鉅子。5 Ⓤ《L-》《英》⑴《用於官銜前面》長官：*L-* Mayor of London 舊倫敦市的市長。⑵ 主教的敬稱：the *L-* Archbishop of Canterbury 坎特伯里大主教。⑶ 閣下。6 Ⓤ《L-》《通常用作對神的稱呼、誓言等》主，神，造物主，耶和華；《通常作 **our L-**》救世主，耶穌基督。7〖占星〗首座星。8〖詩〗《謔》丈夫：one's ～ and master 當家的（指丈夫）。

(as) drunk as a lord 酩酊大醉。

drink like a lord 狂飲，豪飲。

live like a lord 過王公般的奢侈生活。

Lords of (the) creation 人類；萬物之靈；《謔》男人。

swear like a lord 大肆臭罵。

treat** a person **like a lord 待某人如上賓。

—感《常作 **L-**》《表驚訝、得意等》唉呀！噢！真是！老天！—動 及《與 **it** 連用》妄自尊大；蠻橫霸道《*over*...》。

ˌLord ˈBishop 图 主教。

ˈLord ˈChancellor 图（複 **Lords Chancellor**）《英》《the ～》大法官。

ˈLord ˌChief ˈJustice 图《the ～》（英國高等法院的）首席法官。

ˈLord Lieuˈtenant 图《英》1 英王派駐各地的代表，欽差大臣。2《昔》愛爾蘭總督。

lord·ling [ˈlɔrdlɪŋ] 图 小貴族；小君主。

lord·ly [ˈlɔrdlɪ] 形 (**-li·er, -li·est**) 1 貴族的；適於貴族的；有威嚴的，堂皇的，有氣派的：a ～ mansion 富麗堂皇的大廈。2 傲慢的，蠻橫的。—副 貴族風度地，氣派十足地；傲慢地。**-li·ness** 图

ˌLord ˈMayor 图《通常作 **the ～**》《英》（London 等大都市的）市長。

lord-of-the-flies [ˈlɔrdəvðəˈflaɪz] 形 獸性的，吃人的。

lor·do·sis [lɔrˈdosɪs] 图（複 **-ses** [-siz]）〖病〗脊柱前彎。

ˈLord ˈPrivy ˌSeal 图《the ～》《英》掌璽大臣。

ˈLord Proˈtector 图 = protector 3.

Lord's [lɔrdz] 图《英口》倫敦板球場。

ˈLord's ˌday [ˌDay] 图《the ～》主日，星期日。

lord·ship [ˈlɔrdʃɪp] 图 1 Ⓤ 貴族的地位；〖史〗領主權；封建領地。2《常作 **L-**》《通常作 **your ～, his ～**》《英》《對公爵以外的貴族、主教、高等法官的尊稱》閣下。3 Ⓤ 支配，統治；所有權《*of, over* ...》。

ˌLord ˈSpiritual 图（複 **Lords Spiritual**）《英》上議院主教議員。

ˈLord's ˈPrayer 图〖基督教〗《～》主禱文。

ˈLord's ˈSupper 图《the ～》1 聖餐禮）。2 耶穌及其十二門徒的最後晚餐

ˈLord's ˈtable 图《the ～》《常作 T-》祭壇；聖餐臺。

ˌLord ˈTemporal 图（複 **Lords Temporal**）《英》神職者以外的上議院議員

lore [lor] 图 Ⓤ《集合名詞》民間的說；學問，知識；博學：fairy ～ 神ghost ～ 鬼怪傳說。

Lor·e·lei [ˈlɔrəˌlaɪ] 图 蘿蕾萊：德國傳中萊茵河邊的魔女；據說以歌聲誘惑行於萊茵河的船夫以造成船難。

Lo·ren·zo [ləˈrɛnzo] 图〖男子名〗羅佐。

Lo·ret·ta [ləˈrɛtə] 图〖女子名〗羅麗泰

lor·gnette [lɔrnˈjɛt] 图 有握柄的眼鏡看戲用的小型長柄望遠鏡。

lorn [lɔrn] 形〖詩〗孤獨的，寂寞的～ widow 寂寞的寡婦。～**·ness** 图

Lor·raine [loˈren, lə-] 图 洛林：法國東部的一地區。

lor·ry [ˈlɔrɪ, ˈlɑrɪ] 图（複 **-ries**）1《英》載卡車（《美》truck）。2（礦區等的）推運料車。3 平板四輪的載貨馬車。

off the back of a lorry《英·謔》贓物。

lo·ry [ˈlɔrɪ] 图（複 **-ries**）〖鳥〗鸚鵡科鳥。

Los An·ge·les [lɔsˈændʒələs, -ˈæŋgəl 图 洛杉磯：美國 California 州西南部的市；美國第二大都市。略作：L.A.

:lose [luz] 動 (**lost, los·ing**) 及 1 遺失，去：Grasp all, ～ all.《諺》貪多必失。2 失，殘缺；死別；離別；被沒收：one's job 失業 / ～ one's citizenship 被褫公權 / a village gradually *losing* its young men 年輕人逐漸離去的鄉村。3 無法使持下去：～ one's balance 失去平衡，跌 / ～ one's health 失去健康 / ～ patience with... 再也無法忍耐⋯。4 克服，擺脫 5《通常用被動》使損壞，使滅亡；使滅。6 看漏，聽漏，沒留意到⋯：～ thread of a discourse（演講者）亂了頭而講不下去；（聽者）抓不著演說的緒。7 迷（路）；迷失（方向）；《被動反身》使迷途。8 把⋯拉遠。9 浪費《*doing*》。10 沒捕獲；沒拿到（獎金等）錯過（機會等）：～ an opportunity 錯失機。11 輸掉，敗給；被占去；被取走 *to*...》：～ a wager 賭輸。12 使失去⋯；消除。13《被動或反身用法》⑴ 使沉湎 *in*...》：～ *oneself in* thought 陷於沉思中 ⑵ 使消失蹤影。14（因醫治失敗）使亡；流產而失去（胎兒）。15（鐘錶）慢，慢分。

—不及 1 遭到損失《*on*...》。2 失敗；輸給⋯）《*to*...》。3 減少，減弱；變弱《 ...》。

lose a person about nine decimal places back 千鈞一髮之際甩開某人。
lose a meal 《俚》嘔吐。
lose one's cud （動物）不吃東西。
lose one's head 驚慌失措，昏了頭。
lose one's marbles 發瘋，失去理性。
lose one's memory 失去記憶力。
lose one's mind 發瘋。
lose out 《口》被打垮；輸《*to*...》；失敗《*in*...》；遭受損失《*on*...》。
lose one's temper 發脾氣，發怒。

los·er ['luzɚ] 图 **1** 遭到損失的人；失敗者；戰敗國；賽輸的馬：a good ～ 輸得起的人 / *Losers* are always in the wrong. 《諺》勝者為王，敗者為寇。**2**《口》前科犯；屢屢失敗的人；《俚》劣品；賠錢貨；沒用的人。**3**《英》〖撞球〗洗袋。

los·ing ['luzɪŋ] 形 輸的，虧損的；勢將輸掉的；構成敗北之因的。—图 **1** Ⓤ 失敗。**2**《～s》（投機、打賭的）損失。～·ly 副

:loss [lɔs] 图 **1** Ⓤ Ⓒ 損失，虧損；損害；損失額，損害額：a big ～ 巨大的損失 / a dead ～《口》全然無利益之人或事物。**2** ⓊⒸ喪失；遺失，失竊；破壞，滅亡；破損：a ～ of property 破財 / suffer a ～ of sight 失明。**3** Ⓤ Ⓒ 輸；失敗：the ～ of a wager 賭輸。**4**Ⓤ 浪費：～ of time 浪費時間。**5** Ⓤ《a ～》無法維持，失控；減低：*a* ～ of engine speed at high altitudes 在高空中引擎的失速。**6**〖軍〗折損；《常作～es》折損人數：～*es* of the soldiers in the battle 在戰役中士兵的傷亡人數。**7**（保險業務等的）損失；賠償金額。
at a loss (1) 虧本地。(2) 困惑的，不知所措的；無能為力的《*for*..., *to* do》。
cut one's loss(es) 趁早將無利可圖的東西脫手（以減少損失）。
gain and loss 得失。
profit and loss 盈虧。
throw a person for a loss 使陷於困境。

loss ˌleader 图 特價商品；犧牲品。

loss·mak·er ['lɔsˌmekɚ] 图《英》不斷虧損的企業。

loss-mak·ing ['lɔsˌmekɪŋ] 形 不斷虧損的。

lost[1] [lɔst] 形 **1** 失去的；遺失的；失蹤的；迷失的：～ friends 失去的朋友 / ～ sheep 迷途的羔羊。**2** 迷途的；不知所措的：a ～ child 迷路的小孩。**3** 被浪費掉的；沒掌握住的；輸掉的：a ～ day 蹉跎的一天 / a ～ award 沒有到手的獎金。**4** 死了的；滅亡的；無望的；破滅的；《文》墮落的：a ～ ship 失事沉沒的船 / a ～ plane 墜落的飛機 / give up for ～ 把…當作死了而作罷。**5** 沉迷的《*in*...》：a girl ～ *in* thought 陷入沉思的少女。**6** 心神紛亂的，狂亂的；絕望的；迷惘的，手足無措的：a ～ expression 迷惘的表情。
be lost on... 對…無效，不能引起…的注意。
be lost to... (1) 已不是…之物；被從…處拿去。(2) 對…而言已不可再得。(3) 對…沒有感覺；對…不起作用。

:lost[2] [lɔst] 動 lose的過去式及過去分詞。

'lost 'cause 图 已無成功希望的計畫等。

'Lost Gene'ration 图《the ～》失落的一代：第一次世界大戰後對社會感到幻滅的一代。

ˌlost 'property 图 Ⓤ（車站等處的）遺失物品：a ～ office 失物招領處。

:lot [lɑt] 图 **1** Ⓤ 抽籤；籤；以抽籤所作的決定：draw ～*s* 抽籤。**2** 分到的份額，分攤部分。**3** 命運，宿命：be resigned to one's ～ 聽天由命。**4**《主美》（有固定界線的）一個地段，（用於特種目的）用地，地皮：a parking ～ 停車場 / house and ～ 房地。**5**〖影〗拍攝電影的場地。**6**（拍賣品等的）一組，一堆，一批；（拍賣品的）品目，項；《集合名詞》（同種人、物的）群，夥，組：sell one dollar a ～ 一堆售價一元。**7**《主英口》某類人物，傢伙。**8**《口》許多，大量。**9**《the ～》《口》一切，全部《*of*...》：*the* whole ～ *of* us 我們全體。**10** Ⓤ《主英》稅，課稅。
a fat lot (of...) ⇨ FAT（片語）
a great ～ 大量。
cast one's lot with... 與…結盟；與…禍福與共。
—動(～·ted, ～·ting) 及 **1** 分組《*out*》。**2** 分派，分配。**3** 用抽籤方式決定。**4** 把（土地）分成幾個區段《*out*》。
—不及 抽籤，以抽籤方式決定。—副《a ～, ～s》《口》《修飾動詞、形容詞及副詞的比較級》大為，非常，相當。
think a lot of... 重視…。

loth [loθ] 形 ＝loath.

lo·tion ['loʃən] 图 Ⓤ Ⓒ **1**〖藥〗洗劑，外用治療藥水：eye ～ 眼藥水 / an emollient ～ 皮膚潤滑劑。**2** 化妝水，乳液。

lot·ta ['lɑtə] 图《美俚》＝lot of，其書寫或交談時的簡略法。

lot·ter·y ['lɑtərɪ] 图(複-ter·ies) **1** 獎券抽獎法；彩票，獎券；抽籤分配：a ～ wheel 搖獎機。**2** 碰運氣的事；運氣。

lot·to ['lɑto] 图 Ⓤ 樂透：一種數字抽獎遊戲。

lo·tus ['lotəs] 图(複～·es) **1** Ⓤ〖希神〗忘憂果；忘憂樹。**2**〖植〗荷花；睡蓮。**3**〖建〗蓮花狀的裝飾。

lo·tus-eat·er ['lotəsˌitɚ] 图 **1**〖希神〗吃了 lotus 後忘記一切而過著懶散、安樂生活的人。**2** 醉生夢死的人。

'lotus ˌland 图 樂土，安樂鄉；夢幻般的場景。

'lotus poˌsition 图 蓮花坐，盤腿打坐。

Lou [lu] 图 **1**〖男子名〗路（Louis 的暱稱）。**2**〖女子名〗露（Louise 的暱稱）。

louche [luʃ] 形 不正派的，聲名狼藉的。

:loud [laud] 形 **1**（聲音）大的，高的；聲

音宏亮的；響亮的：in a ～ voice 以宏亮的聲音 / a ～ laugh 高聲大笑。2（樂器等）大聲的；嘈雜的：a ～ party 喧鬧的派對。3 強烈的；堅決的，堅持的：his ～ complaints 他吵嚷不休的抱怨 / be ～ in one's opposition (*to*...)（對…）疾聲反對。4 庸俗花俏的，鮮豔刺眼的；行爲招搖粗俗惹人反感的。5 難聞的。—副 大聲地；招搖地，鮮豔刺眼地；（味道）討厭地。

out loud 出聲地，大聲地。

loud·en ['laʊdn̩] 動 不及 及（使）（聲音）變大。

loud·hail·er ['laʊd'helɚ] 名《英》手提式擴音器（《美》bullhorn）。

loud·ish ['laʊdɪʃ] 形 聲音相當高的。

:loud·ly ['laʊdlɪ] 副 高聲地，喧囂地；招搖地，令人矚目地。

loud(-)mouth ['laʊd,maʊθ] 名（複～s [-,maʊðz]）《口》大嘴巴；愛吹牛的人；聒噪多嘴的人。

loud(-)mouthed ['laʊd'maʊðd, -θt] 形 1 大聲的；吵鬧的，喧嘩的。2 聒噪的；亂說瞎話的。

loud·ness ['laʊdnɪs] 名 U 音量的強度；高聲；喧鬧；招搖，鮮豔刺眼。

loud·speak·er ['laʊd'spikɚ] 名 擴音器，揚聲器，喇叭。

'loudspeaker ˌvan 名《英》裝有擴音器的大型宣傳車（《美》sound truck）。

lough [lɑk] 名《愛》湖；海灣。

Lou·is ['luɪ, 'luɪs] 名〖男子名〗路易。

Lou·i·sa [lu'izə] 名〖女子名〗露薏莎。

Lou·ise [lu'iz] 名〖女子名〗露薏絲。

Lou·i·si·an·a [ˌluɪzɪ'ænə, luˌizɪ-] 名 路易西安那：美國南部 Mexico 灣沿岸的一州，首府爲 Baton Rouge。略作：La., LA

Louisi'ana 'Purchase 名《the ～》路易西安那購入地：1803 年美國向法國購得的廣大土地，東自 Mississippi 河起，西至 Rocky 山脈，南自 Mexico 灣起，北至加拿大。

'Louis ˌVuitton 名〖商標名〗路易威登：法國時尚名稱，生產皮包、服飾、配件等。略作：LV

lounge [laʊndʒ] 動 不及 1 懶散地打發時間《*about, around*》：～ *around* the hotel lobby 在旅館的大廳閒蕩。2 散步，閒逛《*around, along, off*》：～ *along* the street 在街上閒逛。3 懶洋洋地坐著：～ in an armchair 懶洋洋地坐在扶手椅裡 / ～ against a column 懶散地靠在柱子上。—及 蹉跎《*away, out*》。—名 1 躺椅。2 休息室，候客室，吸煙室，社交廳；雞尾酒廳；起居室；（公共場所的）洗手間。3《古》悠閒的時光；蹓躂。**'loung·y** 形

'lounge ˌbar 名 高級酒吧。

'lounge ˌlizard 名《俚》不務正業而常到酒吧等有錢人出入場所尋歡的登徒子。

loung·er ['laʊndʒɚ] 名 1 閒逛的人；遊手好閒的人。2（休閒用的）服裝，鞋子；躺椅，長沙發。

'lounge ˌsuit 名《主英》日常辦公場所穿著的西裝（《美》business suit）。

loung·ing ['laʊndʒɪŋ] 形 1 休閒時穿的 2 沒有精力的；倦懶的。～·**ly** 副

loup [lu] 名（女性用）絲、絨質的輕面紗。

lour [laʊr] 動 不及，名 = lower².

lour·ing ['laʊərɪŋ] 形 = lowering.

lour·y ['laʊrɪ] 形 = lowery.

louse [laʊs] 名（複 **lice** [laɪs]）1〖昆〗寄生蟲及蝨類的通稱。2 = plant louse. 3（複 **lous·es**）《俚》（靠他人維生的）卑鄙人；沒有倫理觀念的人。

not care a louse 一點也不在乎。

not worth a louse 一文不值。

—動 及 清除…上面的蝨子；《美口》搞砸《*up*》。

lous·y ['laʊzɪ] 形（**lous·i·er, lous·i·est**）1 多是蝨子的，多蝨的。2《口》不清潔的；卑鄙的，下流的；惡劣的；淒慘的，糟透的：feel ～ 覺得不舒服。3《俚》《用於否定句以加強語意》甚至…都不。

be lousy with...《俚》急著要…，擁有非常多的…。

lout [laʊt] 名 粗鄙無禮的人；鄉下佬。

lout·ish ['laʊtɪʃ] 形 鄙陋的，粗俗的；笨拙的；粗野的。～·**ly** 副，～·**ness** 名

lou·ver,《英》**-vre** ['luvɚ] 名 1 百葉窗；散熱孔。2 百葉窗板。3（中世紀建築的）屋頂天窗。-**vered** 形 有百葉窗的。

Lou·vre ['luvɚ, -vrə] 名《the ～》羅浮宮：法國巴黎的舊皇宮，1793 年以後改爲國立美術博物館。

lov·a·ble ['lʌvəbl] 形 可愛的；有魅力的：a ～ girl 可愛的女孩。

～·**ness** 名，-**bly** 副

:love [lʌv] 名 1 U 愛，愛情，戀情《*of, for, to, toward...*》：win a person's ～ 得到某人的愛情 / marry without ～ 沒有愛情而結婚 / *L*- and reason do not go together.《諺》戀愛不容理智。2 U 關懷；好意，善意；客套話：brotherly ～ 同胞手足之愛。3 U（神的）愛，慈愛；（對神的）敬愛，崇敬。4 U《偶作 **a** ～》（對事物的）熱愛，愛好《*of, for, to...*》：her ～ *of* music 她對音樂的愛好 / have *a* ～ *for*... 喜愛…。5 U 色情，性慾；性交。6 U 戀情，姦情：one's first ～ 初戀 / a rival in ～ 情敵。7 愛人，戀人，情人。8《夫婦、情人之間，或對小孩的暱稱》親愛的。9《通常作 **one's** ～》愛好，喜愛之物。10《口》可愛的人 [物]，令人愉快的人 [物]。11《**L-**》愛神。12 U〖網球〗零分：～ all 零比零 / *love*-twenty 零比二十。

be in love 熱愛，熱戀《*with...*》。

fall in love 陷入愛河，愛上《*with...*》。

for love (1) 出自愛好。(2) 無酬地，沒有代價地。(3)（比賽）不賭錢地。

for love or money《用於否定句》不論以

愛情或金錢，無論如何。
for the love of... 考慮到…，爲了…。
love in a cottage 清貧但和諧的婚姻生活。
Love is blind.《諺》愛情是盲目的。
make love (1)（情人）擁抱，接吻《 *to...* 》。(2) 性交。(3) 求愛《 *to...* 》。
no love lost 嫌惡；憎恨《 *between...* 》。
out of love 因爲喜歡；由於愛心。
out of love with... 對…失去愛心。
with (my) love《女性書信的結尾》謹致愛忱。
—動 **(loved, lov·ing)** 及 **1** 愛慕，愛；敬愛，敬仰；崇敬：*L-* your neighbor, yet put not down your hedge.《諺》親愛不失其禮。**2** 愛（異性）：*L-* me, ～ my dog.《諺》愛屋及烏。**3** 愛好，喜愛；喜歡；希望。**4**（動、植物）需要；因…長得好。**5** 愛撫，緊抱；擁抱；接吻；做愛。—不及 愛；戀愛。

love·a·ble [ˈlʌvəbl] 形 = lovable.

ˈlove(-)afˌfair 名 **1** 風流韻事，戀情。**2** 狂熱，熱愛。

ˈlove ˌapple 名〖植〗《昔》番茄。

ˈlove ˌbeads 名(複)愛的珠鍊：反戰人士等喜歡戴掛，作爲和平與愛的象徵。

love·bird [ˈlʌvˌbɚd] 名 **1**〖鳥〗愛情鳥。**2**《～s》《口》愛侶；恩愛夫妻。

ˈlove ˌchild 名(複 **love chil·dren**) **1**《委婉》私生子。**2** = flower child.

love-crossed [ˈlʌvˌkrɔst, -ˌkrɑst] 形 在愛情上命運乖舛的。

ˈlove ˌgame 名〖網球〗輸方掛零的比賽。

love-in [ˈlʌvˌɪn] 名（嬉皮等的）詠愛會。

ˈlove ˌknot 名 相思結，同心結。

love·lace [ˈlʌvles] 名 放蕩者，登徒子，吃喝玩樂的人。

love·less [ˈlʌvlɪs] 形 **1** 無愛情的；冷酷的：a ～ marriage 無愛情的婚姻。**2** 不被愛的；不可愛的。～**·ly** 副, ～**·ness** 名

ˈlove ˌletter 名 情書。

love-lies-bleed·ing [ˈlʌvlaɪzˈblidɪŋ] 名〖植〗莧的總稱；（尤指）雁來紅。

ˈlove ˌlife 名(複 **love lives**)愛情生活；性生活。

love·li·ness [ˈlʌvlɪnɪs] 名 U 可愛，漂亮。

love·lock [ˈlʌvˌlɑk] 名 **1** 垂在額頭或臉頰上的一綹捲髮。**2**（特指古代宮廷中的人）垂於兩耳的頭髮。

love·lorn [ˈlʌvˌlɔrn] 形《文》失戀的；被情人拋棄的。

love·ly [ˈlʌvlɪ] 形 **(-li·er, li·est) 1** 美麗動人的，可愛的；純潔的：a ～ neck 迷人的脖子 / a ～ character 高尚的性格。**2**《口》愉快的，心情很好的：a ～ day 美好的一天 / a ～ breakfast 愉快的早餐。—名 (複 **-lies**)《口》**1** 美女，美人。**2** 美好的東西。—副《通常作 ～ **and...** 》《口》美好地。
-li·ly 副

love-mak·ing [ˈlʌvˌmekɪŋ] 名 U **1** 求愛，求婚。**2** 愛撫，擁抱；性交，做愛。

ˈlove ˌmatch 名 愛情的結合。

ˈlove ˌnest 名 愛巢，相愛的人的住所，男女偷情的幽會場所。

ˈlove ˌpotion 名 春藥，迷魂湯。

:lov·er [ˈlʌvɚ] 名 **1** 情人，愛人；情夫。**2**《～s》相愛的男女：a pair of happy ～*s* 一對幸福的情侶。**3** 愛好者，熱愛者。

lov·er-boy [ˈlʌvɚˌbɔɪ] 名 **1**《通常爲謔》美男子；男性偶像。**2** 獵豔者；喜歡吹噓自己在性方面的斬獲的男子。

lov·er·ly [ˈlʌvɚlɪ] 形 副 像戀人似的[地]。

ˈlove ˌscene 名 纏綿鏡頭，戀愛場面。

ˈlove ˌseat 名 雙人座椅。

ˈlove ˌset 名〖網球〗輸方沒有得分的一盤比賽。

love·sick [ˈlʌvˌsɪk] 形 **1** 爲愛煩惱的，害相思病的。**2** 表示愛的煩惱的。
～**·ness** 名 U 相思病。

ˈlove ˌsong 名 情歌，戀歌。

ˈlove ˌstory 名 愛情小說，愛情故事。

love·struck [ˈlʌvˌstrʌk] 形 深陷愛河的。

ˈlove ˌtoken 名 愛情表徵，愛情信物。

ˈlove ˌtriangle 名 三角戀愛。

lov·ey [ˈlʌvɪ] 名《英俚》《對愛人的暱稱》親愛的，甜心；《對小孩的暱稱》小寶貝。

lov·ey-dov·ey [ˌlʌvɪˈdʌvɪ] 形《昔》《口》（在公共場所）卿卿我我的。

·lov·ing [ˈlʌvɪŋ] 形 **1** 愛戀的，表示愛的；《作複合詞》愛好…的：a ～ friend 親愛的朋友 / a ～ smile 充滿愛意的微笑 / a peace-*loving* people 愛好和平的民族。**2** 忠實的；不惜犧牲的：Your ～ friend《書信的結尾用語》您忠實的朋友敬上。

ˈloving ˌcup 名 **1**（表愛情的）有兩個或多個杯柄的銀製大酒杯，（供人輪流喝酒的）親愛之杯。**2** 紀念杯，獎杯。

lov·ing-kind·ness [ˈlʌvɪŋˈkaɪndnɪs] 名 U 仁慈，慈愛；（神的）慈悲，憐憫。

lov·ing·ly [ˈlʌvɪŋlɪ] 副 充滿了愛地：look ～ at him 含情脈脈地看著他 / Yours ～《信末用語》敬愛您的……上（兒女寫信給父母時常用）。

:low¹ [lo] 形 **1** 低的，矮的；與地平線相近的：a ～ ceiling 低天花板。**2**（數量、程度等）低的，少的：a ～ fever 低熱。**3** 低微的，卑微的：of ～ birth 出身低微的。**4**（價值）低的，低劣的：a ～ grade of wine 劣等酒。**5** 沒有活力的；（脈搏等）微弱的；低落的，沮喪的《 *in...* 》：feel ～ 情緒低落。**6** 沒什麼營養的；簡單的：a ～ diet 營養價值低的食物 / ～ tea《美》簡便茶點。**7** 下流的，低級的；沒有教養的：～ thoughts 下流的想法 / ～ behavior 粗野的行爲 / a ～ TV program 低級趣味的電視節目。**8**（燃料等）幾乎用罄的；不足的；《口》不足夠的《 *on, in...* 》。**9** 領口低的；

L

鞋沿不及腳踝的，淺幫的。10 只凸出一點點的；（刻紋）淺的。11（液量等）減少的；水位低的。12 含有量少的《 *in...* 》；〖冶〗《通常作複合詞》…成分少的: low-fat milk 低脂牛奶。13 (1)〖生〗（原始）低等的: a ～ organism 低等生物。(2) 未開化的。14〖樂〗低音的，低調的；柔和的；低沉的：speak in a ～ voice 低聲說話。15（景況等）最低的，最低潮的。16《敘述用法》倒臥在地的，伏下的；《古》死亡的，被埋葬了的。17《常作 L-》《主英》低教會派的。18〖語音〗壓低舌頭發音的。19〖汽車〗低速（用）的。20〖棒球〗（投出的球）低的，比打者的膝蓋低的。21 近幾年的，最近的。—副 1 低地，往低處地。2 落魄地；地位低下地，卑微地；營養差地。3 用盡地；在衰弱狀態中地。4（價格）便宜地。5 以微薄的賭資。6（評價）低地。7（音量等的）低地，弱地；低聲地。

at (the) lowest 最低，最便宜；至少。

bring low 使衰弱，使沒落。

fall low (1) 掉到低處。(2) 落魄，墮落。

lay low (1) 打倒，打垮，殺掉。(2)《俚》= lie LOW.[1] (3) 埋葬。(4) 使失敗。

lie low (1) 蹲伏。(2)《口》隱匿，隱藏。(3)《口》把企圖隱藏起來，伺機。

—名 1 低矮的東西；低地。2 廉價，最低價格；（溫度等的）最低值。3 U〖汽車〗低速排檔，低檔。4〖氣象〗低氣壓（區）。5 最低點。

low² [lo] 動 不及（牛）鳴叫。—及 像牛叫似地說。—名 牛叫（聲）。

'low ˌarea 名〖氣象〗低氣壓區。

'low-area 'storm 名〖氣象〗龍捲風；旋風。

'low atmos'pheric ˌpressure 名 U〖氣象〗低氣壓。

'low 'beam 名 汽車前燈的近光。

'low 'blood ˌpressure 名 = hypotension.

low·born ['lo'bɔrn] 形 出身低微的。

low·boy ['loˌbɔɪ] 名《美》矮腳櫃。

low·bred ['lo'brɛd] 形 出身低微的；沒有教養的；粗魯的。

low·brow ['loˌbraʊ] 名《口》沒什麼教養與學識的人；趣味低級的人。—['-'-] 形 缺乏教養的，粗俗的。～·**ism** 名

low-browed ['loˌbraʊd] 形 額頭低的；（岩石）突出的；門戶低的；教養低的。

low-cal ['loˌkæl] 形《美口》低熱量的。

'low-'calorie 形 低熱量的，低卡路里的。

'low 'camp 名 U（在藝術上的）庸俗題材用平凡隨便的手法處理。

'Low 'Church 名《the ～》低教會派：英國國教中的一派，不重視儀式、神職者的權威等。'**Low-ˌChurch** 形 低教會派的。

low-class ['lo'klæs] 形 = lower-class.

'low 'comedy 名 U C 鬧劇，低級喜劇。

'Low ˌCountries 名《the ～》低地國家：即現在的比利時、盧森堡、荷蘭等三國。

low-cut ['lo'kʌt] 形 低領口的；淺幫的。

low-down ['loˌdaʊn] 名《通常作 the ～》《俚》實情，真相；內幕。—['-'-] 形《口》1 可鄙的，卑鄙的。2 墮落的。

low-end ['lo'ɛnd] 形 屬於最廉價的，低級的：～ products 低級產品。

:low·er¹ ['loɚ] 動 及 1 降下，放下；把…放低；降低（目標等）：～ a banner 降下旗幟 / ～ oneself into a chair 弓身坐入椅內 / ～ a fence 降低籬笆的高度 / ～ one's aspirations 降低志向。2 減少，減低；把（聲音）降低《 *to...* 》：～ the price of the goods 降低物價 / ～ one's voice *to* whisper 壓低嗓音成耳語。3 降低（地位等）；使（自尊心等）受損；《反身》貶低，貶損：～ a soldier's rank 降低士兵的階級。4《口》喝（酒）；喝空。5〖樂〗降低音調；使降半音；〖語音〗（壓低舌位而）改變發音。

—不及 1 減少，降低，減弱。2（位置）降低；（太陽等）西沉。3《通常用於命令》〖海〗放下小船，降下船帆《 *away* 》。—形（low¹ 的比較級）1 較低的，較少的；低地的，南部的；下游的。2《常作 L-》〖地質〗早期的，較古老地層的。

low·er² ['laʊɚ] 動 不及 1 面露不悅之色，怒目而視，皺眉頭《 *at, upon, on...* 》：～ at a person 對某人皺眉。2（天空）變陰沉；（天氣）轉壞；（暴風雨等）就要來臨。—名 1 不悅之色。2（天空）陰沉，（天氣）惡劣。

'Lower Cali'fornia 名 下加利福尼亞半島：位於墨西哥西北部，介於California灣與太平洋間的一個細長半島。

'Lower 'Canada 名 下加拿大省：加拿大 Quebec 省的舊稱。

'lower 'case 名〖印〗小寫字體盤。

low·er-case ['loɚ'kes] 形 1 小寫字體的。2〖印〗小寫字體盤的。—動 及 用小寫字母排印[書寫]。—名 U 小寫字母。

'lower 'chamber 名《常作 L- C-》= lower house.

low·er-class ['loɚ'klæs] 形 低級的；下層階層的。—名《常作 the ～es，作單數》下層階級，下層社會。

low·er·class·man ['loɚ'klæsmən] 名（複-men）（大學、中學的）低年級生。

'lower 'criticism 名 U（聖經的）本批評（學）：關於聖經字句的考證批評。

'lower 'deck 名〖海〗下甲板；《the ～》《主英》海軍士兵。

'Lower 'Empire 名《the ～》東羅馬帝國。

'lower 'house 名《常作 L- H-》《the ～》（兩院制的）下議院，眾議院。

low·er·ing, lour- ['laʊərɪŋ] 形 1 陰沉的，快要下雨的，烏雲密布的。2 不悅的，發怒的。～·ly 副

low·er-key ['loə-'ki] 形 較低調的，比較不強烈的。

low·er·most ['loə-ˌmost] 形 最低的，底部的，最下的。

'lower 'regions 名 (複)《the ～》地獄，陰曹地府。

'lower ˌschool 名《英》（public school的）五年級以下的年級；（為學生升入高年級作準備的）低年級學校。

'lower 'world 名《the ～》1〖希神〗死者的國度，陰間。2 下界，人世間。

low·er·y, lour·y ['laʊərɪ] 形 陰沉的，惡劣的，風雨欲來似的。

'lowest 'common de'nominator 名〖數〗最小公分母。

'lowest 'common 'multiple 名《the ～》〖數〗最小公倍數。略作：L.C.M.

'lowest 'terms 名(複)〖數〗最低項。

low-fat ['lo'fæt] 形 低脂的。

'low 'frequency 名〖無線〗低頻率。

'low 'gear 名 U（汽車的）低速排檔，低檔。

'Low 'German 名 U 低地德語：德國北部所用的方言。

low-grade ['lo'gred] 形 低級的，品質不良的。

low-growth ['lo'groθ] 形 低成長的。

low-in·come ['lo'ɪnkʌm] 形 低收入的：the ～ bracket 低收入階層。

low-key(ed) ['lo'ki(d)] 形 1 低調的，抑制的，輕描淡寫的。2〖攝〗（相片）畫面主要以暗色調構成的。

low·land ['loˌlænd, -lənd] 名 1《常作～s，作單數》低地。2《the Lowlands》位於蘇格蘭東南部的低地。—形 1 低地的。2《L-》蘇格蘭低地的。～·er 名 低地人，低地居民；蘇格蘭低地人或居民。

'Low 'Latin 名 U 低拉丁語：指後期拉丁語、俗拉丁語或中古拉丁語。

'low-ˌlead ˌgas ['loˌlɛd-] 名 U 低含鉛量的汽油，低鉛汽油。

low-lev·el ['lo'lɛvl] 形 1 低水平的；低層次的。2 職位低的，微不足道的。3 放射性低的。

'low-'level 'language 名 U〖電腦〗低階語言（亦稱 **basic language**）。

low·life ['loˌlaɪf] 名(複～s, -lives [-laɪvz]) 1 下層社會的人。2《俚》卑鄙之人，無賴；犯罪者。—形 下層社會的。

low·ly ['lolɪ] 形 (-li·er, -li·est) 1 低的，卑微的；寒微的，簡陋的：a man of ～ origin 出身寒微的人 / a ～ dwelling 陋宅。2（位置）低的，矮的；未發達的，低等的；下級的。3 平凡的；謙虛的：a ～ heart 謙虛的心。
—副 1 低下地；卑劣地；卑微地；簡陋地。2 客氣地，謙虛地；小聲地。

low-ly·ing ['loˌlaɪɪŋ] 形 地勢低的，低地的；（雲）低壓的。

'Low 'Mass 名 U C〖天主教〗小彌撒。

low-mind·ed ['lo'maɪndɪd] 形 心思卑劣的，卑鄙的，下流的。

low-necked ['lo'nɛkt] 形（婦女服裝）低領口的。

low·ness ['lonɪs] 名 U 低下，低微；卑鄙；情緒低落；（聲音的）低，小。

low-pitched ['lo'pɪtʃt] 形 1 低音域的；調子低的。2 聲音低沉的。3（屋頂）斜度不大的。

'low ˌpoint 名 最低潮的情況。

low-pow·ered ['lo'paʊə-d] 形 低性能的；低功率的；（望遠鏡等）低倍數的。

low-pres·sure ['lo'prɛʃə-] 形 1 低壓的。2 沒有力氣的，沒有活力的；非積極性的；輕鬆的；隨遇而安的。3 令人平靜接受的；迂迴的。

low-pro·duc·tiv·i·ty [ˌloˌprodʌk'tɪvətɪ] 形 低生產力的。

'low ˌprofile 名 低姿態；採低姿態的人：keep a ～ 採取低姿態。

low-proof ['lo'pruf] 形 酒精成分少的。

'low re'lief 名 U C 淺浮雕。

'low-ˌrent 'home ['loˌrɛnt-] 名 租金低廉住宅，平價住宅（亦稱 **low rent house**）。

low-rise ['lo'raɪz] 形《美》1 只有一、兩層樓且沒有電梯的。2（長褲）緊身且低腰的。
—名（亦作 **low rise**）不超過兩層且無電梯的樓房。

'low 'season 名 U《偶作 the ～》1 沒工作的時期。2《英》淡季；價格最便宜的時期。

low-slung ['loˌslʌŋ] 形 低矮的。

low-spir·it·ed ['lo'spɪrɪtɪd] 形 沒精神的，情緒低落的。～·ly 副

'Low 'Sunday 名（英國國教的）復活節後的第一個星期日；（天主教的）卸白衣主日。

low-tech ['loˌtɛk] 形 低科技的。

low-tech·nol·o·gy [ˌlotɛk'nalədʒɪ] 形 = low-tech.

'low 'tide 名 1 U 低潮；低潮時間。2 最低點。

'low 'water 名 U 1 低水位。2 低潮。

'low-'water ˌmark 名 1 低水點：低潮時水位降至的最低點。2 最低點。

lox[1] [laks] 名《美》燻鮭魚。

lox[2], **LOX** [laks] 名 U 液態氧。

·loy·al ['lɔɪəl,'lɔjəl] 形 1 忠誠的，忠貞的《*to*...》：the ～ toast《英》表示對君主或名士忠誠的祝酒乾杯。2 忠實的《*to, in* ...》：be ～ *to* a vow 信守誓約。3 有誠意的，表示誠意的。—名《～s》忠貞不二的人；忠臣。～·ly 副 忠實地；以忠義為本地。～·ness 名

loy·al·ist ['lɔɪəlɪst] 名 1 忠臣；勤王者。

L

2《偶作 L-》(美國獨立戰爭時)忠於英國者。3《L-》(西班牙內戰時)擁護共和政府者。-ism 名U 效忠,忠誠;勤王主義。

·**loy·al·ty** ['lɔɪəltɪ, 'lɔj-] 名(複-ties) 1 U忠實《to, for...》。2 U忠誠,愛國(心)《to, for...》: unshaken ~ 不渝的忠貞。3 愛國的行動;《-ties》(朋友間的)奉獻式的感情: a man of ~ 忠貞之士。

Loy·o·la [lɔɪ'olə] 名 **Saint Ignatius**,聖羅耀拉(1491–1556):西班牙的天主教教士,創立耶穌會(Society of Jesus)。

loz·enge ['lɑzɪndʒ] 名 1 菱形。2 菱形物。3〖紋〗菱形紋章。4 錠劑,藥片:cough ~*s* 止咳含片。5(寶石的)菱形面。

LP ['ɛl'pi] 名(複~s, ~'s)〖商標名〗long play 密紋慢轉唱片,LP 盤(亦作 **L-P**)。

LPG, LP gas,《英》**LGP**《縮寫》*l*iquefied *p*etroleum *g*as 液化石油氣。

LPGA《縮寫》*L*adies' *P*rofessional *G*olf *A*ssociation(美國)女子職業高爾夫球協會。

L-plate ['ɛl,plet] 名《英》汽車駕駛練習標識牌。

LPN《縮寫》*l*icensed *p*ractical *n*urse.

Lr《化學符號》lawrencium.

LSD ['ɛl,ɛs'di] 名U 迷幻藥。

L.S.D.《縮寫》《拉丁語》*librae, solidi, denarii*(亦作 **£.s.d., l.s.d.**)英鎊、先令、辨士;金錢,財富。

LSI《縮寫》*l*arge *s*cale *i*ntegration 大型積體電路。

Lt.《縮寫》*l*ieu*t*enant.

Ltd., ltd. ⇨ LIMITED 2

Lu《化學符號》lutetium.

lub·ber ['lʌbɚ] 名 1 四肢發達而頭腦簡單的人,笨漢。2〖海〗(不熟練的)水手。~·**ly** 副 形 庸俗地[的];笨拙地[的]。

lube [lub] 名U C《口》(機械的)潤滑油。

lu·bri·cant ['lubrɪkənt] 名U C 潤滑油;C 使潤滑之物。—形 潤滑的。

lu·bri·cate ['lubrɪ,ket] 動 及 1 注潤滑油;塗油。2 使平滑;使順利。3《俚》勸酒;收買《with...》。—不及 1 注潤滑油;塗油。2《俚》喝酒;酒醉。-'**ca·tion** 名U 潤滑,油潤,注油(法)。-**ca·tive** 形 潤滑性的。

lu·bri·ca·tor ['lubrɪ,ketɚ] 名 使減少磨擦者;注油的人;注油器;潤滑油。

lu·bri·cious [lu'brɪʃəs] 形 1 光滑的,滑溜溜的。2 不安定的,不可靠的。3 猥褻的,淫穢的。

lu·bric·i·ty [lu'brɪsətɪ] 名(複-ties) U C 1 光滑,平滑。2 不安定,虛幻無常。3 淫穢;春宮圖。

lu·bri·cous ['lubrɪkəs] 形 = lubricious.

lu·cent ['lusn̩t] 形《古》1 發光的,閃耀的。2 半透明的;穿透的。-**cen·cy** 名U 光亮;透明。~·**ly** 副

lu·cern(e) [lu'sɝn] 名U《英》紫花苜蓿。

lu·ces ['lusiz] 名 **lux** 的複數形。

lu·cid ['lusɪd] 形 1 易懂的,明晰的:a ~ argument 明晰的論據。2 清楚的;理性的;神志清醒的:~ brains 犀利的頭腦。3《文》閃亮的,明亮的。4 澄清的;透明的。~·**ly** 副, ~·**ness** 名

lu·cid·i·ty [lu'sɪdətɪ] 名U 1 清晰,明晰。2 洞察力;心智清醒。3 光輝,明亮。4 澄清;透明。

Lu·ci·fer ['lusəfɚ] 名 1 路西弗(因爲傲慢而被逐出天堂的大天使),撒旦,魔鬼:as proud as ~ 如魔鬼般驕傲。2〖詩〗曉星;金星。3《l-》黃磷火柴的一種。

:**luck** [lʌk] 名 1 U 命運,運氣:a piece of ~ 一樁幸事 / by good ~ 憑著好運氣 / leave everything to ~ 把一切委諸命運 / a man who has no ~ with women 不走桃花運的男人。2 U 幸運;僥倖;成功:a run of ~ 一連串的好運 / a stroke of ~ 意外的幸運 / the devil's own ~ 異乎尋常的好運;《諷》壞透了的運氣 / for ~ 藉以;祈求好運,討個吉利。3 帶來幸運之物,吉祥物,護身符。

as luck would have it 幸運地;不幸地。

be down on one's luck 不幸,倒楣。

crowd one's luck《口》在運氣已經很好的情況下繼續去冒險碰運氣;大膽冒險去試試運氣。

try one's luck 碰運氣。

worse luck《插入用法》倒楣,不幸地。

—動 不及 1《美口》幸運獲得成功,獲得好運《out》;巧遇《onto, on, into...》。2 憑運氣行事《through, out...》。—及《常作~ it》憑運氣行事;冒險行事《out, through》。

·**luck·i·ly** ['lʌkɪlɪ] 副 僥倖地,幸運地,幸好《for...》。

luck·less ['lʌklɪs] 形 不幸的,運氣不好的。~·**ly** 副, ~·**ness** 名

:**luck·y** ['lʌkɪ] 形(**luck·i·er, luck·i·est**) 1 幸運的,走運的,運氣好的《to do, doing, that 子句》: *a* ~ *dog* 走運的小子 / *a* ~ *day* 吉日 / *a* ~ *guess* 僥倖猜中。2 僥倖發生的;偶然的;好兆頭的:a ~ encounter 巧遇 / a ~ penny 幸運錢幣 / a ~ charm 護身符。3《主蘇》充分的,豐富的。—名(複 **luck·ies**) 1 幸運之物。2《英俚》逃亡。

luck·i·ness 名U 幸運,僥倖。

'**lucky 'bag** 名 摸彩袋,福袋。

'**lucky 'dip** 名《英》1 摸彩箱[袋]。2《a ~》全憑運氣而定的事,賭運氣之事。

lu·cra·tive ['lukrətɪv] 形 有利可圖的,發財的。~·**ly** 副, ~·**ness** 名

lu·cre ['lukɚ] 名U《蔑》錢;錢的獲得;利益;利益的獲得:filthy ~ 不義之財。

lu·cu·brate ['lukjʊ,bret] 動 不及 1 孜孜不倦地工作,用功至深夜。2 學究式地寫

作。

lu·cu·bra·tion [,lukjʊ'breʃən] 名《文》1 Ⓤ努力工作，用功研究。2 寫作；《～s》學術性作品，苦心孤詣之作。

Lu·cy ['lusɪ] 名〖女子名〗露西。

lud [lʌd] 名《英》《**my** ～, **m'lud** [mɪ'lʌd]》(在法庭對法官之稱呼) 閣下。

lu·di·crous ['ludɪkrəs] 形引人發笑的；荒唐的，滑稽的。～**·ly** 副, ～**·ness** 名

lu·do ['ludo] 名 Ⓤ《英》一種骰子遊戲。

luff [lʌf] 名〖海〗1 縱帆的前緣。2《英》船首最寬的部分。—動不及 1 使船頭向風《*up*》；逆風而行。2 (帆) 啪啪飄揚。3 舉起 [放下] 起重機的吊鉤。—及 1 使 (船) 朝向風《*up*》；轉 (舵) 使船首向風而行。2 舉起吊桿或吊鉤。

luf·fa ['lʌfə] 名 1 絲瓜。2 絲瓜絡。

Luft·han·sa ['luft,hænzə] 名〖商標名〗德航，漢莎航空：德國航空公司名。

lug[1] [lʌg] 動 (**lugged**, ～**·ging**) 及 1 用力拖；拉走《*along*》：～ the sacks into the van 把大袋子拖入貨車內。2《口》強行扯入，隨便插入《*in / into...*》。3 張 (帆) 過多。—不及拉，拖《*at...*》。—名 1 強拉。2《～s》《美》矯飾。3 (搬運蔬菜用的) 木箱。4《俚》(以政治爲目的的) 強索捐款。

lug[2] [lʌg] 名 1 柄，把手；突出部分；(馬具的) 皮環。2《美俚》笨拙的人。3《蘇》耳；(帽子上的) 耳罩，耳蓋。

luge [luʒ] 名平底雪橇。**'lug·er** 名。

·lug·gage ['lʌgɪdʒ] 名 Ⓤ《集合名詞》1《主英》行李 (《美》baggage)：several pieces of ～ 幾件行李 / a ～ van《英》(鐵路的) 行李車 (《美》baggage car)。2《美》手提袋，紙箱。3《英》攜帶軍用裝備。4《美俚》眼袋。

'luggage ,rack 名行李架。

lug·ger ['lʌgə] 名〖海〗小帆船。

lug·hole ['lʌg,hol] 名《英俚》耳朵。

lug·sail ['lʌg,sel] 名〖海〗斜桁四角帆。

lu·gu·bri·ous [lʊ'gjubrɪəs] 形 (尤指誇張地) 悲傷的，哀愁的，悶悶不樂的。～**·ly** 副, ～**·ness** 名

lug·worm ['lʌg,wɝm] 名〖動〗(作釣餌用的) 沙蠋，沙蟲。

Luke [luk] 名 1〖聖〗路加：基督的弟子。2〖新約〗路加福音。3〖男子名〗盧克。

luke·warm ['luk'wɔrm] 形 1 (液體) 暖和的，微溫的：～ water 微溫的水。2 不太熱心的，不關心的。

lull [lʌl] 動及 1 哄 (小孩子等) 睡覺；《通常用被動》哄騙《*into...*》：～ a person *into* a false sense of security 哄騙某人使其產生虛假的安全感 / ～ a crying baby (to sleep) by singing 唱著歌使啼哭的嬰兒入睡。2《常用被動》使消弭；緩和；使平靜下來。—不及平息，變平靜。—名 1《常作 **a** ～》平息，中止，稍停；(疾病的) 小康。2 穩定狀態。3《古》安撫心理之物，悅耳的聲音。

lull·a·by ['lʌlə,baɪ] 名 (複**-bies**) 1 搖籃曲。2 平和舒展的歌曲；安和的聲音。—動 (**-bied**, ～**·ing**) 及唱搖籃曲使入睡。

lu·lu ['lu,lu] 名《美口》離譜的人或物，不尋常的人或物。

lum·ba·go [lʌm'bego] 名 Ⓤ〖病〗腰痛，腰肌痛，腰部風溼痛。

lum·bar ['lʌmbə] 形腰 (部) 的，腰脊椎的。—名腰脊椎；腰神經。

lum·ber[1] ['lʌmbə] 名 Ⓤ 1《美·加》木材，木板 (《英》timber)。2《主英》破銅爛鐵，舊貨。3 累贅的東西，贅肉。

be in lumber《俚》在坐牢；處境困窘。

—動不及 1《美》伐木。2 作廢，廢棄。—及 1《常用被動》(用廢物等) 塞滿《*up / with...*》。2《美》砍伐。3《英口》《常用被動》強推給《*with...*》。

～**·er** 名, ～**·ly** 副笨拙地，笨重地。

lum·ber[2] ['lʌmbə] 動不及沉重地移動。

lum·ber·ing[1] ['lʌmbərɪŋ] 名《美·加》木材業；製材業。

lum·ber·ing[2] ['lʌmbərɪŋ] 形不好看的，不靈巧的，沉重緩慢的。～**·ly** 副

lum·ber·jack ['lʌmbə,dʒæk] 名 1《美·加》鋸木工人，伐木工人。2 鋸木工人所穿的羊毛外套。

lum·ber·man ['lʌmbəmən] 名 (複**-men**) 1 木材商，木材業者。2《美·加》鋸木工人，伐木工人。

lum·ber·mill ['lʌmbə,mɪl] 名鋸木廠，造木廠。

'lumber ,room 名《英》(尤指舊家具的) 倉庫或堆積雜物的房間。

lum·ber·yard ['lʌmbə,jɑrd] 名《美·加》木材堆積場 (《英》timberyard)。

lu·mi·nance ['lumənəns] 名 Ⓤ 1 光亮；發光。2〖光〗亮度。

lu·mi·nar·y ['lumə,nɛrɪ] 名 (複**-nar·ies**) 1 發光體；天體：the great ～ 太陽。2 優越的人；先覺者，傑出者。3 人工照明。4 名人：a theatrical ～ 戲劇界名人。

lu·mi·nesce [,lumə'nɛs] 動不及發冷光，無熱發光。

lu·mi·nes·cence [,lumə'nɛsn̩s] 名 Ⓤ 冷光 (現象)。**-cent** 形

lu·mi·nif·er·ous [,lumə'nɪfərəs] 形發光的，發光性的。

lu·mi·nos·i·ty [,lumə'nɑsətɪ] 名 (複**-ties**) 1 Ⓤ 光輝；發光狀態 (亦稱 **luminance**)。2 發光物；發光點。3 Ⓤ 聰明；光芒四射者。4 Ⓤ〖天〗光度，發光本領；電磁波放射率。5 (放射能的) 發光效率。

lu·mi·nous ['lumənəs] 形 1 發出光的；在黑暗中發光的：～ paint 夜光塗料 / ～ bodies 發光體。2 被照明的，明亮的《*with...*》。3 才智橫溢的；有見識的；有啓發性的；明晰的，易懂的：a ～ explanation 使人恍然大悟的解釋。

～**·ly** 副, ～**·ness** 名

L

lum·me ['lʌmɪ] 感《英》《表驚訝、興趣、贊成之意》哎呀！哇！嘿！什麼！

lum·mox ['lʌməks] 名《美口》笨蛋，蠢才，傻瓜。

·**lump**[1] [lʌmp] 名 **1** 塊狀物；(一塊)方糖；(自私心等的)極端：a ~ of clay 一塊黏土。**2** 瘤，腫起之物：a ~ on one's head 頭上的瘤。**3**《通常作 a ~》一堆，一團：*a* ~ of money 一大堆錢。**4** 大部分，大多數；《俚》大量，很多：a big ~ of stockholders 大多數的股東。**5**《口》矮胖之人；動作遲緩的笨蛋。**6**《the ~》《集合名詞》《英》臨時工。**7**《~s》連續毆打；(當然的)回報：get one's ~*s* 接受(當然的)回報。**8**《a ~》《副詞用法》《英俚》非常，極為。

all of a lump 總括地，整個地。

a lump in one's throat 哽咽，如骨鯁在喉般的感覺。

in a* [*one*] *lump 同時地，一併。

in* [*by*] *the lump 整個地，概括地(來說)。

—形 **1** 成塊的。**2**《限定用法》整個的，一次付清的。—動 及 **1** 把…整個合起來；對…做同樣處理《*together*》。**2** 弄成塊，使凝固；使腫起；使凹凸不平。—不及 **1** 變成塊狀，鼓起成塊。**2** 笨重地行走《*along*》；重重地坐下《*down*》。

lump[2] [lʌmp] 動 及《口》忍耐。

lump·ec·to·my [lʌm'pɛktəmɪ] 名(複 **-mies**) U C〖外科〗部分乳房切除(術)，乳瘤切除(術)(亦稱 **tylectomy**)。

lum·pen ['lumpən] 形 由原屬的社會及經濟階級中游離出來的；游民的；《蔑》愚蠢的，無知的。—名(複 ~ 或 ~**s**) 沒有知識的社會最低層分子；屬於游離無產階級的人。

lump·er ['lʌmpɚ] 名 碼頭工人，裝卸工。

lump·ish ['lʌmpɪʃ] 形 **1** 塊狀的。**2** 矮胖的；笨拙的；頭腦遲鈍的，愚蠢的。
~·**ly** 副，~·**ness** 名

'**lump** '**sum** 名 一次付清的錢；總金額。

lump·y ['lʌmpɪ] 形 (**lump·i·er**, **lump·i·est**) **1** 多塊狀物的，滿是瘤的；凹凸不平的；波浪起伏的：~ ground 崎嶇不平的地面。**2** 笨重的；矮胖的；(文體等)生硬的：a ~ animal 一隻笨重的動物。**3**《英俚》酒醉的。
-i·ly 副，**-i·ness** 名

Lu·na ['lunə] 名 **1**〖羅神〗羅娜：月亮女神。**2** U(煉金術中的)銀。**3**《**l-**》〖教會〗新月形聖體容器。

lu·na·cy ['lunəsɪ] 名(複 **-cies**) **1** U 間歇性精神病；精神異常，瘋狂。**2**《通常作 **-cies**》愚行。**3** U〖法〗心智喪失。

·**lu·nar** ['lunɚ] 形 **1** 月的。**2** 以月球的運行測定的：the ~ calendar (太)陰曆 / ~ New Year 陰曆新年。**3** 銀的。**4** 似月亮的；圓的；新月形的；(光等)微弱的。—名 月的觀測。

'**lunar** '**day** 名 太陰日：月球自轉一周所需的時間，約 24 小時 50 分。

'**lunar** '**distance** 名〖海〗月距。

'**lunar** **e'clipse** 名 月蝕。

'**lunar** ˌ**module** 名 月球登陸艇，登月小艇。略作：LM

'**lunar** '**month** 名 太陰月：月球繞地球一周的時間。

'**lunar** '**orbit** 名 繞月軌道。

'**lunar** '**politics** 名(複) 虛構的問題，空談。

'**lunar** '**probe** 名 月球探測；月球探測火箭。

'**lunar** ˌ**rover** 名 月球漫遊車。

'**lunar** '**year** 名 太陰年。

lu·nate ['lunet] 形 新月形的，半月形的(亦稱 **lunated**)。

·**lu·na·tic** ['lunə,tɪk] 名 **1** 瘋人，神經錯亂者；怪人；愚人。**2**〖法〗心智喪失者。—形(亦稱 **lunatical**) **1** 瘋的，精神異常的；瘋狂的。**2** 專為精神病患者而設的。

'**lunatic** '**fringe** 名《口》狂熱的極端分子；偏激者，狂熱者。

:**lunch** [lʌntʃ] 名 **1** U C 午餐；點心，便餐；C 飯盒，便當：~ box 便當盒 / ~ break 午餐休息時間。**2** 點心店，快餐店。**3**《蘇》(麵包等的)厚片。
—動 不及 吃中飯。—及 請吃午餐。

out to lunch《美俚》《諧》⑴瘋的，怪異的，脫離現實的。⑵迷惘的，無知的。

·**lunch·eon** ['lʌntʃən] 名 U C 午餐，午宴；C(會議等正式的)午餐(會)；《主美》點心。—動 不及 進午餐。

'**luncheon** ˌ**bar** 名《英》便餐館，小吃店(《美》snack bar)。

lunch·eon·ette [ˌlʌntʃən'ɛt] 名《美》簡便餐館，快餐店。

'**luncheon** ˌ**meat** 名 U《英》用碎肉和麵包粉做成塊狀的食物。

'**luncheon** ˌ**voucher** 名(公務)餐券。

'**lunch** ˌ**hour** 名 午餐休息時間(較 lunch break 長)。

'**lunch** ˌ**pail** 名《美》(勞工用的)午餐便當盒。

lunch·room ['lʌntʃˌrum] 名 便餐館；(工廠等的)餐廳。

lunch·time ['lʌntʃˌtaɪm] 名 U 午餐時間。—形 午餐時間的。

lune [lun] 名 半圓形之物；弓形。

·**lung** [lʌŋ] 名 **1** 肺，肺臟：~ power 肺活量；發聲力 / at the top of one's ~*s* 儘量大聲地 / have good ~*s* 聲音很大。**2**〖動〗肺囊，書肺。**3**《通常作 ~**s**》《英》(大都市鬧區及附近的)公園，廣場。**4** 人工肺。—形 肺的：~ cancer 肺癌。

lunge [lʌndʒ] 名 **1**(西洋劍等的)刺戳。**2** 猛衝，突進。—動 不及 刺；正拳攻擊《*out* / *at*...》；突進《*out* / *at, into*...》

一(及)刺；使突進[前衝]。

lung·fish ['lʌŋ,fɪʃ] (名)(複～, ～·es)〖魚〗肺魚。

lung·pow·er ['lʌŋ,pauɚ] (名)(U)《英》發聲力，聲量，肺力。

lung·wort ['lʌŋ,wɝt] (名)〖植〗兜苔。

lu·pin(e) ['lupɪn] (名)〖植〗羽扇豆。

lu·pine ['lupaɪn] (形) **1** 狼的；似狼的。**2** 殘忍的；貪婪的；掠奪性的。

lurch¹ [lɝtʃ] (名) **1** 突然的搖晃；(船等的)突然傾斜：with a ～ 以突然的一下晃動。**2** 蹣跚。**3** 傾向，強烈的衝動。—(動)(不及) **1** (船)突然傾斜，突然晃動。**2** 蹣跚，東倒西歪。

lurch² [lɝtʃ] (名)《僅用於下列片語》
leave a person in the lurch《口》置某人於困境不顧，對某人見死不救。

lurch·er ['lɝtʃɚ] (名) **1**《英》(偷獵者使用的)雜種犬。**2**《澳》流氓。**3** 間諜。**4**《古》偷偷摸摸的人；小偷；偷獵者。

·lure [lur] (名) **1** 引誘者；《the ～》魅力，誘惑力。**2** 誘餌，生餌，魚餌。**3** (裝作真鳥以喚回獵鷹的)一束羽毛。**4** 圈套，陷阱。—(動)**(lured, lur·ing)**(及)引誘；誘出《*away, out*》；誘回(老鷹)。

lur·gy ['lɝgɪ] (名)《英》《謔》疾病，病。

lu·rid ['lurɪd] (形) **1** 發出紅光的《*with...*》；火紅的：～ sunset 火紅的日落景色。**2** 刺眼的，俗豔的：books with ～ covers 封面俗麗的書。**3** 恐怖的；令人厭惡的；聳人聽聞的；激烈的；過分渲染的。**4** (臉色等)蒼白的；呈暗黃色的。
cast a lurid light on... 將…恐怖地呈現出來。
～·**ly** (副), ～·**ness** (名)

lurk [lɝk] (動)(不及) **1** 潛伏，隱藏，埋伏：a ～*ing* place (壞人等的)藏匿處。**2** 悄悄地四處潛行，鬼鬼祟祟地活動《*about, around*》；(視線等)悄悄地移動。**3** (野心等)潛藏。
—(名)《英俚》伎倆，詐騙。
on the lurk 暗中潛伏，偷偷偵察。
～·**er** (名), ～·**ing·ly** (副)

lus·cious ['lʌʃəs] (形) **1** 芬芳的，美味的；甜美的。**2** 給人好感的；修飾過的，有魅力的。**3** 引發情慾的，感官性的。**4**《古》甜的。～·**ly** (副), ～·**ness** (名)

lush¹ [lʌʃ] (形) **1** 蒼翠茂盛的，青翠欲滴的。**2** 青草茂盛的；肥沃富饒的：～ fields 蒼蔥的田野。**3**《口》豐富的，奢侈的；過分裝飾的，誇張的。～·**ly** (副)

lush² [lʌʃ] (名)《美俚》 **1** 酒鬼，醉漢。**2** (U) 酒。—(動)(不及)喝酒。—(及)喝(酒)；頻頻勸人喝《*up*》。

Lu·si·ta·ni·a [,lusə'tenɪə] (名)露西坦尼亞：即現在的葡萄牙和西班牙西部。

lust [lʌst] (名)(U)(C) **1** 色慾，情慾《*for, of...*》；〖聖·神〗官能的欲望，過度的性慾，淫慾。**2** 渴望，殷望《*for, after...*》：a ～ *for* power 權勢慾。**3** 狂熱，強烈興趣《*for, of...*》：a ～ *for* life 對生命的熱愛。**4**《古》喜悅；欲望，願望；活力；肥沃。—(動)(不及) **1** (對女性)產生性渴望《*after, for...*》；〖聖〗有強烈的性慾。**2** 渴望，切望，貪求《*after, for...*》。

·lus·ter¹ ['lʌstɚ] (名)(U) **1** 光澤，光彩。**2** 光澤劑，亮光劑。**3** 光輝，榮光；名望，顯赫：add ～ to one's name 給自己的名望增添光輝。**4** 美術燈，燭臺。**5** 加上光澤的(毛)織品；《主英》有綿毛混紡光澤的紡織品。**6** 陶器表面的金屬光澤。—(動)(及) **1** 加上光澤。**2** 給予榮耀。
～·**less** (形) 無光澤的。

lus·ter² ['lʌstɚ] (名)渴望者；貪求者；好色之徒。

lust·ful ['lʌstfəl] (形) **1** 貪婪的；貪求的《*for, after, of...*》：an emperor ～ *of* power 權力慾強烈的皇帝。**2** 好色的，淫亂的。
～·**ly** (副), ～·**ness** (名)

lus·tral ['lʌstrəl] (形)驅邪的；清淨的。

lus·trate ['lʌstret] (動)(及)(以祭品或儀式)驅邪；使潔淨。-**'tra·tion** (名)(U)(C)淨化；祓除。

lus·tre ['lʌstɚ] (名)，(動)(及)《主英》= luster¹.

lus·trous ['lʌstrəs] (形) **1** 有光澤的；光輝的，發光的：～ pearls 發光的珍珠。**2** 燦爛的，美好的；有魅力的；著名的，顯赫的。～·**ly** (副), ～·**ness** (名)

lust·y ['lʌstɪ] (形)**(lust·i·er, lust·i·est) 1** 精神飽滿的，神采奕奕的；魁梧的，強壯的：～ cheers 高聲歡呼 / a ～ young man 精力充沛的青年。**2** 豐盛的；性慾旺盛的。
-**i·ly** (副), -**i·ness** (名)

lu·sus na·tu·rae ['ljusəsnə'tjuri] (名)畸形的人[物]；天生的畸形；造化的惡作劇。

lu·ta·nist ['lutənɪst] (名)彈琵琶的人。

lute¹ [lut] (名)魯特琴：流行於16－17世紀的弦樂器；琵琶。

lute² [lut] (名)(U)封泥。—(動)(及)用封泥封住。

lu·te·nist ['lutənɪst] (名)彈奏琵琶的人。

lu·te·ti·um, -ci·um [lu'tiʃɪəm] (名)(U)〖化〗鎦。符號：Lu

Lu·ther ['luθɚ] (名) **Martin**，路德(1483－1546)：德國神學家、宗教改革的領袖。

Lu·ther·an ['luθərən] (形)路德(教派、主義)的；路德教會的。—(名)路德的門徒；路德教會的教友。

Lu·ther·an·ism ['luθərə,nɪzəm] (名)(U)路德教義，路德教派。

lut·ist ['lutɪst] (名) **1** 彈琵琶者。**2** 琵琶製造者。

luv [lʌv] (名)《尤英俚》《非標準》《對親密的人的稱呼》親愛的。

lux [lʌks] (名)(複～, **lu·ces** ['lusiz], ～·**es** ['lʌksɪz])〖光〗勒克斯：照明度的國際單位。略作：lx

luxe [lʊks, lʌks] (名)(U)奢侈，豪華；優雅，

高尚。

Lux·em·bourg ['lʌksəm,bɝg] 图盧森堡（大公國）：被德國、法國、比利時等國包圍；首都亦名 Luxembourg。

lux·u·ri·ance [lʌg'ʒʊrɪəns, lʌk'ʃʊ-] 图 Ⓤ繁茂；多產；豐富；富饒；華麗。

lux·u·ri·ant [lʌg'ʒʊrɪənt, lʌk'ʃʊ-] 形**1** 繁茂的。**2** 肥沃的：～ soil 肥沃的土壤。**3** 豐富的，洋溢的；華麗的；考究的；奔放的：a ～ imagination 豐富的想像力 / a ～ style 華麗的文體。**4** 奢侈的，豪華的；優美的，品味高的。～**·ly** 副

lux·u·ri·ate [lʌg'ʒʊrɪ,et, lʌk'ʃʊ-] 動 不及 **1** 過分熱中，沉迷。**2** 繁茂，蔓延；繁殖。**3** 盡情享樂；耽溺《*in*...》：～ *in* the glory of fame 沉溺於名聲所帶來的榮耀之中。

·lux·u·ri·ous [lʌg'ʒʊrɪəs, lʌk'ʃʊ-] 形 **1** 奢侈的，高級而昂貴的；豪華的；舒適的：be ～ in one's fashions 穿著奢華 / have a ～ palate 講究美食。**2** 恣意的；縱慾的。**3** 豐富的，充足的。～**·ly** 副, ～**·ness** 图

·lux·u·ry ['lʌkʃərɪ] 图(複**-ries**) **1** 奢侈品，貴重之物。**2** Ⓤ 奢侈，豪華：live in (the lap of) ～ 生活奢華。**3** 難得的快樂。—形《限定用法》奢侈的，豪華的，舒適的。

Lu·zon [lu'zɑn] 图呂宋島：菲律賓群島中的主島及最大島。

LXX 图= Septuagint.

-ly 《字尾》**1** 構成形容詞，表「似…的，適於…的，有…性質的」之意。**2** 加於表時間單位的某些名詞後，為「每…的」之意的形容詞。**3** 接在大部分形容詞之後，用作表「狀態、方法、方向、時間、順序、程度、頻率」等意之副詞。

ly·cée [li'se] 图（法國的）公立中等學校，大學預科。

ly·ce·um [laɪ'siəm] 图 **1** 文化活動中心；講演廳。**2**《美》做公開之文化或學術討論、演講的團體；演講會。**3**《**L-**》古希臘哲學家亞里斯多德講學的地方。**4**《**L-**》亞里斯多德學派。**5** = lycée.

ly·chee ['laɪtʃi] 图= litchi.

'lych ˌgate ['lɪtʃ-] 图= lich gate.

Ly·ci·a ['lɪʃɪə] 图利西亞：位於小亞細亞西南部的古國。

Ly·cra ['laɪkrə] 图〖商標名〗萊卡：一種彈性優良的人造纖維。

lydd·ite ['lɪdaɪt] 图 Ⓤ〖化〗苦味酸炸藥。

Lyd·i·a ['lɪdɪə] 图里底亞：位於小亞細亞西部的一個古代王國。

Lyd·i·an ['lɪdɪən] 形 **1** 里底亞（人）的。**2** 柔美的；逸樂的；肉感的：～ airs（傷感的）靡靡之音。—图 ⒸⓊ里底亞人[語]。

lye [laɪ] 图 Ⓤ〖化〗**1** 鹼液。**2** 灰汁，灰水。

ly·ing[1] ['laɪɪŋ] **lie**[1] 的現在分詞。—图 Ⓤ 謊言，撒謊，虛偽。—形撒謊的；假的。

:ly·ing[2] ['laɪɪŋ] 動 **lie**[2] 的現在分詞。～**·ly** 副

ly·ing-in ['laɪɪŋ'ɪn] 图(複 **lyings-in**, ～**s**)《文》臨褥；生產，分娩。—形分娩的；婦產科的：a ～ clinic 婦產科診所。

lymph [lɪmf] 图 Ⓤ **1**〖解·生理〗淋巴（液）。**2**《古》樹液；清流，清泉。

lym·phat·ic [lɪm'fætɪk] 形 **1** 淋巴（液）的；含有淋巴（液）的：a ～ vessel 淋巴管。**2** 淋巴性體質的。—图淋巴管。

'lymph ˌcell 图淋巴細胞，淋巴球。

'lymph ˌgland 图淋巴腺，淋巴結（亦稱 **lymph node**）。

lym·pho·cyte ['lɪmfə,saɪt] 图〖解〗淋巴細胞，淋巴球。**-cyt·ic** [-'sɪtɪk] 形

lym·phoid ['lɪmfɔɪd] 形淋巴（液）的；淋巴狀的；淋巴組織的。

lyn·ce·an [lɪn'siən] 形 **1** 山貓（似）的。**2** 目光銳利的；明眼的，眼力好的。

lynch [lɪntʃ] 動 及 施以私刑，以私刑處死。

lynch·ing ['lɪntʃɪŋ] 图 Ⓤ Ⓒ 私刑。

'lynch ˌlaw 图 Ⓤ 私刑。

lynch·pin ['lɪntʃ,pɪn] 图= linchpin.

lynx [lɪŋks] 图(複～**·es**, ～) **1**〖動〗山貓；加拿大山貓。**2**《**L-**》〖天〗天貓座。

'lynx ˌeye 图目光銳利的眼睛。

lynx-eyed ['lɪŋks,aɪd] 形眼光銳利的。

ly·on·naise [,laɪə'nez] 形和洋蔥絲一起烹調的。

Ly·ons ['laɪənz] 图里昂：法國東部的一個城市。

Ly·ra ['laɪrə] 图〖天〗天琴座。

lyre [laɪr] 图 **1**（古希臘的）豎琴。**2**《**the L-**》〖天〗天琴座。**3**《**the** ～》抒情詩。

lyre·bird ['laɪr,bɝd] 图〖鳥〗（澳洲產的）琴鳥。

lyr·ic ['lɪrɪk] 形 **1** 抒情詩的，抒情詩風格的；寫抒情詩的：～ poetry 抒情詩。**2** 抒情的；歌詠的，用歌唱出的：a ～ description 感情自然流露的描述 / ～ drama 歌劇。**3** 適合唱抒情歌曲的。**4** 豎琴（用）的；用豎琴伴奏而歌的。**5** 抒情的，縱情的。

—图 **1** 抒情詩（人）。**2**《常作 ～**s**》《口》歌詞。

lyr·i·cal ['lɪrɪkl] 形 **1** = lyric. **2**（非常）抒情的。～**·ly** 副, ～**·ness** 图

lyr·i·cism ['lɪrə,sɪzəm] 图 Ⓤ **1** 抒情性；抒情風格；抒情詩體。**2** 情感直接而自然的流露；熱情。

lyr·i·cist ['lɪrəsɪst] 图 **1** 歌詞作者，作詞者。**2** 抒情詩人。

lyr·ist ['laɪrɪst] 图 **1** 彈奏 lyre 的人。**2** ['lɪrɪst] 抒情詩人。

ly·sin ['laɪsɪn] 图〖生化〗細胞溶解素。

ly·sine ['laɪsin, -sɪn] 图 Ⓤ〖生化〗離氨酸。

Ly·sol ['laɪsɑl, -sɔl] 图 Ⓤ〖商標名〗來舒：一種消毒劑。

LZ 《縮寫》*l*anding *z*one.

M m

m [ɛm] 名 (複 M's 或 Ms, m's 或 ms)
]Ⓒ 英文字母中第十三個字母。2 M狀
。3 Ⓤ（羅馬數字的）1,000。4《M》
俚》= morphine.
《縮寫》*m*edium; *m*eter(s); *m*iddle.
《縮寫》*M*ajesty; *M*ark; *M*arquis; *M*edi-
ne; *M*edium; *M*eridian; *M*onday; *M*on-
eur;《英》*M*otorway; *m*ountain.
《縮寫》*m*ale; *m*ark(s); *m*arried; *m*ascul-
e;〖機〗*m*ass;〖樂〗*m*easure; *m*ile; *m*inim;
inute; *m*odification; *m*onth; *m*orning.
-《字首》= Mac-.
¹ [m] **am** 的縮略形。
² [m] = ma'am.
a [mɑ] 名《口》《兒語》媽媽。
A《縮寫》*M*assachusetts.
.A.《縮寫》*M*aster of *A*rts;〖心〗*m*ental
ge; *M*ilitary *A*cademy.
a'am [məm;《強》mæm] 名 1《稱呼
》太太，夫人；小姐；《學生對女老
》老師: Yes, ～. 是的，太太。2《英》《
呼語》女王，王妃，公主。
ac¹ [mæk] 名《常作 M-》《美口》老
!
ac² [mæk] 名《英口》= mackintosh.
ac-《字首》表「…之子」之意，爲愛
蘭及蘇格蘭系的姓（亦作 Mc-, Mᶜ,
-）。
a·ca·bre [mə'kɑbrə, -bɚ], -ber [-
] 形 1 可怕的，恐怖的，令人毛骨悚然
。2 以死亡爲主題的：「死亡之舞」
。
a·ca·co [mə'keko] 名 (複～s [-z])〖
〗狐猴。
ac·ad·am [mə'kædəm] 名 碎石路；
鋪路的碎石。
ac·a·da·mi·a [,mækə'demɪə] 名 澳洲
果（亦稱 ～ nut）。
a·cao [mə'kau] 名 澳門。
a·caque [mə'kɑk] 名〖動〗獼猴。
ac·a·ro·ni [,mækə'ronɪ] 名 (複～(e)s) 1
通心麵，通心粉。2 花花公子；愛打扮
人。3《俚》義大利人。
ac·a·roon [,mækə'run] 名 蛋白杏仁餅
。
ac·Ar·thur [mək'ɑrθɚ] 名 **Douglas**,
克阿瑟（1880−1964）：美國五星上
，盟軍占領日本的統帥（1945−51）。
a·caw [mə'kɔ] 名 1〖鳥〗金剛鸚鵡。2
植〗一種椰子樹。
ac·beth [mək'bɛθ] 名 1『馬克白』：莎
比亞四大悲劇之一。2『馬克白』劇中的
主角名。

mace¹ [mes] 名 1 狼牙棒，釘頭錘。2 權杖。3 = macebearer. 4〖撞球〗平頭球桿。5《偶作 M-》〖商標名〗催淚神經瓦斯。6《俚》〖棒球〗球棒。

mace² [mes] 名 Ⓤ 肉豆蔻花；豆蔻香料。

mace·bear·er ['mes,bɛrɚ] 名 持權杖者。

mac·é·doine [,mæse'dwɑn] 名 1 蔬菜水果涼拌菜。2 什錦，雜燴。

Mac·e·do·ni·a [,mæsə'donɪə] 名 1 馬其頓王國：古希臘北方的一個王國。2 馬其頓：巴爾幹半島中部橫跨希臘、保加利亞、南斯拉夫三國的一個地區。3 馬其頓（共和國）：原屬南斯拉夫聯邦，1991 年宣布獨立，首都爲斯高彼亞（Skopje）。

Mac·e·do·ni·an [,mæsə'donɪən] 名 1 馬其頓人。2 Ⓤ 馬其頓語；古馬其頓語。—形 馬其頓的，馬其頓人的。

mac·er·ate ['mæsə,ret] 動 及 不及 1 浸透；變軟，泡漲；（使）分解。2（使）憔悴。

mac·er·a·tion [,mæsə'reʃən] 名 Ⓤ 浸泡變軟。

Mach, mach [mɑk] 名 = Mach number.

ma·chet·e [mə'ʃɛtɪ, -'tʃɛ-] 名（中南美洲人用的）大砍刀，長刀。

Mach·i·a·vel·li [,mækɪə'vɛlɪ] 名 **Niccolò di Bernardo** 馬基維利（1469−1527）：義大利的政治家、著作家，主張權謀霸術。

Mach·i·a·vel·(l)i·an [,mækɪə'vɛlɪən] 形 1 馬基維利的；馬基維利主義的。2 權謀的，狡詐的；寡廉鮮恥的。—名 權術家，策士。

Mach·i·a·vel·li·an·ism [,mækɪə'vɛlɪənɪzəm] 名 = Machiavellism.

Mach·i·a·vel·lism [,mækɪə'vɛlɪzəm] 名 Ⓤ 馬基維利主義：爲達到政治目的而不擇手段的作法。

ma·chic·o·la·tion [mə,tʃɪkə'leʃən] 名〖城〗堞眼。

mach·i·nate ['mækə,net] 動 不及 及 設法，企劃，圖謀，策劃。**-na·tor** 名

mach·i·na·tion [,mækə'neʃən] 名 1 Ⓤ 詭計，策動。2《通常作～s》陰謀，謀略。

:ma·chine [mə'ʃin] 名 1 機器；機械；機械裝置：a sewing ～縫紉機。2 汽車；飛機；自行車。3 電算機；電腦；打字機；自動販賣機：a Coke ～可樂自動販賣機。4 機械式工作者。5《常作～s》《集合名

詞》（政黨的）幹部，幕僚，核心組織：the Republican ～共和黨領導核心。6 結構：the economic ～經濟結構。7（為增加文學作品的效果所安排的）超自然力。
一動 (-chined, -chin·ing) 及 1 用機器製造，由機器加工；《英》由縫紉機處理。2 使規格化《down》。一不及《與狀態副詞、否定詞連用》可用機械切斷。一形 1 非人工製的；機器用的。2 機械式的。3 幕僚操縱的：～ politics 由幕僚操縱的政治。
～·less 形

ma'chine ˌcode 名〖電腦〗機器碼。
ma'chine ˌgun 名機關槍。
ma·chine-gun [mə'ʃin,gʌn] 動 (-gunn-ed, ～·ning) 及用機關槍掃射。
ma'chine ˌlanguage 名 U C〖電腦〗機器語言。
ma·chine·like [mə'ʃin,laɪk] 形機械似的；正確的，有規律的；規格化的。
ma·chine-made [mə'ʃin'med] 形 1 機器製的。2 刻板的；機械式的。
ma·chine-read·a·ble [mə'ʃin'ridəbl] 形可直接輸入電腦的，機器可讀的。
·ma·chin·er·y [mə'ʃinərɪ] 名 U 1《集合名詞》機械（類）；機械裝置：a piece of ～ 一部機器。2《集合名詞》（舞臺或文學作品為產生效果所作的）安排，設計，布局。3（社會等的）機構，組織，機關。
ma'chine ˌshop 名機械加工廠房。
ma'chine ˌtool 名工作母機，機床。
ma'chine trans'lation 名 U 機器翻譯，電腦自動翻譯。
ma·chin·ist [mə'ʃinɪst] 名 1 機械師，熟習機床操作的工人；機器製造工；機匠。2《美》（政黨的）幹部。
ma·chis·mo [mɑ'tʃizmo] 名 U 男子氣概。
Mach·me·ter ['mɑk,mitɚ] 名〖理〗（飛機的）馬赫表。
'Mach (ˌnumber) 名《偶作 m-》〖理〗馬赫數：飛機等的速度單位。
ma·cho ['mɑtʃo] 形有男子氣概的，雄赳赳的。一名 (複～s) 1 = machismo. 2 有男子氣概的人。
Mac·in·tosh ['mækɪn,tɑʃ] 名〖商標名〗麥金塔：美國蘋果電腦公司於 1984 年推出的個人電腦系統。略作：MAC
mack[1] [mæk] 名《口》1 = mackintosh. 2《美》= mackinaw.
mack[2] [mæk] 名《俚》= pimp 名 1.
Mac·ken·zie [mə'kɛnzɪ] 名《the ～》馬更濟河：由加拿大西北部注入北極海。
mack·er·el ['mækərəl] 名 (複～, ～s)〖魚〗青花魚，鯖。
'mackerel ˌpike 名〖魚〗秋刀魚。
'mackerel 'sky 名 1〖氣象〗魚鱗天。2 青花魚斑雲，鱗狀雲。
mack·i·naw ['mækə,nɔ] 名《美》麥基諾厚呢短大衣（亦稱 **Mackinaw coat**）。
mack·in·tosh ['mækɪn,tɑʃ] 名《英》膠的防水雨衣；雨衣。
mac·ra·mé ['mækrə,me] 名 U 粗絲結飾緣；流蘇花邊。
macro-《字首》表「長」、「大」、「常的」之意。
mac·ro·bi·ot·ic [,mækrobaɪ'ɑtɪk] 形有關長壽飲食法的。2 長壽的。一名奉以素食為主之長壽法的人。
mac·ro·bi·ot·ics [,mækrobaɪ'ɑtɪks] (複)《作單數》（經由素食等方式的）壽飲食法。
mac·ro·cosm ['mækrə,kɑzəm] 名 1 the ～》宇宙。2 全體系；總體；整體。
-'cos·mic 形
mac·ro·e·co·nom·ics [,mækro,ikə'nɑmɪks] 名(複)《作單數》總體經濟學。
ma·cron ['mekrɑn, -ən] 名長音記號。
mac·ro·scop·ic [,mækrə'skɑpɪk] 形 1 眼可見的。2 巨視的。**-i·cal·ly** 副
mac·u·la ['mækjələ] 名(複**-lae** [-,li]) 1 點；痣。2（太陽的）黑點。3〖眼〗（膜）白斑；（網膜）黃斑。**-lar** 形
mac·u·la·tion [,mækjə'leʃən] 名 U 點；玷污；C（動、植物的）斑紋；點。
mac·ule ['mækjul] 名污點；模糊。
一動及不及弄污，變模糊。
:mad [mæd] 形 (～·der, ～·dest) 1 瘋的，發瘋的：go ～ 發狂 / drive a person 令某人瘋狂。2《美口》憤怒的《abo at..., that 子句》；發怒的，生氣的《wi at...; about, for...》。3 狂烈的，瘋了似的不理智的；不合理的：in ～ pursuit 猛烈蹤地 / be ～ with fear 怕得要命。4 狂的，醉心的，著迷的《about, after, at, for, over...》: be ～ *about* sports 對運動迷 / go ～ *for* pop music 狂熱於流行音樂 5 很想要的《*for...*》；急切的《*to* do》：～ *for* fame 極欲獲得名聲。6 開朗活的，歡鬧的：be in ～ spirits 興高采烈 激烈的，猛烈的：a ～ gale 狂風。8 患犬病的。
(as) mad as a hatter / mad as a (Marc hare 完全瘋狂的。
like mad 瘋子似地，猛烈地，瘋狂地。
mad as hell / mad as a hornet / mad as ho / mad as a wet hen 氣得發狂。
一動 (～·ded, ～·ding) 及《古》使發瘋使發狂；使大怒。一不及《古》變瘋狂舉止瘋狂。一名怒氣，生氣，懊惱。
have a mad on...《口》對…表示生氣。
Mad·a·gas·car [,mædə'gæskɚ] 名馬加斯加（共和國）：位於非洲東南方印洋中的島國；首都為安塔那那利佛（A tananarivo）。
:mad·am ['mædəm] 名 1 貴婦人；夫人太太；小姐：Dear *M-*《給陌生女性的書開頭語》敬啓者。2 主婦；《美俚》《婉》鴇母。3《口》任性的女子。

·mad·ame [mə'dæm, 'mædəm] 名(複 **mes·dames** [me'dɑm, -'dæm]) 夫人。

mad-brained ['mæd'brend] 形急躁的；衝動的；魯莽的；頭腦發熱的。

mad·cap ['mæd,kæp] 形衝動的，魯莽的：in ～ haste 匆忙地。—名衝動的人，輕佻的女子。

'mad 'cow di,sease 名狂牛症。

mad·den ['mædn̩] 動及 **1** 使發瘋。**2** 使激怒。—不及發瘋；發狂；大怒。

mad·den·ing ['mædn̩ɪŋ] 形 **1** 使人發瘋（似）的；猛烈的；狂烈的：a ～ thirst 惱人的口渴。**2** 令人生氣的。

mad·der ['mædɚ] 名U **1**〖植〗茜草根。**2** 西草做成的染料。**3** 深紅色。

mad·ding ['mædɪŋ] 形 **1** 發瘋的，瘋狂的，狂暴的。**2** 使人發狂（似）的。

mad·dish ['mædɪʃ] 形 發瘋似的；近於瘋狂的。

mad-doc·tor ['mæd,dɑktɚ] 名《古》精神病醫師。

:made [med] 動 **make** 的過去式及過去分詞。—形 **1** 做成的《*for...*》；《常作複合詞》…製成的，…結構的：hand-*made* pottery 手工做的陶器 / a Sunday afternoon ～ *for* fun 適於玩樂的星期天下午。**2** 人工的，人造的。**3** 虛構的，捏造的：a well ～ excuse 捏造得很好的藉口。**4** 確定會成功的。**5** 填土而成的。

be made to order 正合理想[最適合]的。

have [***got***] ***it made***《俚》順利進行。

made of money《口》非常有錢的。

made up out of whole cloth 真是胡來的。

Ma·dei·ra [mə'dɪrə] 名 **1** 馬得拉群島：位於非洲西北部近海，為葡萄牙所屬群島。**2** U《常作 **m-**》馬得拉白葡萄酒。

Mad·e·leine ['mædə,lɪn] 名 **1**〖女子名〗瑪德琳。**2**《**m-**》小型糕點。

mad·e·moi·selle [,mædəmə'zɛl, ,mɑd mwɑ-] 名(複～**s** [-'zɛlz], **mes·de·moi·selles** [,medəmwə'zɛl]) **1** 小姐。**2** 對法國年輕未婚女性的稱呼。

made-to-meas·ure ['medtə'mɛʒɚ] 形 合身的；訂做的，合意的。

made-to-or·der ['medtu'ɔrdɚ] 形訂做的；像訂做似的，最理想的。

made-up ['med'ʌp] 形 **1** 編造的，捏造的；故意的：hide one's identity with a ～ name 用假名隱匿自己的身分。**2** 化了妝的；化了裝的。**3** 完成的，整理過的。**4** 決定了的，堅決的。

mad·house ['mæd,haus] 名(複**-hous·es** [-,hauzɪz]) **1**《古》精神病院。**2** 混亂與喧囂的場所：喧鬧混亂。

Mad·i·son ['mædəsən] 名 **James**, 麥迪遜（1751–1836）：美國第四任總統（1809–17）；被稱為 the Father of the Constitution。

Madison 'Avenue 名 **1** 麥迪遜大道：美國紐約市廣告業中心。**2**（美國）廣告業。

·mad·ly ['mædlɪ] 副 **1** 瘋狂地；狂亂地；猛烈地，拚命地。**2** 愚蠢地。

mad·man ['mæd,mæn] 名 (複**-men** [-mɛn)] **1** 狂人，瘋子。**2** 糊塗蛋，莽漢。

'mad ,money 名U《俚》**1** 隨身帶的零用錢；即興購物所花的錢。**2** 應急錢。

mad·ness ['mædnɪs] 名U **1** 瘋狂，精神異常；狂亂，愚行：an age of ～ 瘋狂的時代。**2** 狂犬病，恐水症。**3** 狂熱，熱中，著迷：dance to ～ 跳舞跳得入迷。

Ma·don·na [mə'dɑnə] 名 **1**《**the** ～》聖母瑪利亞。**2** 聖母畫像。

Ma'donna ,lily 名〖植〗白百合花。

mad·ras [mə'dræs,-'drɑs] 名UC **1** 馬德拉斯棉布[絲綢]。**2** 馬德拉斯頭巾。

Ma·dras [mə'dræs] 名馬德拉斯：印度南部的港市。

Ma·drid [mə'drɪd] 名馬德里：西班牙（Spain）的首都。

mad·ri·gal ['mædrɪgl] 名 **1** 抒情短詩，小戀歌。**2**〖樂〗對位法的無伴奏重唱歌曲；重唱歌曲；牧歌。

mad·wom·an ['mæd,wumən] 名 (複**-wom·en** [-,wɪmɪn]) 女狂人，瘋女。

mael·strom ['melstrəm] 名 **1** 大漩渦；《**the M-**》挪威西北海岸的大漩渦。**2** 大混亂，動亂，激動。

mae·nad ['minæd] 名 **1** = bacchante. **2** 狂熱的女人；狂怒的女人。**-'nad·ic** 形

ma·es·to·so [mar'stoso, ,maɛs'toso] 形副〖樂〗雄偉的[地]，壯嚴的[地]。

maes·tro ['maɪstro] 名 (複～**s**, **-tri** [-tri]) **1** 大作曲家；名指揮；名音樂教師；《**M-**》其敬稱。**2** 大師，泰斗。

Mae·ter·linck ['metɚ,lɪŋk] 名 **Comte Maurice**, 梅特林克（1862–1947）：比利時詩人、劇作家、散文家；曾獲諾貝爾文學獎（1911）。

'Mae 'West ['me-] 名救生衣。

maf·fick ['mæfɪk] 動不及《英口》歡欣鼓舞；狂歡。～**·er** 名

Ma·fi·a ['mɑfɪə] 名 **1** 黑手黨。**2**（在西西里島）(1)《**m-**》偏激的反政府情緒。(2) 反政府祕密結社。**3**《常作 **m-**》排外集團，派閥。

ma·fi·o·so [,mæfɪ'oso] 名 (複 **-si** [-si]) 黑手黨成員；祕密犯罪集團成員。

mag [mæg] 名《口》= magazine 1.

Mag [mæg] 名〖女子名〗瑪格（Margaret 的暱稱）。

mag. 《縮寫》*mag*azine; *mag*net(ic).

·mag·a·zine ['mægə,zin, ,mægə'zin] 名 **1** 雜誌，期刊：a weekly ～ 週刊 / a literary ～ 文藝雜誌。**2** 週日增刊附贈的雜誌。**3** 彈藥庫；軍需品倉庫；彈匣；燃料補給室，儲炭室；倉庫，儲藏室。**4**《集合名詞》軍需品。**5** 工具箱；〖攝〗軟片盒。**6** 物產富饒地帶。

Mag·da·la ['mægdələ] 名〖聖〗抹大拉：

M

巴勒斯坦的古代城鎮。

Mag·da·lene ['mægdəlɪn] 名 1《the ～》= Mary Magdalene. 2《m-》從良的妓女；妓女感化院。

mage [medʒ] 名《古》魔術師。

Ma·gel·lan [mə'dʒɛlən] 名 1 **Ferdinand**, 麥哲倫（約1480－1521）：葡萄牙航海家。2《the ～》**Strait of**, 麥哲倫海峽：位於南美洲大陸南端，連接大西洋和太平洋。

ma·gen·ta [mə'dʒɛntə] 名 U 1 品紅：一種紫紅色染料。2 紫紅色，深紅色。

Mag·gie, -gy ['mægɪ] 名〖女子名〗瑪姬（Margaret 的暱稱）。

mag·got ['mægət] 名 1 蛆。2 狂想，怪念頭：have a ～ in one's brain 異想天開，想入非非。

mag·got·y ['mægətɪ] 形 1 長滿蛆的，爬滿蛆的。2 異想天開的；善變的：a ～ fancy 胡思亂想。

Ma·gi ['medʒaɪ] 名 (複)(單 **-gus** [-gəs]) 1《the ～》〖聖〗東方三博士。2《m-》魔法師。

:mag·ic ['mædʒɪk] 名 U 1 魔法，巫術，咒術：practice ～ 施以魔法 / as (if) by ～ 不可思議地。2 魔力；不可思議的力量，難以抗拒的魅力：the ～ of love 愛的魔力。3 戲法，魔術。

like magic 立刻，瞬間。

—形《限定用法》1 被施予魔法的，魔法的，由於魔法的：a ～ show 魔術表演。2 有魔力的，不可思議的。

—動 (-icked, -ick·ing) 及 用魔法改變。

magic away 用魔法使…消失。

mag·i·cal ['mædʒɪkl] 形 魔法造成（似）的；不可思議的。～**·ly** 副

'magic 'bullet 名 特效藥；良方，妙策。

'magic 'carpet 名 魔毯。

'magic 'eye 名《M-E-》〖商標名〗魔眼，電眼。

·ma·gi·cian [mə'dʒɪʃən] 名 1 巫師，行巫術者。2 魔術師；術士；如玩魔術般巧妙的人：a word ～ 語言魔術師（指作家）。

'magic 'lantern 名 幻燈機。

'Magic ,Marker 名〖商標名〗《美》奇異筆。

'magic 'number 名 魔術數字；所需數字。

'magic 'square 名 魔術方陣。

'magic 'wand 名 1 魔杖。2 萬靈藥。

'Ma·gi·not ,Line ['mæʒə,no-] 名 馬其諾防線：第二次世界大戰以前，法國在德法邊境構築的防線。

mag·is·te·ri·al [,mædʒɪs'tɪrɪəl] 形 1（合乎）治安法官的；公正的；行政官的。2 有權威的，莊嚴的：～ authority 有影響力的權威。3 自大的，跋扈的。4 碩士的：a ～ thesis 碩士論文。～**·ly** 副

mag·is·tra·cy ['mædʒɪstrəsɪ] 名 U 1 行政官之職務；行政（官）管轄區。2《集合名詞》行政官，地方法官（亦稱 **mag·is·tra·ture** [-,tretʃə-]）。

mag·is·tral ['mædʒɪstrəl] 形〖藥〗醫師處方的；特別調製的，爲特殊病例開處方的。

mag·is·trate ['mædʒɪs,tret, -trɪt] 名 1 行政官，執政官：the chief [the first] ～ 總統；國王；元首；行政長官；州長；市長。2 地方司法官，地方推事。

mag·lev ['mæg,lɛv] 名 磁浮列車。

mag·ma ['mægmə] 名 (複～s, ～·ta [-tə]) 1 天然混合物；U〖地質〗岩漿。2〖化藥〗乳劑。**mag·mat·ic** [mæg'mætɪk] 形

Mag·na Char·ta [Car·ta] [,mægnə'kɑrtə] 名 1《the ～》〖英史〗大憲章。2 保障人民權利的基本法。

mag·na·li·um [mæg'nelɪəm] 名 U 鎂鋁合金。

mag·na·nim·i·ty [,mægnə'nɪmətɪ] 名 (複-ties) 1 U 度量大，寬宏大量；高尚。2《通常作 -ties》寬宏大量的行爲。

mag·nan·i·mous [mæg'nænəməs] 形 寬宏大量的，有氣度的。2 清高的，高尚的。～**·ly** 副, ～**·ness** 名

mag·nate ['mægnet] 名 1 有力者；大事業家；大亨，鉅子：a financial ～ 金融界大亨。2 傑出人材，泰斗。

mag·ne·sia [mæg'niʃə, -ʒə] 名 U 氧化鎂；碳酸鎂。

mag·ne·si·um [mæg'niʃɪəm, -ʒɪəm] 名 U〖化〗鎂。符號：Mg

mag'nesium ,light 名 U 鎂光。

·mag·net ['mægnɪt] 名 1 磁鐵，磁石；磁鐵礦：a horseshoe ～ 馬蹄形磁鐵 / a bar ～ 條形磁鐵。2 有吸引力的人[物]。

·mag·net·ic [mæg'nɛtɪk] 形 1 磁石的；磁力的；帶磁性的：a ～ flux 磁氣迴路，磁路。2 可以磁化的。3 地球磁場的。4 吸引人的，有魅力的：a ～personality 有魅力的個性。5《古》催眠的。—名 磁石；磁性體。

mag'netic 'disk 名 磁碟片。

mag'netic 'field 名 磁場。

mag'netic levi'tation 名 U 磁浮。

mag'netic 'mine 名 磁性水雷。

mag'netic 'needle 名（羅盤的）磁針。

mag'netic 'north 名 磁北。

mag'netic 'pole 名 磁極。

mag·net·ics [mæg'nɛtɪks] 名 (複)《作單數》磁學。

mag'netic 'storm 名 磁暴。

mag'netic 'tape 名 磁帶，錄音帶，錄影帶。

mag·net·ism ['mægnə,tɪzəm] 名 U 1 磁性，磁氣；磁力。2 磁學。3 吸引力，魅力：the ～ of the big city 大都市的魅力。

mag·net·ite ['mægnə,taɪt] 名 U 磁鐵礦。

ag·net·ize ['mægnə,taɪz] 動 及 **1** 使磁
匕，使生磁性。**2** 吸引，迷住；使迷醉。
i·'za·tion 名

ag·ne·to [mæg'nito] 名(複 ~**s**)（內燃
幾等的）磁石發電機。

ag·ne·to·e·lec·tric·i·ty [mæg,nitoɪ
ɛk'trɪsətɪ] 名 U 磁電。**-'lec·tric** 形

ag·ne·tom·e·ter [,mægnə'tɑmətɚ] 名
滋力針，地磁儀。

ag·ne·to·'mo·tive 'force [mæg,nito
motɪv-] 名 U 〖電〗起磁力，動磁力。

ag·ne·to·sphere [mæg'nito,sfɪr] 名
（**the** ~）（地球的）磁層；天體磁層。

agnet 'school 名《美》明星學校。

Iag·nif·i·cat [mæg'nɪfɪ,kæt] 名 **1**《**the**
~》聖母瑪利亞讚美歌：sing (the) *M-* at
natins 在晨禱時唱晚禱的歌；做出不合時
宜的事。**2**《**m-**》讚美歌，頌歌。

ag·ni·fi·ca·tion [,mægnəfə'keʃən] 名
U 放大，擴大；C 放大圖[像]。**2** U C
鏡頭等的）放大率。**3** U 稱讚，讚美。

ag·nif·i·cence [mæg'nɪfəsn̩s] 名 U **1**
土麗，雄壯。**2** 莊嚴的氣氛。

ag·nif·i·cent [mæg'nɪfəsn̩t] 形 **1** 宏大
勺，堂皇的；高尚的，崇高的：a ~ sight
土觀的景象。**2** 卓越的，了不起的：a ~
ay 極其美好的一天。**3** 偉大的。**4** 龐大
勺；奢華的：a ~ way of life 奢侈的生活
方式。~**·ly** 副

ag·nif·i·co [mæg'nɪfə,ko] 名 (複~**es**)
（古代的）威尼斯貴族。**2**（一般的）貴
乀，貴族；高官；顯要人物。

ag·ni·fi·er ['mægnə,faɪɚ] 名 擴大者；
廣大器；（尤指）放大透鏡，放大鏡。

ag·ni·fy ['mægnə,faɪ] 動 (**-fied**, ~**·ing**)
及 **1**（用透鏡等）把…放大；（實際上）把
·放大；增強…的效果：This microscope
nagnifies objects 500 times. 這個顯微鏡使
勿體放大五百倍。**2** 誇大，誇張：~ one's
roblems 誇大自己的問題。**3**《古》頌揚，
讚美。一 不及（透鏡等）具有放大功能。

agnifying ,glass 名 放大鏡。

agnifying ,power 名 U（透鏡等
勺）放大率，倍率。

ag·nil·o·quent [mæg'nɪləkwənt] 形
矞飾的，誇張的。**-quence** 名, ~**·ly** 副

ag·ni·tude ['mægnə,tjud] 名 **1** U（
數量的）大小：the ~ of a swamp 沼澤地
勺廣大。**2** U 重要性；（精神的）偉大：
roblems of very great ~極重大的問題。
〖天〗（星的）光度，星等：a star of the f
rst ~ 一星等的星。**4** 級（表示地震強度
勺單位；符號爲M）：The ~ was 5 on the
Richter scale. 地震強度在芮氏地震儀上爲
五級。

f the first magnitude (1) 最重要的，一流
勺。(2) 一等星的。

ag·no·lia [mæg'nolɪə] 名〖植〗木蘭
屬的植物[花]。

Iag'nolia 'State 名 木蘭花州：美國
Mississippi 州的別稱。

mag·num ['mægnəm] 名 **1**（約可裝五十
液盎斯的）大酒瓶。**2** 可裝填大量彈藥火
力特強的槍炮。

'magnum 'opus 名 大事業；（藝術家
的）代表作；（文學、藝術的）鉅著，傑
作。

mag·pie ['mæg,paɪ] 名 **1**〖鳥〗鵲。**2** 愛
說話的人；愛收集物品的人。**3**《英》（靶
的）由外算起第二圈；命中第二圈的箭
[子彈]。

mag·uey ['mægwe] 名〖植〗龍舌蘭屬。

Ma·gus ['megəs] 名 **Magi** 的單數形。

Mag·yar ['mægjɑr] 名 **1** 馬札兒人。**2**
U 馬札兒語，匈牙利語。一 形 馬札兒人
[語]的，匈牙利語的。

ma·ha·ra·ja(h) [,mɑhə'rɑdʒə] 名 大君（
印度王侯的尊號），（尤指）土邦的邦
主。

ma·ha·ra·nee, -ni [,mɑhə'rɑni] 名
maharajah 之妃；女大君。

ma·ha·ri·shi [,mɑhə'riʃi] 名〖印度教〗
精神導師。

ma·hat·ma [mə'hætmə] 名 **1**（婆羅門
的）聖者。**2**（印度通神學裡的）具大智慧
的大靈魂，大聖；《**M-**》聖雄：*M-* Gan-
dhi 聖雄甘地。**3** 巨匠，名家。

Ma·ha·ya·na [,mɑhə'jɑnə] 名 U〖佛
教〗大乘：~ Buddhism 大乘佛教。

Mah·di ['mɑdi] 名 (複~**s** [-z]) **1** 回教救
世主的稱號。**2** 自稱 Mahdi 的人。
-dism 名 U 相信 Mahdi 降臨的信仰。

Ma·hi·can [mə'hikən], **Mo-** [mo-] 名
(複~**s** [-z], ~) 摩希根族[人]：北美印第安
人之一族。

mah-jong(g) ['mɑ'dʒɑŋ, -'dʒɔŋ] 名 U 麻
將。一 動 不及（麻將）胡了，勝了。

mahl·stick ['mɔl,stɪk] 名 畫杖，腕木。

ma·hog·a·ny [mə'hɑgənɪ] 名 (複**-nies**)
1〖植〗桃花心木；U（製高級家具用的）
桃花心木材。**2** U 桃花心木顏色，赤褐
色。**3**《英口》桌子，（尤指）餐桌。一 形
1 桃花心木（製）的。**2** 桃花心木顏色的。

Ma·hom·et [mə'hɑmɪt], **-ed** [-ɪd] 名
= Muhammad.

Ma·hom·e·tan [mə'hɑmətən] 名 形 =
Muslim.

ma·hout [mə'haut] 名（印度的）象奴，
趕象者，照料象的人。

·maid [med] 名 **1**《文》少女，年輕的未婚
女性；《古》處女。**2**《常作複合詞》女
僕，女傭人：a ~ of all work 打雜的女工
[傭僕]；什麼工作都做的人。
一 動 不及 幫傭。一 及 做女傭服侍（人）。

·maid·en ['medn̩] 名 **1**《文》少女；處女：
a ~ of twelve summers 十二歲的少女。**2**
尚未跑贏比賽的馬。一 形 **1** 少女[處女]（
似）的：~ innocence 少女特有的純潔。
2（女性）未婚的：a ~ aunt 未婚的姑婆。
3（武士等）未作過戰的；（武器等）未使

用過的；（要塞等）未曾被占據的。**4** 初次的：a ～ voyage 處女航。**5**（馬）未跑贏過的：a ～race 全由未跑贏過的馬參加的競賽。

maid·en·hair ['medn̩,hɛr] 名 U 〖植〗石長生屬羊齒植物。

maid·en·hair-tree ['medn̩,hɛr,tri] 名= ginkgo.

maid·en·head ['medn̩hɛd] 名 **1** U《古》處女時期，處女狀態。**2** 處女膜。

maid·en·hood ['medn̩,hud] 名 U 處女狀態，純潔；少女時代。

maid·en·ly ['medn̩lɪ] 形 少女[處女]（似）的；嬌羞的，溫柔的；純潔的。

'maiden 'name 名（女性的）娘家的姓，本姓。

maid·hood ['med,hud] 名 **1** = maidenhood. **2** 女傭的身分。

maid-in-wait·ing ['medɪn'wetɪŋ] 名（複 **maids-in-waiting**）宮女。

'maid of 'honor [《英》**'honour**] 名 **1** 女儐相。**2**（后妃、公主的）侍女。

maid·ser·vant ['med,sɝvənt] 名 女僕。

:mail[1] [mel] 名 **1** U《集合名詞》郵件，信件；郵政（制度）：the domestic ～國內郵件。**2**《**the** ～(**s**)》（特定的）一批郵件：take *the* ～*s* 取郵件。**3** 郵政運輸工具；郵差。**4**《通常作 **the** ～》（特定時間所做的）郵件投遞[收集等]郵班：*the* 9 o'clock ～ 九點鐘的郵班。一形 郵寄的；郵件的；輸送郵件的：foreign ～ rates 國外郵資。一動 及 投郵，郵寄《*to*...》：～ a book (*to* him) 郵寄一本書（給他）。**～·a·ble** 形《美》（法律上規定）可郵寄的。

mail[2] [mel] 名 U **1** 鎖子甲袍；《廣義》鎧甲：a coat of ～ 一套鎧甲。**2**（龜、蝦等的）甲殼。一動 及 使穿鎧甲，使武裝。**mailed** 形，**'mail·less** 形

mail·bag ['mel,bæg] 名 **1**《美》（郵差的）郵件袋。**2**（輸送郵件用的）郵袋。

'mail ,bomb 名 郵件炸彈。

mail·box ['mel,bɑks] 名《美》**1** 郵箱，郵筒。**2**（電腦的）電子信箱。

'mail ,carrier 名《美》郵務士。

'mail ,cart 名 **1** 郵車。**2** 嬰兒車。

'mail ,chute 名 郵件滑送槽。

'mail ,drop 名 **1** 投郵口。**2** 通訊處；（尤指）間諜的聯絡處。

'mailed 'fist 名《**the** ～》武力；武力威脅。

mail·er ['melɚ] 名 **1** 郵寄者。**2** = mailing machine.

Mail·gram ['mel,græm] 名《美》**1**〖商標名〗郵遞電報服務。**2** 郵遞電報。

mail·ing[1] ['melɪŋ] 名 U 郵遞；郵寄物。

mail·ing[2] ['melɪŋ] 名《蘇》租用的農地；佃農付的租金。

'mailing ,list 名 郵寄名單。

'mailing ma,chine 名 郵件處理機。

mail·lot [mɑ'jo] 名 **1**（舞者、選手等的）緊身衣。**2**（連身式、緊身的）女[裝]；（緊身的）針織衫；（尤指套頭的）高領衫。

mail·man ['mel,mæn] 名（複 **-men**）《美》（男的）郵差（《英》postman）。

'mail ,order 名 U〖商〗郵購。

mail-or·der ['mel,ɔrdɚ] 形 郵購的：～ house 郵購公司。一動 及 郵購。

'mail ,person 名（男或女的）郵差

·maim [mem] 動 及 **1** 使殘廢。**2** 損[壞]（東西），使殘缺。

:main[1] [men] 形 **1** 主要的：the ～ buil[ding] 主樓，正樓。**2** 完全的，極度的：by ～ force 盡全力地；全靠武力地。**3**〖文[法]〗主要的。**4**〖海〗主桅的。一名 **1**（自[來水]管等的）總管；《通常作～**s**》幹線；《英》電插座。**2** U 力量；奮鬥：with m[ight] and ～ 竭盡全力地。**3**《**the** ～》主要部分，要點。**4**《**the** ～》《文》大海[；公]海；本土，大陸。一動 及《俚》把（[毒品]等）注射入靜脈。

main[2] [men] 名 **1** 鬥雞（比賽）。**2**（[擲骰子]時）從五到九的點數。

'main 'chance 名《**the** ～》最有利[的機]會，（賺錢的）最好機會。

'main 'clause 名〖文法〗主要子句，獨立子句。

'main 'course 名 **1**《美》主菜。**2**〖[海]〗主桅的方形主帆。

'main 'drag 名《俚》主要街道，大[街]

Maine [men] 名 緬因：美國東北部的州；首府爲 Augusta。略作：Me.

from Maine to California 全美國。

main·frame ['men,frem] 名〖電腦〗[電]腦主機；（尤指）電腦主機與其機殼

·main·land ['men,lænd, 'menlənd] 名（[通]常作 **the** ～）本土，大陸。**～·er** 名

'main 'line 名 **1**（鐵路的）幹線。[**2**《]美》主要道路。**3**《美俚》靜脈；毒品[的]注射。

main·line ['men,laɪn] 動 不及《美[俚]》做靜脈注射。一及 把（毒品）注射[入靜]脈。

·main·ly ['menlɪ] 副 主要地；大部分[地]；基本上，大體上。

main·mast ['men,mæst] 名〖海〗[主]桅。

main·sail ['men,sel] 名〖海〗主帆。

main·sheet ['men,ʃit] 名〖海〗主帆[索]

main·spring ['men,sprɪŋ] 名 **1** 主發[條]。**2** 原動力，主要動力；主要影響。

main·stay ['men,ste] 名 **1**〖海〗主[桅支]索。**2** 主要的支撐物，靠山。

'main 'stem 名《美俚》**1** 主要街道[，繁]華的大街。**2**（鐵路的）幹線。

main·stream ['men,strim] 名 **1**《[the] ～》主流，大趨勢。**2** 主流派風格。一[動] 及《美》使與一般兒童一起接受正[規教]育。

ıainstream ˌculture 名 U 主流文化。

Main ˌStreet 名 1 主要街道，最繁華的街道。2《集合名詞》地方小鎮的保守人士。

ıain·tain [men'ten, mən'ten] 動 及 1 保持，維持；繼續，持續進行：～ an average speed of 450 mph 保持時速 450 哩的平均速度 / ～ neighborly relations 保持睦鄰關係。2 使保持正常的狀態；保養，維護：～ one's automobile 保養汽車。3 (1) 主張，堅決地提出；堅持…是如何如何。(2) 擁護，支持。4 保衛，防守：～ one's right 保衛自己的權利。5 扶養；贍養《on ...》；供養《in...》：～ oneself on 100 dollars a week 靠每週一百美元過活。

～·a·ble 形, ～·er 名

ıain'tained ˌschool 名 國立學校。

ıain·te·nance ['mentənəns] 名 U 1 保養，維修；維持，保持；擁護；主張；扶養：costs of ～ 維護費。2 扶養費，生活費：separate ～ 分居贍養費。

ıaintenance ˌorder 名（法院發出的）贍養令。

ıain·top ['men,tɑp] 名〖海〗主桅樓。

ıain-top·mast [ˌmen'tɑpmæst,〖海〗-məst] 名〖海〗主一接桅。

ıain-top·sail [ˌmen'tɑpsel,〖海〗-'tɑsl] 名〖海〗主一接帆。

ıain ˌyard 名〖海〗主桅的帆桁。

ıai·son·ette, -nette [ˌmezə'nɛt] 名 1 小房子。2《英》兩層式公寓套房（《美》duplex apartment）。

ıaî·tre d' [ˌmetrə'di] 名(複～s [-'diz])《口》= maître d'hôtel

ıaî·tre d'hô·tel [ˌmetrədo'tɛl] 名 (複 maî·tres d'hô·tel) 1（旅館的）經營者；侍者領班。2 僕役長，男管家。

aize [mez] 名 1《主英》《專門用語》= corn[1] 1. 2 U 玉米色，淡黃色。

ıaj. 《縮寫》Major.

a·jes·tic [mə'dʒɛstɪk], **-ti·cal** [tɪkl] 形 威嚴的，莊嚴的；堂皇的。**-ti·cal·ly** 副

aj·es·ty ['mædʒəstɪ] 名 (複-ties) 1 U 帝王的威嚴，尊嚴；莊嚴；高貴的風格：with ～ 威嚴地。2《通常作 the ～》至高的權威；主權：the ～ of the law 法律的至高權力。3《通常作 M-》《通常作 his [her, your, their] ～》陛下：Your Majesties《稱呼》各位陛下。4 王族（的人）。

Christ in Majesty 頭頂光圈、坐在王座上的基督畫像或塑像。

a·jol·i·ca, ma·iol- [mə'dʒɑlɪkə, -'jɑ] 名 U 馬約爾卡陶器。

a·jor ['medʒɚ] 名 1〖軍〗少校。2 成年人，成人。3《美》主修科目，主修科目的學生：a history ～ 主修歷史的學生。〖樂〗大音程，大調。5《the ～s》= major league. 6 一流的人；能力特強的人；首腦。7〖理則〗大前提。—形 1 較大的；主要的：a ～ disaster 大災難。2 一流的；重要的，主要的；重大的：a ～ decision 重大的決定。3 嚴重的，有生命危險的：a ～ operation 大手術。4 多數的，過半數的：hold the ～ interest in a corporation 擁有公司過半數的股權。5 達到成年年齡的，成人的。6《美》主修的，專攻的。7〖樂〗大音程的，大調的：a sonata in C ～ C 大調奏鳴曲 / a ～ scale 大音階。—動 不及《美》主修，專攻《in...》。—副 1《美俚》實在，的確。2《美俚》最，極。

ma·jor-do·mo ['medʒɚ'domo] 名 (複 ～s [-z]) 總管家；僕役長，總管。

ma·jor·ette [ˌmedʒə'rɛt] 名 = drum majorette.

'major 'general 名《通常作 M- G-》〖軍〗陸軍少將；空軍少將。

·ma·jor·i·ty [mə'dʒɔrətɪ, -'dʒɑr-] 名 (複 -ties) 1《作單、複數》大多數，大部分《of...》：in the ～ of cases 通常，大抵上 / spend the ～ of the day doing nothing 無所事事地消磨了大半天 / be in (the) ～ 占多數，過半數。2《通常作 a ～》票數差：win an election by *a* narrow ～ 以些微差距贏得選舉。3 多數黨，多數派。4 U 成年，法定年齡。5 少校的職位。

join the (great) majority 死去，死亡。

ma'jority ˌleader 名《美》(議會的）多數黨領袖。

ma'jority ˌwhip 名 多數黨黨鞭。

'major 'key 名〖樂〗大調。

'major 'league 名 1〖棒球〗《美》美國兩大職業棒球聯盟之一。2《the M-L-》美國職棒大聯盟。

ma·jor-lea·guer ['medʒɚ'ligɚ] 名《美》職業棒球大聯盟的球員。

ma·jor·ly ['medʒɚlɪ] 副 1 非常。2 主要地。

ma·jor-med·i·cal ['medʒɚ'mɛdɪkl] 名 形《美》醫療保險制度（的）。

'major 'premise 名〖理則〗大前提。

'Major 'Prophets 名(複)《the ～》大先知書；大先知書作者。

'major 'suit 名〖牌〗紅心或黑桃。

ma·jus·cu·lar [mə'dʒʌskjəlɚ] 形 大寫的，大寫字母的。

ma·jus·cule [mə'dʒʌskjul] 形 大寫的；大寫字母的。—名 大寫字母。

:make [mek] 動 (made, mak·ing) 及 1 (1) 做，製作；建造；創作，創造；撰寫；制定，立（遺囑）：～ a boat 造船。(2) 幫（人）做：～ her a new dress 為她做一件新衣服。(3) 製成；使變成：～ tires (out) of rubber 用橡膠製成輪胎。(4) 設立《for ...》。2 備齊，準備：～ a fire 生火。3 使產生，導致；成為…的原因：～ peace 修好；締造和平條約 / ～ a sensation 造成轟動 / Haste ～*s* waste.《諺》欲速則不達。4 實行；對（人）做：～ a fight 戰鬥 / ～ an advance 前進 / ～ a journey 旅行。5 獲

M

得；賺；置產；結交；樹立（敵人等）；得（分）：～ a reputation 博得名聲 / ～ £2,000 a year 一年賺兩千英鎊。6 ⑴ 使成爲，描繪；表現，當作：～ a room warm 使房間溫暖。⑵ 任命，指名：～ a person chairman 指定某人當主席。7 使改變爲：～ a friend of an enemy 化敵爲友。8 令（人、物）做。9 ⑴ 心存：～ a judgment of... 下判斷 / ～ no doubt of his innocence 對他的清白毫無懷疑。⑵ 估計，計算成：～ the distance to be two miles 估計距離有兩哩。⑶ 認爲，解釋《 *of...* 》。10 成長爲，可以變成；成爲（某人）的…；宜用作。11 構成；組成；合計，一共。12 足以構成；充分達到。13 保證成功。14 走（一段距離），以（某種速度）行進：～ 70 miles an hour 以時速七十哩前進。15 ⑴ 到達，抵達。⑵《口》趕上。16《美口》占有[獲得] 地位。17 刊載；被列入；成爲一員。18《美俚》引誘，誘姦；說服…以達到自己的目的。19〖牌〗叫牌；贏得；贏了；洗（牌）。20 接通，打開開關。—不及 1 ⑴ 裝，表現得《 *as if, as though ...* 》。⑵ 將要開始。2 成爲《 *of..., to* do, *that* 子句 》。3《口》朝，延伸，通過《 *for, to, toward...* 》。4 增加。5 指向；具有效果。6 被製造，被製作。

***as...as they make'em* [*make them*]**《俚》非常，很。

have* (*got*) *it made 《俚》很成功，好極了。

make after... 追趕，追求。

make against... 不利於，妨礙。

make as if... 假裝。

make at... 襲擊，朝…撲去。

make away 匆匆離去，逃走。

make away with... ⑴ 擺脫，處理掉。⑵ 盜取，偷走。⑶ 殺，滅掉。⑷ 用光；吃完。

make believe ⇨ BELIEVE（片語）

make bold to do ⇨ BOLD（片語）

make do ⇨ DO（片語）

make for... ⑴ 朝…的方向，接近。⑵ 猛進，襲擊。⑶ 有益於，便於。

make good ⇨ GOOD（片語）

make it 《口》⑴ 圓滿達成，成功；順利抵達《 *to...* 》。⑵ 趕上。⑶ 性交《 *with ...* 》。

make it big 《俚》（對社會）成功。

make it up to... ⑴ 合計。⑵ 補償《 *for ...* 》。

***make it up* (*with*)** …（與…）和解[復交]。

make like... 《俚》模仿；假扮；充當。

make off 溜走，急忙離去。

make off with... ⑴ 捲逃，攫走，盜取。⑵ 用完，浪費。

***make or mar* [*break*]** 不成功便失敗；左右成敗，掌握關鍵所在。

make out ⑴《口》進展。⑵《俚》做愛，性交；擁吻。

make...out* / *make out... ⑴ 開，寫。⑵ 看清，辨讀。⑶ 理解《 *if* 子句, *wh-* 子句 》。⑷ 證明，聲明。⑸ 說得像…似的；主張，裝得好像…似的。⑹ 做好，完成。

make over ⑴ 重做，改做；變更《 *int...* 》。⑵ 轉讓《 *to...* 》。

make toward... 朝著…前進。

make up ⑴ 被裁製成《 *into...* 》。⑵ 化妝，裝扮。⑶ 和解《 *with...* 》。⑷ 彌補，補償《 *for...* 》。⑸ 增加，逐漸增強。

make...up* / *make up... ⑴ 構成，形成。⑵ 編成，編纂。⑶ 調（藥）；織（布），做（衣服）。⑷ 捏造。⑸ 彌補，取回。⑹ 完成；使完全。⑺ 準備；整理。⑻ 訂立決定。⑼ 仲裁，圓滿解決。⑽〖印〗組排。⑾《常用被動或反身》使扮成《 *a...for...* 》。⑿《常用被動或反身》化妝。⒀ 清算，結算。⒁ 補考，重修，補修。

make up to... ⑴《口》想親近；取悅，諂媚；求愛。⑵ 接近，靠近。

make with... 《美俚》《**the** +名詞》⑴ 做動作，使用。⑵ 帶來；產生。

—名 U C 1 製造；構造，構成；製作工序；形式；體格。2 性格，氣質。3《與修飾語連用》…製；種類，牌子；製造廠商。4 製作，製造；生產額。5〖電〗接通。

on the make 《口》⑴ 熱中於成功、成名、賺錢等。⑵ 正在增加、前進、向上、成長等，正在形成中。⑶ 追求異性。

make-be·lieve ['mekbɪˌliv] 名 1 U 假裝，虛構。2 僞裝的人，假裝的人。—形 僞裝的；虛構的。

make-do ['mek,du] 形，名 (複～s [-z]) 權充的（東西），代用的（東西）。

make-or-break ['mekɚ'brek] 形 非成功即失敗的。

make·over ['mek,ovɚ] 名 1 變更，改造。2 煥然一新。

·mak·er ['mekɚ] 名 1 製作人，製造者；製造廠家，製造機。2《**the M-, our M-**》造物主，神。3 出證明的人；期票出票人。4《古》詩人。

meet one's Maker 死。

make·shift ['mek,ʃɪft] 名 暫時代用品，權宜之計。—形 權充的，暫時的。

make(-)up ['mek,ʌp] 名 1 U C 化妝品；化妝；舞臺化妝，化裝用品：put on one's ～ 化妝，上妝。2 構造，結構；體格；體質；氣質，性格：the ～ of a committee 委員會的組成。3 版面設計；體裁：the artistic ～ of a magazine page 雜誌版面的精美設計。4《美口》補考。

make·weight ['mek,wet] 名 1 平衡砝碼。2 補充不足所加之物，補充。

make-work ['mek,wɝk] 名 U 爲了不讓人閒下來所加的額外工作。

mak·ing ['mekɪŋ] 名 1 U 製造；形成；構造，構成。2《通常作 **the** ～》成功[發展] 的可能性《 *of...* 》。3《通常作 ～**s**》特性，素質；能力。4《 ～**s** 》所

的材料；《美俚·澳俚》紙和煙草絲。**5** 製作物，製品；《**a** ～》（一次的）製造量。**6**《～**s**》《口》利益，利潤。

in the making 正在製造中，在形成中。

nal- 《字首》表「惡」、「不良」、「不全」、「異常」之意。

Ma·lac·ca [mə'lækə] 名 **1** 麻六甲：馬來西亞的一州；其首府。**2 the Strait of** ～ 麻六甲海峽。

Ma'lacca 'cane 名麻六甲手杖。

Mal·a·chi ['mælə,kaɪ] 名〖聖〗**1** 瑪拉基：西元前五世紀的預言家。**2** 瑪拉基書：舊約聖經中的最後一書。略作：Mal.

nal·a·chite ['mælə,kaɪt] 名Ⓤ孔雀石。

nal·a·dapt [,mælə'dæpt] 動及未善加利用；不適當地利用，濫用。

nal·ad·ap·ta·tion [,mælədæp'teʃən] 名ⓊⒸ不適合，不適應。**-a·'dapt·ed** 形

nal·a·dap·tive [,mælə'dæptɪv] 形 無順應性的，適應不良的。

nal·a·dept [,mælə'dɛpt] 形 不高明的，不熟練的，外行的。

nal·ad·just·ment [,mælə'dʒʌstmənt] 名Ⓤ 調整不當，調節不當；不適應。

nal·ad·min·is·ter [,mæləd'mɪnəstɚ] 動及不當地處理。

nal·ad·min·is·tra·tion [,mæləd,mɪnə'streʃən] 名Ⓤ 失策，處理不當；弊政。

nal·a·droit [,mælə'drɔɪt] 形笨拙的，反應遲鈍的。～**·ly** 副, ～**·ness** 名

nal·a·dy ['mælədɪ] 名 (複**-dies**) **1**（尤指慢性的）疾病：a lifelong ～不治的痼疾 / spiritual *maladies* 道德敗壞。**2** 弊病，弊端。

na·la fi·de ['melə'faɪdɪ] 形 副《拉丁語》不誠實的[地]，懷有惡意的[地]。一名 (複 **mala fi·des** [-diz]) 不誠實；惡意。

Mal·a·ga ['mæləgə] 名 **1** Ⓤ馬拉加（葡萄酒）。**2** 馬拉加葡萄。

Mal·a·gas·y [,mælə'gæsɪ] 名 (複～, **-gas·ies**) **1** 馬達加斯加（Madagascar）島的人。**2** Ⓤ 馬達加斯加語。一形 馬達加斯加（人、語）的。

na·laise [mæ'lez] 名ⓊⒸ **1** 身體不舒服，不適。**2** 焦急，不安，不快。

nal·a·prop·ism ['mæləprɑp,ɪzəm] 名ⓊⒸ文字的荒謬誤用；被誤用的字句。

nal·ap·ro·pos [,mælæprə'po] 形 不恰當的，不合時宜的。一副不恰當地。

na·lar ['melɚ] 形〖解〗臉頰的；顴骨的。一名顴骨。

na·lar·i·a [mə'lɛrɪə] 名Ⓤ〖病〗瘧疾。

na·lar·i·al [mə'lɛrɪəl] 形 瘧疾的；患了瘧疾的（亦稱 **malarious**）。一名瘧疾患者。

Ia·la·wi [mə'lɑwi] 名馬拉威：位於非洲東南部；首都爲里郎威（Lilongwe）。～**·an** [-ən] 形名馬拉威的[人]。

Ia·lay [mə'le, 'mele] 名馬來人；Ⓤ馬來語。一形馬來人的，馬來語的。～**·an** 名形馬來人（的）。

Ma·lay·a [mə'leə] 名馬來半島。

'Malay Archi'pelago 名《**the** ～》馬來群島。

Ma·lay·sia [mə'leʒə, -ʒɪə] 名 馬來西亞：位於馬來半島的君主立憲國；首都爲吉隆坡（Kuala Lumpur）。**-sian** [-ʒən, -ʃən] 名形 馬來西亞人（的）。

mal·con·tent ['mælkən,tɛnt] 形 不滿的；批判性的。一名不滿者，反抗者。

mal·de·vel·op·ment [,mældɪ'vɛləpmənt] 名Ⓤ畸形，不正常的成長或發展。

mal·dis·tri·bu·tion [,mældɪstrə'bjuʃən] 名ⓊⒸ分配不當。

Mal·dives ['mɔldivz, 'mældaɪvz] 名馬爾地夫（共和國）：印度洋中的群島國；首都爲瑪律（Malé）。**-div·i·an** [-'dɪvɪən] 形名馬爾地夫的[人]。

·male [mel] 形**1** 男的，雄性的；只有雄蕊的；〖機〗凸的，陽的：a ～ screw 陽螺釘。**2** 男性的，男性美的：a deep ～ voice 低沉的男聲。**3** 由男性構成的。
一名男人，男性；雄性；雄性植物，雄株。

male- 《字首》表「壞」、「不良」之意。

'male ,chauvinism 名Ⓤ男性沙文主義，大男人主義，男性優越主義。**'male ,chau·vin·ist** 名

'male ,chauvinist 'pig 名《常作 **M-C- P-**》《口·貶·諧》男性沙文主義豬羅，奉行大男人主義的蠢豬。略作：MCP

mal·e·dic·tion [,mælə'dɪkʃən] 名《文》詛咒；中傷，誹謗。

mal·e·dic·to·ry [,mælə'dɪktərɪ] 形 **1** 詛咒的。**2** 該詛咒的，討厭的。

mal·e·fac·tion [,mælə'fækʃən] 名ⓊⒸ壞事；非法行爲，罪行。

mal·e·fac·tor ['mælə,fæktɚ] 名 壞人；犯人；作惡的人。

'male 'fern 名〖植〗羊齒，綿馬。

ma·lef·i·cence [mə'lɛfəsn̩s] 名 Ⓤ **1** 惡行，作惡。**2** 有害性。

ma·lef·i·cent [mə'lɛfəsn̩t] 形有惡行的，作惡的；有害的；滿懷惡意的。

'male ,menopause 名《**the** ～》男性更年期。

ma·lev·o·lence [mə'lɛvələns] 名 Ⓤ惡意，憎恨：a look of ～ 惡意的眼神。

ma·lev·o·lent [mə'lɛvələnt] 形 **1** 有惡意的；懷恨的：a ～ smile 奸笑。**2** 邪惡的；爲害的。**3**〖占星〗（星星）有不良影響的。～**·ly** 副

mal·fea·sance [mæl'fizn̩s] 名ⓊⒸ〖法〗（尤指公務員的）瀆職，違法行爲。

mal·fea·sant [mæl'fizn̩t] 形 行爲不端的。一名不法之徒，瀆職官員。

mal·for·ma·tion [,mælfɔr'meʃən] 名 Ⓤ畸形；Ⓒ畸形之物。

mal·formed [mæl'fɔrmd] 形 殘缺的，

M

畸形的，奇形怪狀的。

mal·func·tion [mæl'fʌŋkʃən] 名 機能不健全；故障。—動 不及 機能失常；運作失常；發生故障。

Ma·li ['mɑlɪ] 名《the ～》馬利（共和國）：位於非洲西部；首都爲巴馬科（Bamako）。

～**·an** 形 名 馬利的[人]。

'mal·ic 'acid ['mælɪk-] 名 Ⓤ〖化〗蘋果酸。

·**mal·ice** ['mælɪs] 名 Ⓤ 1 惡意，敵意，怨恨。2〖法〗蓄意，惡謀。

ma·li·cious [mə'lɪʃəs] 形 1 有惡意的，惡毒的。2〖法〗故意的，蓄意的。～**·ly** 副

ma·lign [mə'laɪn] 動 及 說壞話，誹謗；中傷。—形 1 產生不良影響的；有惡意的。2（疾病）惡性的。～**·ly** 副

ma·lig·nan·cy [mə'lɪgnənsɪ] 名 (複**-cies**) 1 Ⓤ 有害，壞影響；惡意，敵意。2 Ⓤ〖醫〗惡性；Ⓒ 惡性腫瘤。

ma·lig·nant [mə'lɪgnənt] 形 1 極爲有害的；充滿惡意的。2（疾病等）惡性的：a ～ tumor 惡性腫瘤。～**·ly** 副

ma·lig·ni·ty [mə'lɪgnətɪ] 名 (複**-ties**) 1 Ⓤ 極端的憎恨，惡意。2 充滿惡意的行爲。3 Ⓤ（疾病的）惡性。

ma·lin·ger [mə'lɪŋgɚ] 動 不及 裝病藉以逃避差事。～**·er** 名

mall [mɔl] 名 1 林蔭道。2 步行商店街；《美》購物中心。3 中央安全島地帶。

mal·lard ['mælɚd] 名 (複～**s**,《集合名詞》～) 野鴨。

mal·le·a·ble ['mælɪəbl] 形 1 有延展性的。2 易受影響的，柔順的。**-'bil·i·ty** 名

mal·let ['mælɪt] 名 1 木槌。2 球棍。

mal·low ['mælo] 名〖植〗錦葵；葵科的總稱。

mal·mai·son [,mælmə'zɔŋ] 名 康乃馨。

malm·sey ['mɑmzɪ] 名 Ⓤ 馬得拉白葡萄甜酒。

mal·nour·ished [mæl'nɝɪʃt] 形 營養不良的，營養失調的。

mal·nu·tri·tion [,mælnju'trɪʃən] 名 Ⓤ 營養不良，營養失調。

mal·oc·clu·sion [,mælə'kluʒən] 名〖齒〗咬合不正，閉合不良。

mal·o·dor [mæl'odɚ] 名 惡臭，臭味。

mal·o·dor·ous [mæl'odərəs] 形 散發惡臭的。～**·ly** 副，～**·ness** 名

mal·po·si·tion [,mælpə'zɪʃən] 名 Ⓤ〖病〗錯位，異位；胎位不正。

mal·prac·tice [mæl'præktɪs] 名 Ⓤ Ⓒ 1 不當療法，誤診；瀆職，失職行爲。2 違法行爲，不當行爲；誤用。

malt [mɔlt] 名 1 Ⓤ 麥芽；《口》麥芽酒；威士忌酒。2 = malted milk. —動 及 1 做成麥芽。2 混入麥芽；用麥芽造（酒）。—不及 變成麥芽；製造麥芽。

Mal·ta ['mɔltə] 名 1 馬爾他島：位於地中海 Sicily 島南方。2 馬爾他（共和國）：都爲瓦勒他（Valletta）。

'Malta 'fever 名〖病〗= brucellosis.

'malted 'milk 名 Ⓤ Ⓒ 麥芽牛奶。

Mal·tese [mɔl'tiz] 名 (複～) 馬爾他人 Ⓤ 馬爾他語。—形 馬爾他人[語]的。

Mal'tese 'cat 名 馬爾他貓。

Mal'tese 'cross 名 1 馬爾他十字。2 植〗剪夏羅屬植物。

Mal'tese 'dog 名 馬爾濟斯犬。

Mal·thus ['mælθəs] 名 **Thomas Robe** 馬爾薩斯（1766－1834）：英國經濟家，以『人口論』聞名。

Mal·thu·si·an [mæl'θjuzɪən, -ʒən] 形 爾薩斯學派的。—名 馬爾薩斯主義者

～**·,ism** 名 Ⓤ 馬爾薩斯學說。

malt·ose ['mɔltos] 名 Ⓤ 麥芽糖。

mal·treat [mæl'trit] 動 及 暴力相向，待。

mal·treat·ment [mæl'trimənt] 名 Ⓤ 待。

malt·ster ['mɔltstɚ] 名 麥芽製造人；芽商。

malt·y ['mɔltɪ] 形 (**malt·i·er**, **malt·i·est**) 麥芽（似）的；含麥芽的，用麥芽做的。2《謔》好喝酒的；《英俚》醉了的

mal·ver·sa·tion [,mælvɚ'seʃən] Ⓤ《主英》瀆職，盜用公款，受賄。

ma·ma ['mɑmə, mə'mɑ] 名 = mamma¹. ***mama's boy***《美俚》《蔑》不能獨立自主男性，缺乏男子氣概的男性。

mam·ba ['mɑmbə] 名 曼巴蛇。

mam·bo ['mɑmbo] 名 (複～**s** [-z]) 曼波（曲）。—動 不及 跳曼波舞。

Mam·e·luke ['mæmə,luk] 名 1（埃的）曼穆魯克王朝（1250－1811）；王：原爲奴隸，後造反而主政。2《**m-**》回教國家的）奴隸，白人奴隸。

mam·ma¹ ['mɑmə] 名 1《兒語》媽媽咪。2《俚》妻子，老婆；女人。

mam·ma² ['mæmə] 名 (複 **-mae** [-mi] 解·動〗哺乳器官，乳房。

·**mam·mal** ['mæml] 名 哺乳動物。

mam·ma·li·a [mæ'melɪə] 名 哺乳類 **-an** 名 形 哺乳動物（的）。

mam·ma·ry ['mæmərɪ] 形 乳房的；腺的；乳房狀的：the ～ glands 乳腺。

mam·mil·lar·y《英》**ma-** ['mæm rɪ] 形 1 乳房的。2 布滿乳狀突起物的。

mam·mo·gram ['mæmə,græm] 名 醫〗乳房 X 光照片。

mam·mog·ra·phy [mæ'mɑgrəfɪ] 名 乳房 X 光攝影術。

mam·mon ['mæmən] 名 1 Ⓤ 財富：～ of unrighteousness 不義之財。2 M-》財神。

～**·,ism** 名 Ⓤ 拜金主義。～**·ist**, ～**·ite** [t] 名 拜金主義者。

mam·mo·plas·ty ['mæmə,plæstɪ] 名〖醫〗乳房整形術，隆乳術。

am·moth ['mæməθ] 名 1〖動〗猛獁，長毛象。2 巨物。—形巨大的。

am·my ['mæmɪ] 名 (複-mies) 1《兒語》媽咪。2《美》《蔑》黑人女僕 [奶媽]。

an [mæn] 名 (複 men) 1 男人，男子；成年男子，男子漢：an understanding between ~ and ~ 男人間的了解。2 Ⓤ 人；《單數不加冠詞，表總稱》人類：the rights of ~ 人權。3《通常不論性別，作不定代名詞》人，人類。4《常作 a ~》(每一) 人，一個人：give *a* ~ a title 給人加一個頭銜。5 部下；弟子；僕人；隨從；〖〗家臣，臣子；《常作 men》雇員，勞工；士兵，水手：officers and *men* 官兵。丈夫。7 男子漢，大丈夫；重要人物；作形容詞》男子氣概 (的)。8《《主英》男性親切的稱呼；《美俚》不分男女的稱呼》喂！嗨！9《美俚》《表驚訝、狂喜、感激等強烈感情的感嘆詞》唉！呀！！嘿！10《英》在校生，學生；畢業；校友：an Oxford ~ 牛津大學的畢業[學生]。11 (1)《the ~》最恰當的人選。《 the M- 》《美俚》警察；《美·黑人》雇主，主人；白人，白人社會。12 棋，牌。

man and a brother 同胞。

man of God 聖徒；神職人員。

man of his word 守信的人。

a man (1) 身爲一個男人，就人的觀點而。(2) = as one MAN.

one man 全場一致地，一致地。

one's own man (1) 不受拘束，獨立自。(2) 能夠掌握自己，恢復氣力精神。

l one's own man 《口》精神爽快。

out and see a man 《英俚》去喝一杯。

an about town 習慣於都市生活的人，善交際的人，花花公子。

an alive 《口》《表驚訝、焦急、無法忍時的叫喊》哎唷！

an and boy 《作副詞》從小到大。

an-bites-dog 稀奇的。

an's town 景氣良好的市鎮。

an to man 個人對個人；一對一地；一一個地，個別比較的話。

man 我的對象，我中意的人。

arate the men from the boys 《口》識別才。

t man 《口》《蔑》那傢伙，那小子。

man in [《美》*on*] *the street* 比比皆是人，平凡人，普通人。

new man 改信基督教的人。

a man / *to the last man* 一個人也不剩；全體一致地。

's wife's man 懼內的男人。

動 (manned, ~·ning) 及 1 配置人員。2 人就 (職務)。3《常用反身》使鼓起勇。4 (1) 使熟悉人類環境。(2) 馴服。

n it out 充分表現男子漢作風。

n [mæn] 名《the ~》Isle of, 曼島：愛蘭海中的英屬島嶼；首府 Douglas。

-man《字尾》(1) 表「…國人」、「…的居民」之意。(2) 表「職業」、「立場」、「身分」之意。(3) 表「…船」之意。

man·a·cle ['mænəkl] 名《通常作 ~s》1 手銬。2 拘束，束縛。—動及 1 戴上手銬。2 加以束縛。

:man·age ['mænɪdʒ] 動 (-aged, -ag·ing) 及 1 設法達成；《常爲諷》竟然做出：~ a smile 強顏歡笑。2 經營，管理；操縱；運用；《與 can, could 等連用》吃得下；妥善處理；應付，擺布：~ a herd of cattle 趕牛 / ~ one's husband 駕馭丈夫。3 操作。4 訓練，調教。—不及 1 設法應付。2 負責經營，負責管理。3 撐下去。

man·age·a·ble ['mænɪdʒəbl] 形 易操縱的，易管理的；容易處理的；容易駕馭的，順從的：a ~ child 好管教的孩子。**-'bil·i·ty** 名

'managed 'currency 名 Ⓤ〖經〗管理通貨，管理貨幣。

·man·age·ment ['mænɪdʒmənt] 名 1 Ⓤ 操作；處理，處置；駕馭；經營，管理：a book on business ~ 關於經營學的書。2 Ⓤ 經營管理的本領；處理方法，操縱術；高明的處置，技巧，經營力：adept ~ 老練的處理手腕。3 經營者，管理者；《通常作 the ~》《集合名詞》資方，經理人員：a bank under American ~ 美國人經營的銀行。

'management ac,counting 名 Ⓤ 管理會計。

'management con,sultant 名 管理顧問。

:man·ag·er ['mænɪdʒɚ] 名 1 經理，管理人；理事，幹事；監督；團主，劇團老闆：a stage ~ 舞臺監督。2《通常與形容詞連用》理財者；掌管家計的人：a poor ~ 不擅於理財的人。3〖英法〗法定管理人。4《~s》兩院協調會委員。

man·ag·er·ess ['mænɪdʒərɪs] 名《主英》女經理；女管理員；女幹事。

man·a·ge·ri·al [,mænə'dʒɪrɪəl] 形 經營管理上的；經營管理者的：~ ability 經營管理的本領。**~·ly** 副

'managing di'rector 名 總經理；常務董事。

'managing 'editor 名 總編輯，編輯主任，主編。略作：M.E., m.e.

Ma·na·gua [mə'nɑgwə] 名 馬拿瓜：尼加拉瓜 (Nicaragua) 的首都。

man·a·kin ['mænəkɪn] 名 1〖鳥〗舞子鳥：產於中、南美洲。2 = manikin.

ma·ña·na [mə'njɑnə] 名 副《西班牙語》明天；改天：*hasta* ~ 明天見。

man-at-arms ['mænət'ɑrmz] 名 (複 men-at-arms) (中世紀的) 重騎兵。

man·a·tee [,mænə'ti] 名〖動〗海牛。

man-caused ['mæn'kɔzd] 形 人爲的。

Man·ches·ter ['mæn,tʃɛstɚ] 名 曼徹斯特：英格蘭 Lancashire 郡的工商業都市。

'Manchester ˌgoods 名 (複)《英》棉織品。

'Manchester ˌSchool 名《the ~》曼徹斯特學派：英國 19 世紀前半的經濟學家的一派，主張自由貿易主義。

man-child ['mæn,tʃaɪld] 名 (複 **menchildren**)《古》男孩，男兒；兒子。

Man·chu [mæn'tʃu] 名 (複~s,《集合名詞》~) 滿族；滿人；Ⓤ 滿語。—形 滿族人的；滿族語的；滿洲地區的。

Man·chu·ri·a [mæn'tʃʊrɪə] 名 滿洲地區：中國東北的舊稱。**-an** 形 滿洲地區的。—名 滿人。

Man'churian 'candidate 名 被洗腦的人，受操縱的人。

man·ci·ple ['mænsəpl] 名 伙食管理員。

-mancy《字尾》表「占卜」之意。

Man·da·la ['mʌndələ] 名〖佛教〗曼陀羅。

man·da·mus [mæn'deməs] 名 (複~·es)〖法〗訓令，執行令；敕書。—動 及《口》用執行令嚇唬；下訓令給。

man·da·rin ['mændərɪn] 名 1 滿清高級官吏，滿大人。2 高級官員，保守的官僚。3 Ⓤ《M-》標準中國語，中國北方官話，北京話。4 柑；其樹木；橘子。5 Ⓤ 橘黃色（的染料）。—形 中國式的；過於繁複華麗的。

'Mandarin Chi'nese 名 = mandarin 名 3.

'mandarin 'duck 名〖鳥〗鴛鴦。

'mandarin 'orange 名 柑（樹）。

man·da·tar·y ['mændə,tɛrɪ] 名 (複-**taries**) 1〖法〗受託者，受託國。2 受託管理國。

man·date ['mændet, -dɪt] 名 1 託管，託管地。2〖政〗要求，委託，授權。3 指令，命令：heavenly ~ 天命。—['mændet] 動 及 託管。

man·da·tor [mæn'detɚ, '-,--] 名 命令者，委任者。

man·da·to·ry ['mændə,torɪ] 形 1 命令的；含有命令的。2 義務的，強制的。3 擔任託管責任的：~ administration 委託統治，託管。—名 (複-**ries**) = mandatary.

man-day ['mæn,de] 名 (複~s [-z]) 人日：一人一日的工作量。

man·di·ble ['mændəbl] 名〖解·動〗1 下顎骨；下喙；《~s》喙。2 大顎。

man·do·lin ['mændḷ,ɪn, ,mændə'lɪn] 名 曼陀林琴。**-'lin·ist** 名 曼陀林琴手。

man·drag·o·ra [mæn'drægərə] 名 = mandrake 1.

man·drake ['mændrek, -drɪk] 名〖植〗曼陀羅花；其根。

man·drel, -dril ['mændrəl] 名 1〖機〗心軸，心桿。2《方》鶴嘴鋤，十字鎬。

man·drill ['mændrɪl] 名〖動〗大狒狒。

·mane [men] 名 1 鬣，鬃毛。2 密而長的頭髮。**maned** 形 有鬃的。

man-eat·er ['mæn,itɚ] 名 1 食人者 … 吃人的動物。3《口》會咬人的馬。4 大鯊。5《口》玩弄男人的女人。

-eat·ing 形 吃人（肉）的。

ma·nège, -nege [mæ'nɛʒ, -'neʒ] 名 1 … 馴馬術。2 馬術學校。3 Ⓤ 受過訓練的 … 的動作。

Ma·net [mə'ne] 名 **Édouard**，馬內 … 1832–83）：法國印象派畫家。

·ma·neu·ver [mə'nuvɚ] 名 1 調遣，機 … 作戰行動；《~s》大演習，機動演習：c … ry out large-scale ~s 舉行大規模演習 … 妙計，策略；技巧。—動 及 1 調動；使 … 行機動演習。2 以策略獲致；以策略誘 …《into..., into doing》；巧妙地運用。不及 1 作機動性調動，進行演習。2 用計 … 謀劃；技巧地處理。

ma·neu·ver·a·ble [mə'nuvərəbl] 形 … 操縱的，可調遣的，可運用的，機 … 的。**-a·bil·i·ty** 名

'man 'Friday 名 (複 **men Friday(s)**) … 心的僕人，得力的助手。

man·ful ['mænfəl] 形 雄赳赳氣昂昂的 … 大丈夫氣概的；斷然的；大膽的；勇 … 的。~·ly 副, ~·ness 名

man·ga·nese ['mæŋgə,nis] 名 Ⓤ〖化 … 錳。符號：Mn

mange [mendʒ] 名 Ⓤ〖獸病〗疥癬。

man·gel(-wur·zel) ['mæŋgḷ(,wɜz …

man·gold- ['mæŋgəld-] 名《英》 … 菜。

man·ger ['mendʒɚ] 名 馬槽，飼料槽 … ***a dog in the manger*** 自己不要某物卻又 … 讓他人享用者，占著茅坑不拉屎的人 …

·man·gle[1] ['mæŋgl] 動 (-**gled**, -**gling**) … 砍碎，撕爛，壓爛。2 糟蹋。**-gler** 名 … 的人；絞肉機。

man·gle[2] ['mæŋgl] 名 1 軋布機，輾 … 機。2《英》軋衣機。—動 及（用輾 … 機）壓平。

man·go ['mæŋgo] 名 (複~**es** [-z], ~**s** [- … 芒果樹；芒果。

man·go·steen ['mæŋgə,stin] 名〖植 … 山竹樹；山竹（果）。

man·grove ['mæŋgrov] 名〖植〗水 … 仔，紅樹林。

man·gy ['mendʒɪ] 形 (-**gi·er**, -**gi·est**) 1 … 有疥癬的；許多處禿了毛的。2《口》… 鄙的。3 寒酸的，污穢破舊的：a ~ nei … borhood 骯髒破爛的街坊。**-gi·ly** 副

man·han·dle ['mæn,hændl] 動 及 1 粗 … 地對待，加以虐待。2 用人力轉動。

man-hat·er ['mæn,hetɚ] 名 憤世嫉俗 … 人；討厭男人的人。

Man·hat·tan [mæn'hætṇ] 名 1 曼哈 … 島：美國紐約市內，夾於哈得遜河、… 河、哈林河三條河流間的島。2 曼哈頓 … 紐約市的一行政區及主要商業區。3 … Ⓒ《常作 m-》威士忌酒和 vermouth 調 … 的雞尾酒。

an·hole ['mæn,hol] 名 1 人孔，檢修
L。2 小升降口。
an·hood ['mænhud] 名 1 U 男人，成
=男子：arrive at ～（男子）到達成年年
命。2 U 男性氣概，男性的秉性。3《the
-》《集合名詞》《文》男子。4 U 生爲人
]身分。5 男性生殖器；U《委婉》男性
]性能力。
an-hour ['mæn,aur] 名 工時。
an·hunt ['mæn,hʌnt] 名 搜捕；追捕。
a·ni·a ['menɪə] 名 1 異常熱心《*for*...,
r doing》；狂熱：an absolute ～ *for* gambl-
g 嗜賭如命。2 所熱中的對象。3 U〖精
申醫〗躁狂。
nania《字尾》表「…狂」、「對…的狂
熱愛好」之意。
a·ni·ac ['menɪ,æk] 名 1 躁狂者；狂人：
sex ～ 色情狂。2 狂熱（愛好）者：
shing ～*s* 釣魚狂。—形 躁狂的；狂熱
]；瘋狂的；幾近發瘋的。
a·ni·a·cal [mə'naɪəkl] 形 躁狂的；狂
人的，幾近發瘋的；瘋狂的；狂人（似）
]，精神異常的。～**·ly** 副
an·ic ['mænɪk] 形（患）躁狂病的。
-名 躁狂病患者。
anic de'pression 名〖醫〗躁鬱症。
an·ic-de·pres·sive ['mænɪkdɪ'prɛsɪ
] 形〖醫〗（患）躁鬱症的。—名 躁鬱症
患者。
an·i·cure ['mænɪ,kjur] 名 1 U C 修手
指甲；修指術：have a ～ 修手指甲。2 =
anicurist. —動 及 修指甲；修剪（草皮）。
-不及 修手指甲。
an·i·cur·ist ['mænɪ,kjurɪst] 名 幫人修
手指甲的人。
an·i·fest ['mænə,fɛst] 形 1 明白的，清
楚的：～ to every man's mind 眾人所知。
〖精神分析〗顯明的，表現於意識上的。
-動 及 1 使明朗，表明；《反身》使出
現。2 成爲證據，證明。3 載於裝貨單上；
表示裝貨單。—不及 出現。—名 1 船舶裝
貨單。2 貨單；乘客名冊。～**·ly** 副，～**·**
ness 名
an·i·fes·tant [,mænə'fɛstənt] 名 示威
行動的發起人。
an·i·fes·ta·tion [,mænəfɛs'teʃən] 名 1
U 明示，表明；顯示；顯現，表現：Art is
～ of emotion. 藝術是感情的表現。2 徵
兆：the ～*s* of the illness 病的徵候。3 示威
行動。4 顯靈，鬼魂顯現。
an·i·fes·ta·tive [,mænə'fɛstətɪv] 形
明白表示的，明示的。～**·ly** 副
an·i·fes·to [,mænə'fɛsto] 名（複～es
[-z]，《英》～s [-z]）宣言（書），聲明（
書）：issue a ～ 發表聲明。—動 不及 發表
聲明。
an·i·fold ['mænə,fold] 形 1 各種的，
各種各樣的；繁多的，多重的；多方面的：
temptations 種種誘惑。2 同時做幾種事
的，有多重功能的；複合的；多歧的。3
複寫用的：～ paper 複寫紙。—名 1 由許多部分組成的東西；多樣性。2 複寫成的東西，副本；複製品；複寫紙。3〖機〗歧管；〖數〗流形。—動 及 1 複寫。2 使多樣化，使複雜化。—不及 複寫。～**·ly** 副，～**·ness** 名

man·i·kin,《美》**man·ni-** ['mænəkɪn] 名 1 小個子，矮人。2 人體解剖模型。3 = mannequin.

Ma·nil·a [mə'nɪlə] 名 1 馬尼拉：菲律賓（Philippine）的首都。2 馬尼拉麻，馬尼拉紙。
-an [-ən] 名 馬尼拉人。

Ma'nila 'hemp 名 U 馬尼拉麻。

Ma'nila 'paper 名 U 馬尼拉紙。

ma·nip·u·late [mə'nɪpjə,let] 動 及 1 技巧地操作，熟練地使用：～ forceps 熟練地使用小鉗子。2 左右，巧妙地影響；操縱：～ stocks 炒股票。3 竄改。

ma·nip·u·la·tion [mə,nɪpjə'leʃən] 名 U C 1 高明的處理；熟練的操作：perform financial ～*s* 施展財政手腕。2（對行市等的）不法操縱；竄改。3 觸診。

ma·nip·u·la·tive [mə'nɪpjə,letɪv] 形 巧妙操縱的；不法操縱的；熟練操作的。

ma·nip·u·la·tor [mə'nɪpjə,letə-] 名 1 熟練的操作者；操縱者。2 操縱器。

Man·i·to·ba [,mænə'tobə] 名 曼尼托巴省：加拿大中部的一省；首府 Winnipeg。

:man·kind [,mæn'kaɪnd] 名 U 1 人；《集合名詞》人類：love for all ～ 對全人類的愛。2 男性；《集合名詞》男子，男人：～ and womankind 男性與女性。

man·like ['mæn,laɪk] 形 1 像人的。2 屬於男性的；男子氣概的；（女性）像男人的。—副 男性化地。

·man·ly ['mænlɪ] 形 (**-li·er, -li·est**) 1 有男子氣概的；有勇氣的；堅決的；強有力的：a ～ voice 雄赳赳的聲音。2 男性的，適合男人的：～ sports 適於男性的運動。—副《古》像男人地，英勇地。**-li·ness** 名

man-made ['mæn'med] 形 人造的；人工的；（纖維）合成的：～ calamity 人爲的災禍。—名 人工製品；合成產品。

Mann [mɑn, mæn] 名 **Thomas**，湯瑪斯曼（1875－1955）：德國小說家；1929 年獲諾貝爾文學獎。

man·na ['mænə] 名 U 1 嗎哪：古代以色列人得自神賜的食物。2 天降的食物；精神食糧；意外的收穫。3 甘露。

manned [mænd] 形 有人駕駛的，載人的：a ～ space flight 載人太空飛行。

man·ne·quin, man·i·kin ['mænəkɪn] 名 1 時裝模特兒。2（藝術家等用的）人體模型。3 = lay figure 1.

:man·ner ['mænə-] 名 1 作法；習慣性的作風；風格；規矩：a strange ～ of walking 奇怪的走路方式 / in a careless ～ 粗心地 / You are behaving in the ～ of a lunatic. 你的行爲簡直像瘋子。2《～s》（國民、

M

民族等的）風尚，風俗，習慣：a study of ~s 風俗的研究。3《~s》風度，儀表；禮儀，禮貌：good ~s 良好的禮貌 / It's bad ~s to eat with a knife. 用刀子吃東西是不禮貌的。4 態度，舉止：a kind ~ 親切的態度。5《文》種類：They fish in all ~ of water with all ~ of nets. 他們用各種網在各水域捕魚。6（藝術、文學等的）個人風格；手法；過分雕琢的風格：verses in the ~ of Spenser 斯賓塞風格的詩。

after a manner 勉勉強強；約略。

all manner of... 所有種類的。

by all manner of means 必定；一定。

by no manner of means / not by any manner of means 絕不。

in a manner of speaking 可謂，可說。

in no manner... 絕不。

make one's manners 表現出彬彬有禮。

to the manner born (1)生就的，純粹的。(2)生來就習慣於[適於]…的。

man·nered ['mænəd] 形 1 有…（樣的）態度的：ill-*mannered* 態度不佳的。2 有特殊風格的；矯揉造作的：a ~ literary style 做作的文風。

man·ner·ism ['mænə,rɪzəm] 名 1 U 刻意做作的態度[作風]。2 U《M-》風格派。3（言行等的）習性，癖性；（文學、藝術上的）慣用的手法：snobbish ~s 勢利的習性。

M

man·ner·less ['mænəlɪs] 形 風度欠佳的；不禮貌的。

man·ner·ly ['mænəlɪ] 形 風度好的；懂禮貌的。—副 很有風度地；客氣地，有禮貌地。

man·ni·kin ['mænəkɪn] 名 = manikin.

man·nish ['mænɪʃ] 形 1《通常爲蔑》（女性）像男人的；模仿男人的；男性化的：She has a ~ look about her. 她看起來像男人。2 像男人的：a ~ little fellow 有男子漢氣概的小孩。~·ly 副

ma·noeu·vre [mə'nuvə] 名，動 及 不及《英》= maneuver.

'Man of 'Galilee 名《the ~》加利利人：指耶穌基督。

'man of 'God 名 1 聖人，先知。2 神職人員。

'man of the 'world 名 通曉世故的人，人生閱歷豐富的人。

man-of-war ['mænəv'wɔr] 名（複 **men-of-war**）《古》軍艦。

ma·nom·e·ter [mə'nɑmətə] 名 流體或氣體壓力計；血壓計。

'man on 'horseback 名 1 有政治野心的軍人。2（軍人）獨裁者。

man·or ['mænə] 名 1〖英史〗莊園，采邑。2 領主宅第：主人所住的宅邸。3《美》永久租地。4《俚》警察轄區。

ma·no·ri·al [mə'norɪəl] 形 莊園的：~ economy 莊園（式的）經濟。

'manor ,house 名 莊園領主的宅邸。

'man ,power 名 1 U（一般的）人力。2 人力：功率單位。3 = manpower.

man·pow·er ['mæn,pauə] 名 U，形 人手（的），人力（的）：have an advantag in ~ 人力上占優勢 / a ~ shortage 人力不足。

man·qué [mɑŋ'ke] 形《法語》《接於名詞後》願望未實現的；失敗的，沒有成功的：a writer ~ 想當作家而未當上的人。

man·sard ['mænsɑrd] 名 1 折角屋頂，雙重斜度的屋頂。2 折角屋頂的閣樓。

manse [mæns] 名 牧師住宅。

man·serv·ant ['mæn,sɜvənt] 名（複 **men·servants**）男僕；貼身男僕。

Mans·field ['mænz,fild, 'mæns-] 名 **Katherine**, 曼殊菲爾（1888–1923）：英國短篇小說家 Kathleen Middleton Murry 的筆名。

-manship《字尾》表「…才[術]」之意。

·man·sion ['mænʃən] 名 1 大寓邸。2 manor house. 3《常作 ~s》《英》= apartment house；《古》住處。4〖天〗宿。

man-size(d) ['mæn,saɪz(d)] 形《口》大的，大型的；適於成人（使用）的：a ~ job 做成年人的工作。2 需要成年人擔的；困難的，吃力的。

man·slaugh·ter ['mæn,slɔtə] 名 U 殺人。2〖法〗過失殺人（罪）。

man·slay·er ['mæn,sleə] 名 殺人者。

man·ta ['mæntə] 名（複 ~s [-z]）1 斗篷，披肩；毛毯，粗布。2〖魚〗蝠魟。

man·teau [mæn'to, '-,-] 名（複 ~s [-z] -teaux [-toz]）斗篷。

man·tel, -tle ['mæntl] 名 1 壁爐臺。爐頂架板。

man·tel·et ['mæntəlɪt] 名 1〖史〗短斗篷。2（亦作 **mantlet**）〖軍〗(1) = manta (2)防彈盾。

man·tel·piece ['mæntl,pis] 名 = mante

man·tel·shelf ['mæntl,ʃɛlf] 名（複 -shelves）= mantel 2.

man·til·la [mæn'tɪlə] 名 1（西班牙、拉丁美洲婦女所用的）披巾。2（女用）短斗篷。

man·tis ['mæntɪs] 名（複 ~·es, -tes [-tiz]）〖昆〗螳螂。

man·tle ['mæntl] 名 1 披風，斗篷；象徵權威的衣缽：take up a person's ~ 成爲某人的弟子。2 掩蓋物。3〖動〗包膜，外表；〖鳥〗翕，襟羽。4 白熾罩。5 = mantel. 6〖地質〗地幔。—動 及 1 披上斗篷。2 包，隱藏。3 使臉紅。—不及 1 泛紅，臉紅；布滿。2 形成薄膜；起泡沫。

man-to-man ['mæntə'mæn] 形 1 率直的，坦率的。2 人盯人的。—副 率直地

Man·'toux ,test [mæn'tu-] 名〖醫〗曼圖氏試驗：一種結核病反應檢查。

man·tra ['mæntra, 'mʌn-] 名〖印度教〗經句；咒語。

an·trap ['mæn,træp] 名 1 陷阱。2《口》狐狸精，勾引男人的女性。

an·tu·a ['mæntʃuə] 名 1 寬鬆外袍。2 = mantle 名 1.

an·u·al ['mænjuəl] 形 1 手的；手製的，手工的；手動式的：～ dexterity 手巧，手藝精良。2 需用人力的，使用勞力的：～ labor 手工勞動。3 便覽式的，簡介式的。4〖法〗實際存在的，現有的。—名 手冊；入門書；便覽，指南。2〖軍〗操槍教練。3〖樂〗鍵盤。～·ly 副 用手地，憑手藝地。

anual 'alphabet 名 手語字母。

anual 'training 名U 手工藝訓練；勞作課。

an·u·fac·to·ry [,mænjə'fæktərɪ] 名 (複-ries)《古》製造廠，工廠。

an·u·fac·ture [,mænjə'fæktʃɚ] 名 1 U 製造業；製造，生產：glass ～ 玻璃製造業。2 U 製作；形成，生成。3《通常作～s》製品，製造品：cotton ～*s* 棉製品。4 U 粗製濫造。—動 (-tured, -tur·ing) 及 1 製造，生產。2 加工；使製成產品。3 捏造。4 粗製濫造。—不及 從事製造。

an·u·fac·tur·er [,mænjə'fæktʃərɚ] 名 1 製造業者，製造商；廠主。2 製造的人，製造者；捏造的人；文匠，藝匠。

an·u·mis·sion [,mænjə'mɪʃən] 名U 解放。

an·u·mit [,mænjə'mɪt] 動 (～·ted, ～·ting) 及 解放（奴隸）。

a·nure [mə'njur] 名U 肥料；有機肥料，糞肥：artificial ～ 人造肥料。—動 及 施肥於。

an·u·script ['mænjə,skrɪpt] 名 1 手抄本，手書；手稿：～*s* of Chaucer 喬叟手稿。2 U 手寫。3 原稿。—形 手寫的，打字的，原稿的。

anx [mæŋks] 形 曼島的；曼島人的，曼島語的。—名 1《the ～》《作複數》曼島人。2 U 曼島語。

anx 'cat 名 曼島貓。

an·y ['mɛnɪ] 形 (more, most) 1 多數的，許多的：Too ～ cooks spoil the broth.《諺》人太多便壞事。2《文》很多的：*M-* a man comes and goes. 很多人來來往往。/ ～ and ～) a time 一再地。—名《作複數》1 多數的人[物]。2《通常作 the ～》大多數人；大眾，民眾。

good many《口》相當多的。

great many 極多的。

s many 相同數目的，一樣多的。

s many as... (1) 與…一樣多。(2)《與數詞連用》約…之多。

so many words 清楚地，明白地。

ne too many 多出一個；過度，不必要。

one) too many for... 勝過，壓倒。

o many (1) 非常多的（東西）。(2) 同數的。(3) 某數的（東西），差不多。

an-year ['mæn,jɪr] 名 (複～s) 一人一年的工作量。

man·y-head·ed ['mɛnɪ'hɛdɪd] 形 多頭的：a ～ beast《蔑》群眾。

man·y-sid·ed ['mɛnɪ'saɪdɪd] 形 1 多邊的；多方面的。2 興趣多方面的；多才多藝的：a ～ writer 多才多藝的作家。

Mao·ism ['maʊɪzəm] 名U 毛澤東主義。-ist 形名 毛澤東主義的[者]。

Ma·o·ri ['maʊrɪ,'marɪ] 名 (複～s [-z],《集合名詞》～) 1 毛利人：紐西蘭的土著。2 U 毛利語。—形 毛利人的，毛利語的。

:map [mæp] 名 1 地圖；天體圖。2 地圖似的圖解；畫得像地圖的東西；遺傳地圖：an outline ～ 略圖。3〖數〗= mapping 2. 4《俚》臉，面孔。

map and territory《喻》理論與實際。

off the map 不存在的，毀滅的；不重要的，被遺忘的；偏僻的，邊境的。

on the map《口》重要的，為人所知的。

put...on the map 使受人注目，使出名。

wipe...off the map 使全毀，消滅掉。

—動 (mapped, ～·ping) 及 1 繪製地圖；描成地圖，在地圖上表示出…。2 測量，調查。3 使排列於染色體的特定序列。—不及（遺傳基因）位於。

map down 寫下細目；詳細地描寫。

map out... (1) 精密地標示出。(2) 把（國土）分成幾個區域。3 計畫，策劃。

·ma·ple ['mepl] 名 1 楓；U 楓木。2 U 楓糖（蜜）的風味。3 U 淡褐色。

'maple ,leaf 名 楓葉。

'maple 'sugar 名U 楓糖。

'maple 'syrup 名U 楓糖漿。

map·ping ['mæpɪŋ] 名 1 地圖繪製；描繪的像；計畫，分配。2〖數〗映射。

mar [mar] 動 (marred, ～·ring) 及《文》損傷，弄壞；減弱，減少。

make or mar ⇨ MAKE（片語）

—名 受損之物，缺陷，污點。

Mar.《縮寫》*Mar*ch.

mar.《縮寫》*mar*itime; *mar*ried.

mar·a·bou(t)[1] ['mærə,bu(t)] 名 1〖鳥〗禿鸛。2 U 鸛翼或鸛尾下方柔軟的羽毛。3 用禿鸛的羽毛做成的邊飾。

mar·a·bout[2] ['mærə,but] 名〖回教〗隱士。

ma·rac·a [mə'rakə] 名 響葫蘆。

mar·a·schi·no [,mærə'skino] 名U 黑櫻桃酒。

mar·a·thon ['mærə,θan] 名 1 長距離賽跑；耐力競賽。2 馬拉松賽跑。—形 漫長的；需要持久力的：a ～ discussion 沒完沒了的討論。～·er 名 馬拉松選手。

Mar·a·thon ['mærə,θan] 名 馬拉松原野：希臘東南部 Attica 東北岸的平原。

ma·raud [mə'rɔd] 動 不及 到處掠奪；搶劫，劫掠《*on, upon* ...》：～ *up* and down 到處打劫。—及《常用被動》襲擊掠奪；掠奪。

ma·raud·er [mə'rɔdɚ] 名 劫掠者。

M

·**mar·ble** ['marbl] 名 1 U 大理石，大理石片: a statue in ～大理石立像。2 大理石的雕刻品。3 大理石花紋。4《文》似大理石的東西。5 彈珠；《～s》《作單數》打彈珠遊戲: play (at) ～*s* 玩彈珠遊戲。6《～s》《俚》理智，明智: lose one's ～ 發瘋。
—形 1 大理石做成的；大理石花紋的。2《文》堅如大理石的: a ～ heart 鐵石般的心腸。—動 (**-bled**, **-bling**) 及 加上大理石花紋。**-bly** 形

mar·bled ['marbḷd] 形 1 用大理石做的；使用大量大理石的；大理石花紋的。2 (肉) 五花的，肥瘦肉相間的。

marc [mark] 名 U 葡萄的渣滓；白蘭地酒。

mar·ca·site ['markə,saɪt] 名 U 白鐵礦。

mar·cel [mar'sɛl] 名 大波浪形髮型。—動 (**-celled**, **～·ling**) 及 燙成波浪形。

·**march**[1] [martʃ] 動 不及 1 行進，行軍；示威遊行；威風而行；快步而行: ～ through the streets 在街道上行進 / ～ against the enemy 向敵人進軍。2 進行，進展；前進。
—及 1 使行進。2 驅趕，強拉。—名 1 U 行進，行軍。2 U C 行軍的行程；行進的步伐。3《the ～》進行，進展。4 進行曲。5 示威遊行。
gain a march on ... 超過。
on the march 在行進中；在進展中。
steal a march on ... 搶先。

march[2] [martʃ] 名 1 邊境，邊界；國界地帶。2《the ～es》《常作 **M-**》英格蘭與蘇格蘭或威爾斯的邊界地帶。—動 不及 接壤，毗連《*on, upon, with...*》。

:**March** [martʃ] 名 三月 (略作: Mar): a ～ hare 交尾期的兔子；發狂的。

march·er[1] ['martʃɚ] 名 徒步行進者；參加示威者。

march·er[2] ['martʃɚ] 名 邊境地區居民。

'**marching ,orders** 名 (複) 1〖軍〗出發命令，進擊命令。2《主英》解僱通知，驅逐命 (《美》walking papers)。

mar·chion·ess ['marʃənɪs] 名 1 侯爵夫人。2 女侯爵。

march-past ['martʃ,pæst] 名 分列式。

Mar·co·ni [mar'konɪ] 名 **Guglielmo**, 馬可尼 (1874–1937): 義大利的電機工程師，無線電報發明者。

Mar·co Po·lo ['marko'polo] 名 馬可波羅 (約 1254–1324): 義大利旅行家。

Mar·cus Au·re·li·us ['markəsɔ'rilɪəs] 名 馬卡斯·奧里流斯 (121–180): 羅馬皇帝 (161–180)，Stoic 學派哲學家。

Mar·di Gras ['mardɪ'gra] 名 U C 四旬齋前一天；狂歡節最高潮的一日。

mare[1] [mɛr] 名 雌馬: Money makes the ～ (to) go.《諺》有錢能使鬼推磨。

ma·re[2] ['mare] 名 (複 **-ri·a** [-rɪə]) (月球、火星等上面的) 海；(一般的) 海。

mare's-nest ['mɛrz,nɛst] 名 1 子虛烏有的發現。2 混亂的場所，一團糟。

mare's-tail ['mɛrz,tel] 名 1〖植〗杉葉藻。2 馬尾雲。

Mar·ga·ret ['margərɪt] 名〖女子名〗瑪格麗特。

mar·ga·rine ['mardʒərɪn, -,rin] 名 1 U 人造奶油。2 = oleomargarine.

mar·ga·ri·ta [,margə'ritə] 名 瑪格麗特雞尾酒: 以龍舌蘭和檸檬汁調製成。

marge [mardʒ] 名 1《文》〖詩〗= margin. 2《英口》= margarine.

·**mar·gin** ['mardʒɪn] 名 1 邊，緣；岸: the ～*s* of the sea 海岸。2 空白，頁邊: notes in the ～ 頁邊的旁註。3 餘裕，餘地: no ～ for error 絲毫不容許錯誤的發生。4 界限，限度: the ～ of survival 生存的界限。5〖商〗盈餘；〖金融〗信用交易的委託保證金。6 差數。—動 及 1 加邊於。2 加旁註，留空白於；寫在欄外。3〖金融〗累積保證金《偶用 *up*》。

mar·gin·al ['mardʒənl] 形 1 邊的，邊緣的，末端的；邊境的，住在邊境的。2 頁邊的，寫在頁邊的: a ～ note 旁註。3 接近 (最低) 界限的，不充分的；邊際的，勉強可收支平衡的: ～ revenue 最低收入。4 貧瘠的。5〖數〗邊際的。

mar·gi·na·li·a [,mardʒə'nelɪə] 名 (複) 空白處的旁註，眉批。

mar·gin·al·ize ['mardʒɪnə,laɪz] 動 及 使脫離社會主流；使邊緣化。

mar·gin·al·ly ['mardʒɪnəlɪ] 副 微量地，稍微地。

mar·gin·ate ['mardʒə,net] 形 有邊的: ～ in blue 有藍色的邊。

mar·grave ['margrev] 名〖史〗(中世紀德國的) 邊境伯爵。

mar·gra·vine ['margrə,vin] 名 margrave 的夫人。

mar·gue·rite [,margə'rit] 名〖植〗雛菊；類似雛菊花的總稱。

ma·ri·a ['marɪə] 名 **mare**[2] 的複數形。

Ma·ri·a [mə'riə] 名〖女子名〗瑪麗亞。

Mar·i·an ['mɛrɪən] 形 1 聖母瑪利亞的: ～ hymns 瑪利亞之歌。2 瑪利的；英國女王瑪利一世的，蘇格蘭女王瑪利的。—名 1 聖母瑪利亞的崇拜者。2〖女子名〗瑪麗安 (Mary 的別稱)。

Ma·ri·'an·a 'Islands [,mɛrɪ'ænə-] 名 (複)《the ～》馬里亞納群島: 位於菲律賓群島東方，最大島爲關島 (Guam)。

Ma·ri·a The·re·sa [mə'raɪətə'rizə] 名 瑪麗亞·泰瑞莎 (1717–80): 奧國大公妃；匈牙利、波希米亞的女王。

mar·i·cul·ture ['mærə,kʌltʃɚ] 名 U 海水養殖業。**-tur·ist** 名 海水養殖業者。

Ma·rie An·toi·nette [mə'ri,æntwanɛt] 名 瑪麗·安朵內特 (1755–93): 法王路易十六之后；法國大革命時被處死。

mar·i·gold ['mærə,gold] 名 1 萬壽菊

金盞花。

ma·ri·jua·na [ˌmærə'wɑnə], **-hua·na** [-'hwɑ-] 名U 1 大麻。2 大麻煙，毒品。

ma·rim·ba [mə'rɪmbə] 名馬林巴木琴。

ma·ri·na [mə'rinə] 名港口，小船塢。

mar·i·nade [ˌmærə'ned] 名 U C 醃泡汁，醃漬汁。—['mærəˌned, ˌ--'-] 動及使泡在醃泡汁裡。

mar·i·nate ['mærəˌnet] 動及將（魚、肉）浸在滷汁中。

·**ma·rine** [mə'rin] 形 1 海的；海產的；棲於海洋的：~ biology 海洋生物學 / ~ ecology 海洋生態學。2 航海的，船舶的；海事的；海運的：~ transport 海上運輸。3 海軍的；軍艦勤務的；海軍陸戰隊的：~ power 海軍軍力。4 海上用的，船用的。
—名 1 海軍（隊員）；《 the M-s 》海軍陸戰隊。2 U《集合名詞》（一國的）船舶，艦隊；海上勢力。3 海景畫，海景。

horse marine 不合時宜的人。

Tell that to the (horse) marines! / That will do for the marines! 《口》那種事誰會相信？！胡說！

Ma'rine ˌCorps 名《 the ~ 》美國海軍陸戰隊（《英》Royal Marines）。

mar·i·ner ['mærənɚ] 名《文》水手，船員：a ~'s compass 航海羅盤。

ma'rine 'store 名船具（店）；舊船具。

mar·i·on·ette [ˌmærɪə'nɛt] 名木偶，傀儡。

mar·i·tal ['mærətl] 形婚姻（生活）的；夫妻的：take ~ vows 作結婚發誓。

marital ˌstatus 名婚姻狀況。

mar·i·time ['mærəˌtaɪm] 形 1 有關海的，海事的；海的：~ law 海事法。2 近海的；居於海岸的；棲於海上的：a ~ people 沿海居民。3 船員特有的。

Maritime 'Provinces 名(複)《 the ~ 》（加拿大的）大西洋沿岸地區。

mar·jo·ram ['mɑrdʒərəm] 名墨角蘭：一種薄荷屬植物用作藥物和佐料。

Mar·jo·rie ['mɑrdʒərɪ] 名〖女子名〗瑪佳麗（Margaret 的別稱）。

mark[1] [mɑrk] 名 1 痕跡；傷痕；痣；斑點：a ~ of the lash 鞭痕。2 標記，記號；烙印；商標；路標，指標；〖海〗測標：a ~ of honor 榮譽章 / a trade ~ 商標。3 符號；×記號，十字記號：make one's ~ 畫押。4《喻》徵兆，徵象：a ~ of (old) age 衰老的跡象。5 影響，印象：leave one's ~ on... 給…以強烈的影響。6 評分，分數：a black ~ 罰點（表示處罰的記號）/ have good ~s in Spanish 西班牙語獲得高分。7《通常作 the ~》水準，標準：above *the* ~ 在標準以上。8 特色，特徵：the ~ of a politician 政治家的特徵。9 目標，鵠的；對象；笑柄：one's ~《英俚》人所期望的東西：hit the ~ 命中，成功 / miss the ~ 未命中，失敗。10 U《文》顯要，著名：a man of ~ 重要人物，名流。11《通常作 M-》…型：a *Mark*-16 rifle M-16 型步槍。12〖田徑〗起跑線。

beside the mark 偏離目標；估計錯誤的，不切題的。

get off the mark 開始，比賽開始。

make one's mark 成功，出名。

On your mark(s)! 〖競賽〗各就各位。

toe the mark ⇨LINE[1] 名（片語）

up to the mark (1)《通常用於否定》達到標準，不負所望。(2)《通常用於否定》甚佳。(3)《俚》準備好，做好準備。
—動及 1 做記號於，使染上污點《 *with* ... 》。2 在…上面標記；表示，指示；記下，記錄。3 描繪；區分；設計；擬訂《 *out, off* 》。4 顯示特徵[特色]；使顯著。5 選出；預定，使注定要《 *out* 》。6 記錄；評（分）。7 表達，表明。8 注意；觀察，盯住。9〖狩〗在（獵物）逃往的地方做記號《 *down* 》。10《英》〖足球等〗對…緊迫盯人。
—不及 1 注意，留意。2 做記號，留下痕跡。3 記分，評分。

mark down 〖狩〗⇨動不及 4.

mark...down / mark down... (1) 標低價目。(2) 記下，做筆記。(3)〖狩〗⇨動及 9.

mark off (1) ⇨動及 3. (2) 區別。

mark time ⇨ TIME（片語）

mark... up / mark up... (1) 註記。(2) 標高價目，改貼高價標籤。(3) 決定售價。

mark[2] [mɑrk] 名馬克：德國貨幣單位。

Mark [mɑrk] 名 1 馬可：四福音書主筆之一。2〖新約〗馬可福音，第二福音書。3〖男子名〗馬克。

mark·down ['mɑrkˌdaʊn] 名減價（金額）：a ~ on tablecloths 桌布減價。

marked [mɑrkt] 形 1 顯著的，明顯的：~ differences 明顯的差別。2 引人注目的；有名的；被盯住的，被監視的：a ~ man 受到注意的人。3 做了記號的；〖語言〗有標記的，有標識的：a ~ card 作有暗號的撲克牌。

'marked 'car 名《美》巡邏車。

mark·ed·ly ['mɑrkɪdlɪ] 副顯著地，明顯地。

mark·er ['mɑrkɚ] 名 1 做記號的人[物]；奇異筆、簽字筆之類；評分助教。2 標誌物。3 記分員，計分器；籌碼。4〖語言〗標識，標記；功能成分。

be not a marker to [on]... 《俚》無法與…相比。

:**mar·ket** ['mɑrkɪt] 名 1 市場，集市；聚集在市場的人群：a cattle ~ 家畜市場。2 食品店：a meat ~ 肉類食品店。3《通常作 the ~》行業；市場；交易場所：*the* stock ~ 股票市場。4 交易，買賣：the ~ in wheat 小麥的買賣。5 需求；銷路，需要地：the home ~ 國內市場。6 市價，行情；市況，商情：a bull ~ 行情上揚 / an active ~ 活躍的市場。7《 one's ~ 》《

M

古》買賣的機會。
at the market (1)依市價，依行情。(2)依可獲得的最好價錢。
bring one's eggs to a bad market 估計錯誤，計畫失敗。
come into the market（商品）上市。
go badly to market 買虧；賣虧。
go to market (1)（上市場）去購物。(2)《口》嘗試，企圖。
in the market for... 想買…。
make a market 使股票市場活躍，製造興隆氣象。
on the market 出售中；可以買進的。
play the market 做投機買賣。
—動不及 在市場上交易；賣，買。
—及 銷售，出售。

mar·ket·a·ble [ˈmarkɪtəbl̩] 形 **1**（商品）可應市的，有銷路的。**2** 買賣上的；市場的，交易的。**-ˈbil·i·ty**名

ˈmarket aˈnalysis 名ⓊⒸ〖商〗市場分析。

ˈmarket ˌcross 名《英》市場十字（架）。

ˈmarket ˌday 名市集日。

ˈmarket-ˌdriven 形市場導向的。

ˈmarket eˌconomy 名Ⓤ市場經濟。

mar·ke·teer [ˌmarkɪˈtɪr] 名市場商人。

mar·ket·er [ˈmarkɪtɚ] 名出售商品者。

ˈmarket ˌgarden 名供應市場的農園。**ˈmarket ˌgardener** 名

mar·ket·ing [ˈmarkɪtɪŋ] 名Ⓤ 行銷；市場上的買賣；《集合名詞》供應市場商品；在市場上買賣的商品；《美》購買：do one's morning ～ 上早市買東西。

ˈmarketing reˌsearch 名Ⓤ 行銷研究。

mar·ket·place, ˈmarket ˌplace [ˈmarkɪtˌples] 名 **1** 市場。**2**（思想、藝術等的）競爭場。**3**《the～》商業界，實業界。

ˈmarket ˌprice 名市場價格，行情。

ˈmarket reˌsearch 名Ⓤ 市場調查。
ˈmarket reˌsearcher 名市場調查專家。

ˈmarket ˌshare 名〖經〗市場占有率。

ˈmarket ˌtown 名有市集的城鎮。

ˈmarket ˌvalue 名 **1** Ⓤ 市場價值。**2** = market price.

mark·ing [ˈmarkɪŋ] 名 **1** 記號，點；斑點，花紋。**2** Ⓤ 作記號；記分。

ˈmarking ˌink 名Ⓤ 不褪色墨水。

marks·man [ˈmarksmən] 名 （複**-men**）神射手，射擊高手。

marks·man·ship [ˈmarksmənˌʃɪp] 名Ⓤ 射擊技能；射擊術。

Mark Twain [ˈmarkˈtwen] 名 馬克・吐溫（1835－1910）：美國作家 Samuel L. Clemens 的筆名。

mark·up [ˈmarkˌʌp] 名 **1**〖商〗成本外加額；售價與成本的差額；漲價；標高的金額。**2** 排版指示。**3**〖美議會〗定稿。

marl [marl] 名Ⓤ **1** 泥灰土。**2**《古》土。

mar·lin [ˈmarlɪn] 名（複～, ～s）《美》〖魚〗馬林魚。

mar·lin(e)·spike [ˈmarlɪnˌspaɪk] 名〖海〗穿索針；解索針。

Mar·lowe [ˈmarlo] 名**Christopher**, 馬洛（1564－93）：英國的劇作家、詩人。

mar·ma·lade [ˈmarməˌled, ˌ--ˈ-] 名Ⓤ 果醬。

Mar·ma·ra [ˈmarmərə] 名 **the Sea of** ～，馬摩拉海：位於土耳其西北，博斯普魯斯、達達尼爾兩個海峽之間的海域。

mar·mo·re·al [marˈmorɪəl], **-an** [-ən] 形大理石（似）的；大理石做成的。

mar·mo·set [ˈmarməˌzɛt] 名〖動〗狨猴。

mar·mot [ˈmarmət] 名〖動〗土撥鼠。

ma·ro·cain [ˈmærəˌken] 名Ⓤ 一種平紋綢。

ma·roon¹ [məˈrun] 形栗子色的，醬紫色的。—名 **1** Ⓤ 栗色，茶色。**2**《主英》紅炮煙火；發煙筒；煙火。

ma·roon² [məˈrun] 動及 放逐到孤島；使孤立無助，禁閉。—不及 **1** 逃出奴隸狀態。**2**《美南部》去郊遊野餐，去露營；閒逛。

ma·rooned [məˈrund] 形 無法離開的，被困的。

mar·quee [marˈki] 名 **1**《美》屋簷，門罩。**2**《主英》大帳篷。

mar·quess [ˈmarkwɪs] 名《主英》**1** marquee 2. **2** = marquis.

mar·que·try, -te·rie [ˈmarkətrɪ] 名Ⓤ 家具上的鑲嵌，嵌木。

mar·quis,《英》**-quess** [ˈmarkwɪs] 名（複～**·es**, ～[-ˈkiz]）侯爵。～**·ate** [-kwɪzɪt] 名Ⓤ 侯爵地位；Ⓒ侯爵領地。

mar·quise [marˈkiz] 名(複**-quis·es** [-ˈkiz]) **1** 侯爵夫人（《英》marchioness）；女侯爵。**2** 兩端尖的蛋形寶石。**3**《常作複數》《主英》= marquee 2.

ˈmar·ram ˌgrass [ˈmærəm-] 名Ⓤ 濱草。

:mar·riage [ˈmærɪdʒ] 名ⓊⒸ **1** 結婚；結婚典禮，婚禮：propose ～ to... 向…求婚 / give one's daughter in ～ 嫁女兒 / celebrate a ～ 舉行婚禮。**2** 結婚生活，夫妻關係。**3** 結合，融合：the ～of poetry and painting 詩中有畫，畫中有詩。

mar·riage·a·ble [ˈmærɪdʒəbl̩] 形 **1** 可娶的，可嫁的。**2** 到達適婚期的：a girl of ～ age 到達適婚年齡的女郎。**-ˈbil·i·ty** 名

ˈmarriage ˌarticles 名(複)〖法〗婚前契約。

ˈmarriage ˈbed 名《喻》夫妻關係。

ˈmarriage ˌbroker 名職業媒人。

ˈmarriage cerˌtificate 名《英》結婚證書。

ˈmarriage ˌcounseling 名《美》婚姻諮商。

ˈmarriage enˌcounter 名〖心理〗

姻聚會，夫妻集體感受性訓練。

marriage ˌlicense 《美》图結婚許可證，結婚證書。

marriage ˌlines 图 (複)《作單數》《英》結婚證書。

marriage of con'venience 图《a ~》權宜婚姻；政略婚姻。

marriage ˌportion 图嫁妝，妝奩。

mar·ried ['mærɪd] 形 1 婚姻關係的；已婚的：a (newly) ~ couple 一對（新婚）夫婦。2 婚姻的；有配偶的，夫婦的：~ life 婚姻生活。3 密切結合的。

mar·ron ['mærən] 图〖植〗栗子。

mar·rons gla·cés [mæ'rɔŋglæ'se] 图 (複)糖漬栗子。

mar·row ['mæro] 图 1 Ⓤ髓（質）。2《the ~》精髓，精華：get to *the* ~ of the issue 觸及問題的核心。3 Ⓤ力量；活力；營養食物。4《英》西洋南瓜的一種（《美》squash）。

to the marrow (of one's bones) 深及骨髓地；徹底地。

mar·row·bone ['mæro,bon] 图 1 髓骨。2《~s》膝：bring a person to his ~*s* 打倒某人；使某人屈服。3《~s》= crossbones.

mar·row·fat ['mæro,fæt] 图大豌豆。

mar·ry[1] ['mærɪ] 動 (-ried, ~·ing) 及 1 結婚，嫁，娶：get *married* to... 與…結婚。2 使結婚；主持婚禮。3 因結婚而獲得：~ money 與有錢人結婚。4《喻》使密切結合，使融合。5〖海〗捻合。6 使融合爲一。— 不及 結婚，娶，嫁：*M*- in haste, and repent at leisure.《諺》匆匆結婚後悔多。

marry into the purple 嫁入顯貴之家。

marry with the left hand ⇨ LEFT[1]（片語）

mar·ry[2] ['mærɪ] 感《古》《表驚訝、強調等》哎呀！真是！

Mars [marz] 图 1〖天〗火星。2〖羅神〗馬爾斯：戰神。3 Ⓤ戰爭；驍勇。

Mar·sa·la [mar'salə] 图Ⓤ馬沙拉酒。

Mar·seil·laise [ˌmarsə'lez] 图Ⓤ《通常作 La ~》馬賽曲：法國國歌。

Mar·seilles [mar'se, -'selz] 图 1 馬賽：法國東南部一港市。2 Ⓤ馬賽棉織品。

marsh [marʃ] 图ⓊⒸ低溼地，沼澤地。

mar·shal ['marʃəl] 图 1 陸軍元帥，司令官：a ~ of the Royal Air Force《英》空軍元帥 / an air ~《英》空軍中將。2《美》聯邦法院執行官；警察局長；消防局長。3《英》審判官隨行的事務官；王室的高級官員。4 司儀。—動 (~ed, ~·ing 或《英》-shalled, ~·ling) 及 1 整備，整頓：~ the evidence 整理證據。2 引導，帶領就位。3 排列，集合。

Mar·shall ['marʃəl] 图 1 George Catlett, 馬歇爾（1880–1959）：美國將領，曾任國務卿，獲得諾貝爾和平獎（1953）。2〖男子名〗馬歇爾。

'mar·shal·ling ˌyard ['marʃəlɪŋ-] 图《英》鐵路調車場。

'Marshall 'Islands 图《the ~》馬紹爾群島（共和國）：北太平洋珊瑚島群；首都爲麥哲魯（Majuro）。

'Marshall ˌPlan 图《the ~》〖政〗馬歇爾計畫：二次大戰後由美國國務卿 G. C. Marshall 所提出的援歐計畫，其正式名稱爲 European Recovery Program。

'marsh ˌfever 图〖病〗= malaria.

'marsh ˌgas 图Ⓤ沼氣；甲烷。

marsh·mal·low ['marʃ,mælo] 图〖植〗1 藥蜀葵。2 ⓊⒸ棉花糖（一種白色圓形的鬆軟糖果）。

marsh·y ['marʃɪ] 形 (marsh·i·er, marsh·i·est) 1 溼地的，沼澤地的。2 長在溼地的：~ vegetation 沼澤植物。

mar·su·pi·al [mar'sjupɪəl] 形〖動〗1（有）育兒袋的；似育兒袋的。2 有袋類的。—图（袋鼠等）有袋動物。

mart [mart] 图市場；交易場所，貿易中心。

mar·ten ['martn̩] 图 (複~s,《集合名詞》~) 1〖動〗貂。2 Ⓤ貂皮。

Mar·tha ['marθə] 图〖女子名〗瑪莎。

mar·tial ['marʃəl] 形 1 好戰的，勇敢的；軍人氣概的：~ spirit 尚武精神。2 軍隊的；軍事的。3 戰爭的；適於戰爭的。4《常作 M-》戰神的，火星的。~·ly 副

'martial 'art 图（東方）武術：空手道、柔道、中國功夫等搏擊運動。

'martial 'artist 图武術家。

'martial 'law 图Ⓤ戒嚴令；軍政法令。

Mar·tian ['marʃɪən] 形戰神的；火星（人）的。—图火星人。

mar·tin ['martɪn] 图〖鳥〗燕科小鳥。

Mar·tin ['martɪn] 图〖男子名〗馬丁。

mar·ti·net [ˌmartn̩'ɛt] 图嚴格的人，厲行嚴格紀律的軍人。~·ish 形

mar·tin·gale ['martn̩,gel] 图 1 鞅，馬頷韁；跨下的韁繩。2〖海〗船首斜桅的下木行支索。3 賭輸後加倍下注的賭法。

mar·ti·ni [mar'tinɪ] 图 (複~s [-z]) ⓊⒸ馬丁尼酒。

Mar·tin·mas ['martɪnməs] 图聖馬丁節（11 月 11 日）。

·mar·tyr ['martɚ] 图 1 殉教者，殉道者；殉難者，烈士《*to...*》；裝出殉教者模樣的人：play the ~ 假裝殉教以令人覺得悲壯。2 長期受苦的人，受劇烈痛苦者《*to...*》。

make a martyr of oneself 假裝殉教者；甘作犧牲者，自願受苦難。

—動及 1 當成殉教者處死；使成爲犧牲者。2 折磨，迫害。

mar·tyr·dom ['martɚdəm] 图Ⓤ殉教；殉教者的痛苦；巨大的苦難。

·mar·vel ['marvl̩] 图 1 令人驚奇的事物；

M

神奇，不可思議：do ~*s* 做出令人驚訝之事，創造奇蹟。**2**《通常作 **a** ~》神奇的物[人]。—動（~**ed**, ~·**ing** 或《英》-**velled**, ~·**ling**）及感到驚訝；覺得不可思議。—不及驚訝，驚異《*at*...》。

·**mar·vel·lous** ['marvləs] 形《英》= marvelous.

·**mar·vel·ous** ['marvləs] 形 **1** 令人驚訝的，令人讚嘆的；《口》優秀的，出色的。**2** 難以相信的，不可思議的。
~·**ly** 副不可思議地；奇妙地。

mar·vie, -vy ['marvɪ] 感《俚》好極了。

Marx [marks] 名 **Karl**, 馬克思（1818–83）：德國經濟學家、社會主義者及哲學家。

Marx·i·an ['marksɪən] 形馬克思的，馬克思主義的。—名馬克思主義者。

Marx·ism ['marksɪzəm] 名 Ⓤ 馬克思主義。

Marx·ism-Len·in·ism ['marksɪzəm'lɛnɪnɪzəm] 名馬克思列寧主義，馬列主義。

Marx·ist ['marksɪst] 名馬克思主義者。—形馬克思主義的；馬克思主義者的。

Mar·y ['mɛrɪ] 名 **1** 聖母瑪利亞。**2**〖女子名〗瑪麗。**3**《俚》= Mary Jane. **4** ~**I**, 瑪麗一世（1516–58）：英女王（1553–58）。**5** ~**II**, 瑪麗二世（1662–94）：英女王（1689–94）。

M

'**Mary ˌJane** 名 Ⓤ《美俚》大麻煙（亦作 **mary jane, maryjane**）。

Mar·y·land ['mɛrələnd] 名馬里蘭：美國東部的一州；首府爲 Annapolis。略作：Md.,《郵》MD。-**land·er** 名

'**Mary 'Magdalene** 名〖聖〗抹大拉的馬利亞。

'**Mary 'Stuart** 名瑪麗·斯圖亞特（1542–87）：蘇格蘭女王（1542–67）。

mar·zi·pan ['marzəˌpæn] 名 Ⓤ Ⓒ 杏仁糖（霜）（亦稱 **marchpane**）。

mas., masc.《縮寫》*masc*uline.

mas·car·a [mæs'kærə] 名 Ⓤ 睫毛膏。

mas·cot ['mæskət] 名吉祥物，被認爲能帶來幸運的人。

mas·cu·line ['mæskjəlɪn] 形 **1** 男性的；有力的，陽剛的：a ~ walk 男性的步態。**2**〖文法〗陽性的：the ~ gender 陽性。**3** 像男人的，有男子氣概的。—名 **1**〖文法〗陽性，男性。**2** 男性，男人。

mas·cu·lin·i·ty [ˌmæskjə'lɪnətɪ] 名 Ⓤ 男子氣概。

'**masculine 'rhyme** 名〖韻〗陽韻。

Mase·field ['mesˌfild] 名 **John**, 梅斯斐爾德（1878–1967）：英國詩人、小說家、劇作家；桂冠詩人（1930–67）。

ma·ser ['mezə] 名微波放大器。

mash [mæʃ] 名 **1** Ⓤ《或作 **a** ~》糊狀物：boil down to *a* ~ 煮成糊狀。**2** Ⓤ 穀糠等煮成的糊狀家畜飼料。**3** Ⓤ 用熱水泡的碎麥芽。**4** Ⓤ《英俚》馬鈴薯泥。**5**《俚》調情；調情者；情人。—動及 **1** 壓碎，搗碎《偶用*up*》；弄成泥狀。**2** 加熱水以做成麥芽汁；《英俚》泡（茶葉）。《舊·俚》打情罵俏。—不及《俚》調情；送秋波，拋媚眼。

MASH《縮寫》*m*obile *a*rmy *s*urgica[l] *h*ospital 機動式陸軍外科醫院。

mash·er ['mæʃə] 名弄碎食物的人；食品搗碎器。

mash·ie, -y ['mæʃɪ] 名〖高爾夫〗五號球桿。

'**mashie ˌiron** 名〖高爾夫〗四號球桿

'**mashie ˌniblick** 名〖高爾夫〗六號球桿。

·**mask** [mæsk] 名 **1** 面罩，假面具；潛水鏡；面具；口罩；〖運動〗護面具：wear ~ 戴著面罩；隱藏著真相[本意]。**2** 覆蓋物；掩飾，僞裝：under the ~ of darkness 在黑暗掩護下。**3**《古》戴面具的人，化裝舞會的舞者；化裝舞會；假面劇；節慶的狂歡作樂。**4** 面像：a death ~ 以死者的臉模製的石膏面像。**5** 面部，頭部，黑色臉。**6** 假面飾，奇形怪狀的臉。**7** 保護蓋，護罩。
—動及 **1** 用假面具蓋上；隱藏，僞裝。覆蓋。**3** 掩蔽；牽制，阻止。
—不及戴假面具；假裝。

masked [mæskt] 形 **1** 戴假面具的；假面具的；改裝的，僞裝的：a ~ ball 化裝舞會。**2** 掩蔽的，隱藏的。**3**〖軍〗掩蔽的。**4**〖病〗潛在的，潛伏的。

mask·er ['mæskə] 名戴假面具的人；化裝跳舞者（亦作 **masquer**）。

'**masking ˌtape** 名 Ⓤ 遮掩帶：繪畫或噴漆時用以遮蓋不著色的部分。

mas·och·ism ['mæsəˌkɪzəm] 名 Ⓤ **1**〖精神醫〗受虐狂；性受虐狂。**2** 自我虐待。

mas·och·ist ['mæsəkɪst] 名（性）受虐狂者。

mas·och·ist·ic [ˌmæsə'kɪstɪk] 形受虐狂的；自我虐待的。

ma·son ['mesn̩] 名 **1** 石匠，泥水工，砌磚工。**2**《M-》= Freemason. —動及用石頭[磚]砌建。

'**Ma·son-'Dix·on ˌline** ['mesn̩'dɪksn̩] 名《the ~》（美國在南北戰爭前的）南北分界線。

Ma·son·ic [mə'sanɪk] 形共濟會的。

ma·son·ry ['mesn̩rɪ] 名（複-**ries**）**1** Ⓤ 石匠的技藝，石匠職業。**2** Ⓤ 石砌工事，石造建築。**3**《常作 **M-**》= Freemasonry.

masque [mæsk] 名 **1** 假面劇；假面劇本（亦作 **mask**）。**2** 化裝舞會。

mas·quer·ade [ˌmæskə'red] 名 **1** 化裝舞會；化裝所穿戴的面具。**2** 虛飾，假裝。**3** 招搖撞騙。—動不及 **1** 招搖撞騙；冒充。**2** 改裝；參加化裝舞會。
-**ad·er** 名參加化裝舞會者。

:**mass** [mæs] 名 **1** 塊《*of*...》；集合，團

準：a ～ *of* rock 岩塊 / in a ～ 成爲一團。（《通常作 **in the** ～》全體，整體；《通常作 **a** ～》大量聚集；多數，多量《*of*...》：take *in the* ～ 就整體看來。**3** Ⓤ〖美〗(色調等的) 擴大。**4**《**the** ～》大部分；《*of*...》：*the* great ～ *of* imports 大部分輸入品。**5** Ⓤ 尺寸，數量。**6** Ⓤ〖理〗質量。《**the** ～**es**》一般大眾；勞工，下層階級。

be a mass of... 充滿，布滿。
—動 不及 聚成一塊，結成一團。
—及 把…弄成一塊。
—形 大眾的，普及的；大規模的。

Mass [mæs] 名 **1** Ⓤ Ⓒ《常作 **m-**》彌撒，彌撒的儀式：attend ～ 去望彌撒。**2**（偶作 **m-**）彌撒曲。

Mass.《縮寫》*Mass*achusetts.

Mas·sa·chu·setts [ˌmæsəˈtʃusɪts] 名 麻薩諸塞州：美國東北部的一州；首府爲 Boston。略作：Mass.,《郵》MA

mas·sa·cre [ˈmæsəkɚ] 名 **1** 大屠殺。**2** 徹底打敗。—動 (**-cred, -cring**) 及 **1** 集體殺戮，濫殺。**2** 打得落花流水。**-crer** 名

mas·sage [məˈsɑʒ] 名 Ⓤ Ⓒ 推拿（法），按摩治療，按摩（術）。—動 及 施以按摩治療）。**-sag·er, -sag·ist** 名 按摩師。

masˈsage ˌparlor 名 按摩院；色情按摩院；妓院。

mass communiˈcation 名 Ⓤ Ⓒ 大眾傳播。

mass·cult [ˈmæsˌkʌlt] 名 Ⓤ《口》大眾文化。—形 大眾文化的。

mass ˈculture 名 = masscult.

massed [mæst] 形 人群聚集的。

mas·seur [mæˈsɝ] 名 (複 ～**s**) 男按摩師。

mas·seuse [mæˈsɝz, -ˈsuz] 名 (複 **-seus·es**) 女按摩師。

mass ˈgrave 名 萬人塚。

mas·sif [ˈmæsɪf] 名 **1** 山岳。**2** 斷層地塊。

mas·sive [ˈmæsɪv] 形 **1** 大塊狀的；大而重的：a ～ volume 大部頭的書。**2** 大型的，粗大的。**3** 內容充實的，莊嚴的；有力的：make ～ efforts 做了很大的努力。〖礦〗塊狀的；〖地質〗均一性的，無層理的。
～**·ly** 副，～**·ness** 名

mass·less [ˈmæslɪs] 形〖理〗無質量的。

mass-mar·ket [ˈmæsˌmɑrkɪt] 名 大眾市場。—形 大眾市場的，大量生產銷售的。
—動 及 大量行銷（商品）。

mass ˈmarketing 名 Ⓤ 大量行銷。

mass-ˈmarket ˈpaperback 名 大眾的，普及版平裝書。

mass ˈmedia 名 (複) 大眾傳播媒體。

mass ˈmeeting 名 群眾大會。

mass ˌnoun 名〖文法〗物質名詞。

mass ˈnumber 名〖理〗質量數。

mass-pro·duce [ˈmæsprəˈdjus] 動 及 大量生產。

ˈmass proˈduction 名 Ⓤ 大量生產。

ˈmass psyˈchology 名 Ⓤ 大眾心理學。

ˈmass soˈciety 名 Ⓤ〖社〗大眾社會。

ˈmass ˈtransit 名 Ⓤ 大眾運輸系統。

mass·y [ˈmæsɪ] 形 (**mass·i·er, mass·i·est**)《古》= massive.

·mast¹ [mæst] 名 **1**〖海〗桅，帆桅；前桅，大桅。**2** 高柱；旗竿；天線杆。
at (the) mast〖海〗在上甲板的大桅之下。
before the mast〖海〗當見習水手。
—動 及 豎起桅杆。

mast² [mæst] 名 Ⓤ《集合名詞》橡樹、山毛櫸的果實。

mas·tec·to·my [mæsˈtɛktəmɪ] 名 Ⓤ〖外科〗乳房切除（術）。

mast·ed [ˈmæstɪd] 形《通常作複合詞》有桅的：a three-*masted* ship 三桅帆船。

:mas·ter [ˈmæstɚ,ˈmɑs-] 名 **1** 有控制權的人；精通者，熟練者。**2** 雇主，主人；所有者，物主；船長：～ and man 雇主與雇員，主僕 / Like ～, like man.《諺》有其主必有其僕。**3**《英》教師，校長：a music ～ 音樂老師。**4** 師，師傅；工頭，領班；精通者，大師：a ～ of the tea ceremony 茶會的品茗高手 / a ～ of the piano 鋼琴大師 / a ～ of paradox 詭辯的名手。**5**《**the M-**》耶穌。**6** 勝利者，征服者。**7** 法院書記官，受命推事。**8**〖教〗碩士，碩士學位。**9**《**M-**》小少爺。**10**（亦稱 **matrix**）母型。**11** 主導裝置。**12** 原版錄音帶。**13**〖攝〗底片，負片。**14**《**M-**》《用於特殊官名、職稱》長：the *M-* of Balliol（Oxford 大學的）Balliol 學院院長 / *M-* of Household《英》王室內務次長。**15**《古》藝術大師的作品，名作：Old *M-* 大師的名作。**16**《俚》發令者，凌辱者。
be master of... (1) 支配，自由處理。(2) 擁有。(3) 精通。
be one's own master 獨立自主。
make oneself master of... (1) 掌握…的支配權。(2) 精通，熟練。
—形 **1** 支配者的，主人的。**2** 主要的，最重要的。**3** 母帶的，原型的。**4** 卓越的，突出的；優秀的；巨匠的，名家技藝的。**5** 師傅的，可獨立門戶的。—動 及 **1** 征服，使屈服；壓抑；支配，指示。**2** 學會，精通。

mas·ter-at-arms [ˈmæstɚətˈɑrmz] 名 (複 **masters-at-arms**)〖海軍〗糾察長，警衛長。

ˈmaster ˈbedroom 名《**the**～》主臥室。

ˈmaster ˈbuilder 名 建築承包人；建築師；卓越的建築家。

ˈMaster ˌCard 名〖商標名〗萬士達卡：一種國際間通行的信用卡。

ˈmaster ˌclass 名 大師課。

mas·ter·ful [ˈmæstɚfəl] 形 **1** 老闆派頭的；專橫的：a ～ attitude 蠻橫的態度。**2** 行家手藝的；老練的，巧妙的。～**·ly** 副，

～·ness (名)

'master 'hand (名)名家；(U)熟練的技巧（亦作 **master-hand**）。

'master 'key (名) **1** 萬能鑰匙。**2** 難題的解決之道。

mas·ter·ly ['mæstɚlɪ] (形)(副)不愧爲名家的[地]，稱得上名人的[地]；巧妙的[地]，熟練的[地]：a ～ performance 精彩表演，絕技。

-li·ness (名)

'master 'mariner (名)船長。

mas·ter·mind ['mæstɚ,maɪnd] (動)(及)巧妙地策劃，主謀。—(名)謀劃者，指使者。

'Master of 'Arts (名)文學碩士。略作：M.A.

'master of 'ceremonies (名) **1** 司儀。**2** 司儀官。**3** 司禮長。略作：M.C.

'Master of 'Science (名)理學碩士。略作：M.S(c).

·mas·ter·piece ['mæstɚ,pis] (名) **1** 傑作，代表作；名著。**2** 精品，絕品。**3** 驗證才華的作品。

'master ,plan (名)全盤計畫。

'master's (de,gree) (名)(複 **master's (degrees)**)碩士學位。

'master 'sergeant (名) **1**《美》〖陸軍·空軍·海軍陸戰隊〗士官長，二等士官。**2**〖空軍〗一等士官。

M

mas·ter·ship ['mæstɚ,ʃɪp] (名)(U) **1** master 的職位。**2** 統御（力），支配。**3** 精通，熟練；好身手，名家技藝。

Masters Tournament (名)《the ～》〖高爾夫〗名人賽：世界四大高球賽之一。

'master 'stroke (名)絕招，卓越表現。

mas·ter·work ['mæstɚ,wɝk] (名) = masterpiece.

mas·ter·y ['mæstərɪ] (名) **1** (U)支配（力、權），統御：have complete ～ over...完全支配…。**2** (U)《或作 **a**～》精通，通曉；熟練的專門技能。**3** (U)勝利，征服。

mast·head ['mæst,hɛd] (名) **1**〖海〗桅頭瞭望者；桅頂。**2** 報頭，刊頭。

to the masthead 非常地，十分地。

—(動)(及)〖海〗升到桅頂。

mas·tic ['mæstɪk] (名) **1** (U)乳香（脂）；(C)乳香樹。**2** (U)〖建〗膠泥。**3** (U)乳香酒。**4** (U)淡黃色。

mas·ti·cate ['mæstə,ket] (動)(及)(不及) **1** 咬，咀嚼。**2** 變成糊狀。**-ca·ble** (形)，**-ca·tor** (名)絞肉器；搗碎器。

mas·ti·ca·tion [,mæstə'keʃən] (名)(U)咀嚼。

mas·tiff ['mæstɪf] (名)獒犬。

mas·ti·tis [mæs'taɪtɪs] (名)(U)〖病〗乳腺炎，乳房炎。**-tit·ic** [-'tɪtɪk] (形)

mas·to·don ['mæstə,dɑn] (名) **1** 乳齒象。**2** 體格非常大的人。

mas·toid ['mæstɔɪd] (形) **1** 乳房狀的；乳頭狀的：the ～ process 乳狀突起。**2** 乳突骨的，乳狀突起的。—(名)乳狀突起。

mas·toid·i·tis [,mæstɔɪ'daɪtɪs] (名)(U)乳狀突起炎，乳突（骨）炎。

mas·tur·bate ['mæstɚ,bet] (動)(不及)(及)手淫。

mas·tur·ba·tion [,mæstɚ'beʃən] (名)(U)手淫。**mas·tur·ba·to·ry** ['mæstɚ,betər…] (形)手淫的。

·mat[1] [mæt] (名) **1** 墊，蓆子；護墊；蹭鞋墊，擦鞋墊；浴室門口的腳墊。**2** 小…墊。**3**《通常作 **a** ～》纏結《*of*...》：*a* ～ *of* hair 一頭亂髮。**4** 麻袋，草袋。**5** …基，地基。**6** 粗鐵網。

go to the mat with... 奮戰；激烈爭論。

leave a person on the mat 使（某人）吃閉門羹；拒絕接待（某人）。

on the mat 被叫去責罵，被懲罰；困擾。

—(動)(～·ted, ～·ting)(及) **1** 鋪上草蓆；用墊子覆在。**2** 編成墊子。**3** 使纏結。—(不及)糾結《偶用 *up*》。

mat[2] [mæt] (名)硬紙板。—(動)(～·ted, ～·ting)(及)襯上硬紙板。

mat[3], **matt,** 《美》 **matte** [mæt] (形)無光澤的，粗糙的：～ silver 無光澤的銀器。—(名)失去光澤的表面；消除光澤用的工具。—(動)(～·ted, ～·ting)(及)使表面消失光澤，使暗淡。

MAT 《縮寫》Master of Arts in Teaching 教育碩士。

mat·a·dor ['mætə,dɔr] (名)鬥牛士。

:match[1] [mætʃ] (名) **1** 火柴：a safety ～ 安全火柴。**2** 火繩，引線。

:match[2] [mætʃ] (名) **1** 平等之人[物]，相似的人[物]；好對手，競爭對象《*for*...》：b… no ～ *for*... 不是…的對手；不能適用於…之上。**2** 絕配，很好的一對《*for*...》；…方，對方。**3**《英》比賽（《美》game）：play a ～ 比賽。**4** 婚姻，聯姻：make a ～ 結婚；作媒。**5**《通常作 **a** ～》《古》婚姻的對象：*a* poor ～ 差勁的婚姻對象。—(動)(及) **1** 比美於…，與…匹敵《*in, for*...》。**2** 與…調和。**3** 使調和，使相稱《*with,* ...》；搭配《*up* / *to*...》：～ *up* the men and women according to their heights 根據男女的身高撮合姻緣。**4** 密合，接合。**5** 使競爭，使對抗《*with, against*...》：～ one person *against* another 使某人與他人競爭。…幫（人）找出相稱的東西。

—(不及)《主詞用複數》**1** 匹敵，對等，調和，相稱，相配。**2** 結婚，聯姻。

match up to... 與…一致，達到…的標準。

to match《置於名詞之後，作副詞或形容詞》相稱。

match·book ['mætʃ,bʊk] (名)對摺式紙火柴。

match·box ['mætʃ,bɑks] (名)火柴盒。

matched [mætʃt] (形)匹敵的；相配的。

match·ing ['mætʃɪŋ] (形)調和的。

'matching ,fund (名) **1** 對等捐款。**2** …等捐款額。

match·less ['mætʃlɪs] 形 無比的，無敵的。
～·ly 副出類拔萃地。～·ness 名

match·lock ['mætʃ,lɑk] 名火繩槍；（槍炮的）火繩。

match·mak·er¹ ['mætʃ,mekɚ] 名 **1** 媒人。**2** 安排比賽的人。**-mak·ing** 名形

match·mak·er² ['mætʃ,mekɚ] 名火柴製造者。

'match ,play 名Ⓤ〖高爾夫〗以洞數決定勝負的比賽。

'match 'point 名〖球賽〗賽末點，決勝的一分。

match·stick ['mætʃ,stɪk] 名火柴棒。

match·wood ['mætʃ,wud] 名Ⓤ **1** 適於做火柴棒的木材。**2** 木屑，碎片：make ～ of... 把…弄成碎片。

mate¹ [met] 名 **1** 一方。**2** 配偶；同伴；雌或雄的一方。**3**《常作複合字》同伴；《勞工間親暱的稱呼》老兄，夥伴：room*mate* 室友。**4**〖海〗大副；助手；〖海軍〗《美》下士。**5** 齒輪，齒條。
—動 **(mat·ed, mat·ing)** 及 **1** 結伴。**2** (1) 使結婚；使交配：～ a sheep with a goat 讓母綿羊與公山羊交配。(2) 調和，搭配：～ one's words with one's deeds 言行一致。—不及 **1** 成爲夥伴；結婚；交配。**2** 與其他齒輪嚙合。～·**less** 形，～·**ship** 名

mate² [met] 名，動及，感〖西洋棋〗= checkmate.

ma·té ['mɑte] 名Ⓤ馬黛茶，巴拉圭茶。

ma·ter ['metɚ] 名（複～s, **-tres** [-triz]）《英學生俚》母親，媽媽。

ma·ter do·lo·ro·sa ['metɚ,dolə'rosə] 名《拉丁語》**1** 悲傷的母親。**2**《**M- D-**》悲傷的聖母。

ma·te·ri·al [mə'tɪrɪəl] 名 **1** ⓊⒸ構成本質，成分；材料，原料：construction ～*s* 建築材料。**2** Ⓤ資料，題材：collect ～ for a dissertation 蒐集論文的資料。**3** ⓊⒸ布料，紡織品：suit ～ 衣料。**4**《～*s*》用具，器具：～*s* necessary for artists 畫家所需的用具。**5** Ⓤ人才，人物：good management ～ 優秀的經營人才。—形 **1** 物質所構成的；物質的；有形的；物質上的：～ civilization 物質文明。**2** 肉體上的，感官的：～ pleasures 肉體上的歡樂。**3** 物慾的，世俗的：from the ～ viewpoint 由世俗的觀點看來。**4** 重要的；會導致嚴重後果的；首要的，必須的《*to...*》：a point ～ *to* one's argument 爭論上首要之點。**5**〖法〗對判決有重大影響的：～ evidence 決定性證據。**6**〖哲〗唯物的；〖理則〗實質上的；〖文法〗物質的：～ nouns 物質名詞。～·**ness** 名

ma·te·ri·al·ism [mə'tɪrɪə,lɪzəm] 名Ⓤ **1** 唯物論，唯物主義。**2** 物質主義；現實主義。

-ist 名形

ma·te·ri·al·is·tic [mə,tɪrɪə'lɪstɪk] 形唯物論的；現實主義的。**-ti·cal·ly** 副

ma·te·ri·al·i·ty [mə,tɪrɪ'ælətɪ] 名（複 **-ties**）**1** Ⓤ物質性，具體性。**2** 有形物，實體。

ma·te·ri·al·ize [mə'tɪrɪə,laɪz] 動及 **1** 賦予形狀，使有形化，使具體化，使具實體；實現，使趨於實現：～ one's dream 實現夢想。**2** 使顯現。—不及 **1** 顯現。**2** 成爲事實；具有實體；實現，實行。
-i·'za·tion 名ⓊⒸ有形化，具體化；物質化；實現。**-iz·er** 名

ma·te·ri·al·ly [mə'tɪrɪəlɪ] 副 **1** 很大地，相當可觀地。**2** 物質上地，身體上地；〖哲〗實質上地。

ma·te·ri·a med·i·ca [mə'tɪrɪə'mɛdɪkə] 名Ⓤ **1**《集合名詞》醫藥品。**2** 藥物學。

ma·té·ri·el, ma·te- [mə,tɪrɪ'ɛl] 名Ⓤ **1** 設備，器材。**2**〖軍〗軍需品，武器。

·ma·ter·nal [mə'tɝnl] 形 **1** 母親的；母性的：～ instincts 母性本能。**2** 出於母親的，繼承母親的；母方的，母系的：a ～ inheritance 受自母方的遺傳。
～·**ism** 名，～·'**is·tic** 形，～·**ly** 副

ma·ter·nal·ism [mə'tɝnə,lɪzəm] 名Ⓤ **1** 母愛。**2** 呵護，溺愛。

ma·ter·ni·ty [mə'tɝnətɪ] 名 **1** Ⓤ母性；母道。**2** 產科醫院。**3** 孕婦裝。—形妊娠期間的；產婦的；生產的。

ma'ternity ,leave 名Ⓤ產假。

mate·y¹ ['metɪ] 名（複～**s**）《主英口》夥伴，朋友。

mate·y² ['metɪ] 形《英口》人緣好的，善交際的；友好的。

math [mæθ] 名《美口》= mathematics.

·math·e·mat·i·cal [,mæθə'mætɪkl], **-ic** [-ɪk] 形 **1** 數學（上）的，數理的；使用數學的：～ analysis 數理分析。**2** 精確的：～ precision 數學的精密。～·**ly** 副

math·e·ma·ti·cian [,mæθəmə'tɪʃən] 名數學家。

:math·e·mat·ics [,mæθə'mætɪks] 名(複) **1**《作單數》數學：applied ～ 應用數學。**2**《作單、複數》數學處理，計算。

maths [mæθs] 名Ⓤ《英口》= mathematics.

Ma·til·da [mə'tɪldə] 名〖女子名〗瑪蒂爾德；暱稱作 Matty, Mattie.

mat·in ['mætɪn] 名 **1**《～**s**》《常作單數》〖教會〗早課；晨禱（《英》mattins）。**2**〖詩〗（鳥的）晨鳴。—形早晨（禱告）的。

mat·i·née, -nee [,mætn̩'e] 名（音樂、戲劇、電影的）下午場，白天演出。

'matinee ,coat 名幼兒毛織上衣。

mat·ing ['metɪŋ] 名交配；交尾期。

Ma·tisse [mɑ'tis] 名 **Henri**, 馬蒂斯（1869–1954）：法國野獸派畫家。

matri-《字首》表「母」之意。

ma·tri·arch ['metrɪ,ɑrk] 名女家長；具

M

首領資格的女性。-'ar·chal 形

ma·tri·ar·chy ['metrɪ,ɑrkɪ] 名 (複-chies) U C 女家長制。

mat·ri·cen·tric [,mætrə'sɛntrɪk] 形 〖人類〗以母親為中心的，母系的。

ma·tri·ces ['metrɪ,siz] 名 **matrix** 的複數形。

mat·ri·cide ['mætrə,saɪd, 'me-] 名 U C 弒母，弒母者。-'cid·al 形

ma·tric·u·late [mə'trɪkjə,let] 動 及 1 允許入學。2 登記。—不及 允許入學：～ in a college 註冊入大學。—[mə'trɪkjəlɪt] 名 入學者。-la·tor [-,letɚ] 名, -lant [-lənt] 名 大學入學(申請)者。

ma·tric·u·la·tion [mə,trɪkjə'leʃən] 名 U C (大學的)入學許可；入學考試。

ma·tri·fo·cal [,mætrə'fokl] 形 = matricentric.

mat·ri·lin·e·al [,mætrɪ'lɪnɪəl] 形 母系的，母方的：a ～ society 母系社會。

～·ly, -ar·ly 副

mat·ri·mo·ni·al [,mætrə'monɪəl] 形 婚姻的；夫婦關係的，夫婦間的。～·ly 副

mat·ri·mo·ny ['mætrə,monɪ] 名 U 1 結婚典禮，婚姻。2 夫妻關係，婚姻生活：enter into ～ 結婚。3〖撲克牌〗同花色一組紙牌中的老 K 與 Q；覓對。

ma·trix ['metrɪks] 名 (複-tri·ces [-trɪ'siz], ～·es) 1 母體組織；〖解〗母體；《古》子宮：the ～ of a nail 指甲床。2〖生〗細胞間質，基質。3〖礦〗母岩；黏著劑。4(合金的)基體。5〖印〗字模，紙型。6〖數〗矩陣，行列。

·ma·tron ['metrən] 名 1 已婚婦女。2 女舍監；女監督；女看守；護士長。

～·al ['metrənl] 形, ～·hood, ～·ship 名

ma·tron·ly ['metrənlɪ] 形 有已婚婦女作風的；穩重的，嫻淑而有威嚴的。

matt [mæt] 形 名，動 及 = mat³.

Matt. 《縮寫》*Matthew.*

mat·ted ['mætɪd] 形 1 整片稠密的：a weed-matted garden 長滿野草的庭院。2 鋪了墊子的；用草蓆做成的。3 糾結的，蓬亂的。～·ly 副, ～·ness 名

:mat·ter ['mætɚ] 名 1 U 物質，成分；實體：solid ～ 固體。2 U 排泄物；膿。3 U 內容，題材，素材：the ～ of his lecture 他演講的內容。4 U 物品；郵件：first-class ～ 第一類郵件。5 事，事件；問題：a private ～ 私事 / a ～ of life and death 生死攸關的大事。6《～s》事態，情勢：as ～*s* stand 照目前的現狀。7《通常作 the ～》困難，麻煩；操心；故障。8 C U 重大事情；重要性：a ～ for prayer 不祈禱不行的重大事情。9 原因，理由；根據：a ～ for deep concern 深切關心的理由。10 U〖哲〗物質；質料。11〖法〗陳述，主張。12〖印〗原稿；排好的版面。

a matter of... (1) 有關…的問題。(2) 約…，大概…，大約的量。

as a matter of fact 實際上，事實上。

for that matter / for the matter of that 就那件事而論，關於那件事；實際上。

in matters of... / in the matter of... 《文》關於…的事，就…而論。

no matter (1) 不管怎樣。(2) 縱然…也…《*wh-* 子句》。

—動 不及 1《通常以 it 作主詞，主要用於疑問句、否定句》成為問題，有重大關係。2 化膿。

Mat·ter·horn ['mætɚ,hɔrn] 名《th～》馬特杭峰：Pennine Alps 中的高峰，位於瑞、義邊界上，海拔 4,478m。

'matter of 'course 名 當然的事。

mat·ter-of-course ['mætərəv'kɔrs] 形 當然的，不可避免的；反應很自然的。

mat·ter-of-fact ['mætərəv'fækt] 形 實際的，事實的；乏味的，平凡的。

～·ly 副, ～·ness 名

mat·tery ['mætərɪ] 形 流[出]膿的。

Mat·thew ['mæθju] 名 1〖聖〗馬太：新約馬太福音的作者。2〖聖〗馬太福音。〖男子名〗馬修；暱稱 Matt.

mat·ting¹ ['mætɪŋ] 名 U 1 麻等粗編織物。2《集合名詞》蓆子、桌墊等。

mat·ting² ['mætɪŋ] 名 無光澤的表面。

mat·tins ['mætnz] 名 (複)《通常作單數》《主英》= matin 1.

mat·tock ['mætək] 名 鶴嘴鋤。

·mat·tress ['mætrɪs] 名 1 床墊：a firm ～ 硬床墊。2(護堤用的)柴捆。

Mat·ty ['mætɪ] 名〖女子名〗瑪蒂 (Martha, Matilda 的暱稱)。

mat·u·rate ['mætʃʊ,ret] 動 不及 1〖病〗化膿。2 成熟。

mat·u·ra·tion [,mætʃʊ'reʃən] 名 U 1 成熟；成熟期。2 化膿。

·ma·ture [mə'tjʊr, -'tʃʊr] 形 1 成長完全的，發育完全的；成熟的；釀熟的：～ cheese 釀熟的乳酪。2 懂得事理的：have ～ appearance 看起來好像懂事的樣子。3 深思熟慮的，審慎考慮的：after ～ consideration 審慎考慮之後。4 到期的。5 化膿的。6 壯年期的。—動 (-tured, -tur·ing) 及 1 使成熟，使充分發展。2 做好，完成。—不及 1 成熟；圓熟；充分發展。2 到期。

～·ly 副, ～·ness 名

·ma·tu·ri·ty [mə'tjʊrətɪ, -'tʊ-] 名 U 1 成熟；充分發展，完成：the ～ of fruit 果實成熟。2〖金融〗到期；到期日。3 化膿。4〖地質〗壯年期。

ma·tu·ti·nal [mə'tjutɪnl, ,mætju'taɪnl] 形 早晨的，早的。

Maud [mɔd] 名〖女子名〗茉德。

maud·lin ['mɔdlɪn] 形 易感傷落淚的；感情脆弱的；引人落淚的；酒醉後傷感的；激動得哭的。

Maugham [mɔm] 名 **William Somers(et)** 毛姆 (1874–1965)：英國小說家及劇

家。

naul [mɔl] 名 1 大木槌。2 鬧哄哄的爭吵。—動及 1 粗暴地對付；使受傷，打傷。2 嚴厲批評。

naul·stick ['mɔl,stɪk] 名 = mahlstick.

Mau Mau ['maʊ,maʊ] 名(複~s,《集合名詞》~)毛毛黨（員）：肯亞境內用恐怖手段驅逐歐洲人的非洲土人。**'mau-'mau** 動及《美俚》恐嚇。

naun·der ['mɔndɚ] 動 不及 1 嘮叨，發牢騷。2 無精打采地行動。~·**er** 名

naund·y ['mɔndɪ] 名 U 1 洗腳禮。2《英》洗腳禮時分贈窮人的金錢。

Maundy 'Thursday 名 洗足星期四，聖星期四：復活節前的星期四。

Mau·pas·sant ['mopə,sɑnt] 名 **Guy de**, 莫泊桑（1850−93）：法國作家。

Mau·rice ['mɔrɪs] 名〖男子名〗莫里斯。

Mau·ri·ta·ni·a [,mɔrə'tenɪə] 名 茅利塔尼亞：非洲西北部國家；首都爲諾克少（Nouakchott）。

Mau·ri·tius [mɔ'rɪʃɪəs] 名 模里西斯：馬達加斯加島東方印度洋中的島國；首都路易士港（Port Louis）。

Mau·ser ['maʊzɚ] 名 毛瑟槍。

nau·so·le·um [,mɔsə'liəm] 名(複~s, -**le·a** [-'liə]) 1 祠堂，陵寢。2《**the M-**》：Caria 國王 Mausolus 之墓。

nauve [mov] 名 U 1 淡紫色。2 淡紫色的苯胺染料。

nav·er·ick ['mævərɪk] 名 1《美西南部》未打烙印的牛，離開母牛且未烙印的牛犢，小牛。2 不屬於任何政黨或派別的政治人物；獨來獨往且自行其是的人：a ~ among Republicans 共和黨內特立獨行的人。

naw [mɔ] 名 1 口腔，咽喉，食道。2 無底洞：~ of time 永恆。3 嗉囊；胃，反芻動物的第四胃。

nawk·ish ['mɔkɪʃ] 形 1 容易傷感的。2 令人作嘔的。~·**ly** 副, ~·**ness** 名

nax [mæks] 動 及《口》= maximize. —形 = maximal. —名 = maximum 名 1.

Max [mæks] 名〖男子名〗麥克斯。

nax. 《縮寫》*max*imum.

nax·i ['mæksɪ] 名《口》1 長裙子，大衣。2 極大之物。—形 1 長及腳踝的。2 比普通尺寸大的；時間較長的。

nax·il·la [mæk'sɪlə] 名(複-**lae** [-li]) 1 顎（骨），上顎。2 下顎肢，小鰓。

nax·il·lar·y ['mæksə,lɛrɪ] 形 顎（骨）的，上顎的。—名(複-**lar·ies**) 顎（骨）。

nax·im ['mæksɪm] 名 1 格言，箴言。2 座右銘，言行準則。

nax·i·ma ['mæksəmə] 名 **maximum** 的複數形。

nax·i·mal ['mæksəməl] 形 最大[高]的。

Maxim ,gun 名 馬克沁重機槍。

nax·i·mize ['mæksə,maɪz] 動 及 使達到最大限度，增至極限。

-**mi·'za·tion** 名

·**max·i·mum** ['mæksəməm] 名 (複~s, -**ma** [-mə]) 1 最大，最高（限度）：the legal ~ for the noise of a jetliner 噴射客機的法定最大噪音量。2〖數〗最大（值），極大（值）。—形 1 最大的，最高的：excitement at its ~ 興奮到了極點 / *M-* length：300 words.（報告等）限三百字以內。2 表示最高極限的。~·**ly** 副

'maximum ther'mometer 名 最高溫度計。

max·i(·skirt) ['mæksɪ(,skɝt)] 名 長裙。

:**may** [me] 助動(單數現在式第一人稱、第三人稱均用 **may**，第二人稱用 **may** 或《古》~·**est** 或 **mayst**；複數現在式用 **may**；過去式用 **might**) 1《表推測、可能性》(1) 大概，可能。(2)《與 **but** 連用》也許。2《表許可、准許》可以，可以做；《文》《語氣緩和的命令》請做，必要。3 (1)《表目的》使可以。(2)《表結果》因此可以。4《讓步子句》無論。5 (1) 在感嘆句中表示祈禱、願望、咒罵等》祝，願。(2)《文》《在表示願望、希望、要求的動詞後的名詞子句內使用》希望，但願。6《表不確定》會，會是。7《古》《能力》能。

be that as it may《文》就算是這樣，話雖如此；無論如何。

may* (*just*) *as well do 最好那樣做。

may well do 那樣做是理所當然的。

May [me] 名 1 五月。2〖詩〗壯年，青春：the ~ of my life 我的青春年華。3 五朔節的各種活動。4《~**s**》《英》五月考試；五月划船比賽。5 U《**m-**》《英》山楂花。6〖女子名〗梅。—動 不及《**m-**》慶祝五朔節；摘春花。

Ma·ya ['mɑjə] 名(複~s,《集合名詞》~) 1《**the** ~》馬雅族。2 U 馬雅語。

Ma·yan ['mɑjən] 形 馬雅人的；馬雅語系的。—名 馬雅人；U 馬雅語。

:**may·be** ['mebɪ] 副 也許，或許，大概。

and I don't mean maybe《美俚》《置於句尾》真的。

as soon as maybe 盡量快些。

'May ,Day 名 1 五朔節：自古以來於五月一日舉行的春祭。2 國際勞動節。

May·day ['me,de] 名 船舶或飛機所發出的無線電求救信號。

'May-De'cember 'marriage 名 男老女少的婚配。

may·est ['meɪst] 動《古》**may** 的直述法第二人稱單數現在式。

May·fair ['me,fɛr] 名 倫敦上流社會；倫敦上流社會區。

May·flow·er ['me,flaʊɚ, -,flaʊr] 名 1《**the** ~》五月花號：1620 年清教徒自英國前往新大陸時所乘的船。2《**m-**》五月開的花。

may·fly ['me,flaɪ] 名 (複-**flies**)〖昆〗蜉蝣。

M

may·hap ['me,hæp, me'hæp] 副《古》或許，恐怕。

may·hem, mai- ['mehɛm, 'meəm] 名 1〖法〗傷害他人身體。2 破壞行爲，傷害行爲。3 大混亂。

May·ing ['meɪŋ] 名 U 五朔節的慶祝。

mayn't [ment] may not 的縮略形。

may·o ['meo] 名《口》= mayonnaise.

·**may·on·naise** [,meə'nez] 名 U 美乃滋，蛋黃沙拉醬。

·**may·or** ['meɚ, mɛr] 名 市長，鎮長，首長，行政首長：a deputy ~副市長 / Lord *M*- 市長。~·**al** 形, ~·**ship** 名

may·or·al·ty ['meərəltɪ, 'mɛrə-] 名 U 市長的職位或任期。

may·or·ess ['meərɪs, 'mɛrɪs] 名 1 女市長。2《英》市長夫人。

May·pole ['me,pol] 名《常作 **m-**》五朔節花柱。

'**May ,queen** 名《**the** ~》五月皇后：May Day 遊戲所選出的美女，頭戴花冠。

mayst [mest] 動《古》**may** 的直述法第二人稱單數現在式。

May·tide ['me,taɪd] 名 = Maytime.

May·time ['me,taɪm] 名 U 五月（季節）。

maze [mez] 名 1 錯綜複雜的曲徑，迷宮。2《a ~》困惑，紛亂。3 不停旋轉的動作。

—動 及《通常用被動》《主方》使迷惘，使暈眩，使迷惑，使混亂。**mazed·ly** ['mezɪdlɪ] 副

ma·zur·ka, -zour·ka [mə'zɝkə, -'zurkə] 名 1 馬祖卡舞：波蘭的一種舞蹈。2 馬祖卡舞曲。

ma·zy ['mezɪ] 形 (**-zi·er, -zi·est**) 1 迷宮似的，錯綜複雜的。2《方》昏頭轉向的，暈眩的；混亂的。

Mb《縮寫》〖電腦〗*mega bit.*

MB《縮寫》*Bachelor of Medicine.*

MBA, M.B.A.《縮寫》*Master of Business Administration* 企管碩士。

mbps《縮寫》*mega bits per second.*

MC《縮寫》*Marine Corps; Member of Congress.*

mc《縮寫》*megacycle(s).*

M.C.《縮寫》*Master of Ceremonies; Medical Corps; Member of Congress;*《英》*Military Cross.*

Mc·Car·thy·ism [mə'kɑrθɪ,ɪzəm] 名 U 麥卡錫主義：1950 年代前期美國的全面反共運動，大規模檢舉親共者。

Mc·Coy [mə'kɔɪ] 名《通常作 **the real** ~》《俚》真貨；本人。

Mc·Don·ald's [mək'dɑnəldz] 名〖商標名〗1 麥當勞：美國最大的漢堡連鎖店。2 麥當勞漢堡。

Mc·kin·ley [mə'kɪnlɪ] 名 1 **William**, 馬京利：爲美國第 25 任總統（1897–1901）。2 **Mount**, 馬京利峰：位於美國 Alaska 州中部，北美大陸的最高峰，海拔 6194m。

MCP《縮寫》*male chauvinist pig.*

Md《化學符號》mendelevium.

Md., MD《縮寫》*Maryland.*

M.D.《縮寫》*Doctor of Medicine.*

MDMA《縮寫》*Methylene Dioxy Meth Amphetamine* 搖頭丸，快樂丸。

mdnt.《縮寫》*midnight.*

:**me** [mi,《弱》mɪ] 代《**I** 的受格》1《作直接受詞、間接受詞、介詞的受詞》我。2《口》(1)《作主詞》= I. (2)《作 **be** 的補語或放在 **than, as, but** 之後》= I. 3《反身》《古·口》〖詩〗= myself. 4《感嘆語》《表示不幸、驚訝等的心情》。5《口》《在動名詞構句中代替 **my**》。

Me and you!《美俚》我跟你單挑。

ME, M.E.《縮寫》*Middle English.*

Me《化學符號》methyl.

Me.《縮寫》*Maine.*

mead[1] [mid] 名 U 蜂蜜酒。

mead[2] [mid] 名《古》= meadow.

·**mead·ow** ['mɛdo] 名 U C 1 牧草地，草地。2 低溼地。3 草原。

mead·ow·lark ['mɛdo,lɑrk] 名（北美產的）野雲雀，野百靈鳥。

mead·ow·sweet ['mɛdo,swit] 名〖植〗1 繡線菊。2 繡線菊草。

mead·ow·y ['mɛdoɪ] 形（多）牧草地的。

·**mea·ger,**《英》**-gre** ['migɚ] 形 1 劣質的，不足量的；貧乏的，缺乏的：a ~ pay raise 微薄的加薪。2 瘦弱的，瘦小的：the child's ~ arms 那小孩細瘦的手臂。3 不詳盡的。~·**ly** 副

:**meal**[1] [mil] 名 1 用餐；用餐時間。2 一次吃完的食物，一餐（之量）：make a (hearty) ~ of... 吃一頓（豐盛的）…飯 / give a person a decent ~ 請某人吃一頓很不錯的飯。

meals on wheels《英》上門送餐服務。

—動 不及 吃飯，用餐。

·**meal**[2] [mil] 名 U 1 粗粉；碾碎的穀物；碾碎的玉蜀黍。2 碾碎的粉。—動 及 1 撒粗粉。2 碾成粗粉。—不及 做成粗粉。

meal·ie ['milɪ] 名（非洲）玉蜀黍的穗；《~**s**》玉蜀黍。

'**meal ,ticket** 名 1 餐券，飯票。2《美俚》謀生工具；可以依靠維生的人。

meal·time ['mil,taɪm] 名 U 用餐時間。

meal·y ['milɪ] 形 (**meal·i·er, meal·i·est**) 1（似）粗粉的；乾而易變成粉末狀的。2 含有粉的，澱粉質的。3 沾滿粉的：the baker's ~ hands 麵包師傅沾滿粉的雙手。4 蒼白的。5 = mealy-mouthed. 6 有斑點的，有花斑的。

meal·y·bug ['milɪ,bʌg] 名〖昆〗水臘樹蟲，粉介殼蟲。

meal·y-mouthed ['milɪ'mauðd] 形 拐彎抹角的，委婉而言的。

M

ıean¹ [min] 動 (**meant** [mɛnt], ～**·ing**) 及 **1** 意指《*as, by*...》。**2** 意欲；打算。**3** 指定；計畫，預定；說；要（人）做；代表，意味。**4** 打算加諸（利益等）。**5** 引起，發生；造成。**6** 具有重要意義《*to* ..》。—不及 有…的意思，懷意《*to*...》。

nean business ⇨ BUSINESS（片語）

nean well by a person 對（人）懷有善意。

ıean² [min] 形 **1** 低劣的，無價值的。**2** 氐微的，卑賤的：a man of ～ birth 出身低微的人。**3** 卑鄙的，下賤的：～ motives 卑鄙的動機。**4** 襤褸的，破舊的：a woman of ～ appearance 衣著襤褸的女人。**5**《美口》不懷好意的，居心不良的。**6** 吝嗇的，小心眼兒的。**7** 無禮的，自私的：令人厭惡的。**8**《美口》臉上無光的，羞恥的。**9**《美口》身體不舒服的。**10**《美口》難駕馭的。**11**《俚》有技巧的，優秀的；令人佩服的，傑出的。

ıean³ [min] 名 **1**《通常作 ～**s**》手段，方去，媒介《*to* do, *of* do*ing*》: a ～*s* to an end 達成目的的一種手段 / The end justifies the ～*s*.《諺》爲達目的不擇手段。**2**《～**s**》資本，金錢；財產，資產，財富：ive within one's ～*s* 量入爲出。**3** 中央，中庸：the golden ～ 中庸之道，折衷辦去。**4**〖樂〗中音。**5**〖數〗(1) 平均數，算術平均數，幾何平均數，等差中項。(2)（比例）中項。**6**〖統〗平均値，期望値。**7**〖理則〗中詞。

y all (manner of) means (1) 必定，務必。(2)《強調應允之意》當然，好的。

y any (manner of) means《常與否定連用》無論如何，不惜任何代價。

y means of... 以，藉。

y no means 絕不。

—形 中間的，平均的：6 is the ～ quantity of 4 and 8. 六是四和八的平均數。

ıe·an·der [mɪ'ændɚ] 動 不及 **1** 蜿蜒前進。**2** 漫遊；閒談；毫無目標地說話。—名 **1**《常作 ～**s**》曲折，迂迴；迂迴的道路，曲折蜿蜒的路。**2** 曲徑；繞道；漫步，閒逛。

ıean·ing ['minɪŋ] 名 Ⓤ Ⓒ **1** 意義，含義：a literal ～ 字面上的意義 / catch the ～ of a passage 了解文章中（某）一段落的意思。**2** 目的，意圖；重要性：the true ～ of his proposal 他的提議的真正意圖。—形 **1**《複合詞》打算做…的，有…意圖的。**2** 意味深長的，有其他意義的。
～**·ly** 副

ıean·ing·ful ['minɪŋfəl] 形 有意味的，意味深長的；富有意義的：a ～ smile 意義深長的微笑。～**·ly** 副

ıean·ing·less ['minɪŋlɪs] 形 無意義的；無益的，無目的的：a ～ question 一個無意義的問題。

ıean·ly ['minlɪ] 副 **1** 卑微地，鄙陋地。骯髒地，卑鄙地。**3** 吝嗇地，小氣地。

mean·ness ['minnɪs] 名 **1** Ⓤ 卑微，低下；卑鄙；吝嗇；下流；低劣，粗劣。**2** 卑鄙的行爲；壞心眼兒。

means [minz] 名(複) = mean³ 名 1, 2.

mean-spir·it·ed ['min'spɪrɪtɪd] 形 心胸狹窄的；卑鄙的；吝嗇的。～**·ly** 副

'means ˌtest 名 資產調查；《英》（對接受失業救濟者的）財務調查。

means-test ['minzˌtɛst] 動 及（爲審核失業救濟的資格而）調查；發給（救濟金）。

:meant [mɛnt] 動 **mean¹** 的過去式及過去分詞。

·mean·time ['minˌtaɪm] 名《**the** ～》其時，其間。

in the meantime 在此期間；同時。

—副 **1** 於其時，於此際。**2** 另一方面，同時。

·mean·while ['minˌhwaɪl] 名 副 = meantime.

mean·y, mean·ie ['minɪ] 名 (複 **meanies**) 心胸狹窄且有壞心眼的人，吝嗇鬼。

·mea·sles ['mizl̩z] 名 (複) **1**《作單、複數》〖病〗麻疹。

mea·sly ['mizlɪ] 形 (**-sli·er, -sli·est**) **1** 患麻疹的；麻疹的。**2**《口》無價值的，卑劣的；微不足道的，很少的：such a ～ sum 這麼一點點錢！

meas·ur·a·ble ['mɛʒərəbl̩] 形 **1** 可測量的，可測定的：at a ～ distance from the earth 在離地球可測量的一段距離。**2** 可預測的。**3** 相當重要的。**4** 適度的。
-bly 副

:meas·ure ['mɛʒɚ] 名 **1** Ⓤ 大小，寬度，尺寸：a coat made to ～ 訂做的外衣 / her bust ～ 她的胸圍。**2** 測定，測量：a ～ of the distance 距離的測量。**3** 量度（測定）器；定量：一碗，一堆，一袋：a tape ～ 捲尺 / a ～ of rice 一袋米。**4** 單位，標準：weights and ～*s* 度量衡。**5** Ⓤ 量度法：cubic ～ 體積，容積 / square ～ 面積。**6** 基準，尺度。**7** Ⓤ Ⓒ 程度，界限；範圍：within ～ 適度地 / know no ～ 不知如何限制約束，無止境。**8** Ⓤ Ⓒ 比率，比例：a ～ success 某種程度的成功 / in some ～ 在某種程度，有幾分。**9**《通常作 ～**s**》措施，步驟，手段：powerful ～*s* 強硬的對策 / take hard ～*s* 採取強硬的手段。**10** 法令，議案：reject the ～ 否決議案。**11** Ⓤ〖樂〗拍子，小節（線）；〖詩〗韻律；押韻。**12**〖印〗行寬，頁幅。**13**《～**s**》〖地質〗地層。**14**〖數〗約數，度量：the greatest common ～ 最大公約數。

fill up the measure of... 作盡（惡事等）；嘗盡；使超過能忍受的程度。

for good measure 附加地，另外地。

have a person's measure / take the measure of a person's feet 判斷（某人的）品格[能力等]，評斷某人。

in full measure 十分地，充分地。

measure for measure 以牙還牙。
—動 (-ured, -ur·ing) 及 **1** 測量，度量。**2** 配出，量取《 *off, out, up* 》。**3** 估計，衡量；判斷，評估；較量，比高低《 *against, with...* 》。**4** 有…的尺寸；表示。**5** 測定。**6** 調節…使適應，使相稱《 *to...* 》。**7** 《古》去，橫越。**8** 上下打量，打量。
—不及 **1** 測量，度量。**2** 測定後有…的長度[高度，寬度，廣度]。**3**《通常與副詞連用》可測量，可計量。**4** 可以比較，相提並論《 *with, against...* 》。
measure *one's* ***length*** 臥倒地上，跌倒在地。
measure off ⇨動及 2.
measure swords with 與…比劍；《喻》與…決鬥。
measure up (1)符合，達到《 *to...* 》。(2)有能力，夠資格《 *as...* 》。
-ur·er 名 量者；計量器。

meas·ured ['mɛʒəd] 形 **1** 量過的；調整恰當的；相稱的。**2** 整齊的，一致的。**3** 慎重的，謹慎考慮的：speak in ~ words 慎重的說。**4** 韻文的；有韻律的。

meas·ure·less ['mɛʒəlɪs] 形 無限的，無法測知的。

·meas·ure·ment ['mɛʒəmənt] 名 **1** U 測定，測量。**2** 長度，寬度，大小，深度，容積；《通常作 ~s》尺寸；三圍（胸圍、腰圍及臀圍）。**3** U 測量方法，測定方法：inside ~ 內部測量法。

'measurement ˌton 名 容積噸。

'measuring ˌcup 名 量杯。

meas·ur·ing·worm ['mɛʒərɪŋˌwɜm] 名 〖昆〗尺蠖。

:meat [mit] 名 **1** U C （食用的）獸肉：ground ~ 絞碎的肉。**2** U《主美》食用部分，肉：crab ~ 蟹肉。**3** U《古》(1) 食物：One man's ~ is another man's poison. 《諺》人各有所好；各人好惡不同。(2)《古》餐，晚餐。**4** U 重點，關鍵，實質，內容。**5** U《美俚》特別喜好的事[物]，擅長的事[物]。
be meat and drink to *a person* 對某人而言最喜愛的事物。
meat and potatoes《俚》最重要的東西，基本的東西。
strong meat 難以理解的事。

ˌmeat-and-po'tatoes 形 最重要的，基本的。

meat·ball ['mitˌbɔl] 名 **1** 肉丸。**2**《俚》笨蛋，飯桶。

meat·head ['mitˌhɛd] 名《俚》笨蛋。

meat·i·ness ['mitɪnɪs] 名 U 多肉；肉味；豐富的內容。

meat·less ['mitlɪs] 形 無肉的；素食的：~ days 齋日；無肉可吃的日子。

'meat 'loaf 名 U C 肉糕。

meat·man ['mitˌmæn] 名 (複 **-men**) 肉販，肉商。

meat-pack·er ['mitˌpækə] 名《美》肉類加工業者。
-pack·ing 名 U 肉類加工業。

meat-pie ['mit'paɪ] 名 U C 肉餡餅，ㄖ派。

'meat ˌsafe 名（保存肉類等食物的）紗櫥。

'meat ˌtea 名《英》= high tea.

me·a·tus [mɪ'etəs] 名 (複 ~·es, ~)〖解〗道，管。

meat·y ['mitɪ] 形 (**meat·i·er, meat·i·est**)（似）肉的；多肉的。**2** 內容充實[豐富]的，有思想的：a ~ volume of history 一ㄅ內容豐富充實的歷史書。

Mec·ca ['mɛkə] 名 **1** 麥加：沙烏地阿拉伯西部城市，穆罕默德的誕生地，爲回教聖地。**2**《通常作 **m-**》嚮往的目標；渴望前往的目的地；中心地。

mech. 《縮寫》*mech*anical; *mech*anic *mech*anism.

·me·chan·ic [mə'kænɪk] 名 **1** 機械工，機械士；技工；修理工人：a garage ~ 汽車修理工人。**2**《俚》作弊老手。

·me·chan·i·cal [mə'kænɪkl] 形 **1** 機械（上）的；機械製的：~ skill 機械操作的技能。**2** 無意識的，無個性的；習慣性的，呆板的。**3** 機械學的，力學的；物理的：~ principles 力學原理。**4** 機械論的，唯物主義的。
—名 **1** 機械的部分[構造]；《~s》可動部分；結構。**2**〖印〗照相原版。

me'chanical 'brain 名 人工智慧。

me'chanical 'drawing 名 U C **1** 機械製圖。**2** 機械畫。

me'chanical engi'neering 名 U 機械工程學。

·me·chan·i·cal·ly [mə'kænɪkəlɪ] 副 機械地；用機械地。

me'chanical 'pencil 名 自動鉛筆。

mech·a·ni·cian [ˌmɛkə'nɪʃən] 名 機械師，機械工。

me·chan·ics [mə'kænɪks] 名 (複) **1**《作單數》力學；應用力學，機械學：celesti ~ 天體力學。**2**《常作複數》結構，構造：the ~ of the lathe 車床的結構。**3**《常作複數》運作方法，技巧：the ~ of writin novels 創作技巧，小說寫作法。

·mech·an·ism ['mɛkəˌnɪzəm] 名 **1** 機械裝置，機械的運轉部分；機械（似的）作用；構造，機構：the ~ of the human bod 人體構造。**2** U 技巧，手法。**3** U〖哲〗機械論，宇宙機械觀。**4**〖精神分析〗心理機構。**5** U〖語言〗機械論。

mech·a·nist ['mɛkənɪst] 名 機械論者

mech·a·nis·tic [ˌmɛkə'nɪstɪk] 形 **1** 機械論（者）的。**2** 機械學（上）的，有關力學的。
-ti·cal·ly 副

mech·a·nize ['mɛkəˌnaɪz] 動 及 **1** 使成機械[自動，呆板]的：~ one's respons 使反應呆板。**2** 使用機械操作；使採用

械，使機械化。3〖軍〗以裝甲車、戰車等裝備（軍隊等）。-ni·'za·tion 名

ned. 《縮寫》*med*ical; *med*icine; *med*ieval; *med*ium.

M.Ed., MEd [ˌɛm'ɛd] 《縮寫》*M*aster of *Ed*ucation 教育學碩士。

ned·al ['mɛdl] 名獎章，勳章，紀念章：Every ~ has its reverse.《諺》任何事都有另一面。
—動(~ed, ~·ing 或《英》-alled, ~·ling) 及頒發勳章給（人）。

ned·al·ist, 《英》**-list** ['mɛdlɪst] 名1 獎牌設計人。2 獲得獎牌者，受勳人。

ne·dal·lion [mɪ'dæljən] 名 1 大獎牌，大紀念章。2〖建〗有浮雕的圓牌。3 獎牌形的裝飾圖案。

Medal of 'Honor 名《美》榮譽勳章。

nedal ˌplay 名〖高爾夫〗比桿數賽。

ned·dle ['mɛdl̩] 動 (-dled, -dling) 不及1 管閒事，干擾《*in, with...*》。2 亂弄《*with...*》。
-dler 名愛管閒事者。

ned·dle·some ['mɛdl̩səm] 形管閒事的；愛管閒事的；愛干預的。

ned·dling ['mɛdlɪŋ] 名U干涉，干預。
—形干涉的，干預的。

Mede [mid] 名米底亞人。

Me·de·a [mɪ'diə] 名〖希神〗美蒂亞：女魔法師，幫助其夫 Jason 獲得金羊毛。

ne·di·a ['midɪə] 名 1 **medium** 的複數形。2《**the** ~》大眾傳播媒體：~ hype 宣傳花招。

Me·di·a ['midɪə] 名米底亞：位於今伊朗西北部的古王國。

ne·di·a·cy ['midɪəsɪ] 名U媒介；調停。

ne·di·ae·val [ˌmidɪ'ivl̩,ˌmɛdɪ-] 形 = medieval.

nedia eˌvent 名新聞媒體炒作的事件。

ne·di·al ['midɪəl] 形 1 中間的，中央的。2 平均的；普通的，適中的。3〖語音〗在字中的。~·ly 副

ne·di·an ['midɪən] 形1 正中的。2 中央的，中間的，在中央的。—名1〖算·統〗中位數，中央值。2〖幾何〗中線。~·ly 副

nedian 'strip 名《美》（高速公路的）中央分隔帶。

nedia 'studies 名U媒介研究。

ne·di·ate ['midɪˌet] 動及1 居間調停，調解，仲裁，斡旋：~ a strike 調停罷工。2 傳達，轉交：~ a message 傳達消息。—不及1 充當調解人《*in...*》；居中仲裁《*between...*》；斡旋：~ *between* contending parties 替爭鬥的雙方斡旋。2 居中間位置。
—['midɪɪt] 形 經由調停而達成的；經由媒介的，間接的。~·ly 副

me·di·a·tion [ˌmidɪ'eʃən] 名U 1 居中調停斡旋。2〖國際法〗調停，仲裁。

me·di·a·tor ['midɪˌetɚ] 名 和事佬，斡旋者；仲裁者，調停者。

me·di·a·to·ri·al [ˌmidɪə'torɪəl] 形 適於擔任調解人的；仲裁人（般）的。

me·di·a·to·ry ['midɪəˌtorɪ] 形仲裁的，調停的；擔任仲裁工作的。

med·ic ['mɛdɪk] 名《俚》醫師；醫學院學生；看護兵。

med·i·ca·ble ['mɛdɪkəbl] 形可治療的，可治癒的。

Med·i·caid ['mɛdɪˌked] 名U《美》（對低所得者的）醫療補助（制度）。

:med·i·cal ['mɛdɪkl] 形 1 醫學的，醫術的，醫療的：~ care [attention] 醫療 / a ~ certificate 診斷書。2 內科的：a ~ case 內科病患病例。—名1 內科醫師，開業醫師；《口》醫學院學生。2 體檢。
~·ly 副

me·dic·a·ment [mə'dɪkəmənt, 'mɛdɪ-] 名藥物，藥劑。

Med·i·care ['mɛdɪˌkɛr] 名U《美·加》（對 65 歲以上老人所辦的）醫療保險（制度）。

med·i·cate ['mɛdɪˌket] 動及1 以藥物治療[處理]（人、傷口等）。2 在…之中添加藥物：a ~*d* bath 藥水澡。

med·i·ca·tion [ˌmɛdɪ'keʃən] 名 1 U 摻入藥品；藥物治療（法）。2 UC藥物，藥劑。

Med·i·ci ['mɛdəˌtʃi] 名《**the** ~》麥第奇家族：15–16 世紀義大利 Florence 的望族，為藝術及文學的贊助者。

me·dic·i·nal [mə'dɪsənl] 形藥的，醫藥的；有藥效的，有治癒力的：a ~ herb 藥草 / ~ preparations 配好的藥劑 / ~ virtues 藥效。~·ly 副

:med·i·cine ['mɛdəsn̩] 名 1 UC 藥品，藥劑：a ~ for fever 退燒藥。2 U 醫術，醫學；內科醫學[治療]；醫師行業：clinical ~ 臨床醫學。3 U被認為具有魔力的事物；超自然力；魔咒，魔法，巫術（儀式）。4《喻》有益處的經驗。5《俚》酒。

get some of** one's **own medicine 遭到報應。

give** a person **a taste of** his **own medicine 使某人遭到報應，以牙還牙。

take** one's **medicine 忍受不喜歡但非接受不可的事，受罰（尤指自作自受）。
—動 (-cined, -cin·ing) 及對（人）用藥。

'medicine ˌball 名藥球：⑴體能運動用的皮面實心大球。⑵將此種球逐次向後傳的一種體能訓練。

'medicine ˌcabinet 名= medicine chest.

'medicine ˌchest 名藥箱，（尤指家庭用的）急救箱。

'medicine ˌman 名 1（北美印第安人的）巫醫。2（尤指 1900 年以前以表演招徠顧客的）跑江湖賣藥郎中。

M

med·i·co ['mɛdɪ,ko] 名 (複～s)《口》醫師；醫學院學生。

·**me·di·e·val** [,midɪ'ivḷ, ,mɛd-] 形 中世紀的；中古（時代）的；中古風格的。

me·di·e·val·ism [,midɪ'ivḷ,ɪzəm, ,mɛd-] 名 Ⓤ 1 中古精神。2 對中世紀事物的崇尚。3 中世紀文化。

me·di·e·val·ist [,midɪ'ivḷɪst,,mɛd-] 名 1 中古研究者；中古藝術研究者。2 崇尚中古文化[精神等]的人。

Medi'eval 'Latin 名Ⓤ中古拉丁語。

Me·di·na [mə'dinə] 名麥地那：沙烏地阿拉伯西部的城市，僅次於麥加的回教聖地。

me·di·oc·ra·cy [,midɪ'ɑkrəsɪ] 名 (複-cies) ⓊⒸ庸才治理（的世界）。

me·di·o·cre [,midɪ'okɚ] 形 普通的，平庸的；劣等的。

me·di·oc·ri·ty [,midɪ'ɑkrətɪ] 名(複-ties) 1Ⓤ 平凡，平庸；庸才。2 平凡的人。

·**med·i·tate** ['mɛdə,tet] 動 (-tat·ed, -tat·ing) 及 1 企圖，策劃。2 考慮，沉思。—不及 冥想，考慮《*on, upon...*》：～ *on* [*upon*] one's experience 沉思過去的經驗。

-ta·tor 名

·**med·i·ta·tion** [,mɛdə'teʃən] 名 1 Ⓤ 深思，考慮；（尤指宗教性的）沉思，冥想。2《常作 ～s》冥想錄，沉思錄。

M

med·i·ta·tive ['mɛdə,tetɪv] 形 喜沉思的；有助於沉思的；默想的：a ～ person 喜沉思的人。～·ly 副, ～·ness 名

:**Med·i·ter·ra·ne·an** [,mɛdətə'renɪən] 名 1《the ～》地中海。2 屬於地中海人種的人；地中海區居民。—形 1 地中海（附近）的。2 地中海人種的。3（海）被陸地環繞的。4（氣候）地中海型的。

Mediter'ranean 'fruit ,fly 名〖昆〗地中海果蠅。

Mediter'ranean 'Sea 名《the ～》地中海。

:**me·di·um** ['midɪəm] 名 (複-di·a [-dɪə], ～s) 1 中間，中庸：the happy ～ 適當的中庸之道。2 中等大小的東西；中間物。3（生物的）棲息場所，生活環境：a ～ in which bacteria thrive 細菌繁殖的環境。4（傳達或造成某事的）工具，手段；媒介，媒體：a ～ of communication 傳播媒體。5〖生〗（標本的）保存液；〖菌〗（細菌的）培養基。6〖美〗顏料溶解液；藝術創作的媒介；（舞臺照明的）濾光器。7 (複～s) 通靈的人，靈媒。

—形中等的，位於中間的；中等火候的，半熟的：～ size 中號，M 號 / ～ and small business 中小企業。

'medium 'frequency 名中頻（率）。略作：MF

me·di·um·is·tic [,midɪə'mɪstɪk] 形 通靈者的；召魂術的。

'medium 'range ba'llistic 'mis·sile 名中程彈道飛彈。略作：MRBM.

me·di·um-sized ['midɪəm'saɪzd] 形 中型的，中號的，M 號的。

'medium 'wave 名Ⓤ中波。略作：MW

med·lar ['mɛdlɚ] 名〖植〗枸杞。

med·ley ['mɛdlɪ] 名(複～s) 1 混合物，混雜物，雜燴《*of...*》；各種人物的聚集，混雜的人群：a ～ *of* thoughts 混雜的各種思想。2 混合曲。3《古》雜文集，雜記。—形《古》混合的，拼湊的。

'medley ,relay 名〖游泳〗混合接力賽。

Mé·doc ['medɑk, mɪ'dɑk] 名麥達（法國西南部之一葡萄產地）；Ⓤ麥達紅葡萄酒。

me·dul·la [mɪ'dʌlə] 名(複～s, -lae [-li]) 1〖解〗髓，骨髓；脊髓；（毛髮等的）髓質（部分）。2〖植〗木髓。

me·du·sa [mə'djusə] 名(複～s, -sae [-si]) 〖動〗水母。

Me·du·sa [mə'djusə] 名 (複～s) 1〖希神〗美杜莎：蛇髮女妖之一。

meed [mid] 名《古》報酬；應受的賞罰。

:**meek** [mik] 形 1 逆來順受的；溫順的，柔和的：(as) ～ as a lamb 極其溫順的。2 沒骨氣的，窩囊的，順從的。～·ly 副

meer·kat ['mɪr,kæt] 名〖動〗狐獴。

meer·schaum ['mɪrʃəm, -ʃɔm] 名 1 Ⓤ 海泡石。2 海泡石煙斗。

:**meet**[1] [mit] 動 (met, ～·ing) 及 1 相會，相逢，相遇；遇到。2 會面，碰頭；會見，晤談；結識。3 迎接：～ a bus 去接遊覽車。4 出現在…面前，被看見。5 會合，交會。6 相碰，接觸，互撞。7 交戰，競爭；對抗，迎戰；應付，戰勝；面對；反駁：～ a person with one's fists 以拳頭對付某人。8 順應；使滿足；支付：～ the cas 適合所需。9 經歷，遭遇到。—不及《主詞用複數》1 會面，相會；相遇；相識。2 會合，集合；集會。3 交會，接合。4 結合，共存。5 同意；得到贊成。6 作戰，競爭。

make* (*both*) *ends meet ⇨ END名（片語）

meet...halfway (1) 互做某種程度的讓步；折衷接受；妥協。(2) 預測…的態度而採取對應的行動；在半途迎接。

meet up with...《美口》邂逅；趕上。

meet with... (1) 突然遇到；《美》約見晤談，正式會面。(2) 經歷，遭受到。

more* (*in it*) *than meets the eye 非可見到的東西，艱深的道理。

—名 1《集合名詞》《英》（獵人等）出獵前的聚集；《美》集合。2《美》競賽大會，集會（《英》meeting）。3 集會者，會眾；集會場所，會場。4〖數〗交集。

meet[2] [mit] 形《古》適宜的《*for...*》。

:**meet·ing** ['mitɪŋ] 名 1 ⓊⒸ 集合，會合；會晤；一致，匯合：avoid a direct ～ of the eyes 避免目光直接交會。2 會議，大會，集會；禮拜聚會：an athletic ～ (

英》運動會（《美》an athletic meet）/hold a ～ 舉行會議 / attend a ～ 參加會議。3 Ⓤ《the ～》《集合名詞》會眾，集會者。4 ⓊⒸ會戰，迎戰；決鬥。5 會流處，交叉處；接合點：the ～ of two roads 兩條道路的交叉點。

'meeting ˌhouse 图 1 禮拜堂；《美》教友派信徒的聚會所。2《英》非國教派信徒的禮拜堂。

meet·ing-place ['mitɪŋˌples] 图會場。

Meg [mɛg] 图〖女子名〗梅格（Margaret 的暱稱）。

meg·a ['mɛgə] 形巨大的，大規模的；許多。一副《美俚》的確，實在。

mega- 《字首》1 表「大」之意。2〖理〗表「百萬倍」、「兆」之意。

meg·a·buck ['mɛgəˌbʌk] 图 1《美俚》一百萬元。2《～s》巨額的金錢。

meg·a·byte ['mɛgəˌbaɪt] 图〖電腦〗百萬位元組。略作：MB, Mb

meg·a·cit·y ['mɛgəˌsɪtɪ] 图(複-cit·ies) 人口一百萬以上的大都市。

meg·a·cy·cle ['mɛgəˌsaɪkl] 图1 百萬圈。2〖無線〗兆周，兆赫。略作：Mc, mc

meg·a·death ['mɛgəˌdɛθ] 图〖軍〗一百萬人死亡：核子戰爭死亡人數單位。

meg·a·hertz ['mɛgəˌhɝts] 图(複～, ～·es)〖電〗百萬赫。略作：MHz

meg·a·lith ['mɛgəˌlɪθ] 图〖考〗巨石。

meg·a·lith·ic [ˌmɛgə'lɪθɪk] 形 1 巨石的，使用巨石的。2（史前的）巨石時代的。

megal(o)- 《字首》表「大」、「誇張」、「過分巨大」之意。

meg·a·lo·ma·ni·a [ˌmɛgələ'menɪə] 图 Ⓤ〖精神醫〗誇大妄想；狂妄；誇大症。

meg·a·lo·ma·ni·ac [ˌmɛgələ'menɪˌæk] 图誇大狂，誇大狂患者。一形誇大狂的。

meg·a·lop·o·lis [ˌmɛgə'lɑpəlɪs] 图 1 大都會區。2 超大都市。**-lo·'pol·i·tan** [-lo'pɑlətn̩] 形图大都會區的（居民）。

meg·a·phone ['mɛgəˌfon] 图 1 喇叭筒，擴音器，傳聲筒。2 代言人，喉舌。一動及以喇叭筒向…喊話；以喇叭筒喊出；傳揚。一不及以擴音器喊話。

meg·a·star ['mɛgəˌstɑr] 图《口》超級巨星。

meg·a·ton ['mɛgəˌtʌn] 图 1 一百萬噸。2 一百萬噸級。略作：MT

meg·a·ton·nage ['mɛgəˌtʌnɪdʒ] 图（核子武器的）百萬噸級。

meg·a·trend ['mɛgəˌtrɛnd] 图巨大變動趨勢，大潮流。**-trend·y** [-'trɛndɪ] 形

meg·a·vi·ta·min ['mɛgəˌvaɪtəmən] 形大量維他命的；攝取大量維他命的。一图《～s》大量維他命。

meg·a·volt ['mɛgəˌvolt] 图〖電〗兆伏，百萬伏特。略作：MV, Mv

meg·a·watt ['mɛgəˌwɑt] 图〖電〗兆瓦，百萬瓦。略作：Mw

meg·ohm ['mɛgˌom] 图〖電〗兆歐姆，百萬歐姆。略作：meg, MΩ

me·grim ['migrɪm] 图1《～s》憂鬱，抑鬱。2 ⓊⒸ《古》怪念頭，胡思亂想。3《～s》頭暈；眩暈。4 ⓊⒸ偏頭痛。

mei·o·sis [maɪ'osɪs] 图(複-ses [-siz]) ⓊⒸ 1〖生〗減數分裂。2〖修〗曲言法。

me-ism ['miˌɪzəm] 图《美》自我主義。

Me·kong ['me'kɑŋ] 图《the ～》湄公河：發源於中國青海省，在越南注入南海。

mel·a·mine ['mɛləˌmin] 图Ⓤ〖化〗三聚氰胺。

mel·an·cho·li·a [ˌmɛlən'kolɪə] 图Ⓤ〖精神醫〗憂鬱症，抑鬱症。**-li·ac** [-ˌæk] 形图患憂鬱症的；憂鬱症患者。

mel·an·chol·ic [ˌmɛlən'kɑlɪk] 形 1 憂鬱的；令人抑鬱的。2 憂鬱症的，患憂鬱症的。**-i·cal·ly** 副

·mel·an·chol·y ['mɛlənˌkɑlɪ] 图Ⓤ 1 憂鬱，抑鬱。2 憂鬱的狀態；沉思，哀愁。3《古》黑膽汁；黑膽汁過多所造成的氣質。一形 1 憂鬱的，抑鬱的。2 使人憂鬱的，悲傷的：a ～ event 令人悲傷的事件。3 沉思的。

Mel·a·ne·sia [ˌmɛlə'niʒə, -ʃə] 图美拉尼西亞：澳洲東北方太平洋諸群島的總稱。

Mel·a·ne·sian [ˌmɛlə'niʒən, -ʃən] 形美拉尼西亞的，美拉尼西亞人[語]的。一图美拉尼西亞人；Ⓤ美拉尼西亞語。

mé·lange [me'lɑnʒ] 图(複～s [-'lɑnʒ]) 混合物；雜集；大雜燴。

me·lan·ic [mə'lænɪk] 形黑色素過多的。一图黑色素過多者。

mel·a·nin ['mɛlənɪn] 图Ⓤ〖生化〗黑色素。

'Melba 'toast ['mɛlbə-] 图Ⓤ（烤脆的）狹長薄麵包片。

Mel·bourne ['mɛlbɚn] 图墨爾本：澳洲東南部大城；Victoria 省的首府。

meld[1] [mɛld] 動及〖牌〗出示（手中的牌）以計分。一不及出示手中的牌。一图可出示得分牌。

meld[2] [mɛld] 動及不及《美》（使）合併；（使）混合。

me·lee, mê·lée [me'le, 'mele] 图1 白刃戰，混戰。2 混亂；雜亂的一群。

me·lio·rate ['miljəˌret] 動及不及 = ameliorate.

me·lio·rism ['miljəˌrɪzəm] 图Ⓤ 改善論：認為世界可因人的努力而改善。**-rist** 图形

Me·lis·sa [mə'lɪsə] 图〖女子名〗梅莉莎。

mel·lif·lu·ous [mə'lɪfluəs] 形 1 甜美的，流暢的，聲音甜美的。2 產蜂蜜的；蜂蜜般甜美的。～**·ly** 副, ～**·ness** 图

·mel·low ['mɛlo] 形 1 甜軟多汁的：a ～ peach 甜軟的桃子。2 芳醇的，味濃的。3 柔和的：a ～ sound 圓潤的聲音。4 圓熟的；老練的，成熟的：a man of ～ charac-

M

ter 性情溫厚的人。5 鬆軟肥沃的；含有肥沃有機土的。6《口》和藹可親的，爽朗快活的；微醉的。—動及不及（使）成熟。~·ly 副, ~·ness 名

me·lod·ic [məˈlɑdɪk] 形 1 音調悅耳的。2 旋律的，曲調的。**-i·cal·ly** 副

me·lod·i·ca [mɪˈlɑdɪkə] 名口風琴。

me·lo·di·ous [məˈlodɪəs] 形 1（有）旋律的。2 產生美妙旋律的；音調悅耳的。~·ly 副, ~·ness 名

mel·o·dist [ˈmɛlədɪst] 名 作曲家；聲樂家。

mel·o·dra·ma [ˈmɛlə,drɑmə, -,dræmə] 名 ⒸⓊ 1 通俗劇。2 通俗劇式的事件。**-ˈdram·a·tist** 名通俗劇作家。

mel·o·dra·mat·ic [,mɛlədrəˈmætɪk] 形 像通俗劇般的；（適於）通俗劇的。**-i·cal·ly** 副

·mel·o·dy [ˈmɛlədɪ] 名（複**-dies**）1 Ⓤ美妙的旋律，悅耳的音調：the ~ of singing birds 鳥的悅耳鳴聲。2 ⓊⒸ〖樂〗旋律，曲調；主旋律；歌曲。3 適於歌唱的詩。4 ⓊⒸ 抑揚頓挫，音調。

·mel·on [ˈmɛlən] 名 1 ⒸⓊ瓜，哈蜜瓜；Ⓤ瓜的果肉。2 Ⓤ深粉紅色。3《俚》額外紅利：cut a ~ 分額外紅利。

Mel·pom·e·ne [mɛlˈpɑmənɪ] 名〖希神〗美爾潘蜜妮：掌管悲劇的女神。

M

:melt [mɛlt] 動（~·ed, ~·ed 或《限定用法》**mol·ten**, ~·ing）不及 1 熔化，融化；溶解（*in...*）：~ into water 溶解成水。2 漸漸地消失，逐漸減退，逐漸變淡（*away*）；漸漸改變，逐漸消逝；融合於（*into...*）。3 軟化：~ into tears 心軟而落淚。4 感到熱得要命。5 變清澄。6《口》因高熱而感到痛苦。—及 1 熔化，融解。2 使逐漸消失（*away*）；使變淡而溶入（*into...*）。3 使軟化[緩和]，使變溫柔。4《英俚》使用（金錢）；兌換現金。

melt down (1) 熔化。(2) 熔毀。

melt in a person's mouth 入口即化；味道極佳。

—名 1 Ⓤ 熔解。2 熔解物。3 一次的熔解量。~·a·ble 形

melt·down [ˈmɛlt,daʊn] 名熔化；熔解。

melt·ing [ˈmɛltɪŋ] 形 1 熔化的，融解的。2 溫柔的，易落淚的；令人心軟的，令人感傷的：in a ~ voice 用一種溫柔動人的聲音。~·ly 副

ˈmelting ,point 名《the ~》熔點。

ˈmelting ,pot 名 1 熔爐，熔化鍋。2《喻》（人種、文化的）大熔爐。

go into the melting pot 重新改造；軟化。

throw... into the melting pot 改造。

mel·ton [ˈmɛltn̩] 名Ⓤ墨爾登呢：一種厚呢。

melt·wa·ter [ˈmɛlt,wɔtə, -,wɑt-] 名Ⓤ雪融成的水，冰融成的水。

Mel·ville [ˈmɛlvɪl] 名 **Herman**, 梅爾威爾（1819–91）：美國小說家。

:mem·ber [ˈmɛmbə] 名 1 成員；會員，團員；下議院議員，眾議院議員（《美》Member of Congress,《英》Member of Parliament）；議員：the ~ nations of the United Nations 聯合國會員國。2 肢體的一部分，器官：手，足，翅膀；陰莖：~*s* of Christ《喻》基督的手足，基督徒。3 構件，構材；〖數〗項；元，要素。4〖文法〗子句，句子的一個單位。

-bered 形 由會員組成的；《作複合詞》有…會員的。~·less 形

·mem·ber·ship [ˈmɛmbə,ʃɪp] 名 1 Ⓤ 一員的身分；會員地位：a ~ card 會員證。2 總人數，會員數；《集合名詞》會員。

mem·bran·al [mɛmˈbrenəl, ˈmɛmbrə-] 形（似）細胞膜的。

mem·brane [ˈmɛm,bren] 名 1〖解〗薄膜，膜；細胞膜。2 Ⓤ羊皮紙。

mem·bra·nous [ˈmɛmbrənəs, mɛmˈbre-] 形 由膜形成的；膜質的，膜狀的。

mem·con [ˈmɛm,kɑn] 名會談備忘錄。

me·men·to [mɪˈmɛnto] 名（複~s, ~es）1 勾起人回憶的事物，紀念品；遺跡。2 提出警告的事物。

me·men·to mo·ri [mɪˈmɛntoˈmoraɪ] 名（複~）1《拉丁語》勿忘人終有一死；死的警句。2 死的象徵。

mem·o [ˈmɛmo] 名（複~s）《口》= memorandum.

mem·oir [ˈmɛmwɑr, -wɔr] 名 1《通常作~s》回憶錄，經驗談；自傳，言行錄；研究論文集，會議紀要，會報。2 傳記；論文。

~·ist 名撰寫回憶錄的人。

mem·o·ra·bil·i·a [,mɛmərəˈbɪlɪə] 名（複）（單**-o·rab·i·le** [-əˈræbəlɪ]）值得記憶的大事；紀念物品。

·mem·o·ra·ble [ˈmɛmərəbl̩] 形 1 值得記憶的，難忘的，重要的：a ~ concert 一場難忘的音樂會。2 易於記憶的。**-bly** 副

·mem·o·ran·dum [,mɛməˈrændəm] 名（複~s [-z], **-da** [-də]）1 備忘錄；紀錄；便條，便箋：make a ~ of... 把…記錄下來。2〖法〗買賣契約備忘書；設立章程。3〖商〗送貨單的存單；備查紀錄。

·me·mo·ri·al [məˈmorɪəl] 名 1 紀念物[碑]，紀念館，紀念祭典：a war ~ 戰爭烈士紀念碑。2 請願書；非正式文書，備忘錄：address a ~ to the king 向國王上陳情書。3《通常作~s》紀錄，回憶錄；編年史。—形 1 紀念的；追悼的。2 記憶的。

ˈMemorial ,Day 名《美》陣亡將士紀念日：五月的最後一個星期一。

me·mo·ri·al·ist [məˈmorɪəlɪst] 名 1 請願書起草者。2 回憶錄作者。

me·mo·ri·al·ize [məˈmorɪə,laɪz] 動及 1 紀念。2 呈遞請願書。

meˈmorial ˈpark 名《美》公墓。

:mem·o·rize [ˈmɛmə,raɪz] 動（**-rized**, **-ri**

ing) 及記住，熟記：～ a speech 背誦演講稿。—不及背記。

mem·o·ry ['mɛmərɪ] 名 (複-**ries**) **1** Ⓤ記憶，回想；記憶作用；Ⓒ記憶力：a man of short ～ 記性差的人 / refresh one's ～ 喚起記憶 / escape a person's ～ 被某人所遺忘 / commit...to ～ 記住，熟記。**2** 記憶範圍：beyond the ～ of man 超出人們記憶所及範圍 / within one's ～ 在某人記憶之中的，就某人記憶所及。**3** 回憶；留在記憶中的人[物，事情]：*memories* of my college days 我大學時代的種種回憶 / laugh at the ～ 想起往事而笑。**4** Ⓤ紀念；名聲，風評：a monument in ～ of Shakespeare 莎士比亞紀念碑。**5** Ⓤ復原力；Ⓒ〖電腦〗記憶裝置，記憶體；〖修〗熟背階段。

if my memory serves me correctly 《口》如果我沒有記錯的話。

(*take*) *a trip down memory lane*（重拾）舊日情懷，（重溫）昔日的情趣。

memory ˌbank 名〖電腦〗記憶裝置。

Mem·phis ['mɛmfɪs] 名孟斐斯：**1** 埃及尼羅河畔的古城。**2** 美國 Tennessee 州西南部的港市，臨 Mississippi 河。

mem·sa·hib ['mɛmˌsɑɪb, -ˌsɑhɪb] 名夫人：印度人對上流社會婦女的尊稱。

men [mɛn] 名 **man** 的複數形。

men·ace ['mɛnɪs] 名 **1** ⓊⒸ危險（的東西）；威脅，脅迫《*to*...》：a ～ *to* peace 對和平的威脅。**2** 難應付的人，危險人物。

—動 (**-aced, -ac·ing**) 及 **1** 恐嚇，脅迫《*with*...》：～ a person *with* immediate dismissal 以立即解僱的言詞威嚇某人。**2** 給予威脅，危及《*with*...》；《被動》使暴露於危險中《*by, with*...》：farmland ～*d by* drought 受到乾旱威脅的農地。—不及威脅，恐嚇，脅迫。

men·ac·ing ['mɛnɪsɪŋ] 形威脅的，恐嚇的；逼近的。～**·ly** 副

mé·nage, me- [me'nɑʒ, mə-] 名(複～**s**) **1** 家庭，身家。**2** 家政，家事。

mé·nage à trois [me'nɑʒɑ'trwɑ] 名《法語》三人同居（一對夫妻及其中一方的情人住在一起）。

me·nag·er·ie [mə'nædʒərɪ, -'næʒ-] 名 **1**《集合名詞》野獸，珍獸。**2** 動物園。

men·ar·che [mə'nɑrkɪ] 名月經初潮。

Men·ci·us ['mɛnʃɪəs] 名孟子（約 372–289B.C.）。

mend [mɛnd] 動及 **1** 修繕，修復；修補：～ a street 修復道路。**2** 改進，糾正；改良，使變好：～ matters 改善事態 / Least said, soonest ～*ed*.《諺》少說速改；話多反壞事。**3** 加大；加快；治療，治癒：～ a person's sorrow 治癒某人的悲傷。

—不及 **1** 恢復健康，痊癒。**2** 好轉，改善。

It is never too late to mend.《諺》改過自新永不嫌遲；亡羊補牢，猶未爲晚。

mend one's fences ⇨ FENCE（片語）

mend or end 不改良即廢止。

mend sail / mend the furl 將帆收好。

—名Ⓤ修繕；改良；Ⓒ修理部位。

on the mend (1) 恢復之中。(2) 在好轉中。

men·da·cious [mɛn'deʃəs] 形 **1** 虛僞的，捏造的：a ～ report 不實的報導。**2** 說謊的，不誠實的。～**·ly** 副, ～**·ness** 名

men·dac·i·ty [mɛn'dæsətɪ] 名(複-**ties**) **1** Ⓤ不誠實；說謊癖。**2** 謊話，虛僞。

Men·del ['mɛndl] 名 **Gregor Johann**, 孟德爾（1822–84）：奧國植物學家，創建遺傳學的基礎。

-de·li·an [-'dilɪən] 形孟德爾定律的。

men·de·le·vi·um [ˌmɛndə'livɪəm] 名Ⓤ〖化〗鍆。符號：Md, Mv

'Mendel's 'laws 名(複)〖遺傳〗孟德爾（遺傳）定律。

Men·dels·sohn ['mɛndəlsn̩, -ˌson] 名 **Felix**, 孟德爾頌（1809–47）：德國作曲家。

men·di·can·cy ['mɛndɪkənsɪ] 名Ⓤ **1** 乞食，托缽。**2** 乞討生活。

men·di·cant ['mɛndɪkənt] 形《文》**1** 行乞的；托缽的。**2** 乞丐的；似乞丐的。—名 **1** 乞丐。**2** 托缽修道士。

mend·ing ['mɛndɪŋ] 名 Ⓤ修補；修繕；縫補。

Men·e·la·us [ˌmɛnə'leəs] 名〖希神〗梅納雷阿斯：斯巴達王，Helen 的丈夫。

men·folk(s) ['mɛnˌfok(s)] 名 (複)《通常作 the ～》男人。

me·ni·al ['minɪəl] 形僕人的；低賤的，卑下的。—名僕人，奴僕；下賤的人。～**·ly** 副

me·nin·ges [mə'nɪndʒiz] 名(複)(單 **me·ninx** ['minɪŋks])〖解〗腦脊髓膜。

men·in·gi·tis [ˌmɛnɪn'dʒaɪtɪs] 名Ⓤ〖病〗腦膜炎，腦脊髓膜炎。

me·nis·cus [mə'nɪskəs] 名 (複-**nis·ci** [-'nɪsaɪ], ～**·es**) **1** 上弦月，新月；新月形物；〖解〗半月板。**2**〖物理〗彎月面。**3**〖光〗凹凸透鏡。

Men·non·ite ['mɛnəˌnaɪt] 名孟諾派教徒：基督教新教的一派。

men·o·pause ['mɛnəˌpɔz] 名《the ～》〖生理〗停經期，更年期。**-'pau·sal** 形

mensch [mɛntʃ] 名《美俚》正派人士，令人尊敬的人，負責任的人。

men·ses ['mɛnsiz] 名(複)《作單、複數》〖生理〗月經。

Men·she·vik ['mɛnʃəvɪk] 名 (複～**s**, **-vik·i** [-vɪkɪ])《偶作 m-》孟什維克：舊俄社會民主勞動黨中的少數派的一員。

'men's ˌroom 名男用盥洗室。

men·stru·al ['mɛnstruəl] 形 **1** 月經的。**2** 每月的，每月一次的。

'menstrual ˌcycle 名月經週期。

men·stru·ate ['mɛnstruˌet] 動 不及 行經，月經來潮。

men·stru·a·tion [ˌmɛnstru'eʃən] 名Ⓤ

M

Ⓒ月經；月經期。

men·stru·ous ['mɛnstruəs] 形 月經的；有月經的，行經的。

men·sur·a·ble ['mɛnʃurəbl] 形 = measurable.

men·su·ra·tion [,mɛnʃə'reʃən] 名Ⓤ 1〖幾何〗求積法。2 測定，測量。

mens·wear ['mɛnz,wɛr] 名Ⓤ男裝。

-ment《字尾》造成表下列諸意的名詞：⑴動作、結果、狀態。⑵產物。⑶手段。

·men·tal¹ ['mɛntl] 形 1 心理的，精神的：～ powers 智力 / ～ strife 心理衝突。2《口》精神病的；精神病治療的：a ～ disorder 精神失常 / a ～ specialist 精神病專家。3 在腦中進行的；觀念上的，想像的：～ calculation 心算。4 智力的；智能的：a ～ test 智能測驗。5《英口》有點不正常的，神經兮兮的。—名《口》精神病患者。

men·tal² ['mɛntl] 形 顎的。

'mental 'age 名〖心〗智力年齡，心智年齡。

'mental de'fective 名智能不足者。

'mental de'ficiency 名Ⓤ智能不足。

'mental di'sease 名ⓊⒸ精神病。

'mental 'healing 名Ⓤ心理治療。

'mental 'illness 名ⓊⒸ精神病。

men·tal·ism ['mɛntl,ɪzəm] 名Ⓤ 1〖哲〗唯心論。2〖心·語言〗心理主義。

men·tal·ist ['mɛntlɪst] 名 1 唯心論者，心靈主義者。2 占卜師，算命者。

men·tal·i·ty [mɛn'tælətɪ] 名 (複-ties) 1 Ⓤ智能，智力；知性；精神（活動），心理狀態：above-average ～ 超水準的智能。2 心理傾向，心態：the ～ of the foreign people 外國人的心態。

men·tal·ly ['mɛntlɪ] 副心理上地；智能上地；精神上地。

'mental retar'dation 名Ⓤ智能不足。

men·thol ['mɛnθol, -θɑl] 名Ⓤ〖化·藥〗薄荷腦。**-tho·lat·ed** [-θə,letɪd] 形經薄荷處理的，含有薄荷腦的。

:men·tion ['mɛnʃən] 動及 1 言及，提及《to...》：～ an example in regard to the matter 提及有關該問題的一個實例。2 說。3 提述，提名表揚。

Don't mention it.《英》不必客氣，那兒的話（《美》You are welcome.）。

not to mention... / without mentioning... 更不用說；遑論。

—名 1 Ⓤ 言及，陳述；提及。2 正式地受承認。～**·a·ble** 形，～**·er** 名

men·tor ['mɛntɚ] 名 1《M-》〖希神〗曼托。2 良師，老師，賢明忠實的顧問。

·men·u ['mɛnju, 'menju] 名 1 菜單：the fixed ～ 客飯，快餐。2 膳食，菜肴：a light ～ 清淡的菜，便餐。3〖電腦〗選單。

me·ow [mɪ'au] 名貓叫聲。—動不及 喵喵叫。

MEP《縮寫》《英》Member of the European Parliament.

Meph·is·toph·e·les [,mɛfə'stɑfə,liz] 名 梅菲斯特：傳說中的魔鬼（尤指Goethe所作『浮士德』中的）。

mer·can·tile ['mɝkəntɪl, -,taɪl] 形 1 商人的；商業的，買賣的。2〖經〗重商主義的。3 從事商業的。

mer·can·til·ism ['mɝkəntaɪ,lɪzəm, -tɪzəm] 名Ⓤ 1 商業主義，營利主義；商人習氣。2〖經〗重商主義。**-ist** 名形

Mer·ca·tor [mɝ'ketɚ] 名 **Gerhardus** 麥卡脫（1512–94）：地理學家。

Mer'cator pro'jection 名Ⓤ〖地圖〗麥卡脫式投影法。

mer·ce·nar·y ['mɝsn,ɛrɪ] 形 1 為了金錢工作的，貪財的。2 受僱的。—名 (複**-nar·ies**) 1 傭兵。2 只為金錢工作的人，僱人。

-'nar·i·ly 副

mer·cer ['mɝsɚ] 名《英》布商，綢緞商。

mer·cer·ize ['mɝsə,raɪz] 動及作絲光處理；作鹼化處理。

mer·cer·y ['mɝsərɪ] 名(複**-cer·ies**)《英》1 布帛店，綢緞店。2 Ⓤ布帛，綢緞。

·mer·chan·dise ['mɝtʃən,daɪz] 名Ⓤ《集合名詞》1 貨品，商品：several pieces of ～ 數件貨品。2 商業，生意：make ～ of... 做…買賣。—動(**-dised, -dis·ing**)不及經營買賣。—及 1 買賣，交易。2 推銷。**-dis·er** 名商人。

mer·chan·dis·ing ['mɝtʃən,daɪzɪŋ] 名Ⓤ商品化。

mer·chan·dize ['mɝtʃən,daɪz] 動不及及 = merchandise.

:mer·chant ['mɝtʃənt] 名 1 商人，貿易商。2 店主；《美》零售商；《英》批發商：a fish ～ 魚販。3《蘇》客人，顧客。4《與修飾語連用》《俚》狂，迷於…的人：speed ～ 愛開快車的人。

merchant of death 武器製造販賣商。

—形 1 貿易（用）的，商業（用）的；商人的。2 商船的。—動及交易，買賣。

mer·chant·a·ble ['mɝtʃəntəbl] 形有銷路的，可銷售的。～**·ness** 名

'merchant ,bank 名〖金融〗《英》商業銀行，證券銀行。

mer·chant·man ['mɝtʃəntmən] 名(複**-men**) 商船。

'merchant ma'rine 名《the ～》《集合名詞》《美》（一國的）全部商船；商船船員。

'merchant 'navy 名《英》= merchant marine.

'merchant ,prince 名富商。

Mer·ci·a ['mɝʃɪə, -ʃə] 名麥西亞：中世紀初期英格蘭七王國之一。

Mer·ci·an ['mɝʃɪən, -ʃən] 名Ⓤ麥西亞

了言。一[形]麥西亞的；麥西亞方言的。

er·ci·ful ['mɝsɪfəl] [形]慈悲的，仁慈的《 to, toward... 》。～·**ness** [名]

er·ci·ful·ly ['mɝsɪfəlɪ] [副]慈悲地；《修飾全句》幸運地。

er·ci·less ['mɝsɪlɪs] [形]無慈悲心的，無情的，殘酷的《 to, toward... 》。～·**ly** [副], ～·**ness** [名]

er·cu·ri·al [mɝ'kjʊrɪəl] [形] **1** 水銀的；含水銀的：a ～ gauge 水銀壓力計。**2**《 **M-** 》水星的。**3** 活潑的，快活的；機智的；巧妙的；善變的，輕浮的: a ～ temperament 反覆無常的性情。一[名][U]〖藥〗水銀劑。～·**ly** [副], ～·**ness** [名]

er·cu·ri·al·ism [mɝ'kjʊrɪəlɪzəm] [名][U]水銀中毒，汞中毒。

er·cu·ric [mɝ'kjʊrɪk] [形]水銀的，含二價汞的：～ chloride 氯化汞，升汞。

Mer·cu·ro·chrome [mɝ'kjʊrə,krom] [名][U]〖藥·商標名〗紅汞，「汞溴紅」。

er·cu·ry ['mɝkjərɪ] [名] (複**-ries**) **1** [U]〖化〗水銀（符號：Hg）：～ poisoning 水銀中毒。**2** [U]水銀柱。**3** [U]〖藥〗水銀劑。**4**《 **M-** 》〖天〗水星。

ercury ba'rometer [名]水銀氣壓計。

ercury-'vapor ˌlamp [名]水銀燈，汞汽燈。

er·cy ['mɝsɪ] [名] (複**-cies**) **1** [U]慈悲，寬容；憐憫，同情；仁慈的行為：without ～ 毫不留情地，殘忍地 / throw oneself at a person's ～ 請求某人的寬容。**2** 赦免的自由定奪權。**3** 天恩，幸運：It's a ～ that... 假如能…就太好了！

at the mercy of... / *at one's mercy* 任憑…的處置。

for mercy's sake / *in mercy's name* 請發慈悲，請行行好。

(Have) mercy on us ! / *Mercy* ! 天啊！哎呀！

in mercy 憐憫，看在…的分上《 to... 》。

left to the (tender) mercies of...《反語》任憑…處置。

ercy ˌflight [名]急救飛行。

ercy ˌkilling [名] = euthanasia.

ere[1] [mɪr] [形] (**mer·est**)《限定用法》單單的；只不過的，僅僅的；純粹的，全然的：a ～ conjecture 只是個推測。

ere[2] [mɪr] [名]《方》〖詩〗湖，池。

Mer·e·dith ['mɛrədɪθ] [名] **George**, 麥芮狄士（1828－1909）：英國詩人、小說家。

ere·ly ['mɪrlɪ] [副]僅，只：～ a problem of style 僅僅是風格上的問題。

er·e·tri·cious [ˌmɛrə'trɪʃəs] [形] **1** 外表裝飾低俗而引人注目的；低級的，俗麗的；虛飾的。**2** 妓女的；淫亂的。～·**ly** [副], ～·**ness** [名]

erge [mɝdʒ] [動][及] **1** 兼併，吞併，使合并《 with... 》：～ one company *with* another 將一公司與另一公司合併。**2** 改變；使混合，使同化《 with, in, into... 》。

一[不及] 結合，被吸收；合併；變化《 in, into... 》。'**mer·gence** [名]

merg·ee [ˌmɝ'dʒi] [名]合併的對象。

merg·er ['mɝdʒɚ] [名] 合併，歸併：the ～ of three companies 三家公司的合併。

me·rid·i·an [mə'rɪdɪən] [名] **1** 子午線，子午圈：the celestial ～ 天體子午線。**2**《文》頂點，最高點；顛峰，全盛期：the ～ of one's fame 聲望的頂點。一[形] **1** 子午線的，子午圈的。**2** 正午的。**3** 鼎盛期的，頂點的。

me·rid·i·o·nal [mə'rɪdɪənl] [形] **1** 子午線的。**2** 南部（人）的；南歐（人）的；南方的。

一[名]南方人；南歐人；法國南部的人。

me·ringue [mə'ræŋ] [名][U]蛋白酥皮。

me·ri·no [mə'rino] [名] (複～**s**) **1** 美麗諾羊。**2** [U]美麗諾羊毛。

·**mer·it** ['mɛrɪt] [名] **1** 長處，優點；[U] 價值：a man of ～ 優秀的人 / ～*s* and demerits 優點與缺點，功過。**2** 應讚賞的事物[行為]：功勞，功勳。**3** 受獎賞的事實。**4**《常作～**s**》真正的價值；應得的報酬，功過。**5** [U] [C]〖神〗功德：the ～ of one's penance 苦行的功德。**6**《～**s**》〖法〗真相，案情本來的是非曲直。

make a merit of... / *take merit to oneself for...* 誇讚；以…居功自誇。

on its merits 善惡好壞根據事物的真正價值而定。

一[動][及]值得，應受（賞罰等）。

mer·i·ted ['mɛrɪtɪd] [形]值得的，應受的，相當的：a ～ success 應得的成功。

mer·i·toc·ra·cy [ˌmɛrə'tɑkrəsɪ] [名] **1** 英才教育制度。**2** [U] 精英社會；《英》有實力的階層，知識界精英。

-**it·o·crat·ic** [-ɪtə'krætɪk] [形]

mer·i·to·crat ['mɛrɪtəˌkræt] [名]跳級的學生；《英》靠實力成功的人。

mer·i·to·ri·ous [ˌmɛrə'torɪəs] [形] **1** 有價值的；值得讚揚的。**2** 寫得不錯的：a ～ work 寫得還算好的作品。～·**ly** [副]

'**merit ˌrating** [名][U] 人事考核，考績。

'**merit ˌsystem** [名]《美》考績制度。

merl(e) [mɝl] [名]《古·蘇》= blackbird 1.

mer·lin ['mɝlɪn] [名] **1**〖鳥〗鵟隼。**2**〖獵鷹〗= pigeon hawk.

Mer·lin ['mɝlɪn] [名]梅林：傳說中幫助亞瑟王的預言家、魔法師。

mer·maid ['mɝˌmed] [名] **1**（雌）人魚，美人魚。**2** 女游泳選手。

mer·man ['mɝˌmæn] [名] (複**-men**) **1**（雄）人魚。**2** 男游泳選手。

Mer·o·vin·gi·an [ˌmɛrə'vɪndʒɪən, -dʒən] [形][名]梅羅文加王朝的（王）：法蘭克王國前半期，約西元 500 年至 751 年之間。

mer·ri·ly ['mɛrɪlɪ] [副]愉快地，高興地。

mer·ri·ment ['mɛrɪmənt] [名][U]歡笑，

M

歡樂：a cause of great ～ 無比歡樂的原由。

:mer·ry ['mɛrɪ] 形 (-ri·er, -ri·est) 1 嬉笑的，快活的：～ children 快活的孩子們。2 過節似的，歡樂的：(A) ～ Christmas (to you)！祝（你）聖誕快樂！/ ～ old England 快樂的英國。3《口》微醉的。

make merry 狂歡，作樂。

make merry of ... 嘲弄，揶揄。

mer·ry-an·drew ['mɛrɪ'ændru] 名小丑（演員），丑角。

mer·ry-go-round ['mɛrɪgo,raund] 名 1 旋轉木馬。2（工作、活動等的）迅速變化；高度的繁忙。

mer·ry·mak·ing ['mɛrɪ,mekɪŋ] 名 U 行歡；作樂；歡宴：wild ～ 瘋狂的作樂。—形歡樂的。**-mak·er** 名作樂者。

mer·ry·thought ['mɛrɪ,θɔt] 名《英》= wishbone 1.

Mer·sey·side ['mɝzɪ,saɪd] 名莫濟塞：英格蘭西北部的一郡，首府為Liverpool。

me·sa ['mesə] 名高坪，臺地。

mé·sal·li·ance [me'zælɪəns, ,mezə'laɪəns] 名和身分較低者的婚姻。

mes·cal [mɛs'kæl] 名 1〖植〗小仙人掌。2 U 龍舌蘭。

mes·ca·lin(e) ['mɛskə,lin, -lɪn] 名 U〖化〗用小仙人掌製成的一種幻覺劑的粉末。

mes·dames [me'dɑm] 名 **madame** 的複數形。

mes·de·moi·selles [,medəmwə'zɛl] 名 **mademoiselle** 的複數形。

me·seems [mi'simz] 動《非人稱》（過去式為 **-seemed**）《古》據我看來，我以為。

mesh [mɛʃ] 名 1 網孔：a net with a two-inch ～ 網孔為兩平方英寸的網。2《～es》網孔交錯製成的網絲；羅網；陷阱，圈套：the ～*es* of the law 法網。3 網，網狀組織。4 網狀的編織物。5 U〖機〗嚙合：in ～（齒輪）已緊密嚙合。

—動及 1 以網捕捉；使陷入陷阱。2 使成網（孔）；使恰好吻合。3〖機〗使嚙合。

—不及 1 陷入網中。2 緊密地相合《*with* ...》。3〖機〗嚙合《*with*...》。

mes·mer·ic [mɛs'mɛrɪk, mɛz-] 形 1 催眠術的。2 難以抵抗的；使人迷惑的。

mes·mer·ism ['mɛsmə,rɪzəm, 'mɛz-] 名 U 1 催眠術。2《古》= hypnotism. 3 難抗拒的誘惑，迷惑。

mes·mer·ist ['mɛsmərɪst, 'mɛz-] 名施催眠術者。

mes·mer·ize ['mɛsmə,raɪz, 'mɛz-] 動及 1 施催眠術。2 使迷惑。

mesne [min] 形〖法〗中間的：the ～ process（訴訟的）中間程序；中間令狀。

meso-《字首》表「中間，中央」之意。

mes·o·carp ['mɛsə,kɑrp, 'mɛz-] 名〖植〗中果皮。

mes·o·derm ['mɛsə,dɝm, 'mɛz-] 名〖胚胎〗中胚葉，中胚膜。

Mes·o·lith·ic [,mɛsə'lɪθɪk, ,mɛz-] 形中石器時代的。—名《the ～》〖人類〗中石器時代。

me·son ['mɛ,zɑn, -,sɑn, 'mi-] 名〖理〗介子。

Mes·o·po·ta·mi·a [,mɛsəpə'temɪə] 名美索不達米亞：位於 Tigris 河與 Euphrates 河之間的地區。**-an** 形名美索不達米亞的[人]。

mes·o·scale ['mɛzə,skel, 'mɛs-, 'mi-] 形〖氣象〗中級規模的，中尺度的。

mes·o·sphere ['mɛso,sfɪr] 名〖氣象〗中氣層；位於同溫層與熱層之間，距地面約 50 至 80 公里。

mes·o·tron ['mɛsə,trɑn, 'mɛz-] 名〖物理〗= meson.

Mes·o·zo·ic [,mɛsə'zoɪk, ,miz-] 形〖地質〗中生代的。

mes·quit(e) ['mɛskit, mɛs'kit] 名牧豆樹屬植物。

·mess [mɛs] 名 1 U《或作 a ～》紊亂，混亂：make *a* ～ in the kitchen 把廚房弄得一團糟。2 混亂狀態；《a～》窮境，困境。3 骯髒的東西，雜亂之物：a ～ of books 散亂的書本。4 伙食團，一起吃飯的同伴；U 集體用餐：be at ～ 用膳中。5 = mess hall. 6 一盤分的食物：a ～ of pottage 付出精神方面的代價而得到的物質享受。7 無法引起食慾的食物。8《口》做事無條理的人。9 捕獲量：a ～ of trout 一次捕獲的鱒魚量。

make a mess of... 弄糟，搞得一場糊塗。

make a mess of it《口》把事弄糟。

—動及 1 弄亂，弄髒《*up*》。2 搞砸，弄糟《*up*》。3 供應伙食給（軍隊）。

—不及 1 共餐《*together* / *with*...》。2 弄亂，搞得一團糟；玩水；玩泥巴。

mess around［《英》*about*］(1)《口》瞎混。(2) 在附近嬉鬧。(3) 閒蕩，磨蹭。

mess... around [*about*] / *mess around* [*about*]...粗暴地對待，狠狠地教訓。

mess around［《英》*about*］*with*... (1) 賣弄，亂弄。(2) 和（壞同伴）結交。

mess with... 多管…閒事，干涉。

:mes·sage ['mɛsɪdʒ] 名 1 口信《*that* 子句》：a congratulatory ～ 賀電，賀詞 / a verbal ～ 口信 / leave a ～ with the receptionist 請接待員代為轉達口信。2《美》咨文：the President's ～ to Congress 總統致國會的咨文 / the state of the Union *M*-（總統的）國情咨文。3 教訓，寓意。4 預言，神諭。5 任務，使命《*to* do》：send a person on a ～ with a ～ 派出信使。6 訊息：(1) 以機械處理的訊息群。(2) 遺傳符號。

—動 (-saged, -sag·ing) 及發送信息。

·mes·sen·ger ['mɛsəndʒɚ] 名 1 使者，電報送報員，限時專送的郵差；傳令員：send a letter by (a) ～ 以傳令員送信。2 送

文者，使者：a King's ～ 傳達聖旨的欽差。3〖海〗輔助索；傳遞索；訊錘。4〖生〗信使。

'mess ,hall 图（軍隊的）餐廳。

Mes·si·ah [mə'saɪə] 图 1〖聖〗《the ～》救世主：(1) 彌賽亞：猶太民族的救世主。(2) 基督。2《m-》解救者；救星。

Mes·si·an·ic [,mɛsɪ'ænɪk] 形

mes·sieurs ['mɛsɚz, me'sjɚ] 图 **monsieur** 的複數形。

'mess ,kit 图（行軍所帶的）餐具組。

mess·mate ['mɛs,met] 图 共膳夥伴。

Messrs. ['mɛsɚz] 图 **Mr.** 的複數形。

mes·suage ['mɛswɪdʒ] 图〖法〗（包括附屬建築物及庭院等的）住宅與宅基。

mess-up ['mɛs,ʌp] 图《a ～》《口》混亂；失敗，失策。

mess·y ['mɛsɪ] 形 (**mess·i·er, mess·i·est**) 1 雜亂的，紊亂的；污穢的。2 使人困窘的，麻煩的；不快的。3《口》行爲放蕩的。4 感傷的。～**·i·ly** 副

mes·ti·zo [mɛs'tizo] 图 (複～**s**, ～**es**)（尤指西班牙或葡萄牙人與北美印第安人的）混血兒。

:met [mɛt] 動 **meet**[1] 的過去式及過去分詞。

meta- 《字首》表「在後」、「共同地」、「轉化」、「超常」之意。

met·a·bol·ic [,mɛtə'bɑlɪk] 形 1 新陳代謝的。2 變形的，變質的。**-i·cal·ly** 副

me·tab·o·lism [mə'tæbə,lɪzəm] 图 Ⓤ〖生·生理〗新陳代謝。

me·tab·o·lite [mə'tæbə,laɪt] 图〖生〗代謝產物。

me·tab·o·lize [mə'tæbə,laɪz] 動 及 使新陳代謝。

met·a·car·pal [,mɛtə'kɑrpḷ] 形 掌部的。—图 掌骨，掌部。

met·a·car·pus [,mɛtə'kɑrpəs] 图 (複**-pi** [-paɪ])〖解〗掌；掌骨。

:met·al ['mɛtḷ] 图 1 ⓊⒸ 金屬；合金：precious ～*s* 貴金屬。2〖化〗金屬；金屬元素。3 Ⓤ 質料，材料；《喻》個性，本性。4 Ⓤ 砂石，碎石；《～s》《英》鐵軌：jump the ～*s* 出軌。5 Ⓤ 玻璃熔漿。6 Ⓤ〖紋〗金色，銀色。7 金屬製品。—動 (～**ed**, ～**·ing** 或《英》**-alled**, ～**·ling**) 及 1 加上金屬。2《英》鋪以小石子。

met·a·lan·guage ['mɛtə,læŋgwɪdʒ] 图 ⓊⒸ 語言學所用的語言；語言學術語。

metal de,tector 图 金屬探測器。

metal fa,tigue 图 Ⓤ 金屬疲勞。

me·tal·lic [mə'tælɪk] 形 1 金屬（製）的；有金屬特性的，似金屬的：～ currency 硬幣 / a ～ sound 金屬聲。2〖化〗未化合的，游離的；含有金屬的。**-li·cal·ly** 副

met·al·lif·er·ous [,mɛtə'lɪfərəs] 形 含金屬的；產金屬的：～ mines 金屬礦山。

met·al·line ['mɛtəlɪn] 形 1 = metallic. 2 含金屬（鹽）的。

met·al·loid ['mɛtə,lɔɪd] 图 非金屬；類金屬。—形 非金屬的；類金屬（性）的。

met·al·lur·gy ['mɛtə,lɚdʒɪ] 图 Ⓤ 冶金（學）。

-'lur·gi·cal 形, **-gist** 图 冶金學家。

'metal ,tape 图〖電子〗金屬磁帶。

met·al·ware ['mɛtḷ,wɛr] 图 Ⓤ 金屬器皿。

met·al·work ['mɛtḷ,wɝk] 图 Ⓤ 金屬工藝品。～**·er** 图 金屬品製造工人。

met·al·work·ing ['mɛtḷ,wɝkɪŋ] 图 Ⓤ 金屬工藝（術）；金屬加工。

met·a·mor·phose [,mɛtə'mɔrfoz, -fos] 動 及 1 使形態性質變成《*to, into...*》。2 使發生變質作用；使發生變態。—不及 變形，變質，變態。

met·a·mor·pho·sis [,mɛtə'mɔrfəsɪs] 图 (複**-ses** [-,siz]) ⓊⒸ 1 形態的完全變化。2 顯著的變化；變形後的樣態。3〖動〗蛻變，變態。4〖病〗〖植〗變形，變態。

met·a·phor ['mɛtəfɚ] 图 1 ⓊⒸ〖修〗隱喻，暗喻。2 比喻的說法。

met·a·phor·i·cal [,mɛtə'fɔrɪkḷ] 形 隱喻的；比喻的。～**·ly** 副

met·a·phys·i·cal [,mɛtə'fɪzɪkḷ] 形 1 形而上學的；極抽象的，難理解的。2〖哲〗關於抽象思考的；關於根本原理的。3 玄學派的。～**·ly** 副

met·a·phy·si·cian [,mɛtəfə'zɪʃən] 图 玄學家。

met·a·phys·ics [,mɛtə'fɪzɪks] 图 (複)《作單數》1 玄學，形而上學，心理學。2《通俗用法》紙上談兵，抽象論。

met·a·se·quoi·a [,mɛtəsɪ'kwɔɪə] 图〖植〗黎明杉，曙杉。

me·tas·ta·sis [mə'tæstəsɪs] 图 (複**-ses** [-,siz]) ⓊⒸ 1〖病〗轉移，轉移生長物；〖理〗遷徙，遷移。2 變態，變形。

met·a·tar·sus [,mɛtə'tɑrsəs] 图 (複**-si** [-saɪ])〖解·動〗蹠；蹠骨。**-sal** 形 图

me·tath·e·sis [mə'tæθəsɪs] 图 (複**-ses** [-,siz]) ⓊⒸ 1 音位[字位]的轉換。2〖化〗複分解，置換；易位。

Met·a·zo·a [,mɛtə'zoə] 图 (複)〖動〗後生動物。**,met·a·'zo·an** 形 图

mete[1] [mit] 動 及《文》給與，分給，分攤《*out*》：～ *out* honors 給予報酬。

mete[2] [mit] 图 1 境界標，分界石。2 境界，界限。

me·tem·psy·cho·sis [,mɛtəmsaɪ'kosɪs, mə,tɛmpsɪ-] 图 (複**-ses** [-siz]) ⓊⒸ 1 輪迴，靈魂轉世。2（靈魂的）附體，轉附。

me·te·or ['mitɪɚ] 图 1 隕石；流星。2《口》移動極速的人[事物]；一夜之間成名的人[物]。3 大氣現象。

me·te·or·ic [,mitɪ'ɔrɪk, -'ɑr-] 形 1（似）流星的。2 突然成名的，瞬息即逝的；短暫的：a movie star's ～ rise 電影明星的一夜成名。3 大氣的；氣象（上）的。

-i·cal·ly 副

me·te·or·ite ['mitɪə,raɪt] 名 隕石。

me·te·or·oid ['mitɪə,rɔɪd] 名 隕星體，流星體。-'oi·dal 形

me·te·or·o·log·i·cal [,mitɪərə'lɑdʒɪkl] 形 氣象的，氣象學的：a ~ observatory 氣象臺 / a ~ bureau 氣象局。~·ly 副

me·te·or·ol·o·gy [,mitɪə'rɑlədʒɪ] 名 Ⓤ 1 氣象學。2 氣象，天候。-gist 名 氣象學家。

'meteor ,shower 名〖天〗流星雨。

:me·ter[1] ['mitɚ] 名 公尺，米。略作：m

me·ter[2] ['mitɚ] 名 1〖詩〗(1) Ⓤ 韻律，格調。(2) 音步。2〖樂〗(1) 小節。(2) Ⓤ 拍子。

me·ter[3] ['mitɚ] 名 1 計量表：a gas ~ 瓦斯表。2 = parking meter.

-meter《字尾》表「計量（裝置）」之意。

'meter ,maid 名《美》取締違規停車的女警察；停車計時器女管理員。

Meth.《縮寫》*Meth*odist.

meth- [mɛθ-]《字首》表 methyl 之意。

meth·a·done ['mɛθə,don] 名 Ⓤ 美沙酮：治療海洛因毒癮時服用的戒斷劑。

meth·ane ['mɛθen] 名 Ⓤ〖化〗甲烷，沼氣。

meth·a·nol ['mɛθə,nol] 名 Ⓤ 甲醇。

me·theg·lin [mə'θɛglɪn] 名 Ⓤ（原產於威爾斯的）蜂蜜酒。

me·thinks [mɪ'θɪŋks] 動（過去式 -thought）《非人稱》《古》據我看來。

:meth·od ['mɛθəd] 名 1 方法，方式；教學法，方法論；做法：by a "hit-or-miss" ~ 用一種碰運氣的方式 / the deductive ~ 演繹法。2 Ⓤ 順序，做事的條理：without ~ 毫無條理 / do things with order and ~ 按部就班地辦事。3 Ⓤ 條理，有條不紊：a man of ~ 有條有理的人。

me·thod·i·cal [mə'θɑdɪkl], **-ic** [-ɪk] 形 1 有條理的，有秩序的，有組織的；有條不紊的：~ arrangement 有條有理的安排。2 謹慎的。~·ly 副

Meth·od·ism ['mɛθə,dɪzəm] 名 Ⓤ（基督教的）美以美教派，衛理公會的教義。

Meth·od·ist ['mɛθədɪst] 名 美以美教派[信徒]，衛理公會教徒。— 形（亦稱 Methodistic, Methodistical）美以美教派[衛理公會]信徒的；關於美以美[衛理公會]教派的。

meth·od·ize ['mɛθə,daɪz] 動 及 使方式化；使有組織有條理。

meth·od·ol·o·gy [,mɛθə'dɑlədʒɪ] 名(複 -gies) Ⓤ Ⓒ 1 方法論；成套的方法原則制度。2〖教〗教育方法論。

-o·log·i·cal [-ə'lɑdʒɪkl] 形, -o·log·i·cal·ly 副

meths [mɛθs] 名(複)《作單數》《英口》變質酒精。

Me·thu·se·lah [mə'θjuzələ] 名 1 瑪士撒拉：傳聞享年 969 歲的一個猶太族長：as old as *M*- 壽比彭祖。2《m-》大酒瓶。

meth·yl ['mɛθəl] 名 Ⓤ〖化〗甲基。

me·thyl·ic [mɛ'θɪlɪk, mə-] 形

'methyl 'alcohol 名 Ⓤ〖化〗木酒精，甲醇。

meth·yl·ate ['mɛθə,let] 名 Ⓤ〖化〗甲基化產物。— 動 及 使甲基化；混甲醇於。

meth·yl·at·ed spirits ['mɛθə,letɪd-] 名 Ⓤ《英》（用作燃料的）甲基化酒精，變質酒精。

me·tic·u·lous [mə'tɪkjələs] 形 極端注意瑣事的，小心翼翼的；《口》謹慎的，細心的。

~·ly 副, ~·ness 名

mé·tier ['metje, me'tje] 名 1 買賣，工作方法，作風。2 長處，擅長。

me·ton·y·my [mə'tɑnəmɪ] 名 Ⓤ Ⓒ〖修〗換喻，轉喻。

me-too ['mi'tu] 形《口》1 依樣畫葫蘆的，模仿對方的：a ~ campaign 與對手採取同樣方式的競選活動。2 與已准出售的產品相仿的。~·ism 名, ~·er 名

:me·tre ['mitɚ] 名《英》= meter[1].

met·ric[1] ['mɛtrɪk] 形 公制的；採用公制的；使用公制的：go ~ 採用公制。—〖數〗距離度量。

met·ri·cal ['mɛtrɪkl], **met·ric**[2] [-ɪk] 形 1 韻律的，格調的；押韻的，詩體的：a ~ composition 一篇詩作。2 測量的，測量的。

~·ly 副

met·ri·ca·tion [,mɛtrɪ'keʃən] 名 Ⓤ 改採公制，公制換算。

met·ri·cize ['mɛtrɪ,saɪz] 動 及 改為公制。

met·rics ['mɛtrɪks] 名(複)《作單數》韻律學；作詩法。

'metric ,system 名《the ~》公制。

'metric 'ton 名 公噸。

met·ro ['mɛtro] 名(複~s)《通常作M-》《口》地下鐵路；《英》《the M-》倫敦地下鐵路。

met·ro·nome ['mɛtrə,nom] 名〖樂〗節拍器。-nom·ic [-'nɑmɪk] 形

·me·trop·o·lis [mə'trɑpəlɪs] 名(複~·es) 1 主要城市，主要都市；首都，首府；中心（地）：the *M*-《英》倫敦（全市）。2 充滿朝氣的大都市：a giant ~ 大都會。3 大主教教區。

·met·ro·pol·i·tan [,mɛtrə'pɑlətn̩] 形 主要城市的，首都的，大都市的，都市人作風的：~ newspapers 大都會報紙。2〖宗〗（天主教）大主教教區的：a ~ bishop 總主教。— 名 1 首都的居民，大都市的居民；都市氣質的人。2〖東正教〗大主教；總主教；〖天主教〗大主教。

metro'politan 'county 名《英》首都及其郊區郡。

-metry《字尾》表「測定（法）」之意。

met·tle ['mɛtl̩] 名 Ⓤ 1 脾氣，性格：a ma

of cowardly ～膽小的人。2《文》健康，勇氣；熱情：show one's ～ in a conflict with a strong adversary 與強敵衝突時表現出頑強不屈的精神。

on one's mettle 奮發，奮力而爲。

met·tle·some ['mɛtḷsəm] 形有精神的，精力充沛的，有勇氣的：a ～ fellow 勇氣十足的人。

mew[1] [mju] 名咪咪：貓、海鷗的叫聲。—動不及咪咪叫。

mew[2] [mju] 名海鷗。

mew[3] [mju] 名 1 鷹籠。2 隱居處，隱藏所。3《**the** ～**s**》《通常作單數》《主英》馬廄；公寓；中庭，庭院通道；小路。—動及放入鷹籠中；關入《*up*》。

mew[4] [mju] 動及不及《古》脫換羽毛。

mewl [mjul] 動不及低聲啜泣；貓咪咪叫。—名低聲啼哭聲；咪咪叫聲。

Mex. 《縮寫》*Mex*ican; *Mex*ico.

Mex·i·can ['mɛksɪkən] 形墨西哥（人）的。—名墨西哥人。

'Mexican 'Spanish 名U墨西哥式西班牙語。

'Mexican 'standoff 名對峙；僵持，僵局：in a ～ 處於絕境[僵局]。

Mex·i·co ['mɛksɪ,ko] 名墨西哥（合眾國）：位於中美洲北部；首都 Mexico City。

'Mexico 'City 名墨西哥城：墨西哥的首都。

mez·za·nine ['mɛzə,nin] 名夾層樓，樓中樓；（戲院的）正面包廂，特別包廂。

mez·zo ['mɛtso, 'mɛdzo, 'mɛzo] 形適度的。—名《～**s**》= mezzo-soprano.

mez·zo for·te [,mɛtso'fɔr,te, -dzo-] 形副〖樂〗稍強的[地]。略作：mf, MF

mez·zo pi·a·no [,mɛtsopi'ɑno, -dzo-] 形副〖樂〗稍弱的[地]。略作：mp

mez·zo·re·lie·vo [,mɛtsorɪ'livo] 名(複～**s** [-z])半浮雕（品）。

mez·zo-so·pran·o [,mɛtsosə'præno, -'prɑno, ,mɛdzo-] 名(複～**s**, **-pran·i** [-'præ-ni, -'prɑni])，形〖樂〗次女高音（的）；次女高音歌手（的）。

mez·zo·tint ['mɛtsə,tɪnt, 'mɛdzə-] 名UC明暗銅版畫（雕刻法）。—動及以明暗銅版雕刻法雕刻。

MF 《縮寫》*m*edium *f*requency; *m*icro*f*iche; *M*iddle *F*rench.

mf. 《縮寫》〖樂〗*m*ezzo *f*orte; *m*icro*f*arad.

mfd. 《縮寫》*m*anu*f*actur*ed*; *m*icro*f*ara*d*.

mfg. 《縮寫》*m*anu*f*acturin*g*.

M.F.N. 《縮寫》*M*ost *F*avored *N*ation.

mfr. 《縮寫》*m*anu*f*actu*r*e; *m*anu*f*actu*r*er.

MG 《縮寫》*m*achine *g*un.

Mg 《化學符號》magnesium.

mg 《縮寫》*m*illi*g*ram(s).

MGM 《縮寫》〖商標名〗*M*etro-*G*oldwyn-*M*ayer 米高梅影業。

Mgr. 《縮寫》*m*ana*g*e*r*; *M*onsei*g*neu*r*; *M*onsi*g*no*r*.

MHD 《縮寫》*m*agneto*h*ydro*d*ynamics 電磁流體力學。

MHG, M.H.G. 《縮寫》*M*iddle *H*igh *G*erman.

M.H.R. 《縮寫》*M*ember of the *H*ouse of *R*epresentatives.

MHz 《縮寫》〖電〗*m*ega*h*ert*z*.

mi [mi] 名UC〖樂〗（全音階的）第三音。

mi. 《縮寫》《美》*mi*le(s).

MI 《縮寫》*Mi*chigan.

MIA, M.I.A. [,ɛmaɪ'e] 名《美》戰鬥後行蹤不明的士兵（missing in action）。

Mi·am·i [maɪ'æmɪ, -ə] 名邁阿密：美國 Florida 州東南部的一都市。

mi·aow, -aou [mɪ'aʊ, mjaʊ] 名，動不及 = meow.

mi·as·ma [maɪ'æzmə, mɪ-] 名 (複～**·ta** [-tə], ～**s**) 1 毒氣，瘴氣。2 不良的影響，有害的氣氛。**-mal, -'mat·ic** 形

Mic. 《縮寫》*Mic*ah.

mi·ca ['maɪkə] 名U〖礦〗雲母。

Mi·cah ['maɪkə] 名 1 彌迦：西元前八世紀的希伯來先知。2〖聖〗彌迦書。

·mice [maɪs] 名 **mouse** 的複數。

Mich. 《縮寫》*Mich*aelmas; *Mich*igan.

Mi·chael ['maɪkḷ] 名 1〖男子名〗麥可。2〖聖〗大天使米迦勒（St. Michael）。

Mich·ael·mas ['mɪkḷməs] 名米迦勒節：9 月 29 日，在英國爲四大結帳日之一。

'Michaelmas ,daisy 名〖植〗紫菀。

Mi·chel·an·ge·lo [,maɪkḷ'ændʒə,lo] 名米開朗基羅（1475－1564）：義大利雕刻家、畫家、建築家、詩人。

Mich·i·gan ['mɪʃəgən] 名密西根州：美國中北部的一州；首府爲 Lansing。略作：Mich.,《郵》MI **-gan·der** [-'gændɚ], ～**·ite** 名密西根州人。

Mick [mɪk] 名《偶作 **m-**》《通常爲蔑》愛爾蘭人。

Mick·ey ['mɪkɪ] 名 (複～**s**) 1《俚》摻有迷藥的酒。2《常作 **m-**》《俚》烤馬鈴薯。3《偶作 **m-**》《俚》= Mick. 4〖男子名〗米奇（Michael 的暱稱）。

take the mickey out of... 《英俚》嘲弄。

'Mickey 'Finn 名《偶作 **m- f-**》= Mickey 1.

'Mickey ,Mouse[1] 名米老鼠：Walt Disney 卡通中的一主角名。

'mickey ,mouse [M- M-][2] 形無聊的；不重要的；廉價的，三流的：a *M- M-* work 無聊的作品。—名《美》1《俚》無聊的東西，廉價的東西；混亂，亂糟糟。2《學生俚》容易混到學分的學科。

mick·ey-mouse ['mɪkɪ,maʊs] 動及配上背景音樂。—不及加入配合動作的背景音樂。

mick·le ['mɪkḷ] 形副《方》很大的[地]；

多的[地]。一名多量，大量：Many a little makes a ～.《諺》積少成多。

MICR《縮寫》*m*agnetic *i*nk *c*haracter *r*ecognition〖電腦〗磁性墨水文字辨識。

mi·cra ['maɪkrə] 名 **micron** 的複數形。

mi·cro ['maɪkro] 形 超級迷你的；極微小的。一名(複～**s**) **1** 超級迷你衣服。**2** = microcomputer. **3** = microprocessor.

micro-《字首》表「(微)小」、「顯微鏡的」、「一百萬分之一」之意。

mi·cro·a·nal·y·sis [ˌmaɪkroəˈnæləsɪs] 名(複-**ses** [-ˌsiz]) U C **1**〖化〗微量分析。**2**〖經〗微觀分析。

mi·crobe ['maɪkrob] 名 微生物；微菌，微機體。**-cro·bi·al** [-'krobɪəl] 形

mi·cro·bi·ol·o·gy [ˌmaɪkrobaɪ'ɑlədʒɪ] 名 U 微生物學。**-gist** 名 微生物學家。

mi·cro·bus ['maɪkroˌbʌs] 名 迷你巴士。

mi·cro·cap·sule ['maɪkroˌkæpsl] 名 微(型)膠囊。

mi·cro·chip ['maɪkroˌtʃɪp] 名〖電子〗微晶片。

mi·cro·cir·cuit ['maɪkroˌsɝkɪt] 名〖電〗**1** 微型電路。**2** = integrated circuit. ～**·ry** 名 U **1** 微型電路(系統)。**2** = integrated circuitry.

mi·cro·code ['maɪkrəˌkod] 名〖電腦〗微碼，微指令。

M

mi·cro·com·put·er ['maɪkrokəmˌpjutɚ] 名 微電腦。

mi·cro·cop·y ['maɪkrəˌkɑpɪ] 名(複-**cop·ies**) 微縮版，微縮複印本。

mi·cro·cosm ['maɪkrəˌkɑzəm] 名 **1** 小天地，小宇宙：the atom as a ～ of the universe 原子猶如宇宙中的小宇宙。**2** 人類。**3** 縮影：in ～ 縮影。**-'cos·mic** 形

mi·cro·cul·ture ['maɪkroˌkʌltʃɚ] 名 **1** U C〖社〗小文化，少數民族文化。**2** U〖生〗微生物或細胞等的培養。**-'cul·tur·al** 形

mi·cro·dot ['maɪkrəˌdɑt] 名 **1**(縮影成一點大小的)微型照片。**2**《俚》超小型迷幻藥藥丸。

mi·cro·e·co·nom·ics [ˌmaɪkroˌikə'nɑmɪks] 名(複)《作單數》微觀經濟學。

mi·cro·e·lec·tron·ic [ˌmaɪkroɪˌlɛk'trɑnɪk] 形 微電子學的：～ engineering 微電子工程。一名 微電子電路。

mi·cro·e·lec·tron·ics [ˌmaɪkroɪˌlɛk'trɑnɪks] 名(複)《作單數》微電子學。

mi·cro·en·cap·su·late [ˌmaɪkroɪn'kæpsəˌlet] 動 及 裝入微膠囊內。**-'la·tion** 名 U 微膠囊填裝。

mi·cro·far·ad [ˌmaɪkro'færəd, -ræd] 名〖電〗微法(拉)：電容量單位。

mi·cro·fiche ['maɪkrəˌfiʃ] 名(複～, **-fich·es**) U C 顯微膠片。

mi·cro·film ['maɪkrəˌfɪlm] 名 U C 縮影膠片，微縮膠卷。一動 及 用縮影膠片攝影。～**er** 名 縮影機，微縮機。

mi·cro·form ['maɪkrəˌfɔrm] 名 縮
法：利用縮影膠片所複印成的任何文件
照片。一動 及 以縮影膠片複製。

mi·cro·gram ['maɪkrəˌgræm] 名 微克
百萬分之一公克。

mi·cro·graph ['maɪkrəˌgræf] 名 **1** 極
的書寫或雕刻用具。**2** 顯微鏡相片。

mi·cro·groove ['maɪkrəˌgruv] 名 LP
片；(LP 唱片上的)細溝。

mi·cro·in·struc·tion [ˌmaɪkroɪn'str
kʃən] 名〖電腦〗微指令。

mi·cro·mesh ['maɪkrəˌmɛʃ] 名 U 微
網眼織料。

mi·cro·me·te·or·ite [ˌmaɪkro'mitɪəˌr
t] 名〖天〗微隕石。

mi·cro·me·te·or·ol·o·gy [ˌmaɪkroˌ
itɪə'rɑlədʒɪ] 名 U 微氣象學。**-gist** 名 微
象學家。**-ro·log·i·cal** [-rə'lɑdʒɪkl] 形

mi·crom·e·ter [maɪ'krɑmətɚ] 名 **1** 測
計。**2** 測微彎腳規。

mi·cro·min·i ['maɪkrəˌmɪnɪ] 名 超迷
裙。

mi·cro·min·i·a·ture [ˌmaɪkro'mɪnɪə
ɚ] 形 (尤指)(電子儀器)超小型的。

mi·cro·min·i·a·tur·ize [ˌmaɪkro'mɪ
ətʃəˌraɪz] 動 及 使(電子電路等)超小
化。

mi·cron ['maɪkrɑn] 名 (複～**s**, **-cr**
[-krə]) **1**〖公制〗公忽，微米：百萬分之
公尺。**2**〖理化〗微子。

Mi·cro·ne·sia [ˌmaɪkrə'niʒə, -ʃə] 名 **1**
克羅尼西亞：太平洋西部赤道以北諸群
的總稱。**2 Federated States of**～, 密克
尼西亞聯邦：首都帕里喀(Palikir)。

Mi·cro·ne·sian [ˌmaɪkrə'niʒən, -ʃən]
密克羅尼西亞(人、語)的。一名 密克
尼西亞人；U 密克羅尼西亞語。

mi·cro·or·gan·ism [ˌmaɪkro'ɔrgəˌnɪz
m] 名 微生物。

·**mi·cro·phone** ['maɪkrəˌfon] 名 擴音器
麥克風：a concealed ～ 隱藏式麥克風。

mi·cro·pho·to·graph [ˌmaɪkrə'fot
græf] 名 顯微照片。

mi·cro·proc·es·sor [ˌmaɪkrə'prɑsɛsɚ
名〖電腦〗微處理機。

mi·cro·pro·gram ['maɪkrəˌprogræm
-grəm] 名〖電腦〗微程式。一動 及 將
程式輸入。

mi·cro·pro·gram·ming ['maɪkrə
ˌprogræmɪŋ] 名 U〖電腦〗微程式設計。

mi·cro·pub·lish ['maɪkroˌpʌblɪʃ] 動
不及 以顯微膠片(版)出版。

mi·cro·pub·lish·ing ['maɪkroˌpʌblɪ
ŋ] 名 U 微縮片出版。

mi·cro·read·er ['maɪkroˌridɚ] 名 顯
膠片放映機。

·**mi·cro·scope** ['maɪkrəˌskop] 名 顯微鏡
a binocular ～ 雙筒顯微鏡 / an electron ～
電子顯微鏡 / a compound ～ 複式顯微鏡。

mi·cro·scop·ic [ˌmaɪkrə'skɑpɪk] 形 **1**

頁微鏡才可看見的；非常小的，細微的：～ organisms 微生物。2 用顯微鏡的。3 顯微鏡似的：a ～ inquiry 極精細的調查。
i·cal·ly 副 精確地，仔細地。
i·cros·co·py [maɪ'krɑskəpɪ, 'maɪkrə,kopɪ] 名 U 1 顯微鏡的使用（法）。2 顯微鏡檢查，鏡檢。
i·cro·sec·ond ['maɪkro,sɛkənd] 名 微秒：百萬分之一秒。
Mi·cro·soft ['maɪkrə,soft] 名〖商標名〗微軟：個人電腦的軟體公司。
i·cro·spore ['maɪkrə,spor] 名〖植〗羊齒植物的）小孢子。
i·cro·state ['maɪkro,stet] 名 = ministate.
i·cro·sur·ger·y ['maɪkro,sɝdʒərɪ] 名 U 顯微（外科）手術。**-sur·gi·cal** 形
i·cro·wav·a·ble ['maɪkrə,wevəbl] 形 食物）可以微波的。
i·cro·wave ['maɪkrə,wev] 名 1 微波。2 微波爐。— 動 及 用微波爐烹調食物。
icrowave ,oven 名 微波爐。
ic·tu·rate ['mɪktʃə,ret] 動 不及 小便，排尿。
id[1] [mɪd] 形 1 正中的，居中的；中間的：n *mid*-course 在中途 / a lovely woman in her *mid*-twenties 25 歲上下的漂亮女人。2〖語音〗中母音的。
id[2], **'mid** [mɪd] 介〖詩〗= amid.
id-《字首》表「中的，中部的」之意。
id.《縮寫》*mid*dle.
id·af·ter·noon ['mɪd,æftɚ'nun] 名 U，形 下午三時左右（的）。
id·air [,mɪd'ɛr] 名 U 空中，半空中，天空中：～ collision 空中撞擊。
Mi·das ['maɪdəs] 名 1〖希神〗麥得斯：Phrygia 國王，能點物成金。2 大富翁；很會賺錢的人。
the Midas touch 賺錢的本事。
id·course ['mɪd,kors] 形〖軍·太空〗航程中途的。— 名 航道中途。
id·cult ['mɪd,kʌlt] 名 U 中產階級文化。
id·day ['mɪd,de] 名 U 正午，中午；12 時左右：at ～ 在正午。— 形《限定用法》正午的，中午的：a ～ meal 午餐。
id·den ['mɪdn̩] 名 1《英方》糞堆；垃圾堆。2〖考〗= kitchen midden.
id·dle ['mɪdl̩] 形《限定用法》1 居中的，正中的；中央的，中間的：the ～ son 排行中間的兒子 / adopt the ～ viewpoint 採取折衷意見 / take the ～ course 採取中庸之道。2 中等的，中級的。3《M-》中古的，中世紀的：*M*-English 中（古）英語。4〖文法〗中間語態的。— 名 1《the ～》中部，中央；〖棒球〗中間地帶；正中，一半。2《the ～, one's ～》中間部位，腰部。3《the ～》中等，中庸；中間物；仲裁者。
iddle 'age 名 U 中年。
mid·dle-aged ['mɪdl̩'edʒd] 形 中年的：～ spread 中年發福，中廣體型。
'Middle 'Ages 名 (複)《the ～》中世紀，中古時代。略作：MA
'Middle A'merica 名 1 中美洲。2 美國的中產階級。3 美國中西部。
'Middle A'merican 形 名
'middle 'article 名《英》隨筆雜記。
mid·dle·brow ['mɪdl̩,brau] 名 學識中等的人；中產階級觀點的人。
'middle 'class 名《常作 the ～es，作單數》1 中產階級，中層社會。2 中層，中等。
mid·dle-class ['mɪdl̩'klæs] 形 中產[中層]階級的。～**·er** 名 中產階級者。
'middle 'distance 名 1《the ～》〖畫〗中景。2 中距離。
'Middle 'Dutch 名 U 中古荷蘭語。
'middle 'ear 名〖解〗中耳。
'Middle 'East 名《the ～》中東：由利比亞至阿富汗間區域的通稱。
'Middle 'Eastern 形
'Middle 'English 名 U 中古英語。
'middle 'finger 名 中指。
'Middle 'Flemish 名 U 中古法蘭德斯語。
'Middle 'French 名 U 中古法語。
'Middle 'Greek 名 U 中古希臘語。
mid·dle·man ['mɪdl̩,mæn] 名 (複**-men**) 1 代理商，掮客；中間人，傳播者；調停人；介紹人。2 行中庸之道的人。
'middle 'management 名《美》1 U 中層管理。2《the ～》中層管理人員。
'middle 'manager 名 中層管理者。
mid·dle·most ['mɪdl̩,most] 形 = midmost.
'middle 'name 名 1 中名：在 first name 及 family name 之間的名字。2 特質，特徵。
mid·dle-of-the-road ['mɪdl̩əvðə'rod] 形 1 中間路線的，溫和穩健的。2 不走極端因而能吸引廣大聽眾的。～**·er** 名 走中間路線者，中間派。～**·ism** 名
mid·dl·es·cence [,mɪdl̩'ɛsəns] 名 U 中年期。**-cent** 形
'middle ,school 名 U C 中等學校，中學。
Mid·dle·sex ['mɪdl̩ ,sɛks] 名 密得塞斯郡：英國英格蘭東南部的一舊郡名。
mid·dle-sized ['mɪdl̩'saɪzd] 形 普通大小的；中等尺寸的，中號的。
'middle 'term 名〖理則〗中詞，中項。
mid·dle·weight ['mɪdl̩,wet] 名 1 體重中等之人。2〖拳擊〗中量級選手。— 形〖拳擊〗中量級的。
'Middle 'West 名《the ～》美國中西部（亦稱 **Midwest**）。**'Middle 'Western** 形 中西部的。
mid·dling ['mɪdlɪŋ] 形 1 中等的，普通的；二流的：a ～ success 過得去的成功。

M

2《口》還過得去的。一副《口》適度地，相當地。
一名《～s》中級品；帶麩的粗麥粉：fair to ～馬馬虎虎。

mid·dy ['mɪdɪ] 名(複**-dies**) **1**《口》= midshipman. **2** = middy blouse.

'middy ˌblouse 名水手領罩衫。

Mid·east ['mɪd'ist] 名形《美》= Middle East.

midge [mɪdʒ] 名**1** 小昆蟲；小蟲。**2** 小個子，侏儒。

midg·et ['mɪdʒɪt] 名**1** 小個子，侏儒，矮子。**2** 極小型的東西。一形《限定用法》極小型的。

mid·i ['mɪdɪ] 形《口》《限定用法》中長的。一名中長裙，中長大衣。

midi- 《字首》表「中等大小的」、「中型的」之意。

Mi·di [mi'di] 名法國南部。

MIDI ['mɪdɪ] 名(將電子樂器、合成器和電腦相互接通同時使用的)數位音樂介面。

mid·i·ron ['mɪd,aɪə·n] 名〖高爾夫〗二號鐵頭球桿。

mid·i·skirt ['mɪdɪ,skɝt] 名中長裙。

mid·land ['mɪdlənd] 名形**1**《通常作 the ～》中部地方(的)，內地(的)。**2**《M-》英國英格蘭中部方言(的)。**3**《M-》美國中部方言(的)。

'Midland 'dialect 名= Mercian.

mid·life ['mɪd,laɪf] 名Ⓤ中年。

'midlife 'crisis 名中年危機。

mid-mash·ie ['mɪd,mæʃɪ] 名〖高爾夫〗三號鐵頭球桿。

mid·most ['mɪd,most] 形(在)正中的；(近)中心點的。一副正中地。

:mid·night ['mɪd,naɪt] 名Ⓤ **1** 午夜，子夜：at ～ 在午夜。**2** 黑暗，漆黑；黑暗的時刻。一形**1**(正)午夜的。**2** 漆黑的。
burn the midnight oil 讀書或工作至深夜，開夜車。

'midnight 'sun 名《the ～》(在南北極仲夏可見的)子夜的太陽。

mid·point ['mɪd,pɔɪnt] 名**1** 中點，(近)中心點。**2**〖幾〗中點。

mid·rib ['mɪd,rɪb] 名〖植〗主脈，中脈。

mid·riff ['mɪdrɪf] 名**1** 橫膈膜。**2** 上腹部。**3** 女裝或女性胸衣的上腹部；裸露上腹部的服裝。一形身體中央部分的；服裝的上腹部的；裸露上腹部之服裝的。

mid·ship ['mɪd,ʃɪp] 形船身中部的。

mid·ship·man ['mɪd,ʃɪpmən] 名(複**-men**) **1**《美》海軍學校學生。**2**《英》少尉候補軍官；海軍官校新畢業生。

mid·ships ['mɪd,ʃɪps] 副= amidships.

mid·size ['mɪd,saɪz] 形(汽車)中型的。一名中型汽車。

·midst¹ [mɪdst] 名《通常作 the ～》《文》**1** 中間，中央：in *the* ～ of the crowd 在群眾當中。**2** 當中：in *the* ～ of the concert 在演奏會進行當中。
in their midst 在他們當中。
一副《僅用於以下片語》
first, midst and last 始終一貫。

midst² [mɪdst] 介= amidst.

mid·stream ['mɪd'strim] 名Ⓤ中流。

mid·sum·mer ['mɪd'sʌmɚ] 名Ⓤ仲夏；夏至。一形仲夏(之際)的，似仲夏的。

'Midsummer 'Day 名施洗約翰節：6月24日，爲英國四結帳日之一。

mid·term ['mɪd,tɝm] 名**1**Ⓤ期中。**2**(常作～s)《口》期中考試。一形期中的

mid·town ['mɪd,taʊn] 名《美》介於住宅區及商業區之間的地帶。
一形副(在)住宅區及商業區之間的地帶的[地]；市中心區的[地]。

mid-Vic·to·ri·an ['mɪdvɪk'torɪən] 形維多利亞王朝中期(式)的；守舊的，舊式的。
一名維多利亞王朝中期的人；有維多利亞王朝中期之思想、作風等的人。

mid·way ['mɪd'we] 副形中途地[的]，中間地[的]：～ through the campaign 在運動一半之際。

Mid·way ['mɪd,we] **Islands** 名《the ～》中途島：位於太平洋夏威夷群島西北方的美國屬地，由兩個島嶼所組成。

mid·week ['mɪd'wik] 名Ⓤ一星期的中間。一形一星期之中間的。

Mid·west ['mɪd'wɛst] 名《美》= Middle West.

mid·wife ['mɪd,waɪf] 名(複**-wives** [-,waɪvz]) **1** 助產士，接生婆。**2** 事情的促成者[物]。
～·ry [-,waɪfərɪ] 名Ⓤ助產術，產科學。

mid·win·ter ['mɪd'wɪntɚ] 名Ⓤ冬季中期，仲冬；冬至。一形冬季中期的，仲冬(之際發生)的。

mid·year ['mɪd,jɪr] 名**1**Ⓤ年中；學年中期。**2**《～s》《美口》年中考試。一形年中的；學年中的。

mien [min] 名《文》風采；態度。

miff [mɪf] 名《口》生氣，發脾氣；小爭執：in a ～ 生著氣。一動不及生氣，發脾氣《*at, with...*》。一及使生氣，使發脾氣。

miffed [mɪft] 形《口》生氣的。

miff·y ['mɪfɪ] 形 (**miff·i·er, miff·i·est**)《口》易怒的，易發脾氣的。

Mig, MiG, MIG [mɪg] 名米格機：俄國製噴射戰鬥機。

:might¹ [maɪt] 助動 (**may¹** 的過去式；否定的縮略形爲 **mightn't**) **1**《直述法過去式》(1)《表推測或可能性》大概，可能。(2)《表認可》許可，可以。(3)《表讓步或目的》爲了，儘管，無論。(4)《用於接連在表示願望或希望等動詞之後的名詞子句中》。(5)《古》《表能力》能。**2**《假設法》(1)《用在主要子句中》可能，或許；

《用在條件子句中》也許。(2)《用在主要子句中》也許會，說不定會。(3)《僅用在條件子句中表示願望》希望，願。**3**《表示假設法條件子句的內容有言外之意的委婉說法》(1)《表可能性或推測》可能，也許，說不定。(2)《表許可或認可》可以。(3)《語氣輕微地表示命令或委託》《以 **you** 當主詞》請；《表提議》可否。(4)《表遺憾、責難、抱怨》應該可以，應該能。(5)《表不確定》《用於疑問句》可能。

as might have been expected 不出所料。
might as well do ⇨ WELL¹ 副（片語）
might as well do as ⇨ WELL¹ 副（片語）
might well ⇨ WELL¹ 副（片語）

·**might²** [maɪt] 名 Ⓤ **1** 能力，才幹；體力，力氣。**2** 力量，權力，強權：the idea that ～ is right 強權即公理的想法。
with all one's might / (with) might and main 《文》傾全力，盡全力。
～·**less** 形 無力量的。

might-have-been ['maɪtəv,bɪn, 'maɪtə,bɪn] 名 本來也許會發生的事；本來也許可以有所成就的人。

might·i·ly ['maɪtəlɪ] 副 **1** 激烈地，強大地：cry ～ 大哭。**2**《口》非常，很：be ～ important 非常重要。

mightn't ['maɪtn̩t] might not 的縮略形。

might·y ['maɪtɪ] 形 (**might·i·er, might·i·er**) **1**《文》強有力的，有勢力的，強大的：～ works 奇蹟。**2**《文》非常大的，巨大的；浩瀚的：a ～ ocean 浩瀚的海洋。**3**《口》非常的；非凡的，優異的：make a ～ bother 惹出大麻煩。
high and mighty 自以為了不起的。
一副《口》非常，極，很。

mi·gnon ['mɪnjɑn] 形 小而美的，可愛的。一名 Ⓤ 牛腰部小而圓的里肌肉。

mi·gnon·ette [,mɪnjən'ɛt] 名 **1** Ⓤ Ⓒ〖植〗木犀草。**2** Ⓤ 淺灰綠色。

mi·graine ['maɪgren] 名 Ⓒ Ⓤ 偏頭痛。
-**grain·ous** 形（患）偏頭痛的。

mi·grant ['maɪgrənt] 形 移動（性）的；移居的。一名 移居者；季節性勞工；候鳥；按季節移居的魚。

mi·grate ['maɪgret] 動 (**-grat·ed, -grat·ing**) 不及 **1** 移住，移民《*from...to...*》：～ *from* Japan *to* the United States 由日本移民至美國。**2** 遷移，移居。

mi·gra·tion [maɪ'greʃən] 名 **1** Ⓤ Ⓒ 遷居，移居；移棲，遷移：seasonal ～ 季節性遷移。**2**《集合名詞》移民群；候鳥。**3** Ⓤ〖化·理·地〗移動，徙動；原子的移動：the ～ of ions 離子的移動。

mi·gra·to·ry ['maɪgrə,torɪ] 形 移居的，移動的；移動性的：a ～ bird 候鳥。

mi·ka·do [mə'kɑdo] 名 (複～s)《偶作 M-》（日本的）天皇。

mike¹ [maɪk] 名《口》麥克風。

mike² [maɪk] 名 叉形支柱。

Mike [maɪk] 名〖男子名〗麥克（Michael 的暱稱）。
for the love of Mike《口》請看在上帝的分上，拜託，拜託。

mil [mɪl] 名 **1** 密爾：千分之一英寸。**2** 密位：發射炮彈的方位角。

mi·la·dy [mɪ'ledɪ] 名 (複-**dies**) **1** 英國貴婦：《稱呼》夫人。**2**《美》上流婦女。

mil·age ['maɪlɪdʒ] 名 = mileage.

Mi·lan [mɪ'læn, 'mɪlən] 名 **1** 米蘭：義大利北部的一城市。**2**〖男子名〗米蘭。

Mil·a·nese [,mɪlə'niz] 名 (複～) **1** 米蘭人。**2** Ⓤ《**m-**》〖織〗米蘭布。
一形 米蘭（人）的。

milch [mɪltʃ] 形 有奶的，產乳的，為取乳而飼養的。

'**milch ,cow** 名 **1** 乳牛。**2** 搖錢樹。

·**mild** [maɪld] 形 **1** 溫順的，和善的：a ～ tone of voice 平穩的聲調。**2** 溫暖的，溫和的；柔和的：a ～ spring day 風和日麗的春日。**3** 輕淡的，少刺激性的；作用溫和的：a ～ cigarette 味淡的香煙。**4** 不嚴厲的，寬大的；（病）輕微的：a ～ case of measles 輕度的麻疹症狀。**5**（程度上）輕微的：a ～ complaint 輕微的抱怨。～·**ness** 名

mild·en ['maɪldn̩] 動 及 不及（使）變得溫和，（使）和緩。

mil·dew ['mɪl,dju, -,du] 名 Ⓤ 霉，黴；〖植病〗霉病。一動 及 不及 發霉，生霉。
～·**y**, -**dewed** 形

mild·ly ['maɪldlɪ] 副 溫和地，和善地；委婉地，婉轉地。
to put it mildly 婉轉地說。

:**mile** [maɪl] 名 **1** 哩，英里。**2** 一英里賽跑：a five-*mile* race 五英里賽跑。**3** 海里，浬。**4** 相當的距離；《～**s**》遠：miss the target by a ～ 偏離目標很遠 / ～*s* better 好得多。

mile·age ['maɪlɪdʒ] 名 Ⓤ **1** 行進總哩數。**2** 哩數，里程。**3** 按哩旅費津貼；按哩計算的運費。**4** 單位燃料所能行駛的距離。**5** 使用（量），好處，利益：get full ～ out of... 將…充分利用。

mile·om·e·ter [maɪ'lɑmətɚ] 名《英》里程表。

mile·post ['maɪl,post] 名 里程碑。

mil·er ['maɪlɚ] 名《口》參加一英里賽跑的選手或馬。

mile·stone ['maɪl,ston] 名 **1** 里程碑。**2** 劃時代的重大事件：a ～ in medical history 醫學史上劃時代的大事。

mil·foil ['mɪl,fɔɪl] 名 = yarrow.

mi·lieu [mi'ljɚ] 名 (複～**s**, -**lieux**) 環境。

mil·i·tan·cy ['mɪlətənsɪ] 名 Ⓤ **1** 交戰狀態。**2** 鬥志。

mil·i·tant ['mɪlətənt] 形 **1** 鬥志昂揚的，好戰的。**2** 交戰中的，戰鬥中的。
一名 **1** 好戰的人；鬥士。**2** 交戰者。

mil·i·ta·rism ['mɪlətə,rɪzəm] 名 Ⓤ **1** 好戰精神，尚武精神；黷武政策。**2** 軍國主

M

義：pacifism as opposed to ～ 與軍國主義對立的和平主義。3 擴張軍備主義。

mil·i·ta·rist ['mɪlətərɪst] 名 1 軍國主義者。2 軍事專家，戰略家。

mil·i·ta·ris·tic [ˌmɪlətəˈrɪstɪk] 形 軍國主義的。

mil·i·ta·rize ['mɪlətəˌraɪz] 動 及 1 武裝起來；使軍事化。2 鼓吹軍國主義。**-ri·'za·tion** 名

·**mil·i·tar·y** ['mɪləˌtɛrɪ] 形 1 軍隊的，軍用的；陸軍的：～ affairs 軍事 / ～ forces 兵力 / ～ training 軍事訓練 / a ～ attaché（大使館中的）陸軍武官 / ～ tribunal 軍事審判 / a ～ review 閱兵式 / ～ science 軍事學，兵法 / ～ service 兵役。2 像軍人所要求的：～ precision 軍人般的精確。3 軍人的，軍隊生活的：a ～ draft 徵兵 / ～ preparedness 軍備。—名《the ～》1 軍隊，軍方：different branches of *the* ～ 軍隊的各軍種。2《集合名詞》軍人，軍官。**mil·i·tar·i·ly** ['mɪləˌtɛrɪlɪ] 副

'military aˌcademy [ˌschool] 名 1 U C 軍隊式管理的男子私立學校。2《the M- A-》《美》陸軍軍官學校。

'Military 'Cross 名《英》戰功十字勳章。略作：MC

'military-in'dustrial 'complex 名《the ～》（一國的）軍事工業複合體。

M

'military in'telligence 名 1 U 軍事情報。2 軍事情報部門。略作：MI

'military po'lice 名《常作 M- P-》《the ～》憲兵隊；《集合名詞·作複數》憲兵。略作：M.P., MP

'military po'liceman 名(複 military policemen)《常作 M- P-》憲兵。

mil·i·tate ['mɪləˌtet] 動 不及 產生（不利的）影響《*against...*》；發生（有利的）影響《*in favor of, for...*》。

mi·li·tia [məˈlɪʃə] 名《通常作 the ～》後備軍；民團；《美》國民兵；民兵。

mi·li·tia·man [məˈlɪʃəmən] 名(複-men) 後備軍人；國民兵；民兵。

:**milk** [mɪlk] 名 U 1 乳，奶，乳汁；牛乳：skimmed～ 脫脂奶 / dried ～ 奶粉 / a cow in ～ 乳牛。2 乳液，乳狀汁；乳劑。

cry over spilled milk 作無益的後悔。

get home with the milk《英俚》早晨回家。

milk and honey 乳和蜜；豐饒，繁榮。

milk and water (1)摻水的牛奶。(2)乏味的言談。(3)脆弱的情感。

milk for babes 簡易讀物；粗淺的東西。

mother's milk 母乳；必不可缺的事物。

the milk in the coconut《俚》事物的核心，要點。

the milk of human kindness 惻隱之心。

turn the milk (sour) 使牛奶變壞[變酸]。

—動 及 1 擠奶；擠出，抽取。2 壓榨；榨取《*of, for...*》。3 擠。4 餵奶。5 加牛奶。6 竊聽。—不及 1 產乳。2 擠乳。

milk one's brains 絞盡腦汁。

milk the bull 做無希望的事。

milk-and-wa·ter ['mɪlkənˈwɔtɚ] 形 索然無味的，缺乏生氣的；軟弱無力的；平淡無奇的；愛哭的，易傷感的。

'milk ˌbar 名 奶類食品店。

'milk 'chocolate 名 U 牛奶巧克力。

milk·er ['mɪlkɚ] 名 1 擠乳人。2 乳牛產乳的家畜[動物]。3 = milking machine

'milk ˌfever 名 U 授乳熱；乳熱病。

milk·fish ['mɪlkˌfɪʃ] 名〖魚〗虱目魚。

'milk float 名《英》送牛奶用的車。

'milk ˌglass 名 U 乳白色不透明玻璃。

milking maˌchine ['mɪlkɪŋ-] 名 擠奶機。

milk-liv·ered ['mɪlkˌlɪvɚd] 形 膽小的；器量小的。

milk·maid ['mɪlkˌmed] 名 擠奶女工。

milk·man ['mɪlkˌmæn, -mən] 名 (複-men) 1 送牛奶的人。2 擠奶工人。

'milk ˌpudding 名 U C 牛奶布丁。

'milkˌround 名《英》（每天的）牛奶分配路線。

'milk ˌrun 名 無危險的例行任務；《英》熟悉的旅途。

'milk ˌshake 名 C U 奶昔。

'milk ˌsnake 名（美國產的）乳蛇。

milk·sop ['mɪlkˌsɑp] 名 懦夫。

'milk ˌsugar 名 = lactose.

milk-toast ['mɪlkˌtost] 形 1 沒骨氣的，柔弱的。2 無效果的，軟弱的。
—名 = milquetoast.

'milk ˌtooth 名 乳齒，乳牙。

milk·weed ['mɪlkˌwid] 名 C U〖植〗馬利筋屬植物。

milk-white ['mɪlkˌhwaɪt] 形 乳白色的。

milk·wort ['mɪlkˌwɝt] 名 U〖植〗遠志屬多年生草本植物的通稱。

·**milk·y** ['mɪlkɪ] 形 (milk·i·er, milk·i·est) 1 乳的；似牛乳的；乳白色的。2 多乳的；分泌乳液的；含有乳的；由乳構成的。3 溫順的；柔弱的，懦弱的。4〖詩〗柔和的。

-i·ly 副, **-i·ness** 名

'Milky 'Way 名《the ～》〖天〗銀河，天河。

·**mill**[1] [mɪl] 名 1 磨粉機，碾米機: The ～ of God grind slowly.《諺》天網恢恢，疏而不漏。2 磨坊，碾米廠：a water ～ 水車磨坊。3 工廠，製造廠；機器；（寶石等的）研磨機；果汁機：a cotton ～ 棉花廠。4《口》公家機關：a divorce ～ 離婚法院。5《俚》火車頭；引擎。

draw water to one's (own) mill 爲自己的利益著想。

go through the mill《口》經歷磨練；接受訓練。

—動 及 1 以磨粉機磨；磨成粉：～ grain 把穀物磨成粉。2〖幣〗軋出凸邊或齒紋邊。3 攪拌使之起泡。4《俚》給（人）飽以老拳；打鬥；送入監獄。5 仔細考慮《

over》。—不及 **1**（東西）上磨子。**2** 盲目地亂轉，旋轉；徘徊打轉《*about, around*》。**3** 互毆。

mill² [mɪl] 名 釐：美國貨幣計算單位。

Mill [mɪl] 名 **John Stuart,** 彌爾（1806－73）：英國哲學家及經濟學家。

mill·dam ['mɪl,dæm] 名 磨坊水車用的水壩[水池]。

mil·le·nar·i·an [,mɪlə'nɛrɪən] 形 千（年）的；（相信）千禧年的。—名 相信千禧年之說的人。

mil·le·nar·y ['mɪlə,nɛrɪ] 形 **1** 千的；造成千的；千年的。**2** 千禧年的。
—名 (複**-nar·ies**) **1** 千禧年；千年紀念。**2**〖神〗千禧年；相信千禧年的人。

mil·len·ni·al [mə'lɛnɪəl] 形 千年的；千禧年的。

mil·len·ni·um [mə'lɛnɪəm] 名 (複～**s, -ni·a** [-nɪə]) **1** 千年（期間）；千年紀念。**2**《**the** ～》〖神〗千禧年。**3** 黃金時代。

mill·er ['mɪlɚ] 名 磨坊主人；磨粉業者：Too much water drowned the ～.《諺》過猶不及。

mil·les·i·mal [mɪ'lɛsəməl] 形 千分之一的。

mil·let ['mɪlɪt] 名 U 粟，小米；小米粒。

Mil·let [mɪ'le] 名 **Jean François,** 米列（1814－75）：法國畫家。

mill ,hand 名 製粉工；工人；紡織工。

mill·house ['mɪl,haus] 名 磨粉廠，磨坊。

milli-《字首》**1** 表「千」之意。**2**〖公制〗毫：「千分之一」之意。

mil·liard ['mɪljɚd, -jard] 名《英》十億（《美》billion）。

mil·li·bar ['mɪlɪ,bar] 名 毫巴：氣壓單位。

mil·li·gram ['mɪlə,græm] 名 毫克，公絲。略作：mg

mil·li·li·ter,《英》**-tre** ['mɪlə,litɚ] 名 公撮：一公升的千分之一。略作：ml

mil·li·me·ter,《英》**-tre** ['mɪlə,mitɚ] 名 毫米，公釐。略作：mm

mil·li·ner ['mɪlənɚ] 名 女帽商。

mil·li·ner·y ['mɪlə,nɛrɪ, -nərɪ] 名 U **1**《集合名詞》女帽。**2** 女帽製造業。

mill·ing ['mɪlɪŋ] 名 U **1** 磨粉，製粉。**2**〖機〗銑；銑削法。**3**〖貨幣〗軋幣邊齒紋；《集合名詞》齒紋。**4** 成群兜圈，徘徊打轉。**5**《俚》(1) 毆擊；鞭打。(2) 偷取。

mil·lion ['mɪljən] 名(複～**s** [-z],《在數詞等之後》～) **1** 百萬：five and a half ～(*s*) 五百五十萬。**2** (1)《省略貨幣單位之用法》百萬美元：an estate over a ～ 價值超過百萬美元的土地。(2)《～**s**》幾百萬美元。**3**《～**s**》很多，無數《*of...*》：～*s of* ants 無數的螞蟻。**4**《**the** ～》大眾，民眾。
a million to one... 極微小的。
in a million《通常置於名詞之後》稀少的，重要的，無可取代的。
(like) a million dollars 極棒的。
—形 **1** 百萬的。**2** 很多的，無數的。

·mil·lion·aire, -naire [,mɪljən'ɛr] 名 **1** 百萬富翁；《廣義》大富翁。**2**《形容詞》（都市）人口在百萬人以上的。

mil·lion·fold ['mɪljən,fold] 形副 百萬倍的[地]。

mil·lionth ['mɪljənθ] 名形 第一百萬（的）；百萬分之一（的）。

mil·li·pede, mil·le- ['mɪlə,pid] 名〖動〗馬陸，千足蟲。

mil·li·sec·ond ['mɪlɪ,sɛkənd] 名 千分之一秒。

mill·pond ['mɪl,pand] 名 水車池：(as) still as a ～ 似水池一般的平穩。

mill·race ['mɪl,res] 名 水車引水渠；運轉水車的水流。

·mill·stone ['mɪl,ston] 名 **1** 磨石。**2** 可用作研磨之物；折磨，磨難；重擔：a ～ around one's neck 套在脖子上的沉重負擔。
(as) hard as the nether millstone 冷酷無情的[地]。
between millstones / between the upper and the nether millstone 陷入困境。

mill·stream ['mɪl,strim] 名 推動水車的水流。

'mill ,wheel 名 水車（之輪）。

mill·wright ['mɪl,raɪt] 名 水車木工；機械裝置組合技工。

mi·lo ['maɪlo] 名 (複～**s**)〖植〗高粱。

mil·om·e·ter [maɪ'lamətɚ] 名《英》= mileometer.

mi·lord [mɪ'lɔrd] 名 **1**《偶作 **M-**》《歐洲人對英國貴族或縉紳的尊稱》閣下。**2** 英國紳士或貴族。

milque·toast ['mɪlk,tost] 名《美》膽小鬼，懦夫，畏首畏尾的人。

milt [mɪlt] 名 **1** U（雄魚的）精液，塊狀精液；C 繁殖器官。**2** 脾臟。—動 及 使（魚卵）受精。～**·er** 名 繁殖期的雄魚。

Mil·ton ['mɪltn̩] 名 **John,** 密爾頓（1608－74）：英國詩人。

Mil·ton·ic [mɪl'tanɪk] 形 密爾頓（的作品）的；密爾頓風格的；莊嚴雄偉的（亦稱 **Mil·to·ni·an** [mɪl'tonɪən]）。

Mil·wau·kee [mɪl'wɔkɪ] 名 密耳瓦基：美國 Wisconsin 州密西根湖畔之港市。

mime [maɪm] 名 **1** U C 啞劇；C 啞劇演員。**2** 一種無聲笑劇（演員）；丑角，喜劇演員。**3** = mimic 名 1. —動 及 模仿；以默劇動作表演。—不及 演（無聲）笑劇。

mim·e·o·graph ['mɪmɪə,græf] 名 油印機；油印的印刷品。—動 及 以油印機印刷。

mi·me·sis [mɪ'misɪs] 名 U **1**〖修·美〗模寫，模仿。**2**〖生〗擬態。**3**〖病〗歇斯底里徵候病，摹擬病。

mi·met·ic [mɪ'mɛtɪk] 形 **1** 模仿的，愛學他人的；假裝的，模擬的：～ speech 模仿

M

別人說話。2〖生〗擬態的：〖礦〗擬似的：a ～ crystal 擬晶。

mim·ic ['mɪmɪk] 動 (-icked, -ick·ing) 及 1 模仿：～ his voice 模仿他的聲音。2 酷似：a peak that ～s Mt. Fuji 與富士山極像的山頂。3 摹擬顏色[形狀]。—名 1 善模仿的人，模仿家。2 模仿者；模仿品。—形假的，仿造的；模擬的；擬態的；模仿的，善仿的。

mim·ic·ry ['mɪmɪkrɪ] 名 (複-ries) 1 U 學樣，模仿；〖動·植〗擬態：in ～ of... 模仿…。2 仿造品，仿造物。

mi·mo·sa [mɪ'mosə, -zə] 名 U C 〖植〗含羞草。**-ceous** [,mɪmə'seʃəs] 形

Min. 《縮寫》*Min*ister; *Min*istry.

min. 《縮寫》*min*im(um); *min*ing; *min*or; *min*ute(s).

mi·na ['maɪnə] 名 (複-**nae** [-ni], ～s [-z]) 麥拿：古希臘貨幣單位。

mi·na·cious [mɪ'neʃəs] 形《文》威脅的，恫嚇的。**-nac·i·ty** [-'næsətɪ] 名

min·a·ret [,mɪnə'rɛt, 'mɪnə,rɛt] 名（回教寺院的）尖塔，叫拜樓。

min·a·to·ry ['mɪnə,torɪ] 形《文》威脅的，恫嚇的。**-ri·ly** 副

mince [mɪns] 動 及 1 剁碎，切碎。2 細分，分割：thoroughly ～ the topic 將該問題徹底地仔細討論。3 謹慎地說，委婉地說；矯飾地說。4 輕視，蔑視。—不及 裝模作樣地碎步而行，矯飾地說。

mince it 裝模作樣地碎步而行。

not mince (one's) words / not mincematters 不客氣地直說，直言不諱地說。

—名 切碎之物；U 碎肉。

mince·meat ['mɪns,mit] 名 U 餅餡。

make mincemeat of... (1) 切碎，剁碎。(2) 打得落花流水，徹底擊敗。

,mince ,pie 名 百果餡餅，碎肉餡餅。

minc·er ['mɪnsɚ] 名 切碎細割的工具；碎肉機。

minc·ing ['mɪnsɪŋ] 形 1 裝模作樣的，矯飾的。2 矯揉造作的。～**ly** 副

:mind [maɪnd] 名 1 U C 精神，意志；智能，智力：come into one's ～ 浮上心頭 / a problem that taxed my ～ 使我費盡心思的問題。2《常作集合名詞》人類，人。3 U 健全的精神狀態，心智，理性：in one's right ～ 神志清醒地 / out of one's ～ 精神失常地。4 U C 思考方式，感受方式；精神傾向，氣質：a state of ～ 心境，心情 / (So) many men, (so) many ～s.《諺》人心不同猶如各有不同的面孔一樣。5 C U 想法，意見；意願，意向；喜好；注意；思考，考慮：in my ～ 照我的想法 /read a person's ～ 了解某人的心情 / keep one's ～ on ... 專注於。6 U 靈，神。7 U 記憶（力），回顧：time out of ～《文》遠古 / Out of sight, out of ～.《諺》離久情疏，眼不見心不想。8 U〖哲〗精神，心；〖心〗意識，心理。

bear ...in mind 記住，切記。

be in two minds 猶豫不決《*about...*》。

be of a person's mind 與（人）意見相同。

be of one mind 意見相同。

be of one mind with a person 與（人）意見相同。

be of the same mind (1) 意見一致。(2) 未改變想法。

be on a person's mind 時時擱在某人心上，關心掛慮。

blow a person's mind《口》使（人）興奮使激動，使進入恍惚狀態。

blow one's mind《口》激動興奮，進入恍惚狀態；失去自制。

bring ...to mind 憶起；使想起。

cast a person's mind back to... 使（人）憶起。

change one's mind 改變主意。

give a person a piece of one's mind (1) 對某人坦白地表明意見。(2) 責罵某人。

give one's mind to... 注意於。

go out of one's mind 被遺忘。

have a good mind to do 極欲做…。

have (half) a mind to do 有幾分想要…。

have...in mind (1) = bear...in MIND. (2) 考慮做，計畫作。

have little mind to do 幾乎無做…之意。

have...on one's mind (1) 為…而焦慮。(2) 惦念著。

know one's own mind 有決心，有主見。

make up one's mind (1) 決定《*to* do》(2) 果斷地處置《*to...*》。(3) 下決心《*about...*》。(4) 下結論認為《*that* 子句》。

put a person in mind of... 使（人）憶起。

set one's mind on... 決心要。

speak one's mind 坦率地說出心裡的話。

take one's mind off... 把自己的注意力由…轉移開，使…不再注意。

to one's mind (1) 依自己之意。(2) 合自己的心意。

—動 及 1《常用於命令》留心；注意，小心；聽從某人所言。2《通常用於否定疑問、條件》介意，擔憂，不願意。3 照顧，照料。4 專注，專心。5《蘇方》記住，記得。

—不及 1《主美》聽話，服從命令。2《常用於命令》仔細聽著，聽好。3 留意，小心。4《常用於否定、疑問、條件》討厭，反對。5《主疑問、否定》介意，擔憂《*about...*》。

Do you mind?《諷》請你不要（那樣），可以嗎？

I don't mind if I do.《口》《用於回答人請喝飲料時》好的，給我一些也好。

Mind and do《口》一定要做。

mind one's P's and Q's 對自己的言行舉止小心翼翼。

Mind (you)!《插入語》聽著，聽好！

mind your back《口》借過一下。

Never mind. (1) 不要介意。(2) 別提了。(3) 不用了啦！別費事啦！

Min·da·na·o [ˌmɪndəˈnao, -ˈnaʊ] 名 民答那峨島：菲律賓群島第二大島。

mind-bend·er [ˈmaɪndˌbɛndɚ] 名《口》**1** 迷幻藥（服食者）。**2** 令人吃驚的事。**3** 要懷柔政策的人。

mind-bend·ing [ˈmaɪndˌbɛndɪŋ] 形《口》迷幻性的；引起神經錯亂的；使人吃驚的。

mind-blow [ˈmaɪndˈblo] 動及《口》給予極大的震撼。**ˈmind-ˌblow·er** 名 迷幻藥吸食者；迷幻藥，幻覺劑。

mind-blow·ing [ˈmaɪndˌbloɪŋ] 形《口》引起幻覺的；使人極度興奮的，令人獲致極度快感的。—名 U 神智不清。

mind-bog·gling [ˈmaɪndˌbɑglɪŋ] 形《口》令人驚嘆的；複雜得難以想像的。

mind·ed [ˈmaɪndɪd] 形 **1**《常作複合詞》(1) 有某種心胸的：strong-*minded* 意志堅強的 / commercially-*minded* me 有商業頭腦的人。(2)有興趣的：car-*minded* 對汽車有興趣的。**2**《敘述用法》有心意的《*to* do》。

mind·er [ˈmaɪndɚ] 名 **1**《通常作複合詞》《主英》照料者；看管人，看守人：a child-*minder* 照料小孩者。**2**《英》寄養的孩子。

mind-ex·pand·er [ˈmaɪndɪkˈspændɚ] 名 迷幻藥。**-pand·ing** 形（藥物）使人產生幻覺的。

mind·ful [ˈmaɪndfəl] 形《敘述用法》留神的；記住的《*of*...》：～ *of* one's obligations 留意自己的義務。～**·ly** 副, ～**·ness** 名

mind·less [ˈmaɪndlɪs] 形 **1** 不明智的；沒腦筋的，愚鈍的：～ behavior 愚鈍的行為。**2**《敘述用法》不留意的，不介意的《*of*...》。

～**·ly** 副, ～**·ness** 名

mind-numb·ing [ˈmaɪdˌnʌmɪŋ] 形 非常無聊的。

mind ˌreading 名 U 測心術。

ˈmind ˌreader 名 能測人心思者。

mind-set [ˈmaɪndˌsɛt] 名 **1** 思想傾向，心態。**2** 定型的思想。

mind's ˈeye 名 U 心眼，想像力：see in one's ～ 在心中想起。

mind-shat·ter·ing [ˈmaɪndˌʃætərɪŋ] 形 異想天開的，怪誕的。

mine[1] [maɪn] 代《I 的所有格代名詞》《作單數或複數名詞》我的東西。(1)《前後接（代）名詞時》：a friend of ～ 我的一位朋友。(2)《指從文中可看出前後關係的特定東西》。—形《古》〖詩〗我的：～ eyes 我的眼睛 / lady ～ 夫人；小姐。

mine[2] [maɪn] 名 **1** 礦坑，礦床：develop a ～ 開礦。**2**《a ～》《喻》寶庫，資源；積蓄《*of*...》：*a* ～ *of* information 知識寶庫。**3**《the ～s》礦業。**4**〖軍〗坑道；地雷，水雷：strike a ～ 觸雷。

lay a mine (1) 布雷。(2) 施計《*for*...》。

spring a mine on... 給予意外的一擊。

—動 (**mined, min·ing**) 不及 **1** 採礦《*for*...》；掘坑道。**2** 布雷。—及 **1** 採掘；掘《*for*...》：～ the valley *for* gold 挖掘山谷以開金礦。**2** 挖坑道：～ a castle 在城堡之下挖坑道。**3**《常用被動》布設地雷。**4** 消滅，破壞。

ˈmine deˌtector 名 地雷探測器。

ˈmine disˈposal 名 U 地雷或水雷的拆除。

mine·field [ˈmaɪnˌfild] 名〖軍〗雷區，布設地雷的區域；《喻》危險地區。

mine·lay·er [ˈmaɪnˌleɚ] 名 布雷艇。

·min·er [ˈmaɪnɚ] 名 **1** 礦夫，礦工。**2**〖軍〗地雷工兵。

·min·er·al [ˈmɪnərəl] 名 **1** 礦物；礦石；無機（化合）物。**2**《～s》《英》＝mineral water.

—形 礦物性的，含礦物的：a ～ right 礦權 / a ～ spring 礦泉。

min·er·al·ize [ˈmɪnərəlˌaɪz] 動及 使礦化；使含礦物質。—不及 採集礦物。

ˈmineral ˌkingdom 名《the ～》礦物界；《集合名詞》礦物。

min·er·al·o·gy [ˌmɪnəˈrɑlədʒɪ, -ˈræ-] 名 U 礦物學。**-ˈog·i·cal** 形, **-gist** 名 礦物學家。

ˈmineral ˌoil 名 U C 礦油；石油。

ˈmineral ˌwater 名 U C **1** 礦泉水。**2**《英》蘇打水；清涼飲料。

ˈmineral ˌwool 名 U 礦綿。

Mi·ner·va [məˈnɝvə] 名 **1**〖羅神〗密娜瓦：司智慧與技藝的女神。**2** 有智慧、學識的女性。

min·e·stro·ne [ˌmɪnəˈstronɪ] 名 U 義大利風味的蔬菜濃湯。

mine·sweep·er [ˈmaɪnˌswipɚ] 名 掃雷艇。**-sweep·ing** 名 U 掃雷作業。

ˈmine ˌworker 名 ＝miner.

Ming [mɪŋ] 名 形（中國的）明朝（的）（1368－1644）。

·min·gle [ˈmɪŋgl] 動 (**-gled, -gling**) 不及 **1** 混合，混在一起；相混《*together* / *with*...》：～ *with* the crowd 混在人群中。**2** 加入，參加《*in*...》：～ *in* a card game 參加撲克牌比賽。**3** 交往《*with*...》：～ *with* famous and powerful people 與有名有勢的人交往。—及 **1**《常用被動》混合；使相混《*together* / *with*...》；使合而為一，使匯合。**2** 使交往《*with*...》。**3** 調（合）。

ˈming ˌtree 名 盆栽。

min·gy [ˈmɪndʒɪ] 形 (**-gi·er, -gi·est**)《英口》卑鄙的，吝嗇的。

min·i [ˈmɪnɪ] 名 (複 ～**s** [-z])《口》迷你裝，迷你裙；《英》迷你車；小型物品。—形 迷你的；小型的，非常小的。

mini-《字首》表「小型」、「小規模」、「迷你（指服裝）」之意。

·min·i·a·ture [ˈmɪnɪətʃʊɚ] 名 **1** 縮小的模型，縮小圖；《喻》縮圖：a ～ of the

M

Chinese Wall 萬里長城模型。2 袖珍畫，小型肖像畫：Ⓤ 微型畫繪畫術。3 彩飾。4 小型照相機。5〖樂〗小曲，短歌。
in miniature 小型的；縮小的；縮小地。
一㊋ 1 小規模的，小型的。2 小型照相機的。

min·i·a·tur·ist ['mɪnɪə,tʃərɪst] ㊔ 袖珍畫像畫家。

min·i·a·tur·ize ['mɪnɪə tʃə,raɪz] ㊍ ㊈ 製成小型；使小型化。

min·i·bike ['mɪnɪ,baɪk] ㊔《美》迷你摩托車（《英》moped）。

min·i·bus ['mɪnɪ,bʌs] ㊔ 小型巴士。

min·i·cab ['mɪnɪ,kæb] ㊔《英》小型計程車。

min·i·car ['mɪnɪ,kɑr] ㊔ 小型汽車。

min·i·com·put·er ['mɪnɪkəm,pjutɚ] ㊔ 袖珍型電腦，迷你電腦。

min·i·fy ['mɪnə,faɪ] ㊍ (**-fied**, ～**·ing**) ㊈ 1 使縮小。2 = minimize. **-fi·'ca·tion** ㊔

min·im ['mɪnɪm] ㊔ 1 量滴：液量的最小單位。2 微量；微小的東西；微不足道的東西[人]。3〖樂〗二分音符。一㊋ 最小的，微小的。

min·i·ma ['mɪnəmə] ㊔ **minimum** 的複數形。

min·i·mal ['mɪnɪml] ㊋ 1 最小量的，極微的；極小的，微細的。～**·ly** ㊏

min·i·mind·ed ['mɪnɪ,maɪndɪd] ㊋ 欠缺思慮的；愚蠢的。

min·i·mize ['mɪnə,maɪz] ㊍ ㊈ 1 使減至最小量。2 做最低的估計，輕視：～ a person's contribution 低估某人的貢獻。**-mi·'za·tion** ㊔

·**min·i·mum** ['mɪnəməm] ㊔ (複～**s** [-z], **-ma** [-mə]) 1 最小量，最低限度：at a ～ of expense 以最低額的費用。2 最低速限。3〖數〗極小（值）。一㊋ 1 最小（限度）的。2〖數〗極小的。

'minimum 'wage ㊔《用單數》最低工資。

min·ing ['maɪnɪŋ] ㊔ Ⓤ 1 採礦；採礦業。2 地雷或水雷的布設。

min·i·nuke ['mɪnɪ,nuk] ㊔《美俚》小型核子武器。

min·ion ['mɪnjən] ㊔ 1《蔑·謔》部下，嘍囉：the ～*s* of the law 低級司法人員。2《蔑》寵愛的人，寵臣；寵物：a ～ of the king 國王的寵臣。

min·i·park ['mɪnɪ,pɑrk] ㊔ = pocket park.

min·i·pig ['mɪnɪ,pɪg] ㊔〖動〗迷你豬。

min·is·cule ['mɪnə,skjul] ㊋ = minuscule.

min·i·se·ries ['mɪnɪ,sɪrɪz] ㊔ (複～)〖影視〗迷你影集。

min·i·ski ['mɪnɪ,ski] ㊔ 小型滑雪橇。

min·i·skirt ['mɪnɪ,skɝt] ㊔ 迷你裙。～**·ed** ㊋ 穿著迷你裙的。

min·i·state ['mɪnɪ,stet] ㊔ 獨立小國。

:**min·is·ter** ['mɪnɪstɚ] ㊔ 1〖教會〗(1) 神職人員，牧師。(2)（宗派的）長。2《常作 **M-**》大臣，部長，《英》國務大臣：the *M-* of Education 教育部長 / the *M-* of the Crown《英》內閣大臣。3 公使：地位次於大使。4《文》代理人，代辦人：a ～ of evil 罪惡的爪牙。
一㊍ ㊈ 舉行。一㊉ 1 盡神職人員的職務。2 (1) 服侍照料。(2) 滿足，有益於。

min·is·te·ri·al [,mɪnəs'tɪrɪəl] ㊋ 1 神職人員的，適合牧師的：a ～ manner 神職人員（應有）的態度。2 內閣的；政府的；部長的：the ～ benches 政府的席位。3 行政的，行政上的。4 有益的，有助的；輔助的，輔佐的（*to...*）。～**·ist** ㊔《英》執政黨議員。

min·is·trant ['mɪnɪstrənt] ㊋ 服侍的，輔佐的（*to...*）。一㊔ 服侍者，輔佐者。

min·is·tra·tion [,mɪnə'streʃən] ㊔ Ⓤ Ⓒ《常作 ～**s**》1 照料；服侍，服務；援助。2 牧師的職務，舉行宗教議式。**-,tra·tive** ㊋ 有益的，輔佐的。

·**min·is·try** ['mɪnɪstrɪ] ㊔ (複**-tries**) 1《the ～》牧師的職務；Ⓤ《集合名詞》牧師，神職人員：enter *the* ～ 擔任神職，當牧師。2 Ⓤ 部長的職務。3《常作 **the M-**》《英》內閣；《集合名詞》閣員：form a ～ 組閣。4《通常作 **M-**》部，省；其建築物：the *M-* of Defence《英》國防部（略作：MOD）。5 Ⓤ 服侍，援助。6 Ⓤ 媒介，手段：by the ～ of his kindness 由於他的親切幫助。

min·i·sub ['mɪnɪ,sʌb] ㊔ 小型潛艇。

min·i·ver ['mɪnəvɚ] ㊔ Ⓤ 1 灰色毛皮。2 白色毛皮，白色貂皮。

mink [mɪŋk] ㊔ (複 ～**s**,《集合名詞》～) 1〖動〗貂。2 Ⓤ 貂皮；Ⓒ 貂製品。3 Ⓤ 暗褐色。

Minn. 《縮寫》*Minn*esota.

Min·ne·ap·o·lis [,mɪnɪ'æpəlɪs] ㊔ 明尼亞波利斯：美國 Minnesota 州的一市。

min·ne·sing·er ['mɪnɪ,sɪŋɚ] ㊔（中世紀德國的）吟遊詩人。

Min·ne·so·ta [,mɪnɪ'sotə] ㊔ 明尼蘇達：美國中北部的一州；首府為 St. Paul。略作：Minn.,《郵》MN **-tan** ㊋㊔

min·now ['mɪno, -ə] ㊔ (複 1, 2 項 ～**s**,《罕》～) 1〖魚〗歐洲產鯉魚科小魚；鯉魚科通稱。2《美》小魚，鰷魚類。3 不重要的人或團體。
a Triton among the minnows 鶴立雞群。
throw out a minnow to catch a whale 拋磚引玉，小餌釣大魚。

Mi·no·an [mɪ'noən] ㊋ 邁諾斯文明的
一㊔ 古代的克里特島人。

·**mi·nor** ['maɪnɚ] ㊋ 1 較小的；小的；少數派的：a ～ party 少數黨。2 不重要的，不嚴重的，無生命危險的；二流的：a ～ injury 輕傷。3 未成年的。4《用於名字前》較年幼的，較小的：Smith ～ 小史密斯。5〖樂〗短音階的，小調的：a son-

in G ～ G 小調奏鳴曲。6 副修的，輔修的。7〖理則〗小：a ～ premise 小前提。
in a minor key (1)〖樂〗用小調。(2)帶著憂傷的心情，用陰沉的語調。
一图 1 未成年者。2 次要的人。3〖教〗《美》副修科目；副修某種科目之學生。4〖樂〗小音階，小調。5〖理則〗小前提，小名詞。6 《the ～s》《美》= minor league. 一動 不及《美》副修，輔修《in ...》。

Mi·nor·ca [mɪ'nɔrkə] 图 1 米諾卡島：位於地中海西部，屬西班牙。2 米諾卡雞。

·mi·nor·i·ty [mə'nɔrətɪ, maɪ-] 图 (複-ties) 1 Ⓤ Ⓒ 少數；少數派；少數派的得票數：be in the ～ 占少數。2 少數民族。3 Ⓤ 未成年：be in one's ～ 未成年。一形 少數黨[派]的；少數民族的。

mi'nority 'government 图 少數黨政府。

mi'nority ˌleader 图《美》國會少數黨領袖。

'minor 'key 图〖樂〗小調。

'minor 'league 图《美》職業棒球小聯盟。**mi·nor-lea·guer** ['maɪnə'ligə] 图《美》職棒小聯盟的球員。

'minor-'league 形 次要的，二流的。

'minor 'planet 图〖天〗小行星。

'Minor 'Prophets 图(複)《the ～》〖舊約〗小先知；小先知書。

'minor 'scale 图〖樂〗小音階。

'minor 'suit 图（橋牌中的）低花。

Mi·nos ['maɪnəs, -nɑs] 图〖希神〗邁諾斯：Crete 島之王。

Min·o·taur ['mɪnəˌtɔr] 图 1《the ～》〖希神〗牛頭人身的怪物。2 吞噬人或造成大破壞的怪物。

min·ster ['mɪnstə] 图《常作 M-》《英》1 修道院附屬教堂。2 大聖堂，大教堂。

min·strel ['mɪnstrəl] 图 1 吟遊詩人；〖詩〗詩人，音樂家。2《主作 ～s》白人扮演黑人的滑稽歌舞團。

min·strel·sy ['mɪnstrəlsɪ] 图 Ⓤ 1 吟遊詩人的技藝；吟遊；吟遊歌曲。2《集合名詞》吟遊詩人。

mint[1] [mɪnt] 图 1 Ⓤ〖植〗薄荷；薄荷葉。2 薄荷糖。一形 用薄荷作的，加有薄荷的：～ tea 薄荷茶。

mint[2] [mɪnt] 图 1 造幣廠；《M-》造幣局。2《口》巨額，大量：make a ～ (of money) 賺大錢。3 泉源：have a ～ of fine ideas in one's head 腦海中不斷湧出許多好主意。
一形 未使用的：a ～ stamp 未使用過的嶄新郵票。一動 及 1 鑄造（貨幣）。2 造出。～·er 图 造幣者。

mint·age ['mɪntɪdʒ] 图 1 Ⓤ 貨幣的鑄造：鑄幣；《集合名詞》貨幣。2 Ⓤ 造幣費。3 印記。4 Ⓤ 造字。

mint-con·di·tion ['mɪntkənˌdɪʃən] 形 嶄新的。

mint-fresh ['mɪnt'frɛʃ] 形 全新的。

'mint 'julep 图 薄荷酒。

'mint ˌsauce 图 Ⓤ 薄荷醬。

min·u·end ['mɪnjʊˌɛnd] 图〖算〗被減數。

min·u·et [ˌmɪnjʊ'ɛt] 图 小步舞（曲）。

·mi·nus ['maɪnəs] 介 1 減。2 無，缺少：go out ～ a hat 未戴帽子外出。一形 1《限定用法》減的，負的。2《口》欠缺的，損失的。3 較差的；不好的。一图 1 負號。2 負數，負量。3 欠缺，損失。

mi·nus·cule ['mɪnəˌskjul, mɪ'nʌskjul] 形 1 小寫字體的；小寫字草書體的。2 非常小的，不重要的。一图 小寫字體；小字草書字體。

'minus ˌsign 图〖算〗減號，負號（－）。

:min·ute[1] ['mɪnɪt] 图 1 分：five ～s to [before, of] seven 七點差五分。2 片刻，一會兒。3 草稿，底稿；《～s》會議紀錄；《主英》備忘錄：take the ～s of a convention 記下會議紀錄。
any minute 隨時。
at the (very) last minute 在最後一刻。
not for a minute 完全…不。
the minute (that)... 《作連接詞》一…就。
to the minute 一分不差地，準時地。
up to the minute 最新（式）的；尖端的。
一動 (-ut·ed, -ut·ing) 及 1 準確測定…的時間。2 作草稿；做成記錄，記下《down》。3 記入會議記錄中。一形 即席的，速成的。

·mi·nute[2] [mə'njut, maɪ-] 形 (-nut·er, -nut·est) 1 極微小的：～ changes 極微的變化。2 細密的，極詳細的：a ～ report 詳細的報告。3 微不足道的。

'min·ute ˌbook ['mɪnɪt-] 图 會議紀錄簿，記事簿。

'min·ute ˌgun ['mɪnɪt-] 图 1〖軍〗致哀禮炮。2〖海〗分炮，船舶遇險炮。

'minute ˌhand 图《the ～》（時鐘）分針，長針。

min·ute·ly[1] ['mɪnɪtlɪ] 形 每分鐘的；連接不斷的。一副 每分鐘地，不斷地。

mi·nute·ly[2] [mə'njutlɪ, maɪ-] 副 微細地；詳細地，嚴密地。

Min·ute·man ['mɪnɪtˌmæn] 图 (複-men)《美》《偶作 m-》（美國獨立戰爭期間的）隨時準備應召的民兵；義勇兵。

'min·ute ˌsteak ['mɪnɪt-] 图《美》一分鐘牛排：立即可熟的薄片牛排。

mi·nu·ti·ae [mɪ'njuʃɪˌi] 图 (複) (單-ti·a [-ʃɪə]) 細目，小節。-al 形

minx [mɪŋks] 图 頑皮姑娘，輕浮的年輕女子。～·ish 形

Mi·o·cene ['maɪəˌsin] 形〖地質〗中新世的。一图《the ～》中新世。

·mir·a·cle ['mɪrəkl] 图 1 奇蹟：do [work] ～s 創造奇蹟。2 令人驚奇的事物；非凡的實例《of...》。3 = miracle play.

M

to a miracle ((古)) 奇蹟似地，好得令人難以相信地。

'miracle ˌdrug 名特效藥。

'miracle ˌman 名((口)) 創造奇蹟者。

'miracle ˌplay 名奇蹟劇。

·mi·rac·u·lous [mə'rækjələs] 形 **1** 奇蹟（似）的；超自然的；令人稱奇的：a ~ achievement 令人稱奇的成就。**2** 有創造奇蹟能力的，有不可思議之力量的：a ~ drug 靈丹妙藥。~**·ly** 副, ~**·ness** 名

mi·rage [mə'rɑʒ] 名 **1** 海市蜃樓。**2** 幻象，幻覺。

Mi·ran·da[1] [mə'rændə] 名〖女子名〗米蘭達。

Mi·ran·da[2] [mə'rændə] 形((美)) 米蘭達的：~ Rights 米蘭達權利（規定嫌犯應享有保持緘默、選擇辯護律師等法定權利）。

mire [maɪr] 名Ⓤ 沼地，泥濘地；泥濘，泥漿；((the ~)) 泥沼般的狀況，困境。

drag a person through the mire 使（人）蒙羞。

stick in the mire 陷入困境，陷進泥沼裡。

—動及 **1** 使陷入泥濘中。**2** 使沾上泥濘。**3** 使陷入泥沼般的困境((*in...*))。

—不及 陷入泥濘中。

mirk [mɝk] 名形 = murk.

·mir·ror ['mɪrɚ] 名 **1** 鏡子；〖光〗反射鏡：a plane ~ 平面鏡 / hold a ~ up to the present age ((喻)) 反映時代。**2** 忠實地反映出來的東西((*of...*))。**3** 模範，典型：a ~ of chivalry 騎士典範。

—動及 **1** 反射影像。**2** ((喻)) 反映，忠實地呈現出來。

'mirror 'image 名鏡像。

mirth [mɝθ] 名Ⓤ 歡喜；歡樂；歡笑：uncontrolled ~ 忍不住的歡笑。

~**·less** 形 不快樂的；憂鬱的。

mirth·ful ['mɝθfəl] 形歡樂的；喜氣洋洋的；歡笑的：a ~ smile 愉快的微笑。

~**·ly** 副, ~**·ness** 名

MIRV [mɝv] 名 分導式多彈頭飛彈；其彈頭。—動及 裝配上 MIRV 飛彈或彈頭。

mir·y ['maɪrɪ] 形 **(mir·i·er, mir·i·est) 1** 泥沼般的，泥濘的。**2** 骯髒的；沾滿泥的。

MIS ((縮寫)) *m*anagement *i*nformation *s*ystem 管理資訊系統。

mis- ((字首)) 表「錯誤」、「壞」、「不利」之意。

mis·ad·min·is·tra·tion [ˌmɪsədˌmɪnɪ'streʃən] 名Ⓤ 管理不當。

mis·ad·ven·ture [ˌmɪsəd'vɛntʃɚ] 名Ⓤ Ⓒ災難；厄運，不幸；〖法〗意外死亡：by ~ 不幸地 / death by ~ 意外致死。

mis·ad·vise [ˌmɪsəd'vaɪz] 動及給（人）錯誤的勸告。

mis·al·li·ance [ˌmɪsə'laɪəns] 名 不相稱的結合；不相稱的婚姻。

mis·al·ly [ˌmɪsə'laɪ] 動 **(-lied, ~·ing)** 及 使作不適當的結合；使作不相稱的通婚。

mis·an·thrope ['mɪsənˌθrop] 名 厭恨人類者，討厭與人交往者。

mis·an·throp·ic [ˌmɪsən'θrɑpɪk], **-i·cal** [-kl] 形 討厭人類的；厭世的。

mis·an·thro·py [mɪs'ænθrəpɪ] 名Ⓤ 厭惡人類；厭世。**-thro·pist** 名

mis·ap·pli·ca·tion [ˌmɪsæplə'keʃən] 名Ⓤ Ⓒ誤用；濫用。

mis·ap·ply [ˌmɪsə'plaɪ] 動 **(-plied, ~·ing)** 及 **1** 誤用，錯誤使用。**2** 濫用，亂用。**-plied** 形

mis·ap·pre·hend [ˌmɪsæprɪ'hɛnd] 動及誤解。

mis·ap·pre·hen·sion [ˌmɪsæprɪ'hɛnʃən] 名誤解：under a ~ 出於誤解。**-hen·sive** 形

mis·ap·pro·pri·ate [ˌmɪsə'proprɪˌet] 動及 **1** 濫用，誤用。**2** 侵占，盜用。**-'a·tion** 名

mis·ar·range [ˌmɪsə'rendʒ] 動及 排錯；予以不當安排。~**·ment** 名

mis·be·come [ˌmɪsbɪ'kʌm] 動 **(-came, -come, -com·ing)** 及 不相稱，不適合。

mis·be·got·ten [ˌmɪsbɪ'gɑt(ṇ)] 形 **1** 私生的；庶出的。**2** ((限定用法)) 可鄙的；構想錯誤的，設計得很差的。

mis·be·have [ˌmɪsbɪ'hev] 動不及 行爲不檢，行爲不端。—及((反身)) 使行爲不當。

-haved 形行爲不檢的。

mis·be·hav·ior [ˌmɪsbɪ'hevjɚ] 名Ⓤ 不良品行，行爲不檢。

mis·be·lief [ˌmɪsbə'lif] 名 (複~**s** [-s]) **1** ⓊⒸ誤信；錯誤的想法。**2** Ⓤ邪教信仰

mis·be·lieve [ˌmɪsbə'liv] 動不及 及 ((罕)) 誤信；不信。

mis·be·liev·er [ˌmɪsbə'livɚ] 名 異教徒，邪教徒。

mis·brand [mɪs'brænd] 動及 打上錯誤的烙印；標上錯誤的或假冒的商標。

misc. ((縮寫)) *misc*ellaneous.

mis·cal·cu·late [mɪs'kælkjəˌlet] 動及 不及誤算，誤估。**-'la·tion** 名ⓊⒸ誤算，判斷錯誤。

mis·call [mɪs'kɔl] 動及**1** ((通常用被動)) 叫錯名字：~ a whale a fish 誤稱鯨魚爲魚。**2** ((古·方)) 譏罵。

mis·car·riage [mɪs'kærɪdʒ] 名Ⓤ Ⓒ**1** 失敗；失策；失誤：a ~ of justice 誤判；審判不公。**2** 誤投，未送達。**3** 流產。

mis·car·ry [mɪs'kærɪ] 動 **(-ried, ~·ing)** 不及**1** 遭到失敗((*in...*))；失敗。**2** 誤投，未送達。**3** 流產((*of...*))。

mis·cast [mɪs'kæst] 動 **(-cast, ~·ing)** 及 胡亂安排演員角色；使擔任不適合的角色；派給不適合的人選。

mis·ce·ge·na·tion [ˌmɪsɪdʒə'neʃən] 名 Ⓤ 異族通婚，混居；種族混交。

mis·cel·la·ne·a [ˌmɪsə'lenɪə] 名 (複) (

sen·ta·tion 名

mis·rule [mɪs'rul] 名 U 1 治理不善；暴政。2 混亂；無政府狀態。—動 及 治理不善，實行暴政。～·rul·er 名 治理失敗者。

miss¹ [mɪs] 動 [illegible] 1 沒打中，未達到：～ the mark with th[illegible]rrow 箭未中鵠的。2 (1) 未遇見；未趕上[illegible]～ the train 未趕上火車。(2) 漏掉，忽[illegible]。(3) 聽漏，沒聽懂；錯過《doing》：～[illegible]ing the movie 沒看到那場電影。(4) 不[illegible]。3 失去，未把握住：～ an opportun[illegible] travel abroad 失去了一次國外旅行的[illegible]。4 逃過，避開：～ the rush hour tr[illegible] 避開交通擁擠時間。5 懷念；發現[illegible]）遺失不見。—不及 1 未擊中；失手[illegible]失敗《in...》；不成功。3 不點火。4 [illegible]不來。

miss by a mile (1) 差之[illegible]里。(2) 慘敗。

miss one's dinner 嘔出[illegible]下的東西。

miss fire ⇨ FIRE（片[illegible]

miss out on... 失去機會[illegible]錯過，漏掉。

miss the boat《口》未趕[illegible]船；《喻》未及時抓住機會。

miss one's [the] mark 未[illegible]鵠的，未達目的；判斷錯誤，評估錯誤。

miss one's tip 失敗。

never miss a trick 絕不錯失任何機會；任何細微的事亦不漏掉。

—名 1 不中；失敗；錯過；失手：A ～ is as good as a mile.《諺》失之毫釐，謬以千里；不論差得多小，失敗總歸是失敗。2 漏寫；忽略。3 躲避；逃避。4《口》流產。5《方》思念。

give... a miss《口》(1) 逃避（人）。(2) 略過，跳過不做。(3) 不出席。

miss² [mɪs] 名(複～·es) 1《M-》小姐：*M-* (Jane) Roberts（珍）羅伯小姐。2《對未婚女性的口頭稱呼》小姐。3《通常為謔或蔑》年輕未婚女子，女學生：a saucy ～ 一個莽撞無禮的女孩。4《～es》《作單、複數》女裝、女鞋的尺碼。5《M-》《冠於地名、職業名、年號等前》小姐：*M-* America 美國小姐。

Miss.《縮寫》*Miss*issippi.

mis·sal ['mɪsl̩] 名 1《偶作 M-》〖天主教〗彌撒書。2 祈禱書，禮拜儀式經書。

mis·send [mɪs'sɛnd] 動 及 送錯，誤遞。

mis·shape [mɪs'ʃep] 動 及《文》使成畸形，使形狀不正。

mis·shap·en [mɪs'ʃepən] 形 奇形怪狀的，畸形的。

mis·sile ['mɪsl̩] 名 1 投擲武器，投射物。2 飛彈：a cruise ～ 巡弋飛彈。

—形 1 可投擲的；可發射的。2 飛彈（用）的：a ～ base 飛彈基地。

mis·sile·man ['mɪsl̩,mæn, -mən] 名(複 **-men**) 飛彈設計製造者，飛彈專家。

mis·sil(e)·ry ['mɪsl̩rɪ] 名 U 1 飛彈科學。2《集合名詞》飛彈，導向飛彈。

miss·ing ['mɪsɪŋ] 形 1 缺少的；遺失的，丟掉的；行蹤不明的：a ～ person 行蹤不明的人。2《敘述用法》〖軍〗失蹤的：be ～ in action 在戰鬥中失蹤。—名《the ～》〖軍〗失蹤者。

'missing 'link 名 1《the ～》失蹤的環節。2 一系列完整事物中所欠缺的部分。

·mis·sion ['mɪʃən] 名 1 使節團，代表團；《美》駐外大使館：dispatch an economic ～ to India 派經濟使節團前往印度。2 任務，使命。3 傳道，傳教，傳教團體，傳道機構；《～s》傳道工作，傳教活動。4 傳教所，傳教地區；貧民救濟所，慈善機構。5 天職：a sense of ～ 使命感。6〖軍〗飛行作戰任務；太空飛行。—形 1 傳道團體的。2《通常作 M-》西班牙傳教會式樣的。

—動 及 1 派遣（人）擔任任務。2 傳教。—不及 執行任務；傳道，傳教。

·mis·sion·ar·y ['mɪʃən,ɛrɪ] 名(複**-ar·ies**) 1 傳教士。2 宣傳者《of, for...》。3 使節。—形 傳道的，有關傳道的；傳教士的。

'missionary po'sition 名 U《the ～》《口》傳教士性交姿勢

'mission con,trol 名〖太空〗（地面上的）太空任務指揮中心。**'mission con,troller** 名 太空任務管制員。

mis·sis ['mɪsɪz, -ɪs], **-sus** [-səz, -səs] 名 1《the ～, one's ～》《口》妻子，太太。2《方》主婦；《傭人用語》太太。

miss·ish ['mɪsɪʃ] 形 矜持的；矯揉造作的。

Mis·sis·sip·pi [,mɪsə'sɪpɪ] 名 1 密西西比：美國南部的一州；首府為 Jackson（略作：Miss.,《郵》MS）。2《the ～》密西西比河：發源自美國 Minnesota 州，注入墨西哥灣，為世界第三長河流。

Mis·sis·sip·pi·an [,mɪsə'sɪpɪən] 形 密西西比州的，密西西比河的。—名 密西西比州人。

mis·sive ['mɪsɪv] 名 1《常為謔》信，書信；公文。2〖蘇法〗契約交涉書。—形（公文）發出去的。

Mis·sour·i [mə'zurɪ, -'zurə] 名 密蘇里：美國中部的一州；首府為 Jefferson City。略作：Mo.,《郵》MO

be from Missouri《口》拿出事實來才相信的。

～**·an** 形 密蘇里（人）的。—名 密蘇里人。

mis·speak [mɪs'spik] 動 (**-spoke, -spok·en, ～·ing**) 及 不及 說錯，失言。

mis·spell [mɪs'spɛl] 動 (～**ed** 或 **-spelt, ～·ing**) 及 不及 誤拼，拼錯。～**·ing** 名

mis·spend [mɪs'spɛnd] 動 (**-spent, ～·ing**) 及 浪費，虛度。

mis·state [mɪs'stet] 動 及 做不實的陳述。～**·ment** 名 U C 誤報，謊報。

mis·step [mɪs'stɛp] 名 1 踏錯步。2 錯誤，過失，失策；失足。

mis·sus ['mɪsəz, -əs] 名《口》= missis.

miss·y ['mɪsɪ] 名(複 **miss·ies**)《口》小姑

M

娘，少女；《稱呼》小姐。

:**mist** [mɪst] 名 1 U C 霧，靄；《美》濛濛細雨：a thick ～ 濃霧。2 U C 似霧的東西；朦朧，翳；導致模糊之物：a ～ of tears 淚眼朦朧。3 U 霧色，帶紅色的淡灰色。4 U〖理·化〗合劑，混合劑。5《俚》加有冰塊、檸檬的酒類飲料。6《the ～s》遠古時代。

cast a mist before a person's eyes 蒙蔽某人。

—動 不及 1 起霧；變朦朧《*over, up*》。2《以 **it** 作主詞》下霧雨，下毛毛細雨。

—及 霧籠罩；使朦朧；使潤溼，使朦朧不清《*over, up*》。

mis·tak·a·ble [məˈstekəbl] 形 易誤解的，易錯誤的，易誤會的：an easily ～ spelling 易發生錯誤的拼寫。

:**mis·take** [məˈstek] 名 1 錯誤；誤解：by ～ 錯誤（地）；由於疏忽忘記 / make the ～ of doing 犯…的錯誤 / in ～ for...誤以爲是…。2〖法〗錯誤。3 失身懷孕。

and no mistake《英口》《通常置於句尾》確實地，的確。

make no mistake《置於句首或句尾以強調說話的內容》毫無疑問（地）。

—動 (**-took, -tak·en, -tak·ing**) 及 誤認，誤解；誤會；弄錯，誤以爲是…《*for...*》: ～ a stick *for* a snake 誤將一根棍子當做一條蛇。

—不及 犯錯；弄錯。

:**mis·tak·en** [məˈstekən] 動 **mistake** 的過去分詞。—形 1《敘述用法》犯錯誤的；弄錯的《*about...*》；（在…上）犯錯的《*in..., in* doing》。2 錯誤的，判斷錯誤的：a ～ kindness 不受歡迎的好意，增添人家麻煩的好意。

mis·tak·en·ly [məˈstekənlɪ] 副 不正確地，錯誤地。

·**mis·ter** [ˈmɪstɚ] 名 1《**M-**》先生：通常略作 Mr., 冠於男子名、職務名之前的敬稱。2《通常作 **M-**》《美口》《直接稱呼》老闆，先生：Good morning, *M*-. 先生，早安！3《口》丈夫。4 平民：a plain ～ 普通老百姓。

—動 及 稱…爲先生。

ˈMister ˈCharlie 名《美黑人俚》白人。

mis·time [mɪsˈtaɪm] 動 及 1 弄錯時間；不合時宜地做；打錯拍子：～ one's swing 錯過揮棒的時機。2 弄錯年代。

mis·tle·toe [ˈmɪsl̩ˌto] 名 U〖植〗槲寄生。

:**mis·took** [mɪsˈtʊk] 名 **mistake** 的過去式。

mis·tral [ˈmɪstrəl, mɪsˈtrɑl] 名 法國南部乾燥而寒冷的北風。

mis·trans·late [ˌmɪstrænsˈlet] 動 及 不及 誤譯。**-ˈla·tion** 名

mis·treat [mɪsˈtrit] 動 及 虐待，苛待。～**·ment** 名

·**mis·tress** [ˈmɪstrɪs] 名 1 主婦；女主人 2 有統治權的女人，女支配者；《喻》女 the ～ of the Seas 海上女王，海上霸主（英帝國的別稱）。3 女飼養者：the dog's 狗的女主人。4《英》女教師；女性名人 5 情婦：keep a ～ 養小老婆。6《古》〖詩 戀人，愛人。

be (a) mistress of... 精於；能控制局面

the Mistress of the Robes《英》女侍長 女王禮服官。

—動 及 1 稱呼（人）爲 Mistress。2 通。3 任（女主人、女王）統治支配。

mis·tri·al [mɪsˈtraɪəl] 名〖法〗誤判， 效審判；《美》未決的審判。

mis·trust [mɪsˈtrʌst] 名 U《偶作 **a** ～ 不信任；疑惑《*of, in...*》。—動 及 1 不 任；懷疑：～ oneself 不相信自己。2 測；懷疑。—不及 不信任；懷疑。

mis·trust·ful [mɪsˈtrʌstfl] 形 缺乏信 的；狐疑的《*of...*》。～**·ly** 副

mist·y [ˈmɪstɪ] 形 (**mist·i·er, mist·i·est**) 霧籠罩的：a ～ morning 有霧的早晨。2 狀的；由霧形成的。3 淚眼朦朧的；模 的，籠統的。**-i·ly** 副, **-i·ness** 名

misty-eyed [ˈmɪstɪˌaɪd] 形 1 淚眼朦 的。2 傷感的。

·**mis·un·der·stand** [ˌmɪsʌndɚˈstæn 動 (**-stood, ～·ing**) 及 不及 誤解，誤會。

mis·un·der·stand·ing [ˌmɪsʌnd ˈstændɪŋ] 名 1 意見相左；不和。2 U C 解，誤會：have a ～ about... 對…有誤解

·**mis·un·der·stood** [ˌmɪsʌndɚˈstʊd] **misunderstand** 的過去式及過去分詞。

—形 1 被誤解的，被誤會的。2 真正價 未受到認定的，未受到適當重視的。

mis·us·age [mɪsˈjusɪdʒ, -zɪdʒ] 名 U C 誤用，濫用，亂用。2 虐待。

mis·use [mɪsˈjus] 名 U C 1 誤用，亂用 the ～ of power by government officials 府官員的濫用職權。2 苛待，虐待。

—[mɪsˈjuz] 動 及 1 誤用，濫用；用錯。虐待。

M.I.T., MIT《縮寫》*M*assachuset *I*nstitute of *T*echnology 麻省理工學院。

Mitch·ell [ˈmɪtʃəl] 名〖男子名〗米 爾。

mite[1] [maɪt] 名 壁蝨，塵蟎。

mite[2] [maɪt] 名 1 極少量的捐獻：contrib ute one's ～ to... 對…略盡棉薄。2 極小 的金錢；零錢；《昔》小銅幣。3 小量；極 小的東西，小動物；小孩子。

a mite《口》一些，一點。

not a mite《口》一點也不。

mi·ter [ˈmaɪtɚ] 名 1 主教法冠；主教的職 位。2〖猶太教〗大祭司法冠。3 束髮帶。4〖土木〗斜接：～ joint 斜接面。—動 及 1 授予主教法冠；任命爲主教。2〖木工〗 斜接。—不及 斜接。

mi·tered [ˈmaɪtɚd] 形 主教法冠形的；戴 有主教法冠的；被任命爲主教的。

it·i·gate ['mɪtə,get] 動 及 1 緩和；減
輕。2 使溫柔，使溫和。
ga·tive 形緩和的。
it·i·ga·tion [,mɪtə'geʃən] 名 1 Ⓤ 緩
和，減輕。2 緩和的事物；鎮靜劑。
i·to·chon·dri·on [,maɪtə'kandrɪən] 名(複-**dri·a** [-drɪə])〖生〗粒線體。
i·to·sis [mɪ'tosɪs, maɪ-] 名(複-**ses** [-siz]) Ⓒ〖生〗有絲分裂。
i·tre ['maɪtɚ] 名，動《英》= miter.
itt [mɪt] 名 1 婦女用長手套。2 = mitten 3〖棒球〗（捕手、一壘手的）手套。4《通常作～s》《俚》手，拳頭。5《～s》《俚》拳擊用手套。
give a person the frozen mitt《俚》冷淡對待某人。
tip one's mitt 無意中洩漏祕密。
it·ten ['mɪtn̩] 名 1 拇指除外而其他四指相連的手套；= mitt 1.: a pair of ～*s* 一副手套。2《～s》= mitt 5.
get the mitten《口》求婚被拒；被革職。
handle without mittens 毫不姑息地處理，給人顏色瞧。
ix [mɪks] 動 (～**ed** 或 **mixt**, ～·**ing**) 及 1 使混合，使在一起；使摻混：～ sand with pebbles 攪拌沙粒與小圓石 / ～ work and play 寓娛樂於工作。2 製成，配製；調配，調製：～ mortar 調製灰泥。3 添加《*in, into...*》：～ some parsley *in* the soup 在湯中加一些香菜。4 使交往《*with, among...*》：～ people of different background 使背景不同的人相交往。5 使雜交。—不及 1 混雜；混合《*with...*》。2 交際，處得來《*in / with...*》。3 雜交；混血。4〖拳擊〗《俚》激烈地互相出拳攻擊《*up*》。
be mixed up (1) 被捲入（不好的事中）《*in...*》；（和不好的人）有瓜葛《*with...*》。(2) 頭腦混亂，不通情理《*about, in...*》。
mix in《口》(1) 加入戰鬥。(2) ⇨動不及 2.
mix it up《俚》口角，打架；以拳頭互毆，混戰。
mix up (1) 混合。(2) 混淆《*with...*》。
—名 1 混合(物)；混合比率；混合飲料；混合藥。2 Ⓤ Ⓒ 速食食品。3《口》混亂，爭鬥。～·**a·'bil·i·ty** 名, ～·**a·ble** 形
ixed [mɪkst] 動 **mix** 的過去式及過去分詞。—形 1 混合的，由不同成分組成的；由不同種類合成的；混成的；各式各樣的：～ candies 什錦糖果 / have ～ emotions 心情複雜，悲喜交集。2 由各色人等組成的；異種族間的：～ marriage 異族通婚，異教通婚。3 男女混合的：～ doubles〖網球〗混合雙打。4〖法〗複合的。5 頭腦混亂的。6〖語音〗中舌音的。
ixed 'bag 名雜集；混雜。
ixed 'blessing 名禍福參半。
ixed e'conomy 名 Ⓤ Ⓒ 混合經濟。
ixed 'farming 名 Ⓤ 混合農作。
ixed 'grill 名什錦烤肉。
'mixed 'media 名 = multimedia.
mixed-media ['mɪkst'midɪə] 形 = multimedia.
'mixed 'metaphor 名 Ⓤ Ⓒ 混合隱喻。
'mixed 'number 名〖數〗帶分數。
mixed-up ['mɪkst'ʌp] 形思路混亂的；頭腦糊塗的。
mixed-use ['mɪkst'jus] 形多用途的。
mix·er ['mɪksɚ] 名 1 混合者；攪拌機；混合器；〖廣播·視〗混波管，混頻器，配音人員。2《常與形容詞連用》善與人交際的人：be a bad～ 不善於交際的人。3《口》懇親會。4《昔美》調酒員。5 Ⓤ《口》（沖淡威士忌的）水，蘇打水。6《俚》製造問題的人。
mix·ol·o·gist [mɪk'sɑlədʒɪst] 名《俚》《謔》酒保；善於調酒的人。
mixt [mɪkst] 動 **mix** 的過去式及過去分詞。
·mix·ture ['mɪkstʃɚ] 名 Ⓤ Ⓒ 1 混合，混淆，調和：by ～ 混合。2 合成品；混合劑；混合紡織物；混合氣；〖化·理〗混合物：a smoking ～ 混合煙草。3（感情的）錯雜。4 混入物，附加物：without ～ 無混雜物地；純粹地，道地地。
the mixture as before《醫生、藥房在藥瓶上所寫的指示》和前次相同的處方；《口》《喻》和以前相同的處理方法。
mix-up ['mɪks,ʌp] 名混亂，糾紛；《口》打架，爭鬥，混戰。
miz·(z)en ['mɪzn̩] 名〖海〗1 後桅縱帆。2 = mizzenmast. —形後桅的。
miz·(z)en·mast ['mɪzn̩məst, -,mæst] 名〖海〗後桅，尾桅；小後桅。
miz·zle ['mɪzl̩] 動 不及《用 **it** 作主詞》下毛毛雨。—名《方》毛毛雨，細雨。
mk. 《縮寫》*mark.*
MKS 《縮寫》*m*eter-*k*ilogram-*s*econd.
mkt. 《縮寫》*market.*
ML, M.L. 《縮寫》*M*edieval [*M*iddle] *L*atin.
ml 《縮寫》*milliliter(s).*
MLB 《縮寫》*M*ajor *L*eague *B*aseball 美國職棒大聯盟。
MLD 《縮寫》*m*inimum *l*ethal *d*ose 最低致死量。
MLG 《縮寫》*M*iddle *L*ow *G*erman.
Mlle. (複 **Mlles.**)《縮寫》*Mademoiselle.*
mm, mm. 《縮寫》*millimeter(s).*
MM. 《縮寫》(Their) *M*ajesties; *m*asters.
Mme. (複 **Mmes.**)《縮寫》*Madame.*
Mn 《化學符號》manganese.
MN 《縮寫》*Minnesota.*
mne·mon·ic [ni'mɑnɪk] 形有助記憶的，增進記憶力的；記憶（術）的。—名《～s》《作單數》記憶術，助記法。
mo [mo] 名《俚》= moment 1.
half a mo (1) 瞬間，刹那。(2) 稍候。
Mo 《化學符號》molybdenum.
MO 《縮寫》*Missouri.*

M

mo. 《縮寫》《美》*mo*nth.

Mo. 《縮寫》*M*issouri; *Mo*nday.

M.O., m.o. 《縮寫》*m*ail [*m*oney] *o*rder; 《英》*m*ass *o*bservation; *m*edical *o*fficer.

mo·a ['moə] 名〚鳥〛恐鳥：原產 New Zealand 的巨鳥，現已絕種。

moan [mon] 名 **1** 呻吟（聲）；《the ～》呼嘯聲，哀鳴：with a ～ of pain 痛苦呻吟地。**2**《古》抱怨；哀悼。—動 不及 **1** 發出呻吟，悲嘆。**2** 發出呻吟似的聲音。**3** 抱怨，悲嘆。—及 **1** 哀嘆地說《*out*》。**2** 感嘆，感傷。

moan·ful ['monfəl] 形 悲鳴的；悲嘆的；悲哀的，淒切的。

moat [mot] 名 壕溝，護城河。

moat·ed ['motɪd] 形 有壕溝的，以壕溝防守的。

·**mob** [mɑb] 名 **1**《集合名詞》民眾，群眾；喧鬧的人群；暴民，亂民。**2**《偶爲蔑》一群，一堆。**3**《the ～》大眾，民眾；勞動階級，下層民眾。**4**《口》一夥，一派。**5**《the M-》黑手黨。—動 (**mobbed**, ～·**bing**) 及 成群包圍；結隊侵襲。—形 **1** 暴民的，群眾的：～ law 暴民的法律；私刑。**2** 反映最低知識階層的，針對庶民的。

mob·bish ['mɑbɪʃ] 形 暴民似的；不守秩序的，騷擾的；不守法的。

M

mob·cap ['mɑb,kæp] 名 一種室內用袋形女帽。

·**mo·bile** ['mobl̩, -bɪl] 形 **1** 容易移動的，不固定的：a ～ library 巡迴圖書館（《美》bookmobile）。**2** 易變的，表情豐富的；善變的，喜怒無常的；能活動的，主動的。**3** 流動的。**4**〚軍〛有機動力的：～ troops 機動部隊。**5**〚社〛有流動性的。
—[-bɪl] 名 **1**〚美〛活動雕塑。**2**《美俚》汽車。**3**《英》行動電話，手機。

'**mobile** '**home** 名《美》（用汽車拖的）活動房屋。

'**mobile** '**phone** 名《英》行動電話。

mo·bil·i·ty [mo'bɪlətɪ] 名 Ⓤ **1** 易變性，移動性；機動性；變動性；流動性。**2**〚社〛流動。**3** 見異思遷的個性。

mo·bi·li·za·tion [,mobl̩ə'zeʃən] 名 Ⓤ **1** 動員；戰時體制化；結合，集中：～ orders 動員令。**2** 流動，流通。**3**（不動產的）動產化。

mo·bi·lize ['mobl̩,aɪz] 動 及 **1** 做戰時動員。**2** 集合，結合：～ support for the project 集合該項計畫的支援力量。**3** 使活絡，使流通；提升至最高潮，使激昂。—不及（軍隊等）動員起來。

mob·oc·ra·cy [mɑ'bɑkrəsɪ] 名 (複-**cies**) **1** Ⓤ 暴民政治。**2** 作爲統治階級的暴民。

mob·ster ['mɑbstɚ] 名《美俚》幫派的成員，暴徒，歹徒，盜匪。

moc·ca·sin ['mɑkəsn̩] 名 **1**《常作～s》軟皮休閒鞋；類似的家居便鞋。**2**（產於美國東南部的）毒水蛇。

mo·cha ['mokə] 名 Ⓤ **1** 摩卡咖啡；高咖啡。**2** 摩卡香料。**3** 巧克力色，暗色。**4** 摩卡皮。

·**mock** [mɑk] 動 及 **1** 嘲笑，挖苦，藐**2** 模仿（動作）以嘲弄：～ a person's w of speaking 模仿某人的說話方式來嘲他。**3** 仿效，仿冒。**4** 漠視，輕視，不一回事。**5** 欺騙；使受挫：～ one's drea 使某人的夢想破滅。—不及 嘲笑《*at*...》
mock up 做與…一般大小的模型；設計的規格大小。
—名 **1** Ⓤ Ⓒ 嘲笑，嘲弄：in ～ 嘲笑地笑柄，笑話。**3** 模仿品，贗品。
make a mock of... = make a MOCKE of...
make mock of...《文》嘲笑，揶揄。
—形《限定用法》虛假的，模仿的。

mock·er ['mɑkɚ] 名 **1** = mockingbird 嘲笑者；模仿者。
put the mockers on...《英俚》阻止，糟，給…帶來噩運。

mock·er·y ['mɑkərɪ] 名 (複-**er·ies**) **1** Ⓤ 笑；笑柄；Ⓒ 笑話；嘲笑的對象：hol person up to ～ 嘲笑某人。**2** 嘲笑的行爲詞。**3** 模仿品，贗品。**4** 虛僞的模仿；曲。**5** 徒勞。**6** Ⓤ Ⓒ 忽視，輕視。
make a mockery of... 嘲笑；使徒勞無功使成泡影；洞悉騙局。

mock·ing·bird ['mɑkɪŋ,bɝd] 名〚鳥反舌鳥，模仿鳥。

mock·ing·ly ['mɑkɪŋlɪ] 副 嘲笑地，戲地；裝瘋賣傻地。

'**mock** '**moon** 名 = paraselene.

'**mock** '**orange** 名〚植〛山梅花。

'**mock** '**sun** 名 = parhelion.

'**mock** ,**turtle** '**soup** 名 Ⓤ〚烹飪〛龜肉湯：用小牛頭或其他肉片煮成。

mock(-)up ['mɑk,ʌp] 名 實體模型。

mod [mɑd] 名《偶作 M-》《口》**1** 新潮青少年。**2** 穿新潮服裝之人；Ⓤ 新潮裝。—形 極端現代化的，新潮的，前衛的；顏色大膽的，時髦的。

mod·al ['modl̩] 形 **1** 樣式（上）的，形（上）的。**2**〚樂〛調式的；教會調式的 **3**〚文法〛語氣的，有關語氣的：～ adver 語氣副詞。**4**〚哲〛形式上的；〚理則〛示程式的：～ logic 程式論理學。～·**ly**

'**modal aux'iliary** 名〚文法〛語氣助詞：例如 can, might, must, should 等。

mo·dal·i·ty [mo'dælətɪ] 名 (複-**ties**) Ⓒ **1** 模式，形式；樣式的性質。**2**〚理則樣式，程式。**3**〚醫〛用藥程式；藥徵 **4**（視覺等）最初的感覺形式。**5**〚文法語氣。

mod con ['mɑd'kɑn] 名《通常作 ～s《英俚》（住宅的）最新設備。

·**mode** [mod] 名 **1** 方式，模式《*of..., of* *ing*》：a ～ *of* life 生活方式。**2** 自然性質情況，形態。**3** 習慣，風尚：the conte porary ～ 當代的風尚。**4** 流行；時尚：

流行 / follow the ～ 趕時髦。5 Ⓤ 淡灰
。6〖哲〗形式；〖理則〗程式，樣式。
〖樂〗調式；音階：the major ～ 長音
。8〖文法〗《美》(動詞的)語氣。

od·el ['madl] 图 1 模範，規範；可作基
者：after the ～ of... 把…當作榜樣 / make
～ of... 以…爲模範。2 模型，原型，雛
，樣本《*for, of...*》：a ～ *for* a statue 雕
的原型。3 模特兒；時裝模特兒。4 產
的型式，樣式：build a house on the ～ of
old farm house 建造一棟古式農舍型的
子。5〖理則·數〗模式，模型。6〖動〗
型，被模仿者。7《英口》酷似者。8《
》模特兒身上所展示的服飾，婦女服
。一形《限定用法》1 模型的；表示型
的，作模範用的。2 模範的，作爲榜樣
。一動(～ed, ～·ing；《英尤作》-elled,
·ling) 及 1 製造；塑造《*on, upon, after*
》。2 做模型。3 穿戴(衣服等)展示。
不及 1 做模型，做原型《*in...*》。2 帶立
感；明顯地浮出。3 當模特兒。

od·el·ing, 《英》**-ling** ['madlɪŋ] 图
1 模型製作(術)；模型製造業。2 做模
兒；模特兒的行業。3 構成立體感的表
法；(雕刻上)量感(的表現)。

o·dem ['modɛm] 图〖電腦〗數據機。

od·er·ate ['madərɪt] 形 1 節制的，溫
的，不偏激的：have a ～ temper 脾氣
和。2 適度的，適當的；普通的，差強
意的；低廉的；公道的：～ abilities 平
的才能。3 宜人的，穩定的：a ～ cli-
ate 溫和的氣候。一图 穩健的人，溫和
義者；《常作 M-》提倡溫和改革之政黨
員。一['madə,ret] 動(-at·ed, -at·ing) 及 1
和，節制。2 主持。一不及 1 節制；穩
，緩和。2 主持。

oderate 'breeze 图〖氣象〗和風。

oderate 'gale 图〖氣象〗疾風。

od·er·ate·ly ['madərɪtlɪ] 副 節制地；
度地，恰當地；穩重地：～ speaking 保
地說。

od·er·a·tion [,madə'reʃən] 图 Ⓤ 適
；穩健；中庸，節制；溫和；減輕，緩
：～ in eating and drinking 飲食節制 / use
有節制。

moderation 中庸地，適度地。

od·e·ra·to [,madə'rato] 形副〖樂〗中
的[地]。

od·er·a·tor ['madə,retɚ] 图 1 使緩和
人[物]，安撫的人[物]；仲裁者，調停
；調節器，調整器。2 主席；主持人。
〖理〗減速劑。

od·ern ['madɚn] 形 1 現代的，目前
：～ city life 現代都市生活。2 近世的，
代的：～ history 近代史。3 現代風格
，最新的，摩登的：～ fashions 最新的
流。一图《常作 the ～s》現代人；具
思想的人。

～·ly 副, ～·ness 图

odern-'day 形 當前的，今日的。

'Modern 'English 图 Ⓤ 現代英語：Late ～ 後期現代英語。

'Modern 'Hebrew 图 Ⓤ 現代希伯來語。

mod·ern·ism ['madɚn,ɪzəm] 图 Ⓤ 1 現代的性格，現代風格；現代主義。2 現代的習慣，現代語法。3《M-》〖神〗現代主義。

mod·ern·ist ['madɚnɪst] 图 現代主義者。一形 現代主義(者)的。

mod·ern·is·tic [,madɚ'nɪstɪk] 形 1 = modern. 2 現代主義(者)的。

mo·der·ni·ty [ma'dɝnətɪ] 图 (複 -ties) 1 Ⓤ 現代性，現代風格：a spirit of ～ 現代的精神。2 現代的東西；具現代風格的東西。

mod·ern·i·za·tion [,madɚnə'zeʃən] 图 ⓊⒸ 現代化。

mod·ern·ize ['madɚn,aɪz] 動 及 使現代化；使具現代風格；譯成現代語。一不及 成爲現代化；新潮化。

'modern 'jazz 图 Ⓤ 現代爵士樂。

'modern 'languages 图 (複) 現代語言。

'modern pen'tathlon 图《the ～》現代五項運動：五公里障礙賽馬、西洋劍、手槍射擊、三百公尺自由式游泳、四公里越野賽跑。

'modern 'school 图 Ⓤ Ⓒ《英》新制中等學校。

·mod·est ['madɪst] 形 1 客氣的，謙虛的《*about...*》：be ～ *about* oneself 不居功。2 不(太)多的，尚可的：a ～ demand 不過分的要求。3 不多求的《*in...*》。4 端莊的，謹慎的，高雅的：a ～ young lady 淑女，窈窕淑女。

·mod·est·ly ['madɪstlɪ] 副 謙虛地，客氣地；適度地；端莊地，高雅地。

·mod·es·ty ['madəstɪ] 图 Ⓤ 1 謙虛，謹慎；優雅，端莊：false ～ 假謙虛 / in all ～ 保守地說。2 適度；樸素。

mod·i·cum ['madɪkəm] 图 (複～s, -ca [-kə])《通常作 a ～》少量，些許《*of...*》：a ～ *of* wisdom 一點點智慧。

mod·i·fi·ca·tion [,madəfə'keʃən] 图 Ⓤ Ⓒ 1 變更，修訂；調節，增減；減輕：a ～ in plans 計畫更改 / receive ～ 接受修訂。2 修改過的東西；改造過的樣式。3 限定，限制。4〖文法〗修飾；音素替換；母音變化；字形變化。

mod·i·fi·er ['madə,faɪɚ] 图 1 修改人或物。2〖文法〗修飾語，修飾子句，限定語。

·mod·i·fy ['madə,faɪ] 動(-fied, ～·ing) 及 1 稍加改變；做部分修改：a *modified* form of the Greek alphabet 希臘字母的變體。2〖文法〗修飾，限定。3 緩和，調整：～ the environment 改善環境。4〖哲〗限定。一不及 作修改。-,fi·a·ble 形

mod·ish ['modɪʃ] 形 趕時髦的，標緻的：

M

a ~ hat 流行的帽子。~·ly 副, ~·ness 名

mo·diste [mo'dist] 名 (複~s) 流行服飾製造業者。

mod·u·lar ['mɑdʒələ˞] 形《限定用法》1 標準尺寸的。2 模組式的，組合式的：a ~ home 模組式房屋。

mod·u·lar·ize ['mɑdʒələˌraɪz] 動 及 使模組化，以模組方式組合。

-ized 形 模組化的。**-i·'za·tion** 名

mod·u·late ['mɑdʒəˌlet] 動 及 1 調節，調整。2 變換音量；改變。3 詠唱；唱。4〖廣播〗調制。—不及 1〖廣播〗(電波)調變；〖樂〗轉調。2 抑揚地唱[說]。

mod·u·la·tion [ˌmɑdʒə'leʃən] 名 U C 1 調整，增減。2〖樂〗轉調，抑揚；〖廣播〗調變。3〖文法〗抑揚，變調。

mod·u·la·tor ['mɑdʒəˌletə˞] 名 調節之人或物；調整器；〖廣播〗調變器。

mod·u·la·to·ry ['mɑdʒələˌtorɪ] 形 調節的，調整的；發生變調的，變調的。

mod·ule ['mɑdʒul] 名 1 測定基準；流水測定單位。2〖數〗模，加法群。3〖電腦〗模組：(1) 程式或硬體功能的單元。(2) 可更換的組件。4〖太空〗艙，太空飛行物構造之一單位：a lunar ~ 月球登陸艇。

mod·u·lus ['mɑdʒələs] 名 (複-li [-ˌlaɪ]) 1〖理〗係數，率。2〖數〗(1) 對數的模。(2) 模數。(3) = absolute value.

mo·dus o·pe·ran·di ['modəsˌɑpə'rændaɪ] 名 (複 **mo·di o·pe·ran·di** ['modaɪ-])《拉丁語》做法，手續；手法；作用方式，運作方法。略作：MO

mo·dus vi·ven·di ['modəsvɪ'vendaɪ] 名 (複 **mo·di vi·ven·di** ['modaɪ-])《拉丁語》1 生活方式，生活態度。2 臨時協定：set up a ~ 締結臨時協定。

mog·gy, -gie ['mɑgɪ] 名《英俚》貓。

mo·gul ['mogl] 名 (滑雪坡的) 硬雪塊。

Mo·gul ['mogʌl, -'-] 名 1 蒙兀兒人。2《m-》重要人物，名人：a ~ of the steel industry 鋼鐵業界的鉅子。—形 蒙兀兒人的，蒙兀兒帝國的。

mo·hair ['moˌhɛr] 名 U 安哥拉山羊毛；安哥拉羊毛織品；C 安哥拉羊毛織的衣服。

Mo·ham·med [mo'hæmɪd] 名 = Muhammad.

Mo·ham·med·an [mo'hæmədən] 形 穆罕默德的，回教的；穆罕默德教徒的。—名 回教徒，伊斯蘭教徒。

Mo·ham·med·an·ism [mo'hæmədənˌɪzəm] 名 U 回教，伊斯蘭教。

Mo·hawk ['mohɔk] 名 (複~s [-z],《集合名詞》~) 1 摩和克族(人)：北美印第安人之一族。2 U 摩和克語。3《m-》摩和克髮型。

Mo·hi·can [mo'hikən] 名 (複~s [-z],《集合名詞》~) = Mahican.

moi·dore ['mɔɪdor] 名 葡萄牙昔日的金幣。

moi·e·ty ['mɔɪətɪ] 名 (複-ties)《文》1 半。2 部分，一部分。3 一人份。4〖人類〗半偶族。

moil [mɔɪl] 動 不及《用於下列片語》：and ~ 胼手胝足，努力工作。—名 1 工；辛勤工作。2 混亂；騷動；困惑。

moire [mwɑr] 名 U 雲紋絲綢。

moi·ré [mwɑ're, mo-] 形 波紋的。—名 U C 1 波紋，雲紋。2〖印〗斑紋 3 波紋狀的東西。

·moist [mɔɪst] 形 1 潮溼的，有溼氣的；脆的：a ~ air 潮溼的空氣。2 含淚的；哭的，易感傷的；溼潤的；弄溼的 with...)；多雨的：eyes ~ *with* tears 溼潤的眼睛。

~·ly 副, ~·ness 名

mois·ten ['mɔɪsn̩] 動 及 不及 弄溼，溼，沾溼。~·er 名

·mois·ture ['mɔɪstʃə˞] 名 U 水分；水氣；溼氣：moisture-sensitive 對溼氣敏的，因溼氣而起變化的。~·less 形

mois·tur·ize ['mɔɪstʃəˌraɪz] 動 及 保溼使潮溼。

mois·tur·iz·er ['mɔɪstʃəˌraɪzə˞] 名 C 保溼霜。

moke [mok] 名 1《蔑》黑人。2《英俚》驢；《澳俚》老馬，駑馬。

mol [mol] 名〖化〗= mole⁴.

mo·lar¹ ['molə˞] 名 U 臼齒。—形 1 適嚼碎東西的。2 臼齒的。

mo·lar² ['molə˞] 形 1〖理〗有關物體全的。2〖化〗莫耳濃度的。

mo·las·ses [mə'læsɪz] 名 U 糖蜜。

:mold¹,《英》mould¹ [mold] 名 1 模鑄模；模具；骨架，座子。2 灌入模子成的物品；用鑄模做成的形狀：a pudd ~ 用模子做成的布丁。3 形狀，樣子；體，姿態。4 原型；典型；先例。5 U 特性，性格：a man of artistic ~ 有藝術氣質的人。—動 及 1 放入模子中壓製 into...)；製成《out of, from...)。2 用子做成，鑄造；〖鑄〗做模型。3 塑造 on, upon...)：在…的形成上給予影響

mold²,《英》mould² [mold] 名 U 黴。2 絲狀菌。—動 及 不及 發黴，長黴

mold³,《英》mould³ [mold] 名 U 1 殖土，沃土：leaf ~ 腐葉土。2《方》地面，土地。3〖詩〗墓地；墓。—及 覆土：keep the potatoes ~*ed* 用土把鈴薯蓋起來。—不及 腐，朽。

Mol·da·vi·a [mɑl'devɪə] 名 摩達維亞：蘇聯加盟共和國之一，1991 年獨立，改爲摩爾多瓦 (Moldova) 共和國；首都基西紐 (Chisinau)。

mold·er¹,《英》mould·er¹ ['mold 動 不及 1 腐朽，崩塌《away, down》：into dust 化爲塵土。2 墮落，頹廢；退化衰微：~*ing* faculties 衰退中的智力。—使腐朽；浪費 (時間)。

mold·er²,《英》mould·er² ['mold

图1 製造模子的人。2〖印〗電版。

nold·ing, 《英》 **mould-** ['moldɪŋ] 图 1 ⓤ 鑄造；造型；ⓒ模子做成的東西，鑄造物。2 (1)線腳，壁帶。(2)細長的凹凸形材料。3〖建〗裝飾線條。

nold·y, 《英》 **mould·y** ['moldɪ] 形 **(mold·i·er, mold·i·est)** 1 發黴的；黴似的；霉味的；陳腐的，古舊的；不新鮮的。2 《英俚》不好的，壞的。3 《英》吝嗇的；少許的。

nole[1] [mol] 图1 痣。2 胎記。

nole[2] [mol] 图1〖動〗鼹鼠：(as) blind as a ～ 全瞎。2 鑽孔機。3 = sleeper 10. 4 長期潛伏的間諜，地下情報員；在黑暗中工作的人。

nole[3] [mol] 图1 防波堤。2 人工港。

nole[4] [mol] 图〖化〗莫耳，克分子（量）。

no·lec·u·lar [mə'lɛkjələ-] 形分子的，由分子形成的：～ structure 分子結構。～**·ly** 副, **-'lar·i·ty** 图 ⓤ 分子狀。

no'lecular bi'ology 图ⓤ 分子生物學。

no'lecular ge'netics 图 (複)《作單數》分子遺傳學。

nol·e·cule ['maləˌkjul] 图 1〖化·理〗分子；克分子。2 微粒子；少許。

nole·hill ['molˌhɪl] 图 1 鼹鼠土堆。2 不足道的困難：make a mountain (out) of a ～ 小題大作，誇張。

nole·skin ['molˌskɪn] 图 1 ⓤ ⓒ 鼹鼠的毛皮。2 ⓤ一種厚質綿織品；《～s》此種紡織品製成的衣服。

no·lest [mə'lɛst] 動 及 1 折磨，騷擾。2 調戲，猥褻。～**·er** 图

no·les·ta·tion [ˌmoləs'teʃən] 图1 加害，騷擾。2 性騷擾，調戲。

Mo·lière [ˌmolɪ'ɛr] 图 莫里哀（1622–73）：法國的演員、喜劇作家。

noll [mal] 图《口》黑道人物的情婦。

Moll [mal] 图〖女子名〗茉兒。

nol·li·fy ['maləˌfaɪ] 動 **(-fied, ～·ing)** 及 1 安撫。2 緩和，平息。**-fi·'ca·tion** 图

nol·lus·can [mə'lʌskən] 图 形 軟體動物（門的）。

nol·lusk, -lusc ['maləsk] 图 軟體動物。

Mol·ly ['malɪ] 图〖女子名〗茉莉（Mary 的暱稱）。

nol·ly·cod·dle ['malɪˌkadl] 图 嬌生慣養的人；娘娘腔的男人，懦夫。
—動 及 不及 溺愛。**-dler** 图

Mo·loch ['molak] 图 1 摩洛：以孩子為祭品之神。2 引起可怕犧牲的事物。3《m- 》〖動〗棘蜥。

Mo·lo·tov 'cocktail ['maləˌtɔf-] 图土製汽油彈。

nolt, 《英》 **moult** [molt] 動 不及 褪毛，換羽毛；換角，長新角；蛻皮。—及 蛻掉。—图 1 ⓤ ⓒ 蛻變（時期）；換毛；蛻皮。2 蛻落的毛。～**·er** 图 蛻變時期的鳥。

mol·ten ['moltn̩] 動 **melt** 的過去分詞。—形 1 熔化了的，熔解狀態的：～ lava 熔岩。2 鑄成的：a ～ image 鑄像。

mol·to ['molto] 副〖樂〗極：～ adagio 極慢板。

Mo·luc·cas [mə'lʌkəz] 图(複)《the ～》摩鹿加群島：位於印尼東部的群島。

mo·lyb·de·num [mə'lɪbdənəm] 图 ⓤ〖化〗鉬。符號：Mo

mom [mam] 图《口》= mother[1].

mom-and-pop ['mamənd'pap] 形《美口》家庭經營的，小本生意的：a ～ store 小店。

:mo·ment ['momənt] 图 1 (1)剎那，瞬間：a ～ or two later 過了不久 / in a few ～*s* 馬上。(2)較短的時間，一時：at (odd) ～*s* 閒暇時，偶爾。2《通常作 **the ～, this ～**》現在，目前；時間：at *this* ～ 此刻。3 階段，機會，場合；時機：at a critical ～ 在危機的時刻 / at the last ～ 在最後關頭。4 ⓤ《用於 **little, no, great, small** 等的後面》重要（性），重大：of *little* ～ 不太重要。5〖哲〗契機，要素。6〖機〗矩，力矩；〖理〗矩，力率。

at any moment《常與 **may** 連用》隨時。

at the (very) moment《現在式》現在，就在此刻；《過去式》（正好）在那個時候。

every moment 隨時；時時；望眼欲穿地，不停地。

for the moment 目前，暫時。

not for a moment 從來沒有，決不。

the moment of truth (1) 決定性瞬間；重要或危險的關鍵時刻。(2)（鬥牛等）揮下最後致命一刀的瞬間。

the (very) moment (that)...《作連接詞》正當…的時刻，就在…的一剎那。

this (very) moment (1) 即刻。(2) 剛剛才。

to the (very) moment 準時地。

mo·men·tar·i·ly ['momənˌtɛrəlɪ] 副 1 瞬間地；剎那地；短暫地：pause ～ 停止一會兒。2《美》時時刻刻，不停地；隨時。3 馬上，立刻。

·mo·men·tar·y ['momənˌtɛrɪ] 形 1 瞬間的，剎那間的；《古》短命的：～ pause 一剎那的停頓。2 時時刻刻感覺到的。

mo·ment·ly ['momәntlɪ] 副 1 時時刻刻地；不斷地。2 不久。3 隨時地。

mo·men·tous [mo'mɛntəs] 形重要的，重大的，嚴重的：a ～ decision 重大決定。～**·ness** 图

mo·men·tum [mo'mɛntəm] 图 (複 **-ta** [-tə], ～**s**) 1 ⓤ 衝力，衝速；推進力，氣勢：with one's ～ 乘勢。2 ⓤ ⓒ〖理〗運動量。3〖哲〗= moment 5.

mom·ism ['mamɪzəm] 图 ⓤ《美》《偶作 **M-**》母權主義。

mom·ma ['mamə], **mom·my** ['mamɪ] 图《口·兒語》媽媽，媽咪。

Mon. 《縮寫》*Mon*day.
mon. 《縮寫》*mon*astery; *mon*etary.
Mon·a·co ['mɑnə,ko, mə'nɑko] 名 **1** 摩納哥（公國）：位於法國東南部之地中海濱。**2** 摩納哥市：義 1 的首都。
mon·ad ['mɑnæd, 'monæd] 名 **1**〖生〗單細胞生物。**2**〖化〗一價元素。
Mo·na Li·sa ['monə'lizə, 'mɑnə-] 名『蒙娜麗莎』：Leonardo da Vinci 所作之帶微笑的女子肖像。
mo·nan·drous [mə'nændrəs] 形 **1** 一夫的；一夫制的。**2**〖植〗單雄蕊（花）的。
mo·nan·dry [mə'nændrɪ] 名 U 一夫制。
·**mon·arch** ['mɑnɚk] 名 **1** 世襲的君主；最高統治者及絕對支配者；獨裁者：an absolute ~ 專制君主。**2** 勝過同類之人[物]，霸王：a ~ of international banking 國際金融界的霸主。**3**〖昆〗= monarch butterfly.
mo·nar·chal [mə'nɑrkl] 形 君主的；有君主風度的（亦稱 **monarchial**）。
'**monarch ˌbutterfly** 名〖昆〗（產於美洲的）大花蝶。
mo·nar·chi·cal [mə'nɑrkɪkl], **-chic** [-kɪk] 形 君主（制）的；支持君主制的：a ~ support 君主制的支持者。~·**ly** 副
mon·ar·chism ['mɑnɚ,kɪzəm] 名 U 君主制的原理，君主（制）主義。**-chist** 名 形 君主主義者（的）。**-'chist·ic** 形
·**mon·ar·chy** ['mɑnɚkɪ] 名 (複 **-chies**) U C **1** 君主制，君主政體，君主政治。**2** 君主國。
mon·as·te·ri·al [ˌmɑnə'stɪrɪəl] 形 修道院的，修道院生活的。
mon·as·ter·y ['mɑnəs,tɛrɪ] 名 (複 **-ter·ies**) **1**（尤指男性的）修道院。**2** 修道士團體。
mo·nas·tic [mə'næstɪk] 形 **1** 修道院的，關於修道院的。**2** 修道士（似）的，修道生活的；隱遁式的；嚴謹的；禁慾的：~ vows 修道誓約。一名 修道士。
-ti·cal·ly 副
mo·nas·ti·cism [mə'næstə,sɪzəm] 名 U 修道院制度；修道院生活；禁慾生活。
mon·a·tom·ic [ˌmɑnə'tɑmɪk] 形〖化〗**1** 由一原子構成的。**2**（原子）一價的。
mon·au·ral [mɑ'nɔrəl] 形 **1** = monophonic 2. **2** 單耳的。~·**ly** 副
:**Mon·day** ['mʌndɪ, -de] 名 U C 星期一。略作：Mon.
Monday morning feeling 星期一症候群。
一副《口》在星期一。
Mon·days ['mʌndɪz, -dez] 副 在每個星期一，每逢星期一。
Mo·net [mo'ne] 名 **Claude**, 莫內（1840−1926）：法國畫家。
mon·e·tar·ism ['mɑnətə,rɪzəm, 'mʌn-] 名 U〖經〗貨幣主義。
mon·e·tar·ist ['mɑnətərɪst] 名 貨幣主義者。
mon·e·tar·y ['mɑnə,tɛrɪ, 'mʌn-] 形 **1** 貨幣的，通貨的：the world-wide ~ crisis 世界性的通貨危機。**2** 金錢上的：~ difficulties 財政上的困難。
-tar·i·ly [-,tɛrɪlɪ] 副
mon·e·tize ['mɑnə,taɪz, 'mʌn-] 動 及 **1** 定為貨幣，當作法幣。**2** 鑄成貨幣；使具有貨幣的性質。
:**mon·ey** ['mʌnɪ] 名 (複 ~**s**, **mon·ies**) **1** U 貨幣；金錢，錢：a tight ~ policy 緊縮的金融政策 / ready ~ 現金 / amass ~ 積錢 / raise ~ for...（為…）募款 / *M-* begets ~ 《諺》錢能生錢；錢滾錢。**2** U C 用來交換的東西。**3**《通常作 ~**s**》（特定名稱的）貨幣：the denominations of the various ~*s* 各種貨幣的名稱。**4** U 財產，財富；有錢人：marry ~ 與有錢人結婚 / get one's ~'*s* worth 花錢得到應有的價值或回報；不白花錢。**5**《 ~**s** 》〖法〗金額。**6** U 利。
be made of money（人）錢多得用不完。
for love or money ⇨ LOVE（片語）
for money (1) 為錢。(2)〖商〗《英》現金交易地。
for one's money《口》(1) 照…看來，對…來說。(2) 正合某人的要求。
in the money《俚》(1) 富有。(2) 獲得前三名；得獎，賭勝，贏。
keep** a person **in money 供（某人）金錢使其不匱乏。
make** (**a lot of, much**) **money 賺（大）錢。
money down（用）現金。
money for jam《英俚》易賺的錢，不用努力而得來的錢。
money to burn 一大堆錢，太多的錢。
not everybody's money《口》並非到處都適用。
on the money《美·加俚》正中目標，一語中的；正是時候。
out of the money 沒得獎。
put money into... 把錢投資於…。
put money on... 把錢押注在…。
spend money like water / ***spend money like it's going out of fashion***《口》花錢如流水；浪費成性。
there is money in...（物等）能生財。
throw good money after bad《口》賠了夫人又折兵。
一形 **1** 在金融界有影響力的。**2** 貨幣的，金錢的。~·**less** 形
mon·ey·bag ['mʌnɪ,bæg] 名 **1** 錢包。**2**《 ~**s** 》《作單數》有錢人。**3**《 ~**s** 》財富。
'**money ˌbox** 名 **1**《英》存錢箱；獻金箱。**2** 錢櫃。
mon·ey·chang·er ['mʌnɪ,tʃendʒɚ] 名 **1** 貨幣兌換商；金融業者。**2** 兌幣機。
mon·eyed ['mʌnɪd] 形 **1** 有錢的，富裕的。**2** 金錢構成的；由於金錢的；代表金錢的：~ interests 金錢上的利害關係；金融界，資本家。

on·ey·grub·ber ['mʌnɪ,grʌbɚ] 图守财奴，貪財者。～·bing 形

oney ˌlaundering 图洗錢。

on·ey·lend·er ['mʌnɪ,lɛndɚ] 图放債者，放高利貸者；當鋪。

on·ey·mak·er ['mʌnɪ,mekɚ] 图會賺錢的人；生利的事物，賺錢的工作。

on·ey·mak·ing ['mʌnɪ,mekɪŋ] 形賺錢的，有利可圖的。一图U 賺錢；積財。

on·ey·man ['mʌnɪmən] 图 (複-men) 投資者；資助者；金融家，財政家。

oney ˌmarket 图金融市場。

oney ˌorder 图匯票。略作：M.O.

on·ey-spin·ner ['mʌnɪ,spɪnɚ] 图《主英口》= moneymaker.

oney supply 图〖經〗貨幣供給額。

on·ger ['mʌŋgɚ] 图《通常作複合詞》1《主英》商人：fish*monger* 魚販。2《蔑》販子；好管瑣事的人：a gossip*monger* 散播他人謠言者。

on·gol ['mɑŋgəl] 图1 蒙古人。2 U蒙古語。3《常作 m-》〖病〗先天性痴呆症（蒙古症）病患。一形1 = Mongolian. 2《常作 m-》〖病〗先天性痴呆症的。

on·go·li·a [mɑŋ'goljə] 图蒙古：首都烏蘭巴托（Ulan Bator）.

nner Mongolia 內蒙古。

Outer Mongolia 外蒙古。

on·go·li·an [mɑŋ'goljən] 形1 Mongolia的。2 蒙古人的；蒙古語的。3〖人類〗= Mongoloid 形1. 4《常作 m-》患有先天性痴呆症的。一图1 蒙古人。2 U蒙古語。

on·gol·ism ['mɑŋgə,lɪzəm] 图U《常作 m-》〖病〗蒙古症，先天性痴呆症。

on·gol·oid ['mɑŋgə,lɔɪd] 形1 類似蒙古人的；〖人類〗蒙古人種的。2《常作 m-》〖病〗先天性痴呆症（蒙古症）的。一图1 蒙古人種，黃色人種。2《常作m-》〖病〗先天性痴呆症病患。

on·goose ['mɑŋgus] 图 (複-goos·es)〖動〗獴，貓鼬。

on·grel ['mʌŋgrəl, 'mɑŋ-] 图1 雜種；雜種犬。2 混合，交混；《通常為蔑》混血兒。

一形雜種的；《偶為蔑》混血的。

on·grel·ize ['mʌŋgrə,laɪz, 'mɑŋ-] 動及使雜交。

on·i·ca ['mɑnɪkə] 图〖女子名〗莫妮卡。

on·ies ['mʌnɪz] 图 money 的複數形。

on·ism ['mɑnɪzəm] 图U〖哲〗一元論。

o·ni·tion [mo'nɪʃən] 图UC1 告誡，忠告；警告，注意。2 公開的通告；法律的通告；〖法〗傳票；傳喚。3 告誡書。

on·i·tor ['mɑnətɚ] 图1 級長，班長。2 告誡者，監視者；有警示作用之物，提醒注意的事物。3 監視裝置，監測器。4 氣樓，天窗。5 旋轉噴嘴，活動噴嘴。6〖動〗大蜥蜴。7 監聽人員。8〖電腦〗顯示器，螢幕。一動及不及1〖廣播·視〗監聽，調查。2 監視，監督。3 觀察，記錄；〖理〗測定。4 追蹤。

～·ship 图U班長的職務。

mon·i·to·ri·al [,mɑnə'torɪəl] 形班長的，勸告者的；使用監視裝置的；給予警告的。～·ly 副

mon·i·to·ry ['mɑnə,torɪ] 形警告的，告誡的；給予警告的：a ～ frown 以示警告的蹙眉。一图(複-ries) 告誡書。

mon·i·tress ['mɑnətrɪs] 图 **monitor** 之女性形。

·monk [mʌŋk] 图修道士；僧侶，和尚。

:mon·key ['mʌŋkɪ] 图(複～s) 1 猴，猿。2《蔑》似猴的人；惡作劇的人。3 U（長毛猴的）毛皮。4（打樁機的）錘子。5《美俚》毒品中毒。6《英俚》五百英鎊；《美俚》五百美元。

have a monkey on** one's **back 《美俚》染上毒癮；感到厭惡。

have** one's **monkey up 《英俚》生氣。

***make a monkey (out) of**...* 使…出醜；愚弄…。

put** a person's **monkey up 《英俚》使某人生氣。

suck the monkey 《英俚》自瓶中喝。

一動(～ed, ～·ing)不及《口》胡鬧，亂弄《*about / around with*...》。一及1 模仿。2 揶揄。

'monkey ˌbars 图(複)立體方格鐵架：供兒童遊戲攀爬。

'monkey ˌbusiness 图U《口》詐欺，不老實；胡鬧，惡作劇。

mon·key·ish ['mʌŋkɪɪʃ] 形猴子似的；頑皮的，胡鬧的。～·ly 副, ～·ness 图

'monkey ˌjacket 图1 水手所穿的短外套。2（陸、海軍半正式禮服）開襟短外套。

'monkey ˌnut 图《英俚》= peanut.

'monkey ˌpuzzle 图〖植〗智利松。

mon·key·shine ['mʌŋkɪ,ʃaɪn] 图《通常作～s》《美口》惡作劇，開玩笑。

'monkey ˌsuit 图《俚》制服；禮服。

'monkey ˌtime 图U《美俚》夏天。

'monkey ˌtricks 图(複)《英口》= monkeyshine.

'monkey ˌwrench 图1 活動扳手（《英》adjustable spanner）。2《美口》障礙物：throw a ～ into... 阻撓…的實現。

monk·ish ['mʌŋkɪʃ] 形《通常為蔑》修道士的；像修道士的。

mon·o[1] ['mɑno] 图《美口》= mononucleosis.

mon·o[2] ['mɑno] 形1 = monaural. 2《口》= monophonic 2. 一图 (複～s) U 單聲道；C《口》非立體音響唱片。

mono- 《字首》1 表「單一」、「一個」、「一人」之意。2 表「單分子的」。

M

mon·o·chord ['manə,kɔrd] 名 單弦琴。

mon·o·chro·mat·ic [,manəkro'mætɪk] 形 1 單色（光）的。2〖眼〗全色盲的。

mon·o·chrome ['manə,krom] 名 1 單色畫；Ⓤ單色畫法。2 黑白照片。
—形 1 單色的。2（電視等）黑白的。

mon·o·cle ['manəkl] 名 單片眼鏡。

mon·o·cot·y·le·don [,manə,katl̩'idn̩] 名 單子葉植物。

mo·noc·ra·cy [mo'nakrəsɪ] 名 (複-**cies**) ⓊⒸ獨裁政治。

mon·o·crat ['manə,kræt] 名 獨裁主義者，獨裁者。-**'crat·ic** 形

mo·noc·u·lar [mə'nakjələ] 形 1 單眼的。2 單眼用的：a ~ microscope 單眼顯微鏡。—名 單眼用的器具。

mon·o·cy·cle ['manə,saɪkl] 名 單輪車。

mon·o·dy ['manədɪ] 名 (複-**dies**) 1 獨唱曲；悲歌。2 哀悼詩，輓歌。3〖樂〗單音樂曲。-**dist** 名

mo·nog·a·mist [mə'nagəmɪst] 名 一夫一妻（主義）者。

mo·nog·a·mous [mə'nagəməs] 形 一夫一妻制的；〖動〗一雌一雄的。

mo·nog·a·my [mə'nagəmɪ] 名Ⓤ 1 一夫一妻制。2 單一性伴侶。

mon·o·gram ['manə,græm] 名字母拼湊圖案；名飾。-**grammed** 形

mon·o·graph ['manə,græf] 名某特定問題的學術論文；專題文章。—動及寫有關…的專題文章。

mon·o·lin·gual [,manə'lɪŋgwəl] 形只用一種語言的。—名只用一種語言者。

mon·o·lith ['manə,lɪθ] 名 1 (1) 獨塊巨石。(2) 獨巨石碑、雕像等。2 類似獨塊巨石之物。

mon·o·lith·ic [,manə'lɪθɪk] 形 1 獨塊巨石的；用獨塊巨石製成的。2 有堅實結構的；完全統一的，整體的。-**i·cal·ly** 副

mon·o·logue, -log ['manl̩,ɔg] 名ⓊⒸ 1 長談，長篇大論。2 獨白式作品；獨白。-**'log·ic**, -**'log·i·cal** 形, -**log·ist** 名

mon·o·ma·ni·a [,manə'menɪə] 名ⓊⒸ 1 偏執狂。2 狂熱。

mon·o·ma·ni·ac [,manə'menɪ,æk] 名偏執狂者，狂熱者。

mon·o·mer ['manəmə] 名〖化〗單（量）體。

mon·o·me·tal·lic [,manəmə'tælɪk] 形 1 單一金屬的。2 單本位制的。

mon·o·met·al·lism [,manə'mɛtl̩'ɪzəm] 名Ⓤ 1 單本位制。2 單本位說。

mo·no·mi·al [mo'nomɪəl] 形 1〖代〗單項的：a ~ expression 單項式。2〖生〗單名法的，由一字形成的命名法的。—名 1〖代〗單項式。2〖生〗單名法。

mon·o·nu·cle·o·sis [,manə,njuklɪ'osɪs] 名Ⓤ〖病〗單核白血球增多症。

mon·o·phon·ic [,manə'fanɪk] 形 1〖樂〗單音音樂的，單旋律（曲）的。2（亦稱 monaural）非立體音響的，單聲道的。

mon·oph·thong ['manəf,θɔŋ] 名〖…音〗單母音。-**,thon·gal** 形

mon·o·plane ['manə,plen] 名單翼機。

mo·nop·o·lism [mə'napl̩,ɪzəm] 名獨占狀態，專賣制度。

mo·nop·o·list [mə'napl̩ɪst] 名 1 獨…者，壟斷者。2 獨占論者。
-**'lis·tic** 形, -**'lis·ti·cal·ly** 副

mo·nop·o·lize [mə'napl̩,aɪz] 動及 …斷；取得獨占[專賣]權。2 獨占：~ conversation 獨占談話時間。-**li·'za·tion** …
-**liz·er** 名

·**mo·nop·o·ly** [mə'napəlɪ] 名 (複-**lies**) … 獨占，專賣；壟斷《*of, in...*,《美》*on*…》 have a ~ on ... 擁有…的獨占權 / make … *of*... 獨占，專賣。2 獨占權，專賣權：… cure a ~ of ... 獲得…的獨占權。3 … 品；獨占事業；獨占企業，專賣公司… Government ~ 政府的專賣品；國營…業。4 完全壟斷狀態。

mon·o·rail ['manə,rel] 名單軌鐵路

mon·o·so·di·um glu·ta·mate [… nə,sodɪəm'glutə,met] 名 Ⓤ 味精。略… MSG

mon·o·syl·lab·ic [,manəsɪ'læbɪk] 形 … 單音節的；單音節語言的：~ phrases … 節的片語。2 用單音節字的；非常簡… 的：a ~ reply 單音節字的回答。

mon·o·syl·la·ble ['manə,sɪləbl̩] 名 … 音節；單音節字：answer in ~*s* 作簡… 回答。

mon·o·the·ism ['manəθi,ɪzəm] 名 … 一神教，一神論，一神信仰。

mon·o·tone ['manə,ton] 名 1 Ⓤ Ⓒ … 的說法：in a low ~ 以低沉單調的聲… 2〖樂〗平音，單調的音；音痴。3 用… 歌唱的人；五音不全的人。4 單調。

mon·o·ton·ic [,manə'tanɪk] 形 1 單… 的，無變化的。2〖樂〗平音的，以平… 出的。3〖數〗單調的。

·**mo·not·o·nous** [mə'natn̩əs] 形 1 單… 的；乏味的：a ~ job 單調乏味的工作… 無抑揚頓挫的，無變化的。
~·**ly** 副, ~·**ness** 名

mo·not·o·ny [mə'natn̩ɪ] 名Ⓤ 1 單… 無變化；平淡乏味；《喻》缺乏變化的… 物：a ~ of marshes and heaths 一片沼… 石南樹的單調景觀。2 單調音，單音。

mon·o·type ['manə,taɪp] 名 1 單字… 排鑄機。2 單刷版畫；Ⓤ單刷版畫製… 3〖生〗單型。

mon·o·un·sat·u·rate [,manəʌn'sæ… ,ret] 名單一不飽和油[脂肪]。
-**rat·ed** [-,retɪd] 形（油、脂肪）單一不… 和的。

mon·o·va·lent [,manə'velənt] 形 1〖… 單價的。2〖菌〗（免疫血清）單價的

mon·ox·ide [mə'naksaɪd] 名Ⓤ…

...】一氧化物。

on·roe [mən'ro] 名 **James**, 門羅（1758
-1831）: 美國第 5 任總統（1817－25）。

on'roe 'Doctrine 名《the ～》門羅
主義：1823 年美國總統 James Monroe 在
...告中所揭示的孤立主義，反對歐洲各國
...涉美洲事務。

on·ro·vi·a [mən'rovɪə] 名 門羅維亞：
...洲賴比瑞亞共和國的首都。

ons [manz] 名（複 **mon·tes** ['mantiz]）
...解】山，阜。

on·sei·gneur [ˌmansen'jɚ] 名（複
...es·sei·gneurs [ˌmɛsen'jɚz]）《偶作 **m-**》**1**
...下，閣下。**2** 擁有這種稱號的人。

on·sieur [mə'sjɚ] 名（複 **mes·sieurs**
...nɛsɚz, me'sjɚ]）某某先生，閣下（略作：
...）。

on·si·gnor [man'sinjɚ] 名（複～**s**）【
...主教】對主教等的尊稱。

on·soon [man'sun] 名 **1** 季風：the dry
... 冬季季風（東北風）/ the wet ～ 夏季季
...（西南風）。**2** 夏季季風期，雨季。

on·ster ['manstɚ] 名 **1** 怪物，怪獸；
...怪。**2** 異常的東西；不正常的生物；【
...】畸形。**3** 殘忍的人；喪失人性的人：
～ of selfishness 非常自私的人。**4** 巨大
動物：a ～ of a dog 大似怪物的狗。**5** 才
...橫溢的人；奇異的人：a ～ at debate 善
...之人。—形 巨大的；怪物似的。

on·strance ['manstrəns] 名【天　主
...】聖體匣。

on·stros·i·ty [man'strasətɪ] 名（複
...es）**1** Ⓤ 奇怪，怪異；畸形。**2** 怪物，巨
...的怪東西：an architectural ～ 巨大的建
...物。

on·strous ['manstrəs] 形 **1** 怪異的；恐
...的；醜陋的；令人毛骨悚然的，殘忍
...；極惡的：～ cruelty 極其殘忍。**2** 巨大
...；荒謬的，愚蠢的：a ～ appetite 驚人的
...口。**3** 怪物般的；【生】畸形的。**4** 毫無
...理的；可恥的：It is ～ that... 那簡直太
...分了。

...**·ly** 副, ～**·ness** 名

ont. 《縮寫》*Mont*ana.

on·tage [man'taʒ] 名（複**-tag·es**）**1** 蒙太
...鏡頭組接；合成畫面。**2**【影·視】剪
...。**3** Ⓤ 蒙太奇手法，綜合表現手法。

on·taigne [man'ten] 名 **Michel Ey
...em Seigneur de**, 蒙田（1533－92）：法
...散文家。

on·tan·a [man'tænə] 名 蒙大拿：美國
...北部一州；首府為 Helena。略作：
...ont.,《郵》MT。**-an** 形 名 蒙大拿州的
...]。

ont Blanc [mant'blæŋk] 名 白朗峰：
...s 山脈中的最高峰（4807m）。

n·te ['mantɪ] 名 Ⓤ【牌】蒙特牌戲。

n·te Car·lo ['mantɪ'karlo] 名 蒙地
...羅：摩納哥公國東北部之一城市。

n·te·ne·gro [ˌmantə'nigro] 名 蒙特
尼哥羅：前南斯拉夫聯邦的一成員；2006
年獨立建國；首都為波哥里卡（Podgor-
ica）。**-grin** [-'nigrɪn] 形 名 蒙特尼哥羅的
[人]。

Mon·tes·quieu [ˌmantə'skju] 名 **Char-
les Louis de Secondat**, 孟德斯鳩（1689－
1755）：法國政治哲學家。

Mon·tes·so·ri [ˌmantə'sorɪ] 名 **Maria**,
蒙特梭利（1870－1952）：義大利女醫師
兼教育工作者，為「蒙特梭利教學法」的
創始人。

Mon·te·vi·de·o [ˌmantəvɪ'deo] 名 蒙特
維多：烏拉圭的港市、首都。

Mont·gom·er·y [mant'gʌmərɪ] 名 **1
Bernard Law**, 蒙哥馬利（1887－1976）：
第二次大戰時英國之陸軍元帥。**2** 蒙哥馬
利：美國 Alabama 州的首府。

:month [mʌnθ] 名 一個月；月：within a
few ～*s* 在兩三個月內 / by the ～ 按月計
算 / this ～ 本月。

a month of Sundays 《通常用於否定》《英
口》很長的時間，很久。

in months 《美》好幾個月。

month after month 每月（不斷重複）。

month in, month out 月復一月。

this day month (1) 下個月的今天。(2) 上個
月的今天。

·month·ly ['mʌnθlɪ] 形 **1** 每月的；每月一
次的，按月的：a ～ salary 月薪。**2** 長達一
個月的：a ～ commuter pass《美》定期一
個月車票。**3**《口》月經的。—名（複**-lies**）
1 月刊。**2**《口》月經期間；《**-lies**》月
經。—副 每月一次；按月計。

ˌmonthly 'period 名《常作～**s**》月
經，經期。

'month's 'mind 名 Ⓤ **1**【天主教】追思
彌撒。**2**《英》欲望；愛好。

Mont·re·al [ˌmantrɪ'ɔl] 名 蒙特婁：加拿
大 Quebec 省的一港市。

·mon·u·ment ['manjəmənt] 名 **1** (1) 紀念
碑《*to...*》：a World War II ～ 第二次世界
大戰的紀念碑 / the *M-*（1666 年的）倫敦
大火紀念碑。(2) 重要紀念物，遺跡：a(n)
historical ～ 史蹟。(3) 金字塔，不朽的事
業《*of...*》。**2** 典型，權威《*of...*》：a natu-
ral ～ 天然勝地。**3** 讚詞，感謝文：a bio-
graphy as a ～ to a great man 作為對偉人之
讚頌的一本傳記。**4**【美法】標石，界碑。
5 名勝地區。

mon·u·men·tal [ˌmanjə'mɛntl] 形 **1**（
似）紀念碑的；巨大的，宏偉的：the wor-
ld's first ～ architecture in stone 世界最早的
石結構建築。**2**【美】比實物大的。**3** 有歷
史價值的，永垂不朽的；有紀念價值的。
4《口》極大的，非常的：～ failures 多次
慘敗 / a ～ achievement 輝煌的成就。

mon·u·men·tal·ly [ˌmanjə'mɛntəlɪ] 副
當紀念碑地；極度地，非常地：a ～dan-
gerous journey 極危險的旅行。

moo [mu] 動（～**ed**, ～**·ing**）不及（牛等）

哞叫。—名 (複～s) **1** 牛叫聲。**2**《兒語》牛。**3**《英俚》愚蠢的女人。

mooch [mutʃ] 動 不及《俚》鬼鬼祟祟地走，潛行；閒蕩，徘徊《*about, around*》。
—及**1** 敲詐；捲逃；偷竊。**2**《美》乞討。
—名（亦稱 **moocher**）躡足而行之人；敲詐的人。

moo-cow ['mu,kaʊ] 名《兒語》= cow[1]1.

·mood[1] [mud] 名 **1** 心情；情緒，心境《*for..., for doing, to do*》: in a good ～ 心情好。**2** 氣氛。**3**《通常作 **the** ～》風尚，傾向。**4**《～**s**》情緒不定，喜怒無常 : a man of ～*s* 喜怒無常的人。

mood[2] [mud] 名 Ⓤ Ⓒ **1**〖文法〗式，語氣。**2**〖理則〗論式（亦稱 **mode**）。

'mood ,music 名 Ⓤ 情調音樂。

mood·y ['mudɪ] 形 (**mood·i·er, mood·i·est**) **1** 不高興的，悶悶不樂的；不高興引起的 : a ～silence 因不高興的沉默。**2** 喜怒無常的。
-i·ly 副, **-i·ness** 名

·moon [mun] 名 **1**《通常作 **the** ～》月球 : the phases of *the* ～月的盈虧。**2**《常作 **a** ～》月亮 : *a* quarter ～ 弦月。**3** Ⓤ 月光。**4** 衛星 : the ～*s* of Jupiter 木星的衛星。**5** 月形的東西。**6** 太陰月；《文》〖詩〗一個月 : for many ～*s* 好幾個月。**7**《俚》光屁股。

bark at the moon ⇨ BARK[1]（片語）
cry for the moon 想要得不到的東西，奢望不可能的事；強人所難。
have no more idea than the man in the moon 一點概念都沒有，一點都不了解。
once in a blue moon《口》很少，罕有。
over the moon 非常高興的。
promise** a person **the moon 對某人作無法兌現的承諾。
shoot the moon《英俚》夜逃，（爲了逃避房租）趁黑夜搬家。
—動 不及《口》**1** 徘徊，彷徨《*about, around, round*》；蹉跎時光，閒蕩。**2** 感傷地[如醉如痴地]凝視。**3** 兼兩種差事；白天和晚上各兼不同的差事。—及《口》**1** 蹉跎《*away*》。**2** 使受月光的照射；藉著月光找尋。

moon·beam ['mun,bim] 名月光。

moon-blind ['mun,blaɪnd] 形（馬）患有月盲症的。

'moon ,cake 名 Ⓤ Ⓒ（中國的）中秋月餅。

moon·calf ['mun,kæf] 名(複**-calves**) **1** 先天低能者；蠢人。**2** 耽溺於幻想而浪費時光的人。

moon·down ['mun,daʊn] 名 Ⓤ 月落。

moon·face ['mun,fes] 名 **1** 圓圓的臉蛋。**2**〖醫〗滿月臉。

moon-faced ['mun,fest] 形 圓臉的。

moon·flow·er ['mun,flaʊɚ] 名〖植〗**1**《美》牽牛花，瓢葫蘆。**2**《英》牛眼菊。

Moon·ie ['munɪ] 名 統一教教徒。

moon·ish ['munɪʃ] 形 **1** 善變的，反覆常的。**2** 圓滾滾的；豐滿柔軟的。

moon·less ['munlɪs] 形 無月光的，黑的。

·moon·light ['mun,laɪt] 名 Ⓤ 月光 : by 藉著月光。—形**1** 月光的；月光所照的 **2** 月夜發生的。—動 (～**·ed**, ～**·ing**) 不及 口》（夜間）打工，兼職。

moon·light·ing ['mun,laɪtɪŋ] 名 《口》兼差，兼職。**2** 夜襲。**-light·er**

moon·lit ['mun,lɪt] 形 月光照耀下的

'moon ,probe 名〖太空〗**1** 月球探測 行。**2** 月球探測太空船；月球探測儀。

moon·quake ['mun,kwek] 名月震。

moon·rise ['mun,raɪz] 名 Ⓤ Ⓒ 月出 時刻）。

moon·rock ['mun,rɑk] 名 Ⓤ Ⓒ 月球 石。

moon·scape ['mun,skep] 名月球表面 的景觀；其圖片。

moon·set ['mun,sɛt] 名 Ⓤ Ⓒ 月落 刻）。

moon·shine ['mun,ʃaɪn] 名 Ⓤ **1**《美 走私酒，私釀威士忌酒。**2** 荒謬的想法 愚昧的言談。**3** 月光。

moon·shin·er ['mun,ʃaɪnɚ] 名《美 **1** 酒類走私者；私釀威士忌酒的人。**2** 間做不法買賣的人。

moon·stone ['mun,ston] 名 Ⓤ Ⓒ **1** 長石。**2**《俚》乳蛋白石與火蛋白石的 稱。

moon·struck ['mun,strʌk] 形 發狂的 因感傷而心情紊亂的；茫然的。

moon·walk ['mun,wɔk] 名 月球漫步

moon·ward ['munwɚd] 副 向著月球

moon·y ['munɪ] 形 (**moon·i·er, moo est**) **1** 月球的；月球特有的。**2** 圓的 新）月形的。**3** 月亮照耀的，月明的 似月光的。**4**《口》做夢似的，耽於 的；無精打采的；糊塗的。—名《俚 亦作 **Moonie**）《**M-**》統一教會的信徒

moor[1] [mʊr] 名 **1**《常作～**s**》《 數》荒野，荒地 : the stark ～ 空曠的 野。**2**《美》溼原地，沼澤地。**3** 獵場 ～**·y** 形

moor[2] [mʊr] 動 及 **1** 繫住，使停泊（ ...》: a schooner ～*ed to* the quay 拴繫在 頭的帆船。**2** 繫牢，固定。— 不及 **1** 船；停泊，拋錨。**2** 牢固拴繫。— 繫；固定。

Moor [mʊr] 名 摩爾人 : 住在非洲西 的回教徒，爲阿拉伯人與柏柏人的混 族。

moor·age ['mʊrɪdʒ] 名 **1** Ⓤ Ⓒ 繫留 泊。**2** 繫留所，停泊處。**3** Ⓤ Ⓒ 繫留 停泊費。

'moor ,cock 名《英》公紅松雞。

Moore [mʊr, mor] 名 摩爾 : **1 Geo** (1852–1933) : 愛爾蘭小說家、批評

刺作家。2 **Thomas**,（1779－1852）：愛爾蘭詩人。
oor·fowl ['mʊr,faʊl] 名 (複～s,《集合名詞》～)〖鳥〗《英》紅松雞。
oor·hen ['mʊr,hɛn] 名〖鳥〗1 鷭，水鳥。2《英》母紅松雞。
oor·ing ['mʊrɪŋ] 名 1 Ⓤ停泊，繫船；常作～s》繫船設備。2《～s》停泊處。《～s》精神支柱；賴以維繫者，支撐力：lose one's ～*s* 失去精神寄託。
oor·ish ['mʊrɪʃ] 形 摩爾人的。
oor·land ['mʊr,lænd, -lənd] 名Ⓤ《主英》荒野地帶。—形 荒野地帶的。
oose [mus] 名 (複～) 1（產於北美洲的）麋。2（產於歐亞大陸北部的）麋鹿。
oot [mut] 形 1 爭論中的，未解決的：a ～ question 懸而未決的問題。2《美》幾無實際價值的；純屬學問上的，（純）理論上的，假設的。—動及 1 把…作爲議題；討論。2《古》辯論。—名 1 民眾集會。2 討論，辯論；判例。
oot 'court 名 實習法庭。
op[1] [mɑp] 名 1 拖把。2《俚》蓬亂的頭髮：an untidy ～ of hair 一頭蓬亂的頭髮。—動 (**mopped**, ～·**ping**) 及 1 用拖把拖拭；拖把擦洗《*down*》；用拖把擦淨《*out*》。2 擦；拭；擦拭《*with...*》。
op the floor with a person ⇨ FLOOR（語）
op up (1) 擦掉。(2)〖軍〗把殘敵肅清；掃蕩，肅清。(3)《俚》做完；收拾，清理。(4)《俚》榨取。(5)《俚》貪吃。
op[2] [mɑp] 動 (**mopped**, ～·**ping**) 不及《文》作出失望的表情；作鬼臉。
op and mow 作愁臉；扮鬼臉。
名 愁眉苦臉。
ope [mop] 動不及 1 憂鬱，意志消沉。閒蕩《*about, around, round*》。—及 1《》《通常用反身或被動》使悶悶不樂，意志消沉。2 抑鬱地度過。—名 1 憂鬱人。2《通常作 **the** ～**s**》意志消沉，鬱不樂：have (a fit of) *the* ～*s*（一陣）沮。**'mop·er** 名, **'mop·ing·ly** 副
o·ped ['mopɛd] 名《英》機動腳踏兩用，輕型機車。
op·head ['mɑp,hɛd] 名 1《口》頭髮蓬的人。2 拖把頭。
op·ish ['mopɪʃ] 形 頹喪的，意志消沉。～**ly** 副, ～·**ness** 名
op·pet ['mɑpɪt] 名《口》小孩，女孩。
op·ping-up ['mɑpɪŋ'ʌp] 形 1 完成；潤飾的。2 掃蕩的：a ～ operation 掃戰，肅清戰場。
op-up ['mɑp,ʌp] 名 完成；掃蕩。
·quette [mo'kɛt] 名Ⓤ 一種絨毛料。
·raine [mo'ren] 名 冰磧石。
r·al ['mɔrəl] 形 1《限定用法》道德，道德上的，與道德有關的；有關善惡斷的；道德律的，倫理上的：～ science 德科學，倫理學。2 道德性的，說教的。3《限定用法》道義上的。4《限定用法》可用道德衡量的：～ sense 道德感，是非感。5 不違反人道的；貞潔的，品行良好的：live a ～ life 過著規矩的生活。6 精神上的：～ weakness 意志薄弱。7 由觀察結果類推的，憑心證的；準確性大的，可能的：～ certainty 千真萬確之事，十分可信之事。—名 1 寓意，教訓。2《～**s**》《常作單數》修身，倫理（學）。3《～**s**》道德，操守。4 具體表現；典型。5《常作 **the (very)** ～》《古》酷似的兩件東西。
'moral 'courage 名Ⓤ道德勇氣，大勇。
'moral 'cowardice 名Ⓤ（因缺乏道德勇氣而產生的）怯懦。
mo·rale [mə'ræl] 名Ⓤ士氣，精神；風紀：low ～ 士氣消沉。
'moral 'hazard 名〖保〗道德上的風險。
mor·al·ism ['mɔrə,lɪzəm] 名 1 Ⓤ 教訓癖。2 修身訓話。3 Ⓤ 道德主義；道德的實踐。
mor·al·ist ['mɔrəlɪst] 名 1 道德家，道德主義者。2 講倫理的人。3 道學者。
mor·al·is·tic [,mɔrə'lɪstɪk] 形 1 道學的，愛說教的。2 道德主義的。-**ti·cal·ly** 副
·mo·ral·i·ty [mə'rælətɪ] 名 (複 -**ties**) 1 Ⓤ德性；貞潔：a man of loose ～ 品德不端的人。2 Ⓤ 道德性，倫理性；道德，道義：Christian ～ 基督教道德。3 道德律，教訓；說教。4 = morality play.
mo'rality ,play 名 道德劇。
mor·al·ize ['mɔrə,laɪz] 動不及 論道德問題；說教《*on, upon, over...*》：～ *on* an event 從道德上看一件事。—及 1 從道德上來說明。2 教化。-**i·'za·tion** 名, -**iz·er** 名
mor·al·ly ['mɔrəlɪ] 副 1 道德上；精神上地；由道德上來看；合乎道德地：live ～ 規規矩矩地生活。2 實際上。
'moral phi'losophy 名Ⓤ倫理學。
'Moral Re-'Ar·ma·ment [-ri'ɑrməmənt] 名Ⓤ道德重整運動。略作：MRA
mo·rass [mo'ræs] 名 1 低溼地帶。2《文》沼地，沼澤；溼地。3 苦境，困境：a ～ of complexity 錯綜複雜的困境。
mor·a·to·ri·um [,mɔrə'torɪəm] 名 (複 -**ri·a** [-rɪə], ～**s**) 1〖法〗延期償付（令）；支付寬限期間。2 暫停；暫時禁止製造《*on...*》：a ～ *on* nuclear testing 核子試爆的暫停。
Mo·ra·vi·a [mə'revɪə] 名 摩拉維亞：捷克東部的一地區。
Mo·ra·vi·an [mə'revɪən] 形 1 摩拉維亞的；摩拉維亞人的。2 摩拉維亞派的。—名 1 摩拉維亞人。2 Ⓤ摩拉維亞語。3 摩拉維亞派信徒。
mor·bid ['mɔrbɪd] 形 1 病態的，過敏的；《口》憂鬱的：a ～ fear of fire 對火的病態恐懼。2 有病的；由病引起的，致病的；與病有關的；病理的：～ anatomy 病

M

理解剖學。**3** 令人毛骨悚然的，恐怖的：a series of ～ events 一連串的恐怖事件。
～**·ly** 副, ～**·ness** 名

mor·bid·i·ty [mɔr'bɪdətɪ] 名 (複 **-ties**) **1** Ⓤ病態，病的特性；不健康，有病。**2**Ⓤ Ⓒ死亡率；患病率，罹患率。

mor·bif·ic [mɔr'bɪfɪk], **i·cal** [-ɪkl] 形 引起疾病的，病原性的。

mor·da·cious [mɔr'deʃəs] 形 **1** 咬人的，愛咬人的。**2** 銳利的，刻薄的，諷刺的：a ～ look 銳利的眼神。～**·ly** 副

mor·dan·cy ['mɔrdn̩sɪ] 名 Ⓤ 苛刻，尖銳：the ～ of his criticism 他的批評尖酸刻薄。

mor·dant ['mɔrdn̩t] 形 **1** 敏銳的，譏諷的。**2** 腐蝕性的，破壞組織的。**3** 劇烈的，刺痛的：～ pain 劇痛。一名 **1** 媒染劑。**2** 腐蝕劑。一動 及用媒染劑處理。
～**·ly** 副

:more [mor] 形（**much, many** 的比較級）
1《**much** 的比較級》更大的；《 **many** 的比較級》更多的《 *than...* 》：～ wine 更多的葡萄酒。**2** 附加的。一代**1**《作單數》額外的一些。**2**《作單數》更多的量；更重要的東西《 *than...* 》。**3**《作複數》較多數《 *of...* 》；更多的人《 *than ...* 》。一副（**much** 的比較級）**1** 更（多、大）《 *than ...* 》。**2**《主要造成兩音節以上的形容詞、副詞的比較級》更《 *than ...* 》。**3** 另外；再。**4** 再者，而且。**5** 寧可說，更甚，倒不如說《 *than...* 》。
all the more 更加，格外，愈發。
and more 甚至超過。
little more than... 只不過是，和…幾乎一樣。
more and more 越來越（多）；逐漸地。
more or less (1) 多多少少，有幾分。(2)大約，…左右。(3)《否定》一點也不。
more than...(1)《與數詞等連用》超過，不只。(2)《置於名詞、形容詞、副詞、動詞之前》遠超過，非常地。
more than a little《文》非常，不少。
more than ever 更加，越發。
more...than not 相當，非常。
much more《接肯定句》何況，更不用說。
neither more nor less than... 不多不少，恰好；不外乎，正是，簡直。
no more (1)《用 **be no more** 的句型》死亡。(2)《接否定句》《口》不再。(3)《承接前面語句》僅此而已。(4)《文》也不…。
no more than... (1) 不過是，只是。(2)《與數詞等連用》只，僅。
no more...than...《文》/《口》***not...any more than...*** 和…同樣不…。
nothing more than... 不過是，只是。
not more than...《與數詞等連用》至多，充其量只是，不比…多。
or more 大約…左右，或稍多一點。
still more = much MORE.
the more...because... 因為…而更…。
the more...the less... 越…越不…。
the more... the more... 越…越…。
what is more 更重要的是；更有趣的是尤有甚者；而且。

More [mor] 名 **Sir Thomas,** 摩爾（14 −1535）：英國政治家、著述家。

mo·reen [mə'rin] 名 Ⓤ 波紋織品。

mo·rel [mə'rɛl] 名〖植〗編笠菌屬植物

mo·rel·lo [mə'rɛlo] 名 (複～**s**)〖植〗櫻桃；其果實。

·more·o·ver [mor'ovɚ] 副 而且，再者此外。

mo·res ['morez, -iz] 名(複)〖社〗習俗慣例：social ～ 社會道德規範。

Mo·resque [mə'rɛsk] 形摩爾式的。

Mor·gan ['mɔrgən] 名〖男子名〗摩根

mor·ga·nat·ic [ˌmɔrgə'nætɪk] 形貴賤婚的。**-i·cal·ly** 副

morgue [mɔrg] 名**1** 陳屍所，停屍間參考資料；資料室。

mor·i·bund ['mɔrəˌbʌnd] 形 **1** 臨終的面臨滅絕邊緣的：a ～ lease 行將失效的借權。**2** 無進步的，停滯的。

mo·ri·on ['morɪˌɑn] 名 士兵用頭盔。

Mor·mon ['mɔrmən] 名 **1** 摩門教徒
⇨ BOOK OF MORMON 一 形摩門教的摩門教徒的。
～**·ism** [-ˌɪzəm] 名 Ⓤ 摩門教。

'Mormon 'Church 名《**the** ～》摩教會。

morn [mɔrn] 名 **1**〖詩〗早晨，破曉《蘇》明天。

:morn·ing ['mɔrnɪŋ] 名 **1**Ⓤ 早晨，明；上午：yesterday ～ 昨天早晨 / the the day after tomorrow 後天早晨 / from till night 從早到晚 / of a ～ 經常在早上 **2**《**the** ～》初期，開頭：*the* ～ of one's uth 青年時代的初期。**3**《口》早報，報。一形 早上的，早上發生的。

'morning 'after 名 (複 **mornings aft**《美口》宿醉（的人）。

'morn·ing-'af·ter 'pill ['mɔrnɪŋ'æ -] 名事後避孕丸。

'morning ˌcall 名 **1**（飯店等的）起鈴，晨間呼叫。**2** 早晨的正式訪問。

'morning ˌcoat 名男士大禮服的上（《美》cutaway (coat)）。

'morning ˌdress名Ⓤ男性日間禮服

'morning ˌglory 名 (複**-ries**) Ⓤ Ⓒ 植〗牽牛花。

'morning ˌpaper 名（報紙的）早報

'Morning 'Prayer 名 = matin 1.

morn·ings ['mɔrnɪŋz] 副《美》在清晨每天早上。

'morning ˌsickness 名 Ⓤ（懷孕初的）晨間作嘔，害喜。

'morning 'star 名《**the** ～》晨星；星。

Mo·ro ['moro] 名 (複～**s**,《集合名詞》)

M

1 摩洛人：菲律賓南部馬來族回教徒。2 Ⓤ摩洛語。

Mo·roc·co [mə'rɑko] 图 1 摩洛哥（王國）：位於非洲西北部；首都爲拉巴特（Rabat）。2Ⓤ《m-》摩洛哥皮：山羊的熟皮。**-can**形图 摩洛哥人（的）。

mo·ron ['morɑn] 图 1 輕度智障者，低能者。2《口》蠢人，糊塗蟲。

mo·'ron·ic [mə'rɑnɪk] 形，**mo·'ron·i·cal·ly** 副

mo·rose [mə'ros] 形 悶悶不樂的，不高興的。～**·ly** 副，～**·ness** 图

mor·pheme ['mɔrfim] 图〖語言〗詞位，詞素。**-'phem·ic** 形

mor·phe·mics [mɔr'fimɪks] 图(複)《作單數》〖語言〗詞素學；詞位分析（法）；詞位結構。

Mor·phe·us ['mɔrfɪəs, -fjus] 图〖希神〗莫緋思：夢神、睡眠之神。

in the arms of Morpheus 熟睡中。

mor·phine ['mɔrfin] 图Ⓤ〖藥〗嗎啡。

mor·phin·ism ['mɔrfə,nɪzəm] 图Ⓤ1 慢性嗎啡中毒。2 嗎啡成癮。

mor·pho·gen·e·sis [,mɔrfə'dʒɛnɪsɪs] 图Ⓤ〖胚胎〗形態發育。

mor·phol·o·gy [mɔr'fɑlədʒɪ] 图Ⓤ1〖生〗形態學；形態，構造。2〖文法〗構詞學，詞位學；構詞系統。3〖地〗地形學。

mor·pho·log·ic [-fə'lɑdʒɪk]，**,mor·pho·'log·i·cal** 形

mor·ris ['mɔrɪs] 图 英國的一種民俗舞蹈。

Mor·ris ['mɔrɪs] 图1〖男子名〗摩里斯。

mor·row ['mɔro] 图 1《the ～》《文》明天，次日：on *the* ～ evening 翌日的黃昏。2 緊接在後的時間，過後不久：on the ～ of... 緊接…之後。3《古》早晨。

Morse [mɔrs] 图 1 **Samuel Finley Breese**, 摩斯（1791–1872）:美國畫家、發明家；電報機與摩斯電碼的發明者。2 = Morse code. 3〖男子名〗摩斯。

Morse 'code ['alphabet] 图Ⓤ 摩斯電碼。

mor·sel ['mɔrsl̩] 图1 一口，一小份：a tasty ～ 好吃的一口。2 一片，一點點《*of*》：a ～ *of* luck 小小的運氣。3 佳肴。

mor·tal ['mɔrtl̩] 形 1 不免一死的；會死的。2 凡人的，人類的；世間的：beyond ～ ken 在人類知識範圍以外的，難以了解的。3 死亡的，臨終的；致命的：～ agony 臨死時的痛苦 / a ～ weapon 兇器。4 能導致靈魂滅亡的，要入地獄的：a ～ sin 大罪。5 賭命的，抱定必死決心的：a ～ struggle 生死鬥。6 你死我活的，難以和解的：～ hatred 深仇大恨。7 極度的，非常的；嚴重的：in ～ fear 極爲恐懼地。8《口》冗長無聊的：for three ～ days 經過漫長的三天。9《口》《any, every, no 等語意加強》可能的，想像得出的：*every* ～ thing 所有一切的東西。—图1（終究會死的）生物，人。2《口》人，傢伙：a thirsty ～ 酒鬼。3 不免一死的狀況。

mor·tal·i·ty [mɔr'tælətɪ] 图（複**-ties**）1 Ⓤ 不免一死。2 Ⓤ Ⓒ 大規模死亡，大量死亡。3 ⓊⒸ 死亡率；死亡數：infant ～ (rates) 嬰兒死亡率。4《集合名詞》人類。

mor'tality ,rate 图 死亡率。

mor'tality ,table 图〖保〗死亡率統計表，壽命統計表。

mor·tal·ly ['mɔrtl̩ɪ] 副1 致命地：a ～ injured person 受了致命傷的人。2 非常地。

mor·tar[1] ['mɔrtɚ] 图 1 研缽，臼；粉碎機。2 迫擊炮；臼炮。

mor·tar[2] ['mɔrtɚ] 图Ⓤ 灰泥。—動及 以灰泥塗抹。

mor·tar·board ['mɔrtɚ,bord] 图 1 鏝板，灰泥板。2 方帽：學士服的一部分。

·mort·gage ['mɔrgɪdʒ] 图〖法〗1ⓊⒸ 抵押：place a ～ on a person's house 拿某人的房子作抵押。2 抵押權。

—動(**-gaged, -gag·ing**)及1〖法〗作抵押。2 下賭注《*to...*》。

mort·ga·gee [,mɔrgɪ'dʒi] 图 承受抵押者。

'mortgage 'loan 图ⓊⒸ 抵押貸款。

mort·ga·gor, -gag·er ['mɔrgɪdʒɚ] 图 抵押人。

mor·tice ['mɔrtɪs] 图，動及 = mortise.

mor·ti·cian [mɔr'tɪʃən] 图《美》葬儀業者（《英》undertaker）。

mor·ti·fi·ca·tion [,mɔrtəfə'keʃən] 图1 Ⓤ屈辱，懊悔；Ⓒ屈辱之因。2ⓊⒸ〖基督教〗禁慾，苦行：the ～ of the flesh 苦行。3Ⓤ〖病〗壞疽。

mor·ti·fy ['mɔrtə,faɪ] 動(**-fied,** ～**·ing**)及 1 使受辱，使懊悔：be *mortified* at his remark 因他的話而覺得屈辱。2〖病〗使害壞疽病。3 以禁慾或苦行克制：～ the flesh by fasting 絕食苦修。—不及1 實行禁慾主義，苦行。2〖病〗患了壞疽病。

-fied形，**fied·ly** 副

mor·ti·fy·ing ['mɔrtə,faɪɪŋ] 形 深感受辱的，備感屈辱的。

mor·tise ['mɔrtɪs] 图 榫眼。—動及1 用榫接合，挖榫眼。2 接牢。

'mortise ,lock 图 榫眼鎖。

mort·main ['mɔrtmen] 图ⓊⒸ1〖法〗永代讓渡。2 過去（對於現在）的束縛力。

mor·tu·ar·y ['mɔrtʃʊ,ɛrɪ] 图（複**-ar·ies**）太平間，停屍處。—形 埋葬的；死的。

mos. 《縮寫》month*s*.

mo·sa·ic [mo'zeɪk] 图1Ⓤ 馬賽克；鑲嵌細工；Ⓒ馬賽克式的東西，拼成的東西。2〖空攝測〗鑲嵌圖。3〖建〗馬賽克；〖視〗感光嵌鑲幕。4 Ⓤ〖植病〗花葉病。—形1 鑲嵌的：～ work 鑲嵌細工。2 拼花式的。

—動(**-icked, -ick·ing**)及 以鑲嵌方法做，用鑲嵌裝飾。

M

Mo·sa·ic [mo'zeɪk], **-i·cal** [-ɪkl] (形)〖宗教〗摩西的：the ~ law 摩西律法。

Mo'saic 'Law (名)《the ~》**1** 摩西律法。**2** 摩西五書。

Mos·cow ['mɑsko] (名) **1** 莫斯科：俄羅斯聯邦的首都。**2**《喻》俄國政府。

Mo·selle [mo'zɛl] (名) **1** 莫色耳：法國東北部的一個行政區。**2** (U)（德國）莫色耳酒。

Mo·ses ['mozɪz] (名)〖聖〗摩西：希伯來族的族長，率以色列人逃出埃及。

mo·sey ['mozɪ] (動)(不及)《美口》**1** 匆忙離去；逃走，逃亡。**2** 拖著腳步走；蹓躂《*along, about*》。

Mos·lem ['mɑzləm] (形)(名) = Muslim.

mosque [mɑsk] (名)回教寺院，清真寺。

·**mos·qui·to** [mə'skito] (名)(複~es, ~s)〖昆〗蚊子。

mos'quito ˌbar (名)蚊帳。

mos'quito ˌboat (名)《美》= PT boat.

mos'quito ˌcraft (名)《集合名詞》〖海軍〗快艇。

mos'quito fleet (名)魚雷快艇隊。

mos'quito ˌnet (名)蚊帳。

mos'quito-reˌpellent 'coil (名)渦捲形的蚊香。

·**moss** [mɔs] (名) **1** (U)(C)苔蘚。**2**《蘇·北英》沼澤地。—(動)(及)以青苔覆蓋。

Mos·sad [mo'sɑd] (名)《the ~》莫沙德：以色列的情報機關。

moss·back ['mɔsˌbæk] (名)《美口》**1** 食古不化者；極端守舊者。**2** 老海龜[魚]。

moss-grown ['mɔsˌgron] (形) **1** 長苔的，長滿苔蘚的：a ~ house 長滿了苔蘚的房子。**2** 舊式的，過時的。

'moss 'rose (名)〖植〗毛萼洋薔薇。

moss·y ['mɔsɪ] (形)(**moss·i·er, moss·i·est**) **1** 長滿青苔的，似青苔的。**2** 古式的；極端保守的。**-i·ness** (名)

:**most** [most] (形)（**many, much** 的最高級）**1**《常作 the ~》(1)《**much** 的最高級》最大的，最高的：the horse with (*the*) ~ speed 跑得最快的馬。(2)《**many** 的最高級》最多的。**2**《通常不用冠詞》大部分的，大多數的，多半的：~ Americans 大多數的美國人。**3**《主方》主要的。—(代) **1**《通常作 the ~》《作單數》最大（量、數），最高（金額），最大限度。**2**《通常不用冠詞》大部分，大多數《*of...*》。**3**《不用冠詞》大多數的人。**4**《the ~》《美俚》最好的人[物]。

at (the) most / at the very most 頂多，充其量；只不過。

for the most part 主要，通常。

make the most of... (1) 盡量利用。(2) 非常重視。(3) 竭力稱讚。

—(副)（**much** 的最高級）**1**《常作 the ~》最（多）。**2**《主要置於兩音節以上的形容詞、副詞之前》最：the ~ intelligent boy 最聰明的男孩。**3**《美口·英方》幾乎。**4**《通常不用 the》很：a ~ learned man 很學問的人。**5**《用於尊稱》：*M-* Noble 公的稱號。

most and least 〖詩〗毫無例外，都。

-most《字尾》接於形容詞、副詞、名之後，構成最高級形容詞。

'most-'favored-'nation ˌclaus
(名)最惠國條款。

:**most·ly** ['mostlɪ] (副) **1** 大部分，通常，乎都；主要地。**2** 一般。

mot [mo] (名)箴言，名言。

M.O.T. (名)《英口》**1** (U)(C)（汽車的定期車輛檢查。**2** 車輛檢查證。

mote [mot] (名) **1** 灰，微粒。**2** 小缺點。

mote and beam 刺與梁木；他人的小缺與自己的大缺點。

the mote in another's eye 別人眼中刺；（沒察覺自己的大缺點的人所看的）別人的小缺點。

·**mo·tel** [mo'tɛl] (名)汽車旅館。

mo·tet [mo'tɛt] (名)〖樂〗經文歌。

·**moth** [mɔθ] (名)(複~s [-ðz, -θs])〖昆〗蛾。**2** 蠹蟲。

moth·ball ['mɔθˌbɔl] (名)樟腦丸。

in mothballs (1) 在封存中。(2) 退役。(3 被當一回事，被置之不理。

—(動)(及)封存；使退役。—(形)封存中的退役的：a ~ fleet《美口》預備艦隊。

moth-eat·en ['mɔθˌitn̩] (形) **1** 蟲蛀的過時的，古老的；破舊的：a ~ theory 伍的理論。

:**moth·er**[1] ['mʌðɚ] (名) **1** 母親；像母親的人；《常作 **M-**》媽媽：a ~ of three c dren 三個孩子的母親 / *mothers*-to-be 準親，孕婦。**2**《口》岳母，繼母，養母《the ~》生育者，出處，來源《*of...* Necessity is *the* ~ *of* invention.《諺》需爲發明之母。**4** 女修道院院長。**5**《古》對年長者婦人的親暱稱呼》老婆婆，母：*M-* Adams 亞當斯伯母。**6**《the ~ 母愛。—(形) **1** 母親的；似母親的。**2** 出國的，祖國的。**3** 關係似母親的；成爲處的。—(動)(及) **1** 像母親似地照顧。**2** 承自己是作者；把…說成是自己的。**3** 成…之母；源自。

moth·er[2] ['mʌðɚ] (名)(U)醋母。

'mother ˌboard (名)〖電腦〗主機板亦作 **motherboard**）。

'Mother 'Car·ey's 'chicken [-'z-] (名)小海燕。

'mother 'church (名)《通常作 the ~ **1** 母教會。**2** 大主教的教堂。

'mother 'country (名)祖國；母國。

'mother 'earth (名)《the ~》大地地。

'Mother 'Goose (名)鵝媽媽：英國童集 *Mother Goose's Melody* (1760) 的虛構作者。

moth·er·hood ['mʌðɚˌhʊd] (名)(U) 親身分；母性；母親的特性。**2**《集合

詞》《文》母親。

Iother 'Hub·bard [-'hʌbəd] 名 1 女用袍子。2 赫伯大媽：童謠的女主角。

ıoth·er·ing ['mʌðərɪŋ] 名 Ⓤ《英》回娘家，歸寧。

ıoth·er-in-law ['mʌðərɪn,lɔ] 名 (複 **noth·ers-in-law**) 岳母；婆婆。

ıoth·er·land ['mʌðə,lænd] 名 1 祖國。2 祖先住的地方。

ıoth·er·less ['mʌðəlɪs] 形 沒有母親的；死了母親的。

ıoth·er·ly ['mʌðəlɪ] 形 1 母親的，爲人母的；母性的：～ love 母愛，母性愛。2 像母親似的；溫柔的。—副 母親樣子地。

i·ness 名

Iother ˌNature 名 大自然。

Iother of 'God 名 聖母：即瑪麗亞的尊稱。

oth·er-of-pearl ['mʌðərəv'pɜl] 名 Ⓤ 珠母層，珍珠母。—形 珍珠層[色]的。

other's ˌDay 名《美》母親節：五月的第二個星期日。

other ˌship 名 1《英》母艦。2 補給艦。

other su'perior 名 (複 ～s, **mothers uperior**) 女修道院院長。

other 'tongue 名《the ～, one's ～》1 本國語。2 母語。

other 'wit 名 Ⓤ 天資。

oth·proof ['mɔθ,pruf] 形 防蟲蛀的，不生蛀蟲的。—動 及 防止被蟲蛀。

oth·y ['mɔθɪ] 形 (**moth·i·er, moth·i·est**) 有蟲[蛾，蠹]的；蟲[蠹]蛀過的。

o·tif [mo'tif] 名 1 主題，題材；中心思想，旨趣：an excellent ～ for a novel 適合小說的最好題材。2 基本色彩，主要旋律。3 主旨，特色。

o·tile ['motl] 形〖生〗有自動力的，能動的。—名〖心〗運動型（的人）。

o·til·i·ty [mo'tɪlətɪ] 名 Ⓤ 運動性，自動力。

o·tion ['moʃən] 名 1 Ⓤ 動，運動；移動，運行；Ⓒ 擺動，手勢，表情：the laws of ～ 運動法則。2 運動能力。3 動議，提案；〖法〗申請。4 動機，意向。5〖樂〗進行。6 Ⓤ〖機〗運動或功能的結構，活動。7 大便，排洩；《常用 ～s》排洩物：have ～s 排便正常。

go through the motions of...《口》表面上做…的樣子，做出…的姿態。

put...in motion 使…動，啓動。

—動 及 不及 用動作指示，暗示。

o·tion·less ['moʃənlɪs] 形 不動的，靜止的。～**·ly** 副, ～**·ness** 名

otion 'picture 名《主美》1 電影，影片。2 電影製作。

otion ˌsickness 名 Ⓤ〖病〗移動性病：如暈車、暈船、暈機等。

o·ti·vate ['motə,vet] 動 及 給予刺激；引發興趣；激發動機：the work of politically ～*d* terrorists 懷有政治動機的恐怖分子所幹的事。

mo·ti·va·tion [,motə'veʃən] 名 Ⓤ Ⓒ 給予動機，鼓動；刺激，誘因。～**·al** 形

moti'vation(al) re'search 名 Ⓤ 動機研究分析。

·mo·tive ['motɪv] 名 1 動機，刺激；真意，目的：from ～*s* of economy 出自經濟的動機。2 主題，主旨。—形 1 發動（力）的，作原動力的：～ force 原動力。2（有關）運動的。3 促使行動的；（成爲）動機的：～ arguments 促使行動的議論。—動 (**-tived, -tiv·ing**) 及 1 作爲…的動機。2 刺激。

mo·tive·less ['motɪvlɪs] 形 無動機的，無目的的。

'motive 'power 名 Ⓤ 1 原動力；動力。2〖鐵路〗動力車，機車。

mot juste [mo'ʒust] 名 (複 **mots justes** [～])《法語》至理名言，適切的話。

mot·ley ['mɑtlɪ] 形 1 由多種要素形成的，混成的：a ～ group of people 一群混雜的人。2 雜色的，斑駁的；穿雜色衣服的。

—名 (複 ～s) 1 雜色，斑駁；Ⓤ（小丑的）雜色服裝：wear (the) ～《古》穿彩衣，扮演丑角。2 混雜。

mo·to·cross ['moto,krɔs] 名 Ⓤ Ⓒ 機車越野賽。

·mo·tor ['motə] 名 1 內燃機，馬達；發動機，電動機。2 原動力。—形 1 發動的，原動的：the ～ force of economic growth 經濟成長的原動力。2 以發動機轉動的；汽車（用）的：the ～industry 汽車工業。3〖生理〗傳達運動刺激的：spinal ～ nerve cells 脊椎運動神經細胞。4〖心·生理〗運動的，肌肉運動的：～ nerve 運動神經。—動 不及 乘汽車旅行；駕駛汽車。—及《主英》用汽車載運。～**·a·ble** 形 適於車輛駕駛的。

mo·tor·bike ['motə,baɪk] 名《口》= motorcycle.

mo·tor·boat ['motə,bot] 名 汽艇，汽船。

mo·tor·bus ['motə,bʌs] 名 巴士，公共汽車。

mo·tor·cade ['motə,ked] 名 汽車隊。

·mo·tor·car ['motə,kɑr] 名 1《主英》汽車（《美》automobile）。2《美》〖鐵路〗裝有動力的車廂。

'motor ˌcoach 名 = motorbus.

'motor ˌcourt 名《美》= motel.

mo·tor·cy·cle ['motə,saɪkl] 名 機車，摩托車。

mo·tor·cy·clist ['motə,saɪklɪst] 名 機車騎士，騎摩托車者。

mo·tor·drome ['motə,drom] 名 賽車道，賽車路線。

mo·tored ['motəd] 形《通常作複合詞》裝有馬達的。

M

'motor 'home [名] 汽車房屋。
mo·tor·ing ['motərɪŋ] [名] [U] 開汽車旅行，駕車兜風；駕駛汽車。
mo·tor·ist ['motərɪst] [名] 汽車駕駛人；開自用車的人。
mo·tor·ize ['motə,raɪz] [動] [及] **1** 安裝動力設備於。**2** 用機動車輛裝備。
-i·'za·tion [名] [U] 機動化；電力化；動力化。
'motor ˌlodge [名]《美》= motel.
'motor ˌlorry [名]《英》運貨汽車。
mo·tor·man ['motə·mən] [名]（複 **-men**）**1**（電車的）司機。**2** 馬達操作員。
'motor ˌpool [名]《美》**1** 輪流駕駛。**2**（在政府機構裡備用的）待命車輛。
'motor ˌscooter [名] = scooter 3.
'motor ˌship [名] 內燃機船。
'motor ˌtruck [名] = truck[1] 1.
'motor ˌvan [名]《英》（有車篷的）貨車。
'motor ˌvehicle [名] 機動車輛。
mo·tor·way ['motə,we] [名]《英》高速公路。
mot·tle ['mɑtl̩] [動] [及] 使成斑駁，使有斑點。—[名] 斑點，斑紋。
mot·tled ['mɑtl̩d] [形] 斑駁的，有斑點的。
·mot·to ['mɑto] [名]（複 ~es, ~s）**1** 座右銘，箴言。**2** 題辭詞；（盾或徽章上的）銘文；〖樂〗主題句。
mou·jik [mu'ʒɪk] [名] = muzhik.
mould[1] [mold] [名]，[動] [及]《英》= mold[1].
mould[2] [mold] [名]，[動] [及] [不及]《英》= mold[2].
mould[3] [mold] [名]，[動] [及] [不及]《主英》= mold[3].
mould·ing ['moldɪŋ] [名]《英》= molding.
mould·y ['moldɪ] [形]《英》= moldy.
moult [molt] [動] [不及] [及]，[名]《英》= molt.
·mound [maʊnd] [名] **1** 土塚；古墳。**2** 小山；土堤，土壘；隆起成小山的東西：a ~ of coal 煤堆。**3**〖棒球〗投手丘：take the ~ 登上投手板（擔任投手）。—[動] [及] **1** 築土壘於。**2** 堆起，堆高。
·mount[1] [maʊnt] [動] [及] **1** 登：~ a hill 爬山。**2** 爬上，騎上；使騎在馬背上：~ a horse 騎馬。**3** 安置，安放《*on*...》；架置；裝載，裝設《*with*...》：~ a statue *on* a pedestal 將雕像安放於座臺上。**4** 布置；擔任：~ guard over a gate 擔任大門的警衛。**5** 鑲嵌；裱貼；製作（載片）作顯微鏡檢查用；把（標本）置於載片上：~ a jewel in a ring 將寶石鑲在戒指上。**6** 演出；準備服裝和道具：~ a play 上演一齣劇。**7** 剝製，製成標本；陳列。**8**（為了交尾）爬上。**9**〖軍〗發動；《喻》採取：~ an effective challenge 發動一次有效的挑戰。—[不及] **1** 上升；增加《*up*》。**2** 騎：~ on a bicycle 騎自行車。—[名] **1** 登爬；騎；騎馬機會。**2** 交通工具。**3** 裝裱紙；底座；載片。**4** 金屬裝飾品。
mount[2] [maʊnt] [名]《文》**1** 山，丘。**2**（手相的）丘，宮。
:moun·tain ['maʊntn̩] [名] **1** 山，山岳《~s》山脈，山地：the Appalachian *Mountains* 阿帕拉契山脈。**2** 像山的東西；堆積如山的量《*of*...》：a ~ *of* suffering 多的苦難。
make a mountain (out) of a molehill 題大作。
move mountains 盡一切努力。
remove mountains 創造奇蹟。
the mountains in labor 費力大收效小；雷聲大雨點小。
—[形] **1** 山的，住在山上的。**2** 似山的，大的。~·less [形]
'mountain ˌash [名]〖植〗山梨。
'mountain 'bike [名] 越野單車。
'mountain ˌchain [名] = mountain range.
'mountain ˌclimbing [名] [U] 登山。
'mountain 'dew [名] [U]《美口》私釀威士忌酒；《英》蘇格蘭威士忌酒。
moun·tain·eer [,maʊntn̩'ɪr] [名] **1** 山居民。**2** 登山者。—[動] [不及] 登山。
moun·tain·eer·ing [,maʊntn̩'ɪrɪŋ] [U] 登山，登山活動。
'mountain ˌgoat [名]〖動〗白山羊。
mountain-high ['maʊntn̩'haɪ] [形] 高山的，堆積如山的。
'mountain ˌlaurel [名]〖植〗美國桂。
'mountain ˌlion [名] = cougar.
moun·tain·ous ['maʊntn̩əs] [形] **1** 多的；山岳性的：~ districts 山岳地區。**2** 山的，巨大的：~ surf 山一般的巨浪。
'mountain ˌrange [名] 山脈。
'mountain ˌsickness [名] [U] 高山病
moun·tain·side ['maʊntn̩,saɪd] [名] 腰。
'Mountain ('Standard) ˌTime [U]（美國）山地標準時間：比 G(M)T 晚小時，比台灣時間晚 15 小時。
'mountain ˌsystem [名] 山系。
moun·tain·top ['maʊntn̩,tɑp] [名] 頂。
moun·tain·y ['maʊntn̩ɪ] [形] 多山的；岳地帶的；山岳性的；與山有關的。
moun·te·bank ['maʊntə,bæŋk] [名] **1** 湖郎中。**2** 騙子，賣藝者，江湖術士。—[動] [不及] 欺騙，欺詐。~·**er·y** [名] [U] 江術士的行徑。
mount·ed ['maʊntɪd] [形] **1** 騎在馬上的；騎馬執勤的：~ police 騎警隊。**2**〖軍〗機動力的。**3** 固定的，安裝好的。**4** 計好的，安排好的。
Moun·tie, Mount·y ['maʊntɪ] [名]《口》加拿大皇家騎警隊隊員。

mount·ing ['mauntɪŋ] 名 1 U上馬；登臺；裝置。2 襯紙；座子；炮臺；柄。

Mount 'Vernon 名 佛南山：美國 Virginia 州臨 Potomac 河的史蹟；George Washington 的宅第和墓園在此。

·mourn [mɔrn] 動 不及 1 感嘆，悲傷《*over...*》：～ *over* one's failure 感嘆失敗。2（爲死者）傷心；服孝《*for...*》：～ *for* the dead 爲死者感傷。—及 1 表示傷感。2 哀悼；服喪。3 感嘆地說。

mourn·er ['mɔrnə] 名 1 哀痛者；參加喪禮的人，送葬者。2《美》懺悔者。

·mourn·ful ['mɔrnfəl] 形 1 悲傷的，沉痛的：in ～ numbers 用悲哀的調子。2 悼死者的，哀悼的。3 陰沉的，哀傷的：a ～ voice 悲哀的聲音。～·ly 副，～·ness 名

mourn·ing ['mɔrnɪŋ] 名 U 1 悲哀，悲嘆，哀悼。2 表達哀悼之意，服喪；喪服，喪章：go into ～ 著喪服，服喪 / go out of ～ 除喪，服完喪。—形 1 感嘆的，哀悼的；服喪用的。2《俚》眼圈青腫的；（指甲）骯髒的，污黑的。～·ly 副

'mourning ˌband 名 喪章，黑紗帶。

'mourning ˌcoach 名 靈柩車。

'mourning ˌdove 名〖鳥〗哀鴿。

:mouse [maus] 名（複 **mice** [maɪs]）1〖動〗鼠；小老鼠的通稱。2《俚》（挨揍造成的）眼圈青腫。3《俚》年輕女子。4 膽小的人，個性內向的人。5〖電腦〗滑鼠。

drunk as a mouse 酩酊大醉。

like a drowned mouse 慘兮兮的。

—[mauz] 動（**moused, mous·ing**）及 搜尋，搜捕。—不及 1 捕老鼠。2 躡手躡腳地走動；悄悄地窺伺著（獵物）。

'mouse ˌcolor 名 U C 鼠灰色。

mous·er ['mauzə] 名 1 捕鼠動物。2 徘徊走動的人，到處找食物的人。

'mouse ˌpad 名 滑鼠墊。

'mouse poˌtato 名《口》整天坐在電腦前的人，沉迷於網路的人。

mouse·trap ['mausˌtræp] 名 1 捕鼠器；U 劣質乳酪：～ cheese 品質很差的乳酪。2〖美足〗以假動作或佯攻誘使對手離位的戰術。

mous·sa·ka [mu'sɑkə] 名 U〖希臘菜〗碎肉茄子。

mousse [mus] 名 C U 1〖烹飪〗(1) 慕斯。(2) 肉凍；魚凍。2 慕斯，泡沫髮膠。

mousse·line [mus'lin] 名 U C 摻有起泡沫的奶油或蛋白的荷蘭調味汁。

mous·tache ['mʌstæʃ, mə'stæʃ] 名《主英》= mustache.

mous·y ['mausɪ] 形（**mous·i·er, mous·i·est**）1 類似老鼠的；（女性）不美的，沒有魅力的。2 靜悄悄的：a ～ voice 私語聲。3 多老鼠的。

-i·ly 副，**-i·ness** 名

mouth [mauθ] 名（複～s [mauðz]）1 口，口腔：Good medicine is bitter to the ～.《諺》良藥苦口。2 人，動物。3 發言，表達；人言，傳聞；多嘴，傲慢的口氣，吹牛；多嘴的習慣：in everyone's ～ 成爲世人的話題 / give ～ to one's grievance 吐露委屈。4 (1) 嘴唇：kiss (a person) on the ～ 親嘴，接吻。(2)（噘著嘴的）鬼臉。5（出入）口；（風琴管的）側面的孔；（笛子的）洞，吹口；槍口，炮口；馬嘴：the ～ of a bottle 瓶口 / the ～ of a river 河口。6（剪刀等的）夾東西之處。

by word of mouth 用口傳，用口述。

down in the mouth《口》垂頭喪氣的。

from hand to mouth ⇨HAND 名（片語）

from mouth to mouth 口口相傳，一傳十十傳百地；一個接一個地。

give mouth（狗）吠。

have a big mouth《俚》大聲說話；大言不慚；隨便亂說。

keep *one's* ***mouth shut***《俚》守口如瓶。

out of *a person's* ***mouth*** 人云亦云。

put *one's* ***money where*** *one's* ***mouth is***《俚》以行動表示自己的意見。

put (the) words into *a person's* ***mouth*** (1) 教某人怎麼說。(2) 聲稱是某人講的話。

smash mouth《美俚》接吻。

shoot off *one's* ***mouth*** 信口開河，滔滔不絕。

stop *a person's* ***mouth*** 使某人沉默；殺害某人以滅口。

take the words out of *a person's* ***mouth*** 搶先道出他人心裡的話。

with one mouth 異口同聲地。

with open mouth 率直地；大聲地。

—[mauð] 動 及 1 裝腔作勢地說；用嘴形無聲地說出；叨絮地說。2 放進嘴裡；用嘴摩擦，銜，慢慢嚼。3 使習慣於馬銜和韁繩。—不及 1 用演說的語氣講話。2（噘著嘴）扮鬼臉。～**·less** 形

mouthed [mauðd] 形《複合詞》有…嘴的：a narrow-*mouthed* jar 小口瓶。

mouth·er ['mauðə] 名 裝腔作勢的人；大言不慚的人；滔滔雄辯的人。

·mouth·ful ['mauθˌful] 名 1 滿口；一口：eat it in big ～*s* 大口地吃。2《通常作 a ～》少量《*of...*》。3 冗長的話；很長的字［片語］；《美俚》一針見血的一句話。

'mouth ˌorgan 名 口琴。

mouth·piece ['mauθˌpis] 名 1（容器等的）口，口承；（樂器等的）吹口，嘴；護牙套：the ～ of a telephone 電話的送話口。2 嚼口，馬銜。3 代言人；發言人。4《俚》律師，刑事辯護律師。

mouth-to-mouth ['mauθtə'mauθ] 形 嘴對嘴的：a ～ resuscitation 嘴對嘴人工呼吸法。

mouth·wash ['mauθˌwɔʃ, -ˌwɑʃ] 名 U C 漱口劑，漱口藥水。

mouth-wa·ter·ing ['mauθˌwɔtərɪŋ] 形 令人垂涎欲滴的，勾起食慾的：a ～ dessert 一道令人垂涎的甜點。

M

mouth·y ['maʊðɪ, -θɪ] 形 (**mouth·i·er, mouth·i·est**) 聒噪的；愛說話的；大言不慚的。

-i·ly 副, **-i·ness** 名

mou·ton ['mutɑn] 名 U 染色綿羊毛皮。

mov·a·ble ['muvəbl̩] 形 **1** 可動的，可移動的。**2** 日期逐年而變的：~ feast 日期逐年而變的節日。

—名《通常作 ~**s**》動產，家具。

~**·ness** 名, **-bly** 副

:move [muv] 動 (**moved, mov·ing**) 不及 **1** 動，移動；搖動；轉動；《口》離去，出發：~ uneasily 好像坐著不舒服地扭動全身。**2** 搬家，遷居；(民族) 遷移：~ into a new house 遷入新居 / ~ from New York to Chicago 從紐約遷往芝加哥。**3** 前進；進行，進展；〖商〗行銷，銷售。**4** (腸) 通暢。**5** 活躍於《*in, among...*》：~ *in* literary circles 活躍於文壇上。**6** 採取措施，策劃；表示動向《*on...*》：~ against the plan 策動反對那項計畫。**7** 申請，正式要求《*for...*》。**8** 走棋子。—及 **1** 擺動；使移動；搖動；使運轉。**2** 使感動；《被動》懷著 (感情)《*with...*》；煽動，催促；使激發《*to...*》。**3**〖商〗賣，脫售。**4** 使 (腸) 通便。**5** 提出；申請《*for...*》；提出臨時動議。**6** 走 (棋子)。

***move about* [*around*]** (1) 四處走動。(2) (因工作等) 常常遷居，到處旅行。

move along《命令》(1) 離開！(2) 往前進！

move away 搬家。

***move heaven and earth to* do** 竭盡全力去做…。

move house 搬家。

move in (1) 遷入新居。(2) 接近，偷偷靠近。

move in on...《口》(1) 接近，偷偷靠近。(2) 攻擊。(3) 企圖從 (人) 手中奪取對某物的控制權等。(4) 突然到 (人) 的家去。(5) 施加壓力。(6) 強行介入。

move off (1)《口》離去。(2) 出發。

move on (1) 繼續行進。(2) 轉移到較好的工作[住所，生活]。(3) 轉到 (別的話題)《*to...*》。

move out 搬走，搬出。

move over (1) 挪出空位。(2) 退讓。

move up (1) = MOVE over. (2) (使) 晉升。(3) 上揚。(4)〖軍〗出戰。

—名 **1** 動，運動，移動。**2** 遷居，搬家。**3** 移動棋子，一著。**4** 步驟，處置，措施，手段。

get a move on《口》趕快；趕緊行動；開始。

make a move (1) 移動，動身，離去。(2) 採取措施，採取行動。

on the move《口》(1) 忙，繁忙。(2) 輾轉移動。(3) 前進中的，進行中的。

move·a·ble ['muvəbl̩] 形 名 = movable.

:move·ment ['muvmənt] 名 **1** U 動，運動，移動；C〖軍〗調動；起落。**2** 動作，舉止；《~**s**》姿態，態度。**3** (政治性、社會性的) 運動；運動組織：the ~ toward peace 和平運動。**4**《通常作 ~**s**》行動，動靜。**5** U 動向，趨勢：be in th ~ 跟上潮流。**6** U 急遽進展，波折；情節變化，曲折。**7** U C 轉變，發展；變動。**8** U〖美〗動態效果；〖詩〗節奏感。**9** U 活躍；變動，波動。**10** 排便；排泄物 have painful ~*s* 排硬便。**11** 擺動零件，機器裝置。**12**〖樂〗樂章；韻律，節奏。**1** 《the M-》= women's movement.

mov·er ['muvɚ] 名 **1** 行動者。**2** 主動者；提議者。**3** 搬家業者。**4** 移居者。

movers and shakers 有力人士。

the first mover (1) 原動力；發動機。(2) 提倡者，發起人。

:mov·ie ['muvɪ] 名《美口》**1** 電影；電影劇本：take a home ~ of the graduation ceremony 把畢業典禮拍成八釐米的電影。《通常作 **the** ~》電影院。**3**《~**s**》(1)《通常作 **the** ~**s**》電影事業，電影界。(2) 電影。(3) 電影上映。

go to the movies 去看電影。

mov·ie·dom ['muvɪdəm] 名 U 電影界。

mov·ie·go·er ['muvɪ,goɚ] 名 電影迷。

movie·land ['muvɪ,lænd] 名 **1** 影城。U《集合名詞》電影界，影壇。

movie·maker ['muvɪ,mekɚ] 名 電影製片家。

'movie ,star 名《美》電影明星。

'movie ,theater 名《美》電影院。

mov·ing ['muvɪŋ] 形 **1** 動的，移動中的 a ~ target 移動中的目標。**2** 驅動的，運轉的。**3** 搬家用的：~ expenses 搬家費用。**4** 煽動的，唆使的；使人感動的；令人感傷的：the ~ agent of a conflict 紛爭的煽動者。~**·ly** 副

'moving 'pavement [《美》**'side-walk**] 名《英》= travelator.

'moving 'picture 名 電影 = motion picture.

'moving 'staircase 名 = escalator 1.

'moving ,van 名《美》= pantechnicon.

·mow[1] [mo] 動 (~**ed**, ~**ed** 或 **mown**, ~**ing**) 及 **1** 割《偶用 *down*》：~ (*down*) the hay 割乾草。**2** 大殺戮，屠殺《*down*》。—不及 割取，收割。

mow[2] [maʊ] 名《美》**1** 乾草或穀物堆置處。**2** 乾草或稻穀堆。

mow[3] [maʊ] 名《古》(譏諷的) 鬼臉。—動 不及 扮鬼臉，把嘴撇成八字形。

mop and mow ⇨ MOP[2] (片語)

mow·er ['moɚ] 名 刈割者；割草機；收割機。

mow·ing ['moɪŋ] 名 **1** U 收割，除草；C 割取的草量。**2** 牧草場。

mown [mon] 動 **mow**[1] 的過去分詞。

mox·a ['mɑksə] 名 U〖植〗艾。

Mo·zam·bique [,mozəm'bik] 名 莫三比克 (共和國)：位於非洲東南部；首都

爲馬布多（Maputo）。

-bi·can [-'bikən] ㊍㊔莫三比克的[人]。

Mo·zart ['mozɑrt] ㊔ **Wolfgang Amadeus**, 莫札特（1756－91）：奧國作曲家。

moz·za·rel·la [ˌmɑtsə'rɛlə] ㊔ Ⓤ一種義大利產的白色淡味乳酪。

MP 《縮寫》*M*ilitary *P*olice.

mp. 《縮寫》〖樂〗*m*ezzo *p*iano.

M.P. 《縮寫》*M*ember of *P*arliament 下議院議員；*M*etropolitan [*M*ilitary, *M*ounted] *P*olice.

mpg, m.p.g. 《縮寫》*m*iles *p*er *g*allon.

mph, m.p.h. 《縮寫》*m*iles *p*er *h*our.

MP3 [ˌɛmpi'θri] ㊔〖電腦〗音樂格式檔。

:Mr., 《英尤作》**Mr** ['mɪstɚ] ㊔（複 **Messrs.** ['mɛsɚz]）**1**《冠於男子姓名、職業之前》先生，閣下，君。**2**《冠於地名、職業別等》當地的男性代表。

Mr. Big 《美俚》首腦，頭子。

Mr. Right 《口》未來的丈夫，理想對象，如意郎君。

MRA 《縮寫》*M*oral *R*e-*A*rmament.

MRBM 《縮寫》*m*edium *r*ange *b*allistic *m*issile 中程彈道飛彈。

MRI 《縮寫》*m*agnetic *r*esonance *i*maging〖醫〗核磁共振造影法。

:Mrs., 《英尤作》**Mrs** ['mɪsɪz, 'mɪsɪs] ㊔（複 **Mrs., Mmes.** [me'dɑm]）**1** 對已婚婦人的敬稱；《冠於夫姓》女士，夫人；《冠於夫姓名》…氏夫人；《冠於夫名》…先生的太太；《冠於已婚婦人的姓名》夫人。**2**《冠於地名、職業別等》當地的女性代表。**3**《口》妻子；《the ～》（他人的）妻子，太太。

MRT 《縮寫》*m*ass *r*apid *t*ransit (system) 大眾捷運（系統）。

MS 《縮寫》*M*is*s*issippi.

Ms., Ms [mɪz] ㊔(複 **Mses** 或 **Ms's** ['mɪzɪz])《對未婚或已婚女性的敬稱》女士，小姐。

MS., ms. 《縮寫》*m*anu*s*cript.

M/S 《縮寫》〖商〗*m*onths after *s*ight 見票後…個月支付；*m*otor *s*hip.

M.S.A. 《縮寫》*M*aster of *S*cience in *A*griculture 農業科學碩士。

M.Sc., MSc 《縮寫》*M*aster of *Sc*ience 理科碩士。

MSG 《縮寫》*m*ono*s*odium *g*lutamate 味精。

MSS 《縮寫》〖電腦〗*m*ass *s*torage *s*ystem.

MST, M.S.T., m.s.t. 《縮寫》《美》*M*ountain *S*tandard *T*ime 山地標準時間。

Mt., mt. 《縮寫》*M*oun*t*《冠於山名》…山；*m*oun*t*ain.

MT 《縮寫》*M*on*t*ana.

M.T. 《縮寫》*m*etric*t*on; *M*ountain *t*ime.

Mts., mts. 《縮寫》*m*oun*t*ain*s*.

MTV 《縮寫》*M*usic *T*ele*v*ision 音樂電視。

mu [mju] ㊔ⓊⒸ希臘字母第十二個字母（M, μ）。

:much [mʌtʃ] ㊍ (**more, most**) **1** (1)《加於不可數名詞之前》多的，大量的，巨額的：～ money 大量的錢。(2)《前接 **how, as, so, too, this, that, very** 等》約…數量[數額]的，僅有…的：nearly *as* ～ wine 約等量的酒。**2**《美方》多數的。─㊹ **1** (1) 多量，巨額。(2)《前接 **how, as, so, too, this, that, very** 等》…的量，約：*Too* ～ is as bad as too little.《諺》過猶不及。**2**《敘述用法》不得了的事[物]，重要的事[物]。**3**《用於否定》了不起的人[事，物]。

be too much for... 《口》非…應付得了，超出…的能力。

by much 大大地，甚，極其地。

make much of... (1) 重視。(2) 器重，尊重；疼愛，嬌寵；恭維。(3) 理解。

much of a muchness 《口》不相上下，大同小異。

not say much for... / not think much of... 對…不太重視，對…評價不高。

so much for... (1) 對…就只（給）那麼多[只到此爲止]。(2) 所謂…不過如此而已。

─㊇ **1**《修飾動詞或全句》(1) 大大地，非常。(2)《前接 **how, as, so, too, that, very** 等》約有…之多，到…的程度：talk *too* ～ 說得太多。**2**《通常修飾過去分詞或形容詞、副詞的比較級和最高級》…多，更。**3** 長時間；屢次。**4** 大致上，幾乎。**5**《美方》非常。

as much ⇨㊍ 1 (2), ㊹ 1 (2), ㊇ 1 (2).

as much (...) as... (1) 與…等量[同額]，盡…那樣多；與…相同的程度。(2)《與數詞連用》約。(3) 事實上，幾乎。(4) 雖然。

as much as to say... 幾乎等於是說。

not be much on ... 《口》(1) 對…不熱心。(2) 對…無益；不擅於。

Not much! 《口》當然不！那有這回事?!

not so much as... 連…都不[沒有]。

not so much (...) as... (1) 沒有像…一樣（多）的；沒…那麼（多）的。(2) 與其說是…不如說是。

so much... (1) ⇨㊍ 1 (2). (2)⇨㊹ 1 (2). (3) ⇨㊇ 1 (2). (4) 簡直…，全是…。

so much so that... …的程度，這樣。

so much the better 那就更好。

that much (1) ⇨㊍ 1 (2). (2) ⇨㊹ 1 (2). (3)⇨㊇ 1 (2).

this much (1)⇨㊍ 1 (2). (2) ⇨㊹ 1 (2).

without so much... / with not so much as... 連…都沒有。

─㊅ ㊄《方》疼愛，寵愛。

much·ly ['mʌtʃlɪ] ㊇《諧》大爲，非常。

much·ness ['mʌtʃnɪs] ㊔《古》多量。

much of a muchness ⇨ MUCH ㊔（片語）

mu·ci·lage ['mjusəlɪdʒ] ㊔Ⓤ **1** 黏漿劑。**2** 黏質；植物的黏液。**-lag·i·nous** [-'lædʒənəs] ㊍ 會分泌黏液的；有黏性的。

muck [mʌk] ㊔Ⓤ **1** 肥料，堆肥。**2** 腐殖

M

土。3 污物，垃圾；《主英口》廢物，破爛；《口》雜亂的狀態：make a ～ of... 將…弄髒。4 廢料。一動 及 1 施肥。2 弄髒；《英俚》糟塌；弄糟；使混亂《*up*》。一不及《英俚》偷懶，遊手好閒，混日子《*about, around*》。

muck in 協力合作《*with...*》。

muck out 清掃（馬廄）；刷洗（馬）。

muck·a·muck ['mʌkə,mʌk] 名 1 大人物，要人。2 U食物。

muck·er ['mʌkɚ] 名 1《英俚》粗野的人，沒有教養的人；出差錯的人。2 挑除廢石的工人。3《英俚》重重的一跤；不幸：come a ～ 跌得四腳朝天；失敗。

muck·rake ['mʌk,rek] 動 不及 揭發貪污等醜聞，爆料；扒糞。一名 1 糞耙子。2 U 醜聞的揭發。**-rak·er** 名 揭發醜聞的人，爆料者。

muck·rak·ing ['mʌk,rekɪŋ] 名 U 揭發醜聞，揭弊。

'muck ,sweat 名《英口》大量出汗（亦作 **mucksweat**）。

muck-up ['mʌk,ʌp] 名《英俚》混亂。

muck·y ['mʌkɪ] 形 (**muck·i·er, muck·i·est**) 1 堆肥（似）的；骯髒的。2《英口》卑鄙的；卑賤的；潮溼沉悶的。

mu·cous ['mjukəs] 形（含）黏液的；黏液狀的：～ membrane 黏膜。

mu·cus ['mjukəs] 名 U 黏液；樹脂；鼻涕，鼻屎。

M

·**mud** [mʌd] 名 U 1 泥土，泥漿。2 廢物，渣；不光榮的事物；誹謗，中傷。3 討人厭的人[物]。4《美俚》鴉片；《俚》廉價咖啡。

as clear as mud《諷》根本不清楚。

drag...through the mud 在（名字）上塗泥巴，使蒙羞。

***fling mud at** a person* 罵，中傷，毀謗某人。

Here's mud in your eye！《俚》乾杯！

A person's ***name is mud.*** 名聲掃地。

stick in the mud 陷入泥沼，陷於困境；遭受悲慘境遇。

一動 (～**·ded**, ～**·ding**) 及 1 以泥土弄髒，塗以泥巴。2 用泥土弄髒；使變混濁。

一不及 鑽入泥中，藏入泥中。

'mud ,bath 名 泥浴（可治風溼病等）。

mud·dle ['mʌdl̩] 動 及 1 使變得亂七八糟，使混亂《*up, together*》：～ *up* the answers 支吾其詞。2 使變得遲鈍。3 使混濁；《美》攪拌。4 浪費《*away*》。

一不及 1 在泥中打滾。2 胡亂地做，迷糊地過日子。

muddle about 胡亂而瞎忙地做事；閒蕩。

muddle on [***along***] 混日子；敷衍了事。

muddle through 鬼混過去。

一名《通常作 **a** ～》1（精神上的）混亂狀態，迷糊。2 混亂，雜亂。

make a muddle of... 弄壞…。

mud·dle·head ['mʌdl̩,hɛd] 名《口》糊塗蟲，笨蛋。

mud·dle·head·ed ['mʌdl̩'hɛdɪd] 形 迷糊的；遲鈍的，不合要求的。

mud·dler ['mʌdlɚ] 名 1（飲料的）攪拌棒。2 做事敷衍的人。

·**mud·dy** ['mʌdɪ] 形 (**-di·er, -di·est**) 1 沾泥的，多泥的；〖賽馬〗泥濘的，泥溼的。2 混濁的；渾濁的，模糊的；暗淡的，沒有光澤的。3 糊塗的；曖昧的，混亂的。一動 (**-died**, ～**·ing**) 及 1 使沾滿泥，以泥弄髒，使變得泥濘。2 使混濁。3 使變得混亂《偶與 *up* 連用》。4 有損（名聲）。

-di·ly 副, **-di·ness** 名

'mud ,flat 名（退潮後露出的）泥灘。

mud·flow ['mʌd,flo] 名 泥流。

mud·guard ['mʌd,gɑrd] 名 擋泥板（《美》fender）。

mud·pack ['mʌd,pæk] 名 敷臉泥膏。

'mud ,pie 名（兒童做的）泥餅。

mud·slide ['mʌd,slaɪd] 名 土石流，山洪。

mud·sling·ing ['mʌd,slɪŋɪŋ] 名 U 中傷，誹謗，人身攻擊。**-sling·er** 名

'mud ,turtle 名〖動〗泥龜，淡水龜。

mues·li ['mjuzlɪ] 名 U cereal 的一種。

mu·ez·zin [mju'ɛzɪn] 名（回教寺院的）呼報祈禱時刻的人。

muff [mʌf] 名 1 女用暖手筒。2 耳毛。3 失敗，失策；〖運動〗球漏接失誤：make a ～ of the business 把事情弄糟。4 笨拙的人；運動技術差勁者；笨蛋，蠢才。

一動 及《口》搞砸，弄糟《偶用 *up*》〖運動〗漏接。

muf·fin ['mʌfɪn] 名 1《英》圓形小鬆糕，馬芬糕。2《美》鬆餅。

muf·fle ['mʌfl̩] 動 及 1 包裹，裹住，覆蓋；把身體裹在衣服裡《*up*》：～ *up* oneself well 把自己裹得緊緊地。2 蓋住，包紮；消除，抑住；減弱：a ～*d* cry of pain 壓抑住苦痛的叫聲。一名 1 包紮物，罩子。2 抑住的聲音。3（反芻動物等的）上唇露肉部分及鼻子。4（爐、窯的）間接加熱室。

muf·fler ['mʌflɚ] 名 1 圍巾。2 滅音器；（鋼琴內）裹在琴槌上的絨氈；《主美》汽車的消音器（《英》silencer）。

muf·ti ['mʌftɪ] 名 (複～**s**) 1 U 便服：in ～ 穿著便服。2 回教法典說明官；法律顧問；《**M-**》（回教的）宗教關係最高權威。

mug¹ [mʌg] 名 1 大杯子；一大杯的量：a ～ of cocoa 一杯可可。2《俚》臉，面；臉部照片；鬼臉；嘴。3《俚》暴徒，無賴。4《英俚》傻瓜，笨蛋；易上當的人：a ～*'s* game 無益的行為，徒勞無功。

一動 (**mugged**, ～**·ging**) 及 1《美俚》拍攝臉部照片。2 襲擊；從背後偷襲並勒住脖子。一不及《俚》為引人注意而扮鬼臉；表情誇張。

mug² [mʌg] 動 (**mugged**, ～**·ging**) 不及

《英俚》拚命用功《 *at...* 》。—圆拚命攻讀《 *up* 》。—图 **1** 考試。**2** 書呆子。

mug·gee [,mʌ'gi] 图遭暴力搶劫者。

mug·ger ['mʌgɚ] 图 **1** 強盜，土匪。**2** 做出誇張表情以逗人發笑的喜劇演員。

mug·ging ['mʌgɪŋ] 图 ⓊⒸ 暴力搶劫。

mug·gins ['mʌgɪnz] 图《英俚》傻瓜，蠢才。

mug·gle ['mʌgl] 图麻瓜：「哈利波特」書中巫師界對不會魔法的人類的通稱。

mug·gy ['mʌgɪ] 形 **(-gi·er, -gi·est)** 潮溼的，悶熱的。**-gi·ly** 副, **-gi·ness** 图

mug·house ['mʌg,haus] 图啤酒屋。

'mug ,shot 图臉部檔案照片。

mug·wump ['mʌg,wʌmp] 图《美》**1**（政治上）獨來獨往的人，超然派議員；中立分子，騎牆派的人。**2** 要人，大人物。

Mu·ham·mad [mu'hæməd] 图穆罕默德（570－632）：阿拉伯的預言家，回教的創始人（亦稱 **Mohammed**）。

Mu·ham·mad·an, -med·an [mu'hæmədən] 图 形 = Muslim.

mu·lat·to [mə'læto] 图(複～es) **1** 白人與黑人的第一代混血兒。**2** 黑白混血兒。—形 **1** 黑白混血（兒）的。**2** 淡褐色的。

mul·ber·ry ['mʌl,bɛrɪ] 图 **(複-ries) 1** 桑樹；桑椹。**2** Ⓤ 深紫（紅）色。

mulch [mʌltʃ] 图 Ⓤ《或作 **a**～》〖園〗護根物。—動 圆 覆蓋在…上護根。

mulct [mʌlkt] 图罰款，罰金。—動 圆 **1** 科以罰款《 *in, of...* 》：～ a person (*of*) ten dollars 對某人科以十元的罰金。**2** 騙取，奪走《 *of...* 》。

mule¹ [mjul] 图 **1** 騾。**2**《口》頑固者。**3** 走錠精紡機。**4**《美》（輕型）牽引機。**5**《俚》走私或兜售毒品者。

mule² [mjul] 图《通常作 ～**s**》拖鞋。

mule ,deer 图〖動〗黑尾鹿。

mule ,skinner 图《口》= muleteer.

mu·le·teer [,mjulə'tɪr] 图趕騾（人）。

mul·ish ['mjulɪʃ] 形（似）騾的；倔強的，頑固的。～**·ly** 副, ～**·ness** 图

mull¹ [mʌl] 動 不及 **1** 深思熟慮，思考，反覆地想《 *over...* 》：～ *over* the decision 仔細考慮那個決定。**2** 失策，失敗。—圆 **1** 弄壞，弄糟，糟塌，搞砸。**2**《美》針對…仔細考慮《 *over* 》。—图混雜，混亂，亂七八糟：make a ～ of... 弄糟…。

mull² [mʌl] 動 圆（加糖和香料）燙熱（酒類）以增加其甘醇芳香。

mull³ [mʌl] 图 Ⓤ 柔軟質薄的棉布。

mull⁴ [mʌl] 图《蘇》岬。

mul·la(h), mol- ['mʌlə] 图 **1** 回教國家對律法學家的敬稱。**2** 地方法院法官。

mul·le(i)n ['mʌlən] 图〖植〗毛蕊花。

mul·let¹ ['mʌlɪt] 图 **(複～, ～s)**〖魚〗烏魚，鯔。

mul·li·ga·taw·ny [,mʌlɪgə'tɔnɪ] 图 Ⓤ（東印度的）咖哩調味雞湯。

mul·lion ['mʌljən] 图〖建〗豎框，直櫺。

-lioned 形用豎框隔開的。

multi-《字首》表「多」、「多樣的」、「多數的」之意。

mul·ti(-)ac·cess [,mʌltɪ'æksɛs] 形〖電腦〗多重存取的。—图多重存取系統。

mul·ti·bil·lion [,mʌltɪ'bɪljən] 形億萬的，天文數字的。

mul·ti·col·ored [,mʌltɪ'kʌlɚd] 形多色的，多彩的。

mul·ti·cul·tur·al [,mʌltɪ'kʌltʃərəl] 形多種文化的；為多種文化而設計的。

mul·ti·di·men·sion·al [,mʌltɪdə'mɛnʃənl] 形多面向的，多方面的。

mul·ti·dis·ci·pli·nar·y [,mʌltɪ'dɪsəplɪ,nɛrɪ] 形由多種學科構成的，綜合性的。

mul·ti·fac·et·ed [,mʌltɪ'fæsətɪd] 形多方面的，多特質的；多才藝的。

mul·ti·far·i·ous [,mʌltə'fɛrɪəs] 形 **1** 具有多種不同部分的。**2**《與複數形連用》各式各樣的：～ interests 多方面的興趣。～**·ly** 副, ～**·ness** 图

mul·ti·form ['mʌltə,fɔrm] 形具有多種形態的；各式各樣的。

mul·ti·func·tion, mul·ti·func·tion·al [,mʌltɪ'fʌŋkʃən(l)] 形多功能的。

mul·ti·head·ed ['mʌltɪ'hɛdɪd] 形多彈頭的。

mul·ti·lat·er·al [,mʌltɪ'lætərəl] 形 **1** 多邊的；多面性的。**2**〖政〗多國參加的：a ～ agreement 一項多邊協定。

mul·ti·lin·gual [,mʌltɪ'lɪŋgwəl] 形會說多種語言的；用數種語言說[寫]的。—图會說多種語言的人。～**·ism** 图 Ⓤ 多種語言的使用。

mul·ti·me·di·a [,mʌltɪ'midɪə] 图（複）《作單數》多媒體。—形多媒體的。

mul·ti·mil·lion·aire [,mʌltə,mɪljə'nɛr] 图千萬富翁，大富翁。

mul·ti·na·tion·al [,mʌltɪ'næʃənl] 图跨國企業。—形 **1** 多民族的；多國的。**2** 跨國的：～ corporation 跨國公司。

mul·ti·na·tion·al·ism [,mʌltɪ'næʃənə,lɪzəm] 图 Ⓤ 多國籍企業的經營。

mul·ti·no·mi·al [,mʌltɪ'nomɪəl] 图〖數〗多項式。—形多項的。

mul·tip·a·rous [mʌl'tɪpərəs] 形一產多胎的；多產的；〖植〗多出的。

mul·ti·par·ty ['mʌltɪ,pɑrtɪ] 形三黨以上的；由三黨以上組成的；多黨的。

mul·ti·pha·sic [,mʌltɪ'fezɪk] 形多面的，多項的。

mul·ti·ple ['mʌltəpl̩] 形 **1** 由多部分構成的；多數的，多方面的；複式[複合]的：a ～ personality〖心〗多重人格。**2**〖數〗倍數的。**3**〖電〗並聯的；多極的，複式的。—图 **1**〖數〗倍數《 *of...* 》。**2**〖電〗並聯。

mul·ti·ple-choice ['mʌltəpl̩'tʃɔɪs] 形從多項選擇中擇一正確答案的：a ～ question 複選題，多項式選擇題。

M

'multiple scle'rosis 名 U 〖病〗多發性硬化症。略作：MS

'multiple 'star 名〖天〗聚星。

mul·ti·plex ['mʌltə,plɛks] 形 1 多重的，複雜的。2〖電信·電話·廣播·電視〗多工發訊的。—名 1 多廳式電影院，影城。2 多工通訊方式。

mul·ti·pli·cand [,mʌltəplɪ'kænd] 名〖算〗被乘數。

mul·ti·pli·cate ['mʌltəplɪ,ket] 形 多數構成的，複合的；多面的；各式各樣的。

mul·ti·pli·ca·tion [,mʌltəplə'keʃən] 名 1 U C 增加，增大；繁殖，增殖。2 U〖算·數〗乘法：《a ～》乘法的演算。

multipli'cation ,sign 名 乘號 = times sign.

multipli'cation ,table 名 九九乘法表。

mul·ti·pli·ca·tive ['mʌltəplɪ,ketɪv] 形 1 增加的，有繁殖力的。2〖文法〗倍數詞的。3〖數〗乘法的，九九乘法的。—名〖文法〗倍數詞。～·ly 副

mul·ti·plic·i·ty [,mʌltə'plɪsətɪ] 名 (複-ties) 1《通常用 a [the] ～ of》大量，許許多多。2 U 多樣性。

mul·ti·pli·er ['mʌltə,plaɪɚ] 名 1 增加[繁殖]的人[物]；乘法器。2〖算〗乘數；〖理〗增效，擴程器，倍加器。

·mul·ti·ply ['mʌltə,plaɪ] 動 (-plied, ～·ing) 及 1 使增大[增加]；使變成多樣。2 相乘：～ 4 by 6 / ～ 6 and 4 together 把六和四相乘。3 增添，繁衍；使繁殖；使繁殖茂盛。

—不及 1 增加；傳開；繁殖；繁殖茂盛。2〖算〗做乘法。—['mʌltəplɪ] 副 好幾倍，複雜地。—名 (複-plies)〖電腦〗乘法運算。

mul·ti·po·lar [,mʌltə'polɚ] 形 多極的。

mul·ti·pur·pose [,mʌltɪ'pɝpəs] 形 用於多種目標的，多用途的。

mul·ti·ra·cial [,mʌltɪ'reʃəl] 形 多種族的，由多種族構成的。

mul·ti·stage ['mʌltɪ,stedʒ] 形（火箭）多節式的。

mul·ti·state ['mʌltɪ,stet] 形 1《美》跨州的。2 = multinational 形

multi'storey [multi-'deck] 'car ,park 名《英》立體停車場，多層停車場（《美》tiered parking lot）。

mul·ti·sto·ry,《英》**-rey** [,mʌltɪ'storɪ] 形 多層的。—名《英》多層建築物；立體停車場，多層停車場。

mul·ti·task·ing [,mʌltɪ'tæskɪŋ] 名 U〖電腦〗多工作業。

·mul·ti·tude ['mʌltə,tjud] 名 1 大群，大批《of...》；U 數目眾多，大量：the stars in their ～ 無數的星星。2 群眾，人群：an angry ～ 憤怒的群眾。3《the ～，常作 the ～s》《作單數》一般大眾，人民。

mul·ti·tu·di·nous [,mʌltə'tjudṇəs] 形 1 眾多的，無數的。2 多種的，各種的。3〖詩〗廣闊的，浩瀚的。～·ly 副

mul·ti·use ['mʌltə,jus] 形 活用的，多用途的。

mul·ti·va·lent [,mʌltə'velənt] 形〖化〗多價的。-lence 名

mul·ti·ver·si·ty [,mʌltɪ'vɝsətɪ] 名 (複-ties)《美》多元大學，綜合大學。

mum¹ [mʌm] 形《敘述用法》沉默的，不語的：(as) ～ as a mouse 守口如瓶。—感 肅靜！什麼都不要說！靜一點！

—名 U《口》無語，沉默。

Mum's the word！這是祕密！別聲張！

mum² [mʌm] 名《口》= chrysanthemum.

mum³ [mʌm] 名《主英》= mother¹.

mum·ble ['mʌmbl] 動 不及 及 1 嘟喃，咕噥，囁嚅：～ to oneself 喃喃自語。2 閉著嘴咀嚼。—名 低沉不清的話，喃喃的講話聲，囁嚅。-bler 名，-bling·ly 副

mum·bo jum·bo [,mʌmbo'dʒʌmbo] 名 (複～s) 1 U 迷信的咒語，無意義的儀式。2 U 意在令人混淆之複雜無意義的言行；急促不清的話。3《M- J-》西非黑人的守護神。

mum·mer ['mʌmɚ] 名 1 戴假面具出外作樂的人。2 演員；默劇演員。

mum·mer·y ['mʌmərɪ] 名 U 1 默劇，啞劇。2 虛矯做作的表演；虛禮。

mum·mi·fy ['mʌmɪ,faɪ] 動 (-fied, ～·ing) 及 1 做成木乃伊。2 使乾枯。

-fi·'ca·tion 名

mum·my¹ ['mʌmɪ] 名 (複-mies) 1 木乃伊；乾癟之物；枯瘦的人；沒生氣的人；行屍走肉。2 U 暗褐色顏料。

mum·my² ['mʌmɪ] 名 (複-mies)《主英》《幼兒語》媽咪。

'mummy ,case 名 木乃伊箱。

mump [mʌmp] 動 及《方》喃喃地說出。—不及《英》顯出不高興狀，鬧彆扭。

—名《～s》不高興：have the ～*s* 鬧彆扭，不悅。

mump·ish ['mʌmpɪʃ] 形 不悅的。

mumps [mʌmps] 名 (複)《作單數》《偶作 the ～》〖病〗流行性腮腺炎。

mu·mu ['mu,mu] 名 = muumuu.

munch [mʌntʃ] 動 及 用力咀嚼，貪饞地咀嚼《*up*》。—不及 大口地咀嚼，狼吞虎嚥《*away / at...*》。

munch·ies ['mʌntʃiz] 名 (複) 1 飢腸轆轆。2 簡餐。

mun·dane ['mʌnden] 形 1 宇宙的，地球的。2 人間的，塵世的；平凡的，陳腐的；世俗的：～ affairs 俗事。～·ly 副

'mung ,bean ['mʌŋ-] 名〖植〗綠豆。

mun·go ['mʌŋgo] 名 U 再製羊毛。

Mu·nich ['mjunɪk] 名 1 慕尼黑：位於德國南部，Bavaria 邦的首府。

·mu·nic·i·pal [mju'nɪsəpl] 形 地方自治單位的；市政的；市營的，市立的：～ government 市政府。

M

mu·nic·i·pal·i·ty [ˌmjunɪsəˈpælətɪ] 名 (複-ties)自治區；市鎮當局。

mu·nic·i·pal·ize [mjuˈnɪsəplˌaɪz] 動 及 使成爲自治市；把…收歸市營。

mu·nif·i·cence [mjuˈnɪfəsns] 名 U 大方，慷慨。

mu·nif·i·cent [mjuˈnɪfəsnt] 形 大方的，慷慨的；優厚的：a ～ reward 優厚的獎賞。～·ly 副

mu·ni·ment [ˈmjunəmənt] 名 《～s》〖法〗不動產所有權狀，有關不動產的證件。

mu·ni·tion [mjuˈnɪʃən] 名 1 《通常作 ～s》軍需品，軍火：a ～*s* plant 軍火工廠。2 必需品，資金《 *for...* 》。—動 及 供給軍需品。

Mun·ster [ˈmʌnstɚ] 名 孟斯特省：愛爾蘭共和國西南部的一個地區。

mu·on [ˈmjuɑn] 名〖理〗μ粒子。

-ˈon·ic 形

Mup·pet [ˈmʌpɪt] 名 1 手偶。2 《 m- 》《俚》笨蛋。

mu·ral [ˈmjʊrəl] 形 1 牆壁（似）的；壁面的，壁上的：a ～ precipice 絕壁，峭壁。2 古代裝在牆壁上之天體觀測儀的。—名 壁畫。

～·ist 名 壁畫家。

mur·der [ˈmɝdɚ] 名 1 U C 殺人，殺害，殺人罪；〖法〗謀殺，蓄意殺人；屠殺；C 兇殺案：a case of ～ 謀殺案。2 U 《俚》極困難之事，致命的事物。

cry blue murder 《俚》大聲喊叫，喊救命；大吵大鬧。

get away with murder 《俚》做壞事而能逃過懲罰；《俚》爲所欲爲。

judicial murder 合法但不恰當的死刑判決。

Murder will out. 《諺》壞事總會敗露的；紙包不住火。

The murder is out. 壞事揭露了，東窗事發；真相大白。

—動 及 1 殺，謀殺，殘殺。2 糟蹋（歌曲等）。3 消磨（時間）。—不及 犯殺人罪。

mur·der·er [ˈmɝdərɚ] 名 兇手，謀殺者。

mur·der·ess [ˈmɝdərɪs] 名 女殺人犯。

mur·der·ous [ˈmɝdərəs] 形 1 犯了謀殺罪的；想要殺人的；兇殘的；殺人的，行兇用的；有關殺人的，會使人喪命的；兇惡的。2 極困難的，要命的。

～·ly 副, ～·ness 名

muˌri'atic 'acid [ˌmjʊrɪˈætɪk-] 名 C 《俚》鹽酸。

Mu·ri·el [ˈmjʊrɪəl] 名〖女子名〗妙麗。

murk [mɝk] 名 U 《文》黑暗，陰暗：the ～ of night 夜色。—形 黑暗的。～·i·ly 副

murk·y [ˈmɝkɪ] 形 (murk·i·er, murk·i·est) 1 黑漆漆的；陰暗的。2 霧濛濛的，朦朧的。3 曖昧的，費解的。

mur·mur [ˈmɝmɚ] 名 1 低沉不清的持續聲：the ～ of the sea 海潮的呢喃聲。2 低語（聲）：a ～ of regret 喃喃表示遺憾的低語。3 嘟噥：without a ～ 沒有半句怨言。4〖醫〗雜音：heart ～ 心臟雜音。—動 不及 1 發出低沉持續的聲音；沙沙作響，潺潺地流。2 低語，小聲說話；抱怨《 *about, at, against...* 》。—及 小聲地說；嘟噥著說。

～·er 名, ～·ing·ly 副

mur·mur·ous [ˈmɝmərəs] 形 沙沙響的；發出低沉持續聲音的；喃喃低語的。

～·ly 副

mur·phy [ˈmɝfɪ] 名 (複-phies)《俚》馬鈴薯。

'Murphy's 'Law 名 莫非定律：會出錯的地方，就一定出錯。

mur·rain [ˈmɝɪn] 名 U〖獸病理〗牛瘟，牛疫。

mus. 《縮寫》*mus*eum; *mus*ic(al); *mus*ician.

mus·cat [ˈmʌskət] 名 1 麝香白葡萄。2 麝香葡萄乾。

mus·ca·tel [ˌmʌskəˈtɛl], **-del** [-ˈdɛl] 名 U 甜葡萄酒。

·**mus·cle** [ˈmʌsl] 名 1 U C 肌肉；〖解〗肌，肌肉組織；筋肉。2 U 力氣，體力：a man of ～ 有力氣的男人。3 U 《俚》力量，實力；權力，勢力，壓力。4 U 必要的東西，基本要素。

have muscle with a person 對人有影響力。

not move a muscle 一動也不動，毫不畏懼。

—動 (-cled, -cling) 及 1 《口》強行打開。2 加強肌肉；使強壯。—不及 《美口》強行進入，強行插入一腳《 *in / on...* 》。

～·less 形 沒有肌肉的；纖弱的。

mus·cle(-)bound [ˈmʌslˌbaʊnd] 形 1 肌肉僵硬的。2 缺乏彈性的，僵硬的。

mus·cle·man [ˈmʌslˌmæn] 名 (複-men)《美俚》1 暴徒，打手。2 保鏢。

Mus·co·vite [ˈmʌskəˌvaɪt] 名 1 莫斯科人；莫斯科大公國的人。2 《古》俄國人。3 U 《 m- 》白雲母。—形 莫斯科（大公國）的；莫斯科人的；俄國（人）的。

Mus·co·vy [ˈmʌskəvɪ] 名 1 莫斯科大公國。2 《古》= Russia.

mus·cu·lar [ˈmʌskjəlɚ] 形 1 肌肉的；影響肌肉的。2 肌肉發達的，強壯的：a ～ arm 強壯的手臂。3 強有力的；強烈的，剛健的：～ prose 文筆遒勁的散文。4 透過肉體活動的。

-ˈlar·i·ty 名, ～·ly 副

'muscular 'dystrophy 名 U〖病〗肌肉萎縮症。

mus·cu·la·ture [ˈmʌskjələtʃɚ] 名 U C〖解〗肌肉組織，肌肉系統。

muse [mjuz] 動 不及 《文》1 沉思，靜思；陷於沉思中《 *on, upon, over...* 》：～ *over* past memories 沉湎在過去的回憶中。2 邊沉思邊凝視，若有所思地注視。

M

—⟨及⟩ **1** 詳細考慮；沉思。**2** 若有所思地說。

Muse [mjuz] ⟨名⟩ **1**〖希神〗繆司。**2**《偶作 **m-**》《**the** ～》《主文》詩神；詩的靈感。**3**《**m-**》詩才；詩人。

:mu·se·um [mju'ziəm] ⟨名⟩ 博物館，美術館，紀念館，陳列館：a historical ～ 歷史博物館。

mu'seum ˌpiece ⟨名⟩ **1** 老古董，過時的東西[人]。**2** 重要藝術品，珍品。

mush[1] [mʌʃ,《主方》mʊʃ] ⟨名⟩ ⟨U⟩ **1**《美》玉米粥。**2** 糊狀的東西；一團不成形的東西。**3**《口》多愁善感；愚蠢的多情；蠢話。**4** 優柔寡斷的態度。

make a mush of...《口》弄糟…。

—⟨動⟩ ⟨及⟩ ⟨不及⟩ **1**《方》變成糊狀的一團。**2**《美俚》變得多愁善感[愛哭]。

mush[2] [mʌʃ] ⟨動⟩ ⟨不及⟩ 乘狗拖雪橇旅行。

—⟨感⟩《向拉雪橇的狗下命令》出發！前進！

—⟨名⟩ 狗拖雪橇的旅行。

mush[3] [mʊʃ] ⟨名⟩《英俚》**1**《通常用單數》臉。**2**《用於稱呼》= fellow. **3** = mustache.

·mush·room ['mʌʃrum, -rum] ⟨名⟩ **1** ⟨C⟩ ⟨U⟩ 帽菌族植物；其可食用部分；蕈，菇。**2** 似蕈的東西。**3** 蕈狀雲。**4**《俚》雨傘。**5**《俚》傘形帽。**6**《古》飛黃騰達的人，暴發戶。

—⟨形⟩ **1** 蕈的；含蕈的；蕈形的。**2** 急速成長的；不持久的；暴發的；短命的。—⟨動⟩ ⟨不及⟩ **1** 採蕈。**2** 變成蕈形；迅速成長，急遽擴散。

mushroom ˌcloud ⟨名⟩ 蕈狀雲。

'mushroom ˌtown ⟨名⟩ 新興城市。

mush·y ['mʌʃɪ] ⟨形⟩ (**mush·i·er, mush·i·est**) **1** 粥狀的。**2**《口》多愁善感的。

:mu·sic ['mjuzɪk] ⟨名⟩⟨U⟩ **1** 音樂：vocal ～ 聲樂。**2** 樂音。**3** 樂曲：a piece of ～ 一首曲子 / perform ～ 奏樂。**4** 樂譜；《集合名詞》樂曲集：play on the ～ 照樂譜演奏 / play without ～ 不看樂譜演奏。**5** 音樂般的聲音，美妙的聲音。**6** 音樂的鑑賞力，音感。

face the music 慨然承擔自己所做所為的後果；勇於面對困難；坦然接受責備。

·mu·si·cal ['mjuzɪkl] ⟨形⟩ **1** 音樂（般）的；奏出音樂的，樂曲的；和諧悅耳的：a ～ voice 美妙的聲音。**2** 喜歡音樂的，擅長音樂的。**3** 配上音樂的：a ～ film 音樂（影）片。—⟨名⟩ = musical comedy.

-'cal·i·ty, ～**·ness** ⟨名⟩

'musical ˌbox ⟨名⟩《英》= music box.

'musical 'chairs ⟨名⟩(複)《作單數》**1** 隨樂聲搶椅子遊戲。**2**《諷》你爭我奪；組閣等的大搬風把戲。

'musical 'comedy ⟨名⟩ 歌舞喜劇。

mu·si·cale [ˌmjuzɪ'kæl] ⟨名⟩《美》（在社交聚會中舉行的）私人音樂會。

mu·si·cal·ly ['mjuzɪkəlɪ] ⟨副⟩ 音樂上，在音樂方面；音樂般地。

'music 'box ⟨名⟩《美》音樂盒（《英》musical box）。

'music ˌdrama ⟨名⟩ 音樂劇。

'music ˌhall ⟨名⟩ **1**《主美》音樂廳（《英 concert hall）。**2**《主英》演藝場，雜場；⟨U⟩ 綜藝表演。

:mu·si·cian [mju'zɪʃən] ⟨名⟩ **1** 音樂家；曲家；器樂演奏家，樂師。**2** 卓越的樂演奏家。～**·ly** ⟨形⟩ 有音樂家才華的。～**ˌship** ⟨名⟩ ⟨U⟩ 音樂家的才華。

mu·si·col·o·gy [ˌmjuzə'kalədʒɪ] ⟨名⟩ 音樂學。**-gist** ⟨名⟩

'music ˌstand ⟨名⟩ 樂譜架。

mus·ing ['mjuzɪŋ] ⟨形⟩ 耽於沉思的，出的。—⟨名⟩ ⟨U⟩ 沉思，默想。～**·ly** ⟨副⟩

musk [mʌsk] ⟨名⟩ **1** ⟨U⟩ 麝香，麝香（似的香味；類似麝香的人工合成物。**2** = mu deer. **3** 發出麝香味的植物。

'musk ˌdeer ⟨名⟩〖動〗麝香鹿。

mus·ket ['mʌskɪt] ⟨名⟩ **1** 毛瑟槍。**2**〖鳥 雄鷂。

mus·ket·eer [ˌmʌskə'tɪr] ⟨名⟩〖史〗毛 槍槍兵。

mus·ket·ry ['mʌskɪtrɪ] ⟨名⟩ ⟨U⟩ **1**〖軍〗 擊（術），步槍射擊法。**2**《集合名詞》 瑟槍，毛瑟槍兵。

musk·mel·on ['mʌskˌmɛlən] ⟨名⟩ **1** 瓜，香瓜；其植物。**2** = cantaloupe.

'musk ˌox ⟨名⟩〖動〗麝香牛。

musk·rat ['mʌskˌræt] ⟨名⟩(複～**s**,《集合 詞》～)〖動〗麝香鼠；⟨U⟩ 其毛皮。

'musk ˌrose ⟨名⟩〖植〗麝香玫瑰。

musk·y ['mʌskɪ] ⟨形⟩ (**musk·i·er, musk est**) 有麝香味（似）的。

Mus·lim ['mʌzləm, 'mʊz-] ⟨形⟩ 回教的 回教法律的。—⟨名⟩(複～**s**, ～) **1** 回教徒 **2**《美》= Black Muslim.

mus·lin ['mʌzlɪn] ⟨名⟩ **1** ⟨U⟩ 細洋布；美》印花洋布；⟨C⟩ 用細軟棉布裁製的 服。**2**《俚》帆。**3**《俚》女性。

mus·quash ['mʌskwaʃ] ⟨名⟩〖動〗麝 鼠；⟨U⟩《主英》麝香鼠的毛皮。

muss [mʌs] ⟨名⟩ ⟨U⟩ ⟨C⟩《美口》雜亂， 亂；騷動；口角。—⟨動⟩ ⟨及⟩ 使混亂，攪 《*up*》。

mus·sel ['mʌsl] ⟨名⟩〖貝〗貽貝。

Mus·so·li·ni [ˌmusl̩'inɪ] ⟨名⟩ **Benito**, 墨 里尼（1883–1945）：義大利法西斯 魁、首相（1922–43）。

Mus·sul·man ['mʌsl̩mən] ⟨名⟩(複～**s**)《 古》回教徒。

muss·y ['mʌsɪ] ⟨形⟩ (**muss·i·er, muss·i·es** 《口》雜亂的；皺成一團的。**-i·ly** ⟨副⟩

:must[1] [məst, məs ;《強》mʌst] ⟨助動⟩ **1** (1)《 表義務、必要、強制》必須，務必，一 得。(2)《表程度較輕的必要性、強 性》應當，必得。**2**《與否定語連用》《 禁止》不可。**3**《表主張、固執》堅持要 非要…不可。**4**《表期望、忠告、勸誘》《 以 **you** 作主詞》務必，務請。**5**《表肯定 推斷》諒必，一定是。**6**《表必然性》

定，不可避免會。7《口》《用作過去式或歷史性的現在式》偏巧，不幸地發生了。8《古》《在省略了 go, get 等容易明白的動詞的句子中，與表示方向的副詞連用》不得不。—图《口》絕對必要之物，非看不可之事。—形《口》絕對必要的，不可或缺的：a ～ book 必讀之書。

must² [mʌst] 图 ⓤ（尚未或正在發酵的）葡萄汁，果汁。

must³ [mʌst] 图 ⓤ 霉；霉臭。—動 不及 發霉。

mus·tache, 《英》**mous-** ['mʌstæʃ, mə'stæʃ] 图 1《常作 ～s》髭。2 觸鬚。3 髭狀羽毛。**-tached** 形

mus·ta·chio [mə'stɑʃo] 图（複～s）《謔·誇張語》= mustache. **-chioed** 形

mus·tang ['mʌstæŋ] 图 西班牙種的（半）野馬；體小頑強。

mus·tard ['mʌstəd] 图 ⓤ 1 芥末（粉或醬）。2〖植〗蕓薹屬植物：～ and cress 芥菜和水芹。3 芥末色，皺葉芥；深黃色。4 添加辛味之物；熱情。

(as) keen as mustard 《口》非常熱心的，積極的。

cut the mustard 《美俚》達到標準。

mustard ˌgas 图 ⓤ 芥子氣。

mustard ˌplaster 图 芥末膏藥。

mustard ˌpot 图 芥末瓶。

mustard ˌseed 图 1 最小尺寸的散彈。2 ⓤⓒ 芥菜子：a grain of ～ 一粒芥菜子；潛伏巨大發展之可能性的小事。

mus·ter ['mʌstə] 動 及 1 集合，召集。2 奮起《*up*》：～ *up* all one's courage 鼓起所有的勇氣。—不及 1 集合，集結。2 集中。

—图 1 被召集的一群兵員；集合總人數；集合，群。2 召集。3《昔》= muster roll. 4〖商〗樣本，樣品。

pass muster 通過一般例行的檢閱；達到一般標準，合格。

muster ˌroll 图 兵員或船員名冊。

must·n't ['mʌsn̩t] must not 的縮略形。

must-see ['mʌst'si] 图《口》值得一看的事物。

mus·ty ['mʌstɪ] 形 (**-ti·er, -ti·est**) 發霉的；陳舊的，落伍的，陳腐的；無生氣的。**-ti·ly** 副, **-ti·ness** 图

mu·ta·ble ['mjutəbl̩] 形 易變的；見異思遷的。**-'bil·i·ty** 图, **-bly** 副

mu·tant ['mjutənt] 形 正在突變中的；因突變而造成的。—图 突變種。

mu·tate ['mjutet] 動 及 不及 1（使）變化；（使）突變。2〖語音〗（使）母音變化。

mu·ta·tion [mju'teʃən] 图 ⓤⓒ 1 變化，轉變；浮沉，盛衰榮枯。2〖生〗突變；突變種[體]。3〖語音〗母音變化。～**·al** 形

mu·ta·tis mu·tan·dis [mju'tetɪsmju'tændɪs] 副《拉丁語》已作必要的變更。

mute [mjut] 形 1 無言的，沉默的；無聲的，不出聲的：(as) ～ as a fish [a mouse, a poker, a stone] 不作一聲的；噤若寒蟬。2 不能說話的，啞巴的：a ～ person 啞巴。3〖語音〗(1) 不發音的，不讀音的：a ～ letter 不發音的字母。(2) 閉鎖音的：～ consonants 閉鎖音子音。4〖法〗保持緘默的，拒不答辯的。—图 1 啞巴；〖法〗拒不答辯的被告。2（樂器的）弱音器。3〖語音〗閉鎖音；不讀音字母。—動 (**mut·ed, mut·ing**) 及 1 消掉，減弱（聲音）。2 使柔和。～**·ly** 副, ～**·ness** 图

mut·ed ['mjutɪd] 形（聲音等）被壓低的；（樂器）被加上弱音器的。

mu·ti·late ['mjutəˌlet] 動 及 1 切掉四肢，使殘廢。2 刪除主要部分，使殘缺不全，使支離破碎。**-la·tor** 图

mu·ti·la·tion [ˌmjutə'leʃən] 图 ⓤⓒ 切斷，切除；殘廢；殘缺不全。

mu·ti·neer [ˌmjutn̩'ɪr] 图 反叛者，叛變者，叛徒。

mu·ti·nous ['mjutn̩əs] 形 反抗的，叛逆的，不服從的；叛變的，煽動叛變的；激盪的，難抑制的。～**·ly** 副

mu·ti·ny ['mjutn̩ɪ] 图（複**-nies**）ⓤⓒ 1 叛亂，叛變。2 反抗，叛逆。—動 (**-nied, ～·ing**) 不及 發起叛變《*against...*》。

mutt [mʌt] 图《俚》1 狗。2 蠢才。

·**mut·ter** ['mʌtə] 動 不及 1 喃喃地說。2 隆隆作響。—及 喃喃地說道：～ complaints 喃喃低語地抱怨。—图 嘟喃（聲）；隆隆聲，低沉的聲音。

·**mut·ton** ['mʌtn̩] 图 1 ⓤ 羊肉。2《謔》羊。

as dead as mutton 死定的；報廢了的。

as thick as mutton 《俚》腦筋遲鈍的。

mutton dressed as lamb 《口》打扮得很年輕的中年人或老年人。

return to one's muttons 《謔》言歸正傳，回到本題。

mut·ton·chops ['mʌtn̩ˌtʃɑps] 图（複）羊（肉）排形的絡腮鬍。

mut·ton-head ['mʌtn̩ˌhɛd] 图《口》蠢才，笨蛋。

·**mu·tu·al** ['mjutʃuəl] 形 1 互相的，彼此的；有相互關係的：a ～ security agreement 共同防禦協定 / by ～ consent 經雙方同意。2 共同的：～ friend 共同的朋友。3 相互保險制度的：a ～ company 相互保險公司。

'mutual ˌfund 图《美》信託基金，信託公司。

mu·tu·al·i·ty [ˌmjutʃu'ælətɪ] 图 ⓤ 相互關係；相互依存；友愛。

mu·tu·al·ly ['mjutʃuəlɪ] 副 彼此，相互地；共同地。

muu·muu ['muˌmu] 图（夏威夷原住民穿的）寬鬆女裝。

mu·zak ['mjuzæk] 图 ⓤ《常作 M-》〖商標名〗（餐廳、商店等）連續播放的錄音音樂。

mu·zhik [mu'ʒɪk] 名 俄國農民。

muz·zle ['mʌzl] 名 1 槍口，炮口。2（犬、馬等的）口鼻部分；口絡，口套，籠頭。
—動及 1 給…戴上籠頭。2 使堵口，封住嘴；箝制言論。3 以口鼻對…摩擦。4 收（帆）。

muz·zle(-)load·er ['mʌzl,lodɚ] 名 前裝炮[槍]，前膛槍[炮]。

'muzzle ve'locity 名 U C（槍彈的）離膛速度。

muz·zy ['mʌzɪ] 形 (-zi·er, -zi·est)《口》1 不清楚的，昏亂的。2 精神不振的，頭腦不清的；沉鬱的。-zi·ly 副, -zi·ness 名

MV 《縮寫》*m*otor *v*essel 機動船隻。

MVP 《縮寫》《美》*m*ost *v*aluable *p*layer 最有價值球員；最優秀選手。

MW 《縮寫》*m*edium *w*ave。

Mx. 《縮寫》《英》*M*iddlese*x*.

MX 《縮寫》*m*issile e*x*perimental《美》實驗型洲際彈道飛彈。

:my [maɪ] 代《I的所有格》1 我的：～ rescuer 我的救命恩人。2《用於稱呼》：～ boy 孩子，老兄。3《用於表驚嘆》：～ word！天啊！—感《口》《表驚訝、疑問等》：Oh ～！哎呀，我的天！

Myan·mar [mjɑn'mɑr] 名 緬甸（聯邦）：東南亞國家，原名 Burma；新首都為 Naypyidaw.

My·ce·nae [maɪ'sini] 名 邁錫尼：希臘南部的古都。,**My·ce·'nae·an** [,maɪsɪ'niən] 形 邁錫尼（文明）的。

my·col·o·gy [maɪ'kɑlədʒɪ] 名 U 1（真）菌學。2 黴菌群，黴菌的生態。
-co·'log·i·cal [,maɪkə'lɑdʒɪkl] 形, -gist 名

my·e·li·tis [,maɪə'laɪtɪs] 名 U〖病〗脊髓炎。

my·na(h) ['maɪnə] 名〖鳥〗燕八哥。

Myn·heer [maɪn'hɛr, -'hɪr] 名 1 相當於 sir 或 Mr. 的荷蘭語。2《m-》荷蘭人。

my·o·car·di·tis [,maɪokɑr'daɪtɪs] 名 U 心肌炎。

my·o·car·di·um [,maɪə'kɑrdɪəm] 名（複 -di·a [-dɪə]）〖解〗心肌。-di·al 形

my·ope ['maɪop] 名 患近視的人。

my·o·pi·a [maɪ'opɪə] 名 U 1〖眼〗近視。2《口》欠缺洞察力，短視。

my·op·ic [maɪ'ɑpɪk] 形 1 近視的。2 短視的：a ～ policy 短視的政策。-i·cal·ly 副

myr·i·ad ['mɪrɪəd] 名〖詩〗1 極大數量，無數《*of*...》：a ～ *of* flowers 無數朵花。2 一萬。—形 1 無數的。2 一萬的。

myr·i·ad-mind·ed ['mɪrɪəd'maɪndɪd] 形 才華橫溢的，多才多藝的。

myr·i·a·pod ['mɪrɪə,pɑd] 名 多足類動物。
—形 多足類的。

Myr·mi·don ['mɝmə,dɑn, -dən] 名（複～s, Myr·mid·o·nes [mɝ'mɪdə,niz]）〖希神〗1 墨爾密登：隨 Achilles 參加特洛伊戰爭的一個戰士。2《m-》侍衛，爪牙

myrrh [mɝ] 名 U 1〖植〗沒藥樹。2 藥：橄欖科植物滲出的樹脂。

myr·tle ['mɝtl] 名〖植〗1 桃金孃。2《美》蔓生長春花。

:my·self [maɪ'sɛlf, mə'sɛlf] 代（複 our·selves）1《加強語意》(1) 我自己，我本身。(2)《用於並列的主詞》。(3)《在 than, as, bu 等字後，取代 I, me》。(4)《作獨立片語的主詞》。2《反身》我自己 (1)《作動詞的受詞》。(2)《作介系詞的受詞》。3 本來的我，平常的我。

my·so·pho·bi·a [,maɪsə'fobɪə] 名 U〖精神醫〗不潔恐懼症，懼髒症，潔癖。

·mys·te·ri·ous [mɪ'stɪrɪəs] 形 1 神祕的，充滿神祕的：the ～ universe 神祕的宇宙。2 不清楚的，模稜兩可的；費解的；謎樣的，故弄玄虛的：the ～ smile of the Mona Lisa 蒙娜麗莎神祕的微笑。3 裝模作樣的。
～·ly 副, ～·ness 名

:mys·ter·y¹ ['mɪstərɪ] 名（複-ter·ies）1 C 祕密；神祕的人[物]；令人好奇的人[物]：the *mysteries* of the depths 深海。2 U 神祕；不明確性，不可理解性。3 推理小說。4 真理，玄義。5 (1)〖基督教〗儀式，聖餐式；《通常作 -teries》聖餐；《-teries》聖餐式所用的物品。(2) 基督的神蹟。6《-teries》奧義，祕訣，祕法。
make a mystery of... 將…神祕化。

mys·ter·y² ['mɪstərɪ] 名（複-ter·ies）《古》1 技術，手藝。2 同業工會。

'mystery ,play 名（中世紀的）奇蹟劇。

'mystery ,tour [,trip] 名 目的地不明確之旅行。

mys·tic ['mɪstɪk] 形 1 象徵的，神妙的：the ～ dove 象徵聖靈的鴿子。2 祕密的，魔術的：the ～ arts 魔術。3 無法了解的，謎般的。4 神祕論者的；神祕主義的。
—名 1 接受祕密儀式的人。2 神祕論者，神祕主義者。

mys·ti·cal ['mɪstɪkl] 形 1 神祕儀式的，神祕主義的；象徵神靈的。2《罕》曖昧的，不可思議的。3 靈感的；直覺的，依神的指示的。～·ly 副

mys·ti·cism ['mɪstə,sɪzəm] 名 U 1 神祕論，神祕主義。2 玄想；胡思亂想。

mys·ti·fi·ca·tion [,mɪstəfə'keʃən] 名 U C 1 費解迷惑的現象；迷惑。2 神祕化。

mys·ti·fy ['mɪstə,faɪ] 動 (-fied, ～·ing) 1 欺詐，蒙騙，置於五里霧中。2 使具神祕感，使令人不解。

mys·tique [mɪ'stik] 名 U 1 神祕性，神祕氣氛。2 祕訣，竅門。

·myth [mɪθ] 名 1（各種）神話；U《集合名詞》神話。2 虛構的故事；捏造的事實。3 想像中的人[物]。4 社會共同理念：the ～ of racial superiority 種族優越感的

話。

myth. 《縮寫》*myth*ological ; *myth*ology.

myth·i·cal [ˈmɪθɪkḷ], **-ic** [-θɪk] 形 **1** 神話時代的，神話的。**2** 編寫神話的。**3** 想像中的，虛構的；無憑無據的，無根據的。～**·ly** 副

myth·o·log·i·cal [ˌmɪθəˈlɑdʒɪkḷ], **-log·ic** [-ɪk] 形 神話學的；神話的，虛構的。～**·ly** 副

my·thol·o·gize [mɪˈθɑləˌdʒaɪz] 動 及 把…神話化；加上神話色彩。

my·thol·o·gy [mɪˈθɑlədʒɪ] 名 (複 **-gies**) **1** 神話集；U《集合名詞》神話：Greek ～ 希臘神話。**2** U 神話學。

-gist 名 神話學家[作家]。

myx·o·ma·to·sis [ˌmɪksəməˈtosɪs] 名 U〖病〗黏液瘤症。

M

N n

N[1], **n** [ɛn] 名 (複 **N's** 或 **Ns, n's** 或 **ns**) **1** Ⓤ Ⓒ英文字母第十四個字母。**2** N 狀物。

N[2] [ɛn] 名 **1** Ⓤ（順序中的）第十四個。**2**《偶作 **n**》（中世紀羅馬數字的）90。**3**《化學符號》nitrogen. **4**〖數〗自然數。

N[3]《縮寫》*n*orth(ern).

n《縮寫》*n*eutron.

'n, 'n' [ən] 連《口》and, than 的縮略形。—介 in 的縮略形。

N.《縮寫》*N*ationalist; *N*avy;〖化〗*N*ormal; *N*orse; *N*orth(ern); *N*ovember.

n.《縮寫》*n*et; *n*euter; *n*ominative; *n*oun; *n*umber.

na 副《主蘇》**1** [nɑ] = no[1]. **2** [nə] = not.

Na《化學符號》natrium.

n/a《縮寫》*n*o *a*ccount 無帳戶。

N.A.《縮寫》*N*ational *A*cademy; *N*ational *A*rmy; *N*orth *A*merica.

NAACP《縮寫》*N*ational *A*ssociation for the *A*dvancement of *C*olored *P*eople 全美黑人民權促進協會。

NAAFI, Naa·fi ['næfɪ] 名《英》*N*avy, *A*rmy and *A*ir *F*orce *I*nstitutes 陸海空軍福利機構。

nab [næb] 動 (**nabbed, ~·bing**) 及《口》**1** 猛然抓住；攫取；搶去，偷走。**2** 捉住，逮捕《*for*...》。

na·bob ['nebɑb] 名 **1**（18、19 世紀時）自印度返回歐洲的大財主（尤指英國人）。**2**《古》大富翁；擁有很大權力的人。

na·celle [nə'sɛl] 名 **1** 飛機的引擎艙。**2** 飛機的機艙；輕氣球的吊籃。

na·cre ['nekɚ] 名 Ⓤ 珍珠母；青貝。

na·cre·ous ['nekrɪəs] 形 珍珠母（般）的：a ~ cloud 貝母雲。

na·dir ['nedɚ] 名 **1**《the ~》〖天〗天底。**2** 最低點，絕望狀態。

nag[1] [næg] 動 (**nagged, ~·ging**) 及 不停地嘮叨，不停地斥責；不斷地央求《*for*...》。

—不及 **1** 斥責，不耐煩地嘮叨《*at*...》。**2** 不停地惱人《*at*...》。—名 **1** Ⓤ 嘮叨。**2**（亦稱 **nagger**）嘮叨不休的人。

nag[2] [næg] 名 **1** 老馬；小馬。**2**《俚》馬，競賽馬。

nag·ging ['nægɪŋ] 形 **1** 喋喋不休地指責的，嘮嘮叨叨的。**2** 糾纏不休的，不會減輕的。~**·ness** 名

nag·gy ['nægɪ] 形 (**-gi·er, -gi·est**) 挑剔的，生性好指責的；《英方》脾氣壞的。

Nah.《縮寫》*Nah*um.

Na·hum ['neəm, 'nehʌm] 名 **1** 那鴻：西元前七世紀希伯來的預言家。**2** 那鴻書：舊約聖經中的一卷。

nai·ad ['neæd, 'naɪæd] 名 (複 **~s, ~es** [-ˌdiz]) **1**《偶作 N-》〖希神〗娜艾德：變成美麗少女形體的水精。**2** 擅泳的女子。

·nail [nel] 名 **1** 釘子。**2** 指甲；（鳥獸的）爪。**3** 納爾：古時測量布匹的長度單位 2¼吋。

a nail in one's coffin 使壽命減少之事或行動。

(as) hard as nails (1) 身體強健的。(2) 冷酷無情的。

(as) right as nails 完全正確的；正好合適的。

bite one's nails (1) 咬指甲。(2) 焦躁不安

drive the nail home (up) 徹底完成；爭論到底。

hit the nail on the head 一針見血；得其要領。

nails in mourning 骯髒的指甲。

on the nail《口》(1) 立即的。(2) 當場的，立刻支付的。

tooth and nail ⇨ TOOTH（片語）

—動 及 **1** 釘在《*down, together / on*, ...》；釘牢；以釘固定《*up*》。**2** 固定《*on to*...》。**3**《口》(1) 逮捕，抓住，檢舉。(2) 掠奪，剝削。(3) 揭穿，暴露。(4)〖棒球〗刺殺出局。(5)《俚》敲擊，毆打。

nail a lie to the counter 揭穿謊言，揭穿西洋鏡。

nail...back / nail back... 反釘住。

nail (one's) colors to the mast 矢志不移，不動搖。

nail...down / nail down... (1) ⇨動及 1. (2) 使說真心話。(3) 正確地解釋。(4) 使束縛《*to*...》。(5)《口》使…成為定案；使…固定不變。

nail it《俚》考取，上榜。

nail...up / nail up... (1) 釘死。(2) 釘掛，裝設。(3) ⇨動及 1.

nail-bit·ing ['nelˌbaɪtɪŋ] 名 Ⓤ **1**（焦躁時的）咬指甲。**2**《口》焦躁不安。

'nail ˌbomb 名 鐵釘炸彈。

nail·brush ['nelbrʌʃ] 名 指甲刷。

'nail ˌclippers 名 (複) 指甲刀，指甲剪

nail·er ['nelɚ] 名 **1** 製釘者；敲釘者；自動敲釘機。**2**《俚》優秀的人[動物]；高手；名人《*at*...》；熱心者。

'nail ˌfile 名 指甲銼，銼刀。

nail·ing ['nelɪŋ] 形 **1** 敲釘的。**2**《口》極好的，出色的，卓越的。

'nail ˌpolish 图Ⓤ指甲油。
'nail ˌscissors 图(複)指甲剪。
'nail ˌvarnish 图Ⓤ《英》= nail polish.
nain·sook ['nensʊk] 图Ⓤ細柔的（白）棉布；婦女內衣、童裝用布。
Nai·ro·bi [naɪ'robɪ] 图奈洛比：肯亞（Kenya）的首都。
na·ïve, -ive [nɑ'iv] 形 **1** 天真無邪的，幼稚的。**2** 憨直的，易受騙的；欠缺正統訓練及技巧的，缺乏專業知識的。**3** 未經訓練的，本性的。—图天真幼稚的人；無經驗的人。～**·ly** 副
na·ïve·té, na·ive- [nɑˌiv'te, -'--ˌ-] 图 **1** Ⓤ（亦稱 **naïveness**）純真，無邪，樸素，幼稚。**2**《常作～**s**》純真的行爲[言語]。
na·ïve·ty, na·ive- [nɑ'ivtɪ] 图(複**-ties**) = naïveté.
·na·ked ['nekɪd] 形 **1** 裸體的；赤裸的；未戴眼鏡的：the ～ eye 肉眼 / (as) ～ as my mother bore me 全裸。**2** 無遮蓋物的，完全可見的；無草木的，光禿的；露出的；無裝飾的：a ～ electric bulb 無燈罩的電燈泡。**3** 無（…）的，缺（…）的《*of...*》。**4** 無防備的，暴露的《*to...*》：～ *to* the enemy 對敵人無防備。**5** 原本的，無矯飾的；明白的；率直的：the ～ truth 赤裸裸的事實。**6**〖法〗缺乏證據的，未經證實的。**7**〖植〗裸露的；無花被的；無葉的；〖動〗無毛的。～**·ly** 副赤裸地；率直地。
na·ked·ness ['nekɪdnɪs] 图Ⓤ赤裸；明顯無掩飾；貧乏。
nam·a·ble ['neməbl] 形 **1** 說得出名字的，可以辨認出來的。**2** 值得一提的；值得記住的。
nam·by-pam·by [ˌnæmbɪ'pæmbɪ] 形感傷的，矯揉做作的，空洞無力的；娘娘腔的，柔弱的；軟弱無力的，優柔寡斷的。
—图(複**-bies**) **1** 柔弱的人，娘娘腔的男子。**2** 感傷的文章。**3** Ⓤ感傷，矯揉做作。
name [nem] 图 **1** 名字，名稱，稱呼；名，姓名；《**the N-**》神之名：a family ～ 姓 / a Christian [a first,《美》a given] ～ 名（和姓相對）/ a proper ～ 專有名詞。**2** 名義，名目；徒具其名之物；虛名。**3**《通常作 **a** ～》批評，世評《*for, of...*》；盛名，名聲：a man of ～ 有名之士 / ruin one's good ～ 破壞好名聲。**4** 知名的人，名人，名流。**5** 別名；渾名，俗名；《～**s**》惡言，穢言，辱罵。**6** 家，族，家門；家族名。
by name (1) 名叫…的。(2) 指名道姓地，以名字。(3) 耳聞其名，經由傳聞。(4) 名義上。
by the name of... 名叫…的；用…爲名字；以…的名義；一般稱爲…。
call (*a person*) ***names*** 辱罵（某人）。
Give a dog a bad name and hang him.《諺》欲加之罪，何患無詞；讒言可畏。
Give it a name. 你要什麼，請說吧！
have...to one's name《通常用於否定》名下擁有…。
in God's name / in the name of God 對上帝發誓；《表驚訝、惱怒等》老天，老天在上；《強調疑問詞》究竟，到底。
in one's own name 以自己的名義，擅自地，獨立地。
in the name of... (1) 對…發誓；《強調疑問詞》究竟，到底。(2)《懇求時用語》爲了…的緣故，看在…的分上。(3) 以…之名，以…的名義，藉…的權勢。(4) 代表，代替。(5) 在…的名下。
keep one's name on the books 保留學籍[會籍等]。
make a name for oneself 成名。
put a name to...《通常與 **cannot, could not** 連用》說出…的名字；辨認。
put one's name down for... 報名參加，登記爲…的候選人；登記姓名預約。
take one's name off the book（由學校等）除名，退出。
the name of the game《口》首要的事，真正重要者；本質，實質。
under one's own name 以自己的名義，用真名。
under the name of... (1) = by (the) NAME of. (2) = in the NAME of (4).
win a name for oneself / win oneself a name = make a NAME for oneself.
—動 **(named, nam·ing)** 及 **1** 命名；取名爲…，叫作…。**2** 提及名字。**3** 提名，任命《*to, for...*》；指名。**4** 指定，訂定。**5** 陳述，說出《*to...*》。**6** 告發，指控，指認。**7** 說出（正確）名字。**8** 介紹姓名。
be not named on [***in***] ***the same day with...*** 和…不可同日而語。
name...after...《主英》= NAME...for....
name...for [***from,***《英》***after***]... 以…的名字命名。
name names 指名道姓。
name...off / name off... 逐項說出。
you name it 凡是你想到的，你說好了。
—形 **1** 有名的，著名的；一流的。**2** 附有名字的。
name·a·ble ['neməbl] 形 = namable.
name·board ['nemˌbord] 图 **1**（標示土地等的）名牌，招牌。**2** 船名；船名牌。
'name ˌbrand 图《美》一流的廠牌，名牌。
name-brand ['nemˌbrænd] 形名牌的。
name-call·ing ['nemˌkɔlɪŋ] 图Ⓤ誹謗，辱罵。
'name ˌday 图 **1** 聖名日。**2** 命名日。
name-drop ['nemˌdrɑp] 動 **(-dropped, ～·ping)** 不及《口》經常提及名流的姓名以顯示自己交遊廣闊。
-drop·per 图 經常提及名流姓名以自抬身價者。
name-drop·ping ['nemˌdrɑpɪŋ] 图 Ⓤ 經常提及名流姓名以抬高身價。

N

name·less ['nemlɪs] 形 1 無名的。2 無名稱的；不知名的；隱名的，匿名的：a ~ letter 匿名信。3 私生的。4 無可名狀的，無法描述的。5 不可言明的。

·name·ly ['nemlɪ] 副即，就是。

'name ˌpart 名和劇名同名的主角。

name·plate ['nem,plet] 名（門上的）名牌；刊頭，報刊名；商標。

name·sake ['nem,sek] 名同名之人[物]。

'name ˌtape 名標有名字的布條。

Na·mib·i·a [nə'mɪbɪə] 名納米比亞（共和國）：位於非洲南部；首都爲溫荷克（Winhoek）。**-an** 形名納米比亞的[人]。

Nan [næn] 名〖女子名〗南（Ann, Anna的暱稱）。

Nan·cy ['nænsɪ] 名〖女子名〗南西（Ann(e)的暱稱）。

nan·keen [næn'kin], **-kin** ['nænkɪn] 名 1 U 南京棉布；《~s》南京棉布製成的衣服；西褲。2 U（淡）黃色。

nanna ['nænə] 名祖母，奶奶。

nan·ny ['nænɪ] 名 (複**-nies**) 1《主英口》奶媽，保姆。2 祖母，奶奶。

nanny ˌgoat 名母山羊。

play the nanny goat《英口》裝傻。

nano-《字首》1 表「毫微，十億分之一」之意。2 表「極小」之意。

na·no·me·ter ['nænə,mitɚ] 名奈米（十億分之一公尺）。

na·no·sec·ond ['nænə,sɛkənd] 名奈秒（十億分之一秒）。符號：ns, nsec

nan·o·tech·nol·o·gy [,nænətɛk'nɑlədʒɪ] 名 U 奈米科技。

Na·o·mi [ne'omɪ, 'neə,maɪ] 名 1〖聖〗拿俄米：Ruth的婆婆。2〖女子名〗娜歐蜜。

:nap¹ [næp] 動 (**napped**, ~·**ping**) 不及 小睡，午睡，打盹。

catch a person napping (1) 乘（人）不備時，使措手不及。(2) 抓到小辮子；發現（某人）偷懶。

—名假寐，瞌睡，午睡。~·**per** 名

nap² [næp] 名 U 1（皮革等的）絨毛。2（植物等的）細毛。—動 (**napped**, ~·**ping**) 及使起絨毛。~·**per** 名

nap³ [næp] 名 = napoleon 2, 3.

go nap（拿破崙撲克牌遊戲中）宣稱要全勝五局；嘗試冒大險。

nap or nothing 孤注一擲。

—動 (**napped**, ~·**ping**) 及預測（某匹馬）可能得勝。

na·palm ['nepɑm] 名 U 凝固汽油劑；膠質汽油彈。

—動及以汽油彈攻擊。

nape [nep] 名項部，頸背，後頸。

na·per·y ['nepərɪ, 'neprɪ] 名 U《集合名詞》1 餐桌用布。2 家庭用亞麻布製品。

naph·tha ['næpθə, 'næfθə] 名 U 石油精，石腦油。

naph·tha·lene, -line ['næfθə,lin,'næp-], **-lin** [-lɪn] 名 U〖化〗萘，臭樟腦。

naph·thol ['næfθol, -θɑl, 'næp-] 名 U〖化〗萘酚。

·nap·kin ['næpkɪn] 名 1 餐巾。2 小毛巾，手巾。3《英》（嬰兒的）尿布。4《英》手帕；《蘇》圍巾，領巾。5《美》衛生棉（= sanitary napkin）。

lay up... in a napkin 把…藏著不用，不懂得利用。

'napkin ˌring 名套餐巾用的小環。

Na·ples ['neplz] 名那不勒斯（義大利西南部的港市）：See ~ and die.《諺》到過那不勒斯死亦無憾。

na·po·le·on [nə'poljən] 名 1 拿破崙派：層狀餅皮中夾上雞蛋奶油餡的一種點心。2 拿破崙金幣：從前法國面額爲 20 法郎的金幣。3 U 拿破崙：撲克牌遊戲的一種。

Na·po·le·on [nə'poljən] 名 1 ~ I，拿破崙一世（1769–1821）：法國皇帝（1804–15）。2 ~ III，拿破崙三世（1808–73）：法國皇帝（1852–70）。

Na·po·le·on·ic [nə,polɪ'ɑnɪk] 形拿破崙一世（風格）的：the ~ Wars 拿破崙戰爭。**-i·cal·ly** 副

nap·py¹ ['næpɪ] 形 (**-pi·er, -pi·est**) 1《英口》（啤酒等）濃烈的；易使人醉的；《古》起濃泡沫的。2《主蘇口》喝醉的。3 毛髮濃密的；起毛的。

nap·py², -pie ['næpɪ] 名 (複**-pies**) 1《美》平底盤。2《英口》尿布。

narc [nɑrk] 名《美俚》（聯邦政府的）緝毒組警探，毒品科探員。

nar·cism ['nɑr,sɪzəm] 名 = narcissism.

nar·cis·sism [nɑr'sɪs,ɪzəm] 名 U 1 過度的自戀，自我陶醉，自我中心主義。2〖精神分析〗自戀，自體觀窺慾，自愛慾（亦稱 **narcism**）。

nar·cis·sist [nɑr'sɪsɪst] 名自戀者，自我中心主義者。

nar·cis·sis·tic [,nɑrsə'sɪstɪk] 形自戀的，自我崇拜的。

nar·cis·sus [nɑr'sɪsəs] 名 (複~, ~·es, -cis·si [-'sɪsaɪ]) 1〖植〗水仙；水仙花。2《N-》〖希神〗納西塞斯：迷戀映在水中自己的倒影，以致溺死而化身爲水仙花的美少年。

nar·co·lep·sy ['nɑrkə,lɛpsɪ] 名 U〖病〗發作性睡病。

nar·co·sis [nɑr'kosɪs] 名 U 麻醉藥作用昏睡狀態；麻醉法。

nar·cot·ic [nɑr'kɑtɪk] 形 1 有催眠作用的；麻醉性的；麻醉藥的。2 引人欲睡的，催眠的。3 用於治療吸毒者的；吸毒者的。—名 1 麻醉劑，安眠藥，毒品。2 麻醉藥上癮者；吸毒成癮者。3 有麻醉效果之物；促使睡眠之物。**-i·cal·ly** 副

nar·co·tism ['nɑrkə,tɪzəm] 名 U 1 麻醉品上癮；麻醉藥中毒；麻醉藥劑的作用[影響]。2 昏睡狀態；嗜眠性，嗜眠癖。

nar·co·tize ['nɑrkə,taɪz] 動及 1 使麻醉，施以麻醉劑。2 使遲鈍；使變得麻痺。

不及產生麻醉效用。

nard [nɑrd] 名 1〖植〗甘松。2 U 甘松膏。

nar·es ['neriz] 名(複)(單-is [-ɪs])〖解〗鼻孔，鼻道。

nar·ghi·le, -gi·le(h) ['nɑrgəlɪ, -ˌle] 名 水煙筒。

nark [nɑrk] 名 1《英俚》警方的密探，線民。2 惹人生氣者，掃興者；《英俚》抱怨得使人討厭的人。3《美俚》= narc.

—動不及 1《英俚》做警方的線民；告密。2 生氣，被惹惱；《英俚》抱怨。

—及《英》1 告密。2 使生氣，使心煩意亂，惹惱。

Nark it!《英俚》停止！住口！安靜！

nark·y ['nɑrkɪ] 形 (**nark·i·er, nark·i·est**)《英俚》易生氣的，脾氣壞的。

nar·rate ['næret, -'-] 動及 敘述，講述（故事、經驗等）。—不及 敘述，講述。

nar·ra·tion [næ'reʃən] 名 1 故事；敘事文；（詩及戲劇的）敘述（部分）。2 U 陳述，敘述。3 U〖文法〗敘述法：direct ~ 直接敘述法。~·**al** 形

nar·ra·tive ['nærətɪv] 名 1 故事，敘述。2 故事書，敘事文學。3 U 論述，敘述；口說敘事：a master of ~ 一位敘述大師。

—形 1 故事形式的，敘事體的；有故事性的。2 敘述的。~·**ly** 副

nar·ra·tor ['næretɚ, næ're-] 名 敘述者，講述者。

nar·row ['næro] 形 1 狹長的；窄幅的：a ~ skirt 一條緊身裙 / ~ cloth 窄幅布 / ~ goods 窄幅物品。2 狹窄的；受限制的：a ~ seat（飛機等）狹窄的座位 / activity within ~ limits 在狹隘範圍內的活動。3 偏狹的；狹量的，心胸狹窄的：a ~ mind 偏狹的心胸。4 缺乏的，不充裕的；窮困的：~ means 微薄的收入 / ~ circumstances 窮困的環境。5 差一點就…的，幾乎…的，勉強的，間不容髮的：have a ~ escape 死裡逃生，倖免於難。6 嚴密的，精密的：a ~ analysis 嚴密的分析。7 吝嗇的《*with*...》；儉約的，節儉的。8〖語音〗狹窄音的，窄母音的；精密的。

the narrow way 正義。

—動不及 變狹窄，縮短，縮小。—及 1 縮窄，縮小，縮短。2 縮減《*down*》。3 使變得狹隘；使變得偏狹。

narrow in on 迫近；導向目標。

—名 1 狹窄的部分[場所]；窄物。2 狹長之處，隘路；《~s》《作單、複數》海峽，河谷，山峽。3《**The Narrows**》紐約灣海峽。

~·**ness** 名 U 狹窄；偏狹；缺乏；貧乏。

[n]ar·row·cast ['næroˌkæst] 動 (**-cast, -cast·ing**) 不及 對某小範圍的區域或某類聽眾（或觀眾）做廣播。—及 以有線電視向某一小範圍的地域播送。

[n]arrow 'gauge 名〖鐵路〗窄軌。

narrow-'gauge(d) 形〖鐵路〗窄軌的；心胸狹窄的。

nar·row·ly ['nærolɪ] 副 1 狹長地，狹窄地。2 差一點，幾乎，勉強地。3 仔細地，嚴密地，詳盡地：look at the facts ~ 詳盡地檢查事實。4 強力地，猛烈地。5 偏狹地，器量狹小地。

nar·row-mind·ed ['næro'maɪndɪd] 形 器量狹小的，偏狹的；偏袒的；自以爲是的。~·**ly** 副, ~·**ness** 名

nar·w(h)al ['nɑrwəl], **-whale** [-ˌhwel] 名〖動〗一角鯨。

nar·y ['nɛrɪ] 形《美方》一點…也沒有；絲毫…也沒有的。

NASA ['næsə, 'ne-] 名《縮寫》*N*ational *A*eronautics and *S*pace *A*dministration（美國）國家航空暨太空總署。

na·sal ['nezl] 形 1 鼻的，有關鼻子的：the ~ cavity 鼻腔 / ~ decongestant 抗鼻塞藥。2〖語音〗鼻音的：a ~ voice 帶鼻音的嗓音。

—名〖語音〗鼻音；鼻音字母；〖解〗鼻骨。~·**ly** 副 以鼻音。

na·sal·ize ['nezəˌlaɪz] 動〖語音〗及 用鼻音發出，使鼻音化。

—不及 鼻音化；以鼻發音，以鼻音說話。

-i·'za·tion 名 U 鼻音化。

nas·cence ['næsn̩s] 名 發生，起源。

nas·cent ['næsənt] 形 1 產生中的；初期的：a ~ republic 新興共和國。2〖化〗初生的。

NASDAQ ['næzˌdæk] 名 那斯達克。《縮寫》the *N*ational *A*ssociation of *S*ecurities *D*ealers *A*utomated *Q*uotations. 全美證券自營商協會自動報價系統。

Nash·ville ['næʃvɪl] 名 納許維爾：美國 Tennessee 州首府；鄉村音樂之都。

na·so·phar·ynx [ˌnezo'færɪŋks] 名〖解〗鼻咽。

na·stur·tium [næ'stɝʃəm, nə-] 名〖植〗金蓮；金蓮花。

·nas·ty ['næstɪ] 形 (**-ti·er, -ti·est**) 1 不清潔的，骯髒的；噁心的，令人厭惡的；討厭的：a ~ person 骯髒的人。2 污穢的，淫亂的，下流的：a ~ book 黃色書刊 / a ~ story 黃色故事。3 心術不正的，壞心眼的，有敵意的《*to, with*...》；天性壞的：a ~ rumor 惡意的謠言。4 難處理的；危險的，險惡的；嚴重的，沉重的：a ~ ulcer 嚴重的潰瘍。5（氣候等）惡劣的；險惡的，猛烈的：~ weather 惡劣的天候。

a nasty piece of work《口》討厭的傢伙，下流的人。

a nasty one 冷淡的拒絕；猛烈的抨擊；惡意的質問。

—名《口》討厭的事物，下流胚，天性壞的人。**-ti·ly** 副, **-ti·ness** 名

Nat [næt] 名〖男子名〗納特（Nathan, Nathaniel 的暱稱）。

nat.《縮寫》*nat*ional; *nat*ive; *nat*ural(ist).

na·tal ['netl] 形 1 誕生的；與生俱來的。

N

2 出生地的。

na·tal·i·ty [ne'tælətɪ] 名 = birth rate.

na·tant ['netənt] 形 1 游泳的；浮於水上的，漂浮的。2〖植〗浮水性的。

na·ta·tion [ne'teʃən] 名Ⓤ《古》游泳，游水；游泳術。

na·ta·to·ri·al [ˌnetə'torɪəl] 形 游泳的，適於游泳的；有游泳習性的。

na·ta·to·ri·um [ˌnetə'torɪəm] 名 (複~s, **-to·ri·a** [-'torɪə])《美》（尤指室內的）游泳池。

natch [nætʃ] 副《口》當然，必然。

na·tes ['netiz] 名(複)《作單數》屁股，臀部。

Na·than ['neθən] 名〖男子名〗納森。

Na·than·iel [nə'θænjəl] 名〖男子名〗納撒尼爾（暱稱作 Nat）。

nathe·less ['neθlɪs], **nath-** ['næθ-] 副《古》= nevertheless.

:na·tion ['neʃən] 名 1《集合名詞·作單數》國民：the French ~ 法國國民。2 國，國家：an English-speaking ~ 英語國家。3 民族，種族：the Jewish ~ 猶太民族。4 北美印第安人的部落[部落聯盟]；印第安部落[部落聯盟]的領地。

the nations (1) 全世界各民族，全人類。(2)〖聖〗（猶太人眼中的）異鄉人。

:na·tion·al ['næʃənl] 形 1 國家的；國立的；國民的；國民共通的：~ affairs 國事，國務 / the ~ anthem 國歌 / a ~ holiday 國定假日。2 愛國的；國家主義（者）的：~ pride 愛國自尊心。3 全國的；全國民的：a ~ television network 全國電視廣播網。4（與國際相對的）國內的。—名 1 人民，國民。2《通常作~s》（尤指居住外國的）同國人，同胞。3《通常作~s》國民競賽會。

the Grand National （每年三月在英國 Liverpool 舉行的）障礙賽馬大會。

~·**ly** 副

'national 'bank 名 1《美》全國銀行。2 國家銀行。

'National Con'vention 名 1《n- c-》《美》全國大會：(the) Republic ~ 共和黨全國大會。2《the ~》〖法史〗國民議會（1792–95）。

'national 'debt 名國債，公債。

'national 'government 名〖政〗中央政府，國民政府。

'National 'Guard 名《the ~》《美》國民兵，州轄預備部隊。

'National 'Health ˌService 名《英·加》國民健康保險制度。略作：NHS

'national 'income 名Ⓤ國民所得。

'National In'surance 名《英》國民保險制度。

·na·tion·al·ism ['næʃənəˌlɪzəm] 名Ⓤ 1 國民精神；國家的願望。2 愛國心。3 國家主義；民族主義，民族獨立主義。

na·tion·al·ist ['næʃənəlɪst] 名 國家主義者；民族（獨立）主義者。—形國家主義（者）的；愛國的；民族（獨立）主義（者）的。

na·tion·al·is·tic [ˌnæʃənə'lɪstɪk] 形 國家主義（者）的，民族主義（者）的。**-ti·cal·ly** 副

·na·tion·al·i·ty [ˌnæʃən'ælətɪ] 名（複 **-ties**）1ⓊⒸ國籍；船籍。2Ⓤ愛國心；國民性。3Ⓤ國家；國民的權利義務：attai~ 獲得國家獨立。4 國家，國民，民族。

na·tion·al·i·za·tion [ˌnæʃənəlɪ'zeʃən] 名Ⓤ國有化，國營；同化；歸化。

na·tion·al·ize ['næʃənəˌlaɪz] 動 及 1 使國有化。2 使國民化，使國家化；使成獨立國家。3 使歸化。—不及 歸化入某國籍。

'National 'League 名《the ~》（美國職業棒球大聯盟的）國家聯盟。

'national 'monument 名（美國的）國定名勝古蹟區。

'national 'park 名國家公園。

'national 'product 名Ⓤ〖經〗（每年度的）國民生產。

'National Se'curity ˌCouncil 名《the ~》〖美政府〗國家安全會議。略作：NSC

'national 'service 名Ⓤ《英》義務兵役，兵役制度。

'National 'Socialism 名Ⓤ（德國納粹黨的）國家社會主義。**'National 'Socialist** 名形國家社會主義者[的]。

'National 'Socialist ˌParty 名（希特勒的）國家社會黨，納粹黨。

'National 'Trust 名《英》文化保護組織。

na·tion·hood ['neʃənˌhud] 名Ⓤ國民的性質；國民的地位；獨立國家的性質；獨立國家的地位。

na·tion·ist ['neʃənɪst] 名國粹主義者。—形國粹主義（者）的。

na·tion-state ['neʃənˌstet] 名民族國家

na·tion·wide ['neʃənˌwaɪd] 形 全國性的。

:na·tive ['netɪv] 形 1《限定用法》出生的，出生地的。2 與生俱來的，天生的，固有的《to...》：~ intelligence 天賦智慧。3 土生土長的，本地的；特有的，原產的；土產的，當地人的《to...》：animal ~ to Africa 非洲原產動物。4 母語的；說母語的。5 原樣的；樸素的；天然的。

go native《口》(1) 過土人的生活。(2) 歸還野生。(3) 處於野蠻的狀態。

—名 1 當地人；原住民。2 生於…的人《of...》。3 說本族語的人。4 原產的動植物。~·**ly** 副, ~·**ness** 名

'Native A'merican《美》名美洲原住民。—形美洲原住民的。

na·tive-born ['netɪv'bɔrn] 形本地出生的，土著的，道地的。

'native 'speaker 名說母語的人。

na·tiv·ism ['netɪˌvɪzəm] 名U 1《美》原住民保護主義。2〖哲〗天性論，先天論。

na·tiv·i·ty [nə'tɪvətɪ, ne-] 名 (複-ties) 1 U誕生，出生。2《the N-》基督的誕生；基督誕生圖。3《the N-》耶穌誕生紀念日；聖母瑪麗亞聖誕（9月8日）。4〖占星〗人誕生時的天宮圖。

natl.《縮寫》*national.*

NATO, Na·to ['neto] 名北約組織。《縮寫》*North Atlantic Treaty Organization.* 北大西洋公約組織（1949年締結）。

na·tron ['netrɑn] 名U天然碳酸鈉，鈉鹼。

nat·ter ['nætɚ] 動不及《英口》1 發牢騷，嘮叨。2 瞎扯。—名 1《英》瞎扯，閒談。2《加》傳言，流言。

nat·ty ['nætɪ] 形(-ti·er, -ti·est) 1 帥的，整潔的，瀟灑的，清爽的。2（手指）靈巧的，敏捷的。-ti·ly 副

nat·u·ral ['nætʃərəl] 形 1 自然的，天然的；自然狀態的，未加工的；自然界的；未開墾的；野生的。2 天生的，天性的。3 有血統關係的；自然形成的；自然過程的；正常的。4 當然的，不勉強的，合乎道理的，理所當然的；人之常情的。5 不矯飾的，自然的。6 合適的，相稱的《*to*...》。7 私生的，非婚生的。8 未教化的。9 寫實的，逼真的。10〖樂〗(1) 本位的。(2) 回復到本位記號（♮）的。—名 1《口》合當的事物《*for*...》。2 天生的好手。3〖樂〗(1)（鋼琴、風琴的）白鍵。(2) 本位記號（♮）；本位音。4 U 淡黃褐色。

for all one's natural《口》曾經，從前。

Not on your natural!《俚》絕不！

nat·u·ral-born ['nætʃərəl'bɔrn] 形天生的，與生俱來的。

natural 'childbirth 名UC自然分娩。

natural 'death 名自然死亡。

natural 'food 名U天然食品。

natural 'gas 名U〖化〗天然氣。

natural 'history 名U 博物學（研究）。

nat·u·ral·ism ['nætʃərəˌlɪzəm] 名U 1〖文·藝〗自然主義。2 自然行為。3〖哲〗自然主義。4〖神〗自然論。5 順從自然。

nat·u·ral·ist ['nætʃərəlɪst] 名 1 動[植]物學者，博物學者。2 自然主義者，信奉自然主義者。—形= naturalistic.

nat·u·ral·is·tic [ˌnætʃərə'lɪstɪk] 形 1 模仿自然的，寫實的。2 自然主義的。3 研究博物學（者）的。-ti·cal·ly 副

nat·u·ral·i·za·tion [ˌnætʃərəlaɪ'zeʃən] 名U 1 歸化。2（對環境的）適應。

nat·u·ral·ize ['nætʃərəˌlaɪz] 動及《通常用被動》1 給予公民權，使歸化，使入某國籍。2 移植，使適應（新環境）。3 在本國採納（習慣、語言等）: ～ a foreign custom 採用一種外國的習俗。4 使順應自然；以自然法則說明；使不具神祕感。—不及 1 歸化；順應，適應。2 作博物學研究。

'natural 'law 名UC自然律，自然法則，天理。

:nat·u·ral·ly ['nætʃərəlɪ] 副 1 自然地，天然地，自然而然地；順從自然法則地。2 與生俱來地。3 自然地，不矯飾地。4 當然，必然。5 酷似地，描寫生動地。

come naturally to a person 對…而言是容易的事。

do what comes naturally 做合於愛好的事。

'natural 'number 名自然數。

'natural 'person 名〖法〗自然人。

'natural phi'losopher 名物理學家。

'natural phi'losophy 名U自然科學，（尤指）物理學。

'natural re'ligion 名U自然宗教。

'natural 'resources 名(複)天然資源。

'natural 'right(s) 名天賦人權。

'natural 'rubber 名= rubber 名 1.

'natural 'science 名UC自然科學。

'natural se'lection 名U天擇，自然選擇，自然淘汰。

:na·ture ['netʃɚ] 名 1 UC本質，本性；性質，特質；習性；氣質；有…氣質的人；自然的舉止: Habit is second ～.《諺》習慣是第二天性。2《前接 *of*》種類: two recent books *of* the same ～ 同類的二本新書。3 U自然，自然界，物質界；宇宙，全世界；自然力，自然的理則；萬物；景觀；《通常作N-》造化；自然女神，造物主: *N-* is the best physician.《諺》自然就是良醫。4 U自然性，真實性: true to ～ 有真實性。5 U體力，活力；肉體的要求。6 U自然狀態: live in a state of ～ 過原始的生活。

against nature (1) 不自然的；違反人性的。(2) 奇蹟的，不可思議的。

all nature《美口》所有的人，萬物。

by nature 生來的；本質的。

contrary to nature = against NATURE (2).

from nature 取自實物或天然景色。

in a state of nature (1)〖神〗未受神恩寵的精神狀態的。(2) 處於原始狀態的。(3) 野生的；天然的。(4) 全裸的。

in the nature of things 按理說，必然，通常。

in nature (1) 實際上。(2)《表強調的否定》全然，完全。(3)《表最高級的強調》全無，全不。(4)《表強調疑問》究竟。

like all nature《美口》完全，全然。

of the nature of... 帶有…的性質，類似。

-natured《字尾》表「有…性質、氣質」之意。

'nature reˌserve 名自然保護區。

'nature ˌstudy 名U（小學的）自然課。

'nature 'trail 名觀景步道。

'nature ˌworship 名U自然崇拜。

na·tur·ism ['netʃəˌrɪzəm] 名U 裸體主

N

義（= nudism）。

na·tur·o·path·ic [ˌnetʃərəˈpæθɪk] [形]自然療法的。**-i·cal·ly** [副]

na·tur·op·a·thy [ˌnetʃəˈrɑpəθɪ] [名][U]自然療法。

naught, nought [nɔt] [名] **1** 零；（數字的）零，0。**2**[U]《文》無，無價值，無用：a man of ~ 無用的男人。

all for naught 徒勞無功，無益，無用。

bring... to naught 使無效，破壞，挫敗。

care naught for... 毫不關心；沒有興趣；認爲…毫無價值。

come to naught 變成失敗，變成無效。

set...at naught 輕視，藐視，忽視。

—[形] **1** 破滅的，成空的。**2**《古》無價值的；無用的；不適應的；壞的，邪惡的。

·naugh·ty [ˈnɔtɪ] [形] (**-ti·er, -ti·est**) **1** 不聽話的；頑皮的，惡作劇的；壞的；沒禮貌的《*to* do》。**2** 不適當的；猥褻的：~ words 髒話。

-ti·ly [副], **-ti·ness** [名]

Na·u·ru [nɑˈuru] [名]諾魯（共和國）：大洋洲索羅門群島東北方的島國；首都爲雅連（Yaren）。

~**·an** [名] [形]諾魯人[的]；諾魯語（的）。

nau·se·a [ˈnɔzɪə, ˈnɔʒə] [名][U] **1** 噁心，作嘔；暈船。**2** 嫌惡，厭惡。

nau·se·ate [ˈnɔzɪˌet, -ʒɪˌet] [動][及] **1** 使嘔吐，使反胃。**2** 使感到噁心。—[不及] 欲嘔，嘔吐；感到厭惡《*at...*》。

-at·ing·ly [副]

nau·se·at·ing [ˈnɔzɪˌetɪŋ, -ʒɪ-] [形]使人作嘔的，令人噁心的，令人討厭的。

nau·seous [ˈnɔʒəs, -zɪəs] [形] **1** 使人噁心的；令人厭惡的。**2**《口》令人反胃的。

~**·ly** [副], ~**·ness** [名]

nautch [nɔtʃ] [名]印度舞女的表演。

nau·ti·cal [ˈnɔtɪkl] [形]船員的；船舶的；航海的：~ day 航海日。~**·ly** [副]

ˈnautical ˈmile [名]= mile 3.

nau·ti·lus [ˈnɔtləs] [名] (複~**·es** 或 **-li** [-ˌlaɪ]) **1**〖貝〗鸚鵡螺。**2** = paper nautilus.

nav. 《縮寫》*nav*al; *nav*igation; *nav*igator; *nav*y.

Nav·a·ho 或 **Na·va·jo** [ˈnævəˌho] [名] (複~**s** [-z], ~**es** [-z],《集合名詞》~) **1** 拿瓦和族：北美印第安人的一大部族。**2**[U]拿瓦和語。—[形]拿瓦和族[語]的；拿瓦和族文化的。

·na·val [ˈnevl] [形] **1** 軍艦的；海軍的：a ~ battle 海戰 / a ~ review 閱艦大典 / a ~ base 海軍基地。**2** 船的。

~**·ly** [副]

ˈnaval ˈarchitect [名]造船工程師。

ˈnaval ˈarchitecture [名][U]造船學。

nave¹ [nev] [名]（教堂的）本堂，中殿，正廳；（火車站的）中央廣場。

nave² [nev] [名]輪轂。

na·vel [ˈnevl] [名] **1** 肚臍。**2** 中央，中心點。

ˈnavel ˌorange [名]臍橙。

nav·i·ga·ble [ˈnævəgəbl] [形] **1** 可航行的，適於航行的。**2** 可操縱的，導航的；能航行的。

-ˈbil·i·ty [名], **-bly** [副]

·nav·i·gate [ˈnævəˌget] [動] (**-gat·ed, -gat·ing**) [及] **1** 航行於。**2** 駕駛，操縱（飛機、船隻等）。**3**《美口》平穩地走過；行走於。**4** 使有進展；使通過。—[不及] **1** 航行；駕駛船。**2**《美口》（酒醉後）平穩地行走。

nav·i·ga·tion [ˌnævəˈgeʃən] [名][U] **1** 航海；飛行，航空；航海學[術]；航空學[術]。**2** 航運，海運，船運；船舶。

·nav·i·ga·tor [ˈnævəˌgetɚ] [名] **1** 航海者（船、飛機等的）駕駛員，操縱者；領航員，航行員；海洋探險家。**2** 自動操縱裝置。

nav·vy [ˈnævɪ] [名](複**-vies**)《英》《口》（運河工程等的）工人，挖土工人。

·na·vy [ˈnevɪ] [名](複**-vies**) **1**《集合名詞》全部海軍艦艇[人員]。**2**《**the** ~》海軍部《常作**the N-**》（表一特定國家兵力的）海軍：the Department of *the N-*《美》海軍部（《英》the Admiralty）/ *the* British *N-* 英國海軍 / the Secretary of *the N-*《美》海軍部長。**3**[U] 深藍色。**4**〖詩〗艦隊，船隊。

ˈnavy ˌbean [名]《美》海軍豆，扁豆。

ˈnavy ˌblue [名][U]深藍色，海軍藍。

na·vy-blue [ˈnevɪˌblu] [形]深藍色的。

ˈNavy ˈCross [名]《美》海軍十字勳章。

ˈnavy ˌyard [名]《美》海軍工廠，海軍船廠。

na·wab [nəˈwɑb, -ˈwɔb] [名] **1**《**N-**》對印度回教徒顯貴的尊稱。**2** = nabob 1.

nay [ne] [副] **1** 否，不。**2**《文》毋寧是；實。—[名] **1**[U]不，否，反對，否定，行，拒絕。**2** 反對票，投反對票（者）

yea and nay 優柔寡斷。

na·ya pai·sa [nəˈjɑpaɪˈsɑ] [名] (複 **na·ya pai·se** [nəˈjepaɪˈse]) 那亞帕沙：印度的幣。

nay·say·er [ˈneˌseɚ] [名]拒絕者，否者，反對者。

Naz·a·rene [ˌnæzəˈrin] [名] **1** 拿撒勒人，拿撒勒派者。**2**《**the** ~》耶穌基督。—拿撒勒（人、派）的。

Naz·a·reth [ˈnæzərəθ] [名]拿撒勒：以列北部的城市；耶穌度過少年時代之地

Naz·a·rite [ˈnæzəˌraɪt] [名]（古代希伯的）修行者；拿撒勒人。

naze [nez] [名]岬。

Na·zi [ˈnɑtsɪ, ˈnæ-] [名](複~**s** [-z]) **1** 納粹員。**2**《通常作 **n-**》國家社會主義者。—[形]《偶作 **n-**》納粹的；納粹黨的。

Na·zism [ˈnɑts(ɪ)ˌɪzəm, ˈnæ-] [名] [U]納粹主義，德國國家社會主義。

NB, N.B., n.b. [ˈɛnˈbi]《拉丁語》*no bene* 注意，小心。

Nb《化學符號》niobium.

N.B. 《縮寫》*N*ew *B*runswick; *N*orth *B*ritain.
NBA 《縮寫》*N*ational *B*asketball *A*ssociation《美》全國職業籃球協會。
NBC 《縮寫》《美》*N*ational *B*roadcasting *C*ompany《美》國家廣播公司。
NbE 《縮寫》*n*orth *b*y *e*ast.
N-bomb ['ɛn,bɑm] 名 核子彈。
NbW 《縮寫》*n*orth *b*y *w*est.
N.C., NC 《縮寫》*N*orth *C*arolina.
NC-17 《縮寫》*N*o *C*hildren under 17 Admitted.《美》成人級電影（18 歲以下禁止觀賞）。
NCAA 《縮寫》the *N*ational *C*ollegiate *A*thletic *A*ssociation《美》全國大學體育協會。
N.C.O. 《縮寫》〖軍〗*N*oncommissioned *O*fficer.
ND, N.Dak. 《縮寫》*N*orth *Dak*ota.
Nd 《化學符號》*n*eo*d*ymium.
n.d. 《縮寫》*n*o *d*ate; *n*ot *d*ated; *n*o *d*elivery.
Ne 《化學符號》neon.
NE 《縮寫》*Ne*braska.
NE., n.e. 《縮寫》*n*orth*e*ast(ern).
N.E. 《縮寫》*n*aval *e*ngineer; *N*ew *E*ngland; *n*orth*e*ast(ern).
Ne·an·der·thal [nɪ'ændɚ,tɑl] 形〖人類〗尼安德塔人的。—名 1〖人類〗= Neanderthal man. 2 四肢發達、頭腦簡單的人。
Ne'anderthal ,man 名 U C〖人類〗尼安德塔人。
neap [nip] 形 最低潮的：a ～ tide 小潮。—名 最低潮，小潮。—動 不及 趨向小潮，到達最低潮。—及《被動》(因小潮而) 使擱淺。
Ne·a·pol·i·tan [,niə'pɑlətn̩] 形 那不勒斯 (式) 的；那不勒斯的。—名 1 那不勒斯原住民。2 那不勒斯冰淇淋。
near [nɪr] 副 (～·er, ～·est) 1 近，接近，鄰近《to...》；將近，迫近《偶用 to...》:(from) far and ～遠近，到處 / go ～ *to* a hut 接近小屋。2《常作複合詞》密切，幾乎：a *near*-great portrait 幾乎跟真人一樣大的肖像。3《口》幾乎，差不多：for ～ 20 years 將近二十年。4《與否定詞連用》(不) 十分地。5《古》節儉地，吝嗇地。6〖海〗切近風向地，在風緣。
go near to doing 幾乎。
near by ⇨ NEARBY
near upon《文》(時間) 幾乎，將近。
—形 (～·er, ～·est) 1 接近的，鄰近的；在最近的。2 密切的，接近的；有利害關係的；親密的，親近的。3 類似原物的，相似的。4 間不容髮的，勉強的，危險的。5 吝嗇的。6 (馬或馬車的) 左側的。
near at hand (1) 在附近，在近旁。(2) 在不久的將來，逼近。
near thing《英口》幾乎不分勝負的比賽，險勝。
—介 (～·er, ～·est) 1 (1) (空間) 接近，鄰近。(2) (時間) 接近。2 (情況、狀態等) 接近，即將，幾乎。
lie near a person 為…所關懷，打動心靈，感動。
nowhere near 相差很遠；遠不如。
—動 及 不及 將近，接近。
'near 'beer 名 U 淡啤酒。
·**near·by** ['nɪr,baɪ] 形 近處的，附近的，鄰近的。—['-'-] 副 附近地，鄰近地。—['-'-] 介 在…的附近。
'Near 'East 名《the ～》近東：亞洲西南部及非洲東北部各國的通稱。
'Near 'Eastern 形
:**near·ly** ['nɪrlɪ] 副 1 幾乎，大致：～ a week ago 大致在一週前。2 極類似地。3 密切地：two ～ related incidents 兩件密切相關的意外事件。4 細心地，仔細地。
not nearly 遠不及，不十分，絕不。
'near 'miss 名 1 雖未直接命中而猶能有效破壞目標之一擊。2 (飛機等幾乎遇難而) 僥倖脫險。3 近乎成功的結果。
near·ness ['nɪrnɪs] 名 U 靠近，接近；密切；親近，親密；近似；吝嗇。
near·side ['nɪrsaɪd] 形《英》左方的，左側的。—名 左邊，左側。
near(-)sight·ed ['nɪr'saɪtɪd] 形 1 近視的。2 目光短淺的，無先見之明的。
～·**ly** 副, ～·**ness**
near-term ['nɪr,tɝm] 形 近期的。
·**neat**[1] [nit] 形 1 乾淨的，整潔的；喜好潔淨的；規矩的：～ and trim 整齊清潔的 / be ～ in appearance 容貌整潔。2 優雅的，雅致的：～ furniture 雅致的家具。3 巧妙的，靈巧的；適當的，適切的：a ～ explanation 適切的說明 / a ～ solution 巧妙的解答 / make a ～ job of... 俐落地做…。4《美口》精彩的，極好的，驚人的。5 (酒) 純的，不摻水的；純的，純淨的：drink one's whiskey ～ 喝純威士忌酒。～·**ness** 名

neat[2] [nit] 名 (複～)《古》牛；《集合名詞》牛類。
neath, 'neath [niθ] 介《古》〖詩〗= beneath.
neat·ly ['nitlɪ] 副 整潔地，乾淨地；靈活地，巧妙地；適切地。
neb [nɛb] 名 1 (鳥類等的) 喙；(尤指動物的) 鼻；《主蘇》(人類的) 口，嘴。2 尖端，尖頭；筆尖。
N.E.B. 《縮寫》*N*ew *E*nglish *B*ible.
neb·bish ['nɛbɪʃ] 名《俚》微不足道的人，無能的人；十分不幸的人。—形 極倒楣的，不幸得令人憐憫的。
NEbE 《縮寫》*n*orth*e*ast *b*y *e*ast.
NEbN 《縮寫》*n*orth*e*ast *b*y *n*orth.
Neb(r). 《縮寫》*Nebr*aska.
Ne·bras·ka [nə'bræskə] 名 內布拉斯加：美國中部的一州；首府為 Lincoln。略作：Nebr., Neb.
neb·u·la ['nɛbjələ] 名 (複 -**lae** [-,li], ～s)〖

天〗星雲：a spiral ～渦狀星雲。

'nebular hy'pothesis 名《the ～》〖天〗星雲說。

neb·u·los·i·ty [ˌnɛbjəˈlɑsətɪ] 名(複-ties) 1 星雲；Ⓤ星雲狀態。2 含糊，曖昧。

neb·u·lous [ˈnɛbjələs] 形 1 似星雲的；星雲狀的；星雲的。2 模糊的，朦朧的；混亂的：～ hopes 朦朧的希望。3 不透明的，渾濁的。～·ly 副

·nec·es·sar·i·ly [ˌnɛsəˈsɛrəlɪ, ˈ--ˌ---] 副 1 必定；必然；《與否定詞連用》（未）必，（不）一定。2 必要的，必需的；必須的。

:nec·es·sar·y [ˈnɛsəˌsɛrɪ] 形 1 必要的，必需的《*to, for*...》：a ～ condition 必要條件 / items ～ *for* daily life 日常生活的必需品。2 必然的，不可避免的；強制的，被迫的：a ～ conclusion 必然的結論。3〖論〗必然的。—名 (複-sar·ies) 1《常作-saries》必要物品，必需品；《-saries》〖法〗生活必需品。2《the ～》《俚》必需的行動。

ne·ces·si·tar·i·an [nəˌsɛsəˈtɛrɪən] 名 必然論者。—形 必然論（者）的。～·ism 名Ⓤ必然論。

ne·ces·si·tate [nəˈsɛsəˌtet] 動及 1 使成爲必需，使難免，使必然。2《主被動》《美》逼使，迫使。

ne·ces·si·tous [nəˈsɛsətəs] 形 1 貧困的，貧窮的。2 必需的，不可避免的；緊急的，急迫的。～·ly 副，～·ness 名

·ne·ces·si·ty [nəˈsɛsətɪ] 名(複-ties) 1《常作-ties》必要物，必需品；不可缺少之物：the *necessities* of existence 生活必需品。2ⓊⒸ必要（性），不可缺少的事《*of*, *for*...》；必要性《*to* do》；緊急的必要：realize the ～ *of* democratization 了解民主化的必要性 / the ～ *for* a complete explanation 作全面說明的必要性 / from ～由於必要 / under the ～ *of* doing 必須…，不得不… / *N*- is the mother of invention.《諺》需要爲發明之母。3ⓊⒸ必然（性），不可避免的事物，宿命；強制，強求；〖哲〗必然（性）。4Ⓤ貧苦，貧困，貧窮；《通常作 -ties》貧窮狀：in great ～ 非常貧困。

make a virtue of necessity ⇨ VIRTUE

of necessity 必然，當然。

:neck [nɛk] 名 1 頸，脖子；頸骨；ⓊⒸ（小）羊的頸肉：get one's ～ out of a halter 免除絞刑 / crane one's ～ 伸長脖子 / fall on sb.'s ～ 摟住某人的脖子。2 領子，襟的部分。3 一頸之差：lose by a ～ 以一頸之差輸了。4 頸狀部分。5 狹窄地帶，隘口；地峽；海峽。6〖解〗頸，頸部；〖齒〗齒頸（部）。7〖建〗（古典式圓柱的）頸卷飾。

a pain in the neck 令人嫌惡的人[物]。

(be) dead from the neck up 《俚》笨，蠢，糊塗。

bend one's neck to... 向…屈服。

be up to one's neck in... 《口》淹至頸部，陷入；沉迷於，專心於。

break one's neck 《口》(1) 折斷頸骨，折[…]致死。(2) 非常努力工作。

break the neck of... 完成…的最困難的部分。

breathe down a person's neck 緊迫地跟在後頭；嚴密地監視。

escape with one's neck 倖免於難。

get it in the neck 《俚》(1) 大受打擊，遭受嚴厲的懲罰，遭殃。(2) 捨棄；被解僱。

give it in the neck 攻擊，非難，叱責。

neck and crop / neck and heels 整個地；快速地；完全地。

neck and neck 不分勝負，實力相當。

neck of the bottle 最苦的時候。

neck of the woods 居住地區；偏僻的小村落；附近地區；地帶。

neck or nothing 鋌而走險地。

on a person's neck / on the neck of a person 緊隨其後，糾纏。

put it down the neck 《口》喝酒。

risk one's neck 冒生命危險。

save one's neck 免受絞刑；撿回一命。

shot in the neck 《俚》酒醉的，喝得差不多的。

stick one's neck out 《口》冒險；擔風險；惹麻煩。

talk through (the back of) one's neck 《俚》講蠢話，說離譜的話；吹牛。

—動不及《俚》擁抱，接吻，愛撫。

—及 1《俚》與…摟抱；與…接吻。2 絞[…]殺；割頸殺死。

neck·band [ˈnɛkˌbænd] 名 1 襯衫領子。2 圍巾，領巾。

neck·cloth [ˈnɛkˌklɔθ] 名 圍巾，領帶。

neck-deep [ˈnɛkˈdip] 形 副 深及頸部的[地]；深陷的[地]：be ～ in water 陷入深及頸部的水中。

necked [nɛkt] 形《複合詞》…領的：T-*necked* shirt T 恤衫。

neck·er·chief [ˈnɛkəˌtʃɪf] 名 圍巾，頸巾。

neck·ing [ˈnɛkɪŋ] 名Ⓤ 1 摟頸愛撫，擁吻。2〖建〗圓柱頸部的裝飾紋；柱頸。

·neck·lace [ˈnɛklɪs] 名 1 頸飾，項鍊。環形紋條。

neck·let [ˈnɛklɪt] 名 短項鍊；皮圍巾。

neck·line [ˈnɛkˌlaɪn] 名 領圈，領口。

neck·piece [ˈnɛkˌpis] 名 毛皮圍巾，圍[…]兒。

neck·tie [ˈnɛkˌtaɪ] 名《美》領帶。

neck·wear [ˈnɛkˌwɛr] 名Ⓤ《集合名詞》頸部服飾。

ne·crol·o·gy [nɛˈkrɑlədʒɪ] 名(複-gies) 死亡啓事，訃聞；死者名冊。

nec·ro·man·cy [ˈnɛkrəˌmænsɪ] 名Ⓤ魔法，妖術；通靈術。-cer 名 魔術師，巫師。-'man·tic 形

nec·ro·phil·i·a [ˌnɛkrəˈfɪlɪə] 名Ⓤ戀屍癖。

ne·croph·i·lism [nə'krɑfə,lɪzəm] 名 = necrophilia.

ne·crop·o·lis [nə'krɑpəlɪs] 名 (複～·es) 1 大墓地，公共墓地。2（古代都市、史前的）埋葬地，古墳。

nec·rop·sy ['nɛkrɑpsɪ] 名 (複-sies) 驗屍，屍體解剖。—動(-sied, ～·ing)及 檢驗（屍體），解剖（屍體）。

ne·cro·sis [nɛ'krosɪs] 名 Ⓤ Ⓒ 壞疽，壞死。

nec·tar ['nɛktɚ] 名Ⓤ 1〖植〗花蜜。2〖希神〗神酒：眾神飲的永生之酒。3 果汁；甘美的飲料，甘露。4 水果汽水。

nec·tar·ine [,nɛktə'rin] 名 油桃；油桃樹。

nec·tar·ous ['nɛktərəs] 形 1 似甘露的。2 可口的，美味的；甘甜的，甘美的。

nec·ta·ry ['nɛktərɪ] 名(複-ries) 1〖植〗蜜腺。2〖昆〗蜜管，角狀管。

Ned [nɛd] 名〖男子名〗奈德（Edward, Edmond 的別稱）。

N.E.D., NED《縮寫》*N*ew *E*nglish *D*ictionary (= Oxford English Dictionary) 牛津大詞典。

Ned·dy ['nɛdɪ] 名〖男子名〗奈迪（Edward 的別稱）。

nee, née [ne] 形《置於已婚女性名字之後以示原姓》本姓…的，娘家姓…的。

need [nid] 名 1 ⓊⒸ 必要性；必要，需要《*of, for*..., *of* doing, *to* do》。2 必需之物；《～s》生理需求：do one's ～*s*《英方》大小便，解手。3 Ⓤ 義務，責任：the ～ to pay taxes 納稅的義務。4 Ⓤ 困境，危急之際：help a family in ～ 幫助困境中的家庭 / when the ～ arises 處於困境時 / A friend in ～ is a friend indeed.《諺》患難見真情。5 Ⓤ 貧困，貧乏。

as...as need be 在必要時。

at need 必要時[的]。

had need do = OUGHT to do.

if need arise《文》如有必要。

in case of need 在緊急的時候，萬一有事時，處於困境時。

—動 及 1 需要，有必要。2 有義務（做…）；必需。—不及 1 需要某物，窮困。2《非人稱構句》《古》需要。—助動《疑問、否定、類似句》有必要，必須；一定。

need·ful ['nidfəl] 形《古》1 必要的，需要的，不可缺少的《*to, for*..., *for* doing》；有必要的《*to* do, *that* 子句》。2 貧窮的。3《the ～》《名詞》所需之物；《俚》金錢，現金：do *the* ～ 做必要的事。—名 隨身必需品。

～·ly 副, ～·ness 名

nee·dle ['nidḷ] 名 1 針，縫衣針，縫紉機針；編織針，鉤針。2 針狀物；〖植〗針（狀）葉；〖動〗針狀骨；尖岩，方尖塔。3〖醫〗針；《口》（藥的）注射。4 唱針；撞針；磁針，羅盤針；雕刻針。5《常作 the ～》《俚》神經不安，焦躁；發怒，敵意；嘲笑；諷刺，尖酸刻薄的話：get *the* ～ 發怒，動肝火 / give a person *the* ～ 使某人惱火。6 刺激，激勵，鞭策。7《the ～》《美俚》麻醉毒品注射。

(as) sharp as a needle 很敏銳的。

look for a needle in a haystack 海底撈針，徒勞無功。

needle's eye / the eye of a needle (1) 針孔，窄縫。(2)《喻》不可能的奢望。

on needles and pins / on pins and needles (1) 發麻刺痛。(2) 如坐針氈，焦慮不安。

on the needle《美俚》注射毒品成癮。

thread the needle 完成一件困難的工作。

—動 (-dled, -dling) 及 1 以針縫[刺]；刺穿；穿行，穿過。2《口》刺激，激勵，驅策《*into*..., *into* doing》；欺負，戲弄；使煩惱。3（加入酒精）使濃烈；加強效果，使有趣；使具有藥效。—不及 1 縫紉；刺繡。2 成針狀結晶。3 穿過，穿進穿出。

'needle ,bath 名 蓮蓬頭淋浴。

'needle ,book 名（書形的）插針墊。

nee·dle·case ['nidḷ,kes] 名 針盒。

nee·dle·craft ['nidḷ,kræft] 名 = needlework.

nee·dle·fish ['nidḷ,fɪʃ] 名(複～, ～·es)〖魚〗1 海龍。2 楊枝魚。

'needle ,game [,match] 名《英》白熱化的比賽，激戰。

nee·dle·point ['nidḷ,pɔɪnt] 名形 在帆布上的刺繡（的）；針織花邊（的）；針尖（的）。

·need·less ['nidlɪs] 形 不必要的，不需要的，無用的，多餘的。

needless to say《插入句》不用說，當然。

～·ness 名

need·less·ly ['nidlɪslɪ] 副 不必要地，無用地；多餘地，無謂地。

'needle ,therapy 名 = acupuncture.

nee·dle·wom·an ['nidḷ,wʊmən] 名 (複-wom·en) 女裁縫。

nee·dle·work ['nidḷ,wɝk] 名 Ⓤ 針線工作，縫紉；刺繡。

:need·n't ['nidṇt] need not 之縮略形。

needs [nidz] 副《常用於 **must** 之前或後》《古》一定，必須，無論如何。

·need·y ['nidɪ] 形 (need·i·er, need·i·est) 貧困的，貧窮的。-i·ly 副, -i·ness 名

ne'er [nɛr] 副〖詩〗= never.

ne'er-do-well ['nɛrdu,wɛl] 名 廢物，無用的人。—形 無價值的；無能的。

ne·far·i·ous [nɪ'fɛrɪəs, -'fær-] 形 邪惡的，兇惡的；不正當的，違法的。

ne·gate [nɪ'get] 動 及 1 使無效，取消。2 否定，否認。—不及 否認；使無效。

ne·ga·tion [nɪ'geʃən] 名 Ⓤ Ⓒ 1 否定，否認，取消；〖理則〗否定。2 不存在之物，虛幻，欠缺，虛無；相對，反面。3 否定的陳述；反論，反駁，反證。～·al 形, ～·ist 名

N

·neg·a·tive ['nɛgətɪv] 形 **1** 否定的；拒絕的，反對的；禁止的；〖理則〗否定的：a ~ vote 反對票。**2** 消極的；悲觀的；無特色的，不明確的；無效果的：~ evidence 消極的證據 / a ~ virtue 消極的美德 / a ~ sort of consent 一種消極的承諾 / along ~ lines 消極地 / a dull, ~ character 無聊消極的人物。**3**〖數·理〗負的，減的；〖電〗陰電極的：a ~ quantity 負數[量]；《諧》無。**4**〖菌〗陰性的；〖攝〗負片的；〖生理〗陰性的；(磁石) 陰極的；〖化〗陰性的，酸 (性) 的。

—名 **1** 否定的言詞，否定的陳述；〖文法〗否定詞；拒絕；反對者。**2** Ⓤ消極的性情，消極性。**3**〖數〗負記號，負數[量]；〖攝〗負片，底片；〖電〗陰極板。—動 (**-tived, -tiv·ing**) 及 **1** 否定，否認。**2** 拒絕；反駁，反證；消除…的效力等。**3** 使無效；使中和，使抵銷。~**·ly** 副，~**·ness** 名

'negative 'growth 名 Ⓤ〖經〗負成長。

'negative 'income ˌtax 名 Ⓤ Ⓒ負所得稅，低收入補助。略作：NIT

'negative 'option 名 Ⓤ Ⓒ消極購買選擇權。

'negative 'pole 名 (磁石的) 負極，陰極；〖電〗陰極。

'negative 'transfer 名〖心〗負轉移，負面轉移。

neg·a·tiv·ism ['nɛgətɪvˌɪzəm] 名 Ⓤ **1**〖心〗拒絕症，反抗癖。**2** 否定論，消極論。**-ist** 名，**-'is·tic** 形

neg·a·tiv·i·ty [ˌnɛgə'tɪvətɪ] 名 Ⓤ 消極性；陰性。

neg·a·tron ['nɛgəˌtrɑn] 名 = electron.

·ne·glect [nɪ'glɛkt] 動 及 **1** 忽視，輕視；不管，怠忽：~ one's duties 怠忽職責 / ~ a person's advice 忽視某人的忠告 / ~ one's dress 不修邊幅。**2** 遺漏，忽略，疏忽，怠慢：~ *to* file my tax return by April 25 疏忽了 4 月 25 日截止的所得稅申報 / ~*ed* garden 荒蕪了的花園。—名 Ⓤ 無視，輕視；擱置不顧，忽視；怠慢，不注意；過失，錯失。

ne·glect·ful [nɪ'glɛktfəl] 形怠慢的，疏忽的，不注意的；不關心的，冷淡的《*of* ...》：~ *of* one's appearance 不注意自己的儀表。~**·ly** 副

neg·li·gee, -gé [ˌnɛglɪ'ʒe] 名 **1** Ⓤ Ⓒ家常服，(婦女的) 長睡衣。**2** Ⓤ寬鬆的便服。

·neg·li·gence ['nɛglədʒəns] 名 **1** Ⓤ 怠忽，不注意，疏忽；懶散，不檢點：the ~ of her studies 她對學業的怠忽 / ~ in carrying out one's duties 玩忽職守 / ~ in dress 不注意服飾。**2** 玩忽的行爲。**3** Ⓤ〖法〗過失。**4**〖文·美〗自由的創作風格。—形《限定用法》過失訴訟的，基於過失的。

neg·li·gent ['nɛglədʒənt] 形疏忽的，不注意的，漠不關心的；不檢點的，隨便的，懶散的《*of, in..., in doing*》。~**·ly** 副

neg·li·gi·ble ['nɛglədʒəbl] 形可以忽略的，不足取的：a ~ person 無足輕重的人。

-'bil·i·ty 名，**-bly** 副

ne·go·ti·a·ble [nɪ'goʃɪəbl, -'goʃə-] 形 **1** 可讓渡的，可流通的，可買賣的：a ~ instrument 可讓渡的證券。**2** 有交涉餘地的，可磋商的。**3** 可通行的。**-'bil·i·ty** 名

·ne·go·ti·ate [nɪ'goʃɪˌet] 動 (**-at·ed, -at·ing**) 不及 交涉，談判，協議，磋商《*with ..., for, about, over...*》。—及 **1** 商訂，協定《*with...*》；處理，進行。**2** 克服，通過，越過，擺脫。**3** 使流通，使讓渡。

·ne·go·ti·a·tion [nɪˌgoʃɪ'eʃən] 名 **1** Ⓤ Ⓒ《常作 ~s，作單數》談判，交涉，磋商，協商，商議：truce ~*s* 停戰談判 / under ~*s* 在洽談中 / enter into ~*s* with... 開始與…談判 / be in ~*s* with... 正在與…交涉中。**2** Ⓤ處理；流通，讓渡，轉移。**3** Ⓤ度過，克服，經過，通過。

ne·go·ti·a·tor [nɪ'goʃɪˌetɚ] 名 **1** 交涉者，協議者，談判者，磋商者，商議者。**2** 出售者，讓渡者。

Ne·gress ['nigrɪs] 名《通常爲蔑》女黑人。

Ne·gri·to [nɪ'grito] 名(複~(**e**)**s**) 尼格多：分布在亞洲東南部和大洋洲的身材矮小的黑人。

·Ne·gro ['nigro] 名 (複~**es**) **1** 黑人；(非洲的) 黑種人。**2** (美洲的) 黑人；具有黑人血統的人。—形 **1**〖人類〗黑色人種的，非洲黑人的。**2** 黑人的，有黑人血統的人的。**3**《**n-**》黑的，淺黑的。

Ne·groid ['nigrɔɪd] 形《偶作 **n-**》黑色人種的。—名〖人類〗黑色人種，黑人。

ne·gus ['nigəs] 名 Ⓤ尼格斯酒。

Neh. 《縮寫》*Neh*emiah.

Ne·he·mi·ah [ˌniə'maɪə] 名 **1** 尼希米：西元前五世紀時的猶太領導者。**2** 尼希米記：舊約聖經的一卷。略作：Neh.

Neh·ru ['neru, 'nɛ-] 名 **Jawaharlal**，尼赫魯 (1889–1964)：印度政治家及總理 (1947–64)。

·neigh [ne] 動 不及 (馬) 嘶。—名嘶叫聲。

:neigh·bor ['nebɚ] 名 **1** 鄰居，鄰人；《主作 ~**s**》鄰近地區或國家的人：A good ~ is better than a brother far off.《諺》遠親不如近鄰。**2** 鄰座的人，鄰近的人[物]；鄰國。**3** 同胞；鄉親；對人親切的人。—形 **1** 鄰近的，毗鄰的。**2** 位於近處的，附近的。

—動 不及 **1** 住在附近；鄰接，毗鄰《*on near, to, upon...*》。**2** 建立睦鄰關係，親切交往《*with...*》。

·neigh·bor·hood ['nebɚˌhud] 名 **1** Ⓤ附近，鄰近，近處：~ friendly《美口》住家附近的小店。**2** 地區，地帶；社區，街

坊；住宅區。3《集合名詞》街坊鄰居；居民；Ⓤ鄰居情誼：~ gossip 街坊間的流言蜚語 / a friendly ~ 親切的鄰居。4《the ~》（距離、時間、程度、量等的）鄰近，接近《of...》。

in the neighborhood of... (1)在…的附近。(2)《口》大約。

'neighborhood 'watch 图（鄰里的）守望相助。

neigh·bor·ing ['nebərɪŋ] 形鄰接的，鄰近的，附近的。

neigh·bor·ly ['nebɚlɪ] 形像鄰居般的；親切的，易親近的，和睦的。

-li·ness 图Ⓤ和睦，親切。

:neigh·bour ['nebɚ] 图形動《英》= neighbor.

:nei·ther ['niðɚ, 'naɪðɚ] 副 1《用作相關連接詞》既不…也不…，既不…又不…。—形《置於單數名詞前》（兩者）都不。—代（兩者中）無一《of...》。

neither fish nor fowl / neither fish, flesh, nor fowl 無法歸類的，不倫不類的。

neither here nor there 不重要的；與討論的主題不相干的。

neither more nor less than... 與…完全一樣，恰恰，純粹是。

neither one thing nor the other / neither (the) one nor the other 不倫不類的，稀奇古怪的。

Nell [nɛl] 图〖女子名〗奈兒。

Nel·lie, -ly ['nɛlɪ] 图1〖女子名〗奈麗（Helen的暱稱）。2《n-》《俚》傻瓜。

not on your nelly 《英俚》絕對不會。

nel·son ['nɛlsən] 图〖角力〗制頸法。

Nel·son ['nɛlsən] 图 **Viscount Horatio**, 納爾遜（1758–1805）：英國海軍名將。

nem con ['nɛm,kɑn] 副《拉丁語》無人反駁。

Ne·me·an [nɪ'miən, 'nɪmɪən] 图〖希神〗尼米安：Zeus 的別名。

Nem·e·sis ['nɛməsɪs] 图(複-**ses** [-,siz]) 1〖希神〗娜米絲：司因果報應及復仇的女神。2《n-》復仇者；復仇的行動。3《n-》無法克服的事物；擊敗不了的敵人[對手]。4《n-》必定的結果；天罰，報應。

neo- 《字首》1 表「新的」、「最近的」、「新近的」、「新創的」、「新詮釋的」之意。2〖化〗「新」，代表至少一個碳原子和第四個碳原子結合成的同分異構物。

ne·o·clas·sic [,nio'klæsɪk], **-si·cal** [-sɪkl] 形新古典主義的。

-si·cism [-sɪ,sɪzəm] 图Ⓤ新古典主義。

-si·cist 图新古典主義者。

ne·o·co·lo·ni·al [,niokə'lonɪəl] 形新殖民主義的。—图新殖民主義勢力[強權]。

ne·o·co·lo·ni·al·ism [,niokə'lonɪzəm] 图Ⓤ新殖民主義，新殖民政策。**-ist** 图新殖民主義者。

ne·o·con·ser·va·tism [,niokən'sɝvə,tɪzəm] 图Ⓤ《美》新保守主義。

ne·o·con·ser·va·tive [,niokən'sɝvətɪv] 图《美》新保守主義者。—形新保守主義的。

ne·o-Da·da(·ism) [,nio'dɑdɑ(,ɪzəm)] 图Ⓤ〖藝〗新達達主義。

ne·o·dym·i·um [,nio'dɪmɪəm] 图Ⓤ〖化〗釹。符號：Nd

ne·o·fas·cism [,nio'fæʃɪzəm] 图Ⓤ新法西斯主義。

-cist 图形新法西斯主義者[的]。

ne·o·gla·ci·a·tion [,nio,gleʃɪ'eʃən] 图Ⓤ〖地質〗新冰河作用。**-'gla·cial** 形

ne·o·im·pe·ri·al [,nioɪm'pɪrɪəl] 形新帝國主義的。

ne·o·im·pe·ri·al·ism [,nioɪm'pɪrɪəl,ɪzəm] 图Ⓤ新帝國主義。

Ne·o-Im·pres·sion·ism [,nioɪm'prɛʃən,ɪzəm] 图Ⓤ《偶作**neo-impressionism**》〖美〗新印象主義，新印象派。

ne·o·i·so·la·tion·ism [,nio,aɪsə'leʃənɪzəm] 图Ⓤ〖政〗新孤立主義。

Ne·o-Lat·in [,nio'lætn̩] 图Ⓤ新拉丁語。略作：NL, N.L.

ne·o·lith·ic [,niə'lɪθɪk] 形《通常作**N-**》〖人類〗新石器時代的。—图《**N-**》《**the** ~》〖人類〗新石器時代。

ne·ol·o·gism [ni'ɑlə,dʒɪzəm] 图1新語，新義，新詞；Ⓤ新詞的使用。2Ⓤ新教義，對宗教經典的新闡釋；對新教義的支持。

ne·ol·o·gist [ni'ɑlə,dʒɪst] 图新語創造者[使用者]；〖宗〗新教義信奉者。

ne·ol·o·gize [ni'ɑlə,dʒaɪz] 動不及1創造新詞。2 闡釋新教義。

ne·o·my·cin [,nio'maɪsɪn] 图Ⓤ〖藥〗新黴素。

ne·on ['niɑn] 图 1Ⓤ〖化〗氖（符號：Ne）。2 霓虹燈廣告；霓虹燈。—形 1（用）霓虹燈的；含氖的。2《口》繁華都市的，鬧街夜生活的，華麗而庸俗的。

ne·o·na·tal [,nio'netl] 形（影響）新生兒的。

ne·o·nate ['niə,net] 图新生兒。

ne·o·na·tol·o·gy [,nione'tɑlədʒɪ] 图Ⓤ〖醫〗新生兒學。

'neon 'sign 图霓虹燈。

ne·o·phil·i·a [,niə'fɪlɪə] 图Ⓤ崇尚時髦。**-ac** 图喜歡新事物者。

ne·o·phyte ['niə,faɪt] 图1新入教者；新受洗者。2〖天主教〗修士。3初學者；新加入者。

ne·o·plasm ['nio,plæzəm] 图〖病〗贅生物，贅瘤，瘤腫。

ne·o·prene ['niə,prin] 图Ⓤ《美》一種合成橡膠。

ne·o·ter·ic [,niə'tɛrɪk] 形現代的，新的。—图現代作家[思想家等]。

Ne·pal [nɪ'pɔl] 图尼泊爾（王國）：位於

喜馬拉雅山脈中；首都為加德滿都（Katmandu）。

ne·pen·the [nɪ'pɛnθɪ] 名 1〖詩〗忘憂藥。2 能使人忘卻憂愁煩惱之物。～·**an** 形

ne·pen·thes [nɪ'pɛnθiz] 名(複-**thes**) 1 = nepenthe. 2〖植〗豬籠草。

neph·ew ['nɛfju] 名 外甥；姪子。

ne·phrit·ic [nɛ'frɪtɪk] 形〖病〗腎炎的。

ne·phri·tis [nɛ'fraɪtɪs] 名 Ⓤ〖病〗腎臟炎。

ne·phrol·o·gy [nə'frɑlədʒɪ] 名 Ⓤ〖醫〗腎臟學。-**gist** 名 腎臟學家。

ne·phro·sis [nɪ'frosɪs] 名 Ⓤ〖病〗腎臟病，腎病變。

ne plus ul·tra ['niplʌs'ʌltrə] 名《拉丁語》最高點，極點，頂點；極限。

nep·o·tism ['nɛpə,tɪzəm] 名 Ⓤ 重用親戚，內舉不避親，族閥主義。

ne·pot·ic [nə'pɑtɪk] 形, **'nep·o·tist** 名

Nep·tune ['nɛptʃun, -tjun] 名 1（古代羅馬神話的）海神。2〖天〗海王星。

nep·tu·ni·um [nɛp'tunɪəm, -'tju-] 名 Ⓤ〖化〗錼。符號：Np

nerd [nɝd] 名《俚》笨頭笨腦的人，乏味的人，入迷者。～·**y** 形 笨頭笨腦的。

Ne·re·id ['nɪrɪɪd] 名《偶作 n-》〖希神〗妮瑞：海中女神。

Ne·ro ['niro, 'nɪro] 名 尼祿（37－68）：羅馬皇帝（54－68）。

:**nerve** [nɝv] 名 1《古》〖詩〗腱。2 神經；神經纖維；牙髓：～ strain 神經緊繃 / touch a ～ 觸神經，觸到痛處。3 Ⓤ 精神，活力。4《～s》勇敢沉著的態度；Ⓤ Ⓒ 毅力，膽量；《口》狂妄，無禮；無恥，厚顏：have iron ～*s* 有膽量。5《～s》神經質，神經過敏；焦躁緊張：have no ～*s* 泰然自若 / suffer from a bad case of ～*s* 神經極為緊張，極為焦躁不安。6〖植〗（葉等的）脈；〖昆〗翅脈。7 橫斷線。

get on a person's nerves 使某人心神不寧。

have the nerve to do (1)《口》厚著臉皮去；竟然膽敢。(2) 有做…的勇氣。

lose one's nerve 畏縮，失去勇氣。

strain every nerve 盡心盡力。

—動(**nerved, nerv·ing**)及 鼓起力量；《常為反身》使鼓起勇氣《*for...*》；使鼓舞精神。

'nerv·al 形 神經（組織）的。

'nerve ,block 名〖醫〗神經傳導隔斷。

'nerve ,cell 名 神經細胞。

'nerve ,center 名 1 神經中樞。2 中樞，首腦。

'nerve ,fiber 名 神經纖維。

'nerve ,gas 名 Ⓤ Ⓒ 神經毒氣。

'nerve ,impulse 名〖生理〗神經衝動。

nerve·less ['nɝvlɪs] 形 1 冷靜的，沉著的。2 無精神的，萎縮的，衰弱的；戰戰兢兢的，膽怯的。3〖解〗無神經的；〖植〗無葉脈的。～·**ly** 副, ～·**ness** 名

nerve-(w)rack·ing ['nɝv,rækɪŋ] 形 使人變得神經質的，使人焦躁不安的。

:**nerv·ous** ['nɝvəs] 形 1 易激動的，易焦急的；神經質的，神經過敏的；膽怯的，緊張的《*of...*》；忐忑不安的：walk wit～ haste 神經緊張地匆忙而走 / be ～ abou... 對…感到緊張 / make a person ～使某人焦急不安。2 神經的，和神經有關的；神經失調的：～ exhaustion 神經衰弱 / suffe from ～ indigestion 患神經性消化不良症。3 有勇氣的；〖詩〗健壯的。4《文》簡潔的，有力的。

～·**ness** 名

'nervous 'breakdown 名 Ⓤ 神經衰弱。

·**nerv·ous·ly** ['nɝvəslɪ] 副 神經質地，神經緊張地；有力地，強健地。

'nervous ,system 名〖解〗神經系統

nerv·y ['nɝvɪ] 形 (**nerv·i·er, nerv·i·est**)《口》狂妄傲慢的，厚臉皮的。2 有勇氣的，勇敢的；〖詩〗剛健的；有力的。3 焦慮不安的；《英口》神經質的，緊張不安的；《主英》煩心，令人難以忍受的。

-**i·ly** 副, -**i·ness** 名

n.e.s., N.E.S.《縮寫》*not elsewher specified* 不另詳述。

nes·cience ['nɛʃɪəns, 'nɛʃəns] 名 Ⓤ 1 無知。2〖哲〗不可知論。-**cient** 形

Ness [nɛs] 名 **Loch**，尼斯湖：蘇格蘭西北部的一湖泊，相傳有怪獸棲息其中。

-**ness**《字尾》表「性質」、「狀態」等抽象名詞的字尾。

Nes·sie ['nɛsɪ] 名《口》尼斯湖水怪。

:**nest** [nɛst] 名 1 巢，窩。2《集合名詞》一群，一窩：a ～ of baby birds 一窩小鳥。隱居處，藏匿處，休憩處；巢窟，溫床，淵藪：a ～ of thieves 盜賊窩。4 一組，一套。5 一夥。

bring a hornet's nest (down) about one's ear 引起騷動，惹來大麻煩；樹敵招怨。

feather one's nest 中飽私囊。

foul one's own nest 做出有損家聲的事，說自家人的壞話：It is an ill bird that *fouls* own ～.《諺》弄髒自己窩巢的不是好鳥；家醜不可外揚。

—動 及 1 安頓在巢中；築巢；放置在保護物中《*in...*》。2 把（箱等）套在一起。—不及 1 築巢伏窩；安頓在舒適之處。彼此套在一起。3 搜尋鳥巢。

'nest ,egg 名 1 留窩蛋。2 預備金，儲金；老本，壓箱底的錢。

nes·tle ['nɛsl] 動 不及 1 舒服地躺下來，使安頓下來《*down / in...*》；依偎，挨靠《*up / to, against...*》：～ *up to...* 向…依偎過去。2 若隱若現，半隱半現《*among in...*》。3《古》築巢，建立家庭。—及 安頓在巢中；使舒適地安頓下來。2 緊著；使貼近《*on, against...*》。

nest·ling ['nɛstlɪŋ] 名 1 雛鳥。2 幼兒。

Nes·tor ['nɛstɚ] 名 1〖希神〗涅斯特：特洛伊戰爭時希臘軍的賢明老將。2《偶作

n-》賢明的長者，長老。

Nes·to·ri·an [nɛs'torɪən] 名聶斯托里派信徒，（中國的）景教徒。～·ism名Ⓤ景教（的教義）。

·net[1] [nɛt] 名 1 網：cast a ～ 撒網。2ⓊⒸ網狀物。3 圈套，羅網，陷阱：an amorous ～ 愛情之網 / caught in a ～ of desire for fame 落入追名逐利的陷阱之中。4《the N-》〖天〗網罟座。5 觸網球；《常作～s》球門。6《口》廣播網。7《the N-》網際網路。

一動(～·ted, ～·ting)及 1 以網捕；撒網；以網覆蓋。2 捉住；使中圈套，使落入陷阱。3 編成網。4 使（球）觸網。

net[2] [nɛt] 形 1《通常爲限定用法》純淨的，淨值的：～ weight 淨重。2 結局的，最終的：the ～ result 最終結果。一名實收入，純益；淨價；淨重，純量。一動(～·ted, ～·ting)及淨得；淨賺。

'net ˌball 名（網球等的）觸網球。

net·ball ['nɛtˌbɔl] 名Ⓤ《英》落網球戲。

'net do'mestic 'product 名Ⓤ〖經〗國內生產淨額。略作：NDP

neth·er ['nɛðɚ] 形 1 地下的，地獄的：the ～ world 冥界，陰間，地獄。2《古》下部的：one's ～ garments《謔》褲子。

Neth·er·lands ['nɛðɚləndz] 名《the ～》《作單數·偶作複數》荷蘭：西北歐國家；首都爲阿姆斯特丹（Amsterdam）（亦稱 Holland）。

-land·er [-lænd ɚ] 名, -ˌland·i·an 形

neth·er·most ['nɛðɚˌmost] 形《文》最下面的，最低的。

'nether ˌworld 名《the ～》1 地獄，陰間。2 來世。

net 'income 名ⓊⒸ淨所得，純收入。

net·i·zen ['nɛtɪzn̩] 名〖電腦〗網路迷。

net 'national 'product 名Ⓤ國民生產淨額。略作：NNP

Net·scape ['nɛtˌskep] 名〖商標名〗網景：網路的瀏覽軟體。

net·ter ['nɛtɚ] 名《美俚》網球選手。

net·ted ['nɛtɪd] 形用網捕獲的；張網的；網狀的；網製工藝的。

net·ting ['nɛtɪŋ] 名 Ⓤ 1 結網，撒網。2《集合名詞》網工藝，網狀織品。3 網漁（權）。

net·tle ['nɛtl̩] 名 1〖植〗蕁麻。2 使焦慮不安的事物。

be on nettles 焦急得很。

grasp the nettle 積極克服困難，迅速地處理問題。

一動 及 使焦躁不安，惹怒。

net·tle-grasp·er ['nɛtl̩'græspɚ] 名敢面對困難的人，堅強奮鬥的人。

nettle ˌrash 名ⒸⓊ〖病〗蕁麻疹。

net·tle·some ['nɛtl̩səm] 形使人焦躁不安的。

net 'ton 名 1〖海〗淨噸，登記噸數。2 = short ton.

·net·work ['nɛtˌwɝk] 名 1 網狀組織；廣播網，電視網；〖電〗回路網。2 網狀系統。3ⓊⒸ網工藝；網織物。4〖電腦〗網路。

一動 及 不及 聯播。

'network com'puter 名〖電腦〗網路電腦。

net·work·ing ['nɛtˌwɝkɪŋ] 名Ⓤ資訊交換網；電腦通訊網。一形〖電腦〗網路聯繫（式）的。

neu·ral ['njʊrəl] 形神經（系統）的。

neu·ral·gia [njʊ'rældʒə] 名Ⓤ神經痛。

-gic 形神經痛的。

neu·ras·the·ni·a [ˌnjʊrəs'θinɪə] 名 Ⓤ〖醫〗神經衰弱（症）。-then·ic [-'θɛnɪk] 形名神經衰弱的[患者]。

neu·ri·tis [njʊ'raɪtɪs] 名Ⓤ〖病〗神經炎。

-rit·ic [-'rɪtɪk] 形

neuro-《字首》表「神經」之意。

neu·ro·bi·ol·o·gy [ˌnjʊrobaɪ'ɑlədʒɪ] 名 Ⓤ 神經生物學。-gist 名神經生物學家。

neu·ro·chem·is·try [ˌnjʊrə'kɛmɪstrɪ] 名Ⓤ 神經化學。-'chem·i·cal 形名

neu·ro·de·pres·sant [ˌnjʊrodɪ'prɛsənt] 名〖醫〗神經抑制劑。

neu·ro·de·pres·sive [ˌnjʊrodɪ'prɛsɪv] 形抑制神經作用的。

neu·ro·en·do·crine [ˌnjʊro'ɛndəˌkraɪn, -ɪn] 形 神經內分泌的。

neu·ro·en·do·cri·nol·o·gy [ˌnjʊroˌɛndəkraɪ'nɑlədʒɪ] 名Ⓤ神經內分泌學。

-gist 名 神經內分泌學家。

neu·rol·o·gy [njʊ'rɑlədʒɪ] 名 Ⓤ 神經學。

-gist 名 神經學專家，神經科醫生。

neu·ron ['njʊrɑn], **-rone** [-ron] 名〖解〗神經原；神經細胞。-'ron·ic 形

neu·ro·phar·ma·col·o·gy ['njʊroˌfɑrmə'kɑlədʒɪ] 名Ⓤ 神經藥理學。

neu·ro·phys·i·ol·o·gy [ˌnjʊrəfɪzɪ'ɑlədʒɪ] 名Ⓤ 神經生理學。

neu·ro·sci·ence [ˌnjʊrə'saɪəns] 名 Ⓤ 神經科學。

neu·ro·sen·so·ry [ˌnjʊro'sɛnsərɪ] 形〖生理〗感覺神經的。

neu·ro·sis [njʊ'rosɪs] 名 (複-ses [-siz]) ⓊⒸ神經病，精神官能症。

neu·ro·sur·ger·y [ˌnjʊro'sɝdʒərɪ] 名 Ⓤ神經外科。-geon [-dʒən] 名神經外科醫生。

neu·rot·ic [njʊ'rɑtɪk] 形（患）精神官能症的；神經質的，神經過敏的。一名神經病患者；神經過敏者。

neu·ro·trans·mit·ter [ˌnjʊrotræns'mɪtɚ] 名 神經傳導素。

neut. 《縮寫》*neut*er; *neut*ral.

neu·ter ['njutɚ] 形 1〖文法〗中性的。2〖動〗中性的，雌雄不別的；生殖器發育不完全的；〖植〗無性的，中性的。3 中立的，不偏不倚的：stand ～ 保持中立。一名 1〖文法〗中性；中性名詞，中性形

N

容詞。2 去勢的動物；〖動〗不能生殖的雌蟲；中性昆蟲；〖植〗無性植物。3 中立者；模稜兩可者。一動 及去勢。

·**neu·tral** ['njutrəl] 形 1 中立的；不偏袒的，不偏不倚的，公平無私的：a ～ state 中立國 / remain ～ 保持中立。2 不明確的，不清楚的；非彩色的；淺鼠色的，灰白色的：a ～ expression 不明確的說法 / a ～ smile 不置可否的笑容。3〖動·植·電·化〗中性的。一名1 中立者，中立國；中立國國民。2 U〖機〗(齒輪等的) 空檔，空轉位置。

neu·tral·ism ['njutrəlɪzəm] 名 U 中立主義，中立政策；中立態度。-**ist** 名中立主義者。

neu·tral·i·ty [nju'trælətɪ] 名 U 中立狀態，不偏不倚；中立（政策）。

neu·tral·i·za·tion [ˌnjutrələ'zeʃən] 名 U 1 中立化，中性化，使失效；〖化〗中和。2〖語言〗中和（現象）。

neu·tral·ize ['njutrəlˌaɪz] 動 及 1 使中立；使暗淡；〖語言〗使中和。2 使無效；抵消；〖化〗使中和，使抵消；〖電〗使中和，使平衡：～ our efforts 使我們的努力無效。3〖軍〗摧毀。4 宣布中立，使中立化。一不及中和，變成中性；中立化。-**iz·er** 名中和劑。

neu·tral·ly ['njutrəlɪ] 副 中立地；不偏袒地。

'**neutral ˌzone** 名中立地帶。

neu·tron ['njutrɑn] 名〖理〗中子。

'**neutron ˌbomb** 名中子彈。

'**neutron ˌstar** 名中子星。

Nev., NV《縮寫》*Nevada.*

Ne·va·da [nə'vædə, -'vɑdə] 名內華達州：美國西部的一州；首府爲 Carson City。略作：Nev.,《郵》NV

né·vé [ne've] 名 1 U 粒狀冰雪，萬年雪。2 萬年雪的原野（亦稱 **firn**）。

:**nev·er** ['nɛvɚ] 副 1 從不，未曾，從來沒有：the habit of ～ speaking to strangers 從不和陌生人講話的習慣 / Better late than ～.《諺》亡羊補牢猶未晚也；遲做總比沒做好。2《表強烈的否定》毫不，絕不，絕對不：*N*- leave till tomorrow what can be done today.《諺》今日事，今日畢。3《表感嘆、懷疑、驚訝》絕不，哪會。

never...but... 若…必定…。

never ever 永不。

never...without... 若…則必定…。

nev·er-end·ing [ˌnɛvɚ'ɛndɪŋ] 形不斷的，永不終止的。

nev·er·more [ˌnɛvɚ'mor] 副《文》永不再，絕不再。

nev·er-nev·er ['nɛvɚ'nɛvɚ] 名 1 偏僻的地方，人煙稀少地區。2 幻想中的地方。3《英俚》分期付款。一形不實在的；不真實的；幻想的；分期付款的。

'**never-'never ˌland** 名 U 理想國，夢幻之國。

nev·er-say-die ['nɛvɚˌse'daɪ] 形不屈不撓的。

·**nev·er·the·less** [ˌnɛvɚðə'lɛs] 副雖然如此，依然；不過，然而。

:**new** [nju] 形 1 新的。2 前所未有的，新奇的，初聽到的；新發現的：There is nothing ～ under the sun.《諺》太陽底下無新鮮事；萬事皆有其根源。3 尚未使用過的，新（貨）的。4 新來的，新就任的；新加入的。5 新鮮的，不熟悉的；生疏的，新手的《*to...*》。6 新的，另外的，追加的。7 更新的，更生的，改變了的。8《常作 **the** ～》現代的，最新的；新流行的。9 更新的。10（同類中）較新的。11《N-》現代的，近代的。一副最近，新近。一名新事物；新。～**·ness** 名 U 新。

'**New 'Age** 名新世紀：結合古典與爵士的一種冥想型音樂。

ˌ**New 'Amsterdam** 名新阿姆斯特丹：New York City 的舊名。

'**new 'blood** 名《集合名詞》新血。

new·born ['njuˌbɔrn] 形新生的，剛出生的；再生的，更生的。一名 (複～, ～s [-z]) 新生嬰兒。

ˌ**New 'Bruns·wick** [-'brʌnzwɪk] 名新伯倫瑞克省：加拿大東南部的一省；首府爲 Fredericton。

New·cas·tle ['njuˌkæsl] 名紐加塞，新堡：英格蘭東北部的煤炭輸出港。

carry coals to Newcastle ⇨ COAL（片語）

new·com·er ['njuˌkʌmɚ] 名剛來的人，新來者；初學者，新手《*to, in...*》。

'**new·ˌcome** 形新來的。

'**new 'criticism** 名《常作 **the N- C-**》新評論。'**new 'critic** 名

'**New 'Deal** 名《**the** ～》〖美史〗新政：1930 年代，美國羅斯福總統解決經濟危機的政策。

ˌ**New 'Delhi** 名新德里：印度的首都。

new·el ['njuəl] 名（螺旋狀樓梯的）中心柱，主支柱；扶手柱。

ˌ**New 'England** 名新英格蘭：美國東北部六州的通稱。ˌ**New 'Englander** 名新英格蘭人。

ˌ**New 'English** 名 U《偶作 **n- E-**》1 新英語；現代英語。2《美》新英語（語法）。

ˌ**New 'English 'Bible** 名《**the** ～》新英譯聖經（1961－70）。略作：NEB

new·fan·gled [ˌnju'fæŋgld] 形 1 新奇的，新式的；新流行的。2 崇尚時髦的，喜歡新奇的。

new-fash·ioned ['nju'fæʃənd] 形新流行的；新式的，新型的。

new-found ['njuˌfaund] 形新發現的。

New·found·land [ˌnjufən'lænd, 'njufənlənd] 名 1 紐芬蘭島：加拿大東部的一個大島。2 紐芬蘭：加拿大東部的一省；首府爲 St. John's（略作：Newf., Nfld）。3 [nju'faundlən] 紐芬蘭犬。

·found·,land·er 名
New·gate ['njugɪt, -,get] 名新門監獄。
New 'Guinea 名新幾內亞：澳洲北方的一個大島，世界第二大島。
New 'Hampshire 名 1 新罕布夏：美國東北部的一州；首府爲Concord（略作：N.H.）。2 雞的品種之一。
New 'Ha·ven [-'hevən] 名新哈芬：美國Connecticut州南部的一個港市；爲Yale大學所在地。
new 'high 名〖證券〗新高價，新高點。
new·ish ['njuɪʃ] 形稍新的；頗新的；無使用痕跡的。
New 'Jersey 名新澤西州：美國大西洋岸的一州；首府爲 Trenton。略作：N.J.
New Je'rusalem 名新耶路撒冷，聖城，天國（亦稱 **Heavenly City**）。
new-laid [,n(j)u'led] 形（蛋）剛生下的。
New 'Latin 名= Neo-Latin.
New 'Left 名《the ～》《美》新左派。
'New 'Leftist 名新左派分子。
new 'look 名《常作the ～》新型，新流行的款式，新式，新面貌。
new 'low 名〖證券〗新低價，新低點。
new·ly ['njulɪ] 副《與過去分詞連用》1 最近，近來：a ～ bought car 最近才買的車。2 再度，重新。3 以新方法。
new·ly·wed ['njulɪ,wɛd] 名新婚者；《～s》新婚夫婦。
new-made [,n(j)u'med] 形新製的；重新改製的。
new 'man 名重生的人，新人；改變思想者。
new·mar·ket ['nju,mɑrkɪt] 名 1 緊身長大衣。2 Ⓤ《常作 N-》《英》新市牌戲。
New 'Mexico 名新墨西哥州：美國西南部的一州；首府爲 Santa Fe。略作：N. Mex., N.M. **,New 'Mexican** 名形
new-mod·el ['nju,mɑdl] 形最新型的。—動及改造，重編。
new 'moon 名新月。
new-mown ['nju'mon] 形新割的。
New 'Or·le·ans [-'ɔrlɪənz] 名紐奧良：美國 Louisiana 州臨 Mississippi 河的一港市。
new 'penny 名= penny 1.
new 'poor 名《通常作the ～》《集合名詞》新貧（階級），新近變窮的人。
new 'rich 名《the ～》《集合名詞》新富（階級）；暴發戶。
New 'Right 名《美》新右派。
news [njuz] 名(複)《不加不定冠詞·作單數》1 新聞，情報，消息：ten big items of ～*s* 十大新聞 / No ～ is good ～.《諺》沒有消息就是好消息。/ Bad ～ travels quickly.《諺》壞事傳千里。2《the ～》報導；《集合名詞》新聞節目，報導事項。3 新聞來源；有新聞價值的人[事件]。4（新聞）報紙；《N-》…報。～·less 形
'news ,agency 名 1 通訊社。2 報紙雜誌經銷處。
news·a·gent ['njuz,edʒənt] 名《主英》= newsdealer.
'news ,analyst 名= commentator 2.
news·beat ['njuz,bit] 名新聞採訪區。
news·boy ['njuz,bɔɪ] 名報童，送報人。
news·break ['njuz,brek] 名有報導價值的事件[人物]，重要新聞。
'news ,bulletin 名《英》新聞廣播；《美》臨時新聞快報。
news·cast ['njuz,kæst] 名新聞廣播。～·er 名新聞報導者。
'news ,conference 名記者招待會。
news·deal·er ['njuz,dilɚ] 名《美》報紙雜誌經銷人（《英》newsagent）。
'news ,desk 名新聞編輯檯。
'news ,flash 名新聞快報。
news·hen ['njuz,hɛn] 名《口》女記者。
'news ,hole 名《美》新聞篇幅。
news·hound ['njuz,haʊnd] 名《美口》新聞記者。
news·let·ter ['njuz,lɛtɚ] 名 1 社報，公報，簡訊。2 時事通訊。
news·mag·a·zine ['njuz,mægə'zin] 名新聞雜誌，時事評論週刊。
news·mak·er ['njuz,mekɚ] 名《美》新聞人物，有新聞價值的人物[事件]。
news·man ['njuzmən, -,mæn] 名（複 **-men**）《美》1 記者，報導記者。2 報紙雜誌的販賣商，送報人。
'news ,media 名(複)《the ～》新聞媒體。
news·mon·ger ['njuz,mʌŋgɚ] 名愛傳播新聞的人，饒舌者。
'New ,South 'Wales 名新南威爾斯：澳洲東南部的一省；首府爲 Sydney。略作：NSW
:news·pa·per ['njuz,pepɚ, 'njus-] 名 1 報紙。2 報社，報館。3 Ⓤ 報紙用紙。—形報紙的。—動不及從事報業。
news·pa·per·man ['njuz,pepɚ,mæn] 名(複 **-men**) 1 新聞記者。2 報社經營者。
news·pa·per·wom·an ['njuz,pepɚ-,wʊmən] 名(複 **-wom·en**) 1 女記者。2 女報社經營者。
news·per·son ['njuz,pɝsn̩] 名記者；新聞播報員。
news·print ['njuz,prɪnt] 名 Ⓤ 新聞用紙。
news·read·er ['njuz,ridɚ] 名《英》新聞播報員。
news·reel ['njuz,ril] 名新聞短片。
'news re'lease 名消息的發布。
'news ,room 名 1 新聞編輯室。2 閱報室，期刊閱覽室。
'news ,service 名通訊社。
news·sheet ['njuz,ʃit] 名 1 單張報紙。2 = newsletter 1.
'news ,stall 名《英》= newsstand.

N

news·stand ['njuz,stænd] 名書報攤。

'New 'Stone ,Age 名《the ～》新石器時代。

'New 'Style 名《the ～》新曆，葛里高利曆法。

'news ,value 名U新聞價值。

news·ven·dor ['njuz,vɛndɚ] 名《主英》街頭的報紙雜誌出售者，報販。

news·week·ly ['njuz,wiklɪ] 名(複-lies)新聞週刊。

news·wom·an ['njuz,wumən] 名(複 -women) 1 女記者。2 女報販。

news·wor·thy ['njuz,wɝðɪ] 形有新聞價值的，值得報導的。

news·y ['njuzɪ] 形 (news·i·er, news·i·est)《口》1 話題多的。2 愛說閒話的，話題豐富的。—名(複 news·ies)《口》報童，新聞廣播員。-i·ness 名

newt [njut] 名〖動〗蠑螈；小型鯢魚的通稱。

'New 'Testament 名《the ～》新約聖經。略作：New Test

New·ton ['njutn̩] 名1 Sir Isaac，牛頓（1642－1727）：英國的數學家、物理學家，為萬有引力及微積分的發明者。2《n-》牛頓：力的單位。

New·to·ni·an [nju'tonɪən] 形牛頓的；牛頓學說的。

'new ,town 名《主英》新市鎮，衛星城，新城。

new-type ['nju'taɪp] 形新型的，新式的。

'new 'wave 名 1《常作 the N- W-》浪潮，新潮流；《集合名詞》「新潮」運動的領導者。2《常作 the N- W-》新浪潮音樂。

new-world ['nju'wɝld] 形新世界的，（南北）美洲的。

'New 'World 名《the ～》新世界，西半球。

:'new 'year 名1《通常作 the ～》新年。2《通常作 N- Y-》元旦，新年。

New-Year [,nju'jɪr] 形《限定用法》元旦的；新年的（亦稱《美》New Year's）。

'New ,Year's 'Day 名一月一日，元旦。

'New ,Year's 'Eve 名除夕夜，除夕。

:New 'York 名1 紐約州：美國東北部的一州；首府為 Albany；略作：N.Y.（亦稱 New York State）。2 紐約市（略作：N.Y.C.）。'New 'Yorker 名紐約人。

,New 'Zea·land [-'zilənd] 名紐西蘭：位於南太平洋的國家；首都為威靈頓（Wellington）。

,New 'Zea·land·er 名紐西蘭人。

:next [nɛkst] 形1 其次的，緊接（在後面）的，其後的，下一個的。2 鄰接的，最近的。3（人在血緣關係等上）最近的。

as...as the next man《美口》不輸於任何人，跟其他人一樣。

in the next place 其次，第二點。

next door to... (1) 在…的隔壁。(2)《喻》靠近。(3)《副詞》幾乎等於。

next to... (1) 和…並列，在…的隔壁，僅次於。(2)《用於否定詞前》幾乎，差不多。

the next man 下一個人；一般人，其他的人，別人。

—副 1 最接近地，貼近，隔鄰地。2 下次，其次，然後。

get next to a person《俚》（尤指男女間）被喜歡，成為好友。

—介《古》靠近，貼近。

next-door ['nɛkst'dɔr] 副在隔壁。
—['-,-] 形（亦稱 next door）鄰家的。

'next of 'kin 名1 近親，血緣最近的親戚。2〖法〗最近血親。

'next ,world 名《the ～》來世。

nex·us ['nɛksəs] 名(複～) U 1 連結，聯繫，關聯；有關聯的一系列，集合體。2〖文法〗敘述關係，表達關係。

NF《縮寫》*n*o *f*unds; *N*orman *F*rench.

NFC《縮寫》《美》*N*ational *F*ootball *C*onference（職業美式足球聯盟）國家聯會。

NFD., Nfld.《縮寫》*N*ew*f*ound*l*an*d*.

NFL《縮寫》《美》*N*ational *F*ootball *L*eague 全國職業美式足球聯盟。

N.G.《縮寫》*N*ational *G*uard; *N*ew *G*uinea;（亦作 n.g.）*n*o *g*ood.

NGO《縮寫》*n*on-*g*overnmental *o*rganization 非政府組織。

NH, N.H.《縮寫》*N*ew *H*ampshire.

N.H.I.《縮寫》《英》*N*ational *H*ealth *I*nsurance 國民健康保險。

NHL《縮寫》《美》*N*ational *H*ockey *L*eague 全美職業冰上曲棍球聯盟。

NHS《縮寫》《英》*N*ational *H*ealth *S*ervice.

Ni.《化學符號》nickel.

N.I.《縮寫》*N*orthern *I*reland.

ni·a·cin ['naɪəsn̩] 名＝nicotinic acid.

Ni·ag·a·ra [naɪ'ægərə] 名 1《the ～》尼加拉河。2＝Niagara Falls. 3《常作 n-》《喻》傾倒，崩散；奔騰，急流。

shoot Niagara 冒極大的危險。

Ni'agara 'Falls 名(複)《作單數》尼加拉瀑布。

nib [nɪb] 名1（鳥等的）嘴，喙。2 筆尖；筆尖的尖頭。3 尖頭，尖端。4《～s》碾碎的可可豆。—動(nibbed, ～·bing) 及修理筆尖；把筆尖削直；裝上筆尖。

nib·ble ['nɪbl] 動不及1 啃，一點點地嚙咬；咬食，啃食，細嚼；《喻》蠶食《away / at, on...》。2 小口地啄食《at...》。3《喻》顯出有意接受的樣子《at...》。4 挑毛病，吹毛求疵《at...》。—及 1 啃，一點點地咬，輕輕咬食；咬斷《away, off》。2《喻》一點點地偷走《away》。—名1 一小口，少量；啃嚙，咬食，啄食《at, on, of...》。2 初步的正面反應。3 挑毛病。-bler 名

Ni·be·lung·en·lied ['nibə,luŋən,lit] 名

《the ～》『尼布龍根之歌』：西元 1200 年左右高地德語的敘事詩。

nib·lick ['nɪblɪk] 名〖高爾夫〗第九號鐵頭球桿。

nibs [nɪbz] 名(複)《俚》《通常作 his ～》大人物，老闆；(自以爲)了不起的人。

Nic·a·ra·gua [,nɪkə'rɑgwə] 名尼加拉瓜(共和國)：中美洲國家；首都爲馬拿瓜(Managua)。

:nice [naɪs] 形 **(nic·er, nic·est) 1** 令人愉快的，使人感到滿意的，怡人的；吸引人的，可愛的，美好的。**2** 親切的；《口》顯示體貼的。**3** 要求精密的；需要細心的；難處理的；需要手腕的；精密的，正確的。**4** 細小的，微小的。**5** 敏銳的。**6** 高雅的，高尚的；優雅的；貞潔的；有教養的；彬彬有禮的。**7** 適切的，適當的《*for* ...》。**8** 乾淨的，整潔的。**9** 可口的。**10** 好挑剔的，講究的，難以取悅的《*about, in* ...》。**11**《反語》麻煩的，討厭的。**12**《常作 ～ **and**，作副詞》十分，非常。

～**·ness** 名 U 友善；精密，敏感；整潔。

Nice [nis] 名尼斯：法國東南岸的海港。

nice-look·ing [,naɪs'lʊkɪŋ] 形漂亮的，好看的。

nice·ly ['naɪslɪ] 副 **1**《口》很好地，無缺點地。**2** 精密地；謹慎地；敏銳地。**3** 嫻淑地；洗練地。

'Ni·cene 'Creed [naɪ'sin-] 名《the ～》尼西亞信條。

ni·ce·ty ['naɪsətɪ] 名 **(複-ties) 1** U 正確，精密。**2** 細微的差異；《常作**-ties**》細節。**3**《常作**-ties**》精美之物；優雅的事物。**4** U 挑剔，難取悅；拘泥；難處理的事。

to a nicety 精細入微地；恰好地。

niche [nɪtʃ] 名 **1** 壁龕。**2** 合適的地位，適當的場所《*for*...》。—動 及 **1** 置於壁龕。**2**《通常用被動或反身》置於適當處，安放。

Nich·o·las ['nɪkələs] 名 **Saint** (通稱 "*Santa Claus*")，聖尼古拉斯：4 世紀的米蘭大主教，兒童的守護聖人。

Ni·chrome ['naɪkrom] 名 U〖商標名〗鎳鉻齊：鎳、鉻、鐵的合金。

nick [nɪk] 名 **1** 刻痕，割痕《*in, on*...》。**2** 缺口；裂口。**3**《**the** ～》《英俚》監獄，看守所；警察局。**4** U《英》狀態，狀況。

in the (very) nick of time 在恰好的時候。

—動 及 **1** 刻痕於《偶用 *up*》。**2** 刻痕以記錄。**3** 在馬尾根部腱做切痕；切短馬尾。**4** 猜中，說中；恰好趕上。**5** 欺騙；騙取《*out of*...》。**6**《英俚》偷竊；《英俚》逮捕；《主美口》索價過高，敲竹槓《*for* ...》。—不及 **1** 吹毛求疵，指責，非難《*at* ...》。**2** 抄近路追過《*in*...》。

Nick [nɪk] 名 **1** = Old Nick. **2** (亦作 **Nic**)〖男子名〗尼克 (Nicholas 的暱稱)。

nick·el ['nɪkl] 名 **1** U〖化〗鎳 (符號：Ni)。**2** (美、加的) 五分鎳幣；極少的錢；《美俚》五美元。

—動 **(～ed, ～·ing** 或《英》**-elled, ～ling)** 及鍍鎳。

,nickel-and-'dime 形不重要的；便宜的。—動對…斤斤計較。

nick·el·o·de·on [,nɪkə'lodɪən] 名《美》**1**《昔》五分錢劇院或電影院。**2**《口》從前的自動唱片點唱機。

nick·el-plate ['nɪkl'plet] 動 及鍍鎳。

'nickel 'plated 形

'nickel 'silver 名 U 洋銀，鎳銀。

nick·er[1] ['nɪkɚ] 名 **1** 刻痕跡的人[物]。**2**《英俚》一英鎊。

nick·er[2] ['nɪkɚ] 動 不及《主方》**1** (馬) 嘶叫。**2** (偷偷地) 笑。—名 **1** (馬的) 嘶叫。**2** 竊笑。

nick·nack ['nɪk,næk] 名 = knicknack.

·nick·name ['nɪk,nem] 名 **1** 綽號，渾名。**2** 暱稱《*for*...》。—動**(-named, -nam·ing)** 及 **1** 取綽號；以別名稱呼。**2** 誤稱。

Nic·o·si·a [,nɪkə'siə] 名尼柯西亞：Cyprus 共和國的首都。

nic·o·tin(e) ['nɪkə,tin, -tɪn] 名 U〖化〗尼古丁，菸鹼。

nic·o'tin·ic 'acid [,nɪkə'tɪnɪk-] 名 U〖生化〗菸鹼酸。

nic·o·tin·ic [,nɪkə'tɪnɪk] 形〖化〗尼古丁的，菸鹼(酸)的。

nic·o·tin·ism ['nɪkə,tinɪzəm, -tɪn-] 名 U 尼古丁中毒，菸鹼中毒。

nic·ti·tate ['nɪktə,tet] 動 不及眨眼。

nid·dle-nod·dle ['nɪdl,nɑdl] 形 (打盹等時) 點頭的。—動 及點(頭)。—不及 (頭) 前後點動。

·niece [nis] 名姪女；甥女。

'Niel·sen ,rating ['nilsən-] 名《美》(電視的) 尼爾森收視率。

Nie·tzsche ['nitʃə] 名 **Friedrich Wilhelm**，尼采 (1844–1900)：德國哲學家。～**·ism** 名 U 尼采哲學。

niff [nɪf] 名《英俚》臭氣，惡臭。～**·y** 形

nif·ty ['nɪftɪ] 《美口》形 **(-ti·er, -ti·est) 1** 俏皮的，漂亮的；機靈的；敏捷的；熟練的。**2** 惡臭的。—名 **(複-ties)** 機靈的話，妙語。

Ni·ger ['naɪdʒɚ] 名尼日 (共和國)：非洲西北部國家；首都爲 Niamey。

Ni·ger·i·a [naɪ'dʒɪrɪə] 名奈及利亞 (聯邦共和國)：在非洲中西部，非洲人口最多的國家，首都原爲 Lagos，後遷都阿布札 (Abuja)。

nig·gard ['nɪgɚd] 名 形吝嗇鬼(的)，小氣鬼(的)。

nig·gard·ly ['nɪgɚdlɪ] 形 **1** 吝嗇的，小氣的：be ～ with one's money 吝惜用錢。**2** 微少的，菲薄的。—副小氣地。

nig·ger ['nɪgɚ] 名 **1**《蔑》黑人，黑奴；《蔑》(東印度群島、菲律賓、埃及等) 黑人。**2** 在社會上地位低下的人。

work like a nigger《美俚》《蔑》辛苦工作。

N

nig·gle ['nɪgl] 動 不及 1 操心，花費時間《with...》。2 吹毛求疵，挑毛病《about, over...》；加以無理的責難《at...》。— 及 吝惜付出；挑剔指責。— 名《英》瑣屑的抱怨；無聊的批評。

nig·gling ['nɪglɪŋ] 形 1 微小的，瑣屑的；不足取的。2 麻煩的，棘手的；爲小事操心的吹毛求疵的。— 名 U 瑣碎的事，微不足道的事。

nigh [naɪ] 副《古·詩·方》1 接近地《on, onto, unto...》：～ and far 到處，遠近 / be ～ at hand 近在咫尺。2 幾乎《upon, on, about...》。— 形 (～·er, ～·est;《古》near, next) 1 接近的；短的，直接的。2 在左側的。3 吝嗇的，小氣的。— 介 近於。— 動 不及 及 接近。

:night [naɪt] 名 1 夜晚，夜間；《偶作N-》（特定事情的）夜，晚：at ～ 天黑時；在夜裡 / last ～ 昨晚 / all ～ (long) 整夜，徹夜 / the ～ before last 前天晚上 / ～ after ～ 夜復一夜，每夜 / during the ～ 晚間 / on the previous ～ 在前晚 / at this time of ～ 晚間此時 / sit up late at ～ 熬夜 / at (the) dead of ～ 在深夜 / by ～ 在夜晚；趁黑夜 / far into the ～ 直到夜深 / make a ～ of it 痛快地玩一晚上；通宵達旦地狂歡。2 黃昏，傍晚，日暮：wait until ～ 等到日暮。3 U 黑夜，夜幕，昏暗；死亡的黑暗：under cover of ～ 趁著黑夜，夜色中。4 U 黑夜；（知識、道德的）低落，不幸（時期），愚昧的狀態。

have a good night 睡得很好。

make (tonight) an early night 早睡。

night and day / day and night 日夜地。

— 形《限定用法》1 夜晚的。2 夜晚用的；夜晚工作的。3 夜間活動的，夜行性的。

'night ˌbird 名 1 夜鳥。2 夜間遊盪者，夜遊者；夜賊。

'night ˌblindness 名 = nyctalopia 1.

night·cap ['naɪtˌkæp] 名 1 睡帽。2〖運動〗《口》當日最後的一場比賽；〖棒球〗雙重賽球隊的第二場比賽。3《口》（就寢前的）睡前酒；忙碌工作後的一杯酒。

'night ˌclothes 名 (複) 睡衣。

'night ˌclub, night·club ['naɪtˌklʌb] 名 夜總會，夜店。

night·dress ['naɪtˌdrɛs] 名 1 = nightgown 1. 2 睡衣。

night·fall ['naɪtˌfɔl] 名 U 黃昏，傍晚，薄暮：at ～ 在黃昏時 / before ～ 在黃昏前。

night·glow ['naɪtˌglo] 名 夜光。

night·gown ['naɪtˌgaʊn] 名 1（婦人或兒童就寢時穿著的）寬鬆的長衣，睡衣，睡袍。2（長衫型）男用睡衣。

night·hawk ['naɪtˌhɔk] 名 1〖鳥〗（美洲）夜鷹。2《口》夜貓子；夜賊。

night·ie ['naɪtɪ] 名《口》睡衣。

night·in·gale ['naɪtn̩ˌgel, 'naɪtɪŋ-] 名 1〖鳥〗夜鶯。2《喻》聲音美妙的歌手或演說者。

Night·in·gale ['naɪtn̩ˌgel, 'naɪtɪŋ-] 名 **Florence**，南丁格爾（1820–1910）：英國近代護理制度創始者。

night·jar ['naɪtˌdʒɑr] 名〖鳥〗歐夜鷹。

'night ˌlatch 名 彈簧鎖。

'night ˌletter 名《美》夜間減價電報。

'night ˌlife 名 U 夜生活，夜間娛樂。

'night ˌlight 名 夜燈，夜明燈。

night·long ['naɪtˌlɔŋ] 形 副 整夜的[地]，徹夜的[地]。

night·ly ['naɪtlɪ] 形 1 夜晚舉行[活動]的。2 每夜發生的，每夜的：～ raids 夜間空襲。3《方》夜晚的，有關夜晚的，夜晚特有的；似夜一般的：～ darkness 似黑夜般的漆黑。

— 副 1 在夜晚。2 每夜，夜復一夜，每晚。

night·man ['naɪtmən] 名 (複 **-men**)《英澳》1 夜間工作者。2 守夜者。

·night·mare ['naɪtˌmɛr] 名 1 夢魘，惡夢；惡夢般的狀態；恐怖的人[事物]：be troubled with ～*s* 爲惡夢所困。2 夢魔。— 形 惡夢的；惡夢般的。

night·mar·ish ['naɪtˌmɛrɪʃ] 形 惡夢般的，可怕的。

'night ˌowl 名《口》夜貓子；慣常在夜間活動者。

'night ˌperson 名 夜貓子，夜間活動的人。

'night ˌpiece 名（繪畫等）以夜晚爲主題的作品。

'night ˌporter 名《英》（旅館的）夜間門房，夜勤人員。

nights [naɪts] 副《美》夜間地，每夜地，夜復一夜地。

'night ˌsafe 名（銀行的）夜間金庫，夜用保險箱。

'night ˌschool 名 U C 夜校。

night·shade ['naɪtˌʃed] 名 U C〖植〗龍葵屬植物的通稱，龍葵，顛茄。

'night ˌshift 名 1《集合名詞》上夜班的人，夜班人員。2 夜班，夜班時間。

night·shirt ['naɪtˌʃɝt] 名 男用睡衣。

night·side ['naɪtˌsaɪd] 名 1《集合名詞》（製作早報的）夜班工作組。2（行星或月球的）夜面，陰面；黑暗面。

'night ˌsoil 名 U 水肥，糞便。

night·spot ['naɪtˌspɑt] 名《口》= night club.

night·stand ['naɪtˌstænd] 名 = night table.

'night ˌstick 名《美》警棍。

'night ˌsweat 名 U 夜汗，盜汗。

'night ˌtable 名 床頭櫃。

night·tide ['naɪtˌtaɪd] 名〖詩〗= nighttime.

night·time ['naɪtˌtaɪm] 名 U 夜，夜間。

night·walk·er ['naɪtˌwɔkɚ] 名 1 夜裡徘徊於街頭者。2《美》夜間行動的大蚯蚓

[動物]。

'night ,watch [名] 1 [U] 守夜，值更；守夜時間。2《個別或集合名詞》夜警，值夜的人。3《通常作 ~es》昔時夜間時間區分單位；失眠的夜晚。

'night 'watchman [名] 夜警，值夜者，守夜人。

night·wear ['naɪt,wɛr] [名] [U] 睡衣。

night·work ['naɪt,wɝk] [名] [U] 夜工。

night·y ['naɪtɪ] [名] (複 **night·ies**) = nightie.

ni·hil·ism ['naɪəl,ɪzəm] [名] [U] 1〖哲〗懷疑論，虛無主義；空，無，虛無。2《偶作 N-》(俄國十九世紀末葉的)無政府主義；暴力革命運動。3 虛無態度；無政府狀態。

-ist [名] [形]

ni·hil·is·tic [,naɪə'lɪstɪk] [形] 虛無主義的，無政府主義的。

ni·hil·i·ty [naɪ'hɪlətɪ] [名] [U] 無，虛無狀態。

-nik《字尾》《俚》表「以…爲特徵的人」、「參加…的人」、「對某事強烈關心、熱中的人」之意。

Ni·ke ['naɪki] [名] 1〖希神〗奈姬：勝利女神。2 勝利女神飛彈。3〖商標名〗耐吉：美國運動鞋、運動服製造商。

nil [nɪl] [名] [U] 無；《英》(比賽得分)零分。—[形] 無價值的；全無的。

Nile [naɪl] [名]《the ~》尼羅河：非洲東北部的大河，爲世界最長的河流(6690 km)。

Ni·lot·ic [naɪ'lɑtɪk] [形] 尼羅河的；尼羅河流域居民的。

nim·ble ['nɪmbl] [形] (**-bler, -blest**) 1 動作快的，敏捷的，迅速的：be ~ of foot 步伐敏捷，走得很快。2 領悟力強的，敏銳的；機靈的；巧妙的：a ~ mind 反應靈敏的頭腦。~**·ness** [名], **-bly** [副]

nim·bo·stra·tus [,nɪmbo'stretəs] [名] (複 **-ti** [taɪ]) 亂層雲，雨層雲。

nim·bus ['nɪmbəs] [名] (複 **-bi** [-baɪ], ~**·es**) 1〖希神〗光雲；光輪，光環，靈光。2 祥氣，祥雲。3〖氣象〗亂雲，雨雲。

ni·mi·e·ty [nɪ'maɪətɪ] [名] (複 **-ties**) [U] [C]《文》過多，過剩，過度。

nim·i·ny-pim·i·ny ['nɪmənɪ'pɪmənɪ] [形] 做作的，矯飾的；扭扭捏捏的。

Nim·rod ['nɪmrɑd] [名] 1〖聖〗寧祿：Noah 的曾孫，爲大狩獵家。2《偶作 n-》狩獵家，獵人。

nin·com·poop ['nɪnkəm,pup, ,nɪnkəm'pup] [名] 傻子，笨蛋。

:nine [naɪn] [名] 1 [U] [C] (基數的)九；[C] 表示九的符號。2 [U] 九歲，九點鐘；《作複數》九人[個]。3《美》(九人一組的)棒球隊。4 (撲克牌的)九點牌。5〖高爾夫〗九洞：the front ~ 前九洞。6《the N-》〖希神〗繆司九女神。

dressed (up) to the nines《口》打扮得極爲華麗，盛裝。

—[形] 九(人，個)的：A cat has ~ lives.《諺》貓有九條命。/ Possession is ~ points of the law.《諺》占有了即穩操勝算。

nine times out of ten 十之八九，幾乎，常常。

nine-ball ['naɪn,bɔl] [名]《美俚》(花式撞球)九號球。

'nine 'days' 'wonder [名] 轟動一時但很快就被遺忘的事物。

nine·fold ['naɪn,fold] [形] 1 由九個部分所組成的；九重的。2 九倍的。—[副] 九重地；九倍地。

nine·pin ['naɪn,pɪn] [名] 1 九柱戲所用的木柱：fall over like a row of ~*s* (像九柱般地)全倒，一齊倒下。2《~s》《作單數》九柱戲。

:nine·teen [,naɪn'tin] [名] 1 [U] [C] (基數的)十九；[C] 表示十九的符號。2 [U] 十九歲；《作複數》十九人，十九個。

talk nineteen to the dozen 喋喋不休。

—[形] 十九(人、個)的。

:nine·teenth ['naɪn'tinθ] [形] 1《通常作 the ~》第十九(號)的。2 十九分(之一)的。—[名] 1 十九分之一。2 [U] 第十九，第十九號(之物)；(每月的)十九日。

'nineteenth 'hole [名]《the ~》高爾夫球場內的酒吧。

nine·ti·eth ['naɪntɪɪθ] [形] 1《通常作 the ~》第九十(號)的。2 九十分(之一)的。

—[名] 1 九十分之一。2 [U] 第九十號(之物)。

nine-to-fiv·er ['naɪntə'faɪvɚ], **-five** [-'faɪv] [名]《俚》(朝九晚五的)白領階級。

:nine·ty ['naɪntɪ] [名] (複 **-ties**) 1 [U] [C] (基數的)九十；[C] 表示九十的符號。2《作複數》九十人。3 [U] 九十歲；《**-ties**》九十多，九十多歲，(十九世紀的)九十年代。—[形] 九十(人、個)的。

nine·ty-nine ['naɪntɪ'naɪn] [名] 1 [U] [C] (基數的)九十九；[C] 表示九十九的符號。2 九十九歲；《作複數》九十九人[個]。—[形] 九十九(人、個)的。

Nin·e·veh ['nɪnəvə] [名] 尼尼微：古代亞述帝國(Assyria)的首都。

nin·ja ['nɪndʒə] [名] 忍者：日本古代的特異武術團體。

nin·ny ['nɪnɪ] [名] (複 **-nies**) 笨人，傻子。

:ninth [naɪnθ] [形] 1《通常作 the ~》第九(號)的。2 九分之一的。

—[名] 1 九分之一。2 [U] 第九，九號(之物)；(每月的)九日。3〖樂〗九度(音階)，九度的(和)音。

Ni·o·be ['naɪəbɪ] [名] 1〖希神〗尼奧比：Amphion 之妻，因爲嘲笑 Leto，以致自己的十四個小孩全被殺害，Zeus 將她變成石頭。2 喪子而哀痛不已的婦女。

ni·o·bi·um [naɪ'obɪəm] [名] [U]〖化〗鈮。

N

符號：Nb

·**nip**[1] [nɪp] 動 (**nipped**, ～·**ping**) 及 1 夾，捏，掐，箝，擰；咬（人）。2 剪斷，摘取，咬斷《*off, away*》拔掉《*out*》：～ *off* the dead leaves 摘掉枯葉。3 阻礙，妨礙，抑制，削減：～ a plan 阻撓計畫。4 凍僵，凍傷；摧殘，使枯萎。5《口》強奪，偷取《*up, away*》；抓到，逮捕。6 縮緊《*in*》。—不及 1 夾，捏，擰；咬《*at...*》。2 刺骨。3《主英俚》悄悄地離開，逃走。

nip... in the bud ⇨ BUD[1] 名（片語）

—名 1 夾，捏，咬；一夾，一捏。2 刺骨般寒冷；極冷。3《古》尖刻的話，酷評。4（乾酪特有的）濃烈氣味。5 小片，小塊，少量。6《通常作～s》= nipper 2.

nip and tuck《美》（在賽跑、競技時）勢均力敵，不相上下。

nip[2] [nɪp] 名 1（酒類飲料的）一口，一啜，一呷。2《英》小啤酒杯一杯的淡啤酒。

—動 (**nipped**, ～·**ping**) 及 不及 一點一點地喝，小飲。

Nip [nɪp] 名 形《蔑》= Japanese.

nip·per [ˈnɪpɚ] 名 1 挾[捏，咬]的人[物]。2《通常作～s》鉗夾工具；《俚》手銬。3（馬的）門齒；（蟹等的）螯。4《英口》少年，小孩，小弟；打雜的學徒。

nip·ping [ˈnɪpɪŋ] 形 1 挾的，捏的，咬的。2 刺骨的，寒冷的。3 諷刺的，尖酸刻薄的。

～·**ly** 副

N

nip·ple [ˈnɪpl] 名 1 乳頭，奶頭。2 乳頭狀之物。～·**less** 形

Nip·pon [nɪˈpɑn] 名 日本。

～·**ese** [ˌnɪpəˈniz] 形 日本（人）的。

nip·py [ˈnɪpɪ] 形 (**-pi·er**, **-pi·est**) 1 刺骨的，寒冷的，冷冽的；尖刻的；辛辣的：a ～ night 極寒冷的夜晚。2 有咬嚙習慣的。3《英口》敏捷的。-**pi·ness** 名

nir·va·na [nɚˈvænə, nɪr-, -ˈvɑnə] 名 1 U《常作 **N-**》(1)〖佛教〗涅槃。(2)〖印度教〗超脫，解脫。2 U C 超脫痛苦（的境界地）；極樂世界。-**nic** 形

Ni·sei, ni- [niˈse, ˈ--] 名 (複～, ～s) 二世，第二代日裔美國人。

ni·si [ˈnaɪsaɪ] 連 除非；不然則。

ˈ**Nis·sen** ˌ**hut** [ˈnɪsn-] 名 組合式半圓錐型營房，活動房屋。

nit[1] [nɪt] 名（蝨等）寄生蟲的卵。

nit[2] [nɪt] 名《英口》= nitwit.

ni·ter,《英》**-tre** [ˈnaɪtɚ] 名 U〖化〗1 硝石，硝酸鉀。2 智利硝石，硝酸鈉。

nit-pick [ˈnɪtˌpɪk] 動 及 不及《口》吹毛求疵，挑剔。～·**ing** 名 U 挑毛病，吹毛求疵。

～·**er** 名 吹毛求疵者。

ni·trate [ˈnaɪtret] 名 U 1〖化〗硝酸鹽，硝酸酯。2 硝酸肥料。—動 及〖化〗以硝酸（鹽）處理，變成硝酸鹽。-ˈ**tra·tion** 名 U 硝化。

ni·tric [ˈnaɪtrɪk] 形〖化〗（含）氮的；有關硝石的：～ acid 硝酸 / ～ oxide 氧化氮。

ni·tride [ˈnaɪtraɪd, -trɪd] 名〖化〗氮化物。

ni·tri·fy [ˈnaɪtrəˌfaɪ] 動 (**-fied**, ～·**ing**) 及〖化〗1 使硝化；以氮（化合物）處理。2 用氮（化合物）滲透。-**fi·a·ble** 形

ni·trite [ˈnaɪtraɪt] 名 U〖化〗亞硝酸鹽，亞硝酸酯。

ni·tro [ˈnaɪtro] 形 硝（基、化合物）的。—名 硝化合物，硝化甘油。

nitro-《字首》〖化〗表示與硝基有關的字首。

·**ni·tro·gen** [ˈnaɪtrədʒən] 名 U〖化〗氮。符號：N

ˈ**nitrogen** ˌ**cycle** 名〖化〗氮循環。

ˈ**nitrogen di**ˈ**oxide** 名 U〖化〗過氧化氮。

ˈ**nitrogen fix**ˌ**ation** 名 U〖化〗（空中）氮固定（法）。

ni·trog·e·nous [naɪˈtrɑdʒənəs] 形〖化〗含氮的。

ni·tro·glyc·er·in(e) [ˌnaɪtrəˈglɪsərɪn] 名 U〖化·藥〗硝化甘油（亦稱 **glonoin**）。

ni·trous [ˈnaɪtrəs] 形〖化〗亞硝酸的；含氮的：～ acid 亞硝酸。

nit·ty-grit·ty [ˈnɪtɪˈgrɪtɪ] 名 (複**-ties**)《the ～》《俚》事物的核心，基本事實，實質。—形 重要的，本質的。

get down to the nitty-gritty 深入問題的本質[核心]。

nit·wit [ˈnɪtˌwɪt] 名《口》遲鈍的人，笨蛋，傻子。

nix[1] [nɪks] 名 U《俚》沒有，無；禁止。—副《表示不贊成、不准》不可，不行，不好。—感《表示驚訝、生氣的叫聲》呀！呸！；《尤指意圖讓同伴提高警覺》當心！

—動 及 否決；拒絕；禁止。

nix[2] [nɪks] 名 (複～·**es**,《女性形》～·**ie** [ˈnɪksɪ])〖日耳曼民俗〗水妖，水精。

nix·ie [ˈnɪksɪ] 名 ⇨ NIX[2]

Nix·on [ˈnɪksən] 名 **Richard Milhous**，尼克森（1913–94）：美國第三十七任總統（1969–74）。

N. J., NJ《縮寫》*New Jersey*.

NKVD, N.K.V.D.《縮寫》《俄語》*Narodny Komissariat Vnutrennikh Del* 內政人民委員部（蘇聯的祕密警察，1934–46）。

NL, NL., N.L.《縮寫》*New Latin; Neo-Latin; National League.*

nm《縮寫》*nautical mile.*

NM, N.M.《縮寫》*New Mexico*（亦作 **N. Mex.**）。

NNE, N.N.E.《縮寫》*north-northeast.*

NNP《縮寫》*net national product* 國民生產淨額。

NNW, N.N.W.《縮寫》*north-north-*

west.

:no¹ [no] 副 1《對於詢問、委託等否定的回答》。(1)《對於否定式問句的回答》沒有，不是（那樣）；《對於肯定式問句的回答》不，不是，沒有。(2)《否定、糾正、反對前面敘述的內容》不是如此，並非這樣。2《強調否定》不，無。3《用於形容詞、比較級之前》一點也不，毫不。4 是否，是不是。5《作感嘆詞》《表示驚訝、懷疑》糟糕，不好，不妙。—名 (複～(e)s) 1 Ⓤ Ⓒ 不，拒絕；否認，否定，不同意。2《～(e)s》反對票；投反對票者。

:no² [no] 形《限定形容詞》1《數·量·程度》一點也沒有；沒有一個；沒有任何：*N*- medicine can cure folly.《諺》愚蠢非藥物可救。2《用於 **be** 動詞的補語（名詞或形容詞+名詞）之前》絕不；絕不是。3《用於其他名詞前》沒有任何的。4 不可能…：There is ～ accounting for tastes.《諺》人們的愛好不同是無法解釋的。5《省略句》反對，禁止，謝絕：*N*- objection. 無異議。/ *N*- Parking. 禁止停車！/ *N*- smoking 禁止吸煙。

in no time 立刻，立即。

***no* [*none*] *other than* [*but*]** ⇨ NONE 形

:No., no. ['nʌmbɚ] 名 (複 **Nos., nos.**)《拉丁語》號，第…號，號碼：*N*- 1 = number one / *N*- 10 英國首相官邸。

no. 《縮寫》*north*(*ern*).

no-ac·count ['noə,kaʊnt] 形《美口》無用的，無價值的，不足取的。—名無用的人，廢物，無賴（亦稱 **no-count**）。

No·a·chi·an [no'ekɪən] 形 1〖聖〗諾亞（時代）的：the ～ deluge 諾亞時代的洪水。2 古代的；陳腐的，落伍的。

No·ah ['noə] 名 1〖聖〗諾亞：希伯來人的族長，造諾亞方舟（Noah's Ark），使其族人及各類動物免於洪水劫難。2〖男子名〗諾亞。

nob¹ [nɑb] 名《俚》腦袋。

nob² [nɑb] 名《英俚》富翁；名人；有地位的人，大人物；名流，貴人。

nob·ble ['nɑbl̩] 動 及《英俚》1（為了使賽馬無法獲勝而）給（馬）吃麻醉藥。2 收買（騎士等）。3 捕捉，逮捕。4 騙取，竊取。**-bler** 名

nob·by ['nɑbɪ] 形 (**-bi·er, -bi·est**)《英俚》1 貴族式的；華麗的；時髦的。2 上等的，一流的。

No·bel [no'bɛl] 名 1 **Alfred Bernhard**，諾貝爾（1833–96）：瑞典化學家，火藥發明人，諾貝爾獎金的遺贈者。2 = Nobel prize.

No·bel·ist [no'bɛlɪst] 名諾貝爾獎得主。

No'bel 'laureate 名 = Nobelist.

Nobel 'prize 名諾貝爾獎。

no·bil·i·ty [no'bɪlətɪ] 名(複**-ties**) 1《常作 **the** ～》《集合名詞》貴族（階級）：a man born of *the* ～ 一個出身貴族的人。2 Ⓤ 高尚，高貴：a man of ～ 一位高尚的人。

·no·ble ['nobl̩] 形 (**-bler, -blest**) 1 地位崇高的，高貴的，高貴人士的；貴族的：service a ～ family 為貴族家庭服務。2 清高的，高尚的；有氣派的，崇高的；堂皇的，有威嚴的；壯麗的；宏大的：a ～ heart 一顆高尚的心 / a ～ achievement 一項偉大的成就。3 極好的，上等的：～ wines 上等的酒。4〖化〗貴重的；惰性的：～ gas 惰性氣體。

my noble friend 長官，閣下。

the noble lady 尊夫人。

the noble Lord 閣下。

—名 出身高貴的人，貴族；《英》各種階級貴族的通稱。

no·ble·man ['nobl̩mən] 名 (複**-men**) 出身高貴的人，身分高貴的人；貴族。

no·ble-mind·ed ['nobl̩'maɪndɪd] 形心思高尚的；正直的；寬宏大量的，值得尊敬的。

～**·ly** 副, ～**·ness** 名

no·ble·ness ['nobl̩nɪs] 名 Ⓤ 1 高貴的地位；出身的高貴。2 高潔。3 優秀，高尚；莊嚴。

no·blesse [no'blɛs] 名 Ⓤ 高貴的出身；《**the** ～》貴族階級；法國貴族社會。

no'blesse o·'blige [-o'bliʒ] 名 Ⓤ《法語》位高則任重；顯貴的人行為理應高尚。

no·ble·wom·an ['nobl̩,wʊmən] 名 (複 **-wom·en** [-wɪmɪn]) 貴婦；貴族夫人。

no·bly ['noblɪ] 副高尚地，宏偉地，堂皇地貴族似地，高貴地；優秀地：～ born 出身名門望族的。

:no·bod·y ['no,bɑdɪ, 'nobədɪ] 代《作單數》誰也不，沒人：Everybody's business is ～'s business.《諺》眾人之事無人管。—名 (複**-bod·ies**) 無名氏，無名小卒，微不足道的人。

Nobody home. 心不在焉；瘋瘋顛顛。

nobody's fool 聰明而不易被騙的人。

nock [nɑk] 名 1 箭尾的凹口。2 弓兩端的凹口（綁弓弦處）。—動 及在（弓、箭）上刻凹痕；搭箭。

noc·tam·bu·lism [nɑk'tæmbjə,lɪzəm] 名 Ⓤ 夢遊，夢遊症。**-list** 名夢遊者。

noc·tur·nal [nɑk'tɝnl̩] 形 1 夜（間）的；夜晚發生的。2〖動〗夜行性的；夜間看得見的。3〖植〗夜間開花的。

—名 1 夜間活動的人，夜晚徘徊遊盪者。2 以夜晚為主題的作品。

noc'turnal e'mission 名夢遺。

noc·turne ['nɑktɝn, nɑk'tɝn] 名 1〖樂〗夜曲，夢幻曲。2〖美〗夜景（畫）。

noc·u·ous ['nɑkjuəs] 形有害[有毒]的。

:nod [nɑd] 動(～**·ded**, ～**·ding**) 不及 1 點頭《*at, to, toward...*》；示意《*toward...*》：～ approvingly 點頭表示同意 / ～ *at* [*to*] a person 向某人點頭。2 打瞌睡，打盹《偶用 *off*》：～over one's book 一面讀書，一面打瞌睡。3 疏忽；不小心弄壞：catch a

N

person *nodding* 乘某人不備。**4** 搖曳，搖擺；傾斜。—[及] **1** 點（頭）；點頭表示《*to...*》。**2** 以點頭召喚。**3** 使彎曲；使搖晃；使傾斜。—[名] **1** 點頭（表同意等）；打盹，瞌睡，假寐。**2** 上下搖晃，前後擺動。**3** 差錯，過失。

be at a person's nod 受某人的支配，在某人指示之下。

have a person at one's nod 以點頭支使。

on the nod 有默契的；憑面子[信用]。

the land of Nod 瞌睡，睡覺，夢鄉。

nod·dle[1] ['nadl] [名]《口》頭，腦袋。

nod·dle[2] ['nadl] [動][及][不及] 輕輕地點頭；點（頭）。

nod·dy ['nadɪ] [名] (**複-dies**) **1**〖鳥〗燕鷗類海鳥。**2** 笨人，傻子。

node [nod] [名] **1**（根、枝的）瘤。**2** 中心點，集合點。**3**〖植〗（莖的）節；〖病〗結節；〖理〗節點。**4**〖幾〗叉點，交軌點，結點；〖言〗節點；〖天〗交點；〖工〗接點。**5** 難點；錯綜複雜的情節。

no·dose ['nodos, nə'dos] [形] 有節[瘤]的，多節[瘤]的。

nod·u·lar ['nadʒələ˞] [形] 結節的；小節[球]狀的。

nod·ule ['nadʒul] [名] **1** 小節[瘤]；〖植〗小結節，瘤，疙瘩。**2** 小塊；〖礦·地質〗團塊，結核。

No·el, No·ël [no'ɛl, 義 **2** 念作 'noəl] [名] **1**〖詩〗耶誕節（的季節）；《**n-**》耶誕歌。**2**〖男子名〗諾爾；〖女子名〗諾兒。

no·et·ic [no'ɛtɪk] [形] 智慧的；基於理性的；愛好思考的。—[名] 愛好思考的人。

no-fault ['no'fɔlt] [形]《美》**1** 不追究過失保險的。**2** 夫妻皆不負離婚責任的。**3** 不需經法律訴訟而能解決紛爭的。—[名] [U] 非過失保險。

no-frills ['no,frɪlz] [形] 不提供額外服務的，僅提供必需事項的。

nog[1], **nogg** [nag] [名] [U] **1**《美》蛋酒。**2**《英》濃啤酒。

nog[2] [nag] [名] **1** 木磚。**2** 木釘，木栓。—[動] (**nogged**, **~·ging**) [及] **1** 以磚嵌入。**2** 以木釘固定。

nog·gin ['nagɪn] [名] **1** 小茶杯；（木製的）小桶。**2** 少量（的酒、飲料）；諾根（液量單位；¼品脫）。**3**《口》頭，腦袋。

no-go ['no'go] [形] **1**《俚》不適當的；尚未準備好前進的。**2**《英》禁止進入的。

no-good ['no,gud] [形] [名]《口》毫無用處的（人）。

no-growth ['no'groθ] [名] [形] 零成長（的）。

no-hit·ter ['no'hɪtə˞] [名]《美》〖棒球〗無安打比賽。

no·how ['no,hau] [副]《方》《通常前接否定詞》絕不，毫不，無論如何也不。—[形]《通常置 **all** 於前》不舒服的；混亂的。

noir [nwar] [形]《法語》黑的，黑色的。

:noise [nɔɪz] [名] **1** [U] [C] 不悅耳的聲音；雜音，噪音，喧囂，吵鬧：strange ~*s* 奇怪的聲音 / continuous ~ 持續不斷的噪音。**2** 響聲，聲音。**3** [U] [C] 叫聲，噪雜聲。**4** [U] 雜音。

a big noise《俚》《蔑》大人物。

make a noise (1) 發出噪音。(2) 製造不必要的喧鬧；吵鬧地爭論；引起注意；抱怨《*about...*》。

make a noise in the world 成名；惹人注意。

make noises 表明；暗示。

—[動] (**noised**, **nois·ing**) [不及] **1** 大聲講話；喋喋不休。**2**《古》發出噪音，喧鬧。

—[及]《通常用被動》哄傳，謠傳《*about, around, abroad*》。

noise·less ['nɔɪzlɪs] [形] 無聲的，靜音的，寂靜的。~**·ly** [副], ~**·ness** [名]

noise·mak·er ['nɔɪz,mekə˞] [名] 發出噪音的人或物；喧嘩吵鬧的人；（節慶祭典用的）嗶啷棒，角笛，哨子。

'noise pol'lution [名] [U] 噪音公害，噪音污染；噪音。

noise·proof ['nɔɪz,pruf] [形] 防噪音的。

nois·i·ly ['nɔɪzɪlɪ] [副] 吵鬧地，大聲地。

noi·some ['nɔɪsəm] [形]《文》**1** 令人討厭的，引起不悅的，有惡臭的：a ~ odor 一種令人不悅的氣味。**2** 有害的，有害健康的。~**·ly** [副], ~**·ness** [名]

:nois·y ['nɔɪzɪ] [形] (**nois·i·er**, **nois·i·est**) **1** 吵鬧的。**2** 過於鮮豔的，華麗庸俗的。

no-knock ['no'nak] [形]《美》毋需持有搜索票即可逕行進入民宅搜索的。

nom. 《縮寫》*nom*inal; *nom*inative.

no·mad ['nomæd] [名] **1**《通常作 ~**s**》遊牧民族。**2** 流浪者。—[形] = nomadic.

~**·ism** [名] [U] 遊牧，流浪（生活）。

no·mad·ic [no'mædɪk] [形] 遊牧民族的，過遊牧生活的；流浪的。

'no ,man's ,land [名] [U] [C] **1**《偶作 **N-**》中間（無人）地帶。**2** 無主土地；《喻》（範圍等）不明確的領域。

nom de guerre [,namdə'gɛr] [名] (複 **noms de guerre** [,namz-])《法語》假名；藝名；筆名。

nom de plume [,namdə'plum] [名] (複 **noms de plume** [,namz-]) = pen name.

Nome [nom] [名] **Cape**，諾母岬：位於美國 Alaska 州西端的戰略要地。

no·men·cla·tor ['nomən,kletə˞] [名]《古》**1** 學名命名者。**2**（古代羅馬）通報訪客姓名的僕役；在宴會中引領入座的人，引座員。**3** 術語集。

no·men·cla·ture ['nomən,kletʃə˞, no'mɛnklətʃə˞] [名] [U] [C] **1** 專有名詞，命名法。**2**《集合名詞》學術用語，學名。**3** 名稱，稱呼。**4** 一覽表，術語集。

nom·i·nal ['namənl] [形] **1** 名義上的；象徵性，有名無實的，極少的，些微的：a ~ title 名義上的頭銜。**2** 名字的；列名的。**3**《美》照預定進行的，令人滿意的。

4〖文法〗名詞（性）的。5 記名式的，票面上的。—图 1 名義上存在的人[物]。2〖文法〗名詞詞句。

nom·i·nal·ism ['namən!,ɪzəm] 图 Ⓤ（中古哲學的）唯名論，名目論。

nom·i·nal·ly ['namənlɪ] 副 在名義上，有名無實地；用名字地，指名地。

nominal 'value 图 Ⓤ（股票等的）票面價值，名目價值。

nominal 'wages 图(複)〖經〗象徵性工資，名目工資。

nom·i·nate ['namə,net] 動 (**-nat·ed, -nat·ing**) 及 1 推薦，提名《*for*...》：be ～*d for* President 被提名爲總統候選人。2 任命，指派《*to*...》。3《口》認爲（有…的價值）《*for*...》。

-na·tor 图

nom·i·na·tion [,namə'neʃən] 图 1 Ⓤ Ⓒ 任命，提名，推薦：place a person's name in ～《口》任命某人。2 Ⓤ 任命權，提名權。

nom·i·na·tive ['namənətɪv] 形 1〖文法〗主格的，主語的。2 被任命的。3 記名的。—图〖文法〗主格；主語；主格形態。

nominative 'absolute 图〖文法〗絕對主格，獨立主格。

nom·i·nee [,namə'ni] 图 被提名者；受領人；名義上的人。

nom·o·gram ['namə,græm, 'no-] 图 計算圖表；數字關係圖表；列線圖表[圖解]。

nom·o·graph ['namə,græf, 'no-] 图 = nomogram.

nomy《字尾》表「…學科」、「…法則」之意，構成與法律或政治有關的名詞。

non-《字首》1 表「非」、「不」、「無」之意。2 表「不像」、「假」之意。

non·ac·cept·ance [,nanək'sɛptəns] 图 Ⓤ 不答應，不接受，不承諾；（票據的）拒絕承兌。

non·a·chiev·er [,nanə'tʃivɚ] 图《美》1 成績不及格的學生。2 無成就的人。

non·ad·dict [,nan'ædɪkt] 图（未上癮的）吸毒者。**-ad·'dic·ting, -ad·'dic·tive** 形 不會上癮的。

non·ad·di·tive [nan'ædətɪv] 形 1〖數〗非可加的。2〖遺傳〗非加性的。

non·ad·mis·sion [,nanəd'mɪʃən] 图 Ⓤ 禁止入場，不准入場。

non·age ['nanɪdʒ, 'nonɪdʒ] 图 Ⓤ 1〖法〗未成年。2《文》未成熟期；兒童時期。

non·a·ge·nar·i·an [,nanədʒə'nɛrɪən, ,nonə-] 形 图 90 至 99 歲的（人）。

non·ag·gres·sion [,nanə'grɛʃən] 图 Ⓤ，形 不侵略（的），不侵犯（的）：a ～ treaty 互不侵犯條約。

non·a·gon ['nanə,gan] 图 九角[邊]形。

non·a·lco·hol·ic [,nanælkə'hɔlɪk] 形 不含酒精的。

non·a·ligned [,nanə'laɪnd] 形 非同盟的，不結盟的，中立（主義）的。

-'lign·ment 图 Ⓤ 不結盟，中立。

no-name ['no,nem] 形 無商標名的。

non-'A, non-'B hepa'titis 图 Ⓤ〖醫〗非 A 非 B 肝炎。

non·ap·pear·ance [,nanə'pɪrəns] 图 Ⓤ 不出庭，不到庭，不露面。

non·as·sert·ive [,nanə'sɝtɪv] 形〖文法〗非肯定的。

non·at·tend·ance [,nanə'tɛndəns] 图 Ⓤ 缺席，不參加；（對義務教育的）不就學。

non·can·di·date [nan'kændɪ,det] 图 非候選人，決定不參加競選者。**-da·cy** 图

nonce [nans] 图《僅用於以下之片語》

for the nonce 目前，暫且。

'nonce ,word 图 臨時造出的詞。

non·cha·lance ['nanʃələns] 图 Ⓤ 不關心，冷淡；冷靜，鎮定：with (pretended) ～（假裝）冷淡地，若無其事地。

non·cha·lant ['nanʃələnt] 形 不關心的，冷淡的；平靜的，冷靜的。

non·com ['nan,kam] 图《口》士官。

non·com·bat [nan'kambæt] 形 非戰鬥的；戰鬥以外的。

noc·com·bat·ant [,nankəm'bætənt] 图 形 非戰鬥人員（的）。

non·com·bus·ti·ble [,nankəm'bʌstəbl] 形 不燃的，不易燃燒的。—图 不燃物。

non·com·mis·sioned [,nankə'mɪʃənd] 形 未受任命的；無軍官委任狀的，士官的：a ～ officer（尤指陸軍的）士官。

non·com·mit·tal [,nankə'mɪtl] 形 不給予承諾的；含糊的，不明確的。～**·ly** 副

non·com·pli·ance [,nankəm'plaɪəns] 图 Ⓤ 不答應，不承諾。**-ant** 图

non com·pos men·tis ['nan'kampəs 'mɛntɪs] 形《拉丁語》《敘述用法》精神不健全的；精神異常的。

non·con·duc·tor [,nankən'dʌktɚ] 图〖理〗非導體，絕緣體。

non·con·fi·dence [,nan'kanfədəns] 图 Ⓤ 不信任。

non·con·form·ance [,nankən'fɔrməns] 图 Ⓤ 不順從，不服從；不信奉英國國教。

non·con·form·ing [,nankən'fɔrmɪŋ] 形 1 不服從的，不順服的，不一致的。2 不信奉英國國教的。

non·con·form·ist [,nankən'fɔrmɪst] 图 1 不遵從的人，不墨守成規的人。2《通常作 N-》非英國國教徒，新教教徒。—形 1《通常作 N-》非英國國教徒的。2 不服從的，不順應的。

non·con·form·i·ty [,nankən'fɔrmətɪ] 图 Ⓤ 1 不一致，不符合；不順從，不適應。2《通常作 N-》非英國國教主義。3《集合名詞》《英》非英國國教徒。

non·co·op·er·a·tion [,nanko,apə'reʃən] 图 Ⓤ 1 不合作，拒絕合作。2 不（與政

N

府）合作主義。-'op·er·,a·tor 名

non·co·op·er·a·tive [,nanko'apə,retɪv] 形不合作（主義）的。

non·cred·it [nan'krɛdɪt] 形不算學分的：～ courses 不計學分的課程。

non·de·liv·er·y [,nandɪ'lɪvərɪ] 名 U不能交付；不能投遞；不能寄達。

non·de·script ['nandɪ,skrɪpt] 形不明確的，莫可名狀的，難以形容的。—名1無特徵的人[物]。2《美俚》中學生。3（煙草的）極劣品，低級品。

non·dis·tinc·tive [,nandɪ'stɪŋktɪv] 形〖語言〗無法辨別的，非區別性的。

non·drink·er [nan'drɪŋkɚ] 名不飲酒的人，禁酒者。-drink·ing 形禁酒的。

non·du·ra·ble [nan'djurəbl] 形不耐久的，不耐用的。—名《～s》非耐久品。

:**none** [nʌn] 代1 [none (*of*) +複數（代）名詞]《常作複數》沒有人；沒有一個。2《作單數》毫無，一點也沒有；絕不。3《指前述語句》《作單、複數》沒有…的人[物]: Half a loaf is better than ～.《諺》半塊麵包比沒有麵包好；聊勝於無。

be second to none 不輸任何人，不比別人差《*in*...》。

none but... 除…以外誰也不: *N- but* the brave deserve(s) the fair. 只有勇者才配得上美人。

—副1一點也不，絕不，全不。2《英方》《口》《單獨使用》一點也不。

none the less 儘管…還是，仍然，依然。

—形《古》一點也沒有的，無任何…的。

non·e·co·nom·ic [,nanikə'namɪk] 形無經濟價值的；非經濟的。

non·en·ti·ty [,nan'ɛntətɪ] 名（複-ties）1微不足道的人[物]。2 非實物，非存在物，想像物；U非實際存在，虛構。

nones [nonz] 名（複）（單 none）〖教會〗九時公禱（的時刻）。

non·es·sen·tial [,nanə'sɛnʃəl] 形非本質的，非必需的。—名非本質的事物；不重要的物[人]。

none·such ['nʌn,sʌtʃ] 名無以比擬的人[物]，模範，典型，榜樣。

no·net [no'nɛt] 名1〖樂〗九重奏，九重唱。2〖理〗九重線。

none·the·less [,nʌnðə'lɛs] 副雖然…但是，然而，依然。

non·e·vent [,nanɪ'vɛnt] 名1被期待但並未發生或不符所望的事情。2 小題大作的事情，無實質意義的事情。

non·ex·ist·ence [,nanɪg'zɪstəns] 名不存在的事[物]，非實在物；U不存在。

non·ex·ist·ent [,nanɪg'zɪstənt] 形不存在的，非實在的。

non·farm [nan'farm] 形非農業的。

non·fat ['nan'fæt] 形脫脂的。

non·fea·sance [nan'fizṇs] 名U〖法〗不履行應盡的義務。

non·fer·rous [nan'fɛrəs] 形（金屬）不含鐵的；非鐵的，非鐵金屬的：～ meta
非鐵金屬。

non·fic·tion [nan'fɪkʃən] 名 U 1 非小說。2《集合名詞》非小說作品。

non·flam·ma·ble [nan'flæməbl] 形不燃性的，不易燃的。

non·ful·fill·ment, 《英》 **-fil·men** [,nanful'fɪlmənt] 名 U（契約等的）不履行。

non·hu·man [nan'hjumən] 形非人類的。

non·in·ter·fer·ence [,nanɪntɚ'fɪrən 名U不干涉（主義）。

non·in·ter·ven·tion [,nanɪntɚ'vɛnʃən] 名U不干預，不干涉內政。

non·in·va·sive [,nanɪn'vesɪv] 形〖醫〗非侵入性的。

non-i·ron [nan'aɪɚn] 形《英》免燙的，隨洗隨乾的。

non·ju·ror [nan'dʒurɚ] 名1 拒絕宣誓者。2《常作N-》〖英史〗拒絕立誓效忠者。

non·mem·ber [nan'mɛmbɚ] 名會員以外的人，非會員，非黨員。

non·met·al [nan'mɛtl] 名 U C 非金屬（元素）。

non·me·tal·lic [,nanmə'tælɪk] 形非金屬的，非金屬質的。

non·mor·al [nan'mɔrəl, -'mar-] 形與倫理道德無關係的，非道德性的。

non·nu·cle·ar [,nan'njuklɪɚ] 形非核的，未使用核子彈的；不使用核能的。—名非核彈擁有國，非核子（武裝）國；非核子武力。

no-no ['no,no] 名（複～'s [-z], ～s [-z]）《美俚》《昔兒語》不可以做的事[物]，被禁止的事[物]，禁忌。

non·ob·serv·ance [,nanəb'zɝvəns] 名 U不遵守，不信奉，違反。

no-non·sense ['no'nansɛns] 形正經的，實際的，現實的。

non·pa·reil [,nanpə'rɛl] 形無比的，無雙的，無可比擬的。—名1無可比擬的人[物]，絕品。2 U〖印〗相當於六磅因的鉛字。

non·par·ti·san [nan'partəzən] 形無黨無派的；超黨派的，無所屬的；客觀的，公正的。—名無黨無派者；超黨派的人。

non·par·ty [,nan'partɪ] 形與政黨無關係的；超黨派的。

non·pay·ment [nan'pemənt] 名 U 拒付，不支付；未償還，未繳納。

non·per·form·ance [,nanpɚ'fɔrməns] 名U不履行，不實行。

non·per·son [nan'pɝsən] 名被認為（從來）不存在的人；沒有社會或法律地位的人；被忽視的人。

non·plus [nan'plʌs, 'nanplʌs] 動（～ed 或 ～·ing或《英》-plussed, ～·sing)及《通常用被動》使極度困惑。

一图《通常作 a ～》困惑，窘困。

non·po·lit·i·cal [,nanpə'lɪtɪkl] 形 非政治的，不涉及政治的。

non·pro·duc·tive [,nanprə'dʌktɪv] 形 1 非直接從事生產的。2 非生產性的；無效果的。～·ly 副，～·ness 名

non·pro·fes·sion·al [,nanprə'fɛʃənl] 形 非專職的；與職業無關係的；業餘的，外行的，非專業的。一名 非專業者；外行人；業餘選手。

non·prof·it [nan'prafɪt] 形 非營利的。

non·prof·it-mak·ing [,nan'prafɪt,mekɪŋ] 形 1 未得利益的，營業虧損的。2《英》非營利性的，不以營利爲目的的（《美》non-profit）。

non·pro·lif·er·a·tion [,nanpro,lɪfə'reʃən] 名 U 1（細胞等的）停止繁殖。2（核武的）防止擴散。一形 防核（武器）擴散的：～ treaty 防止核武擴散條約。

non·re·new·a·ble [,nanrɪ'njuəbl] 形 非再生的；無法更新的。

non·rep·re·sen·ta·tion·al [,nanrɛprɪzɛn'teʃənl] 形 非寫實的，非具象的，抽象的。

non·res·i·dent [nan'rɛzədənt] 形 不居住於某地的；不住在工作地點的。一名 非某地的居民；住所與工作地不在同地區者；不住在自己所有土地上的地主。

non·re·sis·tance [,nanrɪ'zɪstəns] 名 U 不抵抗，不反抗；不抵抗主義；消極的服從。

non·re·sis·tant [,nanrɪ'zɪstənt] 形 不抵抗的。一名 不抵抗者，不抵抗主義者。

non·re·stric·tive [,nanrɪ'strɪktɪv] 形〖文法〗非限定的。

non·sec·tar·i·an [,nansɛk'tɛrɪən] 形 與任何宗教派別無關係的，無宗派的。

non·se·lec·tive [,nansə'lɛktɪv] 形 不加選擇的，一視同仁的。

non·sense ['nansɛns] 名 U《偶作 a ～》無意義之物[事]；無意義的話，廢話，蠢話；愚蠢無聊的行爲，荒謬；無價值之物；厚臉皮的態度；《英粗》金錢：complete ～ 一派胡言 / make (《英》*a*) ～ of... 使…變得雜亂不堪。一形 無意義的；愚蠢的：a ～ poem 打油詩。一感 無聊！胡說！

non·sen·si·cal [nan'sɛnsɪkl] 形 無聊的，無意義的，荒謬的，無稽的：a ～ question 無意義的問題。～·ly 副

non se·qui·tur [nan'sɛkwɪtɚ] 名《拉丁語》不合前提的推論，錯誤的結論。略作：non seq.

non·sked ['nan'skɛd] 名《口》不定期航線或班機。一形 不定期的。

non·skid ['nan'skɪd] 形 防滑的，止滑的。一名 防滑輪胎。

non·smok·er [,nan'smokɚ] 名 不吸煙的人；《口》禁煙車廂。

non·smok·ing [,nan'smokɪŋ] 形 禁煙的。

non·so·cial [,nan'soʃəl] 形 與社會無關的，非社會取向的。

non·stand·ard [nan'stændɚd] 形 不標準的，非標準的。

non·start·er [nan'startɚ] 名 一開始就無成功希望的人或事物；《口》無再考慮價值的人。

non·stick ['nan,stɪk] 形 不沾鍋的。

non·stick·y [nan'stɪkɪ] 形 不黏的。

non·stop ['nan'stap] 形 副 中途不停的[地]，不著陸的[地]，直達的[地]，不休息的[地]：a ～ train 直達火車 / fly ～ from Taipei to Los Angeles 由台北直飛洛杉磯。一名 直駛；直達火車。

non·stu·dent [nan'stjudənt] 名 形 非學生（的）。

non·such ['nʌn,sʌtʃ] 名 = nonesuch.

non·suit [nan'sut] 名〖法〗訴訟駁回。一動 及 駁回訴訟。

non·sup·port [,nansə'port] 名 U〖法〗不履行贍養義務。

non-'tariff 'barrier 名 非關稅壁壘。略作：NTB

non trop·po [nan'trapo] 副 形〖樂〗不過度的[地]，適度的[地]。

non-U ['nan'ju] 形《口》不合於上流階層的，非上流階級的。

non·un·ion [nan'junjən] 形 1 未加入工會組織的，非工會的。2 反對工會組織的。3 非工會會員生產的。一名 U〖醫〗（骨折的）不接合，接合不全。

～·ism 名 U 不加入勞工組織；反工會主義。～·ist 名

'nonunion 'shop 名 反工會的企業組織，未加入工會的工廠。

non·us·er [nan'juzɚ] 名〖法〗放棄權利（者）。

non·ver·bal [nan'vɝbl] 形 非言辭的，非口頭的。

non·vi·o·lence [nan'vaɪələns] 名 U 非暴力（主義）。

non·vi·o·lent [nan'vaɪələnt] 形 非暴力的，和平的。～·ly 副

non·vot·er [nan'votɚ] 名 放棄投票者，不投票者；無投票資格的人。

non·white [nan'hwaɪt] 名 非白種人。一形 非白種人的。

·noo·dle[1] ['nudl] 名《通常作～s》麵條。

noo·dle[2] ['nudl] 名 1《美俚》頭，腦袋。2 笨蛋。

nook [nʊk] 名《文》《諧》角落；隱蔽處；僻遠處：look in every ～ and cranny 找遍每個角落；到處搜尋。

:noon [nun] 名 U 1 (1) 正午。(2) 中午十二點，正午時刻：at (high) ～ 在正午時 / two hours before ～ 正午之前兩小時。2《the ～》最高點，全盛時期，絕頂：*the* ～ of one's life 生命中的壯年期。3《文》午夜。

noon·day ['nun,de] 形《文》中午的，正

N

午的：the ～ meal 中餐 / the ～ sun 正午的太陽。
—名 Ⓤ中午，正午。

:no-one, no one ['no,wʌn] 代沒有人。

noon·tide ['nun,taɪd] 名 **1** = noonday. **2** 《**the** ～》最盛時期：*the* ～ of one's literary activities 文學生涯的高峰。

noon·time ['nun,taɪm] 名《美》= noonday.

noose [nus] 名**1** 活套，套索；絞索。**2** 羈絆；圈套。**3**《**the** ～》絞刑。
put one's head in a noose 作繭自縛，自投羅網，自陷險境。
—動及 **1** 打成活套。**2** 以套索捕捉；使落入圈套。

no-par ['no'pɑr] 形不標示票面價值的。

nope [nop] 副《美口》不，不是。

'no ˌplace 副 名《美口》= nowhere.

:nor [nɚ;《強》nɔr] 連《接在肯定句之後或置於句首》亦不，並不。

Nor. 《縮寫》*Nor*man; *Nor*th(ern); *Nor*way; *Nor*wegian.

No·ra ['norə] 名〖女子名〗諾拉（Eleanor, Honora, Leonora 的暱稱）。

Nor·dic ['nɔrdɪk] 名北歐人。—形 **1** 北歐人的。**2** 包括越野賽和跳越賽的。

'Nordic com'bined 名北歐組合式滑雪。

Nor·folk ['nɔrfək] 名諾福克：**1** 英格蘭東部的一郡；首府為 Norwich。**2** 美國 Virginia 州東南部的港市、海軍基地。

'Norfolk 'jacket 名諾福克式外套。

norm [nɔrm] 名**1** 標準；規範；模範，典型；一般水準，平均數[值]。**2**〖教〗基準；平均學力；〖社·心〗常模。**3** 基準勞動量。

:nor·mal ['nɔrml] 形 **1** 標準的；普通的，通常的；自然的；正常的，正規的；平均的：～ weight 標準體重。**2**（智能等）正常的，標準的；(精神狀態）正常的；身心正常的：～ IQ 正常的智商 / a ～ youth（發育）正常的年輕人。**3**〖數〗垂直的，正交的《*to*...》；法線的。**4**〖化〗規度的，當量的；(有機化合物）正（鏈）的。**5**〖生·醫〗未加實驗處理的；未受疾病細菌感染的；正常的；自然的，常態的。
—名 **1** Ⓤ標準，典型；正常標準；常態。**2**〖數〗法線；垂直線。

nor·mal·cy ['nɔrmḷsɪ] 名 = normality.

nor·mal·i·ty [nɔr'mælətɪ] 名 Ⓤ標準，常態。

nor·mal·ize ['nɔrmḷ,aɪz] 動及使標準化，使常態化。
—不及恢復正常。**-i·'za·tion** 名

·nor·mal·ly ['nɔrmḷɪ] 副正規地，合標準地通常，一般。

'normal ˌschool 名 Ⓤ Ⓒ《美》師範學校。

Nor·man ['nɔrmən] 名(複～**s**) **1** 諾曼人：⑴十世紀時征服 Normandy 的古代斯堪的那維亞人。⑵諾曼人與法蘭西人的混血民族，1066 年由征服者威廉率領征服英國。**2** 諾曼第人。**3** = Norman French 1. —形諾曼人的；諾曼第人的。**2** 諾曼式（建築）的。

'Norman 'Conquest 名《**the** ～》諾曼人的征服英國（1066 年）。

Nor·man·dy ['nɔrməndɪ] 名諾曼第：法國西北部一地區，面臨英吉利海峽。

'Norman 'French 名 **1** Ⓤ諾曼法語：中世紀諾曼人所用的法語方言；諾曼法語（現代諾曼第地區所用的法語方言）。**2** = Norman 名 1 (2).

nor·ma·tive ['nɔrmətɪv] 形 **1** 標準的。建立標準的，規範性的。

Norn [nɔrn] 名〖北歐神話〗司命運的三女神之一：Urth 或 Urd（司過去），Verdandi（司現在），Skuld（司未來）三者之一。

Norse [nɔrs] 形（古代的）挪威（人、語）的；古代斯堪的那維亞（人、語）的。
—名 **1**《**the** ～》《集合名詞·作複數》挪威人；古代斯堪的那維亞人。**2** Ⓤ挪威語；古代挪威語。

Norse·man ['nɔrsmən] 名（複**-men**）Northman.

:north [nɔrθ] 名《常作 **the** ～》**1** 北，北方：a cool breeze from *the* ～ 從北邊吹來的涼爽微風 / in *the* ～ of London 在倫敦的北部。**2**《常作 **N-**》北部地區，北方地區；北半球；北極（圈）。**3**《**N-**》⑴美國北部諸州。⑵英國英格蘭北部。**4**《**N-**》北方國家。
north by east 北偏東。略作：NbE
north by west 北偏西。略作：NbW
—形 **1** 北方的，在北方的；向北的，朝北的。**2** 從北方吹來的。**3**《通常作 **N-**》北部的。—副《常作 **N-**》向北方，在北方。

'North A'merica 名北美，北美洲。**'North A'merican** 形 名北美（人）的；北美人。

North·amp·ton·shire [nɔr'θæmptənʃɪr, nɔrθ'hæm-] 名諾坦普頓郡：英國英格蘭中部的一郡；首府為 Northampton。略作：Northants

'North At'lantic 'Treaty Organiˌzation 名《**the** ～》= NATO.

north·bound ['nɔrθ,baʊnd] 形北行的。

'North Caro'lina 名北卡羅來納：美國東南部大西洋岸一州；首府為 Raleigh。略作：N.C. **'North Caro'linian** 形 名北卡羅來納的（人）。

'North ˌCountry 名《**the** ～》北國：**1** 英格蘭北部；大不列顛島北部。**2** 美國 Alaska 州及加拿大 Yukon 地區。

'North Da'kota 名北達科塔：美國中北部的一州；首府為 Bismarck。略作：N. Dak., N.D. **'North Da'kotan** 形 名北達科塔州的（人）。

orth·east [ˌnɔrθ'ist] 名《通常作 the ~》1 東北。2 東北地方，東北部；《the N-》(美國的) 東北地區，新英格蘭諸州。3〖詩〗東北風。

northeast by east 東北偏東。略作：NEbE

north east by north 東北偏北。略作：NEbN

—形東北的，位於東北的；朝東北的；由東北來的。—副在東北；從東北。

orth·east·er [ˌnɔrθ'istɚ] 名東北風，東北強風（亦作 **noreaster**）。

orth·east·er·ly [ˌnɔrθ'istɚlɪ] 形 副在東北的[地]；從東北的[地]。

orth·east·ern [ˌnɔrθ'istɚn] 形 1 = northeast. 2《常作 N-》(美國) 東北部的。

Northeast 'Passage 名《the ~》東北航路。

orth·east·ward [ˌnɔrθ'istwɚd] 形向東北 (方向) 移動的；朝東北的；位於往東北方向的。—副 (亦稱 **northeastwards**) 向東北 (方向)。—名東北。~·**ly** 副形朝東北 (的)；從東北來 (的)。

orth·er ['nɔrðɚ] 名 1《美》寒冷北風：冬季時侵襲墨西哥灣沿岸地方的寒冷北風。2 (強烈的) 北風。

orth·er·ly ['nɔrðɚlɪ] 形在北方的；向北的，朝北的；來自北方的：in a ~ direction 在向北方向 / ~ breeze 從北方吹來的微風。

—副向北方，在北方；從北方。

—名(複**-lies**) 北風。

orth·ern ['nɔrðɚn] 形 1 北方的，產於北方的，北方特有的；《常作 N-》北部地方的，美國北部的：*N-* Europe 北歐。2 向北方的，向北前進的；朝北的：the ~ face of the mountain 山的北壁。3 來自北方的。4〖天〗北方的。—名 1《常作 N-》北方人，北部人。2〖詩〗北風。3 U《N-》美國北部方言。

Northern·er ['nɔrðɚnɚ] 名 (美國的) 北部的居民；北方人。

Northern 'Hemisphere 名《the ~》北半球。

Northern 'Ireland 名北愛爾蘭：在愛爾蘭島東北部，為大英聯合王國的一部分；首府為 Belfast。略作：N.I.

orthern 'lights 名(複)《the ~》北極光。

orth·ern·most ['nɔrðɚnˌmost] 形最北的，極北的。

Northern Rho'desia 名北羅德西亞：Zambia 的舊稱。

Northern 'Territory 名《the ~》北領地：澳洲中北部的一省；首府為達爾文 (Darwin)。

orth·ing ['nɔrθɪŋ, -ðɪŋ] 名 U 1 北行，北進，北航。2 北距，北向緯度差。

North 'Island 名北島：紐西蘭二大島之一。

North Ko'rea 名北韓：首都為平壤 (Pyongyang)。

north·land ['nɔrθlənd, -ˌlænd] 名 1 北國，北方地帶；北部地區。2《N-》斯堪的那維亞半島。~·**er** 名

North·man ['nɔrθmən] 名 (複**-men**) 古代斯堪的那維亞人。

north-north·east ['nɔrθˌnɔrθ'ist] 名《通常作 the ~》北北東。略作：NNE

—副 形向北北東 (的)；來自北北東 (的)。

north-north·west ['nɔrθˌnɔrθ'wɛst] 名《通常作 the ~》北北西。略作：NNW

—副 形向北北西 (的)；來自北北西 (的)。

'North 'Pole 名《the ~》北極。

'north-'po·lar 形

'North 'Sea 名《the ~》北海：英國與丹麥、挪威之間的海域。

'North 'Star 名《the ~》〖天〗北極星。

North·um·ber·land [nɔr'θʌmbɚlənd] 名 諾森伯蘭郡：英國英格蘭東北部的一郡；首府為 Murpeth。

North·um·bri·a [nɔr'θʌmbrɪə] 名諾森布利亞：英國 Anglo-Saxon 時代的英格蘭七王國之一。

North·um·bri·an [nɔr'θʌmbrɪən] 形 Northumbria 王國[人，方言]的；Northumberland 郡[人，方言]的。—名 1 Northumbria [Northumberland] 人。2 U Northumbria [Northumberland] 方言。

north·ward ['nɔrθwɚd] 形向北方的；朝北的；位於往北方向的。—副 (亦稱 **northwards**) 向北。—名《the ~》北，北部，北方。~·**ly** 副 形向北 (的)；來自北方 (的)。

N

·north·west [ˌnɔrθ'wɛst] 名《通常作 the ~》1 西北。2 西北部，西北地方；《the N-》美國的西北部。

northwest by north 西北偏北。略作：NWbN

northwest by west 西北偏西。略作：NWbW

—形西北的，朝西北的，西北部的；來自西北的。—副在西北；來自西北。

north·west·er [ˌnɔrθ'wɛstɚ] 名西北風，西北的強風 (亦作 **nor'wester**)。

north·west·er·ly [ˌnɔrθ'wɛstɚlɪ] 形 副向西北 (的)；來自西北 (的)。

·north·west·ern [ˌnɔrθ'wɛstɚn] 形 1 = northwest. 2《常作 N-》(美國) 西北部的。

'Northwest 'Passage 名《the ~》西北航路。

'Northwest 'Territories 名 (複)《the ~》西北領地：加拿大北部之一地區；近北極海；首府為 Yellowknife。

north·west·ward [ˌnɔrθ'wɛstwɚd] 形向西北 (方向) 移動的；朝西北的；位於往西北方向的。—副 (亦稱 **northwestwards**) 向西北。—名西北。~·**ly** 副 形

向西北（的）；來自西北（的）。

'North 'Yorkshire 名北約克郡：英國英格蘭北部之一郡；首府爲 Northallerton。

Norw. 《縮寫》*Norwegian; Norway.*

Nor·way ['nɔrwe] 名挪威（王國）：位於 Scandinavia 半島西側；首都爲 Oslo。

Nor·we·gian [nɔr'widʒən] 形挪威的；挪威人的，挪威語的。—名挪威人；U挪威語。

nor'west·er [,nɔr'wɛstɚ] 名 **1** = south-wester 2. **2** = northwester.

Nor·wich ['nɔrɪdʒ, -ɪtʃ] 名諾威治：英國英格蘭東部 Norfolk 郡的首府。

nos., Nos. 《縮寫》*numbers.*

:nose [noz] 名**1** 鼻部；鼻：the tip of the ～ 鼻頭 / a snub ～ 朝天鼻 / have a runny ～ 流鼻涕 / blow one's ～ 擤鼻涕 / pick one's ～ 挖鼻子 / speak through one's ～ 以鼻音說話。**2**《a ～》嗅覺；感知[察覺]能力；直覺，洞察力，知覺《*for*...》。**3** 鼻狀物；（管、筒等有孔之物的）前端；船首，機首，汽車的前部；高爾夫球桿的前端；突出部分。**4** 干預；《英俚》密告者，警察的密探。**5** U（乾草等的）香味。**6**（馬等的）鼻的長度：by a ～ 以一鼻之差（在競賽中獲勝等）。

a nose of wax 無主見易盲從他人者；可任人擺布的東西。

(as) plain as the nose on one's face 極爲明顯的，顯而易見的。

bite a person's nose off 疾言厲色地對待；氣勢洶洶地說話。

by a nose ⇨ 名6.

count noses 清點出席者人數；以人數決定事情；數人數，數動物的頭數。

cut off one's nose to spite one's face 與人賭氣或爲了洩憤而做出不利於己的事。

follow one's nose (1)筆直向前走。(2)依本能行動。(3)憑嗅覺追索前進。

hold one's nose 《偶爲喻》捏住鼻子。

in spite of a person's nose 不顧反對。

keep a person's nose to the grindstone 使不停地做苦工；虐待，折磨。

keep one's nose clean 循規蹈矩；避免捲入麻煩。

lead...by the nose 《口》牽著鼻子走；使唯命是從。

look down one's nose at... 《口》瞧不起…，以傲慢的態度對待…。

make a long nose at... 《口》對…做出鄙夷的手勢；對…嗤之以鼻。

nose to nose 正面相向，面對面地。

on the nose 《俚》(1)正確的[地]；分毫不差；準時；正中目標。(2)（在賽馬、競犬賭博中）會贏得第一名的。

pay through the nose 付出很高的代價《*for*...》。

poke one's nose into... 干涉，探問。

put a person's nose out of joint (1)取代（某人的職位等）。(2)破壞（某人）的計畫（而使他吃癟）。

rub a person's nose in... 不斷提起（不愉快的事）。

rub noses 親切地交往《*with*...》。

see beyond one's nose 《文》《用於否定、條件、疑問》有遠見，有先見之明。

see no further than one's nose 無遠見，目光短淺。

thumb one's nose at... 愚弄，輕視。

turn up one's nose at... 瞧不起…；嗤之以鼻《*doing*》。

under a person's nose 就在某人面前；公然地。

—動(**nosed, nos·ing**)及**1** 嗅到…的氣味；聞出，探查出《*out*》。**2** 用鼻子移動；用鼻子觸碰；用鼻子去頂。**3** 使慢慢移動；小心翼翼地開（車）；（船等）緩慢地前進。**4** 以些許之差擊敗《*out*》。—不及**1** 嗅；（以鼻嗅味地）尋找；《喻》搜尋，探查《*for*...》。**2** 前進。**3** 干涉，管閒事《*about / in, into*...》。**4**（以高速）左右擺動前進《*over*》。**5**《英俚》密告。

'nose ,bag 名 = feed bag.

nose·band ['noz,bænd] 名（馬的）鼻羈。

nose·bleed ['noz,blid] 名鼻出血，流鼻血：have a ～ 流鼻血。

'nose ,cone 名〖太空〗鼻部錐體。

nose-count ['noz,kaunt] 名人口調查；清點人數。

'nose ,dive 名 **1**（飛機）俯衝。**2**（價格）暴跌。

nose-dive ['noz,daɪv] 動(**-dived** 或 **-dove**, **-dived, -div·ing**)不及頭朝下俯衝；暴跌。

'nose ,drops 名(複)鼻滴劑。

'nose ,flute 名（泰國等地的）鼻笛。

nose·gay ['noz,ge] 名小花束。

nose·piece ['noz,pis] 名**1**（頭盔的）鼻甲；護鼻。**2**（顯微鏡的）接物鏡的旋轉盤。**3** 眼鏡架的鼻梁架；管口；（填充動物玩具的）充作鼻子的木片。

nos·er ['nozɚ] 名逆風。

nose·rag ['noz,ræg] 名《英俚》手帕。

'nose ,ring 名**1**（家畜等的）鼻圈。**2** 環形鼻飾，鼻環。

'nose ,wheel 名（飛機機頭下的）鼻輪。

nos·ey ['nozɪ] 形(**-ei·er, -ei·est**) = nosy.

nosh [nɑʃ] 動不及《俚》吃零食，吃點心，進食。—及吃（零食）；進食。—名U《俚》點心，零食；《英》食物；《a ～》一餐。

～**·er** 名吃零食的人。

no-show ['no'ʃo] 名**1**《美口》訂位而未搭乘的人，不到的乘客。**2** 爽約（者），有義務要出席而不出席（者）。

nosh-up ['nɑʃ,ʌp] 名《a ～》《英俚》一餐，豪華的大餐。

no·sol·o·gy [no'sɑlədʒɪ] 名U〖醫〗疾病分類學，疾病學；疾病分類（表）。

nos·tal·gia [nɑ'stældʒɪə, -dʒə] 名 U鄉愁；懷古之情；懷舊感情《*for*...》: suffer from ~ *for* one's home 患了懷鄉病。

nos·tal·gic [nɑ'stældʒɪk] 形懷念昔日美好時光的；鄉愁的。**-gi·cal·ly** 副

·nos·tril ['nɑstrəl] 名鼻孔。

stink in a person's nostrils 臭不可聞，極端可厭。

the breath of one's nostrils 不可或缺的東西；貴重的東西，美妙的事物。

no-strings ['no'strɪŋz] 形無附帶條件的。

nos·trum ['nɑstrəm, 'nɔs-] 名 **1** 賣者對其成分密而不宣的藥品；祕方。**2** 江湖郎中所賣的藥。**3**（解決社會問題的）妙方，萬靈丹。

nos·y ['nozɪ] 形 (**nos·i·er, nos·i·est**) **1**《口》好問東問西的，好管閒事的。**2** 大鼻子的。**3** 有特殊氣味的；有惡臭的；芳香的。—名《口》**1** 鼻子大的人。**2** 好管閒事者。

-i·ly 副, **-i·ness** 名

Nos·y Par·ker [,nozɪ'pɑrkɚ] 名《偶作 n-p-》《口》好管閒事者，好打聽者。

not [《強》nɑt; 助動詞, be, have 動詞之後念 nt] 副不: **1**《述語動詞、句子的否定》(1)《與助動詞，**be, have** 動詞連用》。(2)《古》《置於 **be, have** 動詞以外的動詞之後》。(3)《用於附加疑問句》。**2**《述語動詞、句子以外的語詞的否定》。**3**《置於代名詞之前，加強否定》。**4**《置於不定詞、分詞、動名詞之前而否定之》。**5**《委婉、謹慎的表示否定》。**6**《表部分否定》《與 **all, every, both, always, necessarily** 等連用》: *All* is ~ gold that glitters.《諺》發亮的東西未必都是黃金。**7**《用於代替否定句、片語等》。**8**《與其他否定語併用》(1)《加強否定語氣》《俚》《方》。(2)《抵銷否定效果》。**9**《作為虛詞以加強語氣》。

not...but... 不是…而是…。

not at all (1) 毫不。(2)《對感謝語的答話》不要客氣，那裡。

not but what... / ***not but that...*** 雖然；但是，然而。

not only...but also... 不但…而且…。

not that... 並非，並不是。

no·ta be·ne ['notə'binɪ]《拉丁語》注意。略作: N.B., n.b.

no·ta·bil·i·ty [,notə'bɪlətɪ] 名 (複 **-ties**) **1** U值得注意；顯著，著名，有名；《罕》顯著的事物，著名之物。**2**《通常作 **-ties**》《主英》名士，有名的人。

no·ta·ble ['notəbl] 形 **1** 值得注意的，顯著的；卓越的，傑出的；重要的；有名的: a ~ event 值得注意的事件 / a ~ doctor 著名的醫生。**2**《古》能幹又勤儉耐勞的。—名《通常作 ~**s**》著名人士，名士。**-bly** 副顯著地；尤其，特別地。

no·tar·i·al [no'tɛrɪəl] 形公證人的；由公證人所做的。~**·ly** 副

no·ta·rize ['notə,raɪz] 動及《常用被動》公證。**-ri·'za·tion** 名U公證；公證書。

no·ta·ry 'public ['notərɪ-] 名 (複 **notaries public**) 公證人。

no·tate [no'tet] 動 及寫成記號。

no·ta·tion [no'teʃən] 名 U C **1** 表示法，記號法；《**a** ~, **the** ~》(用特殊符號或記號的) 表示，標記；記號系統: musical ~ 記譜法 / decimal ~ 十進記數法。**2** 記筆記，做記錄；《美》備忘錄，筆記，摘記，記錄，註釋。

notch [nɑtʃ] 名 **1** V 字形凹口；刮痕。**2**《美》峽谷。**3**《口》階，程度，等級。—動 及 **1** 刻 (V 字形) 凹痕；刻痕 (作記錄)；以刻痕記錄。**2** (在比賽等中) 得，獲得《*up, down*》；使贏得。

notch·back ['nɑtʃ,bæk] 名《美》後車頂凹進而車尾凸出的小汽車；此型車尾。

:note [not] 名 **1** 備忘錄，筆記，紀錄；《通常作 ~**s**》簡略的紀錄，略記，摘記；大綱提要，底稿，草稿: take ~*s* of... 將…記錄下來，做…的筆記 / make a mental ~ of... 將…記在腦裡 / leave a ~ for him 留張字條給他 / the ~*s* of a journey 旅行摘記。**2** 註釋，註解: marginal ~*s* 旁註 / a ~ on the importance of this chapter 本章重要地方的註釋。**3** 照會，文書，通告書，通牒；正式的傳達文書；便箋，短信，通知: a ~ of thanks (簡短的) 謝函 / a ~ to the newsboy 給送報生的字條。**4** 期票；票據，紙幣: a ~ of hand 期票。**5** U注目，注意: a concert worthy of ~ 值得注意的一場音樂會。**6** U名望，著名；重要性，重大: a family of ~ 望族 / a politician of ~ 著名的政治人物 / a figure of international ~ 國際知名人物。**7** 特徵，特色；徵候，表徵；性質，要素；暗示，意味。**8** 音調，音色；叫聲；鳴囀；《**a** ~》聲調，語調；語氣；想法，態度: *a* shrill ~ from the flute 長笛高亢的樂音 / hear the bird's ~ 聽到鳥叫聲。**9** (文中所用的) 記號，符號；〖樂〗音符；(鋼琴等的) 鍵。

compare notes (與人) 交換意見，交流經驗《*with*...》。

strike [sound] a false note 做錯事；說錯話；(言行等) 走調。

strike the right note 說[做]得恰當；所說的話被聆聽者接受。

—動 (**not·ed, not·ing**) 及 **1** 寫下來，做成筆記《*down*》。**2** 仔細觀察；注意；注意到；覺察出。**3** 特別提及；加註解；表明。**4** 顯示。**5** 用音符記下，用音符表示。

~**·let** 名短信。

:note·book ['not,bʊk] 名 **1** 筆記本，記錄簿，備忘錄，手冊。**2** 期票簿。**3** 筆記型電腦。

note·case ['not,kes] 名《英》皮夾。

·not·ed ['notɪd] 形 **1** 顯眼的，顯著的；著

N

名的《for, as...》: a ～ painter 名畫家 / a city ～ *for* its symphonic orchestra 以其交響樂團聞名的城市。**2** 附有樂譜的。～**·ly** 副 顯著地，尤其。

note·less ['notlɪs] 形 **1** 無名的；不顯著的；不引人注意的。**2** 不成調的，音調不和諧的；無聲的。

note·pad ['notpæd] 名 便條本。

note·pa·per ['not,pepɚ] 名 Ⓤ 信紙，便箋，便條紙。

note·wor·thy ['not,wɝðɪ] 形 值得注意的，顯著的。**-thi·ly** 副, **-thi·ness** 名

not-for-prof·it [,nɑtfɚ'prɑfɪt] 形《美》= non-profit.

:noth·ing ['nʌθɪŋ] 代《作單數》**1** 沒什麼，無物: say ～ 什麼也沒說 / *N*- succeeds like success.《諺》一事成則事事成。/ *N*-venture, ～ have. 不入虎穴，焉得虎子。**2** 沒有任何部分: hear ～ *of*... 沒聽說…；沒聽到…的消息。**3** 不值得關心之物[人，事]，無價值之物[人，事]，微不足道之物[人，事]。

—名 **1** Ⓤ 不存在之物；無，空: It's better than ～.《諺》聊勝於無。**2** 無關緊要的事[物]，無足輕重的人；低微的身分。**3** Ⓤ 零，0（的記號）。

all to nothing 十分地，完全地。

be nothing to... 對…而言沒什麼；與…無關係。

come to nothing 失敗，徒勞無功。

do nothing but... 只是…。

for nothing (1) 免費，白白地。(2) 毫無理由地，無緣無故地。

good for nothing 毫無價值的。

have nothing to do with... 跟…毫無關係；和…不相往來。

have nothing of... 與…無來往。

have nothing on (1) 沒有穿（衣服）。(2) 毫無勝過…之處，無法和…競爭；沒有定罪的證據。

in nothing flat 趕快，馬上，立即。

like nothing on earth 沒有比這更奇怪的。

make nothing of... (1)《與 **can** 連用》無法理解，無法領會。(2) 對…等閒視之；對…毫不介意《doi*ng*》。

nothing but... 除了…之外什麼也沒…。

nothing doing《口》(1)《對請求、申請、提議等強烈的拒絕》不行！辦不到！(2) 沒有成果，白費。

nothing, if not... 不…的話便無可取之處。

nothing less than... 與…完全一樣，完全是。

nothing more than... ⇨MORE（片語）

nothing much 非常少。

nothing of the kind ⇨ KIND²（片語）

(*not*) *know from nothing* 什麼都不知道。

think nothing of... 不把…放在心裡《do*ing*》；認為…無意義。

to say nothing of... 更不用說。

—形《美俚·英口》不足道的，沒有價值的。

—副 **1** 毫不，絕不…。**2**《美口》《表示[illegible]嘆時用》根本不是…。

noth·ing·ness ['nʌθɪŋnɪs] 名 Ⓤ **1** [illegible]無，空；不存在；死；不省人事；無知覺: slip into mental ～ 陷入昏迷狀態。**2** 毫[illegible]意義，無價值，完全空虛，無聊；無意[illegible][無價值]之物。

:no·tice ['notɪs] 名 **1** Ⓤ 注意；觀察: th[illegible] matter under ～ 本事件，本問題 / avoid ～ 避免引起別人的注意 / attract (one's) ～ 引[illegible]人注意。**2** Ⓤ Ⓒ 通知，通告；公告，[illegible]告；海報；警告；通知書；預告；《美[illegible]成績不好的通知: ～ of receipt 收到的通知 / a formal ～ 正式的通知 / give ～ of one['s] departure 發出某人要出發的通知 / witho[ut] (previous) ～ 沒有預先通知 / at a mome[nt] ('s) ～ 即刻 / at ten minutes(') ～ 在十分鐘的預告時間內 / at short ～ 急忙地，立[illegible] / put up a ～ on a bulletin board 在布告[illegible]上貼布告 / a ～ of sale 出售海報。**3** Ⓤ [illegible]解約通知（書）；解雇通知；（辭職等的）通知: give two weeks' ～ 給予兩週後解[illegible]的通知 / be under ～ 接到解雇的通知。[illegible] Ⓤ 好意，照顧，敬意，懇摯；關心。**5** [illegible]論；（新書等的）短評: get a favorable ～ 獲得好評。

sit up and take notice (1) 病況好轉，漸[illegible]痊癒。(2)《口》引起特別的關心。

take notice (1) 留意，注意《*that* 子句》(2) 開始懂事。

take notice of... 注意，禮遇，關心。

—動 (**-ticed, -tic·ing**) 及 **1** 注意，發覺。(人、動物) 發覺，感覺出。**3** 通知。**4** [illegible]誠地招待，禮遇。**5** 打招呼。**6** 提及，[illegible]及；指摘；批評。—不及 注意，注意看

not so's you'd notice《口》不像你想的[illegible]樣。

no·tice·a·ble ['notɪsəbl] 形 引人注[illegible]的，顯眼的，顯著的；值得注目的: a ～ difference 顯著的差異。**-a·bly** 副

'notice ,board 名《主英》布告板。

no·ti·fi·ca·tion [,notəfə'keʃən] 名 **1** [illegible]通知，聯絡；通告，告示。**2** 通知書，[illegible]告文。

·no·ti·fy ['notə,faɪ] 動 (**-fied, ～·ing**) 及 **1** [illegible]知，報告，通知，通報，呈報《*of*...》**2** 通告，發表《*to*...》: ～ a break-in *to* th[e] police 向警方報告失竊的事。**-fi·a·ble** 形《[illegible]英》須報告衛生當局的。**-fi·er** 名

·no·tion ['noʃən] 名 **1** 概念，觀念《[illegible]...》；理解，認識《*that* 子句, *of* w[illegible] 子句》: the ～ *of* law 法律概念。**2** 意見，見解，信念；想法《*that* 子句》。**3** 意向，意圖，打算《*of* doing, *to* do》。**4** 怪念頭: a head full of ～*s* 滿是古怪想法的腦袋。**5** 實用的小東西，精巧的小飾物；《～s》《美》雜物；化妝品，飾物。

no·tion·al ['noʃənl] 形 **1** 概念（上）的，概念性的。**2** 抽象性的；非現實的，想[illegible]

约。3《美》反覆無常的。4〖文法〗表意约；〖語意學〗概念語的。

o·to·ri·e·ty [,notəˈraɪətɪ] 名 (複**-ties**) 1 U風評，聲名；惡名，醜名。2《主英》出名的人；惡名昭彰的人。

o·to·ri·ous [noˈtorɪəs] 形 1（通常指在不好的方面）有名的，出名的；聲名狼藉的，惡名昭彰的《*for, as...*》：a ~ gambler 出名的賭徒 / be ~ *for* cruelty 以殘酷聞名。2 眾所周知的。~**·ly** 副眾所周知也。~**·ness** 名

o-touch [ˈno,tʌtʃ] 形 不可碰觸的。

lo·tre Dame [,notəˈdem] 名 1（巴黎的）聖母院（亦稱**Notre-Dame de Paris**）。聖母瑪利亞；聖母堂。

o-trump [ˈnoˈtrʌmp] 形〖牌〗(在橋牌牌戲中）無王牌的。—名 無王牌的牌戲叫牌)。

lot·ting·ham·shire [ˈnɑtɪŋəm,ʃɪr] 名若丁安郡：位於英國英格蘭中北部；首府為 Nottingham。

ot·with·stand·ing [,nɑtwɪθˈstændɪŋ, wɪð-] 介《文》雖然，儘管。—連《古》雖然《*that*子句》。—副儘管，仍然。

ou·gat [ˈnugət] 名 U C 果仁糖，牛軋糖。

ought [nɔt] 名 形 副《主英》= naught.

ou·me·non [ˈnumɪ,nɑn, ˈnaʊ-] 名 (複**na** [-nə])〖哲〗本體，物自身。

oun [naʊn] 名〖文法〗1 名詞。2 名詞代用語。—形名詞的，名詞用法的，名詞性質的。

oun ,phrase 名 名詞片語。

our·ish [ˈnɜɪʃ] 動 及 1 給予營養；養育，餵養，培育；使肥沃：be well ~*ed* 營養好 / a lake ~*ed* by several rivers 有數條河注入的一個湖泊。2 懷有；孕育出，培養出，激發，增進，助長；提倡，促進。~**·er** 名

our·ish·ing [ˈnɜɪʃɪŋ] 形 滋養的，滋補的，有營養的；富於營養的。~**·ly** 副

our·ish·ment [ˈnɜɪʃmənt] 名 U 1 食物，滋養品，營養（物）：a bit of ~ 一點點食品。2 養育，育成，助長。3 營養狀況。

ous [nus, naʊs] 名 U 1《主要作 **the** ~》哲〗知性，理性，理智。2《口》智慧，機智，常識。

ou·veau riche [,nuvoˈriʃ] 名 (複 **nou·eaux riches** [-ˈriʃ])《法語》暴發戶。

ou·velle vague [nuˈvɛlˈvɑg] 名 (複 **ou·velles vagues** [~])《法語》新浪潮：960年代初期法國、義大利的前衛電影藝術。

ov. 《縮寫》*Nov*ember.

o·va [ˈnovə] 名(複**-vae** [-vi], ~**s**)〖天〗新星。

o·va Sco·tia [ˈnovəˈskoʃə] 名新斯科夏：加拿大東南部沿海的一省；首府為 Halifax。略作：N.S.

ˈNova ˈSco·tian 形 名 新斯科夏省的（人）。

no·va·tion [noˈveʃən] 名 U C〖法〗(債務、契約的）更新，代替。

·nov·el[1] [ˈnɑvl̩] 名 1（長篇）小說：a short ~ 短篇小說 / a realistic ~ 寫實小說 / the modern ~ 現代（長篇）小說。2《昔》= novella.

nov·el[2] [ˈnɑvl̩] 形新的，新奇的，奇特的：a ~ theory 新理論。~**·ly** 副

nov·el·ette [,nɑvl̩ˈɛt] 名 1《常為蔑》（感傷的）中篇或短篇小說。2〖樂〗鋼琴小故事曲。

nov·el·et·tish [,nɑvl̩ˈɛtɪʃ] 形中篇小說式的；廉價小說的；感傷的。

nov·el·ist [ˈnɑvl̩ɪst] 名（長篇）小說作家。

nov·el·is·tic [,nɑvl̩ˈɪstɪk] 形 小說（風格）的；小說中常有的。

nov·el·ize [ˈnɑvl̩,aɪz] 動 及 編成小說，小說化；編成故事。

no·vel·la [noˈvɛlə] 名 (複~**s**, **-vel·le** [-ˈvɛle]) 1 短篇故事。2 中篇小說。

nov·el·ty [ˈnɑvl̩tɪ] 名(複**-ties**) 1 U 新鮮；嶄新。2 新鮮的事，珍奇的事，珍奇的經驗；《常作 **-ties**》珍品，新型商品。

:No·vem·ber [noˈvɛmbɚ] 名 十一月（略作：Nov.）。

no·ve·na [noˈvinə] 名 (複**-nae** [-ni])〖天主教〗連續九天的祈禱。

nov·ice [ˈnɑvɪs] 名 1 新手，初學者；新參加者《*at...*》。2 見習修士，見習修女；新皈依的教徒，新入教者。

no·vi·ti·ate, -ci·ate [noˈvɪʃɪɪt, -,et] 名 1 見習修道（期間）；見習修道者（的身分）。2 初學見習。3 見習修道的處所。

No·vo·caine [ˈnovə,ken] 名 U〖藥·商標名〗新古柯鹼。

:now [naʊ] 副 1 目前，現在；在現在，在今日。2 趕緊，馬上，即刻。3（在故事敘述中的）當時，然後，接著。4《過去式》剛才，方才。5 在目前情況下，到現在。6《開頭用語》且說，那麼。7《與表示時間的詞連用》從現在往回算，已經。8《用於表示責備、驚訝、不愉快》喂；《加強命令、懇請等的意思》那麼，嘿。

(every) now and then / ***(every) now and again*** 有時，不時。

just now ⇨ JUST[1]（片語）

now for... 接著是…，下一個是…。

now now / ***now then*** 喂喂。

now...now [then]... 時而…時而…。

Now or never! 勿失良機，千載難逢的好機會！

—連由於，既然。

Now (that)...由於…，既然…。

—名《通常置於介詞之後》現在，目前。

by now 已經，到此時。

for now 當前，眼前，目前。

from now on 從現在開始，今後。

N

up to now 迄今，到現在為止。
一形《偶作N-》《美俚》時髦的，最現代感的，入時的，流行的。～·ness 名

·now·a·days ['nauə,dez] 副在今日，現今。一名 U 現今，現代，當今。

no·way(s) ['no,we(z)] 副毫不，絕不。

:no·where ['no,hwɛr] 副什麼地方也不：go ～ 什麼地方也不去。
be nowhere (1) 不參加（競賽）。(2)（在競賽中）大吃敗仗。(3) 毫無成果。
nowhere near... 《口》差…很遠，遠非…。
一名 U 《主要用於 **from** 之後》 **1** 假想的地方，不存在的地方。**2** 默默無聞，無名。
一形《俚》沒有辦法的，無用的。

no-win ['no,wɪn] 形無法獲勝的，無法成功的；非競爭性的，沒有輸贏的。

no·wise ['no,waɪz] 副《文》絕不，毫不。

nox·ious ['nɑkʃəs] 形 **1** 對身體不好的，有害的《 *to...* 》: be ～ *to* the children's health 有損孩童健康。**2**（在道德上）不健全的：a ～ movie 不道德的電影。～·**ly** 副，～·**ness** 名

noz·zle ['nɑzl] 名 **1** 噴口，排放口，噴射口，管嘴，噴嘴。**2** 燭臺的插燭管；茶壺嘴。**3**《俚》鼻子。

NP 《縮寫》*n*oun *p*hrase; *n*euro*p*sychiatric.

Np 《化學符號》*n*e*p*tunium.

'NREM ,sleep ['ɛn,rɛm-] 名 U 眼球轉動緩慢期睡眠。

N

NS 《縮寫》*N*ew *S*tyle; *N*ova *S*cotia.

NSA 《縮寫》*N*ational *S*ecurity *A*gency 《美》國家安全局。

NSC 《縮寫》《美》*N*ational *S*ecurity *C*ouncil.

N.S.P.C.A. 《縮寫》《美》*N*ational *S*ociety for the *P*revention of *C*ruelty to *A*nimal. 全國防止虐待動物協會。

N.S.P.C.C. 《縮寫》《英》*N*ational *S*ociety for the *P*revention of *C*ruelty to *C*hildren.

N.S.W. 《縮寫》*N*ew *S*outh *W*ales.

-n't [ənt] 副詞 **not** 的縮略形：did*n't*, wo*n't*.

NT, N.T. 《縮寫》*N*ew *T*estament; *N*orthern *T*erritory; *N*orthwest *T*erritories.

Nt 《化學符號》*n*i*t*on.

nth [ɛnθ] 形 **1** 第 n 個的，最後一次的。**2**《口》最新的。**3** 極度的。
to the nth degree n 次方；高性能；最大限度地。

nt. wt. 《縮寫》*n*e*t* *w*eigh*t*.

nu [nu, nju] 名 U C 希臘字母中第十三個字母（*N*, *ν*）。

nu·ance [nju'ɑns, 'njuɑns] 名(複 **-anc·es** [-ɪz])（色彩、意義、音調等的）細微差異。

nub [nʌb] 名 **1** 瘤子，節，結節；小片，小塊。**2**《 **the** ～》《口》要旨，要點；核心，中心。

nub·bin ['nʌbɪn] 名小塊；《美》(發育不良的）小粒果實，小穗；使用後剩下的部分，切後剩餘的部分，餘燼。

nub·ble ['nʌbl] 名小片，小塊；小瘤[節]，小突起。

nub·bly ['nʌblɪ] 形 **(-bli·er, -bli·est)** 多瘤[節]的，凸凹不平的。

Nu·bi·a ['nubɪə, 'nju-] 名努比亞：**1** 尼羅河至紅海間的地區。**2** 非洲東北部古國

Nu·bi·an ['nubɪən, 'nju-] 名努比亞人；努比亞奴隸；努比亞馬；U 努比亞語。
一形努比亞的；努比亞人[語]的。

nu·bile ['njubl] 形（女性）適婚年齡的，及笄的。**nu·'bil·i·ty** 名 U（女子的）適婚期。

·nu·cle·ar ['njuklɪə-] 形 **1** 核的，形成核的；原子核的：a ～ phase（細胞的）核期 / ～ membrane（細胞的）核膜。**2** 核子武器的；核子動力的：～ war 核子戰爭 / ～ waste 核子廢料 / a ～ test (ban)（禁止）核子試驗 / the ～ umbrella 核子傘 / ～ fallout 核子輻射塵。**3** 有核子武器的：a ～ power 有核子武器的國家。一名 **1** 核子武器，核子彈頭飛彈。**2** 核武擁有國。**3** 核（子）動力。

'nuclear dis'armament 名 U 裁減核子武器，核子裁軍。

'nuclear 'energy 名 U 核能。

'nuclear 'family 名〖人類〗核心家庭：由父母及其子女組成的小家庭。

'nuclear 'fission 名 U 核分裂。

'nuclear-free ,zone 名非核地帶。

'nuclear 'fuel 名 U 核燃料。

'nuclear 'fusion 名 U 核子融合。

'nuclear mag'netic 'resonance 名 U〖理〗核磁共振。略作：NMR

'nuclear 'medicine 名 U 核子醫學

'nuclear nonprolifer'ation 名防止核子武器擴散。

'nuclear 'physics 名(複)《作單數》核子物理學。

'nuclear 'power 名 **1** U 核(子)動力 **2** 核武強國。

nu·cle·ar-pow·ered ['njuklɪə-'pauə-d] 形核子動力的，原子能推進的。

'nuclear 'power ,plant ['station] 名核能發電廠。

'nuclear re'action 名 U C 核反應。

'nuclear re'actor 名核子反應爐。

'nuclear 'resonance 名 U 核共振

'nuclear 'winter 名核子冬天。

nu·cle·ate ['njuklɪɪt, -,et] 形有核的。
一[-,et] 動及不及（使…）成核。

nu·cle·i ['njuklɪ,aɪ] 名 **nucleus** 的複數形

nu·'cle·ic 'acid [nju'kliɪk-] 名 U〖化〗核酸。

nu·cle·o·lus [nju'kliələs], **-ole** [-'klɪ,ol] 名(複 **-li** [-,laɪ])〖生〗核仁。

nu·cle·on ['njuklɪ,ɑn] 名〖理〗核子。**-'on·ic** 形

·cle·on·ics [ˌnjuklɪ'ɑnɪks] 名(複)《作數》核子學；實用核子物理學。

·cle·us ['njuklɪəs] 名(複-cle·i [-klɪˌaɪ], -es) 1 核心，中心，核：become the ~ the team 成爲該團體的核心。2〖生〗胞核；〖解〗神經核；〖化〗核；〖理〗子核；〖天〗(彗星的)核。

de [njud] 形1 裸的，裸體的。2 無覆蓋，無點綴品的，光禿禿的：an area ~ of getation 寸草不生的地區。3 肉色的。〖法〗無約定的；無償的：a ~ pact 無償約。—名1(美術作品的)裸體(畫)，像；裸照；裸體(者)。2《the ~》裸的狀態。3U肉色，皮膚色。

the nude (1)赤裸的，裸體的。(2)明白，赤裸裸的。

dge [nʌdʒ] 動及 不及 用肘輕推，輕；《喻》(使)注意。—名《通常作a ~》用肘)輕推。

d·ie ['njudɪ] 名《俚》裸體表演；裸體演員；刊載裸體照片的雜誌報紙。—形示裸體的。

d·ism ['njudɪzəm] 名U裸體主義；天運動。**-ist**名形裸體主義者(的)；裸體義的。

·di·ty ['njudətɪ] 名(複-ties) 1U裸(的態)；赤裸裸。2 裸露物；裸體畫[像]。

d·nik, -nick ['nʊdnɪk] 名《俚》無聊人，令人討厭的傢伙。

·ga·to·ry ['njugəˌtorɪ] 形《文》不足取，無價値的；無用的，無效的。

g·get ['nʌgɪt] 名(貴重金屬等的)天金塊；塊狀食物；有價值之物。

i·sance ['njusṇs] 名1《常作a ~》令不愉快的事；討厭的傢伙，麻煩的人，手之事：make *a* ~ of oneself 惹人討，自討沒趣。2〖法〗非法妨害：a public 妨害公眾的事物；《口》妨害別人者。

isance ˌtax 名小額消費稅。

ke [njuk] 名形《美俚》1 核子武器()；氫彈(的)。2 核能發電廠(的)。動及以核子武器攻擊。

ll [nʌl] 形 1 無價値的；無效的；不重的。2 不存在的；等於零的，零的；〖〗(集合)空的：a ~ set 空集合。3 無徵的，無表情的。

ll and void (法律上)無效的。

l·lah ['nʌlə] 名1(印度的經常乾涸)水路。2 小峽谷，山峽。

l·li·fi·ca·tion [ˌnʌləfə'keʃən] 名U1效，廢棄，取消。2《常作N-》《美》州聯邦政府法令的拒絕承認。

l·li·fy ['nʌləˌfaɪ] 動(-fied, ~·ing)及1無效；使成爲泡影，使白費。2 使…在律上無效，廢棄。

l·li·ty ['nʌlətɪ] 名(複-ties)U無效；無；C無價值的人[物]；無效的行爲。

ım.《縮寫》Numbers.

ımb [nʌm] 形 麻痺的；凍僵的；失去覺的《with...》：go ~ 麻痺。

numb hand《俚》笨拙的人。

—動及《通常用被動》使失去感覺；使麻痺；使凍僵《with...》。~·**ly** 副麻痺地；凍僵地。~·**ness**名

:num·ber ['nʌmbɚ] 名 1 (1)U C(概念的)數；數(詞)：an even ~ 偶數 / cardinal ~ 基數(詞) / in round ~*s* 以整數表示；大概。(2) C U數額，總和，合計。2 號碼；車號；…號(略作：No., 複 Nos.)。3 第…卷；(雜誌的)號：back ~*s* of Life 生活雜誌的舊刊。4(詩集、歌集中的)一首，一曲；(音樂會等的)演出節目；曲目：the last ~ 最後的曲目。5 地位。6《**the** ~**s**》數字的賭博：play *the* ~*s* 玩數字賭博。7《**the** ~》人數；個數《*of*...》；全體數目。8 集體，集團，一夥。9 (1)《**a** ~》《表不明確的數目》若干數目(的…)《*of*...》。(2)《~**s**》多數的人，眾多；許多(…的)《*of*...》。10《~**s**》《古》詩；韻律；音律，調子；反覆進行曲子的典型部分；(音樂、韻文的)節奏：in mournful ~*s* 以哀傷的詩句。11《口》少女，年輕女子。12 商品，衣料。13 數理，數學；《~**s**》算術：be good at ~*s* 擅長算術。14 U C〖語言〗(文法上的)數。

any number of...《口》相當多數目的…，很多的…。

beyond number 無數的，數不盡的。

by the numbers 系統地，按常規地，機械式地。

do a number on...《主美、加俚》(1)傷害。(2)取笑，戲弄。(3)調情。

get** a person's **number《俚》看清(某人)的心思。

in number (1)總計，總共。(2)在數字上。

in numbers (1)分冊地[的]。(2)《將修飾語置於前面》以某數。

One's number is up.《俚》(1)某人遇到困難，進退維谷。(2)某人面臨死亡。

without number《文》《用於名詞之後》無數的。

—動 及 1確定數目，記數；(一一地)數出；列舉。2 加號碼於；標以頁數。3《被動》被限定。4 算作，認爲《*among, with...*》。5 總計爲；活了…年，有…歲。6分配，分成《*into...*》。—不及 1 數，計算。2 被算在內，被包括《*among, with ...*》。3 達到，總計《*in...*》。

number off (列隊)報數。

'number ˌcruncher 名《口》1 專供複雜計算的大型電腦。2 專門處理數據的工作者。

'numbered acˌcount 名編號帳戶。

num·ber·less ['nʌmbɚlɪs] 形數不清的；無號碼的。

ˌnumber 'one 名 U《口》1 自己的利益；自己：look out for ~ 照顧自己的利益。2《形容詞》最好的，一流的。3 中心人物。4《口》小便。

N

'number ,plate 名《英》(汽車的)牌照(《美》license plate)。
Num·bers ['nʌmbɚz] 名(複)《作單數》民數記:舊約聖經第四卷。略作:Num.
,number 'two 名 U 1《形容詞》《俚》第二位的,非首要的。2《口》大便。
numb·ing ['nʌmɪŋ] 形使麻痺的;使茫然的。
numb·ly ['nʌmlɪ] 副麻木地,凍僵地。
numb·skull ['nʌm,skʌl] 名 = numskull.
nu·men ['njumən] 名(複**-mi·na** [-mɪnə]) 名(附於自然事物的)神,精靈,守護神。
nu·mer·a·ble ['njumərəbl] 形可數的。
nu·mer·a·cy ['njumərəsɪ] 名 U基本的計算能力。
·nu·mer·al ['njumərəl] 名 1 數詞;數字:cardinal ~*s* 基數詞 / ordinal ~*s* 序數詞 / partitive ~*s* 部分數詞 / the Arabic ~*s* 阿拉伯數字。2《~**s**》(以數字表示畢業年度的布製的)年度章。
—形數字的,代表數字的。
nu·mer·ar·y ['njumə,rɛrɪ] 形數的,關於數的。
nu·mer·ate ['njumə,ret] 動 及算出;列舉;讀出。—[-rɪt] 形有計算能力的。
nu·mer·a·tion [,njumə'reʃən] 名 U C 1 數,計數,計算;算出結果;數法,計算法。2 命數法,讀數法。
nu·mer·a·tor ['njumə,retɚ] 名 1〖數〗分子。2 計算者,計算機。
nu·mer·ic [nju'mɛrɪk] 形 = numerical.
—名數;數字。
nu·mer·i·cal [nju'mɛrɪkl] 形 1 數的,關於數的;表示數的,代表數的;以數字表示的;用數字的:a ~ formula 數(字)方程式。2 計算能力的:~ ability 計算能力。~**·ly** 副
nu·mer·ol·o·gy [,njumə'rɑlədʒɪ] 名 U 命理學。**-o·log·i·cal** 形, **-gist** 名
nu·me·ro u·no ['numəro'uno] 名 形《美·加》第一(的),最佳(的),最重要(的)。
·nu·mer·ous ['njumərəs] 形 1《與名詞複數形連用》非常多的,許多的,有很多的:~ visits to the bookstore 去書店許多次。2 由多數組成的,數目眾多的:a ~ family 大家庭。~**·ly** 副, ~**·ness** 名
nu·mi·na ['njumənə] 名 numen 的複數形。
nu·mi·nous ['njumənəs] 形精靈的,神聖的;超自然的;神祕的,不可思議的。
nu·mis·mat·ic [,njumɪz'mætɪk, -mɪs-] 形 錢幣的,錢幣作成的;錢幣研究的。
—名《~**s**》《作單數》錢幣學,古錢收集。**-i·cal·ly** 副
nu·mis·ma·tist [nju'mɪzmətɪst, -'mɪs-] 名錢幣研究家,古錢收藏家。
num·skull ['nʌm,skʌl] 名笨蛋,傻瓜。

·nun [nʌn] 名尼姑;修女。
nun·ci·o ['nʌnʃɪ,o] 名(複~**s**) 羅馬教的使節,教廷大使。
nun·cu·pa·tive ['nʌŋkju,petɪv] 形口的,口頭宣布的。
nun·ner·y ['nʌnərɪ] 名(複**-ner·ies**) 女道院;尼姑庵。
nup·tial ['nʌpʃəl] 形《文》結婚(典禮的:the ~ day 婚禮之日。—名《通常~**s**》結婚典禮。~**·ly** 副
Nu·rem·berg ['njurəm,bɝg] 名紐倫堡德國 Bavaria 邦的都市。
:nurse [nɝs] 名 1 護士;看護人。2 姆;奶媽;〖昆〗保姆蟲。3 養育者,培力;培育處,發祥地《*of*...》;溫床。
at nurse 由奶媽扶養中;被寄養。
put... (*out*) *to nurse* (1) 寄在保姆處;託扶養。(2) 交人管理。
—動(**nursed, nurs·ing**) 及 1 照顧,看護 2 治療,療養。3 餵奶;培育;懷有。4 心處置,好好運用;小心操縱;節約用;慢飲。5 愛撫;抱住,摟抱;抱膝)而坐。6《英》討好(選民)。
—不及 1 作護士;作保姆;照顧病人餵奶;吸奶。
nurse·ling ['nɝslɪŋ] 名 = nursling.
nurse·maid ['nɝs,med] 名照顧小孩保姆。
nurs·er ['nɝsɚ] 名 1 奶媽;哺乳者奶瓶。
nurs·er·y ['nɝsərɪ] 名(複**-er·ies**) 1 育室;保育室,托兒所。2 培養所;養場;養魚池;苗床,苗圃。3 培育生長環境《*for*...》。
nurs·er·y·maid ['nɝsərɪ,med] 名 nursemaid.
nurs·er·y·man ['nɝsərɪmən] 名 (**-men**) 苗圃的園丁;育苗者。
'nursery ,rhyme 名童謠;兒歌。
'nursery ,school 名 U C 育幼院,兒所。
'nursery ,tale 名童話。
nurs·ing ['nɝsɪŋ] 名 U 保育,看護:school 護理學校,護理學院。
'nursing ,bottle 名奶瓶。
'nursing ,father 名 1 養父。2 奶媽丈夫。
'nursing ,home 名 1 私立的老人安院。2《英》小型私立醫院。
'nursing ,mother 名 1 養母。2 奶媽
nurs·ling ['nɝslɪŋ] 名 1(由奶媽哺乳育的)嬰兒;乳兒,幼獸。2 受養育照的人[動物]。
nur·ture ['nɝtʃɚ] 動 及 1 培育,養育 ~ a promising writer 培育有前途的作家 2 教養。—名 U《文》1 養育;教育,導。2 營養物,食物。
nut [nʌt] 名 1 果核;〖植〗堅果:crack ~ 打碎堅果。2 核仁;中心,核心。3 核形狀的圖案。4《俚》頭:work one's

動腦筋 / be off one's ～ 發瘋。5《俚》迷，狂；傻瓜，怪人；精神病者：a golf ～ 高爾夫球迷。6 螺絲帽；〖樂〗弦枕，弓根。7《常作～s》《英》煤炭的小塊。8《常作 ～s》《粗》睪丸。

a hard nut to crack (1)難題，難解的事。(2)難應付的人。

be nuts about... 熱中於，迷戀；是…的能手。

be nuts for...《作單數》極爲喜歡。

be off *one's* ***nut***《俚》(1)瘋狂的。(2)混亂的，無條理的。(3)錯誤的。

don't care a (rotten) nut 毫不在乎。

do *one's* ***nut(s)***《英俚》像瘋子般行動。

for nuts《與 **can't** 連用》《英俚》一點也…，完全。

go nuts《俚》發狂。

─形〖礦〗小塊炭的。─動不及 採拾堅果。─及《英俚》以頭頂撞。

nut-brown ['nʌt'braun] 形 赤褐色的，栗色的。

nut·case ['nʌt,kes] 名 瘋子。

nut·crack·er ['nʌt,krækɚ] 名《常作～s》胡桃鉗。

nut·gall ['nʌt,gɔl] 名 沒食子，五倍子。

nut·hatch ['nʌt,hætʃ] 名〖鳥〗五十雀。

nut ˌhouse 名《俚》精神病院，瘋人院。

nut·let ['nʌtlɪt] 名 小堅果；狀如堅果的小果實；(梅、桃等果實的)核。

nut·meat ['nʌt,mit] 名 Ⓤ 堅果的核仁。

nut·meg ['nʌtmɛg] 名〖植〗肉豆蔻的種子；肉豆蔻樹。

Nutmeg 'State 名《the ～》美國 Connecticut 州的別名。

nut·pick ['nʌt,pɪk] 名 取出堅果果仁所用的尖形挑針。

nu·tri·a ['njutrɪə] 名〖動〗河鼠；Ⓤ 河鼠的毛皮。

nu·tri·ent ['njutrɪənt] 形 含有營養的；滋養的。─名 營養劑，營養物。

nu·tri·ment ['njutrəmənt] 名 ⓊⒸ 營養分，營養素；營養物，食物。

nu·tri·tion [nju'trɪʃən] 名 Ⓤ 1 營養補給；營養作用。2 食物，營養分，營養素。3 營養學。～·**al**, ～·**ar·y** 形

nu·tri·tion·ist [nju'trɪʃənɪst] 名 營養學家，營養師。

nu·tri·tious [nju'trɪʃəs] 形 營養的，營養價值高的。～·**ly** 副, ～·**ness** 名

nu·tri·tive ['njutrətɪv] 形 有營養的，供給營養的；有關營養的。

nuts [nʌts] 感《俚》(亦稱 **nerts, ner·tz**)《表憎惡、蔑視、不贊成、絕望等》呸！胡說！混蛋！糟糕！─形《敘述用法》瘋狂的；傻的；狂熱的。

'nuts and 'bolts 名《通常作 the ～》基本要素，基礎；實際作業；實際負責工作的部分《*of*...》。

'nuts-and-'bolts 形 基本的；實際的。

nut·shell ['nʌt,ʃɛl] 名 堅果的外殼。

in a nutshell 簡短地，簡而言之。

nut·ter ['nʌtɚ] 名 1 拾堅果的人。2《英俚》瘋子；古怪的人。

nut·ting ['nʌtɪŋ] 名 Ⓤ 拾堅果。

'nut ˌtree 名 堅果樹，榛樹。

nut·ty ['nʌtɪ] 形 (**-ti·er, -ti·est**) 1 多堅果的；長堅果的。2 有堅果味的；饒有風味的；使人感到很刺激的；生動的，活潑的；內容充實的；《英俚》瀟灑的：～ ideas 好主意。3《口》愚笨的；《俚》頭腦不正常的，瘋的；古怪的。4《俚》迷戀的，狂熱的《*about, on*...》。**-ti·ly** 副

nux vom·i·ca ['nʌks'vɑmɪkə] 名(複～)〖植〗番木鱉，馬錢子；其種子。

nuz·zle ['nʌzl] 動 不及 (豬等) 用鼻子掘；用鼻子伸入；舒服地躺臥《*up / into, to, against*...》。─及 用鼻子掘；用鼻子碰；將鼻子插入…之中；擁抱，愛撫；《反身》使舒服地躺臥。─名 擁抱。

NV《縮寫》*N*evada.

NW, N.W., n.w.《縮寫》*n*orth*w*est(ern).

NWbN《縮寫》*n*orth*w*est *b*y *n*orth.

NWbW《縮寫》*n*orth*w*est *b*y *w*est.

N.Y., NY《縮寫》*N*ew *Y*ork.

NYA, N.Y.A.《縮寫》*N*ational *Y*outh *A*dministration（美國的）青少年總署。

NYC《縮寫》New York City 紐約市。

nyc·ta·lo·pi·a [,nɪktə'lopɪə] 名 Ⓤ〖眼〗夜盲症。**-'lop·ic** [-'lɑpɪk] 形

·ny·lon ['naɪlɑn] 名 1 Ⓤ 尼龍：a ～ hose 尼龍襪。2《～s》尼龍長襪。

·nymph [nɪmf] 名 1〖希神〗寧芙，(住在海中、河中或山林中的)仙女。2 美女，美貌少女；處女。3 若蟲。

nymph·et [nɪm'fɛt, 'nɪmfɪt] 名 1 小寧芙，小仙子。2 性感的少女；在性方面十分早熟的少女，小妖婦。

nym·pho ['nɪmfo] 名《俚》= nymphomaniac.

nym·pho·lep·sy ['nɪmfə,lɛpsɪ] 名 (複 **-sies**) ⓊⒸ 1 心醉神迷。2 狂熱，入迷。**-'lep·tic** 形, **-,lept** 名 著迷而狂亂的人。

nym·pho·ma·ni·a [,nɪmfə'menɪə] 名 Ⓤ〖病〗女色情狂，花痴。

nym·pho·ma·ni·ac [,nɪmfə'menɪæk] 名 患色情狂的女子，女花痴。

NYSE《縮寫》*N*ew *Y*ork *S*tock *E*xchange《美》紐約證券交易所。

N.Z., N. Zeal.《縮寫》*N*ew *Zeal*and.

N

O o

O[1], **o** [o] 名(複 **O's** 或 **Os**, **o's** 或 **os** 或 **oes**) **1** Ⓤ Ⓒ 英文字母第十五個字母。**2** O 狀物。

O[2] [o] 感《表驚訝、喜悅等》啊！哦！

O[3] [o] 名 **1** Ⓤ（連續事物的）第十五。**2** Ⓤ（血液的）O 型。**3**《化學符號》oxygen.

o' [ə,o] 介 **1** of的縮略形。**2** on的縮略形。

O' 《字首》置於愛爾蘭人姓氏之前表示「son of」之意。

-o- 用以構成複合詞的連結字母。

O. 《縮寫》*O*cean; *O*ctober；*O*hio; *O*ld; *O*ntario.

OA 《縮寫》*o*ffice *a*utomation 辦公室自動化。

oaf [of] 名 (複 ~**s**, **oaves** [ovz]) **1** 愚笨的人；白痴；畸形兒；粗人。**2**《古》= changeling 1.

oaf·ish ['ofɪʃ] 形 愚笨的，痴呆的。~·ness 名

O·a·hu [o'ɑhu] 名歐胡島：夏威夷群島的島嶼，Honolulu 即位於該島上。

·**oak** [ok] 名 **1**〖植〗(1) 橡樹。(2) 槲類植物。**2** Ⓤ橡木材；橡木製品；《英》（橡木製的）大門。**3**《**the Oaks**》橡樹園賽馬大賽。

—形《限定用法》橡材（製）的。

'**oak ˌapple** [ˌ**gall**] 名橡五倍子。

'**Oak-ˌapple ˌDay** 名《英》王政復辟紀念日（5 月 29 日）。

'**oak·en** ['okən] 形橡木（製）的。

oa·kum ['okəm] 名 Ⓤ〖海〗麻絮。

OAO 《縮寫》*O*rbiting *A*stronomical *O*bservatory《美》天體觀測衛星。

OAP 《縮寫》《英》*o*ld *a*ge *p*ension(er).

OAPEC [o'epɛk] 《縮寫》*O*rganization of *A*rab *P*etroleum *E*xporting *C*ountries 阿拉伯石油輸出國家組織。

:**oar** [or, ɔr] 名 **1** 槳，櫓；作用如槳的東西。**2** 槳手，划櫓手。

dig in an oar 幫忙做《*about...*》。

pull a good oar 划得一手好槳。

rest on one's oars (1) 安於小成，不求再進。(2) 暫時休息。

stick one's oar in 《俚》多管閒事，干涉。

—動及 **1** 以槳划。**2**《~ **one's way**》划槳前進。—不及划；像划槳般擺動。

oar·lock ['or,lɑk] 名《美》槳架（《英》rowlock）。

oars·man ['orzmən] 名 (複 **-men**) 划槳手。

~·ˌ**ship** 名 Ⓤ 划船術；槳手的技術。

OAS 《縮寫》*O*rganization of *A*meric[an] *S*tates 美洲國家組織（1948 年締結）。

o·a·sis [o'esɪs, 'oəsɪs] 名(複 **-ses** [-,siz]) （沙漠中的）綠洲。**2** 慰藉物。

oast [ost] 名《主英》**1**（烘啤酒花、煙[草]等的）乾燥窯，烘爐。**2** = oast-house.

oast-house ['ost,haus] 名《主英》烘[爐]

·**oat** [ot] 名 **1** 燕麥。**2**《~**s**》《作單、[複]數》燕麥穀物。**3**〖詩〗燕麥稈做的笛子

be off one's oats 《口》沒有食慾。

be worth one's oats 《口》盡了本分。

feel one's oats 《口》(1) 生氣勃勃；活潑 (2)《美》得意洋洋。

smell one's oats （接近目的地時）振奮[起]來。

sow one's wild oats 年輕時縱情慾樂。

oat·cake ['ot,kek] 名燕麥餅。

oat·en ['otn̩] 形燕麥製的；燕麥稈製的

oat·er ['otɚ] 名《美俚》= horse opera.

·**oath** [oθ] 名(複~**s** [oðz]) **1** 誓約，發誓宣誓；誓詞，誓言：swear an ~宣誓。**2** [正]式的陳述；斷言，確信。**3** 詛咒；瀆神言詞。

know one's oath 《口》知道得很清楚。

on oath 〖法〗宣誓，發誓。

oat·meal ['ot,mil] 名 Ⓤ **1** 燕麥片。**2** [《]美》燕麥粥（《英》porridge）。

OAU 《縮寫》*O*rganization of *A*fric[an] *U*nity 非洲團結組織（1963 年創立，20[02] 年改組爲 African Union）。

ob- 《字首》表「朝…」、「在…之前」、「在…上」、「覆蓋」、「相反」、「逆」、「完全」之意。

ob. 《拉丁語》*obiit*;《拉丁語》*obiter*；[o]boe.

Obad. 《縮寫》*Obad*iah.

O·ba·di·ah [,obə'daɪə] 名〖舊約〗**1** 俄[巴]底亞：次要的先知之一。**2** 俄巴底亞書

ob·bli·ga·to [,ɑblɪ'gɑto] 形〖樂〗絕[對]必要的，不可少的。—名 (複~**s**, **-ti** [-...]) 伴奏，助唱。

ob·du·ra·cy ['ɑbdjurəsɪ] 名 Ⓤ **1** 頑固[，]執拗。**2** 冷酷。

ob·du·rate ['ɑbdjurɪt] 形 頑固的，執[拗]的；硬心腸的，冷酷的。~·**ly** 副

o·be·ah ['obɪə] 名= obi[1].

·**o·be·di·ence** [ə'bidɪəns] 名 Ⓤ **1** 服從[，]順從，恭順：blind ~盲從。**2** 教會權威[；]教區；（教區的）信徒。**3**（尤指教會的）皈依。

·**o·be·di·ent** [ə'bidɪənt] 形服從的，順[從]的，恭順的，孝順的，聽話的《*to...*》：

~ *to* the orders 聽從命令。

bei·sance [o'besns, -'bi-] 名《文》敬禮，鞠躬；U敬意；尊敬：make an ~ to... 對…敬禮。**-sant** 形

o·e·lisk ['ɑbə,lɪsk] 名 1 方尖形的碑；方尖碑。2〖印〗短劍形符號（†）。

·ber·on ['obə,rɑn, 'obərən] 名 1 奧伯朗：中世紀傳說中的眾精靈之王。2〖天〗天王星的五個衛星之一。

bese [o'bis] 形 肥胖的。

·be·si·ty [o'bisətɪ] 名 U 肥胖，臃腫。

·bey [ə'be, o'be] 動 及 1 服從，聽從，遵從。2 聽從…而行動，聽…使喚。3 受…支配而行動。─不及 服從，順從。~**er** 名

b·fus·cate [ɑb'fʌsket, 'ɑbfəs,ket] 動 及 1 使混亂，使糊塗。2 使難懂；使暗淡，使遲鈍。**-'ca·tion** 名

·bi[1] ['obɪ] [-bɪə] 名 (複 ~**s**) 1（非洲、西印度群島等的黑人所使的）巫術。2（施巫術時所使用的）偶像，護身符。

·bi[2] ['obɪ] 名 日本和服繫於腰部的寬帶。

·bit ['obɪt, 'ɑbɪt] 名 1 忌日。2《口》= obituary.

b·i·ter dic·tum ['ɑbɪtə'dɪktəm] 名 (複 **ob·i·ter dic·ta** [-'dɪktə]) 1 附言。2〖法〗附帶的意見。

·bit·u·ar·y [ə'bɪtʃʊ,ɛrɪ, o-] 名 (複 **-ar·ies**) 死亡告示，訃聞。─形 死亡的；記錄死亡的。

bj. 《縮寫》*obj*ect(ive); *obj*ection.

b·ject ['ɑbdʒɪkt] 名 1 物，物體：a tiny ~ 極小之物。2 對象《*of*...》：~*s of* consideration 考慮的對象。3 目的，目標：for that ~ 為了那個目標 / attain one's ~ 達到目的。4（可笑的）人[物]。5〖文法〗受詞。6〖哲〗客體；客觀。

no object《廣告用語·口語》不成問題；不論…。

─[əb'dʒɛkt] 動 不及 反對；感到嫌惡，討厭《*to*...》。─及 提出反對的理由。

bject ,ball 名〖撞球〗目的球。

bject ,glass 名〖光〗接物鏡。

b·jec·ti·fy [əb'dʒɛktə,faɪ] 動 (**-fied**, ~**·ing**) 及 視作對象，使客觀化。

b·jec·tion [əb'dʒɛkʃən] 名 1 U C 反對；嫌惡，討厭《*to*...》；異議；反對的行為：make (an) ~ *to*... 對…提出反對意見。2 反對的理由《*to*...》。

b·jec·tion·a·ble [əb'dʒɛkʃənəbl] 形 1（會）招致異議的；使人不以為然的；令人討厭的。2 不得體的；低俗的；有傷風化的。**-bly** 副

b·jec·tive [əb'dʒɛktɪv] 名 1 目的，目標。2 可見的實物。3〖文法〗受格。4〖光〗接物鏡。─形 1 客觀的，基於事實的；客觀主義的。2 目的的，目標的。3 物體的，物質的，實在的。4〖文法〗受格的：the ~ case 受格。~**·ly** 副 客觀地。~**·ness** 名 U 客觀。

b·jec·tiv·ism [əb'dʒɛktɪvɪzəm] 名 U 客觀主義，客觀論。**-ist** 名 形

ob·jec·tiv·i·ty [,ɑbdʒɛk'tɪvətɪ] 名 U 1 客觀性。2 客觀主義的傾向；客觀現實。

ob·ject·less ['ɑbdʒɪktlɪs] 形 1 無目的的，無目標的，茫然的。2 無受詞的。

'object ,lesson 名 1 原理的具體例證。2 實例《*in*...》。

,object of 'virtue 名(複 **objects of virtue**) 小藝品，古董，珍品。

ob·jec·tor [əb'dʒɛktə] 名 反對者，提出異議的人。

ob·jet d'art [ɔb'ʒɛ'dɑr] 名 (複 **ob·jets d'art**)《法語》藝術品，小藝術品。

ob·jur·gate ['ɑbdʒə,get, əb'dʒəget] 動 及《古》譴責，叱責。

ob·jur·ga·tion [,ɑbdʒə'geʃən] 名 U C 譴責，叱責。

ob·late[1] ['ɑblet, əb'let] 形 扁球形的，扁圓形的：an ~ sphere 扁球體。~**·ly** 副

ob·late[2] ['ɑblet] 名 1 獻身於宗教或過修道生活者。2 修道會第三會員。

ob·la·tion [ɑb'leʃən] 名 U 奉獻；捐獻；《~**s**》奉獻物，供品。

ob·li·gate ['ɑblə,get] 動 及《通常用反身或被動》使負義務《*to* do》。─['ɑbləgɪt] 形 負有義務的。

·ob·li·ga·tion [,ɑblə'geʃən] 名 1 U C 義務，責任；束縛：~*s* to one's church 對自己所屬教會的義務。2〖法〗協定；契約書；債務證書，債券；債務。3 幫忙，援助。4 恩惠，人情債；感激《*to*...》：repay ~*s* 報恩 / acknowledge one's ~ *to* a book 對得自於某本書的幫助表示感謝。

meet one's obligations 履行義務；償還債務。

ob·lig·a·to·ry [ə'blɪgə,torɪ, 'ɑblɪgə,torɪ] 形 1 負有義務的，強制性的；必須的《*for, on, upon*...》: requirements ~ *for* all 所有人都應履行的規定 / an ~ subject 一門必修科目。2〖文法〗義務的。

·o·blige [ə'blaɪdʒ] 動 (**-bliged, -blig·ing**) 及 1 迫使《*to*...》；《通常用被動或反身》使不得不；使成為必要。2《被動》感激《*to*...》；感謝《*for*...》。3 施予恩惠《*by* doing》；借…使用，替…做《*with*...》。─不及 表示好意；給予方便；《口》取悅《*by, with*...》。

ob·li·gee [,ɑblɪ'dʒi] 名 1〖法〗債權人；權利者。2 受惠者。

o·blig·ing [ə'blaɪdʒɪŋ] 形 1 樂於助人的；親切的《*to*...》。2 負有義務的。~**·ly** 副

ob·li·gor [,ɑblɪ'gɔr, '--,-, -'dʒɔr] 名〖法〗1 債務人。2（債務證書上的）義務人。

ob·lique [ə'blik;〖軍〗ə'blaɪk] 形 1 傾斜的；成坡狀的；歪的。2〖幾〗斜的：an ~ angle 斜角。3 迂迴的，間接的；拐彎抹角的；〖修〗間接性的。4 錯的，不正當的。5〖植〗兩側不對稱的。─副 以 45°角，成45°角地。─動 不及 偏歪，傾斜；〖軍〗斜行進。─名 1 歪偏的東西，傾斜

O

之物：Ⓤ Ⓒ斜線（/）。2〖解〗斜紋肌。
~·ly 副, ~·ness 名

ob·liq·ui·ty [ə'blɪkwətɪ] 名(複-ties) 1 Ⓤ Ⓒ傾斜；傾斜度；斜角。2 Ⓤ Ⓒ不道德，不正（的行為）；不老實。3 拐彎抹角的話；曖昧的陳述。

ob·lit·er·ate [ə'blɪtəˌret] 動 及 1 消滅痕跡，滅除。2 擦掉，刪除；蓋銷印。

ob·lit·er·a·tion [əˌblɪtə'reʃən] 名 Ⓤ 1 塗去；消滅。2〖病〗閉塞；切除。

ob·liv·i·on [ə'blɪvɪən] 名 Ⓤ 1 遺忘；忘卻：pass into ~ 被遺忘 / rest in peaceful ~ 無憂無慮的休息。2 恩赦，大赦：an act of ~ 大赦令。

ob·liv·i·ous [ə'blɪvɪəs] 形 1 健忘的，遺忘的《*of*...》；不放在心上的；不注意的《*of, to*...》：be ~ *of* the promises one has made 忘記自己所作的承諾。2 使忘記的。
~·ly 副, ~·ness 名

ob·long ['ɑblɔŋ] 形 1（正方形、圓形等）拉長的。2 長方形的；橢圓形的。

ob·lo·quy ['ɑbləkwɪ] 名 Ⓤ 1 不名譽，恥辱。2 責難，辱罵。

ob·nox·ious [əb'nɑkʃəs, ɑb-] 形 討厭的，可憎的；醜陋的；令人厭惡的《*to*...》：~ behavior 醜陋的行為 / persons ~ *to* the government 政府所厭惡的人。
~·ly 副, ~·ness 名

o·boe ['obo] 名 雙簧管。**'o·bo·ist** 名 雙簧管吹奏者。

obs. 《縮寫》*obs*ervation; *obs*ervatory; *obs*olete.

O

ob·scene [əb'sin] 形 1 猥褻的，淫穢的；引起性興奮的：an ~ film 春宮影片。2 討厭的，不愉快的。~·ly 副

ob·scen·i·ty [əb'sɛnətɪ, -'sinətɪ] 名 (複-ties) 1 Ⓤ 猥褻，淫穢。2《通常作-ties》猥褻的行為；猥褻的話。

ob·scu·rant [əb'skjurənt] 名 1 反啓蒙主義者。2 反對開化論者。—形 反啓蒙主義（者）的。**-ist** 名 形 反啓蒙主義者（的）。

ob·scu·rant·ism [əb'skjurənˌtɪzəm] 名 Ⓤ 反啓蒙主義；蒙昧主義。

ob·scu·ra·tion [ˌɑbskju'reʃən] 名 1 Ⓤ 昏暗；朦朧；遮蔽。2 Ⓤ Ⓒ〖天〗掩星，食。

·**ob·scure** [əb'skjur] 形 (-scur·er, -scur·est) 1 不清楚的；費解的；曖昧的。2 不顯眼的；不著名的；偏僻的：of ~ birth 出身卑微。3 看不清楚的。4 黑暗的，暗淡的。5 無光澤的；不鮮明的，不鮮豔的。
—動 (-scured, -scur·ing) 及 1 使變暗；使變模糊；使變朦朧；遮蔽，隱藏；使變弱，使失色。2 使難懂。3 使成為含糊母音化。
~·ly 副, ~·ness 名

·**ob·scu·ri·ty** [əb'skjurətɪ] 名 (複-ties) 1 Ⓤ不明的狀態；晦暗；黑暗：the ~ of his remarks 他的意見晦澀不明 / be wrapped in ~ 包圍在黑暗之中。2 不明之物[事]。3 Ⓤ 世人所不知道的狀態；Ⓒ 默默無聞的人[物]；不重要的人[物]；偏僻的土地：live in ~ 默默地生活。

ob·se·qui·ous [əb'sikwɪəs] 形 諂媚的：an ~ smile 諂媚的笑。
~·ly, ~·ness 名

ob·se·quy ['ɑbsɪkwɪ] 名(複-quies)《通常作 -quies》葬禮。

ob·serv·a·ble [əb'zɝvəbl] 形 1 顯而易見的；顯眼的；可識別的：an ~ increase 顯而易見的增加。2 值得注意的。3 值得慶祝的；該遵行的。-bly 副

ob·serv·ance [əb'zɝvəns] 名 1 Ⓤ遵守，奉行：the ~ of traffic laws 交通規則的遵守。2 Ⓤ 祝賀，慶祝；《通常作 ~s》典禮，儀式：the ~ of one's birthday 生日慶祝會 / religious ~*s* 宗教儀式。3 慣例，常規。4 觀察，觀測。5〖天主教〗修道院規律。

ob·serv·ant [əb'zɝvənt] 形 1 善於觀察的；敏銳的，機警的：an ~ detective 機警的偵探。2 嚴格遵守的，小心遵守的《*of*...》。
~·ly 副

·**ob·ser·va·tion** [ˌɑbzɚ'veʃən] 名 1 Ⓤ Ⓒ觀察；監視；觀察力：a man of acute ~ 觀察力敏銳的人 / be under ~ 在監視下；在觀察中。2 Ⓤ注意，注視；知覺，察覺：escape ~ 不被注意到，不被察覺 / keep ~ on ... 注視…。3 Ⓤ Ⓒ觀測；〖海〗測天：take an ~ 測天 / make ~*s* of the moon 觀測月球。4《常作~s》（由觀察所得到的）資料，知識；觀察結果；觀察紀錄。5 得自於經驗的知識；（基於觀察的）意見，批評。

ob·ser·va·tion·al [ˌɑbzɚ'veʃənḷ] 形 觀察的觀測的，基於觀察的。~·ly 副

obser'vation ˌcar 名《尤美》（火車的）瞭望車廂。

obser'vation ˌdeck 名（高樓頂的）觀景臺。

obser'vation ˌpost 名〖軍〗監視哨，觀測所。

ob·serv·a·to·ry [əb'zɝvəˌtorɪ] 名 (複-ries) 1 觀測所，氣象臺，天文臺。2 利於展望之處，展望臺，瞭望臺。

:**ob·serve** [əb'zɝv] 動 (-served, -serv·ing) 及 1 看到，注意到，察覺；認為：~ some change in his personality 注意到他性格上的一些改變。2 仔細看；觀察，觀測；監視：~ a falling star 觀測一顆流星 / ~ the movements of an enemy 監視敵人的行動。3（根據自己觀察所得而）發表評論，說，表示，指出。4 遵守，奉行；保持，維持：~ orders 服從命令 / ~ silence 保持沉默。5（依慣例）慶祝，紀念；舉行：~ a celebration of freedom 舉行慶祝自由的典禮。—不及 1 注意，留神；觀察。2 加以評論《*on, upon*...》。

·**ob·serv·er** [əb'zɝvɚ] 名 1 觀察者，觀測者；監視者；〖軍〗空中偵察員，飛行偵

察員。2 遵守者。3（會議的）觀察員。4 評論者。

ob·serv·ing [əbˈzɝvɪŋ] [形] 觀察的；觀察力敏銳的；注意觀察的。～·**ly** [副]

ob·sess [əbˈsɛs] [動] [及]《通常用被動》（欲望等）支配著，縈繞在…心頭；使…著魔：be ～*ed* with going home 滿腦子只想回家 / be ～*ed* by love 為愛所困。—[不及]《美口》想來想去，憂心不已《*about*...》。

ob·ses·sion [əbˈsɛʃən] [名] 1 [U] [C] 被糾纏住的狀態；著魔，執迷：be under an ～ of... 執迷於…。2 執念；縈繞於心之物[事]：suffer from an ～ with the fate of one's country 因念念不忘國運而痛苦。3〖精神醫〗強迫性精神官能症。

ob·ses·sion·al [əbˈsɛʃənl] [形][名] = obsessive. ～·**ly** [副]

ob·ses·sive [əbˈsɛsɪv] [形] 使人著魔的，縈繞於心的；過度的，極端的。—[名] 執迷者。
～·**ly** [副]，～·**ness** [名]

ob·sid·i·an [əbˈsɪdɪən] [名] [U] [C] 黑曜石。

ob·so·les·cence [ˌɑbsəˈlɛsəns] [名] [U] 廢棄過時；〖生〗退化，萎縮。

ob·so·les·cent [ˌɑbsəˈlɛsənt] [形] 1 逐漸廢棄的；舊式的。2〖生〗退化的。

ob·so·lete [ˈɑbsəˌlit] [形] 1 作廢的，已廢棄的，舊式的：～ warships 廢棄的軍艦。2〖生〗退化的；發育不完整的。
—[動] [及] 使成為過時，使廢棄。
～·**ly** [副]，～·**ness** [名]

ob·sta·cle [ˈɑbstəkl] [名] 障礙（物），阻礙《*to*...》: encounter ～*s* 遇到障礙 / an ～ *to* success 成功的障礙。

obstacle ˌcourse [名] 1〖軍〗障礙訓練場。2《口》極困難的事，棘手的局面。

obstacle ˌrace [名] 障礙賽跑。

ˈobstacle ˌracer [名] 參加障礙賽跑的選手。

ob·stet·ric [əbˈstɛtrɪk], **-ri·cal** [-rɪkl] [形] 分娩的，產科（學）的。

ob·ste·tri·cian [ˌɑbstɛˈtrɪʃən] [名] 產科醫生。

ob·stet·rics [əbˈstɛtrɪks] [名]（複）《作單數》〖醫〗產科學。

ob·sti·na·cy [ˈɑbstənəsɪ] [名]（複 **-cies**）1 [U] 頑固，執拗，倔強；頑強，不屈不撓：with ～ 頑固地。2 [U]（疾病等的）難治，難以控制。3 固執的言行。

ob·sti·nate [ˈɑbstənɪt] [形] 1 頑固的，固執的，執拗的，倔強的；不肯讓步的，不為所動的。2 頑強的，不屈不撓的。3 難治的，很難控制的：the ～ growth of weeds 難以控制野草的滋生蔓延。～·**ly** [副]

ob·strep·er·ous [əbˈstrɛpərəs, ɑb-] [形] 1 暴亂的，難控制的。2 喧鬧的。～·**ly** [副]

ob·struct [əbˈstrʌkt] [動] [及] 1 阻塞，阻斷，使難以通行；遮住，遮沒：～ a view 阻斷景色。2 妨礙…的進行：～ a bill 阻撓議案的通過。-**struc·tor** [名]

ob·struc·tion [əbˈstrʌkʃən] [名] 1 妨礙物，障礙物《*to*...》: ～*s to* traffic 交通障礙。2 [U] 妨礙，阻礙；妨礙議事進行：without further ～ 沒有進一步阻礙。3 [U]〖病〗阻塞，梗阻：intestinal ～ 腸梗阻。

ob·struc·tion·ism [əbˈstrʌkʃəˌnɪzəm] [名] [U] 故意妨礙議事進行的手段。-**ist** [名] 妨礙議事進行者。

ob·struc·tive [əbˈstrʌktɪv] [形] 1 妨礙的，成為妨礙的：factors ～ to the plan 阻撓這項計畫的因素。2 妨礙議事進行的。—[名] 妨礙者[物]；妨礙議事進行者。～·**ly** [副]，～·**ness** [名]

·**ob·tain** [əbˈten] [動] [及] 獲得，得到《*for*...》: ～ knowledge through readings 由讀書中獲得知識 / ～ a sufficient mastery of English 對英語相當精通。—[不及] 1 盛行，流行，有效。2 成立。～·**er** [名]

ob·tain·a·ble [əbˈtenəbl] [形] 可獲得的。

ob·tect(·ed) [ɑbˈtɛkt(ɪd)] [形]〖昆〗（蛹等）有角質外殼的。

ob·trude [əbˈtrud] [動] [及] 1 強迫他人接受；強行施加《*on, upon*...》: ～ one's views *upon* others 強使他人接受己見。2《反身》強使突顯；強行插入《*into*...》: ～ *oneself* on a person's notice 突顯自己引起他人注意。3 伸出。—[不及] 強行干預，插入，闖入《*on, upon*...》: ～ *on* a person's privacy 打擾某人；侵犯某人的隱私。

ob·tru·sion [əbˈtruʒən] [名] 1 [U] 強行施加；強行干涉；莽撞，冒失。2 強行施加的事物。

ob·tru·sive [əbˈtrusɪv] [形] 1 強迫別人的，唐突的；跋扈的；招搖的，讓人側目的；出風頭的；極顯著的。2 突出的：a sharp ～ edge 凸出的銳邊。～·**ly** [副]，～·**ness** [名]

ob·tund [ɑbˈtʌnd] [動] [及] 使變鈍，使變得不活潑，使變得無感覺。

ob·tuse [əbˈtus, -ˈtjus] [形] 1 鈍的，不尖的：an ～ angle 鈍角。2 不敏銳的；愚鈍的，遲鈍的。～·**ly** [副]，～·**ness** [名]

ob·verse [ˈɑbvɝs] [名] 1 正面；表面，主要的一面《*of*...》。2 相對物，對應面。—[əbˈvɝs, ˈɑb-] [形] 1 正面的。2 相對應的。3（葉子等）倒生的，鈍頭形的。

ob·vert [ɑbˈvɝt, əb-] [動] [及] 翻面，反轉。

ob·vi·ate [ˈɑbvɪˌet] [動] [及] 預防；消除，避免。

·**ob·vi·ous** [ˈɑbvɪəs] [形] 1 明顯的，明白的；容易理解的：～ to everybody 每個人都明白的。2 顯而易見的。3 刺眼的，過於顯眼的。～·**ness** [名]

·**ob·vi·ous·ly** [ˈɑbvɪəslɪ] [副]《通常修飾全句》明顯地，顯然。

Oc., oc.《縮寫》*oc*ean.

oc·a·ri·na [ˌɑkəˈrinə] [名] 洋壎樂器。

:**oc·ca·sion** [əˈkeʒən] [名] 1《通常將 **on** 置於前面》時機，場合：*on* one ～ 有一次。2 特殊的時節；重要的年中行事；儀式，

O

祭典：make a great ~ of the New Year 盛大地慶祝新年。3 Ⓤ Ⓒ有利的情況，良機((to do))。4 Ⓤ根據，原因；開端，起因((for, of..., to do, for doing)) ：give ~ for scandal 引起流言蜚語的起因。5 Ⓤ必要：have no ~ to do 不需要…。

be equal to the occasion 能夠應付難局。

for* [*on, upon*] *a person's occasion 爲了某人。

give occasion to... 引起…。

on* [*upon*] *occasion(s) 有時，偶爾。

rise to the occasion 能應付挑戰；展露出必要的才能應付突發的情況。

take this occasion to do 抓住機會…。

—動 及引起；帶來，造成。

·**oc·ca·sion·al** [əˈkeʒənl] 形 1 有時的，偶然的：an ~ mistake 偶爾的錯誤。2 特別場合的；爲了特別目的而寫的，應時的。3 預備的，臨時使用的：an ~ table 備用的桌子。4 臨時的：~ decrees 臨時特別法令。5 偶發的：an ~ cause 偶發的原因。

·**oc·ca·sion·al·ly** [əˈkeʒənlɪ] 副偶然地，間或。

Oc·ci·dent [ˈɑksədənt] 名 ((文)) 1 ((the ~))歐美，西方；西半球。2 ((the o-))西方；西部地方。

oc·ci·den·tal [ˌɑksəˈdɛntl] 形 1 ((常作 O-))西方的，歐美的；西方人的；西式的：*O-* culture 西洋文化。2 美國西部地方的。—名((常作 O-))西洋人。

Oc·ci·den·tal·ism [ˌɑksəˈdɛntlˌɪzəm] 名 Ⓤ西方精神，西洋文化，西洋人性格。

oc·clude [əˈklud, ɑ-] 動 及 1 封閉，關閉。2 堵塞。3〖理化〗吸留，吸藏。—不及〖齒〗咬合。

oc·clu·sion [əˈkluʒən] 名 Ⓤ 1 閉塞。2〖化〗吸藏；〖齒〗咬合；〖語音〗閉鎖。

oc·cult [əˈkʌlt] 形 1 神祕的，超自然的。2 祕密的，祕教的：~ philosophy 祕教哲學。3 處理自然各類性質的；魔術的，占星術的：~ science 玄祕學。4 隱藏的。—名 1 ((常作 the ~))祕術。2 Ⓤ Ⓒ神祕，超自然之事物。—動 及隱藏；〖天〗掩蔽。—不及隱藏，遮掩。~·**ness** 名

oc·cu·pan·cy [ˈɑkjəpənsɪ] 名 (複-**cies**) 1 Ⓤ占有，占據；〖法〗先占，占有。2 占有期間。

oc·cu·pant [ˈɑkjəpənt] 名占有者；占領者；〖法〗先占者，占據者。

·**oc·cu·pa·tion** [ˌɑkjəˈpeʃən] 名 1 Ⓤ Ⓒ工作；職業；行業；消遣：a very dangerous ~ 非常危險的工作。2 Ⓤ占有；利用，使用((of...))。3 ((英))占有地：the ~ franchise 租地人公民權。4 Ⓤ保有，在職；在職期間，任期：during his ~ of the governorship 在他任職州長期間。5 Ⓤ占領，占據；Ⓒ占領期間：military ~ 軍事占領。

oc·cu·pa·tion·al [ˌɑkjəˈpeʃənl] 形 1 ((主美))占領的：~ troops 占領軍。2 職業上的；職業的：~ disease 職業病 / ~ hazard 職業上的風險。~·**ly** 副

occu'pational 'therapy 名 Ⓤ〖醫〗職能治療法。略作：OT

occu'pational 'therapist 名職能治療師。

oc·cu·pi·er [ˈɑkjəˌpaɪɚ] 名 1 占有者。2 居住人，房客。

·**oc·cu·py** [ˈɑkjəˌpaɪ] 動 (-**pied**, ~·**ing**) 及 1 占用，占。2 盤據，吸引。3 ((被動或反身))專心，從事((*with, in...*))。4 擁有支配權，占領。5 充任。6 占有；使用；成爲租借人。-**pi·a·ble** 形

:**oc·cur** [əˈkɝ] 動 (-**curred**, ~·**ring**) 不及 1 出現；存在。2 發生，產生。3 在心中浮現；想到。

·**oc·cur·rence** [əˈkɝəns] 名 1 Ⓤ 發生；出現；Ⓤ Ⓒ存在，出產；發現的事：the ~ of an earthquake 地震的發生 / evidence of the ~ of volcanic a ctivity 火山活動存在的證據。2 事件。-**rent** 形

:**o·cean** [ˈoʃən] 名 1 ((the ~))大海，大洋，海洋。2 ((the O-))…洋：*the* Atlantic *O-* 大西洋。3 廣闊無邊；((口))大量：an ~ of wheat 一望無際的麥田。4 ((形容詞))大洋的，海洋的：an ~ tramp 不定期遠洋（貨）船 / ~ flight 越洋飛行。

o·cea·nar·i·um [ˌoʃəˈnɛrɪəm] 名 (複~s, -**i·a** [-rɪə]) 大型海洋水族館。

o·cean·aut [ˈoʃəˌnɔt] 名潛水專家；海底探險家。

'ocean engiˌneering 名 Ⓤ海洋工程學。

o·cean·front [ˈoʃənˌfrʌnt] 名沿海地帶。—形濱臨海洋的，在大海邊的。

o·cean-go·ing [ˈoʃənˌgoɪŋ] 形（適合）航行遠洋的。

O·ce·an·i·a [ˌoʃɪˈænɪə, -ˈenɪə] 名大洋洲。

-**i·an** 形 名大洋洲的（居民）。

o·ce·an·ic [ˌoʃɪˈænɪk] 形 1 海洋的，大洋的；生活於大洋中的；大洋中的，大洋產的；((O-))大洋洲的：~ currents 海流。2 廣大無邊的。—名((~s))((作單數))海洋科學；海洋工程學。

O·ce·a·nid [oˈsiənɪd] 名 (複~s, -**an·i·des** [ˌosɪˈænəˌdiz]) 〖希神〗歐西妮迪：海洋的女神。

'ocean ˌlane 名遠洋航線。

'ocean ˌliner 名遠洋定期客船；郵輪。

o·ce·a·nog·ra·phy [ˌoʃɪəˈnɑgrəfɪ] 名 Ⓤ海洋學。-**pher** 名, -**no·'graph·ic** 形

o·cea·no·log·ic [ˌoʃənəˈlɑdʒɪk], -**i·cal** [-ɪkl] 形海洋學的。

o·cea·nol·o·gy [ˌoʃəˈnɑlədʒɪ] 名 Ⓤ海洋資源學；海洋學。-**gist** 名海洋學家。

O·ce·a·nus [oˈsiənəs] 名〖希神〗1 歐西納斯：海洋之神。2 環繞大地的大海流。

o·cel·lus [oˈsɛləs] 名 (複 -**li** [-ˌlaɪ, -li]) 1（無脊椎動物的）單眼。2 眼狀斑點。

o·ce·lot [ˈosəˌlɑt, ˈɑsə-] 名〖動〗豹貓。

o·cher ['okɚ] 名 U 1赭土，赭石；土黃色。2《俚》金錢，金幣。
—動 及以赭石上色。～·ous ['okərəs] 形
och·loc·ra·cy [ak'lakrəsɪ] 名 U C暴民政治。
och·lo·pho·bi·a [ˌaklə'fobɪə] 名 U〖心〗人群恐懼症。-'**pho·bic** 形 名 人群恐懼症的(患者)。
o·chre ['okɚ] 名，動 及《英》= ocher.
:o'clock [ə'klak] 副 1 …點鐘：from one ～ to two 從一點到兩點。2 …點鐘的位置。
know what o'clock it is 知道實情，什麼都知曉；爲人機敏，能見機行事。
like one o'clock 《俚》充滿活力地；敏捷地；猛烈地。
OCR 《縮寫》*o*ptical *c*haracter *r*eader [*r*ecognition] 感光式文字閱讀機[辨識]。
oct. 《縮寫》*oct*avo.
Oct. 《縮寫》*Oct*ober.
octa- 《字首》表「八」之意。
oc·ta·gon ['aktəˌgan, -gən] 名 八邊形，八角形；八角形之物[建築]。
-tag·o·nal [-'tægənl] 形
oc·ta·he·dron [ˌaktə'hidrən] 名 (複～s, -dra [-drə]) 八面體；八面體之物。**-dral** 形
oc·tal ['aktəl] 名 形〖數〗八進制（的）。
oc·tam·e·ter [ak'tæmətɚ] 形 名〖詩〗八音步的(詩句)。
oc·tane ['akten] 名 U〖化〗辛烷。
'octane ˌnumber [ˌrating] 名 U 辛烷值：汽油減爆性的指數。
oc·tant ['aktənt] 名 1 八分圓。2 八分儀；《the O-》〖天〗南極座。-'**tan·tal** 形
oc·tave ['aktev, -tɪv] 名 1〖教會〗第八天；此八日期間。2 (1)〖樂〗第八度音；八度音程。(2) 一個音階。3 八個一組的東西。4〖韻〗十四行詩起首的八行，八行一節的詩。5 第八個。—形高八度音的，八度音程的；八的；八行的。
oc·ta·vo [ak'tevo, ak'ta-] 名 (複～s) 1 U 八開（略作：8mo, 8°）。2 八開大的書。—形八開的。
oc·tet(te) [ak'tɛt] 名 1 八重唱，八重奏；八重唱曲。2〖詩〗= octave 4. 3 八個一組。
oc·til·lion [ak'tɪljən] 名(複～s,《數詞之後》～) 1《美·法》1,000 的 9 乘方。2《英·德》100 萬的 8 乘方。
octo- 《字首》octa- 之別體。
Oc·to·ber [ak'tobɚ] 名 十月（略作：Oct.）：in ～ 在十月。
Oc'tober Revo'lution 名《the ～》俄國十月革命。
oc·to·dec·i·mo [ˌakto'dɛsəˌmo] 名 (複～s) 十八開（略作：18mo, 18°）；十八開本。—形十八開的。
oc·to·ge·nar·i·an [ˌaktədʒə'nɛrɪən] 形 八十歲的；八十多歲的。—名八十（多）歲的人。
oc·to·na·ry ['aktəˌnɛrɪ] 形八的，由八組成的；八進法的。—名八個一組；〖詩〗八行詩；八行連句。
oc·to·pus ['aktəpəs] 名 (複～·es, -pi [-ˌpaɪ]) 1〖動〗章魚。2 勢力範圍大且具有破壞性的組織[人]。
oc·to·roon [ˌaktə'run] 名《蔑》有八分之一黑人血統的混血兒；quadroon 與白人的混血兒。
oc·to·syl·la·ble ['aktəˌsɪləbl] 名八音節的字；八音節的詩行。-'**lab·ic** 形 名
oc·tu·ple ['aktupl̩, -tjupl̩ ak'tjupl̩] 形 1 八倍的，八倍大的。2 由八個要素構成的。—動 及 不及（使）變成八倍。
oc·u·lar ['akjəlɚ] 形 1 眼睛的；似眼睛的，有眼睛特性的。2 用眼睛的；視覺上的：～ approval 目示贊成。—名〖光〗接目鏡。
oc·u·list ['akjəlɪst] 名眼科醫生。
OD[1] [ˌo'di] 動 (OD'd 或～ed, OD'ing) 不及《俚》服用過量毒品。—名(複 ODs, OD's) 1（毒品等的）過量。2 服用過量毒品而致病或致死的人。
OD[2] 《縮寫》*O*fficer of the *D*ay 值日官；*O*ld *D*utch 古荷蘭語；*O*rdnance *D*epartment 兵工部；*o*utside *d*iameter 外直徑。
O.D. 《縮寫》*D*octor of *O*ptometry 視力檢定醫生；*O*fficer of the *D*ay; *O*ld *D*utch; *o*live *d*rab; *o*r*d*inary seaman .
OD, O/D 《縮寫》*o*ver*d*raft; *o*ver*d*rawn.
o·da·lisque, -lisk ['odəˌlɪsk] 名〖史〗（回教王國後宮的）女奴婢；妾。
:odd [ad] 形 1 不尋常的，異常的。2 古怪的，出乎常軌的；異樣的，奇特的：an ～ custom 奇特的風俗。3 偏遠的，偏僻的；不惹人注目的：the ～ parts of Australia 澳洲偏僻的地方。4 多餘的；零頭的：a man of thirty-*odd* 30 多歲的男子 / fifty dollars ～ 50 多元。5《限定用法》單隻的，不齊全的：an ～ shoe 一隻鞋子 / wear an ～ pair of socks 穿著左右不成對的襪子。6 奇數的：in the ～ months 在大月（31天）裡。7《限定用法》偶爾的，臨時的：do ～jobs 打零工。—名 1 零星物，剩餘物。2〖高爾夫〗多於對方的一桿。
～·**ness** 名
odd·ball ['adˌbɔl] 名《美俚》古怪的人，乖僻的人。—形古怪的，乖僻的。
odd·i·ty ['adətɪ] 名 (複-ties) 1 奇特的人；奇怪的事[物]。2 U 怪異，奇特。
ˌodd-'job ˌman [ˌad'dʒab-] 名打零工的人。
'odd 'lot 名 1 零星物，零頭貨品；零碎的東西。2〖證券〗零星股，散股。
'odd-'lot·ter 名 交易零星股票的人。
odd·ly ['adlɪ] 副 1 奇特地，奇怪地；奇異地；異常地：～ enough 說也奇怪。2 剩餘地，零碎地；成奇數地。
'odd ˌman 名 1《the ～》持決定性一票者。2《英》打零工的工人。
'odd ˌman 'out 名 1 U（以擲錢幣）

O

從團體中選出一人的方法[遊戲]；Ⓒ以此法選出者。**2** 無人配對者，局外人；被剔除者。

odd·ment ['ɑdmənt] 图《常作～s》零星物，殘餘之物。

'odd ˌmonth 图大月：有31天的月份。

:odds [ɑdz] 图(複)《常作複數》**1** 可能性，機會；賭率：even ～ 勝負機會各半。**2**(比賽中給予弱者的)有利條件，讓步：give ～ 給予讓步。**3** 優勢，勝算：in the face of heavy ～ 面對占極大優勢的敵人。**4** 差異。

against long odds 對抗極強的敵人；以寡擊眾，處於劣勢。

at odds 爭吵《*over*...》；不睦《*with*...》。

by all odds / by long odds 從任何觀點來看；毫無疑問地；遙遙地。

have the odds in one's favor 有勝算。

long odds 相差懸殊的機會[比數等]。

over the odds 高於或超出所預期或需要的；超過的；不合理的。

short odds 相差不大的機會、賭注等。

within the odds 有可能的。

'odds and 'ends 图(複)零星雜物，不值錢之物(《英俚》odds and sods)。

odds-on ['ɑdz'ɑn] 形有希望的；很有可能(贏)的。—图勝算。

·ode [od] 图 **1** 頌；歌。**2** 頌詩，頌歌：a choral ～合唱頌歌。

the Book of Odes 詩經。

o·de·um [o'diəm] 图(複-**de·a** [-'diə]) **1** 音樂廳。**2**(古希臘、羅馬的)奏樂堂。

O·din ['odɪn] 图〖北歐神〗歐丁：司藝術、文化、戰爭、知識的最高神祇。

o·di·ous ['odɪəs] 形令人討厭的，可恨的《*to*...》。～**·ly** 副，～**·ness** 图

o·di·um ['odɪəm] 图 **1** Ⓤ憎惡，憎恨；Ⓒ令人憎惡之物。**2** Ⓤ 譴責；非難；惡名。

o·dom·e·ter [o'dɑmətɚ] 图《美·加》里程計，路程表。

o·don·tal·gia [ˌodɑn'tældʒɪə] 图Ⓤ牙痛。

o·don·tol·o·gy [ˌodɑn'tɑlədʒɪ, ˌɑd-] 图Ⓤ牙(科)學。**-gist** 图牙科學家。

·o·dor ['odɚ] 图 **1** 氣味；臭氣，惡臭；芳香，香味：the ～ of cooking 烹調的香味。**2**《通常作 **an** ～》味道；跡象；氣息；風味《*of*...》：*an* ～ *of* sanctity 神聖的氣息。**3** Ⓤ名聲；聲望：be in good ～ with...《文》在…的心目中有好的聲譽。～**·less** 形無臭的。

o·dor·if·er·ous [ˌodə'rɪfərəs] 形 **1** 散發出味道的；有氣味的，芳香的：an ～ flower 香花。**2** 道德上令人反感的。～**·ly** 副

o·dor·ous ['odərəs] 形＝odoriferous.

o·dour ['odɚ] 图《英》＝odor.

O·dys·se·us [o'dɪsjus, o'dɪsɪəs] 图〖希神〗奧德修斯：Ithaca 之王，為 Homer 所作史詩『奧德賽』的主角，拉丁文名為 Ulysses。

Od·ys·sey ['ɑdəsɪ] 图(複～s) **1**《**the** ～》『奧德賽』：希臘詩人 Homer 所作的史詩。**2**《常作 **o-**》《文》長期冒險的旅行。

OE, O.E. 《縮寫》*O*ld *E*nglish 古英語。

OECD 《縮寫》*O*rganization for *E*conomic *C*ooperation and *D*evelopment 經濟合作及發展組織(成立於1961年)。

oec·u·men·i·cal [ˌɛkjʊ'mɛnɪkl], **-men·ic** [-'mɛnɪk] 形＝ecumenical.

O.E.D., OED 《縮寫》*O*xford *E*nglish *D*ictionary 牛津英語詞典。

oe·de·ma [i'dimə] 图(複～**·ta** [-mətə])〖病〗＝edema.

Oed·i·pus ['ɛdəpəs] 图〖希臘傳說〗伊迪帕斯：弒父戀母的 Thebes 王。**-pal** 形

'Oedipus ˌcomplex 图〖精神分析〗戀母情結。

OEM 《縮寫》*o*riginal *e*quipment *m*anufacturer 原廠委外製造加工者。

oe·no·phile ['inəˌfaɪl] 图嗜酒者；品酒專家。

o'er [or, ɔr] 介副《文》＝over.

oe·soph·a·gus [i'sɑfəgəs] 图(複 **-gi** [-gaɪ, -dʒaɪ])＝esophagus.

:of [ɑv,《弱》əv] 介 **1**《表方向、距離、位置、時間》…的，從，由：a mile (to the) east ～ here 由這裡向東一英里。**2**《表分離、除去、剝奪》(1)《用於 **cheat, clear, defraud, deliver, deprive, ease, heal, relieve, rid, rob** 等動詞之後》將：*clear* the pavement ～ snow 清除道路的雪。(2)《用於 **bare, destitute, empty, free, independent, irrespective** 等形容詞之後》從：be *free* ～ debt 沒有負債。**3**《表由來、起源、出處》(1)《用於 **be, come, be born, descend** 等動詞之後》從，出生於：*be* ～ noble birth 出身名門。(2)《用於 **ask, demand, expect** 等動詞之後》向：*ask* a favor ～ a person 請某人幫忙。**4**《表原因、理由、動機》因，由於：～ necessity 必然；必定；不得已。**5**《表材料、構成要素》…的，用…做成的，由…構成：a family ～ seven 七口之家。**6**《表分量、部分、包含》…(之中)的，在…中：a carton ～ milk 一箱牛奶 / drink ～ the spring 飲泉水。**7**《修飾·比喻》[a A **of a** B] 像 A 的 B：*a* mountain ～ *a* wave 如山般的巨浪。**8**《表主格關係》(1) …的：the death ～ his father 他父親之死。(2) [**It is** A **of** B **to** do] B 做…真是 A。**9**《表所有、所屬》…的，屬於…的：the Queen ～ England 英國女王。**10**《表受格關係》…的。(1)《用於名詞之後》：the Japanese love ～ nature 日本人對自然的愛好。(2)《用於 **inform, convince, remind** 等動詞之後》：*inform* a person ～ a fact 告知某人某事。(3)《用於 **afraid, ashamed, capable, conscious, envious, fond, greedy, jealous, proud** 等形容詞之

後》。**11**《表同格關係》…的 叫做…的：the virtue ~ charity 慈善的美德 / the job ~ fixing the roof 修屋頂的工作。**12**《表關聯、限定》關於，有關，在…方面：(1)《用於名詞之後》：talk ~ compromise 和談。(2)《用於形容詞之後》：be short ~ breath 上氣不接下氣 / be blind ~ [in] one eye 瞎了一眼。(3)《用於 **allow, approve, accuse, complain, suspect** 等動詞之後》：*suspect* her ~ lying 懷疑她說謊。**13**《表性質、狀態》…的：a problem ~ one's own making 自己引起的問題 / a shop ~ long standing 老店。**14**《構成時間副詞片語》在…：~ late 近來 / arrive ~ an evening《英》在某一天的傍晚到達。**15**《美》《表時刻》…差…分到…點：a quarter ~ seven 6 點 45 分。**16**《古》《在被動句中表示動作主詞》被：be beloved ~ all 受大家喜歡。

OF, OF., O.F.《縮寫》*O*ld *F*rench.

:off [ɔf, ɑf] 副 **1** 脫落，分離：come ~ 脫落。**2** 距離，離開：5 miles ~ 五哩外 / send him ~ 爲他送行。**3** 偏離：go ~ on a tangent 突然改變。**4** 停止：Turn ~ the radio. 關掉收音機。**5** 中止。**6** 結束：laugh ~ the matter 對某事一笑置之 / top ~... 結束…；圓滿結束…。**7** 休息：take two days ~ 請兩天假，休息兩天。**8** 盡，完全：kill ~ the rats 撲滅老鼠。**9** 減低，扣除：15 percent ~ 八五折。**10** 減少，低下；(食物) 變壞，(能力等) 降低：cool ~ 溫度逐漸降低。**11** 實現：bring ~ 完成。**12** 急急忙忙地：dash ~ a telegram 很快地將電報寫好發出。**13** 失去知覺：doze ~ 打瞌睡。**14**《與特定的動詞連用·有強調之意》：face ~ 開始比賽；《美》對質 / tell ~ a person 責罵某人 / goof ~ 怠工，偷懶。**15**〖海〗離開陸地；避開風；在海面上：five miles ~ 離陸地五哩的海面上。**16**〖劇〗舞臺後面。

be off 離開，出發；逃走。

off and on / on and off 斷斷續續地；間歇地。

off from ...《口》從…離開。

off with...《祈使》脫掉，拿掉；撵走。

right [《英》***straight***] ***off***《口》馬上，立刻。

—介 **1** 離開。**2** 脫離。**3** 休息；偷懶；怠惰；《口》停止：~ guard 疏於警戒。**4** 少於，低於：2 seconds ~ the world record 低於世界紀錄 2 秒。**5** …的情況不佳。**6**《與 **buy, borrow** 等動詞連用》《口》從。**7** 依靠；犧牲：live ~ the land 靠土地的收成生活。**8**〖海〗在…海面：~ Tungsha 在東沙島海面。

from off...《口》從…。

off the map 偏遠而無法到達的；不存在的；不重要的。

—形 **1** 脫落的；錯的；不正常的：an ~ issue 枝節問題。**2** 情況不佳的；劣質的；腐壞的。**3** 作用停止的；中斷的。**4** 休息的；不景氣的；閒暇的。**5** 生活…的。**6** 遠的，那一邊的，(馬、車的) 右側的。**7** 可能性不大的。**8** 錯誤的；不正確的。

—名 **1** 脫離的狀態。**2**〖海〗海面。

from the off《英》從開始起，一開始。

—動 不及 **1**《主命令句》走開，出去。**2**《命令》讓開。**3**〖海〗離岸，向海上航行。

—及 **1**《口》宣布中止；取消契約等。**2**《美》殺死。—感 走開！讓開！

off-air [ˈɔfˈɛr, ˈɑf-] 形 副 **1** 直接錄取的[地]。**2** 有線廣播的[地]。

of·fal [ˈɔfl, ˈɑfl] 名 U **1** 腐肉；廢物，廢料。**2**《常作~s》米糠，稻穀。**3** 下雜魚。**4**《集合名詞》無用的人。

ˈoff-ˌbalance 形 出人意料的；不平穩的。

off·beat [ˈɔfˈbit, ˈɑf-] 形《俚》《限定用法》奇異的，不合常規的。—[ˈ-ˌ-] 名〖樂〗弱拍；次強拍。

off-Broadway [ˈɔfˈbrɔdˌwe] 名 U《集合名詞》(百老匯以外地區的) 實驗劇場，前衛劇場。**ˌoff-ˈBroadway** 形 (劇院) 在百老匯以外的。

off-cam·er·a [ˈɔfˈkæmərə, ˈɑf-] 副 形 **1** 在電影[電視]攝影機鏡頭之外 (的)。**2** 在私生活中 (的)。

off-cen·ter(ed) [ˈɔfˈsɛntɚ(d), ˈɑf-] 形 偏離中央的；不均衡的；偏頗的；無道理的；奇特的。—副 不平衡地，偏離中央地。

ˈoff ˌchance 名 不容易有的機會；極小的可能性。

off-col·or [ˈɔfˈkʌlɚ, ˈɑf-] 形 **1** 顏色不佳的。**2**《主美》猥褻的；易讓人想入非非的；挑逗的；不適當的。**3** 不健康的；身體不舒服的。

off-day [ˈɔfˌde, ˈɑf-] 名 **1**《英口》厄運之日。**2** 不上班之日，休息日。

off-du·ty [ˈɔfˈdjutɪ, ˈɑf-] 形 不上班的，下了班的，下班後的，休假的。

of·fence [əˈfɛns] 名《英》= offense.

·of·fend [əˈfɛnd] 動 及 **1** 得罪，冒犯；《被動》使激怒《*at, by, with...*》。**2** 使感到不舒服。**3**《聖經用法》使墮入有罪的行徑中，使犯罪。**4** 傷 (心等)。**5**《古》破壞，違反。

—不及 **1** 犯罪，犯法《*against...*》：~ *against* the traffic rules 違反交通規則。**2** 引起不愉快，拂意。

of·fend·er [əˈfɛndɚ] 名 **1** 違反者；罪犯：a first ~ 初犯 (者) / an old [a hardened] ~ 慣犯。**2** 惹人不快的人[事物]。

of·fend·ing [əˈfɛndɪŋ] 形 不愉快的；厭惡的；刺眼的。

·of·fense [əˈfɛns] 名 **1** (1) 違反；犯罪；犯規《*against...*》：a capital ~ 死罪 / a repeated ~ 累犯 / an ~ *against* good manners 沒禮貌的行爲。(2) 違法，輕罪：a criminal ~ 刑事上的犯法行爲。**2** 觸怒人的事物《*to*

O

...》: an ～ *to* the eye 刺眼的東西。3 Ⓤ 無禮，冒犯。4 ['ɑfɛns] Ⓤ 攻擊；Ⓒ 攻擊的一方: *O-*！進攻！攻呀！

give offense 激怒；得罪《*to*...》。

take offense 動怒《*at*...》。

～·less 形 不會冒犯人的；無攻擊力的。

·of·fen·sive [ə'fɛnsɪv] 形 **1** 無禮的；得罪人的；侮辱的：an ～ expression 無禮的措詞。**2** 使人不悅的，令人討厭的：sounds ～ to the ear 刺耳的聲音。**3** 攻擊的；用於攻擊的；積極的，富攻擊性的：～ weapons 攻擊用武器。—名 **1**《the ～》攻勢，攻擊的陣勢。**2** 攻擊的行爲。

～·ly 副, ～·ness 名

:of·fer ['ɔfɚ, 'ɑfɚ] 動 及 **1** 提供《*to*...》；提供給：～ a bribe 行賄。**2** 提出《*to*...》；提議；《反身》推薦《*for*...》: ～ *oneself for* a position 毛遂自薦申請某職位。**3** 奉獻，呈上《*up* / *to*...》: ～ prayers *to* God 向上帝祈禱。**4** 給予；做出；許下。**5** 施以；加以；企圖：～ violence 施以暴力。**6** 顯露；《反身》出現。**7** 出價：～ a TV set at a discount 將電視機打折出售。**8** 表示：～ him homage 對他表示效忠。—不及 **1** 發生，現身。**2** 提議。**3** 供獻，奉獻。—名 **1** 提供；提議《*to* do》。**2** 求婚。**3** 出價，開價；《英》〖證券〗要價。**4** 提供的事物；售品。**5** 企圖，努力。

on offer（以折扣）出售的。

～·a·ble 形, ～·er 名 提供者；提出人。

of·fer·ing ['ɔfərɪŋ, 'ɑf-] 名 **1** 犧牲品，祭品；獻金；贈品：a drink ～ 獻給神的酒 / a peace ～ 求和之禮。**2** Ⓤ 提供；奉獻。**3** 出售品；提供之物。**4** 販賣。

of·fer·to·ry ['ɔfɚ,torɪ, 'ɑf-] 名 (複 -ries) **1**《偶作 O-》奉獻（儀式）。**2**〖教會〗奉獻詩[歌]；奉獻品。

off·hand ['ɔf'hænd, 'ɑf-] 副 **1** 即席地，無準備地。**2** 不拘禮節地，隨便地。—形 **1** 即席的，未經準備的（亦稱 **offhanded**）。**2** 隨便的，輕率的。

off·hand·ed·ly ['ɔf'hændɪdlɪ] 副 即席地，未經準備地，草率地。

off-hour ['ɔf'aʊr, 'ɑf-] 名 **1** 非值勤的時間；休息時間。**2** 非尖峰時間，不忙碌的時期。—形 非值勤期間的；尖峰時間以外的。

:of·fice ['ɔfɪs, 'ɑfɪs] 名 **1** 辦公室，事務所，營業處；研究室；辦事處；《英》保險公司：a doctor's ～《美》診所 / a Life ～《英》人壽保險公司 / be at the ～ 在公司上班。**2**《集合名詞》全體職員。**3** Ⓤ Ⓒ 官職，公職：run for ～ 競選公職 / hold ～ 當官。**4** 職務，任務；工作，功能；職責；職權：the ～ of secretary 祕書之職 / household ～*s* 家務事。**5**《O-》政府機構；《英》部；《美》局：the Foreign *O-*《英》外交部 / the Patent and Trademark *O-*《美》專利與商標局。**6**《通常作 ～s》幫忙，服務：through the good ～*s* of a friend 透過友人的幫忙。**7**〖教會〗聖務；日課；儀式，禮[拜]儀式；悼亡儀式：the last ～*s* 葬禮。**8** the ～》《俚》暗示，信號：give *the* ～ [給]予暗示。**9**《～s》《主英》廚房；儲藏室 **10**《口》廁所。

'office autom'ation 名 Ⓤ 辦公室[自]動化。略作：OA **'office-auto'mation** 形

of·fice-bear·er ['ɔfɪs,bɛrɚ, 'ɑf-] 名《英》= officeholder.

'office ,block 名《英》辦公大樓。

'office ,boy 名 辦公室的工友。

'office ,building 名《美》辦公大樓。

'office ,girl 名 女工友，小妹。

of·fice·hold·er ['ɔfɪs,holdɚ, 'ɑf-] 名《美》公務員，官員。

'office ,hours 名(複)上班時間。

:of·fic·er ['ɔfəsɚ,'ɑf-] 名 **1** 軍官，士官以上的軍官：a commissioned ～ 士官級以上的軍官 / ～*s* and men 官兵。**2** 船長，高級船員：～*s* and crew 高級船員與水手，全體船員。**3** 警官，警員。**4** 官吏，公務員，幹事，高級職員：a public ～ 公務員 / ban[k] ～*s* 銀行高級職員。

'office ,seeker 名 謀求官職者。

:of·fi·cial [ə'fɪʃəl] 名 **1** 官吏，公務員；行政人員，高級職員：a public ～ 公務員 / bank ～*s* 銀行高級職員。**2**〖運動〗裁判員。**3**《英》宗教法庭法官。—形 **1** 公務上的，職務上的。**2** 經官方認可的，官方的；正式的。**3** 官僚的；當官的；講究形式的。**4**〖藥〗公定的，根據處方的。

～·'ism 名 Ⓤ 官僚作風；官僚主義。

of·fi·cial·dom [ə'fɪʃəldəm] 名 Ⓤ **1** 官場；《集合名詞》官僚。**2** 官僚主義，官僚作風。

of·fi·cial·ese [ə,fɪʃə'liz] 名 Ⓤ 官場上的術語，官樣文章，公文用語。

of·fi·cial·ly [ə'fɪʃəlɪ] 副 **1** 官方地，正式地。**2** 形式上，表面上。

of,ficial re'ceiver 名《the ～》《常作 O- R-》《英》（破產公司的）清算管理人。

of·fi·ci·ant [ə'fɪʃɪənt] 名（宗教祭典等的）司祭，主持儀式者。

of·fi·ci·ate [ə'fɪʃɪ,et] 動 不及 **1** 執行職務。**2** 主持宗教儀式《*at*...》: ～ as priest *at* the wedding 擔任主持婚禮的牧師。—及 **1** 達成執行任務。**2** 主持。**3** 當裁判。

-'a·tion 名, -a·tor 名 主持人。

of·fic·i·nal [ə'fɪsɪnl] 形 **1** 藥房常備的。**2** = official 形 4. **3** 藥用的。—名 成藥。

of·fi·cious [ə'fɪʃəs] 形 **1** 多管閒事的：an ～ person 好管閒事的人。**2** 越分的。**3**〖外交〗非官方的。～·ly 副, ～·ness 名

off·ing ['ɔfɪŋ, 'ɑf-] 名 **1** 離岸一定距離的海面：make an ～ 停在離岸一定距離的海面上。**2** 離岸較遠的位置。

in the offing (1) 在外海。(2) 即將發生，在不久的未來。

off·ish ['ɔfɪʃ, 'ɑf-] 形《口》不喜歡交際

j；不親熱的，冷冰冰的。～·ly 形

f·is·land ['ɔf'aɪlənd, 'ɑf-] 名 沿海島嶼。
-形《美》暫時住在沿海島嶼上的，島外
j。

-·er 名《美》暫時到沿海島嶼上居住的
、，住在離島的人。

f·key ['ɔf'ki, 'ɑf-] 形 **1** 走調的，走音
j。**2** 不合適的，不規則的，異常的。

f·let ['ɔf,lɛt] 名 放水管；排水管。

f·li·cense ['ɔf,laɪsəns, 'ɑf-] 名《英》酒
頁外賣執照；只做外賣生意的酒店。一形
j有酒類外賣執照的。

f·lim·its ['ɔf'lɪmɪts, 'ɑf-] 形《美》禁止
、內的，只准特定人士進入的。

f·line ['ɔf,laɪn, 'ɑf-] 形 **1**〖電腦〗離線
j。**2** 離開鐵道的。

f·load ['ɔf'lod, 'ɑf-] 動 及 不及 =un-
ad.

f-off-Broad·way ['ɔf 'ɔf 'brɔd,we,
f'ɑf-] 名 U，形 外外百老匯戲劇（的）。

f·peak ['ɔf'pik, 'ɑf-] 形 非尖峰時間的，
非最高量的。

f·print ['ɔf,prɪnt, 'ɑf-] 名 單行本，抽印
ぐ。一動 及 做成單行本。

f·put ['ɔf,put, 'ɑf-] 動 及《英》困擾，
吏侷促不安。～·ting 形 困擾人的；使人感
到不快的。

f·road ['ɔf,rod, 'ɑf-] 形 在一般道路以外
j。～·er 名 在一般道路以外行駛的車
兩。

f·scour·ing ['ɔf,skaurɪŋ, 'ɑf-] 名 **1**《通
常作～s》廢棄物，扔掉的污物；殘渣。**2**
人渣；被社會拋棄的人。

f·screen ['ɔf'skrin, 'ɑf-] 形 副 不出現
在電影[電視]畫面上（的）；在銀幕下（
的），在私人生活方面（的）。

f·sea·son ['ɔf'sizən, 'ɑf-] 形 副 淡季的
地]，非旺季的 [地]。
一名 淡季。

f·set ['ɔf,sɛt, 'ɑf-] 名 **1** 抵銷；補償《
...》: an ～ *to* a defect 缺點的彌補。**2**《
古》起始，最初: at the ～ 開始時。**3**〖印〗
平版（印刷法）；〖測〗支距。**4** 分支；支
系；分枝；支脈。
一形 **1** 支距的。**2**〖印〗平版印刷的。**3** 偏
位的。一[-'-] 動 (**-set**, ～·**ting**) 及 **1** 彌補，
補償《*by*...》；抵銷《*against*...》。**2**〖印〗
以平版印刷法印（圖文等）。一不及 形
成；分支；從事平版印刷。

f·shoot ['ɔf,ʃut, 'ɑf-] 名 **1**〖植〗分枝。
支系；分支；分派；支脈；子孫。

f·shore ['ɔf'ʃor, 'ɑf-] 副 **1** 離開海岸。**2**
在離海岸相當遠處。一形 **1** 向海上的；離
開海岸的；離開海岸相當遠的近海作業
的。**2** 在海外的。一介 在離…的海岸外。

f 'side 形 副 **1**〖運動〗越位的[地]。**2**
低俗的: an ～ remark 低俗的話。

f·side ['ɔf'saɪd, 'ɑf-] 名 **1** U〖足球·曲棍
球〗越位。**2**《the ～》《英》（馬等的）右
側。

off·spring ['ɔf,sprɪŋ, 'ɑf-] 名 (複～, ～s)
1 子女，子孫。**2**《喻》產品，結果。

off·stage ['ɔf'stedʒ, 'ɑf-] 副 形 在後臺（
的）；在舞臺下（的），在私生活中（
的）；在幕後（的），公眾看不到地[的]。

off-street ['ɔf'strit, 'ɑf-] 形 離開大街的。

off-the-cuff ['ɔfðə'kʌf, 'ɑf-] 形 副《美
口》即席的[地]，未經準備的[地]。

off-the-job ['ɔfðə'dʒɑb, 'ɑf-] 形 **1** 工作時
間外的。**2** 失業的，離職的，被解僱的。

off-the-rack ['ɔfðə'ræk, 'ɑf-], 《英》**-peg**
[-'pɛg] 形《美》非訂製的，現成的。

off-the-rec·ord ['ɔfðə'rɛkɚd, 'ɑf-] 形 不
列入紀錄的，非公開的，非正式的。

off-the-shelf ['ɔfðə'ʃɛlf, 'ɑf-] 形 庫存的，
現貨供應的；非專門訂做的。

off-the-wall ['ɔfðə'wɔl, 'ɑf-] 副《美俚》
很不尋常地，怪異地。

off(-)track ['ɔf'træk, 'ɑf-] 副 形《美》（
下注等）在賽馬場以外（的），外圍（
的）。

off-white ['ɔf'hwaɪt, 'ɑf-] 形 不是純白
的，灰白色的。
一名 U 灰白色；黃白色。

'off ˌyear 名《美》不景氣之年；非大選
年。

'off-year e'lection 名《美》期中選舉。

oft [ɔft, ɑft] 副《文》〖詩〗= often.

:of·ten ['ɔfən, 'ɔftən] 副 (～·**er**, ～·**est**; **more**
～; **most** ～)時常地，頻繁地；經常。
as often as... 每當…，每次做…時。
as often as not 屢屢，大半時候。
every so often 時常，不時。
more often that not 多半時候，通常。
once too often 又一次；次數太多，終於
招致不利的後果。

of·ten·times ['ɔfən,taɪmz, 'ɔftən-] 副《
美·英古》= often.

oft·times ['ɔft,taɪmz, 'ɑf-] 形 = often-
times.

og·do·ad ['ɑgdo,æd] 名 八；八個一組。

o·gle ['ogl] 動 及 **1** 色瞇瞇地看；拋媚眼，
送秋波。**2** 注視。一不及 送秋波，色瞇瞇
地注視《*at*...》。一名 秋波；色瞇瞇的眼
光。**-gler** 名

Og·pu, OGPU ['ɑgpu, 'ɔgpu] 名 ⇨ G.P.
U.

o·gre ['ogɚ] 名（童話、民間故事的）食
人魔鬼；像妖怪的人。～·**ish** 形

o·gress ['ogrɪs] 名 **ogre** 的女性形。

:oh[1] [o] 感 **1**《表示驚訝、痛苦、失望、喜
悅等》啊！呀！噢！: *O*- dear 哎呀！/
'*Oh* ˌ*oh*！啊啊！/ *O*- yeah！《俚》《表挑
戰、懷疑、諷刺》哼！是嗎？/ *O*- well！
《表示無可奈何》沒辦法啦！啊，好吧！
噢！也罷。**2**《當面招呼時置於人名之前》
啊！: *O*-, Jim, come here, will you？啊！吉
姆，過來一下好嗎？
一名(複～'s, ～s)「oh」的叫聲。
一動 不及 喊「oh」。

O

oh² [o] 名零：讀電話號碼等時用。
OH 《縮寫》*Ohio*.
O. Hen·ry [o'hɛnrɪ] 名歐亨利（1862–1910）：美國作家 William S. Porter 的筆名。
OHG, OHG., O.H.G. 《縮寫》*Old High German*.
O·hi·o [o'haɪo] 名俄亥俄：美國東北部的一州；首府爲 Columbus。略作：OH
~**·an** 形名俄亥俄州的[人]。
ohm [om] 名〖電〗歐姆：電阻單位。符號：Ω。**'ohm·ic** 形
O.H.M.S. 《縮寫》*On His* [*Her*] *Majesty's Service*《英》爲英王[女王]陛下服務。
o·ho [o'ho] 感《表驚異、高興、諷刺等》哦呵！嘿嘿！嗳喲！
OHP 《縮寫》*overhead projector*.
-oid 《字尾》表「如…的，…狀的」之意。
:oil [ɔɪl] 名 **1** U C 油，油類；油性物：vegetable ~ 蔬菜油。**2** U《美》石油。**3**《常作~s》油畫顏料；油畫：paint in ~*s* 畫油畫。**4** U《俚》阿諛。**5**《通常作~s》油布做的衣服；《口》防水衣。
add oil to the fire / pour oil on the flames 火上加油；煽動。
burn the midnight oil 焚膏繼晷，挑燈夜讀，熬夜工作，開夜車。
oil and water 油和水，不相容之物，截然不同。
pour oil on troubled waters 調解爭端，勸人息怒，平息風波。
smell of oil 有苦心經營的痕跡。
strike oil 鑽探到油脈；發橫財；發現賺錢機會；獲得價值重大的發現。
—動 及 **1** 塗油於；使溶成油《*down*》。**2**《口》行賄；奉承，巴結；《英俚》欺騙。**3** 使滑溜；使圓滑：~ one's words 使話圓滑。—不及溶化爲油（狀）。
oil a person's hand 賄賂（人）。
oil the wheels 《口》給車輪上油；使事情能順利進行。
—形油的；油狀的；使用油的。
oil-bear·ing ['ɔɪl,bɛrɪŋ] 形含有石油的。
'oil ˌcake 名 U 油渣餅：作肥料與飼料。
oil·can ['ɔɪl,kæn] 名油罐，油壺。
oil·cloth ['ɔɪl,klɔθ] 名(複~s [-θs, -ðz]) **1** U C 油布。**2**《英》= linoleum.
'oil ˌcolor 名《常作 ~s》油溶性染料；油畫顏料；油畫。
oiled [ɔɪld] 形 **1** 以油塗過的，以油浸過的：~ paper 油紙。**2**《俚》酒醉的。
oil·er ['ɔɪlɚ] 名 **1** 注油之人[物]；加油員；注油器；給油裝置。**2**《常作~s》《美俚》油布衣服。**3** 以油爲燃料的船；運油船，油船。**4**《美》油井。**5**《俚》騙子。
'oil ˌfield 名油田；石油產地。
oil-fired ['ɔɪl,faɪrd] 形以石油爲燃料的。
oil·man ['ɔɪlmən, -,mæn] 名(複**-men**)油井經營者；煉油業者，煉油工人；油商；油畫顏料商人。
'oil ˌmeal 名油渣粉。
'oil of 'vitriol 名 U〖化〗濃硫酸。
'oil ˌpaint 名油畫顏料；U 油漆。
'oil ˌpainting 名 **1** U 畫油畫；油畫藝術。**2** 油畫。**3** 漂亮的人。
'oil ˌpalm 名〖植〗油棕櫚。
oil·pa·per ['ɔɪl,pepɚ] 名 U 油紙，桐油紙。
oil-rich ['ɔɪl,rɪtʃ] 形盛產石油的。
'oil ˌrig 名海上鑽油設備。
'oil ˌshale 名 U 油頁岩。
oil·skin ['ɔɪl,skɪn] 名 U 油布；《常作~s》油布製的雨衣，防水衣。
'oil ˌslick 名水面上的大片浮油。
oil-slicked ['ɔɪl,slɪkt] 形受大片浮油污染的。
'oil ˌspill 名漏油；漏油引起的油漬。
oil·stone ['ɔɪl,ston] 名油磨刀石。
'oil ˌtanker 名油輪，運油船。
'oil ˌwell 名油井。
oil·y ['ɔɪlɪ] 形(**oil·i·er, oil·i·est**) **1** 油（質）的；含油的；塗有油的；被油弄髒的；油膩的。**2** 油腔滑調的；善奉承的；圓滑的。
—副油膩地；圓滑地。**-i·ly, -i·ness** 名
oink [ɔɪŋk] 名豬的叫聲。—動不及（豬）呼呼地叫。
oint·ment ['ɔɪntmənt] 名 U C 藥膏，油膏。
OJ 《縮寫》《美口》*orange juice*.
OK 《縮寫》*Oklahoma*.
:O.K., OK, o·kay, o·keh ['o'ke] 形副《昔美·口》好，可以。—動(**O.K.'d, O.K.'ing**)及在…上寫上O.K.加以認可；贊成，批准。—名(複~'s)同意，贊成《*on...*》：get his ~ *on* it 徵求他對那件事的同意。—感《用於一段會話的開始，以引起對方注意》啊，嗯。
o·ka·pi [o'kɑpɪ] 名(複~s,《集合名詞》~)〖動〗（產於中非的）霍加皮鹿。
o·kay ['o'ke] 形副 = O.K.
o·key-doke [,okɪ'dok], **-do·key** [-'dokɪ] 形《口》= O.K.
O·khotsk [o'kɑtsk] 名《the ~》**Sea of**，鄂霍次克海。
O·ki·na·wa [,okɪ'nɑwə] 名沖繩（島）。**-wan** 名形沖繩人[的]。
Okla. 《縮寫》*Oklahoma*.
O·kla·ho·ma [,oklə'homə] 名俄克拉荷馬：美國中南部的一州；首府 Oklahoma City。略作：Okla. **-man** 形名俄克拉荷馬州（人）的[人]。
o·kra ['okrə] 名 **1**〖植〗秋葵。**2** U《集合名詞》秋葵莢。**3** U 秋葵作成的菜；加秋葵的濃湯。
:old [old] 形(~**·er**, ~**·est** 或 **eld·er, eld·est**) **1** 上了年紀的，年老的；晚年的；老人的：an ~ face 蒼老的臉孔 / get ~ 變老。**2**《表年齡》…歲的；《表時間》…

O

]：a man twenty years ～ 20 歲的人 / a
aby three months ～ 三個月大的嬰兒。3
長的。4 古老的，舊的；歷史悠久的；
來已久的；舊識的，熟悉的：～ wine 陳
老酒 / ～ habits and customs 舊風俗習
。5 陳舊的，用舊了的；陳腐的：an ～
xcuse 老套的託詞。6 昔日的，過去的：
s ～ students 他過去的學生。7 舊式的，
時的：painters of the ～ school 舊派的畫
們。8 初期的，古代的；初期發展階段
]：～ relics 古代的遺跡。9 老練的，經驗
富的：an ～ China hand 中國通。10 成
穩重的；明理的；睿智的：an ～ head
n young shoulders 年紀輕但是做事老練。
《通常用於表示親密的稱呼》：good ～
m 親愛的吉姆 / that ～ dear 那孩子。
2《通常置於形容詞之後以加強語氣》《
]》異乎尋常：a fine ～ time 非常美好的
光。13 曾經的，原來的：*O-* Etonians 出
伊頓私校的人。14 顏色不鮮豔的；〖
〗老年期的。

ny old...《口》任何…都。
s) old as the hill(s) 非常古老。
-图 1《通常作 the ～》《集合名詞》《作
數》老人們。2《複合詞》…歲的人；歷
…的物。
om of old 自古以來。
f old (1) 從前（的），以前（的）。(2)《
》長時期地。

d 'age 图 Ⓤ 老年（期），高齡，晚
。

d-age ['old'edʒ] 形 老年的：～ pension
老金，退休金。

ld 'Bailey 图《the ～》（英國倫敦
）中央刑事法院。

d 'bird 图 謹慎老練的人。

d 'boy 图 1《主英口》富有朝氣的老年
。2 ['-,-]《偶作 O-B-》《英》畢業生，男
校友（《美》alumnus）：an *old(-) boy* net-
vork 校友圈。3 [,-'-]《主英口》《對親密男
性朋友的稱呼》老友，老兄。

ld ,country 图《the ～》《美·澳》（
移民的）祖國，故鄉；歷史較古老的國
。

ld·en ['oldn̩] 形《古》〖詩〗老的；往昔
：in ～ times [= in the ～ time] 往昔。
-動 不及 變老。

ld 'English 图 Ⓤ 古英語（略作：
OE, OE., O.E.）。

·de worl·de ['oldɪ'wɝldɪ] 形《英口》
古式的；古風的。

ld-fash·ioned ['old'fæʃənd] 形 舊式
；落伍的；過時的；老派作風的，守舊
；《英方》古式的：～ manners 舊習慣。
～·ly 副, ～·ness 图

ld 'flame 图 舊情人

ld 'fog(e)y 图 極端保守者，落伍者。

ld 'French 图 Ⓤ 古法語。略作：OF,
O.F.

ld 'gentleman 图 魔鬼。

'old ,girl 图 1《偶作 O- G-》《英》女校友。2 ['-'-]《主英口》老姐；老婦人。

'Old 'Glory 图 Ⓤ《美口》美國國旗。

'old 'goat 图 討厭的老頭子；老色鬼。

'Old 'Guard 图《the ～》1 御林軍。2《美》政黨內的保守派。3《常作 o- g-》頑固而有影響力的保守派。

'old 'hand 图 老手，有經驗者《*at...*》：an ～ *at* welding 焊接老手。

'Old 'Harry 图《口》魔鬼：make like ～ 行爲像魔鬼般。

old 'hat 形《主美口》落伍的，過時的。

'Old 'High 'German 图 Ⓤ 古高地德語。略作：OHG, OHG., O.H.G.

old·ie ['oldɪ] 图 (複～s)《口》舊時之事物；老人；老歌[電影等]。

old·ish ['oldɪʃ] 形 稍老的；有些古舊的。

,old 'lady 图《通常作 one's ～》《口》1《常用於稱呼自己的妻、母》母親；妻子，老婆；女友。2 = old maid 2.

Old Lady of Threadneedle Street《英口》針線街老婦人：英格蘭銀行的俗稱。

'Old 'Latin 图 Ⓤ 古拉丁語。略作：OL, O.L.

old-line ['old'laɪn] 形《美》保守的；傳統的；歷史悠久的，老牌的：～ society 傳統的社會。**-lin·er** 图 守舊者，保守派的人。

'old 'maid 图 1 老處女。2《口》神經質的人。3 Ⓤ〖牌〗抽烏龜。

old-maid·ish ['old'medɪʃ] 形 古板的；神經質的；吹毛求疵的。

,old 'man 图《口》1《通常作 one's ～》父親，老爹；丈夫，老公。2《the ～》《偶作 O-M-》老闆，頭兒。3《對親密朋友的稱呼》老兄。4 老經驗的人。

'Old 'Man of the 'Sea 图《the ～》1 海中老人：『天方夜譚』中數日數夜趴在 Sinbad 背上糾纏不休的老人。2 難纏的人，難以擺脫的負擔。

'old 'master 图 1《the ～s》前代大畫家。2 前代大畫家的作品。

old-mon·ey ['old,mʌnɪ] 形 有祖傳遺產的，出身富豪世家的。

'old 'moon 图 下弦月。

'Old 'Nick 图《the ～》= Old Harry.

'Old 'Norse 图 Ⓤ 古代斯堪的那維亞語。略作：ON, O.N.

'Old 'North 'French 图 Ⓤ 古代法國北部之方言。略作：ONF

'old 'one 图 1《the ～》= Old Nick. 2 老套的笑話。

'old 'people's ,home 图 養老院。

'old ,school 图 1《the ～》保守派，守舊派，傳統派：a politician of *the* ～ 保守派的政治家。2《通常作 one's ～》母校。

'old ,school 'tie 图 1 校友代表母校之領帶。2《常作 the ～》校友特殊的保守習慣[服裝，思想，態度]；校友間的團結關係。

'Old 'Scratch [名]《常作 the ～》= Satan.

'old 'soldier [名] 1《俚》空酒瓶。2 老兵；老經驗者。

old-stag·er ['old'stedʒɚ] [名]《英口》= stager 1.

old·ster ['oldstɚ] [名] 1《尤美》《口》老人。2〖英海軍〗資深見習生[見習官]。

'Old 'Stone ˌAge [名]《the ～》舊石器時代。

'old 'story [名] 1 老故事。2 陳腔濫調。

'old ˌstyle [名]《the O- S-》儒略曆法。

'Old 'Testament [名]《the ～》舊約聖經。略作：OT

old-time ['old 'taɪm] [形] 往昔的，舊式的。

old-tim·er ['old'taɪmɚ] [名]《口》老資格；老手；守舊者；老式的東西；《美》老人。

'Old 'Vic [-'vɪk] [名]《the ～》老維克：英國倫敦的 Royal Victoria Hall 劇場的俗稱；該劇院以上演 Shakespeare 劇而著稱。

'old 'wives' ˌtale [名] 迷信；無稽之談。

'old 'woman [名] 1《one's ～》《俚》妻子；母親。2《蔑》婆婆媽媽的人，對小事操心的人；膽小的人。

old-wom·an·ish ['old'wumənɪʃ] [形] 老太婆似的；無謂紛擾的，大驚小怪的。

'Old 'World [名]《the ～》1 舊世界：歐、亞、非三大洲。2 歐洲大陸。
do the Old World（美國人）到歐洲旅行。

old-world ['old'wɝld] [形] 1 古代的。2 舊世界的；歐洲大陸（風格）的。3 古式的；古色古香的。～·ly [副]

O

o·le·ag·i·nous [ˌolɪ'ædʒənəs] [形] 1 油性的；含油的。2 油嘴滑舌的，阿諛的。

o·le·an·der [ˌolɪ'ændɚ] [名]〖植〗夾竹桃；夾竹桃屬植物。

o·le·in(e) ['olɪɪn] [名] [U]〖化〗三油精；油脂。

o·le·o ['olɪo] [名]《美口》= oleomargarine.

o·le·o·graph ['olɪo,græf] [名] 仿油畫的石版畫。

o·le·o·mar·ga·rin(e) [ˌolɪə'mɑrdʒə,rin, -rɪn] [名] [U] 人造奶油（亦稱 **margarine**）。

o·le·o·phil·ic [ˌolɪo'fɪlɪk] [形] 吸油性的，親油性的。

O level ['o'lɛvl] [名] [形]《英》普級會考（的）。

ol·fac·tion [ɑl'fækʃən] [名] [U] 嗅覺。

ol·fac·to·ry [ɑl'fæktərɪ] [形] 嗅覺的：an ～ nerve 嗅覺神經。—[名]（複 **-ries**）《通常作 **-ries**》嗅覺器官；嗅覺神經。

Ol·ga ['ɑlgə] [名]〖女子名〗奧葛。

ol·i·garch ['ɑlɪ,gɑrk] [名] 寡頭政治的執政者。

ol·i·gar·chy ['ɑlɪ,gɑrkɪ] [名]（複 **-chies**）1 [U] 少數獨裁統治，寡頭政治。2 實行寡頭統治的國家。3 [C] [U]《集合名詞》寡頭政治執政團。

-'gar·chic, -'gar·chi·cal [形]

Ol·i·go·cene ['ɑlɪgo,sin] [形]〖地質〗漸新世的；漸新統的。—[名] 1《the ～》漸新世。2《the ～》〖地質〗漸新統。

·ol·ive ['ɑlɪv] [名] 1 橄欖樹；橄欖。2 = olive branch. 3《集合名詞》橄欖葉。4 = olive crown. 5 [U] 橄欖色。6《通常作～s》捲。7《O-》〖女子名〗奧麗芙。—[形] 橄欖的，橄欖葉的。

'olive ˌbranch [名] 橄欖枝：offer an 提議和解。

'olive ˌcrown [名] 橄欖葉冠。

'olive 'drab [名]（複～s）1 [U] 深橄欖色。2 深草綠色的美國陸軍軍服。

ol·ive-green ['ɑlɪv'grin] [名] [U] 黃綠色。—[形] 黃綠色的。

'olive ˌoil [名] [U] 橄欖油。

Ol·i·ver ['ɑləvɚ] [名]〖男子名〗奧立佛

Ol·ives ['ɑlɪvz] [名]《the ～》**Mount of** 橄欖山：耶路撒冷東面小山，Gethsema 園在其西麓，爲耶穌常去之處。

O·liv·i·a [o'lɪvɪə] [名]〖女子名〗奧莉亞。

ol·i·vine ['ɑlə,vin, ˌɑlə'vin] [名] [U] 橄欖石

ol·o·gy ['ɑlədʒɪ] [名]（複 **-gies**）《口》科學學問。

-ology《字尾》表「…學」、「…論」意。

O·lym·pi·a [o'lɪmpɪə] [名] 奧林匹亞：1 臘古代舉行競技的平原。2 美國 Washi ton 州的首府。

o·lym·pi·ad [o'lɪmpɪ,æd] [名]《常作 O- 1 奧林匹亞紀：每兩次競技間的期間（年）。2 奧運會。3 = Olympic [名] 2.

O·lym·pi·an [o'lɪmpɪən] [形] 1 奧林帕山的；奧林帕斯諸神的。2 天神般的，嚴的；高高在上的；優越的。—[名] 1 奧帕斯神祇，居住在奧林帕斯山上的神祇 2 在 Olympia 出生的人；Olympia 居民。參加奧林匹亞運動會的選手。

·O·lym·pic [o'lɪmpɪk] [形] 1 奧林匹亞競會的；奧林匹克運動會的：an *O*- event 運會競賽項目。2 奧林匹亞的；奧林帕山的。—[名]《the ～s》1 = O-lympic G mes. 2 類似奧運的國際性比賽。

O'lympic 'Games [名]（複）《the ～》奧林匹亞競技會。2 奧林匹克運動會。

O·lym·pus [o'lɪmpəs] [名] **Mount**，奧帕斯山：希臘神話中諸神所居住的地方

O.M.《縮寫》《英》*Order of Merit* 功勞位[勳章]。

O·ma·ha ['omə,hɔ, -,hɑ] [名]（複～s,《集名詞》～）1 俄馬哈：美國 Nebraska 州東的都市。2 俄馬哈族印第安人。

O·man [o'mæn] [名] 阿曼：阿拉伯半島南端的一回教國家；首都爲 Muscat。

o·ma·sum [o'mesəm] [名]（複 **-sa** [-sə]）瓣胃：反芻動物的第三個胃。

om·buds·man ['ɑmbʌdzmən] [名]（複 **-men**）1 調查專員（《英》Parliamenta

Commissioner）。**2** 擁護者。**3** 申訴處理人員；仲裁者。

o·me·ga [o'mɛgə, -'migə, 'omɪgə] 图 **1** Ⓤ Ⓒ 希臘字母的第二十四個字母（Ω, ω）。**2** 最後，終了：from alpha to ～ 自始至終。

om·e·let(te) ['amlɪt, 'aməlɪt] 图煎蛋捲：You can't make an ～ without breaking eggs.《諺》不打破蛋那能做蛋捲；沒有犧牲就沒有收穫。

o·men ['omən] 图 Ⓤ Ⓒ **1** 前兆，預兆；預感，預示：an evil ～ 凶兆 / consult the ～*s* 卜凶吉。**2** 預言，預知。—動 及 **1** 成爲前兆，預示。**2** 預測，預言。

om·i·cron ['amɪˌkran, 'omɪˌkran] 图 Ⓤ Ⓒ 希臘字母中的第十五個字母（Ο, ο）。

om·i·nous ['amənəs] 形 **1** 險惡的；惡兆的，不祥的《*for*...》。**2** 預兆的，預示的《*of*...》：be ～ *of* failure 有失敗之虞。～·**ly** 副, ～·**ness** 图

o·mis·si·ble [o'mɪsəbl] 形 可以省略的，可以刪掉的。

o·mis·sion [o'mɪʃən] 图 **1** Ⓤ 省略；遺漏，疏忽；脫漏；Ⓒ 省略之物。**2** Ⓤ 怠慢；〖法〗不作爲：sins of ～ 怠慢之罪。

o·mis·sive [o'mɪsɪv] 形 怠慢的，疏忽的；遺漏的。

o·mit [o'mɪt, ə'mɪt] 動（～·**ted**, ～·**ting**）及 **1** 省略，刪去；漏寫《*in, from*...》。**2** 忽略，不想：～ a closing remark 省略閉幕詞。**3** 遺漏，忘記：～ to copy a line from the passage 忘了抄那篇文章中的一行。

omni-《字首》表「全部」之意。

om·ni·bus ['amnəˌbʌs, -bəs] 图（複～·**es**）**1** 公共汽車，巴士。**2** 全集，彙編。—形 包含多項的，總括的；有多種用途的：an ～ clause 總括性的條款/ an ～ ticket 團體票入場券。

om·ni·com·pe·tent [ˌamnɪ'kampətənt] 形〖法〗能處理一切事務的，有全權的。**-tence** 图

om·ni·di·rec·tion·al [ˌamnɪdə'rɛkʃənl] 形〖電子〗全向的，無定向的。

om·ni·far·i·ous [ˌamnə'fɛrɪəs] 形 各色各樣的，五花八門的，多方面的。～·**ly** 副

om·nip·o·tence [am'nɪpətəns] 图 Ⓤ 全能；《**O-**》全能的上帝。

om·nip·o·tent [am'nɪpətənt] 形 **1** 全能的。**2** 具有無比權力的。—图 **1** 全能者。**2**《**the O-**》全能的上帝。
～·**ly** 副

om·ni·pres·ent [ˌamnɪ'prɛznt] 形 無所不在的，普遍存在的。**-ence** 图

om·ni·science [am'nɪʃəns] 图 **1** Ⓤ 全知，無所不知；博識。**2**《**O-**》全知的上帝。

om·ni·scient [am'nɪʃənt] 形 全知的，無所不知的；博識的，博學的。—图博學者；《**the O-**》全知的上帝。～·**ly** 副

om·ni·vore ['amnəvor] 图 雜食動物。

om·niv·or·ous [am'nɪvərəs, -'nɪvrəs] 形 **1** 雜食性的；什麼食物都吃的。**2** 無所不讀的：an ～ reader 什麼書都讀的人。
～·**ly** 副 無所不吃地；隨手攝取地。

:on [an] 介 **1**《表場所》在…之上；搭乘：a child ～ his back 他背上的小孩 / go ～ board a ship 搭船。**2**《表接觸、附著、覆蓋》接在、附著在…上：keep a dog ～ a chain 將狗拴在鏈子上。**3**《表攜帶、穿》穿戴在身上：a glove ～ his left hand 戴在他左手上的手套。**4**《表所屬》…的一員：be ～ the committee 是委員會的一員。**5**《表支點、基礎、本質》以…爲支點，爲…所支持，以…爲背景：～ one's hands and knees 趴在地上 / walk ～ tiptoe 踮著腳走路 / fall ～ one's knees 跪下。**6**《表接近》⑴ 在…附近，面向，沿，與…交界：a cottage ～ the beach 瀕臨海灘的別墅 / a gas station ～ the highway 公路旁的加油站。⑵（時間上）將近，差不多：just ～ two years ago 差不多兩年前。**7**《表方向、對象》在；面向；針對；以…爲目標：sit ～ my left 坐在我的左邊 / gaze ～ the screen 凝視螢幕 / be intent～ a task 專心工作 / put a curse ～ a person 詛咒某人。**8**《表手段、方法、道具》以，藉，乘：travel ～ horseback 騎馬旅行 / make one's clothes ～ a sewing machine 用縫紉機做衣服 / talk ～ the phone 在電話中談話。**9**《表狀態、經過》⑴ 在…狀態，處於…情況中：～ leave 休假中。⑵《**on the** +形容詞成爲副詞性片語》：～ *the* sly 偷偷地。**10**《表根據、理由、條件、依靠、接受》基於，因…理由[條件]，根據；依靠，吃；得到：a novel based ～ historical facts 根據史實的小說。**11**《表日、時、機會》在，在…之時；一…就：～ Monday 在星期一 / ～ Friday next《英》下星期五 / every hour ～ the hour 每小時正的時候，每小時開始時。**12**《表行動的目的、途中、從事、追求》因…目的[事情]；在…途中；從事；追：be ～ a second novel 正在寫第二本小說 / be ～ the trail 追蹤。**13**《表主題、關係》就…而言，關於：an authority ～ Bach 研究巴哈的權威。**14**《表累積》加於：heaps ～ heaps 堆積如山，許許多多。**15**《表行爲之對象、困惑》向，對；《美口》麻煩的是，成爲不利；棄而不顧；加害於：play a joke ～ a person 戲弄某人。**16**《口》《表負擔》由…支付，歸…負擔。**17** 飲，服用；因…中毒：be ～ the pill 服用避孕藥。

—副 **1** 在上，在表面；加上；穿（戴）在身上。**2** 不離開，牢固地。**3** 向前，前進，在前方；進步。**4** 繼續著，始終：walk ～ 繼續走。**5** 通著，開著。

and so on ⇨ AND（片語）

off and on / ***on and off*** ⇨ OFF 副（片語）

on and on 繼續不斷地。

—形《敘述用法》**1** 轉動中的；通的；打開著的；可利用的；穿著的。**2** 進行中

的，繼續中的；活動中的，工作中的；上演中的，播出中的。**3** 計畫的，預定的。**4**《口》樂意參加的；贊成的；打賭的。**5**〖棒球〗壘上的。**6**《英俚》醉了的。
be on to...《口》⑴ 知曉…的計畫；知道意圖。⑵ 接觸，聯絡。⑶ 責難，嘮叨抱怨。
What are you on about?《俚》你在抱怨什麼？你有什麼不如意的？
—名 **1** 正在進行的狀態。**2**《**the** ～》〖板球〗(打者的) 左前方。

on-《字首》與動詞或動名詞組成名詞或形容詞。

ON, ON., O.N.《縮寫》*Old Norse*.

on·a·gain, off-a·gain [ˈɑnə,gɛnˈɔfə,gɛn] 形 斷斷續續的；時有時無的，發作性的：～ fighting 斷斷續續的戰鬥。

on-air [ˈɑnˈɛr] 形 播放中的。

o·nan·ism [ˈonən,ɪzəm] 名 U **1** 性交中斷。**2** 手淫。

on·board [ˈɑnˈbord] 形 搭載的，內藏的。

on-cam·er·a [ˈɑnˈkæmərə] 副 形 映在攝影機上 (的)，上了鏡頭 (的)。

:once [wʌns] 副 **1** 一次，一回：more than ～ 不止一次，再三 / *O-* bitten, twice shy.《諺》上一次當，學一次乖。**2** 某時，曾經，從前：a ～ popular singer 一度走紅的歌手。**3**《條件句》一旦，只要；《否定句》一次也，完全。**4** 一階段；一親等；一等級：a cousin ～ removed 近房堂兄弟 [姊妹]。**5** 一倍，乘 1：*O-* two is two. 2 乘 1 等於 2 (2 × 1 = 2)。
every once in a while 偶爾，有時。
every once in so often 經常，常常。
once and again 一而再，反覆幾次。
once (and) for all ⇨ ALL 名 (片語)
once in a while 有時，間或。
once or twice 一兩次，幾次。
once too often (指愚蠢或危險的行為) 多次倖免這次遭殃；終於自找麻煩。
once upon a time 從前，昔時。
—形 以前的，從前的。
—連 一旦，一…就…：*O-* a beggar, always a beggar.《諺》一旦作乞丐，就一直為乞丐。—名 U 一回，一次：*O-* is enough. 一次就夠了。
all at once ⑴ 同時，皆為。⑵ 突然。
at once ⑴ 同時，一齊。⑵ 立刻，馬上。
at once... and... 既…又…。
(for) that once 只那一次。
(just) for once / just the once 僅只一次。

once-o·ver [ˈwʌns,ovɚ] 名《美口》**1** 草率的檢查；大略一看；大概估量。**2** 草率的工作。—形 大略的，草率行事的。

on·co·gen·e·sis [,ɑŋkəˈdʒɛnəsɪs] 名 U 腫瘤形成，腫瘤發生。**-gene** [ˈ--,dʒin] 名 致癌遺傳因子。

on·col·o·gy [ɑŋˈkɑlədʒɪ] 名 U 腫瘤學。

·on·com·ing [ˈɑn,kʌmɪŋ] 形 即將來臨的，接近的；出現的，成長中的：the ～ generation 下一代。—名 U 接近；到來：the ～ of old age 老年的來臨。

on·cor·na·vi·rus [ɑŋ,kɔrnəˈvaɪrəs] 名 (複 ～·**es**) RNA 型腫瘤病毒。

:one [wʌn] 形 **1** 一個的；一人的；單一的；一例的：～ hundred and fifty 一百五十 / in ～ word 一言以蔽之，總之 / *O-* ma[n] is no man.《諺》一個人在世界上無法[生]存。**2**《修飾表示時間的名詞》某一：～ day 某一天。**3**《文》《後接人名》一個叫…的人，某個：*O-* John Smith 有一個叫約翰史密斯的人。**4** 一致的，一樣的《*wi*[*th*] ...》：with ～ accord 一致。**5** 同一的，相同的：～ and the same thing 同一物。**6**《th[e] ～, one's ～》唯一的：*my* ～ and only ai[m] 我唯一的目標。**7**《與 **the other**, **anothe[r]** 相對應》一方的，一方面的：～ way or *an*[*other*] 無論如何 / on (the) ～ hand..., on *th*[*e*] *other* (hand)... 一方面…，另一方面… / *O*[*ne*] man's error is *another* man's lesson.《諺》一人之過可為他人之戒。**8**《副詞》《美口》非常地，顯著地：～ wonderful girl 很不錯的少女。
all one to ⇨ ALL 副 (片語)
become one / be made one 成為夫妻。
for one thing 理由之一是，舉個例說。
—名 **1** 一；一個，一人。**2**《省略緊接而來的表年齡、時間、貨幣單位等的名詞》一歲；一小時；一美元：～ ninety-five 美金 1 元 95 分 / at ～ twenty 在 1 點 20 分。**3**《表單位、狀態》單一；一體。**4**《口俚》《將後面的 **blow**, **point** 等名詞省略》一擊；一枝；一杯；《口》(話等的) 一段。**5**《**a** ～》《口》熱愛者，…迷，熱中者。**6**《通常作 **a** ～》《口》奇特的人，怪人：*a* right ～ 傻瓜，笨蛋。**7**《**the O-**》上帝，神；萬物的本源；唯一者：*the* Ho[ly] *O-* 上帝。**8**《接在名詞後》第一。
all in one ⑴ 一人全兼。⑵ 合為一體的 ⑶ 萬能小刀。
at one 一致，合力，協力《*with...*》。
for one 舉一個例，就個人來說。
in one ⑴ ⇨ALL IN ONE ⑴。⑵《口》… 試一次。⑶ 結合起來，團結一致。
(just) one of those things《口》常有的事，不可避免的事。
one after another ⇨ ANOTHER (片語)
one after the other 一個接一個地，接連地，相繼地。
one and all 每一個，全都。
one another ⇨ ANOTHER (片語)
one by one 一個一個地，依次地。
one of these days 近日內，總有一天。
one or two 少數，幾個。
one thing, ...another (thing) ⇨ THING (片語)
one up on a person《口》比某人占優勢，比某人消息靈通。
one with another 平均，一般。
since the year one 自古以來。
—代 **1** 一人，一個。**2** 人，任何人：*O-* ca[n]...

not have *one's* cake and eat it too.《諺》魚與熊掌不可兼得。**3**《與限定詞連用》人，物：*O-* who lives in a glass house should not throw stones.《諺》己不正不能正人。**4**《口》《說話者表示謙遜或矯飾的說法》自己，我。**5**《指與先行詞同類》一，一人。**6**《與 **the other, another** 相呼應》一方的東西[人]。**7**《**the** ～》《與 **the other** 相呼應》(二者中的)前者。

'one-armed 'bandit ['wʌn,ɑrmd-] 名《口》吃角子老虎 = slot machine 2.

one-bag·ger ['wʌn'bægɚ] 名〖棒球〗《俚》一壘安打。

one-celled ['wʌn'sɛld] 形 單細胞的。

one-eyed ['wʌn,aɪd] 形 **1** 獨眼的；不公平的，偏狹的。**2** 設備簡陋的。

one-hand·ed ['wʌn'hændɪd] 形 副 單手的[地]，只使用一隻手的[地]。

one-horse ['wʌn'hɔrs] 形 **1** 單馬拉的。**2**《口》小的，不重要的；設備粗陋的：a ～ newspaper 三流報紙。

one-i·de·aed ['wʌnaɪ'dɪəd] 形 想法單一的，思想偏狹的。

O'Neill [o'nil] 名 **Eugene**，歐尼爾(1888－1953)：美國劇作家。

o·nei·ro·crit·ic [o,naɪrə'krɪtɪk] 名 Ⓤ 解夢者，占夢者。

o·nei·ro·man·cy [o'naɪrə,mænsɪ] 名 Ⓤ 解夢，占夢。

one-leg·ged ['wʌn'lɛgɪd, -gd] 形 **1** 單腳的。**2** 偏頗的，不公道的。

one-lin·er ['wʌn'laɪnɚ] 名《美》詼諧的話，俏皮話。

one-man ['wʌn'mæn] 形 **1** 只需一個人的；個人用的；由一人組成的。**2** 一人操作的：a ～ bus《英》一人服務的車。

one·ness ['wʌnnɪs] 名 Ⓤ **1** 單一(性)；統一(性)；不變(性)。**2** 一致，調和。

one-night·er ['wʌn'naɪtɚ] 名 = one-night stand.

one-night 'stand ['wʌn,naɪt-] 名 **1** 一夜演出；供一夜演出的場所。**2**《美俚》露水姻緣，一夜情。

one-off ['wʌn'ɔf] 形 名《英》限用一次的(東西)。

one-on-one ['wʌnɑn'wʌn] 形 副《美·加》**1**〖運動〗一對一的[地]，一人盯一人的[地]。**2** 一人對一人的[地]。

one-pair ['wʌn,pɛr] 名《英》二樓的房間。

one-parent 'family 名《英》單親家庭。

one-piece ['wʌn,pis] 形 單件的，上下連身的。—名 上下連身的衣服。

on·er·ous ['ɑnərəs] 形 **1** 煩苛的，繁重的。**2**〖法〗負有法律義務的。～**·ly** 副

one-seat·er ['wʌn'sitɚ] 名 單座飛機或汽車。

one·self [wʌn'sɛlf], **'one's 'self** 代 **1**《**one** 的反身詞》自己，自身。**2**《強調用法》自行，親自。**3** 原來的自我。

(all) by oneself 自己，獨自；獨力。

be oneself (1)(人)處於正常狀態。(2) 不矯揉做作；顯得自然。

beside oneself ⇨ BESIDE (片語)

come to oneself 恢復知覺；恢復自制[判斷，沉著]。

for oneself 爲自己；獨自地。

of oneself 獨自地；親自地；自發地。

to oneself 對自己，只給自己。

'one ,shot 名《美口》**1** 只出一期的雜誌。**2** 演員僅有的一次出場。

one-shot ['wʌn,ʃɑt] 形 只一次就成功的；只限一次的：～ deal 一次決勝負。

one-sid·ed ['wʌn'saɪdɪd] 形 **1** 偏袒的，不公平的：a ～ decision 單方面的決定。**2**〖法〗片面義務的，一方當事者的：a ～ contract 單方面的契約。**3** 一面倒的，相差懸殊的。**4** 只有一面的，單邊的。
～**·ly** 副，～**·ness** 名

one-step ['wʌn,stɛp] 名 一步舞；其樂曲。
—動 (**-stepped,** ～**·ping**) 不及 跳一步舞。

one(-)time ['wʌn,taɪm] 形 **1** 從前的，一度的。**2** 只限一次的：a ～ pad 限使用一次的密碼簿。—副 = formerly.

one-to-one ['wʌntə'wʌn] 形 **1**〖數〗一比一的。**2**《美·加》= one-on-one 2.
—副《美·加》= one-on-one 2.

one-track ['wʌn,træk] 形 **1**(鐵路)單線的。**2**《口》固執於一種想法的，限定的；偏狹的：a ～ mind 偏狹的心態。

one-two ['wʌn'tu] 動 及〖拳擊〗以左右鉤拳連續猛擊。

one(-)up ['wʌn'ʌp] 動 (**-upped,** ～**·ping**) 及 占上風，勝過。—形 比對手多贏一分的；略勝一籌的。

one-up·man ['wʌn,ʌpmən] 動 及 占先。
～**·ship** 名 Ⓤ 高人一等的本事。

one-way ['wʌn'we] 形 **1** 單行的，限定某一方向的：a ～ ticket《美》單程車票(《英》a single ticket)。**2** 單方面的。

one-worlder ['wʌn'wɝldɚ] 名 世界大同主義者。

ONF, ONFr.《縮寫》Old North French.

on·fall ['ɑn,fɔl] 名 攻擊，襲擊。

on·flow ['ɑn,flo] 名 滾滾的流水，奔流。

on·go·ing ['ɑn,goɪŋ] 形 繼續的，進行中的。—名 **1** 進行，前進。**2**《～**s**》(受指責的)行爲，(怪異的)舉止。

·on·ion ['ʌnjən] 名 **1** Ⓒ Ⓤ 洋蔥：a slice of ～*s* 一片洋蔥。**2** Ⓤ 洋蔥味。**3**《俚》傢伙；頭。

know one's onions《俚》精通本行，精明練達。

off one's onion(s)《英俚》發瘋，神智失常。

—形 (似)洋蔥的。～**·y** 形 有洋蔥味的。

'onion ,dome 名〖建〗洋蔥型圓頂。

'onion ,ring 名 洋蔥圈。

O

on·ion·skin ['ʌnjən,skɪn] 名 U 蔥皮紙。
on·lend [ɑn'lɛnd] 動 及 不及《英》〖金融〗放貸，轉貸。
on-li·cense ['ɑn,laɪsəns] 名《英》(只准在店內飲酒的) 賣酒執照。
on-lim·its ['ɑn'lɪmɪts] 形 開放的，出入自由的。
on·line ['ɑn,laɪn] 形〖電腦〗線上的，連線的；在中央處理機的控制下。
'online ,game 名〖電腦〗線上遊戲。
on·look·er ['ɑn,lukɚ] 名 旁觀者，觀眾：a passive ~ to... 對…袖手旁觀的人。
on·look·ing ['ɑn,lukɪŋ] 形 **1** 旁觀的，旁觀中的。**2** 預見的，預感的。
:on·ly ['onlɪ] 副《通常置於修飾語詞的前面，有時也置於後面》**1** 只，唯，才，僅，只不過，只要：~ **a little** 只一點點。**2** (1)《強調最近之事》最近，剛剛。(2) …之後才。**3** 結果只會。**4** 唯一。
if only 但願，只要…就好。
not only... but also... 不但…而且…。
only just (1) 好容易。(2) 剛剛才。
only not 簡直和…一樣，差不多。
only too 非常，實在；遺憾地，可惜地。
—形 **1**《**the** ~》唯一的，獨一無二的，無比的，只有…的。**2** 最好的，最適當的。**3** 獨生的：~ child 獨生子女。—連 **1** 但是，可是；除了，不過。**2**《主方》《有時接**that**子句作為連接詞》要不是，只不過。
on·o·mat·o·poe·ia [,ɑnə,mætə'piə, o,nɑmətə-] 名 **1** U 擬聲；C 擬聲語。**2** U〖修〗聲喻法。**-po·et·ic** [-po'ɛtɪk] 形
on·rush ['ɑn,rʌʃ] 名 突進，突擊。~**·ing** 形 猛衝的。
on·set ['ɑn,sɛt] 名 **1** 開始，著手：at the first ~ 從一開始。**2** 突擊，攻擊。
on·shore ['ɑn'ʃor] 副 形 **1** 向陸地 (的)；沿著岸邊 (的)。**2** 在陸上 (的)。**3** 在國內 (的)。
on·side ['ɑn'saɪd] 形 副〖運動〗在正規位置 (的)，在界內 (的)。
on-site ['ɑn'saɪt] 形 當場的，現場的。—副 在當場，在現場。
on·slaught ['ɑn,slɔt] 名 猛攻，猛襲《*on...*》。
on·stage ['ɑn'stedʒ] 形《限定用法》舞臺上的。—副 在舞臺上。
on-stream ['ɑn,strim] 形 流動的；作業中的。—副 在作業中。
Ont.《縮寫》*Ont*ario.
On·tar·i·o [ɑn'tɛrɪ,o] 名 **1** 安大略：加拿大南部之一省；首府 Toronto。**2 Lake**，安大略湖：北美五大湖之一。**-i·an** 形 名 安大略省的[人]。
on-the-job ['ɑnðə'dʒɑb] 形 在職的：~ training 在職訓練。
on-the-scene ['ɑnðə'sin] 形 在現場的：an ~ witness 現場目擊證人。
on-the-spot ['ɑnðə'spɑt] 形 **1** 當場的。**2** 立刻作成的，立刻發生的。
·on·to ['ɑntu,《弱》-tə] 介 **1** 到…之上：ge ~ a horse 騎上馬。**2**《口》洞悉，知曉。—形〖數〗(函數) 映成的，蓋射的。
on·tog·e·ny [ɑn'tɑdʒənɪ] 名 U C〖生〗個體發生。
on·tol·o·gy [ɑn'tɑlədʒɪ] 名 U 存在論；本體論。**,on·to·'log·i·cal** 形
o·nus ['onəs] 名《**the** ~》重荷，負擔；責任，義務。
·on·ward ['ɑnwɚd] 副 **1** 向前方，向前，前進地。**2** 在前方 (亦稱 **onwards**)。—形 向前的，前進的：the dangerous ~ path which we must tread 我們非走不可的前面的危險小徑。
on·y·mous ['ɑnɪməs] 形 具有名稱的，署名的。
on·yx ['ɑnɪks, 'onɪks] 名 **1** U C〖寶石〗截子瑪瑙。**2** U 黑色。—形 黑的，漆黑的。
oo·dles ['udlz] 名(複)《偶作單數》《口》大量，許多《*of...*》：~ *of* sandwiches 許多三明治。
oof [uf] 名 U《英俚》金錢，現金。
ooh [u] 感《表驚異或痛苦》哦！—動 不及 感到驚嘆，讚嘆。—名 驚嘆，讚嘆。
o·o·lite ['oə,laɪt] 名 U〖地質〗魚卵岩。
oo·long ['ulɔŋ, 'ulɑŋ] 名 U (中國的) 烏龍茶。
oomph [umf] 名 U《俚》**1** 生氣，活力，狂熱。**2** 性感，魅力。
o·o·pho·ri·tis [,oəfə'raɪtɪs] 名 U〖病〗卵巢炎。
oops [ups] 感《對自己的疏忽表示輕度的驚訝、懊惱等》噯呀！糟了。
ooze[1] [uz] 動 不及 **1** 流出，滲出；漏出。**2** 冒出水氣；慢慢地滲流《*with...*》。**3** 洩漏；消失《*out, away*》。—及 流出，滲出。—名 U **1** 分泌，滲出；滲出物。**2** (鞣皮用的) 浸液。
ooze[2] [uz] 名 U **1** 軟泥。**2** 沼澤地。
ooz·y[1] ['uzɪ] 形 (**ooz·i·er, ooz·i·est**) **1** 慢慢滲出的。**2** 潮溼的。**-i·ly** 副，**-i·ness** 名
ooz·y[2] ['uzɪ] 形 (**ooz·i·er, ooz·i·est**) 滿是軟泥的；爛泥般的；泥濘的。**-i·ly** 副
op [ɑp] 名《英口》手術。
OP.《縮寫》*op*era; *op*posite; *op*tical; *op*us.
O.P., o.p.《縮寫》*o*ut of *p*rint; *o*ver*p*rint *o*ver *p*roof.
o·pac·i·ty [o'pæsətɪ] 名 (複**-ties**) **1** U C 不透明 (物)。**2** U 隱晦不明；愚鈍。U 不傳導性。
o·pal ['opl] 名 U C〖礦·寶石〗蛋白石
o·pal·esce [,opə'lɛs] 動 不及 發乳白光。
o·pal·es·cent [,opə'lɛsənt] 形 發乳白光的。
-cence 名 U (發) 乳白光。
o·pal·ine ['opəlɪn, -,laɪn] 形 乳白色的。—名 U 乳白玻璃。

O

o·paque [o'pek] 形1 不透明的。2 難明瞭的。3 不傳導的。4 不光亮的，昏暗的。5 愚鈍的。—名 1 不透明體，不透明物。2 ((the ~)) 幽暗。3〖攝〗不透明液。
~·ly 副, ~·ness 名

'op 'art ['ɑp-] 名 U 光效應繪畫藝術，歐普藝術。**'op 'artist** 名 歐普藝術家。

op. cit. ['ɑp'sɪt] ((拉丁語)) *opere citato* 在前述的著作中。

ope [op] 形，動 及 不及((古)) = open.

OPEC ['opɛk] ((縮寫)) *O*rganization of *P*etroleum *E*xporting *C*ountries 石油輸出國家組織。

'Op-,Ed (,page) ['ɑp,ɛd-] 名((美))（報紙上的）言論版。

:o·pen ['opən, 'opn̩] 形 1 (1) 開著的；在營業中的；開的；無蓋的；開口的：an ~ wound 外露的傷口 / an ~ bottle 一個無塞子的瓶子 / be ~ all night 整夜營業 / keep one's mouth ~ 狼吞虎嚥不停地吃。(2) 空開的，無約的；空缺的，未占著的。2 公開的；可使用的；開放的，准予參加的：an ~ tennis tournament 網球公開賽 / in ~ court 在公開的法庭上。3 寬大的，沒有被遮攔的；可瞭望遠處的；面對（…）的((*to*...))：~ warfare 野戰 / an ~ field 一處沒有柵欄的田地。4 有間隙的，稀疏的；散開的；輪廓型的：~ teeth 牙縫大的牙齒 / an ~ order〖軍〗散開隊形。5 明明白白的；公然的，周知的；率直的，坦率的：~ violation of the law 公然違法。6 大方的，慷慨的。7 容易接受（…）的，無法避免的；易於接納的；易受左右的((*to*...))：be ~ *to* our ideas 願意接受我們的意見。8 解禁的；((口)) 不受法律限制的，不禁賭（或酒）的；無管制的；不設防的；開放的；無指定日期的：an ~ season on deer 獵鹿解禁期 / an ~ town 不禁賭、不禁酒的城鎮。9 未解決的，未決定的；收支結算不符的，未結帳的：an ~ account 未結清的帳戶，仍來往的帳戶。10（支票）普通的，非劃線的。11 溫暖的，溫和的；不結冰的，不凍的：an ~ harbor 不凍港。12 沒有航海危險的。13 沒有懷孕的。14〖樂〗(風琴的音管) 前端開著的，開放音的。15〖語音〗開口的；開尾的；持續性的；〖數〗開的；開集的。16 不便祕的。

—動 及 1 打開，開；展開((*up*))。2 開發；打通((*up*))；使變成可利用的。3 去除障礙物；使暢通；切開。4 公開，暴露；表白，吐露；洩漏((*up, out* / *to*...))。5 使散開。6 開放((*up* / *to*...))。7 開始，宣布開始；〖法〗開始陳述。8〖海〗把航向轉到能看見…的地方。9 爆破；闖。—不及 1 開，展開；通向，面向((*into, to, upon, on*...))。2 開始((*with*...))；開放。3 顯現；裂開；產生縫隙；變寬廣；知曉，洩漏((*to*...))。4 吐露；說出。5 翻開。6 散會；開始吠叫。

open out (1) 盛開；壯闊地展現。(2) 暢談。(3) 發達。

open...out / *open out...* (1) 打開；使擴大。(2) 使發達。(3) 公開出來。(4) 說出((*to*...))。(5) 加速。(6) 開發。

open up ((俚)) (1) 開始行動。(2) 親密，暢談起來((*to*...))。(3) 吐露祕密，說出。(4) 加快速度。(5) ((主要用於命令)) 打開門！(6) 綻開；開業。(7) 前途看好，展開。

open...up / *open up...* ⇨動 及 2, 4, 6.

—名 1 ((the ~)) 開闊的地方，空地；戶外，野外，露天，廣場。2 寬廣的水面。3 ((the ~)) 公開；周知。4 U 機會，空缺的職位。5 開口，孔。6 開戰。~·**ness** 名 U 開放；公開；寬大。

'open ad'mission 名((美)) = open enrollment.

'open 'air 名 1 露天。2 ((the ~)) 野外，戶外：in *the* ~ 在戶外。

o·pen-air ['opən'ɛr] 形((限定用法)) 在戶外的，戶外似的；習慣於野外的：an ~ restaurant 一間露天餐館。

o·pen-and-shut ['opənən'ʃʌt] 形((口)) 明顯的，一目瞭然的。

o·pen-armed ['opən'ɑrmd] 形 熱誠的。

'open 'ballot 名 U C 無記名投票。

'open 'bar 名 免費酒吧。

'open 'book 名 容易了解的人[物，事]。

o·pen·cast ['opən'kæst] 名 形 副((英)) = opencut.

'open 'cheque 名((英)) 普通支票。

o·pen-cir·cuit ['opən'sɝkɪt] 形〖電〗斷路的，開路的。
'open 'circuit 名 斷路，開路。

'open 'city 名〖軍〗不設防城市。

o·pen·cut ['opən,kʌt] 名 露天採礦。—形 副 露天採礦的[地]。

o·pen-date ['opən,det] 名 製造日期。—動 及 將製造日期標示於。

'open 'door 名 1 ((the ~)) 門戶開放政策。2 自由進出；自由的機會。**'o·pen-'door** 形

o·pen-eared ['opən'ɪrd] 形 傾聽的；回應的。

o·pen-end ['opən'ɛnd] 形 1 開放式的。2 隨時可變更的；暫定性的；自由形式的。

o·pen-end·ed ['opən'ɛndɪd] 形 1 可再考慮的。2 兩端都開著的。3 無限制的；可作廣泛解釋的。

'open en'rollment 名 U ((美)) 1 自由入學。2 無入學考試的大學招生制。

o·pen·er ['opənɚ] 名 1 開啓者；開始者；開啓工具，剝牡蠣的用具：a bottle ~ 一個開瓶器 / for ~*s* ((口)) 首先，第一；作爲開端。2 最初的演出節目；第一場。

o·pen-eyed ['opən'aɪd] 形 1 睜開眼睛的；張大眼睛的。2 小心的，機警的：with ~ attention 細心留神。3 明知的。

o·pen-faced ['opən'fest] 形 1 相貌正直的，一臉坦誠的。2 錶面只罩玻璃蓋的。

O

3 單片的，露餡的。

o·pen(-)hand·ed ['opən'hændɪd] 形 1 慷慨的，不吝嗇的。2 張開手的。
～·ly 副, ～·ness 名

o·pen-heart ['opən'hɑrt] 形〖醫〗開心術的：～ surgery 開心手術。

o·pen-heart·ed ['opən'hɑrtɪd] 形 率直的，無隱私的；親切的，充滿善意的。
～·ly 副, ～·ness 名

o·pen-hearth ['opən'hɑrθ] 名形 平爐(的)：～ process 平爐式煉鋼法。

'open 'house 名 1 U C 開放私宅舉行派對：have (an) ～ 開放私宅舉行派對。2（學校等的）開放參觀日。3 隨時可參觀的待售住宅。
keep open house 隨時歡迎訪客。

'open 'housing 名 U《美》開放住宅。
'o·pen-'hous·ing 形

·o·pen·ing ['opənɪŋ] 名 1 U 開放，開啓：the ～ of a new freeway 一條新高速公路的通車。2 空地，廣場；《美》林間的空地；海灣，灣。3 孔，縫隙《*in*...》；洞穴，通路《*into, onto, through*...》；開口處。4 開始，開端；開頭，初期；序幕；〖法〗開頭陳述。5 正式的開始；初次公開，初次使用，開幕儀式：the ～ of the baseball season 棒球季的開幕。6 缺額，空缺《*at, in*...》；機會，恰好的時期《*for*..., *to* do》。
一形《限定用法》開頭的，開始的：an ～ night 首演之夜，首映夜。

'opening ˌhours 名(複)開店時間，開放時間，營業時間。

'open 'letter 名 公開信。

o·pen·ly ['opənlɪ] 副 無隱私地，坦率地，公然地，公開地。

'open ˌmarket ope'rations 名(複)〖金融〗公開市場操作。

'open 'marriage 名 U C 性開放式婚姻。

o·pen-mind·ed ['opən'maɪndɪd] 形 1 易於接納的，心胸開放的。2 無偏見的。
～·ly 副, ～·ness 名

o·pen-mouthed ['opən'mauðd, -θt] 形 1 張口的；吃驚的。2 貪慾的。3 吠叫的；喧噪的。4（壺等）廣口的。～·ly 副

open-necked ['opən'nɛkt] 形（襯衫等）開領的，開襟的。

'open 'plan 名〖建〗開放型平面配置。

open-plan ['opən'plæn] 形 無固定隔間牆壁的；不用隔間牆壁和其他空間分隔開來的。

'open 'port 名 1 通商口岸。2 不凍港。

'open 'primary 名《美》開放式初選。

'open 'question 名 未解決的問題。

'open 'sandwich 名 C U 單片三明治，露餡三明治。

'open 'sea 名《the ～》1 外海，外洋。2 公海。

'open 'secret 名 公開的祕密。

'open 'sesame 名 1「芝麻開門」：開門咒語。2 門徑，祕訣。

o·pen-shelf ['opən'ʃɛlf] 形《美》（圖書館）開架式的。

'open 'shop 名 不以工會會員爲僱用條件的工廠。**'o·pen-'shop** 形

o·pen-stack ['opən'stæk] 形 = openshelf

'Open Uni'versity 名《the ～》《英》空中大學，開放大學。

'open 'verdict 名〖法〗未定裁決。

'open 'vowel 名〖語音〗開口母音。

o·pen·work ['opən,wɝk] 名 U 透雕細工。

·op·er·a[1] ['ɑpərə] 名 U C 歌劇；歌劇的樂譜[歌詞]；C《偶作 O-》歌劇院：go to the ～ 去看歌劇。

o·per·a[2] ['ɑpərə] 名 **opus** 的複數形。

op·er·a·ble ['ɑpərəbl] 形 1 可使用的，可操作的，可實施的。2 可動手術的。

o·pé·ra bouffe ['ɑpərə 'buf] 名(複～ **o·pé·ras bouffe**) 1 滑稽歌劇。2 U 愚蠢

'opera ˌcloak 名 觀劇[晚會]用女外套

o·pé·ra co·mique ['ɑpərəkɑ'mik] 名《法語》= comic opera.

'opera ˌglasses 名(複)（觀賞歌劇用的）小型望遠鏡。

'opera ˌhat 名 可以摺疊的男用大禮帽

'opera ˌhouse 名 1 歌劇院。2 劇場。

op·er·and ['ɑpə,rænd] 名〖數·電腦〗運算元，運算對象。

·op·er·ate ['ɑpə,ret] 動 (**-at·ed, -at·ing**)
不及 1 開動，轉動。2 使用，操作（機器等）。3 發生有效的作用，發生影響；生效，奏效《*on, upon*...》；（物、事）發生作用變成：factors *operating* against our success 阻礙我們成功的各項因素。4 工作，處理。5〖外科〗動手術《*for*...》。6〖軍〗作戰，完成軍事行動：～over a wide territory 在廣大地區作戰。7 操縱股票。一
1 開動，操作。2 經營。3 起（變化等）產生，發生。4《口》動手術。

op·er·at·ic [,ɑpə'rætɪk] 形 歌劇的；適合歌劇的。一名《通常～**s**》《作單、複數》歌劇的演技。**-i·cal·ly** 副

op·er·at·ing ['ɑpə,retɪŋ] 形 1 動的，用的：an ～ system〖電腦〗作業系統。手術（用）的：an ～ room 手術室。3 美》經營上的：～ costs 經營成本。

:op·er·a·tion [,ɑpə'reʃən] 名 1 U C 能，作用；操作，運轉：mental ～*s* 心的運作。2 U 施行，實施；影響，效果 C 有效期間：the ～ of drugs on the body 物對身體的影響 / put into ～ 使實施。3 業過程，工程。4 事業；作業，經營；易，投機買賣：～*s* in gold 黃金的交易 5（亦作《英口》**op**）〖外科〗手術《*on* *for*...》：perform an ～ *on* a person *for* appendicitis 替人動盲腸炎的手術。6〖數〗運算，演算。7《常用～**s**》〖軍〗作戰戰略；作戰行動；《～**s**》作戰司令部，制室：military ～*s* 軍事行動。

op·er·a·tion·al [ˌɑpəˈreʃənḷ] 形 1 可使用的。2〘軍〙作戰的，有作戰任務的。3 操作的。4 經營的，營運的。

oper'ations re,search 名 U《美》作業研究（《英》operational research）。

op·er·a·tive [ˈɑpəˌretɪv] 名 1《常爲委婉》技工，工人。2《美口》私家偵探；情報人員，間諜。—形 1 起作用的，造成影響的。2 有效的；正在實施的，有效力的。3 工作的，生產的。4〘醫〙手術的。~·ly 副, ~·ness 名

·op·er·a·tor [ˈɑpəˌretɚ] 名 1 操作者；報務員，操縱員；電話接線生。2《美》經營者。3〘證券〙經紀人，掮客。4 施行手術者，執刀者。5〘數〙運算符號。6《俚》擅於以狡詐的手段達到目的者，圓滑精明的人。7《俚》騙子。

op·er·et·ta [ˌɑpəˈrɛtə] 名 (複~s, -ti [-ti]) 小歌劇，輕鬆活潑的短歌劇。

O·phel·ia [əˈfiljə] 名 奧菲莉亞：*Hamlet* 一劇的主要人物，爲哈姆雷特的情人。

o·phid·i·an [oˈfɪdɪən] 形 蛇的；像蛇一般的。—名 蛇。

oph·thal·mi·a [ɑfˈθælmɪə] 名 U〘病〙眼炎。

oph·thal·mic [ɑfˈθælmɪk] 形 眼的；眼科的：an ~ surgeon 眼科醫師。

oph·thal·mol·o·gy [ˌɑfθælˈmɑlədʒɪ] 名 U 眼科學。**-'thal·'mol·o·gist** 名 眼科醫師。

oph·thal·mo·scope [ɑfˈθælməˌskop] 名 檢眼鏡。

o·pi·ate [ˈopɪɪt, -ˌet] 名 1 鴉片劑。2 鎮靜劑，麻醉劑。—形 1 含有鴉片的。2 催眠的；麻醉性的。—[-ˌet] 動 及 1 施以麻醉。2 使麻木。

o·pine [oˈpaɪn] 動 及《美》《通常爲謔》認爲《*that* 子句》。—不及 發表意見。

o·pin·ion [əˈpɪnjən] 名 1 意見，見解，想法；《~s》主張；輿論：in my ~ 依我的看法 / act according to one's ~*s* 依自己的主張行事。2 U 一般（人們）的意見：public ~ 輿論。3 專業性意見，鑑定；〘法〙意見：ask an attorney for his ~ 請教一位律師的意見。4 評價，判定：forfeit a person's good ~ 失去某人的好感。5《常伴隨著否定語或表示程度的形容詞》善意的評價，尊重。

o·pin·ion·at·ed [əˈpɪnjənˌetɪd] 形 固執己見的；獨斷的，任性的。~·ly 副

o·pin·ion·a·tive [əˈpɪnjənˌetɪv] 形 1 意見上的，信念上的。2 = opinionated.

o'pinion ,poll 名 民意測驗，民意調查。

o·pi·um [ˈopɪəm] 名 U 鴉片；產生麻痺作用之物：smoke ~ 吸鴉片。

opium ,eater 名 鴉片上癮者。

opium ,poppy 名〘植〙罌粟。

Opium 'War 名《the ~》鴉片戰爭（1839–42）。

o·pos·sum [əˈpɑsəm, ˈpɑsəm] 名 (複~s,《集合名詞》~)〘動〙負鼠。

opp.《縮寫》*opposed; opposite; opposition.*

·op·po·nent [əˈponənt] 名 敵手，反對者，對手：an ~ to the bill 該項議案的反對者。

—形 1 反對的，敵對的。2 對面的，相向的。3〘解〙對抗性的。

op·por·tune [ˌɑpɚˈtjun] 形 1 適切的，適當的；恰好的：at the most ~ moment 在最適當的時刻。2 適時的，及時的。~·ly 副, ~·ness 名

op·por·tun·ism [ˌɑpɚˈtjunɪzəm] 名 U 權宜主義，機會主義。

op·por·tun·ist [ˌɑpɚˈtjunɪst] 名 機會主義者，投機者。

op·por·tun·is·tic [ˌɑpɚtjuˈnɪstɪk] 形 機會主義的，投機的。

:op·por·tu·ni·ty [ˌɑpɚˈtjunətɪ] 名 (複 -ties) U C 1 機會；時機《*for..., for* doing, *of* doing, *to* do》：at the first ~ 一有機會 / miss an ~ *for* doing 錯過一個…的機會。2 成功的機會：uneducated youth with few *opportunities* 幾乎沒有成功機會的失學青年。

oppor'tunity ,cost 名〘經〙機會成本。

op·pos·a·ble [əˈpozəbḷ] 形 1 可以相對的，可以置於對面的《*to...*》。2 可反對的，可對抗的。

:op·pose [əˈpoz] 動 (-posed, -pos·ing) 及 1 反抗，敵對，對抗；打攪，妨礙。2 使對抗，使對立，相對放置；使對照，使對比《*to, against...*》。3 反對。—不及 反對，反抗。

as opposed to... 與…完全不同地。

be opposed to... 反對《doing》；對立。

:op·po·site [ˈɑpəzɪt] 形 1 相反的，對面的；背靠背的《*to...*》：~ sides of the street 街道的兩旁。2 對立的《*to, from...*》：~ goals 相反的目標 / the ~ sex 異性。3〘植〙（葉）對生的；（花部）重疊的。—名 1《the ~》對立的人[事，物]，相反的事物《*of...*》。2 相反詞，反義字。—介 1 在隔著…的對面，相對。2 與…演對手戲。—副 在相反的位置；相對地《*to...*》。~·ly 副, ~·ness 名

'opposite 'number 名 相對應的人[物]；頭銜相當的人，性質相當的工作。

'opposite 'prompt 名〘劇〙提詞人的對面，演員面對觀眾時的右手側。

·op·po·si·tion [ˌɑpəˈzɪʃən] 名 U C 1 反對，抵抗，抗爭《*to...*》：offer ~ *to*...對…加以反對。2 反目，反感，敵意《*to...*》。3 反對者，批判者；《常作 the ~》《通常作 O-》反對黨，在野黨：His [Her] majesty's loyal ~（英國的）在野黨。4 相對，相對的狀態；對照，對比《*to...*》。

op·po·si·tion·ism [ˌɑpəˈzɪʃənˌɪzəm] 名

O

Ⓤ反對主義。

oppo'sition ˌparty 图《the ~，常作 O- P-》在野黨，反對黨。

·**op·press** [ə'prɛs] 動 及 1《常用被動》使承受壓力：be ~*ed* with worry 被煩惱所壓迫。2 壓迫，虐待。3《古》鎮壓。

·**op·pres·sion** [ə'prɛʃən] 图 Ⓤ 1 壓迫，壓制：under the ~ of the heat 在熱氣的威逼下。2 壓迫感。3〖法〗濫用職權罪。

op·pres·sive [ə'prɛsɪv] 形 1 壓制的，暴戾的；過於嚴格的，過分苛刻的；沉重的；痛苦的。2 過度的，令人厭煩的：~ heat 酷熱。~·**ly** 副 壓制地，嚴酷地；抑鬱地。

op·pres·sor [ə'prɛsɚ] 图 壓迫者，壓制者。

op·pro·bri·ous [ə'probrɪəs] 形 1 侮辱的，辱罵的。2 可恥的。~·**ly** 副

op·pro·bri·um [ə'probrɪəm] 图 Ⓤ 1 不名譽，恥辱。2 非難，辱罵。

ops [ɑps] 图 (複)《英口》軍事行動。

op·so·nin ['ɑpsənɪn] 图〖生〗調理素。

opt [ɑpt] 動 不及 1 選擇《*between...*》；抉擇《*for, in favor of...*》。2《英口》撤退，退出《*out / out of...*》。

op·ta·tive ['ɑptətɪv] 形〖文法〗表祈願的。
—图 1 祈願語氣。2 表祈願語氣的動詞。

op·tic ['ɑptɪk] 形 眼的；視力的，視覺的：~ nerve 視神經。—图《口》眼睛。

op·ti·cal ['ɑptɪkl̩] 形 1 光學（上）的：~ character recognition〖電腦〗光學字體辨識 / a ~ scanner〖電腦〗光學掃描器。2 幫助視力的；視覺的，眼的：~ illusion（眼睛的）錯覺。3 光效應繪畫藝術的。

'optical 'art 图 = op art.

'optical 'character ˌreader 图〖電腦〗感光式文字閱讀機。略作：OCR

'optical 'disk 图 1 光碟。2 = videodisk.

'optical 'fiber 图 光纖。

op·ti·cian [ɑp'tɪʃən] 图 1 眼鏡商。2 光學儀器製造或販賣者。

op·tics ['ɑptɪks] 图(複)《作單數》光學。

op·ti·mal ['ɑptəməl] 形 最佳的，最適宜的，理想的。

·**op·ti·mism** ['ɑptəˌmɪzəm] 图 Ⓤ 1 樂天主義，樂觀主義。2 樂觀，樂天論。

op·ti·mist ['ɑptəmɪst] 图 無憂無慮者；樂觀（主義）者：a born ~ 天生的樂天者。

op·ti·mis·tic [ˌɑptə'mɪstɪk], **-ti·cal** [-tɪkl] 形 樂天的，樂觀的；樂觀主義的。
-**ti·cal·ly** 副

op·ti·mize ['ɑptəˌmaɪz] 動 不及 1 表示樂觀。2 發揮最大效果。—及 1 使發揮最大效果；利用…至極限。2〖電腦〗使最佳化。

op·ti·mum ['ɑptəməm] 图(複-**ma** [-mə], ~**s**) 最適宜條件。—形 最高的，最佳的，最適宜的。

op·tion ['ɑpʃən] 图 1 Ⓤ Ⓒ 選擇的自由，隨意；選擇；選擇權《*of* doing, *to* do》：be at one's ~ 隨自己之意。2 可供選擇的事物；《英》選修科目。3 股票買賣選擇權。4 買賣的自由，選擇權《*on...*》。

op·tion·al ['ɑpʃənl] 形 隨意的，依自由意志的；《英》選修的（《美》elective）：an ~ subject 一門選修科目。—图《英》選修科目。~·**ly** 副

op·tom·e·ter [ɑp'tɑmətɚ] 图 視力計。

op·tom·e·trist [ɑp'tɑmətrɪst] 图 驗光配鏡專家，配鏡師。

op·tom·e·try [ɑp'tɑmətrɪ] 图 Ⓤ 視力檢定，驗光。

op·u·lence ['ɑpjələns] 图 Ⓤ 富裕；豐富。

op·u·lent ['ɑpjələnt] 形 1 富裕的；富饒的。2 豐富的，繁盛的。~·**ly** 副

o·pus ['opəs] 图 (複~·**es**, 義 2 **o·pe·ra** ['ɑpərə]) 1 文藝作品，著作。2《常作 O-》音樂作品；作品號碼。3《口》廣播劇；電視劇；電影。

:**or** [ɔr,《弱》ɚ] 連 1《連接兩個以上可選擇的字、詞、子句》(1)《肯定句·疑問句》或；還是。(2)《置於命令句之後》《口》不然，否則。(3)《否定句》不…也不…。(4)《讓步》無論…或…。2《表近似性、不確實性等》大約，或許：more ~ less 多多少少。3《連接同位語》即，亦即，或者說。
and / or ⇨ AND / OR
or rather ⇨ RATHER 副 3
or so (1)《置於表數量之詞之後》大約。(2) 似…的。
or something 或什麼的。

OR《縮寫》operations research; Oregon.

-or[1]《字尾》表「動作，狀態，結果，性質」等之意。

-or[2]《字尾》表「行為者」之意。

o·ra ['ɔrə] 图 **os**[2] 的複數形。

or·a·cle ['ɔrəkl] 图 1 神諭，神讖；祈求神諭的廟。2 神的宣告，啓示；至聖所；《~**s**》聖經；祭司。3 賢人，大智者。
work the oracle（以陰謀策略）獲得成功；《俚》籌措金錢。

'oracle ˌbone 图《常用複數》甲骨：~ inscriptions 甲骨文。

o·rac·u·lar [ɔ'rækjələ] 形 1 神諭的；宣告神諭似的；玄妙深奧的，隱晦的。2 強迫命令式的。3 令人害怕的。~·**ly** 副

or·a·cy ['ɔrəsɪ] 图 Ⓤ 聽講能力。

·**o·ral** ['orəl, 'ɔrəl] 形 1 口頭的，口述的：~ directions 口頭的指示。2 用聲音語言的：~ methods 口頭教學法。3 口（部）的；用口的，經口的；〖動〗口側的：~ administration of the drug 藥物的口服 / ~ sex 口交。4〖語音〗口腔音的。5〖精神分析〗口腔期的；口腔性慾的。—图《口》口試。~·**ly** 副

'oral contra'ceptive 图 口服避孕藥。

'oral 'history 图 1 口述歷史。2 Ⓤ（訪問重要人物所得的）錄音史料。

-al 'hygiene 名 Ⓤ口腔衛生。
-al 'surgeon 名〖醫〗口腔外科醫師。
-al 'surgery 名 Ⓤ〖醫〗口腔外科。
-·ange ['ɔrɪndʒ] 名 1 Ⓒ Ⓤ 柳橙，柑橘
類的果實；柑橘樹：a squeezed ～ 已被充
分利用過的東西，無用的糟粕；《喻》已
失去利用價值的人[物]。2 柑橘類。3 Ⓤ
橘色，橙黃色。
ranges and lemons 《作單、複數》橙和
檸檬：小孩邊唱邊玩的一種遊戲。
—形 橘色的，橙黃色的。
-·ange·ade [,ɔrɪndʒ'ed] 名 Ⓤ 橘子水。
-ange ,blossom 名 Ⓒ Ⓤ 香橙花。
-range 'Free ,State 名 奧蘭治自由
邦：南非共和國中部的一省。
-r·ange·man ['ɔrɪndʒmən] 名 (複
-men) 1 奧蘭治黨員。2 北愛爾蘭的基督教
教徒。
-ange 'pekoe 名 Ⓤ 橙香紅茶。
-·ange·ry ['ɔrɪndʒrɪ] 名 (複 **-ries**) 栽培
柑樹的溫室或果園。
-rang·u·tan, -ou·tan [o'ræŋu,tæn],
-tang [-,tæŋ] 名〖動〗猩猩。
-rate [o'ret, '-,-] 動 不及《諧》演說。
—及 用演說腔調說。
-ra·tion [o'reʃən] 名 1 演說，演講，致
詞；雄辯滔滔的演說：deliver a funeral ～
致悼詞。2 Ⓤ〖文法〗敘述法。
-·a·tor ['ɔrətɚ] 名 演說者；演說家；雄
辯家。
-·a·tor·i·cal [,ɔrə'tɔrɪkl] 形 1 演說者
的；演說的；喜歡演說的：an ～ style 演
說風格。2 修辭上的。～·**ly** 副
-·a·to·ri·o [,ɔrə'torɪo] 名 (複～**s**) 神劇；
神劇的樂曲。
-·a·to·ry[1] ['ɔrə,torɪ] 名 Ⓤ 1 雄辯，雄辯
術：exercise ～ 運用雄辯。2 修辭，詞藻華
麗的文體。
-·a·to·ry[2] ['ɔrə,torɪ] 名 (複 **-ries**) 祈禱
室，小禮拜堂。
-b [ɔrb] 名 1 球，球體；天體：the celes-
tial ～*s* 天體。2《通常作～**s**》〖詩〗眼
球，眼睛。3 上面有十字架的寶珠；王權
的標誌。4《古》圓；圓形的東西，環。
—動 及 1 弄圓，使成球形。2《古》環繞，
包圍。
-bit ['ɔrbɪt] 名 1〖天〗軌道。2 旅程；
活動範圍；勢力圈。3〖解〗眼窩，眼眶；
眼睛，眼球。4〖理化〗電子軌道。
—動 及 1 繞軌道運行；環繞而行。2 使進
入軌道運行。—不及 1 進入軌道；作軌道
運行《*about*...》。2〖空〗旋轉飛行；環
-。
-bit·al ['ɔrbɪtl] 形 軌道的；眼窩的：an
～ flight around the earth 繞地球軌道的飛
-。
—名 1〖理〗軌道函數；軌道電子。2《
-》郊外環狀高速公路。
-bit·er ['ɔrbɪtɚ] 名 1 沿軌道運行之
-。2 繞軌太空船或人造衛星。

or·ca ['ɔrkə] 名 1《廣義》逆戟鯨；殺人
鯨。2 海怪；怪物，食人妖魔。
·or·chard ['ɔrtʃɚd] 名 1 果園。2《the
～》《集合名詞》果園內的全部果樹。
～·**ist**, ～·**man** 名 果園主，果樹栽培者。
:or·ches·tra ['ɔrkɪstrə] 名 1 管弦樂團：a
symphony ～ 交響樂團。2《主美》樂隊
席；一樓的觀眾席；一樓前面的貴賓席（
《英》(orchestra) stalls）。3 舞臺前面半圓
形的合唱隊席；舞臺前半圓形的貴賓席。
or·ches·tral [ɔr'kɛstrəl] 形 1 管弦樂團
（般）的。2 爲管弦樂團而作曲的；管弦樂
團所演奏的：～ works 管弦樂曲。～·**ly** 副
'orchestra ,pit 名 = pit[1] 名 7.
or·ches·trate ['ɔrkɪ,stret] 動 及 不及 1
譜寫管弦樂曲。2 協調，統籌，策畫。
or·ches·tra·tion [,ɔrkɪs'treʃən] 名 Ⓤ 管
弦樂作曲（法）；Ⓒ 管弦樂組曲；Ⓤ Ⓒ
結合；（巧妙的）調整。
or·chid ['ɔrkɪd] 名 1〖植〗蘭花。2 Ⓤ 淡
紫色。
or·chis ['ɔrkɪs] 名〖植〗1 蘭花；陸生蘭。
2 紅門蘭。
or·dain [ɔr'den] 動 及 1 注定，規定《*to*
...》；訂定，制定。2〖教會〗任命，授予
神職：～ a person a priest 任命某人爲祭
司。—不及 命令，任命。～·**ment** 名
or·deal [ɔr'dil, '--] 名 1 嚴酷考驗；苦難的
經驗；折磨。2 Ⓤ 神判。
:or·der ['ɔrdɚ] 名 1 Ⓤ 順序，次序：in due
～ 按次序 / in (the) ～ of age 按年齡順序。
2 Ⓤ 議事規程：the ～ of the day 議事日程。
3 Ⓤ 整頓，整理，排列；〖軍〗隊形：put
one's affairs in ～ 料理事務 / put one's ideas
in ～ 理一理思緒。4 Ⓤ 條理，秩序：the ～
of nature 自然秩序。5 Ⓤ 治安；體制；習
慣，慣例：restore ～ 恢復秩序。6《常
作～**s**》《作單數》命令，指示《*to* do, *that*
子句》；〖法〗命令（狀）；〖軍〗指令：
official ～*s* 官令 / an Executive ～（總
統）行政命令 / under the President's ～*s* 依
總統命令 / work at a person's ～(*s*) 依某人
的命令而工作。7 Ⓤ 順利，順當；狀態，
情況：a machine in smooth working ～ 運轉
情況良好的機器。8 訂購《*for* ...》；訂購
單；訂購品；訂菜：shoes made to ～ 訂
做的鞋 / execute an ～ 交付訂貨 / place an
～ with... 向…訂貨。9 種類，等級；身
分，地位：the higher ～*s* 上流階級。10《
常作～**s**》集團，社團；結社，同盟；〖
史〗騎士團：fraternal ～*s* 兄弟會 / the *O*-
of Masons 共濟會。11〖文法〗語序。12〖
生〗目。13〖教會〗神職階位；《～**s**》神
職，神職位：take (holy) ～*s* 就任神職。14
聖秩。15 修道會。16 宗教的儀式；禮拜的
形式；《通常作～**s**》（天主教的）敘階
式；（基督教的）神職敘任式。17 匯單，
匯票：cash the ～ 兌現匯票。18〖建〗式
樣，柱型。19〖數〗次，序，順序。20《
常作 **O-**》《英》勳章；勳等，勳位：the *O*-

of the Golden Fleece 金羊毛勳章。
a tall order 大宗訂貨；《口》艱難的工作，不當的要求。
by [***at***] ***order of...*** 依…的命令。
call...to order (1)《美》開始；宣布。(2)《英》促請遵守議事規程。
in order (1) 適宜的，合適的。(2) 整齊的；完全準備就緒的。(3) 符合的。(4) 依照順序的。(5) 健康的，情況正常的。
in order that... 爲了…，以便。
in order to do 爲了…，以便。
in short order 《美》快速地，及時地。
on the order of... 與…同類的。
on order 已訂購的。
out of order (1) 不適宜；不妥當。(2) 狀況不好的，故障的。(3) 違反的。(4) 不舒服，有毛病。(5) 亂了順序。(6) 混亂。
the order of the day (1) 議事日程。(2) 風潮，動向；流行。
to order 按照規格做的。
—動及 **1** 命令；下令做；指示做。**2** 命令離去：~ a person home 命某人回國。**3** 開（藥方），推薦（療法）；（醫師）指示（患者）做：~ sleeping pills for the patient 開安眠藥給患者。**4** 訂購；訂《*from...*》；爲…訂購：~ a taxi by cellphone 用手機叫計程車 / ~ drinks *from* a waitress 向女侍點飲料。**5** 整理；整頓，調整，安排；管理，控制：~ one's life for greater leisure 爲了有更多的閒暇而調整生活。**6** 決定，評定。**7** 授予神職。**8**〖數〗建立順序。—不及 發命令；訂貨。
order arms！〖軍〗《口令》持槍立正！
order *a person* ***around*** [***about***]《口》驅使（人），命令（人）做這做那。

'order ,book 名〖商〗訂貨簿。

or·dered ['ɔrdɚd] 形 井然的，有秩序的，有規律的。

'order ,form 名 訂單。

·or·der·ly ['ɔrdɚlɪ] 形 **1** 有秩序的，整齊的；井然的：an ~ room 收拾得整整齊齊的房間。**2** 有規律的，守秩序的；舉止端莊的。**3**〖軍〗命令的，傳令的；值班的：an ~ officer 值班軍官 / an ~ room（軍營內的）文書室。
—副 有規則地，有規律地，井然地。
—名 (複-lies) **1**〖軍〗傳令兵，護理兵。**2** 雜工；《英》清道夫。**-li·ness** 名

'order ,paper 名《常作O- P-》《英》下議院的議事表。

or·di·nal ['ɔrdn̩əl] 形 **1**〖生〗目的。**2** 表順序的，序數的。—名 **1** = ordinal number. **2**（教會的）禮拜儀式書。

'ordinal 'number 名 序數。

or·di·nance ['ɔrdn̩əns] 名 **1** 法令，告示；《美》（鄉鎮市等的）規程，法令。**2**〖教會〗常例的儀式。

or·di·nand ['ɔrdə,nænd] 名 神職候選人。

or·di·nar·i·ly ['ɔrdə,nɛrɪlɪ] 副 通常，普通。

:or·di·nar·y ['ɔrdn̩,ɛrɪ] 形 **1** 普通的，常的；平常的，平凡的：an ~ case 常例 / the everyday life of ~ people 普通人的日常生活。**2** 不怎麼好的；在一般水準之下的，中下等的；平庸的，不出色的。**3**〖數〗尋常的，通常的。**4**〖法〗有直接管轄權的。**5** 正規的，編制內的。—名(複-naries) **1** 普通的狀態；普通之物[事]；普通人：above the ~ 在普通程度以上，超一般。**2**〖教會〗禮拜式規程，彌撒常典。**3**《英》客飯，套餐；供應客飯的餐館；《美》酒館。**4** 大小輪腳踏車（《英》penny-farthing）。
by ordinary 通常，一般。
in ordinary (1) 常任的。(2) 停航的。
out of the ordinary 異常的；好得出奇的。
-i·ness 名

'Ordinary 'level 名 = O level.

'ordinary 'seaman 名 C U〖英海軍〗二等水兵；〖海〗普通水手。略作：O.S.

or·di·nate ['ɔrdɪ,net] 名〖數〗縱座標。

or·di·na·tion [,ɔrdn̩'eʃən] 名 U C **1**〖教會〗神職授任（式）。**2** 法令的頒布。**3** 配置；整理；分類。

ord·nance ['ɔrdnəns] 名 U **1**《集合詞》炮。**2** 軍械；軍需品；軍需品部。

'Ordnance ,Survey 名《the ~》《英》陸地測量局。

or·don·nance ['ɔrdənəns] 名 (複-nances [-nənsiz, -nɑnz]) **1**（對建築物等的各部分的）安排，布局。**2** 法規，法令。

or·dure ['ɔrdʒɚ] 名 U 糞；肥料。

·ore [or, ɔr] 名 U C **1** 礦；礦石；礦沙：dressing 選礦。**2**〖詩〗金屬，貴金屬，金。

ö·re ['ørə] 名 (複~)奧勒：挪威、丹麥、瑞典的銅幣。

Ore. 《縮寫》*Ore*gon.

o·re·ad ['orɪ,æd] 名〖希神〗山的仙女。

o·reg·a·no [ə'rɛgəno, ,ɔrə'gɛno] 名〖植〗牛至。

Or·e·gon ['ɔrɪ,gɑn, 'ɑr-] 名 俄勒岡：美國西北部濱太平洋之一州；首府 Salem。略作：Oreg., Ore.,《郵》OR **-go·ni·an** [-'gonɪən] 形 名 俄勒岡的[人]。

'Oregon 'Trail 名《the ~》〖美史〗俄勒岡路徑：昔日的拓荒者及移民多循此路。

O·res·tes [o'rɛstiz, ɔ-] 名〖希神〗歐瑞斯提茲：Agamemnon 與 Clytemnestra 之子，因犯弒母罪而被 Furies 追逐。

:or·gan ['ɔrgən] 名 **1** 風琴；簧風琴；電（風琴）；手風琴：play on the ~ 彈風琴。**2**（政治性的）機關；機關雜誌[報紙]：party ~ 政黨機關報 / the chief ~ of administration 行政部門的主要機構。**3**〖生〗器官：~ transplant 器官移植。**4**《male ~》《委婉》陰莖。

r·gan·dy, -die ['ɔrgəndɪ] 图 Ⓤ麻紗。
rgan ˌgrinder 图手風琴演奏者。
r·gan·ic [ɔr'gænɪk] 形 1〖化〗有機的：~ compounds 有機化合物。2 有機體的，生物的；由生物而來的：~ remains 生物的遺骸。3內臟器官的，器官的；〖病·心〗器質的；生體組織的：~ disease 器質病，器官病。4有組織的，有系統的。5構成的，結構的；基本上的，本質上的；〖法〗基本法的：~ law 基本法。6 使用有機肥料的。7〖美〗類似天然物的。—图有機物，有機肥料。
r·gan·i·cal·ly [ər'gænɪkəlɪ] 副有機地；在器官上；在組織上；根本性地；以有機肥料使其成長地。
r'ganic 'chemistry 图Ⓤ有機化學。
r'ganic ˌfood 图ⓊⒸ天然食品。
r·gan·ism ['ɔrgən,ɪzəm] 图 1 有機體；生物。2 有機組織。
r·gan·ist ['ɔrgənɪst] 图風琴演奏者。
r·gan·i·za·tion [ˌɔrgənə'zeʃən, -aɪ'ze-] 图 1 Ⓤ組織化；組成，構成；組織，編制：a subordinate ~下級組織。2 組織體。3 管理階層；（政黨的）全體幹部。4 有機體；生物；有機組織。~·al 形, ~·al·ly 副
rgani'zation 'chart 图組織圖。
rgani'zation ˌman 图 1 組織人，公司人。2 召集人，擅於組織的人。
rgani'zation of Pe'troleum Ex'porting 'Countries 图《the ~》石油輸出國家組織：創立於 1960 年。略作：OPEC
r·gan·ize ['ɔrgə,naɪz] 動 (-ized, -iz·ing) 及 1 組織；整理；編組：~ one's thoughts before speaking 在講話前先理清思路。2 組成團體；組織工會：~ the oil industry 組成石油業的工會。3 設立，創立。4 籌劃，安排：~ a field trip 安排野外旅行。5 使成為有機體。6《口》使做好心理準備。7《俚》弄到手：~ some whiskey 設法弄到一些威士忌。8《俚》躲避。—不及 1 組織起來；組成團體；組織工會。2 成為有機體。
r·gan·ized ['ɔrgə,naɪzd] 形組織性的，有組織的，有條理的：~ crime 有組織的犯罪。
r·gan·iz·er ['ɔrgən,aɪzə-] 图 1 組織者；工會的組織幹部；主辦人。2〖胚〗組織導體。
rgan ˌloft 图（教堂的）風琴臺。
r·ga·non ['ɔrgə,nɑn] 图 (複-na [-nə], ~s) 1（傳授知識的）方法，手段。2〖哲〗研究法則。
rgan ˌpipe 图管風琴的音管。
r·gasm ['ɔrgæzəm] 图 ⓊⒸ（性交時的）高潮；極度的興奮。
r·gas·mic [ɔr'gæzmɪk] 形 達到性高潮的；極度興奮的。
r·gi·as·tic [ˌɔrdʒɪ'æstɪk] 形 1 酒神祭的；像酒神祭般的；狂飲的；狂歡作樂的；縱情做愛狂歡的。2 激起狂放的情緒的，激情的；處於激情狀態的。
or·gy, -gie ['ɔrdʒɪ] 图 (複-gies) 1《偶作~s》狂飲作樂；狂歡；縱情做愛狂歡；《美俚》狂野的宴會。2 狂放，放縱的行為：an ~ of killing 大肆殺戮。3《~s》祭神的祕密儀式，酒神祭。
o·ri·el ['orɪəl, 'ɔ-] 图〖建〗凸窗。
'oriel 'window 图 = oriel.
·o·ri·ent ['orɪənt, -ˌɛnt, 'ɔr-] 图 1《the O-》東方，東方國家；亞洲，東亞。2《通常作 the ~》〖詩〗東方。3〖寶石〗上等珍珠；Ⓤ光澤。—形 1〖詩〗東方的。2〖詩〗上升的。3品質上等而光澤明亮的；輝耀的。—['orɪ,ɛnt, 'ɔr-] 動 及 1 使適應；調整；《被動或反身》使順應，使熟悉《*to, toward...*》：~ new workers *to* factory 使新來的工人適應工廠。2 使朝向某方位《*toward...*》：~ a tennis court (*toward* the) south 使網球場朝南。3 使朝東；把聖壇設在最東端。4〖測〗置於適當的方位；定位。5使朝向；以…為方向。—不及 1 朝向東方；朝向。2 適應。~·ly 副
·o·ri·en·tal [ˌorɪ'ɛntl̩, ˌɔr-] 形 1《通常作 O-》東方的；東方人的。2 東邊的。3《O-》東方地區的。4 = orient 形 3.
—图《通常作 O-》東方人。
O·ri·en·tal·ism [ˌorɪ'ɛntl̩,ɪzəm, ˌɔr-] 图 Ⓤ《常作 o-》1 東方人的風俗習慣；東方民族的特徵；東方風格。2 關於東方的知識；東方學，東方文化研究。
O·ri·en·tal·ist [ˌorɪ'ɛntl̩ɪst, -ˌɔr-] 图《常作 o-》東方學學者，東方通，東方文化研究者。
O·ri·en·tal·ize [ˌorɪ'ɛntl̩,aɪz, -ˌɔr-] 動 及 不及《常作 o-》（使）東方化。
o·ri·en·tate ['orɪɛn,tet, ˌorɪ'ɛntet, 'ɔr-, ˌɔr] 動 及 不及《英》= orient.
·o·ri·en·ta·tion [ˌorɪɛn'teʃən, ˌɔr-] 图 Ⓤ Ⓒ 1 適應；適應指導；新生訓練，職前訓練：~ week 新生訓練週。2 方向；定位：help the world to find its ~ 幫助世界找出它的方向。3 向東；建在東端；方位；定方位。4〖心·精神醫〗定向力，辨向力。5〖化〗取向，定向。6〖動〗歸巢本能。
-oriented《字尾》表「…傾向的」、「…取向的」之意。
o·ri·en·teer·ing [ˌorɪən'tɪrɪŋ] 图 Ⓤ 越野識圖賽跑。
or·i·fice ['ɔrəfɪs, 'ɑr-] 图口，孔；竅。
orig.《縮寫》*orig*inal; *orig*inally.
:or·i·gin ['ɔrədʒɪn, 'ɑr-] 图 1 Ⓤ Ⓒ 起源，泉源；開端，開始：words of foreign ~ 外來語 / look for the ~*s* of our modern literature 探索現代文學的根源。2 Ⓤ Ⓒ原因，起因：the ~ of a quarrel 爭吵的起因。3 Ⓤ《常作~s》出身，家世，血統；原產，出處：an American of German ~ 德裔美國人。4 Ⓤ Ⓒ〖解〗起端。5〖數〗（座標的）原點。

O

:**o·rig·i·nal** [ə'rɪdʒənl] [形] **1** 原始的，最初的；原來的：the ～ state of man 人類的原始狀態。**2** 獨特的，富於創造力的；新穎的，新奇的；古怪的：an ～ way of printing 嶄新的印刷方法。**3** 初次舉行的，首次的。**4** 原文的，原作的，原型的：an ～ version 原文；原來的版本。一[名] **1** 原型，原形；《通常作 **the** ～》原物；原作；原文：read Goethe in *the* ～ 唸歌德的原作。**2** 本人，實物。**3** 具有獨創性的人；《古》奇特的人，怪人。

·**o·rig·i·nal·i·ty** [ə,rɪdʒə'nælətɪ] [名] (複 **-ties**) **1** [U] 獨創力，創造力，創見；獨創性，原創性，獨出心裁；新穎，新奇；奇特，古怪；[C] 奇人；珍品：a work of ～ 充滿原創性的作品。**2** [U] 真實性；真貨，原物：doubt the ～ of a painting 懷疑這幅畫是否真品。

·**o·rig·i·nal·ly** [ə'rɪdʒənlɪ] [副] **1** 原本，原來。**2** 最初。**3** 獨出心裁地，很有創意地。

o'riginal 'sin [名] [U]《**the** ～》〖宗教〗原罪，人類固有的罪。

·**o·rig·i·nate** [ə'rɪdʒə,net] [動] (**-nat·ed**, **-nat·ing**) [不及] **1** 開始，產生《*from*...》；起源《*in*...》。**2** 肇始，源自《*with*, *from*...》。**3** 開出，起駛《*at*...》。一[及] 引起；創始；發明，創造。

-na·tor [名] 創始者，開創者。

o·rig·i·na·tion [ə,rɪdʒə'neʃən] [名] [U] **1** 創設，創立；創造，發明。**2** 發生，起源。

o·rig·i·na·tive [ə'rɪdʒə,netɪv] [形] 有獨創力的，創造性的；有發明才能的。～**·ly** [副]

o·ri·ole ['orɪ,ol] [名]〖鳥〗金鶯。

O·ri·on [o'raɪən] [名] **1**〖希神〗奧利安：精於狩獵的一名巨人。**2**〖天〗獵戶座。

O'rion's ,belt [名]〖天〗獵戶腰帶。

or·i·son ['ɔrɪzn̩] [名]《常作～**s**》《文》祈禱。

'Ork·ney 'Islands ['ɔrknɪ-] [名]《複》奧克尼群島：在蘇格蘭的東北，為英屬。

Or·lé·ans ['ɔrlɪənz] [名] 奧爾良：法國中部的一城市。

Or·lon ['ɔrlɑn] [名] [U]〖商標名〗奧龍：一種合成纖維。

Or·mazd ['ɔrməzd] [名] = Ahura Mazda.

or·mo·lu ['ɔrmə,lu] [名] [U] **1** 彩色金；仿金黃銅。**2**《集合名詞》鍍金物。

·**or·na·ment** ['ɔrnəmənt] [名] **1** 裝飾品。**2** [U] 裝飾。**3** 增光彩的人《*of*, *to*...》。**4**〖樂〗裝飾音。

一['ɔrnə,mɛnt] [動] [及] **1** 裝飾《*with*...》：～ *a Christmas tree with* lights 用燈泡裝飾聖誕樹。**2** 增光彩。～**·er** [名]

or·na·men·tal [,ɔrnə'mɛntl] [形] 裝飾用的；《常為蔑》只不過是裝飾品的，點綴性的：～ plants 觀賞植物。一[名] **1**《～**s**》裝飾物。**2** 觀賞植物。～**·ly** [副]

or·na·men·ta·tion [,ɔrnəmɛn'teʃən] [名] [U] **1** 修飾，裝飾。**2**《集合名詞》裝飾品。

or·nate [ɔr'net] [形] **1** 裝飾華麗的。**2** 極講究修辭的，文辭華麗的。

～**·ly** [副]，～**·ness** [名]

or·ner·y ['ɔrnərɪ] [形] **1**《美口》壞脾的；性情乖僻的，頑固的；下流的。**2** 應付的。**3** 平庸的。

or·ni·thol·o·gy [,ɔrnə'θɑlədʒɪ] [名] [U] 類學。

-gist [名] 鳥類學者。 **-log·i·cal** [形]

oro-《字首》表「山」之意。

o·rog·e·ny [o'rɑdʒənɪ] [名] [U]〖地質〗山運動。

o·rog·ra·phy [ə'rɑgrəfɪ] [名] [U] 山誌學山岳形態學。

o·rol·o·gy [ə'rɑlədʒɪ] [名] [U] 山岳學。

o·ro·tund ['ɔrə,tʌnd] [名] **1** 聲音宏亮的 **2** 誇張的。**-tun·di·ty** [-'tʌndətɪ] [名]

·**or·phan** ['ɔrfən] [名]（無父無母的）兒；《偶指》無父或無母之子。一[形] **1** 父母的；孤兒的：an ～ home 孤兒院。**2** 兒般的，無人保護的。一[動] [及] 使成為兒；使成為棄兒般，使失去保護：be ～ by war 因戰爭變成孤兒。～**,hood** [名] 孤兒的身分。

or·phan·age ['ɔrfənɪdʒ] [名] **1** 孤兒院。[U] 孤兒身分；《集合名詞》孤兒。

Or·phe·us ['ɔrfɪəs, -fjus] [名]〖希神〗菲斯：其豎琴音樂能感動無生物。**Or·ph an** [ɔr'fiən] [形] Orpheus 的；悅耳的，迷的。

Or·phic ['ɔrfɪk] [形] **1** 奧菲厄斯的；奧厄斯（教）派的。**2** 迷人的，具有蠱惑的。**3**《常作 **o-**》神祕性的。

or·phrey ['ɔrfrɪ] [名] (複～**s**) [U] [C] **1**（法上的）飾帶。**2** 精緻華美的刺繡。

Or·ping·ton ['ɔrpɪŋtən] [名] 一種大雞。

or·rer·y ['ɔrərɪ, 'ɑr-] [名] (複 **-rer·ies**) 太系儀：以可移動的球體作成。

or·ris ['ɔrɪs, 'ɑrɪs] [名]〖植〗**1** 香鳶尾，鳶尾。**2** = orrisroot.

or·ris·root ['ɔrɪs,rut] [名] [U] 香鳶尾根

ortho-《字首》表「正的」、「直的」、垂直的」、「成直角」之意。

or·tho·don·tics [,ɔrθə'dɑntɪks] [名] (《作單數》齒列矯正術。**-tic** [形]，**-tist** [名]

·**or·tho·dox** ['ɔrθə,dɑks] [形] **1** 正統的：political views 正統的政治觀點。**2** 傳的，保守的。**3** 正統派的。**4**《**O-**》東教的，希臘正教的。一[名] (複～, ～**·es**) 正統派的人。**2** 東正教教徒。

'Orthodox 'Church [名]《**the** ～》**1** 正教會。**2**《昔》希臘正教會。

'orthodox 'sleep [名] [U]〖生理〗無夢眠。

or·tho·dox·y ['ɔrθə,dɑksɪ] [名] [U] **1** 正信仰；正統做法；正教的信仰。**2** 正統性）。

or·tho·e·py [ɔr'θoɪpɪ, 'ɔrθoɪ,pɪ] [名] [U]

O

正音學。2 正確發音（法）。

r·tho·gen·e·sis [,ɔrθə'dʒɛnəsɪs] 名 U 生〗直向進化；〖社〗系統發生說。

r·thog·o·nal [ɔr'θagənl] 形〖數〗正交的，直角的。

r·thog·ra·pher [,ɔr'θagrəfɚ] 名 1 拼字學家。2 拼字正確者。

r·tho·graph·ic [,ɔrθə'græfɪk], **-i·cal** -ɪkl] 形 1 正字學的，正字法的；拼法正確的。2 = orthogonal. **-i·cal·ly** 副

r·thog·ra·phy [ɔr'θagrəfɪ] 名 U 1 語言學中有關字母和拼字的正字學；正字法，拼字法。2〖幾〗正投影法。

r·tho·ker·a·tol·o·gy [,ɔrθo,kɛrə'talədʒɪ] 名 U〖眼〗角膜矯正術。

r·tho·pe·dic, 《英》**-pae·dic** [,ɔrθə'pidɪk] 形 1 整形的，整形外科（學）的。畸形的；有殘疾的。**-di·cal·ly** 副

r·tho·pe·dics, 《英》**-pae·dics** ['ɔrθə'pidɪks] 名(複)《作單數》整形外科；整形術。

r·tho·pe·dist [,ɔrθə'pidɪst] 名 整形外科醫師。

r·thop·ter·ous [ɔr'θaptərəs] 形〖昆〗直翅類的。

r·tho·re·xi·a [,ɔrθo'rɛksɪə] 名〖醫〗健康食品症：只吃健康食品的厭食症。

r·to·lan ['ɔrtələn] 名〖鳥〗1 蒿雀類的鳥。2 = bobolink.

r·well ['ɔrwɛl] 名 **George**，歐威爾（1903–50）：英國小說家。**-'well·i·an** 形 歐威爾式的；像歐威爾所描述的極權制度下的社會的。

·ry 《字尾》1 用以構成表「有…性質的」之意的形容詞。2 用以構成表「場所，手段」之意的名詞。

ryx ['ɔrɪks, 'o-, 'a-] 名(複 ~·es, 《集合名詞》~)〖動〗大角羚羊。

s[1] [as] 名(複 **os·sa** ['asə])〖解·動〗骨。

s[2] [as] 名(複 **o·ra** ['orə])〖解〗口。

s 《化學符號》osmium.

s. 《縮寫》ordinary seaman.

.S. 《縮寫》*O*ld *S*axon; *O*ld *S*chool; *O*ld *S*eries; *O*ld *S*tyle; 《英》*O*rdnance *S*urvey.

S 《縮寫》*o*ff *s*cene 聲音來自畫面以外的聲音。

s·car ['oskɚ, 'as] 名 1〖影〗奧斯卡金像獎。2〖男子名〗奧斯卡。

s·cil·late ['asḷ,et] 動 不及 1 擺動，來回移動；〖理·數〗振盪，振動。2 來回，往返；變來變去，搖擺不定，躊躇不決；波動，變動：~ between two different plans 在兩種不同的方案之間舉棋不定。一 及 使擺動，使搖擺。

s·cil·la·tion [,asḷ'eʃən] 名 U C 1 擺動，來回晃動。2 變來變去，搖擺不定；波動，變動。3〖理·數〗振盪，振動。

s·cil·la·tor ['asḷ,etɚ] 名 1〖理〗振動子；〖電〗振盪器。2 搖擺者；振動物。

s·cil·la·to·ry ['asələ,torɪ] 形 擺動的；振盪的，振動的；搖擺不定的；波動的。

os·cil·lo·graph [ə'sɪlə,græf] 名〖電〗示波器，錄波器。

os·cil·lo·scope [ə'sɪlə,skop] 名〖電〗示波器。

os·ci·tant ['asɪtənt] 形 1 打呵欠的，張大口的。2 昏昏欲睡的；心不在焉的。

os·cu·lar ['askjəlɚ] 形 1 排水孔的，吸附器官的。2 口的；《諧》接吻的。

os·cu·late ['askjə,let] 動 不及 及 1《諧》親吻。2 接觸；結合；〖幾〗密切。3 具有共通性。**-la·to·ry** [-lə,torɪ] 形

os·cu·la·tion [,askjə'leʃən] 名 U C 1《諧》親吻。2 接觸，密接；〖幾〗密切。

-ose 《字尾》用以構成表「…多的」、「…性的」、「…狀的」之意的形容詞。

o·sier ['oʒɚ] 名〖植〗柳樹；柳條。

O·si·ris [o'saɪrɪs] 名〖埃神〗歐賽利斯：審判死者的冥界主神。

-osity 《字尾》用於具有**-ose** 或**-ous** 詞尾的形容詞後以構成名詞。

Os·lo ['azlo] 名 奧斯陸：挪威的首都。

Os·man ['azmən] 名 奧斯曼一世（1259–1326）：鄂圖曼土耳其帝國開國者。

Os·man·li [az'mænlɪ] 名(複~**s**) 土耳其人；U 土耳其語。一 形 = Ottoman.

os·mi·um ['azmɪəm] 名 U〖化〗鋨。符號：Os

os·mo·sis [az'mosɪs, as-] 名 U〖理化〗滲透，滲透作有；滲透性。

os·mot·ic [az'matɪk, as-] 形 滲透的，滲透性的。

os·prey ['asprɪ, 'ɔsprɪ] 名(複~**s**)〖鳥〗鶚，魚鷹。

os·se·ous ['asɪəs] 形 骨的；由骨構成的；含骨的；似骨的，骨性的。~**·ly** 副

Os·sian ['asɪən, 'aʃən] 名 歐西安：蓋爾人傳說中西元三世紀的英雄及詩人。

os·si·cle ['asɪkl] 名〖解〗小骨。

os·si·fi·ca·tion [,asəfə'keʃən] 名 U 1 成骨，骨化；骨化部分。2 僵化，定型；硬化。

os·si·fy ['asə,faɪ] 動(**-fied**, ~**·ing**) 及 不及（使）骨化；（使）僵化，硬化。**-fi·er** 名

os·su·ar·y ['asjʊ,ɛrɪ, 'aʃjʊ-] 名(複**-ar·ies**) 藏骨堂[室]，納骨處；骨罈，骨甕。

os·ten·si·ble [as'tɛnsəbḷ] 形 1 表面上的，裝出來的；僞稱的：the ~ reason 表面上的理由。2 明顯的，顯而易見的。**-bly** 副 表面上。

os·ten·sive [as'tɛnsɪv] 形 1 明示的，顯示的。2 = ostensible 1. ~**·ly** 副

os·ten·ta·tion [,astən'teʃən] 名 U 賣弄，招搖；過於精美的裝飾，虛飾。

os·ten·ta·tious [,astən'teʃəs] 形 1 華麗耀眼的；惹眼的；誇張的。2 誇耀的，賣弄的，招搖的。~**·ly** 副, ~**·ness** 名

osteo- 《字首》表「骨」之意。

os·te·o·ar·thri·tis [,astɪoar'θraɪtɪs] 名 U〖病〗骨關節炎。

O

os·te·ol·o·gy [,ɑstɪ'ɑlədʒɪ] 名 U 骨學，骨解剖學。

os·te·o·path ['ɑstɪə,pæθ] 名 整骨療法醫師。

os·te·op·a·thy [,ɑstɪ'ɑpəθɪ] 名 U 〖醫〗 **1** 整骨療法，整骨術。**2** 骨病。

os·te·o·po·ro·sis [,ɑstɪopə'rosəs] 名 U 〖醫〗 骨質疏鬆症。

ost·ler ['ɑslɚ] 名 《英》馬夫（《美》hostler）。

ost·mark ['ɔst,mɑrk] 名 東德馬克：從前東德的貨幣單位。略作：OM.

os·tra·cism ['ɑstrə,sɪzəm] 名 U **1** 放逐，流放；排斥，摒棄：a victim of political ～ 受政治放逐的人。**2** 貝殼放逐法。

os·tra·cize ['ɑstrə,saɪz] 動 及 放逐，流放；排除；排斥，摒棄。

os·trich ['ɔstrɪtʃ] 名 (複～·es, ～) **1** 鴕鳥；《非動物學用語》美洲鴕鳥：have the digestion of an ～ 像鴕鳥一樣的消化力，消化力強。**2** 《口》逃避現實者，奉行鴕鳥政策者。—形 鴕鳥般的；逃避現實的，不正視事實的。

'ostrich be'lief ['policy] 名 自欺，鴕鳥政策。

Os·tro·goth ['ɑstrə,gɑθ] 名 **1** 東哥德人。**2** 《**the** ～**s**》東哥德族。**-'goth·ic** 形

OT, O.T. 《縮寫》*O*ld *T*estament; *o*ccupational *t*herapy; *o*ver*t*ime.

OTB 《縮寫》《美》*o*ff-*t*rack *b*etting.

OTC 《縮寫》〖證券〗 *o*ver *t*he *c*ounter 店頭市場。

O·thel·lo [o'θɛlo] 名 『奧賽羅』：Shakespeare 四大悲劇之一；其主角名。

:oth·er ['ʌðɚ] 形 **1** 另外的，其他的：the Chinese and all ～ Oriental peoples 中國人及所有其他東方人。**2** 不同的；以外的《*than...*》：some book ～ *than* fiction 小說以外的書。**3** 《通常作 **the** ～》其餘的；另一：*the* ～ party 另一方；〖法〗對方 / *the* ～ thing 另一方面；《口》相對之物[事]。**4** 不久前的；以前的：covered wagons of ～ days 往昔的篷車。

every other... 《修飾單數名詞》(1) 所有其餘的…。(2) 間隔的，交替的。

none other than 不外乎是，正是，就是。

on the other hand ⇨ HAND（片語）

other than ... 除…之外；與…不同的。

the other day 《副詞》幾天前。

the other way around 正相反。

—代 **1** 《**the** ～》另一方；其餘的人[物]；《**the** ～**s**》所有其餘的人[物]。**2** 《～**s**》別的[另外的，其他的]人[物]，他人。**3** 《與 **some** 或 **one** 連用，接於 **or** 之後》某（用以表示不確定或不精確之意）。

among others (1) 包括在內，是其中之一。(2) 尤其，特別。

of all others 在所有的當中；尤其。

this, that, and the other 《口》所有一切。

—副 用別的方法，不如此；（除了…）之外；不是，不同《*than...*》。

oth·er-di·rect·ed ['ʌðɚdə'rɛktɪd] 形 受外力影響的，被人牽著鼻子走的。

·oth·er·wise ['ʌðɚ,waɪz] 副 **1** 以別的方式，不同地；另外。**2** 在其他方面。**3** 否則，若非如此；在別的狀況下。—形《敘述用法》另外的，不同的，不一樣的；《限定用法》在別的狀況下的，在其他方面的：Some are wise and some are ～. 《諺》有些人聰明，有些則不然。

and otherwise 《代名詞》(1) 等等，及其他。(2) = or OTHERWISE (1).

or otherwise (1) 或相反。(2) = and OTHERWISE (1).

'other 'world 名 《**the** ～》死後的世界，來世；另一個世界。

oth·er·world·ly [,ʌðɚ'wɝldlɪ] 形 **1** 來世的。**2** 超自然的，屬於另一個世界的。

Oth·man ['ɑθmən] 名 (複 ～**s**) **1** = Osman. **2** = Ottoman 名 1.

o·tic ['otɪk] 形 〖解〗 耳的。

o·ti·ose ['oʃɪ,os] 形 **1** 空閒的；《古》怠惰的。**2** 徒勞無益的；多餘的，無用的。～**·ly** 副

o·ti·tis [o'taɪtɪs] 名 U 〖病〗 耳炎。

o·to·lar·yn·gol·o·gy [,otə,lærɪŋ'gɑlədʒɪ] 名 U 耳鼻喉（科）學。

o·tol·o·gy [o'tɑlədʒɪ] 名 U 耳科學。

ot·ta·va ri·ma [o'tɑvə'rimə] 名 (複～**s**) 八行詩節。

Ot·ta·wa ['ɑtəwə] 名 渥太華：加拿大首都。

ot·ter ['ɑtɚ] 名 (複～**s**, 《集合名詞》～) 〖動〗 水獺；U 獺皮。

Ot·to ['ɑto] 名 **1** ～ **the Great**，鄂圖大帝（912－73）：德國皇帝（936－73）兼神聖羅馬帝國皇帝（962－73）。**2** 〖男子名〗鄂圖。

Ot·to·man ['ɑtəmən] 形 **1** 鄂圖曼土耳其帝國的，鄂圖曼土耳其的。**2** 鄂圖曼帝國領土的。—名 (複～**s**) **1** 鄂圖曼土耳其人。**2** 〖家具〗 (1) 鄂圖曼式長沙發。(2) 沙發凳。**3** 《**o-**》粗橫稜紋的織物。

ou·bli·ette [,ublɪ'ɛt] 名 土牢，暗牢。

ouch [aʊtʃ] 感 唉喲！好痛呀！

:ought[1] [ɔt] 助動 **1** 《表義務、責任》(1) 應當，應該。(2) 《表過去》本來應當。**2** 《表忠告、願望》做…才適當，以…為宜。**3** 《表預料、當然之結果》應當會，一定是。**4** [*you ought to* do] 《表驚嘆》真該，實在應該。

—名 責任，義務。

ought[2] [ɔt] 名 副 = aught[1].

ought[3] [ɔt] 名 = aught[2].

ought·n't ['ɔtn̩t] ought not 的縮略形。

Oui·ja ['widʒə] 名 《偶作**o-**》〖商標名〗 靈應盤（亦稱 **Ouija board**）。

·ounce[1] [aʊns] 名 **1** 盎斯：重量單位。**2** 液量盎斯。**3** 少量，小部分《*of...*》：An ～ of prevention is worth a pound of cure. 《諺》

先少許的預防抵得上事後萬全的治療；未雨綢繆。

ounce² [auns] 名 1〖動〗（產於中亞的）雪豹。2〖詩〗山貓。

our [aur] 代《we 的所有格》1 我們的。2《君主用語》朕的；本報的，本社的。3 正在談論的；我們那個。4 現代的：in ~ own day 現在。5《常與 **day** 連用》對我們有特別意義的。

our《字尾》《英》= -or[1,2].

Our 'Father 名 1（基督教的）天父，上帝。2 主禱文。

Our 'Lady 名 聖母瑪利亞。

ours [aurz] 代《**we** 的所有格》1《作單、複數》我們的東西。2《英》《**of** 在前時》我們公司的…：an office *of* ~ 我們公司的一個辦公室。

our·self [aur'sɛlf] 代 1《君主、報紙或雜誌的主筆用以代替 **myself**》朕自己；本報[本刊，本社]自身。2 自己，自我。

our·selves [aur'sɛlvz] 代 (複) 1《反身詞》我們自己。2《強調用法》我們自己。(1)《與 **we** 連用》。(2)《代替 **us**》。(3)《用於代替 **we** 或 **we ourselves**》。3 我們的正常情況：come to ~ 恢復意識。

between ourselves 不要對別人講。

-ous《字尾》用以形成形容詞：1 表「多…的」、「富於…的」、「有…特徵的」等之意。2 表「原子價低的」之意。

ou·sel ['uzl] 名 = ouzel.

oust [aust] 動 及 1 驅逐，攆走；罷黜《*from, of...*》：~ a person *from* [*of*] his post 把某人撤職，使某人失去其職位。2〖美法〗剝奪《*from, of...*》。

oust·er ['austɚ] 名 U C 1 驅逐，趕走；罷黜。2〖法〗剝奪。

out [aut] 副 1 離開；到外面；出外；到戶外；出國：go ~ for an appointment 出外赴約。2 消失，不再存在；租出；借出去：paint ~ the letters 用油漆把字塗掉。3 往外面：~ there 在那邊。4 直至終了；從頭到尾；完全地，徹底地。5 不再被關心，不再使用；不流行。6 問世；出版；出現。7 去職，下臺；在休息中，不工作；在罷工中；退出，無法參加；缺席；〖運動〗出局；〖拳擊〗無法繼續比賽。8 突出；伸展。9 煩惱；失去鎮定；心神不定：be put ~ over someone's careless remarks 因某人言語不慎而心神不寧。10 選出，挑出：single a person ~ for the job 選出某人擔任這項工作。11 清楚地，高聲地。12 發訊完畢。13 露出肌膚：a shirt ~ at the elbow 肘部磨破的襯衫。14 錯誤《*in..., in doing*》。15 不值得考慮；未達到水準。16 失去意識。17 終了。18 失靈，不能運轉；熄滅。

all out《口》(1) 竭盡全力。(2) 完全。

be out for oneself 只為自己。

***be out with** a person* 與（人）失和《*about, over...*》。

out and about（病人）已能離床走動。

out and away《後接形容詞最高級》最；無可比擬地；遙遙領先，首屈一指。

out and out 徹底地，完全。

out from under《口》脫離困境。

out of... (1) 從…往外。(2) 離開。(3)《表起源、出處》出自，來自於。(4)《表原因、動機》為了。(5) 在…之外：*O- of* sight, ~ *of* mind.《諺》眼不見，心為淨；去者日益疏。(6) 脫離。(7) 失去。(8) 擺脫：*O- of* debt, ~ *of* danger.《諺》沒有債務，就沒有危險；無債一身輕。(9) 失去。(10) 缺乏，沒有；用光，耗盡。(11) 從…當中。(12)《表材料》用。

out of it (1) 與某事物無關；不包括在內；置身局外。(2) 搞錯了，大錯特錯。(3) 格格不入。(4) 脫節；趕不上時代。(5) 精神不集中；頭腦混亂；（因醉酒或吸毒而）神智不清。(6) 不能參賽，被淘汰。

Out you go! 出去！

out with...《口》《命令》趕出去；說出來。

—形《限定用法》1 遠地的，偏的；在野的。2 往外發出的。—介 1《美》往…外面（《英》out of）。2 在…另一端。3 沿著…往外。4《英》〖詩〗《通常前接 **from**》從。—感 滾！走開！—名 1 外部，外側；突出物。2 脫身之計；藉口。3 無地位的人；局外人；去職者，在野黨黨員；《通常作 **the** ~**s**》在野黨。4〖運動〗出界球；出局；出局的球員；《~**s**》守備方面。5〖印〗漏排；漏排的字句。6《方》散步；遠足，旅行。7 缺點，瑕疵。

be on the outs / be at outs《口》（與…）失和《*with...*》。

from out to out 從一端到另一端。

make a poor out 不順利。

the ins and outs (1) 執政者與在野者，執政黨與在野黨。(2) 曲折。(3) 詳細內容。

—動 不及 1 出去，出來。2《與 **will** 併用》為人所知曉；暴露。3〖網球〗把球打出場外。—及 1 趕出。2〖運動〗使出局。3《英俚》擊倒。4 熄滅。

out with... 說出…。

out-《字首》加在動詞、名詞等之前，表以下幾種意義：1「往外」、「往前」。2「在外側（的）」、「遠離」。3「比…更多[長]」。4「比…更優秀」。

out·age ['autɪdʒ] 名 U C 1 停電期；動力停止期。2 減耗量，損耗。

out-and-out ['autən'aut] 形 徹底的，完全的：an ~ lie 不折不扣的謊話。—副 徹底地，全然地。

out·back ['aut,bæk] 名《澳》《常作 **O-**》內陸；偏遠的地區。—形副《偶作 **O-**》內陸的[地]。

out·bal·ance [,aut'bæləns] 動 及 比…更重；勝過；比…重要。

out·bid [,aut'bɪd] 動 (-bid, ~·den 或 -bid, ~·ding) 及 出價高於；開價低於。

O

out·board ['aʊt,bord] [形] **1** 在船外的，在機外的。**2** 離中心線的。**3** 裝有船外馬達的。
—[副]在船外地；在舷側地。
—[名]裝有船外馬達的小艇。

'outboard 'motor [名] 船外或船尾馬達。

out·bound ['aʊt,baʊnd] [形]開往國外的，往外地的；往市外的。

out·brave [aʊt'brev] [動] [及]抵抗；比…更勇敢；以勇氣壓倒。

out·break ['aʊt,brek] [名] **1** 爆發《*of*...》；突然的出現；突然蔓延：the ～ *of* war 戰爭的爆發。**2** 暴動，反抗。

out·build [,aʊt'bɪld] [動](**-built**, **～·ing**)[及]比…建築得更美觀；比…造得更多。

out·build·ing ['aʊt,bɪldɪŋ] [名]附屬建築物，與正屋分離的建築物。

out·burst ['aʊt,bɝst] [名] **1** 突發，噴出，爆發；暴動《*of*...》：the ～ *of* thunder 突如其來的雷聲。**2** 突然發洩《*of*...》。

out·cast ['aʊt,kæst] [名] **1** 被遺棄的人或動物；被逐出者；流浪者。**2** 廢物；被丟棄的植物。—[形] **1** 被逐出的；被拒絕的。**2** 被排擠的。—[動] [及]遺棄。

out·caste ['aʊt,kæst] [名] **1** 無社會地位的人。**2**（在印度）四種階級以外的賤民。
—[形]無社會地位的；不屬於任何階級的。

out·class [aʊt'klæs] [動] [及]勝過，優於。

·out·come ['aʊt,kʌm] [名]結果，成果：the ～ of some 30 years of study and observation 經過三十年的研究與觀察的結果。

out·crop ['aʊt,krɑp] [名] **1**（礦脈等的）露出，露頭。**2** 突發。—[-'-] [動] (**-cropped**, **～·ping**) [不及] 露出，顯露。

out·cry ['aʊt,kraɪ] [名] (複**-cries**) **1** 叫喊，哭叫，怒吼。**2** 喧囂；抗議。**3** 拍賣，競賣。
—[-'-] [動] (**-cried**, **～·ing**) [及] 喊叫得比…大聲；以叫聲壓倒。—[不及] 叫出聲。

out·dare [aʊt'dɛr] [動] [及] 比…大膽；不怕。

out·date [aʊt'det] [動] [及]使變成古老或過時。

out·dat·ed [aʊt'detɪd] [形] 過時的。

out·dis·tance [aʊt'dɪstəns] [動] [及] 領先。

out·do [aʊt'du] [動](**-did**, **-done**, **～·ing**)[及]勝過，超越；打敗：～ oneself 超越自我；盡自己最大的努力。

·out·door ['aʊt,dor] [形] 露天的，戶外的，野外的：an ～ graduation ceremony 戶外畢業典禮。

·out·doors ['aʊt'dorz] [副] 屋外，野外。
—[名] (複)《**the** ～》《作單數》戶外，野外。
—[形] 戶外的，野外的：an ～ man 慣於野外工作的人。

·out·er ['aʊtɚ] [形] **1** 外部的，外面的；外側的：an ～ city《美》郊外 / ～ garments 上衣類。**2** 表面性的，客觀性的。—[名]靶子的最外環；命中最外環的子彈。

'outer 'city [名]《美》市郊，郊外。

'outer 'ear [名]〖解〗外耳。

'Outer Mon'golia [名]外蒙古。

out·er·most ['aʊtɚ,most] [形] [副] 在最遠處的[地]，最外面[外側]的[地]。

'outer 'space [名] [U]外太空。

out·er·wear ['aʊtɚ,wɛr] [名] [U]《集合名詞》上衣，外套。

out·face [aʊt'fes] [動] [及]逼視；面對…而無懼色。

out·fall ['aʊt,fɔl] [名]河口，排洩口；出口。

out·field ['aʊt,fild] [名]《**the** ～》**1**〖棒球，板球〗外野；外野手。**2** 遠離農場的田地。**3** 邊遠之區。～·**er** [名]外野手。

out·fight [aʊt'faɪt] [動](**-fought**, **～·ing**)[及]勝過，擊敗。

out·fit ['aʊt,fɪt] [名] **1** 成套用具：a ski ～ 一套滑雪用具。**2** 成套服飾：a bride's ～ 一套新娘服 / a (ladies') ～ for formal evening wear 一套正式的（女用）晚禮服。**3**《口》一團；一行；企業，公司：a steel ～ 鋼鐵公司。**4** 預備，準備；其費用：the whole ～《口》一切。**5** 能力；素養；智力；品德。
—[動](**～·ted**, **～·ting**)[及]供應；使做好準備《*with*...》。—[不及]裝備好；購置裝備品。

out·fit·ter ['aʊt,fɪtɚ] [名]服飾店；運動休閒用品商店。

out·flank [aʊt'flæŋk] [動] [及] **1** 由側面包圍；迂迴繞過側面。**2** 以謀略勝過。

out·flow ['aʊt,flo] [名] **1** [U]流出；外流《*of*...》；[C]流出量：the ～ *of* dollars 美元的外流。**2**（語言、感情等的）湧出，洋溢。

out·fox [aʊt'fɑks] [動] [及] 用計謀勝過；比…更狡猾。

out·gen·er·al [aʊt'dʒɛnərəl] [動](**～ed**, **～·ing** 或《英》**-alled**, **～·ling**) [及]以戰略勝過，使中計。

out·go ['aʊt,go] [名] (複**～es**) **1** 出發；外出；離開：the ～ of concern for the flood victims 對洪水災民表示關心。**2** [U] [C]支出，開銷。**3** 流出；流出物，流出量。
—[-'-] [動](**-went**, **-gone**, **～·ing**)[及]《古》勝過，超過。

out·go·ing ['aʊt,goɪŋ] [形] **1** 正要出去的；即將離職的：the ～ Premier 將卸任的首相。**2** 好交際的，外向的。—[名] **1**《常～s》《英》花費，開支。**2** [U] [C]外出；流出物[量]。

out·group ['aʊt,grup] [名]〖社〗外群。

out·grow [aʊt'gro] [動](**-grew**, **-grown**, **～·ing**) [及] **1** 長得太大而不能穿：～ one's clothing 長大得穿不下原來的衣服。**2** 成長後擺脫：～ one's interest in comics 因長大而對漫畫失去興趣。**3** 較…長得大：～ one's sister 比姊姊長得高。

out·growth ['aʊt,groθ] [名] **1** 自然的結果；衍生物，副產物。**2** 長出；成長。**3**

出之物；枝條；瘤。

out·guess [aʊt'gɛs] 動 及 識破，猜透；比…聰明。

out·gun [ˌaʊt'gʌn] 動 (**-gunned**, **～·ning**) 及 武器比…好；凌駕於…之上，優於。

out-Her·od [aʊt'hɛrəd] 動 及 比…更壞。

out·house ['aʊt,haʊs] 名 (複 **-hous·es** [-zɪz]) **1** 《英》= outbuilding. **2** 《美》戶外廁所。

out·ing ['aʊtɪŋ] 名 **1** 遠足；戶外旅行；郊遊；散步：go on an ～ to the beach 到海邊去郊遊。**2** 離海岸較遠的海面。**3** 公開露面，同性戀出櫃，（球隊等的）比賽。

out·jock·ey [aʊt'dʒɑkɪ] 動 不及 用詭計勝過；用計謀欺騙。

out·laid [ˌaʊt'led] 動 **outlay** 的過去式及過去分詞。

out·land ['aʊt,lænd] 名 《古》 **1** 《通常作 **～s**》邊遠地區，偏僻地方。**2** 外地，異國。
—形 **1** 邊遠的，偏僻地方的。**2** 《古》外國的，外地的。

out·land·er ['aʊt,lændə] 名 **1** 外國人，異邦人。**2** 《口》外來者，局外人。

out·land·ish [aʊt'lændɪʃ] 形 **1** 異國風味的。**2** 《口》奇異的，古怪的，離奇的：～ habits 古怪的習慣。**3** 邊遠的，偏僻地方的。**4** 《古》異國的。**～·ly** 副

out·last [aʊt'læst] 動 及 較…耐久；壽命較…長。

out·law ['aʊt,lɔ] 名 **1** 被放逐者，被剝奪法律權益者。**2** 罪犯，亡命徒。**3** 難以馴服的動物。—動 及 **1** 使失去法律的保護；使在社會上無法立足，放逐。**2** 宣布…爲非法，禁止；使失去法律效力：an ～*ed* debt 失去時效的負債。

out·law·ry ['aʊt,lɔrɪ] 名 U **1** 法律保護及權益的剝奪；放逐；非法，禁止。**2** 非法行爲，藐視法律。

out·lay ['aʊt,le] 名 支出，經費《*on, for* ...》: an ～ *on* clothing 服裝費。
—[-'-] 動 (**-laid**, **～·ing**) 及 《美》花費。

out·let ['aʊt,lɛt] 名 **1** 出口，排洩口《*for*...》。**2** 發洩；其發洩的方法《*for*...》: an ～ *for* one's frustrations 發洩挫折感。**3** 〖商〗暢貨中心；代理店；零售店。**4** 〖電〗《美》插座；有插座的金屬箱子。**5** 出水渠道；河口。

out·line ['aʊt,laɪn] 名 **1** 輪廓，外形《*of* ...》。**2** 輪廓圖，素描：draw a dog in ～ 畫一隻狗的輪廓。**3** 摘要，梗概；《～**s**》主要的特色，要點，主要的原則：present one's idea in ～ 敘述自己構想的要點。
—動 (**-lined**, **-lin·ing**) 及 **1** 畫輪廓[略圖]。**2** 敘述要點，略述。

out·live [aʊt'lɪv] 動 及 **1** 生存得比…更久；比…經久。**2** 老[使用]到超過…的程度。**3** 度過。**-liv·er** 名

out·look ['aʊt,lʊk] 名 **1** 風景，風光《*on, over*...》。**2** 見解，觀點《*on*...》。**3** 展望；遠景《*for*...》: the ～ *for* a negotiated settlement of the war 以和談結束戰爭的展望。**4** 看守臺，瞭望塔；監視，警戒。

out·ly·ing ['aʊt,laɪɪŋ] 形 **1** 外部的，範圍外的。**2** 偏離中心的；偏僻的。

out·man [ˌaʊt'mæn] 動 (**-manned**, **～·ning**) 及 **1** 比…人數多，以人數勝過。**2** 比…更有男子漢氣概。

out·ma·neu·ver, 《英》**-noeu·vre** [ˌaʊtmə'nuvə] 動 及 以謀略勝過[打敗]。

out·march [aʊt'mɑrtʃ] 動 及 行進得比…更快[更遠]。

out·match [aʊt'mætʃ] 動 及 優於，勝過。

out·mod·ed [aʊt'modɪd] 形 舊式的，不再流行的。

out·most ['aʊt,most] 形 最遠的，最外的。

out·mus·cle [ˌaʊt'mʌsl] 動 及 在力氣[權力]上勝過。

out·num·ber [aʊt'nʌmbə] 動 及 在數量上勝過；比…數量多。

out-of-bod·y ['aʊtəv'bɑdɪ] 形 與肉體分離的，離開軀體的。

out-of-bounds ['aʊtəv'baʊndz] 形 **1** 範圍外的。**2** 脫離常軌的。**3** 意料之外的。**4** （球）界外的。—副 〖運動〗到界外。

out-of-court ['aʊtəv'kort] 形 法庭外的：an ～ settlement 庭外和解。

out-of-date ['aʊtəv'det] 形 過時的。

out-of-door ['aʊtəv'dor] 形 = outdoor.

out-of-doors ['aʊtəv'dorz] 形 = outdoor.
—名 副 = outdoors.

out-of-pock·et ['aʊtəv'pɑkɪt] 形 **1** 支付現款的。**2** 無資金的。

out-of-print ['aʊtəv'prɪnt] 形 絕版的。
—名 絕版的書[刊物]。

out-of-the-way ['aʊtəvðə'we] 形 **1** 人跡罕至的，偏僻的。**2** 奇特的，不尋常的。

out-of-town·er ['aʊtəv'taʊnə] 名 《口》市外居民，外埠居民。

out-of-work ['aʊtəv'wɝk] 形 失業的，找不到工作的。

out·pace [aʊt'pes] 動 及 **1** 跑得比…快。**2** 勝過，追過。

out·pa·tient ['aʊt,peʃənt] 名 門診病人。

out·pen·sion ['aʊt,pɛnʃən] 名 救濟金。

out·per·form [ˌaʊtpə'fɔrm] 動 及 （機械等）性能勝過。

out·place [aʊt'ples] 動 及 預先安排職位，協助…覓得新職。**～·ment** 名 U 安排就任新職。

out·play [aʊt'ple] 動 及 運動技術優於；打敗。

out·point [aʊt'pɔɪnt] 動 及 （比賽等）得分超過。

out·poll [aʊt'pol] 動 及 得票超過。

out·post ['aʊt,post] 名 **1** 前哨站，前哨部隊。**2** 邊遠地區。

O

out·pour ['aʊt,por] 名= outpouring.
—[-'-] 動 及使傾瀉，吐露。—不及 流出。
out·pour·ing ['aʊt,porɪŋ] 名 Ⓤ流出；《通常作～s》（感情等的）傾吐《*of*...》。
out·pro·duce [,aʊtprə'djus] 動 及在生產（量）上超越。
·**out·put** ['aʊt,pʊt] 名 Ⓤ Ⓒ 1 生產，發出：with a sudden ～ of effort 突然奮力地。2 生產額，產量：agricultural ～ 農業生產額。3 開採物；開採量。4〖機·電·電腦〗輸出。
—動(-put, ～·ting)及〖電腦〗輸出。
·**out·rage** ['aʊt,redʒ] 名 1 Ⓤ Ⓒ 殘暴，殘暴的行為；暴力性侵害：commit an ～ against them 對他們施暴行。2 Ⓤ Ⓒ 侮辱，無禮：to the point of ～ 幾近侮辱。3 Ⓤ《主美》震怒。
—動(-raged, -rag·ing)及 1 傷害，施暴；強姦。2《主美》使發怒，使憤慨；侮辱。3 蔑視，侵害；違犯。
out·ra·geous [aʊt'redʒəs] 形 1 極不理性的；邪惡的，無法無天的。2 不像話的，令人嚇呆的：at an ～ price 以駭人的價格。3 殘暴的，極度憤怒的。4 異常的，古怪的：an ～ desire for wealth 對錢財異常的渴望。5《美俚》絕佳的，絕妙的。～·ly 副, ～·ness 名
out·range [aʊt'rendʒ] 動 及 1 射程勝過。2 超過射程。
out·rank [aʊt'ræŋk] 動 及地位高於，官階高於。
ou·tré [u'tre] 形《法語》越出常軌的；奇異的；誇大的。
out·reach [aʊt'ritʃ] 動 及 1 超越，勝過。2〖詩〗伸出。—不及 伸出；勝過其他。
—['-,-] 名 1 伸出手。2 Ⓤ Ⓒ 伸手所及的距離；延伸到達的範圍。3 Ⓤ《美》無微不至的社會服務。
out·ride [aʊt'raɪd] 動 (-rode, -rid·den, -rid·ing)及 1 騎得比…更快。2（船）安全度過（風暴）。—不及 騎馬前導。—['-,-] 名〖詩〗輕音節。
out·rid·er ['aʊt,raɪdɚ] 名 1 騎從。2 帶路者，先驅；斥候；《美》大牧場僱用的牛仔。3《方》旅行推銷員。
out·rig·ger ['aʊt,rɪgɚ] 名 1 舷外浮材。2 外伸槳架。3 支架。4 鋼鐵製的水平托架；〖建〗懸臂樑。
out·right ['aʊt,raɪt] 形 1 完全的，全部的。2 真正的，率直的：an ～ lie 明顯的謊言。3 無條件贈送的。—['-'-] 副 1 完全地，全然地。2 不必客氣地，公然地。3 立即，立刻。～·ness 名
out·ri·val [aʊt'raɪvl] 動 (～ed, ～·ing 或《英》-valled, ～·ling)及 勝過。
out·run [aʊt'rʌn] 動 (-ran, -run, ～·ning) 及 1 跑得比…快，追過。2 超過範圍，超越；勝過。3 逃走。
out·run·ner [aʊt'rʌnɚ, 'aʊt,rʌnɚ] 名 跑在前面者；馬夫；先導犬；先驅，先知。

out·sail [aʊt'sel] 動 及 航行得比…快，追過。
out·score [aʊt'skɔr] 動 及 得分超過。
out·sell [aʊt'sɛl] 動(-sold, ～·ing) 及 1 銷售量勝過，較…銷售得快。2 賣價高於。
out·set ['aʊt,sɛt] 名《the ～》著手，開始：at *the* ～ 在最初。
out·shine [aʊt'ʃaɪn] 動 (-shone, -shining) 及 1 照得比…更亮。2 比…更優秀。—不及（光）照射著。
out·shoot [aʊt'ʃut] 動(-shot, ～·ing) 及 1 比…射得好；比…射得遠。2 長出，伸出。
:**out·side** ['aʊt'saɪd] 名《通常作 the ～》1 外側，外面：*the* ～ of the building 建築物的外部 / open the door from *the* ～ 從外面打開門。2 外表，外觀；表面，外面。3 外圍，局外，外界：those on *the* ～ 局外人，門外漢。4《英口》車頂座位；車頂乘客。
***at the* (*very*) *outside*《口》頂多，充其量。**
***outside in* 由外向裡翻。**
—形 1 從外面的，在外面的。2 屋外的，外側的；局外的，外界的。3《口》極無希望的。4〖棒球〗偏向外角的。5《英口》車頂上的。6《口》最高的，最大的。—副 1 在外面；在屋外。2《英口》在車頂座位。
***get outside of...*《英俚》吞；吃；喝。**
***outside of...*《美口》(1) 在…的範圍外；超出…的範圍。(2) 除…之外。**
—[aʊt'saɪd] 介 1 在…之外；在…範圍外，超出…的範圍：right ～ the village 就在村子外頭。2《口》除了…外。
out·sid·er [aʊt'saɪdɚ] 名 1 門外漢，圈外人；局外人，第三者。2 無勝算的人或馬。
'**outside 'work** 名 副業。
out·sit [aʊt'sɪt] 動(-sat, ～·ting)及 1 比…坐得久。2 坐得超過…的時間。
out·size ['aʊt,saɪz] 名 1 特大的尺寸；特大號的衣服。2 特大型的人[物]。—形（亦稱 **outsized**）特大號的。
·**out·skirt** ['aʊt,skɝt] 名 1《常作～s》郊區，近郊《*of*...》：live on the ～*s of* town 住在城郊。2《常作～s》界限，邊緣《*of*...》。
out·smart [aʊt'smɑrt] 動 及 1 以機智勝過。2《反身》作繭自縛，弄巧成拙。
out·speak [aʊt'spik] 動 (-spoke, -spoken, ～·ing) 及 1 講話勝過。2 坦率地說出。—不及 坦陳意見；大聲說出。
out·spend [aʊt'spɛnd] 動 (-spent, ～·ing) 及 支出超過…的界限；花錢比…多：～ one's income 支出超過收入。
out·spent [aʊt'spɛnt] 形 筋疲力竭的。
out·spo·ken ['aʊt'spokən] 形 率直的，坦率直言的：～ opinions 直言無諱的意見。
～·ly 副, ～·ness 名
out·spread [aʊt'sprɛd] 動 (-spread, ～

ing)及不及張開，伸開。—形張開的；擴張的：a bird with wings ～ 兩翼完全張開的鳥。
—['-,-] 名 U C 張開，伸開。

out·stand·ing [aʊt'stændɪŋ] 形 **1** 顯眼的，著名的《*for*...》；傑出的：an ～ painter who has received little recognition 未被社會所肯定的一流畫家。**2** 突出的，伸出的；分離的；硬挺的。**3** 未決定的，未付的：～ debts 未還的債務。—名《～s》未償清的債務。

out·stand·ing·ly [aʊt'stændɪŋlɪ] 副 非常地，傑出地。

out·stare [aʊt'stɛr] 動 及 **1** 以目光使屈服，以目光鎮住。**2** 使失去鎮定，使不安。

out·stay [aʊt'ste] 動 及 **1** 較…久留；逗留得超過時間限度：～ one's welcome 久留而不受歡迎。**2** 較…耐久。

out·step [aʊt'stɛp] 動 (**-stepped**, ～**·ping**) 及 超出…的限度。

out·stretch [aʊt'strɛtʃ] 動 及 **1** 張開，擴張。**2** 張開得超過。～**·er** 名

out·stretched [aʊt'strɛtʃt] 形 張開的，伸出的：lie ～ on the ground 手腳伸開地躺在地上 / with ～ arms 張開雙臂地。

out·strip [aʊt'strɪp] 動 (**-stripped**, ～**·ping**) 及 **1** 勝過。**2** 超越，比…更快[遠]。

out·talk [aʊt'tɔk] 動 及 口才勝過；講話比…更有力[大聲]。

out·think [aʊt'θɪŋk] 動 (**-thought**, ～**·ing**) 及 **1** 思考得比…深入[靈巧]，腦筋比…優異。**2** 憑腦筋擊敗。

out-tray ['aʊt,tre] 名《英》發文格。

out·turn ['aʊt,tɝn] 名 U C **1** 產量。**2** 品質。

out·vote [aʊt'vot] 動 及 以投票結果打敗；所得票數多過。

out·walk [aʊt'wɔk] 動 及 **1** 比…走得更快[遠]。**2** 徒步超過，走過。

out·ward ['aʊtwɚd] 形 **1** 往外的，外出的：the ～ flow of dollars 金錢的外流。**2** 在外部的，在外面的；外面的，外部的：the ～ walls of a building 建築物的外牆。**3** 外貌的，表面上的；外表的，外形上的；外觀上的，表面性的：～ beauty 外在美。**4** 肉體的，肉體性的：the ～ man 肉體。**5** 從外部的，從外界的：～ pressures 外來的壓力。—名 **1** 外部，外界。**2** 外表，外觀。—副 **1** 向外側，向外。**2** 往國外，離港地。**3** 表露於外地，明顯地。～**·ness** 名

out·ward-bound ['aʊtwɚd'baʊnd] 形（船、飛機）開往國外的。

out·ward·ly ['aʊtwɚdlɪ] 副 外表上，表面上；往外，向外；從外面[表面]看來。

out·wards ['aʊtwɚdz] 副 = outward.

out·wear [aʊt'wɛr] 動 (**-wore**, **-worn**, ～**·ing**) 及 **1** 比…更經久耐用。**2** 穿舊；穿破。**3** 耗盡，使筋疲力竭。**4** 熬過。

out·weigh [aʊt'we] 動 及 **1** 勝過。**2** 重量超過；比…更重。

out·wit [aʊt'wɪt] 動 (～**·ted**, ～**·ting**) 及 以機智勝過，以狡計騙過。

out·work [aʊt'wɝk] 動 (**-worked** 或 **-wrought**, ～**·ing**) 及 **1** 勝過。**2** 完成。—['-,-] 名 **1**《通常作～s》外壘。**2** U 出差工作。 ～**·er** 名 戶外工作的人；在所屬機關外執行工作的人。

out·worn ['aʊt'worn] 形 **1** 陳腐的，過時的。**2** 穿舊的。**3** 筋疲力竭的。

ou·zel ['uzəl] 名〖鳥〗黑鶇。

ou·zo ['uzo] 名 U（希臘的）茴香烈酒。

o·va ['ovə] 名 **ovum** 的複數形。

o·val ['ovl] 形 **1** 卵狀的。**2** 橢圓形的。—名 **1** 卵狀之物；卵狀（體），橢圓形，橢圓體。**2** 橢圓形的競賽場。**3**《美口》美式足球所使用的球，橄欖球。～**·ly** 副，～**·ness** 名

'Oval 'Office 名《the ～》《美口》橢圓形辦公室；美國總統的職位；美國政府。

o·va·ry ['ovərɪ] 名 (複 **-ries**) **1**〖解·動〗卵巢。**2**〖植〗子房。**o·var·i·an** [-'vɛrɪən] 形

o·vate ['ovet] 形 卵形的。～**·ly** 副

o·va·tion [o'veʃən] 名 熱烈的歡迎；鼓掌喝采。

·ov·en ['ʌvən] 名 烤爐，爐：hot from the ～ 剛出爐的。

ov·en·bird ['ʌvən,bɝd] 名〖鳥〗灶巢鳥。

ov·en·ware ['ʌvən,wɛr] 名 U《集合名詞》耐熱的烤爐器皿。

:o·ver ['ovɚ] 介 **1** 在…上方：broil fish ～ the fire 在火上烤魚。**2** 越過…之上；橫過，穿過：fall ～ a cliff 從懸崖掉落 / hand a glass ～ the table 從桌子上把玻璃杯傳過去。**3** 覆於；遮蔽；伸出：with one's hat ～ one's eyes 用帽子遮住眼睛。**4** 在各處，各方；全部地；遍及：scatter books ～ the floor 地板上到處散放著書。**5** 在…內；至…終止：carry the goods ～ a long distance 把商品運至遠處。**6** 在…的同時：do business ～ lunch 邊吃午餐邊談生意。**7** 向…的彼方，越過…的那一方：the farm ～ the valley 山谷那邊的農場。**8** 超過，在…以上：not ～ eight dollars 不超過八元美金，八元美金以下。**9** 超越…之上，比…聲音還大。**10** 漲至…之上。**11** 在…之上位；對…的支配：have no command ～...無支配…的權力。**12** 優先於：be chosen ～ three other candidates 比其他三個候選人優先被選中。**13** 襲擊，迫近。**14**《表動作施加的部位》在…之上。**15** 關於，對於：It is no use crying ～ spilt milk.《諺》覆水難收。**16** 經過，透過：tell a person ～ the phone 用電話告訴某人。**17** 被絆倒：fall ～ a rock 被岩石絆倒。**18** 除以：x ～ y x 除以 y。
be all over... (1)《口》傳遍。(2)《口》蜂擁而上去迎接。(3)《口》壓倒，完全打敗。(4)《英俚》被灌迷湯。
over all 從這頭到那頭。

O

over and above 除…之外；理所當然。
—副 1 從直立的位置向外或向下，在上方；越過頂端。2 全體地，完全。3 到處，遍布。4 在那邊，越過。5 到這邊；到…地方。6 自一方到另一方。7 自始至終，全部。8 顛倒；翻轉；折過去。9 再一次；反覆地。10 (1) 過剩地，加之；超過，剩下。(2)《在形容詞、副詞前面》過度地，太。11 經過，通過。12 仍未解決；仍未處理。13 請回答。14《美》到歐洲。
all over (1) 全體；到處。(2) 充分地，徹底地；完全，全部。(3) 終了，完結。
(*all*) *over again* 反覆，再一次。
all over with 徹底完了，無希望。
over against... (1) 面對著。(2) 對照，比較。
over and above 除…以外，外加。
over and done with 終了，了結。
over and over (*again*) 數次，再三。
over here 在這邊，在這裡。
over there (1) 在那邊，在那裡。(2)《美口》在歐洲。
over with《形容詞》《美》終了，完成。
—形 1 上方的。2《通常作複合詞》(1) 上位的，上級的。(2) 過多的，過度的。3 表層的。4 剩餘的，多餘的。5《敘述用法》終了，完結。

over-《字首》(1) 用以構成「over」的各種意義的複合語。(2) 尤以「超過…的限度」、「過火」、「極端」之意構成動詞、形容詞、副詞、名詞等。

o·ver·a·bun·dance [ˌovərə'bʌndəns] 名《通常作 an ～》過剩，過多。**-dant** 形

O

o·ver·a·chieve [ˌovərə'tʃiv] 動 不及 學習成果超過預期。

o·ver·a·chiev·er [ˌovərə'tʃivɚ] 名 表現超過預期的人。

o·ver·act [ˌovɚ'ækt] 動 及 不及 表演過火，演出過於誇張。
-ac·tive 形 過於活動的，過於活躍的。

o·ver·age[1] ['ovɚ'edʒ] 形 超過年齡限制的，超過年限的。

o·ver·age[2] ['ovərɪdʒ] 名 U C〖商〗1 供應過剩。2 庫存品的過大估價額。

o·ver·all ['ovɚˌɔl] 形, [ˌovɚ'ɔl] 副 1 自一端至另一端（的）：the ～ length of a pole 竿的全長。2 全體的[地]，綜合性的[地]：take an ～ look at... 綜覽…。—['--ˌ-] 名 1 ((～s))《美》有胸圍的工作褲（《英》boiler suit）；防水綁腿。2《英》罩衫，工作服（《美》coverall）。

ˌoverall ma'jority 名 絕對多數。

o·ver·anx·ious ['ovɚ'æŋkʃəs] 形 過於憂慮的。**-i·e·ty** [-æŋ'zaɪətɪ] 名, ～**·ly** 副

o·ver·arch [ˌovɚ'ɑrtʃ] 動 及 在…上覆以拱；使彎成拱形。—不及 形成拱形。

o·ver·arch·ing [ˌovɚ'ɑrtʃɪŋ] 形 控制一切的，最重要的。

o·ver·arm ['ovɚˌɑrm] 形 = overhand 1.

o·ver·awe [ˌovɚ'ɔ] 動 及 懾服，威嚇。

o·ver·bal·ance [ˌovɚ'bæləns] 動 及 1 重於；比…更有價值，勝過。2 使失去平衡，弄倒：～ a vase 弄倒花瓶。
—['--ˌ--] 名 超過量；餘額超過。

o·ver·bear [ˌovɚ'bɛr] 動 (-bore, -borne, ～·ing) 及 1 鎮懾，壓倒：～ the enemy attack 擊退敵人的攻擊。2〖航海〗以帆的力量勝過。—不及 繁殖過度；結實過多。

o·ver·bear·ing [ˌovɚ'bɛrɪŋ] 形 支配的，專橫的；自大的，傲慢的。～**·ly** 副

o·ver·bid [ˌovɚ'bɪd] 動 (-bid, ～·ding) 及 1 出價高於。2 叫牌超過。—不及 1 出高價《for...》。2 叫牌過高。—['--ˌ-] 名 過高的出價。

o·ver·blow [ˌovɚ'blo] 動 (-blew, -blown, ～·ing) 及 1 過度重視，評價過高。2 使膨脹過大。3 吹過。4 吹…使發出倍音。

o·ver·blown [ˌovɚ'blon] 形 1 過度的；異常大的；誇張的。2 開得過盛的，已過盛期的。—動 overblow 的過去分詞。

o·ver·board ['ovɚˌbord] 副 向船外；從船上落入水中：fall ～ 從船上落入水中。
go overboard《口》（尤指在贊成或反對上）走極端，過火《for, about...》。
throw...overboard / *throw overboard...* (1) 丟到海中。(2)《口》拋棄，擺脫。

o·ver·bold [ˌovɚ'bold] 形 太大膽的；魯莽的；無恥的。～**·ly** 副, ～**·ness** 名

o·ver·book [ˌovɚ'bʊk] 動 及 超額預訂。—不及 接受超額預訂。

o·ver·borne [ˌovɚ'born] 形 被打倒的，被擊敗的；被壓碎的；被壓迫的。—動 over-bear 的過去分詞。

o·ver·bridge ['ovɚˌbrɪdʒ] 名 天橋，陸橋。

o·ver·brim ['ovɚ'brɪm] 動 (-brimmed, ～·ming) 不及 溢出；滿溢。—及 溢出。

o·ver·build [ˌovɚ'bɪld] 動 (-built, ～·ing) 及 1 建築在…之上；在…上建築過多。2 過於大規模地建造。

o·ver·bur·den [ˌovɚ'bɝdn̩] 動 及 使攜帶過多，使載重過多《with...》；《通常用被動》使負擔過重《with...》。—['--ˌ--] 名 1 過重的貨物，重荷。2 表土，覆蓋層。

o·ver·buy [ˌovɚ'baɪ] 動 (-bought, ～·ing) 及 過多地買。—不及 購買超過自己財力或需要。

o·ver·call [ˌovɚ'kɔl] 動 及〖牌〗叫牌叫得比…高。—不及 叫比對手還高的牌。
—['--ˌ-] 名 比以前指定價格更高的價格。

o·ver·came [ˌovɚ'kem] 動 overcome 的過去式。

o·ver·ca·pac·i·ty [ˌovɚkə'pæsətɪ] 名 U C 生產能量過剩。

o·ver·care·ful ['ovɚ'kɛrfəl] 形 過分謹慎的，過於憂慮的。～**·ly** 副

o·ver·cast [ˌovɚ'kæst] 形 1 陰暗的；〖氣象〗陰天的。2 陰暗的；憂鬱的：an ～ face 憂鬱的臉。—['--ˌ-] 名 U〖氣象〗陰天。—[ˌovɚ'kæst] 動 (-cast, ～·ing) 及 1《

通常用過去分詞》以雲覆蓋，使陰暗。2 使憂鬱，使愁悶《with ...》。—不及 變成陰天，變得陰暗。

o·ver·cau·tious [ˌovəˈkɔʃəs] 形 過分小心謹慎的。

o·ver·charge [ˌovəˈtʃardʒ] 動 及 1 索價過高，敲竹槓《for...》；超額索取。2 使負荷過多，使負擔過重；使過量裝填；使充電過度《with...》：～ the battery (*with* electricity) 將電池充電過多。3 誇張。—不及 索取高價。
—[ˈovəˌtʃardʒ] 名 1 過高的索價，過分要求。2 過量的裝載；充電過多。

o·ver·cloud [ˌovəˈklaud] 動 及《常用被動》1 使烏雲滿布，使陰暗下來。2 使悲傷；使不幸。—不及 變陰暗；變得憂鬱。

o·ver·coat [ˈovəˌkot] 名 1 外套。2 最上面的一層漆。

o·ver·come [ˌovəˈkʌm] 動 (-came, -come, -com·ing) 及 1 克服，打敗：～ opposition 克服反對意見。2 抑制。3 使筋疲力盡；《被動》屈服《by, with...》：be ～ *by* liquor 醉倒。
—不及 得勝，征服。-com·er 名

o·ver·com·mit [ˌovəkəˈmɪt] 動 (～·ted, ～·ting) 及《通常用被動或反身》承諾過多；過度介入。

o·ver·com·pen·sa·tion [ˌovəˌkampənˈseʃən] 名 U〖心〗過度補償，矯枉過正。

o·ver·con·fi·dent [ˌovəˈkanfədənt] 形 過於自信的，自負的。-dence 名, ～·ly 副

o·ver·con·tain [ˌovəkənˈten] 動 及 過分抑制（感情等）。

o·ver·cooked [ˌovəˈkukt] 形 煮得過久的。

o·ver·crop [ˌovəˈkrap] 動 (-cropped, ～·ping) 及〖農〗使種過多作物；過度耕種而使貧瘠。

o·ver·crow [ˌovəˈkro] 動 及 1 自鳴得意，誇耀。2 壓倒，勝過。

o·ver·crowd [ˌovəˈkraud] 動 及 不及（使）過度擁擠。

o·ver·crowd·ed [ˌovəˈkraudɪd] 形 爆滿的，超載的。

o·ver·del·i·cate [ˌovəˈdɛləkɪt] 形 過於纖細的；過於敏感的；過於微妙的。

o·ver·de·vel·op [ˌovədɪˈvɛləp] 動 及 不及（使）過度發展[顯影]。～·ment 名

o·ver·do [ˌovəˈdu] 動 (-did, -done, ～·ing) 及 1 做得過分。2 誇張；使過火。3《被動或反身》使筋疲力竭。4 使用過度。5 過度烹煮。—不及 做得過度。
overdo it 做得過分；誇張；過度勞累。

o·ver·done [ˌovəˈdʌn] 動 overdo 的過去分詞。—形 1 烹煮過久的。2 過分的；誇張的。3 累垮的。

o·ver·dose [ˈovəˌdos] 名（藥的）過量。—[ˌ--ˈ-] 動 及 給過量（藥劑）《with...》。

o·ver·draft [ˈovəˌdræft] 名 1 透支。2 過度需求。3 通風口。

o·ver·draw [ˌovəˈdrɔ] 動 (-drew, -drawn, ～·ing) 及 1 透支。2 拉得過度。3 誇張地描寫。—不及 透支。

o·ver·dress [ˌovəˈdrɛs] 動 及 不及 穿過多衣服；過度打扮。—[ˈ--ˌ-] 名 外衣。

o·ver·drink [ˌovəˈdrɪŋk] 動 及 不及 (-drank, -drunk, ～·ing)《通常用反身》喝得過量。

o·ver·drive [ˌovəˈdraɪv] 動 (-drove, -driv·en, -driv·ing) 及 過度驅使，虐待。
—[ˈ--ˌ-] 名 U C〖機〗超速驅動裝置。

o·ver·due [ˌovəˈdju] 形 1 過期的；遲到的，延誤的。2 時機成熟的。

o·ver·eat [ˌovəˈit] 動 (-ate, ～·en, ～·ing) 不及 及《常用反身》（使）吃過量。

o·ver·ed·u·cate [ˌovəˈɛdʒəˌket] 動 及 過度教育。

o·ver·em·pha·sis [ˌovəˈɛmfəsɪs] 名 U 過度的強調。-size 動 及 過度強調。

o·ver·es·ti·mate [ˌovəˈɛstəˌmet] 動 及 作過高評價，高估。—[ˈovəˈɛstəmɪt] 名 過高的評價。ˈo·ver·ˌes·ti·ˈma·tion 名

o·ver·ex·cit·ed [ˌovəɪkˈsaɪtɪd] 形 極度興奮的。

o·ver·ex·ert [ˌovərɪgˈzɜt] 動 及 過度使用；使過分操勞。

o·ver·ex·pose [ˌovəɪkˈspoz] 動 及 1 使暴露過度。2〖攝〗使曝光過度。
-po·sure [-ˈpoʒə] 名

o·ver·fa·tigue [ˌovəfəˈtig] 動 及 使過度疲勞。—名 U 過度疲勞。

o·ver·feed [ˌovəˈfid] 動 (-fed, ～·ing) 及 使吃過量，餵食過量。—不及 吃得過多。

o·ver·fill [ˌovəˈfɪl] 動 及 不及 填過量；滿得溢出。

o·ver·fish [ˌovəˈfɪʃ] 動 及 濫捕，在…過度捕魚。—不及 濫捕魚。

o·ver·flight [ˈovəˌflaɪt] 名 通過領空。

·o·ver·flow [ˌovəˈflo] 動 (-flowed, -flown, ～·ing) 不及 1 氾濫，滿溢；溢出，湧出《into...》。2 豐碩，盈滿；充滿，洋溢《with...》。
—及 1 越過…而氾濫；使淹水。2 溢出。3 擠滿。—[ˈovəˌflo] 名 1 氾濫，流出；溢流。2 過多，過剩；超額人員[物]。3 放水口，排水口。—[ˈovəˌflo] 形 溢出的；容納不下的。

o·ver·fly [ˌovəˈflaɪ] 動 (-flew, -flown, ～·ing) 及 1 飛過上空；侵犯領空。2 飛越。3 比…飛得高。—不及 侵犯領空。

o·ver·ful·fill·ment,《英》**-ful·fil-** [ˈovəfulˈfɪlmənt] 名 提前完成，提早達成。

o·ver·ground [ˈovəˌgraund] 形 1 在地面上的，地上的：be still ～ 還活著，尚在人間。2 公開的。—副 在地上；公開地。

o·ver·grow [ˌovəˈgro] 動 (-grew, -grown, ～·ing) 及 1 長滿，蔓生；《被動》茂密地罩住《with...》：be *overgrown with* tall weeds 長滿高高的雜草。2 比…長得更

O

大。—不及 **1** 成長過度。**2** 雜草蔓生。

o·ver·grown [ˌovɚˈgron] 動 **overgrow** 的過去分詞。—形 過於茂盛的；長得過大的；畸形發展的。

o·ver·growth [ˈovɚˌgroθ] 名 **1** 茂密的一片；U 繁茂，蔓延。**2** U 過度生長。

o·ver·hand [ˈovɚˌhænd] 形〖棒球〗舉手過肩投球的；〖網球〗上肩向下打的；〖泳〗手臂伸出水面的：an ~ throw 舉手過肩投擲。—副 手由上而下地；舉手過肩投球地。—名 舉手過肩投擲；向下打擊；舉手由上朝下打。

o·ver·hang [ˌovɚˈhæŋ] 動 (**-hung**, ~·**ing**) 及 **1** 懸在…之上，突出於…。**2** 威脅，逼近；充滿，瀰漫：the excitement which *overhung* the championship game 瀰漫在冠軍爭霸賽中的興奮氣氛。—不及 突出，懸掛。

—[ˈovɚˌhæŋ] 名 **1** 突出，突出部分。**2** 突出的樣子；上段翼突起部分。**3**〖建〗飛簷。**4**〖登山〗傾斜超過六十度的岩壁。

o·ver·hast·y [ˌovɚˈhestɪ] 形 過於性急的，輕率的。

o·ver·haul [ˌovɚˈhɔl] 動 及 **1** 徹底檢修，詳細檢查；翻修。**2** 追上，趕上。—[ˈovɚˌhɔl] 名（亦稱 **overhauling**）分解修理，檢修。

·**o·ver·head** [ˈovɚˈhɛd] 副 在頭頂上；高高地；在天空；高入雲霄地；在樓上。

—[ˈ--ˌ-] 形 **1** 在頭頂上的，在上頭的；高架的：an ~ crossing 立體交叉。**2**《英》一般性的，平均的；經常的。—[ˈ--ˌ-] 名 **1** 天花板。**2**〖網球·羽毛球〗扣殺。**3**《《英》通常作~**s**》經常開支，固定費用。

O

ˈ**overhead proˈjector** 名 高射投影機。

·**o·ver·hear** [ˌovɚˈhɪr] 動 (**-heard**, ~·**ing**) 及 無意中聽到；偷聽。~·**er** 名

o·ver·heat [ˌovɚˈhit] 動 及 **1** 使過熱。**2** 使過分激動；煽動。—不及 加熱過度，勃然大怒。—名 過熱；過度激動。

o·ver·hung [ˌovɚˈhʌŋ] 動 **overhang** 的過去式及過去分詞。—[ˈ--ˌ-] 形 懸掛的。

o·ver·in·dulge [ˌovərɪnˈdʌldʒ] 動 及 過度寵愛，過度沉溺。—不及 過於放任。

ˈ**o·ver·in·ˈdul·gence** 名 U 放縱。

o·ver·is·sue [ˈovɚˌɪʃu] 名 過度發行。

—動 及 濫發行（股票、債券等）。

o·ver·joyed [ˌovɚˈdʒɔɪd] 形 大喜的《*at*, *with...*》；對…（事）欣喜若狂的《**to do**, **that** 子句》。

o·ver·kill [ˈovɚˌkɪl] 名 U **1** 過度的核子武器殺傷力。**2**（行爲等的）過度。—[ˌovɚˈkɪl] 動 及 過度殺傷。

o·ver·la·bor [ˌovɚˈlebɚ] 動 及 使過度勞動；過分操心。

o·ver·lade [ˌovɚˈled] 動 (**-lad·ed**, **-lad·en** 或 **-lad·ed**, **-lad·ing**) 及《常用過去分詞 **overladen** 當形容詞用》使負載過重；使裝飾過度《*with...*》。

o·ver·land [ˈovɚˌlænd] 副 **1** 經陸路。**2** 翻山越嶺地。—形 陸上的，陸路的。

o·ver·lap [ˌovɚˈlæp] 動 (**-lapped**, ~**ping**) 及 **1** 重疊，蓋住一部分；比…較突出於外。**2** 與…部分一致，有共通處。—不及 重疊，有共通部分《*with...*》。

—[ˈovɚˌlæp] 名 U C **1** 重疊；重複部分。**2** 突出部分：an ~ of five feet 多出五呎。**3**〖影〗畫面重疊；〖地層〗疊層。

o·ver·lay[1] [ˌovɚˈle] 動 (**-laid**, ~·**ing**) 及 置於，蓋於《*on...*》。**2**《通常用被動》覆蓋，塗上《*with...*》: an area *overlaid with* volcanic ash 被火山灰覆蓋的地區。**3**〖印〗把輪廓紙貼於。—[ˈovɚˌle] 名 **1** 覆蓋物；表面護層。**2**〖印〗輪廓紙。**3** 表面的一層紙。

o·ver·lay[2] [ˌovɚˈle] 動 **overlie** 的過去式

o·ver·leaf [ˈovɚˌlif] 副 在背面，在次頁

o·ver·leap [ˌovɚˈlip] 動 (**-leaped** 或 **-leapt**, ~·**ing**) 及 **1** 跳過，躍過。**2**《反身》跳得太遠，做過分而失敗。**3** 省去，忽略。

o·ver·lie [ˌovɚˈlaɪ] 動 (**-lay**, **-lain**, **-ly·ing**) 不及 **1** 躺[壓]在…之上。**2** 悶死。

o·ver·load [ˌovɚˈlod] 動 及 使裝載過多，使負擔過重。—[ˈovɚˌlod] 名 過重負載。

o·ver·long [ˌovɚˈlɔŋ] 形 過長的。

—副 太長地：wait ~ 等得太久。

·**o·ver·look** [ˌovɚˈlʊk] 動 及 **1** 看漏，忽略；寬容，放任：~ a pronunciation error 忽略了發音的錯誤。**2** 眺望，俯瞰；俯視。**3** 聳立在…之上。**4** 瀏覽；監督。**5** 用邪惡眼光迷住，施以妖術。—[ˈovɚˌlʊk] 名 **1** 視野良好的地方，高處。**2** 看漏。

o·ver·lord [ˈovɚˌlɔrd] 名 **1** 大君主。**2** 最高統治者，首領。

o·ver·ly [ˈovɚlɪ] 副《主美·蘇》過於，太：~ aggressive 太過於有攻擊性的。

o·ver·man [ˈovɚmən, -ˌmæn] 名（複 **-men** [-ˈmən, -ˌmɛn]）工頭，班長，監督。

—[ˌovɚˈ-mæn] 動 (**-manned**, ~·**ning**) 及 僱用過多的人員於。

o·ver·mas·ter [ˌovɚˈmæstɚ] 動 及 凌駕，壓制，戰勝。~·**ing·ly** 副

o·ver·match [ˌovɚˈmætʃ] 動 及 **1** 優於，勝過。**2** 使與更強敵手對抗。—[ˈ--ˌ-] 名 強敵，高手；不成勝敗的比賽。

o·ver·much [ˈovɚˈmʌtʃ] 形 過多的，過大的。—副 過度地。—代 過大，過剩。

o·ver·nice [ˈovɚˈnaɪs] 形 過分講究的，過於潔癖的；好挑剔的。~·**ly** 副

·**o·ver·night** [ˌovɚˈnaɪt] 副 **1** 一夜，夜間；前晚：stay ~ 過夜。**2** 一夜間，驟然：become famous ~ 一夜成名。—[ˈ--ˌ-] 形 夜間的，通宵的。**2** 住一晚的；住一晚用的：an ~ bag 住一兩夜用的旅行袋。**3** 只限一夜的：an ~ pass 只准外宿一夜的許可。**4** 突然的：~ celebrities 突然崛起的名人。**5** 前夕的。

—[ˈ--ˌ-] 名 **1**《口》只准外宿一夜的許可 **2** 前一個晚上。

o·ver·pass ['ovɚ,pæs] 名《美》天橋，高架交叉路（《英》flyover）。—[,ovɚ'-pæs] 動(～ed 或-past, ～·ing)及 1 越過，橫過：～ the border 越過國境。2 侵犯，違犯；超越，克服；超出：～ obstacles 超越障礙。3 度過；經歷。4 忽視，不注意。—不及 通過，經過。

o·ver·pay [,ovɚ'pe] 動 (-paid, ～·ing) 及 多付，溢付；付過多的報酬。～·ment 名

o·ver·peo·pled [,ovɚ'pipḷd] 形 人口過剩的。

o·ver·per·suade [,ovɚpɚ'swed] 動 及 勉強說服。'o·ver·per·su'a·sion 名

o·ver·play [,ovɚ'ple] 動 及 1 過分誇張，誇張演出。2 過於強調…的價值或重要性。3〖高爾夫〗打得超出果嶺。

overplay one's hand 失手，遭致失敗。

o·ver·plus ['ovɚ,plʌs] 名 超過，多餘。

o·ver·pop·u·late [,ovɚ'pɑpjə,let] 動 及 使人口過密。-lat·ed 形 人口過密的。

o·ver·pop·u·la·tion ['ovɚ,pɑpjə'leʃən] 名 U 人口過剩。

o·ver·pow·er [,ovɚ'pauɚ] 動 及 1 使深深感動，壓倒《*by, with...*》。2 制服；擊敗。3 加過度的動力，供給過強的力量。

～·ing 形 壓倒性的。

o·ver·praise [,ovɚ'prez] 動 及 過獎。—名 U 過分稱讚。

o·ver·pres·sure ['ovɚ,prɛʃɚ] 名 過度的壓力，重壓；過度疲勞。

o·ver·price [,ovɚ'praɪs] 動 及 標價過高。

o·ver·print [,ovɚ'prɪnt] 動 及〖印〗重印，加印。—['ovɚ,prɪnt] 名 1〖印〗套印。2 加印；加印的郵票。

o·ver·prize [,ovɚ'praɪz] 動 及 評價過高，過分重視。

o·ver·pro·duce [,ovɚprə'djus] 動 及 不及 過度生產，生產過剩。

o·ver·pro·duc·tion ['ovɚprə'dʌkʃən] 名 U 過度生產，製造過多。

o·ver·proof ['ovɚ'pruf] 形 超過酒精標準量的，含酒精超過標準量的。

o·ver·pro·tect [,ovɚprə'tɛkt] 動 及 過分保護，寵壞。-'tec·tion 名, -'tec·tive 形

o·ver·qual·i·fied ['ovɚ'kwɑlə,faɪd] 形 資格超過要求的，知識過於豐富的。

o·ver·ran [,ovɚ'ræn] 動 overrun 的過去式。

o·ver·rate [,ovɚ'ret] 動 及 估價過高；高估。

o·ver·reach [,ovɚ'ritʃ] 動 及 1 越過，超出。2《反身》做過頭，身體伸展過度；超過限度而搞砸。3（以欺騙等）取勝。—不及 1 延伸過遠。2 勉強伸展身體。3 欺騙人。4（馬）以後腳踢（傷）前腳。

o·ver·re·act [,ovɚrɪ'ækt] 動 不及 過度反應，反應過火。

o·ver·re·ac·tion [,ovɚrɪ'ækʃən] 名 過度反應。

o·ver·ride [,ovɚ'raɪd] 動(-rode, -rid·den, -rid·ing) 及 1 騎在…之上，超越。2 踐踏，壓倒：～ an enemy fort 踏平敵人的要塞。3 不理，排除，勝過；比…優先：～ a person's will 蹂躪某人的意志。4 把（馬）騎得過累。—名 1 代理佣金。2（自動控制裝置的）輔助手動裝置。3《美》推翻，廢棄。—['ovɚ,raɪd] 形 最優先的。

o·ver·rid·ing [,ovɚ'raɪdɪŋ] 形 最優先的。

o·ver·ripe ['ovɚ'raɪp] 形 過熟的。

o·ver·rule [,ovɚ'rul] 動 及 1 壓制；否決，駁回，宣布無效：～ a decision 推翻決定。2 強迫變更。3 支配，統御；壓倒，征服。

—不及 統治；決定；支配。

-rul·er 名 最高統治者。

o·ver·run [,ovɚ'rʌn] 動 (-ran, -run, ～·ning) 及 1 侵略，蹂躪；擊破，毀滅。2 侵擾，猖獗於；蔓延於：abandoned fields ～ with weeds 雜草蔓延的廢田。3 席捲，風靡。4 奔馳過；超過；溢出。

—不及 1 溢出，氾濫。2 超越限度；跑過。—['ovɚ'rʌn] 名 1 超過，超出。2 超出的數量。

o·ver·scru·pu·lous ['ovɚ'skrupjələs] 形 過分謹慎的。～·ly 副, ～·ness 名

o·ver·sea ['ovɚ'si] 副 形《英》= overseas.

·**o·ver·seas** [,ovɚ'siz] 副 向海地，越過海地；在海外，在國外：go ～ 到海外去，出國。—['ovɚ'siz] 形 1 往外國去的。2 在外國的；（自）外國的，對外的：～ Chinese 華僑 / ～ business investments 海外商業投資 / ～ influences of the present administration 現任政府的對外影響力。—[,ovɚ'siz] 名(複)《作單數》外國，海外諸國。

over'seas ,cap 名〖美軍〗船形帽。

o·ver·see [,ovɚ'si] 動 (-saw, -seen, ～·ing) 不及 1 監督。2 檢查，審視。

o·ver·se·er ['ovɚ,siɚ] 名 1 監工，工頭。2（教區的）貧民救濟官員。3《美俚》擔任母親角色的人。

o·ver·sell [,ovɚ'sɛl] 動 (-sold, ～·ing) 及 不及 出售過多；《喻》過度吹噓。

o·ver·sen·si·tive [,ovɚ'sɛnsətɪv] 形 過分敏感的，神經質的。

o·ver·set [,ovɚ'sɛt] 動(-set, ～·ting) 及 使倒轉，弄翻；使傾覆；弄亂。—不及 翻倒；變得混亂。

—['--,-] 名 翻倒，顛覆；混亂。

o·ver·sexed ['ovɚ'sɛkst] 形 性慾過強的。

o·ver·shad·ow [,ovɚ'ʃædo] 動 及 1 使相形見絀，使遜色。2 遮蔽住，使蒙上陰影；使暗下來；使變得陰鬱。

o·ver·shine [,ovɚ'ʃaɪn] 動 (-shone 或 -shined, -shin·ing) 及 1 比…明亮，光芒勝過。2 勝過，優於。

o·ver·shoe ['ovɚ,ʃu] 名《～s》鞋套：a pair of ～*s* 一雙鞋套。

o·ver·shoot [,ovɚ'ʃut] 動 (-shot, ～·ing)

O

及 1 越過。2 洶湧地傾注…之上。3《反身》使太過火。4 比…善射；使絕跡。
—不及 飛過頭，越過目標；射得太高。—['--,-] 名 1 越過著陸點著陸。2 期望過高而越過目標。

o·ver·shot ['ovə,ʃɑt] 形 1（水車等）上射式的。2 上顎比下顎突出的。—動 **overshoot** 的過去式及過去分詞。

o·ver·side ['ovə,saɪd] 副 形 1 越過舷側地[的]：~ delivery 從船邊卸入駁船的交貨方式。2 在背面（的）。—名（唱片）背面。

o·ver·sight ['ovə,saɪt] 名 1 U 漏失，疏忽；C 不小心所造成的錯誤。2 U 監督，監視；小心照顧。

o·ver·sim·pli·fy [,ovə'sɪmplə,faɪ] 動 (**-fied, ~·ing**) 及 過於簡化。**-fi·'ca·tion** 名

o·ver·size ['ovə'saɪz] 形 特大的；過大的。
—['--,-] 名 特大物品；特大號。

o·ver·sleep [,ovə'slip] 動 (**-slept, ~·ing**) 不及 睡過頭。—及 1《反身》使睡過頭。2 睡過頭而錯過。

o·ver·sold [,ovə'sold] 動 **oversell** 的過去式及過去分詞。—形 賣得太多的。

o·ver·soul ['ovə,sol] 名《the ~》〖哲〗大靈，超靈。

o·ver·spend [,ovə'spɛnd] 動 (**-spent, ~·ing**) 不及 揮霍過度。—及 1 揮霍過度而超支。2 揮霍過度而超過所能負擔。
—['--,-] 名《英》1 超支。2 超支數額。

o·ver·spill [,ovə'spɪl] 動 (**~ed** 或 **-spilt, ~·ing**) 不及 溢出。—['--,-] 名《英》1 U 外溢。2 溢出物；洪水；《通常作單數》過剩人口；（人的）外移。

o·ver·spread [,ovə'sprɛd] 動 (**-spread, ~·ing**) 及 不及 覆蓋，布滿。

o·ver·staffed [,ovə'stæft] 形 員工過多的。

o·ver·state [,ovə'stet] 動 及 誇張，誇大描述。~**·ment** 名 U 誇張。

o·ver·stay [,ovə'ste] 動 及 1 停留過久：~ one's welcome 停留過久而令人討厭。2〖金融〗《口》耽擱過久。

o·ver·steer [,ovə'stɪr] 動 不及（車輛）打方向盤時易於過度轉向。—名 過度轉向。

o·ver·step [,ovə'stɛp] 動 (**-stepped, ~·ping**) 及 超過限度：~ the mark 超過限度。

o·ver·stock [,ovə'stɑk] 動 及 不及 使存貨過多，存貨過多。
—['--,-] 名 U C 庫存過多；過多存貨。

o·ver·strain [,ovə'stren] 動 及 不及（使）過度緊張；（使）過度疲勞，使用過度：~ oneself 過於緊張[勞累]。—['--,-] 名 U 過度緊張；過勞。

o·ver·stretch [,ovə'strɛtʃ] 動 及 1 使過度伸張。2 架於…之上。

o·ver·strict ['ovə'strɪkt] 形 過於嚴格的。

o·ver·strung ['ovə'strʌŋ] 形 1 過於緊張的，神經過敏的。2 弦拉得過緊的。

o·ver·stud·y [,ovə'stʌdɪ] 動 (**-stud·ied, ~·ing**) 及 不及《偶用反身》用功過度。
—['--,--] 名 U 過度用功。

o·ver·stuff [,ovə'stʌf] 動 及 1 塞得過滿。2 加厚填料。

o·ver·sub·scribe [,ovəsəb'skraɪb] 動 及 超額認購。**-scrip·tion** [-'skrɪpʃən] 名

o·ver·sup·ply ['ovəsə,plaɪ] 名 (複 **-plies**) U C 供給過剩。—[,---'-] 動 (**-plied, ~·ing**) 及 使供給過多。

o·vert ['ovɜt, -'-] 形 公然的，公開的；沒有隱瞞的。~**·ly** 副

·o·ver·take [,ovə'tek] 動 (**-took, -tak·en, -tak·ing**) 及 1 趕上，超過；《主英》追過超（車）：~ another country in GNP 國民生產毛額趕上另一個國家。2 趕上進度。3 突然降臨；出乎意外地攫住。—不及《主英》超車。

o·ver·talk ['ovə,tɔk] 名 U《口》喋喋不休。

o·ver·task [,ovə'tæsk] 動 及 使做過重的工作，使負擔過重；加以虐待。

o·ver·tax [,ovə'tæks] 動 及 使負稅過重；使負擔過度：~ one's strength 過度損耗力氣。

o·ver-the-coun·ter ['ovəðə'kauntə] 形 1 不經由證券市場交易的，交易雙方直接買賣的；店頭市場的。2（藥品）不需醫師處方的。

o·ver-the-hill ['ovəðə,hɪl] 形（人）已過顛峰期的；年紀老邁的。

,over-the-'top 形 奢華的；無節制的，過度的，放肆的。

o·ver·throw [,ovə'θro] 動 (**-threw, -thrown, ~·ing**) 及 1 推翻；打倒；使瓦解：~ a totalitarian regime 推翻極權政體。2 使倒塌。3 投得過遠[過高]。—不及 投得過遠[過高]。
—['--,-] 名 1 打倒，顛覆。2（球的）投得太遠[太高]。~**·er** 名

o·ver·time ['ovə,taɪm] 名 U 1 超過規定以外的時間；加班時間：pay a person extra for ~ 付某人加班費。2 加班費。3〖運動〗延長賽（略作：OT）。—副 超出正規時間地。—形 超時的。
—[,--'-] 動 及 曝光過久：~ a photographic exposure 使底片曝光時間過長。

o·ver·tire [,ovə'taɪr] 動 不及 及《反身》（使）過度疲勞。

o·ver·tone ['ovə,ton] 名 1〖樂〗泛音，倍音。2《常作~s》弦外之音。

o·ver·top [,ovə'tɑp] 動 (**-topped, ~·ping**) 及 1 聳立…之上。2 勝過，優於。

o·ver·train [,ovə'tren] 動 及 不及（使）鍛鍊過度，訓練過度。

o·ver·trump [,ovə'trʌmp] 動 及 不及〖牌〗用更大的王牌贏得勝利。

o·ver·ture ['ovətʃə] 名 1《常作~s》初步行動；提議：make ~*s* of friendship to a person 對某人表示友好。2 序章：〖樂〗序曲《to...》。—動 及提出：提出提議，採取交涉等的初步行動。

·**o·ver·turn** [,ovə'tɜn] 動 及 1 使瓦解：推翻；打倒，打敗。2 推倒。—不及 傾覆，翻轉。—['--,-] 名打倒，征服；推翻；翻轉；顛覆。～**·a·ble** 形

o·ver·use [,ovə'juz] 動 及使用過度，濫用。

—['ovə'jus] 名 U 濫用，過度使用。

o·ver·val·ue [,ovə'vælju] 動 及 估價過高，過於重視。**-,val·u·'a·tion** 名

o·ver·view ['ovə,vju] 名 概觀，通論。

o·ver·wash [,ovə'wɑʃ] 動 及 流過，沖刷；淹沒。—名 U 沖刷；淹沒。

o·ver·watch [,ovə'wɑtʃ] 動 及 監視，看守。

o·ver·ween·ing ['ovə'winɪŋ] 形 1 傲慢的，自負的。2 過火的，過分誇大的。

o·ver·weigh [,ovə'we] 動 及 1 勝過，優於。2 施加壓迫。

o·ver·weight ['ovə,wet] 名 U 1 過重，超重。2 過胖。3 優勢。—['--'-] 形 過重的；超重的。—[,--'-] 動 及使裝載過多，使負擔過重《by, with...》；《通常用被動》過分重視，偏重於。

·**o·ver·whelm** [,ovə'hwɛlm] 動 及 1 壓倒，打垮；使毀滅[崩潰]。2 使受不了；《被動》使被吞沒《by, with...》。3 淹沒。4《常用被動》使慌張，使不知所措；大量地給予《with...》：～ a person *with* questions 用一堆問題來難倒某人。

o·ver·whelm·ing [,ovə'hwɛlmɪŋ] 形 壓倒性的；無法抗拒的：win by an ～ majority 以壓倒的多數贏得勝利。～**·ly** 副

o·ver·work [,ovə'wɜk] 動 (～**ed** 或 **-wrought**, ～**·ing**)及 1《常用反身》使工作過度，使用過度。2 使過度激動。3 做得太過火；濫用：～ an appeal for sympathy 濫用手段博得同情。4 全面加以裝飾。—不及 過度勞累，工作過度。

—['--,-] 名 U 過度勞累；過多的工作。

o·ver·worn [,ovə'wɔrn] 動 **overwear** 的過去分詞。—形 用壞了的；耗竭的；疲乏的。

o·ver·write [,ovə'raɪt] 動 (**-wrote, -writ·ten, -writ·ing**)及 1 寫得過於冗長；用過於誇張的手法寫。2 寫在…之上。—不及 寫得太多，寫得太過火。

o·ver·wrought [,ovə'rɔt] 動 **overwork** 的過去式及過去分詞。—['-'-] 形 1 緊張的，過於激動的。2 過於講究的：～ style of architecture 過度講究的建築式樣。

o·ver·zeal·ous ['ovə'zɛləs] 形 過於熱心的。

O·vid ['ɑvɪd] 名 奧維德（43B.C.–A.D. 17）：羅馬詩人。

o·vi·duct ['ovɪ,dʌkt] 名〖解·動〗輸卵管。

o·vi·form ['ovɪ,fɔrm] 形 卵形的。

o·vip·a·rous [o'vɪpərəs] 形〖動〗卵生的。

o·vi·pos·it [,ovɪ'pɑzɪt] 動 不及（昆蟲、魚）產卵，下蛋。**-po·'si·tion** 名

o·void ['ovɔɪd] 形 卵形的。—名 卵形體。

o·vo·lac·tar·i·an [,ovo,læk'tɛrɪən] 名 半素食者，奶蛋素食者。

o·vu·late ['ovjulet] 動 不及〖生〗排卵。**-'la·tion** 名

o·vule ['ovjul] 名 1〖植〗胚珠。2〖生〗= ovum 1.

o·vum ['ovəm] 名(複 **o·va** ['ovə]) 1〖生〗卵，卵細胞；卵子。2〖建〗蛋形飾。

ow [aʊ] 感《表疼痛的聲音》喔！哎唷！

:**owe** [o] 動 (**owed, ow·ing**) 及 1 欠錢，負債《for..., on...》。2 蒙受恩惠。3 懷有；負有。

—不及 欠債《for...》。

ow·ing ['oɪŋ] 形《通常為敘述用法》欠債的，未付帳的：return what is ～ 還債。

owing to... 由於，因為…之故。

·**owl** [aʊl] 名 1〖鳥〗貓頭鷹，梟：(as) wise as an ～《諷》非常聰明。2 形似梟的一種鴿子。3 慣於熬夜的人；一本正經的人。4 硬裝聰明的傻瓜。

—形 於夜間活動的，徹夜進行的。

owl·et ['aʊlɪt] 名 幼梟。

owl·ish ['aʊlɪʃ] 形 像梟的；臉部嚴肅看似聰慧的。～**·ly** 副

:**own** [on] 形 1《置於所有格之後，用以加強語氣》(1)《表所有》自己本身的，自己擁有的。(2)《表獨自性》獨自的，自己做的：my ～ painting 我自己畫的畫。(3)《表特異性》獨特的，自身特有的。2《作名詞》自己的東西。3《表血緣關係》親的，同胞的。

be one's own man ⇨ MAN（片語）

come into one's own (1) 獲得該屬於自己之物；自己的才能等獲得應有的發揮。(2) 自我完全得以發揮。

get one's own back on a person《口》向某人報仇。

hold one's own (1) 堅守自己的陣地；堅持下去，支撐下去《against...》。(2) 不致落於下風；足以抗衡《against...》。

of one's own 自己本身的：a car *of* my (very) ～ 我自己的車子。

on one's own《口》(1) 獨立地。(2) 獨自地；完全自主地；不依仗外力地。

—動 及 1 擁有。2 承認，坦承，招認。3《常用反身》承認（自己）是…。—不及 承認，招供《to...》；《口》認錯，認罪《up》。

own up to... 承認犯了…錯[罪]。

:**own·er** ['onə] 名 1 所有人，物主：an *owner*driver《英》擁有自己車子的駕駛員。2《英俚》船長。～**·less** 形 沒有物主的。

own·er-oc·cu·pa·tion ['onə,ɑkjə'peʃən] 名 U《英》屋主自住。

O

'own·er-'oc·cu·pied 形屋主自住的。
ˌowner-'occupier 名 自宅擁有者，住自己房子的人。
own·er·ship ['onɚ,ʃɪp] 名 U 物主的身分；所有權，產權。
'own ˌgoal 名〖足〗烏龍球。
ox [ɑks] 名 (複義 **1**～·**en**，義 **2** ～·**es**) **1** 牛；閹牛：a big ～ of a man 體壯如牛的男人。**2** 動作遲鈍的人，笨拙的人。
ox·a·late ['ɑksə,let] 名 U〖化〗草酸鹽[酯]。
ox·al·ic [ɑk'sælɪk] 形 **1**〖化〗草酸的：～ acid 草酸，乙二酸。**2** 採自酢漿草的。
ox·a·lis ['ɑksəlɪs] 名〖植〗酢漿草。
ox·bow ['ɑks,bo] 名 **1** U字形牛軛。**2**〖地〗《美》河川U字形彎曲部分；牛軛湖。
Ox·bridge ['ɑks,brɪdʒ] 《英》名 **1** Oxford 和 Cambridge 兩所大學，或其中任何一校。**2** 英國上流階級的知識分子社會。
—形 牛津及劍橋的。
ox·cart ['ɑks,kɑrt] 名 牛拖的貨車，牛車。
ox·en ['ɑksn̩] 名 **ox** 的複數形。
ox·eye ['ɑks,aɪ] 名(複～**s**)〖植〗牛眼菊。
ox-eyed ['ɑks,aɪd] 形 大眼的。
Ox·ford ['ɑksfɚd] 名 **1** 牛津：位於英格蘭南部，倫敦西北方的都市，為Oxford大學的所在地。**2** = Oxfordshire.
'Oxford 'accent 名 裝腔作勢的語調。
'Oxford 'bags 名(複)《英》寬大的長褲。
'Oxford 'blue 名 U 深藍色。
'Oxford 'gray 名 U 暗灰色。
'Oxford ˌGroup 名《the ～》牛津團體。
'Oxford ˌmovement 名《the ～》牛津運動。
Ox·ford·shire ['ɑksfɚd,ʃɪr] 名 牛津郡：England 南部的一郡；首府為 Oxford。
'Oxford 'shoe 名 淺口便鞋。
'Oxford Uniˌversity 名 牛津大學。
ox·heart ['ɑks,hɑrt] 名 **1**〖植〗牛心櫻桃。**2** 甘藍，高麗菜。
ox·hide ['ɑks,haɪd] 名 U 牛皮。
ox·i·dant ['ɑksədənt] 名 氧化劑。
ox·i·da·tion [,ɑksə'deʃən] 名 U 氧化（作用）。
ox·ide ['ɑksaɪd] 名 U C〖化〗氧化物。
ox·i·dize ['ɑksə,daɪz] 動 及〖化〗**1** 使氧化：an *oxidizing* agent 氧化劑。**2** 使覆上氧化物層；使生鏽。—不及 氧化；生鏽。
-**diz·a·ble** 形 可氧化的。-**diz·er** 名 氧化劑。
ox·lip ['ɑks,lɪp] 名〖植〗黃花九輪草。
Ox·on ['ɑksɑn] 名 = Oxfordshire.
Ox·o·ni·an [ɑks'onɪən] 形 牛津的；牛津大學的。—名 **1** 牛津大學學生，牛津大學畢業生。**2** 生於牛津的人；牛津居民。
ox·tail ['ɑks,tel] 名 C U 牛尾。
ox·y·a·cet·y·lene [,ɑksɪə'sɛtl̩,in] 形 氧乙炔的：an ～ flame 氧乙炔焰。
·**ox·y·gen** ['ɑksədʒən] 名 U〖化〗氧，氧氣符號：O
ox·y·gen·ate ['ɑksədʒən,et] 動 及 用氧處理，充氧於，使氧化。-'**a·tion** 名 U 充氧，氧化。
'oxygen ˌcycle 名《the ～》氧循環。
ox·y·gen·ize ['ɑksədʒən,aɪz] 動 及 = oxygenate.
'oxygen ˌmask 名 氧（氣）面具。
'oxygen ˌtent 名 氧氣罩，氧氣幕。
ox·y·hy·dro·gen [,ɑksɪ'haɪdrədʒən] 形 氫氧的：an ～ torch 氫氧吹管。
—名 U 氫氧（氣）。
ox·y·mo·ron [,ɑksɪ'morɑn] 名 (複～**s** [-z], -**mo·ra** [-'morə])〖修〗矛盾修辭法。
o·yez, -yes ['ojɛs, 'ojɛz] 感 注意聽！肅靜！：法庭的法警之呼聲，通常重複三次。
—名「注意聽！」的叫聲。
·**oys·ter** ['ɔɪstɚ] 名 **1** 牡蠣，蠔，蚵：as close as an ～守口如瓶；沉默寡言。**2**（雞的）骨盤凹處的肉。**3**《俚》沉默寡言的人。**4** 可以從中獲取利益的東西。—動 不及 採牡蠣。
'oyster ˌcatcher 名〖鳥〗蠣鷸，都鳥。
'oyster ˌplant 名 C U〖植〗婆羅門參。
oz. 《縮寫》ounce(s).
o·zone ['ozon, -'-] 名 U **1**〖化〗臭氧。**2** 新鮮清爽的空氣；《喻》調劑身心的事物。
'ozone ˌlayer 名 = ozonosphere.
'ozone ˌsickness 名 U 臭氧病。
o·zon·ic [o'zɑnɪk] 形 臭氧的。
o·zo·nif·er·ous [,ozə'nɪfərəs] 形 含有臭氧的，產生臭氧的。
o·zo·no·sphere [o'zɑnə,sfɪr] 名《the ～》臭氧層。
ozs. 《縮寫》ounces.

O

P p

P[1], **p** [pi] 名 (複 **P's** 或 **Ps**, **p's** 或 **ps**) **1** U C 英文字母第十六個字母。**2** P 狀物。
mind one's p's and q's 行爲規矩，謹言慎行；注意行事。

P[2] **1**（連續事物的）第十六號（之物）。**2**《偶作 **p-**》（羅馬數字的）400。**3**《化學符號》phosphorus. **4**〖理〗power, pressure, proton;〖遺傳〗parental. **5** parking.

P. 《縮寫》*p*astor; *p*eseta; *p*eso; *p*ost; *p*resident; *p*ressure; *p*riest; *p*rince; *p*rogressive.

p. 《縮寫》*p*age; *p*art; *p*articiple; *p*ast; *p*awn[2]; *p*enny; *p*ence; *p*er; *p*eseta; *p*eso; *p*iano; *p*int; *p*itcher.

pa [pɑ] 名《口》爸爸。

PA 《縮寫》*p*ersonal *a*ssistant; *p*hysician's *a*ssistant; *p*ress *a*gent; *p*ublic-*a*ddress system.

Pa 《化學符號》protactinium.

Pa., PA 《縮寫》*Pa*ennsylvania.

Pab·lum ['pæbləm] 名 U **1**〖商標名〗一種嬰兒早餐食品。**2**《**p-**》平庸的想法。

pab·u·lum ['pæbjələm] 名 U《文》**1** 食品；養料。**2** 精神食糧。**3** 燃料。**4**（討論、論文等的）基本資料。

Pac. 《縮寫》*Pac*ific.

PAC [pæk, pi,e'si]《縮寫》*P*olitical *A*ction *C*ommittee 政治行動委員會。

:pace[1] [pes] 名 **1** 步調，步速；速度：at a good ～ 以相當快的速度 / at a foot's ～ 以平常步伐。**2** 一步（的距離）；步幅：take three ～*s* forward 前進三步 / keep a few ～*s* behind a person 走在某人的幾步之後。**3** 走法，步伐；（馬的）側對步，溜蹄；（馬的）步態，步伐：with a tripping ～ 以輕快的步伐。**4** 臺階，寬臺階。**5** 球速。
go the pace 《口·罕》(1) 飛快地走。(2) 過放蕩的生活。
go through one's paces 顯示自己的本領。
keep pace with... 與…齊步；（在發展等方面）與…並駕齊驅。
off the pace《俚》（在賽跑等中）落後。
put...through his paces 表現（人、動物）的能力。
set the pace (1) 樹立榜樣。(2) 領先。
show one's paces 顯示自己的本領。
stand the pace 跟得上別人。
try a person's paces《口》試（某人的）本領，考驗（某人的）品格。
—動 (**paced**, **pac·ing**) 及 **1** 以規律的步伐緩慢地行走於，踱步於。**2** 步測《*off*, *out*》。**3** 跑在前面，定步調。**4** 訓練（馬）的步法；（馬）以側對步跑。—不及 慢慢地走，踱步《*about*, *up and down*》；（馬以側對步）溜蹄。

pa·ce[2] ['pesɪ] 介 蒙…允許，請…原諒：～ my rival 請反對我的人原諒。

paced [pest] 形 **1**《通常作複合詞》…的步調的：fast-*paced* 快步的。**2** 步測過的。**3**（賽跑中）調整過速度的。

·pace·mak·er ['pes,mekɚ] 名 **1**（比賽中帶頭）定速度的人；帶頭人，榜樣。**2**〖醫〗心律調整器。**3**〖醫〗（神經失調的）整律器。**-mak·ing** 名

pac·er ['pesɚ] 名 **1** = pacemaker 1. **2** 以側對步行走的馬。

pace·set·ter ['pes,sɛtɚ] 名 = pacemaker 1.

pa·cha ['pɑʃə] 名 = pasha.

pa·chin·ko [pə'tʃɪŋko] 名 U 小鋼珠遊戲。

pach·y·derm ['pækɪ,dɝm] 名 **1** 厚皮動物；象。**2** 厚顏的人；對批評滿不在乎的人。
-'der·ma·tous 形

pac·i·fi·a·ble ['pæsə,faɪəbl] 形 可以安撫的，可平息的。

pa·cif·ic [pə'sɪfɪk] 形 **1**（政策等）和解的，妥協的；愛好和平的。**2** 和平的，太平的。**3** 溫和的；安靜的，平靜的。**4**《**P-**》太平洋（沿岸）的。—名《**P-**》《the ～》太平洋。

pa·cif·i·cal·ly [pə'sɪfɪkəlɪ] 副 和平地，友好地；平靜地。

pa·cif·i·cate [pə'sɪfə,ket] 動 及 平定；平息；安撫。**-ca·tor** 名 調解人。

pac·i·fi·ca·tion [,pæsəfə'keʃən] 名 **1** U 平定；和解，媾和；綏靖。**2** 和平條約。

pa·cif·i·ca·to·ry [pə'sɪfəkə,torɪ] 形 和解的；綏靖的；安撫的。

pa·cif·i·cism [pə'sɪfə,sɪzəm] 名《英》= pacifism.

:Pa'cific 'Ocean 名《the ～》太平洋。

Pa'cific Rim 名《the ～》環太平洋國家：指美、加、澳、東亞等國。

Pa'cific 'Standard ,Time 名《美》太平洋標準時間，美西時間：比台灣時間晚16小時。

pac·i·fi·er ['pæsə,faɪɚ] 名 **1** 安撫的人[物]；調停者；鎮靜劑；使滿足的東西。**2**《美》（嬰兒用）橡皮奶嘴（《英》dummy）。

pac·i·fism ['pæsə,fɪzəm] 名 U 和平主義；拒絕參戰。

pac·i·fist ['pæsəfɪst] 名 和平主義者（亦稱《英》**pacificist**）。

P

pac·i·fy ['pæsə,faɪ] 動 (-fied, ～·ing) 及 1 平定；安撫，平息。2 滿足，消解。

:**pack**[1] [pæk] 名 1 包，束；包裹；背包；綑。2 一箱，一包，一容器的量；巴克（量的單位）：a six-*pack* of beer 六瓶裝的一箱啤酒。3（食品）裝罐量，包裝量。4（人、動物的）群；一夥《*of...*》；獵犬的一群；童子軍的一隊；潛艇或飛機的一隊；大量；《蔑》多數：a ～ *of* wolves 一群狼 / hunt in ～*s* 成群出獵 / lead the ～ 帶頭，爲首。5 一副撲克牌。6 Ⓤ Ⓒ浮冰群，大冰塊。7〖醫〗棉塞；布裹療法；冰袋；（美容用的）敷面劑。8〖攝〗軟片的一捲。9《集合名詞》〖橄欖球〗前鋒。—動 及 1 包裝，捆紮，打包《*away, up / into, in...*》；裝罐；將（容器）裝滿，使擠滿。2 集中，整理《*up*》；壓緊。3 塡塞；包住。4 在（馬、牛背等）上裝貨。5 攜帶，配有；伴隨著（暴風雨等）。6 打發走；解僱《*away, off / to...*》。7《俚》猛擊…；（酒）產生強烈後勁。8 施以布裹治療。—不及 1 捆紮，包裝《*up*》。2 群集；擁擠《*in...*》；塡滿物品《*out*》；變堅實。3 匆忙離去，立刻解散《*away, off*》。4〖橄欖球〗形成集團《*down*》。

packed out《英口》擠滿人的，客滿的。

pack in [***up***] (1) 包好行李，捆紮。(2)《俚》死；停止，壞掉；辭去工作。

pack...in [***up***] / ***pack in*** [***up***]... (1) ⇨ 動 及 1, 2. (2)《俚》放棄，結束；戒掉；斷絕關係；使停止。(3) 迷住。

pack it in [***up***] (1)《俚》停止吵鬧，結束某事。(2)《美俚》認輸。(3)《美俚》充分利用有利條件。

pack the mail《美俚》快跑；急於旅行。

send a person ***packing***《口》當場解僱。

—形 1 馱載用的；用於捆紮的。2《蘇》馴良的；親密的。3 擠得滿滿的。

—副《蘇》親近地，親密地。～·**a·ble** 形

pack[2] [pæk] 動 及 操縱安排；籠絡，收買，糾集；做（牌）；弄虛作假。

·**pack·age** ['pækɪdʒ] 名 1 捆，束，包，包裹：a ～ of letters 一束信件。2 容器，箱子。3 捆紮，捆包，包裝。4 一大堆東西，大筆金錢；不可分割契約；（旅行的）全套用具，完整計畫的旅行。5 整套的廣播電視節目。6〖電腦〗套裝軟體。—形（提案等）總括的。—動 及 1 打包，包裝《*up*》。2 總括起來。

'**package ˌdeal** 名 整批交易；不可分割契約。

'**package ˌstore** 名《美》（禁止在店內喝酒的）酒類零售商店。

'**package ˌtour** 名 套裝旅行，包辦旅行：行程與食宿均由旅行社安排的旅遊。

'**pack ˌanimal** 名 馱獸。

'**pack ˌdrill** 名〖軍〗1 全副武裝往復行走的一種處罰。2 馱運裝卸操練。

packed [pækt] 形《常作複合詞》擠滿人的；塞得滿滿的。

packed-out ['pækt'aʊt] 形《尤英口》擠滿人的，客滿的。

pack·er ['pækɚ] 名 1 包裝者；包裝機。2 包裝業者；《美》罐頭食品業者。3 行李搬運工人。

·**pack·et** ['pækɪt] 名 1 小捆，小包裹，小件行李。2 定期船；郵船；船。3〖電腦〗資訊封包。4 大量；《英口》大筆的錢；相當金額的不勞所得；薪資袋：make a ～ 賺了一大筆錢。5《英俚》（尤指因遭到痛擊等而感到的）極大痛苦。

catch a packet《英俚》惹上麻煩；遭遇不測，受重傷；中彈；受重罰。

sell a person ***a packet***《俚》對某人撒謊。

—動 及 裝進小包裹，包成小包裹。

pack·horse ['pæk,hɔrs] 名 馱馬。

pack·house ['pæk,haʊs] 名 (複-**hous·es** [-ˌhaʊzɪz]) 1 倉庫。2 食品包裝工廠。

'**pack ˌice** 名 Ⓤ 積冰，浮冰群。

pack·ing ['pækɪŋ] 名 Ⓤ 1 打包，打行李；包裝：do one's ～ 打包。2 食品加工包裝（業），罐頭製造（業）。3 物資運輸。4（包裝用）塡料，密封（料）。

'**packing ˌbox** [**ˌcase**] 名 1 裝貨箱，包裝盒。2〖機〗塡料函。

pack·ing·house ['pækɪŋ,haʊs] 名《美》食品加工包裝工廠，罐頭工廠。

'**packing ˌsheet** 名 1 包裝紙。2〖醫〗（水療法用的）溼布。

pack·man ['pækmən] 名 (複-**men**)《古》貨郎：沿路兜售貨品的小販。

'**pack of 'lies** 名 一套謊言，一派胡言。

'**pack ˌrat** 名 1〖動〗《美》林鼠。2《口》收集保存沒有用處的物品的人。3《美俚》竊盜。

pack·sad·dle ['pæk,sædl] 名 馱鞍。

pack·thread ['pæk,θrɛd] 名 Ⓤ 粗麻線，紮繩。

pact [pækt] 名 1（個人間的）契約：sign a ～ with... 與…簽約。2（國家間的）協定，條約，公約。

pac·tion ['pækʃən] 名 Ⓤ Ⓒ 合同，協定，契約，（國際間的）短期協定。

·**pad**[1] [pæd] 名 1（防衝擊的）塡塞物；襯墊；（打球時所用的）胸墊，護胸，護膝；藥棉塊；座墊；無框皮鞍，鞍褥。2（可一張一張撕用的）拍紙簿，便條紙簿：a writing ～ 一本信紙簿。3 打印臺；火箭發射臺，直升機起落場。4 爪墊，肉趾；（昆蟲足上的）附著盤；（兔子等的）足(印)。5（睡蓮等的）浮葉。6《俚》公寓，家，房間；寢室，床；吸毒窩：knock the ～ 進入寢室；上床睡覺。7〖電〗雲母片。8〖木工〗把手柄；（手搖曲柄狀鑽的）裝鑽孔。9 包，束。10《*the* ～》《美俚》（收受的）賄賂：**on** *the* ～ 受賄。13《美俚》汽車車牌。—動 (～·**ded**, ～·**ding**) 及 1 以塡塞物塞墊，塡滿，加入墊物《*out*》。2《口》拉長，鋪張《*out*》；虛報，做假。

pad² [pæd] 名 1 緩步而行的馬。2（腳步聲等的）沉甸的聲音。3《英俚》小道，道路：a gentleman of the ～ 綠林好漢。—動(～·ded, ～·ding)及1 走（路）。2 踩硬（地面、雪）。—不及 慢步《*along / along...*》；輕走。

ˈpadded ˈcell 名（精神病院的）加軟墊病房。

pad·ding [ˈpædɪŋ] 名 U 1 填塞（物）。2 不必要的鋪張詞藻，冗詞贅句。3 虛帳。

·pad·dle¹ [ˈpædl] 名 1 槳，楫；（汽船的）外輪，明輪；（汽船的外輪、水車的）划水板，翼。2 楫狀物。3 蹼狀腳，蹼足。4（桌球等的）球拍。5（以外輪）划水前進。6《英》長柄的圓鍬。7 小閘門。8《美俚》飛機的引擎。—動(-dled, -dling)及1 划（獨木舟）；划槳前進；以外輪使（汽船）前進；划舟運送。2 用楫狀棒鞭撻；《美》拍打；用楫狀棒攪，用球拍打。—不及 划水前進；輕輕划船；以外輪推動。**-dler** 名 使用 paddle 的人；《口》桌球選手。

pad·dle² [ˈpædl] 動 不及 1 划動手足戲水，涉淺水；用手指玩弄。2（小孩）搖搖晃晃地走。

pad·dle·board [ˈpædl̩ˌbɔrd] 名 衝浪板，救生浮板。

pad·dle·fish [ˈpædl̩ˌfɪʃ] 名 (複～·es, ～)〖魚〗白鱘：產於美國 Mississippi 河。

ˈpaddle ˌsteamer 名 明輪船。

ˈpaddle ˌwheel 名（汽船的）外輪，明輪。

ˈpaddling ˌpool 名《英》供兒童戲水的淺水池（《美》wading pool）。

pad·dock [ˈpædək] 名 1 附有馬廄的牧場。2（賽馬、賽車場的）圍場。3《澳》（圍起來的）牧草地，耕地。—動及 把（馬等）圈圍起來。

pad·dy [ˈpædɪ] 名 (複**-dies**) 1 稻田，水田。2 U 米；稻。3《美蔑》白人。

Pad·dy [ˈpædɪ] 名(複**-dies**) 1《俚》愛爾蘭人（的後裔）。2〖男子名〗帕弟。3《p-》《英口》大怒。

paddy ˌwagon 名《美俚》= patrol wagon.

pad·lock [ˈpædˌlɑk] 名 掛鎖，扣鎖。—動及 用掛鎖鎖上；上鎖。

pa·dre [ˈpɑdrɪ] 名 (複～s [-z]) 1（西班牙、葡萄牙等國天主教的）神父。2《口》隨軍牧師。3《英口》牧師；教士。

pae·an [ˈpiən] 名 1 讚歌；歡樂的歌；凱歌。2（尤指古希臘對 Apollo 的）祈願歌，感恩歌（亦作 **pean**）。

pae·der·ast [ˈpɛdəˌræst] 名 = pederast.

pae·di·a·tri·cian [ˌpidɪəˈtrɪʃən] 名《主英》= pediatrician.

pae·di·at·rics [ˌpidɪˈætrɪks] 名 (複)《作單數》《主英》= pediatrics.

pae·do·phil·i·a [ˌpidəˈfɪlɪə] 名《主英》= pedophilia.

pa·el·la [pɑˈɛlə] 名 C U 一種西班牙什錦飯：用米、肉、魚、蔬菜煮成。

pa·gan [ˈpegən] 名（基督教、猶太教或回教以外的）異教徒；多神教徒；無宗教信仰者。—形 異教（徒）的；異教的；無宗教信仰的。

pa·gan·ism [ˈpegəˌnɪzəm] 名 U 1 異教思想。2 異教徒的信仰[習慣]。3 沒有信仰，無宗教。

:page¹ [pedʒ] 名 1（書本等的）頁；（報紙等的）版面；（印刷品的）一張，一頁：the funnies ～*s* 漫畫版 / turn a ～ 翻動一頁。2《文》（歷史性的）事件；（人生的）插曲。3《通常作～s》書籍；紀錄；年代紀。4〖電腦〗頁。—動 (**paged, pag·ing**)及 標頁碼。
—不及 翻書頁《*through...*》。

page² [pedʒ] 名 1（旅館等的）男服務生；《美》國會議員的小聽差；新娘的男花童。2 僕人，隨從，侍童。
—動及1 當服務生服侍。2（在旅館、俱樂部等處派童僕或以播音方式）指名找（人）。3（以無線電訊號）呼叫。

pag·eant [ˈpædʒənt] 名 1 露天歷史劇；壯盛的遊行行列；（節慶的）化裝遊行。2 華麗壯觀的事物。3 U 虛飾；炫耀。

pag·eant·ry [ˈpædʒəntrɪ] 名 U 1 壯觀；壯盛（表演）；虛飾，虛有其表。2《集合名詞》露天劇，雜技團等表演。

page·boy [ˈpedʒˌbɔɪ] 名 1 垂至肩膀處向內捲曲的女人髮型。2 新娘的男花童。

pag·er [ˈpedʒɚ] 名1 召喚他人者；召喚人用的擴音器。2 無線電話呼叫器。

page-turn·er [ˈpedʒˌtɝnɚ] 名（偵探小說等）令人忍不住要一口氣看完的小說。

pag·i·nal [ˈpædʒənl̩] 形 1 頁的；由頁構成的。2 逐頁對照的。

pag·i·nate [ˈpædʒəˌnet] 動及 加注頁碼，編頁碼，編頁數。

pag·i·na·tion [ˌpædʒəˈneʃən] 名 U C 書的頁數；頁碼；編頁數。

pag·ing [ˈpedʒɪŋ] 名〖電腦〗分頁。

pa·go·da [pəˈgodə] 名（亞洲各國佛寺的）塔，寶塔。

pah [pɑ] 感《表厭惡、不相信所發出的聲音》呸！哼！

:paid [ped] 動 **pay¹** 的過去式及過去分詞。—形 1 有薪金的；需繳費的；已付的；付清的。2 被僱用的。3 兌現的。
put paid to...《英口》已經結束，終結。

paid-in [ˈpedˌɪn] 形 已繳清的。

paid-up [ˈpedˌʌp] 形 已繳清的。

·pail [pel] 名 水桶，提桶；一桶的量。

pail·ful [ˈpelˌfʊl] 名(複～**s**) 滿桶；一桶。

pail·lasse [pælˈjæs] 名 草薦，草褥。

:pain [pen] 名 1 U（肉體或精神的）痛苦；悲痛；C 局部的疼痛：a stab of ～ 一陣刺痛 / have back ～*s* 感覺背部疼痛 / the ～ of parting 離別的痛苦。2《～s》產痛，陣痛。3《～s》操心，辛勞，苦心：be at

~*s* to do 努力想要… / spare no ~*s* to do 不辭辛勞地做… / take great ~*s* with the preparations for the party 非常用心去準備宴會的事。4 Ⓤ Ⓒ《古》懲罰。5《口》令人厭煩的人[物，事]：a ~ in the neck 煩惱的根源；討厭的人，眼中釘。

feel no pain (1) 一點也不覺得痛。(2)《俚》醉倒。

—動及使痛苦；使苦惱。

pained [pend] 形 1 感覺痛的；感情受創的《*at*...》。2 顯示痛苦的。

·pain·ful ['penfəl] 形 1 疼痛的；痛苦的。2 困苦的，吃力的，辛苦的；討厭的，令人痛心的；無聊的。3《古》(人) 勤勉的；(作品等) 苦心孤詣的。

pain·ful·ly ['penfəlɪ] 副 難受地；疼痛地；辛苦地。

pain·kil·ler ['pen,kɪlɚ] 名 止痛藥。

pain·kill·ing ['pen,kɪlɪŋ] 形 止痛的。

pain·less ['penlɪs] 形 1 無痛的。2 沒有困難的，不費力的。~·**ly** 副

pains·tak·ing ['penz,tekɪŋ] 形 操勞的，不辭辛勞的；費力的；費盡苦心的。—名 Ⓤ 苦心；辛勤。~·**ly** 副

:paint [pent] 名 1 Ⓤ Ⓒ 顏料；油漆；塗料：lay ~ upon canvas 在畫布上塗顏料 / Wet *P*-.《告示》油漆未乾。2 塗漆；塗色。3 口紅；化妝品；油彩。—動及 1 用顏料畫。2 (用語言) 描繪《*out*》。3 油漆；著色；上色；塗掉《*out*》；(用顏色) 塗畫；化妝；塗 (藥) 於。

—不及 塗油漆；繪畫《*in*...》；化妝。

paint** a person **black 把某人說成壞蛋。

paint** one's **mistakes over 校正錯誤；掩飾錯誤。

paint the lily 畫蛇添足，錦上添花。

paint the town red《俚》(尤指爲慶祝某事而出外) 鬧酒，狂歡。

paint·box ['pent,bɑks] 名 顏料盒。

paint·brush ['pent,brʌʃ] 名 1 油漆刷子；畫筆。2〖植〗元參科草屬植物。

paint·ed ['pentɪd] 形 1 畫好的；彩繪的，著色的；塗了油漆的。2 非現實的，不實在的；虛飾的，虛僞的；誇張的。3 濃妝豔抹的：be as ~ as a picture 濃妝豔抹。4《複合詞》色彩豔麗的，多彩的。

:paint·er¹ ['pentɚ] 名 1 畫家：a ~ in oils 油畫畫家。2 油漆工。

paint·er² ['pentɚ] 名 (船的) 拖纜，繫船索，纜索。

cut the painter (1) 解開纜索。(2)《稍罕》完全斷絕關係。

paint·er·ly ['pentɚlɪ] 形 畫家的；繪畫的；強調色彩的。

:paint·ing ['pentɪŋ] 名 1 畫，油畫，水彩畫；Ⓤ《集合名詞》繪畫作品。2 Ⓤ 畫圖；畫法，畫藝；繪畫業；塗漆，著色，(陶瓷器的) 彩繪；化妝。3 (塗上的) 油漆。

'paint ,pot 名 油漆罐 (亦作 **paintpot**)。

paint·work ['pent,wɝk] 名 Ⓤ 塗上的油漆；油漆工作。

:pair [pɛr] 名 (複~s, ~) 1 一對，一組《*of*...》；一副，一套，一把：a ~ *of* socks 一雙襪子 / five ~(*s*) *of* shoes 五雙鞋子。2 兩個；兩人；兩隻；一對夫婦，一對情侶；(動物的) 一對，(被套上同一個拖具的牛或馬等的) 兩頭《*of*...》：the happy ~ 幸福的夫婦 / a ~ *of* ducks 一對鴨子 / work in ~*s* 兩人一組地工作。3 (臺階的) 一段《*of*...》；樓層：a ~ *of* stairs 一段樓梯。4 (成雙物的) 另一只；另一個。5〖牌〗對子。6〖郵票〗(連在一起的) 兩張郵票。

another pair of shoes ⇨ SHOE (片語)

—動及 1 把每兩個配成一組，使成對《*off*, *up*》。2 使結婚；使交配《*off*》。—不及 1 每兩個成一組《*off*, *up*》；成一對《*with*...》。2 結成夫婦，配成對《*off* / *with*...》。

'pair(-),bond 名 一夫一妻的關係；一雌一雄交配關係。**'pair(-),bonding** 名 一夫一妻的生活；一雌一雄的生活。

pair-oar ['pɛr,or] 名 雙槳艇。

pais·ley ['pezlɪ] 名 Ⓤ 渦旋紋圖案。—形 渦旋紋圖案。

·pa·jam·as,《英尤作》**py-** [pə'dʒæməz, pə'dʒɑməz] 名 (複) 1 寬鬆睡衣褲：a suit of ~ 一套睡衣褲 / a man in ~ 一個穿睡衣褲的男人。2 (印度、波斯等的回教徒所穿的) 寬鬆褲。-**ja·maed** 形

Pa·ki ['pɑkɪ, -æ-] 名《英俚》《通常爲蔑》巴基斯坦人。

Pa·ki·stan [,pækɪ'stæn, ,pɑkɪ'stɑn] 名 巴基斯坦：印度西北方的一個共和國；首都爲伊斯蘭馬巴德 (Islamabad)。

Pa·ki·sta·ni [,pækə'stænɪ] 名 (複~s, ~) 巴基斯坦人。—形 巴基斯坦 (人) 的。

·pal [pæl] 名《口》1 夥伴，好友：a pen ~ 筆友。2 共犯，同謀。

—動 (**palled**, ~·**ling**) 不及《俚》(與…) 爲伍《*around*》；結交《*up*,《美》*around with*...》。

:pal·ace ['pælɪs] 名 1 宮殿；《主英》官邸，公館。2 大宅邸，殿堂；豪華建築物，大廳：a gin ~《英》華麗而庸俗的大眾酒店。3《*the* ~》宮廷中的有力人士。

—形 1 屬於宮廷的，起自君王親信的：a ~ guard 皇家的貼身侍衛 / ~ revolution 宮廷政變，窩裡反。2 豪華的，奢侈的。

pal·a·din ['pælədɪn] 名 1 中古法國傳奇故事中查理曼大帝屬下的十二勇士之一。2 行俠仗義的人；倡導者，捍衛者。

palaeo-《字首》= paleo-.

pa·lais [pæ'le] 名 (複~)《法語》宮殿；法國政府、地方行政單位的建築物；《口》(豪華的) 舞廳。

pal·an·quin, -keen [,pælən'kin] 名 (印度和中國所用的) 轎子。

pal·at·a·ble ['pælətəbl] 形 1 合口味的，美味的。2 令人愉快的，稱心的。

-**bly** 副

P

pal·a·tal ['pælətḷ] 形 1〖解〗顎的。2〖語音〗上顎音的。—名〖解〗顎骨;〖語音〗上顎音。

pal·a·tal·ize ['pælətḷ,aɪz] 動 及〖語音〗使顎音化。

pal·ate ['pælɪt] 名 1〖解〗顎:a cleft ~ 兔唇 / the soft~ 軟顎。2 味覺《*for...*》。3 ⓤⓒ審美觀,鑑賞力《*for...*》;愛好,嗜好《*for...*》:suit a person's ~ 合於某人的興趣。

pa·la·tial [pə'leʃəl] 形 宮殿的;如宮殿般壯麗的;堂皇的;豪華的。~·**ly** 副

pa·lat·i·nate [pə'lætṇ,et, -ɪt] 名 1 有王權的伯爵(Palatine)的領地。2《**the P-**》(神聖羅馬帝國的)選侯的領地(在萊茵河西岸)。

pal·a·tine ['pælə,taɪn] 形 1 擁有王權的;帕拉丁伯爵的:a count ~ 帕拉丁伯爵。2 宮殿般的。3《**P-**》Palatinate(人)的。—名 1〖史〗《**P-**》有王權的伯爵。2 高官。3《**the P-**》巴勒泰丘:古羅馬所在地的七丘之一。

pa·lav·er [pə'lævɚ] 名 1(尤指不同族群間的)協商。2《口》長時間的討論;ⓤ閒扯,空談。3 ⓤ 花言巧語;奉承,阿諛。4《英俚》事務,工作;ⓤ《英口》麻煩。

—動 不及 1 講無聊話,閒聊。2 商量,協商。—及 籠絡。

:pale[1] [pel] 形 (**pal·er, pal·est**) 1 沒有血色的,蒼白的:be as ~ as ashes 慘白。2 灰白色的,淡色的;微弱的,朦朧的:~ green 淡綠色 / the ~ sunlight 微弱的陽光。3 軟弱的,無活力的。

—動 (**paled, pal·ing**) 不及 變蒼白;變淡;轉弱,變暗淡。—及 使臉色蒼白;使變淡;使轉弱。~·**ly** 副, ~·**ness** 名

pale[2] [pel] 名 1(用作柵欄的)木樁;柵,柵欄,圍籬。2 圍起來的地;一定區域,領域;《**the** ~》境界,界限,範圍:within *the* ~ of... 在…的範圍內 / outside the ~ of... 在…的範圍外。

beyond* [*outside*] *the pale (1) ⇨ 名 2. (2) 逸出常軌。(3) 被視為放逐者。

—動 及 用柵欄圍起來。

pale·face ['pel,fes] 名《北美印第安人用語》白人。

paleo-《字首》表「古」、「舊」、「原始」之意。

pa·le·o·an·thro·pol·o·gy [,pelɪo,ænθrə'pɑlədʒɪ] 名 ⓤ 古人類學。
-gist 名 古人類學家。

pa·le·og·ra·phy [,pelɪ'ɑgrəfɪ] 名 ⓤ 古字體;古文書(學)。

Pa·le·o·lith·ic [,pelɪə'lɪθɪk] 形 舊石器(時代)的。

pa·le·on·tol·o·gy [,pelɪɑn'tɑlədʒɪ] 名 (複**-gies**) ⓤ 古生物學;ⓒ 古生物誌。**-to·'log·ic** 形, **-gist** 名

Pa·le·o·zo·ic [,pelɪə'zoɪk] 形〖地質〗古生代的。—名《**the**~》古生代;古生代層。

Pal·es·tine ['pælə,staɪn] 名 巴勒斯坦:1 地中海東岸的古代王國,亦稱 Holy Land,聖經上稱為 Canaan。2 西至地中海、東至死海的地區;1948 年以後分屬以色列及約旦;1988 年巴解組織在此建國。
-tin·i·an [-'tɪnɪən] 名 形 巴勒斯坦人[的]。

pal·ette ['pælɪt] 名 1 調色板。2 一套顏料;(某畫家所慣用的)顏料色調。

'palette ,knife 名 調色刀。

pal·frey ['pɔlfrɪ] 名(複~**s** [-z])《古》(供婦女用的)乘用馬,馴馬。

Pa·li ['pɑli] 名 ⓤ 巴利語:古印度佛典上所用的語文。

pal·i·mo·ny ['pælə,moni] 名 ⓤ《美》同居贍養費。

pal·imp·sest ['pælɪmp,sɛst] 名(中古時代)消除舊字以供另寫新字的羊皮紙。

pal·in·drome ['pælɪn,drom] 名 1 迴文。2 = word square.

pal·ing ['pelɪŋ] 名 ⓤ(尖木樁的)柵欄;《集合名詞》尖木樁,棒樁;造柵(用木材)。

pal·i·sade [,pælə'sed] 名 1 柵欄;木樁。2《~**s**》《美》絕壁,峭壁;《**the Palisades**》(紐約州 Hudson 河下游的)懸崖峭壁。—動 及 設柵欄於;用柵防禦。

pal·ish ['pelɪʃ] 形 稍帶蒼白的。

pall[1] [pɔl] 名 1(黑、紫、白天鵝絨的)棺罩,墓布;棺木。2 陰暗的遮蓋物;幕,帷:a murky ~ of clouds 陰沉濃密的烏雲 / cast a ~ over... 將陰影投向…。3(教皇、主教的)肩;《古》祭壇布;聖體布;聖杯罩布。4《古》(豪華的)罩布。

pall[2] [pɔl] 動 不及《文》1 成為乏味,失去魅力;變得不好吃《*on, upon...*》: food that eventually ~*s on* one 不久就吃膩了的食物。2 感到厭膩,覺得索然無味《*of* ...》;饜足《*with...*》。—及 使厭膩。

Pal·la·di·an[1] [pə'ledɪən] 形(建築)帕拉迪歐式的。

Pal·la·di·an[2] [pə'ledɪən] 形 1〖希神〗女神帕拉絲的。2 智慧的,學問的。

pal·la·di·um [pə'ledɪəm] 名 ⓤ〖化〗鈀。符號:Pd

Pal·la·di·um [pə'ledɪəm] 名 (複**-di·a** [-dɪə]) 1 Pallas 神像;尤指保護 Troy 城的 Pallas 神像。2 ⓤ ⓒ《通常作**p-**》(國家、權力等的)保護;守護。

Pal·las ['pæləs] 名〖希神〗帕拉絲:女神雅典娜的別名(亦稱 **Pallas Athena**)。

pall·bear·er ['pɔl,bɛrɚ] 名 扶棺的人,執紼者。

pal·let[1] ['pælɪt] 名 草薦;簡陋的床,地鋪。

pal·let[2] ['pælɪt] 名 1(泥水匠的)抹子,鏝。2(陶器乾燥用的)板臺。3〖機〗制轉桿,掣子,棘爪。4 貨盤,運貨托板。

pal·let·ize ['pælə,taɪz] 動 及 用貨盤裝

P

運。

pal·liasse [pæl'jæs] 名《英》= paillasse.

pal·li·ate ['pælɪ,et] 動及 **1** 辯解，掩飾；減輕。**2** 暫時緩和。**-'a·tion** 名Ⓤ減輕，緩和；掩飾。**-,a·tor** 名

pal·li·a·tive ['pælɪ,etɪv] 形 **1** 暫時緩和的；辯解的，掩飾的。**2** 減輕的。—名 **1** 緩和劑。**2** 辯解；有緩和效果的事物。**3** 應該斟酌的情況。～**·ly** 副

pal·lid ['pælɪd] 形 **1** 無血色的，蒼白的；淡白的；淡的：a ～ sky 灰白的天空。**2** 無生氣的；無趣味性的。～**·ly** 副

Pall Mall ['pɛl'mɛl] 名 培爾美爾街：英國 London 的高級俱樂部街。

pall-mall ['pɛl'mɛl, 'pæl'mæl] 名 Ⓤ鐵圈球（17 世紀流行一時的一種球戲）；Ⓒ其球場。

pal·lor ['pælɚ] 名 Ⓤ臉色蒼白，灰白。

pal·ly ['pælɪ] 形 (**-li·er, -li·est**)《口》親密的；友好的《*with...*》。

·**palm**[1] [pɑm] 名 **1** 手掌，手心；（動物的）前腳心：have ... in the ～ of one's hand 完全掌握住⋯ / know...like the ～ of one's hand 對⋯瞭若指掌。**2**（手套的）掌部；掌狀部；（鹿角的）掌狀部；槳葉；錨爪（的內面）；安裝於支柱頭部的平板。**3** 掌尺。**4**（撲克牌等的）藏於手心。

cross a person's palm with silver (1)給某人（尤指算命者）錢。(2)向某人行賄。

grease a person's palm《口》向某人行賄，收買某人。

have an itching palm《口》貪財，隨時準備接受賄賂。

—動及 **1**（在變魔術等時）藏於手心。**2**（在店裡）偷取。**3** 握手。**4** 用手掌觸摸[撫摸]。**5**（運球時）使（籃球）在手中瞬間停頓而犯規。**6** 收買。

palm...off / palm off...《口》(1) 用欺騙方法賣給《*on, upon, onto...*》；僞稱《*as ...*》。

·**palm**[2] [pɑm] 名 **1**〖植〗棕櫚樹。**2**《*the* ～》（象徵勝利的）棕櫚葉[枝]；（獎章上的）棕櫚葉圖案；獎賞；榮譽；勝利；成功：win *the* ～ 得勝；得到莫大的殊榮 / give *the* ～ to a person 輸給某人。

pal·mar ['pælmɚ] 形手掌的；掌中的；有關手掌的。

pal·ma·ry ['pælmərɪ] 形 優勝的，卓越的，值得讚賞的。

pal·mate ['pælmet], **-mat·ed** [-metɪd] 形 **1** 掌狀的。**2**〖動〗有蹼的。～**·ly** 副

'**Palm 'Beach** 名棕櫚灘：美國 Florida 州東南部的度假勝地。

palm·er[1] ['pɑmɚ] 名 **1**（中世紀從聖地帶回棕櫚葉的）朝聖者；香客；遊方僧，行腳僧。**2** = palmerworm.

palm·er[2] ['pɑmɚ] 名（把撲克牌等）藏於手心的人。

palm·er·worm ['pɑmɚ,wɝm] 名一種毛蟲（會危害果樹的葉子）。

pal·met·to [pæl'mɛto] 名(複～**s** [-z], ～**es** [-z]) 美洲蒲葵。

palm·ist ['pɑmɪst] 名看手相的術士。

palm·is·try ['pɑmɪstrɪ] 名 Ⓤ手相術；（扒手等的）妙手，手指的靈巧。

'**palm ,leaf** 名棕櫚葉。

'**palm ,oil** 名Ⓤ 棕櫚油。

'**Palm 'Sunday** 名聖枝主日：復活節前的星期日，基督受難前進入 Jerusalem 的紀念日。

palm·top ['pɑm,tɑp] 名掌上型電腦。

palm·y ['pɑmɪ] 形(**palm·i·er, palm·i·est**) **1** 榮耀的，隆盛的，繁榮的：in one's ～ days 在某人的全盛時期。**2** 多棕櫚樹的，棕櫚成蔭的。

Pal·o·mar ['pælə,mɑr] 名 **Mt.**，巴洛馬山：位於美國 California 州西南部的一座山；裝有世界最大級反射望遠鏡的天文臺 Mt. Palomar Observatory 即位於此。

pal·o·mi·no [,pælə'mino] 名 (複～**s**)《偶作 **P-**》（產於美國西南部的）帕洛米諾馬。

palp [pælp] 名= palpus.

pal·pa·ble ['pælpəbl] 形 **1** 容易察覺的；明顯的：a ～ lie 明顯的謊言。**2**〖醫〗可觸知的。**-bly** 副明顯地。

pal·pate[1] ['pælpet] 動及摸，觸；觸診。**-'pa·tion** 名

pal·pate[2] ['pælpet] 形〖動〗有觸鬚的。

pal·pi·tant ['pælpətənt] 形（心臟等）跳動的；顫抖的。

pal·pi·tate ['pælpə,tet] 動不及 **1** 心跳；跳動；怦怦跳，忐忑。**2** 發抖，顫抖；心跳加快《*with...*》。

pal·pi·ta·tion [,pælpə'teʃən] 名 Ⓤ Ⓒ《常作～**s**》心悸；發抖；忐忑；心跳加快。

pal·pus ['pælpəs] 名(複**-pi** [-paɪ])（昆蟲等的）鬚，觸鬚。

pal·sied ['pɔlzɪd] 形中風的，癱瘓的。

pal·sy ['pɔlzɪ] 名 (複**-sies**) **1** Ⓤ〖醫〗麻痺；癱瘓，中風。**2** 麻痺的原因；《喻》麻痺狀態。—動(**-sied**, ～**·ing**)及使麻痺[癱瘓]；使無力。

pal·sy-wal·sy ['pælzɪ'wælzɪ] 形《俚》感情很好的；親密的《*with...*》。

pal·ter ['pɔltɚ] 動不及 **1** 敷衍，欺騙，敷衍搪塞《*with...*》。**2** 輕忽（名譽等）《*with...*》。**3** 討價還價《*with...*》；殺價《*about...*》。～**·er** 名

pal·try ['pɔltrɪ] 形(**-tri·er, -tri·est**) **1** 微不足道的；無價值的。**2** 少的，些許的：such a ～ sum 這麼點小錢。**3** 卑鄙的，卑劣的。

-tri·ly 副, **-tri·ness** 名

Pa·mirs [pə'mɪrz] 名《*the* ～》帕米爾高原：位於中國新疆西南邊境，有世界屋脊之稱。

pam·pas ['pæmpəz] 名(複)(單 **-pa** [-pə])《*the* ～》彭巴草原；阿根廷的大草原。

P

ampas ˌgrass (名)(U)彭巴草，銀葦。

am·per [ˈpæmpɚ] (動)(及) **1** 縱容，嬌寵，姑息；使饜足：～ oneself 恣縱自己。**2**《古》使吃得過飽。

am·phlet [ˈpæmflɪt] (名) **1** 論文，短評。**2** 小冊子。

am·phlet·eer [ˌpæmflɪˈtɪr] (名)時事論文執筆；小冊子作者。

an¹ [pæn] (名) **1** 無蓋淺鍋，平底鍋；鍋中物；一鍋的量。**2** 盤狀器皿；天平盤；各種工業用鍋；鐵鍋；淘金盤：an evaporating ～ 蒸發盤。**3** 盤狀窪地，沼地，鹽田。**4** 冰片，小塊浮冰。**5** 硬磐，硬土層。**6** 頭蓋骨。**7** 酷評：on the ～ 受到嚴厲的批評。**8** 便器，抽水馬桶。**9**《美俚》臉，面。

go down the pan《英俚》= go down the DRAIN.

jump out of the (frying) pan into the fire 避過小難碰到大難，每況愈下。

make a flash in the pan ⇨ FLASH（片語）

shut one's pan 緘默，不動聲色。

—(動)(**panned**, ～**·ning**)(及) **1** 用淘盤篩《*off, out*》。**2** 用鍋子煮。**3**《口》酷評，嚴厲批評。—(不及) **1** 用淘盤洗砂礫《*for...*》。**2** 出產金子《*out*》。

pan out (1) ⇨(動)(不及) **2**. (2)《口》順利進展；（結果）成爲；成功。

an² [pæn] (動) (**panned**, ～**·ning**) (不及) 搖攝；（攝影機）被搖動。—(及)搖攝；搖動（攝影機）。—(名)攝影機的搖動，搖攝。

an [pæn] (名)〖希神〗潘恩：森林和牧羊之神，其長相半人半羊。

an-《字首》表「全…，總…，泛」之意。

an·a·ce·a [ˌpænəˈsiə] (名) **1** 萬靈藥。**2** 一切問題的解決辦法。

a·nache [pəˈnæʃ, -ˈnɑʃ] (名) **1**（鋼盔的）羽毛飾物。**2** (U)堂堂的風度，威嚴，氣派；風頭。

an-Af·ri·can·ism [pænˈæfrɪkənˌɪzəm] (名) (U)泛非洲主義。**-ist**(名) (形)

an·a·ma [ˈpænəˌmɑ] (名) **1** (1) 巴拿馬（共和國）：位於中美洲南部。(2) 巴拿馬市：巴拿馬共和國的首都。**2 the Isthmus of**,巴拿馬地峽。**3**《偶作 **P-**》巴拿馬草帽。**-ma·ni·an** [-ˈmenɪən, -ˈmɑ-] (形)(名)巴拿馬的[人]。

anama Caˈnal (名)《**the** ～》巴拿馬運河。

anama ˈhat (名)巴拿馬草帽。

an-A·mer·i·can [ˌpænəˈmɛrɪkən] (形)泛美的，北、中、南美諸國（民）的：the ～ Congress 泛美會議。

an-A·mer·i·can·ism [ˌpænəˈmɛrɪkənˌɪzəm] (名) (U)泛美主義。

an·a·tel·(l)a [ˌpænəˈtɛlə] (名) 細捲雪茄。

an·cake [ˈpænˌkek, ˈpæŋ-] (名) **1** (C) (U)薄煎餅：be (as) flat as a ～ 像煎餅般扁平的。**2**（迫降時的）垂直降落，平降。**3** (U) (C)（化妝用的）粉餅。

—(動) (不及) 垂直降落，平降《*down*》。—(及)使垂直降落。

ˈPancake ˌDay (名)《英》= Shrove Tuesday.

ˈpancake ˌlanding (名) = pancake 2.

ˈpancake ˌroll (名) = egg roll.

pan·chro·mat·ic [ˌpænkroˈmætɪk] (形)（軟片、底片）全色的，泛色的。

pan·cre·as [ˈpænkrɪəs, ˈpæŋ-] (名)〖解·動〗胰臟。**-at·ic** [-ˈætɪk](形)

pancreˈatic ˈjuice (名)(U)〖生化〗胰液。

pan·da [ˈpændə] (名)〖動〗**1** 小熊貓，小貓熊。**2** 大熊貓，大貓熊。

ˈpanda ˌcar (名)《英》警察巡邏車。

ˈpanda ˌcrossing (名)《英》（由行人按鈕控制紅綠燈的）行人穿越道。

pan·dect [ˈpændɛkt] (名) **1**《～**s**》法典，法規全集。**2** 總覽，要覽。**3**《**the Pandects**》〖羅馬法〗羅馬法典。

pan·dem·ic [pænˈdɛmɪk] (形) **1**（疾病）遍及全地區的，流行全國的。**2** 一般性的；普遍性的。—(名)全國性流行病。

pan·de·mo·ni·um [ˌpændɪˈmonɪəm] (名) **1** (U) 大混亂，混沌。**2** 大混亂的場所，騷動的場面。**3**《常作 **P-**》惡魔的巢窟，群魔殿；地獄。

pan·der [ˈpændɚ] (名) **1** 拉皮條的人，淫媒；（男性）賣淫介紹人；龜鴇，妓館主人。**2** 慫恿者，迎合者（亦稱 **panderer**）。—(動) (及)《古》拉皮條。—(不及)拉皮條；迎合（下流趣味），慫恿《*to...*》。

pan·dit [ˈpʌndɪt, ˈpæn-] (名)（印度的）賢人，學者。

Pan·do·ra [pænˈdorə] (名)〖希神〗潘朵拉：Zeus 爲了處罰得知如何用火的人類，而製造的第一個女人，並爲人類帶來災禍。

Panˈdora's ˈbox (名) **1** 潘朵拉的盒子：Zeus 所贈；Pandora 破戒開盒，造成災難與罪惡泛濫於人間，只留下希望在盒子裡。**2** 災難的根源。

·pane [pen] (名) **1** 窗框；（窗玻璃的）一塊：a ～ of glass 一塊窗玻璃。**2**（門等的）鑲板，木板。**3**（螺帽等的）側面；棋盤的一方格。**4**〖郵票〗小本張郵票。

paned [pend] (形) **1**《通常作複合詞》嵌著玻璃的。**2** 用布片拼製成的。

pan·e·gyr·ic [ˌpænəˈdʒɪrɪk] (名)頌詞；(U)讚頌《*on, upon...*》。**-i·cal**(形), **-i·cal·ly**(副)

pan·e·gyr·ist [ˌpænəˈdʒɪrɪst] (名)撰寫頌詞的人；讚頌者。

pan·e·gy·rize [ˈpænədʒəˌraɪz] (動) (及)讚頌，讚揚。—(不及) 讚頌，致頌詞《*on, upon...*》。

·pan·el [ˈpænl̩] (名) **1**（窗等的）方格，框。**2** 鑲板，板壁。**3**〖畫〗畫板；板畫；〖攝〗長方形照片。**4** 鑲片，飾條。**5**〖法〗陪審員名單，陪審團；〖蘇格蘭法〗刑事

P

被告：serve on a ～ 當陪審員。**6**（討論者、諮詢者等的）一群，一組；公開討論會：a ～ of experts 專家委員會 / on a radio ～ 在廣播討論會上。**7**《英》健康保險醫師名冊。**8** 書脊縫線間距；〖建〗間架。**9**（汽車等的）儀器板；（電話的）交換裝置；〖電〗配電盤，控電板。**10** 鞍墊；軟鞍。**11** 小型客貨兩用汽車。

—動 (**～ed**, **～·ing** 或《英》**-elled**, **～·ling**) 因 **1** 安裝鑲板《*in, with...*》；嵌入框子。**2** 用飾條裝飾。**3** 選定（陪審員）；載於陪審員名冊；〖蘇格蘭法〗起訴。

'panel dis,cussion 图小組討論會。

'panel ,doctor 图《英》健康保險醫師。

'panel ,heating 图 Ⓤ輻射式暖氣。

pan·el·ing, 《英》 **-el·ling** ['pænlɪŋ] 图 Ⓤ 鑲板材料；《集合名詞》嵌板，鑲板。

pan·el·ist, 《英》 **-el·list** ['pænlɪst] 图 小組座談會的參加者，（廣播、電視猜謎節目）參加者；（商品測試的）回答者。

'panel ,show 图電視座談會；電視猜謎節目。

pan-fry ['pæn,fraɪ] 動 (**-fried**, **～·ing**) 因 用淺鍋炸[煎]。

·pang [pæŋ] 图 **1** 痛心，煩悶，痛恨：a ～ of conscience 良心的譴責。**2** 劇痛，苦痛，發作：the ～*s* of childbirth（分娩的）陣痛。

—動 不及（腹部等）作痛。

pan·go·lin [pæŋ'golɪn] 图〖動〗穿山甲。

pan·gram ['pængræm] 图（一種文字遊戲）含有字母的短句。～**·'mat·ic**形

pan·han·dle[1] ['pæn,hændl] 图 **1** 淺鍋的柄。**2**《偶作 P-》《美》（州的）細長突出部分[地區]。

pan·han·dle[2] ['pæn,hændl] 動 不及 因《美口》（在街頭）乞討。**-dler** 图 叫化子，乞丐。

'Panhandle 'State 图《the ～》鍋柄州：美國 West Virginia 州的別名。

Pan·hel·len·ic [,pænhə'lɛnɪk] 形 **1** 全希臘人的；泛希臘主義的。**2**《美》學生社交俱樂部的。**-'hel·len·,ism**图

·pan·ic ['pænɪk] 图 **1** Ⓤ Ⓒ 恐慌；驚惶，慌張：people in (a) ～ 陷於恐慌狀態中的人們 / be seized with ～ 驚慌失措。**2**〖金融〗恐慌。**3**《美俚》非常有趣的人。

—形 **1** 起於慌亂的。**2** 反常的，狂亂的，莫名其妙的。

be at panic stations 必須趕忙去做；倉惶失措《*over...*》。

push the panic button《美俚》驚慌，張惶。

—動 (**-icked**, **-ick·ing**) 因 **1** 使慌張，使失去自制力，使引起恐慌。**2**《美俚》使大笑。—不及受驚，張惶失措《*at...*》。

pan·ick·y ['pænɪkɪ] 形 恐慌的；易恐慌的；提心吊膽的。

pan·i·cle ['pænɪkl] 图〖植〗圓錐花序。

pan·ic-strick·en ['pænɪk,strɪkən] 形 陷入恐慌的，驚慌失措的。

Pan·ja·bi [pʌn'dʒabɪ] 图 (複～**s** [-z]) = Punjabi.

pan·jan·drum [pæn'dʒændrəm] 图 大老爺，擺架子的官吏。

panne [pæn] 图 Ⓤ 平絨：一種衣料。

pan·nier ['pænjɚ] 图 **1** 馱籃，貨簍；背簍；（腳踏車、機車附掛的）置物櫃。**2**〖服〗（從前撐開女裙的）鯨骨圈裙撐。

pan·ni·kin ['pænəkɪn] 图《英·澳》小鍋；小盤；金屬小杯；一鍋[盤，杯]的量。

pan·o·plied ['pænəplɪd] 形 全套披甲的；裝飾漂亮的。

pan·o·ply ['pænəplɪ] 图 (複**-plies** [-plɪz]) **1** 全副甲冑。**2** Ⓤ防護性掩蔽物；全副裝備；漂亮的裝束，堂皇的裝飾。**-plied**形

pan·op·tic [pæn'ɑptɪk], **-ti·cal** [-kḷ] 形 一目瞭然的，顯示全貌的；總括的。

pan·o·ram·a [,pænə'ræmə] 图 **1** 全景：a vast ～ of mountain tops 山峰的廣闊全景 / a fine ～ of the city 美麗的城市全景。**2** 迴轉畫，活動畫景；迴轉畫館。**3** 連續轉變的景象，廣泛的一系列事件。**4** 概觀，大觀。

-ram·ic [-'ræmɪk] 形 全景的；概觀的。

pan·pipe ['pæn,paɪp] 图牧羊神笙（亦稱 **Pan's pipes**, **pan pipes**, **pipes of Pan**）。

pan·so·phy ['pænsəfɪ] 图 Ⓤ廣泛的知識，百科全書的知識。**-soph·ic** [-'sɑfɪk]形

·pan·sy ['pænzɪ] 图 (複**-sies**) **1** 三色紫羅蘭。**2**《俚》女性化的男子；同性戀的男人。

—形《俚》裝模作樣的，娘娘腔的。

·pant[1] [pænt] 動 不及 **1** 喘息，喘氣；悸動：～ up the stairs 喘著氣爬樓梯 / ～ for air 喘氣。**2** 吐蒸氣（前進）。**3** 渴望《*for, after ...*》；《進行式》嚮往。**4**〖海〗被浪沖擊而震動。—因 氣喘地說《*forth, out*》。

—图 **1** 喘氣，喘息；悸動，猛跳。**2**（火車等）冒氣的聲音。

pant[2] [pænt] 形 褲子的。

pan·ta·let(te)s [,pæntḷ'ɛts] 图 (複)《主美》**1**（19 世紀的）女褲。**2**（女用長褲上）可取下的褶邊。

pan·ta·loon [,pæntḷ'un] 图 **1**《～**s**》馬褲；《美》《謔》褲子。**2**《通常作 **P-**》（古義大利假面劇的）瘠瘦傻老頭。**3**（現代默劇中，爲丑角取笑對象的）壞心笨老頭。

pan·tech·ni·con [pæn'tɛknɪ,kɑn] 图《英》家具搬運車（《美》moving van）。

pan·the·ism ['pænθi,ɪzəm] 图 Ⓤ萬神論；萬神崇拜。**-ist**图, **-'is·tic**形

Pan·the·on ['pænθɪ,ɑn, 'pænθɪən] 图 **1**《the ～》萬神殿。**2**《the ～》偉人祠。**3**《p-》《集合名詞》（神話的）眾神。**4**《p-》英雄世界，一群卓越人物。

pan·ther ['pænθɚ] 图 (複～**s**, 《集合名

詞》～) 1〖動〗(1)《美》美洲獅。(2) 豹；黑豹；黃褐色皮有環形斑點的豹。2《口》兇暴的男人。3《P-》《美》= Black Panther. —形兇暴的，粗暴的。

panti-, panty- 《字首》表褲子與其他衣服相連著穿之意。

pant·ies ['pæntɪz] 图(複) (單 **pan·tie** 或 **pant·y**)(女性、小孩穿著的)內褲。

pan·tile ['pæn,taɪl] 图波形瓦；圓瓦。

pan·to ['pænto] 图(複～s)《英口》聖誕節的童話劇。

panto- 《字首》表「全…，總…」之意。

pan·to·graph ['pæntə,græf] 图1 伸縮繪圖器。2〖電〗(電車的)集電弓。

pan·to·mime ['pæntə,maɪm] 图 1 Ⓤ Ⓒ 啞劇，默劇。2 Ⓤ Ⓒ 聖誕節的童話劇。3 Ⓤ手勢，比手畫腳。—動及以手勢表達。—不及以手勢表達；演默劇。
-mim·ic [-'mɪmɪk] 形

pan·to·mim·ist ['pæntə,maɪmɪst] 图默劇演員，默劇作者。

pan·try ['pæntrɪ] 图 (複-tries) 1(家庭的)食物儲藏室；(旅館的)餐具室；冷凍食品儲藏室。2《美俚》胃部。

pan·try·man ['pæntrɪmən] 图 (複-men) 配膳員。

·pants [pænts] 图(複)《口》1《美》西褲(《英》trousers)；寬鬆長褲。2(婦女、小孩的)內褲。3《英》襯褲。
beat the pants off... 《俚》徹底打敗。
be in long pants 《美口》已成長，已成熟。
bore a person the pants off 《俚》使某人厭倦得要命。
by the seat of one's pants 《口》(1)《美》於千鈞一髮之際。(2) 憑直覺和經驗。
catch...with one's pants down 《俚》使措手不及而狼狽不堪。
run one's pants off 鞠躬盡瘁。
scare the pants off... 使…極度恐懼。
take the pants off a person 《英俚》嚴厲指責某人。
wear the pants (妻子)掌權，當家；牝雞司晨。
with one's pants down 《口》出其不意地。

pant·shoes ['pænt,ʃuz] 图(複) 麵包鞋。

pant·skirt ['pænt,skɝt] 图褲裙。

'pants ˌsuit 图= pantsuit.

pant·suit ['pænt,sut] 图《美》女式長褲套裝(《英》trouser suit)。

pant·y ['pæntɪ] 图⇨ PANTIES

'panty ˌhose ['pæntɪ-] 图(複～) 褲襪(《英》tights)。

'panty ˌraid 图《美》偷內褲遊戲。

pant·y·waist ['pæntɪ,west] 图1《美》幼兒的連身內衣褲。2《美口》娘娘腔的男人，懦夫，膽小鬼。—形《美口》孩子似的，幼稚的；膽小的；娘娘腔的。

pan·zer ['pænzɚ] 形〖軍〗裝甲的；裝甲部隊的：a ～ division 裝甲師。—图《偶作P-》(德國的)裝甲戰車；《～s》裝甲師。

pap[1] [pæp] 图 Ⓤ 1 柔軟糊狀食物。2《美口》缺乏深刻內容或實質的思想、言詞、書籍等。3《美俚》政治酬庸，政壇人物給予支持者的好處；(官吏的)特權，油水。

pap[2] [pæp] 图《主方》乳頭(似的東西)。

·pa·pa ['pɑpə] 图 1《幼兒語》爸爸。2《美俚》(男性)情人。

pa·pa·cy ['pepəsɪ] 图(複-cies) 1 教皇的地位、職權、任期。2《the P-》教皇制度。3《the ～》歷任教皇。

pa·pal ['pepl] 形羅馬教皇(制度)的；羅馬天主教會的。

pa·pa·raz·zi [,pɑpə'rɑtsi] 图(複)《義大利語》狗仔隊：緊追名人以攝得其影像的攝影記者。

pa·paw ['pɔpɔ] 图〖植〗巴婆樹；Ⓒ Ⓤ 其果實。

pa·pa·ya [pə'paɪə, -'pɑjə] 图〖植〗木瓜樹；Ⓒ Ⓤ木瓜。

:pa·per ['pepɚ] 图 1 Ⓤ紙；像紙的東西：ruled ～ 格子紙 / emery ～ 砂紙 / blank ～ 白紙 / a scrap of ～ 一小塊紙片 / a piece of ～ 一張紙 / commit...to ～ 把…寫[記錄]下來 / put pen to ～ 著手寫，下筆。2 一張紙。3 (1)《常作～s》證明文件；文件，公文；紀錄，書面資料：a white ～ 白皮書(政府報告書) / state ～*s* 政府公文。(2)《～s》〖海〗= ship's papers. 4 考卷，題目卷；答案卷；《美》書面作業，書面報告：an English ～ 英文試卷 / set a ～ 出考題。5 Ⓤ Ⓒ(可流通的或商業的)票據；證券；銀行票據，紙幣：commercial ～*s* 商業票據。6 論文：deliver a ～ 宣讀論文 / collected ～*s* 論文集。7 報紙。8 Ⓤ Ⓒ(插針等的)硬紙板；壁紙；信紙。9 包裝紙；紙袋，紙包；《美俚》一小包毒品。10《作單、複數》《俚》(娛樂活動的)免費入場券。
not worth the paper it is printed on 一點價值都沒有。
on paper 寫在紙上；在理論上，在名義上；在企劃中。
send in one's papers (軍人)辭職。
—動 及 1 包以紙《*up, over*》；貼上壁紙《*in, with...*》；用紙襯裡。2 寫在紙上，寫出來。
paper over the cracks 掩飾過錯[瑕疵]。
—形 1 用紙做成的。2 紙似的；薄的；脆弱的。3 有關文書的；見諸文字的。4 寫在紙上的。5 只是紙上的。

pa·per·back ['pepɚ,bæk] 图平裝書；Ⓤ平裝版。—形平裝的。—動及《主英》以平裝本發行。

pa·per·board ['pepɚ,bɔrd] 图 Ⓤ卡紙，紙板。—形紙板(製)的。

pa·per·bound ['pepɚ,baʊnd] 图 形 = paperback.

pa·per·boy, 'paper ˌboy ['pepɚ,bɔɪ]

P

图報童，送報生。

'paper ˌchase 图抓兔子遊戲。

'paper 'clip 图紙夾，迴紋針。

'paper 'currency 图 = paper money.

'paper ˌcutter 图裁紙機；裁紙刀。

'paper ˌgold 图 Ⓤ〖經〗(國際貨幣基金會的）特別提款權。

pa·per·hang·er ['pepɚˌhæŋɚ] 图 **1** 糊壁紙的工人。**2**《美俚》使用空頭支票的人；造假鈔票的人。

pa·per·hang·ing ['pepɚˌhæŋɪŋ] 图 Ⓤ 糊壁紙（的工作）。

'paper ˌknife 图裁紙刀，拆信刀。

pa·per·mak·er ['pepɚˌmekɚ] 图製紙者；製紙機。**-mak·ing** 图 Ⓤ製紙。

'paper ˌmill 图製紙工廠。

'paper 'money 图Ⓤ紙幣；銀行票據；有價債券。

'paper 'nautilus 图〖貝〗紅魚。

'paper 'profit 图ⓊⒸ帳面盈利，未實現盈利。

'paper 'shredder 图碎紙機。

'paper 'tape 图（電腦等賴以輸入資料的）紙帶（《美》perforated tape）。

pa·per-thin [pepɚˌθɪn] 形薄如紙的。

'paper 'tiger 图紙老虎，虛張聲勢者。

'paper 'war(fare) 图 Ⓤ筆戰，論戰。

pa·per·weight ['pepɚˌwet] 图壓紙物，紙鎮。

'paper ˌwork 图 Ⓤ文書工作，文書業務；伏案工作；（學生的）書面作業。

pa·per·y ['pepərɪ] 形紙（似）的；薄的，脆弱的。

pa·pier-mâ·ché [ˌpæpjemæ'ʃe, 'pepɚmə'ʃe] 图 Ⓤ **1** 製型紙，混凝紙。**2** 紙型。—形 **1** 用製型紙製成的：a ～ mold〖印〗紙型。**2** 紙糊的；虛假的，假象的。

P

pa·pil·la [pə'pɪlə] 图(複**-lae** [-'pɪli]) **1** 乳頭狀小突起，(舌頭的）味蕾；(毛根的）毛乳頭。**2** 丘疹，膿口。**pap·il·lar** [pə'pɪlɚ], **-lar·y** 形

pap·il·lose ['pæpəˌlos] 形多乳頭的，小乳頭狀的。

pa·pist ['pepɪst] 图《通常爲蔑》天主教徒；擁護教皇（制度）者。

pa·poose [pæ'pus] 图（北美印第安人的）嬰兒。

pap·pose ['pæpos], **-pous** [-pəs] 形〖植〗有冠毛的；絨毛狀的。

pap·pus ['pæpəs] 图(複**-pi** [-'paɪ])〖植〗（蒲公英等的）冠毛。

pap·py[1] ['pæpɪ] 形 (**-pi·er, -pi·est**) 稀軟的，糊狀的；沖淡了的，不硬的。

pap·py[2] ['pæpɪ] 图(複**-pies**)《主美中、南部》= father.

pa·pri·ka [pæ'prikə] 图紅椒；Ⓤ紅椒粉。—形用紅椒粉調味的。

'Pap ˌtest [ˌsmear] 图巴氏抹片檢查。

Pap·u·a ['pæpjuə] 图巴布亞：New Guinea 島東南部及鄰近諸小島的一地區，現爲 Papua New Guinea 的一部分。

Pap·u·an ['pæpjuən] 形巴布亞的，巴布亞人[語]的。—图巴布亞人；Ⓤ巴布亞語。

'Papua ˌNew 'Guinea 图巴布亞紐幾內亞：西南太平洋上的一國家；首都爲莫士比港市（Port Moresby）。

pa·py·rus [pə'paɪrəs] 图(複**-ri** [-raɪ], ～**es**) **1** Ⓤ〖植〗紙草。**2** Ⓤ紙草的莖做成的紙。**3**《通常作 **papyri**》紙草紙上的古文字記載；紙草手卷。

·par[1] [pɑr] 图 **1** Ⓤ Ⓒ等價；同等，等位；同等水準：be on a ～ with... 與…同等。**2** Ⓤ平均，標準，常態：above ～ 在標準以上 / below ～ 在標準以下；《口》(健康狀況）比平常差 / up to ～ 達到標準；《口》(健康狀況）正常。**3** Ⓤ〖金融〗平價；票面金額：the ～ of exchange 匯兌牌價，外匯平價 / issue ～ 發行票面價 / above ～ 超過面值。**4** Ⓤ〖高爾夫〗標準桿數：under ～ 桿數低於標準桿數。—形 **1** 平均的，標準的。**2** 票面的。—動(**parred**, ～**·ring**)及以標準桿數打完。

par.《縮寫》*par*agraph; *par*allel; *paren*thesis; *par*ish.

par·a ['pærə] 图《口》= parachutist.

para-《字首》**1** 表「附近」、「旁」、「側」、「超」、「以外」、「類似」、「副」、「輔助」之意。**2**〖化〗表「對位」、「聚」、「仲」、「副」之意。**3**〖醫〗表「錯亂」、「異常」、「擬似」、「副」之意。

par·a·ble ['pærəbl] 图 **1** 寓言：the ～ of the prodigal son 浪子回頭的寓言故事。**2** 比喻：speak in ～*s* 用比喻來說話。

pa·rab·o·la [pə'ræbələ] 图 **1**〖幾何〗拋物線。**2** 拋物線狀之物。

par·a·bol·ic[1] [ˌpærə'bɑlɪk] 形拋物線（狀）的。

par·a·bol·ic[2] [ˌpærə'bɑlɪk], **-i·cal** [-ɪkl] 形寓言的；比喻的。**-i·cal·ly** 副

par·a·chute ['pærəˌʃut] 图 **1** 降落傘：make a ～ jump 跳傘 / be dropped by ～ from an aircraft 從飛機上被用降落傘投下。**2**〖植〗風媒種子。**3**〖動〗(蝙蝠等的）飛膜。

—動及 **1** 用降落傘投下。**2** 由上級指派擔任此單位的主管。—不及以降落傘跳下。

par·a·chut·ist ['pærəˌʃutɪst] 图傘兵；《～**s**》空降部隊。

par·a·clete ['pærəˌklit] 图 **1** 受託前來幫忙的人；辯護者；調停者，斡旋的人。**2**《**the P-**》聖靈。

·pa·rade [pə'red] 图 **1** 遊行；遊行行列：the Easter ～ 復活節遊行 / a ～ of athletes 運動選手的列隊出場 / have a ～ 舉行遊行。**2** Ⓤ Ⓒ閱兵式；Ⓒ閱兵場：hold a ～ 舉行閱兵典禮。**3** 誇示，炫耀；公開展示；連續演奏：make a ～ of one's knowledge 賣弄自己的學識。**4**《主英》(尤指臨海的）廣場，散步區；漫步的人群，人

潮。5〖城〗中庭，內院。6 短街；商店街。

on parade (1) 成閱兵隊形。(2) 全體出場亮相。(3) 炫耀地；公開展示地。

—動(**-rad·ed, -rad·ing**)及 **1** 漫步；使整隊行進；使整隊。**2** 遊街。**3** 炫耀，誇示《*to,before...*》。—不及遊行，列隊行進；慢慢地走來走去（以便炫示）《*by, off*》；整隊接受檢閱；《喻》標榜，誇示。**-rad·er** 名

a'rade ˌground 名閱兵場，操練場。

ar·a·digm ['pærəˌdɪm, -ˌdaɪm] 名 **1**〖文法〗詞形變化表。**2**（理論的）模式。**3** 模範，範例，實例。

ar·a·dig·mat·ic [ˌpærədɪg'mætɪk] 形 **1** 典型的，範例的。**2** 詞形變化的，詞形變化表的。

ar·a·dise ['pærəˌdaɪs] 名 **1**《**P-**》天堂，天國，極樂世界；《**the P-**》伊甸園。**2**《**a～**》極樂之地，世外桃源，理想境地；Ⓤ至福，無上的幸福：live in a fool's ～ 生活在虛幻的幸福感之中。**3**〖健〗（隱修院的）前庭；迴廊；中庭。**4**（東方的）供人遊樂的花園；（飼有珍禽異獸的）苑。

'aradise 'Lost 名『失樂園』：英國詩人 John Milton 所作的長篇敘事史詩（1667）。

ar·a·di·si·a·cal [ˌpærədɪ'saɪəkl] 形天堂似的，至福的。

ar·a·dox ['pærəˌdɑks] 名 **1** Ⓤ Ⓒ反論；詭論，似非而是的言論。**2** 自相矛盾的說詞；自相矛盾的人[事物]。

ar·a·dox·i·cal [ˌpærə'dɑsɪkl] 形反論的，詭論的；似非而是的；矛盾的，不合理的。

ar·a·dox·i·cal·ly [ˌpærə'dɑksɪkḷɪ] 副似非而是地；不合理地，矛盾地。

ara'doxical 'sleep 名Ⓤ異常睡眠（亦稱 **REM sleep**）。

ar·a·drop ['pærəˌdrɑp] 名，動(**-drop-ped, ～·ping**)及 = airdrop.

ar·af·fin ['pærəfɪn], **-fine** [-ˌfin] 名 Ⓤ **1** 石蠟；〖化〗鏈烷（屬）烴。**2**《英》煤油。

—動 及塗以石蠟。

ar·a·glid·ing ['pærəˌglaɪdɪŋ] 名 Ⓤ 滑翔翼運動。

ar·a·gon ['pærəˌgɑn] 名 **1** 模範，典型；非常完美的人[物]，極品：a ～ of beauty 美的典範；絕世美人 / a ～ of virtue 德性的典範。**2** 特大的渾圓珍珠；（一百克拉以上的）無瑕鑽石。

ar·a·graph ['pærəˌgræf] 名 **1**（文章的）段，節。**2** 短文，短評，簡訊：a personal ～ 人事欄短訊。**3**（校正用的）分段符號。

—動 及 **1** 分段。**2** 寫短文；在短評中提及。—不及撰寫短文。

ar·a·graph·ic [ˌpærə'græfɪk] 形 短訊的，短評的；段的，分段的。

Par·a·guay ['pærəˌgwe, -ˌgwaɪ] 名巴拉圭（共和國）：位於南美洲中部；首都亞松森（Asunción）。

-'guay·an 形 名巴拉圭的[人]。

para·jour·nal·ism [ˌpærə'dʒɝnəˌlɪzəm] 名 Ⓤ 採主觀而非傳統客觀性的新聞報導。

-ist 名報導過於主觀的記者。

par·a·keet ['pærəˌkit] 名長尾小鸚鵡。

par·a·kit·ing ['pærəˌkaɪtɪŋ] 名 Ⓤ 滑翔翼運動。

par·al·lax ['pærəˌlæks] 名 Ⓤ Ⓒ **1**（依觀察的位置不同所產生對觀察對象的）變位。**2**〖天〗（對天體的）視差。**3**（攝影機的取景器與鏡頭的）視差。

·par·al·lel ['pærəˌlɛl] 形 **1** 平行的《*to, with...*》；方向[路線，傾向，性質]相同的；對應的，一致的；類似的，同樣的《*to...*》：draw line AB ～ *to* CD 畫一條與 CD 平行的直線 AB / a ～ instance *to* this one 與此類似的例子 / run in ～ *with...* 與…平行。**2**〖樂〗平行的；同主調的。**3**〖電·電腦〗並聯的，並行的：a ～ circuit 並聯電路。**4**〖文法〗平行的，並列的。—副 平行地《*to, with...*》。—名 **1** 平行線[面]；Ⓤ平行。**2**〖地〗緯（度）線。**3** Ⓤ 類似，相似；Ⓒ類似物，類似點；對應的事物《*to, with...*》。**4** 比較，對比。**5**〖電〗並聯。**6**〖印〗平行符號。

—動(**～ed, ～·ing** 或《英》**-lelled, ～·ling**) 及 **1** 使平行，並列；平行，平行前進。**2** 找出可與匹敵的人[物等]；相當，對應，比得上。**3** 做比較《*with...*》。

'parallel 'bars 名(複)〖體〗雙槓。

par·al·lel·e·pi·ped [ˌpærəˌlɛlə'paɪpɪd] 名平行六面體。

par·al·lel·ism ['pærəlɛlˌɪzəm] 名 Ⓤ Ⓒ **1** 平行關係。**2** 類似，一致；比較，對比。**3**〖形而上學〗平行論；〖修〗對句法，對偶。**4**〖電腦〗並行計算。

'parallel of 'latitude 名〖地〗緯線。

par·al·lel·o·gram [ˌpærə'lɛləˌgræm] 名平行四邊形。

Para·lym·pics [ˌpærə'lɪmpɪks] 名(複)《**the～**》殘障奧運會。

par·a·lyse ['pærəˌlaɪz] 動 及《英》= paralyze.

pa·ral·y·sis [pə'ræləsɪs] 名(複**-ses** [-ˌsiz]) Ⓤ Ⓒ **1**〖病〗麻痺，癱瘓：cerebral ～ 腦性麻痺。**2** 停滯，癱瘓狀態。

par·a·lyt·ic [ˌpærə'lɪtɪk] 名癱瘓[中風]者。—形 **1** 麻痺（性）的；癱瘓的；中風的。**2** 無力的。**3**《俚》酩酊大醉的。

·par·a·lyze ['pærəˌlaɪz] 動 (**-lyzed, -lyz·ing**) 及 **1** 使麻痺[癱瘓]。**2** 使無氣力；使無力，使茫然不知所措；使停滯《*by, with...*》：be ～*d with* fear 嚇得呆若木雞。

par·a·lyzed ['pærəˌlaɪzd] 形麻痺的，癱瘓的，無（氣）力的；《俚》酩酊大醉

P

的。

par·a·me·ci·um [,pærə'miʃɪəm] 名(複-ci·a [-ʃɪə]) 草履蟲。

par·a·med·ic ['pærə,mɛdɪk] 名 1〖軍〗傘兵部隊的醫護兵。2 醫護人員。3 跳傘至偏遠地區救護病人的醫生。

par·a·med·i·cal [,pærə'mɛdɪkl] 形醫療輔助的。

pa·ram·e·ter [pə'ræmətə] 名 1〖數〗參數量，參數。2〖統〗母數；參數；表數；徵數。**par·a·met·ric** [,pærə'mɛtrɪk] 形

par·a·mil·i·tar·y [,pærə'mɪlə'tɛrɪ] 形半軍事性的，輔助軍隊的；準軍隊的。

par·am·ne·sia [,pæræm'niʒə] 名〖心〗記憶錯誤：記憶和幻想混淆。

·**par·a·mount** ['pærə,maunt] 形《文》最高的，至上的；擁有最高地位的；最重要的，主要的；卓越的，優越的《*to...*》: the lord ~《諷》最高權威者，國王。—名 1 權位最高者，大帝。2《P-》(美國的) 派拉蒙電影公司。~**ly** 副, ~**cy** 名 U 首要；至上；卓越。

par·a·mour ['pærə,mur] 名《文》情夫；情婦；愛人，情人。

par·a·noi·a [,pærə'nɔɪə], **-noe·a** [-'niə] 名 U 1〖精神醫〗妄想症。2 過度恐懼、猜疑的傾向。

par·a·noi·ac [,pærə'nɔɪæk] 形(患) 妄想症的。—名妄想症患者。

par·a·noid ['pærə,nɔɪd] 形 1 妄想症的。2 過度疑神疑鬼的。—名= paranoiac.

par·a·nor·mal [,pærə'nɔrməl] 形超出科學上已知範圍的；異常的；超自然的。

par·a·pet ['pærəpɪt] 名 1〖城〗胸牆，雉堞。2 欄杆，護牆。

par·a·pher·nal·ia [,pærəfə'nelɪə, -fə-] 名(複)《通常作複數》1 私人物品，隨身物品。2《偶作單數》設備，裝置；備用品；一組用具；裝飾品。3《口》多餘的物品。

·**par·a·phrase** ['pærə,frez] 名意譯，釋義：make a ~ of... 對…加以意譯。

—動(-phrased, -phras·ing) 及 不及 意譯，釋義。-**phras·er** 名釋義者。

par·a·phrast ['pærə,fræst] 名意譯者，釋義者。

par·a·phras·tic [,pærə'fræstɪk] 形意譯的；釋義性的，改用不同的說法的。

par·a·ple·gi·a [,pærə'plidʒɪə] 名 U〖病〗半身麻痺，截癱。-**gic** 形 名下半身麻痺的 (患者)。

par·a·pro·fes·sion·al [,pærəprə'fɛʃənl] 名專業人員的助手。—形輔助專業人士的。

par·a·psy·chol·o·gy [,pærəsaɪ'kɑlədʒɪ] 名 U 超心理學，心靈學。-**gist** 名

par·a·quat ['pærəkwɑt] 名 U〖商標名〗百草枯：除草劑的一種。

par·as ['pærəs] 名(複)《口》空降部隊。

par·a·sail ['pærə,sel] 名〖運動〗滑翔翼。—動 不及 駕滑翔翼飛翔。

par·a·sail·ing ['pærə,selɪŋ] 名 = para-kiting.

par·a·se·le·ne [,pærəsɪ'linɪ] 名 (複-na [-ni])〖氣象〗幻月。

par·a·site ['pærə,saɪt] 名 1〖生〗寄生動物或植物，寄生蟲；託卵鳥。2 寄食者，食客。3〖語言〗寄生音[字]。

-**sit·ism** 名 U 寄食生活；寄生；〖病〗寄生蟲感染。

par·a·sit·ic [,pærə'sɪtɪk], **-i·cal** [-ɪk] 形 1〖生〗寄生物的，寄生性的；寄生的 be ~ on... 寄生在…之上。2 寄生蟲引起的。3 諂媚的，逢迎的；寄生的。

-**i·cal·ly** 副

par·a·sol ['pærə,sɔl, -,sɑl] 名陽傘。

par·a·tax·is [,pærə'tæksɪs] 名 U〖文法〗並列。-**'tac·tic** 形

par·a·thy·roid [,pærə'θaɪrɔɪd] 形〖解〗甲狀腺旁的。—名副甲狀腺。

par·a·troop·er ['pærə,trupə] 名〖軍〗傘兵。

par·a·troops ['pærə,trups] 名 (複) 空降部隊，傘兵部隊。

par·a·ty·phoid [,pærə'taɪfɔɪd] 名 U，形〖病〗副傷寒 (的)。

par a·vion [para'vjɔ̃] 副《法語》以航空郵寄。

par·boil ['pɑr,bɔɪl] 動 及 1 煮成半熟；預先煮好。2 使熱得難受。

:**par·cel** ['pɑrsl] 名 1 包裹，小包，郵包：a huge ~ of books 一大包的書。2 (商品等的) 一宗，一批；《蔑》(人或動物的) 一群；(事物的) 一大堆《*of...*》: a ~ *of* women 一群婦女 / a ~ *of* questions 一大堆問題。3〖法〗《美》(土地等經過劃分後的) 一塊；一片，一部分：by ~*s* 一點一點地。4 (包住繩纜的) 細長帆布。

blue the parcel《英俚》揮金如土。

—動(~ed, ~·ing 或《英》-celled, ~·ling) 及 1 包紮起來，打包《*up*》；分成一捆一捆[一包一包]；分，分配《*out*》。2〖海〗用細長帆布纏捲。

'**parcel ,bomb** 名郵包炸彈。

par·cel·ing,《英》**-ling** ['pɑrslɪŋ] 名 U 1 分攤，分配。2 包紮。3〖海〗(捲裹纜索用的) 帆布條。

'**parcel 'post** 名 U 包裹郵政，包裹郵遞；《集合名詞》包裹郵件：by ~ 以包裹郵寄。

par·ce·ner ['pɑrsənə] 名〖法〗共同繼承人。-**,nar·y** 名 U 共同繼承。

parch [pɑrtʃ] 動 及 1 使焦乾；使口渴之至，使發乾《*with...*》: ~*ing* heat 炎熱 / be ~*ed with* thirst 渴得口乾舌燥。2 烘，烤。3 使乾癟，使枯萎。—不及 1 (喉嚨) 發乾。2 乾，枯焦；焦掉《*up*》。

parched [pɑrtʃt] 形炒過的；焦乾的，乾透的；乾渴的。

parch·ment ['pɑrtʃmənt] 名 1 U 羊皮紙；C 寫在羊皮紙上的文件；畢業證書，

P

資格證書。2 Ⓤ類似羊皮紙的皮殼或上等紙，咖啡豆的殼。

pard[1] [pɑrd] 图〖動〗《古》豹。

pard[2] [pɑrd] 图《美俚》夥伴，同伴。

:par·don [ˈpɑrdn̩] 图 1 Ⓤ Ⓒ寬容，原諒，寬恕：ask for a person's ～ 請求某人原諒。2〖法〗恩赦，赦免；赦免狀：special ～ 特赦。3〖天主教〗赦罪，免罪；免罪符，贖罪券。

I beg your pardon.* / *Pardon me. (1)（不小心撞到人等時）對不起。(2)（提出異議等時）抱歉，對不起。(3) 對不起，請再說一次。(4) 抱歉，實難苟同。(5) 抱歉，您可能誤會了吧。

—動 及 1 赦免。2 原諒；饒恕《*for...*》。

～**·a·ble**形可以寬恕的，可以原諒的。

～**·a·bly**副，～**·less**形

par·don·er [ˈpɑrdn̩ɚ] 图 1 寬恕者。2〖史〗天主教教皇的贖罪券販賣者。

pare [pɛr] 動 及 1 削皮。2 刮掉外層，削去《*off, away / from...*》；修整齊；剪（指甲）《*down*》：～ one's toenails 修腳趾甲。3 逐漸削減《*away, down*》：～ *down* one's costs 逐漸縮減費用。

par·e·gor·ic [ˌpærəˈgɔrɪk] 形止痛的。—图止痛劑；Ⓤ樟腦鴉片酊。

paren. 《縮寫》*paren*thesis.

par·ent [ˈpɛrənt, ˈpærənt] 图 1 雙親之一；《～**s**》雙親。2《通常作～**s**》《文》祖先；創始人：our first ～*s* 人類的始祖。3 親本；親代。4 源，根源，原因。5 守護者。6 母公司。—形= parental.

—動 及成為父[母]；產生。—不及 養育孩子。～**·less**形

par·ent·age [ˈpɛrəntɪdʒ] 图 1 Ⓤ出身，血統，門第：a man of mixed ～ 混血兒 / come of good ～ 出身高貴。2 Ⓤ父母的身分。3 出處，由來，原因。

pa·ren·tal [pəˈrɛntl̩] 形 1 父母的；適於當父母的；父母般的。2 作為（其他語言等的）母體的《*to...*》。3〖遺傳〗親本的；親代的（符號為 P）。～**·ly**副

parent ˌcompany 图母公司。

par·en·ter·al [pæˈrɛntərəl] 形（藥）非內服的，注射的；注射藥的。

pa·ren·the·sis [pəˈrɛnθəsɪs] 图（複**-ses** [-ˌsiz]）1《通常作 **parentheses**》（圓）括弧（《英》round brackets）：in *parentheses* 在括弧裡；順便提及 / by way of ～ 附帶，順便。2 間歇，（戲劇的）幕間；插話。3〖文法〗插入語。

pa·ren·the·size [pəˈrɛnθəˌsaɪz] 動 及 1 作為插入語插入；插入詞句，把說明的文字插入。2 加上括弧。

par·en·thet·ic [ˌpærənˈθɛtɪk], **-i·cal** [-ɪkl] 形 1 置於括弧內的。2 插入語的；插入語性質的。

par·ent·hood [ˈpɛrəntˌhʊd] 图 Ⓤ父母的身分，父母的地位。

par·ent·ing [ˈpɛrəntɪŋ] 图 1 養育子女。2 生育，生殖，產子。

ˈparent-ˈteacher asˌsociation 图家長教師聯合會。略作：PTA, P.T.A.

par·er [ˈpɛrɚ] 图（蔬菜、水果等的）削皮器，削皮刀。

pa·re·sis [pəˈrisɪs, ˈpærəsɪs] 图 Ⓤ〖病〗1 局部麻痺。2 全身麻痺。**-ret·ic** [-ˈrɛtɪk] 图形

par ex·cel·lence [pɑrˈɛksəˌlɑns] 形 副《法語》出類拔萃的[地]，卓越的[地]。

par·fait [pɑrˈfe] 图 Ⓒ Ⓤ凍糕。

par·get [ˈpɑrdʒɪt] 图 Ⓤ 1 灰泥；石膏。2 粉飾。—動（～**·ed**, ～**·ing** 或《英》～**·ted**, ～**·ting**）及（用灰泥）粉刷。

par·he·li·on [pɑrˈhiliən] 图（複**-li·a** [-lɪə]）〖氣象〗幻日。**-lic**形

pa·ri·ah [pəˈraɪə] 图 1（社會的）被淘汰者，被放逐的人；（無家可歸的）野狗，野貓。2《**P-**》印度南部的賤民。

pa·ri·e·tal [pəˈraɪətl̩] 形 1〖解〗頂骨的。2〖動〗體壁的。3《美》關於大學住宿生的；對住宿生有權威的。—图 1〖解〗頭蓋骨，（尤指）頂骨。2《～**s**》《美》（大學學生宿舍的）異性朋友探訪規定。

par·i·mu·tu·el [ˈpærɪˈmjutʃʊəl] 图 1 賽馬賭金由贏家均分的方法。2 賭金計算器。

par·ing [ˈpɛrɪŋ] 图 1 Ⓤ削皮：a ～ knife 水果刀。2《通常作～**s**》削除之物。

pa·ri pas·su [ˈpærɪˈpæsu]《拉丁語》以相同的步調；均等地。

:Par·is[1] [ˈpærɪs] 图巴黎：法國的首都。

Par·is[2] [ˈpærɪs] 图〖希神〗帕力斯：特洛伊王子，誘拐斯巴達王妃 Helen，因而引起特洛伊戰爭。

ˈParis ˈgreen 图 Ⓤ〖化〗巴黎綠。

·par·ish [ˈpærɪʃ] 图 1 小教區，教會區；地區教會：～ priest 教區牧師。2《英》（以教區為主的）行政區。3《**the** ～》《常作複數》小行政區的居民。4（美國 Louisiana 州的）郡。5《英口》巡邏區；專門領域，本行。

on the parish 《英古》(1) 受教區救濟的。(2)《口》接受最少援助的；貧困的。

ˈparish ˌchurch 图《英》教區禮拜堂。

ˈparish ˌclerk 图《英》教區執事。

pa·rish·ion·er [pəˈrɪʃənɚ] 图教區內的居民。

par·ish-pump [ˈpærɪʃˌpʌmp] 形《英》地方性的；街談巷議的。

ˈparish ˈregister 图教區記事簿。

Pa·ri·sian [pəˈrɪʒən, pəˈrɪziən] 图巴黎的居民，出生在巴黎的人，巴黎人。—形巴黎（式）的，巴黎人的。

par·i·ty [ˈpærətɪ] 图 Ⓤ 1 同額，同量，同位，同等，同格：be on a ～ with... 與…同等 / stand at ～ 居同等地位。2 同一，類似：by ～ of reasoning 以此類推。3〖金融〗（與他國通貨間的）平價；比價。4《美》（農業中的）平價制度。5〖理〗奇偶

P

性。

'parity of ex'change 名U外幣匯率。

:park [park] 名 1 公園；遊樂場：a national ～ 國家公園。2《美》競賽場，運動場：a baseball ～ 棒球場。3（鄉間別墅等的）大庭園；《美》山間的寬廣谷地。4《英》獵園。5《主英》停車場。6〖軍〗車場；炮場；集結於車場或炮場的全部車炮。

—動及 1 停（車），使滑進停機坪；把（衛星）停駐在軌道上；讓（人）投宿。2《口》暫時寄放《*at, in...*》；請（人）代爲保管《*with...*》。3《口》《常用反身》安頓好；放好，放著。4 集結於車場。5（把土地圍起來）作爲公園。

—不及 1 停放車輛。2《謔》坐下。3《口》在停放的車子裡擁吻。

park an oil 幹得好，做得周全。

par·ka ['parkə] 名 1（極寒地帶用的）附有帽子的毛皮夾克。2 有帽外套。

park-and-ride ['parkən'raɪd] 名 U 停車轉乘：市政府爲住在郊區的通勤者設置的免費停車場，以便在此轉乘公車或火車進入市區。

'Park 'Avenue 名公園大道：New York 市 Manhattan 區的大街。

par·kin ['parkɪn] 名U《英》麥片薑汁甜餅。

·park·ing ['parkɪŋ] 名 U 1 停車（許可）；停車場管理：*P*-.《告示》可以停車。/ No ～.《告示》禁止停車。2（道路等的）綠地，安全島。3《口》車上擁吻。—形（有關）停車的；供停車用的；從事停車業務的：a ～ violation 違規停車。

'parking ˌlot 名《美》停車場（《英》car park）。

P

'parking ˌmeter 名停車計時器。

'parking ˌspace 名停車位。

'parking ˌticket 名違規停車通知單。

'Park·in·son's dis ˌease ['parkɪnsənz-] 名 U〖病〗帕金森氏病，震顫麻痺。

'Parkinson's 'law 名U帕金森定律。

'park ˌkeeper 名《英》= parky 名.

park·land ['park,lænd] 名 U 1 原野。2 綠草如茵花木扶疏之地。

'park ˌranger 名 國家公園的管理員。

park·way ['park,we] 名《美》1 公園（汽車）大道。2 其安全島地帶。

park·y ['parkɪ] 形 (**more** ～; **most** ～; **park·i·er, park·i·est**)《英俚》相當冷的。—名公園管理員（《英》park keeper）。

par·lance ['parləns] 名 U 1 說法；用語，專門術語；慣用語：in legal ～ 依法律用語。2 談話；議論，討論。

par·lay ['parlɪ] 動及《美》1 把（本錢連同贏得的錢）作賭注。2《口》運用…（以獲致財富、成功等）《*into...*》。—名以本金和贏得的錢下第二回合的賭注。

par·ley ['parlɪ] 名(複～s) 1 議論，討論；商談，協商。2〖軍〗（關於投降條件等的）非正式停戰談判。—動不及 1〖軍〗（與敵人）舉行非正式停戰會談《*wi*... 》。2 說，交談，交涉。

·par·lia·ment ['parləmənt] 名 1 U《(常作 P-)》英國國會；議會：a member of *P*- 院議員（略作：M.P.）/ be in *P*- 任下院議員。2 國會，議院：dissolve a ～ 解散國會 / sit through two ～*s* 當了兩任的議員。

par·lia·men·tar·i·an [ˌparləmɛn'tɛrɪə...] 名 1 議院法規專家。2《偶作 P-》《英》國會議員；《P-》〖英史〗（反對 Charles 的）議會派議員。—形議會的，議會派的。

par·lia·men·ta·ry [ˌparlə'mɛntərɪ] 形 國會的，議員的；議會制的；由議會制定的；具有議會性質的：～ democracy 議會制民主政治 / ～ government 議會政治。基於議院法的。3 適於議會的；《口》畢恭畢敬的，慎重的：～ language 有禮謹慎的言詞。

parlia'mentary 'borough 名《英》國會議員選舉區。

·par·lor ['parlɚ] 名 1 客廳，起居室。2 旅館等的）休息室；（市政府等的）接待室；（修道院的）會客室。3《美》營業室，店：a beauty ～ 美容院。4《美俚》服務員車廂。

—形 1 客廳用的。2 只是表面的。

'parlor ˌcar 名《美》特別客車（《英》saloon car [carriage]）。

'parlor ˌgame 名室內遊戲。

par·lor·maid ['parlɚ,med] 名 客廳女僕。

par·lour ['parlɚ] 名形《英》= parlor.

par·lous ['parləs] 形《古·謔》1 危險的不好處理的。2 伶俐的，精明的。

—副極，非常。

Par·ma ['parmə] 名巴馬：義大利北部的城市，以乾酪出名。

Par·me·san [ˌparmə'zæn] 形義大利北部都市巴馬（產）的。—名U C 巴馬乾酪。

Par·nas·sus [par'næsəs] 名 1 **Mount** ～ 巴納塞斯山（在希臘中部，爲 Apollo 與 Muses 的靈山，象徵文藝）：climb ～ 致力於詩歌。2 U 詩集；詩壇，文壇；《集合名詞》詩人。

pa·ro·chi·al [pə'rokɪəl] 形 1 小教區的；《美》（學校、教育）教區的。2 目光偏狹的；地方觀念的。～**·ly** 副

pa·ro·chi·al·ism [pə'rokɪə,lɪzəm] 名 U 小教區制度；偏狹，地方主義。

par·o·dy ['pærədɪ] 名(複**-dies**) 1 U C 滑稽詩文；模仿樂曲《*of, on...*》。2 拙劣的模仿。—動 (**-died,** ～**·ing**) 及 1 作模仿詩文；歪改成詼諧曲調。2 拙劣地模仿。**-dist** 名模仿改寫某詩文的人。

pa·rol [pə'rol] 名〖法〗陳述；言詞：by ～ 以口頭方式。—形口頭的。

pa·role [pə'rol] 名 U 1 假釋，假釋許可：put a person on ～ 假釋某人。2〖軍〗俘虜

的服從宣誓；口令。**3** 誓言：on one's ~ of honor not to do it 發誓不做某事。**4**〖語言〗語言，語言行為。
—動 ⊗ 使宣誓後釋放；假釋。
pa·rol·ee [pə,ro'li] 名 獲假釋出獄者。
par·o·no·ma·sia [,pærano'meʒə] 名〖修〗**1** Ⓤ 用雙關語。**2**（尤指同音異義的）雙關語，俏皮話。
par·o·nym ['pærənɪm] 名〖文法〗同根語，同源字詞。
pa·ron·y·mous [pə'rɑnəməs] 形〖文法〗同詞根的，同詞源的。
pa·rot·id [pə'rɑtɪd] 名〖解〗耳下腺，腮腺。—形 耳旁的。
par·o·ti·tis [,pærə'taɪtɪs] 名 Ⓤ〖病〗腮腺炎。
par·ox·ysm ['pærək,sɪzəm] 名 **1**（感情等）突發：burst into a ~ of anger 暴怒。**2**〖病〗發作，陣發。**-'ys·mal** [,--'sɪzml] 形
par·quet [pɑr'ke] 名 **1** Ⓤ 木質拼花地板。**2**《美》正廳前排座位（《英》stalls）。
—動 ⊗ 鋪拼花地板。
par'quet 'circle 名《美》（劇院的）樓下後排包廂下方的座位（《英》pit）。
par·quet·ry ['pɑrkɪtrɪ] 名 Ⓤ 嵌木細工，拼花裝潢。
parr [pɑr] 名(複~s, ~) **1**（下海前的）幼鮭。**2** 幼小的鱈魚等。
par·ra·keet ['pærə,kit] 名 = parakeet.
par·ri·cide ['pærə,saɪd] 名 **1** Ⓤ 弒父，弒母，殺近親。**2** 弒親者，弒上者。**3** Ⓤ 忤逆罪。**-'cid·al** [-'saɪdl] 形
·par·rot ['pærət] 名 **1**〖鳥〗鸚鵡：repeat like a ~ 盲目地重複。**2**《蔑》現買現賣者。
—動 ⊗ **1** 機械地模仿。**2** 機械地復述。
~·**ry** 名 Ⓤ 學舌，機械式的模仿。
par·rot-cry ['pærət,kraɪ] 名 不明意義的標語。
'parrot ,fashion 副 盲目模仿地。
'parrot ,fever 名 = psittacosis.
par·ry ['pærɪ] 動 (**-ried**, ~·**ing**) ⊗ **1** 擋開，躲開，避開，(以武器）撥開。**2** 迴避，搪塞。—不及 擋開攻擊。—名（複 **-ries**）**1**（劍術等的）擋開，閃躲。**2** 遁詞。
parse [pɑrs] 動 ⊗ **1**〖文法〗說明詞類[字尾變化，文法關係等]；作文法分析。**2** 詳細調查。—不及 合於文法，分析句子。
Par·see, -si ['pɑrsi, pɑr'si] 名 波斯系的印度祆教徒，拜火教徒。
~·**ism** 名 Ⓤ 拜火教，祆教。
par·si·mo·ni·ous [,pɑrsə'monɪəs] 形 節省的，吝嗇的，小氣的；缺乏的。
par·si·mo·ny ['pɑrsə,monɪ] 名 Ⓤ（過度的）節省；吝嗇，小氣。
pars·ley ['pɑrslɪ] 名 Ⓤ 歐芹，荷蘭芹。
pars·nip ['pɑrsnəp] 名 防風草；Ⓒ Ⓤ 防風草根：Fine words butter no ~*s*.《諺》光說不做於事無補。
par·son ['pɑrsn̩] 名 **1**《口》神職者；教職者，教會工作人員；牧師；《口》（新教的）牧師。**2** 教區牧師。
par·son·age ['pɑrsn̩ɪdʒ] 名 牧師寓所。
'parson's 'nose 名《俚》= pope's nose.
:part [pɑrt] 名 **1** 一部分，部分；一片，斷片（《*of*...》）：the middle ~ *of* the 19th century 十九世紀中期 / broken ~*s of* a mirror 鏡子的破片 / a large ~ *of* one's money 某人大部分的錢 / the greater ~ *of* the year 一年的大半時間 / the better ~ *of* the students 大部分學生 / comprise a ~ *of*... 構成…的一部分。**2** 不可或缺的部分，組成部分。**3**（書籍的）部，卷，篇，冊；〖樂〗聲部[音部]（的樂譜），樂曲的一部；〖廣播〗集：an essay in four ~*s* 分為四部分的文章。**4** 器官；部位；《**the** ~**s**》生殖器：*the* private ~*s* 陰部。**5** 零件：spare ~*s* 預備零件。**6**（等分的）一份；(調配的）比例；…分之一；整除部分：two thirds ~*s* 三分之二 / cut a pie into five ~*s* 把餅切成五等份。**7**《通常作~**s**》地區，地域：foreign ~*s* 外地，國外。**8** Ⓤ（爭論等的）一方。**9**《主美》分髮線。**10** Ⓤ 參與，關係；分得的部分，持有的部分；作用；責任，本分：take ~ in social activities 參加社交活動 / do one's ~ 盡己之責。**11** 角色；臺詞；身分；(欺騙的）行為：play the ~ of Portia 扮演波西亞的角色。**12**〖文法〗詞類。**13**《常作~**s**》《文》資質，才能，才幹：a man of ~*s* 有才幹的人。
for one's* (*own*) *part 就某人而言。
for the most part 大部分，大致，幾乎。
in good part (1) 欣然，樂意。(2) 大抵，大部分，主要。
in ill part 不悅地，不滿地。
in part 部分地，有幾分，有點兒。
on the part of... / on one's part (1) 在…（那）方面。(2) …所做出的，責任在…的。
part and parcel《強調》必要部分，主要部分（《*of*...》）。
—動 ⊗ **1** 拆散，切開，撕裂，剪開，分割；分配，劃分；使分叉。**2** 分開。**3** 拉開，隔離；區分；使拿出，用掉（《*from*...》）。**4**〖冶〗分離；切掉；從鑄模取出。—不及 **1** 分開；劈裂，斷掉。**2** 脫離；分叉；分手，斷絕關係；分別（《*from*...》）。**3**《古》出發，離去（《*from*...》）；《委婉》死。
part company ⇨ COMPANY（片語）
part with... (1) 與…分別。(2) 放棄，拋棄。(3) 解僱。(4)《口》花費。
—副 有幾分，部分地。—形 = partial 形 1.
~·**i·ble** 形 可以分割的。
part.《縮寫》*part*iciple; *part*icular.
par·take [pɑr'tek, pə-] 動(**-took**, **-tak·en**, **-tak·ing**) 不及 **1** 參加（《*in*...》）；分享，共享；分擔（《*in, of*...》）；進食，吃，喝（《*of*...》）：~ *in* his joy 分享他的喜悅 / ~ (with a person) *of* a meal（與某人）共同進餐。**2** 帶有幾分（《*of*...》）。—⊗《古》分享。
-tak·er 名 分享的人；參加者。

P

part·ed ['partɪd] 形 1 分成幾部分的，拆散的，切開的，撕裂的；分開的；裂開的；分裂的；分開梳的。2〖植〗深裂的。3〖紋〗分裂的。4《古》已故的。

par·terre [par'tɛr] 名 1 = parquet circle. 2 花壇。

par·the·no·gen·e·sis [,parθəno'dʒɛnəsɪs] 名 U〖生〗孤雌生殖，單性生殖。

Par·the·non ['parθə,nan] 名《the ～》帕德嫩神殿：西元前 438 年左右建於雅典，爲祭祀雅典娜女神。

Par·thi·a ['parθɪə] 名安息：位於裡海東南的一古國，現屬伊朗東北部的一部分。

Par·thi·an ['parθɪən] 名形安息人[語]（的）；最後的：a ～ glance 最後的一瞥。

'Parthian 'shot 名《a ～》撤退時所發的最後一箭；臨走所說的苛刻言語。

·par·tial ['parʃəl] 形 1 一部分的，局部的；不完全的：～ blindness 半盲 / a ～ eclipse of the sun 日偏蝕。2 偏袒的，不公平的《*to, toward...*》。3 喜愛的，偏愛的《*to...*》：be ～ *to* sweets 偏好甜食。—名〖聲·樂〗泛音。

par·tial·i·ty [par'ʃælətɪ, -ʃɪ'æ-] 名（複 **-ties**）1 U局部性，不完整性。2 U偏袒，不公平《*for...*》；C《通常作 **a** ～》《口》偏愛，特別愛好《*for, to, toward...*》。

par·tial·ly ['parʃəlɪ] 副 1 部分地，不完全地。2 不公平地。

par·tic·i·pant [pə'tɪsəpənt, par-] 名參加者，參與者《*in...*》。—形參與的，共事的《*in...*》。

·par·tic·i·pate [pə'tɪsə,pet, par-] 動（**-pat·ed, -pat·ing**）不及 1《口》參加，加入；分享，分擔《*in...*》。2 帶有（性質等），有幾分《*of...*》。—及共享，分擔；參加。
-pa·tive 形，**-pa·tor** 名

par·tic·i·pa·tion [pə,tɪsə'peʃən, par-] 名 U 1 參加，加入《*in...*》。2 分享，分擔《*in...*》。
～**·al** 形 觀眾參加的。

par·tic·i·pa·to·ry [pə'tɪsə,petərɪ, par-] 形參與性的，提供參與機會的。

par'ticipatory de'mocracy 名 U（直接）參與民主政治（制）。

par·ti·cip·i·al [,partə'sɪpɪəl] 形〖文法〗（有關）分詞的；類似分詞的；用分詞的：a ～ adjective 分詞形容詞。～**·ly** 副

·par·ti·ci·ple ['partəsəpl̩] 名〖文法〗分詞：a past ～ 過去分詞。

·par·ti·cle ['partɪkl̩] 名 1 微量，少量；小粒，微塵：a dust ～ 塵粒。2〖理〗粒子，質點。3〖天主教〗聖餅的一小片。4〖文法〗語助詞，虛詞；字首或字尾，質詞。5《古》（文件等的）條，款。

'particle ac'celerator 名〖理〗粒子加速器。

'particle ,beam 名粒子線；粒子光束。

'particle ,physics 名(複)《作單數》粒子物理學，分子物理，高能物理。

par·ti·col·ored ['partɪ,kʌləd] 形（色彩）斑駁的，雜色的；《喻》多采多姿的，多變化的。

:par·tic·u·lar [pə'tɪkjələ] 形 1 特有的，特別的《*to...*》；個別的，各自的，個人的：one's ～ hobbies 個人的愛好 / each ～ item 各個項目。2《置於指示形容詞之後》特定的，特指的：on *that* ～ day 就在那一天。3 顯明的；異常的；特別的；特殊的。4《通常作敘述用法》非常細心的；講究的，嚴格的；好挑剔的《*as to, about, in, over..., to* do, *wh-*子句》：be ～ *in* one's choice of friends 對朋友的選擇很嚴格 / be ～ *about* one's food 挑食。5 詳細的，精密的；詳盡的：～ instructions 詳細的指示。6〖法〗特定的。7（命題等）特稱的，特殊的。
—名 1 各個項目，條目，事項。2《通常作 ～**s**》詳細，明細，細節。3 特色，名產。4〖理則〗特稱；特殊。
in particular 特別地，尤其。

par·tic·u·lar·ism [pə'tɪkjələrɪzəm] 名 U 1 排他主義，自我中心主義；黨派主義。2《美》各州獨立主義。

par·tic·u·lar·i·ty [pə,tɪkjə'lærətɪ] 名（複 **-ties**）1 U 獨特（性），特殊（性），特別（性）。2 U詳細；縝密，細心，慎重；《**-ties**》細節，詳細的事項。3 U挑剔；難以取悅。4 特徵，特色。

par·tic·u·lar·ize [pə'tɪkjələ,raɪz] 動 及 不及 1（使）特殊化。2 分別考慮，個別敘述。3 列舉；詳述；縝密處理。
-i·'za·tion 名 U 列舉；詳述，縷述。

:par·tic·u·lar·ly [pə'tɪkjələlɪ] 副 1 特別地，格外地；顯著地，分外地。2《古》各自地，個別地。3 詳細縝密地。

part·ing ['partɪŋ] 名 1 U C 離別，告辭，分別；《委婉》死去，死別：on ～ 分別之際。2 U C 分離，分割。3 分離處；分歧點；分割線；《英》頭髮的分線：the ～ of the ways 道路的分歧點；《喻》分歧點，歧路。—形 1 分別之際的；離別的，臨終的；瀕死的：～ shot 臨走前的放話。2 離去的；下山的。3 隔開的。

par·ti·san ['partəzn̩] 名 1 黨人，同志，黨羽；支持者：～ politics 黨派政治。2〖軍〗游擊兵，游擊隊員。—形 1 黨派觀念強的，偏向黨派的。2 游擊隊的。
～**·ship** 名 U 黨派意識；黨派偏見。

par·ti·ta [par'titə] 名《義大利語》〖樂〗1 組曲。2 由數支曲子所組成的變奏曲。

par·ti·tion [par'tɪʃən] 名 1 U分割；分配；劃分，區分。2 分割線；隔間（牆）；（被分割的）部分，區域。3（動植物的）隔膜，隔壁。4 U C〖法〗共有財產的分割；〖理則〗分割法。—動 及 1 分配，分割《*out*》；隔間，分區，瓜分《*off / into...*》。2〖法〗在共有者之間分割（財產）。

par·ti·tive ['partətɪv] 形 1 分隔的，區分

的。2〖文法〗表示部分的：the ~ genitive 部分所有格。—[名]〖文法〗表示部分的字[片語]。~·ly[副]

par·ti·zan ['pɑrtəzn] [名][形]= partisan.

part·ly ['pɑrtlɪ] [副]部分地；有幾分地。

part ˌmusic [名][U]和聲的樂曲。

part·ner ['pɑrtnɚ] [名] 1 夥伴，同夥《*in, to, of...*》：*~s in* crime《文》共犯。2〖法〗合夥經營的人，合股公司的股東：an acting ~ 任職合夥人 / a dormant ~ 匿名合夥人。3 配偶：one's ~ in life 終身的伴侶。4 舞伴；搭檔。5《~s》〖海〗支桅強板。—[動][及]結伴，合作《*off*》；聯合組成《*with...*》。—[不及]搭檔，合夥《*with ...*》。

part·ner·ship ['pɑrtnɚˌʃɪp] [名] 1 [U] 共同提攜，協力，合作：be in ~ with... 與…合作。2〖法〗合夥關係；共同經營事業，合股關係；合股經營的公司；《集合名詞》全體合夥人：a limited ~ 有限合夥公司。

part of speech [名]〖文法〗詞類，詞性。

par·took [pɑr'tuk, pɚ-] [動] **partake**的過去式。

part ˌowner [名]〖法〗共有者，合有人。

par·tridge ['pɑrtrɪdʒ] [名] (複**-tridg·es**,《集合名詞》~)〖鳥〗1 山鶉，鷓鴣；[U]鷓鴣肉。2《美》《通俗》雉、山鶉、松雞、鷓鴣等獵鳥。

part ˌsong [名]（無伴奏的）和聲歌曲。

part time [名][U]部分時間，非全日。

part-time ['pɑrt'taɪm] [形]兼職的；占用部分時間的；定時制的：a ~ job 兼差。—[副]兼任地；按鐘點計酬地。**-tim·er**[名]

par·tu·ri·ent [pɑr'tjurɪənt] [形]接近產期的；生產的，分娩的；《文》即將產生的，即將形成的。

par·tu·ri·tion [ˌpɑrtju'rɪʃən] [名][U]生產，分娩。

part·way ['pɑrt'we] [副]在中途地；某種程度地；一部分地，多少有點地。

par·ty ['pɑrtɪ] [名](複**-ties**) 1 社交性集會，聚會，宴會：a lavish ~ 盛大的宴會 / give a ~ 舉行宴會。2 隊，組《*of...*》；〖軍〗(分遣）隊；（動物的）一群：a ~ *of* pilgrims 一批朝聖者 / a rescue ~ 搜救隊。3 政黨；黨派，派閥；[U]黨性：the Christian Democratic ~ 基督教民主黨 / enter a ~ 入黨。4《**the** ~》〖法〗訴訟當事的一方（原告或被告）；契約當事者《*to...*》：a ~ *to* a contract 契約當事者。5 關係人，參與者，共犯《*to, in...*》：a third ~ 第三者，非關係人 / be a ~ *to* the affair 涉及該事件。6《口》《謔》（某特定的）人：an amusing old ~ 風趣的老頭兒。7 胡鬧；性行為。—[形]1 黨派的，政黨的；黨派心強的。2 社交用的。3 參與的《*to...*》。—[動](**-tied**, ~**·ing**)[不及] 1《口》參加宴會。2《俚》狂歡。—[及]以宴會招待，開宴會招待。

par·ty-col·ored ['pɑrtɪˌkʌlɚd] [形]= particolored.

'party ˌgirl [名] 1 受僱在宴會中接待客人的女招待。2《俚》特別喜歡社交聚會的女人。3《美》妓女。

par·ty·go·er ['pɑrtɪˌgoɚ] [名]常參加宴會者，社交聚會的常客。

'party ˌline [名] 1（電話的）合用線。2《主美》（連接宅邸的）分界線。3 ['--'-]《**the** ~》政策綱領；《通常作~**s**》(政黨的）路線，政策。

'party 'liner [名]黨（尤指共產黨）路線的忠實擁護者。

'party ˌman [名]黨員；忠實的黨員。

'party 'politics [名](複) 政黨政治。

'party poop·er ['pɑrtɪˌpupɚ] [名]《俚》令人掃興的人，煞風景的人。

'party ˌspirit [名][U] 1《蔑》黨性，黨派心理。2 對參加社交聚會的熱中。

'par·ty-ˌspir·it·ed[形]

'party 'wall [名]〖法〗共用牆，界牆。

'party 'whip [名]《美》〖政〗黨鞭。

'par 'value [名]= face value 1.

par·ve·nu ['pɑrvəˌnju] [名][形]暴發戶（的），新貴（的）。

pas [pɑ] [名](複~ [pɑz]) 1 芭蕾的舞步。2《**the** ~》優先權；上座：take *the* ~ of ... 就…的上座；比…優先。

Pas·cal ['pæskl, pɑs'kal] [名] **Blaise** 巴斯卡（1623-62）：法國哲學家、數學家、物理學家。

PASCAL, Pas·cal [pæ'skæl] [名][U]〖電腦〗巴斯卡（語言）。

Pasch [pæsk] [名]《古》1（猶太人的）踰越節。2 = Easter.

pas·chal ['pæskl] [形]《偶作 **P-**》1（有關）踰越節的。2 復活節的。—[名]復活節所用的蠟燭[燭臺]。

'paschal 'lamb [名] 1 [C][U]〖聖〗踰越節的初夜猶太人所吃的小羊。2《**the P- L-**》耶穌基督；基督的象徵。

pa·se·o [pɑ'seo] [名] (複~**s**) 1 漫步，散步。2 散步的道路。3 鬥牛士入場式。

pa·sha, -cha ['pæʃə, 'pɑʃə] [名]《常作 **P-**》帕夏：（古代土耳其的）省長，軍司令官的稱號。

pasque·flow·er ['pæskˌflauɚ] [名]〖植〗西洋白頭翁。

pas·quin·ade [ˌpæskwɪ'ned] [名]諷刺詩文。—[動][及]抨擊，以諷刺詩文攻擊。**-ad·er**[名]

:pass [pæs] [動][及] 1 通過；經過；超過；穿過；越過：~ the gate 經過門前 / be ~*ed* by the other runners 被其他跑者追過去。2 使通過，使移動：~ the day's events through one's mind 使當天發生的事如影歷歷掠過心頭 / ~ one's hand over one's forehead 撫頭。3 使及格：~ the examination

P

考試及格 / ～ a person on his written test 讓某人通過筆試。**4** 忽略；省略《*by, off, over*》；不付給；跳過: ～ (*over*) the first two chapters 跳過開始的兩章 / ～ *off* the insult as a poor joke 把侮辱一笑置之 / Life ～*ed* him *by*.《口》他不懂人生的樂趣。**5** 超過，超越：～ one's belief 不可信 / ～ the bound of one's commission 僭越權限。**6** 度過；消磨；經歷，遭受：～ the time in reading 看書消磨時間。**7** 散布，傳播；使（僞幣等）流通。**8** 使人收受（不良商品）。**9** 傳達，發布《*on, down*》。**10** 傳遞；遞給。**11** 陳述；下（判斷）；宣判《*on, upon...*》；《以 **one's lips** 爲受詞》洩漏：～ a judgment *on* a person 對某人下判決，對某人作出評論 / No secrets ～*ed* his *lips*. 他沒有洩露任何秘密。**12** 通過（法案等）；獲得（議會等）的批准；承認：～ the proposal as acceptable 議決該提案可行。**13** 排出：～ water《委婉》小便。**14** 偷換（撲克牌等）。**15**(1)〖棒球〗以四壞球保送打者上壘。(2)〖網球〗擊出穿越球使接不到。(3)〖運動〗傳（球）。

—不及 **1** 行進；穿過，越過：*P*- right along inside, please. 請往裡面擠一擠。/ ～ by the department store 經過百貨公司 / ～ over the bridge 過橋 / ～ through the town 穿過城鎮。**2** 流逝《*away, by, off*》；過去，結束《*away, off*》；《委婉》死亡《*away, on, out, over*》。**3** 發生；順利進行。**4** 通用，流通；傳播。**5** 被認爲是，被誤認爲，被接受爲《*for...*》；過得去；不予追究：～ by the name of... 採用…之名。**6** 轉移，讓渡，轉讓《*into, to...*》。**7** 順利通過（障礙）《*through...*》；被通過；被認可：～ *through* Immigration 通過海關，完成入境手續。**8**（語言）交換，交談。**9** 轉化，變化《*into, to...*》；變成《*into...*》：～ from a solid *to* a liquid state 由固體變成液體狀態 / ～ *into* a coma 陷於昏迷狀態。**10** 下判斷《*on, upon...*》；〖法〗審理，下判決《*on, upon...*》。**11**〖運動〗傳球《*off*》。**12**〖牌〗不出牌。

I pass. (1) ⇨ 動 不及 13. (2)《俚》不想說[做]。

pass along (1) ⇨ 動 不及 1. (2)《英俚》把贓物轉手，銷贓。

pass away ⇨ 動 不及 2.

pass away... 度過（時光）。

pass by ⇨ 動 不及 1, 2.

pass...by / pass by... (1) ⇨ 動 及 4. (2) 忽視，忽略，不過問。

pass by on the other side (***of** a person*) 不同情（某人），（對某人）見危不顧。

pass current 廣爲流傳，被接受，被相信；通用，流通。

pass for... ⇨ 動 不及 5.

pass off (1) ⇨ 動 不及 2. (2) 逐漸消失。

pass...off / pass off... (1) ⇨ 動 及 4. (2) 詐欺，騙人收受（贗品）《*on...*》。(3)《通常用反身》假冒身分，充當《*as, for...*》。(4) 忽視，不在乎；度過。

pass on (1) ⇨ 動 不及 2, 10. (2) 欺騙；利用。

pass...on / pass on... (1) 讓給（某人），轉讓；給（某人）《*to...*》。(2) ⇨ 動 及 9.

pass out (1) 出去。(2) ⇨ 動 不及 2. (3)《口》失去知覺；《口》爛醉如泥（《美俚》pass out cold）。

pass...out / pass out...（免費地）分送。

pass out of sight 消失不見。

pass over (1) ⇨ 動 不及 1. (2) ⇨ 動 不及 2.

pass...over / pass over... (1) 忽略。(2) 大略地瀏覽。(3) 彈或拉（樂器等）。(4) 轉移。

pass the chair 任期屆滿。

pass the hat ⇨ HAT（片語）

pass the time of the day ⇨ TIME（片語）

pass through (1) ⇨ 動 不及 1. (2) ⇨ 動 不及 7

pass...through / pass through... 歷經。

pass up 登上。

pass...up / pass up...《口》拒絕，辭掉；錯失，放棄；拒吃。

—名 **1** 小路，小道；要隘，關口；山路；通道，水路，海峽；魚道。**2** 通行，通過；通行證；免費入場券；優待證《*to for...*》。**3**《主英》及格。**4**〖運動〗傳球；傳遞的球；〖棒球〗（因四壞球）保送上壘；〖擊劍〗戳刺。**5** 作戰行動；嘗試，努力。**6**《口》（沒有擊中對方的）肘部突擊；勾引，媚態。**7**〖牌〗放棄叫牌。**8**（施催眠術時）揮手的動作。**9**《**a** ～》狀況，境況，危機。**10**〖空〗在特定地點上空飛過。

hold the pass 擁護主義。

make a pass at... (1)〖擊劍〗一次突刺。(2) 發動攻擊；欲行毆打；嘗試。(3)《口》調情，非禮。

sell the pass 背棄主義；放棄立場。

pass.《縮寫》*pass*enger; *pass*im; *pass*ive.

pass·a·ble ['pæsəbl] 形 **1** 可通行的；可渡過的。**2** 差強人意的，尚可的；尚敷應用的。**3**（貨幣等）可通用的；（法案等）可望通過的。

pass·ably ['pæsəblɪ] 副 頗，相當地；尚可，可接受地。

·pas·sage ['pæsɪdʒ] 名 **1**（文章等的）一段，一節；〖樂〗（樂章的）一段，一節；〖美〗作品的一部分。**2** U（時間等的）經過，消逝；進行，進展；轉變，變遷；移動，遷移：in the ～ of time 在光陰流逝中 / a bird of ～ 候鳥；暫時停留者，飄泊不定的人。**3** U C 通行，通過：refuse a person ～ 不允許人通行。**4** 道路；水路；通道；《主英》走廊；出入口：the nasal ～*s* 鼻腔。**5** U C 旅行，航海，空中旅遊：in ～ 向目的地航行中。**6** U C 供應旅客的設備；船資，航費。**7**（議案等的）通過，制定。**8** 互毆；爭論；《常作～**s**》交流；交換；交談：a ～ of arms 打鬥，交戰；爭論。**9** 排便，通便。**10** 事件，發生的事。

—動 (**-saged, -sag·ing**) 不及 **1** 前進；橫

越；通過；航海。2 互毆；口角，爭辯。

pas·sage·way ['pæsɪdʒ,we] 图走廊；通道；小巷。

pass·a·long ['pæsə,lɔŋ] 图 1 Ⓤ Ⓒ《美》〖商〗(成本等的) 轉嫁。2 Ⓤ 傳給他人使用。3 附加費。

pas·sant ['pæsənt] 形〖紋〗(動物) 舉右前腳走向盾形左前方的步態的。

pass·book ['pæs,bʊk] 图銀行存摺。

'pass de,gree 图 (英大學) (考試達到及格標準而非優等的) 學士學位。

pas·sé [pæ'se] 形 1 過時的，落伍的；舊式的；已過盛時的，凋零的。2 過去的，以往的：an age ～ 往日。3 青春已過的。—图(複～s [-z])〖芭蕾〗舞步的一種。

passed [pæst] 形 1 過去的。2 通過考試的；畢業的；〖海〗等待升級的。3〖金融〗(紅利) 未準時分配的。

'passed ,ball 图〖棒球〗捕手的漏接；捕逸；漏接的球。

pas·sel ['pæsḷ] 图《美方》眾多[成群](的人)：a ～ of kids 成群的孩子。

:pas·sen·ger ['pæsṇdʒɚ] 图 1 乘客，旅客；過路人；徒步旅行者。2《口》(團體中的) 無能者，累贅；差勁選手。

'passenger ,pigeon 图〖鳥〗候鴿。

'passenger ,seat 图 (汽車駕駛座旁的) 乘客座位。

passe par·tout [,pæspɚ'tu] 图 (複～s [-z]) 1 (固定圖畫、照片的) 裝飾硬紙板。2 鑲畫法。3 萬能鑰匙。

pass·er ['pæsɚ] 图 1 通過的人[物]；過路人。2 考試及格者；檢查合格證。3 傳球的人。

pass·er·by ['pæsɚ'baɪ] 图(複 **pass·ers·by** ['pæsɚz'baɪ]) 過路人。

pas·ser·ine ['pæsərɪn, -,raɪn] 形图燕雀類的 (鳥)。

pas seul [pɑ'sœl] 图(複 **pas seuls** [pɑ'sœl]) 〖芭蕾〗單人舞，獨舞。

pass-fail ['pæs'fel] 图形只批及格與否(的)。
—動及以此種方式加以評分。

pas·si·ble ['pæsəbḷ] 形能感受的；感受性強的。**-bil·i·ty** [-'bɪlətɪ] 图 Ⓤ 易感性。

pas·sim ['pæsɪm] 副《拉丁語》到處。

pass·ing ['pæsɪŋ] 形 1 經過的；供通行的；即將過去的，流逝的：the ～ years 目前這幾年；正要消逝的歲月。2 目前正在發生的：the ～ moment 瞬間。3 一時的，短暫的；偶然想到的，倉促草率的：a ～ fancy 一時的奇想。4 及格的：a ～ grade 及格成績。—副《古》很，非常。—图 1 Ⓤ 通行，通過；經過；消滅；死。2 Ⓤ 發生。3 Ⓤ 合格；(議案的) 通過；宣判。4 Ⓤ 傳遞；讓渡。5 Ⓤ 漏看。6 渡口，淺灘。*in passing* 順便，附帶地。

'passing ,bell 图喪鐘。

'passing ,shot 图〖網球〗穿越球。

pas·sion ['pæʃən] 图 1 Ⓤ 激情，熱情；《**the** ～s》情感：a man of ～ 熱情洋溢的人。2 Ⓤ 愛情，戀情；《常作～s》情慾；熱戀，肉體關係；Ⓒ情人，愛人。3 眷戀，熱中《*for...*》；熱中之物。4《**a** ～》爆發；暴怒：break into *a* ～ of rage 突然大發雷霆 / bring a person into *a* ～ of rage 激怒某人。5 Ⓤ《罕》受動性。6《常作 **the P-**》〖神〗基督受難。—動及以熱情策動[充滿]。—不及〖詩〗被熱情所動；表達熱情。～**·less** 形

·pas·sion·ate ['pæʃənɪt] 形 1 熱烈的，熱情的；欲望強烈的《*for...*》：a ～ personality 熱情的性格。2 激烈的，強烈的：～ hatred 極度厭惡。3 易受情慾所支配的，好色的：a ～ woman 情慾強烈的女人。4 易怒的，急性子的。～**·ly** 副

pas·sion·flow·er ['pæʃən,flaʊɚ] 图〖植〗西番蓮，百香果。

pas·sion·fruit ['pæʃən,frut] 图西番蓮的果實，百香果。

'passion ,play 图基督受難劇。

'Passion 'Sunday 图《通常無冠詞》受難主日：Lent 的第五個星期日。

'Passion ,Week 图《**the** ～》受難週。

·pas·sive ['pæsɪv] 形 1 被動的，消極的，守勢的。2 不抵抗的，盲從的：～ obedience 消極的服從，順從。3 受外在力量影響的。4〖文法〗被動的。5〖化〗鈍性的；〖醫〗潛伏性的，被動的。6〖冶〗不活性的。—图 1《**the** ～》〖文法〗被動語態；被動式。2 被動的人[物]。～**·ly** 副

'passive re'sistance 图 Ⓤ 消極抵抗。

'passive re'straint 图 (汽車中的) 自動安全保護裝置。

'passive 'smoking 图 Ⓤ 吸二手煙。

'passive 'smoker 图吸二手煙者。

pas·siv·ism ['pæsə,vɪzəm] 图 Ⓤ 被動性；消極主義。**-ist** 图

pas·siv·i·ty [pæ'sɪvətɪ] 图 Ⓤ 1 被動性，消極性。2 不抵抗，順從。

pass·key ['pæs,ki] 图(複～s) 總鑰匙；萬能鑰匙；私人鑰匙。

pass·man ['pæsmən] 图 (複**-men**)《英》普通學位畢業生。

Pass·o·ver ['pæs,ovɚ] 图〖聖〗《**the** ～》踰越節：猶太人紀念離開埃及的大節日。

·pass·port ['pæs,pɔrt] 图 1 護照；通行證；入場許可證；(戰時給中立國船隻的) 通航證。2 保障，手段《*to...*》。—動及把護照給 (人)。

pass·word ['pæs,wɝd] 图〖軍〗口令；暗號，暗語；〖電腦〗密碼。

:past [pæst] 形 1 終了的，以前的。2 (剛) 過去的，最近的；(由現在算起) …之前的：in ～ years 在過去，在往昔 / during the ～ week 於上星期內 / for some time ～ 前一陣子。3 任期屆滿的，前任的。4〖文法〗過去 (式) 的。—图 1《常作 **the** ～》過去，往昔。2 歷史；經歷；《常作 **a**

~》不可告人的過去；過去的事。3《常作 the ~》〖文法〗過去式。

in the past 過去，從前。

—副經過；超過。—介 1 超過（時間）：at half ~ six 在六點半。2 經過；通過旁邊。3 超過（數、量、年齡等）。

get past... 通過…旁邊；《口》逃避。

get past oneself 《口》生氣；激動。

I wouldn't put it past a person 《口》我認爲某人會做出…《*to* do, *that* 子句》。

pas·ta ['pɑstə] 名 U 義大利麵製品；生麵糰；這一類的餐點。

·paste [pest] 名 U C 1 漿糊（狀的東西）；泥狀物；黏土：tooth ~ 牙膏。2 麵糰；麵糰做成的食品，糕餅；醬，膏：bean ~ 豆瓣醬。3〖寶石〗鉛玻璃（製造人造寶石的原料）。4《俚》痛擊，一擊。

scissors and paste 無創造性的新聞。

—動 (**past·ed, past·ing**) 及 1 貼上《*down, in, up, together*》；黏貼《*up, over*》；使不能動彈。2《俚》狠揍；〖運動〗打垮。

paste·board ['pest,bord] 名 1 U 紙板，厚紙。2《俚》名片；紙牌；卡片；《英俚》票，入場券。3 揉麵板；塗漿糊時的墊板。

—形 1 紙板做的。2 淺薄的，沒有內容的；假的，人造的。

pas·tel [pæs'tɛl] 名 1 U 輕淡的色彩。2 U 彩色粉筆；蠟筆；粉筆畫法；蠟筆畫法；C 蠟筆畫；彩色粉筆畫。3 小散文作品，小品文。—形 1（色調）柔和的，輕淡的。2 蠟筆畫的。

past·er ['pestɚ] 名 1 貼紙，標籤；膠帶。2 黏貼的人[物]；黏合機。

pas·tern ['pæstɚn] 名〖動〗1 骹：有蹄動物的蹄與距毛間的部位。2 骹骨。

paste-up ['pest,ʌp] 名 1〖印〗= mechanical 名 2. 2 拼貼畫。

Pas·teur [pæs'tɝ] 名 **Louis**，巴斯德（1822–95）：法國化學家、細菌學家。

pas·teur·ism ['pæstərɪzm̩] 名 U 1（預防狂犬病的）巴斯德接種法。2 巴斯德高溫殺菌法。

pas·teur·i·za·tion [,pæstərə'zeʃən] 名 U 巴斯德高溫殺菌法。

pas·teur·ize ['pæstə,raɪz, -tʃə-] 動 及 用巴斯德高溫殺菌法殺菌。

Pas'teur 'treatment 名 U C〖醫〗狂犬病的預防接種。

pas·tiche [pæs'tiʃ] 名 1 模仿作品，混成曲。2 拼湊，雜燴。—動 及 拼湊起來。

pas·tille [pæs'til], **-til** [-tɪl] 名 1 香錠；口含錠，錠劑。2 U 用以消毒或除臭的固體薰香劑。3 彩色粉筆；蠟筆。

pas·time ['pæs,taɪm] 名 娛樂，消遣。

past·ing ['pestɪŋ] 名《口》痛打，重擊。

'past 'master 名 行家，能手，老手。

pas·tor ['pæstɚ] 名 1 牧師，主祭司；精神領袖。2 牧羊人。

pas·to·ral ['pæstərəl] 形 1 遊牧的；牧羊人的；畜牧用的。2 田園的，悠閒的，鄉村的，樸素的；天真爛漫的；描寫田園生活的。3 牧師的。—名 1 牧歌，田園詩[畫，曲，劇]。2 有關牧師職權的論文。牧師或主教寫給教民的公開信。

'pastoral 'care 名 U（牧師對教民的照料，指導；（老師對學生的）忠告。

pas·to·rale [,pæstə'rɑlɪ] 名 (複 ~s)〖樂〗1 田園曲。2 描寫田園故事的歌劇或芭蕾舞曲。

pas·to·ral·ism ['pæstərə,lɪzəm] 名 U 田園樂趣；田園作品的風格。

'pastoral 'staff 名 = crosier 1.

pas·tor·ate ['pæstərɪt, 'pɑs-] 名 1 牧師的職務；《集合名詞》牧師團。2《美》牧師住所。

'past 'participle 名〖文法〗過去分詞。

'past 'perfect 名〖文法〗過去完成式

pas·tra·mi [pə'strɑmɪ] 名 U 煙燻牛肩肉。

·pas·try ['pestrɪ] 名 (複 **-tries**) 1 U（用來做餅皮的）麵糰。2 U C 麵製糕餅。

'past 'tense 名〖文法〗過去式。

pas·tur·age ['pæstʃərɪdʒ] 名 U 1 牧草，牧場；畜牧業。2〖蘇格蘭法〗放牧權。

pas·ture ['pæstʃɚ] 名 1 U C 牧草地，牧場。2 U 牧草。

—動 (**-tured, -turing**) 及 1 放牧；使成爲牧場；用作牧場。2 吃（牧草）。

—不及（家畜）吃草。

It's always greener in the other pasture. 《諺》這山望著那山高。

put out...to pasture (1) 放牧。(2) 使引退，使退休。

past·y[1] ['pestɪ] 形 (**past·i·er, past·i·est**) 1 似漿糊狀的。2 蒼白的，沒有生氣的；有氣無力的。

past·y[2] ['pæstɪ] 名 (複 **past·ies**) C U《英》肉餡餅，菜餡餅。

past·y-faced ['pestɪ'fest] 形 臉色蒼白的。

'PA ,system 名 = public-address system.

·pat[1] [pæt] 動 (~·**ted**, ~·**ting**) 及 1 輕敲；輕捶《*down / into...*》；輕拍，撫弄《*on ...*》：~ a person's cheek 輕拍某人的臉頰。2 發出叭嗒叭嗒的輕走聲。—不及 1 輕拍《*at, on, upon, against...*》。2 叭嗒叭嗒地輕聲走路。

pat a person on the back (1) ⇨ 動 及 1. (2)《口》（拍背表示）讚揚。

—名 1 輕拍；輕摸；輕打聲；（腳步的）叭嗒聲。2（奶油等的）小塊。

a pat on the back 《口》讚賞的話。

pat[2] [pæt] 形 1 恰當的，恰到好處的；及時的；當場的。2 不假思索的。

—副 1 正確地；完整地；適切地；適時地；當場地。2 斷然地。

stand pat 《口》(1) 堅守，不改變《*on...*》(2)（玩撲克牌時）不改原有的牌。

Pat [pæt] 名 1〖男子名〗培德（Patrick的暱稱）；〖女子名〗佩特（Patricia的暱稱）。2《口》愛爾蘭人。

pat. 《縮寫》*pat*ent(ed).

Pat·a·go·ni·a [ˌpætəˈgonjə] 名巴塔哥尼亞：阿根廷南部和智利南部的高原地區。 **-an** 形名

pat-ball [ˈpætˌbɔl] 名《英》U（網球或板球中）擊出的差勁的球。

·patch [pætʃ] 名 1 補丁；金屬補片：～*es* at the elbows 手肘處的補丁。2 膏藥；絆創膏；眼罩。3 小片，破片，碎片；（文章的）一段：a purple ～ 一段華麗的文章。4 小區域，小塊田地。5 顯然與眾不同的部分；斑點；美人斑。6〖軍〗臂章。7〖電腦〗插線；程式修補，嵌補。

be not a patch on...《口》與…無法比擬。

strike a bad patch《英口》倒楣，流年不利。

—動及 1 打補丁；暫時修補一下《*up*》。2 東拼西湊《*up, together*》。3 平息，解決；調整；匆促締結《*up, together*》。4 修正，恢復，復原《*up*》；修改。5 接續（電路）。6《通常用被動》加上斑點。—不及 縫補丁。

ˈpatch ˌcord 名〖電腦〗接插線。

patch·ou·li [ˈpætʃʊlɪ, pəˈtʃu-] 名 U 1〖植〗廣藿香。2 廣藿香油。

ˈpatch ˌpocket 名貼袋。

ˈpatch ˌtest 名貼布試驗，過敏測試。

patch·work [ˈpætʃˌwɝk] 名 1 U C 拼縫物。2 拼湊物；草率完成的工作；拼湊之物。

patch·y [ˈpætʃɪ] 形(**patch·i·er, patch·i·est**) 1 貼貼補補的；東拼西湊的；表面斑駁的。2 不調和。**-i·ly** 副, **-i·ness** 名

patd. 《縮寫》*pat*ent*ed.*

ˈpat-ˌdown ˌsearch 名《美》自上而下輕拍搜身。

pate [pet] 名《口》頭；頭頂；《通常為蔑》頭腦，心智：a shallow ～ 老粗，見識粗淺的人 / a bald ～ 禿頭。

pâ·té [pɑˈte] 名(複～s [-z]) 1 C U〖法國烹飪〗肉餅。2 = foie gras.

-pated 《字尾》表「有…頭的」之意。

pâ·té de foie gras [pɑˈtedəˌfwɑˈgrɑ] 名 C U〖烹飪〗肥鵝肝餅。

pa·tel·la [pəˈtɛlə] 名 (複-**lae** [-ˈtɛli])〖解〗膝蓋骨；〖生〗盤狀部分。

pa·tel·lar [pəˈtɛlɚ] 形膝蓋骨的。

pat·en [ˈpætn̩] 名 1（基督教的）聖體盤。2（金屬製的）平盤。

pa·ten·cy [ˈpetn̩sɪ] 名 U 1 明白，明顯。2〖醫〗開放，不閉合。

·pat·ent [ˈpætn̩t] 名 1 專利權；專利證；專利品，專利物件：take out a ～ on... 取得…的專利。2《美》公有地讓渡證書；轉讓的土地。3 認可，許可狀；特權；記號，表徵；特徵。—形 1 特准專賣的；有專利權的；有專利證書的。2 有關專利的。3 明顯的，顯著的。4 可利用的；開放的，可以通行的。5《口》新奇的；獨特的。6 最高級的；兩面都有光澤的。7〖植〗張開的，伸展的。—動及 1 取得專利權；成為創作者；授予專利權。2 轉讓。

pat·ent·ee [ˌpætn̩ˈti] 名專利權所有人。

ˈpatent ˈleather [ˈpætn̩t-] 名 U 漆皮；《～s》一雙漆皮鞋。

pat·ent·ly [ˈpetəntlɪ] 副明顯地，顯著地。

ˈpatent ˈmedicine 名 U C 成藥；專利藥品。

ˈPatent ˌOffice 名《the ～》專利局。

pat·en·tor [ˈpætn̩tɚ] 名授予專利權者。

ˈpatent ˌright 名專利權。

pa·ter [ˈpetɚ] 名 1《英口》父親。2 [ˈpæ-]《常作 P-》主禱文，主經，主禱。

pa·ter·fa·mil·i·as [ˌpetɚfəˈmɪlɪəs] 名《通常用單數》《謔》家長，父親。

pa·ter·nal [pəˈtɝnl̩] 形 1 父親的，適合父親的，似父親的。2 父方的；父親遺傳的，繼承自父親的。～**·ly** 副

pa·ter·nal·ism [pəˈtɝnl̩ˌɪzəm] 名 U 家長主義；溫情主義；家長作風。**-ˈis·tic** 形

pa·ter·ni·ty [pəˈtɝnətɪ] 名 U 1 父道，父性。2 父系。3 著作者身分；出處，起源。

pa·ter·nos·ter [ˈpetɚˈnɑstɚ, ˈpæ-] 名 1《常作 P-》（尤指拉丁文的）主禱文。2 唱主禱文；祈禱文；咒文。

devil's paternoster 倒念的主禱文；喃喃的咒語。

:path [pæθ] 名(複～s [pæðz]) 1（自然踏成的）道路，小路；人行道，散步道；跑道。2（颱風等的）路線，軌道；（人生的）路途；方針：the ～ to glory 光明之道。

beat a path to... 向…跑過去，爭先恐後地去。

cross a person's path 碰見某人；妨礙某人的計畫；妨礙某人。

～**·less** 形無路的，人跡未到的。

Pa·than [pəˈtɑn] 名（印度、西南亞地區的）阿富汗人。

·pa·thet·ic [pəˈθɛtɪk], **-i·cal** [-ɪkl] 形 1 可憐的，悲慘的：a ～ sight 悲慘的景象。2 感動的，令人感動的；感情的。3 極少的，簡直不夠的，無價值的。

-i·cal·ly 副

paˈthetic ˈfallacy 名《the ～》感情的謬誤。

path·find·er [ˈpæθˌfaɪndɚ] 名 1 拓荒者，探險者；先驅。2〖軍〗引導空降部隊；導航機，導航飛行員；搜索地面用的機載雷達；引導飛彈的無線電導航信標。

path·o·gen [ˈpæθədʒən], **-gene** [-dʒin] 名病菌，病原體。**-ˈgen·ic** 形致病的，成為病原的。

path·o·log·i·cal [ˌpæθəˈlɑdʒɪkl̩] 形病理學的；病理上的；由疾病引起的。

～**·ly** 副

P

pa·thol·o·gist [pə'θɑlədʒɪst] 图 病理學家。

pa·thol·o·gy [pə'θɑlədʒɪ] 图 Ⓤ **1** 病理學；病狀，病理。**2** 病變；異常。

pa·thos ['peθɑs] 图 Ⓤ **1** 悽惻感人的性質；悲哀，哀調：a touch of ~ 些許的傷感 / speak with ~ 話中充滿哀傷。**2** 藝術作品的感情要素。

path·way ['pæθ,we] 图 **1** 小路，狹路，人行道；通道，路線《*to...*》。**2**〖生化〗途徑：一連串的酵素觸媒反應。

-pa·thy [-pəθɪ]《字尾》表「痛苦，感情，療法」之意。

·**pa·tience** ['peʃəns] 图Ⓤ **1** 忍受，忍耐；耐性；毅力，堅忍《*with...*》: be out of ~ *with* ... 對…無法忍受 / labor with ~ 耐心地工作 / have the ~ to do 有耐心去做… / *P-* is the best remedy《諺》忍耐是最佳良藥。**2**〖牌〗《英》獨自一人玩的撲克牌遊戲（《美》solitaire）: play (a game of) ~ 打單人撲克牌。

:**pa·tient** ['peʃənt] 形 **1** 有耐心的《*with* ...》；表現出耐心的；能忍受的《*of...*》。**2** 有毅力的，勤勉的；堅忍不拔的：(as) ~ as Job 非常有耐心的。**3**（事實等）容許（批判等）的。—图（就醫的）病人，病患者。~·,**hood** 图Ⓤ病人的狀況。

pa·tient·ly ['peʃəntlɪ] 副 有耐心地。

pat·i·na ['pætɪnə] 图 **1** Ⓤ銅綠，銅鏽。**2** Ⓤ（用久了的器具表面的）光澤，古色。**3** 覆蓋於表面的薄層。**4** 風格，威嚴。

pa·ti·o ['pɑtɪ,o] 图(複~s) **1**（尤指西班牙風格的房屋的）天井，內院。**2**《美》露臺，戶外休閒處。

pa·tis·se·rie [pə'tɪsərɪ] 图(複~s [-z]) 法國式的糕餅、點心（專賣店）。

pat·ois ['pætwɑ] 图 (複~ ['pætwɑz]) **1** Ⓤ Ⓒ（尤指法語的）方言。**2** 暗語，行話。**3** 不合文法的混雜語。

patri-《字首》表「父」之意。

pa·tri·al ['petrɪəl] 形 **1** 祖國的。**2** 表明國名或地名的。**3**《英》具有英國居留權的。—图《英》具有英國居留權者。

pa·tri·arch ['petrɪ,ɑrk] 图 **1**〖聖〗族長，太祖。**2**（初期教會的）主教；〖天主教〗高級主教；〖希臘正教〗大主教；〖摩門教〗大祝福師。**3** 元老；家長。**4** 創始人；鼻祖。-**'ar·chic** 形

pa·tri·ar·chal [,petrɪ'ɑrkl] 形 **1** patriarch 的：the ~ cross 大主教十字架。**2** 元老的；值得尊敬的。

pa·tri·ar·chate ['petrɪ,ɑrkɪt] 图 **1** 大主教職位。**2** = patriarchy.

pa·tri·ar·chy ['petrɪ,ɑrkɪ] 图 (複-**chies**) Ⓤ Ⓒ 父權制（社會）: a system of ~ 父權制 / an ancient ~ 古代的父權社會。

Pa·tri·cia [pə'trɪʃə] 图〖女子名〗派翠西亞（暱稱作 Pat, Patty）。

pa·tri·cian [pə'trɪʃən] 图 **1**〖古羅馬〗貴族。**2** 地位高的人；貴族。—形〖古羅馬〗貴族的。**2** 身分高貴的；貴族似的：a ~ nose 貴族似的鼻子。

pa·tri·ci·ate [pə'trɪʃɪɪt] 图 Ⓤ貴族階級

pat·ri·cide ['pætrɪ,saɪd] 图 **1** Ⓤ弒父。**2** 弒父者。-**'cid·al** 形

Pat·rick ['pætrɪk] 图 **1 Saint**，聖派屈克（389–461）：愛爾蘭的英國傳教士、守護神。**2**〖男子名〗派屈克（暱稱作 Pat）。

pat·ri·fo·cal [,pætrɪ'fokl] 形以父親為中心的。

pat·ri·lin·e·al [,pætrɪ'lɪnɪəl] 形父系的。

pat·ri·mo·ni·al [,pætrə'monjəl] 形世襲財產的；祖傳的，世襲的。

pat·ri·mo·ny ['pætrə,monɪ] 图 (複-**nies**) Ⓤ Ⓒ **1** 世襲財產。**2** 遺傳品質；遺產。**3** 教會財產。-**mo·ni·al** [-'monɪəl] 形

·**pa·tri·ot** ['petrɪət] 图 **1** 愛國者，愛國志士。**2**《**p-**》〖軍〗愛國者飛彈。

pa·tri·o·teer [,petrɪə'tɪr] 图假愛國者。

pa·tri·ot·ic [,petrɪ'ɑtɪk] 形愛國的；愛國者（似）的。-**i·cal·ly** 副

pa·tri·ot·ism ['petrɪətɪzəm] 图 Ⓤ愛國主義；愛國心；愛國行為。

·**pa·trol** [pə'trol] 图 **1** 巡邏者，巡視者，巡邏員警；巡邏隊；〖軍〗偵察隊；巡邏艇隊；偵察機隊；巡邏車隊：a ~ boat 巡邏艇。**2** Ⓤ巡迴，巡視；長期定時觀測：be on ~ 巡邏。**3** 童子軍的小隊（編制為八人）。

—動 (-**trolled**, ~·**ling**) 不及 及巡邏，巡視。

pa'trol ,car 图（警察的）巡邏車。

pa·trol·man [pə'trolmən] 图(複-**men**)《美》巡邏員警（《英》(police) constable）；（交通大隊等的）巡邏隊員。

pa'trol ,wagon 图《美·澳·紐》囚犯押解車（《美俚》paddy wagon）。

·**pa·tron** ['petrən],《女性形》-**tron·ess** [-trənɪs] 图 **1** 顧客，主顧，常客；（圖書館的）利用者。**2** 支持者，贊助者。**3**〖羅馬史〗保護平民的貴族。**4** = patron saint. **5** 經營者；兄弟會的分會長。

pa·tron·age ['petrənɪdʒ, 'pæ-] 图 **1** Ⓤ光顧，惠顧；做生意，交易；Ⓒ《集合名詞》常客，顧客：give a store one's ~ 光顧某商店。**2** Ⓤ 支援，保護，贊助，獎勵：with the ~ of... 受…的贊助。**3** Ⓤ 任命（權）；恩惠賜予（權）；《英》神職任命權。**4** Ⓤ施恩；恩賜態度《*toward...*》。

pa·tron·ize ['petrən,aɪz] 動 及 **1** 惠顧，光顧；交易。**2** 支援，保護，獎勵。**3** 擺出屈尊的態度：a man who ~*s* his servants 對僕人擺出恩賜態度的男人。-**iz·er** 图

pa·tron·iz·ing ['petrən,aɪzɪŋ] 形 紆尊降貴的；傲慢的。~·**ly** 副

'patron 'saint 图守護神。

pat·ro·nym·ic [,pætrə'nɪmɪk] 形源於父名的。—图 **1** 源於父名的姓。**2** 姓。

pa·troon [pə'trun] 图〖美史〗（荷蘭統治時期在 New York 及 New Jersey 州的）擁

有購賣土地特權的地主。
at·sy ['pætsɪ] 名(複-sies)《美俚》代罪羔羊；易上當受騙的人，傻瓜。
at·ten ['pætn̩] 名 木底套鞋，木屐。
at·ter¹ ['pætɚ] 動 不及 1（雨等）淅瀝瀝地下。2 啪噠啪噠地跑，碎步快跑；到處跑《*about*》。—及 啪噠啪噠地落下；使發出噗嗒噗嗒聲；潑濺《*with...*》。—名 啪噠啪噠聲。
at·ter² ['pætɚ] 名 1 Ⓤ Ⓒ 唸唸有詞；快板；快調插詞。2 Ⓤ 行話，暗語。
—動 不及 及 急促地述說。
at·ter³ ['pætɚ] 名 輕拍的人[物]；（高爾夫的）推桿（的人）。
at·tern ['pætɚn] 名 1 圖樣，圖案；有圖樣的裝飾。2 型，式樣：an old ～ of bicycle construction 自行車構造的舊型式。3 模範，榜樣；例證，樣本；原型《*for...*》；〖鑄〗模型，木型：make a ～ *for* a skirt 裁出裙子的紙樣。4《美》一件衣料。—動 及 1 仿造，摹製《*after*, *on*, *upon...*》：～ oneself *after* a favorite teacher 模仿自己喜歡的老師 / a dress ～*ed after* a French style 仿照法國樣式的衣服。2 加上圖案《*with...*》：～ a cloth *with* flowers 在布上加花的圖案。—不及 1 製作圖案。2 作爲榜樣。
at·terned ['pætɚnd] 形 有圖案的。
attern ˌbombing 名 Ⓤ 飽和轟炸。
at·tern·mak·er ['pætɚn,mekɚ] 名 原型製作者；圖案設計家；模型製作者。
at·ty ['pætɪ] 名(複-ties) 1 小餡餅。2 Ⓒ 碎肉做成的圓形薄餅。3 扁圓形糖果。
at·ty ['pætɪ] 名〖女子名〗佩蒂（Patricia 的暱稱）。
atty ˌpan 名 1 煎餅用小平底鍋。2〖植〗西洋南瓜的一種。
au·ci·ty ['pɔsətɪ] 名《a ～》《文》少數，少量；缺乏，不足：*a* ～ of information 資訊的不足。
aul [pɔl] 名 1 Saint，聖保羅：新約聖經中書信的作者。2〖男子名〗保羅。
aul 'Bunyan 名《美》保羅班揚：美國民間傳說中一位力大無雙的樵夫。
aul·ine¹ ['pɔlaɪn] 形 使徒保羅的。
au·line² [pɔ'lin] 名〖女子名〗寶琳。
au·low·ni·a [pɔ'lonɪə] 名〖植〗泡桐。
aul 'Pry 名《a ～》好追根究底且愛管閒事的人。
aunch [pɔntʃ] 名 1 腹部；大腹。2（反芻動物的）第一胃。**paunched** 形
aunch·y ['pɔntʃɪ] 形 (**paunch·i·er**, **paunch·i·est**) 大腹便便的。
au·per ['pɔpɚ] 名 1 接受救濟的貧民。2 貧困者；乞丐。
au·per·ism ['pɔpə,rɪzəm] 名 Ⓤ 貧窮，赤貧。
au·per·ize ['pɔpə,raɪz] 動 及 使貧窮。
-i·'za·tion 名, **-iz·er** 名
ause [pɔz] 名 1 Ⓤ Ⓒ 停頓，休止；中斷，間斷：take a ～ 休息一會兒 / chatter (away) without ～ 滔滔不絕地說 / give ～ to... 使…中止。2 Ⓤ Ⓒ 躊躇，猶豫：give a person ～ 使某人猶豫 / in (a) ～ 躊躇地；休止中。3 停頓符號；〖詩〗短暫停頓（記號）；〖樂〗延長記號（𝄐 或 𝄑）。
—動 (**paused**, **paus·ing**) 不及 1 中止，暫停；佇立；等待《*for...*》。2 猶豫，躊躇；沉思《*on*, *upon...*》。3〖樂〗延長，延續《*on*, *upon...*》。
'paus·al 形
pa·vane, pav·an ['pævən] 名（16－17世紀的）孔雀舞（曲）。
·pave [pev] 動 (**paved**, **pav·ing**) 及 鋪設；覆蓋，充滿《*with...*》：a career ～*d with* honors 聲名顯赫的一生。
pave the way for... 替…鋪路，使…容易進行。
·pave·ment ['pevmənt] 名 1《美》鋪道（《英》roadway）；《英》人行道（《美》sidewalk）。2 Ⓤ 鋪設面；鋪設材料。
hit the pavement《俚》（從酒店等）被趕出；被解僱。
'pavement ˌartist 名 1《英》街頭畫家（《美》sidewalk artist）。2 在街頭巷尾爲人畫像的畫匠。
·pa·vil·ion [pə'vɪljən] 名 1 臨時搭設的建築物；大帳篷，天幕；《英》選手休息處[臨時看臺]。2〖建〗兩翼，兩側；樓閣，亭。3（醫院的）分棟病房。4 華麗型寶石的帶線以下的斜面。—動 及 1 安置在帳篷中；搭帳篷。2 包容，覆蓋。
pav·ing ['pevɪŋ] 名 Ⓤ 鋪設；鋪設過的地[路]面；鋪路材料。
'paving ˌbrick 名 Ⓤ Ⓒ 鋪路磚。
'paving ˌstone 名 路磚，鋪路石。
Pav·lov ['pævlɔv] 名 **Ivan Petrovich**，巴夫洛夫（1849－1936）：俄國生理學家；曾獲諾貝爾生理及醫學獎（1904），以首創制約反應實驗聞名。
Pav·lov·i·an [pæv'lovɪən] 形 巴夫洛夫（學說）的；制約反應（般）的。
paw [pɔ] 名 1 動物的爪；《口》《謔》人的手。2《口》筆跡。—動 及 1 用腳爪扒。2《口》粗魯地觸摸；（對女性）毛手毛腳《*about*, *around*》。—不及 1 用腳爪搔抓地面。2《口》粗魯地對待；（對女性）毛手毛腳《*at*, *on*, *over...*》。～**·er** 名
pawk·y ['pɔkɪ] 形 (**pawk·i·er**, **pawk·i·est**)《主英》狡猾的，機靈的；滑稽的。
pawl [pɔl] 名 掣動器。—動 及 以掣動器停止。
pawn¹ [pɔn] 動 及 1 典當。2 賭（生命、名譽等）；發誓《*on...*》：～ one's future for an instant of glory 爲一時的光榮而賭上自己的前途。—名 1 Ⓤ 抵押；典當：in ～ 當掉；做抵押。2 典當物；擔保；《喻》人質。
～**·er**, ～**·or** 名 抵押人。
pawn² [pɔn] 名 1〖西洋棋〗兵卒。2 爪

P

牙，走狗。

pawn·bro·ker ['pɔn,brokə] 图當鋪商。

Paw·nee [pɔ'ni] 图（複～s,《集合名詞》～）1 波尼族（的人）：北美印第安族的一支。2 Ⓤ波尼語。

pawn·shop ['pɔn,ʃɑp] 图當鋪。

'pawn ˌticket 图當票。

paw·paw ['pɔ,pɔ] 图＝papaw.

pax [pæks] 图 1《P-》和平時代。2 和平之吻。—國《英俚》《感嘆語》算了吧！時間到！停戰！

:pay [pe] 動 (**paid**, ～**·ing**) 及 1 償還，支付；繳交；支出；付錢給《*for*...》：～ a debt 還債 / ～ the rent to them *for* the machine 付給對方機器的租金 / ～ a person *for* (doing) some work 付給某人工資。2 給予，致以；探訪：～ tribute to... 讚美 / ～ lip service to... 施口惠給...；在口頭上支持 / ～ court to... 討好。3 對…有利；帶來；以…報答。4 報復，以牙還牙《*back, off, out* / *for*...》；報答，回報《*back* / *for*...》：～ him *back for* his trick 對他的惡作劇加以報復 /～ a person *back for* his kindness 報答某人的好意。5 受到（懲罰、報應）《*for*...》；償還，報償：～ the penalty *for* a sin 受罰贖罪。6〖海〗朝向（下風）《*off*》；鬆開（纜繩）《*away, out*》。

—不及 1 付款，償債《*for*...》。2 有利，值得，划算。3 付出代價，賠償《*for*...》。4 受罰《*for*..., *for* doing...》。

pay as you go《美》付清到期帳單；以現金支付，當場付現（《英》pay on the nail）；量入爲出；直接扣繳稅金。

pay...back / ***pay back...*** (1)⇨動 及 4. (2)還（錢）。(3)還錢給（人）。

pay one's corner《英方》各付各的。

pay...down / ***pay down...*** 以現金支付；《美》付出（分期付款的）保證金。

pay (*one's*) ***dues*** (1)備嘗辛勞（才獲得某事物）。(2)承受苦果。

pay in 繳費；付清；樂捐；把錢存入銀行。

pay...into... 把（錢等）匯入（銀行、戶頭）。

pay one's way (1)自食其力，不負債。(2)獲利，賺錢；收支相抵。

pay off (1)《口》達成預期效果，（大）賺錢，奏功。(2)《俚》賄賂，收買。

pay...off / ***pay off...*** (1)⇨動 及 6. (2)還清（借款等）。(3)資遣，付給薪資後解僱。(4)《俚》收買。

pay out 還清債務。

pay...out / ***pay out...*** (1)⇨動及4. (2)付錢給（人）。(3)《口》支出，付（錢）。(4)報復；成爲報應。(5)（釣魚時）放出（線）。

pay the debt of nature / ***pay one's debt to nature*** 壽終正寢，死亡。

pay up《口》全部付清借款，繳清。

pay up and look pretty 順應天意；樂天知命。

What's to pay?《口》怎麼了？

—图Ⓤ 1 支付，支出；繳納。2 工資，酬，薪俸，薪資：on full ～ 領全薪，現中。3 回報，報答；報復《*for*...》。4 用。5 含油層，含金層。—形 1 值得投的，會賺錢的。2 投入硬幣後使用的，費的。3 與付款有關的；用於付款的。

pay·a·ble ['peəbl] 形 1 應還的；到的，應付的；能夠支付的。2 可獲利的

pay-as-you-earn ['peəzju'ɝn] 图《英》從薪資預扣所得稅（制度）。略作 P.A.Y.E.

pay-as-you-go ['peəzju'go] 形《美》單到期即付的；預扣所得稅制度的。

pay·check ['pe,tʃɛk] 图薪水支票。

pay·day ['pe,de] 图 1 發薪日；支付期；《英》（股票市場的）交割日。2《俚獲得大量金錢時，最佳時機。

'pay ˌdirt 图Ⓤ《美》1 有經濟價值的脈（《英》pay gravel）。2《口》成功的泉，搖錢樹，了不起的發現：hit ～ 挖寶藏；發橫財；走運了。

P.A.Y.E., PAYE《縮寫》*pay-as-you-earn*; *pay-as-you-enter* 入場時付錢制。

pay·ee [pe'i] 图受款人，受益人。

'pay ˌenvelope 图《美》＝pay packet

pay·er ['peə] 图支付人，付款人。

'pay·ing ˌguest ['peɪŋ-] 图寄宿人。

pay·load ['pe,lod] 图 1〖商〗有用載荷 2〖空〗酬載，需要費用的載重量。3（業的）工資負擔。4〖太空〗彈頭。5（機、火箭、人造衛星上的）有效載重。

pay·mas·ter ['pe,mæstə] 图負責發水的人員。

'paymaster 'general 图 1《美》陸[海軍主計總監。2《英》財政主計大臣。

·pay·ment ['pemənt] 图 1ⓊⒸ支付，償還繳納；支出：～ on acceptance 見票即付 / suspend ～*s* 無力支付，宣告破產。2 付金額。3Ⓤ報酬，補償；報復，懲罰《*for*...》：in ～ *for*... 作…的報酬。

pay·nim ['penɪm] 图《古》異教徒；伊斯蘭教徒。

pay·off ['pe,ɔf] 图 1 支付，分配，清算發薪日。2 利益，報酬；損失；報復《口》賄賂《*for*...》：get ～*s for* doing 因做某事而受賄。3《口》結尾，結局；高潮決定性的事件。—形決定性的；有報酬的。

pay·o·la [pe'olə] 图ⓊⒸ《口》賄賂。

'pay·out ˌratio ['pe,aut-] 图（企業收益的）分配率。

'pay ˌpacket 图《英》1 薪資袋。2（一人的）薪資。

ˌpay-per-'view 图Ⓤ按節目收看次數而定的有線電視收費制度。

'pay ˌphone 图（需投硬幣的）公用電話（亦稱 **pay telephone**）。

'pay 'rise [ˌraise] 图加薪。

pay·roll ['pe,rol] 图 1 支薪名冊（《英

pay sheet）；職員總數：be off the ～ 失業。2 薪資支付總額。

ayroll ˌtax 名 U C 薪資所得稅。

ay ˌslip 名薪資明細單。

ay ˌstation 名《美》公用電話亭。

ayt., pay't 《縮寫》*payment*.

ay ˌtelephone 名 = pay phone.

b 《化學符號》《拉丁語》*plumbum* 鉛。

.B. 《拉丁語》*Pharmacopoeia Britannica* 英國藥典；Prayer Book.

PBS 《縮寫》*P*ublic *B*roadcasting *S*ervice 《美》公共廣播公司，公共電視。

c. (複 **pcs.**)《縮寫》*piece; prices.*

/C, p/c 《縮寫》*petty cash.*

.C. 《縮寫》*P*ast *C*ommander; *P*eace *C*orps; *P*ersonal *C*omputer; 《英》*P*olice *C*onstable; *P*ost *C*ommander; 《英》*P*rince *C*onsort; 《英》*P*rivy *C*ouncil(lor); 《美》*P*rofessional *C*orporation.

.c. 《縮寫》*percent; petty cash; postcard.*

PCB 《縮寫》*p*oly*c*hlorinated *b*iphenyl 多氯聯苯；*p*rinted *c*ircuit *b*oard 印刷電路板。

ct. 《縮寫》《美》*percent.*

Pd 《化學符號》palladium.

d. 《縮寫》*paid.*

P.D. 《縮寫》《美》*P*olice *D*epartment 警察局。

PDA 《縮寫》*p*ersonal *d*igital *a*ssistant 個人數位助理。

PDF 《縮寫》*p*ortable *d*ocument *f*ormat 可攜式文件格式。

p.d. 《縮寫》*p*er *d*iem; *p*otential *d*ifference.

P.E. 《縮寫》*P*residing *E*lder; *p*hysical *e*ducation; *p*rinter's *e*rror（亦作 **p.e.**）；〖統〗*p*robable *e*rror; *P*rofessional *E*ngineer; *P*rotestant *E*piscopal.

pea [pi] 名 (複～s, 《英方·古》～) 1 C U 〖植〗豌豆；《～s》豌豆莢：like two ～*s* in a pod 一模一樣。2 類似豌豆的植物；《俚》（棒球、高爾夫的）球。—形 1 種豌豆的，加豌豆的。2 豆粒狀的。

peace [pis] 名 1 U 和平；《a ～》和平時期：in time of ～ 太平無事時 / bring ～ to... 為…帶來和平。2 U (1) 和睦；親和；和解，修好：live in ～ with a person 與某人和睦相處 / make ～ (with...)（與…）和解，言和。(2)《常作 **P-**》和約。3 U 安心，平安，無恙；《通常作 **the** ～》治安，安寧：a life of ～ 平靜的生活 / keep *the* (《英》king's [queen's]) ～ over ... 維持…的治安 / break *the* ～ 擾亂治安。4 U 安靜，靜謐；沉靜，靜默。

at peace 和平地，安詳地；友好地；安心地《*with...*》。

hold one's peace 保持沉默；停下來不再說話。

·peace·a·ble ['pisəbl] 形 1 愛好和平的，不喜爭吵的。2 和平的；平和的；平靜的。**-bly** 副

'Peace ˌCorps 名 U《the ～》《集合名詞》和平工作團。

·peace·ful ['pisfəl] 形 1 和平的；安寧的，寧靜的；安詳的。2 愛好和平的，不喜爭吵的。3 正常情況下的，平安的。～**·ness** 名

'peaceful coex'istence 名 U 和平共存。

peace·ful·ly ['pisfəlɪ] 副 安寧地；安靜地；和平地。

peace·keep·er ['pis,kipɚ] 名維持和平者；維持和平部隊。

peace·keep·ing ['pis,kipɪŋ] 名 U，形 維持和平（的）。

peace-loving ['pis,lʌvɪŋ] 形愛好和平的。

peace·mak·er ['pis,mekɚ] 名調停者；《謔》手槍、軍艦等。**-mak·ing** 名 U，形 調停（的），仲裁（的）。

'peace ˌmarch 名 U 和平示威。

peace·nik ['pisnɪk] 名《俚》反戰分子。

'peace ofˌfensive 名和平攻勢。

'peace ˌoffering 名贖罪的禮物；和平的贈物；謝恩的供奉。

'peace ˌofficer 名治安人員。

'peace ˌpipe 名 = calumet.

'peace ˌsign 名 1 和平手勢。2 = peace symbol.

'peace ˌsymbol 名和平象徵。

'peace ˌtalks 名(複)和平談判。

peace·time ['pis,taɪm] 名 U 平時：in ～ 在平時。—形《限定用法》平時的。

·peach[1] [pitʃ] 名 1 C U 〖植〗桃；C 桃樹；類似桃的果實。2 U 桃色，粉紅色。3《俚》漂亮的人[物]；「可人兒」。—形 1 桃色的，粉紅的。2 桃子做成的，加入桃子（似）的味道的。

peach[2] [pitʃ] 動 不及 因《古·俚》密告《*against, upon...*》。

peach·es-and-cream ['pitʃəsən'krim] 形 皮膚柔軟細緻臉頰紅潤的。

pea·chick ['pi,tʃɪk] 名小孔雀。

'peach 'Melba 名蜜桃冰淇淋。

peach·y ['pitʃɪ] 形 (**peach·i·er**, **peach·i·est**) 1 桃子似的；粉紅色的。2《俚》《常作反語》極好的，美妙的。

·pea·cock ['pi,kɑk] 名 (複～s,《集合名詞》～) 1 雄孔雀；孔雀：(as) proud as a ～ 趾高氣昂。2 自傲的人，愛慕虛榮者。—動 不及 炫耀。—因《反身》炫耀。

'peacock 'blue 名 U 孔雀藍。

pea·fowl ['pi,faul] 名 (複～s,《集合名詞》～) 孔雀。

'pea 'green 名 U 青豆色，淺綠色。

pea·hen ['pi,hɛn] 名雌孔雀。

'pea ˌjacket 名（水手等的）厚呢短外套。

·peak[1] [pik] 名 1 山頂；孤峰，尖峰。2 尖端，前端，尖頭；岬；（帽子的）前沿；額上V字型的髮際；《俚》頭。3〖海〗尖

P

艙；(縱帆的)上部後端；(斜桁的)外端。4 頂點，顛峰期；最大限度：the ~ of joy 欣喜的極致 / be at a new ~ 處於新的頂峰。5〖理〗最大值；(電力等的)尖峰；峰值，極值。—形最高的，尖峰的。
—動及 1 把(帆桁等)垂直豎起；豎起(鯨尾)。2 把(庫存品等)堆到最高限度。—不及 1 突起。2 達到頂點；達到顛峰欲往下降《*off*》。3 鯨魚豎起尾巴。

peak² [pik] 動不及 1 瘦弱，憔悴：~ and pine 憔悴。2 衰微，沒落《*out*》。

peaked¹ [pikt, 'pikɪd] 形尖的，有峰的；(帽子)有前沿的。

peak·ed² ['pikɪd] 形蒼白的，病容的。

'peak ˌhour 名顛峰時刻，鼎盛時期。
'peak-ˌhour 形

peak·y¹ ['pikɪ] 形有峰的，多峰的；尖的。

peak·y² ['pikɪ] 形《口》消瘦的；病弱的。

peal [pil] 名 1 鐘聲；門鈴(聲)。2 宏亮的聲響，隆隆聲：heavy ~*s* of thunder 一連串雷鳴。
—動及使鳴響；哄傳(謠言等)。—不及隆隆作響《*out*》。

pe·an ['piən] 名《美》= paean.

·pea·nut ['piˌnʌt] 名 1 ⓒⓤ〖植〗落花生；花生米；帶殼花生(《英》monkey nut)。2《俚》無聊的人；《~s》無聊的東西，極少的錢。—形 1 落花生的；花生米做成的。2《俚》微不足道的，無聊的，細小的：a ~ case 不重要的小個案。

'peanut ˌbutter 名ⓤ花生醬。

'peanut ˌgallery 名 1《the ~》《口》戲院樓廳的最後面座位。2《俚》無足輕重的批評來源。

P

'peanut ˌoil 名ⓤ花生油。

·pear [pɛr] 名ⓒⓤ〖植〗梨；ⓒ梨樹。

·pearl¹ [pɝl] 名 1 珍珠；《~s》珍珠首飾；ⓤ珍珠層：cast (one's) ~*s* before swine《文》對牛彈琴。2 人造珍珠；珍珠似的東西：~*s* of dew 露珠。3 貴重的東西；精粹，精華，極品。4ⓤ珍珠色。5ⓤ〖印〗珍珠型鉛字。6《P-》〖女子名〗珮兒。—動及 1 以珍珠裝飾。2 散布於；使成珍珠色，使發珍珠光澤。—不及 1 採珍珠。2 像珠子般滴下《*down*》。3 在波浪凹處急降(衝浪板)。—形 1 像珍珠的；珍珠(做)的；布滿珍珠(母)的。2 小粒的。

pearl² [pɝl] 動及，名 = purl¹.

'pearl ˌbarley 名ⓤ珍珠麥，圓大麥。

'pearl ˌdiver [ˌfisher] 名潛水採珠人。

'pearl 'gray 名ⓤ珍珠色。

'Pearl 'Harbor 名 珍珠港：位於美國 Hawaii 州 Oahu 島南部的海軍基地，1941年12月7日遭受日本戰機的偷襲。

'pearl ˌoyster 名〖貝〗珍珠貝。

pearl·y ['pɝlɪ] 形(pearl·i·er, pearl·i·est) 1 珍珠似的。2 用珍珠裝飾的；產豐富珍珠的。3 極貴重的；(聲調)朗朗的。

pearly king(在節慶時)穿著飾有珍珠的傳統服裝的倫敦蔬果小販。
—名(複 pearl·ies)《英》1 叫賣販子。2 通常作 pearlies》珍珠鈕釦；飾有珍珠釦的黑色衣服。3《英俚》牙齒。

'pearly 'nautilus 名 = nautilus 1.

pear·main ['pɛrmen] 名一種蘋果。

pear-shaped ['pɛrˌʃept] 形 1 西洋梨的。2(聲調)圓潤的。

·peas·ant ['pɛznt] 名 1 佃農，農民。2 鄉下人；無學識的粗人。—形 1 農民(所有)的。2 鄉下人的，未受過教育的。

peas·ant·ry ['pɛzn̩trɪ] 名ⓤ 1《the ~》《集合名詞》佃農，農民；農民階級。2 農身分；農民本色；粗野。

pease [piz] 名(複~, peasen, 或~s)(古》1 豌豆。2 pea 的複數形。

peas(e)·cod ['pizˌkɑd] 名豌豆莢。

'pease ˌpudding 名ⓤⓒ《英》豌豆丁。

pea·shoot·er ['piˌʃutɚ] 名 豆槍(一種玩具)；《俚》手槍。

'pea ˌsoup 名 1ⓤ碎豌豆濃湯。2《口》= pea-souper.

pea-soup·er ['piˌsupɚ] 名 1《英口》濃霧。2《加俚》法裔加拿大人。

peat [pit] 名ⓤ泥煤；泥炭。~·y形(含有)泥煤的，多泥炭的。

'peat ˌbog 名泥煤沼，泥煤田。

'peat ˌmoss 名ⓤ泥煤苔。

·peb·ble ['pɛbl̩] 名 1 鵝卵石，小圓石。瑪瑙；水晶；《口》深度眼鏡片。3ⓤ卵石花紋(皮革)。4《俚》難應付的人。
a pebble on the beach《通常用於否定句》多數之中的一人；平庸的人。
—動(-bled, -bling)及 1 印上卵石花紋。鋪以小石子。3 扔石頭。

'pebble ˌdash 名ⓤ《英》(牆壁外側的)小卵石嵌飾法。

peb·bly ['pɛblɪ] 形 1 多石礫的。2 有卵石花紋的。3 刺耳的。

pe·can [prˈkɑn] 名〖植〗山胡桃(樹)。

pec·ca·ble ['pɛkəbl] 形易犯罪的；易有過失的。

pec·ca·dil·lo [ˌpɛkə'dɪlo] 名(複~es, ~s) 輕罪；小過失。

pec·ca·ry ['pɛkərɪ] 名(複-ries,《集合名詞》~) 1(產於熱帶美洲的)西貒。2ⓤ西貒的皮。

pec·ca·vi [prˈkevaɪ, pɛ-] 名(複~s)懺悔認罪。

peck¹ [pɛk] 名 1 配克(乾量的單位)；一配克的量器。2《口》大量，很多：a ~ of trouble(s) 一大堆的麻煩事。

·peck² [pɛk] 動及 1 啄開；(以尖頭工具等)鑿《*up, down*》；啄：~ a hole in a tree 在樹上啄一個洞。2(用喙)啄；啄穿，啄成《*out*》。3 啄食《*up*》；《口》一點一點地吃。4《口》輕吻：~ a person's cheek 輕吻某人的面頰。5 用打字機慢慢打《

ut))。—不及 1（不斷地）啄((away / at ..))。2 啄；一點一點地吃((at...)): ~ at ood 一點一點地吃食物。3 挑毛病，找岔子((at...))。4 敲（打字機等的鍵）((at ..)): ~ at the typewriter 打字。
—名 1 鑿；啄。2 啄痕，啄出來的孔。3 口))輕吻。4 ((英俚))食物。

eck·er ['pɛkɚ] 名 1 啄的人[物]；十字鎬。2 啄食的鳥；啄木鳥。3（鳥的）喙；英俚))鼻子。4 ((英俚))精神，勇氣。5 美俚))陰莖。

eck·ing ˌorder ['pɛkɪŋ-] 名 1〖鳥〗禽鳥強弱次序。2（人類的）權勢等級。

eck·ish ['pɛkɪʃ] 形 ((美口))暴躁的；((英口))肚子餓的。

ec·ten ['pɛktən] 名 (複~s, -ti·nes [-tə,-iz]) 1〖動·解〗梳膜，櫛；肛門梳。2〖貝〗扇貝，海扇。

ec·tic ['pɛktɪk] 形果膠的。

ec·tin ['pɛktɪn] 名 U〖生化〗果膠，膠素。

ec·to·ral ['pɛktərəl] 形 1 胸部的。2 掛在胸部的。3 肺病的。4 主觀的。5 鎮咳的。
—名1 護胸；胸飾。2〖魚〗胸鰭。3〖解〗胸部（器官）。4 鎮咳藥。

ec·u·late ['pɛkjə,let] 動 及 不及 盜用，侵占。

ec·u·la·tion [ˌpɛkjə'leʃən] 名 U C（公款等的）侵占，盜用；公器私用。

e·cu·liar [pɪ'kjuljɚ] 形 1 特有的，獨特的，特徵性的((to...))。2 ((one's own ~))獨具的，自己專有的。3 怪誕的，怪異的；異常的，珍奇的。4 特別的，顯著的。—名 1 個人特有之物；特權；私有財產。2 ((英))特別教區[會]。

e·cu·li·ar·i·ty [pɪ,kjulɪ'ærətɪ] 名 (複 ties) 1 反常的態度。2 U 怪異，特異；特殊性。3 特性，特質，特色。

e·cu·liar·ly [pɪ'kjuljɚlɪ] 副 1 特別地。怪異地；與眾不同地。

e·cu·ni·ar·y [pɪ'kjunɪ,ɛrɪ] 形 1 用錢的；財政上的。2 該罰款的。-i·ly 副

ed·a·gog·ic [ˌpɛdə'gɑdʒɪk] 形 教育者的；教師般的；教育（學）的（亦稱 pe-dagogical）。—名 ((~s)) ((作單數))教育學；教學法。-i·cal·ly 副

ed·a·gogue ((美)) **-gog** ['pɛdə,gɑg] 名 古))((蔑)) 1 教育者，教師。2 擺學者架子的人。

ed·a·go·gy ['pɛdə,godʒɪ] 名 U 教育學；教學法。

ed·al ['pɛdl] 名 1（縫紉機、腳踏車等的）踏板。2〖樂〗（鋼琴等的）踏板。
get the pedal 辭去；被解僱。
—動 (~ed, ~·ing, ((英)) -alled, ~·ling) 不及 踩踏板；騎腳踏車前進；踩踏板演奏。—及 騎腳踏車；踩踏板演奏。—形 1〖動·解〗足的。2 腳踩式的；以踏板帶動的。3〖樂〗持續音的。

'pedal ˌbin 名 踏板式垃圾桶。

'pedal ˌboat 名 腳踏船。

ped·a·lo ['pɛdə,lo] 名 水上單車。

'pedal ˌpoint 名〖樂〗持續音。

'pedal ˌpushers 名 (複) 長及小腿的女用緊身運動褲。

ped·ant ['pɛdn̩t] 名 1 自命博學的人；空談家。2 拘泥於形式的人。

pe·dan·tic [pɪ'dæntɪk] 形 假裝學者的，好賣弄學問的；迂腐的。-ti·cal·ly 副

ped·ant·ry ['pɛdn̩trɪ] 名 U 1 賣弄學問；自以為有學問。2 拘泥於形式，刻板的作法。

ped·ate ['pɛdet] 形 1〖動〗有腳的；〖植〗鳥足狀的。2 足狀的。~·ly 副

ped·dle ['pɛdl] 動 及 1 兜售，叫賣。2 宣揚，散播。3 ((美俚))把（衣服等）賣到舊貨店((out))。—不及 1 沿街叫賣兜售。2 做無聊事，閒混。

ped·dler, ((英尤作)) **ped·lar** ['pɛdlɚ] 名 1 貨郎，沿路叫賣的小販。2（謠言等）傳播者；閒混的人。3 ((美俚))每站必停的貨物列車。

ped·dler·y, ((英)) **ped·lar·y** ['pɛdlərɪ] 名 (複-ler·ies) U C 1 兜售，沿途叫賣；兜售的商品。2 廢物。

ped·dling ['pɛdlɪŋ] 形 1 兜售的，叫賣的。2 不足道的，瑣碎的。—名 兜售。

ped·er·ast ['pɛdə,ræst] 名 雞姦者。
-as·ty 名 U 雞姦。

ped·es·tal ['pɛdɪstl] 名 1（雕像等的）臺（座），柱腳；基臺；支柱，支腳。2 基礎，基盤。3〖機〗托架，軸架。4 重要地位：put a person on a ~ 崇敬某人，把某人視作完人，把某人當偶像崇拜。
—動 (~ed, ~·ing, ((英)) talled, ~·ling) 及 1 置於臺上，加臺座。2 使就高位，景仰。

·pe·des·tri·an [pə'dɛstrɪən] 名 步行者，行人；徒步旅行者。—形 1 徒步的。2 平淡的，乏味的，散文式的。

pe'destrian ˌbridge 名 人行天橋。

pe'destrian 'crossing [((美)) **'cross-walk**] 名 行人穿越道。

pe·des·tri·an·ize [pə'dɛstrɪə,naɪz] 動 不及 步行，徒步旅行。—及 禁止車輛通行，使成行人徒步區。
-i·'za·tion 名 U 行人徒步區化。

pe'destrian 'precinct 名 行人專用區，步行區。

pe·di·at·ric [ˌpidɪ'ætrɪk] 形 小兒科的。

pe·di·a·tri·cian [ˌpidɪə'trɪʃən] 名 小兒科醫生。

pe·di·at·rics [ˌpidɪ'ætrɪks] 名 (複) ((作單數))〖醫〗小兒科。

ped·i·cab ['pɛdɪ,kæb] 名 人力三輪車。

ped·i·cel ['pɛdəsl, -ˌsɛl], **-i·cle** [-ɪkl] 名 1〖植〗花梗，柄。2〖解〗腳，莖，蒂；〖動〗肉莖，肉柄。-cel·lar 形

ped·i·cure ['pɛdɪ,kjʊr] 名 1 U C 腳病治療；修腳。2 腳趾甲治療。-cur·ist 名

P

ped·i·gree ['pɛdə,gri] [名] 1 [U] [C] 系譜，家譜；譜系，血統。2 [U] 名門。3（家畜的）純種系譜。4 起源；由來；經歷；詞源。
一[動] [及] 使保有純種，取得純種系譜。一[形] 純種的。**-greed** [形]

ped·i·ment ['pɛdəmənt] [名] 1〖希建〗山形牆，山形建築正面。2〖地質〗山麓緩斜面，緩坡。**-'men·tal** [-'mɛntl] [形]

ped·lar ['pɛdlɚ] [名]《英》= peddler.

pe·dom·e·ter [pɪ'dɑmətɚ] [名] 計步器。

pe·do·phile ['pidə,faɪl] [名] 戀童癖患者。

pe·do·phil·i·a [,pidə'fɪlɪə] [名] [U]〖精神醫〗戀童癖。

pe·dun·cle [pɪ'dʌŋkl] [名] 1〖植〗花梗；蕈類的莖。2〖動〗肉莖。3〖解〗腳。

pee¹ [pi] [名]《俚》《a ～》解小便；[U] 尿：go for *a* ～ 去小便。一[動] [不及] 小便。
peed off《俚》生氣，焦躁不安。

pee² [pi] [名] P [p] 字母。

peek [pik] [動] [不及] 偷窺《*at*...》；偷看《*in, out / through*...》。一[名]《a ～》偷看。

peek·a·boo ['pikə,bu] [名] [U]《美》躲貓貓。一[形]〖服〗有網眼刺繡鑲邊的；《美口》透明薄織品做成的。

·**peel** [pil] [動] [及] 削皮；剝去，撕掉《*off, away / from, off*...》；《口》脫衣服，使脫掉《*off*》。一[不及] 1 被削去，剝落；減輕《*off, away*》。2 蛻皮；離開群體《偶用 *off*》；《口》脫衣服；（特指脫衣舞中）衣服一件一件地脫下《*off*》。
keep one's eyes peeled ⇨ EYE [名]
peel eggs《英俚》拘泥形式，拘禮。
peel off (1) ⇨ [動] [不及] 1, 2. (2)〖空〗離隊急降。(3) 脫離（集團）。
peel out《俚》(1) 不辭而別；離開。(2) 使車急劇加速而在車道上留下輪胎印。
peel rubber [tires]《俚》猛然將車加速。
一[名] [U] [C]（蔬菜、水果等的）皮。

peel·er ['pilɚ] [名] 1 剝皮的人；削皮器。2《美俚》= stripper 3.

peel·ing ['pilɪŋ] [名] 1 [U] 剝皮，削皮。2《通常作～s》（馬鈴薯等）剝下的皮。

·**peep**¹ [pip] [動] [不及] 1 偷窺《*through*...》；偷看；窺視《*at, into*...》。2 露出，開始出現《*out*》；表現出《*out*》。一[及] 稍微露出《*out*》。一[名] 1《a ～》偷看，窺視；一瞥《*at*...》。2 窺孔，縫隙。3《通常作 the ～》《文》（太陽等的）初現。

peep² [pip] [名] 1（小鳥、老鼠等的）唧唧聲，吱吱聲。2 唧唧叫的小鳥。3《a ～》《主蔑》嘀咕，泣訴；謠言，消息。4 吉普車；警笛。一[動] [不及] 1 唧唧叫。2 小聲說話。3《英俚》（車）鳴警笛。～**·er** [名] 吱吱叫的小動物。

peep·er ['pipɚ] [名] 1 偷窺的人；《俚》私家偵探。2《通常作～s》《俚》眼睛；《～s》眼鏡；《美口》鏡子，小望遠鏡。

peep·hole ['pip,hol] [名] 窺視孔。

'peeping 'Tom [名] 愛偷看的人，（尤指愛偷看裸體女人的）偷窺狂。

'peep ,show [名]（用窺視孔看的）色情表演；西洋鏡。

pee·pul ['pipəl] [名] = pipal.

·**peer**¹ [pɪr] [名] 1 同等地位的人；同事；《古》朋友，夥伴。2《英》貴族，上議院議員。一[動] [及] [不及] 1《古》（使）匹敵。2《英口》（使）成貴族。

peer² [pɪr] [動] [不及] 1 盯著看，凝視《... 》：～ closely *at* a person's face 盯著某人的臉。2〖詩〗若隱若現；露出《*out*》。

peer·age ['pɪrɪdʒ] [名] 1 [U] [C] 貴族的爵位。2《the ～》《集合名詞》貴族（階級社會）。3 貴族名錄。

peer·ess ['pɪrɪs] [名] 貴族夫人；女貴族

'peer ,group [名]〖社〗同輩群體。

peer·less ['pɪrlɪs] [形] 無雙的，無與倫比的，獨一無二的。～**·ly** [副]

'peer of the 'realm [名]（複 **peers of the realm**）世襲貴族。

'peer 'pressure [名]〖社〗同儕壓力。

peer-to-peer ['pɪrtə'pɪr] [形]〖電腦〗利用點對點連線的。

peeve [piv] [動] [及]《口》使氣惱。一[名]《通常作 **a pet** ～》不高興，生氣；不平，怨恨。**peeved** [形]

peev·ish ['pivɪʃ] [形] 易怒的；乖戾的；暴躁的。～**·ly** [副]

pee·wee ['piwi] [名]《口》1 個子小的人；小東西；矮人。2 = pewee.
一[形] 矮小的；適合小個子選手的。

pee·wit ['piwɪt] [名]〖鳥〗= pewit.

·**peg** [pɛg] [名] 1 釘子；栓；掛鉤；（帳篷的）樁釘；（登山用的）岩釘；塞；尖頭物：a coat ～ 外套掛釘。2《口》（評價的）等級：the topmost ～ 最高等級 / come down a ～ 氣勢稍斂。3 理由，藉口。4《口》腳；義肢；裝有義肢的人；《方》（小孩的）牙齒。5〖樂〗弦軸。6〖棒球〗《俚》全力傳球。7《英》高過打者肩部的球。8《英》= clothes-peg.
a round peg in a square hole / a square peg in a round hole 不適合擔任某職務的人，不得其所的人。
be on the peg《俚》被拘留；《口》被罵
off the peg《英》（衣服）現成的。
take** a person **down a peg 駁倒，挫某人的銳氣。
一[動] (**pegged**, ～**·ging**) [及] 1 用木釘釘；用（木）釘固定《*down*》。2《英》用衣夾夾住《*up, out*》。3 以樁定下界線《*out*》。4 使（物價、匯率等）穩定，限定。5 定下目標；〖棒球〗《俚》全力把球傳向…《*at, to*...》；使出局。6《美俚》認出，分類
一[不及] 1 孜孜於。2 疾行，急奔。3〖棒球〗《俚》全力傳球。
peg down (1) ⇨ [動] [及] 1. (2) 束縛。
peg out《俚》(1) 死；故障。(2) 用盡。
peg...out / peg out... ⇨ [動] [及] 3.
一[形] 陀螺形的，上寬下窄的。

P

Peg [pɛg] 图〖女子名〗佩格（Margaret的暱稱）。

Peg·a·sus ['pɛgəsəs] 图 **1**〖希神〗天馬，飛馬。**2**〖天〗飛馬座。**3** Ⓤ詩興，詩才。

Peg·gy ['pɛgɪ] 图〖女子名〗佩琪。

'peg ˌleg 图木製假腿；裝有假腿的人。**peg(-)leg, peglegged** 形

'peg ˌtop 图 **1** 木製陀螺。**2** 陀螺形長褲。**'peg-ˌtop, 'peg-ˌtopped** 形陀螺形的。

PEI《縮寫》*P*rince *E*dward *I*sland.

peign·oir ['penwar] 图女用晨衣；睡衣。

pej·o·ra·tion [ˌpɛdʒə'reʃən] 图 Ⓤ **1** 下跌，減價；惡化。**2**〖史語言〗轉貶。

pe·jo·ra·tive ['pidʒəˌretɪv, pɪ'dʒɔrə-] 形輕蔑（含意）的。—图輕蔑語。**~·ly** 副

peke [pik] 图 = Pekingese 3.

Pe·kin·ese [ˌpikɪn'iz] 图(複~)，形 = Pekingese.

Pe·king ['pi'kɪŋ] 图北京（亦作 **Beijing**）。

Pe·king·ese [ˌpikɪŋ'iz] 图(複~) **1** Ⓤ北京官話；北京方言。**2** 北京人。**3** 北京狗。
—形北京的，北京人的。

pe·koe ['piko] 图 Ⓤ《偶作 **P-**》（產於印度、錫蘭的）高級紅茶。

pe·lag·ic [pə'lædʒɪk] 形大洋的；棲於遠洋的；在遠洋作業的。

pel·ar·go·ni·um [ˌpɛlɑr'gonɪəm] 图〖植〗天竺葵。

pelf [pɛlf] 图 **1** Ⓤ《蔑》錢財，財富。**2** Ⓤ《英俚》偷竊的財物。**3**《英俚》無用的人，廢物；Ⓤ垃圾。

pel·i·can ['pɛlɪkən] 图〖鳥〗塘鵝。

pelican ˌcrossing 图《英》按鈕式行人穿越道。

Pelican 'State 图《the ~》塘鵝州：美國 Louisiana 州的別名。

pe·lisse [pə'lis] 图 **1** 婦女或小孩用的外套。**2** 男用或女用毛皮外套。

pel·la·gra [pə'legrə] 图 Ⓤ玉蜀黍疹，義大利癩病。

pel·let ['pɛlɪt] 图 **1**（紙、食物的）小球，小粒；粒狀飼料；藥丸。**2** 石彈；散彈，小彈丸。**3** 肉食鳥的吐出物。**4**（硬幣等的）圓形浮雕。

pel·li·cle ['pɛlɪkl] 图薄皮，薄膜；浮在表面的渣滓。

pell-mell ['pɛl'mɛl] 副 **1** 雜亂地，混亂地。**2** 慌忙地，慌亂地。—形雜亂的，混亂的；慌張的，匆忙的。—图 Ⓤ Ⓒ **1** 雜亂，混雜，混亂。**2** 慌張，匆忙。

pel·lu·cid [pə'lusɪd] 形 **1** 透明的；清澈的。**2** 明瞭的；明晰的，清楚的。**~·ly** 副

pel·met ['pɛlmɪt] 图門簾盒，窗簾盒；門簾桿帷子。

Pel·o·pon·'ne·sian 'War [ˌpɛləpə'niʃən-, -ʒən-] 图《the ~》伯羅奔尼撒戰爭（431–404B.C.）：雅典與斯巴達之戰。

Pel·o·pon·ne·sus [ˌpɛləpə'nisəs] 图《the ~》伯羅奔尼撒半島：位於希臘南部。

pe·lo·ta [pə'lotə] 图 = jai alai.

pelt[1] [pɛlt] 動及 **1** 投擲；施以（責難）：~ a dog with stones 連續向狗扔石頭 / ~ snowballs at one another 彼此互相擲雪球。**2** 急降；猛颳。—不及 **1** 投擲《*at...*》。**2** 急降《*down*》；猛颳。**3**《英俚》急行。**4** 痛毆。**5**《罕》謾罵。—图 **1** Ⓤ投擲，打擊。**2** Ⓤ疾走。**3** 急降；猛颳。

pelt[2] [pɛlt] 图 **1** 生皮，毛皮；皮裘。**2**《謔》（人的）皮膚。—動及剝皮。

pelt·er ['pɛltɚ] 图 **1** 投擲者，投擲器。**2**《美口》快馬。**3**《口》傾盆大雨。

pelt·ry ['pɛltrɪ] 图(複**-ries**) Ⓤ《集合名詞》毛皮；Ⓒ（一張的）毛皮。

pel·vic ['pɛlvɪk] 形骨盆的。

pel·vis ['pɛlvɪs] 图(複~**·es, -ves** [-viz])〖解·動〗**1** 骨盆，盆腔。**2** 腎盂。

pem·(m)i·can ['pɛmɪkən] 图 Ⓤ **1** 乾肉餅。**2** 摘要，要旨。

:pen[1] [pɛn] 图 **1** 筆尖；筆；鋼筆，自來水筆；原子筆；鵝毛筆：put ~ to paper 執筆，開始寫。**2** 著述，文章；《常作 **a** ~》作家，作者：dip one's ~ in gall 以惡毒的筆調寫 / live by one's ~ 靠寫作維生 / The ~ is mightier than the sword.《諺》文勝於武。**3** 文體，筆法：with a lively ~ 以活潑生動的筆法。—動(**penned**, ~**·ning**) 及（用筆）寫。

pen[2] [pɛn] 图 **1** 圍欄，圈，畜舍；《集合名詞》圍欄中的動物。**2**（監禁或保護用的）圍欄；（農作物的）儲藏室。**3** 潛艇掩藏塢。
—動(**penned** 或 **pent**, ~**·ning**) 及關入欄中；監禁《*in, up / in...*》。

pen[3] [pɛn] 图《俚》= penitentiary.

pen[4] [pɛn] 图雌天鵝。

Pen., pen.《縮寫》*pen*insula.

P.E.N.《縮寫》International Association of *P*oets, *P*laywrights, *E*ditors, *E*ssayists, and *N*ovelists 國際筆會。

pe·nal ['pinl] 形 **1** 刑罰的；刑事上的，刑法的：~ laws 刑法。**2** 應受處罰的；作爲罰金的：a ~ charge 罰金，違約金。**3** 當作刑罰場所的，服刑用的。**~·ly** 副

'penal ˌcode 图《the ~》〖法〗刑法。

pe·nal·ize ['pinlˌaɪz, 'pɛnl-] 動及 **1** 宣告有罪，判刑；宣判：~ a person for... 以…的理由處罰某人。**2** 使不利；（比賽中）處罰《*for...*》。**-iz·a·ble** 形, **-i·'za·tion** 图

pen·al·ty ['pɛnltɪ] 图(複**-ties**) **1** 刑罰，處罰：impose a heavy ~ on a person 把人處以重刑。**2** 罰（金），違約金；報應：pay the ~ 繳罰金；受到報應。**3** 不利後果。**4**〖運動〗（對犯規的）處罰。**5**《通常作 **-ties**》〖牌〗橋牌的罰分。

'penalty ˌarea 图〖足球〗罰球區。

'penalty ˌbox 图〖曲棍球〗犯規球員受罰席。

'penalty ˌclause 图〖商〗（契約中的）違約條款。

P

'penalty ˌkick 名〖足球〗罰球。

pen·ance ['pɛnəns] 名 1Ⓤ贖罪，苦行：do ~ for... 為…贖罪。2Ⓤ（教會的）贖罪行為；〖羅馬天主教〗告解式。3 苦痛，悲痛。

pen-and-ink ['pɛnənd'ɪŋk] 形《限定用法》用鋼筆寫成的。

pe·na·tes, Pe- [pə'netiz] 名（複）〖羅神〗家庭的守護神。

pence [pɛns] 名《英》**penny** 的複數形。

pen·chant ['pɛntʃənt] 名《a ~》強烈的愛好；傾向，嗜好《*for...*》: have *a* ~ *for...* 強烈愛好…。

:pen·cil ['pɛnsl] 名 1 鉛筆：write in [with a] ~ 以鉛筆寫成，用鉛筆書寫 / a colored ~ 色筆。2 鉛筆狀物；石筆；眉筆；口紅；裝著藥物的管子。3 光束。4〖數〗束線形。5 細線。

—動(~ed, ~·ing,《英》-cilled, ~·ling) 1 用鉛筆寫[畫，記，塗掉]。2 畫（眉）。

pencil in 列入；暫時預定。

'pencil ˌcase 名鉛筆盒。

'pencil ˌpusher 名《口》事務員、書記、記者等以書寫為業的人。

'pencil ˌsharpener 名削鉛筆器。

pend [pɛnd] 動 不及 及（使）懸而未決。

pen·dant ['pɛndənt] 名 1 垂飾。2〖建〗吊錘；懸飾，吊燈。3（一雙中的）一個，配對的人《*to...*》。4〖海〗(1)《英》三角旗。(2)短索，垂鉚。5 附錄，附屬（物）。

—形 = pendent.

pen·dent ['pɛndənt] 形 1 下垂的，懸垂的。2 突出的。3 未決的。4 即將發生的。5〖文法〗不完全的；不連接的。

—名 = pendant. ~·ly 副

P

pend·ing ['pɛndɪŋ] 介《文》1 在等待…的時候，直到。2 當…的時候，在…之中。

—形 1 未決定的，未定的，懸而未決的。2 即將發生的，逼近的。

pen·du·lous ['pɛndʒələs] 形 1《古》下垂的。2 搖擺的；動搖的，猶豫不決的。

~·ly 副, ~·ness 名

pen·du·lum ['pɛndʒələm] 名 1 擺錘；〖鐘錶〗鐘擺。2 搖擺不定的事物。

(the) swing of the pendulum 鐘擺的擺動；（政黨等的）勢力的消長；（人心等的）變化，向背，搖擺。

Pe·nel·o·pe [pə'nɛləpɪ] 名 1〖希神〗碧內洛比：Odysseus 之妻，是貞女的模範。2《a ~》忠貞的妻子。

pe·ne·plain ['pinəˌplen, ˌpinə'plen] 名〖地質〗準平原。

pen·e·tra·ble ['pɛnətrəbl] 形 1 可被穿透的。2 可看穿的，能被洞察的。

-'bil·i·ty 名 Ⓤ可貫穿性，透徹性。

pen·e·tra·li·a [ˌpɛnə'trelɪə] 名(複)《the ~》《文》1 最裡面的處所；最深處；內院，內殿。2 祕密，隱私。

·pen·e·trate ['pɛnəˌtret] 動 (-trat·ed, -trat·ing)及 1 穿透，貫穿。2 滲透，透入；浸染：~ one's bones 滲入骨髓。3 進入。4《通常用被動》使深受感動《*with...*》: be ~*d with* pity 深感憐憫。5 看穿，了解，洞察。6 侵入（市場）。—不及 1 穿透；進入；浸透，滲透《*to, into, through...*》。2 了解，洞悉《*into...*》。3 打動人心，使人感動。**-tra·tor** 名

pen·e·trat·ing ['pɛnəˌtretɪŋ] 形 1 有穿透力的；尖銳的，響亮的。2 有洞察力的，有見識的。3（傷口等）很深的。

~·ly 副, ~·ness 名

pen·e·tra·tion [ˌpɛnə'treʃən] 名 Ⓤ 1（文化等的）滲透（力）；侵入，普及。2 洞察力；見識，眼光：a scholar of great ~ 有敏銳洞察力的學者。3（子彈的）貫穿力。4（透鏡的）焦點深度，顯像力。

pen·e·tra·tive ['pɛnəˌtretɪv] 形 1 = penetrating. 2 感人的，使人感動的。~·ly 副

'pen ˌfriend 名《英》筆友。

·pen·guin ['pɛŋgwɪn, 'pɛŋg-] 名〖鳥〗企鵝。

pen·hold·er ['pɛnˌholdɚ] 名 筆桿；筆架；筆插。

pen·i·cil·lin [ˌpɛnɪ'sɪlɪn] 名Ⓤ〖藥〗盤尼西林，青黴素。

pen·i·cil·li·um [ˌpɛnɪ'sɪlɪəm] 名(複~s -li·a [-lɪə]) 青黴菌的一種。

pe·nile ['pinaɪl, -nl] 形陰莖的。

·pen·in·su·la [pə'nɪnsələ, -sjulə, -ʃulə] 名半島。**pen·in·su·lar** 形

Pen'insular 'State 名《the ~》半島州：美國 Florida 州的別稱。

pe·nis ['pinɪs] 名 (複-nes [-niz], ~·es) 陰莖，陽物。

pen·i·tence ['pɛnətəns] 名 Ⓤ悔悟，後悔，懺悔。

pen·i·tent ['pɛnətənt] 形 悔過的。

—名 1 懺悔者，悔過的人。2〖天主教〗告解者，悔罪者；《~s》盛行於 13 至 16 世紀間的贖罪修行會。~·ly 副

pen·i·ten·tial [ˌpɛnə'tɛnʃəl] 形悔悟的，悔罪的，悔改的。—名 1 悔罪者。2 悔罪告解規則（書）。

pen·i·ten·tia·ry [ˌpɛnə'tɛnʃərɪ] 名 (複-ries)《英》監獄，感化院；《美》監獄。

—形 1《美》應監禁的；懲罰的。2 懺悔的，悔改的。

pen·knife ['pɛnˌnaɪf] 名 (複-knives) 小刀。

pen·light ['pɛnˌlaɪt] 名鋼筆型手電筒。

pen·man ['pɛnmən] 名 (複-men) 1 執筆的人；《英》謄寫員，筆錄者，書記。2 書法家；畫家。3 文人，作家，作者。

pen·man·ship ['pɛnmənˌʃɪp] 名 Ⓤ 1 書寫，鋼筆書寫。2 筆跡，字體；書法。

Penn(a). 《縮寫》*Pennsylvania.*

'pen ˌname 名筆名，雅號。

pen·nant ['pɛnənt] 名 1 三角旗，燕尾旗。2（軍艦等的）信號旗。3《美》錦旗

優勝錦旗。4〖樂〗《美》符尾。

pen·ni·form ['pɛnɪ,fɔrm] 形羽狀的。

pen·ni·less ['pɛnɪlɪs, 'pɛnlɪs] 形身無分文的，赤貧的。～·ly副

Pen·nine 'Chain ['pɛnaɪn-] 名《the ～》本寧山脈：在英格蘭北部。

pen·non ['pɛnən] 名 1（中世紀騎士用的）槍旗；旗，細長三角旗。2翼，翅膀。

penn'orth ['pɛnɚθ] 名(複～, ～s) = pennyworth.

Penn·syl·va·ni·a [,pɛnsl'venjə] 名賓夕法尼亞，賓州：美國東部一州名；首府Harrisburg。略作：Pa., Penn., Penna,《郵》PA

Pennsyl'vania 'Dutch ['German] 名1《the ～》《集合名詞》德裔賓州人。2 Ⓤ賓州德語。

Penn·syl·va·ni·an [,pɛnsl'venɪən] 形賓州（人）的。—名賓州人。

pen·ny ['pɛnɪ] 名 (複-nies,《集合名詞》pence) 1《英》(1) 辨士：貨幣單位，1 penny = 1/100 pound（略作：P）。(2) 硬幣：a ～ plain and two*pence* colored 俗麗的爛貨；半斤八兩 / A ～ saved is a ～ earned.《諺》省一文就是賺一文。2《美·加》一分錢。3 金錢，金額；小錢：not worth a ～ 一文不值 / a pretty ～《口》大筆款項 / have not a ～ (to bless oneself with) 身無分文，窮困 / in ～ numbers 一點一點地。4《美俚》警察。

a bad penny 不受歡迎的人[物]。

A penny for your thoughts.《英》告訴我你在想什麼。

In for a penny, in for a pound. 一不做二不休。

pennies from heaven 福自天降。

spend a penny《俚》上廁所。

The penny (has) dropped. 終於聽明白了；終於真相大白。

turn an honest penny 正當地賺錢。

two [ten] a penny《英》到處都是，不稀奇的，常見的；非常便宜的。

-penny《字尾》構成表「價值…辨士」的形容詞。

pen·ny-a-line ['pɛnɪə'laɪn] 形《英古》每行一辨士的，拙劣的。**,pen·ny-a-'lin·er** 名《英古》三流文人，窮文人。

penny ar'cade 名遊樂中心。

penny 'dreadful 名《英俚》廉價的驚悚小說；低俗色情的讀物。

pen·ny-far·thing ['pɛnɪ'fɑrðɪŋ] 名《口》前輪大的舊式腳踏車。

pen·ny-half·pen·ny [,pɛnɪ'hæf,pɛnɪ] 名舊幣制的 1.5 辨士（的價值）。

pen·ny-in-the-slot ['pɛnɪɪnðə'slɑt] 名形投入一辨士的自動販賣機（的）。

penny ,pincher 名《口》吝嗇鬼（亦稱 **pinchpenny**）。

pen·ny-pinch·ing ['pɛnɪ,pɪntʃɪŋ] 名Ⓤ，形吝嗇（的）。

pen·ny·roy·al [,pɛnɪ'rɔɪəl, -'rɔɪl] 名〖植〗胡薄荷；薄荷油。

pen·ny·weight ['pɛnɪ,wet] 名英國金衡單位：相當於 1/20 盎斯。略作：dwt.

'penny 'whistle 名（玩具）哨子。

pen·ny-wise ['pɛnɪ,waɪz] 形省小錢的：*P-* and pound-foolish.《諺》貪小便宜吃大虧，因小失大；小處精明，大處糊塗。

pen·ny·wort ['pɛnɪ,wɝt] 名〖植〗龍膽科小草。

pen·ny·worth ['pɛnɪ,wɝθ] 名(複～, ～s) 1 一辨士之值；值一辨士之物。2 少量：not a ～ 一點也不…，一錢不值。3 交易（金額）：get one's ～《口》錢花得合算（亦作 **penn'orth**）。

pe·nol·o·gy [pi'nɑlədʒɪ] 名 Ⓤ刑罰學；監獄管理學。**-gist**名

'pen ,pal 名筆友（《英》pen friend）。

pen·point ['pɛn,pɔɪnt] 名筆尖。

'pen ,pusher 名= clerk 1.

·pen·sion¹ ['pɛnʃən] 名1 養老金，年金，撫卹金；贍養費：a company ～ 退休金 / draw one's ～ 領撫卹金 / live on one's ～ 靠撫卹金生活。2（給學者、藝術家的）津貼，獎金；（給傭工的）津貼。

—動及1 給予退休金。2 給予退休金而令其退休《*off*》。

～·a·ble形

pen·sion² ['pɑnsɪ,ɑn] 名《英》（專指歐洲供伙食的）公寓；寄宿學校；（須付費的）住所和伙食。

pen·sion·ar·y ['pɛnʃən,ɛrɪ] 名 (複-ar·ies) 1 領養老金者。2 雇傭。—形養老金性質的；領養老金的，靠養老金生活的。

pen·sion·er ['pɛnʃənɚ] 名 靠退休金生活者，領年金者。2 雇傭。3《英》（Cambridge 大學的）自費生。

pen·sive ['pɛnsɪv] 形1 沉思的，默想的。2 憂愁的。～·ly副, ～·ness名

pen·stock ['pɛn,stɑk] 名1《美》（水車等的）壓力水管；水渠，水道。2 水門。

pent [pɛnt] 動**pen²**的過去式及過去分詞。—形被壓抑的；被監禁的《*up, in*》。

penta-《字首》表「五」之意。

pen·tad ['pɛntæd] 名 1 五年的期間；五天的期間。2〖化〗五價元素，五價基。3 五個一組；（數字的）五。

pen·ta·gon ['pɛntə,gɑn] 名1 五角形，五邊形。2《the P-》《美》五角大廈；《美口》國防部。**-'tag·o·nal**形五角形的。

pen·ta·gram ['pɛntə,græm] 名五角星形（☆）。

pen·ta·he·dron [,pɛntə'hidrən] 名 (複～s, -dra [-drə]) 五面體。

pen·tam·e·ter [pɛn'tæmətɚ] 名〖詩〗1 五步格；英雄詩。2〖古典詩〗抑揚五步格。—形五步格的。

pen·tane ['pɛnten] 名 Ⓤ〖化〗戊烷。

pen·tan·gu·lar [pɛn'tæŋgjulɚ] 形五角形的。

Pen·ta·teuch ['pɛntə,tjuk, -,tuk] 名《

P

the ～》摩西五書：舊約聖經起首的五書。

pen·tath·lon [pɛn'tæθlən, -lɑn] 图U 五項全能運動。～·**ist** 图五項全能選手。

Pen·te·cost ['pɛntɪ,kɔst, -,kɑst] 图 **1**〖基督教〗聖靈降臨節。**2**〖猶太教〗五旬節：踰越節（Passover）後第五十天舉行的收穫祭。-'**cos·tal** 形

pent·house ['pɛnt,haus] 图（複-**hous·es** [-zɪz]）**1** 高級的屋頂住宅；附於大建築物的棚舍。**2** 閣樓。**3** 屋簷；遮簷。

pen·ti·um ['pɛntɪəm] 图〖商標名〗奔騰處理器：一種由 Intel 公司生產的中央處理器。

pent-up ['pɛnt'ʌp] 形 鬱積的，受抑制的；受拘束的：～ feelings 鬱積的感情。

pe·nult ['pinʌlt, pɪ'nʌlt] 图字尾倒數第二音節。

pe·nul·ti·mate [pɪ'nʌltəmɪt] 形 **1** 字尾倒數第二音節的。**2** 倒數第二的。

pe·num·bra [pɪ'nʌmbrə] 图（複-**brae** [-bri], ～**s**）**1**〖天〗（日蝕、月蝕的）半影；（太陽黑子周圍的）半影部。**2**〖畫〗濃淡相交之處。**3** 邊圍；模糊的部分。

pe·nu·ri·ous [pə'nurɪəs, -'nju-] 形**1** 吝嗇的。**2** 貧窮的；缺乏…的《*of...*》。～·**ly** 副，～·**ness** 图

pen·u·ry ['pɛnjərɪ] 图 U **1** 貧乏，貧窮。**2** 缺乏，不足。**3** 吝嗇。

pe·on[1] ['piən] 图 **1**（中南美洲）零工，散工。**2**（墨西哥）因負債而當奴隸的工人。～·**age** 图 U 服勞役償債。

pe·on[2] ['piən] 图（印度、斯里蘭卡）**1** 差役；僕從。**2** 士兵；警察。

pe·o·ny ['piənɪ] 图（複-**nies**）〖植〗牡丹，芍藥。

P

:**peo·ple** ['pipl] 图（複～, 義 **2** 拼作～**s**）《除義 **2** 和 **7** 以外其餘皆作複數》**1** 世人，眾人：～'*s* opinion 輿論 / as ～ go 一般來說 / of all ～《通常用作插句》在那麼多人當中（居然、偏偏…）。**2** 民族，種族，一國國民：the German ～ 德國民族。**3**《**the** ～》合法成員，公民，人民，國民。**4**《冠上修飾語》人們；居民：(*the*) country ～ 鄉村居民 / upperclass ～ 上流社會的人士。**5**《通常作 **one's** ～》(1) 臣民。(2) 侍從，僕從。(3)《口》同宗的人；家人，親屬；祖先。**6**《通常作 **the** ～》(1) 平民，庶民。(2) 俗人。**7**《俚》（有別於動物）人。

be gathered to one's people 去見老祖宗，死亡，被埋葬。

go to the people 採取全民投票。

—動（-**pled**, -**pling**）及《通常用過去分詞作形容詞》使人民生活於，住在，殖民於；使充滿《*with...*》。—不及 有人居住。

pep [pɛp] 图 U《美口》活力，元氣，精神。

—動（**pepped**, ～·**ping**）及 不及 鼓舞精神，打氣《*up*》。

·**pep·per** ['pɛpɚ] 图 **1** U 胡椒；C 胡椒屬的植物：black ～ 黑胡椒。**2** U 辣椒；C 辣椒屬的植物：a green ～ 青椒。**3** U 辛辣，尖刻。**4**《美俚》精神，精力，活力。

grow pepper / take pepper in the nose 生氣，發怒。

—形（似）胡椒的；辛辣的；易怒的。

—動 及 **1** 用胡椒調味，撒胡椒於；《喻》使活躍起來。**2** 撒在，散布於。**3** 連續射；密布；攻向《*with...*》。**4**《美俚》猛擊，嚴罰。**5** 嘲笑。—不及 **1** 用胡椒調味。**2**（雨等）傾盆而下。

pep·per-and-salt ['pɛpɚən'sɔlt] 形《常作限定用法》，图 U 椒鹽色（的）；黑白花條紋的（布），芝麻（布）；花白的（頭髮）。

pep·per·box ['pɛpɚ,bɑks] 图 **1** 胡椒瓶。**2** 圓柱形小塔。

'**pepper** ,**caster** 图胡椒瓶。

pep·per·corn ['pɛpɚ,kɔrn] 图 **1**（乾）胡椒子。**2** 毫無價值的事[物]。—形 **1** 有胡椒粒狀髮結的。**2** 非常微小的。

pep·per·mint ['pɛpɚ,mɪnt] 图 **1** U〖植〗薄荷。**2** U 薄荷油；C 薄荷糖。

'**pepper** ,**pot** 图 **1** U（西印度群島的）紅辣椒燉肉；辣椒肉菜湯。**2**《英》胡椒瓶。

'**pepper** ,**shaker** 图（頂端有小篩孔的）胡椒瓶。

'**pepper** ,**steak** 图 **1** 青椒牛肉（片）。**2** 黑胡椒牛排。

pep·per·y ['pɛpərɪ] 形 **1** 辛辣的；（似）胡椒的。**2** 尖刻的，尖銳的。**3** 暴躁的，易怒的。-**i·ly** 副，-**i·ness** 图

'**pep** ,**pill** 图（複～**s**）《口》興奮劑。

pep·py ['pɛpɪ] 形《美口》活潑的，精力充沛的，生氣蓬勃的。

Pep·si(-Co·la) ['pɛpsɪ('kola)] 图〖商標名〗百事可樂。

pep·sin(e) ['pɛpsɪn] 图 U〖生化〗**1** 胃蛋白酶。**2** 胃液素，消化素。

'**pep** ,**talk** 图鼓勵性的講話。

pep·talk ['pɛp,tɔk] 動 及 不及 鼓勵，加油；作精神講話。

pep·tic ['pɛptɪk] 形 **1** 消化的；幫助消化的。**2** 胃液素的，胃蛋白酶的。—图 **1** 助消化物質。**2**《**the** ～**s**》消化器官。

'**peptic** '**ulcer** 图〖醫〗消化性潰瘍。

pep·tone ['pɛpton] 图 U〖生化〗消化蛋白質，蛋白酶。

·**per** [pɚ] 介 **1** 每，每一：～ head [man] 每人。**2**《後接無冠詞的單數名詞》由，靠，以，經：～ bearer 託人帶（信）來 / ～ express《商業用語》用快遞運送。**3**《口》依照，按照：as ～ enclosed account 依照所附帳目 / (as) ～ usual《謔》照常，一如往常。

per-《字首》**1** 表「穿過」、「完全」、「非常」等之意。**2**〖化〗表「過…」。

per·ad·ven·ture [,pɝəd'vɛntʃɚ] 图 U《偶作 **a** ～》偶然；不確定，疑問。—副《古》萬一；或許。

per·am·bu·late [pɚ'æmbjə,let] (動)(及) **1** 旅遊；穿越，走過。**2** 勘查，巡視。—(不及)巡行；閒蕩，徘徊。
-'la·tion(名)

per·am·bu·la·tor [pɚ'æmbjə,letɚ] (名) **1**《主英》= baby carriage. **2**（徒步）巡視者，勘查者。

per an·num [pɚ'ænəm] (副) 每年；按年。略作：p.a., per an.

per·cale [pɚ'kel] (名) Ⓤ 密織細棉布。

per cap·i·ta [pɚ'kæpɪtə] (副)(形) **1** 每人（的），按人頭（的）：～ income 個人平均所得。**2**〖法〗平均分配地[的]。

per·ceiv·a·ble [pɚ'sivəbl̩] (形) 可察覺的；可理解的，可領悟的。**-bly**(副)

·**per·ceive** [pɚ'siv] (動) (**-ceived, -ceiv·ing**) (及) **1** 看見，聽到；察覺，知覺到。**2** 理解；明白；了解；領會：～ the difference between right and wrong 分辨出是非。—(不及)看見，聽到；察覺。

per'ceived ,noise 'decibel (名) 可聞噪音分貝。

per·cent,《英》**per cent** [pɚ'sɛnt] (名) (複～) **1** 百分之一，1/100（符號：%；略作：p.c., pct., per ct.）：tenths of a ～ 極少，一點點 / tens of ～ 大量。**2**《口》= percentage 1. **3** (複～**s**)《英》一定利率的股票，公債。
—(形)《與數字連用》百分的。—(副) 百分地。～**·al**(形)

per·cent·age [pɚ'sɛntɪdʒ] (名) **1** 百分比。**2** 比例，部分。**3**（用百分率表示的）佣金，利錢，折扣。**4**Ⓤ《口》利益；獲益。
play the percentages 估量或然率而行動。
-aged(形)，～**·wise**(副) 依百分比來算。

per·cen·tile [pɚ'sɛntaɪl] (名)(形)〖統〗百分位數（的）。

per cent·um [pɚ'sɛntəm] (名) = percent (名)1.

per·cept ['pɝsɛpt] (名) 知覺，印象；知覺的對象。

per·cep·ti·ble [pɚ'sɛptəbl̩] (形) **1** 可察覺的。**2** 看得見的；顯而易見的。
-'bil·i·ty(名)，**-bly**(副)

per·cep·tion [pɚ'sɛpʃən] (名) **1** Ⓤ Ⓒ《文》感知（作用）；理解（力）；〖心〗知覺。**2** Ⓤ 感覺；洞察；洞察力：a man of keen ～ 一個感覺很敏銳的人。**3** 認識，印象。**4**〖法〗（租金等的）徵收，收穫。
～**·al**(形)

per·cep·tive [pɚ'sɛptɪv] (形) **1** 感知的；知覺的。**2** 有洞察力的，領悟力強的，敏銳的。～**·ly**(副)，～**·ness**(名)

per·cep·tu·al [pɚ'sɛptʃuəl] (形) 感知的；感覺的；感覺上的，感性的。～**·ly**(副)

perch[1] [pɝtʃ] (名) **1** 棲木；休息場所：take one's ～（鳥）棲息。**2** 高的地點；《口》高的地位：the ～ of fame 有名望的地位。**3**《英》(1) 桿：長度單位；5.03m。(2) 平方桿：面積單位；25.3m。(3) 立方桿：石材的體積單位；16.5ft.×1.5ft.×1ft。**4** 馬夫座席；（車的）轅桿。**5**〖織〗驗布機。
Come off your perch.《口》別那麼高傲。
knock a person off his perch 打敗某人；煞某人的威風。
—(動)(不及)（鳥）棲息；坐下，就位；植根；座落《*on, upon...*》。—(及) **1** 使（鳥）棲息；《主用被動》放置，安放（於高處）《*on...*》。**2** 掛在驗布機上檢查。
～**·er**(名)

perch[2] [pɝtʃ] (名)(複～，～**·es**) 鱸類的淡水魚。

per·chance [pɚ'tʃæns] (副)《文》**1** 或許，恐怕，可能。**2** 偶然。

per·cip·i·ent [pɚ'sɪpɪənt] (形) 知覺的，感覺的；有知覺力的，有洞察力的。—(名) 知覺者；通靈者。**-ence**(名)

per·co·late ['pɝkə'let] (動)(及) **1** 過濾，濾；滲透，滲過。**2**（使用附有過濾器的咖啡壺）泡，煮。**3**《美俚》使有效率地思考[行動]。
—(不及) **1** 滲透，滲漏《*through...*》；濾過。**2**《口》變得活潑；擴散，散布。**3**《美俚》運轉良好。— ['pɝkəlɪt, -,let] (名) 濾過的液體。

per·co·la·tion [,pɝkə'leʃən] (名) Ⓤ Ⓒ **1** 過濾；滲透；傳播，擴散。**2**〖藥〗湯藥。

per·co·la·tor ['pɝkə,letɚ] (名) 附有過濾器的咖啡壺，滲濾器。

per·cuss [pɚ'kʌs] (動)(及) **1** 輕敲，輕擊。**2**〖醫〗叩診。

per·cus·sion [pɚ'kʌʃən] (名) **1** Ⓤ Ⓒ 敲擊，碰撞；震動。**2** Ⓤ Ⓒ 打擊樂器的演奏；《集合名詞》打擊樂器。**3** Ⓤ《或作 a ～》〖醫〗叩診。**4** Ⓤ Ⓒ（雷管等的）擊發。
～**·al**(形)，～**·ist**(名) 打擊樂器手。

per'cussion ,cap (名) 雷管，起爆管。

per'cussion ,instrument (名) 打擊樂器。

per'cussion ,lock (名) 雷管機，扳機。

per·cus·sive [pɚ'kʌsɪv] (形) 敲擊的，撞擊的；叩診的。～**·ly**(副)

per di·em [pɚ'diəm, pɚ'daɪəm] (副)(形) 每日地[的]，按日地[的]。—(名)（發給推銷員等的）每日津貼，每日出差費。

per·di·tion [pɚ'dɪʃən] (名) Ⓤ **1** 大劫，下地獄。**2** 地獄。**3** 完全毀滅，滅亡。

per·du(e) [pɚ'dju] (形) 隱藏的；埋伏的。

per·dur·a·ble [pɚ'djʊrəbl̩, -'dʊr-] (形) 永遠的；不滅的，不朽的，永恆的。

per·dure [pɚ'djʊr] (動)(不及) 長存；持久。

per·e·gri·nate ['pɛrəgrɪ,net] (動)(不及)《謔》旅行。—(及) 旅行，周遊，遊歷。

per·e·gri·na·tion [,pɛrəgrɪ'neʃən] (名) Ⓤ Ⓒ《文·謔》旅行，漫遊，遊歷。

per·e·grine ['pɛrəgrɪn, -,grin] (形) **1** 流浪的，遷徙的。**2**《古》外國的；舶來的。
—(名) = peregrine falcon.

'peregrine 'falcon (名)〖鳥〗隼。

P

per·emp·to·ry [pə'rɛmptərɪ] 形 **1** 不容分說的，不許反抗的。**2** 盛氣凌人的，傲慢無禮的；專橫的；斷然的；武斷的。**3**〖法〗決定性的，確定的：a ～ (writ of) mandamus 強制執行令。**-ri·ly** 副

per·en·ni·al [pə'rɛnɪəl] 形 **1** 持久的，長期的；反覆的。**2** 終年不斷的。**3**〖植〗多年生的。—名 多年生植物。**～·ly** 副

per·en·ni·ty [pə'rɛnətɪ] 名 Ⓤ 持久；長存。

perf. 《縮寫》*perf*ect; *perf*orated.

:per·fect ['pɝfɪkt] 形 (**more** ～; **most** ～; 《偶用》～**·er**, ～**·est**) **1** 完善的，純然的；無瑕的，無可挑剔的；完好的，完整的；純正的。**2** 最理想的《*for...*》：a ～ person *for* this job 適合這個工作的理想人選。**3** 精通的，熟練的《*in...*》；《口》優秀的：be ～ *in* one's duties 勝任職務。**4** 完全的，徹頭徹尾的；絕對的：a ～ fool 不折不扣的傻瓜 / ～ nonsense 完全胡說八道 / a ～ stranger 完全陌生的人。**5**〖文法〗完成的。**6**〖樂〗(協和音、音程等) 完全的。

—名〖文法〗**1**《通常作 **the** ～》完成式。**2** 完成式的動詞。—[pɚ'fɛkt] 動 及 **1** 使完美無缺；使完成[結束]。**2** 改良，改善。**3**《通常用反身》使熟練[精通] (於…)《*in...*》：He has ～*ed* his French. 他精通法文。～**·ness** 名

'perfect 'game 名〖棒球〗完全比賽。

per·fect·i·ble [pɚ'fɛktəbl̩] 形 可臻於完美的；可完成的。

per'fecting 'press 名〖印刷〗兩面印刷輪轉機。

per·fec·tion [pɚ'fɛkʃən] 名 **1** Ⓤ 完善，完美 (的品質、境地)；成熟：physical ～ 肉體的成熟 / He brought the art of painting to ～. 他使繪畫的技巧臻於完美。**2** Ⓤ (技藝等的) 熟練，精通。**3** 完美的人[物]，典型；《**a** ～, **the** ～》極致《*of...*》：*the* ～ *of* genius 天才的極致。**4**《～**s**》才藝，優點。

per·fec·tion·ism [pɚ'fɛkʃə,nɪzəm] 名 Ⓤ **1** 完善論，至善論。**2** 完美主義。

per·fec·tion·ist [pɚ'fɛkʃənɪst] 名 **1** 至善論者。**2** 完美主義者，凡事極端講究的人。—形 完美主義的。**-'is·tic** 形

per·fec·tive [pɚ'fɛktɪv] 形 **1** 使完善的；使完全的。**2**〖文法〗完成式的。

—名《通常作 **the** ～》〖文法〗完成式。

·per·fect·ly ['pɝfɪktlɪ] 副 完美地；無瑕地，圓滿地；非常，極端地。

'perfect 'participle 名 = past participle.

'perfect 'pitch 名〖樂〗絕對音感。

'perfect 'tense 名〖文法〗完成式。

per·fer·vid [pɝ'fɝvɪd] 形《文》熱情的，熱烈的，非常熱心的。～**·ly** 副

per·fid·i·ous [pɚ'fɪdɪəs] 形 背信的，背叛的；不忠貞的。～**·ly** 副

P

per·fi·dy ['pɝfədɪ] 名 (複 **-dies**) Ⓤ 背信 Ⓒ 不忠不義的行爲。

per·fo·rate ['pɝfə,ret] 動 及 **1** 穿孔，洞，在 (紙) 上打 (數字等)；打齒孔。刺穿，貫穿。—不及 刺進《*into...*》；孔；貫穿《*through...*》。—[-rɪt] 形 有的，穿孔的。**-,ra·tive** 形

per·fo·rat·ed ['pɝfə,retɪd] 形 **1** 有穿的，打了洞的。**2** 以齒孔相連的。

per·fo·ra·tion [,pɝfə'reʃən] 名 Ⓤ 穿孔 打洞，貫穿；Ⓒ 孔；針孔，接縫孔；孔。

per·fo·ra·tor ['pɝfə,retɚ] 名 穿孔的人 打孔器，穿孔器；剪票夾。

per·force [pɚ'fors] 副《文》必然地，得已地，迫於情勢。

:per·form [pɚ'fɔrm] 動 及 **1** 執行；行；履行：～ a task 做工作 / ～ an operatio 動手術。**2** 演出；扮演；演奏：～ the pa of Hamlet 飾演哈姆雷特。—不及 **1** 完成 實現。**2** 運行，運作；工作；表現。**3** 出；彈奏《*on...*》；(動物等) 表演。

·per·for·mance [pɚ'fɔrməns] 名 **1** 奏，上演，演藝，公演；(動物的) 演，耍把戲；(儀式等的) 舉行：give a of *Othello* 演出『奧賽羅』一劇。**2** Ⓤ 履行，實行；表現；成就；成果；成績 **3** (戲劇性的) 行動，舉止。**4** Ⓤ 運作的 況；(機械的) 性能。**5** Ⓤ〖語言〗語言 用。

per'formance 'art 名 Ⓤ 表演藝術。

per·form·er [pɚ'fɔrmɚ] 名 **1** 實行者 執行者，完成者。**2** 演員，演奏者， 手。**3** 能手，選手。

per·form·ing [pɚ'fɔrmɪŋ] 形 **1** (動物 表演把戲的。**2** 實行的。**3** 表演的。

per'forming 'arts 名 (複) 表演藝術

·per·fume ['pɝfjum] 名 **1** Ⓤ 芳香， 芳，香味。**2** Ⓤ Ⓒ 香料；香水。

—[pɚ'fjum] 動 (**-fumed**, **-fum·ing**) 及 **1** 芳香，薰香。**2** 抹香水於。

per·fumed [pɝ'fjumd] 形 **1** 抹了香 的。**2** 芳香的。

per·fum·er [pɚ'fjumɚ] 名 **1** 抹香水的 [器具]；香水瓶。**2** 香水[香料]製造者。

per·fum·er·y [pɚ'fjumərɪ] 名 (複 **-er·ie** **1** Ⓤ《集合名詞》香料；香水 (類)。**2** Ⓤ 香料的調配；香水製造法；Ⓒ 香水製 廠；香水業，香水店。

per·func·to·ry [pɚ'fʌŋktərɪ] 形 敷衍的，形式上的，草率的；冷淡的，不關 的：with a ～ smile 帶著敷衍的微笑 / giv a ～ reply 冷淡地回答。

-ri·ly 副

per·fuse [pɚ'fjuz] 動 及 使充滿；使撒 《*with...*》；〖醫〗灌注《*with...*》。

-fu·sion 名

per·go·la ['pɝgələ] 名 涼亭；藤架； 棚。

:per·haps [pɚ'hæps] 副 或許，恐怕，

許可能。一名推測，未定的事。
er 'head 副 ⇨HEAD 名 5
e·ri ['pɪrɪ, 'pirɪ] 名 (複 ～s) 1〖波斯神話〗美麗的妖精。2 妖精般的美人。
er·i·anth ['pɛrɪ,ænθ] 名〖植〗花被。
er·i·apt ['pɛrɪ,æpt] 名護身符，驅邪物。
er·i·car·di·tis [,pɛrɪkɑr'daɪtɪs] 名 U〖病〗心包炎。**-dit·ic** [-'dɪtɪk] 形
er·i·car·di·um [,pɛrɪ'kɑrdɪəm] 名 (複 **-di·a** [-dɪə])〖解〗心包，心囊。
er·i·carp ['pɛrɪ,kɑrp] 名 1〖植〗果皮。（紅藻的）子囊果皮。
er·i·cles ['pɛrə,kliz] 名培里克利斯（約 495–429B.C.）：雅典政治家。
er·i·cra·ni·um [,pɛrɪ'krenɪəm] 名 (複 **-ni·a** [-nɪə])〖解〗顱骨膜；頭骨膜。
er·i·dot ['pɛrɪ,dɑt] 名 U C〖礦〗貴橄欖石。
er·i·gee ['pɛrə,dʒi] 名〖天〗近地點。
er·i·he·li·on [,pɛrɪ'hilɪən] 名 (複 **-li·a** [-lɪə]) ((the ～))〖天〗近日點。**-al** 形
er·il ['pɛrəl] 名 U C 危險，危難；冒險：the ～*s* of the sea〖保〗海難 / at one's ～ 冒生命的危險 / defy at one's ～ 冒生命危險公然反抗。
at one's (own) peril 自行承擔風險。
in peril of... ((文))有（生命的）危險。
—動 (～ed, ～·ing 或 ((英)) **-illed**, ～·**ling**) 及 ((文))置於危險中，危及；冒險。
er·il·ous ['pɛrələs] 形處於危險的；非常危險的；充滿冒險的。～·**ly** 副
e·rim·e·ter [pə'rɪmətɚ] 名 1（平面圖形）周圍，周邊；周長。2〖眼〗視野計。〖軍〗周邊陣地，外圍防線。
er·i·met·ric [,pɛrə'mɛtrɪk] 形
er·i·ne·um [,pɛrə'niəm] 名 (複 **-ne·a** [-'niə])〖解〗會陰。
e·ri·od ['pɪrɪəd, 'pɪr-] 名 1 期間，時期；時代：the happiest ～ of one's life 一生中最幸福的時期 / the ～ of Queen Victoria 維多利亞女王時代 / a transition ～ 過渡時期。2 一段時間；周期：for a long ～ 長時間 / the ～*s* of ebb and flow 潮水的漲落；(喻))興亡盛衰。3 ((the ～))現代，當代；某個特定時代：the greatest poet of *the* ～ 當代最偉大的詩人。4 上課時間，一節課：a class ～ of fifty minutes 五十分鐘的一堂課。5（比賽的）局；〖樂〗樂節。6〖地質〗紀。7〖數〗（循環小數）循環節，周期；〖天·理〗周期。8 ((通常作～s))〖醫〗月經（期）；期間，階段；((俚))月經停止。9〖文法〗句點（((英)) full stop）；省略點；（句末的）結束。10 ((通常作～s))〖修〗華麗文章，華麗的詞藻，掉尾句；複合句。11 結束，終止：come to a ～ 終結。
—形 ((限定用法))某時代的，代表某時代的。—感 ((口))就是如此！沒有什麼可說的了！
e·ri·od·ic [,pɪrɪ'ɑdɪk] 形 1 周期性的，常常發生的；定期的：a ～ wind 季節風。2 間歇的，斷斷續續的。3〖數·理〗周期性的；〖天〗周期性的：a ～ function 周期函數 / a ～ comet 周期彗星 / the ～ law〖化〗周期律。4〖修〗掉尾句的；以華麗文句爲特徵的。
pe·ri·od·i·cal [,pɪrɪ'ɑdɪkl] 名定期刊物，雜誌。—形 1 定期出版的；定期刊物的。2 = periodic. ～·**ly** 副
pe·ri·o·dic·i·ty ['pɪrɪə'dɪsətɪ] 名 U 1 周期性，定期性。2〖天〗周期現象；〖醫〗周期性，間歇性；〖電〗頻率。
,periodic 'table 名 ((the ～))（化學元素）周期表。
'period ,piece 名某一時代之物。
per·i·os·te·um [,pɛrɪ'ɑstɪəm] 名(複 **-a** [-ə])〖解〗骨膜。**-al** 形
per·i·os·ti·tis [,pɛrɪɑ'staɪtɪs] 名 U〖病〗骨膜炎。
Per·i·pa·tet·ic [,pɛrəpə'tɛtɪk] 形 1 亞里斯多德學派的，逍遙學派的。2 ((p-))漫遊的，流動的，巡迴的。—名 1 亞里斯多德學派的學者。2 ((p-)) ((常爲謔))走來走去的人，巡遊者；行商。3 四處遊歷。
-i·cal·ly 副
pe·riph·er·al [pə'rɪfərəl] 形 1 外圍的，邊緣的；圓周的。2 次要的，不重要的；〖解〗周圍的，末梢的。3〖電腦〗周邊裝置的：～ equipment 周邊設備。
—名〖電腦〗周邊裝置。～·**ly** 副
pe'ripheral 'nervous ,system 名 ((the ～))周圍神經系統。
pe·riph·er·y [pə'rɪfərɪ] 名 (複 **-er·ies**) 1 外圍，外緣。2（物體的）外表面；次要部分。3〖解〗末梢，周圍。
per·i·phrase ['pɛrə,frez] 動及不及轉彎抹角地說。—名 = periphrasis.
pe·riph·ra·sis [pə'rɪfrəsɪs] 名 (複 **-ses** [-,siz]) 1 U 迂迴的詞句，轉彎抹角的表達法。2〖文法〗迂說法。
per·i·phras·tic [,pɛrə'fræstɪk] 形 1 轉彎抹角的，迂迴的。2〖文法〗迂說法的。
per·i·scope ['pɛrə,skop] 名 1（潛艇的）潛望鏡。2 潛望鏡的鏡頭。
per·i·scop·ic [,pɛrə'skɑpɪk], **-i·cal** [-ɪkl] 形〖光〗廣角的；潛望鏡的。
·per·ish ['pɛrɪʃ] 動不及 1 ((文))死亡：～ by fire 被燒死 / ～ in a flood 死於水災 / ～ from thirst 渴死。2 消失；腐壞；毀滅，被破壞：～ from the earth ((文))從人世間消失。3（精神上）墮落，死亡。—及 1 ((通常用被動)) ((英))使毀滅；使枯萎。2 耗費，用盡。
be perishing for... ((口))非常渴望去做…。
Perish the thought! 不要存這種念頭！死了這條心吧！
per·ish·a·ble ['pɛrɪʃəbl] 形易腐壞的；易毀滅的；易枯萎的。—名 ((通常作～s))易壞的食物，易變質的食品。
per·ish·er ['pɛrɪʃɚ] 名 ((英俚))討厭鬼。

P

per·ish·ing ['pɛrɪʃɪŋ] 形 1 破壞的，帶來痛苦的；致死的；腐壞的；枯萎的。2《口》嚴寒的。3《英俚》討厭的，可惡的。
—副《俚》非常地，很。~·ly 副

per·i·stal·sis [,pɛrə'stælsɪs] 名 (複 -ses [-siz]) Ⓤ Ⓒ〖生理〗蠕動。-tic 形

per·i·style ['pɛrə,staɪl] 名 1〖建〗(列)柱廊，周柱式。2 列柱中庭。-'sty·lar 形

per·i·to·ne·um [,pɛrətə'niəm] 名 (複 ~s, -ne·a [-'niə])〖解〗腹膜。-ne·al 形

per·i·to·ni·tis [,pɛrətə'naɪtɪs] 名 Ⓤ〖病〗腹膜炎。

per·i·wig ['pɛrə,wɪg] 名〖史〗假髮。

per·i·win·kle[1] ['pɛrə,wɪŋkl] 名〖貝〗玉黍螺(的殼)。

per·i·win·kle[2] ['pɛrə,wɪŋkl] 名 1〖植〗長春花。2 Ⓤ 淺紫藍色，淺藍色。

per·jure ['pɝdʒɚ] 動 及《反身》作僞證。-jur·er 名 僞證者。

per·jured ['pɝdʒɚd] 形 犯僞證罪的；僞證的：~ testimony 僞證。~·ly 副

per·ju·ry ['pɝdʒərɪ] 名 (複 -ries) Ⓤ Ⓒ 1〖法〗僞證(罪)。2 違背誓言，毀約。

perk[1] [pɝk] 動 不及 1《英口》有精神，有活力；趾高氣揚；神氣活現。2 振作起來，活躍起來，復原《up》。—及 1《口》昂(首)，豎起《up, out》。2 使穿著時髦；漂亮地打扮《up, out》。3 使有精神，使活躍《up》。
—形《口》= perky.

perk[2] [pɝk] 名《口》1 咖啡滲濾壺。2 濾過的咖啡。—動 不及 1《口》(在咖啡滲濾壺中)煮。2《美俚》(汽車的馬達)狀況良好。—及《口》濾煮(咖啡)。

perk[3] [pɝk] 名《通常作 ~s》《口》= perquisite.

perk·y ['pɝkɪ] 形 (perk·i·er, perk·i·est) 有精神的，活躍的；敏捷的；傲慢的，自信的；神氣活現的。-i·ly 副, -i·ness 名

perm[1] [pɝm] 名《口》燙髮。
—動 及 不及 燙頭髮。

perm[2] [pɝm] 動 及《口》= permute.

per·ma·frost ['pɝmə,frɔst] 名 Ⓤ 永久凍土，永凍層。

per·ma·nence ['pɝmənəns] 名 Ⓤ 恆久(性)，耐久(性)；永久，長久；長期不變。

per·ma·nen·cy ['pɝmənənsɪ] 名 (複 -cies) 1 = permanence. 2 永久之物[人，地位]；終身官職。

·**per·ma·nent** ['pɝmənənt] 形 1 永久的，永遠的：~ money troubles 永無止境的金錢困擾。2 常設的，恆久性的；終身的；耐用的；不褪色的；常綠的，不凋落的：a ~ committee 常務委員會 / ~ peace 恆久的和平 / a ~ resident《美》取得永久居留權的人；(飯店的)長期住客。
—名《美口》= permanent wave.
~·ly 副 永久地，不變地。

'permanent 'magnet 名 永久磁鐵。

'permanent 'member 名 (聯合國安全理事會的)常任理事國。

'permanent 'wave 名 燙髮。

'permanent 'way 名《英》軌道。

per·man·ga·nate [pɚ'mæŋgə,net] 名 Ⓤ〖化〗高錳酸鹽。

per·me·a·bil·i·ty [,pɝmɪə'bɪlətɪ] 名 Ⓤ 1 滲透性；導磁性；導磁率。2〖空〗透氣量。

per·me·a·ble ['pɝmɪəbl] 形 可滲透的，具滲透性的《to, by...》：a fabric ~ to wat... 可透水的紡織品。

per·me·ate ['pɝmɪ,et] 動 及 1 滲入，透過；滲透。2 充滿，瀰漫；普及，散布，滲入。—不及 散布，擴散，普及；滲透《into, among, through...》。
-'a·tion 名

Per·mi·an ['pɝmɪən] 形〖地質〗二疊紀[系]的。—名《the ~》二疊紀[系]。

per·mis·si·ble [pɚ'mɪsəbl] 形 可允許的；被允許做…的《to...》。-bly 副

:**per·mis·sion** [pɚ'mɪʃən] 名 Ⓤ 允許，准許，容許；批准，同意；許可《to do》：grant ~ 允許 / by (a person's) ~ 經(某人的)允許 / by special ~ 憑特許 / with yo... ~ 經你允許 / without ~ 擅自，未經許可 / ask for (written) ~ 請求許可(證) / g... ~ to do 得到許可去做… / obtain the ... of the king 得到國王的准許。

per·mis·sive [pɚ'mɪsɪv] 形 1 許可的，獲准的。2 縱容的，放任的，寬容的：... teachers 採自由放任主義的老師 / a ~ s...ciety 性開放的社會。3〖生〗能複製的
~·ly 副

:**per·mit** [pɚ'mɪt] 動 (~·ted, ~·ting) 及 ... 容許，允許，同意。2 給予機會，使成為可能。—不及 允許，許可；《文》給予機會；准許，同意；容許，有…的餘地《of...》。
—['pɝmɪt, pɚ'mɪt] 名 認可(書)；許可證)，執照《for...》。

per·mit·tee [,pɝmɪ'ti] 名, ~·ter 名

per·mu·ta·tion [,pɝmjə'teʃən] 名 Ⓤ Ⓒ〖數〗置換，排列。2 變更；變換，交換。

per·mute [pɚ'mjut] 動 及 1 變更，...變；更換順序。2〖數〗排列，置換。

per·ni·cious [pɚ'nɪʃəs] 形 1 惡劣的；...惡的；有害的《to...》：an ideology ~ to s...ciety 對社會有害的意識形態。2 惡性的，致命的：a ~ disease 不治之症。~·ly 副
~·ness 名

per'nicious a'nemia 名 Ⓤ 惡性...血。

per·nick·et·y [pɚ'nɪkɪtɪ] 形《英口》1 ...毛求疵的，好挑剔的。2 難應付的，須十分小心對待的。

Per·nod ['pɝno, pɚ'no] 名 Ⓤ Ⓒ〖商名〗(法國產的)佩爾諾茴香酒。

per·o·rate ['pɛrə,ret] 動 不及 1 詳述，

長篇大論的演說。2（演說時）下結論，作結語。

er·o·ra·tion [ˌpɛroˈreʃən] 名〖修〗（演說等的）總結，結論，結語。

er·ox·ide [pəˈrɑksaɪd] 名 U〖化〗過氧化物；過氧化氫。—形 用過氧化氫漂染的：a ～ blonde《常爲蔑》頭髮漂染爲金黃色的女郎。—動 及 用過氧化氫漂染（頭髮）。

er·pen·dic·u·lar [ˌpɝpənˈdɪkjələ] 形 1 垂直的，直立的；〖幾何〗成直角的《to ...》：a ～ cliff 絕壁 / a ～ line 垂直線 / two lines ～ *to* each other 相交成直角的兩條線。2《P-》〖建〗垂直式的。3 陡立的，險峻的；《謔》背脊挺直的；站立的。—名 1 垂直線，垂直面；《the ～》垂直的位置。2 垂規。3 絕壁；陡斜面。-**'lar·i·ty** 名

er·pen·dic·u·lar·ly [ˌpɝpənˈdɪkjələlɪ] 副 垂直地，筆直地。

er·pe·trate [ˈpɝpəˌtret] 動 及 1 犯，做：～ a crime 犯罪。2 做出《on, upon...》：～ a joke *on* a lady《口》（沒考慮場合）對婦女亂開玩笑。-**'tra·tion** 名 U 犯罪；C 壞事，罪行。

er·pe·tra·tor [ˈpɝpəˌtretə] 名 加害者，犯人，行兇者。

er·pet·u·al [pəˈpɛtʃʊəl] 形 1 永久的，持久的，永遠的：～ snow 萬年雪 / ～ bliss 無盡的幸福 / ～ planning 遠大的計畫 / ～ motion（機械的）恆動，永久運動 / a ～ insurance policy 終身保險契約。2 不斷的，不間斷的；《口》接連不斷的：～ chatter 喋喋不休。3 終身的：～ imprisonment 無期徒刑。4 四季盛開的。—名 多年生植物；四季薔薇。～·**ly** 副 永久地，不朽地；不斷地，終年地。

er'petual 'calendar 名 萬年曆。

er·pet·u·ate [pəˈpɛtʃʊˌet] 動 及 使永存，使不朽。-**'a·tion** 名, -**a·tor** 名

er·pe·tu·i·ty [ˌpɝpəˈtjuətɪ, -ˈtu-] 名（複 **-ties**）1 U 永恆（性），永存，不朽：in [to, for] ～ 永久地，無盡期地。2 永存之物，永久財產；終身年金。3 U〖法〗永久不得轉讓；永久所有權。

er·plex [pəˈplɛks] 動 及 1 使困惑，使迷惑，使不知所措《with...》：～ a person *with* questions 以問題使人困惑。2 使複雜，使難辨。～·**ing·ly** 副

er·plexed [pəˈplɛkst] 形 困惑的，不知所措的；難懂的，複雜的。

plex·ed·ly [-ˈplɛksɪdlɪ] 副

er·plex·i·ty [pəˈplɛksətɪ] 名（複 **-ties**）1 U 迷惑，困惑；混亂，糾纏：in ～ 困惑地 / to one's ～ 使人困惑的。2 令人困惑的事物，難題。

er·qui·site [ˈpɝkwəzɪt] 名 1 臨時津貼，額外收入；小費，賞錢。2《英》主人不要的舊衣物；《英口》獎金，額外福利。3 特權（亦稱《口》**perk**）。

er·ry [ˈpɛrɪ] 名（複 **-ries**）U C《英》梨酒。

Per·ry [ˈpɛrɪ] 名 **Matthew Calbraith**，培理（1794－1858）：美國海軍准將，1853年航行至浦賀，開啓美日通商之路。

Pers.《縮寫》*Pers*ia(n).

pers.《縮寫》*pers*on; *pers*onal.

per se [ˈpɝˈsi] 副 切身，親身；就其本身而論；本質上。

·**per·se·cute** [ˈpɝsɪˌkjut] 動（**-cut·ed, -cut·ing**）及 1 迫害，壓迫，殘害，懲罰。2 困擾，爲難；糾纏不清地提出；（以工作等）虐待（動物）《with, by...》：～*d* donkeys 被虐待的驢子。
-**cu·tive** 形

per·se·cu·tion [ˌpɝsɪˈkjuʃən] 名 U 迫害，虐待；困擾的事；C 迫害運動，大迫害：the ～ of the Jews by Hitler 希特勒對猶太人的迫害 / suffer ～ 遭受迫害。

perse'cution ˌcomplex 名〖心〗被迫害妄想症。

perse'cution ˌmania 名 U〖心〗被迫害妄想症。

per·se·cu·tor [ˈpɝsɪˌkjutə] 名 迫害者。

Per·seph·o·ne [pəˈsɛfənɪ] 名〖希神〗波瑟芬妮：冥王之妻（亦稱 **Proserpina**）。

Per·se·us [ˈpɝsjus, ˈpɝsɪəs] 名 1〖希神〗波修斯：殺死女妖怪 Medusa，其後又從海怪手中救出 Andromeda 的英雄。2〖天〗英仙座。

·**per·se·ver·ance** [ˌpɝsəˈvɪrəns] 名 U 堅持，毅力，不屈不撓，堅忍不拔：with ～ 堅持。

·**per·se·vere** [ˌpɝsəˈvɪr] 動（**-vered, -ver·ing**）不及 1 不屈不撓，堅持《in, with, at ...》：～ *in* one's efforts 不懈怠地努力 / ～ *in* [*with, at*] a task 工作中鍥而不捨 / ～ *in* doing 堅持努力做…。2 堅持說話[議論等]；堅持己見。
—及 支持；維持。

per·se·ver·ing [ˌpɝsəˈvɪrɪŋ] 形 堅忍的，不屈不撓的，堅持的。～·**ly** 副

Per·shing [ˈpɝʃɪŋ] 名 1〖美軍〗潘興飛彈。2 **John Joseph**，潘興（1860－1948）：美國六星上將，第一次世界大戰時任美國歐洲遠征軍司令。

Per·sia [ˈpɝʒə] 名 1 波斯帝國。2 波斯：Iran 的舊稱。

Per·sian [ˈpɝʒən] 形 波斯的，波斯人的，波斯語的。—名 1 波斯人；古代波斯居民。2 U 波斯語。3《～s》＝ Persian blinds. 4〖建〗人形柱。

'Persian 'blinds 名（複）1 波斯百葉窗。2《廣義》條板簾，遮日幕。

'Persian 'cat 名 波斯貓。

'Persian 'Gulf 名 波斯灣：位於伊朗西南方與阿拉伯半島之間的海灣。

'Persian 'lilac 名〖植〗波斯紫丁香。

'Persian 'walnut 名 胡桃。

'Persian 'War ˌsyndrome 名〖病〗波斯灣戰爭症候群。

P

per·si·ennes [ˌpɚzɪˈɛnz] 名(複) 1 = Persian blinds. 2《作單數》棉或絹的印花布。

per·si·flage [ˈpɚsɪˌflɑʒ] 名 Ⓤ挖苦，戲謔。

per·sim·mon [pɚˈsɪmən] 名 Ⓒ Ⓤ〖植〗柿子（樹）。

·per·sist [pɚˈzɪst, -ˈsɪst] 動不及《文》1 堅持；固執《*in..., in doing*》；堅持做（工作）《*with...*》：～ *in* one's belief 堅持自己的信念 / ～ *in* one's denial 堅決否認。2 堅持說。3 持續，存留；殘存。

per·sist·ence [pɚˈsɪstəns, -ˈzɪst-], **-en·cy** [-ənsɪ] 名 Ⓤ 1 固執；不屈不撓，堅持；執拗：with ～ 堅持。2 持久，持續（性）；結果[影響]的殘存：the ～ of the classical tradition 古典傳統的根深蒂固。

·per·sist·ent [pɚˈsɪstənt, -ˈzɪst-] 形 1 堅持的，堅忍的；固執的；不屈不撓的：a ～ colonist 不屈不撓的殖民地開拓者 / ～ resistance 頑強的抵抗。2 持續的，持久的；一再發生的，不斷的：a ～ drought 持續的乾旱 / a ～ headache 持續的頭痛。3〖植〗宿存的；不凋謝的；〖動〗持續生存的，終生保留的；作用持久的，揮發慢的；持續傳染的。～**·ly** 副

per·snick·et·y [pɚˈsnɪkɪtɪ] 形《美口》1 = pernickety. 2 俗氣的。

:per·son [ˈpɚsn̩] 名 1 人。2 身體；外貌，姿態，外表：a lady of a fine ～ 外貌美麗的女子 / search his ～（為了檢查某人攜帶之物而）搜查身體。3 性格，個性。4〖社會〗個人；人格；個體。5（戲劇、小說等的）（劇中）人物；角色。6 被社會所輕視的人；《蔑》傢伙：such ～*s* as gamblers, swindlers and thieves 像賭徒、騙子、小偷等之流。7〖法〗人。8〖文法〗人稱：the first ～ 第一人稱。9〖神〗位格，位：the three ～*s* of the Godhead 神的三位（聖父、聖子和聖靈）。

in one's own person 本人，親自。

in person 親身，親自；當面。

in the person of... 在…人身上；代表…，以…的名義。

per·so·na [pɚˈsonə] 名(複 **-nae** [-ni], ～s) 1 表面的性格，假面具。2 人。3 人物表。4 詩以及其他文學作品的第一人稱。

per·son·a·ble [ˈpɚsn̩əbl, ˈpɚsnə-] 形 風度好的，有魅力的，英俊的。～**·ness** 名, **-bly** 副

per·son·age [ˈpɚsn̩ɪdʒ, ˈpɚsnɪdʒ] 名 1 知名之士，名人，重要人物。2（故事等之中的）人物。3 人。

per·so·na gra·ta [pɚˈsonəˈgretə, -ˈgrɑtə] 名(複 **per·so·nae gra·tae** [pɚˈsoniˈgrɑti, -ˈgre-])《拉丁語》受歡迎的人；受（駐在地政府）歡迎的外交官。

:per·son·al [ˈpɚsn̩l] 形 1 個人的，私人的；關於個人的；本人的：a ～ matter 私事 / a ～ assistant《英》私人祕書 / a ～ letter 親啟的信；私人信件。2 攻擊個人的；人身的，涉及他人私事的。3 親自的，直接的：a ～ example 以身作則。4 具備人格的，人的：a ～ God 人格神。5 身體的，外貌的：～ beauty 儀表之美 / ～ odor 體味 / ～ appearance 儀容，風采。6〖文法〗人稱的。7 動產的，關於動產的：～ estate 動產。

—名《美》1 名人消息欄。2 人事廣告欄（《英》personal column）。～**·ness** 名

ˈpersonal ˈcall 名 1 親自拜訪，直接溝通。2 叫人通話。

ˈpersonal ˌcolumn 名《英》= personal 名 2.

ˈpersonal comˈputer 名 個人電腦。略作：PC

ˈpersonal ˈdigital asˈsistant 名 個人數位助理；電子記事簿。略作：PDA

ˈpersonal ˈdistance 名〖心〗人身距離。

ˈpersonal efˈfects 名(複)《one's ～》私人物品。

ˈpersonal eˈquation 名 1 個人偏見。2〖天〗（觀測上的）個人誤差。

ˈpersonal floˈtation deˌvice 名《美·加》個人水上救生用具。略作：PFD

ˈpersonal ˈfoul 名〖運動〗人身犯規。

per·son·al·ism [ˈpɚsənəˌlɪzəm] 名 Ⓤ〖哲〗人格主義。**-ˈis·tic** 形

·per·son·al·i·ty [ˌpɚsn̩ˈælətɪ] 名(複 **-ties**) 1 Ⓤ Ⓒ 性格，個性，人格，人品。2 人物；名人：a TV ～ 電視名人。3 Ⓤ Ⓒ 人；人的存在。4 Ⓤ Ⓒ 氣氛；風格；〖地〗地域的特性。5《常作 **-ties**》人物批評，人身攻擊；毀謗。

personˈality ˈcult 名 Ⓤ 個人崇拜。

personˈality disˌorder 名 人格障礙

personˈality ˌinventory 名〖心〗人格量表。

personˈality ˈtest 名〖心〗人格測驗

per·son·al·ize [ˈpɚsn̩əlˌaɪz] 動及 1 使個人化，使針對個人。2 使擬人化，使人格化。3 標出自己姓名起首的各字母於。**-i·ˈza·tio**[n] 名

·per·son·al·ly [ˈpɚsn̩əlɪ] 副 1《常置於句首》就自己而言。2 個人地；親自，本人，直接地：be ～ acquainted with the President 跟總統有私交 / deliver the parcel to her ～ 把包裹親手交給她。3 人品上，風采上。4 視為針對個人。

ˈpersonal ˈpronoun 名〖文法〗人稱代名詞。

ˈpersonal ˈproperty 名 Ⓤ〖法〗動產。

ˈpersonal ˈstereo 名 隨身聽。

per·son·al·ty [ˈpɚsən l̩tɪ] 名 Ⓤ〖法〗動產。

per·so·na non gra·ta [pɚˈsonəˌnɑnˈgretə, -ˈgrɑtə] 名(複 **per·so·nae non gra·tae** [pɚˈsoniˌnɑnˈgrɑti, -ˈgreti])《拉丁語》不受歡迎的人；不受（駐在地政府）歡迎的

交官。

per·son·ate ['pɝsn̩,et] 動 及 1 扮演角色。2 假裝；僞裝；冒名，冒充。3 使擬人化。—不及 飾演角色。

-a·tive 形, -a·tor 名

per·son·a·tion [,pɝsn̩'eʃən] 名 U 演…的角色，裝扮；假冒別人的姓名。

per·son-day ['pɝsn̩'de] 名〖統〗人日。

per·son·hood ['pɝsn̩,hʊd] 名 U 個人的特徵，個性。

per·son·i·fi·ca·tion [pɚ,sɑnəfə'keʃən] 名 1 U C 擬人化，人格化；〖修〗擬人法。2《the ～》化身，典型，象徵《of...》: *the* ～ *of* honesty 誠實的典型 / *the* ～ *of* beauty 美的象徵。3 U C 體現，具體表現。

per·son·i·fy [pɚ'sɑnə,faɪ] 動 (-fied, ～·ing) 及 1 使擬人化。2 賦予人性；表現，體現；成爲化身。

per·son·kind ['pɝsn̩,kaɪnd] 名 人類。

per·son·nel [,pɝsn̩'ɛl] 名 U 1《集合名詞》全體職員，全體人員：cutbacks in ～ 人員的裁減。2 人事局，人事課。—形 人事的。

per·son-to-'per·son 'call ['pɝsntə'pɝsn̩-] 名《美》= personal call.

per·spec·tive [pɚ'spɛktɪv] 名 1 透視圖(法)；U 遠近畫法：draw pictures in ～ 按照透視畫法畫圖。2 景色；眺望；遠景。3 U C 遠近感；對稱；視角；視野；透徹的看法；正確的眼光：view things in their (right) ～ 能分辨事情的輕重，正確地觀察事物 / get the matter into ～ 完全地了解這問題。4 展望，預料；前景。

in perspective (1) ⇨ 名 1. (2) 正確地，透徹地。(3) 洞悉真相。(4) 預料中，據估計。

—形 按照遠近畫法的，透視的。～·ly 副

Per·spex ['pɝspɛks] 名 U〖商標名〗《英》一種用以代替玻璃的強力透明塑膠。

per·spi·ca·cious [,pɝspɪ'keʃəs] 形 有洞察力的，眼光銳利的，敏銳的。～·ly 副

per·spi·cac·i·ty [,pɝspɪ'kæsətɪ] 名 U 聰明，敏銳；有眼力；洞察力：have the ～ to see... 有洞察…的慧眼。

per·spi·cu·i·ty [,pɝspɪ'kjuətɪ] 名 U 1 清楚，明晰，明確。2《口》= perspicacity.

per·spic·u·ous [pɚ'spɪkjuəs] 形 清楚的，明晰的。2 = perspicacious. ～·ly 副

per·spi·ra·tion [,pɝspə'reʃən] 名 U 1 排汗(作用)；汗：a drop of ～ 一滴汗。2 辛苦，賣力。

per·spir·a·to·ry [pɚ'spaɪrə,torɪ] 形 (引起)流汗的。

per·spire [pɚ'spaɪr] 動 不及 流汗；滲出。—及 使隨汗水排出；分泌。

per·suade [pɚ'swed] 動 (-suad·ed, -suad·ing) 及 1 勸服；說服，勸使《*into...*, *into* do*ing*》。2 懇求；促成《*out of...*》。3《常用反身代名詞》使確信《*of...*》；使相信。

-suad·a·ble 形

per·suad·er [pɚ'swedɚ] 名 說服者[物]；強制的工具。

per·sua·si·ble [pɚ'swesəbl̩] 形 可說服的。

·per·sua·sion [pɚ'sweʒən] 名 1 U 說服(力)，勸說；勸說時所持的論點。2 U 確信，信念《*that* 子句》；信仰，信條。3 宗派，派系：the same religious ～ 宗教信仰相同的人。4《口》種類；人種。

per·sua·sive [pɚ'swesɪv] 形 能說服的，有說服力的：a ～ argument 具說服力的論點。—名 勸誘的手段；引誘物；刺激。

～·ly 副, ～·ness 名

pert [pɝt] 形 1 無禮的，唐突的，傲慢的，魯莽的；《美》精神抖擻的，健康活潑的。2 神氣的，整齊時髦的，矯飾的。

～·ly 副, ～·ness 名

per·tain [pɚ'ten] 動 不及 1《文》屬於，附屬，附帶《*to...*》: privileges that ～ only *to* the upper class 僅屬於上流階級的特權。2《文》有關，關於《*to...*》: information ～*ing to* the trial 有關審判的消息。3 適切，適合；相配《*to...*》。

per·ti·na·cious [,pɝtə'neʃəs] 形《文》堅持的；堅忍的；頑固的，執拗的：a ～ fever 持久不退的高燒。～·ly 副

per·ti·nac·i·ty [,pɝtn̩'æsətɪ] 名 U 堅忍不拔；頑固，執拗，糾纏不休。

per·ti·nent ['pɝtn̩ənt] 形《文》貼切的，恰當的；有關的《*to...*》: ～ details 有關的細節。—名《通常作 ～s》《英》附屬物。

-nence 名, ～·ly 副

pert·ly ['pɝtlɪ] 副 冒失地；傲慢地。

pert·ness ['pɝtnɪs] 名 U 無禮，傲慢。

per·turb [pɚ'tɝb] 動 及《文》1 使驚慌：～ a person's conscience 使一個人的良心不安。2 使混亂，搞亂，擾亂。

per·tur·ba·tion [,pɝtɚ'beʃən] 名 1 U 混亂，騷動；煩惱，不安；C 混亂的原因。2〖天〗攝動。

per·tus·sis [pɚ'tʌsɪs] 名 U〖病〗百日咳。

Pe·ru [pə'ru] 名 祕魯(共和國)：位於南美洲西岸；首都爲利馬(Lima)。

pe·ruke [pə'ruk] 名 (17、18 世紀男性所戴的)假髮。

pe·ruse [pə'ruz] 動 及 1《文》閱讀，熟讀，精讀；讀過一遍，瀏覽。2 詳細查看，研討；猜透。**-rus·al** 名 U C 閱讀，熟讀；仔細查看。

Pe·ru·vi·an [pə'ruvɪən] 形 名 祕魯的；祕魯人(的)。

Pe'ruvian 'bark 名 = cinchona 2.

·per·vade [pɚ'ved] 動 (-vad·ed, -vad·ing) 及 遍及，蔓延，盛行於；滲透，瀰漫，充滿於：a kitchen ～*d* with the aroma of spices 瀰漫著調味料香味的廚房。

per·va·sive [pɚ'vesɪv] 形 遍及的；滲透的。

～·ly 副, ～·ness 名

P

per·verse [pə-ˈvɜ-s] 形違背常情的，反常的；事與願違的。2 乖僻的，脾氣彆扭的；倔強的，執拗的：a ~ disposition 頑固的脾氣。3 邪惡的，不正當的。~·ly 副倔強地；喪心病狂地。

per·ver·sion [pə-ˈvɜ-ʒən, -ʃən] 名 U C 1 曲解，牽強附會；濫用，誤用；脫離正軌：a ~ of the facts 事實的扭曲 / a ~ of justice 正義的扭曲。2 惡化；不正之道，邪說；墮落；叛教：be drawn into ~ 陷入邪道。3〖病〗反常，變態；(性慾)倒錯，變態：sexual ~ 性慾倒錯，性變態。

per·ver·si·ty [pə-ˈvɜ-sətɪ] 名 (複 -ties) 1 U乖僻，倔強；邪惡。2 反常的行為。

per·ver·sive [pə-ˈvɜ-sɪv] 形誤人的，把人帶壞的；曲解的《*of...*》。

per·vert [pə-ˈvɜ-t] 動 及 1 導入邪路，使…墮落；使錯誤：~ the course of justice 偏離正義之道。2 誤解，曲解，歪曲；濫用，誤用：~ a person's good intentions 曲解某人的善意。3 弄髒；使品質，價值等變壞。4〖病〗使反常，使性變態。—[ˈpɜ-vɜ-t] 名 1 叛教者，入邪道者。2〖病〗性慾倒錯者，性變態者。3 反常的人；乖僻的人。~·er 名

per·vert·ed [pə-ˈvɜ-tɪd] 形異常的，變態的；錯誤的，邪惡的；性變態的。

per·vi·ous [ˈpɜ-vɪəs] 形 1 可通過的，可滲透的《*to...*》：~ soil 透水的土壤。2 (對道理等)明白的，能接納的，有感受力的《*to...*》。

~·ness 名

Pes·ca·do·res [,pɛskaˈdorɪz, -rez] 名(複)《the ~》澎湖群島：位於臺灣海峽的一群島(亦稱 **Penghu**)。

P

pe·se·ta [pəˈsɛtə] 名(複~s)比塞達：歐元通行之前的西班牙貨幣單位。

pes·ky [ˈpɛskɪ] 形(-ki·er, -ki·est)《美口》惱人的，討人厭的；麻煩的。-ki·ly 副

pe·so [ˈpeso] 名(複 ~s) 1 披索：⑴中南美諸國、菲律賓等的貨幣單位。⑵其硬幣[紙幣]。2 西班牙的舊披索銀幣。

pes·sa·ry [ˈpɛsərɪ] 名 (複-ries) 1 子宮托。2 (避孕用的)子宮套。3 陰道栓劑。

pes·si·mism [ˈpɛsə,mɪzəm] 名 U悲觀，厭世；悲觀主義，厭世主義。

-mist 名悲觀(主義)者。

pes·si·mis·tic [,pɛsəˈmɪstɪk] 形悲觀的，厭世的《*about...*》；厭世主義的，悲觀論的。

-ti·cal·ly 副

pest [pɛst] 名 1 難應付的人，令人討厭的人[物]；有害的人，害蟲；《英口》不受管教的小孩：*a garden ~* 植物寄生蟲，有害的小動物，雜草。2 U C 瘟疫，傳染病；災害。

pes·ter [ˈpɛstə-] 動 及 1 使苦惱，煩擾，困擾《*with...*》。2 纏著要《*for...*》。

pest·hole [ˈpɛst,hol] 名瘟疫區。

pes·ti·cide [ˈpɛstə,saɪd] 名 U C 殺蟲劑。

pes·tif·er·ous [pɛsˈtɪfərəs, -frəs] 形 1 傳染疾病的；感染傳染病的；使滋生瘟疫的。2 敗壞風俗的。3《口》淘氣的，惡作劇的；麻煩的，討厭的。~·ly 副

pes·ti·lence [ˈpɛstḷəns] 名 U C 1 傳染病，瘟疫；鼠疫。2 (道德上的)毒害。

pes·ti·lent [ˈpɛstḷənt] 形 1 傳染性的；致命的。2 有害的。3《口》麻煩的，討厭的，煩人的；淘氣的，惡作劇的。~·ly 副

pes·ti·len·tial [,pɛstḷˈɛnʃəl] 形 1 使發生瘟疫的；瘟疫性的，鼠疫的。2 有害的；討厭的，煩人的。~·ly 副

pes·tle [ˈpɛsḷ, ˈpɛstḷ] 名乳鉢槌；研磨棒；搗杵。—動 及以杵搗，研碎。

:**pet**[1] [pɛt] 名 1 寵物，供玩賞的動物：make a ~ of... 寵愛…。2 受寵愛的人；寶貴的東西；《用於稱呼》好孩子：the ~ of high society ladies 上流社會婦女的寵兒。

—形 1 家裡飼養的，玩賞的，當作寵物的；特別受照顧的，受寵的，被寵壞的：a ~ daughter 掌上明珠，寶貝女兒。2 得意的，拿手的。3 表示親暱的。4《口》《謔》特別的，特殊的，極其的。

—動(~·ted, ~·ting) 及 1 寵愛；疼愛，嬌寵。2《口》愛撫，擁抱，親吻。

—不及《口》愛撫。

pet[2] [pɛt] 名慍怒，不悅：(be) in a ~ 鬧彆扭，不高興。—動(~·ted, ~·ting) 不及鬧彆扭，生氣，不開心。

Pet. 《縮寫》*Peter.*

pet·al [ˈpɛtḷ] 名〖植〗花瓣。-al(l)ed 形

pet·al·oid [ˈpɛtḷ,ɔɪd] 形花瓣狀的。

pe·tard [pɪˈtard] 名 1 炸藥裝置。2 一種爆竹。

hoist with one's own petard 作法自斃，害人反害己。

ˈPET ˌbottle 名寶特瓶。

pet·cock [ˈpɛt,kak] 名(蒸氣引擎等的)小扭塞；洩氣閥；油門(亦稱 **pet cock**)。

pe·ter[1] [ˈpitə-] 動 不及《口》漸漸耗盡，漸漸消失《*out*》。

pe·ter[2] [ˈpitə-] 名《俚》1 大衣箱；保險箱；金庫。2 陰莖。

Pe·ter [ˈpitə-] 1〖聖〗彼得(?–67?)：耶穌的十二門徒之一；彼得前[後]書的作者(亦稱 **Simon Peter**)。2 (新約聖經中的)彼得前書，彼得後書(略作：Pet.)。3 ~ I, 彼得大帝(1672–1725)：俄國皇帝(1682–1725)。4〖男子名〗彼得(暱稱作 Pete)。

rob Peter to pay Paul 借錢還債，東借西還。

pe·ter·man [ˈpitə-mən] 名(複 -men) 撬金庫或保險箱的小偷。

ˈPeter ˈPan 名 1 彼得潘：Sir James M. Barrie 所著童話劇中的主角；《*P- P-*》其童話劇。2 永遠保持孩子般氣質的成人。3 (女裝、童裝的)一種小圓領。

ˈPeter ˈPrinciple 名《the ~》彼得定理：認為員工可升遷至不能勝任為止。

pe·ter·sham ['pitɚʃəm] 名 1 U 一種粗呢；C用此質料製成的大衣。2 U 稜紋絲帶。

'Peter('s) 'pence 名 (複)《作單數》1〖史〗古時每年由每戶繳納給羅馬教皇的稅金。2 給教皇的獻金。

pet·i·ole ['pɛtɪ,ol] 名 1〖植〗葉柄。2〖動〗腹柄。

pet·it ['pɛtɪ] 形 小的，微小的，瑣碎的；〖法〗小的，輕微的。

pe·tit bour·geois [pə'tibur'ʒwɑ] 名 (複 **pe·tits bour·geois** [pə'tibur'ʒwɑz]) 小資產階級（人士），小市民。

pe·tite [pə'tit] 形 (女人) 嬌小的；小的。

pet·it four ['pɛtɪ'for] 名 (複 **pet·its fours** ['pɛtɪ'forz]) C U 花色小蛋糕。

·pe·ti·tion [pə'tɪʃən] 名 1 請願（書）；申請書；請願事項《*for...*》；祈禱：a ～ *for* mercy 請求憐憫 / a ～ to Heaven *for* forgiveness 祈求上天的寬恕 / make a ～ 提出請願 / sign a ～ 簽署請願書。2〖法〗申訴（書），訴狀：a ～of appeal 起訴狀 / file one's ～ for bankruptcy 提出破產申請。
—動 及 正式請求；請求《*for...*》；請願。
—不及 申訴；請願；正式請求《*for...*》。
～**·ar·y** 形 請願的；祈求的。

pe·ti·tion·er [pə'tɪʃənɚ] 名 請願者；訴請離婚者。

'petit 'jury 名〖法〗= petty jury.

pe·tit mal [pəti'mal] 名 U《法語》〖病〗輕癲癇。

pet 'name 名《通常作 **one's** ～》暱稱。

pet·nap·ping ['pɛt,næpɪŋ] 名 U《美》偷竊寵物（以便轉售、勒索贖金等）（亦作 **petnaping**）。**-nap·per** 名

Pe·trarch ['pitrɑrk] 名 佩脫拉克（1304–74）：義大利詩人。

pet·rel ['pɛtrəl] 名〖鳥〗海燕。

pe·tri ,dish ['pitrɪ-] 名（細菌的）培養皿。

pet·ri·fac·tion [,pɛtrə'fækʃən] 名 1 U 石化（作用）；C 石化物；化石。2 U 僵化，麻木；嚇呆，驚呆。**-tive** 形

pet·ri·fy ['pɛtrə,faɪ] 動 (**-fied**, ～**·ing**) 及 1 使石化，使化為石。2 使僵化，使失去活力，使麻木。3《常用被動》使嚇呆《*with...*》。
—不及 石化；僵化；嚇呆，驚呆。

petr(o)-《字首》表「岩」、「石」、「石油」之意。

pet·ro·chem·i·cal [,pɛtro'kɛmɪkl] 名 石油化學產品。—形 石油化學（產品）的。

pet·ro·chem·is·try [,pɛtro'kɛmɪstrɪ] 名 U 岩石化學；石油化學。

pet·ro·dol·lars ['pɛtro,dɑlɚz] 名 (複) 石油美元。**-lar** 形

pet·ro·glyph ['pɛtrə,glɪf] 名 岩畫：史前時代的岩石上的繪畫。**-'glyph·ic** 形

Pet·ro·grad ['pɛtrə,græd] 名 彼得格勒：Leningrad 的舊名（1914–24）。

pe·trog·ra·phy [pi'trɑgrəfɪ] 名 U 岩石記載學；岩石分類學。
-pher 名, **pet·ro·graph·ic** [,pɛtrə'græfɪk] 形

·pet·rol ['pɛtrəl] 名 U 1《英》汽油（《美》gasoline）。2《古》石油。
—動 (**-rolled**, ～**·ling**) 及 以汽油洗滌。

pet·ro·la·tum [,pɛtrə'letəm] 名 U〖化〗《美》凡士林，石蠟脂。

'petrol ,bomb 名《英》汽油手榴彈。

·pe·tro·le·um [pə'trolɪəm] 名 U 石油：crude ～ 原油。**-le·ous** 形

pe'troleum 'jelly 名 = petrolatum.

pet·ro·lif·er·ous [,pɛtrə'lɪfərəs] 形 產石油的；含石油的。

pe·trol·o·gist [pi'trɑlədʒɪst] 名 岩石學家。

pe·trol·o·gy [pi'trɑlədʒɪ] 名 U 岩石學。

'petrol ,station 名《英》加油站（《美》gas station）。

'petrol ,tank 名《英》汽油槽。

pet·ro·pow·er ['pɛtro,pauɚ] 名 1 U 石油勢力。2 石油大國。

pet·ti·coat ['pɛtɪ,kot] 名 1（婦女、小孩穿的）襯裙；《～**s**》婦女的衣服。2《口》女孩，女性，小孩；《常作 **the** ～》女權，女權社會：be in ～*s* 年幼時；行為似女性。—形 受女性影響的，（有關）女性的。

pet·ti·fog ['pɛtɪ,fɑg, -,fɔg] 動 (**-fogged**, ～**·ging**) 不及 1 為小事詭辯。2 作訟棍；欺騙。
～**·ger** 名 訟棍；欺詐者。～**·ger·y** 名 U 欺詐；詭辯；歪理。～**·ging** 形 如訟棍般的，狡猾的，卑劣的；瑣碎的，不重要的。

pet·tish ['pɛtɪʃ] 形 易怒的，彆扭的，不悅的；躁怒的。～**·ly** 副

pet·ti·toes ['pɛtɪ,toz] 名 (複)（尤指食用的）豬腳。

·pet·ty ['pɛtɪ] 形 (**-ti·er**, **-ti·est**) 1 小的，瑣碎的；次要的，附屬的：～ complaints 小抱怨 / ～ expenses 雜費 / ～ considerations 不重要的考慮。2《口》心胸狹窄的；卑劣的，吝嗇的：a ～ mind 狹窄的心胸 / a ～ grudge 卑下的恨意。3 二流的，下級的；小規模的：a ～ official 小公務員。
-ti·ly 副, **-ti·ness** 名

'petty bour'geois 名 小資產階級者。

'petty 'cash 名 U 小額收支現金，零用金。

'petty 'jury 名《美》小陪審團。**'petty 'juror** 名 小陪審團團員。

'petty 'larceny 名 U C〖法〗輕竊盜罪。

'petty ,officer 名 海軍士官；下級船員。

pet·u·lance ['pɛtʃələns] 名 U 焦躁，發脾氣，彆扭，不高興；C 暴躁的言行《*at...*》。

pet·u·lant ['pɛtʃələnt] 形 焦躁的；暴躁

P

的易怒的；不高興的。～·ly副

pe·tu·ni·a [pəˈtjuniə, -ˈtun-] 名 1〖植〗矮牽牛。2 U 深紫紅色，暗紫色。

pew [pju] 名 1 教堂內有靠背的固定長凳；教堂內家族專用席位。2《英口》座位：take a ～ 請坐。─動 及 爲（教堂）設置長板凳。

pe·wee [ˈpiwi] 名〖鳥〗京燕。

pe·wit, pee- [ˈpiwɪt, ˈpjuɪt] 名〖鳥〗1 田鳧。2 = pewee. 3（歐洲產的）黑頭鷗。

pew·ter [ˈpjutɚ] 名 1 U 白鑞；《集合名詞》白鑞製器皿。2《英》銀（幣）；優勝杯；獎金。─形 白鑞製的。

pe·yo·te [peˈotɪ] 名（複～s）1〖植〗摩根。2 U 由摩根所提取的麻藥。

pf. 《縮寫》*perfect; pianoforte; preferred*（股票）優先的（亦作 **pfd.**）; *proof.*

Pfc., PFC 《縮寫》〖美軍〗*private first class* 一等兵。

pfen·nig [ˈfɛnɪg] 名（複～s, **-ni·ge** [ˈfɛnɪgə]）芬尼：昔日德國貨幣單位；=1/100 馬克。

Pg. 《縮寫》*Portuguese.*

pg. 《縮寫》*page.*

PG [ˈpiˈdʒi] 形 名 = *Parental Guidance*《美》（電影分級上）家長輔導級的（標誌）。

PGA 《縮寫》*Professional Golfers' Association*《美》職業高爾夫球協會。

PG-13 形 名《美》（電影分級上）家長加強輔導級的（標誌）。

PH, pH [ˈpiˈetʃ] 名〖化〗氫離子濃度指數，pH 值。

P.H. 《縮寫》*Public Health* 公共衛生。

Pha·ë·thon [ˈfeəθən, ˈfeətn] 名〖希神〗費頓：太陽神 Helios 之子；駕其父的太陽馬車，幾將地球毀於大火，而爲天神 Zeus 的雷霆擊斃。

pha·e·ton [ˈfeətn̩] 名 1 由兩匹馬拉的四輪摺篷馬車。2《美》旅行式敞篷汽車。

phag·o·cyte [ˈfægəˌsaɪt] 名〖生理〗吞噬細胞。**-cyt·ic** [-ˈsɪtɪk] 形

phag·o·cy·to·sis [ˌfægəsaɪˈtosɪs] 名 U 噬菌作用[現象]。

-phagous 《字尾》表「吃某種食物而生存的」之意。

pha·lan·ger [fəˈlændʒɚ] 名〖動〗袋貂。

pha·lanx [ˈfelæŋks] 名（複～·es）1（古希臘武裝步兵的）方陣；密集隊形。2 密集；結社的團體。3（十五世紀初法國社會主義者 Fourier的）共產公社。4（複 **-lang·es**）〖解·動〗指骨，趾骨；耳蝸管網狀板。5〖植〗雄蕊束。

***phal*·a·rope** [ˈfæləˌrop] 名〖鳥〗瓣蹼鷸。

phal·lic [ˈfælɪk] 形 陰莖的，陽物的。

phal·lus [ˈfæləs] 名（複 **-li** [-laɪ], ～·es）1 作爲自然生殖力象徵的陽物像。2〖解〗陰莖；陰蒂。

phan·er·o·gam [ˈfænərəˌgæm] 名〖植〗顯花植物。

phan·tasm [ˈfæntæzəm] 名 1 鬼魂，幽靈。2 幻影；幻景。3 幻想，幻覺；〖哲〗心像，幻像。**-ˈtas·mal, -ˈtas·mic** 形

phan·tas·ma·go·ri·a [ˌfæntæzməˈgorɪə] 名 1 幻燈，走馬燈；眼睛的錯覺。2 一連串變幻不定的幻覺。3 千變萬化的景象。**-gor·ic** [-ˈgɔrɪk, -ˈgorɪk] 形

phan·ta·sy [ˈfæntəsɪ] 名（複 **-sies**），動（**-sied,** ～·**ing**）及 不及 = fantasy.

phan·tom [ˈfæntəm] 名 1 幻影，幻想，幻像；化身；幽靈，鬼魂：～*s* of the past 過去的影像，陰魂不散的事物。2 有名無實《*of...*》：with the ～ *of* a smile 若有似無的笑容。3 象徵《*of...*》。─形 幻影的，錯覺的；幽靈（般）的；虛有其表的。

Phar·aoh [ˈfɛro, ˈfæ-] 名 法老：古埃及王的稱謂。

ˈPharaoh's ˈserpent 名 燃燒時呈現蛇形的一種煙火。

Phar·i·sa·ic [ˌfærəˈseɪk], **-i·cal** [-ɪkl] 形 1 法利賽人的。2（**p-**）像法利賽人一樣重視宗教儀式而忽略信仰精神的，形式主義的，重虛禮的，拘泥形式的；僞善的；外表虔誠的。**ˈPhar·i·sa·ism** 名

Phar·i·see [ˈfærəˌsi] 名〖猶太教〗法利賽人。2（**p-**）自以爲品德高尚的人，僞善者。

phar·ma·ceu·ti·cal [ˌfɑrməˈsjutɪkl, -ˈsu-] 形 藥學的；製藥的；藥劑的。─名 藥劑，藥品。～·**ly** 副

phar·ma·ceu·tics [ˌfɑrməˈsjutɪks, -ˈsu-] 名（複）《作單數》= pharmacy 1.

phar·ma·cist [ˈfɑrməsɪst] 名 藥劑師：a ～'s office（醫院的）藥房。

phar·ma·co·ge·net·ics [ˌfɑrməkodʒəˈnɛtɪks] 名（複）《作單數》藥理遺傳學。**-ic** 形, **-i·cist** 名 藥理遺傳學家。

phar·ma·co·ki·net·ics [ˌfɑrməkokɪˈnɛtɪks] 名（複）1《作單數》藥物動力學。2 藥物作用。**-ic** 形

phar·ma·col·o·gy [ˌfɑrməˈkɑlədʒɪ] 名 U 藥（理）學。**-co·log·ic, -co·log·i·cal** [-kəˈlɑdʒɪk(l)] 形, **-gist** 名 藥（理）學家。

phar·ma·co·p(o)e·ia [ˌfɑrməkəˈpiə] 名〖藥〗1 藥典。2 U 一批藥品。

phar·ma·cy [ˈfɑrməsɪ] 名（複 **-cies**）1 U 藥（劑）學，配藥學。2 藥店，藥房（《美》drugstore,《英》chemist's shop）;（醫院的）藥劑室。

Pha·ros [ˈfɛrɑs] 名 1 埃及 Alexandria 附近的小半島。2（**the** ～）Pharos 島上的燈塔：世界七大奇觀之一。3（**p-**）燈塔，（指示航線的）標燈。

pha·ryn·ge·al [fəˈrɪndʒɪəl, ˌfærɪnˈdʒiəl] **-ryn·gal** [-ˈrɪŋgl] 形 咽頭（附近）的；〖語音〗喉音的，在咽頭發音的。─名〖語音〗喉音。

phar·yn·gi·tis [ˌfærɪnˈdʒaɪtɪs] 名 U〖病〗咽炎。

phar·ynx ['færɪŋks] 名 (複 **phar·yn·ges** [fə'rɪndʒiz], ～**·es**)〖解〗咽。

·phase [fez] 名 **1** 階段，時期：enter on [upon] a new ～ 進入一個新時期 / go from ～ to ～ 經歷各個階段。**2** 方面，部分：all ～*s* of current life 現代生活面面觀。**3**〖天〗(月、行星等的) 相，盈虧。**4**〖生〗(還原、有絲分裂的) 型，期；〖化〗相；〖理〗位相，周相：out of ～ (現象、時間方面) 異相，不一致。**5**〖動〗= color phase.

out of phase (1) ⇨ 名4. (2) 不協調《*with*》。

—動 (**phased, phas·ing**) 及 **1** 分階段調整。**2** 同時開動，使一致。—不及 分階段行動。

phase down 逐漸地削減。

phase in 逐漸採用，分階段引入。

phase out 逐漸停止。

'phase ('contrast) 'microscope 名 位相比差顯微鏡。

phase·down ['fez,daʊn] 名 逐漸削減。

phase-in ['fez,ɪn] 名 逐漸採用。

phase-out ['fez,aʊt] 名《美》逐步淘汰。

pha·sis ['fesɪs] 名 (複 **-ses** [-siz]) 面；階段，時期。

phat·ic ['fætɪk] 形〖語言〗交談的，藉語言溝通的：～ communion 交際性的談話。

Ph. B.《縮寫》*B*achelor of *Ph*ilosophy 哲學學士。

Ph. D. [,pietʃ'di] 名 (複 ～**s**, ～**'s**) **1** 哲學博士；《美》博士稱號：take one's ～ in law 取得法律博士學位。**2**《a ～》有博士稱號的人。

pheas·ant ['fɛznt] 名 (複 ～**s**,《集合名詞》～)〖鳥〗**1** 野雞，雉。**2** 雉。

phe·nac·e·tin [fə'næsətɪn] 名 U〖藥〗非那西汀：一種解熱鎮靜劑。

phe·nix ['finɪks] 名 = ph(o)enix.

phe·no·bar·bi·tal [,finə'bɑrbətl] 名〖藥〗苯巴比妥：一種安眠藥 (亦稱《英》**phenobarbitone** [-,ton])。

phe·nol ['finol, -nɑl, -nol] 名 U〖化〗酚，石炭酸。

phe·nol·o·gy [fɪ'nɑlədʒɪ] 名 U 生物氣候學。

phe·nom·e·na [fə'nɑmənə] 名 **phenomenon** 的複數形。

phe·nom·e·nal [fə'nɑmənl] 形 **1** 出類拔萃的，非凡的，異常的：a ～ talent for languages 罕見的語言天才 / have ～ success 驚人的成功。**2** (自然) 現象的；從感官認識到的：a ～ size 外觀的大小。～**·ly** 副

～**·ism** [-,ɪzəm] 名 U〖哲〗現象論。

phe·nom·e·nol·o·gy [fə,nɑmə'nɑlədʒɪ] 名 U〖哲〗現象學。**-no·'log·i·cal** 形

phe·nom·e·non [fə'nɑmə,nɑn] 名 (複 **-na** [-nə]) **1** 現象；事件：a historical ～ 一件歷史事件。**2**〖哲〗現象；外象。**3** (複 ～**s**)《口》特殊的事物，奇蹟，奇觀；非凡的人：a child ～ 神童。

phe·no·type ['finə,taɪp] 名〖遺傳〗(生物個體的) 表現型，表型。**-typ·ic** [-'tɪpɪk] 形

phen·yl ['fɛnl, 'finl] 名 U，形〖化〗(含) 苯基 (的)。

phen·yl·ke·to·nu·ri·a [,fɛnəl,kitə'njʊrɪə] 名 U〖病〗苯酮尿症。略作：PKU

pher·o·mone ['fɛrə,mon] 名〖生化〗費洛蒙，外激素。

phew [fju, pfju] 感 呼！呸！啐！(表示不快、擔心、疲勞、厭惡、鬆了一口氣或驚訝等)。—動 不及 發「呼」、「呸」聲。

phi [faɪ] 名 (複 ～**s** [-z]) **1** U C Φ, φ：希臘文的第 21 個字母。**2**〖理〗phi 粒子。

phi·al ['faɪəl] 名 小玻璃瓶，小藥瓶。

Phi Be·ta Kap·pa ['faɪ,betə'kæpə] 名《美》《the ～》ΦΒΚ 聯誼會 (成績優良的美國大學生及畢業生所組織的榮譽學會，1776 年創設)；該會會員。

Phil [fɪl] 名〖男子名〗菲爾 (Philip 的暱稱)。

Phil.《縮寫》*Phil*ip; *Phil*ippians; *Phil*ippine(s).

Phil·a·del·phi·a [,fɪlə'dɛlfjə] 名 費城：美國 Pennsylvania 州東南部的一都市。

Phila'delphia 'lawyer 名《美》《常爲蔑》精明的律師。

phi·lan·der [fə'lændə] 動 不及 玩弄或追逐女性；調情《*with...*》。～**·er** 名

phil·an·throp·ic [,fɪlən'θrɑpɪk], **-i·cal** [-ɪkl] 形 **1** 仁慈的，慈善的；博愛的。**2** 慈善事業的：a ～ foundation 慈善基金。

phi·lan·thro·pist [fə'lænθrəpɪst] 名 慈善家；博愛主義者。**-pism** 名 U 博愛主義，仁愛。

phi·lan·thro·py [fə'lænθrəpɪ] 名 (複 **-pies**) **1** U 博愛，慈善，同情心。**2** 慈善活動；慈善事業，慈善團體。

phil·a·tel·ic [,fɪlə'tɛlɪk] 形 集郵的。

phi·lat·e·ly [fə'lætəlɪ] 名 U 集郵 (研究)。

-list 名 集郵家，集郵者。

-phile《字尾》表「愛…(物)」、「…的愛好 (的人)」之意。

Philem.《縮寫》〖新約〗*Philem*on.

Phi·le·mon [fə'limən, faɪ-] 名〖新約〗腓利門書。略作：Phil(em).

phil·har·mon·ic [,fɪlə'mɑnɪk, ,fɪlhɑr'mɑ-] 形 **1** 愛好音樂的：a ～ society 愛樂協會。**2** 音樂協會的；交響樂團的：a ～ concert 音樂會。—名 音樂協會；其主辦的音樂會。**2**《P-》《名稱》交響樂團。

phil·hel·lene [fɪl'hɛlin] 名 愛好希臘 (文化) 的人。

-len·ic [,fɪlhɛ'lɛnɪk] 形

-philia《字尾》**1** 表「親」、「嗜」之意。**2** 表「對…發生反常愛好」之意，多用於病理學名詞。

-philiac《字尾》表「親…的人」、「嗜…

P

的人」、「對…發生反常愛好者」之意。

Phil·ip [ˈfɪləp] 名 1〖聖〗腓力：耶穌的12門徒之一。2〖男子名〗菲力浦。

Phi·lip·pi [fəˈlɪpaɪ, ˈfɪlə,paɪ] 名腓利比：希臘 Macedonia 的古都。

meet at Philippi 恪守危險的約會。

Thou shalt see me at Philippi 等著瞧吧！我就要報仇雪恥了。

Phi·lip·pi·ans [fəˈlɪpɪənz] 名 (複)《作單數》〖新約〗腓力比書。略作：Phil.

Phi·lip·pic [fəˈlɪpɪk] 名 1 對腓力王的彈劾演說。2《p-》批評性演說，抨擊。

Phil·ip·pine [ˈfɪlə,pin] 形菲律賓（群島）的菲律賓人的。—名《the ～s》1 菲律賓群島。2 菲律賓（共和國）：首都馬尼拉（Manila）。

Phil·is·tine [fəˈlɪstɪn, ˈfɪləs,tin] 名 1 非利士人：以色列人的世仇。2《偶作 p-》市儈，無修養者，庸俗的人；門外漢。

fall among the Philistines 大吃苦頭，虎落平陽被犬欺。

—形 1《偶作 p-》無文化修養的，庸俗的。2 非利士人的。

phil·is·tin·ism [fəˈlɪstɪn,ɪzəm, fɪləs-] 名Ⓤ庸俗，無文化修養；實利主義。

phil·lu·me·ny [fəˈlumənɪ] 名Ⓤ收集火柴盒或其貼紙的愛好。**-men·ist** 名愛收集火柴盒（或其貼紙）的人。

phil·o·den·dron [,fɪləˈdɛndrən] 名〖植〗喜林芋。

phi·log·y·ny [fɪˈlɑdʒənɪ] 名Ⓤ對女人的愛好。**-nist** 名, **-nous** 形

phi·lol·o·gist [fɪˈlɑlədʒɪst] 名 1 語言學家；文獻學者。2 學者，古典學者。

phi·lol·o·gy [fɪˈlɑlədʒɪ] 名Ⓤ 1 文獻學。2 語言學，歷史語言學。

,phil·o·ˈlog·i·cal [,fɪləˈlɑdʒɪkl] 形語言學或文獻學（上）的。

Phil·o·mel [ˈfɪlə,mɛl] 名《偶作 p-》〖詩〗= nightingale.

Phil·o·me·la [,fɪləˈmilə] 名 1〖希神〗菲蘿蜜拉：受其姊夫 Tereus 玷污並被割舌頭，聯合其姊報仇，事後神將其變爲夜鶯。2《p-》= philomel.

·phi·los·o·pher [fəˈlɑsəfɚ] 名 1 哲學家；思想家；基本思想創立者。2 哲人，賢者；達觀的人；冷靜的人；《口》深思者。

phiˈlosophers' [-pher's] ,stone 名《the ～》〖煉金〗仙石，點金石。

·phil·o·soph·ic [,fɪləˈsɑfɪk], **-i·cal** [-ɪkl] 形 1 哲學（家）的；研究哲學的，精通哲學的。2 理性的，有哲人態度的，逆來順受的；達觀的。**-i·cal·ly** 副

phi·los·o·phism [fəˈlɑsə,fɪzəm] 名Ⓤ 1 詭辯，歪曲的理論。2 假冒的哲學。

phi·los·o·phize [fəˈlɑsə,faɪz] 動不及 1 從哲學觀點思索；訂立哲理，討論哲理《*about*...》。2 膚淺地推理；賣弄大道理。—及以哲學立場探索，討論哲理。

·phi·los·o·phy [fəˈlɑsəfɪ] 名(複 **-phies**) 1 Ⓤ哲學；Ⓒ哲學書籍。2《美》哲學課程；醫學、法學、神學以外的學問：a Doctor of *P*hilosophy 哲學博士。3 哲學學說；哲理，原理。4 人生哲學，人生觀；思想，主義：a ～ of life 人生哲學，處世之道 / one's ～ about women 女性觀。5Ⓤ冷靜；領悟，達觀，沉著。

phil·ter,《英》**-tre** [ˈfɪltɚ] 名 1 媚藥，春藥。2 具有魔力的藥。—動 (～ed, -ter·ing,《英》-tred, -tring)及用春藥迷惑。

phiz [fɪz] 名《口》臉，顏面；面貌。

phiz·og [ˈfɪzɔg] 名《通常作單數》《英·諧》= phiz.

phle·bi·tis [flɪˈbaɪtɪs] 名Ⓤ〖病〗靜脈炎。

phle·bot·o·my [flɪˈbɑtəmɪ] 名Ⓤ《古》〖醫〗靜脈切開術，放血術。**-mist** 名靜脈切開醫師，放血專科醫師。

phlegm [flɛm] 名Ⓤ 1 痰；黏痰。2〖古生理〗黏液；黏液質。3 懶惰，無氣力；遲鈍；冷漠；沉著，冷靜。

phleg·mat·ic [flɛgˈmætɪk], **-i·cal** [-ɪkl] 形 1 懶惰的，遲鈍的；冷漠的。2 沉著的，冷靜的。3 黏液質的；多痰的；痰的。**-i·cal·ly** 副

phlo·em [ˈfloɛm] 名〖植〗韌皮部。

phlo·gis·ton [floˈdʒɪstən] 名Ⓤ〖古化〗（未發現氧氣之前，被認爲存在於可燃物中的）燃素，熱素。

phlox [flɑks] 名〖植〗草夾竹桃。

phlyc·t(a)e·na [flɪkˈtinə] 名(複 **-nae** [-ni]) 〖病〗水泡，小水疱，小膿疱。

Phnom Penh [ˈnɑmˈpɛn] 名金邊：柬埔寨的首都。

-phobe《字尾》表「懼怕…的人」、「厭惡…的人」之意。

pho·bi·a [ˈfobɪə] 名恐懼，厭惡；Ⓤ恐懼症：～ about snakes 懼蛇症。**-bic** 形

-phobia《字尾》表「…恐懼症」之意。

Phoe·be [ˈfibɪ] 名 1〖希神〗菲比：月之女神，與羅馬神話的女神 Diana 同。2《文》（擬人化的）月亮。

Phoe·bus [ˈfibəs] 名 1〖希神〗腓比斯：太陽神阿波羅。2《文》太陽。

Phoe·ni·cia [fəˈnɪʃə] 名腓尼基：位於現今敘利亞沿岸地區的一古國。

Phoe·ni·cian [fəˈnɪʃən, -ˈniʃən] 名 1 腓尼基人。2Ⓤ腓尼基語。—形腓尼基的，腓尼基人[語]的。

phoe·nix [ˈfinɪks] 名 1《偶作 P-》〖埃神〗鳳凰，長生鳥。2 完人；絕代佳人，絕世珍品，典型。3 復活的人[物]，東山再起的人。

Phoe·nix [ˈfinɪks] 名 1〖天〗鳳凰座。2 鳳凰城：美國 Arizona 州的首府。

phon [fɑn] 名聲響的強度單位。

pho·nate [ˈfonet] 動及 1〖語音〗使有聲化。2 發（音）。—不及發音，發聲。

-ˈna·tion 名Ⓤ〖語音〗發音。

P

·**phone**[1] [fon] 名《口》電話（機）；聽筒：answer the ～ 接電話 / be on the ～（某人）正在打電話 / call a person on the ～ 叫人聽電話 / make a ～ call 打電話。
—動 (**phoned, phon·ing**) 及《口》打電話給；打電話告知。—不及《口》打電話《*to, for...*》。
phone in 打電話；以電話通知；打電話詢問《*to...*》。
phone off 打電話；以電話通知。

phone[2] [fon] 名〖語音〗音，單音。
phonic [ˈfanɪk, ˈfonɪk] 形

ˈ**phone ˌbook** 名 = telephone directory.

ˈ**phone ˌbooth** 名公用電話亭。

ˈ**phone ˌbox** 名《英》= phone booth.

phone·card [ˈfonˌkard] 名電話卡。

phone-in [ˈfonˌɪn] 名《英》= call-in.

pho·neme [ˈfonim] 名〖語言〗音位，音素。
-ˈne·mic 形音素的；音素論的。

pho·ne·mics [foˈnimɪks] 名(複)《作單數》音素學，音位學；音素體系。

ˈ**phone ˌnumber** 名電話號碼。

pho·net·ic [foˈnɛtɪk, fə-] 形 **1** 語音[發音]的；表示語音的：the international ～ alphabet 國際音標 / ～ symbols [signs] 音標。**2** 語音學（上）的。**-i·cal·ly** 副

phoˈnetic ˈalphabet 名注音符號，音標。

pho·ne·ti·cian [ˌfonəˈtɪʃən, ˌfan-] 名語音學家。

pho·net·ics [foˈnɛtɪks, fə-] 名(複)《作單數》語音學；語音體系。

pho·ney [ˈfonɪ] 形，名(複 ～s [-z])《英》= phony.

phon·ic [ˈfanɪk, ˈfonɪk] 形語音的；發音上的。**-i·cal·ly** 副

phon·ics [ˈfanɪks, ˈfonɪks] 名(複)《作單數》看字讀音法；發音練習。

phono- 《字首》表「音」、「聲」之意。

pho·no·gram [ˈfonəˌgræm] 名音符，表音符號。**-ˈgram·(m)ic** 形

pho·no·graph [ˈfonəˌgræf] 名《美》留聲機，唱機（《英》gramophone）。

pho·no·graph·ic, -i·cal [ˌfonəˈgræfɪk(l̩)] 形 **1** 唱機的，留聲機的。**2** 速記的。

pho·nog·ra·phy [foˈnagrəfɪ] 名 U **1** 表音拼字法。**2** 表音速記法。**-pher** 名

pho·nol·o·gy [foˈnalədʒɪ] 名(複 **-gies**) **1** U 語音學；音素論；音韻學；音韻史。**2**（語言的）音韻體系。**pho·no·log·i·cal** [ˌfonəˈladʒɪkl̩], **-no·ˈlog·ic** 形，**-no·ˈlog·i·cal·ly** 副，**-gist** 名音韻學者。

pho·nom·e·ter [foˈnamətɚ] 名測音器。

pho·no·rec·ord [ˈfonoˌrɛkɚd] 名唱片。

pho·ny [ˈfonɪ] 形 (**-ni·er, -ni·est**)《口》假的，僞造的，詐欺的。—名 (複**-nies**) **1** 贋品，僞造的東西。**2** 騙子，冒充者。**-ni·ness** 名

phony 《字尾》表「音」、「聲」之意。

phoo·ey [ˈfuɪ] 感《口》《表示拒絕、輕蔑、厭惡》呸！啐！

phos·gene [ˈfasdʒin] 名 U〖化〗碳醯氯，光氣。

phos·phate [ˈfasfet] 名 U C **1**〖化〗磷酸鹽。**2**〖農〗磷肥。

ˈ**phosphate ˈrock** 名〖地〗磷酸鈣石。

phos·phide [ˈfasfaɪd, -fɪd] 名 U〖化〗磷化物。

phos·phite [ˈfasfaɪt] 名〖化〗亞磷酸鹽。

Phos·phor [ˈfasfɚ] 名曉星，啓明星，金星。

phos·pho·resce [ˌfasfəˈrɛs] 動不及發磷光。

phos·pho·res·cence [ˌfasfəˈrɛsn̩s] 名 U **1** 發磷光（現象）；磷光性。**2** 磷光。

phos·pho·res·cent [ˌfasfəˈrɛsn̩t] 形發磷光的：a ～ lamp 螢光燈。～**·ly** 副

phos·phor·ic [fasˈfɔrɪk] 形〖化〗磷的，含五價磷的：～ acid 磷酸。

phos·pho·rous [ˈfasfərəs] 形〖化〗含三價磷的，亞磷的：～ acid 亞磷酸。

phos·pho·rus [ˈfasfərəs] 名 **1** U〖化〗磷（符號：P）。**2** 磷光體。

phot [fat, fot] 名〖光〗輻透：照明單位。

·**pho·to** [ˈfoto] 名(複～**s** [-z])《口》照片。
—動(～**ed**, ～**·ing**)及不及（給⋯）照相。
—形照片的。

photo- 《字首》表「光」、「照相（的）」之意。

pho·to·bi·ol·o·gy [ˌfotobaɪˈalədʒɪ] 名 U 光生物學。**-gist** 名光生物學家。

ˈ**photo ˌcall** 名《英》拍照時間：攝取政治人物或知名人士等的相片的時刻。

pho·to·chem·i·cal [ˌfotəˈkɛmɪkl̩] 形光化的，光化學的：～ smog 光化煙霧。
—名光化物質。～**·ly** 副

pho·to·chem·is·try [ˌfotəˈkɛmɪstrɪ] 名 U 光化學。**-ˈchem·ist** 名光化學家。

pho·to·chro·mic [ˌfotəˈkromɪk] 形名遇光變色的（物質）。**-mism** 名 U 光色性。

pho·to·com·pose [ˌfotokəmˈpoz] 動及照相排（版）。**-pos·er** 名照相排版機。

pho·to·com·po·si·tion [ˌfotoˌkampəˈzɪʃən] 名 U〖印〗照相排版。

pho·to·cop·y [ˈfotəˌkapɪ] 名(複 **-cop·ies**) 影印本。—動(**-cop·ied**, ～**·ing**)及影印。**-cop·i·er** 名影印機。

pho·to·de·grad·a·ble [ˌfotodɪˈgredəbl̩] 形〖化〗可光分解的。

pho·to·e·lec·tric [ˌfotoɪˈlɛktrɪk] 形光電的；光電效應的：～ effect 光電效應。**-tri·cal·ly** 副

photoeˈlectric ˈcell 名〖電子〗**1** 光電池。**2** 光電管。

pho·to·en·grave [ˌfotoɪnˈgrev] 動及照相製版。**-grav·er** 名

pho·to·en·grav·ing [ˌfotoɪnˈgrevɪŋ] 名 U 照相製版（術）；照相凸版；C 照相版

印刷品。

pho·to-es·say [͵foto'ɛse] 图攝影小品（亦稱 **photo story**）。

'photo 'finish 图 1〖運動〗攝影終判。2 勢均力敵的比賽。

pho·to·fin·ish·ing [͵foto'fɪnɪʃɪŋ] 图 Ⓤ 沖洗照片；照相沖印服務。

'pho·to·flash 'lamp ['bulb] ['fotə͵flæʃ-] 图〖攝〗閃光燈。

pho·to·flood ['fotə͵flʌd] 图攝影用溢光燈。

pho·to·gen·ic [͵fotə'dʒɛnɪk] 形 1（人）上相的；適於攝影的。2〖生〗發光性的。

pho·to·gram ['fotə͵græm] 图黑影照片。

·pho·to·graph ['fotə͵græf] 图照片：have one's ～ taken 請人爲自己拍照 / take a ～ of... 爲…照相，拍…的照片。
—動 及 1 照相，攝影。2 銘記於心；逼真地描述。—不及 1 照相，攝影。2 被照相。
-a·ble 形可被拍攝的。

pho·tog·ra·pher [fə'tɑgrəfə] 图攝影師。

pho·to·graph·ic [͵fotə'græfɪk] 形 1 攝影（術）的；攝影用的；由攝影而來的：a ～ laboratory 相片沖洗室 / ～ film 照相軟片。2 攝影般的，逼真的；印象鮮明的：(a) ～ accuracy 如照片般的準確 / a ～ memory 驚人的記憶力。
-i·cal·ly 副攝影般地；由攝影而來地。

·pho·tog·ra·phy [fə'tɑgrəfɪ] 图 Ⓤ 攝影（術）：aerial ～ 空中攝影。

pho·to·gra·vure [͵fotəgrə'vjʊr, -'grevjə] 图 1 Ⓤ 照相製版法；凹版印刷。2 照相凹版。3 照相凹版印刷品。—動 及用照相凹版印刷。

pho·to·jour·nal·ism [͵foto'dʒɝnəl͵ɪzəm] 图 Ⓤ 1 攝影新聞報導；圖片多於文字報導的新聞編輯方式。2 新聞圖片，報導照片。**-ist** 图攝影記者。

pho·tom·e·ter [fo'tɑmətə] 图光度計；（照相機的）感光計。

pho·tom·e·try [fo'tɑmətrɪ] 图 Ⓤ 光度測定（法）；測光學。**-to·'met·ric** 形

pho·to·mon·tage [͵fotəmɑn'tɑʒ, -mɔn'tɑʒ] 图合成照片；Ⓤ 合成照片製作法。

pho·ton ['fotɑn] 图〖理〗光子，光量子。

pho·to·nov·el ['foto͵nɑvl] 图照片小說。

'photo oppor'tunity 图《美·加》= photo call.

pho·to·play ['fotə͵ple] 图電影劇；電影劇腳本。

pho·to·re·con·nais·sance [͵fotorɪ'kɑnəsəns] 图 Ⓤ〖軍〗空中照相偵察。

pho·to·sen·si·tive [͵fotə'sɛnsətɪv] 形感光性的。**-'tiv·i·ty** 图感光性。

pho·to·sen·si·ti·za·tion [͵fotə͵sɛnsətə'zeʃən] 图 Ⓤ Ⓒ〖醫〗光過敏（症）。

pho·to·sen·si·tize [͵fotə'sɛnsə͵taɪz] 動 及使具有感光性。

pho·to·sen·sor ['fotə͵sɛnsə] 图光感應器，檢光器。

Pho·to·stat ['fotə͵stæt] 图〖商標名〗直接影印機，直接影印照相機；《常作 p-》影印製品。—動 及 不及《p-》用直接影印機影印。
-'stat·ic 形

pho·to·syn·the·sis [͵fotə'sɪnθəsɪs] 图 Ⓤ〖生化〗光合作用。**-'thet·ic** 形

pho·to·tel·e·graph [͵fotə'tɛlə͵græf] 图傳真電報；電報傳真機。—動 及 不及以傳真電報發送。

pho·to·te·leg·ra·phy [͵fototə'lɛgrəfɪ] 图 Ⓤ 傳真電報（術）。

pho·tot·ro·pism [fo'tɑtrə͵pɪzəm] 图 Ⓤ〖植〗向光性。

pho·to·type ['fotə͵taɪp] 图〖印〗1 照相凸版（法）。2 照相凸版的印刷物。

phr. 《縮寫》*phrase.*

phras·al ['frezl] 形片語（組成）的；習慣用語的：a ～ adjective 形容詞片語。

:phrase [frez] 图 1〖文法〗片語：a prepositional ～ 介系詞片語。2 語詞言詞：in a ～ 一言以蔽之 / mutter broken ～*s* 斷斷續續地喃喃低語 / simple ～*s* 用簡單的話說。3 Ⓤ Ⓒ 措詞，表達法：a turn of ～ 表達方式 / in Eliot's ～ 借用艾略特的話來說。4 成語，慣用語；諺語；警句，格言；《～s》廢話：a hackneyed ～ 老套的詞句 / a set ～ 成語 / sporting ～*s* 運動用語 / a great maker of ～*s* 擅長創造警語的名人 / as the ～ goes 正如諺語所說 / turn a ～ 琢磨詞句。5〖修〗強調語句。6〖樂〗樂句。7〖舞〗連續的動作。
—動 (**phrased, phras·ing**) 及 1 敘述，表達；用話表示。2〖樂〗（演奏中）分成樂句。
—不及措詞，用語。

'phrase ͵book 图（外國語的）慣用語集。

phrase·mon·ger ['frez͵mʌŋgə] 图喜雕琢詞句的人，空言者。

phra·se·ol·o·gy [͵frezɪ'ɑlədʒɪ] 图 Ⓤ 措詞表達方式；術語；《集合名詞》用語，詞句。
-o·log·i·cal [-ə'lɑdʒɪkl], **-o·'log·ic** 形

'phrase ͵structure 图〖語言〗語法結構。

phras·ing ['frezɪŋ] 图 Ⓤ 1 = phraseology. 2〖樂〗分節法。

phreak·ing [frikɪŋ] 图侵入電話系統打免費電話的駭客行爲。

phre·net·ic [frɪ'nɛtɪk] 形《文》= frenetic.

phren·ic ['frɛnɪk] 形 1〖解〗橫膈膜的。2〖生理〗精神的，心理的。

phre·ni·tis [frɪ'naɪtɪs] 图 Ⓤ〖醫〗腦炎；精神錯亂。

phren·o·log·i·cal [͵frɛnə'lɑdʒɪkl] 形骨相學的。

phre·nol·o·gy [frɪ'nɑlədʒɪ] 图 Ⓤ 骨相

學。

-gist 名骨相學家。

Phryg·i·a ['frɪdʒɪə] 名佛里幾亞：小亞細亞的一古國。

Phryg·i·an ['frɪdʒɪən] 形佛里幾亞的，佛里幾亞人[語]的。—名佛里幾亞人；U佛里幾亞語。

PHS 《縮寫》 *P*ersonal *H*andyphone *S*ystem 低功率行動電話。

phthi·sis ['θaɪsɪs] 名U肺癆，肺結核。

phut [fʌt, fət] 名《俚》啪，砰（的聲音）: Otherwise — ～! 不然的話，唉！—副砰，啪：go ～（輪胎等）破裂，洩氣；(計畫等）失敗，落空，告吹。

phy·lac·ter·y [fə'læktərɪ, -trɪ] 名 (複 **-ter·ies**) **1**〖猶太教〗經匣：記載舊約聖經詞句的羊皮紙。**2** 提醒的人[物]；《喻》護身符，避邪符。

make broad one's phylactery 假裝虔誠。

Phyl·lis ['fɪlɪs] 名〖女子名〗菲麗絲。

phy·log·e·ny [faɪ'lɑdʒənɪ] 名U〖生〗種系發生（學）；種族史。

phy·lum ['faɪləm] 名 (複 **-la** [-lə]) **1**〖生〗（動植物分類上的）門。**2**〖語言〗語系。

phys·i·at·rics [ˌfɪzɪ'ætrɪks] 名 (複)《作單數》物理療法。

phys·ic ['fɪzɪk] 名 **1** U C《口》藥，醫藥；瀉藥。**2** U《古》醫術；醫學；醫業。

—動 (**-icked, -ick·ing**) 及 **1** 給…吃瀉藥；使下瀉，使通便。**2** 以藥治療，使吃藥。**3**《喻》治癒，醫治。

phys·i·cal ['fɪzɪkl] 形 **1** 身體的，肉體的；身體上的；肉慾的：～ abuse of a person 對某人的虐待 / ～ beauty 肉體美 / ～ exercise 體操 / ～ labor 體力勞動 / ～ strength 體力 / be in good ～ condition 身體狀況良好。**2** 物質（界）的；物質上的；天然的；形而下的：the ～ world 物質界。**3** 自然的，遵循自然法則的；物理（學）的，物理上的；自然科學的；《喻》實際的，看得見的：～ changes 物理的變化 / find one's ～ position on a map 在地圖上找到自己的所在位置。

—名《美口》身體檢查，健康檢查。

physical anthro'pology 名U身體人類學。

physical 'chemistry 名U物理化學。

physical edu'cation 名U體育（課程）。略作：PE

physical exami'nation 名體格檢查，健康檢查。

physical ge'ography 名U自然地理學。

physical 'jerks 名(複)《英口》柔軟體操，健身操。

phys·i·cal·ly ['fɪzɪklɪ] 副 **1** 根據自然的法則，物理（學）上。**2**《口》完全地，徹底地。**3** 肉體上，身體上。**4** 物質上。

'physical 'science 名U C自然科學。

'physical 'scientist 名

'physical 'therapy 名= physiotherapy.

'physical 'therapist 名

'physical 'training 名= physical education.

·phy·si·cian [fə'zɪʃən] 名 **1** 醫生。**2** 內科醫師；（煩惱等的）治療者，拯救者。

phy'sician's as'sistant 名《美》醫師助理。略作：PA

phys·i·cist ['fɪzəsɪst] 名物理學家。

phys·i·co·chem·i·cal [ˌfɪzəko'kɛməkl] 形物理化學上的；物理化學的。～**·ly** 副

·phys·ics ['fɪzɪks] 名 (複)《作單數》**1** 物理學：applied ～ 應用物理學。**2** 物理現象。

phys·i·o ['fɪzɪo] 名 (複～**s** [-z])《口》物理療法家。

phys·i·oc·ra·cy [ˌfɪzɪ'ɑkrəsɪ] 名U重農主義。**'phys·i·o·ˌcrat** 名重農主義者。

phys·i·og·no·my [ˌfɪzɪ'ɑgnəmɪ, -'ɑnəmɪ] 名 (複 **-mies**) **1** 相貌，面貌，面孔。**2** U人相學，觀相術。**3** U地勢；地形。

-og·nom·ic [-ɑg'nɑmɪk], **-'nom·i·cal** 形，**-mist** 名觀相家，相士。

phys·i·og·ra·phy [ˌfɪzɪ'ɑgrəfɪ] 名U **1** 自然地理學；地文學。**2**《美》地貌學。**3**（古代的）自然科學誌。**-pher** 名

phys·i·o·log·i·cal [ˌfɪzɪə'lɑdʒɪkl], **-ic** [-ɪk] 形生理學上的；生理的。～**·ly** 副

physio'logical psy'chology 名U生理心理學。

phys·i·ol·o·gist [ˌfɪzɪ'ɑlədʒɪst] 名生理學家。

phys·i·ol·o·gy [ˌfɪzɪ'ɑlədʒɪ] 名 **1** U生理學。**2**《the ～》生理（機能）。

phys·i·o·ther·a·py [ˌfɪzɪo'θɛrəpɪ] 名U物理療法。**-pist** 名物理治療師。

phy·sique [fɪ'zik] 名U C **1** 體格，身體的構造與發育：a man of muscular ～ 體格強壯的男子。**2** 地形，地勢。

phy·to·pa·thol·o·gy [ˌfaɪtopə'θɑlədʒɪ] 名U植物病理學。

pi [paɪ] 名 (複～**s**) **1** U C Π, π：希臘文的第 16 個字母。**2** U〖數〗圓周率。

P. I. 《縮寫》 *P*hilippine *I*slands. 菲律賓群島。

pi·ac·u·lar [paɪ'ækjələ] 形 **1** 贖罪的：a ～ offering 贖罪的供品。**2** 須贖償的；罪孽重大的；邪惡的。

pi·a ma·ter ['paɪə'metə] 名《通常作 the ～》〖解〗（腦、脊髓的）軟膜。

pi·a·nism [pɪ'ænɪzəm, 'piə-] 名U鋼琴演奏（技巧）。

pi·a·nis·si·mo [ˌpiə'nɪsəˌmo] 形〖樂〗最弱的。—副極弱地。—名 (複 ～**s** [-z]) 極度輕奏的樂段。

·pi·an·ist [pɪ'ænɪst, 'piən-] 名鋼琴彈奏者；鋼琴家。**-'is·tic** 形

:pi·an·o[1] [pɪˈæno] 名 (複～s [-z]) 鋼琴：play (on) the ～ 彈奏鋼琴。

pi·a·no[2] [pɪˈɑno] 形〖樂〗弱的，輕柔演奏的。—副弱地，輕柔地。—名 (複～s [-z]) 輕柔演奏的樂段。

piˈano acˌcordion 名 = accordion.

pi·an·o·for·te [pɪˈænəˌfort, -ˌfortɪ] 名 = piano[1].

Pi·a·no·la [ˌpiəˈnolə] 名〖商標名〗自動鋼琴的一種。

piˈano ˌorgan 名一種手搖風琴。

piˈano ˌplayer 名 **1** = pianist. **2** 鋼琴自動彈奏裝置。

piˈano ˌwire 名 U C 細鋼絲。

pi·as·ter, -tre [pɪˈæstɚ] 名皮阿斯特：黎巴嫩、蘇丹、敘利亞、埃及的貨幣。

pi·az·za [pɪˈæzə] 名 (複～s, **pi·az·ze** [-ˈætse]) **1** (義大利城市的) 廣場。**2** 門廊；陽臺；《英》有頂迴廊。

pi·broch [ˈpibrɑk] 名用蘇格蘭風笛吹奏的戰鬥歌曲。

pic [pɪk] 名 (複～s, **pix** [pɪks]) 《美俚》**1** 電影。**2** (報紙、雜誌的) 照片，圖片。

pi·ca [ˈpaɪkə] 名〖印〗**1** U 12 point 的鉛字。**2** 打字機用鉛字。

pi·ca·dor [ˈpɪkəˌdɔr] 名 (複～s, **-do·res** [-ˈdɔrɛs]) 騎馬的鬥牛士。

pic·a·resque [ˌpɪkəˈrɛsk] 形以浪子或歹徒的冒險故事為題材的。—名《通常作 **the** ～》描寫浪子或歹徒的小說。

pic·a·ro [ˈpɪkəro] 名 (複～s [-z]) 浪子，歹徒，流氓。

pic·a·roon, pick- [ˌpɪkəˈrun] 名惡漢，歹徒；土匪；海盜；海盜船。

Pi·cas·so [pɪˈkɑso] 名 **Pablo**，畢卡索 (1881–1973)：旅居法國的西班牙畫家及雕刻家。

pic·a·yune [ˌpɪkəˈjun] 名 **1** 小錢幣：原在北美西班牙屬地所用的銅幣。**2** 《美口》無足輕重的人 [物]。—形 (亦稱 **picayunish**) 《美口》一點點的；無價值的，微不足道的；狹隘的；吹毛求疵的；有偏見的。

Pic·ca·dil·ly [ˌpɪkəˈdɪlɪ] 名皮卡迪利大街：倫敦市的一條繁華街道。

ˈPiccadilly ˈCircus 名皮卡迪利廣場：倫敦市西區的一廣場，為娛樂中心。

pic·ca·lil·li [ˌpɪkəˈlɪlɪ] 名 U (源自東印度的) 辣泡菜。

pic·ca·nin·ny [ˈpɪkəˌnɪnɪ] 名 (複 **-nies**) 《英》= pickaninny.

pic·co·lo [ˈpɪkəˌlo] 名 (複 ～s [-z]) 短笛。～**·ist** 名短笛吹奏者。

:pick[1] [pɪk] 動 及 **1** 挑選，選擇：～ one's words 挑選適當的字眼；注意措詞。**2** 摘，採；摘下：～ cherries 採櫻桃。**3** 鑿，掘；挖；弄開，撬開：～ a hole in the wall 在牆壁上挖洞 / ～ a lock 把鎖撬開。**4** 挖，剔，清除污垢；拔掉羽毛；剝皮；剔去《*from, off...*》：～ one's teeth 剔牙 / ～ one's gums 清牙齦 / ～ a bone clean 把骨頭上的肉剔乾淨 / ～ a chicken's feathers 拔雞毛。**5** 啄；一點一點地吃：～ a morsel 啄一口 / ～ one's rice 一點一點地吃飯。**6** 抓住時機；找藉口《*with...*》；尋求，找出：～ a fight *with* a person 向某人挑釁，故意和某人爭吵 / ～ faults 挑毛病。**7** 偷，竊取《*from...*》：～ pockets 扒竊 / ～ a coin purse *from* a person's bag 竊取某人手提袋中的小錢包。**8** 扯開，撕開。**9**〖樂〗《美》撥奏，用指甲彈 (弦樂器等)。—不及 **1** 鑿，掘，挖；啄食，啄；一點一點地吃《*at...*》。**2** 謹慎地選擇。**3** 摘，採，收成；可摘，可採。

***have a bone to pick with** a person* 和某人有爭端；對某人不滿。

pick and choose 慎重選擇；挑三揀四。

pick and steal 扒竊，做小偷。

pick apart = PICK[1] ... to pieces.

pick at... (1) ⇨ 動 不及 1. (2) 《口》挑…的毛病，挑剔。(3) 拉扯；碰觸，撫摸；抓弄。

pick...away / pick away... (1) 在…之上鑿洞。(2) 摘取；撕下。

pick a person's brains ⇨ BRAIN (片語)

pick off (1) 除掉。(2) 拔下，掐下，摘下。(3) (一個接一個地) 瞄準射殺。(4)〖棒球〗(用牽制球) 觸殺；中途攔截 (傳球)。

pick on... (1) 《口》挑剔，嚴厲批評；找麻煩，欺負。(2) 挑選《*to do*》；選擇。

pick out (1) 揀去，揀掉，撿出。(2) 選擇，選出。(3) 分辨出，區分，辨別。(4) 領會，了解。(5) 憑聽過後的記憶彈奏。(6) 《通常用被動》使顯眼《*in...*》；襯托《*with...*》。

pick over 仔細檢查，挑選；挑揀。

pick...to pieces (1) 使分散，解開，拆開；撕碎。(2) 酷評，責難，批評得體無完膚。

pick up (1) 逐漸痊癒；改進，轉好；恢復轉動。(2) 整理東西。(3) 收拾行李。(4) 加速度；輕快地彈奏起來。(5) (與人) 認識《*with...*》。(6) 繼續，再開始。(7) 了解，領會；注意到《*on...*》。

pick...up / pick up... (1) (用鶴嘴鋤等) 掘起。(2) 拾起，撿起。(3) 《反身》(跌倒後) 站起來。(4) 鼓起，恢復；長 (肉)。(5) 使恢復精神。(6) (偶然) 發現，找到；偶然聽到。(7) 無意中學會；學得，領會竅門。(8) 染上 (感冒)。(9) 開車接 (人)；搭載。(10) 救助。(11) 重返。(12) (藉收音機等) 接收 [收聽]。(13) 增加，加快。(14) 收拾，整理。(15) 重新開始，繼續。(16) 偶然結識，勾搭上。(17) 《俚》逮捕，拘捕。(18) 獲得，買；賺得 (薪水之外的錢)。(19) 《俚》偷竊。(20) 《口》(在餐廳等) 收下 (帳單)，付 (帳)。

pick one's way (在險道或困境中) 小心謹慎；小心走路。

—名 **1** 選擇 (權)。**2** 被選出的人 [物]《通常作 **the** ～》精粹，精華。**3** 收穫量

4 鑿，掘；挖；剔。

the pick of the bunch⇨ BUNCH（片語）

pick² [pɪk] 图 1 鎬，鶴嘴鋤。2《常作複合詞》冰鑿子；牙籤；撬鎖工具。3（彈弦樂器用的）撥子，義甲。

pick·a·back [ˈpɪkə,bæk] 副 形《主英》在肩上（的）；在背上（的）。

pick·a·nin·ny [ˈpɪkə,nɪnɪ] 图 (複-**nies**)《主美南部·蔑》黑人的小孩；《非洲·澳》土著的小孩；幼兒（《英》picaninny）。

pick·ax,《英》 **-axe** [ˈpɪk,æks] 图 (複-**ax·es**)鶴嘴鋤。—動 及 用鶴嘴鋤挖掘。—不及 用鶴嘴鋤工作。

picked¹ [pɪkt] 形 1 選拔出來的，精選的。2 拔掉[剝下]的；採[摘]下的。

pick·ed² [ˈpɪkɪd, pɪkt] 形《英》尖的。

pick·er [ˈpɪkɚ] 图 1 挖掘者，挖掘工具。2 採摘者，採集者。3 摘棉機。

pick·er·el [ˈpɪkərəl,ˈpɪkrəl] 图(複～, ～s)〖魚〗1 小梭魚。2《英》梭子魚

pick·et [ˈpɪkɪt] 图 1 尖樁，柱樁。2 糾察隊；示威隊伍。3〖軍〗步哨，哨兵。—動 及 1 圍以尖樁，以柵欄圍護；繫於樁上。2 設置糾察隊。3〖軍〗監視，警戒。—不及 擔任糾察員；站哨。

ˈpicket ˈfence 图 柵欄，圍籬。

ˈpicket ˌline 图 1 監視線，警戒線，糾察線。2〖軍〗警戒線，前哨線。

pick·ing [ˈpɪkɪŋ] 图 1 Ⓤ選擇；採集；Ⓒ摘取物，採集物；《～s》採集量。2 Ⓤ（用鶴嘴鋤等）挖掘；鑿。3 Ⓤ偷竊；撬開。4《～s》(1)（食物的）剩餘之物；摘剩的東西，落穗。(2) 贓物；額外收入。

pick·le¹ [ˈpɪkl] 图 1《常作～s》醃漬物，泡菜；《美》醃黃瓜；《英》醃洋蔥。2 Ⓤ 醃汁。3《通常作 a ～》《口》困境，窘境：be in *a* sad ～ 處於困境，十分混亂。4《口》討厭的傢伙；搗蛋的傢伙。

in pickle 準備，備用《*for*...》。

—動 及 泡在醃汁中以保存；醃製。

pick·le² [ˈpɪkl] 图《蘇格蘭·北英格蘭》1 一粒穀物。2 少量：Many a ～ makes a mickle.《諺》積少成多，聚沙成塔。

pick·led [ˈpɪkḷd] 形 1 醃泡的；醃漬的。2《俚》酩酊的。

pick·lock [ˈpɪk,lɑk] 图 撬鎖人，撬鎖工具；小偷，竊賊。

pick-me-up [ˈpɪkmi,ʌp] 图《口》使恢復精神之物；提神飲料（亦稱 **pickup**）。

pick-off [ˈpɪk,ɔf, -,ɑf] 图 1〖棒球〗跑壘者的被觸殺出局。2〖電子〗共鳴反應器。

pick·pock·et [ˈpɪk,pɑkɪt] 图 扒手。—動 及 扒竊。

pick·up [ˈpɪk,ʌp] 图 1（用車將行李）收集，（郵件的）收集和遞送；搭載乘客[貨物]；乘客，裝載的貨物；搭便車的人。2《口》勾搭上的人；邂逅的戀人。3 Ⓤ 加速性能；Ⓒ（敞篷）小型貨車。4《口》恢復，改善，進步。5〖棒球〗接滾地球。6〖收音機·電視〗拾音，檢波（裝置）；實況轉播；由現場傳送至廣播電臺的廣播或放映裝置。7（電唱機的）唱頭。8《俚》逮捕。9 偶然買到的便宜貨；暫時湊合著用的東西。10《美口》= pick-me-up.

—形《美口》現成的，湊合的；臨時的，偶然的。

Pick·wick·i·an [pɪkˈwɪkɪən] 形 1 匹克威克式的；寬厚憨直的；善良幽默的。2 別有特殊意義的：in a ～ sense 以特殊的意味。

pick·y [ˈpɪkɪ] 形(**pick·i·er, pick·i·est**)《美口》挑剔的，吹毛求疵的；找碴的。

:pic·nic [ˈpɪknɪk] 图 1（有野餐的）遠足，遊山，踏青；野餐：go on a ～ 去野餐。2《口》《通常用否定》愉快的經驗，歡樂的時光，容易的工作。3 肩膀肉火腿。

—動 (**-nicked, -nick·ing**) 不及 去野餐；《美》以野餐方式用餐。**-nick·er** 图, **-nick·y** 形

pi·co·sec·ond [ˈpaɪkə,sɛkənd] 图 微微秒；一兆分之一秒。

pi·cot [ˈpiko] 图〖服〗花邊上的飾邊小環。—動 及 不及 用小環飾邊。

pic·ric [ˈpɪkrɪk] 形〖化〗苦味酸的：～ acid 苦味酸。

Pict [pɪkt] 图 皮克特人：古時住在 Britain 島北部的民族。～**·ish** 图 形 皮克特語[人]（的）。

pic·to·graph [ˈpɪktə,græf] 图 1 繪畫文字，象形文字（所作的記載）。2（用繪畫表示的）統計圖表。**-ˈgraph·ic** 形

pic·to·ri·al [pɪkˈtorɪəl] 形 1 圖畫的；用圖畫表示的；有插圖的：a ～ biography 有插圖的傳記。2 繪畫的；畫法的；畫家的。3 圖畫般的；生動的：～ phrases 生動的詞句。—图 畫報，畫刊。

～**·ly** 副, ～**·ness** 图

:pic·ture [ˈpɪktʃɚ] 图 1 畫像；圖畫，繪畫；肖像；照片：have one's ～ taken 請某人幫自己拍張照 / sit for a ～ 坐著供別人畫像。2（影）像；（透過透鏡而結合的）像；心像：frame the ～ in the lens (of a camera) 在（照相機的）鏡頭中取景。3 生動的描寫。4 舞臺造型。5 電影，影片；《the ～s》電影：a good ～ 一流的電影 / go to *the* ～*s*《英》去看電影。6《a ～》如圖畫般的美人[物，風景]。7《the ～》酷似，一模一樣；典型，化身《*of*...》：*the* (very) ～ *of* vitality 活力充沛的典型。8《the ～》《口》形勢，狀況，情勢：*the* financial ～ 財政狀況。9（電視的）畫面，（電影的）銀幕。

be in the picture (1) 是局內人；了解內情。(2) 顯現；引人注意；處於重要地位。

come into the picture (1) 成為（某事）一部分；與（某事）有關係。(2) 出現，出場；變有趣，變顯著。

get the picture《口》明白，間接了解情況。

out of the picture (1) 弄錯了的。(2) 不重要

P

的；不被考慮的。(3) 退出場的，不存在的。(4) 不知情的。

—動及 1 畫；用照片顯示，描寫。2 在心中構想；想像。3 用言詞描述；明明白白地敘述，生動地呈現。4 用照片傳播；拍入照片。5 拍成電影。

'picture ˌbook 名畫冊；圖畫書。

'picture ˌcard 名花牌。

'picture ˌframe 名畫框。

'picture ˌgallery 名美術館，畫廊。

'picture ˌpalace 名《英》電影院。

'picture-'perfect 形 完美的，完美無缺的。

Pic·ture·phone ['pɪktʃɚˌfon] 名〖商標名〗= videophone.

'picture 'postcard 名風景明信片。

'picture ˌpuzzle 名= jigsaw puzzle.

·pic·tur·esque [ˌpɪktʃə'rɛsk] 形 1 如畫的；如畫般美麗的。2 生動的，寫實的：～ language 生動的語言。3 獨特而有趣的，別緻的；漂亮的，引人注意的。

～·ly 副，～·ness 名

'picture ˌtube 名映像管，陰極射線管。

'picture ˌwindow 名風景窗，落地窗。

'picture ˌwriting 名 U 1 圖畫記載法。2《集合名詞》象形文字。

pic·tur·ize ['pɪktʃəˌraɪz] 動 及 使成圖畫；用圖畫表示；拍成電影。

pic·ul ['pɪkʌl] 名擔：中國、東南亞國家使用的重量單位。

pid·dle ['pɪdl] 動 不及 1 浪費時間。2《口》尿尿。—及浪費《*away*》。

-dler 名

pid·dling ['pɪdlɪŋ] 形《口》微小的，瑣碎的，無用的。

pidg·in ['pɪdʒən] 名 1 U C 混成語。2《英口》《(not) one's ～》職業，工作；開心的事（亦作《俚》**pigeon**）。

'pidgin 'English 名 U《偶作 P- E-》洋涇濱英語：不純正的英語，指在東南亞、西非、西印度等地通商時所用；原見於中國諸通商港口。

·pie [paɪ] 名 1 U C 餡餅，派。2 中間夾有乳酪、果凍等的蛋糕。3 U 總額；《the ～》（國家）預算。4 U《美俚》極佳的事；賄賂。

(as) easy as pie《美口》非常容易的。

(as) nice as pie《美口》好極了。

a sweetie pie《口》愛人，情人。

cut a pie《美口》捲入某事。

have a finger in the pie ⇨ FINGER（片語）

pie in the sky 虛幻的承諾；渺茫的幸福；畫餅。

pie·bald ['paɪˌbɔld] 形名黑白斑紋[雜色]的（動物）。

:piece [pis] 名 1 片，塊，段，枝；碎片，斷片；部分：a ～ of real estate 一塊不動產 / a ～ of pie 一塊餡餅 / in ～*s* 粉碎，破碎；落空。2《後接抽象名詞》則，件，項《*of...*》：a ～ *of* advice 一則忠告。3（一組或一套中的）件，個；部分（零件）《*of*...》《口》：a ～ *of* furniture 一件家具（椅子、桌子等）/ a ～ *of* china 一件瓷器 / the ～*s of* an engine 引擎的零件。4 匹，卷，張，桶，件，條；《**the** ～》工作量，收穫量：a ～ of linen 一匹亞麻布 / work by *the* ～ 按件計酬。5 作品，短篇，小品；報導；(短的) 樂曲，短歌：a fine ～ of poetry 一首好詩。6〖西洋棋〗pawn 以外的棋子；〖棋〗棋子。7《口》槍；大炮。8 硬幣；紀念品，護身符。9《方》很短的距離；短時間，瞬間。10《粗》性交；(作爲性伴侶的) 女人。

(all) in one piece 完整地，未損壞地。

(all) of a piece (1) 同種類的。(2) 調和的，配合的；一致的《*with...*》。

(all) to pieces (1) 粉碎地，一片一片地。(2) 凌亂地；前後不一致地。(3) 非常，十分，完全地。

a piece of cake (1)《俚》非常容易的事。(2) ⇨ 名 1.

a piece of goods《謔》人，傢伙；(尤指作爲性伴侶的) 女人。

a piece of the action（某利益分得的）一份；參與。

a piece of work (1) 工作；困難的工作。(2)《口》吵鬧。(3) 小子，傢伙。

give a person a piece of one's mind ⇨ MIND（片語）

go to pieces (1) 四分五裂，粉碎。(2) 喪失自制，崩潰；瓦解；解體，混亂。

pick up the pieces 收拾殘局。

piece by piece 一件一件地，一點一點地，逐漸地。

speak one's piece 陳述自己的意見。

—動 (**pieced, piec·ing**) 及 1 修補，補綴《*up*》。2 添補，擴充，補充《*out*》。3 縫合接上…而成，縫合，拼湊，連接，結合《*to...*》；綜合《*together*》。

pièce de ré·sis·tance ['pjɛsdərezis'tɑns] 名 (複 **pièces de ré·sis·tance**)《法語》1 正餐中最豐富的菜，主菜。2 主要事件；最突出的東西。

'piece ˌgoods 名(複) 布疋。

piece·meal ['pisˌmil] 副 1 一點一點地，逐漸地；零碎地，一件一件地。2 一片一片地，粉碎地。—形一點一點的，一件一件的；零碎的。—名《用於下列片語》: by ～ 一點一點地，逐漸地。

'piece of 'eight 名《古》= peso 2.

'piece ˌrate 名論件計酬，（承包的）單價。

piece·wise ['pisˌwaɪz] 副一個一個地，分散地，分段地。

piece·work ['pisˌwɝk] 名 U 件工，計件計酬的工作。～·er 名

'pie ˌchart 名圓形百分比統計圖表。

pie·crust ['paɪˌkrʌst] 名 U C 餡餅皮

Promises are like ～, made to be broken

《諺》諾言一如餡餅皮，脆弱易碎。

pied [paɪd] 形 1 斑駁的，有斑點的；雜色的：a ～ horse 雜色馬。2 穿斑點衣服的。

pied-à-terre [pjedɑ'tɛr] 名（複 **pieds-à-terre** [pjedɑ'tɛr]）《法語》臨時住宿處。

Pied·mont ['pidmɑnt] 名 1 皮得蒙高原：美國大西洋岸與阿帕拉契山脈之間的高原。2《**p-**》山麓地帶。—形《**p-**》在山麓地帶的；沿著山腳地區的。

Pied 'Piper 名 1《**the** ～》斑衣吹笛人：德國民間傳說的魔術師。2《**p- p-**》不負責任的領導者；誘騙者，誘拐者。

pie-eyed ['paɪ,aɪd] 形《俚》酩酊大醉的。

pie·man ['paɪmən] 名賣餡餅的人。

pier [pɪr] 名 1 碼頭；棧橋，散步碼頭。2 橋墩，橋柱；門柱；拱形物的支架。3 角柱。4（窗與窗之間的）窗間壁。

pierce [pɪrs] 動(**pierced, pierc·ing**)及 1 刺穿，戳入；貫穿；刺進《*with...*》：～ a person *with* a spear 用槍刺某人。2 鑿孔於；穿洞《*in...*》：～ a cask 在桶上鑿孔 / ～ a hole *in...* 在…穿洞。3 穿入，突破：～ the enemy's defenses 突破敵方的防線。4 刺進，穿過，深深影響：be ～*d* by the cold wind 冷風刺骨。5 響徹，震破《*with...*》：～ the still air *with* one's cries 喊叫聲劃破寂靜。6 識破，洞察：～ the mystery 看穿祕密。—不及 穿入《*through* / *to, into...*》；穿過，貫穿《*through* /*through...*》；洞察《*into...*》。～**·a·ble** 形, **pierc·er** 名

pierced 'earring 名《美》穿洞式耳環。

pierc·ing ['pɪrsɪŋ] 形 1 尖銳的，刺耳的，震破的：～ screams 刺耳的尖叫。2 刺骨的，寒冷的。3 銳利的，看透般的；有洞察力的。4 尖刻的，犀利的。～**·ly** 副 刺骨地；銳利地。

pier ,glass 名（掛於窗與窗之間牆壁上的）大型穿衣鏡。

Pi·e·ri·an [paɪ'ɪrɪən] 形 1〖希神〗繆司女神的；靈感的。2 詩的；詩的靈感的。3（關於）派利亞地方的。

Pi·er·rot [,piə'ro] 名(複～**s** [-z]) 1 U（法國默劇中的）丑角。2《**p-**》穿寬鬆白衣臉塗白粉的滑稽演員。

pier ,table 名矮桌。

pie·tà [pje'tɑ] 名《常作 **P-**》〖美〗悲傷的聖母瑪利亞抱耶穌屍體於膝上的畫像或雕像等。

pi·e·tism ['paɪə,tɪzəm] 名 U 篤信，虔誠；假虔誠。

-tist 名, **-tis·tic** [-'tɪstɪk], **-'tis·ti·cal** 形

pi·e·ty ['paɪətɪ] 名(複 **-ties**) 1 U 虔敬；篤信；虔誠。2 U 敬愛；孝順；忠誠。3 虔敬的行為。

pi·e·zo·e·lec·tric·i·ty [paɪ,izoɪ,lɛk'trɪsətɪ] 名 U 壓電（現象）。

-'lec·tric 形, **-'lec·tri·cal·ly** 副

pi·e·zom·e·ter [,paɪə'zɑmətɚ] 名 壓力計，流壓計。

pif·fle ['pɪfl] 名 U，動 不及《口》（講）廢話，胡說八道。

pif·fling ['pɪflɪŋ] 形 1 無聊的；無意義的。2 無用的，不足取的。

:pig [pɪg] 名 1 豬；小豬。2 U 豬肉，小豬的肉；豬皮：roast sucking ～ 烤乳豬。3《口》像豬的人（食量大、骯髒、粗野等）。4 U〖冶〗生鐵塊，金屬鑄塊；生鐵。5《俚》行為不檢點的女人。6《蔑》警察；豬玀；歧視女性者。

(as) common as pig tracks《口》一般的，極平常的。

bring one's pigs to a fine market《常為諷》估計錯誤，走錯門路；賠本出售，打錯算盤。

buy a pig in a poke 亂買，瞎買。

in pig（母豬）懷孕。

make a pig of oneself 狼吞虎嚥，大吃。

Pigs might fly.《諷》太陽從西邊出來！

please the pigs《諧》如果運氣好的話。

—動(**pigged**, ～**·ging**)不及 1 產小豬。2《美俚》狼吞虎嚥地吃東西《*out*》。

—及 產（小豬）。

pig it 像豬般地群居，在齷齪之地群居。

pig·boat ['pɪg,bot] 名《美軍俚》潛水艇。

·pi·geon ['pɪdʒən] 名（複～**s**,《集合名詞》～）1〖鳥〗鴿：a carrier ～ 信鴿。2 少女。3《俚》容易受騙的人，愚人。4 = clay pigeon. 5《**a person's** ～》《英俚》關心的事，職責。

'pigeon ,breast 名〖病〗雞胸。

pi·geon-chest·ed ['pɪdʒən'tʃɛstɪd] 形 雞胸的，鴿胸的。

pi·geon-heart·ed ['pɪdʒən'hɑrtɪd] 形 膽小的，害羞的；老實的，溫順的。

pi·geon·hole ['pɪdʒən,hol] 名 1 鴿籠的出入口；鴿籠中的隔室。2（桌子等的）小隔架，分類架。—動 及 1 歸檔，擱置。2（暫時）收拾起來。3 整理思緒；分類，整理；儲存於分類架中。4 裝置分類架。

'pigeon ,house 名鴿籠，鴿舍。

pi·geon-liv·ered ['pɪdʒən'lɪvɚd] 形溫和的，懦弱的；缺乏元氣的。

pi·geon-toed ['pɪdʒən,tod] 形腳趾向內彎的；內八字的。

pig·ger·y ['pɪgərɪ] 名(複 **-ger·ies**)《主英》豬舍，豬欄。

pig·gish ['pɪgɪʃ] 形如豬的；貪婪的；不潔的，骯髒的。

pig·gy ['pɪgɪ] 名（複 **-gies**）1 小豬。2《英》一種用棒子擊木片的遊戲。—形(**-gi·er, -gi·est**) 1 如豬的。2（母豬）懷孕的。

pig·gy·back ['pɪgɪ,bæk] 副《美》騎在背上地。—形 1 騎在背上的。2 用火車平板車載送的。—動 及 不及 1 用火車平板車輸送。2《美》依附《*on...*》。

'piggy ,bank 名《口》（豬形）撲滿。

pig·gy-wig·gy ['pɪgɪ,wɪgɪ] 名小豬；髒小孩。

pig·head·ed ['pɪg'hɛdɪd] 形頑固的，倔

P

強的，剛愎的，愚頑的。

'pig ˌiron 名Ⓤ生鐵，銑鐵。

'Pig ˌLatin 名Ⓤ（孩童間所使用的）隱語。

pig·let ['pɪglɪt] 名小豬。

pig·ment ['pɪgmənt] 名 **1** ⓊⒸ顏料；色素劑。**2**Ⓤ〖生〗色素。— [-mənt, -ˌmɛnt] 動及著色。—不及染上顏色，產生顏色。**-men·tar·y**形色素的；分泌色素的。

pig·men·ta·tion [ˌpɪgmən'teʃən] 名Ⓤ**1** 著色；色素形成；染色。**2** 膚色。

pig·my ['pɪgmɪ] 名(複-**mies**)形= pygmy.

pig·nut ['pɪgˌnʌt, -nət] 名〖植〗**1**（北美產的）山胡桃（樹）；山胡桃核果。**2**（歐洲產的）一種芹科植物的塊莖。

pig·pen ['pɪgˌpɛn] 名《美》**1** 豬欄，豬舍。**2** 骯髒的地方。

pig·skin ['pɪgˌskɪn] 名 **1** Ⓤ豬皮；豬革。**2**《口》馬鞍，鞍。**3**《美口》足球。

pig·stick·er ['pɪgˌstɪkɚ] 名 **1** 獵野豬的人。**2** 屠夫，屠戶。**3**《美俚》刺刀。

pig·stick·ing ['pɪgˌstɪkɪŋ] 名Ⓤ獵野豬。

pig·sty ['pɪgˌstaɪ] 名(複-**sties**) = pigpen.

pig·swill ['pɪgˌswɪl] 名Ⓤ **1**《英》餿水，餵豬用的廚房剩飯剩菜。**2** 無味的食物，流質食物。

pig·tail ['pɪgˌtel] 名 **1** 辮子；髮辮。**2** 細條狀的捲煙。**3**〖電〗接線，引線。**-tailed**形

pig·wash ['pɪgˌwɑʃ] 名= pigswill.

pig·weed ['pɪgˌwid] 名〖植〗藜。

pike[1] [paɪk] 名(複～, ～**s**)〖魚〗**1** 梭子魚的一種。**2** 狀似梭子魚的魚類。

pike[2] [paɪk] 名 **1**（昔日步兵所使用的）矛，槍。**2**《英》尖形山峰。**3** 尖端。—動刺傷，刺殺。

pike[3] [paɪk] 名《主美》**1** 收費道路。**2** 通行規費；收費站。—動不及《美俚》快速行走《*along*》。

pike·man ['paɪkmən] 名(複-**men**) 矛兵，槍兵。

pik·er ['paɪkɚ] 名《口》畏首畏尾的人；謹慎小心的投機者[賭客]。

pike·staff ['paɪkˌstæf] 名 (複～**s**, **-staves** [-ˌstevz]) 矛柄；（著地部分鑲有尖形銅帽的）枴杖。

(*as*) ***plain as a pikestaff*** 極明顯的。

pi·laf(f) [pə'lɑf, -'læf] 名ⒸⓊ **1** 用肉汁烹調的米飯。**2** 米中加入湯、肉、蔬菜、葡萄乾和香辣調味料煮成的一種中東米食。

pi·las·ter [pə'læstɚ] 名〖建〗壁柱。

Pi·late ['paɪlət] 名**Pontius**, 彼拉多：將耶穌判刑的羅馬帝國派駐 Judea 的總督。

pi·lau [pɪ'lɔ, -lo] 名= pilaf.

pil·chard ['pɪltʃɚd] 名〖魚〗鯡魚類。

:pile[1] [paɪl] 名 **1** 疊，堆《*of...*》: make a ～ *of* stones 堆積石頭。**2**《口》大量，巨額《*of...*》。**3**《口》巨款，大量財富[財產]: make a [one's] ～ 賺大錢，發財。**4**《修辭》（一堆）高大的建築物。**5** 一綑熟鐵條，一堆生鐵塊。**6**《昔》原子爐。**7**〖電〗電堆，電池。—動 (**piled**, **pil·ing**) 及 **1** 堆積《*up*》；裝載於《*in, on...*》；裝滿《*with...*》。**2** 積蓄，積聚；《喻》積存，累積《*up, together*》。**3** 使連環碰撞；〖海〗使觸礁《*up*》。**4** 架（槍）。—不及 **1** 累積；積蓄；堆積，積存《*up*》。**2**《口》蜂擁《*in, out, off / off, into, on...*》。

pile into... (1) 猛烈攻擊…。(2) 接連不斷地吃。(3) ⇨動不及2.

pile it on《口》誇大其詞，誇張。

pile on (1)重疊堆積起來。(2)渲染。

pile on the agony《口》把一件慘事說得過分悲痛。

pile[2] [paɪl] 名 **1** 木樁。**2** 楔形圖記：〖紋箭〗楔形的箭頭。—動及打樁於。

pile[3] [paɪl] 名Ⓤ **1** 毛；絨毛，毛茸，絨頭。**2** 絨織品。**piled**形有細毛的。

'pile ˌdriver 名 **1** 打樁機。**2** 出拳強而有力的人。

piles [paɪlz] 名(複)痔瘡。

pi·le·um ['paɪlɪəm] 名 (複-**le·a** [-lɪə]) 鳥冠：鳥的頭頂。

pile·up ['paɪlˌʌp] 名 **1** 事情堆積如山。**2** 車輛連環追撞。

pi·le·us ['paɪlɪəs] 名(複-**le·i** [-lɪˌaɪ]) **1** 菌傘，菌帽；水母的傘蓋。**2** 帽狀雲。

pil·fer ['pɪlfɚ] 動及不及偷竊；〖棒球〗盜壘。～**·er**名小偷。～**·age**名ⓊⒸ偷竊行為；《集合名詞》贓品。

pil·grim ['pɪlgrɪm] 名 **1** 朝聖者：～*s* to Jerusalem 前往耶路撒冷的朝聖者。**2** 旅客；流浪者。**3**《美》初期移民；《**P-**》Pilgrim Fathers 中的一人。—動不及朝聖，進香；流浪。

pil·grim·age ['pɪlgrəmɪdʒ] 名 **1** ⓊⒸ朝聖；朝聖之旅：go on (a) ～ to the Holy Land 前往聖地朝聖。**2**（尤指朝聖般地前往名勝、古蹟等探訪的）長途旅行，巡禮：make a ～ to one's ancestors' birthplace 去探訪祖先的誕生地。**3** 人生旅途。—動不及朝聖；做長途旅行。

'Pilgrim 'Fathers 名(複)《the ～》移民元老：1620 年乘坐 Mayflower 號到美國開闢 Plymouth 殖民地的英國清教徒。

pi·lif·er·ous [paɪ'lɪfərəs] 形〖植〗有毛的；生毛的。

pil·ing ['paɪlɪŋ] 名Ⓤ **1**《偶作 ～**s**》《集合名詞》木樁。**2** 樁結構。**3** 打樁。

·pill [pɪl] 名 **1** 藥丸：take headache ～*s* 吃頭痛藥丸。**2**《**the** ～, 偶作 **the P-**》口服避孕藥：be on *the* ～ 正在服用避孕藥丸。不愉快的事物，討厭的事物；屈辱：a bitter ～難以接受的事，令人失望的事情。**4**《古·俚》惹人厭的人。**5** 小球；《俚》棒球、高爾夫球的）球。**6**《謔》子彈，炮彈。

a pill to cure an earthquake 無益且荒唐無稽的計策。

gild the pill ⇨ GILD[1]

—動及 **1** 使吃藥丸；製成藥丸。**2**《俚》投票反對；使落選；排斥，杯葛。

pil·lage ['pɪlɪdʒ] 動及不及 掠奪，搶劫。—名 U（戰爭中的）掠奪行爲；C《集合名詞》掠奪得來的財物。**-lag·er** 名 掠奪者，搶劫者。

pil·lar ['pɪlɚ] 名 **1** 柱子；紀念柱；支柱。**2** 柱狀物：a ~ of fire 火柱。**3**〖礦〗礦柱。**4** 棟樑，重要的支持者，柱石；（議論的）中心，要點：a ~ of the church 教會的柱石 / a ~ of society 社會棟樑。

from pillar to post 四處奔走，轉來轉去；接二連三地；到處碰壁。

—動 及 用柱子支撐；成爲支柱。

pillar·box ['pɪlɚ,bɑks] 名《英》（圓柱狀的）郵筒。

pill·box ['pɪl,bɑks] 名 **1** 藥丸盒。**2** 平頂無邊的圓形女帽。**3** 小而低矮的碉堡。

pill·head ['pɪl,hɛd] 名《美俚》經常服用提神劑者。

pil·lion ['pɪljən] 名 後鞍，後座。

ride pillion 騎在後座上。

pil·lo·ry ['pɪlərɪ] 名 (複**-ries**)《古》枷。—動 (**-ried**, ~**·ing**) 及 施以枷刑；使（當眾）受辱，使受嘲弄。

pil·low ['pɪlo] 名 **1** 枕頭。**2** 作枕頭之用的東西；頭枕。**3**〖工〗軸枕，墊座。

take counsel of one's pillow / consult with one's pillow 躺在床上細想，整夜考慮。

—動及 **1** 擱在枕頭上；靠在《*on*...》。**2** 以枕頭支撐；充作枕頭。

—不及 枕在枕頭上。

pil·low·case ['pɪlo,kes] 名 枕頭套。

'pillow ,fight 名（小孩玩的）枕頭戰。

'pillow ,sham 名《主美》（裝飾用的）枕頭蓋。

pil·low·slip ['pɪlo,slɪp] 名 = pillowcase.

'pillow 'talk 名 U C 枕邊細語。

pi·lose ['paɪlos], **-lous** [-ləs] 形 覆有軟毛的。

pi·lot ['paɪlət] 名 **1** 領港員，引水人，領航員；舵手。**2**〖空〗飛行員，飛機駕駛員。**3** 嚮導；領導者：the ~ of the rescue operation 救援隊的嚮導 / drop the ~《喻》開革可靠的顧問，不聽忠告。**4**〖機〗排障器；導桿。**5**〖電視〗= pilot film. **6** = pilot lamp; pilot light. —動 及 **1** 駕駛。**2** 領航，作嚮導，領導，引導，帶領；使進展。—形 **1** 引導的，領導的。**2** 小規模試驗性質的；先驅的；前導的，探路性質的。

~**·ing** 名 U（船的）引舵；近岸航行術。

pi·lot·age ['paɪlətɪdʒ] 名 U **1** 領航，領港（業、術）；駕駛飛機（業、術）；地標導航術。**2** 領港費。

'pilot bal,loon 名 測風氣球。

'pilot ,boat 名 引水船，領港船。

'pilot ,burner 名 = pilot light 1.

'pilot ,cloth 名 U（船員外套用的）藍色呢料。

'pilot ,film 名（電視影集的）樣片。

pi·lot·fish ['paɪlət,fɪʃ] 名 (複 ~, ~**·es**)〖魚〗擬鰤。

pi·lot·house ['paɪlət,haʊs] 名 (複**-hous·es**)〖海〗《美》駕駛室。

'pilot ,lamp 名 標燈，指示燈。

pi·lot·less ['paɪlətlɪs] 形 無駕駛員的。

'pilot ,light 名 **1** 引火燃燒器；母火，點火苗。**2** = pilot lamp.

'pilot ,officer 名《英》空軍少尉。

'pilot ,whale 名〖動〗巨頭鯨。

pi·men·to [pɪ'mɛnto] 名 (複~**s**, ~)〖植〗**1** = allspice. **2** = pimiento.

pi·mien·to [pɪm'jɛnto] 名 (複~**s** [-z]) 西班牙種紅甜椒；其植物。

pimp [pɪmp] 名 **1** 淫媒，拉皮條的男子。**2**《澳俚》密告者，線民。—動及《美俚》（像淫媒般）依賴過活。—不及 **1** 拉皮條，當淫媒。**2**《澳俚》告密。**3**《美俚》（像淫媒般）依賴別人過活。

pim·per·nel ['pɪmpɚ,nɛl, -nl] 名〖植〗海綠。

pimp·ing ['pɪmpɪŋ] 形 **1**《口》很小的；無價值的，不重要的。**2**《方》虛弱的。

pim·ple ['pɪmpl] 名 **1**〖病〗丘疹，粉刺，面皰。**2** 丘疹似的小隆起物。**-ply** 形 滿是面皰的。**-pled** 形

pimp·mo·bile ['pɪmpmo,bil, -mə-] 名 皮條客汽車：指表面裝飾華麗花俏而俗氣。

:pin [pɪn] 名 **1** 大頭針，別針；圖釘；銷子，栓；支桿；針；細釘；髮夾；《常作複合詞》飾針：a safety ~ 安全別針。**2** 徽章，胸針，領章。**3**（車輪的）軸銷，制輪楔；滑車的軸；鑰匙桿。**4** 晒衣的衣夾。**5** = rolling pin. **6**〖保齡球·高爾夫〗球瓶；旗竿。**7**《通常作 ~**s**》《口》腿：be on one's ~*s* 挺立著；處於健康狀態 / be on one's last ~*s* 腳程很快。**8**〖樂〗弦栓。**9**〖海〗= belaying pin. **10**《常用於否定》無用之物；一點，少量：be *not* worth a ~ 沒有一點價值 / do*n't* care a ~ 一點也不在乎。

(as) neat as a new pin 非常整潔。

for two pins 一觸即發地。

on a merry pin 心情快活，高興。

on pins and needles 坐立不安，如坐針氈。

pins and needles 如針刺之感。

***stick pins into** a person* 刺激，激勵；使生氣，使煩惱。

—動 (**pinned**, ~**·ning**) 及 **1** 用別針或大頭針等固定《*up, down, together, on / to, on* ...》；（用大頭針等）刺穿而釘住。**2** 使不能動彈《*down / to, against, under*...》。**3** 一心一意地寄以（信賴、希望等）；歸諸，附在《*on*...》。**4**《美》《通常用被動》贈送所屬學生會的會徽以示愛。

pin...down / pin down... (1) ⇨ 動 及 1, 2. (2) 迫使固守《*to*...》。(3) 逼迫表態《*to*...》。

(4) 精確地解釋清楚。(5)《口》追查住處；查明，找出，判定出處《*to...*》。

pin up (1) ⇨[動][及]1. (2)（用大頭針）釘在牆上。(3) 把頭髮攏起用髮針等固定住。

PIN [pɪn] 《縮寫》*P*ersonal *I*dentification *N*umber（提款卡等的）個人識別碼，安全密碼。

pin·a·fore [ˈpɪnə,for] [名] **1**（小孩用）圍裙，圍兜。**2** (1) 長圍裙。(2)《英》背心裙。

pin·ball [ˈpɪn,bɔl] [名] [U] 打鋼珠。
~·**er** [名] 玩打鋼珠的人。

ˈpinball maˌchine [名] 鋼珠臺：可供比賽、賭博的機器玩具。

pince-nez [ˈpæns,ne, ˈpɪns-] [名]（複~[-,nez]）夾鼻眼鏡。

pin·cers [ˈpɪnsɚz] [名]（複）《通常作複數》**1**《通常作 **a pair of ~**》鉗子，鋏子，鑷子。**2**〖動〗螯。**3**〖軍〗鉗形攻勢。

pin·cette [,pænˈsɛt] [名] 小鉗子，小鑷子。

·**pinch** [pɪntʃ] [動][及] **1** 夾住勒緊；捏，掐，擰；掐掉《*out*》；〖園〗摘下《*out, off, back, down*》：~ *out* a cigarette 把香煙捺熄 / ~ one's finger in the door 在門縫裡夾了手指頭。**2** 夾得發痛。**3**《常用被動》使擠在狹小的範圍內；《通常用被動》《口》逮捕，拘捕。**4** (1) 使憔悴：a face ~*ed* by years of worry 因多年的煩憂而憔悴的臉孔。(2)《通常用被動》使痛苦；使萎縮；使窘迫，使窘困；使遭受不便：flowers ~*ed* by the morning cold 因晨間的寒氣而凋謝的花 / be ~*ed* for cash 現金拮据 / be ~*ed* with poverty 遭受貧困之苦。**5**《口》限制，縮減。**6**《俚》偷竊；勒索，榨取；行竊。**7** 用撬桿移動（重物）。**8**〖海〗使迎風行駛。—[不及] **1** 夾得很緊；造成嚴重的痛苦。**2** 節省，吝嗇。

pinch pennies 縮減開支，節儉用錢《*on ...*》。

where the shoe pinches ⇨ SHOE（片語）

—[名] **1** 捏，夾，掐，擰；擠壓，夾緊。**2** 擠痛，夾痛。**3**《**a** ~》一撮，少量《*of ...*》。**4** 困苦，苦難，痛苦的考驗；危急的情況。**5**《俚》搜捕，逮捕。**6**《俚》偷竊。

with a pinch of salt ⇨ SALT（片語）

pinch·beck [ˈpɪntʃbɛk] [名] **1** [U] 金色銅。**2** 冒牌貨，贗品。—[形] **1** 金色銅的，仿金的。**2** 假的，冒牌的，廉價的，僞造的。

pinched [ˈpɪntʃt] [形] 縮緊的，收縮的；憔悴的，消瘦的；（財政上）艱困的。

pinch·er [ˈpɪntʃɚ] [名] **1** 捏的人[物]。**2**《~**s**》= pincers 1, 2.

pinch-hit [ˈpɪntʃˈhɪt] [動]（-**hit**, ~·**ting**）[不及] **1**〖棒球〗作代打者，代打。**2**《美口》當臨時替身《*for...*》。—[及]〖棒球〗代打時擊出。

ˈpinchˈhitter [名] **1**〖棒球〗代打者。**2** 替身。

pinch·pen·ny [ˈpɪntʃ,pɛnɪ] [名]（複-**nies**）小氣的人，吝嗇鬼。—[形] 吝嗇的，小氣的。

ˈpinch ˈrunner [名]〖棒球〗代跑者。

ˈpin ˌcurl [名] 用髮針夾住捲成的捲髮。

pin·cush·i·on [ˈpɪn,kʊʃən] [名]（裁縫用具的）針插，針墊。

Pin·dar [ˈpɪndɚ] [名] 平德爾（552?–443? B.C.）：希臘抒情詩人。

·**pine**[1] [paɪn] [名] **1**〖植〗松樹；[U] 松木。2《口》= pineapple.

pine[2] [paɪn] [動][不及] **1** 想念，渴望《*for, after...*》：~ *after* one's lost love 思念失去的愛人 / ~ *for* one's family 想念家人。2 憔悴，消瘦《*away*》。

pin·e·al [ˈpɪnɪəl, ˈpaɪ-] [形] **1** 松果狀的。2〖解〗松果腺的。

pine·ap·ple [ˈpaɪn,æpl̩] [名] **1** 鳳梨樹。**2** [C][U] 鳳梨。

ˈpine ˌcone [名] 松毬，松果。

ˈpine ˌmarten [名]〖動〗松貂。

ˈpine ˌneedle [名] 松針。

ˈpine ˌnut [名] 松子：松樹的果實。

pin·er·y [ˈpaɪnərɪ] [名]（複-**er·ies**）**1** 鳳梨栽培園。**2** 松林。

ˈPine ˌTree ˈState [名]《**the** ~》松樹州：美國 Maine 州的別稱。

pine·wood [ˈpaɪn,wʊd] [名] **1**《常作~**s**》《作單數》松林。**2** [U] 松木。

pine·y [ˈpaɪnɪ] [形]（**pine·i·er, pine·i·est**）= piny.

pin·feath·er [ˈpɪn,fɛðɚ] [名]〖鳥〗**1** 針羽。**2** 胎羽。

pin·fold [ˈpɪn,fold] [名] **1** 畜欄。**2** 監禁所，禁閉所。—[動][及] 關入畜欄。

ping [pɪŋ] [動][不及] 發出砰的尖銳聲。
—[名] 砰（的聲音）。

ping-pong[1] [ˈpɪŋ,pɑŋ, -,pɔŋ] [名] [U]《口》乒乓球，桌球：the ~ of conversation 你一句我一句的交談。

ping-pong[2] [ˈpɪŋ,pɑŋ, -,pɔŋ] [動][及]《美》使接受各種不必要的精密檢驗。
—[不及] 接受不必要的精密檢驗。

pin·head [ˈpɪn,hɛd] [名] **1** 針頭；極小的東西；《**a** ~》少量《*of...*》。**2**《俚》傻子，笨人。

pin·hold·er [ˈpɪn,holdɚ] [名] 劍山，插花針座；插花的用具。

pin·hole [ˈpɪn,hol] [名] 針孔；小孔。

ˈpinhole ˌcamera [名] 針孔照相機。

pin·ion[1] [ˈpɪnjən] [名] 與齒條接合的小齒輪。

pin·ion[2] [ˈpɪnjən] [名] **1**（鳥的）翼的尖端。**2**〖詩〗翼。**3**《集合名詞》鳥用來飛翔的羽毛。—[動][及] **1** 剪掉羽翼尖端；綁住兩翼。**2** 綁住（兩臂）。**3** 束縛《*to...*》。

·**pink**[1] [pɪŋk] [名] **1** [U][C] 粉紅色，淡紅色。**2**〖植〗石竹。**3**《**the** ~》精華；化身；極致；典型；絕頂，頂點：*the* ~ of fashion 流行的極致 / *the* ~ of perfection 絕頂完美 / in *the* ~《口》非常健康。**4**《常作 **P-**》《蔑》政治上左傾的人。**5**《美俚》《黑人

用語》白人。—㊊1 粉紅色的。2《蔑》左傾的，較激進的。3《口》興奮的，激動的；《英俚》生氣的。4《口》過於講究的；精緻的；漂亮的。5《俚》《副詞》非常地，極。
see pink elephants《俚》(因喝酒過量)頭昏眼花，生出幻覺。
—㊍㊎㊏(使)變成粉紅色。
～·ish㊊略帶粉紅色的。～·ness㊔
pink² [pɪŋk] ㊍㊎1 刺，戳。2 將布邊剪成鋸齒形。3 打上裝飾性的小孔《*out*》；《英方》裝飾《*out, up*》。4 刺傷，損傷。
pink³ [pɪŋk] ㊔尖尾帆船。
pink⁴ [pɪŋk] ㊍㊏乒乓作響。
pink-col·lar ['pɪŋk'kɑlɚ] ㊊《美》粉領族的：指傳統上以女性占多數的職業類。
pink·eye ['pɪŋk,aɪ] ㊔Ⓤ流行性結膜炎。
pink 'gin ㊔ⓊⒸ淡紅杜松子酒。
pink·ie ['pɪŋkɪ]㊔(複-ies)《美》小指。
pinking ,shears ㊔(複)有鋸齒的剪刀。
pink 'lady ㊔Ⓤ紅粉佳人：一種雞尾酒。
pink·o ['pɪŋko] ㊔(複～s, ～es)《俚》左傾分子。
pink 'slip ㊔《美口》解雇通知。
'pink-'slip ㊍㊎解僱。
pink 'tea ㊔《美口》正式茶會，社交活動。
pink·y ['pɪŋkɪ] ㊔= pinkie.
pin ,money ㊔Ⓤ1小數額的錢。2 零用錢；(男性給妻子或女兒買衣服等的)零用錢。
pin·na ['pɪnə] ㊔(複-nae [-ni], ～s) 1〖植〗羽片；〖動〗羽毛；翼；鰭；鰭腳。2〖解〗耳翼，耳殼。-nal㊊
pin·nace ['pɪnɪs] ㊔1 裝載於艦上的中型小艇。2(昔日的)小型帆船。
pin·na·cle ['pɪnəkl] ㊔1 高峰，尖峰；聳立的部分。2《通常用單數》(權力等的)頂點，極點：reach the ～ of success 達到成功的頂點。3〖建〗小尖塔。
—㊍㊎1 置於最高處。2 用小尖塔裝飾；頂端加上小尖塔。-cled㊊
pin·nate ['pɪnet, -ɪt], **-nat·ed** [-netɪd] ㊊1 羽狀的。2〖植〗羽狀的。～·ly㊐
pin·ny ['pɪnɪ] ㊔(複-nies)《口》圍兜，圍裙涎布。
Pi·noc·chi·o [pɪ'nɑkɪ,o] ㊔皮諾丘：義大利童話『木偶奇遇記』中木偶的名字。
pi·noc(h)·le ['pi,nʌkl] ㊔Ⓤ《美》〖紙牌〗一種用 48 張牌玩的紙牌戲。
pi·ñon ['pɪnjən, 'pinjon] ㊔〖植〗矮松；其可食的果實。
pin·point ['pɪn,pɔɪnt] ㊔1 針尖。2 瑣細的事物；《a ～》少量《*of...*》。3 精確位置。—㊍㊎1 精確地指示位置；確切地指出。2 精確地瞄準。
—㊊《限定用法》(定位)精確的。
pin·prick ['pɪn,prɪk] ㊔1 針孔。2 小刺激，惱人的小動作[言語等]。
pin·stripe ['pɪn,straɪp] ㊔細的條紋；細條紋布料。
pint [paɪnt] ㊔1 品脫：液量及乾量單位(=1/2 quart, 1/8 gallon;《美》0.47 lit.,《英》0.57 lit.)(略作：pt, pt.)。2 一品脫的容器。3《英》一品脫的牛奶。
pin·ta ['paɪntə]㊔《英口》一品脫的牛奶。
pin·tail ['pɪn,tel] ㊔(複～s,《集合名詞》～)〖鳥〗1 針尾鳧。2 美洲的針尾紅鳧。3 針尾松雞。～ed㊊尖尾而中間羽毛特長的；尾羽尖細堅硬的。
pin·to ['pɪnto] ㊊《美》黑白斑紋的，斑駁的。—㊔(複～s [-z])《美西》花馬。
pint-size(d) ['paint,saɪz(d)] ㊊《口》小型的；身材嬌小的。
pin(-)up ['pɪn,ʌp] ㊔1 可釘在牆壁上的性感美女照片。2 漂亮女人；名人。3 可安裝在牆上的燈或其他附件。—㊊《限定用法》1 適於釘在壁上做裝飾的；漂亮的，受歡迎的。2 掛在牆上的。
pin·wheel ['pɪn,hwil] ㊔1 玩具(紙)風車。2 轉輪式煙火。3 針輪；軋布輪。
pin·worm ['pɪn,wɝm] ㊔蟯蟲。
pin·y ['paɪnɪ] ㊊(pin·i·er, pin·i·est) 1 松樹茂盛的。2 由松樹形成的；松樹(似)的。
Pin·yin, pin- ['pɪn'jɪn] ㊔Ⓤ漢語拼音系統(亦稱 **Pinyin system**)。
pin·yon ['pɪnjən] ㊔= piñon.
·pi·o·neer [,paɪə'nɪr] ㊔1 開拓者，拓荒者；首倡者，先驅：～*s* in chemical research 化學研究的先驅。2〖軍〗工兵。3〖生態〗先驅生物。—㊍㊏做拓荒者；做先鋒，打前鋒，率先從事。—㊎1 開拓，開闢；率先提倡，開創。2 為(一群人)領路。
—㊊《限定用法》1 初期的，最初的。2 拓荒者的，開拓者的；先驅的。
·pi·ous ['paɪəs] ㊊1 虔誠的，虔敬的。2 出自宗教熱誠的；假裝虔誠的，偽善的：a ～ hypocrite 假裝虔誠的偽善者。3 宗教性的：～ music 宗教音樂。4 值得讚賞的；《古》孝順的，忠實的。～·ly㊐，～·ness㊔
pip¹ [pɪp] ㊔1(骰子等的)點。2(鳳梨表皮的)格子小塊；〖園〗(供繁殖用的)根莖；(蘋果等的)種子，籽。3《英俚》(表示軍官階級的)星。4《俚》(亦稱 **pippin, pipperoo**)非常好的人，非常出色的東西。—㊊《俚》極好的。
pip² [pɪp] ㊔《謔》輕微的疾病，不適；不舒服；不高興：have the ～《英俚》覺得不舒服；覺得不高興 / give a person the ～ 使某人不高興。
pip³ [pɪp] ㊍(pipped, ～·ping)㊏啁啾而鳴。—㊎(雛鳥)破(殼)而出。
pip⁴ [pɪp] ㊔1〖電子〗雷達幕上顯示的點。2《英》(電子報時的)嗶嗶聲。
pip⁵ [pɪp] ㊍(pipped, ～·ping)㊎《英俚》1

P

排斥；投票反對；挫敗，阻撓。2 槍擊，射傷，射殺。3（在賽跑等之中）打敗，險勝。4 考砸了；使考不及格。

—不及 死亡（偶用 *out*）；失敗。

pi·pal ['pipl] 名（印度所產的）菩提樹。

·pipe[1] [paɪp] 名 1 管，導管：lay a drain ～ 鋪設排水管。2 煙斗；煙管，煙槍；一煙斗（的分量）：fill a ～ 把煙絲裝在煙斗裡 / smoke a ～ 抽煙斗 / hit the ～（美俚）吸毒；吸大麻煙；吸鴉片。3〖樂〗(1) 管；單管樂器；（風琴的）發音管。(2)（～s）木管樂器；風笛；一組連在一起的單管樂器。4〖海〗號笛，哨子。5（古）（鳥等的）鳴叫聲。6〖口〗（～s）聲帶，唱歌的嗓子；（～s）（口）管狀器官，氣管。7（俚）= pipe dream. 8 管狀物[部分]。9〖植〗莖。10（俚）容易做的事，輕鬆的工作。11（美俚）吸大麻煙者。

put a person's pipe out 弄熄某人的煙斗；阻礙某人的成功。

Put that in your pipe and smoke it.（口）好好考慮一下。

smoke the pipe of peace 締結友好的關係。

—動（piped, pip·ing）不及 1 吹笛，吹奏管樂器。2 用尖銳的聲音說話唱歌；啾啾地叫；呼呼地響；〖海〗（以水手長的號笛）發信號。3（俚）哭泣。—及 1 用管輸送（*into,to...*）。2 安裝管子。3 以尖銳的聲音說出。4 用笛子吹奏。5 以笛子召喚；吹笛使入睡；以笛音傳達；〖海〗以水手長的號笛召集。6 加上滾邊（*with...*）。7（口）（經由無線電頻率、有線廣播系統）播送。8（美俚）看，注視，觀察。

pipe down（俚）（常用於命令）閉嘴，安靜下來；壓低聲音說話。

pipe...down / pipe down... (1) 使安靜。(2)〖海〗吹號笛通知下班。

pipe one's eye(s) / pipe the eye（口）⇨EYE（片語）

pipe...in / pipe in... (1)（蘇）吹風笛歡迎進場。(2) 以管子傳送。

pipe up（口）(1)（用尖銳、高昂的聲音）開始說話，開始奏樂；大聲說話，說出自己的意見。(2)（風）越颳越大。

pipe[2] [paɪp] 名 1 大木桶。2 以大木桶為基準的液量單位。3 一大木桶的酒等。

'pipe ˌclay 名 U 煙斗泥：昔日用於製煙斗及磨白軍服皮帶的上等白黏土。

'pipe ˌcleaner 名 清潔煙斗的通條。

'piped ˌmusic ['paɪpt-] 名 U（用有線系統、錄音機等的音樂）在公共場所經由擴音器播送的情調音樂。

'pipe ˌdream 名（口）妄想，夢想，不切實際的希望。

pipe·ful ['paɪpˌful] 名 一煙斗（的煙草）。

pipe·line ['paɪpˌlaɪn] 名 1 輸送管道，管路，管線。2（口）管道，途徑。3 供應路線，供輸管道（亦作 **pipe line**）。

in the pipeline 在運送途中；在進行中，處於即將具體化的階段。

—動 及 用輸送管運送；給…鋪設輸送管。—不及 鋪設輸送管。

'pipe ˌopener 名 練習賽或試驗；熱身運動。

'pipe ˌorgan 名〖樂〗管風琴。

pip·er ['paɪpɚ] 名 1 吹笛者；街頭賣藝的音樂家。2 製笛者。3（蘇）風笛手。

(as) drunk as a piper（俚）酩酊大醉地。

pay the piper (1) 負擔費用。(2) 承擔後果。

pay the piper and call the tune 出資者有點曲權；決定權屬於出錢的人。

'pipe ˌrack 名 1 煙斗架。2 懸掛架。

pi·pette [pɪ'pɛt] 名 吸量管，吸移管，球管。

pip·ing ['paɪpɪŋ] 名 U 1 笛聲，笛樂；尖銳的聲音。2（集合名詞）管道（系統）。3 吹笛，演奏管樂器。4 製管的材料。5（糕餅上用糖衣等做成的）裝飾凸線；滾邊，滾條。—形 1 高音的，尖銳的。2 吹笛的，吹奏管樂器的。3 和平的，平靜的。

piping hot 滾燙的，冒著熱氣的。

pip·it ['pɪpɪt] 名〖鳥〗小雲雀。

pip·kin ['pɪpkɪn] 名 1 小壺，小鍋。2（方）（木製的）一側有把手的小桶。

pip·pin ['pɪpɪn] 名 1 圓形或稍扁形品種的蘋果的通稱。2〖植〗（蘋果等的）種子。3（俚）極好的人[東西]。

pip·squeak ['pɪpˌskwik] 名（口）不重要的物[人]；暴發戶，驟然得志的小人物。

pip·y ['paɪpɪ] 形（pip·i·er, pip·i·est）1 管狀的，圓筒狀的。2 尖銳的，刺耳的。

pi·quant ['pikənt] 形 1 辛辣而開胃的。2 痛快的；富刺激性的。3 使人興味盎然的，有吸引力的。4 生動的，活潑的。

a piquant sauce (1) 有辛辣味的調味醬。(2) 能使心情興奮的事物。

-quan·cy 名，～·ly 副

pique [pik] 動 及 1 使氣憤；傷害（自尊心等）：be ～*d* at... 因為…而生氣。2 激起，引起；激使，挑動（*to...*）：～ him *t*[o] anger 惹他生氣。3（反身）誇讚，使感到驕傲（*on, upon...*）。—不及 激怒別人。

—名 1 U C（自尊心等被傷害而產生的）氣憤，惱怒，不高興：in a ～ (at...) 生氣地 / in a fit of ～ 在氣憤之中，氣憤地。2（古）敵意；失和。

pi·qué [pɪ'ke] 名（複～s [-z]）1 U 凹凸織物，凸紋布。2〖芭蕾舞〗上步立起。—形 1 有鑲嵌裝飾的。2 把毛邊疊起縫合的。

pi·quet [pɪ'kɛt, pɪ'ke] 名 U 皮克牌：一種 32 張紙牌，由兩人玩的紙牌遊戲。

pi·ra·cy ['paɪrəsɪ] 名（複-cies）U C 1 海盜行為。2 侵犯著作權，剽竊，盜印，盜版行為。

pi·ra·nha [pɪ'rɑnjə] 名〖魚〗食人魚。

·pi·rate ['paɪrət] 名 1 海盜；海盜船。2 掠奪者。3 侵犯著作權者，剽竊者，盜版者；未得許可非法廣播者。4（英）（侵

P

法定路線及濫收車費的）非法營業客車。
—動(-rat·ed, -rat·ing)及1 掠奪。2 侵犯著作權；剽竊，盜印。—不及 當海盜；侵害著作權。

pi·rat·i·cal [paɪ'rætɪkl] 形海盜（式）的；侵犯著作權的。

pi·rogue [pə'rog] 名獨木舟。

pir·ou·ette [ˌpɪru'ɛt] 名（芭蕾舞或溜冰的）趾尖（急速）旋轉：perform a ～ 做一個趾尖旋轉的動作。—不及 做趾尖旋轉動作。

Pi·sa ['pizə] 名比薩：義大利都市名。

pis al·ler [ˌpizæ'le] 名《法語》最後的手段，應急辦法。

pis·ca·to·ri·al [ˌpɪskə'torɪəl] 形 1 漁夫的；漁業的；釣魚的。2 靠捕魚爲生的（亦稱 **pis·ca·to·ry** [-ˌtorɪ]）。

Pis·ce·an ['pɪsɪən] 形名雙魚座的（人）。

Pis·ces ['paɪsiz] 名 1 U〖天〗雙魚座。2〖占星〗雙魚宮；黃道第十二宮。3〖動〗魚綱。4 = Piscean.

pis·ci·cul·ture ['pɪsəˌkʌltʃɚ] 名 U 養魚（法）；魚類養殖。

pish [pʃ, pɪʃ] 感《表輕蔑、不耐煩》呸！哼！—動及不及 發出呸聲《*at*...》。

pis·mire ['pɪsˌmaɪr] 名〖昆〗螞蟻。

piss [pɪs] 名 U《俚》尿；撒尿：take a ～ 小便。

piss and vinegar 《美俚》活力，元氣。

piss and wind 《俚》廢話。

take the piss out of... 《俚》戲弄，嘲笑。

—動 不及 小便。—及 1 撒尿撒在…上，撒尿弄溼。2 尿（血等）。

piss about [***around***]《俚》無所事事地混日子，胡鬧，鬼混。

piss about [***around***] ***with*** 浪費時間，胡搞；亂搞，亂動。

piss off《英俚》《通常用於命令》走開！

piss...off / ***piss off***... 《通常用被動》使惱怒，惹惱；惹厭煩。

piss on... 輕視地對待。

pissed [pɪst] 形《俚》1 生氣的，惱怒的；極感厭惡的。2 醉的：～ out of one's head《英俚》酩酊大醉。

pis·ta·chi·o [pɪs'tɑʃɪˌo, pɪs'tæʃ-] 名（複 ～s [-z])〖植〗阿月渾子樹；C U 開心果。

pis·til ['pɪstl] 名〖植〗1 雌蕊。2《集合名詞》雌蕊（群）。～·late [-ˌlet, -lɪt] 形

pis·tol ['pɪstl] 名手槍。—動(～ed, ～·ing 或《英》-tolled, ～·ling)及以手槍射擊。

pis·tole [pɪs'tol] 名1 皮斯托爾：西班牙的古金幣。2 歐洲的各種古金幣。

pistol-ˌwhip 動及以手槍柄連續敲擊某人。

pis·ton ['pɪstən] 名 1〖機〗活塞。2 金屬製管樂器的直升活塞式調音瓣裝置。

piston ˌring 名〖機〗活塞環，活塞圈。

piston ˌrod 名活塞桿。

pit¹ [pɪt] 名 1（地面的）坑，凹窪。2 陷阱，洞，坑：《喻》圈套：a tiger ～ 捉老虎的陷阱 /dig a ～ for the garbage 挖垃圾坑。3〖礦〗坑，縱坑；煤礦。4 凹窩，凹陷處；痘痕，麻臉：the ～ of the stomach 心窩。5 獸欄；鬥狗場，鬥雞場。6《美》（交易所內的）交易處：the corn ～ 玉蜀黍交易處。7《美》管弦樂隊席；《英》樓下正廳後面的池座；池座的觀眾。8《the ～》地獄，墓穴；最低處（的事物）：the ～ of hell 地獄。9《常作 **the ～s**》〖賽車〗供參賽車輛加油、修護及檢查的地方。10〖田徑〗跳躍比賽的沙坑。11《the ～s》《美俚》糟透的事物[狀況]。

fly the pit（因害怕而）逃出。

—動(～·ted, ～·ting)及 1 挖坑洞，弄凹。2《過去分詞作形容詞》使留有痘痕：skin pitted with acne 生面皰而痘痕滿布的皮膚。3 使相鬥，使對抗《*against*...》。4 放入坑中；使落入陷阱。—不及 1 出現坑窪。2〖醫〗變凹陷。

pit² [pɪt] 名《美》（櫻桃等的）果核。
—動 (～·ted, ～·ting) 及 去除（水果的）核。

pit·a·pat, pit-a-pat ['pɪtəˌpæt] 副 名（心跳等的）卜卜聲，卜卜跳地；（腳步等的）劈劈啪啪響地。—動(～·ted, ～·ting) 不及 卜卜地跳；發出輕快的劈啪聲。

·pitch¹ [pɪtʃ] 動 及 1 搭，紮（帳篷、營等）；使固定，打（柱、樁等）；置於適當位置；《被動》位於：～ a tent 搭帳篷 / ～ poles on the line 打樁成排 / be ～*ed* at an equal distance 被置在相等的距離。2 投，拋，扔，擲；丟出，驅逐，丟棄《*out*》：～ a bottle into the trash 把一個瓶子扔進垃圾中 / ～ a person *out* of the club 把某人攆出俱樂部 / ～ a person into a rage 使某人生氣。3〖運動〗(1)〖棒球·板球〗投給打者；當投手。(2)〖高爾夫〗（由沙坑或低處）高高打起。4 把…定得…：～ one's expectation too high 期望過高。5〖牌〗決定…爲（王牌）。6《美俚》爲…大做廣告，拚命推銷，陳列。7《美口》栽種。8《英俚》講，敘述：～ a yarn 吹牛。—不及 1 頭朝地掉下。2 忽然傾斜；搖搖晃晃，東倒西歪；向前傾倒；向下傾斜，漸漸下陷；上下顛簸。3 投，扔，拋。4(1)〖棒球〗投球給打者；當投手。(2)〖高爾夫〗用拋桿打球，把球高高打起。5 搭帳篷露宿或露營。6《美俚》陳列商品。

pitch in《口》(1)《美》出一份力，共襄盛舉；捐助《*with*...》。(2) 努力地開始工作。(3) 開始大吃大喝。

pitch into...《口》(1) 猛烈地，攻擊。(2) 努力著手。(3) 大吃大喝。

pitch it hot 《英俚》誇張。

pitch on [***upon***]... 《口》(1)（自己隨意地）決定，選擇；挑上；指責，怪罪。(2) 無意間碰上。

pitch (the) woo ⇨WOO（片語）

—名 1 投，扔；〖棒球〗（朝向打者的）投

P

球；〖高爾夫〗向上的擊球，抛桿；〖板球〗三柱門及三柱門間的場地。2 被投擲的物(的數量)；《英》陳列出售的商品。3 (相對的)點，位置，程度。4 Ⓤ Ⓒ 傾斜(度)，角度，坡度。5《the ~》最高度，頂點。6 Ⓤ Ⓒ〖樂·聲〗聲音的高度，聲調；音高。7《美俚》(1)(不斷重複的)推銷商品的話；(電視、廣播電臺所播出的)廣告詞，推銷詞。(2)計畫，觀點。8 固定位置；《俚》(街頭藝人等的)表演場所，擺攤處。9 (船) 上下顛簸；飛機機首的上下擺動。〖機〗齒距，螺距。10〖划船〗划槳的次數。

fly a high pitch 高高地飛翔；野心勃勃。

make a pitch for... 《俚》(1) 支持，做宣傳，推銷。(2) 力圖獲得，爭取，追求。

queer a person's pitch / queer the pitch for a person 《英口》阻撓某人的計畫，跟某人搗蛋。

pitch² [pɪtʃ] 名 Ⓤ 1 瀝青：(as) black as ~ 漆黑 / He who touches ~ shall be defiled therewith. 《諺》近朱者赤，近墨者黑。2 樹脂；松脂。3 天然瀝青物質。
—動 及 塗以瀝青，覆以瀝青。

pitch-and-toss ['pɪtʃən'tɔs] 名 Ⓤ 一種擲錢遊戲。

pitch-black ['pɪtʃ'blæk] 形 漆黑的，極暗的。

pitch·blende ['pɪtʃ,blɛnd] 名 Ⓤ 瀝青鈾礦。

pitch-dark ['pɪtʃ'dark] 形 漆黑的。

'pitched 'battle 名 1 對陣戰。2 雙方全力以赴的爭戰，激戰；激烈的爭論。

·pitch·er¹ ['pɪtʃɚ] 名 1 (有柄及嘴的) 水壺，水罐：Little ~s have long ears. 《諺》小孩子耳朵長。/ *Pitchers* have ears. 《諺》隔牆有耳。2 = pitcherful. 3〖植〗囊狀葉，瓶狀體。

·pitch·er² ['pɪtʃɚ] 名 1〖棒球〗投手。2〖高爾夫〗七號鐵頭球桿。

pitch·er·ful ['pɪtʃɚ,ful] 名 一滿壺之量。

'pitcher ,plant 名 囊狀葉植物。

pitch·fork ['pɪtʃ,fɔrk] 名 1 草耙，乾草叉。2 音叉。

rain pitchforks 下傾盆大雨。

—動 及 1 (用草耙) 叉起並擲出。2 硬把(人)安置 (於某地位、工作)《*into...*》。

pitch·ing ['pɪtʃɪŋ] 名 Ⓤ 1 護坡石；鋪路石層，(路的) 石塊鋪底。2〖棒球〗投球(法)。3 (船、飛機的) 上下顛簸。

'pitching ,niblick 名〖高爾夫〗八號鐵頭球桿。

pitch·man ['pɪtʃmən] 名 (複-men) 1 流動小販，攤販。2 大聲招徠顧客並拚命向人推銷的攤販；大力向人推銷的推銷員。3 (電視、廣播電臺的) 念廣告詞的人。

pitch·out ['pɪtʃ,aut] 名 1〖棒球〗防盜吊球：投手為防止觸擊或盜壘而故意投出的偏離本壘板的壞球。2〖美足〗在並列爭球線後的後衛球員間的橫向傳球。

'pitch ,pine 名 1 脂松。2 Ⓤ 脂松材。

'pitch ,pipe 名〖樂〗律管，調音笛。

pitch·y ['pɪtʃɪ] 形 (pitch·i·er, pitch·i·est) 1 多瀝青的。2 塗瀝青的；被瀝青弄髒的。3 瀝青質的，黏性的。4 漆黑的。

pit·e·ous ['pɪtɪəs] 形 1 令人同情的，可憐的；惹人憐憫的，悲慘的。2《古》具有憐憫心的，慈悲的。~·ly 副, ~·ness 名

pit·fall ['pɪt,fɔl] 名 陷阱，圈套；危險。

pith [pɪθ] 名 Ⓤ 1〖動·植〗骨髓，髓。2 精髓，核心，重點，要點；重要性，分量，實質，意義：~ and marrow 精髓。3《古》〖解〗脊髓；骨髓。4《古》體力，力氣；精力；氣概，氣魄：a man of great ~ 精力充沛的人。—動 及 1 除去…的髓。2 割斷脊髓殺之。

pit·head ['pɪt,hɛd] 名《英》礦坑入口及其四周。

pith·e·can·thro·pus [,pɪθɪ'kænθrəpəs, -kæn'θropəs] 名 1 猿人。2《P-》爪哇直立猿人。

'pith 'helmet 名 = topee.

pith·i·ly ['pɪθɪlɪ] 副 有力地；簡潔地。

pith·y ['pɪθɪ] 形 (pith·i·er, pith·i·est) 1 意味深長的；簡潔有力的，扼要的：~ remark 警語。2 髓的；多髓的。

pit·i·a·ble ['pɪtɪəbl] 形 1 值得同情的，可憐的。2 令人既憐又鄙夷的，可憐而又可鄙的。~·ness 名, -bly 副

pit·i·ful ['pɪtɪfəl] 形 (《偶作》~·ler, ~·lest) 1 可憐又可鄙的，少得可憐的：a ~ wage 少得可憐的工資。2 令人憐憫的，悲慘的。3《罕》同情的，慈悲的，仁慈的。~·ly 副, ~·ness 名

pit·i·less ['pɪtɪlɪs] 形 無憐憫心的，冷酷的，無慈悲心的。~·ly 副, ~·ness 名

pit·man ['pɪtmən] 名 1 (複-men) (煤) 礦工。2 (複~s)《美》〖機〗搖臂，搖桿。

pi·ton ['pitɑn] 名 (複~s [-z])〖登山〗岩釘。

'Pi·tot ,tube ['pito-] 名 1 皮托流速測定管。2《p-》〖空〗皮氏管，動壓管。

pit·saw ['pɪt,sɔ] 名 地坑鋸。

pit·tance ['pɪtns] 名 1 微薄的收入或津貼。2 少量，少數。

pit·ted ['pɪtɪd] 形 有痘痕的。

pit·ter-pat·ter ['pɪtɚ,pætɚ] 名 (雨等的) 劈劈啪啪聲。—動 不及 發出劈劈啪啪聲。—副 劈劈啪啪地。

Pitts·burgh ['pɪtsbɝg] 名 匹茲堡：美國 Pennsylvania 州的工業都市。

pi·tu·i·tar·y [pɪ'tjuə,tɛrɪ, -'tu-] 名 (複-tar·ies)〖解〗腦下垂體。
—形 腦下腺的，垂體的；肢體肥大的。

:pit·y ['pɪtɪ] 名 (複 pit·ies) 1 Ⓤ 憐憫，同情，可憐：for ~'s sake 請發慈悲，求求你 / arouse ~ 令人憐憫 / feel ~ for a person 同情某人 / take ~ on a person 可憐某人 / *P-* is akin to love. 《諺》憐憫近乎愛。2 同情的原因；可惜的事。—動 (pit·ied, ~

ing)㊀《常為蔑》覺得可憐，同情。

pit·y·ing ['pɪtɪŋ]㊁可憐的，同情的。～·ly㊂

piv·ot ['pɪvət] ㊀ 1 旋軸，樞軸。2 軸，支點；中心。3 基準兵：隊伍在轉彎時作為基準的單兵。4〖舞〗單腳旋轉。一㊃不及 1 在旋軸上旋轉。2 在支點上旋轉；《喻》依…而定。一㊀放在旋軸上；繞著樞軸旋轉。

piv·ot·al ['pɪvətl̩] ㊁ 1 旋軸的。2 中樞的，極重要的。～·ly㊂

pix[1] [pɪks] ㊀=pyx.

pix[2] [pɪks] ㊀(複)《口》電影；圖片。

pix·i·lat·ed ['pɪksl̩,etɪd] ㊁ 1《美口》精神有些失常的；有點奇怪的；古怪且可笑的；戲謔的。2《俚》酒醉的。

pix·y, pix·ie ['pɪksɪ] ㊀(複**pix·ies**) 1 淘氣的妖精，小精靈。2 惡作劇的人。一㊁惡作劇的，淘氣的，戲謔的。

piz·za ['pɪtsə] ㊀ Ⓒ Ⓤ 披薩，義大利脆餅。

pi(z)·zazz [pə'zæz] ㊀Ⓤ《美俚》1活力，朝氣。2 漂亮，摩登。

piz·ze·ri·a [,pɪtsə'rɪə] ㊀披薩餐館。

piz·zi·ca·to [,pɪtsɪ'kɑto] ㊁ ㊂〖樂〗撥奏的[地]。一㊀(複～s, -ti [-ti])撥奏；撥奏樂曲。

pk《縮寫》*p*ac*k*; *p*ar*k*; *p*ec*k*(s); *p*i*k*e.

pkg.《縮寫》(複 **pkgs.**) *p*ac*k*a*g*e.

pkt.《縮寫》*p*ac*k*e*t*.

pl.《縮寫》*p*i*l*e; *p*lace; *pl*ain; *pl*aster; *pl*ate; *pl*ural.

P.L.《縮寫》*P*aradise *L*ost; partial *l*oss（海上保險的）部分損失；*P*oet *L*aureate; *p*rofit and *l*oss; *p*ublic *l*aw.

plac·a·ble ['plekəbl̩, 'plæk-] ㊁可撫慰的，易和解的；容忍的，寬大的。-**bly**㊂

plac·ard ['plækɑrd] ㊀ 1招貼，布告，海報。2㊀牌；貨籤；行李標籤。一㊃㊀1張貼《*with*...》。2 以招貼公告。

pla·cate ['pleket, 'plæk-] ㊃ ㊀安撫，撫慰，安慰；平息，安撫。-'**ca·tion**㊀

pla·ca·to·ry ['plekə,torɪ, 'plækə-] ㊁的，安撫的，安慰的。

place [ples] ㊀ 1地方，場所，所在地：in ～*s* 到處。2 Ⓤ（與時間相對的）空間；餘地：time and ～ 時間和空間。3（供特定目的之用的）場所；應有的場所；適當的場所《*for*..., *to* do》；建築物；土地，用地；餐廳：a ～ of worship 教堂 / a swimming ～ 海水浴場 / the ～ *for* discussion 討論的場所。4 某處，局部；(身體的) 局部；段落，頁：an infected ～ on my finger 我手指上遭感染的部分。5 座位：take one's ～ at (the) table（在餐桌前）就座，入席。6 立場，位置；處境，環境。7 職位，工作；官職，公職：get a ～ 得到職位。8 任務，責任，職責，角色：the ～ of machines in history 機械在歷史上所扮演的角色。9 崇高的地位；地位，身分：aristocrats of power and ～ 位高權重的貴族。10 地域，地方：one's native ～ 故鄉 / visit faroff ～*s* 漫遊四海。11（作為住處的）市，鎮，村，村落。12 住宅，房屋，宅邸，住所：a ～ in the country 鄉下的一棟房子。13 (1)（論點的）順序，步驟，層次。(2)〖運動〗（通常指第二、第三名的）得獎名次；《美》（賽馬中的）第二名：in the first ～ 得第一名 / get a ～ 獲得前三名。14 適當的機會，良機。15 合理的理由。16〖算〗位數，位；《通常作 ～s》並列位數的數字。

all over the place (1) 到處。(2)《口》亂七八糟；非常煩亂。

from place to place 這兒那兒，到處。

give place to... (1) 讓位給…。(2)被…取代。

go places《口》(1) 成功，有出息。(2) 四處走動；出去尋樂。

in place (1) 在適當的位置；在應有的位置，適得其所；在相同的位置。(2) 適當的。

in a person's place (1) 代替某人。(2) 處於某人的地位。

in place of... 代替…。

know one's place 謹守本分。

make place for...讓出地方給…。

make the place too hot for a person 使某人處境困難，使某人無法容身。

out of place (1) 放錯位置。(2) 不適合的；格格不入的。(3) 處於失業狀態中。

put a person in his (proper) place 使知道自己的身分，挫傲氣。

take place 發生；開始進行，舉行。

take one's place (1) 占有一席之地；躋身《*among*...》。(2) 就位，就座，入席。

take the place of... 代替…。

一㊃(**placed, plac·ing**) ㊀ 1放置；排列。2 提交，委託《*with*...》。3 任命（僧侶）；委派，安置《*in*...》。4 安排安身處；找工作；使獲得工作機會《*in*...》；替人找到工作《*with*...》。5 評定地位[價值，等級]，估計，推定。6 使得以出賽；使得以參加（競賽隊伍）《*on*...》。7 置於。8 辨認，認出；辨識。9 寄託在《*in, on*...》。10 出售；投下，投資《*in, to*...》。11〖比賽〗決定（前三名）名次；《被動》（賽馬中）獲得（前三名的）名次。

一不及 1〖比賽〗(1) 列在前三名。(2)《美》（在賽馬中）得到第二名。(3)（在美式足球中）以定位踢得分。2 得到第…名。

place an order for...***with***... 向商店訂購物品。

'place ,bet ㊀〖賽馬〗《美》連勝複式的賭博。

pla·ce·bo [plə'sibo] ㊀(複～s, ～es)〖醫·藥〗寬心藥，安慰劑。

pla'cebo ef,fect ㊀〖醫〗安慰劑效果。

'place ,card ㊀（宴會等的）座位牌。

'place ,kick ㊀〖美足〗定位踢。

P

place-kick ['ples,kɪk] 動 及〖美足〗以定位踢；以定位踢得。─不及踢定位球。
～·er 名（善於）踢定位球的足球運動員。

'place ˌmat 名放置於餐具下的墊布。

place·ment ['plesmənt] 名 1 放置，布置；被放置的狀態；配置：strategic ～ of nuclear weapons 核子武器的戰略部署。2《主美》職業介紹，就業協助；僱用；安插工作：～ agency《美》職業介紹所。3〖美足〗定位踢；Ⓤ Ⓒ定位；定位踢的位置。4 分班：a ～ test 分班考試，甄試。

place-name ['ples,nem] 名地名。

pla·cen·ta [plə'sɛntə] 名(複～s, -tae [-ti]) 1〖解·動〗胎盤。2〖植〗胎座。

plac·er[1] ['plæsɚ] 名〖礦〗1 砂礦。2 砂金採掘場。

plac·er[2] ['plesɚ] 名 1 放置者，配置者。2 第…名得獎人[動物]。

'placer ˌgold ['plæsɚ-] 名 Ⓤ砂金。

'place ˌsetting 名餐桌上放在每人面前的一組餐具；個人餐具的擺設。

pla·cet ['plesɛt, -sɪt] 名贊成（的表示）；贊成票：non ～ 不贊成，反對票。

plac·id ['plæsɪd] 形 1 安靜的，平靜的，平穩的：a ～ pond 平靜的池塘 / a ～ mood 寧靜的心境。2 自滿的。
～·ly 副

pla·cid·i·ty [plə'sɪdətɪ] 名 Ⓤ 平靜，寧靜；平穩。

plack·et ['plækɪt] 名 1（女裙、外衣等的）開口。2《古》(1)（女裙的）口袋。(2) 襯裙。(3) 婦女。

plage [plɑʒ] 名(複～s [-ɪz])《法語》海水浴場；海邊，海濱。

pla·gia·rism ['pledʒə,rɪzəm] 名 1 Ⓤ剽竊，抄襲，盜用。2 剽竊物，盜用之物品。
-rist 名剽竊者。-'ris·tic 形

pla·gia·rize ['pledʒə,raɪz] 動 及抄襲，剽竊，盜用。─不及剽竊，抄襲。

·plague [pleg] 名 1 疫病，惡性傳染病，瘟疫；《the ～》黑死病，鼠疫：avoid a person like a ～ 對某人避之如同瘟疫。2 天譴；災禍，災難；不幸，倒楣：a ～ of war 戰爭的災難 / (A) ～ on it! 可惡！該死！畜生！3（害蟲等的）蔓延，猖獗；爆發。4《常作 a ～》《口》造成災禍的原因，惹麻煩的人[物]：*a* ～ of flies 大量的蒼蠅為患。─動 **(plagued, pla·guing)** 及 1《口》使苦惱；折磨；使厭煩，使為難《*with...*》。2 使受災禍。3 使患疫病。
'pla·guer 名

pla·gu(e)y ['plegɪ] 形《方·古》麻煩的；非常的，極度的。─副令人苦惱地；非常，極。**-gui·ly** 副

plaice [ples] 名 (複～, **plaic·es**)〖魚〗鰈。

plaid [plæd] 名 1 Ⓤ格子花呢；格子花紋。2（蘇格蘭高地人穿的）格子花呢的披肩。─形格子花紋的。～·**ed** 形有格子花紋的；穿著格子花呢披肩的。

:plain [plen] 形 1 清楚可見的。2 清楚的，明白的；易了解的，簡明的：the ～ fact 明白的事實 / ～ speaking 易懂的話 / in ～ English 用簡易的英語 / as ～ as day 極明白的。3 完全的，十足的：～ madness 十足的瘋狂行為。4 率直的，坦白的，直截了當的，誠實的：to be ～ with you 坦白對你說。5 普通的，平凡的；不美的，不迷人的：a ～ appearance 平凡的外表 / a ～ woman 相貌普通的女人。6 樸素的，簡樸的；簡單的。7 沒有花樣的；無彩色的；沒有摻雜物的，純粹的：a ～ shirt 素色的襯衫 / ～ water 不含雜質的水。8 穿便衣的，便服的。9 清淡的，不加香料的；不麻煩的：a ～ meal 便餐。10《古》平的，平坦的；沒有障礙物的，空蕩的：a ～ field 平原。
─副 1 清楚地，明白地；易了解地；率直地。2 完全，簡直。─名《常作 ～s》《作單數》1 平原，平地。2《**The Plains**》= Great Plains. ～·**ness** 名

plain·chant ['plen,tʃænt] 名 = plainsong

ˌplain 'chocolate 名 Ⓤ《英》黑色巧克力。

plain·clothes ˌman ['plen'kloz-] 名便衣刑警，便衣警探。

'plain 'dealing 形名率直坦白（的）；光明正大（的）。

plain·ly ['plenlɪ] 副 1 清楚地，明白地；率直地。2 樸素地，淡泊地。

'plain 'sailing 名 Ⓤ 1〖海〗安穩的航海；平面航法。2 一帆風順，順利的進行。

'Plains ˌIndian 名平原印第安人：居住在 the Great Plains 以追獵野牛為生的北美印第安人。

plains·man ['plenzmən] 名(複**-men**) 平原上的居民。

plain·song ['plen,sɔŋ] 名單旋律；單旋律的聖歌。

plain-spo·ken ['plen'spokən] 形實話實說的，直言無隱的，率直的，老實的。

plaint [plent] 名 1 牢騷，不滿；《古》悲傷，悲嘆。2〖法〗起訴；起訴狀。

plain·tiff ['plentɪf] 名〖法〗原告。

plain·tive ['plentɪv] 形悲傷的，引人悲傷的，哀怨的。～·**ly** 副，～·**ness** 名

plait [plet] 名 1 辮狀物：wear one's hair in a ～ 將頭髮編成一條辮子。2 褶，褶襉。─動 及 1 編；織。2 打褶（亦稱 **pleat**）。

:plan [plæn] 名 1 計畫，方案；策略；程序，方法；打算，企圖，目的，意圖；構想；梗概，概要：a desk ～ 紙上計畫 / with ～*s* of revenge 懷報復的意圖 / make ～*s* for the weekend 擬定度週末的計畫 / draw up a ～ of study 草擬學習計畫。2 圖表；圖解說明圖，平面圖；（市街等小區域的）地圖；透視面。─動 **(planned, ～**

ning) 及 1 設定計畫，做好計畫《*out*》；準備計畫。2 打算，計畫。3 繪製…的設計圖；設計。—不及計畫《*for, on..., on doing*》。

plan on... (1)計畫。(2)依靠，信賴，確信。

plan·chette [plæn'ʃɛt] 名扶乩寫字板。

:plane¹ [plen] 名 1 飛機；水上飛機：by a jet ～ 以噴射機。2 水準；階段；程度：talk on a high ～ 高水準的談話 / on the same ～ as... 與…相同水準。3 面，平面；水平面：an inclined ～ 斜面。4〖空〗(飛機的)翼。5 結晶體的面。—形《限定用法》1 平坦的。2 平面(圖形)的；在平面上的。

—不及 (**planed, plan·ing**) 1 翱翔，滑翔；下降《*down*》。2 掠過水面，在水面中快速滑行。3 乘飛機旅行。～**·ness** 名

plane² [plen] 名 1〖木工〗鉋子。2 鏝刀。—動 (**planed, plan·ing**) 及 1 用鉋子鉋；弄平。2 用鉋子削去《*away, off, down*》。—不及 1 鉋平。2 能鉋，能削。

plane³ [plen] 名〖植〗= plane tree.

'plane ,crash 名墜機。

plan·er ['plenə] 名 1 鉋工。2 鉋床；〖木工〗(電動的)鉋盤。

·plan·et ['plænɪt] 名 1〖天〗行星：the major ～*s* 大行星。2〖占星〗運星。3《美口》重要的物；優秀的人。

'plane ,table 名〖測〗平板儀。

plan·e·tar·i·um [,plænə'tɛrɪəm] 名(複 ～**s, -i·a** [-ɪə]) 1 行星儀。2 天文館。

plan·e·tar·y ['plænə,tɛrɪ] 形 1 行星(似)的：the ～ system 行星系。2 流浪的：a ～ vagabond 一位飄泊的流浪者。3 地球的；世界性的；現世的。4〖機〗行星傳動裝置的。5〖占星〗受運星影響的。

—名 (複 **-tar·ies**)〖機〗行星傳動裝置。

plan·e·tes·i·mal [,plænə'tɛsəml] 名形〖天〗微星(的)。

plan·et·oid ['plænə,tɔɪd] 名 = asteroid.

plan·e·tol·o·gy [,plænɪ'tɑlədʒɪ] 名 U 行星學。**-to·'log·i·cal** 形，**-gist** 名行星學家。

'plane ,tree 名〖植〗懸鈴木。

plan·form ['plæn,fɔrm] 名(從上向下看的)平面形狀。

plan·gent ['plændʒənt] 形 1 隆隆作響的，澎湃的。2(聲音)綿延悲悽的。～**·ly** 副

plan·i·sphere ['plænɪ,sfɪr] 名 1 平面天體圖；星座表，星圖；星座一覽表。2 平面投影圖，平面球形圖。

plank [plæŋk] 名 1 厚板。2 厚板材；厚板製品。3 支撐物，基座。4《主美》政黨綱領的條目，政綱條款。

walk the plank (1)將人蒙住眼睛令其在突出船舷外的木板上行走而落海，爲17世紀時海盜處死俘虜的方法。(2)被迫辭職。

—動及 1 鋪厚板。2《美》(配上青菜)放在板上烹煎。3《俚》(用力)放下《*down*》；《口》立刻支付《*down, out*》。

plank·ing ['plæŋkɪŋ] 名 U 1《集合名詞》(地板等的)厚板。2 鋪設厚板。

plank·ton ['plæŋktən] 名 U 浮游生物。**-ton·ic** [-'tɑnɪk] 形

plan·less ['plænlɪs] 形無圖形的；無計畫的；沒用腦筋的。

'planned e'conomy 名 U 計畫經濟。

'planned obso'lescence 名 U 人爲的商品廢棄。

'planned 'parenthood 名 U 家庭計畫。

plan·ner ['plænə] 名計畫者，籌劃者，設計者。

'planning per'mission 名 U《英》建築執照。

pla·no-con·cave [,plenə'kɑnkev] 形〖光〗平凹的。

pla·no-con·vex [,plenə'kɑnvɛks] 形〖光〗平凸的。

pla·no·graph ['plenəgræf, 'plæn-] 動 不及以平版印刷。—名平版印刷品。

pla·nog·ra·phy [plæ'nɑgrəfɪ] 名 U〖印〗平版印刷術。

pla·nom·e·ter [plə'nɑmətə] 名測平儀，平規。

:plant [plænt] 名 1(與動物相對的)植物，草木；花草，草本植物，小植物：garden ～*s* 園藝植物 / a tomato ～ 一株番茄 / a house ～ 一株室內植物 / a potted ～ 盆栽花草。2 苗(木)；插枝。3 工場；工廠；設備，裝置；全廠的工人：a chemical ～ 化學工廠 / a nuclear energy ～ 核能發電廠 / the heating ～ 暖氣設備。4(醫院等的)房屋；設施：an enormous university ～ 一所龐大的大學校舍設施。5《俚》陰謀，詭計，欺騙；圈套；栽贓物。6 臥底人員；商業間諜。7〖劇〗伏線，伏筆。

—動及 1 種植，播；栽植《*with...*》。2 牢牢地豎起[放置，安置]；《反身》穩穩地站立。3《口》打進，刺進，給予，射入。4(爲了監視、偵探等)布置[派遣]。5 建設；創設，設立；設置；使移居。6 傳授，灌輸。7 引進，傳入；放養《*with...*》；養殖。8《俚》隱藏；嫁禍於《*on...*》；《美》掩埋。9 拋棄；棄置《*on...*》。

plant...out / plant out... (1)(從盆等中)移植到地裡。(2)隔一定的間隔栽種。

Plan·tag·e·net [plæn'tædʒənɪt] 名金雀花王朝(的人)：中世紀統治英國的王朝，從1154年亨利二世即位，到1399年理查二世退位爲止。

plan·tain¹ ['plæntɪn] 名〖植〗芭蕉樹；C U 芭蕉。

plan·tain² ['plætɪn] 名〖植〗車前草。

'plantain 'lily 名〖植〗玉簪。

·plan·ta·tion [plæn'teʃən] 名 1 大農場，種植園：a rubber ～ 橡膠園。2《主英》造林(地)：a fir ～ 樅樹林。

P

plant·er ['plæntɚ] 图 1種植者，耕作者，栽培者；播種機器。2農場主人，農場經營者。3(盆栽的)裝飾容器，花盆。

'plant ˌkingdom 图《the ~》植物界。

plant·let ['plæntlɪt] 图小植物；苗木。

'plant ˌlouse 图〖昆〗蚜蟲。

plaque [plæk] 图1匾，飾板。2名牌。3徽章，(表會員身分等)板狀胸針；(裝飾用)別針。4〖病〗(小而平的)斑。5Ⓤ〖齒〗牙菌斑。6〖生〗溶菌斑，空斑。

plash [plæʃ] 图1擊水的聲音，嘩啦嘩啦。2小池塘，水坑。—動及拍擊而發出激濺聲；使潑濺。—不及因激濺而發出嘩啦嘩啦的聲音。

plash·y ['plæʃɪ] 形(**plash·i·er, plash·i·est**) 1多水窪的；沼澤地般的；潮溼的。2嘩啦嘩啦響的。

plasm ['plæzəm] 图= plasma 1-3.

plas·ma ['plæzmə] 图Ⓤ1〖生理〗漿；血漿；肌漿。2〖生〗原生質。3乳漿。4〖理〗電漿。

-mat·ic [-'mætɪk], **'plas·mic**形

'plasma ˌscreen [display] 图電漿顯示器。

'plasma ˌTV 图電漿電視。

·plas·ter ['plæstɚ] 图1Ⓤ灰泥，膠泥。2Ⓤ粉末石膏；熟石膏。3ⓊⒸ膏藥，軟膏：a sticking ~ 橡皮膏。—動及1塗上灰泥《*over*》；堵，塞；《喻》掩飾，掩蓋。2貼膏藥於。3(爲防止變色、變質用)用(熟)石膏處理。4厚厚地塗黏劑在《*on ...*》；貼滿《*with...*》。5《美口》猛烈轟炸。

plas·ter·er ['plæstərɚ] 图泥水匠；石膏師。

plas·ter·board ['plæstɚˌbord] 图Ⓤ石膏板。

'plaster 'cast 图1石膏模型[像]。2〖外科〗石膏模，石膏繃帶。

plas·tered ['plæstɚd] 形1《美俚》喝醉的。2塗了灰泥的；塗滿了的。

plas·ter·ing ['plæstərɪŋ] 图1Ⓤ抹灰泥，粉刷；Ⓒ灰泥層，粉刷層。2徹底打敗。

·plas·tic ['plæstɪk] 形1塑膠(製)的。2有可塑性的；塑造的：~ clay 塑性黏土 / ~ sculpture 雕塑。3有成形力的；有創造力的：a ~ skill with clay 雕塑上的創造力。4〖美〗造形的。5〖生〗形成性的；〖外科〗整形的。6柔軟的，易受影響的，順從的：the ~ mind of a genius 天才所具有的易變的思想。7(雕刻般地)勻稱的。8《俚》假的；虛僞的；人工化的：~ speeches 做作的演說。—图《常作 ~s》《作單數》塑膠(製品)。

-ti·cal·ly, **~·ly**副

'plastic 'arts 图《the ~》雕塑藝術；造形美術。

'plastic 'bomb 图《美》塑膠炸彈。

'plastic 'bullet 图塑膠子彈。

'plastic ex'plosive 图1Ⓤ塑膠炸藥。2 = plastic bomb.

Plas·ti·cine ['plæstəˌsin] 图Ⓤ1〖商標名〗代用黏土，塑像用黏土。2《p-》代用黏土。

plas·tic·i·ty [plæs'tɪsətɪ] 图Ⓤ可塑性；柔軟性，適應性。

plas·ti·cize ['plæstəˌsaɪz] 動及1使變得易塑。2以塑膠處理。

—不及變得易塑。**-ci·za·tion** [-sə'zeʃən]图

'plastic 'money 图Ⓤ信用卡。

'plastic 'surgeon 图整形外科醫生。

'plastic 'surgery 图Ⓤ整形外科(手術)。

plas·tron ['plæstrən] 图1(鎧甲的)胸甲；〖擊劍〗護胸革。2(女裝的)胸飾。3襯衣的胸部。4〖動〗(龜的)腹甲。

plat[1] [plæt] 图1《古》一小塊地。2《美》平面圖，地圖。—動(**~·ted, ~·ting**)及《美》製作圖。

plat[2] [plæt] 图，動及= plait.

plat du jour [ˌplɑdɪ'ʒur] 图今日特菜。

:plate [plet] 图1盤，盆，碟；Ⓤ《集合名詞作單數》《主英》餐具類：a soup ~ 湯盤 / pewter ~ 白鑞製的餐具類。2(裝在盤中的)食物；(食物的)一盤；一道菜；《美》一客飯菜：pass the salad ~ 傳遞沙拉菜。3(教會的)捐款盤；捐款，獻金。4(金屬的)薄板；金屬板；平板玻璃；(甲冑的)金屬片；鎖金甲；鍍層金屬製品。5有雕飾的金牌；名牌；(醫生的)招牌；(汽車的)牌照：a name ~ 名牌 / put up one's ~ (醫生的)開業。6〖印〗金屬[電鑄，鉛]版；(另外印製的)整頁的插圖，圖板。7〖齒〗假牙床；《口》假牙，義齒。8《the ~》〖棒球〗本壘板；投手板。9〖攝〗感光板。10〖解·動〗板狀結構。11牛胸肉的薄片。12《美》〖電子〗陽極。13〖木工〗橫樑，橫木；陸樑。14獎杯；以獎杯做獎品的賽馬。15〖地質〗板塊。

on a plate《英口》送上門來的，得來全不費功夫的(《美》on a platter)。

on one's plate《口》等待著去做[處理]。

—動(**plat·ed, plat·ing**)及1鍍(金屬)《*with...*》。2覆蓋金屬板，裝上裝甲《*with ...*》。3〖棒球〗得(分)。

'plate ˌarmor 图Ⓤ1鎖金甲；《廣義》鎧甲。2裝甲鐵板。

pla·teau [plæ'to] 图(複~s, **-teaux** [-'toz]) 1高原，高地。2〖心〗高原期，學習高原。3飾匾。—不及進入停滯期。

plate·ful ['pletˌful] 图一盤之量。

'plate 'glass 图Ⓤ平板玻璃。

plate·lay·er ['pletˌleɚ] 图《英》鐵路工人，鋪軌工(《美》tracklayer)。

plate·let ['pletlɪt] 图小板；血小板。

'plate ˌmark 图1= hallmark 1. 2在版面的邊緣留下的凹印痕。

plat·en ['plætn̩] 图(印刷機的)壓盤；

壓印滾筒；(打字機的)滾筒。

'plate ˌrack 名《英》餐具架。

'plate ˌrail 名壁架。

'plate tecˌtonics 名(複)《作單數》〖地質〗板塊學說。

·plat·form ['plætˌfɔrm] 名 **1** 壇，臺；講臺，講壇；舞臺；《the ～》《喻》演說。**2**(火車站的)月臺；《美》(客車等的)出入口；出入口的平臺；(樓梯的)駐腳處：a departure ～ 發車月臺。**3**(鞋的)厚底；《常作 ～s》厚底鞋子。**4**〖軍〗炮座；〖海〗臺甲板；平底船。**5** 高臺，臺地；峭壁。**6** 宗旨，政綱；《美》(被提名候選人在黨大會中的)政見發表，政策宣言；公開討論會(場)。**7** 導航臺。—動及放在臺上。—不及站在講臺上演說。

'platform ˌcar 名〖鐵路〗平臺貨車。

'platform ˌticket 名《英》月臺票。

plat·ing ['pletɪŋ] 名 U **1** 電鍍；金屬鍍層；(鋼鐵板的)被覆。**2**《英》有獎杯的賽馬[比賽]。

plat·i·num ['plætṇəm] 名 U **1**〖化〗鉑，白金(符號：Pt)。**2** 白金色。—形白金的(指唱片銷售數量達一百萬張以上的)：go ～(唱片)賣出一百萬張。

'platinum 'blonde 名 **1**(常因染髮而變成的)淡金黃色頭髮的女人。**2** U白金色。

plat·i·tude ['plætəˌtjud] 名 **1** 陳腐的話，陳腔濫調。**2** U陳腐，平凡；單調。

plat·i·tu·di·nous [ˌplætə'tjudṇəs] 形 **1** 喜歡說陳腔濫調的。**2** 平凡的，單調的，陳腐的。～·ly 副

Pla·to ['pleto] 名柏拉圖(427?–347? B. C.)：希臘哲學家。

Pla·ton·ic [ple'tɑnɪk] 形 **1** 柏拉圖的；柏拉圖哲學的。**2**《常作 p-》觀念上的，不切實際的；《通常作 p-》純精神上戀愛的；信奉柏拉圖式愛情的。**-i·cal·ly** 副

Pla'tonic 'love 名 U **1**〖柏拉圖哲學〗柏拉圖式的博愛，理想的愛。**2**《通常作 p- l-》(超越肉慾的)精神戀愛。

Pla·to·nism ['pletəˌnɪzəm] 名 U **1** 柏拉圖哲學(的主義、言詞)。**2**《偶作 p-》精神戀愛。**-nist** 名形

pla·toon [plæ'tun, plə'tun] 名 **1**(步兵、工兵、警察等的)排。**2**(警察的)一小組。**3**(從事相同性質及行動之人的)一群。**4**〖美足〗專司攻擊或防禦的球員隊。—動及不及(棒球等)與另一球員交替打同一守備位置。

pla'toon 'sergeant 名〖美軍〗排副：職位低於 first sergeant。

plat·ter ['plætɚ] 名《主美》**1**(通常指橢圓形淺底的盛放食物的)大盤子。**2**《俚》(留聲機)唱片。**3**〖棒球〗= home plate.

on a platter《美口》毫不費力地。

plat·y·pus ['plætəpəs] 名(複～·es, -pi [-ˌpaɪ])鴨嘴獸 = duckbill.

plau·dit ['plɔdɪt] 名《通常作～s》**1** 拍手(喝采)。**2** 熱烈的稱讚，讚揚。

plau·si·ble ['plɔzəbl] 形 **1** 似真實的，似合理的。**2**《限定用法》巧言的，善辯的。**-'bil·i·ty** 名，**-bly** 副

:play [ple] 名 **1** 戲；戲劇；劇本：as good as a ～ 十分有趣的。**2** U遊戲，娛樂：be at ～ 正在玩耍 / All work and no ～ makes Jack a dull boy.《諺》光讀書沒娛樂使人變阿呆；工作不忘娛樂。**3** U C玩笑，惡作劇；俏皮話，雙關語：out of mere ～ 開玩笑而已。**4** U比賽；競賽的方式；(競賽的)輪序。**5** U C賭博。**6** U行動，行爲：fair ～ 公正的行爲 / foul ～ 犯規(行爲)；犯罪行爲，背叛，殺人。**7** U活動，運動；運轉；作用；活動的範圍：be in full ～ 正在全力進行中 / come into ～ 開始活動，開始起作用 / bring one's thought into ～ 運用思考力 / give much ～ to one's sense of humor 盡情地發揮幽默感。**8** U C活潑的動作；(光等的)閃動，搖晃。**9** U(方向盤等的)間隙。**10** 一時的興趣；報導。**11** U《英方》失業；休假；罷工。

in play (1)開玩笑地。(2)在線內，未出界。

make a play for...《美俚》(1)刻意表現以吸引。(2)設法獲得。

make play (1)〖拳擊〗痛擊對手。(2)有效地做。(3)加緊地做。

make play with (在討論等中)十分強調。

out of play 球出界，成死球。

—動及 **1** 扮演，擔任角色；裝成…似地行動《*in...*》：～ the fool 裝傻；胡鬧，做愚蠢的事。**2** 上演，公演；演出。**3** 參加(比賽等)；裝扮；玩。**4** 比賽，競賽《*with, against...*》。**5**(於競賽中)派出，啓用；擔任攻守位置。**6** 賭(錢等)；輸光《*away*》；《美》賭(馬等)。**7** 彈奏，播放；(演奏音樂來)迎進《*in*》；送出《*out*》；演奏；播放。**8** 耍弄《*on...*》；行使。**9** 依賴。**10**〖板球〗打(球)；〖西洋棋〗移動(棋子)；〖牌〗出(牌)。**11** 使輕快地活動，使閃動；(水等)放出《*on...*》。—不及 **1** 遊玩，玩耍《*about, around*》。**2** 玩弄，戲弄；隨隨便便地對待。**3** 比賽；擔任守備位置《*at..., against...*》。**4** 賭博，賭(錢)《*for...*》。**5** 動作，行動；假裝；《俚》被命令而行動。**6** 演戲，演出，登臺；上演，上映；可以上演。**7** 演奏，彈(樂器)《*on, upon...*》；被演奏出來，奏響；播放。**8**(機械零件)自由運作。**9** 輕快地活動；搖晃，閃動；(微笑)浮現。**10** 噴出，射出；朝目標不斷地發射。**11**《英方》休假；罷工。

play along (1)合作《*with...*》。(2)假裝同意《*with...*》。

play...along* / *play along... 故意不答覆而使對方焦急地等候著。

play around [《英》*about*] (1)⇨動不及 1. (2)親密交往，亂搞男女關係《*with...*》。

P

play at... (1) ⇨ 動 不及 3. (2) 假裝有興趣。(3) 不認真地做…。(4) 裝扮。(5) 玩（遊戲）。
play...away / play away... (1) ⇨ 動 及 6. (2) 在遊玩中浪費掉。
play...back / play back... (1) 重新播放一遍。(2)（在球賽中）打回對手那邊。
play both ends against the middle 《美》使敵對雙方互鬥而坐收漁翁之利。
play by ear 靠記憶演奏；憑直覺去做。
play one's cards ⇨ CARD[1]（片語）
play down 迎合（某人）而屈尊《*to...*》。
play...down / play down... 貶低重要性；輕描淡寫。
played out (1) 筋疲力盡。(2) 過時的，不流行的。(3) 用完了，耗盡。(4) 做完，完成。
play a person false ⇨ FALSE（片語）
play fast and loose 行事不負責任；玩弄（某人感情等）《*with...*》。
play a person for... 當作…。
play for... (1) 成為…的代表選手。(2) ⇨ 動 不及 4.
play for time 拖延時間（以等待有利時機）。
play games 欺瞞；耍花招《*with...*》。
play God with... ⇨ GOD（片語）
play hard (1) 有技巧地玩弄。(2)《美俚》為達到目的而不擇手段。
play hard to get 《俚》擺出難以接近的姿態以吊追求者的胃口。
play into the hands of a person / play into a person's hands 使趁機得利。
play it by ear 隨機應變。
play it cool 保持冷靜，冷靜行事。
play it (low) on a person / play (it) lowdown on a person 《俚》用卑鄙的手段欺瞞，抓住弱點。
play it one's own way 照自己認為最好的做法去做。
play it safe ⇨ SAFE（片語）
play it smart 行事機敏。
play off 加賽一場或數場以決勝負。
play...off / play off... (1) 發射。(2) 嘲弄，使出醜。(3) 使加賽一場或數場以決勝負。
play on (1) 恢復比賽，繼續進行。(2)〖板球〗將球撞及自己的三柱門而出局；〖足球〗在界內。(3) ⇨ 動 不及 7. (4) 刺激，煽動；抓住，利用。
play...on / play on... (1)〖板球〗撞及三柱門而出局。(2) ⇨ 動 及 8.
play one off against another 使兩人相爭以收漁利。
play on [upon] words 說俏皮話或雙關語。
play out 耗竭，筋疲力竭。
play...out / play out... (1) ⇨ 動 及 7. (2) 演[演奏]到最後為止；（比賽）進行到結束。(3) 用完。(4) 撒放（繩索等）。
play politics (1) 依據政黨的利益而行動。(2) 玩弄權術。
play oneself in 賽前的暖身；謹慎緩慢的打（以使自己逐漸進入競技狀況）。
play the field （在交友方面）濫交。
play the game ⇨ GAME[1] 名（片語）
play the man 表現男子氣概。
play up (1)《通常用於命令》（於競賽等中）賣力；拿出勁來！加油！(2) 出毛病；出故障；行為不當，淘氣；生氣發牢騷《*on...*》。(3) 開始演奏。
play...up / play up... (1) 重視，強調；宣傳。(2) 使生氣，折磨；添麻煩。
play up to a person 《口》諂媚，取悅，巴結。
play with fire ⇨ FIRE 名（片語）
play with oneself 《俚》手淫，自慰。

play·a·ble ['pleəbl] 形 **1** 適於演出的；可演奏的。**2** 適於比賽的。

play·act ['ple,ækt] 動 不及 演戲，登臺；《喻》演戲，假裝；做作。— 及 使戲劇化；飾演角色。

play·act·ing ['ple,æktɪŋ] 名 U 演技；裝模作樣。

play·ac·tor ['ple,æktɚ] 名《蔑》戲子，伶人。

play·back ['ple,bæk] 名 回放（裝置）；重放的內容。

play·bill ['ple,bɪl] 名《美》戲劇節目單，戲碼；戲劇表演的海報。

play·book ['ple,buk] 名 **1** 劇本（集）；戲曲（集）。**2**〖美足〗圖解隊形的筆記本

·**play·boy** ['ple,bɔɪ] 名 花花公子，浪蕩子。

play-by-play ['plebaɪ'ple] 形 逐一說明的，詳細的；實況的。— 名 詳情（記載）；實況轉播。

play·date ['ple,det] 名 放映日期。

play·day ['ple,de] 名 假日；休閒日。

play(-)down ['ple,daun] 名《主加》= play-off.

:**play·er** ['pleɚ] 名 **1** 遊戲者；運動員，選手；《英》職業選手；好手，擅長者《*a...*》: a football ～ 足球選手。**2** 演員。**3** 演奏者。**4** 自動演奏裝置；自動鋼琴；電唱機，雷射唱盤。**5** 賭徒；懶惰鬼。

'**player 'piano** 名 自動鋼琴。

play·fel·low ['ple,fɛlo] 名 = playmate.

play·ful ['plefəl] 形 **1** 嬉戲的，愛遊玩的；吵鬧的；頑皮的；快活的。**2** 幽默的，戲謔的。～**·ly** 副，～**·ness** 名

play·game ['ple,gem] 名 兒戲，遊戲。

play·girl ['ple,gɚl] 名 尋歡作樂的女子。

play·go·er ['ple,goɚ] 名 常去看戲的人，愛看戲的人。

·**play·ground** ['ple,graund] 名 **1** 運動場。**2** 遊樂場，休閒場所。

play·house ['ple,haus] 名 (複 **-hous·es** [-zɪz]) **1** 戲院，劇場。**2** 兒童遊樂房；《美》玩具房。

'**playing ,card** 名 **1**（一組五十二張的）紙牌。**2** 任何供遊戲或賭博的紙牌。

'**playing ,field** 名《主英》比賽場，運

動場，球場。

play·let ['plelɪt] 图短劇。

play·list ['ple,lɪst] 图預定播放的錄音節目的目錄。

play·mate ['ple,met] 图玩伴。

play-off ['ple,ɔf] 图 **1** 加賽，延長賽。**2** ((~s))季後賽，決賽，冠軍賽。

play·pen ['ple,pɛn] 图供幼兒在裡面遊戲的小圍欄。

play·pit ['ple,pɪt] 图((英))（供遊樂的）沙地，沙坑。

play·room ['ple,rum, -um] 图遊戲室。

play·suit ['ple,sut] 图（婦女、小孩的）運動裝。

play·thing ['ple,θɪŋ] 图 **1** 玩具。**2** 供玩弄的人，玩物。

play·time ['ple,taɪm] 图Ⓤ **1** 遊戲時間，休閒時間。**2** 開演時間。

play·wear ['ple,wɛr] 图Ⓤ休閒服裝。

play·wright ['ple,raɪt] 图劇作家。

pla·za ['plæzə, 'plɑzə] 图 **1**（西班牙街頭的）廣場；市場；((**the P-**))電影院的名稱。**2**（高速公路的）休息站。**3**((加))＝shopping center.

PLC ((縮寫))((英)) *p*ublic *l*imited *c*ompany 公開股份有限公司。

·plea [pli] 图 **1**((常作 **the** ～))辯解，藉口，託詞：under *the* ～ of[that]... 以…爲藉口。**2**〖法〗申訴，抗辯；（被告的）答辯（書）；訴訟：enter a ～ of guilty 承認有罪。**3** 懇求，請求((*for*...))：make a ～ *for* forgiveness 懇求寬恕。

plea-bargain ['pli,bargɪn] 图((美))認罪減刑協商。—動不及((美))進行認罪減刑的協商。

'plea ,bargaining 图Ⓤ((美))認罪減刑協商。

pleach [plitʃ] 動及 **1** 交織（而構成樹籬等）；構築。**2** 編結（頭髮）。

plead [plid] 動(～·**ed** 或 **plead** [plɛd] 或((美·蘇)) **pled**, ～·**ing**)不及 **1** 祈求，懇求((*for*...))。**2**〖法〗(1)申訴，抗辯((*against*...))；承認：～ guilty 承認有罪。(2) 答辯。(3)（在法庭上）辯論。—及 **1** 堅稱，申明；聲稱…以作辯護。**2**〖法〗(1) 申訴，提出。(2) 提出辯護。

plead·er ['plidɚ] 图 **1** 抗辯者，申辯人；辯護律師。**2** 懇求者；排解者。

plead·ing ['plidɪŋ] 图 **1** Ⓤ Ⓒ辯解，申辯。**2**Ⓤ〖法〗辯護；訴訟；((～**s**))起訴狀；答辯狀。—形祈求的，懇求的。～·**ly** 副

pleas·ance ['plɛzn̩s] 图 **1** 遊樂園，庭園；漫遊道。**2**((古))＝pleasure.

pleas·ant ['plɛznt] 形(**more** ～; **most** ～; ～·**er**, ～·**est**) **1** 令人愉快的，快樂的((*to* do))；舒適的((*to*...))；宜人的：～ climate 宜人的氣候 / a ～ garden 漂亮的庭園 / ～ *to* the ear 悅耳。**2** 討人喜歡的，可親的，令人滿意的：a ～ young man 討人喜歡的年輕人 / make oneself ～ to... 對…應對周到。～·**ness** 图

·pleas·ant·ly ['plɛzn̩tlɪ] 副愉快地，快樂地；和藹地；歡喜地：I was ～ surprised. 我是既驚又喜。

pleas·ant·ry ['plɛzn̩trɪ] 图(複-**ries**) **1**Ⓤ戲弄，嘲弄。**2** 玩笑，詼諧話。

:please [pliz] 動(**pleased, pleas·ing**)及 **1** 使高興，使快樂；取悅，討好：～ the eye 賞心悅目 / ～ everybody 討好每一個人 / He is difficult to ～. 他很難取悅。**2** 請：*P-* come here. 請到這兒來。/ Pass the salt, ～. 請把鹽遞給我。**3**((用 **it** 作主詞))合乎意願，爲（某人）所樂意：*It* ～*d* me to know that you are thinking of me. 我很高興知道你想著我。—不及 **1** 使人高興，取悅人：She is anxious to ～. 她急於討好人。**2**((用於**as**或疑問詞所導出的副詞子句))希望，喜歡，想要：You can see me *whenever* you ～. 你什麼時候想見我都可以。

if you please(1)請，勞駕；如果你願意的話。(2)你相信嗎？你想像得到嗎？令人驚訝的是；你覺得意外吧？

please God((插入句中))如果上帝願意；但願上天庇佑；如果可能。

please oneself (1)自娛。(2)隨自己的意。

pleased [plizd] 形高興的，滿意的，喜歡的((*with, at, about*...))；欣喜的((*that* 子句))：I am very ～ *about* it. 我對於那件事感到非常高興。

be pleased to do(1)高興做，喜歡做。(2)願意做，樂意做。(3)((表敬意、諷刺))意欲做。

pleas·ing ['plizɪŋ] 形令人愉快的；令人滿意的；討人喜歡的，可愛的((*to*...))：a ～ climate 宜人的氣候。～·**ly** 副

pleas·ur·a·ble ['plɛʒərəbl] 形((文))令人快樂[愉快，滿意]的：a ～ impression 良好的印象。～·**ness** 图, -**bly** 副

:pleas·ure ['plɛʒɚ] 图 **1**Ⓤ高興，快樂；愉快；滿足((*in*..., *in* doing, *of* doing))；樂趣：show ～露出高興的表情 / express one's heart-felt ～ 表示由衷的高興。**2**Ⓤ Ⓒ享樂；娛樂；（肉體上的）快樂，放縱。**3**((通常作 **a person's** ～))意向，意願，喜惡；要求：at (one's) ～ 隨便，隨意 / consult his ～ 徵詢他的意願。

for pleasure 爲了取樂，爲了消遣。

It's my pleasure / ***My pleasure***((口))不客氣。

take pleasure in... 歡樂；尋歡作樂。

with pleasure 高興地，快活地；((慨然應允))十分樂意。

—動(-**ured**, -**ur·ing**)及使高興，（尤指在性慾上）使滿足。—不及 **1** 喜歡，高興((*in*...))。**2**((口))遊玩，去度假。

'pleasure ,boat 图遊艇。

'pleasure ,ground 图遊樂場。

'pleasure ,principle 图((**the** ～))〖

精神分析〗（佛洛伊德的理論中的）快樂原理。

pleasure-seeker [ˈplɛʒɚ͵sikɚ] 名尋歡作樂者。**-,seeking** 形尋歡作樂的。

pleat [plit] 名（裙等的）褶。—動及打褶（亦稱 **plait**）。～**·er** 名打褶器。

pleb [plɛb] 名《俚》**1** 平民，庶民。**2** = plebe.

plebe [plib] 名（美國軍官學校的）一年級學生。

ple·be·ian [plɪˈbiən] 形**1**（古羅馬的）平民的，庶民的。**2** 百姓的，大眾的；普通的；《蔑》粗俗的，平庸的。—名**1**（古羅馬的）平民，庶民。**2** 百姓。～**·ism** 名

pleb·i·scite [ˈplɛbə͵saɪt, -sɪt] 名**1** 公民投票。**2** 全民表決。

plebs [plɛbz] 名（複 **ple·bes** [ˈplibiz]）《集合名詞》**1**（古羅馬的）平民，庶民。**2** 百姓，大眾，民眾。

plec·trum [ˈplɛktrəm] 名（複**-tra**, [-trə], ～**s**）義甲，琴撥。

pled [plɛd] 動《口·方》**plead**的過去式及過去分詞。

·pledge [plɛdʒ] 名 **1** Ⓤ Ⓒ誓言，誓約；承諾：be under a ～ of silence 信守保持沉默的誓言 / take a ～ 發誓。**2** Ⓤ典當，抵押；擔保；〖法〗質押，抵押權（關係）；典當品，抵押品：be in ～ to... 做…的抵押中 / keep the famous painting as a ～ 保留這幅名畫作爲抵押 / put a jewel in ～ 用寶石當抵押品。**3**（友情、忠誠等的）表示；象徵；信物；《古》乾杯，舉杯：as a ～ of love 作爲愛情的證物。**4**《美》（參加俱樂部等的）入會約定；預備會員。

take the pledge《諧》發誓戒酒。

—動（**pledged**, **pledg·ing**）及 **1** 用誓約約束，使發誓；《反身》發誓，保證《*to...*》。**2** 發誓；宣誓；承諾給予。**3** 以…作抵押《*for...*》。**4**《美》使作（入會）誓約；接受入會作爲預備會員。**5**《古》爲了…而乾杯。

—不及 **1** 發誓；保證，承諾。**2** 乾杯。**3**《美》約定（入會）。**pledg·er** 名立誓人。

P

pledg·ee [plɛdʒˈi] 名質權人，接受抵押者。

pledg·or [ˈplɛdʒɚ] 名〖法〗（動產的）抵押人，設定質權者。

Ple·iad [ˈpliəd, ˈplaɪəd] 名 **1** Pleiades 之一。**2**《the ～》昴宿詩派（由十六世紀法國的七位詩人組成）；《通常作 **p-**》由優異的七人組成的一團體。

Ple·ia·des [ˈpliə͵diz, ˈplaɪə-] 名(複)《the ～》**1**〖希神〗普勒阿得斯：Atlas 的七個女兒。**2**〖天〗昴宿星座。

pleis·to·cene [ˈplaɪstə͵sin] 名形 更新世（的）。

ple·na·ry [ˈplinərɪ, ˈplɛnərɪ] 形 **1** 充分的；（權力）絕對的；無條件的：～ powers 全權 / ～ indulgence〖天主教〗大赦。**2** 全體出席的：a ～ session 全體大會。**3** 正式的，完整的。

plen·i·po·ten·ti·ar·y [͵plɛnəpəˈtɛnʃərɪ -ʃɪ͵ɛrɪ] 名(複 **-ar·ies**) 全權大使。

—形 **1** 有全權的：an ambassador extraordinary and ～ 特命全權大使。**2** 授予全權的；絕對的。

plen·i·tude [ˈplɛnə͵tjud, -͵tud] 名 Ⓤ **1** 充裕；足夠；豐富。**2** 充分，完全。

plen·te·ous [ˈplɛntɪəs] 形〖詩〗**1** 豐富的。**2** 豐收的；豐碩的；富饒的《*in, of* ...》。

plen·ti·ful [ˈplɛntɪfəl] 形**1** 許多的，豐富的：a ～ supply of fuel 燃料的充足供應。**2** 生產豐富的：a ～ crop 豐收。

～**·ly** 副，～**·ness** 名

plen·ty [ˈplɛntɪ] 名 Ⓤ **1**《通常用於肯定》充足，很多，大量《*of...*》。**2** 豐富，充裕：a year of ～ 豐年 / corn in ～ 豐富的穀物。

—形《口》**1** 很多的，豐富的。**2** 足夠的。

—副《口》充分地，很。

ple·num [ˈplinəm] 名(複～**s**, **plena** [ˈplinə]) **1** 充滿物質的空間；充滿。**2** 進氣增壓；增壓室，高壓間。**3** 全體大會。

ple·o·nasm [ˈpliə͵næzəm] 名 **1**Ⓤ〖修〗冗言法；Ⓒ冗言的事例。**2** 多餘的字；冗言，贅語。**-ˈnas·tic** 形，**-ˈnas·ti·cal·ly** 副

ple·si·o·saur [ˈplisɪə͵sɔr] 名蛇頸龍。**-sau·rus** [-ˈsɔrəs] 形

pleth·o·ra [ˈplɛθərə] 名**1** 過多，過剩。**2** Ⓤ多血症，紅血球過多症。

ple·thor·ic [ˈplɛθərɪk, plɛˈθɔrɪk, -ˈθɑr-] 形 **1** 過多的；誇大的。**2**〖病〗多血症的。

pleu·ra [ˈplʊrə] 名(複**-rae** [-ri]) 肋膜，胸膜。**-ral** 形

pleu·ri·sy [ˈplʊrəsɪ] 名 Ⓤ胸膜炎，肋膜炎。**pleu·rit·ic** [plʊˈrɪtɪk] 形

plex·i·glass [ˈplɛksɪ͵glæs] 名 Ⓤ 樹脂玻璃。

plex·us [ˈplɛksəs] 名(複～**·es**, ～) **1**〖解〗（神經、血管的）叢。**2** 糾結，複雜。

pli·a·bil·i·ty [͵plaɪəˈbɪlətɪ] 名 Ⓤ 柔軟性；有適應性。

pli·a·ble [ˈplaɪəbl] 形 **1** 易曲折的；柔軟的；柔韌的。**2** 順從的；沒有主見的；有適應性的。**-bly** 副

pli·ant [ˈplaɪənt] 形 **1** 易曲折的；柔軟的；柔韌的。**2** 柔順的；沒有主見的；易受影響的。**-an·cy** 名，～**·ly** 副

pli·ca·tion [plaɪˈkeʃən] 名 Ⓤ Ⓒ **1** 摺疊打摺；摺。**2**〖外科〗摺疊術。

pli·er [ˈplaɪɚ] **1**《～**s**》《偶作單數》《通常作 **a pair of** ～**s**》鉗子，老虎鉗。**2** 彎曲的人[物]。

plight[1] [plaɪt] 名情況，立場；苦境，逆境：be in a miserable ～ 陷入悲慘的情況。

plight[2] [plaɪt] 動及《古》**1** 發誓，宣誓：～ one's troth 牢牢約定；訂婚。**2**《反身或被動》訂婚《*to...*》：～ *oneself to* the young man 與那年輕人訂婚。—名《古》

= pledge.

plim·soll ['plɪmsl, -sɔl] 名《通常作 ～s》《英》橡膠底帆布鞋（《美》sneakers）。

Plimsoll ˌline [ˌmark] 名〖海〗載重吃水線。

plink [plɪŋk] 動 不及 及 1 無固定目標地隨意射擊。2 叮鈴地彈奏；發出叮噹聲音。一名叮噹聲。

plinth [plɪnθ] 名〖建〗1 柱基，柱腳；銅像的底座。2 沿著牆壁底部的一層磚或石頭。3 地基；牆壁底部的護壁板。

Pli·o·cene ['plaɪə,sin] 名 形〖地質〗上新世（的）；上新統（的）。

PLO《縮寫》*P*alestine *L*iberation *O*rganization 巴勒斯坦解放組織。

plod [plɑd] 動(～·ded, ～·ding) 不及 1 沉重地走，吃力地走《*along, on / along...*》。2 勤苦地工作，孜孜不倦地讀（書）《*on, along, away / at, through...*》: ～ *along at* one's books 孜孜不倦地讀書。
一及沉重地走。一名 1 疲累的步伐；沉重的腳步聲。2 勤苦工作。～**·ding** 形，～**·ding·ly** 副

plod·der ['plɑdɚ] 名步履艱難者；辛勤工作的人，勤學者。

plonk¹ [plɑŋk] 動 名 副《英》= plunk.

plonk² [plɑŋk] 名 U C《英》《俚》廉價葡萄酒。

plop [plɑp] 動 (**plopped**, ～**·ping**) 及使沉重地落下。一不及 1 發出撲通的聲音。2 撲通地倒下，沉重地落下《*down*》。一名 1 撲通聲。2 撲通的落下。一副撲通一聲地。

plo·sive ['plosɪv] 形〖語音〗爆裂音的。一名爆裂音。

plot¹ [plɑt] 名 1 陰謀，詭計《*to* do》；密謀《*against...*》: hatch a ～ *against*...策劃反對…的陰謀。2 情節，結構。3《主美》地段圖，基址圖；（標示船、飛機等的位置、方向、路線的）地圖，圖表。
一動 (～**·ted**, ～**·ting**) 及 1 策劃，密謀做…。2 編寫情節。3（在地圖上）標明，記錄。4 繪製地段圖；繪製地圖。5〖數〗用座標表示，（連接指定的點）畫出（曲線）；用曲線表示。
一不及 1 圖謀《*for...*》；陰謀《*against...*》。2 以座標標示位置。～**·ful** 形，～**·less** 形

plot² [plɑt] 名一小塊地；規劃地 : a ～ of land 一小塊地。一動 (～**·ted**, ～**·ting**) 及劃分《*out*》；分成（小塊地）《*into...*》。

plot·ter ['plɑtɚ] 名 1 陰謀者。2 繪圖者。3（航程）標圖員。4 標繪器。5〖電腦〗繪圖器。

plotting ˌpaper 名 U 方格紙。

plough [plaʊ] 動 及 不及《英》= plow.

plov·er ['plʌvɚ] 名〖鳥〗1 千鳥。2 水邊鳥類的通稱。

plow [plaʊ] 名 1（農耕用的）犁；犁形工具 : under the ～ 耕種中 / be at the ～ 從事農業。2《*the P-*》〖天〗大熊座；《美》北斗七星。3 U《主英》耕地。4《英俚》不及格。
一動 及 1 用犁耕；犁起《*up*》；犁除《*out, up, over*》；犁倒《*down*》；犁入土中《*in*》。2 用犁作；在表面留下溝痕《*up*》。3 推開前進，破浪前進。4 投資《*into...*》；再投資於…《*back / into...*》。5《英俚》以考試淘汰，使不及格。一不及 1 犁地，耕種，被耕種，易於犁種。2 費力穿過；劃開水面前進；賣力地工作《*along / through...*》。3《英俚》考試不及格。4 操作裁剪機等。

plow a lonely furrow 孤獨無助地工作；過孤獨的生活。

plow...back / plow back... (1) 犁入原來的田地中。(2) ⇨動 及 4.

plow into...《美》(1) 積極進行。(2) 激烈地打擊。(3)《口》猛撞。

plow the sand 徒勞無功。

plow...under / plow under... (1)（當作肥料）犁入（田裡）。(2) 消滅；壓倒。

～**·a·ble** 形，～**·er** 名

plow·boy,《英》**plough-** ['plaʊ,bɔɪ] 名 1 牽引拉犁耕畜的青年，牽牛馬者。2 鄉下青年，村童。

plow·land,《英》**plough-** ['plaʊ,lænd] 名 U 1 耕地，田地。2〖英史〗可耕地面積單位。

plow·man,《英》**plough-** ['plaʊmən] 名(複**-men**)農夫；鄉下人。

plow·share,《英》**plough-** ['plaʊ,ʃɛr] 名犁刃，犁頭。

ploy [plɔɪ] 名 1 手法，策略。2《英口》愛好；工作。

·pluck [plʌk] 動 及 1 拔去羽毛；拔下《*off, from...*》；拔除《*up*》；摘，採 : ～ feathers *from* a bird 拔鳥的羽毛。2 拉，拖，扯；《古》用力拉開《*away, out / off, from...*》。3《俚》搶劫，騙取錢財。4 彈，撥。5 選出《*from...*》。一不及 用力拉；拽住；彈（樂器的弦）。

have a crow to pluck with a person ⇨ CROW¹（片語）

pluck up 振作精神，奮起。

pluck...up / pluck up... (1) 連根拔去，根絕。(2)《通常以 **courage, heart, spirits** 當受詞》鼓動，振作。
一名 1 拔，摘，拉。2 U 勇氣，決心，膽量。3《*the* ～》（牛等的）內臟。

pluck·y ['plʌkɪ] 形(**pluck·i·er, pluck·i·est**) 有勇氣的，有膽量的。**-i·ly** 副

·plug [plʌg] 名 1 塞子，填塞物；火星塞，點火栓；消防栓；〖電〗插頭；《口》電線的插座。2 板煙，煙餅；口嚼煙塊。3《口》劣等商品，賣不出的貨品。4《口》（電臺廣播或電視節目中的）廣告，宣傳；推薦的話。5 大禮帽。6《俚》拳打；射擊。7〖地質〗岩栓，岩頸。

pull the plug 拿掉病重者（或植物人）的

維生器具以促其死亡。

—動(plugged, ～·ging)及 1 堵塞，塞住《up》插進，塞入；將插頭插入，接通電源《in》。2《口》(在電臺廣播、電視節目中)作宣傳；反覆演唱推廣。3《俚》毆打；用子彈射擊。4《通常用被動》(像接上插頭般)接通，連接《into...》。

—不及 1《口》孜孜不倦地工作《along, away / at...》；工作《for...》。2《俚》用拳頭打擊；射擊《at...》。3 塞，堵《up》。

plug-and-play ['plʌgən'ple] 名 形〖電腦〗隨插即用(的)(亦作 **plug and play**)。

plug·board ['plʌg,bɔrd] 名〖電〗配電盤；〖電腦〗插線盤，插盤。

'plug 'hat 名《美》= plug 名 5.

plug·hole ['plʌg,hol] 名《英》排水孔。

plug-in ['plʌg,ɪn] 形 插電的；插入式的。—名 插入；嵌入；〖電腦〗外掛程式。

plug-ug·ly ['plʌg,ʌglɪ] 名 (複 -lies)《美古》流氓，太保，暴徒。

·plum [plʌm] 名 1 李子(樹)。2 = sugarplum. 3 葡萄乾。4 U 暗紫色，藍紫色。5《俚》最好的事物，輕鬆而待遇高的工作。6《誤用》梅(樹)。

plum·age ['plumɪdʒ] 名 U 1《集合名詞》羽衣；(鳥的)全身羽毛。2 華麗衣服。

-aged 形《偶作複合詞用》有羽毛的。

plumb [plʌm] 名 鉛錘，測錘，垂球：off ～不垂直，傾斜，不一致，失常。

—形 1 垂直的。2〖板球〗平直的。3《口》完全的，全然的：～ ignorance 完全的無知。—副 1 垂直地。2《美口》完全，全然。3 正確地，恰好；馬上。

—動及 1 (用鉛錘)測定垂直度。2 使成垂直《up》。3 測量深度。4 探討，探究。5 以鉛封住。6 施行鉛管工程。—不及 1 垂懸。2 當鉛管工人。

plumb the depths of ... (1) 掉入…的境地。(2) 達到極致。

plum·ba·go [plʌm'bego] 形 (複 ～s [-z]) U 石墨，黑鉛。

'plumb ,bob 名 = plummet 名 1.

plum·be·ous ['plʌmbɪəs] 形 鉛(色)的；含鉛的。

plumb·er ['plʌmɚ] 名 1 鉛管工人，裝修水管的工人。2《美》擔任調查及防止政府機密洩漏的工作人員。

'plumber's ,friend [,helper] 名《美俚》= plunger 4.

plumb·ing ['plʌmɪŋ] 名 U 1 配管；水道設備。2 鉛管工程；鉛管業。3 水深測量。

'plumb ,line 名 1 垂直線，鉛垂線。2 = plumb rule.

'plumb ,rule 名 錘規，懸墨。

plum·bum ['plʌmbəm] 名 U〖化〗鉛。符號：Pb

'plum ,cake 名 U C 葡萄乾糕餅。

'plum 'duff 名 U C《英》葡萄乾布丁。

·plume [plum] 名 1《通常作 ～s》羽毛；大羽毛。2 羽毛狀部分；羽毛狀東西。3 羽毛裝飾。4 象徵名譽的羽毛標誌。5 = mantle plume.

in borrowed plumes (1)《文》身著向別人借來的漂亮衣服。(2) 現買現賣的。

—動(plumed, plum·ing)及 1 用羽毛裝飾。2 (鳥)整理(羽毛)。3《反身》(1)(用借來的衣服)打扮；(2)《文》自誇，炫耀《in, upon...》。

plume·let ['plumlɪt] 名 小羽毛；〖植〗幼芽。

plum·met ['plʌmɪt] 名 1 (線繩等的)墜子，鉛錘，垂球；錘規。2 重載，重壓物。—動 不及 垂直落下《down》；急速降落，急速下跌。

plum·my ['plʌmɪ] 形 (-mi·er, -mi·est) 1 李子似的；加葡萄乾的。2《英》頂好的，理想的。

plu·mose ['plumos] 形 長羽毛的；羽毛狀的。～·ly 副, -mos·i·ty 名

·plump[1] [plʌmp] 形 1《委婉》圓胖的，豐滿的。2 許多的。—動 不及 變圓胖，變豐滿；鼓起風《up, out》。—及 使圓胖；使膨脹《up, out》。～·ly 副, ～·ness 名

plump[2] [plʌmp] 動 不及 1《口》突然落下，使勁坐下；《美》突然衝入《in》；突然衝出《out》。2 熱心地支持；《主英》只投票給。—及 1 使突然掉落；用力放置；《反身》突然倒下《down》。2 唐突地說出《out》。3 讚稱，讚揚。

—名 1 突然落下。2《口》撲通落下的聲音。—副 1 沉重地。2 垂直地。3 率直的，直截了當地。4 突然地；正面地。—形 直截了當的；率直地；完全的。

'plum 'pudding 名 C U 葡萄乾布丁。

'plum ,tree 名 西洋李樹，梅樹。

plu·mule ['plumjul] 形〖植〗幼芽；〖鳥〗絨毛。

plum·y ['plumɪ] 形 (plum·i·er, plum·i·est) 有羽毛的；用羽毛裝飾的；羽毛狀的，羽毛似的。

·plun·der ['plʌndɚ] 動 及 1 搶劫，劫掠，洗劫《of》：～ a town *of* its gold 搶奪某城的黃金。2 掠奪《from...》；違法侵吞。

—不及 搶劫；掠奪；強奪。—名 1 U 掠奪；搶劫；非法侵吞，霸占。2 U《集合名詞》掠奪品；贓物，侵占物。3《方·俚》利益，利潤。

～·er 名

·plunge [plʌndʒ] 動 (plunged, plunging) 及 1 浸入，投入；塞入，插進《into...》；使突然陷入(某種狀態)《into, in...》；使向前傾《forward》：～ (oneself) *into* despair 陷於絕望。2〖園〗把(花盆)完全埋入土中。—不及 1 跳入，掉入；陷入(某種狀態)《in, into...》：～ forward 向前倒 / ～ *into* one's work 認真投入工作。2 衝進，攻入。3《口》豪賭，狂賭；冒險投機。4 急遽地下傾。5 (馬)踢起後腿；(船)上下顛簸。—名 1 投入，跳入；衝

進；陷入。2（馬）踢起後腿；（船的）猛顛；（價格等的）猛跌。3 跳水處；（水的）深度；游泳。4 魯莽投資，豪賭。
at a plunge 進退維谷。
take the plunge (1)跳入，衝進。(2)採取斷然的行動，冒險。

plung·er ['plʌndʒɚ] 图 1〖機〗活塞；〖汽車〗（輪胎的）栓塞。2 跳入的人；潛水者；闖入者[物]。3《口》豪賭的人；冒險的投機者。4（前端附有橡皮吸盤，疏通排水管用的）手動橡皮泵。

plunk [plʌŋk] 動及 1 彈，撥弦。2《口》用力放下《*down*》；付錢《*down*》。3《美》突然猛擊。—不及 1 砰然作響。2《口》沉重墜落，突然跳入《*down*》。3（只）投票給；支持，擁護。—图 1 叮叮聲；砰地墜落，重落聲。2《美口》猛烈的一擊。3《美俚》一元。—形 1 撲通地，砰地。2《口》正好。

plu·per·fect [plu'pɚfɪkt] 图 Ⓤ Ⓒ，形〖文法〗過去完成式（的）。

plur. 《縮寫》*plur*al(ity).

·plu·ral ['plʊrəl] 形 1 複數的，二個以上的。2 複數中之一個的：a ～ wife（一夫多妻制的）眾妻之一（非元配的妾）。3〖文法〗複數的。—图 Ⓤ〖文法〗複數；Ⓒ複數形；複數形的字。～·ly 副

plu·ral·ism ['plʊrəlɪzəm] 图 Ⓤ 1〖哲〗多元論。2〖教會〗兼神職。3 複數狀態；複數性。-ist 图，-is·tic 形

plu·ral·i·ty [plʊ'rælətɪ] 图（複-ties）1《美》（當選者與次多票者的）得票差，超過票數；相對多數。2 多數；大多數，過半數《*of...*》。3 Ⓤ複數（性）。4 Ⓤ Ⓒ〖教會〗兼任數職。

·plus [plʌs] 介 1 加。2《主口》加上：have wealth ～ ability 擁有財富和能力。
—連《口》以及，而且。—形 1 加的，正的。2《敘述用法》加上的。3（某數）以上的；評分後附加的。4〖電〗陽的，正的；〖簿〗貸方的；〖植〗雄配偶子的。5 有利的；另加的；特別的。—副《口》而且，此外。—图（複～·es, ～·ses）1 正量，正數。2 = plus sign. 3 附加物，符合希望的要素；盈餘，利益。4〖高爾夫〗優者的讓桿。—動（～·sed, ～·sing）及 附加，增加。

'plus 'fours 图(複)一種寬鬆的半長褲。

plush [plʌʃ] 图 Ⓤ長毛絨。—形 1 長毛絨的。2《口》奢侈的，豪華的。～·ly 副

plush·y ['plʌʃɪ] 形（plush·i·er, plush·i·est）1 長毛絨（似）的。2《口》豪華的，奢華的；安樂的，舒適的。

'plus ˌsign 图〖算〗正號，加號。

Plu·tarch ['plutɑrk] 图 蒲魯塔克（46?–120?）：古希臘歷史家、傳記作家。

Plu·to ['pluto] 图 1〖希神〗普魯托：冥府之王。2〖天〗冥王星。

plu·toc·ra·cy [plu'tɑkrəsɪ] 图（複-cies）1 Ⓤ財閥政治。2 富豪階級；財閥。

plu·to·crat ['plutəˌkræt] 图 有錢有勢的人，財閥；《蔑》富豪，有錢人。

plu·to·crat·ic [ˌplutə'krætɪk] 形 財閥政治的，富豪（階級）的。-i·cal·ly 副

Plu·to·ni·an [plu'tonɪən] 形 冥王的；冥府的，陰間的，地獄的。

plu·ton·ic [plu'tɑnɪk] 形 1〖地質〗深成的。2（P-）冥王的。

plu·to·ni·um [plu'tonɪəm] 图〖化〗鈽。符號：Pu

Plu·tus ['plutəs] 图〖希神〗普魯特斯：財富之神。

plu·vi·al ['pluvɪəl] 形 1 雨的，多雨的。2〖地質〗雨成的。

plu·vi·om·e·ter [ˌpluvɪ'ɑmətɚ] 图 雨量計 = rain gauge.

plu·vi·ous ['pluvɪəs] 形 雨的；多雨的。

·ply[1] [plaɪ] 動（plied, ～·ing）及 1（勤於）使用：～ one's wit 不斷運用自己的智慧。2（努力）經營，從事。3 (1)不斷地添加（柴薪等）。(2)堅持勸：～ her with whiskey 一直勸她喝威士忌酒。(3)再三提出：～ a person with questions 一再盤問某人。4 定期往返於。—不及 1 努力從事，忙於《*at*, *with...*》。2 定期往返《*between...*》。3 待客《*at...*》；等候《*for...*》。4 搶風航行。

ply[2] [plaɪ] 图（複 plies）1 Ⓤ《與數字連用》（三夾板等的）層，一層；（線等的）縷，股：tow-*ply* twine 雙股細繩。2 性格，癖性，傾向。
—動（plied, ～·ing）及 彎曲，摺疊，搓捻。

Plym·outh ['plɪməθ] 图 普里茅斯：1 英格蘭西南部的港市。2 美國 Massachusetts 州東南部的市鎮。

'Plymouth ˌColony 图《the ～》〖美史〗普里茅斯殖民地。

'Plymouth ˌRock 图 1 普里茅斯岩：在 Plymouth 港的一塊岩石；1620 年清教徒初次登陸時所踏上的岩石。2 普里茅斯岩種：美國原產的雞。

ply·wood ['plaɪˌwʊd] 图 Ⓤ合板，三夾板。

Pm 《化學符號》promethium.

P.M. 《縮寫》*P*ast *M*aster; *P*ay*m*aster; = p.m.; *P*olice *M*agistrate 違警罪法庭推事；*P*ost*m*aster; *p*ost*m*ortem; 《英口》*P*rime *M*inister; *P*rovost *M*arshal.

·p.m., P.M. ['pi'ɛm]《拉丁語》*post meridiem* 午後。

P.M.G. 《縮寫》*P*ay*m*aster *G*eneral; *P*ost*m*aster *G*eneral; *P*rovost *M*arshal *G*eneral.

P / N, p.n. 《縮寫》*p*romissory *n*ote.

pneum. 《縮寫》*pneum*atic; *pneum*atics.

pneu·ma ['numə, 'njumə] 图 1 精神，靈魂。2〖神〗神靈；聖靈。

pneu·mat·ic [nu'mætɪk, nju-] 形 1 空氣的；氣體的；風的；氣體學的。2 由於壓縮空氣而作用的。3 充滿壓縮空氣的；裝有氣胎的。4〖動〗有氣囊的。
-i·cal·ly 副

P

pneu·mat·ics [nju'mætɪks, nju-] 图 (複) 《作單數》空氣力學，氣體學。

pneu·mo·co·ni·o·sis [ˌnumə,konɪ'osɪs, 'nju-] 图 U 〖病〗肺塵埃沉著病，肺塵症。

pneu·mo·nia [nu'monjə, nju-] 图 U 〖病〗肺炎。

Po 《化學符號》polonium.

po. 《縮寫》〖棒球〗*p*ut-*o*ut(s).

P.O. 《縮寫》*p*arole *o*fficer; *p*etty *o*fficer; *p*ostal *o*rder; *p*ost *o*ffice; *p*robation *o*fficer.

po [po] 图《兒語·英口》夜壺。

poach¹ [potʃ] 動 不及 **1** (爲盜獵等而) 侵入；侵犯《*on, upon...*》；盜獵《*for*》。**2** 泥濘難走；陷入泥濘裡。**3** (網球賽中等) 搶打夥伴的球；(運動競賽中) 使用不正當的手段。—及 **1** 踐踏使成泥漿；在…踐踏出坑窪。**2** 盜獵，偷捕；毀壞。**3** 偷竊；侵害。**4** 加水調勻；摻入漂白液。**5** 搶打；(運動競賽中) 不正當地獲取。

poach² [potʃ] 動 及 煮 (荷包蛋、魚)。

poach·er¹ ['potʃɚ] 图 侵入他人土地者，盜獵者，偷捕者。

poach·er² ['potʃɚ] 图 煮蛋器；煮鍋。

POB, P.O.B. 《縮寫》*P*ost *O*ffice *B*ox.

PO Box 图 郵政信箱。

po·chard ['potʃɚd, 'pokɚd] 图 (複～s,《集合名詞》～)〖鳥〗磯鳧。

pock [pɑk] 图 **1** 膿疱，痘疱。**2** 痘痕，麻子。**3** 孔穴，坑窪。**4**《蘇》= poke².
—動 及 使成麻點狀。**pocked** 形 有痘痕的，有麻點的，千瘡百孔的。

:pock·et ['pɑkɪt] 图 **1** 口袋。**2** 錢包，錢袋，財力；零用錢，身上攜帶的錢：a deep ～ 財力雄厚 (的人) / pick a [a person's] ～ 扒竊，偷竊袋中之物。**3** 凹處。**4** 一袋：秤蛇麻草重量的單位。**5** (與周圍不同、孤立的) 小地區：a ～ of poverty 貧困區。**6**〖撞球〗球袋；〖保齡球〗擊球區；〖美足〗(防守域)阻擋四分衛而圍成的扇形區域。**7**〖軍〗孤立地區；孤立軍。**8**〖棒球〗棒球手套的凹處。**9**〖空〗= air pocket.

be...out of pocket《英》賠錢；損失。

burn a hole in one's pocket ⇨HOLE 图

dip into one's pocket《口》花錢。

have a person in one's pocket 掌控。

have...in one's pocket 確信…會成功，確信…會得到手。

line one's pockets 中飽私囊，獲取不法利益。

live in a person's pocket 靠 (他人的) 金錢生活。

put one's hand in one's pocket 花錢，出錢。

put one's pride in one's pocket 抑制自尊心，忍受恥辱。

—形 攜帶式的；袖珍的，小型的。—動 及 **1** 裝在口袋裡。**2** 據爲己有，私吞。**3** 忍受 (侮辱等)；隱藏，抑制 (感情等)。**4**〖撞球〗打進球袋中。**5**《美》否決 (議案)。**6** (賽跑中) 加以包圍阻礙其前進。**7** 加上口袋。**8** 圍住，關住。～·**a·ble** 形

'pocket 'battleship 图 袖珍戰艦。

pock·et·book ['pɑkɪt,bʊk] 图 **1** 錢包，皮夾；《美》手提包，錢袋。**2** 財力。**3**《美》袖珍本；《英》筆記簿。

'pocket ˌborough 图《英》限制選舉區。

'pocket ˌcalculator 图 袖珍型計算機。

pock·et·ful ['pɑkɪt,fʊl] 图 滿滿一袋；《口》大量，許多《*of...*》。

pock·et-hand·ker·chief ['pɑkɪt'hæŋkɚtʃɪf] 图 = handkerchief 1.

pock·et·knife ['pɑkɪt,naɪf] 图 (複-**knives**) 小刀。

'pocket ˌmoney 图 U 零用錢。

'pocket ˌpark 图 小公園。

'pocket ˌpistol 图 **1** 可放衣袋中的小手槍。**2**《謔》可置於衣袋中的酒瓶。

pock·et-size(d) ['pɑkɪtsaɪz(d)] 形 可放入口袋的，袖珍型的。

'pocket ˌveto 图《美》擱置否決 (權)。

pock·mark ['pɑk,mɑrk] 图《通常作～s》痘痕，麻子。

pock·marked ['pɑk,mɑrkt] 形 有痘痕的。

pock·y ['pɑkɪ] 形 (**pock·i·er, pock·i·est**) 麻子的；有麻子的；滿是麻子的。

po·co ['poko] 副〖樂〗稍微：～ largo 稍慢 / ～ a ～ 漸漸，徐徐。

po·co·cu·ran·te [ˌpokokju'ræntɪ] 形 图 (複-**ti** [-ti]) 漫不經心的 (人)，滿不在乎的 (人)。

pod¹ ['pɑd] 图 **1** 豆莢。**2** 豆莢形物。**3**《俚》腹；鼓起的大肚子：in ～ 懷孕。**4**〖太空〗分離艙。
—動 (～·**ded**, ～·**ding**) 不及 成莢 (狀)；生莢，結莢。—及 剝掉莢，除去殼。

pod² [pɑd] 图 (小鳥等的) 一小群。

P.O.D. 《縮寫》*p*ay *o*n *d*elivery 貨到付款。

pod·ded ['pɑdɪd] 形 **1** 有莢的。**2**《英》有錢的，富裕的。

podg·y ['pɑdʒɪ] 形《英》= pudgy.

po·di·a·try [po'daɪətrɪ] 图 U《美》足病學；足病治療。

po·di·um ['podɪəm] 图 (複～s, -**di·a** [-dɪə]) **1** 指揮臺；高臺；講臺。**2**〖建〗腰牆，矮牆；基壇；腰石；(古羅馬圓形競技場如高壇般的) 觀眾坐席。**3**〖動·解〗足。**4**〖植〗葉柄。

Poe [po] 图 **Edgar Allan**, 愛倫坡 (1809－49)：美國詩人及短篇小說作家。

:po·em ['poɪm, -əm] 图 **1** 詩，韻文；辭藻華麗的文章。**2** 富有詩意的事物。

po·e·sy ['poɪsɪ, -əsɪ, -zɪ] 图 (複-**sies**) **1** U C《古》〖詩〗一首詩；《集合名詞》詩，詩歌，寫詩，作詩法。**2** U 作詩的靈感。

:po·et ['poɪt, -ət] 图 **1** 詩人。**2** 具有詩人氣

質的人，感情和想像力豐富的人。

po·et·as·ter ['poɪt,æstɚ, -ət-] 图《文》劣等詩人，蹩腳詩人。

po·et·ess ['poətɪs] 图《罕》女詩人。

·**po·et·ic** [po'ɛtɪk] 形 1 詩的；詩意的；富有詩趣的。2 詩人的；有詩才的；富有詩情畫意的。3 以詩稱頌的；適合作爲詩題材的。—图= poetics. **-i·cal·ly** 副

·**po·et·i·cal** [po'ɛtɪkl] 形= poetic.

po'etic 'justice 图 Ⓤ詩的正義。

po'etic 'license 图Ⓤ詩的破格。

po·et·ics [po'ɛtɪks] 图(複)《作單數》1 詩論，詩學。2 韻律學。3 有關詩的研究論文；《the P-》『詩學』: Aristotle 所作。

'poet 'laureate 图(複 **poets laureate**)《英》桂冠詩人。

·**po·et·ry** ['poɪtrɪ] 图 Ⓤ 1 詩；作詩法。2《集合名詞》(當作作品的)詩，詩歌；韻文：modern ～ 現代詩。3 詩意；詩的興致，詩情，詩心。4 有詩意的事物。

po-faced ['po,fest] 形《英俚》一本正經的；面無表情的。

'pogo ,stick 图彈簧單高蹺。

po·grom [po'grɑm, 'pogrəm] 图有組織的大屠殺；(俄帝政時對猶太人的)大屠殺。

poi [pɔɪ, 'poɪ] 图 Ⓒ Ⓤ (夏威夷的)芋頭食品。

poign·an·cy ['pɔɪnjənsɪ] 图 Ⓤ深刻，強烈；銳利；辛辣。

poign·ant ['pɔɪnjənt] 形 1 痛切的，沉痛的。2 生動的；感動人的。3 濃烈的，衝鼻的；辛辣的。4 強烈的；尖銳的，深刻的。5 (說明等)得當的。～**·ly** 副

poi·lu ['pwɑlu, pɔɪ'lu] 图 (複～**s** [-z])《俚》(第一次世界大戰前線的)法國兵。

poin·set·ti·a [pɔɪn'sɛtɪə] 图〖植〗猩猩木；聖誕紅。

point [pɔɪnt] 图 1 (1)尖，尖端；尖頭的工具；花邊鉤針；手織花邊。(2)〖拳擊〗下顎。2 海岬：a ～ of land 陸地的突端。3 小點；痕點，污點；標點；句點；〖數〗小數點(略作：pt., 複 pts)；(點字的)凸點。4〖軍〗尖兵隊。5 (1)(汽車引擎的)接觸點。(2)《英》插座(《美》outlet)。6〖鐵路〗轉轍器。7〖海〗縮帆繩。8 (像兩線交點般的)點；地點，場所。9 Ⓤ〖板球〗立於打者右前方的守備位置；Ⓒ其位置的防守者。10 (計器、過程的)點，度，度數；到達點。11 程度，階段。12〖海〗(1)(方位上的)點，刻度；(2)方位。13 Ⓤ瞬間。14 Ⓤ時刻；《常作 the ～》關鍵時刻。15《通常作 the ～》重要的事情；重點，著眼點。16《通常作 the ～》要點，主旨。17 Ⓤ觀點；論點；目標，目的；用處，利益《in doing》。18 規則，指示。19 各個部分；條款，項目；細節。20 特徵，特質。21 分數；得分；〖教〗《美》學分。22〖商〗指數。23《～s》〖商〗從融資額的票面價格中扣除的手續費。24 Ⓤ〖印〗磅因。25〖運動〗越野賽跑。26 (舞蹈時)足尖點地的動作。

at all points 在各方面，完全地。

at the points of... = on the POINT of... .

be at sword points ⇨SWORD (片語)

beside the point 離題的，不相關的。

get the point 了解某人的意思。

give (a) point to (1)把…削尖。(2)強調。

give points to a person 《英》(競賽時)預先讓某人幾分；《喻》讓某人占優勢。

have a point 有道理。

in point 適當的，符合的，切題的。

in point of fact 實際上，事實上。

make a point 表明觀點，說明論點。

make a point of... (1)重視，主張《doing》。(2)一定做…，不忘做…《doing》。

make it a point to do = make a POINT of... (2).

make one's point 說服別人同意自己的看法，證明自己的論點。

not to put too fine a point on it 坦白地說。

on the point of... 正要…時；就在…之時《doing》。

point by point 一項一項地；逐一地。

point for point 逐一地，正確地。

point to point 一個接一個地。

stand on fine point 拘泥細節。

strain a point 讓步，通融。

the point of no return 不能回航點，航線臨界點；不能後退的立場。

to the point 適切，中肯。

when it comes to the point 到必須採取行動之時，到了緊要關頭。

win on points 〖拳擊〗以得分(點數)獲勝。

—動 (～**·ed**, ～**·ing**) 及 1 指向，對準《at, toward...》；使朝向《to...》：～ a gun at [toward] a deer 以槍瞄準鹿 / ～ the [a] finger at...指責，說…的壞話。2 指出，使注意《out》。3 使銳利，削尖，削。4 加點號，加標點；加小數點，打點分開《off》。5 強調，堅持《up》。6〖狩〗(獵犬)用姿勢指示獵物的所在處。7〖石工〗填塞接縫；用小型鑿子整理。—不及 1 指向，指示《to, at...》；面向，朝向《to, toward...》。2 引起注意；表示，指點《to ...》。3 瞄準。4 顯示，證明《to...》。5〖狩〗(獵犬)做姿勢指示獵物所在。

point out 指出，使注意《that子句》。

point-blank ['pɔɪnt'blæŋk] 形 1 直接瞄準的，平射的，直射的：at ～ range 在直射程內。2 率直的，明白的，直截了當的。

—副 1 直接瞄準地，直射地；直地。2 率直地，明白地，直截了當地。

'point 'constable 图《英》交通警察。

point d'ap·pui [,pwændæ'pwi] 图 (複 **points d'ap·pui**)《法語》1 支點，支承。2〖軍〗據點，根據地。

P

'point ˌduty 名 U《英》(交通警察的)站崗,交通指揮(勤務)。

point·ed ['pɔɪntɪd] 形 1 尖 的。2 深 刻的,敏銳的;有效的,適當的。3 瞄準的,瞄向目標的;有針對性的,尖銳的。4 引人注目的;強調的。～·ly 副

point·er ['pɔɪntə] 名 1 指示者。2 教鞭;指針。3〖軍〗瞄準手。4 一種短毛大獵犬。5《口》建議,忠告,指示。6《the Pointers》〖天〗指極星。

poin·til·lism ['pwæntəlɪzəm] 名 U〖畫〗(新印象派的)點描畫法。-list 名

'point ˌlace 名 U 手工[針織]花邊。

point·less ['pɔɪntlɪs] 形 1 不尖的;鈍的,不鋒利的。2 無力量的;無意義的;不適當的。3 沒得分的。～·ly 副

'point ˌman 名 1〖美軍〗尖兵。2《美·加》談判代表。

'point of 'honor 名 影響名譽的事,面子問題。

'point of 'order 名 議事程序。

point-of-sale(s) ['pɔɪntəv'sel(z)] 形 銷貨點的。

'point of 'view 名 觀點,立場;看法。

points·man ['pɔɪntsmən] 名 (複-men) 1《英》(鐵路的)轉轍手(《美》switchman)。2 交通警察。

'point ˌsystem 1〖印〗磅因制。2 盲文點字體系。3 評分升級制。4 點數制。

point-to-point ['pɔɪntə'pɔɪnt] 形 名 越野的(賽馬)。

point·y ['pɔɪntɪ] 形 (point·i·er, point·i·est) 尖的。

point·y-head ['pɔɪntɪˌhɛd] 名《美口》《常為蔑》知識分子。

pointy-'headed 形《美口》知識分子的;自以為很有學問的;愚蠢的。

·poise [pɔɪz] 名 U 1 平衡狀態。2 鎮靜,冷靜;安定,踏實。3 姿勢,姿態。4 猶豫不決,停頓,不明確:on the ～ 懸而未決。5 盤旋。—動 (poised, poising) 及 1 使平衡,保持平衡《on...》。2 平穩地支起;舉起;作姿勢。3《用反身或被動》準備,決心《for...》。—不及 1 保持平衡。2 (鳥等)盤旋。

poised [pɔɪzd] 形 1 準備好的。2 冷靜的,沉著的。3 猶豫不決的。

:poi·son ['pɔɪzn̩] 名 1 U C 毒,毒藥,毒物:hate each other like ～ 互相痛恨 / One man's meat is another man's ～.《諺》利於甲未必利於乙。2 U C 有害之物,有不良影響之物:U《俚》酒。3 U C〖理·生化〗破壞觸媒之物。—動 及 1 下毒;毒害,毒殺;使中毒;使食物中毒。2《通常用被動》塗上毒藥。3 糟蹋,傷害。4《尤英》使感染病菌。5〖理·生化〗破壞。—形 有毒的;有害的。
～·er 名, ～·less 形

'poison 'fang 名 毒牙。

'poison 'gas 名 U 毒氣。

poi·son·ing ['pɔɪzn̩ɪŋ] 名 U〖病〗中毒。

'poison 'ivy 名 U〖植〗野葛。

'poison 'oak 名 1 = poison sumac. 2 = poison ivy.

·poi·son·ous ['pɔɪzn̩əs] 形 1 有毒的。2 (道德上)有害的;傷害人的;不懷好意的。3《口》討厭的,不愉快的。～·ly 副

poi·son-pen ['pɔɪzn̩'pɛn] 形 惡意中傷的;寄出中傷信函的。

'poison 'sumac 名 一種劇毒的漆樹。

·poke[1] [pok] 動 (poked, pok·ing) 及 1 刺,戳;(用拳頭)毆打《in...》:～ a person *in* the face 毆打某人的臉。2 捅出;推開(人群)擠出(進路)《in, through...》:～ one's way *through* the crowd 從人群中擠過去。3 伸出,推出:～ one's head out of the doorway 從門口伸出頭。4 撥旺(火等)《up》。
—不及 1 戳,刺;撥弄;不情願地撥動:～ at the fire with a stick 用棒撥火。2 伸出,突出《out》。3 干預,探索《into ...》;尋求《around, about》。4 閒逛;緩慢前進《along, about》。
poke fun at...《口》嘲笑,戲弄。
poke *one's* ***nose in...***《口》管閒事,干涉,探索。
—名 1 撥,推,刺,戳;(用拳頭)毆打。2《口》遲鈍的人,懶惰的人。

poke[2] [pok] 名 1《美》袋,囊。2《古》口袋,皮夾。3《俚》錢;錢包。

pok·er[1] ['pokə] 名 1 刺的人[物]。2 火鉗,撥火棒:(as) stiff as a ～ (態度等)非常生硬的 / by the holy ～《謔》發誓。

pok·er[2] ['pokə] 名 U〖牌〗撲克牌遊戲。

'poker ˌface 名 無表情的面孔。

pok·er-faced ['pokəˌfest] 形 面無表情的。

'poker ˌwork 名 U 烙畫:焦筆畫。

poke·sy ['poksɪ] 形 緩慢的,遲鈍的,悠閒的。

pok·ey ['pokɪ] 形,名 (複～s) = poky.

pok·y ['pokɪ] 形 (pok·i·er, pok·i·est)《口》1 冗長的;無聊的,無精打采的;緩慢的,遲鈍的。2 窄小的;襤褸的。—名 (複 pok·ies)《俚》監獄。-i·ly 副

pol [pol] 名《美口》= politician.

Pol.《縮寫》*Po*land;(亦作 **Pol**)*Pol*ish.

pol.《縮寫》*pol*itical; *pol*itics.

Po·lack ['polæk] 名《美》《蔑》有波蘭血統的人。

Po·land ['polənd] 名 波蘭(共和國):位於歐洲中部;首都華沙(Warsaw)。

po·lar ['polə] 形 1 北極的,南極的,極地的。2 正相反的:～ opposites 正相反的種類。3〖化〗離子化的,有極性的。4 中心的;方向指示的。5 極軌道的:a ～ satellite 環極軌道衛星。

'polar ˌbear 名〖動〗北極熊。

'polar 'cap 名 火星的極冠。

'polar 'circle 名《the ～》極圈。

Po·lar·is [po'lɛrɪs] 图〖天〗北極星。

po·lar·i·scope [po'lærə,skop] 图〖光〗偏極光鏡。

po·lar·i·ty [po'lærətɪ] 图(複-**ties**)Ⓤ Ⓒ **1**〖理〗兩極性；極性。**2**（主義等的）正相反，對立，兩極性。

po·lar·i·za·tion [,polərə'zeʃən] 图 Ⓤ **1**〖光〗偏光，光的偏極；〖電〗分極，成極。**2** 產生兩極性，分裂。

po·lar·ize ['polə,raɪz] 動 及 **1** 使偏光。**2** 給予極性。**3** 使對立，使兩極化。—不及 兩極化，分化；成極；對立，分裂。

po·lar·iz·er ['polə,raɪzɚ] 图〖光〗偏光器。

'polar 'lights 图(複)《the ～》極光。

Po·lar·oid ['polə,rɔɪd] 图〖商標名〗**1**《偶作 p-》人造偏光板。**2** 拍立得照相機。

pol·der ['poldɚ] 图荷蘭等低於海平面的開拓地；海埔新生地。

pole[1] [pol] 图**1** 桿，竿，柱；篙。**2**（馬車的）轅桿。**3**《單位名》竿：長度單位 5.03 公尺；面積單位 25.3 平方公尺。**4**〖海〗輕圓材。**5** 田徑比賽場中最內側的跑道；（賽車中）起點最前排的最內側位置：have the ～ 占最內側的跑道；占有利的地位。

uner bare poles (1)〖海〗不張帆航行。(2) 裸體的，被剝光衣服的。

up the pole《英俚》(1) 一籌莫展。(2) 有點瘋狂；醉。

—動 及 **1** 用桿支撐，架支柱於。**2** 用篙撐。**3**〖棒球〗《俚》擊出。—不及 用篙撐船，用滑雪杖滑雪。

·pole[2] [pol] 图 **1**（天體、地球的）極；〖天〗天極：the South *P*- 南極。**2** 兩種相反原理之一，兩極端。**3** 興趣的中心。**4**〖理·生·解·數〗極：the positive ～ 陽極。

be poles apart 完全相反，相差懸殊《*in* ...》。

from pole to pole 世界各處。

Pole [pol] 图波蘭人。

pole·ax(e) ['pol,æks] 图(複-**ax·es** [-,æksɪz]) **1**（中世紀的）戰斧。**2** 屠斧。—動 及（用斧）砍殺。

pole·cat ['pol,kæt] 图 (複～**s**,《集合名詞》～)〖動〗**1** 雞貂。**2**（北美產）臭鼬鼠。

'pole ,jump 图 = pole vault.

'pole-,jump 動 不及

'pole ,lamp 图柱燈。

po·lem·ic [po'lɛmɪk] 图**1** 爭論，辯論。**2** 爭論者，辯論者。—形 = polemical.

po·lem·i·cal [po'lɛmɪkl] 形 爭論的，辯論的；好爭論的，好辯的。～**·ly** 副

po·lem·ics [po'lɛmɪks] 图(複)《作單數》**1** 爭論（術），辯論（術）。**2** 辯論神學。

pol·e·mist ['pɑləmɪst] 图辯論家。

po·le·mol·o·gy [,polə'mɑlədʒɪ] 图 Ⓤ 戰爭學。**-gist** 图戰爭學家。

'pole po,sition 图**1**（田徑場上）最內側的跑道。**2** 有利的位置。

pol·er ['polɚ] 图用桿支撐的人[物]；用篙撐船的人。

pole·star ['pol,stɑr] 图 **1**《the ～》北極星。**2** 注意目標；指導原則，指針。

'pole ,vault 图 Ⓤ Ⓒ〖田徑〗撐竿跳。

pole-vault ['pol,vɔlt] 動 不及 做撐竿跳。

'pole-,vault·er 图

:po·lice [pə'lis] 图 **1**《常作 the ～》《作複數》警官，警察；警察局。**2**《通常作 the ～》《集合名詞》警察：*the* Royal Canadian Mounted *P*- 加拿大皇家騎警隊 / *the* border ～ 國境警察。**3** 治安，公安。**4**《集合名詞》《美》保安隊。

—動 (**-liced, -lic·ing**) 及 **1** 維持治安；管理，控制；執行（法律等）。**2**〖軍〗《美》清掃；保持秩序；《美俚》整頓《*up*》。

po'lice ,box 图《英》警察崗亭。

po'lice ,car 图警車。

po'lice ,constable 图《英》警員。

po'lice ,court 图違警罪法庭。

po'lice ,dog 图 **1** 警犬，狼犬。**2**《美》= German shepherd.

po'lice ,force 图 警 察；Ⓤ 警 方，警力。

po'lice in'spector 图巡官。

po'lice ,lock 图防盜門鉤。

:po·lice·man [pə'lismən] 图 (複-**men**) 警官，警察：a ～ on guard 值勤警察。

po'lice ,office 图《英》警察局。

po'lice ,officer 图警員，警察。

po'lice ,state 图警察國家。

po'lice ,station 图警察局，派出所。

po·lice·wom·an [pə'lis,wʊmən] 图 (複-**wom·en**) 女警官，女警察。

·pol·i·cy[1] ['pɑləsɪ] 图(複-**cies**) **1** 方針；政策；行動，手段：national ～ 國策 / Honesty is the best ～.《諺》誠實為最上策。**2** Ⓤ 深思，慎重；智慧；合宜；《古》無缺點。**3**《蘇》鄉下大宅邸的庭園。

pol·i·cy[2] ['pɑləsɪ] 图(複-**cies**) **1** 保險單，保單：an accident ～ 意外保險單 / a life ～ 壽險保單 / a time ～ 定期保險 / take (out) a life insurance ～ in his name for $20, 000 以他為受益人投保二萬美元的人壽險。**2**《美》(1) 猜數字賭博。(2) 搖彩猜數字賭博。

pol·i·cy·hold·er ['pɑləsɪ,holdɚ] 图 投保人，保險人，保戶。

pol·i·cy(-)mak·ing ['pɑləsɪ,mekɪŋ] 图 Ⓤ 政策制訂，決策。**-mak·er** 图政策制訂者，決策者。

po·li·o ['polɪo] 图《口》= poliomyelitis.

po·li·o·my·e·li·tis [,polɪo,maɪə'laɪtɪs] 图 Ⓤ〖病〗脊髓灰白質炎，小兒麻痺症。

po·li·o·vi·rus ['polɪo,vaɪrəs] 图 脊髓灰白質炎病毒。

:pol·ish ['pɑlɪʃ] 動 及 **1** 磨光，擦亮，使發亮，使光滑；淘（米）《*up*》：～ *up* the floor 擦亮地板 / ～ one's shoes 擦鞋。**2** 使精練，潤飾，推敲；使優雅；改善，提高

P

《up》: ~ one's verses 潤飾詩句。3 擦掉；《喻》琢磨除去《away, out》: ~ out one's crudities 脫去粗野，擺脫粗野行爲。—不及發光澤，變光滑。

polish off (1) 很快地吃完。(2) 輕易地打敗，戰勝；《俚》殺死，幹掉。(3) 潤飾。—名 1 Ⓤ Ⓒ 擦亮的材料，磨光粉。2 Ⓤ Ⓒ 磨光，擦亮；光澤，光滑。3 Ⓤ 精練，推敲，潤飾；洗練，優美，優雅。

~·er 名 磨亮的人；磨光器。

Po·lish ['polɪʃ] 形 波蘭的，波蘭人的，波蘭語的。—名 Ⓤ 波蘭語。

pol·ished ['palɪʃt] 形 1 磨光的；有光澤的，發亮的。2 精練的，精湛的；有教養的，優雅的。3 完美的，完善的。

po·lit·bu·ro ['palɪt,bjuro] 名 (複~s [-z]) (共產黨的) 政治局。

·po·lite [pə'laɪt] 形 (-lit·er, -lit·est) 1 客氣的，有禮貌的；周到的，殷勤的：make oneself ~ 表現彬彬有禮。2 優雅的，高雅的：~ letters 純文學，風雅的作品。3 有教養的，上流的：do the ~ 《口》故意作出文雅的舉止。

·po·lite·ly [pə'laɪtlɪ] 副 有禮地，恭敬地；高尙地，優雅地。

po·lite·ness [pə'laɪtnɪs] 名 Ⓤ 有禮，殷勤；優雅。

pol·i·tic ['palə,tɪk] 形 1 《文》明智的；審慎的，有思考力的。2 權宜的，合時宜的；得當的。3 圓滑的，精明的，有計謀的。4 政治上的。

:po·lit·i·cal [pə'lɪtɪkl] 形 1 政治(學)的；有關政治的；政界中有勢力的。2 政黨的，有關政黨的；政黨活動的。3 國家的；國政上的，(與法律相對的) 政治上的：a ~ problem 政治問題 / a ~ crime 政治犯罪。4 政府的；參與行政的；有政府組織的：a ~ society 有政府組織的社會。5 市民的，有關市民的：~ rights 市民(的參政) 權。—名 政治犯罪。

~·ly 副

po'litical a'sylum 名 Ⓤ 政治庇護。

po'litical e'conomy 名 Ⓤ 1 economics 的舊名稱。2 政治經濟學。

po'litical ge'ography 名 Ⓤ 政治地理學。

po'litical 'liberty 名 Ⓤ 政治自由。

po'litical 'prisoner 名 政治犯。

po'litical 'question 名〖法〗政治問題。

po'litical refu'gee 名 政治難民。

po'litical 'science 名 Ⓤ 政治學。

po'litical 'scientist 名 政治學家。

·pol·i·ti·cian [,palə'tɪʃən] 名 1 (政黨) 政治家；政客，政治人物。2 以政治作爲生涯的官員。3 追求地位權利者。

po·lit·i·cize [pə'lɪtə,saɪz] 動 及 使帶有政治色彩，使政治化。—不及 參與政治；談論政治。-ci·'za·tion 名 Ⓤ 政治化。

pol·i·tick ['palətɪk] 動 不及 《美口》從事政治行動。

pol·i·tick·ing ['palətɪkɪŋ] 名 Ⓤ 政治活動；政治交易。

po·lit·i·co [pə'lɪtɪ,ko] 名 (複~s, ~es) = politician.

:pol·i·tics ['palə,tɪks] 名 (複) 《作單、複數》1 《通常作單數》政治學；政治；政治活動；政治職業：run ~ 從事政治活動 / enter [go into] ~ 進入政界。2 政事。3 政治手腕，政略；策略，謀略。4 《通常作複數》政綱，政見。5 《P-》『政治學』：亞里斯多德的著作。

be not practical politics (遠離現實而) 不值得討論的；好像有困難的。

play politics 玩弄政治手段《with...》。

pol·i·ty ['palətɪ] 名 (複-ties) 1 Ⓤ 政治形態，統治組織；組織形態，體制。2 國家；有組織體制的社會群體。3 Ⓤ 國民，市民。

Polk [pok] 名 James Knox, 波克 (1795－1849)：美國第 11 任總統 (1845－49)。

polka ['polkə, 'pokə] 名 波爾卡舞 (曲)。—動 不及 跳波爾卡舞。

'polka ,dot 名《常作~s》圓點花樣。

'polka-,dot 形 有圓點花樣的。

·poll [pol] 名 1 投票；投票紀錄；計票；投票數；投票結果：a heavy ~ 高投票率。2 選舉人名冊；納稅人名冊。3 (名冊上的) 人。4 《the ~s》投票所。5 人頭稅。6 民意測驗：take a ~ 做民意調查。7 頭，後腦部；頸部；(馬等的) 兩耳間的部分。8 (鎚子等平而寬的) 末端。—動 及 1 登錄於選舉人名冊上。2 獲得 (票數)。3 投 (票)《for...》。4 帶往投票所。5 做民意調查。6 剪掉，剪短，修剪；鋸掉，鋸短 (角等)。—不及 投票。—形 無角的。

Poll [pal] 名 1 《偶作 p-》鸚鵡 (的暱稱)。2〖女子名〗波兒 (Mary 的暱稱)。

pol·lack, 《英》**-lock** ['palək] 名 (複~s, ~) (北大西洋產的) 綠鱈。

pol·lard ['paləd] 名 1 枝條被截至樹幹的樹木。2 角被鋸去的鹿；無角的牛羊等。—動 及 1 剪樹枝。2 鋸角。

poll·book ['pol,buk] 名 選舉人名冊。

polled [pold] 形 無角的；剪了髮的。

poll·ee [,po'li] 名 接受民意調查的人。

pol·len ['palən] 名 Ⓤ 花粉。—動 及 授粉給 (花) 的柱頭，使受精。

'pollen ,count 名 空氣中的花粉數。

pol·li·nate ['palə,net] 名〖植〗授粉，使受精。-na·tor 名

pol·li·na·tion [,palə'neʃən] 名 Ⓤ〖植〗授粉 (作用)。

poll·ing ['polɪŋ] 名 Ⓤ 投票。

'polling ,booth 名《英》投票亭 (《美》voting booth)。

'polling ,day 名 投票日，選舉日。

'polling ,place 名 投票所。

'polling ,station 名《英》投票所。

pol·li·no·sis [ˌpɑlə'nosɪs] 名 U 花粉熱。
pol·li·wog ['pɑlɪˌwɑg] 名《美·英方》蝌蚪。
'poll ˌparrot ['pɑl-] 名 1 鸚鵡。2《古》重複說同樣話的人。**'poll-'parrot** 動 及 不及 像鸚鵡般機械地模仿。
poll·ster ['polstɚ] 名 民意測驗的調查人員或組織。
poll·tak·er ['polˌtekɚ] 名 = pollster.
'poll ˌtax 名 人頭稅。
pol·lu·tant [pə'lutn̩t] 名 U C 污染物。
Pol'lutant ˌStandards 'Index 名《美》污染物標準指數。
pol·lute [pə'lut] 動 及 1 使不乾淨，污染。2 使墮落；敗壞；玷污，褻瀆（神聖的場所）**-lut·er** 名
:pol·lu·tion [pə'luʃən] 名 U 1 弄髒，污染；敗壞；玷污。2〖醫〗遺精，夢遺。
pol·lu·tion-free [pə'luʃən'fri] 形 無污染的。
pol·lu·tive [pə'lutɪv] 形 引起污染的。
'poll ˌwatcher 名《美》監票員。
Pol·ly ['pɑlɪ] 名 1〖女子名〗波莉（Mary 的暱稱）。2《偶作 p-》鸚鵡的通稱。
Pol·ly·an·na [ˌpɑlɪ'ænə] 名《蔑》極端樂觀的人。
'polly ˌseed 名 向日葵的種子，葵瓜子。
pol·ly·wog ['pɑlɪˌwɑg] 名 = polliwog.
po·lo ['polo] 名 U 1 馬球。2 水球。
Po·lo ['polo] 名 **Marco**, 馬可波羅（約 1254–1324）：義大利 Venice 的旅行家，著有『東方見聞錄』。
pol·o·naise [ˌpɑlə'nez, ˌpɑlə-] 名 1 波羅奈斯舞；其舞曲。2 18 世紀末婦女所穿著的一種大衣式的衣服。
'polo ˌneck 名《英》= turtleneck.
po·lo·ni·um [pə'lonɪəm] 名 U〖化〗釙 放射性元素。符號：Po
po·lo·ny [pə'lonɪ] 名《英》豬肉香腸。
'polo ˌshirt 名 馬球襯衫，開領短袖襯衫。
pol·ter·geist ['poltɚˌgaɪst] 名 調皮吵鬧的妖怪，有聲音的隱形精靈。
pol·troon [pɑl'trun] 名 膽小鬼，懦夫。～**·er·y** 名 U 膽小，懦弱。
pol·y ['pɑlɪ] 名 1《英口》= polytechnic. 2 = polyester.
poly-《字首》表「多的」之意。
pol·y·an·drist [ˌpɑlɪ'ændrɪst] 名 多夫的女子。
pol·y·an·dry ['pɑlɪˌændrɪ, ˌpɑlɪ'ændrɪ] 名 U 一妻多夫；一妻多夫制；〖植〗多雄蕊。**-drous** 形
pol·y·an·thus [ˌpɑlɪ'ænθəs] 名（複～**·es**）U C〖植〗1 黃花九輪草。2 水仙。
pol·y·ar·chy ['pɑlɪˌɑrkɪ] 名 U C 多頭政治（國）。
pol·y·cen·trism [ˌpɑlɪ'sɛntrɪzəm] 名 U 多元主義。**-tric** 形 多元主義的。
pol·y·chro·mat·ic [ˌpɑlɪkro'mætɪk], **-chro·mic** [-'kromɪk] 形 多色的。
pol·y·chrome ['pɑlɪˌkrom] 形 多色的；以多色裝飾的。— 動 及 用多色彩畫，以色彩裝飾。— 名 多色畫，彩色雕像，彩色藝術品。
pol·y·chro·my ['pɑlɪˌkromɪ] 名 U 色彩裝飾，多色畫法。**-'chro·mous** 形
pol·y·clin·ic [ˌpɑlɪ'klɪnɪk] 名 綜合醫院，聯合診所。
pol·y·es·ter ['pɑlɪˌɛstɚ] 名 U〖化〗聚酯。
pol·y·eth·yl·ene [ˌpɑlɪ'ɛθəˌlin] 名 U《美》〖化〗聚乙烯。
po·lyg·a·mist [pə'lɪgəmɪst] 名 一夫多妻（論）者。
po·lyg·a·mous [pə'lɪgəməs] 形 1 一夫多妻（論）的。2〖植〗雜性花的，雌雄同株的；〖動〗多配偶的。
po·lyg·a·my [pə'lɪgəmɪ] 名 U 1 一夫多妻（制）；《罕》一妻多夫。2〖動〗多配性；〖植〗雜性花，雌雄同株。
pol·y·glot ['pɑlɪˌglɑt] 形 1 通曉數種語言的，說數種語言的。2 用數種語言寫成的。— 名 1 通曉數種語言的人。2 由數種語言對照寫成的書籍。3 數種語言混用。
pol·y·gon ['pɑlɪˌgɑn] 名 多角形，多邊形。**po·'lyg·o·nal** [pə'lɪgənl̩] 形
pol·y·graph ['pɑlɪˌgræf] 名 1 謄寫機。2 有多項才能的作家；多產作家。3 測謊器：a ～ test 測謊。
po·lyg·y·ny [pə'lɪdʒənɪ] 名 U 1 一夫多妻（制）。2（動物的）多雌性配偶。3〖植〗多雌蕊。**-nous** [-nəs] 名
pol·y·he·dron [ˌpɑlɪ'hidrən] 名（複～**s**, **-dra** [-drə]）多面體。**-dral** 形
Pol·y·hym·ni·a [ˌpɑlɪ'hɪmnɪə] 名〖希神〗帕莉西蒙妮兒：司聖樂及舞蹈的女神。
pol·y·math ['pɑlɪˌmæθ] 名 博學之士。
pol·y·mer ['pɑlɪmɚ] 名〖化〗聚合物。
pol·y·mor·phism [ˌpɑlɪ'mɔrfɪzəm] 名 U 1 多形性。2〖結晶〗多晶型（現象），多形；〖生〗多形現象，多態性。
pol·y·mor·phous [ˌpɑlɪ'mɔrfəs], **-phic** [-fɪk] 名 多形態的，多樣的。
Pol·y·ne·sia [ˌpɑlə'niʒə, -ʃə] 名 玻里尼西亞：大洋洲的三大島群之一，通常指國際換日線以東。
Pol·y·ne·sian [ˌpɑlə'niʒən, -ʃən] 形 玻里尼西亞人[語]的。— 名 玻里尼西亞人；U 玻里尼西亞語。
pol·y·no·mi·al [ˌpɑlɪ'nomɪəl] 名 多名的；多項（式）的；多名式學名的。— 名 1 多名。2 代多項式；〖動·植〗多名式學名。
pol·yp ['pɑlɪp] 名 1〖動〗水螅。2〖病〗息肉，黏膜瘤。～**·ous** 形
-gi·an, po·lyph·a·gous [pə'lɪfəgəs] 名
Pol·y·phe·mus [ˌpɑlɪ'fiməs] 名〖希神〗波里菲莫斯：食人族的獨眼巨人之

P

一。

pol·y·phone ['palɪ,fon] 图〖語音〗多音字母；多音符號。

pol·y·phon·ic [,palɪ'fanɪk] 形 **1** 多音[聲]的。**2**〖樂〗對位的；多聲音樂的；複調的；〖語音〗多音的，有多種發音的（亦稱 **polyphonous**）。**-i·cal·ly** 副

po·lyph·o·ny [pə'lɪfənɪ] 图 Ⓤ〖樂〗多聲音樂，複音音樂；〖語音〗多種發音。

pol·y·ploid ['palɪ,plɔɪd] 图 形〖生〗多倍體（的）。**-'ploi·dic** 形，**-ploi·dy** 图

pol·y·pus ['paləpəs] 图（複 **-pi** [-,paɪ]）《英》= polyp 2.

pol·y·se·my ['palɪ,simɪ] 图 Ⓤ 一詞多義；多義性。**-mous** 形

pol·y·sty·rene [,palɪ'staɪrin] 图 Ⓤ〖化〗聚苯乙烯：～ cement 強力膠。

pol·y·syl·lab·ic [,paləsɪ'læbɪk], **-i·cal** [-ɪkḷ] 形 **1** 多音節的，三個音節以上的。**2** 以多音節字爲特徵的。

pol·y·syl·la·ble ['palə,sɪləbḷ] 图 多音節的字。

pol·y·tech·nic [,palə'tɛknɪk] 形 各種工藝的；工藝教育的。一图 Ⓤ Ⓒ（亦稱《口》poly）工藝專科學校。

pol·y·the·ism ['paləθi,ɪzəm] 图 Ⓤ 多神論；多神教。**-'is·tic**，**-'is·ti·cal** 形

pol·y·thene ['palə,θin] 图〖化〗《英》= polyethylene.

pol·y·un·sat·u·rate [,palɪʌn'sætʃə,ret] 图 多元不飽和物質。**-rat·ed** 形

pol·y·u·re·than(e) [,palɪ'jurəθen] 图 Ⓤ〖化〗聚氨酯。

pol·y·vi·nyl [,palɪ'vaɪnḷ, -'vɪn-] 形〖化〗聚乙烯基的。

poly'vinyl 'chloride 图 Ⓤ〖化〗聚氯乙烯。略作：PVC

pom, Pom [pam] 图 = pommy.

pom·ace ['pʌmɪs, -əs] 图 Ⓤ 蘋果渣；魚渣；蓖麻油渣。

po·ma·ceous [po'meʃəs] 形 梨果類的；類似蘋果的，與蘋果有關的。

po·made [po'med, -'mad] 图 Ⓤ 髮油。一動 及 塗髮油。

po·man·der ['pomændɚ, po'mæn-] 图 **1** 香丸。**2** 香盒，香袋。

pome [pom] 图〖植〗梨果。

pome·gran·ate ['pʌm,grænɪt, 'pam-] 图〖植〗石榴樹；石榴。

pom·e·lo ['paməlo] 图（複～**s**）〖植〗**1** 葡萄柚。**2** = shaddock.

Pom·er·a·ni·an [,pamə'renɪən] 图 博美狗：一種長毛狐嘴的小狗。

pom·mel, pum- ['pʌmḷ, 'pamḷ] 图 **1**（刀劍柄端的）圓頭，柄頭。**2** 鞍頭。一動（～**ed**，～**·ing** 或《英》**-melled**，～**·ling**）及 用拳頭打；用力毆打。

'pommel ,horse 图〖體操〗鞍馬。

pom·my, -mie ['pamɪ] 图（複 **-mies**）《通常作 **P-**》《澳·紐俚》（澳洲或紐西蘭的）英國移民；英國人。

po·mol·o·gy [po'malədʒɪ] 图 Ⓤ 果樹園藝學；果實栽培法。**-gist** 图

Po·mo·na [pə'monə] 图〖羅神〗波牡娜：果實及果樹的女神。

pomp [pamp] 图 **1** Ⓤ 壯麗，壯觀。**2** Ⓤ 誇示，裝腔作勢；自負；浮華；《～**s**》傲慢的舉止；裝腔作勢的行爲；浮華的東西。

pom·pa·dour ['pampə,dor, -,dur] 图 Ⓤ **1** 女人把前髮梳高至額上成捲狀的髮型；男人將頭髮由額頭往上梳高的髮型。**2**〖織〗飾有花圖案色調鮮明的紡織品。

pom·pa·no ['pampə,no] 图（複～，～**s**）〖魚〗（產於北美的）鯧鯵。

Pom·pe·ian [pam'peən, -'piən] 图 **1** 龐貝的。**2** 龐貝壁畫式的。一图 龐貝人。

Pom·peii [pam'pei, -'pe] 图 龐貝：位於義大利西南部 Vesuvius 火山山麓的一羅馬古城，在西元 79 年火山爆發時埋入地下。

Pom·pey ['pampɪ] 图 龐 培（106－48B. C.）：羅馬大將及政治家。

pom(-)pom ['pam,pam] 图 自動對空高射炮，自動機關炮。

pom·pon ['pampan] 图 **1**（裝飾帽子等的）絨球，毛球。**2**（啦啦隊用的）大絨球。**3**〖園〗一種開球形花的大麗花。

pom·pos·i·ty [pam'pasətɪ] 图（複 **-ties**）**1** Ⓤ 浮華。**2** Ⓤ 裝腔作勢；自大，傲慢；Ⓒ 自大的態度；浮華的言詞。

pomp·ous ['pampəs] 图 **1** 自大的，自負的；裝腔作勢，做作的。**2** 豪華的，壯觀的，盛大的。**3** 浮華的。～**·ly** 副

ponce [pans] 图《英》皮條客；《俚》吃軟飯的男人；愛炫耀而具有女人氣的男人。一動 不及《英俚》如皮條客般在街頭來回走動《*about, around*》。

pon·cho ['pantʃo] 图（複～**s** [-z]）一種中央開洞套頭的披肩毛毯外套。

ponc·y ['pansɪ] 形《英》（男人）愛炫耀而像女人般的。

:pond [pand] 图 **1** 池塘。**2**《**the** ～》《英》《謔》海，大西洋。一動 及 堵住，堵（水）成池《*back, up*》。一不及 積聚，（積聚水）成爲池塘。

pond·age ['pandɪdʒ] 图 蓄水量。

·pon·der ['pandɚ] 動 不及 深思熟慮；沉思《*over, on, upon...*》。一及 深思熟慮。

pon·der·a·ble ['pandərəbḷ] 图 **1** 可衡量的，能估計的。**2** 有重量的。一图《～**s**》有重量之物；可估量的事[物]。

pon·der·os·i·ty [,pandə'rasətɪ] 图 Ⓤ **1** 沉重；笨重。**2** 笨拙；生硬，不流暢；沉悶。

pon·der·ous ['pandərəs] 形 **1** 大且重的，龐大厚實的；《蔑》笨重而搬運不便的。**2** 沉悶的，無聊的；生硬的，不流暢的。**3**《蔑》遲緩的，笨拙的。

'pond ,lily 图 = water lily.

'pond ,scum 图 浮在池面的綠色浮藻。

pond·weed ['pand,wid] 图〖植〗眼子菜屬的水生植物。

pone [pon] 图 Ⓒ Ⓤ《美南部》玉米麵包。

pong¹ [paŋ] 图，動不及《英俚》（發出）惡臭。～·y 形

pong² [paŋ] 图模擬桌球、曲棍球等比賽的一種電視遊樂遊戲。

pon·gee [pan'dʒi] 图 Ⓤ **1** 府綢，繭綢，柞蠶絲綢。**2** 仿府綢的人造紡織品。

pon·iard ['panjɚd] 图短劍，匕首。
—動及用短劍刺。

pon·ti·fex ['pantə,fɛks] 图（複**-tif·i·ces** [-'tɪfə,siz]）〖羅馬宗教〗最高祭司團的一員，大祭司。

pon·tiff ['pantɪf] 图 **1**〖羅馬宗教〗最高祭司團的一員，大祭司，教長，祭司長。**2** 主教。**3**《**the** ～》羅馬教皇。

pon·tif·i·cal [pan'tɪfɪkl] 形 **1** 大祭司的；教皇的；主教的。**2** 有權威的；自大的，獨斷的。—图 **1** 主教儀典書。**2**《～**s**》主教的法衣及聖徽。～**·ly** 副

pon·tif·i·cate [pan'tɪfɪkɪt, -,ket] 图主教的職位。—[-,ket] 動不及 **1** 行使主教的職權。**2** 以權威的口氣說話；作出自大的態度；傲慢無禮地談《*about, on...*》。

pon·toon¹ [pan'tun] 图 **1**〖軍〗浮舟，浮船。**2** 駁船，平底船；〖海〗（打撈沉船用的）浮筒，浮船箱。**3**（水上飛機的）浮筒。
—動及不及架浮橋，以浮橋渡過。

pon·toon² [pan'tun] 图〖牌〗《英》= twentyone 2.

pon'toon 'bridge 图浮橋。

po·ny ['ponɪ] 图(複**-nies**) **1** 小馬。**2** 小型者；小杯，小酒杯；《主美》一小杯的分量；《美》小型汽車。**3**《美俚》（學生參考用的）譯注本，（考試時的）小抄（《英口》crib）。**4**〖賽馬·賭〗《英俚》25 鎊。**5**《**-nies**》《俚》賽馬，野馬。
—動(**-nied**, ～**·ing**)及不及 **1**《美俚》用譯注本預習。**2**《美》付清，清償《*up*》。

'pony 'engine 图小火車頭。

'pony ex'press 图〖美史〗西部開拓時用小馬或馬遞送郵件的郵政快遞制度。

po·ny·tail ['ponɪ,tel] 图〖髮式〗馬尾巴。

pooch [putʃ] 图《美俚》狗，雜種狗。

poo·dle ['pudl] 图貴賓狗。—動及修剪成貴賓狗的樣子。

poof [puf, -ʊ-] 图（複 **pooves**, ～**s**）《英口》**1** 同性戀的男子。**2** 似女人的男子，無男子氣概的男子（亦稱 **poofter**）。
～**·y** 形

pooh [pu, pʊ] 感《表輕蔑、不同意》呸，啐。—图呸聲。

pooh-pooh ['pu'pu, ,pu'pu] 動及輕視，蔑視，不屑一顧。—不及表示輕視。

·pool¹ [pul] 图 **1** 水坑；池；儲水池；（液體的）一灘。**2** 潭，淵。**3**（意識等的）深處。**4** 游泳池。**5** 儲油層。
—動不及形成水坑。
—及使形成水坑。

pool² [pul] 图 **1** 企業聯營，卡特爾組織；〖金融〗聯合壟斷。**2** 合夥投資（者）。**3** 共有的基金。**4** 共同利用的設施；集中，備用。**5**（賽馬等的）賭金；賭金總額；《**the** ～**s**》《英》足球賭博。**6** 以比賽賭博的人。**7** Ⓤ《美》落袋撞球（《英》snooker）；《英》撞球作賭。**8**〖擊劍〗分組循環賽。—動及共同使用；合夥經營；共享利益。—不及加入企業聯營。

pool·room ['pul,rum, -,rʊm] 图 **1**《美》撞球場。**2** 賭場；馬票出售處。

'pool ,table 图具有六個落袋的撞球檯。

poon [pun] 图〖植〗胡桐樹；Ⓤ其木材。

poop¹ [pup] 图船尾樓。—動及（波浪）衝擊船尾，使（波浪）衝上船尾。

poop² [pup] 图《俚》資訊，情報；內幕消息，內情。

poop³ [pup] 图《美·兒語》大便。

poop⁴ [pup] 動及《美口》使疲倦，使筋疲力盡。—不及筋疲力盡《*out*》。

pooped [pupt] 形《美俚》疲倦不堪的，筋疲力盡的（亦稱 **pooped out**）。

poop·er(-)scoop·er ['pupɚ,skupɚ] 图《尤美》除糞勺（亦稱 **poop-scooper**）。

poo-poo ['pu,pu] 图 Ⓤ《兒語》大便。

:poor [pʊr] 形 **1** 貧窮的，貧乏的；〖法〗仰賴救濟的。**2** 顯示窮苦的；破舊的；簡陋的。**3** 可憐的，運氣不佳的：*P*- thing! 可憐蟲！**4** 資源貧乏的，財源短少的；缺乏的《*in...*》。**5** 有缺陷的，粗劣的；難吃的；劣質的，劣等的；貧瘠的，不毛的；瘦弱的：a ～ joke 拙劣的玩笑 / a ～ diet 營養不足的飲食 / ～ ores 貧瘠的礦產 / be ～ in health 健康不佳。**6** 笨拙的，能力差的，不擅長的《*in, at...*》。**7** 不道德的，卑賤的；懦弱的；無力氣的。**8** 少的，僅有的：have a ～ chance of success 成功的希望不大 / take a ～ view of ... 對…持不贊同的看法。
—图《通常作 **the** ～》《集合名詞作複數》貧民，窮人，貧窮的人們。

'poor ,box 图（教堂的）慈善箱，捐款箱。

poor·house ['pʊr,haus] 图（複**-hous·es**）〖英史〗濟貧院。

'poor ,law 图濟貧法。

poor·ly ['pʊrlɪ] 副貧窮地；缺乏地；不足地；拙劣的；破舊地，簡陋地；悲慘地。
be poorly off 生活貧困。
—形《英口》《敘述用法》健康不佳的。

'poor 'man's 形《口》適合窮人的；經濟的；價廉的，低預算的；較小的，較低劣便宜之代替品的。

poor-mouth ['pʊr,maʊð] 動不及《美口》哭窮，用貧窮作爲藉口。—及說得一文不值；自貶地說。

P

poor·ness ['purnɪs] 名 U 1 貧窮；缺乏。2 貧乏；拙劣。3 低劣《of...》。4 病弱。5 貧瘠，不毛。

'poor ˌrate 名《英》濟貧稅。

'poor re'lation 名較差的人[物]《of...》。

poor-spir·it·ed ['pur'spɪrɪtɪd] 形沒有精神的；懦弱的；卑鄙的，下流的。

'poor 'white 名《常爲蔑》貧苦白人。

poove [puv, -ʊ-] 名《英口》= poof.

·**pop**[1] [pɑp] 動(**popped**, ~·**ping**)不及 1 發出砰聲，發出爆裂聲；砰地裂開。2 突然出去；突然進入。3（眼睛）睜大，突出《*out*》。4 開炮，射擊《*off* / *at*...》。5《口》產仔；生育。6〘棒球〙打出高飛球《*up*》；打出高飛球被接殺《*out*》。—及 1 使發出砰聲；使砰地裂開；《美》爆（玉米）。2《口》發射；射擊《*off* / *at*...》。3 突然發問《*at*...》。4 迅速地或突然地放置，突然伸出；《俚》經常服用，注射。5 用按釦扣住。6《英俚》典當，質押。7《口》毆打。

pop off《俚》(1) 暴斃。(2) 入眠。(3)（突然）離去。(4) 莽撞地說。(5) ⇨動 不及 4.

pop off the hooks ⇨ HOOK 名（片語）

pop the question《口》求婚《*to*...》。

pop up (1) ⇨動 不及 6. (2) 突然發生。

—名 1 砰的一聲；砰地迸開。2 一次射擊。3 U 汽水。4〘棒球〙= pop fly. 5 U《英俚》典當，質押。—副 1 砰地，劈啪地。2 急忙地，迅速地；突然地；意外地。

pop[2] [pɑp] 形《口》1 通俗的，流行的，適合大眾的：a ~ concert 流行音樂會。2 普普藝術的。—名 1 U C 流行音樂；流行歌曲。2 = pop art.

P

pop[3] [pɑp] 名《美口》爸爸；老伯，老爹。

pop《縮寫》*popular(ly)*; *population.*

pop·a·dam, -dum ['pɑpədəm] 名印度薄脆餅（亦稱 **papadum**）。

'pop 'art 名 U《偶作 **Pop art**》《美》普普藝術。**'pop 'artist** 名

pop·corn ['pɑpˌkɔrn] 名 U 爆米花。

·**pope** [pop] 名 1《通常作 **the** ~》《常作 **P-**》教宗，教皇，羅馬教皇。2 具有如羅馬教皇般地位的人。3 主教；（希臘正教的）教區教士。

Pope [pop] 名 **Alexander**, 波普（1688－1744）：英國詩人及批評家。

pop·er·y ['popərɪ] 名 U《通常爲蔑》天主教；其教義。

'pope's 'nose 名 U《俚》（煮熟的）雞鴨屁股；家禽的臀部（肉）（亦稱 **parson's nose**）。

Pop·eye ['pɑpˌaɪ] 名卜派：美國卡通片『大力水手』的主角。

pop·eyed ['pɑpˌaɪd] 形睜大眼睛的；眼睛突出的。

'pop 'fly 名〘棒球〙內野高飛球。

pop·gun ['pɑpˌgʌn] 名玩具（氣）槍。

pop·in·jay ['pɑpɪnˌdʒe] 名 1 虛浮誇誇健談的人；自高自大的人；花花公子，紈袴子弟。2《古》鸚鵡。

pop·ish ['popɪʃ] 形《常爲蔑》（關於）天主教的；天主教特有的。~·**ly** 副

pop·lar ['pɑplɚ] 名〘植〙1 白楊。2 U 白楊樹的木材。3 類似白楊木的植物。

pop·lin ['pɑplɪn] 名 U〘織〙毛葛。

pop·o·ver ['pɑpˌovɚ] 名鬆脹酥餅。

pop·pa ['pɑpə] 名《美口》爸爸。

pop·per ['pɑpɚ] 名 1 發出砰聲的人[物]；手槍。2《美》爆炒玉米的鍋。3《英》按釦。

pop·pet ['pɑpɪt] 名 1《英方》乖孩子，可愛的寶貝。2〘機〙提動閥。

'poppig ˌcrease 名〘板球〙擊球線。

pop·py ['pɑpɪ] 名(複-**pies**) 1〘植〙罌粟屬植物；罌粟花。2 U 罌粟果實所提煉出的麻醉物。3 U 深紅色。

pop·py·cock ['pɑpɪˌkɑk] 名 U《口》胡說，廢話。

'Poppy ˌDay 名《英》陣亡將士紀念日：是日義賣人造罌粟花，以所得救濟傷殘退伍軍人，並紀念陣亡將士。

'pops ˌconcert 名流行音樂會。

pop·shop ['pɑpˌʃɑp] 名《英俚》當鋪。

Pop·si·cle ['pɑpsəkl] 名《美》〘商標名〙冰棒。

pop·sy ['pɑpsɪ], **-sie** 名(複-**sies**)《英口》小可愛，小寶貝。

pop-top ['pɑpˌtɑp] 形有金屬拉環之易開罐式的。—名易開罐飲料。

pop·u·lace ['pɑpjəlɪs] 名《通常作 **the** ~》《集合名詞》1《文》《偶爲蔑》大眾，民眾，庶民。2 居民。

:**pop·u·lar** ['pɑpjəlɚ] 名 1 獲好評的，受歡迎的；受愛慕的《*with*...》: a ~ singer 紅歌手 / ~ *with* teenage fans 深受十來歲歌迷歡迎。2 一般人的，民眾的：contrary to ~ belief 與一般所見相反。3 國民全體的，人民的。4 民間流傳的：~ tunes 民謠。5 大眾化的，通俗的：~ music 通俗音樂。6 便宜的，廉價的：a ~ bargain 廉價品。—名《英》以一般大眾爲對象的報紙；通俗雜誌。

'popular ety'mology 名 = folk etymology.

'popular 'front 名《**the** ~》人民戰線。

·**pop·u·lar·i·ty** [ˌpɑpjə'lærətɪ] 名 U 1 大眾性，通俗性；流行。2 名聲，人望：have an immense ~ among... 在…間極受愛戴 / win ~ 得人心。

pop·u·lar·ize ['pɑpjələˌraɪz] 動及使大眾化，使通俗化；使受歡迎。

-i·'za·tion 名 U 大眾化，通俗化。

pop·u·lar·ly ['pɑpjəlɚlɪ] 副 1 大眾（化）地，普及地，一般地。2 通俗地，平易地。3 便宜地，廉價地。

'popular 'song 名流行歌曲。

'popular 'vote 名 1《美》（總統選舉中的）全體選民投票。2（不經由代表的）全

民投票。

pop·u·late ['pɑpjə,let] 動及 1 居住於，定居：a densely ~*d* area 人口稠密的地區。2 使人居住於，殖民於。

:pop·u·la·tion [,pɑpjə'leʃən] 名 1 Ⓤ Ⓒ 人口，人口總數：have a ~ of 60,000 有六萬人口。2《the ~》(一定區域的)全體居民，全體住民；(屬於特定階層、種族等的)全部人；(其)人數：*the* farming ~ 農民。3〖統〗全體，群體。4〖生態〗族群，種群。5 移民。

popu'lation ex,plosion 名人口爆炸。

Pop·u·lism ['pɑpjə,lɪzəm] 名 1 Ⓤ〖美史〗人民黨的主義[政策]。2《p-》民粹主義，民粹政治。

pop·u·list ['pɑpjəlɪst] 形 民粹主義的。—名民粹主義者。

·pop·u·lous ['pɑpjələs] 形 1 人口多的，人口稠密的。2 擠滿人的，人潮擁擠的。3 數量多的，眾多的。~·**ly** 副，~·**ness** 名

pop-up ['pɑp,ʌp] 名〖棒球〗= pop fly. —形(烤麵包機等)有自動跳起裝置的。

'pop-up 'toaster 名自動烤麵包機。

'pop 'wine 名 Ⓤ《美》帶甜味的葡萄酒；水果酒(亦稱 **soda-pop wine**)。

por·ce·lain ['porslɪn] 名 Ⓤ 1 瓷器。2《集合名詞》瓷器製品。

'porcelain 'clay 名 Ⓤ 瓷土，陶土。

'porcelain e'namel 名 Ⓤ 搪瓷。

·porch [portʃ] 名 1 門廊。2《美》= veranda. 3 = portico.

por·cine ['porsaɪn, -sɪn] 形 1 豬的。2 似豬的；貪婪的，骯髒的。

por·cu·pine ['porkjə,paɪn] 名〖動〗豪豬。

pore[1] [por] 動不及 1 慎重考慮(事)；仔細研究，熟讀；專心於：~ over a problem 深思一個問題。2《古》凝視，注視《*over, at, on, upon...*》。

pore[2] [por] 名 1 小孔，毛孔，氣孔：an Englishman in every ~ (of his body) 道道地地的英國人 / sweat from every ~ 渾身出汗；(因寒冷或恐懼而)全身冒冷汗，非常興奮。2(岩石等的)細孔。

por·gy ['porgɪ] 名(複~, -**gies**)〖魚〗大西洋鯛；尖口鯛。

·pork [pork] 名 1 Ⓤ 豬肉：a piece of ~ 一塊豬肉 / ~ pie 豬肉餡餅。2《美俚》(得自聯邦政府或州政府的)撥款；官職。

'pork ,barrel 名《美口》政治撥款：國會議員為討好選民而促使政府撥出的地方建設經費。

'pork ,butcher 名《英》豬肉商。

pork·chop ['pork,tʃɑp] 名 1 Ⓒ Ⓤ 豬排。2〖報章雜誌·印〗= thumbnail 3. —形不勞而獲的，光拿錢不做事的。

pork·er ['porkɚ] 名豬，肥豬。

pork·ling ['porklɪŋ] 名乳豬。

pork·pie 'hat ['pork,paɪ-] 名用毛氈製的軟帽。

pork·y ['porkɪ] 形(**pork·i·er, pork·i·est**) 1 豬肉的；似豬肉的。2《英》肥胖的；《俚》驕傲的，自大的。

porn [porn], **por·no** ['porno] 名 Ⓤ《俚》1《英》= pornography. 2 色情書刊，色情圖片或影片。—形色情的：a ~ shop 色情商店 / ~ novels 色情小說。

por·nog·ra·pher [por'nɑgrəfɚ] 名黃色書刊的作者，色情文學者；春宮畫家；色情攝影工作者。

por·nog·ra·phy [por'nɑgrəfɪ] 名 Ⓤ 1 猥褻文學，色情文學。2《集合名詞》淫書；色情電影；春宮畫；黃色照片。

-no·gra·ph·ic [,pornə'græfɪk] 形

por·ny ['pornɪ] 名《俚》色情的。

po·ros·i·ty [po'rɑsətɪ] 名(複-**ties**) 1 Ⓤ 有孔性，多孔性。2 孔隙度，孔度。

po·rous ['porəs] 形 1 多孔(性)的，布滿孔的。2 可浸透的，浸透性的。~·**ly** 副

por·phy·ry ['porfərɪ] 名 Ⓤ 斑岩。

por·poise ['porpəs] 名(複~, -**pois·es**)〖動〗1 海豚。2 鼠海豚。

por·ridge ['porɪdʒ, 'pɑr-] 名 Ⓤ《英》麥片粥。

keep one's breath to cool one's porridge 省點力氣少開口，多說無益。

por·rin·ger ['porɪndʒɚ, 'pɑr-] 名(盛麥片粥等用的)淺碗。

Porsche [porʃ] 名〖商標名〗保時捷：一種高級跑車。

:port[1] [port] 名 1 Ⓒ Ⓤ 港，港口，港市：in ~ 在港中，停泊中 / clear a ~ 出港 / make (a) ~ 入港 / touch at a ~ 停靠港。2〖法〗進口港。3 避難港；Ⓒ Ⓤ《喻》避難所。4 港灣。5《口》機場；太空基地。

port[2] [port] 名 Ⓤ (船舶的)左舷；(飛機的)左側。—形左舷的；左側的；在行進方向左側的，位於左舷的。—動及不及轉向左舷；轉舵向左。

port[3] [port] 名 Ⓤ Ⓒ (產於葡萄牙的)紅葡萄酒。

port[4] [port] 名 1〖海〗艙門，舷窗；裝貨舷門。2〖機〗汽門，汽口，閥口。3 炮眼，炮門；槍眼，射擊孔。4《蘇》城門；大門，入口。

port[5] [port] 動及〖軍〗端(槍)。—名 1〖軍〗端槍的姿勢。2 Ⓤ 態度，舉止，姿勢。

Port.《縮寫》*Port*ugal; *Port*uguese.

port·a·bil·i·ty [,portə'bɪlətɪ] 名 Ⓤ 1 可攜帶，輕便。2《美》年金隨身制。

·port·a·ble ['portəbl] 形 方便攜帶的，手提式的，輕便的。—名可移動之物。

por·tage ['portɪdʒ] 名 1 Ⓤ Ⓒ 運輸，搬運，移動。2 Ⓤ Ⓒ 陸上運送，水陸聯運；陸上運送的地點。3 Ⓤ 運費，搬運費。—動及不及經由陸上運送。

por·tal ['portl] 名 1 大門，入口，正門。2 橋的入口。3 隧道的入口，坑口。4〖電

腦〗入口網站。

por·tals ['portḷz] 名 (複)《文》1 正門《*of...*》。2 開始，開端《*of...*》。

'por·tal-to-'por·tal 'pay ['portḷtə'portḷ-] 名 U《美》根據工人或礦工等從進入工作區到離開爲止的時數所給付的工資。

por·ta·tive ['portətɪv] 形 1 可攜帶的。2 有搬運能力的。

Port-au-Prince [ˌporto'prɪns, ˌpɔr-] 名 太子港：海地的首都。

'port au͵thority 名港務局。

port·cul·lis [port'kʌlɪs] 名（城堡的）鐵閘門，吊閘。

porte-co·chere [ˌportkə'ʃɛr] 名 1 車輛通道。2《美》停車處。

por·tend [por'tɛnd] 動 及 預示，成爲前兆。

por·tent ['portɛnt] 名 1 徵兆，預兆；U《文》凶兆。2 奇妙怪異的事物[人]。

por·ten·tous [por'tɛntəs] 形 1 預兆的；嚴重的；不祥的，凶兆的。2 驚人的；奇特的。3 誇大的；自命不凡的。～**·ly** 副

·**por·ter**¹ ['portɚ] 名 1 挑夫，腳夫；（車站的）搬運工人；（飯店的）搬行李的侍者：swear like a ～ 亂罵一通。2《美》（臥車等的）服務員。3 清潔工，工友。

por·ter² ['portɚ] 名《主英》門房，守門者，守衛。

por·ter³ ['portɚ] 名 U C《主英》黑啤酒。

por·ter·age ['portərɪdʒ] 名 U 1 搬運；運輸業。2《偶作 **a** ～》運費，搬運費。

por·ter·house ['portɚ͵haus] 名 (複**-hous·es** [-zɪz]) 1 C U《美》上等牛排（亦稱 **porterhouse steak**）。2《古》小酒館。

port·fo·li·o [port'folɪ͵o] 名(複～**s** [-z]) 1 文件夾；卷宗，卷宗中的文件；折疊式皮包。2 U 部長的地位。3 私人或公司爲投資而擁有的有價證券的明細表；投資組合。

port·hole ['port͵hol] 名 1 舷窗。2 槍眼；炮眼；〖機〗蒸汽口，通氣孔。

Por·tia ['porʃɪə] 名 1 波西亞：Shakespeare 所著 *Merchant of Venice* 中的女主角。2 女律師。

por·ti·co ['portɪ͵ko] 名 (複～**es**, ～**s**)〖建〗門廊，柱廊。

por·tiere [͵portɪ'ɛr] 名門帷，門簾。

·**por·tion** ['porʃən] 名 1 部分，一部分《*of...*》。2 分配量，份額。3（食物的）一份，一客《*of...*》。4 分得的一份財產；嫁妝。5《**one's** ～》命運，定數。—動 及 1 分割，分配《*out* / *to, among, between ...*》。2 分給財產，把一份給《*to...*》。3《古》註定（人的）命運。

por·tion·er ['porʃənɚ] 名接受分配額的人；分配者。

Port·land ['portlənd] 名波特蘭：1 美國 Oregon 州西北部的港市。2 英格蘭南部 Dorsetshire 郡一個多石灰石的半島。

'Portland ce'ment 名 U 波特蘭水泥：即普通水泥。

'Portland 'stone 名 U 波特蘭石：英國 Portland 產的石灰石，可作建築材料。

port·ly ['portlɪ] 形 (**-li·er**, **-li·est**) 1 肥胖的，粗壯的。2《古》威嚴的，莊重的。**-li·ness** 名

port·man·teau [port'mænto] 名 (複～**s**, **-teaux** [-toz])《主英》旅行皮箱。

port'manteau ͵word 名混合詞。

'port of 'call 名停靠港。

·**por·trait** ['portret, 'pɔr] 名 1 肖像（畫）；臉部肖像畫，半身照。2 半身畫像，人像，雕像。3 言詞描寫，描述：a partial ～ 部分的描述。4 類似的形象。～**·ist** 名肖像畫家；人像攝影師。

por·trai·ture ['portrɪtʃɚ, 'pɔr-] 名 U 1 肖像畫法。2 肖像畫。3 描繪，描述。

·**por·tray** [por'tre] 動 及 1 表現，畫在圖上，畫肖像。2 描繪，描寫。3 飾演。

por·tray·al [por'treəl] 名 1 U 描繪，描寫。2 畫，畫像，肖像。3 角色的飾演。

͵Port 'Said [-sed, -saɪd, -sɑ'id] 名塞得港：埃及蘇伊士運河北端臨地中海的港市。

Ports·mouth ['portsməθ] 名樸次茅斯：1 英國南部漢普郡的港市。2 美國 New Hampshire 州的港市。

Por·tu·gal ['portʃəgl] 名葡萄牙（共和國）：位於歐洲西南部；首都爲里斯本（Lisbon）。

Por·tu·guese ['portʃə͵giz] 形葡萄牙的；葡萄牙人[語]的。—名(複) 1 葡萄牙人。2 U 葡萄牙語。

'Portuguese 'man-of-'war 名〖動〗僧帽水母。

por·tu·lac·a [͵portʃə'lækə] 名〖植〗馬齒莧屬植物。

POS《縮寫》*point-of-sale*.

·**pose**¹ [poz] 動(**posed**, **pos·ing**) 不及 1 裝腔作勢；假裝。2 擺姿勢《*for...*》。—及 1 使擺姿勢。2 闡述，敘述；提出；使產生，造成。3《古》放置。—名 1 姿勢；姿態。2 心態。3 U C 裝腔作勢；偽裝。

pose² [poz] 動 及 出難題難倒；使爲難。

Po·sei·don [po'saɪdṇ] 名〖希神〗波塞頓：古希臘的海神，即羅馬神話中的 Neptune。

pos·er¹ ['pozɚ] 名裝腔作勢者。

pos·er² ['pozɚ] 名難題，謎。

po·seur [po'zɝ] 名 (複～**s** [-z]) 裝腔作勢的人。

posh¹ [pɑʃ] 感《表輕蔑、厭惡》哼！呸！

posh² [pɑʃ] 形《口》1 極舒適的，優雅的，豪華的。2 時髦的，漂亮的，整潔的。

—動 及《口》使變漂亮[整潔]《*up*》。

～**·ly** 副，～**·ness** 名

pos·it ['pɑzɪt] 動 及 1 放置，安置。2 假定，斷定；假設《*that* 子句》。—名 被放

置之物；假定，斷定。

:po·si·tion [pə'zɪʃən] 名 1 場所，所在地，位置；〖運動〗位置；〖軍〗陣地。2 Ⓤ適當的地位，正常的位置：out of ～ 不得其所，不在適當的位置。3 形勢，局面：be in an embarrassing ～ 處於令人困窘的境地 / be in a ～ to do 能夠做…。4 Ⓤ Ⓒ身分；地位。5 工作，職位。6 被安置的方式；(西洋棋等的) 棋子的位置。7 姿勢；姿態。8 態度，立場；見解《*on*...》。9 假定，斷定。—動及 1 置於適當位置；確定位置。2《美》(為強調與競爭對手之差異以突出其獨特性而) 樹立 (產品等) 的銷售定位。

～**·al** 形 位置上的，地位上的；〖運動〗守備位置的。

·pos·i·tive ['pɑzətɪv] 形 1 明確的；斷然的；確實的；明確規定的，明文記載的。2 任意制定的，正式規定的。3 有把握的《*of, about..., that*子句》；過分自信的，獨斷的：a ～ sort of person 獨斷的人。4 絕對的；《口》完全的，徹底的。5 現實的；實際性的；〖哲〗實證的。6 積極的；肯定的；建設性的。7 顯著的；陽性的；註明特徵的。8 朝有利方向的；有希望的。9 積極有效的。10 陽極的；〖電〗正電的；正的；〖化〗鹽基性的；帶正電荷的；〖攝〗正片的；〖數〗正的，加的。11〖文法〗原級的。12〖生〗(植物) 向性的，正的；〖醫〗陽性的。—名 1 實在；確實性。2 正量；正符號。3〖攝〗正片。4〖文法〗原級。～**·ness** 名

'positive elec'tricity 名 Ⓤ〖電〗正電。

'positive 'growth 名 Ⓤ〖經〗正成長。

pos·i·tive·ly ['pɑzətɪvlɪ] 副 確實地；有把握地，有自信地；絕對地；肯定地；明確地。

—[,pɑzə'tɪvlɪ] 感《強烈的肯定》當然。

'positive 'pole 名 陽極。

pos·i·tiv·ism ['pɑzətɪ,vɪzəm] 名 Ⓤ 1 積極性；肯定性；確信；獨斷。2〖哲〗實證主義；實證論。-**ist** 形名, -**'is·tic** 形

pos·i·tron ['pɑzɪ,trɑn] 名〖理〗正電子。

poss. 《縮寫》*poss*ession; *poss*essive; *poss*ible; *poss*ibly.

pos·se ['pɑsɪ] 名 1《美》(治安官為維持治安而召集的) 緝捕隊，民防隊；警衛隊。2 (有同一利害關係的) 一群。

～**·man** 名 警衛隊員，民兵。

pos·sess [pə'zɛs] 動及 1 持有，擁有。2 具有，具備；掌握。3 附體於，支配；《被動》使被纏住，使被打動《*with, by*...》；驅使，擺布：be ～*ed by* devils 被惡魔纏身。4 保持 (平靜、忍耐)；《反身》自制《*in*...》。5《反身》擁有《*of*...》：～ *oneself of*...《古》持有，占為己有。

be possessed of... 持有，擁有，具有。

pos·sessed [pə'zɛst] 形 1 糾纏的，驅動的《*of*...》：like one ～ 像著了魔似地瘋狂 / like all ～《美》完全著迷地，著了魔似地 / be ～ *of* the devil 被惡魔所糾纏。2 沉著的，冷靜的。-**sess·ed·ly** [-'zɛsɪdlɪ] 副

·pos·ses·sion [pə'zɛʃən] 名 1 Ⓤ所有，得到；擁有，占有；所有權：get ～ *of*...得到，占有 / have... in ～擁有。2 Ⓤ〖法〗占有：*P*- is nine points of the law.《諺》現實占有，占有者總是穩操勝算。3 所有物；《～s》財產，財富。4 領地，屬地。5 Ⓤ控制，自制；沉著，鎮靜：be in ～ of one's senses 未喪失理性，神智清醒。6 Ⓤ 糾纏；著魔的感情，固執的想法。

pos·ses·sive [pə'zɛsɪv] 形 1 所有的。2 占有慾強的；獨占慾強的。3〖文法〗表示所有起源等的；所有格的：～ pronoun 所有格代名詞。—名〖文法〗所有格；所有格代名詞。～**·ly** 副, ～**·ness** 名

pos·ses·sor [pə'zɛsɚ] 名 所有者，占有者。

pos·ses·so·ry [pə'zɛsərɪ] 形 所有 (者) 的。

pos·set ['pɑsɪt] 名 Ⓒ Ⓤ 牛奶酒。

·pos·si·bil·i·ty [,pɑsə'bɪlətɪ] 名 (複-**ties**) 1 Ⓤ Ⓒ可能性，或然率；可能《*of, for..., that*子句》：good [strong] ～ 相當大的可能性。2 可能的事情。3《通常作 -**ties**》發展的前景；潛力。4《口》適當的人[物]。

by any possibility (1)《條件句》也許，萬一。(2)《否定》無論如何也不會。

:pos·si·ble ['pɑsəbl̩] 形 1 可能的，能夠的。2 可能發生的，有可能性的。3《與最高級，**all, every** 等連用，表強調》儘可能的。4 過得去的，尚可的。5 適當的。

as A as possible 儘可能 A 的。

if possible 可能的話。

—名 1《常作 **the** ～》可能 (性)。2《～**s**》可能的物；可能有的事；必需品。3《**one's** ～》全力。4 有望奪魁者，有當選可能的人，候補選手。5 (射擊等) 最高分數。

:pos·si·bly ['pɑsəblɪ] 副 1《修飾全句》或許，也許；可能。2《通常與 **can** 連用》《肯定》不管怎樣，儘可能；《疑問》《表不肯定的》大概；《否定》無論如何也不。

pos·sum ['pɑsəm] 名 1《美口》= opossum. 2〖動〗《澳》有袋負鼠。3《**P**-》《英》自助電子裝置。

play possum《美口》裝睡，裝糊塗。

·post[1] [post] 名 1《常作複合詞》柱，支柱，樁；(採礦的) 煤柱。2〖賽馬〗標竿。3 徑賽最外側的跑道。

be beaten at the post 在最後關頭輸了。

be left at the post 一開始就被 (遠) 拋在後面，徹底被打敗。

deaf as a post 完全聽不見的。

from pillar to post 困難一個接一個地來，到處碰壁。

kiss the post 趕不及，向隅。

run one's head against a post 以頭碰柱子，硬做辦不到之事。

P

—動 及 1 張貼《up / on...; over / with...》。2 發表，公布，(用張貼等)告知；公布…為。3《美》記(分)，得(分)。

·**post²** ['post] 名 1 工作崗位，官職，職位：take the ~ of Finance Minister 就任為財政部長。2 哨站，崗位；衛戍區：the sentry at his ~ 放哨的哨兵。3《美》退伍軍人協會的地方分會。4(蠻荒地區的)貿易站。5〖英軍〗熄燈號：the first ~ 就寢預備號 / the last ~ 熄燈號；送葬號。
—及 1 設置(哨兵等)，使就崗位。2《通常用被動》委派(去某地)；〖英陸·海軍〗任命《to...》。

:**post³** [post] 名 1 Ⓤ《主英》郵件的一次收集或投遞；郵政；郵寄；Ⓒ 郵件(《美》mail)。2 郵政制度[業務]。3《英》(1) = post office 1. (2) = mailbox 1. 4《P-》…郵報：The Washington *P-* 華盛頓郵報。
—動 及 1《英》郵寄；投入郵筒，投寄(《美》mail)《off》。2〖簿〗由日記帳過帳於總帳；記帳於《up》。3 供給，通報(最新的消息)《up / on, about...》。—不及 快速旅行；迅速通過；趕緊走。—副 1 迅速地，急忙地。2《昔》用驛馬地。

post- 《字首》表「之後的」、「後面的」之意。

·**post·age** ['postɪdʒ] 名 Ⓤ 郵資，郵費：a ~ charge 郵費 / ~ due 欠資 / ~ due stamp (表收件人應付之)欠資郵戳。

'**postage ˌmeter** 名《美》加蓋「郵資已付」的蓋戳機。

'**postage ˌstamp** 名 郵票。

·**post·al** ['postl] 形《限定用法》郵政的，郵局的：~ service 郵政(業務) / ~ matter 郵件。
—名《美口》= postal card.

'**postal ˌcard** 名 1《美》明信片。2《英》(私人印製的)風景明信片。

'**postal ˌcode** 名 = postcode.

'**postal ˌorder** 名《英》= money order.

post·a·tom·ic [ˌpostə'tɑmɪk] 形 第一顆原子彈轟炸以後的；原子能發現後的。

post·bag ['post,bæg] 名《英》= mailbag.

post·bel·lum [post'bɛləm] 形 戰後的；《美》南北戰爭後的。

post·box ['post,bɑks] 名《英》郵筒(《美》mailbox)。

post·boy ['post,bɔɪ] 名 1 騎驛馬送信的人。2 = postilion.

'**post ˌcard, post·card** ['post,kard] 名 1《英》(私人製的)明信片，風景明信片。2《美》(郵局印製的)明信片。

'**post ˌchaise** 名 四輪驛馬車。

post·code ['post,kod] 名《英》郵遞區號(《美》zip code)。

post·date [ˌpost'det] 動 及 1 確定(某事)的日期比實際發生的要晚；填遲的日期，把…的日期填遲：~ one's retirement 把退休日期填遲。2(時間上)繼…之後，比…後。
—名(支票等的)比實際填遲的日期，晚於實際發生的日期。

post·doc·tor·al [ˌpost'dɑktərəl] 名 博士後的。

post·er¹ ['postɚ] 名 1 海報，廣告招貼，告示。2 貼海報的人。—動 及 貼海報。

post·er² ['postɚ] 名 驛馬。

'**poster ˌcolor [ˌpaint]** 名 Ⓤ Ⓒ 廣告顏料。

poste res·tante [ˌpostrɛs'tɑnt] 名 1 Ⓤ 存局待領(《美》general delivery)。2《主英》(郵局的)待領郵件科。

pos·te·ri·or [pɑs'tɪrɪɚ] 形 1 後面的。2(在順序、時間上)後來的，在後的《to...》。3 後部的，尾部的；〖解〗背部的。4〖植〗後面的，靠近主莖軸的。—名《常作~s》臀部。

pos·te·ri·or·i·ty [pɑs,tɪrɪ'ɑrətɪ] 名 Ⓤ(位置、順序、時間上的)在後。

pos·ter·i·ty [pɑs'tɛrətɪ] 名 Ⓤ《集合名詞》後代，後世；子孫，後裔。

pos·tern ['postɚn, 'pɑs-] 名 後門，便門；旁門；(城堡的)後門，暗道。—形 後門的。

'**post exˌchange** 名〖美陸軍〗軍營販賣部，軍中福利社。略作：PX

post·fix [post'fɪks] 動 及 附加於後；添作後綴。—['post,fɪks] 名 附加於後之物；後綴，詞尾。

post-free ['post'fri] 形 副 1《英》免郵資的[地]。2 = postpaid 1.

post·grad·u·ate [post'grædʒuɪt, -,et] 形 大學畢業後的，研究所的。—名 研究生。

post·haste ['post'hest] 名 Ⓤ，副《古》趕緊(地)，火急(地)。

'**post ˌhorn** 名 驛馬車喇叭。

post·hu·mous ['pɑstʃuməs] 形 1 死後的，死後發生的。2 父死後出生的，遺腹的。3 作者死後出版的：a ~ work 遺著[作]。~·ly 副

pos·tiche [pɔ'stiʃ, pɑ-] 形 —名 1 仿製品，代用品；假髮。2 Ⓤ 虛飾，假裝。

pos·til·ion,《英》**-lion** [po'stɪljən,pɑ-] 名 左馬御者。

Post-Im·pres·sion·ism, post·im- [ˌpostɪm'prɛʃə,nɪzəm] 名 Ⓤ〖美〗後期印象派。

post·im·pres·sion·ist [ˌpostɪm'prɛʃənɪst] 名〖美術〗後期印象派的畫家。

post·in·dus·tri·al [ˌpostɪn'dʌstrɪəl] 形 後工業化的，工業化後的。

post·ing¹ ['postɪŋ] 名 Ⓤ 過帳。

post·ing² ['postɪŋ] 名 委派，任命。

post-lap·sar·i·an [ˌpostlæp'sɛrɪən] 形 人類墮落以後的，亞當夏娃失去伊甸園以後的：the evils of a ~ world 失去樂園後的塵世種種邪惡。

post-loop·ing [post'lupɪŋ] 名 Ⓤ〖影·視〗事後配音。

post·lude ['post,lud] 名 1〖樂〗後奏曲。

2（文藝作品等的）結束語。

post·man ['postmən] 图 (複-men) 郵差（《美》mailman）。

post·mark ['post,mark] 图郵戳。—動 及蓋郵戳。

post·mas·ter ['post,mæstɚ] 图 郵局局長。

postmaster 'general 图(複 postmasters general, ～s)《美》郵政總管理局局長；《英》郵政大臣。

post·me·rid·i·an [,postmə'rɪdɪən] 形 午後的；午後發生的。

post me·rid·i·em [,postmə'rɪdɪ,ɛm] 副《罕》⇨ P.M.

post·mis·tress ['post,mɪstrɪs] 图女郵局局長。

post(-)mod·ern [post'madɚn] 图後現代（主義）的。

post(-)mod·ern·ism [post'madɚn,ɪzəm] 图U後現代主義。**-ist**图形後現代主義者（的）。

post·mor·tem [post'mɔrtəm] 形 **1** 死後（發生）的。**2** 驗屍的。**3** 事後（發生）的。—图 **1** 驗屍，屍體解剖。**2** 事後的爭論、分析或檢討《*on...*》。

post·na·tal [post'netl] 形 出生後的，產後的。～**·ly**副

post·nup·tial [post'nʌpʃəl] 形結婚後的。

post ,office 图 **1** 郵局。**2**《常作 **the P-O-**》郵政部。

'post-,office形

post-office ,box 图郵政信箱。略作：POB, P.O.B.

post·op·er·a·tive [post'ɑpərətɪv] 形外科手術後的。

post·paid ['post'ped] 形副 **1** 郵資已付的[地]。**2**《美》(印在訂購單信封上的文句）郵資由收信人負擔的[地]。

post·par·tum [,postpartəm] 形產後的。

postpartum 'center 图坐月子中心。

postpartum 'depression 图產後憂鬱症。

post·pone [post'pon] 動 (**-poned, -pon·ing**)及 **1** 延緩，拖延，延擱，使延期《*until ...*》。**2** 放在次要地位《*to...*》。

-pon·er图, **-pon·a·ble**形, ～**·ment**图UC 延期，延緩。

post·po·si·tion [,postpə'zɪʃən] 图 **1** U 置於後面，後置；被置於後，後位。**2**〖文法〗後置，後位；後置詞。～**·al**形

post·pos·i·tive [post'pazətɪv] 形〖文法〗後置的。—图後置詞。～**·ly**副

post·pran·di·al [post'prændɪəl] 形《謔》飯後的，晚餐後的。～**·ly**副

post ,road 图驛路；郵路。

post·script ['post,skrɪpt, 'pos,skrɪpt] 图 **1**（信件的）附言，再者（略作：P.S.）。**2** 對本文的附加，補遺，但書，跋，後記。

post·syn·chro·nize [post'sɪŋkrə,naɪz] 動及（拍攝後）給影片加上配音。

-ni·'za·tion图U 事後配音。

'post ,time 图 U〖賽馬〗預定開始時間。

'post ,town 图有郵局的市鎮。

,post-traumatic 'stress dis,order 图U〖醫〗創傷後精神異常。

pos·tu·lant ['pastʃələnt] 图請求者，（神職）志願者。

pos·tu·late ['pastʃə,let] 動及 **1** 要求：the demands ～*d* 要求事項。**2** 假定存在，視爲當然；假定《*that* 子句》。**3**〖數·理則〗視爲公理。—['pastʃəlɪt, -,let]图 **1** 自明的事物；假說，假定。**2**〖數·理則〗公準，公理。**3** 基本原則；必要條件，先決條件。

pos·tu·la·tion [,pastʃə'leʃən] 图 UC 假定；先決條件；要求。

pos·ture ['pastʃɚ] 图 **1** U姿勢，姿態；儀態：in a reclining ～以斜躺的姿勢。**2** 位置；狀態，形勢。**3**《通常作單數》態度，心態，心境：a bold ～大膽的態度。**4** 矯飾的姿勢：a ridiculous ～ 滑稽可笑的樣子。

—動及使作出某種姿勢，使擺姿勢。—不及 **1** 作某種姿勢，擺姿勢。**2** 裝模作樣，矯飾。

-tur·al形, **-tur·er**图

post·war ['post'wɔr] 形戰後的。

po·sy ['pozɪ] 图(複**-sies**)《文》花（束）。

:pot [pat] 图 **1** 盆，壺，罐，瓶，缸，深鍋：The ～ calling the kettle black.《諺》（不顧自己與他人有同樣過失卻）一味責備別人；五十步笑百步。**2** 一鍋之量；酒，飲料。**3** 簍子，籠；《英方》（裝運食品的）大籃子；尿壺；〖冶〗坩堝；電解槽。**4** = chimney pot 1. **5**《**a** ～, ～**s**》《俚》鉅款，大量的錢《*of...*》；《美》（撲克牌戲等的）一次的總賭注：*a* ～ *of* money 鉅款。**6**《英口》獎品，銀杯。**7**《**the** ～》《英俚》熱門的馬，可望贏的馬。**8** = pot shot. **9** 液體容量單位。**10** U《俚》大麻煙。**11**《俚》大腹。**12**《英口》重要人物：a big ～ 大人物，要人。

boil the pot = make the POT boil.

go to pot《口》荒廢；沒落；毀滅；墮落。

in (*one's*) ***pots*** 喝醉酒。

keep the pot boiling 謀生，餬口；使事情一直順利進行。

make the pot boil 謀生；爲賺錢而賣藝。

talk about pots and kettles 不顧自己的同樣過失而一味責備別人。

the top of the pot《美口》上等品，優秀之物，絕品。

—動(～**·ted**, ～**·ting**)及 **1** 裝入罐中；《通常用被動》裝入壺內保存。**2** 用鍋煮。**3** 移植在盆裡，種在花盆裡。**4**《口》捕獲，抓住；《英》贏得；〖狩〗射擊，狩獵。**5**《英》〖撞球〗擊（球）入袋。**6** 捏製。**7**《

口》使坐便壺。—不及《俚》射擊《*at* ...》。

po·ta·ble ['potəbl] 形適於飲用的。—名《~s》飲料；酒。-'**bil·i·ty**, ~·**ness**名

po·tage [po'taʒ] 名 U C《法語》肉汁；濃湯。

pot·ash ['pat,æʃ] 名 U〖化〗1 碳酸鉀。2 苛性鉀。3 鉀。

po·tas·si·um [pə'tæsɪəm] 名 U〖化〗鉀。符號：K

po·ta·tion [po'teʃən] 名《謔》1 U 喝，飲。2 一飲，一杯；《~s》飲酒，酒宴。

:**po·ta·to** [pə'teto] 名(複~es) 1 C U 馬鈴薯。2《美》= sweet potato.

drop...like a hot potato 把…趕緊丟掉，將…捨棄猶恐不及。

holk one's potato《美口》等待，忍耐。

small potatoes《美口》微不足道之物[人]。

po'tato ˌbeetle 名〖昆〗薯蟲。

po'tato ˌchip 名《常作~s》油炸馬鈴薯片；洋芋片（《英》potato crisps）。

pot·bel·ly ['pat,bɛlɪ] 名 (複-**lies**) 1 大肚子；大肚子的人。2《美》圓火爐。

-**lied** 形 大腹便便的，大肚子的。

pot·boil·er ['pat,bɔɪlə] 名（爲賺稿費的）文學作品；粗劣的作品。

pot·bound ['pat,baund] 形 根生滿花盆的。

pot·boy ['pat,bɔɪ] 名《英》酒館侍役。

'**pot ˌcheese** 名《美》= cottage cheese.

po·teen [po'tin, pə-] 名 U 愛爾蘭的私釀威士忌（亦稱 **potheen**）。

po·ten·cy ['potṇsɪ] 名 (複-**cies**) 1 U 力量，權力，勢力；(男子的)性能力。2 U 效能，效力，功效；效果，影響力。3 U 潛能，潛力；生長力。4 有實力者；有權勢的人。5〖數〗= cardinal number 2.

po·tent ['potṇt] 名 1 有勢力的，有力的；強有力的；有強烈影響力的。2 有說服力的：~ reasoning 令人信服的理由。3 藥效強的，有效的《*in...*》；有效能的《*against...*》。4 有性能力的。5 濃的，強烈的。

po·ten·tate ['potən,tet] 名 有權力的人，權勢人物；當權者，統治者。

·**po·ten·tial** [pə'tɛnʃəl] 形 1 可能的，潛在性的：~ abilities 潛在的能力。2 可能發生的，可能成爲的：~ buyers 可能購買的買主。3〖文法〗表示可能的。—名 U C 1 可能性，潛在性；潛力。2〖文法〗可能式；可能語氣。3〖電〗電位，電勢；〖數·理〗位，勢。

poˌtential 'energy 名 U 位能，勢能。

po·ten·ti·al·i·ty [pə,tɛnʃɪ'ælətɪ] 名 (複-**ties**) 1 U 潛在性，潛在的可能。2《-**ties**》有潛力的事物；潛力，潛能。

po·ten·tial·ly [pə'tɛnʃəlɪ] 副 潛在地。

po·ten·ti·om·e·ter [pə,tɛnʃɪ'amətə] 名〖電〗1 電位計。2 分壓器。

pot·ful ['patful] 名 一壺之量。

pot·head ['pat,hɛd] 名《美俚》好吸食大麻煙者。

poth·er ['paðə] 名《文》1 騷動，喧擾；騷擾；煩惱，心神不安。2 U《或作 a ~》煙霧濛濛，灰塵瀰漫；塵霧。—動 及 不及 困擾，煩惱；引起騷動[騷擾]。

pot·herb ['pat,ɝb, -,hɝb] 名 1 煮食的蔬菜。2 調味用的香草。

pot·hold·er ['pat,holdə] 名 用以握持熱鍋的布墊，做此用的拇指與四指分開的棉手套。

pot·hole ['pat,hol] 名 1（道路等的）坑洞；深坑；洞穴。2〖地質〗壺穴。—動 不及 從事洞穴探險。-**hol·ing** 名 U 洞穴探險活動。

pot·hol·er ['pat,holə] 名 洞穴探險家。

pot·hook ['pat,hʊk] 名 1 鍋鉤。2 S 形筆劃。3《通常作 ~s》潦草難看的文字；《口》速記文字。

pot·house ['pat,haus] 名 (複-**hous·es** [-,hauzɪz])《英》酒館，小酒館。

pot·hunt·er ['pat,hʌntə] 名 1 胡亂射擊的獵人。2 以得獎爲目的的運動員。3（不遵守採集規則的）業餘考古採集家。

po·tion ['poʃən] 名（藥等的）飲劑；一次的分量，一劑。

pot·luck ['pat,lʌk] 名 1 U 家常便飯，現成的食物：take ~（客人）接受便餐的招待；《喻》聽天由命，順其自然。2《形容詞》參加者各自攜帶菜肴的。

Po·to·mac [pə'tomək] 名《the ~》波多馬克河：流經美國首都 Washington 市的一條河。

pot·pie ['pat,paɪ] 名 C U 1 鍋製肉餡餅。2 雞肉燉麵糰。

'**pot ˌplant** 名 盆栽花草。

pot·pour·ri [pat'purɪ, ,popu'ri] 名 (複~**s** [-z]) 1 混合香：裝在瓶中散發香味的乾燥花瓣及香料。2 雜曲，混合曲。3 文學作品的雜集，名作精選；選集，雜錄。

'**pot ˌroast** 名 C U 燜燒牛肉。

Pots·dam ['patsdæm] 名 波茨坦：德國東北部的城市。

pot·sherd ['pat,ʃɝd] 名 陶瓷碎片。

'**pot ˌshot** 名 1 濫獵射擊。2 近距離射擊；亂射：take ~*s* at...逼近…射擊。3 肆意的批評，中傷（亦稱 **potshot**）。

pot·tage ['patɪdʒ] 名 U C 蔬菜濃湯。

mess of pottage 導致將來吃大虧的暫時小利。

pot·ted ['patɪd] 形 1《限定用法》罐裝的，瓶裝的。2 盆栽的：~ plants 盆栽花草。3《英俚》膚淺的；摘要的；(音樂等) 灌製的。4《俚》喝醉的。

pot·ter[1] ['patə] 名 陶工，陶匠，陶藝家。

pot·ter[2] ['patə] 動 不及，名《英》= putter[1].

'**potter's ˌclay** 名 U 陶土。

'**potter's ˌfield** 名 公共墓地。

potter's wheel 名（製陶器用的）拉

坯輪車，陶工旋盤。

pot·er·y ['pɑtərɪ] 名 (複-er·ies) 1 U 陶器(類)；陶器製造術[業]；C 陶器廠，窯。2 ⟪ **the Potteries** ⟫ 英國中部 Staffordshire 的製陶中心地。

pot·tle ['pɑtl] 名 1 ⟪ 英古 ⟫ 半加侖。2 能裝一個 pottle 的瓶罐；半加侖的液體。

Pott's dì,sease 名 U 〖病〗脊椎彎曲病。

pot·ty[1] ['pɑtɪ] 形 (**-ti·er, -ti·est**) ⟪ 英口 ⟫ 1 精神略微異常的；逾越常軌的；熱中的，著迷的 ⟪ *about...* ⟫。2 不重要的，瑣碎的；容易的。3 高傲的；自大的。

pot·ty[2] ['pɑtɪ] 名 (複**-ties**) ⟪ 口 ⟫ 1 小孩用的馬桶；尿壺。2 ⟪ 兒語 ⟫ 廁所。3 小孩用馬桶座椅。

potty-,train 動 及 訓練小孩使用便盆。

pot-val·iant ['pɑt,væljənt] 形 酒後逞英雄的。~**·ly** 副

pouch [pautʃ] 名 1 小袋，布袋；郵袋；皮製彈藥袋。2 小錢包。3 下眼瞼的垂肉，眼袋。4 〖解·動·植〗囊，袋；袋鼠的肚袋。
—動 及 1 裝入袋中。2 做成袋狀；使成袋狀，使鼓起。
—不及 成袋狀，出現袋狀部分。 ~**·y** 形 有袋的；袋狀的。

pouched [pautʃt] 形 〖動〗有袋的。

pouf(fe) [puf] 名 1 (1) 有髮髻的高聳髮型；(2) 裝飾性的膨鬆部分。(3) ⟪ 主英 ⟫ 坐墊，蒲團。2 ⟪ 英俚 ⟫ = poof.

poul·ter·er ['poltərə] 名 ⟪ 英 ⟫ 家禽販。

poul·tice ['poltɪs] 名 泥罨劑，膏藥。
—動 及 敷膏藥於。

poul·try ['poltrɪ] 名 ⟪ 作複數 ⟫ ⟪ 集合名詞 ⟫ 家禽，家禽類。~**·less** 形

poul·try·man ['poltrɪmən] 名 (複**-men**) 1 飼養家禽的人；養雞農人。2 家禽販。

pounce[1] [pauns] 動 不及 1 突然猛撲過去，撲擊；突襲；⟪ 喻 ⟫ 嚴厲批評，激烈攻擊；急切地去發掘 ⟪ *on, upon, at...* ⟫。2 突然跳出，突然出現；突然想到 ⟪ *on, upon...* ⟫：~ *on* the right answer 突然想出正確的答案。—及 1 用爪子抓住。2 撲過去捕捉，撲擊。—名 1 利爪。2 ⟪ 通常作 **a** ~ ⟫ 飛撲而下，猛撲，撲擊；突襲。

pounce[2] [pauns] 名 1 U 吸墨粉。2 U 鑽孔的圖案；U C 印花粉；印花粉袋。—動 及 1 撒吸墨粉。2 用印花粉印出(圖案)。

pound[1] [paund] 動 及 1 連續重擊；打擊 ⟪ *with...* ⟫；敲擊 ⟪ *away / against, at, on ...* ⟫；連續射擊：~ an opponent *with* ridicule 對敵手加以譏笑。2 敲碎，搗碎，擊碎 ⟪ *up* ⟫：~ *up* gravel 將碎石搗碎。3 敲擊；砰砰地彈奏；(用打字機)啪啪地打出 ⟪ *out / on...* ⟫：~ *out* a report *on* the typewriter 用打字機打出一份報告。4 沉重地走；打壞 ⟪ *down* ⟫。5 反覆灌輸 ⟪ *into, in ...* ⟫：~ sense *into* the brains of one's employees 將責任感灌輸到員工的腦海中。
—不及 1 連續重敲；猛擊 ⟪ *away / at, on ...* ⟫。2 (心臟等)劇烈地跳動；(頭)作痛 ⟪ *with...* ⟫；(引擎)砰砰地響。3 咚咚地響，隆隆作響；沉重地走；不斷地猛烈拍擊波浪。4 苦幹 ⟪ *away* ⟫。
pound one's ear ⟪ 美俚 ⟫ 睡覺。
pound out... (1) 用力敲平。(2) ⇨ 動 及 3.
—名 連續敲打，用力敲打；重擊，猛擊；重擊聲，咚咚聲。~**·er** 名 敲打的人[物]。

:pound[2] [paund] 名 (複~**s**, ⟪ 集合名詞 ⟫ ~) 1 (1) 常衡磅(符號：lb.)。(2) 金衡磅(符號：lb.t.)。(3)(美國)藥衡磅(符號：lb. ap.)。2(亦稱 **pound sterling**)英鎊(符號：£)：In for a penny, in for a ~. ⟪ 諺 ⟫ 一不做，二不休；一旦開始做了無論如何必須完成。3(亦稱 **pound Scots**)蘇格蘭鎊：從前蘇格蘭的貨幣單位。4 鎊：澳洲、紐西蘭、愛爾蘭、埃及、土耳其、塞浦路斯、迦納、以色列、黎巴嫩、利比亞、奈及利亞、蘇丹、敘利亞的貨幣單位。
pound of flesh 每一分每一毫的欠款，全部的欠債；合法但不合情理的要求。
—動 及 ⟪ 英 ⟫ 驗秤(硬幣)的重量。

pound[3] [paund] 名 1 官設獸欄；動物收容所；檻欄，獸圈。2 用魚網圍住的魚塘。3 拘留所，監牢。4(扣押物品的)留置所。5 閘區。

Pound [paund] 名 **Ezra (Loomis)**, 龐德(1885–1972)：美國詩人及文學批評家。

pound·age ['paundɪdʒ] 名 U 1 按磅所抽取的稅金[手續費等]。2 磅數，磅重。

pound·al ['paundl] 名 〖理〗磅達：力的單位。

'pound ,cake 名 C U ⟪ 美 ⟫ 磅蛋糕。

pound·er ['paundə] 名 ⟪ 常作複合詞 ⟫ 1 有…磅重的人[物]；面值…鎊的紙幣；相當…磅的物品；發射…磅重炮彈的炮。2 有…鎊財產的人。

pound-fool·ish ['paund'fulɪʃ] 形 ⟪ 主英 ⟫ 大事糊塗的；浪費大錢的。

pound·ing ['paundɪŋ] 名 U 1 重擊的聲音；連續打擊。2 重挫，損失慘重。

:pour [por] 動 及 1 注，灌，澆，倒 ⟪ *out, away, in / on, over...* ⟫；倒入，注入 ⟪ *out of, from...; into...* ⟫；斟(飲料)：~ water *out of* a jug *into* a glass 把瓶中的水倒進玻璃杯中。2 注入，倒入。3 傾瀉；放射；發射 ⟪ *into...* ⟫。4 傾訴，傾吐，訴說；放送 ⟪ *out* ⟫。5 大量供給，源源輸送 ⟪ *away, in, out* ⟫。—不及 1 源源而來，蜂擁；湧出，湧到；不斷流出，傾瀉 ⟪ *forth, out, down, in / from...* ⟫。2 傾盆而下 ⟪ *down* ⟫；⟪ 以 **it** 為主詞 ⟫ 下傾盆大雨：It never rains but it ~*s*. ⟪ 諺 ⟫ 一下雨就是傾盆而降；禍不單行；事情一發生就接二連三。3 脫口說出。
pour cold water on... 挑毛病，潑冷水；使沮喪，使掃興。
pour it on ⟪ 美俚 ⟫ (1)(為了自己的利益)

P

傾注全力，努力做，大肆吹捧。⑵（比賽中）拚命爭取勝利。⑶以全速行駛車輛。
pour oil on troubled waters 調解爭端，打圓場。
pour on the coal 《美俚》急速地跑，加速。
—图 **1** 注入，傾瀉；流出。**2** 大量來往；大雨，傾盆大雨。～**·er** 图

pour·par·ler [ˌpurpɑrˈle] 图(複～**s** [-z])《法語》非正式會談，預備性談判。

pousse-ca·fé [ˌpuskəˈfe] 图(複～**s** [-z]) 飯後與咖啡一起飲用的酒；有不同色層的混合酒。

pout [paut] 動不及 **1** 噘嘴；繃臉。**2**（嘴唇）突出。—及使（嘴、嘴唇）突出；噘著嘴說《*out*》。—图噘嘴；繃臉：in the ～*s* 不高興的，發脾氣的。

pout·y [ˈpautɪ] 形不悅的；容易生氣的；繃著臉的。

pout·er [ˈpautə] 图 **1** 噘嘴的人，表情不悅的人，發脾氣的人。**2**〖鳥〗凸胸鴿。

·pov·er·ty [ˈpɑvətɪ] 图Ⓤ **1** 窮困，貧窮。**2** 貧乏。**3** 不毛，貧瘠；不足，缺少。

ˈpoverty ˌlevel 图= poverty line.

ˈpoverty ˌline 图窮困線，貧困所得線。

pov·er·ty-strick·en [ˈpɑvətɪˌstrɪkən] 形爲貧窮所苦惱的，非常貧窮的。

POW 《縮寫》prisoner of war 戰俘。

·pow·der [ˈpaudə] 图 **1** ⓊⒸ粉，粉末：a grain of ～ 一粒粉末。**2** ⓊⒸ粉末劑；香粉，藥粉；牙粉：～ and paint 濃妝。**3** Ⓤ火藥，彈藥：a ～ flask（從前士兵、獵人用的）小火藥筒 / a ～ horn（用牛角製的）火藥筒 / a ～ magazine 火藥庫，彈藥庫 / a ～ mill 火藥工廠 / ～ and shot 彈藥。**4** Ⓤ〖滑雪〗細雪。
keep one's powder dry 《俚》做好準備。
not worth powder and shot 不值得費力。
take a powder 《俚》趕快離去；迅速逃走。
—動及 **1** 《通常用被動》使成爲粉末。**2** 撒粉，塗粉《*with...*》；搽香粉於…；搽髮粉。**3** 撒滿；《被動》使（被粉狀物）蓋滿《*with...*》。**4** 掛滿小裝飾品。—不及 **1** 塗粉，搽粉。**2** 變成粉；粉碎。

ˈpowder ˈblue 图Ⓤ淺灰藍色。

pow·dered [ˈpaudəd] 形 **1** 粉狀的。**2** 上了粉的。

ˈpowdered ˈsugar 图Ⓤ粉糖。

ˈpowder ˌkeg 图 **1** 裝火藥的木桶。**2** 一觸即發的危險狀態；糾紛的導火線。

ˈpowder ˈmagaˌzine 图火藥庫。

ˈpowder ˌpuff 图粉撲。

pow·der-puff [ˈpaudəˌpʌf] 形 **1** 以女性爲對象的，適合女性的；軟弱的。**2** 由女性參加的。**3** 無足輕重的；微小的。

ˈpowder ˌroom 图化妝室，盥洗室；《委婉·謔》浴室，女用廁所。

pow·der·y [ˈpaudərɪ] 形 **1** 由粉末形成的，粉末狀的。**2** 易變成粉的，易粉碎的；布滿粉狀物的，塗粉的。

:pow·er [ˈpauə] 图 **1** 能力《*to* do, *of* do-*ing*》: beyond one's ～(*s*) 解決不了的，非能力所及的 / within one's ～ 能力所及的 / lose purchasing ～ 喪失購買力。**2** 《通常作～**s**》（肉體、精神上的）特別的能力；官能；才智：a man of fine mental ～(*s*) 智慧卓越的人。**3** Ⓤ力，力量；體力。**4** Ⓤ權力；控制力；勢力；政權；法律能力；Ⓒ受委任的權限[權能]；委任狀：the judicial ～司法權 / the party in ～執政黨 / black ～黑人勢力。**5** 有權力的人，當權者；國力；強國；《～**s**》列強：a concert of ～(*s*) 列強一致行動。**6** 軍力，兵力：a great military ～ 強大的軍力。**7** 《常作～**s**》神，神靈；《～**s**》〖神〗能天使。**8** 《**a** ～》《口》大量，許多《*of...*》: *a* ～ *of* people 許多人。**9** 機械力：a ～ mower 動力除草機。**10** Ⓤ能源；動力；電力；能量，運動量：wind ～ 風力 / atomic ～ 原子動力。**11** 簡單的機械。**12** Ⓤ〖理〗動力；功率。**13**〖數〗⑴乘方，冪：raise to the second ～ 二次方。⑵ = cardinal number 2. **14** Ⓤ〖光〗放大率；屈光度。
the powers that be 當局，當權者。
—動及 **1** 供給…動力；裝發動機。**2** 推動，促進。—不及 **1** 靠動力行進。**2** 《俚》飛速行進。

ˈpower ˌbase 图《美》權力基礎，地盤。

ˈpow·er·boat [ˈpauəˌbot] 图機動船；（大型）汽艇。

ˈpower ˈbrake 图動力煞車，機動軔。

ˈpower ˌbroker 图《美》政治掮客。

ˈpower ˌcable 图ⓊⒸ電纜。

ˈpower ˈcut 图停電。

ˈpower ˌdive 图〖空〗動力俯衝。

ˈpower ˈdrill 图動力鑽，動力錐。

pow·er-driv·en [ˈpauəˌdrɪvən] 图靠動力[引擎]推動的，機動的，電動的。

ˈpower eˈlite 图《the ～》《集合名詞》權力階級。

:pow·er·ful [ˈpauəfəl] 图 **1** 強有力的，有力的。**2** 強壯的；大功率的。**3** 效力大的，作用大的；有說服力的。**4** 有勢力的，強大的。**5** 《主方》許多的。～**·ly** 副，～**·ness** 图

pow·er·house [ˈpauəˌhaus] 图(複**-hous·es** [-ˌhauzɪz]) **1**〖電〗發電廠。**2** 《口》精力充沛的人，強有力的團體；〖運動〗最優秀的隊伍。

pow·er·less [ˈpauəlɪs] 形 **1** 無效力的。**2** 無能爲力的；無權力的《*to* do》。～**·ly** 副，～**·ness** 图

ˈpower ˌline 图〖電〗（輸）電線。

ˈpower ˌloom 图動力織布機。

ˈpower of atˈtorney 图〖法〗委任狀，授權書；Ⓤ代理權。

ˈpower ˌplant 图 **1** 《美》發電廠。**2** 動力裝置；馬達，引擎。

ˈpower ˌplay 图 **1**（足球等的）集中攻

擊。2 高壓政策。

ower ˌpoint 图《英》〖電〗電源插座。

ower ˌpole 图電線桿。

ower 'politics 图(複)《作單、複數》強權外交，強權政治。

ower reˌactor 图動力反應爐[器]。

ower ˌstation 图《英》發電廠。

ower 'steering 图Ⓤ〖汽車〗動力轉向裝置。

ower ˌstructure 图ⓊⒸ《美》權力機構。

ower ˌstruggle 图權力鬥爭。

ower ˌsupply 图〖電腦〗電源供應器。

ower ˌtakeoff 图動力啓動裝置。略作：PTO

ow·wow ['paʊˌwaʊ] 图 **1**（北美印第安人的）(1)祈禱病癒或狩獵成功等的狂歡儀式。(2)會議。(3)巫師，巫醫。**2**《美口》會議，會談，集會。—動不及 **1** 舉行狂歡儀式。**2**《美口》商議，商談。—及用巫術醫治。

ox [pɑks] 图 **1** Ⓤ〖病〗水痘，天花，(支)疹。**2**《the ～》《口》梅毒。

p 《縮寫》〖樂〗*pianissimo.*

p. 《縮寫》*pages; past participle; pianissimo; postpaid.*

.P., p.p. 《縮寫》*parcel post; past participle; postpaid.*

pd. 《縮寫》*postpaid; prepaid.*

pm, ppm., p.p.m., P.P.M. 《縮寫》*parts per million* 百萬分之容量比。

pr., p.pr. 《縮寫》*present participle.*

.Q. 《縮寫》*Province of Quebec.*

'r 《化學符號》praseodymium.

'R 《縮寫》*public relations; Puerto Rico.*

r. 《縮寫》*pair(s); paper; power; preference;* 〖股票〗*preferred; present; price; priest; printing; pronoun.*

.R. 《縮寫》*press release; prize ring; proportional representation; payroll; pitch ratio*。

rac·ti·ca·bil·i·ty [ˌpræktɪkə'bɪlətɪ] 图Ⓤ可行性；實用性。

rac·ti·ca·ble ['præktɪkəbl] 形 **1** 可實施的，可實行的。**2** 可使用的，實用的；可通行的。**-bly** 副

rac·ti·cal ['præktɪkl] 形 **1** 與實踐有關的，實踐上的；由實際施行的經驗而來的；實際的，實地的。**2** 有用的，實用的。**3** 與日常活動有關的；參與實務的；有實際經驗的，老練的。**4** 適於從事實務的，注重實踐的；重實際利益的。**5** 平凡的，缺乏想像力的。**6** 實質上的。**7**《主英》實習的，演習的。—图《口》實用技術測驗。

rac·ti·cal·ity [ˌpræktɪ'kælətɪ] 图 **1** Ⓤ實際；實用，實用性。**2** Ⓒ實用之物。

ractical 'joke 图惡作劇。

rac·ti·cal·ly ['præktɪkḷɪ] 副 **1** 踏實地，實際地；由實際的觀點出發：behave ～實事求是。**2** 實質上，事實上，實際上。**3** 幾乎，簡直；稍微誇張點說，可以說。

'practical 'nurse 图《美》(無執照的)見習護士。

:prac·tice ['præktɪs] 图 **1**《常用單數》常規，例行；慣常的做法，慣例；習慣；習俗：a matter of common ～ 每天例行的事 / follow the usual ～ 按照一般的慣例 / make a ～ of doing 養成做…的習慣。**2** Ⓤ實行，實施，實踐：put the principle into ～ 把原則付諸實行。**3** ⓊⒸ練習，演習，訓練，實習：*P*- makes perfect.《諺》熟能生巧。**4** Ⓤ熟練，技能，技藝：have great ～ in...非常精於，對於…非常熟練 / be in ～（人）熟練…。**5** Ⓤ（律師等的）開業，營業，業務；Ⓒ《集合名詞》(律師、醫生等的）案件委託人，病人：have a large ～ 業務興隆。**6**〖法〗訴訟程序。**7** Ⓒ《通常作 ～s》《蔑》陰謀，策略，詭計。**8**〖宗〗儀式，禮拜。

—動 **(-ticed, -tic·ing)** 及 **1** 慣做；養成習慣。**2** 實踐，實行；遵守。**3** 練習，演習。**4** 訓練《*in...*》。**5** 經營，從事；從事。**6** 施行（騙術等）《*on, upon...*》。

—不及 **1** 習慣性地實行，慣做。**2** 練習《*on, at...*》。**3**（醫師、律師）開業，執業。**4**《文》陰謀策劃，圖謀《*against, with...*》；利用《*on, upon...*》。

prac·ticed ['præktɪst] 形經驗豐富的，老練的；熟練的，精通的《*in...*》；由練習而得來的。

'practice ˌteacher 图 = student teacher.

'practice ˌteaching 图Ⓤ教學實習，試教。

prac·ti·cian [præk'tɪʃən] 图 **1** 有經驗者，熟練者。**2** 實務家。**3** = practitioner.

prac·tic·ing ['præktɪsɪŋ] 形 從事專業活動的；開業中的；實踐教義的。

'practicing phyˌsician 图開業醫師。

prac·ti·cum ['præktəkəm] 图實習課程；教學實習。

:prac·tise ['præktɪs] 图，動及不及《英》= practice.

prac·ti·tion·er [præk'tɪʃənɚ, -'tɪʃnɚ] 图 **1** 開業者，開業醫師，律師。**2** 從事者，實踐者。**3** 基督科學教派中獲准從事信仰治療的治療師。

'Prader 'Willi ˌSyndrome 图小胖威力症候群：一種會毫無節制吃東西的罕見基因疾病。

prae·no·men [pri'nomɛn] 图(複 **-nom·i·na** [-'nɑmɪnə], ～s)（古羅馬市民的）第一個名字。

prae·sid·i·um [prɪ'sɪdɪəm] 图(複～s, **-i·a** [-ɪə]) = presidium.

prae·tor ['pritɚ] 图 **1**（古羅馬的）執政官。**2** 執政官屬下的行政官。

prae·to·ri·an [prɪ'torɪən] 图形 **1**（古羅馬的）執政官（的）。**2**《常作 **P-**》禁衛軍

（的）。

prag·mat·ic [præg'mætɪk] [形] 1 實際的；注重實用的，務實的。2〖哲〗實用主義的。3 國事的，國務的；社區內部事務的。4 忙碌的；活躍的，積極的。5 愛管閒事的；獨斷的，自負的。—[名]好管閒事的人，獨斷的人，自負的人。

prag·mat·i·cal [præg'mætɪkl] [形] = pragmatic [形] 1, 2, 5. ～·ly [副]

prag·mat·ics [præg'mætɪks] [名](複)《作單數》語用學，語言實用學。

prag·ma·tism ['prægmə,tɪzəm] [名] [U] 1 實用主義，務實主義。2〖哲〗實用主義。3 好管閒事；獨斷，自負。

prag·ma·tist ['prægmətɪst] [名] 1 實用主義者，務實派。2〖哲〗實用主義哲學家，實用主義者。3 好管閒事的人。—[形]實用主義（者）的；務實（派）的。

Prague [preg, prɑg] [名]布拉格：捷克共和國的首都。

prai·rie ['prɛrɪ] [名] 1（美國 Mississippi 河流域的）波狀起伏的平原，大草原。2 草原地帶。

'prairie ˌchicken [名]〖鳥〗1 松雞。2 細尾松雞。

'prairie ˌdog [名]〖動〗山撥鼠。

'prairie ˌoyster [名] 1 [C] [U]醒酒蛋。2（供食用的）小牛的睪丸。

'prairie ˌschooner [名]（美國拓荒時代的）大篷馬車。

'prairie ˌwolf [名] = coyote 1.

:praise [prez] [名] 1 [U] [C]稱讚，讚美：win a person's high ～*s* 大獲某人的讚賞 / be beyond all ～ 讚美不盡的，無詞可以讚美的 / in praise of... 對…讚美。2 [U] 讚頌，崇拜，榮耀。3《古》值得稱讚的理由，長處。

sing** one's **own praises 自誇，自吹自擂。

sing the praises of** a person* / ***sing** a person's **praises 大肆讚揚某人。

—[動](**praised, prais·ing**)[及] 1 稱讚，讚揚，讚美《*for, on, upon...*》；盛讚《*up*》。2《文》讚頌，讚美，歌頌。～·**less**[形], **'prais·er**[名]

praise·ful ['prezfəl] [形]充滿讚美的，稱讚的；讚不絕口的。

praise·wor·thy ['prez,wɝðɪ] [形]值得稱讚的。**-thi·ly**[副], **-thi·ness**[名]

Pra·krit ['prɑkrɪt] [名] [U]印度中北部所通行的日常語言，梵語俗言。**-'krit·ic**[形]

pra·line ['prɑlin] [名] [C] [U]杏仁糖，堅果糖。

pram [præm] [名]《英口》1 嬰兒車。2 送牛奶用的手推車。

prance [præns] [動] [不及] 1（馬）用後腳騰躍，騰躍前進《*about*》。2 騎騰躍的馬；躍馬行進。3 昂首闊步《*about*》。
—[名]騰躍；昂首闊步。

prank[1] [præŋk] [名] 惡作劇，玩笑：play ～*s* on ... 戲弄…。—[動] [不及]開玩笑，惡作劇。～·**ish**[形]愛開玩笑的。

prank[2] [præŋk] [名]裝飾，盛裝，打扮《*out, up*》。—[動] [不及]盛裝，打扮。

prank·ster ['præŋkstɚ] [名]惡作劇者，愛開玩笑的人。

pra·sa·dam [prə'sɑdəm] [名] [U]獻品，供品。

pra·se·o·dym·i·um [ˌprezɪə'dɪmɪəm, ˌpresɪə-] [名] [U]〖化〗鐠。符號：Pr

prat [præt] [名] 1《俚》屁股，臀部。2《英俚》傻瓜，蠢人。

prate [pret] [動] [及] [不及] 閒聊；喋喋不休地說。—[名]無聊話，廢話，嘮叨。

prat·fall ['prætfɔl] [名]《口》1 屁股著地的摔倒：take a ～ on 屁股著地的滑了一跤。2 丟臉的錯誤或挫敗。

pra·tique [præ'tik, 'prætɪk] [名]〖商〗檢疫後的入港許可證。

prat·tle ['prætl] [動] [不及] [及]喋喋不休地說；牙牙學語。—[名] [U]閒聊；幼稚無聊的話；意義不連貫的話；廢話。**-tler**[名]

Prav·da ['prɑvdə] [名]真理報：蘇聯解體之前的蘇共中央機關報。

prawn ['prɔn] [名]大蝦；明蝦，對蝦；環節蝦。—[動] [不及]捕蝦；以蝦爲餌捕魚。

ˌprawn 'cocktail [名]《英》明蝦冷盤。

prax·is ['præksɪs] [名] [U] 1 實踐，應用。2 習慣，成規。3 實例，例題。

:pray [pre] [動] [及] 1 (1)祈求，懇求，請求；祈禱《*for...*》：～ God's forgiveness 祈求神的寬恕 / ～ his mercy 懇求他發慈悲 / ～ God *for* his forgiveness《文》向神祈求寬恕。(2)《文》熱切盼望。2 靠著祈禱使得以《*to...*》。3《後接同根受詞》做（禱告）。4《主英·文》請。
—[不及] 1 做禱告；懇求，祈求，祈禱《*to* ...》；請求《*for...*》。2 做精神上的溝通，做心靈上的談話。

be past praying for 即使祈禱也是白費，無可救藥。

:prayer[1] [prɛr] [名] 1 [U]祈禱，祈求，禱告；《常作～s》祈禱式：a ～ of thanks 謝恩的禱告，謝禱 / be at ～ 正在祈禱 / say one's ～*s* 做禱告。2 [U] [C]精神上的溝通。3 禱詞，祈禱文。4 請求，懇求；所請求的事，願望；陳情項目。5《美口》（成功的）機會。～·**less**[形]

pray·er[2] ['preɚ] [名]祈禱的人。

'prayer ˌbook ['prɛr-] [名] 1 祈禱書。2《the P- B-》= Book of Common Prayer. 3〖航海〗小甲板磨石。

prayer·ful ['prɛrfəl] [形]常禱告的，虔誠的；似禱告般的，認真的。

'prayer ˌmat ['prɛr-] [名]（回教徒祈禱時所用的）跪墊。

'prayer ˌmeeting [ˌservice] [名]祈禱會。

'prayer ˌrug [名] = prayer mat.

'prayer ˌwheel ['prɛr-] [名]（喇嘛教所用

的）祈禱輪，地藏車。

pray-in ['pre,ɪn] 名一面聽講道一面禱告的抗議集會。

'praying 'mantis 名 = mantis.

pre- 《字首》表「預先」、「在…之前的」之意。

·**preach** [pritʃ] 動 及 1 傳布，講述；傳述，傳揚《*to...*》；布道，講道：～ the Gospel 傳布福音。2 宣傳，鼓吹《*to...*》；說教。

一不及 傳教，布道，傳道，講道《*on...*》。2 諄諄善告《*about...*》；諄諄勸誡《*against...*》；說教《*at...*》。

preach down 公開譴責；說服；駁倒。

preach up 公開宣揚，極力稱讚。

一名《口》說教；講道。

·**preach·er** ['pritʃɚ] 名 1 宣教師，傳道者；牧師。2 說教者，訓誡者；鼓吹者。

preach·i·fy ['pritʃə,faɪ] 動 (-fied, ～·ing) 不及《口》《蔑》嘮嘮叨叨地說教。

preach·ing ['pritʃɪŋ] 名 U C 1 傳教，布道，傳道，講道；說教，訓誡，鼓吹。2 傳教術；說教法。3 有講道的禮拜。

一形 傳教（般）的，講道（般）的；說教（般）的。

preach·ment ['pritʃmənt] 名 U C 1 傳教，布道，講道。2 說教，長篇大論。

preach·y ['pritʃɪ] 名 (preach·i·er, preach·i·est)《口·蔑》愛說教的；說教般的，說教性質的。

pre·am·ble ['priæmbl, prɪ'æmbl] 名 1 序文，導言，前言；（條約等的）前文《*to, of...*》。2 開端，前奏；先兆。3《P-》美國憲法前文。

一動 不及 加上序文。

pre·ar·range [,priə'rendʒ] 動 及 預先安排。

～·**ment** 名

pre·a·tom·ic [,priə'tamɪk] 形 使用原子能或原子彈以前的；原子時代前的。

preb·end ['prɛbənd] 名 1 教堂執事的薪俸；教堂地產。2 = prebendary.

preb·en·dar·y ['prɛbən,dɛrɪ] 名 (複-**dar·ies**) 1 受俸祿的教堂執事。2〖英國教會〗不受薪俸的名譽執事。

Pre·cam·bri·an, Pre-Cam- [pri'kæmbrɪən] 形〖地質〗前寒武紀[系]的。

一名《the ～》前寒武紀[系]。

pre·can·cer·ous [pri'kænsərəs] 形 癌前期的。

pre·car·i·ous [prɪ'kɛrɪəs] 形 1 不確定的，不安定的，靠不住的：earn a ～ livelihood 靠不穩定的收入爲生。2 危險的。3 俯仰由人的。4 無根據的，不可靠的。

～·**ly** 副，～·**ness** 名

pre·cast [prɪ'kæst] 形 預鑄的。

prec·a·to·ry ['prɛkə,torɪ, -tɔrɪ] 形 請求的，懇求的；表示請求的。

pre·cau·tion [prɪ'kɔʃən] 名 1 預防措施，事先的對策：take ～*s* against an earthquake 採取預防地震的措施。2 U C 留心，戒備；預防：by way of ～ 作爲預防措施。

一動 及 事先警告，使有所防備。

pre·cau·tion·ar·y [prɪ'kɔʃən,ɛrɪ] 形 1 以防萬一的。2 警告的。

pre·cau·tious [prɪ'kɔʃəs] 形 預防的，事先戒備的。

·**pre·cede** [prɪ'sid] 動 (-ced·ed, -ced·ing) 及 1 在…之前；先於，比…先發生：～ a person's getting out of a bus 搶在某人之前走下公車。2（在順序、重要性等方面）位於…之上，比…優先，比…重要。3 放在…之前；在…之前加上《*by, with...*》。

一不及 在前面，領先；占上位，占優先。

一名〖報章·雜誌〗前言，前文。-**ced·a·ble** 形

prec·e·dence [prɪ'sidṇs, 'prɛsədəns] 名 U 1 居前，居先，領先。2（順序、地位、重要性等的）優先；優先權，優先地位。3 優先權，領銜地位，上座，席次，先後次序，順序：in order of ～ 按地位先後 / give ～ to him 給予他優先權。

prec·e·dent[1] ['prɛsədənt] 名 U C 1 前例，先例：without ～ 無前例的 / establish a ～ for...爲…創下先例。2〖法〗判例。

pre·ced·ent[2] [prɪ'sidṇt] 形 在前的，先前的；在前面的，居先的。

prec·e·den·tial [,prɛsə'dɛnʃəl] 形 創下先例的，開風氣之先的；居先的。

pre·ced·ing [prɪ'sidɪŋ] 形《the ～》《限定用法》在前的，先前的；緊接於前的；前述的：*the* ～ chapter 前面那一章。

pre·cen·sor [prɪ'sɛnsɚ] 名 事前審查。

～·**ship** 名 U 事前審查。

pre·cent [prɪ'sɛnt] 動 及 領唱。

pre·cen·tor [prɪ'sɛntɚ] 名（教堂領導唱詩班的）領唱者。

pre·cept ['prisɛpt] 名 U C 1 教誨，訓示；教條，準則；告誡；戒律；箴言，格言：Practice is better than ～.《諺》身教勝於言教。2 指示，操作規則。**pre·'cep·tive** 形 命令的，訓誨的。

pre·cep·tor [prɪ'sɛptɚ] 名 1 教導者，教師；個人指導教師；校長。2 指導醫師。

pre·cep·to·ri·al [,prisɛp'torɪəl] 形 教師的；指導者的；像教師的。

pre·ces·sion [pri'sɛʃən] 名 U C 1 先行；優先。2〖力〗進動，旋進。3〖天〗(1) = precession of the equinoxes. (2) 歲差。

～·**al** 形

pre'cession of the 'equinoxes 名 U〖天〗春分點歲差。

pre·cinct ['prisɪŋkt] 名 1《美》（行政上的）地區，轄，區；劃定的區域；（選舉的）選區；（警察的）管區；警察分局。2 領域，範圍；《～s》界限，界域。3《英》（教堂等的）四周緊鄰土地；《～s》周圍；郊外；附近（地區）。4 行人區。

pre·ci·os·i·ty [,prɛʃɪ'ɑsətɪ, ,prɛsɪ-] 名(複

P

-ties) Ⓤ Ⓒ過於講究，矯揉造作，過於風雅。

:pre·cious ['prɛʃəs] 形 1 昂貴的，貴重的，極有價值的：～ garments 昂貴的衣服 / ～ works of art 貴重的藝術品。2 親愛的，鍾愛的：one's ～ son 愛子。3《限定用法》《口》十足的；糟透的；極端的；《諷》寶貝似的：a ～ fool 大傻瓜。4 非常的。5 重要的，寶貴的。6 矯揉造作的，過於講究的，過於細心的。—名最愛的人，可愛的人。—副《口》非常地，極。
～·ly 副，～·ness 名

'precious 'metal 名貴金屬。

'precious 'stone 名寶石。

·prec·i·pice ['prɛsəpɪs] 名 1 懸崖，絕壁。2 危局，險境：hang on a ～ 處於岌岌可危，千鈞一髮之際。-piced 形

pre·cip·i·tan·cy [prɪ'sɪpətənsɪ], **-tance** [-təns] 名 (複-cies) 1 Ⓤ倉促，慌張；莽撞，輕率。2《-cies》輕率的舉動。

pre·cip·i·tant [prɪ'sɪpətənt] 形 1 陡然下落的。2 橫衝直撞的；倉促的；莽撞的，輕率的。3 突然的，出其不意的。
—名〖化〗沉澱劑。～·ly 副

pre·cip·i·tate [prɪ'sɪpə,tet] 動 及 1 使加速發生，使突然發生；促成；催促：～ one's ruin 加速毀滅。2《常用反身》《文》使陡然落下。3 使突然陷入《*into*...》：～ the country *into* a crisis 使國家突然陷入危機。4《反身》使猛力投入《*into*...》。5〖化〗使沉澱《*from*...》。6〖氣象〗使凝結（成雨、雪等）。—不及 1《文》陡然落下。2 倉皇行事，匆匆進行。3 沉澱。4（凝結成雨等）落下。
—[-,tet, -tɪt] 形 1 陡然下落的；陡峭的；橫衝直撞的，猛衝的。2 倉促的，慌張的；性急的，輕率的。3 突然的，出其不意的。
—[-,tet, -tɪt] 名 Ⓤ Ⓒ 1〖化〗沉澱物。2（變成雨或雪等降下的）凝結物。～·ly 副，～·ness 名

pre·cip·i·ta·tion [prɪ,sɪpə'teʃən] 名 1 Ⓤ陡然下落；徑直投下。2 Ⓤ促成，促進；性急，輕率：give ～ to his downfall 加速他的毀滅 / act with ～ 輕率行事。3 Ⓤ〖理·化〗沉澱（作用）；Ⓤ Ⓒ沉澱物。4 Ⓤ〖氣象〗降雨，降雪；降水量。

pre·cip·i·tous [prɪ'sɪpətəs] 形 1 多懸崖的；斷崖絕壁的；陡峭的，險峻的。2《非標準》倉促的，慌張的，輕率的。
～·ly 副，～·ness 名

pré·cis [pre'si] 名 (複～ [-siz]) 概略，摘要。—動 及 摘錄，寫提要。

·pre·cise [prɪ'saɪs] 形 1 正確的，標準的；精確的。2《通常作 the ～》恰好的，即此非彼的。3 明確的，正確的，嚴密的。4 講話明確的；嚴謹的，細心的；嚴格的，挑剔的，考究的《*in*...》。
～·ness 名 Ⓤ正確，嚴密，明確；嚴謹，中規中矩。

pre·cise·ly [prɪ'saɪslɪ] 副 1 正確地，精確地：at 5 p.m. ～ 在下午五點整。2《用於回答》一點也不錯，正是，完全正確。

pre·ci·sian [prɪ'sɪʒən] 名（尤指宗教上的）嚴格遵守規則的人；拘泥形式的人。

·pre·ci·sion [prɪ'sɪʒən] 名 Ⓤ 1 正確，準確；精密：judge with ～ 正確地判斷。2 明確，明瞭；嚴謹，嚴格。3 精確性；精密度。—形精確的，精密的。
～·al 形，～·ism 名，～·ist 名

pre·clude [prɪ'klud] 動 及《文》1 排除，杜絕，使不可能《*doing*》；阻止《*from doing*》：～ any possibility of his winning 排除他獲勝的任何可能性。2 排除（在…之外），摒除於外《*from*...》：～ him *from* membership 使他無法成爲會員。
-clu·sion [-'kluʒən] 名，-clu·sive [-'klusɪv] 形，-clu·sive·ly 副

pre·co·cious [prɪ'koʃəs] 形 1 早熟的，老成的；發展過早的。2〖植〗早開的，早結果的。～·ly 副，～·ness 名

pre·cog·ni·tion [,prikɑg'nɪʃən] 名 Ⓤ Ⓒ 1 預知，先知先覺。2 超感覺的知覺。

pre-Co·lum·bi·an [,prikə'lʌmbɪən] 形 在哥倫布發現美洲大陸以前的。

pre·con·ceived [,prikən'sivd] 形 事先想出的，先入爲主的。

pre·con·cep·tion [,prikən'sɛpʃən] 名 1 預想，事先認爲。2 先入之見，偏見。

pre·con·cert [,prikən'sɝt] 動 及 預先安排。
～·ed 形，～·ed·ly 副

pre·con·di·tion [,prikən'dɪʃən] 名 先決條件；前提。

pre·con·scious [,prɪ'kɑnʃəs] 形 1〖精神分析〗前意識的。2 意識發展以前的。—名 Ⓤ前意識。～·ly 副，～·ness 名

pre·cook [pri'kuk] 動 及 預先烹調。

pre·cur·sor [prɪ'kɝsɚ] 名 1 前任；先鋒；先驅；前輩。2〖基督教〗= John the Baptist. 3 先兆，預兆。

pre·cur·so·ry [prɪ'kɝsərɪ], **-sive** [-sɪv] 形 1 先驅的；前輩的；發端的，引導的。2 預兆的《*of*...》。

pre·cut [pri'kʌt] 動 及 預先切割。

pred. 《縮寫》*pred*icate; *pred*icative(ly).

pre·da·cious [prɪ'deʃəs] 形《美》掠奪的，搶奪的；肉食的，捕食動物的（亦作《生物學用語》**predaceous**）。

pre·date [pri'det] 動 及 1 早填實際日期。2 早於。—['-,-] 名報頭日期早於實際發行日期的報紙。

pred·a·tor ['prɛdətɚ] 名掠奪的人[物]；捕食動物，肉食動物。

pred·a·to·ry ['prɛdə,torɪ] 形 1 掠奪的，以掠奪爲習慣的。2〖動〗捕食動物的，肉食的。3《蔑·謔》損人利己的。

pre·dawn [pri'dɔn] 名 形 黎明前（的）。

pre·de·cease [,pridɪ'sis] 動 及 在…之前死亡。—名 Ⓤ先死，早死。

P

pred·e·ces·sor [ˌprɛdɪ'sɛsɚ] 名 1 前任；前輩。2 以前有過的東西，原先的東西。

pre·de·fine [ˌpridɪ'faɪn] 動 及 預先界定，預先限定。

pre·de·par·ture [ˌpridɪ'partʃɚ] 形 出發之前的。

pre·des·ti·nate [prɪ'dɛstəˌnet] 動 及《常用被動》〖神〗按照神意而預定；使注定《*to*..., *to* do》。— [prɪ'dɛstənɪt] 形《古》預定的；命中注定的，宿命的。

pre·des·ti·na·tion [prɪˌdɛstə'neʃən, ˌpridɛs-] 名 U 1 預定；注定；命運；前世因緣。2〖神〗命運注定（論）。

pre·des·tine [prɪ'dɛstɪn] 動 及《常用被動》注定，預定《*for*, *to*..., *to* do》。

pre·de·ter·mine [ˌpridɪ'tɝmɪn] 動 及 預先決定；（命中）注定；使預先傾向《*to*...》。**-mi·'na·tion** 名 U C 先決，預定；注定。**-mi·nate** [-mənɪt] 形

pre·de·ter·min·er [ˌpridɪ'tɝmɪnɚ] 名〖文法〗前置限定詞。

pred·i·ca·ble ['prɛdɪkəbl] 形 可斷定的；可斷定屬性的《*of*...》。— 名 可斷定者；屬性；《常作 ~s》賓位語；《**the** ~》根本的概念。**-bil·i·ty** [-'bɪlətɪ] 名, **-bly** 副

pre·dic·a·ment [prɪ'dɪkəmənt] 名 1 處境，境況，情況；困境，險境。2〖理則〗範疇。
-'men·tal [-'mɛntl] 形

pred·i·cate ['prɛdɪˌket] 動 (**-cat·ed**, **-cat·ing**) 及《文》1 斷定…爲（人、物的）屬性《*of*...》；斷言，斷定。2 意味著，含…之意。3《常用被動》《美》（依據…而）建立，做出；作爲…的基礎《*on*, *upon*...》。4〖理則〗斷定（命題的主詞）爲；使成爲命題的謂詞。— 不及 斷言，斷定。— ['prɛdɪkɪt] 形 1 斷言的，斷定的；〖理則〗謂詞的，受詞的。2〖文法〗述詞[述語]的。— ['prɛdɪkɪt] 名《通常作 **the** ~》〖文法〗述詞；〖理則〗受詞，屬性。**-'ca·tion** 名

pred·i·ca·tive ['prɛdɪˌketɪv] 形 1 斷定的，斷定性的。2〖文法〗敘述的，述語的。— 名 述詞，述語。~**·ly** 副

pre·dict [prɪ'dɪkt] 動 及 預報，預言。— 不及 預言，預報。

pre·dict·a·ble [prɪ'dɪktəbl] 形 1 可預測的，可預知的。2 千篇一律的，一成不變的。**-bly** 副

pre·dic·tion [prɪ'dɪkʃən] 名 U C 預言，預報，預測。

pre·dic·tive [prɪ'dɪktɪv] 形 預言的；顯示未來的；成爲預兆的《*of*...》。~**·ly** 副

pre·dic·tor [prɪ'dɪktɚ] 名 1 預言者；成爲預兆之事物。2 高射瞄準測位器。

pre·di·gest [ˌpridə'dʒɛst, -daɪ-] 動 及 1 把（食物）預先處理使之較易消化。2《蔑》簡化。
-ges·tion 名

pre·di·lec·tion [ˌpridḷ'ɛkʃən, ˌprɛd-] 名 偏愛，偏好《*for*...》。

pre·dis·pose [ˌpridɪs'poz] 動 及 1 使易成爲（…的狀態）《*to*...》；使預先有…的傾向《*to* do》。2 事先處置。**-pos·al** 名

pre·dis·po·si·tion [ˌpridɪspə'zɪʃən] 名 1 傾向，特性《*to*... ; *to* do》: a ~ *to* panic 生性易陷於恐慌。2〖病〗體質《*to*...》: a ~ *to* hepatitis 易染肝炎的體質。~**·al** 形

pre·dom·i·nance [prɪ'damənəns] 名 U 優勢；支配地位《*over*...》: gain ~ *over*... 對…取得優勢。

pre·dom·i·nant [prɪ'damənənt] 形 1 占支配地位的；占優勢的《*over*...》；流行的，普遍的。2 主要的，顯著的。

pre·dom·i·nant·ly [prɪ'damənəntlɪ] 副 1 占優勢地。2 主要地。

pre·dom·i·nate [prɪ'daməˌnet] 動 不及 1 占優勢。2 支配，統治《*over*...》。3 顯著，顯眼。— 及 占優勢；支配，統治。
~**·ly** 副, **-'na·tion** 名

pre·e·lec·tion [ˌpriɪ'lɛkʃən] 名 預選。
— 形 選舉前的。

pre(e)·mie ['primɪ] 名《美口》早產嬰兒。

pre·em·i·nence [prɪ'ɛmənəns] 名 U 卓越，超群，傑出《*in*, *of*...》。

pre·em·i·nent [prɪ'ɛmənənt] 形 超人一等的，優於他人的，領袖群倫的，卓越的，傑出的《*in*...》。~**·ly** 副

pre·empt [prɪ'ɛmpt] 動 及 1《美》爲取得先買權而預先占據。2 比人先占有；搶先行動；取代。**pre·'emp·tion** 名 U 優先購買（權）。**pre·'emp·tor** 名

pre·emp·tive [prɪ'ɛmptɪv] 形 1 優先購買的。2〖軍〗先發制人的。~**·ly** 副

pre'emptive 'strike 名〖軍〗先制攻擊。

preen [prin] 動 及 1（鳥等）用喙整理（羽毛等）。2《反身》修飾打扮；沾沾自喜，自鳴得意《*on*, *upon*...》。— 不及 1 整理羽毛。2 打扮；自鳴得意，沾沾自喜。

pre(-)ex·ist [ˌpriɪg'zɪst] 動 不及 先存在。— 及 比…先存在。~**·ence** 名 U（靈魂的）先存，前世；（某事的）先存在。
~**·ent** 形

pref.《縮寫》*pref*ace(d); *pref*atory; *pref*erence; *pref*erred; *pref*ix(ed).

pre·fab ['priˌfæb] 形 名 用預製件組裝的（房屋等）。— [-'-] 動 (**-fabbed**, ~**·bing**) 及 = prefabricate.

pre·fab·ri·cate [pri'fæbrəˌket] 動 及 1 預先製造：~ an excuse for being late 預先想好遲到的藉口。2 用預製件建造。
-'ca·tion 名, **-ca·tor** 名

pre·fab·ri·cat·ed [pri'fæbrəˌketɪd] 形 1 預先製造好的，按照標準模式造出來的：a ~ smile 裝出來的笑容。2（住宅、船等）預製件組裝式。

·pref·ace ['prɛfɪs] 名 1 序文，序言《*to*...》；前言，開場白《*to*...》。2 開端，開始《*to*...》。3〖教會〗頌謝引：祭典中作爲隆重莊嚴祈禱開端的謝恩禱告。— 動

P

(-aced, -ac·ing) 及作序；作開場白；揭開序幕《*with..., by* doing》；引出，成爲開端。

pref·a·to·ry ['prɛfə,torɪ] 形序言的，開場白的；在前面的。

pre·fect ['prifɛkt] 名 1《偶作 P-》(古羅馬的)行政長官；司令官；(法國、義大利的)省長；警察總監。2《英》= praepostor. **-fec·'to·ri·al** [-'fɛkt∫ərəl] 形

pre·fec·ture ['prifɛkt∫ɚ] 名 1 Ⓤ Ⓒ prefect 的職位、職權、任期。2 prefect 的轄區。**-'fec·tur·al** [-'fɛkt∫ərəl] 形

:**pre·fer** [prɪ'fɝ] 動 (-ferred, ～·ring) 及 1 (1) 更喜歡，選擇《*to..., to* doing,《罕》*over* ...》。(2)《與 **rather than (to) do** 連用》寧願。(3) 喜歡，希望（做…），希望。(4) 偏好，喜歡。2 提出《*against, to...*》: ～ a claim *to* the inheritance 提出繼承遺產的要求。3 提拔，擢升：～ him as manager 提拔他爲經理。4〖法〗給予優先權。

pref·er·a·ble ['prɛfərəbl] 形更可取的，更好的，更勝一籌的《*to...*》。

pref·er·a·bly ['prɛfərəblɪ] 副更好，最好。

·**pref·er·ence** ['prɛfərəns] 名 1 Ⓤ Ⓒ 優先選擇，更爲喜歡，喜好，偏好，偏愛《*for, to...*》；選擇權，選擇機會；優先地位《*over, to...*》；優先權；選擇；Ⓒ 嗜好物，喜愛物：by ～ 出於選擇 / associate *for* ～ with... 偏好和…交往 / in ～ *to...* 優先於，勝過 / have the ～ 獲得優先考慮，更受到喜愛；擁有優先權 / give a ～ *to...* 優先選擇，讓…獲得優先權 / have no ～ 無所偏好，什麼都好。2 Ⓤ Ⓒ（在分配紅利等時）優先權《*over...*》；(國際貿易上的)特惠。

P

'**preference ,stock** 名 Ⓤ《英》優先股；績優股。

pref·er·en·tial [,prɛfə'rɛn∫əl] 形 1 優先的。2 優待的；(關稅等)優惠的：a ～ tariff 優惠關稅（率）。～·**ly** 副

prefer'ential 'shop 名《美》工會會員享有優先僱用及升遷等優惠待遇的工廠。

pre·fer·ment [prɪ'fɝmənt] 名 Ⓤ Ⓒ 晉升，升遷；提拔《*to...*》；美差，肥缺。

pre'ferred ,stock 名 Ⓤ《美》優先股。

pre·fig·ure [prɪ'fɪgjɚ] 動 及預示，成爲預兆；預想，預見。

·**pre·fix** ['pri,fɪks] 名 1〖文法〗字首，前綴。2（冠於人名前的）敬稱，尊稱；(電話的)區域號碼。—[pri'fɪks] 動 及 1 加在前頭《*to...*》；置於起首《*with...*》。2〖文法〗加在前面作前綴《*to...*》。～·**al** 形

pre·form [pri'fɔrm] 動 及預先形成；預先構成；預塑，初步加工成形。—名初步加工成形的東西。

preg·na·ble ['prɛgnəbl] 形可攻克的，易受攻擊的。

preg·nan·cy ['prɛgnənsɪ] 名 (複-cies) 1 Ⓤ Ⓒ 懷孕（期），妊娠（期）：～ test 驗孕。2 Ⓤ 充滿，豐富；肥沃；富於想像力。3 Ⓤ 意味深長，充滿暗示性。

preg·nant [prɛgnənt] 形 1 懷孕的，懷胎的；懷著…的，孕育著…的《*with...*》。充滿著…的《*with...*》: a moment ～ *with* fear 充滿恐懼的一刻。3 肥沃的，多產的；豐富的；富於…的《*in, with...*》: brain ～ *with* new concepts 充滿新觀念的頭腦。4《限定用法》意味深長的；富於暗示性的。5 富於創造力的。6 重要的；會產生（重大結果等）的《*with...*》: an event ～ *with* grave consequences 會造成嚴重後果的一個事件。～·**ly** 副

pre·heat [pri'hit] 動 及預先加熱。

pre·hen·sile [prɪ'hɛnsl, -sɪl] 形 1〖動〗適於抓住的，能纏捲東西的。2 有理解力的。

pre·hen·sion [prɪ'hɛn∫ən] 名 Ⓤ 1〖動〗抓住，握住。2 理解，領會。

pre·his·tor·ic [,priɪs'tɔrɪk, ,prihɪs-], **-i·cal** [-kl] 形史前時代的，有史載以前的；《謔·蔑》落伍的，舊式的。**-i·cal·ly** 副

pre·his·tory [pri'hɪstərɪ, -trɪ] 名 (複-ries) 1 Ⓤ 史前史（學）。2《a ～》背景，(發展)過程，早期歷史。

pre·judge [pri'dʒʌdʒ] 動 及預先判斷；未審查就判決。

·**prej·u·dice** ['prɛdʒədɪs] 名 1 Ⓤ Ⓒ 偏見，成見；偏頗的厭惡感，歧視《*against...*》；偏袒，偏心，偏愛《*in favor of...*》: build up ～*s* about foods 養成對食物的挑剔習慣。2 Ⓤ 不利，損害；〖法〗(對權利等的)侵害。

without prejudice (1) 不存偏見地。(2) 沒有不利；〖法〗不使權利受到侵害《*to...*》。

—動 (-diced, -dic·ing) 及 1《通常用被動》使懷有偏見；使抱著偏頗的厭惡心理《*against...*》；使懷著偏袒心理《*in favor of...*》。2 使遭到損害；〖法〗侵害。

prej·u·diced ['prɛdʒədɪst] 形《蔑》懷有偏見的，偏頗的。

prej·u·di·cial [,prɛdʒə'dɪ∫əl] 形造成偏見的；不利的，有害的《*to...*》。～·**ly** 副

prel·a·cy ['prɛləsɪ] 名 (複-cies) 1 高級教士之職位；《the ～》《集合名詞》高級教士。2《蔑》高級教士統治制度。

prel·ate ['prɛlɪt] 名高級教士。

pre·launch [prɪ'lɔnt∫] 形（太空船等）發射前的；(船)下水前的。

pre·lect [prɪ'lɛkt] 動 不及（尤指在大學）講課，講演。**-lec·tion** 名講課，演講。**-lec·tor** 名講師，教授。

pre·lim [prɪ'lɪm] 名 1《通常作～s》《口》預考，初試；(拳擊賽等的)預賽。2《～s》《英口》正文前的書頁。

pre·lim·i·nar·y [prɪ'lɪmə,nɛrɪ] 形初步的，開端的；預備的，準備的：～ tests 初試 / ～ remarks 開場白，緒言 / a ～ notice 預告。

—名 (複-nar·ies) 1《-naries》開場白；初步的事；預備措施；預備步驟《to...》。2 初試；預備；(拳擊賽等的)預賽。3《~s》(亦稱 front matter) 在正文之前的書頁。

-nar·i·ly 副

pre·lit·er·ate [pri'lɪtərɪt] 形尚無文字記載的，有文字以前的。

prel·ude ['prɛljud, 'prilud] 名 1 前奏，序幕《to...》。2 預備行爲，開場白；〖樂〗前奏曲，序曲：give a ~ 作開場白。—動 及成爲前奏；加開場白，揭開序幕《with...》；〖樂〗作前奏曲。—不及成爲前奏《to...》；作開場白《with...》；〖樂〗演奏序曲。

pre·lu·sive [prɪ'lusɪv] 形前奏的，序幕的，先導的；前奏曲的《to...》。

pre·mar·i·tal [pri'mærətl] 形婚前的。

pre·ma·ture [,primə'tjʊr, 'primə,tjʊr] 形過早的，時機未到的，未成熟的；草率的，過於倉促的《in...》: ~ conclusions 草率的結論 / ~ baldness 少年禿頭 / a ~ baby 早產兒。

—名早產兒。

~·ly 副, -tu·ri·ty 名 U 早熟，過早，輕率，早產，未成熟。

pre·med ['primɛd, pri'mɛd] 名 形《口》醫學院預科學生(的)，醫學院預科(的)。

pre·med·i·cal [pri'mɛdɪkl] 名= premed.

pre·med·i·tate [prɪ'mɛdə,tet] 動 及 不及 預先計畫，預謀。

pre·med·i·tat·ed [prɪ'mɛdə,tetɪd] 形有計畫的，預謀的。

pre·med·i·ta·tion [,primɛdə'teʃən] 名 U 預先計畫；〖法〗預謀。

pre·men·stru·al [pri'mɛnstruəl] 形 月經之前的：~ syndrome 經前症候群。

pre·mier ['primɪɚ, prɪ'mɪr] 名總理，首相；(加拿大的)省長，(澳洲的)州長。

—形 1 第一的，首位的；最高的。2 最初[早]的。~·ship 名 U C 首相的職位或任期。

pre·miere [prɪ'mɪr] 名 1 (戲劇等的)首次公演，首映。2 女主角。

—動 及 首演，首映。—不及 首次公演；首次以主角身分公開演出。—形最初的；首要的，顯著的。

prem·ise ['prɛmɪs] 名 1 前提《that 子句》: on the ~ *that* they will keep the peace 在他們會維持治安的前提之下。2《~s》〖法〗前述各點；根據；《~s》(契約書的)前述事項；開頭部分；訴訟緣起。3《~s》房屋，場地：on the ~*s* 在本建築物內。—[prɪ'maɪz, 'prɛmɪs] 動 及 定爲前提(條件)；作爲前提《with...》。—不及 提出前提，設定前提。

prem·iss ['prɛmɪs] 名= premise 1.

pre·mi·um ['primɪəm] 名 1 獎賞，獎品，獎金《for...》。2 額外賞金；佣金；額外津貼《for...》: give a ~ *for*... 因爲…而給予酬金。3《常作 ~s》〖保〗保險費；〖經〗貼水；〖股票〗升水；貼水；貼息。4 習藝費。5《美》借貸費。—形特優的，高級的。

at a premium (1) 在票面價值以上；以超過一般的價格；非常昂貴。(2) 極爲短缺，非常需要；甚受珍視。

put a premium on... (1) 高度重視。(2) 獎勵，誘發，促進，助長。

there is a premium on... …是值得獎勵的。

'Premium ('Savings) ,Bonds 名《英》有獎(儲蓄)公債，國民儲蓄獎券。

pre·mix [,pri'mɪks] 動 及 預先混合。

pre·mo·lar [pri'molɚ] 名前臼齒，小臼齒。

—形前臼齒的，小臼齒的。

pre·mo·ni·tion [,primə'nɪʃən] 名預先警告；預感，徵兆《that 子句》。

pre·mon·i·to·ry [prɪ'mɑnə,torɪ] 形預先警告的；預感的，徵兆性的。-ri·ly 副

pre·na·tal [pri'netl] 形〖醫〗《美》出生以前的，產前的。~·ly 副

pre·nom·i·nal [pri'nɑmənəl] 形〖文法〗置於名詞之前的，修飾名詞的。

pre·no·tion [pri'noʃən] 名預感，預知，成見。

pren·tice ['prɛntɪs] 名，動 及《古》=apprentice.

pre·nu·cle·ar [prɪ'njuklɪɚ] 形 1 核武時代之前的。2〖生〗前核的。

pre·nup·tial [pri'nʌpʃəl] 形 結婚之前的，婚前的：~ an agreement 婚前協議。

pre·oc·cu·pan·cy [pri'ɑkjəpənsɪ] 名 U 1 先取，先占；先取權。2 沉思，出神；入迷；心神恍惚的狀態。

pre·oc·cu·pa·tion [pri,ɑkjə'peʃən, ,priɑkjə-] 名 1 U 先取，先占。2 U C 入迷；出神；全神貫注《with...》；C 令人著迷的事物；第一要務。3 U 成見，偏見。

pre·oc·cu·pied [pri'ɑkjə,paɪd] 形 1 出神的；入迷的；全神貫注的《with, by...》: with a ~ air 顯得懷有心事地，心不在焉地。2 被搶先占取的，被捷足先登的。3〖生〗已被用過的。

pre·oc·cu·py [pri'ɑkjə,paɪ] 動 (-pied, ~·ing) 及 1《通常用被動》使全神貫注《with...》；縈繞於(心)。2 搶先占取。

pre·op·er·a·tive [pri'ɑpərətɪv] 形手術前的(《口》亦稱 **preop**)。

pre·or·dain [,priɔr'den] 動 及《常用被動》預定，注定《that 子句，wh-子句》。-di·na·tion [-də'neʃən] 名 U C 注定，宿命。

prep [prɛp] 名 1《美口》= preparatory school. 2 U《英口》預習，準備功課；家庭作業。

—動 (prepped, ~·ping) 不及《美口》上預校；做預習；接受預備學習。—及使事先預習。—形 1《美口》= preparatory. 2 預校的。

P

pre·pack·age [pri'pækɪdʒ] 動及預先包裝（亦稱 **prepack**）。

pre·paid [pri'ped] 動及**prepay**的過去式及過去分詞。—形《美》已付的，預付的。

·**prep·a·ra·tion** [,prɛpə'reʃən] 名 **1** Ⓤ Ⓒ 準備；《～s》準備措施，準備工作《*for...*》: make (one's) ～*s for...* 就…做好準備。**2** Ⓤ 心理準備《*for...*》。**3** Ⓤ《英》準備功課，預習；家庭作業；備課；預習時間（《英口》prep）。**4** 調製品，製劑；Ⓤ 配製，調配，烹調《*of...*》: the ～ of drugs 配藥 / food in ～ 在烹調中的食物。**5**（供實驗、解剖用的動物的）標本。**6** Ⓤ Ⓒ〖樂〗（不協和音的）調整。
in preparation for... 作爲…的準備。

pre·par·a·tive [prɪ'pærətɪv] 形 = preparatory. —名 **1** 作爲準備的事物，準備性事物。**2** 預備，準備。～**·ly** 副

·**pre·par·a·to·ry** [prɪ'pærə,torɪ] 形 **1** 預備的，準備的，籌備的《*to...*》: ～ steps 準備步驟。**2** 爲升學做準備的: a ～ course 預科。**3** 初步的，引導性質的，在前的。
preparatory to... 作爲…的準備；在…之前。
—名(複**-ries**) = preparatory school.
-ri·ly 副 作爲預備地。

pre'paratory ,school 名 Ⓤ Ⓒ **1**《美》大學預校，私立中學。**2**《英》中學預校，私立小學。

:**pre·pare** [prɪ'pɛr] 動(**-pared, -par·ing**)及 **1** 準備，預備，籌備：～ one's lessons 預習自己的功課 / ～ an expedition 籌備探險活動 / ～ a room for a guest 爲客人準備房間。**2**《常用反身》預做準備；使有決心：～ the students for the final examination 讓學生準備期末考 / ～ *oneself* for martyrdom 決心殉道。**3** 製作；烹調，準備；配製：～ a timetable 制訂時間表 / ～ a medicine effective against flu 調配治感冒的有效藥劑。**4**〖樂〗調整。—不及 準備《*for, against...*》；做好心理準備，決心。

pre·pared [prɪ'pɛrd] 形 **1** 做好準備的《*for...*》；有心理準備的；樂意的《*to do*》。**2** 預先準備好的。**-par·ed·ly** 副

pre·par·ed·ness [prɪ'pɛrɪdnɪs, -'pɛrdnɪs] 名 Ⓤ **1** 完成準備的狀態；決心。**2** 備戰狀態《*for...*》。

pre·pay [pri'pe] 動(**-paid, -ing**)及 預付…的款項。～**·ment** 名 Ⓤ 預付。

pre·pense [prɪ'pɛns] 形《置於名詞之後》事先有計畫的，故意的: of malice ～《副詞》〖法〗惡意預謀的。

pre·pon·der·ance [prɪ'pɑndərəns, -drəns] 名 Ⓤ Ⓒ（在重量、力量、數量等上的）優勢；多數。

pre·pon·der·ant [prɪ'pɑndərənt, -drənt] 形 勝過的，占優勢的；多數的《*over...*》。

pre·pon·der·ate [prɪ'pɑndə,ret] 動 不及 在重量[力量，影響力，數量等]上占優勢；占更重的分量《*over...*》。**-at·ing** 副，**-'a·tion** 名

·**prep·o·si·tion** [,prɛpə'zɪʃən] 名〖文法〗介系詞，前置詞。～**·al** 形，～**·al·ly** 副

prepo'sitional 'phrase 名 介系詞語。

pre·pos·i·tive [prɪ'pɑzətɪv] 形〖文法〗前置的。—名 前置詞語。～**·ly** 副

pre·pos·sess [,pripə'zɛs] 動及 **1**《被動》使充滿（某種思想、感情）《*by, with...*》使一開始便產生良好印象。**2** 使存有先入爲主的觀念，使事先受到影響《*toward, against...*》。**3**《古》搶先占取。

pre·pos·sessed [,pripə'zɛst] 形 **1** 產生好印象的，產生好感的。**2** = preoccupied.

pre·pos·sess·ing [,pripə'zɛsɪŋ] 形 給人好印象的，動人的。～**·ly** 副，～**·ness** 名

pre·pos·ses·sion [,pripə'zɛʃən] 名 **1** 先入爲主的觀念。**2** Ⓤ 全神貫注；執迷。《古》先取，先占。**3**《古》搶先占取。

pre·pos·ter·ous [prɪ'pɑstərəs] 形 **1** 不合理的，荒謬的，無意義的。**2** 前後顛倒的。
～**·ly** 副，～**·ness** 名

pre·po·tence [prɪ'potṇs], **-ten·cy** [-tṇs 名 Ⓤ **1** 優勢。**2**〖遺傳〗優先遺傳。

pre·po·tent [prɪ'potṇt] 名 **1** 占優勢的，權勢顯赫的。**2**〖遺傳〗優先遺傳的。

prep·py, prep·pie ['prɛpɪ] 名《美俚》預校的學生[畢業生]。—形 預校學生的

'**prep ,school** 名《口》= preparatory school.

pre·psy·chot·ic [,prisaɪ'kɑtɪk] 形〖精神病〗發生之前的；有精神病傾向的。—名 有精神病傾向的人。

pre·puce ['pripjus] 名〖解〗包皮。

Pre-Raph·a·el·ite [pri'ræfɪə,laɪt] 形 前拉斐爾派的（畫家）。**-ism, -it·ism** Ⓤ 前拉斐爾派運動。

pre·re·cord [,prirɪ'kɔrd] 動 及（在播廣播、電視節目前）預先錄好。

pre·req·ui·site [pri'rɛkwəzɪt] 形 必要的；事先不可缺少的，必備的《*to...*》。—名 必要之事物，必要條件，先決條件《*for, of, to...*》；先修科目。

pre·rog·a·tive [prɪ'rɑgətɪv] 名 **1** 特權：the ～*s* of parliament 議會的特權。**2** 元首的特權；君權：the ～ of mercy 赦免權。—形 特權的；有特權的。

Pres.《縮寫》*Pres*byterian; *Pres*ident.

pres.《縮寫》*pres*ent (time).

pres·age ['prɛsɪdʒ] 名 **1** 預感；《文》預兆，前兆《*of...*》。**2** 預言；預測。
—[prɪ'sedʒ] 動 及 **1** 預感《*that* 子句》。《文》成爲前兆；預言。～**·ful** 形 有預兆的；不祥的。

pres·by·cu·sis [,prɛzbə'kjusɪs] 名 Ⓤ 病〗老年性耳聾，老年失聰。

pres·by·o·pi·a [,prɛzbɪ'opɪə] 名 Ⓤ〖醫〗老花眼。**-op·ic** [-'ɑpɪk] 形，**-pres·by·op**

P

[-,ɑp]图患老花眼的人。

pres·by·ter ['prɛzbɪtɚ] 图（早期教會的）長老；（東正教等階級制教會中的）祭司；（長老派教會的）長老。

Pres·by·te·ri·an [,prɛzbə'tɪrɪən] 形 長老會的；《p-》長老制的。—图長老會教友；支持長老制的人。~·ism 图 ⓤ長老制；長老會的教義。

pres·by·ter·y ['prɛzbɪ,tɛrɪ] 图 (複 -ter·ies) 1 長老團。2（某一地區內全部牧師及長老組成的）評議會；此評議轄區內所有的教會。3（教堂內的）祭司席，內殿，4〖天主教〗神父的住宅。

pre·school [pri'skul] 形《美》就學前的，學齡前的。—['-,-] 图《美》幼稚園，托兒所。

pre·school·er [pri'skulɚ] 图 學齡前兒童。

pre·sci·ence ['prɛʃɪəns, 'pri-] 图 ⓤ預知，先見。-ent 形, -ent·ly 副

pre·sci·en·tif·ic [,prisaɪən'tɪfɪk] 形 近代科學以前的。

pre·scind [prɪ'sɪnd] 動 及分開；不在考慮之內《from...》。—不及 轉移注意，不考慮《from...》。

·**pre·scribe** [prɪ'skraɪb] 動 (-scribed, -scrib·ing) 及 1 規定，指示，命令。2 開藥方，吩咐採用（某種藥方、治療法）《for, to...》：~ country life（醫生）吩咐下鄉休養 / ~ a strict diet *to* her 規定她嚴格限制飲食。3〖法〗（因法定期限已過）使失效。

—不及 1 規定，指示；〖醫〗開藥方《for ...》。2〖法〗（因超過時效而）失效；依時效取得權請求。-scrib·er 图發指令者；開藥方的人，藥劑師。

pre·scribed [prɪ'skraɪbd] 形規定的，預先決定的。

pre·script [prɪ'skrɪpt] 形規定的，指定的。—['priskrɪpt] 图 ⓤ ⓒ規定；指示，命令；法令，法規。

·**pre·scrip·tion** [prɪ'skrɪpʃən] 图 1〖醫·藥〗處方；處方上所開的藥：get a ~ filled 照藥方配藥。2ⓤⓒ規定，指示，命令。3ⓤ〖法〗時效。4ⓤ時效取得（權）。—形依照醫生的處方才可出售的。

pre'scription ,drug 图處方藥。

pre·scrip·tive [prɪ'skrɪptɪv] 形 1 規定的，指示的：~ grammar 規定文法。2〖法〗因時效而取得的，因慣例性使用而獲得的。

~·ly 副

pres·ence ['prɛzn̩s] 图1 ⓤ在，存在；出席，在場：doubt the ~ of life on Mars 懷疑火星上有生物存在。2 ⓤ面前；附近；《the ~, one's ~》《英》（高貴人士的）尊前；御前：in *the* ~ of policemen 在警察的面前 / withdraw from *the* royal ~ 從國王面前退下。3 ⓤ 風度，儀表：a man of great ~ 相貌出眾的人。4《置於形容詞之後》相貌堂堂的人；有影響力的人物。5 鬼魂，鬼怪，幽靈。6（某國在另一國的）駐軍，駐留。7 ⓤ（音樂的）臨場感。

in the presence of... 在…的面前；面臨。

saving your presence 當面冒瀆，敬請恕罪。

the presence of mind 沉著，處變不驚。

'presence ,chamber 图謁見室。

:**pres·ent**[1] ['prɛzn̩t] 形 1《通常為敘述用法》在座的，出席的；與會的，在場的《at, in...》；存在的《in...》：~ company excepted 所有在場的人除外。2《限定用法》現在的，此刻的，當今的；現存的：~ value 現價，現值 / at the ~ time 此時，現在。3 目前所討論的，面前的；本，此：the ~ writer 本文作者，我。4〖文法〗現在式（時態）的。5 浮現（於心靈等之中）《to, in...》。6《古》應急的，隨時的，即刻的，在手邊的。

—图 1《常作 the ~》現在，目前：up to *the* ~ 現在。2〖文法〗現在時態；現在式的動詞。3《~s》〖法〗本文件。

at present 現在，目前。

:**pre·sent**[2] [prɪ'zɛnt] 動及1 贈送給，致上（謝意、問候等）：~ a gift to the school 呈送禮物給學校。2 提交，呈給；交給，遞送給：~ sacrifices to the God 向神獻上祭品 / ~ the ambassador one's card 把自己的名片呈給大使。3 帶給（麻煩等）《with ...》；提供《to...》。4 介紹，引見《to ...》。5上演；飾演；推出（電視節目、廣播）。6《反身》出現《at, before...》；出席，到場《for...》；浮現於心頭《to...》。7 表示，顯現，呈現。8 陳述，申述，提出。9 舉槍：P- arms! 舉槍敬禮。10〖法〗告發，控告《to...》。—不及 1 將武器瞄準。2〖醫〗（瘤等）顯露。3朝向；指向；（向某方向）突出。

—['prɛzn̩t] 图 1 禮物，贈品。2《the ~》（敬禮等時的）舉槍的狀態；用槍瞄準的姿勢；瞄準時槍的位置。

pre·sent·a·ble [prɪ'zɛntəbl̩] 图 1 適於做禮物的；可上演的；可推薦的。2 能見人的，像樣的；中看的。-'bil·i·ty, ~·ness 图, -bly 副

·**pres·en·ta·tion** [,prɛzn̩'teʃən, ,prizɛn'teʃən] 图 1 ⓤ ⓒ贈送，授予；禮物，贈品。2 所呈現之物；ⓤ提出；展示，呈現；發表。3ⓤ ⓒ公演，上演，上映。4 介紹，引見。5ⓤ ⓒ〖商〗（單據的）提交，交單。6ⓤ ⓒ〖產〗胎位。7〖哲·心〗表象。~·ism 图

presen'tation ,copy 图贈閱本。

pres·ent-day ['prɛzn̩t'de] 形 今日的，現代的：the ~ world 今日的世界。

pres·en·tee [,prɛzən'ti] 图受饋贈者。

pre·sent·er [prɪ'zɛntɚ] 图 1 提出者，贈與者，告發者；任命者。2 新聞主播；節目主持人。

pre·sen·ti·ment [prɪ'zɛntəmənt] 图《常

P

作 a ～》預感《of...》；預覺《that(子句)》。

pres·ent·ism ['prɛzən,tɪzəm] 名 U 當代主義。-ist 名 形 現代主義者[的]。

pre·sen·tive [prɪ'zɛntɪv] 形 名〖語言〗直接表達概念的（詞）。

·**pres·ent·ly** ['prɛzn̩tlɪ] 副 1《美》不久。2《主美》《與現在式連用》現在，目前。3《古》立刻，馬上。

pre·sent·ment [prɪ'zɛntmənt] 名 1 U 浮現心頭；呈現。2 U 贈送；提交；表示；陳述；展示（品）。3 U 表現法。4 U 描繪；C 肖像，畫像。5 U〖商〗（支票等的）提交，付兌。6 U〖法〗陪審團的控告。7 U 上演，演出。

'present 'participle 名〖文法〗現在分詞。

'present 'perfect 名 形〖文法〗現在完成式（的）。

'present 'tense 名〖文法〗《the～》現在式。

'present 'wit 名 U 機智。

pre·serv·a·ble [prɪ'zɝvəbl] 形 能保存的；可維持的；可保管的。-'bil·i·ty 名

·**pres·er·va·tion** [,prɛzɚ'veʃən] 名 U 保持；保存（的狀態）；防腐：the ～ of (one's) wealth 財產的保持。

pre·serv·a·tive [prɪ'zɝvətɪv] 名 U C 1 防腐劑，保護料《for...》；保護物《against...》。2 保健劑，預防藥。—形 有保存作用的，防腐的，有保護力的。

·**pre·serve** [prɪ'zɝv] 動 (-served, -serv·ing) 及 1 保護，保存，保藏《from, from doing》：～ the historic sites 保存史蹟。2 保養，維持。3 加工保存；把（水果等）製成果醬。4 禁止捕獵；劃為禁止狩獵區。—不及 1 加工儲存，製成罐頭，製果醬。2 禁止狩獵捕魚，劃為禁獵區。—名 1 保護物。2 被加工保存之物；《常作 ～s》蜜餞醃漬品，果醬。3 禁獵區，養魚池；《美》保護區。4 私人領域，禁地。

pre·serv·er [prɪ'zɝvɚ] 名 1 保護者[物]。2 禁獵區管理人。3 罐頭製造業者。

pre·set [pri'sɛt] 動 (-set, ～·ting) 及 預先調整，預先定好。—形 預先調整的；具有預先調準導向系統的；預先裝置的。

pre·shrunk [pri'ʃrʌŋk] 形 預先縮水過的。

·**pre·side** [prɪ'zaɪd] 動 (-sid·ed, -sid·ing) 不及 1 當主席，作主持人；當主人《over, at...；偶用 above...》：～ at a meeting 主持會議。2 管理，統轄；《喻》處於最高位置《over...》。3《口》擔任領奏者《at...》：～ at the organ 擔任首席風琴手。

pres·i·den·cy ['prɛzədənsɪ] 名 (複 -cies) 1《the ～》總統的地位、職務、任期等。2《常作 the P-》美國總統的職位和任期。

:**pres·i·dent** ['prɛzədənt] 名 1《常作 the P-》（共和國的）總統。2 總裁，首長；《美》首長；校長；會長；董事長，總經理。3 主席，主持人；（政治團體等的）長者。

pres·i·dent-e·lect ['prɛzədəntɪ'lɛkt] 名 總統當選人。

pres·i·den·tial [,prɛzə'dɛnʃəl] 名 1《偶作 P-》總統（職位）的；大學校長的；《美》總統選舉的：a ～ year《美》總統選舉年。2 總統制的。3 具有總統之風的。～·ly 副

pre·sid·i·o [prɪ'sɪdɪ,o] 名 (複 ～s) 1 要塞，駐防地，戍衛區。2 流放地，充軍地。

pre·sid·i·um [prɪ'sɪdɪəm] 名 (複 -i·a [-ɪə]) 主席團；常務委員會；《常作 P-》（共黨國家的）最高立法議會的主席團。

pre·sig·ni·fy [pri'sɪgnə,faɪ] 動 (-fied, ～·ing) 及 預示，預言。

:**press**[1] [prɛs] 動 及 1 壓，按，擠，推，頂：～ one's nose against the window 把鼻子緊貼在窗上 / ～ the crowd back 把群眾推回去 / ～ down the lid 按下蓋子 / ～ in a cork 壓進軟木塞 / ～ a kiss on her lips 吻她的唇。2 壓平，熨平：～ pleats down 熨平褶口。3 壓縮，壓榨，壓擠《into...》；榨，榨出《out》～ cotton *into* bales 將棉花壓成綑 / ～ oranges for juice 榨橘子做成果汁。4 緊抱；握緊《in, to...》：～ flesh《美俚》握手。5 使苦惱《with...》；《被動》處境困難，被弄得緊迫《for...》；煩惱《with, by...》：～ him *with* questions 用問題為難他 / be ～*ed with* work 為工作所苦惱 / be ～*ed by* problems 被問題所困惱 / be ～*ed for* time 時間緊迫。6 強迫接受；硬要（喝酒等）《on, upon...》。7 竭力勸說，催逼《for...》。8 力促，強調，堅持；照字面解釋。9 推行；進攻，進逼：be hard ～*ed* 被猛攻。10（由原版）壓製。11 用推舉舉起。—不及 1 壓，按，擠，推，頂《on, upon, against...》。2 熨《on...》；被熨。3 沉重壓迫《down / on, upon...》。4（時間）緊迫《on, upon...》；緊迫。5 催逼；催促。6 推進《on, forward / with...》。7 蜂擁推進。

press home** one's **advantage 堅決維護利益。

press** one's **luck 再想交好運，得寸進尺。

press the flesh（從政者、競選者等）與民眾握手致意。

—名 1《通常作 the ～》《集合名詞》出版物報紙，雜誌；評論，短語；報導。2《通常作 the ～》報業，新聞傳播媒體；《the ～》《集合名詞》編輯，記者；《常作複數》報導界，記者團。3〖印〗印刷機；《常作 the ～》印刷（術）；《常作 P-》印刷廠；出版社。4 壓榨機，壓力機；壓榨工廠；壓榨業。5 豎型櫃子；衣櫥；櫃櫥；書櫥；（放球拍等的）木製框子。6 壓，按，擠，推，頂；被壓的狀態；〖籃球〗緊迫釘人。7 U 推進，湧進；蜂擁而至；擁擠；混戰，白刃戰；人群。8（燙成）無摺皺的狀態。9 U 緊急，緊迫，繁

忙。10〖舉重〗挺舉。

press² [prɛs] 動 及 1 強迫服兵役。2 徵調，徵用。—不及 強迫徵兵。—名 強迫徵兵；徵用。

'press ˌagency 名 通訊社。

'press ˌagent 名（劇院等的）廣告人員。

'press ˌbaron 名 報業鉅子。

'press ˌbox 名（運動會場的）新聞記者席。

'press ˌclipping 名《美》剪報。

'press ˌconference 名 記者招待會。

'press ˌcorps 名 記者團。

press·er ['prɛsɚ] 名 1 壓搾機。2 熨衣工。

'press ˌgallery 名（議會內的）記者席。

'press ˌgang 名〖史〗拉夫隊，徵兵隊。

press·gang ['prɛsˌgæŋ] 動 及 1 強迫《*into doing*》。2 抓⋯當兵。

press·ing ['prɛsɪŋ] 形 1 緊急的，急迫的。2 熱切的，熱心的，懇切的。—名 1 壓製之物；唱片；一批唱片。2 U C 按，壓；沖壓。～·**ly** 副

'press ˌkit 名 分發給新聞界的宣傳資料。

'press ˌlaw 名《常作～s》新聞條例。

press·man ['prɛsmən, -ˌmæn] 名（複 **-men**）1 印刷工人。2《英》新聞記者。

press·mark ['prɛsˌmɑrk] 名〖圖書館〗（告知藏書位置的）書碼。

'press reˌlease 名 通訊稿；新聞稿。

press·room ['prɛsˌrum, -rum] 名《主美》（印刷廠、報社的）印刷機房。

'press ˌsecretary 名《美》（總統等的）新聞祕書。

press-stud ['pɛsˌstʌd] 名（手套等的）按釦。

press-up ['prɛsˌʌp] 名《通常作～s》《英》= push-up.

pres·sure ['prɛʃɚ] 名 1 U 壓，擠；壓力；U C〖理〗壓力單位（略作：P）《⋯》；〖氣象〗氣壓；〖電〗電壓；《口》高壓。2 U C 艱難，困苦：be under emo[tion]al ～ from one's divorce 因離婚問題而受[到]精神壓力。3 U 強制，壓抑，壓迫：be [under ～] to do 被逼迫做⋯ / bring ～ to bear o[n a per]son to retire 施加壓力迫使某人退休 [⋯] 急，急迫；繁忙。work at hig[h ～] 拚命地工作。
—動 (-sured, [-suring]) 及 1 施以壓力；強迫《*into doing*》[⋯] = pressurize.

'pressure ˌcab[in] 名〖[空]〗壓力艙。

pres·sure-cook[er] 動 及 不及 用壓力鍋烹煮。

'pressure ˌcooker 名 [⋯] 2 沉重的壓力。

'pressure ˌgauge 名 [⋯]

'pressure ˌgroup 名 [⋯] 團體。

'pressure ˌpoint 名 止血[⋯]

'pressure 'suit 名〖空〗太[⋯]

pres·su·rize ['prɛʃəˌraɪz] 動 及 1《尤用過去分詞》把（飛機艙等）密封，增壓。2 對（氣體、液體）加壓。3 用壓力鍋烹煮。4 將⋯製作成可耐壓。5 施加壓力；強迫《*into doing*》。
-ri·'za·tion 名

press·work ['prɛsˌwɝk] 名 U 1 印刷機的操作；印刷作業。2 印刷物。

pres·ti·dig·i·ta·tion [ˌprɛstɪˌdɪdʒɪ'teʃən] 名 U《謔》變戲法，魔術。**-'ta·tor** 名

·**pres·tige** [prɛ'stidʒ, 'prɛstɪdʒ] 名 U 1 聲望，威望，威信：loss of ～ 失去威信 / raise the ～ of... 提高⋯的聲望。2 影響力，魅力。
—形 聞名於世的，聲望很高的，有威望的：a ～ school 名校。～·**ful** 形

pres·tig·ious [prɛs'tɪdʒɪəs] 形 有權威地位的，有名的，一流的。

pres·tis·si·mo [prɛs'tɪsəˌmo] 副 形〖樂〗最快地[的]。—名（複～s）最急板。

pres·to ['prɛsto] 副 形 1 立刻地[的]，迅速地[的]。2〖樂〗快拍子地[的]。—名（複～s）〖樂〗急板（樂章）。—感 立刻！快！

pre·stress [pri'strɛs] 名〖建〗1 預應力。2 預加應力。3 被預加應力的狀態。
—動 及 使（建材）獲得可抗衡外來壓力的預應力。～**ed** 形

pre·sum·a·ble [prɪ'zuməbl̩] 形 可推測的；或許的，可能的。

pre·sum·a·bly [prɪ'zuməblɪ] 副 據推測，想必，或許，大概，可能。

·**pre·sume** [prɪ'zum] 動（**-sumed, -suming**）及 1 推測，假定；推測，認為；料想：～ him (to be) dead 認為他死了。2〖法〗推定為：be ～*d* (to be) innocent 被視為無罪。3 敢於，擅自做；膽敢。—不及 1 推測，假定；認為，以為。2 大膽而為，冒昧行事；恣意利用。
-sum·er 名

pre·sum·ing [prɪ'zumɪŋ] 形 = presumptuous.

pre·sump·tion [prɪ'zʌmpʃən] 名 1 推測，假定《*that* 子句》：on the ～ *that*... 基於⋯的推測。2 U C 確信，認定。3 推測事項。4 U C 推測的根據；（所料想的）可能性《*that* 子句》：on a false ～ 基於錯誤的推測。5 U C〖法〗推定；〖理則〗推論。6 U 放肆，無禮，冒昧；厚顏大膽《*to* do》。

pre·sump·tive [prɪ'zʌmptɪv] 形 可據以做出推測的；根據推測的。

pre·sump·tu·ous [prɪ'zʌmptʃuəs] 形 自以為是的，傲慢的；放肆的，厚顏大膽的，妄為的。～·**ly** 副

pre·sup·pose [ˌprisə'poz] 動 及 1 預先假定，預料《*that* 子句》：～ *that* the results will be positive 預料結果會是有益的。2 作為前提；意味著。

[pre]·**sup·po·si·tion** [ˌprisʌpə'zɪʃən] 名

P

Ⓤ預先設想；Ⓒ先決條件。

prêt-à-por·ter [ˌprɛtɑpɔrˈte] [名] [形]《法語》成衣（的）。

pre·tax [ˈpriˈtæks] [形]未扣稅的，稅前的。

pre·teen [priˈtin] [形] [名]《主美》未滿十三歲但即將進入青春期的（兒童）。

pre·tence [prɪˈtɛns] [名]= pretense.

:pre·tend [prɪˈtɛnd] [動] [及] **1** 裝成；佯裝，僞稱；假裝：～ zeal 假裝熱心 / ～ (that) nothing is amiss 假裝沒有什麼差錯 / ～ to take a nap 假裝打瞌睡。**2** 自稱，自命。**3**（在玩遊戲時）裝扮。—[不及] **1** 假裝，僞裝；玩假扮的遊戲。**2** 覬覦，要求（權利、頭銜）；自認擁有（資質）：～ to the crown 覬覦王位。**3**《古》追求《*to...*》。—[形]虛假的。

pre·tend·ed [prɪˈtɛndɪd] [名] **1** 僞稱的；自稱的。**2** 虛僞的；假裝的。～**·ly** [副]

pre·tend·er [prɪˈtɛndɚ] [名] **1** 冒牌者。**2** 覬覦者，懷有妄想者；提出無理要求的人；僭稱者《*to...*》：a ～ *to* the crown 覬覦王位者。

·pre·tense [prɪˈtɛns] [名] **1** Ⓤ Ⓒ虛僞；假裝。**2** Ⓤ Ⓒ騙人的把戲；虛構，杜撰。**3**《通常作 a ～》假戲；虛僞姿態《*of, at ...*》。**4** Ⓤ Ⓒ虛僞的行爲；託詞，藉口《*of..., that*[子句]》：under (the) ～ *of...* 以…爲藉口 / on the ～ *that* he has an appointment 以有約會爲藉口。**5** Ⓤ Ⓒ無理的要求，妄念《*of, to, at...*》。**6** Ⓤ自稱（擁有…）《*to...*》；做作，矯飾。

pre·ten·sion [prɪˈtɛnʃən] [名] **1** 要求，主張；（要求特權等的）權利，資格《*to...*》。**2**《常作～s》矜誇，自命，自詡《*to...*》；痴心妄想《*to* do》。**3** 妄自尊大。**4** Ⓤ矯飾，做作《*to, with...*》。**5** Ⓤ虛僞，假裝；（缺乏真實性的）申述。**6** 藉口，託詞。

P

pre·ten·tious [prɪˈtɛnʃəs] [形] **1** 自命不凡的，自負的，驕傲的；傲慢的，自大的，做作的。**2** 鋪張的，炫耀的，排場的。～**·ly** [副]，～**·ness** [名]

pret·er·it(e) [ˈprɛtərɪt] [名]〖文法〗過去時態，過去式。—[形]過去的。

pret·er·i·tion [ˌprɛtəˈrɪʃən] [名] Ⓤ Ⓒ 忽略，看漏；省略；遺漏。

pre·ter·i·tive [prɪˈtɛrətɪv] [形]過去式的。

pre·ter·mit [ˌpritɚˈmɪt] [動] (～**·ted**, ～**·ting**) [及] **1** 看漏，忽視；省略，遺漏。**2** 中斷，中止。**-ˈmis·sion** [名]

pre·ter·nat·u·ral [ˌpritɚˈnætʃərəl] [形]反常的，異常的；超自然的。～**·ly** [副]

pre·test [ˈpriˌtɛst] [名]預試；（對新產品等的）試驗。—[-ˈ-] [動] [及]進行預試。

pre·text [ˈpritɛkst] [名]藉口《*for...*》：on the ～ of... 以…作爲藉口 / on some ～ or other 總有藉口 / make a ～ of... 以…作爲藉口。

pre·tor [ˈpritɚ] [名]= praetor.

pret·ti·fy [ˈprɪtɪˌfaɪ] [動] (**-fied**, ～**·ing**) [及]《常爲蔑》美化，修飾外表；粉飾。

pret·ti·ly [ˈprɪtɪlɪ] [副] **1** 漂亮地，可愛地，高尚地，優雅地；愉快地。**2** 清楚地；適當地，合適地。

:pret·ty [ˈprɪtɪ] [形] (**-ti·er, -ti·est**) **1** 漂亮的，好看的，秀麗的。**2** 美麗的，精緻的；晴朗的。**3** 悅耳的；好聽的；有趣的；令人快樂的；巧妙的，高明的。**4**《限定用法》《常爲諷》極好的，了不起的：a ～ state of affairs 嚴重混亂的狀態，一團糟 / a ～ how d'you do《口》糟糕的事 / be in a ～ pickle 陷入困境；糟糕了。**5**《限定用法》《口》相當大的，很多的：a ～ fortune 巨額的財產。**6** 娘娘腔的；好打扮的，矯飾的：a *pretty* (-)boy《口》娘娘腔的男人，好打扮者；《美俚》保鏢。

do the pretty 舉止恭敬有禮。

—[名]（複**-ties**）**1**《通常作 **-ties**》漂亮的人；美麗的東西；漂亮的衣服，女性的內衣。**2** 稱呼寶貝，心肝。**3**《英》（約占杯子下部三之一的）裝飾花紋。

—[副]《口》**1**《通常用於肯定》頗，相當，很。**2**《主方》可愛地。

sitting pretty《俚》占有利地位的；舒舒服服的；富裕的；成功的。

—[動] (**-tied**, ～**·ing**) [及]《口》使整潔美觀；《反身》打扮《*up*》。**-ti·ness** [名]

pret·ty-pret·ty [ˈprɪtɪˌprɪtɪ] [形]《蔑》過分裝飾的，漂亮得俗氣的，矯飾的。—[名]（複**-ties**）《常作**-ties**》便宜的裝飾品。

pret·zel [ˈprɛtsl] [名]鹹脆餅乾。

·pre·vail [prɪˈvel] [動] [不及] **1** 流行，蔓延，盛行《*among, in...*》；占優勢，占控制地位。**2** 勝過，凌駕《*over, against...*》：～ *over* one's enemies 勝過敵人 / ～ *against* destiny 戰勝命運。**3** 達到目的，成功；奏效。**4** 說服《*on, upon, with...*》。～**·er** [名]

pre·vail·ing [prɪˈvelɪŋ] [形] **1** 普遍的，盛行的，流行的。**2** 占優勢的；最主要的；有力的。**3** 有效的。～**·ly** [副]

prev·a·lence [ˈprɛvələns] [名] Ⓤ 普及；流行；盛行；優勢。

·prev·a·lent [ˈprɛvələnt] [形] **1**《文》行
廣泛的，普遍的，流行的《*among, i* 》。
2《古》有效的。**3**《罕》優勢的。 [副]，
～**·ness** [名]

pre·var·i·cate [prɪˈværəˌket [不及] 支
吾，搪塞，推諉；《委婉》
-ˈca·tion [名] Ⓤ Ⓒ託詞，在先的；以

pre·ven·ient [prɪˈvini [副]
前的《*of...*》。**-ience** 預防，防止；

:pre·vent [prɪˈvɛnt] *from* doing 》：
妨礙；阻止，阻 gossip spread-
～ misfortune 預 the riot (*from*)
ing 防止謠言 發生 / ～ oneself
tak*ing* place 。**2**《古》先於行
from laug 礙，阻止。**3**〖神〗（出於恩惠
動；率 prɪˈvɛntəbl] [形]可阻止
而）避免的。

pre
的

pre·vent·a·tive [prɪ'vɛntətɪv] 形 = preventive 形 2. —名 = preventive 名 2.

pre·vent·er [prɪ'vɛntə] 名 **1** 防止者[物]；妨礙者[物]。**2**〖海〗副索，輔助索。

·pre·ven·tion [prɪ'vɛnʃən] 名 **1** Ⓤ防止；阻止；妨礙；預防：by way of ～ 爲了預防 / *P*- is better than cure.《諺》預防勝於治療；未雨綢繆。**2** 防止物，防止手段，預防法《*against...*》：serve as a ～ *against*... 成爲…的預防方法。

pre·ven·tive [prɪ'vɛntɪv] 形 **1** 預防的，防止的；妨礙的《*of...*》。**2**〖醫〗預防用的：be ～ of... 爲了防止…。
—名 **1**〖醫〗預防藥，預防劑《*against...*》。**2** 預防措施，預防法；妨礙物。
～·**ly** 副，～·**ness** 名

pre'ventive de'tention 名 Ⓤ **1**〖法〗(未經審判的)拘禁。**2**〖英法〗預防性羈押。

pre·view ['pri,vju] 名 **1** 預先檢查，預先審查。**2** 試映(會)，試演；預展；《美》預告片放映。
—動 及《主美》預先檢查；試映；試演；試展。～·**er** 名

pre·vi·ous ['priviəs] 形 **1** 先前的，前的，先的《*to...*》；預先的，預備的：a ～ appointment 先前的約會 / in a ～ conversation 在先前的談話之中 / ten days ～ *to* Christmas 在聖誕節的前十天。**2**《口》過早的，過急的《*about, with..., in* doing》。
previous to... 在…之前。

pre·vi·ous·ly ['priviəslɪ] 副 預先，以前。

previous 'question 名〖議會〗先決問題：預先決定是否投票表決的動議。

pre·vise [prɪ'vaɪz] 動 及 預知，預見；預先通知，預先警告。

pre·vi·sion [prɪ'vɪʒən] 名 Ⓤ Ⓒ 預知，先見；預感。～·**al** 副 有先見之明的，預知的。

pre·vo·ca·tion·al [,privo'keʃənl] 形 預備職業教育的，職業學校入學前的。

pre·war [pri'wɔr] 形 戰前的。

prex·y ['prɛksɪ] 名 (複 **prex·ies**)《美俚》(學院)院長，(大學)校長(亦稱 **prex**)。

prey [pre] 名 **1** Ⓤ 獵物，被捕食的弱小動物《*of, to...*》；《通常作 **a** ～》犧牲者，犧牲品，受害者《*of, for, to...*》：make (*a*) ～ *of*... 把…當作捕獲物[食物] / fall *a* ～ *to* temptation 成爲誘惑的俘虜。**2** Ⓤ 捕食(習性)；捕獲：a beast of ～ 猛獸。**3**《古》戰利品，掠奪物。
—動 不及 **1** 捕食，攫食。**2** 折磨。**3**《文》掠奪，劫掠。**4** 剝削，詐騙。～·**er** 名

price [praɪs] 名 **1** 價錢，價格；物價。**2** 懸賞金，獎金《*on...*》。**3** 贈與金，贈送品，收買金，賄賂；《文》《作單數》代價，犧牲《*for, of...*》。**4** 標價籤。**5** Ⓤ 價值。
beyond price 非常貴重的，無價的。
at any price 不惜任何代價，務必；《否定》無論怎樣也不。
at a price 以極高的價錢，付出極大的代價。
What price...?《英口》(1)…的勝算如何？(2)…又有什麼用呢？(3)有可能…嗎？你以爲…怎麼樣？
—動 (**priced, pric·ing**) 及 **1** 定價，標價《*at...*》。**2** 問價格，探知價錢。
price...out of the market 把…定價過高以致銷售困難。

'price con,trol 名 Ⓤ Ⓒ 物價管制。

price-cut ['praɪs,kʌt] 動 及 降低價格。

'price ,cutting 名 Ⓤ Ⓒ 降價，減價。

priced [praɪst] 形《常作複合詞》…定價的；有定價的：high-*priced* 高價的。

'price-'earnings ,ratio [,multiple] 名 Ⓤ Ⓒ 本益比。略作：PER

'price ,fixing 名 Ⓤ 價格操縱。

'price ,index 名〖經〗物價指數。

·price·less ['praɪslɪs] 形 **1** 無價的；有錢買不到的；極貴重的。**2**《口》非常有趣的；極荒唐的；令人驚奇的。

'price ,list 名 價目表。

'price sup,port 名 Ⓤ Ⓒ 價格維持，價格補貼。

'price ,tag 名 **1** 標價籤。**2** 價格。

'price ,war 名〖商〗價格戰，削價競爭。

pric·ey ['praɪsɪ] 形 (**pric·i·er, pric·i·est**)《英口》價格高的，昂貴的。

·prick [prɪk] 名 **1** 刺傷，刺孔；野兔的足跡。**2** (用針)刺，戳；刺痛，劇痛。**3** 馬刺的突出部；突出的器官；尖銳物，(植物等的)刺。**4**《鄙》(1) 陰莖。(2) 討厭的人。
kick against the pricks《文》因無謂的抵抗而受到傷害，作無用的抱怨。
—動 及 **1** 戳，刺；刺傷；戮(洞等)《*with, on...*》。**2** 刺痛；使痛苦。**3**《古》驅策；用馬刺踢(馬)《*on*》。**4** 以刺孔勾畫出輪廓；用小孔刺出《*off, out / in...*》。**5** 豎起(耳朵)；《口》豎起(耳朵)傾聽《*up*》。**6** 在(名冊等的名字)上作標記；(在名字上作記號)挑選《*out, down*》。**7** 追蹤。—不及 **1** 刺(入…)《*at, into...*》；刺痛；痛苦。**2**《古》用馬刺驅馬；策馬前進《*on, forward*》。**3** (耳)豎立；聳立《*up*》。
prick up ⇨動 不及 4.
prick...up / prick up... (1) ⇨動 及 5, 7. (2) (用灰泥等)抹底子《*with...*》。

prick-eared ['prɪk,ɪrd] 形 **1** 豎耳的。**2**《英口》露出耳朵的。

prick·le ['prɪkl] 名 **1** 尖刺。**2** 刺，皮刺。**3**《口》針刺般的感覺，刺痛。**4** 用樹枝編的竹筐，柳條筐。—動 及 **1** 刺，戳，輕刺。**2** 使刺痛。—不及 **1** 刺痛。**2** (如刺般)豎立。

prick·ly ['prɪklɪ] 形 (**-li·er, -li·est**) **1** 多刺

P

的，長刺的。2 刺痛的。3 麻煩的，難應付的。4《口》易怒的。-li·ness 名

'prickly 'heat 名 U〖病〗痱子。

'prickly 'pear 名〖植〗霸王樹：C U 其果實。

pric·y ['praɪsɪ] 形 = pricey.

:pride [praɪd] 名 1 U自負；優越感，驕傲：～ of place 最重要的地位；最高榮譽；高傲 / in high ～ 傲慢地。2 UC自豪，自尊（心）《at, in...》；滿足（感），得意（感）《to do》: just ～（正當的）自尊心 / false ～ 虛僞的自尊心，自負 / take (a) ～ in... 對…感到得意 / pocket one's ～ 抑制自尊心，忍受恥辱。3 值得驕傲的事物。4《the ～》（在團體或階層等的）精華。5《the ～》全盛期，巔峰；（馬的）氣力，勇氣；《方》性慾，交尾期。6 U《文》華麗，壯麗，壯觀。7（獅子或孔雀等的）群。
—動 (prid·ed, prid·ing) 及《反身》感到驕傲，自誇《on, upon...》。～·ful 形

prie-dieu ['pri'dju] 名 (複～s, -dieux [-'djuz) 祈禱臺。

·priest [prist] 名 1 (1) 教士。(2) 祭司。(3) 神職人員，神的使者。2 牧師；僧侶；神父。3 領導者。

priest·ess ['pristɪs] 名女教士；女祭司。

priest·hood ['pristhud] 名 U祭司職；牧師職；僧侶職；《集合名詞》祭司團。

priest·ly ['pristlɪ] 形 (-li·er, -li·est) 神職人員；祭司的；僧侶的；像神職人員的；適於教士的。-li·ness 名

priest-rid·den ['prist,rɪdən] 形《蔑》受神職人員控制壓迫的。

prig[1] [prɪg] 名《蔑》討厭的人；一本正經的人，古板的人；腐儒；自命不凡者。

P

prig·gish ['prɪgɪʃ] 形一本正經的；自命不凡的。～·ly 副，～·ness 名

prig·gism ['prɪgɪzəm] 名 U自負；一本正經，古板。

prim [prɪm] 形 (～·mer, ～·mest) 1 古板的，拘謹的，一本正經的；裝模作樣的。2 整潔的，整齊的。—動 (primmed, ～·ming) 不及 裝出一本正經的樣子。—及 1 打扮得整整齊齊；弄整潔《out, up》。2 擺出一本正經的樣子；一本正經地噘（嘴）《out, up》。
～·ly 副，～·ness 名

pri·ma bal·le·ri·na ['primə,bæləˈrɪnə] 名芭蕾舞團的女主角。

pri·ma·cy ['praɪməsɪ] 名 (複-cies) 1 U 第一，首位；卓越，傑出。2〖英國教〗大主教的職位；〖天主教〗教皇的職位。

pri·ma don·na [,primə'dɑnə] 名(複～s) 1 歌劇的第一女主角，紅牌女歌手。2 喜怒無常的人，愛慕虛榮的人（尤指女人）。

pri·ma fa·ci·e ['praɪmə'feʃɪ,i, -'feʃɪ] 副 初看第一眼，根據第一印象。—形乍看的。

pri·mal ['praɪml] 形 1 最初的；原先的；原始的，初期的。2 主要的，根本的。

'primal (scream) ,therapy 名 U C〖心〗原始尖叫療法。

·pri·mar·i·ly ['praɪ,mɛrəlɪ, praɪ'mɛrəlɪ] 副 1 本質上，根本上；主要地。2 首先；最初地；原來。

·pri·ma·ry ['praɪ,mɛrɪ, -mərɪ] 形 1 首要的，第一的；主要的：one's ～ goals in life 一生的主要目標 / of ～ concern 最關心的事。2 最初的；初期的；原始的: the ～ stage of civilization 文明的初期階段。3 原本的，原有的；基本的: the ～ meaning of a word 字的原義。4 第一手的，直接的；原發性的：～ sources 直接來源 / a ～ disease 原發病。5《限定用法》小學的；初級的：～ education 初等教育。6〖社會〗初級的，原始的。7〖文法〗首次衍生的；（在拉丁語等）第一次的；第一的，最強的。—名 (複-ries) 1《通常作 -ries》居首位的事物。2〖美政〗(1) 初選。(2) = caucus. 3 原色。

'primary 'accent ['stress] 名 U C 主重音，第一重音。

'primary 'care 名 U初步診療；初期診療。

'primary 'color 名原色。

'primary e,lection 名《美》初選。

'primary ,school 名 1 U C小學。2《美》（公立學校的）最初的三學年。

'primary 'stress 名 U C主重音。

pri·mate ['praɪmet] 名 1 ['praɪmɪt]《常作 P-》〖英國教〗大主教；〖天主教〗總主教，首席主教。2〖動〗靈長類動物。

Pri·ma·tes [praɪ'metɪz] 名〖動〗靈長目。

·prime [praɪm] 形 1 最重要的，主要的；最適切的；卓越的，最高位的：of ～ importance 最重要的 / the ～ authority on Milton（研究）密爾頓的最高權威。2 具最高商業價值的；第一流的；非常好的；最上等的，品質最好的。3 最初的，初期的；原始的；根本的；基本的: the ～ cause 根本的原因。4〖數〗質數的；互爲質數的《to...》。5 年輕有精力的。—名 1 最盛期，全盛；壯年期；青春（期）。2《文》初期，起始；春天；黎明，早晨，日出時。3《常作P-》〖教會〗早課，晨禱。4〖數〗質數。5 重音符號（'）；分。—動 (primed, prim·ing) 及 1 準備，使準備好。2 裝填火藥；裝導火線。3 注入水使其開始運轉；加入汽油。4 塗底漆。5 事先指導；預先提供《with...》。6 充分供給《with...》。

prime the pump ⇨ PUMP[1]（片語）

'prime 'cost 名 U原價，主要成本。

prime·ly ['praɪmlɪ] 副《口》非常好地。

'prime me'ridian 名《the ～》本初子午線。

,prime 'minister 名《常作 P- M-》首相，內閣總理。,prime 'ministry 形

'prime 'mover 名 1〖機〗原動力；

把某人俘虜。2 被剝奪自由的人；（戀愛等的）俘虜：the ～ of one's own prejudices 被自己的偏見所拘束。

'prisoner of ,war 名戰俘。略作：POW

'prisoner's 'base 名 U 抓俘虜遊戲。

'prison ,house 名〖詩〗監獄，獄舍。

pris·sy ['prɪsɪ] 形 (-si·er, -si·est) 過分講究的，一本正經的，矜持的。**-si·ly** 副, **-si·ness** 名

pris·tine ['prɪstin, -tɪn] 形 1《文》太古的，初期的，原始的。2 純樸的，無污垢的，未受毒害的。

prith·ee ['prɪðɪ] 感《古》請，求求您！

prit·tle-prat·tle ['prɪtḷ,prætḷ] 名 空談，廢話，饒舌者。—動 不及 空談；饒舌。

·pri·va·cy ['praɪvəsɪ] 名(複-cies) 1 U 私人自由，私生活，隱私；隱退；獨居，隱居；《-cies》《古》退隱處，隱居地：live in ～ 隱居 / an invasion of ～ 對私生活的侵犯。2 U 祕密，私下：in strict ～ 絕對祕密地。

:pri·vate ['praɪvɪt] 形 1 與特定個人有關的；未任公職的；非官職的；個人的；私人的；有關私事的：one's ～ affairs 私事 / a ～ view 私見。2 屬於個人的，私有的；私人用的：one's ～ property 私有財產 / a ～ university 私立大學 / a ～ residence 私宅。3 非公開的，祕密的；圈內的：a ～ resort 個人別墅。4 沒有別人的；隱蔽的，隔絕的。5 士兵的。—名 1 士兵。2《～s》陰部。

in private 非公開地；祕密地。

private de'tective 名私家偵探。

private 'enterprise 名 U 私人企業；民營企業制，資本主義。

pri·va·teer [,praɪvə'tɪr] 名 1《昔》私掠船，武裝民船。2 私掠船的船長。—動 不及 私掠巡航。

private 'eye 名《俚》私家偵探。

private 'house 名私宅。

private 'law 名私法。

pri·vate·ly ['praɪvɪtlɪ] 副 1 私有地。2 非公開地，祕密地。3 隱蔽地，隔絕地。

Private 'Member 名《偶作 p- m-》《英》（下議院的）一般議員。

private 'nuisance 名對私人權益的違法妨害。

private 'parts 名(複)《委婉》私處，陰部。

private 'school 名私立學校。

private 'secretary 名私人祕書。

private 'sector 名《the ～》私部門，民間各行各業。

pri·va·tion [praɪ'veʃən] 名 1 U 剝奪，沒收；被剝奪的狀態。2 U C 缺乏，不足；貧困，窮困：die of ～ 窮困而死 / suffer many ～s 備嘗艱辛 / the ～ of light 光線不足。

priv·a·tive ['prɪvətɪv] 形 1 褫奪的，剝奪的。2 缺乏某種性質的；〖文法〗表示性質缺乏的，否定的。—名〖文法〗否定的前綴[後綴]；否定詞[語]。～**·ly** 副

pri·vat·ize ['praɪvə,taɪz] 動 及 使民營化。**-i·za·tion** [-ə'zeʃən] 名 U 民營化

priv·et ['prɪvɪt] 名 U〖植〗水蠟樹。

·priv·i·lege ['prɪvəlɪdʒ] 名 1《通常作 the ～》特別的待遇，特別恩典，特殊的榮幸《*of...*, *of doing*》。2 U C 特權；優惠；特殊利益；免責權：the ～ *of* a Senator 參議員的特權。3《通常作 the ～》基本權利。—動(-leged, -leg·ing) 及 給予特權；特免；免除《*from...*》。

priv·i·leged ['prɪvəlɪdʒd] 形 擁有特權的；屬於特權階級的：a ～ parking place 專用停車區域 / the ～ classes 特權階級。

priv·i·li·gent·si·a [,prɪvəlɪ'dʒɛntsɪə] 名《通常作 the ～》《集合名詞》特權階級。

priv·i·ly ['prɪvəlɪ] 副 偷偷地，祕密地。

priv·i·ty ['prɪvətɪ] 名(複-ties) U C 1 私下知悉：with the ～ of... 暗中知道某事。2〖法〗當事者間的關係。

priv·y ['prɪvɪ] 形 (priv·i·er, priv·i·est) 1《敘述用法》暗中參與的；知曉內情的《*to...*》：be ～ *to* the plot 暗中參與這項陰謀。2〖法〗私有的，私人的；屬於某個特定的個人的。—名(複 **priv·ies**) 1《主美·英古》屋外廁所。2〖法〗利害關係人，當事人。

'privy 'council 名《the ～》1 御前會議，查詢委員會。2《P- C-》（英國的）樞密院。3 智囊團；顧問團。**'privy 'councilor** 名

'privy ,purse 名《the ～》《P- P-》《英》國王的私人開支款項；皇室出納長官。

'privy 'seal 名《the ～》（英國的）御璽。

prix fixe ['pri 'fɪks] 名(複～s [-'fɪks]) 客飯；客飯的價格。

:prize¹ [praɪz] 名 1 獎；獎品，獎金；贈品《*for...*》：the Nobel *P-* 諾貝爾獎 / win (the) first ～ in a race 在賽跑中得第一名。2 目標；極美好的東西[人]；珠寶，珍品：the ～*s* of life 人生追求的東西。—形 1 得了獎的，人選的；值得獎賞的。2 當做獎品給予的。3 附懸賞的。4《常為諷》第一等的；極棒的。

prize² [praɪz] 動 及 1 珍視，重視。2 評價，評估。

prize³ [praɪz] 名 1 捕獲物；敵船，船上貨物；俘虜；緝捕，捕獲：make a ～ of... 捕獲。2 掘出物。—動 緝拿，捕獲。

prize⁴ [praɪz] 動 及 用槓桿抬起，撬，撬開《*up*, *off*, *out*》。—名 1 撬；槓桿作用。2 槓桿。

'prize ,day 名《常作 P- D-》《英》（在初中或高中等每年一度）優良學生表揚日。

prize ,fight 名有獎金的拳擊比賽。**'prize ,fighter** 名職業拳擊手。**'prize ,fighting** 名 U 有獎金的拳擊，職業拳擊。

prize·giv·ing ['praɪz,gɪvɪŋ] 名 U《主

P

英》頒獎。

prize·man ['praɪzmən] 名(複-men)得獎人。

'prize ˌmoney 名 U 1 獎金。2 捕獲獎金。

prize·win·ner ['praɪzˌwɪnɚ] 名 得獎人，受獎人；得獎作品，得獎物。

pro¹ [pro] 副 贊成地：~ and con 贊成和反對。—名(複~s [-z]) 1 支持者，贊成者。2 贊成論點；贊成理由；贊成票。

pro² [pro] 名(複~s [-z])，形 1《口》職業選手（的），職業（的）。2《英口》妓女（的）。

pro³ [pro] 名《俚》= prophylactic.

PRO《縮寫》*p*ublic *r*elations *o*fficer.

pro-《縮寫》1 表「前」、「先」、「向前[外]」、「突出」之意。2 表「提出」之意。3 表「贊成」、「親」之意。4 表「代替的」之意。

pro·ac·tive [pro'æktɪv] 形 1 先制的。2〖心〗順向的。

pro-am ['pro'æm] 形 職業和業餘的。—名 職業和業餘選手混合參加的比賽。

·prob·a·bil·i·ty [ˌprɑbə'bɪlətɪ] 名(複-ties) 1 U 或然性，可能性《*of*...》；有可能《*that* 子句》：in all ~ 很可能，十之八九。2〖統·數〗機率，或然率。3《-ties》《美》天氣預報。

:prob·a·ble ['prɑbəbl] 形 1 可能（發生）的；有希望的，有預兆的《*that* 子句》：a ~ candidate 可能會當選的候選人。2 可相信的；有可信的根據的，真實的：~ evidence 可信的證據。—名 1《口》很可能發生的事。2 很可能出場的選手，很可能獲選的人。

:prob·a·bly ['prɑbəblɪ] 副 很可能，大概，大抵，或許。

pro·bate ['probet] 名 1 U〖法〗（遺囑的）檢驗（權）。2 檢驗完畢的遺囑。—形（遺囑）檢驗的；遺囑檢驗法院的。—動 及《美》檢驗，驗證（《英》prove）。

pro·ba·tion [pro'beʃən] 名 U 1 試驗，檢驗；試用；考查。2 被檢驗狀態；試驗期間：be on ~ 在試用期間。3〖法〗觀護，緩刑（期間）：a ~ officer 法庭監護員 / place a first offender on (a year's) ~ 給予初犯者（一年的）緩刑。4〖教〗試讀，留校察看（期間）：a student on ~ 試讀生。5（宗教團體的）入會試驗，修練。~·al 形

pro·ba·tion·ar·y [pro'beʃəˌnɛrɪ] 形 1 試用的，試驗的，緩刑的。2 試用期間的，緩刑期間。

pro·ba·tion·er [pro'beʃənɚ] 名 1 見習生；試用人員；實習護士；新入教者；《蘇》候補牧師，見習牧師。2 緩刑犯。

pro'bation ˌofficer 名 觀護員；監護官。

pro·ba·tive ['probətɪv] 形 1 試驗的。2 提供證據的。~ly 副，~·ness 名

probe [prob] 動 及 1 用探針探測。2 探索；探查；調查。—不及 用探針等探測；探索；探查《*into*...》；詳查《*for*...》。—名 1（外科用的）探針；齒科用探針。2 探索；調查，詳查；偵查。3〖太空〗太空探測器，探測衛星。

pro·bi·o·tic [ˌprobaɪ'ɑtɪk] 名 益生菌：對人體腸道健康有幫助的菌類。

pro·bi·ty ['probətɪ] 名 U 正直，誠實。

:prob·lem ['prɑbləm] 名 1 問題，疑問，難題；課題《*of*...；*wh*-子句，*wh*-*to* do》。2《通常作 a ~》難應付的人；困難的事情。3〖數·理〗問題，習題。—形 1 難以管教的；處理不了的，難對付的：a ~ child 問題兒童。2 探討社會問題的：a ~ novel 社會問題小說。

prob·lem·at·ic [ˌprɑblə'mætɪk] 形（有）問題的；難於解決的；可疑的；不確實的；未定的（亦稱 **problematical**）。—名《常用複數》含有疑難的事。**-i·cal·ly** 副

pro·bos·cis [pro'bɑsɪs] 名(複~·es, -ci·des [-səˌdiz]) 1（大象等的）鼻子。2（昆蟲等的）吻，喙。3《諧》人的鼻子。

pro·ce·dur·al [prə'sidʒərəl] 形 程序上的。—名 = police procedural. ~·ly 副

·pro·ce·dure [prə'sidʒɚ] 名 1 步驟；做法；方法；手續。2 U C 程序；訴訟程序：divorce ~*s* 離婚手續 / the code of civil ~ 民事訴訟法。
-dur·al 形，~·dur·al·ly 副

·pro·ceed [prə'sid] 動 不及 1《文》（特指停止後）前進，前進《*to, into*...》：~ due-north 朝正北行進 / ~ on a journey 繼續旅程。2 繼續（工作等），繼續進行《*with, in*...》；接著做《*to*...》；繼續說；繼續做：~ *with* one's work 繼續工作 / ~ *to* ask further questions 繼續詢問進一步的問題。3（訴訟等）繼續進行，進行；實施。4 發生，產生，發出《*from*...》；引起；起因；出於《*from, out of*...》：a quarrel that ~*ed from* a misunderstanding 源自誤解的爭吵。5〖法〗提起訴訟《*against*...》：~ *against* a person for trespass 控訴某人非法侵入。6《英》取得《*to*...》。

·pro·ceed·ing [prə'sidɪŋ] 名 1 行動，做法；程序，處置。2《~s》〖法〗訴訟，訴訟程序，手續；議事錄；會報：cour[t] ~*s* 法庭審判程序 / take (legal) ~*s* agains[t] a person 對某人提起訴訟。

pro·ceeds ['prosidz] 名(複) 結果；收益；收入。

:proc·ess ['prɑsɛs] 名 1 製造過程，製法：by a mechanical ~ 以機械的方法。2 [過]程，變化過程。3 U 進程；進行（狀態）；經過：in (the) ~ of time 隨著時間的經過。4〖法〗傳票，拘票；訴訟手續[過程]。5〖印〗照相製版法；結合照相法的拍攝[技]巧。6〖生·解〗隆起，突起；附屬器。—動 及 1 加工（食品）；加工儲藏。2 處理，整理；做適性調查；〖電腦〗處理。3

訴；發出傳票。4 用照相版複印。—不及《主英·口》(排成行列)行走。—形 1 加工處理的。2〖影〗有幻覺效果的。～·er 名

'process(ed) 'cheese 名 U C 加工乳酪。

proc·ess·i·ble, -a·ble ['prɑ,sɛsəbl] 形 可加工的，可處理的。

'processing ,tax 名 C U (農產品)加工稅。

·pro·ces·sion [prə'sɛʃən] 名 1 行列，列；U (行列的)行進，前進：go in ～ 列隊前進。2〖教會〗列隊行進聖歌。3 湧出；發出；U〖神〗(聖靈的)顯現。4 順序前進；一面倒的比賽。—動 不及 排隊行走。—及 排隊走。

pro·ces·sion·al [prə'sɛʃənl] 形 列隊行進(用)的，在列隊行進中唱的。—名 列隊行進聖歌。～·ly 副

proc·es·sor ['prɑsɛsɚ] 名 1〖電腦〗資料處理機；中央處理裝置；處理程式。2 製造者，加工者。3 概念藝術家。

pro-choice [pro'tʃɔɪs] 形 主張墮胎合法化的。**-'choic·er** 名 贊成合法墮胎者。

·pro·claim [pro'klem] 動 及 1 宣告，宣布，公布；聲明；發表。2 表明，顯示；《文》傳聞。3 公開地褒揚。4 公開禁止；《古》管制。～·er 名

·proc·la·ma·tion [,prɑklə'meʃən] 名 U 宣布，公布；發表；聲明；C 宣言書；聲明書：a ～ of independence 獨立宣言。

pro·clit·ic [pro'klɪtɪk] 形〖文法〗連接發音的。—名 連接發音詞。

pro·cliv·i·ty [pro'klɪvətɪ] 名 (複 **-ties**)(特指不良的)傾向，性向；癖好，習性《*for, to, toward...*》。

Proc·ne ['prɑknɪ] 名〖希神〗普洛克妮：雅典公主，Tereus 之妻，爲報復其夫姦其妹而殺子，受神譴變成燕子。

pro·con·sul [pro'kɑnsl] 名 1〖羅史〗地方首長。2 殖民地總督。**-su·lar** 形，**-su·late** [-səlɪt]，～·,**ship** 名 U proconsul 的職位、任期或統治區域。

pro·cras·ti·nate [pro'kræstə,net] 動 不及 耽擱，拖延，延遲。—及 拖延，延緩《*doing*》。

pro·cras·ti·na·tion [pro,kræstə'neʃən] 名 U 拖延，延宕；慢吞吞的癖性。

pro·cre·ant ['prokrɪənt] 形 生孩子的；有生產力的；生育的；生產的。

pro·cre·ate ['prokrɪ,et] 動 及 1 生殖，生育。2 產生，製造。—不及 生小孩。**-'a·tion** 名，**-a·tive** 形，**-a·tor** 名

Pro·crus·te·an [pro'krʌstɪən] 形 強求一致的，用暴力使人就範的。

pro·cryp·tic [pro'krɪptɪk] 形 有保護色的。

proc·tor ['prɑktɚ] 名 1《美》(大學的)監考官；《英》(大學的)訓導人員。2〖法〗代理人，辯護人；辯護律師。—動 不及 監督。

proc·to·ri·al [prɑk'tɔrɪəl] 形

pro·cum·bent [pro'kʌmbənt] 形 1 俯伏的，臥伏的。2〖植〗匍匐的。

proc·u·ra·tion [,prɑkjə'reʃən] 名 1 U 取得，獲得。2 U 代理人的選任與委任權；代理人的權限；U C 代理人的委任(狀)。3 U C 借貸代理(佣金)。4 U 拉皮條。

proc·u·ra·tor ['prɑkjə,retɚ] 名 1〖羅史〗皇帝直轄地方的行政長官。2 代理人，訴訟代理。3 檢察官。～·,**ship** 名

·pro·cure [pro'kjʊr] 動 (**-cured, -cur·ing**) 及 1 獲得，取得；採購(必需品)：～ universal confidence 獲得所有人的信任。2 拉皮條。3《美·英古》(特指以不正當的手段)造成，招致：～ the downfall of the government 招致政府的崩潰。—不及 拉皮條。

-cur·a·ble 形 可得到的。

pro·cure·ment [pro'kjʊrmənt] 名 U 1 採購。2 取得，獲得。

pro·cur·er [pro'kjʊrɚ] 名 獲得者；淫媒，娼妓介紹人，皮條客。

Pro·cy·on ['prosɪ,ɑn] 名〖天〗前犬星。

prod [prɑd] 動 (～·**ded**, ～·**ding**) 及 1 戳，刺《*with...*》。2 喚起；激勵，刺激《*into ...*》：～ one's memory 喚起記憶。—名 1 戳刺。2 刺針；(家畜的)刺棒。3 激勵，刺激；使人強烈憶起的事物。

on the prod 激怒，狂怒。

prod·i·gal ['prɑdɪgl] 形 1 奢侈的，浪費的；揮霍的；放蕩的：～ expenditure 浪費 / a ～ son〖聖〗(悔改了的)浪子。2 慷慨的，不吝嗇的《*of, with...*》。3 豐裕的，豐富的，多的：～ talents 多才多能。—名《口》浪費者；浪子，放蕩者。

play the prodigal 浪費；過放蕩生活。

prod·i·gal·i·ty [,prɑdɪ'gælətɪ] 名 U 1 浪費癖性；奢侈，浪費；放蕩。2 慷慨，大方，豐富。

pro·di·gious [prə'dɪdʒəs] 形 1 無與倫比的；巨大的，龐大的。2 非常的，驚人的；非普通的；奇怪的。～·ly 副

prod·i·gy ['prɑdədʒɪ] 名 (複 **-gies**) 1 天才，奇才，神童：a child ～ 天才兒童，神童。2 無與倫比的事；奇蹟；奇觀《*of...*》：a ～ *of* scholarship 令人驚嘆的學識。3 異常的東西；異常的預兆，前兆。

:pro·duce [prə'djus] 動 (**-duced, -duc·ing**) 及 1 引起，產生；生產，製造：～ good results 產生好結果。2 提出，創作；上映，演出，製作。3 結(果實等)；產(子)。4 出產；出現(偉人等)。5〖金融〗生出。6 拿出，出示；取出《*from, out of...*》：～ one's ticket 出示入場券。7〖幾〗延長，連接《*to...*》。—不及 作出，創作；產子；結果實；出產；〖經〗生產。— ['prɑdjus] 名 U 1《集合名詞》農產品，收穫物，蔬菜水果；製品，產品，作品；生產

P

額；結果；產量。**2** 後代。

pro·duc·er [prəˈdjusɚ] 名 **1** 生產者，生產國；作者，著作人；〖經〗生產者。**2** 製作人，製片人，演出人；〖劇〗《英》演出者，舞臺監督。

proˈducer(s') ˌgoods 名(複)〖經〗生產財。

pro·duc·i·ble [prəˈdjusəbl] 形 **1** 能生產的，可製作的；能提出的；能取得的。**2** 能上演的。**3**〖幾〗可延長的。

:prod·uct [ˈprɑdəkt, -dʌkt] 名 **1** 生產物，製品；生產額；作品：industrial ~*s* 工業產品 / agricultural ~*s* 農產品 / a literary ~ 文學作品 / gross national ~ 國民生產毛額（略作：GNP）。**2** 成果，結果。**3**〖數〗乘積。**4**〖化〗生成物。

pro·duc·tion [prəˈdʌkʃən] 名 **1** Ⓤ 生產，製造，製作；著作，創作；生產量[額]；〖經〗生產：mass ~ 大量生產。**2** 產物；製品；作品，著作；成果。**3** Ⓤ 出示，提出。**4**《俚》小題大作：make a ~ out of... 對…小題大作。**5** Ⓤ 演出，上演；（電影的）製作（場所）；Ⓒ 上演的電影等。~·**al** 形

proˈduction conˌtrol 名 Ⓤ 生產控制。

proˈduction ˌline 名 生產線。

·pro·duc·tive [prəˈdʌktɪv] 形 **1** 有生產力的；生產性的；多產的；肥沃的：a ~ writer 多產作家 / ~ land 豐饒的土地。**2** 產生的《*of*..., *of* doing》: a controversy ~ *of* misunderstandings 造成誤解的爭論。**3**〖經〗生產性的。**4** 帶痰的。~·**ly** 副, ~·**ness** 名

pro·duc·tiv·i·ty [ˌprodʌkˈtɪvətɪ, ˌprɑdək-] 名 Ⓤ Ⓒ **1** 生產力，生產性。**2** 多產；肥沃，豐饒。

P

ˈproduct liaˌbility 名 Ⓤ 產品責任。

pro·em [ˈproɛm] 名 序文，緒言，（法令的）前文；開端。

prof [prɑf] 名《常作 **P-**》《美口》教授。

Prof. 《縮寫》*Prof*essor.

prof·a·na·tion [ˌprɑfəˈneʃən] 名 Ⓤ Ⓒ 褻瀆神聖，冒瀆；濫用，亂用。

pro·fane [prəˈfen] 形 **1** 瀆神的，褻瀆的；不聖潔的：use ~ language 使用不敬的言語。**2** 非神聖的，世俗的，凡俗的；粗俗的，庸俗的。**3** 異教的。—動 及 **1** 亂用，濫用，誤用；使變粗俗。**2** 褻瀆，冒瀆神聖。~·**ly** 副, ~·**ness** 名

pro·fan·i·ty [prəˈfænətɪ] 名 (複 **-ties**) **1** Ⓤ 瀆神，褻瀆，不敬。**2** Ⓤ Ⓒ 褻瀆的言談或行爲。**3**《**-ties**》咒罵。

·pro·fess [prəˈfɛs] 動 及 **1** 假裝，做出樣子；自稱：~ eagerness 假裝熱心的樣子 / ~ to know the secret 裝做知道這祕密的樣子。**2** 表白信仰：~ Christianity 宣稱信仰基督教。**3** 公開承認，聲稱；表示：~ oneself (to be) a democrat 公開宣稱自己是民主主義者。**4**《文》自稱爲專家；以…爲職業。**5**（以教授的身分）教；當教授。**6** 皈依宗教，加入。

—不及 **1** 公然宣稱；宣佈信仰。**2** 宣誓入會，宣誓入教。

pro·fessed [prəˈfɛst] 形 **1** 公開聲言的，公然的。**2** 專門的，本行的。**3** 宣誓入教的。**4** 自稱的；冒充的：his ~ piety 他假裝的虔誠。

pro·fess·ed·ly [prəˈfɛsɪdlɪ] 副 **1** 自稱地；偽裝地。**2** 公開聲明地，公然地。

·pro·fes·sion [prəˈfɛʃən] 名 **1** 知識性的職業，專業。**2** 職業：make it one's ~ to hunt seals 以捕海豹爲業。**3**《*the* ~》《集合名詞》商業同行，同業；《俚》演藝人員同行。**4** Ⓤ Ⓒ 聲言；宣誓《*of*...》: in fact if not in ~ 雖不在口頭上明說，事實上是如此 / make ~ *of*... 作…的聲明。**5** 信仰的自白；表白信奉的宗教；入教時的宣誓。~·**less** 形 沒有職業的。

:pro·fes·sion·al [prəˈfɛʃənl̩] 形 **1** 與職業有關的；適合於某種職業的；職業上的。**2** 專業的：a ~ woman 從事知識性職業的婦女，女性專業人員。**3** 職業性的；《蔑》以搞…爲業的：~ football 職業美式足球；《英》職業足球 / turn ~ 轉入職業的。**4**（在運動時）蓄意的。—名 從事知識性職業者，專家；職業選手，職業高爾夫球選手。~·**ly** 形

pro·fes·sion·al·ism [prəˈfɛʃənəlˌɪzəm] 名 Ⓤ 專業特性；專業精神。~·**ist** 名 職業選手，專業人員。

pro·fes·sion·al·ize [prəˈfɛʃənl̩ˌaɪz] 動 及 不及 職業化，專業化。

·pro·fes·sor [prəˈfɛsɚ] 名 **1** 教授。**2**《美》男老師；大學教師。**3**《誇大的頭銜》大師，巨匠，專家。**4** 表白者；自稱者；表明信仰者。~·ˌ**ship** 名 教授職位。

pro·fes·sor·ate [prəˈfɛsərɪt] 名 **1** Ⓤ Ⓒ 教授的職位。**2**《*the* ~》《集合名詞》教授會，全體教授。

pro·fes·so·ri·al [ˌprofəˈsɔrɪəl] 形 **1**（像教授的；教授會的。**2** 學者架子的，獨斷的。~·**ly** 副

prof·fer [ˈprɑfɚ] 動 及《文》提供，貢獻；提議，提出；交出：~ to assist 提供援助。—名《文》提供；提議；提供物。

pro·fi·cien·cy [prəˈfɪʃənsɪ] 名 Ⓤ 精通，訓練，擅長《*in*...》: have little ~ *in* French 不甚精通法語。

·pro·fi·cient [prəˈfɪʃənt] 形 精通的，熟練的，擅長的《*in, at*...》: be ~ *in* (speaking) English 精通於（說）英語。~·**ly** 副, ~·**ness** 名

·pro·file [ˈprofaɪl] 名 **1** 側面；臉的側面，側面雕像，半面像：in ~ 從側面來看，側面地。**2** 外形，外觀，輪廓。**3**〖建〗縱斷面，輪廓；縱剖面圖。**4** 人物簡介，人物小檔案，人物傳略。**5** 圖表，分析表。

keep a low profile 採取低姿態。

—動 (**-filed, -fil·ing**) 及 **1** 描繪輪廓；描

面圖。2 寫概要，概述。3《通常用被動》顯出輪廓《against...》。

:prof·it ['prɑfɪt] 名 1 U C《常作 ~s》〖經〗利益，收益，利潤：~ and loss 損益（計算）。2《常作 a ~》利益，利潤；《通常作 ~s》紅利，利息：work on a small margin of ~ 薄利經營。3 U 益處，好處：turn... to ~ 變…爲利益。—動 不及 1 獲得利益，得到好處；獲利，賺錢；利用《from, by...》。2 有幫助，有好處。—及《文》有利於。

·prof·it·a·ble ['prɑfɪtəbl] 形 1 有利益的，賺錢的。2 有利的，有益的《to, for...》。 **-'bil·i·ty** 名, **-bly** 副

prof·it·eer [,prɑfə'tɪr] 名 牟取暴利者，獲暴利的奸商。—動 不及 牟取暴利。 **~·ing** 名 形

prof·it·less ['prɑfɪtlɪs] 形 無利可圖的；浪費的，無益的。 **~·ly** 副, **~·ness** 名

'profit ,margin 名〖經〗利潤。

'profit ,sharing 名 U 利潤分配，分紅。

'profit ,taking 名 U〖證券〗拋售股票。

prof·it·ward ['prɑfɪtwɚd] 副 以創造利潤爲目的。

prof·li·gate ['prɑfləgɪt] 形 1《文》行爲不檢點的，放蕩的。2 恣意揮霍的，非常浪費的。—名 行爲不檢的人，放蕩者；恣意揮霍的人。 **~·ly** 副, **-ga·cy** [-gəsɪ] 名 U《文》放蕩，不道德；恣意的揮霍。

pro for·ma [pro'fɔrmə] 形《拉丁語》形式上的。

pro ,forma 'invoice 名 估價單。

:pro·found [prə'faund] 形 1 學識淵博的，造詣深的，博學的；深入的。2 意味深長的，意義深遠的；深奧難解的：a ~ debate 深刻的辯論。3 深切的，發自內心深處的。4 達到深處的；自深處發生的；深長的；嚴重的：a ~sigh 深深的嘆息 / a ~ wound 很深的傷口；重創。5 深沉的；完全的：a ~ sleep 酣睡。

pro·found·ly [prə'faundlɪ] 副 深入地；從深處地；衷心地；深深地；完全地。

pro·fun·di·ty [prə'fʌndətɪ] 名(複 **-ties**) 1 U 深（度）；淵博，深奧；深刻。2 深處，深淵；《常作 **-ties**》深奧的事情。

pro·fuse [prə'fjus] 形 1 大量的，豐富的，很多的，無數的。2 慷慨的，毫不吝惜的《with, of...》；奢侈的，揮霍的《in...》: be ~ *with* one's money 揮金如土 / be ~ *in* one's praise of... 對…讚不絕口。3 豐盛的，大方的；過多的，過分的。 **~·ly** 副

pro·fu·sion [prə'fjuʒən] 名 1 U 充足，豐富；《常作 a ~》大量，眾多《of...》: a ~ *of* gifts 很多的禮物 / in ~ 豐富地，無數地。2 U 奢侈，浪費，揮霍。

pro·gen·i·tive [pro'dʒɛnətɪv] 形 有生殖能力的。

pro·gen·i·tor [pro'dʒɛnətɚ] 名 1 祖先。2 創始者；先驅，前輩。3 原本，正本。

pro·gen·i·ture [pro'dʒɛnətʃɚ] 名 U 出生，生育；《集合名詞》子孫，後裔。

prog·e·ny ['prɑdʒənɪ] 名 U《集合名詞》1《文》（人、動植物的）後裔，子孫；後繼者。2 結果，成果。3《謔》小孩，小鬼。

pro·ges·ter·one [pro'dʒɛstə,ron] 名 U〖生化〗妊娠素，黃體激素。

prog·na·thous ['prɑgnəθəs] 形〖解〗下巴突出的，突頷的。

prog·no·sis [prɑg'nosɪs] 名(複 **-ses** [-siz]) U C 1〖醫〗預後。2 預測，預言。

prog·nos·tic [prɑg'nastɪk] 形 1〖醫〗預後的。2《文》預兆的；成爲預兆的《of...》。
—名 1 預言，預測；預兆，先兆。2〖醫〗預後症狀。

prog·nos·ti·cate [prɑg'nastɪ,ket] 動 及《謔》1（根據徵候而）預測，預言。2 成爲前兆。—動 不及 預言，預測。
-ca·tor 名 預言者，預測者。

prog·nos·ti·ca·tion [prɑg,nastɪ'keʃən] 名 U 預測，預言；U 前兆，徵候。

:pro·gram,《英》**-gramme** ['progræm] 名 1 計畫，方案；行事計畫表，日程表，行程表。2 節目單，程序表；節目。3 計畫書；教學大綱。4〖電腦〗程式。5 政綱，黨綱。—動 (**-gramed**, **~·ing** 或《英尤作·電腦》**-grammed**, **~·ming**) 不及 安排節目；制定進度表；擬計畫。—及 1 安排節目，制定進度表，擬定計畫《into...》；編排程序。2〖電腦〗設計程式。

pro·gram·mat·ic [,progrə'mætɪk] 形 1 標題音樂的。2 計畫性的，有計畫的。3 政綱的，政綱性的。 **-i·cal·ly** 副

'programmed in'struction 名 1 編序式教學法。2〖電腦〗程式的指令。

pro·gram·(m)er ['progræmɚ] 名 1 節目策劃者；訂計畫者。2〖電腦〗程式設計師。

pro·gram·(m)ing ['pro,græmɪŋ] 名 U 1〖電腦〗程式設計。2 節目的排定。

'programming ,language 名 U C〖電腦〗程式語言。

'program ,music 名 U〖樂〗標題音樂。

'program ,picture 名 低預算電影。

:prog·ress ['prɑgrɛs, 'pro-] 名 1 U 前進，進行，進展（狀況）: make slow ~ through the heavy traffic 在擁擠的車陣中慢慢前進。2 U 進步，長進，發展。3 擴大，普及。4 U〖社〗進步；〖生〗進化。5 U 經過，發展。6《通常作 ~es》《古》（國王的）巡行。
in progress 進行中，進展中。
—[prə'grɛs] 動 不及 1 進行，進展；有進步，有進展《in..., with...》。2 前進，行進。—及 使前進，推進。

·pro·gres·sion [prə'grɛʃən] 名 1 U 前進，進行；發達，發展，進步。2 U 連續，接續：in ~ 連續地；逐漸地。3〖數〗

P

級數。4 Ⓤ〖天〗運行。

:pro·gres·sive [prə'grɛsɪv] 形 1 進步的，前進的，進取的；進步性的。2 發展的。3 連續的，接續的；漸進的。4〖政府〗累進的：～ taxation 累進課稅。5〖文法〗進行式的：the ～ form 進行式。6〖醫〗進行性的。7（玩牌、跳舞等時）依次變換搭檔的。8 現代的：～ music 現代音樂。一名 1 進步人士，革新主義者；前進分子。2《P-》《美》進步黨黨員。～·ly 副逐漸地。

Pro'gressive 'Party 名《the ～》《美》進步黨。

pro·gres·si·vism [prə'grɛsɪvɪzəm] 名 進步主義，革新主義。

:pro·hib·it [pro'hɪbɪt] 動 及 1 禁止：～ the sale of liquor 禁止賣酒。2 禁止進入；阻止：～ people from swimming in the river 這條河禁止游泳。～·er, -i·tor 名

:pro·hi·bi·tion [ˌproə'bɪʃən] 名 1 Ⓤ《主美》禁止酒類的製造販賣。2 Ⓤ《常作 P-》《美》禁酒令實施時期（1920−33）。3 Ⓤ 禁止；阻止；Ⓒ 禁止令《*against...*》。～·ar·y 形, ～·ist 名《主美》禁酒論者；《P-》禁酒黨黨員。～·ism 名

pro·hib·i·tive [pro'hɪbɪtɪv] 形 1 禁止性的；阻止性的。2 昂貴的，對購買產生抑制效果的。～·ly 副

pro·hib·i·to·ry [pro'hɪbəˌtorɪ] 形 = prohibitive.

·proj·ect ['prɑdʒɛkt] 名 1 計畫，企劃，方案《*to* do》。2 工程；事業，企業。3 研究課題，調查課題；〖教〗課外自修項目。4（亦稱 **housing project**）《美》住宅區，（供低所得者居住的）國民住宅區。一 [prə'dʒɛkt] 動 及 1 提議，建議；籌劃，策劃；計畫，企劃；估計，預計。2 投出；發射，射出。3 投射《*on, upon, onto ...*》放映《*on, upon, against...*》；《喻》明確地傳達；4 表明；投入《*into...*》。5 投射化；歸因於《*on, upon, onto...*》。6 使突出，使向外伸出《偶用 *out*》。7〖幾〗投射於。一不及 突出，伸出。～·ing 形突出的。

pro·jec·tile [prə'dʒɛktl̩, -tɪl] 名 1〖軍〗射彈；自動推進體。2 投射體，投射物。一形 1 推進的，因推進力而引起的。2 可發射的，能射出的。3〖動〗突出的。

pro·jec·tion [prə'dʒɛkʃən] 名 1 突出部分，凸出，隆起。2 Ⓤ 投出；發射，射出。3 Ⓤ Ⓒ〖地圖〗投影（圖）。4 Ⓤ〖攝〗放映，投射；映像。5 Ⓤ Ⓒ 被具體化了的感情。6 估計，推算。7 Ⓤ Ⓒ〖心〗投射，外射；〖精神分析〗（罪惡感等的）投射。8 Ⓤ 計畫，設計，規劃。～·al 形, ～·ist 名放映師。

pro'jection ˌbooth 名 放映室（《英》projection room）。

pro·jec·tive [prə'dʒɛktɪv] 形 1（有關）投影的，射影的。2〖心〗投射的。

pro·jec·tor [prə'dʒɛktɚ] 名 1 投影機；投射器；投光器：a motion picture ～ 電影放映機。2 策劃者；主辦者。

pro·lapse [pro'læps, '-ˌ-] 名 Ⓤ〖病〗脫出，脫垂。一 [-'-] 動 不及 脫出。

pro·late ['prolet] 形〖幾〗扁長的。

prole [prol] 名《蔑》無產階級分子。

pro·le·gom·e·non [ˌprolɪ'gɑmɪˌnɑn, -nən] 名（複 -e·na [-nə]）序，前言；《通常作 -na，偶作單數》緒論。-nous 形 序言的；有長序的，序言冗長的。

pro·lep·sis [pro'lɛpsɪs] 名（複 -ses [-siz]）1 Ⓤ〖修〗預辯法。2 Ⓤ Ⓒ 預期，預料。3〖文法〗預期敘述法。4 Ⓤ〖哲〗感覺概念，知覺概念。-'lep·tic 形

pro·le·tar·i·an [ˌprolə'tɛrɪən] 形 1 無產階級的：～ dictatorship 無產階級專政。2（在古羅馬時代）屬於最下層人民的。一名 無產階級的一員。～·ize 動 及

pro·le·tar·i·at [ˌprolə'tɛrɪət] 名《通常作 the ～》1 無產階級，勞動階級。2（古羅馬的）最下層階級。

pro-life [pro'laɪf] 形 反對墮胎的，支持反墮胎法律的；反對扼殺生命的。-'lif·er 名 反對墮胎者；反對扼殺生命者。

pro·lif·er·ate [pro'lɪfəˌret] 動 及 不及 1〖生〗增殖。2 激增。

pro·lif·er·a·tion [proˌlɪfə'reʃən] 名 Ⓤ 增殖；擴散，激增：the ～ of nuclear weapons 核子武器的擴散。

pro·lif·ic [prə'lɪfɪk] 形 1 多果實的；多產的；適合結實多的，肥沃的。2 富於的；產生許多…的《*in, of...*》：an issue ～ *of* debate 引起廣泛爭議的問題。-i·cal·ly, ～·ly 副

pro·lix [pro'lɪks, '-ˌ-] 形 冗長的，囉嗦的：a ～ speech 冗長的演說。

pro·lix·i·ty [pro'lɪksətɪ] 名 Ⓤ 冗長，囉嗦。

pro·loc·u·tor [pro'lɑkjətɚ] 名 1 會議之主席，主持會議者。2〖英國教〗評議會下院的議長。

·pro·logue,《美》**-log** ['proləg] 名 1 序詩；序言，序文，開場白《*to...*》。2（戲劇的）開場白，序幕；說開場白的演員。3 作序幕的事件，開端《*to...*》。一動 (-logued, -logu·ing) 及 1 附上；說開場白。成爲開端。

pro·logu·ize ['proləˌgaɪz] 動 不及 作序言；作開場白。

·pro·long [prə'lɔŋ] 動 及 延長，拉長。

pro·lon·ga·tion [ˌprolɔŋ'geʃən] 名 1 Ⓤ 延長，拉長；延期。2 延長的部分。

pro·longed [prə'lɔŋd] 形 延長的，拉長的；長期的。

prom [prɑm] 名 1《美口》舞會。2《英口》= promenade concert；《英口》（濱海的）漫步道。

prom·e·nade [ˌprɑmə'ned, -'nɑd] 名 1 漫步，散步；列隊，行進；開車兜風，騎馬。2 漫步場所，散步道；《英》（劇場

中的）休憩用的走廊。3《口》= prom 1. 4（舞會開始時）全體列隊行進；（土風舞、方塊舞中的）行進。—動及 1 散步，漫步，行進。2 帶（人）散步；使行進。 **-nad·er** 名

prome'nade 'concert 名逍遙音樂會。

prome'nade ˌdeck 名散步甲板。

Pro·me·the·an [prəˈmiθɪən] 形 1 Prometheus 的。2 賦予生命的；有創造力的。
—名像 Prometheus 的人。

Pro·me·the·us [prəˈmiθjəs, -jus] 名〖希神〗普羅米修斯：為人類自天上竊來火種而被罰每日遭神鷹啄食肝臟的巨人。

pro·me·thi·um [prəˈmiθɪəm] 名 U〖化〗鉕。符號：Pm

prom·i·nence [ˈprɑmənəns] 名 1 U 醒目，顯著；卓越，傑出；著名，有名；重要：come into ~ 變得顯赫。2 突出，突起（物），顯眼的東西。

·prom·i·nent [ˈprɑmənənt] 形 1 突出的，突起的：~ eyes 突眼。2 引人注目的，顯著的。3 主要的；有名的；卓越的，傑出的。~**·ly** 副

prom·is·cu·i·ty [ˌprɑmɪsˈkjuətɪ, ˈpro-] 名 U 1 混亂的狀態；雜亂，混雜。2 雜交，亂交。

pro·mis·cu·ous [prəˈmɪskjuəs] 形 1 不分對象地性交的，雜交的；不加區別的。2 混雜的。3《口》不加區別的，隨意的，漫無目的的。~**·ly** 副，~**·ness** 名

:prom·ise [ˈprɑmɪs] 名 1 承諾，允諾；誓約，諾言；誓約《*to* do, *that* 子句》：a verbal ~ 口頭承諾 / make a ~ 允諾 / keep one's ~ 信守諾言。2 C U 預兆，徵候；保證《*of*...》。3 U 前途有望，有前途。4 允諾了的事[物]。
a lick and a promise ⇨LICK 名（片語）
(*as*) *good as one's promise* ⇨GOOD 形
—動 (**-ised, -is·ing**) 及 1 允諾；答應；約定；承諾。2 有希望會，可望；有可能，預示。3《方》和（女孩）訂婚。4《反身》期待將享有。—不及 1《常與 **well, fair** 連用》有可能，有希望。2 允諾，保證。
I promise you《口》確實，的確。
promise the moon《口》答應了不可能做到的事。

Promised 'Land 名《the ~》1 天國，天堂。2 上帝所允諾的福地，迦南福地。3《**p- l-**》樂土，福地。

prom·is·ee [ˌprɑmɪˈsi] 名〖法〗受約人。

prom·is·ing [ˈprɑmɪsɪŋ] 形有前途的，有希望的。~**·ly** 副

prom·i·sor [ˌprɑmɪˈsɔr] 名〖法〗立約者，約定者，作承諾者。

prom·is·so·ry [ˈprɑməˌsorɪ] 形 1 約定的；有約定性質的。2〖保〗約定支付的：a ~ note 期票，本票。

pro·mo [ˈpromo] 形《美口》作廣告用的。—名（複~s [-z]）廣告。

prom·on·to·ry [ˈprɑmənˌtorɪ] 名（複 **-ries**）1 岬，海角。2 懸崖，高地。

·pro·mote [prəˈmot] 動 (**-mot·ed, -mot·ing**) 及 1 升遷，升級《*to*...》。2 助長，助成；發揚；振興；促使通過：~ health 增進健康 / ~ interest 激發興趣。3〖教〗《美》使升級。4 發起，創立。5 推銷（商品等）。6《美俚》騙取；說服使其請客《*for*...》。7〖西洋棋〗使升格。

pro·mot·er [prəˈmotɚ] 名 1 發起人，創辦人；策劃人；主辦者，（拳擊賽等的）贊助人。2 促進者[物]；振興者；提倡者；唆使者，煽動者。3〖化〗助催化劑。

·pro·mo·tion [prəˈmoʃən] 1 U C 提升，升遷；進級，升級。2 U 助長，助成，促進，增進；振興。3 U C 提倡，倡導，發起。4 宣傳材料；推銷廣告小冊。~**·al** 形

pro·mo·tive [prəˈmotɪv] 形助長的，促進的。~**·ness** 名

·prompt [prɑmpt] 形 1 即時的，即刻的：a ~ reply 立即的答覆。2 遵守時間的《*in*...》；迅速的《*to* do》；敏捷的《*at*...》：be ~ *in* answering a letter 迅速的回信。3〖商〗即時交付的，當場交付的：~ payment 立即付款。
—動 及 1 激勵，慫恿，鼓動，驅策《*to*...》；促使。2 誘發，喚起。3 提示所忘記的話；〖劇〗提詞。—不及〖劇〗提詞。
—名 1〖商〗付款期限；付款期限協定。2 激動，促進，誘發；〖劇〗提詞。3 暗示，提示。
—副《口》（時間上）正好，剛好。

prompt·book [ˈprɑmptˌbuk] 名〖劇〗提詞用的腳本（亦稱 **prompt copy**）。

'prompt ˌbox 名提詞員席位。

'prompt de'livery 名限時專送。

prompt·er [ˈprɑmptɚ] 名 1〖劇〗提詞人。2 鼓舞者，激勵者。

prompt·ing [ˈprɑmptɪŋ] 名 U 激勵，鼓動；促使。

promp·ti·tude [ˈprɑmptəˌtjud] 名 U 敏捷；迅速；果斷。

prompt·ly [ˈprɑmptlɪ] 副迅速地，立即地，敏捷地。

'prompt ˌside 名《the ~》《英》表演者之左側；《美》表演者的右側。

prom·ul·gate [prəˈmʌlget, ˈprɑməl-] 動 及 1 宣布，公布，頒布。2 宣傳，傳播。 **-'ga·tion** 名

prom·ul·ga·tor [prəˈmʌlgetɚ, ˈprɑməl-] 名公布者，發布者；傳播者，傳道者。

pron.《縮寫》*pro*nominal; *pron*oun; *pron*ounced; *pron*unciation.

·prone [pron] 形 1《偶作複合詞》有傾向的；易於的《*to*..., *to* do》：accident-*prone* 易引起事故的 / be ~ to loneliness 易感寂寞的。2 俯伏的，臉朝下的；平臥的，俯臥的：lie ~ 俯臥。3 手心向下的。
~**·ly** 副，~**·ness** 名

P

prong [prɔŋ] 名 1 尖端部分。2 河川的支流；分隊；班。3 叉；餐叉；耙。—動及 1 戳，刺。2 裝上尖叉。3 掘翻。

prong·horn ['prɔŋ,hɔrn] 名 (複~s,《集合名詞》~)〖動〗叉角羚。

pro·nom·i·nal [prə'nɑmən], pro-] 形〖文法〗代名詞的；有代名詞性質的。—名代名詞。~·ly 副

·pro·noun ['pronaun] 名〖文法〗代名詞。

·pro·nounce [prə'nauns] 動 (**-nounced, -nounc·ing**) 及 1 發音；吐音。2 宣布，宣告；斷言，宣稱。3 注音標。—不及 1 發音。2 聲明，報告《*on, upon...*》；發表意見；下判斷，判決《*for...*；*against...*》。~·a·ble 形

pro·nounced [prə'naunst] 形 1 明顯的，明白的。2 決然的，斷然的。**-nounc·ed·ly** [-'naunsɪdlɪ] 副

pro·nounce·ment [prə'naunsmənt] 名 1 公告，宣告；聲明；判決。2 意見；決定《*on..., upon...*》。

pro·nounc·ing [prə'naunsɪŋ] 名發音；宣告。—形發音的；表示發音的。

pron·to ['prɑnto] 副《口》迅速地，立即地。

pro·nun·ci·a·men·to [prə,nʌnsɪə'mɛnto] 名 (複~**s** [-z]) 宣言；正式文告；檄文。

·pro·nun·ci·a·tion [prə,nʌnsɪ'eʃən] 名 1 U C 發音；發音法；發音習慣。2 U C 讀法。3 U 音標，發音符號。~·**al** 形

·proof [pruf] 名 1 U C 證據《*of...*》；證明，驗證《*that* 子句》：hard ~ 確實的證據 / as (a) ~ *of...* 當做…的證據 / in ~ *of...* 爲了證明…。2 考驗，試驗；檢驗；品質檢驗：The ~ of the pudding is in the eating.《諺》布丁的美味吃時方知；事物須經試驗方知其優劣。3〖法〗證據；證言；《~**s**》證明文件；〖數·論〗論證，證明。4 U 檢驗合格的狀態；強度，耐力，不穿透性。5 U〖蒸餾〗(酒精水溶液的) 標準強度。6〖攝〗樣片；〖印〗校樣；(版畫等的) 試印。—形 1 可耐的；耐得住的，防 (彈等) 的《*against...*》；能抵抗的《*against...*》。2 檢驗過了的，合格的，驗證用的，檢驗用的。3 (酒精) 標準強度的。—動及 1 試驗；檢驗；檢查。2 印成校樣；《美》= proofread. 3《常作複合詞》賦予耐力，使具防水性。

-proof《字尾》表「…不能穿透的」、「耐…的」、「防…的」之意。

proof·read ['pru,rid] 動 (**-read** [-,rɛd], ~·**ing**) 及 不及 校對。~·**er** 名校對者。

'proof ,reading 名 U 校對。

'proof ,sheet 名校樣。

'proof ,spirit 名 U 符合標準強度的酒類。

prop[1] [prɑp] 動 (**propped**, ~·**ping**) 不及 1 支撐《*up*》；倚靠《*on, against...*》；撐成某種狀態：~ the window open with a board 以木板把窗戶撐開。2 支持，維持《*up*》。—不及 (馬) (在應跳欄時) 前腿僵直地突然停住。—名 1 支撐物，支柱。2 起支撐作用的人[事物，力量]，支柱，柱石，後盾。3《~**s**》腳。

prop[2] [prɑp] 名〖劇〗《口》道具。

prop[3] [prɑp] 名《口》= propeller.

pro·pae·deu·tic [,propɪ'djutɪk] 形奠定基礎的，初階的，入門的 (亦稱 **propaedeutical**)。—名基礎科目，基礎訓練項目；《~**s**》《作單數》基礎知識，基礎規則及原理，基礎訓練，入門教育。

·prop·a·gan·da [,prɑpə'gændə] 名 1 U 宣傳 (活動)；傳播；《口》謠言；假的消息：spread ~ for... 爲…做宣傳。2《常爲蔑》所宣傳的主義。3 宣傳機構。

prop·a·gan·dism [,prɑpə'gændɪzəm] 名 U 宣傳 (術)；傳教 (術)，傳道 (術)。

prop·a·gan·dist [,prɑpə'gændɪst] 名宣傳者；傳教者；宣傳機構的一員。—形宣傳 (性質) 的。

prop·a·gan·dize [,prɑpə'gændaɪz] 動及 1 宣傳；傳布。2 做宣傳: ~ voters 向選民拉票。—不及宣傳，進行宣傳活動。

prop·a·gate ['prɑpə,get] 動及《文》1 使增殖；《反身》繁殖。2 傳播，推廣，宣傳，使普及；使蔓延。3 使增加。—不及 1 繁殖，增殖。2 傳播。
-ga·tive 形, **-ga·tor** 名

prop·a·ga·tion [,prɑpə'geʃən] 名 U 1 傳播，散播；推廣；蔓延，流傳，普及。2 增殖，繁殖。3 遺傳。~·**al** 形

pro·pane ['propen] 名 U〖化〗丙烷。

pro·pel [prə'pɛl] 動 (**-pelled**, ~·**ing**) 及 1 使前進，推進。2 驅使，促使，驅策。

pro·pel·lant [prə'pɛlənt] 名 U C 1 推進體；用來推進之物。2 (火箭的) 推進燃料[劑]；〖軍〗發射用的火藥。

pro·pel·lent [prə'pɛlənt] 形推進的。—名 = propellant.

·pro·pel·ler [prə'pɛlɚ] 名 1 推進者[物]。2 (汽船等的) 推進器，推動器；螺旋槳。

pro'pelling 'pencil 名《英》自動鉛筆。

pro·pen·si·ty [prə'pɛnsətɪ] 名 (複**-ties**) (常指不良的) 傾向，癖好，習性《*toward, to...*》；(做…的) 傾向《*for doing, to do*》。

:prop·er ['prɑpɚ] 形 1 適當的，適合的，令人滿意的《*for..., to do*》: a ~ way *to* teach English 適當的英語教學法 / somethin ~ *to* sit on 適合坐的東西 / at a ~ distanc 位在適當的距離之外。2 端正的；高 的；妥當的，合宜的《*for, to...*》: ~ be havior 適當的行爲，彬彬有禮的舉止。 專屬的，獨特的，特有的《*to...*》。4 正 的，嚴密的；正規的，正式的；《通常 在名詞之後》嚴格而言的，真正的：d mocracy ~ 真正的民主主義。5〖文法〗

P

有的；專有名詞的。6《主英口》完全的，徹底的。7《古·方》卓越的，極好的；容貌端正的，漂亮的。8《通常用 **one's (own)** ～》《古》自己（本身）的。—副《僅用於以下的片語》

good and proper 非常地，完全地。

'proper 'fraction 名〖數〗真分數。

·prop·er·ly ['prɑpɚlɪ] 副 **1** 適切地，適當地；高尚地；正當地。**2** 正確地，準確地；嚴格地。**3**《英口》完全地，非常地。

properly speaking 嚴格說來；實際上。

'proper 'noun ['name] 名專有名詞。

prop·er·tied ['prɑpɚtɪd] 形有財產的，有資產的。

:prop·er·ty ['prɑpɚtɪ] 名 (複**-ties**) **1** Ⓤ《集合名詞》財產，資產；所有物：private ～ 私有財產 / fixed ～ 固定資產 / movable ～動產，私人財產 / a man of ～《文》有產者 / surrender one's ～ 讓渡財產。**2** Ⓤ不動產；ⓊⒸ地產，房地產。**3** Ⓤ所有；所有權《*in...*》。**4** 性質，特性，屬性；〖理則〗非本質特性。**5**〖劇〗(1)《常作**-ties**》舞臺道具；手拿的道具。(2)《口》情節。

'property ˌman 名〖劇〗道具管理員。

proph·e·cy ['prɑfəsɪ] 名(複**-lies**) **1** 預言《*that* 子句》。**2** 神諭。**3** Ⓤ預言家的能力。**4** 預言書。

proph·e·sy ['prɑfəˌsaɪ] 動 (**-sied**, ～**·ing**) 及預言，預報；（根據神的啓示等）預言：～ a storm 預告暴風雨將來臨。—不及 **1** 預言，預報《*of...*》；（依神的啓示等）預言。**2** 以神的代言人的身分發言。

·proph·et ['prɑfɪt] 名 **1** 預言家，神的代言人。**2**《**the Prophets**》（舊約中的）先知；先知書。**3**《**the P-**》回教的始祖穆罕默德；摩門教的教祖，其繼承者。**4** 預言者；預報者；《俚》（賽馬的）預測者：a ～ of doom 災難的預言者。**5**（主義等的）發言人，倡導者；先驅者《*of...*》。

proph·et·ess ['prɑfɪtɪs] 名女預言家，女先知。

pro·phet·ic [prə'fɛtɪk], **-i·cal** [-ɪkl] 形 **1** 預言者的，先知的。**2** 預言的；有預言能力的。**3** 成爲前兆的《*of...*》。**-i·cal·ly** 副

pro·phy·lac·tic [ˌprofə'læktɪk, ˌprɑ-] 形 預防（疾病）的；預防的。—名預防藥；預防法；保險套。**-ti·cal·ly** 副

pro·phy·lax·is [ˌprofə'læksɪs, ˌprɑ-] 名 (複**-lax·es** [-'læksiz]) Ⓤ Ⓒ〖醫〗疾病之預防；預防法；預防措施。

pro·pin·qui·ty [pro'pɪnkwətɪ, -'pɪŋ-] 名 Ⓤ **1**《文》（時空上的）鄰近；（關係的）親近，近親。**2**（性質等的）近似。

pro·pi·ti·ate [prə'pɪʃɪˌet] 動 及 撫慰，安撫，勸解，調停；取悅，討好。

pro·pi·ti·a·tion [prəˌpɪʃɪ'eʃən] 名 Ⓤ撫慰；和解；贖罪。

pro·pi·ti·a·to·ry [prə'pɪʃɪəˌtorɪ] 形《文》撫慰的，安慰的；和解的；取悅的，討好的。—名= mercy seat.

pro·pi·tious [prə'pɪʃəs] 形 **1** 順利的，合適的《*to, for...*》。**2** 親切友好的；慈祥的《*to, toward...*》。**3** 吉利的。～**·ly** 副

prop·jet ['prɑpˌdʒɛt] 名= turboprop.

prop·man ['prɑpˌmæn] 名 (複**-men**)〖劇〗= property man（亦作 **prop man**）。

pro·po·nent [prə'ponənt] 名 **1** 提議者，建議者《*of...*》。**2** 支持者，造成者。

·pro·por·tion [prə'porʃən] 名 **1** Ⓤ Ⓒ比例，比率《*to...*》：the ～ of births *to* the general population 與總人口相比的出生率。**2** Ⓤ《偶作～**s**》相稱《*to...*》；均衡；協調：be out of ～ *to* 與…不成比例的。**3**《～**s**》面積；容積；大小；程度；數量；《謔》身體肥大者。**4** 部分。**5** Ⓤ〖數〗比例：direct ～ 正比例。

in proportion 成比例，相稱地；能客觀地。

in proportion to... 與…成比例的；和…相稱的；在…的比率上。

—動及 **1** 使均衡；使成比例；使適合於《*to...*》。**2** 使協調。**3** 使相稱。

pro·por·tion·a·ble [prə'porʃənəbl] 形 成相當比例的；相稱的。**-bly** 副

pro·por·tion·al [prə'porʃənl] 形 **1**《敘述用法》成比例的；協調的《*to...*》。**2**《限定用法》基於比例上的；相稱的。**3**〖數〗成比例的《*to...*》：be inversely ～ *to...* 與…成反比例。

—名比例數量。**-'al·i·ty** 名 Ⓤ 均衡；相稱。～**·ly** 副

proˌportional represen'tation 名 Ⓤ比例代表制。略作：PR.

pro·por·tion·ate [prə'porʃənɪt] 形《通常用於敘述用法》比例的；成比例的，均衡的《*to...*》。

～**·ly** 副

pro·por·tioned [prə'porʃənd] 形 **1** 成適當比例的。**2**《將副詞放在前面》協調的；相稱的：well ～ 很相稱的，很協調的。

·pro·pos·al [prə'pozl] 名 **1** Ⓤ Ⓒ（提案等的）提出；企劃，計畫個案《*for...*》；提案，提議《*to* do, *that* (*should*) 子句》。**2** 求婚：make a ～ (of marriage) to... 向…求婚 / receive a ～ (of marriage) from... 接受…的求婚。

·pro·pose [prə'poz] 動 (**-posed**, **-pos·ing**) 及 **1** 提出；建議，提議。**2** 推薦，提名《*for...*》：～ him *for* chairman 推薦[提名]他當主席。**3** 策劃，企劃，計畫。**4** 舉杯祝福。**5** 向…求婚《*to...*》。—不及 **1** 建議，求婚《*to...*》。**2** 計畫，企劃，策劃：Man ～*s*, God disposes.《諺》謀事在人，成事在天。**-pos·a·ble** 形

pro·pos·er [prə'pozɚ] 名 提議者；提出者。

prop·o·si·tion [ˌprɑpə'zɪʃən] 名 **1** 提案，提議，動議《*that* 子句》；計畫，企劃。**2** 提出交易條件。**3**《口》事業；（應處理

的）問題；事物。4 敘述，陳述。5〖修〗主題；〖理則·語言〗命題；〖數〗命題，定理。6 不正當性關係的要求。─動及 1 提出交易。2《俚》提出不正當性關係的要求。～·al形

pro·pound [prə'paund] 動及 提出；〖法〗（爲檢認而）提出（遺囑）。～·er名

pro·pri·e·tar·y [prə'praɪə,tɛrɪ] 形 1 業主的，所有者的。2 有財產的。3 所有（權）的；當做私有財產的：～ privileges 所有權。4 專利許可的。─名（複-tar·ies）1 所有者；所有者團體。2 Ⓤ Ⓒ所有權；Ⓒ所有物，不動產。3 專賣藥品。-i·ly 副

pro'prietary 'colony 名〖美史〗領主殖民地。

pro·pri·e·tor [prə'praɪətɚ] 名 1 業主，所有者。2 專利權所有者；（不動產等的）所有者；所有者團體。

～·ˌship 名Ⓤ所有權。

pro·pri·e·to·ri·al [prə,praɪə'torɪəl] 形 所有（權）的，所有者的。

pro·pri·e·tress [prə'praɪətrɪs] 名 女業主，女所有者。

pro·pri·e·ty [prə'praɪətɪ] 名 （複-ties）1 Ⓤ舉止得體，謙恭有禮；《the -ties》禮節。2Ⓤ恰當，合宜，妥當性。3Ⓤ正當（性）。

props [prɑps] 名(複)小道具。

pro·pul·sion [prə'pʌlʃən] 名 Ⓤ推進；推進力。

pro·pul·sive [prə'pʌlsɪv] 形具推進力的，推進的。

'prop ˌword 名〖文法〗代替詞。

pro·pyl·ene ['propə,lin] 名Ⓤ丙烯。

pro ra·ta [pro'retə, -'rɑtə] 副成比例地，按比例地。

pro·rate [pro'ret] 動 不及 及 按比例分配。

pro·ro·ga·tion [ˌprorə'geʃən] 名 Ⓤ Ⓒ 休會。

pro·rogue [pro'rog] 動 及 （使）休會，閉會。

pro·sa·ic [pro'zeɪk] 形1 平凡的；欠缺想像力的，平淡無奇的。2 散文（體）的。-i·cal·ly 副

pro·sa·ism [pro'zeɪzəm], **-i·cism** [-ɪ-ˌsɪzəm] 名 Ⓤ散文體；散文式語句；平凡，單調。

-ist名散文作家；平凡的人。

pro·sce·ni·um [pro'sinɪəm] 名（複-ni·a [-nɪə]）1 舞臺的幕前部分。2（古代希臘、羅馬劇場的）舞臺。

pro·scribe [pro'skraɪb] 動 及 1《文》禁止，取締；抑止；責難；排斥。2 剝奪公權；放逐。

pro·scrip·tion [pro'skrɪpʃən] 名 Ⓤ 1 公權的剝奪；放逐。2 禁止。3〖古羅馬〗（有關放逐、死刑等的）判刑公告。

-tive 形, -tive·ly 副

·prose [proz] 名1 Ⓤ散文（體）：in ～ 以散文體。2Ⓤ平凡，單調，枯燥無味；單調的文章，無聊的話語。3《英》散文翻譯習作。

─形 1 散文（體）的。2 散文的，平凡的，單調的，無聊的。

·pros·e·cute ['prɑsɪ,kjut] 動（-cut·ed, -cut·ing）及 1〖法〗起訴《for...》；控告；（依法）提出。2 進行，實行，完成。3 經營；從事。

─不及 1〖法〗提出控訴，提起公訴。2 擔任檢察官。-cut·a·ble 形

'prosecuting at'torney 名《偶作 P-A-》《美》檢察官。

pros·e·cu·tion [ˌprɑsɪ'kjuʃən] 名 1 Ⓤ Ⓒ〖法〗起訴（手續）；《the ～》《集合名詞》原告及其律師；檢察當局。2 Ⓤ（義務等的）實行，執行。3 Ⓤ從事，經營。

pros·e·cu·tor ['prɑsɪ,kjutɚ] 名 1〖法〗起訴者，原告；《美》檢察官。2 執行者，實行者；經營者。-to·ri·al [-'torɪəl]形

pros·e·lyte ['prɑsḷ,aɪt] 名新皈依者；改變宗教信仰者；改變意見者。

─動 及《英》使改變宗教信仰或政治信仰。─不及 1 改變宗教信仰。2 吸收會員；《美》在學校內選拔運動選手。

pros·e·lyt·ism ['prɑsḷaɪ,tɪzəm] 名 Ⓤ改變宗教信仰；改宗；變節。

pros·e·lyt·ize ['prɑsəlɪ,taɪz] 動 及 不及 改變宗教信仰；改變政治信仰，變節。

pro·sem·i·nar [pro'sɛmɪnɑr] 名（大學的）研討會。

'prose ˌpoem 名散文詩。

pros·er ['prozɚ] 名 1 散文作家。2 文章平凡乏味者。

Pro·ser·pi·na [pro'sɝpɪnə] 名 = Persephone 1.

pros·i·ly ['prozɪlɪ] 副用散文體；乏味地。

pros·i·ness ['prozɪnɪs] 名Ⓤ散文體；乏味平凡，單調。

pro·sit ['prosɪt] 感乾杯，祝（君）健康。

pro·slav·er·y [ˌpro'slevərɪ] 名形支持奴隸制度（的）。

pros·o·dy ['prɑsədɪ] 名 Ⓤ韻律學；詩體論；作詩法；韻律體系，詩體；〖語言〗韻律。pro·sod·ic [prə'sɑdɪk]形, -dist名韻律學者。

pro·so·po·p(o)e·ia [pro,sopə'piə] 名 Ⓤ 1〖修〗擬人法。2 活喻法。

·pros·pect ['prɑspɛkt] 名 1《通常作～s》（對成功、利益等的）可能性；前景，前途《for...》。2Ⓤ期望，預期，展望《of... of doing》: in ～ of a good harvest 預期豐收。3《美》有希望成爲主顧的人；有希望的候選人。4 遠景，景致；景色；朝向。5 觀察，考察。

in prospect 可預期的；在計畫中的。

─動及1 勘採，探測《for...》。2 試採（礦山等）。─不及 探勘，尋找，探尋《for...》。

P

pro·spec·tion [prə'spɛkʃən] 图 1 展望，前瞻。2 探勘。

pro·spec·tive [prə'spɛktɪv] 形 1 未來的。2 有希望的，可期待的。～·ly 副，～·ness 名

pros·pec·tor ['prɑspɛktɚ] 名 探礦者；礦藏探勘員。

pro·spec·tus [prə'spɛktəs] 名 (複～·es) 內容簡介；內容說明書；計畫書（的樣本）；大綱；《英》大學簡介。

·pros·per ['prɑspɚ] 動 不及 成功；繁榮；昌盛《in...》。—及 使成功；使繁榮。

·pros·per·i·ty [prɑs'pɛrətɪ] 名(複-ties) 1 U繁盛，隆盛；幸運。2《-ties》順境。

·pros·per·ous ['prɑspərəs] 形 1 繁榮的；成功的；發達的。2 順利的；好運氣的《for...》。
～·ly 副，～·ness 名

pros·tate ['prɑstet] 形 前列腺的，攝護腺的。—名 前列腺，攝護腺。

pros·ta·ti·tis [,prɑstə'taɪtɪs] 名 U〖病〗前列腺炎，攝護腺炎。

pros·the·sis ['prɑsθɪsɪs] 名 (複-ses [-,siz]) U C〖外科〗人工修補術，補缺術；修補物，人體義肢。
pros·thet·ic [prɑs'θɛtɪk] 形，**-i·cal** 形

pros·ti·tute ['prɑstə,tjut] 名 1 娼妓。2 為圖利而不惜出賣自己者。
—動 及 1《反身》賣春。2 濫用，出賣；《反身》做出卑賤的行為。

pros·ti·tu·tion [,prɑstə'tjuʃən] 名 U 1 賣淫。2 出賣自己，變節；濫用《of...》；墮落；腐敗。

pros·trate ['prɑstret] 動 及 1 反身跪拜，叩頭。2 橫臥；摔倒於地。3《通常用被動》使屈服，使衰弱。—形 1（伏地）倒下的；橫躺的；被砍倒的。2 俯伏的，平躺的。3 被打倒的，被摧殘的；被抑制的；無力的；屈服的。4 疲倦的，疲憊的。5 在地上爬的，匍匐性的。

pros·tra·tion [prɑ'streʃən] 名 1 U C 伏身；拜倒；俯臥，平躺。2 U 屈服，屈從。3 U 疲勞；意志消沉；極度的衰弱。4 U（事業等的）虛弱，蕭條，衰退。

pros·y ['prozɪ] 形 (**pros·i·er**, **pros·i·est**) 1 散文（體）的；散文性的。2 平凡的，無聊的。

Prot. 《縮寫》*Prot*estant.

pro·tac·tin·i·um [,protæk'tɪnɪəm] 名 U〖化〗鏷。符號：Pa

pro·tag·o·nist [pro'tægənɪst] 名 1（戲劇等的）主角。2 領導人物；提倡者。

prot·a·sis ['prɑtəsɪs] 名 (複-,ses [-,siz])〖文法〗條件子句，假設子句。

pro·te·an ['protɪən, pro'tiən] 形《文》1 多變化的，變化無窮的。2 一人扮演數種角色的。

pro·tect [prə'tɛkt] 動 及 1 保護；防衛，防禦。2〖經〗保護，保險《from, against ...》。3〖機〗安裝保護裝置。—不及 保護，防護。～·ing·ly 副

·pro·tec·tion [prə'tɛkʃən] 名 1 U保護；防衛《from, against...》；贊助，關照：live under the ～ of a person 在某人的保護下生活。2 保護者；防護物《against...》。3〖保〗= coverage 1. 4 U《口》（給警方的）賄賂費；保護費：a ～ racket 勒索保護費的組織。5 U〖經〗貿易保護；貿易保護主義。6 通行證；護照；保護證。～·al 形

pro·tec·tion·ism [prə'tɛkʃən,ɪzəm] 名 U〖經〗貿易保護政策，貿易保護主義。

pro·tec·tion·ist [prə'tɛkʃənɪst] 名 形 1 貿易保護主義者（的）。2 野生生物保護主義者（的）。

pro'tection ,money 名 U 保護費。

·pro·tec·tive [prə'tɛktɪv] 形 1 保護的；防衛的；保護用的；保護性的《toward ...》。2 防止維他命缺乏症的。3 貿易保護（政策）的。—名 防護物。
～·ly 副，～·ness 名

pro'tective colo'ration ['coloring] 名 U〖動〗保護色。

pro'tective 'tariff 名 保護關稅（率）。

pro·tec·tor [prə'tɛktɚ] 名 1 保護者；防衛者。2 保護物，保護裝置，完全裝置；〖運動〗保護器，護胸，護面。3〖英史〗攝政者；《the P-》護國公。

pro·tec·tor·ate [prə'tɛktərɪt] 名 1 U（大國對小國的）保護關係；C保護國。2 攝政的職務；攝政政體。3《the P-》〖英史〗（Cromwell 父子的）護國公政體；護國期間。

pro·tec·to·ry [prə'tɛktərɪ] 名(複-ries) 少年（感化）院。

pro·tec·tress [prə'tɛktrɪs] 名 女保護者；女攝政。

pro·té·gé, 《女性形》**-gée** ['protə'ʒe, ,--'-] 名 被保護者；門徒。

·pro·tein ['protin, -tiɪn] 名 U C 1〖生化〗蛋白質。2《昔》含氮物質。—形 蛋白性的，含蛋白質的（亦稱 **'pro·teid** [-tid, -tiɪd]）。

pro tem [pro'tɛm] 副 形《口》= pro tempore.

pro tem·po·re [pro'tɛmpə,ri] 副 臨時地，暫時地。—形 臨時的，暫時的。

pro·te·ro·zo·ic [,prɑtərə'zoɪk] 名 形〖地質〗原生代（的）。

·pro·test ['protɛst] 名 1 U 異議，反對；抗議《against...》；U抗議書：make a ～ *against* racial discrimination 抗議種族歧視。2〖法〗（對稅金之徵收等正式的）抗議（書）。3〖運動〗（對裁判等的）抗議（書）。
under protest 在抗議下；不情願地。
—[prə'tɛst] 動 不及 1 抗議，提出異議《against...》；表示反對《about, at...》。2 言明，斷言，主張。—及 1 提出異議，抗議。2 言明，斷言，主張。3（為抗議而）

P

聲明。

～·er, -'tes·tor 名

·**Prot·es·tant** ['prɑtɪstənt] 名 1 新教徒。2《p-》提出異議者，抗議者。—形 1 新教徒的，新教的。2《p-》提出異議的，抗議的。

'**Protestant 'ethic** 名《the～》基督新教倫理。

Prot·es·tant·ism ['prɑtɪstən,tɪzəm] 名 U 1 新教。2《集合名詞》新教教會[徒]。

'**Protestant Refor'mation** 名《the～》宗教改革。

prot·es·ta·tion [,prɑtəs'teʃən] 名 1 U 異議，抗議；反對《*against...*》。2 明言，斷言《*of...*》；主張《*that* 子句》。

Pro·te·us ['protjus, -tɪəs] 名 1〖希神〗普羅狄斯：海神，據說有隨意變換形狀和預言的能力。2《常作 p-》善變的人，反覆無常的人。

pro·thal·li·um [pro'θælɪəm], **-lus** [-ləs] 名 (複-**li·a** [-lɪə])〖植〗(羊齒類的) 原葉體。

proth·e·sis ['prɑθəsɪs] 名 (複-**ses** [-,siz]) U C〖文法〗詞首添音。

proto-《字首》表「最初的」、「原始的」、「主要的」之意。

pro·to·col ['protə,kɑl] 名 1 U 外交禮儀。2 草約，條約議定書。3《the P-》(法國外交部的) 禮賓司。4〖電腦〗網路通訊協定。

—動 不及 草擬協議書。—及 寫入協議書中。

pro·to·con·ti·nent [,proto'kɑntənənt] 名 = supercontinent.

pro·to·mar·tyr [,proto'mɑrtɚ] 名 第一位殉教者。

pro·ton ['protɑn] 名〖理·化〗質子。

pro·to·plasm ['protə,plæzəm] 名 U〖生〗原生質。-'**plas·mic** 形 原生質的。

pro·to·type ['protə,taɪp] 名 1 原型；範本，標準，模範。2 古時候的類似物。3〖生〗原型。-**typ·ic** [-'tɪpɪk] 形

Pro·to·zo·a [,protə'zoə] 名(複)原生動物類。

pro·to·zo·an [,protə'zoən] 形 原生動物類的。—名 原生動物，單細胞動物。

pro·tract [pro'trækt] 動 及 1 延長，使拖長。2 (用分度器、比例尺) 製圖。-**trac·tive** 形

pro·trac·tile [pro'træktɪl] 形 可伸出的，可伸長的；伸長性的。,**pro·trac·'til·ty** 名

pro·trac·tion [pro'trækʃən] 名 U C 1 延長；拖延。2 (器官等的) 伸展。3 製圖。

pro·trac·tor [pro'træktɚ] 名 1 延長者；造成延長之物。2 分度器，量角器。

pro·trude [pro'trud] 動 不及 突出，伸出。—及 突出。-**trud·ent** 形

pro·tru·sile [pro'trusɪl] 形 可伸出的。

pro·tru·sion [pro'truʒən] 名 1 U 伸出，突出。2 突出部分，隆起物。

pro·tru·sive [pro'trusɪv] 形 1 伸出的，突出的。2 突兀的，觸目的。3《古》具前進力的，具推進力的。～·**ly** 副

pro·tu·ber·ance [pro'tjubərəns] 名 1 U 隆起，突出。2 隆起物，腫瘤，結節。

pro·tu·ber·ant [pro'tjubərənt] 形 隆起的，突出的；顯著的：～ eyes 突眼。

～·**ly** 副

:**proud** [praʊd] 形 (～·**er**, ～·**est**) 1 自豪的，引以爲榮的《*of..., that* 子句》；得意的《*to* do》。2《通常前面加 **too**》自尊心太強的，過於驕傲的《*to* do》。3 高傲的，自大的，傲慢的《*of, about..., that* 子句》。4 令人滿足的；值得誇耀的；獲多方美譽的：a ～ occasion 值得引以爲榮的場合。5 堂皇的，華麗的，壯觀的：a ～ ocean liner 豪華的定期輪。6 高貴的。7《英》漲水的，氾濫的；(疤痕) 隆起的。

—副 1《英》漲水地；隆起地。2《口》使感到自豪，使有面子；使得意；盛情款待。

～·**ness** 名

'**proud 'flesh** 名 U〖病〗(傷口癒後長出來的) 浮肉，贅肉。

·**proud·ly** ['praʊdlɪ] 副 1 傲慢地，高傲地。2 堂皇地，壯麗地。3 得意地，自豪地。

Prov.《縮寫》*proverbs*; *prov*ince.

prov.《縮寫》*prov*ince; *prov*incial.

prov·a·ble ['pruvəbḷ] 形 能證明的，可證實的。-**bly** 副, ～·**ness** 名

:**prove** [pruv] 動 (**proved**, **proved** 或《英古·美·蘇》**prov·en**, **prov·ing**) 及 1 (1) 證明，證實；證明…(是…)：～ his guilt 證明他有罪。(2)《反身》表現出…(是…)：～ *oneself* worthy of respect 表現出值得尊敬。2〖法〗驗證；(遺囑等的) 檢定，查驗。3 測試，檢查；做 (化學的) 分析。4〖數〗證明；驗算。5 使 (麵糰) 膨脹。

—不及 1 證實是，顯示是。2 (麵糰等) 膨脹。

prove out 證明是適合的，證明是令人滿意的，證明是有預期效果的。

prove...up / ***prove up...*** 測定 (礦脈等) 的純度；探明 (油田)。

prov·en ['pruvən] 動《英古·美》**prove** 的過去分詞。—形 被證明了的。

prov·e·nance ['prɑvənəns] 名 U 發源地，起源，由來。

Pro·ven·çal [,provən'sɑl, ,prɑv-] 名 (法國) 普羅旺斯 (人)；U 普羅旺斯語。—形 普羅旺斯的；普羅旺斯人的。

Pro·vence ['prɑvɛns, pro'vɑns] 名 普羅旺斯：位於法國東南部，臨地中海的一地區。

prov·en·der ['prɑvəndɚ] 名 U 1 糧草，秣料。2《謔》(人的) 食物。

pro·ve·ni·ence [pro'vinɪəns] 名 = provenance.

·**prov·erb** ['pravɝb] 名 1 諺語，格言；金玉良言，箴言：as the ~ goes 如諺語所言。2 成爲某種特點的典型人物；話柄，笑柄。

pro-verb ['provɝb] 名〖文法〗代動詞。

pro·ver·bi·al [prə'vɝbɪəl] 形 1 諺語的。2 用諺語（形式）表現的。3 成爲諺語的；諺語中有的。4 聞名的《*for...*》。~·**ly** 副 以諺語地；如諺語般盡人皆知地。

Prov·erbs ['pravɝbz] 名 (複)《作單數》《**the** ~》箴言：舊約聖經中一書。

:**pro·vide** [prə'vaɪd] 動 (**-vid·ed, -vid·ing**) 及 1 供給，提供；給予，產生：~ a person with food。2〖法〗規定，事先訂定。—不及 1 準備；防備《*for...*; *against...*》；列入考慮《*for...*》。2 提供必要的生計，供養，扶養《*for...*》。3 規定《*for...*》；禁止《*against...*》。**-vid·er** 名 供給者。

·**pro·vid·ed** [prə'vaɪdɪd] 連 在…條件下，假如…的話《*that* 子句》。

·**prov·i·dence** ['pravədəns] 名 1 U 神意，天佑。2 神蹟。3《**P-**》上帝。4 U 節約；遠見，深謀遠慮。

fly in the face of Providence 逆天，違背天意；輕率冒險。

Prov·i·dence ['pravədəns] 名 普洛維頓斯：美國 Rhode Island 州的首府。

prov·i·dent ['pravədənt] 形 1 有遠見的，有遠慮的。2 謹慎的《*of...*》。3 節儉的，節約的《*in, of...*》。~·**ly** 副

prov·i·den·tial [,pravə'dɛnʃəl] 形 1 上帝的；天佑的。2 幸運的。~·**ly** 副

pro·vid·er [prə'vaɪdɚ] 名 供給者；（偶作）供養家庭的人，維持家庭生計者。

pro·vid·ing [prə'vaɪdɪŋ] 連《口》在…條件下，假如…的話《*that* 子句》。

prov·ince ['pravɪns] 名 1（行政區域的）省。2《**the** ~**s**》（首都或最大城市以外的）地方；地區，地域；〖地〗（比 region 之區域小的）地方。3 U 部門，領域；《口》職責，本分：outside my ~ 我職權之外；非我的專門。4 大主教的轄區；修道會管區。5〖羅史〗（本國以外所統轄的）領地。

pro·vin·cial [prə'vɪnʃəl] 形 1《限定用法》省的；地方的。2《限定用法》鄉下的，地方特有的。3 鄉下作風的，土氣的；粗野的；偏狹的。—名 1 地方居民，鄉下人。2 土氣的人，鄉巴佬；趣味狹窄的人；偏狹的人。3〖教會〗大主教；修道院管區首長。

~·**ly** 副

pro·vin·cial·ism [prə'vɪnʃə,lɪzəm] 名 1 U 偏狹，偏見；粗鄙。2 U C 地方特色；C 鄉下腔，土腔，方言。3 U 鄉土觀念，地域觀念。

pro·vin·ci·al·i·ty [prə,vɪnʃɪ'ælətɪ] 名 (複**-ties**) U C 1 鄉土氣息；地方的特徵，粗鄙，偏狹。2 地方色彩。

'proving ,ground 名（科學裝備或理論等的）試驗場所。

:**pro·vi·sion** [prə'vɪʒən] 名 1 U 供給；供應；提供《*for...*》：public ~ *for* the poor 民眾對貧民的供應。2（法律等的）條文，規定，條款，但書《*that* 子句》。3 U 準備，預防《*for, against...*》：make no ~ *for* the advent of war 未事先防備戰爭的爆發。4 供給量；準備的東西；設備；儲藏品，儲存。5《~**s**》食物；糧食和必需品。—動 及 準備食品《*for...*》。

~·**ment** 名 U 食品供給。

pro·vi·sion·al [prə'vɪʒənl] 形 1 暫時的，臨時的：a ~ agreement 臨時協定 / a ~ government 臨時政府。2 附帶條件的（亦稱 **provisionary**）。—名 1〖郵票〗臨時郵票。2《**P-**》愛爾蘭共和軍的激進派。~·**ly** 副

pro·vi·sion·al·i·ty [prə,vɪʒən'ælətɪ] 名 U 暫時性，臨時性。

pro·vi·so [prə'vaɪzo] 名 (複~**s**, ~**es**) 但書；《**the** ~》（附帶）條件《*that* 子句》。

pro·vi·so·ry [prə'vaɪzərɪ] 形 1 臨時的。2 有附帶條件的。

·**prov·o·ca·tion** [,pravə'keʃən] 名 1 U 刺激；挑撥；激怒；挑釁：under ~ 在憤怒下，受到激怒地。2 挑釁行爲；使人惱怒的事；激怒的原因。~·**al** 形

pro·voc·a·tive [prə'vakətɪv] 形 1 挑撥性的；令人生氣的。2 激起的《*of...*》：be ~ *of* negative feelings 誘發不良的感情。—名 誘發物。~·**ly** 副

·**pro·voke** [prə'vok] 動 (**-voked, -vok·ing**) 及 1 使發怒，激怒，惹惱。2 刺激；挑撥；挑釁《*to..., into doing*》；煽動：~ a person *to* anger 激怒某人 / ~ him *to* withdraw his permission 煽動他撤回許可。3 引起，激發；挑起，誘發。**-vok·er** 名 誘發者[物]，刺激者[物]。

pro·vok·ing [prə'vokɪŋ] 形《文》令人生氣的，惹人煩惱的。~·**ly** 副

prov·ost ['pravəst] 名《通常作 **P-**》1 負責的長官，監督者。2《美》（大學的）教務長；《英》學院院長。3（蘇格蘭的）市長。4〖教會〗大教堂的教長；教區首長。5 ['provo]〖軍〗= provost marshal.

'pro·vost ,court ['provo-] 名 軍事法庭。

'pro·vost ,guard ['provo-] 名 憲兵隊。

'pro·vost ,marshal ['provo-] 名 1〖陸軍〗憲兵司令官，憲兵隊長。2〖海軍〗法務長官。

prow [prau] 1 名 船首，機首；似船首的突出部分。2〖詩〗船。

prow·ess ['prauɪs] 名《文》1 U 英勇，勇猛，勇敢；C 勇敢的行爲。2 U 卓越的能力《*as, at, in...*》：his ~ *as* an athlete 他出色的運動技巧 / his ~ *in* public debate 他的辯論雄才。

prowl [praul] 動 不及（爲覓食、偷竊等而）悄悄地走來走去《*for...*》；潛行，徘徊《*about, around*》：a wolf ~*ing for* prey

P

一匹四處尋覓獵物的狼。—[及]潛行，徘徊。—[名]四處覓尋；徘徊。

'prowl ˌcar [名]《美》巡邏車。

prowl·er ['praulɚ] [名] **1** 潛行的人或動物。**2** 小偷。

prox. 《縮寫》*prox*imo.

prox·e·mics [prɑk'simɪks] [名](複)《作單數》人類空間學。

prox·i·mal ['prɑksəml] [形]〖解〗近端的，基部的，近側的《*to...*》；〖語言〗近稱的。

prox·i·mate ['prɑksəmɪt] [形] **1**（在場所、時間、順序等上）最接近的；非常接近（某地點）的《*to...*》: ~ responsibility 直接責任。**2** 近似的。**3** 迫近的。~**·ly** [副], ~**·ness** [名]

prox·im·i·ty [prɑk'sɪmətɪ] [名] [U]接近，相近；臨近；親近《*to...*》: be in close ~ *to...* 和…非常接近。

prox·i·mo ['prɑksɪˌmo] [副]在下月，在次月。略作 : prox.

prox·y ['prɑksɪ] [名](複 **prox·ies**) **1** [U]代理（權）；[C] 代理委任狀，委託書。**2** 代理人；代替物 : be ~ for... 擔任…的代理人。

Pro·zac ['prozæk] [名]〖商標名〗〖藥〗百憂解：一種口服抗憂鬱藥劑名。

prude [prud] [名]過分拘泥於禮儀者，恪守禮教者。

pru·dence ['prudn̩s] [名] [U] **1** 謹慎，慎重: ~ in dealing with the problem 對於處理這問題的慎重。**2** 精明，周到；深謀遠慮。**3** 儉約，節約。

·pru·dent ['prudn̩t] [形] **1** 謹慎的，慎重的：a ~ remark 深思熟慮的意見。**2** 深謀遠慮的；精明的。**3** 節省的《*with...*》: be ~ *with* one's money 用錢節儉。~**·ly** [副]

pru·den·tial [pru'dɛnʃəl] [形] **1** 深思熟慮的；精明的。**2**《美》諮詢的，顧問的：a ~ committee 諮詢委員會。—[名]《通常作 ~**s**》必須慎重考慮的事。~**·ly** [副]

prud·er·y ['prudərɪ] [名](複**-er·ies**) **1**[U]過分拘泥於禮儀；裝做正經；假裝淑女。**2**《**-eries**》過分拘泥於禮儀的行為。

prud·ish ['prudɪʃ] [形]過分拘禮的，假裝正經的，裝做淑女的。

prune¹ [prun] [名] **1**[C] [U]洋李；乾梅子；李子，梅子。**2**[U]深紫紅色。**3**《俚》乏味的人；討厭的傢伙。

prunes and prism(s) 裝腔作勢。

prune² [prun] [動][及] **1** 剪掉，鋸掉《*back, away, down, off*》；剪短，修剪《*back*》。**2** 縮減；削減；使（文章等）簡潔《*down*》；刪減（多餘的部分）《*of...*》: ~ an essay *of* superfluous adjectives 把文章中多餘的形容詞刪掉 / ~ (*down*) the budget 削減預算。—[不及]修剪；刪掉。

prun·ing ['prunɪŋ] [名] **1**[U] 修剪。**2**《通常作 ~**s**》被修剪掉的東西。—[形]《限定用法》修剪（樹木等）用的。

'pruning ˌshears [名](複)修枝剪刀。

pru·ri·ent ['prurɪənt] [形]**1**《文》好色的，淫亂的；引起色慾的。**2** 渴望的。

-ence [名] [U] 色慾，好色；渴望。~**·ly** [副]

pru·ri·tus [pru'raɪtəs] [名] [U] [C]〖病〗搔癢症。

Prus·sia ['prʌʃə] [名]普魯士。

Prus·sian ['prʌʃən] [形] **1** 普魯士（人、語）的。**2** 普魯士主義的。—[名] **1** 普魯士人。**2** [U]古普魯士語。

'Purssian 'blue [名] [U] 深藍色，普魯士藍。

Prus·sian·ism ['prʌʃənɪzəm] [名] [U] 普魯士主義，普魯士精神。

prus·sic ['prʌsɪk] [形]〖化〗氰酸的；從氰酸衍生出的。

'prussic 'acid [名] [U]〖化〗氰酸，氫氰酸。

pry¹ [praɪ] [動](**pried**, ~**·ing**)[不及] **1** 探查，探問《*into...*》: ~ *into* her marriage plans 探問她的結婚計畫 / ~ *into* his private life 刺探他的私生活 / ~ *into* his conversation 打聽他和別人的對話。**2** 窺視，偷窺《*into ...*》: ~ *into* his personal belongings 偷看他的隨身衣物。

—[名](複 **pries**) **1** 探問；窺視。**2** 愛打聽的人。

pry² [praɪ] [動](**pried**, ~**·ing**)[及] **1**《美》用槓桿撬起《*up, off / off...*》；撬開：~ the door open 撬開門。**2** 費力地取得《*out of, from...*》；《喻》引開《*from...*》: ~ a confession *out of* a person 千方百計引出某人的自白。—[名](複 **pries**) **1** 槓桿。**2**[U]槓桿作用。

pry·er ['praɪɚ] [名]好探問的人，好追根究底的人。

pry·ing ['praɪɪŋ] [形]窺視的；過度好奇的；喜歡探問的。~**·ly**[副]

Ps., Psa. 《縮寫》*Ps*al*m(s)*.

P.S. 《縮寫》*postscript* ; *Privy Seal* ;《美》*Public School.*

P.S. ['pi'ɛs] [名] **1**（書信的）附筆。**2** 後記。

·psalm [sɑm] [名] **1** 聖歌，讚美歌。**2**《**the Psalms**》《作單數》（舊約聖經的）詩篇；《**P-**》（詩篇中的）詩歌，讚美歌。**3**（詩篇的）韻文翻譯，釋義。—[動][及]以讚美歌歌詠。~**·ic**[形]

psalm·book ['sɑmˌbuk] [名]詩篇集。

psalm·ist ['sɑmɪst] [名]詩篇作者。

psal·mo·dy ['sɑmədɪ] [名](複**-dies**) **1**《集合名詞》讚美歌（集）。**2** 詩篇作曲；[U]詩篇詠唱（法）。

Psal·ter ['sɔltɚ] [名] **1**《**the** ~》〖聖〗詩篇。**2**《偶作**p-**》祈禱用的詩篇。

psal·ter·y ['sɔltərɪ] [名](複**-ter·ies**) **1** 薩泰里琴。**2**《**P-**》= Psalter 1.

pse·phoc·ra·cy [si'fɑkrəsɪ] [名] [U] 選舉政治，投票政治。

pse·phol·o·gy [si'fɑlədʒɪ] [名][U]選舉學

pseud [sud] [名]《英口》裝腔作勢的人，佯裝有學識的人。—[形] = pseudo.

P

pseu·do ['sjudo] 形《口》假的，騙人的，擬似的。─名騙子；冒充者；僞君子。

pseudo- 《字首》表「僞的」、「假的」、「擬似的」之意。

pseu·do-e·vent [,sudoɪ'vɛnt] 名虛構事件，製造的新聞。

pseu·do·morph ['sjudə,mɔrf] 名 **1** 僞形，假狀。**2**〖礦〗假晶。**-'mor·phic** 形

pseu·do·nym ['sjudn̩,ɪm] 名假名，筆名。略作：pseud.

pseu·do·nym·i·ty [,sjudə'nɪmətɪ] 名 U **1** 使用假名。**2** 簽署筆名。

pseu·don·y·mous [sju'dɑnəməs] 形 **1** 用假名的，用筆名的。**2** 用筆名寫的。

pseu·do·po·di·um [,sjudə'podɪəm] 名 (複-**di·a** [-dɪə])〖動〗假足，僞足。

pseu·do·sci·ence [,sjudo'saɪəns] 名 U C 假科學，僞科學。

pshaw [ʃɔ] 感名《表不耐煩、輕蔑、不信任等》咄！啐！哼！

psi [saɪ, psi] 名(複~s [-z]) U C Ψ，φ：希臘字母第 23 個字母。

psit·ta·co·sis [,sɪtə'kosɪs] 名 U〖病〗鸚鵡熱：一種症狀類似肺炎與傷寒的傳染病。

pso·ri·a·sis [sə'raɪəsɪs] 名 U〖病〗乾癬，鱗癬，牛皮癬。

psst [ps] 感喂！

PST, P. S.T., p.s.t. 《縮寫》《美》*P*acific *S*tandard *T*ime 太平洋標準時間：比格林威治時間晚 8 小時。

psych [saɪk] 動 及《俚》**1** 使不安，使神經緊張《*out*》。**2** 刺激，使興奮；使在精神上作好準備《*up*》。**3** 做精神分析；猜透打算。
─不及 **1** 興奮；忐忑《*out*》。**2** 精神上崩潰《*out*》。~**ed** [-t] 形興奮的。

Psy·che ['saɪkɪ] 名 **1**〖希神〗賽綺：以美麗少女的形象出現之靈魂化身，爲 Eros 所愛。**2**《常作 **the p-**》(1) 靈魂。(2)〖心〗靈魂，精神，心靈。

psych·e·de·lia [,saɪkɪ'diljə] 名 U **1** 迷幻世界。**2** 迷幻性的書畫[音樂等]；迷幻藥的用品。

psy·che·del·ic [,saɪkɪ'dɛlɪk] 形 **1** 迷幻狀態的；(文學、藝術等) 引起幻覺的；鮮豔眩目的，五光十色的：a ~ painting 引起幻覺的畫。**2** 幻覺劑的；由幻覺劑產生的。─名迷幻劑，幻覺劑使用者；幻覺喜好者 (亦稱 **psychodelic**)。**-i·cal·ly** 副

psy·chi·at·ric [,saɪkɪ'ætrɪk] 形精神病學的，有關精神病學的。

psy·chi·a·trist [saɪ'kaɪətrɪst] 名精神科醫生。

psy·chi·a·try [saɪ'kaɪətrɪ] 名 U 精神病學，精神病醫療法。

psy·chic ['saɪkɪk] 形 **1** 精神的；精神性的：a ~ energizer 精神振奮劑。**2**〖心〗心靈的；心靈現象的；潛意識的：~ trauma (藏於潛意識的) 精神創傷。**3** 超自然的；心靈 (作用) 的；對超自然力量敏感的 (亦稱 **psychical**)。
─名對超自然力量敏感的人；通靈之人，巫女。**-chi·cal·ly** 副

'psychic 'healing 名 U 心靈治療法。

psy·cho ['saɪko] 名(複~s [-z])《俚》精神病患者，精神神經病患者，精神變態者。
─形精神病的，精神神經病的。

psych(o)- 《字首》表「靈魂」、「精神」、「心理」之意。

psy·cho·ac·tive [,saɪko'æktɪv] 形對心理有顯著作用的。

psy·cho·a·nal·y·sis [,saɪkoə'næləsɪs] 名 U 精神分析學；精神分析 (法) (亦稱 **psychanalysis**)。**-an·a·lyt·ic** [-ænə'lɪtɪk], **-an·a·'lyt·i·cal** 形

psy·cho·an·a·lyst [,saɪko'ænəlɪst] 名《美》精神分析專家 (亦稱 **psychanalyst**)。

psy·cho·an·a·lyze [,saɪko'ænə,laɪz] 動 及以精神分析檢查或治療。

psy·cho·bab·ble [,saɪko'bæbl̩] 名 U《口》心理學術語。

psy·cho·bi·og·ra·phy [,saɪkobaɪ'ɑgrəfɪ] 名心理傳記；(寫傳記的) 性格分析。

psy·cho·dra·ma [,saɪkə'drɑmə] 名 U C〖精神醫〗情境表演治療法。

psy·cho·gen·ic [,saɪko'dʒɛnɪk] 形心理因素的。

psy·cho·ger·i·at·ric [,saɪkodʒɛrɪ'ætrɪk] 形老人精神病 (學) 的；患老年精神病的。

psy·cho·ger·i·at·rics [,saɪko,dʒɛrɪ'ætrɪks] 名 (複)《作單數》〖醫〗老人精神病學。

psy·cho·his·to·ry ['saɪko,hɪstərɪ] 名 U C **1** 心理歷史學。**2** 心理歷史。
-'tor·i·cal 形, **-'to·ri·an** 名心理歷史學家。

psy·cho·ki·ne·sis [,saɪkokɪ'nisɪs] 名 U 念力移物。**-ki'·net·ic** 形

psy·cho·lin·guis·tics [,saɪkolɪŋ'gwɪstɪks] 名(複)《作單數》心理語言學。
-tic 形, **-'lin·guist** 名心理語言學家。

psy·cho·log·i·cal [,saɪkə'lɑdʒɪkl̩], **-ic** [-ɪk] 形 **1** 心理學 (上) 的。**2** 精神 (現象) 的，精神上的；對心理有影響的：~ warfare 心理戰，精神戰。~**·ly** 副

psycho'logical 'moment 名《**the**~》**1** 最適當時機。**2** 關鍵時刻，緊要關頭。

psy·chol·o·gist [saɪ'kɑlədʒɪst] 名 **1** 心理學家。**2** 臨床心理醫生。─形 (亦稱 **psychologistic**)〖哲〗心理主義的。

psy·chol·o·gize [saɪ'kɑlə,dʒaɪz] 動 及作心理 (學) 分析。
─不及作心理學上的研究。

·psy·chol·o·gy [saɪ'kɑlədʒɪ] 名 (複-**gies**) **1** U 心理學；C 心理學書籍。**2** U 心理 (狀態)：mob ~ 群眾心理。**3** 心理策略。

psy·chom·e·try [saɪ'kɑmətrɪ] 名 U **1**〖心〗心理測量 (學)。**2** (觸物即察知其性質的) 超自然能力。

P

psy·cho·neu·ro·sis [ˌsaɪkonjuˈrosɪs] (複**-ses** [-siz]) 名 U C 精神官能症。

psy·cho·neu·rot·ic [ˌsaɪtkonjuˈratɪk] 形精神官能症的。—名精神官能症患者。

psy·cho·path [ˈsaɪkəˌpæθ] 名 **1** 精神病患者。**2** 精神變態者，精神異常者。

psy·cho·path·ic [ˌsaɪkəˈpæθɪk] 形精神病的；精神變態的。

psy·cho·pa·thol·o·gy [ˌsaɪkopəˈθalədʒɪ] 名 U 精神病理學。

psy·chop·a·thy [saɪˈkapəθɪ] 名 U **1** 精神病；精神變態，精神異常症。**2** 精神療法。

psy·cho·phar·ma·col·o·gy [ˌsaɪkofarməˈkalədʒɪ] 名 U 精神藥理學。**-co·log·ic, -co·log·i·cal** [-kəˈladʒɪk(l)] 形, **-gist** 名

psy·cho·phys·ics [saɪkoˈfɪzɪks] 名(複)《作單數》精神物理學。

psy·cho·phys·i·ol·o·gy [ˌsaɪkoˌfɪzɪˈalədʒɪ] 名 U 心理生理學。**-gist** 名

psy·cho·sis [saɪˈkosɪs] 名 (複**-ses** [-siz]) U C 精神病，精神異常。

psy·cho·so·cial [ˌsaɪkoˈsoʃəl] 形心理與社會的：**1** 指與心理和社會因素有關的。**2** 指社會狀況與心理健康之關係的。

psy·cho·so·mat·ic [ˌsaɪkosoˈmætɪk] 形精神與身體的，身心的；身心失調的。—名身心症患者。

psy·cho·sur·ger·y [ˌsaɪkoˈsɝdʒərɪ] 名 U 精神外科。

psy·cho·ther·a·py [ˌsaɪkoˈθɛrəpɪ] 名 U 精神療法。**-pist** 名

psy·chot·ic [saɪˈkatɪk] 形精神病的。—名精神病患者。**-i·cal·ly** 副

psy·cho·tox·ic [ˌsaɪkoˈtaksɪk] 形對心智有害的。

psy·cho·trop·ic [ˌsaɪkoˈtrapɪk] 形影響精神的。—名影響精神的藥物。

psy·chrom·e·ter [saɪˈkramətɚ] 名 空氣溼度計。

psy·war [ˈsaɪˌwɔr] 名 U C《口》心理戰。

Pt《化學符號》platinum.

Pt.《縮寫》*point*; *port*.

pt.《縮寫》*part*; *past tense*; *payment*; *pint*(s); *preterit*.

P.T.《縮寫》*Pacific time*; *postal telegraph*.

P.T.A., PTA《縮寫》*Parent-Teacher Association*.

ptar·mi·gan [ˈtarməgən] 名(複～s 或《集合名詞》～)〖鳥〗雷鳥。

ˈPˈT ˌboat [ˈpiˈti-] 名《美》魚雷快艇。

pte·rid·o·phyte [ˈtɛrədoˌfaɪt] 名蕨類植物，羊齒植物。

pter·o·dac·tyl [ˌtɛrəˈdæktɪl] 名〖古生〗翼手龍。

PTO《縮寫》*parent-teacher organization*; *power take-off*.

P.T.O., p.t.o.《縮寫》《英》*please turn over* 請看下頁。

Ptol·e·ma·ic [ˌtaləˈmeɪk] 形 **1** 托勒密的，天動說的。**2**（埃及的）Ptolemy 王朝的。

Ptoleˈmaic ˈsystem 名《the ～》〖天〗托勒密體系，天動說。

Ptol·e·my [ˈtaləmɪ] 名 **1** 托勒密：西元前二世紀 Alexandria 一地的天文學者、數學家、地理學者；主張天動說。**2** 托勒密：323－30B.C 統治埃及馬其頓王朝的歷代君王。

pto·maine [ˈtomen] 名 U 屍毒，屍體毒素。

pts.《縮寫》*parts*; *payments*; *pints*; *points*; *ports*.

pty·a·lin [ˈtaɪəlɪn] 名 U〖生化〗唾液酵素。

Pu《化學符號》plutonium.

pub [pʌb] 名《主英口》酒店，酒吧。

pub(-)crawl [ˈpʌbˌkrɔl] 動 不及《尤英》《俚》從這家喝到那家。—名逛夜店。

pu·ber·ty [ˈpjubɚtɪ] 名 U 青春期；〖法〗發情期：reach the age of ～ 已屆青春期。

pu·bes [ˈpjubiz] 名(複～) **1**〖解〗陰阜；恥骨陰毛。**2** U〖植·動〗軟毛。

pu·bes·cent [pjuˈbɛsn̩t] 形 **1** 屆青春期的。**2**〖植·動〗覆有軟毛的。

pu·bic [ˈpjubɪk] 形陰阜的；陰毛的；恥骨的；近陰阜的。

pu·bis [ˈpjubɪs] 名 (複**-bes** [-biz])〖解〗恥骨。

:pub·lic [ˈpʌblɪk] 形 **1** 公共的，公眾的；社會（全體）的，國家（全體）的：～ resources 公共資源 / ～ spirit 公共（服務）精神。**2** 公開的；公立的：a ～ trial 公開審判 / a ～ golf course 公營的高爾夫球場。**3** 從事公務的，公務的。**4** 公然的，暴露於大眾前的；眾所周知的，著名的：in a ～ place 在公共場所 / become ～ 成爲公開的。**5**《英》全校性的，大學全體的。

go public (1) 將祕密公開；公開化。(2) 將股票上市。(3) 外出，在外活動。

in the public eye 在大眾面前，當眾。

—名 **1**《the ～》《集合名詞；作單、複數》民眾，大眾。**2**《常作 the ～》階層，界，群。**3**《英口》小旅館；酒店。

in public 公然地，公開地。

ˈpub·lic-ad·ˈdress ˌsystem [ˈpʌblɪkəˈdrɛs-] 名擴音裝置（亦稱 **PA system**）。

pub·li·can [ˈpʌblɪkən] 名 **1**《英口》酒店或小旅舍的老闆。**2**〖羅馬史〗收稅吏；收稅人。

ˈpublic asˈsistance 名 U 政府生活補助。

·pub·li·ca·tion [ˌpʌblɪˈkeʃən] 名 **1** U 出版，刊行，發行。**2** U 公布，發表：the ～ of his death 有關他死亡的消息發布。**3** 出版物；刊物。**4** 第一次發行。

ˈpublic ˈbar 名《英》（小酒館、酒店的）吧臺。

ˈpublic ˌbill 名謀求公共利益的法案。

'public 'company [名]《英》股票公開上市的公司。
'public corpo'ration [名]《英》公共事務法人團體。
'public de'fender [名]《美》公設辯護律師。
'public do'main [名]〖法〗《美》**1** [U]社會的共有財產；公有地。**2**《通常作**the** ～》(著作權等的)失效狀態。
'public 'enterprise [名]國營企業；國家經營。
'public 'hazard [名]公害。
'public 'health [名][U]公共衛生。
'public 'hearing [名]公開聽證會。
'public ˌhouse [名] **1**《英》大眾酒店，酒館。**2** 小旅館。
pub·li·cist ['pʌblɪsɪst] [名] **1** 新聞人員；公共關係人員。**2** 公共法學者；國際法學者。**3** 時事評論家，政治評論家。
·pub·lic·i·ty [pʌb'lɪsətɪ] [名] **1** [U]引人注目，出風頭：seek ～ 設法成名 / avoid ～ 避人耳目。**2** [U]廣告；宣傳(手法)，廣告方式；廣告業。
pub'licity ˌagent [名]廣告代理業者，(為演員宣傳的)宣傳人員。
pub·li·cize ['pʌblɪˌsaɪz] [動] [及]宣傳；作廣告。
·pub·lic·ly ['pʌblɪklɪ] [副] **1** 在眾人面前地，公然地。**2** 以國家名義，以公共名義。**3** 出於公意，以團體行動。
pub·lic-mind·ed ['pʌblɪk'maɪndɪd] [形]優先注意公共福利或利益的；具公德心的。
'public 'nuisance [名] **1**〖法〗非法妨害公眾；公害。**2**《口》害群之馬。
'public o'pinion [名][U]輿論。
'public-'opinion ˌpoll [名]民意測驗，民意調查。
'public 'ownership [名][U](企業等的)國有。
'public 'prosecutor [名]檢察官；《英》公訴檢察官。
'public 'purse [名]《**the** ～》國庫。
'public re'lations [名](複)《作單數》公共關係；公共關係部門。略作：PR, P.R.
'public re'lations ˌofficer [名]公關人員。略作：P.R.O., PRO
'public ˌschool [名][U][C] **1**《美》公立小學；公立中學(略作：P.S.)。**2**《英》寄宿學校：供上流子弟等預備進大學或任公職所讀的私立中學。
'public 'sector [名]《 **the** ～》公共部門。
'public 'servant [名]公務員，公僕；《美》公用事業公司。
'public 'service [名] **1** 公用事業。**2** [U]公職。**3** [U][C]公共服務。
'pub·lic-'serv·ice corpo'ration ['pʌblɪk'sɝvɪs-] [名]《美》公用事業公司。
'public 'speaking [名][U]演講，演說；演說術，辯論術。
pub·lic-spir·it·ed ['pʌblɪk'spɪrɪtɪd] [形]富有公德心的，熱心公益的。
'public 'television [名]公共電視，非營利電視。略作：PTV
'public transpor'tation [名][U]公共交通工具。
'public u'tility [名]公用事業。
'public 'works [名](複)公共(土木)工程，公共建設，公共事業。
:pub·lish ['pʌblɪʃ] [動] [及] **1** 出版，發行。**2**《常作反身》正式發表，正式公布；正式宣布；發布。**3**〖法〗實行，執行。—[不及] **1** 出版，從事出版業；出版作品。**2**(在報紙、雜誌上)發表。～**·a·ble** [形]
pub·lish·er ['pʌblɪʃɚ] [名] **1**《常作～**s**》發行者；出版者；出版社；出版業者：a magazine ～ 雜誌社。**2**《美》(報社的)經營者，發行人。**3** 發表者，公布者。
pub·lish·ing ['pʌblɪʃɪŋ] [名][U]，[形]出版事業(的)，出版活動(的)：a ～ company 出版社 / go into ～ 進入出版界。
'publishing ˌhouse [名]出版公司。
Puc·ci·ni [pu'tʃinɪ] [名] **Giacomo**, 普契尼(1858–1924)：義大利歌劇作曲家。
puce [pjus] [形]深褐色的。—[名][U]深褐色。
puck [pʌk] [名]〖冰上曲棍球〗橡皮圓盤。
Puck [pʌk] [名] **1** 小精靈派克：莎士比亞*A Midsummer Night's Dream* 一劇中喜歡惡作劇的小精靈。**2**《**p-**》《古》惡鬼。**3**《**p-**》頑皮的孩子。
puck·a ['pʌkə] [形]= pukka.
puck·er ['pʌkɚ] [動] [不及] 皺起；縮攏；摺疊；撅緊，縮尖《*up*》。—[及]使皺起；撅緊，使(眉等)皺起《*up*》。—[名] **1** 皺紋；皺褶；皺起的部分。**2**《古》激動；困惑。
puck·er·y ['pʌkərɪ] [形] **1** 起皺的，有皺褶的。**2** 發皺的，容易皺的。
puck·ish ['pʌkɪʃ] [形]《常作**P-**》喜惡作劇的，淘氣的。～**·ly** [副]，～**·ness** [名]
pud [pʌd] [名]《兒語》(小孩的)手；(貓等的)前腳。
·pud·ding ['pudɪŋ] [名] **1** [C][U]《英》布丁；布丁狀之物：The proof of the ～ is in the eating.《諺》布丁好壞一嘗便知；事實勝於雄辯。**2** [U][C]臘腸的一種。**3**《英口》身材短小肥胖的人；笨蛋。**4** [U]有形的報酬，實益：*P-* rather than praise.《諺》要實惠不要口惠。
in the pudding club 懷孕，妊娠。
pudding face 大又圓的臉蛋。
pud·ding·head ['pudɪŋˌhɛd] [名]笨蛋，傻瓜。
'pudding 'heart [名]懦夫。
'pudding ˌstone [名][U]〖地質〗礫岩。
pud·dle ['pʌdḷ] [名] **1** 積水，泥潭；液體的積存。**2** [U]膠泥；稀泥漿。**3**《口》亂七八糟，混亂。—[動] [及] **1** 使到處是積水；將

P

弄混濁；弄成滿是泥（水）。2 把弄得亂七八糟。3 弄成膠泥；塗上膠泥；用膠土堵塞《up》。4 攪拌（熔鐵）。5（在移植前）浸到水中；（水田等播種前）弄平。

pud·dling ['pʌdlɪŋ] 名 U 1 搗製膠土；膠土的製造法；膠土。2〖冶〗攪煉法。

pud·dly ['pʌdlɪ] 形 多水坑的；像水坑的；泥濘的，混濁的。

pu·den·cy ['pjudṇsɪ] 名 U 謙遜；羞怯。

pu·den·dum [pju'dɛndəm] 名 (複 -da [-də])《通常作 **pudenda**》〖解〗陰部。

pudg·y ['pʌdʒɪ] 形 (**pudg·i·er, pudg·i·est**) 矮胖的，短而肥的。

-i·ly 副, **-i·ness** 名

pueb·lo ['pwɛblo] 名 (複 ~s [-z]) 1《P-》《美》普葉布羅族（的人）。2 普葉布羅村落：北美西南部印第安人所建的村落，由平頭房屋構成。3（中南美諸國的）鄉鎮，村落；（菲律賓的）鄉鎮。

pu·er·ile ['pjuə,rəl] 形 1 小孩子的。2 孩子氣的；膚淺的，天真的。~·**ly** 副

pu·er·il·i·ty [,pjuə'rɪlətɪ] 名 (複 -**ties**) 1 U 稚氣；幼稚。2 幼稚的行為、思想或言語。

pu·er·per·al [pju'ɝpərəl] 形 1 產婦的。2 生產的，分娩的，與生產有關的：~ fever 產褥熱。

pu·er·pe·ri·um [,pjuə'pɪrɪəm] 名 U〖產〗產後期，產褥期。

Puer·to Ri·co [,pwɛrtə'riko] 名 波多黎各：西印度群島中部島嶼，美國自治領地；首府為 San Juan。略作：P.R., PR

,Puer·to 'Ri·can 形 名 波多黎各的[人]。

PUFA《縮寫》*p*oly *u*nsaturated *f*atty *a*cid 多元不飽和脂肪酸。

P

puff [pʌf] 名 1 一吹（之量），一股；噗地吹出之音；《口》喘息，呼吸：a ~ of smoke 一股煙 / be out of ~ 喘不過氣來，上氣不接下氣。2（香煙等的）一吸，一吐。3 腫脹，膨脹。4《通常作複合詞》泡芙，鬆餅。5（袖子等的）泡芙；（頭髮等的）鼓起。6《主英》羽毛被。7（化妝用的）粉撲。8《口》誇大的推崇，吹捧。9《方》= puffball 1. —動 不及 1 一陣陣地吹起；一股股地噴《*up, out*》。2 喘不過氣，喘息；氣喘吁吁地行進；噗噗地噴著煙行駛《*along, away*》。3 吞雲吐霧般地吸（煙等）《*away / at, on...*》。4 腫，脹《*up, out*》。5 趾高氣昂，自負《*out, up*》。6（在拍賣時）哄抬價錢。—及 1 一陣陣地吹出《*out*》；吹向（…）《*into...*》；噗地吹滅《*out*》。2 噗地吹開《*away*》。3 噗噗地吸。4 喘著氣說《*out*》；《通常用反身》使喘氣《*out*》。5 將吹脹，吹鼓；鼓脹《*out, up*》；《喻》使誇大《*out*》；使趾高氣昂《*up*》。6《口》過分讚美，吹捧。7 用粉撲化妝塗粉；燙捲。8《~ one's way》（火車等）一邊冒氣一邊前進。

'puff ,adder 名〖動〗鼓身蛇。

puff·ball ['pʌf,bɔl] 名〖植〗1 塵菌。2 有冠毛的蒲公英瘦果頭。

puff·er ['pʌfɚ] 名 1 吹氣的人[物]。2 吹捧者。3〖魚〗河豚；能使身體因鼓氣而膨大的魚類（亦稱 **puffer fish**）。4（拍賣中的）哄抬價錢者。

puff·er·y ['pʌfərɪ] 名 (複 -**er·ies**) U C 吹噓。

puf·fin ['pʌfɪn] 名〖鳥〗海鸚。

puff·i·ness ['pʌfɪnɪs] 名 U 膨脹；蓬鬆；自傲；誇張；〖醫〗腫大。

'puff ,pastry 名 U 鬆餅。

puff-puff ['pʌf,pʌf] 名《英》煙等噴出來的聲音；《兒語》汽車，火車頭。

puff·y ['pʌfɪ] 形 (**puff·i·er, puff·i·est**) 1 陣陣吹的。2 喘息的。3 膨脹的；腫起的；肥胖的，圓滾滾的。4 驕傲自負的；誇大的。

-i·ly 副, **-i·ness** 名

pug[1] [pʌg] 名 1 哈巴狗（一種玩賞狗）。2 獅子鼻。3 狐狸。4《英》（調車用的）小火車頭。5《英》管家。~·**gish**, ~·**gy** 形

pug[2] [pʌg] 動 (**pugged**, ~·**ging**) 及 1 搗，攪，捏（黏土等）。2（為了隔音）塗塞灰泥。

—名 1 U 泥料；黏土；封泥。2 搗泥機。

pug[3] [pʌg] 名《印度》（野獸的）足跡。—動 (**pugged**, ~·**ging**) 及（沿著足跡）追蹤。

Pu·get 'Sound ['pjudʒɪt-] 名 普吉灣：美國 Washington 州西雅圖附近的太平洋海灣。

pug·ging ['pʌgɪŋ] 名 U 1 搗泥，捏土。2（隔音用的）灰泥。

pugh [pu, pju] 感《表嫌惡、輕蔑、憎恨等》哼！呸！

pu·gil·ism ['pjudʒə,lɪzəm] 名 U 拳擊（術）。

pu·gil·ist ['pjudʒəlɪst] 名 拳擊手。-**'is·tic** 形 拳擊的；拳擊手的。-**'is·ti·cal·ly** 副

'pug ,mill 名 拌土機，混合機，攪拌機。

pug·na·cious [pʌg'neʃəs] 形 好鬥的，好戰的。~·**ly** 副, -**'nac·i·ty** 名

'pug 'nose 名 獅子鼻。**'pug-'nosed** 形

pu·is·sance[1] ['pjuɪsəns, 'pwɪsṇs] 名 U《文》權力，勢力。

pu·is·sance[2] ['pjuɪsəns] 名（在馬術競技中）比賽跨欄高度的競技。

pu·is·sant ['pwɪsṇt, pjuɪsənt] 形《文》有權力的，強力的。~·**ly** 副

puke [pjuk] 動 及 不及 嘔出，吐出。—名 U《俚》嘔吐；嘔吐物。

puk·ka ['pʌkə] 形《印度英語》真品的；可信的；優質的。

pul·chri·tude ['pʌlkrɪ,tjud, -,tud] 名 U《文》體態美，美貌。

pul·chri·tu·di·nous [,pʌlkrɪ'tjudənəs, -'tu-] 形《文》美麗的，美貌的。

pule [pjul] 動 不及（小孩等）低聲哭泣，啜泣。**'pul·er** 名

Pu·litz·er ['pjulɪtsɚ, 'pul-] 名 **Joseph**, 普

立兹（1847－1911）：生於匈牙利的美國新聞記者。

'Pulitzer 'Prize 图《美》普立兹獎：以普立兹遺產於 1917 年創設，每年頒給新聞、文學、音樂等方面有貢獻的美國公民。

:pull [pul] 動 及 **1** 拖曳，拉，扯；拉…（使成某種狀態）：～ the trigger 扣扳機 / ～ a hat over one's eyes 拉低帽子蓋到眼睛 / ～ a person by the ear 揪某人的耳朵（以爲處罰）。**2** 拔出，拔下《*out* / *out of* ...》；連根拔掉《*up*》；摘。**3** 從身上揪下羽毛；《方》從（家禽）身上取出內臟。**4** 拉開，撕裂《*to, into*...》：～ a handkerchief to pieces 把手帕撕成碎片。**5** 扭傷。**6**《口》拔出（刀子、手槍等）《*on*...》：～ a knife *on* a person 拔刀對著某人。**7** 配備有（雙數船槳）；划動（槳）；划（船）；水運…。**8**《尤美口》實行；完成；做出《*off*》：～ a trick on a person 開某人玩笑。**9**〖棒球·高爾夫〗（右打者）用力朝左側擊出。**10**（拉著韁繩）勒止。**11** 用手動印刷機印刷：～ a print 印製一份印刷品。**12** 撤回；撤銷；除掉。**13** 吸引《*in*》；得到，獲得：～ many votes 得到很多選票。**14** 做成…的樣子，裝成…的樣子：～ a long face 拉長臉。**15**《俚》逮捕，捉拿；突襲；《美俚》搶劫；搶奪。—不及 **1** 拉，用力拉《*at, on*...》。**2** (1) 拉成。(2) 拉出，可拉曳。**3** 划（船）《*for*...》；（船等）前進《*along, alongside, away, in, out*》。**4** 猛吸（香煙）《*at, on*...》；咕嚕地喝（酒）《*at* ...》；（煙斗）噴煙。**5**（廣告）有效果。**6**（機械、肢體）活動，運作；（盡全力地）前進。**7** 扣扳機。

pull...about [***around***] / ***pull about*** [***around***] 把…拖來拖去；粗魯地對待。

pull a fast one ⇨FAST（片語）。

pull ahead 超前，越過《*of*...》；發展。

pull and haul... (1)把…拖來拖去。(2)將…拉近。

pull apart (1)分開，拉開，扯斷。(2)勸開（吵架）。(3)嚴厲批評；挑剔。

pull...apart / ***pull apart***... (1)拉開。(2)嚴厲批評；挑剔。

pull away（汽車等）駛開；抽身，甩開，脫離《*from*...》；不停地划（槳）《*on* ...》。

pull back (1)退卻，倒退；撤退。(2)毀約。(3)縮減開銷。

pull...back / ***pull back***... (1)拉回來；拖延。(2)拉回（原位）。(3)使後撤。

pull caps 扭打。

pull one's coat《俚》提供消息。

Pull devil, pull baker！/ ***Pull dog, pull cat***！（在拔河時）雙方加油！

pull down (1)拉下，拉低。(2)拆除。(3)降低。(4)使衰弱。(5)挫銳氣；使名次落後。(6)《俚》領（薪資），賺（錢）；得（分數）。(7)推翻。

pull in one's horns (1)收斂氣焰；停止打架；打退堂鼓。(2)削減支出，撙節地宴客。

pull for...《口》(1)⇨動 不及 3. (2)積極地支援，聲援。(3)幫助。

pull in 駛進車站，到站；駛進（停車場等）《*at*...》；向岸邊駛；靠向路邊停下。

pull...in / ***pull in***... (1)緊縮；止住，停住。(2)《美》賺取，賺得。(3)吸引至（劇院等）；集合（儲金、投資）。(4)（拉住馬韁）勒住。(5)縮回（肚子）。(6)《俚》逮捕，帶走。

pull in one's ***belt*** 勒緊皮帶過節儉的生活。

pull one's ***leg*** ⇨LEG（片語）

pull off (1)成功地完成。(2)脫掉。(3)贏得，得到。(4)駛離幹線道路靠到路邊。

pull on 穿上；背上。

pull out (1)開動，出發，離去；離岸。(2)（要超車時）從車隊中駛出來。(3)（自下降狀態）回復到水平飛行。(4)撤退。(5)《口》撒手不管。(6)擺脫。

pull...out / ***pull out***... (1)⇨動 及 2. (2)（自口袋等）取出。(3)拉長（話語等）。(4)撤退。

pull out (all) the stops / ***pull (all) the stops out*** 使出全力。

pull...out of a hat 似魔術般拿出，編造（理由等）。

pull over 靠向路邊，將車靠邊，靠岸。

pull...over / ***pull over***... 自頭上穿下來；把（桌子等）翻過來；《口》使靠邊。

pull round (1)自生病中康復。(2)自不景氣中復甦。

pull...round / ***pull round***... 使（病人）康復，使恢復意識。

pull oneself together 振作起來，恢復鎮定。

pull oneself up by the bootstraps ⇨BOOTSTRAPS（片語）

pull the rug from under...不再支持；《喻》扯後腿。

pull the wool over a person's eyes ⇨WOOL

pull through 度過難關，死裡逃生。

pull...through / ***pull through***... (1)使逐漸擺脫。(2)（用破布）擦淨（槍膛）。

pull together 齊心協力。

pull...to pieces / ***pull to pieces***...(1)⇨動 及 4. (2)貶得一文不值。

pull up (1)停下；停車。(2)追趕（前頭的馬匹）《*to, with*...》。

pull...up / ***pull up***...(1)停住。(2)拉近；拉上來；拔掉。(3)制止。(4)嚴厲指責，申斥。(5)使名次提高；提高的成績。

pull up stakes ⇨STAKE[1]（片語）

pull one's weight ⇨WEIGHT（片語）

—图 **1**《通常作 **a** ～》拉，拖，扯；Ⓤ拉力，牽引力。**2**《通常作 **a** ～》（液體的）一飲，（香煙的）一口《*at, on, from*...》。

3 U《俚》門路，影響力《*with...*》。4《通常作複合詞》把手，拉手；拉東西的裝置。5 一划（槳）；划船遊玩。6（棒球、高爾夫的）右打者往左的順勢猛力揮擊。7《口》優勢，有利地位。8 U C 吸引力，魅力。9（爬上斜坡等的）努力，加油；持續的努力。10〖印〗校樣。

pull·back ['pul,bæk] 名 1 拉回來；《美》撤退。2 障礙（物）；〖機〗拉回裝置。

'pull ,date 名（乳製品等的）有效期限。

pull-down ['pul,daun] 形 摺疊式的；可放下的。

pull·er ['pulɚ] 名 拉的人[物]；划手。

pul·let ['pulɪt] 名（未滿一歲的）小母雞。

pul·ley ['pulɪ] 名(複～s [-z])滑車，滑輪：a fast ～ 固定滑車 / a driving ～ 主動滑車 / a compound ～ 複滑車。

pull-in ['pul,ɪn] 名 形《英》= drive-in.

Pull·man ['pulmən] 名 (複～s [-z])《偶作p-》《美》〖商標名〗普爾曼臥鋪車；普爾曼客車；頭等車。

pull-on ['pul,ɑn] 形 名 套穿的（毛衣、襯衫等）。

pull-out ['pul,aut] 名 1 急降後拉起的水平飛行。2 摺疊頁。3 撤退。

pull·o·ver ['pul,ovɚ] 名 套頭毛衣。一形 從頭部套穿的。

pull-tab ['pul,tæb] 名 易開罐式容器的金屬拉環。

pull-through ['pul,θru] 名 擦槍管用的清潔繩帶。

pul·lu·late ['pʌljə,let] 動 不及 1《文》（嫩枝）長出；發芽。2 迅速地繁殖。3 群聚，叢生；充滿《*with...*》。**-'la·tion** 名

pull-up ['pul,ʌp] 名 1《美》引體向上運動。2（自水平飛行而轉變成的）急速上升。3《英》路邊咖啡館。

pul·mo·nar·y ['pʌlmə,nɛrɪ] 形 1 肺（狀）的。2 侵害肺部的；肺病的。3〖動〗有肺（狀器官）的。

Pul·mo·tor ['pʌl,motɚ, 'pul-] 名〖商標名〗一種人工呼吸器。

·pulp [pʌlp] 名 1 U 果肉。2 U〖植〗髓；〖解·動〗髓，髓質。3 U 木漿；U C 漿狀物：be reduced to (a) ～ 成漿狀；筋疲力盡 / beat a person to a ～ 把人打得狼狽不堪。4《常作形容詞》（以劣紙印刷的）低俗雜誌書籍。一動 及 1 使成漿狀。2 從（咖啡豆等）取下果肉。一不及 弄成漿狀。

pulp·er ['pʌlpɚ] 名 1 果肉剝取器。2 紙漿製造機。3 紙漿製造業者。

pul·pit ['pulpɪt] 名 1（教堂的）講道壇。2《the ～》傳教職業；《集合名詞》神職人員。3 傳教。

pulp·wood ['pʌlp,wud] 名 U 紙漿木材。

pulp·y ['pʌlpɪ] 形(**pulp·i·er, pulp·i·est**) 漿（狀）的；柔軟的；多汁的；果肉質[狀]的。

pul·que ['pulkɪ] 名 U（墨西哥的）龍舌蘭酒。

pul·sar ['pʌlsɑr] 名〖天〗脈動星。

pul·sate ['pʌlset] 動 不及 1 搏動，跳動。2 振動，顫動《*with...*》；〖電〗振動。一及 使振動。

pul·sa·tion [pʌl'seʃən] 名 U C 1 脈動；搏動，跳動。2 波動，振動；〖電〗脈動。

·pulse[1] [pʌls] 名 1 脈搏；搏動：a regular ～ 規則的脈搏 / feel a person's ～ 把脈，診脈。2 律動（音），有節奏的跳動。3 起伏；拍子，重音。4〖電〗脈波。5 心的躍動，興奮，生氣：stir a person's ～ 使某人振奮。6 意向，傾向：feel the ～ of the public 探測大眾的意向。

一動 (**pulsed, puls·ing**) 不及 1 搏動《*with ...*》；跳動《*through...*》。2 脈動，振動，波動；〖電〗脈動。一及 1 律動性地輸送《*out, in*》。2 規律性地振動。3〖電子〗做瞬間波動；〖無線〗以瞬間波動改變。

pulse[2] [pʌls] 名 U《集合名詞》《偶作複數》豆類；C《通常用複數》豆類植物。

pul·som·e·ter [pʌl'sɑmətɚ] 名 1 脈搏計。2 圓形唧筒，真空唧筒，排氣唧筒。

pul·ver·a·ble ['pʌlvərəbl] 形 可研成粉狀的，可壓碎的。

pul·ver·ize ['pʌlvə,raɪz] 動 及 1 磨成粉末，粉碎；將弄成霧狀。2《俚》摧毀；擊敗，打成重傷；《喻》粉碎，狠狠地打一頓。一不及 成粉狀，成霧狀。

-i·'za·tion, -iz·er 名

pul·ver·u·lent [pʌl'vɛrjələnt] 形 1 粉末的；成粉碎的；易碎的。2 滿是粉末的。

pu·ma ['pjumə] 名〖動〗美洲豹；U 其毛皮。

pum·ice ['pʌmɪs] 名 U C 浮石，輕石。一動 及 用浮石磨光。

pum·mel ['pʌml] 名，動(～ed, ～·ing 或《英》**-melled**, ～·**ling**) 及 = pommel.

·pump[1] [pʌmp] 名 1 唧筒，抽水機，壓縮機；〖動〗唧筒器官，心臟。2 抽汲；抽送；唧筒作用；唧筒（般）抽動的聲音。3〖工·建〗支柱；（在基部附有螺睛千斤頂的）支柱。4 套問；用策略套出祕密，善於打聽情報的人。

***All hands to the pump(s)*!** 團結一致克服困難！

give a person's hand a pump （用力地）和某人握手。

prime the pump (1) 在唧筒內注入引水。(2) 增加官方投資。(3) 大力援助；促進發展。

一動 及 1 用唧筒抽吸《*in, out, up / into ...*》。2（用唧筒）汲水《*out*》；汲乾《*out*》。3（用唧筒）充氣《*up*》；（以唧筒式裝置）送空氣入（風琴等）。4（如唧筒把手般用力地）上下振動。5（如用唧筒般地）輸入《*into...*》。6（巧妙地）打聽出《*from, out of...*》；套問《*for, about...*》。《通常用被動》使上氣不接下氣《*out*》。8 供應能源給（雷射裝置）。

一不及 1 使用唧筒。2 做唧筒式的動作

上下搖動；（溫度計的水銀）快速上下。3 拚命地工作《*away*》。4 自某人處探聽情報，用計向人套出祕密。5 噴出。

pump² [pʌmp] 名《常用 ～s》1 女用跳舞鞋。2《美》（不露趾、無帶子或鞋扣的）女鞋。

'pumped 'storage 名抽蓄水力發電（系統）。

pump·er ['pʌmpɚ] 名使用抽水機的人[機器]；消防車。

pum·per·nick·el ['pʌmpɚ,nɪkl̩] 名Ⓤ Ⓒ全麥麵包，黑麵包。

·**pump·kin** ['pʌmpkɪn, 'pʌŋ-] 名 1 Ⓒ Ⓤ 南瓜；Ⓤ南瓜的蔓藤。2《通常用 some ～s》《美口》了不起的人物，重要的事情或場所。

'pumpkin ,head 名笨蛋，呆瓜，愚蠢者，痴呆者。**'pumpkin-,head·ed** 形

'pump ,priming 名Ⓤ《美》（爲刺激經濟而作的）官方投資。

'pump ,room 名 1（溫泉地的）飲礦泉處。2 抽水機室，唧筒室。

pun [pʌn] 名俏皮話，雙關語，詼諧語。—動(**punned**, ～**·ning**)不及使用雙關語《*on, upon...*》。

·**punch¹** [pʌntʃ] 名 1 一拳，一擊，拳擊《*in, on...*》: take a ～ at a person 給某人一拳。2 Ⓤ《口》強力的效果，效力。

beat** a person **to the punch 《俚》率先一擊，先發制人。

pull** (one's) **punches (1)故意出拳輕一些，手下留情。(2)《通常用否定》《口》有節制地批評；謹慎地行動。

roll with the punch 躲開（對手的攻擊）；（在爭論時）避開（對方）。

—動及 1 猛擊，毆打。2 戳刺；《美·加西部》用棒棍驅趕。3《口》有力地演述；加強效果演奏。4 用力地敲打。5 以球棒打擊。—不及 猛擊人[物]。

punch in 以打卡鐘記錄上班時間，上班。

punch up 《口》打成一團，群毆。

～**·er** 名《美口》牛仔。

·**punch²** [pʌntʃ] 名 1 打洞器；〖電腦〗穿孔器；打印器，鑽孔器。2 剪票夾。—動及（用打孔機、沖床等）打洞[沖壓，打印，塑形]；用軋票機剪；打出（洞）《*out / in...*》；〖電腦〗打孔《*up*》。—不及 打孔，打洞。

punch...up / punch up... 以敲鍵式收銀機結算；〖電腦〗打卡片。

punch³ [pʌntʃ] 名Ⓤ Ⓒ 1 潘趣酒。2 果汁混合飲料。

Punch¹ [pʌntʃ] 名『笨拙』雜誌：英國的漫畫週刊；於 1841 年創刊。

Punch² [pʌntʃ] 名潘趣：英國木偶戲 *Punch-and-Judy show* 的滑稽駝背人物。

(as) pleased as Punch 非常高興。

Punch-and-'Ju·dy ,show ['pʌntʃən 'dʒudɪ-] 名描寫丑角 Punch 和其妻 Judy 所遭遇到的悲喜劇事件之木偶戲。

punch·ball ['pʌntʃ,bɔl] 名《英》= punching bag.

'punch ,bowl 名 1 裝潘趣酒的大缽。2 缽狀盆地。

punch-drunk ['pʌntʃ,drʌŋk] 形 1（連續打得）頭昏眼花的，東倒西歪的。2《口》神智混亂的，神智不清的。

'punch(ed) ,card 名〖電腦〗穿孔卡片。

pun·cheon¹ ['pʌntʃən] 名 1 裝啤酒、葡萄酒等的大桶。2 此種大桶的容量。

pun·cheon² ['pʌntʃən] 名 1 厚木板。2 短柱；板牆筋；支柱。3 打印、鑽孔等器具。

pun·chi·nel·lo [,pʌntʃə'nɛlo] 名(複～**s**, ～**es**) 1 義大利木偶劇的主角；Punch 的原型。2 古怪的人；丑角；矮胖子。

'punching ,bag 名 1《美》（拳擊練習用的）吊袋。2 出氣筒。

'punch ,line 名妙句，關鍵的句子。

punch-up ['pʌntʃ,ʌp] 名《英口》打群架。

punch·y ['pʌntʃɪ] 形(**punch·i·er**, **punch·i·est**)《口》1 = punch-drunk. 2 有力的。

punc·til·i·o [pʌŋk'tɪlɪ,o] 名(複～**s** [-z]) 1（儀式、禮節等的）細節，細目。2 Ⓤ Ⓒ 拘泥形式，一絲不苟。

punc·til·i·ous [pʌŋk'tɪlɪəs] 形拘泥形式的一絲不苟的，極端注重細節的。～**·ly** 副, ～**·ness** 名

·**punc·tu·al** ['pʌŋktʃuəl] 形 1 準時的，守時的《*in...*》；不延遲的《*for...*》；如期的《*in doing*》: be habitually ～ 經常守時。2 遵守約定的；按照固定時間的：the ～ fulfilment of a contract 按照契約如期履行。3 點的；似點的；集中於一點的。4《罕》一絲不苟的，拘泥形式的，嚴格的。～**·ly** 副, ～**·ness** 名

punc·tu·al·i·ty [,pʌŋktʃu'ælətɪ] 名Ⓤ 1 守時，準時。2 一絲不苟，拘泥形式。

punc·tu·ate ['pʌŋktʃu,et] 動及 1 加上標點符號，以標點符斷句。2 不時打斷（演說等）；不時插入（說話等）《*with...*》。3 強調；使突出：a design ～*d* by brilliant colors 以色彩亮麗所強調的花樣。—不及 加句點。**-a·tor** 名

·**punc·tu·a·tion** [,pʌŋktʃu'eʃən] 名Ⓤ 1 標點法；加標點符號；標點符號。2 中斷。3 母音標點法。

punctu'ation ,mark 名標點符號。

punc·ture ['pʌŋktʃɚ] 名 1 刺孔，打洞；刺破洞；小孔洞；刺痕。2〖動〗微凹點，小刻點。—動及 1 刺穿，打洞；刺（洞）；戳破。2 使洩氣；削弱。—不及 被刺破，被戳破。

pun·dit ['pʌndɪt] 名 1（印度的）梵學家；博學者，專家。2 有學問知識的人。

pun·gent ['pʌndʒənt] 形 1 刺激性的，辣的：a ～ odor 刺激性強的氣味。2 給予激烈的痛苦的。3 尖酸的，尖刻的：a ～ humor 帶譏刺的幽默。4〖生〗銳利的。

-gen·cy 名, ～·ly 副

Pu·nic ['pjunɪk] 形 1 古代迦太基（人）的。2 背信的，不忠實的：～ faith 不忠實。

'Punic 'Wars 名(複)《the ～》布匿克戰爭：（西元前 264－146 年間）羅馬和迦太基之間的三次戰爭。

:**pun·ish** ['pʌnɪʃ] 動 及 1《常用被動》處罰，懲罰《for...》：～ a person by death 將某人處死刑。2 遭嚴重傷害；虐待；〖拳擊〗痛擊。3《口》大口吃喝。4〖網球〗猛力一擊。

pun·ish·a·ble ['pʌnɪʃəbl] 形可處罰的，該懲罰的《by, for...》。-bly 副

pun·ish·ing ['pʌnɪʃɪŋ] 形造成嚴重損害的；使疲乏勞累：a ～ blow 沉重的打擊。
—名《a ～》《口》（毆打所造成的）苦痛；《喻》大打擊，重創。

pun·ish·ment ['pʌnɪʃmənt] 名 U 1 處罰，受罰。2 懲罰，刑罰：capital ～ 死刑 / inflict ～ on an offender 處罰罪人。3《口》嚴厲對待，虐待；折磨；損害；重創。

pu·ni·tive ['pjunətɪv] 形懲罰的，科以（刑）罰的；懲罰性的；報應的；過苛的：～ justice 因果報應 / ～ expedition 遠征，討伐。～·ly 副, ～·ness 名

Pun·jab [pʌn'dʒab] 名旁遮普：昔日印度的一省，現在分屬於印度和巴基斯坦。

Pun·ja·bi [pʌn'dʒabɪ] 名旁遮普人；U 旁遮普語。

punk[1] [pʌŋk] 名 U《美》火絨；（當火絨用的）朽木。

punk[2] [pʌŋk] 名 1《俚》(1) U 蠢話，胡說。(2)《美》不良少年：a young ～ 不良少年 / a little ～ 小流氓。2《古》娼妓。3《俚》= punk rock(er). 4 U 龐克搖滾樂手；龐克式的服裝、作風。
—形 1《美俚》劣等的，很糟的。2 龐克搖滾樂手式的。

pun·ka(h) ['pʌŋkə] 名《印度》大團扇。

'punk ˌrock 名 U 龐克搖滾樂。

'punk ˌrocker 名龐克搖滾樂手。

pun·net ['pʌnɪt] 名《英》（裝水果等的）小籃子。

pun·ster ['pʌnstɚ] 名善說雙關語者。

punt[1] [pʌnt] 名 1〖足球〗持球踢。2《主英》用篙撐的平底船。—動 不及 1 持球開踢。2 乘平底船旅行。—及 1 用 punt 的方法踢。2 用篙撐；用小船運載。

punt[2] [pʌnt] 動 不及 1〖牌〗與莊家賭輸贏。2《英》（在賽馬等中）下注。—名〖牌〗與莊家賭輸贏的人。～·er 名《英》與莊家賭贏的人。

pu·ny ['pjunɪ] 形 (-ni·er, -ni·est) 1 瘦小的；虛弱的。2 微不足道的，沒有價值的。

pup [pʌp] 名 1 小狗；小海豹。2《口》= puppy 2.
buy a pup《俚》被騙以高價買了便宜貨。
sell a person a pup《口》把沒有價值的東西（以高價）賣給，在交易中欺騙。
with pup（狗）懷胎。
—動 (pupped, ～·ping) 不及（狗等）產（仔）。

pu·pa ['pjupə] 名(複-pae [-pi], ～s)〖昆〗蛹。
-pal 形

pu·pate ['pjupet] 動 不及〖昆〗變成蛹。
-'pa·tion 名 U 蛹化。

:**pu·pil**[1] ['pjupl] 名學生；門生，弟子。

pu·pil[2] ['pjupl] 名〖解〗瞳仁，瞳孔。

pu·pil·age, -lage ['pjupəlɪdʒ] 名 U 學生的身分，學生受教期間。

'pupil 'teacher 名 = student teacher.

pup·pet ['pʌpɪt] 名 1 木偶。2 玩偶；布袋木偶。3 言行聽命於他人的人，傀儡。

pup·pet·eer [ˌpʌpɪ'tɪr] 名操縱木偶的人。—動 不及操縱木偶。

pup·pet·ry ['pʌpɪtrɪ] 名 (複-ries) 1 U 木偶製作術；木偶戲；木偶的動作。2 U C 裝模作樣（的動作）；虛有其表的行爲。3 U《集合名詞》傀儡，木偶。

'puppet ˌshow [ˌplay] 名木偶戲。

pup·py ['pʌpɪ] 名 (複-pies) 1 幼犬，小狗。2 傲慢自大的青年。

'puppy 'dog 名家犬。

pup·py·dom ['pʌpɪdəm] 名 U 小狗時期；年輕而自負的時代。

'pupy ˌfat 名 U 幼年期的肥胖。

'puppy ˌlove 名 U 少男少女之戀愛，青梅竹馬式的愛情。

'pup ˌtent 名楔子形的小型帳篷。

pur [pɝ] 名，動 (purred, pur·ring) 不及 及 = purr.

pur·blind ['pɝˌblaɪnd] 形 1《文》半盲的，視覺模糊的。2 理解力薄弱的；遲鈍的。

pur·chas·a·ble ['pɝtʃəsəbl] 形 1 可買的。2 可賄賂的，能收買的。-'bil·i·ty 名

·**pur·chase** ['pɝtʃəs] 動 (-chased, -chas·ing) 1 買，購買，買進。2（以努力、犧牲而）換得，獲得；〖法〗（以繼承之外的方法）取得：～ freedom with blood 以流血換取自由。3 足夠買，可買。4（使用滑車等）舉起；裝置滑車等。—名 1 U 購買。2《常作 ～s》購買物，買的東西。3 U（經由努力、犧牲等的）收穫，獲得物。4 起重裝置，槓桿，滑車。5（移動重物等之時的）著力點；（槓桿的）支點；U 槓桿作用。6（能使人發揮力量或獲利的）有力的憑藉；有利的立足點，優勢地位。7 U（自土地獲得的）年收益；價值。8《通常作單數》緊握，抓牢。

'purchase ˌmoney 名 U〖商〗買價；定價。

'purchase ˌorder 名訂（貨）單。

pur·chas·er ['pɝtʃəsɚ] 名買方；購買者。

'purchasing ˌpower 名 U 購買力。

P

pur·dah ['pɝdə] 名 1（使婦女不被外人看見的）帳子；簾子。2 U（在印度、巴基斯坦等）婦女隱於簾帳之後的習俗。

:pure [pjʊr] 形 (**pur·er, pur·est**) 1 不摻雜的，無雜質的，純粹的：～ wool 純羊毛。2 純種的，血統純正的；純正的：a ～ breed of cat 純種貓 / ～ English 純正英語。3 無垢的，明淨的，清澈的；清潔的。4 文體不矯飾的。5 純正的，純理論性的：～ mechanics 純理論力學。6（聲音）純淨的，清澄的：～ tones 純正的音調。7 完全的，十足的；《限定用法》僅僅，些許，僅只。8 清的的；貞潔的。9 非經驗論的：～ reason 純粹理性。

pure and simple 《置於名詞後》全然的，純粹的，十足的；不折不扣的；不外。

pure·blood(·ed) ['pjʊr,blʌd(ɪd)] 形 純正血統的，純種的。

pure·bred ['pjʊr'brɛd, '-,-] 形 名 純正血統的，純種的（動物）。

pu·rée [pjʊ're, 'pjʊre] 名 C U 1 食物泥，濃漿。2 濃湯。一動 及 做成食物泥[醬，濃湯]。

·pure·ly ['pjʊrlɪ] 副 1 無雜質地，純粹地。2 僅僅地，僅只；完全地，全然地。3 純樸地；純潔地。

pure·ness ['pjʊrnɪs] 名《罕》= purity.

pur·ga·tion [pɝ'geʃən] 名 U 1 淨化；滌罪；肅清。2 通便。3 無罪的證明。

pur·ga·tive ['pɝgətɪv] 形 1 淨化的，整肅的。2 通便的。一名 瀉藥。～·**ly** 副

pur·ga·to·ri·al [,pɝgə'torɪəl] 形 1 滌罪的，贖罪的。2 煉獄的。

pur·ga·to·ry ['pɝgə,torɪ] 名 (複**-ries**) 1 U《常作 **P-**》〖天主教〗煉獄，滌罪所。2 U C《謔》暫時受苦狀態。一形 滌罪的。

purge [pɝdʒ] 動 及 1 使清淨，使淨化，擺脫，除去：～ one's conscience 淨化良心。2 整肅，清除（異己）：～ the party of radicals 把黨內之激進分子加以整肅。3（服瀉藥）清除：～ the bowels of toxins 使用瀉藥清除腸子裡的毒素。一不及 1 清淨，淨化。2 通便，服瀉藥。一名 1 淨化。2 整肅，清除。3 瀉藥。

pur·gee [pɝ'dʒi] 名 被整肅者。

pu·ri·fi·ca·tion [,pjʊrəfə'keʃən] 名 U C 1 淨化。2〖教會〗齋戒儀式。

pu·ri·fi·er ['pjʊrə,faɪɚ] 名 使潔淨的人；精製者；精煉品；淨化裝置。

pu·ri·fy ['pjʊrə,faɪ] 動 (**-fied**, ～·**ing**) 及 1 使純淨；精煉，精製：～ liquor 精製酒。2 使純化：～ a language 淨化語言。3 清除，（精神上）淨化；整肅《*of, from...*》：～ one's heart *of* sin 自心中除去歹念。一不及 變清潔，弄清淨；純化。

Pu·rim ['pjʊrɪm] 名〖聖〗普珥節：猶太人每年二月、三月所舉行的節日。

pur·ism ['pjʊrɪzəm] 名 U（語言、文體等的）純粹主義，純正論。**-ist** 名

Pu·ri·tan ['pjʊrətn̩] 名 1 清教徒。2《**p-**》生活、宗教上極端嚴謹的人。一形 1 清教徒的。2《**p-**》極端嚴謹的，似清教徒的。

pu·ri·tan·i·cal [,pjʊrə'tænɪkḷ] 形 1 極端嚴格的；反對享樂的。2《偶作 **P-**》清教徒（主義）的。～·**ly** 副

Pu·ri·tan·ism ['pjʊrətn̩,ɪzəm] 名 U 1 清教徒的教條、習慣；清教徒主義。2《偶作 **p-**》（道德上、宗教上的）極端嚴格主義。

·pu·ri·ty ['pjʊrətɪ] 名 U 1 清純，潔淨。2 純粹；（語言、文體等的）純正。3〖光〗純度。4 淨身沐浴。5 清白；貞潔。

purl[1] [pɝl] 動 及 不及 1 以反針編織。2 綴上環緣。3 反針倒織。一名 U 1 反織。2 環狀的邊飾。3 金線。

purl[2] [pɝl] 動 不及 起漩渦；《文》*潺潺*而流。一名 1《文》（溪流的）*潺潺*聲。2 波紋，漩渦。

purl·er ['pɝlɚ] 名《英口》1（頭朝下的）掉落，倒轉：come a ～ 倒栽蔥。2 重擊。

pur·lieu ['pɝlu, -lju] 名 1 森林的外緣地。2《文》近郊區；《～**s**》環境；鄰近地區。3 可自由漫遊之地；常往之地。

pu·lin(e) ['pɝlɪn] 名〖建〗水平桁條。

pur·loin [pɚ'lɔɪn, pɝ-] 動 及 不及《文》偷竊。

·pur·ple ['pɝpḷ] 名 1 U C 紫色，紫紅色。2 紫色染料。3《**the** ～》紫色布；（皇室貴族穿著的）紫衣。4《**the** ～》樞機大臣的地位；主教的地位；帝位，王位；高官的地位。

be born in the purple 生於王侯之家。

raise a person to the purple 《文》使某人登上帝位，升某人爲樞機主教。

一形 (**more** ～; **most** ～；偶作 **-pler, -plest**) 1 紫色的，紫紅色的。2 帝王的，國王的；王侯的。3 華麗的，豪華的；華而不實的，詞藻華麗的；言詞尖銳的；褻瀆的。

一動 (**-pled, -pling**) 及 不及（使）成紫色。

'Purple 'Heart 名〖美軍〗紫心勳章。

pur·plish ['pɝplɪʃ] 形 帶紫色的（亦稱 **purply**）。

pur·port [pɚ'port] 動 及 1 聲稱；主張。2《文》意思爲；表明。一 ['pɝport] 名 1 U《文》含意，主旨。2 目的，意圖。

pur·port·ed [pɚ'portɪd] 形 聲稱的，傳聞的。～·**ly** 副 據傳。

:pur·pose ['pɝpəs] 名 1 動機，意圖；目標：answer one's ～ 合乎目的 / attain one's ～ 達成目的。2 U 決心，決意：be firm of ～ 決心堅定。3《**the** ～》爭論點。4 U 結果，實效，用途：to little ～ 幾乎沒有效果。

for (all) practical purposes 實際上。

of (set) purpose 《英》有企圖的；故意。

on purpose (1) 故意地。(2) 爲了。

to the purpose 適切地，得要領地。

一動 (**-posed, -pos·ing**) 及 1 做爲目的。2 意欲，企圖；決意。

P

pur·pose-built ['pɝpəs,bɪlt] 形《尤英》爲了某種目的而建造的。

pur·pose·ful ['pɝpəsfəl] 形 **1** 有目的的；故意的。**2** 有決心的；堅定的：a ~ character 堅強的個性。**3** 意義深遠的。
~·ly 副

pur·pose·less ['pɝpəslɪs] 形 無目的的；無意義的。

pur·pose·ly ['pɝpəslɪ] 副 **1** 故意地。**2** 特意地。

pur·pos·ive ['pɝpəsɪv] 形《文》**1** 有目的的。**2** 爲某種目的的。**3** 有決心的；堅定的。~·ly 副, ~·ness 名

pur·pu·ra ['pɝpjurə] 名 U〖病〗紫斑症。

·**pur(r)** [pɝ] 動 不及 **1**（貓等滿足地）發出呼嚕聲。**2**（放映機等）發出低沉顫動聲。
—及（滿足時）以愉快的聲調低聲地說。
—名 呼嚕聲；低沉顫動聲。~·ing·ly 副

·**purse** [pɝs] 名 **1** 錢袋；《美》（女用）手提包：a light ~ 輕的手提包；《喻》貧困 / open one's ~ 打開錢包；《喻》出錢 / Little and often fills the ~.《諺》積少成多。**2** 像錢包的東西。**3** 贈金；賞金，獎金：set up a ~ for... 爲了…而募捐。**4** 金錢；財源；財富，身價，財產：the public ~ 國庫 / live within one's ~ 量入爲出。
line one's purse 中飽私囊。
—動 (**pursed, purs·ing**) 及 縮攏（嘴唇），皺起（額頭）《*up*》。—不及 皺起，縮攏。

purse-proud ['pɝs,praud] 形 以富而驕的。

purs·er ['pɝsɚ] 名（船、飛機的）事務長。

'**purse ˌseine** 名 大型漁網。

purse-snatcher ['pɝs,snætʃɚ] 名《美》（以女性手提包爲目標的）搶錢者。

'**purse ˌstrings** 名(複)《通常作 **the** ~》錢袋口上細繩；財務管理：hold *the* ~ 掌管錢財 / tighten *the* ~ 緊縮開支；節省用錢。

purs·lane ['pɝslɪn, -len] 名 U C〖植〗馬齒莧。

pur·su·ance [pɚ'suəns] 名 U 奉行，遵循；履行，執行：in (the) ~ of...《文》履行，實行，遵循。

pur·su·ant [pɚ'suənt] 形 **1** 奉行的，依據的《*to*...》：~ *to* your request 遵從閣下之要求的[地]。**2** 追蹤的；追求的。

·**pur·sue** [pɚ'su] 動 (**-sued, -su·ing**) 及 **1** 追趕，追蹤，追捕：~ a rabbit 追兔子。**2** 糾纏，困擾：a man ~*d* by troubles 被煩惱所困的人。**3** 追求，尋求：~ fame 追求名聲。**4** 執行，實行，從事：~ one's studies 進行研究 / ~ one's business 從商。**5**《文》追隨。—不及 **1** 追趕，追蹤《*after*...》。**2** 繼續，繼續進行。

pur·su·er [pɚ'suɚ] 名 追蹤者，追捕者；追求者；執行者；從事者；研究者。

·**pur·suit** [pɚ'sut, -sjut] 名 **1** U C 追蹤，追捕；U 追求：in ~ of butterflies 追捕蝴蝶 / the ~ of one's goals 目標的追求。**2** 研究；職業，工作；娛樂，消遣：daily ~*s* 日常的工作。**3** U 從事；執行。**4**《美》= pursuit plane.

pur'suit ˌplane 名《昔》驅逐機。

pur·sui·vant ['pɝswɪvənt] 名 **1** 紋章院的屬官。**2**《古》從者，隨從。

pur·sy ['pɝsɪ] 形 (**-si·er, -si·est**) **1** 氣喘的。**2** 肥胖的。**3** 有錢的；以富而驕的。

pu·ru·lence ['pjurələns] 名 U 化膿；膿性；濃汁，膿。

pu·ru·lent ['pjurələnt] 形 化膿的；化膿性的；膿狀的。~·ly 副

pur·vey [pɚ've] 動 及 供應，提供《*for*...》。
—不及 供應食品；提供所需《*for*...》。

pur·vey·ance [pɚ'veəns] 名 U **1**《文》供給；（食糧的）供應。**2** 供應的物品。

pur·vey·or [pɚ'veɚ] 名 供給伙食者，廚師《*of*...》；供應者，承辦商《*to*...》。

pur·view ['pɝvju] 名 U《文》**1**（活動、職權、參與等的）範圍；權限：within the ~ of 在…的範圍之內。**2** 視野；眼界。**3**〖法〗（法）條款，法規的目的。**4**（文件、題目、書籍等的）範圍。

pus [pʌs] 名 U 膿，膿汁。

Pu·san ['pusɑn] 名 釜山：南韓東南部的港市。

:**push** [puʃ] 動 及 **1** 推；壓；推動：~ a small cart 推小貨車 / ~ something off the desk 把東西從書桌上推落 / ~ a person away 推開某人 / ~ the gate open 把門推開 / ~ the button 按電鈕。**2**《以 **one's way** 當受詞》擠進。**3** 激勵，驅策；強迫《*to, into*...》：~ a horse on *to* victory 驅策馬匹使奔向勝利。**4** 推進，擴展；強行通過；推向極端：~ one's trade 擴大貿易。**5** 強制，施加壓力。**6** 過度依賴；過度使用：~ one's luck 做輕率的冒險。**7** 強行推銷《*on, on to*...》：~ unwanted goods *on* a person 強行推銷不需要的物品。**8**《常用被動》使困頓《*for*...》：be ~*ed for* money 經濟拮据。**9**《俚》（以中間人身分）販賣（毒品）。**10**〖植〗長出；伸出《*out, forth*》：~ *out* fresh shoots 長新芽。**11**《常用進行式》接近（年齡、數字）。**12**〖高爾夫·棒球〗推打。
—不及 **1** 推；壓；推動，推出，推進。**2** 前進；伸展；擴張。**3** 努力，勉力而爲。**4** 伸出；突出。**5**《俚》過於得意忘形。**6**《俚》(1)（爵士樂等）精彩地演奏。(2)（毒品）販賣。**7**〖高爾夫·棒球〗推打。
push about [*around*] 作威作福，擺布，欺負。
push ahead (1)繼續前進《*to*...》。(2)推進《*with*...》。
push along (1)離去，告辭。(2)繼續前進。
push for 強烈要求。
push forward 使引人注目，使顯眼。

P

push in (1)推進去。(2)靠岸。(3)多管閒事，出風頭；擠進；闖入；插隊；推入。
push one's luck 輕率冒險。
push off (1)《口》出發，離開；告辭。(2)(推岸)開船，離岸。
push...off / push off... (1)使離岸而去。(2)《口》開始(比賽等)。(3)《俚》殺死。
push on (1) = PUSH forward. (2)快走。
push...on / push on... 激勵，驅策；強迫，催趕。
push...out / push out...(1) ⇨動及10. (2)《常用被動》解僱。
push over(讓他人也能坐下而)擠緊座位。
push...over / push over... 推倒，弄倒。
push the boat out ⇨BOAT(片語)
push through (芽等)長出。
push...through / push through... (1)完成。(2)強行通過。(3)成功。
—名**1** ⓊⒸ《口》進取精神 : have plenty of ～ 富有進取心。**2**《**a** ～》推；壓；按鈕。**3**《**a** ～》奮發，努力 : make *a* ～《罕》加油。**4**《通常作 **a** ～, **the** ～》緊急，迫切；危急之時 : at *a* ～《英口》危急之際。**5** 推進；大攻擊，突擊。**6**《口》(在聚會上等的)一群人。**7**《 **the** ～》《英俚》解雇。
at one push 一推之下；一口氣地。
be in the push 熟悉情況；隨時代潮流。
if it comes to the push 萬不得已時。

push·ball ['puʃ,bɔl] 名 **1** Ⓤ推球運動。**2** 推球運動所用的球。

push-bike ['puʃ,baɪk] 名《英俚》腳踏車。

'push ˌbutton 名 按鈕。

push-but·ton ['puʃ,bʌtn̩] 形 按鈕式的，遙控操縱式的 : ～ switch 按鈕開關。

push·cart ['puʃ,kɑrt] 名《美》手推車；(超級市場的)手推車(《英》barrow)。

push·chair ['puʃ,tʃɛr] 名《英》嬰兒車(《美》stroller)。

push·er ['puʃɚ] 名 **1** 推的人[物]；推進器。**2** 極力催促者；愛管閒事者；積極進取者。**3**《俚》強行推銷者；販賣毒品者，毒販。**4** 把食物推入湯匙內的一種像耙子的幼兒用食器。

push·ful ['puʃfəl] 形 進取的；愛表現的；好管閒事的。

'push-ˌin ˌcrime [ˌjob] 名 闖入搶劫。

push·ing ['puʃɪŋ] 形 **1** 推的；按的 : a ～ locomotive 後推式火車頭。**2** 鑽營的；精神飽滿的，精力充沛的。**3** 莽撞的；愛管閒事的《 *with...* 》。～**·ly** 副

Push·kin ['puʃkɪn] 名 **Alexander Sergeevich**, 普希金(1799-1837)：俄國詩人及小說家。

push·o·ver ['puʃ,ovɚ] 名 **1**《俚》容易的事。**2**《俚》容易擊敗的對手。**3**《俚》易受騙者，笨蛋。

push·pin ['puʃ,pɪn] 名 **1** 彈大頭圖釘遊戲。**2** 兒戲，微不足道的事情。**3**《美》圖釘(《英》drawing pin)。

push-up ['puʃ,ʌp] 名《美》伏地挺身(《英》press-up) : do ～*s* 做伏地挺身。

push·y ['puʃɪ] 形(**push·i·er, push·i·est**)《口》《通常爲蔑》莽撞的；強求的；野心勃勃的。
-i·ly 副, **-i·ness** 名

pu·sil·la·nim·i·ty [ˌpjusələ'nɪmətɪ] 名 Ⓤ膽怯，懦弱。

pu·sil·lan·i·mous [ˌpjusə'lænəməs] 形 **1** 膽小的，沒勇氣的。**2** 因膽怯而產生的。

puss[1] [pus] 名 **1**《尤用於呼叫》貓咪。**2**《含親密或責難的意味》小姑娘。

puss[2] [pus] 名《俚》**1** 臉部；愁眉苦臉。**2** 嘴。

puss·y[1] ['pusɪ] 名 (複 **puss·ies**) **1**《兒語》貓咪，貓。**2**〖植〗= catkin. **3** = tipcat.

pus·sy[2] ['pusɪ] 名(複**-sies**) **1**《粗》女性的陰部。**2** Ⓤ《主美》性交。**3** 膽怯的男人，娘娘腔的男人。

puss·y·cat ['pusɪ,kæt] 名 **1** = pussy[1] 1. **2**《俚》非常令人愉快或滿意的人。

puss·y·foot ['pusɪ,fut] 動不及 **1**(如貓一般)悄悄地走。**2** 觀望，不表明態度《 *round...* 》。—名(複～**s**) **1** 悄悄走的人；騎牆派的人。**2**《主英》禁酒主義(者)。

'puss·y 'willow ['pusɪ-] 名〖植〗貓柳。

pus·tu·lar ['pʌstʃəlɚ] 形 膿疱(性)的。

pus·tule ['pʌstʃul] 名 **1**〖病〗膿疱。**2** 疣，肉贅；疣狀之隆起。

:put [put] 動 (**put**, ～**·ting**) 及 **1** 放置 : ～ down one's pen 把筆放下 / ～a letter to the fire 把信放在火裡燒。**2** (1)使產生(狀態)《 *in, at...* 》: ～ something into action 實行某事 / ～ a person *at* ease 使某人放輕鬆。(2)交給，託付《 *into, under...* 》: ～ the boy into a friend's hands 把孩子託給友人照顧。**3** (1)使承受，使遭受 : ～ a person to trouble 給某人添麻煩。(2)派遣 : ～ a person to setting the table 使某人擺設餐桌。(3)運用 : ～ something to good use 充分利用某物。**4** 記入，寫上；(用言語)表達《 *in, into...* 》；翻譯《 *into...* 》；加上(曲子)《 *to, into...* 》: to ～ it *in* other words 換句話說 / ～ an old poem to music 爲一首舊詩譜曲。**5** 評價；估計《 *at...* 》: ～ the distance *at* eight miles 把距離估計爲八哩。**6** 提出《 *at...* 》；提交《 *before, to...* 》: ～ the treaty *before* Congress 向國會提出條約文。**7** 賦予，給予；(在賽馬等上)下賭注《 *on...* 》: ～ a price *on* a painting 在畫上標上價格。**8** 加以(限制等)《 *to...* 》: ～ a limit *to* one's outlay 限制自己的開支。**9** 投資《 *in, into...* 》。**10** 歸因於《 *on, to...* 》；課(稅等)《 *on...* 》: ～ a tax *on* foreign products 對舶來品課稅。**11** 投擲；打出，發射《 *into, through...* 》: ～ the shot 擲鉛球。—不及 **1**(乘船)航行；採取(特別的)航線 : ～ forth in a tiny boat 乘小船出發 / ～ in at Singapore 在新加坡停泊 / They

P

～ off in a fishing boat. 他們乘漁船出海。/ ～ out to sea 出航。**2** 長芽，發芽《*out*》。**3**《口》出發，離開。**4** 流出《*out of...*》；流向《*into...*》。

be* (*hard*) *put to it ⇨HARD 副（片語）

put about 改變方向，轉身；〖海〗回航。

put...about* / *put about... (1)使改變方向。(2)散布，傳播；宣布。(3)《常用反身或被動》麻煩，打擾；使擔心。

put A ***above*** B = PUT A before B (2).

put...across* / *put across...《俚》(1)使被理解《*to...*》。(2)完成。

put ahead 撥快指針。

put...aside* / *put aside... (1)放在一邊；撤開；留存；儲存。(2)收拾，整理；停止。(3)摒棄；忘掉；平息。

put away （船）出發。

put...away* / *put away... (1)收存；停在車庫裡。(2)拋棄，放棄；忘卻。(3)(爲將來)存（錢）；儲存。(4)《口》送進監獄 [精神病院]。(5)《口》吃光，大量地吃喝。(6)《口》使安樂死。(7)《口》將（球）踢進網，攻下分數。

put back (1)放回（回處）；使留級。(2)撥慢指針；使進度延緩；使倒行；延期《*to, till, until...*》。

put A ***before*** B (1)⇨動 因 6. (2)使 A 比 B 優先。

put...by* / *put by... (1)存（錢等）。(2)《英》支吾搪塞地岔開；迴避。

put down 著陸。

put...down* / *put down... (1)放下；(自交通工具上）下來。(2)寫下；登記（爲…）《*as...*》；掛（某人的）帳《*to...*》；付（訂金）。(3)鎮壓，平息；使沉默；禁止；取締。(4)降低，降職。(5)《美俚》貶損；使難堪；挫銳氣。(6)挖掘。(7)《英》使安樂死；驅除。(8)使著陸。(9)歸因於《*to...*》。(10)大量地吃喝。(11)估計，評價《*at, as, for...*》。(12)放入地下儲藏室（使其成熟）；儲存。(13)放下。(14)將（動議等）付審。

put forth ⇨動 不及 1.

put...forth* / *put forth... (1)《文》開（花）；結（果）；長出（葉子）；發（芽）。(2)提出。(3)以文字表示；發表；出版，發行。(4)《文》發揮，盡力。

put forward (1)提出。(2)提名推薦；使升級《*as, for...*》。(3)使發展。(4)使引人注目。(5)撥快指針。(6)提早日期。

put in (1)⇨動 不及 1. (2)插嘴。(3)提出申請《*for...*》。

put...in* / *put in... (1)插入；插（話等）；(替人）說（話）。(2)《口》花費。(3)提出。(4)完成；做。(5)添加。(6)種植。(7)(在比賽、考試等）登記《*for...*》；使任職。(8)採購。(9)安裝，設置。(10)選舉。

put *a person* ***in mind of...*** ⇨MIND 名

put it across *a person* (1)占便宜，欺騙。(2)嚴斥，處罰。

put it on (1)誇大，誇張。(2)要價過高，要高價，哄抬價錢。(3)長胖。

put it over （在棒球賽中）投出好球。

put it past *a person* ***to*** *do* 認爲某人會做…。

Put it there!《美俚》握手言和吧！

put off ⇨動 不及 1.

put...off* / *put off... (1)延期，拖延《*till, until...*》；使延遲《doing》；暫時打發掉；延後約會。(2)阻止拒絕，辭退；妨害；令（人）討厭；使無精神去做。(3)(支吾搪塞地）推辭，推諉《*with...*》。(4)脫掉；拋棄，除去。(5)駛出。(6)(自公車等）下來。(7)使想睡覺。(8)關掉。(9)敬而遠之，使討厭《doing》。

put...on* / *put on... (1)裝成。(2)穿戴。(3)採取。(4)給予，增加。(5)公演，上演；請（人）演戲；派（人）上場比賽；舉辦。(6)《美俚》(特指將謊言假裝成真實地）戲弄。(7)增加，添上。(8)加開；起動；打開。(9)撥快指針。(10)打電話給；(尤指以電話）和…連接《*to...*》。(11)僱用。

put *a person* ***onto...*** 密告；偷偷地告知；介紹。

put out (1)⇨動 不及 1. (2)努力。

put...out* / *put out... (1)滅（火）；熄（燈）。(2)伸出。(3)打擾，麻煩，使不方便。(4)拿出，發揮。(5)《通常用被動》擾亂，使煩惱，使著急。(6)使不便。(7)(在棒球賽等）使出局。(8)發行，發表。(9)製造，生產；作成…。(10)趕走。(11)使脫臼。(12)(以利息爲目的）貸款；投資。(13)播映，放映；發布。(14)使喪失視力。(15)(因拳擊、麻醉等）使喪失神志。(16)長出（芽、葉子）。(17)使發生錯誤。(18)將…送到其他地方完成。

put over 以船渡到對岸，(船）渡航。

put...over* / *put over... (1)渡到對岸。(2)《口》達成，完成。(3)《美》延長，延期。(4)使被了解並接受《*to...*》。

put paid to...《英》使完蛋，使成泡影。

put *oneself* ***out*** 盡心盡力《*to* do》；不辭勞苦；花費金錢。

put the make on *a person* 向（某人）求愛。

put the screws on... 向…大施壓力。

put...through* / *put through... (1)順利完成，做成；實行。(2)接通電話《*to...*》；呼傳（某人）；打電話。(3)使刺穿。(4)通過。(5)接到（家中）；使其通過（考試或標準等）；使遭受；使（在議會中）通過。

put *a person* ***through it*** （爲使其認罪）徹底地調查；嚴格地訓練。

put to （船）靠岸。

put...to* / *put to... 關緊（門、窗）。

put...together* / *put together... (1)收集，組織。(2)使結婚，使在一起。(3)彙總，合計；整理（思路等）。(4)組成。

put...under 施以麻醉藥等使其失去意識。

put up (1)投宿《*at, with...*》。(2)《主英》

P

提名參選《*for...*》。

put...up / put up... (1)建造；搭（帳篷）；舉（手）。(2)梳理，做（頭髮）。(3)出（錢）。(4)《口》提供膳宿。(5)顯示，表現。(6)《口》賭（錢）。(7)《口》圖謀，（偷偷地）計畫。(8)推薦爲候選人《*for...*》。(9)拍賣。(10)收拾到原來的地方；《口》插入刀鞘。(11)提高。(12)陳述，提出。(13)準備。

put upon... 《通常用被動》《主英》欺騙，乘機占便宜。

put** a person **up to... (1)唆使。(2)（爲引起注意）預先使熟悉。

put up with... 《口》（沒有表現出不滿地）忍耐，忍受。

stay put ⇨STAY[1]（片語）

—名 **1**（鉛球的）投擲；（鉛球等）一次投擲的距離。**2**〖金融〗期貨抛出選擇權。

pu·ta·tive ['pjutətɪv] 形推斷的；假定的。**～·ly** 副

put-down ['pʊt,daʊn] 名 **1** 著陸，降落。**2**《俚》(1)批評；解雇；拒絕。(2)使人難堪的話或行爲。

put-on ['pʊt,ɑn] 形《限定用法》假的，虛有其表的：a ～ artist 冒牌藝術家。

—名 **1** 裝模作樣；僞裝。**2**《俚》騙人的事物；滑稽小說；模仿戲劇。

put-out ['pʊt,aʊt] 名〖棒球〗出局；刺殺。

pu·tre·fac·tion [,pjutrə'fækʃən] 名 U **1**《文》腐敗，腐化（作用）。**2** 腐敗物。

pu·tre·fy ['pjutrə,faɪ] 動(**-fied**, **～·ing**)及 不及 腐敗；化膿。

pu·tres·cent [pju'trɛsn̩t] 形 **1**《文》正在腐爛的。**2** 腐化作用的。**-cence** 名

pu·tres·ci·ble [pju'trɛsəbl] 形 名 易腐敗的（物質）。

pu·trid ['pjutrɪd] 形 **1** 壞的；發出惡息的。**2** 墮落的；邪惡的。**3**《俚》令人不快的；低劣的；糟透的。**～·ly** 副

pu·trid·i·ty [pju'tridətɪ] 名 U 腐敗（物）；腐爛（物）；墮落。

putsch [pʊtʃ] 名《德語》暴動；叛亂；政變。

put(t) [pʌt] 動 及 不及〖高爾夫〗輕擊（球）。—名 輕揮，輕擊。

put·tee ['pʌtɪ] 名《常作 **～s**》綁腿。

put·ter[1] ['pʌtə-] 動 不及 **1** 無精打采地工作《*at, in...*》。**2** 閒逛《*about, around, over...*》。—及《美》無所事事地打發《*away*》。—名 無精打采的行動。

putt·er[2] ['pʌtə-] 名〖高爾夫〗輕擊者；（推桿用的）輕擊桿。

put·ter[3] ['pʊtə-] 名 **1** 放置的人[物]。**2** 擲鉛球選手。**3** 搬運工；新進的礦工。

put·tie ['pʌtɪ] 名 = puttee.

putting ,green ['pʌtɪŋ-] 名〖高爾夫〗果嶺（亦稱 **green**）。

put·ty ['pʌtɪ] 名(複**-ties**) **1** U 油灰；類似油灰之物。**2** U 油灰粉：一種磨光劑。**3** 柔軟而且可以隨意變形的東西；順從的人。**4** U 淡灰褐色，黃灰色。—動 (**-tied**, **～·ing**)及 以油灰接合《*up*》。

put-up ['pʊt,ʌp] 形預謀的，密謀的：a ～ job 圈套；騙局；事先安排好的勾當。

put-up·on ['pʊtə,pɑn] 形被別人占便宜的，被利用的。

:puz·zle ['pʌzl] 名 **1** 問題，難題，謎題；使人困惑的人[事物]。**2** 謎；考驗智力的事物。**3**《通常作 **a ～**》困惑，迷惑。

—動 (**-zled**, **-zling**) 及 **1**《常用被動》使迷惑[困惑]。**2** 使感到困擾；傷（腦筋）《*over, about, as to...*》。**3** 使難以理解。

—不及 困惑，束手無策；思考《*over, about, as to...*》。

puzzle out 費心思考出答案，解決。

puzzle** one's **way through... 費力地將…完成。

puz·zled ['pʌzld] 形 困惑的，感到困擾的。

puz·zle·head·ed ['pʌzl,hɛdɪd] 形頭腦不清的，思想混亂的。

puz·zle·ment ['pʌzl̩mənt] 名 **1** U 困惑，爲難。**2** 難題，謎。

puz·zler ['pʌzlə-] 名 **1** 使人困惑的人[物]，難題；不可理解的人。**2** 樂於解謎題的人；猜謎狂。

PVC 《縮寫》*p*oly*v*inyl *c*hloride.

Pvt. 《縮寫》*Private.*

PW 《縮寫》*p*risoner of *w*ar ; *p*ublic *w*orks.

PWA 《縮寫》*p*erson *w*ith *A*IDS 愛滋症患者。

PX 《縮寫》(複 **PXs.**)〖美陸軍〗*p*ost e*x*change 軍中福利社（《英》NAAFI）。

py·e·li·tis [,paɪə'laɪtɪs] 名 U〖病〗腎盂炎。

py·e·mi·a [paɪ'imɪə] 名 U〖病〗膿血症，膿毒症，敗血症。

Pyg·ma·li·on [pɪg'meljən] 名〖希神〗皮格梅利翁：Cyprus 的國王，愛上自作的雕像。

Pyg·my, pig- ['pɪgmɪ] 名(複**-mies**) **1**〖人類〗（非洲等的）矮黑人。**2**《**p-**》矮人，侏儒；矮小的東西。**3**《**p-**》無知的人。**4**（希臘神話等傳說上的）侏儒族的人。—形 **1**《常作 **p-**》矮人族的。**2**《**p-**》侏儒型的；微不足道的；無足輕重的。

-moid 形 **～·ish** 形侏儒般的。

py·jam·as [pə'dʒæməz, -'dʒɑm-] 名 (複)《英》= pajamas.

py·lon ['paɪlɑn] 名 **1**〖空〗標塔。**2**（門等入口處的）塔門；（古代埃及寺廟的）截角錐形塔門。**3**（高壓電線用的）鐵塔。

py·lo·rus [paɪ'lorəs, pə-] 名(複**-ri** [-raɪ])〖解〗幽門。**-lor·ic** 形

Pyong·yang ['pjʌŋ'jaŋ] 名平壤：北韓首都。

py·or·rhe·a,《英》**-rhoe·a** [,paɪə'riə] 名 U〖病〗膿漏，膿溢；〖齒〗齒槽膿漏。

·pyr·a·mid ['pɪrəmɪd] 名 **1**《常作 **P-**》金字塔。**2** 金字塔形之物；剪成或栽成金字

塔形的樹。3〖幾何〗角錐（體）。一動及 1使…成爲金字塔形。2使（價格、租金等）累進增加。3 使（論據等）循序建立。

py·ram·i·dal [pɪ'ræmədl] 形 1 金字塔的；角錐的。2 金字塔狀的；巨大的。

'pyramid ˌselling 名Ⓤ老鼠會式的銷售商品方法；多層次傳銷；直銷。

pyre [paɪr] 名（火葬用的）木柴堆。

Pyr·e·nees ['pɪrəˌniz] 名 (複)《**the** ～》庇里牛斯山脈。**-'ne·an** [-'niən] 形

py·re·thrum [paɪ'riθrəm, -'rɛ-] 名1（觀賞用的）赤花除蟲菊等菊花。2（可做殺蟲劑的）白花除蟲菊等；Ⓤ〖藥〗除蟲菊殺蟲劑。

py·ret·ic [paɪ'rɛtɪk] 形熱（病）的；發熱的；引起發熱的。

Py·rex ['paɪrɛks] 名Ⓤ〖商標名〗耐熱玻璃。

py·rex·i·a [paɪ'rɛksɪə] 名Ⓤ熱（病）；發熱。

pyr·i·dox·in(e) [ˌpɪrɪ'dɑksɪn] 名Ⓤ〖生化〗維他命 B_6，抗皮炎素。

py·ri·tes [paɪ'raɪtiz, pə-] 名(複**-tes**)〖礦〗1Ⓤ黃鐵礦。2Ⓤ硫化金屬。

pyro- 《字首》表「火」、「熱」之意。

py·rog·ra·phy [paɪ'rɑgrəfɪ] 名 (複**-phies**) 1Ⓤ烙畫術。2 烙畫。

py·rol·y·sis [paɪ'rɑlɪsɪs] 名 高溫加熱；熱解；高溫分解。

py·ro·ma·ni·a [ˌpaɪrə'menɪə] 名Ⓤ縱火狂。**-ac** [-ˌæk] 名縱火狂患者。**-ro·ma·ni·a·cal** [-romə'naɪəkl] 形

py·ro·tech·nic [ˌpaɪrə'tɛknɪk] 形1 煙火（製造術）的。2 煙火般的；燦爛的，輝煌的。

py·ro·tech·nics [ˌpaɪrə'tɛknɪks] 名(複)《作單、複數》1 煙火製造術；煙火的施放。2（演說家、音樂家等炫耀技巧的）眩人耳目的演出（亦稱 **pyrotechny**）。

py·rox·y·lin(e) [paɪ'rɑksəlɪn] 名Ⓤ火棉。

Pyr·rha ['pɪrə] 名〖希神〗琵拉：Deucalion 之妻。

pyrrhic ['pɪrɪk] 名形1〖詩〗含有二個短音節的音步（的），含有兩個不重讀之音節的音步（的）。2 古希臘的戰舞（的）。

Pyr·rhic ['pɪrɪk] 形 Pyrrhus 王的。

'pyrrhic 'victory 名慘勝：付出重大代價而獲得的勝利。

Pyr·rhus ['pɪrəs] 名皮若斯（約 319–272B.C.）：古希臘的一名國王。

Py·thag·o·ras [pɪ'θægərəs] 名畢達哥拉斯（約 582–500B.C.）：希臘哲學家、數學家、宗教改革者。

Py·thag·o·re·an [pɪˌθægə'riən] 形畢達哥拉斯的；畢達哥拉斯學派的：the ～ theorem 畢達哥拉斯定理。

Pyth·i·an ['pɪθɪən] 形1（古希臘的）Delphi 的。2 Apollo 神諭的。一名《**the** ～》（Delphi 的）Apollo 神的女祭司；阿波羅神。

'Pythian 'Games 名(複)《**the** ～》阿波羅競技大會。

Pyth·i·as ['pɪθɪəs] 名 ⇨DAMON AND PYTHIAS

py·thon ['paɪθɑn, -θən] 名〖動〗大蟒蛇。

pyx [pɪks] 名〖教會〗聖體匣。

P

Q q

Q¹, q [kju] 名 (複 **Q's** 或 **Qs**, **q's** 或 **qs**) **1** Ⓤ Ⓒ 英文字母的第十七個字母。**2** Q 狀物。
mind one's p's and q's ⇨ P (片語)
Q² 《縮寫》〖西洋棋〗*q*ueen.
Q. 《縮寫》*q*uarto; *Q*uebec; *Q*ueen; *q*uestion; *q*uetzal(s); *Q*ueensland; *q*uery; *q*uire; 〖軍〗*q*uartermaster.
QANTAS ['kwantæs] 名 澳洲航空公司。
Qa·tar ['katar] 名 **1** (位於波斯灣西岸的) 卡達半島。**2** 卡達：卡達半島的酋長國；首都爲杜哈 (Doha)。
q.b. 《縮寫》〖美足〗*q*uarter*b*ack.
Q-boat ['kju,bot] 名 = Q-ship.
QC 《縮寫》*q*uality *c*ontrol; *q*uick-*c*hange.
QC, Q.C. 《縮寫》《英》*Q*ueen's *C*ounsel.
QED 《縮寫》《拉丁語》*quod erat demonstrandum* 以上已予證訖，證明完畢。
QMG 《縮寫》*Q*uarter*m*aster *G*eneral.
qr. 《縮寫》*q*uarte*r*; *q*ui*r*e.
Q-ship ['kju,ʃɪp] 名〖軍〗用以誘擊敵方潛艇之僞裝商船。
QSL 名 QSL 卡：業餘無線電通訊者郵寄給其他同好者表示接收到其通訊的卡片。
qt. 《縮寫》*q*uan*t*ity; (複～, **qts.**) *q*uar*t*.
q.t. 名《口》祕密。《通常用於下述片語》on the q.t. 祕密地。
qty. 《縮寫》*q*uan*t*it*y*.
qu. 《縮寫》*qu*ery; *qu*estion.
qua [kwa, kwe] 介 作爲，以…的資格。
quack¹ [kwæk] 名 (鴨子等的) 呱呱叫聲；(收音機等的) 噪音。
in a quack 《蘇口》瞬息，轉瞬間。
—動 不及 (鴨子等) 呱呱叫；嘎嘎作響；大聲閒談。
quack² [kwæk] 名 **1** 庸醫，江湖郎中。**2** 冒充內行人，騙子。—形 **1** 欺騙的，胡吹的：a ～ physician 庸醫。**2** (藥、治療) 騙人的。
—動 不及 用騙術行醫；胡吹。
～·ish 形 (像) 庸醫的；大吹牛皮的。
quack·er·y ['kwækərɪ] 名 Ⓤ 庸醫的手法；江湖療法；自我吹噓。
quack-quack ['kwæk'kwæk] 名 (鴨子的) 嘎嘎叫聲；《兒語》鴨子。
quad¹ [kwad] 名《口》= quadrangle 2.
quad² [kwad] 名《口》四胞胎中的一個。
quad³ [kwad] 形《口》= quadraphonic.
—名 四聲道立體音響裝置。
quad. 《縮寫》*quad*rangle.
quad·plex ['kwad,plɛks] 名 = fourplex.
Quad·ra·ges·i·ma [,kwadrə'dʒɛsəmə] 名 四旬節：四旬齋的第一個星期天。
quad·ran·gle ['kwadræŋgl] 名 **1** 四角形，四邊形。**2** (被建築物所圍的) 方形中庭；圍繞方形中庭的建築物。**3** 標準地圖方格。
quad·ran·gu·lar [kwad'ræŋgjələ] 形 四角形的，四邊形的。**～·ly** 副
quad·rant ['kwadrənt] 名 **1** 四分之一圓 (弧)。**2**〖幾何〗象限。**3** 象限儀。
quad·ra·phon·ic [,kwadrə'fanɪk] 形 四聲道立體音響的。**-i·cal·ly** 副
qua·draph·o·ny [kwa'drafənɪ] 名 Ⓤ 四聲道立體音響錄音重播。
quad·rate ['kwadrɪt, -ret] 形 **1** 正方形的，方形的。**2**〖紋〗在十字形中央有正方形的。**3**〖動〗方骨的。—名 **1** 方形 (物)。**2**〖動〗方骨。
quad·rat·ic [kwad'rætɪk] 形 **1** (似) 正方形的。**2**〖代〗二次的：～ equation 二次方程式。—名 二次方程式；《～s》《作單數》二次方程式論。
quad·ren·ni·al [kwad'rɛnɪəl] 形 **1** 四年一次的。**2** 繼續四年的。—名 四年一次的活動；四週年紀念日。**～·ly** 副
quadri- 《字尾》表「四」之意。
quad·ri·ad ['kwadrɪ,æd] 名 四個一組的事物；四人小組。
quad·ric ['kwadrɪk] 形〖數〗二次的：a ～ equation 二次方程式。—名 二次函數；二次曲面。
quad·ri·cen·ten·ni·al [,kwadrɪsɛn'tɛnɪəl] 名 形 四百年 (的)；四百週年 (的)；四百週年紀念 (的)。
quad·ri·ceps ['kwadrɪ,sɛps] 名 (複)〖解〗四頭肌。
quad·ri·lat·er·al [,kwadrə'lætərəl] 形 四邊 (形) 的。—名 **1** 四邊形；〖幾〗四邊形。**2** 四邊形之物 [地]。
qua·drille [kwə'drɪl, kə'drɪl] 名 四對舞 (曲)。
quad·ril·lion [kwad'rɪljən] 名 (複 **～s**, 《連於數詞之後》～)，形 (美、法) 1,000 自乘五次 (10^{15}) 所得之數 (的)；(英、德) 1,000 自乘八次 (10^{24}) 所得之數 (的)。
quad·ri·no·mi·al [,kwadrə'nomɪəl] 形〖數〗四項的，四項式的。—名 四項式。
quad·ri·phon·ic [,kwadrə'fanɪk] 形 = quadraphonic.
quad·riv·i·um [kwad'rɪvɪəm] 名 (複 **-i·a** [-ɪə]) (中古大學的算術、幾何、天文、音

樂等）四科。

quad·roon [kwadʹrun] 名（黑人血統占四分之一的）黑白混血兒；mulatto 與白人的混血兒。

quad·ru·ped [ˈkwadrəˌpɛd] 形〖動〗具有四足的。—名四足動物，四足獸。

quad·ru·ple [kwadʹrupl̩, ˈkwadrupl̩] 形 1 四重的；由四部分組成的。2 四倍的：a size ~ that of... …的四倍大的體積。3〖樂〗四拍的。—名四倍，四倍之數量。
—動及不及（使）成四倍。

quad·ru·plet [kwadʹruplɪt, ˈkwadruˌplɪt] 名 1 同樣四個組成的一組，成套的四件東西。2 四胞胎中之一個（《口》quad）；《~s》四胞胎。3〖樂〗四連音符。

quad·ru·pli·cate [kwadʹruplɪˌket] 動及 使成四倍；作成一式四份。—[-kɪt] 形 1 四重的；四倍的；作成一式四份的。2〖數〗四次方的。—[kwadʹruplɪkɪt, -ˌket] 名四組中之一組；一式四份的文件。-ˈca·tion 名

quad·ru·ply [ˈkwadruplɪ] 副四重地，四倍地。

quaff [kwæf, -af] 動不及及《文》痛飲，暢飲；一飲而盡《off》。—名 1 暢飲，痛飲。2 Ⓤ痛飲的酒。

quag [kwæg] 名= quagmire.

quag·ga [ˈkwægə] 名〖動〗斑驢。

quag·gy [ˈkwægɪ] 形(-gi·er, -gi·est) 1 沼地的，泥濘的。2 柔軟的，鬆弛的。

quag·mire [ˈkwægˌmaɪr] 名 1 沼地，溼地，泥沼。2 無法脫身的困境，絕境。

quail[1] [kwel] 名（複~s,《集合名詞》~）〖鳥〗鵪鶉；Ⓤ鵪鶉肉。

quail[2] [kwel] 動不及畏怯，畏縮，畏懼，沮喪《at, before, to, under...》。

quaint [kwent] 形(~·er, ~·est) 1 有古雅風味的，古怪而美麗的：a ~ old village 有古雅風味的村落。2《諷》古怪而有趣的，別緻而悅人的。3 做得很精巧的。
~·ly 副, ~·ness 名

quake [kwek] 動不及 1 發抖《with, from, for...》；戰慄《at...》：quaking with terror 因恐懼而發抖。2 搖動，搖擺，震動。—名 1《口》地震。2 打顫，發抖；震動，搖動。ˈquak·ing·ly 副

quake·proof [ˈkwekˌpruf] 形防震的。—動及使能防地震。

Quak·er [ˈkwekɚ] 名 教友派信徒的俗稱。
~·ism 名 Ⓤ 教友派的教義或習俗。

Quak·er·ly [ˈkwekɚlɪ] 形 副 像教友派教徒般的[地]；嚴謹的[地]；嚴守主義的[地]。

ˈQuaker ˌmeeting 名 1 教友派教徒的集會。2《口》長時間保持沉默的集會。

ˈquaking ˈaspen 名〖植〗美國白楊。

quak·y [ˈkwekɪ] 形(quak·i·er, quak·i·est) 戰慄的，震顫的。-i·ly 副

·qual·i·fi·ca·tion [ˌkwaləfəˈkeʃən] 名 1（適應職務等的）秉性《for...》；適合性，能力《to do》：have the right ~s for the job 具有擔任那份工作必備的才能。2 ⒸⓊ資格，必要條件：~ for franchise 選舉資格。3 Ⓤ資格之賦予；《常作 ~s》資格證明：medical ~s 行醫師證明。4 ⓊⒸ限制，限定；斟酌，修正，修飾；保留（條件）：a statement with many ~s 附有多種保留（條件）的聲明。

·qual·i·fied [ˈkwaləˌfaɪd] 形 1 勝任的《for...》；合格的，合適的《to do》；合乎條件的，有資格的，有執照的：a ~ medical practitioner 有執照的開業醫師 / a highly ~ person to do the job 一位很適合那工作的人。2 修正的；限定的：a ~ consent 附有條件的承諾 / in a ~ sense 在某種限定的意義上。3《俚》討厭的，可詛咒的。
~·ly 副

qual·i·fi·er [ˈkwaləˌfaɪɚ] 名 1 合乎資格的人[物]；加以限制的人[物]。2〖文法〗修飾詞[片語]，限定詞。

:qual·i·fy [ˈkwaləˌfaɪ] 動(-fied, ~·ing) 及 1 使適宜《for...》；使合格；給予資格。2 把…稱作。3 修正，修飾；限定，限制；〖文法〗限定，修飾：~ an opinion 修正意見。4 使緩和；改變強度《with...》：~ one's anger 平息忿怒 / ~ one's coffee with whisky 在咖啡中加上威士忌。—不及 1 適合。2 取得資格《for...》；獲得准許：~ for the vote 取得投票的資格。3〖運動〗通過預賽。

qual·i·ta·tive [ˈkwaləˌtetɪv] 形性質（上）的，品質（上）的。~·ly 副

:qual·i·ty [ˈkwalətɪ] 名(複-ties) 1 特質，特性，屬性：the qualities of a ruler 統治者的各種特性。2 天性，本質；Ⓤ品質，質：the ~ of love 愛的本質 / the ~ of life 生活的品質。3 Ⓤ上等，良質，優秀性：a pearl of ~ 上等的珍珠。4 本領，才能。5 Ⓤ (1) 高位，高貴的身分：a family of ~ 高貴的家族。(2)《古》社會地位；社會地位高的人；(the ~)《方》上流社會的人。—形 1 良質的，上等的。2 社會地位高的。

ˈquality asˌsurance 名Ⓤ品質保證。

ˈquality ˌcircle 名品管圈。

ˈquality conˌtrol 名Ⓤ品質管制。

qualm [kwam, -ɔm] 名《常作 ~s》1 良心譴責，不安《about...》：have no ~s about stealing 對偷竊行爲毫無羞恥之心。2 不安，疑慮。3 昏暈，噁心。

qualm·ish [ˈkwamɪʃ, ˈkwɔ-] 形 1 於心不安的《about...》。2 似要作嘔的；嘔吐性的；令人噁心的。~·ly 副

quan·da·ry [ˈkwandərɪ, -drɪ] 名(複-ries) 猶豫不決，窘境《about...》：in a (great) ~（非常地）爲難，陷於窘境。

quan·go [ˈkwæŋgo] 名（複~s）《主英》準自治（政府）機構，準官方組織。

quan·ta [ˈkwantə] 名 **quantum** 的複數

Q

形。

quan·ti·fi·er ['kwantə,faɪɚ] 名1〖理則·語言〗量詞，量符號。2〖語言·文法〗數量修飾詞。3 精於計算者。

quan·ti·fy ['kwantə,faɪ] 動 (-fied, ～·ing) 及1 確定數量，定量化。2〖理則〗（用all, some 等）限定（命題等）。-**fi·a·ble** 形, -**fi·ca·tion** [-fə'keʃən] 名

quan·ti·ta·tive ['kwantə,tetɪv] 形 1 量的。2 計量的。3 音量的。～·**ly** 副

·**quan·ti·ty** ['kwantətɪ] 名 (複-**ties**) 1 U 量：aim at quality rather than ～目的在質而不在量。2 數量，分量，數額；定量。3《常作-**ties**》多量，眾多：in ～ 大量地，很多。4 U〖樂〗音長；〖詩·語音〗音量，音長；表音量的符號。5〖數〗量，數量：an unknown ～ 未知數；《喻》未能預測的人[物] / a negligible ～ 可忽略的量；《喻》不足道的人[物等]；《喻》不可估計的人[物等]。6 U〖理則〗量。

quan·tum[1] ['kwantəm] 名 (複-**ta** [-tə]) 1 量，數量；分配量，分額。2 多量，多數。3〖理〗量子。

quan·tum[2] ['kwantəm] 形 有重大突破的。

'**quantum ,jump [,leap]** 名 1〖理〗量子（性）跳變。2 突飛猛進，大變化。

'**quantum me'chanics** 名 (複)《作單數》〖理〗量子力學。

'**quantum 'physics** 名 (複)《作單數》量子物理學。

'**quantum ,theory** 名《the ～》量子論。

quar·an·tine ['kwɔrən,tin] 名 1 U（為了防止疾病蔓延的）隔離；強制隔離：put a person in ～ 把某人隔離檢疫。2 停船檢疫期間；U 檢疫。3 檢疫所；停泊檢疫所；隔離所。4 U C 隔絕制裁；排斥。5 四十天。—動 及1《常用被動》隔離，檢疫。2 扣留，使孤立，斷絕外交關係。

'**quarantine ,flag** 名〖海〗傳染病船旗，（黃色）檢疫旗。

quark [kwark, -ɔ-] 名〖理〗夸克。

:**quar·rel**[1] ['kwɔrəl, 'kwar-] 名 1 爭吵，口角；失和，反目《*with, between...*》：pick a ～ *with* a person 向某人挑釁 / patch up one's ～ *with...* 與…言歸於好。2 爭吵的原因《*with, against...*》。—動 (～**ed**, ～·**ing**; 《英》-**relled**, ～·**ling**) 不及1 口角，爭論，爭吵《*with...*; *about, over, for...*》。2 抱怨，責難：A bad workman ～*s with* his tools.《諺》拙匠常怪工具差。～·**er**,《英》～·**ler** 名

quar·rel[2] ['kwɔrəl, 'kwar-] 名〖史〗（石弓用的）方鏃箭。2（格子窗的）菱形玻璃。3（石工用的）鑿子。

quar·rel·some ['kwɔrəlsəm, 'kwar-] 形 愛爭吵的，好爭論的。

quar·ry[1] ['kwɔrɪ, 'kwarɪ] 名 (複-**ries**) 1 採石場，石礦。2 源泉，根源；出處，藍本。

—動 (-**ried**, ～·**ing**) 及1 自採石場挖出，採（石）《*out*》。2 闢為採石場；使產生剝落。3 苦心尋求，探索；搜出，找出。—不及 採石；費心尋求知識等。

quar·ry[2] ['kwɔrɪ, 'kwarɪ] 名 (複-**ries**)《通常用單數》1 被追獵的動物；獵物。2 被追捕之人；被追逐之目標。

quar·ry·man ['kwɔrɪmən, 'kwa-] 名 (複-**men**) 採石工人。

·**quart** [kwɔrt] 名1 夸脫：(1) 液量單位，¼加侖或 2 品脫；《美》為 57.75 立方吋；《英》為 69.35 立方吋。(2) 乾量單位，⅛配克或 2 品脫，67.20立方吋。2 一夸脫的容器。

put a quart into a pint pot 用小者去容納大者；《喻》做不可能做到的事。

quar·tan ['kwɔrtn̩] 形〖醫〗（瘧疾等）每四天發作的。—名 U 四日瘧。

quarte [kart] 名 (複～**s** [-ts]) U C〖擊劍〗第四型防禦姿勢。

:**quar·ter** ['kwɔrtɚ] 名 1 四分之一：an hour and a ～ 一小時十五分鐘 / divide a melon in (to) ～*s* 把甜瓜分為四等份。2 二角五分；（美國、加拿大的）二角五分銀幣。3 一刻鐘；每小時的前[後]十五分鐘：at (a) ～ past ten 十點一刻。4 一年的四分之一，一季。5（四學期制的）學期。6〖運動〗四分之一場。7 四分之一磅；四分之一碼；夸特（重量單位）；《英》夸特（穀物的容量單位）；《the ～》四分之一哩賽跑。8 地域，地方，場所：the four ～*s* of the globe 地球的各角落，全世界。9（都市的）區域，地區；住民：a poor ～ of the town 市鎮裡的貧民區。10《通常作～**s**》住處，寓所；〖軍〗宿舍，營房：winter ～*s* 冬季營房 / live in close ～*s* 雜居於狹窄的住處。11 部門，人員：news from a certain ～ 據某方面的消息。12 U（尤指對投降者的）饒命，慈悲，寬恕：without ～ 毫不姑息地 / ask for ～ 求饒。13 四方位之一；方位：the southern ～ 南方。14〖天〗弦：月球公轉周期的四分之一部分。15《常作複合詞》四足動物之四分之一肢體。

at close quarters 接近地，逼進。

beat to quarters 下令船員各就崗位。

beat up the quarters of... 奇襲…；突然造訪…。

give no quarter to... 毫不留情地攻擊。

take up** one's **quarters (1) 住下，住宿，停留。(2)〖海〗（船員）各就崗位。

—動 及1 分為四（等）份；（處刑後）切成四塊；（動物軀體）肢解：～ the apple 把蘋果切為四等份。2 使投宿；使紮營；使（船員）各就崗位。3（獵狗等）四處來回搜索。4 把（盾形）劃分成四部分。—不及1 投宿；（軍隊）紮營《*at, in, with ...*》。2（獵狗等）四處來回搜索。3〖海〗風浪吹向船尾。—形 1 四分之一的。2 設

Q

計成直角的。3 非常不完全的。～·er 图

quar·ter·back ['kwɔrtɚ,bæk] 图〖美足〗四分衛。略作：q.b. 一動 及 指揮。一 不及 擔任四分衛。

'quarter ,day 图 四季結帳日。

quar·ter-deck ['kwɔrtɚ,dɛk] 图〖海〗1 船尾主甲板，後甲板。2《the ～》《集合名詞》高級船員，（海軍）軍官。

quar·tered ['kwɔrtɚd] 形 1 四等分的；縱鋸成四份的。2 供給宿舍的。

quar·ter·fi·nal [,kwɔrtɚ'faɪnl] 图 形 半準決賽（的），八強複賽（的）：enter the ～*s* 進入半準決賽。

'quarter 'hour 图 1 一刻鐘。2（某時的）差十五分，過十五分。

quar·ter·ing ['kwɔrtərɪŋ] 图 1 Ⓤ 分爲四等分；大卸四塊。2 Ⓤ 供給住處；（士兵的）紮營。3 Ⓤ（獵犬等的）到處來回搜索。4 Ⓤ Ⓒ（盾形的）四等分；（紋章的）組合；《～s》組合的紋章。

quar·ter·ly ['kwɔrtɚlɪ] 形 1 一年四次的，按季的。2 四分之一的。3〖紋〗分四等分的，分爲不同部分的。一图 (複-**lies**) 季刊。一副 1 一年四次地，按季地。2〖紋〗（盾面）縱橫四分地。

quar·ter·mas·ter ['kwɔrtɚ,mæstɚ] 图 1〖軍〗軍需官（略作：QM, Q. M.）。2〖海〗操舵員，航信士官。

'quartermaster 'general 图〖陸軍〗經理署署長。略作：QMG, Q. M. G.

quar·tern ['kwɔrtɚn] 图（度量衡上 pound 等的）四分之一。

'quarter ,note 图〖樂〗四分音符。

'quarter ,rest 图〖樂〗四分休止符。

quar·ter·saw ['kwɔrtɚ,sɔ] 動 (～**ed**, ～**ed** 或-**sawn**, ～·**ing**) 及 用四分鋸法鋸（木材）。

Q

'quarter 'section 图《美》四分之一平方里的土地。

'quarter ,sessions 图(複)〖法〗1〖史〗四季法院。2《美》地方法院。

quar·ter·staff ['kwɔrtɚ,stæf] 图 (複 -**staves** [-'stævz, -,stevz]) 鐵頭長棒。

quar·tet, 《英尤作》-**tette** [kwɔr'tɛt] 图 1 四個一組。2 四重奏。

quar·tic ['kwɔrtɪk] 形〖代〗四次的。一图 四次多項式，四次方程式。

quar·to ['kwɔrto] 图 (複～**s** [-z]) Ⓤ Ⓒ 四開四開的紙張；四開本。一形 四開（本）的。

quartz [kwɔrts] 图 1 Ⓤ〖礦〗石英。2 石英鐘。

'quartz ,crystal 图〖電子〗石英晶體。

'quartz ,lamp 图 石英水銀燈。

qua·sar ['kwesɑr, 'kwɑ-] 图〖天〗類星體。

quash[1] [kwɑʃ] 動 及 鎮壓，壓制；抑制住，平息：～ a revolt 鎮壓叛亂。

quash[2] [kwɑʃ] 動 及 使無效，使廢除。

qua·si ['kwesaɪ, -zaɪ, 'kwɑsɪ] 形 如同的，類似的，擬似的；表面上的；似乎的，準…。

一副 類似地，準…地。

quas·sia ['kwɑʃɪə] 图 1〖植〗苦木屬植物。2 Ⓤ〖化·藥〗由苦木提煉的苦味液。

quat·er·cen·ten·ar·y [,kwɑtɚ'sɛntə,nɛrɪ] 图 形 四百週年紀念（的）。

qua·ter·nar·y [kwə'tɝnərɪ] 形 1 由四要素組成的；〖化〗四價的；四元的；〖冶〗四元的。2 四個一組的。3《Q-》〖地質〗第四紀的。一图 (複-**nar·ies**) 1 四個一組之物。2（數字中的）四。3《the Q-》〖地質〗第四紀。

quat·rain ['kwɑtren] 图 四行詩。

quat·re·foil ['kætɚ,fɔɪl] 图 1 有四葉片的葉子。2〖建〗四葉飾。-**foiled** 形

qua·ver ['kwevɚ] 動 不及 1 哆嗦，發抖：～ with fright 由於驚嚇而發抖。2 發顫；顫聲說話；以顫音歌唱；奏出顫音。一及 以顫聲唱出（歌曲、音符等）；以顫抖的語調說《*out, forth*》。一图 1 顫抖；顫音，顫聲，顫聲的說話。2〖樂〗《主英》八分音符。

～·**ing·ly** 副, ～·**y** 形 顫抖的；顫聲的。

quay [ki] 图 突岸，埠頭，碼頭。

quay·side ['ki,saɪd] 图 碼頭周圍。

Que. 《縮寫》*Que*bec.

quean [kwin] 图 1《英古》厚顏無恥的婦女，輕佻的女人。2 妓女。

quea·sy ['kwizɪ] 形 (-**si·er**, -**si·est**) 1 易作嘔的；令人作嘔的。2 不舒服的，不安的《*about, at...*》；難取悅的，挑剔的。

-**si·ly** 副, -**si·ness** 图

Que·bec [kwɪ'bɛk] 图 魁北克：1 加拿大東部的一省。2 該省之同名首府。

:queen [kwin] 图 1《通常作 Q-》國王之妻，王妃，皇后。2《通常作 Q-》女皇，女王。3 最傑出的女性；女神；最優異的國家；名女人，名媛；（選美比賽等的）優勝者；《對妻子、情人等表現愛情時的用語》女神，女王：a beauty ～ 選美皇后 / the ～ of flowers 百花之后 / the ～ of hearts 美人。4〖牌·西洋棋〗皇后。5 蟻王；蜂王。6《俚》男同性戀者，裝扮成女性的男同性戀者。一動 不及 1 以女王身分統治。2〖西洋棋〗成爲皇后。一及 1 以女王身分統治。2《口》《用於負面意義上》像女王般地發號施令，像女王般地對待（人）。3〖西洋棋〗使變爲皇后。

'Queen 'Anne 形〖建·家具〗（18 世紀初期英國）安妮女王朝代（的式樣）的。

Queen Anne is dead. ⇨ ANNE（片語）

'queen 'bee 图 蜂王。

'queen 'consort 图 (複 **queens consort**)《常作 Q- C-》王妃，皇后。

'queen 'dowager 图 孀居的皇后。

queen·like ['kwin,laɪk] 形 女王的；女王般的；適合於女王的。

queen·ly ['kwinlɪ] 形 (-**li·er**, -**li·est**) 1 女王的，王后的。2 像女王般的；適合於女

王的；堂堂的。
一副女王般地。
'queen 'mother 名皇太后；女王。
'queen ˌpost 名〖建〗(直立橫樑上支撐屋頂的)內柱。
'queen 'regent 名 1 攝政的王妃。2 = queen regnant.
'queen 'regnant 名 執政的女王。
Queens [kwinz] 名皇后區：美國 New York City 的一個行政區。
'Queen's 'Bench 名《the ~》= King's Bench.
'Queen's 'Counsel 名《英》⇨KING'S COUNSEL
'Queen's 'English 名 ⇨KING'S ENGLISH
'queen's 'evidence 名⇨KING'S EVIDENCE
queen-size ['kwin,saɪz] 形（床）次大號尺碼的。
Queens·land ['kwinz,lænd, -lənd] 名 昆士蘭：澳洲東北部的一省；首府為布利斯班（Brisbane）。
·**queer** [kwɪr] 形(~·er, ~·est) 1 奇怪的，古怪的，極不同的，不平常的，奇特的。2 可疑的，有問題的。3《口》不舒服的；頭暈的；反胃的；心理不平衡的；微瘋的：~ in the head 頭腦不正常的。4《俚》男同性戀的。5 不好的；無價值的；假的，偽造的。6《英俚》酒醉的。
a queer card 怪人，瘋人。
be queer for... 非常喜歡…，迷上…。
in Queer Street / in queer street《英俚》負債；陷於窘困。
一動及 1 破壞。2《常用反身》使處於不利立場；使覺得不舒服。一名《俚》1 男同性戀者。2 Ⓤ《常作 the ~》偽幣。3 怪人。
~·ly 副 異常地，奇怪地。~·ness 名
quell [kwɛl] 動及〖詩〗1 平息，鎮壓。2 緩和；壓抑。~·a·ble 形, ~·er 名
quench [kwɛntʃ] 動及 1 熄滅；使失去。2 消解；滿足；緩和。3 以水冷卻；放入液體中驟冷，淬火。4 抑制；克服；征服，鎮壓；《俚》使不作聲。~·a·ble 形, ~·er 名
quench·less ['kwɛntʃlɪs] 形 不可消滅的；不能抑制的。~·ly 副, ~·ness 名
quern [kwɝn] 名（用來磨穀物的）手磨。
quer·u·lous ['kwɛrələs] 形 1 愛抱怨的。2 表示不滿的，易怒的。~·ly 副
que·ry ['kwɪrɪ] 名 (複-ries) 1 疑問，質問；懷疑，疑惑。2〖印〗問號。3 問題。
一動 (-ried, ~·ing) 及 1 詢問，盤問，查問，質問。2《尤美》提出質問。3 懷疑，表示疑問。4〖印〗加問號。一不及 詢問，質問，懷疑。
quest [kwɛst] 名 1《文》探索，尋求，追求《for, of...》: men in ~ of spiritual comfort 追求精神慰藉的人。2〖中世紀故事〗（騎士的）冒險之旅。3 探求者，探索隊的隊員。一動不及 1 搜尋，探索，追求《for, after...》。2〖狩〗循著獵物的氣味痕跡追蹤。3 探索，出發作探索之旅。一及〖詩〗探求，追求《out》。~·er 名, ~·ing·ly 副
:**ques·tion** ['kwɛstʃən] 名 1 問題，詢問；疑問句。2 爭端，問題所在；Ⓤ 疑問（之餘地），疑點；反對（之餘地）。3 需討論之問題，需研究之事；疑問事項，未解決的問題。4 難題，（不確定的）問題，有待解決的事項。5 提議，提案。6 表決的程序。7〖政〗政策問題，討論的問題。8〖法〗爭執問題；質問。
beg the question ⇨ BEG（片語）
beside the question 離題。
beyond (all) question 毫無疑問，的確。
call... into question (1) 使…成為爭論的主題，對…表示異議。(2) 對…起疑。
come into question 被討論，成為問題。
in question (1) 考慮中的；正被討論的，成為問題的。(2) 爭議中的。
make no question of... 對…不懷疑，承認。
out of question《古》的確，毫無疑問。
out of the question 不在考慮之列的；不可能的，辦不到的。
past question = beyond (all) QUESTION.
put the question 要求投票，採取表決。
Question!《公開集會等時警告發言人的叫聲》離題了；有異議；請注意正題。
There is no question of ... …是不可能的。
without question 無問題，無異議；的確，毫無疑問。
一動及 1 問問題，質問，詢問。2 探究；查問，調查；檢討；研究。3 表示疑問，懷疑；提出異議。一不及 問，質問，打聽。
~·er 名 詢問者，審問者。
ques·tion·a·ble ['kwɛstʃənəbl] 形 1 有問題的，值得懷疑的，可疑的。2 可置疑的，不確定的；有疑問的，靠不住的。
-bly 副
ques·tion·ar·y ['kwɛstʃən,ɛrɪ] 名(複-ar·ies) 調查表，問卷。
ques·tion·ing ['kwɛstʃənɪŋ] 形 1 表示疑問的，欲打聽似的。2 好奇心強的；探求的，好奇的。一名Ⓤ 疑問，質問；探求，研究。
~·ly 副
ques·tion·less ['kwɛstʃənlɪs] 形 1 沒問題的，明白的。2 不疑惑的，無異議的。
一副 無疑地，無異議地。~·ly 副
'question ˌmark 名 1 問號。2 未知的事，不明的因素。3〖昆〗蛺蝶。
ques·tion·mas·ter ['kwɛstʃən,mæstɚ] 名《英》= quizmaster.
ques·tion·naire [ˌkwɛstʃən'ɛr] 名 問卷調查表；用問卷所做的調查。
'question ˌtag 名〖文法〗附加問句。
'question ˌtime 名 Ⓤ〖英議會〗質詢

時間。

quet·zal [kɛt'sɑl] 图 1〖鳥〗(中南美洲產的)咬嘴鳥。2 克扎爾：瓜地馬拉的貨幣單位，相當於 100 centavos。

queue [kju] 图 1辮子。2《英》(人等的)一列；排長龍：in a ～ 成一列 / jump the ～《口》插隊；《喻》不按順序或不公平地獲得利益。3〖電腦〗佇列。一動不及 1《英》排隊《up》；參加排隊《on》。2 梳成辮子。一及 1《英》使排隊。2〖電腦〗置於佇列中以等候處理。

quib·ble ['kwɪbl] 图 1 詭辯，遁詞，託詞。2 吹毛求疵，挑毛病；無價值的反對。3 俏皮話，雙關諧語。一動不及使用遁詞；吹毛求疵；作無益的爭論《with...; over, about...》。
一及含糊其詞；以詭辯方法騙取(…)《out of...》；推託掩飾《away》。-bler 图

quib·bling ['kwɪblɪŋ] 形 遁詞的；挑毛病的。一图ⓊⒸ遁詞，詭辯；吹毛求疵。

quiche [kɪʃ] 图奶蛋糕餅。

:quick [kwɪk] 形(通常作～·er, ～·est) 1 動作迅速的，機敏的；急速的；迅速的《to do》。2 瞬間的，不費時的。3 急躁的，急性子的：be ～ of temper 易怒的 / be ～ to take offense 易怒的。4 銳利的，敏銳的，很快想到的；敏感的：be ～ to notice 很快注意到的。5 理解快的，伶俐的：be ～ at arithmetic 敏於計算的 / be ～ with words 很快學會講話的 / be ～ of apprehension 理解很快的。6(轉彎等)急的。7《古》活著的；由活的植物構成的。8 旺盛的，熾烈的，燃燒的；(爐)熱的。9〖金融〗可馬上兌現的，暫時的，有流動性的。10《美俚》非常合身的。
a quick one《口》(一口氣喝下之酒的)一口，一杯。
quick and dirty《美俚》易做且花費少的；品質低劣的；權宜的。
quick buck《美俚》易到手的錢。
一图 1《the ～》活人。2 Ⓤ《通常作 the ～》(指甲下的)肉根；(傷口的)嫩皮，痛處。3《the ～》最重要部位，核心，要害。4《主英》(山楂構成的)樹籬。一副 1 飛快地，迅速地。2《與分詞連用而構成複合詞》快速地。3《美俚》非常合身地。～·ness 图Ⓤ敏捷，機靈；速度；迅速，快速；性急。

quick-change ['kwɪk'tʃendʒ]形(演員)換裝迅速的。

quick-drying ['kwɪk'draɪɪŋ] 形快乾的。

quick-eared ['kwɪk'ɪrd] 形聽覺靈敏的，耳朵敏銳的。

·quick·en ['kwɪkən] 動及1使加速《up》。2 鼓舞，使有生氣，刺激：～ one's interest 引起興趣。3 使復甦；激發。4 使更陡；使(河灣)更彎。5《古》生(火)；使燃燒得更旺。
一不及 1 變活潑，變快《up》。2 活躍起來，恢復元氣，復甦。3 感覺胎動；開始胎動。～·er 图

quick·en·ing ['kwɪkənɪŋ] 形 加快的；使復甦的；使活潑的。

quick-eyed ['kwɪk'aɪd] 形眼力敏銳的。

'quick 'fire 图Ⓤ快火，速射，對突然出現的目標所做的速射。

quick-fire ['kwɪk'faɪr], **-fir·ing** [-'faɪrɪŋ] 形 速射的，快火的。

'quick 'fix 图《口》權宜辦法，臨時的應急措施。
'quick-'fix 形

quick-freeze ['kwɪk'friz] 動 (-froze, -fro·zen, -freez·ing) 及 急速冷凍。一不及 急速冷凍食品；被急速冷凍。

quick·ie ['kwɪkɪ] 图《俚》1 速成的小說或電影。2 急忙完成的研究；匆忙的旅行；極快的性交。一形暫時應付的，速成的。

quick·lime ['kwɪk,laɪm] 图＝lime¹ 1.

:quick·ly ['kwɪklɪ] 副快地，飛快地，急速地，敏捷地，趕快。

'quick ˌmarch 图ⓊⒸ快步行進，快步。

quick·sand ['kwɪk,sænd] 图Ⓤ Ⓒ1 流沙。2 流動性的危險狀態，泥沼狀態。
～·y 形

quick·set ['kwɪk,sɛt] 图《主英》作樹籬用的植物；樹籬。一形樹籬的。

quick-sight·ed ['kwɪk'saɪtɪd] 形 眼快的；眼力敏銳的。

quick·sil·ver ['kwɪk,sɪlvɚ] 图Ⓤ水銀。一動及與水銀混合製成合金；塗以水銀。

quick·step ['kwɪk,stɛp] 图 1《昔》快步。2 快步進行曲；活潑的舞步。

quick-tem·pered ['kwɪk'tɛmpɚd] 形 性情急躁的，易怒的。

'quick ˌtime 图Ⓤ快步。

quick-wit·ted ['kwɪk'wɪtɪd] 形機靈的，敏捷的，精明的。～·ly 副，～·ness 图

quid¹ [kwɪd] 图(尤指嚼煙的)一口，一塊。

quid² [kwɪd] 图(複～, ～s)《英》1《俚》一鎊紙幣。2《口》一鎊：be ～*s* in 賺大錢，獲利多。

quid·di·ty ['kwɪdətɪ] 图 (複-ties) 1 Ⓤ實質，本質。2吹毛求疵；細微區分；詭辯。

quid·nunc ['kwɪd,nʌŋk] 图 熱中探聽的人，喜談論是非者，好管閒事者。

quid pro quo ['kwɪdpro'kwo] 图(複～s, quids pro quo) 1《拉丁語》償還物，報酬。2 交換物；代替品。

qui·es·cent [kwaɪ'ɛsn̩t] 形安靜的；不活潑的；穩定的；無症狀的；靜止的。
～·ly 副，-cence 图Ⓤ靜止(狀態)。

:qui·et¹ ['kwaɪət] 图Ⓤ 1寧靜，寂靜；平靜，平穩；閒適：rest in ～ 安靜地休息。2 和平，太平，平安。
on the quiet /《俚》*on the q.t.* 暗中，悄悄地。

Q

—形(通常作～·er, ～·est) 1 平靜的，和平的；不起騷動的。2 安靜的；沉默的，無言的。3 不動的，靜止的；慢慢移動的：lie ～ 靜靜地躺著。4 沉著的，心安的，閒適的。5 客氣的，文靜的；委婉的，內斂的；祕密的：be as ～ as a lamb 似羔羊般溫順。6 柔和的，不顯眼的，樸素的。7 閒散的，冷清的，單調的。8 不拘形式的，非正式的。—動及 1 使平靜；使鎮定；使不作聲；使沉默《*down*》。2 使安心。3 使鎮定；使減少。—不及 靜下來，鎮定下來《*down*》。

qui·et·en ['kwaɪətn̩] 動不及《主英》變平靜靜下來《*down*》。—及使平靜，使鎮定，撫慰《*down*》。

qui·et·ism ['kwaɪətɪzəm] 名 U 1〖宗〗寂靜主義。2 身心的平靜，沉著。

:qui·et·ly ['kwaɪətlɪ] 副 1 寂靜地，不作聲地，悄悄地。2 平靜地，鎮靜地；溫順地。3 樸素地；謹慎地。

qui·et·ness ['kwaɪətnɪs] 名 U 平靜，平穩；鎮定；安靜。

qui·e·tude ['kwaɪə,tjud] 名 U 靜止狀態；平靜，安靜；安息。

qui·e·tus [kwaɪ'itəs] 名(複～·es)《文》1 最後的一擊；消滅，結束：get one's ～ 死亡 / give a person his ～ 殺死某人。2《古》解脫，死；消滅。3 休眠期，不活躍期。4 履行，償清；清欠收據。

quiff[1] [kwɪf] 名(複～, ～s)《俚》少女，女人；放蕩的女人，下等娼妓。

quiff[2] [kwɪf] 名（男子）額上的捲髮。

quill [kwɪl] 名 1 大翎，大羽毛；羽柄，羽莖，翎管。2《古》（豪豬或刺蝟的）刺。3 翎管製品，鵝毛筆；（樂器的）撥子；（羽製的）牙籤；（釣線的）浮標。4 一捲樹皮；線軸。5〖機〗通心軸；傳動軸。

'quill ˌdriver 名《古》《蔑》作家，書記，新聞記者。

·quilt [kwɪlt] 名 1 棉被。2 被狀之物，內加軟墊的縫合物；（較厚的）床罩。—動及 1 縫上線條或花樣；把（金子、信函等）縫入《*in...*》。2 以類似製棉被的方法縫製衣服的褶縫。3 把（文學作品等）收集成冊。—不及 製棉被。

quilt·ing ['kwɪltɪŋ] 名 1 U 製被的過程。2 U 填被褥的材料。3 =quilting bee.

quilting ˌbee [ˌparty] 名《美》婦女一起製被的社交聚會。

quin [kwɪn] 名《英口》= quintuplet.

qui·na·ry ['kwaɪnərɪ] 形，名(複-ries) 五的（一組）；五個組成的（組合）；五進位的（數）。

quince [kwɪns] 名〖植〗榲桲；其果實。

quin·cen·te·nar·y [kwɪn'sɛntɪ,nɛrɪ] 形 五百年的；五百週年的；五百週年慶典的。

—名(複-nar·ies) 五百週年（慶典）。

qui·nine ['kwaɪnaɪn] 名〖化·藥〗1 U 奎寧；金雞納霜：a dose of ～ 一劑奎寧。2 U C 鹽酸奎寧，瘧疾特效藥。

quin·qua·ge·nar·i·an [ˌkwɪŋkwədʒɪ'nɛrɪən] 形 名 五十（多）歲的（人）。

Quin·qua·ges·i·ma [ˌkwɪnkwə'dʒɛsəmə, ˌkwɪŋ-] 名 四旬齋前的星期日。

quinque-《字首》表「五」之意。

quin·quen·ni·al [kwɪn'kwɛnɪəl] 形 五年的，持續五年的，每隔五年的。—名 1 每隔五年發生的事件；五週年。2 持續五年服務；五年期間。～·ly 副

quin·quen·ni·um [kwɪn'kwɛnɪəm] 名(複～s, -ni·a [-nɪə]) 五年期間。

quin·que·reme ['kwɪnkwə,rim] 名 每側設有五排槳的一種古代戰艦。

quin·sy ['kwɪnzɪ] 名 U〖病〗化膿性咽門炎。

quint[1] [kwɪnt] 名 1〖樂〗五度音；風琴發出比主鍵音高五分之一音的一個音栓。2 [kɪnt]〖牌〗同花順。

quint[2] [kwɪnt] 名《美》五胞胎中的一個。

quin·tain ['kwɪntɪn] 名 U 騎士等從馬上用長矛刺戳靶子的一種中世紀武技；C 設於柱子上供刺戳的靶子。

quin·tal ['kwɪntl] 名 1〖公制〗100 公斤。2《美》100 磅；《英》112 磅。

quin·tes·sence [kwɪn'tɛsn̩s] 名 1 物質濃縮後的純粹形態；本質，精髓；《the ～》精華，化身，典型。2（古代及中世紀哲學所謂的）第五元素。**-tes·sen·tial** [-tə'sɛnʃəl] 形 精髓的，精華的。

quin·tet(te) [kwɪn'tɛt] 名 1 五人所成的一組，五重奏者，五重奏樂團；籃球隊。2 五重奏曲，五重唱曲。

quin·til·lion [kwɪn'tɪljən] 名(複～s,《在數詞後》～)《美·法》1,000 的六次方；《英·德》1,000 的十次方。—形 達到 one quintillion 之數目的。

quin·tu·ple ['kwɪntjupl̩, kwɪn'tjupl̩] 形 1 五重的，由五部分組成的。2 五倍的。—名 五倍；五倍之數量。—動及不及（使）乘上五倍，成爲五倍。

quin·tu·plet ['kwɪntəplɪt, kwɪn'tuplɪt] 名 1 五個組成的一組。2 五胞胎之一；《～s》五胞胎。3〖樂〗五連音符。

quip [kwɪp] 名 1 尖刻的譏諷語，嘲弄；警語，妙語。2 遁詞，狡辯；雙關語。3 奇怪的行爲，古怪的事。4 俏皮話。

—動(quipped, ～·ping) 不及及 諷刺；講妙語。

quip·ster ['kwɪpstɚ] 名 經常說警句妙語的人。

qui·pu ['kipu] 名 印加帝國的結繩文字。

quire[1] [kwaɪr] 名 1 一刀（紙）。2〖裝訂〗書籍已依序摺疊好但尚未裝訂的散頁。3 四張摺疊成一組的紙。

quire[2] [kwaɪr] 名《古》= choir.

Quir·i·nal ['kwɪrənl] 名 1《the ～》羅馬七丘之一；該丘上的宮殿。2 義大利政

府。

quirk [kwɝk] 名 **1** 奇特的習性，怪癖；奇行怪癖。**2** 遁詞。**3**（書寫等的）花體。**4** 突然的轉彎，急遽的轉變。

quirk·y ['kwɝkɪ] 形 (**quirk·i·er, quirk·i·est**) 有怪癖的，脾氣古怪的；急轉的，突然轉變的；擅作遁詞的，狡猾的。

quirt [kwɝt] 名《美》短柄馬鞭。—動 及（以馬鞭）鞭打，鞭擊。

quis·ling ['kwɪzlɪŋ] 名 賣國賊，通敵者，在敵人的傀儡政府中任職的叛國者。

·quit [kwɪt] 動 (**quit** 或《主英》**～·ted, ～·ting**) 及 **1** 停止，中止《*doing*》：～ *smoking* 戒煙。**2** 離開。**3** 放棄；放掉；退出，辭去：～ hold of... 放開… / ～ one's job 辭職。**4**《常為反身》使獲得解脫，使得以擺脫《*of...*》: ～ *oneself of* doubts 消除疑慮。**5**〖詩〗償還，償清，結清；報答，回報《*with...*》。

—不及 **1** 停止：～ off《美口》停止。**2** 辭職；《古》退出，離開；遷出。**3** 斷念，放棄，認輸。

—形 解脫了的，擺脫掉的《*of...*》。

quit·claim ['kwɪt,klem] 名〖法〗權利讓渡（證書）。—動 及 放棄權利。

:quite [kwaɪt] 副 **1** 完全地，全部地，徹底，全然。(1)《修飾無比較級的形容詞》。(2)《修飾 **opposite, reverse** 等》：～ the *reverse* 恰恰相反。(3)《置於 **agree, understand, finish** 等動詞之前》。**2** 確實，的確，真正，實在；的確是，不折不扣的；簡直是；非同小可的。**3**《主英》《口》頗，相當；很。(1)《修飾有比較級的形容詞》。(2)《置於 **like** 等動詞之前》。(3)《**a quite** + 形容詞, **quite a(n)** [《美口》**some**] + 形容詞》。

Quite. /《主英》*Quite so.* / *Yes, quite.*《為對方幫腔》我同意；當然；完全對。

quite a bit《口》相當（的），相當多(的)。

quite a few / *not a few* ⇨ FEW 名（片語）

quite a little ⇨ LITTLE 形（片語）

quite something《口》了不起，不尋常。

quite the thing《口》流行的，時髦的。

quite too...《俚》太過於…的；《否定》不會太過於…的。

Qui·to ['kito] 名 基多：厄瓜多的首都。

'quit ˌrate 名 離職率，解雇率。

quits [kwɪts] 形《敘述用法》處於平等關係的，兩相抵銷的，互不相欠的，不相上下的《*with...*》。

call it quits (1) 結束工作、活動等，暫時停止做某事。(2) = cry QUITS.

cry quits 承認彼此不分勝負。

quit·tance ['kwɪtn̩s] 名 **1** Ⓤ《古》報仇，報答，補償。**2** Ⓤ 債務免除；免責；Ⓒ 債務免除證書，收據。

give a person his quittance 叫某人出去。

quit·ter ['kwɪtɚ] 名《美口》輕易罷手者，怯懦者。

·quiv·er[1] ['kwɪvɚ] 動 不及 戰慄，顫動，搖動《*with, at...*》。—及 使戰慄，使抖動，搖動。—名 戰慄，抖動；顫聲。**～·ing·ly** 副

quiv·er[2] ['kwɪvɚ] 名 箭袋，箭筒；箭筒內的箭。

have an arrow left in one's quiver 還有辦法，還有最後的手段。

have one's quiver full 有充分的手段。

qui vive [ki'viv] 名《法語》《哨兵的詢問口令》誰？誰在那裡走？

on the qui vive 警戒著，嚴密看守著。

Qui·xo·te ['kwɪksət, kɪ'hotɪ] 名 **Don**, ⇨ DON QUIXOTE

quix·ot·ic [kwɪk'sɑtɪk], **-i·cal** [-ɪkl] 形 **1**《偶作 **Q-**》唐吉訶德式的。**2** 不實際的，幻想的。**-i·cal·ly** 副

quix·ot·ism ['kwɪksətɪzəm] 名 **1** Ⓤ《偶作 **Q-**》唐吉訶德式的性格。**2** 唐吉訶德式的行為，不切實際的思想或行動。

·quiz [kwɪz] 動 (**quizzed, ～·zing**) 及 **1** 作簡單的質問，考問《*on...*》；詳問，追根究底地盤問《*about...*》：～ the students *on* last week's work 考問學生上週的功課。**2**《主英古》嘲弄，戲弄；盯著看。—名 (複 **～·zes**) **1**《主美》小考，測驗。**2** 詢問，質問，調查。**3**《主英》（廣播電臺、電視的）猜謎或問答節目（《美》quiz show）。**4**《古》惡作劇，嘲弄，胡鬧（的人）。**5**《古》怪人，奇特的人。

'quiz ˌkid 名《口》神童。

quiz·mas·ter ['kwɪz,mæstɚ] 名《美》（廣播電臺等的）猜謎節目主持人（《英》question master）。

'quiz ˌshow 名《美》猜謎節目。

quiz·zi·cal ['kwɪzɪkl] 形 **1** 奇怪可笑的，滑稽的。**2** 疑問的，困惑的；探詢的，好奇的。**3** 揶揄的，戲弄的。**～·ly** 副

quod [kwɑd] 名《主英俚》監獄。

quod e·rat de·mon·stran·dum [kwɑd'ɛræt,dɛmən'strændəm]《拉丁語》= Q.E.D.

quod vi·de [kwɑd'vaɪdɪ]《拉丁語》= q.v.

quoin [kɔɪn, kwɔɪn] 名 **1**（籬笆等的）外角；（房間的）角落；隅石；角磚。**2** 楔形石；〖印〗（夾緊版面的）楔子。—動 及 **1** 置隅石於。**2** 用楔子固定。

quoit [kwɔɪt] 名 **1**《～s》《作單數》擲環套樁遊戲。**2**（擲環套樁遊戲的）鐵圈，繩圈。

quon·dam ['kwɑndəm] 形《文》昔日的，以前的。

'Quon·set ˌhut ['kwɑnsɪt-] 名〖商標名〗《美》組合式房屋，半圓筒形營房。

quor·ate ['kwɔrɪt] 形《英》符合法定人數的。

quo·rum ['kwɔrəm] 名 **1** 法定人數：achieve a ～ 達到法定人數。**2** 特別選出來的一組人。

quot. 《縮寫》*quot*ation.

quo·ta ['kwotə] 名**1** 分配額，分擔量；分配數量。**2** 配額，定額，限額。

quot·a·ble ['kwotəbḷ] 形 可引用的；值得引用的。**-bly** 副, **-'bil·i·ty** 名 Ⓤ引用價值。

'quota 'system 名《**the**～》定額分配制度。

·quo·ta·tion [kwo'teʃən] 名**1** 引用句[文]《*from...*》；Ⓤ引用。**2**〖商〗⑴報價，開價；報價單，估價單，價目表《*for...*》。⑵價格；行情：a ～ on (the) fruit 水果的時價。

·quo'tation ˌmarks 名(複) 引號。

·quote [kwot] 動(**quot·ed, quot·ing**)及**1** 引用《*from...*》。**2** 提示，引證。**3** 放進引號內，括起來。**4**〖商〗報價，開價《*at...*》：～ him a price 向他報價。
—不及**1** 引用《*from...*》。**2**〖商〗報價，開價《*for...*》。—名**1** 引用語句。**2**〖商〗行情，估價單，報價單。**3** = quotation marks.

quoth [kwoθ] 動《古》說。

quoth·a ['kwoθə] 感《古》《蔑》的確！真的！

quo·tid·i·an [kwo'tɪdɪən] 形**1** 每日的；每日發生的。**2** 平凡的，常見的。—名 每日發生之事；Ⓤ Ⓒ 每日發作的瘧疾。

quo·tient ['kwoʃənt] 名〖數〗商。

q.v. 《縮寫》《拉丁語》*quod vide* 見該語，參考該項。

Qy., qy. 《縮寫》*query.*

R r

R¹, r [ɑr] 名 (複 **R's** 或 **Rs**, **r's** 或 **rs**) **1** U C 英文的第十八個字母。**2** R 狀物。
the r months 九月至次年四月。

R² 《縮寫》〖化〗*r*adical; 〖數〗*r*atio; 〖電〗*r*esistance; 〖劇〗stage *r*ight; *r*estricted 《美》限制級電影；〖西洋棋〗*r*ook.

r 《縮寫》*r*uble; (複 **rs**) *r*upee.

R. 《縮寫》*r*abbi; *R*adical; *r*adius; *r*ailroad; *r*ailway; *r*ed; *R*epublican; *R*egina; *R*ex; *r*ight; *r*upee; 〖劇〗stage *r*ight.

r. 《縮寫》*r*ange; 〖商〗*r*eceived; *r*eplacing; *r*esidence; 〖棒球〗*r*un(s).

Ra 《化學符號》radium.

R.A. 《縮寫》*r*ear *a*dmiral; *R*egular *A*rmy; *R*oyal *A*cademician.

rab·bet [ˈræbɪt] 名 (木板的) 榫頭；槽口。—動 及 挖槽口；嵌接。—不及 用榫頭 (槽口) 接合。

rab·bi [ˈræbaɪ] 名 (複～s [-z]) **1** 拉比：猶太教會的領導者；猶太法律學者。**2** (對猶太人學者的尊稱) 老師，先生。

rab·bin·i·cal [ræˈbɪnɪkḷ], **-ic** [-ɪk] 形 拉比的；拉比的學識的。

·rab·bit [ˈræbɪt] 名 (複～s, 《義 1-義 3 爲集合名詞》～) **1** 兔子：(as) shy as a ～ 怕羞的。**2** U 兔子的毛皮。**3** = Welsh rabbit. **4** (長跑競賽時的) 前導者。**5** 《英口》技術拙劣的運動員《*at*...》。
produce a rabbit out of a hat 絕處逢生，急中生智。
—動 (～·ed ～·ing; 《英》～·ted, ～·ting) 不及 **1** 獵兔：go ～*ing* 去獵兔。**2** 《英口》嘮叨《*on* / *about*...》。

R

ˈrabbit ˌears 名 (複) 《作單數》兔耳型室內電視天線。

ˈrabbit ˌhutch 名 兔籠。

ˈrabbit ˌpunch 名 〖拳擊〗打在頭背近頸部的一拳。

ˈrabbit ˌwarren 名 **1** 養兔場。**2** 擁擠的住宅區，住戶密集的地區。

rab·ble [ˈræbḷ] 名 **1** 烏合之眾，暴民。**2** 《**the** ～》《集合名詞》《蔑》下層階級。—動 及 結群襲擊。

rab·ble·ment [ˈræbḷmənt] 名 U 騷動，暴亂；暴民。

rab·ble-rouse [ˈræbḷˌraʊz] 動 不及 煽動暴民。**-rous·er** 名, **-rous·ing** 形

Rab·e·lais [ˈræbəˌle] 名 **François**, 拉伯雷 (約 1490－1553)：法國諷刺作家。

Rab·e·lai·si·an [ˌræbəˈleziən, -ʒən] 形 拉伯雷 (風格) 的；粗俗幽默而又諷刺的。—名 拉伯雷崇拜者。

rab·id [ˈræbɪd] 形 **1** 《限定用法》偏激的，狂熱的；狂暴的，狂怒的。**2** (患) 狂犬病的。
～·**ly** 副, ～·**ness** 名

ra·bies [ˈrebiz] 名 U 狂犬病。

ra(c)·coon [ræˈkun] 名 (複～s, 《集合名詞》～) 〖動〗浣熊；U 浣熊的毛皮。

racˈcoon ˌdog 名 〖動〗狸。

:race¹ [res] 名 **1** (速度的) 競賽，賽跑；《**the** ～s》《口》賽馬會：a bicycle ～ 自由車競賽 / bet *the* ～*s* 賭馬。**2** (一般的) 競賽，競爭：an arms ～ 軍備 (擴張) 競賽 / the senatorial ～ 參議員競選戰。**3** 《文》(事件、講話等的) 進行；(日、月的) 運行；(時間的) 經過；人生的旅程：the ～ of an event 事件的發展。**4** 〖地質〗急流；水道；溝渠。**5** 〖機〗軸承環。
be in the race 有成功的機會《*for*...》。
make the race 《美》當 (公職的) 候選人。
—動 (**raced, rac·ing**) 不及 **1** 競賽，賽跑《*with, against*...》；賽馬。**2** 疾行，快跑。**3** (引擎等) 空轉。—及 **1** 與…賽跑；使 (馬) 參加競賽；與…競爭《*against*...》。**2** 使全速行進；使 (引擎) 空轉。**3** 快速運輸；趕緊使 (法案等) 通過。
race away 《英》由於賽馬而耗盡 (財產)。

:race² [res] 名 **1** U 宗族；家系，血統：a family of noble ～ 貴族世家。**2** 〖民族〗人種；民族；種族：the white ～ 白種人 / the Jewish ～ 猶太民族 / without distinction as to ～ 不分人種。**3** 《**the** ～》人類。**4** 〖動〗品種；類：the feathered ～ 鳥類。**5** 同道，一夥《*of*...》: the ～ *of* novelists 小說家們。**6** U C 《文》風格，特徵，辛辣；(酒的) 風味。

ˈrace ˌcard 名 《英》賽馬節目單。

race·course [ˈresˌkors] 名 **1** 競賽用的跑道；《英》賽馬場。**2** (水車的) 水道。

race·horse [ˈresˌhɔrs] 名 賽馬。

ra·ceme [reˈsim, rə-] 名 〖植〗總狀花序。

ˈrace ˌmeeting 名 《主英》賽馬會。

rac·er [ˈresɚ] 名 **1** 競速者；供競速用的東西。**2** 跑得快的動物。

ˈrace reˈlations 名 (複) 種族關係。

ˈrace ˌriot 名 種族暴動。

race·track [ˈresˌtræk] 名 《主美》**1** 賽馬場。**2** 賽跑場；跑道。

race-walk [ˈresˌwɔk] 動 不及 參與競走。

ˈrace ˌwalking 名 U 〖運動〗競走。
ˈrace ˌwalker 名 競走選手。

Ra·chel ['retʃəl] 名 1〖聖〗拉結：Jacob 之妻。2〖女子名〗芮秋。

ra·chi·tis [rə'kaɪtɪs] 名〖病〗= rickets.

·ra·cial ['reʃəl] 形 人種的；種族的：~ discrimination 種族歧視。~·ly 副

ra·cial·ism ['reʃəl,ɪzəm] 名 U《英》種族主義；種族偏見。-ist 名

rac·ing ['resɪŋ] 名 U 競賽（如賽車等）。—形 競賽用的：a ~ yacht 賽艇。

'racing ,stable 名（賽馬的）馬廄。

rac·ism ['resɪzəm] 名 U 1 種族主義；種族優越感。2 種族主義政策。3 種族歧視。

rac·ist ['resɪst] 名 形 種族主義者（的）；種族歧視者（的）。

·rack[1] [ræk] 名 1 架；…棚，…架：a towel ~ 毛巾架 / a letter ~ 信插。2〖撞球〗三角擺球框。3〖機〗齒軌，齒條。4（古時的）肢刑架；《the ~》痛苦，折磨，苦悶（的原因）；焦慮。5《美俚》床。

on the rack (1) 被壓迫，緊張。(2)（像受拷問般地）十分痛苦，焦慮不安。

stand up to the rack 認命。

—動 及 1 拷問折磨；使苦惱；《被動》非常痛苦《*with, by...*》：~*ing* grief 悲傷欲絕。2 過度使用（頭腦等）《*for...*》。3 使勁地拉；使過分緊張。4〖撞球〗把（球）擺入擺球框《*up*》。5 剝削式地提高（房租、地租等）；使因過高租金而痛苦。

rack up (1)《美口》獲得；贏。(2)《主英》給（馬）添飼料。(3) 擊倒。

rack[2] [ræk] 名 U 毀滅，敗壞。

go to rack and ruin 腐敗，衰落，毀滅。

rack[3] ['ræk] 名（馬的）輕跑。—動 不及 1（馬）輕跑。2 走路。

rack[4] [ræk] 名《文》1 流雲，浮雲。2 足跡；痕跡。—動 不及（雲）隨風飄動。

rack[5] [ræk] 動 及 從渣滓中搾出《*off...*》。

rack[6] [ræk] 名 U 頸肉；排骨肉。

rack·et[1] ['rækɪt] 名 1《a ~》喧嘩，嘈雜，吵鬧；放蕩：get away from the ~ of the city 離開都市的喧嘩。2 非法買賣；走私；恐嚇，勒索；《口》詐騙：be in on a ~ 參與敲詐的計畫。3《通常作~s》《the ~》有組織的非法活動。4《美俚》謀生之道，工作。

stand the racket (1) 禁得起考驗。(2) 負責任《*for...*》；承擔費用。

—動 不及 喧鬧；尋歡作樂，過放蕩生活《*about, around*》。

rack·et[2] ['rækɪt] 名 1 球拍。2《~s》《作單數》回力球遊戲。3（網球拍形的）雪鞋。

rack·et·eer [,rækɪ'tɪr] 名 走私者；勒索者；江湖郎中。—動 不及 走私；勒索；詐騙。

~·ing 名 U 勒索；敲詐；走私。

rack·et·y ['rækɪtɪ] 形 1 喧鬧的。2 尋歡作樂的，放蕩的。

rack·ing ['rækɪŋ] 形 劇烈的；很痛苦的。

'rack ,railway 名 齒軌鐵路。

rack-rent ['ræk,rɛnt] 名 U C 過高的地租或房租。—動 及 索取極高的地租或房租。

ra·con ['rekɑn] 名〖空〗雷達信標。

rac·on·teur [,rækən'tɝ] 名 說書人；善於講故事的人。

ra·coon [ræ'kun] 名《英》= raccoon.

rac·quet ['rækɪt] 名 = racket[2].

rac·quet·ball ['rækɪt,bɔl] 名 U《美》回力球遊戲。~·er 名 玩回力球遊戲者。

rac·y ['resɪ] 形 (**rac·i·er, rac·i·est**) 1 活潑的，有力的。2 尖銳潑辣的，使人振奮的。3（酒、水果等）有獨特風味的。4（談話）猥褻的，挑逗性的。

be racy of the soil 當地特有風味的；具鄉土氣的；純正的。

-i·ly 副, -i·ness 名

rad. 《縮寫》〖數〗*rad*ical; *rad*ix.

ra·dar ['redɑr] 名〖電子〗1 U 雷達；無線電探測法；C 無線電探測器：follow a ship by ~ 以雷達追蹤船艦。2（警察的）雷達汽車速度測定裝置。

rad·dle[1] ['rædl] 動 及 使交織，編織。

rad·dle[2] ['rædl] 名 = ruddle. —動 及 1 塗赭石於。2 塗粗糙的顏色於。

ra·di·al ['redɪəl] 形 1 放射狀的，輻射形的。2 半徑的；沿半徑方向移動的。3〖動〗放射構造的。4 光線的；射線的。—名 1 放射部。2 放射狀輪胎。

~·ly 副

'ra·di·al 'tire ['redɪəl-] 名 = radial 名 2.

ra·di·an ['redɪən] 名〖數〗弧度。

ra·di·ance ['redɪəns], **-ancy** [-ənsɪ] 名 U 1 燦爛，閃亮：the ~ of youth 青春的燦爛。2（眼神、臉色等的）光彩：the ~ of his mother's smile 他母親笑容滿面。

·ra·di·ant ['redɪənt] 形 1《限定用法》發光的，明亮的，光輝燦爛的：a ~ morning 陽光燦爛的早晨。2 容光煥發的《*with ...*》；光彩奪目的：~ intelligence 煥發的才智 / a ~ smile 洋溢著喜悅的微笑。3〖理〗放射的，輻射的；〖植〗輻射形的。—名 1 輻射源；發光體。2〖天〗（流星）輻射點。

'radiant 'energy 名 U〖理〗1 輻射能。2 可視光線。

'radiant 'heat 名 U〖熱力〗輻射熱。

·ra·di·ate ['redɪ,et] 動 (**-at·ed, -at·ing**) 不及 1 放射；發光；照耀《*from...*》：heat *radiating from* a stove 從爐子散發出的熱。2（由中心）向四周擴展《*from...*》：Railway lines ~ *from* the station in every direction. 鐵路自車站向四面八方伸展。3 流露；煥發《*with...*》：~ *with* warm heartedness 熱情洋溢。—及 1 放射，發出。2 發散；流露。—[-dɪɪt] 形 1 輻射的，輻射狀的。2 有輻射花紋的。

ra·di·ate·ly ['redɪɪtlɪ] 副 射出地，輻射狀地。

R

·ra·di·a·tion [ˌredɪ'eʃən] 图 1 Ⓤ〖理〗放射，輻射；輻射能；發光，發熱。2 輻射線。3 輻射形。

radi'ation ˌsickness 图 Ⓤ 輻射病；放射線中毒。

radi'ation ˌtherapy 图 Ⓤ 放射線治療。

ra·di·a·tive ['redɪˌetɪv] 形 發光的，放熱的；放射的，輻射的。

ra·di·a·tor ['redɪˌetə-] 图 1 放熱器；發光體；輻射體；暖氣爐。2（汽車的）冷卻器。3〖無線〗發射天線。

·rad·i·cal ['rædɪkl] 形 1 根本的，基本的；固有的，天生的：a ~ inequality 根本的不平等 / ~ defects in his personality 他個性上先天的缺點。2 徹底的；極端的：promote a ~ change in leadership 促使領導層的徹底改變。3 急進的；《常作 **R-**》激進派的：~ students 激進派的學生 / the *R-* Right 激進右派。4〖數〗根的；根號的；〖化〗基的。5〖文法〗字根的；〖植〗根的；根生的。—图 1 急進主義者；《常作 **R-**》急進黨員。2〖數〗根式；根；根號。3〖化〗根；基。4〖文法〗字根；（中國字的）部首。5 根源；基本原理。

~**·ness** 图

rad·i·cal·ism ['rædɪklˌɪzəm] 图 Ⓤ 1 急進；急進主義。2 急進運動。**-ist** 图 形

rad·i·cal·ize ['rædɪkəˌlaɪz] 動 及 不及（使）變為急進，使偏激。

rad·i·cal·ly ['rædɪklɪ] 副 1 根本上；原來。2 完全地。3 急進地。

radical ˌsign 图〖數〗根；根號。

rad·i·cand ['rædəˌkænd, ˌ--'-] 图〖數〗被開方數。

rad·i·ces ['rædəˌsiz] 图 **radix** 的複數形。

rad·i·cle ['rædɪkl] 图 1〖植〗幼根，胚根細根。2〖化〗= radical 图 3. 3〖解〗細根，微管。

ra·di·i ['redɪˌaɪ] 图 **radius** 的複數形。

:ra·di·o ['redɪˌo] 图 (複~s [-z]) 1 Ⓤ《通常作 **the** ~》無線電；無線電報[電話]；無線電廣播：send a message by ~ 拍無線電報。2 無線電收發報機，收音機：turn on the ~ 開收音機。3 Ⓤ 無線電通訊：choose ~ as a career 選擇無線電通訊為職業。—形 1 收音機的；用無線電的；用電波的。2 輻射性的。—動 (~**ed**, ~**·ing**) 及 向…發無線電報；以無線電廣播。—不及 以無線電廣播；以無線電求救《*for*...》。

radio-《字首》表「放射」、「輻射」、「半徑」、「橈骨」、「放射性[能]」、「放射性同位素」、「無線電」之意。

ra·di·o·ac·tive [ˌredɪo'æktɪv] 形 放射的，有輻射能的；輻射能引起的：a leak of ~ stream 放射線外洩。~**·ly** 副

radio'active de'cay 图 Ⓤ〖理〗放射能衰變。

radio'active 'waste 图 Ⓤ 核能廢料；放射性廢棄物。

ra·di·o·ac·tiv·i·ty [ˌredɪoæk'tɪvətɪ] 图 Ⓤ 放射性；放射現象。

'radio as'tronomy 图 Ⓤ 電波天文學。

ra·di·o·au·to·graph [ˌredɪo'ɔtəˌgræf] 图 = autoradiograph.

'radio ˌbeacon 图 無線電信標（臺）。

'radio ˌbeam 图 無線電波。

ra·di·o·broad·cast ['redɪoˌbrɔdkæst] 图 Ⓤ 無線電廣播。—[ˌ---'--] 動 (**-cast** 或 ~**·ed**, ~**·ing**) 及 不及 用無線電廣播。

ra·di·o·car·bon [ˌredɪo'karbən] 图 Ⓤ〖化〗1 放射性碳。2 放射性碳同位素。

radio'carbon ˌdating 图 Ⓤ 放射性碳年代測定法。

'radio ˌcompass 图 無線電羅盤。

'radio-ˌcontrolled 形 以無線電控制的。

ra·di·o·e·col·o·gy [ˌredɪoɪ'kalədʒɪ] 图 Ⓤ 放射生態學。**-ec·o·'log·i·cal** 形, **-gist** 图 放射生態學家。

ra·di·o·el·e·ment [ˌredɪo'ɛləmənt] 图〖化〗放射性元素。

ra·di·o·fre·quen·cy [ˌredɪo'frikwənsɪ] 图 (複**-cies**) 無線電頻率，射頻。

ra·di·o·gen·ic [ˌredɪo'dʒɛnɪk] 形 1〖理〗由輻射能產生的。2 適於電臺廣播的。

ra·di·o·gram ['redɪəˌgræm] 图 1《美》無線電報。2《英》放射線照片。3《英》收音電唱機。

ra·di·o·graph ['redɪəˌgræf] 图 放射線照相，X光照片。—動 及 作放射線照相。**-'og·ra·phy** 图 Ⓤ 放射線攝影術。

ra·di·og·ra·pher [ˌredɪ'agrəfə-] 图《英》放射線攝影師。

ra·di·o·i·so·tope [ˌredɪo'aɪsəˌtop] 图〖理化〗放射性同位素。**-top·ic** [-'tapɪk] 形

ra·di·o·lo·ca·tion [ˌredɪolo'keʃən] 图 Ⓤ 無線電定位，雷達定位。

ra·di·o·log·i·cal [ˌredɪo'ladʒɪkl], **-ic** [-ɪk] 形 1 含有放射性物質的：~ weapons 核子武器。2 放射學的。

ra·di·ol·o·gy [ˌredɪ'alədʒɪ] 图 Ⓤ 1 放射醫學。2 放射應用；X 光片的判讀。

ra·di·o·man ['redɪoˌmæn] 图 (複 **-men**) 無線電技師；廣播事業從業人員。

ra·di·om·e·ter [ˌredɪ'amətə-] 图 輻射計。

radio'metric 'dating 图 Ⓤ〖地質〗放射性年代測定法。

ra·di·o·phone ['redɪəˌfon] 图 = radiotelephone.

ra·di·o·pho·to [ˌredɪo'foto] 图 (複~**s**) 無線電傳真照片。

ra·di·o·scope ['redɪəˌskop] 图 X 光透視裝置（多用於檢查旅客行李）。

ra·di·os·co·py [ˌredɪ'askəpɪ] 图 Ⓤ〖醫〗X 光透視法；放射線檢查法。

ra·di·o·sonde ['redɪoˌsand] 图〖氣象〗無線電測候儀。

R

'radio ˌstar 名〖天〗射電星。
'radio ˌstation 名 1 無線電臺。2 無線電廣播公司。
'radio ˌtaxi 名 無線電計程車。
ra·di·o·tel·e·gram [ˌredɪo'tɛləˌgræm] 名 無線電報。
ra·di·o·tel·e·graph [ˌredɪo'tɛləˌgræf] 名 無線電報(機)。—動 及 不及 用無線電報機發(訊)。
ra·di·o·te·leg·ra·phy [ˌredɪotə'lɛgrəfɪ] 名 U 無線電報(學)。**-graph·ic** 形
ra·di·o·tel·e·phone [ˌredɪo'tɛləˌfon] 名 無線電話機。—動 及 不及 打無線電話。
ra·di·o·te·leph·o·ny [ˌredɪotə'lɛfənɪ] 名 U 無線電話(學)。**-phon·ic** 形
'radio 'telescope 名〖天〗無線電天文望遠鏡。
ra·di·o·tel·e·type [ˌredɪo'tɛləˌtaɪp] 名 1〖電腦〗無線電打字機;無線電電傳打字電報機。2 U 無線電電傳打字電報系統。
ra·di·o·ther·a·py [ˌredɪo'θɛrəpɪ] 名 U 放射療法。**-pist** 名
ra·di·o·tox·ic [ˌredɪo'tɑksɪk] 形〖病〗放射毒的,輻射毒的。
ra·di·o·tox·in [ˌredɪo'tɑksɪn] 名 放射性毒素。
'radio ˌtube 名 無線電真空管。
'radio ˌwave 名〖電〗無線電波。
rad·ish ['rædɪʃ] 名〖植〗蘿蔔;其可生食的根部。
ra·di·um ['redɪəm] 名 U 1〖化〗鐳。符號:Ra
'radium ˌtherapy 名 U 鐳療法。
·ra·di·us ['redɪəs] 名 (複**-di·i** [-dɪˌaɪ], ~**·es**) 1〖幾〗半徑。2 輻射狀之物[部分];(車輪的)輻;(六分儀等的)針。3 半徑的範圍:within a four-mile ~ of the village center 在村莊中心四哩半徑以內。4 範圍;領域:the ~ of free delivery 免費送貨區域。5〖解〗橈骨。
ra·dix ['redɪks] 名 (複 **rad·i·ces** ['rædəˌsiz], ~**·es**) 1〖數〗基數。2〖解·植〗根。
ra·dome ['redom] 名 雷達天線罩。
ra·don ['redɑn] 名 U〖化〗氡。符號:Rn
RAF ['ɑr'e'ɛf, ræf] 名《**the** ~》英國皇家空軍。
raff [ræf] 名《**the** ~》《作複數》《集合名詞》社會低階層的人;社會渣滓。
raf·fi·a ['ræfɪə] 名〖植〗酒椰;U 其纖維。
raff·ish ['ræfɪʃ] 形 1 鄙俗的;低級的;俗麗的。2 聲名狼藉的,放蕩的。
raf·fle¹ ['ræfl] 名 抽籤販賣法。—動 及 以抽籤法出售《*off...*》。—不及 參加抽籤銷售《*for...*》。
raf·fle² ['ræfl] 名 U 1 廢物,垃圾。2〖海〗(繩索等的)糾結。
raft¹ [ræft] 名 1 浮臺,浮橋。2 = life raft. 3 筏。4 在水上棲息的動物群。—動 及 1 以筏運送。2 把…製成筏。3 使用筏渡過。—不及 1 使用筏;搭乘筏。2(浮冰)群聚。
raft² [ræft] 名《**a** ~》《口》大量,許多《*of...*》: *a* ~ *of* worries 許多煩惱的事。
raft·er ['ræftɚ] 名 椽;樑:common ~*s* 普通椽子 / from cellar to ~*s* 滿屋子。
rafts·man ['ræftsmən] 名 (複 **-men**) 筏夫,撐筏人。
·rag¹ [ræg] 名 1 (1) U C《~**s**》碎布,破布:worn to ~*s* 磨成破布的 / tear to ~*s* 撕成碎布。(2)《通常作複合詞》一小塊布:a wash*rag* 毛巾。(3)《~**s**》破衣服:go about in ~*s* 穿著破衣服到處走。2 碎片,殘片:a ~ of cloud 一小片浮雲。3《口》不值錢之物;無足輕重的人;《蔑》報紙,雜誌;《蔑·謔》旗子、手帕等:the local ~ 當地的報紙。4 衣衫襤褸的人;筋疲力竭的人。5(柑橘類的)絡。
chew the rag《俚》⇨ CHEW(片語)
feel like a (wet) rag《口》(非常)疲倦。
from rags to riches 從貧窮到富裕。
rag² [ræg] 動(**ragged**, ~**·ging**) 及《口》1《美》責罵。2 戲弄,嘲笑《*about, for...*》;《英》對…惡作劇。—名《英》戲弄;惡作劇;喧鬧;慈善遊行。
rag³ [ræg] 名〖樂〗= ragtime. —動 (**ragged**, ~**·ging**) 及 以 ragtime 演奏。
ra·ga ['rɑgə] 名〖樂〗拉茄:印度音樂傳統曲調之一。
rag·a·muf·fin ['rægəˌmʌfɪn] 名 衣衫襤褸的人;流浪兒。
rag·bag ['rægˌbæg] 名 1 裝破布的袋子。2 大雜燴《*of...*》: a ~ *of* useless ideas 一堆餿主意。3《俚》衣冠不整的人。
'rag ˌdoll [ˌbaby] 名 布玩偶,布娃娃。
·rage [redʒ] 名 1 U C 狂怒;憤怒《*at, against, over...*》: in a ~ 憤怒不已 / whip up into a ~ 勃然大怒。2 U C(風、波浪等的)狂暴,猛烈:the sea whipped into a ~ by the wind 被風掀起了洶湧波濤的大海。3(感情等的)激昂,強烈:in a ~ of impatience 非常焦躁。4《**a** ~》強烈的欲望;狂熱;色慾《*for...*》。5《**the** ~》風靡一時的事物:be (all) *the* ~ 風行,時興。
—動 (**raged, rag·ing**) 不及 1 怒斥;大怒《*at, against, upon...; for, over...*》。2 狂吹;洶湧;激烈進行,盛行。3 激昂。—及《反身》大怒,狂暴《*out*》。
rage·ful ['redʒfəl] 形 狂怒的,大怒的。
·rag·ged ['rægɪd] 形 1 衣著破爛的:a ~ tramp 衣衫襤褸的流浪漢。2 破爛的:a ~ banner 破爛的旗子。3(毛髮)凌亂的;未修整的。4 撕碎的;凹凸不平的:a piece of paper with a ~edge 邊緣成鋸齒狀的紙。5 不完善的,草率的。6 不悅耳的。7 疲乏已極的:run ~ 筋疲力盡。~**·ly** 副 不

調和地；參差不齊地；不規則地；破爛不堪地。～·nees 名

'ragged 'edge 名懸崖邊緣；邊緣。
on the ragged edge 在焦慮狀態中；瀕臨凶險。

rag·gle-tag·gle ['rægl'tægl] 形邋遢的，衣冠不整的；雜亂的，七拼八湊的。

rag·ing ['redʒɪŋ] 形 **1** 狂怒的。**2** 猛烈的。**3** 劇烈的，極端的。～·**ly** 副

rag·lan ['ræglən] 名無肩縫式大衣。

rag·man ['ræg,mæn] 名(複 **-men**) 撿破爛的人；收購破爛的人。

ra·gout [ræ'gu] 名ⓒⓤ〖法烹飪〗蔬菜燉肉。

rag·pick·er ['ræg,pɪkɚ] 名《美》撿破爛的人，拾荒者。

rag·tag ['ræg,tæg] 名《**the** ～》雜湊的群眾，烏合之眾。

'ragtag and 'bobtail 名《 **the** ～》《集合名詞》《蔑》賤民，烏合之眾。

rag·time ['ræg,taɪm] 名ⓤ繁音拍子。

'rag ,trade 名《 **the** ～》《口》成衣（製衣）業。

'rag ,trader 名《口》成衣業者；成衣零售商。

rag·weed ['ræg,wid] 名〖植〗豕草。**2**《英》= ragwort.

rag·wort ['ræg,wɚt] 名〖植〗小車。

rah [rɑ] 感《美》好哇！

·raid [red] 名 **1** 襲擊，突襲；(警察的) 搜捕《*on, upon...*》。**2**〖國際法〗不法侵入。**3**〖金融〗(股票的) 聯合拋售。**4** (掌權者的) 挪用款項。—動及突襲，襲擊：～ an enemy encampment 襲擊敵人陣地 / be ～*ed* by the police 被警察搜捕。—不及襲擊。

raid·er ['redɚ] 名 **1** 襲擊者。**2** 搜捕的警官。**3** 企業掠奪者。

:rail[1] [rel] 名 **1** 橫桿，橫木。**2** 圍欄，扶手。**3** ⓤ鐵路；ⓒ《～**s**》鐵軌：travel by ～ 乘火車旅行。**4**《～**s**》鐵路股票。**5**〖海〗舷欄。**6**〖木工·家具〗橫框，(橫) 木條。
(*as*) ***straight as a rail*** 筆直。
(*as*) ***thin as a rail*** 非常消瘦。
off the rails (1) (火車) 出軌。(2)《美》脫離常軌；迷惑，紊亂，狂亂。
on the rails (1) (事) 上軌道。(2) 依照正軌，順利，正常。
ride** a person **out of town on a rail 嚴懲某人，全體鎮民對其施以斷絕往來的制裁。
sit on the rail 採取中立。
—動及 **1** 鋪鐵軌；架設柵欄；用柵欄圍[隔]《*in, off*》；圍以橫木。**2**《主英》以鐵路運輸。—不及坐火車旅行。

rail[2] [rel] 動不及 大聲叱責，咒罵《*at, against...*》。

rail[3] [rel] 名〖鳥〗秧雞。

'rail ,car 名單節有軌機動車。

rail·head ['rel,hɛd] 名 **1** 終點站。**2**〖鐵道〗軌道終點，軌道起點。

·rail·ing ['relɪŋ] 名 **1**《常作～**s**》護欄，扶手，欄杆；ⓤ《集合名詞》鐵軌，軌道。**2** ⓤ鐵軌的材料。

rail·ler·y ['relərɪ] 名(複**-ler·ies**) **1** ⓤ (無惡意的) 嘲笑，嘲弄，玩笑。**2**《通常作 **-leries**》玩笑話。

:rail·road ['rel,rod] 名《主美》鐵路，鐵道(《英》railway)：a ～ accident 火車事故。**2** 鐵路 (設施)。—動及《美》**1** 以鐵路輸送。**2** 迫使《*into..., into doing*》；使 (議案等) 急速通過《*through...*》：～ a law *through* Congress 在國會中強行使議案通過。**3**《美口》使冤枉定罪。—不及 **1**《通常與 **it** 連用》坐火車旅行。**2** 在鐵路上工作。

rail·road·er ['rel,rodɚ] 名《美》鐵路從業人員。

'railroad ,flat 名《美》列車式公寓。

rail·road·ing ['rel,rodɪŋ] 名ⓤ《美》鐵路鋪設工程。

rail-split·ter ['rel,splɪtɚ] 名 **1** 劈木製欄的人。**2**《**the R-**》林肯的綽號。

:rail·way ['rel,we] 名 **1**《美》有軌車道；《英》鐵路，鐵道：a commuter ～《美》通勤電車軌道。**2** 軌道：a cable ～ 纜索道。—動不及《英》坐火車旅行。

rai·ment ['remənt] 名ⓤ衣服；服裝。

:rain [ren] 名 **1** ⓤⓒ雨，雨水；《主要與形容詞連用》降雨：a drop of ～ 一滴雨水 / a fine ～ 毛毛雨。**2**《 **the** ～**s** 》(印度等的) 雨季；季節雨；雨區：*the* tropical ～*s* 熱帶雨季。**3** ⓤ雨天：After ～ comes fair weather.《諺》雨過天晴；因禍得福。**4**《通常作 **a** ～》(如下雨般的) 一陣《*of...*》：*a* ～ *of* punches 如陣雨般落下的拳頭。
(*as*) ***right as rain*** 完全正常；非常健康。
get out of the rain《口》遠離是非麻煩。
rain or shine 不論晴雨；無論如何。
—動不及 **1**《以 **it** 為主詞》下雨：*It* never ～*s* but it pours.《諺》禍不單行。**2** 似雨般降落《*down / on, upon...*》。—及 **1** 降 (雨)《*on...*》。**2** 使如雨般降落。**3** 充分提供《*down / on, upon...*》。
It rains cats and dogs.《口》大雨傾盆。
rain off《英》= RAIN out (1).
rain on... (1)⇨動不及 2. (2)《俚》帶來霉運；抱怨自己運氣不佳。
rain...out / rain out...《美》(1) ⇨動及1. (2)《常用被動》因雨中斷或延期。

·rain·bow ['ren,bo] 名 **1** 虹；似虹的東西：the arch of the ～ 虹橋 / all the colors of the ～ 各種顏色。**2** 五彩繽紛的排列，多采多姿的展現。**3** 幻想或不可及的目標：chase a ～ 追求彩虹，追求不可能的事。**4** 全部的範圍，包羅萬象。

'rainbow ,chaser 名夢想者。

'rainbow ,trout 名〖魚〗虹鱒。

'rain ,check 名《美》**1** (比賽等因下雨而順延的) 下次使用有效的票根。**2** 邀請

的順延。3 順延的保證；改日的邀請。

rain·coat ['ren,kot] 名 雨衣。

'rain ˌdate 名 因雨而延後舉行的日期。

rain·drop ['ren,drɑp] 名 雨滴，雨點。

·rain·fall ['ren,fɔl] 名 **1** U C 降雨。**2** U 降雨量，雨量。

'rain ˌforest 名 熱帶雨林。

'rain ˌgauge 名 雨量計。

Rai·nier [re'nɪr, rə-] 名 **Mount,** 來尼爾峰：美國西北部喀斯開山脈的最高峰。

rain·less ['renlɪs] 形 無雨的，乾燥的。

rain·mak·er ['ren,mekɚ] 名 **1** 求雨巫師。**2** 人造雨專家。**3**《美俚》（公司或律師事務所中）有良好關係且能吸收客戶的高級主管或律師。**-mak·ing** 名 U **1** 求雨儀式。**2** 人造雨。

rain·out ['ren,aʊt] 名 **1**《美》（比賽等因下雨的）暫停或取消。**2** 輻射雨。

rain·proof ['ren,pruf] 形 防雨的；防水的。—動 及 使能防水，作防水處理。

'rain ˌshower 名 陣雨，驟雨。

rain·storm ['ren,stɔrm] 名 暴風雨。

'rain ˌwater 名 U 雨水。

rain·wear ['ren,wɛr] 名 U 防水衣服，雨衣。

rain·worm ['ren,wɝm] 名〖動〗蚯蚓。

:rain·y ['renɪ] 形 **(rain·i·er, rain·i·est) 1** 下雨的；多雨的：the ～ season 雨季。**2** 像下雨的；（雲等）含雨的。**3** 爲雨所淋溼的：～ streets 爲雨淋溼的街道。**-i·ly** 副

'rainy 'day 名 窮困，苦難：provide for a ～《喻》未雨綢繆。

:raise [rez] 動 **(raised, rais·ing)** 及 **1** 舉起；使升高《*up*》：～ one's hat 舉帽致敬 / ～ one's head 抬頭 / ～ the flag *up* 升旗。**2** 使豎立；使站起；喚醒《*from...*》；《古》圍獵：with the lid ～*d* 90 degrees 把蓋子打開 90 度 / ～ oneself to one's feet 站起來 / ～ a man *from* sleep 把人喚醒。**3** 建造：～ a castle 築城堡。**4**《英》栽種；飼養；《口》撫養：～ cattle and sheep 飼養牛羊。**5** 惹起，引發；提出（疑問等）：～ a laugh 引起笑聲。**6**〖法〗提起（訴訟）；製作（傳票）；制定（法規、制度等）：～ an issue at law 提起訴訟。**7** 使復活；召喚（靈魂）：～ the spirit of the departed 召喚死者的靈魂。**8** 唆使；揚起（塵埃等）；興起（風浪等）：～ a cloud of dust 揚起一片塵埃。**9** 使振作；懷抱（希望等）。**10** 使出人頭地《*to...*》；提高（地位、名聲等）：～ one's status 提升地位 / ～ one's sights 提高眼界，加大野心。**11** 募集；招募：～ money 籌款。**12** 增大（音量等）；發出（聲響）：使被聽到：～ a cry of triumph 發出勝利的歡呼 / ～ (up) a hue and cry against political corruption 對政治腐敗發出強烈的責難。**13** 增加（工資、費用等）；增強；〖牌〗增加（賭注）：～ prices 提高價錢 / ～ the temperature 增高溫度。**14** 使（麵粉）發酵；使（布料等）起絨毛。**15**《美》塗改（支票等）以提高其價值。**16**〖軍〗突破（包圍）；撤除（障礙）；解除（禁令）。**17**〖海〗駛近以看到（陸地、船等）。**18**《口》與…建立通訊。

—不及 **1**《方》站立，起來；上升。**2** 提高賭金；提高價錢。

raise a hand《通常用於否定》只做分內的工作。

raise** one's **eyebrows《表驚訝、輕蔑》揚眉。

raise** a person's **hackles 惹某人生氣。

raise the wind 興風作浪；妨礙；籌款。

—名 **1** 提高；升起。**2**《美》漲價；加薪（《英》rise）。**3** 漲價額；加薪額；增額。**4** 高處；土堆；上坡。**5**《俚》賺錢。

raised [rezd] 形 **1**〖烹飪〗發酵的。**2** 有凸起的花紋的；浮雕的。**3** 凸起的：a ～ surface 凸起來的表面。**4** 起絨毛的。**5**《俚》（支票等）（面額）塗改提高的。

rais·er ['rezɚ] 名 舉起者，（家畜等的）飼養者；栽培者；（資金等的）籌集者。

·rai·sin ['rezn̩] 名 葡萄乾。

rai·son d'ê·tre ['rezon'dɛtrə] 名《法語》(複 **rai·sons d'ê·tre**) 存在的理由。

raj [rɑdʒ] 名〖史〗（用於印度）支配，統治。

ra·ja(h) ['rɑdʒə] 名 **1**〖史〗印度的國王。**2**（馬來西亞、爪哇等的）王公；酋長；首領。

·rake[1] [rek] 名 **1** 耙子；耙狀農機具。**2** 賭桌上的錢耙。

(as) lean as a rake 瘦得皮包骨的，憔悴瘦弱的。

—動 **(raked, rak·ing)** 及 **1** 耙。**2** 除去（灰燼）《*out*》：～ *out* a fire 把灰燼從火爐中耙出。**3** 歸攏；翻出：～ in profits 大賺錢。**4** 搜索《*out*》：～ *out* a nugget of information 搜出有價值的情報。**5** 擦過；搔，抓。**6** 掃射。**7** 掃視，俯瞰。—不及 **1** 用耙子耙。**2** 搜尋，探索《*around, about / over, through, among...*》。

rake ... in / rake in ...《口》大量斂集（錢財）。

rake it in《口》撈進大筆錢。

rake ... up / rack up (1) 耙在一起。(2)《口》舊事重提，揭瘡疤。(3) 耙開。

rake[2] [rek] 名《古》放蕩的人，浪蕩子。

rake[3] [rek] 動 及 不及（使）傾斜。—名 **1** 傾斜；斜度。**2**〖空〗機翼的傾斜度；〖機〗斜度。

rake·hell ['rek,hɛl] 名 放蕩者，無賴漢。—形 放蕩的，無賴的。

rake-off ['rek,ɔf] 名《口》《通常爲蔑》**1** 不正當利益，回扣；（利益的）一份。**2** 折扣，減價。

rak·ish[1] ['rekɪʃ] 形 放蕩的，品行不端的；淫亂的。～**·ly** 副, ～**·ness** 名

rak·ish[2] ['rekɪʃ] 形 **1** 漂亮的，時髦的；瀟灑的，有風度的。**2**（船）輕快的。

ral·len·tan·do [ˌrɑlən'tɑndo] 名 (複～**s**)

R

漸慢（的樂章）。—形副漸緩的[地]。

·**ral·ly**[1] ['rælɪ] 動 (-lied, ～·ing) 及 1 召集；重整：～ world opinion against nuclear weapons 動員世界輿論來反對核子武器。2 使（精神等）集中；恢復（元氣等）；《常作反身》使振奮起精神：～ one's wits 恢復神智 / ～ *oneself* 振起精神。—不及 1 聚集，團結；協力援助。2 再集合，重整。3 恢復《*from*...》；重新振作。4〖金融〗（股價）反彈，回升。5（網球賽等）連續回擊；揮打練習；〖棒球〗比賽落後情況下連續得分。—名 (複 -lies) 1 再集合，重整。2 恢復，重振《*from*...》。3《主美》集會。4〖金融〗（股價）反彈，好轉。5〖網球〗連續對打；〖拳擊〗對擊。6 拉力賽，公路汽車賽。

ral·ly[2] ['rælɪ] 動 (-lied, ～·ing) 及（無惡意地）嘲笑，挖苦《*on*...》。

'**rallying ˌcry** 名（團體、運動等的）標語，口號。

·**ram** [ræm] 名 1 公羊。2《the R-》〖天·占星〗白羊座。3 = battering ram. 4（艦首的）撞角；撞角艦。5 撞槌。6（壓水機等的）柱塞；衝擊起水機。—動 (rammed, ～·ming) 及 1 撞擊；猛撞。2 打入（樁等）《*down* / *in*, *into*...》；把（土）搗實。3 填塞；裝填。4 猛推，猛拉；強使通過。5 裝（彈藥）。

ram...down a person's throat《口》向某人反覆灌輸（意見、道理等）。

ram...home 反覆灌輸直至信服。

RAM [ræm] 名 U〖電腦〗隨機存取記憶體（*r*andom *a*ccess *m*emory）。

Ram·a·dan [ˌræmə'dɑn] 名〖回教〗1 齋月。2 齋戒禁食。

·**ram·ble** ['ræmbl] 動 (-bled, -bling) 不及 1 漫步；閒逛《*about* / *through*, *among*...》：～ *through* the woods 在林中散步 / ～ up and down the countryside 在鄉間四處漫遊。2 蜿蜒。3 漫談《*on* / *about*...》。4 雜生，蔓延。—及 閒逛；漫步。—名 1 漫步；散步道。2 漫讀，閒談。

ram·bler ['ræmblɚ] 名 1 漫步者；漫談者。2〖植〗攀緣薔薇；蔓生植物。

ram·bling ['ræmblɪŋ] 形 1 漫步的，閒逛的。2 散漫的，不連貫的。3 彎彎曲曲的。4 不整齊的，雜亂無章的；蔓生的：a ～ house 胡亂搭蓋的房子。

ram·bunc·tious [ræm'bʌŋkʃəs] 形《美口》粗暴的；難以控制的；喧囂的。～·ly 副, ～·ness 名

ram·e·kin, -e·quin ['ræməkɪn] 名 C U 乳酪蛋糕；C 作此食物的小烤盤。

ram·ie ['ræmɪ] 名〖植〗苧麻；U 苧麻的纖維。

ram·i·fi·ca·tion [ˌræməfə'keʃən] 名 1《通常作～s》分枝，分叉。2 分支；支脈；〖植〗分枝；分枝法：the ～ of a root system 根組織的分支。3 相關問題；衍生物；（衍生的）結果，演變。

ram·i·fy ['ræməˌfaɪ] 動 (-fied, ～·ing) 及 不及（使）分枝；（使）成枝岔狀：～ into several groups 分裂成數派。

'**ram·jet** (ˌ**engine**) ['ræmˌdʒɛt(-)] 名〖空〗衝壓式噴射（引擎）。

ram·mish ['ræmɪʃ] 形 1 似公羊的。2 有強烈惡臭的：a ～ stench 令人厭惡的臭氣。3 好色的。～·ly 副

ra·mose ['remos] 形 多枝的；枝狀的，分枝的。～·ly 副

ra·mous ['reməs] 形 1 = ramose. 2 似枝的，枝狀的。

ramp [ræmp] 名 1 斜面；坡道，斜坡，匝道。2（樓梯扶手等的）彎曲部分。3 猛撲，暴跳。4（飛機的）活動舷梯。5《英俚》以過分的高價出售；詐欺。6 停機坪。—動 不及 1（動物）猛襲；〖紋〗（獅子等）以後腳立起；作襲擊狀。2《常為謔》暴跳。3 往上爬，蔓延。4 傾斜。

ramp along〖海〗起帆快速航行。

ram·page ['ræmpedʒ] 名《the ～, a ～》狂暴的行動；激怒的狀態：be on *a* ～ 暴跳如雷。—[ræm'pedʒ] 動 不及 狂暴，暴怒。

ram·pa·geous [ræm'pedʒəs] 形 暴跳的，狂暴的，難以控制的。

ramp·an·cy ['ræmpənsɪ] 名 U 1 繁茂，興盛。2 肆虐，猖獗。3 粗暴。

ramp·ant ['ræmpənt] 形 1 暴跳的；狂暴的；蔓延的，猖獗的；繁茂的。2〖紋〗《通常置於名詞之後》（獅子）以後腳站立的。

ram·part ['ræmpɑrt] 名 1《通常作～s》〖城〗防護牆，壁壘。2 防禦物。

ram·rod ['ræmˌrɑd] 名 1 推彈杆；通條。2 嚴格的老師；死板的人；嚴肅的長官；領班，工頭：(as) stiff as a ～ 僵直的；生硬的。—形 死板的；嚴厲的。

Ram·ses ['ræmsiz] 名 拉姆西斯：數位古埃及國王名。

ram·shack·le ['ræmˌʃækl] 形 1 快要倒塌的；不穩的。2 衰弱的。3 頹廢的。

:**ran** [ræn] 動 run 的過去式。

·**ranch** [ræntʃ] 名 1 大農場。2《主美西部》大牧場：a cattle ～ 牧牛場。3《集合名詞》在牧場工作的人。4 觀光牧場。5 = ranch house. —動 不及 在牧場工作；經營牧場。—及 從事牧場工作；在牧場飼養。

ranch·er ['ræntʃɚ] 名《美·澳》牧場主人；牛仔，牧童。

ran·che·ro [ræn'tʃɛro] 名 (複～s [-z])《拉丁美洲·美西南部》= rancher.

'**ranch ˌhouse** 名 1 牧場宅舍。2《美》長方形平房。

ranch·man ['ræntʃmən] 名 (複 -men) = rancher.

ran·cho ['ræntʃo] 名 (複～s [-z]) 1 = ranch. 2《主美西南部》牧場工人等居住的簡陋小屋或小村落。

ran·cid ['rænsɪd] 形 1 有惡臭的，味道變

R

質的。**2** 腐臭的；酸臭的。～**·ly** 副

ran·cid·i·ty [ræn'sɪdətɪ] 名 U 腐敗變質；臭氣。

ran·cor, 《英》**-cour** ['ræŋkɚ] 名U怨恨；深仇；敵意，惡意。

ran·cor·ous ['ræŋkərəs] 形 懷有惡意的；敵意的；怨恨的。

rand [rænd, -ɑnt] 名(複～或～**s**)蘭特：南非共和國的基本貨幣單位。

ran·dan ['rændæn] 名《口》歡鬧：on the ～ 縱情嬉鬧。

r&b, R&B, R and B 《縮寫》rhythm-*and-b*lues 節奏藍調。

R&D, R and D 《縮寫》*r*esearch *and d*evelopment 研究與發展，研發。

Ran·dolph ['rændɑlf] 名〖男子名〗藍道夫；暱稱 Randy。

·ran·dom ['rændəm] 形 **1** 胡亂的，任意的：a ～ guess 瞎猜 / a ～ coupling 露水之戀。**2**〖統〗隨機的。—副〖建〗規格不一地。—名《用於下列片語》

at random 胡亂地，隨便地。

'random 'access 名 U〖電腦〗隨機存取。

'random-'access 形

'random-access 'memory 名 U〖電腦〗隨機存取記憶體。略作：RAM

ran·dom·ic·i·ty [ˌrændə'mɪsətɪ] 名 U 隨機性，任意性。

ran·dom·ize ['rændəˌmaɪz]動及使隨機化；對…作隨機抽樣。

'random 'sampling 名U〖統〗隨機抽樣。

R and R, R&R 《縮寫》*r*est *and re*creation; *r*est *and r*ecuperation《美》（軍人的）休整假期。

rand·y ['rændɪ] 形(**rand·i·er, rand·i·est**) **1**《蘇》粗魯放肆的；魯莽的。**2**《口》性慾衝動的；淫蕩的，好色的。

ra·nee ['rɑni] 名〖史〗（印度的）王妃；女王，公主。

rang [ræŋ] 動 **ring²** 的過去式。

range [rendʒ] 名**1**（可能變動的）區域，幅度：the ～ of the tide 潮汐（漲落的）幅度。**2** U範圍，領域：within the ～ of one's knowledge 在自己的知識範圍以內。**3** U C 射程；有效距離，航程：the ～ of a rifle 步槍的射程距離。**4** 射擊場；飛彈發射場；高爾夫球練習場：a firing ～ 靶場。**5**〖統〗全距。**6**《美》（公地測量時）兩經線間地區。**7**階級，社會階層：the lower ～*s* of society 下層社會。**8** 一連串，行，排；山脈：the Appalachian *R*- 阿帕拉契山脈。**9** 閒逛，漫遊。**10**《主美》放牧場。**11**U C〖生態〗分布範圍；〖數〗值域；〖樂〗音域。**12**《美》爐灶。

in range with... 位於…的同一直線上；與…並列。

—形 放牧場的，被放牧的。

—動(**ranged, rang·ing**) 及 **1** 排列；配置：The men ～*d* themselves in single file. 那些人排成一列縱隊。**2**《常用被動或反身》使加入某一行列；分類。**3**使末尾排齊。**4**漫遊；行遍；沿（岸）航行；沿著…（平行）移動，巡航。**5**《美》放牧。**6** 把（望遠鏡等）對準《*on...*》。**7**〖海〗把（錨纜）平放在甲板上。—不及 **1**（在一定範圍內）變動，上下波動。**2** 漫遊；徘徊《*through, over...*》。**3** 涉及《*over...*》。**4** 延伸。**5** 綿亙；（在同一直線、平面上）擴展；在一直線上排列。**6** 分布，生長。**7** 及於（某距離），具有（某）射程。**8** 瞄準；查明距離。

range oneself (1)《古》嚴謹持身，過著正常安定的生活。(2) ⇨動 及1. (3) 袒護某一方；站在相對的一邊。

'range ˌfinder 名（槍等的）測距器。

rang·er ['rendʒɚ] 名 **1**《美》森林警備隊員；騎警；《英》皇家森林保護員。**2**巡邏隊員；《～**s**》游擊隊員。**3**《**R-**》《美》突擊隊員；受過特別訓練的兵員。

Ran·goon [ræŋ'gun] 名 仰光：緬甸的首都（現稱 **Yangon**）。

rang·y ['rendʒɪ] 形(**rang·i·er,rang·i·est**) **1** 四肢瘦長的。**2** 適於漫遊的。**3**《澳》多山的，有山脈的。**4** 寬敞的。

ra·ni ['rɑni] 名(複～**s** [-z]) = ranee.

·rank¹ [ræŋk] 名 **1** U C 階級；地位；等級：the upper ～*s* of society 上流社會 / the ～ of president 總統的地位。**2** U C 高級地位；高貴，顯貴：persons of ～顯貴 / the ～ and fashion 上流社會。**3**U C列，行；一連串；計程車招呼站；序列隊形；橫隊：break ～(*s*)擾亂隊伍 / keep ～(*s*)保持隊形 / join ～*s* with... 與…採取同一步調，參加…戰列。**4**《～**s**》軍隊將士；《集合名詞》士官，士兵：all ～*s* 全體將士；全員 / the men in the ～*s* 士兵 / rise out of the ～*s* 從士兵升爲軍官。**5**《通常作～**s**》《集合名詞》普通從業人員，社員，普通會員。**6**〖西洋棋〗（棋盤的）橫線。

pull (*one's*) ***rank*** 《俚》（爲求部屬的尊敬等）濫用其地位，仗勢下命令《*on...*》。

—動 及 **1** 評級；分等；編入…種類。**2**《美》級別高於…。**3** 排成，排列。

—不及 **1** 列入，占有地位。**2** 排列，排隊；前進。**3**《美》占據第一位。

rank² [ræŋk] 形 **1** 生長過度繁茂的；叢生的《*with...*》。**2**（土地）過於肥沃的。**3** 惡臭難聞的；腥臭的：～ butter 腐敗而發惡臭的奶油。**4** 極端的，十足的：a ～ amateur 完全的外行 / ～ heresy 極端的異端邪說。**5** 粗野的，卑鄙的：～ obscenity 粗野的猥褻言語。**6**（法律上）過高的，過多的：～**·ly** 副, ～**·ness** 名

'rank and 'file 名《**the** ～》《集合名詞·作單、複數》普通人，庶民；普通成員，士兵。

'rank-and-'filer 名普通人員。

rank·er ['ræŋkɚ] 名 **1** 有地位的人。**2**《

英》出身行伍的軍官。

rank·ing ['ræŋkɪŋ] [形] **1** 上位的，上級的：the ～ officer 高級軍官。**2** 卓越的，被重視的：a ～ authority on economics 經濟學的最高權威。**3**《複合詞》…的地位的：a high-*ranking* government official 政府高級官員。

—[名][U] 等級，地位。

ran·kle ['ræŋkl] [動][不及] **1** 使痛恨。**2**（傷口等）劇痛；《古》化膿。—[及] 使痛苦，焦慮；激怒。

ran·sack ['rænsæk] [動][及] **1** 仔細搜索，反覆找尋《*for*...》：～ one's dictionaries *for* a word 翻遍字典查閱一字。**2** 洗劫，掠奪《*for*...》。

～·**er** [名]

·**ran·som** ['rænsəm] [名] **1** 贖金，賠償金：a king's ～ 國王的贖金；鉅款或貴重品。**2** [U] 贖回。**3** [U] 贖罪；免罪金。**4** 特權購買金，名譽購買金。

hold a person to [《美》***in***] ***ransom*** 擄某人待贖，綁票。

—[動][及] **1** 贖。**2** 拿贖金釋放（人）；索取贖金。**3** 贖罪。～·**er** [名]

rant [rænt] [動][不及] 口出狂言，大聲叫嚷；咆哮；大聲說教：～ and rave 大叫大嚷。

—[及] 大聲說《*out*》。—[名] **1** [U] 狂言；壯語；無聊閒話。**2** 誇張的話。～·**er** [名]

·**rap**[1] [ræp] [動] **(rapped, ～·ping)** [及] **1** 叩擊；敲擊：～ on the knuckles（懲罰小孩）輕敲手指關節；斥責，非難。**2**《美》厲聲說出；急促地說出《*out*》：～ *out* a stream of curses 厲聲詛咒一頓。**3**（召魂術）以敲擊聲表示出（訊息等）《*out*》：～ *out* a message（鬼魂）藉輕敲傳送訊息。**4**《俚》判決。**5** 斥責，非難。—[不及] **1** 敲打；叩擊《*on, at*...》：～ *on* a gate 咚咚地敲門。**2**《俚》喋喋不休地說，談話。**3** 厲聲急促地說《*out*》。

—[名] **1** 輕敲；輕敲聲。**2**《口》斥責，非難；懲罰；《俚》犯罪嫌疑；告發；拘捕；監禁。**3**《俚》閒聊，談話。**4** [U] 饒舌歌。

a bum rap《俚》冤罪，冤獄。

beat the rap《俚》逃過刑責，宣判無罪。

take a rap《美口》敲打（頭等）《*on*...》。

take the rap《俚》承擔他人的罪，（代人）受懲罰《*for*...》。

rap[2] [ræp] [名] **1**《a ～》《否定》一點點。**2** 半辨士私鑄貨幣；無價值之物。

ra·pa·cious [rə'peʃəs] [形] **1** 強奪的。**2** 貪婪的。**3** 捕食生物的，肉食的。

～·**ness** [名][U] 強奪；貪婪。

ra·pac·i·ty [rə'pæsətɪ] [名][U] 貪得無饜，貪婪；強奪，掠奪。

rape[1] [rep] [名][U][C] **1** 強姦，強暴：a partial ～ 強姦未遂。**2**《古》〖詩〗強奪。**3**《美》= statutory rape. —[動][及] 強姦。**2**《古》〖詩〗強奪。

—[不及] 掠奪；強姦。

rape[2] [rep] [名][U]〖植〗西洋油菜。

rape[3] [rep] [名] **1** [U]（搾汁後的）葡萄渣。**2** 製醋的容器。

rape·seed ['rep,sid] [名][U][C] 油菜籽；〖植〗油菜。

'**rap** ˌ**group** [名]《美俚》討論小組。

Raph·a·el ['ræfɪəl] [名] **1** 拉斐爾（1483–1520）：義大利畫家、建築家。**2** 大天使之一。**3**〖男子名〗拉斐爾。

:**rap·id** ['ræpɪd] [形] **(more ～; most ～;**《偶作》**～·er, ～·est) 1** 快的，迅速的：a ～ journey 匆忙的旅行。**2**（動作）飛快的，敏捷的，匆忙的：a ～ thinker 思想敏捷的人。**3** 陡的，險峻的：a ～ ascent 急陡的上坡。**4**〖攝〗高速攝影用的；高感光度的。

—[名]《通常作～s》激流；急流。

'**rapid** '**eye** ˌ**movement** [名]（做夢時的）眼球快速運動。略作：REM

'**rapid** '**eye** ˌ**movement** ˌ**sleep** [名] = REM sleep.

rap·id-fire ['ræpɪd'faɪr] [形] **1** 一個接著一個的。**2**（槍炮）速射的，連射的。

·**ra·pid·i·ty** [rə'pɪdətɪ] [名][U] 迅速；敏捷；速度：with unusual ～ 以異常的速度。

:**rap·id·ly** ['ræpɪdlɪ] [副] 迅速地。

'**rapid** '**transit** [名][U] 都市捷運系統。

ra·pi·er ['repɪɚ] [名] 輕巧細長的劍；雙刃劍：a ～ glance《喻》目光銳利的一瞥 / a ～ thrust 以輕巧細長的劍一刺；《喻》巧妙的反駁。

rap·ine ['ræpɪn] [名][U]《文》強奪，擄獲。

rap·ist ['repɪst] [名] 強姦犯，強暴者。

rap·pel [ræ'pɛl] [動][不及]，[名] 繞繩《從峭壁》下降（的方法）。

rap·port [ræ'port] [名][U] 關係；接觸，交往《*with, between*...》：establish close ～ *with* one's employees 與員工建立密切的關係。

rap·proche·ment [ˌræproʃ'mɑn] [名] 邦交的恢復；和解；親善。

rap·scal·lion [ræp'skæljən] [名]《諧》惡棍，流氓。

'**rap** ˌ**session** [名]《美俚》小組討論。

'**rap** ˌ**sheet** [名]《美俚》前科紀錄。

rapt [ræpt] [形] **1** 著迷的，痴迷的《*in*...》。**2** 出神的《*with, by*...》；狂喜的：～ *with* joy 高興得歡天喜地 / listen with ～ attention 聽得入神。～·**ly** [副]

rap·to·ri·al [ræp'torɪəl] [形] **1** 肉食的；適於捕捉獵物的。**2** 猛禽類的。

·**rap·ture** ['ræptʃɚ] [名][U] 著迷，痴迷；《通常作～s》狂喜；狂喜的語言：utter words of ～ 發出狂喜的話語 / be in ～*s* 欣喜若狂。—[動][及] 使歡天喜地。

'**rapture of the** '**deep** [名][U]〖病〗潛水病。

rap·tur·ous ['ræptʃərəs] [形] 著迷的，痴迷的；狂喜的。～·**ly** [副]

:**rare**[1] [rɛr] [形] **(rar·er, rar·est) 1** 罕見的，

珍奇的；稀有的：a ～ bird珍奇的人[物]，珍禽。2稀薄的。3傑出的，極好的；《反語》非常的，極端的：a ～ beauty 絕色的美人 / have a ～ (old) time (of it) 過得極快樂；《反語》達到極至之境。4《副詞》《主口》非常，很：a ～ foul tempe 心情糟透了。

rare and... 《與形容詞連用》極，非常。

～·ness 名U稀少；稀薄；珍奇。

rare[2] [rɛr] 形 (**rar·er, rar·est**)《美》煮得嫩的，半熟的（《英》underdone）：a ～ steak 煎得半生半熟的牛排。

rare·bit ['rɛr,bɪt] 名= Welsh rabbit.

'rare 'earth 名〖化〗稀土。

'rare-'earth ,element 名〖化〗稀土元素（亦稱 rare-earth metal）。

rar·e·fac·tion [,rɛrə'fækʃən] 名U稀薄狀態；稀釋。

rar·e·fied ['rɛrə,faɪd] 形變成稀薄的；純化的；考究的；變成精細的。

rar·e·fy ['rɛrə,faɪ] 動(**-fied, ～·ing**)及1使稀薄。2使純化；使（思想等）變得更純淨。—不及變稀薄。

·rare·ly ['rɛrlɪ] 副 1《常修飾全句》罕有地，偶爾；很少。2很高明地，出色地。3非常地，極：～ honest 非常誠實。

rarely ever / rarely if ever 很少。

rar·ing ['rɛrɪŋ] 形《口》十分渴望的，急切的《*for..., to* do》。

rar·i·ty ['rɛrətɪ] 名(複**-ties**) 1珍品，罕有的事物；U稀有：a medical ～ 醫學上稀有的事。2 U珍奇；優異。3 U稀薄。

ras·cal ['ræskl] 名 1惡棍，流氓，無賴。2《謔》小淘氣，壞蛋。3《通常冠以形容詞》傢伙：a merry ～快活的傢伙。4《古》下賤者。—形 1 下流的，卑劣的。2《古》下流階級的，下層社會的。

ras·cal·i·ty [ræs'kælətɪ] 名 (複**-ties**) 1U卑鄙，殘忍。2卑鄙行爲，惡事。3《集合名詞》惡棍。

ras·cal·ly ['ræsklɪ] 形惡徒的；似惡徒的；卑鄙的。—副卑鄙地。

rase [rez] 動及= raze.

rash[1] [ræʃ] 形輕率的；冒失的，性急的：a ～ decision 貿然的決定。～·**ly** 副, ～·**ness** 名

rash[2] [ræʃ] 名 1《**a** ～》疹子：*a* heat ～痱子。2《通常作**a** ～》（短時間內發生的）一連串《*of...*》：*a* ～ *of* complaints 接二連三的抱怨。

rash·er ['ræʃɚ] 名 鹹肉的薄片；一份的鹹肉。

rasp [ræsp] 動及 1 銼，銼平；銼掉《*off, away / off, away...*》：～ the paint *off* a piece of wood將油漆從一塊木板上銼掉。2使煩躁；激怒。3用刺耳的聲音說出《*out*》。—不及 磨擦；發出刺耳聲；刺激《*on, upon...*》。—名 1銼刀。2 銼；磨擦[鉋]。3《**a**～》銼物聲；吱吱聲。

rasp·ber·ry ['ræz,bɛrɪ] 名 (複**-ries**) 1〖植〗覆盆子；蔗莓；U 深紅紫色。2《美俚》= Bronx cheer.

rasp·ing ['ræspɪŋ] 形 摩擦（般）的，刺耳的。

rasp·y ['ræspɪ] 形 (**rasp·i·er, rasp·i·est**) 1 摩擦的，刺耳的。2 易焦躁的，易怒的。

ra·sure ['reʒɚ] 名刪除之處。

·rat [ræt] 名 1 鼠：like a drowned ～渾身溼透；非常淒慘 / behave like ～ in a maze 舉止像迷宮裡的老鼠 / be (as) drunk as a ～酩酊大醉 / *Rats* leave a sinking ship.《諺》老鼠拋棄快要沉沒的船；樹倒猢猻散。2《俚》無賴，卑鄙的人；不檢點的女人：a pack of ～*s* 一群惡徒。3《俚》變節者，叛徒；告密者，間諜；破壞罷工者。

Rats！胡說八道！畜生！呸！豈有此理！

smell a rat 覺得可疑，覺得事情不妙。

—動 (～·**ted**, ～·**ting**) 不及 1《俚》變節，脫黨；破壞；密告《*on...*》。2 捕鼠。

—及《美》把（頭髮）弄得蓬鬆蓬鬆。

rat·a·ble ['retəbl̩] 形1 可估價[評價]的。2 比例上的，按一定比率的。3《英》（房屋、價格等）應（受地方政府）課稅的，可予課稅的。-**bly** 副按比例地。

rat·al ['retl] 名《英》課稅額。

rat-a-tat [,rætə'tæt] 名（敲門或擊鼓的）咚咚[砰砰]聲；（機槍的）噠噠聲。

rat·a·tou·ille [,rætə'tjui] 名C U 〖烹飪〗法式雜菜煲。

rat·catch·er ['ræt,kætʃɚ] 名 1 捕鼠人；捕鼠器。2《英》（簡便的）獵狐裝。

ratch·et[1] ['rætʃɪt] 名 1 棘輪（的裝置）。2《俚》棘輪爪：a ～ wheel 棘輪。

ratch·et[2] ['rætʃɪt] 動及不及（使）漸上升，（使）遞增《*up, upward*》；（使）漸下降，（使）遞減《*down, downward*》。

'ratchet ef ,fect 名U C 棘輪效應：指間歇性的增加、成長或擴張等。

'ratchet ,jaw 名《美俚》話匣子；饒舌者，喋喋不休的人。

:rate[1] [ret] 名 1 比率，比值：a high ～高比率 / the birth ～ 出生率 / the ～ of interest 利率。2 費用，價格；市價；支出：railroad ～*s* 鐵路運費。3 速度；（工作、活動等的）進度；程度：the ～ of economic growth 經濟成長率 / at the ～ of 70 MPH 以時速 70 哩的速度/ prices increasing at a dreadful ～ 以驚人的速度在上漲的物價。4U（尤指船、船員等的）等級；《冠以序數》第…等：the first ～ 第一等。5《通常作 ～**s**》《英》地方財產稅；地方稅：～*s* and taxes 地方稅與國稅。

as sure as rates 《美》絕對確實。

at an easy rate 便宜地；輕易地。

at any rate 無論如何；至少。

at that rate (1) 照那種情形。(2) 如果那樣的話。

at this rate 《口》照此情形；照此程度下去。

—動(**rat·ed, rat·ing**) 及1 評價《*at...*》：～

R

a person according to the standard of intelligence 按智力標準來判定某人。2 把…列為（…之一）《among...》；視為：He was ~d (as) one of the candidates most likely to win. 他被視為最有勝算的候選人之一。3《通常用被動》把（不動產等）（為了課稅）加以評價《at...》；向（人）課稅；使（人）分擔其應付的部分：The worth of the building is ~d at $10 million. 這棟建築物的價值被核定為一千萬美金。4 將（船、船員）評定等級為。5《美口》值得，應得：He ~d a room, a desk, and a telephone to himself. 他應享有個人專用的房間、桌子和電話。—不及 1 具有價值；被評價具有地位：The new teacher really ~s with her class. 新任老師在她班上的評價的確很高。2 有（…的）等級，被評定（為…的）等級：This ship ~s as firstclass. 此船經評定屬於一級。

rate² [ret] 動 及 不及 嚴斥，痛罵。

rate·a·ble ['retəbl] 形 = ratable.

'rate of ex'change 名《the ~》匯率。

rate·pay·er ['ret,peɚ] 名《英》地方稅納稅者。

rat·er ['retɚ] 名 1 評定者，評價者。2《複合詞》被評定為某特定等級的人[物]。

rathe [reð] 形《古》早開的；早熟的。—副《方》早地；《古》迅速地，迅捷地。

:rath·er ['ræðɚ, 'rɑðɚ] 副 1 到達某程度地，有幾分；頗，相當，很：~ expensive 相當昂貴。2 [A rather than B]（若要擇一）與其說 B 不如說 A：I am a writer ~ *than* a teacher. 與其說我是老師，不如說是作家。/ She is handsome ~ *than* pretty. 與其說她漂亮，不如說她有一種陽剛之美。3 [or rather] 更適當地說；更正確地說，其實應該說：late in the afternoon, *or* ~, early in the evening 午後近黃昏時，其實應該是，剛剛天黑的時候。4《連接詞》相反地，反而：The weather is no cooler today; ~, it is hotter. 今天的天氣不但沒有更冷，反而更熱了。

the rather because [*that*] 因…而更加…。

would rather A (*than* B)（較之 B）寧願做，較喜歡做 A：I *would* ~ go at once. 我寧願立刻走。/ I *would* ~ have been born here. 我要是在這裡出生就好了。

—['rɑðə] 感《主英》《強調用法·作為肯定的回答》當然，確是如此；的確；毫無疑問：“Is that movie worth seeing？” “*R*-！” 「那部電影值得一看嗎？」「當然。」

rat·hole ['ræt,hol] 名 1 鼠穴，老鼠窩：down a ~《喻》無意義地，白費地。2 狹小髒亂的房間。

raths·kel·ler ['rɑts,kɛlɚ] 名《美》（設在地下室中的）德國式餐館或酒館。

rat·i·cide ['rætɪ,saɪd] 名 Ⓤ Ⓒ 滅鼠藥。

rat·i·fi·ca·tion [,rætəfə'keʃən] 名 Ⓤ 認可，批准；承認。

rat·i·fy ['rætə,faɪ] 動 (-fied, ~·ing) 及 承認，認可，批准。-fi·er 名

rat·i·né [,rætə'ne] 名《美》= sponge cloth.

rat·ing¹ ['retɪŋ] 名 1 評定等級。2〖海〗(1)《美》（船、船員的）等級。(2)《~s》某等級的全體船員；《英國海軍的》水兵，士兵：of ficers and ~s 官兵。3《美》信用度。4 收聽率，收視率；《英》稅金徵收額；《美》評定（結果）；Ⓤ 評價；Ⓒ 評分：a ~ of 90 percent in mathematics 數學 90 分的評分。

rat·ing² ['retɪŋ] 名 Ⓤ Ⓒ 責罵，申斥。

·ra·tio ['reʃo] 名 (複~s) Ⓤ Ⓒ 1 比率，比值《to...》；比例：the ~ of births *to* deaths 出生與死亡的比率 / be in inverse ~ to each other 相互成反比。2〖金融〗金銀比價。—動 及 用比率表示。

ra·ti·oc·i·nate [,ræʃɪ'ɑsə,net] 動 不及《文》（以三段論法等）推論，推理。

-na·tive 形 推論的，推理的

ra·ti·oc·i·na·tion [,ræʃɪ,ɑsə'neʃən] 名 Ⓤ《文》推論，推理。

·ra·tion ['ræʃən, 'reʃən] 名 1 分配量，（配給物的）一份：a daily ~ of potatoes 一日份馬鈴薯 / an emergency ~ 緊急用隨身口糧。2《~s》配額糧食：on short ~s 處於配給額不足中。—動 及 1 配給；分發。2 對（食品等）實施配給制度；（對…）實行配給《to...》。

·ra·tion·al ['ræʃənl] 形 1 合理的，有道理的：a ~ plan 合理的計畫。2 理性的，有辨別力的；有理智的：a ~ statesman 通情達理的政治家。3 基於理性的，邏輯的：the capacity for ~ thought 邏輯思考能力。4〖數〗有理的：a ~ number 有理數。5〖詩〗可以音節量度的。

—名〖數〗有理數。~·ly 副 理性地，通情達理地；合理地。

ra·tion·ale [,ræʃə'næl, -'nɑlɪ] 名 Ⓤ Ⓒ 1 基本理論，邏輯依據。2 理論的說明。

ra·tion·al·ism ['ræʃənl,ɪzəm] 名 Ⓤ 理性主義，唯理論。-list 名 理性主義者。

-'is·tic 形, -'is·ti·cal·ly 副 合理[理性]地。

ra·tion·al·i·ty [,ræʃə'nælətɪ] 名 (複 -ties) 1 Ⓤ 合理性；理性的作用，推理。2《通常作 -ties》合理的見解[行動]。

ra·tion·al·ize ['ræʃənl,aɪz] 動 及 1 合理地解釋[處理]《away》：~ *away* a myth 對傳說予以合理的解釋。2 使合理化。3《主英》合理整頓（企業等）。4〖數〗使成為有理數。—不及 1 推理，合乎理性地思索。2 使言行合理化，文過飾非。

-i·'za·tion 名, -iz·er 名

ra·tion·al·ly ['ræʃənlɪ] 副 合理地；通情達理地，理性地。

ra·tion·ing ['ræʃənɪŋ] 名 Ⓤ 配給。

rat·lin(e) ['rætlɪn] 名《通常作~s》〖海〗1 梯索。2 繩梯用橫索。

'rat ,poison 名 Ⓒ Ⓤ 滅鼠藥。

'rat ,race 名《the ~》《口》無休止的競

爭，你死我活的競爭。

rats·bane ['ræts,ben] 名 U 滅鼠劑。

rat(-)tail ['ræt,tel] 名 = grenadier 3.

rat·tan [ræ'tæn, rə-] 名 1〖植〗藤；U 其枝幹。2 藤杖，藤鞭。

rat-tat [,ræt'tæt] 名 = ratatat.

rat·ter ['rætə] 名 1 捕鼠者[器，貓，狗]。2《俚》叛徒，變節者；破壞罷工者。

·**rat·tle**[1] ['rætl] 動 不及 1 嘎嘎響。2 嘎嘎響地通過[疾跑，摔落]。3 喋喋不休地說《*on, away, along / with, through...*》。4 喉嚨格格地響。—及 1 使發出嘎嘎聲。2 急促地讀[講]《*off, out, over, away*》；快速地做完《*through*》。3 使憤怒，使慌亂。4〖狩〗趕出（獵物）。

rattle around in... 生活於（過大的房子、辦公室等）。

—名 1 U《常作 **a** ～》嘎嘎的聲音。2 嘎嘎作響的器具；響尾蛇尾部的發響器官，響環。3 喉嚨格格的響聲。4 U 高聲吵鬧，喧嚣；C 喋喋不休者。5 成熟種子在莢中嘎嘎響的植物；野百合。

rat·tle[2] ['rætl] 動 及〖海〗配備繩梯橫索《通常用 *down*》。

rat·tle·brain ['rætl,bren] 名 無能、魯鈍而愛說話的人。**-brained** 形 愚蠢的；輕浮的。

rat·tler ['rætlə] 名 1《美》= rattlesnake. 2 發出格格聲的人[物]；饒舌的人。3《口》極好之物；極品；駿馬。4 貨運列車。

rat·tle·snake ['rætl,snek] 名 響尾蛇。

rat·tle·trap ['rætl,træp] 名 1《主美》破舊不堪的東西；舊車輛。2《～s》不值錢的裝飾品。3《俚》饒舌的人。—形 發出嘎嘎聲的；破爛的。

rat·tling[1] ['rætlɪŋ] 形 1 嘎嘎作響的。2 敏捷的；活潑的：at a ～ pace 以輕快的步伐。3《口》極好的，巧妙的，重要的。—副《口》《加強 **good**》極，非常。

rat·tling[2] ['rætlɪŋ] 名 = ratlin.

rat·tly ['rætlɪ] 形 吵鬧的；格格作響的。

rat·trap ['ræt,træp] 名 1 捕鼠器。2 難局，困境。3 破舊骯髒的房屋。

rat·ty ['rætɪ] 形 (**-ti·er, -ti·est**) 1 多鼠的；鼠的：a ～ neighborhood 多鼠的地區。2 卑微的；骯髒的，破爛的。3《英俚》易怒的，焦躁的。

rau·cous ['rɔkəs] 形 沙啞的，刺耳的，輾軋聲的。～**·ly** 副，～**·ness** 名

raunch ['rɔntʃ, -ɑ-] 名 U 粗鄙，低俗下流；邋遢。

raun·chy ['rɔntʃɪ, -ɑ-] 形《美俚》1 敷衍草率的，馬馬虎虎的。2 鄙俗的；下流的，極爲好色的。3 邋遢的，骯髒的。**-chi·ly** 副，**-chi·ness** 名

rav·age ['rævɪdʒ] 名 1 U 破壞；蹂躪；搶奪。2《通常作～**s**》破壞後的慘狀；災禍：suffer the ～*s* of war 遭受戰禍。

—動 及 破壞，使荒蕪；搶奪。—不及 蹂躪。

rave[1] [rev] 動 不及 1 說莫名其妙的話；狂言《*about, of, for...*》；怒吼，叫嚣《*at, against...*》；（風、海等）咆哮：～ in fever 因高燒而發囈語 /～ *at* [*against*] a person 向某人怒吼。2 狂熱讚揚，熱中《*about, of, over...*》。—及 1 狂亂地說《*out*》。2《反身》叫嚷；狂鬧《偶作 *out / to, into...*》。—名 1 U C 叫嚣，狂鬧；呼嘯，咆哮。2 U C《口》熱中；激賞，極力讚嘆。3《俚》喧鬧的集會。—形《口》過分誇獎的。

rave[2] [rev] 名《通常作 ～**s**》（貨車等的）外側圍板。

rav·el ['rævl] 動(～**ed**, ～**·ing** 或《英》**-elled**, ～**·ing**) 及 1 解開，拆開；《喻》釋明，弄清《*out*》：～ the yarn *out* 把線理開 / ～ the question *out* 解決問題。2 使糾纏，使纏結《*up*》；《喻》使變得複雜：the ～*ed* skein of fate 錯綜複雜的命運。—不及 1 被解開；《喻》獲得解決《*out*》。2 糾結，糾纏《*up*》；《喻》陷入糾紛。—名 1 糾結；糾紛，混亂。2（織物等）解開的部分。

rav·el·ing,《英》**-ling** ['rævəlɪŋ] 名 U 解開；拆開；C 散開的線。

ra·ven[1] ['revən] 名〖鳥〗渡鴉，大烏鴉。—形 烏黑的：～ locks of hair 烏黑的頭髮。

rav·en[2] ['rævən] 動 不及 1 掠奪；搶劫《*about*》；獵食《*for, after...*》。2 貪婪地吞食《*on, upon...*》；貪求《*for...*》。—及 掠奪，獵食；貪婪地吞食。—名 = ravin.

rav·en-haired ['revən'hɛrd] 形《文》頭髮烏黑的。

rav·en·ing ['rævənɪŋ] 形 狼吞虎嚥的，餓極的：～ wolves 餓得發狂的狼群。

rav·en·ous ['rævənəs] 形 餓極的；貪婪的。～**·ly** 副，～**·ness** 名

rav·er ['revə] 名《英俚》不拘禮法的人，社交生活隨便的人；貪玩的女人。

rave-up ['rev,ʌp] 名《英俚》狂野的聚會；玩樂喧鬧。

rav·in ['rævɪn] 名 U C《詩》掠奪，強奪；掠奪物；獵獲物。

ra·vine [rə'vin] 名 溪谷，峽谷。

rav·ing ['revɪŋ] 形 1 胡言亂語；狂亂的；狂暴的。2《口》卓越的，非凡的：a ～ beauty 絕代佳人。—副 非常，很。—名《通常作～**s**》胡言亂語；狂亂，大叫大嚷。～**·ly** 副

ra·vi·o·li [,rævɪ'olɪ, ,rɑ-] 名《作單、複數》義大利式小方餃。

rav·ish ['rævɪʃ] 動 及 1《通常用被動》使著迷，使狂喜。2《文》搶走，強奪；拐騙：～ a kiss 強吻。3《文》強姦。

rav·ish·ing ['rævɪʃɪŋ] 形 使人陶醉的，迷人的。～**·ly** 副

rav·ish·ment ['rævɪʃmənt] 名 U 1 著迷，狂喜：look with ～ 看得著迷。2《文》強奪，奪取；拐騙婦女。3 強姦。

·**raw** [rɔ] 形 1 未煮過的，生的：a ～ onion

R

生洋蔥 / eat oysters ～生吃牡蠣。2 未加工的，未精製的；《主美》尚未釀成的；（軟片）未曝光的：～ data 原始資料 / ～ milk 未經殺菌的生牛奶 / ～ whisky 未摻水的威士忌。3 擦破皮的，刺痛的；（傷口等）綻開的；（地表等）露出的。4 粗野的；生硬的：a ～ remark 粗野的言詞。5 未熟練的，無經驗的：a ～ apprentice 無經驗的學徒。6 露骨的；粗俗的，猥褻的。7《俚》嚴酷的；不公平的。8 溼冷的：a ～ wind 陰冷的風。9 裸露的。10《美》新近完成的，新的。一图1 擦傷處，痛處；《the ～》《喻》弱點。2《常作～s》未精煉品；未加工品，原料。

in the raw (1)《美》生的，未加工的，自然狀態的；原始狀態的。(2) 赤裸的。

～·ly 副, ～·ness 图Ⓤ生，未熟；刺痛；裸露；《偶作 a ～》稍冷。

Ra·wal·pin·di [,rɑwəl'pɪndɪ] 图洛瓦平第：巴基斯坦東北部一城市，巴國舊首都。

raw·boned ['rɔ'bond] 形瘦削的，骨瘦如柴的。

'raw ,deal 图不公平的待遇；苛待：have a ～ 受到不公平的待遇。

'raw ,foodism 图生素食主義。

raw·hide ['rɔ,haɪd] 图1 Ⓤ生（牛）皮。2《美》生皮製的鞭。一動及以生皮鞭抽打。

'raw ma'terial 图《常作～s》原料，未加工品；（小說等的）素材。

'raw 'score 图原始分數，原始成績。

·ray¹ [re] 图1 光線：a ～ of sunshine 一線陽光。2 閃光；微弱的痕跡《of...》：a ～ of intelligence 才華閃爍。3 一瞥；視線。4《～s》〖理〗熱線，輻射線：ultraviolet ～(s) 紫外線。5 射狀組織；〖動〗腕，鰭刺。

一動不及1 發出光線；閃現，閃耀。2 擴散成放射狀。一及1 放射，放出。2 照亮；照射；《口》拍攝 X 射線照片。3 在…加上放射狀的線。

ray² [re] 图〖魚〗海鰩魚。

Ray [re] 图1〖男子名〗雷（Raymond 的暱稱）。2（亦作 **Raye**）〖女子名〗蕾伊（Rachel 的暱稱）。

Ray·mond ['remənd] 图〖男子名〗雷蒙。

ray·on ['reɑn] 图Ⓤ人造絲；人造絲織物。一形人造絲製的，人造絲的。

raze [rez] 動及摧毀，夷平：～ a city to the ground 把城市夷為平地。

·ra·zor ['rezɚ] 图剃刀，電鬍刀：(as) sharp as a ～ 剃刀般稅利；極靈敏的。

be on the razor's edge 千鈞一髮，身處生死關頭。

ra·zor·back ['rezɚ,bæk] 图1〖動〗剃刀鯨。2 尖脊（半）野豬。3 狹尖的屋頂，稜線。

一形（有）尖削背脊[山脊]的。

ra·zor-cut ['rezɚ,kʌt] 動 (-cut, ～·ing) 及用剃刀修整。

ra·zor-edge ['rezɚ,ɛdʒ] 图1 鋒利的刃；削尖的山脊。2 危機的邊緣。

razor-sharp ['rezɚ'ʃɑp] 形非常銳利的。

ra·zor-thin ['rezɚ,θɪn] 形如刮鬍刀片的，極薄的。

razz [ræz] 動及《美俚》嘲笑；戲弄，瞧不起；欺負。一图惡罵；嘲笑。

raz·zle-daz·zle ['ræzl,dæzl] 图《口》1《the ～》喧鬧，混亂：put on *the* old ～ 亂哄哄地喧鬧。2〖美足〗障眼假動作。3 令人目眩的做法。4《俚》陶醉。一形《口》令人眼花撩亂的。

razz·ma·tazz ['ræzmə,tæz, '--,-] 图Ⓤ《俚》1 噱頭。2 生氣，活力。3 複雜而含混的話。

Rb 《化學符號》rubidium.

RBI, rbi 《縮寫》〖棒球〗*r*un(s) *b*atted *i*n 打點。

R.C. 《縮寫》*R*ed *C*ross; *R*oman *C*atholic.

R.C.M.P. 《縮寫》*R*oyal *C*anadian *M*ounted *P*olice 加拿大皇家騎警隊。

r-col·ored ['ɑr,kʌlɚd] 形〖語音〗r 音的，含有 r 音發音的。

rcpt. 《縮寫》*rec*ei*pt*.

Rd. 《縮寫》*R*oa*d*.

rd. 《縮寫》*r*endere*d*; *r*oa*d*; *r*o*d*(s); *r*oun*d*.

R/D 《縮寫》〖銀行〗*r*efer to *d*rawer（票據等的）請與出票人交涉。

R.D. 《縮寫》*r*ural *d*elivery.

re¹ [re] 图ⓊⒸ〖樂〗長音階的第二音，D 音。

re² [ri] 介〖法·商〗關於，有關。

're [ɚ] are 的縮略形。

re- 《字首》表「重」、「再」、「反覆」等之意（亦作 **red-**）。

Re., re. 《縮寫》*r*up*ee*.

R.E. 《縮寫》*R*eformed *E*piscopal; *R*ight *E*xcellent; *R*oyal *E*ngineer.

:reach [ritʃ] 動及1 到達，抵達：～ one's destination 到達目的地。2 及於，到達：a dress that ～*ed* the floor 長及地板的衣服 / ～ middle age 到了中年 / ～ a conclusion 得出結論。3 命中，擊中。4 伸出，伸展《*out*》：～ *out* one's hand in greeting 伸手致意。5 伸手拿；搆到；獲得：～ down a book（從書架）伸手拿下一本書 / ～ a new understanding of... 獲得有關…的新認識 / ～ him the book 伸手拿書給他。6 與…聯絡：～ a large audience through magazines 經由雜誌接觸很多讀者。7 影響；打動。一不及1 伸出手臂；伸手去拿；力圖獲得《*out* / *for, after, into, under...*》。2 延伸，擴展；達《*to, across...*》。3 被累加，合計。4〖海〗橫風行駛。一图1《a ～》（手等的）伸出。2 Ⓤ到達的範圍；理解範圍；力量。3《偶作 ～es》（面的）擴展；地帶。4 流域。5〖海〗橫風航程。

R

～·a·ble 形

reach-me-down [ˈritʃmɪˌdaʊn] 名 形 家傳半舊衣服（的）；廉價成衣（的）。

·**re·act** [rɪˈækt] 動 不及 **1** 產生反作用；相互影響；產生作用《*on, upon...*》: elements that ～ in combination 一些混合後會產生化學反應的元素。**2** 起反應《*to...*》。**3** 反抗，反對《*against...*》: ～ *against* oppression 反抗壓迫。**4** 逆轉，倒退；回復原狀。**5**〖化〗起反應。

—及〖化〗使起（化學）反應《*with...*》。

re·ac·tance [rɪˈæktəns] 名 U **1**〖電〗電抗。**2**〖音響〗音響電抗。

re·ac·tant [rɪˈæktənt] 名 **1** 反作用者；反抗者。**2**〖化〗反應物。

·**re·ac·tion** [rɪˈækʃən] 名 **1** U C 相互作用；反作用；反抗；逆轉；回復原狀。**2** U（政治上的）反動，極端右傾。**3** U C 反應《*to...*》。**4** U C〖醫〗反應《*to...*》。**5** U C〖化〗反應，化學變化；〖力〗反作用，反動力；核反應；〖電〗反饋，回授。

·**re·ac·tion·ar·y** [rɪˈækʃənˌɛrɪ] 形 **1** 反作用的，逆轉的。**2** 反動的，極端保守的。

—名(複-**ar·ies**) 反動分子。

re·ac·tion·ism [rɪˈækʃənɪzəm] 名 U 反動主義。-**ist** 名 反動分子。

re'action ˌtime 名 U C〖心〗反應時間。

re·ac·ti·vate [rɪˈæktəˌvet] 動 及 使恢復活動；使（部隊等）恢復現役；使復工；〖理·化〗使再活化。—不及 恢復活動；再活化。

-**'va·tion** 名

re·ac·tive [rɪˈæktɪv] 形 **1** 反作用的；反應的；對刺激有迅速反應的；反動的。**2**（化學物質）活性的，反應性很強的。**3**〖電〗電抗（性）的，無功的。～·**ly** 副

re·ac·tiv·i·ty [ˌriækˈtɪvətɪ] 名 U 反應性，反應力。

re·ac·tor [rɪˈæktə] 名 **1** 起反應者；起陽性反應者[動物]；反應體質。**2**〖電〗電抗器。**3**〖理〗核子反應爐。

:**read**[1] [rid] 動 (**read** [rɛd], ～·**ing**) 及 **1** 閱讀，讀；獲悉，讀到：～ a book 讀書 / ～ Homer in the original 閱讀荷馬的原著。**2** 朗讀，宣讀：～ a letter for a blind man 把信讀給盲人聽 / ～ out an oration 大聲念出致詞。**3** 能夠閱讀，看得懂: be able to ～ Russian 能讀俄文。**4** 辨識，理解；讀取：～ music 看樂譜 / ～ shorthand 辨讀速記 / ～ the gasmeter 讀取瓦斯表的度數。**5** 解釋，理解；預言；解答：～ the stars 占星，觀察星象 / ～ a dream 解夢 / ～ the tea leaves 用茶葉來占卜。**6** 觀察；識破，察覺：～ a person's face 察顏觀色 / ～ a person's heart 看穿某人的心意。**7** 無中生有地推斷出《*in, into...*》: ～ the wrong meaning *into* the text 誤解原文的意思。**8**（原文中的某個錯誤字語）改成；讀作《*for...*》: Bentley ～s "Illinoise" *for* Illinois. Bentley（的版本）把Illinois寫成Illinoise。**9**（溫度計等）顯示，指示（度數、時間等）。**10**〖電腦〗讀取資料。**11** 收聽到，聽見。**12** 學習，攻讀。**13**《常用反身》使（人）讀書讀得進入某種狀態：～ *oneself* blearyeyed 讀書讀到眼睛模糊。—不及 **1** 閱讀，看書。**2**（向…）誦讀，朗讀《*to...*》。**3** 攻讀，學習《*for...*》。**4** 獲悉，讀到《*of, about...*》。**5** 讀起來；記載著，內容是。**6** 被解釋（爲…）；（讀起來）有某種意味，給人某種印象。**7**〖電腦〗讀取資料。

read back 複述（給先前的口述者聽）。

read between the lines（從字裡行間）看出言外之意，聽出弦外之音。

read from... 挑出一部分朗讀；照著宣讀。

read off (1) 讀出。(2) 念完。

read on 繼續讀。

read** a person **out of...《常用被動》（經正式宣布）把（某人）從某個團體之中除名。

read...over / ***read over...*** (1) 把…重讀一遍。(2) = READ through.

read oneself in 宣誓就任牧師之職。

read...through / ***read through...***（從頭到尾）研讀；〖戲〗排練全部臺詞。

read up 研讀，研究《*on...*》。

take...as read 把…視爲大家均已知道或同意的事；把…視爲事實。

—名 **1**《a～》讀書（時間）。**2** 讀物。

:**read**[2] [rɛd] 動 *read* 的過去式及過去分詞。形《通常與副詞連用而作複合詞》**1** 書讀得多的；（對…）精通的，有學問的《*in...*》。**2** 被閱讀的：a widely-*read* newspaper 有廣大讀者的報紙。

read·a·bil·i·ty [ˌridəˈbɪlətɪ] 名 U 易讀（程度）；可讀性；（字跡等的）清晰（度）。

read·able [ˈridəbl] 形 **1** 易讀的；具有可讀性的，值得一讀的：a ～ novel 一本值得一讀的小說。**2** 看得懂的，可以辨認的。～·**ness** 名, -**bly** 副

re·ad·dress [ˌriəˈdrɛs] 動 (～**ed** 或-**drest**, ～·**ing**) 及 **1** 更改收信人地址（和姓名）；轉寄，改寄《*to...*》。**2** 再度對…說話，再致詞。

·**read·er** [ˈridə] 名 **1** 讀者，誦讀者，讀書人。**2** 讀本，課本；選集。**3** 審稿人；校對者。**4** 朗誦經文者。**5**《英》大學的高級講師；《美》助教。**6**（水、電等的）抄表員。**7**〖電腦〗讀卡機。

read·er·ship [ˈridəˌʃɪp] 名 U C **1** 讀者，讀者人數。**2** reader 之職[地位]。

·**read·i·ly** [ˈrɛdəlɪ] 副 **1** 迅速地，立刻；容易地：adapt ～ to new surroundings 很快適應新環境。**2** 樂意地，欣然：give ～ to charity 對慈善事業樂捐。

read·i·ness [ˈrɛdɪnɪs] 名 U **1** 準備（妥當的狀態）：in ～ to do 準備好做…。**2**《偶

R

作 a ～》迅速，敏捷《of...》；容易：～ of wit 臨機應變。3《偶作 a ～》願意，欣然答應：a ～ to do the work 樂於做此項工作。

·**read·ing** ['ridɪŋ] 名 1 Ⓤ 閱讀；讀書能力；學識：a man of wide ～博覽群書的人，博學者。2 朗讀；朗讀會：give ～s of one's poetry 開自作詩的朗誦會。3（戲劇演出、音樂演奏等的）詮釋；演出[演奏]（法）。4 (1) Ⓤ 讀物。(2)《～s》文選，讀本《in, from...》：～s from economics 經濟學讀本。5（不同版本的）讀本；解釋；看法。6（計量器的）讀數，顯示度數。—形 1 閱讀的。2 讀書的；愛讀書的。

'**reading ˌdesk** 名 1 斜面書桌。2 讀經臺。

'**reading ˌglass** 名 1 放大鏡。2《～es》讀書用的眼鏡。

'**reading ˌlamp** 名 檯燈。

'**reading ˌlist** 名 閱讀書單。

'**reading ˌroom** 名 閱覽室，讀書室。

re·ad·just [ˌriə'dʒʌst] 動 及 1 重新整理，重新適應：～ one's tie 重新整理領帶 / ～ oneself to the job after an illness 病後使自己重新適應工作。2〖金融〗重整。

re·ad·just·ment [ˌriə'dʒʌstmənt] 名 Ⓒ Ⓤ 重新整理：make ～s 重新作調整。

read-on·ly ['rɛd'onlɪ] 形〖電腦〗唯讀的。

'**read-only 'memory** 名〖電腦〗唯讀記憶體。略作：ROM

read·out ['ridˌaʊt] 名 Ⓤ Ⓒ 1 朗讀。2〖電腦〗讀出（裝置）；讀出的資料。3（人造衛星的）資訊傳送。

read-through ['ridˌθru] 名《a ～》1 全部讀過。2（戲劇的）臺詞排練。

:**read·y** ['rɛdɪ] 形 (read·i·er, read·i·est) 1 預備好的：get ～ for an outing 準備好去遠足 / be ～ with tea 把茶準備好。2 心理上已準備好的；願意的《to do》。3 有…的傾向的，易於…的《to do》：a man too ～ to look at the worst side of things 動不動就想到事情最壞的一面的人。4 快要…的；動輒…的《to do, for...》：a house ～ to collapse 快要倒塌的房子。5 立刻的；機敏的《with, at...》：a ～wit 有急智的人 / a ～ answer 立即的回答。6 可即刻支付的；現成的：～ money 現金 / lie ～ at hand 隨時（在身邊）可用的。

Get ready！就位。

make ready 準備《to do, for...》。

—動 (read·ied, ～·ing) 及《美》《常用反身》預備，使準備好《for...》。—名 1《常作 the ～》《口》現款。2《常作 the ～》準備完畢的狀態；〖軍〗預備射擊的姿勢。—副《常與過去分詞連用》預先，事先。

read·y-made ['rɛdɪ'med] 形 1 現成的；賣現成物品的：a ～ suit 一套現成衣服。2 非創新的，陳腐的：～ phrases 陳腐的文句。

—['--ˌ-] 名 現成物品，成衣。

read·y-mix ['rɛdɪ'mɪks] 形 預先拌好的。

'**ready 'reckoner** 名 簡易計算表。

'**ready ˌroom** 形（飛行人員的）待命室。

read·y-to-wear ['rɛdɪtə'wɛr] 名 形 現成衣服（的）：a ～ shop 成衣店。

read·y-wit·ted [ˌrɛdɪ'wɪtɪd] 形 有急智的，機敏的。

re·af·for·est [ˌriə'fɔrɪst] 動 及《英》= reforest.

Rea·gan ['regən] 名 **Ronald**, 雷根（1911–2004）：美國第 40 任總統（1981–89）。

re·a·gent [ri'edʒənt] 名 1〖化〗試劑。2〖醫·心〗接受試驗者。3 反應物[力]。

:**re·al**¹ ['riəl, ril] 形 1 真的，真正的；由衷的：a ～ diamond 真鑽石 / one's ～ identity 真正的身分 / ～ sympathy 由衷的同情。2 現實的，實際的：a ～ object 實物。3 逼真的，不似虛構的。4〖哲〗實在的。5 不動產的：～ rights 不動產權。6〖光〗實像的：a ～ image 實像。7〖數〗實數的: a ～ number 實數。

—副《美口》真正地，實在。—名 1〖數〗實數。2《the ～》真實；現實。

for real《美俚》真的，實在的。

re·al² [re'ɑl] 名 (複～s [-z]) 利爾：昔時西班牙及其南美洲屬地的銀幣。

'**real esˌtate** 名 Ⓤ 1 不動產，土地：make a fortune in ～由土地發財。2 = real property. 3《美》房地產。

'**real esˌtate 'agent** 名《美》= estate agent 2.

re·al·gar [rɪ'ælgɚ] 名 Ⓤ〖礦〗雄黃，雞冠石。

re·ali·a [rɪ'elɪə] 名 (複) 1〖教〗實物教材。2〖哲〗實物；現實。

re·a·lign [ˌriə'laɪn] 動 及 重新整編；使重新結盟。～·**ment** 名 Ⓤ 重新調整。

'**real 'income** 名 Ⓤ Ⓒ 實質所得。

re·al·ism ['riəlˌɪzəm] 名 Ⓤ 1 現實主義，現實性。2《常作 R-》寫實主義。3〖哲〗唯實論；實在論。

re·al·ist ['riəlɪst] 名 現實主義者，寫實主義者；唯實論者。

re·al·is·tic [ˌriə'lɪstɪk] 形 1 現實主義的，現實的；實際的。2 寫實主義的；逼真的。3〖哲〗唯實論的，實在論的。-**ti·cal·ly** 副 實際上。

·**re·al·i·ty** [rɪ'ælətɪ] 名 (複-ties) 1 Ⓤ 現實；真實（性）：bring a person to ～ 使某人面對現實。2 Ⓤ 逼真性。3 Ⓤ Ⓒ 真實之物，本質：the ～ of love 愛的本質。

in reality 實際上，事實上。

reˌality T'V 名 真人實境節目。

re·al·iz·a·ble ['riəlˌaɪzəbl] 形 1 可實現的。2 可切實感到的。3 可變換現金的。

re·al·i·za·tion [ˌriələ'zeʃən] 名 1 Ⓤ 實現；Ⓒ 實現的事物：the ～ of one's dream

R

夢想的實現。2 Ⓤ Ⓒ 認識，領悟：bring a person to a ～ of his failings 使某人認識到他的過失。3《the ～》變現，變賣。

:re·al·ize ['riə,laɪz] 動 (-ized, -iz·ing) 及 1 認清，了解：～ one's errors 知道自己的錯誤。2 實現。3 使逼真，使清楚地顯現出來。4 變現，變賣：～ stocks 把股票變現。5 獲利潤，賺得《*on*...》：～ $5,000 from an investment 從一項投資中賺了五千美元。6《主美》以（某價格）賣出。
—不及 1 變賣產業為現款《*on*...》。2 賺錢。-iz·er 名

re·al-life ['riəl'laɪf] 形 真實（生活）的。

:re·al·ly ['riəlɪ, 'rilɪ] 副 1 實際上，事實上，真正地：accept things as they ～ are 如實地接受事物。2 實在，很；全然：a ～ cold morning 真是寒冷的早上。3《感嘆語》《表驚訝、疑問等》真的！真是的！真的嗎？：Not ～！不會吧！

·realm [rɛlm] 名 1《常作 R-》《詩》王國：the bravest lad in all the ～ 那王國裡最勇敢的年輕人。2 領域，範圍：the ～ of science 科學的領域。

'real 'number 名〖數〗實數。

re·al·po·li·tik [re'ɑl,polɪ'tɪk] 名 Ⓤ 現實政治。～·er 名 走現實政治路線者。

'real 'property 名 Ⓤ〖法〗不動產。

'real 'time 名 Ⓤ 1〖電腦〗即時。2 即時，同時。're·al-,time 形

Re·al·tor ['riəltɚ] 名〖商標名〗（美國的）不動產經紀人。

re·al·ty ['riəltɪ] 名 Ⓤ 不動產。

'real 'wages 名(複)〖經〗實際工資。

'real 'world 名《the～》真實社會，實際的社會。

ream[1] [rim] 名 1 令：紙的買賣單位。2《通常作～s》《作單數》很多，大量：with ～*s* of invectives 滿口惡言地。

ream[2] [rim] 動 及 1 以鑽孔器鑽孔。2 鉸除（疵點等）《*out*》。3《美俚》搾取（果汁等）。4《美俚》欺騙。5《美俚》嚴厲批評。

ream·er ['rimɚ] 名 1〖機〗鑽孔器。2《美》搾橙汁器。

re·an·i·mate [ri'ænə,met] 動 及 1 使復活。2 使重振精神，鼓舞，激勵。

re·an·i·ma·tion [rɪ,ænɪ'meʃən] 名 Ⓤ 復活；鼓舞，鼓勵。

reap [rip] 動 及 1 收割；收穫：～ the wheat in the field 收割田中的小麥 / ～ a large harvest of wheat 小麥大豐收。2 得到，獲得：～ the fruits of one's efforts 獲得努力的成果 / ～ what one has sown 種瓜得瓜，種豆得豆。
—不及 收割，收穫；遭報應，獲得報償：As a man sows, so he shall ～.《諺》種瓜得瓜，種豆得豆。
reap where one has not sown 不勞而獲。

reap·er ['ripɚ] 名 收割者；收割機；死神：～ and binder 收割機及捆紮機。

'reaping ,hook 名《美》鐮刀。

'reaping ma,chine 名 自動收割機。

re·ap·pear [,riə'pɪr] 動 不及 再出現，復發。
～·ance 名 Ⓤ 再出現。

re·ap·por·tion [,riə'porʃən] 動 及 重新分配。～·ment 名 Ⓤ Ⓒ 重新分配；（選舉區議員數的）名額再分配。

re·ap·prais·al [,riə'prezl] 名 Ⓤ 重新評價；Ⓒ 由重新評估所得的新判斷。

re·ap·praise [,riə'prez] 動 及 重新評估，重新評價。

·rear[1] ['rɪr] 名《通常作 the ～》1 背面；後部；後方：*the* ～ of a barn 穀倉的後部。2《口》屁股，臀部。3（軍隊、艦隊等的）後陣；後衛：take the enemy's ～ 從背後攻擊敵人。
bring up the rear 走在後頭。
—形 後面的；背部的；後衛的。

·rear[2] [rɪr] 動 及 1 養育；扶養；飼養；栽培：～ a child 養育一個孩子 / ～ cattle 飼養牛隻。2〖詩〗建立：～ a temple 建立寺廟。3 豎起；舉起；使立起：～ one's head 抬頭；顯露頭角。—不及 1（馬等）以後腳站立。2《文》高聳。3 憤然站起，拂袖而起《*up*》。

'rear 'admiral 名《常作 R- A-》海軍少將。略作：R.A.

'rear 'end 名 1 後部。2《口》臀部。

rear·er ['rɪrɚ] 名 養育者；飼育者；栽培者；常用後腳站立的馬。

'rear 'guard 名〖軍〗後衛：fight a ～ action against... 奮力抵抗⋯。

re·arm [ri'ɑrm] 動 及 1 使重整軍備。2 改良裝備。—不及 1 重整軍備，重新武裝。2 改善裝備。re·ar·ma·ment [ri'ɑrməmənt] 名 Ⓤ 重整軍備。

rear·most ['rɪr,most] 形《限定用法》最後面的；最後的。

re·ar·range [,riə'rendʒ] 動 及 重新編排；再整理。～·ment 名

'rear·view 'mirror ['rɪr,vju-] 名（汽車等的）後視鏡。

rear·ward ['rɪrwɚd] 副 向後地，向背後地（亦稱 **rearwards** [-z]）。—形 後面的，背後的。—名 Ⓤ 後面；後方；後衛：toward ～ 向後部，朝背後。

:rea·son ['rizn̩] 名 1 Ⓒ Ⓤ 理由，原因《*for, of*..., *that* 子句，*why* 子句》：without rhyme or ～ 毫無理由，莫名其妙 / for no ～ 無緣無故地。2 Ⓤ 理性；判斷力，推理力：be based on ～ 基於理性 / appeal to ～ 訴諸理性。3 Ⓤ 道理；情理；理智：lose one's ～ 喪失理智，發瘋。
beyond all reason 毫無道理。
bring** a person **to reason 使某人服從道理，使某人明事理。
by reason of... 因為，由於。
by reason that... 因為，由於。
for the very simple reason that... 正由於

R

…的非常簡單的理由。
in reason 合於道理；當然。
out of (all) reason 不合道理，毫無道理。
stand to reason 合道理，理所當然。
with reason 《修飾全句》合乎情理。
—動不及 1 推理，思考，推論，推斷《*about, on, upon...*》。2 論理，說服。—及 1 推論，推理《*out*》。2 討論。3 說服《*into...; out of...*》：～ a child *out of* doing mischief 勸導小孩不要惡作劇。

·rea·son·a·ble ['riznəbl] 形 1 合理的；通情達理的。2 尚好的，過得去的；公平的；（價格上）公道的：make a ～ living 生活得還可以 / buy a car at a ～ price 以公道價格購得一部汽車。3《古》有理性的，有理智的：the ～ creature 理性動物，人。～·ness 名

rea·son·a·bly ['riznəblɪ] 副合理地；不過度地；相當地：～ high cost 相當高但合理的費用。

rea·soned ['riznd] 形根據道理的；理由充分的：a ～ hypothesis 理由充分的假設。2 深思熟慮的，理智的。

rea·son·ing ['riznɪŋ] 名U 1 推論，推理。2 論據，理由。—形 1 有理性的：a ～ animal 理性的動物。2 推理的：the ～ faculty 推理力。

rea·son·less ['riznlɪs] 形 1 無理的；不明道理的，不明智的：～ conduct 無理的行動。2 沒有辨別力的，不照道理的。

re·as·sem·ble [,riə'sɛmbl] 動及不及 重新召集；再集合。

re·as·sert [,riə'sɝt] 動及 再斷言，重複主張，再表明。

·re·as·sure [,riə'ʃʊr] 動 (-sured, -sur·ing) 及 1 使安心，使恢復自信《*about...*》：～ oneself that... 使自己相信…。2 再保證，再保險：～a person that his property is safe 再度向某人保證他的財產是安全的。
-sur·ance 名, ～·ing·ly 副

R

Ré·au·mur ['reə,mjʊr] 名形 列氏溫度計（的）。

reave[1] [riv] 動 (**reaved** 或 **reft**, **reav·ing**) 及《古》掠奪，劫掠。

reave[2] [riv] 動 (**reaved** 或 **reft**, **reav·ing**) 及不及 撕，扯。

re·bar·ba·tive [rɪ'barbətɪv] 形《文》令人心煩的，令人討厭的。

re·bate ['ribet] 名 部分退還的款項；折扣：an income tax ～所得稅的退還款項 / allow a ～ on... 對…打折扣。
—['ribet, rɪ'bet] 動及 1 給予折扣；把（錢）退還。2《古》減弱；使變鈍。—不及 打折扣。

Re·bec·ca [rɪ'bɛkə] 名〖女子名〗莉貝卡（暱稱作 Becky, Reba）。

·reb·el ['rɛbl] 名 叛逆者，造反者；反抗者《*against...*》：a ～ *against* authority 反抗權威的人。—形 反抗的，叛逆的；反叛的：the ～ troops 叛軍。
—[rɪ'bɛl] 動 (**-belled**, ～**·ling**) 不及 1 反抗，反叛《*against...*》：～ *against* all authority 反抗一切的權威。2 起反感《*against, at...*》。

reb·el·dom ['rɛbldəm] 名 1 叛亂地區。2 U 叛亂行為。3《集合名詞》叛亂者。

·re·bel·lion [rɪ'bɛljən] 名 U C 1 叛逆，叛亂《*against...*》：rise up in ～ *against* a ruler 群起反叛統治者。2（一般的）反抗，反叛：～ against one's father 反抗父親。

re·bel·lious [rɪ'bɛljəs] 形 1 反抗的，造反的；反叛者的：～ troops 叛軍。2 難處理的；難治的：a ～ disease 痼疾。～**·ly** 副, ～**·ness** 名

re·bind [ri'baɪnd] 動 (**-bound** [-baʊnd], ～**·ing**) 及 重新捆紮；重新裝訂。

re·birth [ri'bɝθ] 名 U C 再生；復活；復興。

reb·o·ant ['rɛboənt] 形〖詩〗回聲響徹的。

re·boot [ri 'but]〖電腦〗動及不及 重新開機，重新啓動。

re·born [ri'bɔrn] 形 轉世的，再生的。

re·bound [rɪ'baʊnd] 動 不及 1 跳回，彈回；回響。2 回復，重新振作《*from...*》：～ *from* despair 從絕望中重新振作。3 報應《*on, upon...*》。4〖籃球〗搶住籃板球。
—及 1 使彈回；使跳回；使回響。2〖籃球〗搶（籃板球）。—['ri,baʊnd] 名 1 反彈；回響。2 回復，返回。3（感情的）反應。4〖籃球〗籃板球。
on the rebound (1) 在跳回來之際。(2) 在失戀等的痛苦失意狀態。
take a person on the rebound 利用（某人）失戀等失意的機會趁虛而入。

re·broad·cast [ri'brɔd,kæst] 動 (**-cast** 或 ～**·ed**, ～**·ing**) 及 1 重播。2 轉播。
—名 U 重播；轉播；C 重播的節目。

re·buff [rɪ'bʌf] 名 1 斷然拒絕，嚴厲拒絕；冷落。2 阻撓，挫折。—動及 拒絕；冷落；挫折。

re·build [ri'bɪld] 動 (**-built** 或《古》～**·ed**, ～**·ing**) 及 1 重建，改建；徹底整修[修復]：～ an old house 改建舊屋。2 改造，重組。—不及 重建。

re·buke [rɪ'bjuk] 動及 非難，叱責《*for ...*》；訓斥。—名 U C 非難，叱責；訓斥。

re·bus ['ribəs] 名 (複～**·es**) 1 以畫代詞語的畫謎。2 表示佩帶者人名的徽章圖案。

re·but [rɪ'bʌt] 動 (～**·ted**, ～**·ting**) 及 反駁；駁回，舉反證以駁倒：*rebutting* evidence 反證。—不及 舉反證，反駁。
～**·ment** 名, ～**·ta·ble** 形

re·but·tal [rɪ'bʌtl] 名 U 反駁，反證；反證的提出。

rec [rɛk] 名《口》= recreation.

rec. 《縮寫》*rec*eipt; *rec*ipe; *rec*ord(er).

re·cal·ci·trant [rɪ'kælsɪ'trənt] ㊊反抗的；不順從的；難駕馭的。—㊔難駕馭的人，倔強的人。**-trance, -tran·cy** ㊔

re·cal·ci·trate [rɪ'kælsɪ,tret] ㊄㊎反抗；頑抗。**-'tra·tion** ㊔

re·cal·cu·late [rɪ'kælkjə,let] ㊄㊍再核算，再計算。**-'la·tion** ㊔

·re·call [rɪ'kɔl] ㊄㊍ **1** 憶起；回想《*to*...》；想起：~ something *to* mind 回想起某事。**2** (1)使（思想、注意）重新集中。(2)叫回，召回《*from...to...*》：~ a person *from* exile 從流放中召回某人。**3** 收回（物）；撤銷。**4** 使復生。—[rɪ'kɔl, 'ri,kɔl] ㊔ **1** ⓊⒸ召回，召返。**2** Ⓤ回想，回憶。**3** Ⓤ取消，撤回。**4** Ⓤ回收。

beyond recall 不能取消的，挽回不了的；想不起來的。

re·cant [rɪ'kænt] ㊄㊍撤回（聲明等）；否認：~ one's views 撤回自己的意見。—㊎（正式地）撤回聲明，放棄主張。**,re·can·'ta·tion** ㊔

re·cap[1] [ri'kæp] ㊄(**-capped, ~·ping**)㊍ **1** 翻新（輪胎）。**2** 重新覆蓋。—['ri,kæp] ㊔翻新輪胎。

re·cap[2] ['ri,kæp] ㊔《口》= recapitulation. —[rɪ'kæp] ㊄ (**-capped, ~·ping**) ㊍ = recapitulate.

re·cap·i·tal·ize [ri'kæpɪtə,laɪz] ㊄㊍變更資本結構。**-i·'za·tion** ㊔

re·ca·pit·u·late [,rikə'pɪtʃə,let] ㊄㊍ **1** 扼要重述，概括。**2**〖生〗重演。

re·ca·pit·u·la·tion [,rikə,pɪtʃə'leʃən] ㊔ⓊⒸ **1** 重述要點；扼要的重述，概括。**2**〖生〗重演。

re·cap·ture [ri'kæptʃɚ] ㊄㊍ **1** 取回，奪回；徵收。**2** 使復活；憶起；重溫。**3** 再度逮捕。—㊔ **1** Ⓤ收復，奪回；政府的徵收；再逮捕。**2** 再獲得的人[物]。

re·cast [ri'kæst] ㊄ (**-cast, ~·ing**) ㊍ **1** 重鑄。**2** 改造；重寫；重新整理。**3** 換角色。—['ri,kæst] ㊔ **1** 改鑄（物）；改造，重作。**2** 改換角色。**3** 重算。

rec·ce ['rɛki] ㊔〖軍〗《俚》偵察（隊）。

recd., rec'd. 《縮寫》*received.*

re·cede[1] [rɪ'sid] ㊄ (**-ced·ed, -ced·ing**) ㊎ **1** 退；退去；變模糊：the *receding* tide 退潮。**2** 引退；撤回《*from*...》：~ *from* one's previous opinion 撤回自己原先的意見 / ~ *from* a position 從職位上引退，辭職。**3** 退縮；退至遠方：a *receding* hairline 微禿的額頭 / ~ from view 遠離視線。**4** 減弱，降低：*receding* prices 降低的物價。

recede into the background (1)失去重要性。(2)失去勢力。

re·cede[2] [ri'sid] ㊄㊍返還，歸還。

re·ceipt [rɪ'sit] ㊔ **1** 收據，收條：make out a ~ 開收據。**2** Ⓤ收到，領收：on ~ of... 當收到…時。**3** 收到之物；《~**s**》收入，進款：total ~*s* 總收入額。**4**《古》烹飪法；食譜；處方。—㊄㊍簽收；開立收據。—㊎開收據《*for*...》：~ *for* delivered goods 開交貨的收據。

re·ceipt·or [rɪ'sitɚ] ㊔ **1** 收受者，領取人。**2**〖法〗查封財產的臨時保管人。

re·ceiv·a·ble [rɪ'sivəbl̩] ㊊ **1** 可收到的，應收的；可信賴的：a ~ certificate 可信證明書 / accounts ~應收帳款。—㊔《~**s**》應收帳款；債權。

:re·ceive [rɪ'siv] ㊄ (**-ceived, -ceiv·ing**) ㊍ **1** 收到，接到：~ a letter from... 收到…的來信。**2** 接受，採納；接納《*in, into*...》：an idea widely ~*d* 被普遍採納的觀念 / ~ a new member *into* the club 接納新會員加入俱樂部。**3** 收容，容納。**4** 得到；受到；承受：~ a heavy blow 承受沉重的打擊 / ~ a warm welcome 受到熱烈的歡迎。**5** 接待，接見；歡迎。**6** 收聽；收訊。—㊎ **1** 接受；領聖餐。**2** 會客；接受訪問。**3** 收訊，接收。**4**〖運動〗接發球，接球。

re·ceived [rɪ'sivd] ㊊被一般所承認的，被視為標準的：the ~ doctrine of the church 教會中被公認的教義。

Re'ceived Pronunci'ation ㊔Ⓤ（英語的）標準發音。略作：R.P., RP

Re'ceived 'Standard 'English ㊔Ⓤ《美》公認標準英語：有教養的英語。

·re·ceiv·er [rɪ'sivɚ] ㊔ **1** 收受者。**2** 接收機；受話器，聽筒。**3**〖法〗破產案產權管理人，涉訟財產管理人；〖商〗收件人；清算者；收款者。**4** 收買贓物者。**5** 容器；留置處；儲藏處。**6**〖運動〗接球者。

re·ceiv·er·ship [rɪ'sivɚ,ʃɪp] ㊔Ⓤ〖法〗 **1** 破產管理。**2** 財產管理人的地位或職務。

re·ceiv·ing [rɪ'sivɪŋ] ㊊接受的；收訊的。—㊔Ⓤ接受，受領；收買贓物。

re'ceiving ,blanket ㊔嬰兒浴巾。

re'ceiving ,end ㊔《用於下列片語》

on the receiving end 成為受者一方；成為指責的對象。

re'ceiving ,line ㊔迎賓行列。

re·cen·sion [rɪ'sɛnʃən] ㊔ **1** 校對，校訂。**2** 改訂版，校訂本。

:re·cent ['risn̩t] ㊊最近的；新的；近代的：his ~ novels 他最近寫的小說 / ~ fashions 最新的流行款式。—㊔《**the R-**》〖地質〗全新世，近世。

:re·cent·ly ['risn̩tlɪ] ㊙最近；新近地：until quite ~ 直到最近。

re·cep·ta·cle [rɪ'sɛptəkl̩] ㊔ **1** 容器；儲藏所；避難所：a ~ for wastepaper 字紙簍。**2**〖植〗囊托，花托。**3**〖電〗插座。

re·cep·ti·ble [rɪ'sɛptəbl̩] ㊊能被接受的；能接納的。**-'bil·i·ty** ㊔

·re·cep·tion [rɪ'sɛpʃən] ㊔ **1** Ⓤ接受；接納；容納：the ~ of one's friend into a club 接納朋友入會 / mature ~ of constructive criticism 對建設性批評慎重的接受。**2** 接待，接見；歡迎會，招待會《*for*...》：give

R

a person a warm ～ 給某人熱烈的招待 / hold a ～*for...* 舉辦…的招待會。3 Ⓤ接待處，(旅館的)櫃臺。4 聲譽，人緣；評語；Ⓤ 理解 (力)：have a great faculty of ～ 領悟力很強。5 Ⓤ(電視、收音機等的)收訊，收視。

re'ception ˌclerk 图《美》(旅館的)服務臺人員。

re'ception ˌday 图會客日。

re'ception ˌdesk 图《英》(旅館的)櫃臺，接待處(《英》front desk)。

re·cep·tion·ist [rɪ'sɛpʃənɪst] 图招待員，接待員：go to the ～ 向接待員詢問。

re'ception ˈroom 图 接待室。

re·cep·tive [rɪ'sɛptɪv] 形1 能接納的；有接受力的，有感受力的。2 理解快的《*of, to...*》。3 受容(器官)的。～**·ly** 副, **-'tiv·i·ty**, ～**·ness** 图Ⓤ感受性，理解力。

re·cep·tor [rɪ'sɛptə] 图〖生理〗受體；感受器；感覺器官。

·re·cess ['risɛs, rɪ'sɛs] 图 1 Ⓤ Ⓒ休假；休息；休會；《美》休庭期：an hour's ～ for lunch 一小時的午餐休息時間 / be in ～在休會中。2 (海岸、山崖的)凹部；凹室，壁龕；〖解〗隱窩：a ～ under the staircase 樓梯下的凹處。3《～**es**》幽深處；深處：in the inmost ～*es* of one's heart 在內心深處。

—[-'-] 動及 1 把…置於幽深處；使凹陷。2《美》使休會，使中斷。—不及《美》休息；休會。

re·ces·sion[1] [ri'sɛʃən] 图 1 Ⓤ 撤退；後退；退場。2 凹處。3《主美》經濟蕭條：a stagnating ～ 停滯性蕭條。～**·ar·y** 形經濟衰退的，不景氣的。

re·ces·sion[2] [ri'sɛʃən] 图Ⓤ(所有權的)交還，歸還。

re·ces·sion·al [rɪ'sɛʃənl] 形 1 退場的。2 休會的。—图退場讚美歌；其曲。

re·ces·sive [rɪ'sɛsɪv] 形 1 後退的；後退傾向的；逆行性的。2〖遺傳〗隱性的：～ gene 隱性遺傳基因。—图〖遺傳〗隱性特質。

re·charge [ri'tʃardʒ] 動不及 1 再度攻擊。2 重新獲得精力。—及 1 重新給…充電。2《口》使恢復活力。—[-'-, '-ˌ-] 图再攻擊；再充電；再恢復精力。

ré·chauf·fé [ˌreʃo'fe] 图(複**-fés** [-'fe]) 1 回鍋的菜肴。2 老套的作品[想法等]。

re·check ['riˌtʃɛk] 图再核對。

re·cher·ché [rə'ʃɛrʃe] 形 1 精選的。2 珍貴的；罕見的；異國風味的。3 矯揉造作的，牽強的。

re·cid·i·vate [rɪ'sɪdəˌvet] 動不及 再犯；復發。

re·cid·i·vism [rɪ'sɪdəˌvɪzəm] 图 Ⓤ 1 累犯。2〖精神病〗復發。

re·cid·i·vist [rɪ'sɪdəvɪst] 图〖法〗累犯。

·rec·i·pe ['rɛsəpɪ, -ˌpɪ] 图 1 烹調法，製法《*for...*》；處方：a ～ book 食譜。2 方法，祕訣《*for...*》：a ～ for success 成功的祕訣。

re·cip·i·ence [rɪ'sɪpɪəns] 图Ⓤ 1 接受；容納。2 感受性。

re·cip·i·ent [rɪ'sɪpɪənt] 图接受者，收納者；容器：be a ～ of charity 接受慈善捐助。

—形接受的，有容納性的：a ～ culture 有包容性的文化。

re·cip·ro·cal [rɪ'sɪprəkl] 形 1 相互的；〖文法〗相互關係的：～ arrangements 相互協定。2 酬答的，回報的：～ gifts 回贈的禮物。3〖數〗反的，互逆的：a ～ proportion 反比例。4〖海〗反方向的。5〖生〗逆的，相反的：～ crossing 反交。

—图 對等物；〖數〗倒數。～**·ly** 副相互地。

re·cip·ro·cate [rɪ'sɪprəˌket] 動 及 1 回報；酬答。2 交換，互換：～ gifts 互贈禮物 / ～ hostility 互懷敵意。3 使往復運動。

—不及 1 回報；酬答。2 交換，互換。3 符合《*with...*》。4 做往復運動。

-ca·tive 形, **-ca·tor** 图

re'ciprocating ˌengine 图〖機〗往復式引擎，螺旋槳引擎。

re·cip·ro·ca·tion [rɪˌsɪprə'keʃən] 图 Ⓤ 1 回報；報答；交換。2 一致，協調。3 往復運動。

rec·i·proc·i·ty [ˌrɛsə'prɑsətɪ] 图 Ⓤ 1 相互依存；相互關係；交換。2 互惠；對等。

re·ci·sion [rɪ'sɪʒən] 图 Ⓤ Ⓒ 取消；作廢。

re·cit·al [rɪ'saɪtl] 图 1 獨奏會，獨唱會：give a flute ～開長笛獨奏會。2 背誦，朗誦。3 詳說，詳述；故事。～**·ist** 图

rec·i·ta·tion [ˌrɛsə'teʃən] 图 1 Ⓤ背誦，朗誦；Ⓒ 背誦文：an English ～ contest 英語背誦比賽。2 背書，口頭回答；《美》授課時間。3 Ⓤ 列舉；詳述。

rec·i·ta·tive[1] ['rɛsəˌtetɪv, rɪ'saɪtə-] 形朗誦的，背誦式的；詳述的；故事性質的。

rec·i·ta·tive[2] [ˌrɛsətə'tiv] 形〖樂〗朗誦調的。—图 1 Ⓤ敘唱，吟誦。2 吟誦部。

·re·cite [rɪ'saɪt] 動(**-cit·ed, -cit·ing**)及 1 背誦；朗誦：～ a poem 朗誦一首詩。2 述說，敘述。3 列舉。—不及 背誦；朗誦。

re·cit·er 图

reck [rɛk] 動不及 1《文》《疑問·否定》介意，關心《*of, with...*》。2《古》有關係，相干。—及 1《文》《疑問·否定》介意，留意。2《古》《以 **it** 爲主詞》和…相干；和…有關係。

reck·less ['rɛklɪs] 形 1 魯莽的：a ～ child 冒失的小孩 / ～ driving 危險駕駛。2 不在乎的，不介意的《*of...*》。

～**·ly** 副 莽撞地。～**·ness** 图

·reck·on ['rɛkən] 動及 1 數，計算；合計《*up*》：～ out the expenses 計算費用 / ～

R

up one's gains 合計各項收益。**2** 評價；認為，把…看作：～ up a person's qualities品評某人。**3**《美口》想，以為。—㊀不及 **1** 數，計算。**2** 總計，結算《*up*》。
reckon...in* / *reckon in... 把…算入。
reckon on... 依賴，期待。
reckon with... (1)與…算帳《*for...*》。(2)慎重評估；預先設想。(3)處理，對待。
reckon without... 未考慮到，忽視。
reckon without** one's **host ⇨ HOST¹（片語）

reck·on·er ['rɛkənɚ] 名 **1** 計算者；結算人。**2** 計算表。

reck·on·ing ['rɛkənɪŋ] 名 **1** Ⓤ計算；估計；算帳；Ⓒ 帳單。**2** 報應，懲罰：a heavy ～ to pay 必須付出的沉重代價。**3** Ⓤ〖海〗船位推算；推算的船位。**4** Ⓤ考慮，思考。
be out in** one's **reckoning 計算錯誤；估計錯誤。
day of reckoning (1) 結帳日。(2) = Day of Judgment.

re-claim [ri'klem] 動 及 **1** 要求歸還。**2** 再度要求。

re·claim [rɪ'klem] 動 及 **1** 開墾；填築；開拓《*from...*》：～*ed* land 新生地，新墾地 / ～ land *from* the sea 填海拓地。**2** 回收，再製《*from...*》：～ scraps 回收利用廢鐵。**3** 使改過，改造《*from...*》：a ～*ed* alcoholic 已經戒酒的酗酒者 / ～ a person *from* crime 使某人脫離罪惡以重新做人。—名Ⓤ改造；感化；悔改《常用於下列片語中》：past ～ 無法改造，無可救藥。

re·claim·ant [rɪ'klemənt] 名 開墾者；矯正者；要求歸還者。

rec·la·ma·tion [,rɛklə'meʃən] 名 Ⓤ **1** 開墾，開拓；填築：land ～土地開墾，墾荒。**2** 改造，感化。**3** 廢物再製（利用）。**4** 要求歸還，收回的請求。

ré·clame [re'klɑm] 名Ⓤ**1** 宣揚；自我宣傳；出名。**2** 沽名釣譽；引人注意。

rec·li·nate ['rɛklə,net] 形〖植·動〗向下彎曲的。

re·cline [rɪ'klaɪn] 動 (**-clined**, **-clin·ing**) 不及 倚靠，斜倚；橫臥《*on, upon, against...*》：～ *against* a fence 斜靠著籬笆。**2** 依賴，依靠《*on, upon...*》：～ too much *on* one's parents' support 過於依賴雙親的援助。—及 使倚靠；使橫臥《*on, upon, against...*》。

re·clin·er [rɪ'klaɪnɚ] 名 **1** 倚靠著的人[物]；橫臥著的人[物]。**2** 躺椅。

re·cluse ['rɛklus, rɪ'klus] 名 隱遁者，遁世者；隱士。—[rɪ'klus] 形隱遁的。

re·clus·ive [rɪ'klusɪv] 形隱居的。

rec·og·ni·tion [,rɛkəg'nɪʃən] 名 Ⓤ **1** 承認；認可：gain worldwide ～ 得到全世界的承認 / pay ～ to... 認可。**2** 表彰，報償。**3** 認識，認出；招呼。**4** 發言（權）。
beyond all recognition 無法辨認，面目全非。
in recognition of... 承認，為酬謝。

re·cog·ni·zance [rɪ'kɑgnɪzəns, -'kɑnɪ-]〖法〗具結書；具結保證金。

:rec·og·nize ['rɛkəg,naɪz] 動(**-nized**, **-niz·ing**) 及 **1** 承認，認定：～ the government 承認該政府 / ～ a person as an heir 承認某人為繼承人。**2** 識別；認識；認出。**3** 招呼，致意。**4** 認可，表彰，賞識：～ a person's great contributions 表彰某人的卓越貢獻。**5** 認可發言（權）。**-niz·a·ble** 形可認識的；可分辨的。**-niz·a·bly** 副 立刻知道地。

re·coil [rɪ'kɔɪl] 動 不及 **1** 彈回，跳回。**2** 退縮，後退；畏縮《*at, before, from...*》：～ *at* seeing something 看到某物而退縮。**3** 回報，報應，自食其果。—名 Ⓤ《或作 **a** ～》**1** 反作用；後退；退縮；畏縮，討厭。**2** 反彈，後座（力）。

re-col·lect [,rikə'lɛkt] 動及**1** 重新收集，重新集合。**2**（亦作 **recollect**）恢復，重新振作；《反身》使鎮定：～ *oneself* 恢復冷靜，鎮定心神。

·rec·ol·lect [,rɛkə'lɛkt] 動 及 **1** 想起，回想；想到。**2**《反身》使（自己）想起。—不及 想起。～**·ed** 形

·rec·ol·lec·tion [,rɛkə'lɛkʃən] 名 **1** Ⓤ Ⓒ 回想，記憶（力）：be beyond ～想不起來 / to the best of one's ～記憶所及。**2** Ⓤ 沉思；鎮定。**3**《常作～**s**》回憶起來的事物：～*s* of one's school days 學生時代的往事。

re·com·bi·nant [ri'kɑmbənənt] 形〖遺傳〗重組的：～ DNA 重組 DNA。—名重組體。

re·com·bi·na·tion [,rɪkɑmbə'neʃən] 名 Ⓤ〖遺傳〗重組。～**·al** [-nl] 形

re·com·bine [,rɪkəm'baɪn] 動及不及再結合，重組。

re·com·mence [,rikə'mɛns] 動 及 不及 重新開始，回頭再做。

·rec·om·mend [,rɛkə'mɛnd] 動及 **1** 推薦，推舉《*for...*》：～ the dictionary to a person 向某人推薦這本字典 / ～ an applicant *for* a job 推薦某人應徵某項工作。**2** 建議，勸告。**3** 使可取，使受歡迎。**4** 託付，交託《*to...*》：～ one's soul *to* God 將靈魂交託給上帝。
～**·er** 名, ～**·a·ble** 形值得推薦的；值得採行的；明智的。

·rec·om·men·da·tion [,rɛkəmɛn'deʃən] 名 **1** Ⓤ 推薦，介紹；Ⓒ介紹信，推薦詞：in ～ of a person 推薦某人 / by the ～ of a friend 經由友人的推薦。**2** Ⓤ 建議，勸告。**3** 優點，可取之處。

rec·om·mend·a·to·ry [,rɛkə'mɛndə,torɪ] 形**1** 推薦的；建議（性質）的，勸告的：a ～ letter 推薦信。**2** 使人產生好感的，吸引人的：a ～ personality 博得別人好感的個性。

re·com·mit [,rikə'mɪt] 動(～**·ted**, ～**·ing**)

R

及 1 再犯，重犯。2 交委員會審議。3 再次委託。～·ment 名

·**rec·om·pense** ['rɛkəm,pɛns] 動 (-pensed, -pens·ing) 及賠償，補償《*for, to...*》；報償，回報《*with...*》：～ him *for* his efforts 補償他的努力 / ～ good *with* evil 恩將仇報。—不及回報，報償；給予補償，賠償。—名 U C 回報，報償，賠償，補償《*for...*》。

re·com·pose [,rikəm'poz] 動 及 1 重新組合；改作，重寫：～ a plan 重訂計畫。2 使恢復平靜：～ oneself 心情恢復平靜。**-po·si·tion** [-pə'zɪʃən] 名 U 重新組合；重寫；重作；恢復平靜，平息。

rec·on·cil·a·ble ['rɛkən,saɪləbl, ,--'---] 形 可和解的；可調停的；可以取得一致的，能調和的。**-bly** 副

·**rec·on·cile** ['rɛkən,saɪl] 動 (-ciled, -cil·ing) 及 1 使和解《*with...*》：～ sb *with* another person 使某人與另一人重新和好。2 調停，調解：～ a dispute 調停爭議。3 調和，使符合，使一致《*with...*》。4《常用反身或被動》使順從（於）：～ *oneself* to a fact 順從地接受事實。～·ment 名，**-cil·er** 名

rec·on·cil·i·a·tion [,rɛkən,sɪlɪ'eʃən] 名 U《或作 a ～》和解；調停；調和；和諧；甘願，順從。

rec·on·cil·i·a·to·ry [,rɛkən'sɪlɪə,torɪ] 形 和解的；調停的；調和的，一致的：play a ～ role 扮演調停的角色。

rec·on·dite ['rɛkən,daɪt, rɪ'kɑndaɪt] 形《文》1 非常深奧的，難解的：the ～ field of theoretical mathematics 理論數學的深奧領域。2 鮮為人知的，無名的；隱祕的。～·ly 副，～·ness 名

re·con·di·tion [,rikən'dɪʃən] 動 及 重新調整；修復；改造，改善：a ～*ed* automobile《委婉》舊汽車，二手車。

re·con·fig·ure [,rikən'fɪgjɚ] 動 及 重新裝配，重新組配；更改…的外形或結構。

re·con·firm [,rikən'fɝm] 動 及 不及 再證實，再確認。**-fir·ma·tion** [,rikɑnfɚ'meʃən] 名

re·con·nais·sance [rɪ'kɑnəsəns] 名 U C 1 調查，探查；勘查。2〖軍〗偵察（隊）。

re·con·noi·ter,《英》**-tre** [,rikə'nɔɪtɚ, ,rɛkə-] 動 及 偵察；調查，勘查。—不及 偵察；調查，勘查。

re·con·sid·er [,rikən'sɪdɚ] 動 及 1 重新考慮。2〖議會〗重新審議。—不及 重新考慮。

-,sid·er·'a·tion 名

re·con·sti·tute [rɪ'kɑnstə,tjut, -,tut] 動 及 重新構成，再組成，再制定；重建；使復原。

-'tu·tion 名

·**re·con·struct** [,rikən'strʌkt] 動 及 1 重建；修復；〖歷史語言〗重構。2（根據現有資料等）設想，推想，使（在想像中）重現：～ an accident from an eye-witness report 根據目擊者的報告重現這場意外事故發生的過程。

-struc·ti·ble 形 能夠重建的。**-struc·tive** 形 重建的，復興的。

·**re·con·struc·tion** [,rikən'strʌkʃən] 名 1 U 重建；修復；復原；C 重建物；複製品。2《the R-》〖美史〗（南北戰爭後南部諸州的）重新加入聯邦；重建聯邦時期。

re·cop·y [ri'kɑpɪ] 動 及 1 重新抄寫。2 複印。—名 複印：make a ～ of... 把…複印一份。

:**re·cord** [rɪ'kɔrd] 動 及 1 記錄，登記備案：～ a vote 把投票記錄下來。2（儀器等）指示，顯示。3（供記錄在案而）表明，申述：～ one's objections in a courtroom 在法庭上提出異議。4 記載。5 將（聲音、影像等）錄下。—不及 做記錄；記載；登記；錄音，錄影。

—['rɛkɚd] 名 1 U 紀錄，登記。2 案卷，檔案；議事紀錄；訴訟（審判）紀錄；證據憑證。3 成績；履歷。4《美》犯罪紀錄，前科。5 最高紀錄，最佳成績。6 紀念品。7 唱片；錄製品。8〖電腦〗紀錄。

a matter of record 正式記錄上所記載的事實，有案可稽的事情。

bear record to... 為…作證。

for the record 正式地，留作記錄地。

go on record 公開表示，讓自己的發言等被記錄下來。

off the record《口》(1) 不公開的 [地]，非正式的 [地]；不能發表的 [地]。(2) 祕密的 [地]，不入帳的 [地]。

on (the) record (1) 記錄下來的，公開表示的。(2) 記錄在案。

—['rɛkɚd] 形 創造紀錄的；最高紀錄的。

'record ,breaker 名 破紀錄者。

rec·ord-break·ing ['rɛkɚd,brekɪŋ] 形 打破紀錄的。

'record ,changer 名 自動換唱片裝置。

re'corded de'livery 名 U《英》掛號郵遞（《美》certified mail）。

·**re·cord·er** [rɪ'kɔrdɚ] 名 1 記錄員，登記員。2〖英法〗鄉鎮刑事法院臨時推事。3 記錄裝置，記錄器；收報機。4 錄音機。5（古時的）八孔直笛。

'record film 名 紀錄影片。

record-holder ['rɛkɚd,holdɚ] 名 紀錄保持者。

·**re·cord·ing** [rɪ'kɔrdɪŋ] 名 1 U C 記錄；（音、像）錄製。2 唱片；錄製品。3 錄音 [錄影] 所使用之物。—形 記錄的；錄音的；記錄員的。

Re'cording 'Angel 名 記錄天使：記錄人類善惡行為的天使。

re·cord·ist [rɪ'kɔrdɪst] 名（電影的）錄音師。

'record ,player 名 電唱機。

re·count [ri'kaunt] 動 及 重數，重新計算。—['ri,kaunt] 名 重計。

re·count [rɪ'kaunt] 動 及 1 詳述，描述。2 逐項敘述；列舉。～·al 名 詳述。

re·coup [rɪ'kup] 動 及 1 彌補；恢復，重獲：～ one's losses 彌補自己的損失 / ～ one's strength 恢復力氣。2 償還；補償《*for...*》：～ oneself 拿回自己所失去的事物。3〖法〗扣除。—不及 1 恢復，彌補。2〖法〗請求扣除。—名 U 恢復；彌補；償還；補還；扣除。

re·course ['rikors, rɪ'kors] 名 1 U 求助；依靠《*to...*》: have ～ *to...* 求助於。2 所能依賴的人或事物，求助對象。3 U〖法〗追索權 : without ～ 無追索權。

re·cov·er [,ri'kʌvɚ] 動 及 1 重新覆蓋；給（沙發、傘等）換新套子；換封面。

:re·cov·er [rɪ'kʌvɚ] 動 及 1 復得，找回；恢復（體力、健康等）：～ one's sight 恢復視力 / ～ one's feet 重新站起來。2 賠償，補償 : ～ lost time 補償失去的時間。3〖法〗取得 : ～ land 獲得土地（所有權）/ ～ damages 獲得損害賠償。4（從廢物等中）重新得到；（填海）造（地）《*from ...*》: ～ paper *from* old newspapers 利用舊報紙再製新紙 / ～ land *from* the sea 填海開拓新生地。—不及 1 復原，痊癒《*from ...*》。2〖法〗勝訴。3〖美足〗奪回漏接掉的球。

recover oneself 痊癒；甦醒，鎮定；復原；（姿勢等）恢復平衡。

re·cov·er·a·ble [rɪ'kʌvərəbl] 形 可收復的；可恢復的，可復原的；能痊癒的。

re·cov·ered [rɪ'kʌvɚd] 形 康復了的，痊癒了的《*from...*》。

:re·cov·er·y [rɪ'kʌvərɪ] 名 (複-**er·ies**) 1 取回物，找回物；U（某物）的取回，復得《*of...*》: the ～ *of* lost artworks 藝術品的失而復得。2 U C 痊癒，復原《*from...*》。3 U（原狀的）恢復，復甦 : economic ～ 經濟復甦。4 U C 恢復所需的時間。5 U C（廢物等的）再利用；墾拓。6 U C〖法〗（權利、財產的）恢復。

re'covery ˌroom 名（手術後患者的）恢復室。

rec·re·ant ['rɛkrɪənt] 形《文》1 膽怯的，怯懦的。2 不忠的，背叛的。—名 1 膽怯者，怯懦者。2 變節者，背叛者。～·ly 副

re-cre·ate [,rikrɪ'et] 動 及 改造；重做；再創造，再創作。-ˌa·tor 名

rec·re·ate ['rɛkrɪ,et] 動 及《常用反身》使得到消遣；使恢復精神：～ *oneself* after work with a round of golf 工作後以一局高爾夫自娛。—不及 恢復精力；消遣，娛樂。

-**a·tive** 形 消遣的。-**a·tive·ly** 副

re-cre·a·tion [,rikrɪ'eʃən] 名 U C 改造（物）。

rec·re·a·tion [,rɛkrɪ'eʃən] 名 U C 恢復精神；消遣，娛樂。

rec·re·a·tion·al [,rɛkrɪ'eʃənl] 形 娛樂的，消遣的。

recre'ation ˌground 名《英》遊樂場，遊戲場。

rec·re·a·tion·ist [,rɛkrɪ'eʃənɪst] 名 倡導（戶外）娛樂者；愛好戶外休閒者。

recre'ation ˌroom 名（公共場所等的）康樂室，娛樂室。

re·crim·i·nate [rɪ'krɪmə,net] 動 不及 反責，反控《*against...*》。—及 反責，反控。

-**na·to·ry** 形

re·crim·i·na·tion [rɪ,krɪmə'neʃən] 名 U C 反責《*against...*》；〖法〗反控。

re·cru·desce [,rikru'dɛs] 動 不及 復發，再發作。

re·cru·des·cence [,rikru'dɛsṇs] 名 復發，再發作。-**cent** 形

·re·cruit [rɪ'krut] 名 1 新兵。2 新成員；新參加者；新生《*to...*》。—動 及 1 徵募新兵。2（添新兵而）加強兵力；吸收（新會員等）；招聘；補充：～ new sources for one's research 爲某人的研究補充新資料。3 恢復（健康、體力等）：～ oneself 休養，靜養。—不及 1 徵募新兵。2《古》恢復健康。3 得到補充。～·**a·ble** 形, ～·**er** 名

re·cruit·ment [rɪ'krutmənt] 名 U C 1 徵募新兵；吸收新成員；招聘，招收；補充；恢復精神，休養。2〖生理〗（對刺激反應的）反射增進。

rect. 《縮寫》*receipt.*

rec·ta ['rɛktə] 名 **rectum** 的複數形。

rec·tal ['rɛktl] 形 直腸的。～·**ly** 副

rec·tan·gle ['rɛktæŋgl] 名 長方形。

rec·tan·gu·lar [rɛk'tæŋgjəlɚ] 形 1 長方形的，矩形的 : a ～ solid 長方形立方體。2 直角的 : ～ coordinates 直角座標。

rec·ti·fi·a·ble ['rɛktə,faɪəbl] 形 1 可修正的，可調整的；〖電〗可整流的；〖化〗可精餾的。2〖數〗（曲線）可求長的。

rec·ti·fi·er ['rɛktəfaɪɚ] 名 改正者，修正者，訂正者；調整用器具；〖電〗整流器；〖化〗精餾器。

rec·ti·fy ['rɛktə,faɪ] 動 (-**fied**, ～·**ing**) 及 1 改正，修正：～ an error 改正錯誤。2 調整，校正。3〖電〗整（流），將（交流電）轉化直流電。4〖化〗精餾。5〖數〗求（曲線）的長。

-**fi·'ca·tion** 名

rec·ti·lin·e·ar [,rɛktə'lɪnɪɚ], -**al** [-əl] 形 直線的；由直線構成的。～·**ly** 副

rec·ti·tude ['rɛktə,tjud, -,tud] 名 U 公正，正直；正確 : the ～ of one's motives 某人動機的純正。

rec·to ['rɛkto] 名 (複～**s**)〖印〗（書的）右頁，紙張的正面。

·rec·tor ['rɛktɚ] 名 1 (1)《美》（聖公會的）教區牧師。(2)〖英國教〗教區牧師。2〖天主教〗（神學院、修道院等的）院

R

長；掌理修道會的祭司。3（大學的）校長。

rec·tor·ate ['rɛktərɪt] 名UC rector的職務、地位、任期等。

rec·to·ry ['rɛktərɪ] 名(複-ries) 1 教區牧師住宅。2《英》教區牧師的俸祿。

rec·tum ['rɛktəm] 名(複～s, -ta [-tə])〖解〗直腸。

re·cum·bent [rɪ'kʌmbənt] 形 1 橫臥的；倚靠的《*on, upon, against...*》；休息的；不活動的；怠惰的。2〖動·植〗橫臥的。一名 橫臥的人。**-ben·cy** 名, **～·ly** 副

re·cu·per·ate [rɪ'kjupə,ret] 動 不及 恢復，復原《*from...*》。一及 恢復（健康、精神、損失等）。

re·cu·per·a·tion [rɪ,kjupə'reʃən] 名 U 恢復，復原。

re·cu·per·a·tive [rɪ'kjupə,retɪv] 形 使恢復的；有恢復能力的。

·re·cur [rɪ'kɝ] 動 (**-curred, ～·ring**) 不及 1 再發生；復發；反覆出現：*recurring* attacks of dizziness 暈眩復發。2 ⑴ 重新浮現（心）中。⑵ 重新提起，再回到（原來的行動、想法等）。3〖數〗循環。

re·cur·rence [rɪ'kɝəns] 名UC 1 再發生，重現；循環。2（原來的狀態、話題等的）回復，重新提起；回想。3 依賴。

re·cur·rent [rɪ'kɝənt] 形 1 再發生的；反覆再現的；周期性的：～ fever 回歸熱。2〖解〗（神經等）回歸的。**～·ly** 副

re'curring 'decimal 名 循環小數。

re·curve [rɪ'kɝv] 動及 使反曲，使向後彎曲。一不及 反曲，向後彎曲；（風、氣流等）折回。**-curved** 形

rec·u·san·cy ['rɛkjuznsɪ, rɪ'kjuz-] 名U 1 反抗，不服從。2 頑強的拒絕，強烈的反對；〖英史〗不遵奉國教。

rec·u·sant ['rɛkjuznt, rɪ'kjuz-] 形 1 不服從的，反抗的《*against...*》；頑強拒絕。2〖英史〗不遵奉國教的。一名 1 頑固的反抗者；拒絕者，抵抗者。2〖英史〗不遵奉國教者。

R

re·cy·cla·ble [ri'saɪkləbl] 形 可再處理利用的。**-'bil·i·ty** 名

re·cy·cle [ri'saɪkl] 動及 1 使再循環。2 回收利用，重新利用。一不及（以讀秒）返回原來的時間。一名 再循環；重新處理利用。

re·cy·cling [ri'saɪklɪŋ] 名U 資源回收。

:red [rɛd] 形 (**～·der, ～·dest**) 1 紅的，鮮紅的；發紅光的，通紅欲燃的：～ hair 紅髮 / ～wine 紅葡萄酒。2（因生氣或羞恥而）漲紅的，（眼睛）充血的；染血的，流血的；殘酷的，血腥的：～ eyes 充血的眼睛；哭得紅腫的眼睛 / with ～ hands 染血的手。3《常作 **R-**》激進的，極左的；革命的；共產黨掌權的。4 表示北極的，磁北的。5 虧損的，赤字的。6《俚》《副詞》刺激地，激烈地。

like a red rag to a bull 極刺激的，令人暴跳如雷的。

paint the town red ⇨ PAINT（片語）

一名 1 UC 赤色，紅色；紅色顏料；紅潤。2 紅色物；紅臉者，紅色的動物；UC 紅衣服；紅葡萄酒；（撞球的）紅球。3《常作 **R-**》激進主義者；革命論者；共產主義者。4《常作 **the ～**》赤字。5《常作 **Reds**》紅人，北美印第安人。6 U《英口》臉紅。

see red《口》非常生氣，惱火。

re·dact [rɪ'dækt] 動及《文》1 校訂，編輯。2 草擬，起草。**-dac·tion** 名, **-dac·tion·al** 形, **-dac·tor** 名

'red 'admiral 名〖昆〗紅紋蝶。

'red a'lert 名UC 1（空襲）緊急警報。2 緊急情況。

red·bird ['rɛdbɝd] 名〖鳥〗1 猩猩紅冠鳥，照鶯。2 紅羽毛鳥雀的通稱。

'red 'blood ,cell 名 紅血球。

red-blood·ed ['rɛd'blʌdɪd] 形 充滿活力的；有男子氣概的；強壯的；（作品）令人興奮的，緊張的。

red·breast ['rɛd,brɛst] 名 1 歐洲知更鳥。2 紅腹太陽魚。

red·brick ['rɛd,brɪk] 形《英》紅磚校舍的；近代創設的。一名《**R-**》（Oxford, Cambridge, London 大學之外的）紅磚大學，新創設的大學。

red·cap ['rɛd,kæp] 名 1《美》（車站或機場的）搬運工。2《英口》憲兵。3〖鳥〗《英方》金翅雀。

'red 'card 名〖足〗紅牌。

'red 'carpet 名 1（迎賓時的）紅地毯。2《**the ～**》隆重的接待，盛大的歡迎：roll out *the* ～ for a person 盛大歡迎某人。

'red-'car·pet 形 隆重的。

'red 'cent 名《美口》一分硬幣，一文錢：not worth a ～ 一文不值，不值錢的。

'red 'clover 名〖植〗紫（紅）苜蓿。

red·coat ['rɛd,kot] 名《常作 **R-**》（18、19 世紀的）英國士兵。

'red 'corpuscle 名 紅血球。

'Red 'Crescent 名《**the ～**》（回教國家的）紅新月會：相當於紅十字會的團體。

'Red 'Cross 名 1《**the ～**》紅十字會。2《**the ～**》（各國的）紅十字會：*the* American ～ 美國紅十字會。3《偶作 **r-c-**》聖喬治十字徽章。

'red 'currant 名〖植〗紅醋栗。

'red ,deer 名〖動〗1 紅鹿。2 白尾鹿。

red·den ['rɛdn̩] 動及 使變紅，染紅。一不及 變紅；臉紅《*at...*》。

red·dish ['rɛdɪʃ] 形 微紅的；帶紅色的。

re·dec·o·rate [ri'dɛkə,ret] 動 及 不及 換新；重新裝潢。

·re·deem [rɪ'dim] 動及 1 償還，償付；贖出，取回《*from...*》：～ a loan 還債 / ～ one's typewriter *from* a pawnshop 從當鋪贖回打字機。2 恢復，挽回。3 將（紙幣）

兌換（成硬幣）；將（商品券等）兌換（成商品等）：～ bonds 把證券換為現金。4 履行（誓約）：～ one's promise 履行自己的承諾。5 補償，補救《*from...*》：～ one's blunder 補救自己所犯的大錯。6 拯救，贖救；〖神〗使免罪《*from...*》：～ oneself 贖身。

re·deem·a·ble [rɪ'diməbl] 形 可贖回的；能償還的；可兌換的；可補償的；可拯救的；可彌補的。

re·deem·er [rɪ'dimɚ] 名 1 贖回者；贖救者。2《**the R-, our R-**》救世主，耶穌基督。

re·deem·ing [rɪ'dimɪŋ] 形 補救的，彌補（欠缺）的，抵銷（過失等）的：a ～ feature 足以彌補缺點的特色 / ～ value 功過相抵的價值。

re·demp·tion [rɪ'dɛmpʃən] 名 1 Ⓤ 贖回；買回；履行。2 Ⓤ 救助，贖救。3 Ⓤ 補償；〖神〗贖罪，救贖；Ⓒ 贖罪物：beyond ～ 沒有挽回的希望；無法補救。4 Ⓤ 償還；兌換。

re·demp·tive [rɪ'dɛmptɪv] 形 1 贖回的；買回的；償還的。2 贖罪的，救贖的。

re·demp·to·ry [rɪ'dɛmptərɪ] 形 1 = redemptive. 2 彌補的，補償的：a ～ act 彌補過錯的行為。

'red 'ensign 名 英國商船旗。

re·de·ploy [,ridɪ'plɔɪ] 動 及 重新部署；重新調配。—不及 重新部署。～**·ment** 名

re·de·scribe [,ridɪ'skraɪb] 動 及 重新描述。

re·de·scrip·tion [,ridɪ'skrɪpʃən] 名 Ⓤ 重新描述；更新而完整的描述。

re·de·sign [,ridɪ'zaɪn] 動 及 重新設計。

re·de·vel·op [,ridɪ'vɛləp] 動 及 1 重建，再開發。2〖攝〗使重新顯影。—不及 重建，再開發。

red-eyed ['rɛd,aɪd] 形 眼睛發紅的。

red·fish ['rɛd,fɪʃ] 名 (複～, ～·es)〖魚〗紅鱒。

red 'flag 名 1（象徵革命的）紅旗；《**the R- F-**》社會主義者的革命之歌。2（危險訊號的）紅旗。

red 'fox 名〖動〗紅狐。

red 'giant 名〖天〗紅色巨星。

red 'grouse 名〖鳥〗紅松雞。

red-hand·ed ['rɛd,hændɪd] 形 副 1 滿手鮮血的[地]。2 現行犯的[地]：be taken ～ 當場被捕。

red 'hat 名 1 樞機主教的紅帽子。2 樞機主教。

red·head ['rɛd,hɛd] 名 1 紅髮的人。2〖鳥〗紅頭鴨。

red(-)head·ed ['rɛd,hɛdɪd] 形 1 紅髮的。2（鳥）紅頭的。

red 'herring 名 1 燻製鯡魚。2 轉移注意力之物，欺瞞[迷惑]人之物：throw out a ～ across the trail 提出無相關之事以轉移別人的注意。

red-hot ['rɛd'hɑt] 形 1 燒紅的，熾熱的。2 狂熱的；猛烈的；盛怒的：～ baseball fans 狂熱的棒球迷。3（消息等）最新的。4 煽情的。—名 1《美》狂熱的人；激進分子。2《俚》熱狗。3（加入肉桂的）小紅糖果。

re·di·al [ri'daɪəl] 動 及 重撥（電話號碼）。—名（電話的）自動重撥。

re·dif·fu·sion [,ridɪ'fjuʒən] 名 Ⓤ（電視或廣播節目的）轉播。

'Red 'Indian 名《英》北美印第安人。

'red 'ink 名 Ⓤ《俚》虧損。

red·in·te·grate [rɛd'ɪntə,gret, rɪ'dɪn-] 動 及 使復原[恢復]；重建。**-'gra·tion** 名 Ⓤ 復原；重建；〖心〗重整作用。

re·di·rect [,ridə'rɛkt, -daɪ-] 動 及 使改變方向；更改收件人地址（和姓名）；改寄《*to...*》。—形〖美法〗再直接詢問的。

re·dis·count [ri'dɪskaunt] 動 及 再打折扣；再貼現，重貼現。—名 1 Ⓒ Ⓤ 再打折扣；再貼現。2《通常作～**s**》重貼現票據。

re·dis·cov·er·y [,ridɪ'skʌvərɪ] 名 Ⓤ Ⓒ 再發現；Ⓒ 再發現之事物。

re·dis·trib·ute [,ridɪ'strɪbjut] 動 及 再分發，再分配。**-tri·'bu·tion** 名 Ⓤ Ⓒ 再分配。

red-let·ter ['rɛd'lɛtɚ] 形 1 紅字的；紀念日的。2 值得紀念的，重要的：～ day 紀念日，吉日，節日。

'red 'light 名 1（交通的）紅燈，停止信號。2 停止令。3 危險信號；警告。4 紅燈遊戲：一種捉迷藏遊戲。

see the red light 發覺危險；畏縮不前。

'red-'light ,district 名 紅燈區，風化區，花街柳巷。

red·line[1] ['rɛd'laɪn] 名《常為喻》紅線，紅色安全界限。

red·line[2] ['rɛd,laɪn, '-'-] 動 不及 拒絕授與房屋貸款或保險。—及 劃入紅線區。

'red ,man 名 紅人，北美印第安人。

'red ,meat 名 Ⓤ 紅肉：牛肉、羊肉等。

'red 'mullet 名〖魚〗緋鯢鰹。

red·neck ['rɛd,nɛk] 名《美口》《蔑》1 美國南部未受教育的白種人。2 頑固保守的人。

—形（亦稱 **red-necked**）頑固保守的。

red-necked ['rɛd,nɛkt] 形 1 = redneck. 2《美俚》憤怒的，氣得臉紅脖子粗的。

re·do [ri'du] 動 (**-did, -done,** ～**·ing**) 及 1 再造，重做。2 重新裝潢，重新布置。

'red ,ocher 名 Ⓤ 代赭石。

red·o·lent ['rɛdḷənt] 形 1《文》芳香的；有…氣味的《*of, with...*》：a room ～ *of* cresol 有甲酚（消毒劑）氣味的房間。2《喻》《文》有…風味的；使人想起…的，瀰漫著…的《*of, with...*》：wording ～ *of* Racine 有拉辛之風的遣詞用句。

-lence 名, ～**·ly** 副

re·dou·ble [ri'dʌbl] 動 及 1 把…再加倍

R

[加強，增添]：～ one's expenditure 加倍支出 / ～ one's efforts 加倍努力。2《古》使回響；使重複。3〖牌〗（橋牌）將…再加倍。—不及 1 加倍，加強。2《古》發出回聲。3〖牌〗（橋牌）再加倍。

re·doubt [rɪ'daʊt] 名 方形堡；堡壘。

re·doubt·a·ble [rɪ'daʊtəbl] 形 1《文》可畏的，厲害的。2 令人敬畏的。

re·dound [rɪ'daʊnd] 動 不及 1 (1) 造成，帶來：～ to a person's honor 給某人帶來榮譽 / deeds that ～ to one's discredit 有損自己信用的行爲。(2) 產生影響：advantages ～*ing* to society 惠及社會之諸利益。2 回報，報應《*on, upon...*》。

re·dox ['ridɑks] 名 形 〖化〗氧化還原作用（的）。

red-pen·cil ['rɛd'pɛnsl] 動 (～ed, ～·ing 或《美》-cilled, ～·ling) 及（以紅鉛筆等）刪除，校閱，訂正。

'red 'pepper 名 〖植〗辣椒；紅辣椒；U 辣椒粉。

re·draft ['ri,dræft] 名 1 改寫過的草稿。2〖金融〗新匯票。—[-'-] 動 及 重新起草。

'red 'rag 名 1 激怒人的事物，使人惱怒的原因。2《美俚》舌頭。

re·dress [,ri'drɛs] 動 及 1 使重新穿著；再整理（髮等）；再包紮繃帶；再修剪（庭院樹木等）。

·re·dress ['ridrɛs, rɪ'drɛs] 名 U 1 矯正，糾正：the ～ of social abuses 社會弊病的矯正。2 消除錯誤；補償，賠償：legal ～ 法律賠償。—[rɪ'drɛs] 動 及 1 改正，矯正；洗雪；賠償損失；肅清。2 減輕，緩和。3 再調整。

'red 'ribbon 名 〖植〗1（比賽中授與亞軍的）紅授帶。2 紅絲帶：象徵對愛滋病患者的關懷與支持。

'Red 'River 名《the ～》紅河：從美國 Texas 州西北部沿 Oklahoma 州流入 Mississippi 河。

R

'Red 'Sea 名《the ～》紅海：阿拉伯半島與非洲東北部之間的海域。

red·skin ['rɛd,skɪn] 名《常爲蔑》紅番，北美印第安人。

'red 'squirrel 名 〖動〗紅松鼠。

red·start ['rɛd,stɑrt] 名 〖鳥〗1 紅尾鴝。2 橙尾鴝鶯。

'red 'tape 名 U 1（紮公文的）紅帶。2 煩瑣僵化的行政程序，官樣文章：cut (through) ～ 廢止繁文縟節。**'red-'tap·er·y** 名 U 文牘主義，官僚作風。

'red 'tide 名 U 紅潮。

red·top ['rɛd,tɑp] 名 〖植〗小糠草。

:re·duce [rɪ'djus] 動 (-duced, -duc·ing) 及 1 減少，減輕；縮小，降低《*to...*》：a map on a ～*d* scale 縮尺地圖 / ～ prices of a wide-range of merchandise 降低大批各類商品的價格 / ～ expenses 減少開銷。2 (1) 使變成（某種狀態等）：～ a speech to writing 把演講詞寫下來。(2)《通常用被動》使淪落；迫使：be ～*d* to begging for money 淪於乞討金錢。3 使降服；攻陷。4〖外科〗使（器官、骨）復位。5〖化〗使還原《*to...*》；使脫氧；分解；〖冶〗提煉。6〖數〗約分，簡化。7 使稀釋。—不及 1 減少，縮小；減低；衰退；《口》減輕體重。2〖生〗減數分裂。

-duc·i·ble 形, **-duc·i·bly** 副

re·duced [rɪ'djust] 形 縮小的；減少的；（形體、機能）不完全的；衰弱的；降服的：in ～ circumstances 沒落，落魄的處境。

re·duc·er [rɪ'djusɚ] 名 1 使縮小之物。2〖攝〗減弱劑；顯影劑；〖化〗還原劑。3〖機〗漸縮管。4 稀釋液。

re'ducing ,agent 名 〖化〗還原劑。

·re·duc·tion [rɪ'dʌkʃən] 名 1 U C 減少；縮小；折扣；U 變形，轉化：at a ～ of 20% 減價二成，打八折 / give a 5% ～ in price 減價百分之五。2 縮圖，縮本。3 U C〖生〗減數分裂。4 U〖化〗還原。5 U〖數〗約分，簡化。6 U 淪落；沒落。7 U 征服。8〖天〗（誤差的）修正。

re·duc·tion·ism [rɪ'dʌkʃə,nɪzəm] 名 U〖生〗歸納論[主義]。**-ist** 名 形 歸納論者（的）。**-'is·tic** 形

re·duc·tive [rɪ'dʌktɪv] 形 1 縮小的，簡略的。2 轉化的，復原的。～**·ly** 副

re·dun·dan·cy [rɪ'dʌndənsɪ], **-dance** [-dəns] 名 (複 **-cies**) 1 U 多餘，剩餘；漫長，冗贅。2 多餘物，多餘量。3 U〖太空〗重複性。4〖電腦〗冗位。5 U《英》人員過剩；C（因人員過剩而產生的）失業者。

re'dundancy ,pay 名 U《英》遣散費，離職金。

re·dun·dant [rɪ'dʌndənt] 形 1 冗長的，絮叨的；多餘的：a ～ sentence 贅句。2《英》被裁減的，被遣散的：～ workers 成爲冗員而被裁減的勞工。3 大量的，豐富的：a thick, ～ growth 長得繁榮茂盛。4 有備用零件的；〖工〗多餘（材料）的；超靜壓的。～**·ly** 副 多餘地；冗長地。

re·du·pli·cate [rɪ'djuplə,ket] 動 及 1 使加倍；重複。2〖文法〗（字母、音節）重疊。

—不及 1 重複，加倍。2〖文法〗重疊。—[rɪ'djupləkɪt] 形 加倍的；重複的。

re·du·pli·ca·tion [rɪ,djuplə'keʃən] 名 U 重複，加倍。2 重複物，加倍物；極相似之物。3 U〖文法〗重疊。

re·du·pli·ca·tive [rɪ'djuplə,ketɪv] 形 加倍的；重複的。2 被重複的。～**·ly** 副

re·dux [ri'dʌks] 形《置於名詞後》被帶回的；返回的。

'red 'wine 名 U C 紅葡萄酒。

red·wing ['rɛd,wɪŋ] 名 〖鳥〗1 紅翼鶇 2 = red-winged blackbird.

'red-winged 'blackbird ['rɛd,wɪŋd

图〖鳥〗紅羽山烏。

red·wood ['rɛd,wud] 图1〖植〗紅杉，美洲杉。2 Ⓤ紅杉的木材；紅木材。

re(-)ech·o [ri'ɛko] 動不及再度回響，不斷迴盪；再度響起回聲。—及傳回回聲；使迴盪。

reed [rid] 图1(1)葦，蘆；其莖。(2)Ⓤ《集合名詞》蘆葦叢；《～s》《英》（蓋屋頂的）茅草。(3)蘆葦莖做成之物（如蘆笛等）。2〖詩〗蘆笛，牧笛；牧歌；《古》矢。3〖樂〗簧；《通常作～s》簧樂器。4〖織〗（紡織機的）杼，杼齒。5竿：古希伯來長度單位。

a broken reed 不可靠的人[物]。

lean on a reed 倚賴不可靠的人[物]。

—動及1以蘆葦裝飾；以蘆葦覆蓋（屋頂）。2在（樂器）上裝簧片。

reed ,instrument 图〖樂〗簧樂器。

re-ed·it [ri'ɛdɪt] 動及重新編輯；修訂。

re-e·di·tion [,riɪ'dɪʃən] 图修訂版。

reed ,organ 图簧風琴。

reed ,pipe 图1簧管。2舌管；牧笛。

reed ,stop 图（管風琴的）簧管音栓。

re(-)ed·u·cate [ri'ɛdʒə,ket] 動及再教育；使（殘障者等）受特別教育。**-'ca·tion** 图Ⓤ再教育。

reed·y ['ridɪ] 形 **(reed·i·er, reed·i·est)** 1多蘆葦的：a ～ marsh 蘆葦叢生的沼澤地。2〖詩〗蘆葦製的：a ～ pipe 蘆笛。3似蘆葦的；細長的，脆弱的：a tall, ～ body 高瘦的身材。4似蘆笛聲音的，（聲音）尖細的。

reef[1] [rif] 图(複 ～s) 1暗礁，暗灘。2〖礦〗礦脈。3危險的障礙物。

reef[2] [rif] 图〖海〗縮帆部。—動及收（帆），縮（帆）。

reef one's sails 縮小自己活動的範圍；減少努力；稍微後退。

reef·er[1] ['rifɚ] 图 1〖海〗收帆的人。2〖服〗(1)水手夾克。(2)雙排釦上衣。3《主美》大麻捲煙。

reef·er[2] ['rifɚ] 图《美俚》大型冷藏庫；〖鐵路〗《美俚》冷藏車廂。

reef ,knot 图〖海〗《英》平結，縮帆結（《美》square knot）（亦稱 **flat knot**）。

reek [rik] 图1 ⓊⒸ強烈的臭氣，惡臭：the ～ of a rotten egg 腐蛋的臭味。2 Ⓤ水氣，蒸氣；《文》《蘇》濃煙。—動不及1發臭；充滿（令人不悅之物）；帶有…氣味。2冒出蒸氣。3被浸溼。—及煙燻，燻蒸；冒出（煙等）。～**·er** 图，～**·y** 形

reel[1] [ril] 图1（捲線、繩等的）捲軸，捲盤；（釣魚竿的）捲輪。2《主英》（縫衣用的）線捲。3一捲，一盤。4〖攝〗(1)（電影的）軟片捲筒。(2)電影片之一捲。

(right) off the reel《口》(1)順利地；接連不斷地，滔滔不絕地。(2)立刻，馬上。

—動及1捲繞。2抽出；繞取。3用捲輪捲收《in, up》。

reel...off / reel off... 滔滔不絕地說寫，毫不費力地做。

reel out（從線軸上）將（線）放出。

reel[2] [ril] 動不及1搖晃，站不穩。2潰退；動搖。3旋轉，搖擺。—及蹣跚而行，使搖晃，使眩暈。—图搖晃，眼花；腳步蹣跚；迴旋。

re·e·lect [,riə'lɛkt] 動及再選，重選。

re·e·lec·tion [,riə'lɛkʃən] 图ⓊⒸ再選，重選。

re(-)en·force [,riɪn'fors] 動及不及《美》= reinforce.

re(-)en·ter [ri'ɛntɚ] 動及1再進入。2再登記。—不及再進入；再登場；再入境；再加入。**-trance** [-trəns] 图

re·en·trant [ri'ɛntrənt] 形1凹的，凹陷的：a ～ angle 凹角。2〖城〗凹角的。3〖電腦〗（可）重入的。—图凹角；凹部。

re·en·try [ri'ɛntrɪ] 图 **(複-tries)** ⓊⒸ1再進入；再登記；（人造衛星的）重返（大氣層）。2〖法〗所有權的再持有。

re·es·tab·lish [,riə'stæblɪʃ] 動及使重建；恢復。～**·ment** 图

reeve[1] [riv] 图1下級地方公務員，下級官吏。2〖英史〗（勞工、佃戶、地產的）監督人，管理人。3〖英史〗地方行政官，鄉鎮首長。4《加》（鄉鎮議會的）議長。

reeve[2] [riv] 動 **(reeved** 或 **rove, reeved** 或 **roven, reev·ing)** 及〖海〗1使繩索穿過…《*through...*》；將繩索圍繞，把…縛住《*to, on, round...*》。2（船）航過淺灘。

re(-)ex·am·ine [,riɪg'zæmɪn] 動及1再考試[審查]。2〖法〗再審問。**-,am·i·'na·tion** 图ⓊⒸ再考試；再檢查；再審訊。

re(-)ex·port [,riɪks'port] 動及將…再輸出。

—['ri'ɛks,port] 图ⓊⒸ再輸出（的貨物）。

ref [rɛf] 图 **(reffed, ～·ing)** 動及不及〖運動〗《口》= referee.

ref. 《縮寫》*ref*eree; *ref*erence; *ref*erred; *ref*ormation; *ref*ormed; *ref*und.

re·face [ri'fes] 動及1重修…的表面。2給（衣服）換貼邊。

re·fec·tion [rɪ'fɛkʃən] 图《文》1Ⓤ（靠飲食）恢復精神，提神。2餐點，便餐。

re·fec·to·ry [rɪ'fɛktərɪ] 图 **(複-ries)** 餐廳。

·**re·fer** [rɪ'fɝ] 動 **(-ferred, ～·ring)** 及1指點；指引…去參考；使求助於：～ me to books on politics 叫我參考政治學書本。2提交，委託：～ the matter to arbitration 把此事提交仲裁。3把…歸因於；認爲…起源於：～ the painting to the Tang Dynasty 認爲那幅畫是唐代的畫。—不及1提及，涉及；稱呼（爲…）《*as...*》。2查詢，詢問。3參考，查閱；引證。4和…有關係；適用於；指點人去注意。

ref·er·a·ble ['rɛfərəbl] 形 1可歸因於…的《*to...*》。2被認爲屬於…的《*to...*》。

ref·er·ee [,rɛfə'ri] 图1（運動的）裁判。2調停者，仲裁人；〖法〗審查人，鑑定

R

人。3《英》身分保證人。—動及不及當（…的）裁判；仲裁，裁判。

·**ref·er·ence** [ˈrɛfərəns] 名 1 U C 參照，參考；附註：～ books 參考書 / for a person's ～ 供某人參考。2 參考資料；引用文；參閱符號：～ marks 參照符號。3 詢問《*to* ...》；身分保證人；（品行、能力的）證明（書），介紹（書）：a letter of ～ 介紹信，推薦信 / get a teacher to be one's ～ 請一位老師當自己的介紹人。4 U C 言及，提及《*to*...》: make ～ *to* the book 提及那本書。5（某詞所）表示之物，（某詞所具有的）意義；〖語言〗指涉。6 U 關係，關聯《*to*...》: have no ～ *to*... 與…無關。7 U 委託，提交；委託範圍《*to*...》: ～ of a question *to* the decision of the chairman 將問題交付主席裁決。8 U 歸因《*to*...》: ～ of one's success *to* good fortune 把自己的成功歸因於好運氣。

in reference to... 關於。

without reference to... 與…無關。

—動 **(-enced, -enc·ing)** 及 在…加註腳；列出參考資料。

ˈreference ˈlibrary 名 參考圖書館。

ˈreference ˌmark 名 參照符號；〖測〗基準點。

ref·er·en·dum [ˌrɛfəˈrɛndəm] 名（複 **～s, -da**[-də]）1 公民投票，複決；公民投票權，複決權：hold a ～ 舉行公民投票。2（外交的）請示書。

ref·er·ent [ˈrɛfərənt] 名〖語言〗指涉對象。

ref·er·en·tial [ˌrɛfəˈrɛnʃəl] 形 1 與…有關的《*to*...》；包含關聯事項的。2 參考用的；〖語言〗指示用的。～**·ly** 副

re·fer·ral [rɪˈfɝəl] 名 U C 參考；查閱；介紹《*to*...》；委託；C 被介紹的人。

reˈferral ˈfee 名 介紹費。

re·fill [riˈfɪl] 動 及 再裝滿，換裝。—[ˈ--] 名 補給品；換裝的零件。

·**re·fine** [rɪˈfaɪn] 動 **(-fined, -fin·ing)** 及 1 精製，精煉；淨化：～ crude oil 將原油加以提煉。2 使精緻；使更優美：～ one's language 使自己的談吐更文雅 / ～ one's style 使自己的文體更優美。—不及 1 淨化。2 變精美；變優雅，推敲，琢磨。

refine on [***upon***]... ⑴改良，對…精益求精。⑵勝過。⑶細加區別，詳細研討。

·**re·fined** [rɪˈfaɪnd] 形 1 優美的，文雅的：～ manners 優雅的舉止。2 精製的，精煉的：～ sugar 精製糖。3 細緻的；精確的：～ artifices 精妙的策略。**-fin·ed·ly** [-faɪnɪdlɪ] 副

re·fine·ment [rɪˈfaɪnmənt] 名 1 U 優雅；有教養：a man of ～ 文雅的人。2 U 精煉，精製。3 細微的區別；細密的思考；精細，微妙。4 精緻的設計，精品：the ～*s* in new model stereos 新型立體音響的各種巧妙設計。

re·fin·er·y [rɪˈfaɪnərɪ] 名（複 **-er·ies**）精煉廠，煉製廠；提煉設備。

re·fit [riˈfɪt] 動（**～·ted, ～·ting**）及 整修；改裝；再補給。—不及 接受再補給；被整修。—名 改裝，整修。

refl.《縮寫》*refl*ection; *refl*ective; *refle*x(ive).

re·flate [riˈflet] 動 不及 及（使）（通貨）再膨脹。

re·fla·tion [riˈfleʃən] 名 U 通貨再膨脹。

·**re·flect** [rɪˈflɛkt] 動 及 1 反射，使回響：shine with ～*ed* light 以反射的光照耀。映照。3 反映；顯示。4 帶來，招致《*on* *upon*...》: ～ discredit upon sb 給某人帶來恥辱。5 考慮；意識到；反省。—不及 反射；反響；映出；照出。2 考慮；反省《*on, upon, over*...》。3 招致，帶來《*on* *upon, over*...》。

re·flect·ing·ly [rɪˈflɛktɪŋlɪ] 副 1 深思地，反省地。2 反射地。

reˈflecting ˌtelescope 名〖天〗反射式望遠鏡。

·**re·flec·tion** [rɪˈflɛkʃən] 名 1 U〖理光〗反射熱，反射光；〖生理〗反射作用；反射；回響；反映；影響：the angle of ～ 反射角 / the ～ of naturalism in contemporary Chinese literature 當代中國文學中自然主義的影響。2 所反射出來的事物；映像，倒影；極相似的人[物，言行]：the ～ of a tree in the water 水中樹的倒影。3 U 深思；〖哲〗反省：without (due) ～ 未經深思，輕率地 / be lost in ～ 陷於沉思中。4《常作～s》想法，意見。5《常作～s》非議；質疑《*on, upon*...》: cast ～ *on*... 責難，質疑 / a speech made in ～ of... 對…提出責難的演說。6〖解〗反折（結構、部分）。～**·al** 形

re·flec·tive [rɪˈflɛktɪv] 形 1 反射的；反映的：a ～ surface 反射面。2 深思的，反省的。3〖文法〗= reflexive. ～**·ly** 副

re·flec·tor [rɪˈflɛktɚ] 名 1 反射物；反射器，反射鏡。2 反映（想法）的人；深思者，反省者。3 反射式望遠鏡。

re·flex [ˈriflɛks] 形 1〖生理〗反射性的，反射的：a ～ movement 反射性運動。2 引起反應的，反應的：a ～ answer 本能反應的回答。3 被反射的。4 反折的；反方向的。5 內省的，反省的。6〖幾何〗優角的；大於 180°角的。—名 1〖生理〗反射動作；反射（作用）；反應能力。2 倒影，映像。3 反射；反射光。4 反映，顯現。5 摹寫，複製本；改寫。6〖無線〗回復式收訊機。

—[rɪˈflɛks] 動 及 1 使起反射（作用）。2 使反折，使向後彎。3 配備回復式收訊裝置。

～**·ly** 副

ˈreflex ˈcamera 名〖攝〗反射（式）照相機。

re·flex·ive [rɪˈflɛksɪv] 形 1〖文法〗反身的：a ～ verb 反身動詞。2 反應的，反射

動作的。3 反射的。4 反省的。一图〖文法〗反身動詞，反身代名詞。～·ly 副

re·float [ri'flot] 動及（使觸礁、擱淺的船舶）再浮起，離礁。

ref·lu·ent ['rɛfluənt] 形（血）逆流的；（潮汐）退潮的。-**ence** 图

re·flux ['ri,flʌks] 图 U 逆流；退潮：the flux and ～ of the tides 潮水的漲落；《喻》榮枯盛衰。

re·foot [,ri'fut] 動及織補襪底。

re·for·est [ri'fɔrɪst] 動及《美》重新造林。

～·'**a·tion** 图 U 再植樹，再造林。

·**re·form** [rɪ'fɔrm] 图 1 U C（社會、制度等的）改良，改革；革除（弊端等）：educational ～教育改革 / a ～ in language teaching method 語言教學法的一項改革。2 矯正，改造。

一動及 1 改良，改革。2 革除。3 使悔改，改造。一不及 被改革，被矯正；悔改。

～·**a·ble** 形

re·form [,ri'fɔrm] 動及不及改造，改變形態；（軍隊）改編。

ref·or·ma·tion [,rɛfɚ'meʃən] 图 1 U C 改造，感化，洗心革面：the ～ of a hardened c-riminal 一個頑固罪犯的改過自新。2 U C 改良；改革。3《the R-》〖史〗宗教改革。

～·**al** 形 改革的，改善的；《R-》宗教改革的。

re-for·ma·tion [,rifɔr'meʃən] 图 U 重造；再組成；重新編制。

re·form·a·tive [rɪ'fɔrmətɪv] 形改革的，改良的；旨在改革的。

re·form·a·to·ry [rɪ'fɔrmə,torɪ] 形 改革的，矯正的，感化的。一图(複-**ries**) 感化院，少年感化院。

re·formed [rɪ'fɔrmd] 形 1 被改良的。2 悔改的，改過自新的。3《R-》新教的，喀爾文教派的。

re·form·er [rɪ'fɔrmɚ] 图 1 改革者。2《R-》（16 世紀的）宗教改革家。3 政治改革論者。

re·form·ist [rɪ'fɔrmɪst] 图 改革（論）者；改革派教徒。一形（亦稱 **re·form·is·tic** [,rɛfɚ'mɪstɪk]）改良主義的；改革運動的。

re'form ,school 图《主美》= reformatory.

re·fract [rɪ'frækt] 動及使折射。

re'fracting ,angle 图折射角。

re'fracting ,telescope 图 折射望遠鏡。

re·frac·tion [rɪ'frækʃən] 图 U 1〖理〗屈折，折射；〖光〗折光（力），折射（力）：the angle of ～ 折射角。2〖天〗（天體）大氣折光。

～·**al** 形 屈折的，折射的。

re·frac·tive [rɪ'fræktɪv] 形 屈折的，折射的；有折射力的：～ index（光的）折射率。～·**ly** 副

re·frac·tom·e·ter [,rifræk'tɑmətɚ] 图〖理〗折射計；折光計。

re·frac·tor [rɪ'fræktɚ] 图 1 使折射的人[物]；折射透鏡。2 = refracting telescope.

re·frac·to·ry [rɪ'fræktərɪ] 形 1 難駕馭的；倔強的：a ～ schoolboy 難以管教的男學童。2 難治的：a ～ disease 難治的疾病，痼疾。3 有抵抗力的；有免疫性的《*to...*》。4 難熔化的，耐火性的；難處理的：～ mortar 耐火灰泥。一图(複-**ries**) 1 耐火性物質。2《-**ries**》耐火磚。-**ri·ly** 副

·**re·frain**[1] [rɪ'fren] 動不及 忍住；避免；節制（不做…）《*from..., from doing*》：～ *from* greasy food 戒吃油膩食物。一及《古》約束，抑制。～·**ment** 图

re·frain[2] [rɪ'fren] 图 1（詩的）重複句，疊句。2〖樂〗副歌。

re·fran·gi·ble [rɪ'frændʒəbl] 形 可折射的，折射性的。

·**re·fresh** [rɪ'frɛʃ] 動及 1《常用反身或被動》使生氣蓬勃，使充滿精力《*by, with ...*》: feel ～*ed* 感覺爽快 / ～ the spirits 恢復精神。2 使（記憶）清楚：～ a person's memory 喚起某人的記憶。3 使更新：～ a building's appearance with a new coat of paint 重新粉刷使建築物外觀煥然一新。4 給予新補給；使火再旺盛；充電：～ a ship with water 給一艘船補給水。一不及 1 吃飯，飲食，（尤指）喝一杯。2 恢復精神。

re·fresh·er [rɪ'frɛʃɚ] 图 1 提神物；《口》酒，清涼飲料。2〖法〗《英》（訴訟拖長時付給律師的）追加酬金。3 喚醒回憶之物。4 複習，補習；補充教育。一形 複習的，補充的，增加的：a ～course in French 法語進修課程。

re·fresh·ing [rɪ'frɛʃɪŋ] 形 1 提神的，使人清爽的：～ coolness 清爽的涼意。2 新奇的，使人耳目一新的：a ～ play 給人新鮮感的戲劇。

:**re·fresh·ment** [rɪ'frɛʃmənt] 图 1 U C 提神的事物；休息；《～**s**》點心，茶點：take ～*s* 吃點心。2 U 恢復精神，身心暢快。

re'freshment ,car 图餐車。

re'freshment ,room 图餐室。

re'fried ,beans 图(複) 翻炒豆泥：一種墨西哥菜餚。

re·frig·er·ant [rɪ'frɪdʒərənt] 形 1 冷卻的，冷凍的。2 散熱的，解熱的。一图 1 散熱物，解熱劑。2 冷卻劑；致冷物。

re·frig·er·ate [rɪ'frɪdʒə,ret] 動及 1 使冷卻；使清涼。2 冷凍，冷藏。一不及冷卻；冷凍。-**a·tive** 形

re·frig·er·a·tion [rɪ,frɪdʒə'reʃən] 图 U 1 冷卻；冷凍；冷藏。2 冷卻狀態。

·**re·frig·er·a·tor** [rɪ'frɪdʒə,retɚ] 图 冷藏庫；冷凍室；冰箱；冷凍裝置；（蒸餾器

R

的）冷凝裝置。

re'frigerator ˌcar 图冷藏車。

re·frin·gent [rɪ'frɪndʒənt] 形屈折的，折射性的。

reft [rɛft] 動**reave**的過去式及過去分詞。

re·fu·el [ri'fjuəl] 動(~**ed**, ~·**ing**或《英》-**elled**, ~·**ing**) 及不及 補給燃料。

·**ref·uge** ['rɛfjudʒ] 图 **1** Ⓤ避難；庇護：a house of ~ 難民收容所，庇護所 / take ~ in ... 在…躲避 / seek ~ with a person 求某人給予庇護，逃至某人處避難。**2** 避難處；庇護所；收容所；鳥獸保護區，禁獵區：find (a) ~ 找到避難處。**3** 可依靠的人[物]；Ⓤ慰藉《*in, into...*》: the ~ of the poor 貧民之友 / find a ~ *in* literature 在文學中尋求慰藉。**4** 權宜之計；藉口：the last ~ 最後的手段 / take ~ in a smile 以微笑來支吾過去。**5**《英》（馬路中的）安全島（《美》safety island）。

·**ref·u·gee** [ˌrɛfjʊ'dʒi] 图避難者，難民；流亡者，逃亡者：*refugee*-smuggling racket 協助難民偷渡的非法勾當。—形**1** 逃亡中的。**2** 流亡的，逃至國外的：a ~ government 流亡政府。

re·ful·gence [rɪ'fʌldʒəns] 图 Ⓤ 光輝，燦爛。-**gent** 形光輝的，燦爛的。

re·fund [rɪ'fʌnd] 動及歸還，償還。—不及償還，退款。—['riˌfʌnd] 图 Ⓒ Ⓤ 付還，償還；償還款，退款。

~·**er** 图, ~·**ment** 图, ~**a·ble** 形

re·fur·bish [ri'fɝbɪʃ] 動 及 再磨光；刷新，整修；再擦亮。~·**ment** 图

re·fus·a·ble [rɪ'fjuzəbl] 形可拒絕的。

·**re·fus·al** [rɪ'fjuzl] 图 **1** Ⓤ《偶作 a ~》拒絕，辭謝《*to* do》: shake one's head in ~ 搖頭拒絕 / give *a* polite ~ 禮貌地拒絕。**2**《常作 the ~》優先權；優先購買權：have *the* ~ of... 對…擁有優先取捨權 / I gave him (*the*) first ~ of my house. 我給他優先購買權買我的房子。

R

:**re·fuse**[1] [rɪ'fjuz] 動 (-**fus·ed**, -**fus·ing**)及**1** 拒絕，謝絕：~ assistance 謝絕援助。**2** 拒絕給予；不允許；拒婚：~ him the loan 拒絕給他貸款。**3** 拒不，不願。**4**（馬）不肯跳越（障礙物）。—不及 **1** 拒絕，辭謝。**2**（馬）不肯跳越障礙物。

ref·use[2] ['rɛfjus] 图Ⓤ 廢物，垃圾，渣滓：~bins 垃圾箱 / a ~ collector 收垃圾者。—形 廢棄的，扔掉的：~ iron 廢鐵。

'**refuse ˌdump** 图垃圾堆，垃圾場。

re·fus·er [rɪ'fjuzɚ] 图 **1** 拒絕者。**2** = recusant.

re·fu·ta·ble [rɪ'fjutəbl] 形可反駁的，可辯駁的；有錯誤的。-**bly** 副

ref·u·ta·tion [ˌrɛfjʊ'teʃən] 图 Ⓤ Ⓒ 駁倒，辯駁；可供反駁用的論據。

re·fute [rɪ'fjut] 動及 **1** 反駁，駁倒。**2** 證明（人）是錯誤的：~ the other side 駁倒對方。

-**fut·er** 图

reg.《縮寫》*reg*ent; *reg*iment; *reg*ion; *reg*ister(ed); *reg*istry; *reg*ular(ly); *reg*ulation.

·**re·gain** [rɪ'gen] 動及 **1** 收回；收復；恢復：~ consciousness 恢復知覺 / ~one's feet（跌倒的人）重新站起來。**2** 返回，回到：~ one's native country 回歸祖國。

re·gal[1] ['rigl] 形 **1** 王室的；國王的：the ~ power 王權。**2** 似國王的，適於國王的；豪華的；威嚴的；（女性）長得高且高貴端莊的。

~·**ly** 副

re·gal[2] ['rigl] 图小風琴。

re·gale [rɪ'gel] 動及 **1** 以…款待，宴請：~ one's guests with a sumptuous meal 以豐盛的菜肴款待客人。**2** 使快樂，以…娛（人）：~ the students with jokes 用笑話逗樂學生。

—不及享受佳肴；享用《*on...*》。—图《古》**1** 盛宴；佳肴。**2** 使恢復精神的食物。

~·**ment** 图 Ⓤ 款待，宴請；美味。

re·ga·li·a [rɪ'gelɪə] 图 (複) **1** 王權；王權的標記。**2**（代表官職的）徽章；華服。

:**re·gard** [rɪ'gɑrd] 動及 **1** 視為，當作：~ the discovery as of little value 把那發現視為幾無價值。**2** 打量；注視《*with...*》；尊敬，尊重：~ a person *with* approval 以贊同的眼神注視著某人。**3**《常用於否定、疑問》注意，注重。**4** 斟酌；考慮：~ a person's wishes 顧及某人的願望。**5**《古》關於。—不及 **1** 注意，注重《*on...*》。**2** 注視，凝視。

as regards ⇨ AS[1] 介（片語）

—图 **1** Ⓤ 關係，關聯。**2** 點，方面。**3** Ⓤ 敬意，尊敬《*for, to...*》。**4** Ⓤ 考慮；注意；關心《*to, for...*》。**5** 注視，凝視。**6** Ⓤ Ⓒ 好意；好感《*for...*》。**7**《~**s**》問候。**8** 動機。

re·gard·ful [rɪ'gɑrdfəl] 形《文》**1** 密切注意的，留心的《*of...*》。**2** 尊敬的，表示敬意的《*for, of...*》。

·**re·gard·ing** [rɪ'gɑrdɪŋ] 介關於：a footnote ~ sources 有關資料來源的註腳。

·**re·gard·less** [rɪ'gɑrdlɪs] 形不注意的，不介意的。

regardless of... 不顧，不論，不拘。

—副不顧一切，無論如何。

~·**ly** 副, ~·**ness** 图

re·gat·ta [rɪ'gætə] 图船賽；賽船會。

re·ge·late ['ridʒəˌlet] 動 不及〖理〗再結冰，重新凍結。

re·gen·cy ['ridʒənsɪ] 图 (複-**cies**) **1** Ⓤ 攝政；攝政權；Ⓒ攝政團；攝政者統治區；攝政期間。**2**《**the R-**》〖英史〗攝政時代（1811−20）。**3**《美》大學評議員之職位。—形 **1** 攝政（時代）的。**2**《**R-**》攝政時代風格的。

re·gen·der [ˌri'dʒɛndɚ] 图 〖影·劇〗反串（亦作 **cross-casting**）。

re·gen·er·a·cy [rɪ'dʒɛnərəsɪ] 图 Ⓤ 再生，新生；革新；復興。

re·gen·er·ate [rɪ'dʒɛnə,ret] 動及 1 使再生；改造，重建；復興：~ oneself 洗心革面 / ~ society 改革社會。2（精神上）使復甦：~ love 重新點燃愛火。—不及 1 重生，再生。2 復興；被改造[改革]。—[rɪ'dʒɛnərɪt] 形 1 復興的；被改造的。2 新生的，再生的；〖神〗精神上新生的。—[rɪ'dʒɛnərɪt] 名 再生物；重獲新生者；改變宗教信仰者；再生部分。

re·gen·er·a·tion [rɪ,dʒɛnə'reʃən] 名 U 1 重生，改造；重建，復興。2〖生〗再生。3 精神上的重生；宗教信仰的轉變。

re·gen·er·a·tive [rɪ'dʒɛnə,retɪv] 形 1 再生的；革新的；有再生力的：~ forces 革新的勢力。2〖機〗回熱式的；〖無線〗再生式的。

re·gen·er·a·tor [rɪ'dʒɛnə,retɚ] 名 1 重生者；改革者。2（蓄熱爐的）蓄熱室；〖電〗再生器。

re·gent ['ridʒənt] 名 1《常作 R-》攝政者。2《美》（州立大學的）董事，評議員。3（天主教大學的）理事。
—形《常作R-》《通常置於名詞後》攝政的。

reg·gae ['rɛge] 名 U 雷鬼：起源於西印度群島牙買加的一種通俗音樂。

reg·i·cide ['rɛdʒə,saɪd] 名 1 U 弒君；弒君罪。2 殺君者。**-'cid·al** 形

·**re·gime, ré-** [rɪ'ʒim] 名 1 政體，統治方式；管理體制：a totalitarian ~ 極權政體。2 政權；政權統治期間：under the Nazi ~ 在納粹政權統治下。3 制度；體制：under the present ~ 在現行制度下。4〖醫〗= regimen 1. 5（氣候、事件、行爲的）形式；情況；特徵：the most favorable temperature ~ 最適宜的溫度變化形式。

reg·i·men ['rɛdʒə,mɛn, -mən] 名 1〖醫〗攝生法，養生法。2 統治，管轄。3《古》政治體制；現行制度。4 U〖文法〗支配；C 介系詞之受詞。

reg·i·ment ['rɛdʒəmənt] 名 1〖軍〗團：the colonel of the ~ 團長。2《常作~s》《主方》一大群，大量《*of*...》：a whole ~ *of* birds 大群的鳥。—['rɛdʒə,mɛnt] 動及 1 編成團；分派到某團。2《常用被動》嚴格管理，嚴格訓練。3 使組織化。

reg·i·men·tal [,rɛdʒə'mɛntl] 形 團的；規格化的：~ colors 團旗。—名 1《~s》團服；軍服。2 U 帶灰色之紫藍色。

reg·i·men·ta·tion [,rɛdʒəmɛn'teʃən] 名 U 1（團的）編成，組織化。2 嚴密的組織。

reg·i·ment·ed ['rɛdʒə,mɛntɪd] 形 嚴密控制的。

Re·gi·na [rɪ'dʒaɪnə] 名 1《置於名字之後》女王（略作：R.）：Elizabeth ~ 伊麗莎白女王。

re·gion ['ridʒən] 名 1（無明確界限的）地區，地帶：a wooded border ~ 林木密布的邊界地區。2《通常作~s》領域，界：the ~*s* of the imagination 幻想的世界。3（大氣、海水的）層：the upper ~*s* of the atmosphere 大氣的上層。4（活動、研究等的）領域，範圍：a ~ of philosophy 哲學的領域。5 宇宙區分，區劃：a galactic ~ 銀河系的一個地帶。6（都市、領土的）行政區，區；《R-》（蘇格蘭的）行政區。7 動物（地理）區；（身體的）部分，部位；〖數〗區域：the lumbar ~ 腰部。
in the region of... 在…的附近；大約。

·**re·gion·al** ['ridʒənl] 形 1 區域的，地區的：a ~ university 地區大學。2 某地區（特有）的；地方性的；地方色彩的：a ~ novel 鄉土小說，地方色彩的小說。3〖解〗局部的。
—名（雜誌、報紙等的）地方版；（某組織、公司等的）地區分部。~**·ly** 副

re·gion·al·ism ['ridʒənl,ɪzəm] 名 U 1〖政〗分區制度。2 地方性的特徵；地方色彩；地域觀念。3《常作R-》〖文·美〗鄉土色彩。

·**reg·is·ter** ['rɛdʒɪstɚ] 名 1 登記，註冊。2 記錄表，登記簿；表；名單：a ~ of births 出生登記簿 / the *R*- of voters 選舉人名簿。3 記載事項。4 船籍證明書。5 自動記錄機；收銀機。6〖樂〗音域；（風琴的）音栓：the head ~ 頭聲音域。7 U C〖語言〗語域。8（暖氣的）節氣門。9（郵件的）掛號。10 登記員，註冊官。11〖電腦〗暫存器。—動及 1 記錄，登錄；給…註冊。2 掛號郵寄；《英》托運。3 自動記錄。4 表示，表達。5 記住。—不及 1 登記《*at, with*...》。2 註冊入學。3〖印〗對齊。4（感情、表情）流露，顯現。5《通常用於否定》《口》被理解；留下印象；被記住。6（演員）表達感情。
-tra·ble, ~**·a·ble** 形

reg·is·tered ['rɛdʒɪstɚd] 形 1 登記過的，註冊過的；〖商〗記名的：a ~ trademark 註冊商標 / ~ bonds 記名債券。2（郵件）掛號的：by ~ mail 以掛號郵寄。3 經合法鑑定的，經官方註冊的：a ~ patent 註冊專利。4（動物）（在品種協會）登記的。

'registered 'nurse 名《美》註冊合格護士（《英》state registered nurse）。略作：R.N.

'register ,office 名 登記處。

'register ,ton 名 U〖海〗登記噸位。

reg·is·trant ['rɛdʒɪstrənt] 名 1 管理登記的人。2 登記者，專利註冊者。

reg·is·trar ['rɛdʒɪ,strɑr, ,--'-] 名 1 登記員；戶籍員。2 負責登記股票轉讓的信託公司；公司的證券登記員；（學校的）教務主任；註冊主任；《英》專科住院醫師。

·**reg·is·tra·tion** [,rɛdʒɪ'streʃən] 名 1 U 登記；註冊；掛號：~ of voters 選舉人的登記 / complete ~ for a course 完成一門課程選修的註冊。2 登記項目，記錄事項；

R

《集合名詞》《美》被登記者[物]；登記人數。3 登記證。4（溫度計等的）標示，讀數。5 U〖樂〗風琴之音栓選擇。6〖印〗= register 名 9.

regis'tration ˌbook 名《英》自用車登記冊。

regis'tration ˌnumber 名 汽車登記號碼，車輛牌照號碼。

reg·is·try ['rɛdʒɪstrɪ] 名 (複 **-tries**) **1** U 註冊；紀錄，登記。**2** U C 船籍：a port (certificate) of ~ 船籍港（證明書）/ a ship of Panamanian ~ 巴拿馬籍的船。**3** 註冊處；戶籍登記所：marriage at a ~ (office) 註冊結婚。**4** 記錄簿，登記表。**5**《美》= registry office 2.

'registry ˌoffice 名 **1** 登記處；註冊處（《美》register office）。**2** 職業介紹所。

re·gi·us ['ridʒɪəs] 形 **1** 國王的，欽定的。**2**《常作 **R-**》（英國大學教授）擔任欽定講座的：a *R-* professor 欽定講座教授。—名《**R-**》欽定本。

reg·nal ['rɛgnəl] 形 君主的，國王的；君權的；君主統治的。

reg·nant ['rɛgnənt] 形 **1**《置於名詞之後》君臨的，統治的：Queen *R-* 執政女王。**2** 支配的，占優勢的：a ~ determination 難以動搖的決定。**3** 流行的。

re·gorge [rɪ'gɔrdʒ] 動 及 吐出，嘔出；退回。—不及 逆流。

re·gress [rɪ'grɛs] 動 不及 **1** 後退；復舊，退步。**2**〖天〗退行。—['rigrɛs] 名 U **1** 後退；復歸《*to, into...*》；復歸權。**2** 退步；退化。**3**〖理則〗追溯。

re·gres·sion [rɪ'grɛʃən] 名 U C **1** 後退，復歸；退化。**2** 病況的減輕；（記憶、能力的）衰微。**3**〖天〗退行；〖幾〗曲線之回歸；〖統〗回歸。

re·gres·sive [rɪ'grɛsɪv] 形 **1** 後退的；回歸的；退步的。**2**〖生〗退化的。**3**（稅率等）遞減的。

R

:re·gret [rɪ'grɛt] 動 (~·**ted**, ~·**ting**) 及 **1** 感到後悔；感到遺憾：I ~ (to say) that... 我很遺憾地說… / I ~ to hear that... 聽到…我感到很遺憾。**2** 惋惜；懷念；悲悼：~ one's university years 懷念大學時代。

It is (much) to be regretted that... 令人遺憾的是…。

—名 **1** U C 遺憾；後悔《*at, for, over ...*》。**2** U C 惋惜；失望；哀悼之心情。**3**《常作 ~**s**》對邀請的謝絕；歉意。

have no regrets 不後悔，不痛惜。

to one's regrets 至爲遺憾。

re·gret·ful [rɪ'grɛtfəl] 形 遺憾的；後悔的《*for...*》；惋惜的：make a ~ refusal 遺憾地拒絕。~·**ly** 副, ~·**ness** 名

re·gret·ta·ble [rɪ'grɛtəbl] 形 可惜的，遺憾的；可悲的。

re·gret·ta·bly [rɪ'grɛtəblɪ] 副《修飾全句》遺憾地，可惜地；可悲地。

re·group [rɪ'grup] 動 及 不及 重新編組，改組，再集合。

regt.《縮寫》*regent*; *regiment*.

:reg·u·lar ['rɛgjələ-] 形 **1** 有規律的，規則的；按順序的；整齊的：~ features 端正的面貌 / lead a ~ life 過著規律的生活 / keep ~ hours 過有規律的生活。**2** (1) 通常的；正常的；習慣的：a ~ heartbeat 正常的心跳 / park the car in the ~ place 把車子停在老地方。(2)《美》普通的：~ gasoline 普通汽油。**3** 固定的，恆常的：a ~ income 固定的收入 / a ~ client 固定客戶，常客。**4** 定期的：~ service 定期班次。正式的，合格的：a ~ doctor 合格的醫師 / a ~ member 正式的會員。**6**《口》(1)《美》予人好感的，可靠的：a ~ guy 好人。(2) 徹底的，真正的：a ~ mystery 真正的一個謎。**7**〖文法〗規則變化的。**8**（花）整齊的，對稱的；（結晶）等軸的。**9**〖數〗正則的。**10**〖軍〗正規（軍）的，常備（軍）的。**11**《美》由政黨選派的，指定的；忠於某政黨之領導的。—名 **1**《通常作 ~**s**》《口》常客，老顧客。**2** 標準尺碼（衣服）。**3** 正式的選手；《口》長工。**4**〖教會〗正規的修士或修女。**5**《通常作 ~**s**》〖軍〗正規兵，常備兵；〖美政〗忠實的黨員。**6**《口》普通汽油。~·**nes** 名

'regular 'army 名《**the** ~》正規軍，常備軍。略作：R.A.

reg·u·lar·i·ty [ˌrɛgjə'lærətɪ] 名 U 規律；整齊，正規。

reg·u·lar·ize ['rɛgjələˌraɪz] 動 及 使規律化，調整；使系統化；使合法化。

·reg·u·lar·ly ['rɛgjələ-lɪ] 副 **1** 定期地，固定地；規則地。**2** 正式地；端正地；勻稱地。**3**《口》徹底地，完全地。

·reg·u·late ['rɛgjəˌlet] 動 (**-lat·ed, -lat·ing**) 及 **1** 使規律化，規定；控制，管理：~ one's habits 使日常習慣有規律 / ~ the traffic 管理交通。**2** 調節，調整：~ a machine 調整機器 / ~ the pressure 調節壓力。**3** 使井然有序。**-la·tive** 形

·reg·u·la·tion [ˌrɛgjə'leʃən] 名 **1** 規則，規定；條例；法規：rules and ~*s* 規則與規定 / by ~*s* 依照規則。**2** U 控制；調整，調節；管理：suffer from improper ~ 因管理不當而受害 / make ~*s* on... 對…加以調整。**3** U〖電〗變動率偏差；〖電子〗電壓變動範圍；〖生〗調節，調整。—形 **1** 規定的，正規的；正式的。**2** 普通的；正常的；習慣的。

reg·u·la·tor ['rɛgjəˌletə-] 名 **1** 規定者；管制者；調整者。**2** 調節器；校準器；標準時鐘。

reg·u·la·to·ry ['rɛgjələˌtorɪ] 形 **1** 調整性的；管理性的。**2** 應受管制的。

reg·u·lo ['rɛgjəlo] 名《英》（瓦斯爐的）熱度表示。

re·gur·gi·tate [ri'gɜ-dʒəˌtet] 動 不及《文》逆流；反芻。—及 噴回；反芻，吐

出《from...》。-'ta·tion 名U逆流；反芻；血液之倒流。

re·hab ['ri,hæb] 名 1《美》《常作形容詞》= rehabilitation. 2《美》修復好的建築物。—動及《美》= rehabilitate.

re·ha·bil·i·tate [,rihə'bɪlə,tet, ,riə-] 動及 1 改造（犯人等）；使恢復健康；使重生：～ a disabled person 使殘障者復健。2 再建；修復。3 恢復名譽；使復職，復位。

re·ha·bil·i·ta·tion [,rihə,bɪlə'teʃən, ,riə-] 名U 1 回社會；復健；康復。2 再建；復興；復職，復權，恢復名譽：～ work on houses damaged in the great earthquake 在大地震中所損壞房子的重建工作。

re·hash [ri'hæʃ] 動及將…改頭換面；再提出。—['-,-] 名 改頭換面；重複，再提；改頭換面之物，經改寫的作品。

re·hear·ing [ri'hɪrɪŋ] 名〖法〗覆審。

·re·hears·al [rɪ'hɝsl] 名 1 U C 預演；排練：a concert ～ 音樂會預演 / put...into ～ 舉辦…的預演。2 詳述；列舉；詳述的事。

·re·hearse [rɪ'hɝs] 動 (-hearsed, -hears·ing) 及 1 預演，排練：～ a play 排練戲劇。2 使排演，以排練訓練（演員等）：～ an actress for the part of Ophelia 使女演員排演奧菲麗亞一角。3 詳述；列舉。—不及排練，練習；細述；複述。

re·house [ri'hauz] 動及供給新居。

Reich [raɪk] 名《the ～》德意志帝國。

reichs·mark ['raɪks,mɑrk] 名(複～s, ～) 德國馬克：從前德國的貨幣單位。

re·i·fy ['riə,faɪ] 動 (-fied, ～·ing) 及使具體化。-fi·'ca·tion 名

·reign [ren] 名 1 統治期間，執政時期：during the ～ of the Emperor Chienlung 乾隆年間。2 U王權；統治（權）：under the ～ of Queen Elizabeth 在伊麗莎白女王統治下。3 支配（力），影響（力）：the ～ of law 法律的支配。4〖詩〗領域，界。—動不及 1 支配，統治《over...》。2 占優勢；蔓延，盛行。

'reign of 'terror 名（政治上的）暴力恐怖時代。

re·im·burse [,riɪm'bɝs] 動及賠償，償還《for...》：～ a person *for* hospital expenses 償還某人住院費用。～·ment 名 U C 退還，償還。

re·im·port [,riɪm'port] 動 及 將（輸出物）再輸入，再進口。—['-'--] 名U再輸入，再進口；C《通常作～s》再輸入的成品。

re·im·por·ta·tion [,riɪmpor'teʃən] 名 U再輸入，再進口；C再輸入品。

re·im·pres·sion [,riɪm'prɛʃən] 名 重複之印象；再版；再版本。

rein [ren] 名 1《常作～s》韁繩；（馬具的）皮帶：a pair of ～s 一副韁繩 / gather (up) the ～s 拉緊韁繩。2 控制的手段；束縛：without ～ 無拘束地，自由地 / keep a tight ～ on... 嚴格控制。3《～s》控制力，統率：take the ～s 掌握控制權 / hold the ～s of government 執掌政權。

draw* (*in the*) *rein 收韁，勒馬；放慢速度，停止；緊縮開支。

***give* (*free*) *rein to*...** 自由發揮；放任，給…充分的自由。

—動及 1 以韁繩駕馭。2 控制；支配；指揮。3 套上韁繩。—不及 1（馬）順從韁繩的控制。2 操縱馬，駕馭。

re·in·car·nate [,riɪn'kɑrnet] 動 及《通常用被動》再賦予…別的肉體；使（靈魂）化身（在別的肉體中）《as...》。—[,riɪn'kɑrnɪt] 形化身的；再投胎的。

re·in·car·na·tion [,riɪnkɑr'neʃən] 名 1 U再投胎，輪迴。2 靈魂之再生；魂之轉世；化身。

·rein·deer ['rendɪr] 名(複～,《偶作》～s) 馴鹿。

·re·in·force [,riɪn'fors] 動 (-forced, -forc·ing) 及 1 加強《with...》；增援《with...》：～ one's argument *with* facts 以事實加強論證。2 補充，充實。3〖心〗增強，增進對刺激的反應；（以獎勵）使（學生等）向上。—不及要求增援；被增援；被加強。～·a·ble [-səbl] 形

'reinforced 'concrete 名 U 鋼筋混凝土。

re·in·force·ment [,riɪn'forsmənt] 名 1 U強化，增強；增援。2 強化材料，增強物。3《常作～s》增援部隊。4 U C〖心〗增強（條件）。

rein'forcement ,therapy 名U C〖心〗增強療法，激勵療法。

reins [renz] 名(複)《古》1 腎臟。2（聖經中）感情泉源。

re·in·state [,riɪn'stet] 動 及 使復原；使恢復（原來的地位、工作、狀態等）《as, in...》：～ him *in* his former post 恢復他原來的職位。～·ment 名U C 復位，復權，復職；恢復。

re·in·sure [,riɪn'ʃur] 動及 1 再度保證，使更為保險。2〖保險〗再保險。-sur·ance 名 U 再保險；再保額。-sur·er 名再保險人，再保險公司。

re·is·sue [ri'ɪʃu] 動及《英》再度發行。—名U再度發行；C再度發行之物；（電影的）新版。

re·it·er·ate [ri'ɪtə,ret] 動及重複做，重複說；重申《*that*子句》。

re·it·er·a·tion [ri,ɪtə'reʃən] 名 U C 重複，反覆；重申。

re·it·er·a·tive [ri'ɪtə,retɪv] 形重複的，反覆的。—名〖文法〗重疊語。

·re·ject [rɪ'dʒɛkt] 動及 1 拒絕，不接受，否決，駁回：～ an offer 拒絕一項提議。2 拒絕接納；退回；排斥；剔除：～ an applicant 拒絕申請者 / ～ traditional morality 排斥傳統的道德觀。3 吐出；對…產生排

R

斥反應：～ a heart transplant 對心臟移植產生排斥反應。
—['ridʒɛkt] 名 1 被拒絕之物；不合格品。2 被拒絕的人，落選者；徵兵不合格者。
～·er, -jec·tor 名 拒絕者。

re·jec·tion [rɪ'dʒɛkʃən] 名 1 Ⓤ Ⓒ 拒絕；駁回，否決；排斥；剔除。2 Ⓤ Ⓒ 嘔吐；Ⓒ 廢棄物。3 Ⓤ〖醫〗排斥反應。

re·jec·tion·ist [rɪ'dʒɛkʃənɪst] 名 反對和解主義者。—形 反對和解主義的。

re'jection ˌslip 名 退稿通知單。

·re·joice [rɪ'dʒɔɪs] 動 (**-joiced, -joic·ing**) 不及（對…）歡欣鼓舞，感到高興《*at, by, in, over, on...*》: ～ *at* a person's success 為某人的成功而高興。—及 使高興；《被動》使感到欣喜《*at, by..., to* do》。
rejoice in... (1) ⇨動 不及. (2) 因…而喜悅；《謔》享有，擁有。

re·joic·ing [rɪ'dʒɔɪsɪŋ] 名 1 Ⓤ《文》喜悅，歡喜。2《常作～s》歡樂；歡欣鼓舞的舉動；歡呼；慶典。～**·ly** 副

re·join[1] [ˌri'dʒɔɪn] 動 及 1 再度加入，重返；與…再度會合。2 重新接合：～ the broken pieces 重新接合碎片。—不及 再度會合；重新接合。

re·join[2] [rɪ'dʒɔɪn] 動 及 回答，反駁；答辯《*that* 子句》。—不及 1 回答；反駁；答辯。2〖法〗作第二次答辯。

re·join·der [rɪ'dʒɔɪndɚ] 名 1 回答，應答；反駁《*to...*》。2〖法〗第二答辯書。

re·ju·ve·nate [rɪ'dʒuvəˌnet] 動 及 1 使回復年輕，使恢復活力；更新。2〖地〗使回春，使更生。—不及 恢復年輕；恢復活力；更新。**-'na·tion** 名 Ⓤ 恢復年輕；恢復活力；重新。**-'na·tor** 名 回春劑；返老還童的人[物]。

re·ju·ve·nes·cent [rɪˌdʒuvə'nɛsn̩t] 形 恢復活力的；使返老還童的。**-cen·ce** 名 Ⓤ 返老還童；更新。

re·kin·dle [ri'kɪndl] 動 及 不及（使）再點火；（使）再燃燒；（使）再度激起。

R

rel.《縮寫》*rel*ating; *rel*ative; *rel*eased; *rel*igion; *rel*igious.

re·laid [ˌri'led] 動 relay 的過去式和過去分詞。

re·lapse [rɪ'læps] 動 不及 1 回復；再度陷入，再度墮落《*into...*》: ～ *into* indifference 回復到漠不關心的態度。2 疾病復發。—名 1 復萌，惡化，再度陷入《*into ...*》: a ～ *into* poverty 再度陷入貧困。2（疾疾）復發：suffer a ～ 舊疾復發。**-laps·er** 名

·re·late [rɪ'let] 動 (**-lat·ed, -lat·ing**) 及 1 講《*to...*》；敘述，說明：～ one's experiences *to* a person 對某人述說自己的經歷 / It is ～*d* (of a person) that...（關於某人）有…傳聞。2 使有關係，證實…有關聯《*to, with, and...*》: ～ crime *to* poverty 證實犯罪和貧窮有關聯 / ～ poverty *and* disease 貧窮和疾病有關係。
—不及 1 (1) 和…有關，涉及。(2)《常用於否定》適應；和睦相處。2 一致，符合《*with, to...*》。
Strange to relate... 說來奇怪…。
-lat·a·ble 形, **-lat·er** 名

re·lat·ed [rɪ'letɪd] 形 1 有關聯的，相關的《*to, with...*》: a ～ question 相關問題 / sciences ～ *to* chemistry 和化學有關的各門科學。2 有親戚關係的，同族的《*to...*》: ～ elements 同族元素。3〖樂〗接近的，有關係的。4 所敘述的。

:re·la·tion [rɪ'leʃən] 名 1 Ⓤ 關係，關聯；《～s》（具體的）關係，國際關係；人際關係《*between, to, among, with...*》: in this ～ 關於這點 / in ～ *to...*《商業書信用語》關於… / ～*s between* my country and yours 貴我兩國之間的關係。2 Ⓤ 親戚關係《*to...*》；Ⓒ 親戚《*of, to...*》: a near ～ *of* mine 我的一個近親。3 敘述的事；Ⓤ 敘述，言及《*to...*》: make ～ *to...* 言及。4 Ⓤ〖法〗效力溯及《*to...*》；告發。

re·la·tion·al [rɪ'leʃənl] 形 1 有關係的，有聯繫的；親戚的。2 表關係的。3〖文法〗表示出文法上的關係的。

:re·la·tion·ship [rɪ'leʃənˌʃɪp] 名 Ⓤ Ⓒ 1 關係，關聯《*between, among, to, with...*》: have a direct ～ *to...* 與…有直接的關係。2 親戚關係《*with, to...*》。

·rel·a·tive ['rɛlətɪv] 名 1 親戚，親屬。2 同類，同族：a ～ of the carnation 康乃馨的同族。3 相對物；〖哲〗相對名詞。4〖文法〗關係詞。—形 1 比較的；相對的。2 有關係的；適當的《*to...*》。3 相當的，對應的《*to...*》。4〖文法〗表關係的，以關係詞引導的。
relative to... (1) ⇨形 2. (2) ⇨形 3. (3) 關於。(4) 和…成比例，與…相對應。

'relative 'adverb 名〖文法〗關係副詞。

'relative 'clause 名〖文法〗關係子句。

'relative hu'midity 名〖氣象〗相對溼度。

·rel·a·tive·ly ['rɛlətɪvlɪ] 副 1 比較地：～ (speaking) 比較而言。2《古》相對地，相關地《*to...*》: ～ *to* foreign countries 在和各國的關係上。3《古》比例上，比率上《*to...*》: attach importance to one thing ～ *to* others 重視某物甚於他物。

'relative 'pronoun 名〖文法〗關係代名詞。

rel·a·tiv·ism ['rɛlətɪˌvɪzəm] 名 Ⓤ 相對主義，相對論。

rel·a·tiv·ist ['rɛlətɪˌvɪst] 名 相對論者，相對主義者。

rel·a·tiv·is·tic [ˌrɛlətɪ'vɪstɪk] 形 1 相對主義的。2〖理〗相對論的。

rel·a·tiv·i·ty [ˌrɛlə'tɪvətɪ] 名 Ⓤ 1 關聯性，相關性；依存性。2《常作 R-》〖理〗相對論。

re·la·tor [rɪ'letɚ] 名 1 敘述者，陳述者。

2〖法〗告發者。

:re·lax [rɪ'læks] 動 及 1 放鬆，緩和：～ one's features 緩和表情 / ～ the bowels 通便。2 使減弱；使鬆懈，減少：～ one's efforts 懈怠。3 放寬；減輕：～ a punishment 減輕處罰。4 使輕鬆；休息。—不及 1 放鬆，緩和；減弱；鬆弛。2 變寬鬆。3 鬆散，休息；放鬆心情。

re·lax·ant [rɪ'læksənt] 形 緩和的；消遣的，娛樂的。—名 UC〖醫〗(使肌肉放鬆的) 鬆弛劑。

re·lax·a·tion [ˌrilæk'seʃən] 名 1 U 休養；C 娛樂，消遣：read a novel for ～ 看小說消遣。2 U 鬆弛，緩和；放寬；減輕：the ～ of tension 緊張情勢的緩和。3〖數〗張弛；〖理〗鬆弛。

re'laxed 'throat 名 咽喉炎。

re·lax·ing [rɪ'læksɪŋ] 形 (氣候、天氣) 使人慵懶的。

re(-)lay [ˌri'le] 動 (**-laid**, ～**·ing**) 及 重放置；重鋪設；重塗刷；再徵收。

·re·lay ['rile, rɪ'le] 名 1 接替的一組；輪班人員；補充：work in ～(*s*) 以輪班制工作。2 替換用的馬；備有替換馬匹之驛站。3〖運動〗接力賽跑。4〖機〗繼動器；〖電〗機電器。5 轉播；轉播裝置；《**R-**》《美》轉播衛星。—[rɪ'le, 'rile] 動 (～**ed**, ～**·ing**) 及 1 轉播；傳遞；轉達《*to...*》：～ a message 傳達訊息。2 輪流接替；提供備用馬給…。

'relay ˌbroadcast 名 轉播。

'relay ˌrace 名〖運動〗接力賽跑。

'relay ˌstation 名 轉播站。

re-lease [ˌri'lis] 動 及 再度出租。

·re·lease [rɪ'lis] 動 (**-leased, -leas·ing**) 及 1 釋放；使解脫，解除，免除《*from...*》：～ a person *from* an obligation 使某人免去責任 / be ～*d from* the hospital 獲准出院。2 鬆開，放掉《*from...*》：～ gas *from* a balloon 把氣從氣球中放出。3 上演；發布；發行。4〖法〗讓渡，放棄《*to...*》。—名 1 UC 釋放，解除；免除《*from...*》：obtain (a) ～ *from* a debt 獲得免除債務。2 U 解脫；放開；發射。3 發射裝置；快門開關。4 UC 初次上演；發布，發行；新上映的電影；新發行的音樂專輯；發布出去的新聞稿。5 U〖法〗讓渡，放棄。

re'leased 'time 名 U《美》〖教〗課外時間 (亦稱 **release time**)。

rel·e·gate ['rɛləˌget] 動 及 1 降級；置於次要位置：～ one's anxieties to the edge of one's mind 把焦慮置於腦後 / be ～*d* to the second division 被降級至乙級。2 交付；委託：～ a matter to the past 把某事束之高閣。3 把…歸類於。**-'ga·tion** 名 U 貶謫；放逐；託付；歸屬；(事件的) 移轉。

re·lent [rɪ'lɛnt] 動 不及 1 變寬容；發慈悲；變溫和。2 緩和下來，減弱。

re·lent·less [rɪ'lɛntlɪs] 形 極嚴格的，毫不留情的《*in...*》；無情的，嚴酷的，持續的：a ～ competition 殘酷無情的競爭 / a ～ rainstorm 持續的暴風雨。～**·ly** 副，～**·ness** 名

rel·e·vance ['rɛləvəns], **-van·cy** [-vənsɪ] 名 U 1 關聯性；切題，中肯《*to...*》：have ～ *to...* 和…有關聯。2 重大關係，重要意義。3〖電腦〗檢索能力。

rel·e·vant ['rɛləvənt] 形 1 切題的，適切的；有關係的《*to...*》。2 相當的，相應的《*to...*》。3 有重大關係的，有重要意義的。4〖語言〗關聯性的。～**·ly** 副

·re·li·a·ble [rɪ'laɪəbl] 形 可信賴的，可靠的：a ～ description 可靠的敘述 / AFP quoted a ～ source as saying... 法新社引用一可靠的消息來源說…。**-'bil·i·ty** 名 U 可靠性，可信度。**-bly** 副

re·li·ance [rɪ'laɪəns] 名 1 U 依靠，依賴；信任《*on, upon, in...*》：in ～ *on...* 依靠著… / feel little ～ *on...* 對…很不信任。2 所依靠的人[物]。

re·li·ant [rɪ'laɪənt] 形 1 信賴的，依靠的《*on, upon...*》。2 確信的；依靠自己的，自立更生的。～**·ly** 副

·rel·ic ['rɛlɪk] 名 1《通常作～**s**》遺物，遺跡：Roman ～*s* 羅馬的遺跡。2 遺風，遺俗。3《通常作～**s**》殘存物，殘骸；廢墟；《文》遺骨，遺體。4 遺物。

rel·ict ['rɛlɪkt] 名 1〖生態〗殘遺種，殘遺群落。2 殘存者；《～**s**》遺物，殘餘物。3《古》未亡人，寡婦。

·re·lief[1] [rɪ'lif] 名 1 U 減輕，消除；U C 安慰，安心：in ～ 安心地，放心地 / heave a sigh of ～ 鬆了一口氣。2《通常作 **a** ～》減輕痛苦之物《*of, for...*》；帶來安慰之事物《*to...*》：tax ～ 稅金減免 / a ～ *for* indigestion 治消化不良之藥。3 U 救濟，援助；〖軍〗救援解圍；〖法〗補償；救援物資；救濟金；《美》福利津貼：send ～ to the victims of the flood 送救濟品給水災災民。4 U 調劑，消遣；C 供消遣之物《*to...*》；〖文〗(戲劇、小說等的) 緩衝，調劑。5 U 換班《*of...*》；C 換班者。

on relief 接受政府的生活救濟。

re·lief[2] [rɪ'lif] 名 1 U 顯眼，鮮明《*against, from...*》。2 U C 浮雕；C 浮雕品：a work in high ～ 深浮雕作品。3 U 浮雕效果，立體畫法。4 U〖地〗起伏，高低。5 U〖印〗凸版 (印刷)。

throw... into relief 使顯目，使突出。

re'lief ˌmap 名 地形圖，立體地圖。

re'lief ˌpitcher 名〖棒球〗救援投手。

re'lief ˌroad 名《英》輔助道路。

re'lief ˌvalve 名〖機〗安全閥。

re·li·er [rɪ'laɪɚ] 名 依賴的人[物]《*on ...*》。

·re·lieve [rɪ'liv] 動 (**-lieved, -liev·ing**) 及 1 減輕，解除；使得到解脫；使免除《*from ...*》：be ～*d from* financial anxiety 消除經濟上的煩惱。2《反身或被動》使寬心，

R

使寬慰：feel much ～*d* at the news 獲悉這一消息深感寬慰。**3** 解救，救濟；援救：～ a flooded city 救濟遭受水災的城市。**4** 減低；〖機〗減壓，調壓。**5** 使不單調；調劑《*with, by...*》。**6** 使成浮雕；使凸顯出來，把…烘托出來《*by, with, against...*》：～ a black dress *with* white lace 以白花邊來襯托黑色洋裝。**7** 換班；替換《*of...*》；〖棒球〗接替。—不及〖棒球〗擔任救援投手。

relieve oneself 解手，大小便。

re·liev·er [rɪˈlivɚ] 图 **1** 安慰者，慰藉物；援助者，救濟物。**2** = relief pitcher.

re·lie·vo [rɪˈlivo] 图 (複～s) = relief[2] 2.

:re·li·gion [rɪˈlɪdʒən] 图 **1** Ⓤ宗教信仰。**2** 宗派，宗教：the Buddhist ～ 佛教 / believe in a ～ 信仰一宗教。**3** Ⓤ信仰宗教的心，修道生活：enter (into) ～ 進入修道院，成為修道士。**4** 禮拜，修行。**5** 有關良心之事；至關重要的事；主義，信條：make it a ～ to see the doctor once a week 每週必定去看一次醫生。

get religion《口》皈依宗教；《美口》改邪歸正；極誠懇認真地奉行某事。

profess religion 信教，信仰基督教；發願成為修道士。

～·**ist** 图宗教狂。

re·li·gi·ose [rɪ,lɪdʒɪˈos] 形 篤信宗教的，宗教狂的。

re·lig·i·os·i·ty [rɪ,lɪdʒɪˈɑsətɪ] 图Ⓤ宗教性，虔誠；狂熱的信仰心；假信仰。

:re·li·gious [rɪˈlɪdʒəs] 形 **1** 宗教（上）的：～ liberty 宗教自由 / ～ offerings 宗教儀式上所用的供品。**2** 篤信宗教的，虔誠的；神的，神聖的：a ～ person 篤信宗教者 / lead a ～ life 過著虔誠的信仰生活。**3** 嚴謹的；細心的；憑良心的：～ attention to detail 對細節一絲不苟。**4** 修道的；宗教團體的：a ～ order 修道會。—图(複～) **1** 修道會會員，修士，修女。**2**《**the** ～》篤信宗教的人們，信徒。～·**ness** 图

R

re·li·gious·ly [rɪˈlɪdʒəslɪ] 副宗教性地；篤信宗教地；憑良心地，細心地；虔誠地：believe ～ 篤信。

re·line [riˈlaɪn] 動及更換襯裡。

re·lin·quish [rɪˈlɪŋkwɪʃ] 動及 **1** 放棄，讓渡；離開：～ one's native land for the New World 離開祖國去新大陸生活。**2** 鬆開，放開：～ one's grip on the armchair 鬆開抓住扶手椅的手。～·**er** 图, ～·**ment** 图Ⓤ放棄；讓渡。

rel·i·quar·y [ˈrɛlə,kwɛrɪ] 图 (複-**quar·ies**) 聖骨匣，聖物盒。

re·liq·ui·ae [rɪˈlɪkwɪ,i] 图(複) 遺物；遺作；遺骨；枯葉；化石。

·rel·ish [ˈrɛlɪʃ] 图 **1** Ⓤ《或作 **a** ～》滋味；風味，味道：*a* ～ of garlic 大蒜味。**2** Ⓤ食慾；樂趣；愛好《*for...*》：have no ～ *for* such books 不喜歡這種書。**3** 美味；ⒸⓊ調味品，開胃食品。**4** Ⓤ《通常用於否定》趣味，吸引力《*for...*》。**5** Ⓤ《或作 **a**～》些微，少量《*of...*》。—動及 **1** 喜好，享受。**2** 津津有味地吃；喜歡…的滋味。—不及 **1** 有（…的）味道；有（…的）意味《*of...*》。**2** 使人愉快，討人喜歡。

re·live [riˈlɪv] 動及再度體驗。—不及再生。

re·load [riˈlod] 動及不及再裝載；再裝彈；再堆積。

re·lo·cate [riˈloket] 動及不及重新放置，再配置；遷移，轉移。

re·lo·ca·tion [,riloˈkeʃən] 图Ⓤ遷移，轉移；重新放置，再配置；移居。

re·lu·cent [rɪˈlusənt] 形明亮的，光輝的。

re·luc·tance [rɪˈlʌktəns] 图Ⓤ《偶作 **a** ～》不情願，勉強《*in, to...,* *to* do》：with ～不樂意地 / show ～ *in* accepting a gift 接受禮物時露出勉強之色。

re·luc·tant [rɪˈlʌktənt] 形 **1** 不情願的《*to* do》；勉強的：give a ～ answer 給予勉強的回答。**2**《古》阻撓的，頑抗的《*to ...*》；麻煩的。

re·luc·tant·ly [rɪˈlʌktəntlɪ] 副不願意地，不情願地，勉強地。

·re·ly [rɪˈlaɪ] 動(-**lied**, ～·**ing**) 不及信賴，依靠，依賴《*on...*》：～ *on* one's own efforts 自力更生。

rely upon it《修飾全句》放心吧，一定。

rem [rɛm] 图 (複～)表放射線作用的單位。

REM [rɛm] 图（睡眠中的）眼球快速運動。

:re·main [rɪˈmen] 動不及 **1** 保持，依然不變：～ silent 保持沉默 / ～ standing 依然佇立著。**2** 停留，滯留：～ abroad 留在國外 / ～ in one's post 留任。**3** 殘留，剩餘：the ～*ing* part of the regiment 該團殘存的人。**4** 屬於，取決於《*with...*》。—图《通常作～**s**》**1** 殘留（物）；遺物，遺跡；餘額；殘存者。**2** 遺稿，遺作；遺風；《文》遺骨，遺體；化石。

re·main·der [rɪˈmendɚ] 图 **1** 剩餘部分，殘餘物；《通常作～**s**》遺物，遺跡：the ～ of the property 財產之剩餘部分。**2**《**the** ～》《作單、複數》剩餘部分，殘存者[物]：drink up *the* ～ of the water 喝光剩下的水。**3**〖數〗餘數。**4** ⓊⒸ〖法〗不動產的殘留權。**5** 清倉書：a ～ sale 清倉書拍賣 / ～ prices 廉價。—動及廉價出售。

re·make [riˈmek] 動 (-**made**, -**mak·ing**) 及 **1** 重製；翻新；改造。**2**〖影〗重新攝製。

—[ˈ-,-] 图重新攝製；（重拍的）新版；重製；修改，改造；重製之物。

re·man [riˈmæn] 動及 **1** 重新配置人員。**2** 使恢復勇氣。

re·mand [rɪˈmænd] 動及 **1** 遣返，召回《*to...*》：～ a person *to* his country 遣送某

人回祖國。2〖法〗發回下級法院；還押：be ~*ed* to custody 被還押。—名 1 Ⓤ送還；還押；（案件的）發回。2 被遣返者，被召回者；被還押者。

re'mand ˌhome 名《英》青少年拘留所（《美》detention home）。

rem·a·nent ['rɛmənənt] 形 殘留的，剩餘的。

:re·mark [rɪ'mɑrk] 動及 1 敘述；評論；說：as ~*ed* above 如上所述。2 見到，注意到，察覺。—不及 談論；評論《*on, upon...*》；察覺：~ to a person 向某人敘述。—名 1 Ⓤ注意，察覺：be worthy of ~ 值得注意。2 談論，評論；評語，意見《*about, on, upon...*》。

·re·mark·a·ble [rɪ'mɑrkəbl] 形 1 異常的；出色的，非凡的《*for...*》：a ~ sense of humor 非凡的幽默感。2 值得注意的，顯著的：a ~occurrence 值得注意的事件。~·**ness** 名

·re·mark·a·bly [rɪ'mɑrkəblɪ] 副《與形容詞、副詞連用》顯著地，了不起地，引人注目地；異常地；非常地：a ~ cold winter 一個異常寒冷的冬天 / finish the job ~ well 工作做得非常好。

re·mar·ry [ri'mærɪ] 動及 不及（使）再婚；（使）破鏡重圓。

Rem·brandt ['rɛmbrænt] 名 **Harmenszoon Van Rijn**, 林布蘭（1606–69）：荷蘭畫家。

re·me·di·a·ble [rɪ'midɪəbl] 形 可治療的；能矯正的，能補救的。-**bly** 副

re·me·di·al [rɪ'midɪəl] 形 1 治療上的。2 矯正的，補救的。3〖教〗用於補救的，用於矯正的：~ reading《美》矯正讀書法。~·**ly** 副

rem·e·di·less ['rɛmədɪlɪs] 形《詩》治不好的，不能補救的。

rem·e·dy ['rɛmədɪ] 名 (複-**dies**) Ⓤ Ⓒ 1 藥物；治療，治療法《*against, for, of...*》：an effective ~ *for* the flu 治流行性感冒的有效療法 / apply the best ~ *against*...使用最佳療法以治療… / Desperate diseases must have desperate *remedies*.《諺》重病必須下猛藥，絕症必須施以非常的治療手段。2 矯正（手段）；改善（方法）；補救（方法）《*for...*》：be past ~ 無法補救，無可救藥。3〖法〗補償，賠償；補救手段《*for...*》。

—動(-**died**, ~·**ing**) 及1 治療，醫治。2 矯正，補救；彌補，補償；修復；除去。

:re·mem·ber [rɪ'mɛmbɚ] 動 及 1 想起；記得；回憶起：try to ~ a telephone number 想把電話號碼回憶起來。2 記住；不忘記；牢記：~ the poem by heart 背誦這首詩，牢牢記住這首詩。3 銘記：~ his kindness 把他的好意銘記在心。4 酬謝，送禮給，付小費給，遺贈財產給：~ a person in one's will 遺留金錢或財產給某人。5 致意，問候。

—不及 1 記憶。2 想起，記得《*of...*》。

·re·mem·brance [rɪ'mɛmbrəns] 名 1 Ⓤ Ⓒ 回憶，回想《*of..., that* 子句》；被想起之事，回憶之事《*of...*》: call an event to ~ 想起某事件 / have no ~ *of*... 完全不記得。2 Ⓤ 記性，記憶力：to the best of my ~ 就我記憶所及 / bring back one's ~ of the event 喚起對那件事的回憶。3 Ⓤ 紀念；追憶《*of...*》：in ~ *of* the day 紀念這天 / keep a person's name in ~ 記得某人的名字。4 贈品，紀念物。5《~**s**》問候，致意《*to...*》。

Re'membrance ˌDay [ˌSunday] 名《英·加》陣亡將士紀念日（11 月 11 日或其前的第一個星期日）。

re·mem·branc·er [rɪ'mɛmbrənsɚ] 名1 提醒者，提示者；紀念品。2 備忘錄。

re·mil·i·ta·rize [rɪ'mɪlətə'raɪz] 動 及使重新武裝，使重整軍備。-**ri·'za·tion** 名

:re·mind [rɪ'maɪnd] 動及提醒；使想起：~ him of his childhood 使他想起了童年時代 / That ~*s* me. 那倒使我想起來了。

re·mind·er [rɪ'maɪndɚ] 名 提醒者；催促的信；幫助記憶的記號，提示。

re·mind·ful [rɪ'maɪndfəl] 形 提醒的；暗示的；記得的《*of...*》。

rem·i·nisce [ˌrɛmə'nɪs] 動不及《口》追憶往事；追述，回憶《*about...*》。—及 回憶，追述。

rem·i·nis·cence [ˌrɛmə'nɪsn̩s] 名 1 Ⓤ 懷舊，回憶；Ⓒ回憶的往事：in ~ 回顧。2《~**s**》懷舊談，回憶錄《*of...*》。3 引起回憶之事物《*of...*》。

rem·i·nis·cent [ˌrɛmə'nɪsn̩t] 形 1 使人聯想的；使人回憶的《*of...*》: mountains ~ *of* Switzerland 使人聯想到瑞士的山岳。2 愛懷舊的。3 懷舊的，追憶的。~·**ly** 副 懷舊地；回顧地。

re·mise [rɪ'maɪz] 動及，名〖法〗讓渡，放棄。

re·miss [rɪ'mɪs] 形 1《敘述用法》懈怠的，疏忽的《*in, about...*》。2 粗心的；無精打采的。~·**ly** 副, ~·**ness** 名

re·mis·si·ble [rɪ'mɪsəbl] 形 可寬恕的，可赦免的。~·**ness** 名

re·mis·sion [rɪ'mɪʃən] 名 1 Ⓤ 寬恕，（尤指基督教的）赦免；免罪；減輕，緩和；（付款等的）免除《*of...*》: the ~ *of* a storm 暴風雨的平息。2 Ⓤ Ⓒ（病痛等的）康復；減緩。

re·mis·sive [rɪ'mɪsɪv] 形1 減輕的；緩和的。2 寬大的；赦免的。~·**ly** 副, ~·**ness** 名

·re·mit [rɪ'mɪt] 動 (~·**ted**, ~·**ting**) 及1 匯寄，把…匯往《*to...*》: ~ the balance *to* him by money order 將差額以郵政匯票郵寄給他。2 赦免；免除。3 減輕，緩和。4 退還，償還。5〖法〗發回《*to...*》。6 使恢復；延期《*to, till, until...*》: ~ the villagers *to* poverty 使村民重新陷入貧窮的境地

R

/ ~ the consideration of a bill *to* the next session 延至下一會期再審查議案。—不及 1 匯款。2 緩和，減弱。3 減輕。—名 1〖法〗案件的移送。2《英》委託研究的課題。

re·mit·tal [rɪ'mɪtl] 名 = remission.

re·mit·tance [rɪ'mɪtn̩s] 名 1 U 匯寄《*for*...》。2 匯款；匯款額。

re'mittance ˌman 名《主英》《蔑》(住在國外)靠國內匯款生活的人。

re·mit·tee [rɪmɪ'ti] 名〖法〗匯款受款人。

re·mit·tent [rɪ'mɪtn̩t] 形 (病情)弛張性的，時好時壞的。—名 弛張熱。

re·mit·ter [rɪ'mɪtɚ] 名 1 U 恢復；復權。2 匯款者，出票人。

re·mit·tor [rɪ'mɪtɚ] 名〖法〗匯款人。

rem·nant ['rɛmnənt] 名《常作~s》1《通常作 the ~》剩餘部分，殘餘物；殘存者；零頭布料《*of*...》: a ~*s* sale 零頭物拍賣。2 殘片，殘屑: the ~*s of* a crashed airliner 墜毀客機的碎片。3 殘跡《*of*...》: a ~ *of* feudal times 封建時代的殘跡。—形 剩餘的，殘留的。

re·mod·el [ri'mɑdl] 動 (~ed, ~·ing 或《英》-elled, ~·ling) 及 1 重新塑造；改變。2 改造，改建《*into*...》: ~ an old inn *into* a hotel 把舊客棧改建成旅館。

re·mold [ri'mold] 動 及 改造；翻新。—名 翻新的輪胎。

re·mon·e·tize [ri'mʌnəˌtaɪz] 動 及 將…重新定為法定貨幣。

re·mon·strance [rɪ'mɑnstrəns] 名 U C 抗議，抗辯；諫言，規勸《*against, to*...》: at the ~ of... 聽從…的規勸。

re·mon·strant [rɪ'mɑnstrənt] 形 抗議的，抗辯的；規勸的。—名 抗議者；規勸者。~·ly 副

re·mon·strate [rɪ'mɑnstret] 動 及 抗議，抗辯；規勸《*that* 子句; *to, with*...》: ~ (*to* a person) *that* he is too selfish 抗議(某人)他太自私了。—不及 抗議，抗辯；反對《*on, upon, about, against*...》；規勸《*with*...》。

re·mon·stra·tion [ˌrimɑn'streʃən] 名, **-stra·tive** [rɪ'mɑnstrətɪv] 形, **-stra·tor** 名 抗議者；規勸者。

·**re·morse** [rɪ'mɔrs] 名 U 1 懊悔，悔恨；自責《*for, at, of, about*...》: in deep ~ 深感後悔的[地] / feel bitter ~ *for* (committing) wrongdoings 為惡行而深感痛悔。2《廢》慈悲，同情(心)。

without remorse 無情地，不寬恕地。

re·morse·ful [rɪ'mɔrsfəl] 形 1 悔恨的，後悔的，受良心苛責的《*for*...》: feel ~ *for*... 對…感到後悔 / a ~ mood 悔恨的心境，自責的心情。~·ly 副, ~·ness 名

re·morse·less [rɪ'mɔrslɪs] 形 無情的，殘忍的；毫不感到後悔的。~·ly 副

·**re·mote** [rɪ'mot] 形 (more ~; most ~; -mot·er, -mot·est) 1 相隔很遠的，遙遠的；偏僻的《*from*...》: a hamlet ~ *from* the mainstream of life 遠離塵囂的村落。久遠的；很久以前的: in the ~ past 在遙遠的從前。3 關係遠的，遠房的《*from*...》: a ~ cousin 一位遠房表兄弟。4 間接的，遙控的: a ~ effect 間接的效果 / ~ station〖電腦〗遠程終端站。5 微小的；模糊的；很少的: by any ~ chance 萬一。6 疏遠的，冷淡的: a ~ air 冷淡的態度。—名 遙控器。

~·ness 名 U 遙遠；冷淡。

re'mote con'trol 名 U 遙控；C 遙控器。

re-'mote-con·'trol(led) 形

re·mote·ly [rɪ'motlɪ] 副 (《偶》-li·er, -li·est)《常用於否定》疏遠地；細微地；遙遠地；分離地；間接地；關係淡薄地: two constructions that are ~ connected 彼此間沒有什麼關聯的兩個構造。

re'mote 'sensing 名 U 遙測。

re'mote-'sensing 形

re·mo·tion [rɪ'moʃən] 名 U 移動；除去；撤職，免職。

re·mount [ri'maʊnt] 動 及 1 重新騎上；重新登上(山、梯子等)。2 重新鑲嵌。3 重新給…配備馬。4 溯至源頭。—不及 1 重新登上，再度騎上馬。2 回到某個時間；追溯《*to*...》。—名 補充新馬；新補充的馬群；(一匹)新馬。

re·mov·a·ble [rɪ'muvəbl] 形 1 可移動的；可除去的；可撤換的。2〖數〗可除去的。-'**bil·i·ty** 名, -**bly** 副

·**re·mov·al** [rɪ'muvl] 名 U C 1 除去，切除《*from*...》；《委婉》殺害: snow ~ 除雪。2 移動；遷移《*to*...》: a ~ *to* new residential quarters 遷至新住宅區 / a ~ van《英》搬運車。3 撤職，免職《*from*...》。

·**re·move** [rɪ'muv] 動 (-moved, -mov·ing) 及 1 移動；搬開；遷移《*to, onto*....》: ~ the books from the desk 把桌上的書本拿走。2 脫掉，取下: ~ one's shoes 脫鞋。3 驅逐；撤職，免職；開除《*from*...》: ~ a tenant 趕走房客，迫使房客搬家。4 消除；去掉，除去《*from*...》: ~ ink stains *from* clothes 把衣服上的墨水污漬除掉。5 解決掉，殺掉。—不及 1 移動；《文》搬家，遷居。2《詩》走開；消失。3 脫落。

remove furniture 搬運家具，搬家。

remove mountains 移山；製造奇蹟。

—名 1 移動，移去；《英古》遷居，遷移: Three ~*s* are as bad as a fire.《諺》三次搬家如同一場大火。2 距離，間距《*from*...》；親等差別，輩分差別: a cousin in the second ~ 堂[表]兄弟姊妹之孫 / at many ~*s* 相距很遠。3 刻度，階段。4《英》(學校的)升級；《常作 the R-》中年級。

re·moved [rɪ'muvd] 形 1 離得很遠的，分離的《*from*...》。2 (親戚)隔了…代

的：a (first) cousin once ～ 堂[表]兄弟姊妹之子女 / a cousin forty times ～ 遠親。

e·mov·er [rɪˈmuvɚ] 图 1 移動東西的器物；搬家工人；搬家公司。2 去除劑，脫除劑：ink ～ 墨漬去除劑。

REM ˌsleep 图Ⓤ快速眼動睡眠。

e·mu·ner·ate [rɪˈmjunəˌret] 動及 報償，酬謝；補償《*for*...》：～ a person's effort 報償某人的努力 / ～ a person *for* his sacrifice 補償某人的犧牲。**-a·tor** 图, **-a·to·ry** 形

e·mu·ner·a·tion [rɪˌmjunəˈreʃən] 图ⓊⒸ報酬，補償；工資《*for*...》：make ～ *for* his labor 酬答他的辛勞。

e·mu·ner·a·tive [rɪˈmjunəˌretɪv, -rətɪv] 形 1 有報酬的；有利（可圖）的。2 補償（性）的。

～**·ly** 副

Re·mus [ˈriməs] 图〖羅神〗⇨ROMULUS

Ren·ais·sance [ˌrɛnəˈzɑns, rɪˈnesəns] 图 1《the ～》文藝復興。2 文藝復興時期的風格。3《偶作r-》（一般的藝術上、學術上的）復興。4《r-》復興；復活；新生。一形 1 文藝復興（時期）的。2 文藝復興時期（的式樣、風格）的。

e·nais·sant [rɪˈnesənt] 图＝renascent.

e·nal [ˈrinl] 形腎臟的；腎臟部位的。

e·name [riˈnem] 動及重新命名；改名。

Re·nas·cence [rɪˈnæsn̩s] 图《偶作r-》＝Renaissance.

e·nas·cent [rɪˈnæsn̩t] 形 重生的；新生的；復興的。

en·coun·ter [rɛnˈkauntɚ] 图 1 衝突；遭遇戰；論戰。2 偶遇，邂逅。一動及不及 偶然遇見。

end [rɛnd] 動 (**rent**, ～**·ing**) 及 1 扯破，撕碎；使分裂：a party *rent* in two by factional strife 因派系鬥爭分裂爲二的政黨。2 扯下，奪走《*away, off, up* / *from, out of* ...》：～ *away* the lacing *from* a suit 從衣服上扯下花邊。3 撕扯。4 使（心靈等）如撕裂般痛苦；（聲音）貫穿，刺穿。一不及 1 扯開，撕碎。2 破裂。

en·der [ˈrɛndɚ] 動及 1 使得，使變成：～ a name famous 使成名。2 執行，實行；給予，提供；表示（注意等）；爲…做（事）：～ great services to England 對英國作出很大的貢獻 / ～ attention to a person 對某人表示注意。3 歸還《*back*》；回報《*for, to*...》：～ evil *for* evil 以怨報怨 / ～ (*back*) things borrowed 歸還所借之物。4〖法〗償還；付給；繳納《*to*...》：～ tribute *to* the conqueror 向征服者納貢。5 提出；開出《*to*...》；（正式地）作出；宣布：～ a verdict 宣判 / ～ a report *to* Congress 向國會提出報告。6《古》放棄，交出《*up*》：～onself (*up*) to... 獻身於；降服於。7 翻譯。8 表現；描繪；以透視圖顯示；表演；演奏，演唱：～ a modern mood 表現現代感 / ～ the role of Ophelia 飾演奧菲麗亞一角。9〖建〗給…塗上底層。10 煎熬，提煉油脂。一不及 1 給予報酬。2 煉製。

render an account of... 就…提出帳目報告；對…加以說明。

render thanks for...（向人、神）致謝。

ren·der·ing [ˈrɛndərɪŋ, ˈrɛndrɪŋ] 图ⓊⒸ 1 表演，演奏；表達，描繪。2 翻譯，譯文。3 透視圖；〖建〗刷底。

ren·dez·vous [ˈrɑndəˌvu] 图（複～ [-ˌvuz]）1 約會；會面；會合。2 約會處；會合處；集合基地。一動不及約會，會面；會合。

ren·di·tion [rɛnˈdɪʃən] 图ⓊⒸ1 歸還；給予。2 翻譯。3 表現，表達；表演；演奏《*of*...》。

ren·e·gade [ˈrɛnɪˌged] 图 變節者，背叛者；叛教者。一形 叛教的；變節的；背叛的。一動不及叛教；變節，背叛。

re·neg(u)e [rɪˈnig, -ˈnɪg] 動不及 1〖牌〗＝revoke. 2 背信，食言；違約《*on*...》。**-neg·er** 图

re·ne·go·ti·ate [ˌrinɪˈgoʃɪˌet] 動及不及 1 重新談判。2〖行政〗重新調整。

·**re·new** [rɪˈnju] 動及 1 重新開始；恢復，繼續；重申：～ a promise 再約定 / ～ vows 重新發誓。2 更新，更換；補充：～ the supply of water in a tank 更換水槽裡的水。3 使復活；使恢復。4 展期，延長，續訂，換新。一不及 1 重新開始。2 更新；恢復。3 續訂，延長，展期；換新。

re·new·a·ble [rɪˈnjuəbl̩] 形 可續訂的，可延長的；可再生的。

re'newable 'energy 图Ⓤ 再生能源。

re·new·al [rɪˈnjuəl] 图ⓊⒸ 1 重新開始；重建；復原：urban ～ 都市重建。2 恢復，復活，再生，復甦；補充；更新；修復。3 展期，延長，更新；獲得展期之物，續訂的契約。

re·new·ed·ly [rɪˈnjuɪdlɪ] 副 再度；重新地。

ren·i·form [ˈrɛnəˌfɔrm, ˈrinə-] 形 腎臟形的。

ren·net [ˈrɛnɪt] 图Ⓤ 1 犢胃膜。2〖生化〗含凝乳酶之物質。3 凝乳劑。

Re·no [ˈrino] 图 雷諾：美國 Nevada 州西部的都市。

Re·noir [rəˈnwɑr] 图 **Pierre Auguste,** 雷諾瓦（1841－1919）：法國印象派畫家。

·**re·nounce** [rɪˈnauns] 動 (**-nounced, -nounc·ing**) 及 1 拋棄；正式放棄：～ smoking and drinking 戒絕煙酒。2 斷絕關係；拒絕承認：～ one's son 與兒子脫離父子關係 / ～ the authority of the law 不承認法律的權威。3〖牌〗不打出（別種花色的牌）。一不及 1〖牌〗墊牌；放棄跟進同種花色的牌。2〖法〗放棄（權利、地位）。一图〖牌〗墊牌。～**·ment** 图

ren·o·vate ['rɛnə,vet] 動 及 **1** 更新，革新；整修，修復。**2** 使恢復精神。**-va·tor** 名革新者，更新者；修補者。

ren·o·va·tion [,rɛnə'veʃən] 名ⓊⒸ 革新，更新；整修，修復；恢復精力。

re·nown [rɪ'naun] 名Ⓤ名望，聲譽：a man of ～ 有名望的人。

·**re·nowned** [rɪ'naund] 形有名的，有名望的；(以…而) 著稱的《*as, for...*》: be ～ *for* one's good voice 以嗓音優美聞名。

:**rent**[1] [rɛnt] 名 Ⓤ Ⓒ **1** 佃租；房租；租金；〖經〗地租：pay high ～ 付高額租金 / free of ～ 租金免費 / ～ and food and clothes 衣食住費用 / live on ～ 靠房租過日子。**2** 經濟租金。

for rent《美》出租：houses *for* ～ 吉屋出租 / *For R-.*《告示》出租。

—動及 **1** 出租《*out / to...*》。**2** 租用《*from...*》。—不及出租；租用。

～**·a·ble** 形

rent[2] [rɛnt] 名 **1** (衣服等的) 破洞；裂縫：a ～ in a skirt 裙子的裂縫。**2** 分裂，破裂：a ～ in the party 黨內的分裂。—動 **rend** 的過去式及過去分詞。

rent-a-car ['rɛntə,kɑr] 名《美》出租汽車；汽車出租業。

rent-a-cop ['rɛtə,kɑp] 名 (銀行等) 僱用的警衛。

rent-a-crowd ['rɛntə,kraud] 名《英俚》僱來的群眾。

rent·al ['rɛntl] 名 **1** 租金總額；租金收入：pay the monthly ～ on one's house 付房子的月租。**2**《美》租借物 (如公寓、汽車等)。**3** = rent-roll. —形租賃的；租用的；出租的；出租業的。

'**rental** ,**library** 名《美》出租書店 = lending library.

rent·er ['rɛntɚ] 名租賃人；承租人；佃戶；房東，房客；出租人；《主英》電影發行商。

R

rent-free ['rɛnt'fri] 副形免租金地[的]，免使用費地[的]。

rent-roll ['rɛnt,rol] 名《英》(古時的) 租金帳簿；租金總額。

'**rent** ,**strike** 名集體拒付房租。

re·nun·ci·a·tion [rɪ,nʌnsɪ'eʃən, -,nʌnʃɪ-] 名ⓊⒸ**1** (對權利、稱號等的) 放棄；斷絕關係；拒絕承認；《英》放棄權利聲明書：make a ～ of... 放棄。**2** 克己自制。

re·o·pen [ri'opən] 動 及 不及 再開始，重新開始，重新開張。

re·or·der [ri'ɔrdɚ] 動 及 **1** 重新整理。**2**〖商〗再訂購。—不及 再訂貨。—名〖商〗重新訂貨，再訂購。

re·or·gan·i·za·tion [,riɔrgənə'zeʃən] 名ⓊⒸ **1** 重組，整編；改組，改編。**2**〖金融〗重整，改組。

re·or·gan·ize [ri'ɔrgə,naɪz] 動及不及整編；改組。

rep[1] [rɛp] 名Ⓤ橫稜織品，稜紋平布。

rep[2] [rɛp] 名《俚》**1** ⓊⒸ名聲，名氣。浪子，放蕩者。**3**《英俚》背熟之詩句。《俚》推銷員。**5**《口》定期換演劇目的劇團；定期換演劇目的劇場。

Rep.《縮寫》*Representative*；*Republi*(an).

rep.《縮寫》*report*(ed); *reporter*.

·**re·paid** [rɪ'ped] 動 **repay** 的過去式及過去分詞。

re·paint [ri'pent] 動 及 重新粉刷，重新油漆。—['--] 名重新油漆的部分，重畫部分；重畫；重新油漆。

:**re·pair**[1] [rɪ'pɛr] 動及 **1** 修理，修繕：～ house 修理房子。**2** 恢復；治癒：～ one's spirits 恢復精力。**3** 補救，賠償：～ a mistake 補償過失。—名 **1** Ⓤ 修理，修繕；恢復：be beyond ～ 無法修理。**2**《常作～**s**》修理工作；修繕部分；《～**s**》〖簿〗維修費。**3** 良好維修狀態。

～**·a·ble** 形可修復的。

re·pair[2] [rɪ'pɛr] 動不及去；常去；聚集。—名 **1** Ⓤ常去。**2**《古》常去之地：the ～ of children 兒童們常去之地。

re·pair·er [rɪ'pɛrɚ] 名修理者，修繕者

re·pair·man [rɪ'pɛr,mæn, -mən] 名 (複 **-men**) 修理工人。

re'pair ,**shop** 名修理廠。

rep·a·ra·ble ['rɛpərəbl] 形可修理的；可彌補的，可補償的。

·**rep·a·ra·tion** [,rɛpə'reʃən] 名 **1** Ⓤ 補償；賠償《*for...*》: as ～ *for...* 作爲…補償 / make ～ *for* the loss 對損失之賠償。**2**《～**s**》戰敗賠償《*for...*》: pay huge ～*s for* war losses 付出巨額賠款彌補對方戰爭的損失。**3** Ⓤ 修理，修繕，修復：a house in urgent need of ～ 一棟急需修理的房屋。維修費。

re·par·a·tive [rɪ'pærətɪv] 形 **1** 修理的，修繕的。**2** 賠償的，補償的。

rep·ar·tee [,rɛpɚ'ti] 名 **1** 機敏的應答；富機智的對話。**2** Ⓤ 機敏應答的才能。

re·par·ti·tion [,ripɑr'tɪʃən] 名Ⓤ Ⓒ分配，區分，攤分；再分配，再劃分。—動及再分配，再劃分。

re·pass [ri'pæs] 動及不及 **1** 返回；再通過，再經過。**2** 再採納，再通過。

-pas·sage [-'pæsɪdʒ] 名

re·past [rɪ'pæst] 名《文》**1** (一次吃的) 食物量；膳食。**2** 用餐時間。—動 不及 享用，進食《*on, upon...*》。

re·pa·tri·ate [ri'petrɪ,et] 動及 將…遣送回國。—名被遣返者。**-'a·tion** 名Ⓤ遣送回國。

·**re·pay** [rɪ'pe] 動 (**-paid**, ～**·ing**) 及 **1** 付還，償還 (錢)。**2** 回報；報復《*with, fo...*, *by doing*》: ～ a visit 回訪。—不及償還；回報，報復。

～**·a·ble** 形

re·pay·ment [rɪ'pemənt] 名 Ⓤ Ⓒ 償還 (金)；付還；回報；報復。

re·peal [rɪ'pil] 動及 1 取消，撤回：～ an amendment 取消修正案。2 廢棄，廢止。—名U 取消，廢止：the ～ of laws 法律的廢止。～**·a·ble** 形，～**·er** 名

re·peat [rɪ'pit] 動及 1 複誦；重複說。2 重複；重做；再經歷：～ a course 重修一科 / ～ an experience 再度經歷同一件事。3 使再現；重播；重演。4 把…轉告他人。5 背誦，默記：～ a poem 背誦一首詩。—不及 1 重做；重說；反覆。2（食物）在口中留下餘味。

repeat oneself 重做同樣之事；重現：History ～*s* it*self*.《諺》歷史重演。

—名 1 重複，反覆。2 複寫，複製；重複花樣；〖廣播·電視〗重播（節目）。3〖樂〗重複音節；反覆記號。4〖商〗再訂相同的貨。

～**·a·ble** 形 可重複的。

re·peat·ed [rɪ'pitɪd] 形 重複的，屢次的：on ～ occasions 三番兩次地，屢次地。

re·peat·ed·ly [rɪ'pitɪdlɪ] 副 反覆地，重複地，再三地。

re·peat·er [rɪ'pitɚ] 名 1 重複的人[物]；累犯。2〖教〗留級生，重修生。3 連發槍。4《美》重複投票者。5（連接訊號的）增音器，中繼器。6 再播節目，重播。

re'peating 'decimal 名〖數〗循環小數。

re·pel [rɪ'pɛl] 動 (**-pelled**, ～**·ling**) 及 1 驅逐，擊退；防禦：～ the enemy's attack 擊退敵人的攻擊。2 拒絕，排斥：～ a proposal 拒絕提案。3 不透（水等）。4 使反感，使嫌惡。—不及 1 驅逐，逐退；拒絕，排斥。2 使反感，使嫌惡。～**·ler** 名

re·pel·lent, -lant [rɪ'pɛlənt] 形 1 討厭的；令人嫌惡的《*to*...》。2《常作複合詞》排斥的，驅除的：a water-*repellent* garment 防水衣。—名 1 排斥物。2 消腫藥。3 U C 防水劑；驅蟲劑。

re·pent[1] [rɪ'pɛnt] 動 不及 後悔；悔改，悔悟《*of*...》：～ *of* a thoughtless act 後悔行為輕率。—及 對…感到懊悔：～ having said so 後悔曾經說了那樣的話。

re·pent[2] [rɪ'pɛnt] 形〖植〗匍匐生根的；〖動〗爬行的。

re·pent·ance [rɪ'pɛntəns] 名 U 良心的譴責，悔悟，悔改；後悔。

re·pent·ant [rɪ'pɛntənt] 形 悔悟的；悔改的；後悔的。～**·ly** 副

re·peo·ple [ri'pipl] 動及 使再度有人居住，使再度充滿人。

re·per·cus·sion [ˌripɚ'kʌʃən] 名 1《通常作～**s**》影響，反應。2 U C 擊回；反彈；餘震；回聲；反射。

rep·er·toire ['rɛpɚˌtwɑr, -ˌtwɔr] 名 1 戲目表，節目表：have a large ～ 有很多戲劇或歌唱等表演節目。2（戲劇、歌劇等的）全部作品；總上演戲目。

rep·er·to·ry ['rɛpɚˌtɔrɪ] 名(複**-ries**) 1 儲藏物，庫存；倉庫；（知識等的）寶庫。2 = repertoire. 3 = repertory theater [company]. 4 U 保留劇目的輪演：in ～ 以定期換演的方式（演出）。**-to·ri·al** [-'tɔrɪəl] 形

'repertory 'theater ['company] 名 保留劇目輪演劇院[劇團]。

·rep·e·ti·tion [ˌrɛpɪ'tɪʃən] 名 1 U C 重複；重演，重奏；再提出：unnecessary ～ 不必要的重複。2 U C 複誦；重說；背誦；重複演奏；背誦句。3 仿效，複寫；複製品。

rep·e·ti·tious [ˌrɛpɪ'tɪʃəs] 形 多次重複的，嘮叨的。～**·ly** 副，～**·ness** 名

re·pet·i·tive [rɪ'pɛtɪtɪv] 形 1 反覆的。2 多次重複的，嘮叨的。～**·ness** 名

re·phrase [ri'frez] 動及 改述，將…改換說法。

re·pine [rɪ'paɪn] 動 不及 發牢騷；焦躁；抱怨《*at, against*...》。

·re·place [rɪ'ples] 動 (**-placed, -plac·ing**) 及 1 取代，接替：～ words with deeds 以行動代替言語。2 掉換；更換《*with, by* ...》：～ the defective computer *with* a new one 把有毛病的電腦換成一部新電腦 / A wife may be ～*d*, a mother never.《諺》妻子可換，母親則不能。3 歸還；賠還；把…放回原位；使復位：～ the receiver 把聽筒放回原位。～**·a·ble** 形 可歸原處的；可取代的。**-plac·er** 名

re·place·ment [rɪ'plesmənt] 名 1 U 歸還；復職，復位；代替。2 後繼者，取代品；〖軍〗補充兵員，充員兵。

re'placement ˌlevel 名 人口維持水準：維持總人口所需的出生率。

re·plant [ri'plænt] 動及 1 重新栽培；再種。2 重接（斷掌、斷指等）。—['-ˌ-] 名 重種或新種上的植物。

re·plan·ta·tion [ˌriplæn'teʃən] 名 U（斷掌、斷指等的）重接。

re·play [ri'ple] 動及 再比賽；再演；再播放。

—['--] 名 再比賽；再演；重放。

re·plen·ish [rɪ'plɛnɪʃ] 動及 1 填補，補充；再裝滿《*with*...》：～ one's supply 補充生活必需品 / ～ the fire *with* fuel 在爐火中添加燃料。～**·er** 名，～**·ment** 名

re·plete [rɪ'plit] 形 1 裝滿的；充分的《*with*...》：their cabins ～ *with* luxuries 他們極其豪華的艙室。2 吃飽的《*with*...》：～ *with* wine 酒酣耳熱。～**·ly** 副，～**·ness** 名

re·ple·tion [rɪ'pliʃən] 名 U 1 充滿，充分：be filled to ～ with children 擠滿了兒童。2 吃飽，喝飽：drink to ～ 喝得很飽。

rep·li·ca ['rɛplɪkə] 名 1 臨摹畫，出於原作者之手的複製品：a ～ of a Millet 一幅米勒畫之臨摹品。2 複製品：a miniature ～ of the Washington Monument 華盛頓紀念碑之小型複製品。

rep·li·cate ['rɛplɪkɪt] 形 折轉的（亦稱 **rep·li·cat·ed** [-ˌketɪd]）。—['rɛplɪˌket] 動及

R

1 折疊。2 重複。3 複製。4 回答。
—[-kɪt] 名複製的事物。

rep·li·ca·tion [ˌrɛplɪˈkeʃən] 名UC 1 回答；〖法〗原告對被告的答辯。2 回聲。3 複製。4（實驗等的）重複。

rep·li·ca·tive [ˈrɛplɪˌketɪv] 形重複的；複製的。

:re·ply [rɪˈplaɪ] 動(-plied, ～·ing) 不及 1 回答，答覆《*to*...》；起反響，回聲：～ *to* a demand 答覆要求。2（以行動等）答覆，回擊《*to*...》：～ *to* the enemy's attack 對敵人的攻擊加以還擊 / ～ with a smile 以微笑作答。3〖法〗答辯《to...》。—及《通常用於否定》回答，答覆。
—名(複-plies) 1 回答，答覆：make a ～ 答覆。2（以行動等）回答；回擊：nod in ～ 以點頭回答。3〖法〗答辯。-pli·er 名

re·ply-paid [rɪˈplaɪˌped] 形回郵已付的：a ～ card 回郵已付的明信片。

:re·port [rɪˈport] 名 1 報告（書）《*on*...》：a ～ *on* the meeting 關於會議的報告 / make a full and detailed ～ 做一完整詳細的報告。2 成績單：a Christmas ～ 第一學期成績單 / an annual ～ 年度報告。3 UC 傳聞；U 名聲：as ～ has it 據說 / the ～ goes that... 據說…。4 報導，紀錄；《～s》〖法〗判例紀錄：Parliamentary *R*- 英國國會會議紀錄。5 爆炸聲；炮聲，槍聲。
on report 被傳出席。
—動及 1 報告；轉達《*to*...》；傳說。2 報導。3 檢舉，告發《*to*...》。4《反身》報到《*to*...》。5 記錄。—不及 1 報告。2 採訪新聞；擔任記者《*for*...》。3 報到《*to*..., *for*...》。
report progress 報告進展情形。
～·a·ble 形可報告的，有報導價值的。

re·port·age [rɪˈportɪdʒ] 名U 1 採訪報導（術）；《集合名詞》所報導的新聞。2 報導文學，報告文學。

reˈport ˌcard 名（學生的）成績單，學校報告單（《英》school report）。

re·port·ed·ly [rɪˈportɪdlɪ] 副《修飾全句》據報導，據傳聞。

reˈported ˈspeech 名U〖文法〗間接引語。

·re·port·er [rɪˈportɚ] 名 1 報告者；通訊員，記者；新聞廣播員《*for*...》：a sports ～ 體育記者 / a ～ *for* Newsweek 新聞週刊記者。2（法院、議會等的）書記員。

rep·or·to·ri·al [ˌrɛpɚˈtorɪəl] 形報告者的；《主美》記者的；記錄員的。

re·pos·al [rɪˈpozəl] 名UC 休息，安息；委託。

re·pose[1] [rɪˈpoz] 名U 1 休息；睡眠；永眠：seek ～ 休息 / a patient in ～ 休養中的病患。2 平靜，寧靜：find ～ of mind in faith 在信仰中得到心靈的平靜。3 沉著；（繪畫色彩、結構的）調和。—動 不及 1 橫躺，休息；《委婉》長眠。2 安放；平靜。3 依賴；信賴。4 基於《*on, upon*...》。
—及《通常用反身》橫臥，睡眠；使休息。-pos·ed·ly [-ˈpozɪdlɪ] 副

re·pose[2] [rɪˈpoz] 動及 1 寄託於：～ one' trust in the treaty 信任條約。2 交託，授予。

re·pose·ful [rɪˈpozfl] 形寧靜的，平靜的；舒暢的。～·ly 副, ～·ness 名

re·pos·it [rɪˈpɑzɪt] 動及 1 放回《*to*...》。2 儲藏。

re·pos·i·tor·y [rɪˈpɑzəˌtorɪ] 名 (複-tor·ies) 1 容器；陳列室；儲藏室；《主英》倉庫：a ～ for merchandise 商品倉庫 / a ～ of knowledge 知識寶庫。2 墓穴，納骨處。知己，親信：a ～ for one's sorrows 可傾訴煩惱的心腹之交。

re·pos·sess [ˌripəˈzɛs] 動及 1 再度獲得。2 收回，恢復《*of*...》：～ oneself of one's rights 恢復權利。
-ses·sion [-ˈzɛʃən] 名U 收回所有權。

re·pot [riˈpɑt] 動(～·ted, ～·ting) 及移植在另外花盆中。

repp [rɛp] 名 = rep[1].

rep·re·hend [ˌrɛprɪˈhɛnd] 動及 譴責，責難，申斥。

rep·re·hen·si·ble [ˌrɛprɪˈhɛnsəbl] 形應受譴責的，該責難的。-bly 副

rep·re·hen·sion [ˌrɛprɪˈhɛnʃən] 名U 譴責，責難。-sive 形譴責的，非難的。

re-pre·sent [ˌriprɪˈzɛnt] 動及 再提出；再贈與；使再出現；再演出。

·rep·re·sent [ˌrɛprɪˈzɛnt] 動及 1 象徵；表示：～ ideas by means of pictures 以圖畫表現思想。2 代表；代理，擔任議員《*in, on, at*...》：～ the mayor *at* a ceremony 在典禮中代表市長。3 記述；聲稱：～ the customs and manners of the day 記述當時的風俗習慣 / ～ a person to be an idealist 把某人描述為一名理想主義者。4 描繪，表現；設想，想像。5 陳述，說明《*to*...》：～ one's view *to* others 向他人陳述自己的意見。6 上演；扮演。7《通常用被動》成為樣本，成為典型。8 相當於；意味著。

rep·re·sen·ta·tion [ˌrɛprɪzɛnˈteʃən] 名 1 U 表現；描寫；描繪；C 所表現出來之事物，繪畫，肖像，雕像：the ～ of the visible world 對物質世界的描寫 / a symbolic ～ 一個象徵 / a statistical ～ 統計上的顯示。2《常作～s》說明；主張；提議；抗議；〖法〗陳述。3 UC 上演；扮演。4 想像；表象，心象；概念。5 U 代表，代理；代表參加，派遣代表。6 U 代議制，代表制；代表團，議員團：proportional ～ 比例代表制。

rep·re·sen·ta·tion·al [ˌrɛprɪzɛnˈteʃənl] 形 1 描寫的。2〖美〗具象主義的。3 有關代議制的。

:rep·re·sent·a·tive [ˌrɛprɪˈzɛntətɪv] 名 代表；代理；〖法〗繼承人《*of, from, on at*...》：the last ～ *of* the royal family 皇族的最後繼承人 / a ～ *of* the law 警察。2 議

員；《R-》美國眾議院議員：the House of *Representatives* 下院；眾議院。3 典型，代表性事物《*of*...》：a good ～ *of* the medieval romance 中世紀騎士故事的代表作。一形 1 表示的，表現的；描寫的《*of*...》。2 代表的，代理的；代議制的。3 典型的，代表性的。4 相當的，對應的。5 表象的。～·ly 副, ～·ness 名

re·press [rɪ'prɛs] 動及 1 克制，抑制：～ anger 克制怒氣。2 鎮壓；壓制：～ a minority race 壓制少數民族。3 抑止，約束；〖精神分析〗壓抑：～ an evil tendency 壓抑邪惡的傾向。～·i·ble 形

re·pressed [rɪ'prɛst] 形 受壓抑的；克制的。

re·pres·sion [rɪ'prɛʃən] 名 1 U 壓制，抑制，鎮壓；遏止；〖精神分析〗壓抑。2 U C (被壓抑的) 衝動，本能。

re·pres·sive [rɪ'prɛsɪv] 形 壓抑的；高壓的，鎮壓的。～·ly 副, ～·ness 名

re·prieve [rɪ'priv] 動及 1 給予緩刑。2 使暫時獲得紓解《*from*...》。一名 1 緩刑(令)。2 暫時紓解；偷安；暫免。

rep·ri·mand ['rɛprə,mænd] 名 U C 斥責，譴責：receive a ～ 遭到斥責。一['--,-, ,--'-] 動及 斥責，譴責。

re·print [ri'prɪnt] 動及 再版，重印，翻版。一['-,-] 名 1 再版(之物)；重刊之物。2 重印(之物)；翻版(之物)。

re·pris·al [rɪ'praɪzl̩] 名 U C 1 報復；報復行為：measure of ～ 報復手段。2 (報復性的) 沒收，扣押。

re·prise [rɪ'praɪz] 名 1《通常作～s》〖法〗(土地、莊園等的) 每年必付的年費。2〖樂〗再現部。一動及 重做；重現，再次演出。

·**re·proach** [rɪ'protʃ] 動及 1 指責，責備《*for, with*..., *for* doing, *with* doing》：～ a person *for* restlessness 責備某人煩躁不安。2 引起指責；使蒙受恥辱：the haughtiness which often ～*es* the English gentry 常使英國紳士受到指責的傲慢態度。一名 1 U 指責；C 非難的話。2 U 恥辱，不名譽；C 造成恥辱的原因；受到(…的) 輕視的對象《*to*...》。～·a·ble 形 應受指責的；可責備的。～·ing·ly 副 帶著申斥態度地，責備地。～·less 形 無可指責的，無可非議的。

re·proach·ful [rɪ'protʃfl] 形 責備的；充滿責備意味的：a ～ reply 充滿責備意味的回答。～·ly 副, ～·ness 名

rep·ro·bate ['rɛprə,bet] 名 1 墮落者；無賴。2《the ～》被神摒棄的人。一形 1 墮落的，道德喪亡的。2 被神摒棄的。一動及 1 譴責，指責。2 摒棄。

rep·ro·ba·tion [,rɛprə'beʃən] 名 U 1 譴責。2 拒絕。3〖神〗摒棄。

re·pro·cess [ri'prɑsɛs] 動及 再加工。

re·pro·duce [,riprə'djus] 動 (-duced, -duc·ing) 及 1 複製，翻製；摹擬；使再現；描述：～ a photograph 翻拍一張相片 / ～ music on the tape recorder 利用錄音機重放音樂 / paintings ～*d* in black and white 以黑白色複製的繪畫。2 生殖，繁殖。3 再生產；再製造；再生長：～ natural colors on the screen 使自然色彩再現於銀幕上。4 重演；翻印，轉載：～ an old play in modern form 以現代的形式重演一齣老戲。5 使再次浮現，想起。一不及 1 繁殖；生殖。2 複製；重現。

-'duc·er 名, **-'duc·i·ble** 形 可再生的；可複製的；可繁殖的。

re·pro·duc·tion [,riprə'dʌkʃən] 名 1 U 再生產；重現；重演；重刊；重建；再生：～ of literary works on film 文學作品之改拍成電影 / the ～ of Auschwitz 奧施維茲集中營的重現。2 U C 複製(品)；翻版(之物)；翻印(之物)；轉載(之物)：～*s* of pictures by Van Gogh 梵谷畫作的複製品。3 U〖生〗生殖，繁殖。

re·pro·duc·tive [,riprə'dʌktɪv] 形 1 再生產的；再生的；再現的；複製的。2 繁殖的，生殖的：～ power 繁殖能力 / ～ organs 生殖器官。～·ly 副

re·prog·ra·phy [rɪ'prɑgrəfɪ] 名 U 複製(術)。

re·proof [rɪ'pruf] 名 (複 ～s) U 指責，責備；C 責備之詞：in ～ of carelessness 為粗心大意而受責備 / receive a severe ～ 遭到一頓嚴厲的指責。～·less 形

re·prov·a·ble [rɪ'pruvəbl] 形 應受指責的，該責備的。～·ness 名

re·prov·al [rɪ'pruvl̩] 名 U 責備，指責；C 責備的話。

·**re·prove** [rɪ'pruv] 動 (**-proved, -prov·ing**) 及 責備；指責《*for*...》：～ a student 責備學生 / ～ a person *for* being late 責備某人遲到。一不及 指責，責備。

-prov·er 名, **-prov·ing·ly** 副 責備地。

rep·tant ['rɛptənt] 形 1〖動〗爬行的。2〖植〗匍匐生根的。

·**rep·tile** ['rɛptɪl, -tl] 名 1 爬行動物；兩棲動物。2 卑鄙的人。一形 1 爬行的，匍匐的。2 卑躬屈膝的；卑鄙的，令人不齒的：～ ways 卑鄙的作法。

rep·til·i·an [rɛp'tɪlɪən] 形 1 爬行類的，似爬行類的。2 卑鄙的，陰險的，不老實的。

一名 = reptile.

Repub. 《縮寫》*Repub*lic; *Repub*lican.

·**re·pub·lic** [rɪ'pʌblɪk] 名 1 共和國；共和政體 (略作：R., Rep., Repub.)：the ancient Roman ～ 古代羅馬共和國。2 團體，…界；(動物的) 群落：the ～ of art 美術界 / the ～ of letters 文壇。

·**re·pub·li·can** [rɪ'pʌblɪkən] 形 1 共和國的；共和政體的；支持共和制的：～ government 共和政府 / a ～ party 共和黨。2《R-》《美》共和黨的。一名 共和主義者；《R-》《美》共和黨員。

R

re·pub·li·can·ism [rɪ'pʌblɪkən,ɪzəm] 名U 1 共和體制；共和主義。2《R-》《美》共和黨黨綱。

Re'publican 'party 名《the ～》(美國的)共和黨。

re·pub·li·ca·tion [,ripʌblɪ'keʃən] 名U 再度發行，再版；C重印之物，再版書，翻印書。

re·pub·lish [ri'pʌblɪʃ] 動及 再版；翻版；再發布；再發行。

re·pu·di·ate [rɪ'pjudɪ,et] 動及 1 否認，否定；駁斥；拒絕接受：～ an agreement 拒絕履行某項協定。2 遺棄，與…斷絕關係：～ a child 與孩子脫離關係。3 拒絕償付。

re·pu·di·a·tion [rɪ,pjudɪ'eʃən] 名U 拒絕；否認；遺棄，斷絕關係；駁斥。

re·pug·nance [rɪ'pʌgnəns], **-nan·cy** [-nənsɪ] 名 1 U《或作 a ～》厭惡；強烈的反感《*to, against, for, toward...*》。2 UC 矛盾；不一致之處《*of, between, to, with ...*》。

re·pug·nant [rɪ'pʌgnənt] 形 1 令人嫌惡的；令…起反感的《*to...*》。2 反對的，敵對的《*to...*》：be ～ *to* a proceeding 對某項程序持反對態度。3 矛盾的，不一致的《*to, with...*》。

re·pulse [rɪ'pʌls] 動及 1 擊退，逐走；拒絕：～ the enemy 擊退敵人 / ～ his offer of friendship 拒絕他伸出來的友誼之手。2 使感到嫌惡，使起反感。—名UC 1 逐退；被擊退。2 拒絕。

re·pul·sion [rɪ'pʌlʃən] 名 1 U 逐退，擊退。2 UC 反感，嫌惡：a feeling of ～ 一種嫌惡感 / feel instinctive ～ for a person 對某人本能上感到嫌惡。3 U〖理〗推斥；斥力(作用)。

re·pul·sive [rɪ'pʌlsɪv] 形 1 令人嫌惡的。2 極冷淡的；排斥的。3〖理〗推斥的；斥力的。～·ly 副, ～·ness 名

re·pur·chase [ri'pɝtʃəs] 動及 再購買，買回。—名U 買回，再購買。

rep·u·ta·ble ['rɛpjətəbl] 形 1 名聲好的，應尊敬的：a ～ company 有聲譽的公司。2 一般公認的，標準的：～ words 標準字眼。
-'**bil·i·ty** 名, **-bly** 副

·**rep·u·ta·tion** [,rɛpjə'teʃən] 名UC 1 評價，名聲《*of, for...*》。2 好評，聲望；好名聲：lose one's ～ 失去聲譽 / live up to one's ～ 名不虛傳。

·**re·pute** [rɪ'pjut] 名U 1 評價，名聲：a family of evil ～ 聲名狼藉的家庭 / by ～ 因(某人的)名聲。2 美名，聲望：an artist of ～ 有名聲的藝術家。
—動 (**-put·ed, -put·ing**) 及《通常用被動》稱爲《*for...*》；認爲。

re·put·ed [rɪ'pjutɪd] 形 1 傳聞中的，號稱的，據稱的，一般認爲的：the ～ author of this book 號稱是這本書作者的人。2 有好名聲的；有名的。

re·put·ed·ly [rɪ'pjutɪdlɪ] 副《修飾全句》據普遍認爲，據稱。

:**re·quest** [rɪ'kwɛst] 名 1 UC 要求，請求：refuse a ～ 拒絕要求 / comply with a person's ～ 應允某人的請求。2 請求書；所請求的事[物]：receive a formal ～ 接獲正式的請求書 / grant a person's ～ 答應某人請託之事。3 U 需求。
at a person's request* / *at the request of a person 應某人的請求。
by request 按照要求，根據請託。
on request 一旦提出請求；備索。
—動及 請求，要求《*of, from...*》。

re'quest ,stop 名《英》(公車的)招呼站。

req·ui·em ['rɛkwɪəm, 'ri-] 名 1〖天主教〗追思彌撒。2 安魂曲，輓歌。

:**re·quire** [rɪ'kwaɪr] 動 (**-quired, -quir·ing**) 及 1 需要：～ great efforts 需要付出很大的力氣。2 要求《*of...*》；命令：a ～*d* subject 必修科目。3《主英》希望，想要。
—不及 要求，需要。

:**re·quire·ment** [rɪ'kwaɪrmənt] 名 1 需求物；必要條件；要求，需要：satisfy the entrance ～*s* of the university 符合大學入學資格 / meet a person's ～*s* 滿足某人的要求。2 必需品：travel ～*s* 旅行必備品。

req·ui·site ['rɛkwəzɪt] 形 必要的；不可或缺的，必須的《*for, to...*》：the number of votes ～ *for* victory 獲得勝利所必須的票數。
—名 必需品，必要條件《*for, to...*》。

req·ui·si·tion [,rɛkwə'zɪʃən] 名 1 U (正式的)要求；徵收，徵用：on a person's ～ 應某人的要求 / bring ... into ～ 徵收，徵用。2 申請單；徵用狀。3 U 必要，需要：be under ～ 有需要。4 必要條件：the ～*s* for a licence 獲得許可證的必要條件。—動及 徵收，徵用《*for...*》。

re·quit·al [rɪ'kwaɪtl̩] 名U 報答；回報；報復《*of, for...*》：in ～ *of* [*for*]... 作爲對…的報答[報復]。

re·quite [rɪ'kwaɪt] 動及 1 報答，酬謝；報復《*with..., for...*》：～ a traitor *with* death 以死刑懲治叛逆者 / ～ kindness *with* love 以愛心回報善意。2 加以回報：～ like for like 投桃報李；以牙還牙。

re·read [ri'rid] 動 (**-read** [-'rɛd], ～**·ing**) 及 再讀，重讀。

rere·dos ['rɪrdɑs] 名 1 (教堂祭壇背後的)有裝飾的牆壁。2 壁爐的後壁。

re·route [ri'rut, -'raʊt] 動及不及 (使)變更路程，更改路線。

re·run [ri'rʌn] 動 (**-ran, -run,** ～**·ing**) 及 1 重映，重播。2 重新進行(比賽)。3〖電腦〗使重新運作一次。—['-,-] 名 1 重播，重映；重播的節目。2 重賽。3〖電腦〗重運作。

re·sale [ri'sel] 名UC 再賣；轉賣：～

price 轉賣價格。-'sal·a·ble 形 可轉賣的。

re·sched·ule [ri'skɛdʒul] 動及重新安排…的時間。

re·scind [rɪ'sɪnd] 動 及 廢除，取消；撤銷。

re·scis·sion [rɪ'sɪʒən] 名 U 廢除，取消；撤銷。

re·scis·so·ry [rɪ'sɪsərɪ] 形廢止的。

re·script ['riskrɪpt] 名1 官方的布告；敕令；(教皇的) 敕答書。2 重寫；重寫本；抄本。

·res·cue ['rɛskju] 動 (**-cued, -cu·ing**) 及 1 援救；解救，拯救，營救《*from...*》：～ the environment *from* pollution 保護環境免受污染。2〖法〗強行奪回。—名 1 U C 援救，解救；《形容詞》援救的。2 U〖法〗強行奪回。**-cu·er** 名援救者，救助者。

·re·search [rɪ'sɝtʃ, 'ri-] 名 1《a ～》《常作～es, 作單數》研究；調查：～ in nuclear physics 原子物理學的研究 / do ～ on... 對…加以研究調查。2 探索；尋求《*after, for, into...*》：～ *after* hidden treasure 探索寶藏。3 U 研究能力，研究精神：a scientist of great ～ 研究意念旺盛的科學家。—動 不及 作研究；調查《*into, on ...*》。—及研究；調查。～**·a·ble** 形，～**·ist** 名

re·search·er [rɪ'sɝtʃɚ] 名研究員；調查員，探索者。

re'search ˌlibrary 名 (研究) 資料圖書館，資料室。

re·seat [ri'sit] 動及 1 在…裝設新座位；給 (椅子) 換座部。2 使重新坐下；使復位。

re·sect [rɪ'sɛkt] 動及〖外科〗切除。

re·sec·tion [rɪ'sɛkʃən] 名 U〖外科〗切除，切除術。

re·sell [ri'sɛl] 動 (**-sold, ～·ing**) 及轉賣。

·re·sem·blance [rɪ'zɛmbləns] 名 1 U C 類似，相似《*to, between...*》：bear (a) ～ *to...* 與…類似。2 相像的人[物]；肖像，畫像。3《古》外貌；外形特徵。

re·sem·ble [rɪ'zɛmbl] 動 (**-bled, -bling**) 及 1 類似於，與…相似《*in...*》。2《古》將…比作《*to...*》。

re·send [ri'sɛnd] 動(**-sent, ～·ing**)及再寄送；送還；再派遣。

re·sent [rɪ'zɛnt] 動及憤怒，不滿，怨恨：～ being treated rudely 因受到粗魯對待而憤憤然。

re·sent·ful [rɪ'zɛntfl] 形憤慨的，怨恨的，極討厭的。～**·ly** 副，～**·ness** 名

re·sent·ment [rɪ'zɛntmənt] 名 U 憤慨，生氣；怨恨《*at, against, of, over...*》：bitter ～ 極憤慨。

res·er·va·tion [ˌrɛzɚ'veʃən] 名 1 U (權利等的) 保留；U C (限制) 條件，限制，但書：with the ～ that... 附有…的條件 / with minor ～*s* 附帶若干不重要的條件。2 (心中的) 疑慮，懷疑《*about...*》：He had ～ *about* my competence. 他對我的能力有所疑慮。3《美》(公共的) 特別保留區：an Indian ～印第安人保留區。4 U《常作～s》《主美》預訂，預約 (《英》booking)；C預訂的座位[房間等]。

off the reservation《美》脫離本黨派轉而支持另一黨派的候選人。

on the reservation 仍留在本黨派內。

without reservation 率直地，無保留地；無條件地。

:re·serve [rɪ'zɝv] 動 (**-served, -serv·ing**) 及1 保存；儲備《*for...*》：～ money *for* future needs 存錢以備將來之需 / ～ oneself *for*...養精蓄銳以供…。2《常用被動》注定，命該《*for...*》。3 預約；預訂《*for, to ...*》：～ room at a hotel 預訂旅館房間。4 保留《*to...*》。5暫緩，延期。—名1 U 儲存；儲備；《常作～s》保存物，儲藏品。2〖金融〗準備金，儲金；保留金。3 保留；最低價格。4 U拘謹；矜持；寡言；(藝術手法) 不誇張。5保留地，指定地。6《the ～(s)》〖軍〗預備隊；備役人員。7〖運動〗候補選手。

in reserve 儲備的，預備的。

without reserve 率直地，無保留地；無條件地；(拍賣等) 不標最低價格地。

—形《限定用法》預留的，預備的；(價錢) 最低的：a ～ fund 準備金。

re'serve ˌbank 名《美》聯邦準備銀行。

re·served [rɪ'zɝvd] 形 1 保留的，預備的：a ～ limousine 預備待用小型巴士。2 預約的，預訂的：a ～ table 預訂席 / a ～ car (火車的) 包租車廂。3 緘默的，沉默寡言的；拘謹的。**-serv·ed·ly** [-'zɝvɪdlɪ] 副有所顧慮地，含蓄地。**-serv·ed·ness** 名

re·serv·ist [rɪ'zɝvɪst] 名後備軍人。

·res·er·voir ['rɛzɚˌvwɔr, -ˌvwɑr] 名 1 水庫；儲水槽[池]；(盛液體的) 容器；儲藏室；〖生〗儲液囊：an ink ～ (鋼筆的) 墨水管 / an engine's oil ～ 引擎滑油槽。2 (知識、精力等的) 蓄積，儲存《*of...*》。

re·set [ri'sɛt] 動(**-set, ～·ting**)及重放；重接 (骨)；重排 (鉛字)；重鑲 (寶石)；重磨 (鋸齒)，使恢復鋒利。—['-ˌ-] 名 1 重放；整骨；重排；重鑲。2 重放之物，重接之物；被移植的植物。3 復原裝置。

re·set·tle [ri'sɛtl] 動及使重新定居《*in ...*》；使重新安置。

re·shape [ri'ʃep] 動 及重新塑造，給予新形式。—不及改形。

re·ship [ri'ʃɪp] 動 (**-shipped, ～·ping**) 及把 (貨物) 重新裝船；把…轉載於他船。—不及乘船。～**·ment** 名

re·shuf·fle [ri'ʃʌfl] 動及1 重新洗 (牌)。2 改組。—名 1 重新洗牌。2 組織改革；改組，人事異動。

·re·side [rɪ'zaɪd] 動 (**-sid·ed, -sid·ing**) 不及1 居住；駐紮於《*in, at...*》：～ abroad

R

住於國外 / ~ *at* 15 Maple Street 住在楓樹街15號。**2**（性質）存在於；（權利等）歸於，屬於《*in...*》。

·**res·i·dence** ['rɛzədəns] 名 **1** 住地，住所；住宅：the official ~官邸，官舍 / make one's ~ in the country 定居於鄉村。**2** Ⓤ居住；駐留：during his ~ in London 在他居留倫敦期間 / take up (one's) ~ in... 在…定居。**3** 居住期間；（研究生等）留校研究期間：a ~ in London of five years 在倫敦的五年居留期間。**4** Ⓤ（權力等的）所在（處）《*of...*》。**5** Ⓤ污染物質的殘留。

in residence 駐在任所的，住於官邸的；住校的，在學中。

res·i·den·cy ['rɛzədənsɪ] 名(複**-cies**) **1** = residence. **2**（從前在印度等的）英國總督官邸。**3** Ⓤ《美》（醫師的）住院實習期。**4**《美》研修。

·**res·i·dent** ['rɛzədənt] 名 **1** 定居者，居民：Chinese ~*s* in England 旅英華僑。**2** 駐外之外交官，駐節公使；《昔》印度代理總督。**3**《主美》住院實習醫師。**4** 留鳥。—形 **1** 居住的。**2** 內在的，固有的《*in...*》。**3**（鳥）不遷徙的，定居的。

·**res·i·den·tial** ['rɛzə'dɛnʃəl] 形 **1** 居住的：a ~ hotel 居住用旅館，旅館式公寓 / the ~ qualifications for owning land 土地擁有所必要的居住資格。**2** 適於居住的；住宅占據的：a ~ district 住宅區。**3** 有居住設備的。

res·i·den·ti·ar·y [ˌrɛzə'dɛnʃɪˌɛrɪ] 形 **1** 居住的，居留的。**2** 應住在住所的。

—名(複**-ar·ies**) 居住者。

'**resident ˌprogram** 名〖電腦〗常駐程式。

re·sid·u·al [rɪ'zɪdʒuəl] 形《限定用法》**1** 剩餘的，殘留的；〖數〗剩餘的。**2**（演出費等的）追加付款的。**3**（計算錯誤）無法說明的。—名 **1** 殘餘物，殘留物。**2**〖數〗餘差；誤差。**3**《通常作~**s**》重播費，重演費。**4**《常作~**s**》後遺症。~**·ly** 副 殘留地。

re·sid·u·ar·y [rɪ'zɪdʒuˌɛrɪ] 形《限定用法》**1** 剩餘財產的。**2** 剩餘的，殘留的。

res·i·due ['rɛzəˌdju] 名 **1** 殘留物，殘渣；餘留物：~ on the bottom of a pool 池底的殘留物。**2**〖化〗殘滓；殘基。**3**〖法〗剩餘財產；〖數〗餘數，留數。

re·sid·u·um [rɪ'zɪdʒuəm] 名 (複**-sid·u·a** [-'zɪdʒuə]) **1** 殘餘物；剩餘物。**2** 殘滓；殘餘副產物；〖化〗殘留物。**3**〖法〗剩餘財產。**4** 社會渣滓，最下階層的人。

·**re·sign** [rɪ'zaɪn] 動 不及 **1** 引退，辭職《*from...*》：~ as ambassador 辭去大使的職務 / ~ *from* the government 從政府機構中辭職。**2** 認命，順從《*to...*》。—及 **1** 辭，辭去。**2** 放棄；背棄；交託給《*to*》。**3**《反身或被動》順從《*to...*, *to doing*》。

·**res·ig·na·tion** [ˌrɛzɪg'neʃən] 名 **1** Ⓤ Ⓒ 辭職；Ⓒ 辭呈：the ~ of a cabinet 內閣總辭 / hand in one's ~ 提出辭呈。**2** Ⓤ認命，順從《*to...*》：blind ~*to* authority 對權威的盲從 / accept one's fate with ~ 聽天由命。**3** Ⓤ放棄《*of...*》。

re·signed [rɪ'zaɪnd] 形 **1** 順從的；認命的《*to...*》。**2** 已辭職的，辭任的。

-sign·ed·ly [-'zaɪnɪdlɪ] 副 順從地；認命地。

re·sile [rɪ'zaɪl] 動 不及 **1** 恢復原狀，反彈；恢復活力。**2** 畏怯，退縮《*from...*》；撤銷《*from...*》。

re·sil·ience [rɪ'zɪlɪəns], **-en·cy** [-ənsɪ] 名 Ⓤ **1** 彈力，彈性；彈回。**2** 恢復力。

re·sil·i·ent [rɪ'zɪlɪənt] 形 **1** 彈回的；有彈力的。**2** 立即康復的；快活的；愉快的。

res·in ['rɛzɪn] 名 Ⓤ Ⓒ 樹脂；合成樹脂；松脂。—動 及 用樹脂處理；在…上塗樹脂。

~**·ous** [-zənəs] 形 樹脂質的；樹脂的。

res·in·ate ['rɛzəˌnet] 動 及 用樹脂浸透；使有樹脂香味。—名 Ⓤ 樹脂酸鹽。

·**re·sist** [rɪ'zɪst] 動 及 **1** 抵抗，反對；阻止：~ tyranny 抵抗暴虐 / ~ being carried off 反抗被帶走。**2** 抗，耐：a constitution that ~*s* disease 抗病的體質 / metal that ~*s* acid 耐酸金屬。**3**《通常用於否定》忍住，抑制住：be unable to ~ the tears 忍不住掉淚。—不及 抵抗，反抗；反對；《通常用於否定》忍住，忍耐。—名 抗蝕劑；防染劑，絕緣塗料。

~**·er** 名 抵抗者。**-sis·tor** 名〖電〗電阻器。

·**re·sist·ance** [rɪ'zɪstəns] 名 **1** Ⓤ《偶作 a ~》抵抗；抵抗力；反對：~ to cold 對感冒的抵抗力 / make [offer] ~ to... 對…加以抵抗。**2** Ⓤ〖電〗電阻；Ⓒ 電阻器。**3**《常作(**the**) **R-**》（地下）反抗運動，地下抗暴組織。

take the line of least resistance 採取阻力最小的方法。

re'sistance ˌcoil 名〖電〗電阻線圈。

re·sist·ant [rɪ'zɪstənt] 形《常作複合詞》抵抗的，有抵抗力的《*to...*》；防…的，耐…的：heat-*resistant* 耐熱的 / rats that are ~ *to* poison 對毒藥有抵抗力的老鼠。

—名 抵抗者，反抗者；防染劑。

re·sist·i·ble [rɪ'zɪstəbl] 形 可抵抗的。

re·sis·tive [rɪ'zɪstɪv] 形 抵抗的；防…的，耐…的。

re·sist·less [rɪ'zɪstlɪs] 形 無法抵抗的；不抵抗的，無抵抗力的。~**·ly** 副

re·sis·tor [rɪ'zɪstɚ] 名〖電〗電阻器。

re·size [ri'saɪz] 動 及 調整…的尺寸。

re·sol·u·ble [rɪ'zɑljəbl] 形 可溶解[分解]的；可解決的。

·**res·o·lute** ['rɛzəˌlut] 形 堅決的，堅毅的《*for...*》；果敢的，果斷的：be ~ *for* nuclear disarmament 堅決支持裁減核子軍備 / a man of ~ will 意志堅決的人。~**·ly** 副 ~**·ness** 名

·res·o·lu·tion [ˌrɛzəˈluʃən] 图 1 決心，決定《to do》: make a ～ (to do)下決心（做…）/ break one's ～(s) 違背決心。2 ⓤ 果斷，不屈不撓：a man of great ～意志堅定的人。3 決議；決議案：pass a ～ for... 通過贊成…的決議案。4 ⓤ 解決，解答；解釋《of...》: the ～ of a question 問題的解決。5 ⓤ 分解，解析；〖光〗分辨率：～ of water into steam 水分的蒸發。6 ⓤ〖醫〗(腫的) 消退；〖樂〗解決：由不和諧音轉換成和諧音。

～·er, ～·ist 图贊成決議者。

re·solv·a·ble [rɪˈzɑlvəbl] 形可分解的，可溶解的；可解決的。**-'bil·i·ty** 图ⓤ可分解性。

·re·solve [rɪˈzɑlv] 動 (**-solved, -solv·ing**) 及 1 (1)決定；決心：～ to work harder 決心更努力工作。(2)決議：～ that the bill should be approved 決議贊成這項法案。(3)使下決心《on..., on doing》。2 分解，解析《into...》；〖光〗析（像）。3《常用反身》使改變，使變成《into, to...》: ～ one's frustrations *into* constructive action 使灰心喪氣變成建設性的行動。4 解決：～ the conflict解決紛爭。5 消除：～ fears 消除恐懼。6〖樂〗使轉換成和諧音。7〖醫〗消退。—不及 1 決定《on, upon..., on doing, upon doing》。2 分解成。3〖樂〗轉變成和諧音。4〖醫〗消退。

—图 1 決心，決意。2 ⓤ《文》堅忍不拔，不屈不撓。3《美》決議。**-solv·er** 图

re·solved [rɪˈzɑlvd] 形決心的；堅決的。

re·solv·ed·ly [rɪˈzɑlvɪdlɪ] 副決心地；果斷地。

re·sol·vent [rɪˈzɑlvənt] 形分解的，消散的，有溶解力的，能消腫的。—图 1 溶劑；〖醫〗消炎藥，消腫劑。2 解決方法。3〖數〗分解式。

res·o·nance [ˈrɛzənəns] 图 1 ⓤ ⓒ 回響；宏亮，響亮。2 ⓤ〖語音·理·化〗共鳴，共振；〖電〗諧振，共振。

ˈresonance ˌbox [ˌchamber] 图共鳴箱。

ˈresonance ˌprobe 图共振探測器。

res·o·nant [ˈrɛzənənt] 形 1 宏亮的。2 回響的，引起共鳴的《with...》: ～ walls 有回響的牆壁。3 共鳴的，共振的。～**·ly** 副

res·o·nate [ˈrɛzəˌnet] 動不及 1 反響，鳴響；共鳴；發出聲響。2〖電子〗諧振，共振。—及使回響；使共振；使共鳴。

res·o·na·tor [ˈrɛzəˌnetɚ] 图共鳴體[器]，共振器；共振形周波數計；〖電子〗諧振器，諧振回路。

re-sort [riˈsɔrt] 動及再分類。

re·sort [rɪˈzɔrt] 動不及 1 常去：～ to an inn 常去一家小酒店。2 憑藉，求助，訴諸：～ to force 訴諸武力。—图 1 常去之處《of...》；休閒場所，遊樂勝地。2 ⓤ憑藉，訴諸《to...》；ⓒ所求助的人[物]；手段。

in the last resort / as a last resort 作爲最後的手段。

·re·sound [rɪˈzaʊnd] 動不及 1 鳴響；反響；起回聲《with...》。2 被傳揚，被傳頌《through, throughout, in...》。—及 1 使反響，使回聲。2 高聲述說；傳揚。

re·sound·ing [rɪˈzaʊndɪŋ] 形回響的；響亮的；徹底的，完全的。～**·ing·ly** 副

·re·source [rɪˈsors, ˈrisors] 图 1 泉源；供給來源。2《～s》資源，財力：natural ～*s* 天然資源 / have ～*s* for... 有…的資源。3 手段；措施；對策：as a last ～作爲最後的手段 / be at the end of one's ～*s* 用盡方法，智窮力竭。4 消遣，娛樂。5 ⓤ應變能力，機智：a man of great ～ 極富應變能力的人。～**·less** 形 無辦法的；無資源的。

re·source·ful [rɪˈsorsfəl] 形 1 善於隨機應變的，機智的；足智多謀的。2 資源豐富的，有財力的。～**·ly** 副, ～**·ness** 图

:re·spect [rɪˈspɛkt] 图 1 ⓤ 尊敬，敬意《for...》: in ～ *for*... 對…表示敬意 / win the ～ of... 得到…的尊敬。2 ⓤ 重視《for, to...》；注重《to...》: pay ～ *to* the needs of the people 考慮人民的需要。3《～s》敬意；問候。4 點，方面：in all ～*s* 在所有方面。5 ⓤ 關係，關聯：with ～ *to*... 關於。

in respect that... 考慮到，因爲。

with all respect 請勿見怪。

without respect to... 不顧，不管。

—動及 1 尊敬，對…表示敬意。2 尊重，顧及，考慮到。3《古》關係，關於。

as respects 關於，就…而論。

respect persons 有差別待遇，偏袒。

re·spect·a·bil·i·ty [rɪˌspɛktəˈbɪlətɪ] 图 (複**-ties**) 1 ⓤ 可敬，高尚；體面；威望；尊嚴。2《the ～》《集合名詞》值得尊敬者；望族。3《**-ties**》可尊重之事。

·re·spect·a·ble [rɪˈspɛktəbl] 形 1 値得尊敬的，高尚的。2 名聲好的，殷實的。3 雅觀的，體面的；正派的：a ～ coat 整潔的外衣 / a man of ～ appearance 儀表不俗的人。4（品質）過得去的，相當好的；相當數量的，不少的：a ～ performance 相當好的演技 / a ～ income 可觀的收入。—图《通常作～s》可尊敬的人，行爲端正的人。**-bly** 副

re·spect·er [rɪˈspɛktɚ] 图《主要用於否定》《諷》偏袒者；有欠公平者。

·re·spect·ful [rɪˈspɛktfəl] 形 充滿尊敬心的；謙恭的《to, toward...》: be ～ *to* one's superiors 對長輩謙恭。

re·spect·ful·ly [rɪˈspɛktfəlɪ] 副謙恭地，恭敬地：Yours ～. 敬上，敬稟。

re·spect·ing [rɪˈspɛktɪŋ] 介 關於，鑑於。

·re·spec·tive [rɪˈspɛktɪv] 形《通常與複數名詞連用》各個的，各自的。

re·spec·tive·ly [rɪˈspɛktɪvlɪ] 副各個地，

R

各自地，分別地。

res·pi·ra·tion [,rɛspə'reʃən] 名 1 U 呼吸（作用）；C 一次呼吸：artificial ～ 人工呼吸 / count the ～*s* 計算呼吸次數。2 U〖生〗呼吸（作用）。

res·pi·ra·tor ['rɛspə,retɚ] 名 1 人工呼吸器。2《英》= gas mask.

res·pi·ra·to·ry [rɪ'spaɪrə,torɪ, 'rɛspərə,torɪ] 形 呼吸的；呼吸用的；呼吸器官的：～ system 呼吸系統。

re·spire [rɪ'spaɪr] 動 不及 1 呼吸。2 鬆口氣。— 及 呼吸；吐出。

res·pite ['rɛspɪt] 名 U C 1 暫時中斷，緩解《*from...*》；休息。2 延期，暫緩；（死刑的）緩期執行。— 動 及 1 使暫息，使暫時減輕。2 暫緩執行；延期對（死刑犯）的執行。— 形 暫時的，臨時的。

re·splend·ence [rɪ'splɛndəns], **-en·cy** [-ənsɪ] 名 U 光輝，燦爛；華麗。

re·splend·ent [rɪ'splɛndənt] 形 燦爛的，光輝的；華麗的。～·**ly** 副

·**re·spond** [rɪ'spand] 動 不及 1 答覆，回答《*to...*》；回應《*with, by..., by doing*》：～ *to* the challenge 接受挑戰。2 作出反應；〖生〗（對刺激等）起反應《*to...*》。3《古》相應，符合《*to...*》。4〖法〗承擔責任。— 及 回答，應答。

re·spond·ent [rɪ'spandənt] 形 1 回答的；有反應的《*to...*》。2〖法〗被告立場的。— 名 1 應答者。2〖法〗被上訴者；（離婚訴訟中的）被告。

·**re·sponse** [rɪ'spans] 名 應答，回答：U C 反應；〖生〗（對刺激的）反應《*to...*》：in ～ *to* a question 答覆問題 / make a ～ 回答。

·**re·spon·si·bil·i·ty** [rɪ,spansə'bɪlətɪ] 名（複 -ties）1 U C 責任；職責；義務《*for, to, of..., of doing*》：avoid ～ 逃避責任 / have a strong sense *of* ～ 有強烈的責任感 / take ～ *for...* 負起…的責任。2 構成責任的事物，所須負責任之對象《*to...*》。3 U 可靠性，責任能力；支付能力。

on one's own responsibility 自負全責地，自作主張地。

R

:**re·spon·si·ble** [rɪ'spansəbl̩] 形 1 責任重大的；負有責任的《*to...*》；應負責任的《*for..., for doing*》：a ～ job 責任重的工作 / make oneself ～ *for...* 對…自行負起責任。2 成爲原因的，導致（某種結果）的《*for...*》。3 有負起責任的能力的，能判斷是非的。4 可信賴的，認真負責的。5 謹慎的；明智的。6〖政〗須向議會負責的：a ～ cabinet 責任內閣。-**bly** 副 以負責的態度，盡責地；確實地。

re·spon·sive [rɪ'spansɪv] 形 1 應答的；反應的《*to...*》：be ～ *to* affection 易受情愛的感動。～·**ly** 副

:**rest**[1] [rɛst] 名 1 U C 休息；睡眠；死：take (a) ～ 休息（一下）/ go to one's (final) ～ 長眠，死亡 / have a good night's ～ 有一夜的安眠。2 U《偶作 a ～》安寧，平靜《*from...*》：～ *from* hard work 放下辛苦工作休息。3 U《偶作 a ～》停止，靜止：bring a plane to ～ 停住飛機。4〖樂〗休止（符）。5 住宿處，休息所。6 支架：a foot-*rest* 擱腳板 / a ～ for a telescope 望遠鏡架。

at rest (1) 睡眠中；休息中；永眠。(2) 靜止的。(3) 安寧的，平靜的。(4) 解決的。

lay...to rest (1) 埋葬。(2) 平息（謠言等）。

— 動 不及 1 休息；躺臥，睡眠；《委婉》永眠。2 安心，放心。3 靜止；停止。4 擺放，擱置；被支撐《*on, upon...*》。5 落於，落在《*on, upon...*》。6 依靠，信賴《*on, upon, in...*》。7 基於《*on, upon...*》。8 歸於；取決於《*with...*》。9 籠罩，飄盪；停留《*on, upon...*》。10〖法〗停止提出證據。11〖農〗休耕，值休耕期。— 及 1《常用反身或被動》使休息；使恢復精力。2 放置，擱置《*on, upon*》使倚靠《*against...*》。3 使停留《*on, upon...*》4 使基於；把…寄託於《*on, upon...*》。5 使停止。6〖法〗自動停止對（案件）提出證據。7 使休耕。

be resting 《英》（演員）失業，無戲可演。

rest on one's oars ⇨ OAR（片語）

rest up 《美》充分休息。

·**rest**[2] [rɛst] 名《the ～》1 剩餘部分，其餘《*of...*》。2《作複數》其餘的人 [物]《*of ...*》。3《英》〖銀行〗公積金，儲備金。

among the rest (1) 其中之一；尤其。(2) 其餘的其中之一。

and the rest / and all the rest of it 以及其他一切，以及其他等等。

(as) for the rest 至於其他。

as to the rest 關於其他各點。

— 動 不及 依然是，保持。

re·stage [ri'stedʒ] 動 及 使再上演。

re·start [ri'start] 動 及 不及 再出發；再開始；再啓動。～·**a·ble** 形 可重新開始的。

re·state [ri'stet] 動 及 再敘述；重申。～·**ment** 名

:**res·tau·rant** ['rɛstərənt, -,rant] 名 餐館，餐廳：a fast-food ～ 速食餐館。

'restaurant ,car 名《英》餐車。

res·tau·ra·teur [,rɛstərə'tɝ] 名 餐館老闆，餐館業者。

'rest ,cure 名〖醫〗靜養治療法。

rest·ful ['rɛstfəl] 形 1 給人安寧的：～ music 使心情平靜的音樂。2 安靜的，平和的：a ～ scene 寧靜的景色。～·**ly** 副 安靜地，平靜地。～·**ness** 名

'rest ,home 名 療養院，療養所。

'rest ,house 名 1（在印度的）休憩處，投宿處；客棧。2 休養宿舍。

rest·ing ['rɛstɪŋ] 形 休息的；靜止的；〖植〗休眠的。

'resting ,place 名 休息處；墳墓。

res·ti·tu·tion [,rɛstə'tjuʃən, -'tu-] 名 U

1賠償，補償；歸還：make ～ of something to a person 把某物歸還給某人。2 恢復；復原；〖理〗回復。

res·tive ['rɛstɪv] 形 1 不肯前進的，難駕馭的；頑固的，難控制的。2 不安的，焦躁的。～·ly 副, ～·ness 名

·rest·less ['rɛstlɪs] 形1 不安的；沒有休息的，無眠的：spend a ～ night 度過無眠的一夜。2 不靜止的；好動的；不滿意的。～·ly 副, ～·ness 名 U 焦躁，不安。

re·stock [ri'stɑk] 動 及 不及（給…）再儲存，再補充。

·res·to·ra·tion [ˌrɛstə'reʃən] 名 1 U 歸還；恢復，復原《*of, to...*》：the ～ *of* good relations after war 戰後友好關係的恢復 / one's ～ *to* health 健康的恢復。2 U C 修復，修補；C（絕種動物等的）原物重造；復原之物：the ～ of an old painting 古畫的修復。3 U 復位，復職《*to...*》。4《**the R-**》〖英史〗王權復興。

re·stor·a·tive [rɪ'storətɪv] 形 1 復原的，恢復的。2 恢復健康的，滋補的。—名 1 強身劑。2 用來恢復精神的藥。

·re·store [rɪ'stor] 動 (**-stored, -stor·ing**) 及 1 使恢復：～ law and order 重振法律及秩序。2 歸還《*to...*》：～ the lost child *to* its parents 把迷路的小孩歸還其雙親。3 修補，修復：～ a ruined temple 修復毀壞的寺廟。4 使復位，使復職《*to...*》。

-stor·a·ble 形

re·stor·er [rɪ'storɚ] 名 修復者[物]：a picture ～ 修畫專家 / a hair ～ 生髮劑。

·re·strain [rɪ'stren] 動 及 1 抑制；限制，約束；制止《*from..., from doing*》：～ one's anger 抑制怒氣 / ～ oneself *from...* 克制自己不做…。2 管押，監禁。

～·**a·ble** 形, ～·**er** 名 抑制者[物]；〖攝〗顯影抑制劑。

re·strained [rɪ'strend] 形 1 克制的；（文體等）有節制的；拘謹的。2 受約束的。

-'strain·ed·ly 副 謹慎地，節制地。

·re·straint [rɪ'strent] 名 1 U 抑制；限制；制止；C 抑制力：the ～*s* of illiteracy 文盲所受的限制 / lay ～ on... 抑制… / be beyond ～ 無法抑制。2 U 束縛，管束狀態：be under ～ 受監禁 / put a person under ～ 監禁某人。3 U 克制，謹慎；（文體等的）有節制：throw off all ～ 拋棄所有的顧慮。

without restraint 自由地，盡興地，無顧慮地。

re·strict [rɪ'strɪkt] 動 及 限制，約束《*to, within...*》：～ freedom of speech 限制言論自由 / be ～*ed within* narrow limits 被侷限在狹窄的範圍內。

re·strict·ed [rɪ'strɪktɪd] 形1 受限制的，受約束的：a ～ area《美》（軍人）禁止進入區域；《英》速度限制區域 / have a ～ application 應用範圍有限。2〖政府·軍〗《美》不對外公開的，機密的。3《美》《委婉》限於特定團體的。4《美》（電影）限制級的；略作：R.

·re·stric·tion [rɪ'strɪkʃən] 名 1 U 限制，約束：the ～ of energy consumption 能源消耗的限制。2 限制物；約束條件《*against...*》：parking ～*s* 停車規定 / place ～*s* on... 對…加以限制。3 U C 顧慮，謹慎。～·**ist** 名 形（貿易等的）管制政策主義者[的]。

re·stric·tive [rɪ'strɪktɪv] 形 1 限制（性）的；約束（性）的：～ regulations 限制性法規。2〖文法〗限制的。～·**ly** 副

'rest ˌroom 名《美》洗手間，盥洗室；（備有洗手間等的）休息室：*Rest Rooms* in the Rear.《告示》洗手間在後面。

re·struc·ture [ri'strʌktʃɚ] 動 及 重新組織，調整，改組。

'rest ˌstop 名（交流道的）休息站。

re·stud·y [ri'stʌdɪ] 動 (**-stud·ied, ～·ing**) 及 1 再學習。2 再檢討，重新研究。

re·style [ri'staɪl] 動 及 修改，更改。

:re·sult [rɪ'zʌlt] 名 1 (1) U C 結果；成果，效果：As the ～ of..., ... …的結果是… / give instant ～*s* 有立即的成效。(2)《～**s**》（考試、比賽等的）結果，成績：get brilliant ～*s* at school 在學校得到優良的成績。2〖數〗（計算的）結果，答案。3 決議，決定。—動 不及 1 產生；起因《*from..., from doing*》。2 結果，終歸，導致《*in...*》。

re·sult·ant [rɪ'zʌltənt] 形 1（作為）結果的；成為結果而發生的。2 合成的：the ～ force 合力。—名 1 結果。2〖數·理〗合力；〖數〗結式。

re·sult·ful [rɪ'zʌltfəl] 形 有成果的，有效果的。

re·sult·less [rɪ'zʌltlɪs] 形 無成果的，無效果的，徒然的。

re·sum·a·ble [rɪ'z(j)uməbl] 形 可恢復的，可取回的；可以重新開始的。

·re·sume [rɪ'zum, -zjum] 動 (**-sumed, -sum·ing**) 及 1（經打斷後）再繼續，重新開始：～ one's journey after a short rest 在短暫休息之後重新開始旅程。2 重新占用；再使：～one's seat 回到原位。3 取回，恢復：～one's spirits 重新振作起來。4 重述。—不及 再繼續，重新開始。

ré·su·mé [ˌrɛzu'me, ˌrɛzjʊ'me] 名 1 摘要，概要。2《美》履歷表。

re·sump·tion [rɪ'zʌmpʃən] 名 U 1 取回；恢復；再占有。2 重新開始，再繼續：the ～ of disarmament talks 恢復裁軍談判。

re·sump·tive [rɪ'zʌmptɪv] 形 摘要的；取回的；恢復的；重新開始的。

re·sur·face [ri'sɝfɪs] 動 及 對…重作表面處理；給…鋪設新路面。—不及（潛艇）再次浮出水面。

re·surge [rɪ'sɝdʒ] 動 不及 復甦，復活。

re·sur·gent [rɪ'sɝdʒənt] 形復甦的，復活的。**-gence** 名U復活，再起。

res·ur·rect [,rɛzə'rɛkt] 動及 1 使復活。2 使恢復。3 掘出。—不及 復活。

·**res·ur·rec·tion** [,rɛzə'rɛkʃən] 名 1 U 復活。2《**the R-**》耶穌基督的復活；（最後的審判日的）所有死者的復活。3 U 復興，恢復；再流行《*of...*》: the ～ *of* hope 希望再復萌。4 U 挖掘。

res·ur·rec·tion·ist [,rɛzə'rɛkʃənɪst] 名 1 使復活的人。2 相信復活的人。

re·sus·ci·tate [rɪ'sʌsə,tet] 動及 1 使甦醒。2 使復活，使復興。—不及 甦醒；復活；恢復體力。**-'ta·tor** 名 使甦醒的人[物]；〖醫〗復甦器，人工呼吸器。

re·sus·ci·ta·tion [rɪ,sʌsə'teʃən] 名U 復活；復甦；復興。

ret [rɛt] 動 (～·ted, ～·ing) 及（為抽纖維而）將（亞麻等）泡水。

·**re·tail** ['ritel] 名U 零售：at ～零售。—形 零售的，零售商品的。—副 零售（價）地。—動及 1 零售。2 [rɪ'tel] 傳播，詳述。—不及 零售《*at, for...*》。

re·tail·er ['ritelɚ] 名 1 零售商人。2 [rɪ'telɚ]（醜聞等）傳播人。

'retail 'outlet 名零售處，零售店。

re·tail·tain·ment [,ritel'tenmənt] 名寓零售於樂：為增加銷售額而在店內提供娛樂活動的措施。

·**re·tain** [rɪ'ten] 動及 1 保持；保留：～ one's right 保有權利 / ～ one's beauty 保持美麗。2 保存；留住。3 記得，記住：～ facts in one's memory 把事實記住。4（已支付訂金地）聘僱（律師）。

re'tained 'object 名〖文法〗保留受詞。

re·tain·er[1] [rɪ'tenɚ] 名 1 保持者；保有物。2〖史〗家臣，僕人，門客。3〖齒〗牙齒矯正器；〖機〗承盤。

re·tain·er[2] [rɪ'tenɚ] 名 1 保留權。2 律師的預聘；律師預聘費。

re'taining ,wall 名擋土牆，護壁。

re·take [ri'tek] 動（-**took**, -**tak·en**, -**tak·ing**）及再取；奪回；〖攝影〗再攝影，重拍。

—['-,-] 名 再攝影；重拍；重拍的照片。

re·tal·i·ate [rɪ'tælɪ,et] 動不及 回報；報復《*on, upon, against...*》；報仇《*for...*》: ～ *for* injuries inflicted 對所遭受的傷害施以報復 / ～ *against* the enemy 向敵人報復。—及 報復；回報。

re·tal·i·a·tion [rɪ,tælɪ'eʃən] 名U 報仇，報復。

re·tal·i·a·tive [rɪ'tælɪ,etɪv], **-a·to·ry** [-ə,torɪ] 形 報復的，報復性的。

re·tard [rɪ'tard] 動及 使遲緩；阻止，妨礙。—不及 延遲。—名 1 延緩，延遲；妨礙：in ～ of... 延遲…。2 ['ritard]《美俚》智能不足者，智障者。～·**er** 名

re·tard·ant [rɪ'tardənt] 名〖化〗延遲反應劑。—形 使延遲的。

re·tard·ate [rɪ'tardet] 名智能不足的人。

re·tar·da·tion [,ritar'deʃən] 名U C 1 延遲，遲滯；妨礙（物）。2 智能發展的遲緩。3〖理〗減速；〖音〗留音，延留音。

re·tard·ed [rɪ'tardɪd] 形 智能不足的：a mentally ～ pupil 智能不足的學童。

re·tard·ee [rɪ,tar'di] 名 智能不足者。

retch [rɛtʃ] 動 不及 作嘔，噁心。—及 吐出，嘔吐。—名 作嘔；作嘔聲。

retd.《縮寫》*re*tained; *ret*ire*d*; *ret*urne*d*.

re·tell [ri'tɛl] 動(-**told**, ～·**ing**) 及 1 重新計算，重數。2 再講述；重述。

re·ten·tion [rɪ'tɛnʃən] 名U 1 保有，保存，保持（力）。2 記憶（力）。3〖醫〗滯留；分泌閉止。

re·ten·tive [rɪ'tɛntɪv] 形 1 有保持力的，有維持力的《*of...*》。2 記性好的。～·**ly** 副, ～·**ness** 名

re·ten·tiv·i·ty [,ritɛn'tɪvətɪ] 名U 1 保持力，維持力。2〖理〗頑磁性。

re·think [ri'θɪŋk] 動 (-**thought**, ～·**ing**) 及 重新考慮，再想。—名《通常作 **a** ～》再思考，重新考慮。

ret·i·cent ['rɛtəsn̩t] 形緘默的，沉默寡言的；有保留的：be ～ about the matter 對那問題閉口不談。**-cence** 名, ～·**ly** 副

ret·i·cle ['rɛtəkl] 名〖光〗線網。

re·tic·u·lar [rɪ'tɪkjəlɚ] 形 1 網狀的；〖解〗網狀結締組織的。2 錯綜複雜的。

re·tic·u·late [rɪ'tɪkjəlɪt] 形 1 網狀（組織）的。2〖植〗網狀脈的。—[rɪ'tɪkjə,-let] 動及使成網（狀）。—不及成為網（狀）。～·**ly** 副

re·tic·u·la·tion [rɪ,tɪkjə'leʃən] 名《常作～**s**》網目，網狀組織；〖攝〗網狀紋。

ret·i·cule ['rɛtɪ,kjul] 名 1 婦女用的手提網袋，手提袋。2〖光〗= reticle.

re·tic·u·lum [rɪ'tɪkjələm] 名（複 **-la** [-lə]）1 網；網狀物；網狀組織；〖解〗細網。2〖動〗蜂巢胃。

ret·i·na ['rɛtn̩ə] 名（複～**s**, **-nas** [-,ni]）〖解〗視網膜。

ret·i·nue ['rɛtn̩,ju] 名《集合名詞》侍從，隨員。**-nued** 形

·**re·tire** [rɪ'taɪr] 動 (-**tired**, -**tir·ing**) 不及 1 退休，退役；退出《*from...*》: ～ *from* business 不再做生意 / ～ on a pension 領養老金退休。2 退隱，隱居《*to, into...*》: ～ *from* the world 遁世；隱居 / ～ *into* private life 開始過退隱生活，退休。3《文》就寢：～ for the night 就寢。4 撤退，退卻。5（海岸線等）縮進；（波浪等）後退。—及 1 收回。2 使撤退；使退役[退職]《*from...*》。3 廢棄。4〖運動〗使出局。

re·tired [rɪ'taɪrd] 形 1 退休的，退職的，退役的；給退休者的：a ～ teacher 退休教師 / ～ income 恩俸，退休金。2 幽靜的，隱僻的：a ～ life 隱居生活 / in a ～ area of town 在遠離塵囂城鎮的安靜場所。～·ly 副, ～·ness 名

re·tir·ee [rɪ,taɪ'ri] 名退休者，引退者。

·re·tire·ment [rɪ'taɪrmənt] 名 **1** Ⓤ Ⓒ 退休，退役；隱居，賦閒：an old actor in ～ 退休的老演員 / go into ～ 退隱，隱居。**2** 隱居所，幽靜處。**3** Ⓤ Ⓒ〖軍〗撤退。**4** Ⓤ（債券等的）收回。—形退休的；退隱的；撤退的。

re'tirement com,munity 名《美》退休社區。

re·tir·ing [rɪ'taɪrɪŋ] 形 **1** 隱退的，退休的，退卻的：～ age 退休年齡 / a ～ room 休息室；廁所。**2** 孑身獨處的；拘謹緘默：a ～ manner 拘謹緘默的態度。～·ly 副, ～·ness 名

re·told [ri'told] 動 retell 的過去式、過去分詞。

re·tool [ri'tul] 動及 **1** 更換機器。**2** 改組，重編。—不及 更換工廠的機器。

re·tor·sion [rɪ'tɔrʃən] 名 Ⓤ〖國際法〗(對於高關稅等的）報復。

·re·tort[1] [rɪ'tɔrt] 動及 **1** 報復《*for...*》；回報，反擊《*on, upon, against...*》：～ insult *for* insult 以其人之道還治其身 / ～ a sarcasm *on* a person 對某人反唇相譏。**2** 反駁；還嘴說。—不及還嘴，反擊；反駁《*on, upon, against...*》。—名 Ⓤ Ⓒ 反駁，頂嘴；報復：make a sharp ～ 尖銳地駁斥，嚴加報復。

re·tort[2] [rɪ'tɔrt] 名〖化〗蒸餾器，曲頸瓶；〖冶〗圓筒形容器。

re'tort 'pouch 名鋁箔包，利樂包。

re·touch [ri'tʌtʃ] 動及 **1** 潤飾，潤色：～ a painting 修改圖畫。**2**〖攝〗修正，修描。
—名 潤飾，整修（部分）。～·er 名

re·trace [ri'tres] 動及再描摹。

re·trace [rɪ'tres] 動及 **1** 折回，折返：～ one's path 折回原路。**2** 再追溯。**3** 回想，回顧。～·a·ble 形

re·tract[1] [rɪ'trækt] 動及縮回，縮進。—不及縮回。

re·tract[2] [rɪ'trækt] 動及撤回，收回；〖西洋棋〗悔（棋）。—不及收回，取消。

re·tract·a·ble [rɪ'træktəbl] 形 **1** 可縮回的，伸縮式的。**2** 可撤回的，可取消的。

re·trac·tile [rɪ'træktl] 形〖動〗可縮進的。,re·trac-'til·i·ty 名

re·trac·tion [rɪ'trækʃən] 名 Ⓤ Ⓒ **1** 收縮；收縮的狀態。**2** 收縮力。**3** 撤回，取消。

re·trac·tive [rɪ'træktɪv] 形收縮（性）的。

re·trac·tor [rɪ'træktɚ] 名 **1** 撤回者。**2**〖解〗縮肌。**3**〖外科〗牽引器。

re·train [ri'tren] 動及再訓練；再教育。—不及接受再訓練；接受再教育。

re·tral ['ritrəl] 形後部的，後面的。

re·tread [ri'trɛd] 動及翻新，翻修。
—['-,-] 名 **1** 翻新的輪胎，再生胎（《美》recap,《英》remould）。**2** 翻新。

re·treat [ri'trit] 動及不及再處理。

·re·treat [rɪ'trit] 名 **1** Ⓤ Ⓒ（被迫）退卻，撤退；《the ～》〖軍〗撤退信號：be in full ～ 全面撤退 / sound *the* ～（以鼓聲等）發出撤退的信號。**2** Ⓤ 後退；隱退，靜居。**3** 隱退所，休養所；（精神病患等的）收容所：a summer ～ 避暑地。**4** Ⓤ Ⓒ 避靜，靜修（期間）。**5**〖軍〗⑴降旗典禮。⑵夜間歸營號聲。

beat a retreat 退卻；放棄；打退堂鼓。

make good one's retreat 安全撤退；順利脫身。

—動不及 **1** 退隱；退卻，撤退；退避。**2** 向後仰；下陷，後場。—及 **1** 使後退；往後移開。**2**〖西洋棋〗退回。

re·trench [rɪ'trɛntʃ] 動及 **1** 縮減，削減。**2** 刪除，省略。—不及削減費用，節約。

re·trench·ment [rɪ'trɛntʃmənt] 名 Ⓤ Ⓒ 減去，削減，緊縮。

re·tri·al [ri'traɪəl] 名 Ⓤ Ⓒ 複審，再審；再試驗。

ret·ri·bu·tion [,rɛtrə'bjuʃən] 名 Ⓤ 報應，果報《*for...*》；懲罰；〖神〗天譴：the day of ～ 因果報應之日，最後審判日 / suffer terrible ～受到惡報。

re·trib·u·tive [rɪ'trɪbjətɪv], **-u·to·ry** [-jə,torɪ] 形《文》果報的，報應的：～ justice 因果報應。

re·trib·u·tiv·ism [rɪ'trɪbjətə,vɪzəm] 名 Ⓤ 懲罰主義。-ist 形

re·triev·al [rɪ'trivl] 名 Ⓤ **1** 恢復；挽回；復原；補救。**2** 挽回的可能性：beyond ～ 無法復原的；不能挽回的。**3**〖電腦〗檢索：a ～ system 資訊檢索系統。

re·trieve [rɪ'triv] 動及 **1** 收回，取回，拿回《*from...*》：～ one's car *from* the parking lot 由停車場把車子開出來。**2** 恢復，復原；挽回：～ one's honor 挽回聲譽 / ～ oneself 洗面革心，更生。**3** 彌補，補救；糾正：～ one's fortunes on the stock market 在股票市場上挽回失去的財產。**4** 拯救《*from...*》：～ a person *from* ruin 把某人從毀滅邊緣拯救出來。**5**〖狩〗（獵犬）尋回（獵物）。**6**〖電腦〗檢索。**7** 想起。—不及〖狩〗搜索找回獵物。—名 Ⓤ 恢復；挽回；復原；復原的可能性。***-triev·a·ble*** 形

re·triev·er [rɪ'trivɚ] 名 **1** 取回的人[物]。**2** 能尋回獵物的一種獵狗。

retro-《字首》表「向後」、「回復」、「相反方向地」等之意。

ret·ro·act [,rɛtro'ækt] 動不及 **1** 逆動；起反作用。**2** 溯及既往，追溯。

ret·ro·ac·tion [,rɛtro'ækʃən] 名 Ⓒ Ⓤ **1** 反動；反作用；逆反應。**2** 追溯效力。

ret·ro·ac·tive [,rɛtro'æktɪv] 形 **1** 有追溯效力的，溯及的：a ～ clause 溯及條款。**2**（加薪）追溯的。～·ly 副, ～'tiv·i·ty 名

R

ret·ro·cede[1] [ˌrɛtro'sid] 動及退回原處，退後。**-ces·sion** [-'sɛʃən] 名U後退，退卻。

ret·ro·cede[2] [ˌrɛtro'sid] 動 不及 交還，歸還。

-ces·sion [-'sɛʃən] 名U歸還。

ret·ro·fire ['rɛtroˌfaɪr] 動及點火發動。—不及點火發動。—名U點火發動。

ret·ro·fit [ˌrɛtro'fɪt] 動(～·ted,～·ting)及作改型翻新。—名改型翻新。

ret·ro·flex ['rɛtrəˌflɛks] 形 1 反曲的，翻轉的。2〖語音〗捲舌音的。

ret·ro·flex·ion, -flec·tion [ˌrɛtrə'flɛkʃən] 名U 1 翻轉。2〖病〗子宮後屈。3〖語音〗(舌頭的）捲曲；捲舌音。

ret·ro·grade ['rɛtrəˌgred] 形 1 後退的；逆行的，向後的；表示退步的。2 相反的。3 逆行的。—動不及1 後退；逆行；〖生〗退步，退化。2〖天〗逆行。

ret·ro·gress [ˌrɛtrə'grɛs] 動不及 1 倒退；逆行《*to*...》。2 退步；退化；惡化。

ret·ro·gres·sion [ˌrɛtrə'grɛʃən] 名U倒退；退化；退步；倒行；〖生〗退化；〖天〗逆行。

ret·ro·gres·sive [ˌrɛtrə'grɛsɪv] 形後退的；逆行（性）的；退步的，退化的。～**·ly**副

ret·ro(-)rock·et ['rɛtroˌrɑkɪt] 名制動火箭，減速火箭。

ret·ro·spect ['rɛtrəˌspɛkt] 名U 1 回想，回顧；追溯：review things in ～ 追憶往事。2（法律等的）溯及力。—動 不及 回想，回顧；追溯《*to, on*...》。—及回顧，追憶。

ret·ro·spec·tion [ˌrɛtrə'spɛkʃən] 名U回想；過去事件的回顧。

ret·ro·spec·tive [ˌrɛtrə'spɛktɪv] 形 1 回顧的；追溯的；向後的。2 有追溯效力的。—名回顧展。

～**·ly** 副, ～**·ness** 名

ret·rous·sé [ˌrɛtru'se, rə'truse, rəˌtru'se]形（鼻子）向上翹起的。

ret·ro·ver·sion [ˌrɛtrə'vɝʒən, -ʃən] 名U 1 倒退。2 反轉，倒轉；〖病〗後曲。

re·try [ri'traɪ] 動 (-tried,～·ing) 及 1 再嘗試。2 再審，重審。

ret·si·na [rɛt'sinə] 名U一種有松脂味的希臘葡萄酒。

:re·turn [rɪ'tɝn] 動 不及 1（由...）回，返回《*from*..., *to*...》: ～ *to* life 復活 / ～ safe *to* one's home 平安回家。2 回到（原來的話題、思想等的）《*to*...》: to ～ (*to* the subject) 言歸正傳，姑且別談其他。—及 1 送回，歸還《*to*...》。2 報答，回報。3 回答說，反駁道。4 反射，回響。5 產生（利益等）。6 正式報告；〖法〗（向法官、官員）提出，呈報《*to*...》；宣告（判決）。7 選出。8〖牌〗跟進；〖網球〗把（球）擊回。—名 1 U C 返回，回《*from*...》；送還；復歸《*to*...》。2 被歸還的人[物]；《通常作～s》退貨。3 U C 復發，重來。4 回報，報答；應答，答覆。5 以物品交換所得的利益；《常作～s》利潤，收益；〖經〗（平均）收穫。6 報告（書），申報（書）；〖法〗執行報告（書）；《～s》統計表；《通常作～s》當選宣布；《英》選出；財政報告（書）。7《主英》來回票。8〖建〗（嵌線等的）轉延；側面。9〖運動〗擊回，回打；〖美足〗回球。

in return (1) 作爲報答，作爲回報。(2) 作爲交換《*for*...》。

—形 1 返回的，歸來的；《英》往返的（《美》round-trip）。2 被歸還的，回報的。3 再度的。4 報復的。

re·turn·a·ble [rɪ'tɝnəbl] 形 1 可退還的；能返回的。2 有必要送回的。—名《美》可退回換錢的空瓶或空罐。

re·turn·ee [rɪˌtɝ'ni] 名 1 歸來者；回國者；釋放回來的人。2 自海外服役歸來的軍人。3《美》回校重讀的學生。

re'turning ˌofficer 名選務委員。

re'turn 'ticket 名《英》來回票；《美》回程車票。

re'turn 'trip 名《英》往返旅行（《美》round trip）。

re·tuse [rɪ't(j)us] 形〖植·蟲〗（葉子等）前端微凹的。

re·u·ni·fy [ri'junəˌfaɪ] 動(-fied,～·ing)及使重新統一。**ˌre·u·ni·fi·'ca·tion** 名U重新統一。

re·un·ion [ri'junjən] 名 1 U 再結合；團圓；重逢：her ～ with John 她與約翰的重逢。2 敘舊聚會，懇親會：a class ～ 同學會。

re·un·ion·ist [ri'junjənɪst] 名教會再合體論者。

re·u·nite [ˌriju'naɪt] 動 不及 再結合；重聚《*with*...》。**-nit·a·ble** 形

re-up [ˌri'ʌp] 動(-upped,～·ping)及不及〖美軍〗《口》再入伍，再服役。

re·use [ri'juz] 動及再使用。**-us·a·ble** 形可反覆使用多次的。

re·used [ri'juzd] 形再使用的，再生的。

Reu·ters ['rɔɪtɚz] 名路透（通訊社）。

rev [rɛv] 名《口》（唱片等的）旋轉。—動 (revved,～·ving) 及 1 使加速旋轉《*up*》。—不及（引擎等）速度突然加快。

Rev. 《縮寫》*Rev*elation(s) ; *Rev*erend.

rev. 《縮寫》*rev*enue; *rev*erse; *rev*iew; *rev*ise(d); *rev*ision; *rev*olution; *rev*olving.

re·val·ue [ri'vælju] 動及再評估，對…重新估價。

re·val·u·a·tion [riˌvælju'eʃən] 名U再評價；〖經〗幣值上升。

re·vamp [ri'væmp] 動及 1 修補，改進；修改。2 修理（鞋子）。

re·vanche [rɪ'vɑntʃ] 名U收復失地政策；復仇，報復。**-vanch·ism** 名U（爲收復失地的）復仇主義。

·re·veal [rɪ'vil] 動及 1 洩漏《*to*...》；暴

露；揭露：～ a plan of action 洩漏行動計畫 / ～ oneself 透露姓名；露出本性。2 展現，（顯）露出；（神）啓示《to...》：～ anger and alarm 顯露出憤怒和驚恐。—图 1 Ⓤ 顯示，顯現；啓示；透露；暴露；揭露。2〖建〗窗側，門側。3（汽車的）窗框。～·a·ble 形, ～·ment 名 Ⓤ 展示，顯示；揭露；暴露；啓示。

re'vealed re'ligion 名 Ⓤ 天啓教。

re·veal·ing [rɪ'vilɪŋ] 形 1 顯示真相的，暴露部分身體的：a ～ dress 一件暴露的衣服。2 啓發性的，有含意的：a ～ speech 具有啓發性的演說。

rev·eil·le ['rɛvə,lɪ, -,li] 名〖軍〗起床號。

·rev·el ['rɛvl] 動 (～ed, ～·ing 或《英》-elled, ～·ling) 不及 1 狂喜；沉迷《in...》：～ in photography 醉心於攝影。2 狂歡，作樂。—及 浪費（錢、時間）於狂歡作樂等《away》。

—名《～s》狂歡，作樂；熱鬧宴會。

～·er,《英》～·ler 名 狂歡者，作樂者。

rev·e·la·tion [,rɛvə'leʃən] 名 1 Ⓤ 暴露；洩漏；揭露。2 被揭發的事物；意外的新發現《to...》。3 Ⓤ〖神〗啓示：The Book of *R-* 啓示錄。4《the R-》《《口》常作 Revelations》（聖約翰）啓示錄。

rev·e·la·tion·ist [,rɛvə'leʃənɪst] 名 啓示論者；《The R-》啓示錄的作者。

rev·el·ry ['rɛvəlrɪ] 名 (複 -rise) Ⓤ Ⓒ《常作 -ries，作單數》狂歡作樂；狂歡的酒宴。

·re·venge [rɪ'vɛndʒ] 動 (-venged, -veng·ing) 及 報仇《on, upon...; for...》：～ *oneself on* one's old enemy 向舊敵復仇。

—名 1 Ⓤ Ⓒ 報復，報仇《on, upon...》；報復行爲。2 Ⓤ 復仇心；報復之欲望。3 Ⓤ 洩恨的機會《on, upon...》；〖運動·比賽〗雪恥的機會。-veng·er 名 復仇者。

re·venge·ful [rɪ'vɛndʒfəl] 形 滿懷復仇心的；報復的。～·ly 副

·rev·e·nue ['rɛvə,nju] 名 1 Ⓤ（國家的）收入：internal ～ 國內稅收。2《～s》《作單數》收入總額：national ～*s* 國家總收入。3 收入，收益《from...》；定期收入；財源。4《通常作 the ～》國稅局，稅捐處。5 印花。

'revenue ,cutter 名 緝私快艇。

'revenue ,officer 名 稅務官員。

'revenue ,sharing 名《美》歲入分配。

'revenue ,stamp 名 印花。

'revenue ,tariff 名 收入關稅。

re·ver·ber·ant [rɪ'vɝbərənt] 形《文》回響的，回音的。～·ly 副

re·ver·ber·ate [rɪ'vɝbə,ret] 動 不及 1 回響，起回響；〖理〗混響。2 反射。—及 1 使回響；反射光熱等。2 把…放入反射爐處理。—[rɪ'vɝbərɪt] 形 回響的；反射的。

re·ver·ber·a·tion [rɪ,vɝbə'reʃən] 名 1 Ⓤ 回音；反響；（光、熱等的）反射；《常作～s》回響。2 餘響。

re·ver·ber·a·tor [rɪ'vɝbə,retɚ] 名 反射物；反射爐；反射鏡。

re·ver·ber·a·to·ry [rɪ'vɝbərə,torɪ] 形 1 回響的；反射的。2 反射式的。—名 (複 -ries) 應用反射熱處理的裝置（如反射爐）。

re·vere¹ [rɪ'vɪr] 動 及 敬畏，尊敬。

re·vere² [rɪ'vɪr] 名 = revers.

·rev·er·ence ['rɛvərəns] 名 1 Ⓤ 敬畏之心，尊敬，敬意《for...》：pray with ～ 以虔敬的心祈禱 / hold a person in ～ 尊敬某人。2 敬禮，鞠躬《to...》：offer a low ～ *to* 對…深深一鞠躬。3 Ⓤ 受尊崇的狀態：be in ～ 受人崇敬。4《R-》《愛》《古》《通常作 **your [his]**～》對牧師、僧侶的尊稱。

—動 (-enced, -enc·ing) 及 敬畏，尊敬。-enc·er 名

rev·er·end ['rɛvərənd] 形 1《常作 the R-》《加於神職人員姓名之前以示尊稱》神父，牧師：*the R-* James Wilson 詹姆斯威爾遜牧師 / *R-* Mother 女修道院長。2 應受崇敬的；教士的。—名《通常作～s》《口》牧師，教士。

rev·er·ent ['rɛvərənt] 形 敬畏的，崇敬的：in a ～ manner 畢恭畢敬地。～·ly 副

rev·er·en·tial [,rɛvə'rɛnʃəl] 形 充滿敬畏之心的，恭敬的。～·ly 副

rev·er·ie, -y ['rɛvərɪ] 名 (複～s) 1 Ⓤ Ⓒ 幻想，夢想；沉思，出神《about...》：be lost in (a) ～ 陷於沉思中。2〖樂〗幻想曲。

re·vers [rə'vɪr, rə'vɛr] 名 (複～ [-'vɪrz, -'vɛrz]) 1（袖口、領子等的）翻領，翻邊。2 仿翻邊衣飾。3 翻邊料（亦作 **revere**）。

re·ver·sal [rɪ'vɝsəl] 名 Ⓤ Ⓒ 1 倒轉，顛倒，反轉。2〖法〗（對下級判決的）推翻，撤銷。3〖攝〗正負片之間的轉換。

·re·verse [rɪ'vɝs] 形 1 顛倒的，相反的《to...》：in ～ order 依反順序 / in ～ proportion *to...* 與…成反比。2 背面的，反面的：～ fire 從背面來的炮擊 / the ～ side of a coin 硬幣的反面。3 回動的；逆轉的。4 反轉的。—名 1《通常作 the ～》逆，相反。2《通常作 the ～》背面，反面。3《常作～s》不幸，失敗。4 Ⓤ〖機〗反回，回動；倒轉裝置。—動 及 1 顛倒，反轉；翻轉。2 使變相反；完全改變。3 推翻；撤銷。4 使回動，逆轉。—不及 逆動，反轉，倒轉；上倒車檔。

-vers·er 名, ～·ly 副 相反地；顛倒地；在另一方面。

re'verse com'muting 名 Ⓤ 反向通勤；指每日爲工作由城市至郊區往返。

re'verse com'muter 名 反向通勤者。

re·versed [rɪ'vɝst] 形 1 顛倒的，相反的。2 被撤銷的。

re'verse discrimi'nation 名 Ⓤ《美》逆向歧視。

R

re'verse 'gear 名 U C 倒車檔。

re'verse os'mosis 名 U 〖化〗逆滲透法。

re·vers·i·ble [rɪ'vɝsəbl] 形 1 可以顛倒的；可逆的：a ~ reaction 可逆反應 / a ~ error 可以彌補的錯誤。2 兩面可用的。—名 兩面可穿的衣服；雙面織物。**-'bil·i·ty** 名

re·ver·sion [rɪ'vɝʒən, -vɝʃən] 名 1 U 顛倒反轉；逆轉。2 U 恢復，回復《*to*...》。3 U 〖生〗返祖遺傳。4 U 〖法〗財產的復歸；C 復歸的財產，復歸權。5（人壽保險等的）死後受領的金額。**~·er** 名〖法〗具有未來所有權者，有繼承權者。

re·ver·sion·ar·y [rɪ'vɝʒə,nɛrɪ], **-al** [-əl] 形 1 回復的，復歸的。2 返祖遺傳的。3〖法〗將來可復歸的。

re·vert [rɪ'vɝt] 名 1 回復原狀的人[物]；返祖的人。2 U C〖法〗復歸權；復歸財產。3 回復原信仰的人。—動 不及 1 恢復；回復《*to*...》；重新開始《*to doing*》。2〖生〗返祖。3〖法〗(財產) 歸還《*to*...》。**~·er** 名 回復原狀者；復歸權。**~·i·ble** 形

re·vet [rɪ'vɛt] 動 (~·ted, ~·ting) 及 (用水泥、石頭等) 鋪砌，鋪蓋 (堤、牆等) 的面。

~·ment 名 U C (堤防等的) 鋪面，砌面。

:re·view [rɪ'vju] 名 1 評論；評論性刊物：a book ~ 書評 / a critical ~ 評論。2 U C 細察；檢討；審查：come under ~ 開始被檢討；開始受審查。3 複習；溫習。4 U C 檢查，檢閱；閱兵典禮：conduct a ~ 舉行閱兵典禮。5 回顧。6 概論，報告。7 U C 複審：a court of ~ 上訴法院。

pass...in review (1) 使接受檢閱。(2) 檢討。(3) 回顧。

—動 及 1 細察；檢討；詳查。2 複習。3 回顧。4 檢閱。5 作…的概論。6 寫評論，評論…。7〖法〗複審。—不及 寫評論《*for*...》。**~·a·ble** 形

re·view·al [rɪ'vjuəl] 名 U C 細察；檢討；詳查，評論；檢閱；複習；回想。

re·view·er [rɪ'vjuɚ] 名 1 複查者；檢閱者。2 評論刊物記者，評論家。

re·vile [rɪ'vaɪl] 動 及 辱罵，謾罵。—不及 痛罵，謾罵《*at, against*...》。

~·**ment** 名

re·vis·al [rɪ'vaɪzl] 名 U C 修訂，修正。

·re·vise [rɪ'vaɪz] 動 (-vised, -vis·ing) 及 1 修訂，校訂：a ~*d* edition 修訂版。2 修改，變更：~ the constitution 修改憲法 / ~ one's daily schedule 變更日常計畫表。3《英》複習《*for*...》。—名 修訂 (版)，修正，校訂；〖印〗再校樣。**-vis·a·ble** 形，**-vis·er, -vi·sor** 名 修訂者，修改者。

Re'vised 'Standard 'Version 名《the ~》改譯標準本聖經。略作：RSV, R.S.V.

Re'vised 'Version 名《the ~》聖經修訂本。略作：RV, R.V., Rev. Ver.

re·vi·sion [rɪ'vɪʒən] 名 1 U C 校訂，修訂。2 修正之物；修訂版，改譯本。3 U《英》複習。**~·al, ~·ar·y** 形

re·vi·sion·ism [rɪ'vɪʒən,ɪzəm] 名 U 1 修正論。2 修正主義。**-ist** 名 形 修正論者 (的)；修正主義者 (的)。

re·vis·it [ri'vɪzɪt] 動 及 再度造訪，重遊。—名 再訪，重遊。

re·vi·so·ry [rɪ'vaɪzərɪ] 形 修訂的；修正的；校對的。

re·vi·tal·ize [ri'vaɪtl̩,aɪz] 動 及 賦予…新活力，使恢復生氣；使復甦。

·re·viv·al [rɪ'vaɪvl] 名 1 U C 復甦，復活；(精力、體力等的) 重振。2 U C 復興，再流行；再上演：a ~ of Charlie Chaplin films 卓別林電影的重映。3 U C (法律效力的) 恢復。4 信仰復興運動。5《the R-》文藝復興。

re·viv·al·ism [rɪ'vaɪvl̩,ɪzəm] 名 U 1 再流行的趨向；復興趨勢。2 信仰復興運動。

re·viv·al·ist [rɪ'vaɪvl̩ɪst] 名 1 復興者。2 信仰復興運動者。**-'is·tic** 形

·re·vive [rɪ'vaɪv] 動 (-vived, -viv·ing) 及 1 使復活；使復甦；使恢復：~ the unconscious swimmer with artificial respiration 用人工呼吸使昏迷過去的游泳者甦醒。2 使振作，有生氣。3 使復甦；使再流行；使再施行：~ the economy 使經濟復甦 / ~ a bill 使法案再施行。4 再度上演。5〖化〗還原。

—不及 1 復活，恢復知覺；恢復精神；復甦。2 恢復。3 重新流行；再生效。4〖化〗還原。**-viv·a·ble** 形，**-viv·er** 名 復興者；刺激物。

re·viv·i·fy [ri'vɪvə,faɪ] 動 (-fied, ~·ing) 及 使復甦；使再生；使振作；〖化〗使還原。

re·viv·i·fi·ca·tion [,rivɪvəfə'keʃən] 名 U 恢復精神；〖化〗還原。

rev·i·vis·cence [,rɛvə'vɪsn̩s] 名 U 復甦，復活；活力的恢復。

-cent 形

rev·o·ca·ble ['rɛvəkəbl] 形 可廢止的，可取消的。**-bly** 副

rev·o·ca·tion [,rɛvə'keʃən] 名 U C 1 取消，廢止。2〖法〗撤銷。

re·voke [rɪ'vok] 動 及 取消，使無效；廢止，撤銷：~ a license 吊銷執照 / ~ a proclamation 撤回宣告。—不及〖牌〗有牌不跟。

—名 1〖牌〗有牌不跟。2 = revocation.

·re·volt [rɪ'volt] 動 不及 1 反叛；違抗，反抗《*against, from*...》：~ *from* one's allegiance 違背效忠的誓言 / ~ to... 背叛。2 起反感；感到嫌惡[憎惡]《*from, against, at*...》：~ *at* the sight of blood 見到血就怕 / ~ *from* a scene of carnage 厭惡見到殺戮的

場面。—及 使感到嫌惡，使噁心。—名 ⓊⒸ **1** 反抗（心理），反叛；暴動《*against...*》。**2** 反感，嫌惡《*against...*》。～**·er** 名 反抗者，反叛者。

re·volt·ing [rɪ'voltɪŋ] 形 **1** 令人討厭的；令人噁心的《*to...*》: the ～ odor of burning rubber 燒橡膠那股令人噁心的氣味。**2** 叛亂的，反叛的。

rev·o·lute ['rɛvə,lut] 形〖生〗(葉子等) 外捲的。

rev·o·lu·tion [,rɛvə'luʃən] 名 **1** ⓊⒸ 革命；大變革《*in...*》: a ～ in thought 思想上的重大改革 / a social ～ brought about by automation 生產自動化帶來的社會大變革。**2** ⓊⒸ 循環；（一）週期。**3** Ⓤ〖力〗迴轉（運動），迴旋；Ⓒ 迴轉數：～*s* per hour 每小時的迴轉數。**4** ⓊⒸ〖天〗公轉；《俚》自轉；Ⓒ 公轉數：the ～ of the moon around the earth 月球繞地球的公轉。
～**·ist** 名 革命者，革命黨員。

rev·o·lu·tion·ar·y [,rɛvə'luʃən,ɛrɪ] 形 **1** 革命的；革命性的：a ～ thinker 革命思想家 / ～ discoveries 革命性的發現。**2**《**R-**》〖美史〗美國獨立戰爭（時代）的。**3** 迴轉的，旋轉的。—名 (複**-ar·ies**) 革命者，革命黨員。

Revo'lutionary 'War 名《**the** ～》= American Revolution.

rev·o·lu·tion·ize [,rɛvə'luʃən'aɪz] 動 及 **1** 大事改革，徹底變革。**2** 對…造成政治革命；對…鼓吹革命思想：～ a country 在某國引發革命。

re·volve [rɪ'vɑlv] 動 (**-volved, -volv·ing**) 不及 **1** 繞轉，旋轉《*on, round, around ...*》；公轉：～ around the sun 繞著太陽轉。**2** 循環往復。**3**（在心中）盤旋。—及 **1** 使繞轉，使旋轉；使循環運行。**2** 反覆推敲，熟思。

re·volv·er [rɪ'vɑlvɚ] 名 **1** 左輪手槍：a six-chambered ～ 六發左輪手槍。**2**（造成）旋轉的人[物]；旋轉式裝置；迴轉爐。

re·volv·ing [rɪ'vɑlvɪŋ] 形《限定用法》繞轉的，旋轉的；循環的：a ～ stage 旋轉式舞臺 / a ～ fund《美》周轉金 / a ～ door 旋轉門 / a ～ table top 旋轉式桌面。

re·vue [rɪ'vju] 名 ⓊⒸ **1** 時事諷刺劇。**2** 綜藝節目（亦作 **review**）。

re·vul·sion [rɪ'vʌlʃən] 名 ⓊⒸ **1**《常作 **a** ～》（感情、趣味等的）劇變，突變。**2** 厭惡，強烈反感《*at, against...*》。**3** 抽回，撤回。**4**〖醫〗誘導法。

Rev.Ver.《縮寫》*R*evised *Ver*sion (of the Bible).

re·ward [rɪ'wɔrd] 名 ⓊⒸ **1** 報酬，獎賞《*for, of..., for doing, of doing*》: ～ and punishment 賞罰 / a ～ *for* one's labor 勞動的報酬 / No ～ without toil.《諺》苦盡才會甘來。**2** 酬謝金，賞金，報酬：a ～ of $1,000 for information 給報案者一千美元的賞金。**3** 惡報，懲罰。
gone to one's reward 死後上天堂。
in reward for... 作爲…的報酬；爲酬謝[報答]…。
—動 及 給報酬，獎賞《*for...*》；回報《*with...*》。
～**·less** 形 無報酬的；徒勞的。

re·ward·ing [rɪ'wɔrdɪŋ] 形 有報酬的；有益的；值得的。

re·wind [ri'waɪnd] 動 (**-wound** 或《罕》～**·ed**, ～**·ing**) 重捲，捲回。—['-,-, -'-] 名 回捲，倒帶。

re·wire [ri'waɪr] 動 及 **1** 給…重新配電線。**2** 回電話，以電報傳送（回信）。

re·word [ri'wɝd] 動 及 **1** 把…重新措詞，改寫。**2** 反覆地說，重述。

re·work [ri'wɝk] 動 及 重做，修訂；重新處理；重新檢討。

re·write [ri'raɪt] 動 (**-wrote, -writ·ten, -writ·ing**) 及 **1** 改寫；修改；重寫。**2**《美》把…改寫成新聞稿。—['-,-] 名 **1**《美》（改寫過的）新聞稿：a ～ man 改寫新聞稿的人。**2** 改寫過的東西，訂正本[版]。

Rex [rɛks] 名 (複 **Reges** ['ridʒiz])《拉丁語》君，王：Oedipus ～ 伊底帕斯王。

Rey·kja·vik ['rekjə,vik] 名 雷克雅維克：冰島的首都。

Reyn·ard ['rɛnɚd, 'renɑrd] 名 **1** 雷納：諷刺故事『雷納狐的故事』中狐狸的名字（亦作 **Renard**）。**2**《**r-**》狐狸。

r.f.《縮寫》*r*adio *f*requency ; *r*ange *f*inder ;〖棒球〗*r*ight *f*ield.

R.F.D., RFD《縮寫》《美》*r*ural *f*ree *d*elivery 鄉區免費送達。

RGB《縮寫》*r*ed-*g*reen-*b*lue（電腦螢幕的）紅綠藍色彩系統。

Rh[1]《化學符號》rhodium.

Rh[2], **Rh.**《縮寫》〖生化〗*Rh* factor.

R.H.《縮寫》*R*oyal *H*ighlanders 英國皇家蘇格蘭高地兵團；*R*oyal *H*ighness.

r.h.《縮寫》*r*ight *h*and.

rhab·do·man·cy ['ræbdə,mænsɪ] 名 Ⓤ 杖探：用以探求地下礦脈。

rhab·do·vi·rus ['ræbdo,vaɪrəs] 名〖醫〗桿狀病毒。

rhap·sod·ic [ræp'sɑdɪk], **-i·cal** [-ɪkl] 形 **1** 狂想曲（似）的；吟誦詩的。**2** 狂熱的，狂喜的。

rhap·so·dist ['ræpsədɪst] 名 **1** 狂詩的作者。**2**（古希臘的）吟遊詩人。

rhap·so·dize ['ræpsə,daɪz] 動 不及 狂熱地寫《*about, over...*》。—及 狂熱地說，狂熱地吟誦。

rhap·so·dy ['ræpsədɪ] 名 (複**-dies**) **1** 狂詩，狂言，狂文：go into *rhapsodies* over... 狂熱地說。**2**（古希臘的）敘事詩（的一部分）；〖樂〗狂想曲。**3** Ⓤ 狂熱，狂喜。

Rhe·a ['riə] 名 **1**〖希神〗莉亞：Uranus 與 Gaea 的女兒。**2**《**r-**》〖鳥〗三趾鴕鳥。

Rhen·ish ['rɛnɪʃ] 形 萊茵河（流域）的。

—图《英》= Rhine wine.

rhe·ni·um ['rinɪəm] 图 U 〖化〗 錸。符號：Re

rheo- 《字首》表「流」之意。

rhe·ol·o·gy [ri'ɑlədʒɪ] 图 U 〖理〗 流變學，液流學。

-o·log·i·cal [-ə'lɑdʒɪkl] 形

rhe·om·e·ter [ri'ɑmətə-] 图 流變儀；電流計；血流速度計。

rhe·o·stat ['riə,stæt] 图 〖電〗 變阻器。

'Rhe·sus ˌfactor ['risəs-] 图 = Rh factor.

'rhesus 'monkey ['risəs-] 图 〖動〗 獮猴，恆河猴。

rhe·tor ['ritə-] 图 1（古希臘的）修辭學教師。2 演說家。

rhet·o·ric ['rɛtərɪk] 图 1 U 修辭；修辭學；雄辯術；《廣義》寫作法。2 U 雄辯；辯才。3 U《常爲蔑》華麗的文體，浮誇的詞句；巧語。4 修辭學書。

rhe·tor·i·cal [rɪ'tɔrɪkl] 形 1 修辭學的。2 華麗詞句的；浮誇的。3 演說的，口頭的。

～·ly 副, ～·ness 图

rhe'torical 'question 图 〖文法〗 修辭性問句。

rhet·o·ri·cian [,rɛtə'rɪʃən] 图 修辭學家；雄辯家；刻意雕琢文字的人。

rheum [rum] 图 U 1 黏膜分泌物（如眼淚、鼻水）。2 黏膜炎；鼻炎；感冒。

rheu·mat·ic [ru'mætɪk] 形 〖病〗 風溼（性）的；（易）患風溼病的：～ fever 風溼性熱。

—图 風溼病患者；《the ～s》《方》風溼病。

-i·cal·ly 副, **-ick·y** 形

rheu·ma·tism ['rumə,tɪzəm] 图 U 〖病〗 風溼病，風溼。

rheu·ma·toid ['rumə,tɔɪd] 形 類風溼性的（亦稱 **rheumatoidal**）。

R

'rheumatoid ar'thritis 图 U 〖醫〗 類風溼性關節炎。

rheum·y ['rumɪ] 形 (**rheum·i·er, rheum·i·est**) 1 充滿黏液的；患鼻黏膜炎的：～ eyes 充滿黏液的雙眼。2 溼冷的。**-i·ly** 副

'Rh ˌfactor ['ɑr'etʃ-] 图 〖生化〗 獼因子（亦稱 **Rh, Rhesus factor**）。

rhi·nal ['raɪnl] 形 鼻的；鼻腔的。

Rhine [raɪn] 图《the ～》萊茵河：自瑞士流經德國、荷蘭注入北海。

Rhine·land ['raɪn,lænd] 图《作複數》萊茵地區：德國 Rhine 河以西的部分。

rhine·stone ['raɪn,ston] 图 U C 萊茵石：人造的假鑽石。

'Rhine ˌwine 图 U C 1 萊茵白葡萄酒。2 白葡萄酒。

rhi·ni·tis [raɪ'naɪtɪs] 图 U 〖病〗 鼻炎。

rhi·no[1] ['raɪno] 图(複～s, ～)《口》= rhinoceros.

rhi·no[2] ['raɪno] 图 U《英俚》現金，現款。

rhi·noc·er·os [raɪ'nɑsərəs] 图 (複～·es,《集合名詞》～) 〖動〗 犀牛。

rhi·no·plas·ty ['raɪnə,plæstɪ] 图 U C 〖外科〗 補鼻術，鼻整型術。**-'plas·tic** 形

rhi·zome ['raɪzom] 图 〖植〗 根莖，地下莖。

Rh-neg·a·tive ['ɑr'etʃ'nɛgətɪv] 形 Rh 陰性的。

rho [ro] 图(複～s) 1 U C 希臘文字母第十七個字母 (P, ρ)。2 〖理〗 = rhoparticle.

Rhode 'Island [rod-] 图 羅德島：美國東北部一州；首府爲 Providence。略作：R.I.：《郵》RI

Rhodes [rodz] 图 羅德斯島：愛琴海東南部的希臘島嶼。

Rho·de·sia [ro'dɪʒɪə] 图 羅德西亞：1 南羅德西亞，現名辛巴威 (Zimbabwe)。2 南羅德西亞與北羅德西亞（現名 Zambia）構成的非洲南部之一地區。**-sian** 形 图

rho·di·um ['rodɪəm] 图 U 〖化〗 銠。符號：Rh

rho·do·den·dron [,rodə'dɛndrən] 图 〖植〗 杜鵑。

rhomb [rɑmb, rɑm] 图 = rhombus.

rhom·bic ['rɑmbɪk] 形 菱形的；有菱形面的；〖結晶〗 斜方晶系的。

rhom·bo·he·dron [,rɑmbə'hidrən] 图 (複～s, **-dra** [-drə]) 菱面體；斜方六面體。

rhom·boid ['rɑmbɔɪd] 图 長菱形，長斜方形。—形（亦稱 **rhomboidal**）長菱形的，長斜方形的。

rhom·bus ['rɑmbəs] 图 (複～·es, **-bi** [-baɪ]) 1 菱形，斜方形。2 菱面體，斜方六面體。

Rhone [ron] 图《the ～》隆河：源自瑞士南部，流經法國東南部，注入地中海。

Rh-pos·i·tive ['ɑr'etʃ'pɑzətɪv] 形 Rh 陽性的。

rhu·barb ['rubɑrb] 图 U 1 〖植〗 大黃；大黃根莖；大黃葉梗。2 淡黃色。3《美俚》激烈的爭論；（棒球比賽中的）激烈抗議。

rhum·ba ['rʌmbə] 图 (複～s [-z])，動 不及 = rumba.

·**rhyme, rime** [raɪm] 图 1 U C 韻，押韻：double ～ 雙重韻。2 同韻字《*for, to* ...》。3 押韻詩；U《集合名詞》韻文：be written in ～ 用韻文寫成。

rhyme or reason《通常用於否定、疑問》道理，根據。

—動 (**rhymed, rhym·ing**) 及 1 把…寫[吟]成押韻詩；用韻文寫。2 使成韻《*with, and...*》。

—不及 1《文》賦詩，作詩。2 押韻《*with, to...*》；成爲押韻詩。**rhymed** 形 押韻的。～·**less** 形

rhym·er, rim- ['raɪmə-] 图 作詩者，蹩腳的詩人，不入流的詩人。

rhyme·ster, rime- ['raɪmstə-] 图《

文》蹩腳詩人。

rhym·ing ['raɪmɪŋ] 形同韻字的。

'rhyming 'couplet 名《常用複數》押韻的兩行對句。

'rhyming ˌslang 名U 同韻俚語。

·rhythm ['rɪðəm] 名UC **1** 節奏；律動：the ～ of dancing 舞蹈的節奏。**2**（講話的）節奏，抑揚頓挫。**3**〖樂〗節奏；節拍：sing in quick ～ 以快節奏演唱。**4**〖詩〗韻律，格律：iambic ～ 抑揚格。**5**〖藝·文〗和諧，勻稱。

rhythm and blues ['rɪðəmən'bluz] 名U 節奏藍調。略作：r&b, R&B

rhyth·mic ['rɪðmɪk], **-mi·cal** [-mɪkl] 形 **1** 週期性的；有節奏的，有韻律的。**2** 節奏的，韻律的：a ～ sense 節奏感。**-mi·cal·ly** 副

rhyth·mic·i·ty [rɪð'mɪsətɪ] 名U 節奏性，韻律性。

rhyth·mics ['rɪðmɪks] 名(複)《作單數》韻律學。

'rhythm ˌmethod 名月經週期避孕法。

rhyt·i·dec·to·my [ˌrɪtɪ'dɛktəmɪ] 名(複 **-mies**) 拉皮手術。

R.I. 《縮寫》*R*hode *I*sland; *R*oyal *I*nstitute.

ri·a ['rɪə] 名溺灣；《～s》沉降海岸：the ～(*s*) coast 沉降海岸。

ri·al ['raɪəl] 名里亞爾：**1** 伊朗、阿曼的貨幣單位。**2** 沙烏地阿拉伯的貨幣單位。

ri·al·to [rɪ'ælto] 名(複～**s**) **1** 交易所；市場。**2**《美》電影街，劇場區。

ri·ant ['raɪənt] 形笑容滿面的，歡樂的；悅目的。

rib [rɪb] 名 **1** 肋骨：tickle the ～*s* 逗人笑。**2** 肉排：～ of beef 牛的排骨肉。**3** 肋骨狀之物；天花板等的肋材；（橋的）橫樑；（飛機的）翼肋；（坑內的）側壁，礦柱；（洋傘等的）骨；〖植〗葉肋；〖鳥〗羽幹；〖昆〗翅脈。**4**（紡織品、編織物的）稜紋；田埂，畦；（砂土的）波紋。**5**《主謔》妻，老婆；《美俚》女人，女孩子。**6**《口》開玩笑，調笑的話。

—動 (**ribbed**, ～**·bing**) 及 **1** 裝上肋材。**2** 織稜紋。**3**《口》戲弄；嘲笑。

rib·ald ['rɪbḷd] 形下流的，粗鄙的；口出穢言的。—名口出穢言的人，下流人。～**·ly** 副

rib·ald·ry ['rɪbḷdrɪ] 名(複 **-ries**) **1** U 下流，鄙俗。**2** 下流的話，猥褻的玩笑；下流行為。

ribbed [rɪbd] 形有肋骨的；有稜線的，有羅紋的。

rib·bing ['rɪbɪŋ] 名U **1**《集合名詞》肋骨；（船的）肋材；（建築物的）骨架；（紡織品、田地的）稜線，畦。**2** 肋材的架構；起稜，作畦。

rib·bon ['rɪbən] 名 **1** UC 緞帶，絲帶；絲帶的質料：a bow of ～ 緞帶打成的蝴蝶結。**2** 緞帶狀之物；帶狀金屬；油墨帶：a ～ of steel 鋼製捲尺 / a typewriter ～打字機的色帶。**3**《～s》碎片，破布。**4** 飾帶，綬帶：the blue ～（Garter 勳章的）青綬；藍綬帶。

to ribbons (1) 成碎片。(2) 完全地，徹底地。

—動及 **1** 結上絲帶，以絲帶裝飾。**2** 撕成條狀。

'ribbon ˌbuilding 名U《英》《通常為蔑》帶狀建設。

'ribbon ˌcopy 名打字機打出之第一份文件，正本。

'ribbon deˌvelopment 名U《英》《通常為蔑》**1** 帶狀開發。**2** = ribbon building.

'rib ˌcage 名胸廓，胸腔。

ri·bo·fla·vin(e) [ˌraɪbə'flevɪn] 名U〖生化〗核黃素（亦稱 **lactoflavin**）。

ri·bo·nu·cle·ase [ˌraɪbo'njuklɪˌes] 名U〖生化〗核糖核酸酶。

ri·bo·nu·'cle·ic 'acid [ˌraɪbonju'kliɪk-] 名U〖生化〗核糖核酸。略作：RNA

rib-tick·ling ['rɪbˌtɪklɪŋ] 形惹人發笑的。

-ˌtick·ler 名惹人發笑的事物。

Ri·car·do [rɪ'kɑrdo] 名 **David**, 李嘉圖（1772－1823）：英國經濟學家。

:rice [raɪs] 名U **1** 米；米飯：～ flour 米粉。**2** 稻穀：paddy ～ 水稻。**3**《形容詞》米的，米飯的；稻子的：a ～ crop 稻作 / ～ water 稀粥。—動 (**riced, ric·ing**)《美》把…壓成米粒狀。

rice·bird ['raɪsˌbɝd] 名 **1** 稻田裡所見的各種小鳥。**2**《**R-**》南卡羅來納人。

'rice ˌbowl 名 **1** 飯碗。**2** 稻作地帶，產米區。

'rice ˌpaper 名U **1** 宣紙；通草紙。**2** 細薄的高級紙張。

'rice ˌpudding 名CU 米布丁。

ric·er ['raɪsɚ] 名《美》壓粒器。

:rich [rɪtʃ] 形(～**·er**, ～**·est**) **1** 有錢的，富裕的：be born ～ 生於富家。**2** 豐富的；富饒的《*in, with...*》：～ water resources 充足的水源 / a country ～ *in* oil and coal 盛產石油與煤的國家。**3** 產量豐富的；肥沃的：a ～ mine 蘊藏量豐富的礦山 / ～ fields 肥沃的田地。**4** 貴重的；昂貴的；精緻的，富麗的：a ～ collection 貴重的收藏品 / ～ silks 華貴的絲質衣服。**5** 味濃的；油膩的：～ greasy food 味重而油的食物。**6**（酒）香醇的；（顏色）濃的，鮮豔的；（香味）濃郁的；（聲音）深沉的，圓潤的：(a) ～ wine 香醇的酒 / (a) ～ blue 深藍 / a～ fragrance 強烈的香味 / a ～ tenor 圓潤宏亮的男高音。**7**（瓦斯等）含量高的；（含石灰多而）堅硬的：a ～ mixture 濃的混合物 / ～ concrete 強化的混凝土。**8**《主用於感嘆》《口》非常有趣的；荒謬的，好玩的。**9** 含蓄的，意義深長的：～ words

R

意義深長的話。**10**《與分詞連用·作副詞》豪華地，奢侈地：a *rich*-bound book 豪華精裝本。

strike it rich ⇨STRIKE（片語）

一名《通常作 **the** ~》《集合名詞·作單數》有錢人。

Rich·ard [ˈrɪtʃɚd] 名 **1** ~ **I**, 理查一世（1157–99）：英格蘭王（1189–99）。**2**〖男子名〗理查；暱稱 Dick。

ˈRichard ˈRoe [-ˈro] 名〖法〗（訴訟的當事人，真實姓名不詳，簡稱作）某乙。

Rich·ard·son [ˈrɪtʃɚdsən] 名 **Samuel,** 理查生（1689–1761）：英國小說家。

Rich·e·lieu [ˌrɪʃəˈlu] 名 **Armand Jean du Plessis, Duc de,** 黎希留（1585–1642）：法國樞機主教、政治家。

rich·es [ˈrɪtʃɪz] 名（複）《文》**1** 財富，財寶：heap up ~ 積財 / *R*- have wings.《諺》錢財易散，富不可久。**2** 豐富：the ~ of divine grace 豐厚的天恩。

rich·ly [ˈrɪtʃlɪ] 副 **1** 富裕地，豐富地：be ~ married 跟有錢人結婚。**2** 完全地；充分地：be ~ rewarded 受到充分的回報。**3** 富麗地，深豔地。

Rich·mond [ˈrɪtʃmənd] 名 里奇蒙：**1** 美國 Virginia 州的首府。**2** 美國 New York 市西南的一行政區，現稱 Staten Island。

rich·ness [ˈrɪtʃnɪs] 名U豐富；肥沃，香醇；濃厚；貴重。

ˈRich·ter ˌscale [ˈrɪktɚ-] 名《**the** ~》芮氏地震分級標準（表示地震規模強度的等級）：an earthquake registering 6 on the ~ 芮氏地震儀測得六級的地震。

rick[1] [rɪk] 名 **1** 乾草堆。**2**（堆放釀酒桶的）酒桶架。一動及 堆積。

rick[2] [rɪk] 動及不及，名《主英》= wrick.

rick·ets [ˈrɪkɪts] 名（複）《美作單數；英作單、複數》〖病〗佝僂病，軟骨病。

rick·ett·si·a [rɪˈkɛtsɪə] 名（複**-ae** [-ɪˌi], ~**s** [-z]）立克次體：結構介於細菌與濾過性病毒之間的微生物。**-si·al** 形

R

rick·et·y [ˈrɪkɪtɪ] 形 **1** 患有佝僂病的。**2** 搖晃的，鬆動的；虛弱的；不靈活的。**-i·ness** 名

rick·rack, ric·rac [ˈrɪkˌræk] 名 U C 波狀花邊，荷葉邊。

rick·sha(w) [ˈrɪkʃɔ] 名人力車，黃包車：pull a ~ 拉人力車。

ric·o·chet [ˌrɪkəˈʃe] 名跳飛，漂掠；彈跳物。一動（~**ed** [-ˈʃed], ~**·ing** [-ɪŋ] 或《英》~**·ted** [-ʃɛtɪd], ~**·ting** [-ˈʃɛtɪŋ]）不及跳飛。

ric·tus [ˈrɪktəs] 名（複~, ~**·es**）**1**（鳥的）開口狀。**2** 開口；齜牙咧嘴。**-tal** 形

·rid[1] [rɪd] 動（**rid** 或~**·ded**, ~**·ding**）及 **1** 使擺脫，解除：~ the world of the menace of nuclear weapons 解除核子武器對世界的威脅 / ~ the room of mosquitos 驅除房間內的蚊子。**2** 消除，免除：~ the heart of jealousy 消除嫉妒心。

be rid of... 解脫，擺脫。

get rid of... 脫離；排除，驅逐。

rid·dance [ˈrɪdn̩s] 名《常作單數》**1** 排除，清除：make clean ~ of... 清除…。**2** 解脫，脫離：~ from adversity 脫離逆境。

(a) good riddance 解脫，擺脫，大快人心。

:rid·den [ˈrɪdn̩] 動 **ride** 的過去分詞。

一形《複合詞》受人支配的，受折磨的：debt-*ridden* 債務纏身 / a bed-*ridden* invalid 纏綿病榻的病人。

·rid·dle[1] [ˈrɪdl] 名 **1** 謎，謎語；費解的話：pose a ~ 出謎題 / speak in ~*s* 說謎語，說費解的話。**2** 難題：solve the ~*s* of the universe 解決宇宙之謎。**3** 不可理解的事[物，人]。一動（**-dled, -dling**）不及 **1** 出謎題。**2** 出謎語，打啞謎。一及解（謎）。

rid·dle[2] [ˈrɪdl] 動及 **1** 把…打得滿是洞孔《*with*》；（像開小孔似地）侵蝕：a door ~*d with* bullets 彈痕累累的門 / a house ~*d* by termites 被白蟻蛀蝕的房子。**2** 篩；細查，推敲。**3** 詰問；駁倒。一不及 **1** 篩。**2** 追根究底。

一名粗孔篩。

rid·dled [ˈrɪdl̩d] 形 **1** 很多洞孔的。**2** 充滿的。

rid·dling [ˈrɪdlɪŋ] 形謎樣的；解謎的。~**·ly** 副

:ride [raɪd] 動（**rode** 或《古》**rid, rid·den** 或《古》**rid, rid·ing**）不及 **1** 騎馬：~ around 騎馬到處逛 / ~ at full gallop 騎馬疾馳。**2** 騎牲口；搭乘（交通工具）《*in, on...*》：~ *on* a mule 騎騾子 / ~ back *in* a taxi 搭計程車回家 / ~ to work 搭車上班。**3** 騎乘起來（感覺…）：a horse that ~*s* easily 騎起來很舒服的馬。**4** 乘坐（在擔架上等）；跨坐《*on...*》：~ *on* a person's shoulders 騎在某人肩上。**5** 航進，漂浮；停泊；飄浮，翱翔：a small boat *riding* at anchor 停泊中的小船。**6**（事態等）進行。**7** 靠，依：《喻》（依…）決定《*on...*》。**8** 重疊，相疊。**9** 鼓縐起來，捲起來《*up*》。**10**《口》任其自然，繼續下去。**11** 交尾；《俚》性交。一及 **1** 騎；乘；駕馭（馬）：~ an elephant 騎象 / ~ a horse well 把馬駕馭得很好。**2** 乘著…前進；在…漂浮；被支撐。**3** 騎馬經過；（騎馬）進行。**4**《使役用法》使騎乘；《美》搭載；載送。**5**（重疊地）載於…上。**6** 衝破，超越。**7**《通常用被動》支配，壓制；折磨。**8**《口》戲謔，嘲弄；《美》使困擾。**9**（為了交尾而）騎上；《俚》性交。**10** 使停泊，下錨。

ride down (1) 騎馬撞倒。(2) 騎馬追上，將…逼得走投無路。

ride for a fall 騎馬亂闖；魯莽行事。

ride gain 調整音量。

ride herd on...《美》警戒，管制，維持秩序。

ride high 非常成功，趾高氣揚。

ride** one's **hobby 耽溺於癖好。
ride off 騎著馬去了；騎車去了。
ride...out** / **ride out... (1) 安然度過（暴風雨）。(2) 克服；熬過。(3) 駕馭（馬、牛等）使其離開群體。
ride roughshod over... 對…爲所欲爲，蹂躪，虐待。
ride shotgun(1)(於飛機或車輛運送中）護衛。(2) 坐於車前座。
ride (the) fence 《美》騎牆觀望，見風轉舵。
ride the high horse 擺架子，神氣活現。
ride...to death 把（馬）騎得累死；《喻》把…做得過度而失去其效果。
ride to hounds 騎馬跟著獵犬追捕。
—图 **1** 騎乘；乘車旅行。**2** 搭車時間，車程。**3** 供騎馬用的道路。**4** 供騎乘的遊樂設施；《主黑人英語》汽車。**5**《與形容詞連用》騎乘起來的感受。
go along for the ride《俚》（非積極地）一起參與，湊熱鬧。
take** a person **for a ride 《口》(1) 用車子把某人綁架殺害，誘殺。(2) 欺騙。

·rid·er ['raɪdɚ] 图 **1** 搭乘的人；騎士。**2** 騎（在某物上面）的東西；（天平的）移動砝碼；（欄杆的）扶手，（波形牆的加強）橫木。**3** 附加條款，補記；附文。**4**〖法〗《英》建議文；〖數〗應用習題。～**·less** 形

rid·er·ship ['raɪdɚ,ʃɪp] 图 Ⓤ 乘客數。

·ridge [rɪdʒ] 图 **1** 山脊，分水嶺。**2**（動物的）脊樑，背脊 ：the ～ of an animal's back 動物的背脊。**3** 隆起部分：the ～ of the nose 鼻梁 / the ～ of a wave 浪峰。**4** 屋脊：the ～ of a roof 屋脊。**5** 稜紋；畦。**6**（天氣圖的）高壓脊。—動 **(ridged, ridg·ing)** 及 **1** 裝屋脊；在上作畦。**2** 使起稜紋，使隆起。—不及 成脊形。

ridge·pole ['rɪdʒ,pol] 图 房子的脊樑；帳篷的樑木。

ridge·way ['rɪdʒ,we] 图 山脊路；田埂。

ridg·y ['rɪdʒɪ] 形 **(ridg·i·er, ridg·i·est)** 有稜的，有脊的；隆起的。

rid·i·cule ['rɪdɪ,kjul] 图 Ⓤ 嘲弄；譏笑：be exposed to ～ 成爲笑柄 / hold a person up to ～ 譏笑某人，嘲弄某人。—動 **(-culed, -cul·ing)** 及 嘲弄；嘲笑；戲弄。

·ri·dic·u·lous [rɪ'dɪkjələs] 形 荒謬的，可笑的：a ～ scheme 荒謬的計畫。～**·ly** 副 荒謬地，無道理地。～**·ness** 图

·rid·ing[1] ['raɪdɪŋ] 图 **1** Ⓤ 騎（馬）；乘（車）。**2** 馬道；車道。—形 騎馬的；騎馬用的：～ boots 馬靴。

rid·ing[2] ['raɪdɪŋ] 图 **1** 區：英國 Yorkshire 所劃分的東、西、北三個行政區之一；1974 年廢止。**2**（加拿大的）選舉區。

riding ,light [,lamp] 图〖海〗錨燈，停泊燈。

riding ,master 图 馬術教練。

Ries·ling ['rislɪŋ] 图 **1** 利茲林葡萄。**2** Ⓤ Ⓒ 利茲林酒。

rif [rɪf] 動 **(riffed, ～·ing)** 及《美俚》解僱。—图 革職，解雇（亦作 **riff**）。

rife [raɪf] 形《敘述用法》流行的，普遍的；充滿的，充斥的《*with...*》。

riff[1] [rɪf] 图〖爵士樂〗反覆樂句。—動 不及 演奏反覆樂句。

riff[2] [rɪf] 動 及 = rif.

rif·fle ['rɪfl] 图 **1**《美》淺灘；急流；漣漪。**2** 一種洗牌的方法。
—動 不及 **1**（使…）起漣漪；（使）發出沙沙聲。**2** 快速翻閱《*through...*》。**3**〖牌〗快速地交錯洗（牌）。

riff·raff ['rɪf,ræf] 图 **1**《**the** ～》《集合名詞》下等人，流氓；烏合之眾。**2**《方》廢物。—形 微賤的，毫無價值的。

·ri·fle[1] ['raɪfl] 图 **1** 來福槍，步槍。**2** 膛線，螺旋槽。**3** 膛線炮。**4**《～**s**》《常作 **R-**》來福槍隊。—動 **(-fled, -fling)** 及 **1** 在（槍膛、炮膛）內裝膛線[來福線]。**2** 強勁地打出（安打、球等）。

ri·fle[2] ['raɪfl] 動 及 **1** 搜劫；洗劫《*of...*》：～ a purse (*of* its contents) 把錢包（內的東西）洗劫一空。**2** 盜取，偷走：～ all the food in a locker 盜取置物櫃中的所有食品。

'rifle ,bird 图〖鳥〗風鳥，天堂鳥。

ri·fle·man ['raɪflmən] 图 **(複-men) 1** 步槍手。**2** 來福槍神射手。

'rifle ,pit 图 散兵坑，散兵壕。

'rifle ,range 图 **1** 靶場。**2** 步槍射程。

ri·fle·ry ['raɪflrɪ] 图 Ⓤ《美》步槍射擊；步槍射擊運動。

'rifle ,shot 图 **1** 步槍子彈；Ⓤ 步槍射程。**2** 步槍射擊手。

ri·fling ['raɪflɪŋ] 图 Ⓤ **1** 製膛線。**2**《集合名詞》膛線。

rift[1] [rɪft] 图 **1** 裂縫；空隙。**2** 破裂；不和《*in, between...*》：a ～ *in* a friendship 友情的破裂。**3**〖地質〗裂谷；地塹。**4**（木材的）裂心木。—動 不及（使）破裂；（使）開裂。

rift[2] [rɪft] 動 不及《方》**1** 打嗝。**2** 放屁。

'rift ,valley 图〖地質〗地塹，裂谷。

'rift ,zone 图〖地質〗斷裂地帶。

·rig [rɪg] 動 **(rigged, ～·ging)** 及 **1** 裝備索具。**2** 裝置，裝備《*up*》。**3** 臨時趕造；匆匆搭蓋《*up*》：～ a temporary shelter 草草搭設臨時掩蔽所。**4**（不正當或人爲地）操縱，控制：～ prices 操縱價格 / ～ the market 操縱股市。
rig out《口》打扮，穿戴《*in...*》。
—图 **1** 索具裝備。**2** 裝置；裝備。**3**《口》汽車；馬車。**4** 鑽井架，鑽塔。**5**《口》（奇特的或具有特定目的的）服裝。
in full rig〖海〗裝具齊備；《口》盛裝。
under jury rigs 臨時裝備；《喻》暫時權充道具。

rig·ger ['rɪgɚ] 图 **1** 裝配員；（船的）索具裝置者；〖空〗機身裝配員。**2** 操縱市場者；作弊者。**3**〖機〗束帶滑車。**4**《複

合詞》…式帆船：a square-*rigger* 橫帆船。

rig·ging ['rɪgɪŋ] 名U **1** 索具裝置。**2** 裝備，裝置。**3**《口》衣服，服裝。

:right [raɪt] 形(～·er, ～·est) **1** 正確的，正當的；恰當的，對的：a ～ perception 正確的感覺 / ～ behavior 正當的行爲。**2** 健全的，正常的：the ～ sort (of a person) 正常的人 / be not in one's ～ mind 神智不健全，精神不正常。**3** 健康的：feel (all) ～ 覺得健康。**4** 狀況良好的；整齊的，條理井然的：put things ～ 整頓 / be ～ in proportion 整齊，勻稱。**5** 正面的：～ side up 正面朝上。**6** 最合適的，恰好的《*for...*》：the ～ time to act 行動的好時機 / the ～ man in the ～ place 適才適所，適得其職。**7**《限定用法》右邊的，右手的：keep to the ～ side (of a road) 靠右行走。**8**〖數〗直的；垂直的；《古》筆直的：a ～ line 直線。**9**《常作 **R-**》〖政〗右翼的，保守的：the ～ wing of a party 黨的右派。**10**《古》真正的，名正言順的：a ～ nobleman 名正言順的貴族。

a fault on the right side 歪打正著，僥倖成功。

(as) right as rain 非常健康；一切順利；十分準確。

get on the right side of... 正合…的意思，得到…的喜愛。

get right 變正，變整齊。

get...right 糾正，正確地理解，徹底了解。

give one's right arm 不辭辛勞；不惜犧牲。

on the right side of... 尙未，尙未到…歲。

put one's right hand to... 認真地做。

put... right 糾正，矯正，改正，整頓；修理；使恢復正常。

put oneself right 爲自己辯白。

put oneself right with... 向…辯白自己；與…重修舊好。

right enough 《英》(1) 滿意的，充分的。(2) 如願的。

R

right or wrong 不論對錯，無論如何。

Right you are! 《英口》好的！是的！你說得對！

the right way (1) 正道；適切的作法。(2)《副詞》正確地，適切地。

too right 《美俚·澳俚》(1) 對極了。(2) 好的。

—名 **1** 正當要求；《偶作～**s**》權利。**2** U公正；正當；正義；公道：Might is ～.《諺》強權即公理。**3** 正確性，正確。**4** 財產；財產價值。**5**〖金融〗認股權；其證書。**6**《通常作 **the** ～》右邊，右側。**7**《通常作 **the R-**》右翼，保守派；《**the R-**》右派團體；右派分子，右派議員。**8** U〖棒球〗右外野；C〖拳擊〗右勾拳，右手出擊。

bang [《美》***dead***] ***to rights*** 《口》(1) 肯定無疑。(2) 當場；無可抵賴。

bring...to rights 恢復…本來的狀態，改正。

by (good) right(s) 根據正當權利；正確地；按理。

by right of 憑藉，按…的理由；依…的權限。

do a person right 公平對待某人；給某人正當的評價。

do a person to rights 回報[報復]某人。

get in right with... 《美》稱…的心意，得到…的喜悅。

go to the right about 向右轉；《喻》改變政策等，變爲保守。

in one's own right 以自己的權利，以自己的名譽；憑自己的資格，不依賴別人地。

in the right 有道理的；正確的，對的。

keep on one's right 靠右前進；走正路。

Keep to the right 《告示》靠右走。

Mr. Right 《美口》適合做爲結婚對象的男子。

stand on [***upon***] ***one's right*** 堅守自己權利。

to right (1) 回到原來的狀態，趨向滿意的狀態。(2)《主方》立刻。(3)《古》完全。

—副 **1** 公正地，正當地；正確地。**2** 適當地，合適地，符合要求地。**3** 在右邊；往右方。**4** 筆直地，直接地。**5** 完全，全然；整整。**6**《主美》(1) 馬上，立刻。(2)(表位置) 正好。**7**《方·口》非常，很。

right along 《主美口》不斷地；始終。

right and left 左右，到處，四面八方。

right at 大概，約。

right away [《美口》***off***] 毫不遲疑地，立刻。

right now 立刻，馬上；《美》目前。

Right on! 《美口》(附和之詞) 完全正確！對啦！行！

right over 馬上。

—動及 **1** 使直立，扶直。**2** 使恢復正常狀態；整頓，整理。**3** 矯正；改正，賠償。**4** 公平對待；補償，救濟。—不及 變直，站直，恢復平衡。

right oneself (1) 起身，挺直；恢復常態。(2) 辯明；恢復權利[名譽]。

right(-)a·bout ['raɪtə,baʊt] 名 **1** 相反方向。**2** 向後轉。—形副 相反方向的[地]：turn ～ 向後轉 / turn a person ～ 解僱某人；拒絕某人；使某人敗退。

'right(-)a'bout(-)'face 名 **1**〖軍〗《口令》向後轉。**2** 徹底轉變，(方向) 轉換。

'right 'angle 名 直角，九十角度：at ～ to... 與…成直角。**'right-'an·gled** 形 直角的。

'right(-),brain 名 右腦。

right-down ['raɪt'daʊn] 形 副 完全的[地]，徹底的[地]。

·right·eous ['raɪtʃəs] 形《文》**1** 正直的，公正的，正當的；正義的：～ behavior 公正的行爲 / ～ indignation 義憤。**2** 有道理的：a ～ plan 合理的計畫。**3** 廉潔的，清高的：a ～ and good man 高風亮節之士。**4**《美俚》貨真價實的。—名《**the** ～》《

作複數》正直的人；清高之士，清廉的人。～·ly 副

right·eous·ness ['raɪtʃəsnɪs] 名 U 1 廉潔，清高；高風亮節的行爲。2 公正，正直。

right·er ['raɪtə-] 名 矯正者：a ～ of evils 邪惡的匡正者，正義之士。

'right 'field 名 U 〖棒球〗右外野。

'right 'fielder 名 〖棒球〗右外野手。

right·ful ['raɪtfəl] 形 1 合法的：the ～ owner of house 房屋的合法所有者 / one's ～ possession 合法的財產。2 正義的，公正的，正當的：a ～ act 公正的行爲。
～·ly 副, ～·ness 名

'right 'hand 名 《one's [the] ～》1 右手；右側：hold one's pen in *one's* ～ 用右手握筆。2 榮耀的地位；優先的地位。3 = right-hand man.

right-hand ['raɪt'hænd] 形 1 右邊的；右手的：a ～ glove 右手的手套。2 值得信賴的，最得力的。3 向右搓的；向右旋轉的：a ～ motor 右旋的馬達。

right-hand·ed ['raɪt'hændɪd] 形 1 慣用右手的；以右手做的：a ～ pitcher 右手投手。2〖機〗右旋的。
—副（亦稱 **right-handedly**）1 用右手。2 往右邊；右旋地。～·ness 名

right-hand·er ['raɪt'hændə-] 名 1 慣用右手的人，棒球的右手投手。2 用右手擊出拳。

'right-hand 'man 名 《通常作 the ～》最得力的左右手，最信賴的人。

'Right 'Honourable 形 《英》閣下。

right·ish ['raɪtɪʃ] 形 右傾的。

right·ism ['raɪt,ɪzəm] 名 U 《偶作 R-》右派觀點，保守主義。

right·ist ['raɪtɪst] 名 形 《常作 R-》右派分子（的），保守主義者（的）。

·right·ly ['raɪtlɪ] 副 1 公正地；正確地：remember ～ 記憶正確。2 《修飾全句》正當地，當然地。3 適切地，合宜地：be ～ attired 穿著合宜。

right-mind·ed ['raɪt'maɪndɪd] 形 思想正直的，有正義感的。～·ly 副

right·ness ['raɪtnɪs] 名 U 廉正；正直，公正，適切，合宜；正確。

'right of 'common 名 U 〖法〗共用權。

'right of 'light 名 U 《英》日照權。

'right of primo'geniture 名 U 〖法〗長子繼承權。

'right-of-'way 名 (複 **rights of way**, ～s) 1 U（交通規則上所承認的）先行權。2 通行權；有通行權的道路。3 鐵路用地；公路用地；《美》公地。4 輸電線用地，天然氣輸送管用地。

right-o(h) ['raɪt,o] 感 《主英口》《表示同意、了解》對啦；好！行！

right-on ['raɪt'ɑn] 形 《美俚》1 完全正確的，值得信賴的。2 合乎時代精神的。

right-to-life ['raɪtə'laɪf] 形 主張胎兒有出生權的；反對墮胎的。**-lif·er** [-'laɪfə-] 名 反對墮胎的人。

right-to-work ['raɪtə'wɜ-k] 形 《美》勞工就業權的：the ～ law 勞工就業權法。

'right 'triangle 名 《美·加》直角三角形（《英》right-angled triangle）。

right·ward ['raɪtwə-d] 形 右側的；向右邊的。—副（亦稱 **rightwards**）在右邊；向右邊。

'right 'wing 名 1 《the ～》《集合名詞》（政黨等的）右翼，右派，保守派。2 《the ～》（足球等的）右翼。
'right-'wing 形, **'right-'wing·er** 名 右翼分子。

right·y ['raɪtɪ] 副 《口》用右手；慣用右手。—形 右撇子的；用右手的。—名 (複 **right·ies**) 右撇子；《英口》右派分子，保守主義者。

·rig·id ['rɪdʒɪd] 形 1 堅硬的，僵硬的；不易彎曲的：a ～ piece of plastic 一塊堅硬的塑膠 / a face ～ with pain 因疼痛而緊繃的臉。2 固定的，不動的：a ～ support 固定支柱。3 刻板的；苛嚴的：～ principles 一成不變的原則 / a ～ inquiry 嚴格的審問。4 嚴密的，精密的：a ～ distinction 嚴密的區分。

ri·gid·i·ty [rɪ'dʒɪdətɪ] 名 U 堅硬；固執，嚴格。

rig·ma·role ['rɪgmə,rol] 名 1 U C 胡言亂語；冗長的廢話。2 U 繁雜的手續。

rig·or ['rɪgə-] 名 1 U 嚴格；嚴厲；苛刻；C 嚴格的行爲：practice ～*s* upon a person 待某人嚴苛。2 《常作～s》（生活）艱苦；《常作 the ～s，作單數》（氣候）嚴酷《*of*...》：*the* ～*s of* life in the jungle 在叢林裡生活的艱苦 / *the* ～(*s*) *of* winter 冬季的嚴寒。3 U 嚴密性，精密度。4 U〖生理〗（肌肉的）僵硬。

rig·or·ism ['rɪgərɪzəm] 名 U 極度嚴格，嚴格作風；極度克己。

rig·or mor·tis ['rɪgə-'mɔrtɪs] 名 U〖醫〗死後僵硬：as stiff as ～ 僵硬地。

rig·or·ous ['rɪgərəs] 形 1 嚴格的，嚴厲的；（氣候）嚴酷的，苦的：～ discipline 嚴格的紀律 / a ～ winter 嚴冬 / be ～ with one's child 對孩子很嚴。2 嚴密的：a ～ method 嚴密的方法 / with ～ accuracy 極精確地。3〖理則·數〗在邏輯上正確的。
～·ly 副, ～·ness 名

rig·our ['rɪgə-] 名 《英》= rigor.

rig-out ['rɪg,aut] 名 《英口》一套服裝；裝束。

rile [raɪl] 動 及 1 《口》惹生氣，使惱怒。2 《美》攪混（亦稱 **roil**）。**'ri·ley** 形 惱怒的；混濁的。

rill [rɪl] 名 《詩》小河，小溪。—動 不及 潺潺而流。

rill·et ['rɪlɪt] 名 小溪，細流。

·rim [rɪm] 名 1（圓形物的）邊緣；框；〖

籃球〗籃框：the ～ of an eyeglass 眼鏡的邊緣 / the ～ of a cap 帽沿。**2**（輪子的）輪緣，輪網；（紡綿機的）動輪。**3**〖海〗海面。—動 **(rimmed, ～·ming)** 及 **1** 加上邊[鑲邊]：*gold-rimmed* glasses 金邊眼鏡 / finger-nails *rimmed* with black 邊緣積了污垢的指甲。**2**〖高爾夫〗滾到邊緣卻未進洞；〖籃球〗在籃框上打轉卻未進籃。
～**·less** 形 無邊緣的，無框的。

Rim·baud [ræm'bo] 名 **Arthur**, 藍波（1854－91）：法國詩人。

rime¹ [raɪm] 名 動 不及《古》= rhyme.

rime² [raɪm] 名 U《文》霜。—動 及 使覆上霜。

ri·mose ['raɪmos], **-mous** [-məs] 形（植物等）多裂縫的，龜裂的。

rim·y ['raɪmɪ] 形 **(rim·i·er, rim·i·est)** 覆上（白）霜的，因覆霜而呈雪白色的。

rind [raɪnd] 名 **1** U C（動物、植物、水果、乳酪、醃肉等的）皮；外皮：the ～ of a tree 樹皮。**2** U 外表，表面：the ～ of things 事物的表面。—動 及 把…剝皮。

rin·der·pest ['rɪndɚ,pɛst] 名 U〖獸病〗牛瘟。

:ring¹ [rɪŋ] 名 **1** 戒指；圈，環：an engagement ～ 訂婚戒指 / a curtain ～ 窗簾的鉤環。**2** 環狀物；一圈；〖植〗年輪：a ～ of clouds 環狀雲 / with a ～ of hedges and trees around 為一圈樹籬和樹木所環繞 / form a ～ around a person 在某人四周圍成一個圈 / play in a ～ 圍成一圈玩耍。**3**（車輪等圓形物的）邊緣；螺旋的一周，圈子。**4** 圓形場地；《the ～》拳擊賽；（政治性的）競爭（場）：toss one's hat in *the* ～ for the governorship 宣布出馬角逐州長一職。**5**〖幾〗環。**6** 集團，幫：a theft ～ 竊盜集團。**7**〖化〗環。**8**《～**s**》〖體〗吊環（比賽）。**9**《**the** ～》（賽馬等的）賭博業者。

hold the ring 不介入紛爭，保持中立。

run rings around [《英》***round***] *a person* 比…快了很多；遠勝於。

—動 **(ringed, ～·ing)** 及 **1** 環繞，包圍；圍攏。**2** 使成為環狀；旋著削皮；環剝（樹木）。**3** 套上鼻環；（遊戲）套圈圈於…，投環套住…。—不及 **1** 圍成一圈。**2** 兜圈子跑；盤旋飛升《*up*》。

:ring² [rɪŋ] 動 **(rang, rung, ～·ing)** 不及 **1** 鳴，響；（突然地）大聲響起來《*out*》：a melody that ～*s* in my memory 縈繞在我記憶中的一首曲子。**2** 聽上去，聽起來像是。**3** 敲鐘，按鈴：～ at the door 按門鈴。**4** 回響；響徹《*with...*》。**5**《主英》打電話（《美》call）《*up, through*》。—及 **1** 敲，搖（鐘、鈴等）；使發出叮噹聲；敲擊以辨別真假。**2**（鐘、鈴等）發出（聲音）。**3**（藉鳴鐘）宣告；傳喚迎入《*in*》；送出《*out*》。**4** 到處高聲傳說。**5**《英》打電話（《美》call）《*up*》。

ring a bell ⇨BELL¹（片語）

ring down the curtain (1) 鳴鈴落幕。(2) 宣告結束《*on...*》。

ring in (1) 打卡上班。(2)《俚》偷偷進入。

ring...in / ring in... (1) ⇨動 及 3. (2)《俚》（偷偷地）讓…進入[混進]（某團體等）。

ring off《英》(1) 掛斷電話。(2)《俚》中止談話。(3)《俚》離去。

ring out (1) ⇨ 動 不及 1. (2) 在打卡鐘上打下班時間，打卡下班。

ring the bell ⇨ BELL¹（片語）

ring (the) changes ⇨CHANGE 名（片語）

ring up ⇨ 動 不及 5.

ring... up / ring up... (1) ⇨ 動 不及 5. (2) 把（銷貨額）記錄在收銀機上。

ring up the curtain (1) 鳴鈴揭幕。(2) 宣告開始《*on...*》。

—名 **1** 鳴，按（鐘、鈴）；《通常作 **a** ～, **the** ～》鐘聲，鈴聲，叮噹聲；《**a** ～》（表示出某種特性的）聲調；口氣。**2**（鐘的）一組。**3**《口》一次電話。

ring·bind·er ['rɪŋ,baɪndɚ] 名 以金屬環將活頁紙扣在金屬製背脊的筆記簿，活頁夾。

ring·bolt ['rɪŋ,bolt] 名 有環螺栓。

ring·dove ['rɪŋ,dʌv] 名〖鳥〗歐洲鴿；斑尾林鴿。

ringed [rɪŋd] 形 **1** 戴戒指的，已婚的，已訂婚的。**2** 有環紋的；環狀的。

rin·gent ['rɪndʒənt] 形 **1** 張大口的。**2**〖植〗（唇形花冠等）開口狀的。

ring·er¹ ['rɪŋɚ] 名 **1** 圍成環狀的人[物]。**2**（遊戲用的）鐵環，馬蹄鐵。

ring·er² ['rɪŋɚ] 名 **1** 按鈴者，敲鐘者；按鈴的裝置。**2**《俚》極相似的人[物]: be a (dead) ～ for... 和…像得不得了。**3**《美俚》冒名參加比賽者；冒名頂替的馬；冒名頂替者；冒牌貨。

'ring ˌfinger 名（左手的）無名指。

ring·ing ['rɪŋɪŋ] 形 響亮的；強力而明確的：a ～ voice 清脆響亮的嗓音。

ring·lead·er ['rɪŋ,lidɚ] 名 主謀，罪魁。

ring·let ['rɪŋlɪt] 名 **1** 小圈，小環。**2** 鬈髮，捲絡。～**·ed** 形

ring·mas·ter ['rɪŋ,mæstɚ] 名（馬戲班的）班主。

'ring of ˌfire 名 環太平洋活火山帶。

ring-pull ['rɪŋ,pul] 形 易開罐型的，用拉環打開的。

'ring ˌroad 名《英》= belt highway, beltway.

ring·side ['rɪŋ,saɪd] 名 形（拳擊場等的）場邊（的），臺邊（的），最前排座位（的）；《廣義》看得最清楚的地方（的）：have a ～ view of...從近處看…。

ring·worm ['rɪŋ,wɝm] 名 U〖病〗輪癬，金錢癬。

rink [rɪŋk] 名 **1** 室內溜冰場；設有溜冰場的建築物。**2** 冰上滾石戲場地；（有草坪的）保齡球場。**3**（保齡球賽或滾石戲比賽的）一方隊員。

rink·y-dink ['rɪŋkɪ,dɪŋk] 名《美俚》迂

腐的人，不通世故的人；過時的舊貨。—形 1 迂腐的；用舊的。2 不足道的，毫無價值的。

rinse [rɪns] 動 (**rinsed, rins·ing**) 及 1 漂洗，清洗《*out*》；漂洗掉，沖掉《*out, away, off* / *out of, from...*》: ~ *out* one's mouth 漱口 / ~ (the) soap *out of* the shirts 把襯衫上的肥皂用水沖洗乾淨。2 (用水等) 把…吞下《*down*》: ~ *down* a meal with beer 用啤酒把食物吞下去。3 用清水洗頭髮。—名 1 清洗，漱洗。2 U C 漂洗用的水；(洗髮或染髮用的) 潤絲精。

rins·ing [ˈrɪnsɪŋ] 名 U C 漂洗，沖洗；漱洗；《通常作~s》涮洗用過的水；沉澱物，渣滓。

Ri·o de Ja·nei·ro [ˈrɪodədʒəˈnɪro] 名 里約熱內盧：巴西的舊都。

Ri·o Grande [ˌriəˈgrænd] 名《the ~》里奧格蘭河：發源於美國 Colorado 州，美國和墨西哥的界河。

ri·ot [ˈraɪət] 名 1 暴亂；騷亂；大混亂；〖法〗騷亂罪：start a ~ 激起暴動 / quell a ~ 鎮暴。2《古》放蕩；喧鬧；放縱。3《a ~》奔放，發洩《*of...*》: *a* ~ *of* activity 無節制的活動。4《a~》(色彩等的) 豐富，多彩《*of...*》。5《美口》非常滑稽的人[物]。

run riot (1)喧鬧；放縱，放蕩。(2)生長茂盛，蔓延滋長。

—動 不及 1 暴亂；鬧事。2 放蕩；喧鬧；生長茂盛，盛開。3 沉溺於。—及 浪費，揮霍《*away, out*》。

Riot ˌAct 名 1《the ~》騷亂取締法。2《常作 the r- a-》訓斥；警告。

read the riot act (1)發布 (活動的) 停止命令，命令解散。(2)《諧》斥責；警告。

ri·ot·er [ˈraɪətɚ] 名 暴徒，暴民。

ˈriot ˌgun 名 鎮暴槍。

ri·ot·ous [ˈraɪətəs] 形 1 暴亂的。2 放縱的，行爲不檢的；五顏六色的。

ˈriot ˌpolice 名《集合名詞，作複數》鎮暴警察。

ˈriot poˌliceman 名 鎮暴警察。

ˈriot ˌshield 名 鎮暴盾牌。

ˈriot ˌsquad 名《集合名詞》鎮暴警察隊。

rip[1] [rɪp] 動 (**ripped, ~·ping**) 及 1 撕，扯，剝；劃破；直鋸；《古》揭發《*up*》: ~ open an old wound 扯開舊傷口 / ~ (*up*) the old clothes 撕裂舊衣服 / ~ *up* old scandals 揭發舊醜聞。2 (猛力地) 撕掉，扯開 (某物)《*off, out, away*》；《美俚》偷走《*off...*》；搶走；騙錢；索價過高《*off*》: ~ *out* pictures from a book 把書上的畫撕下來 / ~ *off* the bank 搶劫銀行。3 痛快的一擊：~ a drive to right 打出一支平飛球至右外野。—不及 1 破裂，綻開。2《口》直闖，猛衝。

let it rip《口》別管它，由它去；驅車、船等疾駛。

let things rip 任由事情發展。

rip into...《口》猛攻；猛擊；激烈抨擊。

rip out...《口》口出 (穢言 等)。

rip up the back 背後攻擊，背後說壞話。

—名 1 裂縫；破洞；傷口。2 縱割鋸。

rip[2] [rɪp] 名 急流，激浪水域：like ~*s*《美口》激烈地，精力充沛地。

rip[3] [rɪp] 名《口》放蕩者，浪子；老朽無用的馬；無價值之物。

RIP《縮寫》《拉丁語》*requiescat in pace* / *rest in peace* 願他[她]安息：墓碑用語。

ri·par·i·an [rɪˈpɛrɪən, raɪ-] 形《文》河岸的；水邊的：~ rights〖法〗河岸所有權，沿岸權。

ˈrip ˌcord 名〖空〗1 張傘索。2 (使氣球急速下降的) 拖繩，裂索。

·ripe [raɪp] 形 (**rip·er, rip·est**) 1 (水果、穀物等) 成熟的；(肉、乳酪等) 已做成可食的；醇熟的：a ~ cluster of grapes 一串成熟的葡萄 / (as) ~ as a cherry 熟透的。2 紅潤的。3 成熟老練的《*in...*》: ~ scholarship 成熟的學識。4 年富的，壯年期的；老年的：a man of ~(*r*) years《諧》成熟的人，成人。5 時機成熟的，準備妥當的，適齡的《*for..., to* do》: a daughter ~ *for* marriage 達適婚年齡的女兒 / information not yet ~ *to* be published 公布時機尚未成熟的消息。6 化膿的。7《俚》帶粉紅色的，難聞的。~·**ly** 副, ~·**ness** 名

·rip·en [ˈraɪpən] 動 不及 1 (水果等) 成熟。2 成長；(時機等) 成熟《*into...*》: ~ *into* womanhood 成長成女人。—及 使成熟。

rip-off [ˈrɪpˌɑf, -ˌɔf] 名《美俚》1 偷竊；搶劫；騙局；榨取；敲竹槓。2 偷竊物。

ri·post(e) [rɪˈpost] 名 1〖擊劍〗還刺。2 迅速的應答，(尖銳的) 反駁。—動 不及 1 迅速還刺。2 機敏地還擊。

rip·per [ˈrɪpɚ] 名 1 撕裂者，剝取器具。2 兇手，殺人碎屍的狂人。

rip·ping [ˈrɪpɪŋ] 形 1 撕裂的。2《偶作副詞》《英俚》絕妙的，極佳的。~·**ly** 副

·rip·ple[1] [ˈrɪpl] 動 (**-pled, -pling**) 不及 1 起漣漪；起波紋；(船) 划水前進；波動：her hair *rippling* down her shoulders 她秀髮披肩。2 發出潺潺聲；漣漪般地擴散。—及 使起漣漪；《廣義》使輕微晃動。—名 漣漪，波紋；潺潺聲；地面的小起伏；褶紋，波浪形，波紋似地擴散之物。

rip·ple[2] [ˈrɪpl] 名 粗鋼梳，亞麻梳。

ˈripple ˌmark 名 波痕，波形。

rip·plet [ˈrɪplɪt] 名 小波紋，小漣漪。

rip·ply [ˈrɪplɪ] 形 有波紋似的；起波紋的；潺潺作響的。

rip·rap [ˈrɪpˌræp] 名《美》防沖亂石；防沖亂石砌成之地基。—動 (**-rapped, ~·ping**) 及 以防沖亂石加固，堆防沖亂石。

rip-roar·ing [ˈrɪpˈrorɪŋ] 形《口》喧鬧的，騷動的；精力旺盛的。

rip·saw [ˈrɪpˌsɔ] 名 粗齒鋸，縱割鋸。

R

rip·tide ['rɪp,taɪd] 名 急浪。

Rip Van Win·kle [,rɪpvæn'wɪŋkl] 名 1『李伯大夢』: 美國作家 Washington Irving 所著 *The Sketch Book* 中一篇故事的標題。2 李伯: 義 1 的主角名字。3 跟不上時代的人。

:rise [raɪz] 動 (**rose, ris·en, ris·ing**) 不及 1 升起，飛起，揚起；浮起；(窗簾、幕) 拉起。2 起立；起床: ~ to one's feet 站起來 / ~ to one's elbow 用一肘撐住起身 / ~ from a table 從桌旁站起來。3 起而反抗《*against, on, upon...*》: ~ in revolt 造反，揭竿而起 / ~ *against* the policy 起而反對該政策。4 應付，對付；作答，回報《*to...*》: ~ *to* the occasion 臨機應變，適時發揮才能 / ~ *to* an emergencty 應付緊急情況。5 (毛髮等) 悚然豎立；膨脹，隆起；(道路) 斜升。6 被建造，被建立；聳立。7 萌芽，生長。8 出現；浮現: ~ to the surface (隱藏的物體、不安等) 出現。9 發生；發源《*from, out of, in...*》。10 升級，晉升，提高；評價升高《*to, from..., to be*》: ~ in the world 發跡，出人頭地 / ~ *to* power 獲得權力 / ~ *from* the ranks 從士兵升到軍官。11 愉快起來；變激動；(怒氣) 被激起；感到噁心。12 漲潮；(溫度、力量、強度) 升高，增強；(色) 變濃；(物價) 上漲。13 (聲音) 變大，提高；(謠言等) 流傳。14 閉會，休會。15 復活，再生。

—及 1 提升，使上升；使飛起；使鼓起；把 (魚) 誘出水面。2 駛近而使進入視野。3 到達，登上頂點。

rise above... 超越，高出；擺脫，克服；不在乎。

rise and shine 快起床，快醒來；蜂擁而至。

rise from the ashes (國家經濟等) 復興。

—名 1 Ⓤ 上升，升高；Ⓒ 增加；漲水 (量)；漲價。2 ⓊⒸ 上進，晉升；繁榮。3《英》加薪 (《美》raise)。4〖建〗階梯高度，垂直高度。5 源頭，起源。6 出現。7 甦醒；復活。8 聳立，向上伸展；伸長量。9 上坡 (路)；臺地；小山。10 浮出水面；受誘惑。11《美》閉幕。

get a rise out of...《口》激怒。

give rise to... 引起，導致。

on the rise 在上升中。

:ris·en ['rɪzn] 動 rise 的過去分詞。

ris·er ['raɪzɚ] 名 1 起立者；起床者: a late ~ 晚起者。2 (梯級間的) 豎板；升流管；〖鑄〗冒口。

ris·i·bil·i·ty [,rɪzə'bɪlətɪ] 名 (複 **-ties**) 1 Ⓤ《文》會笑，愛笑。2《常作 **-ties**，作單數》發笑感，幽默感。3 笑。

ris·i·ble ['rɪzəbl] 形 1 會笑的；想笑的；愛笑的。2 惹人發笑的，滑稽的。

ris·ing ['raɪzɪŋ] 形 1 上升的；增加的，增強的；上漲的；上進的；斜上的，高起的，上坡的: ~ smoke 上升的煙 / the ~ sun 旭日，朝陽 / a ~ new novelist 逐漸嶄露頭角的小說家 / ~ emotion 高漲的情緒。2 成長中的，發展中的: the ~ generation 年輕的一代。

—副 1《美方》超過。2《美口》將近，幾乎: a lad ~ sixteen 將近十六歲的小夥子。

—名 1 Ⓤ 上升；登上；出現；起立；起床。2 反抗；暴動，叛亂。3 突起，突出物；高地，上坡。4 發酵期間。

'rising 'limit 名《the ~》〖股票〗漲停板。

:risk [rɪsk] 名 1 Ⓤ Ⓒ 危險，風險；危險物，危險根源: at ~《英》遭受危險，危險四伏的；冒懷孕風險的 / at any ~ 無論冒什麼險；無論如何 / at the ~ of one's life 冒著生命的危險 / at the owner's ~ 損害由貨主負擔 / take a ~ 冒險。2〖保〗危險率；保險金額；受保人[物]。3 危險物品；危險分子。

—動 及 1 使冒險，以…作為賭注: ~ a sprat to catch a herring.《諺》放長線釣大魚。2 毅然嘗試；冒…之險。~·**ful** 形 ~·**less** 形 沒有危險的；安全的；有把握的。

risk·y ['rɪskɪ] 形 (**risk·i·er, risk·i·est**)《口》危險的，冒險的；愛冒險的，大膽的；近乎猥褻的: crack ~ jokes 說近乎猥褻的笑話 / make a ~ investment 做危險的投資

ri·sot·to [rɪ'sɔto] 名 ⒸⓊ〖義烹飪〗(用大米、乾酪、肉湯等燉成的) 義大利燉飯。

ris·qué [rɪs'ke] 形 1 低級的。2 猥褻的。

ris·sole ['rɪsol] 名 (複 ~s [-z]) ⒸⓊ 炸肉捲。

Ri·ta ['ritə] 名〖女子名〗莉塔。

ri·tar·dan·do [,ritɑr'dɑndo] 形〖樂〗漸緩的，漸慢速度的。略作: rit.

·rite [raɪt] 名《常作 ~s》1 隆重的儀式；宗教儀式；典禮: wedding ~s 結婚典禮 / the Anglican ~s 英國國教會的禮拜儀式 / conduct a ~ 舉行儀式。2 禮節；慣例: the social ~s 社交禮儀。

'rite of 'passage 名〖人類〗通過禮儀；生命禮儀: 表示某人一生中的重要時期的儀式。

rit·u·al ['ritʃuəl] 名 1 Ⓤ (宗教等的) 儀式；儀式的程序；典禮。2 儀式的典範；儀式書。3 慣例，常規。—形 儀式上的；與儀式有關的。

rit·u·al·ist ['rɪtʃuəlɪst] 名 儀式專家；儀式主義者。—形 儀式主義 (者) 的。

-,ism 名 Ⓤ 拘泥儀式；儀式主義；儀式學。

rit·u·al·is·tic [,rɪtʃuə'lɪstɪk] 形 儀式上的；遵守儀式的；儀式主義的。

rit·u·al·ize ['rɪtʃuəl,aɪz] 動 不及 儀式化；趨於儀式主義。—及 1 使儀式化。2 使趨向儀式主義。

ritz·y ['rɪtsɪ] 形 (**ritz·i·er, ritz·i·est**)《俚

《常爲諷》豪華的；時髦的；上等的；炫耀的。

riv. 《縮寫》*river.*

ri·val ['raɪvl] 图 **1** 競爭對手，敵手：a formidable ～勁敵 / ～*s for* the same girl 追求同一個女孩的情敵。**2** 可以匹敵的人[物]：a guidebook without (a) ～ 無以倫比的旅遊指南。—形競爭的，敵對的。
—動(～**ed**, ～**·ing** 或《英》**-valled**, ～**·ling**) 因 **1** 與…競爭《*in...*》。**2** 足以和…匹敵，比得上《*in...*》。

ri·val·ry ['raɪvlrɪ] 图(複**-ries**)Ⓤ Ⓒ競爭，對抗；競爭行爲；對立關係《*with...*》：be in ～處於競爭狀態。

rive [raɪv] 動(**rived**, **rived** 或 **riv·en**, **riv·ing**) 因《常用被動》**1** 撕裂；劈開；扭斷。**2** 使（感情、心靈等）破碎。

riv·en ['rɪvən] 動 **rive** 的過去分詞。—形破裂的，裂開的。

riv·er¹ ['rɪvɚ] 图 **1** 江，河；水道：fish in the ～在河裡釣魚。**2** 像河流般的事物：《～**s**》洪流；大量：a ～ of mud 泥河 / ～*s* of complaints 抱怨連連。
sell** a person **down the river 出賣，欺騙。
send** a person **up the river 《美俚》把（某人）送入監獄。

riv·er² ['raɪvɚ] 图撕裂的人，劈木工人。

riv·er·bank ['rɪvɚ,bæŋk] 图 河岸。

'river ,basin 图〖地〗河川流域。

riv·er·bed ['rɪvɚ,bɛd] 图 河床。

riv·er·boat ['rɪvɚ,bot] 图 河船。

riv·er·front ['rɪvɚ,frʌnt] 图 河濱地區。

riv·er·head ['rɪvɚ,hɛd] 图河流發源地，河源。

'river ,horse 图〖動〗河馬。

riv·er·ine ['rɪvə,raɪn, -rin] 形 **1** 河川的；像河流般的。**2** 在河邊的；住在河畔的。

'river ,mouth 图 河口。

riv·er·side ['rɪvɚ,saɪd] 图形河岸（的），河畔（的）：a ～ drive 河邊車道。

riv·et ['rɪvɪt] 图鉚釘。—動(～**·ed**, ～**·ing** 或《英》～**·ted**, ～**·ting**) 因 **1** 鉚住[鉚牢]，鉚接《*together, down*》。**2** 固定；《常用被動》《喻》鞏固：a ～*ed* error 根深蒂固的錯誤。**3** 吸引；使（眼光、注意力等）集中（在…上面）《*on, upon*》：～one's eyes *on*...把目光投注在…上面。～**·er** 图 打鉚釘工[機]。

riv·et·ing ['rɪvɪtɪŋ] 形《口》極吸引人的，極好的。

Riv·i·er·a [,rɪvɪ'ɛrə, rɪ'vjɛːrɑ] 图《**the** ～》里維耶拉：法國東南部和義大利西北部地中海沿岸觀光休閒地區。

ri·vière [,ri'vjɛr] 图(複～**s** [-z]) 多串的寶石或鑽石項鍊。

riv·u·let ['rɪvjəlɪt] 图《文》小河，溪流。

Ri·yadh [rɪ'jɑd] 图 利雅德：沙烏地阿拉伯的首都。

ri·(y)al [ri'jɔl, -'jɑl] 图 里亞爾：沙烏地阿拉伯的貨幣單位。

R.L.S 《縮寫》*Robert Louis Stevenson.*

rm. 《縮寫》(複 **rms**) *ream*¹; *room.*

R.M.S. 《縮寫》*Railway Mail Service*；《英》*Royal Mail Service* [*Steamship*].

Rn 《化學符號》radon.

R.N. 《縮寫》《美》*registered nurse*;《英》*Royal Navy.*

RNA 《縮寫》*ribonucleic acid*〖生化〗核糖核酸。

R.N.A.S. 《縮寫》《英》*Royal Naval Air Service.*

roach¹ [rotʃ] 图 **1**《美》蟑螂。**2**《俚》（大麻煙的）煙屁股。

roach² [rotʃ] 图 (複～**·es**, ～)〖魚〗**1** 石斑魚。**2** 鯉魚之一種。
(as) sound as a roach 很有精神地，十分健壯地。

:road 图 **1**〖路〗道路；公路：the Silk *R*- 絲路 / a busy ～ with heavy traffic 交通頻繁的繁忙街道 / All ～*s* lead to Rome.《諺》條條大路通羅馬；殊途同歸。**2**《美》鐵路；軌道。**3** 途徑，方法《*to...*》：the high ～ *to* success 通往成功的大道 / There is no royal ～ *to* learning.《諺》學問無捷徑，學問非一蹴可幾。**4** 路線；路：give a person the ～讓路給某人 / You're on the wrong ～.你走錯路了。**5**《常作～**s**》〖海〗停泊處，下錨處。**6**《**the** ～》《美》（劇團、棒球隊等的）巡迴演出地點。
be on the road (1) 在旅行中；（推銷員）正在四處巡迴。(2)（劇團、球隊等）正在各地巡迴演出或比賽。(3) 正在流浪。
burn up the road 《俚》高速行駛，開快車。
by road 經由公路。
go over the road 《口》入獄。
hit the road 《俚》（再度）出發旅行，啓程。
one for the road 《口》（離開宴會、酒吧等之前所喝的）最後一杯。
take the road 動身出外旅行。
take to the road (1) 動身出外旅行。(2) 出外流浪。
～**·less** 形 無路的。

'road ,agent 图《美》攔路強盜。

road·bed ['rod,bɛd] 图 **1**（鐵軌的）路基，路床。**2** 路基材料。

road·block ['rod,blɑk] 图 **1** 路障；〖軍〗阻絕道路的設施。**2** 道路障礙物。**3** 障礙。

road·craft ['rod,kræft] 图 Ⓤ《英》汽車駕駛技術。

'road ,hog 图《口》危險駕駛的司機；罔顧他人行車權利的司機。

road·hold·ing ['rod,holdɪŋ] 图 Ⓤ《主英》汽車高速行駛的穩定性；抓地力。

road·house ['rod,haʊs] 图 (複**-house·es** [-'haʊzɪz]) 路邊旅館，路邊酒吧。

road·ie ['rodɪ] 图《口》巡迴演出者的經理人。

road·man ['rodmən] 图 (複**-men** [-mən])

1 築路工人。2 參加公路賽車的選手。

'road ˌmap 图1 公路地圖。2 計畫。

'road ˌmender 图修路工人。

'road ˌmetal 图Ⓤ築路用的材料；鋪設鐵軌路基用的材料。

'road ˌracing 图Ⓤ公路賽車。

road·run·ner ['rod,rʌnɚ] 图〖鳥〗走鵑。

'road ˌsense 图Ⓤ 駕駛本領，安全駕駛的能力。

'road ˌshow 图1 巡迴演出。2（新電影的）特別放映（亦作 **roadshow**）。

road·side ['rod,saɪd] 图路旁，路邊：at the ～ 在路旁。—形路邊的，路旁的。

'road ˌsign 图路標。

road·stead ['rod,stɛd] 图〖海〗= road 5.

road·ster ['rodstɚ] 图 1 無後座敞篷汽車。2 乘用馬，拉馬車的馬；馬車夫。

'road 'surfacer 图鋪路機。

'road ˌtest 图1 試車。2（駕駛人的）路考。

road·way ['rod,we] 图1 路面；道路。2 車道。

road·work ['rod,wɝk] 图1 Ⓤ（拳擊手的）跑步訓練。2《～s》道路工程。

road·wor·thy ['rod,wɝðɪ] 形 適合在道路上使用的。

roam [rom] 動不及閒逛；漫遊；流浪；（幻想、思想等）任意馳騁：～ around the town 在鎮上四處閒逛。—及漫遊[流浪]。—图漫步；漫遊；流浪。

roan [ron] 形1 灰斑[白斑]栗色毛皮的。2 用此色皮革製成的。—图1 灰斑[白斑]栗色的馬[動物]。2 Ⓤ（用於裝訂書本的）柔軟的羊皮。

·**roar** [ror] 動不及1 咆哮，喊叫；大聲唱歌；（動物）吼叫；（馬）喘鳴：～ in rage 怒吼 / ～ in a voice of thunder 大發雷霆 / ～ with impatience 焦急地大聲喊叫。2 爆笑：～ with laughter 縱聲大笑。3（雷、大炮、機器等）轟鳴。—及1 大聲喊叫表示，大聲發出《*out*》。2 吼叫得使成（某種狀態）；使轟響。—图1 吼聲，叫喊聲；爆笑。2 呼嘯，怒號；咆哮；轟隆聲。

roar·er ['rorɚ] 图咆哮者；吼叫者。

roar·ing ['rorɪŋ] 图1 ⓊⒸ 吼叫（聲），咆哮（聲）；轟響（聲）；呼嘯（聲）。2 Ⓤ〖獸病〗（馬的）喘鳴症。—形1 咆哮的；狂吼的；轟然作響的；喧囂的；狂暴的。2（生意等）興隆的；健康的，活力充沛的。—副《口》非常，極度。

·**roast** [rost] 動及1 烤，炙：～ meat on a spit 用叉子把肉串起來烤。2 烘，焙：～ beans brown 把豆子烘成褐色。3 使炙熱，使有如被火烤。4〖冶〗焙燒。5 烘暖：～ oneself at the fire 挨在火旁烘暖身體。6《美口》痛罵，酷評；取笑：give a person a real ～*ing* 痛罵某人。—不及1 被烤，被烘焙。2 感到炙熱。—图1 ⒸⓊ烤肉；Ⓒ烤肉用的肉。2 經過烘焙的東西；炙烤，烘焙。3《口》取笑；痛罵；酷評。4《美口》（戶外的）烤肉會，烤肉野餐：a corn ～ 烤玉米野餐。

rule the roast 居於主宰的地位。

—形烤成的，烘焙的：～ chicken 烤雞。

roast·er ['rostɚ] 图1 烘烤器具；烘烤的人。2 適於烤食的動物。

roast·ing ['rostɪŋ] 形副炙熱的[地]。

·**rob** [rɑb] 動 **(robbed, ～·bing)** 及 搶劫；盜取，奪走：～ a bank 搶劫銀行 / ～ a nest of its eggs 偷鳥巢裡的蛋。

rob Peter to pay Paul 挖東牆補西牆。

rob the cradle ⇨ CRADLE（片語）

Rob [rɑb] 图〖男子名〗羅伯（Robert 的暱稱）。

·**rob·ber** ['rɑbɚ] 图強盜，搶劫者；掠奪者：a ～ band 一夥強盜。

·**rob·ber·y** ['rɑbərɪ] 图 **(複-ber·ies)**ⓊⒸ 搶劫，掠奪；搶劫事件；〖法〗搶劫罪：commit ～ 犯搶劫罪 / a bank ～ 銀行搶案。

·**robe** [rob] 图1《常作～s》禮服，官服，袍服：～*s* of office 官服 / be attired in royal ～*s* 身穿王袍。2 長而寬鬆的袍子；浴袍，晨袍；《～s》服裝：hospital ～*s* 住院病人穿的長袍 / ～*s* for the ball 赴舞會用的長禮服。3 毛製的覆蓋物：a shoulder ～ 披肩。4《美》衣櫥。—動 **(robed, rob·ing)** 及 給穿上袍子[禮服等]；《被動》使披上，覆上《*in...*》。—不及穿上袍子[禮服等]。

Rob·ert ['rɑbɚt] 图1《英口》警察。2〖男子名〗羅伯特（暱稱作 Rob, Bob 等）。

Ro·ber·ta [ro'bɝtə] 图〖女子名〗蘿波特。

Robes·pierre ['robzpjɛr] 图 **Maximilien François de,** 羅伯斯比（1758－94）：法國大革命的領導者。

·**rob·in** ['rɑbɪn] 图〖鳥〗1 知更鳥。2《美》駒鶇，渡鶇（亦稱 **robin red breast**）。

Rob·in ['rɑbɪn] 图1〖男子名〗羅賓（Robert 的暱稱）。2〖女子名〗蘿冰。

'Robin 'Good·fel·low [-'gʊd,fɛlo] 图 = Puck 1.

'Robin ˌHood 图羅賓漢：英國傳說中的俠盜。

Rob·in·son Cru·soe ['rɑbɪnsn̩'kruso] 图 魯賓遜：1 英國作家 Daniel Defoe 所著小說『魯賓遜漂流記』的原名，及其主角名。2 漂流者，過孤獨生活的人。

ro·bot ['robət] 图 1 機器人。2 機器般的人。3 自動機械裝置；自動交通信號機；自動控制飛彈。

'robot ˌbomb 图自動導航炸彈。

ro·bot·ics [ro'bɑtɪks] 图 (複)《作單數》機器人工程學。

ro·bust [ro'bʌst] 形1 強壯的，強健的；健全的；堅定的：a ～ conviction 堅定的信念 / be in ～ health 健壯。2 需要體力的：～ training 費體力的訓練。3 粗暴的；粗野的：a ～ wind 強風 / ～ eaters 吃東西發

R

出聲音的人。4 香醇的，濃郁的：the ～ aroma of roasting meat 烤肉的濃郁香味。
～·ly 副

ro·bus·tious [ro'bʌstʃəs] 形 1 粗野的；粗暴的。2 強健的，強壯的。～·ly 副

roc [rɑk] 名〖阿拉伯神話〗大鵬：a ～'s egg 虛幻之物。

:rock[1] [rɑk] 名 1 (1) Ⓤ 岩石，岩層：〖地質〗岩石：a huge ～ 巨大的岩石 / sedimentary ～s 水成岩。(2)《美》石頭，石子：throw ～s at... 向…投擲石頭。2《常作～s》暗礁，礁石；《喻》危險；災難：run against the ～(s) 觸礁，遭到危險 / *Rock* (s) ahead！前面有暗礁！注意！危險！3 磐石，基石；堅固的支柱，靠山：the *R*- of Ages 永世之磐石，基督教（信仰）。4 Ⓤ《英》（硬的）棒棒糖；《美》= rock candy. 5《常作～s》金錢。6 Ⓤ Ⓒ《俚》寶石；鑽石。7《～s》《鄙》睪丸。

(as) firm as (a) rock 堅如磐石的。

built on the rock 基礎穩固的，建立在牢固基礎上的。

have rocks in one's [the] head《美俚》愚蠢，神經不正常。

on the rocks (1) ⇨ 名 2. (2)《口》瀕於毀滅，受挫。(3)《口》破產，手頭拮据。(4) 加冰塊的。

·rock[2] [rɑk] 動 不及 1 搖動，擺動。2 抖動，震動《*with...*》：～ *with* terror 因恐懼而顫抖。3 跳搖滾舞；演奏搖滾樂。一及 1 輕輕搖動。2 輕搖著使《*into, to...*》。3 激烈地搖晃。4 使動搖；使大為震撼。

rock the boat《口》生事；不必要地破壞安定的現況。

一名 1 Ⓤ Ⓒ 搖動，擺動；一搖，一擺。2 = rock-'n'-roll. 3. = rocker 5. ～·ing·ly 副

rock·a·bil·ly ['rɑkə,bɪlɪ] 名 Ⓤ 鄉村搖滾樂。

rock-and-roll ['rɑkən'rol] 名 = rock-'n'-roll.

'rock 'bottom 名 Ⓤ 最低點，最低水平；最深處，內心：touch ～ 到達最低點。

rock-bot·tom ['rɑk'bɑtəm] 形 最低的，最低限度的：～ prices 最低價格，血本價格。

rock-bound ['rɑk,baʊnd] 形 岩石環繞的，多岩石的；僵硬的，頑固的。

'rock 'candy 名 Ⓤ《美》冰糖（《英》sugar candy）。

rock-climb·ing ['rɑk,klaɪmɪŋ] 名 Ⓤ 攀岩；攀岩術。-climb·er 名

'rock ˌcrystal 名 Ⓤ 水晶。

Rock·e·fel·ler ['rɑkɪ,fɛlɚ] 名 John D(avison), 洛克斐勒（1839–1937）：美國石油大王；洛氏基金會創立人。

rock·er ['rɑkɚ] 名 1 搖桿。2 搖椅；搖木馬。3 有弓形冰刀的溜冰鞋。4 搖滾樂歌手，搖滾樂迷；跳搖滾舞的人。5（英國 1960 年代騎摩托車、穿皮夾克的）飆車青年，飛車黨。

off one's rocker《俚》精神失常的，瘋狂的。

:rock·et ['rɑkɪt] 名 1 火箭；火箭引擎；火箭彈，火箭推進飛彈。2 火箭煙火。3《英俚》嚴叱，申斥：give a person a ～ 痛罵某人一頓 / get a ～ 挨罵。

一動 及 用火箭發射運送；以火箭彈[飛彈]攻擊。一 不及 1 快速行進。2（雉雞等）（因受驚）直飛衝天。3 飛速升高《*up*》。

rock·e·teer [,rɑkə'tɪr] 名 1 火箭發射者[操縱者，搭乘者]。2 火箭設計專家。

rock·et-pro·pelled ['rɑkɪtprə'pɛld] 形 用火箭推進的。

'rocket proˌpulsion 名 Ⓤ 火箭推進（力）。

rock·et·ry ['rɑkətrɪ] 名 Ⓤ 火箭學；火箭的實驗[運用]。

rock·fall ['rɑk,fɔl] 名（大規模的）落石。

'rock ˌgarden 名（歐洲等）種植高山（岩生）植物的有假山的庭園。

'rock ˌhound 名《口》地質學家；岩石收藏家。

Rock·ies ['rɑkɪz] 名《the ～》《口》= Rocky Mountains.

'rocking ˌchair 名 搖椅。

'rocking ˌhorse 名（兒童騎著玩的）木馬。

rock-'n'-roll ['rɑkən'rol] 名 Ⓤ 搖滾樂。略作：R&R. ～·er 名

rock·oon [rɑ'kun] 名 由氣球送到高空發射的氣象觀測用小型火箭。

'rock ˌplant 名 岩生植物。

rock-ribbed ['rɑk'rɪbd] 形 1 有岩層的。2 頑固的；堅定的。

'rock ˌsalt 名 Ⓤ 岩鹽，石鹽。

rock·shaft ['rɑk,ʃæft] 名〖機〗搖軸。

'rock ˌwool 名 = mineral wool.

·rock·y[1] ['rɑkɪ] 形 (rock·i·er, rock·i·est) 1 多岩石的；由岩石構成的：a ～ path 石路。2 如岩石的：～ hardness 如岩石般的堅硬。3《喻》多災難的，崎嶇的：the ～ road to success 通往成功的坎坷道路。4《褒詞》堅定不移的；《貶詞》冷酷的，無情的：～ persistence 不屈的耐力 / a ～ countenance 冷酷的表情。-i·ness 名

rock·y[2] ['rɑkɪ] 形 (rock·i·er, rock·i·est) 搖晃的，不穩定的；不確定的：a ～ table 搖搖晃晃的桌子 / a ～ relationship 不穩定的關係。

'Rocky 'Mountains 名（複）《the ～》落磯山脈：北美洲西部的大山脈；自阿拉斯加北部向東南延伸到墨西哥北部（亦稱 Rockies）。

ro·co·co [rə'koko] 名 1 Ⓤ 洛可可（式）：18 世紀前半期法國流行的華麗、纖細建築和裝飾風格。2 洛可可音樂。一形 1《R-》〖美〗洛可可式的。2《常為蔑》洛可可風味的；過於雕飾的，俗麗的。3 老式

R

的，不流行的。

·**rod** [rɑd] 名 **1** 棒，竿，杖：a curtain ～ 掛窗簾的橫桿。**2** 枝條，（筆直的）小樹枝。**3** 鞭；《**the** ～》鞭打，懲罰：give a person *the* ～ 鞭打某人 / Spare *the* ～ and spoil the child.《諺》玉不琢不成器。**4** 釣竿。**5** 測竿；（抹平灰泥的）直定規。**6** 竿：長度單位（約 5 ½ 碼或 5.03 公尺）。**7**（代表權威的）權杖權力；暴政：rule the nation with a ～ of iron 嚴苛地治理國家。**8** 避雷針；〖測〗水準測量棒。**9**《美俚》手槍。**10** 桿菌；〖解〗視網膜桿。**11**《美俚》= hot rod. **12**《美俚》貨物列車：ride the ～(*s*) 非法偷乘貨物列車。

***have a rod in pickle for** a person* 伺機懲罰（人），預備時機來臨時懲罰（某人）。

make a rod for** one's **own back 自作自受，自討苦吃。

:**rode** [rod] 動 **ride** 的過去式。

ro·dent ['rodn̩t] 形 齧齒類的；啃的，咬的。—名 齧齒類動物（如老鼠等）。

ro·de·o ['rodɪ,o, ro'deo] 名 (複～**s** [-z])《美》**1** 牛仔的競技。**2** 驅集牛群。

Ro·din [ro'dæn] 名 **Auguste,** 羅丹（1840–1917）：法國雕刻家。

rod·man ['rɑdmən] 名 (複**-men**) 持測桿者。

rod·o·mon·tade [,rɑdəmɑn'ted] 名 U 吹牛，大話。—形 說大話的，吹牛的。—動 不及 說大話，自誇。

roe[1] [ro] 名 U C **1** 魚卵，魚子；（雄魚的）魚精，魚白。**2**（蝦等的）卵（塊）。

roe[2] [ro] 名 (複～**s**,《集合名詞》～)〖動〗獐（亦稱 **roe deer**）。

roe·buck ['ro,bʌk] 名 (複～**s**,《集合名詞》～) 雄獐。

roent·gen ['rɛntgən] 名 倫琴：放射線量的單位。—形《偶作 **R-**》倫琴（單位）的；X 光線的。

roent·gen·o·gram ['rɛntgənə,græm] 名 X 光照片。

roent·gen·og·ra·phy [,rɛntgən'ɑgrəfɪ] 名 U X 光線攝影術。

roent·gen·ol·o·gy [,rɛntgə'nɑlədʒɪ] 名 U〖醫〗X 光學。

'**Roentgen ,rays** 名 (複)《偶作 **r-**》倫琴射線，X 光線。

R.O.G., ROG, r.o.g. 《縮寫》*r*eceipt *o*f *g*oods 貨已收到，貨到即付。

ro·ga·tion [ro'geʃən] 名《通常作～**s**》〖天主教〗（耶穌升天節之前三天的）祈願（儀式）。

Ro'gation ,Days 名 (複)《**the** ～》（耶穌升天節前三天的）祈願節。

rog·er ['rɑdʒɚ] 感《常作 **R-**》《美口》**1** 好！是！沒問題。**2**（無線通訊）收到了！知道了！

Rog·er ['rɑdʒɚ] 名〖男子名〗羅傑。

·**rogue** [rog] 名 **1** 流氓，惡棍：an arrant ～ 一個十足的惡棍 / play the ～ 做壞事，詐欺，行騙。**2**《暱稱》淘氣鬼。**3** 離群的（兇猛）動物。

—動 (**rogued, ro·guing**) 不及 欺騙；詐欺。—及 **1** 騙；騙取。**2** 拔取（劣苗）；除去。

ro·guer·y ['rogərɪ] 名 (複**-guer·ies**) U C **1** 無賴的行爲；詐欺。**2** 惡作劇，搗蛋。

'**rogues' 'gallery** 名（警方的）犯人照片檔案。

'**rogue's 'march** 名《**the** ～》**1** 放逐曲。**2** 把人逐出團體等的喧鬧聲。

rogu·ish ['rogɪʃ] 形 **1** 惡棍的，流氓的；不法的。**2**《罕》惡作劇的，淘氣的：a ～ wink 調皮的眨眼。～**·ly** 副

roil [rɔɪl] 動 及《美》**1**（攪拌沉澱物）使混濁。**2** 擾亂；使心煩意亂：be ～*ed* by the loud noise 被喧鬧聲搞得很煩躁（亦稱 **rile**）。

roil·y ['rɔɪlɪ] 形 (**roil·i·er, roil·i·est**) 混濁的；煩躁的；生氣的。

rois·ter ['rɔɪstɚ] 動 不及 **1** 耀武揚威，趾高氣揚。**2** 鬧飲；喧鬧。～**·ous** 形

ROK [rɑk]《縮寫》*R*epublic *o*f *K*orea 大韓民國。

Ro·land ['rolənd] 名〖男子名〗羅蘭。

·**role** [rol] 名 **1** 角色：the ～ of Hamlet 哈姆雷特的角色。**2** 任務，職責：assume the ～ of... 承擔…的任務。

'**role model** 名 角色典型。

role-play ['rol,ple] 動 及 扮演…的角色。—不及 扮演某角色。

role-play·ing ['rol,pleɪŋ] 名 U〖心〗角色扮演。

'**role-playing ,game** 名 角色扮演遊戲。略作：RPG

·**roll** [rol] 動 不及 **1** 滾動，轉動；滾落：～ on 繼續滾動 / ～ over 翻滾一圈。**2** 行駛；（乘車）前往。**3** 波動；漂動；翻騰；起伏。**4** 流逝《*on, away, by*》；（天體）運行。**5** 滔滔不絕；發出隆隆響；鳴叫。**6** 打滾：～ in bed 在床上翻來覆去。**7**（眼珠）轉動。**8**（船）左右搖晃。**9** 搖搖擺擺地走；《古》閒蕩，流浪：～ along with a swaying gait 步伐蹣跚地走。**10**《口》從事；出發；發展；開始。**11** 被捲起來；被繞起來《*into...*》；（捲成之物）伸展，展開《*out*》：～ *into* a ball 捲成（毛）球。**12** 被滾平；被壓平。—及 **1** 使滾動。**2** 捲，繞《*into...*》；裹《*in...*》。**3** 推（車）；用車載運：～ a baby in a pram 用嬰兒車推嬰孩。**4** 使翻滾著前進。**5** 溜轉。**6** 朗朗地說《*out*》。**7** 捲舌發音。**8**《常用反身》使翻身。**9** 使左右搖擺。**10** 輾；擀；滾平，燙平。**11** 擂（大鼓）。**12**《美俚》盜取（酒醉或睡著的人）口袋之物。

***roll**...**back** / **roll back**...* (1)《美》以管制使物價回降（至原水準）。(2) 擊退。

roll** one's **hoop 《美俚》專注自己的事。

roll in 《口》(1) 就寢，上床。(2) 蜂擁而至；滾滾而來。(3) 沉溺於；《通常用進行

式》大量擁有（金錢等）。
roll out《俚》起床；出外旅行。
roll... out / roll out... (1) 碾平；展開。(2)大量製造。
roll out the red carpet (***for*** *a person*) 熱烈而隆重的地歡迎款待（某人）。
roll up (1)《口》搭車抵達；開進；出現；蜂擁而來。(2) 累積。(3) 裹身《*in...*》。
roll...up / roll up... (1) 捲，捲起。(2) 積蓄，收集。(3) 擊退（敵人的）側翼。
roll up *one's* ***sleeves*** 精力充沛地準備行動。
—名 **1** 捲狀物，成卷的紙；公文。**2** 名冊；簽到簿；目錄；紀錄簿；表。**3** 一捲《*of...*》。**4** 圓筒形的東西，捲成的東西；煙捲；〖烹飪〗蛋糕捲，麵包捲，肉捲。**5**（線捲等的）軸；滾軸；滾筒；壓路機；□麵棍；壓延機；絞車。**6** 滾動，轉動；左右搖晃，蹣跚。**7** 起伏。**8** 洪亮、有節奏的言詞；隆隆聲，擂鼓聲；（金絲雀的）鳴叫聲；捲舌音。**9**《美俚》（摺疊的）紙幣；資金。
strike off the rolls 開除，除名。

Rol·land [rɔ'lɑŋ] 名 **Romain** 羅曼羅蘭（1866–1944）：法國文學家。

roll·a·way ['roləˌwe] 形《美》裝有腳輪的。

roll·back ['rolˌbæk] 名 **1** 物價回降政策。**2**〖電腦〗回轉。

'roll ˌbar 名（翻車時可保護車內人的）汽車頂金屬桿。

'roll ˌbook 名 點名簿。

·'roll ˌcall 名 U C **1** 點名；唱名，清點人數：take [make] a [the] ～ of... 點…的名。**2** 點名信號。

rolled [rold] 形 包金箔的。

·roll·er ['rolɚ] 名 **1** 滾軸，滾筒；腳輪。**2** 壓路機；擀麵棍；油墨棍；壓磨機；油漆滾筒。**3** 捲軸；髮捲。**4** 巨浪。**5** 繃帶捲。**6**《美俚》警察。

Roll·er·blade ['rolɚˌbled] 名〖商標名〗直排輪鞋。

'roller ˌblind 名《英》捲啓式的遮陽窗簾。

'roller ˌcoaster 名《美》（遊樂場的）雲霄飛車。

'roller ˌderby 名 輪式溜冰比賽。

'roller ˌskate 名 輪式溜冰鞋。

roll·er-skate ['rolɚˌsket] 動 不及 穿輪式溜冰鞋溜冰。
'roller ˌskater 名 玩輪式溜冰的人。
'roller ˌskating 名 U 輪式溜冰。

'roller ˌtowel 名 捲筒式紙巾。

'roll ˌfilm 名〖攝〗捲筒軟片。

rol·lick ['rɑlɪk] 動 不及 嬉鬧，玩耍。

rol·lick·ing ['rɑlɪkɪŋ] 形 玩耍的，嬉戲的，歡樂的；宏亮的。

roll·ing ['rolɪŋ] 名 U **1** 滾動，旋轉。**2** 搖擺；蹣跚。**3** 滾滾而動；（緩緩）起伏。**4** 隆隆聲。—形 **1** 滾動的，旋轉的。**2** 緩緩起伏的；滾滾而動的。**3** 左右搖擺的；蹣跚的。**4** 反折的，翻轉的。**5** 發出隆隆聲的；朗朗上口的；滔滔地流的；循環的。**6** 轉動的。**7**《口》富有的。～**·ly** 副

'rolling ˌmill 名 輾壓廠；輾壓機。

'rolling ˌpin 名 擀麵棍。

'rolling ˌstock 名 U《集合名詞》（鐵路的）（全部）車輛；貨運汽車。

'rolling 'stone 名 見異思遷的人；住處不定的人：A ～ gathers no moss.《諺》滾石不生苔，轉業不聚財。

roll-neck ['rolˌnɛk] 形 套頭高翻領的。

roll-on ['rolˌɑn] 形《限定用法》**1**（藥品、化妝品等）用滾珠式容器裝的。**2**（亦稱 **roll-on roll-off**）（貨船）卡車可開上開下的。—名（有伸縮性而不需鈕釦的）女性內衣。

roll-out ['rolˌaʊt] 名 **1**《口》新型飛機的首次展示，（一般的）首次展示。**2**〖美足〗橫移突破戰術。**3**〖電腦〗把主記憶裝置的內容記錄到輔助記憶裝置中。

roll·o·ver ['rolˌovɚ] 名 **1** 借款轉期。**2**（彩券彩金）滾入下期。**3** 翻車失事。

Rolls-Royce ['rolz'rɔɪs] 名〖商標名〗勞斯萊斯：英國製高級汽車。

'roll ˌtop 名 有摺疊式頂蓋的辦公桌。
'roll-ˌtop 形

roll·way ['rolˌwe] 名 滾坡，滾道。

ro·ly-po·ly ['rolɪˌpolɪ] 形 小而圓的，矮胖的。—名 (複**-lies**) **1** 矮胖的人，胖嘟嘟的小孩。**2** C U《英》渦捲布丁。**3**《美》不倒翁。

ROM [rɑm] 名 = *r*ead-*o*nly *m*emory.

Rom.《縮寫》*Rom*an(s); *Rom*ance.

Ro·ma·ic [ro'meɪk] 名 = demotic 名 2. —形 現代希臘（人、語）的。

·Ro·man ['romən] 形 **1** 羅馬的；古羅馬（帝國、共和國）的；（古）羅馬人的；（古）羅馬時代的。**2** 古羅馬人風格的：～ fortitude 古羅馬人的不屈不撓精神。**3** 羅馬天主教（會）的。**4** 古羅馬式樣的。**5**《通常作 **r-**》羅馬字體的；羅馬數字的。—名 **1**（古）羅馬人。**2** U《通常作 **r-**》羅馬字體。**3**《蔑》羅馬天主教教徒。

'Roman 'alphabet 名《**the** ～》羅馬字母，拉丁文字。

'Roman 'candle 名 羅馬式煙火，煙火筒。

'Roman 'Catholic 形 羅馬天主教（教會）的。—名 羅馬天主教教徒。

'Roman 'Catholic 'Church 名《**the** ～》羅馬天主教教會。

'Roman Ca'tholicism 名 U 羅馬天主教；天主教教義[制度，儀式]。

·ro·mance[1] [ro'mæns, 'romæns] 名 **1** 傳奇故事；愛情故事；（文學形式的）羅曼史。**2** 中世紀騎士故事：the Arthurian ～*s* 亞瑟王故事。**3** U C 虛構的話，誇張的敘述。**4** U 傳奇性；浪漫性。**5** 浪漫的事件；戀愛事件。**6** U C《**R-**》羅曼斯語。

R

—動(-manced, -manc·ing) 不及 浪漫地說[想]《about...》；沉溺於幻想；誇張地說；調情《with...》。—及 1 把…浪漫化，誇張地描述。2《口》求愛；調情。—形《R-》羅曼斯語（系）的，拉丁語系的。

ro·mance² [ro'mæns, 'romæns] 名〖樂〗浪漫曲。

'Romance 'languages 名(複)《the ～》= romance¹ 名 6.

ro·manc·er [ro'mænsɚ] 名 1 傳奇作家，浪漫故事或虛構故事作家。2 虛構或誇大事實者。

'Roman 'Empire 名《the ～》羅馬帝國（27BC－395AD）。

Ro·man·esque [ˌromən'ɛsk] 形〖建·美〗羅馬式的。—名 U 羅馬式，羅馬風格。

ro·man-fleuve [rɔ'mɑn'flɝv] 名(複 **ro·mans-fleuves** [～])《法語》（長篇的）家族小說。

'Roman 'holiday 名 以野蠻為特徵的表演；得自他人受苦的利益或快樂：make a ～ 成為他人歡樂的犧牲品。

Ro·ma·ni·a [ro'menɪə] 名 羅馬尼亞（共和國）：位於歐洲東南部的國家；首都為布加勒斯特（Bucharest）。

Ro·ma·ni·an [ro'menɪən] 名 1 羅馬尼亞人。2 U 羅馬尼亞語。—形 羅馬尼亞的；羅馬尼亞人[語]的。

Ro·man·ic [ro'mænɪk] 形 1 古羅馬人的；來自古羅馬人的。2 羅曼斯語的。—名 U 羅曼斯語。

Ro·man·ist ['romənɪst] 名 1《通常為蔑》（羅馬）天主教徒。2 研究古羅馬文化的人或專家。

Ro·man·ize ['roməˌnaɪz] 動 及 1 使皈依羅馬天主教。2 使羅馬化。3《常作 r-》用羅馬字（體）書寫[印刷]。—不及 1 改信羅馬天主教。2 歸化為羅馬人。

'Roman 'law 名 U 古羅馬法。

'Roman 'nose 名 羅馬鼻，鷹鉤鼻。

'Roman 'numerals 名(複) 羅馬數字。

Ro·ma·nov, -noff ['roməˌnɔf] 名（俄國的）羅曼諾夫王朝（1613－1917）。

Ro·mans ['romənz] 名(複)《the ～》《作單數》（新約聖經的）羅馬人書。略作: Rom.

·ro·man·tic [ro'mæntɪk] 形 1 傳奇性的，浪漫的：a ～ adventure 傳奇性的冒險。2 耽於幻想的；不切實際的：a ～ girl 耽於幻想的少女 / a ～ idea 不切實際的想法。3 虛構的。4《通常作 R-》浪漫主義的，浪漫派的。

—名 1 幻想家；浪漫主義作家；（英國的）浪漫派詩人：an incurable ～ 無可救藥的夢想家。2《～s》浪漫的思想；非現實的言行。

-ti·cal·ly 副 浪漫地；空想地；浪漫派作風地。

ro·man·ti·cism [ro'mæntəˌsɪzəm] 名 U 1 浪漫的性格；理想主義的傾向。2《通常作 R-》浪漫主義。

ro·man·ti·cist [ro'mæntəsɪst] 名 1 浪漫主義者；浪漫派詩人。2 夢想家。

ro·man·ti·cize [ro'mæntəˌsaɪz] 動 及《常為蔑》使浪漫化，使具有傳奇色彩。—不及 有浪漫主義的色彩。

Rom·a·ny ['rɑmənɪ] 名 1 (複-nies) 吉普賽人；《集合名詞》吉普賽族。2 U 吉普賽語。—形 吉普賽（風俗）的；吉普賽語的（亦作 **Rommany**）。

Rom. Cath. 《縮寫》*Rom*an *Cath*olic.

·Rome [rom] 名 1 羅馬：義大利及古羅馬帝國的首都；羅馬天主教教廷：*R-* was not built in a day.《諺》羅馬不是一天造成的；重要的工作是急不來的。/ All roads lead to ～.《諺》條條大路通羅馬。2 羅馬天主教（教會）。

fiddle while Rome is burning 不管正事而貪圖享樂。

go over to Rome 改信天主教。

When in Rome, do as the Romans do.《諺》入境隨俗。

Ro·me·o ['romɪˌo] 名（定義 2, 定義 3 複～s）1 羅密歐：Shakespeare 所著『羅密歐與朱麗葉』一劇的男主角。2 熱戀中的男人。3 情郎。

Rom·ish ['romɪʃ] 形《常為蔑》羅馬天主教的。

romp [rɑmp] 動 不及 1 嬉鬧玩耍，蹦蹦跳跳《about, around》。2 輕鬆地取勝《along》：～ home（遙遙）領先 / ～ away with... 輕易勝過。—名 1 喧鬧遊戲，（小孩的）歡鬧。2 淘氣的人；頑皮女孩。3 輕鬆取勝的步伐。～·er 名 嬉耍的人。

romp·ers ['rɑmpɚz] 名(複)（小孩穿的寬鬆的）連褲外衣。

romp·ish ['rɑmpɪʃ] 形 歡鬧的，蹦跳歡樂的；（女孩子）頑皮的。

Rom·u·lus ['rɑmjələs] 名〖羅馬傳說〗洛姆勒斯：古羅馬開國者及第一代國王。

Ron·ald ['rɑnəld] 名〖男子名〗羅納德。

ron·deau ['rɑndo] 名 (複-deaux [-doz]) 1〖詩〗迴旋詩（體）。2〖樂〗= rondo.

ron·do ['rɑndo] 名 (複～s)〖樂〗迴旋曲。

ron·dure ['rɑndʒɚ] 名《文》1 圓形；球體。2 優美的曲線。

Ro·ne·o ['ronɪo] 名〖商標名〗《英》洛尼歐油印機。—動 及 用洛尼歐油印機複印。

rood [rud] 名 1 有基督像的十字架。2《英》《古》（基督受難的）十字架；十字架。3《英》路得：土地面積的單位，約四分之一英畝。

by the (holy) Rood 以上帝為證；的確。

'rood ˌloft 名 十字架壇。

'rood ˌscreen 名 聖壇屏風。

:roof [ruf, -ʊf] 名 (複～s) 1 屋頂；似屋頂之物；蓋。2 頂，頂端：the ～ of the world

R

世界的屋脊。3《喻》家，家庭（生活）：have a ～ over one's head 有家可住 / live under the same ～ with a person 與某人同住。
go through the roof《口》大發雷霆，勃然大怒。
raise the roof《口》(1) 大鬧，吵翻天。(2) 大聲抱怨。
—動 及 1 蓋屋頂《*with...*》。2 覆蓋，遮蔽；《喻》保護《*in, over*》。

roof·er ['rufɚ] 名 蓋屋頂工人；蓋屋頂的材料。

'roof ˌgarden 名 屋頂花園；屋頂餐館。

roof·ie ['rufɪ] 名《俚》約會強姦藥（如 FM2）。

roof·ing ['runfɪŋ] 名 U 1 蓋屋頂（工作）；蓋屋頂的材料。2 屋頂；《喻》保護。

roof·less ['ruflɪs] 形 1 沒有屋頂的。2 沒有住處的，無家可歸的。

'roof ˌrack 名《英》車頂上的載物架。

roof·top ['ruf,tɑp] 名 屋頂，平屋頂。

roof·tree ['ruf,tri] 名 1《古》棟樑。2 屋頂；住家，家。

rook¹ [rʊk] 名 1〖鳥〗白嘴鴉。2（賭博等的）騙子。—動 及《俚》（以賭博）欺騙；騙取《*of, out of...*》。

rook² [rʊk] 名〖西洋棋〗城堡。

rook·er·y ['rʊkərɪ] 名（複 **-er·ies**）1 成群的白嘴鴉；白嘴鴉群棲之處。2 成群的海豹企鵝等；海豹企鵝等群棲處。3《口》大雜院；貧民窟。

rook·ie ['rʊkɪ] 名《口》1《美》新手，新球員，菜鳥。2 新進人員；《美》新兵；生手。

:room [rum, rʊm] 名 1 房間，室：a furnished ～ 家具齊全的房間 / reserve a ～ at a hotel 向旅館預訂房間。2《～s》（一套的）出租房間；公寓：live in ～*s* 租人家的房子住 /《美》*Rooms* for Rent. 吉屋出租。3《the ～》房間裡的人們。4 U 地位，空間《*for...*》：This stereo won't take up too much ～. 這一立體音響不太占地方。5 U 餘地《*for...*》；機會，可能性《*for..., to* do》：no ～ *for* negotiation 沒有協商的餘地。6 U 能力，才能《*for...*》。
***give room to** a person* 讓位給（某人）。
leave the room《口》《委婉》上廁所。
prefer** a person's **room to** his **company** / **would rather have** a person's **room than** his **company 某人不在較好，希望某人走開。
room and board 膳宿；膳宿費。
room and to spare 有充分的餘地。
There is no room to swing a cat (in) . / ***There is no room to turn in***. 沒有睡覺的地方，沒有轉身的餘地；（房屋、場所等）非常狹隘。
—動 不及 居住，投宿《*at...*》。
—及 留宿；使投宿。

roomed [rumd] 形《作複合詞》有…房間的：a 300-*roomed* hotel 有三百個房間的旅館。

room·er ['rumɚ] 名《美》投宿者；寄宿者，房客。

room·ette [ru'mɛt, rʊ-] 名《美》〖鐵路〗臥鋪車廂的個人房。

room·ful ['rum,fʊl] 名 滿座，滿室《*of...*》：a ～ *of* students 滿教室的學生。

room·ie ['rumɪ] 名《美口》室友。

'rooming ˌhouse 名（複 **-hous·es** [-,haʊzɪz]）《美》供人寄宿的房子。

room·mate ['rum,met] 名《美》1 同室者，室友。2《委婉》同居人。

'room ˌnumber 名（旅館等的）房號。

'room ˌservice 名 U 1 房間服務。2 客房部。

'room ˌtemperature 名 室溫。

room·y ['rumɪ] 形 (**room·i·er, room·i·est**) 寬敞的；寬鬆的。

roor·back, -bach ['rʊrbæk] 名《美》中傷性流言，誹謗性謠言。

Roo·se·velt ['rozə,vɛlt, -vəlt] 名 1 **Franklin Delano** (*"FDR"*),（小）羅斯福（1882－1945）：美國第三十二任總統（1933－45）。2 **Theodore** (*"T. R."*),（老）羅斯福（1858－1919）：美國第二十六任總統（1901－09）。

roost [rust] 名 1（雞或小鳥的）棲木；棲木上的一群鳥。2（雞等的）窩巢；《俚》《喻》睡覺場所；投宿處：at ～ 棲於枝上；睡著 / go to ～ 歸巢；就寢。
come home to roost 得到惡報，自作自受：Curses (like chickens) *come home to* ～.《諺》詛咒別人反而自己遭殃；惡有惡報。
rule the roost《口》支配，統治。
—動 不及 1 進巢，棲息；《俚》坐在高椅子上。2 投宿。—及 使棲於窩巢；留宿。

·roost·er ['rustɚ] 名《美》1 公雞（《英》cock）。2《口》自負狂妄的男人。

·root¹ [rut] 名 1（植物的）根；《～s》根菜類。2 根基，底部：the ～ of a tooth 牙床，牙齦 / ～*s* of hair 髮根。3 基礎；根本；根源，原因：go to the ～ of the matter 追究事情的根源。4 祖先，始祖；〖聖〗子孫，後裔。5〖數〗(1) 根。(2)（方程式的）根。6《～s》《喻》故鄉。7〖文法〗詞根；〖樂〗根音。
at (the) root 根本上。
by the root(s) 連根，從底部。
***come (the) roots over** a person*《美俚》欺騙（某人）。
root and branch 徹底地；全部。
take root (1) 生根。(2) 牢固樹立，紮根。
to the root(s) 徹底地。
—動 不及 生根；（習慣等）被牢固樹立，紮根《*in...*》；楞住；盯住（在…）《*on...*》。—及 1 使生根。2 使楞住。3《主被動》使牢固樹立，紮根《*in...*》。4 連根拔除；根絕《*out, away*》。

root² [rut] 動 不及 1（豬等）（為找食物

R

而）以鼻翻土《*about, around*》；搜尋，翻搜《*for...*》：～ around in the cabinet *for* a notebook 在櫥櫃中翻尋一本記事簿。2《美》加油，歡呼鼓舞，支持，聲援《*for ...*》。3〖海〗船首被浪沖擊。—[及]用鼻子翻挖；搜尋；探出《*out*》。

root hog or die《美口》《常用於命令》不辛勤工作便餓死；不是完全成功便是徹底失敗。

root·age ['rutɪdʒ] [名] [U] [C] 1 生根，紮根，根深蒂固。2《集合名詞》根（部）。

'root ˌbeer [名][U][C] 根汁飲料。

'root caˌnal [名]（牙齒的）根管。

'root ˌcrop [名] 根莖類農作物。

root·ed ['rutɪd] [形]生根的；根深蒂固的：a deeply ～ belief 根深蒂固的信仰。

root·er ['rutɚ] [名]《美口》助陣者，啦啦隊員；支持者。

'root ˌform [名]〖文法〗原形。

'root ˌhair [名]〖植〗根鬚，根毛。

root·less ['rutlɪs] [形]1 無根的。2 未紮根的，不穩定的。3 無所屬的。

root·let ['rutlɪt] [名]〖植〗小根；支根。

root·stock ['rut,stɑk] [名] 1〖園〗（接枝的）臺木；〖植〗根莖。2《喻》根源，起源。

root·y ['rutɪ] [形] (**root·i·er, root·i·est**) 多根的；似根的。

:rope [rop] [名] 1 [U] [C] 繩索：a length of ～ 一段繩索 / skip ～ 跳繩。2《美》（牛仔的）套索。3《**the** ～》絞首繩；《喻》絞刑（的判決）：get *the* ～ 受絞刑。4《～**s**》（拳擊場等的）外圍繩欄。5《**a** ～》一串，一條（的…）《*of...*》：*a* ～ *of* hair 一條辮子 / *a* ～ *of* garlic 一串大蒜。6 [U]（葡萄酒、麵糰等生成的）絲狀黏質，菌絲束。7《**the** ～**s**》《俚》祕訣，竅門：know *the* ～*s* 知道祕訣；通曉內情 / show a person *the* ～*s* 教授某人祕訣。

a rope of sand 不牢固的結合，不可靠的事物。

at the end of one's rope 進退兩難，智窮力竭。

come to the end of the rope 進退兩難，智窮力竭。

give a person enough rope (to hang himself) 放任某人使其自取滅亡。

have one's rope out 萬事皆休，無計可施。

have the rope about one's neck 陷入窘境，山窮水盡。

on the high ropes 趾高氣揚，得意揚揚。

on the rope（登山者）以繩索互相繫在一起。

on the ropes〖拳擊〗被逼到欄索邊；《俚》日暮途窮，在一籌莫展之際。

—[動] (**roped, rop·ing**) [及] 1 用繩索捆綁《*up*》：～ a crate 用繩子捆紮箱子。2 用繩子隔開《*in, off, out*》：～ *off* the scene of the crime 把犯罪現場用繩子圍起來。3《美》用繩套捕捉。4 用繩索將（登山者）互相繫在一起。—[不及] 1 生出黏絲。2（使用繩索）登山《*up, down / up; down...*》。

rope a person in《英》說服（人）參加；《美》使入圈套。

'rope ˌbridge [名]索橋。

rope·danc·er ['rop,dænsɚ] [名]空中走鋼索藝人。**-dance, -danc·ing** [名][U]走鋼索特技。

'rope ˌladder [名]繩梯。

rop·er·y ['ropərɪ] [名](複**-er·ies**) 1 製繩廠。2 [U][C]《古》不正當行為，詐欺。

rope·walk ['rop,wɔk] [名] 製繩廠。

rope·walk·er ['rop,wɔkɚ] [名] 走鋼索藝人。

rope·way ['rop,we] [名]= tramway 3.

rop·ing ['ropɪŋ] [名] 1 繩索。2《集合名詞》繩纜類，索具類。

rop·y ['ropɪ] [形] (**rop·i·er, rop·i·est**) 1 繩狀的，似繩的。2 黏性的。3《英口》不好的，劣質的。

'Roque·fort ('cheese) ['rokfɚt] [名] [U] [C]〖商標名〗洛克福乳酪。

'Ror·schach ˌtest ['rɔrʃɑk-] [名]〖心〗羅沙測驗。

Ro·sa ['rozə] [名]〖女子名〗羅莎。

ro·sa·ceous [ro'zeʃəs] [形] 1 薔薇科的；薔薇花形的。2《喻》像薔薇般（漂亮）的。3 玫瑰色的。

ro·sar·i·an [ro'zɛrɪən] [名]玫瑰花栽培者。

ro·sa·ry ['rozərɪ] [名](複**-ries**) 1〖天主教〗⑴《**the** ～》《偶作**R-**》玫瑰經：say **the** ～ 念玫瑰經。⑵（念玫瑰經所用的）念珠。2（一般）念珠。

:rose[1] [roz] [名] 1 薔薇，玫瑰；薔薇[玫瑰]花；《**the** ～》薔薇科植物；《**the** ～》美麗的女子：a climbing ～ 攀緣的玫瑰 / a blue ～ 藍玫瑰；不可能的事，談不攏的事 / *the* ～ of the party 宴會中的名媛；一群人中的美人 / No ～ without a thorn.《諺》不會有無刺的玫瑰：世上無十全十美的幸福。2 [U] 玫瑰色，玫瑰紅；[C]《通常作～**s**》紅潤的面色：lose one's ～*s* 失去紅潤的臉色。3 玫瑰狀的東西；玫瑰圖案；玫瑰結飾。4 有放射線狀刻紋的圓盤。5 蓮蓬式噴嘴。

a path strewn with roses 鋪著玫瑰花的道路，安樂的生活。

A rose by any other name would smell as sweet.《主諷》玫瑰就算改了個名字，氣味還是一樣芬芳；名字並不重要，實質才是第一。

a bed of roses《主用於否定》安樂的生活。

be not all roses 不全是愉快的事情。

come up roses 結果良好，成功。

gather (life's) roses 追求快樂。

roses and sunshine 美好的事物。

under the rose《文》祕密地；私下地。

—[形] 1 玫瑰色的；有玫瑰香味的。2 薔薇的，玫瑰的，有薔薇的。

—[動] (**rosed, ros·ing**) [及]把…染成玫瑰色；

R

使泛紅[暈紅]。

rose² [roz] 動 **rise** 的過去式。

ro·sé [ro'ze] 名UC淡玫瑰色的葡萄酒。

ro·se·ate ['rozɪɪt] 形 1《文》玫瑰色的。2 快活的。3 光明的，有希望的；樂觀的：a ～ view of the economic future 對經濟前景的樂觀看法。

rose·bud ['roz,bʌd] 名 1 玫瑰花蕾；U紫紅色。2 漂亮的女子；《美口》（初入社交界的）少女。

rose·bush ['roz,bʊʃ] 名 薔薇灌木[叢]。

rose-col·ored ['roz,kʌlɚd] 形 1 玫瑰色的，玫瑰紅的。2 有希望的，光明的；樂觀的。

rose-ˌcolored ˈglasses 名 (複) 樂觀的想法：see the world through ～ 對世界持樂觀態度。

rose ˌhip 名 = hip².

rose·leaf ['roz,lif] 名 (複-**leaves**) 玫瑰花瓣；玫瑰葉。

rose ˌmallow 名〖植〗1 木槿屬植物。2 蜀葵。

rose·mar·y ['roz,mɛrɪ] 名 (複-**mar·ies**)〖植〗迷迭香。

Rose·mar·y ['roz,mɛrɪ] 名〖女子名〗蘿絲瑪麗。

ro·se·o·la [ro'ziələ] 名U〖病〗玫瑰疹，薔薇疹，德國麻疹，風疹。

rose-pink ['roz'pɪŋk] 形 淡玫瑰色的。

rose-red ['roz'rɛd] 形 玫瑰紅的。

ros·er·y ['rozərɪ] 名 (複-**er·ies**) 玫瑰園。

Ro·ˈset·ta ˌstone [ro'zɛtə-] 名《the ～》羅塞達石碑：1799 年在埃及城市 Rosetta 附近掘獲的一塊石碑。

ro·sette [ro'zɛt] 名 1 類似玫瑰的東西；玫瑰花形緞帶結，彩帶。2〖建〗玫瑰花形雕飾；圓花窗。3〖植〗座葉。

rose ˌwater 名U 1 玫瑰香水。2 奉承話；溫和的處置。

rose-wa·ter ['roz,wɔtɚ] 形 1 有玫瑰香水般香味的。2 細膩的，優雅的。

ˈrose ˈwindow 名 圓花窗。

rose·wood ['roz,wʊd] 名〖植〗花梨木；U花梨木材。

Rosh Ha·sha·nah [,roʃhə'ʃɑnə] 名 猶太教的新年。

ros·i·ly ['rozlɪ] 副 像薔薇地；薔薇色地，淡紅色地；有希望地；快樂地；樂觀地。

ros·in ['rɑzɪn] 名U〖化〗松香，松脂。—動 及 抹松香，以松香塗。

Ros·i·nan·te [,rɑzə'næntɪ] 名 1 洛西南提：唐吉訶德的老馬的名字。2《r-》老而無用的馬。

rosin ˌoil 名U〖化〗松香油。

Ross [rɔs] 名〖男子名〗羅斯。

ros·ter ['rɑstɚ] 名 1〖軍〗值勤簿。2 名冊，名簿。

ros·tral ['rɑstrəl] 形 1（柱子等）刻有鳥嘴狀飾物的。2〖動〗喙的；喙狀突起的。～**·ly** 副

ros·trum ['rɑstrəm] 名 (複-**tra** [-trə], ～**s**) 1 講臺；布道壇：take the ～ 站上講臺。2《集合名詞》演說者。3〖生〗喙（狀突起）。

·**ros·y** ['rozɪ] 形 (**ros·i·er, ros·i·est**) 1 玫瑰紅的；健康紅潤的：～ lips 紅潤的嘴唇。2 光明的，有希望的。3 豪爽的，樂觀的。-**i·ly** 副, -**i·ness** 名

·**rot** [rɑt] 動(～**·ted**, ～**·ting**) 不及 1 腐爛；腐朽；枯萎：～ away（樹葉、枝等）枯落。2 腐敗，墮落。3《進行式》《主英俚》說夢話[傻話]；開玩笑。—及 1 使腐爛《*out*》。2 使腐敗。3 泡水使柔軟。4《俚》破壞，糟蹋。5《主英》嘲弄。—名 1 U 腐爛；腐朽；腐敗物。2 U 腐敗，墮落。3 U《英口》蠢事；傻話。4 一連串失敗。—感 混蛋！胡說！無聊！

ro·ta ['rotə] 名 1《主英》輪班，當班；勤務輪值表；勤務簿。2 輪唱。

Ro·tar·i·an [ro'tɛrɪən] 形名 扶輪社的（會員）。

ro·ta·ry ['rotərɪ] 形 1 旋轉的：a ～ blade 迴旋刃 / ～ motion 迴旋運動。2 迴轉式的：a ～ fan 電風扇 / a ～ engine 迴轉式引擎。—名(複-**ries**) 1《美》環狀交流道。2 迴轉式機器。

ˈRotary ˌClub 名《the ～》扶輪社。

·**ro·tate¹** ['rotet] 動 (**-tat·ed, -tat·ing**) 及 1 使旋轉。2 使循環；使輪流勤務；輪耕：～ men in a post 使人輪流工作。—不及 迴轉；循環輪流勤務。-**tat·a·ble** 形

ro·tate² ['rotet] 形〖植〗車輪形的。

·**ro·ta·tion** [ro'teʃən] 名UC 1 旋轉；循環；（天體的）自轉：the ～ of the seasons 季節的循環。2 輪流，交替：by [in] ～ 輪流，依序。3〖農〗輪作。～**·al** 形

ro·ta·tor ['roteta-] 名 1 (複～**s** [-z]) 迴轉的人[物]；〖理〗迴轉子。2 (複～**·es** [,rotə'torɪz])〖解〗迴旋肌。

ro·ta·to·ry ['rotə,torɪ] 形 1 迴轉式的，迴轉的；（肌肉等）迴旋的。2 循環[交替]的。

ROTC ['ɑroti'si, 'rɑtsi] 名 = *Reserve Officers Training Corps*《美》預備軍官訓練團。

rote [rot] 名U 1 固定的作法，機械式的記憶：*know the procedure by* ～ 以背誦而知道手續 / ～ learning 死背，死記。2 日常行事，慣例：the ～ of daily living 一成不變的日常生活。

rot·gut ['rɑt,gʌt] 名U《俚》劣等酒，便宜的酒。

ro·ti·fer ['rotɪfɚ] 名〖動〗輪蟲。

ro·tis·ser·ie [ro'tɪsərɪ] 名 1 電動迴轉式烤肉器。2 烤肉店。

ro·to·gra·vure [,rotəgrə'vjʊr] 名 1 U 輪轉凹版照相印刷術（物）。2《美》= 凹版照相。

ro·tor ['rotɚ] 名 1〖電〗迴轉子。2〖空〗旋轉翼。3〖海〗風筒。

R

'rotor ˌship 名風筒船。

·rot·ten ['rɑtn̩] 形 1 腐爛的，腐朽的；發臭的：a ~ egg 已腐壞的蛋 / ~ air 污穢的空氣。2 腐敗的，墮落的：be ~ with vice 被惡習所污染。3《口》不快的，令人討厭的；無聊的：a ~ voice 不快的聲音 / a ~ movie 無聊的電影。4 脆弱的；破爛不堪的。~·ly 副腐敗地；討厭地，無益地；襤褸地。~·ness 名

'rotten 'borough 名〖英史〗腐敗選舉區。

rot·ter ['rɑtɚ] 名《主英俚》無用的人，無賴漢。

Rot·ter·dam ['rɑtɚˌdæm] 名鹿特丹：荷蘭西南部的港市。

ro·tund [ro'tʌnd] 形 1《文》圓形的，圓胖的：a ~ gentleman 圓圓胖胖的男士。2 圓潤渾厚的，宏亮的。3 華麗的。

ro·tun·da [ro'tʌndə] 名 1（圓形屋頂的）圓形建築物。2 圓形大廳。

ro·tun·di·ty [ro'tʌndətɪ] 名（複-ties）1 ⓤⓒ球形，圓形。2 ⓤ圓胖：an old woman of great ~ 一個相當肥胖的老婦人。3 ⓤⓒ華麗；圓潤渾厚，宏亮。

rou·ble [rubl] 名 = ruble.

rou·é [ru'e] 名放蕩者，享樂者。

rouge [ruʒ] 名ⓤ 1 胭脂，口紅。2 紅鐵粉：No one can touch ~ without staining his fingers.《諺》近朱則赤。—動及在（臉頰、嘴巴）上擦胭脂；使臉紅。—不及使用胭脂化妝；臉紅。

rouge et noir ['ruʒe'nwɑr] 名ⓤ紅和黑紙牌賭博。

:rough [rʌf] 形（~·er, ~·est）1 粗糙的；崎嶇的；蓬亂的：~ skin 粗糙的皮膚 / ~ hair 蓬鬆零亂的頭髮。2 粗野的；殘酷的；損害的；〖運動〗犯規（行為）的，粗魯的：a ~ reply 不客氣的回答 / a ~ mob 暴徒 / be ~ on a person 虐待某人。3 洶湧的；惡劣的；暴風雨的：~ weather 惡劣的天氣 / a ~ voyage 歷盡風浪的航程。4《口》艱苦的，不愉快的：lead a ~ life 過著艱苦日子 / give a person a ~ time 使某人受苦。5 刺耳的；（景色等）刺眼的：a ~, raspy voice 難聽刺耳的聲音。6 未開墾的；未精製的，未琢磨的；不乾脆俐落的；不完善的；粗率的：~ stone 原石 / a ~ draft 草稿，底稿 / in a ~ state 在自然的狀態下。7 味道澀的，酸的；（食物）粗糙的：a *rough*-tasting orange 嚐起來很酸澀的橘子 / a ~ flavor 酸的味道 / a ~ food 粗食。8 不用費腦筋的，費體力的：~ work 粗重的工作。9 約略的，概略的：a ~ estimate 約略的估計，概算 / a ~ outline 概要。10〖語音〗送氣的。

call a person rough names 粗俗地謾罵（某人）。

give a person (a lick with) the rough side of one's tongue 痛罵，嚴厲責備（某人）。

—名 1 ⓤⓒ 粗糙（未經加工的）東西；未開墾之地；梗概；草圖，草稿。2《the ~》麻煩的差事，困難；虐待：*the* ~*(s)* and the smooth(s) 人世的甘苦，幸與不幸。3《主英》粗暴的人，無賴漢。4〖高爾夫〗障礙區域。

in the rough 未經加工的[地]；概略地，大致；雜亂地；《美口》困難地，隨便地。

—副 1 粗暴地，粗野地：cut up ~《口》大發脾氣。2 大抵地；粗略地。

—動及 1 使粗糙；弄亂。2 用暴力對待…；使不安《*up*》；〖運動〗對（對手）動作粗野：~ a person *up* 毆打某人。3 粗製《*down, off, out*》；略寫；略述《*in, out*》。—不及 1 變粗糙。2 行為粗暴，無禮。

rough it《口》過原始的生活。

rough (it) out 忍受困苦貧窮。

~·ness 名

rough·age ['rʌfɪdʒ] 名ⓤ 1 粗糙的材料。2 纖維質食物；粗質飼料。

rough-and-read·y ['rʌfən'rɛdɪ] 形 1 足以應急的；粗略而尚能用的。2 粗野魯莽但強有力的，粗獷的。

rough-and-tum·ble ['rʌfən'tʌmbl] 形粗率的；雜亂的；不按規則的：a ~ cure 草率的治療。—名ⓤⓒ混戰，扭鬥。

rough·cast ['rʌfˌkæst] 名ⓤ 1〖建〗粗灰泥。2 粗形，粗製。—動（-cast, ~·ing）及 1 以粗灰泥粉刷。2 草擬的大綱。

rough(-)dry ['rʌf'draɪ] 動（-dried, ~·ing）及晾乾而不燙平。—形晾乾而未熨平的。

rough·en ['rʌfən] 動及使粗糙[不平]《*up*》。—不及變得粗糙[不平]。

rough-hew ['rʌf'hju] 動（~ed, ~ed, -hewn, ~·ing）及 1 粗鑿，粗切；削出…的毛坯。2 初步完成，草擬。

rough-hewn ['rʌf'hjun] 動 rough-hew 的過去分詞。—形 1 粗鑿的，粗削的；初步完成的。2 粗獷的。

rough·house ['rʌfˌhaus] 名（複-hous·es [-zɪz]）《口》（室內的）大鬧，胡鬧：in the ~ 大肆喧嘩。—動（housed, [-ˌhaust, -'hauzd], -hous·ing [-ˌhauzɪŋ, -ˌhaus-]）不及《口》大吵大鬧，胡鬧；施暴力。—及粗野地對待。

rough·ish ['rʌfɪʃ] 形略為粗糙的；略為粗魯的；有點刺耳的。

·rough·ly ['rʌflɪ] 副 1 粗野地；粗魯地。2 大致上，概略地：~ speaking 大致說來 / be estimated ~ 概算，概略估計。3 刺耳地，喧鬧地。

rough·neck ['rʌfˌnɛk] 名 1《口》膽大妄為的人；粗魯的人；惡棍。2 鑽探石油的勞工。

rough·ness ['rʌfnɪs] 名ⓤ 1 粗糙；粗面；崎嶇不平；不平滑。2 粗暴；粗魯；無禮。3 粗製，未加工。4 風暴，暴風雨天。5 澀味；刺耳；不調和。6 概略。

rough·rid·er ['rʌfˌraɪdɚ] 名馴馬師；善騎野馬的人。

R

rough·shod ['rʌf'ʃɑd] 形 1 釘有防滑鐵蹄的。2 殘暴的，暴虐的。
ride roughshod over... 虐待，踩躪。

rough-spo·ken ['rʌf,spokən] 形 說話粗魯的。

'rough ˌstuff 名U《英口》暴力，暴力行爲。

rou·lade [ru'lɑd] 名 1〖樂〗急奏。2 包餡肉捲。

rou·leau [ru'lo] 名 (複-**leaux**, ~**s** [-'loz]) 1 滾邊；滾邊緞帶。2 用紙包的一捲硬幣。

rou·lette [ru'lɛt] 名 1 U 輪盤賭。2 點線齒輪器。3（郵票的）齒孔刻痕。4〖幾何〗旋轉線。—動 (**-let·ted, -let·ing**) 及 在…上滾壓齒孔刻痕。

Rou·ma·ni·a [ru'menɪə] 名 = Romania.

:round [raʊnd] 形 1 圓的，圓形的；半圓形的：a ~ table 圓桌 / a ~ arch 半圓拱。2 圓柱形的。3 球形的；半球形。4 沒有角的；彎曲的；圓滾滾的，豐滿的；（字體等）圓潤的：a ~ little man 圓滾滾的小男生 / write in a ~ hand 以圓潤的正楷字體書寫。5 繞圈的，來回的：a ~ dance 圓舞。6 整整的，十足的：a ~ dozen 一整打。7〖數〗整數的；以十的倍數表示的：in ~ figures 以整數。8 大約的：a ~ estimate 大略的估計。9 相當多的，可觀的：a large, ~ sum of money 一筆鉅款。10 圓熟的，雋永的；醇熟的：a ~ polished writing style 成熟洗練的文體 / a ~ wine 香醇的酒。11 響亮的，圓潤的：a ~ voice 宏亮的聲音。12 有力的，輕快的：at a good ~ pace 以輕快的步伐。13 率直的；直言不諱的：a ~ statement 直率的陳述 / give a person a ~ talking to 對某人直言不諱。14 斷然的，果斷的：a ~ assertion 斷然的主張。15〖語音〗圓唇的。—名 1 圓形[球形]（之物）。2《偶作~**s**》週期，循環《*of* ...》；（完整的）一個過程，一連串；《常作~**s**》巡迴，兜圈，迴診，巡視；巡迴區域；執勤區域；範圍：the policeman's daily ~ 警察巡邏的區域 / the ~ of human endeavor 人事所及的範圍 / take a ~ 走一圈。3（比賽等的）一場；一回合；一局；一圈；一局：a ~ of cards 一局牌戲。4（反覆性的）課題，日常的行事：the *daily* ~ 日常事務。5（讚賞、歡呼的）一連串，一陣；（大炮或槍的）一次齊發；（彈藥的）一顆，一發：a ~ of applause 一陣鼓掌聲。6（酒的）一巡：a ~ of drinks 一巡的酒。7 迴轉：the earth's yearly ~ 地球的公轉。8（亦稱 **round of beef**）牛的後腿肉。9《英》（麵包、香腸等的）一片；（用整塊麵包做成的）三明治。10〖樂〗(1) 輪唱；圓舞（曲）。(2)《~**s**》組鐘輪鳴。11 U 圓雕，立體像。
go the round (*s*) (1)（謠言等）流傳《*of* ...》。(2) 巡迴，逐一訪問；挨戶送信。
in the round (1) 舞臺在劇院中央的。(2) 有廣博知識地，全面地。(3) 圓雕的。
make one's rounds 巡邏，巡視；巡迴。
out of round 不圓，不很圓。
—副 1 週而復始，自始至終。2 旋轉地，迴旋地（亦作 **round**）。3 在周圍，在四處；圍繞地；在附近。4 繞道地，迂迴地。5 遍及，逐一。6 往某特定的場所：go ~ to his house 往訪他的家。7 朝反方向；以相反的意見。
round about (1) 環繞，在周圍；在附近。(2) 向相反方向。(3) 迂迴地。
taking it all round 全面地來看。
—介 1 整整。2 大約，左右。3 在…的周圍；在…附近。4 在…各處，向…四周。5 圍繞，繞過。
round about... (1) 繞著…的周圍。(2) 在…的四周。(3) 大約，概略。(4)《口》在…的附近。
—動 及 1 使成圓形。2 使膨脹《*out*》。3 完成；使完善；使圓滿結束《*out, off*》。4 圍繞。5《口》繞…一圈；繞過。6 使迴轉；使回頭；使轉到相反方向。7 使復甦。8 使響亮。9〖語音〗將嘴唇成圓形發音。10〖數〗四捨五入《*off*》。—不及 1 變圓，變成圓形[圓筒形]；發胖《*out*》。2 完成，完善；發展《*into...*》。3 巡迴；循環；巡視。4 拐彎，繞圈。5 轉身，改變方向。6 四捨五入。
round down... 以四捨五入法捨去。
round on [*upon*]...《口》(1) 責怪，攻擊。(2) 密告。(3) 突然反擊。
round up... (1) 把（牛、羊等）趕在一起。(2) 集合；逮捕。(3) 將尾數四捨五入而成整數。~**·ness** 名

round·a·bout ['raʊndə,baʊt] 形 1 繞道的；間接的：by a ~ way 繞遠路。2（衣服）下擺圓的。3 圓胖的，圓滾滾的。—名 1《美》短而緊身的男外套。2《英》旋轉木馬：What you lose on the swings, you make up one the ~*s*.《諺》失之東隅收之桑榆。3 迂迴的路，繞道，來回旅行；繞彎的話；間接的方式。4《英》= traffic circle.

'round 'bracket 名《英》= parenthesis 1.

'round ˌdance 名 圓舞；輪舞；圓舞曲。

round·ed ['raʊndɪd] 形 1 滾圓的，圓形的。2 完滿的；完整的；全面的。

roun·del ['raʊndl] 名 1 圓形物；小圓盤；小圓窗；圓形紋飾。2（裝飾用的）圓碟，圓框。3 圓舞。

roun·de·lay ['raʊndə,le] 名 1 輪旋曲。2 圓舞。

round·er ['raʊndɚ] 名 1 搓圓（物）的人[物]。2 巡行者；《**R-**》《英》巡迴牧師。3 遊手好閒的人；酒鬼；慣犯。4《~**s**》《作單數》類似棒球的一種英國式球戲。

'round 'hand 名 豐滿圓潤的正楷字

R

體。

Round·head ['raʊnd,hɛd] 名〖英史〗圓顱黨人。

round·house ['raʊnd,haʊs] 名 (複-**ho·use·es** [-zɪz])《美》**1**(鐵路的)圓形機車庫。**2**〖海〗後甲板室。**3**《俚》手臂在空中劃一大弧線所揮出的一拳。

round·ish ['raʊndɪʃ] 形 帶圓形的，略圓的。

round·let ['raʊndlɪt] 名 小圓圈；小環。

round·ly ['raʊndlɪ] 副 **1** 呈圓形地。**2** 生氣蓬勃地，活潑地。**3** 率直地；嚴厲地；完全地；徹底地。**4** 概括地，大概地。

round·ness ['raʊndnɪs] 名 Ⓤ **1** 圓，圓形；球形。**2** 完全，圓滿；整數。**3** 率直，坦白，露骨。

'round 'robin 名 **1** 一系列，一連串。**2**(看不出先後的)環形簽名請願書；傳閱的通知單。**3**《美》〖運動〗循環賽。

round-shoul·dered ['raʊnd'ʃoldə·d] 形 圓肩的，拱背曲肩的。

rounds·man ['raʊndzmən] 名 (複 **-men**) **1** 巡行者，巡迴視察者。**2**《英》(牛奶、麵包等的)送貨員。

'round ˌsteak 名 後腿肉牛排。

'round ˌtable 名 **1** Ⓤ 圓桌會議(的出席者)。**2**(**the R- T-**)〖亞瑟王傳奇〗圓桌武士們；圓桌。

round-ta·ble ['raʊnd,tebl] 形 圓桌會議的。

round-the-clock ['raʊndðə'klɑk] 形《限定用法》連續不停的，連續二十四小時的。

round-the-world ['raʊndðə'wɝld] 形 世界一周的，環球的。

'round 'trip 名《美》往返旅行(票)：a fare for ～ 來回票價。**'round-'trip** 形 往返的，雙程的。

'round 'turn 名 一圈。

round·up ['raʊnd,ʌp] 名 **1**《美西部·澳》(家畜的)驅集；被驅集的家畜群。**2**《集合名詞》驅集家畜的人。**3**《口》圍捕，搜捕：a ～ of vagrants 搜捕流浪漢。**4** 概述，摘要。

round·worm ['raʊnd,wɝm] 名 線蟲，蛔蟲。

roup [rup] 名 嘶啞聲，沙啞聲。～**·y** 形

·rouse[1] [raʊz] 動 (**roused, rous·ing**) 及 **1** 喚醒《*from, out of...*》：～ a person *from* his sleep 將某人從沉睡中喚醒。**2** 激勵；激起；激怒：～ the masses 鼓動群眾。**3** 把(獵物)驚起：～ a hare from the bushes 驚動樹叢中的一隻兔子。—不及 **1** 醒來，奮起，激起《*up*》。**2** 驚起，嚇起《*from ...*》。—名 **1** Ⓤ 覺醒，奮起；喚起；驚起，嚇出。**2** 起床號。

rous·er ['raʊzə·] 名 **1** 喚醒者[物]，激勵者。**2** 攪拌器。**3**《口》驚人的事物；大謊言。

rous·ing ['raʊzɪŋ] 形 **1** 令人覺醒的，令人振奮的：a ～ song 令人振奮的歌曲。**2** 活潑的；活躍的，興旺的：do a ～ business 從事活躍的商務。**3**《口》異常的，驚人的；非凡的。～**·ly** 副

Rous·seau [ru'so] 名 **Jean Jacques**, 盧梭(1712－78)：法國思想家、哲學家、文學家及社會改革家。

roust [raʊst] 動 及 趕出，驅逐。

roust·a·bout ['raʊstə,baʊt] 名 **1**《美》碼頭工人；甲板水手；未熟練的勞工。**2**《澳》(牧羊場的)打雜工。

rout[1] [raʊt] 名 **1** Ⓤ Ⓒ 潰敗，潰退：put the enemy to ～ 使敵人潰敗。**2**《集合名詞》混亂的群眾，暴徒；〖法〗聚眾鬧事(罪)；《古》群，幫。**3**《英古》盛大晚會。—動 及 使敗逃，使潰退。

rout[2] [raʊt] 動 不及 **1**(豬等)用鼻子挖掘。**2** 搜尋。—及 **1**(豬等以鼻子)挖掘(地面)。**2** 翻找，搜尋《*out*》。**3**《美》從床上喚起，趕出《*up, out*》。

:route [rut, raʊt] 名 **1** 路；路徑，路線；路程：a commercial ～ 商路 / the ～ to and from school 往返學校的路線。**2** 手段，方法。**3**《美》途徑，渠道。**4**〖軍〗行軍命令：give the ～ 發出出發(往前進)命令。

go the route (1) 做到最後，貫徹始終。(2)《俚》(投手)投完整場球賽。

—動 (**rout·ed, rout·ng**) 及 **1**(按一定路線)送，發送《*to...*》。**2** 定路線。

'route ˌmarch 名 Ⓤ〖軍〗便步行軍。

'Route ˌOne 名《亦作 **r- o-**》〖足〗(從後場踢到前場的)大腳長傳。

rout·er ['rutə·] 名〖電腦〗路由器。

'route ˌstep 名 Ⓤ〖軍〗不整齊的步伐。

·rou·tine [ru'tin] 名 Ⓤ Ⓒ **1** 例行；公事；常規；固定的程序：an affair of fixed ～ 例行事務 / according to ～ 按照慣例。**2** 日常工作。**3**〖電腦〗常規(使用程式的電腦一貫作業)。—形 固定的；日常(性)的，例行的。

rou·tine·ly [ru'tinlɪ] 副 例行地，慣例地。

rou·tin·ism [ru'tinɪzəm] 名 Ⓤ 墨守成規(主義)。**-ist** [-ɪst] 名 墨守成規者。

rou·tin·ize [ru'tinaɪz] 動 及 使常規化；使例行化。

roux [ru] 名 Ⓒ Ⓤ 脂肪與麵粉的混合物。

·rove[1] [rov] 動 (**roved, rov·ing**) 不及 **1**《文》流浪，漫遊：～ over a desert 在沙漠中流浪。**2** 四處打量；(視線)飄忽不定。**3**《口》見異思遷。—及 流浪，漫遊。—名 Ⓤ 漫遊，流浪。

rove[2] [rov] 動 **reeve**[2] 的過去式及過去分詞。

rov·er ['rovə·] 名 **1** 流浪的人，漫遊者。**2**〖射箭〗任意箭靶；遠靶：shoot at ～*s* 亂射。**3**《英》高年級的男童軍。**4**《英》(橄欖球的)外野手。**5** = lunar rover.

rov·ing ['rovɪŋ] 形 **1** 流浪的，流動的；無定所的，不固定的。**2**《主美》非常駐

的：a ~ ambassador 巡迴大使 / a ~ commission 自由航行權；（調查員的）自由旅行權。

:row¹ [ro] 名 **1** 列，排：a ~ of beautiful teeth 一排漂亮的牙齒 / in a ~ 排成一列；《口》連續地 / two nights in a ~ 連續兩個晚上。**2**（橫列的）一排（座位）：sit in the front ~ 坐在第一排。**3** 道路，街道。**4**〖西洋棋〗橫線。

at the end of** one's **row 用盡一切方法；筋疲力盡。

hard row to hoe 艱苦的工作；困難的境況。

hoe** one's **own row 做自己的事；自掃門前雪。

—動 及 把…排成列《*up*》。

:row² [ro] 動 不及 **1** 划船，划行：~ against the flood 逆水行舟；在逆境中工作 / ~ up the river 划到河川上游。**2** 參加船賽：~ in the Oxford boat 以牛津划船選手的身分參加划船比賽。—及 **1** 划（船）。**2** 划行，划動。**3**（船）備有（幾支槳）；（一隊）用（數位划手）。**4** 一划；擔任划手。**5** 參加（船賽）；與…賽船。

row a person out 讓（某人）划到筋疲力竭。

—名 **1** 划；划船。**2** 所划的距離。

·row³ [raʊ] 名 **1** 吵嚷，吵架；喧鬧，騷動：a street ~ 街頭吵架 / have a ~ with a person 與某人爭吵。**2**《口》噪音；喧嚷；《英》叱責。

kick up a row 大吵大鬧；強烈地抗議。

—動 不及《口》爭吵，吵架《*with...*》。

—及 嚴叱。

row·an [ˈraʊən] 名〖植〗**1** 山梨，花楸。**2**（亦稱 **rowanberry**）山梨果。

row·boat [ˈro,bot] 名 用槳划行的小船，划艇（《英》rowing boat）。

row·dy [ˈraʊdɪ] 名(複 **-dies**) 粗暴的人，好吵鬧的人。—形 (**-di·er, -di·est**) 粗暴的，好吵鬧的。**-di·ly** 副, **-di·ness** 名

row·dy·ish [ˈraʊdɪɪʃ] 形 喧鬧的；粗暴的，好吵鬧的。

row·dy·ism [ˈraʊdɪɪzəm] 名 Ⓤ 粗暴，吵鬧；粗暴的作風。

row·el [ˈraʊəl] 名（馬刺末端的）小齒輪，距輪。—動 (**~ed, ~·ing** 或《英》**-elled, ~·ling**) 及 以距輪刺（馬）。

row·er [ˈroɚ] 名 划船的人，划手。

row ,house [ˈro-] 名《主美》**1** 連棟式住宅中的一棟。**2** 連棟住宅。

row·ing [ˈroɪŋ] 名 Ⓤ 划船。

row·ing ,boat [ˈroɪŋ-] 名《英》= rowboat.

row·lock [ˈro,lɑk, ˈrʌlək] 名《主英》槳架，槳架。

Roy [rɔɪ] 名〖男子名〗羅伊。

roy·al [ˈrɔɪəl] 形 **1**（國）王的，女王的；王室的；敕許的：a ~ house 王家 / a ~ edict 敕令。**2** 王室血統的：the ~ family 王室 / be of ~ blood 有王族血統的。**3** 王者風度的，高貴的；威嚴的：~ elegance 王者般的優雅。**4**《通常作 **R-**》《英》皇家的；英國的：the *R-* Automobile Club 英國汽車協會。**5**《口》極好的，極佳的：be in a ~ mood 心情極佳 / have a ~ time 度過極愉快的時光。—名 **1**〖海〗頂桅帆。**2**《口》王室的成員。**~·ly** 副 高貴地，威嚴地。

ˈRoyal Aˈcademy 名《the ~》英國皇家藝術學院。略作：R.A.

ˈroyal ˈblue 名 Ⓤ 寶藍，略帶紅色色澤的深藍色。

ˈroyal ˈflush 名〖牌〗同花大順。

ˈRoyal ˈHighness 名 **1** 殿下：His [Her] ~ 殿下[王妃殿下]。**2** 王室的成員。

roy·al·ism [ˈrɔɪəlɪzəm] 名 Ⓤ 保皇主義，君王主義。

roy·al·ist [ˈrɔɪəlɪst] 名 **1** 保皇主義者。**2** 保皇黨員。**3** 保守主義者。—形 保皇派的，保皇主義者的。**-ˈis·tic** 形

ˈroyal ˈjelly 名 Ⓤ 蜂王漿。

ˈroyal ˈmast 名〖海〗最上桅。

ˈroyal ˈpalm 名〖植〗大王椰子。

ˈroyal preˈrogative 名《the ~》王室的特權。

ˈroyal ˈpurple 名 Ⓤ 深藍紫色。

ˈroyal ˈroad 名 捷徑，坦途；輕鬆的方法。

ˈRoyal Soˈciety 名《the ~》英國皇家學會。略作：R.S.

roy·al·ty [ˈrɔɪəlɪ] 名(複 **-ties**) **1** Ⓤ《集合名詞》王族；皇家的人。**2** Ⓤ 王位；《**-ties**》為王者的特權；王的領土，王國。**3** Ⓤ 王威；王者之風。**4** 版稅；上演稅；（採礦等的）特許權；特許權使用費。

R.P.《縮寫》*r*eceived *p*ronunciation; *R*eformed *P*resbyterian; *R*egius *P*rofessor.

RPG《縮寫》*r*ole-*p*laying-*g*ame.

rpm, r.p.m.《縮寫》*r*evolutions *p*er *m*inute 每分鐘轉數。

rpt.《縮寫》*report*.

RPV《縮寫》*r*emotely *p*iloted *v*ehicle 遙控飛機。

R.R.《縮寫》《美》*R*ail*r*oad.

R-rat·ed [ˈɑr,retɪd] 形（電影）限制級的。

RSFSR, R.S.F.S.R.《縮寫》*R*ussian *S*oviet *F*ederated *S*ocialist *R*epublic.

RSV《縮寫》《美》*R*evised *S*tandard *V*ersion 標準聖經修訂本。

R.S.V.P., rsvp, r.s.v.p.《縮寫》《法語》*Répondez s'il vous plaît*. 請答覆。

rt.《縮寫》*r*igh*t*.

Rt. Hon.《縮寫》*R*igh*t* *Hon*orable.

Ru《化學符號》ruthenium.

:rub [rʌb] 動 (**rubbed, ~·bing**) 及 **1** 擦，摩擦：~ one's face with one's hands 用手擦臉 / ~ one's hands warm 把手搓暖。**2** 使互相摩擦《*together*》：~ one's hands with pleasure 高興地搓手 / make fire by *rubbing*

R

two sticks *together* 用兩根木棒互相摩擦的方式生火。3 塗，抹；《喻》告知《*in, into* ...》: ~ a person *into* the fact that... 把…的事實告訴某人。4 擦去，抹去《*off, out* / *from, out of*...》: ~ *off* the dirt *from* one's body 擦掉身上的污垢 / ~ the sleep *out of* one's eyes 揉揉眼睛提神。5 激怒，惹火。—不及 1（在…上）摩擦，擦《*against* ...》；相互摩擦《*together*》。2 摩，搓《*at*...》。3 擦掉，磨去《*out, off*》。4《口》強行通過；和平相處；勉強度過《*on, along, through* / *on, along, through*...》。

***rub*...*down* / *rub down*...** (1)磨平；磨損。(2)（由上而下）用力擦淨；按摩；搜身。

rub it in 《口》觸人痛處。

***rub off on** a person* （因相處而）影響（某人）。

rub out （被）擦掉。(1)《英》磨掉，擦掉。(2)《美俚》除掉，殺害。

***rub shoulders with*...** ⇨ SHOULDER

rub** a person **the right way 討好（某人），使（某人）滿意。

rub** a person **the wrong way 使焦躁；激怒。

rub up 《口》（與…）接觸《*against*...》。

***rub*... *up* / *rub up*...** (1)把…擦亮[磨光滑]。(2)溫習，複習。

—名 1 擦，摩擦。2 傷感情之物[事]，令人惱火的事；諷刺，譏誚話。3《**the** ~》障礙，困難。

rub-a-dub ['rʌbə,dʌb] 名 Ⓤ（大鼓的）咚咚聲。

ru·ba·to [ru'bɑto] 名 (複~s [-z])〖樂〗自由速度。—副 以自由速度地。

:rub·ber[1] ['rʌbɚ] 名 1Ⓤ 橡膠：artificial ~ 人造橡膠。2 Ⓤ 橡皮；Ⓒ 橡膠製品；橡皮筋；《美口》保險套；《~s》《美》（橡皮製的）鞋套：wear ~*s* over one's shoes 在鞋子上加穿鞋套。3 摩擦物[者]，磨光物[者]；《英》橡皮擦；粗面銼刀，砥石，火柴盒的磨擦面；《英》抹布。4 按摩師。—形 1 橡皮製的，覆以橡皮的。2 橡膠的；出產橡膠的。

rub·ber[2] ['rʌbɚ] 名〖牌〗1 奇數局比賽。2《**the** ~》（奇數局比賽中）決定勝負的一局。

'rubber 'band 名 橡皮筋（《英》elastic band）。

'rubber 'bullet 名 橡皮子彈。

'rubber 'check 名《美》空頭支票。

rub·ber-chick·en ['rʌbɚ'tʃɪkən] 形《美·加口》（餐會）場面單調乏味的。

rub·ber·ize ['rʌbə,raɪz] 動及 塗以橡膠，滲入橡膠。

rub·ber·neck ['rʌbɚ,nɛk] 名《美口》1 引頸而望者，好奇者。2 觀光客。—形（爲）觀光客的：a ~ tour 觀光旅遊。—動 不及 1（伸長脖子）好奇地觀望，東張西望。2 觀光，遊覽。

'rubber ,plant 名〖植〗印度橡膠樹；橡膠植物的通稱。

'rubber 'stamp 名 1 橡皮印章，橡皮圖章。2 人云亦云的人，無主見的人。3《口》例行公事式的批准。

rub·ber-stamp ['rʌbɚ'stæmp] 動 及 1 在…上蓋橡皮章。2《口》不加考慮地贊成，照慣例地批准。

'rubber ,tree 名 橡膠樹。

rub·ber·y ['rʌbərɪ] 形《常爲蔑》如橡皮的，有彈性的。

rub·bing ['rʌbɪŋ] 名 1 ⓊⒸ 揉搓，摩擦；按摩。2（碑銘等的）拓本，摹拓。

'rubbing ,alcohol 名Ⓤ《美》消毒用酒精。

·rub·bish ['rʌbɪʃ] 名 1Ⓤ 垃圾，廢物：dump ~ 倒垃圾。2 (1) Ⓤ 廢話，無意義的事物：waste one's time on ~ 浪費時間在無意義的事情上。(2)《感嘆詞》胡說：Oh, ~！哎！胡說！—動 及 1 詆毀，貶低。2 滅，去除。

'rubbish ,bin 名《英》= dustbin.

rub·bish·y ['rʌbɪʃɪ] 形《口》垃圾的，廢物的；無價值的，微不足道的：a ~ dime-store novel 一文不值的小說。

rub·ble ['rʌbl] 名 Ⓤ 1 粗石，石礫；毛石。2（冰等的）粗塊。3 碎片，瓦礫。

rub·ble·work ['rʌbl,wɝk] 名Ⓤ 毛石工（程），亂石工（程）。

rub·bly ['rʌblɪ] 形 (**-bli·er, -bli·st**) 碎石製的，粗石形成的。

rub·down ['rʌb,daun] 名 按摩；擦身體：a ~ with a dry towel 以乾毛巾擦身體。

ru·be·fa·cient [,rubə'feʃənt] 形 使皮膚發紅的。—名〖醫〗發紅藥。

-fac·tion [-'fækʃən] 名 Ⓤ 發紅（作用）。

ru·bel·la [ru'bɛlə] 名〖病〗= German measles.

ru·be·o·la [rə'biələ] 名〖病〗1Ⓤ 麻疹。2 = rubella.

ru·bes·cent [ru'bɛsənt] 形 變紅的；臉紅的。

Ru·bi·con ['rubɪ,kɑn] 名《**the** ~》盧比孔河：義大利中部的一條河。

cross the Rubicon 採取斷然的行動，破釜沉舟。

ru·bi·cund ['rubə,kʌnd] 形《文》紅潤的；氣色好的。**-'cun·di·ty** 名

rubid·i·um [ru'bɪdɪəm] 名Ⓤ〖化〗銣。符號：Rb

'Rubik('s) 'Cube ['rubɪk(s)-] 名 魔術方塊。

ru·ble, rou- ['rubl] 名 1 盧布：俄羅斯貨幣單位（符號：R, r）。2 盧布銀幣。

rub·out ['rʌb,aut] 名《美俚》謀殺，暗殺。

ru·bric ['rubrɪk] 名 1 紅字；紅色印刷。2（紅色）標題：under the ~ of... 在某標題下。3（古代印成紅色的）典禮執行規程。4 規程，教儀。

ru·bri·cal ['rubrɪkl] 形 1 帶點紅色的

R

以紅色標明的。**2** 規定的；典禮規程的，典禮上所定的。～**·ly** 副

ru·bri·cate ['rubrɪ,ket] 動及 **1** 以紅字書寫。**2** 給…加上紅字標題。**3** 以典禮法規訂定。**-'ca·tion** 名

rub-up ['rʌb,ʌp] 名《僅用單數》磨光；《英》複習。

ru·by ['rubɪ] 名(複**-bies**) **1** ⓊⒸ紅寶石；Ⓒ用紅寶石製造的東西，（鐘錶裡的）寶石軸承：above *rubies* 極貴重的。**2** Ⓤ紅葡萄酒。**3** Ⓤ 深紅色，紅寶石色。**4** Ⓤ〖印〗瑪瑙體活字。**5**《**-bies**》《俚》嘴唇。**6**《英俚》血。—形 **1** 紅寶石色的。**2**（鑲有）紅寶石的。—動及 染成紅寶石色。

ruche [ruʃ] 名 褶襉飾邊。

ruck¹ [rʌk] 名 **1** 大群；大量。**2**《**the** ～》群眾；普通人；一般事物。**3**（賽馬中）落後的馬群。**4** 不值錢的小東西。

ruck² [rʌk] 名（衣服等的）褶紋。—動及不及 **1** 有褶紋；（使…）變成皺褶。**2**（使…）不安；（使…）焦急《*up*》。

ruck·sack ['rʌk,sæk] 名（登山用的）帆布背包。

ruck·us ['rʌkəs] 名 **1**《美口》騷動，吵鬧：raise a ～ 大吵大鬧。**2** 激辯。

ruc·tion ['rʌkʃən] 名《常作～**s**》《美口》吵鬧，爭吵，騷動。

rud·der ['rʌdɚ] 名 **1**〖海〗（船的）舵；〖空〗方向舵。**2** 指導原則；指針；指引；指導者。**3**（鳥的）尾羽。

rud·der·less ['rʌdɚlɪs] 形 無舵的；無方向的；無人指導的。

rud·dle ['rʌdl] 名Ⓤ 紅土，代赭石。—動及 **1** 用代赭石給（羊等）作記號。**2** 使變紅，使泛紅。

rud·dy ['rʌdɪ] 形 (**-di·er**, **-di·est**) **1** 紅潤的，氣色好的：a ～ face 紅潤的臉。**2**《文》紅色的，微紅的。**3**《英俚》《加強語氣》非常的，極度的：You ～ fool! 你這大混蛋！—副《英俚》《加強語氣》非常過分地。—動 (**-died**, ～**·ing**) 及使變紅。**-di·ly** 副

ruddy 'duck 名〖鳥〗棕硬尾鴨。

ruddy 'turnstone 名〖鳥〗鷸。

rude [rud] 形 (**rud·er**, **rud·est**) **1** 無禮的，粗野的；粗暴的，未開化的：It is ～ to keep a person waiting. 讓人家等候是失禮的。/ ～ seas 波濤洶湧的海 / in the rough, ～ days of our forefathers 在我們祖先那個未開化的時代。**2** 未經加工的；粗糙的；粗製的；簡陋的：～ cotton 原棉 / a ～ wooden bed 粗製的木床。**3** 突然的：a ～ shock 突然的打擊。**4** 強壯的：be in ～ health 體格健壯的。**5** 喧囂的，刺耳的。**6** 淫亂的，下流的：a ～ joke 下流的玩笑。**7** 大體上的，概略的：～ classification 粗略的分類。～**·ness** 名 Ⓤ 粗野；厚顏；下流。

rude·ly ['rudlɪ] 副 無禮地；粗野地；大約地。

ru·der·al ['rudərəl] 形 長在荒地的。—名 荒地植物。

ru·di·ment ['rudəmənt] 名 **1**《通常作～**s**》基本原理，基礎，入門：the ～*s* of arithmetic 算術的基礎。**2**《通常作～**s**》萌芽階段，雛形：the ～*s* of a plan 計畫的草案。**3**〖生〗退化器官；發育不完全的器官。

ru·di·men·ta·ry [,rudə'mɛntərɪ], **-men·tal** [-'mɛntl] 形 **1** 根本的，基本的，初步的：～ medicine 基礎醫學。**2** 未成熟的；發育不全的；退化的。**-ri·ly** 副

Ru·dolf ['rudɑlf] 名〖男子名〗魯道夫（亦作 **Rudolph**）。

rue¹ [ru] 動及《文》後悔，懊悔；為…感到遺憾。—不及 後悔；遺憾。—名Ⓤ《古》悲傷；悔恨，後悔。

rue² [ru] 名Ⓤ〖植〗芸香。

rue·ful ['rufəl] 形《文》**1** 令人憐憫的，悲慘的：a ～ predicament 悲慘的窘境。**2** 悲傷的，後悔的：the knight of the *R*- Countenance 愁眉苦臉的騎士。～**·ly** 副，～**·ness** 名

ruff¹ [rʌf] 名 **1** 褶領，襞襟。**2** 類似褶領之物；褶領狀的羽毛。

ruff² [rʌf] 名 Ⓤ〖牌〗打出王牌，以王牌取勝。—動及不及 以王牌勝過。

ruff³, ruffe [rʌf] 名〖魚〗梅花鱸。

ruffed [rʌft] 形 有褶領的；有縐領狀羽毛的。

'ruffed 'grouse 名〖鳥〗流蘇松雞。

ruf·fi·an ['rʌfɪən] 名 惡棍，流氓；殘暴的人。—形 目無法紀的，殘暴的。～**·ly** 副

·ruf·fle¹ ['rʌfl] 動 (**-fled**, **-fling**) 及 **1** 使起漣漪；使起皺紋；使蓬亂《*up*》：～ (*up*) one's hair 弄亂頭髮。**2** 激怒，擾亂。**3**（鳥）豎起（羽毛）。**4** 縫上褶邊。**5** 翻動（書頁）；洗（牌）。—不及 **1** 皺褶；起波紋；蓬亂。**2** 焦躁；《古》擺架子。

***ruffle it* (*out*)** 自大自滿，擺架子。

—名 **1** 漣漪，波紋。**2** 褶飾，縐邊（狀之物）；頸部羽毛。**3** 不安；焦躁。**4**《古》吵鬧，騷動。**-fled** 形 有褶縐邊的；有領狀羽毛的。

ruf·fle² ['rʌfl] 名 連續輕敲的低沉鼓聲。—動及 連續輕敲（鼓）。

'R'U-486 名〖藥〗懷孕初期服用的口服墮胎藥。

·rug [rʌg] 名 **1** 地毯，毛氈。**2**《主英》用以覆蓋膝部取暖等的厚毯。

cut a rug《美俚》跳舞，跳吉特巴舞。

***pull the rug* (*out*) *from under*...** 破壞…的計畫，扯…的後腿；揭露。

sweep ...unde the rug《口》隱瞞，不公開（問題等）。

Rug·by ['rʌgbɪ] 名 **1** 拉格比：英國英格蘭中部的一個城市。**2** 拉格比公校：為英國四大 public school 之一。**3** Ⓤ《**r-**》橄

R

欖球。

·rug·ged ['rʌgɪd] 形 **1** 凹凸不平的，崎嶇的；粗糙的；多岩石的。**2**（臉）不光滑的，皺紋多的。**3**（氣候）嚴酷的，暴風雨的。**4** 艱苦的。**5** 堅強的，耐用的。**6** 刺耳的，難聽的。**7** 粗野的；不高雅的：a ~ character 粗野的個性。**8** 樸實的。~**·ly** 副，~**·ness** 名

rug·ger ['rʌgɚ] 名《英口》橄欖球。

ru·gose ['rugos] 形 **1** 有皺紋的；有皺褶的。**2**〖植〗多皺褶的。

:ru·in ['ruɪn] 名 **1** Ⓤ 破壞；毀滅，沒落：the ~ of a temple 寺廟的傾圮。**2**《~s》遺跡，廢墟：the ~*s* of one's house 房屋廢墟。**3** Ⓤ（健康、地位、名譽等的）喪失；毀滅；破產。**4**《one's ~, the ~》毀滅的原因。

come to ruin 荒廢，滅亡。

go to rack and ruin ⇨ RACK[2]（片語）

lie in ruins 變成廢墟。

—動 及 **1** 破壞，使崩潰；使荒廢。**2** 嚴重傷害；糟蹋（身體等）。**3** 使破產。**4** 誘姦，使墮落。—不及 **1** 荒廢，成廢墟；崩潰。**2** 沒落；破產。~**·a·ble** 形

ru·in·ate ['ruɪn,et] 形 崩潰的；荒廢了的；沒落的；破產的；墮落的。

ru·in·a·tion [,ruɪ'neʃən] 名 **1** Ⓤ 破壞；毀滅；崩潰；荒廢；沒落；破產。**2** 破滅的原因，禍根。

ru·ined ['ruɪnd] 形 毀滅的；荒廢的；破產的；墮落的。

ru·in·ous ['ruɪnəs] 形 **1** 破壞性的；帶來災害的；造成破產的。**2** 荒廢的。**3**《口》需花費鉅額金錢的。~**·ly** 副，~**·ness** 名

:rule [rul] 名 **1** 規則，規章，條例；教規：~*s* and regulations 規則與規定 / break the ~*s* 違反規則。**2**〖法〗命令；準則，原則：a special ~（法庭上的）特別命令。**3** 通則；習慣，慣例：There is no ~ without exceptions.《諺》有規則就有例外。**4** Ⓤ 支配，統治（的期間）；統治權：the ~ of law 法治 / hold ~ 支配，統治。**5**〖數〗公式，解法。**6** 尺；標準；準則：a foot ~ 一呎長的尺 / by ~ and line 正確地；精密地。**7**〖印〗嵌線：a dotted ~ 點線。

as a rule 一般說來，通常。

by rule 依規定，墨守成規地。

make it a rule to do / *make a rule of doing* 使成爲常規，通常以…爲原則。

work to rule 怠工，變相罷工。

—動 (**ruled, rul·ing**) 及 **1** 支配，統治。**2** 裁決，裁定（爲…）。**3** 用尺畫（線）《*on*...》；（用線）把（紙）畫平行線。**4** 居首位。**5** 控制（感情等）。—不及 **1** 支配，統治《*over*》。**2** 做出裁決《*on*...》。**3**（價格）保持某一水準。

rule...off / *rule off...* 淘汰，使失去資格；畫線分開。

rule...out / *rule out...* 刪除；淘汰；宣布…不可能；阻礙某事的進行。

rule...out of order 判定（人、事）違法。

rule the roost ⇨ ROOST（片語）

rule with a rod of iron / *rule with an iron hand* ⇨ IRON（片語）

rule·book ['rul,bʊk] 名 **1** 規則手冊。**2**《the ~》規則集，法令集。

rule·less ['rulɪs] 形 沒有規定的，不受法律約束的；無法紀的；無規則的。

'rule of the 'road 名 交通規則。

'rule of 'thumb 名《the ~》**1** 經驗法則。**2** 草率的作法。

·rul·er ['rulɚ] 名 **1** 支配者，統治者；掌握主權者。**2** 界尺，尺規；畫線的工具。

rul·ing ['rulɪŋ] 名 **1** 裁決，裁定：make quick ~ 迅速裁定。**2** Ⓤ 統治，支配。**3** Ⓤ 用尺畫的直線。—形 **1** 統治的，支配的。**2** 支配性的，主要的。**3** 普遍的。

'ruling ,party 名《the ~》執政黨。

rum[1] [rʌm] 名 Ⓤ Ⓒ **1** 蘭姆酒。**2**《美》酒。

rum[2] [rʌm] 形 (~**·mer**, ~**·mest**)《主英俚》**1** 奇怪的，奇異的：a ~ coincidence 奇怪的巧合。**2** 危險的，不易對付的：a ~ customer 不好應付的人。**3** 拙劣的：a ~ joke 拙劣的笑話（亦稱 **rummy**）。

Ru·ma·ni·a, Rou- [ru'menɪə] 名 = Romania.

Ru·ma·ni·an [ru'menɪən] 形 = Romanian.

rum·ba ['rʌmbə] 名（複~s [-z]）倫巴舞；倫巴舞曲。—動 不及 跳倫巴舞。

rum·ble[1] ['rʌmbl] 動 不及 **1** 咕嚕咕嚕作響，發隆隆聲。**2** 轆轆而行。**3**《美俚》（不良分子、幫派）打架。—及 **1** 發出隆隆的（聲音）；用低沉的聲音講。**2** 使轆轆行進。**3** 在磨箱裡磨光。—名 **1** 隆隆聲，轆轆聲，噪音。**2**《美俚》（不良幫派在街上的）吵架，群架。**3** = rumble seat;（馬車背後的）隨車人員座位。**4** = tumbling barrel.

rum·ble[2] ['rʌmbl] 動 及《英俚》看穿，看透。

'rumble ,seat 名《美》以前汽車後部折疊式的座位（《英》dickey seat）。

'rumble ,strip 名（公路上用以減緩車速的）凹凸路面。

rum·bus·tious [rʌm'bʌstʃəs] 形《英俚》喧囂的，吵鬧的。

rum(-)dum ['rʌm,dʌm] 名《美俚》**1** 酒鬼。**2** 笨蛋；平庸的人。—形 **1** 醉醺醺的。**2** 愚笨的；平庸的。

ru·men ['rumɪn] 名 (複**-mi·na** [-mɪnə]，~s) **1** 瘤胃；反芻動物的第一個胃。**2** 反芻動物胃中反芻的食物。

ru·mi·nant ['rumənənt] 名 反芻動物。—形 **1** 反芻的；反芻動物的。**2** 愛沉思的；反省的。

ru·mi·nate ['rumə,net] 動 不及 **1** 反芻。**2** 反覆思考，沉思《*about, of on, upon, over*...》。—及 **1** 反芻。**2** 反覆思考，沉思。

R

-'na·tion 图

rum·mage ['rʌmɪdʒ] 動及 **1** 在…中仔細搜尋《for...》: ~ a drawer 翻遍抽屜。**2** 找出；查出《out, up / from...》: ~ out a ticket 找出車票。**3** 臨檢（船）。—不及 翻找《about, around / in, among, through...》；找遍（場所）《about, around...; for...》。—图 **1** Ⓤ 亂七八糟的一堆；破銅爛鐵，雜物。**2** 翻尋；臨檢，搜查。**3** = rummage sale. **-mag·er** 图

'rummage ˌsale 图 **1**《美》義賣（《英》jumble sale）。**2** 大拋售，清倉大拍賣；舊貨交易。

rum·my¹ ['rʌmɪ] 图 一種撲克牌遊戲。

rum·my² ['rʌmɪ] 图(複-mies)《俚》酗酒者。—形 蘭姆酒（似）的。

rum·my³ ['rʌmɪ] 形 = rum².

·ru·mor, 《英》**-mour** ['rumɚ] 图 **1** Ⓤ Ⓒ 傳說，謠言《about, of...》: a mischievous ~ 惡意中傷的謠言。**2**《古》噪音，喧囂。

—動及《主用被動》謠傳: the ~ed disaster 謠傳中的災害 / It is ~ed that... 謠傳…。

ru·mor·mon·ger ['rumɚˌmʌŋgɚ] 图 謠言販子，造謠者。

rump [rʌmp] 图 **1** 臀部。**2** 牛臀肉: (a) ~ steak 臀肉牛排。**3** 殘餘物。**4** 殘餘議會；餘黨。

rum·ple ['rʌmpl̩] 動及 **1** 弄縐。**2** 弄亂《up》。

—不及 起皺紋，蓬亂。—图 皺紋，縐褶。

rum·pus ['rʌmpəs] 图 (複~·es)《口》**1**《通常作 a ~》吵鬧，喧嘩。**2** 吵架，爭吵。

'rumpus ˌroom 图《美》（家庭的）娛樂室，遊戲室。

rum·run·ner ['rʌmˌrʌnɚ] 图《美口》走私酒類的人[船]。**-ning** 图

:run [rʌn] 動 (**ran, run, run·ning**) 不及 **1** 跑，奔；奔馳《up, down, in, across...》: ~ down the street 跑到街上 / ~ for the doctor 跑去找醫生。**2** 逃，逃亡: ~ for one's life 逃命。**3** 走動；跑來跑去；東奔西走《about, around / about...》: ~ about in the garden 在花園裡跑來跑去。**4** 滾動；移動；（機器等）轉動；《喻》順利進行: keep the engine *running* while waiting 在等候時不讓引擎熄火。**5** 跑向…求援，求助於《to, for...》: ~ for one's luck 靠運氣行事。**6** 賽跑；參加（賽跑）；競選《for ...》；得（名次）: ~ for mayor 出馬競選市長。**7**（魚）游動；溯流而上《up...》。**8** 行駛: ~ before the wind 順風行駛。**9**（蔓草等）爬；蔓延《up...》: Morning glories *ran up* the side of the house. 牽牛花沿著房子的側壁往上攀爬。**10**（編織物等）鬆開，脫針；（襪子）抽絲。**11** 流，注入；排出（液體）《with...》。**12** 融化；（顏色等）擴散；褪色；滿溢。**13** 包括所有項目；延伸，擴展；扯及，連續《from...; to...》。**14**（時間）流逝《by》。**15** 變成；陷入，碰到（某狀態、事態）《into...》: ~ *into* trouble 陷入困難中。**16** 達到，合計《to...》: The book ~*s to* over five hundred pages. 那本書共有五百多頁。**17** 寫著；（諺語等）說。**18**〖商〗積欠；產生支付的義務。**19**〖法〗有效，並存《with...》。**20** 被印出來；被登載。**21** 連續演出。**22**（念頭等）閃過；不斷重現；瀏覽《over, through...》。**23** 有（…的）傾向《to...》: ~ *to* extremes 走極端。**24** 迅速散播；擴散。**25**（繼續）是某種大小[數量等]。**26** 遺傳於《in...》。—及 **1** 在…上跑，跑完。**2**（以奔跑）競（賽）；（奔跑般地）完成。**3** 驅使（馬等）；趕；使跑（成某種狀態）。**4** 使參加賽馬；推…爲候選人《for...》: ~ a person *for* Parliament 推舉某人參選國會議員。**5** 追趕；攆走；《喻》追蹤。**6** 逃出: ~ one's country 逃出本國，亡命國外。**7** 駕駛。**8** 運送；載送。**9** 使自由移動，使滑行；使瀏覽《over, through...》。**10** 突破；超越。**11** 走私，偷運。**12** 操作；使運轉。**13** 上演。**14** 出版，印刷《偶作 off》；《美》刊登《in...》。**15** 加工，製造；進行（實驗、測驗等）。**16** 經營，管理。**17**（桌球等）連續得（分）。**18** 冒（險）。**19** 流；熔鑄；放出，灌注。**20** 掛（帳），賒（帳）。**21** 使（衣物、襪子等）抽絲。**22** 使陷入《into...》。**23** 釘入，使碰撞《into, against...》；使（穿過）《into...》。**24** 放牧。**25** 使伸展，使延展在兩點間；畫（線）。**26** 價格爲，花費。**27**《口》發（熱病）。**28**（電腦）跑（程式）。

run about 奔跑遊戲，到處亂跑。

run...about / run about...（以車等）把（人）帶到各處去。

run...across / run across... (1) 遇到；發現。(2) 用車船載送…到對面。

run after... (1) 追逐，追蹤。(2)《口》追求。(3) 欲加入。(4)《口》（盲目地）追隨。

run against... (1) 撞上。(2) 偶然遇見。(3) 對…不利；違反。(4) 與…賽跑；與…競選。

run along 離去，辭行；《對小孩等的命令》走開。

run...along / run along... 把…（用車子載著）帶走。

run around《口》(1) 到處玩；交往，濫交《with...》。(2)《英》用車子帶著到各處去。

run at... 向著…衝過去；向…襲擊。

run away (1) 逃離；逃避《from...》。(2)（馬）脫韁。(3) 私奔。(4) 流走；（錢）（如流水般）花掉。(5) 遙遙領先《from...》。

run away with... (1) 與…一起逃走。(2) 捲逃，盜走。(3) 輕易地取勝。(4) 隨便相信，冒然斷定。(5) 失去控制。(6) 耗費（金錢、時間等）。(7) 載著…猛衝。

run back (1) 流回《*into...*》。(2) 回想《*over...*》。(3) 回溯（到…）《*to...*》。

run...back / run back... (1) 用車送…回去。(2) 使（錄音帶、底片）倒回。

run down (1) 流下。(2) 停止運轉；耗盡。(3) 降低；情況變壞。

run...down / run down... (1) 使停止運轉；耗盡；逐漸減低。(2) 撞到。(3) 追蹤。(4) 仔細查問。(5) 貶低，說…壞話。(6) 查找出。(7) 壓倒，打敗。(8)《通常作被動》使衰弱；使荒廢。(9) 減低。(10)〖棒球〗夾殺。(11) 撞沉。

run for it 匆忙逃走，逃命。

run high ⇨ 動 不及 15.

run in (1) 流入。(2) 非正式訪問，順道前往《*to...*》。(3) 同意（與…）一致《通常用《*with...*》。(4)（與…）短兵相接，作肉搏戰《*on, to...*》。(5)〖橄欖球〗帶球衝進球門。

run...in / run in... (1) 注入。(2)《俚》逮捕，把…關進監獄。(3) 試用。(4)〖印〗接排。(5) 插入；穿過。(6)《口》使當選。(7)（用車子等）送（到…）《*to...*》。

run into... (1) ⇨ 動 不及 11. (2) ⇨ 動 不及 15. (3) 撞上；《喻》遭遇，陷入。(4) 偶然碰見。(5) 共計，達到。(6) 接著，繼續成爲。

run in with... 〖海〗靠近（海岸、他船等）航行。

run off (1)（匆忙）離去，逃走《*from...*》。(2) 流掉。(3) 離題。(4) 不發生作用；流出。

run...off / run off... (1) 流利地寫出。(2) 進行比賽。(3) 將…趕出。(4) ⇨ 動 因 14. (5) 放，排（水等）。

run off with... 捲逃，盜取；與…私奔。

run on (1) 繼續。(2)《口》不斷地說，喋喋不休。(3)（時間）流逝。(4) 被連接地寫。(5)〖印〗緊排一起。(6) 涉及；老是想著。

run...on / run on... (1)〖印〗把…接排。(2) 追加，補入（文字等）。

run on to... 不期遇見。

run out (1) 流出；漏。(2) 到期，期滿。(3) 耗盡，用盡。(4) 退潮。(5) 被放出，被放長。(6) 突出；擴展。

run...out / run out (1) 驅逐。(2)《反身用法》使跑至力竭。(3) 放出（繩索等）；刺出。(4)《通常用被動》〖棒球〗使出局。(5) 把…撐到底；使賽到分出勝負的地步。

run out at...《口》（費用）高達。

run out of... (1) 用完，用罄。(2)《美》趕走，驅逐。

run out on...《美口》拋棄，不顧。

run over (1) 溢出；滿懷（…的）念頭《*with...*》。(2) 走近；順道訪問《*to...*》。(3) 超過。

run...over / run over... (1) 複習；練習；大略地看過；重述。(2) 輾過，壓過。(3) 放完（錄音帶等）。

run the chance of... 冒…的危險。

run through (1) 流過。(2) 揮霍，用罄。(3) 大略檢查，大略過目。(4) 練習，彩排。(5) 傳遍。(6)（想法等）閃過。(7) 再版。

run...through / run through... (1) 刺穿《*with...*》。(2) 畫線將刪掉。(3) 放（軟片、錄音帶）。

run to (1) ⇨ 動 不及 1. (2) ⇨ 動 不及 6. (3) ⇨ 動 不及 23. (4)《否定·疑問》有…的財力[錢]；多達。(5) 陷於，成爲。

run together 混合；合在一起。

run up (1) 跑近，跑上去《*to...*》。(2) 急速增加。(3) 多達《*to...*》。(4) 上漲。(5)（突然地）變大。(6) 得第二名。(7)〖運動〗先做一段助跑。(8) 跑上。

run...up / run up... (1) 趕忙地縫製。(2) 突然增加。(3) 拉高價格。(4) 匆匆搭建。(5) 掛升（旗等）。(6) 迅速地合計。

run up against... 撞見；遭遇。

run upon... (1) 無意中遇見。(2) 被…吸引[盤據]。

run with... 與…一致。

—图 **1** 跑；賽跑。**2** 路程；行程；航路；遞送區域。**3** 運行；行駛。**4**（短程）旅行，匆匆之旅。**5**〖軍〗攻擊航程；〖空〗滑行；定期飛行。**6**（機器的）運轉時間；作業量，工作量。**7**《美》（襪子等的）綻線，綻裂。**8** 發展，進步。**9** 趨向；趨勢。**10**《*the* ~》出入的自由《*of...*》。**11** 連續演出。**12** 一連串，連續；（東西的）一段；〖牌〗一連串同花色的牌。**13** 爭購；受歡迎，流行《*on...*》；擠兌。**14** Ⓤ 流出，湧出；流出時間，流量；Ⓒ《美》小溪，細流。**15** 等級，種類；普通類型。**16**（滑雪等的）斜面（滑道）。**17** 飼養場，放牧場。**18** Ⓤ 溯流而上；Ⓒ 洄游的魚群。**19**〖樂〗急奏。**20**〖棒球〗跑完一圈，得分；連續揮棒或射門成功。

a run for (*one's*) ***money*** (1) 激烈競爭。(2) 付出金錢後得到的報償。

by the run (1) 突然，急速地。(2)〖海〗不停地，一口氣地。

get the run upon *a person* 奚落，挖苦。

in the long run 從長遠的觀點看來，最後。

keep the run of...《美》與…保持接觸；不落…之後。

on the run《口》(1) 奔跑著。(2) 匆忙地。(3) 逃避警察的追緝；逃亡，被(…)追著《*from...*》。

with a run 急驟地，猛然。

—形 **1** 溶化的。**2** 熔鑄的。**3** 走私的。**4**（魚）洄游的。**5** 提煉出的，搾取的。

run·a·bout ['rʌnə,baut] 图 **1** 小型無篷馬車；小型無頂蓋汽車。**2** 小型汽艇。**3** 流浪漢。—形 流浪的。

run·a·gate ['rʌnə,get] 图《古》**1** 逃亡者。**2** 流浪者。

run·a·round ['rʌnə,raund] 图 託詞，藉口：give a person a ~ 對某人支吾其詞。

run·a·way ['rʌnə,we] 图 **1** 逃亡者，脫逃者；離家出走的人；脫韁之馬。**2** 逃亡

兌逃；私奔。**3** 輕易取勝，一面倒的勝利。

—形《限定用法》**1** 逃跑的。**2** 私奔的：a ～ marriage 私奔結婚。**3** 一面倒的，輕易取勝的。**4**〖商〗暴漲的：～ inf-lation 無法控制的通貨膨脹。**5** 爲避開限制或尋求特別利益而遷移的。

un·ci·ble 'spoon ['rʌnsəbl̩-] 名 叉匙。

un·ci·nate ['rʌnsɪnɪt] 形〖植〗逆向羽裂的，下向鋸齒狀的。

un-down[1] ['rʌn'daʊn] 形 **1** 筋疲力盡的；消耗完的；健康衰退的。**2** 破敗的，荒廢了的：an old, ～ train station 荒廢了的古老車站。**3**（鐘錶）停止走動的。

un·down[2] ['rʌn,daʊn] 名 **1**《美》概要，概述；簡報。**2**〖棒球〗夾殺。

une [run] 名 **1** 如尼文字：古代北歐文字。**2** 神祕的警言[詩]；咒文。

ung[1] [rʌŋ] 動 **ring**[2] 的過去式及過去分詞。

ung[2] [rʌŋ] 名 **1**（梯子的）橫木條，梯級。**2** 堅硬的木條；輪輻。**3** 階級：the hig-hest ～ of the ladder 最高階層。

u·nic ['runɪk] 形 **1** 如尼文字的。**2** 有神祕意義的。**3**（裝飾等）如尼文字模樣的；（詩等）古代北歐（風格）的。

un-in ['rʌn,ɪn] 名 **1**《美口》吵架，爭論；口角：have a ～ with the police 與警察爭吵。**2**〖印〗緊排插入的報導事項。**3** 試車。**4**《英》帶球攻進對方球門。

un·less ['rʌnlɪs] 形〖棒球〗無得分的。

un·let ['rʌnlɪt] 名 小河，小溪。

un·nel ['rʌnl] 名《文》小河，細流；小溝，小水路。

un·ner ['rʌnɚ] 名 **1** 奔跑者；賽跑的人。**2** 跑腿，信差；推銷員；外務員；收款員。**3**〖棒球〗跑壘員。**4** 滑行裝置；（雪橇的）滑板；（溜冰鞋的）冰刀。**5**（石磨的）迴轉石；滾軸；（渦輪機的）翼輪。**6**〖家具〗= rocker 1. **7**（機器等的）操作員；經營管理者。**8** 細長地毯；桌巾。**9**〖植〗匍伏枝；匍伏植物。**10**〖鑄〗澆道，流槽。**11**《美》走私者[船]。**12** 竹筴魚科的食用魚。**13**《美》（襪子的）抽絲綻裂（《英》ladder）。

unner ˌbean 名〖植〗紅花菜豆。

un·ner-up [rʌnɚ'ʌp] 名（複 **runners-up**, **～s**）（競賽的）亞軍，第二名的選手[隊伍]；比賽中冠軍以下的優勝者。

un·ning ['rʌnɪŋ] 名 U **1** 奔；跑；奔跑的力氣；賽跑。**2** 經營，管理；運轉：fail in the ～ of one's company 公司經營失敗。**3** 賽馬。**4** 流動；流出物；流出量。

in the running (1) 參加賽跑[競技]。(2)《口》有得獎希望。

make the running (1)（馬）領跑。(2) 領先。

take up the running (1) 領先；帶頭。(2)《命令》《俚》滾開，不要來吵我。

—形 **1** 跑的；賽跑的；（馬）疾馳的。**2** 攀緣的，匍伏性的。**3** 平滑地移動的；（繩索等）一拉就動的；（繩結、繩圈等）容易鬆脫的。**4**（機器等）轉動的。**5**（測量上）直線的，直線測得的。**6** 潦草的。**7** 流動的，流動性的；出膿的。**8** 現在的；正流行的，現行的：～ prices 時價，現行價格。**9** 連續重複的；同時進行的。**10** 邊跑邊做的。—副《置於複數名詞之後》連續地。

'running ˌboard 名 汽車踏腳板。

'running 'broad ˌjump 名 = broad jump.

'running 'commentary 名 現場報導，實況轉播。

'running ˌdog 名 走狗。

'running ˌhead 名〖印〗頁首標題。

'running 'high ˌjump 名 U（跑步）跳高。

'running 'knot 名 活結。

'running mate 名 **1**（賽馬時）定步速的領跑馬。**2**《美》競選夥伴。**3** 親密夥伴。

'running 'text 名 主文，本文。

'running ˌtime 名《the ～》（電影的）長度，放映時間。

'running 'title 名 = running head.

'running 'water 名 U 自來水；流水。

run·ny ['rʌnɪ] 形 (**-ni·er**, **-ni·est**) **1**《口》容易流下的。**2** 流鼻水的。

run·off ['rʌn,ɔf] 名 **1** U C 流走的東西；（雨水、融雪的）徑流量。**2** 打破平手的最後決賽；a ～ election 決定性的選舉。

run-of-the-mill ['rʌnəvðə'mɪl] 形《常爲蔑》平庸的，普通的：～ poets 平凡的詩人。

run-of-(the-)mine ['rʌnəv(ðə)'maɪn] 形 **1**（礦、煤）剛挖掘出的，未精選的。**2** 普通的，平凡的。

run-on ['rʌn,ɑn] 形 **1** 接排的。**2**〖詩〗意義連貫的。—名 追加，連續接排。

runt [rʌnt] 名 **1**（同種中）發育不良的動物。**2**《蔑》矮人。**3**《英方》老樹的殘株；老牛；醜老太婆。

run-through ['rʌn,θru] 名 **1** 彩排；練習。**2** 大綱，概要。

runt·y ['rʌntɪ] 形 (**run·i·er**, **run·i·est**) 發育不良的；體型矮小的。

run-up ['rʌn,ʌp] 名 **1**（飛機的）引擎試驗。**2**（股票等的）上揚：a ～ in prices 上漲物價。**3**〖運動〗準備運動，助跑。**4**《the ～》（亦稱 **run-in**）《英》起步階段，前奏。

run·way ['rʌn,we] 名 **1** 河道；河床；飛機跑道；車道。**2**（野獸出沒的）通道。**3**（飼養動物的）圈舍。**4**〖保齡球〗助跑道。**5**〖運動〗助跑道。**6**（戲院等的）伸展臺。**7**《美》滑行道；（窗框的）滑槽。

ru·pee [ru'pi] 名 盧比：印度、巴基斯坦等國的貨幣單位。略作：R, Re

R

ru·pi·ah [ru'piə] 名 (複～, ～s) 盧比：印尼的貨幣單位。略作：Rp.

rup·ture ['rʌptʃə] 名 1 Ⓤ Ⓒ 破裂，裂開；裂縫：the ～ of a blood vessel 血管破裂 / a skin ～ 皮膚的裂傷。2 Ⓤ Ⓒ（關係的）決裂，不和《*with, between...*》：a ～ in the relations *between* two countries 兩國間友好關係之決裂。3〖病〗疝氣，脫腸。—動 及 1 使破裂。2 斷絕。3〖病〗使發生疝氣。—不及 破裂；害疝氣。

·ru·ral ['rurəl] 形 1 鄉下的；鄉村風格的；鄉下人的，住在鄉下的：～ life 田園生活 / a ～ accent 鄉下口音 / ～ communities 農村社會。2 農業的，農事的：～ economy 農業經濟。～·ite 名 鄉下人。～·ly 副, ～·ness 名

'rural 'dean 名（教會的）地方執事。

'rural ('free) de'livery 名 Ⓤ《美》鄉村地區郵件的免費遞送。略作：R. (F.) D.

ru·ral·i·ty [ru'rælətɪ] 名 (複-ties) 1 Ⓤ 鄉村風格。2 鄉村生活；田野風光。

rural·ize ['rurəl,aɪz] 動 及 使具鄉村風格，使鄉村化。—不及 在鄉下過日子；住在鄉村。

Ru·ri·ta·ni·an [,rurə'tenɪən] 形 浪漫王國的。

ruse [ruz] 名 謀略，陰謀詭計。

:rush[1] [rʌʃ] 動 不及 1 奔；衝；急行，趕緊《*into, to...*》；匆匆完成《*out*》：～ along 勇往直前 / ～ for a seat 猛衝過去搶位子 / *to* a conclusion 倉促做出結論 / Fools ～ in where angels fear to tread.《諺》初生之犢不畏虎。2 突然襲擊；猛攻《*at, on, upon...*》。3 突然出現（在…）《*to, into ...*》；很快地經過：～ *into* one's mind 突然湧上心頭。4〖美足〗抱球衝去，猛衝。—及 1 匆忙做完；趕辦《*up, through*》；使快步走；催促。2 匆匆運走，猛推，急送《*off / to, into...*》；迅速通過（法案等）《*through...*》。3 急襲；打敗，奪取。4《口》對…獻殷勤，強行追求。5《英俚》騙取，非禮。6《主美》（大學的學生社團）以晚會招待以便吸收新會員。7〖美足〗抱（球）衝去。8《英口》對（顧客）亂開價，敲詐。

rush off 匆忙出去。

rush a person off his feet 迫使倉促行動，催促。

—名 1 奔；衝；滾滾而流；突進，猛吹，迅速地行動，突擊。2 繁忙的活動[狀態]，匆忙；擁擠。3 熱潮；大量需求；需求量的急增[激增]。4 突然出現；（感情的）激發，突發。5〖橄欖球〗帶球向前衝。6《美》（大學各班舉行的）扭打賽。7《常作～es》〖影〗尚未經過剪輯的鏡頭；毛片。8《口》（男人對女人的）殷勤。9《主美》（學生社團的）迎接招待。10《美學生》幾乎滿分的成績。

a regular rush 十足的詐欺，毫無道理的價格。

give a person the bum's rush《美俚》把（某人）從酒店中趕出去。

with a rush 一舉，突然，迅速地。

—形《限定用法》1 急需的，急迫的。繁忙的；大批湧到的。

rush[2] [rʌʃ] 名 1〖植〗燈心草。2 全無價值之物：not worth a ～ 毫無價值。

～·work 名 燈心草工藝（品）。

'rush 'candle 名 燈心草蠟燭。

'rush ,hour 名《常作～s》交通尖峰時間；商店生意最繁忙的時間。

'rush 'light 名 1 = rush candle. 2 無用之物，無益之人[物]。

Rush·more ['rʌʃmor] 名 **Mount,** 總統山：美國 South Dakota 州的一座山。

rush·y ['rʌʃɪ] 形 (**rush·i·er, rush·i·est**) 多燈心草（莖）的。2 用燈心草覆蓋的；像燈心草的。

rusk [rʌsk] 名 Ⓒ Ⓤ 1 硬麵包片。2 鬆脆的甜餅乾。

Russ [rʌs] 名 (複～, ～·es) 1 俄國人。Ⓤ《古》俄語。—形 俄國的；俄國人[語]的。

Russ.《縮寫》*Russ*ia(n).

Rus·sell ['rʌsl] 名 1 **Lord Bertrand,** 羅素（1872–1970）：英國哲學家。2〖男子名〗羅素。

rus·set ['rʌsɪt] 名 1 Ⓤ 赤褐色，枯葉色。2 Ⓤ《古》赤褐色的手織布。3 一種赤褐色粗皮蘋果。—形 赤褐色的，淡茶色的。～·y 形

·Rus·sia ['rʌʃə] 名 1（昔日的）俄羅斯帝國。2 = Soviet Union. 3 = RSFSR. 4 = Russian Federation.

·Rus·sian ['rʌʃən] 形 俄羅斯的，俄國的；俄國人[語]的。—名 1 俄國人，俄國的居民。2 俄羅斯民族的一員。3 Ⓤ 俄語。略作：Russ, Rus.

'Russian 'Empire 名《the ～》= Russia 1.

'Russian Feder'ation 名《the ～》（今之）俄羅斯聯邦：首都 Moscow。

Rus·sian·ize ['rʌʃən,aɪz] 動 及 使俄羅斯化。-i·'za·tion 名 Ⓤ 俄國化。

'Russian ('Orthodox) 'Church 名《the ～》俄國（東）正教教會。

'Russian Revo'lution 名《the ～》俄國革命：1 二月革命（1917 年 3 月）。2 十月革命（1917 年 11 月 7 日）。

'Russian rou'lette 名 Ⓤ 俄羅斯輪盤賭：一種賭命遊戲。

'Russian 'wolfhound 名 = borzoi.

Russo-《字首》表「俄國人」、「與俄國」之意。

·rust [rʌst] 名 Ⓤ 1 鐵鏽，鏽；似鏽的污點：be covered with ～ 表面生滿了鏽 / gather ～ 生鏽。2 有害影響；遲鈍；懶散；荒疏：the ～ of an disused intellect 智能因長久不用而變得遲鈍。3〖植病理〗鏽病；鏽菌。4 赤褐色。—動 不及 1 生鏽。

R

腐蝕掉《*away, out*》。**2**（植物）患鏽病。**3**（腦子）衰退，鈍化；荒疏《*away, out*》: Better wear out than ~ *out.*《諺》與其鏽壞，不如用壞；與其閒散至死，不如忙碌而死。**4** 呈鏽色。—及 **1** 使生鏽。**2** 使鏽蝕；使衰退；〖植〗使患鏽病。**3** 使變成鏽色。

rust-col·ored ['rʌst,kʌlɚd] 形 鐵鏽色的，赤褐色的。

·rus·tic ['rʌstɪk] 形 **1** 鄉下的，住在鄉下的。**2** 樸素的，富鄉下（人）氣息的：~ simplicity 純樸。**3**《蔑》粗野的；土氣的，笨拙的：a ~ personality 粗野的個性。**4** 用原木造的；〖石工〗粗面石工的：a ~ bridge 用原木造的橋。—名 鄉下人；鄉巴佬。

-ti·cal 形, **-ti·cal·ly** 副

rus·ti·cate ['rʌstɪ,ket] 動 不及《文》下鄉；過鄉居生活；變成鄉下人。—及 **1** 使下鄉；使住在鄉下；使具有鄉下人的風格。**2**〖石工〗將（牆面等）砌成粗面。**3**《英》勒令退學。

rus·ti·ca·tion [,rʌstɪ'keʃən] 名 **1** U〖建〗毛面砌石（法）；C 用此法砌成之物。**2** U 下鄉；鄉居生活；鄉下化。**3** U《英》（大學的）停學處分（期間）。

rus·tic·i·ty [rʌs'tɪsətɪ] 名 U **1** 樸素，純樸。**2** 粗魯，笨拙；無知。**3** 鄉村生活，鄉村風味。

·rus·tle ['rʌsl] 動 **(-tled, -tling)** 不及 **1** 發沙沙聲；沙沙作響地移動：*rustling* leaves 沙沙作響的樹葉。**2**《美口》起勁地做事；急速地行進。**3**《美口》偷（家畜）。

—及 **1** 使沙沙地移動；使發出沙沙聲。**2**《美口》起勁地做；急速地取得。**3**《美口》偷（家畜）。

rustle up...《口》努力搜尋，急速準備。

—名 沙沙聲；衣服摩擦的聲音。

rus·tler ['rʌslɚ] 名 **1** 發出沙沙聲的人[物]。**2**《美口》充滿幹勁的人，活躍的人。**3**《美口》偷牛賊。

rust·less ['rʌstlɪs] 形 無鏽的；不生鏽的。

rus·tling ['rʌslɪŋ] 形 沙沙作響的；發出衣服摩擦細碎聲的；《美口》充滿幹勁的，活躍的。**~·ly** 副

rust·proof ['rʌst,pruf] 形 不生鏽的，防鏽的。

rust·proof·ing ['rʌst,prufɪŋ] 名 U **1** 防鏽處理。**2** 防鏽材料。

rust·y[1] ['rʌstɪ] 形 **(rust·i·er, rust·i·est) 1** 生鏽的：a ~ knife 生鏽的刀子。**2** 褪了色的；陳舊的；過時了的；帶鏽色的：a ~ jacket 穿舊了的夾克。**3**（在能力上）鈍化的；衰退的；荒疏的。**4**（植物）患了鏽病的。**5** 嗄聲的。**-i·ly** 副, **-i·ness** 名

rust·y[2] ['rʌstɪ] 名 **(rust·i·er, rust·i·est) 1** 頑固的，倔強的：ride ~ 頑固倔強，難以駕馭 / a ~ horse 難以駕馭的馬。**2**《主方》易怒的，壞脾氣的：turn ~ 變得易怒。

rut[1] [rʌt] 名 **1** 車轍；凹痕；溝。**2** 常規，老套，慣例：be in a ~ 墨守成規，陷入一成不變 / get away from the ~ 擺脫陳規舊習。

—動 **(~·ted, ~·ting)** 及《通常用被動》在…上留下轍跡。

rut[2] [rʌt] 名 U（鹿、羊等的）發情（期）: at (the) ~ 正在發情時期 / go to (the) ~ 發情。

—動 **(~·ted, ~·ting)** 不及 發情。

ru·ta·ba·ga [,rutə'begə] 名〖植〗蕪菁甘藍；其食用塊莖（亦稱 **Swedish turnip**）。

Ruth [ruθ] 名 **1**〖聖〗路得：原為 Naomi 的子媳，再嫁為 Boaz 之妻，是 David 的祖先。**2**（舊約聖經的）路得記。**3 George Herman**, 魯斯（1895－1948）：美國職業棒球傳奇球員，暱稱 Babe Ruth。**4**〖女子名〗露絲。

ru·the·ni·um [ru'θinɪəm] 名 U〖化〗釕。符號：Ru

ruth·less ['ruθlɪs] 形 沒有同情心的；無情的；殘酷的。**~·ly** 副

Rut·land(-shire) ['rʌtlənd(,ʃɪr, -ʃɚ)] 名 拉特蘭郡：原為英格蘭一郡；首府為 Oakham。

rut·tish ['rʌtɪʃ] 形 好色的，淫蕩的；發情的。

rut·ty ['rʌtɪ] 形 **(-ti·er, -ti·est)** 多轍跡的，布滿車轍的。

R.V., RV《縮寫》*r*ecreational *v*ehicle 休旅車; *R*evised *V*ersion.

Rwan·da [ru'ɑndə] 名 盧安達（共和國）：非洲中部偏東的一個國家；首都吉佳利（Kigali）。

-dan 名形 盧安達人[的]。

RX[1]《拉丁語》（處方箋上的記號）服用。

Rx[2] ['ɑr'ɛks] 名 (複 **Rx's** ['ɑr'ɛksɪz]) **1** 處方，藥方。**2**（問題等的）補救方法。

·rye [raɪ] 名 **1** U 黑麥，裸麥；其種子：a grain of ~ 一顆裸麥。**2**《美》= rye bread. **3** U C 黑麥威士忌酒。—形 用裸麥（粉）做成的。

'rye 'bread 名 U 黑麥麵包。

'rye 'whiskey 名 **1** U C 以黑麥釀製的威士忌酒。**2**《美東部·加》= blended whiskey.

Ryu·kyu [ri'ukju] 名 **1** 琉球群島。**2** U 琉球語。

Ryu·kyu·an [ri'ukjuən] 名 琉球人。—形 琉球（人）的。

R

S s

S[1], **s** [ɛs] 名(複 **S's** 或 **Ss**, **s's** 或 **ss**) **1** Ⓤ Ⓒ 英文字母中第十九個字母。**2** S 狀物。

S[2] 《縮寫》*s*ignature; *s*oft; *S*outh(ern).

S[3] [ɛs] 名 **1** Ⓤ（一系列中的）第十九號。**2**《偶作 **s**》（中世紀羅馬數字的）七，七十。

s 《縮寫》*s*atisfactory; *s*ignature; *s*oft; *s*outh.

's[1] **1** 表示名詞所有格。**2** 表數字、字母縮寫的複數：three *h's* 三個 h。

's[2] **1** is 的縮略形。**2**《口》does 的縮略形。**3** has 的縮略形。

's[3] us 的縮略形。

-s[1] 《字尾》接於名詞、形容詞之後構成副詞。

-s[2] 《字尾》表動詞第三人稱單數現在式。

-s[3] 《字尾》表名詞的複數。

S. 《縮寫》*S*aint; *S*aturday; *S*enate; *S*eptember; *S*ignor; *S*ocialist; *S*outh(ern); *S*unday.

s. 《縮寫》*s*econd; *s*hilling(s); *s*ign(ed); *s*ingular; *s*ociety; *s*outh(ern); *s*ubstantive.

:**$**, **$** dollar(s)的符號；（政治漫畫等所用以代表的）錢。

S.A. 《縮寫》*S*alvation *A*rmy; *S*outh *A*frica; *S*outh *A*merica.

Saar [sɑr, zɑr] 名《**the** ～》薩爾：德國西部的一地區，以產煤著名。

Sa·bah ['sɑbɑ] 名 沙巴：位於婆羅洲北部；爲馬來西亞聯邦的一州。

Sab·ba·tar·i·an [ˌsæbə'tɛrɪən] 名 嚴守安息日規定的人。—形 安息日的；嚴守安息日規定的。

Sab·bath ['sæbəθ] 名 **1**《通常作 **the** ～》安息日：keep *the* ～ 遵守安息日規定 / break *the* ～ 不守安息日。**2**《**s-**》休息期間；安息，靜寂。

Sab·bath·break·er ['sæbəθˌbrekə] 名 不守安息日的人。

'Sabbath ˌSchool 名 **1** = Sunday School. **2** Ⓤ Ⓒ 週六主日學。

Sab·bat·i·cal [sə'bætɪkl] 形 **1** 安息日的；適於安息日的。**2**《**s-**》休假的；帶薪休假的（亦稱 **Sabbatic**）。
—名《**s-**》= sabbatical year.

sab'batical 'year 名《美》休假年：每七年給大學教授一年或六個月的帶薪休假（亦稱 **sabbatical leave**）。

sa·ber ['sebə] 名 **1**（尤指騎兵隊的）軍刀：rattle one's ～ 揮動軍刀；耀武揚威。**2**〖西洋劍〗長劍。**3**《**the** ～》武力；黷武政治。**4**《通常與數詞連用》騎兵。
—動 及 以軍力斬殺。

'saber ˌrattling 名 Ⓤ 炫耀武力，武力威脅。

sa·ber-toothed ['sebəˌtuθt,-ðd] 形（上顎）有劍齒的。

Sa·bine ['sebaɪn] 名 **1** 賽般人：古代居住於義大利中部山脈的一民族。**2** Ⓤ 賽般語。—形 賽般人的，賽般語的。

'Sa·bin vacˌcine ['sebɪn-] 名 Ⓤ 沙賓疫苗：預防小兒麻痺的口服疫苗。

sa·ble ['sebl] 名(複～s,《義 **1**, **2** 爲集合名詞》～) **1**〖動〗黑貂。**2**〖動〗美洲貂。**3** Ⓤ 黑貂毛皮；Ⓒ 用黑貂毛做成的畫筆。**4** Ⓤ〖詩〗黑，（紋章的）黑色；《～**s**》《文》喪服。—形 黑色的；黑暗的；陰沉的；陰森森的：his ～ Majesty 魔王。

sab·ot ['sæbo] 名(複～**s** [-z]) **1**（法國等地農人穿的）木鞋。**2** 木底皮鞋。

sab·o·tage [ˌsæbə'tɑʒ] 名 Ⓤ **1** 破壞行爲。**2** 陰謀破壞，破壞活動：commit ～ 從事破壞行動。—動 及 從事破壞活動；阻撓。

sab·o·teur [ˌsæbə'tɝ] 名 破壞分子，從事破壞行爲的人。

sa·bra ['sɑbrə] 名 土生土長的以色列人。

sa·bre ['sebə] 名，動 及《英》= saber.

sac [sæk] 名〖動·植〗囊；液囊。

SAC [sæk] 名（美國）戰略空軍司令部。

sac·cade [sæ'kɑd, sə-] 名 Ⓤ **1** 猛力勒馬。**2**（閱讀時）眼睛快速的跳閱。

sac·cate ['sæket] 形 有囊的；囊狀的。

sacchar- 《字首》用於專門術語，表「糖」之意。

sac·cha·rim·e·ter [ˌsækə'rɪmətə] 名 糖量計。

sac·cha·rin ['sækərɪn] 名 Ⓤ〖化〗糖精。

sac·cha·rine ['sækəˌraɪn, -rɪn] 形 **1** 糖的；糖質的；含糖的。**2** 太甜的；阿諛的，討好的：a ～ voice 諂媚的聲音。

sac·cu·lar ['sækjulə] 形 囊狀的。

sac·er·do·tal [ˌsæsə'dotl] 形 祭司的；尊奉祭司神權的。

sac·er·do·tal·ism [ˌsæsə'dotḷɪzəm] 名 Ⓤ 祭司制度；祭司精神；祭司神權論。

sa·chem ['setʃəm] 名 **1**（北美印第安人的）酋長。**2**（團體等的）首長，領袖。

sa·chet [sæ'ʃe] 名 **1** 香囊，小香袋。**2**（裝在香囊中的）香粉。**-cheted** 形

·**sack**[1] [sæk] 名 **1** 大袋；一袋的量；《美》（給顧客帶回所購物品用的）袋子：An empty ～ cannot stand upright.《諺》空袋豎不起來；沒有真才實學騙不了人。**2** 寬鬆的衣服；寬鬆的外套（亦作 **sacque**）。**3**《

the ～》《英俚》解雇，革職；(對求愛等) 拒絕：get *the* ～被開革；遭到峻拒 / give a person *the* ～ 把某人革職；嚴詞拒絕某人。4《 the ～》《美俚》床。5〖棒球〗《俚》壘。6〖美足〗包截。

hit the sack《美俚》上床，睡覺。

—動 及 1 裝入 (大) 袋中。2《英俚》解僱。3《口》(競賽中) 打敗。4 獲得《 *up* 》。5〖美足〗包截。

sack out [*in*]《美俚》上床睡覺。

sack² [sæk] 動 及 劫掠，洗劫。—名《常作 **the** ～》掠奪，洗劫。～**·er** 名

sack³ [sæk] 名 U C 南歐白葡萄酒。

sack·but ['sæk,bʌt] 名 1 中世紀時的一種長號樂器。2〖聖〗三角形的四弦琴。

sack·cloth ['sæk,klɔθ] 名 1 = sacking¹. 2 U 粗麻布喪服，懺悔服。

in sackcloth and ashes 深深地懺悔；深陷於悲傷。

'sack ˌcoat 名《主美》直筒式西裝上衣。

'sack ˌdress 名 (直筒寬鬆的女用) 布袋裝。

sack·ful ['sæk,ful] 名 一滿袋 (的分量)；大量。

sack·ing¹ ['sækɪŋ] 名 U 粗麻布，袋布。

sack·ing² ['sækɪŋ] 名 U 1 掠奪，洗劫。2 擊潰；決定性勝利。3 免職，解雇。

sack·less ['sæklɪs] 形 1《蘇》無精打采的；無害的；軟弱的；弱智的；意志薄弱的。2《古》無罪的，清白的。

'sack ˌrace 名 麻袋競走。

'sack ˌsuit 名 上衣爲直腰式的整套西裝。

sacque [sæk] 名 = sack¹ 名 2.

sa·cral ['sekrəl] 形 宗教儀式的；聖禮所用的；神聖的。

sac·ra·ment ['sækrəmənt] 名 1〖教會〗聖事，聖禮。2《常作 **the** ～》《常作 **S-**》聖餐；聖餐儀式；聖禮儀式：minister *the* ～施聖餐，給聖體 / go to ～ 領聖餐。3 聖餐所用之物。4 神聖的事物；奧祕的事；(神的) 象徵。5 誓言：take a ～ 宣誓。

sac·ra·men·tal [ˌsækrə'mɛntl] 形 1 聖禮的，聖事的；聖餐 (儀式) 的；在聖事中所用的。2 特別神聖的；具有 (神聖) 束縛力的。

—名〖基督教〗類似聖事的儀式或聖物。～**·ism** 名 U 重視聖事主義。

Sac·ra·men·to [ˌsækrə'mɛnto] 名 沙加緬度：美國 California 州的首府。

sa·cred ['sekrɪd] 形 1 宗教性的：a ～ hymn 宗教讚美歌，聖歌。2 神聖的：hold a thing ～ 視某事物爲神聖。3 獻給 (某人、物、目的) 的《 *to...* 》：～ *to* the memory of ... 獻給…之靈。4 被奉爲神聖的，受崇敬的；莊嚴的；崇高的；不可褻瀆的；神聖不可侵犯的：～ rights 不可侵犯的權利 / a city ～ to the Arabs 阿拉伯人的聖城。

～**·ly** 副，～**·ness** 名

Sacred 'College 名《 **the** ～》〖天主教〗樞機主教團。

'sacred 'cow 名《諷》神聖不可侵犯、不容批評或攻擊的人 [組織，思想等]。

'Sacred 'Writ 名 聖經。

:sac·ri·fice ['sækrə,faɪs, -,faɪz] 名 U C 1 犧牲，供物，供品；供奉，獻祭：human ～ 活人供品。2 犧牲品；犧牲 (的行爲)：be the ～ of... 以…作犧牲品 / fall a ～ to war 成爲戰爭的犧牲品 / make a ～ of... 作出…的犧牲。3 賤賣，虧本出售 (的商品)；損失：sell at a (large) ～ 大賤賣。4〖棒球〗= sacrifice bunt.

—動 **(-ficed, -fic·ing)** 及 1 作爲祭品。2 犧牲，獻出《 *for, to...* 》。3《口》虧本出售。4〖棒球〗以犧牲打使進壘。—不及 1 獻祭《 *to...* 》。2〖棒球〗擊出犧牲打。

'sacrifice 'bunt 名〖棒球〗犧牲觸擊，短打。

'sacrifice 'fly 名〖棒球〗高飛犧牲打。

sac·ri·fi·cial [ˌsækrə'fɪʃəl] 形 作爲祭品的，獻祭用的；犧牲的，奉獻的；虧本出售的。～**·ly** 副

sac·ri·lege ['sækrəlɪdʒ] 名 U C 褻瀆聖物，侵犯聖堂；褻瀆行爲；竊取聖物罪。

sac·ri·le·gious [ˌsækrɪ'lɪdʒəs] 形 褻瀆神聖的，不敬神的；犯了褻瀆罪的。

～**·ly** 副

sa·cring ['sekrɪŋ] 名 U《古》成聖體。

sac·ris·tan ['sækrɪstən] 名《古》聖器管理員。

sac·ris·ty ['sækrɪstɪ] 名 (複 **-ties**) (教堂的) 聖器室，聖物收藏室。

sac·ro·il·i·ac [ˌsækro'ɪlɪæk, ˌsek-] 名〖解〗骶骼關節。—形 骶骼關節的。

sac·ro·sanct ['sækro,sæŋkt] 形 至聖的；《謔》神聖不容侵犯的。～**·ness** 名

:sad [sæd] 形 (～**·der**, ～**·dest**) 1 悲傷的；憂愁的；令人哀傷的，可悲的：～ news 噩耗 / be ～ at the sight 觸景傷情。2《侮辱·謔》壞透的，糟透的；可嘆的；悲慘的；不可救藥的：a ～ coward 十足的懦夫 / a ～ dog 壞透的流氓，不可救藥的無賴。3 灰暗的，陰鬱的。

in sad earnest《古》認真地，嚴肅地。

sadder but wiser《口》不經一事，不長一智；由慘痛的經驗中得到教訓。

sad to say《置於句首》遺憾的是。

sad·den ['sædn̩] 動 及 1 使悲傷；使憂鬱。2 使成暗淡色。—不及 1 悲傷，憂傷。2 (顏色) 變暗淡。

·sad·dle ['sædl] 名 1 鞍；鞍部：take the ～ 上馬；就職，開始掌權。2 (自行車等的) 鞍座。3 鞍狀物。4 U C (羊、鹿的) 腰肉。5 (家禽的) 後背部分。6 鞍狀山脊。

cast a person out of the saddle 把某人免職。

in the saddle (1) 騎著馬。(2)《口》執政的，掌權的。(3) 準備就緒；躍躍欲試。

—動 **(-dled, -dling)** 及 1 裝上鞍《 *up* 》。2 使負起重擔《 *with...* 》；把 (責任等) 加

S

諸於《*on, upon...*》。─不及 **1** 安上馬鞍《*up*》。**2** 跨上馬鞍，上馬。

sad·dle·bag ['sædl,bæg] 名 鞍囊；（自行車、摩托車的）掛囊，掛包。

sad·dle·bow ['sædl,bo] 名 馬鞍的前穹。

sad·dle·cloth ['sædl,klɔθ] 名 (複～s [-,klɔðz, -,klɔθs]) **1**〖賽馬〗（印有賽馬號碼的）鞍罩。**2** 鞍褥，布鞍墊。

'saddle ,horse 名 騎用的馬；鞍馬。

sad·dler ['sædlɚ] 名 **1** 馬具商，馬鞍匠；（軍隊中）管馬具的人。**2** 鞍馬。

'saddle ,roof 名 山形屋頂，鞍形屋頂。

sad·dler·y ['sædlərɪ] 名 (複 **-dler·ies**) **1** Ⓤ 馬具製造販賣業。**2** Ⓤ《集合名詞》馬具。**3** 馬具店；製造馬具之處。

'saddle ,shoe 名《美》鞍背鞋。

'saddle ,sore 名 馬背或騎者的鞍瘡。

'saddle ,stitch 名 **1** 馬鞍式裝訂法。**2**〖裁〗交叉式縫皮革法。

sad·dle·tree ['sædl,tri] 名 鞍架。

Sad·du·cee ['sædʒə,si] 名 **1** 撒都該教信徒：古代猶太教一個派別的成員，該派否定死人復活、靈魂存在、來世和天使。**2**《常作 **s-**》物質主義者。

-'ce·an [-'siən] 形 撒都該教（信徒）的。

sa·dhu ['sɑdu] 名〖印度教〗聖者，哲人，僧侶。

sad·i·ron ['sæd,aɪɚn] 名 大熨斗。

sad·ism ['sædɪzəm, 'sedɪzəm] 名 Ⓤ **1** 性虐待狂，殘暴色情狂。**2** 虐待狂。

sad·ist ['sædɪst, 'sedɪst] 名 施虐淫者，性虐待狂者；虐待狂者。

sa·dis·tic [sə'dɪstɪk] 形 施虐淫的；虐待狂的。**sa·'dis·ti·cal·ly** 副

:sad·ly ['sædlɪ] 副 **1** 悲痛地；悲傷地，傷心地。**2** 可悲地，不幸地。**3** 嚴重的，非常地：be ～ mistaken 犯了嚴重的錯誤。─形《英方》《敘述用法》健康不佳的。

·sad·ness ['sædnɪs] 名 Ⓤ **1** 悲傷，悲痛；不幸。**2** 悲傷的事。

sado-《字首》表「虐待狂的」之意。

sad·o·mas·o·chism [,sædo'mæsə,kɪzəm, ,se-] 名 Ⓤ（性）施虐受虐狂。

-'chis·tic 形

'sad ,sack 名《美口》不中用的人；無能者；糊塗常惹麻煩的人。

SAE《縮寫》*s*elf-*a*ddressed *e*nvelope; *s*tamped *a*ddressed *e*nvelope (亦作 **s.a.e.**); *S*ociety of *A*utomotive *E*ngineers.

sa·fa·ri [sə'fɑrɪ] 名 (複～**s**)（在東非的）探險旅行，狩獵旅行（隊），殺伐旅。─動 不及 狩獵旅行。

sa'fari ,park 名 野生動物園。

:safe [sef] 形 (**saf·er, saf·est**) **1** 安全的，保險的《*from...*》：a ～ period（行經前後的）避孕安全期。**2**《作 **be, come, arrive, return** 等的主格補語，**bring, see** 等的受格補語》脫離危險的；平安的：see a person home ～送某人平安回家；迎接某人安然歸來。**3** 不怕被脫逃的；（被捕而）不能為害的：～ behind bars 被拘禁而無需憂慮的。**4** 萬無一失的；可信賴的，可靠的；慎重的；穩健的：a ～ move 萬無一失的步驟。**5** 有可能的，一定的《*to* do》。**6**（在選舉時）（議席）確實可獲得的。**7**〖棒球〗安全上壘的。

as safe as house(s)《英口》很安全的。

on the safe side 以防萬一，謹慎地。

play it safe《口》不冒險。

safe and sound 安然無恙。

─名 **1** 金庫，保險櫃。**2** 冷藏箱；（防止蒼蠅等的）紗櫥：a meat ～《英》（保存肉類等食物的）紗櫥。**3**《美俚》保險套。

～**·ness** 名

safe-con·duct ['sef'kɑndʌkt] 名 **1**（軍事地帶、占領地區的）安全通行證；Ⓤ（依照通行證的）通行權。**2** Ⓤ 護送，護衛。

safe(-)scrack·er ['sef,krækɚ] 名《美》搶金庫的人，撬開保險箱的盜賊（《英》**safebreaker**）。

safe-de·pos·it ['sefdɪ,pɑzɪt] 形 保管貴重物品的：a ～ box 保險箱。─名（供放置貴重物品等的）保管庫，保險庫。

safe·guard ['sef,gɑrd] 名 **1** 預防措施《*against...*》；保護，防護；保證：a ～ *against* possible loss 預防可能發生損失的措施。**2** 安全通行證。**3** 防護設施，安全裝置。**4** 護送者，護衛。─動 及 捍衛，維護。

'safe 'harbor 名 **1** 安全港。**2**《喻》提供保護的場所或處境。

safe ,house 名 密屋，隱匿處。

safe·keep ['sef'kip] 動 及 保管；保護。

safe·keep·ing ['sef'kipɪŋ] 名 Ⓤ 妥善保管，妥善保護。

safe·light ['sef,laɪt] 名〖攝〗（暗房沖洗照片用）安全燈。

:safe·ly ['seflɪ] 副 安全地，平安地；《修飾全句》無妨。

'safe ,mode 名〖電腦〗安全模式。

'safe 'sex 名 Ⓤ（使用保險套等預防措施等的）安全性行為。

·safe·ty ['seftɪ] 名 (複 **-ties**) **1** Ⓤ 安全，平安安全性：in ～ 安全地 / *S-* First.《標語》安全第一。**2** 防止危險的裝置，安全措施。**3**（槍的）保險栓，保險裝置。**4**〖美足〗球置於本隊球門線後；〖棒球〗安打。**5**《形容詞》安全的：road ～ rules 交通安全規則。

play for safety 穩紮穩打；慎重行事。

'safety ,belt 名 **1** 安全帶。**2** 救生帶。

'safety ,curtain 名（戲院的）防火幕。

'safe·ty-de·pos·it ,box ['seftɪdɪ,pɑzɪt-] 名《英》（銀行的）出租保險櫃。

safe·ty-first [,seftɪ'fɝst] 形《蔑》安全第一的；小心翼翼的。

'safety ,fuse 名 保險絲；安全導火線。

'safety ,glass 名 Ⓤ 安全玻璃。

'safety in,spection 名 Ⓤ Ⓒ《美》

S

車輛的）安全檢查。

'safety ˌisland 名《美》（街道上的）安全島，（公車乘客用的）站臺。

'safety ˌlamp 名（礦工用的）安全燈。

'safety ˌlock 名 **1** 保險鎖。**2** = safety 3.

'safety ˌmatch 名 安全火柴。

'safety ˌnet 名 **1**（馬戲團高空表演者用的）安全網。**2**《喻》防範措施。

'safety ˌpin 名安全別針；保險針。

'safety ˌrazor 名安全刮鬍刀。

'safety ˌvalve 名 **1**（鍋爐等的）安全閥[活門]。**2**（情感）得到發洩的方式。
sit on the safety valve 採取壓制政策。

'safety ˌzone 名《美》（街道的）安全島。

saf·flow·er ['sæˌflauɚ] 名〖植〗紅花。

'safflower ˌoil 名Ⓤ紅花油：紅花子榨的高級食油；兼用於藥、油漆。

saf·fron ['sæfrən] 名 **1**〖植〗番紅花；Ⓤ番紅花做成的藥物。**2**Ⓤ橘黃色。

S. Afr. 《縮寫》South *Af*rica(n).

saf·role ['sæfrol] 名Ⓤ〖化〗黃樟素。

sag [sæg] 動 **(sagged, ～·ging)** 不及 **1** 鬆垂，下陷，凹下，下垂《*down*》；傾斜，一邊倒：～ to one's knees 突然屈膝。**2**（衣服的下擺）鬆弛地下垂。**3** 萎靡，消沉；衰弱。**4**〖商〗（價格等）下跌；蕭條。**5** 失去吸引力。**6**〖海〗（船）中央部分下垂；向下風飄流。
—及使下陷[彎曲]；使下垂；使衰弱。
—名 **1** 下彎，下垂，下陷《*in...*》；下垂程度；鬆弛處，陷下處。**2** 物價下跌，經濟蕭條。**3**（船體中央的）下垂；（船）隨風漂流。

sa·ga ['sɑgə] 名 **1** 中世紀北歐傳說。**2** 英雄故事，英雄傳奇。**3**（長篇）家世小說；長篇的詳細敘述。

sa·ga·cious [sə'geʃəs] 形《文》精明的，睿智的；機敏的，有靈性的。～**·ly** 副

sa·gac·i·ty [sə'gæsətɪ] 名Ⓤ《文》精明，睿智；伶俐；機敏，有洞察力。

sage¹ [sedʒ] 名 **1** 年高望重的人。**2**《常作～**s**》賢人，哲人，聖人。**3**《諷》以賢人自居者；道貌岸然的人；先知。
—形**(sag·er, sag·est)** **1**《文》賢明的，明智的；《諷》以賢人自居的；一本正經的。**2**《古》嚴肅的。～**·ly** 副, ～**·ness** 名

sage² [sedʒ] 名 **1**Ⓤ〖植〗鼠尾草。**2**Ⓤ紫蘇葉子。**3** = sagebrush.

sage·brush ['sedʒˌbrʌʃ] 名Ⓤ〖植〗山艾樹。

sage ˌgrouse 名〖鳥〗艾草雞。

sag·gy ['sægɪ] 形 **(-gi·er, -gi·est)**下垂的，中陷的。

Sag·it·ta·ri·us [ˌsædʒɪ'tɛrɪəs] 名 **1**〖天〗射手座。**2** 人馬宮。**3** 屬人馬宮的人。
-an [-ən] 名屬人馬宮的人。

sa·go ['sego] 名 **1**Ⓤ西穀米。**2** = sago palm.

sago ˌpalm 名〖植〗**1**西穀椰子（樹）。**2** 蘇鐵。

sa·gua·ro [sə'gwɑro, -'wɑ-] 名(複～**s**)〖植〗高大仙人掌的一種。

Sa·har·a [sə'hærə, -'hɛrə, -'hɑrə] 名 **1**《**the** ～》撒哈拉沙漠。**2**乾燥荒地，荒涼的情景。
-har·an, -har·i·an 形

sa·hib ['sɑɪb, -hɪb] 名 **1**《常作 **S-**》《古》先生。**2** 歐洲人。**3**《口》紳士。

:said [sɛd] 動 **say** 的過去式及過去分詞。
—形《**the** ～》〖主法〗前述的，上述的，該：*the* ～ Jack Smith 上述的傑克史密斯 / *the* ～ person 該人。

Sai·gon [saɪ'gɑn] 名西貢：越南南部的港市，現稱胡志明市。

:sail [sel] 名 **1**（船的）帆：hoist a ～ 揚帆 / a ship in full ～ 揚滿帆的船，以全速航行的船。**2**《**a** ～》航行，乘船旅行；巡航；Ⓤ航程：have *an* easy ～ 經歷一次輕鬆的乘船旅行。**3** 帆船；《集合名詞》（帆）船，船隻。**4** 帆狀物。
in (full) sail 張滿帆地；全力以赴地；乘帆船，以帆船。
lower (one's) sail (1)降帆。(2)屈服。
make sail〖海〗(1)張帆，揭帆；（為加速而）增加帆。(2)出航。
set sail 出航，（朝…）開船《*for...*》。
strike sail (1)（因強風）突然降帆。(2)《古》不出風頭；認輸。
take in sail (1)〖海〗減帆，縮帆。(2)抑制野心，減少活動。
take sail 乘船。
take the wind from the sails of... 以智取勝，出奇制勝。
under sail 張著帆；在航行中。
—動不及 **1**（人）航行，乘船旅行；（船）前進，航行。**2** 駕駛帆船。**3** 啓航，出港。**4** 滑行前進；悠然行走；翱翔；飄浮。
—及 **1** 航行於，渡（海）。**2** 操縱，駕駛。**3** 使移動。**4** 飛翔。
sail close to the wind ⇨ WIND¹
sail in (1)進港。(2)開始進行。
sail into... (1)蒞臨。(2)《口》幹勁十足地開始從事…；開始做…；攻擊。(3)《口》痛擊；痛罵，叱責。(4)進（港）。
sail through... 最後通過（比賽等）；輕易通過（考試等）。
sail under false colors ⇨ COLOR（片語）

sail·board ['selˌbɔrd] 名 **1** 風浪板。**2** 小型風帆船。

sail·boat ['selˌbot] 名《美》帆船。

sail·cloth ['selˌklɔθ] 名Ⓤ帆布。

sail·er ['selɚ] 名 **1** 帆船。**2**《與表速度等的修飾語連用》船。

sail·fish ['selˌfɪʃ] 名(複～, ～**·es**)〖魚〗旗魚。

sail·ing ['selɪŋ] 名 **1**ⓊⒸ航行，航海；Ⓤ航海術；乘船旅行；帆船比賽。**2**Ⓤ航

S

行力；（航海中的船）前進情形。**3** Ⓤ Ⓒ（特指定期船的）開船，出航。

plain sailing 輕而易舉的事；一帆風順。

'sailing ˌboat 图《英》帆船。

'sailing ˌmaster 图（軍艦的）航海長，領航員；《英》遊艇駕駛員。

'sailing ˌorder 图開航命令。

'sailing ˌship 图帆船。

sail·off ['selˌɔf] 图《美》帆船賽。

:sail·or ['selɚ] 图 **1** 船員，海員；低級船員，甲板員：a ~*s'* home 船員住宿的地方。**2** 水兵；海軍人員。**3**《與形容詞連用》乘船旅行者：a good ~ 不暈船的人。**4** 水兵帽，（婦女、小孩戴的）扁平硬邊草帽。

sail·or·man ['selɚˌmæn] 图(複**-men**)《俚》= sailor, seaman.

'sailor ˌsuit 图（小孩穿的）水手服。

sail·plane ['selˌplen] 图（一種利用上升氣流翱翔的）輕型滑翔機。

·saint [sent] 图 **1** 聖人，聖者，聖徒；《冠於人名上》聖。**2** 基督徒。**3** 修行深的人，虔誠慈善的人，聖者，聖人，君子。**4** 進天國的人，死者；天使：a departed ~ 故人。**5** 發起人，後援者：a ~ of radical politics 急進派的創始人。—動 因列爲聖人；視爲聖人。

ˌSaint 'Ag·nes's 'Eve [-'ægnɪsɪz-] 图聖艾格奈節前夕：紀念羅馬處女殉教者 St. Agnes 的節日；1 月 20 日之夜，相傳少女如行某種儀式，當夜能夢見未來夫君。

ˌSaint Ber'nard(ˌdog) 图聖伯納犬。

'Saint 'Chris·to·pher-'Ne·vis [ˌsent'krɪstəfɚ'nivɪs, -'nɛ-] 图聖克里斯多福尼維斯：加勒比海地區的一小國；首都爲巴士地（Basseterre）。

saint·ed ['sentɪd] 形 **1** 被列入聖徒的。**2** 在天堂的，已故的，死了的。**3** 神聖的；似聖人的；道德崇高的；信心堅定的。

saint·hood ['sentˌhud] 图 Ⓤ **1** 聖人的品格；聖人的身分。**2**《集合名詞》聖人，聖徒。

S

Saint [St.] Lu·cia [ˌsent'luʃə] 图聖露西亞：加勒比海地區的一小國；首都爲卡斯翠（Castries）。

saint·ly ['sentlɪ] 形 (**-li·er**, **-li·est**) 似聖人的；適於聖人的；神聖的，聖潔的，高尚的；信心堅定的：a ~ life 合於聖人的生涯。

-li·ness 图

'saint's ˌday 图教會的聖徒紀念日。

saint·ship ['sentˌʃɪp] 图 Ⓤ 聖人典範。

ˌSaint 'Val·en·tine's ˌDay [-'vælənˌtaɪnz-] 图情人節（2 月 14 日）。

ˌSaint [St.] 'Vincent and the 'Grenadines 图聖文森及格瑞那丁：加勒比海地區的一國；首都爲 Kingstown。

ˌSaint ˌVitus's ˌdance 图 = chorea.

Sai·pan [saɪ'pæn] 图塞班島：西太平洋馬里亞納群島中的一島，爲美國託管地。

saith [sɛθ] 動《古》say 的第三人稱單數直說法現在式。

·sake¹ [sek] 图《**for** ...'s ~, **for the** ~ **o**... 》緣故；目的，動機；原因；理由；關係；利益：art *for* art's ~ 爲藝術而藝術，藝術至上主義 / an argument only *for th*~ *of* argument 只爲爭論而作的爭論 / *fo* old times' ~ 念在過去交情分上 / *for* m own ~ 爲自己本身 / *for* convenience' ~ 爲了方便起見 / *for* safety's ~ 爲安全計 / *fo* appearance' ~ 爲了充面子 / a demonstration *for the* ~ *of* peace 爲和平而做的示威。

for any sake 無論如何。

for God's sake《口》看在老天爺分上；務請，千萬。

sa·ke² ['sɑkɪ] 图 Ⓤ 清酒：日本的一種酒。

Sa·kha·lin [ˌsækə'lin] 图庫頁島。

sa·ki ['sɑkɪ] 图 = sake².

sal [sæl] 图〖主藥〗= salt 图.

sa·laam [sə'lɑm] 图《回教徒的問候語》和平，平安；額手禮：send ~ 表示問候 make one's ~ 行額手禮。—動 不及 行額手禮。—因 打招呼；行額手禮。

sal·a·ble ['seləbl] 形可賣的，有市場的有銷路的，賣得出的；公道的。

sa·la·cious [sə'leʃəs] 形好色的，淫蕩的；猥褻的，黃色的，淫穢的：make a ~ joke 說下流的笑話。~**·ly** 副，~**·ness**

-lac·i·ty [-'læ-sətɪ] 图 Ⓤ 好色；淫蕩，色情。

·sal·ad ['sæləd] 图 **1** Ⓒ Ⓤ 沙拉；生菜食品，涼拌食品：vegetable ~ 蔬菜沙拉 / green ~ 生菜沙拉。**2** 萵苣，沙拉用蔬菜；可生吃的生菜。**3** Ⓤ Ⓒ《美》蛋、火腿、肉等切細以後混入蛋黃醬的沙拉。

'salad ˌbar 图沙拉吧：指餐館中一張長檯，上面陳列著各式各樣的生菜和佐料，以供顧客自行調配選用。

'salad ˌbowl 图盛沙拉的容器。

'salad ˌcream 图 Ⓤ Ⓒ 沙拉醬。

'salad ˌdays 图(複)沒有經驗的青年時代，少不更事的時期。

'salad ˌdressing 图 Ⓤ Ⓒ 沙拉醬，拌生菜食品的調味汁。

'salad ˌoil 图 Ⓤ Ⓒ 沙拉油。

sal·a·man·der ['sæləˌmændɚ] 图 **1**〖動〗蠑螈。**2**〖神話〗火怪，火蛇。**3** 能耐火之物。

sa·la·mi [sə'lɑmɪ] 图 Ⓤ Ⓒ（醃製並以大蒜調味的）義大利香腸。

Sal·a·mis ['sæləmɪs] 图塞拉米斯島：希臘西南海岸外的一個島。

'sal am'moniac 图 Ⓤ〖化〗氯化胺。

sal·a·ried ['sælərɪd] 形 **1** 拿薪水的：a ~ employee 領薪水的員工。**2** 有俸給的，有薪水的。

·sal·a·ry ['sælərɪ] 图(複**-ries**) Ⓤ Ⓒ 薪水，薪俸，薪資：an annual ~ 年薪 / the entir~ structure 全給付體系 / get a fair ~ 領𣏌

當多的薪水 / work on a ～ 領薪工作 / hire a person at a large ～ 以高薪僱人。—動 (-ried, ～·ing) 及 給薪水。

·**sale** [sel] 名 1 U C 販賣，銷售，出售 : a cash ～ 現金交易 / a credit ～ 賒賣，賒銷。2 銷路，需求；《常作～s》銷售量，銷售額 : a diminution in ～*s* 銷貨額的減少 / sluggish ～*s* 滯銷 / a quick ～ 暢銷 / cut the ～*s* of... 減少…的銷售量。3 廉售，賤賣 : a clearance ～ 清倉大拋售 / a winter ～ 冬季大廉售。4 拍賣，競賣 : a compulsory ～ 強制拍賣。5 U 轉讓（契約），買賣（契約）。6《～s》（促進）銷售活動 : vice-president in charge of ～*s* 負責銷售的副董事長。

for sale 待售的，出售的。

make a sale《俚》成功。

on sale 出售，上市；《美》以特價出售。

on sale or return（指批發給零售商的貨物）無法銷售可以退貨；規定剩貨可退還的買賣契約。

put up for sale 宣布出售。

sale·a·ble ['seləbl] 形 = salable.

Sa·lem ['seləm] 名 撒冷 : Canaan 的古代都市；後被視同聖城耶路撒冷。

'sale of 'work 名（自家製造品的）出售；（教會主辦的）義賣。

sal·e·ra·tus [,sælə'retəs] 名 U《美》酸粉，小蘇打。

sales [selz] 形 銷售（上）的 : a ～ department 門市部 / a ～ manager 門市部經理 / a ～ account 銷貨帳。

sales·clerk ['selz,klɝk] 名《美》店員。

sales·girl ['selz,gɝl] 名 女店員。

sales·la·dy ['selz,ledɪ] 名 (複 -dies) = saleswoman.

·**sales·man** ['selzmən] 名 (複 -men) 男售貨員，店員；推銷員，男外務員。～·,**ship** 名 U 推銷術；銷售的手腕，宣傳。

sales·peo·ple ['selz,pipl] 名 (複)《主美》門市部店員；售貨員；推銷員。

sales·per·son ['selz,pɝsn] 名《主美》售貨員，（特指商店的）店員。

'sales pro,motion 名 U 促銷（法、活動）。

'sales repre,sentative 名 業務代表，推銷員。

'sales re,sistance 名 U 1 銷售抵制。2（對新計畫等的）抵制。

sales·room ['selz,rum] 名 商品出售處，售貨部；拍賣室。

'sales ,slip 名《美》銷貨單，售貨發票。

'sales ,talk [,pitch] 名 U C 1（推銷上的）談話。2 說服人的談話，遊說。

'sales ,tax 名 U C《美》營業稅，銷售稅。

sales·wom·an ['selz,wumən] 名 (複 -wom·en) 女售貨員，女店員；女推銷員。

sal·i·cin ['sæləsɪn] 名 U〖藥〗水楊素，柳醇 : 作解熱、鎮痛劑用。

'Sal·ic 'law ['sælɪk-] 名《the ～》1 舍拉法典 : 日耳曼系各部族的法典，否認女子的土地繼承權。2（法國君主制的）舍拉法 : 不准女子繼承王位。

sa·lic·y·late ['sæləsɪ,let, sə'lɪsə,let] 名 U〖化〗水楊酸鹽。

sal·i·cyl·ic [,sælə'sɪlɪk] 形〖化〗水楊酸的 : ～ acid 水楊酸，柳酸。

sa·li·ence ['selɪəns] 名 1 U 突出；醒目，顯著。2 突出部；顯著之點。

sa·li·ent ['selɪənt] 形 1 顯著的，醒目的 : ～ features 顯著的特徵。2《古》噴出的；跳躍的 : a ～ fountain 噴泉。3 突出的，凸起的 : a ～ angle 凸角。—名 凸角；突出部。～·**ly** 副

sa·lif·er·ous [sə'lɪfərəs] 形 含鹽的；產生鹽的。

sal·i·fy ['sælə,faɪ] 動 (-fied, ～·ing) 及 1〖化〗使鹽化。2 使與鹽混合，使變鹹，使含鹽分。

sa·line ['selaɪn] 形 1 含鹽分的；鹹的。2（藥品）鹽性的。—名 U 1 含鹽物；含鹽瀉藥。2 鹽水。

sa·lin·i·ty [sə'lɪnətɪ] 名 U 鹽分；鹽度。

sal·i·nom·e·ter [,sælɪ'nɑmətɚ] 名 鹽量計。

'Salisbury 'Plain 名《the ～》索爾茲伯里平原 : 位於英國英格蘭南部，Salisbury 北方的高原地帶。

sa·li·va [sə'laɪvə] 名 U 唾液，口水。

sal·i·var·y ['sælə,vɛrɪ] 形（分泌）唾液的。

sal·i·vate ['sælə,vet] 動 不及 及（使）分泌大量的唾液，（使）流涎。

-'va·tion 名 U 唾液的分泌；〖病〗流涎症。

'Salk ,vaccine ['sɔlk-] 名 U 沙克疫苗 : 預防小兒麻痺症用。

sal·low[1] ['sælo] 形 病黃色的，茶色的。—動 及 不及（使）變灰黃色，（使）成茶色。

～·**ish** 形, ～·**ness** 名

sal·low[2] ['sælo] 名 1〖植〗闊葉柳；猿柳。2 柳條，柳枝。

sal·ly ['sælɪ] 名 (複 -lies) 1 突圍，出擊 : make a ～ 出擊。2 突進，猛進，突擊；迸發 : attempt a ～ into the American market 進軍美國市場。3（機智的）閃發，突發；急智的語言 : a ～ of delight 喜悅的突發。4 遠足 : make a ～ into... 到…去遠足。

—動 (-lied, ～·ing) 不及 1 出擊突圍 : ～ forth into battle 開始突圍。2《謔》外出；出發。3 精神飽滿地（出）去；（血等）迸出，湧出。

Sal·ly ['sælɪ] 名〖女子名〗莎莉（Sara, Sarah 的暱稱）。

'sally 'lunn [-'lʌn] 名 C U《偶作 S-L-》一種甜味的飲茶小點心。

sal·ma·gun·di [,sælmə'gʌndɪ] 名 U C 1（澆上沙拉醬的）用碎肉、鹹魚、雞

S

蛋、洋蔥、油等混合成的冷盤。2 肉及蔬菜合燉的燉菜。3 大雜燴，拼湊成之物，雜集。

·**salm·on** ['sæmən] 图 (複 ~s, ~) 1〖魚〗鮭（類的魚）；Ⓤ 鮭魚肉：~ steak 鮭魚排 / a fillet of ~ 鮭魚片。2 Ⓤ 鮭肉色，橙紅色。

sal·mo·nel·la [,sælmə'nɛlə] 图 (複 -lae [-li]) 图〖菌〗沙門桿菌。

'salmon 'pink 图 = salmon 2.

Sa·lo·me [sə'lomɪ] 图〖聖〗莎樂美：Herod 的後妻 Herodias 的女兒；Herod 喜愛她的舞蹈而允其要求，將施洗約翰斬首，並把首級賜給她。

sa·lon [sə'lɑn] 图 (複 ~s [-z]) 1（大宅邸的）雅致的大會客室，大廳。2 沙龍，（尤指 17 至 18 世紀的巴黎上流婦女在客廳舉行的）招待會，名流聚會，客廳社交會。3 (1)《the S-》現代美術展覽會（每年在巴黎舉行）。(2) 美術展覽會館；畫廊。4（美容、服飾等的）商店：a beauty ~ 美容院。

sa·loon [sə'lun] 图 1《美》酒店，酒吧。2《英》（為娛樂、飲食等特定目的所用的）廳，店，場：a billiard ~ 撞球場 / a hairdressing ~ 理髮廳 / a dining ~ 餐廳。3（汽船、旅館等的）公用大廳。4《英》(1) = saloon bar. (2) = saloon car. (3) = saloon pistol.

saloon smasher《美俚》抗議買賣酒類而搗毀酒店的人。

sa'loon ,bar 图《英》酒店的特別室。

sa'loon ,cabin 图頭等艙。

sa'loon ,car 图《英》1 客廳式車廂，頭等豪華車廂。2 = sedan 1.

sa'loon ,deck 图頭等艙乘客的專用甲板。

sa'loon ,keeper 图《美》酒店老闆。

sa'loon ,passenger 图頭等艙乘客，頭等船客。

sa'loon ,pistol 图《英》室內靶場所用的手槍。

Sal·op ['sæləp] 图塞洛浦郡：英國英格蘭西部的一郡；1974 年改稱 Shropshire。

sal·sa ['sɑlsə] 图 1 Ⓤ 騷沙：拉丁美洲的一種通俗舞曲。2 Ⓤ 辛辣醬汁，辣椒醬汁。

sal·si·fy ['sælsəfɪ] 图 (複 -fies) Ⓒ Ⓤ〖植〗婆羅門參：菊科（亦稱 **oyster plant**）。

'sal ,soda 图 Ⓤ 碳酸鈉，蘇打晶鹼。

:**salt** [sɔlt] 图 1 Ⓤ 鹽，食鹽；〖化〗鹽：common ~ 食鹽 / a pinch of ~ 一把鹽 / in ~ 撒了鹽的，醃的 / spill ~ 潑翻鹽 / take ~ 攝取鹽 / *S*- seasons all things.《諺》鹽乃調味不可或缺者。2《~s》(1) 鹽劑：瀉藥、防腐劑等所用。(2) = smelling salts. 3 Ⓤ 添加趣味的東西；情趣，風趣；興味。4 鹽瓶。5《口》《常作 **old** ~》老練的水手。

be true to one's salt 忠於職責。

drop a pinch of salt on the tail of... 使落圈套；誘捕，巧妙地捕捉。

earn one's salt 自食其力。

eat a person's salt / eat salt with a person 做某人的食客；在某人處作客。

like a dose of salt《口》很快。

not earn salt to one's porridge 幾乎沒賺錢，什麼也沒掙到。

rub salt in the wound 使惡化。

with a grain of salt 有保留地，不全信地，懷疑地。

worth one's salt《口》《常用於否定》稱職的，勝任的；值得僱用的；有益的。

—動 及 1 加入鹽巴，撒鹽於；醃製。2 以鹽餵（家畜）。3〖化〗用鹽處理。4《通常用被動》使有生氣，使風趣《 *with...* 》。5〖商〗浮報，虛報（帳目、價格等）。

salt away [down] (1) 醃製。(2)《口》儲存，積蓄。

salt out〖化〗鹽析，加鹽分離。

—形 1 含鹽的；鹹的。2 醃的；泡過鹽水的；在鹽水中生長的。3 尖銳的，挖苦的。4 辛酸的；沉痛的。

SALT [sɔlt]《縮寫》Strategic Arms Limitation Talks（美俄之間的）限制戰略武器談判。

salt-and-pep·per ['sɔltən'pɛpɚ] 形 = pepper-and-salt.

sal·ta·tion [sæl'teʃən] 图 Ⓤ 1 舞蹈；跳躍；激變。2〖生〗突變。

sal·ta·to·ri·al [,sæltə'torɪəl] 形 1 跳躍的；跳舞的；飛躍的；躍進的；突變的。2〖動〗（適於）跳躍的。

sal·ta·to·ry ['sæltə,torɪ] 形 1 跳躍的；舞蹈的。2 飛躍的，躍進的；突變的。

salt(-)box ['sɔlt,bɑks] 图 1 鹽罐子。2《美》（新英格蘭地區）鹽罐型房屋，不對稱雙坡頂房屋：前面二樓，後面平房。

salt·cel·lar ['sɔlt,sɛlɚ] 图 1《英》鹽罐，鹽瓶。2《~s》《英口》（苗條的人的）鎖骨上方的凹處。

salt·ed ['sɔltɪd] 形 1 有鹹味的，用鹽醃漬的，用鹽處理的。2《口》有經驗的，熟練的。3《口》（動物）有免疫力的。4 能放出大量放射性物質的。

salt·er ['sɔltɚ] 图製鹽者；鹽商；醃製加工業者。

salt-free ['sɔlt,fri] 形無鹽的。

'salt 'horse 图 Ⓤ〖海〗《俚》醃牛肉。

sal·tine [sɔl'tin] 图鹹脆餅，蘇打餅乾。

sal·tire ['sæltɪr] 图〖紋〗X 形十字。

in saltire（盾徽）呈 X 形十字狀的。

salt·ish ['sɔltɪʃ] 形有點鹹的，有鹽味的。

'Salt ,Lake 'City 图鹽湖城：美國 Utah 州的首府。

salt·less ['sɔltlɪs] 形 1 沒有鹹味的；沒味道的。2 無趣味的。

'salt ,lick 图《主美》1 鹽澤。2（放在圍園裡讓家畜舔舐的）大鹽塊。

'salt ,marsh 图鹽沼，鹽澤：退潮後淹

邊的沼地。

salt ˌmine 名 鹽礦，岩鹽產地。

salt·ness ['sɔltnɪs] 名 U 鹹度；辛酸。

salt of the 'earth 名《the ~》社會中堅分子，社會楷模。

salt·pan ['sɔlt,pæn] 名 **1** 鹽鍋。**2** 鹽沼，鹽田。

salt·pe·ter,《英》**-tre** ['sɔlt'pitɚ] 名 **1** U 硝石。**2** = Chile saltpeter.

salt ˌrheum 名〖病〗《美》= eczema.

salt ˌshaker 名《美》鹽瓶。

salt ˌspoon 名 鹽匙。

salt 'water 名 U **1** 鹽水；海水。**2**《the ~》海。**3**《俚》眼淚。

salt·wa·ter ['sɔlt'wɔtɚ] 形 **1** 鹽水的，海水的。**2** 棲於海水中的，海產的；海的。

salt·works ['sɔlt,wɝks] 名 (複~s) 製鹽場，鹽廠。

salt·y ['sɔltɪ] 形 **(salt·i·er, salt·i·est) 1** 含鹽的，鹹的。**2** 海的，航海（生活）的。**3** 辛辣的；富於機智的；老練的：~ humor 俏皮的幽默。**-i·ly** 副, **-i·ness** 名

sa·lu·bri·ous [sə'lubrɪəs] 形《文》(氣候、場所等）有益健康的；有利的。
~**·ly** 副, **-bri·ty** 名 U 有益健康。

sa·lu·ki [sə'lukɪ] 名（中東產的）一種獵犬。

sal·u·tar·y ['sæljə,tɛrɪ] 形 **1** 有益健康的，健康的：~ exercise 有益健康的運動。**2** 有益的，有用的。

sal·u·ta·tion [,sæljə'teʃən] 名 **1** U 招呼，寒暄，致意，問候。**2** 打招呼的話；（書信或發言開頭的）客套語。

sa·lu·ta·to·ri·an [sə,lutə'torɪən] 名（美國學校、大學畢業典禮）致開幕詞的學生：通常是成績第二名的畢業生。

sa·lu·ta·to·ry [sə'lutə,torɪ] 形 致詞的，致意的，表示歡迎的。—名 (複**-ries**)（畢業典禮的）祝詞，開幕詞。**-ri·ly** 副

sa·lute [sə'lut] 動 **(-lut·ed, -lut·ing)** 及 **1** 致意；《古》在（手、臉）上親吻：~ the professor by bowing 向老師鞠躬敬禮 / ~ the girls with a wave of the hand 向少女們揮手致意。**2**〖軍〗敬禮：~ the flag 向國旗敬禮。**3** 迎接，迎擊《*with*...》：~ the enemy *with* a volley 以一排密集的子彈迎擊敵人。**4** 傳入（眼睛、耳朵），呈現在…之前。—不及 **1** 打招呼，致敬；敬禮，行禮。**2**〖軍〗敬禮，發射禮炮。—名 **1** 致意；行禮，敬禮。**2**〖軍〗敬禮（舉手、舉槍等）；禮炮：fire a ~ 鳴禮炮。

[s]alv·a·ble ['sælvəbl] 形 可挽救的；可救出的，可搶救的；（沉船）可以打撈的。

[s]al·va·dor ['sælvə,dɔr] 名 **1** = El Salva[d]or. **2 São Salvador** 的正式名稱。

[S]al·va·do·re·an [,sælvə'dɔrən], **-ri·an** [-]rɪən] 形 名 薩爾瓦多的[人]。

[s]al·vage ['sælvɪdʒ] 名 U **1** 海難營救；沉[沒]船的搶救，沉船的打撈。**2** 海難援救[費]。**3** 搶救財物（活動）；獲救財物；救出財物的價值，出售殘貨的所得款項。**4** 廢物回收。—動 及 **1**（從海難、火災等中）救出；回收；利用廢物。**2**《喻》拯救，營救，搶救。
~**·a·ble** 形, **-vag·er** 名

sal·va·tion [sæl'veʃən] 名 **1** U 援助，救助，保護。**2** 救助者；救助手段。**3** U〖神〗拯救，救贖。
find salvation (1) 皈依（基督教）。(2)《諧》找到改變宗旨的藉口。
work out one's own salvation 自謀脫身，設法自救，達成自己的（靈魂的）拯救。

Sal'vation 'Army 名《the ~》救世軍：1865 年創始於英國的國際基督教慈善團體。

Sal·va·tion·ist [sæl'veʃənɪst] 名 救世軍的軍人；《s-》福音傳道者。**-,ism** 名

salve[1] [sæv] 名 **1** U C《詩》軟膏，膏藥：apply ~ to a wound 在傷口上塗軟膏。**2** 治療之物，慰藉，安慰《*to, for*...》。**3** U C《俚》諂媚，奉承。—動 及 **1** 安慰，緩和，減輕。**2**《古》敷膏藥於（傷口）。**3** 排除，解除。

salve[2] [sælv] 動 及 **1** 打撈。**2** 救出，搶救。

sal·ver ['sælvɚ] 名 圓盤，托盤。

sal·vi·a ['sælvɪə] 名 U〖植〗鼠尾草，琴柱草。

sal·vo ['sælvo] 名 (複~**s**, ~**es**) **1** 齊射；（炸彈）齊投。**2** 拍手喝采，歡呼。

sal vol·a·ti·le ['sælvo'lætə,li] 名 U 碳酸銨（水），揮發鹽（用作提神藥）。

sal·vor ['sælvɚ] 名 海難搶救人員 [隊員，船]。

Salz·burg ['sɔlzbɝg] 名 薩爾斯堡：奧地利中部一城市，以每年舉行的音樂節聞名。

Sam [sæm] 名〖男子名〗山姆（Samuel 的暱稱）。

SAM [sæm]《縮寫》*s*urface-to-*a*ir *m*issile 地對空飛彈。

Sam.《縮寫》〖聖〗*Sam*uel 撒母耳書。

Sa·man·tha [sə'mænθə] 名〖女子名〗薩曼莎。

sam·a·ra ['sæmərə] 名〖植〗翼果，翅果。

Sa·mar·i·a [sə'mɛrɪə] 名 撒馬利亞：**1** 古代 Palestine 的一地區。**2** 古希伯來人的北王國，亦爲其首都名。

Sa·mar·i·tan [sə'mærətn̩] 名 **1** 撒馬利亞人；U 撒馬利亞語。**2** 樂善好施者；《常作 **s-**》患難之交。

sa·mar·i·um [sə'mɛrɪəm] 名 U〖化〗釤。符號：Sm

sam·ba ['sæmbə] 名 (複~**s**)《the ~》森巴舞（源於非洲的輕快巴西舞蹈）；森巴舞曲。—動 不及 跳森巴舞。

sam·bo ['sæmbo] 名 (複~**s**) **1**（拉丁美洲的）黑人與印第安人或 Mulatto 人所生的混血兒。**2**《蔑》黑人。**3** U 一種類似柔道

S

的俄國角力比賽。

'Sam 'Browne ˌbelt ['sæm'braʊn-] 名 陸軍軍官所佩用的武裝帶。

:same [sem] 形 **1** 同一個的：the ~ book as you have 跟你那本書同樣的一本書。**2**《**the** ~》(在種類、數量、程度、品質等上)相同的：books of *the* ~ size 一樣大小的書。**3**《**the** ~》(在性質、狀態等上)一樣的，一如從前的，沒變的。
at the same time ⇨ TIME (片語)
come to the same thing 結果相同。
much the same 大致相同，差不多一樣。
one and the same 完全相同的。
the very same 完全一樣，正是同一個。
—代 **1**《**the** ~》同樣的人[物，事]；《通常作 **the** ~》(與前述)相同的人[物，事]。**2**《**the** ~》《副詞》相同地。**3**《常無冠詞》〖法·商〗上述的人[物，事]。
all the same (1) 仍然，依然。(2) 沒有差別的，都一樣的；無所謂的，不重要的。
just the same (1) 同樣。(2) 儘管如此，仍然，可是，還是。
the same as... / same as... 與…同樣地。
The same here.《口》我也一樣。
(The) same to you.《口》我也祝你一樣！彼此彼此！
to the same 致同一個人。

same·ness ['semnɪs] 名 Ⓤ 同一(性)，一樣(性)；單調(性)。

'Sam 'Hill 名《美俚》究竟，到底。

Sam·my ['sæmɪ] 名(複-**mies**)〖男子名〗塞米(Samuel 的暱稱)。

Sa·mo·a [sə'moə] 名 薩摩亞群島：位於南太平洋中部的群島。

Sa·mo·an [sə'moən] 形 薩摩亞(人)的。—名 **1** 薩摩亞人。**2** Ⓤ 薩摩亞語。

sam·o·var ['sæməˌvɑr] 名 俄國煮開水沏茶用的銅壺。

samp [sæmp] 名 Ⓤ《美》玉米片；玉米粥。

sam·pan ['sæmpæn] 名 舢板。

·sam·ple ['sæmpl] 名 **1** 貨樣，樣本，樣品；標本；實例：a ~ of one's talents 某人才華的一實例 / get ~*s* of the soil of the moon 採集月球表面土壤的標本 / buy by ~(*s*) 憑樣品購買 / come up to ~ (貨物)與樣品的品質規格相符。**2**《集合名詞》〖統〗抽樣：random ~ 任意抽樣。—形 樣品的，標本的。
—動 (**-pled, -pling**) 及 取…的樣品；抽樣測試；試吃，試飲；取出實例。

sam·pler ['sæmplɚ] 名 **1** 樣品抽驗員，抽查者；試吃者；抽取樣品的裝置。**2** 刺繡試作品。**3**《美》集錦；選集：a ~ of Latin verse 拉丁詩選集。

'sample ˌroom 名 樣品展示室。

sam·pling ['sæmplɪŋ] 名 **1** Ⓤ 抽樣，試吃，試飲。**2** 抽取的樣品；試吃品。**3**〖統〗= sample 名 2.

'sampling distriˌbution 名〖統〗抽樣分布。

'sampling inˌspection 名 Ⓤ〖商〗抽樣檢驗(acceptance sampling)。

Sam·son ['sæmsn̩] 名 **1** 參孫：以力大無比出名的以色列勇士，Delilah 之夫。**2** 大力士。**3**〖男子名〗塞姆森。

Sam·u·el ['sæmjuəl] 名〖聖〗**1** 撒母耳：希伯來的士師與先知。**2** 撒母耳記上、下(亦作 **Sam**)。**3**〖男子名〗撒母爾(暱稱作 Sam, Sammy)。

sam·u·rai ['sæmʊˌraɪ] 名 (複~, ~**s**) (昔日)日本的武士；《**the** ~》武士階級。

san [sæn] 名《口》= sanatorium.

San An·to·ni·o [ˌsænən'tonɪo] 名 聖安東尼：美國 Texas 州中南部的一城市。

san·a·tive ['sænətɪv] 形 能治病的，有療效的。

san·a·to·ri·um [ˌsænə'torɪəm] 名 (複 ~**s**, **-ri·a** [-rɪə]) **1** 療養院。**2** 休養地。

san·a·to·ry ['sænəˌtorɪ] 形《文》有益健康的；能治病的。

San·cho Pan·za ['sæŋko'pænzə] 名 桑喬·潘薩：西班牙小說家 Cervantes 所著之 *Don Quixote* 中主角 Don Quixote 的侍從。

sanc·ti·fied ['sæŋktəˌfaɪd] 形 **1** 神聖化的；聖潔化的，淨化的；成爲正當的，認可的：~ wine 神聖化的葡萄酒。**2** 僞裝虔誠的，假裝神聖的：~ manners 僞裝虔誠的行爲。

sanc·ti·fy ['sæŋktəˌfaɪ] 動 (**-fied**, ~**·ing**) 及 **1** 使神聖化，視爲神聖：God blessed the seventh day and *sanctified* it. 神賜福給第七日，定爲聖日。**2** 使聖潔，淨化，使免去罪惡：~ one's soul 使心清淨。**3**《通常用被動》承認，認可：~ a marriage 認可一樁婚姻。**-fi·'ca·tion** 名 Ⓤ 神聖化；聖潔化，淨化。**-fi·er** 名

sanc·ti·mo·ni·ous [ˌsæŋktə'monɪəs] 形 僞裝神聖的，僞裝虔誠的，假正經的。~**·ly** 副, ~**·ness** 名

sanc·ti·mo·ny ['sæŋktəˌmonɪ] 名 Ⓤ 僞裝虔誠，僞善，假正經。

·sanc·tion ['sæŋkʃən] 名 **1** Ⓤ 許可，認可；(法律上正式的)批准，裁可；(有力者、習慣、宗教等的)支持，獎勵。Ⓒ(行爲、條件等的)支持者：give ~ to... 認可，鼓勵。**2** 約束(力)：moral ~ 道德的約束。**3**〖法〗罰法，賞罰條文；(對…的)處罰，賞罰《*against*...》：the ~ *against* desertion 對遺棄的處罰。**4**《通常作~**s**》〖國際法〗制裁：take ~*s* against...對…採取制裁措施。
—動 及 **1** 認可，准許；公認，承認。**2** 批准，裁可(法律等)。~**·less** 形

sanc·ti·ty ['sæŋktətɪ] 名 (複-**ties**) **1** Ⓤ 神聖，聖潔。**2** Ⓤ 神聖(性)，尊嚴：the inviolable ~ of a temple 寺廟的神聖不可侵犯。**3**《-**ties**》神聖的義務；神聖之物。

·sanc·tu·ar·y ['sæŋktʃʊˌɛrɪ] 名 (複-**ar·ies**)

1 聖所，神殿；教堂，寺廟。2〖猶太教〗聖幕，耶路撒冷神殿；(其)至聖所。3《主美》(做禮拜等的)神所；內殿(即祭壇的四周)。4 (1)(古代給罪犯、債務人等提供庇護的)聖域，庇護所；避難所。(2) Ⓤ 聖域權；逃亡者投奔權或教會等的庇護權：take ～ 逃入聖域 / violate ～ 侵犯聖域。5 禁獵區，鳥獸保護區。

sanc·tum ['sæŋktəm] [名] (複～s, -ta [-tə]) 1 聖所。2《口》私室，書房。

'sanctum sanc·'to·rum [-sæŋk'torəm] [名] 1 = sanctum 2. 2 (舊約聖經的)聖幕，耶路撒冷神殿的聖所。

Sanc·tus ['sæŋktəs] [名] 1〖基督教〗三聖頌。2 三聖頌的曲子。

sand [sænd] [名] 1 Ⓤ 沙；Ⓒ《常用～s》沙粒：a grain of ～ 一粒沙 / as numberless as the grains of ～ on the seashore 多如海灘上的沙粒 / built on (the) ～ 築於沙上的，不安定的，不穩固的。2《通常作 **the** ～**s**》沙地，沙灘；沙洲；沙漠。3 (1)《常作～**s**》沙漏中的沙(粒)。(2)《～**s**》時刻，時間；壽命：before the ～*s* run out 臨死之前，在時間剩下不多之前。4 Ⓤ《美口》勇氣；堅毅；氣概：a man with no ～ 沒有骨氣的男人。5 Ⓤ 沙色。6 眼垢，眼屎；沙狀結石。

bury one's head in the sand 不正視明顯的危險，鴕鳥心態。

***knock the sand from under** a person* 《口》破壞(某人)的計畫。

plow the sand [***the sands***] 做徒勞無功的事。

put sand in the wheels 妨害，破壞，阻撓。

raise sand《口》引起騷動。

run into the sands 陷入困境。

sow one's seed in the sand 徒勞無益。

—[動][及] 1 用沙磨平《*down*》；用砂紙磨。2 撒沙於，覆沙於；《喻》撒沙似地布滿。3 被沙淤積；摻沙於，放砂入。

sand away 用砂紙磨掉。

san·dal ['sændḷ] [名] 1 涼鞋：古希臘、羅馬人所穿的僅有鞋底而縛帶子於腳上的鞋子。2 一般的涼鞋，便鞋：a pair of ～*s* 一雙涼鞋。3《美》(橡膠製的)婦女淺口套鞋。4 (涼鞋的)鞋帶。—[動](～**ed**, ～**·ing** 或《英》**-dalled**, ～**·ling**)《常用過去分詞》使穿上涼鞋；用帶子繫(鞋)。

san·dal(-wood) ['sændḷ(,wud)] [名] Ⓤ〖植〗檀香，白檀；檀香木。

and·bag ['sænd,bæg] [名] 1 (作防禦、平衡用的)沙袋，沙包，沙囊。2 (作武器用的)沙袋。—[動] (**-bagged**, ～**·ging**) [及] 1 用沙袋鞏固(房子、通道等)。2 用沙袋擊打。3《口》威逼；強迫《*into...*》。

and·bank ['sænd,bæŋk] [名] (河口等的)沙洲；沙丘；淺灘。

and ˌbar [名] 沙洲。

and·blast ['sænd,blæst] [名] Ⓤ 噴沙法，噴沙；Ⓒ 噴沙器。—[動][及][不及] 以噴沙器磨或洗滌。～**·er** [名]

sand·box ['sænd,bɑks] [名]《美》玩具沙箱。

sand·boy ['sænd,bɔɪ] [名]《英口》賣沙童：(as) happy as a ～ 非常快活的。

sand·cas·tle ['sænd,kæsḷ] [名] 沙堡。

'sand ˌdollar [名]〖動〗《美》海膽。

'sand ˌdune [名] 沙丘。

sand·ed ['sændɪd] [形] 1 被沙蓋住的，沾滿沙子的，撒了沙的；用沙構成的。2 沙色的；有小斑點的。

sand·er ['sændɚ] [名] 磨砂者；磨砂機，拋光機；以砂紙磨光者。

'sand ˌflea [名] 1 = beach flea. 2 沙蚤。

sand·fly ['sænd,flaɪ] [名] (複**-flies**)〖昆〗1 沙蠅，蠓蠅。2 白蛉：雙翅類糠紋科的吸血小昆蟲。

sand·glass ['sænd,glæs] [名] 沙鐘，沙漏。

Sand·hurst ['sændhɝst] [名] 桑德赫斯特：英格蘭南部的一村，原英國陸軍軍官學校所在地。

San Di·e·go [ˌsændi'ego] [名] 聖地牙哥：美國 California 州西南部的港市。

sand·i·ness ['sændɪnɪs] [名] Ⓤ 沙質，沙地，多沙；沙色，紅黃色；流沙；不安定。

sand·lot ['sænd,lɑt] [名]《美》空地。—[形] (亦稱 **sand-lot**) 空地的；在空地活動的；由業餘者參加的。～**·ter** [名] 在空地打棒球的少年。

sand·man ['sænd,mæn] [名] (複**-men**)《**the** ～》睡魔：民間傳說或童話中的人物。

'sand ˌpainting [名] 沙畫：北美印第安 Navaho 族利用著色的沙所畫成的圖。

sand·pa·per ['sænd,pepɚ] [名] 砂紙。—[動][及] (用砂紙)磨平，磨光《*down*》。

sand·pi·per ['sænd,paɪpɚ] [名]〖鳥〗鷸科鳥類的總稱。

sand·pit ['sænd,pɪt] [名]《英》(小孩所玩的)沙箱(《美》sand box)。

San·dra ['sændrə, 'sɑn-] [名]〖女子名〗珊德拉(Alexandra 的暱稱)。

'sand ˌshoe [名] 沙地鞋；《英》輕便運動鞋，膠底帆布面的鞋子。

sand·soap ['sænd,sop] [名] Ⓤ 沙皂。

sand·stone ['sænd,ston] [名] Ⓤ Ⓒ 砂岩。

sand·storm ['sænd,stɔrm] [名] 暴風沙。

'sand ˌtrap [名]〖高爾夫〗沙坑障礙。

·**sand·wich** ['sændwɪtʃ] [名] 1 Ⓒ Ⓤ 三明治麵包：a beef ～ 牛肉三明治 / make a ～ out of the meat 做夾肉的三明治。2 三明治狀的東西，兩面被夾起之物。3 = sandwich man.

—[動][及] 1 夾在中間做成三明治；《口》夾入《*in* / *between...*》。2 騰出時間《*in*》。—[副] 被夾於兩人之間。

'sandwich 'bar [名] 三明治小吃店。

'sandwich ˌboard [名] 廣告牌夾板。

S

'sandwich ˌcourse 名《英》學業與職業配合的課程，建教合作課程。

'sandwich ˌman 名夾板廣告員。

·sand·y ['sændɪ] 形(**sand·i·er, sand·i·est**) **1** 沙子的，沙質的；含沙的；沾滿沙的。**2** 沙色的，黃中帶紅的：～ hair黃紅色的頭髮。**3** 沙似的；不牢固的；乏味的。

San·dy, -die ['sændɪ] 名 **1**〖男子名〗山迪。**2**〖女子名〗珊蒂。

'sand 'yacht 名沙上快艇。

·sane [sen] 形(**san·er, san·est**) **1** 心智健全的，精神正常的，心態正常的；判斷正確的，有理性，具辨識力的，有判斷力的，合理的：a ～ proposal 合理的建議。**2** 健康的。～**·ly** 副, ～**·ness** 名

San·for·ized ['sænfəˌraɪzd] 形〖商標名〗（紡織品類）在縫製前經過機械防縮加工的。

San Fran·cis·co [ˌsænfrən'sɪsko] 名舊金山，三藩市：位於美國 California 州西部的一個港市。**,San Fran·'cis·can** 名

:sang [sæŋ] 動 **sing** 的過去式。

sang-froid [sɑŋ'frwɑ] 名Ⓤ沉著，冷靜，鎮定。

san·gri·a [sæŋ'griə] 名ⓊⒸ血紅飲料。

san·gui·nar·y ['sæŋgwɪˌnɛrɪ] 形 **1** 流血的；血腥的；兇暴的，好殺戮的：a ～ battle 血腥的戰鬥。**2** 血的；血淋淋的。**3**《英》充滿咒罵的，粗魯的。**-i·ly** 副

san·guine ['sæŋgwɪn] 形 **1** 充滿希望，樂天的，樂觀的（*of, as to, about...*）。**2** 帶紅色的，氣色好的，紅潤的。**3** 血紅色的；紅紫色的。**4**《文》血腥的；兇暴的。～**·ly**副, ～**·ness** 名

san·guin·e·ous [sæŋ'gwɪnɪəs] 形 **1** 血的；含血的；血紅色的。**2** 流大量血的，血腥的；嗜血成性的。**3** 多血質的；樂天的；樂觀的。～**·ness** 名

san·i·fy ['sænəˌfaɪ] 動(**-fied**, ～**·ing**)及使合乎衛生，改善環境衛生。

san·i·tar·i·an [ˌsænə'tɛrɪən] 形（公共）衛生的，保健的；清潔而有益健康的。—名公共衛生學家，保健專家。

S

san·i·tar·i·um [ˌsænə'tɛrɪəm] 名(複～**s**, **-i·a** [-ɪə])《美》療養院；休養地。

·san·i·tar·y ['sænəˌtɛrɪ] 形 **1**（公共環境）衛生的，衛生上的。**2** 清潔的；衛生的：～ packaging 衛生的包裝 / ～ ware 衛生瓷器 / ～ chopsticks 衛生筷。—名(複**-tar·ies**)（有衛生設備的）公共廁所。**-i·ly** 副

'sanitary 'belt 名月經帶。

'sanitary engi'neering 名Ⓤ衛生工程（學）。**'sanitary engi'neer**名衛生工程師。

'sanitary 'napkin 名《美》衛生棉（《英》sanitary towel）。

san·i·ta·tion [ˌsænə'teʃən] 名Ⓤ公共衛生；衛生設備，下水道設備。～**·man** 名《美》清潔隊員。

sani'tation 'worker 名《美》垃圾清潔員。

san·i·tize ['sænəˌtaɪz] 動及 **1** 使清潔，消毒，使衛生良好。**2** 使有良好外觀；刪除機密資料，除去不良或有害成分。**-tizer** 名（食品加工用的）殺菌劑。

san·i·ty ['sænətɪ] 名Ⓤ **1** 精神正常，心智健全。**2** 判斷的正確，明智，穩健。

San Jo·sé [ˌsanho'sɛ] 名聖荷西：哥斯大黎加的首都。

San Juan [ˌsæn'hwɑn] 名聖胡安：Puerto Rico 島北部的港市及首府。

:sank [sæŋk] 動 **sink** 的過去式。

San Ma·ri·no [ˌsænmə'rino] 名聖馬利諾（共和國）：位於義大利半島東北部爲世界最小最古老的共和國。

sans [sænz] 介無，沒有：～ teeth, ～ eyes, ～ taste, ～ everything 沒有牙齒，沒有眼睛，沒有味覺，一切都沒有 / ～ girlfriends 沒有女朋友。

San Sal·va·dor [sæn'sælvəˌdɔr] 名聖薩爾瓦多：中美洲薩爾瓦多的首都。

San·scrit ['sænskrɪt] 名形= Sanskrit.

sans·cu·lotte [ˌsænzkjʊ'lɑt] 名(複～ [-z]) **1** 法國革命時期貧苦階級的革命民眾。**2** 偏激共和主義者，急進派革命家偏激分子。

San·sei [sɑn'se] 名《偶作 **s-**》三世：歸化美國的日本移民的孫子。

San·skrit ['sænskrɪt] 名Ⓤ梵文。略作 Skt. —形梵文的。～**·ist** 名梵語學家。

sans ser·if [sæn'sɛrɪf, sænz-] 名〖印〗無體字；Ⓤ沒有襯線的鉛字。

sans sou·ci ['sɑŋsu'si] 形《法語》無憂操心的，無憂無慮的。

San·ta ['sæntə] 名《口》= Santa Claus.

·San·ta Claus ['sæntəˌklɔz] 名聖誕老人。

San·ta Fe [ˌsæntə'fe] 名聖大非：美國 New Mexico 州的首府。

San·ti·a·go [ˌsæntɪ'ɑgo] 名聖地牙哥：智利的首都。

San·to Do·min·go [ˌsæntodə'mɪŋgo] 名 **1** 聖多明哥：多明尼加共和國的首都 **2** ⇨DOMINICAN REPUBLIC

san·to·nin ['sæntənɪn] 名Ⓤ〖化〗山道寧。

São Pau·lo [ˌsaʊ'paʊlʊ] 名聖保羅：巴西南部的都市，爲巴西第一大城。

São To·mé and Prin·ci·pe [ˌsaʊn meənd'prɪnsəpə] 名聖多美及普林西比（民主共和國）：非洲中部幾內亞灣近海一島國；首都爲 São Tomé。

·sap[1] [sæp] 名 **1** Ⓤ樹液；體液。**2** Ⓤ元氣，活力，精力。**3** = sapwood. **4**《美俚》傻瓜，易受騙的人。**5**《美俚》棍棒。—動(**sapped**, ～**·ping**)及 **1** 使排出樹液除去白木質。**2**《俚》用棍子打。

sap[2] [sæp] 名〖城〗地道，對壕，坑道—動(**sapped**, ～**·ping**)及 **1**〖城〗挖地道

近敵人陣地；挖掘對壕。**2**（挖地基）使塌下；慢慢削弱。—不及〖城〗挖對壕，挖地道。

sap³ [sæp] 名《英學生俚》用功讀書的人，書呆子；吃力的工作。—動 **(sapped, ～·ping)** 不及 死用功，用功讀書。

sap·head ['sæp,hɛd] 名《俚》傻瓜，蠢蛋。

～·ed 形 愚笨的，愚蠢的。

sap·id ['sæpɪd] 形《文》**1** 有風味的。**2** 有趣的，動人的，稱心的。**～·i·ty** 名

sa·pi·ence ['sepɪəns] 名U 智慧；（外表上的）學識豐富。

sa·pi·ent ['sepɪənt] 形《文》有智慧的；學識豐富的；賢明的。

sa·pi·en·tial [,sepɪ'ɛnʃəl] 形 有智慧的；顯示智慧的。

sap·less ['sæplɪs] 形 **1** 沒有樹液的，枯萎的：～ trees 枯木。**2** 無活力的，死氣沉沉的；乏味的。

sap·ling ['sæplɪŋ] 名 **1** 幼小的樹，樹苗。**2** 青年，年輕人。**3** 靈猩的幼犬。

sap·o·dil·la [,sæpə'dɪlə] 名〖植〗人心果樹。

sap·o·na·ceous [,sæpə'neʃəs] 形 **1** 肥皂（般）的，有肥皂性質的。**2** 易滑掉的；難以捉摸的；善於閃避的，圓滑的。

sa·pon·i·fi·ca·tion [sə,pɑnəfə'keʃən] 名 U〖化〗皂化。

sa·pon·i·fy [sə'pɑnə,faɪ] 名 使皂化。

sap·per ['sæpɚ] 名 **1**《英》坑道工兵，地雷工兵，土木工兵。**2**《美》工兵。

Sap·phic ['sæfɪk] 形 **1** Sappho 的；《s-》古希臘抒情女詩人莎孚風格的。**2**《s-》= lesbian 1.

sap·phire ['sæfaɪr] 名 **1** U C 藍寶石。**2** U 藍寶石色，天藍色。—形 藍寶石似的；藍寶石顏色的，深藍色的。

Sap·pho ['sæfo] 名 莎孚（620–565B. C.）：出生於 Lesbos 島的希臘女詩人。

sap·py ['sæpɪ] 形 **(-pi·er, -pi·est) 1** 多樹液的。**2**《英俚》富有活力的，精力充沛的。**3**《美俚》愚笨的，傻的；感情脆弱的，多愁善感的。**-pi·ness** 名

sa·pr(a)e·mi·a [sə'primɪə] 名 U〖病〗敗血症。

sap·ro·phyte ['sæprə,faɪt] 名 腐物寄生菌；腐生植物。

sap·suck·er ['sæp,sʌkɚ] 名〖鳥〗一種食樹汁的啄木鳥。

sap·wood ['sæp,wud] 名 U〖植〗邊材（樹皮下近外皮的柔軟部分），白木質。

sar·a·band(e) ['særə,bænd] 名 莎拉班德舞；其舞曲。

Sar·a·cen ['særəsn̩] 名 **1**〖史〗撒拉森人。**2** 阿拉伯人；回教徒。

Sar·a·cen·ic [,særə'sɛnɪk] 形 撒拉森人的；撒拉森式的。

Sar·ah ['sɛrə] 名〖女子名〗莎拉（暱稱作 Sally）。

Sar·a·'to·ga 'trunk [,særə'togə-] 名《美》（19 世紀婦女用的）大旅行箱。

Sa·ra·wak [sə'rɑwɑk, -wɑ] 名 沙勞越：在婆羅洲西北部，為馬來西亞的一州。

sar·casm ['sɑrkæzəm] 名 **1** U 嘲弄，嘲笑，挖苦，諷刺：bitter ～ 尖酸的諷刺。**2** 譏諷話，諷刺的言詞：a speech full of ～*s* 充滿譏諷言詞的演說。

sar·cas·tic [sɑr'kæstɪk] 形 譏諷的，挖苦的，嘲笑的；好挖苦人的，用譏諷語的：a ～ answer 譏諷的答覆。

-ti·cal·ly 副

sarce·net ['sɑrsnɪt] 名 U 有光裡子布，裡子薄綢。

sar·co·ma [sɑr'komə] 名 (複～s, ～·ta [-tə]) 名 U C〖病〗肉瘤。

sar·coph·a·gus [sɑr'kɑfəgəs] 名 (複 **-gi** [-,dʒaɪ], **～·es**) 石棺。

sard [sɑrd] 名 U 肉紅玉髓，紅玉髓。

sar·dine¹ [sɑr'din] 名(複～, **～s**) 沙丁魚：be packed like ～*s* in a can 擠得像沙丁魚（罐頭）一樣；擁擠不堪。—動 及 使擠得像沙丁魚般。

Sar·din·i·a [sɑr'dɪnɪə] 名 薩丁尼亞：**1** 義大利半島西方，位於地中海的一島，屬於義大利。**2** 義大利西北部的舊王國（1720–1860）。**-an** 名 形

sar·don·ic [sɑr'dɑnɪk] 形 冷笑的，嘲笑的輕蔑的；嘲弄的，挖苦的。

-i·cal·ly 副, **-i·cism** 名

sar·don·yx ['sɑrdənɪks] 名 U C 纏絲瑪瑙。

sar·gas·so [sɑr'gæso] 名 (複～s) = gulf-weed.

Sar'gasso 'Sea 名《the ～》藻海：西印度群島東北方北大西洋中整片為海藻所覆蓋的海域。

sarge [sɑrdʒ] 名《美口》= sergeant.

sa·ri ['sɑri] 名 (複～s) 沙麗：印度婦女的一種外衣。

sa·rong [sə'rɔŋ] 名 **1** 沙龍，圍裙：馬來半島等地，男女裹在腰部的衣類。**2** 用作沙龍的布料。

sa·ros ['sɛrɑs] 名〖天〗沙羅周期。

SARS《縮寫》*s*evere *a*cute *r*espiratory *s*yndrome 嚴重急性呼吸道症候群。

sar·sa·pa·ril·la [,sɑrspə'rɪlə] 名 **1**〖植〗菝葜；U 其根部。**2** U 菝葜汽水。

sarse·net ['sɑrsnɪt] 名 = sarcenet.

sar·to·ri·al [sɑr'torɪəl] 形 **1**《文》裁縫（師）的；服裝的。**2**〖解〗縫匠肌的。

Sar·tre ['sɑrtrə] 名 **Jean-Paul,** 沙特（1905–80）：法國存在主義哲學家、劇作家及小說家。

SAS《the～》《縮寫》*S*pecial *A*ir *S*ervice 英國空中特種部隊。

SASE《縮寫》*s*elf-*a*ddressed *s*tamped *e*nvelope 回郵信封。

sash¹ [sæʃ] 名 飾帶，肩帶，綬帶；闊邊腰帶。—動 及《常用被動或反身》繫上腰

S

帶：be ～*ed* at the waist 腰部繫著腰帶。

sash² [sæʃ] 名UC 框格；窗框：a ～ chain 升降窗鏈 / a ～ weight（升降窗的）窗錘。—動及給（窗、門）裝上框。

sa·shay [sæ'ʃe] 動不及《美口》1 滑行般前進；裝腔作勢的走，大搖大擺地走《*on*》。2（舞蹈中）用快滑舞步。—名 1 = chassé. 2 旅行，遠足。

'sash ˌcord 名（上下拉動窗戶的）拉繩。

sa·shi·mi [sɑ'ʃimɪ] 名U《日語》生魚片。

'sash 'window 名上下開關的窗。

Sas·katch·e·wan [sæs'kætʃə,wɑn] 名薩克其萬：加拿大西南部的一省。

sass [sæs] 名U 1《美口》無禮的話，傲慢的回答。2《主美中部》醬汁，（用作醬汁的）新鮮蔬菜類。—動及不及《美口》頂嘴，出言不遜。

sas·sa·fras ['sæsə,fræs] 名〖植〗黃樟；U其樹根或樹皮。

sas·sy ['sæsɪ] 形(-si·er, -si·est)《美》= saucy 1, 2.

:sat [sæt] 動 **sit** 的過去式及過去分詞。

SAT 《縮寫》 *S*cholastic *A*ptitude *T*est 學力性向測驗。

Sat. 《縮寫》 *Sat*urday ; *Sat*urn.

·Sa·tan ['setn̩] 名撒旦，惡魔。

sa·tan·ic [se'tænɪk] 形撒旦（似）的，魔鬼的；邪惡的：a ～ grin 惡魔似的笑，猙獰笑。**-i·cal·ly** 副

Sa·tan·ism ['setənɪzəm] 名U 1 撒旦崇拜。2 撒旦崇拜主義。3 惡魔般的行為。**-ist** 名撒旦崇拜者；本性邪惡者。

satch·el ['sætʃəl] 名學生書包，小背包。

sate¹ [set] 動及 1 充分滿足：～ one's curiosity 滿足好奇心。2《常用被動或反身》供給過多致使厭惡，使膩《*with*》：～ oneself *with* delicacies 吃膩佳肴。

sate² [set,sæt] 動《古》**sit** 的過去式及過去分詞。

sa·teen [sæ'tin] 名U 線緞，假緞。

sate·less ['setlɪs] 《詩》無厭的。

·sat·el·lite ['sætl̩,aɪt] 名 1 (1)〖天〗衛星：an artificial ～人造衛星。(2) 人造衛星：by ～ 以人造衛星 / a communications ～ 通訊衛星。2 下屬，隨從；依存（他物）者；衛星國，附庸國。3《美》衛星都市。—形 1（人造）衛星的。2 衛星似的，附屬於其他勢力的。

'satellite 'dish 名碟形天線。

'satellite 'television 名U 衛星電視。

sa·ti·a·ble ['seʃɪəbl̩] 形《文》可充分滿足的，能令人飽腹的。

sa·ti·ate ['seʃɪ,et] 動及《常用被動》使飽；使膩；使充分滿足：be ～*d* with sweets 吃膩甜點。

—['seʃɪɪt] 形《古》滿足的。

sa·ti·e·ty [sə'taɪətɪ] 名U 滿足，過飽；厭膩。

·sat·in ['sætɪn] 名 1 織緞。2 U C 緞子（的衣服）。—形 1 緞（似）的，平滑的，有光澤的，光亮柔滑的。2 緞製的；用緞裝飾的。

sat·in·wood ['sætɪn,wʊd] 名〖植〗緞木；U緞木的木材。

sat·in·y ['sætɪnɪ] 形 = satin 形 1.

·sat·ire ['sætaɪr] 名 1 U C 諷刺；挖苦《*on*...》：a ～ *on* the politics of the day 對當代政治的諷刺。2 諷刺作品；U 諷刺文學。

sa·tir·i·cal [sə'tɪrɪkl̩], **ic** [-ɪk] 形 1（含）諷刺的，諷刺的；挖苦人的：a ～ poem 諷刺詩。2 寫諷刺的作品的；常說諷刺話的。～**·ly** 副

sat·i·rist ['sætərɪst] 名 1 諷刺作家，諷刺文作者。2 諷刺家，善挖苦的人。

sat·i·rize ['sætə,raɪz] 動及諷刺，用諷刺詩文抨擊；挖苦，譏諷。

·sat·is·fac·tion [ˌsætɪs'fækʃən] 名 1 U 滿意，稱心，滿足（感）；（欲望、願望的）實現，達成：for the ～ of one's ambition 為了滿足自己的野心 / to his ～ 令他滿意地 / with full ～ 完全滿意地 / find ～ in... 由…之中得到滿足 / have the ～ of doing 滿意於做…。2《通常作 **a** ～》滿足的原因，快事，樂事。3 U（對疑問等的）回答，反應。4 U《文》賠償；（決等的）恢復名譽的機會《*for*...》：in ～ of... 作為…的賠償 / demand ～要求賠償 / give ～ 賠償，謝罪 / take ～ *for* one's wrongs 對某人的過錯施加報復。5 U《文》償還，履行《常作 *for*...》。

sat·is·fac·to·ri·ly [ˌsætɪs'fæktərəlɪ] 副令人滿意地，如願地。

sat·is·fac·to·ry [ˌsætɪs'fæktərɪ] 形 1 滿意的，無可挑剔的，乎要求的，稱心的：a ～ explanation 令人滿意的解釋。2〖神〗償罪的，贖罪的。

:sat·is·fied ['sætɪs,faɪd] 形 1 滿意的，感到滿意的《*with, by*...》。2 感到心服的，確信的《*of, about*...》。

:sat·is·fy ['sætɪs,faɪ] 動(-fied, ～·ing)及 1 使滿足；滿足：～ the eye 悅目 / be *satisfied* with one's ample income 對自己豐厚的收入感到滿意。2《常用被動或反身》使確信《*of*...》；弄清楚：～ *oneself* through a study of the subject 研究該問題後使自己清楚。3 充分解答；消除；解開：～ the questions of a child 詳細解答孩子的疑問 / ～ a person's doubts 消除某人的疑慮。4 履行，實現；償還，付清；支付給；賠償；彌補，補償；答應：～ an offence 贖罪 / ～ a claim for damages 答應索賠損失要求。5 滿足條件：合乎規定。—不及 1 使人滿足，令人滿意。2 賠償；補償；基督贖罪。

sat·is·fy·ing ['sætɪs,faɪɪŋ] 形令人滿足的，令人滿意的；充分的；使人稱心的；令人確信的。～**·ly** 副, ～**·ness** 名

S

sa·trap ['setræp] 图1（古波斯帝國的）地方總督。2 高官，（殖民地的）總督。

sat·u·rate ['sætʃə,ret] 動 及 1《通常用被動或反身》充分滲入…之中；《喻》滲透，充滿《*with...*》: ～ the wood *with* creosol 使木頭飽含木焦油醇 / a custom ～*d with* superstition 充滿著迷信色彩的習俗。2《通常被動或反身》使潛心於，埋首於，使熱中於《*in...*》。3〖化·理〗使飽和《*with ...*》: ～ water *with* salt 使水中飽含鹽。4 進行飽和轟炸。5 使市場飽和。—[-rɪt] 形 = saturated.

sat·u·rat·ed ['sætʃə,retɪd] 形 1 溼透的，浸透的 : a ～ towel 溼透的毛巾。2 未用白色沖淡的。3〖化·理〗飽和的 : ～ fat 飽和脂肪。

sat·u·ra·tion [,sætʃə'reʃən] 图 U 1 滲透，浸潤，充滿；飽和（狀態）；〖氣象〗（大氣溼度的）飽和。2（顏色的）飽和度。

satu'ration ,point 图 飽和點。

:Sat·ur·day ['sætədɪ, -,de] 图 星期六。略作 : Sat. —副《口》在星期六。

'Saturday-,night 'special 图《美口》小口徑手槍。

Sat·ur·days ['sætədɪz, -,dez] 副 每逢周六，每星期六。

Sat·urn ['sætən] 图 1〖羅神〗農神：相當於希臘神話的 Cronos。2〖天〗土星。

Sat·ur·na·li·a [,sætə'nelɪə] 图（複～, ～s）1《偶作複數》古羅馬的農神節。2《s-》縱情狂歡的時刻；縱情狂歡；放恣行爲。**-li·an** 形

Sa·tur·ni·an [sæ'tɜnɪən] 形 1 土星的。2 農神的；繁榮的；幸福的；和平的。

sat·ur·nine ['sætə,naɪn] 形1《文》性情陰沉的。2 患了鉛毒症的；因鉛中毒而造成的。～**·ly** 副

sat·ur·nism ['sætə,nɪzəm] 图 U〖病〗鉛中毒。

sa·tyr ['sætə, 'setə] 图1〖希神〗（侍奉酒神Bacchus的）森林之神。2《文》好色之徒，色狼；登徒子。3〖昆〗蛇眼蝶。

sa·ty·ri·a·sis [,sætɪ'raɪəsɪs] 图 U〖病〗男子淫狂症，色情狂。

sa·tyr·ic [sə'tɪrɪk] 形（似）森林之神的；《文》好色的。

sauce [sɔs] 图 1 U C 醬汁，調味汁 : soy ～ 醬油 / put a bit of ～ on a steak 在牛排上澆點醬汁。2 增加趣味之物，給予刺激之物 : serve a person with the same ～ 對人以牙還牙，一報還一報 / Hunger is the best ～.《諺》空腹是最好的調味醬；飢不擇食。/ *S-* for the goose is ～ for the gander.《諺》一方可用，他方自然亦可行；適用於甲者也適用於乙。3 U《口》傲慢，無禮，莽撞，唐突 : give ～ to... 對…無禮。4 U《美》糖熬水果，罐頭水果。5 U《美方》（作爲肉的配料的）蔬菜，青菜。6《通常作 **the** ～》《美》俚酒，威士忌。—動 (**sauced, sauc·ing**) 及 1 澆醬汁於…；調味。2 增添趣味，給予刺激；緩和緊張。3《口》出言不遜，莽撞。

sauce·boat ['sɔs,bot] 图 船形醬碟。

sauce·box ['sɔs,bɑks] 图《口》莽撞無禮的人。

sauce·pan ['sɔs,pæn] 图 長柄有蓋的燉鍋。

·sau·cer ['sɔsə] 图 1 托碟 : a cup and ～ 咖啡杯與托碟 / (as) round as a ～ 圓似碟，圓形的。2 托碟狀的東西；（花盆的）墊盆，托盤；低窪地方，淺碟式凹地 : a flying ～ 飛碟。

'saucer 'eyes 图(複) 似碟般圓的眼睛，睜得又圓又大的眼睛。**'sau·cer-,eyecd** 形 眼睛大而圓的，瞠目驚視的。

sau·cy ['sɔsɪ] 形 (**-ci·er, -ci·est**) 1 莽撞的，無禮的，傲慢的。2 漂亮的，瀟灑的；活潑的，愉快的。3《俚》慧黠的。**-ci·ly** 副, **-ci·ness** 图

'Sa·u·di A'rabia ['saudɪ-, sɑ'u-] 图 沙烏地阿拉伯（王國）：阿拉伯半島國家；首都利雅德（Riyadh）。

'Saudi A'rabian 形 图 沙烏地阿拉伯的[人]。

sauer·kraut ['saur,kraut] 图 U 酸泡菜。

Saul [sɔl] 图〖聖〗掃羅 : 1 以色列的第一代國王。2 使徒 Paul 的希伯來名字。

sau·na ['saunɑ, 'sɔ-] 图 1 三溫暖 : 芬蘭式的蒸氣浴。2 蒸氣浴澡堂，三溫暖澡堂。

saun·ter ['sɔntə] 動 不及 閒逛，漫步，遛達，遊蕩 : ～ by 漫步而過。—图 散步，漫步；悠閒的步態。～**·er** 图

sau·ri·an ['sɔrɪən] 形 1 蜥蜴類的。2 類似蜥蜴的。—图 蜥蜴類動物。

sau·ry ['sɔrɪ] 图〖魚〗針魚，秋刀魚。

:sau·sage ['sɔsɪdʒ] 图 U C 香腸，臘腸 : a plate of ～*s* 一盤香腸。

'sausage ,dog 图《英口》= dachshund.

'sausage ,roll 图 C U《英》香腸麵包捲。

sau·té [so'te] 图 C U 煎嫩[炸嫩]的食物。—形 嫩炸的。—動 及 快炸，嫩煎。

Sau·terne(s) [so'tɜn] 图 U C 一種白葡萄酒。

·sav·age ['sævɪdʒ] 形 1 兇猛的，兇暴的，殘忍的；野性的，未馴服的 : ～ animals 野獸 / a ～ persecutor 殘忍的迫害者。2 未開化的，野蠻的；荒涼的，未開化的 : ～ people 野蠻人 / ～ customs 未開化的風俗。3《英口》狂怒的，大發雷霆的。4 粗野的，粗暴的，5 猛烈的，狂熱的。—图 1 未開化的人，野蠻的人。2 兇猛的人；無禮者，莽夫。—動 (**-aged, -ag·ing**) 及 1 猛烈攻擊，激烈指責。2 兇猛地攻擊，咬，踩，踐踏。

～**·ly** 副, ～**·ness** 图

sav·age·ry ['sævɪdʒrɪ] 图(複**-ries**) 1 U 未開化的狀態。2 U 殘忍（性）；粗野，無禮；C 蠻橫的行爲。3 U 荒涼的景象。

sa·van·na(h) [sə'vænə] 名 U C 1 無樹大草原。2（亞）熱帶的大草原。

sa·vant [sə'vɑnt, 'sævənt] 名（複～s [-s]）博學之士，大科學家，專家，學者。

sav·a·rin ['sævərɪn] 名 C U 摻有果醬和蘭姆酒的一種水果蛋糕。

:**save**[1] [sev] 動 及 1 拯救，挽救，保住（使免於危險、傷害、損失等）《*from*...》；維護，保全（名譽）：～ a person's life 救某人的命 / ～ one's face 保全面子 / ～ a person *from* drowning 拯救某人使其免於溺死。2 存（錢）；（爲了…而）儲蓄《*up* / *for*...》：～ (*up*) money 存錢。3 保護，愛惜（眼睛等）保留，留下（以供將來之用）《*for*...》；節省（費用、時間、勞力等）；使人省下…：～ one's strength 保留體力 / ～ one's breath《口》閉口不言，不浪費口舌 / ～ expenses 節省花費。4 省去，免去（麻煩、辛苦等）；使（人）免於…；使（人）無需[不致]（於…）《*from*...》；使…得以免除：～ one's pains 免於煩勞 / This will ～ you a lot of trouble.這會省掉你很多麻煩 / A stitch in time ～*s* nine.《諺》及時縫一針可省去後來的九針；及時補救可避免更多的損害。5 使（比賽、賭博等）不致輸掉；防止…落敗；救（球）；《尤英》趕上…的時間：He ～*d* the game with a ninth inning homerun. 他在第九局擊出一支全壘打，扭轉了敗局。6〖神〗拯救，救贖（人、靈魂）（使免於罪惡等）《*from*...》：～ souls 拯救靈魂。7〖電腦〗存取（資料）。—不及 1 節約；（爲了…而）儲蓄，存錢《*up* / *for*...》；節省：～ *for* a rainy day 存錢以備不時之需 / ～ *up for* a new car 存錢買新車。2 保存物資，避免浪費；救人，拯救：We can ～ by recycling paper products. 我們可以把紙製品再生使用以避免浪費。3（食物）可以保存，不腐壞。4〖運動〗（足球、冰上曲棍球比賽等）救球，阻止對方射門得分。

***Save up*!** 嚇了一跳！

—名（足球、橄欖球比賽等的）救球，阻止對方得分；（棒球救援投手的）救援成功：make a ～ 救了一球 / get one's 17th ～ 第十七次救援成功。**sav·a·ble, ～·a·ble** 形

·**save**[2] [sev] 介 除了…之外：～ for... 除了…以外…/ ～ on Sunday 除星期日之外。—連 除了；《古》若不是，只是。

save-all ['sev,ɔl] 名 1 節約裝置；防漏器；擋霧罩；有插燭釘的燭臺盤。2《主方》圍兜；罩衣。3 儲蓄罐撲滿。4 吝嗇鬼。5〖海〗安全網；附加風帆。

sav·e·loy ['sævə,lɔɪ] 名 C U《主英》熟的五香辣味乾香腸。

sav·er ['sevɚ] 名 1《主要用於複合詞》節約裝置：a labor-*saver* 省力機械。2 節儉的人；儲蓄者。3 救助者，救濟者。

·**sav·ing** ['sevɪŋ] 形 1 救助的，救濟的；有補償作用的：a ～ virtue 可取的美德。2 節儉的，節省的：a ～ housewife 節儉的家庭主婦。3 保留的，除外的：a ～ clause 保留條款，但書。—名 1 U C 節約，節儉，被節省之物；《～s》儲蓄存款：a ～ *of* work 節省工作 / deposit one's ～*s* in bank 把積蓄存在銀行裡 / From ～ comes having.《諺》儉以致富。/ *S*- is getting.《諺》節約等於增加收入。2 U 救助，救濟。3 U〖法〗保留，除外。

—介 1 除…之外。2 雖對…表示十分的敬意。—連 除…之外《*that* 子句》。

'**saving 'grace** 名（可彌補缺點的）優點，特質。

'**savings ac,count** 名 1《美》普通儲蓄存款。2《英》（比 deposit account 利息高的）獎勵儲蓄存款。

'**savings and 'loan associ,ation** 名《美》儲蓄貸款合作社（《英》building society）。略作：S & L

'**savings ,bank** 名儲蓄銀行。

'**savings ,bond** 名（美國政府發行的）儲蓄債券。

sav·ior,《英》**-iour** ['sevjɚ] 名 1 救濟者，救助的人，救星：the ～ of the country 國家的救星。2《**the S-, our S-**》救世主。

sa·voir-faire ['sævwɑr'fɛr] 名 U 臨機應變之才，機智。

sa·voir-vi·vre ['sævwɑr'vivrə] 名 U 教養；社交手腕，人情世故。

·**sa·vor,**《英》**-vour** ['sevɚ] 名 U C 味道，風味；氣味，香味；英道和香味 a spicy ～ 辛辣的味道 / have a ～ of onio(s) 有洋蔥的味道。2 特性，特質，特色。3 風趣，魅力：a book without ～ 一本乏味的書。4《**a** ～》味道，感覺《*of*...》。

—動 不及 1 有…的味道。2 有…的傾向。—及 1《文或古》加入…味道；給…增添趣味，增加…興趣。2 慢慢地品嘗，玩味。

～**·less** 形 無味的；無趣的；走味的。

sa·vor·y[1],《英》**-vour·y** ['sevərɪ] 形 (**-vor·i·er, -vor·i·est**) 1 味道好的，可口的，有風味的；芬芳的；辛辣的，鹹味的：a ～ aroma 增進食慾的香味 / a ～ onion sauce 辣洋蔥醬。2《喻》心情好的；饒有趣味的；評價好的：an exceedingly ～ travel book 一本饒有趣味的旅遊書。—名 (複**-vor·ies**)《英》開胃菜肴。**-i·ly** 副, **-i·ness** 名

sa·vor·y[2] ['sevərɪ] 名 U〖植〗香薄荷。

sa·voy [sə'vɔɪ] 名 C U《英》〖植〗皺葉甘藍（亦稱 savoy cabbage）。

Sa·voy [sə'vɔɪ] 名 1 薩伏衣王室（的人）2 薩伏衣：法國東南部的一地。

sav·vy ['sævɪ] 動 (**-vied, ～·ing**) 不及《俚》理解，領悟；明白。—名 U 理解力，領悟力；常識：tech ～ 高科技達人。—形 聰穎的，有見識的。

·**saw**[1] [sɔ] 名 1 鋸子，鋸狀工具；鋸床：band ～ 帶鋸 / the teeth of a ～ 鋸齒。2〖動〗鋸齒狀部[器官]。

變局面《*for...; against...*》

—動(**scaled, scal·ling**)及 **1** 用天平[秤子]稱；《喻》比較。**2** 有…重量。—不及 有(若干)重量《*in*》。

:scale³ [skel] 名 **1** 尺度，刻度；刻度尺：the ～ in inches 以吋爲單位的尺度。**2**(地圖等的)縮尺，比例尺；縮小比：a map drawn to a ～ of 1 / 50,000 五萬分之一比例的地圖。**3**(稅金等的)比率；等級表；基準工資：the tax ～ 稅率。**4** 階段，等級：be high on the ～ of civilization 高度文明。**5** U C《通常作 **on** ～》規模，程度：*on* a large ～大規模地，廣泛地 / *on* a small ～小規模地。**6**(測定的)尺度，基準：out of ～不合標準。**7**〖數〗計數法，進位法：〖樂〗音階。**8**〖教·心〗量表。**9** 登高用具。

to scale(製圖時)用一定比例縮小放大。

—動(**scaled, scal·ing**)及 **1** 攀登；《喻》到達(頂峰)。**2** 用縮尺製圖；按比例決定《*up; down*》。**3** 用尺測定；(按標準)評價，判斷，**4**〖材〗測量；估計(樹木的)材積。

—不及 **1** 用梯子爬；攀登。**2** 循序漸進；按比例；逐漸提高。

scale·board ['skel,bord] 名 **1** 襯板，背板。**2**〖印〗插於活字行間的薄木條。

'scale ˌinsect 名〖昆〗介殼蟲。

sca·lene [ske'lin] 形〖幾〗斜軸的，不等邊的：a ～ triangle 不等邊三角形。

'scaling ˌladder 名雲梯，爬城梯。

scall [skɔl] 名 U 頭皮屑，皮屑。

scal·la·wag ['skækə,wæg] 名《主英》＝scalawag.

scal·lion ['skæljən] 名 **1** C U《美》大蔥，青蔥。**2** ＝shallot.

scal·lop ['skɑləp] 名 **1**〖貝〗海扇，扇貝；其貝柱；扇貝殼，**2** 扇貝殼形狀的小淺鍋。**3**〖烹飪〗薄肉片。**4**《通常作～**s**》衣邊的扇形摺縐。—動 及 **1** 使成扇形。**2**〖烹飪〗用淺鍋烤(亦作 **scollop**)。～·**er** 名，～·**ing** 名 U 採集海扇；扇形摺縐。

scal·ly·wag ['skælɪ,wæg] 名《英》＝scalawag.

scalp [skælp] 名 **1** 頭皮；(動物的)頭皮。**2**〖美史〗(北美印第安人從敵人頭上剝下來作爲戰利品的)頭皮之一部分。**3** 戰利品。**4**《美口》薄利。

call for a person's scalp 想揍某人。

out for scalps 出征；蓄意挑釁；猛烈抨擊。

take a person's scalp 打敗；報仇。

—動及 **1** 剝皮；削掉(金屬等)的表面。**2**《美口》轉手炒作(股票)；加價賣，賣(黃牛票)。**3**《美》使感到羞恥。—不及《美口》(以炒股票或黃牛票等)賺取薄利。

scal·pel ['skælpɛl] 名外科手術用的小刀。

scalp·er ['skælpɚ] 名《美俚》賣黃牛票的人。

scal·y ['skelɪ] 形 (**scal·i·er, scal·i·est**) **1** 覆著一層鱗的；鱗狀的。**2** 剝落的。**3**《俚》卑劣的，可鄙的；差勁的。**-i·ness** 名

scam [skæm] 名《美俚》詭計；誆騙(罪)，詐騙。—動及誆騙財物。

scamp [skæmp] 名流氓，地痞；不務正業者；惡作劇者。—動及粗心地做…。

·scamp·er ['skæmpɚ] 動不及 **1** 急奔，快跑；瀏覽；匆忙地遊覽：～ off in all directions 往四面八方逃竄 / ～ through a book 瀏覽一本書。**2** 蹦蹦跳跳，跑來跑去。—名急奔，蹦跳。

scam·pi ['skæmpɪ] 名 (複～, ～**es**) C U《英》(油炸的)對蝦。

scan [skæn] 動 (**scanned**, ～·**ning**) 及 **1**《主美》詳細察看；盯著看，注視：～ a person from head to foot 從頭到腳仔細地打量某人。**2** 大略翻閱，瀏覽：～ the page 大略翻閱書頁。**3** 劃分(詩的)韻，分析韻腳；有韻律地朗讀。**4**〖視〗掃描；掃掠。**5** 掃描檢查。—不及 **1** 分析詩韻；合乎格律的規則。**2**〖視〗掃描。—名 **1** 細看，審視；注視。**2** 體內放射性掃描圖。

Scan.《縮寫》*Scan*dinavia.

·scan·dal ['skændl̩] 名 **1** C U 醜聞，醜事：a political ～ 政治醜聞 / expose a ～揭發醜聞。**2** 恥辱，不光彩，失面子，醜名《*to...*》。**3** 反感，憤慨：give rise to a ～ 引起公憤。**4** U 中傷，惡評，惡意的誹謗：talk ～ 說壞話。

scan·dal·ize ['skændl̩,aɪz] 動 及 使感到憤慨，使震驚；毀謗，中傷：be ～*d* by his rudeness 對他的無禮感到驚駭。

scan·dal·mon·ger ['skændl̩,mʌŋgɚ] 名惡意中傷別人的人。～·**ing** 名 U 惡意中傷的行爲。

scan·dal·ous ['skændl̩əs] 形 **1** 造成醜聞的，惹人非議的；不名譽的，可恥的。**2** 愛傳播醜聞的；好中傷別人的：a ～ insinuation 中傷人的影射。～·**ly** 副，～·**ness** 名

'scandal ˌsheet 名內幕雜誌[報紙]。

Scan·di·na·vi·a [ˌskændə'nevɪə] 名 **1** 斯堪的那維亞；北歐諸國。**2** 斯堪的那維亞半島。

Scan·di·na·vi·an [ˌskændə'nevɪən] 形 斯堪的那維亞(人、語)的。—名斯堪的那維亞人；U 斯堪的那維亞語。

scan·di·um ['skændɪəm] 名 U〖化〗鈧。符號：Sc

scan·ner ['skænɚ] 名 **1** 細看者，審視者；分析詩韻的人。**2**〖視〗掃描器；掃描機。

scan·ning ['skænɪŋ] 名 U **1**〖醫〗放射性掃描。**2**〖視〗掃描。

'scanning e'lectron ˌmicrograph 名掃描電子顯微圖。

scan·sion ['skænʃən] 名 U〖詩〗(詩的)格律分析。

·scant [skænt] 形《文》**1** 不足的；有限的；少量的：~ provisions 不足的糧食 / with ~ attention to... 對…不太注意。**2**《美》還差一點的，不到的：a ~ few minutes 不到兩三分鐘。**3** 缺乏的《*of..., in...*》：be ~ *of* money 資金缺乏。**4**《方》吝嗇的，小氣的，過分節儉的。—動 及 **1** 削減，減少。**2** 節省，捨不得用。—副《方》勉強地，幾乎不。

scan·ties ['skæntɪz] 名(複)《口》婦女穿的短內褲。

scant·ling ['skæntlɪŋ] 名 **1** 小木材；Ⓤ《集合名詞》小木材類。**2**（木材的）寬厚度。**3** 少量，少數。

·scant·y ['skæntɪ] 形(**scant·i·er, scant·i·est**) **1** 勉強夠的，不足的，貧乏的；少量的：a ~ income 微薄的收入 / ~ materials 不充足的材料 / ~ evidence 不充分的證據 / leave a ~ inheritance (to...) 留下很少的遺產（給…）。**2** 狹窄的；小的；緊的；侷促的。**3** 稀疏的。

-i·ly 副，**-i·ness** 名 Ⓤ 缺乏，不足。

scape[1] [skep] 名 **1**〖植〗花莖。**2**〖動〗羽軸；〖昆〗觸角根。**3**〖建〗柱身。

scape[2] [skep] 名，動 不及《古》= escape.

-scape《字尾》表「…風景」之意的名詞字尾。

scape·goat ['skep,got] 名 **1** 替罪者，代人受過的人。**2**〖聖〗替罪羔羊。

scape·grace ['skep,gres] 名 **1** 壞透的惡棍，無賴。**2** 淘氣鬼，常惹禍的頑童。

scap·u·la ['skæpjələ] 名(複 **-lae** [-,li], ~**s**)〖解〗肩胛骨。

scap·u·lar ['skæpjələ˞] 形 肩的，肩胛骨的。

·scar[1] [skɑr] 名 **1** 傷疤，傷痕；精神上的創傷：leave a ~ 留下傷痕。**2**〖植〗瘢痕。—動(**scarred,** ~**·ring**) 及《通常用被動》使留下傷痕《*with...*》。—不及 留下疤痕，結疤《*over*》；癒合。

scar[2] [skɑr] 名《英》**1** 峭壁，斷崖，孤岩。**2** 暗礁。

scar·ab ['skærəb] 名 **1**〖昆〗金龜子，神聖金龜。**2** 古埃及人用作護身符的神聖金龜像。**3** 金龜子形寶石。

Scar·a·mouch(e) ['skærə,mautʃ] 名 **1** 斯卡拉穆恰：古義大利喜劇中膽小而好吹牛的丑角。**2**《**s-**》《古》虛張聲勢好吹牛的膽小者；無賴漢。

·scarce [skɛrs] 形(**scarc·er, scarc·est**) **1**《主敘述用法》不夠的，不足的，缺乏的。**2** 稀罕的，珍貴的：a ~ book 珍本，珍貴的書。

make oneself scarce《口》(1) 悄悄地離開，溜走不出席。(2) 躲開《*at...*》。

—副《古》= scarcely.

·scarce·ly ['skɛrslɪ] 副 **1** 殆不；將近，幾乎不：~ thirty people 不足三十個人。**2**《表委婉的否定》大概不，恐怕不。**3** 一定不。

scarcely...when... 一…就…。

·scar·ci·ty ['skɛrsətɪ] 名(複 **-ties**) **1** Ⓤ Ⓒ 不足，缺乏；缺糧，饑荒《*of...*》：a year of great ~ 嚴重饑荒的一年。**2** Ⓤ 罕見，稀少。

·scare [skɛr] 動(**scared, scar·ing**) 及 **1** 使害怕，使恐懼，嚇《*with...*》。**2**《口》使驚嚇《*into...*; *out of...*》；嚇跑《*away, off*》：~ him out *of* his pants 使他嚇得要死。

—不及 感到害怕，受到驚嚇，受到驚恐，受驚。

be more scared than hurt 自尋煩惱，白操心。

scare out《美》= SCARE up (1).

scare...up / scare up... (1)《美》將（鳥獸等）嚇趕出來；將…挖出來。(2)《美口》匆促張羅《*from...*》；湊集。

—名 **1** 害怕；惶恐，恐慌，不安。**2** 經濟恐慌；Ⓤ 恐慌狀態。

scare·crow ['skɛr,kro] 名 **1** 稻草人；嚇唬人的東西。**2** 衣衫襤褸的人；骨瘦如柴的人。

·scared [skɛrd] 形 受到驚嚇的；感到害怕的《*at...*,《口》*of...*》；畏懼的《*to* do》；害怕的《*that* 子句》：be ~ *at* the strange noise 被怪聲嚇到。

scared·y-cat ['skɛrdɪ,kæt] 名《口》膽小的人，怯懦的人。

scare·head ['skɛr,hɛd] 名《美口》字體特大的標題，聳人聽聞的大標題。

scare·mon·ger ['skɛr,mʌŋgə˞] 名 散播恐怖的人，散布駭人的消息的人。

·scarf[1] [skɑrf] 名(複 ~**s**,《英》**scarves** [skɑrvz]) **1** 圍巾，披肩：wear a ~ 圍圍巾。**2** 領巾。**3** 狹長檯布，桌巾。**4**（軍人、高官的）肩帶，綬帶，飾帶。

scarf[2] [skɑrf] 動 及 不及《美俚》狼吞虎嚥地吃《常與 *down, up* 連用》。

scarf·pin ['skɑrf,pɪn] 名 = tiepin.

scarf·ring ['skɑrf,rɪŋ] 名《英》領帶或圍巾的扣環。

scarf·skin ['skɑrf,skɪn] 名 Ⓤ 表皮；外皮。

scar·i·fy ['skærə,faɪ] 動(**-fied,** ~**·ing**) 及 **1** 多次劃破。**2**《文》嚴厲地批評，苛責；以酷評傷人感情。**3** 耙鬆；挖起。**4**（為使硬殼種子提前發芽而）切割表皮。**-fi·er** 名 劃痕器，鬆土機。

scar·la·ti·na [,skɑrlə'tinə] 名〖病〗= scarlet fever. **-nal** 形

·scar·let ['skɑrlɪt] 名 Ⓤ **1** 深紅色，緋紅，猩紅。**2** 深紅色服裝：wear ~ 穿著深紅色的禮服，位居高官。—形 **1** 緋紅色的；穿緋紅服裝的。**2**（因憤怒等）臉色變紅的。**3** 罪孽深重的；淫蕩的。

'scarlet 'fever 名 Ⓤ《無冠詞》〖病〗猩紅熱。

'scarlet 'hat 名 = red hat.

'scarlet 'letter 名《美》猩紅字，紅 A

字：美國殖民地時期，用鮮紅色布料做成的 adultery 頭一個字母 A，掛於通姦婦女胸前以表示通姦罪。

'scarlet 'pimpernel 名〖植〗= pimpernel.

'scarlet 'runner 名〖植〗《尤英》紅花菜豆。

'scarlet 'woman U 蕩婦。

scarp [skɑrp] 名 陡坡；懸崖，崖岸。

scarp·er ['skɑrpɚ] 動 不及《英》突然逃跑，沒付帳就開溜。

scarves [skɑrvz] 名《主英》**scarf**[1] 的複數形。

scar·y ['skɛrɪ] 形 (**scar·i·er, scar·i·est**)《口》**1** 恐怖的，嚇人的，可怕的：a ~ story 嚇人的故事 / a ~ face 可怕的面孔。**2** 膽小的，膽怯的。

scat[1] [skæt] 動 (~·**ted**, ~·**ting**) 不及《口》匆匆離去，快去：*S*-!《趕貓等時用語》走開！

scat[2] [skæt] 名 U（隨著樂器無意義喊叫的一種）爵士樂。

scathe [skeð] 動 及 **1** 痛斥，嚴詞抨擊。**2**《詩》傷害；灼傷；使焦枯；損害。
—名 U《古》傷害，損傷。

scath·ing ['skeðɪŋ] 形 **1** 苛刻的，尖刻的。**2** 傷害的。~·**ly** 副

sca·tol·o·gy [skə'tɑlədʒɪ] 名 U **1** 糞便學。**2** 糞石學（亦稱 **coprology**）。

,scat·o·'log·i·cal [,skætə-] 形

:scat·ter ['skætɚ] 動 及 **1** 使分散，撒；揮霍，花光，浪費；撒播《*on, over...*》；散布（某物）《*with...*》：~ seeds *over* the field 在田地裡播種子 / ~ money about 浪費金錢。**2** 驅散，使四散：~ a crowd 驅散群眾。**3**〖理〗使散射。—不及 消散，離散；分散。—名 **1** U 撒播；四散；消散。**2** 被撒播的東西；散布的東西，稀疏的少量。**3** U（炮火等的）散射面。

scat·ter·brain ['skætɚ,bren] 名 輕率浮躁的人；注意力不集中的人；漫不經心的人。
~·**ed** 形 心不在焉的，糊里糊塗地。

scat·tered ['skætɚd] 形 **1** 被散置的，零星分布的，零散的；散亂的；稀疏的：~ rain 小陣雨 / ~ houses 稀稀落落的房子。**2** 散漫的，心不在焉的。

scat·ter·good ['skætɚ,gʊd] 名 揮霍無度的人。

scat·ter·ing ['skætərɪŋ] 形 **1** 散在各處的；稀疏的；零零散散的，零星的：a ~ flock of birds 零星的鳥群。**2** 零散的，不集中的。
—名 U 零散；C 稀疏的少量，零星；〖理〗散射，散亂。

scatter 'rug 名《美》小塊地毯。

scatter·shot ['skætɚ,,ʃɑt] 形 廣泛的；籠統的。

scat·ty ['skætɪ] 形 (**-ti·er, -ti·est**)《英口》沒有頭腦的；輕浮的，瘋狂的。

scav·enge ['skævɪndʒ] 動 及 **1** 打掃；清理。**2** 排出廢氣。—不及 **1** 做清道夫；清除污物。**2** 尋覓（食物等）《*on...*》。

scav·en·ger ['skævɪndʒɚ] 名 **1** (1) 吃腐肉的動物。(2) 拾荒者。(3) 清潔劑。**2**《主英》清道夫，清潔工：act the ~《喻》挖掘醜聞。**3** 黃色文章的作家。

Sc. B.《縮寫》*B*achelor of *Sc*ience.

Sc. D.《縮寫》*D*octor of *Sc*ience.

sce·nar·i·o [sɪ'nɛrɪ,o] 名 (複 ~**s**) **1** 腳本，劇本：a ~ writer 腳本作者，編劇。**2** 劇情說明：under this ~ 在這樣的劇情下。**3** 可能的情況：worst-case ~ 最壞的情況。

sce·nar·ist [sɪ'nɛrɪst] 名 電影劇本作者。

:scene [sin] 名 **1** 現場，發生地點：the ~*s* of one's childhood 孩提時代住過的地方 / at the ~ 在現場。**2**（戲劇的）一場；場面，背景；舞臺：the love ~ 愛情的場面。**3** 插曲；事件；情景；狀況，事態；《口》（活動）地方；生活方式：a change of ~ 環境的變遷。**4** 景象；景色；風景：a night ~ 夜景。**5**（在大眾面前哭叫的）大鬧，吵鬧；發脾氣。

behind the scenes (1) 在舞臺後面，在幕後，在後臺。(2) 在背後，在暗中。

come on the scene 出現在舞臺，出場；(一般）現身。

make the scene《俚》露面，到場；積極參與活動。

on the scene（人）出現，在現場，在當場。

quit the scene 退場；《口》死去。

set the scene 準備。

steal the scene 吸引注意；搶風頭。

'scene ,painter 名 布景畫師；風景畫家。

·scen·er·y ['sinərɪ] 名 U **1** 景色，風景：a piece of ~ 一幅風景 / picturesque ~ 如畫一般美麗風景。**2** 舞臺布置，布景：paint ~ 畫布景。

chew the scenery 誇張的演出。

scene·shift·er ['sin,ʃɪftɚ] 名 換布景者。

scene-stealer ['sin,stilɚ] 名《口》**1** 在舞臺上出風頭的演員。**2** 搶鏡頭的人。

·sce·nic ['sinɪk, 'sɛ-] 形 **1** 風景的；景色好的：a ~ drive 景色怡人的車道 / the ten ~ spots of Taiwan 臺灣十景。**2** 舞臺的，戲劇的；布景的；舞臺布置的：a ~ writer 劇作家 / ~ effects 舞臺效果。**3** 生動的，寫實的。-**ni·cal·ly** 副

'scenic 'railway 名 **1**（遊樂場等的）小鐵道。**2** = roller coaster.

·scent [sɛnt] 名 **1** 氣味；香味，芳香；U C《主英》香水：a sweet ~ 芳香的氣味。**2**《單數》遺臭，臭跡；《喻》線索：a hot ~ 強烈的臭跡，新的遺臭 / get ~ of...嗅到…味道 / lose the ~ 失去臭跡。**3**《通常用 **a** ~》嗅覺；察覺能力：have *an* acute ~ for...對…有敏銳的覺察力。

off the scent 錯失臭跡；失去線索。

on the scent (1)(憑臭跡)追蹤;(憑線索)探究。(2)獲得線索《*of...*》。
一動 及 **1** 嗅到;覺察出。**2** 使發出氣味;灑香水於;《常用被動》使帶有氣味《*with...*》。一不及 **1**(獵狗等)追蹤。**2** 發出味道;具有跡象《*of...*》。

'scent ,bottle 名 香水瓶。

scep·ter, 《英》**-tre** ['sɛptɚ] 名 **1** 王節,權杖。**2**《*the* ～》王權,王位:assume *the* ～ 登上王位。

scep·tic ['skɛptɪk] 形 = skeptic.

scep·ti·cism ['skɛptə,sɪzəm] 名 形 = skepticism.

scha·den·freu·de ['ʃadən,frɔɪdə] 名 U 幸災樂禍。

·sched·ule ['skɛdʒul] 名 **1** 預定;計畫;日程安排,節目表,日程表;預定表;(一連串的)預定(事項):a full ～ 緊湊的日程安排 / according to (the) ～ 按計畫,照預定 / behind (the) ～ 比預定落後 / on ～ 按預定計畫。**2**《主美》時間表;課程表。**3** 表,一覽表,價目表,目錄;(附屬於本文的)另表。一動 **(-uled, -ul·ing)** 及 列表,列入計畫表。**2**《主美》《常用被動》預定於《*for...*》;準備,安排。

Sche·her·a·za·de [ʃə,hɛrə'zadə] 名 雪拉莎德:*The Arabian Nights' Entertainments*『天方夜譚』中每晚講故事給國王聽,因而免於一死的波斯王妃。

sche·ma ['skimə] 名 (複～**·ta** [-tə]) **1** 圖表,略圖;綱要,概要,計畫。**2**(康德認識論的)先驗圖式;〖修〗比喻,形容。

sche·mat·ic [ski'mætɪk] 形 圖表(性)的,略圖(性)的;綱要(性)的;計畫(性)的。
一名 圖解;圖表;略圖。**-i·cal·ly** 副

sche·ma·tize ['skimə,taɪz] 動 及 圖解化,體系化。

·scheme [skim] 名 **1** 計畫,規劃,方案《*for..., of...*》: a business ～ 企業計畫 / a new ～ *for* electrification 電氣化的新計畫。**2** 陰謀,詭計:shady ～*s* 祕密的陰謀。**3** 不可能實行的計畫。**4** 體系;結構;組織:a metaphysical ～形而上學的體系 / in the ～ of things 在格局上。**5**(分類)表;圖表;圖解。**6**〖占星〗天象圖。
一動 **(schemed, schem·ing)** 及 計畫,設計;謀劃。一不及 計畫;策劃《*for...*》。
'schem·er 名 計畫者;陰謀家。

schem·ing ['skimɪŋ] 形 有計畫的;詭計多端的。

scher·zo ['skɛrtso] 名 (複～**s, -zi** [-tsi])〖樂〗詼諧曲。

Schil·ler ['ʃɪlɚ] 名 **Johann Christoph Friedrich von**,席勒(1759–1805):德國詩人、劇作家及歷史家。

schil·ling ['ʃɪlɪŋ] 名 先令:奧國的貨幣單位及其硬幣,等於 100 groschen。略作:S., Sch.

schism ['sɪzəm] 名 U C **1** 分裂;分派。**2**〖教會〗分裂;教派分立罪。

schis·mat·ic [sɪz'mætɪk] 形 分離的,分裂的。一名 宗派分立論者。

schist [ʃɪst] 名 U〖礦〗片岩。

schis·to·so·mi·a·sis [,ʃɪstəsə'maɪəsɪs] 名 U〖病〗血吸蟲病。

schiz [skɪts] 名《俚》精神分裂症患者。

schiz·o ['skɪtso] 名 (複～**s**) = schiz.

schiz·oid ['skɪzɔɪd] 形〖心〗精神分裂症傾向的;精神分裂症的。一名 精神分裂症患者。

schiz·o·phre·ni·a [,skɪzə'frinɪə] 名 U 精神分裂症。**-phrenic** [-'frɛnɪk] 形 名 精神分裂症的(患者)。

schiz·y, -zy ['skɪzɪ] 形 精神分裂症的;患精神分裂症的。

schle·miel [ʃlə'mil] 名《美俚》笨手笨腳的人;易上當的人。

schlep [ʃlɛp] 名《美俚》笨蛋;無所作為的人。一動 及 用力拖;搬運;攜帶。
一不及 緩慢地移動;拖曳著走。

schlock [ʃlak] 形《美俚》廉價的;蹩腳的;劣質的(亦稱 **schlocky**)。一名 U 便宜貨;劣質。

schlock·meis·ter ['ʃlak,maɪstɚ] 名《美俚》劣質貨品製造者。

schmal(t)z [ʃmalts] 名 U《口》(音樂等的)煽情式傷感作品。
～**·y** 形《俚》過度傷感的。

schmear, schmeer [ʃmɪr] 名《俚》事情,事物:the whole ～ 一切事情。

schnapps [ʃnæps] 名 U C 荷蘭杜松子酒。

schnau·zer ['ʃnauzɚ] 名 髯狗。

schnit·zel ['ʃnɪtsəl] 名 C U 肉片,小牛肉片。

schnook [ʃnuk] 名《美俚》無足輕重的人;傻瓜,蠢蛋。

schnoz·zle ['ʃnazəl] 名《美俚》鼻子。

·schol·ar ['skalɚ] 名 **1** 有學問的人,學者:a classical ～ 古典學者 / a Milton ～ 專門研究米爾頓的學者。**2**《與修飾詞連用》學生;學習者:a dull ～ 素質差的學生 / an apt ～ 聰慧的學生。**3**《通常用於否定》受過教育的人,會讀能寫的人。**4** 領獎學金的人,享受公費的學生。

schol·ar·ly ['skalɚlɪ] 形 **1** 學者的;適合學者的,專門的。**2** 好學的,學者風度的,學者派頭的。一副 學者似地,學究式地。

·schol·ar·ship ['skalɚ,ʃɪp] 名 **1** U 學問學識,學術成就。**2** 獎學金;U 領獎學金學生的身分。**3** 獎學基金。**4** 學者品質。

scho·las·tic [sko'læstɪk] 形 **1** 學校的,大學的;學者的,學生的,教師的;教育的;學術(上)的;《主美》中等學校的 a ～ institution 學校 / a ～ career 學校生涯。**2** 學究氣的,故弄玄虛的;拘泥形式的。**3** 哲學的,經院學者的(亦稱 **scholastical**)。一名 **1**《偶作 **s-**》經院學者;經

院哲學家。2 學究，玄學者。3〖天主教〗修道生，修士。-ti·cal·ly副

scho·las·ti·cism [sko'læstə,sɪzəm] 名 U 1《偶作S-》經院哲學，煩瑣哲學。2 遵循舊教，墨守成規。

scho·li·ast ['skolɪ,æst] 名 1 古典作品評註者。2 註釋者，評註者。-'as·tic 形 註釋者的，註釋性的。

scho·li·um ['skolɪəm] 名(複-li·a [-lɪə]) 1《常作 -lia》(1) 註釋，評註。(2) 頁旁註解。2（數學課本上等的）例證等的註釋。

school[1] [skul] 名 1 (1) 學校；高級中學：a primary ～ 小學 / a mission ～教會學校。(2) 學校建築物，校舍。(3)《the ～》《集合名詞》全校學生；（全校的）師生。(4) U《無冠詞》學校教育；授課（時間）；學業：after ～ 放學後 / go to ～上學 / go to ～ to... 就教於，從…學習 / leave ～ 退學；畢業 / send one's son to ～ 把兒子送入學校。2（大學、研究所的）專門學院；《美》大學，專科：the law ～法學院。3 (1) 專科學校；教練場，訓練所。(2)《喻》訓練場所：the hard ～ of experience 經驗的嚴格鍛鍊 / in the ～ of adversity 受逆境的磨練。4 派別，流派，學派；（習慣、想法等相同的）派。5 教練規則，軍事訓練。6《～s》《英》（Oxford 大學的）學位考試（科目）：be in the ～*s* 正在學位考試中。

tell tales out of school 洩漏祕密，揭人隱私。

—形 學校的，有關學校教育的。

—動 及 1 教育；訓練《*in, into, to* do》。2《古》叱責，懲誡。

school[2] [skul] 名（魚等的）一群：a ～ of whales 一群鯨魚 / in ～ 成群。—動 不及（魚等）成群聚集，成群游水。

school ,age 名 U 學齡，就學年齡；義務教育年限。

school·bag ['skul,bæg] 名 書包。

school ,board com,mittee 名《美》（地方的）教育委員會。

school·book ['skul,bʊk] 名《美》教科書。

school·boy ['skul,bɔɪ] 名（中、小學的）男學生。

school ,bus 名 學校的交通車。

school·child ['skul,tʃaɪld] 名 (複 -chil·dren) 學童。

school ,day 名 1 上課日；（一天的）上課時間。2《主要作 one's ～s》學生時代。

school ,district 名《美》學區。

school e,dititon 名（書籍的）學校版，學生版。

school·fel·low ['skul,fɛlo] 名 = schoolmate.

school·girl ['skul,gɝl] 名（中、小學的）女學生。

school·house ['skul,haʊs] 名 (複-hous·es [-,haʊzɪz]) 1（小學的）校舍。2（附屬於學校的）房舍。

school·ing ['skulɪŋ] 名 U 1 學校教育；（函授學校的）教育；訓練，馴馬：lack formal ～ 未受正式的教育。2 教學過程。3 學費；教育費。

'school in,spector 名 督學。

school·kid ['skul,kɪd] 名《口》學童。

school-leaver [skul,livɚ] 名《英》（小、中學的）中途退學者。

school·ma'am ['skul,mɑm] 名 = schoolmarm.

school·man ['skulmən] 名(複-men) 1《偶作 S-》中世紀經院哲學家；（中世紀的）教授。2《美》教師，教育家。

school·marm ['skul,mɑrm] 名《口》女教師；女學究：～ English 老式英語。

school·mas·ter ['skul,mæstɚ] 名 1（男性的）教師，老師；《主英》（中學的）（男）校長。2 教導者，指導者。～·ing 名 U《英》校長職位。

school·mate ['skul,met] 名 同學。

school·mis·tress ['skul,mɪstrɪs] 名 女老師；女校長。

'school re,port 名《英》= report card.

school·room ['skul,rum, -rum] 名 教室。

school·teach·er ['skul,titʃɚ] 名（中、小學）教師，教員。-teach·ing 名 U 教學；教職。

school·time ['skul,taɪm] 名 1 U 上課時間。2 求學時代，學生時代。

school·work ['skul,wɝk] 名 U 學校作業，功課。

school·yard ['skul,jɑrd] 名 校園；（學校的）操場，運動場。

'school ,year 名 1 學年。2 = academic year.

:schoon·er ['skunɚ] 名 1〖海〗縱帆船。2《美口》（喝啤酒用的）大酒杯。3《英口》（喝雪利酒用的）高大杯子。

schoon·er-rigged ['skunɚ,rɪgd] 形 縱帆裝置的，縱帆式的。

Scho·pen·hau·er ['ʃopən,haʊɚ] 名 **Arthur**，叔本華（1788－1860）：德國哲學家。

schot·tische ['ʃɑtɪʃ] 名 沙蒂施舞；沙蒂施舞曲。

Schu·bert ['ʃubɚt] 名 **Franz**，舒伯特（1797 －1828）：奧國作曲家。

Schu·mann ['ʃumɑn, -mən] 名 **Robert**，舒曼（1810－56）：德國作曲家。

schuss [ʃʊs] 名〖滑雪〗直線高速滑降；直線下滑的滑雪道。—動 不及 直線滑降。

schuss·boom ['ʃʊs,bum] 動 不及《俚》（滑雪時）高速直線滑降。～·er 名

schwa [ʃwɑ] 名〖語音〗1 (1) 非重讀母音。(2) 非重讀母音的記號 [ə]。2 中性母音。

Schweit·zer ['ʃvaɪtsɚ] 名 **Albert**，史懷

哲（1875－1965）：在非洲行醫的法籍神學家、哲學家、醫師、音樂家，諾貝爾和平獎（1952）得主。

sci. 《縮寫》*science; scientific.*

sci·am·a·chy [saɪ'æməkɪ] 名（複**-chies**）模擬戰，與假想敵之戰。

sci·at·ic [saɪ'ætɪk] 形 **1**〖解〗坐骨（神經）的。**2** 坐骨神經痛的。—名〖解〗坐骨部。

sci·at·i·ca [saɪ'ætɪkə] 名 Ⓤ〖病〗坐骨神經痛。

:sci·ence ['saɪəns] 名 **1** Ⓤ Ⓒ 科學；學科：(the) physical ～(*s*)自然科學 / social ～(*s*)社會科學 / the applied ～*s* 應用科學 / cultural ～人文科學 / the ～ of ethics 倫理學。**2** Ⓤ自然科學：a man of ～科學家。**3** Ⓤ知識；有系統的知識；Ⓒ特殊學問的領域。**4** Ⓤ技術，技巧，方法。

have...down to a science 在…方面的知識技能完美無缺。

'science 'fiction 名 Ⓤ 科幻小說。略作：SF

'science ˌpark 名《英》科學園區。

sci·en·tial [saɪ'ɛnʃəl] 形 **1** 有知識的，博學的。**2** 科學的；學問的；有關知識的。

:sci·en·tif·ic [ˌsaɪən'tɪfɪk] 形 **1** 科學的：a ～ theory 科學理論 / a ～ book 科學書籍；科學性的書 / the ～ age 科學時代 / ～ scholars 科學家。**2** 符合精密科學原理的；系統的；正確的，精確的。**3** 講求科學方法的，有專門知識的；有技巧的：a ～ boxer 有技術的拳擊手 / ～ farming 科學化農業。**-i·cal·ly** 副科學性地。

sci·en·tism ['saɪənˌtɪzəm] 名 Ⓤ **1** 科學主義；《常爲蔑》科學家的態度，科學家的作風。**2** 科學的語言，擬似科學的語言。

-tis·tic [-'tɪstɪk] 形 **1** 信仰科學的；過分相信科學的。**2** 科學主義的。

sci·en·tist ['saɪəntɪst] 名（自然）科學家。

sci·en·tol·o·gy [ˌsaɪən'tɑlədʒɪ] 名 Ⓤ 山達基教派，信仰療法教派。

S

sci-fi ['saɪ'faɪ] 名 Ⓤ，形《口》科幻小說（的）。

scil·i·cet ['sɪlɪˌsɛt] 副亦即，換言之。略作：scil., sc.

scim·i·tar ['sɪmətə-] 名偃月刀。

scin·til·la [sɪn'tɪlə] 名 **1** 火花。**2**《a ～》微量，少量《*of...*》。

scin·til·late ['sɪntlˌet] 動 不及 **1** 發出火花。**2** 閃耀；閃閃發光《*with...*》：a novel that ～*s with* passion 熱情洋溢的小說。**3** 閃爍；（α粒子）放出閃光。—不及 煥發出。**-lat·ing** 形

scin·til·la·tion [ˌsɪntl'eʃən] 名 Ⓤ **1** 發出火花；閃爍；煥發：～ of wit 才氣橫溢。**2** 火花，閃光。**3**〖天·氣象〗閃爍，閃動（現象）。

sci·o·lism ['saɪəˌlɪzəm] 名 Ⓤ 一知半解，膚淺的知識；硬充內行。**-list** 名一知半解的人。

sci·o·lis·tic [ˌsaɪə'lɪstɪk] 形一知半解的，知識淺薄的；假充內行的。

sci·on ['saɪən] 名 **1**《文》子孫，（名門的）後代，後裔：the ～ of an old family 世家的後裔。**2**（接枝用的）嫩枝，嫩芽。

scis·sile ['sɪsl] 形可切斷的，可分割的；易切斷的。

scis·sion ['sɪʒən, -ʃən] 名 Ⓤ **1** 切斷，割開，分裂；分割（狀態），分離（狀態）。**2**〖化〗裂開。

scis·sor ['sɪzə-] 動 及 剪碎《*up*》；剪掉《*off, out*》：～ *off* a piece of cloth 剪下一塊布 / ～ *up* a paper 把紙剪碎。

·scis·sors ['sɪzə-z] 名（複）**1**《作複數》剪刀：a pair of ～ 一把剪刀。**2**《作單數》〖運動〗（體操的）兩腳剪刀式開合動作；剪式跳；剪扼式。

scis·sors-and-paste ['sɪzə-zən'pest] 形《口》用漿糊和剪刀編輯的，拼湊而成的，非獨創性的：a ～ essay 一篇東拼西湊的文章。

'scissors and 'paste 名剪貼工作；拼湊而成的東西。

'scissors ˌkick 名〖泳〗剪刀式踢腿動作；〖足球〗側鉤球。

scle·ro·sis [sklɪ'rosɪs] 名（複**-ses** [-siz]）Ⓤ Ⓒ〖病〗硬化（症）：～ of the arteries 動脈硬化。

scle·rot·ic [sklɪ'rɑtɪk] 形 **1**〖病〗硬的；硬化的。**2**〖植〗硬化的，厚壁性的。

scoff[1] [skɔf] 名 **1**《通常作～s》嘲笑，譏笑：suffer the ～*s* of one's detractors 受到誹謗者的嘲笑。**2** 被嘲笑的對象，笑柄。—動 不及 嘲笑，嘲弄《*at...*》。**～·er** 名嘲笑的人[物]。**～·ing·ly** 副嘲笑地。

scoff[2] [skɔf] 名 Ⓤ Ⓒ《主英俚》食物。—動 不及 及 狼吞虎嚥地吃《*up*》。

scoff·law ['skɔfˌlɔ] 名《口》**1** 蔑視法律的人，不繳納罰款的人。**2** 蔑視規則的人。

·scold [skold] 動 及 責罵，叱責《*for, about...*》：～ a baby *for* dropping things 責怪嬰兒掉東西。—不及 責難，責罵《*at...*》。—名愛罵人的人，嘮叨的婦人。**～·er** 名，**～·ing** 形

scol·lop ['skɑləp] 名，動 及 = scallop.

sconce [skɑns] 名 **1** 裝在牆上的燭臺，燈架。**2** 蠟燭洞。

scone [skon] 名 **1** Ⓒ Ⓤ 司康餅。**2** = biscuit 1.

Scone [skun] 名 **the Stone of**，斯庫恩之石，命運之石：蘇格蘭王於 Scone 一地即位時坐於其上；現置於 Westminster Abbey 內的加冕寶座之下。

·scoop [skup] 名 **1** 杓（狀的用具），短柄深口小鏟子；半球形的杓子；戽斗：a measuring ～ 量杓。**2** 一杓的量《*of...*》：three ～*s of* sherbet 三杓果子露。**3** 兜鏟，兜形

斗。4 窪處，凹處。5 杓出，舀出，挖出。6 一舉：earn a lot of money in one ～ 一舉而賺大錢。7〖外科〗短杓。8（報紙等的）獨家新聞：make a ～ 獲得獨家新聞。9《口》（第一手的）消息，情報。10《口》一大筆。—動 及 1 杓出；挖出；舀出《*up / from, out of...*》；疏濬《*out*》；舀空，舀乾。2 挖孔等；挖出窟窿《*out*》。3 搶先報導。4 蒐集，大筆賺進《*up*》。—不及 舀，杓出。

scoop·ful ['skupful] 名(複～s)一滿杓《*of...*》。

scoot [skut] 動 不及《口》疾行，迅速跑開，匆匆而走；急衝：～ off to a party 匆匆赴宴。—及（急速地）移動，使急進，猛推。

—名(複～s,《定義 2 爲集合名詞》～) 1 急行；急衝；迅速逃開。2〖鳥〗黑鳧。—感 快點走開！

scoot·er ['skutɚ] 名 1（小孩子玩的）兩輪踏板車，滑板車。2《美·加》滑行帆船。3（亦稱 **motor scooter**）速克達機車，小輪機踏車。

·scope [skop] 名 1 U 範圍，涵蓋面《*of ...*》；視野，眼界：a report of broad ～ 廣泛地報告 / a mind of wide ～ 眼界寬廣的心 / within the ～ *of...* 在…的範圍內。2 U發揮餘地；自由活動的空間；渲洩口《*for...*》：seek ～ *for* one's energy 尋求發洩精力的途徑。3 寬廣度；地域；長度：the great ～ of plain below 下面的廣大平原。4 U《古》企圖，目的，目標。5 鏡：microscope, periscope 的縮略形。

—動 (**scoped, scop·ing**) 及《俚》看，調查。

scope out...《俚》(1) 查看，檢查。(2) 掌握住，弄清楚。

-scope《字尾》表「鏡」、「檢驗器」之意。

scor·bu·tic [skɔr'bjutɪk] 形〖病〗壞血病的。

scorch [skɔrtʃ] 動 及 1 表面燒焦；〖機〗鍛燒：～ a shirt while ironing it 把襯衫燙焦了。2 晒枯，使枯萎。3 嚴厲批評；挖苦。4（軍隊等撤退時將土地）燒成焦土。—不及 1 炙晒，燒焦；晒枯；枯萎。2《口》高速地騎車，飛車；疾馳。—名 1 燒焦（的痕跡）。2 U（植物葉子上的）枯黃，焦斑。3《口》疾馳。

scorched 'earth 名 U 焦土（政策）：～ policy 焦土政策。

scorch·er ['skɔrtʃɚ] 名 1《口》非常熱的日子。2 刺人的話。3《口》開快車的人。4 令人矚目的人；造成轟動的人[事物]；《英口》極爲特殊的事物。

scorch·ing ['skɔrtʃɪŋ] 形 1 灼熱的，非常熱的：a ～ 98°F in the shade 陰涼處仍然熱達華氏九十八度。2 刺人的，嚴厲的：a ～ letter 一封措詞嚴厲的信。3《作副詞》灼熱地：～ hot 炙熱的。—名 U 1 燒焦。2《口》疾馳。

～·ly 副

·score [skɔr, skor] 名 1（比賽的）得分（紀錄），比數，總分：keep (the) ～ 記分 / get a good ～ 得高分。2〖教·心〗成績，分數《*on, in...*》：the average ～ 平均分數 / make a perfect ～ *on* the science test 科學測驗得到滿分。3 刻痕；抓傷的痕跡，刮痕，刻線；（記帳用的）劃線，記號；帳；欠債紀錄；欠款，負債額：leave ～*s* on the hull of the boat 在船身上留下傷痕 / run up a ～ to a person 積欠某人帳款 / Death pays all ～*s.*《諺》死亡一筆勾銷所有債務；一死百了。4 界線；（比賽的）起始線；（決勝負處的）標線：go over the ～ 越界；《喻》過度，踰分。5 (複～)《文》二十，二十個：by the ～ 以二十個爲計算單位 / three ～ years and ten〖聖〗人生七十年。6《～s》許多，大量《*of...*》：～*s of* times 好幾次。7 點；理由，原因，根據：on the ～ of... 關於…這一點，在…這一點上。8《通常用 **the** ～》《口》（事情的）進展情況；事實，真相。9《通常作 **a** ～》成功的一次行動；好運《*off, against...*》：*a* great ～ 大成功。10〖樂〗總譜；配樂：in ～ 編成管弦樂曲。11《美俚》成功的一次搶劫；（偷、搶、騙來的或賭博贏來的）一票，一筆（錢財）；（搶劫等的）下手的對象，凱子。12《美俚》（買賣毒品等的）祕密會面。

go off at (full) score 全速起跑；勇往直前；控制不住自己。

***make a score off** one's own bat* 獨力行事。

on the score of... (1) ⇨名 7. (2) 由於…的理由[原因]。

pay off a score [scores] 報復，雪恥。

—動 (**scored, scor·ing**) 及 1 得分《*on...*》；判決應獲得。2 可獲得（分數）。3 給（考試等）評分。4 劃出刻痕；在（紙）上做出折紋；〖烹飪〗劃幾道淺淺的刀痕。5 記（分）；記錄下來；登記下來，記入帳中《*up*》；記上一筆；列爲債務人。6 獲得（勝利等）。7《主美》叱責，痛罵。8 譜成管弦樂曲；配（樂）《*for...*》。9《美俚》（非法地）取得，購買。—不及 1 得分；勝利；占上風，勝於《*against, over, off...*》。2 記分。3 獲得成功；受歡迎，博得歡心；得利，占便宜。4 弄出刻痕，劃線。5 債臺高築。6《美俚》（非法地）取得毒品。7《美俚》（與女性）性交《*with ...*》。

score off... (1) 占…的上風，駁倒。(2)《口》使露出醜態。

score...out / score through... 劃掉，刪除。

***score (up)...against** a person* 把…不利於某人的事記下來。

score·board ['skɔr,bord, 'skor-] 名 記分板。

score·book ['skɔr,buk, 'skor-] 名 記分簿，得分簿。

score·card ['skɔr,kɑrd, 'skor-] 名記分卡[牌]；（列有出賽者資料的）紀錄表。

score·keep·er ['skɔr,kipɚ, 'skor-] 名記分員。

score·less ['skɔrlɪs, 'skor-] 形（雙方都）未得分的。

scor·er ['skɔrɚ, 'skorɚ] 名記分員；得分者。

sco·ri·a ['skorɪə] 名(複-**ae** [-rɪ,i]) **1** Ⓤ金屬渣，礦渣：熔渣。**2** 火山渣。

·**scorn** [skɔrn] 名 **1** Ⓤ鄙視，蔑視：hold ... in ~ 鄙視… / think it ~ to do《文》不屑做…。**2** 被嘲笑的對象，笑柄，笑料《 *of* ... 》。

laugh...to scorn / *pour scorn on...*《文》嘲笑，對…嗤之以鼻。

—動及 **1** 輕蔑，看不起。**2** 認為…為不足取；不屑於。

~·**er** 名

·**scorn·ful** ['skɔrnfəl] 形（對…）充滿輕蔑的；嘲笑的《 *of...* 》: with a ~ tone 用侮蔑口吻。~·**ness** 名

scorn·ful·ly ['skɔrnfəlɪ] 副輕蔑地，瞧不起地。

Scor·pi·o ['skɔrpɪ,o] 名 **1** 天蠍宮：黃道十二宮的第八個。**2**〖天〗天蠍座。**3** 屬天蠍宮的人。

scor·pi·on ['skɔrpɪən] 名 **1**〖動〗蠍：《口》蛇蠍心腸的人。**2**《 **the S-** 》〖天〗= Scorpio. **3** 數種似蠍的無害的蜥蜴的通稱。**4** 弩炮；〖聖〗有刺鞭子：a lash of the ~ 嚴刑峻罰。**5**《 **S-** 》屬天蠍宮的人。

scot [skɑt] 名Ⓤ〖史〗**1** 支付的款項；費用。**2** 負擔額；稅。

Scot [skɑt] 名 **1** 蘇格蘭人。**2** 古蘇格蘭人。

Scot. 《縮寫》 *Scotch; Scotland; Scottish.*

scotch [skɑtʃ] 動及 **1** 使負傷而暫時變得無害。**2** 遏止，鎮壓，使粉碎：~ the threat of dictatorship 粉碎獨裁的威脅 / ~ a rumor 根絕謠言。**3**《文》使受傷；割傷。**4** 用楔子等固定住；使遭到阻礙。—名 **1**《文》刀傷；割痕。**2** 煞車塊，止滑楔子。

Scotch [skɑtʃ] 形 **1** 蘇格蘭（人、方言）的：a ~ accent 蘇格蘭口音。**2**《廣義》= Scottish形1. **3**《口》節儉的。—名 **1**《 **the S-** 》《集合名詞》蘇格蘭人。**2** Ⓤ蘇格蘭方言[語]。**3**《美》= Scotch whisky.

'**Scotch** '**broth** 名Ⓤ 蘇格蘭濃湯。

'**Scotch** '**cousin** 名遠親。

'**Scotch** '**egg** 名ⒸⓊ《英》蘇格蘭式裹肉蛋。

Scotch-I·rish ['skɑtʃ'aɪrɪʃ] 形 **1** 蘇格蘭裔的北愛爾蘭人的。**2** 蘇格蘭人與愛爾蘭人混血的。—名蘇格蘭人與愛爾蘭人的混血兒。

Scotch·man ['skɑtʃmən] 名(複-**men**) **1** = Scotsman. **2**《 **s-** 》花鯽魚科的大嘴魚。

'**Scotch** '**mist** 名ⓊⒸ **1**（蘇格蘭山地的）山靄，濃雨霧。**2** 在碎冰上注入蘇格蘭威士忌酒的雞尾酒。

'**Scotch** '**pine** 名歐洲紅松。

'**Scotch** '**tape** 名Ⓤ《美》〖商標名〗(半）透明膠帶。

'**Scotch** '**terrier** 名= Scottish terrier.

'**Scotch** '**whisky** 名ⓊⒸ蘇格蘭威士忌。

Scotch·wom·an ['skɑtʃ,wumən] 名(複-**wom·en**) 蘇格蘭女人。

'**Scotch** '**woodcock** 名 Ⓤ 塗上鯷魚醬放上炒蛋的土司麵包。

scot-free ['skɑt'fri] 形《口》未受傷害的，免於刑罰的：get off ~ 安然逃脫，逍遙法外。

Sco·tia ['skoʃə] 名《文》= Scotland.

·**Scot·land** ['skɑtlənd] 名蘇格蘭：英國本土的北部；首府為 Edinburgh。

'**Scotland** '**Yard** 名蘇格蘭警場：倫敦警察總局，倫敦警局的刑事調查部。

sco·to·ma [skə'tomə] 名 (複~**s**, ~·**ta** [-tə])〖病〗盲點。

Scots [skɑts] 名 **1**《 **the** ~ 》《集合名詞》蘇格蘭人。**2** = Scottish 名 2.

—形蘇格蘭（人）的；蘇格蘭方言的。

Scots·man ['skɑtsmən] 名 (複-**men**) 蘇格蘭人（尤指男人）。'**Scots·,wom·an** 名

Scott [skɑt] 名 **1 Robert Falcon**, 司各脫(1868－1912)：英國海軍軍官及南極探險家。**2 Sir Walter**，司各脫（1771－1832）：蘇格蘭小說家、詩人。

Scot·ti·cism ['skɑtə,sɪzəm] 名蘇格蘭英語特有的詞彙，蘇格蘭英語的慣用法。

Scot·tish ['skɑtɪʃ] 形 **1** 蘇格蘭（人、方言、文學）的。**2**《謔》吝嗇的。—名 **1**《 **the** ~ 》《集合名詞》蘇格蘭人。**2** Ⓤ（亦稱 **Scots**）蘇格蘭英語。

'**Scottish** '**terrier** 名蘇格蘭㹴犬（亦稱 **Scotch terrier, Scottie**）。

scoun·drel ['skaundrəl] 名無賴，流氓，惡棍。

scour[1] [skaur] 動及 **1** 用力擦洗；洗刷乾淨《 *down, out* 》；用力擦掉《 *away, off, out* / *off, from...* 》；洗滌：~ pots 把鍋子擦亮 / ~ wool 清洗羊毛 / ~ a stain*away* 把污跡擦洗掉。**2** 沖刷；沖蝕出（水道）：~ (out) a ditch 沖出一條溝渠。**3** 灌瀉藥。**4** 清除掉《 *from...* 》；使擺脫掉《 *of* ... 》: ~ the barn *of* rats 清除穀倉裡的老鼠。**5** 鞭打。—不及 **1** 擦洗，刷洗；擦亮。**2** 被擦洗乾淨，被擦亮。—名 **1** 擦亮；擦洗，刷洗；刷洗；沖刷。**2** Ⓤ清潔劑，去污粉。**3** Ⓤ 流水的沖蝕力。

scour[2] [skaur] 動不及疾馳，疾走；跑來跑去地到處尋覓《 *about* / *after, for...* 》: ~ (*about*) in search of food 到處覓食。—及 **1** 匆忙地跑過。**2** 跑來跑去地搜遍《 *for* ... 》。**3** 遍查。

scour·er ['skaurɚ] 名 **1** 刷洗者。**2** 刷洗工具；去污粉，清潔劑。

scourge [skɝdʒ] 名 **1** 鞭子。**2** 帶來懲罰

的人或事物；（神等的）懲罰工具；天譴：the ～ of God 天譴。**3** 痛苦的根源；社會禍根。—動 及 **1** 鞭打。**2**《文》處罰，嚴斥，痛斥。**3** 困擾，折磨。

scout[1] [skaut] 名 **1** 斥候，探子，偵察兵，偵察機。**2** 星探；探子。**3** Ⓤ 偵察，搜索：be on the ～ 在偵察中 / go on the ～ 去偵察。**4** 男童軍的一員。**5**《口》傢伙。**6**（Oxford 大學的）校工。

—動 不及 做探子；偵察；到處探查《*about, around*》；搜索《*for...*》。—及 **1** 搜索，偵察。**2**《口》找出，尋找《*out*》。

scout[2] [skaut] 動 及 不及 嗤之以鼻；嘲笑；輕蔑地拒絕。

scout ˌcar 名〖軍〗《美》偵察車。

scout·craft ['skaut,kræft] 名 Ⓤ **1** 偵察術。**2** 童軍活動的技術。

scout·er ['skautə-] 名 **1** 偵察者，探子。**2** 十八歲或十八歲以上的男童軍團員。

scout·ing ['skautɪŋ] 名 Ⓤ **1** 偵察（活動）。**2** scout[1] 的活動；童子軍的活動。

scout·mas·ter ['skaut,mæstə-] 名 **1** 偵察隊長。**2** 童子軍的領隊。

scow ['skau] 名 **1** 平底船。**2**《美中西部》平底帆船。

scowl [skaul] 動 不及 **1** 沉下臉來；蹙眉怒視《*at, on, upon, into...*》。**2** 露出快要下雨的樣子。—及 沉著臉不高興地表示。—名 **1** 不豫之色，愁眉苦臉，怒容。**2** 風雨欲來的陰沉景象。～**·ing·ly** 副

scrab·ble ['skræbl] 動 不及 **1** 亂抓，亂扒，搔扒；胡亂搜尋；搶成一團；掙扎《*about / for...*》：～ *about for...* 翻箱倒櫃地搜尋…。**2** 潦草書寫，塗寫。—及 **1** 磨（爪子）；抓，扒《*with...*》；胡亂拼湊出 掙扎。**2** 潦草地塗寫。—名 **1** 搔扒，抓；摸索；爭奪；掙扎。**2** 胡亂塗寫之物，塗鴉。

Scrab·ble ['skræbl] 名 Ⓤ〖商標名〗拼字遊戲。

scrag [skræg] 名 **1** 瘦瘠的人或動物。**2** ⓊⒸ《英》小牛的頸部肉：～ end《英口》羊頸部的多骨部分。**3**《俚》脖子。

—動(**scragged**, ～**·ging**)及 **1**《俚》絞首[處絞刑]。**2**《口》扭住頸子；粗暴地對待。

scrag·gly ['skræglɪ] 形 (**-gli·er, -gli·est**) **1** 不規則的；不整齊的，凹凸的；參差的。**2** 毛蓬蓬的；蓬亂的，散亂的。

scrag·gy ['skrægɪ] 形 (**-gi·er, -gi·est**) **1**《英》削瘦的，瘦瘠的；貧瘠的。**2** =scraggly 1.

scram [skræm] 動 (**scrammed**, ～**·ming**) 不及《通常用於命令》《口》（趕快）走開，出去，逃走，離去。

scram·ble ['skræmbl] 動 (**-bled, -bling**) 不及 **1** 手腳並用地攀登，奮力前進：～ up a cliff 攀上懸崖 / ～ along 爬行；《喻》設法度日 / ～ down the canyon wall 爬下谷壁。**2** 勉強拼湊；（亂糟糟地）互相爭奪《*after, for...*》；爭先恐後地去做…；匆忙地行動：～ *for* a living 辛苦謀生 / ～ *for* the seat 搶位子。**3**〖軍〗緊急起飛。**4**〖美足〗自行持球猛進。—及 **1** 匆匆湊集《*up, together*》；使匆匆行動。**2** 使混淆不清。**3** 炒（蛋）。**4** 為防止竊聽而改換頻率。**5** 緊急起飛。—名 **1** 攀登，爬行。**2** 爭奪《*for...*》；匆忙的行動；爭先恐後的行動；混亂的一團。**3** 緊急起飛。**4** 摩托車的越野賽。**5** 擾頻，倒頻。

scram·bler ['skræmblə-] 名 **1** 攀登者；攀緣植物。**2** 擾頻器。

·scrap[1] [skræp] 名 **1** 碎片，零碎；片斷《*of...*》；《諷》一丁點：a few ～*s of* news 一些零碎的消息 / a ～ *of* an infant 小不丁點的嬰兒。**2**《～**s**》剪輯下來的圖片文章等；（詩等的）片斷《*of...*》。**3** Ⓤ 成堆的殘屑；破銅爛鐵；廢料；ⓊⒸ 無用之物，碎屑；《～**s**》剩飯剩菜：metal ～*s* 廢舊金屬。

—動(**scrapped**, ～**·ing**)及 當作垃圾拋棄；報廢掉；弄碎；解體；廢棄。

scrap[2] [skræp] 名《口》吵架；扭打：have a ～ with a person 與某人吵架。

—動 (**scrapped**, ～**·ping**) 不及 吵架，口角；打架《*with...*》。

scrap·book ['skræp,buk] 名 剪貼簿。

·scrape [skrep] 動(**scraped, scraping**)及 **1** 刮，擦；刮除，用力擦掉《*down, away / from, off...*》：～ one's chin 刮下巴的鬍子 / ～ *away* the old paint 刮掉舊油漆 / ～ the plate clean 把盤子刮乾淨。**2** 使擦撞；使擦傷表面，使摩擦或拖過而發出嘎嘎聲《*on, against...*》：～ one's knee *on* a rough wall 擦到粗糙的牆壁而磨破膝蓋。**3** 勉強擠出；刮空《*out*》；刮出，扒出《*in, on ...*》：～ one's way through 勉強擠過去。**4** 辛苦湊集《*up, together*》：～ *up* expenses for the trip 籌措旅行所需費用。**5**（用碾壓機）壓平《*with...*》。

—不及 **1** 擦過，掠過《*against, on...*》；勉強前進《*along, through...*》。**2** 摩擦出聲；（用樂器）奏出刺耳的聲音《*on...*》。**3** 辛苦地生活《*by, along, through*》；勉強通過《*through...*》。**4**（行禮時）一隻腳擦地後退。**5** 非常節儉；積攢錢財。

scrape a living 勉強能維持生計。

scrape down (1) 使光滑，壓平；磨掉。(2)（用腳擦地板）使（演講者等）靜默下來。

—名 **1** 擦，掠；摩擦聲，嘎嘎聲。**2** 擦痕，擦傷。**3** 行禮時一隻腳擦地的向後退。**4** 困境，困難。**5** 意見相左，口角，吵架。

scrap·er ['skrepə-] 名 **1** 刮擦的人[物]。**2**（門口的）刮泥氈。**3**《蔑》笨拙的小提琴手；理髮師；守財奴。

ˈscrap ˌheap 名 垃圾堆；廢物棄置場：throw on the ～ 丟棄。

scrap·ing ['skrepɪŋ] 名 **1** Ⓤ 摩擦，刮削；摩擦的聲音。**2**《通常作～**s**》削刮下來的

S

碎屑。～·ly 副

'scrap ,iron 名 U 廢鐵，鐵屑。

'scrap ,merchant 名 廢物回收業者。

'scrap ,paper 名 1《美》= scratch paper. 2 U 紙屑。

scrap·per[2] ['skræpɚ] 名《口》拳擊手；好吵架的人。

scrap·py[1] ['skræpɪ] 形 (-pi·er, -pi·est) 用破片做成的，破銅爛鐵的；雜湊的；片斷的；支離破碎的。-pi·ly 副

scrap·py[2] ['skræpɪ] 形 (-pi·er, -pi·est)《口》好吵架的；好鬥的。

·scratch [skrætʃ] 動 及 1 抓傷，刮傷，擦傷《*with, on...*》: ～ my hand *on* the fence 我的手被籬笆劃傷。2 搔（身體等）: ～ oneself 搔癢 / *S*- my back and I'll ～ yours.《諺》你若幫我的忙，我也會幫助你；投桃報李。3 擦去，刮掉；（從名單上）刪除《*from, out, off...*》;《口》取消比賽資格《*out, off*》: ～ *out* an error 刪掉錯誤 / ～ *off* one's name 劃掉自己的名字。4 塗寫，刻劃《*on...*》; 刻劃在…《*with...*》。5 扒挖。6 湊集《*up, together*》。—不及 1 用爪搔抓；搔（癢）《*about / at, on...*》; 抓傷。2 發出刮擦聲《*on...*》。3 搜集《*for...*》。4 勉強度日《*along, through*》。5 撤出，退出比賽《*from...*》。6（在撲克牌等）沒得分；不算分數；〖撞球〗歪打正著。7《俚》搜查麻醉毒品。

scratch a living = SCRAPE a living.

scratch it《口》匆忙離去。

scratch the surface of... 只作皮毛的探討，不求深入。

—名 1 抓，抓傷，擦傷。2 潦草書寫；亂畫。3（鋼筆等的）嘎吱聲，刮擦聲《*of...*》。4 搔癢；（狗以後腳）搔抓。5（比賽）沒有讓分優惠；其選手；其起跑線。6〖撞球〗歪打正著。7 U《美俚》錢，現款；票。8 短假髮。9《**Old S-**》惡魔。

be up to scratch《口》狀況良好，達到標準。

bring a person (up) to scratch 使準備好隨時可加入工作等。

come (up) to (the) scratch《口》作好準備；按預期行動；符合要求，達到標準。

from scratch 從頭開始；從零起。

on scratch《口》準時地，分秒不差地。

—形《限定用法》1 寫便條用的。2 競賽者平等的，沒有讓分優待的。3《口》偶然的，僥倖的。4《口》倉促湊成的。

'scratch ,card 名 刮刮卡。

'scratch ,hit 名 U〖棒球〗靠運氣碰巧擊出的安打。

'scratch ,pad 名《主美》拍紙簿。

'scratch ,paper 名《美》便條紙，雜記用紙。

'scratch ,sheet 名《美口》= dope sheet.

scratch·y ['skrætʃɪ] 形 (scratch·i·er, scratch·i·est) 1 發出刮擦聲的: a ～ pen 寫字會發出刮擦聲刮紙的鋼筆。2 潦草的，亂塗的。3 不整齊的；胡亂的，隨便的。4 扎人的；使人發癢的。5 稀少的。6 擦傷的。-i·ness 名

scrawl [skrɔl] 動 及 潦草寫；亂塗《*on...*》。—不及 亂寫，亂塗《*on, over...*》。—名 1 胡亂寫成的字句。2 塗鴉。3 潦草的筆跡。

scrawl·y ['skrɔlɪ] 形 (scrawl·i·er, scrawl·i·est) 隨便寫成的，潦草寫成的，筆跡潦草的: a ～ signature 筆跡潦草的簽名。

scrawn·y ['skrɔnɪ] 形 (scrawn·i·er, scrawn·i·est)《蔑》瘦的: a long ～ neck 瘦長的脖子。

·scream [skrim] 動 不及 1 驚叫，尖叫；用尖銳的聲音說: ～ in pain 痛苦地尖叫。2（汽笛等）嗶嗶響；（風）呼嘯；嘎嘎響。3 捧腹大笑，縱聲大笑。4 激動嚷叫著表演。5 令人難受地醒目，刺眼。6 聳人聽聞。—及 1 用尖銳聲說，尖叫地發出《*out*》。2《反身》使尖叫得…。—名 1 驚叫聲；尖叫聲；尖銳的笑聲；尖銳聲。2《口》非常逗趣的人[物，事]。

scream·er ['skrimɚ] 名 1 尖叫的人，聲音尖銳之物。2《口》引起尖銳聲之物。3〖報章·雜誌〗《美》大標題；聳人聽聞的標題。

scream·ing ['skrimɪŋ] 形 1 尖叫的；發出尖銳聲的。2 好像要喊叫似的。3 大膽而醒目的；刺眼的；觸目驚心的。4 很可笑的；絕妙有趣的。—名 U C 尖叫，尖銳聲，大叫。

scream·ing·ly ['skrimɪŋlɪ] 副 非常，極: ～ funny 非常好笑。

scream·ing-mee·mies ['skrimɪŋ'mimiz] 名(複)《通常作 the ～》《作單、複數》《口》極度的神經質，神經過敏；歇斯底里。

scree [skri] 名 U 碎石堆。

screech [skritʃ] 動 不及 發出尖叫；發出尖銳刺耳聲《*out*》。—及 用尖銳聲說《*out*》。

—名 1 尖叫聲；尖銳聲。2 刺耳的笑聲。

screech·y ['skritʃɪ] 形 (screech·i·er, screech·i·est) 1 刺耳的。2 發出尖銳聲的，嘎嘎作響的。

screed [skrid] 名 1 冗長的話或文章。2 便箋；隨筆，小品。

·screen [skrin] 名 1 屏風，隔板；（教會唱詩班席次周圍的）祭壇圍屏: a folding ～ 折疊屏風。2《美》紗門，紗窗。3 遮蔽物；防護幕: a smoke ～ 煙幕 / behind a ～ 在暗地裡，不為人發現之處 / put on a ～ of indifference 假裝不關心。4 銀幕；《*the* ～》《集合名詞》電影（界）。5〖電子·電視〗螢光幕，顯示幕。6 篩子。7〖軍〗前鋒；掩護部隊。8〖攝〗對焦屏，聚焦屏。—動 及 1 隔開（某場所）《*off*》; 保護，遮蔽；掩護；庇護《*from...*》。2 裝紗網。3《常用被動》挑選；甄選；審查。4 篩

5《通常用被動》放映；拍攝；拍成電影。—不及 放映於銀幕上，拍電影。
screen out 淘汰，剔除；遮住。
—形《限定用法》1 有紗門的；裝有紗網的。2（有關）電影的。

'screen ˌdoor 名 紗門。

screen·ing ['skrinɪŋ] 名 1 U C 甄選；審查；選拔：a ～ test 甄試 / a ～ committee 資格審查委員會。2 U C 遮蔽；防護；掩護；隔開。3 U C 放映，上演。4 U C 篩選《*of*...》。5《～s》《作單、複數》煤炭渣，篩過後殘餘的渣滓。6 U（紗門用的）網。

screen·land ['skrin,lænd] 名 U C 電影界，影壇。

screen·play ['skrin,ple] 名 電影劇本。

'screen ˌsaver 名〖電腦〗螢幕保護程式。

'screen ˌtest 名 試鏡。
screen-test ['skrin,tɛst] 動 及

screen·wash ['skrin,wɑʃ] 名 U《英》擋風玻璃的自動洗淨。

screen·writ·er ['skrin,raɪtɚ] 名 電影劇本作者。

·screw [skru] 名 1 螺絲（釘）；螺栓，螺桿；螺絲孔。2 螺絲狀的東西；螺旋部分。3 螺旋槳。4《通常作 **the** ～**s**》壓力：turn *the* ～*s* to 加大壓力。5 旋轉。6《**a** ～》《主英》一小包，一袋《*of*...》：*a* ～ *of* tobacco 一包煙草。7《主英俚》駑馬，劣馬，老馬。8《英俚》吝嗇鬼；愛殺價的人。9《英口》薪水，工資。10《俚》典獄官，獄吏。11《粗》性交。
have a screw loose《口》怪誕，精神不大正常。
—動 及 1 用螺絲釘鎖緊《*up*》；擰緊《*on*...》；用螺絲裝上《*down* / *on, in, to, onto*...》。2 用螺絲鑽孔。3 扭曲；扭歪，皺起《*up*》。4 鼓起；使振作起來《*up*》。5 強迫，脅迫；迫使讓價；《俚》擰出；搾取《*out of, from*...》；勒索《*out of*...》。6《常用被動》《俚》詐騙；利用；《反身》巧妙涉入《*into*...》。7《粗》與（某人）性交。8《美俚》用考試整（人）。9〖撞球〗切（球）。—不及 1 旋轉；作螺旋形轉動。2 用螺絲栓牢《*together* / *on*...》；用螺絲擰開《*off*》。3 扭轉身體；旋轉。4《俚》搾取，強索。5《俚》性交。6 吝嗇。
have** one's **head screwed on right 有辨別能力，頭腦清楚。
screw around《俚》荒廢時間，混日子；鬼混。
screw oneself up to... 敢面對…，調適好自己去做…。
screw...up / screw up... (1) ⇨ 動 及 1, 3, 4. (2)《俚》把…搞砸了。

screw·ball ['skru,bɔl] 名 1《美俚》怪人，狂人。2〖棒球〗內旋球，外旋球。

'screw ˌcap 名 有螺紋的蓋子。

screw·driv·er ['skru,draɪvɚ] 名 1 螺絲起子。2 U C 螺絲起子雞尾酒。

screwed [skrud] 形 1 用螺絲固定的。2 扭歪的。3 有螺紋的。4《俚》上當的，受騙的。5《英俚》酒醉的。

'screw ˌnut 名 螺帽。

'screw ˌpress 名 螺旋式壓榨機。

'screw proˌpeller 名 螺旋槳。

'screw ˌthread 名 1 螺紋。2 螺紋的一圈。

'screw ˌtop 名 = screw cap.

screw·up ['skru,ʌp] 名《美俚》1 大錯。2 犯大錯的人。

screw·y ['skruɪ] 形 (**screw·i·er, screw·i·est**) 1《俚》不對勁的；怪誕的，可笑的：a ～ idea 荒謬的想法。2《英俚》微醉的。3《俚》精打細算的，吝嗇的。4 螺旋形的，扭曲的。5 發狂的，精神失常的。

scrib·ble[1] ['skrɪbl] 動 及 潦草書寫，隨便亂寫《*off, out*》；胡亂塗掉《*out*》：～ verses for fun 草率作詩爲樂 / ～ on a wall 在牆壁上塗鴉。—不及 胡寫，塗寫。—名 1《常作～**s**，作單數》塗鴉；潦草寫成之物；拙劣的文章，劣作。2 U C 潦草字跡。

scrib·ble[2] ['skrɪbl] 動 及 粗刷，粗梳。

scrib·bler ['skrɪblɚ] 名 三流作家，拙劣的作家；寫字潦草的人。

scribe[1] ['skraɪb] 名 1 抄寫員，手抄本作者；代書人；書記；女祕書；擅長寫字的人。2《通常作 **S-**》〖猶太教〗法學家。3《常爲謔》作家，文人；新聞記者。

scribe[2] [skraɪb] 動 及 刻記號；劃線。

scrib·er ['skraɪbɚ] 名 劃線器，劃線針。

scrim [skrɪm] 名 U 1 稀洋紗；稀松麻布。2〖劇〗《美》紗質垂幕。

scrim·mage ['skrɪmɪdʒ] 名 1 扭打，纏鬥，混戰。2〖橄欖球〗並列爭球；〖美足〗練習賽。—動 及 不及 1 扭打，纏鬥，混戰。2 並列爭球；作練習賽。

scrimp [skrɪmp] 動 及 1 過度縮減，節約使用。2 對…極吝嗇：～ the senior citizens 對老年人很吝嗇。—不及 節儉，節約《*on*...》。

scrimp·y ['skrɪmpɪ] 形 (**scrimp·i·er, scrimp·i·est**) 缺少的；微薄的；節約的；小氣的。

scrim·shank ['skrɪm,ʃæŋk] 動 不及《英俚》怠忽職責，逃避責任。～**·er** 名

scrim·shaw ['skrɪmʃɔ] 名 1 U 貝殼雕刻；鯨骨雕刻。2 貝殼雕刻品；《集合名詞》貝殼雕刻工藝品。—動 不及 製作貝殼雕刻品。—及 將…做成貝殼雕刻品。

scrip [skrɪp] 名 1 收據；證書；表格；文件；紙條，字條。2 U〖財〗臨時憑單；股票臨時收據；代價券。3 臨時紙幣。

·script [skrɪpt] 名 1 U 書寫的文字：phonetic ～音標。2 原稿，手抄本，手稿。3（戲劇等的）腳本，劇本：write a ～ for a comedy 寫喜劇的腳本。4〖法〗正本。5

《通常作～s》《英》考生的答案卷。6 U 書法，字體。7 U〖印〗書寫體。—動 及 撰寫（電影、演講稿等的）腳本。
～·er 名

scrip·to·ri·um [skrɪp'torɪəm] 名（複～s, -ri·a [-rɪə]）（修道院的）寫字房，文書室。

scrip·tur·al ['skrɪptʃərəl] 形 1《偶作 S-》聖經的；根據聖經的，（根據）基督教聖經的。2 書寫成的；書寫的。～·ly 副

·**Scrip·ture** ['skrɪptʃɚ] 名 1《the ～》《常作～s》聖經。2 經文；《偶作 s-》從聖經中引用的一段。3《通常作～s，作單數》（基督教以外的）經典，聖典。4《s-》（權威性的）文件；著作。

script·writ·er ['skrɪpt,raɪtɚ] 名 劇本作者，劇作家，編劇。-writ·ing 名

scrive·ner ['skrɪvnɚ] 名《古》1 抄寫員；代書人；書記。2 公證人。

scrod [skrɑd] 名《美》小鱈魚。

scrof·u·la ['skrɔfjələ, 'skrɑ-] 名 U〖病〗瘰癧；淋巴腺結核。

scrof·u·lous ['skrɔfjələs, 'skrɑ-] 形 1 瘰癧的，腺病的；患瘰癧的。2 墮落的。

·**scroll** [skrol] 名 1（羊皮紙等的）卷；字畫。2 渦卷紋，螺旋花紋；刻有銘文的紋章飾帶。3《古》簡短的信，留言。4《古》表；名冊：on the ～ of fame 載於名人列傳，名垂史冊。5（小提琴等的）有渦卷形的首端。—動 及 1 寫在卷軸上。2 捲成卷形。3 剪成卷紋；《過去分詞》以螺旋花紋裝飾。

'scroll ˌbar 名〖電腦〗（螢幕上的）捲軸。

'scroll ˌsaw 名 雲形鋸，曲線鋸。

scroll·work ['skrol,wɝk] 名 U 旋渦形裝飾，雲形圖樣。

scrooge [skrudʒ] 名 守財奴，吝嗇鬼。

scro·tum ['skrotəm] 名（複-ta [-tə], ～s [-z]）〖解〗陰囊。-tal 形

scrounge [skraundʒ] 動 及 1 搜尋；請求，乞討：～ a lift into town 懇求搭別人的便車進城。2《英》竊取，騙取。—不及 到處找，搜尋《*around*》；騙取。—名 1 占人便宜的人（亦稱 **scrounger**）。2 搜尋的東西；竊取。

S

·**scrub**[1] [skrʌb] 動(**scrubbed**, ～·**bing**) 及 1 擦洗；擦掉《*down, out, up*》；刷得變成…：～ a floor 刷地板 / ～ *out* the toilet 刷洗廁所 / ～ one's hands and face 洗淨手和臉。2 淨化。3 中止，延擱。4《俚》廢止，取消。5《英學生俚》隨便亂寫。—不及 擦洗乾淨；洗衣服；手術前徹底洗手《*up*》。
scrub along《口》勉強度日。
—名 1《通常作 a ～》擦洗，刷洗。2《俚》取消。

scrub[2] [skrʌb] 名 1 U《集合名詞》矮樹；灌木叢。2《口》微不足道的人；劣級品；雜種。3《美口》後補；二軍隊員。—形 1 小的，小型的；發育不良的。2 低級的，不值錢的。

scrub·ber ['skrʌbɚ] 名 1 清潔工；板刷，擦布，洗滌器：a hard ～ 用力刷洗的人。2《英俚》失貞的女性；蕩婦。

'scrub ˌbrush 名《主美》硬毛刷子，洗衣刷。

scrub·by ['skrʌbɪ] 形(-bi·er, bi·est) 1 發育不良的；劣等的，矮小的；寒酸的；卑微的。2 矮樹茂密的。3 多短而粗硬的：a ～ chin 長滿短鬚的下巴。-bi·ness 名

'scrub ˌnurse 名 手術室護士。

'scrub 'typhus 名 U〖病〗恙蟲病。

scrub·wom·an ['skrʌb,wumən] 名（複 -wom·en）《美》女清潔工，臨時女雜工。

scruff[1] [skrʌf] 名 頸背：take a person by the ～ of the neck 抓住某人的頸背。

scruff[2] [skrʌf] 名《英口》骯髒邋遢的人。

scruff·y [skrʌfɪ] 形 (**scruff·i·er, scruff·i·est**) 邋遢的，骯髒的，襤褸的。

scrum [skrʌm] 名《英》= scrummage.

scrum·cap ['skrʌm,kæp] 名（橄欖球球員用的）頭盔。

scrum·half ['skrʌm,hæf] 名〖橄欖球〗前鋒。

scrum·mage ['skrʌmɪdʒ] 名 1〖橄欖球〗並列爭球。2 喧鬧的場所，混亂的地方（亦稱 **scrum**）。—動 不及 並列爭球。

scrump·tious ['skrʌmpʃəs] 形《口》令人愉快的；味美的；漂亮的；極好的。
～·ly 副, ～·ness 名

scrum·py ['skrʌmpɪ] 名 U（產於英國英格蘭西南部的）酒精含量高的蘋果酒。

scrunch [skrʌntʃ] 動 及，名 = crunch.

·**scru·ple** ['skrupl] 名 1《通常作～s，作單數》良心上的不安；躊躇，顧忌：a man of no ～*s* 肆無忌憚的人；無良心的人 / ～*s* of honor 榮譽感的責備。2 U《通常作 **no** ～，**without** ～》顧慮，遲疑，多慮：*without* ～ 毫不在乎地，毫無顧忌地 / make *no* ～ to do 毫不猶豫地去做…。3 英分：藥量單位，相當於 20 個 grain（約 1.296g）。4《古》極少，微量。—動(-**pled**, -**pling**) 不及《通常用於否定》顧慮，顧忌《*at* doing, *about* doing》。

scru·pu·los·i·ty [,skrupjə'lɑsətɪ] 名 U 細心，謹慎，慎重。

scru·pu·lous ['skrupjələs] 形 1 多顧慮的，慎重的：with ～ honesty 以慎重誠實的態度。2 周到的，謹慎的《*in, about...*》：be ～ *about* doing things 認真做事，一絲不苟地做事。
～·ly 副

scru·ti·neer [,skrutə'nɪr] 名《主英》檢查員，開票監票人（《美》canvasser）。

scru·ti·nize ['skrutn,aɪz] 動 及 細查，細看；詳審：～ the innermost thoughts of a person 調查某人內心的想法。

scru·ti·ny ['skrutnɪ] 名(複-**nies**) 1 U C 調查，細查，探究：public ～ 公開調查 / stand the light of ～ 不畏懼任何調查。2《

英》選票複查。3 Ⓤ監視，監督。4 Ⓤ Ⓒ仔細打量：endure his ～ 忍受他的盯視。

scry ['skraɪ] 動(**scried**, ～**·ing**)不及用水晶球占卜。

SCSI 《縮寫》*s*mall *c*omputer *s*ystem *i*nterface〖電腦〗小型電腦系統介面。

scu·ba ['skubə] 名《美》水下呼吸器，水肺。—形水肺潛水的；水肺裝置的。

'scuba ˌdiving 名Ⓤ 帶水肺的潛水。

scud [skʌd] 動(～**·ded**, ～**·ding**)不及 1 急速移動，飛馳；掠過。2〖海〗(順風) 行駛《*before...*》。—名 1 飛馳疾行。2 Ⓤ飛雲；被風吹來的碎雨雲；《常用～s，作單數》驟雨。3《S-》飛雲飛彈，飛毛腿飛彈。

scuff [skʌf] 動不及 1 磨蹭地走；曳足而行。2 磨損，磨壞《*up*》。—及 1 用腳搓；用(腳)(在東西上)拖擦。2 使磨損。3《美》(用腳尖)戳。—名 1 拖曳而行[的聲音]；磨蹭的痕跡，磨損處。2 屋內穿的平底拖鞋。

scuf·fle ['skʌfl] 動不及 1 扭打；混戰《*with...*》。2 慌亂地趕。3 拖著步伐走路。4《美俚》以固定單調、乏味的工作過活。—名 混戰《*between...*》；拖著步伐走路[的聲音]。**-fler** 名耕耘機。**-fling·ly** 副

scull [skʌl] 名 1 短槳；櫓。2 (1) 由單人划動的雙槳中的任一支划槳。(2) 用雙槳划的輕划艇。(3)《～s》雙槳賽艇比賽。3《a ～》划槳，撐櫓。—動及用櫓撐；用小船載。—不及用槳划，用櫓撐動；用雙槳划動。

scull around〖海〗《英口》徘徊。

scul·ler·y ['skʌlərɪ] 名 (複 **-ler·ies**)《主英》餐具洗滌室；餐具房：～ maid 廚房打雜的女傭。

scul·lion ['skʌljən] 名 廚房打雜工，洗盤子的僕人。

sculp [skʌlp] 動及不及《口》= sculpture.

scul·pin ['skʌlpɪn] 名(複～, ～s) 1 杜父魚。2 (一種產於美國加州的) 鋸鮋。

sculp·sit ['skʌlpsɪt] 動《拉丁語》他[她]所雕，謹刻。

sculpt [skʌlpt] 動及不及《口》= sculpture.

sculp·tor ['skʌlptɚ] 名雕刻家。

sculp·tress ['skʌlptrɪs] 名女雕刻家。

·sculp·ture ['skʌlptʃɚ] 名 1 Ⓤ雕刻術。2 Ⓤ《常為集合名詞》雕刻 (作品)；Ⓒ雕刻品，塑像：～(*s*) by Rodin 羅丹雕塑的作品。3 刻紋。—動(**-tured, -tur·ing**)及 1 雕刻，雕塑；《過去分詞》雕飾。2 雕刻…的像。3〖地〗刻蝕。—不及 雕刻；當雕刻家。

-tur·al 形, **-tur·al·ly** 副

sculp·tur·esque [ˌskʌlptʃə'rɛsk] 形 雕刻似的；輪廓鮮明的，刻得很深的。

scum [skʌm] 名 1 Ⓤ浮渣；泡沫；浮皮：milk ～ 牛奶浮皮。2 Ⓤ碎屑，渣滓。3《常為集合名詞》下賤的人，烏合之眾：the ～ of the earth 人間的廢物。

—動(**scummed**, ～**·ming**)及 使除掉浮渣。—不及 生成浮渣，結一層浮皮。

scum·my ['skʌmɪ] 形(**-mi·er, -mi·est**) 浮渣的；《口》卑鄙的。

scup·per ['skʌpɚ] 名 1〖海〗甲板排水孔。2 排水口。—動及 1《英》使沉沒；消滅；擊潰。2《英口》《通常用被動》使毀滅；使完蛋。

scurf [skɝf] 名 Ⓤ頭皮屑，皮屑；污垢，殘垢。～**·y** 形有頭皮屑的，滿是污垢的。

scur·ril·i·ty [skə'rɪlətɪ] 名 (複**-ties**) 1 Ⓤ下流，口出穢言。2 Ⓤ Ⓒ 謾罵；下流行為。

scur·ril·ous ['skɝələs] 形口出穢言的；低級笑話的；肆意謾罵的。～**·ly** 副, ～**·ness** 名

scur·ry ['skɝɪ] 動(**-ried**, ～**·ing**)不及 1 急趕，疾行；迅速移動：～ to the telephone 跑過去接電話 / ～ through one's work 匆促地趕工作。2 (雪等) 飛舞。—名(複**-ries**) 1 Ⓤ Ⓒ 快步 (的聲音)；(雪等的) 飛舞；(夾著雨雪的) 強風。2 短距離賽跑。

scur·vy ['skɝvɪ] 名 Ⓤ〖病〗壞血症。—形 (**-vi·er, -vi·est**)《口》卑鄙的，無恥的。

scut [skʌt] 名短尾。

scutch [skʌtʃ] 動及打 (亞麻等)。—名打麻機。

scutch·eon ['skʌtʃən] 名 1 = escutcheon. 2〖動〗= scute. 3 鎖孔護蓋。

scute [skjut] 名〖動〗甲板；鱗甲，(龜的) 甲；大鱗；(昆蟲的) 盾片。

scut·ter ['skʌtɚ] 動不及, 名《英方》= scurry.

scut·tle[1] ['skʌtl] 名煤斗，煤桶。

scut·tle[2] ['skʌtl] 動不及 疾走；慌忙奔跑；急速逃離，逃避《*away, off*》。—名快步，急奔，匆忙而逃，逃避。

scut·tle[3] ['skʌtl] 名〖海〗舷窗，艙門；艙門蓋；(船底或舷側的) 有蓋孔洞。—動及 1 打開海底旋塞使下沉。2 打消，取消；廢棄 (計畫) 等。

scut·tle·butt ['skʌtlˌbʌt] 名 Ⓤ《美口》謠傳，閒話。

scuzz·y ['skʌzɪ] 形《美俚》污穢的；骯髒的。

Scyl·la ['sɪlə] 名 1〖希神〗西拉：海上的六頭女妖。2 位於義大利南部 Messina 海峽內的岩礁：between ～ and Charybdis《文》腹背受敵，進退兩難。

scythe [saɪð] 名 1 長柄大鐮刀。2 (古代的) 戰車鐮刀。—動及 用大鐮刀割《*down, off*》。—不及 使用大鐮刀《*away / at...*》。

Scyth·i·an ['sɪθɪən, -ðɪ-] 形 塞西亞 (人、語) 的。—名塞西亞人；Ⓤ塞西亞語。

S.D. 《縮寫》(亦作 **SD**) South Dakota.

S

S. Dak. 《縮寫》South Dakota.

SDI 《縮寫》Strategic Defense Initiative 先制戰略防禦計畫。

SE 《縮寫》southeast(ern)（亦作 **S.E.**）；stock exchange.

Se 《化學符號》selenium.

:sea [si] 图 **1**《通常作 **the** ～；常用～s，作單數》⑴海：an arm of *the* ～海灣 / beyond *the* ～(*s*) 渡過大海，往海外 / far out at ～在遠洋。⑵海洋；大洋：*the* Black *S*-黑海 / *the* high ～*s* 公海 / *the* closed ～ 領海。**2** 大鹽水湖；大淡水湖，內海。**3** 浪濤，海浪；海水：～ water 海水。**4**《常用～s，作單數》波；大波，大浪；海面，湖面，河面：a choppy ～波濤洶湧的海面 / a rough ～風急浪大的海面 / ship a ～（船）破浪（前進）。**5**《喻》（像海似的）廣闊，大量，非常多《*of*...》：a ～ *of* blood 血海 / the ～ *of* air 無限的大氣 / a ～ *of* worries 心事重重。

at full sea 在滿潮時；在最佳時機，在最盛時期。

at sea ⑴在海上，在航行中；當水手。⑵《常與作強調用的副詞 **all**, **quite** 等連用》不知所措；茫然；不知如何是好。

between the devil and the deep blue sea 《文》進退兩難，兩面夾攻，進退維谷。

by sea 由海路，搭船。

follow the sea 做船員，當水手為生。

go to sea / ***head out to sea*** 出海。

half(-) seas over 《俚》半醉，微醉。

keep the sea （船）繼續航行，留在海中；掌握制海權。

not the only fish in the sea 沒什麼了不起的東西，到處可見之物，平凡物[人]。

on the sea 在海上；在船上；在海岸上。

put (***out***) ***to sea*** / ***stand out to sea*** 出航，離港出海。

take the sea 出航，搭船出海。

—形 海的，關於的；供海上使用的。

'sea a͵nemone 图〖動〗海葵。

'sea ͵bag 图 水手袋。

sea·bed ['si͵bɛd] 图《**the** ～》海底，海床。

Sea·bee ['si͵bi] 图 **1** 美國海軍工兵營的隊員。**2**（亦作 **See-Bee**）載駁貨船。

'sea ͵bird 图 海鳥。

'sea ͵biscuit 图 ⓒ Ⓤ（船員吃的）硬餅乾，硬麵包。

sea·board ['si͵bord] 图 海岸線；沿岸；岸，海濱。—形 臨海的，濱海的。

sea·born ['si͵bɔrn] 形 生於海上的；海形成的。

sea·borne ['si͵bɔrn] 形 由海路運來的；由船運送的；浮在海上的；漂在海上的。

'sea ͵bream 图 鯛魚，鯛科食用魚。

'sea ͵breeze 图 海風。

'sea ͵calf 图 = harbor seal.

'sea ͵captain 图 船長，艦長。

'sea ͵change 图《文》**1** 顯著變化，重大變化。**2** 由海所造成的變化。

'sea ͵coal 图 Ⓤ〖英古〗煤炭。

sea·coast ['si͵kost] 图 海岸，沿岸。

'sea ͵cow 图〖動〗海牛；儒艮。

'sea ͵cucumber 图 ⓒ Ⓤ〖動〗海參。

'sea ͵dog 图《文》水手，船員。有經驗的船員。

'sea ͵ear 图 = abalone.

'sea ͵elephant 图〖動〗海象。

sea·far·er ['si͵fɛrɚ] 图 船員；海上的旅客。

sea·far·ing ['si͵fɛrɪŋ] 形 **1** 海上旅行的，乘船旅行的。**2** 航海業的；航海的，在航海中發生的。—图 Ⓤ 航海業，海員的職業；海上旅遊。

sea·floor ['si͵flɔr] 图《**the**～》海底。

'sea ͵foam 图 **1** 海水泡沫。**2** = meerschaum.

'sea ͵fog 图 Ⓤ ⓒ 海霧。

sea·food ['si͵fud] 图 Ⓤ 海產食品，海鮮。

sea·fowl ['si͵faul] 图(複～s,《集合名詞》～) = seabird.

'sea ͵front 图 Ⓤ ⓒ 沿岸區域，臨海地區，濱海區。

'sea ͵gauge 图 **1** 海深自動測定器。**2**（船舶的）吃水。

sea·girt ['si͵gɝt] 形《文》四周環海的。

sea·go·ing ['si͵goɪŋ] 形 **1** 適於航海的，為航海設計的；航海業的。**2** 為產卵往海裡去的。—图 海上旅行，航海。

'sea ͵grass 图 海草。

'sea 'green 图 Ⓤ 淡藍綠色，海綠色。

'sea-'green 形

'sea ͵gull 图〖鳥〗海鷗。

'sea ͵hog 图 海豚。

'sea ͵horse 图〖魚〗海馬，龍落子。

'sea-island (͵**cotton**) 图 Ⓤ（西印度群島所栽培的）海島棉。

sea·jack ['si͵dʒæk] 图 劫船。—動 及（在海上）劫持（船隻）。～·**er** 图

'sea ͵kale 图 Ⓤ〖植〗濱菜。

'sea ͵king 图（中世紀斯堪的那維亞的）海盜王，海盜的首領。

·seal[1] [sil] 图 **1** 徽章，記號，標記。**2** 印章，圖章，璽：the Great *S*-《英》國璽 / the Privy *S*-《英》御璽 / Lord Privy *S*-《英》掌璽大臣 / *S*- of the United States 美國國璽。**3**（文件等上的）印章，印鑑：the official ～ of a university 大學的校方印鑑。**4** 封印：put under ～封印。**5** 密封材料；密封物；封條：take off the～ 拆封 / put a ～ on an envelope 貼封條於信封上。**6**《喻》保密的承諾：under ～ of secrecy 必須保密。**7** 紀念章[徽]。**8** 徵候，跡象，象徵；確認的印記：a kiss as the ～ of love 定情的一吻 / the ～ of death 死之徵兆。**9**《**the** ～**s**》《英》大法官[國務大臣]的官職。

pass the seal 《英》經國王蓋印核可。

set one's seal to... 在…上蓋印；承認，保證。

set the seal on...《文》結束；使確定。

一動及 1 蓋印，簽名蓋章；(蓋印)保證，確認；蓋檢驗印。2 加封印；密封《*up*》。3 決定，確定。4 給予，賜予。5〖電〗插上。6 防止發臭；堵塞，密閉。

seal...off / seal off... 封鎖；禁止入內。

·seal² [sil] 名 1 海豹科動物的通稱。2 U 海豹皮；海狗的毛皮或其代用品。3 U 濃褐色。一動 不及 獵海豹。

sea-lane ['si,len] 名航路。

seal·ant ['silənt] 名 U C 1 密封材料；防水劑。2〖牙〗齒面封劑。

'sealed ,book 名內容不可理解的書 神祕，謎。

'sealed 'orders 名(複)密封的命令。

'sea ,legs 名(複)《口》能在搖擺的船上保持平衡的能力：lose one's ～ 暈船。

seal·er¹ ['silɚ] 名 蓋了印的東西，驗印者；度量衡檢查官。

seal·er² ['silɚ] 名 獵捕海豹的人[船]。

seal·er·y ['silərɪ] 名(複-er·ies) U 獵海豹業；C 捕海豹的場所。

'sea ,level 名 U 海平面，(高低潮間的)平均海面：above ～ 在海平面以上。

sea·lift ['si,lɪft] 名，動及 海上運輸。

'sea ,lily 名海百合。

'sealing ,wax 名 U 火漆；封蠟。

'sea ,lion 名〖動〗海獅，大海豹。

'seal ,ring 名印章戒指。

seal·skin ['sil,skɪn] 名 U，形 海狗或海豹的皮(的)。

'Seal·y·ham ('terrier) ['silɪ,hæm(-)] 名 西里漢㹴：威爾斯原產之短腿的白毛㹴犬。

·seam [sim] 名 1 接縫，縫；縫合線；針路；銜接處；《通常作～s》船板的接縫：a welded ～ 熔接口，焊接處。2 (皺紋等的)痕跡；裂痕，縫隙；(話等的)中斷處。3〖地質〗煤層，礦層。一動及 1 縫合，接合《*together*》。2《通常用被動》做一道溝；留下皺紋《*by, with...*》。一不及 有裂痕，留有接縫。

sea·man ['simən] 名 (複-men) 1 船舶的駕駛員；水手；船員。2〖海軍〗水兵；〖美海軍〗上等水兵。～·like 形 如船員般的；駕船技術高明的。

sea·man·ship ['simən,ʃɪp] 名 U 駕船技術，航海技術。

sea·mark ['si,mɑrk] 名 1 航海目標。2 滿潮線。

'sea ,mew 名〖鳥〗海鷗。

'sea ,mile 名海里，浬。

seam·less ['simlɪs] 形 無接縫的。

sea·mount ['si,maʊnt] 名海底山。

seam·stress ['simstrɪs] 名 女裁縫師，女裝師。

seam·y ['simɪ] 形(seam·i·er, seam·i·est) 1 有縫的；露出縫線的；有裂痕的。2 令人不愉快的；污穢的；卑鄙的：the ～ side of life 人生醜陋的一面。

Sean·ad Eir·eann [,sænɑd'ɛrən] 名 愛爾蘭共和國國會的上議院

sé·ance ['seɑns] 名 通靈會；集會，集合，會議。

'sea ,otter 名〖動〗海獺。

sea·piece ['si,pis] 名＝seascape.

sea·plane ['si,plen] 名水上飛機。

sea·port ['si,port] 名海港；港市。

'sea ,power 名海軍強國；U 海軍軍力，制海權。

sea·quake ['si,kwek] 名海底地震。

sear [sɪr] 動及 1 燒…的表面，燒焦，烘烤；燒傷；(用藥品等)灼傷《*with...*》；烙印；深烙在：～ the meat 把肉燒焦 / ～ one's finger *with* an iron 手指被熨斗燙傷。2 使無感覺，使麻痺，使冷酷無情：a soul ～*ed* by injustice 被徇私麻痺了的心靈。3 使枯萎，凋謝，乾枯。一不及 乾枯，枯萎；燒焦。

一名 U 燒焦的痕跡，烙印的痕跡；燒焦的狀態。一形 枯萎的，乾枯的。

:search [sɝtʃ] 動及 1 搜查，搜尋，仔細探查《*for...*》；探索，探究：～ a person 搜身 / ～ a house 搜查房子 / ～ a book *for* a quotation 查書找一句引用的話 / ～ one's own conscience 捫心自問，自我反省 / ～ one's pockets *for* a key 摸索口袋找鑰匙。2 (用手術器具)探(患部等)。3 穿過，滲入。4 (以調查等)發現，搜出《*out*》：～ *out* all the facts 找出一切真相。5〖軍〗縱射。一不及 詢問；調查《*into...*》；搜求《*for, after...*》；搜 索《*among, through, in...*》。

Search me. / You can search me.《俚》(答覆別人的尋問或質問)我不知道！

一名 1 搜查，搜尋。2 探索；調查，檢查。

'search ,engine 名〖電腦〗搜尋引擎。

search·er ['sɝtʃɚ] 名 1 探索者，搜查者。2 (海關)檢查員；檢查器。

search·ing ['sɝtʃɪŋ] 形 1 搜查的；仔細的，嚴格的；敏銳的：a ～ examination 周密的檢查 / a ～ look 銳利的眼神 / a ～ spirit (具)敏銳觀察力(的人)。2 刺骨的，強烈的。

一名 U 搜查；檢查；思索。～·ly 副

search·light ['sɝtʃ,laɪt] 名 探照燈(的燈光)。

'search ,party 名《集合名詞》搜索隊。

'search ,warrant 名〖法〗搜索狀。

'sea ,robber 名海盜。

'sea ,room 名 1〖海〗運轉海面。2 U 自由活動餘地。

'sea ,rover 名海盜(船)；《俚》鯡。

sea·scape ['si,skep] 名海景；海洋畫。

'sea ,serpent 名 1 大海蛇。2《the S-》〖天〗長蛇座。

sea·shell ['si,ʃɛl] 名貝，貝殼。

·sea·shore ['si,ʃor] 名 U 1 海岸，海濱，海邊。2〖法〗海岸。

S

sea·sick ['si,sɪk] 形暈船的：become ～暈船。

sea·sick·ness ['si,sɪknɪs] 名 U 暈船。

:sea·side ['si,saɪd] 名《通常作 the ～》海邊，海岸：go to *the* ～《主英》(爲了避暑、去海水浴場而) 到海邊去。
—形《限定用法》海邊的，海岸的，臨海的。

'sea ˌsnake 名〖動〗海蛇。

:sea·son ['sizn̩] 名 **1** 季，四季之一：the (four) ～*s* 四季。**2**《通常作 the ～》季節，時節：*the* dry ～ 乾季。**3** 時期，活躍期；盛行季節：a closed ～ 禁獵期 / the off ～ 禁獵期；淡季 / all ～ long 整季。**4** 旺季，上市期；流行期：the lobster ～ 龍蝦應市的時節 / the height of the ～ 活動期的最盛時。**5** (假日等的) 節期，時期：Christmas ～ 耶誕節期間 / the holiday ～ 休假期。**6** 一段時期；適當時期，好時機 ((*for...*, *to* do))。**7**《英》(乘電車等的) 定期票，季票。
for a season《文》在短時間內，一會兒。
in good season《主美》及時地，及早地。
in season (1) 應時的，當令的，盛產的；值狩獵期。(2) 適逢其時的，及時的。(3) 處於發情期的。
in season and out of season 不拘任何時節，無論何時。
out of season 不當令 (的)，在季節外 (的)；在禁獵期的；錯失其時 (的)。
—動及 **1** (以調味品等) 調味，添加風味 ((*with...*))。**2** 使添趣味；緩和 (語氣) ((*with...*))。**3** 使成熟；使適應；使得到鍛鍊；使乾燥。—不及 加味；變成熟；習慣；經過鍛鍊；變乾。～·**er** 名 調味者；調味品；香料。

sea·son·a·ble ['siznəbl] 形 **1** 合乎季節的，合時令的；某季節特有的：～ frost 合乎季節的霜。**2**《文》適時的，及時的；時機恰當的，適當的。**-bly** 副

sea·son·al ['sizn̩əl] 形 季節的，季節性的，隨季節變化的；周期性的，定期的：～ affective disorder 季節性情緒失調 / ～ storms 季節性的風暴 / a ～ flower 季節花。～·**ly** 副

sea·soned ['sizn̩d] 形 **1** 乾燥的。**2** 經驗豐富的，老練的。**3** 調過味的，加了風味的。～·**ly** 副

sea·son·ing ['sizn̩ɪŋ] 名 **1** U 調味；C 調味料，佐料。**2** 添加趣味之物。**3** U (木材的) 乾燥。**4** U (人對風土的) 適應。

'season 'ticket 名《英》**1** 定期車票，季票 (《美》commutation ticket)。**2** (戲劇等的) 定期入場券。

'sea ˌswallow 名〖鳥〗**1** 燕鷗。**2**《英方言》海燕。

:seat [sit] 名 **1** 座，座位，位子；用來坐著的東西；可供坐下之處：a window ～ 窗邊的座位 / a ～ of honor 上座 / the ～ of power 權力之座 / take a ～ 坐下，就座 / offer one's ～ 讓位 / take a back ～ 坐在後座；居次位。**2** (椅子等的) 座部；臀部；(機器的) 臺座，底座；基底 (部)：the ～ of a valve 閥座 / the toilet ～ 馬桶座 / a good round ～ 渾圓的屁股。**3** (騎馬等的) 坐法；坐的姿勢。**4** 場所，位置，所在地。**5** (行政等的) 中心，所在地。**6** (身體機能的) 所在之處：the ～ of thought 思想的中樞。**7** 觀眾席；(持票) 入位的權利：first row ～*s* 最前排的座位。**8** 席位，議席；(證券交易所等的) 會員權，會員資格：lose one's ～ 失去議席 / be elected to a ～ in Congress 當選爲國會議員。**9** 宅邸，別墅。
back seat driver《美口》(在車後座) 自以爲是任意指揮司機的乘客。
be in the driver's seat 居領導的地位，處於負責人的立場，受託。
fly by the seat of one's pants《美俚》憑直覺判斷。
hot seat《美俚》(死刑用的) 電椅；《口》不穩定處境；困境。
judgment seat 審判官席；決定是非善惡的立場，裁決的立場。
take a back seat 擔任次要的職位，處於無權決定的地位。
—動及 **1**《常用反身或被動》使就座，使坐下；設置 ((*in...*))；位於。**2** 領…入座，幫…找座位。**3** 容納。**4** 使得到議會的席位；使任議員；使居於某地位。**5** 加 (椅子等的) 座部，貼上 (西褲的) 臀部補丁。**6** 關緊，栓住。**7** 安置於底座上；固定。

'seat ˌbelt 名 安全帶。

seat·er ['sitɚ] 名《複合詞》…人座的車輛，有…個座位的交通工具：a four-*seater* 限乘四人的汽車。

seat·ing ['sitɪŋ] 名 U **1** 就座；容納的座位數；座位的指定；座位的配置，客人位置的安排。**2** 座套；填塞物。**3** 騎馬姿勢。
—形 椅子的；座位的；就位者的。

seat·mate ['sit,met] 名 (飛機等的) 鄰座的人。

SEATO ['sito] 名 東南亞公約組織。

Se·at·tle [si'ætl] 名 西雅圖：美國 Washington 州西部港市。

seat·work ['sit,wɝk] 名 U 課堂作業。

'sea ˌurchin 名 海膽。

'sea ˌwall 名 海堤，防波堤；可作防衛用的海洋。

·sea·ward ['siwɚd] 副 向海地，往海的方向地；向海中地 (亦稱 **seawards**)。—形 **1** 面海的，向著海的。**2** (風等) 由海上來的，從海邊來的。—名 朝海的方向；離開陸地的方向。

sea·ware ['si,wɛr] 名 海草，海藻。

sea·wa·ter ['si,wɔtɚ, -,wɑt-] 名 U 海水。

sea·way ['si,we] 名 **1** 海路，海上航路；運河，河道。**2** U 船速；航行：make ～ 開

航。**3** 外海，公海。**4** 波浪洶湧的海：in a ～ 乘風破浪。

sea·weed ['si,wid] 图 Ⓤ海草，海藻。

sea·wor·thy ['si,wɝðɪ] 形適於航海的，耐航的。**sea·wor·thi·ness** 图Ⓤ

se·ba·ceous [sɪ'beʃəs] 形脂肪質的；脂肪過多的。

Se·bas·tian [sɪ'bæstʃən] 图**Saint**，聖西巴斯欽（?−288?）：羅馬軍人及早期基督教殉教者。

SEbE 《縮寫》southeast *by* east.

SEbS 《縮寫》southeast *by* south.

sec[1] [sɛk] 形（葡萄酒）淡的，不甜的，含糖量 3-5%的。

sec[2] [sɛk] 图《口》= second[2] 2.

SEC 《縮寫》*S*ecurities and *E*xchange *C*ommission（美國）證券交易委員會。

sec 《縮寫》*sec*ant.

sec. 《縮寫》*sec*ond; *sec*retary; *sec*tor.

se·cant ['sikənt, 'sikænt] 图〖幾何〗割線；〖三角〗正割。一形相交的；正割的，分割的。～**·ly** 副

sec·a·teurs [,sɛkə'tɝz] 图(複)《作單數》《主英》剪子；整枝剪，修整剪。

se·cede [sɪ'sid] 動不及（從政黨等）脫離，退出《*from...*》。

se·ces·sion [sɪ'sɛʃən] 图**1**（由政黨等的）脫離，分離。**2**《常作**S-**》〖美史〗（1860−61）南部十一州的脫離聯邦。**3**《通常作**S-**》直線式。～**·al** 形, ～**·ist** 图形分離論者（的），主張退盟者（的）。

se·clude [sɪ'klud] 動 **(-clud·ed, clud·ing)** 及**1** 使隱退，隱遁《*from...*》。**2** 使脫離，隔離，隔絕《*from...*》；遠離。

se·clud·ed [sɪ'kludɪd] 形隱居的，隱遁的；隱蔽的，僻靜的。～**·ly** 副

se·clu·sion [sɪ'kluʒən] 图**1**Ⓤ，隔絕；隱退，隱遁，隱居：a policy of ～ 鎖國政策 / a need for ～ 隱居的願望。**2** 被隔離的場所，偏僻的地方。～**·ist** 图隱遁者；欲隱退的人；鎖國主義者。

se·clu·sive [sɪ'klusɪv] 形欲隱退的，愛孤獨的，不想交際的。～**·ness** 图

:sec·ond[1] ['sɛkənd] 形**1**《通常作**the** ～》（順序）第二的（略作：2nd）；（兩相等部分之）其一的：*the* ～ chapter 第二章 / *the* ～ half（剩下的）一半，後半。**2** 第二的；第二次的；二級的；二等的，副的：for the ～ time 第二次 / the ～ day of the week 一週的第二天（星期一）/ a ～ secretary 二等祕書 / be ～ in line 排在第二位。**3** 隔一個的，間隔的：ever ～ day 每隔一天。**4** 二流的，次等的，較劣的；次於的《*to...*》：be ～ *to* none in tennis《口》在網球方面不輸於任何人。**5**〖文法〗第二人稱的。**6**〖樂〗二度（音）的。**7**《*a* ～》另一個的；再一次的；類似的；附加的：*a* ～ person 另一個人 / *a* ～ coat 第二層油漆 / *a* ～ pair of trousers 另一條褲子 / ask for *a* ～ serving 要求再來一份（飯食）。**8**〖汽車〗（變速桿的）第二檔的。

cut one's second teeth 男性有分辨能力；達到成人階段；到了適婚年齡。

in the second place 其次。

一图**1**Ⓤ第二者，第二名；另一人[物]。**2** 支援者；援助者；（拳擊、決鬥的）陪同人員，助手。**3** 第二號的人[物]，第二代；第二席，第二位，二等車；《～**s**》二級品，瑕疵品；《英俚》古物，舊貨。**4**《常作～**s**，作單數》《口》（食物等的）第二份。**5** Ⓤ（車輛排檔的）第二檔：shift into ～ 換成二檔。**6**〖議會〗附議（者）。**7**〖樂〗二度音程；第二音，第二部（低音部）。**8**《英》（大學畢業學位等級的）二級。

一動及**1** 幫助，後援，支持；當助手。**2** 促成，加強。**3** 附議，贊成。**4** [sɪ'kɑnd]〖英軍〗調任；《英》臨時調換。一副第二，排行第二。

:sec·ond[2] ['sɛkənd] 图**1**（時間單位的）秒（符號爲"）；〖幾何〗（角度單位的）秒（符號爲"）。**2** 片刻，瞬間：a split ～ 一會兒 / every ～ 時時刻刻，不斷地 / in a ～ 馬上。

'Second 'Advent 图《the ～》= advent 3.

:sec·ond·ar·y ['sɛkən,dɛrɪ] 形**1** 第二的，第二位的，二等的，二級的，次席的：a ～ road 二級道路。**2** 衍生的，二次的；次要的；附屬的，副的《*to...*》：a problem of ～ concern 次要的問題。**3** 中等教育的，中等學校的。**4**〖化·電·地質〗第二的，二次的，副的，次級的，次生的；〖文法〗衍生出來的，再生的。

一图 **(複-ar·ies) 1** 次要的人[物]；副手，輔佐者。**2**〖電〗次級線圈；〖天〗衛星。**3**〖美足〗第二守備陣式。**4**〖文法〗再生字（片語）。**5** 合成色。**-ar·i·ly** [-,ɛrəlɪ] 副第二；從屬地。

'secondary 'accent 图ⓊⒸ〖語言〗次重音。

'secondary 'color 图合成色。

'Secondary ,Modern (,School) 图ⓊⒸ《英》新中等學校。

'secondary 'product 图次要產品，副產品。

'secondary ,school 图ⓊⒸ中等學校。

'secondary 'sex character,istic 图〖醫〗第二性徵。

'secondary 'stress 图= secondary accent.

'secondary ,technical ,school 图ⓊⒸ《英》中等技術學校。

'second ba'nana 图《美俚》**1**（雜耍演藝等的）配角，二等喜劇演員。**2** 副手，居次要地位的人。

'second 'base 图Ⓤ《通常無冠詞》〖棒球〗二壘。～**·man** 图二壘手。

'second 'best 图第二好的人[物]：the

S

deluxe model bicycle and the ～ 高級自行車及次好的自行車。

second-best ['sɛkən'bɛst] 形第二好的；第二名。—副第二名地，居次位地。

come off second-best 落敗，輸掉；屈居第二。

'second 'childhood 名第二童年；年老體衰：the senility of ～ 第二童年的老態龍鍾。

'second 'class 名 1 二流的人；U（交通工具的）二等。2 U第二類郵件：《美·加》指報紙和雜誌；《英》指傳遞比 first class 慢的郵件。

sec·ond-class ['sɛkənd'klæs] 形二等的，二流的，粗劣的：a ～ carriage 二等車。2 第二類的：～ matter 第二類郵件。—副搭乘二等車。

'Second 'Coming 名《the ～》= advent 3.

'second 'cousin 名父母之堂、表兄弟姊妹的子女。

sec·ond-de·gree ['sɛkənddɪ'gri] 形《限定用法》第二級的：～ burns 二級燒傷 / ～ murder 二級謀殺。

'second di'vision 名（美大學聯賽等的）B 級球隊。

se·conde [sɪ'kɑnd] 名(複～s [-z])〖擊劍〗八種防禦招式的第二招式。

'second 'fiddle 名 1 第二位；配角，副手，居次位的人：play ～ to a person《口》擔任某人的配角，當某人的副手。2（樂團的）第二小提琴。

'second 'floor 名 1《美》二樓。2《主英》三樓。

sec·ond-guess ['sɛkənd'gɛs] 動及 1《美》事後批評；事後提出忠告；放馬後炮。2 預言，未卜先知；猜透，智勝（別人）。

sec·ond hand 名 1 ['sɛkənd'hænd] 秒針。2 [ˌ--'-]（與師傅相對的）助手。

at second hand 來自二手資料；間接地。

·sec·ond·hand ['sɛkənd'hænd] 形 1 間接的，第二手的；間接得來的。2 用過的，曾爲他人所擁有的；經營二手貨的。—副 1 作爲舊貨，以舊貨計。2 間接地。

'secondhand 'smoke 名U二手煙。

'second 'lady 名《常作 S-L-》《美》第二夫人：指一國之副總統的夫人。

'second 'language 名第二語言。

'second lieu'tenant 名〖軍〗少尉。

sec·ond·ly ['sɛkəndlɪ] 副第二，其次。

'second 'name 名姓。

'second 'nature 名U《口》第二天性。

'second 'papers 名(複)《美口》第二文件：1952 年前外國人歸化爲美國人的手續中，最後所必備的文件。

'second 'person 名《the ～》〖文法〗第二人稱。

sec·ond-rate ['sɛkənd'ret] 形二等的，第二級的，二流的；劣等的；平凡的：a ～ person 平庸的人。**-rat·er** 名二流的人[物]。

sec·ond-run ['sɛkənd'rʌn] 形（電影）二輪的。

'second 'self 名《one's ～》推心置腹的朋友，心腹。

'second 'sight 名U預知未來的能力，千里眼。**'sec·ond-'sight·ed** 形

'sec·ond-'sto·ry ˌman ['sɛkənd'storɪ-] 名《美口》竊賊，夜盜，強盜。

sec·ond-string ['sɛkənd'strɪŋ] 形《美》候補的。

'second 'thought 名《常作～s》重新考慮：have ～s 再考慮，重新想過 / *Second thoughts* are best.《諺》慎思熟慮爲最上策。

'second 'wind 名 1 呼吸整復。2（精神、氣力的）恢復：get one's ～ 恢復精神。

'Second 'World 'War 名《the ～》第二次世界大戰（World War II）。

·se·cre·cy ['sikrəsɪ] 名U 1 祕密（狀態），機密：in ～ 祕密地。2 保密能力；守口如瓶。3 保密習慣；保密傾向：不坦率：a cult with a predilection for ～ 偏愛諱莫如深的邪教。

:se·cret ['sikrɪt] 形祕密的，機密的，祕傳的：～ diplomacy 祕密外交 / a ～ code 密碼。2 能保密《*about...*》；沉默的，寡言的：bid a person be ～《古》使某人杜口。3 偷偷的，看不見的；隱蔽的：a ～ tunnel 祕密的隧道。4 深奧的，難懂的；謎樣的。5〖軍〗《美》機密級的；限於准予閱讀機密級文件人員閱讀的。

—名 1 祕密，機密。2 神祕，奧祕。3 祕訣，訣竅。4〖軍〗《美》機密級。5《S-》（天主教彌撒的）默禱。

be in on the secret of... 得悉…的祕密。

in secret 祕密的，暗地裡，偷偷地。

'secret 'agent 名情報人員；間諜。

se·cre·taire [sə,kre'tɛr] 名寫字檯。

sec·re·tar·i·al [ˌsɛkrə'tɛrɪəl] 形祕書的，有關祕書工作的；書記的；大臣的。

sec·re·tar·i·at [ˌsɛkrə'tɛrɪət] 名 1 書記處；祕書處；《集合名詞》書記官員；《the S-》聯合國祕書處。2 祕書室，文書課；U《集合名詞》祕書處職員。

:sec·re·tar·y ['sɛkrəˌtɛrɪ] 名(複-tar·ies) 祕書《*to, for...*》：a private ～ 私人祕書。2 書記，幹事；辦事官員，書記官：an honorary ～《英》名譽幹事 / a ～ of the embassy 大使館祕書。3《S-》(1)《美》部長：*S-* of Homeland Security 國土安全部長。(2)《英》（國務）大臣，相：*S-* of State for Foreign and Commonwealth Affairs 英國外相。4《美》（上面有書櫥的）寫字檯。

Secretary of State (1)《the ～》《美》國務卿。(2)《英》國務大臣，部長。

～ˌ**ship** 名U C書記官的職務地位。

'secretary 'bird 图〖鳥〗食蛇鳥。

'secretary-'general 图 (複 secretaries-general) 祕書長，書記長。

'secret 'ballot 图祕密投票。

se·crete[1] [sɪ'krit] 動及分泌。

-cre·tion 图 U 分泌；分泌作用；C 分泌液。

se·crete[2] [sɪ'krit] 動及隱藏，當作祕密：～ oneself 躲藏。**-cre·tion** 图 U 藏匿。

se·cre·tive [sɪ'kritɪv] 形 **1** 性情詭祕的，守口如瓶的，不坦率的：a ～ nature 守口如瓶的本性。**2** = secretury. ～**·ly** 副，～**·ness** 图

·se·cret·ly ['sikrɪtlɪ] 副 **1** 祕密地，暗地裡地，偷偷地。**2** 不出聲地。

se·cre·to·ry [sɪ'kritərɪ] 形分泌的；分泌物的。

'secret po'lice 图祕密警察。

'secret 'service 图 **1**《the ～》（政府的）祕密情報機關，情報局。**2**《S- S-》（美國）財政部密勤局。**3** 祕密情報活動。**'se·cret-'serv·ice** 形

'secret so'ciety 图祕密會社。

sect [sɛkt] 图 **1**（宗教的）教派，宗派；異教派。**2** 派閥；黨派；學派。

sect.《縮寫》*sect*ion(al).

sec·tar·i·an [sɛk'tɛrɪən] 形 **1** 宗派的，教派的，學派的，黨派的；黨派主義的。**2** 宗派性的；偏狹的。一图 **1** 屬某派系的人。**2** 派系主義者，見識偏狹的派系人物。

～**·ly** 副, ～**·,ism** 图 U（宗教上的）宗派主義；黨派意識。

sec·ta·ry ['sɛktərɪ] 图 (複**-ries**) **1** 屬於特定宗派的人；異教的信徒；《偶作 S-》〖英史〗非國教徒。**2** 宗派主義者。

:sec·tion ['sɛkʃən] 图 **1** U C 切，切斷，分割；切開：Caesarean ～ 帝王切開術，剖腹生產。**2** 切下的部分，塊，片；切片。**3** 階級，階層；（公司等的）課，股；《美》地區，區域：a business ～《美》商業區。**4**（報紙等的）欄；節（記號為§）；項；款；〖樂〗樂節。**5**（製品等的）接合組件，零件。**6**《美》（公地的）一區：城鎮區劃的三十六分之一；一平方英里。**7** 斷面（圖），切口；〖數〗（立體的）截面。**8**〖軍〗分隊。**9**〖樂〗同種樂器組。**10**〖鐵路〗(1)《美》（臥車上下鋪構成的）區間。(2) 養路段，信號區。**11**（橘子等的）瓣。**12**〖裝訂〗折。一動及 **1** 區分，分割，劃分《*into*...》；分解《*off*》。**2**（為了檢查等）切斷；成斷面圖。

sec·tion·al ['sɛkʃənl] 形 **1** 部分的，局部的；部門的。**2** 地區的，地方性的：～ interests 地方的利益 / ～ politics 地方政治。**3** 由組件構成的，組合式的；a ～ boat 組合式的船。**4** 斷面圖的，剖面的：a ～ plan of a dam 水壩的斷面圖。

一图組合式家具，沙發。～**·ly** 副

sec·tion·al·ism ['sɛkʃənl,ɪzəm] 图 U 本位主義；地域主義。～**·ist** 图

sec·tion·al·ize ['sɛkʃənl,aɪz] 動及區分；分成若干區域。

'section ,gang 图〖鐵路〗《美》路段養護工作隊。

'section ,mark 图節標（即§）。

'section ,paper 图 U《英》方格紙（《美》graph paper）。

sec·tor ['sɛktɚ] 图 **1**〖機〗扇形。**2** 尺規，函數尺。**3**〖機〗扇形齒輪。**4**〖軍〗扇形戰鬥地區。**5** 活動範圍，領域；部門；區域。

sec·to·ri·al [sɛk'torɪəl] 形 **1** 扇形的。**2**〖動〗適於撕食肉的：～ teeth 裂齒。

sec·u·lar ['sɛkjəlɚ] 形 **1** 世俗的，現世的；非宗教性的：～ affairs 俗事 / ～ education 世俗教育 / ～ powers 政治權力，俗權。**2** 居住於修道院外的：a ～ priest 在俗牧師。**3** 百年發生一次的：a ～ phenomenon 百年一次的罕見現象。**4** 長年累月的，持久的：～ fame 不朽的名聲。一图 **1** 俗人。**2** 不屬修道會的神職者；教區牧師。～**·ly** 副俗世地，世俗化地。

sec·u·lar·ism ['sɛkjəlɚ,ɪzəm] 图 U 世俗主義；教育與宗教分離論。**-ist** 图, 形

sec·u·lar·i·ty [,sɛkjə'lærətɪ] 图 (複**-ties**) **1** U 世俗主義。**2** U 俗心，俗念，煩惱；C 俗事。

sec·u·lar·ize ['sɛkjələ,raɪz] 動及 **1** 使世俗化；使從宗教中脫離：～ schools 使學校與宗教分離。**2** 使還俗。**3** 把財產從教會移作世俗用。**-i·'za·tion** 图 U 俗化；教育與宗教的分離。**-iz·er** 图

·se·cure [sɪ'kjʊr] 形 (**more** ～; **most** ～; 偶作 **-cur·er, -cur·est**) **1** 安全的，沒危險的；安心的《*from, against*...》：a ～ fortress 安全的要塞 / be ～ *from* attack 無被攻之虞。**2**《通常為敘述用法》被妥善保管的；無逃亡之虞的：keep a prisoner ～ 把囚犯牢牢地監禁起來。**3** (1) 穩固的，可靠的，堅牢的：a ～ fastening 死結 / a ～ foundation 穩固的基礎。(2) 確信的《*of*...》。一動 (**-cured, -cur·ing**) 及 **1** 使安全，保衛，保護《*from, against*...》。**2**（通常以努力）確保，弄到手；獲得。**3**（憑擔保、抵押等）保證償還；保障：～ a loan with a pledge 以抵押保證還清借款。**4** 栓緊；監禁。一不及 安全度過《*against*...》。

～**·ly** 副

·se·cu·ri·ty [sɪ'kjʊrətɪ] 图(複**-ties**) **1** U 安全，無危險：national (collective) ～ 國家（集體）安全 / personal ～ 個人安全 / in ～ 平安地。**2** U 安全感；《古》大意，過分自信：*S*- is the greatest enemy.《諺》大意失荊州。**3** U 防衛，保護措施《*against, from*...》。**4** U〖法〗（對借款等的）擔保，抵押；借據；保證人；保證金，押金；保證《*for*...》：go ～ *for* a person 為某人作保 / as ～ *for* a loan 作為借款的擔保 / borrow money on the ～ of one's house 以房

S

子作抵押借錢。5《通常作 -ties》有價證券：government *securities* 公債。—形（國家）安全保障的，有關防衛的；保安的。

se'curity ˌanalyst 名股市分析家。

se'curity ˌblanket 名 1 氈子。2 給人安全感的物[人]。

Se'curity ˌCouncil 名《the ~》《集合名詞》（聯合國）安全理事會。

se'curity ˌguard 名警衛，保全。

se'curity poˌlice 名 U《集合名詞》祕密警察。

se'curity ˌrisk 名危險人物。

se'curity ˌthread 名（鈔票的防僞）安全線。

sec'y., secy. 《縮寫》 *secretary.*

se·dan [sɪ'dæn] 名 1《美》轎車（《英》saloon）。2 轎子。

se·date [sɪ'det] 形 **(more ~; most ~) 1** 穩重的；沉著的；端莊的：a ~ costume 樸素大方的服裝 / a ~ young lady 嫻靜的少女。2 安靜的，肅穆的。—動 及《常用被動》（用鎮靜劑）使鎮靜。~**·ly** 副

se·da·tion [sɪ'deʃən] 名 U〖醫〗鎮靜作用；鎮靜狀態。

sed·a·tive ['sɛdətɪv] 形〖醫〗有鎮靜作用的：~ pills 鎮靜劑。—名 鎮靜劑。

sed·en·tar·y ['sɛdn̩ˌtɛrɪ] 形 1 坐姿的；坐著做的；長坐引起的：a ~ statue 座像。2 喜歡坐的，常坐的：~ habits 常坐的習慣。3〖動〗定居性的；（貝殼等）固定附著的：~ birds 留鳥。—名喜歡久坐的人，坐著工作的人。

-i·ly 副久坐地；坐著不起地。**-i·ness** 名

sedge [sɛdʒ] 名 U〖植〗蘆葦。

sedg·y ['sɛdʒɪ] 形

sed·i·ment ['sɛdəmənt] 名 U 1《偶作 a ~》沉澱物；渣滓。2〖地質〗沉積物。

sed·i·men·ta·ry [ˌsɛdə'mɛntərɪ] 形 1 沉澱物的；沉澱造成的。2〖地質〗沉積性的。

sed·i·men·ta·tion [ˌsɛdəmən'teʃən] 名 U 沉積，沉澱（作用）；〖理〗沉降。

S

se·di·tion [sɪ'dɪʃən] 名 U 煽動叛亂（罪）；煽動言行：stir up ~ 鼓動叛亂。

se·di·tion·ar·y [sɪ'dɪʃənˌɛrɪ] 形 煽動性的。—名(複-ar·ies)煽動騷亂者。

se·di·tious [sɪ'dɪʃəs] 形煽動叛亂的，煽動性的；慣於煽動的；犯有煽動罪的：~ harangue 煽動性演說 / a ~ demagogue 群眾煽動家。~**·ly** 副

se·duce [sɪ'djus] 動 及 1 唆使，誘惑；引誘，勾引女性；誘使《*into*...; *from*...》：~ a person *into* crime 誘人犯罪。2（善意）迷惑，吸引。

-duc·er 名引誘者；誘姦者，勾引者。

se·duc·tion [sɪ'dʌkʃən] 名 1 U C 誘惑；教唆；誘拐，勾引。2《通常作~s》引誘人的事物；魅力。

se·duc·tive [sɪ'dʌktɪv] 形 誘惑性的；有魅力的：a ~ dress 性感的衣服。

~**·ly** 副, ~**·ness** 名

se·duc·tress [sɪ'dʌktrɪs] 名誘惑（男性）的女人。

se·du·li·ty [sɪ'djulətɪ] 名 U 勤勉，勤奮。

sed·u·lous ['sɛdʒələs] 形 1 勤勉的，孜孜不倦的：be ~ in one's work 認真工作。2 刻意的，小心周到的：with ~ care 小心翼翼地。

~**·ly** 副勤勉的；細心的。

:see[1] [si] 動 **(saw, seen, ~·ing)** 及 1 看見，看到。2 觀看；參觀；遊覽；拜訪。3 明白，領悟，了解，理解；得悉，知道。4 設想，想像；認爲，以爲。5 查明，弄清；確定。6 注意，當心，留神；務使；照料，關照。7 認知；預料，預測。8 體驗，經歷；《喻》（時間、地點等）遭遇：~ life（不加約束地）體驗人生。9 護送，陪送：~ a person home 送某人回家。**10** 約談；訪問，交往；去見《*about*...》；會見，接見；探望：~ little of a person 很少見到某人。**11**〖牌〗以相同賭注對賭，押同樣賭注。**12** 參看；參照，見。**13**《通常用於否定、疑問》默認，默許，任憑。—不及 1 看，看見；觀看。2 理解，明白，領會；洞悉，看穿。3 發現，查明；調查。4 注意，小心，留意；作伴，關照《*to*...》。5 思考，熟慮。

as I see it 據我了解，依我看來。

see about... (1) 弄清；探詢。(2) 留意於；負責弄，設法處理《*doing*》。(3) 考慮；《反語》考慮是否可能；使不能。

see after... 《美》照顧，照料。

see beyond... 《通常把 **can** 置於前面》預見，預知。

see a person blowed (first) 絕不接受。

see a person coming 漫天要價；使上當。

see fit to do 認爲做…是適宜的。

See here ! 喂！嗨！

see...in / see in... 《主蘇》迎接到來。

see into... 調查；看穿；察覺；看透。

see...off / see off... (1) 送行《*at*...》。(2) 趕上；驅逐。

see out 能看見外面。

see...out / see out... (1) 送到門口。(2) 一直看到最後；辦完。(3) 持續到結束。

see over... 視察，察看（房子、工廠等）。

see the back of... ⇨ BACK（片語）

see the light 領悟，想通。

see things 產生幻覺。

see through... (1) 透過（窗戶、窗簾等）看。(2) 看透…的本質，看破。

see...through / see through... (1) 把…做到底，堅持（苦差事等）到底。(2) 幫助（某人）到底。(3) [*see a person through* ...] 幫助某人度過（困難）。

see to... (1) ⇨ 動 不及 4. (2) 修理；治療。

see up 看上面，可以看到上面。

see you 再見。

see you later 待會兒見，再見。

you see ⦅口⦆你是知道的，你懂吧。

see² [si] 图〖教會〗**1** 主教教區。**2** 主教的地位[權威，管轄權]。**3**⦅**S-**⦆（天主教）教廷：the *S-* of Rome 教宗的職權；（羅馬）教廷。

:seed [sid] 图(複～**s**,⦅集合名詞⦆～) **1** 種子，籽；Ⓤ⦅集合名詞⦆種：remover the ～*s* from a melon 去掉瓜的籽 / plant ～*s* in the garden 在花園裡播種 / sow ～ in the field 在田裡播種。**2** 球根，塊莖。**3**⦅通常作～**s**⦆根源，原因：the ～*s* of discontent 不滿的原因。**4** Ⓤ⦅**the** ～⦆⦅集合名詞⦆〖聖〗子孫，後裔。**5** Ⓤ⦅文⦆精子，精液；魚精；（蝦、蠶等的）卵。**6**〖運動〗⦅口⦆種子選手。

go to seed ⑴ 到了結果期。⑵ 過了壯年期，變得衰老無用；荒蕪。

in seed ⑴ 結籽。⑵ 撒了種子。

sow the good seed 傳道，傳福音。

—動 因 **1** 播種⦅*with...*⦆；種子播於⦅*in ...*⦆。**2** 去掉種子。**3**〖化〗散布⦅*with ...*⦆。**4**⦅通常用被動⦆〖運動〗挑選種子選手。—不及 **1** 播種。**2** 結實。

seed·bed ['sid,bɛd] 图苗床；溫床。

seed·case ['sid,kes] 图蒴；果皮，種子殼。

'seed ,corn 图Ⓤ⦅美⦆玉蜀黍種。

seed·er ['sidɚ] 图 **1** 播種人；播種機。**2** 去籽器。**3**（人造雨的）散布裝置。

seed ,leaf 图〖植〗子葉。

seed·less ['sidlɪs] 形無籽的。

seed·ling ['sidlɪŋ] 图以種子繁殖的草木，籽苗，幼苗，樹苗。

'seed ,money 图Ⓤ⦅美⦆（新創事業的）本錢，種子基金。

'seed ,oyster 图蠔種。

'seed ,pearl 图（發育不全的）小粒珍珠。

'seed ,plant 图種子植物。

seeds·man ['sidzmən] 图(複**-men**) **1** 播種人。**2** 種子商（亦稱⦅美⦆**seedman**）。

seed·time ['sid,taɪm] 图Ⓤ **1** 播種期。**2** 準備期，培養期。

'seed ,vessel 图〖植〗果皮。

seed·y ['sidɪ] 形(**seed·i·er, seed·i·est**) **1** 多籽的。**2** 結實的，有種子的。**3**⦅口⦆衣衫襤褸的；破舊的。**4** 無精打采的，不適的：feel ～感到不舒服。**5** 不高尚的；低級的；破舊的：a ～ motel 低級的汽車旅館。

-i·ly 副, **-i·ness** 图

see·ing ['siɪŋ] 連 顧及，鑑於；既然⦅*that* 子句,⦅口⦆*as* 子句,⦅非標準⦆*as how* 子句⦆。—图 Ⓤ **1** 看：*S-* is believing.⦅諺⦆百聞不如一見。**2** 視覺，視力。—形 **1** 明眼的；明理的。**2**⦅**the** ～⦆⦅作名詞⦆有眼力的人，明目的人。

Seeing 'Eye ,dog 图導盲犬。

seek [sik] 動(**sought**, ～**·ing**) 因 **1** 尋找，探索，追求，謀求；搜出⦅*out*⦆：～ fortune 追求財富 / ～ his help 求他幫忙 / ～ happiness 追求幸福 / ～ a person's life 伺機要某人命。**2**⦅文⦆企圖，試圖：～ *to* convince a person 設法說服某人。**3**⦅文⦆朝…而去⦅*for...*⦆。

—不及 尋找；探索；搜查⦅*for..., after...*⦆。

be (much) sought after ⦅尤英⦆爲人們所殷求，合乎需求。

be to seek 還未找到，還缺乏。

not far to seek 很明顯，不難找到。

seek a quarrel 找碴，挑釁。

seek·er ['sikɚ] 图搜求的人[物]，探求者⦅*for, after, of...*⦆：a scientific ～ *of* the truth 追求真理的科學家。

:seem [sim] 動 不及 **1** 外表上顯出；似乎。**2** 覺得好像；似乎。**3** 好像存在，似乎有。**4** 感覺上好像；看起來好像。**5** 看似。

can't seem to do ⦅口⦆好像不能。

it seems like... 好似。

It seems so. / So it seems. 好像是如此。

it seems (to a person) ⦅插入子句⦆似乎如此。

it seems (to a person) as if 簡直像…的樣子。

seem·ing ['simɪŋ] 形表面上的，外觀上的：～ faithfulness 外表的誠意。—图Ⓤ樣子；外貌，外表。

seem·ing·ly ['simɪŋlɪ] 副⦅常修飾全句⦆看上去，若由外觀判斷，表面上：～ insoluble problems 一看似乎解決不了的問題。

seem·ly ['simlɪ] 形(**-li·er, -li·est**) **1** 高尚的，端莊；漂亮的：his ～ behavior 他的高雅舉止。**2** 適合的，合時宜的。—副⦅古⦆適切的，適宜地。**-li·ness** 图

:seen [sin] 動**see¹** 的過去分詞。

seep [sip] 動 不及 **1** 滲出，滲漏⦅*through ...*⦆。**2** 滲透；散布，普及。—图 **1** Ⓤ滲出的液體。**2**⦅美⦆滲出處；水窪。

seep·age ['sipɪdʒ] 图 Ⓤ 滲出；滲出液[量]。

seer¹ [sɪr] 图⦅文⦆有先見之明的人；先覺者，預言家，看手相的人，占卜師。

seer² [sɪr] 图西爾：印度的重量單位；約 0.933 公斤。

seer·ess ['sɪrɪs] 图**seer¹** 的女性形。

seer·suck·er ['sɪr,sʌkɚ] 图 Ⓤ縐條紋的紡織品，泡泡紗縐條布。

see·saw ['si,sɔ] 图 **1** Ⓤ 蹺蹺板遊戲；Ⓒ蹺蹺板：play (at) ～ 玩蹺蹺板遊戲。**2** Ⓤ Ⓒ上下起伏，變動；一進一退：the ～ of love and hate 愛與恨交織。—形上下的；⦅喻⦆變動的，一進一退的。

—副忽上忽下地，搖擺不定的。

—動 不及 **1** 玩蹺蹺板遊戲。**2** 上下起伏；變動。—因使上下移動；使變動。

seethe [sið] 動因⦅古⦆煮（肉）。—不及 **1** 煮沸；起伏，翻騰。**2** 激動，激昂；騷動⦅*with...*⦆。—图 **1** 沸騰。**2** 興奮狀態。

'seeth·ing·ly 副

see-through ['si,θru] 形透明的。—名 1 透明的服裝。2 ⓤ透明。

·**seg·ment** ['sɛgmənt] 名 1 部分，切片；分節；部門：a ~ of an orange 一片橘子。2〖幾何〗弧；段；〖動〗體節，環節；〖機〗弓形；〖語言〗分節。3（電視廣播等的）一個節目，一段。—動 及 分割，區分。—不及 分開；分裂。

-**men·,tar·y** 形

seg·men·tal [sɛg'mɛntl] 形 1 部分的；分段的；分割的。2〖語言〗分節的：a ~ phoneme 分節音素。~·**ly** 副

seg·men·ta·tion [,sɛgmən'teʃən] 名 1 ⓤ ⓒ區分，分割。2 ⓤ〖生〗細胞分裂。3 ⓤ ⓒ〖語言〗分節。

seg·re·gate ['sɛgrɪ,get] 動 及 1 分離，隔離。2 施行種族隔離。—不及 1 分離，分開《 *from...* 》。2 實施種族隔離政策。3〖遺傳〗（減數分裂之際）分離。—['sɛgrɪgɪt, -,get] 名 被隔離的人。—[-gɪt, -,get] 形《古》= segregated.

seg·re·gat·ed ['sɛgrɪ,getɪd] 形 1 實行種族隔離的：a ~ economy 實行種族隔離的經濟。2 只供某特定群體使用的，只供某特定人種使用的，排他性的。3（依人種）有各別設施的。

seg·re·ga·tion [,sɛgrɪ'geʃən] 名 ⓤ 1 分離，隔離；被隔離物。2 種族隔離。3〖遺傳〗（等位基因的）分離。

-,**ga·tive** 形 種族隔離的；分離（性）的，隔離（性）的；不合群的。

seg·re·ga·tion·ist [sɛgrɪ'geʃənɪst] 名 分離主義者；種族隔離主義者。

sei·gneur [sin'jɝ] 名 (複~s)《偶作 S- 》領主，封建領主，莊園主。

seign·ior ['sinjɚ] 名《偶作S- 》1 領主，封建領主。2《昔尊稱》先生。

seign·ior·y ['sinjərɪ] 名(複-**ior·ies**) ⓤ 領主權；ⓒ〖史〗領地。

sei·gnio·ri·al [sin'jorɪəl] 形 封建領主的；莊園主的。

seine [sen] 名 拖網。—動 及 用拖網捕魚。—不及 拖網捕魚。

Seine [sen] 名《 **the** ~ 》塞納河：流經巴黎市，注入英吉利海峽。

seise [siz] 動 及 不及 1《主英》= seize. 2〖法〗= seize 動 及 6.

sei·sin ['sizɪn] 名〖法〗= seizin.

seis·mic ['saɪzmɪk] 形 地震（性）的；地震引起的：the ~ center 震央。

seis·mo·gram ['saɪzmə,græm] 名 地震儀記錄圖。

seis·mo·graph ['saɪzmə,græf] 名 地震儀，地震計。

seis·mol·o·gy [saɪz'mɑlədʒɪ] 名 ⓤ 地震學（亦稱 **seismography**）。

-**gist** 名 地震學家。

seis·mom·e·ter [saɪz'mɑmətɚ] 名 地震儀。

seiz·a·ble ['sizəbl] 形 可抓住的；可奪取的；可查封的，可扣押的。

·**seize** [siz] 動(**seized, seiz·ing**) 及 1 抓住，握住：~ a stick 緊抓棒子 / ~ her by the wrist 緊抓她的手腕。2 掌握，理解：~ the point 掌握要點 / ~ a chance 把握機會 / ~ the day 利用一天的時間。3 奪取，強奪；沒收，扣押，查封：~ the screpter 奪取王位。4 捕捉，逮捕：~ a thief 捉賊。5《常用被動》侵襲；支配。6《通常用被動》〖法〗使占有《 *of...* 》（亦作 **seise**）。7〖海〗（以細纜）縛住。—不及 1 (1) 抓住，握住。(2) 利用（機會等）。(3) 侵襲。2（機器）卡住，夾住《 *up* 》。

seize hold of... 抓住。

seize up《英》停止，中止。

seize...with both hands 善加利用。

sei·zin ['sizɪn] 名 ⓤ〖法〗占有（權）。

seiz·ing ['sizɪŋ] 名 ⓤ ⓒ 1 抓住，捕捉；（土地等的）所有，占有；〖法〗扣押，查封。2〖海〗捆綁用的繩索；捆紮。

sei·zure ['siʒɚ] 名 1 ⓤ 抓住，捕捉。2 ⓤⓒ 奪取（品）；扣押（物），查封（物件）。3（疾病的）突然發作。

:**sel·dom** ['sɛldəm] 副 不常，很少，難得：*S*- seen, soon forgotten.《諺》去者日以疏。

not seldom 時常，往往。

seldom(,) if ever... 即使有也很少…。

seldom or never... 極難得，幾乎不。

:**se·lect** [sə'lɛkt] 動 及 選拔，挑選《 *among, out of...* 》；選出《 *for...* 》；選擇。—形 1 被選上的，精選的，極佳的。2 選擇成員嚴格的；好挑剔的。

se'lect com'mittee 名《集合名詞》（國會等的）特別（調查）委員會。

se·lect·ed [sə'lɛktɪd] 形 精選的，高品質的。

se·lect·ee [sə,lɛk'ti] 名《尤美》選募的士兵。

·**se·lec·tion** [sə'lɛkʃən] 名 1 ⓤ 選擇；選拔；精選：a careful ~ of members 仔細挑選會員。2 被選上的東西[人]；選手，被看好會贏的馬[人]；精選品，選集，精粹：~*s* from Shakespeare 莎士比亞選集。3《通常用單數》可選擇的範圍。4 ⓤ〖生〗淘汰：artificial ~ 人爲淘汰。

se·lec·tive [sə'lɛktɪv] 形 1 有選擇力的，有眼力的。2 被選出的，精選的；選擇性的：~ bombing 選擇性轟炸。3〖無線〗有選擇性的；分離感度良好的。~·**ly** 副

se'lective 'service 名 ⓤ《美》選募徵兵，義務兵役：the *Selective Service* System（美國政府的）選拔徵兵制。

se·lec·tiv·i·ty [sə,lɛk'tɪvətɪ] 名 ⓤ 1 選擇能力。2〖電〗（無線接收機等的）選擇度，分離感度。

se·lect·man [sə'lɛtmən] 名 (複-**men**)《美》（新英格蘭各州的）市政委員會（Rhode Island 州除外）。

se·lec·tor [sə'lɛktɚ] 名 1 挑選者。2（電波的）分離器，選波器；調諧旋鈕。

S

Se·le·ne [sə'lini] 名〖希神〗希莉妮：月之女神；相當羅馬神話中的 Luna。

se·le·ni·um [sə'liniəm] 名 Ⓤ〖化〗硒：非金屬元素。符號：Se

sel·e·nol·o·gy [,sɛlə'nɑlədʒɪ] 名 Ⓤ 月球學。

·self [sɛlf] 名(複 **selves**) **1** 自己，本身；本體：one's own ～ 自己本身 / one's second ～ 密友 / your honored ～ 閣下 / your good *selves*《古式商用文書用語》貴公司 / pity's ～ 可憐事物。**2** Ⓤ 私刑，私慾，利己心：put ～ before others 把自己利益放在他人利益之上。**3** 自我的一面；個性，本性；真髓，真義：one's better ～ 本性中良好的一面，良心 / one's present ～ 現在的自我 / reveal one's true ～ 顯露出自己的本性。**4** Ⓤ《常作 the ～》〖哲〗自我。**5** Ⓤ〖商〗《粗·諧》本人；我自己。—形 單色的；(與他物)同質料的；純粹的。

self-《字首》**self** 的複合形。

self-a·ban·doned ['sɛlfə'bændənd] 形 自暴自棄的。**-ban·don·ment** 名

self-a·base·ment [,sɛlfə'besmənt] 名 Ⓤ 自貶；自卑，妄自菲薄。

self-ab·hor·rence ['sɛlfəb'hɔrəns] 名 Ⓤ 自我嫌棄，自我憎惡。

self-ab·ne·ga·tion [,sɛlfæbnɪ'geʃən] 名 Ⓤ 自制；自我犧牲，獻身。

self-ab·sorbed ['sɛlfəb'sɔrbd] 形 專注於自己的利益的，專注於自我的。

self-ab·sorp·tion ['sɛlfəb'sɔrpʃən] 名 Ⓤ 自我專注，專注於自己的利益。

self-a·buse ['sɛlfə'bjus] 名 Ⓤ **1** 自責。**2** 身體的折磨。**3** = masturbation.

self-act·ing ['sɛlf'æktɪŋ] 形 自動(式)的。

self-ac·tu·al·ize ['sɛlf'æktʃuə,laɪz] 動 不及 自我實現。**-i·'za·tion** 名 Ⓤ 自我實現。

self-ad·dressed ['sɛlfə'drɛst] 形 (信封)寫妥自己姓名地址的。

self-ad·he·sive ['sɛlfəd'hisɪv] 形 (標籤等)自黏的。

self-ad·just·ing ['sɛlfə'dʒʌstɪŋ] 形 自動調節的。

self-ad·mit·ted ['sɛlfəd'mɪtɪd] 形 自己承認的。

self-ag·gran·dize·ment ['sɛlfə'grændɪzmənt] 名 Ⓤ 自己擴展(權力、財富等)。

self-a·nal·y·sis ['sɛlfə'næləsɪs] 名 Ⓤ〖心〗自我分析。

self-ap·point·ed ['sɛlfə'pɔɪntɪd] 形 自我任命的，自封的，自薦的。

self-as·ser·tion [,sɛlfə'sɝʃən] 名 Ⓤ 一意孤行，自作主張。**-tive** 形 自作主張的，孤行專斷的。

self-as·sur·ance [,sɛlfə'ʃurəns] 名 Ⓤ 自信。

self-as·sured [,sɛlfə'ʃurd] 形 自信的。

-sur·ed·ness [-'ʃurɪdnɪs] 名

self-ca·ter·ing ['sɛlf'kætərɪŋ] 形 (度假或投宿時)伙食自理的。

self-cen·tered,《英》**-cen·tred** ['sɛlf'sɛntəd] 形 **1** 自我中心的，利己的。**2** 獨立的，自給自足的。**3** (作爲其他事物運動的中心而)固定的，不動的。～**·ly** 副，～**·ness** 名

self-col·lect·ed ['sɛlfkə'lɛktɪd] 形 鎮定的，沉著的。

self-col·ored,《英》**-oured** ['sɛlf'kʌləd] 形 **1** 單色的。**2** 本色的，自然色的。

self-com·mand [,sɛlfkə'mænd] 名 Ⓤ 自制(心)；克己，沉著。

self-com·pla·cent [,sɛlfkə'plesənt] 形 自滿的，自我陶醉的，自鳴得意的。

self-com·posed ['sɛlkəm'pozd] 形 鎮定自若的，沉著的。**-pos·ed·ly** [-zɪdlɪ] 副

self-con·ceit [,sɛlkən'sit] 名 Ⓤ 自大，自負。～**·ed** 形

self-con·cept ['sɛlf,kɑnsɛpt] 名〖心〗自我觀念。

self-con·cerned ['sɛlfkən'sɝnd] 形 過於關心自我利益的。

self-con·dem·na·tion ['sɛlf kɑndɛm'neʃən] 名 Ⓤ 自責。

self-con·demned ['sɛlfkən'dɛmd] 形 自責的。

self-con·fessed ['sɛlkən'fɛst] 形 自認的，自稱的：a ～ liar 公開承認自己爲騙子的人。

self-con·fi·dence ['sɛlf'kɑnfədəns] 名 Ⓤ 自信。**-dent** 形，**-dent·ly** 副

·self-con·scious ['sɛlf'kɑnʃəs] 形 自覺的，自我意識的；不自然的，忸怩的；呆板的，生硬的。～**·ly** 副

self-con·scious·ness ['sɛlf'kɑnʃənsɪs] 名 Ⓤ 自我意識；忸怩，害羞。

self-con·se·quence ['sɛlf'kɑnsəkwɛns] 名 Ⓤ **1** 自大；高傲。**2** 自大的態度，高傲的行爲。

self-con·sist·ent [,sɛlfkən'sɪstənt] 形 條理貫通的，前後一致的。

self-con·sti·tu·ted ['sɛlf'kɑnstə,tjutɪd] 形 自行決定的，自命的。

self-con·tained [,sɛlfkən'tend] 形 **1** 自給自足的；《英》(公寓等)各戶獨立的；整套裝在一起的，自給式的。**2** 沉默寡言的，含蓄的；有自制力的，不易衝動的。**-tain·edly** 副

self-con·tent ['sɛlfkən'tɛnt] 名 Ⓤ 自足，自滿。

self-con·tra·dic·tion ['sɛlf,kɑntrə'dɪkʃən] 名 **1** Ⓤ 自相矛盾。**2** 矛盾的言詞。

self-con·trol [,sɛlfkən'trol] 名 Ⓤ 自制(心)，克己。**-trolled** 形 自制的。

self-cor·rect·ing ['sɛlfkə'rɛktɪŋ] 形 自動校正的。

self-crit·i·cism ['sɛlf'krɪtə,sɪzəm] 名 Ⓤ 自我批評。

S

self-cul·ture ['sɛlf'kʌltʃɚ] 图 Ⓤ自我鍛鍊，自我修養。

self-de·ceit ['sɛlfdɪ'sit] 图 = self-deception.

self-de·ceiv·ing ['sɛlfdɪ'sivɪŋ] 形 騙自己的；自欺的。

self-de·cep·tion ['sɛlfdɪ'sɛpʃən] 图 Ⓤ 自欺；Ⓒ自欺（欺人）行爲。**-tive** 形

self-de·feat·ing ['sɛlfdɪ'fitɪŋ] 形自取挫敗的，不利於自己的，自我折臺的。

·**self-de·fense,**《英》**-fence** [,sɛlfdɪ'fɛns] 图 Ⓤ自衛，正當防衛：in ~ 正當防衛地，出於自衛。**-fen·sive** 形

self-de·lu·sion ['sɛlfdɪ'luʒən] 图 Ⓤ Ⓒ 自欺。

self-de·ni·al [,sɛlfdɪ'naɪəl] 图 Ⓤ忘我，克己；無私，禁慾。**'self-de·'ny·ing** 形

self-de·pend·ence ['sɛlfdɪ'pɛndəns] 图 Ⓤ 自我信賴。

self-de·struct ['sɛlfdɪs'trʌkt] 動 不及《美》自毀；自滅。—形能引起自毀的。
-'struc·tion 图 Ⓤ自我毀滅；自殺。

self-de·ter·mi·na·tion ['sɛlfdɪ,tɝmə'neʃən] 图 Ⓤ **1** 自主，自決。**2** 自立，獨立；民族自決（權）。

self-de·ter·mined ['sɛlfdɪ'tɝmɪnd] 形 自己決定的。**-min·ing** 形自己決定的；民族自決的。

self-de·vo·tion ['sɛlfdɪ'voʃən] 图 Ⓤ 獻身，自我犧牲《*to...*》。

self-dis·ci·pline ['sɛlf'dɪsəplɪn] 图 Ⓤ 自律，律己：a man of strict ~ 律己甚嚴的人。

self-dis·trust ['sɛlfdɪs'trʌst] 图 Ⓤ 缺乏自信。

self-drive ['sɛlf'draɪv] 形《主英》租用者自己駕駛的。

self-ed·u·cat·ed ['sɛlf'ɛdʒə,ketɪd] 形自修的，自我教育的。
'self-,ed·u·'ca·tion 图 Ⓤ自習。

self-ef·face·ment ['sɛlfɪ'fesmənt] 图 Ⓤ自我謙避不露鋒芒，避免出風頭。
-ef·'fac·ing 形自我謙避的，不出風頭的。

self-em·ployed ['sɛlfɪm'plɔɪd] 形自己經營的，不受雇於別人的。

self-en·rich·ment ['sɛlfɪn'rɪtʃmənt] 图 Ⓤ 自我充實。

self-es·teem [,sɛlfə'stim] 图 Ⓤ 自尊（心）。

self-ev·i·dent ['sɛlf'ɛvədənt] 形自明的，顯而易見的：a ~ truth 自明的真理。

self-ex·am·i·na·tion ['sɛlfɪg,zæmə'neʃən] 图 Ⓤ 反省，內省，自我檢討。

self-ex·ist·ent ['sɛlfɪg'zɪstənt] 形 獨立存在的；獨立的，自立的。**-ence** 图

self-ex·plan·a·to·ry [,sɛflɪk'splænə,torɪ] 形不需說明的，意義明顯的。

self-ex·pres·sion [,sɛlfɪk'sprɛʃən] 图 Ⓤ自我表現，自我表達。

self-fer·ti·li·za·tion ['sɛlf,fɝtḷə'zeʃən] 图 Ⓤ〖植〗自花受精。

self-for·get·ful [,sɛlffɚ'gɛtfəl], **-ting** [-tɪŋ] 形忘我的；不顧自己利益的；無私的。

self-ful·fill·ing ['sɛlffʊl'fɪlɪŋ] 形自我實現的，實現自己抱負的；（預言等）本身自然實現的。

self-gov·ern·ing ['sɛlf'gʌvɚnɪŋ] 形 **1** 自治的。**2** 獨立的。

self-gov·ern·ment ['sɛlf'gʌvɚnmənt] 图 Ⓤ **1** 自治，自己經營。**2** 自制，克己。

self-help ['sɛlf'hɛlp] 图 Ⓤ 自助；〖法〗自我救濟，自救行爲。

self·hood ['sɛlfhʊd] 图 Ⓤ **1** 自我，個性。**2** 自我中心，利己心。

self-hyp·no·sis [,sɛlfhɪp'nosɪs] 图自我催眠。

self-i·den·ti·fi·ca·tion ['sɛlfaɪ,dɛntəfə'keʃən] 图 Ⓤ自我認同。

self-i·den·ti·ty ['sɛlfaɪ'dɛntətɪ] 图 Ⓤ自我認同；自我意識。

self-im·age ['sɛlf'ɪmɪdʒ] 图自我形象。

self-im·mo·la·tion ['sɛlf,ɪmə'leʃən] 图 Ⓤ自我犧牲；自焚。

self-im·por·tant ['sɛlfɪm'pɔrtṇt] 形 自大的，自負的。**-tance** 图 Ⓤ自大；自負。
~**·ly** 副

self-im·posed ['sɛlfɪm'pozd] 形自願擔負的；自己強加的。

self-im·prove·ment ['sɛlfɪm'pruvmənt] 图 Ⓤ自求改善，自我修養。

self-in·dul·gent ['sɛlfɪn'dʌldʒənt] 形自我放縱的。**-gence** 图 Ⓤ自我放縱。

self-in·ter·est ['sɛlf'ɪntərɪst] 图 Ⓤ **1** 私心，利己的思想。**2** 自身利益。
~**·ed** 形自私的，利己的。

self-in·tro·duc·tion ['sɛlf,ɪntrə'dʌkʃən] 图 Ⓒ Ⓤ自我介紹。

self-in·vit·ed ['sɛlfɪn'vaɪtɪd] 形（客人等）不請自來的；自己引起的。

·**self·ish** ['sɛlfɪʃ] 形 只顧自己的，自私的，自利的。
~**·ly** 副, ~**·ness** 图

self-jus·ti·fi·ca·tion ['sɛlf,dʒʌstəfə'keʃən] 图 Ⓤ自我辯護，自我辯白。

self-know·ledge ['sɛlf'nɑlɪdʒ] 图 Ⓤ自覺，自知，自知之明。

self·less ['sɛlflɪs] 形忘我的，無私的。
~**·ly** 副無私無慾地。~**·ness** 图

self-load·ing ['sɛlf'lodɪŋ] 形自動裝填（式）的；半自動的。

self-love ['sɛlf'lʌv] 图 Ⓤ **1** 自私。**2** 自尊，自尊心；虛榮心。**3** = narcissism 2.

self-made ['sɛlf'med] 形 **1** 自力成功的，白手起家的：a ~ man 白手起家的人。**2** 自製的。

self-mail·er ['sɛlf,melɚ] 图郵簡。

self-mas·ter·y ['sɛlf'mæstərɪ] 图 Ⓤ自制，克己。

self-mock·ing ['sɛlf'mɑkɪŋ] 形自嘲的。

self-mor·ti·fi·ca·tion ['sɛlf,mɔrtəfə'keʃən] 图 Ⓤ自己吃苦，苦行；禁慾。
self-mov·ing ['sɛlf'muvɪŋ] 形自動的。
self-mur·der ['sɛlf'mɝdɚ] 图Ⓤ自殺。
self-o·pin·ion·at·ed ['sɛlfə'pɪnjən,etɪd], **-ioned** [-jənd] 形固執己見的，剛愎的。
self-per·pet·u·at·ing ['sɛlfpɚ'pɛtʃʊ,etɪŋ] 形 **1**（想盡辦法）戀棧的。**2** 可永久持續的。
self-pit·y ['sɛlf'pɪtɪ] 图 Ⓤ 自憐。
self-pol·li·na·tion ['sɛlf,pɑlə'neʃən] 图 Ⓤ〖植〗自花受粉。
self-por·trait ['sɛlf'portret] 图自畫像。
self-pos·sessed [,sɛlfpə'zɛst] 形自我控制的；冷靜的，沉著的。
self-pos·ses·sion [,sɛlfpə'zɛʃən] 图 Ⓤ 感情的自我控制；冷靜，沉著。
self-praise [,sɛlf'prez] 图 Ⓤ 自誇，自讚。
self-pres·er·va·tion [,sɛlfprɛzɚ'veʃən] 图 Ⓤ 自保；自衛；自衛本能。
self-pride ['sɛlf'praɪd] 图Ⓤ自尊（心）。
self-pro·pelled ['sɛlfprə'pɛld] 形 自行驅動的，自航的，自力推進的。
self-pro·tec·tion ['sɛlfprə'tɛkʃən] 图 Ⓤ自衛。
self-ques·tion·ing ['sɛlf'kwɛstʃənɪŋ] 图 Ⓤ 反省，自省。
self-re·al·i·za·tion [,sɛlfriələ'zeʃən] 图 Ⓤ 自我實現，自我才能的發揮。
self-re·cord·ing ['sɛlfri'kɔrdɪŋ] 形自動記錄的。
self-re·gard [,sɛlfrɪ'gɑrd] 图 Ⓤ **1** 關心自己，自私，自私心。**2** 自尊；自尊心。
self-reg·u·lat·ing ['sɛlf'rɛgjə,letɪŋ] 形 自動調節的。
self-re·li·ance [,sɛlfrɪ'laɪəns] 图Ⓤ自力更生，依靠自己。**-ant** 形, **-ant·ly** 副
self-re·nun·ci·a·tion ['sɛlfrɪ,nʌnsɪ'eʃən] 图Ⓤ忘我，無私；捨己，自我犧牲。
self-rep·li·cat·ing ['sɛlf'rɛplɪ,ketɪŋ] 形〖生物·遺傳〗自我複製的。**-rep·li·'ca·tion** 图 Ⓤ 自我複製。
self-re·proach [,sɛlfrɪ'protʃ] 图 Ⓤ 自責，良心的苛責。
self-re·spect [,sɛlfrɪ'spɛkt] 图 Ⓤ 自尊（心）；自重。～**·ful**, ～**·ing** 形 有自尊心的；自重的。
self-re·straint [,sɛlfrɪ'strent] 图 Ⓤ 自制，克己。
self-re·veal·ing ['sɛlfrɪ'vilɪŋ] 形自我表露的。
self-rev·e·la·tion ['sɛlf,rɛvə'leʃən] 图 Ⓤ自我表露；自我揭示。
self-right·eous ['sɛlf'raɪtʃəs] 形自以爲是的；自以爲正直的；僞善的。
～**·ly** 副, ～**·ness** 图
self-ris·ing ['sɛlf'raɪzɪŋ] 形《美》自發酵的（《英》self-raising）。
self-rule ['sɛlf'rul] 图= self-government.
self-sac·ri·fice ['sɛlf'sækrə,faɪs] 图 Ⓤ 自我犧牲，捨己爲人。**-fic·ing** 形犧牲自己的，捨己爲人的。
self-same ['sɛlf,sem] 形《文》完全相同的，同一的。～**·ness** 图
self-sat·is·fac·tion [,sɛlf,sætɪs'fækʃən] 图 Ⓤ 自滿，自鳴得意。
self-sat·is·fied ['sɛlf'sætɪs,faɪd] 形自滿的，自鳴得意的。
self-schooled ['sɛlf'skuld] 形 **1** 自學的，自修的。**2** 自律的。
self-school·ing ['sɛlf'skulɪŋ] 图 Ⓤ **1** 自學，自修。**2** 自律。
self-seal·ing ['sɛlf'silɪŋ] 形有[密]封的；自封式的；自行封口的。
self-seek·ing ['sɛlf'sikɪŋ] 图 Ⓤ, 形 追逐私利（的），自私自利（的），追求個人享樂（的）。
～**·ness** 图, **-seek·er** 图自私自利者。
self-serv·ice ['sɛlf'sɝvɪs] 图 Ⓤ, 形自助式（的）：a ～ gas station 自助加油站。
self-serv·ing ['sɛlf'sɝvɪŋ] 形謀私利的。
self-slaugh·ter ['sɛlf'slɔtɚ] 图 Ⓤ自殺。
self-sown ['sɛlf'son] 形 **1** 自然生根的，自然生長的。**2**（種子）自然傳播。
self-start·er ['sɛlf'stɑrtɚ] 图 **1** 自動啓動裝置；備有此裝置的交通工具等。**2**《口》主動自發去做事的人。
self-stick ['sɛlf'stɪk] 形自黏的。
self-stim·u·la·tion ['sɛlf,stɪmjə'leʃən] 图 Ⓤ 自我刺激。
self-stud·y ['sɛlf'stʌdɪ] 图 Ⓤ自學；自我檢討，自省。
self-styled ['sɛlf'staɪld] 形自稱的，自居的。
self-suf·fi·cient [,sɛlfsə'fɪʃənt] 形 **1** 可以自給自足的。**2** 過於自信的。
-cien·cy [-ʃənsɪ] 图
self-supply·ing ['sɛlfsə'plaɪɪŋ] 形自給的。
self-sup·port ['sɛlfsə'port] 图 Ⓤ 自給，自立。～**·ing** 形自給的，自立的。
self-sus·tain·ing [,sɛlfsə'stenɪŋ] 形自給的，獨立的，自立的。**-tained** 形
self-taught ['sɛlf'tɔt] 形自修而成的，自學成材的。
self-tim·er ['sɛlf'taɪmɚ] 图自拍裝置。
self-tor·ment ['sɛlf'tɔrmɛnt] 图 Ⓤ 折磨自己。
self-tor·ture ['sɛlf'tɔrtʃɚ] 图 Ⓤ 自我折磨。
self-will ['sɛlf'wɪl] 图 Ⓤ 任性，固執。
-willed 形任性的。
self-wind·er ['sɛlf'waɪndɚ] 图自動錶。
self-wind·ing ['sɛlf'waɪndɪŋ] 形自動上發條的。
self-worth ['sɛlf'wɝθ] 图 Ⓤ 自尊。
:sell [sɛl] 動 (**sold**, ～**·ing**) 及 **1** 賣，銷售《*at, for...*》；賣給；賣出：～ a thing *at* a

S

high price 以高價賣出某物。2 販賣，經售：～ insurance 推銷保險。3《口》推薦給，宣傳：～ a novel idea *to* the boss 把新的構想推薦給上司。4《口》使贊成，使接受《*on*...》：～ one's parents *on* the scheme 說服父母同意那項計畫。5 出賣《*for*...》：～ one's honor 出賣自己的名譽。6《通常用被動》《口》欺騙；使失望。7 促進銷售。—不及 1 出售；銷售。2 售價爲《*at, for*...》；《與 well 連用》暢銷。3 能被接受，能被同意。

be sold on... (1) ⇨動 及 4. (2) 熱中於。

be sold out (1) 賣光了。(2)（將商品）完全脫售《*of*...》。

sell a person a bill of goods ⇨ BILL[1]

sell a person down the river ⇨ RIVER[1]

sell** one's **life dearly 死得有代價。

sell like hot cakes ⇨ HOT CAKE（片語）

sell off（行市、價錢）下跌。

sell...off / ***sell off***... 廉價出清。

sell out (1)（清倉出售後）歇業。(2) 售完。(3) 賣光《*of*...》。(4) 背叛《*to*...》。(5) 出賣。

sell oneself (1) 自我宣傳。(2) 出賣自己；賣身；賣淫。

sell...short ⇨ SHORT 副（片語）

sell the dummy ⇨ DUMMY（片語）

sell the pass ⇨ PASS 名（片語）

sell up（將財產等）變賣；賣光。

—名 1《俚》欺騙，詐欺；《英口》失望。2 U《美口》賣，販賣；銷售，推銷（術）。

·sell·er ['sɛlɚ] 名 1 售賣人，賣者；推銷員。2 銷路好的東西；《偶作複合詞》行銷貨。

'sellers' ˌmarket 名《the ～, a ～》賣方市場。

sell·ing ['sɛlɪŋ] 形 1 出售的，販賣業的：a ～ price 售價。2《通常作複合詞》暢銷的：our fast-*selling* model 我們最暢銷的款式。

—名 U 販賣。

S

'selling ˌpoint 名 產品特色，賣點。

'selling ˌprice 名 售價。

sel·lo·tape ['sɛləˌtep] 名 U《英》《常作 S-》〖商標名〗膠帶（《美》Scotch tape）。—動 及 用膠帶黏上。

sell·out ['sɛlˌaʊt] 名 1 賣光，賣完；客滿。2 入場券都售完的演出或比賽。3《口》背叛，出賣。

selt·zer ['sɛltsɚ] 名 U（人工的）礦泉水，蘇打水。

sel·vage, -vedge ['sɛlvɪdʒ] 名 1 布邊。2 緣，邊；碎布，斷片。3 鎖孔板。

·selves [sɛlvz] 名 self 的複數形。

SEM《縮寫》*S*canning *E*lectron *M*icroscope 掃描式電子顯微鏡。

se·man·tic [sə'mæntɪk] 形 1 語意的。2 語意學的。**-ti·cal·ly** 副

se·man·tics [sə'mæntɪks] 名（複）《作單數》〖語言〗語意學。

sem·a·phore ['sɛməˌfor] 名 1（鐵路等的）信號機；信號裝置。2 U 旗語。—動 及 不及 打信號（通知）。

sem·blance ['sɛmbləns] 名 1 外形，外觀；面貌；外表《*of*...》：in ～ 在外觀[外表，表面]上 / under the ～ *of*... 以…的樣子 / bear the ～ *of*... 貌似 / put on a ～ *of*... 假裝…的樣子。2 類似；相似物《*of*...》：a mere ～ 只是類似。3 幻影，幽靈。

se·mei·ol·o·gy [ˌsimaɪ'ɑlədʒɪ] 名 = semiology.

se·men ['simən] 名 U 精液；胚種。

se·mes·ter [sə'mɛstɚ] 名（美國、德國等大學一年分爲二學期制的）學期。

sem·i ['sɛmɪ] 名 1《口》= semitrailer. 2《英口》半獨立式住宅：有一邊牆與他屋共用的住宅。3《口》= semiautomatic.

semi-《字首》表示「半」、「二次」之意。

sem·i·an·nu·al [ˌsɛmə'ænjuəl] 形 1 每半年的。2 半年生的。

sem·i·ar·id [ˌsɛmə'ærɪd] 形 半乾旱的。

sem·i·au·to·mat·ic [ˌsɛməˌɔtə'mætɪk] 形 半自動（式）的。—名 自動裝填的武器。

sem·i·breve ['sɛməˌbriv] 名〖樂〗《主英》全音符（《美》whole note）。

sem·i·cen·ten·ni·al [ˌsɛməsɛn'tɛnɪəl] 形 五十週年的，第五十年的。—名 五十週年（紀念）。

sem·i·cir·cle ['sɛməˌsɝkl] 名 1 半圓，半圓形。2 半圓形之物。

sem·i·cir·cu·lar [ˌsɛmə'sɝkjəlɚ] 形 半圓形的。

sem·i·civ·i·lized [ˌsɛmə'sɪvəˌlaɪzd] 形 半文明的，半開化的。

·sem·i·co·lon ['sɛməˌkolən] 名 分號（;）。

sem·i·co·ma [ˌsɛmə'komə] 名（複 ～s）半昏迷。

sem·i·con·duc·tor [ˌsɛməkən'dʌktɚ] 名 半導體。**-duct·ing** 形

sem·i·con·scious [ˌsɛmə'kɑnʃəs] 形 半意識的；半清醒的。～**·ly** 副, ～**·ness** 名

sem·i·dai·ly [ˌsɛmə'delɪ] 副 形 每半天地[的]，每天二次地[的]。

sem·i·de·tached [ˌsɛmədɪ'tætʃt] 形 1 半分離的。2《英》半獨立式的，有一邊牆壁與隔壁共有的。

sem·i·de·vel·oped [ˌsɛmədɪ'vɛləpt] 形 半開發的：a ～ nation 半開發國家。

sem·i·di·am·e·ter [ˌsɛmɪdaɪ'æmətɚ] 名 U C（通常指天體的）半徑。

sem·i·di·ur·nal [ˌsɛmədaɪ'ɝnl] 形 1 半天的。2 一天二次的。

sem·i·doc·u·men·ta·ry [ˌsɛməˌdɑkju'mɛntərɪ] 名 形 半紀錄影片（的）。

sem·i·fi·nal [ˌsɛmə'faɪnl] 形 準決賽的。—名 準決賽。～**·ist** 名 參加準決賽的選手。

sem·i·flu·id [ˌsɛməˈfluɪd] 名 U C，形 半流體（的）。
sem·i·for·mal [ˌsɛməˈfɔrml] 形 半正式的，準正式的；簡略的：a ～ party 半正式的聚會。
sem·i·lit·er·ate [ˌsɛməˈlɪtərɪt] 形 略識字的，半文盲的；識字但不會書寫的。
sem·i·lu·nar [ˌsɛməˈlunɚ] 形 半月形的，新月狀的：a ～ valve（心臟的）半月瓣。
sem·i·month·ly [ˌsɛməˈmʌnθlɪ] 副 形 每月二次地[的]，每半個月一次地[的]。—名（複 **-lies**）**1** 每月發生二次的事。**2** 半月刊。
sem·i·nal [ˈsɛmənl] 形 **1** 精液的；胚胎的；〖植〗種子的。**2** 有發展可能性的，待發展的。～**·ly** 副
sem·i·nar [ˈsɛməˌnar] 名 **1** 研究小組；研究小組的討論會。**2** 研究班課程。**3** 研究討論會；講習會；《美》專家討論會議。
sem·i·nar·i·an [ˌsɛməˈnɛrɪən] 名《尤美》神學院的學生。
sem·i·nar·ist [ˈsɛməˌnɛrɪst] 名《主英》= seminarian.
sem·i·nar·y [ˈsɛməˌnɛrɪ] 名（複 **-nar·ies**）**1** 神學院。**2**《文》（高中以上的）學院；（中學以上的）女子學院。**3** = seminar 1. **4**（罪惡等的）發源地，溫床。
sem·i·na·tion [ˌsɛməˈneʃən] 名 U C 播種；流傳，傳播。
sem·i·of·fi·cial [ˌsɛmɪəˈfɪʃəl] 形 半官方的。
se·mi·ol·o·gy [ˌsimɪˈɑlədʒɪ] 名 U 符號學。
se·mi·ot·ic [ˌsimɪˈɑtɪk] 形 符號的。—名《～s》《作單數》符號學。
sem·i·per·me·a·ble [ˌsɛməˈpɝmɪəbl] 形 半滲透性的。**-ˈbil·i·ty** 名
sem·i·post·al [ˌsɛməˈpostl] 名 附捐款的郵票。—形（郵票）半郵政的，附捐款的。
sem·i·pre·cious [ˌsɛməˈprɛʃəs] 形 半珍貴寶石的，準寶石的。
sem·i·pro [ˌsɛməˈpro] 形 名（複～s）《口》= semiprofessional.
sem·i·pro·fes·sion·al [ˌsɛməprəˈfɛʃənl] 形 **1** 半職業性的。**2** 準專業的。—名 半職業性的選手；準專家。～**·ly** 副
sem·i·qua·ver [ˈsɛməˌkwevɚ] 名《英》〖樂〗十六分音符（《美》sixteenth note）。
sem·i·skilled [ˌsɛməˈskɪld] 形 半熟練的，半技術工的；只需要半熟練技術的。
sem·i·sol·id [ˌsɛməˈsɑlɪd] 形 半固體的。
Sem·ite [ˈsɛmaɪt] 名 **1** 閃族（人）：Hebrews, Arab 等。**2** 猶太人。
Se·mit·ic [səˈmɪtɪk] 名 **1** U 閃語。**2**《～s》《作單數》閃族學。—形 閃族的，猶太人的；閃語的。
Sem·i·tism [ˈsɛməˌtɪzəm] 名 **1** U 閃族特性，猶太人特性。**2** 閃族語語法。
sem·i·tone [ˈsɛməˌton] 名〖樂〗《英》半音（《美》half step）。**-ton·ic** [-ˈtɑnɪk] 形
sem·i·trail·er [ˈsɛməˌtrelɚ] 名 半拖車，單軸拖車，雙輪掛車。
sem·i·trans·par·ent [ˌsɛmətrænsˈpɛrənt] 形 半透明的。
sem·i·trop·i·cal [ˈsɛməˈtrɑpɪkl] 形 亞熱帶的。**-ics** 名
sem·i·vow·el [ˈsɛməˌvauəl] 名〖語音〗**1** 半母音。**2** 半母音字母。
sem·i·week·ly [ˌsɛməˈwiklɪ] 副 形 每週二次地[的]。—名（複 **-lies**）三日刊，半週刊。
sem·i·year·ly [ˌsɛməˈjɪrlɪ] 形 副 每年二次的[地]。—名（複 **-lies**）半年刊。
sem·o·li·na [ˌsɛməˈlinə] 名 U《英》粗小麥粉。
sem·pi·ter·nal [ˌsɛmpɪˈtɝnl] 形《文》永遠的，永久的。～**·ly** 副
sem·pli·ce [ˈsɛmplɪˌtʃe] 形〖樂〗無裝飾音的；單純的，樸直的。
sem·pre [ˈsɛmpre] 副〖樂〗自始至終地。
semp·stress [ˈsɛmpstrɪs] 名《英》= seamstress.
sen.《縮寫》*sen*ate; *sen*ator; *sen*ior.
SEN《縮寫》*s*tate *e*nrolled *n*urse.
·**sen·ate** [ˈsɛnɪt] 名 **1**《the S-》參議院。**2** 議會，立法機關。**3** U〖羅史〗元老院。**4**（大學的）評議會。
ˈ**senate ˌhouse** 名 參議院議事廳；《S-》（特指 Cambridge 大學的）評議會辦事處。
·**sen·a·tor** [ˈsɛnətɚ] 名 **1** 參議員；（古羅馬的）元老院議員。**2**《S-》《美》《冠在姓氏之前》某某參議員。**3**（大學的）評議員。
sen·a·to·ri·al [ˌsɛnəˈtorɪəl] 形 元老院的；參議院的；議會的，元老院議員的；參議員的；由參議員組成的。～**·ly** 副
:**send**[1] [sɛnd] 動（**sent**, ～**·ing**）及 **1** 寄；遞送；送出；發送給：～ (him) a package 寄包裹（給他）/ ～ laundry *to* the cleaners 送（待洗）衣服到洗衣店。**2** 派遣《*to* ...》；去請，去拿《*for*...》：～ a person abroad 派某人到海外 / ～ the office boy to bring the morning coffee 叫辦公室的小弟去拿早上喝的咖啡。**3** 擲，拋；擊出；發射：～ a ball into left field 將球擊向左外野。**4** 使變成（某狀態），迫使：～ a person insane 使某人發狂 / ～ a ball flying 使球飛出去 / ～ the price down 使物價下跌 / ～ a person into a rage 使某人生氣。**5** 發出，散發出《*forth, off, out*》：～ *out* light 發光。**6**（神）施降；（神）賜給。**7**〖電〗發送；發出《*out*》。**8**《俚》使興奮。—不及 **1** 派人《*to*...》；遣人傳音訊。**2**〖電〗發送信號；通信；送信；寫信。
send a person about his business 攆走；解僱。
send (*a person*) ***after***... 派（某人）去追趕[尋找]。

S

send...along (1) 派遣；發送。(2) 驅逐。
send...away / send away... (1) 把…送往某處；解僱。(2) 發送。
send away for... 郵購。
send...back / send back... 送還；退回；發回。
send down (1)《常用被動》〖英大學〗勒令退學。(2) 使溫度等下降，使減低。(3)《英》使下獄《*for...*》。(4) 派遣；傳達…（到下層組織）；送往《*to...*》。
send for... (1) 派人去請[取]。(2) 郵購。
send a person for... 去取。
send...forth / send forth... (1) ⇨動及 5. (2) 輸出；寄出。(3) 寄發；發行，出版。
send in (1)（爲參加比賽等）送出；提出，呈送。(2) 遞出（名片等），將（名字）報上。(3) 提出（苦情）。(4) 招待入內。
send...off / send off... (1) 寄發，發送；《英》（足球等比賽時）逐出場。(2) 送別；使啓程。(3) =SEND away (2).
send a person on... (1)派遣某人去。(2) 送某人去（度假等）。(3) 派某人出場。
send...on / send on... (1) 預寄，先送。(2) 轉寄，轉送。
send (a person) out 派（某人）出去；派（某人）送《*for...*》。
send...out / send out... (1) ⇨動及 5. (2) 寄出；散發。(3) 叫人做…《*to* do》。
send round 傳口信。
send...round / send round... (1) 傳遞，傳閱。(2) 傳達，轉告。
send...up / send up... (1) 放出，產生；揚起；發射。(2) 使上升。(3) 呈給上司。(4) 燒毀；炸毀。(5)《美俚》送入監牢。(6)《英俚》（以模仿）嘲弄，輕侮。

send² [sɛnd] 動 **(sent, ～·ing)** 不及，名〖海〗= scend.

send·er ['sɛndɚ] 名寄送者，發貨人；發報機，送話筒。

send-off ['sɛnd,ɔf] 名《口》**1** 送行，送別。**2** 出發；（比賽的）開始。

send-up ['sɛnd,ʌp] 名《主英》諷刺性模仿；諷刺。

Sen·e·ca¹ ['sɛnɪkə] 名 **1** (複～s,《集合名詞》～)（北美印第安的）塞尼加族（的人）。**2** Ⓤ 塞尼加語。

Sen·e·ca² ['sɛnɪkə] 名 **Lucius Annaeus**，塞尼加（4B.C.?－A.D.65）：古羅馬的哲學家、悲劇作家和政治家。

Sen·e·gal [,sɛnɪ'gɔl] 名塞內加爾（共和國）：位於非洲西部；首都爲 Dakar。
-ga·lese [,sɛnɪgə'liz] 形名塞內加爾的[人]。

se·nes·cent [sə'nɛsn̩t] 形《文》進入老境的，開始變老的；顯老的。**-cence** 名 Ⓤ 衰老；顯老。

sen·e·schal ['sɛnəʃəl] 名（中世紀皇族或貴族的）總管家。

se·nile ['sinaɪl] 形 **1** 老邁的，老年的；因年老所引起的。**2**〖地〗老年期的。
—名老年人，衰老的人。

se·nil·i·ty [sə'nɪlətɪ] 名 Ⓤ 老年；衰老。

:sen·ior ['sinjɚ] 形 **1** 年歲較大的，年長的《*to...*》；《加在姓名之後》父親的，年長的。**2** 身分較高的，資格較老的，資深的：a ～ associate 資深的職員，（合股公司的）主要負責人 / the ～ delegate 首席代表。**3**《英》高年級的；《美》（高中、大學）最高年級的，最後一個學年的；專門課程的。**4** 最早的；早期的。—名 **1** 年長者，年歲較大的人。**2** 長輩，前輩；上級，長官。**3**《英》（中學、高中的）高年級生；《美》（高中、大學的）最高年級學生。**4**《英》（大學的）資深特別研究員。

'senior 'citizen 名高齡者，65 歲以上的老人。

'senior 'high ,school 名 ⇨ HIGH SCHOOL

sen·ior·i·ty [sin'jɔrətɪ] 名 Ⓤ **1** 年長。**2** 資深，年資久：get promotion through ～ 依年資升任。

'senior ,service 名《*the* ～》《英》海軍。

sen·na ['sɛnə] 名 **1**〖植〗山扁豆；旃那樹。**2** Ⓤ 用旃那乾葉子製造的通便劑。

sen·net ['sɛnɪt] 名《古》（通知演員上場、下場的）號聲信號。

sen·night, se'n- ['sɛnaɪt, -nɪt] 名《古》一星期。

se·ñor [sen'jɔr] 名(複～s) **1** 先生（略作：Sr.）。**2** 紳士；男子。

se·ño·ra [sen'jorə] 名 (複 ～s [-z]) **1** 夫人，太太（略作：Sra.）。**2**（西班牙語系中的）已婚婦女。

se·ño·ri·ta [,senjə'ritə] 名 (複～s [-z]) **1** 小姐（略作：Srta.）。**2**（西班牙語系中的）未婚婦女，姑娘。

sen·sate ['sɛn,set] 形可感覺到的。

·sen·sa·tion [sɛn'seʃən] 名 **1** Ⓤ Ⓒ 感覺作用；〖生理〗感覺機能：lose all ～ 喪失所有的知覺。**2**《*a* ～》感覺：have *a* ～ of cold 有冷的感覺。**3** 興奮，激動；引起激動的人；轟動一時的事：create a ～ 引起轟動。

sen·sa·tion·al [sɛn'seʃənl̩] 形 **1** 聳人聽聞的；煽情的。**2** 了不起的，偉大的；轟動的，驚人的；惹人注目的。**3** 感覺的。
～**·ly** 副

sen·sa·tion·al·ism [sɛn'seʃənl̩,ɪzəm] 名 Ⓤ **1** 追求煽情效應的題材。**2** 追求煽情效應。**3**〖哲〗感覺論；官能主義。**4**〖心〗感覺論。**-ist** 名

sen·sa·tion·al·ize [sɛn'seʃənl̩,aɪz] 動及使引起轟動，使聳人聽聞。

:sense [sɛns] 名 **1** 感官；感覺作用：the (five) ～*s* 五官 / the sixth ～ 第六感，直覺 / the pleasures of the ～*s* 感官上的快樂 / errors of ～ 錯覺 / have a sharp ～ of smell 嗅覺敏銳。**2**《常作 **a** ～》感覺，心境，印

S

象《of...》；（…之）感：a ~ of danger 危機感 / a ~ of pain 痛的感覺。3《通常作 a ~, one's ~》認識；判斷力，辨別力《of ...》：a ~ of humor 幽默感 / a ~ of height 高度感 / a ~ of direction 方向感。4《常作 the ~》觀念；意識：the ethical ~ 倫理觀念。5《one's ~s》理智，健全的神智，理性：be in one's (right, sober) ~s 頭腦健全，神智清醒 / be out of one's ~s 喪失理性。6 Ⓤ《通常無冠詞》見識；明智；道理，合理性《to do》：common ~ 常識 / a woman of ~ 懂道理的女性 / talk ~ 說得有道理 / have more ~ than to do 沒有糊塗到會去做…。7 意義，意味，意思；益處：in the strict ~ 嚴格的意義。8 Ⓤ意見，意向：take the ~ of the members（以投票等）查明會員的意向。

in a sense 從某種意義上說。

make sense 可以解釋，有意義；有道理。

make sense (out) of...《通常用於疑問句、否定句》明白…的意義，理解…。

stand to sense《英俚》合道理。

—動 **(sensed, sens·ing)** 及 **1** 感覺到；《美》理解，了解。**2** 探知；〖電算〗理解。

'sense ˌdatum 名〖心〗感覺資料。

·**sense·less** ['sɛnslɪs] 形 **1** 無感覺的；喪失意識的，不省人事的：beat a person ~ 將某人打得不省人事。**2** 莽撞的，沒有常識的；笨的；無意義的：~ violence 愚蠢的暴行。

~·**ly** 副, ~·**ness** 名

'sense ˌorgan 名感覺器官。

'sense perˌception 名 Ⓤ感覺，知覺。

sen·si·bil·i·ty [ˌsɛnsə'bɪlətɪ] 名 (複-**ties**) **1** Ⓤ感覺（能力）；敏銳的意識；理解力；感性：the ~ of the epidermis 皮膚的感覺 / moral ~ 道德意識。**2** Ⓤ敏感度，易感度《to...》：~ to pain 對疼痛的敏感。**3** Ⓤ《偶作 -ties》感情：hurt a person's *sensibilities* 傷害某人的感情。**4**《常作 -ties》感受性；感情，情緒：a man of strong *sensibilities* 感情強烈之人。**5** 敏感性；靈敏度。

:**sen·si·ble** ['sɛnsəbl̩] 形 **1** 明理的，通情達理的；聰明的；衣服不花俏的；實用的：a ~ young man 通情達理的青年 / a ~ decision 聰明的決定。**2** 感覺到的，知道的《of...》。**3** 可知覺的。**4** 有感覺能力，能感覺的《to...》：be highly ~ to pain 對疼痛很敏感。**5** 有意識的。 ~·**ness** 名

sen·si·bly ['sɛnsəblɪ] 副明理地，聰明地，有判斷力地；能感覺到地，明顯地。

·**sen·si·tive** ['sɛnsətɪv] 形 **1** 有感覺的；容易感覺的；容易受影響的《to...》：~ fingers 靈敏的手指 / a ~ market 不安定的市場 / ~ to cold 對冷敏感的。**2** 敏感的，纖細的；神經質的《to, about...》：a ~ heart 多愁善感的心 / ~ to criticism 在乎批評的。**3** 關於感覺的。**4** 處理（國家）機密的；微妙的。**5** 靈敏度高的；易感光的：~ paper 感光紙。

—名敏感的人；容易受催眠的人。

~·**ly** 副, ~·**ness** 名

'sensitive ˌplant 名〖植〗含羞草。

sen·si·tiv·i·ty [ˌsɛnsə'tɪvətɪ] 名 Ⓤ **1** 敏感性，易感性。**2**〖生理〗感受性。**3** 靈敏度；感光度。

'sensitivity ˌgroup 名 = encounter group.

'sensitivity ˌtraining 名 Ⓤ感受性訓練；人際關係訓練。

sen·si·tize ['sɛnsəˌtaɪz] 動及《通常用過去分詞》**1** 使敏感，使易感。**2**〖攝〗使易於感光。—不及變成敏感，變成易感。-**ti·za·tion** 名 Ⓤ敏化。-**tiz·er** 名 Ⓤ Ⓒ 增感劑；〖生〗過敏體，介體。

sen·sor ['sɛnsɚ] 名〖電子〗傳感器；敏感元件；敏感裝置。

sen·so·ri·um [sɛn'sorɪəm, -'sɔr-] 名 (複 ~s, -**ri·a** [-rɪə]) **1** 感覺中樞，知覺器官。**2** 腦。

sen·so·ry ['sɛnsərɪ], **-so·ri·al** [-'sorɪəl, -'sɔr-] 形感覺的，知覺的。

sen·su·al ['sɛnʃuəl] 形 **1** 肉體感覺的；官能的；性感的；淫亂的：~ pleasures 官能的享受 / a ~ mouth 性感的嘴形。**2** 世俗的；無宗教心的。**3** 感覺的。**4** 感覺論的。~·**ly** 副肉感地。~·**ness** 名

sen·su·al·ism ['sɛnʃuəlˌɪzəm] 名 Ⓤ **1** 肉慾主義；沉迷於肉慾，好色。**2**〖倫〗官能主義；（美學上）官能主義，感覺主義。-**ist** 名好色者；官能主義者。

sen·su·al·i·ty [ˌsɛnʃu'ælətɪ] 名 Ⓤ 官能性；耽於肉慾之事；好色，淫蕩。

sen·su·al·ize ['sɛnʃuəlˌaɪz] 動及使縱於肉慾，使變成好色。

sen·su·ous ['sɛnʃuəs] 形 **1** 感官的；給感官以快感的，影響感官的：the ~ joy of art 藝術的感官上的喜悅 / mild ~ breezes 使人舒暢的柔和微風。**2** 感覺敏銳的，敏感的。~·**ly** 副, ~·**ness** 名

:**sent** [sɛnt] 動 **send** 之過去式、過去分詞。

:**sen·tence** ['sɛntəns] 名 **1** Ⓤ Ⓒ〖法〗判決，宣判，刑罰：be under ~ of 受…的宣判，被處以…刑罰 / pronounce a ~ (of...) on a person 對某人判（某）刑 / receive a light ~ 受輕的判決 / get a heavy ~ 獲判重刑。**2**〖文法〗句子。**3**〖樂〗樂句。**4**《古》名言，警句，格言。

—動 **(-tenced, -tenc·ing)** 及《常作被動》判決，處以（…之）刑《to...》。

'sentence 'pattern 名〖文法〗句型。

'sentence ˌstress 名 Ⓤ Ⓒ 句子的重音。

sen·ten·tious [sɛn'tɛnʃəs] 形 **1** 格言多的；警句的；喜用警句的。**2** 說教語調的，自以為是的。~·**ly** 副

sen·tience ['sɛnʃəns, -ʃɪəns] 名 Ⓤ 感覺力；有感覺力；感覺性。

sen·tient ['sɛnʃənt, -ʃɪənt] ㊎有感覺力的，有知覺力的；能感覺的《*of...*》。—㊔有感覺的人。

·sen·ti·ment ['sɛntəmənt] ㊔ **1**《常作～s，作單數》意見，感想，觀點《*on, about...*》: popular ～ 輿論 / express one's ～*s about* the subject 就那個話題發表個人的感想。**2** Ⓤ Ⓒ感情，心境，情緒《*for ...; against, toward*》: a ～ *for* racial equality 贊成種族平等的感情 / have friendly ～*s toward* a person 對某人懷有好意。**3** Ⓤ高雅的感情，情操；情趣，情感。**4** Ⓤ感傷，脆弱的感情《*for, about...*》: a man of ～ 善感的人。**5** Ⓤ Ⓒ(感情上的）意義。**6**《偶作～s》簡短致詞。

sen·ti·men·tal [ˌsɛntə'mɛntl] ㊎ **1** 感情的；情緒的；情操的: for ～ reason 基於感情上的理由。**2** 引起感傷的，感傷的: ～ painting 令人感傷的畫。**3** 多愁善感的，感情用事的: a ～ young girl 多愁善感少女。

sen·ti·men·tal·ism [ˌsɛntə'mɛntl̩ˌɪzəm] ㊔ Ⓤ **1** 感情主義；多愁善感。**2** 感情用事的言行。**-ist** ㊔多愁善感的人；感情主義者。

sen·ti·men·tal·i·ty [ˌsɛntəmɛn'tælətɪ] ㊔(複**-ties**) Ⓤ感傷性，多愁善感；Ⓒ感情用事的行爲。

sen·ti·men·tal·ize [ˌsɛntə'mɛntl̩ˌaɪz] ㊍ 不及 耽於感傷，感情用事，傷感《*about, over...*》: ～ *about* frontier life 緬懷邊疆地區的生活而感傷。—及使流於感情；使感傷。**-ta·li·za·tion** ㊔

sen·ti·nel ['sɛntənl] ㊔守衛；步哨，哨兵: stand ～ over 守衛，站崗。—㊍及(～**ed**, ～**·ing** 或《英詩》**-nelled**, ～**·ling**) 守衛；站崗。

sen·try ['sɛntrɪ] ㊔(複**-tries**)〖軍〗步哨，哨兵；衛兵；看守: be on ～ 站崗 / go on ～ 上哨。

'sentry ˌbox ㊔哨兵崗位，崗亭。

'sentry ˌgo ㊔ Ⓤ《英》換哨信號；步哨勤務，步哨線。

Se·oul [sol, se'ol] ㊔首爾：南韓首都，舊稱漢城。

Sep. 《縮寫》*Sep*tember; *Sep*tuagint.

se·pal ['sipl, 'sɛpl] ㊔〖植〗萼片。

sep·a·ra·ble ['sɛpərəbl, 'sɛprə-] ㊎能分離的，可隔開的；可區分的《*from...*》。**-bil·i·ty** ㊔ Ⓤ可分性；分離性。

:sep·a·rate ['sɛpəˌret, -prət] ㊍ (**-rat·ed, -rat·ing**) 及 **1** 使分開，隔開；使分離；區別《*from, and...*》: ～ the two quarreling players 將爭吵的二位球員拉開 / ～ business *and* government 將商業與政治分開。**2** 拉開，使離開；使分居；開除，遣散《*from...*》。**3** 分類；劃分，區分《*up / into ...*》: ～ things *into* groups 將東西分成幾堆。**4** 分離析出《*from, out of...*》；識別…《*out*》: ～ the wheat *from* the chaff 將麥和麥糠分開。—不及 **1** 絕交；絕緣；脫離《*from...*》。**2** 分（成…）《*up / into ...*》；分居。**3** 分離，析出《*out / from...*》。**4** 分手，別離。—['sɛpərɪt, -prɪt] ㊎ **1** 分開的；分離的，不連接的；分隔的，隔離的《*from...*》；無關聯的，性質相異的；獨特的；獨立的。**2**《限定用法》各個的，各別的；各自的，獨自的。

—['sɛpərɪt, -prɪt] ㊔ **1**《通常作～s》可不配套穿的女裝或童裝。**2**（雜誌、文章等的）抽印本。

～**·ness** ㊔

'separated 'brother ㊔不同教派的基督徒。

·sep·a·rate·ly ['sɛpərɪtlɪ, -prɪt-] ㊏分離地；獨立地《*from...*》；各別地，各自地，獨自地。

'separate 'maintenance ㊔ Ⓤ〖法〗贍養費。

·sep·a·ra·tion [ˌsɛpə'reʃən] ㊔ **1** Ⓤ Ⓒ分離；分開；區分，區別；分類；脫離；分隔，隔絕: ～ of church and state 政教分離 / ～ of powers 三權分立。**2** 用以分隔之物；分隔處；分隔線；分離點；間距；裂縫，孔。**3** Ⓤ Ⓒ別離；分居《*from...*》；離職；解雇；退役；退學。

sep·a·ra·tism ['sɛpərəˌtɪzəm, 'sɛprə-] ㊔ Ⓤ 分離主義。

sep·a·ra·tist ['sɛpəˌretɪst] ㊔分離主義者。—㊎分離主義（者）的。

sep·a·ra·tive ['sɛpəˌretɪv] ㊎分離性的；有分離傾向的；造成分離的。～**·ly** ㊏

sep·a·ra·tor ['sɛpəˌretɚ] ㊔分離者；分離器，離析器；隔離板。

se·pi·a ['sipɪə] ㊔(複～**s**, **-ae** [-pɪi]) ㊔ **1** Ⓤ用烏賊墨汁製成的深褐色顏料；暗褐色。**2** 用上述顏料所繪製之圖畫；〖攝〗深褐色的相片。

se·poy ['sipɔɪ] ㊔（從前駐印度的英軍中的）印度兵。

sep·sis ['sɛpsɪs] ㊔(複**-ses** [-siz]) Ⓤ Ⓒ〖病〗膿毒病，敗血症。

sept- 《字首》表「七」之意。

Sept. 《縮寫》*Sept*ember; *Sept*uagint.

:Sep·tem·ber [sɛp'tɛmbɚ, səp-] ㊔九月。略作：Sep., Sept.

sep·te·nar·y ['sɛptəˌnɛrɪ] ㊎ **1** 七的；由七個組成的。**2** 七年的，長達七年的；每七年一次的。—㊔(複**-nar·ies**) **1** 七個一組；七。**2** 七年；一星期；七天。

sep·ten·ni·al [sɛp'tɛnɪəl] ㊎七年一次的；七年的。—㊔每七年發生一次的事[物]。

sep·tet [sɛp'tɛt] ㊔ **1** 七個人的一組；七個一組。**2** 七重奏；七重唱。

sep·tic ['sɛptɪk] ㊎〖病〗腐敗（性）的；膿毒性的：a ～ tank 化糞池。—㊔腐敗物，引起腐敗的東西；敗血症病原體。

sep·ti·ce·mi·a,《英》**-cae·mi·a** [ˌsɛptə'simɪə] ㊔ Ⓤ〖病〗敗血症。**-mic** ㊎

S

sep·ti·mal ['sɛptɪml] 形七的。

sep·tu·a·ge·nar·i·an [,sɛptʃuədʒə'nɛrɪən] 形 名 70 歲至 79 歲之間的（人）。

Sep·tu·a·ges·i·ma [,sɛptʃuə'dʒɛsəmə] 名（基督教、天主教的）七旬節（主日），（英國教會）封齋前第三主日：四旬齋前的第三個星期日。

Sep·tu·a·gint ['sɛptʃuə,dʒɪnt] 名《the ～》最古的希臘文舊約聖經譯本。

sep·tum ['sɛptəm] 名 (複 **-ta** [-tə])〖生〗隔壁，隔膜。

sep·tu·ple ['sɛptupl, -'tu-] 形七倍的；七的。—動 及乘以七。

sep·ul·cher,《英》**-chre** ['sɛpl̩kɚ] 名《文》墳墓；安眠處。

se·pul·chral [sə'pʌlkrəl] 形 **1** 墓的；充作墳墓的。**2** 埋葬的。**3** 墳墓似的；陰森森的；低沉的。～**·ly** 副

sep·ul·ture ['sɛpl̩tʃɚ] 名 **1** Ⓤ《文》埋葬。**2**《古》埋葬地，墳墓。

seq.《縮寫》*sequel*; (複 **seqq.**)《拉丁語》*sequens* 以下（的事物）。

se·qua·cious [sɪ'kweʃəs] 形 **1** 盲從的，順從的。**2** 有條理的，前後連貫的。

se·quel ['sikwəl] 名 **1**（文學作品等的）續集《*of, to...*》: a ～ *to* the movie 電影的續集。**2** 接續而來的事；後果，結局，結論《*of, to...*》。

·se·quence ['sikwəns] 名 **1** Ⓤ繼續，連續；《**a** ～》（…的）一連串《*of...*》；Ⓤ順序，先後次序：in ～依序 / *a* ～ *of* heavy storms 一連串大風暴 / the ～ *of* events 事件發生的順序 / in alphabetical ～ 依字母順序。**2** 一系列相關聯或連續的東西；《**a** ～》一系列。**3** 隨後發生的事；後果，結局。**4**〖影〗（時空不變且有來龍去脈的）連續鏡頭；片斷；插曲；〖牌〗同花順。**5**〖數〗數列。—動 及 順序排放。

the sequence of tenses〖文法〗時態的一致。

se·quent ['sikwənt] 形 **1** 隨後的，接著發生的；連續的。**2** 必然繼之而來的；結果的。—名 接著發生的事，繼起的事；後果，結果。

se·quen·tial [sɪ'kwɛnʃəl] 形 **1** 連續的；順序的。**2** 接著發生的，隨之而來的。**3** 應逐次服用的。～**·ly** 形

se·ques·ter [sɪ'kwɛstɚ] 動 及 **1**《常用反身》使隱遁，使退隱《*from...*》: ～ *oneself from* society 隱居。**2** 使分開，隔離。**3**〖化〗使螯合。**4**〖法〗暫時扣押；委託第三者保管；〖國際法〗接管，沒收。**-tra·ble** 形

se·ques·tered [sɪ'kwɛstɚd] 形 幽靜的，偏僻的；遠離塵世的，退隱的。

se·ques·trate [sɪ'kwɛstret] 動 及 **1**《通常用被動》〖法〗扣押，沒收。**2**《古》隔離；使退隱。

se·ques·tra·tion [sɪ,kwɛs'treʃən] 名 Ⓤ Ⓒ **1** 隔離；放逐，流放。**2** 退隱，隱遁。**3**〖法〗財產的暫時扣押；爭執物的強制保管；接管，沒收。

se·ques·tra·tor ['sɪkwɛs,tretɚ] 名（財產的）查封人；沒收者。

se·quin ['sikwɪn] 名 裝飾用圓形金屬或塑膠小亮片。

se·quoi·a [sɪ'kwɔɪə] 名 Ⓤ Ⓒ〖植〗紅杉。

se·ra ['sɪrə] 名 **serum** 的複數形。

se·ra·glio [sɪ'ræljo, -'rɑl-] 名 (複～**s**)（回教國）後宮。

se·ra·pe [sə'rɑpɪ] 名 (複 ～**s** [-z])（拉丁美洲人穿的）顏色鮮豔的披肩或披身毛毯。

ser·aph ['sɛrəf] 名 (複～**s**, **-a·phim** [-əfɪm]) 六翼天使。

se·raph·ic [sə'ræfɪk] 形 **1** 六翼天使的；六翼天使般的。**2** 天使般的，純潔的。

Serb [sɝb] 名 形 **1** 塞爾維亞人[語]（的）。**2** = Serbo-Croatian.

Ser·bi·a ['sɝbɪə] 名 塞爾維亞（共和國）：巴爾幹半島之一內陸國；首都貝爾格勒（Belgrade）。**-an** 名 形 塞爾維亞人（的）；Ⓤ塞爾維亞語（的）。

Ser·bo-Cro·a·tian ['sɝbokro'eʃən] 名 Ⓤ 塞爾維亞-克羅埃西亞語：南斯拉夫通用語之一。—形 塞爾維亞-克羅埃西亞語的。

sere [sɪr] 形《文》乾枯的，凋萎的（亦作 **sear**）。

ser·e·nade [,sɛrə'ned] 名 **1** 小夜曲；〖樂〗小夜曲。**2** = serenata 2. —動 及 不及 唱月下情歌，演奏小夜曲。**-nad·er** 名

ser·en·dip·i·tous [,sɛrən'dɪpətəs] 形 善於發現意外收穫的；善於發現便宜貨的。

ser·en·dip·i·ty [,sɛrən'dɪpətɪ] 名 (複 **-ties**) Ⓤ 善於無意間發現珍寶的能力，偶然獲得意外收穫的運氣，歪打正著的本事；《**-ties**》誤打誤撞而來的奇緣。

·se·rene [sə'rin] 形 (**-ren·er, -renest**) **1** 寧靜的，平靜的；安定的，平穩的；晴朗的，萬里無雲的：a ～ view 寧靜的風景 / a ～ temper 寧靜的性情 / a ～ life 平靜的生活 / ～ weather 晴朗的天氣。**2**《通常作 **His S-**》殿下。

—名《**the** ～》**1**《古》平靜的海；晴朗的天空。**2** 寧靜，平靜。—動 (**-rened, -ren·ing**) 及《詩》使平靜，使晴朗。～**·ly** 副，～**·ness** 名

se·ren·i·ty [sə'rɛnətɪ] 名 **1** Ⓤ 靜謐，寧靜；平靜，安詳：the perfect ～ of a Southern night 非常寧靜的南國之夜。**2** Ⓤ 晴朗，清澄。**3**《通常作 **His S-**》殿下。

serf [sɝf] 名 **1** 農奴。**2** 奴隸。
～**·dom**, ～**·hood**, ～**·age** 名 Ⓤ 農奴身分；農奴制。

Serg.《縮寫》*Sergeant.*（亦作 **sergt.**）

serge [sɝdʒ] 名 Ⓤ〖紡〗嗶嘰。

·ser·geant ['sɑrdʒənt] 名 **1**〖軍〗軍士；（美陸軍）中士，（美空軍）下士；（英陸軍）中士（略作：Sgt.）。**2** 警官，巡佐。

S

3 = sergeant at arms.

'sergeant at 'arms 图（議會、法庭等的）守衛。

'sergeant 'major 图（複）(**sergeants major** 或 **~s**)〖美陸軍·海陸〗軍士長，士官長。

se·ri·al ['sɪrɪəl] 图 **1** 連載小說；連續性的節目[影片等]，連續劇。**2** 期刊，分期發行的刊物。—形 **1** 連載的，連續的。**2** 逐次刊行的。**3** 一系列的，一連串的；分期的；按順序的。**~·ly** 副 順次地，連續地。

se·ri·al·ize ['sɪrɪəl,aɪz] 動 及《常用被動》連載，連續出版；連續播放。**-ist** 图 連載小說作家。

-i·'za·tion 图

'serial mo'nogamy 图 Ⓤ 連續式一夫一妻制。

'serial ˌnumber 图 依序編列的號碼。

se·ri·ate ['sɪrɪɪt, -,et] 形 連續的，順序排列的。—['sɪrɪ,et] 動 及 使連續，按順序排列。

~·ly 副，**-'a·tion** 图 Ⓤ Ⓒ 連續，順序。

se·ri·a·tim [,sɪrɪ'etɪm, ,sɛrɪ-] 副 按照順序地，依次地，逐一地。

se·ri·ceous [sə'rɪʃəs] 形 **1** 絲狀的，似絲的；絲的。**2** 有絲狀柔毛的。

ser·i·cul·ture ['sɛrɪ,kʌltʃə] 图 Ⓤ 養蠶；養蠶業。**-'cul·tur·al** 形

:se·ries ['siriz, 'si-] 图（複~）**1**《*a* ~》連續；一系列，一連串；一組《*of...*》；（競技等的）爭霸戰，連續賽：*a* ~ *of* discoveries 一連串發現 / *a* ~ *of* formulas 一系列的公式。**2** 連續的出版物，叢書；連續節目；影集：the English Linguistics *S*-英語語言學叢書 / the first ~（刊物等的）第一集 / a drama ~（電視的）連續劇。**3**〖數〗級數；Ⓤ〖電〗串聯。**4**〖修〗等位語句的連續。

in series 連續地，順序地；作爲叢書；〖電〗成串聯地。

—形〖電〗串聯的。

se·ries-wound ['sɪriz,waʊnd] 形〖電〗串聯的。**'series ˌwinding** 图 Ⓤ 串聯繞法。

ser·if ['sɛrɪf] 图〖印〗襯線。

ser·i·graph ['sɛrɪ,græf] 图 絹印版畫。

se·'rig·ra·phy 图 Ⓤ 絹印彩色印刷法。

se·ri·o·com·ic [,sɪrɪo'kɑmɪk] 形 既嚴肅又詼諧的。

:se·ri·ous ['sɪrɪəs] 形 **1** 莊重的，嚴肅的。**2** 認真的，正經的；嚴謹的。**3** 重要的，重大的；嚴重的；危險的：a ~ wound 重傷 / a ~ matter 重大問題。

·se·ri·ous·ly ['sɪrɪəslɪ] 副 **1** 認真地；嚴肅地；嚴重地：be ~ injured 嚴重地受到傷害。**2**《口》《用於改換話題的句首》正經地。

se·ri·ous-mind·ed ['sɪrɪəs'maɪndɪd] 形 認真的；嚴肅的。**~·ly** 副，**~·ness** 图

se·ri·ous·ness ['sɪrɪəsnɪs] 图 Ⓤ 認真；嚴肅；嚴重性。

ser·jeant ['sɑrdʒənt] 图《主英》= sergeant.

·ser·mon ['sɝmən] 图 **1** 說教，講道；演講，訓話；教誨，訓誡：preach a ~ 說教，訓誡。**2** 使人厭煩的長篇演說。

-mon·ic [-'mɑnɪk]，**-'mon·i·cal** 形

ser·mon·ize ['sɝmən,aɪz] 動 不及 說教，訓誡。—及 訓誡，說教：~the assembly 對會眾說教。

'Sermon on the 'Mount 图〖聖〗《the ~》登山寶訓。

se·rol·o·gy [sɪ'rɑlədʒɪ] 图 Ⓤ 血清學。

se·ro·type ['sirə,taɪp] 图〖醫〗血清型。—動 及 不及 分辨血清型。

se·rous ['sɪrəs] 形 血清的；漿液狀的，漿液性的；含漿液的；分泌漿液的；如水的；稀薄的。**se·ros·i·ty** [sɪ'rɑsətɪ] 图

·ser·pent ['sɝpənt] 图 **1**《文》蛇。**2**《the (Old) S-》惡魔；撒旦。**3** 陰險的人，狡猾的人，懷有惡意的人。**4** 從前一種蛇形的低音木管樂器。

ser·pen·tine ['sɝpən,tin, -,taɪn] 形 **1** 似蛇的。**2** 彎彎曲曲的，蜿蜒的。**3** 陰險的，狡猾的。—图 **1** 蛇紋石。**2** S形曲線。

ser·rate ['sɛrɪt, -et] 形 **1** 鋸齒狀葉的。**2** 有鋸齒邊的，有缺刻的。

ser·rat·ed ['sɛretɪd] 形 = serrate.

ser·ra·tion [sə'reʃən] 图 **1** Ⓤ 鋸齒狀。**2** Ⓤ Ⓒ 鋸齒狀的邊。

ser·ried ['sɛrɪd] 形 擁擠的，密集的：in ~ ranks 密集排列的，密集的。

se·rum ['sɪrəm] 图（複~**s**, **se·ra** [-rə]）**1** Ⓤ Ⓒ 血清；血清劑；Ⓤ 漿液：~ therapy 血清療法 / ~ hepatitis 血清性肝炎。**2** Ⓤ 乳清，乳漿。

ser·val ['sɝvəl] 图〖動〗（非洲）長腳山貓。

:serv·ant ['sɝvənt] 图 **1** 傭人，僕人：a domestic ~ 僕人 / a ~ girl 女傭 / keep a ~ 僱用一僕人。**2** 家臣，從者；被差遣的人；獻身者《*of...*》：a ~ *of* the Church 獻身於教會者。**3** 有用之物。**4** 職員；官吏，公務員：a civil ~ 文官，公務員。

Your* (*humble*) *servant《英》（公文用語）敬上。

:serve [sɝv] 動（**served, serv·ing**）不及 **1** 效勞，服務；供職；服役；履行職責；任職：~ in the Foreign Ministry 在外交部服務 / ~ as a public official 當公務員 / ~ on a panel 擔任陪審員 / ~ with a regiment 在某團服役。**2** 侍候；爲客人服務：~ at dinner 侍候晚餐。**3** 可利用；能達到目的《*for* ...》；可使用；有用：~ as a desk 當作書桌用。**4** 方便，適合：as memory ~*s* 每當想起。**5** 發球：~ well 球發得好。**6**〖教會〗彌撒時充任輔祭。—及 **1** 爲…服務；爲…效力，臣事。**2** 奉職《*in* ...》；服（刑），服（牢役）《*for...*》；服滿（任期）；完成義務。**3**《通常用被動》接待；

端上，擺出。**4** 有用，有助於；有貢獻，助長，增進；滿足，使滿足；能達到；足夠。**5** 供應；侍候；準備，端上《*up*》。**6** 供給《*with...*》。**7** 對待；回報，報應《*with...*》。**8**（雄獸）與（雌獸）交尾。**9** 發球。**10**〖法〗送達（拘票等）。**11** 操作，擊發（槍、大炮等）。**12**〖海〗捲纏。

serve out (1) 分發，分送。(2) 報仇，報復。(3) 做到期滿；服（刑）期滿。

serve up (1) 端出（菜肴）。(2) 舊事重提。

—名 Ⓤ Ⓒ 發球（方法）；發球權；發的球。

serv·er ['sɝvɚ] 名 **1** 服務生；服侍者；上菜者；服勤者；服役者。**2** 發球者。**3**〖教會〗（彌撒的）輔祭。**4** 盤；分食物的叉子、調羹。**5**〖電腦〗伺服器。

serv·er·y ['sɝvərɪ] 名(複**-er·ies**)配膳室，廚房與餐廳間的備餐室。

:serv·ice[1] ['sɝvɪs] 名 **1**《常作～**s**》服務；貢獻，功勞；專業性服務；服務性工作；服務事業；Ⓤ有益，有用：medical ～*s* 醫療服務 / a public ～ 公共服務 / be of ～ (*to...*)（對⋯）有用，有益於 / do a person a ～ 爲某人效力 / use the ～*s* of a person 請人幫忙；僱人做事。**2** Ⓤ Ⓒ（瓦斯、自來水的）供應，供給設施；事業，業務，設施；運行：water ～ 供水（事業）/ bus ～ 公車班次。**3** Ⓤ Ⓒ 售後服務：truck repair ～ 卡車修理服務。**4** Ⓤ 招待，侍候。**5** Ⓤ 受雇於人的事，雇用：in ～ 在職；受雇 / go into ～ 出外幫傭。**6** Ⓤ Ⓒ《與修飾語連用》勤務；公務，公職；（政府機關等的）單位，部門；《集合名詞》職員：public ～ 公職 / the civil ～ 文職部門；全體文官 / the Foreign *S-*《美》（政府的）外交部門；全體駐外外交人員。**7** Ⓤ Ⓒ軍務，兵役；軍隊；軍隊的一部門，⋯軍：the (fighting) ～*s*（陸、海、空）三軍 / in the ～ 在軍中服役 / go into the ～入伍。**8**《《美》常作～**s**，作單數》禮拜儀式，修行；儀式；聖歌；對神的敬奉：marriage ～ 婚禮。**9**《與修飾語句連用》（餐具等的）一套：a tea ～ 一套茶具。**10** Ⓤ〖法〗（傳票、文書的）送達。**11**（網球等的）發球；輪到發球；所發的球。**12** Ⓤ（馬等的）配種。

at a person's service 隨時提供服務，供人使喚。

see service (1) 服公職；服兵役；有實戰經驗《*in...*》。(2)《完成式》發揮用途，幫忙。

—形 **1** 耐用的；結實的。**2** 僕人的；員工用的；分菜肴用的。**3** 服務（業）的；售後服務的。**4** 軍用的；勤務的。

—動(**-iced, -ic·ing**)及 **1** 作售後服務檢修，維修。**2** 滿足需要；提供服務；供給。**3**（雄性動物）與（雌性）交尾。**4** 支付利息。

serv·ice[2] ['sɝvɪs] 名〖植〗= service tree.

serv·ice·a·ble ['sɝvɪsəbl] 形 **1** 耐用的，實用的；適用的，容易修理的。**2** 有用的，可使用的。**3**《古》親切的，殷勤招待的。

-'bil·i·ty, ～**·ness** 名, **-bly** 副

'service ˌarea 名 **1** 服務區。**2** 播送區域，收視或收聽區域。

'service ˌbook 名祈禱書。

'service ˌcap 名〖軍〗軍帽。

'service ˌcharge 名服務費。

'service ˌclub 名《美》**1** 社區服務團。**2**〖軍〗軍人俱樂部。

'service ˌcourt 名〖網球〗發球區。

'service engiˌneer 名修理技術人員。

'service ˌflat 名《英》房東提供清潔服務及三餐的公寓（《美》apartment hotel）。

'service ˌhatch 名《英》配膳口。

'service ˌindustry 名服務業。

'service ˌlife 名《用單數》耐用年數。

'service ˌline 名〖網球〗發球線。

serv·ice·man ['sɝvɪsˌmæn, -mən] 名(複**-men**) **1** 軍人。**2** 修理員。

'service ˌmark 名服務標誌。

'service ˌmodule 名〖太空〗服務艙，補給艙。略作：SM

'service ˌpipe 名輸送管。

'service ˌroad 名《英》副道，支線道路（《美》frontage road）。

'service ˌstation 名 **1** 加油站。**2** 服務站。

'service ˌstripe 名〖美軍〗役期袖章。

'service ˌtree 名〖植〗花楸樹。

'service ˌwoman 名女軍人。

ser·vi·ette [ˌsɝvɪ'ɛt] 名《主英》餐桌用的拭巾，餐巾（《美》table napkin）。

ser·vile ['sɝvl, 'sɝvɪl] 形 **1** 奴隸的；被奴役的：～ labor 奴隸勞動。**2** 卑屈的，諂媚的：a ～ bow 諂媚的一鞠躬 / ～ flattery 卑屈的奉承 / be ～ to public opinion 一味順從輿論。**3** 盲從的，無自主性的《*to ...*》；無獨創性的：～ imitators 無獨創性的模仿者。**4** 僕人的；僕人特有的。～**·ly** 副, ～**·ness**

ser·vil·i·ty [sɝ'vɪlətɪ] 名 Ⓤ 奴隸狀態；奴性，卑屈，屈從；盲從。

serv·ing ['sɝvɪŋ] 名 **1** Ⓤ 服務，服侍；上菜。**2** 食物或飲料的一份。

ser·vi·tor ['sɝvətɚ] 名《古》侍從，僕從。

ser·vi·tude ['sɝvəˌtjud] 名 Ⓤ **1** 奴隸狀態，奴役。**2** 苦役，勞役。**3**〖法〗地役權。

ser·vo ['sɝvo] 形伺服機構的；由伺服機構控制的。—名(複～**s**)《口》伺服機構，伺服裝置。—動 及以伺服機構控制。

ser·vo·mech·an·ism [ˌsɝvo'mɛkəˌnɪzəm] 名 Ⓤ Ⓒ〖機〗伺服機構，隨動系統。

ser·vo·mo·tor ['sɝvəˌmotɚ] 名伺服電動機。

ses·a·me ['sɛsəmɪ] 名 **1** Ⓤ〖植〗胡麻，

S

芝麻。2 = open sesame.

sesqui- 《字首》表示「一又二分之一」、「一倍半」之意。

ses·qui·cen·ten·ni·al [ˌsɛskwɪsɛnˈtɛnɪəl] 形 一百五十年的。一 名 一百五十周年紀念。~·ly 副

·ses·sion [ˈsɛʃən] 名 1 U 開庭；開會；開市：in half ~ 半數出席 / resume ~ 繼續開會。2 集會，會議：a regular ~ of the Executive Yuan 行政院院會。3 會期；開庭期：during an extraordinary ~ of the Legislative Yuan 在立法院的臨時會議會期中。4《~s》〖英法〗治安法庭。5《the S-》《蘇》最高民事法庭。6《主英·蘇》(大學的) 學年；《主美》學期；上課 (時間)：the summer ~ 暑期班。7 長老教會的管理機構。8《主美》二人以上聚集在一起從事一定的活動；此活動的期間：a ~ with the dentist 看牙醫的一段期間 / a study ~ 研習會。9《美口》痛苦的經歷。~·al 形 會期中的；會期的。

ses·tet [sɛsˈtɛt, ˈsɛsˌtɛt] 名 1〖詩〗六行組。2 = sextet 2.

:set [sɛt] 動 (set, ~·ting) 及 1 放，置，擺置：~ the kettle on the stove 把水壺放在爐子上 / ~ the fan beside the window 將電扇擺在窗戶旁邊。2 配置，派遣，部署，委派：~ the detective on the case 派刑警負責那案件。3 靠近，使貼在；點燃；寫上；蓋 (印等)《*to*...》：~ a cup *to* one's lips 把茶杯貼近嘴唇 / ~ pen *to* paper 開始寫。4 使朝向；促使 (狗等) 追《*on, upon*...》；把 (心等) 集中於《*to, toward, on*...》：~ one's feet *on* the path westward 朝西邊的路走 / ~ one's direction *to* the west 朝向西邊 / ~ one's mind *on* success 下決心要成功。5 使處於某種狀態：~ the trash on fire 點火燒垃圾 / ~ a person free 釋放某人。6 定價《*at, on*...》：~ a price *on*... 定…的價格 / ~ great value *on* honesty 重視誠實。7 設定；決定；樹立；成為流行的先驅；作 (榜樣等)：~ a time limit 定時間限制 / ~ (a person) a bad example 給 (某人) 樹立壞榜樣 / ~ a standard 定下標準。8 出 (題目等)；分配；提出 (任務)；布置：~ a person a problem 出習題給某人 / ~ easy questions in an examination 出容易的考試題目。9 使從事…；《反身》開始作，專心於；決心：*S-* a thief *to* catch a thief.《諺》以賊抓賊；以毒攻毒。10 事先準備；梳理；調節；對準 (時鐘的指針)；調整；排版《*up*》：~ the table《美》準備吃飯 (《英》lay the table) / have one's hair ~ 請人做頭髮 / ~ the oven timer for ten minutes 將烤箱的計時器調到十分鐘。11 安上；安設；栽種；鑲在，安在臺座上《*in* ...》；裝飾《*with*...》：~ post *in* the ground 在地面豎立柱子 / a ring ~ *with* diamonds 嵌有鑽石的戒指。12 使臉部等成硬直狀態，使僵硬，使不動；轉緊《*up*》；使凝固，使變硬：~ the bricks in place 把磚固定好。13 使復位。14 使坐下；使孵蛋；放入孵卵器。15 (獵犬) 站著以口鼻指示 (獵物) 的位置。16〖樂〗譜曲，作曲《*to*...》：~ a poem *to* music 把詩譜上曲子。17 布置 (舞臺)；《常用反身》將 (舞臺、場面) 設定，將背景置於《*in* ...》：~ the stage 布置舞臺。18〖海〗揚帆。19 使發酵。20〖牌〗擊敗。21《美》創造 (紀錄等)《*up*》。

一 不及 1 (日、月等) 下沉，沒入；衰退，衰弱；漸漸變壞。2 變得嚴肅，(眼睛) 發直；變為僵硬，(眼睛) (由於死亡或昏迷) 變成不動；(腳等) 復原。3 凝固，變硬《*up*》；(染料等) 固著；(頭髮) 捲好。4 (母雞) 孵蛋。5 (風等) 吹向，流向《*to*...》；傾向。6 合身，合適。7 開始，著手《*to*...》；出發，出動。8 結成果實。9 (獵犬) (以某種姿勢) 指示獵物的位置。10 面向舞伴《*to*...》。11《主方》= sit.

set about... (1) 開始做，著手於；打算；試著做《do*ing*, *to* do》。(2) (以武力或言論) 攻擊，襲擊。

set...***about*** / ***set about***...《主英》散布。

set...***against*** (1) 做比較。(2)《通常用反身或被動》使反對；使敵對。

set...***apart*** ⇨ APART (片語)

set...***aside*** / ***set aside***... (1) 保留；置於一旁；留出。(2) 不顧；拒絕；宣布無效，廢止。(3)《分詞片語、命令句》除了…之外。

set at... 襲擊，攻擊…。

set...***back*** / ***set back***... (1) 妨礙。(2) 撥回 (鐘、錶)。(3)《通常用被動》將 (房子等) 縮進《*from*...》。(4) (動物) 將耳朵向後翻。(5)《俚》使花費。

set...***before***... (1) 將…放在…之前。(2) 向…說明…。(3) 注重…勝於…。

set...***beside***...《常用被動》拿…與…比較。

set...***by*** / ***set by***... (1) 將…置於一旁；《古》將…保留。(2) 尊重…，重視…。

set down 著陸，降落。

set...***down*** / ***set down***... (1) 卸下；記下，抄下，記錄下；〖法〗指定 (審判等的日期)。(2) 看作《*as*...》。(3) 歸 (因) 於《*to*...》。(4) 傷害自尊心，使屈服。(5) 使降落；使下車。

set one's face against... ⇨ FACE (片語)

set forth 出發，啓程。

set...***forth*** / ***set forth***...《文》說明，陳述。

set forward 出發。

set... ***forward*** / ***set forward***... (1) 將 (時鐘) 撥快。(2) 使有進展；促進。

set in (1) 來臨，開始，發生。(2) 向岸邊吹；(潮) 漲。

set...***in*** / ***set in***... (1) 使向岸邊前進。(2) 將…插入；將…縫上。(3) (從…) 取出以留空白《*from*...》。

set off 出發，啓程。

S

set...off* / *set off... (1) 點火，使爆發，燃放。(2) 使開始；使開始做…《doing》；促使。(3)（以對照來）強調，襯托《*against* ...》。(4) 區別，區劃《*in, by*...》。(5) 抵銷《*against*...》。
set on 《古》前進。
***set on* [*upon*]...** 攻擊，襲擊；固定於。
***set...on* [*upon*] / *set on* [*upon*]...** (1) 挑撥，唆使；煽動使…引起《*to*...》；唆使（狗等）攻擊。(2) ⇨動 及 6.
set out (1) 出發，前往。(2) 著手（做…）；企圖，把…當作目標《*to* do》。
***set...out* / *set out*...** (1) 計畫，籌劃，設計。(2) 有系統地說明，陳述。(3) 種植，移植。(4) 陳列；擺設；整理，準備。
***set store by*...** ⇨ STORE 图（片語）
set** one's **teeth ⇨ TOOTH（片語）
set to (1) 開始專心工作；開始狼吞虎嚥；吵起架來。(2) ⇨動 不及 7.
set up (1) 開始經商，開業。(2) 自稱為，自命為《*as, for..., to be*》。
***set...up* / *set up*...** (1) 豎起，使立起；揭起；升起。(2) 使取得顯要地位。(3) 建設，組合。(4) 創設，設立。(5)《偶作反身》使開業，提供資金給。(6)《常用被動》供應，供給《*with, for*...》；拿出；擺（餐具）。(7)《俚》招待《*to*...》。(8)《常用被動》鍛鍊，訓練。(9)《俚》使恢復健康；使得意洋洋。(10) 提出；計畫。(11)《反身》自稱為，自命為《*as, for..., to be*》。(12)《常用被動》長（粉刺等）。(13) 喊出。(14)（在運動上）創（新紀錄）。(15)《俚》狠狠地整一頓；使變弱；欺騙，使陷入。
set up** one's **staff 構築居舍，定居。
—图 **1** Ⓤ（太陽等的）下沉；日落。**2** 一組，一副；（書等的）套，全集。**3** 同伴，夥伴；《集合名詞》…的一夥，…族。**4**《**the** ～》身材，模樣，形狀，姿勢。**5**《**the** ～》合身的樣子。**6**《**the** ～, **a** ～》傾向，趨勢；（風等的）方向。**7**《**the** ～》變形，彎曲。**8**《**a** ～》（膠等的）凝固，固定。**9** 收音機，電視機；收報機；舞台；（電影等的）布景。**10**《**a** ～》（髮型的）整理。**11**〖網球〗盤。**12**〖園〗幼苗，插枝。**13**〖舞〗一組的男女；〖樂〗一連串的曲子。**14**〖心〗定向；〖數〗集合。**15** Ⓤ（獵犬指示獵物的位置）站住不動。**16**《英口》授課。**17**（道路的）鋪石。
***make a dead set at*...** ⇨ DEAD SET
—形 **1**（事先）決定的，規定的，既定的。**2** 定了型的；習慣的。**3** 固定的；變硬的，僵硬的。**4** 決斷的，決心的《*on, upon*...》；倔強的。**5** 準備好的《*for..., to* do》。

SET 《縮寫》*s*ecure *e*lectronic *t*ransaction 安全電子交易。

set·back [ˈsɛt,bæk] 图 **1** 倒退；挫折；失敗。**2** 逆流，倒流的水。**3**〖建〗階梯形外牆。

set·down [ˈsɛt,daʊn] 图 申斥，譴責。

Seth [sɛθ] 图〖男子名〗塞特。

set-in [ˈsɛt,ɪn] 形 嵌入的，插入的；縫進去的。—图 Ⓤ Ⓒ 來臨，開始；嵌入，鑲入。

set·off [ˈsɛt,ɔf] 图 **1** 抵銷，補償《*against, to*...》；〖會計〗抵銷；抵銷債務的要求。**2**〖建〗階梯形外牆。**3** 襯托；裝飾（品）。

set·out [ˈsɛt,aʊt] 图 **1** 陳列；（食物的）擺出。**2** Ⓤ 最初；開始，出發：at the first ～ 最初。**3** 裝束，服裝。**4** 招待會，聚餐。**5** 用具，裝備。

ˈset ˌpiece 图 **1** 有固定形式的作品；老套的情節或場面。**2** 花式煙火。**3**〖劇〗可移動的個別立體布景或小道具。**4** 事前有精密部署的軍事行動。

ˈset ˌpoint 图〖網球〗決勝點。

ˈset ˌscene 图〖戲劇〗大型道具，舞臺布景。

ˈset ˌsquare 图 三角板（《美》triangle）。

sett [sɛt] 图《主英》**1** 鋪道路用的花崗石板。**2** 小型鐵砧。**3**（移植的）苗木，（由花剛長出的）果實。**4** 格子圖案。

set·tee [sɛˈti] 图 長沙發，長椅。

set·ter [ˈsɛtɚ] 图 **1**《常作複合詞》安放者，安裝者；鑲嵌者；作曲者：a ～ of traps 設圈套的人。**2** 塞特毛獵狗。

ˈset ˌtheory 图 Ⓤ〖數〗集合論。

set·ting [ˈsɛtɪŋ] 图 **1** Ⓤ 置放，安放，裝配裝置。**2** Ⓤ（日、月等的）沉落：the ～ of the moon 月落。**3**《通常用單數》環境。**4** 鑲嵌托板，鑲嵌（物）。**5** 一副餐具。**6**《通常用單數》舞臺布置，背景。**7** Ⓤ Ⓒ 譜曲。**8** 一窩蛋。

:set·tle¹ [ˈsɛtl] 動 (**-tled, -tling**) 及 **1** 確定，決定：～ the price 講定價錢。**2** 解決，處理：～ (*up*) a quarrel 結束爭吵 / ～ one's affairs 處理事務。**3** 支付《*up*》；結算；清算：～ (*up*) a bill 付帳。**4**《常用被動》移居，殖民於。**5** 使定居《*in*...》；讓…居住《*with*...》。**6** 使安頓下來：～ oneself in life 生活安頓下來。**7** 使平靜，鎮靜《*down*》；《反身》使坐《*in*...》：～ one's stomach 緩解胃部的不適 / ～ *oneself in* a sofa 坐在沙發上。**8** 使安靜。**9** 使澄清；使沉澱；使平息；使堅實。**10** 處理，賣掉：～ an estate 處理一塊地產。**11**〖法〗使繼承《*on, upon*...》；使和解。—不及 **1** 決定，選定《*on, upon*...》。**2** 結算，付帳。**3** 安頓；安定；定居《*in, into*...》。**4** 棲息，落（在…）《*upon, on, over*...》。**5** 集中，固定，穩定《*in, over*...》。**6** 安靜下來，平靜下來《*down*》。**7** 休息《*in*》。**8** 慢慢下沉，下陷；澄清；沉澱；（灰塵）落定；（地面）變硬《*down*》。**9** 懷胎。
settle down (1) 成家，過安定的生活。(2) ⇨動 不及 6. (3) 認真做，專心《*to*...》。
***settle for*...** 同意於，滿足於。

set·tle² [ˈsɛtl] 图 木製長椅。

S

set·tled ['sɛtl̩d] 形 **1** 定居的：a ~ way of life 固定的生活方式 / ~ people 定居民族。**2** 固定不變的；難以消除的。**3**（氣候等）穩定的。**4** 付清的，清償了的。

·set·tle·ment ['sɛtl̩mənt] 名 **1** Ⓤ 定居，居住。**2** 確定；解決；處理：the ~ of the issue 問題的解決 / the ~ of one's affairs 個人事務的處理。**3** Ⓤ 安定；成家立業：the ~ of one's son in the family business 兒子的繼承家族企業。**4** 調停：a negotiated ~ 經由談判的調停。**5** Ⓤ 移民，殖民；殖民地；Ⓒ 屯墾地，移居地；《主美》村落：land awaiting ~ 待開拓的土地。**6** 社區。**7** 清算，結算；妥協，和解：the ~ of a debt 債務的清償 / reach a ~ 獲得解決。**8**〖法〗（不動產等的）處分，繼承；繼承的不動產處分。**9** Ⓤ〖社會工作〗社會福利工作；Ⓒ 在貧民區中提供各種社會福利的機構。**10**《英》合法居住。**11** Ⓤ 建築物的下沉；《~s》因下沉而形成的崩壞。**12** Ⓤ（液體的）澄清；沉澱。

·set·tler ['sɛtlɚ] 名 **1** 調停者；澄清器；決定性的一擊。**2** 移居者，開拓者。

set·tling ['sɛtlɪŋ] 名 **1** Ⓤ 居住，定居。**2** Ⓤ 決定；解決。**3** Ⓤ 移民，開拓。**4** Ⓤ 鎮靜。**5**《~s》沉澱物，渣滓。

set-to ['sɛt,tu, -'tu] 名 (複~s)《口》互毆，競爭；爭吵。

'set-top ,box 名 數位機上盒：一種有線電視解碼器，可接收衛星的訊號。

set·up ['sɛt,ʌp] 名 **1** 機構，組織；（事物的）安排，結構。**2**《美》（身體的）姿勢。**3**《美口》一副餐具；（飲酒時的）一套必需品，清涼飲料。**4**《主美口》故意設計的一面倒的比賽；放水。**5**（道具等的）配置；計畫，行動方針。**6**（為使已方易於攻擊的刻意）作球。

:sev·en ['sɛvən, -vn̩] 名 **1** Ⓤ Ⓒ 七；Ⓒ 代表七的符號。**2**《作複數》七人；七個；第七個人[物]；Ⓤ 七點；七歲。**3**〖牌〗七，點數七的牌；《~s》七號尺碼的東西。
—形 七的；七人的；七個的。

sev·en·fold ['sɛvən'fold] 形 **1** 七重的，由七個部分構成的。**2** 七倍的。
—副 七倍地，七重地。

'seven 'seas 名（複）《the ~》世界的七大海洋。

:sev·en·teen [,sɛvən'tin] 名 **1** Ⓤ Ⓒ 十七；Ⓒ 表示十七的符號。**2**《作複數》十七人；十七個；Ⓤ 十七歲。—形 十七的，十七人的，十七個的。

:sev·en·teenth [,sɛvən'tinθ] 形 **1**《通常作 the ~》第十七的；第十七名的。**2** 十七分（之一）的。—名 **1** 十七分之一。**2**《通例 the ~》第十七，第十七名（的人）；（月的）第十七日。

:sev·enth ['sɛvənθ] 形 **1**《通常作 the ~》第七的；第七名的。**2** 七分（之一）的。略作：7th. —名 **1** 七分之一。**2**《通例 the ~》第七；第七名（的人）；（月的）第七日。**3**〖樂〗七度；七度音程（的間隔）；七度的和音。~·ly 副

'Seventh 'Day 名《the ~》安息日：一週的第七天，指星期六。

'seventh 'heaven 名《常作 the ~》**1** 七重天。**2** 無上的幸福。

sev·en·ti·eth ['sɛvəntɪɪθ] 形 **1**《通常作 the ~》第七十的；第七十個的。**2** 七十分（之一）的。—名 **1** 七十分之一。**2**《the ~》第七十；第七十個。

:sev·en·ty ['sɛvəntɪ] 名(複-ties) **1** Ⓤ Ⓒ 七十。**2** 代表七十的符號。**3**《作複數》七十人；七十個。**4**《-ties》七十至七十九之數；七十多歲；七十年代：the late *seventies* 七十年代後期。**5**《the S-》完成七十人譯希臘文舊約聖經的七十二位學者；被耶穌基督指定傳福音的七十位弟子；〖猶太史〗由七十一人組成的最高法院。—形 七十的；七十人的；七十個的。
seventy times seven 無數次（的）。

'Seven 'Wonders of the 'World 名(複)《the ~》世界七大奇觀。

'sev·en-year 'itch ['sɛvən,jɪr-] 名 **1**《口》= scabies. **2**《the ~》《口》七年之癢：據傳夫婦在結婚七年之後會出現不忠貞的傾向。

sev·er ['sɛvɚ] 動 及 **1** 切斷，切下《*from* ...》：~ a rope with a knife 用刀子割斷繩索。**2** 分割，分離《*into*...》；隔開。**3** 斷絕；使脫離；使不和《*from*...》：~ relations with...與…斷絕關係。**4** 識別，分辨《*from*...》：~ the good *from* the bad 辨別善惡。—不及 分開，割斷；分裂為二。

:sev·er·al ['sɛvərəl] 形 **1** 幾個的：~ countries 數國 / ~ ways of approaching the problem 處理那個問題的幾種方法。**2**《通常作 one's ~》各個的，各自的：*S-* men, ~ minds.《諺》各人有各人的想法。**3** 分別的，不同的；單獨的，獨自的。**4**〖法〗有連帶責任的，個別的。
—代 數人，數個；幾個。~·ly 副 分割地，各自。

sev·er·al·fold ['sɛvərəl,fold] 形 多重的，數倍的。—副 好幾重地，好幾倍地。

sev·er·al·ty ['sɛvərəltɪ] 名 Ⓤ **1** 各個，各自。**2**〖法〗單獨保有（地）。

sev·er·ance ['sɛvərəns] 名 **1** Ⓤ Ⓒ 切斷，分割；分離；分開；區別，差異。**2** Ⓤ 斷絕；解約。**3** Ⓤ Ⓒ〖法〗分割，分離。

'severance ,pay 名 Ⓤ《美》遣散費。

·se·vere [sə'vɪr] 形(-ver·er, -ver·est) **1** 嚴厲的，嚴格的《*in*...》；嚴肅的，不易接近的；嚴酷的；毫不留情的《*on, upon, with*...》：~ suppression 嚴厲的壓制 / a ~ look 嚴肅的表情 / ~ laws 苛刻的法律 / a ~ penalty 嚴厲的刑罰 / ~ *in* one's upbringing (of one's children)（對孩子的）教養嚴格。**2** 樸素的，簡練的：a ~ suit 樸素的衣服 / a writer who is known for his ~

style 以簡練文體著名的作家。**3** 劇烈的；猛烈的，激烈的；危險的：a ～ rainstorm 豪雨 / a ～ frost 嚴寒 / a ～ attack（疾病的）嚴重發作。**4** 艱難的，艱鉅的；嚴峻的：a ～ test of his physical strength 對他體力的一個嚴峻考驗。**5** 嚴謹的，嚴密的：～ reasoning 嚴密的推論。～**·ness** 名

se·vere·ly [sə'vɪrlɪ] 副嚴厲地；激烈地。

se·ver·i·ty [sə'vɛrətɪ] 名 (複**-ties**) **1** Ⓤ苛刻，嚴格；嚴肅；嚴謹，嚴密；激烈，酷烈；艱難：the ～ of a punishment 嚴罰。**2** Ⓤ簡樸，樸素，古雅。**3**《通常作**-ties**》嚴苛的待遇；艱難的經歷，艱辛。

Sè·vres ['sɛvrə, 'sɛvɚz] 名 **1** 塞弗爾：法國巴黎郊外的小鎮。**2** Ⓤ該地出產的瓷器。

·sew [so] 動(～**ed**, **sewn** 或～**ed**, ～**·ing**)及 **1** 縫，縫合；縫製；釘（扣子等）（於…上）《*on* / *on, to, onto....*》：～ a blouse 縫女上衣。**2** 裝入縫合《*in, into...*》：～ (up) beans *in* a bag 將豆子裝入袋裡縫起來。**3** 縫合《*up*》。─不及縫製衣物。

sew...up / ***sew up...*** (1)《美口》占有，（以契約）獨占。(2)《口》成功地達成。(3) 獲得，確保：～ *up* a lot of votes 獲得許多選票。

sew up** a person's **stocking《英俚》使無話可說，駁倒。

sew·age ['suɪdʒ] 名Ⓤ污穢物，污水。

'sewage-'treatment ˌplant 名污水處理廠。

sew·er[1] ['suɚ] 名陰溝，下水道。

sew·er[2] ['soɚ] 名 縫紉機；裁縫師。

sew·er·age ['suərɪdʒ] 名 **1** Ⓤ 下水道系統；污水處理。**2** = sewage. **3** 穢言；齷齪的想法。

sew·ing ['soɪŋ] 名 **1** Ⓤ 縫紉；針線活；縫製業；縫製物；《～**s**》縫線。**2** Ⓤ〖裝訂〗訂。

'sewing maˌchine 名縫紉機。

sewn [son] 動**sew** 的過去分詞。

sex [sɛks] 名 **1** Ⓤ Ⓒ 性，性別；男女之別：the two ～*es* 男女 / the other ～ 異性。**2**《**the** ～》《集合名詞》男性，女性：*the* male ～ 男性 / *the* female ～ 女性。**3** Ⓤ（男女的）性特徵；性行為；性能力，性慾；交媾，性交：have ～ with a person《口》與某人性交。**4** 性器，外陰部。─形 性的，與性有關的。─動 及分辨性別，鑑別雌雄。

sex it up《俚》熱烈地愛撫。

sex...up / ***sex up...***《口》(1) 刺激性慾。(2) 增加性內容。

'sex ˌact 名 性行為，性交。

sex·a·ge·nar·i·an [ˌsɛksədʒɪ'nɛrɪən] 形 60 多歲的。─名60 歲至 69 歲間的人。

sex·ag·e·nar·y [sɛks'ædʒɪˌnɛrɪ] 形 **1** 60 的，關於 60 的；60 進位的。**2** =sexagenarian. ─名(複**-nar·ies**) = sexag-enarian.

sex·a·ges·i·mal [ˌsɛksə'dʒɛsəml̩] 形 以 60 為基準的；60 進制的。─名60 分數。

Sex·a·'ges·i·ma (**'Sunday**) [ˌsɛksə'dʒɛsəmə-] 名四旬齋前的第二個星期日。

'sex apˌpeal 名Ⓤ 性魅力；性感。

'sex ˌchange 名Ⓤ 變性。

'sex ˌchromosome 名〖遺傳〗性染色體。

sexed [sɛkst] 形《常作複合詞》有性別的；有性慾的；有性魅力的。

'sex edu'cation 名Ⓤ 性教育。

sex·ism ['sɛksɪzəm] 名 Ⓤ 性別歧視。

-ist 名 形 性別歧視主義者（的）。

'sex ˌkitten 名《俚》性感小貓：具有性魅力的女性。

sex·less ['sɛkslɪs] 形 **1** 無性的，中性的。**2** 無性慾的，無性魅力的。～**·ly** 副

'sex ˌlife 名 Ⓤ 性生活。

'sex ˌmaniac 名色情狂。

'sex ˌobject 名性對象：**1** 指用以滿足他人性需要的人。**2** 指引起性興趣的對象，尤指有性吸引力的女性。

sex·ol·o·gy [sɛk'sɑlədʒɪ] 名 Ⓤ 性科學，性學。

-gist 名性學家。

'sex ˌorgan 名性器官。

sex·ploi·ta·tion [ˌsɛksplɔɪ'teʃən] 名 Ⓤ 色情渲染。

'sex ˌpot 名《俚》極性感的女人，肉彈（亦作 **sexpot**）。

'sex ˌratio 名 Ⓤ Ⓒ〖社〗性別比率。

'sex reaˌssignment 'surgery 名〖醫〗變性手術。

'sex ˌrole 名性別角色。

'sex ˌshop 名性用品商店；情趣商店。

'sex ˌsymbol 名《俚》以性魅力著稱的名人，性感偶像。

sext [sɛkst] 名 **1** Ⓤ〖教會〗第六時辰的禱告儀式。**2**〖樂〗六度。

sex·tant ['sɛkstənt] 名 **1** 六分儀。**2** 圓的六分之一。

sex·tet(te) [sɛks'tɛt] 名 **1** 六個的一組。**2**（亦稱 **sestet**）〖樂〗六重奏；六重唱；六重奏表演者。

'sex ˌtherapy 名 Ⓤ Ⓒ〖精神醫〗性治療。

sex·to·dec·i·mo [ˌsɛksto'dɛsɪˌmo] 名 (複～**s** [-z]) = sixteenmo 名 1.

sex·ton ['sɛkstən] 名教堂司事。

sex·tu·ple ['sɛkstupl̩, sɛks'tupl̩, -'tju-] 形 **1** 由六部分構成的；六倍的，六重的。**2**〖樂〗六拍子的。

─動 及 不及 變成六倍。

sex·tu·plet ['sɛkstuˌplɪt, sɛks'tuplɪt, -'tju-] 名 **1** 六個一組；六胞胎中的一個；《～**s**》六胞胎。**2**〖樂〗六連音符；六連音。

·sex·u·al ['sɛkʃuəl] 形 **1** 性的，關於性的；男女的，兩性之間的：～ equality 男女的平等 / ～ affairs 性愛事件。**2**〖生〗有性（生殖）的；生殖的：～ generation 有性世代 / a ～ plant 有性植物。**2** 性慾的，性行

S

爲的，交媾的：～ desire 性慾。～·ly 副

'sexual ag,gression 名強迫性行爲，性侵犯。

'sexual ha'rassment 名 U 性騷擾。

'sexual 'intercourse 名 U 性交。

sex·u·al·i·ty [,sɛkʃu'ælətɪ] 名 U **1** 性特徵；具有性別差異的狀態。**2** 對於性的態度；性慾。**3** 性行爲，性活動。

sex·u·al·ize ['sɛkʃuəl,aɪz] 動 及 使具有性別差異；使具有性特徵。

'sexually trans'mitted dis'ease 名 性病。略作：STD

sex·y ['sɛksɪ] 形 (**sex·i·er, sex·i·est**)《口》**1** 渲染性愛的；性感的：a ～ novel 色情小說 / a ～ girl 性感女郎。**2** 具有魅力的，能引起大眾的興趣的。**-i·ly** 副, **-i·ness** 名

Sey·chelles [se'ʃɛl, se'ʃɛlz] 名《作複數》塞席爾（共和國）：印度洋西部塞席爾群島於 1976 年建立的國家；首都爲維多利亞（Victoria）。

Sey·mour ['simɔr] 名〖男子名〗西摩。

SF, sf《縮寫》*S*cience *F*iction 科幻小說。

sf.《縮寫》〖樂〗*sf*orzando.

sfor·zan·do [sfor'tsɑndo] 形 副〖樂〗特別加強的[地]。

SG《縮寫》*s*enior *g*rade；*S*ecretary [*S*olicitor, *S*urgeon] *G*eneral.

s.g.《縮寫》*s*pecific *g*ravity.

sgd.《縮寫》*s*i*g*ne*d*.

Sgt.《縮寫》*S*er*g*ean*t*.

sh [ʃ] 感 = shh.

sh.《縮寫》*sh*illing(s).

shab·by ['ʃæbɪ] 形 (**-bi·er, -bi·est**) **1** 用舊的；襤褸的：～ clothes 襤褸的衣服。**2** 衣著襤褸的，寒酸的。**3** 差勁的，卑劣的；品質低劣的，蹩腳的。**4** 荒廢的，破舊的，簡陋的：a ～ hotel 破舊的旅館。**-bi·ly** 副, **-bi·ness** 名

shab·by-gen·teel ['ʃæbɪdʒɛn'til] 形 襤褸落魄卻仍裝出高貴樣子的，窮擺架子的。

Sha·bu·oth [ʃə'vuoθ] 名〖猶太教〗五旬節。

shack [ʃæk] 名 **1** 簡陋的房屋，小木屋。**2**《口》《與修飾語連用》房間：a radio ～ 無線電室。—動 不及《美俚》**1** 同居，有婚外性關係《*up, together / with...*》。**2** 暫住，過夜《*up*》。

shack·le ['ʃækl] 名 **1** 手銬，腳鐐；《～s》（整副）鐐銬。**2** 鉤環；鉤鏈。**3**《常作～s》桎梏，枷鎖；束縛，羈絆。—動 及《通常用被動》加上鐐銬；束縛住。

shad [ʃæd] 名 (複～, ～s) 鰣魚。

shad·dock ['ʃædək] 名〖植〗柚子樹，文旦樹；其果實。

:shade [ʃed] 名 **1** U《通常作 the ～》蔭，陰處，陰涼的地方；陰暗：in *the* ～ of a big tree 在大樹蔭下。**2**《常用複合詞》遮光之物；遮篷；簾幕；遮陽的大傘；燈罩；《美》窗簾；《～s》《美俚》太陽眼鏡。**3**《偶作 the ～s》《文》暮色：～*s* of evening 夜色，夜幕。**4**《the ～》不顯眼的狀態；《通常作～s》隱僻處，遠離塵囂的地方：live in the ～過隱居生活。**5**《文》鬼魂，幽靈；《the ～s》陰間，冥界。**6** U〖詩〗影。**7** 顏色的深淺，色度；U《或作～s》（照片等的）陰影部分。**8**（意義等的）細微差別《*of...*》：～*s of* meaning 意義上的細微差別。**9**《a ～》些微，少許《*of...*》：not *a* ～ *of* doubt 毫無懷疑。

put... in the shade 使相形見絀，使黯然失色。

Shade*(*s*) *of... 令人回想起！彷彿…重現！…之靈啊！

—動 (**shad·ed, shad·ing**) 及 **1** 覆蔭於。**2** 使陰暗；使神色黯然；使變得暗淡；遮蔽住。**3** 把…遮住（以避開…）《*from...*》。**4** 在（蠟燭、燈）上加罩子。**5** 加陰影於《*in*》。**6** 稍稍減（價）。**7** 使逐步略微改變。—不及 色度等逐步略微改變《*off / into, to...*》。

shade·less ['ʃedlɪs] 形 沒有陰影的。

'shade ,tree 名《美》能遮蔭的樹木。

shad·i·ness ['ʃedɪnɪs] 名 U 有陰影的情形；可疑，曖昧，虧心事。

shad·ing ['ʃedɪŋ] 名 **1**（顏色等的）微妙的差異；U 明暗（法）。**2** U 遮蔭，遮蔽。

:shad·ow ['ʃædo] 名 **1** 陰影，影子：cast a ～ 投下影子 / be afraid of one's own ～ 害怕自己的影子；非常膽小。**2** U《通常作 the ～》陰暗，幽暗處；不顯眼之處：live in *the* ～ 隱姓埋名；默默無聞。**3**《～s》暮色。**4** 影子，影像。**5**《文》廣泛的影響力；U 庇護：cast a long ～ over... 使受重大影響。**6**（不幸等所造成的）陰影，陰霾；憂愁，陰鬱。**7** 似是而非的事，有名無實的東西；幽靈：pursued by ～*s* 鬼魂纏身。**8** 無實體之物：catch at ～*s* 捕捉影子；白費力氣 / be worn to a ～ 瘦得皮包骨。**9**《a ～》微量，少許《*of...*》：beyond *a* ～ *of* doubt 毫無疑問。**10**（繪畫上的）暗區，陰影部分。**11** 如影隨形的人；尾隨者，跟蹤者。

under the shadow of... (1) 在…的旁邊，緊接著。(2) 在…的保護下。

—動 及 **1** 以影子遮蔽，投影於；使陰鬱；遮起…以避光[熱]。**2** 尾隨。**3** 暗示，表示《*forth*》。—形 影子內閣的。

shad·ow·box ['ʃædo,bɑks] 動 不及 **1** 打假想拳，與假想對手鬥拳。**2** 避免採取積極的行動，推諉。

shadow·boxing ['sædo,bɑksɪŋ] 名 U 拳擊個人練習；太極拳。

'shadow ,cabinet 名影子內閣。

shad·ow·graph ['ʃædo,græf] 名 影子投在亮幕上的圖像；放射線相片。

shad·ow·land ['ʃædo,lænd] 名 虛幻境界。

'shadow ,play 名影子戲。

shad·ow·y ['ʃædər] 形 (**more** ～; **mo**

～; -ow·i·er, -ow·i·est) 1 影子一般的，像影子那樣淡的；不明確的，模糊的：～ forms 模糊的形狀。2 多陰影的；被影包圍的；有影子的，成蔭的：a ～ road 林蔭小道。3 虛幻的，幽靈般的：a ～ hope 虛幻的希望。-i·ness 图

·**shad·y** [ˈʃedɪ] 形 (**shad·i·er, shad·i·est**) 1 多蔭的；遮蔭的，成蔭的，有陰影的：a ～ lane 多樹蔭的小道 / a ～ grove 有陰涼處的樹叢。2 微暗的，不清楚的。3《口》可疑的，不太可靠的，來歷不明的，不道德的：a ～ matter 不正當的事情 / a company with a ～ history of dealings with the underworld 與黑社會有過不正當交往的公司。

keep shady《俚》避人耳目；守祕密。

on the shady side of...《口》超過（某年齡）。

·**shaft** [ʃæft] 图 1 箭桿；（高爾夫球桿等的）桿，長柄，軸部；箭，矛；《喻》銳利攻擊，譏刺；《口》不公正的待遇，欺騙，利用：～*s* of irony 如刺般的譏諷。2 一道光線；閃光：a ～ of light 一道光。3〖機〗軸。4 旗竿。5〖建〗(1) 柱身。(2) 拱頂支柱。(3) 外煙囪；紀念碑。6（車的）轅。7 垂直通道，（電梯的）升降井。8〖礦〗豎坑。9《～s》《美俚》美腿。—動及 1 以篙撐（船）。2《常用被動》欺騙，利用。

get the shaft《俚》被人利用；受騙；遭到不公正的待遇。

give a person the shaft《俚》欺騙，利用某人；不公正地對待某人。

shag[1] [ʃæg] 图 U 1 粗毛；一團蓬亂的毛髮。2 有長絨毛的布料，長絨粗呢。3 切成細絲的濃烈煙草。—動 (**shagged,** ～**·ging**) 及 1 使蓬亂。2 使粗糙。

shag[2] [ʃæg] 图〖鳥〗鸕鶿類的鳥。

shag[3] [ʃæg] 動 (**shagged,** ～**·ging**) 及《美》1 追蹤，追捕。2〖棒球〗《俚》追趕（球）撿起並擲回。

shag[4] [ʃæg] 動 (**shagged,** ～**·ging**) 及《英俚》與…性交。

shag·gy [ˈʃægɪ] 形 (**-gi·er, -gi·est**) 1 多粗毛的；蓬亂的；草木叢生的。2 起長絨毛的；表面粗糙的。3 邋遢的；粗野的。**-gi·ly** 副，**-gi·ness** 图

ˈ**shaggy-ˈdog ˌstory** 图 冗長無趣的故事或笑話。

sha·green [ʃəˈgrin] 图 U 1 表面粗又有粒狀的皮。2（研磨用的）鯊皮。

Shah [ʃɑ] 图《偶作 s-》沙：昔日伊朗國王的稱號。

Shak.《縮寫》*Shake*speare.

:**shake** [ʃek] 動 (**shook, shak·en, shak·ing**) 不及 1 搖，搖動；震動；顫動。2 搖落，震落《*off, down*》。3 發抖；打顫；笑得身子亂顫《*with*...》：～ *with* fear 害怕得發抖。4 握手。5 動搖，失去穩定性。6 發顫，哆嗦；〖樂〗奏出顫音，用顫聲唱歌。7 搖晃身體跳舞。—及 1 搖晃；搖動，震動，搖；搖落《*from, off*...》。2 揮舞，揮動《*at*》。3 撒（鹽等）《*on, into*...》。4《常用被動》攪亂心情《*up*》；《常用反身》使受到刺激而振作起來。5 使動搖；擾亂；使減弱。6 戒除；擺脫；甩掉，逃脫《*off*》。7〖樂〗以顫音發出。

more than one can shake a stick at《美口》多得數不盡，非常多。

shake a leg《美俚》趕快；跳舞。

shake a loose leg ⇨ LEG（片語）

shake down (1) 平定下來；暫時住下。(2) 正常運轉。(3) 適應下來，安頓下來。(4)（在臨時床鋪上）睡覺。

shake...*down* / *shake down*... (1) 搖落；震倒。(2) 使安定下來；使適應；使安頓下來。(3) 搖動使之均勻。(4) 試驗（新船等）。(5)《美俚》敲詐，勒索。(6)《俚》徹底搜索；搜身。(7) 鋪在地板上。

shake hands 握手《*with*...》。

shake one's head (1)《表示不贊成、否定之意》搖頭《*over, at*...》。(2)《表示贊成、肯定》點頭《*over, at*...》。

shake in one's boots 戰慄，害怕。

shake it (*up*)《美俚》趕快。

shake...*off* / *shake off*... (1) 抖落，甩掉。(2) ⇨動及 6.

shake...*out* / *shake out*... (1) 抖落。(2) 將（旗子等）抖開。(3) 抖乾淨。

shake together 彼此處得很好。

shake...*together* (1) 搖一搖…使緊緊合在一起。(2) 搖晃使之混合在一起。(3)《口》《反身》使振作起來。

shake...*up* / *shake up*... (1) 搖勻；抖（枕頭等）使之恢復膨鬆。(2) ⇨動及 4. (3) 使震驚；使振作起來。(4) 搖醒。(5)《美口》大規模地改組。

—图 1《通常用單數》搖，搖晃。2 震動，搖動；地震。3 發抖，戰慄；令人震驚的打擊；《*the* ～*s*》《口》震驚的感覺；顫抖的狀態。4 = milk shake. 5 握手。6 U《口》運氣，命運，機遇；《*a* ～》《美口》《與形容詞連用》對待，待遇。7《口》擲骰子。8（地面的）龜裂；（岩石、木材的）裂縫。9〖樂〗顫音。10《口》瞬間，一剎那。11 U《美俚》攆走。

no great shakes《口》平凡的；不出色。

shak·a·ble, ～**·a·ble** 形

shake(-)down [ˈʃekˌdaʊn] 图《英》1 臨時的床鋪。2《美口》敲詐，勒索。3《美口》徹底的搜索。4《口》調整（期間）；試飛，試航。5 搖落。—形《口》試航性的，試驗性的。

:**shak·en** [ˈʃekən] 動 **shake** 的過去分詞。—形 1 動搖的；遭到嚴重打擊的；心情焦慮的。2 裂開的。

shake·out [ˈʃekˌaʊt] 图 1（弱小廠商或產品的）淘汰；小規模的經濟衰退。2（導致弱小投機者被淘汰掉的）市場價格暴跌。3 = shake-up.

S

shak·er ['ʃekɚ] [名] **1** 搖動者[物]。**2** 蓋子上有小孔的瓶子；調酒器；搖動工具。**3** ⟪S-⟫震顫派教徒。

Shake·speare ['ʃek,spɪr] [名] **William**，莎士比亞（1564－1616）：英國詩人、戲劇家。

Shake·spear·e·an [ʃek'spɪrɪən] [形] 莎士比亞（式）的。—[名] 莎士比亞學者。

shake-up ['ʃek,ʌp] [名] 大改組，大調動；劇變。

shak·ing ['ʃekɪŋ] [名] [U] **1** 搖動。**2** 發抖；震驚。

shak·o ['ʃæko, 'ʃeko] [名] (複～s, ～es) 一種頂上有纓的圓桶形軍帽。

shak·y ['ʃekɪ] [形] (**shak·i·er, shak·i·est**) **1** 搖動的，搖晃的。**2** 戰慄的。**3** 不穩的；搖搖欲墜的；靠不住的；動搖的。**4** 虛弱的，有病的。**-i·ly** [副], **-i·ness** [名]

shale [ʃel] [名] [U] 頁岩。

'shale ˌoil [名] [U] 頁岩油。

:shall [⟪強⟫ ʃæl, ⟪弱⟫ ʃəl, ⟪多用於後接 **we**、**be** 之時⟫ ʃə ʃ] [助動] (現在式第一、三人稱 **shall**，第二人稱 **shall** 或⟪古⟫ **shalt**；過去式第一、三人稱 **should**，第二人稱 **should** 或 ⟪古⟫ **shouldst** 或 **shouldest**) **1** ⟪簡單未來式⟫(1)⟪用於第一人稱直述句⟫將，會。(2)⟪主英用於第一人稱疑問句⟫會；⟪用於第二人稱疑問句⟫要，打算。(3)⟪與 **have**＋過去分詞連用，構成未來完成式⟫將已…。**2** ⟪表意志的未來、說話者的意志⟫ (1)⟪用於第一人稱直述法⟫⟪表強烈意向、深思熟慮後的決定⟫無論如何也要，一定。(2)⟪第二、三人稱敘述句⟫⟪表說話者的意志、命令、強制、警告、脅迫、拒絕⟫必須，應該，要；⟪表溫和的約束、保證⟫可以。(3)⟪第二人稱敘述句⟫⟪表命令；（否定時）表禁止⟫得，要。**3** ⟪詢問對方的意思⟫⟪第一、三人稱疑問句⟫⟪第一人稱⟫好嗎？⟪第三人稱⟫要…嗎？要不要…呢？**4** ⟪文⟫⟪表規則、法令⟫應當，依規定是。**5** ⟪文·古⟫⟪表預言、命運的必然⟫一定會。**6** ⟪文⟫⟪以 **Who shall**...? 構成有反語意味的疑問句⟫誰能…呢？誰會…呢？**7** ⟪文⟫⟪於從屬子句中形成相當假設法的語句⟫(1)⟪名詞子句⟫。(2)⟪形容詞子句⟫。(3)⟪表時間、條件的副詞子句⟫。(4)⟪表目的的副詞子句⟫。

shal·loon [ʃə'lun, ʃæ-] [名] [U] 斜紋薄呢。

shal·lop ['ʃæləp] [名] ⟪文⟫輕舟，小船。

shal·lot [ʃə'lɑt] [名] 〖植〗青蔥；其球莖。

·shal·low ['ʃælo] [形] (～·**er**, ～·**est**) **1** 淺的，不深的：a ～ dish 淺碟。**2** 沒有深度的，膚淺的，淺薄的：～ reasoning 膚淺的推理 / a ～ thought 淺薄的想法。**3**（呼吸量）弱的，少的。—[名] ⟪通常作～**s**，作單、複數⟫淺水（處），淺灘；沙洲。—[動] [及] [不及]（使）變淺。
～·**ly** [副]

shal·low-brained ['ʃælo,brend] [形] 頭腦簡單的，思想淺薄的。

sha·lom [ʃæ'lom, -lam] [感] ⟪希伯來語⟫平安。

shalt [⟪強⟫ ʃælt, ⟪弱⟫ ʃəlt] [動] ⟪古⟫ **shall** 的直說法第二人稱單數現在式。

sham [ʃæm] [名] **1** 僞造品，贗品；騙人的東西；[U] 騙局，幌子；欺騙。**2** 套子，罩子：a pillow ～ 枕頭套。**3** 騙子，冒牌者。—[形] **1** 假裝的；假的；虛僞的。**2** 僞造的，仿製的。—[動] (**shammed**, ～·**ming**) [及] **1** 僞造。**2** 假裝，佯裝。—[不及] 假裝。

sha·man ['ʃɑmən, 'ʃe-] [名] **1** 薩滿教僧，黃教僧。**2** 巫師，巫醫。

sha·man·ism ['ʃɑmənɪzəm, 'ʃe-] [名] [U] **1** 薩滿教，黃教：北亞的原始宗教，相信巫師爲唯一能役使鬼神者。**2** 北美印第安人的類似宗教。**-ist** [名] [形], **-'is·tic** [形]

sham·ble[1] ['ʃæmbl] [名] **1** ⟪通常作 **a** ～**s** 或～**s**⟫⟪通常作單數⟫屠宰場；殺人流血的地方；毀壞，大混亂；毀壞的景象，一片狼藉的地方。**2** ⟪英方⟫賣肉攤。

sham·ble[2] ['ʃæmbl] [動] [不及] 蹣跚而行。—[名] 蹣跚的步子。

sham·bol·ic [ʃæm'bɑlɪk] [形] ⟪英⟫混亂的，雜亂的。

:shame [ʃem] [名] **1** [U] 羞愧；羞恥心：be lost to ～ 恬不知恥 / be overcome with ～ 羞愧得無地自容 / feel ～ at... 因…而感到羞愧。**2** [U] 恥辱，不名譽，不光彩。**3** ⟪通常作 **a** ～⟫不名譽的事：*a* crying ～ 無恥至極的事；奇恥的大辱。**4** ⟪通常作 **a** ～⟫⟪以 **it** 爲主詞⟫⟪口⟫太不應該的事，遺憾的事。

put... to shame (1) 使蒙羞。(2) 使黯然失色。

Shame on you ! / ⟪文⟫ ***For shame*** !真可恥！真丟臉！

—[動] (**shamed, sham·ing**) [及] **1** 使感到羞恥；使蒙羞；勝過，使相形見絀。**2** 使因羞愧而做或不做某事⟪*into*..., *into* doing; *out of*..., *out of* doing⟫。

shame·faced ['ʃem,fest] [形] **1** 謙遜的；害羞的。**2** 面有愧色的，難爲情的。

·shame·ful ['ʃemfəl] [形] **1** 丟臉的，令人慚愧的。**2** 不名譽的；可恥的；下流的。
～·**ly** [副]

shame·less ['ʃemlɪs] [形] 無恥的；寡廉鮮恥的；厚臉皮的。～·**ly** [副]

sham·mer ['ʃæmɚ] [名] 騙子，冒充者。

sham·my ['ʃæmɪ] [名] (複-**mies**) [動] ＝ chamois [名] 2, [動] [及].

sham·poo [ʃæm'pu] [動] [及] **1** 以洗髮精洗；洗…的頭髮。**2** 以特殊洗滌劑洗（地毯等）。—[名] (複～**s** [-z]) ⟪～**s**⟫ **1** 洗髮。**2** [U] [C] 洗髮精；洗潔精。

sham·rock ['ʃæmrɑk] [名] [U] [C] **1** 〖植〗白花酢漿草。**2** 三葉植物的通稱。

shan·dy ['ʃændɪ] [名] [U] [C] ⟪英⟫啤酒與檸檬水或薑汁汽水的混合飲料。

shang·hai ['ʃæŋhaɪ, ʃæŋ'haɪ] [動] [及] **1** 〖

S

海』（以暴力等）綁架上船當水手。2《口》誘騙，脅迫《 into... 》。

Shang·hai [ʃæŋ'haɪ, 'ʃæŋ'haɪ] 图上海市。

Shan·gri·la, -La ['ʃæŋgrɪ,lɑ] 图 1 香格里拉：世外桃源般的理想樂園。2 名稱或地點不明的地方；祕密地方。

shank [ʃæŋk] 图 1 脛；小腿；《古》腿；ⓊⒸ（牛、羊的）脛肉；《主作～s》《謔》下肢。2（工具的）柄；錨幹；釣魚鉤的軸部；（小鳥等的）腳部；（花的）莖；〖建〗柱身。3〖樂〗= crook 5. 4《美口》(1) 最主要的階段，早期。(2) 後半段。5 鞋子的腳掌心。6〖高爾夫〗以球桿頭部末端擊球。

—動 及〖高爾夫〗以球桿頭末端打。

shan't [ʃænt] shall not 的縮略形。

shan·t(e)y ['ʃæntɪ] 图（複～s [-z]）= chantey.

shan·tung [ʃæn'tʌŋ] 图Ⓤ〖織〗山東府綢；柞蠶絲綢。

shan·ty ['ʃæntɪ] 图（複-ties）簡陋小屋；棚戶區，貧民窟；《澳》（非法的）小酒吧。—形 由簡陋屋子構成的；居住在簡陋屋子的；窮困的。

shan·ty·town ['ʃæntɪ,taʊn] 图 貧民窟，違章建築區。

:shape [ʃep] 图 1 ⓊⒸ形狀，外形；模樣，形態：a monster of human ～ 人形的怪物。2 模糊的人影；幻影，幽靈：a strange ～ hiding in the shadows 藏在陰影中的奇怪形影。3 Ⓤ Ⓒ 裝出來的外形，偽裝：a devil in the ～ of a man 裝成人形的惡魔。4 Ⓤ經過整理後的形態；具體化，具體表現；定形：give ～ to one's ideas 使自己的想法具體化；理清思緒。5 Ⓤ《美口》狀況，情形。6 體型；身段。7 型，模型；模子；木型；模製物；〖建·金工〗型材，成形材料。

get... into shape 使成形；修整；整頓。

in no shape / not in any shape (or form) 任何形式都不…；一點也不…。

in shape《口》處於良好狀態。

lick... into shape《口》⇨ LICK動（片語）

out of shape 走樣；（身體）情況不好。

take shape 成形，具體化；形成《 in... 》。

—動 **(shaped, shap·ing)** 及 1 給明確的形狀，使具體化；使成形；塑造（成…）《 into... 》；形成《 from... 》；《喻》使改善《 up 》。2 使適合《 to... 》。3 決定發展方向；使朝向…進展《 for, toward... 》。4 以語言表達；籌劃，製作，設定。—不及《口》發展，進展；《美》改善，改進《 up 》；成形，具體化（而形成…）；結果《 up / into... 》。

shape up or ship out《美俚》不好好幹就滾蛋。

shape·less ['ʃeplɪs] 形 無定形的；不成形狀的，難看的。～**·ly** 副, ～**·ness** 图

shape·ly ['ʃeplɪ] 形 **(-li·er, -li·est)** 形狀美好的；曲線優美的，勻稱的：～ legs 美腿。

shard [ʃɑrd] 图（陶瓷等的）破片，碎片。

:share¹ [ʃɛr] 图 1 分應得之份《 of, in... 》：a fair ～ 公平分配的份額 / claim one's ～s 要求分得份兒。2 ⓊⒸ 分攤的部分《 of, in ... 》：do one's ～ of work 做分內的工作。3 Ⓤ《偶作 a ～》所做的貢獻《 in..., in doing 》：take one's ～ in... 參與。4 分配所得（權）；《～s》《英》股，股份；股票（《美》stock）《 of, in... 》：a ～ certificate 股票 / ～ capital 股份資本 / hold ～s in the corporation 擁有那家公司的股份。5 Ⓤ市場占有率。

go shares 平分；合夥經營，合夥，分擔《 with... 》。

go share and share alike《英》平分《 with... 》。

on [upon] shares 以分攤企業的盈虧方式，共同負責地《 wtih... 》。

—動 **(shared, shar·ing)** 及 1 均分，分配，分派《 out / among, between... 》。2 共用；共有；共受《 with... 》。—不及 1 一同出力；參加，加入《 in... 》；分擔，分享《 with... 》。2 均分，平均分配《 out 》。

share² [ʃɛr] 图犁頭。

share·crop ['ʃɛr,krɑp] 動 **(-cropped, ～·ping)** 不及《美》作佃農。—及以佃農身分耕種。

share·crop·per ['ʃɛr,krɑpɚ] 图《美》佃農，佃戶。

share·hold·er ['ʃɛr,holdɚ] 图《主英》股票持有人，股東。

share(-)out ['ʃɛr,aʊt] 图均分；分攤《 of ... 》。

shar·er ['ʃɛrɚ] 图共有者，共享者；參加者；分配者。

share·ware ['ʃɛr,wɛr] 图〖電腦〗（網路上的）共享軟體。

·shark¹ [ʃɑrk] 图〖魚〗鯊魚，鮫。

shark² [ʃɑrk] 图 1 貪婪狡猾的人；敲詐勒索者；刻薄的人；《俚》放高利貸者。2《美俚》能手，專家《 at... 》；《美學生俚》優秀的學生：a real ～ at mathematics 數學高手。3《俚》騙子。

—動 不及《美》欺騙，詐騙。

shark·skin ['ʃɑrk,skɪn] 图Ⓤ 1 雪克斯金細呢。2 鯊皮；鯊革。

Shar·on ['ʃærən] 图 1〖聖〗沙崙平原：古代巴勒斯坦地中海沿岸的肥沃平原；現在的以色列南部。2〖女子名〗雪倫。

:sharp [ʃɑrp] 形 1 銳利的，鋒利的，尖的：a ～ point 銳利的尖端 / a table with ～ corners 有銳角的桌子。2 陡峭的；突然轉彎的；激烈的，急劇的：a ～ increase 驟增 / a ～ incline 陡坡 / a ～ bend in the highway 公路的急轉彎 / a ～ fall in the birth rate 出生率的急速下降。3 線條分明的；輪廓鮮明的；明顯不同的：a ～ outline 鮮明的

S

輪廓 / a ～ argument 清晰的論據。4 刺激性強烈的，辛辣的；刺耳的；刺骨的，凜烈的；劇烈的：a ～ cheese 有強烈味道的乳酪 / a ～ scream 尖銳的叫聲。5 尖刻的，嚴厲的《*with*...》；猛烈的，激烈的；強烈的：～ insult 嚴重的侮辱 / a ～ appetite 強烈的食慾 / be ～ *with*... 狠狠地教訓。6 機敏的；活潑的；生氣勃勃的：a ～ performance 生動的表演。7 機警的；狡猾的，不擇手段的；精明的，厲害的；敏感的《*at*...》；敏銳的：a secretary (as) ～ as a needle 非常精明能幹的秘書 / keep a ～ watch for him 嚴密的看守著他 / be ～ *at* (making) a bargain 精於討價還價。8〖樂〗升半音的；比正確音調偏高的。9《俚》時髦的，漂亮的。10〖語音〗無聲音的；清音的。

一動 及〖樂〗《美》升高半音。

一不及〖樂〗提高音調演唱。一副 1 銳利地；激烈地，急劇地；突然地。2 準時地。3 小心地，謹慎地；活潑地；敏捷地。4〖樂〗(比標準) 偏高地，高半音地。

look sharp ⇨ LOOK (片語)

一名 1 銳利的東西；尖銳的針。2《美口》行家，專家；內行；《口》騙子。3〖樂〗升半音；升半音記號 (#)。

sharp-cut ['ʃarp'kʌt] 形 銳利的；清楚的，鮮明的。

sharp-eared ['ʃarp'ɪrd] 形 耳朵尖的；聽覺敏銳的。

sharp-edged ['ʃarp'ɛdʒd] 形 刀口鋒利的。

·**sharp·en** ['ʃarpən] 動 及 1 使銳利，磨利；削尖。2 加強，使敏銳；加劇：～ one's senses 使感覺敏銳。3 使尖刻。4 使辛辣。一不及 變尖銳，變銳利；增強《*up*》。

sharp·en·er ['ʃarpənɚ] 名 研磨器具；削鉛筆機：a pencil ～ 削鉛筆機。

sharp·er ['ʃarpɚ] 名 騙子；賭棍。

sharp-eyed ['ʃarp'aɪd] 形 眼光銳利的；知覺敏銳的。

S

sharp-freeze ['ʃarp'friz] 動 及 急速冷凍。

·**sharp·ly** ['ʃarplɪ] 副 1 銳利的；突然地；激烈地；清楚地。2 敏捷地，敏銳地；精明的。3 厲害地；嚴厲地：speak ～ to a child 嚴厲地向孩子說。

sharp·ness ['ʃarpnɪs] 名 U 銳利；嚴厲；疾速；敏捷；伶俐。

sharp-nosed ['ʃarp'nozd] 形 鼻子尖而薄的；前端尖而突出的；嗅覺敏銳的。

sharp-set ['ʃarp'sɛt] 形 1 熱烈的；渴望的《*upon, after, for*...》。2 飢餓的。3 前端成銳角的。

sharp·shoot·er ['ʃarp,ʃutɚ] 名 1 神槍手，狙擊手；一級射手。2 神射手。

-**ing** 名 U 正確的射擊；突如其來的抨擊。

sharp-sight·ed ['ʃarp'saɪtɪd] 形 眼光銳利的；敏銳的；精明的；機敏的。

sharp-tongued ['ʃarp'tʌŋd] 形 說話尖刻的，挖苦的。

sharp-wit·ted ['ʃarp'wɪtɪd] 形 機智的，聰明的，靈敏的。～·**ly** 副

'**Shas·ta 'daisy** ['ʃæstə-] 名〖植〗佛頭草 (又名濱菊) 和法國菊的混種菊花。

:**shat·ter** ['ʃætɚ] 動 及 1 使粉碎；使支離破碎。2 危害，損傷。3 使破滅。4 使散開；落下。5《口》使心煩意亂；《主英》使非常疲憊。一不及 1 粉碎。2 (花等) 掉落，散落。一名 1《通常用作～s》《主方》破片，碎片。2 雜亂無章。

shat·ter·proof ['ʃætɚ'pruf] 形 防碎的：～ glass 安全玻璃。

·**shave** [ʃev] 動 (**shaved, shaved** 或 **shav·en, shav·ing**) 不及 1 刮鬍子，修面。2 勉強穿過《*through*...》：～ *through* the gap 從空隙中穿過。一及 1 將毛剃掉；刮掉《*of, away*》。2 將表面削掉《*off, down*》；刨；切削成薄片。3 修剪。4 緊貼著掠過，擦過。5《主美口》殺價買進。6《口》削減。一名 1 修面，刮鬍子。2 (各種的) 削的工具。3 薄木片；削屑。4《口》擦過，掠過；倖免。

shave·ling ['ʃevlɪŋ] 名《蔑》削髮僧侶；年輕小伙子。

·**shav·en** ['ʃevən] 動 shave 的過去分詞。一形 修過臉的；修剪過的。

shav·er ['ʃevɚ] 名 1 刮臉者，理髮師；刮的工具；《主美》電動刮鬍刀。2《通常作 **a young ～, a little ～**》《口》《蔑》小伙子，年輕人。3 傢伙，男人。

Sha·vi·an ['ʃevɪən] 形 蕭伯納的；蕭伯納 (作品) 風格的。一名 蕭伯納的崇拜者。

shav·ing ['ʃevɪŋ] 名 1《常作～s》刨屑，削片。2 U 削，刮，刨；刮臉。

'**shaving ,brush** 名 修面刷，鬍刷。

'**shaving ,cream** 名 U 刮鬍膏。

'**shaving ,soap** 名 U 刮鬍皂。

Shaw [ʃɔ] 名 **George Bernard**，蕭伯納 (1856－1950)：生於愛爾蘭的英國劇作家、評論家兼小說家。略作：GBS.

·**shawl** [ʃɔl] 名 披肩；圍巾。

shay [ʃe] 名《美口·古·方》= chaise 1.

:**she** [ʃi] 代 (主格 **she**，所有格 **her**，受格 **her**；《複數》主格 **they**，所有格 **their**，**theirs**，受格 **them**)《人稱代名詞第三人稱女性單性主格》1 (1) 她。(2)《指雌性動物》。(3)《擬人語》。2《作爲關係代名詞的先行詞》。3《作爲動詞、前置詞的受詞》《英方》= her.

一名 (複～s [-z]) 1 女性，婦人；雌性動物。2 被當作女性的事物[器物]。一形《主要作複合詞》雌的，女性的。

s/he ['ʃi(ə)'hi] 代《美》她或他。

sheaf [ʃif] 名 (複 **sheaves**) 束；一束；捆，扎《*of*...》：a ～ *of* papers 一扎文件。

shear [ʃɪr] 動 (～**ed** 或《尤古·方》**shore**,

～ed 或 shorn, ～·ing) 及 1 切斷；剪斷《*off*》；剪（毛髮等）《*off, away*》：～ a bar of iron 剪斷鐵棒 / ～ *off* the long hair 將長頭髮剪掉。2 剪毛；修剪：～ sheep 剪羊毛。3《常用被動》《喻》剝奪，奪取《*of...*》：～ the President *of* his veto power 剝奪總統的否決權。4《蘇·方》用鐮刀收割。5 如割開般地穿過。6《古·詩》斬，砍《*through*》。—不及 1 剪；切開；切斷《*off*》。2 切過，橫過《*through ...*》。3〖力〗剪斷。4《蘇·方》以鐮刀收割穀物。—名 1《通常作～s，偶作單數》(1) 大剪刀。(2) 剪切機。2 切，切斷。3《主英》剪羊毛的次數；剪下的羊毛。4《通常作～s》雙股起重機。5 Ⓤ〖力〗切力，剪力。6 Ⓤ〖理〗切變，剪應變。

shear·wa·ter ['ʃɪr,wɔtɚ, -,wɑtɚ] 名〖鳥〗海鷗類的飛鳥。

sheath [ʃiθ] 名 (複～s [ʃiðz]) 1 鞘；套子，容器。2〖植〗葉鞘。3 女用緊身衣。4〖電〗電纜的護套。5 保險套。

sheathe [ʃið] 動 及 1 插入鞘；《喻》結束…之爭：～ one's dagger 將短劍插入鞘。2 刺入皮肉。3 蓋住，包住《*with...*》；包進《*in...*》：～ a handle *with* plastic 用塑膠將把手包起來。4 縮回（爪）。

sheath·ing ['ʃiðɪŋ] 名 Ⓤ 1 插入鞘中。2 包覆物；護套被覆；包覆材料。

'sheath ,knife 名（船員用的）鞘刀。

sheave² [ʃiv, ʃɪv] 名 滑車輪，絞纜車。

sheaves [ʃivz] 名 **sheaf, sheave** 的複數。

She·ba ['ʃibə] 名〖聖〗1《the ～》**Queen of**，希巴的女王；因仰慕所羅門王的智慧而求教於他的女王。2《美口》極具魅力的美女。

she·bang [ʃə'bæŋ] 名《美俚》1 公司；企業；組織。2 小屋，陋屋。3 事情，事務；狀況：blow up the whole ～ 把整件事情都弄砸了。

she·been [ʃɪ'bin] 名《愛·蘇》地下酒吧，無執照的酒店。

:she'd [ʃid]《口》she had, she would 的縮略形。

·shed¹ [ʃɛd] 名 1 簡陋倉庫，儲藏室；《古》小屋：a bicycle ～ 腳踏車棚。2 貨棚，工棚，車庫；倉庫：a train ～ 火車庫。

·shed² [ʃɛd] 動 (**shed**, ～·**ding**) 及 1《文》流（淚、血等）：～ (one's) blood for... 為…而流血 / cause much blood to be ～ 殺死許多人。2 使流出。3 使排泄掉。4 散發；帶來：～ love 給予愛 / ～ light on... 照耀；澄清（問題等）。5 使自然脫落；脫去；減少（電力負荷）；《英》意外地掉落。6《英》捨棄，放棄；攆走，擺脫；離婚。—不及 脫落。—名 1 捨棄之物。2 分水嶺。

shed·der ['ʃɛdɚ] 名 流出…的人[物]；《美》脫殼期的動物（尤指蝦、蟹）；（尤指產卵後的）雌鮭魚。

she-dev·il ['ʃi'dɛvəl] 名 魔鬼般的女人。

sheen [ʃin] 名 1 Ⓤ《偶作 a ～》光澤；光輝，光彩。2《詩》華麗的服裝。

sheen·y¹ ['ʃinɪ] 形 (**sheen·i·er, sheen·i·est**)〖詩〗發光的，閃爍的；有光澤的。

:sheep [ʃip] 名 (複～) 1 羊，綿羊：a flock of ～ 一群羊 / ～ without a shepherd 烏合之眾 / a lost ～ 誤入歧途的人 / As well be hanged for an old ～ as a young lamb.《諺》一不做二不休。2 信徒，教區居民。3 Ⓤ 羊皮革。4 順從的人；害羞的人；愚笨的人；怯懦的人。

a wolf in sheep's clothing ⇨ WOLF（片語）

cast sheep's eyes at... 對…拋媚眼。

follow like sheep 盲從。

separate the sheep from the goats《英》分辨好人與壞人；分辨有用的人與沒用的人。

sheep·cote ['ʃip,kot] 名《主英古》羊舍。

sheep-dip ['ʃipdɪp] 名 Ⓤ Ⓒ 洗羊液。

sheep·dog, 'sheep ,dog ['ʃip,dɔg] 名 牧羊犬。

sheep·fold ['ʃip,fold] 名 羊舍，羊欄。

sheep·herd·er ['ʃip,hɝdɚ] 名《美》= shepherd 1.

'sheep ,hook 名 帶彎曲狀的牧羊杖。

sheep·ish ['ʃipɪʃ] 形 害羞的，忸怩的；窘迫的，尷尬的；溫順的，怯懦的。

～·**ly** 副, ～·**ness** 名 Ⓤ 溫順；怯懦。

sheeps·head,《英》**sheep's-head** ['ʃips,hɛd] 名 1〖魚〗羊頭原鯛。2（食用的）羊頭。3《口》愚蠢的人。

sheep·shearer ['ʃip,ʃɪrɚ] 名 剪羊毛的人；剪羊毛機。

sheep·skin ['ʃip,skɪn] 名 1 Ⓤ 羊毛皮；Ⓒ 羊皮外衣；Ⓤ Ⓒ 羊皮紙，用羊皮紙寫的文件。2《美口》畢業證書（的所有者）。—形 羊皮製的，有羊毛裡子的。

sheep·walk ['ʃip,wɔk] 名《英》牧羊場。

·sheer¹ [ʃɪr] 形《限定用法》1 全然的，十足的，絕對的，徹底的。2 純粹的，無摻合物的，不加水的。3 陡峭的；幾乎垂直的。4 極薄的；透明的：～ curtains 透明的窗簾。

—副 1 完全地；直接地。2 垂直地；陡峭地。—名 Ⓤ 透明而薄的紡織品；Ⓒ 此種布料的衣服。～·**ly** 副, ～·**ness** 名

sheer² [ʃɪr] 動 不及 1 偏航；急轉向《*off, away*》。2《口》避開《*off, away* / *from ...*》。

—及 1 使偏航；使急轉向《*off*》。2〖船〗使成舷弧狀。—名 1 偏航；急轉向。2 舷弧。3 以單錨碇泊而呈傾斜狀態時的船的位置。

:sheet¹ [ʃit] 名 1 床單，被單：(as) white as a ～ 蒼白的 / get between the ～*s* 就寢。2 寬而薄的片：a ～ of snow 一片薄薄的積雪。3（金屬等的）薄塊，薄板；〖詩〗帆：in ～*s* 成薄板。4 紙張；一張：a blank ～ 空白紙；易受周圍環境影響的人。5 印刷品，小冊子；《口》報紙；整版郵票：in

S

～s（印好而）尚未裝訂的。6《常作～s》（水等的）廣闊的一片：rain falling in ～s 大雨滂沱。7 淺鍋。8〖地質〗岩床；〖數〗葉。9 薄麻布。

一動 及 1 鋪以床單。2 用布將…覆蓋。3 以（金屬等的）薄片被覆；使成一大片《up》；使成薄片。一不及 大片地落下《down》。

sheet² [ʃit] 名 1〖海〗帆腳索。2《～s》（船頭或船尾）空間。

three sheets to the wind《俚》酩酊大醉，爛醉如泥。

'sheet ˌanchor 名 1〖海〗副錨，緊急備用大錨。2 最後的手段；緊急時的依靠。

sheet·ing ['ʃitɪŋ] 名 U 1 被單布，床單布。2〖工·建〗板柵，護牆板，護堤板。3（包覆用的）薄金屬板。4 覆蓋；壓片，成片。

'sheet ˌlightning 名 U 片狀閃電。

'sheet ˌmetal 名 U 薄金屬片，金屬薄鈑。

'sheet ˌmusic 名 U〖樂〗單張樂譜，散頁樂譜。

Shef·field ['ʃɛfild] 名 雪非耳：英國 South Yorkshire 郡南部的工業都市。

she-goat ['ʃi'got] 名 母山羊。

she/he ['ʃi(ɚ),hi] 代 她或他。

sheik(h), shaik(h) [ʃik] 名 1（回教民族的）族長；酋長；村長；教長。2《口》能博得女性傾心的男人。

sheik(h)·dom ['ʃikdəm] 名（阿拉伯）酋長國。

Shei·la ['ʃilə] 名 1〖女子名〗席拉。2《s-》《澳俚》姑娘，小姐。

shek·el ['ʃɛkl] 名 1 錫克爾：古希伯來人及巴比倫人等所用的重量單位；重一錫克爾的古希伯來的銀幣。2《～s》《俚》金錢；財富。

shel·drake ['ʃɛl,drek] 名(複～s,《集合名詞》～)〖鳥〗1 翘鼻麻鴨；麻鴨（亦稱 sheldruck）。2 秋沙鴨。

S

·shelf [ʃɛlf] 名(複 **shelves** [ʃɛlvz]) 1（書櫥等內的）層板；架子：repair a ～ 修理架子。2 層板上的東西；層板的容量：a ～ of mystery novels 一書架的推理小說。3 層板狀物；岩棚；沙洲；岩礁，暗礁。4〖地〗大陸棚，大陸架。

off the shelf 現貨供應。

on the shelf (1) 被擱置著；被棄置的，束之高閣。(2) 不活躍的，不交際的；（因年齡的關係而）無用的；被解僱的。(3)（女性）無結婚希望的。

put... on the shelf 廢棄；解僱；擱置。

'shelf ˌlife 名 U C 上架期，保存期限。

:shell [ʃɛl] 名 1 U C 殼；果殼；莢；貝殼，甲；（似殼的）容器，覆蓋物；殼的材料：an insect's outer ～ 昆蟲的外殼。2 閉鎖的心；緘默，冷淡，矜持：remain in one's own ～ 把自己封閉起來。3 炮彈，爆裂彈；焰火彈。4《美》子彈，彈藥筒。5〖理〗（原子）殼層。6《美》狹長的輕快賽艇。7 船殼。8 = tortoise shell. 9 有殼的軟體動物，貝類。10 有屋頂的競技場；建築物框架；船體；車體。

come out of one's shell 不再羞怯沉默，開始願與他人交談。

in the shell 尚未出殼的；還在未成熟階段的。

retire into one's shell 變得冷淡；變得羞怯沉默。

一動 及 1 自殼中取出，剝殼（《美》shuck）。2 炮轟，炮擊。3〖棒球〗《俚》使招架不住，從（對方投手）獲得許多分數。4 以殼覆蓋。一不及 1 脫殼，掉殼；脫粒。2（金屬片等）剝落，脫落《off》。3 撿拾貝殼。

shell out《俚》支付，付出；捐獻；交付。

:she'll [ʃil]《口》she will, she shall 的縮略形。

shel·lac [ʃə'læk] 名 U 1 充漆，假漆，蟲漆。2《美》蟲膠，紫膠。

一動 及 1 以充漆塗於，以充漆處理。2《美口》使大敗，徹底擊敗；痛打。

shel·lack·ing [ʃə'lækɪŋ] 名《美俚》徹底失敗，大敗；毆打，痛打。

'shell ˌbean 名 去莢而食的豆類，莢豆。

shelled [ʃɛld] 形 1 脫殼的。2 脫粒的。3《通常作複合詞》有殼的：a soft-*shelled* crab 軟殼螃蟹。

Shel·ley ['ʃɛlɪ] 名 **Percy Bysshe**，雪萊（1792－1822）：英國浪漫詩人。

shell·fire ['ʃɛl,faɪr] 名 U C〖軍〗炮火。

shell·fish ['ʃɛl,fɪʃ] 名 (複～, ～·es) 1 C U 甲殼類動物，貝。2 = trunkfish.

'shell ˌgame 名《美》一種騙人的賭博性遊戲；詐欺，騙局。

shell·proof ['ʃɛl,pruf] 形 防炮彈的。

'shell ˌshock 名 U〖精神醫〗彈震症。**'shell-ˌshocked** 形

shell·work ['ʃɛl,wɝk] 名 貝殼工藝品。

shell·y ['ʃɛlɪ] 形 (**shell·i·er, shell·i·est**) 多（貝）殼的；由（貝）殼做成的；似（貝）殼的。

:shel·ter ['ʃɛltɚ] 名 1 隱蔽場所；避難所；躲避所《*from, against...*》：an air-raid ～ 防空掩體 / a beach ～ 海岸邊避雨棚 / seek(a) ～ *from* the rain 尋求避雨場所。2 U 保護，庇護；遮避；避難《*from, against ...*》：take ～ in a safe harbor 在安全的港口避難。3 住處，住宿處，家：food, clothing, and ～ 食衣住。4 臨時收容所；《美》棲息處。

一動 及 1 掩護，保護，庇護《*from...*》。2 供給避難所；隱匿。

一不及 避難《*from...*》；躲避《*under, in ...*》。

'shelter ˌbelt 名《美》防風林帶。

'sheltered 'industry 名 受保護的工

業。

shel·ter·less ['ʃɛltəlɪs] 形 沒有隱藏處所的；沒有避難所的；無依無靠的，沒有掩飾的。

'shelter ˌtent 名 雙人軍用帳篷。

'shelter ˌtrench 名〖軍〗戰壕，散兵坑。

shelve[1] [ʃɛlv] 動 及 1 放在層板上。2 擱置；暫緩考慮：～ the issue 將問題擱置。3 裝層板於。4 辭退，解僱。
'shelv·er 名

shelve[2] [ʃɛlv] 動 不及 緩慢傾斜，成小斜坡《*up, down*》。

·shelves [ʃɛlvz] 名 **shelf** 的複數形。

shelv·ing ['ʃɛlvɪŋ] 名 U 1 層板材料；《集合名詞》層板，架子。2 置東西於架上。3 傾斜（面），傾斜度。4 無限期延期；擱置；免職。

Shem [ʃɛm] 名〖聖〗閃：Noah 的長子。

Shem·ite ['ʃɛmaɪt] 名 = Semite.

she·nan·i·gan [ʃə'nænəgən, -gæn] 名《美口》1 胡說；欺騙，詭計。2《通常作～s》惡作劇，淘氣，胡鬧。

She·ol ['ʃiol] 名 U（猶太教所稱的）冥府，陰間；《s-》《口》地獄。

:shep·herd ['ʃɛpəd] 名 1 牧羊人。2 保護者；牧師，教師。3《the (Good) S-》耶穌基督。4 = sheep dog. —動 及 1 牧（羊），看守，照顧。2 引導。3 指導。

'shepherd ˌdog 名 = sheep dog.

shep·herd·ess ['ʃɛpədɪs] 名 牧羊女。

'shepherd's 'check ['plaid] 名 黑白格子花樣；U 此種花樣的織物。

'shepherd's 'pie 名 C U《英》將搗碎的馬鈴薯包碎肉烘焙成的肉餅。

shep·herd's-purse ['ʃɛpədz'pɜs] 名 U C〖植〗薺。

Sher·a·ton ['ʃɛrətn̩] 名 **Thomas**，雪里頓（1751–1806）：英國家具設計及製造家。—形 雪里頓式的。

sher·bet ['ʃɜbɪt] 名 1 C U《昔美》（果汁中加牛奶、蛋清、果膠等製成的）冰糕（《英》water ice）。2 U《英》果子粉。

sherd [ʃɜd] 名 = shard.

·sher·iff ['ʃɛrɪf] 名 1《美》警長，郡保安官：美國郡的執行法律的官。2《通常作 High S-》《英》郡的司法官：*S-* Court《蘇》執行官法庭。

sher·lock, Sher- ['ʃɜlɑk] 名《口》1 私家偵探。2 善於解謎與推理的人。

Sher·pa ['ʃɜpə] 名（複～s,《集合名詞》～）1 雪巴人：居住在喜馬拉雅山山區的藏裔尼泊爾人。2《英俚》搬運工人，腳夫。

sher·ry ['ʃɛrɪ] 名（複 **-ries**）U C 雪利酒；其他國家所產的雪利酒。

:she's [ʃiz] she is, she has 的縮略形。

'Shet·land ('Islands) ['ʃɛtlənd] 名《the ～》雪特蘭群島：英國蘇格蘭東北方的一個郡；首府為 Lerwick.

'Shetland 'pony 名 雪特蘭迷你馬。

'Shetland 'sheepdog 名 雪特蘭牧羊犬：英國 Shetland 群島產的牧羊犬。

shew [ʃo] 動 名《英古》= show.

SHF, shf《縮寫》〖廣播〗*super*high *f*requency.

shh [ʃ] 感 噓！靜一點！（亦稱 **sh**）

Shia ['ʃiə] 名 U〖回教〗什葉派。

shib·bo·leth ['ʃɪbəlɪθ] 名 1 特殊的發音；措詞；行為；服裝。2 暗語，術語，行話；標語；陳腔濫調或過時的教義。

·shield [ʃild] 名 1 盾；盾形物：both sides of the ～ 盾的兩面；事物的兩面。2 保護物[者]，後盾。3《美》警察徽章。4 (1)〖武器〗防盾。(2)《戰略用語》盾：a nuclear ～ 核盾，核保護。5〖電〗屏蔽；掩護支架；護板，護罩。6〖動〗背甲；頭胸甲；龜甲板。7 優勝盾；〖紋〗盾形紋。—動 及 1 保護《*from, against...*》。2 庇護，包庇。—不及 當作盾用，防禦。—形《美》保護消息來源的。

'shield ˌlaw 名《美》消息來源保護法。

·shift [ʃɪft] 動 不及 1 移動；轉移；搬移場所；變化：～ from place to place 不斷地轉移地點。2 設法應付；想辦法。3《古》推託；欺騙。4《美》換檔《*up, down / to, into...*》：～ *into* second 換成二檔。5 按變換鍵。6《俚》敏捷地移動《*off*》；吃完，飲盡。—及 1 移動，轉移《*to...*》；轉變《*from...*》。2 轉嫁（給某人）《*on / onto, to...*》。3 更換，改變；除掉。4〖汽車〗《美》換檔。

shift off 推卸，逃避；規避。

—名 1 移動；轉換，變化，變更。2 班；輪班；（輪班的）工作時間。3 代用《*of, for...*》。4 權宜之計。5 欺騙，狡猾的手段；託詞。6《美》汽車的排檔。7 女用襯衣；《古》緊身衣，長襯裙。8〖地〗斷層。9〖農〗輪作；輪作作物。10〖美足〗球員陣勢的變動。11〖樂〗彈弦樂器時手的移動。12〖電腦〗資訊量的移動。

'shift ˌkey 名 打字機的大小寫字體切換鍵。

shift·less ['ʃɪftlɪs] 形 1 束手無策的，無能的，無計謀生的。2 無志氣的；偷懶的《*to* do》。～**·ly** 副

shift·y ['ʃɪftɪ] 形 (**shift·i·er, shift·i·est**) 1 足智多謀的，隨機應變的；多狡詐的，狡猾的；躲躲閃閃的：a ～ look 詭詐的眼神。2 動作敏捷的，不易抓住的。**-i·ly** 副，**-i·ness** 名

Shi·ite ['ʃiaɪt] 名（回教的）什葉派教徒。

shill [ʃɪl] 名《美俚》同夥，鏢客：僞裝成顧客引誘上門者購買或受騙。

·shil·ling ['ʃɪlɪŋ] 名 先令：1 英國的小額貨幣單位名。2 肯亞、索馬利亞、坦尚尼亞、烏干達等國的貨幣單位，相當於 100 分。

cut a person off with a shilling 不給任何遺產，取消遺產繼承權。

'shilling ˌmark 名（分隔先令和辨士

S

的）先令符號（/）。

'**shilling ˌshocker** 名《英》**1** 犯罪小說，暴力小說。**2** 煽情短篇小說。

shil·ly-shal·ly [ˈʃɪlɪˌʃælɪ] 動 (**-lied**, ～**·ing**) 不及 猶豫不決，躊躇。—名 U 優柔寡斷，猶豫不決。—形 優柔寡斷的，猶豫不決的。

shim [ʃɪm] 名 薄墊片，楔形填隙片。
—動 (**shimmed**, ～**·ming**) 及 以薄墊片填入。

shim·mer [ˈʃɪmɚ] 動 不及 **1** 閃爍，發微光。**2**（熱、波等）搖曳，映出搖晃的影象。
—名 **1** U《偶作 **a** ～》微光，一閃一閃的光。**2**（熱、波等的）搖曳。～**·y** 形

shim·my [ˈʃɪmɪ] 名 (複-**mies**)《美》**1**《**the** ～》希米舞。**2**（汽車前輪不正常的）擺動。
—動 不及 (**-mied**, ～**·ing**) **1** 跳希米舞。**2** 擺動，擺振，顫動。

shin [ʃɪn] 名 **1** 脛，脛部。**2** 脛骨。**3**《主英》牛的小腿肉。—動 (**shinned**, ～**·ning**) 及 攀登《*up*》；（賽球時）踢（對手）的脛骨。
—不及 攀登《*up*》；攀沿而下《*down*》。

shin·bone [ˈʃɪnˌbon] 名 脛骨。

shin·dig [ˈʃɪndɪg] 名《口》**1** 社交聚會，舞會。**2** = shindy 1.

shin·dy [ˈʃɪndɪ] 名 (複-**dies**)《英口》**1** 騷動；喧囂，吵鬧：kick up a ～ 引起一陣騷動。**2** = shindig **1**.

:**shine** [ʃaɪn] 動 (**shone** [ʃon], **shin·ing**) 不及 **1** 發光，照耀；閃耀：～ away 照耀著。**2** 明亮地照耀，刺眼地發著光。**3** 發亮，生氣勃勃。**4** 流露。**5** 出類拔萃，卓越；大放異彩《*in*, *at*...》：～ in literary circles 在文壇上大放光芒。—及 **1** 使發亮，使發光；移轉光向。**2**《口》擦亮《*up*》。
shine down 照向下面；閃爍。
shine...down / ***shine down...*** 比…卓越。
shine up to... / ***shine around...***《美俚》(1) 百般討好。(2) 對（異性）獻殷勤；對（某人）親切。
—名 **1** U C 光，光輝。**2** 光澤。**3** U 陽光；晴天。**4**《通常作 **a** ～》《美》擦亮。**5**《通常作～**s**》《口》惡作劇，開玩笑。
come rain or shine / (***in***) ***rain or shine*** (1) 不論晴雨。(2) 不管怎麼樣，無論如何。
cut a shine《美》開玩笑，戲謔。
take a shine to...《美口》喜歡，喜愛。
take the shine out of *a person*《口》使黯然失色，使相形見絀。

shin·er [ˈʃaɪnɚ] 名 **1** 發光的物體；出色的人。**2**《俚》= black eye 1. **3**《美》銀色小淡水魚；鱗魚。

shin·gle[1] [ˈʃɪŋgl] 名 **1** 木瓦，屋頂板；牆面板。**2**《美口》（懸掛於醫院或律師事務所的）小招牌：hang out one's ～ 掛招牌；（醫生、律師）開業。**3** 1920 年代所流行的後面短兩邊長的女性髮型。—動 及 **1** 用木瓦蓋。**2** 把（頭髮）剪成後面短而兩邊長的髮型。**-gler** 名

shin·gle[2] [ˈʃɪŋgl] 名《主英》**1** U《集合名詞》（海濱等的）小石，圓卵石。**2** 遍地小石子的海濱。**-gly** 形《主英》多小石子的。

shin·gles [ˈʃɪŋglz] 名 (複)《作單數》〖病〗帶狀疱疹。

'**shin ˌguard** [ˌ**pad**] 名《通常作～**s**》〖運動〗護脛。

shin·ing [ˈʃaɪnɪŋ] 形 **1** 光亮的；閃耀的；明亮的。**2** 輝煌的；卓越的，優秀的：a ～ example 模範。

shin·ny[1] [ˈʃɪnɪ] 名 (複-**nies**) **1** U 簡易曲棍球球戲。**2** 此種球戲所用的球棍（亦稱《英》**shinty**）。—動 (**-nied**, ～**·ing**) 不及 玩簡易曲棍球。

shin·ny[2] [ˈʃɪnɪ] 動 (**-nied**, ～**·ing**) 不及《美口》攀，爬《*up*》。

Shin·to(**·ism**) [ˈʃɪnto(ˌɪzəm)] 名 U（日本的）神道。**-to·ist** 名 形, **-to·'is·tic** 形

·**shin·y** [ˈʃaɪnɪ] 形 (**shin·i·er**, **shin·i·est**) **1** 發光的；閃耀的；擦亮的，有光澤的。**2** 晴朗的。**3** 穿舊而磨得發亮的。**-i·ly** 副, **-i·ness** 名

:**ship** [ʃɪp] 名 **1** 船，艦：a naval ～ 軍艦 / a whaling ～ 捕鯨船 / a fleet of ～*s* 艦隊；〖美海軍〗全艦掛滿艦旗 / take ～ 乘船 / on board (a) ～ 往船內，在船上 / lose one's ～ for a hap'orth of tar 為惜半辨士的焦油而失去一艘船；因小失大。**2** 三桅以上的橫帆船。**3**《英俚》賽艇。**4** 全體船員。**5**《美口》飛艇，飛機；太空船。
when *one's* ***ship comes in*** 當時來運轉時；當發財的時候。
—動 (**shipped**, ～**·ping**) 及 **1** 裝載到船上；運送，輸送《*out*》；轉入《*off*》。**2**〖海〗在舷側進水。**3** 僱用船員。**4** 安裝（桅杆、槳等）。**5**《美俚》解僱，攆走；開除。—不及 **1** 上船，乘船。**2** 乘船（到…）《*to*...》；坐船旅行。**3** 在船上工作。
ship off (1) ⇨動 及 1. (2) 放逐，遣送。
ship out (1) 坐船離開故鄉。(2)《口》辭職；解雇。
ship...out / ***ship out...*** (1) ⇨動 及 1. (2) 用船將…送往《*to*...》。

-**ship**《字尾》加於名詞[形容詞]後面表示下列的意思：**1** 表「狀態，性質」之意。**2** 表「資格，地位，官職」之意。**3** 表「能力，技能」之意。**4** 表「關係」之意。**5** 表「…的人數之」意。**6** 表「具有…地位、資格的人」之意。

'**ship ˌbiscuit** 名 = hardtack.

ship·board [ˈʃɪpˌbɔrd] 名 U《古》**1** 船側，舷側。**2** 船：on ～ 在船上，在船裡。
—形 在船上的。

ship·build·er [ˈʃɪpˌbɪldɚ] 名 造船業者；造船公司；造船技師。**-ing** 名 U 造船；造船業；造船術。

'**ship ˌchandler** 名 船具商。

S

ship·load [ˈʃɪp,lod] 图一艘船的載貨量；船貨。
ship·mas·ter [ˈʃɪp,mæstɚ] 图船長。
ship·mate [ˈʃɪp,met] 图同船船員，水手夥伴。
ship·ment [ˈʃɪpmənt] 图 **1** Ⓤ 裝船；運送。**2** 船貨，裝載的貨物。**3** 船的裝載量。
ship·own·er [ˈʃɪp,onɚ] 图船舶所有者，船主。
ship·per [ˈʃɪpɚ] 图船貨主，裝貨者。
ship·ping [ˈʃɪpɪŋ] 图 **1** Ⓤ 裝船，裝貨，運送。**2** 海運業，航運業。**3**《集合名詞》船舶（數），商船；船舶的噸數。
ˈshipping ˌagent 图船公司；運貨代理商。
ˈshipping ˌclerk 图《美》裝貨事務員；理貨員。
ship·ping-of·fice [ˈʃɪpɪŋ,ɔfɪs] 图航運辦事處；航運業，海員監督事務所。
ship-rigged [ˈʃɪp,rɪgd] 形〖海〗有三桅橫帆的。
ship·shape [ˈʃɪp,ʃep] 形《敘述用法》整潔乾淨的，整齊的。—副整齊地，整潔地，井然有序地。
ˈship's ˈhusband 图船舶代理人。
ˈship's ˈpapers 图(複)船舶文件。
ship·worm [ˈʃɪp,wɝm] 图〖貝〗鑿船蛆。
ship·wreck [ˈʃɪp,rɛk] 图 **1** Ⓤ Ⓒ 海難，船難，船舶失事；失事船隻（的殘骸）：suffer ～ 遭遇船難。**2** Ⓤ 破壞，破滅；失敗。
—動及《通常用被動》**1** 使遇難。**2** 破壞，使破滅。—不及船隻遇難；破滅。
ship·wright [ˈʃɪp,raɪt] 图〖船〗造船者，修船者。
ship·yard [ˈʃɪp,jɑrd] 图造船廠，修船廠；船塢。
shire [ʃaɪr] 图 **1** 郡：Great Britain 行政區域之一，現在主要用作某些郡名的字尾。**2**《the Shires》英國中部諸郡。
shire ˌhorse 图夏爾馬：英國種大型強壯馬。
shirk [ʃɝk] 動及規避，逃避；設法逃避《doing》。—不及偷溜；逃避責任。
—图（亦稱 **shirker**）規避工作者。
Shir·ley [ˈʃɝlɪ] 图〖女子名〗雪莉。
shirr [ʃɝ] 動及 **1** 使成抽褶。**2**《美》將（蛋）打在淺盤裡用爐火焙烤。
—图Ⓤ（亦稱 **shirring**）抽褶（縫法）。
shirt [ʃɝt] 图 **1** 襯衫；《美》內衣，汗衫：Near in my ～, but nearer in my skin.《諺》為人不如為己；自己的利益最切身。**2**《主美》= shirtwaist. **3** = nightshirt.
bet** one's **shirt on...《俚》把所有的錢賭（馬等）。
get a** person's **shirt out《口》激怒。
give the shirt off** one's **back《口》犧牲自己身上的最後所有物，願意幫忙到底。
have** one's **shirt pit《俚》發怒。
in** one's **shirt sleeves 沒穿外衣，衣著隨便。
keep** one's **shirt on《俚》耐著性子，保持冷靜。
lose** one's **shirt《口》失去一切，一貧如洗。
stuffed shirt《口》自命非凡的人。
—動及穿襯衫。
shirt·band [ˈʃɝt,bænd] 图（襯衫的）領口；袖口。
shirt-dress [ˈʃɝt,drɛs] 图 = shirtwaist 2.
shirt-front [ˈʃɝt,frʌnt] 图 **1** 襯衫的前胸。**2** = dickey 1.
shirt·ing [ˈʃɝtɪŋ] 图ⓊⒸ襯衫布，襯衫料。
shirt·sleeve, ˈshirt ˌsleeve [ˈʃɝt,sliv] 图襯衫袖。
shirt-sleeve(d) [ˈʃɝt,sliv(d)] 形 **1** 只穿襯衫不穿外衣的。**2** 簡單的；樸素的；不拘形式的；切合實際的。
shirt·tail [ˈʃɝt,tel] 图 **1**（尤指在背後的）襯衫下擺。**2**〖報章〗附加在某新聞後的簡短記事。—形《美口》遠房的。
shirt·waist [ˈʃɝt,west] 图 **1**《美》女用襯衫。**2**（亦稱 **shirtwaister**）襯衫式連身裙。
shirt·y [ˈʃɝtɪ] 形 (**shirt·i·er, shirt·i·est**)《俚》煩惱的；脾氣壞的；發怒的。
shish ke·bab [ˈʃɪʃkə,bɑb] 图ⒸⓊ〖烹飪〗烤肉串。
shit [ʃɪt] 图《粗·俚》**1** Ⓤ大便，糞便；排便，通便；《the ～s》下痢，腹瀉。**2** Ⓤ 偽裝，假裝；謊言，胡說；大話。**3** 令人厭惡的傢伙。**4** Ⓤ 毒品。**5**《a ～》《否定》無價值之物：*not* worth *a* ～ 一文不值。
—動 (**shit, ～·ting**) 不及排便，大便。—及排便於；排便而將…弄髒。—感《表示討厭、輕視、失望等》討厭！胡說！鬼扯！
shit·ty [ˈʃɪtɪ] 形《俚》差勁的，討厭的。
Shi·va [ˈʃivə, ˈʃɪvə] 图〖印度教〗溼婆，大自在天：破壞之神，印度教三主神之一，另二為 Brahma 與 Vishnu。
shiv·er¹ [ˈʃɪvɚ] 動不及 **1** 發抖，顫抖，戰慄：～ in one's shoes 提心吊膽，戰戰兢兢。**2** 搖動。**3**〖海〗縱帆迎風；船帆拍動著行駛。—及使帆迎風飄動。—图 **1** 顫抖，發抖。**2**《the ～s》寒顫，戰慄。
～·er 图，～·ing·ly 副發抖地。
shiv·er² [ˈʃɪvɚ] 動及不及破碎；打碎；碎裂。—图《通常作 ～s》碎片，破片。
shiv·er·y¹ [ˈʃɪvərɪ] 形 **1** 顫抖的，發抖的。**2** 戰慄的；寒冷的；可怕的，令人毛骨悚然的。
shiv·er·y² [ˈʃɪvərɪ] 形易碎的，脆弱的。
shoal¹ [ʃol] 图淺灘，沙洲；《通常作～s》潛伏的危險。—形 **1** 淺的。**2**〖海〗吃水淺的。
shoal² [ʃol] 图魚群；《通常作～s》《口》

S

大群，大量，許多：a ～ of herring 一群鯡魚／～s of people 一群群的人／in ～s（魚）成群；許多。

:**shock**[1] [ʃak] 名 1 U C 衝擊，猛烈的撞擊，激烈的震動：the ～ of an earthquake 地震的震動。2 突然的騷動，突發的大事件。3 U C 精神上的打擊；憤慨，震驚；震驚的原因：receive a severe ～ 受到強烈的打擊。4 U〖病〗(1) 休克。(2)《口》中風。5 U C 電擊。6 金屬內部的強烈扭曲。7〖機〗= shock absorber. —動 及 1 給予衝擊；使震動；《被動》使震驚《at, by ..., to do》。2《古》猛撞。3《通常用被動》使受電擊。

shock[2] [ʃak] 名 1 穀類束堆，禾束堆。2《美》玉蜀黍的稈束堆。—動 及 將…捆堆成禾束堆。

shock[3] [ʃak] 名 1 蓬亂的一堆。2 長毛蓬亂的狗。—形 蓬亂的。

'**shock ab,sorber** 名〖機〗緩衝器，避震器。

shock-absorb·ing ['ʃakəb,sɔrbɪŋ] 形 緩衝的。

shock·er ['ʃakɚ] 名 1 引起震驚之事物。2《口》聳人聽聞但無價值的小說、戲劇、電影等。

shock·head·ed ['ʃak,hɛdɪd] 形 頭髮亂蓬蓬的。

shock·ing ['ʃakɪŋ] 形 1 令人毛骨悚然的；令人震驚的，聳人聽聞的：a ～ accident 令人毛骨悚然的事故。2《口》十分惡劣的，極壞的：～ manners 十分惡劣的行爲。3 非常鮮豔的，強烈的：～ pink 鮮明的粉紅色。—副《口》非常地，極糟地。～·ly 副

shock(-)proof ['ʃak,pruf] 形 防震的。—動 及 使具防震性。

'**shock ,therapy [,treatment]** 名 U〖精神醫〗電擊療法。

'**shock ,troops** 名(複)〖軍〗突擊隊。

'**shock ,wave** 名 衝擊波：send ～s through...《喻》對…造成衝擊。

shod [ʃad] 動 **shoe** 的過去式及過去分詞。

shod·dy ['ʃadɪ] 名 U 1 再生布；翻新再製的毛織品。2 僞造品，贗品。3 劣等貨。—形(**-di·er, -di·est**) 1 虛有其表的，僞造的，劣質的。用舊布再製成的；翻新再製的毛織品的。**-di·ly** 副

:**shoe** [ʃu] 名(複～s,《尤方》～) 1 鞋，短靴：a pair of ～s 一雙鞋／put on one's ～s 穿鞋。2 蹄鐵。3 鞋形物：(棒等的) 金屬包頭，金屬環箍；外胎。4 刹車。5（雪橇滑行部分的）滑板。

another pair of shoes 另一個問題，另外一回事。

***fill** a person's **shoes** / **fill the shoes of** a person* 代替；繼承責任。

If the shoe fits, wear it.《美》批評得對，就接受。

in** a person's **shoes 處在同樣的情況。

put oneself into other's shoes 設身處地替人著想。

put the shoe on the right foot 責備應該責備的人；表揚應該表揚的人。

shake in** one's **shoes 戰慄，怕得發抖。

step into** a person's **shoes 接替職位；步後塵。

where the shoe pinches 煩惱的真正原因。

—動(**shod** 或 **shoed, shod** 或 **shoed** 或 **shodden**, ～**·ing**) 及 1 穿上鞋；釘蹄鐵。2 裝上（金屬包頭）《with...》。

shoe·bill ['ʃu,bɪl] 名〖動〗鞋喙鸛。

shoe·black ['ʃu,blæk] 名《主英》= bootblack.

shoe·horn ['ʃu,hɔrn] 名 鞋拔。

shoe·lace ['ʃu,les] 名 鞋帶。

'**shoe ,leather** 名 U 製鞋用的皮革；《集合名詞》皮鞋。

shoe·mak·er ['ʃu,mekɚ] 名 製鞋工人；修鞋匠。**-ing** 名 U 製鞋（業）。

'**shoe ,rack** 名 鞋架。

shoe·shine ['ʃu,ʃaɪn] 名 1 擦鞋。2 擦亮的鞋面。3 擦皮鞋者：～ boy 鞋童。

shoe·string ['ʃu,strɪŋ] 名 1《美》鞋帶。2《口》極少的錢；小額資金：live on a ～ 靠著些微的錢過活。—形《口》小本經營的；勉勉強強足夠的。

shoe·tree ['ʃu,tri] 名 鞋楦。

sho·gun ['ʃo,gʌn] 名（日本幕府時代的）將軍。

sho·gun·ate ['ʃo,gʌnɪt, -gʌ,net] 名 U 幕府時代日本將軍的地位；幕府。

:**shone** [ʃon] 動 **shine** 的過去式及過去分詞。

shoo [ʃu] 感 噓！（趕走狗、鳥等時所發出的聲音）。—動 及 1 發出噓聲趕走《away, off》。2 趕（小孩）離開《away》。—不及 發出噓的聲音。

shoo-in ['ʃu,ɪn] 名《美口》穩操勝算的候選人；十足有把握的事。

shook[1] [ʃuk] 名《美》1（製木桶等用的）一套木板；可拼成一個盒子等的一套材料。2 禾捆。

:**shook**[2] [ʃuk] 動 **shake** 的過去式。—形（亦稱 **shook up**）《口》心緒不寧的，煩惱不安的。

:**shoot** [ʃut] 動 (**shot**, ～**·ing**) 及 1 射；射中；射殺；〖遊〗彈；射死：～ an elephant 射殺象／be *shot* in the back 被射中背。2 開（槍、炮）；射（箭）；發射《off / at, to ...》：～ a bow 射箭／～ a person *to* the moon in a rocket 用火箭把某人送到月球。3 連珠炮似地說出《at...》。4 投，拋出；傾倒；使前進。5《尤英》狩獵；打獵。6 使迅速移動；使飛快地跑；急送：～ off a letter to a person 迅速地將信寄給某人。7 飛速地通過：～ the rapids 飛速渡過湍流。8 放射《forth》；突然投向：～ (*forth*) beams of light 發出光線／～ a person a glance

迅速地向某人投了一瞥。9 伸出《out》；長出《forth》：～ *forth* buds 萌芽 / ～ *out* one's tongue 伸出舌頭。10《通常用過去分詞》使成雜色《with...》：eyes *shot with* blood 帶血絲的眼睛。11〖運動〗(1) 射（門），投（籃）：～ a basket 投籃得分；(2)《美口》打（高爾夫球、撞球）。12 (1) 擲（骰子）。(2) 下賭（注）。13 拍攝。14 關上（門閂）；拔出（門閂）：～ the bolt on the door 門上門閂。15 將（袖口）突然往手腕方向拉：～ one's cuffs 把襯衫的袖子抽出。16 測量（太陽等）的高度。17《俚》靜脈注射（毒品）《up》。—不及 1 瞄準射擊《at...》。2 發射，射出子彈。3 飛快地移動，突然飛出《out, in, up, forth》；藉噴出力上升《up》，彈出。4 陣陣作痛《through...》。5（莖等）長出；發芽，長枝；快速成長《up》；（岬等）突出《out》。6〖攝·影〗拍電影，拍照。7《通常用於命令》《美口》說吧。8 用槍打獵。9〖運動〗射門，投籃。10 擲骰子。

be shot through with... 到處都可見到。

I'll be shot if...《強烈否定、拒絕》假如…的話，那我就不得好死。

shoot a line《俚》說謊；誇大，吹牛。

shoot away 不斷地連續射擊。

shoot...away / shoot away... (1) 射完。(2) = SHOOT off (2).

shoot...down / shoot down... (1) 擊落；擊斃。(2) 駁倒。(3) 說得一文不值。

shoot for...《美口》企圖得到，爭取。

shoot from the hip 魯莽行事；信口開河。

shoot it out《俚》槍戰到分出勝負爲止《with...》。

shoot...off / shoot off... (1) 開（槍、炮等）。(2) 打掉。

shoot off *one's* ***mouth*** (1) 亂說話，輕率地說出祕密。(2) 誇大其詞。

shoot out ⇨動 不及 3, 5.

shoot...out / shoot out... (1) ⇨動 及 9. (2)（開炮）將…逐出。

shoot straight《口》言行正直。

shoot the breeze ⇨ BREEZE[1]（片語）

shoot the moon (1)《美俚》爲表示輕蔑而裸露出臀部。(2)《英俚》趁著暗夜逃亡。

shoot the works ⇨ WORK（片語）

shoot up (1) ⇨動 不及 3, 5. (2)（物價等）急速上漲。(3) 聳立。

shoot...up / shoot up... (1)（亂開槍）使驚恐。(2) 發射。(3)《俚》⇨動 及 21.

—名 1 發射，射擊。2《主英》狩獵；狩獵旅行；狩獵場。3 射擊比賽。4 生長，發芽，新芽；幼枝，幼莖。5 滑槽，斜槽。6《美》飛彈的發射。7〖影〗拍攝。

the whole shoot《俚》一切，全部。

—感 哼！噓！呸！

shoot-'em-up [ˈʃutəmˌʌp] 名《美口》槍戰影片、電視節目、電玩遊戲。

shoot·er [ˈʃutɚ] 名 1 射手，射擊的人；獵者。2 火器，手槍。3 拍攝者。

shoot·ing [ˈʃutɪŋ] 名 1 U 射擊；射殺；發射；用槍打獵。2 狩獵場。3 U C 劇痛。4 U〖影〗拍攝。

ˈshooting ˌbox [ˌlodge] 名《英》狩獵小屋。

ˈshooting ˌbrake 名《英》= station wagon.

ˈshooting ˌgallery 名 射擊場，（室內的）射擊練習場。

ˈshooting ˌiron 名《俚》火器，手槍。

ˈshooting ˌmatch 名《僅用於下列片語》***the whole shooting match***《口》全部的事情，萬事。

ˈshooting ˌrange 名 射擊練習場；靶場。

ˈshooting ˈstar 名 流星，隕星。

ˈshooting ˌstick 名（一端可打開成爲坐椅的）散步用手杖。

ˈshooting ˈwar 名 熱戰，實戰，使用兵器的戰爭。

shoot-out [ˈʃutˌaut] 名 1 戰鬥，槍戰；《美俚》互相射擊。2 罰點球決勝賽。

:shop [ʃɑp] 名 1《主英》店鋪，小商店：a flower ～ 花店 / a grocery ～ 食品雜貨店 / open a ～ 開店。2 特定商品零售部門：the gift ～ in the department store 百貨公司的禮品銷售專櫃。3 工作坊，作業場。4 工場，車間；辦公室；工廠；辦事處；《口》工作場所。5《英俚》（演戲有關的）工作；演出契約。6〖教〗職業訓練課程；職業訓練教室；（學校的）工藝室；工藝（學）。7 有關本行的談話；本行的事。

all over the shop《俚》零亂地；紛亂地散置著。

come to the right shop《英俚》找對對象。

go around the shops 光是逛商店而不買。

keep a shop 開一家店，做買賣。

keep shop 照顧店。

set up shop 開店，開始營業。

shut up shop《口》1 打烊。2 歇業，停止營業。

sink the shop 不談有關本行的事。

talk shop（不管什麼場合）談論有關自己工作的事。

the other shop《口》同行冤家，競爭的對手。

—動 (shopped, ～·ping) 不及 1 買東西去，去買《for...》。2 物色，尋找《for...》。3 密告《on...》。—及 1《主美口》選購商品。2《主英口》(1) 使入獄。(2) 出賣，密告。3《美》開除。

shop around (1) 逐店選購。(2) 到處尋找（工作或好主意等）《for...》。

—感 商店中顧客欲購物時呼叫店員的叫聲。

shop·a·hol·ic [ˌʃɑpəˈhɔlɪk] 名 U 購物狂。

ˈshop asˌsistant 名《英》店員。

shop·boy [ˈʃɑpˌbɔɪ] 名 男店員。

ˈshop ˌchairman 名 = shop steward.

S

'shop ˌfloor 名 作業現場。

shop·girl ['ʃɑp,gɝl] 名《英》女店員。

shop·keep·er ['ʃɑp,kipɚ] 名《英》小店的店主；商店老闆。**-ing** 名

shop·lift ['ʃɑp,lɪft] 動 不及 及 佯裝顧客而偷竊（貨品）。**~·ing** 名 U 佯裝顧客對商店貨物的行竊。

shop·lift·er ['ʃɑp,lɪftɚ] 名 佯裝顧客而偷竊貨品的人，商店貨物扒手。

shop·man ['ʃɑpmən] 名（複 **-men**）**1**《美》工人；修理工人。**2**《英》店員，夥計。

shoppe [ʃɑp] 名（小）商店。

shop·per ['ʃɑpɚ] 名 **1** 購買東西者，顧客。**2** 宣傳廣告，廣告單。**3**《美》購物代理人。

·shop·ping ['ʃɑpɪŋ] 名 **1** U 購物：do one's ~ 購物。**2** 商業設施；商品；U《集合名詞》購買的物品。—形（供）購物的。

'shopping ˌbag 名 購物袋。

'shopping ˌbasket 名 購物籃。

'shopping ˌcart 名《美》購物用的手推車。

'shopping ˌcenter 名 購物中心，商店街。

'shopping ˌlist 名 **1** 購物清單。**2**《喻》若干待討論、處理的事情。

'shopping ˌmall 名 徒步商店街；購物中心。

'shopping ˌplaza 名 購物廣場，購物中心。

'shopping ˌstreet 名 商店街。

shop·soiled ['ʃɑp,sɔɪld] 形《英》= shop-worn.

'shop ˌsteward 名（工會的）工廠代表。

shop·talk ['ʃɑp,tɔk] 名 U **1** 專門用語；行話。**2**（工廠以外）有關本行的談話。

shop·walk·er ['ʃɑp,wɔkɚ] 名《英》= floor manager 3.

shop·win·dow ['ʃɑp,wɪndo] 名 商店的櫥窗：have everything in the ~《喻》毫不保留地賣弄所有的才能。

shop·worn ['ʃɑp,worn] 形 **1**《美》在商店擺了很久而陳舊的（《英》shopsoiled）。**2** 不值錢的；陳腐的。

:shore[1] [ʃor] 名 **1** 海岸；湖岸，湖畔；河岸：an abandoned ship upon the deserted ~ 被棄置在無人煙的海岸上的船 / in ~ 近岸邊 / off ~ 在遠離海岸處。**2** U 陸，陸地：Once on ~, we pray no more.《諺》一旦安全登陸，祈禱就免了。**3**《常作~s》（某特定的）地方，國（略作：sh.）：these beloved ~*s* 可愛的故鄉。**4**〖法〗（海、河、湖的）岸：滿潮線與退潮線之間的區域。—形 陸地的，岸的；在岸邊的。

shore[2] [ʃor] 名（船體等的）支柱；斜撐柱。—動 及 用支柱撐住；支持（*up*）。

shore·bird ['ʃor,bɝd] 名 濱鳥。

'shore ˌdinner 名《美》海鮮大餐。

'shore ˌleave 名 U〖海軍〗岸上休假；此種休假期間。

shore·line ['ʃor,laɪn] 名 海岸線。

'shore paˌtrol 名《常作 S- P-》美國海軍憲兵隊。略作：SP

shore·ward ['ʃorwɚd] 副 向岸上地（*o*... ）（亦稱 **shorewards**）。—形 **1** 向陸上的；向岸上的。**2** 從海岸而來的。

shor·ing ['ʃorɪŋ] 名 U 斜撐系統；支撐支持。

shorn [ʃɔrn] 動 **shear** 的過去分詞。—形 **1** 被剪過的，剪短的。**2** 被奪去的，失去的（*of*...）：a tyrant ~ *of* his power 被剝奪了權力的暴君。

:short [ʃɔrt] 形 **1** 短的；短暫的：a ~ dress 短衣服 / a ~ pole 短棒 / a ~ street 短街 / ~ delay 短暫的延遲。**2** 低的；矮的：a ~ post 矮的郵筒 / a ~ woman 身材短小的女人。**3** 急的；淺薄的：have a ~ temper 急性子。**4** 簡潔的，簡單的：be ~ and to the point 請簡單扼要。**5** 唐突的，簡慢無禮的（*with*...）；傷感情的。**6** 少的，缺乏的；不足的（*in, on, of*...）。**7** 達不到的；達不到標準的。**8**〖烹飪〗酥脆的，鬆脆的。**9**（金屬）強度不夠的，脆弱的，易碎的。**10**〖金融〗缺貨的；賣空的，空頭的。**11**〖語言〗短音的；〖詩〗短的，非重讀的。**12** 少量的，倒在小杯子裡的；《主英》不摻水的，烈性的。

get the short end of the stick 吃虧，不划算；受到不公平待遇。

little short of 簡直不比…差，完全不少於；幾乎，完全。

make short work of... ⇨ WORK（片語）

short and sweet《通常為諷》簡潔，扼要

short end 劣勢的結局；敗局；處於劣勢的一方。

short for... …的簡稱。

short of... (1) 在…以下的，少於。(2) 缺乏，短少。(3) 除了…以外。(4) 未達到，在…近處。

—副 **1** 突然地，冷不防地，出其不意地。**2**《非標準》簡短地，簡潔地。**3** 唐突地，不客氣地。**4** 接近地，未達（目標等）地（*of*...）。**5**〖棒球〗(1) 握短棒。(2) 縮小守備位置。

be taken short 遭到突然的襲擊；《英口》突然想要如廁。

come short of... (1) 未達。(2) 不足，缺乏。

cut... short 使突然終止，使中斷。

go short《英》匱乏，缺乏（*of*...）。

run short 不足，不夠（*of*...）。

sell... short (1)〖證券〗賣空。(2)《主美口》小看，輕視。

take a person up short 打斷（某人）的話。

—名 **1** 短的東西；不足的東西，缺少的東西；不足（額）。**2** U 簡單，簡潔。**3**《通常作 the ~》大意，要點。**4**《~s》短褲；《美》男用短褲。**5**〖金融〗空頭戶；

《～s》賣空；《～s》短期債券。6《～s》（製造產品時的）下腳；廢料。7 小號；小號服裝。8〖軍〗（達不到標的的）近彈。9〖電〗= short circuit. 10〖詩〗短音（節）；短母音；弱音節。11〖棒球〗游擊手；游擊手的守備範圍。12〖影〗短片。13《主英口》一杯不摻水的威士忌酒。

for short 簡稱，縮寫。

in short and (the) long 全部內容；要旨，概略。

—動及 1《口》〖電〗使產生短路《*out*》。2《口》少給；少找給錢，欺騙。—不及〖電〗產生短路。～·**ness** 名 Ⓤ 短，低，矮；不足；簡慢無禮；簡短。

·**short·age** ['ʃɔrtɪdʒ] 名 1 Ⓤ Ⓒ 不足，缺乏《*of*...》: a ～ *of* grain 穀物不足 / if a ～ develops 如果發生不足的話。2 不足額。

short·bread ['ʃɔrt,brɛd] 名 Ⓒ Ⓤ 鬆餅，脆餅。

short·cake ['ʃɔrt,kek] 名 1 Ⓒ Ⓤ《美》夾有水果、奶油的糕餅甜點。2 Ⓤ《英》厚的 shortbread。

short·change ['ʃɔrt'tʃendʒ] 動及《美俚》1 少找錢給（某人）。2 以不正當交易使吃虧，欺騙。3 使無法充分發揮能力。

'short 'circuit 名〖電〗短路。

short-cir·cuit ['ʃɔrt'sɝkɪt] 動及 1〖電〗使產生短路。2 避開。3《口》中斷；妨礙。—不及 產生短路。

short·clothes ['ʃɔrt,kloðz] 名(複)童裝。

short·com·ing ['ʃɔrt,kʌmɪŋ] 名《通常作 ～s》缺點，短處。

short-com·mons ['ʃɔrt'kɑmənz] 名(複)《作單數》糧食的供應不足，缺糧。

short·cut ['ʃɔrt,kʌt] 名 近路，捷徑：take a ～ 走近路。

short·dat·ed ['ʃɔrt,detɪd] 形〖商〗（支票等）短期的。

·**short·en** ['ʃɔrtn̩] 動及 1 縮短：～ school hours 縮短上課時間。2 使變鬆脆。3 減少，使變少：～ sail 縮帆。4〖運動〗= choke 6.

—不及 1 變短，縮小。2（賭注讓步額）減少。～·**er** 名

short·en·ing ['ʃɔrtnɪŋ] 名 1 Ⓤ《尤美》起酥油。2 Ⓤ Ⓒ〖語音〗縮短；〖語言〗縮短詞，縮略詞。

short·fall ['sɔrt,fɔl] 名 不足。

'short 'fuse 名《美口》火爆脾氣。

short·hand ['ʃɔrt,hænd] 名 Ⓤ 速記（法）。

—形 速記（法）的，以速記寫下來的：a ～ typist《英》速記員，速記打字員（《美》stenographer）。

short-hand·ed ['ʃɔrt'hændɪd] 形 人手不足的。～·**ness** 名

short-haul ['ʃɔrt,hɔl] 形 短程的，短距離的。

short·horn ['ʃɔrt,hɔrn] 名 短角牛。

short·ie ['ʃɔrtɪ] 名《口》= shorty.

short·ish ['ʃɔrtɪʃ] 形 稍短的，稍矮的。

'short ,list 名《英》1 供最後挑選用的入圍者名單。2《俚》心目中認為突出的人或事物的名單。

short-list ['ʃɔrt,lɪst] 動及《英》《通常用被動》列入最有希望勝出的名單上。

short-lived ['ʃɔrt'laɪvd] 形 短命的，曇花一現的。

·**short·ly** ['ʃɔrtlɪ] 副 1 不久，即刻：～ after seven 剛過七點不久。2 簡略地，簡潔地：to put it ～ 簡略地說。3 唐突地，無禮地：answer ～ 唐突地回答。

'short ,order 名《美》快餐。

in short order《美》立刻，敏捷地。

short-or·der ['ʃɔrt'ɔrdɚ] 形《限定用法》做快餐的；極快做出的。

short-range ['ʃɔrt'rendʒ] 形 短射程的；短期間的：a ～ view 短期的展望。

short-run ['ʃɔrt'rʌn] 形 短期的，短時間的。

'short 'sale 名 賣空。

'short 'seller 名〖金融〗賣空者。

'short 'selling 名 Ⓤ 賣空。

'short 'short ,story 名 極短篇小說。

'short 'shrift 名 Ⓤ 1 不理會，草率：make ～ of... 草草地處理；輕率地應付。2（給予死刑犯的）短暫的懺悔時間。

'short 'sight 名 Ⓤ 近視；《喻》短視。

·**short-sight·ed** ['ʃɔrt'saɪtɪd] 形 1 近視眼的。2 目光短淺的，短視的。～·**ly** 副

short-spo·ken ['ʃɔrt'spokən] 形 言詞簡短的；粗魯的，唐突的。

short-staffed ['ʃɔrt,stæft] 形（部屬或職員）不足的，缺乏的。

short·stop ['ʃɔrt,stɑp] 名 Ⓤ〖棒球〗游擊手的守備位置；Ⓒ 游擊手。

'short 'story 名 短篇小說。

'short ,subject 名 電影短片。

short-tem·pered ['ʃɔrt'tɛmpɚd] 形 急性子的；易怒的，脾氣暴躁的。

short-term ['ʃɔrt'tɝm] 形 短期的，短暫的；〖金融〗短期的。

'short-term 'memory 名 Ⓤ〖心〗短期記憶。

'short 'time 名 Ⓤ 縮短的作業時間。

'short 'ton 名 ⇨ TON[1] (1)

short·wave ['ʃɔrt'wev] 名 1 Ⓤ〖電〗短波。2 短波收音機。—形 短波的。

—動及不及 以短波發射。

short-wind·ed ['ʃɔrt'wɪndɪd] 名 1 氣急的。2 簡短扼要的。

short·y ['ʃɔrtɪ] 名(複 **short·ies**)《口》1 矮子。2 特別短的衣服。—形 特別短的。

·**shot**[1] [ʃɑt] 名(複～s [-s]) 1 發射；射擊：take a ～ at... 朝…射擊。2 Ⓤ 射程，（誘導飛彈的）著彈距離：within ～ 在射程內。3 散彈的一發；彈丸；Ⓤ《集合名詞》散彈，炮彈：a few ～ 數發子彈。4 射擊的人，射手：a poor ～ 差勁的射手。5（在各種球技中）一擊；一擲；一射；一投《

S

at...》。6 開炮似的東西：a ～ of lightning 閃電。7《口》皮下注射；（酒的）一杯；（藥的）一劑。8 嘗試，試圖《*at...*》。9 臆測；推測《*at...*》：make a ～ *at...* 推測。10（酒吧的）帳款；應付之款：pay one's ～《英》付自己的酒錢。11 鉛球。12 照片，快照；攝影，快照攝影；〖影·視〗鏡頭。13 打賭；（賭博的）勝算。14《美俚》癖，嗜好。

big shot 《俚》大人物，大亨，有權勢者。

by a long shot《口》《用於否定》絕對，一定，完全。

call** one's **shots《美口》預言事情的結果。

call the shots《俚》控制，支配，操縱。

like a shot (1) 立刻，馬上。(2)《口》欣然。

shot in the arm 《俚》使健康恢復的事物，刺激的事物。

shot in the dark《俚》猜測，胡猜；幾乎沒有成功希望的姑且一試。

shot in the locker《口》備用物，備用錢；最後的辦法。

—動(～·ted, ～·ting)及 1 裝彈藥。2（為增加重量而）加上鉛粒。

:shot² [ʃɑt] 動 **shoot** 的過去式及過去分詞。—形 1 顏色多變的，閃色的；有條紋的；織成雜色的。2 邊端平整切齊了的。3《美口》破爛的，毀壞的。4《俚》酒醉的。5《口》停擺了的，用完了的《*of ...*》。

shot (through) with... 充滿。

shot·gun [ˈʃɑt,gʌn] 名 1 散彈槍，獵槍。2〖美足〗散彈陣勢。—形 1 散彈槍（用）的；用散彈槍的。2《口》籠統的，漫無目標的。3 強制性的，強迫的。—動(-gunned, ～·ning) 及 1 用散彈槍射擊。2《美口》強迫。

ˈshotgun ˈwedding [ˈmarriage] 名 1《美俚》因懷孕而被迫的結婚。2 為需要而作的妥協；強迫的結合[合併等]。

ˈshot ˌput 名《the ～》1〖運動〗擲鉛球。2 鉛球的一擲。

shot-put·ter [ˈʃɑt,putə] 名 擲鉛球者。

ˈshot ˌtower 名（古時的）製彈塔。

:should [ʃud,《弱》ʃəd, ʃd,《無聲子音前》ʃt] 動 **shall** 的過去式。1《在從屬子句裡的時式一致》。2《所有人稱》《表義務》必須；應該；《表期待、可能性》可能，該。3《對所有的人稱》《與 **have** ＋過去分詞連用，表對過去的行為、狀態的責難、後悔》本該，應該是，如果…就好（但事實上卻不是）。4《在主詞為第一人稱中，表某假定條件下會產生的結果》就會…。5《在主詞為第一人稱中，言外含有假定條件的結果》《客氣、委婉》可，倒。6《在所有的人稱》《使用於條件子句中，表示強烈的假定》萬一，縱令（對應的子句可用直敘法也可用假設法）。7《在所有的人稱》《於副詞子句中，引導假設法或相當於假設法的語句》(1)《時間副詞子句》。8《於形容詞子句中，引導假設法或相當於假設法的語句》。9《於 **that** 子句中，引導假設法或相當於假設法的語句》(1)《於表示感情的主要子句後》(2)《於表示判斷的主要子句後》(3)《於表命令、決定、規定、提案、要求、意圖等主要子句後》。

:shoul·der [ˈʃoldə] 名 1 肩；（衣服的）肩部：dislocate one's ～ 使肩膀脫臼。2《通常作～**s**》上背部，肩膀；《常作～**s**》《口》雙肩；擔當（責任等）的能力：square ～*s* 方肩 / round ～*s* 圓肩 / lay the blame on the right ～*s* 應該受責備的人。3 Ⓤ Ⓒ 肩膀肉；肩關節：a ～ of mutton 羊的肩膀肉。4 肩狀部分；（弦樂器的）肩，（瓶子的）肩部；山肩；路肩，路的邊緣：soft ～*s*《道路標誌》路肩不結實。

cry on a person's shoulder 訴苦以博取同情。

give the cold shoulder to a person《口》冷落，不友好地對待。

open** one's **shoulders（擊球者）使出全部肩膀與上半身力量擊球。

put** one's **shoulder to the wheel 全力以赴。

rub shoulders with... 與（名人等）交往。

shoulder to shoulder 協力，並肩，團結一致。

square** one's **shoulders 挺直身子。

(straight) from the shoulder 直接（地），坦白（地）。

turn a scornful shoulder on... 採取嘲笑的態度。

—動 及 1 用肩推，擠。2 扛在肩上，肩負。3 負擔，承擔。—不及 以肩推，擠。

ˈshoulder ˌbag 名 有肩帶的女用手提袋。

ˈshoulder ˌbelt 名 肩帶，斜披式安全帶（亦稱《美》**shoulder harness**）。

ˈshoulder ˌblade 名 肩胛骨。

ˈshoulder-ˌhigh 形，副 與肩同高的（地）。

ˈshoulder ˌknot 名 1 肩飾。2 軍服的肩章。

shoulder-length [ˈʃoldəˈlɛŋkθ] 形（頭髮等）長及肩部的。

ˈshoulder ˌmark 名〖美海軍〗（標示階級的）肩章。

ˈshoulder ˌpad 名 墊肩。

ˈshoulder ˌpatch 名〖美軍〗臂章。

ˈshoulder ˌstrap 名 1 肩帶，吊帶，背帶。2（軍服的）肩章。

:should·n't [ˈʃudn̩t] should not 的縮略形。

shouldst [ʃudst] 動《古》**shall** 的第二人稱單數過去式。

:shout [ʃaut] 動 不及 1 大叫《*out*》；大聲說；叫喊《*for, with...*》；大喊《*for, to ...*》；叫嚷《*at...*》；大聲喊叫：～ *for* joy 歡呼 / ～ *with* laughter 縱聲大笑 / ～

for a nurse 大聲喊護士 / ～ into a person's ear 在某人耳邊大叫。**2**《美俚》充滿感情地唱（聖歌等）。**3**《英澳》請客喝酒。—不及 **1** 大聲喊《*out*》。**2**《英·澳》《口》請喝酒或其他飲料；請客喝。

***shout** a person **down** / **shout down** a person* （大聲）反對，大聲喝止（某人），大聲喝使沉默下來。

shout from the rooftops 大聲說出，公開宣布。

shout** oneself **hoarse 喊得聲音嘶啞。

—名 **1** 叫（聲），喊（聲），大聲。**2**（笑聲等的）突然的爆發。**3**《英·澳》《口》請客（喝酒）的輪到。

shout·ing ['ʃaʊtɪŋ] 名 U喊叫。

All (is) over but the shouting. 勝負已定，大局已定。

within shouting distance 在叫聲可及的距離內。

shove [ʃʌv] 動 **(shoved, shov·ing)** 及 **1** 推，推動；擠，推開：～ a raft into the river 把筏推入河裡 / ～ a person off the sidewalk 將某人擠出人行道。**2**《口》推入，塞入《*in, into...*》。**3**《喻》推掉，推諉。**4** 硬推給（他人）。**5** 販賣（毒品）。—不及 **1** 推，擠，撞。**2** 推擠著前進《*along, past, through*》；擠過去《*over*》。**3**《口》動身，出發。

shove** a person **around = ORDER *a person* around.

shove...down** a person's **throat 《口》強迫某人接受…。

shove off (1) 推（船）離岸。(2)《通常用於命令》《俚》離開，出發。

—名《通常作 **a** ～》推，撞。

shove-ha'pen·ny ['ʃʌv'hepənɪ] 名 U《英》推移板遊戲。

shov·el ['ʃʌvl] 名 **1** 鏟，鐵鍬：a coal ～ 煤鍬 / a diesel ～ 柴油機鏟（以柴油機操縱的鏟子）。**2** 一鏟之量。

put in** one's **shovel 《口》干預，參與。

—動 (～**ed**, ～**·ing** 或《英》**-elled**, ～**·ling**) 及 **1** 鏟起；用鏟子開闢出（道路等）。**2** 把…大量倒入；鏟除。—不及 使用鏟子。

shov·el·board ['ʃʌvl̩,bord] 名 = shuffleboard.

shov·el·er,《英》**-el·ler** ['ʃʌvlɚ] 名 **1** 鏟東西之工具。**2**〖鳥〗廣味鳧。

shov·el·ful ['ʃʌvl̩,ful] 名 一鏟之量。

show [ʃo] 動 (～**ed**, **shown** 或 ～**ed**, ～**·ing**) 及 **1** 出示；襯托；使微露；使（內部）可以看見；《反身》使出現，使顯露；給（人）看：～ the ticket at the gate 在入口處出示入場券 / ～ one's face 露臉，出現 / ～ one's hand（玩撲克牌時）攤牌；《喻》表明自己的意圖 / ～ one's teeth 露出牙齒；《喻》作威脅姿態，發怒。**2** 陳列，展示；上映，演出。**3** 指示，指出；帶領，陪同《*to...*》：～ a person the sights 陪同某人參觀名勝 / ～ a person the door 指著門要某人離開，叫某人滾蛋，趕走某人 / ～ her all over the farm 帶她到農場各處看看。**4** 表露出；顯示在表情上：～ one's feelings 將感情表露出來 / ～ mercy toward a person 對某人表示仁慈。**5**（透過示範）教，說明，告知；指導。**6** 證明；顯示出；（計器等）指著；告知。**7**〖法〗申訴；陳述：～ cause 陳述正當的事由。—不及 **1** 顯出，顯現；出現；明顯可知；看得出。**2** 開展示會；表演；上映。**3**《口》出現，出席。**4**《美俚》（賽馬等）得前三名，得第三名。

go to show that... 《常以**it**作主詞》證明，顯示。

have nothing to show for... 在…上沒有什麼成就。

show around 帶領…參觀。

show off 誇耀，賣弄。

show...off** / **show off... (1) 展示，陳列。(2) 賣弄，誇示。(3) 使顯眼。

show the way 《文》示範。

show through (1) 顯露；《喻》（本性）顯露出來。(2) 透過…顯現出來。

show up (1) 顯得醒目，顯眼；《喻》顯露。(2)《口》出席，露面。

show...up** / **show up... (1) 暴露，揭發真面目《*as, for...*》；顯露…。(2)《英》使難堪。(3)《口》使相形見絀，超過。

—名 **1**《常用 **a** ～》顯示，表示。**2** U 誇示，炫耀，展示，陳列。**3** 展示會，展覽會，品評會；電影；戲劇；電視節目；演出，表演。**4** U《或作 **a** ～》外觀，外表，印象；虛飾的外表。**5** 徵候，跡象。**6**《**a** ～》《口》機會；希望。**7**《口》景觀，景象。**8**《口》表現。**9**《英俚》工作，事業；事件，事情；團體。**10** U《美俚》（賽馬等的）第三名。

get the show on the road 《口》開始實施計畫；著手工作。

give the (whole) show away** / **give away the (whole) show 《口》洩露祕密。

Good show! 《英俚》好極了。了不起。

make a good show 獲得好成績；表現良好。

make a show of... (1) 假裝…的樣子（⇨名 4）。(2) 使出醜。(3) 誇示，賣弄。

run the show 主持一切，操縱。

steal the show 搶鏡頭，在一群人中最受注目，出盡鋒頭。

stop the show 贏得熱烈掌聲而被打斷。

'show ,bill 名 演出的廣告招貼，海報。

'show ,biz 名《美口》= show business.

show·boat ['ʃo,bot] 名 **1** 巡迴演藝船。**2** 炫耀自己的人；引人注目的人。—動 不及 炫耀。

'show ,business 名 U 演藝事業，影劇業。

show·case ['ʃo,kes] 名 **1** 陳列用的玻璃櫥櫃。**2** 展示處；示範場所；試演處。

show·down ['ʃo,daun] 名 **1** 攤牌。**2** 最

後的解決；(計畫等的)公開：a final ～ 最後的攤牌。

:**show·er¹** ['ʃauɚ] 名 1《常作～s》驟雨，陣雨：be caught in a ～ 遇到驟雨。2《常作 a ～》(淚等的)紛紛，多量《*of...*》：*a* ～ *of* bullets 一陣的槍林彈雨 / *a* ～ *of* presents 許多禮物 / *a* ～ *of* good tidings 接踵而來的好消息。3 淋浴：take a quick ～ 趕緊洗一次淋浴。4《美》送禮聚會。5《英口》愚蠢的人，討厭鬼。—動 1 使淋溼；以水澆灌…。2 陣雨般地傾注《*on...*》；大量給予《*with...*》。—不及 1 下驟雨。2《喻》紛紛而至《*down / on, upon...*》。3 淋浴。

show·er² ['ʃoɚ] 名 顯示者[物]。

'**shower ˌbath** 名 淋浴(設備)。

'**shower ˌcap** 名 浴帽。

'**shower ˌcurtain** 名 浴簾。

show·er·y ['ʃauərɪ, 'ʃaurɪ] 形 1 陣雨的；多陣雨的；驟雨的。2 驟雨般的，似陣雨的。

show·folk ['ʃoˌfok] 名(複)演藝人員。

'**show ˌgirl** 名 歌舞女郎，舞孃。

show·i·ly ['ʃoɪlɪ] 副 豔麗地；俗氣地；炫耀地，講究排場地。

show·ing ['ʃoɪŋ] 名 1 展示(會)。2 外觀；跡象。3《*on* ～》《作單數》說明，陳述：*on* any ～ 不論怎麼說 / *on* the government's ～ 根據政府的說明。4 上演，上映。

'**show ˌjumping** 名 U〖馬術〗跳越障礙表演。

show·man ['ʃomən] 名 (複 **-men**) 演出者，藝人；擅長表演者。

show·man·ship ['ʃomənˌʃɪp] 名 U 擅長表演者的技巧或能力。

:**shown** [ʃon] 動 **show** 的過去分詞。

show-off ['ʃoˌɔf] 名 1 愛炫耀的人。2 U 炫耀。

show·piece ['ʃoˌpis] 名 展示品；優秀傑出的樣品。

show·place ['ʃoˌples] 名 名勝；供參觀的建築物。

S

show·room ['ʃoˌrum, -ˌrum] 名 陳列室。

show·stop·per ['ʃoˌstɑpɚ] 名 1〖劇〗被熱烈的掌聲打斷的臺詞或演出。2《口》令人印象深刻的。

'**show ˌtrial** 名 公審(政治犯)。

show·up ['ʃoˌʌp] 名《口》暴露，揭發。

'**show ˌwindow** 名 陳列窗，櫥窗。

show·y ['ʃoɪ] 形 (**show·i·er, show·i·est**) 1 惹人注意，顯眼的。2 炫耀的；花俏的，豔麗得俗氣的。**-i·ness** 名

·**shrank** [ʃræŋk] 動 **shrink** 的過去式。

shrap·nel ['ʃræpnəl] 名 U〖軍〗榴霰彈(碎片)。

·**shred** [ʃrɛd] 名 1 碎條，破片：a ～ of cloth 細長的布條 / without a ～ of clothing on 一絲不掛地 / cut the cloth into ～*s* 把布剪碎。2《a ～》《通常用於否定》些微，少量。

tear...to shreds (1) 撕碎。(2) 駁得體無完膚。

—動(～·**ded** 或 **shred**, ～·**ding**)及 撕碎[切碎]《*up*》。—不及 變成碎片。

shred·der ['ʃrɛdɚ] 名 碎紙機；切菜機，削菜板。

shrew [ʃru] 名 1 潑婦，悍婦。2〖動〗鼩鼱，地鼠。

·**shrewd** [ʃrud] 形 精明的；機靈的，敏銳的；伶俐的：be ～ about money 對錢很精明 / make a ～ remark 提出尖銳的看法。

～·**ly** 副

shrewd·ness ['ʃrudnɪs] 名 U 機靈；乖巧。

shrew·ish ['ʃruɪʃ] 形 具潑婦脾氣的，愛罵人的，嘮嘮叨叨的；潑辣的，兇悍的。

～·**ly** 副

·**shriek** [ʃrik] 名 1 叫聲，尖叫聲，驚叫：give a ～ 發出尖叫聲。2 尖銳的笑聲。—動 不及 1 以尖銳的聲音鳴叫；尖叫，悲號《*out*》。2 尖聲狂笑。—及 尖聲發出《*out / at...*》。

shrift [ʃrɪft] 名 U《古》(認罪或贖罪後的)認罪，告解，臨終懺悔。

shrike [ʃraɪk] 名〖鳥〗伯勞。

·**shrill** [ʃrɪl] 形 1 高而尖的：in a high, ～ tone 以高而尖銳的聲調。2 充滿尖聲的。3 尖刻，尖銳的：～ criticism 尖刻的批評。4 強烈的。—動 不及《文》發出尖銳的聲音。

—及《文》尖聲地說出。—名 尖聲。

—副 尖聲地。'**shril·ly** 副, ～·**ness** 名

shrimp [ʃrɪmp] 名(複～**s**, 義 1《集合名詞》～) 1 蝦，小蝦。2《俚》個子矮的人；無足輕重的人。—動 不及 捉蝦。

shrimp·ing ['ʃrɪmpɪŋ] 名 U 捕蝦。

·**shrine** [ʃraɪn] 名 1 聖骨匣；神龕，佛龕。2 聖堂，宗廟；祭壇，神殿：an ancestral ～ 祠堂，宗祠。3 聖物；聖地：a historic ～ 歷史上有名的聖地。—動 及《文》= enshrine.

·**shrink** [ʃrɪŋk] 動 (**shrank** 或《常作》**shrunk**, **shrunk** 或 **shrunk·en**, ～·**ing**)不及 1 收縮，變小。2 減少，縮減。3 逃避，害怕；退縮；畏縮《*away, back / from ...*》：～ *from* wrong-doing 害怕做壞事。4 蜷縮《*with...*》：～ *with* cold 冷得身體蜷縮起來。—及 1 使減少；使縮小。2 將(布料)整燙收縮。3〖金工〗加熱後嵌套上。—名 1 退縮，畏縮。2 縮水；收縮。3《美俚》精神科醫生。～·**a·ble** 形 易收縮的。

shrink·age ['ʃrɪŋkɪdʒ] 名 U C 1 收縮，縮小，收縮量，收縮度。2 減少量[度]。

shrink-wrap ['ʃrɪŋkˌræp] 動(**-wrapped**, ～·**ping**)及 用塑膠薄膜收縮包裝。—名 收縮包裝用的塑膠膜。

shrive [ʃraɪv] 動 (**shrove** 或 **shrived**

shriv·en 或 shrived, shriv·ing) 及《古》1 赦罪。2（神父）聽告解。3《反身》向神父懺悔贖罪。
—不及 1 聽懺悔。2 懺悔。

shriv·el ['ʃrɪvl] 動 (～ed, ～·ing 或《英》-elled, ～·ling) 不及 1 皺縮，枯萎《up》。2 收縮，變小，變成虛弱無力《up》。
—及 1 使枯萎；使皺縮。2 使衰弱無力。

shroud [ʃraud] 名 1 屍布，壽衣。2 遮蔽物，覆蓋物：in a ～ of mist 在霧的籠罩中。3《通常作～s》〖海〗橫桅索。
—動 及 1 以壽衣裹。2《通常用被動》覆蓋，遮蔽；隱瞞《in...》。

'Shrove ,Tuesday [ʃrov-] 名 懺悔節：四旬齋開始的前一日。

·shrub [ʃrʌb] 名 灌木。

shrub·ber·y ['ʃrʌbərɪ] 名 (複-ber·ies) Ⓤ Ⓒ《集合名詞》灌木；灌木業。

shrub·by ['ʃrʌbɪ] (-bi·er, -bi·est) 灌木的；多灌木的。

·shrug [ʃrʌg] 動 (shrugged, ～·ging) 及《表示不關心、輕視、懷疑、不悅等》聳肩：～ one's shoulders 聳肩。—動 不及 聳肩。
shrug...off / shrug off... 抖去，擺脫；《喻》不理會，蔑視，對…一笑置之。
—名 聳肩。

·shrunk [ʃrʌŋk] 動 shrink 的過去分詞。

·shrunk·en ['ʃrʌŋkən] 動 shrink 的過去分詞。—形 皺縮的；萎縮的；縮小的。

shuck [ʃʌk] 名 1 外皮，莢，殼；《美》（牡蠣等的）殼。2《通常作～s》《口》無價值之物：not worth ～s 一點價值都沒有。
—動 及 1《美》剝外皮。2 脫去；擺脫《off》。3 以花言巧語欺騙。—不及《美俚》開玩笑。—感《～s》《美口》《表示生氣、後悔等》糟了！哎！～·er 名

·shud·der ['ʃʌdɚ] 動 不及 戰慄，發抖《at...》。—名 戰慄，發抖。～·ing·ly 副 戰慄地，發抖地。

shuf·fle ['ʃʌfl] 動 不及 1 曳足而行《along, in》；跳曳步舞。2 動作笨拙；（將衣服等）笨拙地穿上《into...》；脫去《out of...》。3 支吾；敷衍閃避《out of ...》；狡猾地混入《in》：～ out of one's responsibilities 逃避責任。4 洗牌。5《美俚》吵架。—及 1 曳足，曳足而行；跳（曳步舞）。2 使到處移動；更換。3 悄悄地放入《into...》；取出《out of...》；狡猾地推諉（給…）《onto...》。4 笨拙地穿上《on》；粗笨地脫下《of》。5 洗牌。6 弄混，攪亂《together》。
shuffle off 拖著步子離開。
shuffle...off / shuffle of... (1) 脫去，捨棄，擺脫。(2) 逃避。
—名 1 曳步；曳步舞。2 支吾之詞；規避。3〖牌〗洗牌；切牌。4（信等的）往返。5 混雜的狀態。6 內閣改組。-fler 名

shuf·fle·board ['ʃʌfl,bord] 名 Ⓤ 擲木盤遊戲。

·shun [ʃʌn] 動 (shunned, ～·ning) 及 躲避，避開。

'shun [ʃʌn] 感 立正！

shun·pike ['ʃʌn,paɪk] 名（高速公路以外的）分道，替代道路。—動 不及 在分道上行駛。

shunt [ʃʌnt] 動 及 1 撇在一邊；擱置，迴避；轉移《on to, onto...》。2〖鐵路〗轉軌《to...》。3〖電〗使分路；裝分流器於。4〖外科〗（作側路）將（血液）導入。
—不及 1 靠邊，讓開；脫離正軌。2《英》轉轍進入旁軌。
—名 1 轉換。2《英》轉轍器。3〖電〗分路。4〖解·外科〗側路；分流；（血管的）吻合。5《美》後街，僻巷。6《俚》（汽車的）衝撞事故。—形〖電〗分路的。
～·er 名《英》轉轍手[器]。

shunt-wound ['ʃʌnt,waund] 形〖電〗並聯的，分繞法式的。**'shunt ,winding** 名 Ⓤ 並聯繞法。

shush [ʃʌʃ] 感《命令人肅靜》噓！—動 及 用噓聲使肅靜，叫…不要作聲。

:shut [ʃʌt] 動 (shut, ～·ting) 及 1 關閉；蓋上蓋子《up》；封閉，不加理會《to...》：～ the window 關窗 / ～ one's eyes *to* the facts 閉眼不看事實。2 將（書、手等）合上；摺疊起來。3 關進《in, into...》；夾在（門等之中）（in...）；排斥《from, out of...》。4 將（店鋪等）關閉。
—不及 關，閉；合攏。
shut away 將…關起來；隔離。
shut down (1)（夜幕等）降下。(2)（店等）關閉，休業。
shut...down / shut down... (1) 將（窗等）放下關起。(2) 關閉。(3) 抑制，制止。
shut one's face《俚》住口，緘默。
shut...in / shut in... (1) 禁閉；圍住。(2)《被動或反身》悶居家中。(3) 隔絕。
shut...off / shut off... (1) 停；關閉（機器）。(2) 隔離，切斷《from...》。
shut...out / shut out... (1) 關在門外，排斥…。(2) 隔絕。(3)《美》（棒球賽等）完全封鎖，完封。
shut to 關上。
shut up《常用於命令》《口》住口。
shut...up / shut up... (1) 使閉嘴。(2) 關（門等）(3) 監禁。
Shut your mouth! 閉嘴。
—形 1 關閉的。2〖語音〗閉鎖音的。
—名 1 Ⓤ 關閉，閉鎖；關閉時間；終止，完結。2 兩塊焊接金屬的焊縫。

shut·down ['ʃʌt,daun] 名 關閉；暫時停業，停止操作。

shut-eye ['ʃʌt,aɪ] 名 Ⓤ《俚》睡覺。

shut-in ['ʃʌt,ɪn] 形《主美》1 關在家中或醫院等的。2〖精神醫〗有孤僻傾向的。
—名（因生病或衰老）不能外出的人。

shut·off ['ʃʌt,ɔf] 名 1 關閉器。2 中斷，停止。

shut·out ['ʃʌt,aut] 名《美》1 關在外面；

S

關門停工。2（在棒球賽中）完封，完全封鎖；一方得零分的比賽。

·**shut·ter** [ˈʃʌtɚ] 名 1 關閉的人[物]；百葉窗，遮窗板。2（照相機的）快門。

put up the shutters (1) 關上遮窗板。(2) 關店；打烊，停止營業。

一動 及 關上遮窗板，以百葉窗遮…，裝上百葉窗；關上快門。

shut·ter·bug [ˈʃʌtɚˌbʌg] 名《俚》（業餘的）攝影迷。

shut·tle [ˈʃʌtl] 名 1（紡織機的）梭；（縫紉機的）滑梭。2《美》往返行駛；定期往返的交通工具。3 太空梭。4 = shuttlecock.

一動 及 不及 穿梭般往返移動，往返。

shut·tle·cock [ˈʃʌtlˌkɑk] 名 1 羽毛球；（中國的）毽子。2 = battledore 名 1. 一動 及 拋來拋去；往返遞送。一不及 來回移動；被拋來拋去。一形 往返移動的，來來往往的。

ˈ**shuttle diˌplomacy** 名 U 穿梭外交。

:**shy**[1] [ʃaɪ] 形 (～·er 或 shi·er, ～·est 或 shi·est) 1 羞怯的；畏縮的；膽怯的，膽小的：a ～ whisper 羞怯的低語。2 不喜歡的，不願意的；謹慎的《of, about...》；《複合詞》怕…的：be ～ of contradicting one's superiors 害怕頂撞上司 / work-*shy* 討厭工作。3 懷疑的，不信任的《of...》。4 害怕（接近人）的。5《主美口》缺少的，不足的《of, on...》。

fight shy of... 迴避，避開。

一動 (shied, ～·ing) 不及 馬驚跳，驚退《at...》；畏縮不前《away, off / at, from ...》。一及 逃避，躲避。

shy[2] [ʃaɪ] 動 (shied, ～·ing) 及 不及《口》投，擲：～ pebbles at a tree trunk 對著樹幹扔石子。一名 (複 shies) 1 亂投，猛擲。2《口》嘲弄，譏笑。3《口》嘗試。

have a shy at... (1) 嘗試做…。(2) 嘲弄…。(3) 向…投擲。

Shy·lock [ˈʃaɪlɑk] 名 1 夏洛克：莎士比亞所作 *The Merchant of Venice* 中的放高利貸者。2 冷酷無情的放高利貸者。

·**shy·ly** [ˈʃaɪlɪ] 副 羞怯地；膽小地。

shy·ness [ˈʃaɪnɪs] 名 U 羞怯；膽怯。

shy·ster [ˈʃaɪstɚ] 名《美口》1 奸猾的律師，訟棍。2 奸猾的人。

si [si] 名〖樂〗音階的第七音；B 音。

Si《化學符號》silicon.

Si·am [saɪˈæm, ˈsaɪæm] 名 暹羅：Thailand 的舊稱。

Si·a·mese [ˌsaɪəˈmiz] 形 1 暹羅的；暹羅人的；暹羅語的。2 連體孿生的。一名 (複～) 暹羅人；U 暹羅語。

Siaˈmese ˈcat 名 暹羅貓。

Siaˈmese ˈtwins 名 (複) 連體嬰。

sib [sɪb] 形 有血緣關係的，血親的《to ...》。一名 1 血親，親戚；兄弟姊妹。2《集合名詞》親族。

Si·be·ri·a [saɪˈbɪrɪə] 名 1 西伯利亞。2 放逐地；作爲懲罰的工作。-an 形 名 西伯利亞的[人]。

Siˈberian ˈHusky 名 西伯利亞雪橇犬，哈士奇犬。

sib·i·lant [ˈsɪbələnt] 形 1 發絲絲聲的。2〖語音〗齒擦音的。一名〖語音〗齒擦音。

-lance 名

sib·ling [ˈsɪblɪŋ] 名《文》兄弟姊妹。一形 兄弟或姊妹的。

ˌ**sibling ˈrivalry** 名 U 兄弟鬩牆，同門相爭。

sib·yl [ˈsɪbl, -ɪl] 名 女預言家；女巫；女術士。～·line 形

Sib·yl [ˈsɪbəl] 名〖女子名〗西柏。

sic [sɪk] 動 (sicked, sick·ing) 及 1 攻擊…。2 驅使（狗等）追擊《on...》（亦作 sick）。

sic [sɪk] 副《拉丁語》原文如此。

sic·ca·tive [ˈsɪkətɪv] 形 吸溼性的，促使乾燥的。一名 乾燥劑。

Sic·i·ly [ˈsɪsəlɪ] 名 西西里島：位於義大利半島西南端，爲地中海最大島。

Si·cil·ian [sɪˈsɪlɪən, -ljən] 名 形 西西里島人[的]。

:**sick**[1] [sɪk] 形 1 生病的，身體不舒服的《with...》：a ～ child 生病的孩子 / the ～《集合名詞》病人 / get ～ on the fish 吃魚中毒生病 / be ～ *with* a fever 發燒。2《敘述用法》《主英》噁心的，想嘔吐的《with ...》。3 煩惱的《about, at...》；懊惱的；很不高興的《at doing》：～ *at* heart 憂心忡忡。4《敘述用法》厭惡的，厭煩的《of...》：be ～ *of* parties 對舞會感到興趣索然。5 渴望的，懷念的《for...》：～ *for* one's native land 懷念故鄉。6 變得怪異的，病態的：wild statements that made him seem ～ 瘋狂似的話使人認爲他精神失常。7 不健全的；敗壞的；殘酷的：a ～ fantasy 不健全的幻想。8《限定用法》病人的；生病的：take ～ leave 請病假。9（機器等）有毛病的。

be sick《英》(1) ⇨形 2. (2) 嘔吐。

go sick 因病請假。

look sick《俚》相形見絀。

sick and tired《口》疲憊不堪的；感到厭煩透了《常用 of...》。

take sick《常用過去式》《口》生病。

一動 及《英》吐…《up》。

sick[2] [sɪk] 動 及 = sic.

ˈ**sick ˌbay** 名 船上的病房，醫務室。

sick·bed [ˈsɪkˌbɛd] 名 病床。

ˈ**sick ˈbuilding ˌsyndrome** 名 U 病樓症候群。

ˈ**sick ˌcall** 名 U〖軍〗病人集合（的時間）(《英》sick parade)。

sick·en [ˈsɪkən] 動 及 1 使作嘔。2 使厭倦[厭惡]。一不及 1 生病，不舒服；《英》顯出症狀《for...》。2 作嘔，欲嘔《at...》：～ to see a dead body 看見屍體而作嘔。3（對…）厭惡，厭倦《of..., of doing》。

S

4 變弱，變無用。

sick·en·er ['sɪkənɚ] 图使人厭惡的東西[事情]。

sick·en·ing ['sɪkənɪŋ] 形引起疾病的；令人作嘔的。～·ly 副

'sick 'headache 图= migraine.

sick·ish ['sɪkɪʃ] 形 1 有點令人作嘔的，有點想吐的。2 有點生病的。～·ly 副

sick·le ['sɪkl̩] 图鐮刀。

'sick ˌleave 图 U 病假。

'sickle ˌcell aˌnemia 图 U（黑人的）鐮狀細胞貧血症。

'sick ˌlist 图病人名單：on the ～《口》生病。

sick·ly ['sɪklɪ] 形 (-li·er, -li·est) 1 常生病的，病弱的：a ～ child 體弱多病的孩子。2 因病而引起的；生病樣子的：～ pallor 因病而臉色蒼白。3 致病的，有害健康的。4 令人作嘔的《*with...*》。5 令人厭倦的，令人不快的。6 無精打采的，無力的；黯淡的，微弱的。一副有病地，憔悴地。

:sick·ness ['sɪknɪs] 图 1 U C 病：a major ～重病 / in ～ and in health 健康時和生病時。2 U 噁心，嘔吐。

sick-out ['sɪk,aut] 图集體托病怠工。

'sick ˌpay 图 U 病假津貼。

sick·room ['sɪk,rum] 图病房。

:side [saɪd] 图 1 側面；斜面，坡；〖海〗舷側。2（物體的）面；表面：the obverse ～ of a coin 硬幣的正面 / the far ～ 較遠的那一面。3 旁邊部分；（道路等的）一邊：the right ～ of his face 他的右半邊臉 / walk on the left ～ of the road 走在道路的左邊。4（身體的）側邊。5 旁邊，近處：on one ～ of... 在…的一旁。6（幾何圖形的）邊。7（問題等的）面，（不同觀點的）方面。8（對立的）一邊；一派；《英》（運動比賽的）隊。9（血統的）系，…方：relations on my mother's ～ 母方的親戚。10（豬等的）肋肉。11 U《英俚》自負，傲慢：put on ～ 擺架子。

by the side of... (1) 在…的旁邊。(2) 與…比較起來。

from side to side 從左到右。

get on the wrong side of... 惹…不高興。

let the side down（在運動等中）使同事的努力白費。

on all sides / on every side 從各方面；到處，四面八方地。

on the right side of... 不滿…歲。

on the side《美口》(1) 離開本題。(2) 作爲副業；多餘地，另外地；《英》私下地；偷偷地。(3) 作爲附加的菜肴。

on the...side 有…的傾向，有幾分…的意思。

on the wrong side of... 超過…歲。

on the wrong side of the tracks 出身窮困；在貧民窟的這一邊。

put... to one side (1) 將…擱在一旁。(2) 將…延期處理。

side by side (1) 並排，並肩。(2) 密切地，緊緊地連在一起；同心協力地。

split one's sides (laughing) 捧腹大笑。

take sides（在爭辯等時）支持一方，袒護某一方《*against... ; with...*》。

this side of... (1) 在…以前。(2)《口》不必到…去。

一形 1 側的，側面的，旁邊的。2 從旁邊的；向一邊的。3 次要的，枝節的；附帶的；另外的。

一動 **(sid·ed, sid·ing)** 及 1 與…並排。2 支持…的一方。

一不及 1 向旁移動。2 參加，偏袒，支持《*with...*》；反對《*against...*》。

'side ˌarm 图《通常作～s》〖軍〗隨身佩帶的劍、刀等武器。

side·arm ['saɪd,ɑrm] 形 副《主美》側投的（地）。

side·board ['saɪd,bord] 图 1 餐具櫃。2 側面板。3《～s》《俚》= side whiskers; sideburns.

side·burns ['saɪd,bɝnz] 图（複）《美》短的腮鬚；鬢角。

side·car ['saɪd,kɑr] 图 1（摩托車附掛的）單輪側車。2 U C 賽特卡雞尾酒。

-sided《字尾》表示「…邊」、「…面的」之意。

'side ˌdish 图正菜之外的菜，小菜。

'side efˌfect 图（藥的）副作用。

side-foot ['saɪd,fut] 動 及 不及〖足球〗以腳的側面踢（球）。

'side ˌhorse 图〖體操〗《美》鞍馬（《英》pommel horse）。

'side ˌissue 图枝節性的問題。

side·kick ['saɪd,kɪk] 图《美口》1 密友。2 夥伴；助手，副手。

side·light ['saɪd,laɪt] 图 1 U 側光。2 U C（對問題等的）偶然啓示；間接說明；側面消息：give a ～ on...（事物）由側面說明…；了解側面。3 側燈，邊燈；舷燈。4 採光用的小窗，側窗。

side·line ['saɪd,laɪn] 图 1 側線，支線。2 副業；兼職。3〖運動〗界線；《通常作～s，作單數》界外地帶。

on the sidelines 置身事外，處於旁觀地位。

一動 及 使（選手）無法出場比賽。

side·lin·er ['saɪd,laɪnɚ] 图旁觀者。

side·long ['saɪd,lɔŋ] 形 1 橫的；向旁邊的；斜的：throw a person a ～ glance 斜眼看人。2 間接的，拐彎抹角的：～ comments 拐彎抹角的話。一副 斜地；橫地；側面地。

side·man ['saɪd,mæn, -mən] 图 (複 **-men** [-,mɛn, -mən]) 演奏樂器者；伴奏者。

'side ˌorder 图《美》主菜外另外點的菜。

side·piece ['saɪd,pis] 图《通常作 the ～》側面部分。

S

si·de·re·al [saɪ'dɪrɪəl] 形星的；恆星的：the ～ day 恆星日 / the ～ month 恆星月。

sid·er·ite ['sɪdə,raɪt] 名 U 1 菱鐵礦。2 隕鐵。

'side ,road 名小路，支路。

side·sad·dle ['saɪd,sædl] 名〖馬術〗(婦人用的)偏坐鞍。—副偏坐在鞍上地。

'side ,show 名 1 穿插表演，穿插節目。2 枝節問題，次要事項。

side·slip ['saɪd,slɪp] 動 (-slipped, ～·ping) 不及 1 橫滑；側滑。2 向側下方滑落。—名橫滑；側滑。

sides·man ['saɪdzmən] 名(英國教會的)教區副執事。

side·split·ting ['saɪd,splɪtɪŋ] 形滑稽透頂的；令人捧腹大笑的。～·**ly** 副

'side ,step 名 1 (為避開撞擊等而)向旁移開的一步；側步。2 (車等的)踏板。

side-step ['saɪd,stɛp] 動 (-stepped, ～·ping) 不及 1 向旁跨一步。2 迴避。—及 1 向旁邊跨一步以避開。2 規避。

'side ,street 名小巷，巷道。

side·stroke ['saɪd,strok] 名〖泳〗側泳。

side·swipe ['saɪd,swaɪp] 動 及《主美口》側面擦撞；側面攻擊。—名 1 側面擦撞。2 側面攻擊，非難。

'side ,table 名靠牆或置於大桌旁的小几，側桌。

side·track ['saɪd,træk] 動 及 不及 1〖鐵路〗轉入側線。2 岔開(問題等)；使岔開注意力；使偏離目標；以牽制戰術延宕：get ～*ed* by the questions 被別的問題岔開了。—名〖鐵路〗側線，旁軌。

'side ,view 名側景；側面圖[像]。

'sideview ,mirror 名(汽車的)側視鏡。

·side·walk ['saɪd,wɔk] 名《美》人行道。

'sidewalk ,artist 名《美》街頭畫家。

side·wall ['saɪd,wɔl] 名側牆，側壁；外胎側壁。

side·ward ['saɪdwɚd] 形《尤英》向一邊的，向一側的。—副(亦作 **sidewards**)橫向地，向二側地。

side·way ['saɪd,we] 名小路，小徑；人行道。—形 副 = sideways.

side·ways ['saɪd,we(z)], **-wise** [-,waɪz] 副從一側，向一邊；橫向地；斜斜地：look ～ at... 斜視。—形 1 向一邊的。2 拐彎抹角的；規避的。

side·wheel·er ['saɪd,hwilɚ] 名《美》舷車(汽)船。

'side ,whiskers 名(複)落腮鬍。

side·wind·er ['saɪd,waɪndɚ] 名 1《美口》從側面的猛烈一擊。2〖動〗響尾蛇。3《S-》《美》響尾蛇飛彈。

sid·ing ['saɪdɪŋ] 名 1 (鐵路或工廠專用的)側線，旁軌。2 U《美》外壁牆板。

si·dle ['saɪdl] 動 不及側身而行《*along*》；悄悄走近《*up / to, toward...*》；悄悄離開《*away / from...*》。—名側身行走；悄悄挨近。

Sid·ney ['sɪdnɪ] 名 1〖男子名〗西德尼。2〖女子名〗西德妮。

SIDS 《縮寫》*s*udden *i*nfant *d*eath *s*yndrome.

siege [sidʒ] 名 1 U C 包圍，圍困；圍攻；包圍期間：raise the ～ of the city 解城市之圍。2 (疾病等的)長期侵擾；《美》痛苦折磨的漫長時期：a ～ of illness 疾病的長期困擾。3 U 不斷的努力。

lay siege to... (1) 包圍；圍攻。(2) 一再地向…遊說；竭力追求。

—動 及包圍，圍攻。

'Siege 'Perilous 名〖亞瑟王傳奇〗危險的座席，會要命的座位。

Sieg·fried ['sigfrid] 名齊格飛：德國神話中殺死巨龍 Fafnir 的英雄。

'Siegfried 'Line 名《the ～》齊格飛防線：德國於 1940 年構築成的防線，與 Maginot Line 相對。

si·en·na [sɪ'ɛnə] 名 U 1 濃黃土。2 濃黃色，黃褐色，赤褐色。

si·er·ra [sɪ'ɛrə, 'sɪrə] 名鋸齒狀山脈。

Si·er·ra Le·o·ne [sɪ'ɛrəlɪ'onɪ, 'sɪrəlɪ'on] 名獅子山(共和國)：位於非洲西部；首都為自由城(Freetown)。

si·es·ta [sɪ'ɛstə] 名(在西班牙、拉丁美洲的)午睡，午休。

sieve [sɪv] 名 1 篩，濾網，漏杓：spend money like a ～ 揮金如土 / be (as) leaky as a ～ 無論什麼事情都藏不住。2 不能保密的人。—動 及 不及 以篩子篩《*out*》。

sift [sɪft] 動 及 1 篩；過濾；撒(糖粉等)：～ flour 篩麵粉。2 篩出來；《喻》挑選出來《*out / from...*》：～ *out* the stones *from* soil 把…從土中篩出石子。3 詳細調查。4 仔細盤問。

—不及 1 篩；過濾。2 細查《*through...*》。3 篩落，篩下來；飄下，紛紛落下《*through...*》。～·**er** 名篩粉器，篩粉機。

Sig. 《縮寫》〖醫〗*sig*nature; *sig*nor(e).

sig. 《縮寫》*sig*nal; *sig*nature; *sig*nor(e).

:sigh [saɪ] 動 不及 1 嘆氣，嘆息《*with, for...*》；悲嘆《*over at...*》：～ *with* regret 因遺憾而嘆息 / ～ *over* one's fate 悲嘆自己的命運。2 呼嘯，悲鳴。3《文》思慕，渴望，想念《*after, for...*》。—及 1 嘆口氣說《*forth, out*》；悲嘆(命運等)。2 在嘆息中度過(時間)《*away, out*》。—名嘆氣，嘆息，類似嘆息之聲。

～·**er** 名

:sight [saɪt] 名 1 U C 瞥見；看見；一瞥。2 U 看；看見。3 U 視力，視覺：lose one's ～ 失明。4 U 視野，視界。5 U 見解。6 景象，奇觀；《口》異常的景象；《**the** ～**s**》值得一看的事物，名勝。7《**a**～》《口》難看，醜態；滑稽相：make *a* ～ of oneself 丟人現眼。8《通常作 **a** ～》《口》大量(的…)，許多《*of...*》。9 瞄準；觀測；《常作～**s**》瞄準器，觀測器；(槍等

的）準星，照門：take a ～瞄準。

a sight for sore eyes《口》看了令人高興的事物[景象，人]；貴賓。

at first sight 乍看之下；一看見（就…）。

at sight (1) 一見即。(2)〖商〗見票時（即…）。

at (the) sight of... 一看見。

catch sight of... 忽然看見。

in the sight of... (1) 爲…所親眼目睹。(2)《口》以…的眼光看來。

in sight 在看得見之處。

know...by sight 認得某人的臉孔，與某人面熟。

lose sight of... (1) 看不見…。(2) 失去…的音訊。(3) 遺漏，忽略。

not by a long sight《口》(1) 恐怕不會。(2) 一點也不，絕不。

on sight = at SIGHT (1).

out of sight (1) 在看不到的地方。(2)《口》高得不合理，非常高；無可比擬地。(3) 離得遠遠地。(4)《美俚》極好的，優異的。

set one's sight on... 把…作爲目標。

sight unseen《美》未看見現貨地，未先查驗地。

—動 及 **1** 看見；察覺。**2**（以觀測器或六分儀）觀測。**3** 在（槍等）上面裝置瞄準器；調整瞄準器，瞄準。—不及 定準星，瞄準；（朝某方向）察看，仔細看《*along*...》。—形 初見的。

'sight ˌdraft 名〖金融〗即期匯票（《英》sight bill）。

sight·ed ['saɪtɪd] 形 **1** 眼睛看得見的。**2**《複合詞》視力…的：short-*sighted* 近視的 / clear-*sighted* 眼光敏銳的。

sight·ing ['saɪtɪŋ] 名 發現，看見。

sight·less ['saɪtlɪs] 形〖詩〗**1** 盲的。**2** 看不到的。～**·ly** 副，～**·ness** 名

sight·ly ['saɪtlɪ] 形 (**-li·er, -li·est**) **1** 悅目的，漂亮的。**2**《主美》能望見美好景致的。

sight-read ['saɪtˌrid] 動 (**-read**, ～**·ing**) 及 不及 隨看隨讀，即席翻譯，不預習演奏。～**·er** 名，～**·ing** 名

sight·see ['saɪtˌsi] 動 (**-saw, -seen,** ～**·ing**) 不及《美》參觀，觀光，遊覽。

sight·see·ing ['saɪtˌsiɪŋ] 名 Ⓤ 參觀，遊覽，觀光：go ～ 去遊覽。—形 觀光的；觀光用的。**-se·er** 名 觀光客，遊客。

sight·wor·thy ['saɪtˌwɝðɪ] 形 值得一看的。

sig·int, SIGINT ['sɪgˌɪnt] 名 Ⓤ 訊號情報。

sig·ma ['sɪgmə] 名 Ⓤ Ⓒ 希臘字母的第十八個字母（Σ, σ, ς）。

:sign [saɪn] 名 **1** 符號；記號：a sharp ～ 升記號。**2**（手等的）示意動作，手勢，信號《*to* do》：by ～*s* 用手勢 / talk in ～*s* 用手語談話。**3** 標示，標誌；招告牌：a road ～ 道路標誌。**4** 象徵，表記；跡象，徵兆《*of...*, *that* 子句》；〖醫〗徵狀：as a ～ *of* respect 以示尊敬 / a ～ *of* the times 時代的表徵。**5**《常用於否定》痕跡，遺跡。**6** = zodiac 1. **7**（神的）奧蹟，神蹟《*of...*》。**8**《通常作～**s**》《美》（野生動物的）足跡。—動 及 **1** 簽署；簽（名字）。**2** 以手勢等表示；以手勢等示意做某事。**3** 簽約僱用；使簽約去做某事。**4** 畫十字聖號祝福。—不及 **1** 簽字《*for*...》。**2** 做手勢，以動作示意《*to for*...》。**3** 簽約，在契約書上簽字受聘。

sign in 簽到。

sign off (1) 簽上名字結束寫信。(2)〖廣播·電視〗播送完畢。(3)（與受僱公司等）解除關係。(4)《美俚》停止說話，不作聲。

sign off on...《美俚》同意，批准。

sign on (1) 簽約受僱。(2)〖廣播·視〗開播，開始播送。

sign out 簽名離開，簽退。

sign...out / sign out... 登記離去的時間；簽名批准帶（某人）離去；簽字具結而取走。

sign...over / sign over... 在文件上簽字讓渡。

sign up (1) = SIGN on (1). (2)（簽名）加入，參加（某組織、團體等）。

:sig·nal ['sɪgnl] 名 **1** 信號；暗號《*to* do》：a traffic ～ 交通信號。**2** 直接誘因，導火線《*for*...》：the ～ *for* revolt 暴亂的導火線。**3** 表記，表徵。**4**〖電·無線〗信號。—形《限定用法》**1** 信號（用）的。**2**《文》顯著的，令人注目的；卓越的。—動 (～**ed**, ～**·ing** 或《英》**-nalled**, ～**·ling**) 及 以信號傳達；做信號叫（人等）去做某事。—不及 **1** 發信號，作暗號，以口頭信號或手勢示意《*for*...》。**2** 以信號發出指令《*to, for*...》。～**·er,**《英》～**·ler** 名 信號手；通信兵；信號機。

'signal ˌbox 名《英》（鐵路的）信號房（《美》signal tower）。

sig·nal·ize ['sɪgnəˌlaɪz] 動 及 **1**《常用被動或反身》使顯著，使突出，使揚名，使增光彩；慶祝，紀念。**2**《美》明白指出。**3** 作信號；以信號通知。

sig·nal·ly ['sɪgnlɪ] 副 突出地，非凡地，顯著地。

sig·nal·man ['sɪgnlˌmæn, -mən] 名 (複 **-men**)《英》信號手；通信兵。

sig·na·to·ry ['sɪgnəˌtorɪ] 形 簽字的，蓋過印的，簽署的：the ～ nations to a trade agreement 通商協定的的各簽約國。—名 (複 **-ries**) 簽署者；簽約國。

·sig·na·ture ['sɪgnətʃɚ] 名 **1** 簽名，簽字；簽署；（代表某人等）的表記，特徵。**2**〖樂〗記號。**3**〖廣播·視〗信號曲；信號畫面。**4**〖裝訂〗折紙；〖印〗書帖；臺。**5**〖醫〗《美》（處方箋上的）用法說明。略作：S., Sig.

sign·board ['saɪnˌbord] 名 招牌，告示牌；廣告牌。

sign·er ['saɪnɚ] 名 **1** 以動作傳達意思的

人：使用手語的人。2 簽名者，簽字者。

sig·net ['sɪgnɪt] 图 1 印章，圖章。2（用 signet 蓋出的）印，印記。3 小印章。4《the ～》〖英史〗玉璽。—動及 蓋章於…上。

'signet ˌring 图 圖章戒指。

·sig·nif·i·cance [sɪg'nɪfəkəns] 图 U 1 重要，重要性：be of no ～ 毫無重要性，不足道。2 意義；意味；意思。

·sig·nif·i·cant [sɪg'nɪfəkənt] 形 1 重要的，重大的；意義深遠的：a ～ date 重要日子。2 表示的，意味著的，顯示的《*of* ...》。3 含有意味的，意味深長的：a ～ look 意味深長的一瞥。4 相當的，顯著的：a ～ number of people 相當多的人。5《英俚》具魅力的，超摩登的。

～·**ly** 副 意味深長的；重大的；顯著地。

sig·ni·fi·ca·tion [ˌsɪgnɪfə'keʃən] 图 1《文》意味；意義；含義；意思。2 U C 表示，表明；通知，通告。

sig·nif·i·ca·tive [sɪg'nɪfəˌketɪv] 形 1 有意義的；表示的《*of*...》。2 意味深長的，充滿暗示的。～·**ly** 副，～·**ness** 图

·sig·ni·fy ['sɪgnəˌfaɪ] 動 (**-fied**, ～·**ing**) 及 1 表示，表明：～ one's agreement 表示同意。2 是…的前兆；表示出意義。—不及《主要用於否定》有重要性；有影響，有關係。

sign-in ['saɪnˌɪn] 图 簽名運動。

'sign ˌlanguage 图 U 1 手語。2 手指語。

'sign ˌmanual 图 (複 **signs manual**) 親筆簽名。

sign-off ['saɪnˌɔf, -ˌɑf] 图 U C 收播，停止播送。

'sign of the 'cross 图 畫十字的手勢。

sign-on ['saɪnˌɑn] 图 開播，開始播送。

si·gnor, -gnior ['sinjor] 图 (複 ～**s**, **-gno·re** [-'jorɪ])《通常置於人名之前》先生；閣下。

si·gno·ra [sin'jorə] 图 (複 ～**s**, **-re** [-re])《通常置於人名之前》太太，夫人。

S

si·gno·ri·na ['sinjə'rinə] 图 (複 ～**s**, **-ne**) 小姐。

sign·post ['saɪnˌpost] 图 1 路標。2 跡象，徵兆；明顯的線索。～·**ed** 形《英》設有路標的。

Sikh [sik] 图 錫克教徒：印度教一改革派的教徒。—形 錫克教的；錫克教徒的。

～·**ism** 图 U 錫克教。

Sik·kim ['sɪkɪm] 图 錫金：在喜馬拉雅山中，位於不丹、尼泊爾間，原為一王國，現為印度的一省。

si·lage ['saɪlɪdʒ] 图 U 青儲飼料。

:si·lence ['saɪləns] 图 1 U 安靜，寂靜。2 U C 沉默；一言不發；絕口不提：an uneasy ～ 侷促的沉默 / two minutes of ～ 兩分鐘的沉默 / in dead ～ 完全一言不發 / break ～ 打破沉默 / *S*- is golden.《諺》沉默是金。3 U 久未通信，音訊斷絕。4 U《文》沉寂；湮沒；遭人遺忘的狀況。

—動 (**-lenced, -lenc·ing**) 及 1 使緘默；使靜下來；使沉默下來；使啞口無言；壓制，箝制（反對者等）的言論。2 消除。—感 肅靜！不要作聲！。

si·lenc·er ['saɪlənsɚ] 图 1 使沉默之物[人]。2（槍炮的）滅音裝置；《英》消音器（《美》muffler）。

:si·lent ['saɪlənt] 形 1 安靜的，寂靜的；無聲的：a ～ room 寂靜的房間。2 不作聲的；沉默的；不愛說話的，寡言的；講不出來話的：a ～ man 沉默寡言的男子 / be struck ～ with surprise 驚訝得說不出話來。3 默默的；未明言的：give ～ assent 默許。4 沒有提到的；不予置評的《*about, on, upon...*》。5 不活動的，靜止的：a ～ volcano 休火山。6 不發音的。7〖電影〗無聲的。—图《通常作～**s**》無聲電影。

·si·lent·ly ['saɪləntlɪ] 副 靜靜地，無聲地；默默地。

'silent ma'jority 图 U《the ～》沉默的大多數；《美》一般大眾。

'silent 'partner 图《美》不具名合夥人，匿名股東，外股（《英》sleeping partner）。

'silent 'treatment 图 U 不加理睬。

Si·le·sia [saɪ'liʃɪə, -ʃə] 图 西里西亞：歐洲中部的一地區。

si·lex ['saɪlɛks] 图 1 U 矽土；石英（玻璃）。2《S-》〖商標名〗耐熱玻璃製的咖啡壺。

sil·hou·ette [ˌsɪlu'ɛt] 图 1 剪影；側面影像；黑色輪廓：a book illustrated with ～*s* 有側影插圖的書。2 輪廓，影像：the ～ of the mountain against the evening sky 襯在夜空中的山影。

in silhouette 以白底黑影圖像表示出來，呈輪廓狀。

—動 及《被動》使呈現黑色輪廓[側面影像]《*against...*》。

sil·i·ca ['sɪlɪkə] 图 U〖化〗矽石，二氧化矽。

'silica ˌgel 图 U〖化〗矽膠。

sil·i·cate ['sɪlɪkɪt, -ˌket] 图 U C〖化〗矽酸鹽。

si·li·ceous, -cious [sɪ'lɪʃəs] 形 1 矽質的；含矽的；像矽的。2 生長在矽質土壤中的。

si·lic·ic [sɪ'lɪsɪk] 形〖化〗1 含矽的。2 矽的；從矽中提出的。

sil·i·con ['sɪlɪkən] 图 U〖化〗矽。符號：Si

'Silicon ˌAlley 图 1 電腦商業區。2 紐約市。

'silicon ˌchip 图〖電腦〗矽晶片。

'Silicon 'Valley 图 矽谷：美國加州 San Francisco 市郊的高科技工業區。

sil·i·co·sis [ˌsɪlɪ'kosɪs] 图 U〖病〗石末沉著病，矽肺症。**-cot·ic** [-'kɑtɪk] 形

·silk [sɪlk] 名 1 Ⓤ 蠶絲，絲；綢，絹，絲織品：raw ~ 生絲。2 《常用~s》絲綢衣服：be dressed in ~*s* and satins 衣著奢華，穿著錦衣華服。3 《~s》《美》有顏色的絲質出賽服。4 《英》（皇家律師的）綢質律師袍；《英口》皇家律師，高級律師。5 Ⓤ（蜘蛛或軟體動物的）絲。6 Ⓤ《美》玉蜀黍鬚。7 降落傘。
hit the silk 《美俚》從飛機上用降落傘降落。
take silk 《英》當皇家律師。
—形 1 《限定用法》絲製的。2 絲的；像絲一般的。—動 不及《美》（玉蜀黍）抽穗絲，長鬚。

'silk ˌcotton 名 Ⓤ 木棉，木棉花。

'silk-cot·ton ˌtree ['sɪlk,katn̩-] 名〖植〗木棉樹。

silk·en ['sɪlkən] 形 1 《文》絲的；絲製的。2 如絲的；柔軟的；光滑的；有光澤的。3 穿著絲綢的；優雅的；奢華的。精美的。4 逢迎的，取悅的，圓滑的。5 溫和的，溫柔的，柔和的。

'silk 'hat 名 絲質大禮帽。

silk·screen ['sɪlk,skrin] 名 1 Ⓤ 絹印，絹網印染法。2 以絹印方法印出的圖案花樣。—動及 以絹印法印染。

silk-stock·ing ['sɪlk'stakɪŋ] 形《主美》1 穿著華麗服裝的。2 上流階級的；貴族的；富裕的：~ districts 上流階級地區。
—名 1 服裝華麗的人。2 上流階級的人；富人。

silk·worm ['sɪlk,wɝm] 名〖昆〗蠶：the ~ moth 蠶蛾。

silk·y ['sɪlkɪ] 形 (**silk·i·er, silk·i·est**) 1 絲的；像絲一般的；光滑的；有光澤的；柔軟的。2 輕柔的，溫和的；圓滑的，討好的。3〖植〗有絲狀細毛的。**-i·ly** 副，**-i·ness** 名

sill [sɪl] 名 1 門檻；窗臺（板）。2〖地質〗岩床。

sil·la·bub, syl- ['sɪlə,bʌb] 名 Ⓤ Ⓒ 1 奶油酒。2 加料乳凍。

·sil·ly ['sɪlɪ] 形 (**-li·er, -li·est**) 1 無聊的，不合理的，荒謬的。2 愚蠢的，低能的。3 《美口》不省人事的，頭昏眼花的，暈頭轉向的。
—名 (複 **-lies**)《口》傻瓜，呆子。**-li·ly** 副

'silly ˌseason 名《the ~》《口》（國會休會期間的）新聞淡季。

si·lo ['saɪlo] 名 (複 ~s [-z]) 1 圓柱形穀倉。2 地下倉庫，地窖。3 飛彈的地下發射室。

silt [sɪlt] 名 Ⓤ 淤泥，沙泥。—動 不及 及（使）積滿淤泥，（使）淤塞《*up*》。

sil·van ['sɪlvən] 形 名《文》= sylvan.

Sil·va·nus, Syl- [sɪl'venəs] 名〖羅神〗森林田野之神。

sil·ver ['sɪlvɚ] 名 1 Ⓤ〖化〗銀（符號：Ag）。2 銀幣；（作爲商品或通貨基準的）銀，銀子。3 銀器；銀製餐具。4 銀色，銀白色；銀色的光澤。—形 1 銀的；銀製的；含銀的；鍍銀的。2 產銀的。3 如銀的；銀色的，銀白色的。4 銀鈴般的。5 言詞動聽的，有口才的，有說服力的。6 銀本位制的。7 第二十五年的，二十五周年的。—動 及 1 包上銀，鍍上銀。2 使發銀光；《文》使呈銀白色。—不及 呈銀色；《文》變銀白色。

'silver 'age 名《the ~》1〖神〗（僅次於黃金時代的）白銀時代。2 《通常作 S-A-》（拉丁文學史上的）白銀時代。

'silver anni'versary 名 = silver wedding.

'silver 'birch 名〖植〗白樺樹。

'silver cerˌtificate 名《美》銀元券。

'silver 'cord 名 1 臍帶。2 母子之情。

sil·ver·fish ['sɪlvɚ,fɪʃ] 名 (複 ~, ~·es) 1〖魚〗白色金魚；銀白色魚。2〖昆〗蠹魚，蛀書蟲。

'silver ˌfoil 名 Ⓤ 銀箔。

'silver 'fox 名〖動〗銀狐；Ⓤ 其毛皮。

'silver 'gilt 名 Ⓤ 鍍銀。

'silver 'gray 名 Ⓤ 銀灰色。

sil·ver·ing ['sɪlvərɪŋ, 'sɪlvrɪŋ] 名 Ⓤ 鍍銀，包銀。

'silver 'iodide 名 Ⓤ〖化〗碘化銀。

'silver 'jubilee 名 銀禧，二十五周年。

'silver ˌleaf 名 Ⓤ 薄銀箔。

'silver 'lining 名 雲的銀邊；轉入佳境的希望；（逆境的）光明的一面：Every cloud has a ~. 《諺》任何壞事都有好轉的希望；任何不幸都有光明的一面。

sil·ver·ly ['sɪlvɚlɪ] 副〖詩〗似銀地；銀光閃閃地；如銀鈴般地。

'silver 'medal 名（競賽的）銀牌。

sil·vern ['sɪlvɚn] 形《古》銀製的；如銀的。

'silver 'nitrate 名 Ⓤ〖化·藥〗硝酸銀。

'silver ˌpaper 名 Ⓤ 1 錫箔（紙）。2 包銀器用的白色上等薄紙。

'silver 'plate 名 Ⓤ《英》1《集合名詞》銀製的餐具。2 鍍銀層。

sil·ver-plate ['sɪlvɚ'plet] 動 及 鍍銀於……。

'sil·ver-'plat·ed 形 鍍銀的。

'silver 'screen 名 銀幕；《the ~》《集合名詞》電影；電影業。

sil·ver·side ['sɪlvɚ,saɪd] 名 1 Ⓤ《英》牛腿肉的最好部分。2 《~s》《作單、複數》〖魚〗銀漢魚。

sil·ver·smith ['sɪlvɚ,smɪθ] 名 銀匠。

'silver 'spoon 名 銀匙（代表富貴）。

'silver ˌstandard 名《the ~》〖經〗銀本位（制）。

'Silver 'Star (ˌMedal) 名〖美陸軍〗銀星勳章。

sil·ver-tongued ['sɪlvɚ'tʌŋd] 形《文》有口才的；雄辯的。

sil·ver·ware ['sɪlvɚ'wɛr] 名 Ⓤ《美》《集合名詞》銀器；餐桌上用的銀製餐具。

S

'silver 'wedding 图銀婚：結婚二十五年紀念日。

sil·ver·y ['sɪlvərɪ] 形 **1** 如銀的；發銀光的：a ~ luster 銀色的光澤。**2** 銀鈴般的，響亮的：a ~ voice 清脆的聲音。**3** 含銀的，包銀的。

Sil·ves·ter [sɪl'vɛstɚ] 图〖男子名〗席維斯特。

Sil·vi·a ['sɪlvɪə] 图〖女子名〗西維亞。

Sim [sɪm] 图〖男子名〗席姆（Simon, Simeon 的暱稱）。

si·ma·zine ['saɪməzɪn] 图 Ⓤ Ⓒ 一種無色結晶的除草劑。

'SIM ˌcard 图用戶識別卡。

Sim·e·on ['sɪmɪən] 图〖聖〗西門：Jacob 與 Leah 之子，Simeon 族之祖。

sim·i·an ['sɪmɪən] 形猴子的，類人猿的；似猴的，似類人猿的。—图猿，猴，類人猿。

:sim·i·lar ['sɪmələ] 形 **1**（與…）相似的，類似的《*to...*》：two ~ paintings 類似的兩張畫。**2**〖幾何〗相似的；〖數〗相似的：~ quadrilaterals 相似四邊形。

sim·i·lar·i·ty [ˌsɪmə'lærətɪ] 图(複-ties) **1** Ⓤ 類似，相似。**2**《常作 **-ties**》類似之處，相似點：*similarities* and differences between A and B A 與 B 的相似點和相異點。

·sim·i·lar·ly ['sɪmələlɪ] 副類似地；同樣地。

sim·i·le ['sɪməˌli] 图 **1** Ⓤ Ⓒ〖修〗直喻法；直喻，明喻。**2** 直喻的例證。

si·mil·i·tude [sə'mɪləˌtjud, -ˌtud] 图 **1** Ⓤ 類似，相似；Ⓒ相似的人[物]；一模一樣的人[物]：the striking ~ between thetwo sculptures 兩件雕刻品的顯著類似。**2** Ⓤ形象，外形：a devil in the ~ of a serpent 惡魔以蛇的形象出現。**3** 比喻，比擬。

sim·mer ['sɪmɚ] 動 不及 **1** 燉；（咕咕作響地）慢慢煮開：stew ~*ing* in a pot 在鍋中以文火慢慢煮的燉肉。**2**（陰謀等）醞釀成形；內心充滿《*with...*》：~ *wtih* rage 心中燃燒著怒火。—及以文火煮。

simmer down (1) 慢慢熬濃。(2)《俚》冷靜下來，平靜下來。

—图《通常作 **a** ~》即將沸騰的狀態；（興奮等）即將爆發的狀態。

Si·mon ['saɪmən] 图 **1**〖聖〗西門：使徒彼得的原名。**2**〖聖〗西門：新約中其他同名者。**3**〖男子名〗賽門。

'Simon 'Peter 图= Peter 1.

si·mon-pure ['saɪmən'pjʊr] 形真正的。

'Simon 'says 图 Ⓤ 一種「大風吹」遊戲名。

si·mo·ny ['saɪmənɪ,'sɪmə-] 图 Ⓤ **1** 買賣聖物牟利。**2** 買賣神職（罪）。

si·moom [sɪ'mum, saɪ-] 图阿拉伯等沙漠所吹的熱風。

simp [sɪmp] 图《美俚》愚人，傻子。

sim·pa·ti·co [sɪm'pɑtɪˌko] 形令人喜愛的；相容的，和諧的，意氣相投的。

sim·per ['sɪmpɚ] 動 不及 痴笑，假笑。—及痴笑著說出。—图痴笑，假笑。

sim·per·ing·ly ['sɪmpərɪŋlɪ] 副假笑地，皮笑肉不笑地，傻笑地，痴笑地。

:sim·ple ['sɪmpl] 形 **(-pler, -plest) 1** 單純的；簡單的；簡易的：~ English 簡易英語。**2** 簡潔的；樸素的，樸實的：a ~ dress 樸素的衣服 / a ~ style 樸實無華的文體。**3** 不裝模作樣的；率直的；純樸的：a ~ bearing 率真的態度 / a ~ nature 純樸的本性。**4** 純真的；天真的。**5** 單一的；不可分解的。**6** 純然的，完完全全的：a ~ fact 純粹的事實 / pure and ~ 完完全全的，不折不扣的。**7** 不虛偽的，真誠的；無條件的：a ~ reply 真誠的回答。**8** 普通的，平凡的；微賤的，低微的，平民出身的：a ~ workingman 平凡的工人。**9** 微不足道的，無足輕重的。**10** 頭腦簡單的；愚蠢的，無知的。**11**〖化〗單的，由單一物質構成的；〖植·動〗單的，結構單一的；〖樂〗單音的；〖數〗一次的，全部是整數的；〖光〗單透鏡的：a ~ compound 單純化合物 / a ~ leaf 單葉。—图 **1** 單純的事物，單一體。**2**《古》藥草。**3** 愚蠢的人，無知的人。**4** 平民，身分卑微者。

sim·ple-heart·ed ['sɪmpl'hɑrtɪd] 形《文》純真的，真誠的。

'simple 'interest 图 Ⓤ單利。

sim·ple-midn·ed ['sɪmpl'maɪndɪd] 形 **1** 純真的，單純的。**2** 缺乏理解力的；愚蠢的；頭腦簡單的。~**·ly** 副, ~**·ness** 图

'simple 'sentence 图〖文法〗簡單句。

sim·ple·ton ['sɪmpltən] 图愚人，傻子。

sim·plex ['sɪmplɛks] 形 **1** 簡單的，單一的。**2**（電報系統等）單式的。

·sim·plic·i·ty [sɪm'plɪsətɪ] 图 Ⓤ **1** 簡單，簡明。**2** 單純，不複雜：a design of great ~非常簡單的圖樣。**3** 真誠，純真，率直：~ of character 率直的性格。**4** 樸素；樸實。**5** 遲鈍，愚蠢，無知。

be simplicity itself 《口》極爲容易做到。

sim·pli·fied ['sɪmpləˌfaɪd] 形簡化的。

·sim·pli·fy ['sɪmpləˌfaɪ] 動 **(-fied, ~·ing)** 及使變單純，使變簡單，使較容易。**-fi·ca·tion** 图 Ⓤ簡化。**-ˌfi·er** 图

sim·plis·tic [sɪm'plɪstɪk] 形 過於簡化的。

:sim·ply ['sɪmplɪ] 副 **1** 簡單地；明瞭地：describe ~ 簡單地描述 / to put it ~ 簡單地說。**2** 樸素地，不矯飾地；耿直地，單純地。**3** 僅，只。**4**《口》完全地；簡直；《置於否定詞之前》絕對地。

sim·u·la·crum [ˌsɪmjə'lekrəm] 图（複~s, -cra [krə]) **1** 像，影像；相似。**2** 假象；幻影。

sim·u·late ['sɪmjəˌlet] 動 及 **1** 假裝，偽裝：~ remorse 假裝後悔 / ~ enthusiasm 假裝熱心。**2** 模仿；擬態。**3** 模擬，作模擬

S

實驗。

sim·u·la·tion [ˌsɪmjəˈleʃən] 名 1 Ⓤ Ⓒ 假裝，僞裝；模擬。2 仿造品，贋品。3 Ⓤ Ⓒ〖生〗擬態；〖精神醫〗詐病，假病。4 Ⓤ Ⓒ〖電腦〗模擬。

sim·u·la·tor [ˈsɪmjəˌletɚ] 名 1 僞裝者[物]；模擬者。2 模擬裝置。

si·mul·cast [ˈsaɪmәlˌkæst] 名 電視與廣播的聯播節目。—動(-cast, ～·ing)及在電視與無線電廣播中同時播出。

si·mul·ta·ne·i·ty [ˌsaɪmәltәˈniәtɪ] 名 Ⓤ同步，同時，同時發生。

·**si·mul·ta·ne·ous** [ˌsaɪmlˈtenɪәs, sɪml-] 形同時的，同時存在的《*with...*》: ～ decoding 同步將密碼譯成文字 / ～ interpretation 同步口譯 / ～ equations〖數〗聯立方程式。

～·**ness** 名

si·mul·ta·ne·ous·ly [ˌsaɪmlˈtenɪәslɪ, ˌsɪml-] 副 同時地，同時發生地。

:**sin**[1] [sɪn] 名1 Ⓤ Ⓒ 罪，罪惡，罪過: commit a ～ 犯罪 / original ～ 原罪。2（對禮節的）違反，過失《*against...*》: a ～ *against* manners 違反禮節的過失。3《通常作 a ～》應受譴責的事，錯誤。

for my sins《諧》活該，自作自受。

like sin《口》非常地，猛烈地。

live in sin《口》未結婚而同居，有不正當的關係《*with...*》。

—動 (**sinned**, ～·**ning**) 不及 犯罪，做壞事；違背宗教戒律，違反規範《*against* ...》。—及 犯罪，罪惡地做。

sin[2]《縮寫》〖數〗*sine.*

Si·nai [ˈsaɪnaɪ, ˈsaɪnɪˌaɪ] 名 西奈半島：紅海北部的半島，屬埃及。

Sin·bad [ˈsɪnbæd] 名= Sindbad the Sailor.

ˈ**sin ˌbin** 名《俚》受罰席：冰上曲棍球場邊被罰下場球員的座席。

:**since** [sɪns] 副 1《通常置於句尾》從…一直到現在；自…以來。2《通常置於 **have** 與過去分詞之間》過去某個時候與現在之間，其後。3《通常用過去時態》（與現在比較）在…前: long ～ 很久以前。—介 1 自…以來；從…一直到現在，從…以後算起。2 在…以後，在…以後到現在之間。—連 1 自…以來，從…以後。2 (1)自…以來一直，從…時候開始一直。(2)自…後，從…時候算起。3 由於…的緣故，因爲。

·**sin·cere** [sɪnˈsɪr] 形 (**more** ～; **most** ～; **-cer·er, -cer·est**) 1 真誠的，誠心的；誠實的，率直的：～ gratitude 由衷的感謝。2 真正的，真實的。～·**ness** 名

·**sin·cere·ly** [sɪnˈsɪrlɪ] 副由衷地，誠心誠意地：*S*- (yours) 您真誠的，敬上。

·**sin·cer·i·ty** [sɪnˈsɛrәtɪ] 名 Ⓤ 誠實，真實，真心，真摯：speak in all ～ 誠實地說。

ˈ**Sind·bad the ˈsailor** [ˈsɪnbæd-] 名（『天方夜譚』中的）水手辛巴達。

sine [saɪn] 名〖三角〗正弦。略作：sin

si·ne·cure [ˈsaɪnɪˌkjʊr, ˈsɪnɪ-] 名閒差事，錢多事少的職位。—形閒差事的，名譽職位的。

si·ne di·e [ˈsaɪnɪˈdaɪɪ] 副《拉丁語》無限期地，無確定日期地。

si·ne qua non [ˈsaɪnɪkweˈnɑn] 名《拉丁語》不可欠缺之物，必要的條件。

sin·ew [ˈsɪnju] 名 1 Ⓒ Ⓤ腱。2 Ⓤ體力，精力；《常作 ～**s**，作單數》力量的泉源：the nation's ～*s* 國力的來源。—動 及加強，給…力量。

sin·ew·y [ˈsɪnjәwɪ] 形 1 筋骨強健的。2 腱的；編成筋狀的，如腱般的；堅韌的；有彈性的；肌肉發達的。3 有力的。

sin·ful [ˈsɪnfәl] 形有罪的；充滿罪惡的，邪惡的。～·**ly** 副, ～·**ness** 名

sing [sɪŋ] 動 (**sang** 或《偶作》**sung, sung,** ～·**ing**) 不及 1 歌唱；唱《*away, on*》: ～ to a piano accompaniment 由鋼琴伴奏歌唱 / ～ to a person 對某人歌唱。2 啼；鳴，不停地鳴《*away, on*》。3 滋滋作響；發出潺潺聲；發出咻的聲音；耳鳴《*from* ...》。4 作歌，作詩；用詩或歌讚美，歌頌《*of* ...》。5（詩等）能吟唱。6 歡唱。7《美俚》自白，告密，背叛。—及 1 唱，吟詠。2 以歌和隨。3 唱歌以使…。4 歌唱度過《*away*》；唱著歌迎送《*out; in*》。5 吟誦。6《文》以詩歌頌，讚揚。

sing another tune ⇨ TUNE （片語）

sing for air《口》喘氣；掙扎。

sing out 大聲唱；大聲叫，喊。

sing small ⇨ SMALL（片語）

sing up《英》更大聲地唱。

—名歌唱；合唱；《主美》合唱會。

sing.《縮寫》*singular.*

sing-a·long [ˈsɪŋәˌlɔŋ] 名= songfest.

Sin·ga·pore [ˈsɪŋgәˌpor] 名 1 新加坡（共和國）：馬來半島南端之島國。2 新加坡：該國同名的首都。**-po·re·an** [-ˈporɪәn] 形名新加坡的[人]。

singe [sɪndʒ] 動及 1 燒焦。2 以燙髮鉗夾（頭髮）；燒去（宰殺好的動物等）的細毛。3 敗壞（名譽等）。

singe** one's **feathers 敗壞名譽。

—名 1 燒焦；焦痕。2 表面的燒灼，燒掉短毛。～·**ing·ly** 副

:**sing·er** [ˈsɪŋɚ] 名 1 唱歌的人，歌手，聲樂家：a male ～ 男歌手 / an opera ～ 歌劇演唱者。2 鳴禽。3 詩人；吟唱詩歌的人。

sing·er-song·writ·er [ˌsɪŋɚˈsɔŋraɪtɚ] 名歌手兼作曲家（亦稱 **singer-writer**）。

Sin·gha·lese [ˌsɪŋgәˈliz] 形名(複)= Sinhalese.

sing·ing [ˈsɪŋɪŋ] 名 1 Ⓤ Ⓒ 唱，歌唱。2 Ⓤ鳴聲。—形歌唱的，鳴囀的。

:**sin·gle** [ˈsɪŋgl] 形 1 單一的，一個的；唯一的；《否定句》連一個都：a ～ glass of water 僅一杯水。2 單人用的：a ～ bed 單

S

人床。3 單獨的；獨身的：～ lifestyle 單身生活方式。4 單式的；單瓣的：a ～ camellia 單瓣的山茶花。5 專一的，一心一意的：～ devotion 一心一意的獻身。6 個別的，各個的：every ～ night 每個夜晚。7 統一的，相同的。8 單打的，一人對一人的：～ combat 一對一決鬥。9《英》單程的（《美》oneway）。

—動(-gled, -ging) 及 1 選出，挑選《*out* / *for...*》。2〖棒球〗以一壘安打護送進壘；以一壘安打而得分《*in*》。—不及〖棒球〗打一壘安打。—名 1 單個，一個；單一的事物。2 單人房，單人床；單人席的票。3《通常作～s》《尤美》獨身者。4〖鐵路〗《英》單程車票。5〖棒球〗一壘安打；〖板球〗一分的打擊。6〖高爾夫〗二人比賽；《～s》《作單數》（網球等的）單打：(the) ladies ～*s* 女子單打。7《通常作～s》《口》一美元紙鈔。8 單曲唱片。9《常作～s》〖纖〗單線。—副 單個地，獨自地；個別地。

sin·gle-breast·ed ['sɪŋgl'brɛstɪd] 形 單襟的，單排扣的。

sin·gle-deck·er ['sɪŋgl,dɛkɚ] 名《英》單層巴士。

'single 'entry 名 U〖簿〗單式簿記法。**'sin·gle-'en·try** 形

sin·gle-eyed ['sɪŋgl'aɪd] 形 1 單眼的。2 誠實的；公正的。

'single 'file 名副（成）一列縱隊（地）：march (in) ～ 成一列縱隊前進。

sin·gle-foot ['sɪŋgl,fʊt] 名 = rack³.
—動 不及（馬）以單步跑。

sin·gle-hand·ed ['sɪŋgl'hændɪd] 形 副 獨力的[地]，不假他人的[地]；單手的[地]。～·**ly** 副

sin·gle-heart·ed ['sɪŋgl'hɑrtɪd] 形 一心一意的，忠誠的。～·**ly** 副，～·**ness** 名

sin·gle·hood ['sɪŋgl,hʊd] 名 U 獨身狀態。

'sin·gle-lens 'reflex ['sɪŋgl,lɛnz-] 名 單眼反射（照相機）。略作：SLR

S

sin·gle-mind·ed ['sɪŋgl'maɪndɪd] 形 一心一意的，專一的；真誠的，誠實的。～·**ly** 副

sin·gle·ness ['sɪŋglnɪs] 名 U 1 單一性，單獨性；單身。2 誠實；一心一意：with ～ of purpose 朝著單一的目標地。

'single 'parent 名 單親。

'single-parent 'family 名 單親家庭。

'single 'quotes 名（複）一組單引號（‘’）。

'singles ,bar 名《美》= dating bar.

sin·gle-sex ['sɪŋgl,sɛks] 形《英》僅收單一性別的。

sin·gle-space ['sɪŋgl'spes] 動 及 不及 單行打字。

sin·gle·stick ['sɪŋgl,stɪk] 名 1 單棍。2（擊劍用）的單棍；U 單棍擊劍。

sin·glet ['sɪŋlɪt] 名 1《英》（男子用的）運動背心，汗衫。2〖理〗單（譜）線。

'single ,tax 名 U C〖經〗單一稅。

sin·gle·ton ['sɪŋgltən] 名 1 單獨發生的事；獨生子。2〖牌〗單張牌。3〖數〗單集合。

sin·gle-track ['sɪŋgl'træk] 形 1（鐵路）單軌的。2 偏狹的；不能通融的：a ～ mind 死腦筋。

sin·gle·tree ['sɪŋgl,tri] 名《美》= whiffletree.

sin·gly ['sɪŋglɪ] 副 1 單獨地；獨力地。2 一個一個地，每次一人地。

sing·song ['sɪŋ,sɔŋ] 名 1 單調的詩[歌]；單調的聲調。2《英》即席歌唱會。—形 單調的。

·sin·gu·lar ['sɪŋgjəlɚ] 形 1 非凡的；罕見的，無前例的：～ intelligence 非凡的智力。2 唯一的：a ～ occurrence 獨一無二的事件。3《罕》奇特的，異常的。4 個別的，各自的。5〖文法〗單數的；〖理則〗單稱的。

—名《通常作 the ～》〖文法〗單數；單數形；〖理則〗單稱命題。

sin·gu·lar·i·ty [,sɪŋgjə'lærətɪ] 名（複 -ties) 1 U 奇殊性；卓越性；特異（性）。2 U C 異常，與眾不同。3〖天〗特異點。

sin·gu·lar·ize ['sɪŋgjələ,raɪz] 動 及 1 使成為獨一；使顯著。2 使成單數（形）。
-i·'za·tion 名

sin·gu·lar·ly ['sɪŋgjələlɪ] 副 特別地，非常地。

Sin·ha·lese [,sɪnhə'liz] 名（複～）1 僧伽羅人，斯里蘭卡人。2 U 僧伽羅語，斯里蘭卡語。—形 僧伽羅人的；僧伽羅語的。

Sin·ic ['sɪnɪk] 形 中國的。

Sin·i·cism ['sɪnəsɪzm] 名 U 中國風格；中國習俗；中國語言特性。

sin·i·cize ['sɪnə,saɪz] 動 及 使中國化。

·sin·is·ter ['sɪnɪstɚ] 形 1 不祥的，有凶兆的：a ～ appearance 不祥的預兆。2 兇惡的，邪惡的，有惡意的，不良的：a ～ character 陰險的人 / a ～ influence 不良的影響。3 運氣壞的，不幸的：by a ～ coincidence 不幸的巧合。4 左邊的；左的；（盾形徽章的）左側的，（對看的人而言）右側的。

～·**ly** 副，～·**ness** 名

sin·is·tral ['sɪnɪstrəl] 形 左邊的，左的；慣用左手的；左旋的。～·**ly** 副

:sink [sɪŋk] 動 (**sank** 或《偶作》**sunk**, **sunk** 或《罕》**sunk·en**, ～·**ing**) 1 徐徐落下；逐漸降低；下傾。2 沒入地平線；沉落：watch the sun ～ below the horizon 看太陽沒入地平線。3 掉入；沉入，沉沒；咬入《*in*, *into...*》。4 下陷；下塌。5（因衰弱等而）倒下《*into...*》。6 漸漸變得，陷入《*in*, *into...*》：～ *into* a coma 陷入昏迷 / ～ *into* chaos 陷入混亂 / ～ down *in* despair 陷入絕望。7 降低，衰落；（在名聲等方面）下跌，低落《*in...*》；變壞，

惡化：～ into abject poverty 淪爲赤貧。**8** 衰弱，精神沮喪；變弱《*down*》。**9** 變低；減弱，降低《*to...*》。**10** 予人深刻印象，被理解；滲入《*in* / *into...*》。**11** 凹下去，陷下去《*in*》。
—及 **1** 使落下[下降]。**2** 沉沒；塞入《*in, into...*》。**3** 使低落。**4** 將（樁）打入《*into...*》；埋，鋪設；挖掘。**5** 使惡化；使下降。**6** 使垮臺；使失敗。**7** 使降低（至…）；放低《*to...*》。**8** 掩蓋，掩飾；置之不問；捨棄；抑制。**9** 投資《*in, into...*》。**10** 喪失（資金）；將…糟蹋掉。**11**〖運動〗投進；〖撞球〗擊入袋。**12** 還債。**13** 看不見（海岸等）。
sink or swim 孤注一擲，好歹在此一舉。
—名 **1** 水槽，洗物槽；《美》洗臉臺。**2** 排水不良的低窪地；下水溝。**3**《文》罪惡滋生地。**4** 系統內處理能量的裝置。

sink·age ['sɪŋkɪdʒ] 名 U **1** 下沉；沉沒；下沉的程度；沉沒深度。**2** 下沉處；〖印〗每一段開頭留的空格，縮進。**3** 下沉物。

sink·er ['sɪŋkɚ] 名 **1** 下沉的人[物]；（釣線的）鉛錘；鑿礦井工人。**2**《美口》甜甜圈。**3**〖棒球〗下墜球，沉球，伸卡球。

sink·hole ['sɪŋk,hol] 名 **1**（石灰岩地形的）滲穴。**2** 積聚污水的坑洞；污水槽。**3** 罪惡的滋生地。

sinking ,fund 名 償債基金。

sin·less ['sɪnlɪs] 形 無罪的，清白的。～·**ly** 副, ～·**ness** 名

sin·ner ['sɪnɚ] 名 **1** 道德、宗教上的罪人：as surely as I am a ～ 的確如此（發誓表明所說屬實）。**2**《蔑》壞人，惡人。

Sinn Fein ['ʃɪn'fen] 名（愛爾蘭的）新芬黨；愛爾蘭獨立運動。

Sino-《字首》表示「（與）中國（的）」之意。

Si·no·logue ['saɪnə,lɔg] 名 漢學家。

Si·nol·o·gy [saɪ'nɑlədʒɪ, sɪ-] 名 U 漢學。

Si·no·log·i·cal [,saɪnə'lɑdʒɪkl, ,sɪnə-] 形，**-gist** 名 漢學家。

Si·no·phile ['saɪnə,faɪl] 名 熱愛中國或中國文化的人。—形 熱愛中國的。

sin·ter ['sɪntɚ] 名 U **1** 泉華：礦泉周圍的結晶岩石。**2**〖冶〗熔渣，燒結物。

sin·u·ate ['sɪnjʊ,et, -ɪt] 形 **1** 彎曲的；蜿蜒的。**2**〖植〗具彎曲葉緣的。

sin·u·os·i·ty [,sɪnjʊ'ɑsətɪ] 名 **1** (複 **-ties**)《常作 **-ties**》彎曲處。**2** U 蜿蜒，彎曲。

sin·u·ous ['sɪnjʊəs] 形 **1** 彎彎曲曲的；迂迴的。**2**〖植〗葉緣呈深波狀的。

si·nus ['saɪnəs] 名(複 ～·**es**) **1** 彎曲；彎曲部；海灣，灣。**2**〖解〗竇；〖病〗（鼻竇）瘻管。**3**〖植〗彎缺。

si·nus·i·tis [,saɪnə'saɪtəs] 名 U 鼻竇炎。

-sion《字尾》表「動作或狀態等」之意。

Sioux [su] 名 (複～[su(z)])（北美印第安人的）蘇族（人）。
—形 蘇族的。

'Sioux 'State 名 蘇族州：美國 North Dakota 州的別名。

·sip [sɪp] 動 (**sipped**, ～·**ping**) 及 **1** 啜，啜飲：～ wine from a glass 啜飲杯裡的酒。**2** 吸收。**3**〖詩〗吮吸。—不及 一點一點地喝《*at...*》。—名 啜飲；一口，一啜。

si·phon ['saɪfən] 名 **1** 虹吸管。**2** 虹吸瓶。**3** 軟體或節肢動物的水管；呼吸管。
—動 以虹吸管吸出《*off, out*》；《喻》抽取，榨取，挪用《*off*》。—不及 通過虹吸管。

sip·per ['sɪpɚ] 名 啜飲者；酒鬼；麥管。

:sir [sɚ,《強》sɝ] 名 **1**《偶作 **S-**》《對男性的敬稱語》閣下；《學生稱呼教師》先生；《對議長稱呼》議長；《對長輩、陌生人的稱呼》先生，伯伯，叔叔，老爺。**2**《**S-**》爵士，男爵：*S-* Walter Scott 華德·史考特爵士。**3**《諷·謔》先生，大人：～ critic 評論家大人。**4**《古》《置於名詞之前表示職業或地位等》先生：～ judge 法官先生。**5**《常作 **S-**》《信的開頭致敬語》先生：Dear *S-* 親愛的先生 / Dear *Sirs* 諸位先生。**6**《口》《不論對方性別，表強調肯定或否定的語句》: Yes, ～. 當然是的。**7**《表憤怒、諷譏、輕視等》老兄。
no sir !《美口》當然不行，當然不是。
—動 (**sirred** 或 **sir'd**, ～·**ing**) 及 稱呼爲先生。

sire [saɪr] 名 **1** 雄性父獸；種馬。**2**《古》父，祖先。**3**《古》《稱呼語》陛下。
—動 及（種馬）生（小馬）。

·si·ren ['saɪrən] 名 **1**《常作 **S-**》〖希神〗塞壬：以美妙歌聲誘惑航行海上的水手使其遇難死亡的半人半鳥女海妖。**2** 妖婦；歌聲美妙的女歌手。**3** 汽笛；警車的號笛，警報器。

si·ri·a·sis [sɪ'raɪəsɪs] 名 U〖病〗中暑。

Sir·i·us ['sɪrɪəs] 名〖天〗天狼星。

sir·loin ['sɝlɔɪn] 名 U C 牛腰肉。

si·roc·co [sə'rɑko] 名 (複～**s** [-z]) **1** 西洛可風：由北非吹向南歐的熱風。**2** 帶雨的悶熱南風；潮溼的熱風。

sir·rah ['sɪrə] 名《古》臭小子，老兄：對男子輕蔑責罵的稱呼。

sir·(r)ee [sə'ri] 名《偶作 **S-**》《美口》《與 **No, Yes** 連用表強意》: *Yes*, ～！是的！

sir·up ['sɪrəp] 名，動 及《美》= syrup.

sir·up·y ['sɪrəpɪ] 名 U 糖漿；糖蜜。

sis [sɪs] 名《口》《稱呼》= sister.

si·sal ['saɪsl, 'sɪsl] 名 U **1**〖植〗瓊麻。**2** 瓊麻纖維。

sis·sy ['sɪsɪ] 名(複 **-sies**)《美口》**1** 娘娘腔的少年；膽小鬼。**2**《俚》同性戀的男人。
—形 (**-si·er, -si·est**) 女人氣的；怯懦的。

:sis·ter ['sɪstɚ] 名 **1** (1) 姊妹：a younger ～ 妹妹。(2) 異父母姊妹。**2** 姊妹般的親人；女性親友。**3** 有姊妹關係的事物。**4** 屬同一團體的婦女，女同事。**5**《常爲稱呼語》

（女性解放運動的）夥伴。6〖天主教〗(1) 修女；女教士：S- Agnes 艾格妮絲修女。(2)《the Sisters》女修道會；（慈善等的）婦女團體。7《英》護士長；護士。8《美口》《對婦人、少女的稱呼》小妹，大姊。—形 姊姊[妹妹]的，姊妹的；有姊妹關係的。

sis·ter·hood ['sɪstɚ,hʊd] 图 1 Ⓤ姊妹關係。2 女子修道會；婦女社交團體。3《通常作 the ～》參與婦女解放運動的婦女們。

sis·ter-in-law ['sɪstɚɪn,lɔ] 图 (複 **sis·ters-in-law**) 姻親關係的姊妹。

sis·ter·ly ['sɪstɚlɪ] 形 姊妹的；似姊妹的；姊妹情誼的；親密的。—副 姊妹般地。

'Sistine 'Chapel 图《the ～》位於羅馬梵諦岡內教宗的小禮拜堂。

Sis·y·phe·an [,sɪsə'fiən] 形 1 Sisyphus 王的。2 徒勞無功的：～ labor 徒勞。

Sis·y·phus ['sɪsəfəs] 图〖希神〗西西弗斯：科林斯王，被罰在冥府推一巨石上山，但在該石即將到達山頂後又會自動滾下。

:sit [sɪt] 動 (**sat** 或《古》**sate**, **sat** 或《古》**～·ten**, **～·ting**) 不及 1 (1)《表動作》坐，就座：～ on a chair 坐在椅子上 / ～ on the floor 坐在地板上 / ～ (down) to dinner 坐下來吃飯 / ～ back in one's chair 向後靠著坐在椅子裡 / ～ cross-legged 盤腿坐 / ～ on one's haunches 蹲坐著。(2)《表狀態》坐著：～ still 不動地坐著 / ～ at one's books 手不釋卷 / ～ reading 坐著讀書。2 擺姿勢，當模特兒《*for...*》：～ *for* one's portrait 坐著供人畫像。3（狗等）蹲；棲息在枝上；孵卵《*on...*》：～ *on* one's hind legs（狗）以後腿蹲坐著 / ～ *on* eggs 孵蛋。4 任（議員等的）公職，當代表：～ in Congress 當國會議員 / ～ on the bench 任法官。5 當保母；從事（病人、殘障者的）照顧工作《*with...*》；當（父母、保護者的）代理《*for...*》。6《英》參加（考試等）《*for...*》。7 座落，占位置：a house *sitting* back from the street 座落在離街道有一定距離的房子。8（在胃裡）不消化《*on, upon...*》。9 落到（…上），成爲痛苦，重壓《*on, upon...*》：～ *on* one's mind 擔心，放心不下。10 合身《*on, upon...*》；配合（某人）《*on, upon...*》；《口》（爲某人）同意《*with...*》。11 開會，開庭。12（從某方向）吹《*in...*》：a cold wind *sitting in* the north 從北方吹來的寒風。13 一動也不動；沒有變化：～ around《美》（呆呆地）坐著，無所事事 / let the matter ～ 把問題擱置。—及 1《常用反身》使坐，使就座《*down*》。2 容納…坐。3 騎（馬等）。

***sit at the Feet of** a person* ⇨ FOOT（片語）
sit back (1) 向後靠著坐。(2) 袖手旁觀。
sit by (1) 旁觀，採不關心的態度。(2)《美俚》在附近，在場；就餐桌。
sit down (1) 坐。(2) 棲息；《俚》降落。(3) 屁股著地跌倒；靜坐示威。
sit down (hard) on... 《美口》（強硬地）反對；（嚴厲）壓制。
sit down to... (1) 熱心地著手做。(2) 甘受。
sit down under... 甘受。
sit (down) with... 忍受，忍耐。
sit in (1) 參加（競賽等）《*at, with...*》；《美》加入。(2)《英口》當保母《*with...*》。(3) 代爲暫時照料《*for...*》。(4) 靜坐《*at...*》。
***sit in judgment on** a person* 批判，審判。
sit in on... 旁聽。
sit on one's hands ⇨ HAND（片語）
sit on the fence ⇨ FENCE（片語）
sit on the lid 阻止騷動。
sit on the throne 即位。
sit on thorns 如坐針氈。
sit on... (1) 審理。(2)《口》扣壓。(3)《口》申斥；壓制。(4)《口》看守，保護。
sit out 《口》在屋外，坐在屋外。
sit...out / sit out... (1) 一直坐到結束；坐得更久。(2) 忍耐。(3) 坐在一旁不參加。
sit pretty 諸事順遂，處於極有利的地位。
sit through 一直坐到結束；坐得更久。
sit tight ⇨ TIGHT 副（片語）
***sit under** a person* 聽某人講授。
sit up (1) 坐起；坐直；以後腿站立。(2) 熬夜不睡。(3)《口》發生興趣；吃驚。
sit...up / sit up... 使坐起；《美口》使就餐桌。
sit up and take notice 《口》突然發生強烈的興趣；突然領悟起來。
***sit with** a person* (1) ⇨動 不及 5. (2) 會談。

si·tar [sɪ'tɑr] 图 西塔琴。

sit·com ['sɪt,kɑm] 图《口》= situation comedy.

sit-down ['sɪt,daʊn] 图 1《英口》坐下休息；坐的地方。2 靜坐罷工。—形《限定用法》坐著吃的；靜坐的。

·site [saɪt] 图 1 位置，場所，所在地；用地：a building ～ 建築用地 / a suitable ～ for a factory 適合建工廠之地。2 遺址；（事件等的）現場。—動 (**sit·ed**, **sit·ing**) 及 定位置；置於作戰位置；設置。

sith [sɪθ] 副 連 介《古》= since.

sit-in ['sɪt,ɪn] 图 1 靜坐抗議。2 靜坐罷工。

si·tol·o·gy [saɪ'tɑlədʒɪ] 图 Ⓤ〖醫〗營養學。

sit·ter ['sɪtɚ] 图 1 坐者，就座者；坐著供畫半身像者。2《口》= babysitter. 3 孵卵雞。

sit·ter-in ['sɪtɚ,ɪn] 图 (複 **sit·ters-in**)《主英》= babysitter.

sit·ting ['sɪtɪŋ] 图 1 Ⓤ坐。2 一次連續坐著的時間：read a book in one ～ 坐著一口氣讀完一本書。3 Ⓤ孵蛋（期）；Ⓒ孵卵的卵數。4（教堂等的）座席。5《英》

（法庭等的）開庭（期間）。6（船上的）用餐時間。
一形 1 孵卵的。2 現職的。3 容易擊中的。4 坐著的；座位的。5《限定用法》《英》房子有人租用的。

'sitting 'duck 名《俚》容易射中的目標；易受抨擊者；易於上當受騙的人。

·'sitting ˌroom 名《英》起居室，客廳。

sit·u·ate ['sɪtʃʊˌet] 動及置於，使座落於《*at, in, on...*》: ～ a factory *on* a suitable site 把工廠建在適當場所。

sit·u·at·ed ['sɪtʃʊˌetɪd] 名 1 座落某處的：a town ～ in the mountains 位於山間的城鎮。2 處於某狀態：be comfortably ～ 生活過得好。

:sit·u·a·tion [ˌsɪtʃʊ'eʃən] 名 1 場所，位置：a small house built in a pleasant ～ 蓋在舒適地方的小房子。2 狀態，處境；形勢，事態：the present international ～ 當前的國際局勢。3（通常指低階的）職業，工作。4 緊要情節，危急場面。5〖社·心〗情境。～·al 形

situ'ation 'comedy 名 U C 情境喜劇。

situ'ation 'ethics 名（複）《作單、複數》境遇倫理學。

sit-up ['sɪtˌʌp] 名仰臥起坐（的運動）。

sit-up·on ['sɪtəˌpɑn] 名《英口》臀部。

'sitz ˌbath 名《美》坐浴用盆子。

'SI ˌunit 名國際標準單位。

Si·va ['sivə, 'ʃivə] 名〖印度教〗= Shiva.

:six [sɪks] 名 1 U C《通常無冠詞》（基數的）六；C 表示六的記號。2《作單數》六人；六個；U 六點；六分；六歲；六呎；六吋。3（撲克牌等的）六，六點，六點的牌：the ～ of spades 黑桃六點。4（衣服等大小尺碼的）六號。5 U《英》六先令；六辨士：～ and ～六先令六辨士。

at sixes and sevens (1) 雜亂地。(2) 不一致的《*about...*》。

six of one and half a dozen of the other 半斤八兩，五十步笑百步。

一形六的；六人的；六個的。

six-fold ['sɪksˌfold] 形 1 由六個要素構成的。2 六倍的；六重的。一副六倍地；六重地。

six-foot·er ['sɪks'fʊtɚ] 名《口》身高約六呎的人。

six-gun ['sɪksˌgʌn] 名六連發手槍。

six-pack ['sɪksˌpæk] 名（飲料等的）半打裝一箱的包裝。

six·pence ['sɪkspəns] 名(複～) 1《作單、複數》六辨士。2 (複 **-penc·es**)《作單數》（英國的）六辨士銀幣。

six·pen·ny ['sɪksˌpɛnɪ, -pənɪ] 形 1 六辨士的；廉價的。2 兩吋長的。

six-shoot·er ['sɪks'ʃutɚ] 名《美西部》六連發手槍。

:six·teen [sɪks'tin,'sɪks'tin] 名 1 U C（基數的）十六。2 代表十六的記號。3《作複數》十六人；十六個。4 U 十六歲。5 十六號；（衣服等）十六號尺寸之物。一形十六的；十六人的；十六個的。

six·teen·mo [sɪks'tinmo] 名（複 ～s) 1 U 十六開本。2 十六開本的書。

:six·teenth [sɪks'tinθ, 'sɪks'tinθ] 形 1《通常作 the ～》第十六；第十六號的。2 十六分之一的。一名 1 十六分之一。2 U《通常作 the ～》第十六；第十六號（的東西）；（某月的）第十六日。3《美》〖樂〗十六分音符（《英》semiquaver）。

:sixth [sɪksθ] 形 1《通常作 the ～》第六的；第六個的。2 六分之一的。一名 1 六分之一。2 U《通常作 the ～》第六；第六個；（某月的）第六日。3《英》= sixth form. 4〖樂〗第六度音程。一副第六地。～·ly 副

'sixth 'form 名《the ～》《英》（中學）六年級。

'sixth-'form·er 名六年級學生。

'sixth 'sense 名第六感，直覺。

·six·ti·eth ['sɪkstɪɪθ] 形 1《通常作 the ～》第六十的；第六十個的。2 六十分之一的。

一名 1 六十分之一。2 U《通常作 the ～》第六十；第六十個。

:six·ty ['sɪkstɪ] 名 (複 **-ties**) 1 U C（基數的）六十；C 代表六十的記號。2《作複數》六十人；六十個。3《-ties》六十到六十九的數目；六十到六十九歲；六十年代。

一形六十的；六十人的；六十個的。

six·ty·fold ['sɪkstɪˌfold] 形 副 六十倍的[地]；成六十倍的[地]。

'sixty-four-'dollar 'question 名《the ～》《美口》至關重要的問題；基本問題。

six·ty-four·mo [ˌsɪkstɪ'formo] 名(複～s) U C 六十四開的書。

siz·a·ble ['saɪzəbl] 形頗大的，相當大的。～·ness 名, -bly 副

:size[1] [saɪz] 名 1 U C 大小，容積，尺寸；身材：the ～ of a ranch 牧場的規模。2 U 巨大；（量的）大小；規模：an inheritance of great ～ 巨額的遺產。3（鞋帽等）的尺碼，號；（書等的）開數。4《the ～》實情，真相。5 U 人口數目；數量。6 身價；才能。

(all) of a size 同一大小的。

cut a person down to size 還其本來面目，使有自知之明。

for size 看看大小是否合適；試試看是否能勝任。

that's about the size of it《口》（事件等的）真相大致如此。

一動 (**sized, siz·ing**) 及 1 依大小分開；按大小排列；估計《*down*》。2 作成某種尺寸。

size up (1) 達到，匹敵《 *to, with...* 》。(2) 顯現，變成。

S

size...up / *size up...* (1)《口》評估，判斷。(2) 測量尺寸。
—形《作複合詞》…型的，尺寸爲…的。

size² [saɪz] 名Ⓤ漿料，膠水。—動及上膠於。

size·a·ble ['saɪzəbl̩] 形 = sizable.

sized [saɪzd] 形《常作複合詞》…尺寸的，…型的：middle-*sized* 中型的 / a life-*sized* statue of Lincoln 與林肯本人大小相等的雕像。

size-up ['saɪz,ʌp] 名評價，評定，估量。

siz·ing ['saɪzɪŋ] 名Ⓤ 1 上膠，上漿。2 膠劑，漿料。

siz·zle ['sɪzl̩] 動不及 1 發出滋滋聲。2《口》灼熱；大發雷霆；充滿怨恨，懷恨。—名滋滋聲。

siz·zler ['sɪzlə] 名 1 發出滋滋聲的東西。2《美口》大熱天。

siz·zling ['sɪzlɪŋ] 形 灼熱的；非常興奮的。

S.J. 《縮寫》Society of Jesus.

skag [skæg] 名《俚》= scag.

skald [skɔld, skɑld] 名（古代斯堪的那維亞的）詩人，吟遊詩人。

:skate¹ [sket] 名 1《通常作～s》溜冰鞋；冰刀：put one's ～*s* on《口》《喻》趕快，趕緊。2 = roller skate. 3 滑動裝置。
—動 **(skat·ed, skat·ing)** 不及 1 溜冰；滑過，輕快地掠過。2 輕描淡寫地帶過事情。3 迴避，略過《*round, over...*》。
skate over thin ice 處在艱難的狀態下，如履薄冰。

skate² [sket] (複～, ～s)〖魚〗鰩魚。

skate·board ['sket,bord] 名 滑板。
—動不及滑滑板，溜滑板。～**·ing** 名Ⓤ溜滑板，滑板運動。

skate·park ['sket,pɑrk] 名滑板場。

skat·er ['sketə] 名 1 溜冰者。2〖昆〗能在水面上滑行的長足昆蟲。

:skat·ing ['sketɪŋ] 名Ⓤ溜冰，滑冰。

'skating ˌrink 名溜冰場。

ske·dad·dle [skɪ'dædl̩] 動不及《通常用命令》逃走，逃竄。—名ⓊⒸ《英口》逃竄。

skeet [skit] 名Ⓤ雙向飛靶射擊。

skein [sken] 名 1（纏在線軸上的）一捲[束]；捲狀物。2 混亂的一團。3 鳥群。

skel·e·tal ['skɛlətl̩] 形骨骼的；骨架的；架構的。

·skel·e·ton ['skɛlətn̩] 名 1〖解·動〗骨骼；骸骨；骨瘦如柴的人：a mere ～ 瘦得剩皮包骨的人 / be worn to a ～ 變得骨瘦如柴。2（建築物等的）骨架；殘骸；脈絡：*the* ～ of a bridge 橋的骨架。3 概要，提要：the ～ of the plot 情節的概要。4 最起碼的東西，本質的部分。
a skeleton at the feast 掃興的人[事物]。
a skeleton in the closet / the family skeleton《口》家醜。
—形 1 骨骼的；骨架的。2 概要的；最基本的，基幹的。

skel·e·ton·ize ['skɛlətn̩,aɪz] 動及 1 使成爲骸骨；節略成概要：～ a story 寫出故事的概要。2 大量縮減人員。

'skeleton ˌkey 名萬能鑰匙。

skep [skɛp] 名蜂箱。

skep·tic ['skɛptɪk] 名 1 懷疑者；懷疑宗教者；不信基督教的人。2《S-》〖哲〗懷疑論者，不可知論者。—形 = skeptical.

skep·ti·cal ['skɛptɪkl̩] 形 1 懷疑的；多疑的。2 否認宗教教義的；《S-》〖哲〗懷疑論的，不可知論的。～**·ly** 副

skep·ti·cism ['skɛptə,sɪzəm] 名Ⓤ 1 懷疑的態度；懷疑；對宗教的懷疑。2《S-》〖哲〗懷疑論。

sketch [skɛtʃ] 名 1 寫生圖，速寫，素描；略圖，粗樣圖；草稿，草案：a water-color ～ 水彩速寫畫。2 概要，梗概：a ～ of a person's career 某人的簡歷 / a biographical ～ 略傳。3 小品，短篇；短劇；短曲。4《口》古怪的人，滑稽可笑的人。
—動及 1 寫生，速寫；繪草圖。2 概述；略述，略記《*out, in*》。—不及素描；畫草圖。

sketch·book ['skɛtʃ,bʊk] 名 1 素描簿，寫生簿。2 小品（文）集，短篇集（亦作 **sketch book**）。

'sketch ˌmap 名略圖，草圖。

sketch·pad ['skɛtʃ,pæd] 名寫生簿，素描簿。

sketch·y ['skɛtʃɪ] 形 **(sketch·i·er, sketch·i·est)** 概略的；大略的，不完全的，未完成的；不足的，輕微的；淺薄的：a ～ description 大略的描寫 / a ～ memory 不太清晰的記憶。
-i·ly 副

skew [skju] 動不及 1 歪斜；斜進。2 斜視《*at...*》。—及 1 使歪斜，偏斜。2 歪曲，曲解（事實等）。—形 1 斜的，傾斜的；扭歪的。2〖數〗反對稱的，偏斜的；〖統〗偏斜的。3 斜架的。—名 1 斜的移動方向；ⓊⒸ歪斜；偏斜。2《*the* ～》斜鑿刀。3 斜視。
～**·ness** 名Ⓤ〖統〗偏斜。

skew·bald ['skju,bɔld] 形名有花白斑點的（馬）。

skew·er ['skjuə] 名 1 烤肉用的串肉籤子。2 籤狀物，叉狀物；《謔》劍，刀。
—動及以串籤等串起。

skew-eyed ['skju,aɪd] 形斜視（眼）的。

skew-whiff ['skju,hwɪf] 形《英口》歪斜的，歪曲的。

:ski [ski] 名(複～s, ～) 1 滑雪，滑雪屐：a pair of ～*(s)* 一雙滑雪屐。2 = water ski.
—動(～ed, ～·ing)不及滑雪。

'ski ˌbob 名 滑雪車。

skid [skɪd] 名 1 滑動墊木；墊木；支持貨物的臺架；移動貨物用的有輪板車。2《～s》〖海〗露棵，滑材，護舷木；制輪器。3（飛機等降落用的）滑橇。4 側滑，

打滑：go into a ～（車子）滑到一邊。5《the ～s》《主美俚》毀滅的路。
on the skids《主美》走向失敗或其他災禍的路，碰上壞運氣；走下坡。
put the skids under...《俚》(1) 使毀滅，使失敗。(2) 催促，使趕緊。
一動(～·ded, ～·ding) 及 1 置於墊木上；用滑動墊木移動。2 以制輪器刹住；滑向一邊。一不及 打滑，側滑；外滑。
～·dy 形
skid·lid ['skɪd,lɪd] 名《英口》摩托車騎士戴的安全帽。
skid·pad ['skɪd,pæd] 名 1 滑路刹車練習場。2 制動器裝置。
skid·pan ['skɪd,pæn] 名《英》= skidpad 1.
'skid 'row [-'ro] 名 U《偶作 S- R-》《美》城鎮中的貧民區。
ski·er ['skiɚ] 名 滑雪的人。
skiff [skɪf] 名 小舟，小快艇。
skif·fle ['skɪfl] 名 U 1 1920 年代的一種爵士樂。2 1950 年代英國的一種民謠爵士樂，使用吉他和非正統的打擊樂器演奏。
:ski·ing ['skiɪŋ] 名 U 滑雪。
'ski ,jump 名 1 跳臺滑雪助滑道。2 跳臺滑雪。**'ski ,jump·er** 名 跳臺滑雪者。
'ski ,jumping 名 U〖運動〗跳臺滑雪。
skil·full ['skɪlfəl] 形《英》= skillful.
'ski ,lift 名（滑雪場的）空中吊椅。
:skill [skɪl] 名 1 U 技能，技術；技巧《*in...*》: a man of ～ 有技巧的人，熟練者 / a picture painted with great ～ 表現出非凡手法的畫。2（特殊）技能，技術，手藝：the four ～*s* of language learning 語言學習的四技能（讀、寫、說、聽）。
skilled [skɪld] 形 1 有技巧的，熟練的，高明的《*in...*》: a ～ hand 熟練工，具特殊技能者 / be ～ *in* interpersonal relations 善於交際。2 需要熟練技能的；顯出熟練的。
skil·let ['skɪlɪt] 名 1《美》= frying pan。2《主英》長柄燒鍋。
skill·ful ['skɪlfəl] 形 1 熟練的，技能好的，高明的《*in, at, with...*》: a ～ driver 熟練的駕駛員。2 顯示出技巧熟練的，巧妙的：a ～ display of fancy diving 精彩的花式跳水表演。～·ness 名
skill·ful·ly ['skɪlfəlɪ] 副 有技巧地，熟練地。
skim [skɪm] 動 (skimmed, ～·ming) 及 1 撇去（漂浮物）；從…提取精華《*off / from, off...*》: ～ the grease *off* a pot of stew 從燉肉鍋中撇去浮油。2 掠過，滑過；使其掠過表面《*across...*》: ～ a pebble *across* the river 拋石子使之漂掠過河面。3 瀏覽，略讀。4 以薄層覆蓋：the pond *skimmed* over with ice 覆有薄冰之池。5《美俚》隱瞞不報。一不及 1 掠過《*along, over...*》。2 略讀，瀏覽《*over, through...*》。3 產生漂浮物；結成薄膜。
一名 U 1 撇去漂浮物；掠過。2 表面一層被撇去了的東西，表面的薄覆蓋層。3 = skim milk. 4《美口》薄冰。5《美俚》沒有申報納稅的金額。
skim·mer ['skɪmɚ] 名 1 撇取漂浮物的人；瀏覽者，草草閱讀的人。2〖鳥〗撇水鳥。3 (1) 寬邊平頂草帽。(2)《美》無袖圓領的便服。
'skim 'milk 名 U 脫脂牛奶。
skim·ming ['skɪmɪŋ] 名 U 1 撇取；《通常作 ～s》脫脂；撇取的乳脂。2《～s》〖冶〗= dross 1. 3《俚》隱瞞賭場等收入。
skimp [skɪmp] 動 及 1 吝於供應；捨不得拿出，節儉。2 馬虎地做。一不及 節儉，吝嗇《*on...*》。
skimp·ing·ly ['skɪmpɪŋlɪ] 副 吝嗇地。
skimp·y ['skɪmpɪ] 形 (skimp·i·er, skimp·i·est) 1 不足的，貧乏的。2 吝嗇的。
-i·ly 副, -i·ness 名
:skin [skɪn] 名 1 U C 皮膚，皮；（鋪在地上等的）獸皮：tanned ～ 熟皮。2 外膜，覆膜；果皮；薄膜；殼：the ～ of a grape 葡萄皮。3〖海〗（船體的）船殼，外殼。4 U C（裝酒等的）皮囊。5《俚》騙子；吝嗇的人；（疲累不堪的）馬；人，傢伙。
be in a person's skin 站在某人的立場，處於某人的地位。
by the skin of one's *teeth*《口》僥倖，千鈞一髮。
change one's *skin* 改變本性。
fly out of one's skin 高興得跳起來。
get under a person's skin《俚》使發怒；打動。
give a person some skin《美俚》與（某人）握手。
have a thick skin（對批評、拒絕、侮辱等）麻木，感覺遲鈍，厚臉皮。
in a bad skin《美俚》情緒不佳地，發怒地。
in a whole skin 安然無恙。
in one's skin 赤裸地，一絲不掛地。
no skin off a person's nose / the next of skin《美俚》與（某人）無關。
save one's skin / keep a whole skin《俚》保全自己，使自己免受損傷。
skin and bones《口》瘦得皮包骨。
to the skin（溼）透地。
under the skin 骨子裡，在心裡面；悄悄地，暗中。
一動(skinned, ～·ning) 及 1 剝去皮；去掉殼；脫掉；剝下。2 擦破。3 驅趕。4 覆蓋。5 搶奪《*out of...*》；騙去錢財《*of ...*》。6《俚》（玩紙牌時）從一副牌的最上一張逐次滑發。7《俚》使大敗；嚴厲批評，嚴厲責罵。一不及 1《俚》突然溜走《*out*》；逃跑。2 長出新皮《*over*》。3 攀登《*up*》；爬下《*down*》。4 勉強及格；勉強通過《*by / through...*》。
keep one's eyes skinned《口》擦亮眼睛，提高警覺。

S

skin a flea for its hide (*and tallow*) 《口》銖錙必較；極端貪婪；搜括殆盡。

skin...alive (1) 活剝…的皮。(2)《美口》痛斥，嚴厲責罰；徹底擊敗。

skin a razor《口》做不可能的事。

一形《美俚》色情的；裸體的。

'skin ˌcare 名 U 護膚（亦作 skincare）。

skin-deep ['skɪn'dip] 形 副 膚淺的[地]；表面的[地]：Beauty is but ～.《諺》美貌只不過外表而已。

skin-dive ['skɪn,daɪv] 動 (**-dived** 或 **-dove** [-,dov], **-div·ing**) 不及 潛泳，浮潛。

'skin ˌdiving 名 U 潛泳，浮潛（《英尤作》free diving）。

'skin ˌflick 名《美俚》色情電影。

skin·flint ['skɪn,flɪnt] 名 吝嗇鬼。

skin·ful ['skɪn,ful] 名 1《a ～》滿皮囊（的量）《of...》；《口》滿腹（的量）。2《口》使人大醉的酒（量）：have a [one's] ～ 喝得大醉。

'skin ˌgame 名《美口》詐賭；詐欺，欺騙。

'skin ˌgraft 名 皮膚移植。

'skin ˌgrafting 名 U〖外科〗植皮術，皮膚移植術。

skin·head ['skɪn,hɛd] 名《俚》1《美》海軍陸戰隊新兵。2 剃光頭的人；禿頭的人。3《英》平頭太保。

skin·less ['skɪnlɪs] 形 無皮的；敏感的；不加粉飾的。

-skinned [skɪnd]《字尾》表「具有…皮膚的」之意。

skin·ner ['skɪnɚ] 名 1 剝皮者；皮革工人，皮革商。2 趕牲口的人。3《美俚》騙子。

skin·ny ['skɪnɪ] 形 (**-ni·er**, **-ni·est**) 1 很瘦的，皮包骨的。2 皮的；皮質的。3 吝嗇的。一名 情報；事實。**-ni·ness** 名

skin·ny-dip ['skɪnɪ,dɪp] 動 (**-dipped** 或 **-dipt**, ～**·ping**) 不及《美口》裸泳。

～**·per** 名 裸泳者。～**·ping** 名 U 裸泳。

'skin ˌsearch 名《俚》脫衣搜身。

'skin-ˌsearch 動 及 進行脫衣搜身。

skint [skɪnt] 形《英俚》一文不名的，破產的。

'skin ˌtest 名〖醫〗皮膚反應試驗。

skin·tight ['skɪn,taɪt] 形 緊身的。

·skip[1] [skɪp] 動 (**skipped**, ～**·ping**) 不及 1 輕快地跳，跳躍；《英》跳繩；亂蹦亂跳《*about*》：～ over a railing 跳越欄杆 / ～ along a path 沿著道路跳著走。2（在水面上）跳躍前進，掠過《*over...*》。3（看書等時）略過，遺漏《*over, through...*》；（從某主題）轉換（另一主題）《*about, around* / *from...*; *to...*》：～ *over* a line 略過一行 / ～ *around from* one topic to another 轉換話題。4《口》匆匆離去，溜走《*out, off*》；作短期旅行，飛快地離去：～ *out* without paying the bill 未付帳即溜走。5〖教〗《主美》（在學校裡）跳級。一及 1 輕輕跳過。2 使（石頭）掠過（水面）。3 遺漏，跳讀，省略《*over*》。4 不參加；曠（課）。5《口》匆匆離開，悄悄離開。

Skip it!《口》不要緊！沒關係！

一名 1 輕跳；蹦蹦跳跳的步伐；到處走動（旅行）。2 省略（處），遺漏（處）。3 凹處。4《口》賴帳而避不見面的人。

skip[2] [skɪp] 名 1《英》廢料桶，吊斗。2 = skep.

skip·jack ['skɪp,dʒæk] 名 (複 ～, ～s) 1〖魚〗在水面上跳躍的魚；鰹魚，飛魚。2〖昆〗磕頭蟲。3 一種跳躍的玩具人。4〖海〗美國的一種小帆船。

'ski ˌpole 名 滑雪杖。

skip·per[1] ['skɪpɚ] 名 1（小商船或漁船的）船長；船長。2（球隊的）領隊，隊長。3〖美軍〗艦長，機長，指揮官。一動 及 當船長；當領隊，當隊長。

skip·per[2] ['skɪpɚ] 名 1 跳躍者；略讀者；跳舞者。2〖昆〗跳躍的昆蟲，磕頭蟲；弄花蝶。

skip·ping·ly ['skɪpɪŋlɪ] 副 輕跳地；跳過去地，遺漏地，省略地。

'skip ˌrope 名《美》跳繩用的繩子（《英》skipping rope）。

skirl [skɝl] 動 不及 吹風笛；風笛發出尖銳聲。一名 風笛的聲音；尖銳的聲音。

skir·mish ['skɝmɪʃ] 名 1〖軍〗小戰鬥。2 小衝突，小爭論。一動 不及 1 發生小爭論《*with...*》。2 偵察；搜索。

～**·er** 名〖軍〗散兵。

:skirt [skɝt] 名 1 裙；（禮服等的）裾，下擺；裙狀物：a tight ～ 窄裙。2（馬鞍的）垂邊。3〖建〗護壁板；〖機〗（機械等的）鐵製護板。4《通常作～s》邊，緣；郊外：live on the ～*s* of the village 住在村郊。5《俚》年輕女子；女人。

一動 及 1 繞過邊緣；位於邊緣。2 裝邊。3 避開；迴避。一不及 1 位於邊緣，繞著邊走《*around, round...*》；沿邊前進《*along...*》。2 繞開，避開；迴避《*around, round...*》。

skirt·ing ['skɝtɪŋ] 名 C U 1 裙料。2《英》= baseboard.

'skirting ˌboard 名 C U《英》護壁板，壁腳板。

'ski ˌrun 名 適於滑雪的山坡。

'ski ˌslope 名 滑雪場。

skit[1] [skɪt] 名 1 幽默故事，諷刺短文；滑稽短劇《*on...*》。2 諷刺話。

skit[2] [skɪt] 名《主作～s》《英口》許多；群集：～*s* of money 許多錢。

'ski ˌtow 名 上山纜索。

skit·ter ['skɪtɚ] 動 不及 1 輕快地跑動。2（從水面等）飛掠而過。3〖釣〗沿水面拉動魚鉤釣魚。一及 1 使輕快地跑。2 掠過水面。

skit·tish ['skɪtɪʃ] 形 1 易受驚嚇的；膽小的，怯懦的。2 活潑好動的。3 不可靠的，不穩定的；易變的。4 輕浮的，輕佻

S

的。
～·ly 副
skit·tle ['skɪtl] 名《主英》1《～s》《作單數》九柱戲。2 九柱戲的木柱。
skive [skaɪv] 動及 1 割成薄片，削（獸皮等）。2《英俚》逃避。—不及《英俚》逃避工作，躲避。
skiv·er ['skaɪvɚ] 名 1 割皮革的人[工具]。2 削薄的皮革。
skiv·vy[1] ['skɪvɪ] 名(複 -vies)《美俚》男棉汗衫；《-vies》內衣。
skiv·vy[2] ['skɪvɪ] 名 (複 -vies)《英口》《蔑》女僕。—動不及《英口》當女傭。
ski·wear ['ski,wɛr] 名 U 滑雪衣。
skoal [skol] 感祝你健康！乾杯！—名舉杯慶祝，乾杯。—動不及乾杯。
Skt., Skr. 《縮寫》*Sanskrit.*
sku·a ['skjuə] 名〖鳥〗1 大賊鷗。2《英》= jaeger 1.
skul·dug·ger·y [skʌl'dʌgərɪ] 名 U《主美口》欺騙，詐欺，耍花招（亦作 **skull-duggery**）。
skulk [skʌlk] 動不及 1 潛行，偷偷摸摸地走；躲閃；藏匿：a street gang ～*ing* down the alley 偷偷摸摸地向巷子一端走去的一群街道上的流氓。2《英》逃避職責；裝病。
—名 1 藏匿的人；逃避職責者。2 狐群。
·skull [skʌl] 名 1 頭骨，頭蓋骨。2 腦袋，頭腦：have a thick ～ 腦筋遲鈍。
'skull and 'crossbones 名骷髏畫。
skull·cap ['skʌl,kæp] 名 天鵝絨製的無邊室內便帽。
skunk [skʌŋk] 名(複～s,《集合名詞》～) 1〖動〗臭鼬；U 其毛皮。2《口》令人討厭的人，卑鄙的人。3〖美海軍〗《俚》海上不明目標。—動及 1《美俚》（在競賽中）使慘敗。2 騙取，詐騙；賴…的債。
'skunk ˌcabbage 名《美》〖植〗坐禪草；臭菘。
:sky [skaɪ] 名(複 **skies**)《通常作 **the** ～》《複數形的 **skies** 常作單數》1 (1) 天，天空。(2)（某種狀態的）天，上空；天空的模樣：cloudy *skies* 陰天 / from the looks of the ～ 從天色來看。2《文》天堂，天國。3 氣候；氣候。4 = sky blue.
be in the skies 興高采烈，得意洋洋。
out of a clear (blue) sky 晴天霹靂似地；出乎意料地。
praise a person to the skies 大為稱讚某人，把某人捧上天。
The sky is the limit.《口》（指金錢上）沒有限制。
—動 (**skied** 或～**ed**, ～**·ing**) 及《口》1 擊[扔，射]向高空。2《口》掛在牆上高處。
'sky 'blue 名 U 天藍色。**'sky-'blue** 形天藍色的。
sky·borne ['skaɪ,born] 形 1 = airborne. 2〖詩〗生於天上的。
sky·cap ['skaɪ,kæp] 名機場行李搬運員。
sky·dive ['skaɪ,daɪv] 動(**-dived** 或《美口·英方》**-dove, -dived, -div·ing**) 不及 高空跳傘。**-diver** 名作 skydiving 的人。
-div·ing 名 U 高空跳傘運動。
'Skye 'terrier ['skaɪ-] 名斯開島㹴犬：一種蘇格蘭種的短腿長毛獵犬。
sky·ey ['skaɪɪ] 形《主文》1 天空的；來自天空的。2 似天空的；天藍色的。3 高聳雲霄的，極高的。
sky-high ['skaɪ'haɪ] 副形《口》極高地[的]，天一般高地[的]。
sky·hook ['skaɪ'hʊk] 名（假想的）天鉤。
sky·jack ['skaɪ,dʒæk] 動及《口》空中劫持。～**·er** 名 C 劫機犯。
sky·jack·ing ['skaɪ,dʒækɪŋ] 名 U 劫機。
Sky·lab ['skaɪ,læb] 名 1 太空實驗計畫。2（美國的）太空實驗室。
sky·lark ['skaɪ,lɑrk] 名〖鳥〗雲雀。
—動不及《口》鬧著玩，嬉戲《*about*》。
～**·er** 名輕薄的人。～**·ing** 名
sky·light ['skaɪ,laɪt] 名 1 天窗。2〖氣象〗天空的反射光。
sky·line ['skaɪ,laɪn] 名 地平線；以天空為背景所映出的輪廓。—動及使輪廓高聳於天際。
'sky ˌmarshal 名《美》航空警官。
'sky ˌpilot 名《俚》《美》隨軍的牧師。
sky·rock·et ['skaɪ,rɑkɪt] 名 流星煙火。—動及不及 猛漲，飛漲。
sky·sail ['skaɪsel] 名〖海〗第三桅上帆。
sky·scape ['skaɪ,skep] 名 天空景色；天空景色畫。
sky·scrap·er ['skaɪ,skrepɚ] 名超高層建築物，摩天大樓。
'sky ˌsurfing 名 U 空中滑板運動。
sky·ward ['skaɪwɚd] 副 向天空地，向上地（亦稱 **skywards**）。—形向天空的。
'sky ˌwave 名〖無線〗空間波。
sky·way ['skaɪ,we] 名 1《口》= air lane. 2《主美》高架高速公路。
sky·writ·ing ['skaɪ,raɪtɪŋ] 名 U（飛機放出的煙所寫成的）空中文字。
slab [slæb] 名 1 平板，厚板，背板。2（食物等的）厚的切片。3《**the** ～》《口》放屍體的石臺。
—動 (**slabbed**, ～**·bing**) 及 1 製成厚板；以厚板鋪蓋。2 切取背板。
slab·ber ['slæbɚ] 動名 = slobber.
·slack[1] [slæk] 形 1 鬆弛的，不緊的：a ～ belt 鬆弛的皮帶。2 懶散的，馬虎的，怠慢的《*in, at...*》：a ～ official 懈怠的官員。3 遲緩的，緩慢的；無精打采的《*in doing*》。4 呆滯的，蕭條的，不景氣的。—副鬆弛地；鬆懈地；疏忽地；緩慢地，不活潑地。—名 1 U《通常作 **the** ～》弛緩，鬆弛（部分）。2 U 蕭條，減少，不景氣時期。3（水流的）平緩。4 峽谷，低窪處；《蘇·北英》溼地。5〖詩〗非重讀音節，輕音節。6《英方》狂妄無禮（的話）。—動及 1 怠慢，逃避；馬虎地做。

S

2 減弱；使放鬆《off, up》；使（繩子等）鬆弛《off, out, away》。3 使（石灰）熟化。—不及 1 鬆弛。2 鬆懈，怠惰，偷懶《off》。3 變得不振；減弱；減慢《off, up》；《口》休息。
～·ly 副, ～·ness 名

slack² [slæk] 名 U 煤屑；煤渣。

slack-baked ['slæk'bekt] 形 1 烘烤不透的。2 粗製濫造的。

slack·en ['slækən] 動 及 不及 1 不景氣；變爲緩慢；草率地做《off, up》：～ one's pace 放慢步調 / ～ one's vigilance 鬆懈警戒。2 變爲鬆弛《off, up》。

slack·er ['slækɚ] 名 1 逃避義務者。2 逃避兵役者。

slack-jawed ['slæk'dʒɔd] 形 發呆的，目瞪口呆的。

slacks [slæks] 名(複)寬鬆褲子。

'slack ˌsuit 名《美》1 男用休閒裝。2 = pantsuit.

'slack 'water 名 U 1 平潮之時，平潮。2 靜止的水。

slag [slæg] 名 1 U 熔渣，礦渣，爐渣。2 U 火山岩渣。3 U 無用之物；垃圾。4《英俚》醜陋的淫蕩女子。
—動 (slagged, ～·ging) 及 不及 1 變成熔渣。2《俚》嚴厲批評。～·gy 形

slag·heap ['slæg,hip] 名《英》礦渣堆。

slain [slen] 動 **slay** 的過去分詞。

slake [slek] 動 及 1 滿足；平息；使減弱；使消解：～ one's thirst 解渴 / ～ one's anger 息怒。2 使得到滋潤，使涼快《with ...》。3 使（石灰）熟化。—不及（石灰）熟化。

sla·lom ['slɑləm] 名 U《通常作 the ～》〖滑雪〗彎道滑雪賽。

·slam¹ [slæm] 動 (slammed, ～·ming) 及 1 猛然關上：～ the window down 猛然關上窗戶。2 重重地放下。3《口》猛烈抨擊，貶低；《俚》輕易戰勝。—不及 1 發出砰聲，砰然關上。2（劇烈地）撞上，撞動《on...》。

slam the door in a person's face 拒之門外；當面使難堪；當面辭退。

slam the door on... 拒絕考慮，拒絕商討。

—名 1 猛然關上；砰然作聲。2《口》苛刻的抨擊。3《美俚》= slammer.

slam² [slæm] 名 1〖牌〗滿貫。2 一種類似 ruff 的舊牌戲。

slam-bang ['slæm'blæŋ] 副《口》砰然，轟地一聲；氣勢兇猛地；魯莽地。

slam ˌdunk 名 1 扣籃，灌籃。2《美》大獲成功。
'slam-ˌdunk 動 及 不及

slam·mer ['slæmɚ] 名《美俚》監獄。

slan·der ['slændɚ] 名 1 中傷，詆毀，誹謗：a ～ against a person's family 對某人家庭的誹謗。2 U〖法〗損害名譽，口頭誹謗。
—動 及 不及 中傷，誹謗，損害名譽。
～·er 名

slan·der·ous ['slændərəs] 形 造謠中傷的，詆毀的，誹謗的。

·slang [slæŋ] 名 U 1 俚語。2 卑語；粗俗語。3 行話，術語；切口，黑話：soldiers' ～ 軍隊用語。—動 不及 使用俚語。—及《主英》用粗話罵。—形 俚語（性）的。

slang·y [slæŋɪ] 形 (slang·i·er, slang·i·est) 1 俚語的，俚語性的，帶俚語意味的。2 常用俚語的，好用俚語的。-i·ly 副

·slant [slænt] 動 不及 1 傾斜《to...》；變斜；斜行，斜進：～ *to* the left 向左傾 / a steeply ～*ing* roof 陡斜的屋頂。2 傾向《toward...》。—及 1 使傾斜；斜穿過。2《通常用被動》〖報章·雜誌〗《主美》曲解，歪曲；使迎合某類讀者的興趣《for ...》。—名 1 傾斜；斜坡。2 斜面，斜線。3 傾向；偏向；《主美》觀點；見解；態度。4《口》斜視；一瞥。5〖報章·雜誌〗報導傾向。6《主方》諷刺。—形 傾斜的，歪斜的。～·ing·ly 副

slant-eyed ['slænt,aɪd] 形 眼尾稍往上吊的。

slant·wise ['slænt,waɪz], **-ways** [-,wez] 副 形 斜地[的]，傾斜地[的]。

·slap [slæp] 名 1 掌擊，摑，拍：get a ～ on the cheek 臉頰挨了一巴掌。2 掌擊之聲。3 責難；拒絕《at...》。

a slap and tickle 《英口》打情罵俏，調情嬉鬧。

a slap in the face 拒絕；當面的侮辱。

a slap on the wrist 溫和的懲罰或警告。

have a slap at... 《口》試著做。

—動 (slapped, ～·ping) 及 1 摑打，拍擊《in, on...》；猛地關。2 啪的一聲放下，猛擲《down》。3《口》（隨便地）一放；隨意塗《on, onto...》；《喻》任意徵（稅），輕率地課（罰金）《with...》。—不及 拍擊《at...》。

slap...down / slap down... (1) 壓制，粗暴地禁止，使沉默。(2) ⇨動 及 2.

—副 1 砰然地；突然地。2《口》直接地；正面地。

slap-bang ['slæp'bæŋ] 副《口》激烈地，突然地；馬上，立刻；輕率。—形 slap-dash.

slap·dash ['slæp,dæʃ] 副 馬虎地，草率地。—形 草率的。—名 U 草率，馬虎；草率的方法。

slap·hap·py ['slæp,hæpɪ] 形 (-pi·er, -pi·est)《口》1 頭昏眼花的。2 糊里糊塗的。

slap·jack ['slæp,dʒæk] 名 1 U《主美》一種簡單的牌戲。2《美》= griddlecake.

slap·stick ['slæp,stɪk] 名 1 U 吵吵鬧鬧的滑稽劇，打鬧劇。2（打鬧劇演員打人時能發出響聲的）敲板。—形 胡鬧的；鬧劇的。

slap-up ['slæp,ʌp] 形《英俚》一流的，豐盛的。

slash¹ [slæʃ] 動 及 1 深深地砍入，亂砍《

S

辯。

·slen·der ['slɛndɚ] 形 (**more** ～; **most** ～; ～**·er**, ～**·est**) **1** 細的，細長的：a ～ thread 細線。**2** 纖細的，瘦長的，苗條的。**3** 微薄的，不足的；薄弱的，不足信的；渺茫的：(on) a ～ budget（以）微薄的預算 / by a ～ margin 以些微之差距。**4** 細微的，微弱的。

～**·ly** 副, ～**·ness** 名

slen·der·ize ['slɛndə,raɪz] 動 及《美口》**1** 使細長，使變細。**2** 使…顯得苗條。—不及 變細；變苗條。

:slept [slɛpt] 動 **sleep** 的過去式及過去分詞。

sleuth [sluθ] 名《口》偵探。—動 及 不及 追蹤；偵查。

sleuth·hound ['sluθ,haʊnd] 名 **1** 一種警犬。**2**《主美口》偵探。

·slew[1] [slu] 動 **slay** 的過去式。

slew[2] [slu] 動 及 不及，名 = slue[1].

slew[3] [slu] 名《美·加》= slough[1] 2.

slew[4] [slu] 名《美口》大量，許多《*of* ...》：a ～ *of* people 許多人（亦作 **slue**）。

slewed [slud] 形《俚》醉的。

·slice [slaɪs] 名 **1**《**a** ～》薄片，一片《*of* ...》：a ～ *of* toast 一片吐司麵包。**2** 一部分，份；分到的量：a ～ of the take 利潤的一部分 / a ～ of the inheritance 遺產的一份 / a ～ of life 人生的片斷。**3** 刃薄而寬的器具。**4**〖運動〗削球；斜擊。—動 (**sliced**, **slic·ing**) 及 **1** 切割成薄片《*up*》；薄薄地切取《*off*, *away*》。**2** 割破，劃破《*with...*》；切入。**3** 削取《*with...*》。**4**〖運動〗削（球）；斜擊。**5**《美口》欺騙，敲竹槓。—不及 **1**〖運動〗削球；向左旋。**2** 如刀切般前進。**3**（不留神）切到《*into* ...》。

any way you slice it《美口》無論從那一點來看。

slic·er ['slaɪsɚ] 名（麵包等的）切片機。

'slice ,bar 名 撥火棒。

slice-of-life ['slaɪsəv'laɪf] 形 精確描寫實際生活片斷的。

slick [slɪk] 形《口》**1** 光滑的，滑溜溜的，有光澤的：a ～ surface 光滑的表面。**2** 狡詐的，機靈的；圓滑的，口齒伶俐的。**3** 靈巧的，巧妙的。**4** 溫和的，和藹的。**5** 虛有其表的；華而不實的：～ fiction 膚淺的小說。**6**《俚》優秀的，一流的。**7** 無胎紋的。

—名 **1** 平滑的水面；使平滑的物質。**2**《美口》（以亮面紙印刷而內容膚淺的）通俗雜誌。**3** 使表面光滑的如鑿狀般的工具。—副 光滑地；巧妙地；直接地，正面地。—動 及 **1** 使光滑；梳攏（頭髮）《*down*》；鞣（皮）。**2**《美口》使漂亮，使整潔（《英》tidy up, brighten up）《*up*》。

～**·ly** 副, ～**·ness** 名

slick·er ['slɪkɚ] 名 **1**《美》（寬大的）油布雨衣。**2**《口》詐欺者，騙子。**3**（衣著光鮮亮麗的）大都會的人。

·slid [slɪd] 動 **slide** 的過去式及過去分詞。

slid·den ['slɪdn̩] 名《美》**slide** 的過去分詞。

·slide [slaɪd] 動 (**slid**, **slid** 或 **slidden**, **slid·ing**) 不及 **1**（在表面上）滑，滑動：～ down a river bank 滑下河堤。**2** 滑落；滑倒；滑行。**3** 不引人注目地移動；略過而草草了結《*over*, *around...*》：～ into one's seat 悄悄坐下。**4** 逐漸陷入《*into*, *to*, *toward...*》：～ *into* debt 漸漸變成債臺高築。**5** 在不知不覺中流逝《*by*》。**6**〖棒球〗滑壘。

let...slide《口》聽其自然，放任不管。

—及 **1** 使滑動。**2** 暗中放入《*in*, *into...*》。

—名 **1** 滑，滑行。**2** 滑面；滑道；滑坡；滑梯。**3**〖地質〗坍方，山崩，雪崩。**4**（顯微鏡的）載玻片；幻燈片。**5**〖家具〗滑架。**6**〖樂〗滑音；長號的U型伸縮管。**7**（機械等的）滑動的部分，滑件。**8** 滑行搬運器械；滑降搬運裝置。**9**〖棒球〗滑壘。

'slide ,fastener 名《美》= zipper 2.

slide·film ['slaɪd,fɪlm] 名 幻燈片。

'slide pro,jector 名 幻燈機。

slid·er ['slaɪdɚ] 名 **1** 滑行者[物]；（機械的）滑動的部分，滑件。**2**〖棒球〗滑向內外角的球，滑球。

'slide ,rule 名 計算尺（《古》sliding rule）。

slid·ing ['slaɪdɪŋ] 形 **1** 滑動的，滑行的。**2** 浮動的，可變化的。**3** 利用滑動而操作的：a ～ door 拉門，滑門。—名 U 滑動，滑行。

'sliding 'scale 名 **1** 浮動計算（法）：(1) 爲了適應需要而調整的生產成本基準的計算（法）。(2) 隨物價等的變動而調整的薪資基準的計算（法）。**2** = slide rule.

:slight [slaɪt] 形 **1** 些微的，微少的：a ～ decrease 微量的減少。**2** 微不足道的，瑣碎的：a ～ disagreement 微不足道的爭執 / a ～ pain 微痛。**3** 卑微的，身分低的。**4** 瘦長的，苗條的；脆弱的，不結實的：a ～ figure 瘦長的身材。

not...in the slightest / ***not in the slightest...*** 一點也不…。

—動 及 **1** 輕蔑；輕視。**2** 忽視，草率從事。—名 輕視，怠慢；輕蔑；侮慢。

slight·ing ['slaɪtɪŋ] 形 輕蔑的，怠慢的，蔑視的。

slight·ly ['slaɪtlɪ] 副 **1** 微量地，微少地。**2** 瘦長地；纖細地：a ～ built woman 身材苗條的女人。

sli·ly ['slaɪlɪ] 副 = slyly.

·slim [slɪm] 形 (～**·mer**, ～**·mest**) **1** 細長的，苗條的；纖細的：a ～ waist 細腰。**2** 狹窄的，狹長的：a ～ passage between the reefs 珊瑚礁中狹窄的航道。**3**（皮包等）薄的。**4** 不充足的，貧乏的，稀少的；微小的；微薄的：a ～ triumph 略勝。**5** 狡猾

的。—動 (slimmed, ～·ming) 及 不及 (節食等) 減輕體重，變苗條《*down*》；變細。

～·ly 副, ～·ness 名

slime [slaɪm] 名 1 U 黏土，黏泥。2 U 黏液物；黏液。3《常作～s》礦泥。4 卑劣的人。—動 及 1 以黏土覆蓋。2 去除黏液。—不及 變成黏滑。

slim·nas·tics [ˌslɪmˈnæstɪks] 名(複)《作單數》減肥體操。

slim·y [ˈslaɪmɪ] 形 (**slim·i·er, slim·i·est**) 1 黏泥的；分泌黏液的；黏的；泥濘的：a ～ road 泥濘的道路。2《美》卑鄙無恥的，卑劣的。

-i·ly 副, -i·ness 名

·sling [slɪŋ] 名 1 三角巾，吊帶，懸帶。2 吊纜。3 (槍等的) 背帶。4 投石器；彈弓，橡皮彈弓；投石，拋擲：throw ～*s* and arrows《喻》賣弄批評的言詞。5〖海〗收捲帆桁的支撐鎖；吊索。

—動 (**slung**, ～·**ing**) 及 1 以投石器投射；投拋；扔擲《*at...*》。2 吊起，吊下；吊掛，吊 (於…)《*up / over...*》。

sling hash《俚》當侍者。

sling one's hook《英口》離開，逃走。

sling ink 賣文求生，筆耕。

sling it《俚》饒舌，喋喋不休。

sling oneself up 順利地爬上。

sling mud at a person 毀謗 (某人)。

sling·shot [ˈslɪŋˌʃɑt] 名 1《美》橡皮彈弓 (《英》catapult)。2 超車；賽車。

slink [slɪŋk] 動 (**slunk** 或《古》**slank, slunk**, ～·**ing**) 不及 悄悄地走，偷偷摸摸移動；《口》扭腰走路。—及 (牛) 早產。—名 (牛等的) 早產所生的動物。—形 早產的。

slink·y [ˈslɪŋkɪ] 形 (**slink·i·er, slink·i·est**) 1 悄悄的，偷偷摸摸的。2 (婦女的衣服) 呈現曲線的。

:slip[1] [slɪp] 動 (**slipped** 或《古》**slipt, slipped**, ～·**ping**) 不及 1 滑；滑動；悄悄地走，溜：～ out of the meeting 從會議中溜出來。2 滑倒，絆倒，失足：～ and fall 三番兩次地跌倒。3 滑落，鬆脫；(記憶等) 褪去《*from, off, out of...*》：～ *out of* one's mind 忘記。4 失掉，錯過；(不知不覺中) 過去《*away, by*》。5 迅速穿上，脫掉《*into...; out of...*》。6 (不知不覺地) 陷入《*into...*》：～ off *into* sleep 漸漸地睡著。7 未假思索地說出《*out*》；疏忽而看漏；犯過錯《*up*》：～ in one's grammar 不經心地犯了文法上的錯誤。8 退步；衰落；變壞，惡化。—及 1 使滑動；迅速放置；迅速放進《*into...*》；拿出《*out of...*》；悄悄交給。2 迅速穿上[脫下]《*on; off*》。3 鬆開；解開，拆開；(從繩索) 釋放 (獵犬等)《*from...*》；使解放。4 錯過，錯失；忽略；忘卻。5 使脫臼；蛻 (皮)。6〖拳擊〗迅速躲過。

let slip (out)... 失言。

slip up 滑倒，跌倒；《口》犯錯，失敗。

—名 1 失足，滑倒。2 錯誤；失敗；說錯，寫錯；看漏；(不慎的) 言行：There's many a ～ betwixt the cup and the lip.《諺》凡事都難以十拿九穩。3 逃，溜。4 (女用) 長襯裙；枕頭套；《～s》《英》游泳褲。5《通常作～s》(鬆緊自如的) 狗鏈子。6 降低，低落。7《～s》造船臺；〖電〗滑脫；〖機〗滑移；鬆弛，間隙。8〖板球〗三柱門右側的防守位置；在此位置的球員。9〖地質〗滑距，位移；小斷層。10 側滑。11《the ～s》《英》(劇場舞臺的) 邊門。

give a person the slip 甩掉，避開。

slip[2] [slɪp] 名 1 接枝；後裔。2 細長的一片；傳票；(正誤表等的) 紙條。3 瘦長的年輕人：a mere ～ of a boy 瘦長的男孩。4 (教堂裡的) 細長座椅。

slip·case [ˈslɪpˌkes] 名 書套。

slip·cov·er [ˈslɪpˌkʌvɚ] 名 家具套；沙發套；書的封套。

slip·knot [ˈslɪpˌnɑt] 名 活結。

slip-on [ˈslɪpˌɑn] 形《限定用法》便於穿脫的。—名 從頭上套穿的衣服；無拉鏈的手套；(無鞋帶的) 便鞋。

slip·o·ver [ˈslɪpˌovɚ] 形 從頭上套穿的。—名 = slip-on, pullover.

slip·page [ˈslɪpɪdʒ] 名 U 1 滑動；滑動程度，移動量。2 低落，降低。

'slipped 'disk ['disc] 名 U〖病〗(脊) 椎間盤突出。

·slip·per [ˈslɪpɚ] 名 1《通常作～s》室內用輕便套鞋，拖鞋；介於鞋及皮帶鞋之間的拖鞋：a pair of ～*s* 一雙拖鞋。2 刹車，制輪器。—動 及 以拖鞋打。

·slip·per·y [ˈslɪpərɪ] 形 (**-per·i·er, -per·i·est**) 1 極滑的，滑溜溜的。2 難抓住的，溜跑的：a ～ eel 滑溜難抓的鰻魚。3 不可靠的；欺騙性的，狡猾的。4 不穩定的，不明朗的。

slip·py [ˈslɪpɪ] 形 (**-pi·er, -pi·est**) 1《口》= slippery. 2《英》迅速的，機敏的，不拖延的。

'slip ˌroad 名《英》(上下高速公路的) 匝道，交流道。

slip·shod [ˈslɪpˌʃɑd] 形 1 草率的，馬虎的；散漫的；邋遢的。2 穿著塌跟鞋的；曳足而行的。

slip·slop [ˈslɪpˌslɑp] 名 U 1 水分多的食物；淡酒。2 無意義的話；無聊的文章。

slip·stream [ˈslɪpˌstrim] 名〖空〗(飛機引擎的) 後向氣流；〖賽車〗疾駛中的賽車正後面的區域。

slip(-)up [ˈslɪpˌʌp] 名《口》錯誤，疏忽，失策，看漏。

slip·way [ˈslɪpˌwe] 名 (傾斜的) 造船臺。

·slit [slɪt] 動 (**slit**, ～·**ting**) 及 1 切開，割開：～ an envelope (open) 拆開信封。2 細長切開：～ a dress to ribbons 把衣服撕成碎片。

一不及 細長撕裂。一名 細長的切口；裂縫；投幣口。

slit-eyed ['slɪt,aɪd] 形 雙目細長的。

slith·er ['slɪðɚ] 動 不及 滑動；(似蛇般)滑行。一及 使滑動；削薄(頭髮)。一名 滑動，滑行；滑音。

slith·er·y ['slɪðərɪ] 形 極滑溜的。

sliv·er ['slɪvɚ] 名 1(樹木等的)細長小片，裂片《*of...*》。2(紡織的)纖維束。3(餌用的)小魚片。4《a ～》微量，微少。一動 及 細長地切割。一不及 縱而細長地切割。

sliv·o·vitz ['slɪvəvɪts, -wɪts] 名 U(東歐製的)梅子白蘭地酒。

slob [slɑb] 名《俚》笨拙的人；笨蛋；邋遢的人，粗魯的人。

slob·ber ['slɑbɚ] 動 不及 垂涎；流口水，(吃東西時)口中溢出飲料食物；過分傷感地說[寫]《*over...*》。一及 流口水而弄髒。一名 U 唾液；(口中溢出的)飲料；過分傷感的話。

slob·ber·y ['slɑbərɪ] 形 1 垂涎的，唾液弄髒的。2 潮溼骯髒的。3 易動感情的。

sloe [slo] 名〖植〗野李樹(櫻花屬)；野李樹的果實。

sloe-eyed ['slo,aɪd] 形 1 眼睛烏黑的。2 斜眼的，眼睛斜挑的。

'sloe 'gin 名 U C 野李杜松子酒。

slog [slɑg] 動(**slogged**, ～**·ging**)及 1(板球等的)猛打，重擊。2 毆打而驅逐。一不及 1 重擊。2 步履艱難地走；《英》費力地工作《*on, away / at...*》。

slog one's way 孜孜不倦地前進；有耐心地做完。

一名 重擊，猛打；U C 辛勤地工作；苦幹。

·slo·gan ['slogən] 名 1 口號，標語；廣告短語。2 吶喊聲；歡呼聲。

slo·gan·eer [,slogə'nɪr] 名 製作(使用)口號的人。一動 不及 使用標語或口號。

slog·ger ['slɑgɚ] 名 1(拳擊、板球等的)強打者。2 步履艱難地行走的人；勤勉者。

sloid, slojd [slɔɪd] 名 = sloyd.

sloop [slup] 名〖海〗單桅帆船。

slop [slɑp] 動(**slopped**, ～**·ping**)及 1 使溢出；潑髒。2 笨拙地裝盛《*into...*》；以餿水等餵(豬等)：～ the hogs 用餿水餵豬。3 狼吞虎嚥地吃，牛飲《*up*》。一不及 1 潑撒，飛濺(液體等)《*about*》；被潑出，被溢出《*over*》。2 在泥水中走《*along*》。3《口》滔滔不絕地談話；過分地動感情《*over...*》。

一名 1 U(餐桌及地板上的)潑水；泥漿，爛泥；C《常作～s》廚房的廢水，污水。2《常作～s》稀薄乏味的湯；(病人吃的)流質食物；《俚》難吃的食物。3《通常作 ～s》飯渣，餿水；(啤酒的)酒糟。4《～s》人的排泄物。5 過分的感情表露。

'slop ,basin [,bowl] 名《英》桌上倒茶渣等用的碟或盆。

·slope [slop] 動(**sloped, slop·ing**)不及 1 傾斜，成斜坡；傾斜地延伸。2《英俚》溜走《*off, away*》；蹓躂《*about*》；(從屋中)運出排泄物《*out...*》。一及 1 使傾斜；肩(槍)。2 使成斜面。一名 1 斜地；斜面；斜坡；《通常作～s》丘陵，山坡。2 U C 傾斜，斜度；〖數〗斜率，坡度。3〖軍〗肩槍的姿勢。4 經濟衰退。

'slop ,pail 名 污水桶；便桶。

slop·py ['slɑpɪ] 形(**-pi·er, -pi·est**) 1 泥濘的，溼的；溼污的：～ ground 溼污的場地 / ～ sidewalks 泥濘的人行道。2 難吃的，稀薄的，多水分的。3《口》極感傷的，感情脆弱的：～ sentiment 脆弱的感情。4《口》粗心的，草率的；邋遢的。5(跑道)積水的。

'Sloppy ,Joe 名 1《口》寬大而厚的羊毛衫；邋遢的男子。2《s-j-》辣味牛肉餡餅。

slop·shop ['slɑp,ʃɑp] 名 廉價成衣店。

slop·work ['slɑp,wɝk] 名 U 1 廉價成衣之製造；廉價成衣。2 馬虎的工作；劣質的東西。

slosh [slɑʃ] 名 1 U 泥濘；雪泥。2 U 潑濺聲。3《口》淡味的飲料。一動 不及 1 濺著泥漿行進。2 發出潑濺聲地濺動。一及 1 放在液體中搖動；攪動。2 使四散飛濺。3《口》《過去分詞》喝醉。

sloshed [slɑʃt] 形《俚》爛醉如泥的。

slot[1] [slɑt] 名 1 狹長的凹痕，投幣口。2 狹窄的通路。3《英》位置，地位，職位。一動(～**·ted**, ～**·ting**)及 1 開細長的凹痕於。2《英口》排列，區分。

slot[2] [slɑt] 名(鹿等的)足跡。

'slot ,car 名《美》軌槽電動玩具賽車。

sloth [slɔθ, sloθ] 名 1 U 怠惰，懶散：～, mother of poverty 懶惰爲貧窮之母。2〖動〗樹懶。

'sloth ,bear 名〖動〗懶熊。

sloth·ful ['slɔθfəl, 'sloθ-] 形 怠惰的。

'slot ma,chine 名 1《英》自動販賣機。2《美》吃角子老虎(《英》fruit machine)。

'slot ,man 名《美》(報社的)編輯主任。

'slot ,racing 名 U 軌槽遙控模型車賽。

slouch [slaʊtʃ] 動 不及 1 無精打采地彎腰駝背。2(帽緣)向前垂下。一及 使低垂，使(帽緣)向前垂。一名 1 垂頭喪氣的姿勢，無精打采走路的樣子。2(帽緣)下垂。3《美》笨拙的人。4《通常用於否定句》《口》無用的人；懶骨頭《*at...*》。

～**·y** 形 垂頭喪氣的；無精打采的；邋遢的。

'slouch 'hat 名 帽沿寬(垂邊)的軟帽。

slough[1] [slaʊ] 名 1 泥濘的地方；泥窪，泥坑，泥沼。2 [slu]《美·加》沼地，灘地(亦作 **slew, slue**)。3《喻》絕望的境地；

S

泥沼。—動及1《美》《通常用被動》使陷入泥沼（境地）中。2《俚》監禁，逮捕《*up, in*》。

slough² [slʌf] 名1（蛇等的）蛻下的皮。2〖病〗死肉，腐痂。3丟棄之物。4〖牌〗不要的牌。—動不及1（蛇）蛻皮；《喻》擺脫《*off*》。2〖病〗脫落。3〖牌〗棄牌。—及1丟棄，拋棄《*off*》。2脫（皮），擺脫，脫落；使剝落《*off*》。3〖牌〗捨棄。

Slo·vak [ˈslovæk] 名斯洛伐克人；U斯洛伐克語。—形斯洛伐克的，斯洛伐克人[語]的。

Slo·va·ki·a [sloˈvɑkɪə -ˈvækɪə] 名斯洛伐克（共和國）：曾為捷克東部的一部分，1993年獨立；首都為布拉提斯拉瓦（Bratislava）。-**an** 形名

slov·en [ˈslʌvən] 名《文》邋遢的人；草率的人。

Slo·vene [sloˈvin, ˈslovin] 名（居住於Slovenia）斯洛維尼亞人；U斯洛維尼亞語。
—形斯洛維尼亞人[語]的。

Slo·ve·ni·a [sloˈvinɪə] 名斯洛維尼亞（共和國）：位於歐洲東部，原為南斯拉夫聯邦的一個共和國，1991年獨立；首都為盧布亞納（Ljubljana）。
-**an** 形名= Slovene.

slov·en·ly [ˈslʌvənlɪ] 形(-**li·er**, -**li·est**) 1 不整潔的，邋遢的。2 草率的；懶散的，馬虎的。—副邋遢地；懶散地；馬虎地。

:**slow** [slo] 形(～·**er**, ～·**est**) 1 慢的，緩慢的：a ～ dance 慢舞 / a ～ beat 慢拍子 / *S*- and steady wins the race.《諺》穩紮穩打者將贏得勝利；欲速則不達。2 費時的，慢慢的；效力慢的：～ economic development 緩慢的經濟發展 / ～ medicine 效力慢的藥。3 遲緩的；理解力差的，遲鈍的：a ～ starter 起跑緩慢的人 / a ～ student 遲鈍的學生 / ～ on the uptake《美》（對joke的）理解遲緩。4 慢吞吞的《*at, in, of* ...》；不輕易的《*to*..., *to* do》：～ *at* using a dictionary 查字典慢的 / ～ *of* word and deed 言行遲緩。5 不興旺的，不景氣的；弱的：a ～fire 文火。6《通常作敘述用法》（鐘錶）慢了的；（時間）漫長的：～ summer days 漫長的夏日。7 不進步的；不景氣的。8 沒有趣味的，無聊的。9〖攝〗感光度低的。10（跑道等）（因雨而）使速度減慢的。—副(～·**er**, ～·**est**) 遲緩地，緩慢地。—動及1使變慢《*up, down*》。2使遲緩。—不及減速，變慢《*up, down*》。

ˈ**slow** ˈ**burn** 名《俚》逐漸的發怒。
do a slow burn 逐漸地生氣、發怒。

ˈ**slow** ˌ**coach** 名《主英口》遲鈍的人；跟不上時代的人。

slow·down [ˈsloˌdaun] 名1速度遲緩，減速；減產。2《美》怠工，短縮作業時間而減產（《英》go-slow）。

:**slow·ly** [ˈslolɪ] 副遲緩地，慢慢地：drive ～ 慢慢地駕駛。

ˈ**slow** ˈ**match** 名緩燃引信。

ˈ**slow** ˈ**motion** 名U（電影等的）慢動作。

slow-mo·tion [ˈsloˈmoʃən] 形1（電影等）慢動作的，高速攝影的。2 動作比一般緩慢的。

slow-mov·ing [ˈsloˈmuvɪŋ] 形緩慢前進的，慢吞吞的，行動遲緩的；滯銷的。

slow·poke [ˈsloˌpok] 名《美口》動作特別緩慢的人。

ˈ**slow** ˌ**virus** 名〖病〗慢性病毒。

slow-wit·ted [ˈsloˈwɪtɪd] 形遲鈍的，愚笨的，反應慢的。

slow·worm [ˈsloˌwɝm] 名〖動〗= blindworm.

sloyd [slɔɪd] 名U瑞典式手工藝教育制度。

SLR《縮寫》*s*ingle-*l*ens *r*ef*l*ex.

sludge [slʌdʒ] 名U爛泥，污泥，泥漿；半溶解的浮冰；泥狀沉澱物。

sludg·y [ˈslʌdʒɪ] 形(**sludg·i·er**, **sludg·i·est**) 爛泥的；被爛泥覆蓋的，混雜著有爛泥的。

slue [slu] 動及不及猛地轉向，旋轉。
—名旋轉；旋轉方向；旋轉後的位置（亦作 **slew**）。

slug¹ [slʌg] 名1〖動〗蛞蝓。2 行動緩慢的動物，慢速車。3 重而小塊的礦石。4 鉛彈，金屬彈丸，子彈。5《美》代用硬幣，金屬圓板。6〖印〗嵌片，排版用的鉛條；一行相連的鉛字。7《美俚》一杯；一口之量。

slug² [slʌg] 動(**slugged**, ～·**ging**) 及《美口》重擊，猛擊；強打。—不及猛打；艱難地前進。
slug it out 猛烈地戰到底，決一勝負。
—名（尤指拳頭的）猛打，重擊。

slug³ [slʌg] 動(**slugged**, ～·**ging**) 及虛度。

slug·a·bed [ˈslʌgəˌbɛd] 名睡懶覺的人，懶蟲。

slug·fest [ˈslʌgˌfɛst] 名《美口》1以拳頭互毆的打架。2 激烈的拳擊比賽。3〖棒球〗激烈的打擊戰。

slug·gard [ˈslʌgɚd] 名《文》懶蟲，懶人。—形懶惰的，怠惰的。

slug·ger [ˈslʌgɚ] 名《美》1〖棒球〗強打者，強棒。2 不善防禦只知猛揮重拳的職業拳擊手。

ˈ**slugging** ˌ**average** 名〖棒球〗長打率。

slug·gish [ˈslʌgɪʃ] 形1怠惰的，懶惰的，懶散的：a ～ student 怠惰的學生。2 功能不良的：a ～ kidney 功能差的腎臟。3 緩慢的，緩和的；遲鈍的。4 不景氣的，蕭條的。
～·**ly** 副, ～·**ness** 名

sluice [slus] 名1 堰堤；水閘；水門。2

堰內的蓄水。3（流出多餘的水）渠道，洩水道；（流運木材等的）水道；排水道的水流。

open the sluice 開水閘讓水嘩啦流出；《喻》使迸發，奔放。

—動 及 1（開水閘）洩（水）；使水洩出。2 以水流沖洗《*out, down*》；以水流淘洗。3 以水道流運。4 洩露。

—不及 奔瀉，奔流《*out*》。

sluice·way ['slus,we] 名 有水閘的水道；人工水道。

·slum [slʌm] 名 1《常作～s，作單數》貧民區，貧民窟。2《口》不正當的場所。

—動 **(slummed, ～·ming)** 不及 1 往訪貧民區。2（在不正當場所）出入。

slum it《口》過非常簡陋的生活。

·slum·ber ['slʌmbɚ] 動 不及《文》睡眠；假寐，打盹；（火山等）休眠。—及 1 以睡眠度過《*away, out, through*》。2 以睡眠打發《*away*》。—名 1《常作～s,作單數》睡眠；假寐，打盹。2 U 睡眠[假寐]時間；《喻》靜止狀態。～**·er** 名 睡眠者；微睡者。

slum·ber·ous ['slʌmbərəs], **-brous** [-brəs] 形《文》1 昏昏欲睡的，睏的；催眠的：a ～ potion 催眠藥。2 沉睡般的；靜止的，寂靜的。3 不活潑的；遲緩的。

'slumber ,party 名 = pajama party.

slum·dwell·er ['slʌm,dwɛlɚ] 名 貧民窟居民。

slum·lord ['slʌm,lɔrd] 名《美》貧民區惡房東。

slum·mer ['slʌmɚ] 名 貧民區居住者。

slum·my ['slʌmɪ] 形 **(-mi·er, -mi·est)** 貧民區的。

slump [slʌmp] 動 不及 1 猛然倒下，陷入。2 狂跌，暴跌。3（健康等）衰退，（效力等）低落。4 彎垂。—名 1 倒下；下陷；暴跌。2 減退，衰退；聲譽下跌；衰退期。3 不景氣。4《美》不順利，消沉。5 山崩。

slump·fla·tion [,slʌmp'fleʃən] 名 U C 不景氣下的通貨膨脹。

slung [slʌŋ] 動 **sling** 的過去式及過去分詞。

'slung 'shot 名 皮鞭前端裝有金屬塊的武器。

slunk [slʌŋk] 動 slink 的過去式及過去分詞。

slur [slɝ] 動 **(slurred, ～·ring)** 及 1 輕忽地處理；忽略；草率地做《*over*》：～ *over* the fact that... 不提及…的事實。2 含糊地發音；模糊不清楚地寫。3 誹謗，貶低。4〖樂〗圓滑輕快地演奏；標以圓滑線。

—不及 模糊不清地讀[說，唱]。

—名 1 含糊的發音。2〖樂〗滑唱[奏]。3 中傷，貶低。4 污點，污名，不名譽。

slurb [slɝb] 名《美》郊外的貧民區。

slurp ['slɝp] 動 及 不及，名《口》發出嘖嘖聲地吃[喝等]；吃喝東西發出嘖嘖聲。

slur·ry ['slɝɪ] 名 U（水和黏土、水泥、石灰、灰泥混合的）泥漿。

slush [slʌʃ] 名 U 1 半融的雪；軟泥，爛泥，雪泥。2 廢棄油脂。3 潤滑油。4《口》痴情的話；廢話：the dramatic ～戲劇性的痴情話。—動 及 1 使濺上泥漿。2 塗潤滑油，以潤滑油擦。3 將（裂縫）灌以灰泥《*up*》。4 以大量的水沖洗。—不及 跋涉過泥濘路。

'slush ,fund 名《美》行賄資金。

slush·y ['slʌʃɪ] 形 **(slush·i·er, slush·i·est) 1** 泥雪的；泥漿的。2《口》痴情的。

slut [slʌt] 名 1 邋遢的女子；品行不端的女子；娼妓。2《謔》輕佻的女孩。～**·tish** 形

·sly [slaɪ] 形 **(sli·er, sli·est** 或 **～·er, ～·est) 1** 狡猾的，奸詐的：～ as a fox 像狐狸一樣狡猾的 / ～ boots《口》狡詐的人。2 祕密的，陰險的。3 俏皮的，頑皮的。

on the sly 祕密地，悄悄地，暗中地。

sly·ly ['slaɪlɪ] 副 狡猾地；陰險地；頑皮地。

Sm《化學符號》samarium.

S.M.《縮寫》*S*ergeant *M*ajor.

smack[1] [smæk] 名《通常作 **a ～ of**...》1 味，風味，香味；獨特的風味，氣味：*a ～ of* garlic 大蒜味。2 傾向，相似處，味道。3 一口，一舐，少量。4《美俚》海洛因。

—動 不及 帶有味道。

smack[2] [smæk] 動 及 1 使發出咂唇聲《*over* ...》；用舌舔（嘴唇）表示味道好。2（以手掌等）摑，拍打，啪地猛擊：～ her across the cheek 打了她一個耳光。3 打得很遠；啪地一聲放下。4《口》出聲地吻。5 使劈啪響作。—不及 1 掌摑《*at*...》。2 碰撞；猛打；發出拍打聲。

smack...down / smack down...《美口》嚴厲地叱責；使…喪失地位。

—名 1 打一巴掌；劈啪打的聲音；掌摑。2《口》出聲的親吻。

a smack in the eye《口》挫折；奚落。

have a smack at...《口》嘗試做…。

—副《口》1 啪然作聲地；猛然地。2（亦稱《美》**smack-dab**）正面地，直接地。

smack[3] [smæk] 名 縱帆船；《美》有養魚設備的漁船。

smack·er ['smækɚ] 名 1《通常作～s》《美俚》一美元紙幣；《英俚》一英鎊鈔票。2 啪的一擊；發出聲音的接吻。3《俚》精品，極好的東西。

smack·ing ['smækɪŋ] 形 1 強勁的，勁吹的：a ～ gust (of wind) 一陣強風。2《主英俚》美好的，極佳的，頂刮刮的：a ～ dinner 豐盛的晚餐。～**·ly** 副

:small [smɔl] 形 **(～·er, ～·est) 1** (1) 小的，狹小的；小寫的：a ～ notebook 小備忘冊 / a ～ home 狹小的家。(2) 小型的；小個子的；瘦小的；細小的：～ wrists 細小的手

腕。**2** (1)（數目）少的；人數少的；數量少的：a ~ group 一小群。(2)（量）少的；（程度）低的；（期間）短的；（價值）低的；（可能性等）幾無的：a ~ profit 微薄的利潤 / a ~ space of time 短時間 / a ~ amount of milk 少量的牛奶。**3** 小規模的：(a) ~ business 小規模生意。**4** 微不足道的：a ~ blunder 一點點小錯失。**5** 低微的；儉樸的：live in a ~ way 儉樸地過日子。**6** 心胸狹窄的；卑鄙的；小器的；平凡的：a man of ~ mind 心胸狹小的人。**7** 沒盡力氣的，力氣小的：make a ~ effort 未盡力。**8** 弱的；淡的，不烈的。**9** 年幼的，乳臭未乾的：as a ~ child 當小孩的時候。**10** 小比例的，縮尺的。

(and) small wonder（那）不值得大驚小怪，沒什麼了不起。

feel small 覺得渺小；感到屈辱。

in a small way 小規模地；儉樸地。

no small... 不少的…，相當多的…。

—副 (~·er, ~·est) **1** 小小地，些微地；零星地，小片地。**2** 低沉地，微弱地。**3** 輕蔑地。

sing small（受責罵等後）變得垂頭喪氣。

—名 **1** ((the ~)) 小物品。**2** ((the ~)) 狹小部分，狹窄處。**3** 身分卑賤的人。**4** ((~s)) 小件物品；小尺寸的商品。**5** ((~s)) ((英口))（拿出去洗的）小件衣物類。

'small 'ad 名 ((英)) = classified ad.

'small 'arms 名 (複) ((集合名詞)) 小口徑武器。

'small 'beer 名 **1** Ⓤ Ⓒ ((英)) 淡啤酒。**2** Ⓤ ((主英俚)) 微不足道的物[人]。

'small 'change 名 Ⓤ **1** 零錢。**2** 微不足道的人[事物]。

'small·clothes ['smɔl,kloz] 名 (複) ((英))（內衣褲等）小件衣物，兒童服裝；((古))（十八世紀的）半長褲。

'small ,fry 名 Ⓤ ((集合名詞)) 幼魚，小魚；小孩；微不足道的人[事物]。

'small 'game 名 Ⓤ ((集合名詞)) 小獵物。

'small 'holder 名 ((英)) 小自耕農。

'small 'holding 名 ((英)) 小自耕地。

'small 'hours 名 (複) ((the ~)) 午夜後的幾小時，深更：in *the* ~ 在三更半夜。

'small in'testine 名 小腸。

small·ish ['smɔlɪʃ] 形 略小的，有點小的，小個子的。

'small 'letter 名 小寫字母。

small-mind·ed ['smɔl'maɪndɪd] 形 自私的；卑劣的；心胸狹小的。

~·ly 副, ~·ness 名

'small po'tatoes 名 (複) ((常作單數)) 微不足道的人[物]。

small·pox ['smɔl,pɑks] 名 Ⓤ 〖病〗天花。

'small 'print 名 Ⓤ ((英)) = ((美)) fine print.

small-scale ['smɔl'skel] 形 **1** 小規模的。**2** 小比例尺的。

'small ,screen 名 ((英)) 電視。

'small talk 名 Ⓤ 閒聊，聊天。

small-talk ['smɔl,tɔk] 動 及 不及 聊天。

small-time ['smɔl,taɪm] 形 ((口)) 三流的，次等的，不重要的。**'small 'time** 名 不重要的事；票價低廉一日演出三場以上的表演。

'small-'tim·er 名 地位無足輕重者；屬於小劇團者。

small-town ['smɔl,taun] 形 ((美)) 小鎮的；褊狹的；俗氣的。

small·ware ['smɔl,wɛr] 名 ((通常作~s)) ((英)) 小商品；小飾物。

smarm·y ['smɑrmɪ] 形 ((英俚)) 諂媚的，奉承的。

·smart [smɑrt] 動 不及 **1** 作痛，疼痛 ((*from, with...*))。**2** 引起刺痛；導致劇痛。**3** 痛苦：~ from a reprimand 因受到申斥而感到痛苦 / ~ at a person's remarks 因某人的話而心中不快。**4** 難受，傷心 ((*under, over...*))。**5** 感覺羞恥；後悔；受罪 ((*for ...*))。—及 使劇痛。

—形 (~·er, ~·est) **1** 劇烈的。**2** 強烈的。**3** 活潑的，俐落的；靈敏的，敏捷的。**4** 伶俐的，聰明的；機敏的。**5** 瀟灑的，時髦的；世故的；優雅的，漂亮的；流行的。**6** 自大的，沒禮貌的。**7** ((主方)) 可觀的，相當的。**8** ((口)) 配有電子控制裝置而能自動調整處理的。—副 激烈地，嚴厲地；敏捷地；漂亮地；精明地。—名 **1** 疼痛，抽痛，劇痛。**2** 痛苦，苦惱，傷心。**3** ((~s)) ((美俚)) 好腦筋，聰明。

'smart ,al·eck [-'ælɪk] 形 名 ((美口)) 自大狂的（人），自以為能幹的（人）；傲慢的（男人）。

'smart ,bomb 名 ((美軍俚)) 精靈炸彈。

'smart ,card 名 智慧卡。

smart·en ['smɑrtn̩] 動 及 **1** 使變整潔 ((*up*))：~ *up* one's room 收拾自己的房間。**2** 使輕快。**3** 使變得精明 ((*up*))。—不及 **1** 變得漂亮 ((*up*))。**2** 變激烈，變強烈。

smart·ly ['smɑrtlɪ] 副 **1** 厲害地，激烈地。**2** 機敏地；聰明地。**3** 漂亮地。

'smart 'money 名 Ⓤ **1** 超過實際損失的懲罰性賠償金。**2**（由於有經驗或通曉內情而投下的）資金；此種投資者；((英)) 傷兵撫恤金。

smart·ness ['smɑrtnɪs] 名 Ⓤ **1** 漂亮，時髦，瀟灑。**2** 機敏；精明。**3** 疼，痛。

'smart ,set 名 ((the ~)) ((美)) ((集合名詞)) 社交界的名流，時髦人士。

smart·y ['smɑrtɪ] 名 (複 **smart·ies**) ((口)) 自大的人。

smart·y-pants ['smɑrti,pænts] 名 ((俚)) = smarty.

·smash [smæʃ] 動 及 **1** 打碎，打破：~ in [down] the doors 把門砸破 / ~ a window with a rock 用石頭打碎窗子。**2** 擊毀，擊潰；打破；推翻，駁倒；損害；摧毀 ((*up*))：~ the record by two minutes 以二秒

S

刷新紀錄。3 猛揍，痛毆：～ a person on the head猛敲某人的頭。4 使破產[倒閉]。5〖網球·羽球·桌球〗殺球。—不及1 變成粉碎，破碎《up》。2 猛衝，猛撞《against, into...》；猛然衝進《through...》。3 破產，倒閉《up》。—名 1 破碎；破碎聲，撞碎聲。2 猛擊，掌摑。3（車輛的）大衝撞。4 U 破碎的狀態；破壞，崩潰，荒廢。5 破產，倒閉。6《美口》大成功，大轟動。7 U 一種含酒精的飲料；通常指白蘭地。8〖網球·羽球·桌球〗殺球；所殺出的球。—形《限定用法》《口》大轟動的，大成功的。—副 轟然一聲地；正面地。

smash-and-grab ['smæʃən'græb] 形《英口》打破櫥窗而奪取高價陳列品的。

smashed [smæʃt] 形《俚》酒醉的。

smash·er ['smæʃɚ] 名 1《口》極出色的人，極有吸引力的人。2 粉碎機。3 猛烈打擊。4 令人無可辯駁的言論[回答]。

'smash 'hit 名《俚》極為成功的演出；大賣座，大成功。

smash·ing ['smæʃɪŋ] 形 1《英口》極佳的，極優越的。2 粉碎的，破壞性的；猛烈的。

～·ly 副

smash(-)up ['smæʃ,ʌp] 名 1 大衝撞：a head-on ～ 正面激烈衝撞。2 崩潰；破產；潰敗。

smat·ter ['smætɚ] 動及不及 1 略知，略微會說。2 稍加涉獵，粗淺地研究。—名 淺薄的知識，一知半解的知識。

smat·ter·ing ['smætərɪŋ] 名《只作單數》《通常用 a ～ of...》1 一知半解的知識：have *a* ～ *of* Greek 稍通希臘語。2 少數，些許。

—形 淺薄的，一知半解的，膚淺的。

smaze [smez] 名 U 煙靄，煙霧。

·smear [smɪr] 動 及 1 塗 於《*on, over..., with...*》；弄 髒 ：～ one's face *with* ointment 把軟膏塗在臉上。2 揉擦；擦掉。3 詆毀，抹黑；損害。4《美俚》打垮，挫敗。5《美俚》賄賂。6 作成抹片標本。—名 1 油性的東西；塗抹物質；塗料；油釉。2 污點，污斑；髒處《*of...*》。3 塗片，抹片。4 詆毀，毀謗，抹黑。～·er 名

'smear ˌtest 名〖醫〗抹片檢查。

'smear ˌword 名 詆毀別人名譽的字眼。

smear·y ['smɪrɪ] 形 (**smear·i·er, smear·i·est**) 1 塗污的，塗髒的。2 容易生污跡的；黏的；油膩的。-**i·ness** 名

:smell [smɛl] 動 (～ed 或《英》**smelt**, ～·**ing**) 及 1 發出氣味；以氣味察覺，感覺出：～ cooking 發出烹飪的香味。2 嗅，聞：～ a rose to see if it is real 聞一聞看是否真是玫瑰。3 感覺到；嗅出，察覺出。—不及 1 (1) 聞氣味，嗅一嗅《*at...*》。(2) 到處嗅尋，搜查《*about, round*》。2 發出氣味；有香味。3 發出惡臭。4 有氣味：《喻》有意味《*of...*》。5 無用，無效果。

smell a rat 覺得可疑，懷疑。

smell** one's* ***oats（馬）急速衝出；突然振奮起來。

smell out (1) 嗅出，察覺出。(2) 發出惡臭。

smell up《美》使臭味熏天。

—名 1 U 嗅覺。2 氣味。3 風味，風格；氣氛，感覺《*of...*》。4《a ～》一嗅，聞一下。

smell·er ['smɛlɚ] 名 1 嗅的人；以嗅覺檢驗品質的人。2《俚》鼻子；對著鼻子一擊。3 觸鬚；觸角。

'smelling ˌbottle 名 嗅鹽瓶。

'smelling ˌsalts 名(複) 嗅鹽，芳香鹽。

smell·y ['smɛlɪ] 形 (**smell·i·er, smell·i·est**) 發出令人不快的氣味的，臭的：a ～ refuse heap 散發惡臭的垃圾堆。

smelt[1] [smɛlt] 動及 熔化；熔煉：～ tin 煉製錫。—不及 熔煉。

:smelt[2] [smɛlt] 動 **smell** 的過去式及過去分詞。

smelt·er ['smɛltɚ] 名 熔製業者；冶煉工；熔製廠；冶煉廠。

smid·ge(o)n, -gin ['smɪdʒən] 名《美口》極少量，一點點。

smi·lax ['smaɪlæks] 名〖植〗洋菝葜。

:smile [smaɪl] 動 (**smiled, smil·ing**) 不及 1 微笑《*at...*》；嘲笑，冷笑《*at...*》：～ sweetly 甜甜地笑 / ～ *at* a person's affectations 譏笑某人的裝腔作勢。2《文》（風景等）明媚，呈喜色。3《文》（神）善意地眷顧；走運《*on, upon...*》。—及 1 微笑《*into...; out of...*》；以笑解除《*away*》。2 以微笑表示。3《與同源受詞連用》呈現。

come up smiling《口》（拳擊手）精神抖擻地開始下一回合比賽；打起精神面對難題。

I should smile.《美俚》《表輕蔑》原來如此，可笑；《表同意》好得很，可以；《表反對》少來這套，恕難遵辦。

smile at... (1)⇨動 不及 1. (2) 忍耐。

—名 1 微笑；笑容。2《文》眷顧，恩惠，德澤；（風景等的）明媚晴朗。

smil·ing ['smaɪlɪŋ] 形 微笑的；明媚晴朗的；歡快的。～·**ly** 副

smirch [smɝtʃ] 動及 1 弄髒。2 玷污。—名 污點；惡名。

smirk [smɝk] 動 不及 沾沾自喜地笑，傻笑。—名 假笑，沾沾自喜的笑。

·smite [smaɪt] 動 (**smote, smit·ten** 或 **smit, smit·ing**) 及《古·文·謔》1 打，重擊《*with...*》；揍成：～ a person senseless 把某人揍昏。2 打倒；使受重傷；殺死；嚴懲，重罰。3《通常用被動》深深打動；神魂顛倒《*with...*》。4 折磨：be *smitten* by palsy 得中風。—不及 1 猛烈襲擊《*on, upon...*》。2 重擊《*at...*》。—名 1 打擊，一擊。2《口》嘗試，企圖《*at..., to* do》。'**smit·er**

S

图打擊者。

smith [smɪθ] 图 1 鍛工；製造者。2 鐵匠。

Smith [smɪθ] 图 1 **Adam**, 亞當·史密斯（1723 −90）：蘇格蘭經濟學家，著 *Wealth of Nations*『國富論』一書。2 **Joseph**, 約瑟·史密斯（1805−44）：美國宗教領袖，摩門教創教者。

smith·er·eens [,smɪðə'rinz] 图（複）《口》小碎片，小破片。

smith·er·y ['smɪθərɪ] 图（複 **-er·ies**）1 Ⓤ 鐵匠的工作；鍛工手藝。2 = smithy 1.

smith·y ['smɪθɪ] 图（複 **smith·ies**）1 金屬匠鋪，鐵匠鋪。2 鐵匠。

smit·ten ['smɪtn̩] 形 1 受重擊的，被痛毆的；大受困擾的；被打垮的：be ～ with sorrow 悲痛欲絕。2《口》被迷住的。—動 **smite** 的過去分詞。

smock [smɑk] 图 罩衣，罩衫，工作衣：an artist's ～畫家的罩衫。—動 及 1 穿上罩衣。2 以刺繡裝飾。～**·ing** 图 Ⓤ 幾何圖案褶飾。

smog [smɑg] 图 Ⓤ 煙霧：photochemical ～光化學毒霧 / a ～ warning 煙霧警報。

smog·bound ['smɑg,baund] 形〖氣象〗爲煙霧籠罩的。

smog·gy ['smɑgɪ] 形（**-gi·er**, **-gi·est**）(多）煙霧的：in the ～ air 煙霧瀰漫的大氣中。

:smoke [smok] 图 1 Ⓤ 煙：There is no ～ without fire.《諺》無火不冒煙；無風不起浪。2 Ⓤ 煙狀物：the ～ of a volcano 火山的噴煙。3 Ⓤ 虛無之物，曇花一現之物；朦朧的狀態：vanish into ～化爲烏有。4 抽煙；《口》香煙；Ⓤ《俚》大麻煙：blow ～吸大麻煙。5 Ⓤ（投手的）快投。6《**the S-**》《英》倫敦。

burn one's own smoke 自己的事自己做。

go up in smoke 被燒光；毫無結果，成爲泡影。

like smoke / like a smoke on fire 容易地；一溜煙地，立即。

—動（**smoked**, **smok·ing**）不及 1 冒煙；出煙。2 冒氣，冒蒸氣。3 抽煙；吸食大麻煙。4《俚》一溜煙地跑《*along*》。5《澳》逃亡；失蹤。6《學生俚》臉紅。—及 1 吸（煙等）；抽（煙斗）；抽煙打發《*away*》；抽煙抽成。2 燻；燻蒸消毒，燻死。3 燻製。4 以煙燻黑。

smoke...out / smoke out... (1) 燻出，用煙燻法驅除。(2) 揭發，查出。

'smoke a,larm 图 = smoke detector.

'smoke ,ball 图 1 煙幕彈。2〖棒球〗快速球。

'smoke ,bomb 图 煙幕彈。

smoked [smokt] 形 燻製的。

'smoke de,tector 图 煙霧偵測器。

smoke-dried ['smok,draɪd] 形 燻製的。

smoke-filled ,room ['smok,fɪld-] 图《美》祕密會議室，密談室。

smoke·house ['smok,haus] 图（複 **-hous·es** [-,hauzɪz]）燻製廠。

smoke·less ['smoklɪs] 形 不冒煙的，無煙的。

'smoke pol,lution 图 Ⓤ 煙霧污染。

smoke·proof ['smok,pruf] 形 防煙的。

smok·er ['smokɚ] 图 1 嗜煙者；冒煙物：a chain ～老煙槍。2〖鐵路〗吸煙車廂；吸煙間。3 燻製工。

'smoke ,screen 图 1〖軍〗煙幕：spread a ～施放煙幕。2 僞裝，掩飾。

smoke·stack ['smok,stæk] 图 煙囪（《英》chimney stack）；《美》（火車的）煙囪（《英》funnel）。

Smok·ey ['smokɪ] 图《常作 **s-**》《美俚》公路巡警；（交通）警察。

smok·ing ['smokɪŋ] 图 Ⓤ 1 冒煙。2 抽煙。3 冒煙；冒蒸氣。—形 1 冒煙的。2 冒煙的；冒蒸氣的。3（可以）抽煙的。

'smoking ,car 图 = smoker 2.

'smoking 'gun 图《口》（犯罪的）鐵證。

'smoking ,jacket 图 吸煙裝。

'smoking ,room 图 吸煙室。

'smoking ,stand 图 煙灰缸臺。

smok·y ['smokɪ] 形（**smok·i·er**, **smok·i·est**）1 煙霧瀰漫的，冒煙的。2 朦朧的；燻黑的。3 令人想到煙的；煙色的；模糊的；煙味的。**-i·ly** 副, **-i·ness** 图

smol·der,《英》**smoul-** ['smoldɚ] 動 不及 1 無火焰地悶燒。2 含蘊於胸中，鬱積；流露《*with...*》：eyes ～*ing with* rage 怒氣沖沖的眼神。—图 悶燒，悶火。

smolt [smolt] 图 幼鮭。

smooch[1] [smutʃ] 動 及，图 = smutch.

smooch[2] [smutʃ] 動 不及《口》親吻，愛撫。

·smooth [smuð] 形（**～·er**, **～·est**）1 平滑的，滑溜的；磨平的；平坦的；平靜的，平穩的：a ～ complexion 光滑的膚色 / be ～ to the touch 摸起來平滑的。2 運轉自如的；進展順利的：～ driving 平穩的駕駛 / make ～ progress in one's program 計畫進展順利。3 易揉的，調勻的：warm the butter to make it ～ to spread 加熱使奶油容易塗開。4 不辛辣的，可口的。5 態度好的，溫和的；口才好的：a ～ operator 口齒伶俐的接線生。6 沒鬍子的；不長毛的；無毛的。7 沉著的，平和的；圓滑的：a ～ temper 平和的脾氣 / a ～ character 八面玲瓏的人物。8 洗練的，流暢的：a ～ style 流暢的文體。9 悅耳的。

smooth water 平靜的水面；平安無事。

—副 平滑地；平穩地；滑溜地；圓滑地。

—動 1 使平滑；燙平；撫平《*down, out*》。2 排除《*away, out*》；使順利。3 使優雅；推敲。4 平息，撫慰《*down*》。5 掩飾《*over, out, away*》。6〖數〗省略。—不及 1 變平滑，變滑溜《*down*》。2 平息，歸於平靜，緩和《*down*》。—图 1 撫

S

平；燙平。2 平滑之物，平面，平地；《美》草原。
take the rough with the smooth 泰然接受人生的艱難。
～·**ly** 副 平滑地；流暢地；平穩地；圓滑地。

smooth·bore ['smuð,bor] 名 滑膛槍。

smooth-faced ['smuð'fest] 形 1 無鬚的。2 表面光滑的。3《英》圓滑討好的，假和善的。

smooth·ie ['smuðɪ] 名 1《口》油嘴滑舌的人；（對女性）奉承討好的人。2 凍飲；水果冰沙。

smooth-spo·ken ['smuθ'spokən] 形 說話流暢的；有說服力的，擅於奉承的。

smooth-tongued ['smuð'tʌŋd] 形 能言善道的，奉承討好的。

smor·gas·bord ['smɔrgəs,bɔrd] 名 Ⓤ 1 瑞典式自助餐。2 七拼八湊，大雜燴。

smote [smot] 動 **smite** 的過去式。

·**smoth·er** ['smʌðɚ] 動 及 1 蓋，包；澆滿，塗滿《*with, in...*》：a steak ～*ed in* mushrooms 磨菇覆蓋的牛排。2 使窒息；悶死《*with...*》：～ a child *with* a pillow 用枕頭使孩子窒息。3 掩飾，擱置；抑制《*up*》；壓抑《*with...*》；《美俚》打敗，壓倒：～ a yawn 忍住呵欠 / ～ a rumor 消弭謠言 / ～ one's grief (*with* ceaseless work)（藉著不斷工作）抑止憂傷。4 覆滅《*with...*》：～ a fire *with* sand 用沙將火悶熄。5 使喘不過氣《*with...*》。6〖烹飪〗蒸，悶，煨。—不及 1 窒息（而死）。2 被壓抑；被抹殺。3《英方》悶煮。—名 1 濃煙，濃霧，灰塵。2 餘燼。3《a ～》散亂，雜亂狀態《*of...*》。

smoth·er·y ['smʌðərɪ] 形 令人窒息的。

smudge [smʌdʒ] 名 1 污漬；污點。2《美》（防止農作物受霜害或燻蚊蟲用的）冒濃煙的火堆；濃煙。—動 及 1 弄髒，玷污；毀損。2《美》燻走，用濃煙燻。—不及 1 弄髒，受污染。2 冒煙，燻。

smudg·y ['smʌdʒɪ] 形 (**smudg·i·er, smudg·i·est**) 1 骯髒的；不鮮明。2 燻的，冒煙的。-**i·ly** 副, -**i·ness** 名

smug [smʌg] 形 (～·**ger**, ～·**gest**) 1 自大的；自滿的：a ～ smile 沾沾自喜的微笑。2 整潔的。
～·**ly** 副, ～·**ness** 名

smug·gle ['smʌgl] 動 及 1 走私，祕密攜入《*in / into...*》：～ a pistol *into* the prison 偷偷把手槍攜入監獄裡。2 走私，偷渡《*out / out of...*》；偷偷帶走《*away*》：～ a criminal *out of* the country 偷渡犯人出境。—不及 走私，偷渡。

smug·gler ['smʌglɚ] 名 走私者；走私船。

smut [smʌt] 名 1 Ⓤ Ⓒ（點點）煤煙；污跡，污點。2 Ⓤ 淫穢的刊物；猥褻：read ～ 看淫書。3 Ⓤ〖植病〗黑穗病。
—動 (～·**ted**, ～·**ting**) 及 不及 弄髒。

smutch [smʌtʃ] 動 及 弄髒，玷污；在（經歷等中）留下污點。—名 污點；煤塵（亦稱 **smooch**）。～·**y** 形 弄髒的；有污點的；燻黑的。

smut·ty ['smʌtɪ] 形 (-**ti·er**, -**ti·est**) 1 燻黑的，弄髒的，骯髒的。2 淫穢的，猥褻的；好開黃腔的。3 患黑穗病的。-**ti·ly** 副, -**ti·ness** 名

Sn《化學符號》tin.

snack [snæk] 名 1 點心，小吃：go to a restaurant for a ～ 到餐館去吃點心。2《古》分得的一份。—動 不及《美》吃點心。

'**snack ,bar** 名 速食餐館，小吃店。

'**snack ,table** 名 摺疊式小餐桌。

snaf·fle[1] ['snæfl] 名 輕勒：ride a person on the ～《喻》以懷柔政策控制某人。
—動 及 裝上輕勒；駕馭。

snaf·fle[2] ['snæfl] 動 及《英俚》盜取。

sna·fu [snæ'fu] 形《美俚》混亂的，一團糟的。—動 及 弄亂。—名 Ⓤ 混亂狀態。

snag [snæg] 名 1 水中沉木；倒塌的樹；砍伐過的樹頭。2 突出物；斷牙；暴牙。3《口》（意外的）障礙，阻礙：run into a ～ 碰到意外困難。4（衣物的）裂口，鉤破處。
—動 (**snagged**, ～·**ging**) 及 1《通常用被動》使擱淺在沉木上；使鉤破。2 清除殘株。3 妨礙，阻撓。4《美》迅速抓住。—不及 1 纏住，絆住。2 撞上沉木。

snag·gle·tooth ['snægl,tuθ] 名 (複-**teeth**) 歪斜的牙齒；斷裂的牙齒；暴牙。

snag·gy ['snægɪ] 形 (-**gi·er**, -**gi·est**) 1 有突出物的。2 多沉木的。3 尖銳突出的。

·**snail** [snel] 名 1 蝸牛。2 行動遲緩的人[動物]。

'**snail ,mail** 名 普通郵件（從電子郵件使用者角度而言）。

snail-paced ['snel,pest] 形 像蝸牛般慢行的，步伐緩慢的。

·**snake** [snek] 名 1〖動〗蛇。2 虛偽的人，不可信賴的人；陰險冷酷的人。3〖建〗通條。4《the ～》（歐洲）蛇形浮動匯率。
a snake in the grass 潛伏的危險；不可靠的人。
be above snakes《口》活著，生存著。
cherish a snake in one's bosom 引狼入室，養虎遺患。
—動 (**snaked**, **snak·ing**) 不及 迂迴而行，蜿蜒。—及 1 使彎曲。2《美口》（用力）拉，拉出《*out*》。3《方》騙取，盜取，偷。

snake·bird ['snek,bɝd] 名〖鳥〗蛇鵜。

snake·bite ['snek,baɪt] 名 蛇咬的傷。

'**snake ,charmer** 名 弄蛇者。

'**snake ,dance** 名 1 蛇舞。2 蛇行（行列）。
'**snake-,dance** 動 不及 跳蛇舞；蛇行行進。

'**snake ,pit** 名 1《口》精神病院。2 恐怖

S

和混亂的場所。

'snakes and 'ladders 图 (複)《作單數》《英》蛇梯盤棋。

snak·y ['snekɪ] 形 (**snak·i·er, snak·i·est**) 1 蛇的。2 多蛇的。3 似蛇的；彎曲的。4 陰險的，狡猾的，殘酷的。

·snap [snæp] 動 (**snapped, ～·ping**) 不及 1 猛然咬住《*at...*》。2 急欲抓住；嚴詞以對；怒聲責罵《*at...*》: ～ *at* the opportunity to study abroad 抓住出國留學的機會。3 發出劈啪聲。4 啪地關上。5 啪地斷掉；(由於緊張) 突然崩潰。6 (因憤怒等而) 閃光。7 急速動作：～ to attention 啪的一聲立正。8〖攝〗快照。

—及 1 猛然咬住；迅速抓住；猛撲；爭奪；爭購《*up, off*》。2 倉促決定。3 使劈啪地；砰然關閉。4 (以尖刻的語氣) 打斷《*up*》；厲聲說出《偶用 *out*》。5 啪地折斷《*off*》。6〖攝〗快速拍下。7〖建〗迅速地畫 (線)。8〖美足〗後傳開球；〖棒球〗快速投 (球)。

snap one's fingers ⇨ FINGER 图 (片語)

snap a person's head off 《口》咆哮，責備。

snap into it 《口》趕快開始，加緊行動。

snap it up /《英》***snap to it*** 趕快！快做！

snap out of it 《美口》迅速擺脫不愉快情緒而振作起來。

—图 1 劈啪聲；斷裂 (聲)，破裂 (聲)，彈指 (聲)。2 按扣，鉤扣，按鈕。3 Ⓒ Ⓤ 薄脆餅乾。4 Ⓤ (1)《口》勁頭，活力，生氣，精力。(2) (味道) 辛辣。5 厲聲，怒聲。6 猛咬；爭奪；猛撲；咬掉的東西，一口的分量。7 短暫的一段時期。8《口》快照。9《美口》輕鬆的工作。10〖美足〗快速後傳。11 Ⓤ《英》呼「同」牌戲。

in a snap 馬上，立即。

not a snap 一點也不，毫不。

not give a snap (of one's fingers) for... 對…毫不在乎。

—形《限定用法》1 有彈簧的，自動彈回的；裝有按鈕的。2 突然的，倉促的。3《美》輕鬆的，簡單的。

—感《英》1《牌戲中相同兩張牌出現時發出的叫聲》同！2《口》《發現相同種類之物時發出的聲音》完全相同！一樣的！

snap·back ['snæp,bæk] 图《美口》快速的恢復。

'snap bean 图《美》〖植〗= string bean 1.

snap·drag·on ['snæp,drægən] 图 1〖植〗金魚草。2 Ⓤ 搶吃葡萄乾遊戲。

'snap ,fastener 图〖裁〗按鈕，按扣。

snap·per ['snæpə] 图(複～s) 1 發出劈啪聲之物；厲聲說話的人；怒聲罵人的人。2 (～, ～s)〖魚〗笛鯛。3《動》= snapping turtle. 4《俚》= punch line. 5《俚》巨大的東西；彌天大謊。

'snapping ,beetle 图〖蟲〗叩頭蟲。

'snapping ,turtle 图〖動〗鱷龜。

snap·pish ['snæpɪʃ] 形 1 有咬人習性的。2 厲聲的，急躁的：a ～ reply 厲聲的回答。

～·ly 副, ～·ness 图

snap·py ['snæpɪ] 形 (**-pi·er, -pi·est**) 1《口》朝氣蓬勃的，活潑的。2《口》漂亮的，帥氣的：a ～ dresser 打扮時髦的人。3 = snappish. 4 刺骨的。5《口》辛辣的：a ～ cheese 辣乳酪。

Make it snappy! 《口》快一點！趕快！

-pi·ly 副, **-pi·ness** 图

snap·shoot ['snæp,ʃut] 動 (**-shot, ～·ing**) 及 快照拍下。～**·er** 图 拍快照的人。

snap·shot ['snæp,ʃɑt] 图 1 快照。2 片段的描寫，概念；片段。

·snare[1] [snɛr] 图 1 圈套，陷阱：set a ～ 布下陷阱 / hold a ～ for... 設下陷阱靜候 / fall into a ～ 落入圈套。2《偶作～s, 作單數》誘惑。—動 (**snared, snar·ing**) 及 1 使落入圈套。2 設陷阱害；引誘…《*into doing*》。

snare[2] [snɛr] 图《通常作～s》(小鼓的) 觸線，響弦。

'snare ,drum 图 小鼓。

·snarl[1] [snɑrl] 動 不及 露齒吠嗥《*at...*》；厲聲數落，咆哮《*at, against...*》。—及 1 咆哮地說，吼叫以示《*out*》。2 吼叫，咆哮。—图 嗥叫；吼叫；咆哮聲。～**·er** 图, ～**·y** 形

snarl[2] [snɑrl] 图 1 (線等的) 糾結。2 木節。3《通常作 **a** ～》紛亂，混亂：a traffic ～ 交通混亂。—動 及 1 使 (線等) 糾結。2《通常用被動》使混亂《*up*》。—不及 糾結；混亂。

snarl-up ['snɑrl,ʌp] 图 交通阻塞；混亂，雜亂。

·snatch [snætʃ] 動 不及 1 搶，奪《*at...*》: ～ *at* a handbag 搶手提包。2 撲向：～ *at* an offer 爭先前往申請。—及 1 奪取，搶取《*up, away / from...*》。2 抓住時機做 [奪得，獲得]。3 拯救，搶救《*from...*》。4《俚》抓走，綁架。

—图 1 搶奪，攫取；猛抓，撲向《*at...*》。2《～**es**》(歌曲、小說等的) 片段，段落。3《常作～**es**》(活動等的) 一連串；短時間，一陣。4 (舉重) 抓舉。5《**the** ～》《俚》抓走，綁架。6《美粗》女性生殖器。～**·er** 图

snatch·y ['snætʃɪ] 形 (**snatch·i·er, snatch·i·est**) 不連貫的，斷斷續續的。**-i·ly** 副

snaz·zy ['snæzɪ] 形 (**-zi·er, -zi·est**)《美俚》時髦俏麗的，瀟灑帥氣的。**-zi·ly** 副

sneak [snik] 動 (～**ed** 或《尤方》**snuck**, ～**·ing**) 不及 1 悄悄地走；偷偷地進入《*into...*》；悄悄地出去《*out of...*》: ～ away 悄然離去 / ～ *out of* a door 偷偷地由門溜出去。2 悄然接近《*up / on...*》: ～ *up* behind a person 從某人背後偷偷地靠近。3 心懷不軌地徘徊；諂媚，鞠躬哈腰。4 逃

S

避《*out of...*》: ～ *out* of one's duties 偷偷逃避掉責任。5《英俚》向老師密告，揭露隱私《*on...*》。—及偷帶⋯《*into...*》；偷偷帶出《*out of, from...*》。2 偷偷地做；《口》偷取，騙取。—名 1《口》偷偷摸摸的人，卑鄙的人。2《俚》溜走，偷偷逃走。3《英俚》告密的學生。4《～s》膠底球鞋。5《口》= sneak preview.

on the sneak 偷偷地，祕密地。

—形 1 祕密的，偷偷的。2 突如其來的，沒有預告的。

sneak·er ['snikɚ] 名 1《～s》《尤美》膠底帆布鞋，軟底鞋。2 偷偷摸摸的人。

sneak·ing ['snikɪŋ] 形 1 偷偷摸摸的，鬼鬼祟祟的；卑鄙的，下流的。2 詭祕的，暗中的。～·ly 副

'sneak ˌpreview 名《美》（電影的）試演，口碑優先場。

'sneak ˌthief 名闖空門者，小偷。

sneak·y ['snikɪ] 形 (**sneak·i·er, sneak·i·est**) 暗地裡的；卑怯的；畏縮的：a ～ attack 偷襲。

-i·ly 副

·sneer [snɪr] 動 不及 1 嘲笑，冷笑《*at ...*》。2 嘲笑地說，譏諷《*at...*》。—及 1 輕蔑地笑著說出，冷笑地。2 嘲笑使成《*into, to...; out of...*》；不當一回事，一笑置之《*away, down*》。—名 冷笑，嘲笑，輕蔑。～·er 名, ～·ing·ly 副冷笑地。

·sneeze [sniz] 動 (**sneezed, sneez·ing**) 不及 打噴嚏。

nothing to sneeze at / not to be sneezed at 《口》不可輕視，不能小看。

—名 噴嚏。**'sneez·er** 名, **'sneez·y** 形

snick [snɪk] 動 及 1 切開一點，剪開一下；刻細痕。2 猛擊；〖板球〗削。3 扣扳機，使喀嗒作響。—不及 喀嗒作響。—名 1 細刻痕，小切口。2 喀嗒聲。3〖板球〗削球；用削球法打的球。

snick·er ['snɪkɚ] 動 不及 1《美》竊笑，偷笑《*at...*》: ～ to oneself 暗自偷笑。2《英》嘶叫。—及偷笑著說。—名 竊笑，偷笑（《英》snigger）；嘶叫聲。

snide [snaɪd] 形 (**snid·er, snid·est**) 1 惡意的，挖苦人的：～ remarks 不懷好意的話。2 假冒的；不誠實的。3 低劣的。～·ly 副, ～·ness 名

·sniff [snɪf] 動 不及 1 嗅《*at...*》；以鼻吸氣：～ at a rose 聞玫瑰的香氣。2 嗤之以鼻：～ at other people's ideas 對他人的想法嗤之以鼻。3 擤鼻涕；抽鼻子。—及 1 嗅⋯氣味，以鼻子吸入《*up*》；《俚》用鼻子吸。2 嗅出；《喻》察覺出來《*out*》。—名 1 吸氣；吸鼻聲。2 氣味。3 嗤之以鼻。

snif·fle ['snɪfl] 動 不及 抽鼻子；抽噎。—名 1 抽鼻涕（聲）；啜泣。2《通常作 **the** ～**s**》鼻傷風；鼻塞。**-fler** 名

snif·fy ['snɪfɪ] 形 (**-fi·er, -fi·est**) 1《口》傲慢的，輕蔑的。2《英》散發臭氣的，臭的。

snif·ter ['snɪftɚ] 名 1《美》（矮腳）小口酒杯。2《英俚》（酒的）一小口。

snig·ger ['snɪgɚ] 動 及 不及，名《主英》= snicker.

snip [snɪp] 動 (**snipped, ～·ping**) 及 剪（紙、布等）；剪下《*off*》；（由⋯）剪取《*out of...*》: ～ a dress to pieces 把衣服剪成碎片。

—不及 剪《*at...*》。—名 1 剪（的聲音）。2 剪痕；碎片，一小段。3 片段，少量。4《～s》平頭剪，鐵絲剪。5《美口》不足道的人；無禮的人，臭小子。6《英俚》買得合算的東西（《美》steal）；輕而易舉的事；萬無一失的事[物]。

snipe [snaɪp] 名 (複 ～**s**,《集合名詞》～) 1〖鳥〗鷸，田鷸。2 狙擊。3《美俚》煙屁股，香煙頭。

—動 不及 1 獵鷸。2 狙擊《*at...*》。3 中傷《*at...*》。—及 狙擊。

snip·er ['snaɪpɚ] 名〖軍〗狙擊手。

snip·pet [snɪpɪt] 名 1 小片，碎片；《～s》片段，摘錄。2《口》微不足道的人。

snip·py ['snɪpɪ] 形 (**-pi·er, -pi·est**) 1《口》唐突的，莽撞的。2 片段的。**-pi·ly** 副

snitch¹ [snɪtʃ] 動 及《口》偷，扒。

snitch² [snɪtʃ] 動 不及，名《口》告密（者）《*on...*》。

snitch³ [snɪtʃ] 名《英口》《謔》鼻子。

sniv·el ['snɪvl] 動 (～**ed**, ～**·ing** 或《英》**-elled**, ～**ling**) 不及 1 抽鼻子，流鼻涕；抽泣著說。2 假哭。—名 U 1 啜泣；哭訴。2 假哭。～**·er**,《英》～**·ler** 名

snob [snɑb] 名 1 諂上欺下的人，勢利的人。2 自封專家；自大的人。

snob·ber·y ['snɑbərɪ] 名 (複 **-ber·ies**) U 諂上欺下，勢利；《**-beries**》勢利的言行。

snob·bish ['snɑbɪʃ] 形 勢利的，諂上欺下的，仗勢欺人的。～**·ly** 副, ～**·ness** 名

snob·by ['snɑbɪ] 形 (**-bi·er, -bi·est**) 勢利的；自命不凡的。**-bism** 名

SNOBOL ['snoˌbɔl] 名 U〖電腦〗字串定向符號語言。

snog [snɑg] 動 不及，名《英俚》接吻。

snood [snud] 名 1《蘇》《文》束髮帶。2 婦女髮網；髮網式帽子。—動 及 用束髮帶束；用髮網包。

snook¹ [snuk] 動 不及《方》1 到處探。2 = sneak.

snook² [snuk] 名 (複 ～, ～**s**)〖魚〗鱸魚。

snook³ [snuk] 名《英俚》（以拇指抵住鼻尖，其餘四隻手指張開搖動）表輕蔑的動作。

snook·er ['snukɚ] 名 U 司諾克：一袋撞球遊戲。—動 及《口》困擾，

snoop [snup] 動 不及《口》窺

—名 探察搜索的人。～**·er** 名

snoop·y ['snupɪ] 形 (**snoo**

S

est)《口》愛窺探的，好追根究底的。—图《S-》史奴比：美國漫畫*Peanuts*中的一隻狗。

snoot [snut] 图 1《美》鼻子；臉。2 鬼臉。3《口》勢利眼。—動及《口》藐視。

snoot·y ['snutɪ] 形 (**snoot·i·er, snoot·i·est**)《口》勢利的；狂妄的，自大的。

snooze [snuz] 動 不及《口》假寐，打瞌睡。

—及 打瞌睡消磨《*away*》。—图《通常作 **a** ～》《口》打盹，小睡。

·**snore** [snor] 動 (**snored, snor·ing**) 不及 打鼾。—及 1 打鼾度過《*away, out*》。2《反身》打鼾《*into...*》。—图 打鼾（聲）。

'snor·er 图

snor·kel ['snɔrkl] 图 1（潛艇的）水下通氣管（亦稱 **schnorkle, schnorkel,**《英》**snort**）。2 潛水呼吸管。—動 不及 用呼吸管潛水。

snort [snɔrt] 動 不及 1（馬）嘶叫。2（因輕蔑等而）發哼聲。3 大聲地笑。4《美俚》吸食（毒品）。—及 1 哼鼻說出《*out*》。2 哼鼻呼出；噴出。3《俚》吸入。—图 1 噴鼻息[聲]。2《美俚》一口酒。3《俚》以鼻子吸入毒品；吸入的毒品。

snort·er ['snɔrtɚ] 图 1 噴鼻息的人[動物]。2《口》非常猛烈的東西；非同尋常的人[物]，真正了不起的人[物]。3《美俚》一口酒。

snot [snɑt] 图 1 U《粗》鼻水，鼻涕。2《俚》卑劣粗俗的人。

snot·ty ['snɑtɪ] 形 (**-ti·er, -ti·est**) 1《俚》流鼻涕的。2《口》狂妄的。

snout [snaʊt] 图 1（突出的）口鼻部。2〖昆〗吻，喙。3 類似豬嘴狀的東西。4《蔑》（人特別突出的）大鼻子。5《英俚》香煙。

:**snow** [sno] 图 1 U 雪；積雪；《通常作 ～**s**》雪地，積雪地帶：the Arctic ～*s* 北極的雪地 / drifts of ～ 雪堆。2 風雪。3 U 似雪之物，雪狀物。4《偶作～**s**》〖詩〗白髮，華髮。5 U〖詩〗純白的花；雪白，純白。6 U《俚》粉狀古柯鹼，海洛因。—動 不及 1《以 **it** 作主詞》下雪。2 如雪般降下，湧至《*on...*》。—及 1 如雪般降下。2《通常用被動》覆雪於，因雪阻礙《*in, up, over, under*》。3《美俚》欺騙；使相信《*into...*》。4 使雪白。

be snowed under (1) 被雪所埋。(2)《口》（因大量信件等而）被壓垮《*with, by...*》。(3)《美》（在選舉等中）被徹底擊敗。

snow·ball ['sno,bɔl] 图 1 雪球：not have a ～*'s* chance in hell《口》《喻》毫無機會（成功）。2〖植〗山桀樹。—動 及 1 擲雪球。2 使迅速加大。—不及 1 滾雪球般迅速增加。2 打雪戰。

snow·bank ['sno,bæŋk] 图 雪堆，雪堤。

snow·ber·ry ['sno,bɛrɪ] 图 (複 **-ries**)〖植〗雪晃木。

snow·bird ['sno,bɝd] 图 1〖鳥〗雪鵐；雪鳥。2（冬季）候鳥。

snow-blind ['sno,blaɪnd] 形 雪盲的。

'snow ,blindness 图 U 雪盲。

snow·bound ['sno,baʊnd] 形 被雪困住的，被雪掩埋的。

snow·cap ['sno,kæp] 图 雪頂。

snow-capped ['sno,kæpt] 形《文》頂被雪覆蓋的。

snow-clad ['sno,klæd] 形 被雪覆蓋的。

'snow ,cone 图 雪球杯：一種清涼食品。

snow·drift ['sno,drɪft] 图 1 雪堆。2 吹雪，風雪。

snow·drop ['sno,drɑp] 图〖植〗1 雪花蓮。2 白頭翁的一種。

snow·fall ['sno,fɔl] 图 1 下雪。2 U《偶作 **a** ～》降雪量。

snow·flake ['sno,flek] 图 1 雪片，雪花。2〖植〗雪片蓮。

'snow ,ice 图 U 雪冰。

'snow ,job 图《美俚》花言巧語的勸說；天花亂墜的自吹。**'snow-,job** 動 及 以花言巧語哄騙。

'snow ,leopard 图〖動〗= ounce² 1.

'snow ,line 图《**the** ～》1 雪線。2 降雪線。

snow·mak·er ['sno,mekɚ] 图 人工造雪機。

snow·mak·ing ['sno,mekɪŋ] 形 製造人工雪的。—图 U 人工造雪。

snow·man ['sno,mæn] 图 (複 **-men**) 1 雪人。2《通常作 **S-**》= Abominable Snowman.

snow·mo·bile ['snomə,bil] 图 雪車。

-bi·ling 图 雪車比賽。**-bil·er** 图

snow·plow,《英》**-plough** ['sno,plaʊ] 图 剷雪機，雪犁。

snow·shed ['sno,ʃɛd] 图（設於山區鐵軌上的）防雪罩，防雪廊。

snow·shoe ['sno,ʃu] 图 雪鞋。—動 不及 穿著雪鞋走路。

snow·slide ['sno,slaɪd] 图 雪崩。

snow·storm ['sno,stɔrm] 图 暴風雪，大風雪。

snow·suit ['sno,sut] 图《美》孩童用防寒大衣。

'snow ,tire 图 雪地輪胎。

snow-white ['sno'hwaɪt] 形 雪白的。

'Snow 'White 图 白雪公主：格林童話中一女主角之名。

·**snow·y** ['snoɪ] 形 (**snow·i·er, snow·i·est**) 1 多雪的，下雪的。2 積雪的，覆蓋著雪的：a ～ path 雪徑。3 似雪的；雪白的；潔淨的，無污點的：～ (white) hair 雪白的頭髮。

-i·ly 副, **-i·ness** 图 U 雪白。

Snr.《縮寫》《英》Senior.

snub [snʌb] 動 (**snubbed,** ～**·bing**) 及 1《常用被動》冷淡；冷落…《*into...*》。2 使突然中止；拒絕；痛責，叱止。3 突然刹

S

住；(拉住繩子）使驟然停止。4 捻熄。一图 1 冷落，怠慢。2 痛斥，責罵；拒絕。3 突然停止。
一形 1 扁平的，獅子鼻的。2 線條不分明的；粗短的，矮胖的。3 用於突然勒[刹]住的。～·ber 图 snub 的人；《美》緩衝器。

snub·by ['snʌbɪ] 形 **(-bi·er, -bi·est) 1** 冷落的，怠慢的。**2** 獅子鼻的，鼻子短而鼻尖上翹的。**3** 矮胖的，粗短的。**-bi·ness** 图

snub-nosed ['snʌb,nozd] 形 **1** 獅子鼻的，鼻子短扁而微朝上翻的。**2** 槍管很短的。

snuck [snʌk] 動《口》**sneak**的過去式及過去分詞。

snuff¹ [snʌf] 動 及 **1** 用鼻子吸入 。**2** 嗅出，嗅到。一不及 **1**（抽動著鼻子）嗅，聞。**2** 吸鼻煙。一图 **1** 用鼻子吸。**2** Ⓤ 氣味，香氣。**3** Ⓤ（一撮的）鼻煙。
beat a person to snuff 徹底打敗某人。
give a person snuff 痛罵某人。
in high snuff《美俚》趾高氣昂地。
up to snuff (1)《英俚》不易上當的，精明的。(2)《美口》（人的健康等）良好的，令人滿意的，達到標準的。

snuff² [snʌf] 图 Ⓤ **1** 燭心。**2** 微不足道的東西，沒有價值的東西。一動 及 **1** 剪掉（燭心）。**2** 熄滅。
snuff it《英俚》死。
snuff out (1) 熄掉。(2) 斷絕；殺死，毀滅。

snuff·box ['snʌf,bɑks] 图 鼻煙盒。

snuff·col·ored ['snʌf,kʌlɚd] 形 鼻煙色的，黑褐色的。

snuff·er ['snʌfɚ] 图《通常作～s》用來剪除燭心的剪刀；熄滅燭火的長柄小鐘罩。

snuf·fle ['snʌfl] 動 不及 **1** 抽鼻子；發出聲地用力呼吸。**2** 用鼻音說話。**3** 抽泣。一及 用鼻音說《*out*》。一图 **1** 抽鼻子；鼻塞聲。**2**《**the** ～**s**》鼻塞，傷風。**3** 鼻音。
-fly 形

snuff·y ['snʌfɪ] 形 **(snuff·i·er, snuff·i·est) 1** 類似鼻煙（色）的。**2** 吸鼻煙成癮的；被鼻煙弄髒的；外表令人討厭的。**3** 傷感情的；易怒的；傲慢的。

snug [snʌg] 形 **(～·ger, ～·gest) 1** 溫暖舒適的，怡人的：a ～ cottage 舒適的山屋。**2**《敘述用法》舒暢的，舒服的：(as) ～ as a bug in a rug 安逸地，舒服地。**3** 合身的，貼身的。**4** 小而整潔的；裝備齊全的；適於航海的。**5** 足以滿足舒適的生活的：a ～ living allowance 足夠的生活費。**6** 祕密的，隱蔽的。
一動 **(snugged, ～·ging)** 不及 舒適地蜷伏；挨近，依偎。一及 **1** 使溫暖舒適；合適（於…）《*to...*》。**2**〖海〗使對暴風雨的來臨做好準備，處於安全狀態《*down*》。**3** 隱藏。一副 暖和舒適地。一图《英》酒館中的私人小房間。～**·ly** 副

snug·ger·y, -ger·ie ['snʌgərɪ] 图 (複 **-ger·ies**)《英》**1** 舒適的場所，小房間。**2**（旅館等的）酒廊。

snug·gle ['snʌgl] 動 不及 挨近，靠近，依偎《*up* / *to...*》；舒服地躺著《*down*》：～ *down* into an armchair 舒適地躺在安樂椅上 / ～ *up to* a person 挨近某人。一及 抱緊（小孩等）《*to...*》。一图 依偎，挨近；舒服地躺下。

:so¹ [so,《弱》sə] 副 **1**《狀態、程度、結果》(1) 這樣地：like ～《美·英口》這樣地。(2)《通常置於句首，承接前述》如前所述，如此地。(3) (a) 然後；接著。(b) 因此，所以。(c)《驚訝、不相信、諷刺》如此看來。**2**《避免不必要的子句重複》那樣，那麼，這般。(1)《代名詞》。(2)《以非人稱的 **it** 作主詞或補語或補語性用法》。(3)《省略句》。**3**《代替動詞片語》那麼，那樣。**4** 同樣地，亦，也。**5**《表程度》《修飾形容詞、副詞》如此地；《疑問句、否定句》那樣地，這般。**6**《加強語氣》《口》很，非常，極其。**7**《強調、證實前述的內容》的確；一定。**8**《反駁對方的否定說法或疑惑等》確實，的確。**9** 爲了，目的在於。
and so... 同樣地，所以。
and so forth ⇨AND so forth
ever so (much)《口》非常。
every so often《美》時常。
not so...as A 不像 A。
not so much (...) as... ⇨MUCH 副（片語）
or so《用於數量之後》左右，約。
so as (1)《口》《英方》如同。(2)《方》只要，假若。
so as to do《表目的》以便。
so...as to do《表程度、結果》如此…以致於。
so be it / be it so / let it be so《表放棄、承諾》就這樣吧！算了！
so far ⇨FAR（片語）
so long as ⇨AS（片語）
so many ⇨MANY（片語）
so much / so much so that... ⇨MUCH（片語）
so so《口》不好也不壞的，馬馬虎虎的。
so that... (1)《表目的》爲了，以便。(2)《表結果》因此，所以。
so...that... (1)《表程度、結果、狀態》如此…以致於。(2)《表目的》爲了，爲了…之故。
so then 因此，因而，那麼。
so to speak 可以這麼說，亦即。
一連《**so that**的**that**省略》**1**《美》爲了。**2** 結果是，因此，所以。**3**《常用**just** ～》《美·英古》倘若，只要。
So what? ⇨WHAT（片語）
一代《避免名詞片語的重複》相同的人。
一形 **1** 與事實一致，真實的。**2**《避免形

S

容詞片語不必要的重複》這樣的，如此的。

just so 整理妥當的，精確安排的；整齊規律地。

一感 1《表驚訝、發現、承認、不關心、懷疑等的聲音》。2 那樣行了，就這樣。

so² [so] 名〖樂〗= sol¹.

So. 《縮寫》*S*outh; *so*uthern.

·soak [sok] 動 不及 1 浸，泡《*in...*》；成了落湯雞：～ *in* water 浸泡在水裡。2 滲入《*into...*》；滲透《*in* / *into, through ...*》；滲出；沁出《*out of...*》。3 被了解，被領悟；浮現（腦際）《*in* / *into...*》。4《口》痛飲，豪飲。一及 1 浸漬《*in...*》；《用反身或被動》《喻》埋首，專心（於研究等）《*in...*》。2《通常用被動》使溼透；充滿《*with...*》。3《通常用反身或被動》《口》使痛飲而醉。4 吸入《*up*》；吸取《*up*》；《喻》吸收；了解；享受，觀賞《*up*》。5 浸洗掉《*out* / *out of...*》；泡軟以後取下《*off, out of...*》。6《俚》痛打；《口》嚴懲《*up*》。7《俚》課以重稅。8《俚》典當。

soak its way 滲透；產生影響，清楚地表達。

一名 1 浸，漬；滲透；《美》溼透。2 醃漬液，浸液。3《澳》（大雨後暫時形成的）沼澤，水窪。4《俚》豪飲；酒鬼；《通常用**old ～**》《俚》酒宴。5 Ⓤ 典當。

～**·er** 名 浸泡的人[物]；豪雨；醉漢。

soaked [sokt] 形 1 淋得溼透的。2 滲透的《*with, into...*》。3《俚》喝醉了的。

soak·ing ['sokɪŋ] 形副 溼透的[地]：be ～ wet 全溼。

so-and-so ['soən,so] 名(複～(')s) Ⓤ 某某人，某某事；Ⓒ《俚》令人厭惡的人，卑鄙的人。

·soap [sop] 名 1 Ⓤ 肥皂；〖化〗脂肪酸的金屬鹽：a cake of ～ 一塊肥皂 / toilet ～ 香皂。2《美俚》= soap opera.

no soap 《美俚》⑴不行；不同意，不準；失敗。⑵ 徒勞無益。

一動 及 1 用肥皂洗《*up*》；擦肥皂於《*down*》。2《俚》阿諛《*up*》。

soap the ways 使工作順利進行。

soap·box ['sop,bɑks] 名 1 肥皂盒；肥皂箱（亦作 **soap box**）。2（街頭演說時作爲講臺用的）空（肥皂）箱。一動 不及《主美》做街頭演說《*at...*》。一形 1 街頭演說（式）的。2 像肥皂盒形狀的。

'soap ˌbubble 名 1 肥皂泡。2 沒有實質之物，短暫虛無之物。

soap·less ['soplɪs] 形 1 沒肥皂的，不用肥皂的：～ cleanser 合成清潔劑。2 沒有洗的，髒的。

'soap ˌopera 名《美口》肥皂劇，連續劇。

'soap ˌpowder 名 Ⓤ 肥皂粉。

soap·stone ['sop,ston] 名 Ⓤ 肥皂石：做壁爐、浴缸用。

soap·suds ['sop,sʌdz] 名 (複)（起泡沫的）肥皂水。

soap·y ['sopɪ] 形 (**soap·i·er, soap·i·est**) 1 含肥皂的，塗著肥皂的，肥皂（質）的。2 滑溜的；柔軟的；濡溼的《*with...*》。3《俚》阿諛的；《美俚·英》油滑的。4 類似肥皂劇的。

-i·ly 副, **-i·ness** 名

·soar [sɔr] 動 不及 1 高飛，升空《*up*》。2 翱翔，滑翔。3 高聳。4 高昂，響亮。5 暴漲；突然上升，激增；達到《*to...*》。一及 高飛至；上升到。一名 1 高飛；高聳；暴漲。2 上升的範圍，（事物的）限度。～**·er** 名 高性能滑翔機。

soar·ing ['sorɪŋ] 形 突然上升的；高漲的；高飛的：～ prices 暴漲的物價。一名 因上升氣流而使滑翔機滑翔。～**·ly** 副

·sob [sɑb] 動 (**sobbed,** ～**·bing**) 不及 1 飲泣，啜泣：～ with fear 害怕地啜泣。2（風等）發出嗚咽般的聲音；哀鳴。一及 1 哭訴，嗚咽地說出《*out*》。2 使啜泣至（某種狀態）《*to, into...*》。

sob one's heart out 悲泣得幾乎心碎。

一名 1 啜泣，抽泣。2 嗚咽般的聲音；悲鳴（聲）。一形《美口》引人悲哀的，傷感的。

～**·bing·ly** 副

S.O.B., SOB, s.o.b 《縮寫》《美俚》*s*on *o*f a *b*itch.

so·ber ['sobɚ] 形 (**more** ～; **most** ～; ～**·er,** ～**·est**) 1 沒有醉的，清醒的；飲酒有節制的；適度的。2 沉著的，冷靜的；穩健的，公平的；有辨別力的；認真的，嚴謹的：～ reflection 冷靜的思考。3 不豔麗的，樸素的：～ attire 樸素的服裝。4 不誇張的，據實的。一動 及 使沉著；使嚴肅《*down*》；使清醒。一不及 沉著；持重《*down*》；清醒《*up*》。

～**·ly** 副, ～**·ness** 名

so·ber·ing ['sobərɪŋ] 形 認真的；嚴肅的；嚴謹的。

so·ber-mind·ed ['sobɚ'maɪndɪd] 形 冷靜的，沉著的，有自制力的，理性的。

so·ber·sides ['sobɚ,saɪdz] 名(複)《作單數》《俚》嚴謹的人，嚴肅持重的人。

so·bri·e·ty [sə'braɪətɪ] 名 Ⓤ 1《文》沒有醉，清醒；節制，節酒，戒酒。2 嚴肅，持重。3 冷靜；穩健；合理性。

so·bri·quet ['sobrɪ,ke] 名 (複～**s**)《文》綽號，別名（亦稱 **soubriquet**）。

'sob ˌsister 名《美》1 寫感傷故事的（女）記者。2 感傷而不切實際的社會改革家。

'sob ˌstory 名《美》非常悲傷的故事；博取他人同情的藉口。

'sob ˌstuff 名 充滿感傷情緒的故事、小說或電影。

Soc. 《縮寫》*soc*ialist;（亦作 **soc.**）*soc*iety.

·so-called ['so'kɔld] 形 所謂的；號稱的：

a ～ humanist 所謂的人道主義者。

·soc·cer ['sɑkɚ] 名U《口》足球。

so·cia·bil·i·ty [͵soʃə'bɪlətɪ] 名 U 友善；社交性，善交際。

so·cia·ble ['soʃəbl̩] 形 **1** 好交際的，喜歡與人來往的；友善的，人緣好的；社交的：be ～ with... 和…友好。**2** 氣氛融洽的，和睦的。—名《主用於美北部·中部》聯誼會，交誼會。～**·ness** 名，**-bly** 副

:so·cial ['soʃəl] 形 **1** 社會上的，社會的；社會（生活）的；社會福利的；有關社會事業的：one's ～ position 某人的社會地位 / a ～ dilemma 社會的困境。**2** 聯誼性的，社交性的：～ dancing 社交舞。**3** 社交的；上流社會的：a ～ occasion 社交活動。**4** 過社會生活的；〖動〗群居的；〖植〗叢生的。**5** 社會主義的。**6** 和藹可親的；合群的。—名社交聚會，交誼活動；派對。～**·ly** 副，～**·ness** 名

'social anthro'pology 名U社會人類學。

'social 'climber 名拚命往上爬的人，以逢迎諂媚的方式一心想擠進上流社會的人。

'social 'compact 名《the ～》= social contract 1.

'social 'contract 名《the ～》**1** 社會契約說。**2**《the S- C-》『民約論』：J. J. Rousseau 提出的學說。

'social con'trol 名U〖社〗社會控制。

'Social De'mocracy 名U《偶作 s- d-》社會民主主義。**'Social 'Democrat** 名社會民主黨員。

'social di͵sease 名社會性疾病；性病。

'social engi'neering 名U社會工程。

·so·cial·ism ['soʃəl͵ɪzəm] 名U《偶作 S-》社會主義（運動）。

·so·cial·ist ['soʃəlɪst] 名 **1**（支持）社會主義者。**2**《S-》《美》社會黨員。—形社會主義（者）的；《S-》社會黨（員）的。

so·cial·is·tic [͵soʃə'lɪstɪk] 形社會主義（者）的；趨向於社會主義的。**-ti·cal·ly** 副

'Socialist 'Party 名《the ～》**1**《美》社會黨。**2** 社會主義政黨。

so·cial·ite ['soʃə͵laɪt] 名名流，名人。

so·ci·al·i·ty [͵soʃɪ'ælətɪ] 名 **1** U社會性，群居性。**2** U交際；C《通常作**-ties**》社交行爲。**3** U社交性。

so·cial·i·za·tion [͵soʃələ'zeʃən] 名U社會化；社會主義化。

so·cial·ize ['soʃə͵laɪz] 動及 **1** 適合過社會生活，具有社交性；對社會有用。**2** 社會主義化；《常用被動》國有化。**3**〖教〗由個人活動轉爲團體活動。—不及《美口》相處融洽《*with...*》。**-iz·er** 名

'socialized 'medicine 名U《美》社會化醫療。

'social mo'bility 名U社會流動。

'social psy'chology 名U社會心理學。

'social psy'chologist 名社會心理學家。

'social 'realism 名U《亦作 S- R-》社會寫實主義。**'social 'realist** 名社會寫實派畫家。

'social 'science 名UC社會科學。

'social se'curity 名U **1**《常作 the S- S-》社會安全（制度）；《美》老人福利制度。**2**《英》社會福利津貼（《美》welfare）。

'social 'service 名 **1** U社會服務。**2**《～s》《英》社會事業。

'social 'studies 名（複）《作單數》社會科。

'social 'welfare 名U社會福利。

'social ͵work 名U社會工作。

'social 'worker 名社會工作者，社工。

so·ci·e·tal [sə'saɪətl̩] 形社會的；社會活動的。～**·ly** 副

:so·ci·e·ty [sə'saɪətɪ] 名（複**-ties**）**1**（協）會，團體，群體。**2** UC社會（集團）；人類社會；（國家）社會；〖生態〗生物社會：the progress of human ～人類社會的進步。**3** U 地域社會；C社會（階層）：an agricultural ～農業界 / lower class ～下層階級。**4** U交際，交往；親密關係；《集合名詞》朋友：enjoy a person's ～樂於與某人交往 / enjoy plenty of ～ 交友廣泛 / be in good ～交情好。**5** U上流社會（的人）；社交界：go into ～ 踏入社交界。**6** U〖教會〗教會法人。—形上流社會的，社交界的。

socio-《字首》表「社會的」、「社會學的」之意。

so·ci·o·bi·ol·o·gy [͵sosɪo͵baɪ'ɑlədʒɪ] 名 U 社會生物學。**-gist** 名社會生物學家。**-bi·o·'log·i·cal** 形

so·ci·o·ec·o·nom·ic [͵sosɪə͵ikə'nɑmɪk] 形社會經濟（學）的，社會經濟性的。

so·ci·o·gram ['sosɪə͵græm] 名〖社〗社會關係分析圖。

so·ci·o·lin·guis·tics [͵sosɪolɪŋ'gwɪstɪks,͵soʃɪ-] 名（複）《作單數》社會語言學。

so·ci·o·log·i·cal [͵soʃɪə'lɑdʒɪkl̩, ͵sosɪ-] 形社會學上的；探討社會環境的；社會組織的，社會的。～**·ly** 副

so·ci·ol·o·gist [͵soʃɪ'ɑlədʒɪst, ͵sosɪ-] 名社會學家。

so·ci·ol·o·gy [͵soʃɪ'ɑlədʒɪ, ͵sosɪ-] 名U社會學。

so·ci·om·e·try [͵sosɪ'ɑmətrɪ] 名U **1**〖社〗社會關係測量學。**2** 社會關係測量法。

so·ci·o·path ['sosɪə͵pæθ] 名有反社會傾向者，精神病患。**͵so·ci·o·'path·ic** 形

so·ci·o·psy·cho·log·i·cal [͵sosɪo͵saɪkə'lɑdʒɪkl̩] 形社會與心理的；社會心理學的。

:sock[1] [sɑk] 名(複～s,《美》義 **1** 亦作 **sox**) **1**《通常作～**s**》短襪：a pair of ～*s* 一雙短襪 / stand six feet three inches in one's ～*s* 脫掉鞋子，身高是六呎三吋。**2** 鞋內襯墊，鞋墊。**3**（古希臘、羅馬喜劇演員所穿的）輕便平底的軟鞋；《喻》喜劇（的靈感）。
pull up** one's **socks** / **pull** one's **socks up《英俚》重新振作精神。提起勁來。
Put a sock in it！《俚》閉嘴！安靜！
sock in《常用被動》籠罩；使無法飛行。

sock[2] [sɑk] 動 及《俚》**1** 用力打；投擲《*with...*》：～ a person *with* a stone 向某人擲石子。**2** 積蓄《*away*》；賺（錢）。
sock it to a person《尤美俚》痛毆；（以言語等）打擊。
—名 痛擊。—形 非常成功的，大轟動的。
—副《英俚》正面地，對準地。

·sock·et ['sɑkɪt] 名 **1** 插座；承口；〖電〗（電燈泡的）燈頭；牆上插座。**2**〖解〗窩：the ～ of the hip 股關節窩 / tooth ～ 齒槽 / eye ～ 眼窩，眼眶。**3**〖木工〗鑲枘孔。**4**〖高爾夫〗球桿的柄與頭的接合部分。—動 及 **1** 安裝插座於；插入插座。**2**〖高爾夫〗用球桿的凹面處打（球）。

'socket ˌwrench 名《美》套筒扳手。

sock·o ['sɑko] 形《俚》非常好的；非常成功的，很受歡迎的。

Soc·ra·tes ['sɑkrəˌtiz] 名 蘇格拉底（469?–399B.C.）：雅典的哲學家。

So·crat·ic [so'krætɪk] 形 蘇格拉底（哲學）的。—名 蘇格拉底的信徒。

sod[1] [sɑd] 名 **1**（用作移植的方形或長形的）草皮。**2** Ⓤ 草坪，草地：under the ～ 被埋葬，在墓裡。
the old sod《口》出生地，故鄉，祖國。
—動(～·**ded**, ～·**ding**) 及 鋪草皮於，用草皮覆蓋。

sod[2] [sɑd] 名《主英俚》《蔑》**1** 行 sodomy 者。**2** 傢伙；小鬼。**3**《否定》毫不。
—動(～·**ded**, ～·**ding**) 及 罵。—不及《俚》《常用於命令》出去，滾開《*off*》。

·so·da ['sodə] 名 **1** Ⓤ 蘇打；碳酸氫鈉。**2** Ⓤ Ⓒ 蘇打水，碳酸水；Ⓒ 蘇打水中加入水果、冰淇淋、牛乳等物的飲料。**3**〖牌〗在 faro 牌戲開始前所掀開的牌。

'soda ˌash 名 Ⓤ〖化〗蘇打灰，純鹼。

'soda ˌbiscuit 名 **1** Ⓤ Ⓒ 奶油蘇打餅乾。**2**《美》= soda cracker.

'soda ˌcracker 名 Ⓤ Ⓒ《美》蘇打餅乾。

'soda ˌfountain 名《美》冷飲販賣部。

'soda ˌjerk(er) [-dʒɝk(ɚ)] 名《美口》soda fountain 的店員。

so·dal·i·ty [so'dælətɪ] 名(複-**ties**) **1** Ⓤ 友誼，交情；Ⓒ 團體，組織。**2**〖天主教〗宗教性或慈善性的團體；一般信徒的會社。

'soda ˌpop 名 Ⓤ《美口》加味的蘇打水；汽水。

'soda ˌwater 名 **1** Ⓤ 蘇打水。**2** = soda pop.

sod·den ['sɑdn̩] 形 **1** 泡過（水等）的，（水分等）浸透了的《*with...*》。**2**（食物等）泡脹的；（餅乾、麵包等）烤的半生不熟的，黏的。**3**（臉）浮腫的；（臉色）（因疲勞或飲酒等）迷糊的；遲鈍《*with ...*》；（人）沒精神的，沒力氣的。—動 及 不及（使）變成溼透；（使）變成無力。

so·di·um ['sodɪəm] 名 Ⓤ〖化〗鈉（符號：Na）：～ bicarbonate 碳酸氫鈉。

ˌsodium 'chloride 名 Ⓤ 氯化鈉，食鹽。

Sod·om ['sɑdəm] 名〖聖〗所多瑪：因居民邪惡而被神毀滅的古代城市。

sod·om·ite ['sɑdəˌmaɪt] 名 男色者；雞姦者。

sod·om·y ['sɑdəmɪ] 名 Ⓤ **1**（尤指男同性戀者間的）口交，雞姦。**2** 獸姦。

so·ev·er [so'ɛvɚ] 副《文》**1** 任何，無論：What objects ～ you like, you may have. 你喜歡的東西你就拿走吧！**2**《強調否定語》絲毫不，全然不（at all）：There is *nothing* ～ of any value. 連一點點的價值也沒有。**3**《與 **the** 連用，強調最高級》無以倫比的，最的。

·so·fa ['sofə] 名（有椅背、扶手的）長沙發，沙發。

'sofa ˌbed 名（坐臥兩用的）沙發床。

so·far ['sofɑr] 名 Ⓤ 水中測音裝置。

So·fi·a ['sofɪə, so'fiə] 名 **1** 索非亞：保加利亞（Bulgaria）的首都。**2**〖女子名〗蘇菲亞（亦作 **Sophia**, 亦稱 **Sophie**）。

:soft [sɔft] 形(～·**er**, ～·**est**) **1**（固體）柔軟的，硬度低的；（地基等）鬆軟的；（物）表面平滑的：a ～ towel 柔軟的毛巾 / a ～ mattress 柔軟的床墊。**2**（睡眠等）舒服的，愉快的。**3**（聲音）輕柔的，悅耳的；（光、色）柔和的，不刺眼的；（視線、微笑）柔和的，溫柔的；（味道）淡的，不濃烈的：～ hues 柔和的顏色 / a ～ melody 輕柔的音樂。**4**（線條、輪廓）模糊的，不明顯的；〖攝〗軟調的：～ focus 軟焦點。**5**（風雨）不強的，和緩的；（氣候、空氣）溫和的；《英》（氣候）潮溼的；下細雨的；融雪的：a ～ climate 溫和的氣候 / a ～ rain 悠然而降的雨。**6**（人、心、態度、性格）溫柔的；柔順的；（對人）好意的，友善的；傾慕的《*on, upon ...*》；《口》耳根軟的，容易上當的；（人）笨的，腦筋差的；（想法）愚蠢的：the ～ *(er)* sex《作複數》女性 / be *soft-hearted* 心地軟的 / *S-* and fair goes far.《諺》柔能克剛。**7** 不嚴的，寬大的《*on...*》：be ～ *on* first offenders 對初犯寬大。**8** 好聽的；討好的；華麗的：～ words 甜言蜜語。**9** 非正式的，通俗的：～ news 一般社會新聞，軟性新聞。**10** 虛弱的，鬆軟的；嬌嫩的，吃不起苦的。**11**《口》不費力的，容易賺錢的；輕鬆的。**12** 軟性貨幣

S

的；紙幣的：～ currency 軟通貨，軟幣 / ～ money 紙幣；票據。13（行情）疲軟的。14〖語音〗(1)軟音的，弱音的。(2)發絲聲的。(3)顎化的。15《口》香醇而不烈的；不含酒精的；易於分解的；〖化〗（水）軟性的：a ～ drink 不含酒精飲料 / a ～ detergent 軟性清潔劑。16（麻醉性毒品）不會上癮的，藥性不強的；（色情書刊等）不太猥褻的，不太露骨的。17（藝術作品）採用柔韌的材料的。18 不耐久的；根據理論或見解而非事實及數據的；有關於思想或見解等的。

have a soft place in one's heart for... 喜愛，充滿柔情。

一图柔軟的東西[部分]；Ⓤ柔軟性；Ⓒ《口》蠢人，傻瓜；《**the** ～》鈔票，錢。一副輕柔地；輕悄悄地；安靜地。

～·ly 副

soft·ball ['sɔft,bɔl] 图Ⓤ《美》壘球運動；Ⓒ壘球。

soft-boiled ['sɔft'bɔɪld] 形〖烹飪〗蛋黃呈半流質狀的；《諷》思想健康而說教性質的，筆調充滿溫情而含有道德寓意的；《口》軟心腸的，仁慈的；易動感情的；感傷的。

soft·bound ['sɔft'baʊnd] 形（書）平裝的。

'soft 'coal 图Ⓤ瀝青煤，煙煤。

soft-core ['sɔft'kɔr] 形 1（色情電影、雜誌等）不太露骨的，較含蓄的。2 非趨於極端的，溫和的，適度的。一图Ⓤ含蓄描寫性關係的色情作品。

soft-cov·er ['sɔft,kʌvɚ] 图 形 = paperback.

'soft 'drink 图ⓊⒸ《美》不含酒精的清涼飲料，軟性飲料。

'soft 'drug 图（不致上癮的）軟性毒品。

·sof·ten ['sɔfən] 動及 1 使柔軟：～ bread in milk 把麵包泡在牛奶裡弄軟。2 使軟化；減輕，緩和。3 使變得柔和。4 使變弱，使變得軟弱無力；降低，壓低。5〖化〗使軟化。一不及 1 變軟，變得柔軟《*up*》。2 軟化，變得溫和；（痛苦等）緩和下來，減弱。3 變得柔和。4〖化〗軟化，變成軟水。5 變弱，變得軟弱無力。6 變成（某種狀態）《*into...*》。7 下跌。

soften...up / soften up... （用炮擊等）削弱（敵人的）抵抗力；使態度軟化《*with ...*》。

sof·ten·er ['sɔfənɚ] 图 1 使柔軟的人[物]。2〖化〗（硬水的）軟化劑。

'soft 'energy 图Ⓤ軟性能源。

'soft ,goods 图(複)《英》紡織品。

soft(-)head·ed ['sɔft'hɛdɪd] 形愚蠢的；意志薄弱的；無判斷力的；不切實際的。

soft(-)heart·ed ['sɔft'hartɪd] 形溫柔的，有同情心的，軟心腸的《*to...*》。

soft·ie ['sɔftɪ] 图= softy.

soft-land ['sɔft'lænd] 動及不及（使）軟著陸。一图= soft landing.

'soft 'landing 图 1 輕著陸，軟著陸。2《美》〖經〗逐步減緩的經濟成長率。

'soft 'lens 图軟性隱形眼鏡。

'soft ,line 图溫和路線，彈性政策。**'soft-,line** 形，**'soft-'lin·er** 图主張溫和路線的人。

'soft 'loan 图低利貸款。

soft·ly-soft·ly ['sɔftlɪ'sɔftlɪ] 形漸次的，謹慎的。

'soft 'money 图Ⓤ《美口》紙幣。

soft·ness [sɔftnɪs] 图Ⓤ柔和，溫柔。

'soft 'palate 图〖解〗軟顎。

soft-ped·al [,sɔft'pɛdl] 動（～**ed**, ～·**ing** 或《英》**-alled**, ～·**ling**）不及 1 踩弱音踏板。2 輕描淡寫。一及 1 使聲音變得較輕柔。2《口》以和緩的口氣說出；輕描淡寫，壓低重要性，淡化。**'soft 'pedal** 图（鋼琴的）弱音踏板；《口》抑制物。

'soft 'rock 图Ⓤ軟性搖滾樂。

'soft ,science 图ⓊⒸ軟性科學。

'soft ,sculpture 图ⓊⒸ軟性雕塑。**'soft-,sculpture** 形

'soft 'sell 图Ⓤ《偶作 **the** ～》《美》柔性推銷術。

'soft-shell ['sɔft,ʃɛl] 形 1〖動〗軟的；殼脆軟的。2《口》軟心腸的；溫和的，穩健的（亦稱 **soft-shelled**）。一图 1 軟殼動物；軟殼蟹。2 軟心腸的人；溫和穩健的人。

'soft 'shoulder 图軟路肩。

'soft 'soap 图Ⓤ 1〖醫〗軟性肥皂。2《口》奉承話。

soft-soap ['sɔft'sop] 動及 1 用軟性肥皂洗。2《口》奉承，恭維。～·**er** 图《口》奉承者，拍馬屁的人。

soft-spo·ken ['sɔft'spokən] 形 1 輕聲細語的；溫和的。2 動聽的。

'soft ,spot 图《口》1 感情上的弱點，易受打動之點《*for...*》: have a ～ *for...* 容易動情。2 弱點。

'soft 'touch 图《俚》1 容易上當的人；相信別人而拿出錢來的人。2 不堪一擊的人。3 輕鬆的工作；容易賺到的錢。

soft·ware ['sɔft,wɛr] 图Ⓤ軟體：1〖電腦〗程式、流程等文字資料的總稱；2 提高機器、商品附加價值的輔助品。

soft·wood ['sɔft,wʊd] 图Ⓤ 1 軟材；軟木質的樹。2 針葉材。一形軟材的。

soft·y, -ie ['sɔftɪ] 图(複 **soft·ies**)《口》1 多愁善感的人；軟心腸的人。2 柔弱的人。

sog·gy ['sagɪ] 形（**-gi·er**, **-gi·est**）1 溼透的。2 烤的火候不夠的，黏黏的。3 無精打采的；沉悶的。**-gi·ly** 副

So·ho ['soho] 图蘇活：London 市含 Soho 廣場在內的一個地區，以餐館林立及夜生活聞名。

So·Ho ['soho] 图蘇活：New York 市曼哈頓南部休士頓街以南（*so*uth of *Ho*uston

Street）之一地區，畫廊及畫室密集（亦作 **Soho**）。

SOHO ['soho]《縮寫》*s*mall *o*ffice *h*ome *o*ffice 蘇活族（在家辦公）。

soi·gné(e) [ˌswɑ'nje] 形 **1** 極用心思的；高雅的。**2** 穿著考究的。

:soil[1] [sɔɪl] 名 **1** Ⓤ 土壤，泥土：poor ~ 貧瘠的土壤 / rocky ~ 石質土 / ~ conservation 土壤保持。**2** ⓊⒸ《文》國（土）；地區。**3**《the ~》大地；農田：a son of *the* ~ 農夫。**4** Ⓤ（壞事的）醞釀地《*for*...》：fertile ~ *for* crime 罪惡的溫床。

fall on good soil 很有效果。

·soil[2] [sɔɪl] 動 及 **1** 弄髒，弄污：be ~*ed* with grease 沾了油漬。**2** 敗壞，玷污。**3** 施肥。

—不及 變髒，沾上污點：《喻》墮落。

soil one's hands with... 因…把手弄髒；牽涉到。

—名 Ⓤ **1** 弄髒，玷污；污點。**2** 污物，污水。**3** 糞尿，水肥。

'soil ˌbank 名《美》政府補貼現金給農民使其減少過剩農作物之產量的一種政策。

'soil ˌpipe 名 污水管。

soi·ree, -rée [swɑ're] 名 晚會。

so·journ ['sodʒɝn] 動 不及《文》逗留，滯留《*in, at, on...*》；暫時居住《*with, among...*》。

—名 逗留；寄宿。~·**er** 名

sol[1] [sol] 名 ⓊⒸ〖樂〗全音階的第五個音。

sol[2] [sol, sɑl] 名(複 **so·les** ['soles])索爾：**1** 祕魯的銅幣及貨幣單位。**2** 祕魯的舊金幣。

sol[3] [sɑl, sol] 名 Ⓤ〖理·化〗溶膠，液膠。

Sol [sɑl] 名 **1**〖羅神〗太陽神。**2**《文》(擬人化的）太陽。

-sol《字尾》表示「某種土壤」之意。

Sol.《縮寫》*Sol*icitor; *Sol*omon.

so·la[1] ['solɑ] 名〖植〗(印度產的）豆科合萌屬植物。

so·la[2] ['solə] 形《拉丁文》《舞臺指示用語》獨自的。

sol·ace ['sɑləs] 名 **1** Ⓤ 撫慰，安慰《*for* ...》：find ~ in reading 從閱讀中獲得慰藉。**2**《a ~》慰藉物《*to...*》。—動 及 安慰；舒解，緩和《*with...*》。—不及 得到慰藉，給予慰藉。

·so·lar[1] ['solɚ] 形 **1** 太陽的，有關太陽的：~ spots 太陽黑子。**2** 由太陽（運行）測定的：a ~ clock 日晷 / a ~ year 太陽年。**3** 由太陽產生的；利用太陽光能的：~ energy 太陽能 / a ~ water heater 太陽能熱水器。**4**〖占星〗受太陽影響的。

so·lar[2] ['solɚ] 名（中世紀英國府邸的）屋頂室，頂層房間。

'solar 'calendar 名 陽曆。

'solar col'lector 名 太陽能收集器。

'solar 'day 名 **1**〖天〗太陽日。**2**〖法〗白天。

'solar e'clipse 名〖天〗日蝕。

'solar 'energy 名 Ⓤ 太陽能。

'solar 'flare 名〖天〗日燄。

'solar 'house 名 有太陽能裝置的房子。

so·lar·i·um [so'lɛrɪəm] 名(複~**s**, -**i·a** [-ɪə]) **1** 日光浴室。**2** 日晷。

'solar 'panel 名 太陽能電池板。

'solar 'plexus 名《the ~》**1**〖解〗太陽叢，胃腸神經叢。**2**《美口》心窩。

'solar 'pond 名 太陽能收集池。

'solar ˌsystem 名 **1**《the ~》〖天〗太陽系。**2** 利用太陽能的設備系統。

'solar 'wind [-'wɪnd] 名〖天〗太陽風。

so·la·ti·um [so'leʃɪəm] 名(複-**ti·a** [-ʃɪə]) **1** 賠償（金）。**2**〖法〗慰藉金。

:sold [sold] 動 **sell** 的過去式及過去分詞。

sol·der ['sɑdɚ] 名 **1** Ⓤ 焊料，鉛錫合金焊料：soft ~ 軟焊料。**2** 聯繫物，結合因素。

—動 及 焊接起來；使緊密結合；鞏固；修補《*up*》。—不及 接；結合。

~**a·ble** 形

'soldering ˌiron 名 焊鐵，烙鐵。

:sol·dier ['soldʒɚ] 名 **1** 陸軍軍人；軍人，士兵：enlisted ~*s* 士兵 / play at ~*s*（小孩）玩官兵遊戲。**2** 士兵；士官。**3**《通常與修飾語連用》身經百戰的軍人，名將。**4** 戰士，鬥士：Christian ~*s* 基督教的傳道士們。**5**〖昆〗兵蟻。**6**《口》逃避工作的人；懶人。—動 不及 **1** 當軍人，服兵役。**2**《口》(裝病以）逃避工作。

soldier on《英口》不畏艱難地撐下去。

'soldier 'ant 名〖昆〗= soldier 名 5.

sol·dier·ing ['soldʒərɪŋ] 名 Ⓤ **1** 軍旅生涯；兵役。**2**《口》逃避工作，偷懶。

sol·dier·ly ['soldʒɚlɪ] 形 軍人般的，勇敢的，威武的（亦作 **soldierlike**）。

sol·dier·y ['soldʒərɪ] 名 Ⓤ **1**《集合名詞》軍人，軍隊。**2** 軍事訓練；軍事技術。

·sole[1] [sol] 形 **1**《通常作 the ~》唯一的，僅有的；獨一無二的，獨特的。**2** 專有的，獨占性的：the ~ representative 獨家總代理。**3** 單獨的，獨立進行的。**4**〖主法〗(女性）未婚的，單身的。

·sole[2] [sol] 名 **1** 腳底，腳底板。**2** 鞋底。**3** 底部；〖木工〗(鉋等的）底板；底盤，底架，底座；〖高爾夫〗球桿頭部的底面；〖海〗底板；（水車的）軸盤。—動（**soled, sol·ing**）及《通常用被動》裝鞋底。

sole[3] [sol] 名（複~,~**s**）〖魚〗**1** 比目魚。**2** 牖鰈。

sol·e·cism ['sɑləˌsɪzəm] 名 **1** 不合文法[語法]，破格；謬誤，不當。**2** 不合禮儀。

'sole 'custody 名 Ⓤ 單獨監護（權）。

sole·ly ['sollɪ] 副 **1** 獨自地，單獨地。**2** 全然；僅僅只是，單單。

·sol·emn ['sɑləm] 形 **1** 嚴肅的；莊重的；一本正經的；陰沉的；莊嚴的，肅穆的。

2 鄭重的；嚴重的：～ pledge 莊嚴的誓言。3 依照儀式的，隆重正式的；正式的：a ～ ceremony 莊嚴隆重的儀式。4 宗教上的。～·ness [名]

so·lem·ni·ty [sə'lɛmnətɪ] [名] (複-ties) 1 [U] 鄭重，莊重；嚴肅，莊嚴；嚴重性。2 典禮或儀式的隆重舉行。3《常作-ties》莊嚴隆重的典禮。4 [U]〖法〗合法形式，正式性。

sol·em·ni·za·tion [,sɑləmnə'zeʃən] [名] [U] 隆重的慶祝；舉行儀式；莊嚴化。

sol·em·nize ['sɑləm,naɪz] [動] [及] 1 隆重慶祝；隆重舉行；舉行儀式。2 使變得嚴肅[莊嚴，隆重]。

sol·emn·ly ['sɑləmlɪ] [副] 鄭重地；嚴肅地；莊嚴地；隆重正式地。

sol-fa [sol'fɑ] [名] [U]〖樂〗1 全音階唱名。2 唱名法。—[動] [不及] [及] 用唱名唱。～·ist [名]

sol·feg·gio [sɑl'fɛdʒo, -dʒɪ,o] [名] (複 -gi [-dʒi], ～s)〖樂〗視唱練習。

so·li ['solɪ] [名] solo 的複數形。

·**so·lic·it** [sə'lɪsɪt] [動] [及] 1 懇求，要求；徵求；兜攬；拜託，央求，訴求：～ a person's advice 求教於某人。2 唆使，引誘《*to*...》：～ a person *to* evil 誘某人爲惡。3 拉（客）。

—[不及] 1 懇求，徵求《*for*...》；拉客戶，兜攬生意；推銷；乞討。2 拉客。

so·lic·i·ta·tion [sə,lɪsə'teʃən] [名] [U] [C] 1 懇求，請求；徵求；兜攬；（妓女等的）勾引，拉客。2〖法〗教唆（罪）。

so·lic·i·tor [sə'lɪsətɚ] [名] 1 懇求者；《主美》招攬客戶的人，推銷員。2《美》法務官。3《英》事務律師。

so'licitor 'general [名] (複 **solicitors general**) 1 法務次長。2《美》(1)《S- G-》司法部副部長。(2)（若干州的）州檢察長。3《S- G-》《英》副檢察總長。

so·lic·i·tous [sə'lɪsɪtəs] [形] 1 關心的，擔心的《*about, of*...》: be ～ *about* a person's welfare 關心某人的幸福。2 迫切渴望的《*of, for*...》；急於的《*to* do》: be ～ of the respect of one's classmates 極希望受到同學的尊重 / be ～ not *to* offend 急於避免得罪別人。3 非常細心的，講究細節的。～·ly [副], ～·ness [名]

so·lic·i·tude [sə'lɪsə,tjud] [名] 1 [U] 惦記，關心《*for, about*...》；渴望《*for*...》: with ～憂心地。2《常作～s》憂心的原因，關心的事。3 [U] 過分關切《*for, about*...》。

·**sol·id** ['sɑlɪd] [形] 1 固體的，固態的：～ food 固體食品。2 實心的；有內容的，充實的；純粹的；實實在在的：a ～ tire 實心輪胎 / a ～ meal 豐盛的一餐 / ～ silver 純銀。3 結構緊密堅硬的；穩固的，堅固的；強韌的；硬朗的，健碩的；濃的，厚的：～ rock 堅硬的岩石 / ～ masses of cloud 厚厚的雲層。4 充實的，紮實的；確實的；資金雄厚的；有判斷力的，穩健的：a lot of ～ evidence 許多確鑿的證據 / a ～ chance for a bronze medal 穩得銅牌的機會 / a ～ friend 可靠的朋友。5 不間斷的，連續的；整的；字母連在一起而不用連字符的；《美》單一的，單色的；〖印〗密集排版的：two ～ weeks 整整兩個星期 / a ～ blue shirt 純藍色的襯衫。6 團結的，完全一致的；《美口》關係親密的《*with*...》: be in ～ *with*...《美口》與…十分親密的。7〖數〗立體（圖形）的；立方的：a ～ foot 一立方英尺。8 徹底的，著實的：a good ～ swing（高爾夫等的）用力一揮。9《俚》精彩的，極好的。10《美口》出席率好的。—[名] 立（方）體，固體；固態物；《～s》固態食物。—[副] 不間斷地，連續地；《口》完全地，充分地。～·ly [副], ～·ness [名]

sol·i·dar·i·ty [,sɑlə'dærətɪ] [名] [U] 1 團結，同心協力。2（利益等的）一致；連帶責任，共同利益。

'solid ge'ometry [名] [U] 立體幾何學。

so·lid·i·fy [sə'lɪdə,faɪ] [動] (-fied, ～·ing) [及] 1 使凝固；鞏固，加強；使結晶：～ concrete 使水泥堅硬 / ～ one's knowledge 充實知識。2 使團結。—[不及] 1 鞏固；凝固，固化；結晶。2 團結。-fi·'ca·tion [名]

so·lid·i·ty [sə'lɪdətɪ] [名] [U] 1 固體性。2 硬度；固態；充實度；充實感；實質。3 踏實；堅定；健全；堅固。4 體積，容積。

sol·id-state ['sɑlɪd'stet] [形] 1〖理〗固態物質的。2〖電子〗固態電子學的。

sol·i·dus ['sɑlɪdəs] [名] (複-di [-,daɪ]) 1 索利特斯：羅馬帝國的金幣。2 = virgule.

so·lil·o·quize [sə'lɪlə,kwaɪz] [動] [不及] [及] 獨白；自言自語。

so·lil·o·quy [sə'lɪləkwɪ] [名] (複-quies) [U] [C] 自言自語；[C] 獨白。

sol·ip·sism ['sɑlɪpsɪzəm] [名] [U]〖哲〗唯我論。-'sis·mal [形], -sist [名] 唯我論者。

sol·i·taire [,sɑlə'tɛr] [名] 1 [U]《美》單人撲克牌戲。2（戒指等的）單粒寶石。3 隱遁者，隱士。

·**sol·i·tar·y** ['sɑlə,tɛrɪ] [形] 1 單獨的；孤獨的，與世隔絕的；無伴的，獨自進行的：a ～ stroll 獨自散步 / a ～ person 孤獨的人。2 偏僻的；孤立的；人煙絕跡的；寂寥的：a ～ house 孤立的一棟房子。3 絕無僅有的，唯一的：a ～ example 唯一的例子。4〖動〗單獨性的，離群而居的；〖解·植〗單生的，孤立（性）的。—[名] 1 不與他人往來的人，獨居者；隱士。2《美》= solitary confinement. -i·ly [副], -i·ness [名]

'solitary con'finement [名] [U] 單獨監禁。

·**sol·i·tude** ['sɑlə,tjud] [名] 1 [U] 獨居，孤獨；隱居；寂寞：in ～ 孤單地，孤寂地。2 偏遠地；偏僻處。

sol·mi·za·tion [,sɑlmɪ'zeʃən] [名] [U]〖樂〗唱名法。

S

·so·lo ['solo] 名(複 ～s, -li [-li]) **1** 獨奏，獨唱：a piano ～鋼琴獨奏 / sing a ～獨唱。**2** 單獨一人的表演；單獨飛行。**3** ⓊⒸ《英》〖牌〗以一對三的一種牌戲。—形 **1**〖樂〗獨奏的，獨唱的。**2** 單獨演出的；單獨的。—副 單獨地。—動不及 單獨飛行；單獨表演，獨唱，獨奏。

so·lo·ist ['so,loɪst] 名 獨奏者，獨唱者。

Sol·o·mon ['sɑləmən] 名 **1** 所羅門：西元前十世紀的以色列王；為大衛王之子。**2** 賢人。**3** 自作聰明的人。

'Solomon 'Islands 名 (複)《the ～》所羅門群島：太平洋西南部的群島，於1978年獨立；首都為荷尼阿拉（Honiara）。

'Solomon's 'seal 名 索羅門印記（✡）：被認為具有神秘的力量。

So·lon ['solən] 名 **1** 梭倫（約638－約558B.C.）：雅典政治家，希臘七賢之一。**2**《常作 s-》賢人；賢能的立法者；《美口》國會議員。

,so 'long 感名《口》再見，再會：say ～說再見。

sol·stice ['sɑlstɪs] 名 **1**〖天〗至；（夏至或冬至的）至點。**2** 頂點；極點；轉折點。

sol·u·bil·i·ty [,sɑljə'bɪlətɪ] 名 Ⓤ 溶解性，可溶性；溶解度；可解決性。

sol·u·ble ['sɑljəbl] 形 **1** 可溶的，可溶性的《*in...*》：～ coffee 即溶咖啡。**2** 可解決的。—名 可溶物；可解決的事物。

so·lus ['soləs] 形《拉丁語》《昔戲劇的動作說明》（男子）單獨的，獨自的。

sol·ute ['sɑljut] 名〖化〗溶質，溶解物：溶於溶液中的物質。

·so·lu·tion [sə'luʃən] 名 **1** ⓊⒸ 解決，說明《*of, to, for...*》；解決方法，解答《*of, to, for...*》；〖數〗解法，解《*of...*》：a problem with no obvious ～沒有明確答案的問題 / the correct ～ *to* the problem 問題的正確解答。**2** Ⓤ 溶化，溶解；ⓊⒸ〖化〗溶液；溶劑；〖藥〗藥水，液劑：a ～ of sugar in water 糖水溶液。**3** Ⓤ 分解，分離，解體《*of...*》；斷離《*of...*》。

in solution (1) 在溶解狀態中。(2) 猶豫不決，仍在變化中。

solu·tion·ist [sə'luʃənɪst] 名（謎題等的）解答者。

solv·a·ble ['sɑlvəbl] 形 **1** 解得開的，可解決的。**2**〖數〗可解的。

'Sol·vay ,process ['sɑlve-] 名 索耳未法：碳酸鈉的一種製法。

:solve [sɑlv] 動 **(solved, solv·ing)** 及 **1** 解開，解答，解決：～ a problem 解開問題。**2** 償付。**3** 溶解。**'solv·er** 名

sol·ven·cy ['sɑlvənsɪ] 名 Ⓤ 償債能力；溶解力。

sol·vent ['sɑlvənt] 形 **1** 有償債能力的。**2** 可溶化的，有溶解力的《*of...*》。—名 **1**〖化〗溶劑，溶媒《*for, of...*》。**2** 解答，解決方法《*for, of...*》。**3** 破除（迷信等）之物，緩和（心情等）之物《*of...*》。

So·ma·li·a [so'mɑlɪə] 名 索馬利亞（民主共和國）：位於非洲東部；首都為摩加迪休（Mogadishu）。

-an 形名 索馬利亞的[人]。

so·mat·ic [so'mætɪk] 形 **1**〖解·動〗體（壁）的；〖生〗體細胞的：～ cells 體細胞。**2** 身體的，肉體的。

so·mat·o·tro·pin [so,mætə'tropɪn] 名〖生化〗人體生長激素。

·som·ber,《英》**-bre** ['sɑmbɚ] 形 **1** 昏暗的；陰霾的：～ scenery 灰暗的景觀。**2** 素色的。**3** 憂鬱的；悲傷的，憂愁的，沉痛的，深沉的；暗淡的：a ～ personality 陰沉的個性。～**·ly** 副

som·bre·ro [sɑm'brɛro] 名(複 ～s) 美國西南部、墨西哥等地的氈製高帽或寬邊草帽。

:some [sʌm] 形 **1** 某個，某一：～ boy 某個男孩 / ～ mistake 某一錯誤 / for ～ reason 為了某種原因 / in ～ way or other 以某種方法。**2** 有些…，有的，某些：in ～ instances 在某些場合。**3** [səm,《強》sʌm] 些許，一些，若干，有些：～ years ago 幾年前 / ～ friends of mine 我的幾個朋友 / to ～ extent 到某種程度。**4** [sʌm]《口》相當的，十分的：an author of ～ repute 頗負盛名的作家。**5** [sʌm] (1)《口》了不起的，頗好的。(2)《英口》《諷》《修飾句首的名詞》根本不算…的。

some way（未來的）某一天；總有一天。

some one (1) 某人（的），某物（的）。(2) = someone.

some time (1) 長時間；好一陣子。(2)（未來的）某一天；日後。

—代 **1** 一些，若干數（量）。**2** 有些人[物]。**3** 數人。

and then some (1)（接於數量之後）還不只。(2)《美俚》除此之外，再者。

some of these days《口》近日內。

—副 **1**《通常接數詞》大約，左右。**2**《美口》(1) 多少有點，稍微。(2) 相當，非常，很。

-some[1]《字尾》表「適於…的」、「有…的傾向的」、「發生…的」之尾。

-some[2]《字尾》與數詞連用，表「…人一組」之意。

some·bod·y ['sʌm,bɑdɪ, -,bʌdɪ, -bədɪ] 代 某人：～ else's hat 別人的帽子。—名(複**-bod·ies**)《常不加不定冠詞》重要的人物，大人物。

some·day ['sʌm,de] 副 將來某一天；總有一天。

·some·how ['sʌm,haʊ] 副 **1** 以某種方法，藉著某種方式。**2** 由於某種理由，不知怎麼地。

somehow or other 不知怎麼地；總要，無論如何。

:some·one ['sʌm,wʌn] 代 某人，有人：～ else 其他人 / ～ named Smith 名叫史密斯

S

的人。一名= somebody.

some·place ['sʌm,ples] 副《美》= somewhere.

som·er·sault ['sʌmɚ,sɔlt] 名 **1** 觔斗：turn a ～翻個觔斗。**2**（意見等的）一百八十度大轉變。一動不及 翻觔斗。

som·er·set ['sʌmɚ,sɛt] 名，動（～·ted, ～·ting）不及 = somersault.

some·thing ['sʌmθɪŋ] 代 **1** 某物[事]：～ to eat吃的東西 / ～ of that sort那一類的東西 / ～ or other某個什麼東西。**2** 不等，云云，…什麼的：seven hundred and ～ 七百不等。**3** 重要的事物；令人感興趣的事物。**4** 多少有幾分，稍微：see ～ of the world 稍諳世故，見過一些世面。

have something going for *one*《美俚》（在容貌等方面）有利，占優勢。

have something on *a person*《美口》握有（某人）做壞事的證據及情資，抓住把柄或弱點。

make something of it《英俚》由於某件事而吵起來。

make something of *oneself* 有所成就，獲得成功。

or something ⇨ OR[1]（片語）

see something of *a person* 偶爾見到某人。

something for nothing 不付出而得到的好處，不勞而獲的利益。

something of a(n) A 頗似 A，幾分像 A。

something tells me (that)...《口》我覺得，我猜想。

start something《美口》製造麻煩，惹是非。

一名 **1**《口》重要的事[物]；重要的人物。**2**《**a**～, 或作～**s**》（一種）東西。

make something of 使成爲有用；重視，認爲很重要；《美口》當作一回事。

something else《俚》令人刮目相看的人[物]；說不出來的其他事物。

something else again 另外一回事，風馬牛不相及的事[物]。

一副 **1** 稍微，幾分，多少有點。**2**《口》很，非常。

something like ⇨ LIKE[1]（片語）

一形《口》可恨的；該死的。

some·time ['sʌm,taɪm] 副 **1**（過去的）在某時：～ ago以前某一時候。**2**（未來的）於某時，來日，改天：～ or other 改天，遲早 / ～ next week 下週的某一天。**3**《罕》有時候。

一形 **1** 一度的，以前的。**2** 偶爾的，不常的。

some·times ['sʌm,taɪmz] 副有時候，偶爾。

some·way(s) ['sʌm,we(z)] 副《美口》以某種方法，設法，總得；由於某理由，不知怎麼地。

some·what ['sʌm,hwɑt, -hwət] 副 有點，稍微：just ～ excited 只是有點興奮。

一代 某種程度，幾分，多少《*of...*》。

more than somewhat 非常。

:some·where ['sʌm,hwɛr] 副 **1** 在某處；到某地：live ～ in Michigan 住在密西根的某個地方。**2** 大約，大致《*about, near ...*》。**3**（在某時）前後，左右《*about, between, in...*》：～ *between* 1930 and 1940 約在 1930 和 1940 年間 / ～ *in* the 1920's約在 1920 年代前後。

get somewhere《俚》成功，有進展。

一名某處。

som·me·lier [,sʌmə'lje] 名（複～**s**）（西餐廳）斟酒侍者。

som·nam·bu·late [sɑm'næmbjə,let] 動不及夢遊。一及夢遊。

som·nam·bu·lism [sɑm'næmbjə,lɪzəm] 名U 夢遊，夢遊症。**-list** 名夢遊（症患）者。

-'lis·tic 形, **-'lis·ti·cal·ly** 副

som·nif·er·ous [sɑm'nɪfərəs] 形催眠的，催眠性的；想睡的。～**·ly** 副

som·nif·ic [sɑm'nɪfɪk] 形使人想睡的，催眠的。

som·nil·o·quy [sɑm'nɪləkwɪ] 名U 說夢話的習慣；夢話。**-quous** 形

som·no·lent ['sɑmnələnt] 形《文》想睡的；促睡的，催眠的。**-lence** 名U欲睡，睏倦。

Som·nus ['sɑmnəs] 名〖羅神〗撒姆那斯：睡神。

:son [sʌn] 名 **1** 兒子；養子；女婿：one's ～ and heir 某人的子嗣，長男 / Like father, like ～.《諺》有其父必有其子。**2**《通常作～**s**》（男性）子孫：the ～*s* of Abraham 亞伯拉罕的子孫，猶太人。**3**《喻》來自某地的人，從事某種職業或具某種特性的人，如（…的）兒子似的人，（…之）子《*of...*》：a favorite ～《美》本州所支持的總統候選人 / ～*s* of freedom 自由之子。**4**《對年少者、孩子的稱呼》孩子。**5**《**the S-**》聖子：三位一體的第二位，耶穌基督。

every mother's son《口》人人，大家。

the Son of God 神的兒子（指耶穌基督），救世主。

the Son of Man〖新約〗人子（指耶穌基督），救世主。

the sons of men 人類。

so·nance ['sonəns] 名U作響，發聲；〖語音〗濁音。

so·nant ['sonənt] 形 **1** 鳴響的，有聲響的。**2**〖語音〗有聲的，濁音的。**3** 自成音節的。一名〖語音〗**1** 自成音節的子音。**2** 濁音。

-nan·tal [-'næntəl] 形

so·nar ['sonɑr] 名U 聲納。

so·na·ta [sə'nɑtə] 名〖樂〗奏鳴曲。

so'nata ,form 名〖樂〗奏鳴曲式。

son·a·ti·na [,sɑnə'tinə] 名（複～**s**, **-ne** [-ne]）〖樂〗小奏鳴曲。

sonde [sɑnd] 名〖氣象〗無線電探空儀；探測氣球；探空火箭；(醫療用的)彎探子。

son et lu·mière [ˌsɔnelu'mjɛr] 名《法語》以舞臺燈光和預錄的聲音敘述歷史故事的戶外表演。

:song [sɔŋ] 名 1 歌；歌曲：sing a ～ 唱歌。2 Ⓤ歌唱；聲樂。3Ⓤ詩，詩歌；Ⓒ敘事詩。4ⓊⒸ(鳥、蟲的)叫聲；鳴音響；流水聲。

for a song 非常廉價地。

make a song (and dance) about... 《英口》(因小事而)吵鬧，激動。

nothing to make a song about 《英口》微不足道。

not worth a song 毫無價值。

sing a new song 採取新的方針。

sing another song 改變情況。

sing the same song 舊話重提，老調重彈。

'song and 'dance 名《a～》1 天花亂墜的解釋；藉口。2 歌舞表演。

song·bird ['sɔŋˌbɝd] 名 1 鳴禽，啼鳥。2 女歌手。

song·book ['sɔŋˌbʊk] 名 歌曲集，歌本；聖歌集。

song·fest ['sɔŋˌfɛst] 名(流行歌曲等的)演唱會。

song·ful ['sɔŋfəl] 形充滿歌曲的；悅耳的，旋律優美的。～·**ly** 副

song·less ['sɔŋlɪs] 形沒有歌曲的；不會唱歌的。

'Song of ˌSolomon 名《The ～》雅歌：舊約聖經中的一書。

'song ˌsparrow 名歌雀。

song·ster ['sɔŋstɚ] 名 1 歌者；作曲家；詩人。2 鳴禽。

song·stress ['sɔŋstrɪs] 名 1 女歌手；女詩人；女作曲家。2 雌性鳴禽。

'song ˌthrush 名歌鶇。

song·writ·er ['sɔŋˌraɪtɚ] 名歌曲的作曲作詞者；流行歌曲作者。

son·ic ['sɑnɪk] 形 1 聲音的；音波的。2 音速的。

son·i·cate ['sɑnɪˌket] 動及用超音波處理(細胞、病毒等)。-**'ca·tion** 名 Ⓤ 超音波分解處理。

'sonic 'barrier 名= sound barrier.

'sonic 'boom [《英》**'bang**] 名〖空〗音爆。

so·nif·er·ous [so'nɪfərəs] 形 傳遞聲音的，發出聲音的。

son-in-law ['sʌnɪnˌlɔ] 名(複 **sons-in-law**) 女婿。

son·net ['sɑnɪt] 名〖詩〗十四行詩，商籟體。—動(～·**ed**, ～·**ing**,《英尤作》～·**ted**, ～·**ting**)不及 作十四行詩。—及作十四行詩。

～·**eer** [-'tɪr] 名 十四行詩的作者；二流詩人。

son·ny ['sʌnɪ] 名(複-**nies**) 1《親暱的稱呼》小弟弟，孩子。2《輕蔑的稱呼》小伙子，小鬼。

'son of a 'bitch 名(複 **sons of bitches**)《俚》1 狗娘養的，畜牲(略作：S.O.B.)。2《表驚訝、失望的嘆詞》畜牲！他媽的。

'son of a 'gun 名(複～s, **sons of guns**)《俚》1 流氓，惡棍。2 可憐蟲，倒霉的人。3《親密朋友間的稱呼》好傢伙，老兄。

so·nom·e·ter [so'nɑmətɚ] 名 = audiometer.

so·no·rant [sə'norənt] 名形〖語音〗(具有)響音(的性質的)。

so·nor·i·ty [sə'nɔrətɪ] 名Ⓤ 1 響亮，宏亮；回響。2〖語音〗響亮度。

so·no·rous [sə'norəs] 形1 發出聲音的，響亮的，有回音的；宏亮的：a ～ church bell 響亮的教堂鐘聲 / a ～ peal of thunder 轟然的雷鳴。2 唱高調的；誇張的。

～·**ly** 副, ～·**ness** 名

son·sy, -sie ['sɑnsɪ] 形(-**si·er**, -**si·est**)《蘇》1 幸運的。2 豐滿的，健美的。3 溫和爽朗的；漂亮的。

:soon [sun] 副(～·**er**, ～·**est**) 1 即將，不久，近日內。2 快地，早地。3《方》提早。

as soon as 一…就…。

as soon as possible 儘早，儘快。

at the soonest 最早，最快。

none too soon 適時地。

no sooner A *than* B 一 A 就 B。

sooner or later 早晚，遲早。

would as soon...as not 願意。

would sooner A (*than* B) / *would as soon* A (*as* B) (與其 B) 不如 A。

soot [sʊt, sut] 名Ⓤ 煤煙。—動不及《通常用被動》使沾滿煤煙；用煤煙處理；以煤煙覆蓋。～·**like** 形

sooth [suθ] 名Ⓤ《古》真實；事實：(by) my ～的確，真地 / in (good) ～實際上，事實上 / (the) ～ to say 說實在的。—形《古》1 稱心的，柔和的，甜美的。2 真正的，實在的。3 平滑的。

·soothe [suð] 動 (**soothed**, **soothing**) 及 1 安撫，撫慰，平靜；安慰：～ a crying child 哄哭著的小孩。2 使鎮定；緩和，減輕。3 使得到滿足；阿諛，奉承。—不及起鎮定的作用；帶來平靜。

sooth·ing ['suðɪŋ] 形 撫慰的；鎮靜的。～·**ly** 副

sooth·say ['suθˌse] 動(-**said**, ～·**ing**)不及 預言。—名預言；預兆。～·**er**《古》預言家；占卜師。～·**ing** 名Ⓤ預言；占卜。

soot·y ['sutɪ] 形 (**soot·i·er**, **soot·i·est**) 1 煤煙的，似煤煙的；被煤煙燻黑的；由煤煙變成的；產生煤煙的。2 黑如煤煙的，黑的。

-**i·ly** 副, -**i·ness** 名

S

sop [sɑp] [名] 1（泡在牛奶或湯中的）麵包片。2 溼透的東西[人]。3 賄賂物，小恩惠《 *to...* 》：throw a person a ～賄賂某人。4 意志薄弱的人，沒骨氣的人，懦夫；酒徒。5 一攤（液體）。—[動] **(sopped, ～·ping)** [及] 把（麵包片等）浸泡（在牛奶或湯中）《 *in...* 》；淋溼。—[不及] 1 溼透。2 滲透《 *in* 》。3《美俚》喝酒。
sop...up / sop up... 吸取，吸乾《 *with...* 》。

SOP, S.O.P. 《縮寫》Standard Operating Procedure 標準作業程序。

sop. 《縮寫》*soprano.*

soph [sɑf] [名]《美口》= sophomore.

So·phi·a [so'fiə, -'faiə, 'sofiə] [名]〖女子名〗蘇菲亞。

So·phie ['sofi] [名]〖女子名〗蘇菲。

soph·ism ['sɑfizəm] [名] 詭辯；扯歪理；歪論，謬論；[U] 詭辯法。

soph·ist ['sɑfist] [名] 1《常作S-》〖希史〗古希臘的修辭學的教師。2 詭辯家。3 學者，有學問的人。

so·phis·tic [sə'fistik] [形] 1 詭辯的；似是而非的；玩弄詭辯才華的。2 詭辯家的。～·ly [副]

so·phis·ti·cate [sə'fisti,ket] [名] 世故的人；老練的人。—[形] = sophisticated. —[動] [及] 1 使成世故；以詭辯欺騙。2 使精細。3 歪曲。

so·phis·ti·cat·ed [sə'fisti,ketid] [形] 1 入時的，城市風格的；世故的，見過世面的；有學問的：a ～ reading of the poem 對這首詩作理解其個中微妙之處的閱讀。2 矯揉造作的；複雜的，精巧的，高級的。3 詭譎的；擅自修改的。4 不純的。～·ly [副]

so·phis·ti·ca·tion [sə,fisti'keʃən] [名] [U] 1 詭辯；（高度）知識；素養；老練。2 複雜；精巧。3 世故；滑頭。

soph·ist·ry ['sɑfistri] [名] **(複 -ries)** [U] [C] 詭辯（法）。

Soph·o·cles ['sɑfə,kliz] [名] 沙孚克理斯（495?－406B.C.）：希臘的三大悲劇作家之一。

soph·o·more ['sɑfə,mor] [名]《美》1（高中、大學的）二年級學生：be a ～ at Yale 耶魯大學的二年級學生。2（在經驗等方面）至第二年的人。略作：soph. —[形]（高中、大學的）二年級學生的。

soph·o·mor·ic [,sɑfə'mɔrik] [形]《美》1（高中、大學）二年級學生的。2 不成熟的，自負的，不知天高地厚的。**-i·cal·ly** [副]

sop·o·rif·er·ous [,sɑpə'rifərəs, ,so-] [形] 引起酣睡的，催眠的。

sop·o·rif·ic [,sɑpə'rifik, ,so-] [形] 使有睡意的，催眠的；睡眠的；像睡覺似的。—[名] 安眠藥。

sop·ping ['sɑpiŋ] [形] 濡溼的，溼透的。

sop·py ['sɑpi] [形] **(-pi·er, -pi·est)** 1 溼透的；潮溼的。2 多雨的。3《英口》傻的，笨的。4《英口》過分感傷的，令人落淚的；痴情的，戀慕的《 *on...* 》。

so·pra·no [sə'præno] [名] **(複～s, -ni [-ni])** 〖樂〗1 (1) [U]（女性、少年的）最高音部。(2) 高音歌者。2 [U]（四部合唱的）最高音部。—[形]（具有）高音（音域）的。

Sor·bonne [sɔr'bɑn] [名] 巴黎大學文理學院。

sor·cer·er ['sɔrsərɚ] [名] 男巫；魔法師。

sor·cer·ess ['sɔrsəris] [名] 女巫，女魔法師。

sor·cer·y ['sɔrsəri] [名] [U] 魔法；邪術。**-cer·ous** [形] 魔法的。

sor·did ['sɔrdid] [形] 1 骯髒的，污穢的，不潔的；可憐的，不幸的。2 卑鄙的，下流的；自私的；貪婪的；圖利的。3 色澤暗淡的。～·ly [副]

·sore [sor] [形] **(sor·er, sor·est)** 1（因）疼痛的，發炎的，對痛敏感的《 *from...* 》：a ～ wound 一碰就痛的傷 / have a ～ throat (*from* a cold)（因感冒而）喉嚨痛。2 悲傷的，傷心的《 *after, over...* 》。3 使人心痛的，使人懊惱的：～ news 令人心痛的消息。4《美口》惱怒的，生氣的《 *about, at, on, over...* 》；傷感情的，憤怒的《 *about, at, over...* 》。5《文》痛苦的；強烈的，極度的：in ～ need (of...) 極度需要。
a sight for sore eyes ⇨ SIGHT（片語）
touch** a person **on a sore place 觸及痛處。
—[名]（身體的）痛處；傷；化膿處；紅腫處；痛苦的來源；《喻》傷心的回憶，舊傷，怨恨。

sore·head ['sor,hɛd] [名]《口》暴躁的人，愛發牢騷的人；輸不起的人，不服輸的人；失意的政客。—[形] 生氣的，急躁的。

sore·ly ['sorli] [副] 1 疼痛地。2 非常，嚴重地，激烈地。

sore·ness ['sornis] [名] [U] 疼痛，痛苦；悲傷，痛心；激烈；仇恨，不睦，摩擦。

'sore 'throat [名] [U]〖病〗咽喉炎。

sor·ghum ['sɔrgəm] [名] [U] 1〖植〗高粱，蜀黍。2《美》蜀黍搾成的糖漿。

so·ror·i·ty [sə'rɔrəti] [名] **(複-ties)**《美》姊妹會，（大學的）女生聯誼會。

sor·rel[1] ['sɔrəl] [名] 1 [U] 淡紅褐色。2 紅褐色的馬；三歲的雄鹿。

sor·rel[2] ['sɔrəl] [U] [名]〖植〗酸模屬植物；酢漿草。

:sor·row ['sɑro] [名] 1 [U] 悲傷，悲哀，傷心《 *for, over, at...* 》：feel ～ *for* the death of a friend 為朋友的死感到悲傷。2 [U] 後悔，悔恨，遺憾《 *for..., for doing* 》：to one's ～ 令某人遺憾的是 / express ～表示遺憾。3 悲傷的原因；《常作～s》不幸，痛苦：the joys and ～*s* of life 人生的苦樂。4 [U] 哀悼，悲悼。—[動] [不及]《文》悲傷，哀傷；感到遺憾《 *at, for, over...* 》；感到難過《 *for...* 》；哀悼《 *after, for...* 》。～·**er** [名]，～·**less** [形]

·sor·row·ful ['sɑrofəl] [形] 1 悲傷的，哀

S

傷的。2 表達出憂傷之情的，悲哀的，哀傷的；令人悲哀的：～ eyes 哀怨的眼睛 / a ～ expression 哀傷的表情。3 充滿悔恨的。～·ly 副，～·ness 名

:sor·ry ['sɔrɪ, 'sɑrɪ] 形《敘述用法》1 難過的。2 覺得遺憾的；覺得惋惜的；遺憾的《*to* do》。3 感到抱歉的《*for, about...*》；歉咎的《*to* do, *that* 子句》。4 悲傷的，哀傷的。5 令人傷心的；憂鬱的；悲慘的；可憐的；貧乏的，粗糙的；《文》可悲的，悲慘的：a ～ fellow 不中用的人 / a ～ excuse 無益的辯解。6 抱歉。**-ri·ly** 副，**-ri·ness** 名

:sort [sɔrt] 名 1 種類，型；性格；性質；品質；類別《*of...*》：this ～ *of* tree 此種樹木 / boys of a nice ～ 品格好的少年們。2《**a ～ of**》某一種類之物[人]：a ～ *of* poet 可以說是詩人的人 / a ～ *of* tunnel 一種隧道。3《古》作法，方法。4《通常作～s》〖印〗一套鉛字中的活字。5〖電腦〗分類。

after a sort 有點兒。

all of a sort 不相上下，大同小異。

in some sort《文》多少有點，在某種程度上，稍微。

of sorts《口》《蔑》粗糙的；質差的；平庸的。

out of sorts《口》沒精神，身體不好的；《美》不高興的，焦慮的。

—動及 1 將…分類。2 挑出來《*out* /*from* ...》。3 歸在一起《*together* / *with...*》。4《蘇》提供食糧；弄妥食宿。5〖電腦〗將…排序。—不及 1 整理，分類《*over, through...*》。2《古》合適，相稱《*with* ...》。3《英方》交往，親密《*with...*》。

sort...out / ***sort out...*** (1) ⇨動及 2. (2) 整理，整頓；恢復正常狀況。(3)《口》解決。(4)《英俚》懲罰。

～·a·ble 形，～·er 名

sor·tie ['sɔrti] 名 1 突圍，出擊；單機出擊：make a ～出擊 / fly three ～*s*（軍機）出動三次。2 出擊部隊。—動不及 出擊。

S

sor·ti·lege ['sɔrtlɪdʒ] 名U 抽籤卜卦；巫術。

:SOS ['ɛs,o'ɛs] 名（複～'s, ～s）1 遇難信號，求救信號：pick up an ～ 收到求救信號。2《口》求救；《英》緊急尋人廣播。

so-so ['so,so] 形《口》不好不壞的，馬馬虎虎的（亦作 **so so**）。—副（亦作 **so so**）《答話》還可以，馬馬虎虎。

sos·te·nu·to [,sɔstə'nuto] 形副 把聲音拉長的[地]，把樂音持續下去的[地]。—名（複～s -ti [-ti]）〖樂〗拉長音演奏的樂章。

sot [sɑt] 名 酒鬼。

so·te·ri·ol·o·gy [sə,tɪrɪ'ɑlədʒɪ] 名U〖神〗救贖論。

Soth·e·by's ['sʌðəbɪz] 名 蘇富比：倫敦有名的古董精品拍賣商。

sot·tish ['sɑtɪʃ] 形 酗酒的；酒鬼（般）的；醉得糊里糊塗的；愚蠢的，昏聵的。～·ly 副，～·ness 名

sot·to vo·ce ['sɑto'votʃɪ] 副 低聲地，輕柔地；《喻》悄聲地，私下（密語）地。

sou [su] 名（複～s）1 蘇：法國從前的五生丁或十生丁的銅幣。2《口》極少的錢。

sou·brette [su'brɛt] 名 1（喜劇等中計謀多端的）女僕，侍女；扮演此種角色的女演員。2 俏女郎。

sou·bri·quet ['subrɪ,ke] 名= sobriquet.

Sou·da·nese [,sudə'niz] 名（複～）蘇丹人。—形 蘇丹（人）的（亦稱 **Sudanese**）。

souf·flé ['sufle] 名UC 蛋白酥。—形 膨鬆的，酥鬆的（亦稱 **souffléed**）。—動及 使膨鬆[酥鬆]，使像蛋白酥一樣。

sough [sʌf, saʊ] 動不及 1 颯颯作響；沙沙作響；粗聲呼吸。2《蘇》以單調的吟誦般的聲音說話；吐出最後一口氣，死亡《*away*》。—及《蘇格蘭、北英格蘭》1 以吟誦般的聲音說出。2 輕輕地哼出。—名 1 颯颯聲，嗚咽聲；粗重的呼吸聲，嘆氣聲。2《蘇》單調的吟誦般的說話聲；風聲；謠言。

:sought [sɔt] 動 **seek** 的過去式及過去分詞。

sought-after 形 炙手可熱的，廣受歡迎的。

:soul [sol] 名 1 U 靈魂，魂；C 精神，心，心靈：the immortality of the ～ 靈魂不滅 / with one's ～全心全意 / put heart and ～ into...全心全意投入…之中。2 U 氣魄；熱情，勇氣；靈感；（美國黑人音樂等的）激情，強烈感情。3 死者的靈魂；亡靈。4 精髓，精華，要素。5 中心人物，領導者《*of*》。6《**the ～**》化身，典型《*of...*》：*the* ～ *of* honor 誠實的典範 / be *the* ～ *of* integrity 是正直的化身。7 人：a great ～大人物 / a population of 500 ～*s* 人口 500 人。8 = soul music.

cannot call one's soul one's soul 完全受別人支配。

for the soul of me / ***for my soul*** 一定；無論如何。

in one's soul of souls 在內心深處。

sell one's soul 出賣靈魂，作出一切犧牲。

to save one's soul 無論如何也。

—形 美國黑人的；（廣播電臺等）黑人控制的；親愛的，深情的。

'soul ,brother 名《美》黑人男子。

soul-de·stroy·ing ['soldɪ,strɔrɪŋ] 形（工作等）單調乏味的，令人沮喪的。

'soul ,food 名UC《美》美國南方黑人的傳統食物。

soul·ful ['solfəl] 形 充滿感情的，熱情的；令人感動的。～·ly 副，～·ness 名

'soul ,kiss 名= French kiss 1.

'soul-,kiss 動及不及 舌吻。

soul·less ['sollɪs] 形 1 沒有靈魂的，缺乏高尚精神的；沒有生氣的，無聊的。2 卑劣的，無情的；沒有勇氣的。

～·ly 副, ～·ness 名

'soul ˌmate 名 1 心靈伴侶，心靈契合的人。2 情夫，情婦。

'soul ˌmusic 名U 靈魂音樂。

soul-search·ing ['solˌsɝtʃɪŋ] 名 U 深刻的自我分析，探索自我的靈魂。

'soul ˌsister 名《美》黑人女子。

:sound[1] [saund] 名 1 U C 音；音響；C（物的）聲音；〖物〗聲：the ～ of laughter 笑聲 / without a ～悄然地。2 U 雜音，噪音。3〖語音〗音；音值。4 言外之意。5 U 聽力所及的範圍：out of (the) ～ of the sea 在聽不見海浪聲之處。6〖樂〗聲音；音樂風格。—動 不及 1 發出聲音，鳴響；聽得見。2 給予印象，聽起來。3〖法〗具有…性質，具有…要求《in...》。—及 1 使鳴響；使發出聲音；發出；念出。2 傳達，告知；(出聲)命令，表達；傳布。3 以敲擊來檢查；敲診；打探《out / about, on...》。

sound off《美俚》(1) 大聲報出。(2) 呱拉呱拉地說，發牢騷《on, about...》。(3) 說大話《about》。

sound out... / sound...out 打探想法；探聽意向《on, about...》。

·sound[2] [saund] 形 (～·er, ～·est) 1 健全的，健康的：A ～ mind in a ～ body.《諺》健全的精神寓於健康的身體。2 無瑕疵的，沒有腐爛的：～ bones 健全的骨頭。3 安定的；資金充足的；強固的，堅牢的。4 適切的，合理的；正統的；見解正確的《on...》：a ～ policy 健全的政策。5〖法〗(權利等)有效的。6 徹底的，嚴厲的；睡眠充足的，酣睡的：a ～ scolding 嚴厲的叱責。

(as) sound as a bell 很健全。

—副 充分地。

～·ness 名 U 健康；健全，穩健。

sound[3] [saund] 動 及 1 測量的深度；探測：～ a channel 測量海峽的水深。2 試探，調查《out / about, on...》：～ him *out on* his religious views 試探他的宗教觀。3〖外科〗用探針檢查。—不及 1 測量水深。2 觸抵底部；忽然潛入海底。3 試探，打探《for...》。—名〖外科〗探針。

sound[4] [saund] 名 海峽；海灣。

sound·a·like ['saundəˌlaɪk] 名 名字發音相似的人或物。

sound-and-light ['saundən'laɪt] 形 聲光的；混合使用音樂或音響效果以及燈光效果的。

'sound-and-'light ˌshow 名 = son et lumière.

'sound ˌbarrier 名《the ～》音障，音壁：break the ～打破音障，以超音速飛行（亦稱 **sonic barrier**）。

'sound ˌbite 名（電視新聞節目中）公眾人物的簡短談話。

sound·board ['saun(d)ˌbord, -ˌbɔrd] 名 = sounding board 1.

sound·box ['saun(d)ˌbɑks] 名 共鳴箱；音箱。

'sound ˌcamera 名〖影〗同步錄音攝影機。

'sound ˌcard 名（電腦的）音效卡。

'sound efˌfect 名《常作～s》音響效果，音效。

sound·er[1] ['saundɚ] 名 1 發聲者；音響器，發聲器。2〖電信〗電音發訊器。

sound·er[2] ['saundɚ] 名 測探者；測探儀。

'sound ˌfilm 名 有聲電影。

sound·ing[1] ['saundɪŋ] 形 1（物）發聲的，鳴響的。2 響亮的，聲音洪亮的。3《文》誇張的，言過其實的：a ～ declaration 唱高調的宣言。～·ly 副

sound·ing[2] ['saundɪŋ] 名 U C 1《常作～s》測深，水底探查：strike ～*s* 測水深。2《～s》水深；測錘所能到達的水底：be in ～*s* 在測錘所能及處 / be off ～*s* 在測錘所不能及處。3〖氣象〗探空，測高。4 調查。

take soundings (1) 測水深。(2) 悄悄地調查事態。

'sounding ˌboard 名 1（樂器的）共鳴板；回響板。2 宣傳思想的手段。3 用來探測外界對某種意見之反應的人。

'sounding ˌline 名 測深繩。

sound·less[1] ['saundlɪs] 形 不發出聲音的；寂靜的。

sound·less[2] ['saundlɪs] 形 深不可測的，深不見底的。

sound·ly ['saundlɪ] 副 1 健全地；穩妥地，妥善地；紮實地，穩固地：reason ～ 正確地推理 / establish oneself ～ in one's work 在工作上打下紮實的基礎。2 深沉地：sleep ～酣睡。3 猛地，劇烈地：beat a person ～ 痛打某人。4 徹底地，完全地。

sound·proof ['saundˌpruf] 形 隔音的，防音的：a ～ chamber 隔音室。—動 及 使隔音。

'sound reˌcording 名 U C 錄音。

'sound ˌspectrogram 名 語音分析圖。

'sound ˌtrack 名 1 聲軌，聲道。2（電影的）配音。3 電影原聲帶。

'sound ˌtruck 名 宣傳車。

'sound ˌwave 名〖理〗聲波，音波。

:soup [sup] 名 1 C U 湯：vegetable ～ 蔬菜湯 / a thick ～ 濃湯 / eat ～ 喝湯。2 U《口》濃霧。3 U 似濃湯物；化學溶液；廢液，殘留液。4 U《俚》所施加的力，馬力。

from soup to nuts《美口》從頭到尾；自始至終。

in the soup《口》受困，處於困難中。

—動 及《只用於以下的片語》。

soup up... / soup...up (1)《口》加大馬力。(2)《俚》使變得具有趣味性；使變活潑。

soup·çon ['supsɑn] 名 少量，一點點；

S

些微痕跡，些許氣味《*of...*》: add a ～ *of* spices 加入些許香料 / a ～ *of* malice in his remarks 他言詞中的些微惡意。

'soup ˌkitchen 图貧民食堂，賑粥所。

soup·spoon ['supspun] 图喝湯用大匙，湯匙。

soup-tick·et ['supˌtɪkɪt] 图免費餐廳用的餐券。

soup·y ['supɪ] 形(**soup·i·er, soup·est**) **1** 外觀像湯一般的。**2** 多霧的；烏雲密布的；濃的。**3**《美俚》多愁善感的，濫情的。

·sour [saur] 形(～·**er**, ～·**est**) **1** 酸的；變酸了的，酸腐的：～ apples 酸蘋果。**2** 乖戾的；暴躁的；不愉快的；惱怒的；嫌惡的。**3** 未達到標準的，蹩腳的：go ～ 出毛病。**4**〖農〗酸性的，不毛的。**5**〖樂〗《口》(音)走調的。—图 **1** 酸的東西。**2**《the ～》討厭的事物。**3** Ⓤ Ⓒ 酸味雞尾酒。

—動 不及 **1** 變酸，酸敗。**2** 性情變乖戾[暴躁]。—及 **1** 使酸敗。**2** 使變乖戾。

sour on...《美口》討厭；失去熱心；對…失望。

～·**ly** 副, ～·**ness** 图

sour·ball ['saurˌbɔl] 图 **1** 球形酸糖果。**2**《口》壞脾氣的人，老是發牢騷的人。

:source [sɔrs] 图 **1** 起源，根源；源頭，水源(地)：a ～ of anxiety 憂慮的原因。**2**《常作～**s**》來源，出處；提供消息者；原型，原始範本；原始資料。～·**less** 形

'source ˌbook 图原始文獻(集)。

'source 'language 图 Ⓤ Ⓒ **1** 原文語言。**2**〖電腦〗原始語言。

'source maˌterial 图 Ⓤ 原始資料。

'sour ˌcream 图 Ⓤ 酸奶油。

sour·dough ['saurˌdo] 图 **1** Ⓤ《美·加》酵母，發酵的生麵糰。**2** 拓荒者，探礦者。

'sour 'grapes 图(複)酸葡萄心理：cry ～ 吃不到葡萄說葡萄酸。

sour·ish ['saurɪʃ] 形略酸的。

sour·puss ['saurˌpus] 图《口》壞脾氣的人，經常皺眉不悅的人。

sou·sa·phone ['suzəˌfon] 图蘇沙低音號。

souse [saus] 動 及 **1** 浸入水或其他液體中《*in, into...*》；澆《*over...*》：～ the meat *in* wine 將肉浸在酒中。**2** 使溼透。**3** 醃漬。—不及 跳入水中；變得溼透。—图 **1** 浸溼；淋溼；落水聲。**2** Ⓤ 醃漬食品；醃漬汁。**3**《俚》醉漢，酗酒者。**soused** 形《俚》喝醉的。

sou·tane [*su'tɑn*] 图〖教會〗祭袍。

:south [sauθ] 图 **1**《通常作 **the** ～》南，南方；《通常作 **the S-**》南部，南部地方：～ by east 正南偏東 / in *the* ～ *of...* 在…之南 / *the S-* of France 法國南部地方。**2**《**the S-**》(美國的)南部各州。**3**《**the S-**》南半球開發中國家。**4**《詩》南風。—形 **1** 南方的，南部的；向南的。**2** 從南邊來的。—副向南方；由南方吹來。

ˌSouth 'Africa 图《the ～》南非(共和國)：非洲南端國家；行政首都為普利托里亞(Pretoria)。

ˌSouth 'African 形南非洲的；南非共和國(人)的。—图南非共和國人。

'South A'merica 图南美(洲)。

'South Aus'tralia 图南澳大利亞：澳洲南部一省；首府為 Adelaide。

south·bound ['sauθˌbaund] 形航向南方的，南行的。

'South Caro'lina 图南卡羅來納：美國東部，濱大西洋的一州；首府為 Columbia。略作：S.C.

'South Da'kota 图南達科塔：美國中北部的一州；首府為 Pierre。略作：S. Dak., S.D.

South·down ['sauθˌdaun] 图(英國種的)南丘羊。

·south·east [ˌsauθ'ist] 图 **1**《常作 **the** ～》東南。**2**《**the** ～》東南部(地區)。**3**《**the S-**》美國東南部。—形 **1** 東南部的；(向)東南方的。**2** 由東南方來的。—副(向)東南方地；由東南方來地。

'Southeast 'Asia 图東南亞。

south·east·er [ˌsauθ'istɚ] 图東南風。

south·east·er·ly [ˌsauθ'istɚlɪ] 形副向東南方的[地]；來自東南方的[地]。

south·east·ern [ˌsauθ'istɚn] 形向東南的；《常作 **S-**》(美國等的)東南部的。

south·east·ward [ˌsauθ'istwɚd] 副向東南地(亦稱 **southeastwards**)。—形 **1** 向東南方的；近東南的。**2** 來自東南的。—图《常作 **the** ～》東南方向；東南部。～·**ly** 形副

south·er ['sauðɚ] 图南風，由南方吹來的強風。

south·er·ly ['sʌðɚlɪ] 形南方的；向南方的；來自南方的。—副向南地，來自南方地。—图(複-**lies**)南風。

:south·ern ['sʌðɚn] 形 **1** 南方的；南部的；朝南的；來自南方的。**2** 南方的。**3**《**S-**》美國南方(各州)的。—图 **1**《主方》= southerner. **2** Ⓤ《**S-**》美國南方方言。

'Southern 'Cross 图《**the** ～》〖天〗南十字座。

south·ern·er ['sʌðɚnɚ] 图 **1** 南部人，南方人；南方國家的人。**2**《**S-**》美國南方人。

'Southern 'Hemisphere 图《**the** ～》南半球。

'Southern 'Lights 图(複)《**the** ～》〖天〗= aurora australis.

south·ern·ly ['sʌðɚnlɪ] 形 = southerly.

south·ern·most ['sʌðɚnˌmost] 形最南(端)的。

Sou·they ['sauðɪ, 'sʌðɪ] 图 **Robert**, 邵西(1774–1843)：英國浪漫詩人、散文家、桂冠詩人(1813–43)。

S

south·ing ['sauðɪŋ] 名 U 1〖天〗南中天。2 南行，南進，南航；〖海〗南行航程。

'South Ko'rea 名 南韓，大韓民國：首都爲 Seoul。

south·land ['sauθ,lænd, -lənd] 名 南部地區；南部地方。

south·most ['sauθ,most] 形 最南（端）的。

south·paw ['sauθ,pɔ] 名《美口》1 慣用左手的人，左撇子。2〖運動〗左投手；擅用左拳的拳擊手。—形 慣用左手的。

'South 'Pole 名《the ~》南極。

south·ron ['sʌðrən] 名 1《方》= southerner 2. 2《常作 S-》= Englishman 1.

'South 'Seas 名(複) 赤道以南的海洋；南太平洋。

south-south·east ['sauθ,sauθ'ist] 名〖海·測〗《the ~》南南東。略作：SSE, S.S.E.—形 南南東的；向南南東的。
—副 向南南東地。

south-south·west ['sauθ,sauθ'wɛst] 名〖海·測〗《the ~》南南西。略作：SSW, S.S.W.—形 南南西的；向南南西方的。
—副 向南南西地。

·south·ward ['sauθwɚd,〖海〗'sʌðɚd] 形 向南方行進的；朝南的；來自南方的。
—副（亦稱 **southwards**）向南地。
—名《the ~》南部；南方。

South·wark ['sʌðɚk] 名 南沃克：位於英國的 Greater London 中部，Thames 河南岸的一行政區。

·south·west [,sauθ'wɛst] 名 1《通常作 the ~》西南。2《the ~》西南部（地區）。3《the S-》美國西南部。—形 1 西南（部）的；向西南方的。2 來自西南的。—副 向西南地；由西南方來地。

south·west·er [,sauθ'wɛstɚ] 名 1 (1) 西南（強）風。(2) 西南風暴。2（水手遇風暴時所戴的）防水帽。

south·west·er·ly [,sauθ'wɛstɚlɪ] 形 副 向西南的[地]；來自西南的[地]。

south·west·ern [,sauθ'wɛstɚn] 形 西南部的；位於西南的。

south·west·ward [,sauθ'wɛstwɚd] 副 向西南地（亦稱 southwestwards）。—形 1 向西南方的；偏西南的。2 來自西南的。
—名《the ~》= southwest. **~·ly** 副 形

'South 'Yorkshire 名 南約克郡：英國英格蘭北部的一郡；首府 Barnsley。

·sou·ve·nir [,suvə'nɪr, 'suvə,nɪr] 名 紀念品；有紀念意義的禮物；回憶《*of*...》。

sou'·west·er [,sau'wɛstɚ] 名 1 = southwester 1 (2). 2 = southwester 2.

sov·er·eign ['sɑvrɪn, 'sʌv-] 名 1 君主，統治者：obey one's ~ 服從君主。2 主權國，獨立自主的國家。3 索佛令，金鎊（英國從前的一鎊金幣）。略作：sov. —形 1 擁有絕對統治權力的。2 擁有主權的，獨立自主的。3 至上的，無與倫比的；絕對的；極端的。4《文》極有效的。

sov·er·eign·ty ['sɑvrɪntɪ, 'sʌv-] 名 (複 **-ties**) 1 U 君權；統治權；君主身分。2 U 主權。3 主權國。

so·vi·et ['sovɪɪt, -,ɛt] 名 1 蘇維埃。2 人民代表會議。3《**the Soviet**》蘇聯。4《**the Soviets**》蘇聯當政者；蘇聯人民。—形 1 蘇維埃會議的。2《**S-**》蘇聯（人）的。

so·vi·et·ism ['sovɪə,tɪzəm] 名 U 蘇維埃制度；共產主義。

So·vi·et·ize ['sovɪə,taɪz] 動 及 1《偶作 **s-**》置於蘇聯的影響下。2《常作 **s-**》蘇維埃化。

So·vi·et·ol·o·gy [,sovɪə'tɑlədʒɪ] 名 U 蘇聯研究。

'Soviet 'Russia 名 蘇俄。

'Soviet 'Union 名《the ~》蘇聯：首都爲 Moscow，1991 年解體。

sov·ran ['sɑvrən, 'sʌv-] 名 形〖詩〗= sovereign.

·sow[1] [so] 動 (~**ed**, **sown** 或 ~**ed**, ~**·ing**) 及 1 播撒；播種《*in*...》；種植《*with*...》：~ a pasture *with* clover 在牧草地上種苜蓿 / One must reap what one has *sown*.《諺》種瓜得瓜，種豆得豆。2 散布，引起。3《主要用被動》鑲嵌《*with*...》：a crown *sown with* diamonds 鑲嵌鑽石的王冠。—不及《常作喻》播種。

sow the wind and reap the whirlwind ⇨ WHIRLWIND（片語）

sow one's wild oats ⇨ WILD OAT（片語）

~**·er** 名 播種者；傳布者；提倡者。

sow[2] [sau] 名 1（成熟的）母豬；雌性。2〖冶〗大型鑄鐵；大模型。3〖動〗鼠婦（sow bug）。

(as) drunk as a sow 爛醉如泥。

get the wrong sow by the ear (1) 抓錯了人[物]。(2) 得出錯誤的結論。

·sown [son] 動 **sow**[1] 的過去分詞。
—形 鑲嵌的《*with*...》。

sox [sɑks] 名《美口》**sock**[1] 的複數形。

soy [sɔɪ] 名 1 醬油（亦稱 **soy sauce**）。2 = soybean.

soy·a ['sɔɪə] 名 = soybean.

soy·bean ['sɔɪ,bin] 名 黃豆，大豆。

'soybean ,milk 名 = soymilk.

soy·milk ['sɔɪ,mɪlk] 名 U 豆漿。

'soy ,sauce 名 = soy 1.

soz·zled ['sɑzl̩d] 形《英俚》爛醉的。

SP《縮寫》*S*hore *P*atrol.

Sp.《縮寫》*Sp*ain; *Sp*aniard; *Sp*anish.

sp. special; *sp*ecies; *sp*ecific; *sp*ecimen; *sp*elling; *sp*irit.

spa [spɑ] 名 1 礦泉（地）；溫泉（地）。2《美》（溫泉區的）旅館。3《美》大型熱水浴缸。4 有健身設備、三溫暖等的場所。

:space [spes] 名 1 U 空間；太空，宇宙：time and ~ 時間和空間 / stare into ~ 凝視天空。2 U C 寬廣的地區；場所；空地；

S

空白；間距；間隙：an empty ～空白 / an open ～空地。3 Ⓤ（飛機等的）座位：reserve one's ～預先訂位。4《常作單數》間隔，時間，暫時《of...》：for a ～ of 3 hours 在三小時之內 / within the ～ of two years 兩年間。5 ⓊⒸ〖美〗生存空間；立體效果。6 ⓊⒸ〖樂〗線間，譜線間。7〖印〗行間，文字間隔；寬幅。8 ⓊⒸ〖數〗空間。9《口》自己的空間。
—動 (spaced, spac·ing) 及 1 間隔放置；隔開《out》。2 在（文字、行等）之間留間隔，留空《out》。—不及 留空，留間隔。
—形 1 空間的。2 太空的。

'space 'age 名《the ～》太空時代。

'space ˌbar 名 打字機的間隔棒。

space·borne ['spes,born] 形 1 被運入太空的。2 在太空中進行的；利用太空設備的。

'space caˌdet 名 行爲古怪的人；健忘的人。

'space ˌcapsule 名 太空艙。

space·craft ['spes,kræft] 名 (複～) 太空船。

spaced-out ['spest'aʊt] 形《美俚》因服用毒品或麻醉藥而意識模糊的。

'space ˌflight 名 ⓊⒸ 太空飛行：manned ～ 載人的太空飛行。

'space ˌheater 名 室內用暖器。

space·lab ['spes,læb] 名 太空實驗室。

space·less ['speslɪs] 形 1 無限的。2 不占空間的。3 無空地的。

space·man ['spes,mæn] 名 (複 **-men** [-,mɛn]) 1 太空人。2 外星人。

space·port ['spes,port] 名 太空船基地。

'space ˌprobe 名 = probe 3.

space-saving ['spes,sevɪŋ] 形 節省空間的。—名 Ⓤ 空間的節省。

'space ˌscience 名 Ⓤ 太空科學。

·space·ship ['spes,ʃɪp] 名 太空船。

'space ˌshuttle 名 太空梭。

'space ˌstation 名 太空站。

space·suit ['spes,sut] 名 太空裝。

space-time ['spes'taɪm] 名 Ⓤ 時空，時空連續體。—形 時空的，四度空間的。

'space ˌtravel 名 Ⓤ 太空旅行。

'space ˌvehicle 名 太空飛行器。

space·walk ['spes,wɔk] 名，動 不及（作）太空漫步。

space·wom·an ['spes,wumən] 名 女太空人。

'space ˌwriter 名 按稿件行數計酬者。

spa·cial ['speʃəl] 形 = spatial.

spac·ing ['spesɪŋ] 名 Ⓤ 留間隔（法）；空間分配；間隔：single ～（打字機等的）空一行的打字法。

spa·cious ['speʃəs] 形 1 寬敞的；廣大的。2 廣泛的。～·ly 副, ～·ness 名

spac·y, -ey ['spesɪ] 形《美俚》1（因使用麻醉藥劑或毒品而）意識模糊的，神智恍惚的，茫然的。2 不依習俗的，古怪的。-i·ness 名

·spade[1] [sped] 名 1 鏟；鐵鍬。2 一鏟的分量。3 似鏟之物；刮刀。
call a spade a spade 實話實說。
—動 (spad·ed, spad·ing) 及 以鏟掘；以刮刀刮下（鯨）皮《up》。

spade[2] [sped] 名 1〖牌〗黑桃；《～s》《作單、複數》一組黑桃。2《美俚》《蔑》黑人。
in spades《美俚》(1) 肯定地，非常。(2) 率直地，毫不留情地。

spade·ful ['sped,fʊl] 名 一鏟（之量）。

spade·work ['sped,wɝk] 名 Ⓤ 準備工作，基礎工作。

spa·ghet·ti [spə'gɛtɪ] 名 Ⓤ 義大利麵條。

spa'ghetti ˌwestern 名《美俚》通心麵西部片：義大利攝製的西部電影。

·Spain [spen] 名 西班牙（王國）：位於西南歐；首都爲馬德里（Madrid）。

spake [spek] 動《古·詩》speak 的過去式。

Spam [spæm] 名 Ⓤ《常作 s-》〖商標名〗罐頭肉類食品。

spam [spæm] 名 Ⓤ《俚》〖電腦〗垃圾郵件。

spam·ming ['spæmɪŋ] 名 Ⓤ〖電腦〗濫發垃圾郵件。

·span[1] [spæn] 名 1 指距。2 一段期間；短時間：his life('s) ～ 他的一生。3 全長；全期；全範圍：the ～ of one's arms 手臂的長度。4（短短的）一段距離。5〖建〗孔，跨度：a bridge of four ～*s* 四孔橋。6〖空〗（飛機的）翼展。7〖海〗跨索。—動 (spanned, ～·ning) 及 1 以指距測量長度；測量；以手圍住。2 跨越；搭建（橋等）《with...》。3 涵蓋，橫跨；填補。4 握牢。—不及《美》蠕動。

span[2] [spæn] 形 = spick-and-span.

span·drel ['spændrəl] 名 1〖建〗三角槽，拱腔，拱腹。2〖郵〗圖案的圓角與邊框的方角間有裝飾花紋的部分。

span·gle ['spæŋgl] 名 1 亮片。2 槲樹葉生出的沒食子。3 閃亮的發光物。
—動 及 1 裝上亮片《with...》。2 使之閃閃發光《with...》。—不及 閃爍發光。-gly 副

Spang·lish ['spæŋglɪʃ] 名 Ⓤ 西班牙英語。

·Span·iard ['spænjɚd] 名 西班牙人。

span·iel ['spænjəl] 名 1 西班牙長耳犬。2 卑屈的人；阿諛者。

·Span·ish ['spænɪʃ] 形 西班牙的；西班牙人[語]的。—名 1《the ～》《集合名詞》西班牙人。2 Ⓤ 西班牙語。

'Spanish A'merica 名 拉丁美洲。

Span·ish-A·mer·i·can ['spænɪʃə'mɛrəkən] 形 1 通用西班牙語的美洲國家的。2 西班牙和美洲的，西班牙與美國的。—名 西班牙裔的美國人；拉丁美洲人。

S

'Spanish bayo'net 名〖植〗絲蘭；千手蘭；鳳尾蘭。

'Spanish 'Civil 'War 名西班牙內戰(1936–39)。

'Spanish 'fly 名 1〖昆〗班蝥，西班牙蕪菁。2 Ⓤ 千班蝥粉。

'Spanish Inqui'sition 名《the ~》西班牙宗教法庭。

'Spanish 'Main 名《the ~》加勒比海；其沿岸美洲大陸。

spank[1] [spæŋk] 動及拍打，打屁股。—名一記巴掌。

spank[2] [spæŋk] 動不及疾馳《*along*》。

spank·er ['spæŋkɚ] 名 1〖海〗(帆的)後縱帆。2《口》急行的人[動物]；駿馬。3《口》極優異的人[物]。

spank·ing[1] ['spæŋkɪŋ] 形 1 疾行的，輕快有力的，活潑的：a ~ pace 輕快的步伐。2 清爽的。3《口》極好的；極大的。—副《用於 clean, new 等之前》《口》極，非常。

spank·ing[2] ['spæŋkɪŋ] 名ⓊⒸ 用巴掌責打，打屁股。

span·ner ['spænɚ] 名螺旋鉗，扳手。

throw a spanner in the works 《英口》破壞他人的計畫、工作等。

span-new ['spæn'nju, -'nu] 形全新的，嶄新的。

'span of at'tention 名〖心〗注意力持續期間。

'span ˌroof 名山形屋頂。

span·worm ['spænˌwɝm] 名《美》= measuring worm.

spar[1] [spar] 名 1〖海〗圓材，圓柱，樑：用做船桅等的圓木。2〖空〗翼樑。

spar[2] [spar] 動(**sparred**, ~·**ring**) 不及 1 (拳手)出短刺拳或做假動作而少出重拳；做練習比賽《*with*...》；用爪互鬥《*with*...》：a *sparring* partner 練習拳賽的對手。2 爭論《*at, with*...》；爭吵《*over*...》：~ *with* one's enemy 和敵方爭論。—名 1 拳擊的攻防動作；拳賽；鬥雞比賽。2 爭論。

spar[3] [spar] 名Ⓤ晶石。

Spar, SPAR [spar] 名(二次大戰時美國的)海岸防衛隊婦女預備隊隊員。

·spare [spɛr] 動 (**spared**, **sparing**) 及 1 (1) 饒恕，赦免；饒命；放過；不傷害：~ one's enemy 饒恕敵人 / ~ her blushes 不使她難堪。(2)《反身》不使太辛苦，節省力氣。2 使免去(麻煩等)《*from*...》；使免遭。3 割愛；撥出(時間)，挪出：~ some time *for* study 挪出點時間讀書。4《通常用於否定》節省，吝於使用；愛惜；節制：~ *no* expense 不惜一切花費 / *S-* the rod and spoil the child.《諺》省了棍子，害了孩子；不打不成器。—動 不及 1 節省，節儉過活。2 寬恕，寬容他人。

...and to spare 還剩許多，還有多出來的。

enough and to spare ⇨ ENOUGH(片語)

to spare 任意使用的；多餘的。

—形 (**spar·er**, **spar·est**) 1 備用的；空著的；多餘的。2 樸素的；節約的；貧乏的。3 瘦的，纖細的。

go spare 《英俚》生氣；心煩意亂。

—名 1 備用物品；備胎；《英》《常作 ~s》備件，備用零件。2〖保齡球〗投擲兩球擊倒全部球瓶；其所得的分數。

~·**a·ble** 形, ~·**ly** 副, ~·**ness** 名

ˌspare 'part 名備件，備用零件。

'spare-part 'surgery ['spɛrˌpart-] 名Ⓤ 器官移植及人工彌補外科(手術)。

spare·rib ['spɛrˌrɪb] 名《通常作 ~s》豬小排，帶一點點肉的豬肋骨。

'spare 'tire [《英》**'tyre**] 名 1 備用輪胎。2《謔》發福的腰部。

spar·ing ['spɛrɪŋ] 形 1 節儉的《*of*...》；節省的，吝嗇的《*in*...》：~ *of* time 節省時間。2 寬大的，同情的。3 樸素的；少量的，貧乏的。

be sparing of oneself 懶惰，不願勞苦。

~·**ly** 副節儉地，貧乏地。~·**ness** 名

·spark[1] [spark] 名 1 火花，火星。2 生氣，活力；煥發；閃爍：a bright ~《英口》《諷》遲鈍的傢伙 / the vital ~ 朝氣，活躍 / a ~ of reason 理性的煥發。3《a ~》《通常用於否定》微量，少量《*of*...》。4〖電〗電花，火星；火花放電；點火裝置。5《~s》《作單數》《口》(船艦、飛機上的)無線電操作員。

—動不及 1 發出火花，發出閃光，閃爍。2〖電〗點上火。3《口》立即反應。—及 1〖電〗使點火，使冒火花。2《口》激發，鼓動，刺激，使充滿朝氣；《英》刺激《*off* / *into, to*...》。

spark[2] [spark] 名 1 風度翩翩的年輕男子。2(男性)戀人，情人。

—動及《口》向(女子)求愛。

'spark ˌcoil 名〖電〗感應線圈；電花線圈。

spark·er ['sparkɚ] 名 1 發出火花之物。2 絕緣檢查裝置；火花防止器；(內燃機等的)點火器。

'sparking ˌplug 名《英》= spark plug.

·spar·kle ['sparkḷ] 動(**-kled**, **-kling**) 不及 1 發出火花。2 閃爍，閃亮。3 冒泡。4 煥發；才氣橫溢《*with*...》。—及使產生火花；使閃亮；使有朝氣。—名ⓊⒸ 1 火花，火星；閃爍，閃亮。2 光輝，閃光。3(葡萄酒等的)泡沫。4 才氣，生氣。

spar·kler ['sparklɚ] 名 1 發出火花之物；煙火；傑出的人；美人；才子。2《口》寶石；《俚》鑽石。3《通常作 ~s》《口》明亮的眼睛。

'spark ˌplug 名 1(內燃機的)火星塞。2《美口》中心人物，領導者《*of*...》。

spark·plug ['sparkˌplʌg] 動(**-plugged**, ~·**ging**) 及《美口》領導，激勵。

'spar·ring ˌpartner ['sparɪŋ-] 名拳擊練習對手；辯論演習的對手。

S

·**spar·row** ['spæro] 图麻雀。

spar·row·grass ['spæro,græs] 图ⓊⒸ《方》蘆筍。

'**sparrow ˌhawk** 图〖鳥〗1 鷂。2（食）雀鷹。

sparse [spɑrs] 形 (**spars·er**, **spars·est**) 1 稀疏的，稀少的；分散的。2 貧乏的，缺少的，貧瘠的。～**·ly** 副, ～**·ness** 图

Spar·ta ['spɑrtə] 图斯巴達：古希臘的城邦；以對士兵訓練嚴格聞名。

Spar·tan ['spɑrtn̩] 形 1（古代）斯巴達的；斯巴達人的。2《常作 **s-**》斯巴達式的，嚴格的；堅毅的；簡樸的，艱苦的：～ endurance 斯巴達式的堅忍。—图 1 斯巴達人。2 有斯巴達精神的人。～**·ism** 图

spasm ['spæzəm] 图 1ⓊⒸ〖醫〗痙攣，抽筋。2 突然發作：a ～ of coughing 一陣咳嗽。

spas·mod·ic [spæz'mɑdɪk] 形 1 痙攣（性）的；表現一陣陣興奮的。2 突發的，一陣陣的。**-i·cal·ly** 副

spas·tic ['spæstɪk] 图 1〖病〗痙攣性的：～ paralysis 痙攣性麻痺。2《俚》《兒語》愚蠢的；笨拙的。—图1〖病〗痙攣患者；痙攣性大腦麻痺患者。2《俚》《兒語》愚蠢；笨拙。

spat[1] [spæt] 图《美口》1 小衝突，小口角。2 輕打，輕拍。3 微量。
—動 (～**·ted**, ～**·ting**) 不及1 發生小衝突。2（霹靂啪啪地）落下，拍打。—及輕打，輕拍。

·**spat**[2] [spæt] 動 **spit**[1]的過去式及過去分詞。

spat[3] [spæt] 图《通常作～**s**》鞋罩。

spat[4] [spæt] 图牡蠣的卵；Ⓤ《集合名詞》幼牡蠣。

spatch·cock ['spætʃ,kɑk] 图現殺現煮的家禽。—動及 1 即殺即煮。2《口》將（詞等）硬插入《*in, into...*》。

spate [spet] 图 1（感情等的）湧出。2《**a** ～》大量，大批，一連串（的…）《*of* ...》: *a* ～ *of* accidents 一連串的意外事件。3《英》洪水，氾濫；氾濫的河流；急劇的豪雨。

spathe [speð] 图〖植〗佛焰苞。

spa·tial ['speʃəl] 形 1 空間的。2 存在於空間的；占有空間的。

spa·ti·o·tem·po·ral [ˌspeʃɪo'tɛmpərəl] 形存在於時空的；有關時空的。

spat·ter ['spætɚ] 動及 1 濺灑在《*with* ...》；濺到《*on, over...*》: ～ ink *on* one's clothes 把墨水濺在衣服上。2 潑灑於。3 毀謗，中傷《*with...*》: ～ her reputation *with* false allegations 以無根據的壞話中傷她的名譽。—不及灑落，如雨點似地落下《*on...*》；濺上；唾液飛濺。—图 1 濺，灑；飛濺物。2 紛紛落下的聲音，砰砰聲《*of...*》；小雨。3《**a** ～》少量《*of...*》。

spat·ter·dash ['spætɚ,dæʃ] 图《通常作～**es**》防泥水護腿。

spat·u·la ['spætʃələ] 图 1 抹刀；藥匙，壓舌板。2《英》鍋鏟。

spav·in ['spævɪn] 图ⒸⓊ（馬的）跗節贅。

spawn [spɔn] 图Ⓤ 1〖動〗卵。2《通常為蔑》(1) 子孫；一群崽子；一窩。(2)《作複數》後代；產物，結果。3〖植〗菌絲。
—動不及產卵。—及1 產（卵）。2 引起。3 大量產生。4 以菌絲種植。

spay [spe] 動及〖獸醫〗切除卵巢。

S.P.C.A. 《縮寫》Society for the *P*revention of *C*ruelty to *A*nimals 保護動物協會。

S.P.E. 《縮寫》*S*ociety for *P*ure *E*nglish 純正英語協會。

:speak [spik] 動 (**spoke** 或《古》**spake**, **spo·ken** 或《古》**spoke**, ～**·ing**) 不及1 說，講，說話：～ clearly 清楚地說。2 說話，談話《*to..., with...*》；交談，談論《*of, about...*》：～ *to* the students *about* the homework 跟學生談家庭作業 / *S- of* the devil, and he is sure to come.《諺》說曹操，曹操就到。3 演講《*on, about...*》；演說《*to...*》: ～ *on* the subject at a meeting 就這個主題在會議中演講。4 辯護《*for...*》；陳述，（以書面等）表明《*for...; against ...*》: ～ *for* oneself 為自己辯護；談自己的意見。5《文》說明；表達；表明：Action ～*s* louder than words.《諺》身教勝於言教；事實勝於雄辯。6《文》（樂器等）發出聲音；發出轟鳴。7（依命令而）吠叫。
—及 1 說，講；談論，陳述。2 使用（語言）。

generally speaking 《通常在句首》一般說來。

not to speak of... 更不用說。

so to speak 《為了緩和誇張的語氣的插入句》可以說。

speak aside 向旁側說話；旁白。

***speak at** a person* 以暗示方式說給…聽。

speak by the book 依據事實說。

speak for... (1) ⇨動不及4. (2)《通常用被動》要求；預訂。(3) 顯示，證明。

speak for oneself (1) 為自己證明，為自己辯護。(2) 談自己的意見。(3) ⇨動不及4.

speak ill for... 證明…不好。

***speak ill of** a person* 說某人壞話。

speak out (1) 坦述意見。(2) 大聲講話，清楚地講話。

speak to... (1) ⇨動不及2, 3. (2) 責備。(3)《口》打動，感動。(4) 針對…發表意見。(5) 明確地證明。(6) 要求《*to* do》。

speak up (1) 大聲說話。(2) 大膽地說，坦率地發表意見。(3) 為（人等）辯護《*for ...*》。

speak volumes ⇨ VOLUME（片語）

speak without book 毫無根據地說。

to speak of 《用於否定用於》《用於名詞之後》值得提及的。

～**·a·ble** 形

speak(-)eas·y ['spik,izɪ] 图 (複**-eas·ies**)

《美俚》（禁酒期間）祕密賣酒的地方，非法營業的酒店。

·speak·er ['spikɚ] 图 1說話者；講述者；演說者；辯論者。2 說某種語言的人。3《通常作 **the S-**》（美國眾議院、英國下議院的）議長。4 擴音器。

be on speakers 《英》= be on SPEAKING terms.

～**·ship** 图Ⓤ議長職位，議長任期。

speak·er·phone ['spikɚ,fon] 图免持聽筒電話。

·speak·ing ['spikɪŋ] 图 1Ⓤ說話，談話；演說。2《～**s**》口傳文學。一形 1說話的，談論的。2 明白顯示的；生動富於表情的；栩栩如生的：a ～ evidence 不說自明的證據。3 談話用的，適於談話的；僅止於交談程度的：within ～ range 在聽得到說話的距離內 / have a ～ knowledge of French能說法語。4《複合詞》說…話的。

be on speaking terms 《用於否定句》關係好，友好《*with...*》。

'speaking 'clock 图《**the** ～》《英》電話的報時服務。

'speaking ,trumpet 图 擴音器，揚聲器。

'speaking ,tube 图 通話管，傳聲筒。

·spear[1] [spɪr] 图 1 矛，槍；魚叉。2《古》矛兵，槍兵。3 矛刺；擲魚叉。一形 父方的，父系的。一動及 以矛刺，戳。

spear[2] [spɪr] 图 芽，嫩芽；嫩枝。一動不及 發芽；迅速伸出。

'spear ,carrier 图 1 歌劇合唱隊的隊員；戲劇中的小角色。2《喻》無名小卒。3《喻》最活躍、最舉足輕重的人物。

spear·fish ['spɪr,fɪʃ] 图 (複～, ～**·es**)〖魚〗旗魚。一動不及 以魚叉捕魚。

'spear ,gun 图 魚槍。

spear·head ['spɪr,hɛd] 图 1 矛頭。2 最前線（人物），先鋒，前鋒。一動及《口》當先鋒。

spear·man ['spɪrmən] 图 (複**-men**) 矛兵，槍兵。

spear·mint ['spɪr,mɪnt] 图Ⓤ〖植〗荷蘭薄荷，綠薄荷。

'spear ,side 图《**the** ～》父方，父系。

spec [spɛk] 图 1《口》1 = specification. 2 ⓊⒸ《英》投機，冒風險：buy a thing on ～投機購買東西。3 ⓊⒸ壯觀。一動及 為…訂出規格。

spec. 《縮寫》*spec*ial; *spec*ifically.

:spe·cial ['spɛʃəl] 形 1 特殊的；特別的：～ characteristics 特性 / something ～特別的東西。2 特定的。3 獨特的：a ～ talent 獨特的才能。4 專用的；特設的；特殊任務的：a ～ express 臨時快車 / a ～ envoy 特使。5 專門的；明確的：my ～ field (of research) 我的專門（研究）領域 / ～ orders 明確的命令。6 不尋常的；例外的；額外的；非常的；極重要的：an event of ～ significance 特別重要的事件。一图 1 特別的人[物]；特使；特派員；臨時列車，專車；號外；特別節目。2《美口》特別提供品；特別菜。3 聚光燈。

'special de'livery 图ⓊⒸ《美》限時專送（《英》express delivery）；限時專送郵件。

'special 'drawing ,rights 图 (複)（國際貨幣基金的）特別提款權。略作：SDR

'special edu'cation 图Ⓤ特殊教育。

'special ef'fects 图 (複) 特效，特殊效果。

spe·cial·ism ['spɛʃəl,ɪzəm] 图 ⓊⒸ 專攻，專修；專業化，專門化。

·spe·cial·ist ['spɛʃəlɪst] 图 專家，專科醫師《*in...*》：a ～ *in* education 教育專家 / a women's ～婦產科專家。

·spe·ci·al·i·ty [,spɛʃɪ'ælətɪ] 图 (複**-ties**)《英》= specialty.

·spe·cial·ize ['spɛʃəl,aɪz] 動 (**-ized, -iz·ing**) 不及 1 專門研究，專攻，專修；專門營業（…）《*in...*》：a student *specializing in* economics 專攻經濟學的學生。2〖生〗特化，分化。3 詳述。一及《常用過去分詞》1 將特殊化。2〖生〗使特化。3 詳述，列舉。4 背書指定受款人。

-i·za·tion 图Ⓤ專門化，特殊化；（意義的）限定。

'special 'licence 图〖法〗《英》（結婚）特別許可證。

·spe·cial·ly ['spɛʃəlɪ] 副 1 特別地，專門地。2 特意地。3 尤其。

'Special O'lympics 图《**the** ～》殘障奧運會。

'special 'pleading 图Ⓤ 1〖法〗特別申訴。2 自圓其說的陳述或議論。

'special 'student 图《美》(大學裡的) 特別生；旁聽生。

spe·cial·ty ['spɛʃəltɪ] 图 (複 **-ties**)《美》1 特性，特質，特徵；特別事項[問題]。2 專門，專攻；專業；專長，特長：make a ～ of... 專攻。3 得意的成品；特產（品）；名產；特製（品）；高級製品，特級品：serve one's own ～ to guests 以拿手菜招待客人。4 新產品，新型。5〖法〗蓋印證書。一形〖劇〗特殊技藝的；珍藏的，難得演出的。

spe·cie ['spiʃɪ] 图Ⓤ《文》硬幣，錢幣。

in specie (1) 以同種物；以（非錢的）物品。(2)（非紙幣、票據）用硬幣。(3) 以相同的作法。(4) 就種類而言；本質上。(5)〖法〗（與規定事項）完全相同地，不折不扣地。

·spe·cies ['spiʃɪz, -ʃiz] 图 (複 **-cies**) 1 種類：feel a ～ of shame 有一種羞愧的感覺。2〖生〗物種，種：dozens of ～ of fish 數十種類的魚。3〖理則〗（下位）種（概念）。4〖法〗形式。

spe·cies·ism ['spiʃi,zɪzəm] 图Ⓤ 物種歧視。

S

specif. 《縮寫》 *specif*ic(ally).

spec·i·fi·a·ble ['spɛsə,faɪəbl] 形 可具體指定的，能詳細說明的，能規定的。

·**spe·cif·ic** [spɪ'sɪfɪk] 形 1 明確的，具體的；明白的：to be ～明確地說。2 特定的，特別的：a ～ requirement 特別的要求 / for a ～ purpose 為了某種特定的目的。3 特有的，獨特的《*to*...》：a way of life ～ *to* China 中國特有的生活方式。4〖醫〗特異性的，由特殊原因引起的；特效性的：a ～ dosage 特效劑量。5〖商〗(課稅)從量的。—名 1 特定用途的事物，明確具體的事物；詳論，詳述；《通常作～s》詳情，細節；《～s》詳細說明書。2〖醫〗特效藥《*for*...》。

·**spe·cif·i·cal·ly** [spɪ'sɪfɪkəlɪ] 副 1 明確地，明白清楚地。2 特殊地，特有地：a ～ Westcoast phenomenon 西海岸獨特的現象。3 具體地說。

spec·i·fi·ca·tion [,spɛsəfə'keʃən] 名 1 Ⓤ 詳述，列舉，指定。2 明細項目，細目；《通常作～s》規格；計畫書，說明書；〖法〗發明說明書。3 明確化，特殊化；具有特性的事。

spe'cific 'gravity 名 Ⓤ〖理〗比重。略作：sp.gr.

spe'cific 'heat 名 Ⓤ〖理〗比熱。

spec·i·fy ['spɛsə,faɪ] 動 (-fied, ～·ing) 及 1 具體指定，詳細指明；詳細列舉說明：～ the amount of money needed for the project 具體確定這計畫需要的金額。2 列入合約說明書。3 把…為條件列。—動 不及 列舉出名稱說明，詳細說明。

·**spec·i·men** ['spɛsəmən] 名 1 樣本，實例：a fine ～ of medieval art 足以代表中古世紀藝術的典範。2 (醫學上的) 標本，待驗樣品：a stuffed ～ 剝製標本。3《與形容詞連用》《口》傢伙，人：a poor ～ 可憐的傢伙。

spe·ci·os·i·ty [,spiʃɪ'ɑsətɪ] 名 (複-ties) 1 Ⓤ 華而不實，虛有其表。2 華而不實的言行[物]。

S

spe·cious ['spiʃəs] 形 1 似合理的，似是而非的：～ reasons 似是而非的理由。2 虛有其表的，華而不實的。～·ly 副

·**speck** [spɛk] 名 1 斑點，污點，瑕疵：a ～ of blood 血跡。2 微塵，細粒，微片。
not a speck《美》一點…也沒有。
—動 及《主要用過去分詞》沾上污點；點綴。

speck·le ['spɛkl] 名 1 斑點。2 斑。
—動 及《主要用被動》使帶有小斑點；點綴。

specs [spɛks] 名 (複)《口》1 眼鏡：wear ～ 戴眼鏡。2 = specifications 2.

·**spec·ta·cle** ['spɛktəkl] 名 1 壯觀，奇觀，景象。2 公開展示，表演。3《～s》眼鏡；《常作～s》類似眼鏡之物：a pair of ～*s* 一副眼鏡。4《～s》有色眼鏡；成見。
make a spectacle of oneself 做出當眾出醜的事，出洋相。

spec·ta·cled ['spɛktəkl̩d] 形 1 戴眼鏡的。2 有眼鏡狀斑紋的。

spec·tac·u·lar [spɛk'tækjələ] 形 引人注目的；壯觀的；豪華富麗的；戲劇性的，驚人的。—名 壯觀的場面；奇觀；大展覽；豪華電視節目。～·ly 副

·**spec·ta·tor** ['spɛktetə, spɛk'tetə] 名 觀眾；(儀式等的) 觀禮人；旁觀者，目擊者：a crowd of ～*s* at a ball game 球賽的觀眾 / ～ sports 觀眾多的運動競賽。

spec·ter ['spɛktə] 名 1 幽靈，妖怪，妖魔。2 恐怖之物；恐怖的根源。
raise the specter of... 引起…的不安。

spec·tra ['spɛktrə] 名 **spectrum** 的複數形。

spec·tral ['spɛktrəl] 形 1 (似) 幽靈的。2 模糊的，虛幻的。3 光譜的：～ hues 譜色。

spec·tre ['spɛktə] 名《英》= specter.

spec·tro·gram ['spɛktrə,græm] 名 光譜圖。

spec·tro·graph ['spɛktrə,græf] 名 分光攝影機；光譜儀。

spec·trom·e·ter [spɛk'trɑmətə] 名〖光〗分光計。

spec·tro·scope ['spɛktrə,skop] 名〖光〗分光器。**-scop·ic** [-'skɑpɪk] 形

spec·tros·co·py [spɛk'trɑskəpɪ, 'spɛktrə,sko-] 名 Ⓤ〖理〗光譜學。

·**spec·trum** ['spɛktrəm] 名 (複 **-tra** [-trə], ～s) 1〖理〗光譜；頻譜；電磁波譜。2 系列；範圍：a wide ～ of opinions on foreign policy 對外交政策各種不同的意見。3〖心〗餘像，殘像。

spec·u·lar ['spɛkjələ] 形 (似) 鏡子的，反射的：the ～ orb 眼睛；鏡頭。

·**spec·u·late** ['spɛkjə,let] 動 (-lat·ed, -lat·ing) 不及 1 (1) 沉思，思考，思索《*about, on, upon, as to*...》：～ *about* the meaning of life 思索人生的意義。(2) 推測，猜測《*about, on, as to*...》：～ *on* where the satellite will fall 推測人造衛星會在何處墜落。2 投機《*in*...》；做投機買賣《*in*...》：～ *in* real estate 做不動產的投機生意。

·**spec·u·la·tion** [,spɛkjə'leʃən] 名 Ⓤ Ⓒ 1 沉思，思考，思索《*on, upon, about*...》：～ *on* the meaning of life 關於人生意義的思索。2 推測，臆測。3 結論；見解。4 投機，投機買賣《*in*...》。

spec·u·la·tive ['spɛkjə,letɪv] 形 1 思考的，思索的；冥想的：a ～ expression 沉思的神情。2 純理論的，非實用性的：～ knowledge 純理論知識。3 投機的；喜好投機的。4 冒險的。～·ly 副, ～·ness 名

spec·u·la·tor ['spɛkjə,letə] 名 1 (…的) 投機者，投機商人《*in*...》：a ～ *in* real estate 不動產投機者。2 黃牛。3 思索者；抽象的理論思想家。

spec·u·lum ['spɛkjələm] 名 (複**-la** [-lə]

～s) **1** 金屬鏡；反射鏡。**2**〖外科〗診察鏡，窺器；開張器。

:sped [spɛd] 名 **speed** 的過去式及過去分詞。

:speech [spitʃ] 名 **1** Ⓤ說話能力，語言能力。**2** Ⓤ說話，發言；言談：a manner of ～說話方式 / *S-* is silver, (but) silence is golden.《諺》雄辯是銀，沉默是金。**3** Ⓤ說話態度，說話方法。**4** 演說；當眾談話：deliver a fiery ～做激烈的演說。**5** Ⓤ語言；(特有的) 語言，專門用語；方言：daily ～日常語言。**6** 演員的臺詞。**7** Ⓤ演講術，說話技巧。**8** Ⓤ〖文法〗引語；詞類：direct ～直接引語。**9** Ⓤ《古》謠言。**10** Ⓤ(樂器的) 音色，音響。

'speech comˌmunity 名〖語言〗共同語言體，共語社群。

'speech corˌrection 名ⓊⒸ語言矯正。

'speech ˌday 名《英》(學校一年一度的) 頒獎典禮日。

speech·i·fy ['spitʃə,faɪ] 動 (**-fied**, ～**·ing**) 不及《蔑》演說，高談闊論。
-fi·'ca·tion 名, **-fi·er** 名

·speech·less ['spitʃlɪs] 形 **1** 說不出話的《*with, from...*》：be ～ *with* horror 嚇得說不出話來。**2** 言語無法表達的，說不出的。**3** 無語言能力的，不能說話的；沉默寡言的，不愛說話的。～**·ly** 副

speech·mak·er ['spitʃ,mekɚ] 名演說者，演講者。

'speech ˌreading 名Ⓤ讀唇法。

'speech recogˌnition 名Ⓤ〖電腦〗語音辨識系統。

'speech ˌsound 名〖語音〗**1** 單音。**2** 語音。**3** 某個語言音系中的一個音。

'speech 'therapy 名Ⓤ語言障礙矯正法，語言治療。

:speed [spid] 名 **1** Ⓤ快速，迅速：gain ～增加速度 / More haste, less ～.《諺》欲速則不達。**2** ⓊⒸ速度，速率：at (high) ～高速地，急速地。**3** 變速裝置，排檔：a five ～ bicycle 五段變速的自行車。**4** ⓊⒸ〖攝〗(1) 感光度。(2) 曝光時間；曝光度。**5** Ⓤ《古》成功；興盛。**6** Ⓤ《俚》刺激劑，興奮劑。

at top speed (1) 以全速。(2) 拚命地。

—動 (**sped**或～**·ed**, ～**·ing**) **1** 促進，使加速進展《*up*》；加快 (步伐)，急行，疾走。**3** 加快 (機械等) 的速度《*up*》；使定速運行。**4** 催促；道別祝福。—不及 **1** 快速行進，疾走《*along*》。**2** 加速《*up*》；超速行駛。**3** 過日子；進展。**4** 服用 (興奮劑)。**5**《古》成功，興盛。

speed·ball ['spid,bɔl] 名Ⓤ **1**《美》快速球。**2** 興奮劑的混合注射。

speed·boat ['spid,bot] 名 (高速) 快艇。

'speed ˌbump 名弧形減速隆起物。

speed-cop ['spid,kɑp] 名取締汽車違規超速的警察。

speed·er ['spidɚ] 名 **1** 高速駕車者，超速駕車者。**2** (機械的) 變速器。

speed·i·ly ['spidəlɪ] 副快速地，迅速地，立刻地，即速地。

'speed ˌindicator 名速度計。

speed·ing ['spidɪŋ] 名Ⓤ (汽車的) 超速。

'speed ˌlimit 名 (最高) 速度限制。

speed·om·e·ter [spi'dɑmətɚ] 名速度計，示速器。

speed-read ['spid,rid] 動 (**-read** [-,rɛd], ～**·ing**) 及速讀。～**·ing** 名Ⓤ速讀 (法)。

'speed ˌskating 名Ⓤ快速滑冰。

speed·ster ['spidstɚ] 名《口》**1**《美》= speeder 1. **2** 以速度著名的選手。

'speed ˌtrap 名超速監視區。

speed(-)up ['spid,ʌp] 名ⓊⒸ **1**《美》加速，增速。**2** 生產效率的提高。

speed·way ['spid,we] 名 **1**《美》高速公路。**2** 汽車賽車道；Ⓤ此種賽車道上舉行的比賽。

speed·well ['spid,wɛl] 名Ⓤ〖植〗草本威靈仙屬植物。

speed·y ['spidɪ] 形 (**speed·i·er, speed·i·est**) 快速的，迅速的；立刻的：a ～ reply 立即回答。**-i·ness** 名

:spell[1] [spɛl] 動 (～**ed** 或《英》**spelt**, ～**·ing**) **1** 拼 (字)《*with...*》；拼寫：～ one's name in full 拼出全名。**2** 拼成 (字)。**3** 造成，意味，招致。**4** 拼讀出；費力地讀懂《*out*》。**5** 揣摩，理解《*out*》。—不及 **1** 拼字。**2** 拼寫。

spell...out / spell out... (1)《口》清楚地說明。(2) 完整寫出，完整拼出；全部寫出。(3) ⇨動及4.

·spell[2] [spɛl] 名 **1** (1) 咒語，符咒，魔法：lay a person under a ～施魔法懾住某人。(2) 著魔的狀態。**2** 魅力：come under a person's ～ 被某人的魅力所吸引。

·spell[3] [spɛl] 名 **1** 工作；工作時間；輪班時間：by ～*s* 輪流地 / take a ～ at the oars 輪流划槳。**2** 一陣，一會兒；持續期間；《美》發作：a dry ～乾旱期間 / a ～ ago 剛才 / between sick ～*s* 生病期間。**3**《澳》休息時間。

—動及輪流《*at..., at doing*》。—不及《澳》休息《*off*》。

spell·bind ['spɛl,baɪnd] 動 (**-bound**, ～**·ing**) 及以魔法迷住，魅惑。

spell·bind·er ['spɛl,baɪndɚ] 名《主美》**1** 引人入勝的演說者。**2** 使人入迷的作品。

spell·bound ['spɛl,baʊnd] 形被魔法控制的；出神的；入迷的。

spell·checker ['spɛl,tʃɛkɚ] 名電腦拼寫校正程式。

spell·er ['spɛlɚ] 名 **1** 拼字者。**2**《美》拼字教科書。

·spell·ing ['spɛlɪŋ] 名 **1** Ⓤ拼字法，綴字法。**2** 拼字，拼法。

'spelling ˌbee 名拼字比賽。

'spelling ˌbook 名 = speller 2.

'spelling pronunciaˌtion 名 U C 照拼法發音。

:spelt [spɛlt] 動 **spell** 的過去式及過去分詞。

spe·lunk [spɪ'lʌŋk] 動 不及《美》從事洞穴探險。

spe·lunk·ing [spɪ'lʌŋkɪŋ] 名 U 洞穴探險活動。

spen·cer ['spɛnsɚ] 名 緊身短外套。

Spen·cer ['spɛnsɚ] 名 **Herbert**, 斯賓塞（1820 –1903）：英國哲學家。

Spen·ce·ri·an[1] [spɛn'sɪrɪən] 形 斯賓塞（哲學）的。—名 斯賓塞派哲學家。

Spen·ce·ri·an[2] [spɛn'sɪrɪən] 形 斯賓塞體的。

:spend [spɛnd] 動 **(spent, ～·ing)** 及 **1** 支用：花（在人、事、物上）《*on, upon, in ..., on doing, in doing*,《美》*for...*》：～ money *on* a woman 把錢花在一個女人身上 / ～ one's money *on* betting at the race track 把錢花在賭馬上 / Ill gotten, ill *spent*.《諺》悖入悖出；不義之財揮霍得快。**2** 過，度過《*in...*》；消磨《*on, in...*》：～ every Saturday *in* playing baseball 打棒球度過每個週六。**3** 耗費；付出，投注：～ all one's efforts 盡最大的努力 / ～ one's last 盡全力。**4**《通常用被動或反身》用盡，耗盡。—不及 花錢；耗費（精力、時間等），用盡。

spend a penny《口》上廁所。

spend·er ['spɛndɚ] 名 花錢的人，浪費者。

'spending ˌmoney 名 U《美》零用錢。

spend·thrift ['spɛnd,θrɪft] 名 浪費者，揮霍者。—形 浪費的，揮霍（成性）的。

Spen·ser ['spɛnsɚ] 名 **Edmund**, 斯賓塞（約 1552–99）：英國詩人。**-se·ri·an** [-'sɪrɪən] 形 斯賓塞式的。—名 斯賓塞詩體。

:spent [spɛnt] 動 **spend** 的過去式及過去分詞。—形 **1** 用盡的；筋疲力盡的。**2** 產完卵的，排完精的。

sperm[1] [spɝm] 名 U 精液；C 精子。

sperm[2] [spɝm] 名 **1** = spermaceti. **2** = sperm oil. **3** = sperm whale.

sper·ma·cet·i [,spɝmə'sɛtɪ, -'sitɪ] 名 U 鯨蠟，鯨頭油。

sper·mat·ic [spɝ'mætɪk] 形 **1** 精液的；精子的；輸精的；精囊的，睪丸的。**2** 生殖的，生產的。**-i·cal·ly** 副

sper·ma·to·zo·on [,spɝmətə'zoɑn] 名 (複 **-zo·a**[-'zoə]) 精子。

'sperm 'bank 名 精子銀行。

'sperm ˌbanking 名 U 精子儲存。

sper·mi·cide ['spɝmə,saɪd] 名 殺精子製劑。

'sperm ˌoil 名 U 抹香鯨油。

sper·mous ['spɝməs] 形（似）精液的；（似）精子的。

'sperm ˌwhale 名〖動〗抹香鯨。

spew [spju] 動 不及《文》**1** 嘔吐，吐出。**2**（因連續發射）槍口變形。—及 **1** 嘔吐，吐出；噴出，湧出《*out*》。**2** 傾洩，發洩。—名 U C 嘔吐；嘔吐物。

SPF《縮寫》*s*un *p*rotection *f*actor 防晒係數。

sp. gr.《縮寫》*s*pecific *gr*avity.

sphag·num ['sfægnəm] 名 U〖植〗水蘚，泥炭蘚。**-nous** 形

spher·al ['sfɪrəl] 形 **1** 球的。**2** = spherical. **3** 對稱的，勻稱的；外形完美的。

·sphere [sfɪr] 名 **1**（幾何學上的）球體；球，球形物體。**2** 星；行星；天體；天空。**3** 範圍；分野，領域《*of...*》：a ～ *of* influence 勢力範圍 / keep within one's (proper) ～ 守本分。**5** 階層；地位。—動 **(sphered, spher·ing)** 及 **1** 放置球內。**2** 使成球狀。**3** 置於天體中。

spher·i·cal ['sfɛrɪkl] 名 **1** 球形的，圓的；球面的；球（體）的。**2** 天體的。**3** 有關星座的。～**·ly** 副

sphe·ric·i·ty [sfɪ'rɪsətɪ] 名 (複 **-ties**) U C 球體，球面，球狀。

sphe·roid ['sfɪrɔɪd] 名 形 橢圓體（的）。

sphe·roi·dal [sfɪ'rɔɪdl] 形 **1** 橢圓體的。**2** 類似球形的。

spher·ule ['sfɛrul] 名 小球，小球體。

spher·y ['sfɪrɪ] 形 **1** 球形的。**2** 天體的；似星狀的。

sphinc·ter ['sfɪŋktɚ] 名〖解〗括約肌。

·sphinx [sfɪŋks] 名(複～**·es, sphin·ges** ['sfɪndʒiz]) **1**（古代埃及的）獅身人面像；《通常作 **the S-**》吉沙金字塔附近的獅身人面巨像。**2**《**S-**》〖希神〗斯芬克斯：有女人頭胸、獅身、鷲翼，常出謎語給旅行者猜的怪物。**3** 像獅身人面的怪物；無法理解的人[物]。

sphyg·mo·ma·nom·e·ter [,sfɪgmomə'nɑmətɚ] 名 血壓計。

spic [spɪk] 名《美口》《蔑》西班牙語裔的美國人；波多黎各人，墨西哥人。

·spice [spaɪs] 名 **1** C U ⑴ 香料；調味品；香氣，香味：a fragrant ～ 濃郁的辛香料。⑵《集合名詞》（辛）香料。**2** U《詩》芳香。**3**《通常作 **a** ～》少量，風味《*of...*》：*a* ～ *of* humor 有點幽默。**4** U 風味，趣味；情趣。

—動 **(spiced, spic·ing)** 及 **1** 加香料於。**2** 增添趣味[情趣]《*with...*》。

spice...up / spice up... ⑴（添加香料後）使變得辛辣。⑵ 賦予…活力。

spice·bush ['spaɪs,bʊʃ] 名〖植〗安息香。

spic·er·y ['spaɪsərɪ] 名(複 **-er·ies**) **1** U《集合名詞》香料類。**2** U 芳香，香味。

spick-and-span ['spɪkən'spæn] 形 **1** 極乾淨的，一塵不染的。**2** 嶄新的。—副 嶄新地；整潔地，乾淨地。

spic·ule ['spɪkjul] 名 **1** 小而尖銳之物，

S

針狀體。2〖動〗骨針；小針突。

spic·y ['spaɪsɪ] 形(**spic·i·er, spic·i·est**) 1 加入香料的，有香料味的：(a) ~ flavor 香料味。2 似香料的。3 香料性的；多香料的，產香料的；香郁的：a ~ breeze 芳郁的微風。4 痛快的；辛辣的。5 下流的，猥褻的。6《口》活躍的。**-i·ly** 副

·**spi·der** ['spaɪdɚ] 名 1 蜘蛛。2 像蜘蛛之物；《美》有柄的煎鍋；三腳爐架。3 設圈套的壞人。

'**spider ˌmonkey** 名〖動〗蜘蛛猿。

'**spider('s) ˌweb** 名《美》蜘蛛網；蜘蛛網狀的東西。

spi·der·y ['spaɪdərɪ] 形 1 似蜘蛛的；蜘蛛網似的。2 多蜘蛛的。

spiel [spil] 名 Ⓤ Ⓒ《美口》誇大的演說；廣告，推銷演說。—動 不及 誇大地說；滔滔不絕地說。

spi·er ['spaɪɚ] 名 偵探；值班者；偵察者。

spiff·y ['spɪfɪ] 形 (**spiff·i·er, spiff·i·est**)《口》乾淨的；整潔漂亮的。

spig·ot ['spɪgət] 名 1（木桶流水口的）塞子；（木桶的）通氣孔之栓。2《美》水龍頭；《英》水龍頭的閥門。3（管子的）插入口。

·**spike**[1] [spaɪk] 名 1 大釘；（鐵軌用的）長釘，道釘。2（作武器用的）尖頭金屬；（釘在圍牆上的）尖鐵。3（釘於鞋底的）鞋釘；《~s》釘鞋：~ soles 附鞋釘的鞋底。4 小鹿的角；小青花魚。5（圖表上的）尖形表示山形的部分。6〖排球〗扣球，殺球。

hang up one's spikes《美俚》從職業運動界退休，高掛球鞋。

—動 (**spiked, spik·ing**) 及 1 以大釘固定；以釘狀物刺穿。2 釘鞋釘。3〖棒球〗以鞋底釘傷害。4 塞住火門。5 使無效。6《美口》加酒精。7〖排球〗扣至對方場地，殺球。8〖美足〗興奮地將（球）猛擊於地。

spike a person's guns ⇨ GUN[1]（片語）

spike[2] [spaɪk] 名 1 穗。2〖植〗穗狀花序。

'**spike 'heel** 名《美》細高鞋跟。

spike·nard ['spaɪknɚd, -nɑrd] 名 Ⓤ〖植〗甘松；甘松油，甘松香。

spik·y ['spaɪkɪ] 形 (**spik·i·er, spik·i·est**) 1 有長釘的，多釘的。2 似長釘的，尖頭的。3 易發脾氣的；難以取悅的。

spile [spaɪl] 名 1（木桶等的）木栓；椿子。2《美》（採樹汁的）插管。—動 及 1 以椿填充。2 裝插管；以插管導出。3 裝置木栓於，以椿子穩固。

·**spill**[1] [spɪl] 動(**spilled** 或 **spilt**, ~·**ing**) 及 1 潑出《*from...*》；溢出，灑出《*on, over ...*》: It is no use crying over *spilt* milk.《諺》覆水難收。2《文》（因殺傷等）流（血）。3 使（從車子上等）跌下。4《俚》洩露，說出。5〖海〗使（帆）漏風；不受（風）。—不及 1 灑落；（由車等上）跌落《*out / from, out of...*》；溢出《*over*》。2 滿得無法容納而外流；擴展；湧流；充滿。

spill one's guts《俚》洩露情資。

spill the beans ⇨ BEAN

—名 1 溢出；流出；Ⓤ 溢出量。2 潑灑留下的痕跡，污染。3 = spillway. 4《口》（由馬等上）拋落，掉落。

spill[2] [spɪl] 名 1 破片。2 點火用木條，紙捻兒。3 金屬製釘子。4（木桶的）木栓。

spill·age ['spɪlɪdʒ] 名 1 Ⓤ 溢出。2 Ⓒ Ⓤ 溢出量，外洩量。

spill·o·ver ['spɪlˌovɚ] 名 Ⓤ Ⓒ 1 溢出。2 溢出物；流出；《a ~》過剩《*of...*》。

spill·way ['spɪlˌwe] 名 溢洪道。

·**spilt** [spɪlt] 動 **spill**[1] 的過去式及過去分詞。

·**spin** [spɪn] 動 (**spun** 或《古》**span**, **spun**, ~·**ning**) 及 1 紡；將（原料）紡成：~ wool into yarn 將羊毛紡成紗。2 吐（絲）；作（繭）；結（網）。3 迴轉，旋轉：~ the bottle 使瓶子旋轉。4 產生，展開；詳細地述說：~ tall tales 編造令人難以相信的故事。5 拖延，拖長；勉強維持一段長時間《*out*》: ~ the project *out* 使計畫拖延。6〖金工〗旋轉加工。—不及 1 旋轉；轉圈子。2 吐絲；作繭；結網；紡紗。3 疾進，疾行。4 發暈，目眩。

spin down〖天〗減低自轉的速度。

spin up〖天〗（星球）增加自轉的速度。

—名 1 Ⓤ Ⓒ 旋轉；旋轉；旋轉運動。2 暴跌，劇降。3《文》疾奔，跑一趟。4〖空〗盤旋下降。5〖理〗旋轉。6《澳》機遇；運氣。

get into a flat spin 陷於窮困處境。

spi·na bif·i·da ['spaɪnə'baɪfədə] 名 Ⓤ〖病〗（先天的）脊柱分裂。

spin·ach ['spɪnɪdʒ] 名 Ⓤ 菠菜。

spi·nal ['spaɪnl] 形 刺（狀）的；〖解〗脊的；脊柱的；脊髓的：~ anesthesia 脊髓麻醉。

—名〖醫〗脊髓麻醉藥。~·**ly** 副

'**spinal ˌcolumn** 名〖解〗脊柱。

'**spinal ˌcord** 名〖解〗《the ~》脊髓。

spin·dle ['spɪndl] 名 1 紗錠，紡錘。2 軸，主軸，旋轉軸。3 危險標，棒標。4 紡織線的尺度單位。5《美》比重計。6〖生〗紡錘體。7（樓梯及橋扶手的）主柱。8 紙插，票插。—動 及 1 使成紡錘形。2 裝紡錘於…。3 插在紙插上。

—不及 變細長；變成長莖。

spin·dle-leg·ged ['spɪndlˌlɛgɪd] 形 腿細長的。

spin·dle·legs ['spɪndlˌlɛgz] 名(複) 1《作複數》細長的腿。2《作單、複數》《口》腿細長的人。

'**spindle ˌside** 名《the ~》母方，母系。

'**spindle ˌtree** 名〖植〗西洋衛矛。

spin·dling ['spɪndlɪŋ] 形 1 細長的。2 莖或幹細長的。—名 細長的人。

spin·dly ['spɪndlɪ] 形 (**-dli·er, -dli·est**) 細

S

長的。

'spin ˌdoctor 图（導引媒體報導方向的）政治公關人員。

spin·dri·er ['spɪnˌdraɪɚ] 图=spin dryer.

spin·drift ['spɪnˌdrɪft] 图 Ⓤ **1** 浪花。**2** 沙塵，雪塵。

spin-dry ['spɪnˌdraɪ] 動(**-dried**, ～**·ing**)及 以離心力脫水。

'spin 'dryer 图旋轉式脫水機。

·spine [spaɪn] 图 **1** 脊柱，脊椎骨。**2** 骨刺。**3**（植物的）刺，針。**4** 骨氣，勇氣。**5**（地面及岩石的）背面，隆起的部分；書背，書脊。**spined** 形

'spine-'chilling 形令人背脊發涼的，毛骨悚然的。

spine·less ['spaɪnlɪs] 形 **1** 無刺的。**2** 無脊骨的；軟脊骨的。**3** 優柔寡斷的；沒有骨氣的；懦弱的。～**·ly** 副, ～**·ness** 图

spi·nes·cent [spaɪ'nɛsn̩t] 形 **1**〖植〗刺狀的；有刺的。**2**〖動〗刺狀的；粗的。

spin·et ['spɪnɪt] 图 **1** 小型的古鋼琴。**2**《美》小型直立鋼琴。**3** 小型電子琴。

spin·na·ker ['spɪnəkɚ] 图〖海〗大三角帆。

spin·ner ['spɪnɚ] 图 **1** 紡織者，紡織工[機]；《古》蜘蛛。**2**〖釣〗迴旋餌。**3**〖美足〗帶球者急轉身假動作。

spin·ner·et ['spɪnəˌrɛt] 图 **1**（蜘蛛等腹部的）吐絲器，紡織突。**2**〖織〗噴絲口。

spin·ney ['spɪnɪ] 图 (複～**s**)《英》**1** 樹叢。**2** 灌木叢。

spin·ning ['spɪnɪŋ] 图 Ⓤ **1** 紡紗。**2**〖釣〗投釣。～**·ly** 副

'spinning ˌjenny 图初期的多軸紡紗機。

'spinning ˌwheel 图紡車，紡紗車。

spin-off ['spɪnˌɔf] 图 **1** Ⓤ〖商〗總公司收回分公司的股份，將其分配給股東重新整合公司組織（的做法）。**2** ⓊⒸ（亦作 **spinoff**）副作用；副產品；電視連續節目。

spi·nous ['spaɪnəs] 形 **1** 有刺的。**2** 刺狀的，尖銳的。**3** 難處理的，麻煩的。

spin·out ['spɪnˌaʊt] 图Ⓤ（車子的）橫向打滑。

Spi·no·za [spɪ'nozə] 图**Baruch** 或 **Benedict de**, 斯賓諾沙（1632－77）：荷蘭哲學家。**-zism** [-ˌzɪzəm] 图Ⓤ斯賓諾沙哲學。

spin·ster ['spɪnstɚ] 图 **1**《英》未婚婦女。**2**《通常爲蔑》老處女。**3**《美》紡紗女。～**·ˌhood** 图, ～**·ish** 形

spin·y ['spaɪnɪ] 形 (**spin·i·er, spin·i·est**) **1** 多刺的；有針的。**2** 刺狀的。**3** 困難的，麻煩的，難處理的。**-i·ness** 图

'spiny 'lobster 图大龍蝦。

spi·ra·cle ['spaɪrəkl̩, 'spɪrə-] 图 **1** 換氣孔，通氣孔。**2**〖動〗（鯨的）噴氣孔；（鮫的）噴水孔；（昆蟲的）氣門。

·spi·ral ['spaɪrəl] 图 **1** 螺旋；〖幾何〗螺線。**2** 螺旋狀之物；螺貝；渦狀彈簧。**3**〖空〗盤旋。**4**〖經〗連續性波動；惡性循環：the wage-price ～工資和物價的惡性循環。—形渦形的；螺旋（狀）的。—動(～**ed**, ～**·ing** 或《英》**-ralled**, ～**·ling**) 不及 成爲渦形，成螺旋狀（急速地）運動，螺旋般地迴旋，繚繞地上升。—及成螺旋狀，成螺旋運動。～**·ly** 副

spi·rant ['spaɪrənt] 图形〖語音〗摩擦音（的）。

spire¹ [spaɪr] 图 **1** 尖塔；尖頂：a church ～教堂的尖塔。**2**（物的）細尖部分；（山的）尖峰。**3** 頂點，最高地位。**4** 葉片，嫩芽，嫩莖。—動 不及 突出；高聳。—及 蓋上尖塔。

spire² [spaɪr] 图渦形，螺旋；〖動〗螺旋部，螺塔。

spired [spaɪrd] 形 有尖塔的。

:spir·it ['spɪrɪt] 图 **1** Ⓤ精神：the poor in ～〖聖〗虛心的人 / a man of broken ～失意的人。**2** Ⓤ生氣；（生命的）氣息：give up one's ～ 去世。**3** Ⓤ魂，靈魂。**4** 精靈，幽靈，亡靈；（小）妖精；天使；惡魔；《**S-**》聖靈。**5**《～**s**》感情，情緒；精力，氣勢：a ～ of thankfulness 感謝之心 / keep up one's ～*s* 振作精神 / raise one's ～*s* 激發士氣。**6**《只用單數》氣魄；性向；精神，氣概：with ～ 淬勵奮發地。**7**《接形容詞之後》（具有…氣質的）人：the leading ～*s* of the Reform Movement 宗教改革運動的領導們 / a noble ～有高尚氣質的人。**8** Ⓤ支配的傾向，風氣，潮流，精神：the ～ of the times 時代精神。**9** Ⓤ忠誠心：college ～愛校心。**10**《常作 **the** ～》（言行等的）精神，大要，主旨：take...in *the* right ～ 體會…的真諦。**11** Ⓤ〖化〗精，提出物。**12**《常作～**s**, 作單數》蒸餾酒精；Ⓤ《英》酒精：a ～ lamp 酒精燈。—動 及 **1** 使精神振作，給予活力；鼓勵，振奮《*up*》。**2** 誘拐，使神祕失蹤《*away, off*》。

spir·it·ed ['spɪrɪtɪd] 形 **1** 精神好的，有活力的，有勇氣的；激烈的；猛烈的：a ～ fellow 體力充沛的人 / a ～ debate 激烈的辯論。**2**《複合詞》有…精神的；有…心情的：high-spirited 情緒極佳的。～**·ly** 副, ～**·ness** 图

spir·it·ism ['spɪrɪtɪzəm] 图Ⓤ心靈主義；心靈術，招魂術，降神術。

'spirit ˌlamp 图酒精燈。

spir·it·less ['spɪrɪtlɪs] 形無活力的，沮喪的；無精打采的；無生命的，死的：～ conversation 沉悶的談話。～**·ly** 副

'spirit ˌlevel 图酒精水平器。

'spirit ˌrapping 图Ⓤ招魂術。

'spirit ˌrapper 图可以和靈魂溝通的人，靈媒。

·spir·it·u·al ['spɪrɪtʃʊəl] 形 **1** 精神的，精神上的；靈魂的：one's ～ presence 精神的存在 / our ～ fatherland 我們精神上的故鄉。**2** 崇高的，超俗的：the most ～ person

S

I know 我所見過最高尚的人。3 幽靈的，超自然的：a ~ being 超自然物（靈魂等）。4 宗教上的，宗教的，教會的；神聖的：~ songs 聖歌，讚美歌。一名 1《~s》與教會有關的事情。2 靈歌。3 精神性的事物。

~·ly 副, ~·ness 名

spir·it·u·al·ism ['spɪrɪtʃuəl,ɪzəm] 名 U 1 心靈主義；心靈術。2 精神主義；觀念論；唯心論。3 精神的傾向。

-'is·tic 形

spir·it·u·al·ist ['spɪrɪtʃuəlɪst] 名 心靈術者；心靈主義者；精神主義者；唯心論者。

spir·i·t·u·al·i·ty [,spɪrɪtʃu'ælətɪ] 名(複 -ties) U 精神上的事；超俗性；靈性；精神的傾向。

spir·it·u·al·ize ['spɪrɪtʃuəl,aɪz] 動 及 1 精神化。2 賦予精神上的意義。

-i·'za·tion 名 U 靈化；淨化。

spi·ri·tu·el(le) [,spɪrɪtʃu'ɛl] 形 1 風趣的，機智的。2 優雅的。

spir·it·u·ous ['spɪrɪtʃuəs] 形 1 含有酒精的；酒精成分高的。2 蒸餾過的。

spi·ro·chete, -chaete ['spaɪrə,kit] 名〖菌〗螺旋體；螺旋原蟲。

spi·rom·e·ter [spaɪ'rɑmətɚ] 名 肺活量測定計。

spirt [spɝt] 動 不及 及，名 = spurt.

spir·y[1] ['spaɪrɪ] 形 尖塔狀的；多尖塔的。

spir·y[2] ['spaɪrɪ] 形 螺旋狀的；漩渦的。

·**spit**[1] [spɪt] 動 (spit 或 spat, ~·ting) 不及 1 吐口水；吐痰；表示輕視《at, in, on, up- on...》：~ *at* the offer 蔑視該提議 / ~ *in* a person's face 在某人的臉上吐口水。2 呼嚕呼嚕怒叫《at...》。3 發牢騷，嘮嘮叨叨；發出劈啪聲。4《常用 it 作主詞》飄落。

一及 1 吐；吐出《up, out》；嘔吐《up》。2 似連珠炮般地說《out》。3 點火；（槍炮等）開（火）。

spit in the eye of... 輕視。

一名 1 U 唾液，口水；吐口水；C 吐唾沫聲。2 U〖昆〗唾沫般的分泌物；唾蟲。3（雨、雪）稀疏地下。4《口》酷似。

the spit and image of... / the spitting image of... 酷似。

spit[2] [spɪt] 名 1（烤肉等用的）籤子，鐵叉。2 尖狹突出的岬；狹長暗礁。3 一鋤深：dig a hole 3 ~*s* deep 把洞穴掘三鋤深。

一動(~·ted, ~·ting) 及 1 將（肉等）串在籤子上。2 刺穿。

spit·ball ['spɪt,bɔl] 名 1《美》（小孩用口水弄溼後用來扔人的）紙團。2〖棒球〗唾液球。

spitch·cock ['spɪtʃ,kɑk] 名 烤鰻魚片。

一動 及 1 燒烤（鰻魚）。2 虐待。

spite [spaɪt] 名 1 U 惡意，壞心眼：out of ~ 出於惡意地。2 怨恨，恨：vent one's ~ on... 對…洩恨。

in spite of 儘管，雖然。

in spite of oneself 不自覺地，不由自主地。

一動 (spit·ed, spit·ing) 及 不懷好意；存心刁難，妨礙；使惱怒。

cut off one's nose to spite one's face ⇨ NOSE（片語）

spite·ful ['spaɪtfəl] 形 有惡意的，壞心眼的；懷恨的：a ~ person 壞心眼的人 / (as) ~ as hell 非常地懷恨。~·ly 副

spit·fire ['spɪt,faɪr] 名 脾氣暴躁者，容易發脾氣的女人。

'**spitting** '**image** 名《口》⇨ SPIT 名（片語）

spit·tle ['spɪtl] 名 U 1 唾液；口水。2〖昆〗泡沫分泌物。

spit·toon [spɪ'tun] 名 痰盂。

spitz [spɪts] 名 狐狸狗。

spiv [spɪv] 名《英口》無業遊民；做黑市買賣的人，小偷。

·**splash** [splæʃ] 動 及 1 潑，濺《with...》；潑灑《about / on, over...》：be ~*ed with* paint 被潑了油漆 / ~ water *on* a person's face 把水潑在某人的臉上。2 濺污。3 潑散而產生花紋；使成斑駁狀《with...》：an egg ~*ed with* brown 帶有褐色斑紋的蛋。4（在報上等）大書特書。5《英》揮霍《about》；（在不必要的地方）花費《out / on...》：~ one's money *about* 散財。

一不及 1 潑灑水[泥等]；激起水花前進《across, through...》；撲通跳入《into...》；濺出。2（太空船）在海上降落《down》。

一名 1 潑灑；潑灑聲。2 斑紋，斑點；色斑，光斑。3《口》引人注目的賣弄。4（報上等）醒目的刊登。5《英口》少量的蘇打水。

make a splash 發出撲通一聲；《口》引起轟動，大出風頭。

一副 撲通地。

splash·board ['splæʃ,bord] 名 1（車子的）擋泥板。2〖海〗= washboard 2.

splash·down ['splæʃ,daun] 名（太空船的）降落海上。

'**splash** ,**guard** 名 擋泥板。

splash·y ['splæʃɪ] 形 (splash·i·er, splash·i·est) 1 飛濺的，泥濘的；撲通撲通的：a ~ rain puddle 濺起泥漿的雨水窪。2 遍布污泥的。3《美·口》引人注目的。

splat[1] [splæt] 名（置於椅背中央的）扁平木板。

splat[2] [splæt] 名 副 啪啪聲（地）。

splat·ter ['splætɚ] 動 及《主美》1 濺；濺溼。2 誹謗。一不及 1 飛濺。2 在水花四濺中前進。一名 水花四濺（的聲音）。

'**splatter** ,**film** 名《俚》充滿恐怖殺人鏡頭的影片。

splay [sple] 動 及 1 展開，張開《out》。2 弄斜；做斜角，做成斜切面。3 分離；使脫臼。一不及 1 斜伸。2（外側）變寬

S

《out》。
一图〖建〗斜面，斜切面。一形1向外展開的；寬平的。2 傾斜的；歪的。3 成外八字的。

splay·foot ['sple,fut] 图(複-feet) 扁平足；外八字腳。一形(亦稱**splayfooted**)八字腳的。

spleen [splin] 图1 脾臟。2 Ⓤ不高興，壞脾氣；惡意：in a fit of ～在發脾氣 / work off one's ～發洩積憤 / vent one's ～ on... 拿…出氣。3 Ⓤ《古》憂鬱。

spleen·ful ['splinfəl] 形1 不開心的，脾氣壞的；惡意的：a ～ remark 憤怒時所說的話。2 不和悅的，易怒的；用心不良的。

splen·dent ['splɛndənt] 形1 光輝的；有光澤的。2 華麗的；輝煌的。

:splen·did ['splɛndɪd] 形1 豪華的，華麗的；雄偉的，壯觀的：a ～ mansion 豪華的大廈。2 很好的；極佳的：～ writing ability 極佳的作文能力。3《口》極好的，很好的：enjoy ～ weather 享受怡人的天氣。～·ly 副, ～·ness 图

splen·dif·er·ous [splɛn'dɪfərəs] 形《口》《常為諷》極佳的；虛有其表的。

splen·dor, 《英》**-dour** ['splɛndɚ] 图Ⓤ1 豪華，華麗：the ～ of the palace 宮殿的華麗 / live in ～ 過著奢華的生活。2 雄偉，壯麗，壯觀；顯著，卓越：achieve one's greatest ～贏得人生最高的榮譽。3 光輝，光彩：the fiery ～ of the sunset 夕陽餘暉。
一動及(華麗地)裝飾。一不及光輝燦爛地前進。～·ous 形

sple·net·ic [splɪ'nɛtɪk] 形1 脾臟的。2《文》不和悅的，壞脾氣的；惡意的(亦稱**splenetical**)。一图易怒者；壞脾氣的人。**-i·cal·ly** 副

splen·ic ['splɛnɪk, 'splinɪk] 形 脾的；患脾臟機能障礙的。

splice [splaɪs] 動及1 捻接，編結。2 疊接，拼接，接合《together / to, onto...》。3《通常作 **get spliced**》《俚》使結婚。
一图1(繩索的)編結，捻接。2 接合，結合。3 疊接。4《俚》結婚。
'splic·er 图 膠帶接合器。

spliff [splɪf] 图《俚》大麻菸。

splint [splɪnt] 图1 夾板，托板：be set in ～*s* 用夾板固定。2 細木條。3(鎧甲上的)金屬薄片。4(馬等)蹄骨上的贅瘤。
一動及 用夾木固定。

'splint ,bone 图(馬的)贅骨，腓骨。

splin·ter ['splɪntɚ] 图1 碎片，裂片；刺：break into ～*s* 破成碎片。2 夾板。3 = splinter group. 一動及 扯裂；劈開，撕開；使…分裂。一不及1 裂成碎片；裂(成…)《into...》。2 分裂，破裂《off》。
～·y 形易裂的，易碎的；(似)碎片的；有鋸齒紋的。

'splinter ,group 图分裂的團體。

·split [splɪt] 動(split, ～·ting) 及1 劈，撕《in, into...》：～ a board *in* two 將木板劈成二塊。2 撕取，割取《from...》：～ a branch *from* a tree 從樹上折下樹枝。3 分割，分離，使分裂《up / into...》：～ *up* a farm *into* five lots 將農場分割為五區。4 分配，均分《up》；《美》瓜分。5〖化〗使分裂。一不及1(直)劈，切；破裂《up, off / in, into...》。2 分裂；分手《with ...》；分裂《up / into...》。3《英口》打小報告《on, upon...》。4《俚》離去，回去；逃走。
split hairs ⇨ HAIR(片語)
split one's sides (*with laughter*) 捧腹大笑。
split straws 為了微不足道的瑣事相爭。
split the difference 折中。
split the vote《英》分割票源。
split the ticket 兼投一黨以上的候選人的票。
一图1 裂開；劈裂。2 裂縫，裂口，裂片；破綻；破片；《美俚》(利益或戰利品等的)一份。3 不和，拆夥；(因分裂等而產生的)黨派，分派。4《口》(蘇打水等的)小瓶。5《常作 the ～s》《英》劈叉。6〖保齡球〗第一次擲球後尚留有兩隻以上相距較遠的球瓶。7 ⒸⓊ《口》香蕉船。8《美》股票分割。
full split / like split《美》以全速。
一形(直)劈的；分裂的，被分割的；(魚)剖開魚腹的。
split mind 精神分裂症。
split shift 間隔班。

'split de'cision 图1〖拳擊〗不一致的裁決。2 法官間意見不一致的判決。

'split 'end 图1〖美足〗側翼後衛。2 Ⓤ刺毛。

'split in'finitive 图〖文法〗分離不定詞。

split-lev·el ['splɪt'lɛvl] 形樓中樓的；錯層式的。

'split person'ality 图〖心〗雙重人格。

'split 'screen 图1〖影·視〗分割畫面。2〖電腦〗分割幕。

'split 'second 图《a～》幾分之一秒；一瞬間。

'split 'ticket 图〖美政〗分割選票。

split·ting ['splɪtɪŋ] 形1 分裂的，破裂的，裂開的，劈開的。2(頭痛等)劇烈的：a ～ headache 劇烈的頭痛。3 急速的，非常快速的：at a ～ pace 以快速的步調。4《口》荒謬可笑的；令人捧腹大笑的：a ～ laugh 大笑。
一图《通常作～s》碎片，破片。

split-up ['splɪt,ʌp] 图分割，分裂，離開；〖商〗(股本的)分散轉移：a domestic ～ 離婚；分居。

splodge [splɑdʒ] 图，動及《英》= splotch.

splosh [splɑʃ] 動，图《口》= splash.

S

splotch [splɑtʃ] 名 污痕，污點，污垢。一動及 使沾上污點。一不及 **1** 易沾污，沾污。**2** 成爲污點的原因。~**·y** 形

splurge [splɝdʒ] 動不及《美口》奢侈，揮霍《*on...*》；誇示，炫耀。一及 揮霍。一名 誇示，炫耀；揮霍。

splut·ter [ˈsplʌtɚ] 動 不及 **1** 急促地說話：~ with rage 憤怒而急速地說話。**2** 發出劈啪聲。一及 急促地說。一名 **1** 急促混亂的說話。**2** 劈啪聲。

·spoil [spɔɪl] 動 (**~ed** 或 **spoilt**, **~·ing**) 及 **1** 弄糟，弄壞，糟蹋，使無法使用；使腐壞；破壞（食慾等）：Too many cooks ~ the broth.《諺》人多壞事。**2** 寵壞；過度寵愛；極盡服務之能事：a *spoilt* child 被寵壞的孩子 / Spare the rod and ~ the child.《諺》小孩不打不成器。**3** 奪取《*of...*》。一不及 **1** 糟蹋；弄壞；腐敗。**2**《古》掠奪。

be spoiling for...《口》極欲，盼望（口角、爭論）。

spoil a person for...《口》使某人不能滿足。

一名 **1** Ⓤ《或作~**s**》搶奪戰利品。**2**《通常作~**s**》《主美》（勝利政黨分配給黨員的）職位，官職。**3**《通常作~**s**》獎品；成果《*of...*》；挖掘出來的東西。**4** Ⓤ挖出的廢物；Ⓒ 廢土棄石。**5** Ⓤ《文》搶奪，掠奪。

spoil·age [ˈspɔɪlɪdʒ] 名Ⓤ **1** 損壞，破壞。**2** 損壞物；損壞量；腐敗（過程）。

spoil·er [ˈspɔɪlɚ] 名 **1** 損壞者[物]；溺愛者；《文》掠奪者。**2**〖空〗擾流板。**3**《美》攪局候選人。**4**（特指賽車的）偏導器。

ˈspoiler ˌparty 名《美》攪局黨：指由民主黨和共和黨兩大黨中之一分裂出來的第三黨，以破壞其在選舉中獲勝的機會。

spoils·man [ˈspɔɪlzmən] 名 (複**-men**)《主美》**1** 在政黨分贓制下企圖獲取或已獲得公職者。**2** 支持分贓制度者。

spoil·sport [ˈspɔɪlˌsport] 名 掃興的人。

ˈspoils ˌsystem 名《**the** ~》《美》政黨分贓制。

spoilt [spɔɪlt] 動 **spoil**的過去式及過去分詞。

:spoke[1] [spok] 動 **speak** 的過去式。

spoke[2] [spok] 名 **1**（車輪的）輻條。**2** 舵輪把柄。**3** 剎車。**4** 梯磴，梯子的橫木。

put a spoke in a person's wheel 阻礙某人（的計畫）。

一動及 裝置輻條；使用刹車刹住。

:spo·ken [ˈspokən] 動 **speak** 的過去分詞。

一形 **1** 口說的，口頭的；口語的：~ language 口語。**2**《通常作複合詞》說話態度的：mild-*spoken* 說話語氣溫和的 / harsh-*spoken* 說話語氣嚴苛的。

spoke·shave [ˈspokˌʃev] 名（製車輻的）輻刨刀。

spokes·man [ˈspoksmən] 名 (複**-men**) 發言人，代言人。

spokes·per·son [ˈspoksˌpɝsn̩] 名 = spokesman.

spokes·wom·an [ˈspoksˌwʊmən] 名 (複**-wom·en**) 女發言人，女代言人。

spoke·wise [ˈspokˌwaɪz] 形副 輻射狀的[地]。

spo·li·ate [ˈspolɪˌet] 動及不及 搶奪，掠奪；破壞。

spo·li·a·tion [ˌspolɪˈeʃən] 名 Ⓤ **1** 搶奪，掠奪。**2** 損壞，破壞。

spon·da·ic [spɑnˈdeɪk] 形〖詩〗揚揚格的。

spon·dee [ˈspɑndi] 名〖詩〗揚揚格。

·sponge [spʌndʒ] 名 **1** 海綿動物。**2** ⓊⒸ 海綿；海綿狀的東西；吸收力極強的人；海綿蛋糕。**3**（外科用的）海綿球，海綿紗布。**4**《口》經常向人借貸的人；依賴他人爲生的人；酒鬼。

have a sponge down 用海綿擦拭。

throw in [《英》***up***] ***the sponge***《俚》承認失敗，認輸，投降。

一動(**sponged, spong·ing**) 及 **1** 以海綿或海綿般的東西擦拭。**2** 以海綿等抹掉《*off, away*》；以海綿等擦掉《*out*》。**3** 吸掉；（像海綿般地）吸收《*up*》。**4**《口》央求；敲詐。一不及 **1**（像海綿般）吸收。**2** 採集海綿。**3**《口》做寄生蟲；寄食《*on ...*》；索取，乞討《*for...*》。

ˈsponge ˌbag 名《英》盥洗用品袋。

ˈsponge ˌbath 名 海綿浴，擦澡。

ˈsponge ˌcake 名ⒸⓊ 海綿蛋糕。

ˈsponge ˌcloth 名 **1** Ⓤ 海綿布。**2** = ratiné.

ˈsponge ˈcucumber [**ˈgourd**] 名 絲瓜。

spong·er [ˈspʌndʒɚ] 名 **1** 以海綿擦拭的人[物]。**2**《口》依賴他人爲生者，寄生蟲；經常向人借貸者。

ˈsponge ˈrubber 名Ⓤ 海綿橡皮。

ˈsponging ˌhouse 名〖英法〗債務人拘留所。

spong.y [ˈspʌndʒɪ] 形(**-gi·er, -gi·est**) 海綿質的；海綿般的；有吸收性的；多孔的。

·spon·sor [ˈspɑnsɚ] 名 **1** 保證人：the candidate's ~ 候選人的保證人。**2** 發起人，支持者；贊助者；電視節目的贊助者，廣告客戶：the ~ of a proposal 提案發起人 / announce the ~ of a program 宣布節目贊助者。**3** 教父，教母：stand ~ to a person 做某人的教父。一動及 **1** 保證，負責，支持。**2** 發起；倡議；主辦；贊助：adult summer classes ~*ed* by the university 由大學主辦的暑期成人班。**3** 做爲贊助者；成爲保證人。**spon·so·ri·al** [spɑnˈsorɪəl] 形

spon·sor·ship [ˈspɑnsɚˌʃɪp] 名Ⓤ 贊助，支持，發起；擔保；擔任教父：under the ~ of... 在…的贊助下。

spon·ta·ne·i·ty [ˌspɑntəˈniətɪ] 名（複

S

-ties) 1 Ⓤ（動作等的）自然；自發性，自生：the ～ of a girl 女孩的天真爛漫。2 自然而然的衝動；自發性的行爲。

·spon·ta·ne·ous [spɑn'tenɪəs] 形 1 自生的；自動的：the ～ germination of seeds 種子的自然發芽 / the ～ eruption of a geyser 間歇泉的自然噴出。2 自動的，自發的；自然的；本能的：～ applause 自發的鼓掌。3 野生的，自生的。4 流暢的，優美自然的。
～·ly 副自發地；自然地。～·ness 名

spon'taneous com'bustion 名Ⓤ自燃。

spoof [spuf] 名《口》1 嘲諷，幽默的模仿挖苦（之作）。2 騙局，愚弄人的行爲；騙人的鬼話。—動 及 不及 1 幽默地模仿挖苦，嘲諷。2 欺騙，哄騙；愚弄。

spook [spuk] 名 1《口》幽靈，鬼：a ～ show 鬼電影。2《美俚》間諜，祕密情報人員。3《俚》古怪的人。—動 及 1 出沒於。2《口》使（人）嚇得半死；使（動物）受到驚嚇（而奔竄）。
—不及 大受驚嚇；驚竄。

spook·y ['spukɪ] 形(**spook·i·er**, **spook·i·est**)《口》鬧鬼的；鬼一般的，令人毛骨悚然的。

spool [spul] 名 1 線軸。2 捲軸；一捲（錄音帶等）《*of...*》：a ～ *of* tape 一捲錄音帶。—動 及 纏繞在捲軸上；從捲軸倒捲回來《*off, out*》。

:spoon [spun] 名 1 匙，調羹；一匙的量《*of...*》：a dessert ～吃點心的調羹。2 匙狀物；〖高爾夫〗三號桿。3《俚》痴情男子；傻子。
be born with a silver spoon in** one's **mouth 出生於富貴家庭。
—動 及 1 用匙舀；用匙或匙狀物舀取《*up, out*》。2 使成匙狀。3〖高爾夫·槌球〗輕輕向上推擊；〖板球〗向上擊。4《俚》與（異性）親熱。—不及 1《俚》卿卿我我《*with...*》。2 向上擊球。3 用匙狀誘餌釣魚。

S

spoon·bill ['spun,bɪl] 名〖鳥〗1 琵鷺：black-faced ～ 黑面琵鷺。

'spoon ˌbread 名Ⓤ《美》加入牛奶、雞蛋所製成的鬆糕。

spoon·drift ['spun,drɪft] 名= spindrift 1.

spoon·er·ism ['spunə,rɪzəm] 名前音互換。

spoon·ey ['spunɪ] 形名 = spoony.

spoon-fed ['spun,fɛd] 形 1 以調羹餵食的。2 受到過度保護的；被施以填鴨式教育的，被剝奪獨立思考的機會的；像填鴨子般灌輸給人的。

spoon-feed ['spun,fid] 動 (**-fed**, ～**·ing**) 及 1 以調羹餵食。2 過分溺愛，慣壞；給予過多的保護。3 施以填鴨式的教育；像填鴨子般灌輸。

spoon·ful ['spun,fʊl] 名(複～s) 1 一滿匙（之量）《*of...*》：by ～*s*一匙一匙地。2 少量《*of...*》：a ～ *of* knowledge 些微的知識。

'spoon ˌmeat 名Ⓤ 流質食物。

spoon·y ['spunɪ] 形 (**spoon·i·er**, **spoon·i·est**)《口》1 多情的，痴迷的，迷戀女子的《*on, over...*》。2《主英》愚蠢的。—名 1 痴情者。2《主英》愚人。

spoor [spʊr] 名Ⓤ獸跡。—動及不及 循跡追（動物）。

spo·rad·ic [spo'rædɪk] 形 1 零星的，零散的：～ strikes 零星的罷工。2 散發性的，偶發性的。3 單獨發生的，偶發的。4 分散在相隔遼闊的地方的，稀稀落落的。**-i·cal·ly** 形

spore [spor] 名〖生〗1 孢子。2 胚芽，生殖細胞；種子。—動不及 以孢子繁殖，生出孢子。

spork [spork] 名一端是叉子的調羹。

spor·ran ['spɑrən] 名（蘇格蘭高地人掛於短裙之前的）毛皮袋。

:sport [sport, spɔrt] 名 1 ⓊⒸ《集合名詞》運動，運動競賽：professional ～*s* 職業運動 / field ～*s* 田賽運動 / outdoor ～*s* 戶外運動。2 Ⓤ消遣，娛樂；樂趣。3 Ⓤ戲耍，取樂；玩笑，戲謔；嘲弄：make ～ of other people 嘲弄別人。4《**the** ～》笑柄；戲弄的對象；被外力所操縱的人或事物：become *the* ～ of fools 成爲所有傻瓜的笑柄。5《～**s**》《英》運動會。6《口》有運動精神的人；討人喜歡的人。7《口》（以運動競賽下注的）賭博者。8《口》夥伴，朋友。9〖生〗突變，變種。
have good sport 狩獵豐收，大有斬獲。
in sport 開玩笑地。
—形《限定用法》運動的；運動用的，輕便的（亦稱 **sports**）。
—動 不及 1 消遣，玩耍。2 做運動。3 嬉戲；玩弄，戲弄，輕忽地對待《*with ...*》；嘲笑，譏笑，嘲弄《*at...*》。4〖生〗產生變種，突變。—及 1 以運動等消遣活動度過；浪費《*away*》。2《口》炫耀，誇示；炫耀地穿著。
sport** one's **oak⇨ OAK（片語）

sport·fish·ing ['sport,fɪʃɪŋ] 名Ⓤ釣魚運動。

sport·ing ['sportɪŋ, 'spɔrtɪŋ] 形 1 從事運動的；狩獵的；運動（用）的：～ news 體育新聞 / a *sporting*-goods store 運動用品店。2 有運動精神的，有風度的：a ～ manner 運動風度。3 輸得起的；《口》冒險的：a ～ opportunity 孤注一擲的機會。
～·ly 副開玩笑地。

'sporting 'chance 名勝負各半的機會。

spor·tive ['sportɪv] 形《文》嬉戲的，開玩笑的，好玩的；運動的。～**·ly** 副，～**·ness** 名

'sports ˌcar 名跑車。

sports·cast ['sports,kæst] 名《主美》運

動節目轉播。～·er 图運動節目播報員。

·sports·man ['spɔrtsmən] 图 (複-men) 1 運動員；狩獵者，釣客。2 有運動員精神的人。～·like 形有運動精神的。

sports·man·ship ['spɔrtsmən,ʃɪp] 图 Ⓤ 1 運動員精神；運動家風度。2 運動、狩獵等的技術。

sports·wear ['spɔrts,wɛr] 图 Ⓤ 運動裝；休閒服。

sports·wom·an ['spɔrts,wumən] 图 (複-women) 女運動員。

sports·writer ['spɔrts,raɪtɚ] 图 體育記者。

ˌsport u'tility ˌvehicle 图《美》豪華休旅車。略作：SUV

sport·y ['spɔrtɪ] 形 (sport·i·er, sport·i·est) 1《口》華麗而庸俗的。2 打扮時髦的，瀟灑的。3 運動員似的。-i·ly 副

:spot [spɑt] 图 1 污點；斑點，斑紋；〖天〗(太陽的) 黑子：remove oil ～*s* from a shirt洗掉襯衫上的油漬 / a sun ～太陽黑子；《喻》瑕疵，白圭之玷。2 場所，地點；小部分，小區域；《美》地位，立場：a lovely ～ 美麗的地方 / a trouble ～問題所在。3 缺點，瑕疵：a ～ on one's reputation 名譽上的污點。4 疱疹；膿疱；疙瘩；青春痘；痣，黑痣：a black and blue ～青腫。5《常為～s》歡樂場，娛樂地，觀光地。6《a～》《主英口》少量；一杯，一口《*of*...》：a ～ *of* rest 少許的休息。7《口》= spotlight 图 1. 8《～s》現貨。9 廣告。

have a soft spot for... 疼愛，喜愛。

hit the high spots《口》僅提要點。

hit the spot 無缺點，令人滿意。

in a (bad) spot《美俚》煩惱。

in spots 偶爾；在某點上，在某程度上。

on the spot (1) 當場，立刻。(2) 現場。(3)《美俚》煩。(4)《美俚》為難；在困難中。(5)以現貨(的)，以現金(的)。

put a person on the spot《美俚》使(某人)難堪；謀殺(某人)。

—動 (～·ted, ～·ting) 及 1 弄髒；使沾上污垢；弄上斑點《*with*...》；《喻》污損。2《口》發現，探知，查明(所在)；認清《*for*...》。3 安置，使分布。4《口》用聚光燈照射，使處於聚光燈的照射下。5《美》除去污點《*up, out*》。6 準確地定出位置；觀測結果以便修正射擊角度等。7〖運動〗《美俚》(在比賽中) 讓(對手若干點)。—不及 1 形成斑點，留下污點。2 起水印，起斑點，被弄髒。3《英口》《以 it 為主詞》下小雨。—形《限定用法》1 當場的，即席的，即刻的；當場交貨的，現貨的；當場付款的。2〖廣·視〗來自地方電臺的，從地方電臺播出來的；插播的。3 隨意所做的；抽樣的。—副《英口》正好《與 *on* 連用》。

spot anˌnouncement 图 (廣播電臺或電視的) 插播的短廣告。

'spot ˌcheck 图抽驗，抽查。

'spot-ˌcheck 動及不及 做抽驗[抽查]。

spot·less ['spɑtlɪs] 形 1 無垢的，非常乾淨的。2 無污點的，純潔無瑕的。

～·ly 副, ～·ness 图

spot·light ['spɑt,laɪt] 图 1 聚光燈；《the ～》眾人注意的焦點。2 探路燈。—動及 1 用聚光燈照射。2 使顯眼，使引人注目。

'spot ˌmarket 图《the ～》現貨市場。

'spot 'news 图 Ⓤ 1 現場消息，立即報導的消息。2 突發新聞。

spot-on ['spɑt,ɑn] 形副《英口》恰恰好，正合所需；完全正確，對極了；棒極了。

'spot ˌprice 图〖商〗現貨價格，現金售價。

spot·ted ['spɑtɪd] 形 有斑點的，有花斑的；有污點的：a ～ reputation有污點的名聲。

'spotted 'fever 图 Ⓤ〖病〗斑疹熱。

spot·ter ['spɑtɚ] 图 1 觀察者。2 (乾洗店等的) 除污漬的人。3 場邊觀護員；觀測員。4《美口》監視人，督察。

'spotter ˌplane 图偵察機。

'spot ˌtest 图 1 當場測試；抽考，臨時測驗。2〖化〗點滴試驗。

spot·ty ['spɑtɪ] 形 (-ti·er, -ti·est) 1 呈斑點狀的；多斑點的；滿是污點的。2《英》有面皰的。3《美》(品質等) 參差不齊的，不規則的，不均勻的；零星的。-ti·ly 副, -ti·ness 图

spous·al ['spauzl] 图《常作～s》《古》婚禮。—形婚禮的；結婚的。

spouse [spauz] 图配偶。

spout [spaut] 動 及 1 噴出《*out*》：～ a stream of water like a whale 像鯨魚般地噴出一股水柱。2《口》滔滔不絕地說出：～ one's ideas on the economic crisis 滔滔不絕地發表自己對經濟危機的見解。—不及 1 噴出《*out / from*...》。2 噴出液體；(鯨魚) 噴水。3《口》滔滔不絕地說話，口若懸河。—图 1 噴出口，噴嘴，噴管；(水壺等的) 口，嘴；落水管；斜槽；(鯨魚的) 噴水孔。2 噴出的水流；龍捲風所引起的水柱。3 水流；傾盆大雨；瀑布。4《英俚》當鋪。

up the spout《英俚》(1) 典當。(2) 無可救藥。(3) 懷孕的。

S.P.Q.R., SPQR《縮寫》*s*mall *p*rof its and *q*uick *r*eturns 薄利多銷。

sprad·dle ['sprædl] 動及叉開 (兩腳)。—不及 叉開兩腳走路[站立，坐著]。

sprain [spren] 動及扭傷，扭挫。—图扭傷，扭挫。

:sprang [spræŋ] 動 spring 的過去式。

sprat [spræt] 图 1《英》(歐洲產) 鯡屬的小魚。2 小人物；微不足道之人[物]：throw a ～ to catch a herring《喻》以小魚釣大魚，花小本賺大錢。

sprawl [sprɔl] 動 不及 1 (手腳等) 散漫

地張開；（身子）攤成大字形。2 蔓延；不規則地擴展《*out*》。3 匍匐而行。—[及] 1 散漫地張開；使攤成成大字形地躺著。2 散漫地向外伸展。—[名] 1 張開手腳（的姿勢）；成大字形（的姿勢）；不規則的擴展。2 零散的一群（東西、人等）。

·**spray**[1] [spre] [名] 1 [U] 飛沫，水花，浪花；[C] 飛沫狀物：a cloud of ～ 一團水花。2 [U][C] 噴霧（液）；[C] 噴灑器，噴霧器。—[動][及] 1 使飛濺。2 用噴霧器噴灑；用殺蟲劑等噴灑《*with..., on...*》。—[不及] 1 激起飛沫，水花四濺；飛濺《*on, over...*》。2 噴灑而出。

spray[2] [spre] [名] 小樹枝；一簇帶枝鮮花；樹枝狀的東西。

'spray ˌcan [名] 噴霧罐。

spray·er ['spreɚ] [名] 噴灑者；噴水器，噴霧器。

'spray ˌgun [名] 噴槍。

:**spread** [sprɛd] [動] (**spread**, ～**·ing**) [及] 1 展開，張開，攤開；延《*out*》：a ship with all sails ～張滿帆之船 / ～ *out* one's legs 叉開兩腳 / ～ (*out*) a folded map 把摺疊的地圖攤開。2 覆蓋，塗抹在《*with...*》；覆蓋，塗抹《*on...*》：～ a blanket over the sleeping child 給睡覺的孩子蓋上毯子。3 擺上食物；擺上桌：～ the table (with silverware)（用銀製餐具）擺置餐桌。4 使撒遍《*over, among...*》；使散播出去；散布，傳播；使蔓延：～ the rumor 散布謠言 / ～ fertilizer over the soil 在土壤上撒肥料。5 敲平。6 〖聲〗以平口音發出，使成為非圓唇音。7《美》記錄下來。—[不及] 1 展張開；伸展；綿延，延伸；散開，被塗抹開；展現。2 分布，散布；擴散，散播，蔓延《*into, to, through, over...*》。

spread oneself (1) 竭盡心力，全力以赴；使出渾身力氣。(2) 把身體攤成大字形。(3)《口》追求虛榮，裝飾門面。(4) 自我炫耀；吹噓。(5)《俚》喋喋不休。

spread oneself out 出風頭，多管閒事。

spread oneself thin / *be spread thin*《美》一次想做一大堆事（結果一事無成或徒然把自己累垮）。

—[名] 1 展開，伸展；擴展，散布；散播，傳播；差距，差異。2 [U] 擴展力，展延性。3 〖空〗= wingspan. 4 一大片遼闊的區域。5 桌布；床單。6《口》佳肴大餐，盛饌；[U][C] 塗抹在麵包或餅乾等上的東西。7（報紙、雜誌的）跨頁；跨頁通欄廣告。8 〖金融〗出價與要價的差額；價差。

'spread 'eagle [名] 展翼之鷹：美國國徽。2 兩手張開側向滑行。

spread-eag·le ['sprɛdˌigl] [形] 1 狀如展翼之鷹的，張開手腳的。2《主美》誇張的；誇耀的。—[動][及] 像鷹翼似地張開。—[不及] 採展翼鷹之狀。

spread·er ['sprɛdɚ] [名] 1 散布者，傳播者。2 奶油刀；散布機，撒播器；延展機；撐檔，支杆；間隔體。

spread·o·ver [sprɛdˌovɚ] [名] 工作時間可依需要而伸縮的制度。

spread·sheet ['sprɛdˌʃit] [名] 〖電腦〗試算表。

spree [spri] [名] 1 嬉鬧，喧鬧；狂歡，縱樂；狂飲：be on the ～ 狂歡作樂；狂飲。2 無節制的狂熱行為，狂潮，熱潮：a spending ～ 大肆採購。

—[動][不及] 狂歡作樂；狂飲。

·**sprig** [sprɪg] [名] 1 小枝，嫩枝；繁殖用的小枝；小枝狀的飾物。2《謔》子，子孫，後代《*of...*》；《蔑》年輕人，小子。3 玻璃釘；無頭釘；〖鑄〗角釘。—[動] (**sprigged**, ～**·ging**) [及] 1 切取嫩枝；用小枝或葡萄莖繁殖。2 飾以小枝圖案。～**·gy** [形] 多嫩枝的。

spright·ly ['spraɪtlɪ] [形] (**-li·er**, **-li·est**) 活潑的；有精神的；輕快的。—[副] 活潑地；生氣勃勃地；輕快地。**-li·ness** [名]

:**spring** [sprɪŋ] [動] (**sprang** 或《常作》**sprung**, **sprung**, ～**·ing**) [不及] 1 跳，躍，跳起，彈跳；急速地移動；（從藏匿處等）跳出來：～ into a pool 躍入池中。2 突然出現，突然成為《*into, to...*》；突然彈動，彈回；爆發；彈起而開啓：～ *into* existence 突然出現。3 產生，冒出來《*up*》；出芽；生長《*from...*》；湧出，突然流出；迸出閃光《*up, forth, out*》。4《文》出身《*from...*》：～ *from* the Imperial family 出身皇室。5 高聳；向上延伸。6 彎曲，翹曲；裂開；脫落，鬆脫。—[及] 1 使跳起，使彈起；使受驚而跳出來；使彈起，彈回；使彈起而開啓。2 使（有彈性之物）彎曲；使脫落；使彎曲；裂開。3 突然做出《*on...*》。4《罕》跳過。5《俚》使獲得釋放出獄；協助越獄；使由軍中退役。6 安裝彈簧；使爆炸。7《英口》出，付，花；購入。—[名] 1 跳躍；彈；彈起；彈回，反彈；有彈力的動作，跳躍（般）的動作；活力；[U] 彈力，彈性。2（船的桅杆的）裂縫，裂口；翹曲，扭曲，彎曲。3《常作～s》泉，泉水；水源（地），源泉；（事物的）本源，根源，起源，泉源；[U][C] 原動力；動機，起因。4 彈簧，發條。5《通常作無冠詞單數形或作 the ～》春，春天；（天文學上的）春季。6《文》初期；盛期；青春（期），成長期。7 〖海〗漏縫，漏水的地方。8 〖建〗（亦稱 **springing**）起拱點，拱腳；拱高起拱點。—[形] 1 春天的，春天特有的；適合春天的。2 有彈簧的，有發條裝置的。3 泉的，出自泉的。

'spring 'bed [名] 彈簧床；彈簧床墊。

spring·board ['sprɪŋˌbord] [名] 1 跳板；彈簧板。2 出發點，開端，起步《*to, for...*》：a ～ *to* higher education 高等教育的起點。

—[動] [及] [不及]（利用跳板或彈簧板）彈跳起來；邁出第一步。

spring·bok ['sprɪŋˌbɑk] [名] (複 ～**s**,《集

合名詞》～)〖動〗南非小羚羊。

'spring 'chicken 名 1 小雞，嫩雞。2《俚》年輕人，年輕女子；小毛頭，幼稚的女孩，小女孩。

spring-clean ['sprɪŋ'klin] 動及大掃除。

spring-clean·ing ['sprɪŋ'klinɪŋ] 名 大掃除：do the ～做春季大掃除。

springe [sprɪndʒ] 名 圈套；陷阱。—動及以圈套捕捉。—不及設置圈套。

spring·er ['sprɪŋɚ] 名 1 跳躍的人[物]。2〖建〗起拱石，拱底石。

'spring 'fever 名U 春熱病，春睏症。

'spring ˌgun 名 彈簧槍，伏擊槍。

spring·halt ['sprɪŋˌhɔlt] 名〖獸病理〗= stringhalt.

spring·head ['sprɪŋˌhɛd] 名 水源，源頭；根源，泉源。

spring·less ['sprɪŋlɪs] 形 無彈簧的；沒有彈性的；無精神的，沒有活力的。

spring·let ['sprɪŋlɪt] 名 小溪；小泉。

spring·lock ['sprɪŋˌlɑk] 名 彈簧鎖。

ˌspring 'onion 名CU《英》青蔥。

'spring ˌroll 名CU《英》(中國菜的) 春捲(《美》egg roll)。

'spring 'tide 名 1 大潮。2 奔流；洪水；如洪流般湧出之事物；《文》青春(期)，全盛期，高潮(時期)。

spring·time ['sprɪŋˌtaɪm], **-tide** [-ˌtaɪd] 名U 1 春天，春季。2《文》初期，萌芽期；青春(期)，全盛期《*of...*》。

'spring 'training 名U《美》(職業棒球隊的) 春訓。

spring·y ['sprɪŋɪ] 形 (**spring·i·er, sprin-g·i·est**) 1 有彈力的；像裝了彈簧般的，輕快的。2 多泉水的，鬆軟潮溼的。

·sprin·kle ['sprɪŋkl] 動 (**-kled, -kling**) 及 灑，噴灑，撒；灑水；灑在，撒在《*with* ...》；使散布《*on, over...*》：～ the lawn with fertilizers 給草坪施肥 / ～ a fish *with* salt 在魚上撒鹽。—不及 1 灑，撒；被灑上；散布。2《通常以 **it** 爲主詞》下稀稀疏疏的小雨。—名 1 撒布；被灑布之物，零星散布之物；《～**s**》(撒在蛋糕等的) 細粒，末屑。2 稀疏的小雨。3《**a** ～》少量，少數《*of...*》。

sprin·kler ['sprɪŋklɚ] 名 灑布的人；撒布器；灑水器；噴水壺；灑水車。

'sprinkler ˌsystem 名 灑水系統。

sprin·kling ['sprɪŋklɪŋ] 名 1 U 噴灑；撒布；散布。2《**a** ～》少量，少數《*of* ...》。3 少量的灑落。

sprint [sprɪnt] 動不及 以全速跑。—及 全速跑過。—名 1 全速快跑；衝刺。2《美》(短時間內的) 緊張活動。～·**er** 名

'sprint ˌcar 名 短距離賽車。

'sprint ˌrace 名 短跑競賽。

sprit [sprɪt] 名〖海〗斜檣。

sprite [spraɪt] 名 妖精，小精靈，鬼怪。

sprit·sail ['sprɪtˌsel] 名〖海〗對角斜檣帆。

sprock·et ['sprɑkɪt] 名 1〖機〗(1) 鏈輪(亦稱 **sprocket wheel, chain wheel**)。(2) 鏈輪齒。2〖木工〗楔形木釘。

sprout [spraʊt] 動不及 開始生長；(從樹上等) 長出來《*from...*》；發芽，萌芽，抽條；快速發展；產生《*up*》。—及 1 使發芽；長出。2《主美》摘掉芽。—名 1 芽，新芽；嫩枝；幼苗。2《～**s**》(1) 供食用的蔬菜嫩苗。(2) 甘藍菜。

put...through a course of sprouts 《美》(1) 痛毆，毆打。(2) 對…施以嚴格的訓練。

spruce[1] [sprus] 名〖植〗雲杉屬樹木；U 雲杉木，雲杉屬樹木的木材。—形 用雲杉木做成的；多雲杉的。

spruce[2] [sprus] 形 (**spruc·er, spruc·est**) 整齊乾淨的，漂亮的。—動及 使整齊乾淨，使整潔漂亮，打扮整齊《*up*》。—不及 打扮整齊《*up*》。～·**ly** 副, ～·**ness** 名

'spruce ˌbeer 名U 雲杉啤酒。

:sprung [sprʌŋ] 動 **spring** 的過去式及過去分詞。

spry [spraɪ] 形 (～·**er**, ～·**est** 或 **spri·er, spri·est**) 活潑的，充滿活力的。～·**ly** 副, ～·**ness** 名

spt. 《縮寫》*seaport.*

spud [spʌd] 名 1《英口》馬鈴薯。2 小鋤，小鏟。—動及不及 以小鋤挖；以鏟鑿剝除。

spue [spju] 動及不及 = spew.

spume [spjum] 動及《文》(像噴泡沫般) 噴出。—不及 起泡沫。—名U 泡沫。

·spun [spʌn] 動 **spin** 的過去式及過去分詞。—形 紡成的；拉成絲狀的。

'spun 'glass 名 = fiberglass.

spunk [spʌŋk] 名U 1《美》精神，勇氣，毅力：get one's ～ up 拿出勇氣，鼓起精神。2 火花。3《英粗》精液。

spunk·y ['spʌŋkɪ] 形 (**spunk·i·er, spunk·i·est**)《口》有勇氣的；有活力的；急躁的，易怒的。-**i·ly** 副, -**i·ness** 名

'spun 'silk 名U 紡絲；紡絲織成的布。

'spun 'sugar 名U 棉花糖。

·spur [spɝ] 名 1 靴刺，(踢) 馬刺：give the ～*s* to a horse 用靴刺踢馬。2《喻》刺激(物)；激勵，鼓舞；動機；衝動《*to, for...*》。3 (鳥等的) 距，骨距，距狀刺，骨刺；(裝在鬥雞腳上作攻擊用的) 距鐵；尖銳物；靴刺(樹等突出的) 短(嫩) 枝；短根；〖植〗距；短果枝。4〖建〗爪飾；短支撐，短支柱；撐牆。5《美》〖鐵路〗支線。

on the spur 全速地，快速地。

on the spur of the moment 突然，立即地，當場；臨時起意地，憑一時的衝動。

put spurs to... 用靴刺踢；刺激；驅策。

win one's spurs 立功，顯名。

with whip and spur / ***with spur and yard*** 快馬加鞭地，以最快速度，火急地。

—動 (**spurred**, ～·**ring**) 及 1 以靴刺踢；以靴刺踢促其前進《*on*》。2 刺激，驅策《

S

to...》：鼓舞，激勵。3（鬥雞）以距鐵踢。4《主用被動》裝馬刺[距鐵]。—不及 策馬疾行；急忙前進，疾行。

spur a willing horse 做不必要的督促。

spurge [spɚdʒ] 名〖植〗澤漆，甘遂。

'spur ˌgear 名〖機〗正齒輪。

'spur ˌgearing 名 U 正齒輪裝置。

spu·ri·ous ['spjurɪəs] 形 **1** 假的，虛僞的：a ～ leg 義腿。**2**〖生〗外表相似但結構和功能不同的。**3** 私生子的。～**·ly** 副，～**·ness** 名

·spurn [spɚn] 動 及 唾棄，不屑地拒絕；輕蔑地對待，蔑視。—不及 蔑視（危險等）《*at...*》。

spurn the ground 飛，跳。

—名 **1** 蔑視，不理睬；不屑的拒絕，唾棄。**2** 踢。～**·er** 名

spur-of-the-moment 形 未計畫的，即興的，一時興起的。

spurred [spɚd] 形 有馬刺的，裝有靴刺的；有刺的；（鳥）有距的。

spurt [spɚt] 動 不及 **1** 噴出，湧出《*out / from...*》：the ～*ing* flame 噴出的火焰。**2** 衝刺，拚命跑，拚命游。—動 及 使湧出，使噴出《*out / from...*》。—名 **1**（液體等的）湧出，噴出；激發。**2** 衝刺，猛游，猛鬥。**3** 價格暫時上揚；迅速成長（亦作 spirt）。

'spur ˌtrack 名《美》短距離的鐵路支線。

'spur ˌwheel 名 = spur gear.

sput·nik ['sputnɪk, 'spʌt-] 名 史普尼克：指蘇聯所發射的人造衛星。

sput·ter ['spʌtɚ] 動 不及 **1** 發出爆裂聲：a roast ～*ing* on the grill 在烤架上發出滋滋聲的烤肉。**2** 飛濺唾沫；噴濺著唾沫講。**3** 發出劈啪聲。—及 **1** 飛濺。**2** 噴出（唾沫等）；急速地講。—名 **1** U 劈啪聲。**2** U 急切的講話。**3** 唾沫，口中飛濺之食物等。

～**·ing·ly** 副

spu·tum ['spjutəm] 名（複 **-ta** [-tə]）**1** U C〖醫〗痰；咳出物。**2** U 唾沫，唾液。

·spy [spaɪ] 名（複 **spies**）偵探；密探；間諜，軍事偵探：act the ～擔任間諜。—動（**spied**, ～**·ing**）不及 **1** 祕密監視，暗中偵察《*on, upon...*》；擔任間諜。**2** 細密地調查《*in to...*》。—及 **1** 監視；祕密地調查《*out*》；細密地檢查。**2** 查出，發現《*out*》；找出。

spy·glass ['spaɪˌglæs] 名 小型望遠鏡。

'spy ˌhole 名（門的）窺視孔。

'spy ˌsatellite 名 偵察衛星。

Sq.《縮寫》*Sq*uadron; *Sq*uare.

sq.《縮寫》*s*e*q*uence; *sq*uadron; *sq*uare.

sq. ft.《縮寫》*sq*uare *f*oo*t* [*feet*].

sq. in.《縮寫》*sq*uare *in*ch(es).

sq. mi.《縮寫》*sq*uare *mi*le(s).

squab [skwɑb] 名（複～**s**, 義 **1**《集合名詞》～）**1** 雛鴿。**2** 矮胖子。**3** 厚而柔的墊子。

—形 **1** 矮胖的。**2** 剛孵出的。

squab·ble ['skwɑbl] 動 不及 無謂地爭吵《*about...*》。—名 無謂的爭吵，爭論。**-bler** 名

squab·by ['skwɑbɪ] 形 = squab 形 1.

squad [skwɑd] 名《集合名詞》**1**（軍隊的）班。**2** 隊，一隊，一群：a volleyball ～ 排球隊。—動（～**·ded**, ～**·ding**）及 編成班；編入隊。～**·der** 名 隊員。

'squad ˌcar 名《美》巡邏車。

squad·ron ['skwɑdrən] 名 **1**〖海軍〗分遣艦隊，中隊；〖陸軍〗騎兵中隊；〖美空軍〗飛行中隊。**2** 一隊，一群。

'squadron ˌleader 名〖英軍〗空軍少校，飛行中隊長。

squal·id ['skwɑlɪd] 形 **1** 骯髒的；簡陋的；襤褸的：a ～ boy 骯髒的男孩。**2** 淒慘的；卑劣的，下流的：a ～ life 悲慘的生活。～**·ly** 副

squall[1] [skwɔl] 名 **1** 暴風，疾風，狂風：a wind ～一陣狂風。**2** 突然的喧鬧，騷動。

look out for squalls 小心防備危險。

—動 不及《通常以 it 爲主詞》颳暴風。

squall[2] [skwɔl] 動 不及 大聲哭叫，拚命地叫喊。—及 大聲叫喚《*out*》。—名 尖聲叫喊；悲鳴。～**·er** 名

squal·ly ['skwɔlɪ] 形（**-li·er**, **-li·set**）**1** 暴風的，狂風的：～ weather 有暴風雨的天氣。**2**《美口》變天的；形勢危險的。

squal·or ['skwɑlɚ] 名 U **1** 骯髒；襤褸；簡陋：the ～ of the poor people 窮苦人家的骯髒。**2** 無恥，卑劣。

squa·ma ['skwemə] 名（複 **-mae** [-mi]）〖動·植〗鱗片。**-mate** [-met] 形 有鱗片的，鱗片狀的。

squan·der ['skwɑndɚ] 動 及 **1** 浪費；花費《*away*》。**2** 驅散，使分散。—名 浪費（行爲）。

:square [skwɛr] 名 **1** 正方形，四角形；四角之物；（西洋棋等棋盤的）目，方陣。**2**（方形的）廣場；《美》（道路包圍之四方形的）街區。**3** 直角三角板；T字尺，曲尺；矩尺。**4**〖數〗平方，二乘方；二乘方之數。**5**《俚》古板守舊的人，墨守成規的人。**6**〖軍〗《昔》方陣。**7**〖建〗地板等 100 平方英尺之面積單位。**8**（拳擊的）拳擊場。

back to square one《英》返回出發點[最初的狀態]。

by the square 正確的，嚴密的。

on the square (1) 成直角的。(2)《口》正直，誠實。

out of square (1) 不正的，歪斜的。(2)《口》不正確的，不一致的，不規則的。

—動（**squared**, **squar·ing**）及 **1** 使成正方形；隔成四角形《*off*》。**2** 規劃成直角。**3**〖數〗乘以平方；求面積。**4** 使成直角；使成方角；抬平（肩、肘等）；〖海〗使

S

和龍骨成直角。5 使平分秋色，使打成平局。6 使…直。7 調正，使一致，使符合《with, to...》。8 結算；算清，付訖《with...》。9《俚》收買，賄賂。

—不及 1 成直角《with...》。2 一致《with ...》。3 付清《for...》；同分。

square accounts with... (1) 與…清算帳目。(2) 與…清算仇恨。

square away (1)〖海〗順風勢航行。(2)《美口》整理好《for..., to do》。(3)《美》擺好打架姿勢《for...》。

square off （拳擊等）擺好架勢。

square...off / *square off...* ⇨動 及 1.

square oneself 《口》賠償《for... 》。

square the circle (1) 做一個面積和圓相等的正方形。(2) 徒勞無功，做不可能之事。

square up (1)⇨動 不及 3. (2) 身體端正起來，站得筆直。

square up to... （拳擊賽中）作防禦姿勢；《喻》認真地處理。

—形 **(squar·er, squar·est) 1** 直角的，成直角的；垂直的。**2** 正方形的，正四角的。**3**〖海〗和龍骨成直角的。**4** 平方的，二乘方的；（就正方形而言）四方的。**5** 有稜角的；魁梧的。**6** 筆直的，平的；整齊的，整潔的。**7** 無借貸的，償清帳目的；平局的，勢均力敵的。**8**《口》正直的，光明正大的；公平的；率直的，清楚的。**9** 豐盛的，充實的。**10**（撲克牌遊戲）四人中兩人分別比賽的；（舞蹈）方形的。**11**《美俚》古老的；舊時代的；樸素的。

all square (1)（高爾夫球中）平分秋色的，勢均力敵的。(2) 準備萬全的。

call it square 認為旗鼓相當；當作已償清。

get square with... (1) 和…成對等。(2) 無借貸關係。(3) 報復。

—副 **1** 成方形地；成正方形地；成直角地，筆直地；正面地。**2**《口》正直地，公平地，率直地。～**·ness** 名 U 正方形；正直，公正。

square-bash·ing ['skwɛr,bæʃɪŋ] 名 U《英口》軍事基本操練。

'square 'bracket 名〖印〗方括弧（[ ]）。

square-built ['skwɛr'bɪlt] 形（肩膀）寬闊的。

'square ˌdance 名 方塊舞。

square-dance ['skwɛr,dæns] 動 不及 跳方塊舞。

'square 'deal 名《口》公正的處理；公平的交易。

squared 'paper 名 U 方格紙，圖表用紙。

square 'John 名《美俚》循規蹈矩者，奉公守法者；不吸毒的人。

square ˌknot 名《美》平結。

square·ly ['skwɛrlɪ] 副 **1** 成正方形地，成方形地；成直角地。**2** 正面地，從正面，直接地；正直地，誠實地；明確地：look ～ at a person 正面注視某人 / ～ refuse to answer 斷然拒絕回答。

'square 'measure 名〖數〗平方積；面積。

'square 'number 名〖數〗平方數，自乘積。

'square 'one 名 起點；起始階段：go back to ～ 從頭來過。

square-rigged ['skwɛr'rɪgd] 形〖海〗有橫帆的，橫帆裝備索具的。

square-rig·ger ['skwɛr'rɪgɚ] 名 橫帆船。

'square 'root 名〖數〗平方根。

'square ˌsail 名〖海〗橫帆。

'square 'shooter 名《美口》正直者。

square-shoul·dered ['skwɛr'ʃoldɚd] 形 肩膀寬的。

squares·ville ['skwɛrzvɪl] 名《俚》傳統式的社會。—形 守舊的，傳統式的。

square·toed ['skwɛr'tod] 名 **1** 鞋尖寬而方的。**2** 保守的，拘泥形式的，古板的。

square-toes ['skwɛr,toz] 名（複）《作單數》舊觀念的人，守舊的人；拘泥形式的人。

squar·ish ['skwɛrɪʃ] 形 類似方形的。

·squash[1] ['skwɑʃ] 動 及 **1** 壓碎，壓爛，壓扁；擠碎：～ a package 壓扁包裹。**2** 使擠入《into...》：～ four people *into* a telephone booth 讓四個人擠入一個電話亭。**3** 鎮壓，制止；消弭：～ a revolt 鎮壓暴動。**4**《口》駁倒使其無言以對。—不及 **1** 被壓破，被壓爛；易壓壞；沉沉掉落。**2**（走於泥濘中而）發出擠壓聲。**3** 擠入《in, into...》；亂擠地通過《through ...》。—名 **1** 壓破，被壓破；壓碎的聲音，沉重掉落的聲音。**2** 被擠壓之物，薄脆易破之物。**3**《a ～》嘈雜的人聲，群眾。**4** U 回力球。**5** U《英》果汁飲料之一種。

squash[2] [skwɑʃ] 名（複～**·es**,《集合名詞》～）C U《美》南瓜屬的總稱；其果實。

'squash ˌracquets [ˌrackets] 名（複）= squash[1] 名 4.

'squash ˌtennis 名 = squash[1] 名 4.

squash·y ['skwɑʃɪ] 形 **(squash·i·er, squash·i·est)** 易壓碎的，易壓扁的；泥濘的，溼軟的；被壓碎的。**-i·ly** 副

·squat [skwɑt] 動 **(～·ted** 或 **squat, ～·ting)** 不及 **1** 蹲下，蹲；《英口》坐下《down》。**2** 蹲伏於地上，跪伏。**3**《美》擅自居住在公有地；依法在政府公地上定居下來。—及《主反身》使蹲下，使蹲坐《down》。—形 **1** 矮胖的。**2** 蹲下的，蹲著的，蹲著的。—名 **1**《a～》蹲，蹲坐。**2**《英》遭非法佔住的空屋。

～**·ly** 副, ～**·ness** 名

squat·ter ['skwɑtɚ] 名 **1** 蹲坐著的人[動物]。**2** 合法的公地定居者；《美》公地擅自居住者；《澳》牧場公地借用者，畜牧農場經營者。

squat·ty ['skwɑtɪ] 形 **(-ti·er, -ti·est)**《美》

S

矮胖的，粗短的。

squaw [skwɔ] 图 1 北美印第安人女子。2《美·謔》女子；老婆，妻子。

squawk [skwɔk] 動 不及 1（受驚或受傷時）發出呱呱[咯咯]叫聲。2《俚》發牢騷，訴苦，抗議。—及 大聲叫出。—图 1 呱呱叫，咯咯聲；《俚》（大聲的）訴苦，抗議。2〖鳥〗鯉鷺鷥。～·er 图

'squawk ˌbox 图《俚》對講機，室內通話器；擴音系統的揚聲器。

'squaw ˌman 图《蔑》與北美印第安女性結婚的白人。

·squeak [skwik] 图 1 呱呱哭聲；（老鼠等的）吱吱叫聲；咯吱咯吱軋軋聲。2 千鈞一髮：have a very close ～ 千鈞一髮；倖免於難。3《口》機會。—動 不及 1（嬰兒）哭泣；（老鼠等）吱吱叫；發出咯吱聲。2《俚》告密《*on...*》。3 好不容易脫離危險《*by, through*》。—及 以尖銳聲發出《*out*》。

squeak·y ['skwikɪ] 形 (**squeak·i·er, squeak·i·est**) 吱吱叫的，軋軋作響的：a ～ hinge 咯吱咯吱響的鉸鏈。

squeaky clean《美口》極清潔的。

squeal [skwil] 图 1 長而尖的叫聲；悲鳴；吱吱聲。2《俚》告密，告發《*on ...*》。3《俚》抗議，鳴不平。—動 不及 1 哭泣，發出吱吱聲。2《俚》告密《*on ...*》。3《俚》鳴不平，抗議。

make a person squeal《俚》敲詐（某人）。

squeam·ish ['skwimɪʃ] 形 1 裝模作樣的。2 吹毛求疵的，過於拘謹的；易受驚的，易生氣的；神經質的。3 作嘔的，易嘔吐的。～·ly 副, ～·ness 图

squee·gee ['skwidʒi, skwi'dʒi], **squil-** ['skwɪl-] 图（清潔玻璃窗用的）T型橡皮刮刀。—動 及 以T型橡皮刮刀清潔。

squeez·a·ble ['skwizəbl] 形 1 可壓榨的；可榨取的。2 易被壓榨的；易被勒索的。3 使人欲緊抱的。

·squeeze [skwiz] 動 (**squeezed, squeez·ing**) 及 1 壓榨；緊握；緊抱；壓榨成《*into...*》：～ a person's hand 緊握某人的手。2 榨水分，榨（汁）；榨乾《*from, out of...*》；榨成：～ an orange dry 把橘子榨乾 / ～ juice *from* an orange 榨橘子汁 / ～ out some childhood memories 極力追憶童年時光。3 榨取，壓榨；施以經濟壓迫；《口》強取，勒索《*from...; out of...*》：～ the poor 壓榨窮人 / ～ him *out of* his land in his extremity 向窮困的他強取土地。4 壓擠，推擠；擠入《*in / into...*》：～ down an impulse 壓抑衝動 / ～ one's way through a crowd 從人群中擠過去。5 壓印（硬幣等）。6 使合併。7〖棒球〗將（三壘跑者）擠回本壘得分；擠回得（分）《*in*》。—不及 1 壓榨。2 擠開，勉強擠過去，硬擠入。—图 1 壓榨，壓擠；緊握，緊抱。2《a ～》榨出的少量東西《*of ...*》。3 擁擠的群眾。4 型，壓型；拓印。5〖棒球〗= squeeze play 1 Ⓤ《口》敲詐，脅迫，勒索。

be in a tight squeeze 陷於困境。

have a tight squeeze 倖免於難，九死一生。

'squeeze ˌplay 图 1〖棒球〗強迫取分的觸擊短打。2 敲詐，脅迫。

squeez·er ['skwizɚ] 图 1 壓榨者；敲詐者，剝奪者。2 果汁壓榨器。

squelch [skwɛltʃ] 動 及 1 壓碎，壓扁。2 壓擠；壓抑；鎮壓：～ a riot 鎮壓一場暴動。3《口》駁倒；使緘默。—不及 發出壓擠聲；發出咯吱聲走路。—图 1 被壓碎之物。2 壓擠聲，咯吱聲。3 Ⓤ《口》駁倒。～·er 图《口》使對方屈服的人。

squib [skwɪb] 图 1 諷刺短文；小品文。2 煙火；爆竹；火箭引擎點火電子裝置。3《澳俚》懦弱者。—動 (**squibbed, ～·bing**) 不及 1 發表諷刺短文。2 放爆竹；爆發。3 無規則地迅速移動。4《澳》恐懼；逃脫。—及 1 作短文諷刺。2 鳴響，燃放。3 信口地講；隨便地寫。

squid [skwɪd] 图 (複～s,《集合名詞》～) 1〖動〗烏賊、魷魚等。2 烏賊鉤。

squidg·y ['skwɪdʒɪ] 形《英口》（地面等）溼軟的。

squif·fy ['skwɪfɪ], **squiffed** [skwɪft] 形《英俚》喝醉了的，微醉的。

squig·gle ['skwɪgl] 图 潦草書寫；短而不規則的曲線，彎曲線。—動 不及 潦草地寫；蠕動。-gly 形

squint [skwɪnt] 動 不及 1〖眼〗斜視；成斜視眼。2 瞇著眼看；窺視《*through ...*》；瞥一眼《*at...*》：～ *at* the bright light 瞇著眼看亮光。3 偏斜《*at...*》；傾向《*toward...*》。—及 瞇（眼）看；使成斜視；使斜看。—图 1〖眼〗斜視；斜眼。2 斜眼看，瞥視。3《英口》一瞥。4 間接提及，暗示。5 傾向；偏向《*to, toward...*》。—形 1 斜視的；斜眼的。2 斜著眼看的。

squint-eyed ['skwɪnt'aɪd] 形 1 斜眼的；斜視的；斜著眼看的。2 懷惡意的，有偏見的：be ～ with vengefulness and blind to reason 心懷報復意念而喪失理智。

squire [skwaɪr] 图 1 鄉紳，（地方上的）大地主。2〖史〗騎士的隨從；隨從，護衛。3 殷勤侍候婦女的男子；《英》主顧，先生。4《美》對地方治安官、法官等的敬稱。

—動 及《文》殷勤侍候（婦女）。

squir(e)·arch ['skwaɪrɑrk] 图《主英》地主，鄉紳。

squir(e)·ar·chy ['swaɪˌrɑrkɪ] 图 (複-**chi·es**)《通常作 the ～》《主英》《集合名詞》鄉紳們；地主階級。

squirm [skwɝm] 動 不及 1 蠕動；蠕動著進入《*into...*》；蠕動著掙脫《*out of ...*》。2 侷促不安，苦惱，折騰。—图 蠕動，扭動；侷促不安。～·y 形 蠕動的；侷促不安的。

S

·squir·rel ['skwɝəl] 名 (複～s,《集合名詞》～) 1〖動〗松鼠。2 U 松鼠類的毛皮。—形 1 松鼠的。2 松鼠的；松鼠毛皮製的。

—動及 (～ed, ～·ing 或《英》-relled, ～·ling)《用於以下片語》

squirrel away《口》儲藏，保存。

'squirrel ˌcage 名 1 松鼠籠。2《口》曠日持久一事無成的局面；無目的且無止境的單調生活。

squirt [skwɝt] 動不及 噴出，迸出。—及 1 使噴出。2（以橡皮管的水等）噴射小孩。—名 1 噴出，噴水；噴出的少量液體。2 噴水器，噴射器，水槍。3《口》年輕人，毛頭小子；小個子，矮子；（年紀輕的）無足輕重的人，討人厭的人。～·er 名噴出裝置。

'squirt ˌgun 名 1 = spray gun. 2 = water pistol.

squish [skwɪʃ] 動及壓，榨，擠；壓扁，壓爛。—不及（在水中或泥中）咯吱咯吱地走。—名咯吱聲。

squish·y ['skwɪʃɪ] 形 (squish·i·er, squish·i·est) 1 溼軟的，黏糊糊的。2 發出咯吱聲的。

sq. yd.《縮寫》*s*quare *y*ar*d*(s).

Sr《化學符號》strontium.

Sr.《縮寫》*S*enho*r*; *S*enio*r*; *S*eño*r*; *S*iste*r*.

Sra.《縮寫》*S*enho*ra*; *S*eño*ra*.

Sri Lan·ka [ˌsri'laŋkə] 名斯里蘭卡：舊稱錫蘭；首都為 Colombo。

SRN《縮寫》*S*tate *R*egistered *N*urse.

SRO《縮寫》《美》*s*tanding *r*oom *o*nly 座位售完只剩站位。

SS《縮寫》*s*team*s*hip; *s*uper*s*onic.

ss.《縮寫》*s*ection*s*;〖棒球〗*s*hort*s*top 游擊手。

S.S.《縮寫》*s*team*s*hip; *S*unday *S*chool.

SSE《縮寫》*s*outh-*s*outh-*e*ast.

SSL《縮寫》*s*ecure *s*ocket *l*ayer 網路安全協定。

SST《縮寫》*s*uper*s*onic *t*ransport 超音速運輸（機）。

SSW《縮寫》*s*outh-*s*outh-*w*est.

St.《縮寫》*S*ain*t*; *st*atute(s); *St*rait; *St*reet.

st.《縮寫》*st*anza; *st*atute(s); *st*one（重量單位）; *st*rait; *st*reet.

:stab [stæb] 動 (stabbed, ～·bing) 及 1 刺，戳《*with*...》；刺入（…之中）《*into*...》：～ a person to death 刺死某人。2 刺痛；刺傷，傷害：a *stabbing* pain 刺痛。3 以手指戳刺；指向《*at, in*...》。4〖裝訂〗打洞。5（為了便於塗灰泥而）把（磚牆）表面鑿粗糙。—不及 1 刺，戳《*at*...》。2 刺傷（人心等）；有一種刺的感覺。

stab a person in the back (1) 刺某人的背。(2)《俚》背地陷害某人。

—名 1 刺；一刺，一戳。2《口》企圖，嘗試。3 刺傷；（常指突然且強烈的）刺痛。

a stab in the back 傷人的暗箭，誹謗。

stab·ber ['stæbɚ] 名刺的東西；錐子；刺客，暗殺者。

stab·bing ['stæbɪŋ] 形刺穿的，透徹的；傷人的，銳利的。～·ly 副

sta·bil·i·ty [stə'bɪlətɪ] 名 (複-ties) U C 1 穩定（性）；穩固；（位置的）固定；持續（性）；堅定，不變；堅固：economic ～經濟的穩定性。2〖理·化〗安定性。

sta·bi·li·za·tion [ˌstebələ'zeʃən] 名 U 安定，穩定；通貨的穩定。

sta·bi·lize ['stebəˌlaɪz] 動 及 1 使穩定；使保持一定的水準：～ prices 穩定物價。2〖空·海〗保持…的穩定性。

—不及 安定，固定；穩定。

sta·bi·liz·er ['stebəˌlaɪzɚ] 名 1 維持穩定的人。2 穩定裝置；《美》〖空〗水平尾翼；〖化〗安定劑。

·sta·ble[1] ['stebl̩] 名 1 馬房，馬廄；牛棚，家畜小屋；〖賽馬〗廄舍。2《集合名詞》（屬於同馬廄的）馬。3 車庫。4《口》《集合名詞》有共同目的或興趣的人所集合而成的團體，基於同一目標而工作的團體：a ～ of poets 詩人社團。5《俚》《集合名詞》同一經紀人支配下的一群人。—動 (-bled, -bling) 及關進馬廄。—不及 被關在馬廄裡；（人）住在馬廄般的地方。

·sta·ble[2] [stebl̩] 形 1 不搖動的，牢固的：a ～ base 牢固的基礎。2 安定的，穩定的；可信賴的；踏實的：a man of ～ character 個性踏實的人。3 有持續性的：～ popularity 長久性的人緣。4 無激烈變化的；〖理〗具安定性的；不易分解的：keep prices ～維持物價的穩定 / ～ nucleus 穩定核。～·ness 名, -bly 副

sta·ble·boy ['stebl̩ˌbɔɪ] 名（少年的）馬廄管理員，馬僮。

sta·ble·man ['stebl̩mən, -ˌmæn] 名 (複 -men) 在馬廄工作的人，馬伕。

sta·ble·mate ['stebl̩ˌmet] 名 1 同一馬廄的馬；同一馬主的馬。2《喻》屬於同一團體的人；同事，同僚。

sta·bling ['steblɪŋ] 名 U 收容馬於馬廄；馬廄設備；《集合名詞》馬廄。

stac·ca·to [stə'kato] 形 1〖樂〗斷音的：a ～ mark 斷音符。2 由急促斷音組成的。—副 斷音地，不連續地。—名 (複～s, -ti [-ti]) 1〖樂〗斷音奏法；斷音樂節。2 急促的斷音。

·stack [stæk] 名 1（乾草等的）堆，堆積；堆積；《常作～s》《口》大量，許多《*of*...》：be buried under a ～ *of* postcards 被埋於堆積如山的明信片中。2《常作～s》（圖書館等的）成組書架；《～s》書庫。3 煙囪群；煙囪。4〖軍〗槍架。5《英》一堆：薪炭的計量單位；等於 108 立方呎。6《俚》汽車排氣管。7〖電腦〗堆疊。

blow one's stack《美俚》發怒，生氣。

—動及 1 堆起來，堆積《*up*》。2 堆放《*with*...》。3 以作弊手法洗（撲克牌）。

S

4〖空〗令飛機作各種高度盤旋等待降落《*up*》。
—不及 被堆積，堆積如山。
stack the cards against... ⇨ CARD[1]（片語）
stack the cards (1)⇨動及3. (2)悄悄地作好準備，暗中設局舞弊。
stack up (1)〖空〗管制等待降落的飛機。(2)總計《*to...*》。(3)《美俚》可較量，可匹敵《*to, against...*》。(4)《俚》似乎合理。(5)《美俚》出現。(6)成列，成群。(7)進展。
stack...up / stack up... (1)⇨動及 1. (2)《口》收集，積蓄。(3)使阻塞。

stack·a·ble [ˈstækəbl̩] 形可一個一個堆疊起來的，方便疊放的：~ chairs 可疊放的椅子。

stacked [stækt] 形《俚》妖豔的，肉感的，體態豐滿勻稱的。

·**sta·di·um** [ˈstedɪəm] 名(複~s, -**di·a** [-dɪə]) 運動場；棒球場；體育場。

·**staff**[1] [stæf] 名(複義 1~義 4 及義 8 爲 **staves** [stevz] 或~s, 義 5~義 7 及義 9 爲 ~s) **1**（拐）杖，（棍）棒；（槍等的）柄：support oneself with a ~以杖支撐身體。**2** 旗竿。**3**〖測〗測尺，標竿。**4** 權杖，指揮棒。**5**《喻》支柱，依賴。**6**（和經營者等相對的）一群助理；智囊團；《集合名詞》職員，部屬，工作人員：the college's teaching ~大學教師們 / a ~ member 職員之一 / the headmasters and ~*s* of all secondary schools 所有中學校長和職員們。**7**《集合名詞》〖軍〗(1)參謀。(2)參謀（機構），幕僚。**8**〖樂〗譜表，五線譜。**9**〖鐵路〗（單軌的）路條，路牌。
—形 參謀（機構）的，幹部的。—動及《通常用被動》配置，分配（職員）《*with ...*》。

staff·er [ˈstæfɚ] 名**1** 從業員，職員。**2**《美》報刊之編輯人員，記者。

staff·man [ˈstæfˌmæn] 名(複-**men**) = staffer.

ˈ**staff ˌofficer** 名〖軍·海軍〗參謀軍官，幕僚。

S

Staf·ford·shire [ˈstæfɚdˌʃɪr] 名斯塔福郡：英格蘭中部的一郡；首府 Stafford。

ˈ**staff ˈsergeant** 名〖陸軍〗中士；二等士官。

ˈ**staff ˌsergeant ˈmajor** 名〖美陸軍〗參謀士官長。

·**stag** [stæg] 名 **1** 成熟的公鹿；其他動物之雄性；閹豬，閹牛。**2**《口》只限男性的社交場合；只有男性的聚會。**3**《口》男子，無女伴的男子。**4**《英》認購新股獲利者。
—動(**stagged**, ~·**ging**)不及《美口》不攜女伴參加社交集會。
—形 全是男人的，男子集會的，無女伴的。—副 不攜女伴地。

ˈ**stag ˌbeetle** 名〖昆〗鍬蟲，鹿角蟲。

:**stage** [stedʒ] 名(複 **stag·es** [-ɪz]) **1** 階段；步驟；局面，時期，過程：at the present ~目前 / at this ~ of his life 在他生命中的這一階段。**2** 舞臺，臺；講臺：left ~（面向觀眾）舞臺的左側。**3**《the ~》戲劇；演藝界；劇壇；戲劇界：go on *the* ~ 成爲演員。**4**（活動的）舞臺，場所：the ~ of politics 政治舞臺，政界。**5** 驛馬車。**6** 休憩處，驛站，站；驛站間的距離，行程。**7**（昆蟲的）…期，…齡。**8**〖醫〗（疾病的）第…期。**9**〖經·社會〗階段：the early industrial ~ 工業初期發展階段。**10**〖地〗階。**11** 浮碼頭，突堤；足臺，臺。**12**（顯微鏡的）夾片臺。**13**〖太空〗（多節式火箭的）節。
by (easy) stages（指旅行等）緩慢地，從容不迫地。
hold the stage (1)連續上演。(2)受人注目。
set the stage for...《喻》爲…作好準備，成爲…的開端；使…成爲可能。
—動 (**staged, stag·ing**) 及**1** 上演，演出，把…搬上舞臺。**2** 設置舞臺；設足臺於；分階段。**3** 策劃，安排；發動，舉行。**4** 使（火箭）成多節式。—不及 **1** 適合舞臺演出。**2** 乘驛馬車旅行。

stage·coach [ˈstedʒˌkotʃ] 名〖史〗驛馬車。

stage·craft [ˈstedʒˌkræft] 名U舞臺技巧，舞臺藝術。

ˈ**stage diˌrection** 名舞臺指導：劇本中有關演員動作、布景安排等的舞臺指導說明。

ˈ**stage diˌrector** 名《美》（戲劇）導演；《英》舞臺監督。

ˈ**stage ˈdoor** 名舞臺後門。

ˈ**stage efˌfect** 名舞臺效果。

ˈ**stage ˌfright** 名U懼怕登臺，怯場。

stage·hand [ˈstedʒˌhænd] 名管理舞臺布景的工作人員。

stage-man·age [ˈstedʒˌmænɪdʒ] 動及 **1** 作舞臺監督。**2** 爲達到戲劇效果進行安排；在幕後指揮。—不及 做舞臺監督。

ˈ**stage ˌmanager** 名舞臺監督。

ˈ**stage ˌname** 名藝名。

stag·er [ˈstedʒɚ] 名《常作 **old** ~》《英》有經驗的人，老手。

ˈ**stage ˈright** 名U 舞臺之右側。

ˈ**stage ˌsetting** 名舞臺布置。

stage-struck [ˈstedʒˌstrʌk] 形渴望當演員的；迷戀舞臺的，演劇狂的。

ˈ**stage ˌwhisper** 名**1**（舞臺上）演員對觀眾的高聲耳語。**2** 意欲讓他人聽得到的耳語。

stag·fla·tion [ˌstægˈfleʃən] 名U〖經〗停滯性的通貨膨脹。

·**stag·ger** [ˈstægɚ] 動不及 **1** 蹣跚，搖晃，搖擺。**2** 猶豫，動搖，躊躇。**3** 退縮，畏縮，躊躇。—及 **1** 使搖晃，使蹣跚。**2** 使吃驚，使愕然。**3** 使畏縮，使退縮，使動搖，使猶豫。**4** 交替配置。**5** 將（通勤時間等）錯開：~ work shifts 將工作班次錯開。—名 1 搖晃，蹣跚。2 鋸齒形的配置。3《the ~s》《作單數》(1) 眩暈。(2)（牛馬的）暈倒病。~·er 名蹣跚的人，使蹣跚之物；大事件，驚人的事物。

'staggered 'hours 名(複) 錯開的上下班制。

stag·ger·ing ['stægərɪŋ] 形 1 蹣跚的：a ~ gait 蹣跚的步伐。2 令人吃驚的；龐大的：a ~ achievement 驚人的成就。~·ly 副

stag·hound ['stæg,haʊnd] 名獵鹿犬。

stag·ing ['stedʒɪŋ] 名 1 Ⓤ Ⓒ 上演，演出。2 Ⓤ 腳架；架子。3 Ⓤ 〖太空〗火箭的多節化。

'staging ,area 名〖軍〗中間集結待運地區；中間整備區域。

'staging ,post 名《英》1（軍隊的）前進基地。2 中途停車地。3 重要的準備階段。

stag·nant ['stægnənt] 形 1 不流動的，停滯；污濁腐臭的：a ~ pool of water 一池不流動的水。2 不發達的；遲鈍的，呆笨的；不活潑的；不景氣的：a ~ mind 遲鈍的頭腦 / Trade is ~. 生意蕭條。**-nan·cy** 名 Ⓤ 停滯；不景氣，蕭條。~·ly 副

stag·nate ['stægnet] 動 不及 1 停滯，不流動。2 停止發達；無活力，變蕭條。—及 使沉滯。

stag·na·tion [stæg'neʃən] 名 Ⓤ 沉滯；不振；蕭條，不景氣。

'stag ,night 名《英》脫離單身漢之夜。

stag·y ['stedʒɪ] 形 **(stag·i·er, stag·i·est)** 1 舞臺的；舞臺似的。2 演戲似的，做作的（亦作 **stagey**）。**-i·ly** 副, **-i·ness** 名

staid [sted] 形 鎮定的，沉著的，穩重的，認真的：a ~character 穩重的個性。—動《古》stay[1]的過去式及過去分詞。~·ly 副, ~·ness 名

·stain [sten] 名 1 污垢，髒污：a blood ~ 血跡。2 條紋，斑點，斑紋。3《喻》污點，缺點，瑕疵《*on, upon...*》：a ~ *on* one's family name 家族名聲上的污點。4 Ⓤ 著色，染色。5 Ⓤ Ⓒ 染料；（顯微鏡標本著色用的）著色劑。—動及 1 沾污，沾染，弄髒《*with...*》。2 玷污，污辱。3 使墮落，污染。4 著色；染色。
—不及 被弄髒，沾上污垢。

'stained 'glass ['stend-] 名 Ⓤ 彩色玻璃。

stain·less ['stenlɪs] 形 1 無污點的。2《文》無污點的，無瑕疵的。3 不鏽鋼製的。4 不生鏽的。—名 Ⓤ 不鏽鋼製的刀叉類。~·ly 副

'stainless 'steel 名 Ⓤ 不鏽鋼。

:stair [stɛr] 名 1（樓梯的）梯級：the top ~ 樓梯最上面的一級。2《~s》《集合名詞，作單、複數》樓梯：go up (the) ~*s* 上樓梯 / run up two flights of ~*s* 上兩段樓梯。3 樓梯：an escape ~ 逃生梯。

below stairs (1) 在地下室；在僕人所住的地方。(2)（水準）比一般低的。

·stair·case ['stɛr,kes] 名 1（包含扶手等的）一段樓梯：a moving ~ 自動升降梯（《美》escalator） / a circular ~ 螺旋梯。2 樓梯間。

stair·way ['stɛr,we] 名 = staircase.

stair·well ['stɛr,wel] 名樓梯井。

·stake[1] [stek] 名 1 樁，柱：drive a ~ 打樁。2（火刑用的）柱子；《the ~》火刑：be burnt at *the* ~ 被處以火刑。3（防止貨車及卡車等的貨物掉落的）柵柱。4（製金屬薄板物的）小鐵砧。5 摩門教教區。

pull (up) stakes 《美口》離職；遷居。
water a stake 徒勞無功。

—動 **(staked, stak·ing)** 及 1 以樁支撐；拴於柱上。2 打樁標出；以樁區分《*off, out*》：~ *out* the boundaries of the garden 以樁圍出花園的範圍。3 要求擁有應得部分《*out, off*》。

stake out (1)⇨動及2, 3. (2)《美俚》監視；派遣（警察等）監視某地區或某嫌犯。
stake (out) a claim (1) 主張所有權《*to, on ...*》。(2)《美口》立標界以表明所有權《*upon, on...*》。

stake[2] [stek] 名 1《常作 ~s》賭金，賭注。2 利害關係；《口》個人的關係：have a ~ in... 在…上有利害關係。3 賭博的本錢。4《常作~s》（比賽的）獎（金），懸賞（金）。5《~s》(1)（以撲克牌玩）各類賭法。(2)《作單數》〖賽馬〗下同額賭金的賽馬。6《美口》= grubstake.

at stake 被下賭注的，生死攸關。
make a stake 攢錢，賺了一筆財富。

—動及 1 下賭注《*on...*》。2《美口》供給，資助《*to...*》。3《美口》= grubstake.

stake·hold·er ['stek,holdɚ] 名賭金保管人。

stake·out ['stek,aʊt] 名《俚》（警察對地區或嫌疑犯的）監視；監視的地點。

Sta·kha·nov·ism [stə'kɑno,vɪzəm] 名 Ⓤ（蘇聯）勞動獎勵制。

sta·lac·tite [stə'læktaɪt] 名鐘乳石。

sta·lag·mite [stə'lægmaɪt] 名石筍。

·stale [stel] 形 **(stal·er, stal·est)** 1 不新鮮的；走味的，走了氣的；變硬的；不流通的，有霉味的：~ water 死水 / ~ beer 走味的啤酒。2 無趣味的，不新穎的，陳腐的：a ~ joke 老掉牙的笑話。3 疲憊的，無活力的，厭倦的：grow ~ on the job 因工作勞累而疲憊不堪。4（選手等）表現不佳的。5〖法〗失效的。—動及不及 變陳舊；變陳腐。~·ly 副, ~·ness 名

stale·mate ['stel,met] 名 Ⓤ Ⓒ 1〖棋〗王棋受困；僵局。2 僵持狀態，停頓。—動及（奕棋中）使成僵局；《喻》使僵持，使相持不下。

Sta·lin ['stɑlɪn] 名 **Joseph V.**, 史達林（1879–1953）：蘇聯的共黨總書記（1922–53）及總理（1941–53）。

S

Sta·lin·ism ['stalɪnɪzəm] 图Ⓤ史達林主義。**-ist** 图形信奉史達林主義者（的）。

·stalk[1] [stɔk] 图 **1**〖植〗莖，軸，柄；〖動〗莖狀部。**2** 細長的支柱；（杯子細長的）腳；高煙囪。

·stalk[2] [stɔk] 動不及 **1** 悄悄貼近，偷偷靠近，悄悄跟蹤。**2** 以大模大樣的步伐走：～ along the street 大搖大擺地沿街道走 / ～ out of the room 高視闊步邁出房間。**3**《文》擴大，蔓延《*through...*》。—及悄悄貼近，偷偷跟蹤。

—图 **1** 悄悄靠近，偷偷跟蹤。**2** 大模大樣的走；高視闊步的步伐。

stalk·ing-horse ['stɔkɪŋ,hɔrs] 图 **1** 掩蔽馬。**2** 僞裝，隱蔽；口實，託詞。**3** 假候選人。

stalk·y ['stɔkɪ] 形 (**stalk·i·er, stalk·i·est**) 多莖的，莖狀的；細長的。

·stall[1] [stɔl] 图 **1**（馬廄等的）一間；馬廄，家畜屋。**2**《常作複合詞》《英》攤位，商品陳列臺：a magazine ～雜誌攤。**3** 教會神職者席；唱詩班席。**4** 房間；小區間；《英》座席；《～s》劇場一樓前方的座位。**5**（停車場等的）長方形區間。**6**〖空〗失速。**7**（保護手指或腳趾的）指套。—動不及 **1** 趕入畜舍；關入牛舍。**2** 將（畜舍）隔間分開。**3** 使（車）無法啓動；〖空〗使（飛機）失速。**4** 使（馬等）陷於泥沼中進退不得。**5** 使停頓。

—不及 **1**（車等）停止；（飛機）失速。**2** 停頓；《美》（馬等）（在雪中）進退不得。**3** 被關在廄內。

stall[2] [stɔl] 图《口》（拖延的）藉口，託詞。

—動不及（以藉口）拖延時間；支吾，欺瞞。—及（以藉口）拖延，敷衍；避開，搪塞《*off*》。

stall-feed ['stɔl,fid] 動 (**-fed**, ～**·ing**) 及 關在廄中以養肥。

stall·hold·er ['stɔl,holdɚ] 图《英》攤位的主人。

stal·lion ['stæljən] 图未閹割的雄馬；（尤指）種馬。

stal·wart ['stɔlwɚt] 形《文》**1** 強健的；勇猛的，雄壯的。**2** 堅定的，剛毅的；不妥協的。—图 **1** 身體強健的人。**2** 堅定的黨員。

～**·ly** 副, ～**·ness** 图

sta·men ['stemən] 图〖植〗雄蕊。

stam·i·na ['stæmənə] 图Ⓤ體力，精力，持久力。

·stam·mer ['stæmɚ] 動不及口吃，結巴。—及口吃地說《*out*》。

—图口吃，結巴；結巴的發音。～**·er** 图口吃者。～**·ing·ly** 副

:stamp [stæmp] 動及 **1** 踏，踩：～ the floor 踏地板 / ～ one's foot with impatience 不耐煩地跺著腳。**2** 踐踏，踏滅《*out, on*》；壓碎，弄碎；踩踏：～ *out* a cigar 踩熄雪茄煙 / ～ the leaves flat 把樹葉踏平。**3** 鎮壓；壓抑；撲滅《*out*》。**4** (1) 捺印《*on, with...*》：～ the papers *with*the proper seals of approval 以正式的印章蓋在公文上。(2) 刻印；《喻》銘記《*on, with...*》：a face ～*ed with* grief 刻畫著悲傷的臉龐。**5** 貼郵票；貼印花。**6** 顯示，賦予某種特徵。**7** 壓鑄（某種形狀）《*out*》。—不及 **1**（用力地）踏；踏出聲響。**2** 呱嗒呱嗒地走。—图 **1** = postage stamp. **2** 發票，收據。**3** = trading stamp. **4** 蓋印，戳記；版木；鑄型機。**5** 蓋印等的記號。**6** 印章；保證章；檢查章；刻印；郵戳。**7** 印，痕跡；特徵，特質。**8** 性格；種類；類型。**9** 領收證明。

'Stamp ,Act 图《the ～》〖美史〗印花稅法案（1765–66）。

'stamp ,album 图集郵簿。

stamp col·lect·ing ['stæmpkə'lɛktɪŋ] 图Ⓤ集郵。

'stamp col,lector 图集郵家[者]。

'stamp ,duty 图印花稅。

stam·pede [stæm'pid] 图 **1** 受驚嚇而逃竄；蜂擁逃走；蜂擁。**2**《美·加》一年一度的慶祝會。**3**《美·加》牛仔大競賽。**4**《美》突發的團體行動。—動不及及蜂擁逃離《*from*》；潰敗而逃；大崩潰《*into ...*》；一窩蜂地行動。

stamp·er ['stæmpɚ] 图 **1** 蓋印者；蓋郵戳者。**2** 蓋印器。**3** 研磨棒，搗杵。

'stamping ,ground 图《常作～s》《口》常去的場所：one's old ～老地方。

'stamp ma,chine 图郵票自動販賣機。

stance [stæns] 图 **1**（站立的）姿勢，架勢。**2**（高爾夫球等的）準備擊球的姿勢；（攀岩的）立足點。**3** 立場，態度。

stanch[1] [stæntʃ, stɑntʃ] 動及 **1**（尤指）止住（血）。**2** 塞住；止血：～ a wound 止住傷口流血。

stanch[2] [stæntʃ, stɑntʃ] 形 = staunch[2].

stan·chion ['stænʃən, -tʃən] 图 **1** 支柱，柱子。**2**（畜舍內的）枷。—動及 **1** 以支柱支撐；安裝支柱。**2** 把（家畜）繫在枷上。

:stand [stænd] 動 (**stood**, ～**·ing**) 不及 **1** 站立；駐足，站住：～ fast like a rock 站得穩如岩石 / ～ on tiptoe 踮足而立 / ～ at ease 稍息 / ～ on one's own (two) feet《喻》自立。**2** 起立，站起來《*up*》。**3** 高達。**4** 站在…（的立場）；（溫度計）標示度數：～ outside of the question 對於那個問題採旁觀的立場。**5** 採…的態度《*for ...; against...*》：～ *for* free trade 贊成自由貿易。**6**（名次等上）成爲；堅定：～ well with a person 某人風評良好 / ～ true to one's cause 對自己的主義堅信不渝。**7** 好像就要，有…之勢。**8** 豎著，立著；位在，安置於。**9** 停止不動，沒有使用；沒有動：～ for loading 停車裝貨。**10** 靜止，不流；（淚、汗）凝聚。**11**（船）駛某一航路；朝某方向（前進）。**12** 依舊；保持效

S

力。**13**《主英》競選（《美》run）《*for* ...》。—及 **1** 使站立；使直立；放置；添加。**2**《通常用否定》容忍。**3** 擔任；參加。**4** 面對，對抗；堅守，堅持；不畏，不懼。**5** 蒙受；服從。**6**《口》負擔費用，請吃飯。**7**《美·英俚》使花錢。

as it stands 按照現況。

as the case stands 基於這種緣故。

as matters stand 據現況，據實地。

leave** a person **standing 大勝。

stand about 無所事事，虛度時光。

stand a chance（成功等的）希望《*of...*》。

stand alone (1) 孤立。(2) 傑出，無與倫比。

stand aside (1) 靠邊。(2) 袖手旁觀。

stand away 不靠近，遠離。

stand back (1) 退後。(2) 在離…較遠之處；退出《*from...*》。

stand behind (1) 在後面守候。(2) 當後盾。

stand between...and...（障礙）阻擋（於人與其期望的事物之間）。

stand by (1) 站在一旁。(2) 旁觀。(3) 等待機會（以備…）《*for...*》；〖軍·海〗準備。(4) 準備開播[演]。(5) 支持；堅守；堅持主張。

stand clear from... 站開，讓開。

stand corrected ⇨ CORRECT 動及（片語）

stand down (1)（證人）從證人席退下來。(2) 放棄（比賽等）；《英》退出選舉。

stand for... (1) 表示，意指，象徵。(2) 與爲伍；支持，承認；爲…而戰。(3)《口》接受；忍受。(4)〖海〗朝…航行。(5) 有價值，可代…用。(6) ⇨動不及 13.

stand forth (1) 站出來。(2) 出眾。

stand in (1) 參加。(2) 靠（岸）《*toward* ...》。(3) 當代理人《*for...*》。

stand in awe of... 訝異地看；對…有敬畏之心。

stand** a person **in good stead 對某人很有用處。

stand in with... (1)《口》與…共謀；與…分擔。(2)《通常作 **stand in well with**》《美口》與…交情好；受寵於。

stand off (1)（與…）不相近；若無其事《*from...*》。(2)〖海〗遠離《*from...*》。

stand...off / stand off... (1) 使不靠近；避開。(2)《英》（因不景氣）暫時解僱。

stand off and on〖海〗與陸地離離靠靠地航行。

stand on ... (1) 賴…而存在，基於。(2) 重視，拘泥於；斷然要求。

stand or fall 生死與共。

stand out (1) 突出於《*from...*》。(2) 醒目，顯眼；傑出，出類拔萃《*from, among...*》。(3) 站出來，站向前。(4) 頑強抵抗《*against...*》。(5) 固執；堅持（要求…）《*for...*》。(6)〖海〗離岸。

stand over (1) 暫停；延期，擱置。(2)〖海〗離某岸，朝向另岸。

stand...over / stand over... (1) 隨時在旁監督。(2) 延期。(3) 居高臨下。

stand tall《美軍俚》準備就緒。

stand to〖英軍〗枕戈以待。

stand...to / stand to... (1) 堅守，遵守。(2) 支持。(3) 勤奮。(4)〖英軍〗部署。

stand to reason ⇨ REASON（片語）

stand under... 暴露於…，使蒙受…；耐得住…的重擔。

stand up (1) 起立；站著。(2)（在法庭等上）依然有效；不失持久力。

stand...up / stand up... (1) 使站起來，豎起來。(2)《俚》對異性爽約。

stand up against... 抵抗…。

stand up for... (1) 擁護，支持。(2)（在婚禮中）當儐相。

stand up in...《口》穿著…。

stand up to... (1)（人）勇敢地面對。(2)《喻》經得起。

stand up under... 耐得住而屹立不搖。

stand up with...《美俚》(1) 當儐相。(2) 與…跳舞。

stand well with... 受…喜好，獲…好評。

stand with...《美》支持…。

—名(複～**s** [-z]) **1** 站立。**2** 駐足；停止，休止。**3** 防禦，擁護；抵禦，抵制。**4** 停留演出；巡迴演出地。**5** 位置，場所。**6** 態度，立場，見解，觀點。**7**《美》證人席（《英》witness box）。**8** 演講臺，演奏臺。**9**《通常作 **the ～s**》（競技場的）觀眾席，看臺。**10** 攤位，出售處；櫃臺。**11**（買賣用的）地方；（營業的）場所，位置。**12**（巴士等的）停車場，攬客處，車站；停在停車場的計程車。**13** 樹木；未經修剪的草木。**14**《常作複合詞》臺，架；小餐桌，小桌子，小架子。

stand-a·lone [ˌstændəˈlon] 形〖電腦〗可獨立操作的。

:stand·ard [ˈstændəd] 名 **1**《常作～**s**》基準，尺度；範本，樣本；道德規範，準繩；水準，規格：come up to (the) ～ 達到水準 / violate accepted ～*s* 違反一般規範。**2**（度量衡的）原基，原器。**3**〖幣〗(1) 本位（制）：the gold ～ 黃金本位制。(2) 法定成分；金或銀的法定純度。**4** 作爲標準演奏曲目的曲子。**5** 旗子，王旗；軍旗，騎兵連隊旗：under the ～ of... 在…的旗幟下。**6**《英》（小學的）學年；年級。**7** 筆直的支柱；筆直的燭臺。**8**〖園〗種樹；〖植〗旗瓣。—形《限定用法》**1** 標準的，作基準的；〖貨幣〗本位的。**2** 有佳評的，一流的。**3** 通常的，普通的，慣例的。**4** 合乎規格的，標準規格的。**5**（燈等）有腳架的。**6** 種樹的。

stand·ard-bear·er [ˈstændəd,bɛrə] 名 **1** 旗手。**2** 倡導者。

ˈstandard deviˈation 名UC〖統〗標準差。

ˈStandard ˈEnglish 名U 標準英語。

ˈstandard ˌgauge 名 標準軌距。

S

stand·ard·ize ['stændɚ,daɪz] 動及 1 使規格化；使合乎標準。2 決定標準。**-i·'za·tion**名U標準化，統一規格。

'standard ˌlamp 名《英》落地燈。

'standard of 'living 名生活水準。

'standard ˌtime 名U標準時間，基準時。

stand(-)by ['stænd,baɪ] 名 (複 ~s [-z]) 1 可靠的人；支持者，同伴。2 必要時可利用之物，替代物；替身。3（電視、廣播電臺）預備節目。4 後補乘客。

on standby 預備著；待命；（在機場）等待補位。

stand-down ['stænd,daʊn] 名撤退。

stand·ee [stæn'di] 名《口》無座位的觀眾；站票乘客。

stand·er-by ['stændɚ,baɪ] 名 (複 **stand·ersby**) 觀眾，旁觀者，當時正好在場的人。

stand-in ['stænd,ɪn] 名 1 臨時代替演員；替身演員。2 代用品；代理人。3《美俚》有利的立場；後援。

·stand·ing ['stændɪŋ] 名 1 U C 地位，身分：an employee in good ~正式職員。2 U C 高貴身分；名聲，信用：a statesman of great ~很有名的政治家。3 U 繼續存在，持續；持續期間：a controversy of long ~長期的爭論。4 U C 站立；人站著的場所。5 U〖法〗訴訟權。一形 1 站著的；直立生長的；立著的。2 站著做的。3 停滯的，靜止的；固定的。4 常備的。5 停止的，不轉動的。6 習慣性的，經常的。7 永恆的，不衰的；不褪的。

'standing ˌarmy 名常備軍。

'standing comˌmittee 名常務委員會。

'standing 'crop 名經常產量。

'standing 'order 名 1〖軍〗《昔》內務規定；作業準則。2（議會的）議事規則。3《通常作~s》經常訂單，定期訂閱。4《英》（向銀行）自動轉帳的請託。

'standing o'vation 名起立鼓掌。

'standing ˌroom 名U立身之地；站位，立位。

stand(-)off ['stænd,ɔf] 名 1 U冷漠；生疏。2（比賽等的）平手，不分勝負。3〖橄欖球〗負責攻守兩面的球員。4 絕緣體。5《美》僵局。一形 1 分離的。2 不融洽的，冷漠的。

stand·off·ish [ˌstænd'ɔfɪʃ] 形 冷漠的，孤傲的。

'stand ˌoil 名U油墨。

stand(-)out ['stænd,aʊt] 名《口》1 傑出之物，大放異彩之物。2 不適應潮流的人，無妥協性的人。一形出眾的，出類拔萃的。

stand·pat ['stænd,pæt] 名《美口》非改革派的人。一形主張維持現狀的。

stand·pipe ['stænd,paɪp] 名 1 配水塔，蓄水塔。2 把水由消防栓送至消防管的管子。

stand·point ['stænd,pɔɪnt] 名 人看東西時的地點。2《文》觀點，看法，立場：from the ~ of the philosopher 由哲學家的觀點來說。

stand·still ['stænd,stɪl] 名《常作 **a** ~》停止；停滯：be at *a* ~ 陷於停頓 / come to *a* ~停止 / bring...to *a* ~ 使…停止。一形停頓的停滯的；使停止的；擱置的。

stand-to ['stænd,tu] 名〖軍〗待命狀態，戰鬥準備。

stand-up ['stænd,ʌp] 形《限定用法》1 豎立的。2 站著做的；為立姿設計的：a ~ desk 供人站著使用的桌子。3 堂堂正正的；隨時準備出擊的。4〖劇〗舞臺上獨演的。

一名 1（有支柱）狀似站立的東西。2 使人空候。

stan·hope ['stænhop, 'stænəp] 名只乘一人的無篷輕型馬車。

stank [stæŋk] 動 **stink** 的過去式。

Stan·ley ['stænlɪ] 名〖男子名〗史丹利（暱稱作 Stan）。

stan·na·ry ['stænərɪ] 名 (複**-ries**) 錫礦山；《通常作**-ries**》《英》提煉錫礦業之地。

stan·nate ['stænet] 名U〖化〗錫酸鹽。

stan·nic ['stænɪk] 形〖化〗（含）錫的：~ chloride 氯化錫。

stan·num ['stænəm] 名U錫。符號：Sn

stan·za ['stænzə] 名 1〖詩〗（詩的）節。2〖運動〗《美俚》一局，一回合。

-za·ic [-'zeɪk] 形

staph·y·lo·coc·cus [ˌstæfɪlə'kɑkəs] 名 (複 **-ci** [-'kɑksaɪ])〖菌〗葡萄球菌。

sta·ple¹ ['stepl] 名 1 訂書針。2 騎馬釘。一動及用訂書針釘。

sta·ple² ['stepl] 名 1《通常作~s》主要產物；主要商品；固定必需品。2 基本食品。3 主要品目[要素，成分，部分，特徵]；主題《*of*...》：a television ~電視的主要節目。4 U原料，材料。5 纖維；標準品級。一形 1 主要的。2 基本的，主要的。

'staple 'diet 名主食。

'staple 'fiber 名U C人造纖維。

sta·pler¹ ['steplɚ] 名 釘書機。

sta·pler² ['steplɚ] 名 1（羊毛的）分類工人。2 主要商品的批發商。

:star [stɑr] 名 1 (1) 星星：a fixed ~恆星 / a falling ~流星 / the morning ~晨星。(2)〖天〗恆星。(3) 天體。2〖占星〗星宿；《常作~s》星運；命運，運勢，氣質：be born under a lucky ~生來福星高照。3 星形；勳章，星形勳章；星形花；星形寶石；〖印〗星記號；（旅館、餐館等級的）星記號：a five-*star* restaurant 五星級的餐館。4（各行各業的）權威者，臺柱；紅牌演員，明星：a ~ in the political world 政界大人物。5《美》代表五十州之一的星星。

My stars (and garters)!《口》害我嚇了一跳。

see stars《口》眼冒金星，目眩。

—形 **1** 卓越的，優秀的；明星的，紅星的。**2** 星（ ）的。

—動 **(starred, ～·ring)** 及 **1** 鑲滿星星於；(用星形物）裝飾《*with...*》。**2** 使當主角《*in...*》；使主演。**3** 加上星號。—不及 **1** 如星星般地輝耀，閃爍；出眾，起眼。**2** 主演《*in...*》。

star·board ['stɑr,bord, -,bɔrd] 名 U 右舷；(飛機的）朝進行方向的右側，右邊：put the helm to ～ 把舵轉向右舷。—形（在）右舷的；(船舶、飛機的）進行方向右側的。—副 往右舷方向；向右側。—動 及 轉向右舷。

—不及 朝右方前進。

·starch [stɑrtʃ] 名 **1** U C 澱粉；《～es》《主美》澱粉食品。**2** U（漿衣服用的）漿。**3** U 拘泥，呆板。**4** U《美口》精力，活力：take the ～ out of... 使…氣餒。—動 及 **1** 上漿於。**2** 使不自然，使生硬，使拘泥形式《偶作 *up*》。

'Star ,Chamber 名 **1**《**the** ～》〖英史〗星法院（1487－1641）。**2**《偶作 **s- c-**》專制的法院。

starch·y ['stɑrtʃɪ] 形 **(starch·i·er, starch·i·est) 1** 澱粉（質）的；含澱粉的。**2** 漿過的，漿硬的：a ～ collar 漿得硬挺的領子。**3** 拘泥的，刻板的。**-i·ly** 副 上過漿似地；拘泥地。

star-crossed ['stɑr,krɔst] 形 命運不佳的，不幸的。

star·dom ['stɑrdəm] 名 U《集合名詞》影藝界；明星的身分。

'star ,dust 名 U **1** 小星團；宇宙塵。**2**《口》夢幻感覺，心蕩神馳的氣氛（亦作 **stardust**）。

:stare [stɛr] 動 **(stared, star·ing)** 不及 **1** 凝視，目不轉睛地看《*at, upon...*》。**2** 惹眼，很醒目。**3**（毛髮、羽毛）倒立，豎起。—及 **1** 看著，凝視。**2** 瞪得《*into, to ...*》。

stare down 看下面。

stare...down / stare down... 直盯著看而使對方感到難爲情。

stare a person in the face (1) 凝視（某人的）臉。(2) 迫在（某人的）眼前。

—名 凝視。

star·fish ['stɑr,fɪʃ] 名 **(**複 **～, ～·es)** 〖動〗海星，海盤車。

star·fruit ['stɑr,frut] 名 楊桃。

star·gaze ['stɑr,gez] 動 不及 **1** 凝視星辰。**2** 出神地在想。

star·gaz·er ['stɑr,gezɚ] 名 **1** 看星星的人；《謔》天文學家，占星家。**2** 夢想家，幻想家。**3**〖魚〗瞻星魚。**-ing** 名 U 凝視星星；耽於幻想。

star·ing ['stɛrɪŋ] 形 **1** 瞪視的；盯著看的。**2**《主英》很醒目的，太顯眼的；粗俗的，俗麗的。**3** 毛髮豎立的。—副 完全，全然。**～·ly** 副

stark [stɑrk] 形 **1**《限定用法》完全的，十足的：～ white 潔白，純白。**2** 荒涼的，寂寥的。**3** 極其樸素的，實在的。**4**（肌肉等）硬的，緊繃的；(死後）僵硬的：lie ～ in death 死後僵硬地躺著。**5**（輪廓、形狀）清楚的，鮮明的。**6**《古·詩》強的；決然的；堅實的。

—副 **1** 完全。**2**《主蘇·北英》斷然；強有力地；嚴格地。**～·ly** 副

stark·ers ['stɑrkɚz] 形《英俚》赤裸的。

star·let ['stɑrlɪt] 名《美》剛出道的年輕女演員，小明星。

star·light ['stɑr,laɪt] 名 U 星光。

—形 = starlit.

star·like ['stɑr,laɪk] 形 **1** 似星星的，星形的；像星星般閃爍的。**2**〖數〗星形的。

star·ling ['stɑrlɪŋ] 名〖鳥〗椋鳥，燕八哥；《英》椋鳥科的鳥。

star·lit ['stɑr,lɪt] 形《文》星光照耀的；有星光的。

'Star of 'Bethlehem 名《**the** ～》伯利恆之星：基督誕生時，引導東方三博士到伯利恆去的星星。

'Star of 'David 名《**the** ～》大衛之星（✡）：以色列共和國的國徽；原爲猶太教的標誌。

starred [stɑrd] 形 **1** 鑲滿星星的；星光之夜的：a many-*starred* sky 滿是星辰的夜空。**2** 以演員出名的。**3** 有星記號的。**4** 受命運支配的；《複合詞》走…的運的：ill-*starred* 運氣不好的。

·star·ry ['stɑrɪ] 形 **(-ri·er, -ri·est) 1** 繁星閃爍的：the ～ sky 星空。**2** 星球的。**3** 像星星閃爍的；星形的。

star·ry-eyed ['stɑrɪ,aɪd] 形《口》(眼神）夢幻似的；空想的，非現實的。

'Stars and 'Stripes 名 (複)《作單數》《**the** ～》星條旗：美國國旗。

'star 'sapphire 名 U C 星彩藍寶石。

'star ,shell 名 照明彈。

star-span·gled ['stɑr,spæŋgḷd] 形 布滿星星的。

'Star-Spangled 'Banner 名《**the** ～》**1** 星條旗（美國國旗）。**2** 美國國歌。

star-struck ['stɑr,strʌk] 形 崇拜名人的，追逐明星的。

star-stud·ded ['stɑr,stʌdɪd] 形 名人雲集的；明星齊集的；星光閃耀的。

'star ,system 名《**the** ～》明星制。

:start [stɑrt] 動 不及 **1** 出發《*from...*》；動身《*out, off / for...*》。**2** 開始；做起《*at, from...*》；著手《*in / on, in...*》；開始《*with...*》：～ *on* one's stage career 開始舞臺生涯 / ～ (out) *on* amassing one's fortune 開始積蓄錢財。**3**（突然）出現；發生《*up*》。**4**（從某處）驚起，突然，跳起《*from, out of...*》；(因驚訝等而）不覺跳

S

起；嚇一跳《*at*...》：～ in surprise 吃了一驚 / ～ *out of* one's trance 由恍惚狀態中突然驚醒。**5** 突然湧出；（眼睛）突出。**6** 鬆動，翹曲，歪斜。**7** 參加比賽；以先發者身分出場。一[及] **1** 著手；開始做。**2** 發動，使啓動；引起，使發生《*up*》；設立，成立。**3** 使開始，使著手進行；使開始從事《*in, on...*》。**4** 使出場，使參加比賽；發出起跑的信號；以…爲先發球員。**5** 使鬆動；使綻線。**6**（釘入前預先把釘子的前端）輕輕釘入。**7** 使（從巢或藏匿處）飛出；把（獵物）（從巢或藏匿處）趕出《*from...*》。**8**（從容器中）傾瀉掉；倒空。

start after... 追趕。

start against... 和…對抗；與…角逐。

start* (*all*) *over 重做。

start in 《口》(1)《主美》開始從事，開始活動《*on...*》。(2) 開始《*to* do》。

***start out* [*off*]** (1) 啓程，出發。(2)（動物）（從巢或藏匿處）突然飛出。(3)《口》著手《*to* do》。(4)《美》出外旅行，出遊。

***start...out* [*off*] / *start out* [*off*]...** 開始…。

start something 《口》製造麻煩。

start up (1) 嚇得站[跳]起來。(2) 突然出現。(3) 開始工作《*in...*》。

start...up / start up... (1) 發動。(2) 開始。

to start with 《作副詞用》(1) 首先，第一步。(2) 最初，起初。

一[名] **1** 出發，啓程；（賽跑等的）起點，開始；開端；出發的信號；出發點。**2** 起初的部分，開始之際。**3** 出場，參加，起跑；先發隊員的身分；優先地位；領先（距離）《*over, on...*》。**4** 驚起，跳起；驚嚇。**5** 機會，鼓勵。**6** 鬆動，翹曲，歪斜；綻開；裂縫。**7**《古》（感情等的）突發，迸出。

start·er ['startə] [名] **1** 出發者；開始者；開端；先發投手；初學者：for ～*s*《美》最初（＝to begin with, first of all）/ as a ～《美口》作爲開端（＝as a beginning）/ under ～'*s* orders（賽馬、跑者等）等候起跑的號令。**2**（賽跑等的）發號員；參加賽跑或競技的人；參加賽馬的馬。**3**〖機〗啓動器；（有啓動器的）汽車。**4**〖烹飪〗酵種。**5**《～s》《英口》第一道菜，開胃菜。**6**《英》（計畫等的）成功的希望。

S

start·ing ['startɪŋ] [名] [U] 出發，開始。

'starting ˌblock [名]〖田徑〗起跑器。

'starting ˌgate [名]（賽馬的）起跑柵門。

'starting ˌline [名] 起跑線，出發線。

'starting ˌpitcher [名]〖棒球〗先發投手。

'starting ˌpoint [名] 起點，出發點。

'starting ˌpost [名]（賽馬的）出發點，起跑柱。

:star·tle ['startl] [動] (**-tled, -tling**) [及] 使受到驚嚇，使嚇一跳；使受驚《*into...*; *out of, from...*》：～ the audience *into* panic 把觀眾嚇得驚惶失措 / ～ a person *from* his slumber 把某人從睡夢中驚醒。一[不及] 受驚嚇了一跳；被驚醒《*at...*》。一[名] 驚嚇震驚；令人吃驚的事物。

star·tling ['startlɪŋ] [形] 令人吃驚的，驚人的，駭人的。～**·ly** [副]

start·up ['startˌʌp] [名] [U] 開始，啓動。

·star·va·tion [star'veʃən] [名][U] 飢餓；餓死；斷食；貧乏，缺乏：～ wages 低於基本生活費的工資 / die of ～ 餓死。

:starve [starv] [動] (**starved, starving**) [不及] 餓死；挨餓；絕食，斷食；《口》感到極端飢餓：～ to death 餓死。**2** 苦於貧窮。**3** 迫切需要，渴望《*for...*》：be *starving fo*r knowledge 渴求知識。**4**《主古·英方》凍死；大受寒凍之苦。一[及] **1** 使餓死；使挨餓；使斷食；使缺乏營養（而死）；使餓得屈服《*out*》；使餓得（陷入某種狀態）《*into...*》。**2**《通常用反身或被動》使缺乏；使渴望《*of, for...*》。**3**《主古·英方》使凍死；使大受寒凍之苦。**'starv·er** [名] 挨餓的人；使人挨餓的人。

starved [starvd] [形] 飢餓的，挨餓的；餓死的；貧困的；枯萎的。～**·ly** [副] 飢餓地

starve·ling ['starvlɪŋ] [形] **1** 飢餓的，快要餓死的，營養不良的。**2**（因缺乏愛情等而）飢渴的。**3** 極貧窮的；拙劣的，貧乏的。

一[名]《文》（餓得）瘦弱不堪的人[動物]；營養不良的植物。

'Star ˌWars [名]《美口》星戰計畫。

stash [stæʃ] [動][及]《口》收藏，藏匿《*away*》。

一[名] 收藏處，藏匿處；被收藏起來的東西；《美俚》房子；鬍髭。

sta·sis ['stesɪs] [名] (複**-ses** [-siz]) [U][C] **1** 静態平衡；靜止；停滯。**2**〖病〗（血液或其他體液的）停滯，鬱滯，鬱積。

:state [stet] [名] **1**《常用單數》狀態，情況，狀況，情形；事態，情勢：a gaseous ～ 氣態 / the married ～ 已婚狀態 / the ～ of play（板球比賽的）比賽進行的情況；到目前爲止的得分狀況；進行的情況，目前的情況 / insects in the larval ～ 幼蟲時期的昆蟲 / in the present ～ of affairs 在現狀下。**2** (1) 精神狀態：in a ～ of unconsciousness 在無意識狀態中 / be in a nervous ～ 處於精神緊張狀態下。(2) 神經緊張狀態，興奮狀態；煩亂不安的狀態：get into a ～ 陷入激動狀態。**3**（社會上的）地位，身分；階層，階級；高位：citizens in every ～ of life 各階層的市民。**4** [U] 威嚴，威儀；豪華的排場；氣派：keep up one's ～ 保持威嚴；擺派頭。**5**《常作S-》國家，[U]（與 church 相對的）政府；中央政府：a welfare ～ 福利國家 / affairs of ～ 國事，國務。**6**《偶作S-》（美國等的）州；州政府。**7**《the States》《口》美國。

一[形]《限定用法》**1**（中央）政府的；國家的。**2**《美》（構成聯邦的）州的；州立的。**3** 正式的，禮節隆重的；供正式場合

用的。

—動 (stat·ed, stat·ing) 及 1 明確地述說，正式宣布，公開發表，表明，聲明，陳述；說。2 決定，規定，指定。

'state ˌchamber 名（宮殿等中的）大廳。

state·craft ['stet,kræft] 名 U 治世經國的才能；經綸；政策。

stat·ed ['stetɪd] 形 1 設定的，規定的，固定的；定期的。2 公認的，正式的。3 所宣稱的，言明的。

'State Deˌpartment 名《the ～》《美》國務院。

'state 'dinner 名 國宴。

'State ˌEnrolled 'Nurse 名《英》合格護士。

state·hood ['stet,hud] 名 U 獨立國的地位；（美國的）州的地位。

state·house ['stet,haus] 名 (複 **-hous·es** [-ˌhauzɪz])《美》州議會大廈。

state·less ['stetlɪs] 形 1 無國籍的。2 無國家的。

state·let ['stetlɪt] 名 小獨立國，小州。

·state·ly ['stetlɪ] 形 (**-li·er, -li·est**) 有威嚴的，莊嚴的，高貴的；堂皇的，雄偉的：a ～ home《英》大宅第。—副 莊嚴地；宏偉地。

-li·ness 名

:state·ment ['stetmənt] 名 1 聲明（書）：make an official ～ 發表公開聲明。2 陳述，供述；表明；意見，主張；U 表達方式：make a false ～ 做虛僞的陳述。3〖商〗對帳單，計算表，報表。4〖文法〗陳述句。

'Stat·en 'Island ['stætn̩-] 名 史坦頓島：美國 New York 市的五大行政區之一；昔稱 Richmond 區。

'state of the 'art 名 發展水準，技術水準。**'state-of-the-'art** 形 使用最新的技術的，運用最先進的設備的。

'state 'prison 名《美》州立監獄。

'state 'prisoner 名 1 國事犯，政治犯。2《或作 S-》《美》州立監獄的犯人。

'State ˌRegistered 'Nurse 名《英》正規護士，註冊護士。

state·room ['stet,rum, -um] 名 1（宮殿等用的）大廳，來賓室。2（汽船的）特等艙；《美》（火車的）特等包廂。

state-run ['stet,rʌn] 形 國營的。

'State's At'torney 名《偶作 s- a-》《美》州檢察官。

'state ˌschool 名 U C《英》公立學校。

'state's 'evidence 名 U《美》1 共犯證詞：turn ～ 轉而爲檢方作證。2 檢方的證據。3 共犯證人；檢方。

state·side ['stet,saɪd] 副 形《常作 S-》《美口》美國國內（的），在美國本土（的）。

·states·man ['stetsmən] 名 (複 **-men**) 政治家。～ˌ**ship** 名 U C 治理國家的才能，政治家的才能；政治家風度。～ˌ**like** 形，～·**ly** 形

'state 'socialism 名 U 國家社會主義。

states·wom·an ['stets,wumən] 名 (複 **-wom·en**) 女政治家。

'state 'trooper 名《美》州警察的警官。

'state uni'versity 名《美》州立大學。

'state 'visit 名（國家元首對他國的）正式訪問。

state·wide ['stet'waɪd] 形 副《美》遍及全州的[地]，全州性的[地]。

stat·ic ['stætɪk] 形 1 靜止的，不動的，固定的；不變的；幾無變化的；欠缺活動的，不活潑的。2〖社·經〗靜態的。3〖電〗靜電的；天電的；天電雜訊的；〖理〗靜態的（亦稱 **statical**）。—名 U 1〖電〗(1)《美》靜電；天電。(2) 天電雜訊，天電干擾。2《美俚》爭吵，反對，批評；麻煩，干擾。**-i·cal·ly** 副

stat·ics ['stætɪks] 名 (複)《作單數》靜力學。

:sta·tion ['steʃən] 名 1 場所，位置，部位；負責區域，崗位：take one's ～ 就自己負責的崗位。2 車站（《美》depot）；終點站；車站的建築物，站房：a bus ～ 公車站 / a passenger ～ 旅客停靠站，客運站 / a freight ～ 貨物裝卸站，貨運站。3（公共服務業的）地區總部，所，局；站：a police ～ 警察局 / a postal ～《英》郵局 / a filling ～ 加油站 / a hydraulic power ～ 水力發電站 / a meteorological ～ 氣象站。4《文》社會地位，身分；階級，職別，職位：a man of humble ～ 身分低微的人。5〖軍〗位置，崗位；屯駐地，站；〖海軍〗基地，停泊地：be at action ～*s* 就戰鬥位置。6〖廣播·視〗廣播站，播音站，電臺，電視臺；廣播頻率。7《澳》大牧場，大牧羊場。8〖測〗測點，三角點。—動 及《常用被動》駐紮，安置。

'station ˌagent 名《美》（小火車站的）站長

sta·tion·ar·y ['steʃən,ɛrɪ] 形 1 靜止的，不動的。2 保持同一狀態的，沒有變化的。3 固定的，不能移動的。4 非流動性的，定居的。—名 (複 **-ar·ies**) 不動的人；《**-aries**》駐軍。

'stationary 'front 名〖氣象〗滯留鋒。

'station ˌbreak 名《美》〖廣·視〗電臺間歇（節目間的短暫中斷）；此時播出之電臺識別信號或廣告。

sta·tion·er ['steʃənɚ] 名 文具商。

·sta·tion·er·y ['steʃən,ɛrɪ] 名 U 1 信紙。2 文具。

'station ˌhouse 名 警察局；消防局。

sta·tion·mas·ter ['steʃən,mæstɚ] 名（火車站的）站長。

sta·tion-to-sta·tion ['steʃəntə'steʃən] 形 副（打長途電話時）叫號的[地]。

'station ˌwagon 名《美》旅行車。

stat·ism ['stetɪzəm] 名 U 1 國家統轄主

義。2 國家主權主義。

stat·ist¹ ['stetɪst] 名 國家統轄主義者。

stat·ist² ['stetɪst] 名 = statistician.

sta·tis·tic [stə'tɪstɪk] 名（一項）統計數字，統計量。

sta·tis·ti·cal [stə'tɪstɪkl] 形 統計的，統計（學）的，根據統計（學）的。～·ly 副

stat·is·ti·cian [,stætə'stɪʃən] 名 統計員；統計學家。

·sta·tis·tics [stə'tɪstɪks] 名 (複) 1《作單數》統計學。2《作複數》統計，統計資料：population ～ 人口統計 / according to ～根據統計。

stat·u·ar·y ['stætʃʊ,ɛrɪ] 名 (複-ar·ies) 1 Ⓤ《集合名詞》雕像，塑像。2 Ⓤ 雕塑藝術。一形 雕像的，雕塑的；適合於雕塑的。

·stat·ue ['stætʃʊ] 名 雕像，塑像：carve [cast] a ～ 雕一座像。**-ued** 形《限定用法》飾有雕像的。

'Statue of 'Liberty 名《the ～》自由女神像：位於美國 New York 港內。

stat·u·esque [,stætʃʊ'ɛsk] 形 雕像般的。～·ly 副, ～·ness 名

stat·u·ette [,stætʃʊ'ɛt] 名 小雕像。

·stat·ure ['stætʃə-] 名 Ⓤ 1 身高：a man of ordinary ～ 個頭普通的人。2（道德等的）高度；水準；才能；名望：moral ～ 道德水準。

·sta·tus ['stetəs, 'stæ-] 名 1 Ⓤ Ⓒ 地位，身分；Ⓤ 崇高的地位，聲望；〖法〗法律地位：～ seekers 追求地位的人。2 狀況，情況，情形。

'status 'quo [-'kwo] 名《通常作 the ～》現狀：a vote for *the* ～ 贊成維持現狀的投票 / *the* ～ ante 原狀，舊狀，以前的狀態。

'status ,symbol 名 身分地位的象徵。

stat·u·ta·ble ['stætʃutəbl] 形 = statutory.

stat·ute ['stætʃut] 名 1〖法〗法令，法規；成文法；法令書；〖國際法〗（條約等的）附帶文件：～*s* at large 法令彙編 / by ～ 依法令。2 章程，條例，規程。

S

'statute ,book 名 法令全書。

'statute ,law 名 Ⓤ 成文法。

'statute ,mile 名 = mile 1.

'statute of limi'tations 名〖法〗訴訟時效法規，追訴權時效法。

stat·u·to·ry ['stætʃʊ,torɪ] 形 1 法令的，法規的，法律的。2 依照法令的；依法應懲處的。**-to·ri·ly** 副

'statutory 'rape 名《美》〖法〗法定強姦罪。

staunch¹ [stɔntʃ, stantʃ] 動 及 不及 = stanch¹.

staunch² [stɔntʃ, stantʃ] 形 1 堅定的，可靠的，忠實的；堅定不移的，忠誠的：a ～ ally 堅定的盟友。2 牢固的，堅固的。3 不透水的（亦稱 **stanch**）。～·ly 副, ～·ness 名

stave [stev] 名 1 窄木板，桶板；棍，桿，杖；門板；橫木條，橫檔，梯級：the ～*s* of a barrel 桶板 / fight with wooden ～*s* 用木棍打架。2〖詩〗一節，詩句；頭韻；〖樂〗譜表。一動 (**staved** 或 **stove, stav·ing**) 及 1 擊穿，弄破桶板。2（朝內）撞入，撞凹；在船體上開洞《*in* / *in...*》。3 弄碎，使粉碎。4 用棍子打；用力壓縮。一不及 1《主美》（船等）被打出洞來，被撞凹，被撞壞《*in*》。2 快速地行走，急行。

stave...off / ***stave off...*** (1) 延期，拖延；攔住，擋開，擋掉。(2) 事先阻止，防止。

staves [stevz] 名 **staff¹** 的複數形。

:stay¹ [ste] 動 (～**ed** 或 **staid**, ～**·ing**) 不及 1 留下來，停留；留在，待在：～ in 待在家裡，不外出。2 滯留；投宿《*at, in...*》留宿，借住《*with...*》；暫時居住；《口》留下來《*for, to...*》。3 依然是，保持：～ awake 保持清醒 / ～ still 保持靜止狀態 / ～ a bachelor 一直打光棍。4 堅持下去，忍耐下去；相抗衡《*with...*》：～ *with* the race to the end 在賽跑中堅持到終點。5《常用於命令》等候，等一下；停止，停留，停下來，止步，留步。6〖牌〗跟進。7《古》停止，終止。一及 1 使停止，止住，留住。2 抑制，制止，阻止，平息；《文》暫時紓解。3 延期進行，延緩，暫時停止，中止。4 待到終了；留下來用；停留；堅持到終了。

be here to stay 已紮下根來，已被大眾所接受並將傳下去。

come to stay《口》紮下根來，恆久存在，持續下去。

stay away (1) 遠離，避開《*from...*》。(2) 外宿；不露面，缺席，不去《*from...*》。

stay in (1) 待在家裡，不外出。(2)（學生）留在（學校裡）。(3) 留在原位。

stay off... 避開，不去碰；戒絕。

stay on (1) ⇨ 動 不及 3. (2)（任期屆滿後等）留下來，留任。

stay out (1) ⇨ 動 不及 1. (2)（天黑後）待在外面，不回家；外宿。(3) 不參與。(4) 持續罷工。

stay...out / ***stay out...*** (1) 留到終了。(2) 留得更久。

stay put 留在原位，保持不動，固定住。

stay up (1) 不睡覺；熬夜。(2) 維持不倒塌。

一名 1 停留，逗留；停留期間。2 抑止，阻止；停止。3 Ⓤ Ⓒ〖法〗（執行的暫時的）停止，暫緩，（訴訟程序的）中止，延期。4 Ⓤ《口》持久力，忍耐力，耐性。

stay² [ste] 名 1 支撐物，支柱；《文》寄託，憑靠。2（婦女緊身胸衣的）撐條《～s》《常作 **a pair of ～s**》《主英》緊身胸衣，束腹。3〖建〗撐，撐條，牽條，支桿。一動 及 1 支撐《*up*》；《文》支持，鼓勵。2 以…作爲基礎，支撐在…上。

stay³ [ste] 名〖主海〗支索。

in stays（船）在調頭。

—動及 1 用支索支撐。2 將（船）掉過頭來。

stay-at-home ['steət,hom] 形 1 不喜歡離開家的，不愛出門的。2 在家裡度過的：a ～ evening 在家裡度過的一個夜晚。—名 不喜歡離開家的人，不愛出門的人。

stay·er ['steɚ] 名 1 滯留者。2 耐力強的人[動物]。3 支持者，擁護者。4 抑制者[物]。

'staying ,power 名 U 持久力，耐（久）力。

'stay-in (,strike) ['ste,ɪn] 名《英》靜坐罷工。

stay·sail ['ste,sel, 〖海〗-sl] 名〖海〗支索帆。

St. 'Bernard 名 聖伯納犬。

STD 《縮寫》1 *s*exually *t*ransmitted *d*isease 性病。2《英》*s*ubscriber *t*runk *d*ialling 電話用戶長途直撥。

STD code 《縮寫》《英》*s*ubscriber *t*runk *d*ialling *code* 用戶長途直撥電話的區域號碼（《美》area code）。

stead [stɛd] 名 U 1 代理。2 用處，好處，益處，有利性。3《古》場所，所在地，位置。

in a person's ***stead*** 代替。

in stead of... 代替。

stand *a person* ***in*** (***good***) ***stead*** 對某人大爲有利，很有用。

—動及《古》有利於，有助於，有益於。

stead·fast ['stɛd,fæst, -fəst] 形 堅定的，不動搖的，固定的，穩固的：a ～ will 堅定的意志 / the ～ earth 穩固的大地。～·ly 副, ～·ness 名

·stead·i·ly ['stɛdəlɪ] 副 穩穩地，穩定地；堅定地；固定地，不斷地。

·stead·y ['stɛdɪ] 形 (**stead·i·er, stead·i·est**) 1 安置穩當的，固定住的，牢靠的，穩固的；穩定的，不動搖的：a ～ footstool 穩固的腳凳 / a ～ gaze 凝視 / a ～ hand 穩定的手；《喻》堅定的領導；堅定的人 / (as) ～ as a rock 穩若磐石的 / walk with ～ steps 以穩定的步伐行走。2 不變的，有規律的；不間斷的，持續的；固定的，慣常的：a ～ employee 固定的雇員 / a ～ rain 綿綿不斷的雨 / ～ customers 常客，固定的顧客 / a ～ girlfriend 固定的女朋友 / a ～ rise in popularity 聲望不斷上升 / Slow and ～ wins the race.《諺》緩慢但持續不斷地前進終能贏得勝利。3 不易激動的，冷靜的：a man of ～ temper 一個性情沉穩的男子。4 堅定的：～ friendship 堅定不渝的友誼。5 穩重的，可靠的，踏實的，規矩的。6〖海〗穩定的。—感 1《英》控制住你自己！鎮靜些！慢一些！別急！別慌！小心！2〖海〗穩舵！穩定航向！—名(複 **stead·ies**)《美》固定的約會對象。—動 (**stead·ied**, ～**·ing**) 及 使穩住，使穩定下來，使固定，使堅定；使安定下來；〖海〗使穩定航向。—不及 安定下來，不再放蕩；穩定。—副 穩穩地；穩定地；固定地，持續地；〖海〗維持著既定航向。

go steady (1)《口》交上固定的異性朋友，定了下來；成爲固定的情侶《*with...*》。(2) 小心些；節省點使用（某物）《*with...*》。

stead·y-go·ing ['stɛdɪ'goɪŋ] 形 1 堅定的，不變的；忠誠的。2 穩重的，踏實的。

'steady 'state 名〖理〗恆穩態；《喻》穩定狀態。**'steady-'state** 形〖理〗恆穩的；《喻》處於穩定狀態的，無波動的。

'stead·y-'state ,theory ['stɛdɪ'stet-] 名 《the ～》〖天〗恆穩態理論，穩定宇宙論。

·steak [stek] 名 U C 1 肉排，牛排；切片的肉。2 碎肉排：Hamburg ～ 漢堡牛排，牛肉餅。

steak·house ['stek,haus] 名(複 **-hous·es** [-,hauzɪz]) 牛排館。

:steal [stil] 動 (**stole, sto·len,** ～**·ing**) 及 1 偷竊，竊取，盜用；《喻》偷偷地做《*from* ...》：*stolen* goods 贓物 / ～ the money *from* the safe 竊取保險箱裡的錢 / ～ a kiss *from* her 偷吻她一記。2 偷偷地移動。3〖棒球〗盜（壘）：～ second base 盜上二壘。—不及 1 做小偷，做賊，行竊。2 偷偷地移動。3 不知不覺地流逝。4〖棒球〗盜壘。

steal a march on... ⇨ MARCH[1]（片語）

steal the show ⇨ SHOW 名（片語）

steal *a person's* ***thunder*** (1) 剽竊想法。(2) 搶去風頭。

—名 1《美口》竊盜行爲；贓物。2《美口》以遠低於其實際價值的價格買到手的東西，非常划算的交易。3〖棒球〗盜壘；〖高爾夫〗連續長打。

steal·er ['stilɚ] 名 1 盜取者，偷竊者，小偷。2〖海〗竊板。

steal·ing ['stilɪŋ] 名 U 偷竊，盜取，竊盜行爲；C《通常作～s》贓物。—形 偷竊的，有竊盜習性的。

stealth [stɛlθ] 名 U 1 隱密的行動：by ～ 偷偷地，暗中。2〖軍〗隱形飛機。

stealth·y ['stɛlθɪ] 形 (**stealth·i·er, steal-th·i·est**) 暗中進行的，隱密的，偷偷摸摸的，鬼鬼祟祟的。**-i·ly** 副, **-i·ness** 名

:steam [stim] 名 U 1 水蒸氣；蒸汽，汽船；蒸汽力：saturated ～ 飽和蒸汽。2 水氣，霧，靄：a cloud of ～ 一團霧。3《口》力量，精力，動力。4《美俚》私釀的酒。

at full steam 以全速；以全力。

blow off steam (1) 排掉多餘的蒸汽。(2)《口》發洩，發洩感情。

full steam ahead 以全速推進。

get up steam (1) 開足蒸汽。(2) 鼓起勁來；開足馬力。

set...in steam（引發蒸汽而）發動。

under *one's* ***own steam*** 靠自己的力量。

under steam (1) 以蒸汽的力量。(2) 在航行

S

中。(3)《口》鼓足了精神。
work off steam（以激烈的體力活動來）發洩。
—動不及 1 冒出蒸汽，冒出熱氣，冒氣；蒙上水氣《*up*》。2 蒸發，發散；流汗。3 開動，行進。4《口》生氣，發怒。5《口》（像用蒸汽力推動般）疾速移動，猛衝。—及 1 用蒸汽蒸。2 冒出（蒸汽）。3 推進，推動。
steam up ⇒動不及 1.
steam...up / steam up... (1) 使蒙上水氣而變得朦朧。(2)《通常用被動》《口》使大爲憤怒。
—形 1 以蒸汽推動的。2 用蒸汽加熱的。

'steam ,bath 图蒸氣浴。
steam·boat ['stim,bot] 图汽船。
'steam ,boiler 图蒸汽鍋爐，汽鍋。
'steam ,chest 图（蒸汽機的）蒸汽瓣室，汽室。
'steam ,engine 图蒸汽機。
·steam·er ['stimɚ] 图 1 以蒸汽爲動力的東西；汽船；蒸汽機；蒸汽火車頭。2《美》蒸鍋，蒸籠。—動不及搭汽船旅行。
'steam ,heat 图 U 蒸汽熱。
'steam ,heating 图 U 蒸汽加熱（系統）。
steam-heat·ed ['stim'hitɪd] 形用蒸汽取暖的。
steam·ing ['stimɪŋ] 形冒出蒸汽的，冒著氣的，熱（氣）騰騰的。—副熱得冒出熱氣地。—图 U 汽船航行的距離。
'steam ,iron 图蒸汽熨斗。
steam·roll ['stim,rol] 動及 = steamroller.
'steam ,roller 图 1 蒸汽壓路機，汽動輾軋機；《俚》有滾輪的動力車輛。2 不可阻擋之勢，強大的壓制力量。
steam(-)roll·er ['stim,rolɚ] 動及 1 用蒸汽壓路機壓平[壓碎]。2 以不可阻擋之勢壓倒，擊垮，粉碎；強行推動。—不及以無可抗拒之勢推進。—形像蒸汽壓路機般的；徹底壓倒的，強行壓制的，高壓的。
'steam ,room 图（土耳其浴的）蒸汽室。
steam·ship ['stim,ʃɪp] 图汽船，（蒸汽動力的大型的）商船。
'steam ,shovel 图《美》汽鏟。
'steam ,turbine 图蒸汽渦輪機。
steam·y ['stimɪ] 形 (steam·i·er, steam·i·est) 1 蒸汽的，蒸汽般的，蒸汽狀的。2 充滿大量蒸汽的；水氣瀰漫的；充滿水氣而朦朧的。3 熱而潮溼的。4《美俚》刺激肉慾的，色情的。
ste·a·rate ['stiə,ret] 图 U〖化〗硬脂酸鹽。
ste·ar·ic [stɪ'ærɪk, 'stɪrɪk] 形 1 羊脂的，牛脂的，脂肪的。2 硬脂酸的，得自硬脂酸的：~ acid 硬脂酸。
ste·a·rin ['stiərɪn, 'stɪrɪn] 图 U〖化〗甘油硬脂酸酯；硬脂精；硬脂。
ste·a·tite ['stiə,taɪt] 图 U 凍石，塊滑石。

S

sted·fast ['stɛd,fæst] 形 = steadfast.
steed [stid] 图《文》1 馬，乘用的馬。2 駿馬。
·steel [stil] 图 1 U 鋼，鋼鐵；鋼製品：mild ~ 軟鋼 / stainless ~ 不鏽鋼。2 鋼鐵棒；火鐮；鋼製磨刀棒。3《文》《用單數》刀劍。4 U《喻》堅硬，堅強；冷酷：nerves of ~ 強韌的神經。—形 1 鋼的，鋼鐵的；鋼製的。2 鋼鐵般的；堅硬的；堅強的；冷酷的。—動及 1 使鋼化，用鋼做刀口，包上鋼。2 使變得像鋼鐵般。3 使變得堅強《*for, against...*》；鍛鍊；《反身》使堅強起來；使硬起心腸。
'steel 'blue 图 U C 暗青灰色。
steel-clad ['stil,klæd] 形包鋼的，裝甲的，鐵甲的。
'steel gui'tar 图 1 = Hawaiian guitar. 2 = pedal steel guitar.
steel·mak·ing ['stil,mekɪŋ] 图 U 製鋼。
'steel ,mill 图軋鋼廠，製鋼廠。
'steel 'wool 图 U 鋼絲絨，鋼綿。
steel·work ['stil,wɝk] 图 U 1《集合名詞》鋼鐵製品。2 鋼架。~·er 图製鋼工人。
steel·works ['stil,wɝks] 图《作單、複數》煉鋼工廠，鋼鐵廠。
steel·y ['stilɪ] 形 (steel·i·er, steel·i·est) 1 鋼製的；鋼鐵般的。2 堅強的，堅定的；冷酷的，無情的。-i·ness 图
steel·yard ['stɪljɚd, 'stil,jɑrd] 图桿秤。
steen·bok ['stin,bɑk] 图（複~s,《集合名詞》~）〖動〗小羚羊。
·steep[1] [stip] 形 1 陡峭的，險峻的；陡的：a ~ mountain 陡峭的山。2《口》高得出奇的，貴得不合理的；吃力的，艱鉅的；誇張的，難以置信的：a pretty ~ tale 難以置信的故事。—图陡坡；峭壁，懸崖；（丘陵等的）傾斜面。~·ly 副
steep[2] [stip] 動及 1 浸泡，浸泡乾淨，泡軟，泡開《*in...*》；浸溼，濡溼；《通常用過去分詞》使溼透；使浸滿；使籠罩（在光、霧等中）《*in...*》：a courser ~*ed in* sweat 滿身大汗的賽馬。2《被動或反身》使沉浸，使精通；使沉溺；使充滿《*in ...*》。
—不及被浸泡《*in...*》。—图 U C 浸泡；浸泡著的狀態；U 浸泡液。
steep·en ['stipən] 動及不及變得更陡，變得更險峻。
·stee·ple ['stipl] 图 1（教堂等的）尖塔；塔狀建築物。2 尖頂。
stee·ple·chase ['stipl,tʃes] 图 1 越野賽馬。2 越野賽跑。—動不及參加越野賽馬；參加越野賽跑。-chas·er 图越野賽馬；越野賽跑選手。
stee·ple·jack ['stipl,dʒæk] 图尖塔建築工匠；爬到尖塔或高煙囪上修理的工人。
·steer[1] [stɪr] 動及 1 掌舵；操縱，駕駛：~ a truck 駕駛卡車。2 引導…前進《*to...*》：

~ the firm away from bankruptcy 使公司免於走上破產一途。3 採（某一路線）前進：~ one's course to... 朝…而去。—不及 1 駕駛，掌舵。2 易於操縱，易於駕駛。3 行駛，行進；行事。

steer by ...（小心地）從…的旁邊經過。

steer clear of...（遠遠地）避開。

—图《美口》忠告，指點，情報。

steer² [stɪr] 图《美》小公牛；閹割的公牛。—動及閹牛。

steer·age ['stɪrɪdʒ] 图 U 1 統艙，三等艙。2 操縱，掌舵，駕駛；舵的性能。3 操縱裝置。

steer·age·way ['stɪrɪdʒ,we] 图〖海〗舵效最低航速。

steer·ing ['stɪrɪŋ] 图 U 操舵；操縱。

'steering com,mittee 图《主美》營運委員會，指導委員會；程序委員會。

'steering ,gear 图 U 操舵裝置，轉向齒輪。

'steering ,wheel 图 舵輪；方向盤。

steers·man ['stɪrzmən] 图(複 **-men**) 1 掌舵者，舵手。2 司機；（機器的）操作者。

steg·o·sau·rus [,stɛgə'sɔrəs] 图 劍龍。

stein [staɪn] 图 陶瓷啤酒杯；此種杯子一杯的量。

Stein·beck ['staɪnbɛk] 图 **John (Ernst)**，史坦貝克（1902–68）：美國小說家，諾貝爾文學獎得主（1962）。

stein·bok ['staɪnbɑk] 图(複 ~**s**,《集合名詞》~)〖動〗1 = steenbok. 2 = ibex.

ste·le ['stili] 图(複 **-lae** [-li], ~**s** [-z]) 1〖考古〗石柱，石碑；墓石。2〖建〗牆壁上有雕刻或銘文的部分。

Stel·la ['stɛlə] 图〖女子名〗史黛拉。

stel·lar ['stɛlɚ] 形 1 星星的。2 似星的，星形的。3 明星的，大明星的；優秀的，一流的；《美》主要的：a ~ role 主角。

stel·late ['stɛlet, -lɪt] 形 放射狀的；〖植〗星形的。

St. El·mo's fire [light] [-'ɛlmoz-] 图 桅頂電光。

·stem¹ [stɛm] 图 1 莖，梗，幹。2 柄；葉柄；花柄。3（工具等的）莖狀部，桿；（酒杯等的）腳；（煙斗等的）柄；（手錶的）一端有轉鈕的上發條桿；（溫度計的）管子。4（鳥的）羽莖。5 船首。6《文》血統，家系，譜系。7〖文法〗語幹。8〖樂〗符尾。9《~s》《俚》腳，女人的美腿。10（字母的）的主要筆劃，粗直劃。

from stem to stern (1) 從船頭到船尾。(2) 徹底地。

—動(**stemmed**, ~**·ming**)及 去掉莖；給（人造花等）加上梗子。—不及 起源；產生，滋生《*from...*, *from doing*》。

stem² [stɛm] 動 (**stemmed**, ~**·ming**) 及 1 阻止，遏止；擋住，堵住：~ an attack 抵擋攻擊 / ~ the tide of student protest 抑止學生抗議運動的高漲。2 搗緊，填塞。3《蘇》止住（出血）；使止血。4〖滑雪〗把滑雪屐的後跟向外叉開以放緩速度。—不及 1 自制；不再出血。2〖滑雪〗轉動滑雪屐停止滑行。

'stem ,cell 图(複) 幹細胞。

stemmed [stɛmd] 形 1《常作複合詞》有莖的：a long-*steammed* plant 長莖植物。2 去掉莖的。

stem·ware ['stɛm,wɛr] 图 U《美》《集合名詞》高腳杯。

stem-wind·er ['stɛm'waɪndɚ] 图 1《美》需要上發條的錶。2《美口》第一流的人[物]；扣人心弦的演說[演說者]。

stem-wind·ing ['stɛm'waɪndɪŋ] 形 1 上發條式的。2《美》最好的，一流的。3《口》扣人心弦的。

stench [stɛntʃ] 图《常用單數》惡臭。

sten·cil ['stɛnsl] 图 1 鏤空模板，模繪板，型板；鏤空模板印刷術。2 用鏤空模板印成的圖樣。3 蠟紙。

—動(~**ed**, ~**·ing** 或《英》**-cilled**, ~**·ling**) 及 以鏤空模板印刷法印出《*on...*》；用鏤空模板印刷法印染；用鏤空模板印刷法印在《*with...*》。~**·er**,《英》~**·ler** 图

Sten·dhal [stɛn'dɑl, stæn-] 图（本名 Marie H. Beyle），斯當達爾（1783–1842）：法國小說家及評論家。

'Sten ,gun 图 斯登（手提）輕機槍。

sten·o ['stɛno] 图(複 ~**s** [-z])《美口》1 = stenographer. 2 = stenography.

sten·o·graph ['stɛnə,græf] 图 1 速記打字機。2 速記符號。—動及 速記。

ste·nog·ra·pher [stə'nɑgrəfɚ] 图《美》速記員（《英》shorthand typist）。

sten·o·graph·ic [,stɛnə'græfɪk] 形 速記（法）的；利用速記的。**-i·cal·ly** 副

ste·nog·ra·phy [stə'nɑgrəfɪ] 图 U 速記；速記法，速記學。

Sten·o·type ['stɛnə,taɪp] 图 1〖商標名〗速記用打字機。2《s-》速記打字機用的速記字母。

sten·o·typ·y ['stɛnə,taɪpɪ] 图 U 速記打字。

Sten·tor ['stɛntɔr] 图 1 史詩 *Iliad* 中的大嗓門傳令使者。2《s-》聲音非常大的人，大嗓門的人。3《s-》〖動〗喇叭蟲。

sten·to·ri·an [stɛn'torɪən] 形《文》大的，宏亮的。

:step [stɛp] 图 1 步伐，步態，腳步：a young lady with a lively ~ 一位步伐輕快的少女。2 步，一步；一步的距離，步幅；步程；極短的距離：at every ~ 每一步 / walk with short ~*s* 小步走。3 腳步聲。4 腳印，足跡：the trail of one's ~*s* in the mud 泥中的腳印。5 U C 步調；固定步調，步法；（舞蹈的）步伐。6《~s》（走或跑的）路程，行程：direct one's ~*s* toward... 朝向…行時。7《喻》步驟；階段；手段，措施：the five ~*s* to success 邁向成功的五個步驟。8（軍隊中的）等級，階級；晉

S

級，晉升：give a person a ～擢升某人。9（梯子等的）階，級；《～s》（設於門口等處的石造的）階梯，臺階；《～s》《英》摺梯，四腳梯：a flight of ～*s* 一段臺階。10（溫度計等的）刻度。11〖樂〗《美口》(1)度，音階。(2)（音階上的）音級，音程；全音程。

be one step ahead of the sheriff 《美俚》負債累累，面臨破產邊緣。

break step 亂了步調。

in step (1)齊步，同一步伐《 *with...* 》。(2)調和，一致《*with...*》。

in a person's steps 效法（某人），步（某人）後塵。

keep step（與…）同步調《*with...*》。

out of step (1)腳步不齊《 *with...* 》。(2)不調和，不一致《*with...*》。

pick one's steps 一步一步小心地走。

step by step 逐步地；踏實地。

take steps 採取措施《*to* do》。

turn one's steps 轉而向（特定的方向）而去《*to...*》。

watch one's step 《口》小心腳步；慎重行事。

—動(**stepped**, **～·ping**)不及 **1** 邁開腳步；跨步。**2** 踏（舞）步。**3** 步行；走路。**4** 快速前進，跑；《口》加快。**5** 輕易獲得，不勞而獲；獲得《 *into...* 》。**6** 踩；踩到《*on, upon...*》。—因 **1** 步測（距離、土地）《 *off, out* 》。**2** 闢設階梯，使成階梯狀。**3** 邁；步行前進。**4** 踏入。**5** 踏（舞步）。

step aside (1)靠邊，避開；脫離正軌；《喻》陷入歧途。(2)引退，讓賢。

step back (1)退後兩三步，後退。(2)（從…）退下，引退《*from...*》。

step down (1)（從樓梯、車上等）走下來。(2)逐漸降低。(3)辭職，下台。

step forward 出面，挺身。

step in (1)《口》順道造訪。(2)介入。

step into a person's shoes 接替（某人的）職務。

step into the breach 代人突破難關，替人收拾殘局。

S

step it (1)《口》跳舞。(2)離去。

step off (1)〖軍〗開始行進。(2)從（車等）下來。

step off on the wrong foot 《口》踏出錯誤的第一步。

step on it 《俚》踩油門；加速；趕快。

step on a person's toes 《口》得罪，觸怒。

step out (1)走出去，短暫離開。(2)〖軍〗加快腳步。(3)《口》出去約會。(4)引退，退下。

step out of line 採取另種行動；行為出乎意料。

step out on... 背叛，對…不忠實。

step over... 跨越（障礙）。

step up (1)逐漸上升，加速。(2)上升，進步。(3)《口》挨近。

step...up / step up... (1)增加，提高；更努力於。(2)《主美》擢升。(3)使…上升［進步］。

step- 《字首》表「繼，義」之意。

step·broth·er [ˈstɛp,brʌðɚ] 图 繼父與其前妻或繼母與其前夫所生的兒子。

step-by-step [ˈstɛpbaɪˈstɛp] 形副 逐步的［地］，漸次的［地］。

step·child [ˈstɛp,tʃaɪld] 图(複 **-chil·dren**) 妻與前夫或夫與前妻所生之子女。

ˈstep ˌdance 图 腳步比姿勢重要的舞蹈。

step·daugh·ter [ˈstɛp,dɔtɚ] 图 前夫或前妻之女。

step-down [ˈstɛp,daʊn] 形 **1**〖電〗減壓的。**2** 減速的。—图 減少。

step·fa·ther [ˈstɛp,fɑðɚ] 图 繼父。

Steph·a·nie [ˈstɛfənɪ] 图〖女子名〗史黛芬妮。

Ste·phen [ˈstivən] 图〖男子名〗史蒂芬（亦作 **Steven**）。

Ste·phen·son [ˈstivənsn̩] 图 **George**, 史蒂芬生（1781－1848）：英國發明蒸汽火車頭的人。

step-in [ˈstɛp,ɪn] 形（內衣褲）一套就穿上身的；（鞋）一伸腳就穿好的。—图 **1**〖服〗由腳穿上去的內衣褲；《～s》內褲。**2** 伸腳進去即可穿上的鞋子。

step·lad·der [ˈstɛpvlædɚ] 图 四腳梯，折疊梯。

step·moth·er [ˈstɛp,mʌðɚ] 图 繼母；《喻》嚴厲冷酷的母親。

step·par·ent [ˈstɛp,pɛrənt] 图 繼父母。

steppe [stɛp] 图 **1** 沒有樹木的大草原。**2** 《**the Steppes**》東南歐或中亞的大草原地帶。

stepped-up [ˈstɛpt,ʌp] 形 增加的；擴大的；強化的；加速的。

step·per [ˈstɛpɚ] 图 **1**《通常與形容詞連用》以…步伐走路的人［動物］：a sure ～ 腳步穩重的人［馬］。**2**《口》舞者。

ˈstepping (-) ˌstone 图 **1**（淺灘等的）踏腳石，踏石；墊腳石。**2**（晉升等的）方法，手段，跳板《*to...*》。

step·sis·ter [ˈstɛp,sɪstɚ] 图 繼父與其前妻或繼母與其前夫所生的女兒。

step·son [ˈstɛp,sʌn] 图 繼子。

step-up [ˈstɛp,ʌp] 形 增大的；加強的；〖電〗升高電壓的。—图 增加，增大。

step·wise [ˈstɛp,waɪz] 副 分段地；逐漸地，一步一步地。—形 逐漸的，逐步的。

-ster 《字尾》《常為蔑》表「以某事為職業、習慣的人」之意。

stere [stɪr] 图 立方公尺。

·ster·e·o [ˈstɛrɪo, ˈstɪ-] 图(複 **～s**) **1** 立體音響重現裝置；Ⓤ立體音響：in ～以立體音響。**2** 立體照片。

—形 立體音響的；立體攝影（術）的。

stere(o)- 《字首》表「堅固的」、「立體的」之意。

ster·e·o·graph [ˈstɛrɪə,græf] 图 立體照

片。

ster·e·og·ra·phy [,stɛrɪ'ɑgrəfɪ] 图 U 立體畫法，實體畫法。

ster·e·o·phone ['stɛrɪə,fon] 图 立體聲耳機。

ster·e·o·phon·ic [,stɛrɪə'fɑnɪk] 形 立體音響的。**-oph·o·ny** [-'ɑfənɪ] 图 U 立體音響（效果）。

ster·e·o·scope ['stɛrɪə,skop] 图 立體視鏡。

ster·e·o·scop·ic [,stɛrɪə'skɑpɪk] 形 立體的，實體的；立體映像的。**-i·cal·ly** 副

ster·e·o·type ['stɛrɪə,taɪp] 图 **1**〖印〗鉛版；鉛版製作；鉛版印刷。**2** 刻板，呆板，老套；陳腔濫調；陳規。**3**〖社會〗（簡單化的）定型概念，固定觀念：an ethnic ～民族特有的固有觀念。—動 及 **1** 使定型化；刻板地重複。**2**〖印〗作成鉛版；以鉛版印刷。

ster·e·o·typed ['stɛrɪə,taɪpt] 形 **1** 老套的，陳腐的，固定的。**2** 用鉛版印刷的。

ster·e·o·typ·y ['stɛrɪə,taɪpɪ] 图 U 鉛板印刷法。

·ster·ile ['stɛrəl] 形 **1** 無菌的，消毒過的：a ～ bandage 無菌繃帶。**2** 不孕的，不會生育的；不結果的。**3** 貧瘠的，不毛的；饑荒的：～ soil 不毛之地 / a ～ year 荒年，凶年。**4** 沒結果的，無效的，無益的；生不出的《*of...*》；內容貧乏的，無氣勢的；缺乏想像力的。**5**《美口》消毒過的。

ste·ril·i·ty [stə'rɪlətɪ] 图 U 不孕；不毛；無菌狀態；無效；貧乏。

ster·i·li·za·tion [,stɛrələ'zeʃən] 图 U **1** 絕育；不孕狀態。**2** 殺菌，消毒。

ster·i·lize ['stɛrə,laɪz] 動 及 **1** 使…無菌，把…消毒：a ～*d* glass 消毒過的杯子。**2** 使不孕。**3** 使變成貧瘠；使成無味；使歸於無效。**4**《美口》把（文件等）消毒。**-liz·er** 图 殺菌設備。

ster·ling ['stɝlɪŋ] 形 **1** 英幣的，英鎊的（略作：S., stg.）。**2** 法定純度的；（法定）純銀製的。**3** 非常優秀的，了不起的；道地的，真貨的；有權威性的：a ～ sense of humor 一流的幽默感。—图 U **1**（英幣）金幣或銀幣的標準純度。**2**（法定）純銀；純銀製品。

·stern¹ [stɝn] 形 (～·er, ～·est) **1** 嚴格的；堅決的：a ～ coach 嚴格的教練。**2** 嚴苛的，刻薄的，嚴峻的；艱困的，嚴酷的：～ reality 嚴酷的現實。**3** 冷酷的，可怕的；令人難以忍受的，荒涼的。
～·ly 副, ～·ness 图 U 嚴格的程度；嚴峻。

·stern² [stɝn] 图 **1**（船的）船尾：～ on 船尾向前地 / ～ foremost 船尾向前；後退 / at ～ 在他船之後 / by the ～ 船尾吃水較深地。**2** 後部，末端；臀部；《口·謔》屁股。

stern·most ['stɝn,most] 形〖海〗**1** 最靠近船尾的。**2** 最後部的，殿後的。

'stern ,sheets 图 (複)〖海〗小艇艇尾的座位。

ster·num ['stɝnəm] 图 (複 **-na** [-nə], ～**s**) **1**〖解·動〗胸骨。**2**〖昆〗腹板。

ster·nu·ta·tion [,stɝnjʊ'teʃən] 图 U〖醫〗（打）噴嚏。

stern·ward(s) ['stɝnwɚd(z)] 副 向船尾。

stern·way ['stɝn,we] 图 U〖海〗後退。

stern·wheel·er ['stɝn,hwilɚ] 图 以船尾外輪推進的船。

ster·oid ['stɪrɔɪd, 'stɛ-] 图〖生化〗類固醇。—形（亦稱 **steroidal**）類固醇的。

ster·to·rous ['stɝtərəs] 形（病態之）鼾聲大作的。

stet [stɛt] 動 (～·**ted**, ～·**ting**) 不及 不刪。—及 對（刪去的字句）加注「不刪」記號。略作：st.

steth·o·scope ['stɛθə,skop] 图 聽診器。**-scop·ic** [-'skɑpɪk] 形 用聽診器的。

stet·son ['stɛtsn̩] 图《商標名》（牛仔所戴的）寬邊高頂的絨帽。

Steve [stiv] 图〖男子名〗史蒂夫（Steven, Stephen 的暱稱）。

ste·ve·dore ['stivə,dor] 图（船貨的）裝卸工人；〖商〗船內裝卸工人。

Ste·ven ['stivən] 图〖男子名〗史蒂文（暱稱作 Steve）。

·stew¹ [stju] 動 及 **1** 以文火煮，慢燉；《俚》使爛醉。**2**《美口》使煩惱，使焦急《*up*》：be all ～*ed up* over something 為某事焦急萬分。—不及 **1** 燉，被燉熟。**2** 受悶熱，熱得發昏。**3**《美口》焦急，煩惱《*about, over...*》。**4**《英俚》猛啃書。
stew in one's own juice 自作自受。
—图 **1** C U 燉過的食品。**2**《口》焦急，煩惱焦慮不安。

stew² [stju] 图 **1**《英》養魚池。**2** 牡蠣養殖場。

·stew·ard ['stjuwɚd] 图 **1** 管家，執事；財務管理員。**2**（俱樂部等的）總務長，管理員。**3**（客機、客船等的）服務員，乘務員。**4** 管理業務者，總務長；《英》籌備委員，幹事。
～·**ship** 图 U 執事之職。

stew·ard·ess ['stjuwɚdɪs] 图（火車、輪船的）女服務員；空中小姐。

Stew·art ['stjuɚt] 图〖男子名〗史都華。

stewed [stjud] 形 **1** 以文火燉成的，燉煮的。**2**《英》（茶）泡太久的。**3**《敘述用法》《俚》爛醉的。

stew·pan ['stju,pæn] 图（有柄的）燉鍋。

St. Ex.《縮寫》*St*ock *Ex*change.

stg.《縮寫》*st*andin*g*; *st*erlin*g*.

St. He·le·na [sənthə'linə] 图 聖赫勒拿島：位於南大西洋之英屬小島。

stib·i·um ['stɪbɪəm] 图 U〖化〗銻。符號：Sb

:stick¹ [stik] 图 **1**（剪下的）樹枝；斷枝；《～**s**》薪柴。**2** 材木；《常作～**s**》（粗糙的）一件家具。**3** 棍棒；（木頭的）杖；

S

《the ～》杖打：give a person *the* ～ 杖打某人，懲罰某人。**4** 官杖：配官杖之人。**5**（音樂的）指揮棒；鼓槌。**6**《主英》拐杖：walk with a ～拄著拐杖走路。**7** 棒狀物《*of*...》：a ～ *of* chewing gum 一條口香糖。**8**〖運動〗棒，桿；《～**s**》《俚》欄架；（足球）球門。**9**〖空〗操縱桿；變速桿。**10**〖海〗桅杆。**11**《通常與形容詞連用》《口》人，傢伙；呆子，笨人：a regular ～ 十足的笨蛋 / a dull old ～乏味的老人。**12**《**the** ～**s**》《口》偏遠處，鄉下地區。**13**《～**s**》《俚》腿。

as cross as two sticks《口》脾氣很壞，非常生氣。

carry a big stick 訴諸武力；採強硬手段。

cut** one's **stick(s)《口》離去；逃走；回家。

at stick 被杖打；遭到處罰；遭到嚴厲抨擊。

fire a good stick 射得很準。

get hold of the wrong end of the stick 誤解，會錯意。

get (the) stick = eat STICK.

have the right end of the stick 處於有利地位。

hold a stick to... / hold sticks with 互爭長短。

in a cleft stick《主英》進退兩難。

keep** a person **at the stick's end 對某人敬而遠之。

more than** one **can shake a stick at... ⇨ SHAKE（片語）

on the stick 警覺的；活動的；活躍的。

shake a stick at...《美口》察覺到。

to sticks (and staves) 粉碎；七零八落；整個完蛋；完全，徹底。

:stick² [stɪk] 動 (**stuck**, ～**·ing**) 及 **1** 刺入；刺殺；刺戳《*with, into*...》：～ a person *with* a pin 用針刺某人 / ～ the post *into* the ground 在地上打樁 / scream like a *stuck* pig 像被宰殺的豬似地尖叫。**2** 插入，嵌入；插入作爲裝飾；（用別針等）別住：～ candles in a birthday cake 在生日蛋糕上插上蠟燭 / ～ a hook on the wall 在牆上裝上掛鉤。**3** 探出，伸出《*out / out of*...》；插進《*in, into*...》：～ one's hands *into* one's pockets 兩手插進口袋中。**4**《口》放於：～ the letter under the door 把信塞在門縫下。**5** 貼上；黏貼《*on, down / on, to*...》：～ a bandage *on* a cut 在傷口上紮上繃帶 / ～ a stamp *on* an envelope 給信封貼上郵票。**6** 使不能動；使行不通。**7**《否定》《主英俚》忍受，忍耐。**8** 使困擾，使束手無策。**9**《口》強加於；任意敲竹槓；使買到（假貨等）《*for, with*...》；《俚》欺騙，詐欺。

—不及 **1** 刺入《*in*...》。**2** 黏住，貼在；緊抓，纏住；《喻》緊附《*to, on*...》。**3** 一直停留；深印《*in*...》；依然有效。**4** 不能動，進退不得；停頓，行不通。**5** 伸出，突出《*up, out / through, from*...》。

be stuck on...《俚》迷戀（異性）。

get stuck into...《俚》狂熱從事。

stick around《口》在附近等，待機，逗留。

stick at... (1) 有恆地做。(2) 遲疑，躊躇；停做。

stick by... 對…忠實。

stick...down / stick down... (1) ⇨動 及 5.(2)《口》置於下面，卸下。(3)《口》寫上，附註。

stick in** a person's **craw《口》使生氣，使焦急，觸怒。

stick in** one's **throat 說不出口，難以啓齒；難以被接受。

stick it on《俚》(1) 漫天要價。(2) 誇大其詞。

stick it (out)《口》忍耐，容忍；堅持到底；《表激勵》加油！

stick** one's **neck out《口》自惹麻煩。

stick out (1) ⇨動 不及 5. (2)《口》醒目，明顯。(3) 堅持己見；堅持要求《*for*...》。(4) 罷工。

stick...out / stick out... (1) ⇨動 及 3. (2)《口》貫徹到底。

stick out a mile《俚》/ ***stick out like a sore thumb***《口》一目瞭然，路人皆知。

stick to... (1) ⇨ STICK by. (2) ⇨動 不及 2. (3) 不放棄；始終遵守。(4) 忠於，視爲己方；不離題。(5) 貫徹。

stick together (1) 黏在一起。(2)《口》互相幫忙；友好。

stick to** one's **guns ⇨ GUN¹（片語）

stick to it 固執，堅持。

stick to** one's **last 做自己有把握的事；做自己能力以內的事。

stick to the ribs《口》（食物）營養又豐富。

stick up (1)（向上）突出，突起。(2) 抵抗，反抗《*to*...》。

stick...up / stick up... (1) 刺出，豎起。(2)《通常用被動》關進（某地）。(3)《通常用於命令》《口》舉（手）（表示投降）。(4)《俚》持槍搶劫。(5) 張貼，揭示。

stick up for...《口》辯護；支持。

stick with...《口》(1) 繼續做。(2) 投靠。(3) 忠實，支持。

—名 **1** 刺，戳。**2** 停頓，停止。**3** 黏著性[力]；黏性物質。**4** 障礙（物）。

～**·a·'bil·i·ty** 名 U 耐力；毅力。

stick·ball ['stɪk,bɔl] 名 U 用棍子作球棒在街道上玩的簡易棒球。

stick·er ['stɪkɚ] 名 **1** 刺的人；刺的工具，戳棒；張貼（海報等）的人。**2** 有背膠的標籤，貼紙。**3**《口》難題，謎。**4** 耐性強的人，讀書認真的人；做事固執的人：a ～ to rules 堅持規則的人。**5**《美》帶刺果殼；刺，芒。

'sticker ,price 名 標價。

'stick ,figure 名 線條畫。

S

stick·ing ['stɪkɪŋ] [形]黏的，有黏性的。

'sticking ˌplace [名] 1 可以頂住固定的地方；進到不能再進的地方。2 頸上屠刀刺入之處。

'sticking ˌplaster [名][U][C]《英》絆創膏，膠布。

'sticking ˌpoint [名] 1《英》障礙，阻塞點，癥結。2 = sticking place l.

'stick ˌinsect [名]= walking stick 2.

stick-in-the-mud ['stɪkɪnðə'mʌd] [名]《口》守舊的人，反對革新的人；蠢貨，遲鈍的人。

stick·le ['stɪkl] [動][不及] 1 爭論不已。2 唱反調。3 躊躇《*at...*》。

stick·le·back ['stɪklˌbæk] [名](複～, ～s)〖魚〗棘皮魚。

stick·ler ['stɪklɚ] [名] 1 堅持一絲不苟的人，拘泥於某事者《*for...*》。2《美口》難題。

stick-on ['stɪkˌɑn] [形]有背膠的。

stick-out ['stɪkˌaʊt] [名]《俚》出眾的人，精英；傑出者。

stick·pin ['stɪkˌpɪn] [名]《美》長的領帶別針（《英》tiepin）。

'stick ˌshift [名]《美》(汽車的）變速桿；手排檔。

stick·tight ['stɪkˌtaɪt] [名]〖植〗牛蒡。

stick-to-it-ive [ˌstɪk'tuɪtɪv] [形]《美口》執著的，有恆的。～·**ness** [名]

stick·up ['stɪkˌʌp] [名]《美俚》持槍搶劫。

stick·work ['stɪkˌwɝk] [名][U]警棍使用術；棒棍技巧，棒法。

·stick·y ['stɪkɪ] [形] (**stick·i·er, stick·i·est**) 1 有黏性的；黏黏的《*with...*》。2《英口》悶熱的，溼氣重的。3《口》麻煩的，困難的；很不愉快的，討厭的：a ～ problem 棘手的問題。4 不合作的，固執的《*about ...*》。5 傷感的，易落淚的。

be on a sticky wicket《英》處於困境中。

come to a sticky end《俚》事態變嚴重；遭慘死。

have sticky fingers《俚》(1) 有竊盜的惡習。(2)（美式足球）球接得準。

-i·ly [副], **-i·ness** [名]

stick·y-fin·gered ['stɪk'fɪŋgɚd] [形]有竊盜惡習的。

·stiff [stɪf] [形] 1 硬的，不彎曲的；不能隨意動彈的，一動就會痛的；僵直的：a ～ shirt 漿得硬挺的襯衫 / have a ～ neck 脖子僵硬。2 不靈活的：a ～ motor 啓動不靈活的馬達。3 強烈的，激烈的；《口》烈的，不兌水的；有效的：～ winds 強風。4 果斷的，不屈服的；頑固的，高傲的；拘泥形式的；過於刻板的：a ～ greeting 流於形式的寒暄。5 困難的，吃力的；險峻的，崎嶇不平的；頑強的，執拗的。6（行市）堅挺的；《口》昂貴的，離譜的；嚴厲的，苛刻的。7（纜繩等）拉緊的。8（漿糊等）稍硬的，凝固的；密的，細密的；不鬆軟的。9〖海〗不易傾斜的，有穩定性的。10 塞滿的，充滿的，混雜的《*with ...*》。11《俚》酒醉的。

keep a stiff upper lip ⇨ LIP（片語）

—[名]《俚》1 屍體。2 醉鬼。3 人，傢伙。4 不知變通的人；無藥可救的人。5《美》流浪漢。6 勞工。7 吝於給小費的人；吝嗇的人。

—[副] 1 硬地，僵硬地，硬直地。2《口》完全，很。～·**ish** [形], ～·**ness** [名]

·stiff·en ['stɪfən] [動][及] 1 加強，強化。2 使凝固；使僵硬，使硬挺：～ the shirt with starch 用漿把襯衫漿得挺挺的。3 使強化；使緊張；使生硬。4 使（價格等）堅挺；使（要求等）變嚴格。—[不及] 1 增加強度。2 變硬，凝固。3 僵硬，硬直；硬化，變堅定；變緊張。4（物價）上揚；（行情）堅挺；（要求等）變嚴格。

stif·fen·er ['stɪfənɚ] [名]使物體硬化的材料。

·stiff·ly ['stɪflɪ] [形]僵硬地；刻板地；頑強地；堅硬地。

stiff-necked ['stɪf'nɛkt] [形]硬頸的；傲慢的；頑固的；倔強的；難對付的。

·sti·fle ['staɪfl] [動] (**-fled, -fling**) [及] 1 使窒息；使喘不過氣來：be ～*d* to death 窒息而死。2 壓抑，忍住。3 鎮壓；抑制，壓抑：～ political freedom 壓制政治自由。4 滅（火等）；消除；消弭（謠言等）；蓋住。—[不及]窒息；窒悶；受抑制。**-fler** [名]

sti·fling ['staɪflɪŋ] [形]令人窒息的，氣悶的；沉悶的，侷促的：a ～ room 悶不透氣的房間。～·**ly** [副]

·stig·ma ['stɪgmə] [名](複 ～·**ta** [-tə], ～**s**) 1 不光榮的標誌；恥辱，污點：put a ～ on a person 詆毀某人。2〖醫〗紅斑，出血斑。3 症狀，特徵。4〖動〗(昆蟲等的）氣門，氣孔；（原生動物的）眼點；〖植〗柱頭。5 聖痕。

stig·mat·ic [stɪg'mætɪk] [形] 1 恥辱的，不光榮的；〖醫〗紅斑的；疾病徵候的。2〖植〗柱頭的。3〖光〗無像散現象的（亦稱 **stigmatical**）。—[名]〖宗〗身上有像耶穌基督的聖傷一樣的傷痕的人。

stig·ma·tize ['stɪgməˌtaɪz] [動][及] 1 打上烙印；誣蔑，污辱《*as ...*》：～ a person *as* a traitor 誣蔑某人爲叛徒。2 使起紅斑。

-ti·'za·tion [名], **-tiz·er** [名]

stile [staɪl] [名] 1 腳踩的梯磴。2 十字旋轉門。

sti·let·to [stɪ'lɛto] [名](複～**s**, ～**es**) 1 短劍。2 穿孔錐。3《英口》= stiletto heel.

sti'letto ˌheel [名]《英》細高鞋跟。

:still[1] [stɪl] [形] 1 靜止的，不動的：keep ～ 保持靜止。2 沒聲音的，寂靜的；緘默的。3 平穩的；平靜的；不起波的，不流動的；風平浪靜的：*S-* waters run deep.《諺》靜水深流；大智若愚。4（噪音等）低的，小的，細語的。5（葡萄酒）不起泡的；不加碳酸氣的。6 目前還沒有工作

S

的。7〖攝〗靜止攝影的。
as still as still / (as) still as death 極安靜的[地]，沒有一點聲音的[地]。
—名 1〖攝〗(尤指電影廣告用的) 劇照。2《the ～》〖詩〗寂靜，安靜。
—副 1《用於現在、未來、過去式》至今[此時]還，仍然；此後依然。2《強調比較級》更，還要。3《常作連接詞》還是，還是要，依然。4 不出聲地，安靜地。5(距離、程度) 更加。6《古》不斷地，經常地。
still and all《口》(即使如此) 畢竟。
still less《用於否定句》更遑論。
still more《用於肯定句》更，而且更。
—動 及《文》1 使靜下來，平息，使停息。2 緩和，制住；鎮止，使鎮靜。
—不及《文》靜止，平靜下來；停息。

still² [stɪl] 名 1 (酒類的) 蒸餾器。2 蒸餾酒釀造廠。

'still a,larm 名 火災警報。

still·birth ['stɪl,bɝθ] 名 U C 死產；C 死嬰，死胎。

still·born ['stɪl,bɔrn] 形 1 胎死腹中的。2 無效的；不成功的，無敗的；落空的。

'still ,hunt 名 1 狩獵。2《美口》秘密工作，暗中活躍。

still-hunt ['stɪl,hʌnt] 動 及 埋伏守候，暗中追蹤，伏襲。—不及 做伏襲式狩獵。

'still ,life 名 (複～s) U〖美〗靜物；《～s》靜物畫。**'still-'life** 形

still·ness ['stɪlnɪs] 名 U 1 不動，靜止。2 寂靜，平穩；沉默。

still·room ['stɪl,rum] 名《英》1 (古代自家的) 酒類蒸餾室。2 食品儲藏室，酒窖。

stil·ly ['stɪlɪ] 形 (-li·er, -li·est)《文》安靜的，沉靜的。—副 安靜地；不用聲地，靜默地。

stilt [stɪlt] 名 (複～s, ～) 1《常作～s》高蹺。2 腳柱，支柱。3〖鳥〗長腳鷸。
on stilts (1) 踩高蹺。(2) 誇大地；趾高氣揚。
—動 及 置於高蹺上。

stilt·ed ['stɪltɪd] 形 1 呆板的，矯飾的；誇張的，誇大的：a ～ speech 做作的演說。2〖建〗有基座之圓拱的。3 踩高蹺的；以上腳柱支撐的。～·ly 副

'Stil·ton ('cheese) ['stɪltn̩(-)] 名 U C 史第爾敦乳酪。

stim·u·lant ['stɪmjələnt] 名 1〖醫〗興奮劑，刺激劑。2 刺激性飲料，咖啡，茶，酒類：take ～*s* 喝酒 (提神)。3 刺激，激勵，動機。—形 1〖醫〗刺激性的，有興奮作用的。2 激勵的，鼓舞的。

·stim·u·late ['stɪmjə,let] 動 (-lated, -lating) 及 1 刺激，激發；激《*into, to...*》；激使：～ a person's interest in literature 激起某人對文學的興趣 / ～ a person *to* (make) greater efforts 激發某人做更大的努力。2〖生理·醫〗刺激；使興奮。3 使提神。
—不及 用作興奮劑；起刺激作用。**-la·tor** 名 刺激物；刺激者。

stim·u·lat·ing ['stɪmjə,letɪŋ] 形 有刺激性的；可作為激勵的。～·ly 副

stim·u·la·tion [,stɪmjə'leʃən] 名 U 刺激，興奮；鼓舞，鼓勵。

stim·u·la·tive ['stɪmjə,letɪv] 形 刺激性的，有興奮作用的；有鼓勵作用的。—名 刺激物，興奮劑。

·stim·u·lus ['stɪmjələs] 名 (複-li [-,laɪ]) 1 刺激物；有鼓勵作用的東西；刺激；激勵：under the ～ of his vitality 在他的活力激勵下。2〖生理·醫〗刺激物，興奮劑。

sti·my ['staɪmɪ] 名，動 及 = stymie.

·sting [stɪŋ] 動 (stung 或《古》stang, stung, ～·ing) 及 1 刺，螫：be *stung* by a bee 被蜜蜂螫到。2 使感到刺痛；使刺痛；刺激 (舌頭等)。3 使受苦，譴責；使受傷害：be *stung* with remorse 因悔恨而痛苦。4 刺激使其做…《*to, into..., to* doing, *into* do-*ing*》。5《通常用被動》《俚》欺騙；騙取《*for...*》；要求不合理的代價，敲竹槓。
—不及 1 刺；有針。2 刺痛《*from, with ...*》；辣味刺舌。3 令人傷心；痛苦，焦慮，刺痛。—名 1 刺；刺傷；刺痛。2 (身心的) 刺痛，劇痛；嚴重的煩惱；痛苦。3 辛辣的程度，諷刺，(言語中的) 刺；(刺痛似的) 尖銳程度，衝動。4 強烈刺激。5〖植〗刺毛；〖動〗毒針，毒牙。6《俚》騙局；警方用以誘捕罪犯的圈套。
～·less 形

sting·a·ree ['stɪŋə,ri] 名《美》= stingray.

sting·er ['stɪŋɚ] 名 1 刺激的人[物]；諷刺者。2 帶刺的動物；有刺毛的植物；(昆蟲的) 針；(蛇等的) 毒牙。3《口》痛擊，痛打；諷刺，冷嘲熱諷。4《美》白蘭地和甜酒調成的雞尾酒；《英口》混有水、汽水、薑汁等的威士忌或其他烈酒。

sting·ing ['stɪŋɪŋ] 形 刺的；刺痛的；尖酸刻薄的。

'stinging ,nettle 名〖植〗蕁麻。

stin·go ['stɪŋgo] 名《英俚》1 U C 烈啤酒。2 U 熱心的程度；精神，活力。

sting·ray ['stɪŋ,re] 名〖魚〗刺魟。

stin·gy ['stɪndʒɪ] 形 (-gi·er, -giest) 1 吝嗇的；吝惜的《*with, of...*》：a ～ person 小氣的人 / be ～ *with* one's money 吝惜金錢。2 缺乏的，微少的。**-gi·ly** 副，**-gi·ness** 名 U 吝嗇，小氣。

stink [stɪŋk] 動 (stank 或 stunk, stunk, ～·ing) 不及 1 發惡臭；有 (某種) 味道《*of ...*》。2 風評很差；《俚》極惡劣。3《俚》有太多 (的…)《*of, with...*》：～ *with* money 錢財萬貫。
—及 1 使臭氣沖天《*out*》；使發惡臭《*up*》。2 聞出臭味。
stink in the nostrils of... 受極端厭惡，風評極差。
stink out (1) ⇨動 及 1. (2) 用惡臭逐出。
—名 1 臭氣，惡臭。2《俚》騷動，吵鬧；

惡評，醜聞。

like stink《俚》激烈地，強烈地。

'stink ˌbomb 图臭氣彈。

'stink ˌbug 图〖昆〗放臭氣的昆蟲。

stink·er ['stɪŋkɚ] 图 **1** 發惡臭的人[動物]；（有惡臭的）海燕之類。**2**《俚》卑鄙的人；低劣的東西[人]；令人不愉快的信。**3**《口》難題。**4** 放惡臭的裝置。

stink·ing ['stɪŋkɪŋ] 形 **1** 發惡臭的，臭的。**2**《俚》爛醉的。**3**《俚》可鄙的；實在討厭的：a ～ shame 卑鄙可恥之事。
—副《俚》非常，十分。

stint[1] [stɪnt] 動及 **1** 縮減，吝惜，限制；不充分供給，節制《*of, in...*》：～ oneself *of* meals 節食。**2**《古》戒除，停止。—不及 **1** 節約，刻苦度日《*on...*》。**2**《古》戒除，停止。—图 **1** Ⓤ（量的）限制，限定；吝惜。**2** 定量，定額，分攤的量；被分派的工作（量）。
～**·ing·ly** 副小氣地。

stint[2] [stɪnt] 图〖鳥〗小鷸的通稱。

stipe [staɪp] 图 **1**〖植〗柄，蕈柄。**2**〖動〗柄。

sti·pend ['staɪpɛnd] 图 **1** 薪資，薪俸。**2** 定期的給予；獎學金，津貼。～**·less** 形

sti·pen·di·ar·y [staɪ'pɛndɪˌɛrɪ] 形 **1** 受俸祿的，有薪水的。**2** 以固定薪水支給的。**3** 有固定薪水的。—图(複**-ar·ies**) **1** 受俸給者，領薪水者。**2**《英》領薪牧師；領薪下級法官。

stip·ple ['stɪpl] 動及 以點畫法畫，點刻。—图ⓊⒸ點畫法（的作品）。

stip·u·late[1] ['stɪpjəˌlet] 動不及要求，規定《*for...*》。—及（條文）規定，載明；約定，保證；（締結契約等時）以…為條件。**-la·tor** 图

stip·u·late[2] ['stɪpjəlɪt] 形〖植〗有托葉的。

stip·u·la·tion [ˌstɪpjə'leʃən] 图 **1** Ⓤ 規定，契約，協定。**2** 條件；條款，條文《*that* 子句》：under (the) ～ *that...* 以…為條件。

stip·ule ['stɪpjul] 图〖植〗托葉。

·**stir**[1] [stɝ] 動(**stirred**, ～**·ring**) 及 **1** 攪拌；混入攪拌《*into...*》；撥旺《*up*》：～ *up* mud 攪泥；揭露醜聞 / ～ one's tea with a spoon 用湯匙攪動茶。**2** 移動；搖動，拂動：do not ～ an eyelid 眼皮動都不動一下，不眨眼；不為所動 / do not ～ a finger 手指一動也不動；一點也不肯幫忙。**3** 使覺醒；喚起，引起《*up*》；深深打動；使感動：～ the blood 使人熱血沸騰 / ～ *up* a person's interest 引起某人的興趣 / ～ a person's heart 使某人感動 / ～ oneself to start work 提起工作的勁。**4** 煽動，唆使；引起《*up*; *to, into...*》：～ *up* a demonstration 煽動示威 / ～ *up* the poor *to* protest 煽動窮人起來抗議。—不及 **1** 動；移動。**2** 走動；活動；起床；出去，離去《*out*》。**3** 湧現；深受感動。**4** 流布，被人傳說。**5** 被攪拌。
stir one's stumps《口》趕快，快走。
—图 **1** 攪混，攪拌；微動；輕拂。**2**（活潑繁忙的）活動。**3**《通常作 **a** ～》大騷動；動搖，興奮；轟動；衝動，激動。**4** 推動；撥動。

stir[2] [stɝ] 图《美俚》監獄：in ～坐牢。

stir·a·bout ['stɝəˌbaʊt] 图Ⓤ《英》燕麥粥。

stir-crazy ['stɝˌkrezi] 形《美俚》因坐牢而精神失常的。

stir-fry ['stɝˌfraɪ] 動及強火快炒。

stirps [stɝps] 图(複 **stir·pes** ['stɝpiz]) 图 **1** 血統；族；家系。**2**〖法〗祖先。**3**〖生〗遺傳單位。

stir·rer ['stɝɚ] 图攪動者；煽動者；攪拌器。

stir·ring ['stɝɪŋ] 形 **1** 使奮起的；使興奮的，令人感動的：a ～ rendition 動人的演奏。**2** 活躍的；活潑的；繁忙的。～**·ly** 副

stir·rup ['stɝəp, 'stɪrəp] 图 **1** 鐙；鐙形馬具。**2**〖海〗鐙索。**3** 鐙形夾；鐙具。**4** U字形鋼筋。**5**〖解〗鐙骨。

'stirrup ˌcup 图（向已上馬等即將啓程者致意的）餞行酒；餞別酒。

'stirrup ˌpump 图一種小型手壓式滅火幫浦。

·**stitch** [stɪtʃ] 图 **1**（縫紉、刺繡的）一針；（縫傷口的）一針；（編織物的）一針：～ by ～一針一針地，細心地；腳踏實地 / A ～ in time saves nine.《諺》及時縫一針省卻將來的九針；及時行事，事半功倍。**2** 一針的線，針腳；縫過的部分：drop a ～ 編漏了一針 / take the ～*es* out of a wound 給傷口拆線。**3** Ⓤ針法，縫法，刺繡法。**4**（衣服、布的）碎片，一片：have not a ～ on 一絲不掛，赤裸裸的。**5**《口》一點，些許。**6**《通常用單數》突然的劇痛，突發症狀：a ～ in the side 側腹劇痛。**7**（裝訂書籍的）釘法。
in stitches《口》捧腹大笑。
—動及 **1** 縫，縫合《*up*》；用針法裝飾，縫綴。**2** 裝訂《*up, together*》。
—不及 縫紉；刺繡；編織。
～**·er** 图, ～**·ing** 图ⓊⒸ針腳，線跡。

St. 'Lawrence 'Seaway 图《**the** ～》聖羅倫斯水道：連接大西洋和北美五大湖的一連串水道。

St. Leg·er [-'lɛdʒɚ] 图聖麗佳大賽馬：與Derby, Oaks 同為英國三大賽馬之一。

St. Lou·is [sent'luɪs] 图聖路易：美國Missouri 州 Mississippi 河岸的港口都市。

St. 'Luke's 'summer [sent'luks-] 图《英》小陽春：10月18日聖路加節前後的晴天。

stoat [stot] 图〖動〗鼬鼠。

·**stock** [stɑk] 图 **1** ⓊⒸ存貨，庫存品；儲藏，積蓄：in ～有現貨，有存貨 / out of ～ 缺貨，無存貨 / have a large ～ of information 有大量資料。**2** Ⓤ《集合名詞》家

S

畜，牲畜，牲口。3〖劇〗駐演劇團；其演出的劇目。4 Ⓒ Ⓤ〖金融〗股本；股份；股票；借貸憑據；《the ~s》《英》國債，公債。5（植物的）幹，莖；殘株；根莖，地下莖；《古》圓木，木塊；〖園〗砧木；苗木。6 Ⓤ家系，血統；種族；（動植物的）種類；元祖，始祖；〖人類〗人種；Ⓒ〖語言〗語族，語系：come of good ~ 出身望族。7 Ⓤ〖動〗群體。8（鞭子等的）柄；（鉋刀等的）架，臺；（車床等的）主軸座；〖武器〗槍托；〖海〗（錨的）桿；《~s》船塢。9 糊塗蟲；無生命之物，木頭人。10 Ⓤ 估計，評價；風評；信賴，信用。11《~s》(1)（古代作爲刑具用之有腳鐐的）刑臺。(2)（裝蹄鐵時繫馬用的）木架。12 Ⓤ〖印·出版〗紙：印刷用紙；〖紙〗紙料。13 Ⓤ 原料，材料；〖烹飪〗原汁，湯料。14〖植〗紫羅蘭屬植物。15（寬幅的）領帶，領巾。16 (1)〖鐵路〗= rolling stock. (2)（車輪的）轂。

lock, stock, and barrel ⇨ LOCK[1]（片語）

off the stocks (1)（船）下水了的。(2)已完成的。

on the stocks (1)（船）建造中的。(2)進行中的。

stock in trade (1)庫存的貨品。(2)（工匠的）謀生工具。(3)必要手段。

stocks and stones 木石，無生命之物；遲鈍的人；《蔑》偶像。

take stock in... (1)購買股票。(2)《口》《通常用否定》相信，信賴；重視。

take stock 清查存貨，盤存。

take stock of... (1)評估；考量，仔細察看。(2)瞪，打量。

一形 1 現有的，庫存的；主要的；標準的。2 擔任商品管理的，處理存貨的 3 平凡的，普通的，常見的；陳腐的。4 飼養家畜（用）的，畜牧的。5 股票的，證券的。

一動 及 1 給（商店等）添貨；在養殖；播（種）於《 *up with...* 》。2 儲備，屯積《 *up* 》；將（商品）置於店中以便出售。3 裝托；裝柄；裝架。一不及 1 購入，儲積《 *up / on...* 》。2 長嫩枝，發新芽。

stock·ade [sta'ked] 名 1〖城〗砦柵。2 圍欄，柵欄。3〖美軍〗軍營監獄。一動 及 以柵欄圍住，用柵防禦。

'stock ˌbook 名 1 存貨簿，庫存物資分類帳。2《澳》牲口記錄（簿）。3 股東名冊。

stock·breed·er ['stak,bridɚ] 名 畜牧業者。**'stock·ˌbreeding** 名 Ⓤ 畜牧（業）。

stock·brok·er ['stak,brokɚ] 名 證券經紀人。**'stock·ˌbroking** 名 Ⓤ 證券交易。

'stock ˌcar 名 1 賽車用之跑車。2《美》〖鐵路〗家畜載運車。

'stock cerˌtificate 名 證券，股票。

'stock ˌcompany 名 1《美》股份公司。2 駐演劇團。

'stock ˌcube 名 湯料塊。

'stock exˌchange 名《the ~》《通常作 S- E-》證券交易所。2 證券商協會。

'stock ˌfarm 名 畜牧場。**'stock ˌfarmer** 名 畜牧業者。**'stock ˌfarming** 名 Ⓤ 畜牧業。

stock·fish ['stak,fɪʃ] 名 (複~, ~·es) Ⓤ Ⓒ 魚乾；晒乾的鱈魚。

stock·hold·er ['stak,holdɚ] 名 1 股東。2《澳》牲口擁有者，牲口主人。

Stock·holm ['stak,hom] 名 斯德哥爾摩：瑞典東南部的一港市，亦其首都。

'stock 'index 名〖商〗股價指數。

'Stockholm ˌsyndrome 名〖精神醫〗《the ~》斯德哥爾摩症候群；人質情結。

stock·i·nette, -net [ˌstakɪ'nɛt] 名 Ⓤ 1《主英》鬆緊織物，彈力織物。2 彈力織物的編織。

·stock·ing ['stakɪŋ] 名 1《通常作 ~s》長襪：a pair of ~*s* 一雙長襪。2 狀似長襪的東西；一撮顏色特異的長腳毛。3《英》= stockinette 2.

in one's stockings / in one's stocking feet 只穿著襪子。

-inged, ~·less 形

'stock in 'trade 名 Ⓤ 1 現貨，存貨；營業用具，生財之物。2 特殊技能；慣用手段（亦作 **stock-in-trade**）。

stock·ish ['stakɪʃ] 形 遲鈍的，愚笨的。

stock·ist ['stakɪst] 名 1《英》商品的批購業者。2《美》《蔑》投機業者。

stock·job·ber ['stak,dʒabɚ] 名 1《美》《常爲蔑》玩股票者。2《英》證券經紀人。

stock·job·bing ['stak,dʒabɪŋ] 名 Ⓤ 股票（證券）批發買賣（業）投機。

stock·man ['stakmən] 名 (複 **-men** [-mən]) 1《美》畜牧業者。2《澳》牧人，牧場的牲畜管理人。3《美》倉庫管理員。

stock ˌmarket 名 股票市場。

'stock ˌoption 名〖商〗股票選擇權。

stock·pile ['stak,paɪl] 名 1（修道路用的）補給材料堆。2 儲存，儲備。3（彈藥等的）儲藏量。一動 及 不及 儲藏。

stock·pot ['stak,pat] 名 煮鍋，湯鍋。

'stock ˌraising 名 Ⓤ 畜牧；畜牧業。

stock·room ['stak,rum, -,rum] 名 儲藏室。

stock-still ['stak'stɪl] 形 靜止的，不動的。

stock·tak·ing ['stak,tekɪŋ] 名 Ⓤ 1（商品等的）盤存。2 評估；考量，估量。

'stock ˌticker 名 = ticker 2.

stock·y ['stakɪ] 形 (**stock·i·er, stock·i·est**) 矮胖的，粗壯的，堅實的。

-i·ly 副

stock·yard ['stak,jard] 名 1（屠宰場等的）家畜圍場。2 家畜飼養場。

stodge [stadʒ] 動 及《主英學生俚》1《口》大口吃，猛吃。2 徐行。一名 1 Ⓤ（滯

積腹中的）濃稠食品。2 無聊的作品。

stodg·y ['stadʒɪ] 形 (stodg·i·er, stodg·i·est) 1 濃稠的，不易消化的。2 呆板的；沒趣的；無聊的，乏味的。3 矮胖的。4 塞滿的。5 陳舊的；拘泥形式的。6 不時髦的，式樣難看的。-i·ly 副, -i·ness 名

sto·gy, -gie ['stogɪ] 名(複-gies)《美口》廉價的細長雪茄煙；笨重而製造粗糙的鞋。

Sto·ic ['stoɪk] 形 1 斯多噶學派的。2《s-》= stoical. 一名 1 斯多噶學派的哲學家。2《s-》克己主義者，禁慾主義者。

sto·i·cal ['stoɪkl] 形克己的，禁慾的；不以苦樂爲意的，淡泊的。2《S-》斯多噶哲學家的。

Sto·i·cism ['stoɪ,sɪzəm] 名 U 1 斯多噶哲學，斯多噶主義。2《s-》禁慾（主義），克己；淡泊。

stoke [stok] 動 及 1 撥旺；補充燃料；《喻》惹起《*up*》: ～(*up*) the boiler 生鍋爐的火。2 猛吃；大量餵食。一不及 1 撥旺火，燒火；看守爐火，司爐；做火伕《*up*》。2 猛吃《*up*》。

stoke·hold ['stok,hold] 名（船上的）鍋爐室，司爐室。

stok·er ['stokɚ] 名 1 火伕；《主英》司爐。2 添煤機。

STOL [stal, stɔl] 名短距離起降（飛機）: ～port 短場起落飛機專用機場。

:stole[1] [stol] 動 **steal** 的過去式。

stole[2] [stol] 名 1 神職人員所穿之祭服上的帶狀布。2 婦女的披肩。

:sto·len ['stolən] 動 **steal** 的過去分詞。

stol·id ['stalɪd] 形 不易激動的；呆頭呆腦的；感覺遲鈍的；固執的。～**ly** 副

sto·'lid·i·ty 名 U 遲鈍；不動情；固執。

sto·ma ['stomə] 名(複～·ta [-tə], ～s) 1〖植〗氣孔。2〖動〗小孔。

:stom·ach ['stʌmək] 名 1〖解·動〗胃；（反芻動物的）一個胃：on an empty ～空著肚子 / lie on one's ～（食物）滯積胃中。2 腹部；鼓起的肚子：lie on one's ～趴著。3 U《或作 a ～》食慾，胃口：have *a* good ～ for...很想吃… / stay one's ～忍住飢餓。4 U 欲望，愛好《*for*...》；意念《*to* do》。

in the pit of one's stomach 內心。

turn a person's stomach 使反胃；使噁心。

一動 及《常用於否定句、疑問句》1 津津有味地吃；消化。2 忍耐，忍受。

'stomach ,ache 名 U C 胃痛，腹痛：have a ～胃痛。

stom·ach·er ['stʌməkɚ] 名（15至16世紀流行的）豪華三角胸飾；護腹胸衣。

stom·ach·ful ['stʌmək,ful] 名滿腹（的量）；忍受的極限《*of*...》。

sto·mach·ic [sto'mækɪk] 形 1 胃的。2 健胃的；有助消化的；增進食慾的（亦稱 stomachical）。一名 開胃藥，健胃藥。

'stomach ,pump 名〖醫〗洗胃器，胃唧筒。

stom·ach·y ['stʌməkɪ] 形 1 大肚子的，肚子突出的。2《方》易怒的，暴躁的。

stomp [stamp] 動 及 不及 1《口》= stamp. 2 跳頓足快步舞。一名 1《口》= stamp. 2 節奏強而快的舞曲。

:stone [ston] 名 1 U 石頭；石材：layers of ～石層 / have a heart of ～（人）冷酷，不慈悲，殘忍。2 小石子：a heap of ～*s* 石堆 / set a ～ rolling 滾石頭；做出意外之事 / give a ～ for a loaf 給要麵包的人石頭；幫是假，愚弄是真 / throw ～*s* at... 向…丟擲石頭；責難。3 寶石；（鐘錶的）鑽石。4 (複～, ～s)《英》英石：重量單位，相當於十四磅。5 類似小石子之物；冰雹，霰。6〖植〗核。7〖醫〗結石；結石病。8《通常作複合詞》墓石；磨刀石；石磨；踏腳石；里程碑，界碑；紀念碑。9〖建〗人造石，擬石。

(as) cold as (a) stone 堅硬如石，無情的。

break stones (1)（爲鋪路而）敲碎石子。(2) 過最差的生活，陷於貧困。

cast the first stone 率先攻擊。

give a stone and a beating to... 輕易勝過。

leave no stone unturned 千方百計，用盡一切手段《*to* do》。

rolling stone ⇨ ROLLING STONE

The stones will cry out. 真是罪大惡極 紙包不住火。

一形《限定用法》1 石頭的，石造的；《S-》石器時代的。2 石器製的。3《美》完全的，全然的。一動 (stoned, ston·ing) 及 1 丟石頭；用石頭趕走[殺死]。2 用石頭堆，用石頭使…變堅固。3 用石子磨；用磨刀石磨。4 去掉（果核）。一副《複合詞》完全，全然。

'Stone ,Age 名《the ～》石器時代。

stone-blind ['ston'blaɪnd] 形 全盲的。

stone·break·er ['ston,brekɚ] 名（築路的）碎石工人；碎石機。

stone-broke ['ston'brok] 形《美口》一文不名的，赤貧的。

stone-cold ['ston'kold] 形 冰冷的。

stone·cut·ter ['ston,kʌtɚ] 名 石工；切石機。

stoned [stond] 形 1 有核的；去掉核的。2《俚》爛醉的；因吸食毒品而興奮的。

stone-dead ['ston'dɛd] 形 完全死了的，完全斷了氣的。

stone-deaf ['ston'dɛf] 形 完全耳聾的；全聾的。

'stone ,fruit 名 U〖植〗核果。

Stone·henge ['ston,hɛndʒ] 名（英國 Wiltshire 郡 Salisbury 平原於史前時代所遺留的）環狀巨石群。

stone·less ['stonlɪs] 形 1 沒有石頭的。2 沒有核的。

stone·ma·son ['ston,mesn̩] 名 石工，石匠。

'stone's ,throw 名《a ～》一投石之距

S

離，近距離：within *a* ～ of... 在…的鄰近處 / *a* ～ away from... 就在…的附近。

stone·wall ['ston,wɔl] 動 不及 及 1〖板球〗慎重防守；2《英口》妨礙（議事）；《美口》強硬地拒絕；故意地阻礙。3《美》不願妥協。

～·er 名〖板球〗慎重的打者；《英口》（議事）妨礙者。～·ing 名 U《英口》議事妨礙。

stone·ware ['ston,wɛr] 名 U 一種不具吸水性與透光性的陶瓷器。

stone·work ['ston,wɝk] 名 1 U 石造物，石造建築；（建築物的）石造部分；石細工。2《通常作～s》石材工廠。～·er 名

·ston·y ['stonɪ] 形 (ston·i·er, ston·i·est) 1 多石的，全是石頭的；多核的：a ～ path 碎石小徑。2 岩石的，石質的；堅硬如石的：a ～ surface 堅硬的表面。3 不受感動的；冷酷的；頑固的；不動的；無表情的：a ～ heart 鐵石心腸 / a ～ look 無表情的面容。4 令人茫然的，令人驚愕的。5《英俚》身無分文的；《副詞》身無分文地。-i·ly 副, -i·ness 名

ston·y-broke ['stonɪ'brok] 形《英俚》= stone-broke.

ston·y-heart·ed ['stonɪ'hartɪd] 形 無情的，冷酷的。～·ly 副

:stood [stʊd] 動 **stand** 的過去式及過去分詞。

stooge [studʒ] 名 1《口》（喜劇的）配角，襯托角色。2《俚》配角；助手；同謀。3（警察的）密探，線民。—動 不及《美俚》1 充當喜劇演員的配角《*for...*》。2《英》巡航飛行《*about, around*》。

·stool [stul] 名 1 凳子；腳凳，矮凳踩腳臺。2〖園〗根株。3《美》媒鳥所棲樹枝；作誘餌用的鳥。4 廁所；坐式馬桶；U C 通便；大便：have a ～ 上廁所，大小便。5 內窗臺。

fall between two stools 一心兩用終無所獲，兩頭落空。

—動 不及 1（由根株）長出新芽。2《俚》充當線民，做走狗。3《古》排便，如廁。

S

stool·ie ['stulɪ] 名《美俚》（警察的）眼線，線民。

'stool ˌpigeon 名 1 媒鴿。2《美俚》= stoolie.

·stoop[1] [stup] 動 不及 1 俯身，彎腰《*over ...*》；彎下身去《*down*》：～ for a button 彎下身去拾鈕釦 / ～ to pick up the hat 彎下身去撿起帽子。2 彎腰曲背：～ from fatigue 因疲勞而彎腰曲背。3 屈尊去做…《*to..., to doing*》：～ *to* such folly 墮落到做這種傻事。4 飛撲而下；《喻》突襲《*at, on ...*》。5 屈服，屈從。

—動 及 1 彎曲，彎下。2 貶低品級；使屈服。—名 1 俯身，彎腰；前傾；《常作 a ～》彎腰曲背。2 降低身分。3《古》（老鷹等的）飛撲而下，撲擊。～·er 名, ～·ing·ly 副

stoop[2] [stup] 名《美》正門前高出地面的平臺；小門廊。

:stop [stap] 動 (stopped 或《古》stopt, ～·ping) 及 1 停止，中止；不再（做某事）。2 中止，停止；阻止，阻擋：～ a bicycle 使自行車停下來地 / ～ a fight 勸架。3 防止，阻撓《*from doing*》。4 中斷；扣除《*out of...*》；（通知銀行）止付：～ supplies 斷絕供應。5 阻塞，封閉；堵塞《*up*》；加蓋子《*up*》；（用…）填塞（牆壁、蛀牙等的洞）《*with...*》：～ *up* the hole *with* putty 用油灰堵住洞 / ～ (*up*) one's ears 掩耳；不想聽。6〖運動〗防衛，擋開；打敗；擊倒。7（橋牌戲）叫停。8〖樂〗用手指按住。9《口》被擊中。10《英》加標點。—不及 1 停止，中止，停頓；停下來。2《口》停留，逗留；歇宿《*in, by / at, in, by...*》。3（雨等）停止；（道路等）到了盡頭。4 堵塞。

enough to stop a clock《口》（容貌等）非常醜陋。

stop at nothing《通常於 will, would 連用》不顧一切《*to* do》。

stop by《主美》(1) 順道前往。(2)（順道）造訪。

stop down〖攝〗縮小光圈。

stop off 順道前往；中途下車《*at, in...*》。

stop out (1) 不回家，出門在外。(2) 持續罷工。(3) 暫時休學。

stop...out / stop out... 在客戶指示價格之最低限的情況下出售。

stop over《尤英》暫留《*with, in...*》；投宿於旅行地點；中途下車。

stop short 在…前突然停住，險些…《*of doing, at...*》。

—名 1 停止；中止，停車；終點。2 停留，逗留；順道前往。3 停車站；停留場所；著陸地點。4 堵（穴等），填塞；栓。5 障礙物；（通路等的）封鎖，封閉。6 制動裝置；固定工具；〖海〗掣索。7〖商〗（支票的）停止支付通知。8〖樂〗（管風琴的）音管列；音栓。9〖運動〗妨礙對手得分或攻擊的動作；冰上曲棍球的阻擋，美式足球的擒抱等。10〖語音〗（氣的）閉鎖；閉鎖音。11〖攝〗光圈的縮小。12 標點符號，句號。

pull out all the stops / pull all the stops out (1) 盡最大的努力，盡可能。(2) 毫無顧忌地進行。

stop-and-go ['stapən'go] 形 1 以交通號誌控制的。2 慢吞吞的：～ driving 開慢車。

stop·cock ['stap,kak] 名 活栓；活塞。

stop·gap ['stap,gæp] 名 形 權充一時（的），暫時將就（的）；代理（的），臨時（的）。

stop-go ['stap'go] 名 U，形《英》經濟的擴張和收縮交互施行的（政策）。

'stop ˌknob 名（管風琴的）音栓。

stop·light ['stap,laɪt] 名 1 煞車燈。2 =

traffic light.

stop-off ['stap,ɔf] 图 = stopover.

stop-out ['stap,aut] 图暫時休學的學生。

stop·o·ver ['stap,ovɚ] 图 1 順道前往；中途停留的地點；中途逗留。2 中途下車(票)。

stop·page ['stapɪdʒ] 图 1 中止，休止，停止；(身體的)機能障礙，故障。2 Ⓤ Ⓒ支付停止；扣除。3 禁止通行；拘留。4 罷工。

'stop 'payment 图 Ⓤ Ⓒ(支票的)止付。

stop·per ['stapɚ] 图 1 阻止的人[物]；妨害的人[物]。2 栓，塞子。3 ((口))引人注意的物[人]。4〖海〗掣索。5〖棒球〗((俚))止敗投手，救世主；救援投手。

put a stopper on ... 壓住…；制止…。

—動及 栓住，塞住((*down*))；用栓塞住。

stop·ping ['stapɪŋ] 图 1 中止，休止，停止。2 (補牙等的)填塞料。

stop·ple ['stapl] 图 1 栓，塞。2 耳塞。—動及栓住，塞住。

stop·press ['stap,prɛs] 图((the ～))((英))〖報章〗報紙付印時臨時插入的重大新聞。

'stop ˌstreet 图十字路口必須暫時停車的馬路。

stopt [stapt] 動((古)) **stop** 的過去式及過去分詞。

'stop ˌvalve 图(液體的)止流閥，閉塞閥。

stop·watch ['stap,watʃ] 图碼錶。

·stor·age ['storɪdʒ] 图 1 Ⓤ儲藏；保管，倉庫保管：keep apples in cold ～把蘋果冷藏。2 Ⓤ Ⓒ(倉庫等的)收藏量；儲藏量。3 儲藏所，倉庫；儲藏費。4〖電腦〗= memory 5；Ⓤ〖電〗蓄電。

'storage ˌbattery 图 蓄電池。

'storage caˌpacity 图 Ⓤ儲藏量[力]。

:store [stor] 图 1 ((主美))商店，店(((英)) shop)：a grocery ～食品雜貨店 / a general ～(通常開設在鄉下的)百貨店，雜貨店。2 ((～s))((作單、複數))((英))百貨公司。3 儲藏，儲備；(知識等的)累積；((～s))必需品，日用品：a ～ of food 食物的儲藏 / household ～*s* 家庭用品。4 ((主英))倉庫，儲藏室。5 ((通常作 **a** ～))大量，豐富(的…)((*of...*))：*a* large ～ *of* rice 大量的米。6〖電腦〗((主英))記憶體。

in store (1) 儲藏著；準備好的((*for...*))。(2) 等在前面；即將降臨((*for...*))。

out of store 沒有儲備。

set store by ... 對…重視。

—形 1 儲藏的；店鋪的。2 ((美))買自店裡的，現成的。—動 (**stored, stor·ing**) 及 1 儲存((*for, against...*))；收藏起來((*up, away*))；積存於心中((*up*))。2 供應，儲存到((*with...*))。3 存入倉庫；容納，存有。4〖電腦〗輸入記憶體。5〖電〗蓄(電)。—不及 1 儲存必需品。2 可以儲藏。

store-bought ['stor'bɔt] 形 買自店裡的；現成的，成品的。

store·front ['stor,frʌnt] 图((美))店面，臨街的鋪面。

store·house ['stor,haus] 图(複 **-hous·es** [-hauzɪz]) 1 倉庫，棧房。2 (知識等的)寶庫。

store·keep·er ['stor,kipɚ] 图 1 ((主美))商店老闆，店東(((英)) shopkeeper)。2 倉庫管理員。3 軍需品管理員。

-keep·ing 图

store·room ['stor,rum, 'stɔr-] 图 儲藏室。

store·wide ['stor,waɪd, 'stɔr-] 形((美))全店的，店裡全部或大半貨品的：a ～ sale 全店大減價。

·sto·rey ['storɪ, 'stɔ-] 图 (複～**s** [-z]) ((主英)) = story[2].

sto·ried[1] ['storɪd, 'stɔ-] 形((文)) 1 歷史上有名的。2 飾有描繪歷史故事的圖書的。

sto·ried[2], ((英尤作)) **-reyed** ['storɪd, 'stɔ-] 形((常作複合詞))有…層樓的；成一層層的；有樓的：a four-*storied* concrete building 四層樓的混凝土建築。

sto·ri·ette [ˌstorɪ'ɛt, ˌstɔ-] 图極短篇小說。

stork [stɔrk] 图(複～**s**, ～)〖鳥〗鸛鳥：a visit from the ～生小孩。

:storm [stɔrm] 图 1 暴風，暴風雨；(氣象學上的)風暴：a heavy ～大風暴。2 猛烈的大雨[大雪，打雷，冰雹等]，惡劣氣候：a ～ of rain 猛烈的豪雨。3 猛攻，強攻：attack a city by ～猛攻某城市。4 ((常作 **a** ～))槍林彈雨；(鼓掌等的)湧現；(感情等的)爆發((*of...*))：*a* ～ *of* bullets 如雨般落下的子彈。5 不安的狀況，騷動，風暴，風波：a time of social ～ 社會動盪的時期。6 ((口)) = storm window.

a storm in a teapot 小題大作，大驚小怪，茶壺裡的風暴。

take...by storm (1) ⇨图 3. (2) 輕易地征服；迷住，徹底爭取到(信任等)。

wait out the storm 等待暴風雨停止。

—動不及 1 ((用 **it** 作主詞))起大風；狂吹。2 咆哮，怒吼，怒罵((*at, against...*))。3 猛攻，痛擊，急攻。4 憤怒地往前衝；橫衝直撞。—及 1 狠狠攻擊，騷擾；猛攻。2 迷住；征服。3 咆哮，怒吼地說出。

～**·less** 形, ～**·ˌlike** 形

storm·bound ['stɔrm,baund] 形 為暴風雨所困的。

'storm ˌcenter 图 1 暴風中心，暴風眼。2 騷動的中心。

'storm ˌcloud 图 暴風雲；((常作～**s**))動亂的前兆。

'storm ˌdoor 图((美))防風門。

'storm 'petrel 图〖鳥〗(北大西洋及地中海的)海燕。

storm·proof ['stɔrm,pruf] 形耐暴風雨

S

的，可防暴風雨的。

'storm ˌsignal 图 1 暴風（警報）信號。2 = storm warning 2.

storm-tossed ['stɔrm,tɔst] 形 1 被暴風雨吹得搖搖晃晃的。2 心情動盪不安的，心思煩亂的。

'storm ˌtrooper 图 1（二次大戰前德國納粹的）褐衫黨黨員。2 衝鋒隊隊員。

'storm ˌtroops 图（複）1（二次大戰前德國的）納粹衝鋒隊。2 衝鋒隊。

'storm ˌwarning 图 1 暴風雨警告；暴風雨警報。2 動亂的前兆。

'storm ˌwindow 图 防風窗，板窗。

·storm·y ['stɔrmɪ] 形 **(storm·i·er, storm·i·est)** 1 狂風暴雨的；有風暴將臨的跡象的，有暴風雨之兆的；受暴風雨侵襲的：a ～ sea 洶湧的大海 / a ～ sky 充滿暴風雨跡象的天空。2《喻》暴風雨般的，狂暴的，激烈的；狂怒的；多風波的，驚濤駭浪的：a ～ argument 激烈的爭辯 / a ～ life 極爲波折的一生 / in a ～ temper 怒氣沖沖。**-i·ly** 副

'stormy 'petrel 图 1 = storm petrel. 2 惹是生非的人。

:sto·ry¹ ['storɪ] 图 **(複 -ries)** 1 故事：a nursery ～ 童話 / a true ～ 真實故事。2 小說，短篇小說；《集合名詞》（文學類之一的）敘事故事：a detective ～ 偵探小說。3 Ⓤ（小說等的）情節：a novel with very little ～ 幾無情節的小說。4 生平故事，由來，經歷；軼聞；傳奇：tell one's own ～ 自己表明，自行說明，不言而喻。5 敘述，報導，說明；（某人）所述者，所指稱者，說詞；傳聞，傳言：the (same) old ～ 老套；陳腔濫調 / according to her ～ 按她所述，根據她的說詞 / to make a long ～ short 長話短說 / be in a ～ 眾口一詞。6《口》謊言，捏造的故事；《兒語》撒謊者：tell a ～ 撒謊，捏造事實。7 新聞報導。8 傳說。

What's the story on...? 關於…情形如何？關於…是怎麼一回事？

S

·sto·ry²,《英尤作》**-rey** ['storɪ] 图 **(複 -ries)** 1 樓，層；《總稱》同一層樓的房間：a house of one ～ 平房 / a fifty-*story* building 一棟五十層樓高的大廈 / the second ～ 二樓。2（建築物表面或教堂中殿牆壁等的）水平分段；（物的水平的）一層。

the upper story (1) 樓上。(2)《俚》頭，頭腦。

sto·ry·book ['storɪ,buk] 图 兒童故事書。—形 童話故事（般）的。

'story ˌline 图 ⒸⓊ（戲劇等的）情節。

sto·ry·tell·er ['storɪ,tɛlɚ] 图 1 講故事的人；說書人；小說作家。2《口》撒謊的人。

-tell·ing 图 Ⓤ 說故事；《口》撒謊。

stoup [stup] 图 1 聖水池。2《蘇·北英》裝飲料的容器；其一杯的分量。

·stout [staut] 形 1 身材碩大的，粗壯的；肥胖的：a ～(,) thickset man 一個粗壯結實的男人。2 勇敢的，大膽的；堅定的，堅強的；頑強的；斷然的：～ fellows 勇敢的人們 / one's ～ refusal 斷然的拒絕。3 激烈的；充滿力道的：a ～ gale 強風。4 結實的，強壯的；構造結實的，堅固的；耐力強的。5 分量非常充足的；強烈的：a ～ meal 分量十足的一餐。—图 1 ⓊⒸ 烈性黑啤酒。2 身材粗壯的人。3 大號衣服尺碼；《常作～s》《美》大號衣服。～**·ly** 副, ～**·ness** 图

stout-heart·ed ['staut'hartɪd] 形《文》勇敢堅毅的，不屈不撓的；固執的。～**·ly** 副, ～**·ness** 图

·stove¹ [stov] 图 1 爐子。2 乾燥室，烘房，窯。3《主英》溫室。—動 **(stoved, stov·ing)** 及 加熱，烘烤，烘乾；《主英》在溫室中培育。

stove² [stov] 動 **stave** 的過去式及過去分詞。

stove·pipe ['stov,paɪp] 图 1 爐子的煙囪。2《美口》高禮帽（亦稱 **stovepipe hat**）。3《～s》《口》緊身褲，煙管褲。

stow [sto] 動 及 1 裝載，堆裝；收藏；裝填《*away* / *into, in...*》；塞滿《*with...*》：～ supplies *in* a warehouse 把補給品堆入倉庫。2 可容納。3《通常用於命令》《俚》中止，停止。

stow away 偷渡《*to...*》。

stow...away / ***stow away...*** (1) ⇨ 動 及 1. (2) 吃下。

stow·age ['stoɪdʒ] 图 1 Ⓤ 裝載，堆裝，儲藏。2 Ⓤ 裝載容量，容納力。3 堆貨處。4 裝載物。5 Ⓤ 堆裝費。

stow·a·way ['stoə,we] 图 偷渡者。

STP《縮寫》*s*tandard *t*emperature and *p*ressure 標準溫度與氣壓。

St. 'Paul's 图 聖保羅大教堂：座落於英國 London。

St. 'Peter's 图（義大利 Vatican 的）聖彼得大教堂。

St. 'Petersburg 图 聖彼得堡：俄羅斯西北部港市，蘇聯時期曾改名爲 Leningrad。

str.《縮寫》*s*team*er*; *str*ait;〖樂〗*str*ing(s).

stra·bis·mus [strə'bɪzməs] 图 Ⓤ〖眼〗斜視，斜眼。**-mic** 形 斜視（性）的；偏差的，識見不清的。

strad·dle ['strædl] 動 不及 1 叉開兩腿而走，跨著大步行走，跨立，跨坐。2 跨開，叉開；不規則地散開。3《口》採取騎牆主義。—及 1 跨過，跨越；跨立於…之上。2 張開。3 採取騎牆主義。—图 1 跨坐；跨步而行的動作；跨步；兩腿跨開的距離。2 曖昧態度，騎牆派立場。3〖金融〗複合選擇權。**-dler** 图

Strad·i·var·i·us [,strædə'vɛrɪəs] 图 **(複 -var·ii** [-rɪi]**)** 史特拉底瓦利琴：指義大利人 Antonio Stradivari（1644?–1737）與其家

人所製造的小提琴及其他弦樂器。

strafe [stref, strɑf] 動 及 **1** 低空掃射；猛烈炮擊。**2** 《俚》處罰；激烈指責。— 名 飛機低空掃射；處罰；激烈的抨擊。

strag·gle ['strægl] 動 不及 **1** (從道路等) 脫離，脫隊，落伍：a *straggling* soldier 脫隊的士兵。**2** 離群亂走；零零落落地前進，迤邐而行《*along*》：a *straggling* sightseer 四處亂逛的觀光客。**3** 蜿蜒；散佈；蓬亂地生長；蔓延：a *straggling* street 房子蜿蜒的街道。— 名 《**a** ～》零落的一團[一群]《*of...*》。

-gler 名 脫隊者；蔓生的草木枝葉。

strag·gling ['stræglɪŋ] 形 = straggly. **～·ly** 副

strag·gly ['stræglɪ] 形 (**-gli·er, -gli·est**) **1** 脫隊的，落伍的。**2** 零零落落地前進的，迤邐而行的。**3** 散佈各處的；蓬亂的；蔓延的。

:straight [stret] 形 (**～·er, ～·est**) **1** 直的，筆直的，不彎的；裙身不展開的；汽缸成一直列排列的：a ～ line 直線。**2** 直立的，垂直的；水平的；在同一高度的：a ～ nose 直挺的鼻子 / ～ shoulders 平肩。**3** 筆直朝向目標的，直線前進的：a ～ gaze 直視，正視 / a ～ aim 筆直的瞄準。**4** 率直的，直截了當的；坦誠的；正直的，誠實的，公正的：～ criticism 直率的批評 / a thoroughly ～ fellow 一個絕對正直的人 / keep ～守正不阿。**5** 《口》可信的，可靠的。**6** 正確的，思路有條不紊的：～ thinking 條理分明的思路，合乎邏輯的思想。**7** 井然有序的，整齊的；整理好的；結算清楚的。**8** 連續的；〖牌〗五張點數相連的：a *straight*- A student 各科全 A 的學生 / in ～ sequence 依序相連，接續。**9** 《美》徹底的，絕對的，不折不扣的；徹底忠誠的；完全投給同一政黨的所有候選人的：a ～ royalist 一個徹底的保皇黨員。**10** 完全按照既定模式的，純粹的，不改變原曲的曲調或速度的。**11** 《美》不打折的，照定價的。**12** 《俚》遵守傳統規範的；不再爲非作歹的，循規蹈矩的；異性戀的；不吸毒的；不酗酒的。**13** 沒有稀釋的，不加水的（《英》neat）：whisky ～純威士忌。**14** 《限定用法》〖劇〗正統的，嚴肅的；〖報章·雜誌〗客觀而平實的。

a straight fight 《英》一對一的競選。

— 副 **1** 成一直線地，筆直地，直直地。**2** 直立地；挺直地；垂直地；水平地，平平地；正正地。**3** 直接地；立刻地。**4** 正直地，誠實地，規規矩矩地；直截了當地，坦率地；直接而清楚地。**5** 連續地，不中斷地《*on*》。**6** 整齊地，妥當地。**7** 不打折地，不二價地。**8** 不修正地；照原樣地；客觀而平實地。

go straight (1) ⇨副 1. (2) 改過自新，規規矩矩做人；(服刑期滿後等) 不再爲非作歹，規規矩矩過活。

straight from the horse's mouth 《俚》根據可靠的消息來源，從本人口中。

straight off 馬上，立刻。

straight out 明白地，坦率地；直截了當地。

straight up (1) 《英俚》真的，說真的。(2) 《美》(酒中) 不加冰塊。

— 名 **1** 《通常作 **the** ～》筆直；水平；垂直；直立的姿勢；直線；線路段，(跑道的) 直線跑道。**2** 〖賽馬〗(馬賽的) 第一名；〖牌〗五張點數相連的牌。**3** 遵守傳統的人；老古板。**4** 《俚》非同性戀者，異性戀者。**5** 《俚》不吸毒的人。**6** 《俚》(大麻煙以外的) 一般香煙。

the straight and narrow 正道，規矩的行徑。

～·ly 副, **～·ness** 名

'straight 'A 形 全 A 的；獲得最佳成績的。— 名 (複～'s) 全 A (成績)。

straight-a·head ['stretə,hɛd] 形 《美》正統的，傳統的；坦率的，毫不矯飾的；(演奏時) 合乎一貫風格而不加華飾的。

'straight ,angle 名 直角。

straight-arm ['stret,ɑrm] 名 張開手臂推開他人之動作。

'straight 'arrow 名 《美》非常正直的人。

straight·a·way ['stretə,we] 形 **1** 筆直的；直線前進的；成一直線的。**2** 《美》耿直的，正直的。**3** 立刻的。— 名 直線跑道；直線路段。— 副 毫不遲疑地，立刻，馬上。

straight·edge ['stret,ɛdʒ] 名 直尺。

straight·en ['stretn̩] 動 及 **1** 使變直，弄直；《常用反身》挺直，伸直《*up, out*》：～ *up* the tilted post 把傾斜的柱子扶正 / ～ (*out*) an iron bar 把鐵條弄直。**2** 整理，整頓《*up*》：～ *up* one's desk 整理自己的桌子。

— 不及 變直，挺直，身軀；改正；改善，好轉《*out, up*》。

straighten out... / straighten...out 解決；把 (誤會等) 弄清楚；使走上正途；使弄清楚事情。

'straight 'face 名 沒有表情的面孔，一本正經的臉孔。**'straight-'faced** 形

'straight 'flush 名 〖牌〗同花順。

straight·for·ward [,stret'fɔrwɚd] 形 **1** 筆直向前的，一直向前的。**2** 正直的，誠實的；坦誠的，坦率的。**3** 直接的，直截了當的。**4** 簡單的，單純的；明確的。— 副 (亦稱 **straightforwards**) 筆直向前地；直接地；直截了當地；坦誠地；正直地。

～·ly 副, **～·ness** 名

straight-from-the-shoul·der ['stretfrəmðə'ʃoldɚ] 形 直接切中要點的，單刀直入的；直截了當的，坦率的。

straight·jack·et ['stret,dʒækɪt] 名 = straitjacket.

straight-line ['stret'laɪn] 形 〖機〗直線

S

(式)的；直線運動的。

'straight ˌman 图《美》喜劇演員的配角。

'straight ˌmatter 图 Ⓤ〖印〗主文，正文，內文：1 一篇文章的本文，不包括標題等用較顯著的不同字體印出來的東西。2 雜誌所刊載的文章，不包括廣告。

straight-out ['stret'aʊt] 形《口》1 徹底的，全然的，純粹的：a ~ Chinese 一個不折不扣的中國人。2 坦率的，坦誠的，率直的：a ~ question 一個率直的問題。

'straight 'shooter 图坦誠正直的人。

'straight 'ticket 图〖美政〗全部擁護票。

straight·way ['stret,we] 副《古》立刻，馬上。

·**strain**[1] [stren] 動 及 1 拉緊，繃緊，拉到最大限度；使緊張：~ relations between two nations 使兩國之間的關係緊張。2 使竭盡全力，竭力使用：~ one's voice 竭力提高嗓門 / ~ every muscle 繃緊全身的肌肉，竭盡全力 / ~ oneself to finish it 竭盡全力去完成它。3 過度疲勞；使負荷過重，使筋疲力竭；扭傷；使變形：~ a muscle 扭傷肌肉 / ~ one's eyes 用眼過度，使眼睛過度疲勞。4 需索過度；使負擔過重：~ one's luck 過分依賴運氣 / ~ a person's patience 折磨某人的耐心，使某人瀕臨無法忍受的地步。5 扭曲，曲解，過度引申，牽強附會；濫用：~ one's official powers 濫用職權。6 過濾；過濾掉《*away, off...*》；濾出，濾乾《*out*》：~ juice 過濾果汁 / ~ *out* the spaghetti 把義大利麵條濾乾。7 緊緊擁抱《*to...*》；緊緊握住：~ a baby *to* one's breast 把嬰兒緊緊摟在懷裡。—不及 1 用力拉扯《*at ...*》。2 拚命用力《*at, on...*》；拚命；竭力爭取《*after, for...*》。3 使盡肌肉的力量；繃緊。4 激烈地抗拒，不願接受；畏縮不前《*at ...*》。5 受到沉重的壓力《*against...*》；扭曲。6 被過濾；(像通過濾器般地)滴流；滲出，滴下，流出。

strain a point ⇨ POINT (片語)

straining at the leash 竭力掙脫束縛，急欲從事。

—图 1 ⓊⒸ拉緊，繃緊；重壓，壓力，張力；Ⓤ沉重壓力；緊張；過勞；過度的需索《*on...*》。2 竭盡全力的舉動；《口》非常吃力的工作。3 ⓊⒸ扭傷，肌肉牽張過度；過勞，勞傷，勞損。4 ⓊⒸ變形，扭歪；〖理〗應變。5 滔滔不絕的口才；語氣；文章風格，筆調；心情；《常作 ~s, 作單數》音樂，歌曲；〖樂〗旋律，歌調；一首詩；詩的一節。6 (所達到的)高度，程度，強度。

at (full) strain on the strain 竭盡全力，全力施展。

strain[2] [stren] 图 1 族，家族；血統，世系：come of a noble ~ 出身名門。2 人工變種；品系，型；(細菌的)特類，亞變種，(菌)株。3《a ~》固有特質，(遺傳的)性質；體質；氣質；傾向《*of...*》：*a* weak ~ 虛弱的體質。4 種類。

strained [strend] 形 1 繃緊的；緊張的，緊迫的。2 因使用過度而受傷；扭傷的。3 勉強的，不自然的；牽強附會的：a ~ smile 硬擠出來的笑容 / a ~ interpretation 牽強的解釋。4 過濾的。

strain·er ['strenɚ] 图 1 拉緊用的東西(拉線器等)。2 做過濾工作的人；濾器，濾網，篩。

·**strait** [stret] 图 1《常作 ~s, 作單數》海峽。2《常作~s》困境，窘境：in dire ~*s* 陷入極窘迫的困境。—形《古》1 狹窄的，狹隘的；侷促的，緊縮的。2 嚴格的。~·**ly** 副

strait·en ['stretn̩] 動 及 1《通常用被動》使窘迫，使困苦，使貧困：in very ~*ed* circumstances (通常指原非如此的人)陷於非常窮困的境地。2 限制。

strait·jack·et ['stret,dʒækɪt] 图 1 (給瘋子、囚犯穿的)緊身衣。2 拘束行動的事物；約束，束縛。—動 及穿上緊身衣；約束，束縛住。

strait-laced, straight- ['stret'lest] 形 1 非常嚴格的，古板的。2《古》用帶子繫緊的；穿著束緊衣服的。

strake [strek] 图 1〖海〗列板。2 輪鐵。

stra·mo·ni·um [strə'monɪəm] 图〖植〗曼陀羅；曼陀羅的乾葉子。

·**strand**[1] [strænd] 動 及 1 使擱淺：a ~*ed* ship 一艘擱淺的船。2《通常用被動》使陷入無助的困境：be ~*ed* penniless in a strange city 在異鄉陷入身無分文、動彈不得的困境。3〖棒球〗使殘留在壘上。—不及 1 擱淺。2《通常用過去分詞》陷入無助的困境。—图〖詩〗岸，灘，濱；《**the S-**》(英國 London 的)濱江街。

strand[2] [strænd] 图 1 一股，一絞：a three-*strand* rope 一條三股的繩子。2 絞合線。3 纖維。4 要素，組成部分；(話語等的)脈絡。5 (頭髮的)一束，一綹，一縷；(珍珠等的)一串：a ~ of beads 一串珠子。—動 及 1 搓，絞，絞合。2 弄斷一股。~·**less** 形

strand·ed ['strædɪd] 形《通常作複合詞》由數股絞合而成的。~·**ness** 图

:**strange** [strendʒ] 形 (**strang·er, strang·est**) 1 奇怪的，異常的，奇特的；不可思議的；怪異的，古怪的：a ~ result 奇怪的結果 / ~ garments 奇裝異服 / a ~ answer 奇怪的答覆 / ~ as it may sound 聽起來或許很奇怪。2 (因爲處身於陌生的環境等)感到奇怪。3 前所未知的，陌生的，不熟悉的：~ voices 陌生的說話聲 / ~ customs 陌生的習俗。4 陌生的，不熟悉的，不習慣的，生疏的，沒有經驗的《*to...*》。5 表現得怪怪的；像陌生人般的，冷淡的：make oneself ~ 表現得有如陌生人，擺出疏遠的態度。6 異種的，外來的；《古》

S

外國的，異鄉的；異鄉的：～ rituals 異族的儀式 / ～ lands 外國。

feel strange (1)感到不對勁，身體不適，頭昏眼花。(2)⇨形 2.

strange to say 《常置於句首》不可思議 說來奇怪。

—副（亦稱 **strangely**）《常用作複合詞》奇怪地，古怪地。

·strange·ly ['strendʒlɪ] 副 奇怪地，古怪地；不可思議地。

strange·ness ['strendʒnɪs] 名 U 1 奇怪，奇異。2〖理〗（粒子的）奇異性。

:stran·ger ['strendʒɚ] 名 1 陌生人，不認識的人：make a ～ of a person 把某人當陌生人看待，冷淡地對待某人。2 異鄉人，對某地不熟的人，新來者：a ～ in town 剛來到城裡的人。3 外人；外來者；訪客。4《文》一無所知的人，外行的人，門外漢《*to...*》；〖法〗第三者，非當事人。

stran·gle ['stræŋgl] 動 及 1 勒死，絞死，扼死；使窒息（而死）。2 緊緊勒住。3 壓制，箝制，扼殺；壓下；忍住，壓抑住：～ a scream 抑制住叫喊聲。—不及 被勒死；窒息。

stran·gle·hold ['stræŋgl,hold] 名 1〖角力〗勒頸。2 阻撓，壓制，束縛。

stran·gu·late ['stræŋgjə,let] 動 及 1〖病理·外科〗使絞縮。2 勒死，扼殺。—不及〖病理〗絞縮。**-'la·tion** 名 U 勒死，絞縊，扼殺；〖病理〗絞扼，絞窄，絞縮。

·strap [stræp] 名 1 帶子，皮帶子；鞭子；《the ～》鞭打，責打：tie a ～ around the luggage 在旅行箱上綁上皮帶。2（電車等的）拉環；（鞋子的）搭扣帶。3 磨刀皮帶，革砥。4 = shoulder strap. 5〖機〗墊鐵。6〖海·機〗= strop 2. 7 = watchband. 8〖植〗葉舌；舌形小花。—動 (**strapped**, **～·ping**) 及 1 用帶子綁住《*up, down, in / in, into...*》。2 鞭打，責打。3 用磨刀皮磨。4《英》《常用被動》用繃帶包紮（《美》tape）《*up*》。

strap·hang·er ['stræp,hæŋɚ] 名《口》（公車等的）拉著吊環站著的乘客；搭乘公車、火車的通勤者。～**·ing** 名

strap·less ['stræplɪs] 形 沒有帶子的；（婦女服裝等）沒有肩帶的，無帶（式）的。

strap·pa·do [strə'pedo] 名 (複 ～**·es**) U C〖史〗吊墜刑；C 施行吊墜刑的刑具。

strapped [stræpt] 形 用帶子綁住的；《口》貧乏的；貧窮的，一文不名的。

strap·per ['stræpɚ] 名 1 使用帶子的人；捆紮機。2 身材魁梧者；極健壯的人。

strap·ping[1] ['stræpɪŋ] 形 1 身材魁梧的，高頭大馬的；極健壯的。2《口》非常大的，巨大的。

strap·ping[2] ['stræpɪŋ] 名 1 U C 鞭打。2 U《集合名詞》皮帶；製皮帶的材料。

strat·a·gem ['strætədʒəm] 名 戰略；計略，策略。

stra·te·gic [strə'tidʒɪk] 形 1 戰略（上）的；策略（上）的；（戰略上）重要的：～ withdrawal 戰略性撤退 / a ～ point 戰略據點。2〖軍〗戰略性的，作戰所不可或缺的：～ weapons 戰略武器。

'strategic al,liance 名 策略聯盟：企業透過合作的方式以獲取競爭優勢的行為。

stra·te·gics [strə'tidʒɪks] 名 (複)《作單數》= strategy 1.

strat·e·gist ['strætədʒɪst] 名 戰略家，兵法家；策略家。

strat·e·gy ['strætədʒɪ] 名 (複 **-gies**) 1 U 兵法，戰略學。2 U C 戰略。3 U C 策略，計略。

Strat·ford-on-A·von ['strætfɚdɑn'evən] 名 史特拉福：英格蘭中部的一小鎮，為莎士比亞的出生地及埋葬處。

Strath·clyde [,stræθ'klaɪd] 名 斯特拉斯克來德：蘇格蘭西部的行政區，行政中心為 Glasgow。

strat·i·fi·ca·tion [,strætəfə'keʃən] 名 U C 1 形成層，層化；層狀結構。2〖社〗階層化；階級系統；〖地質〗分層作用；層理；地層；〖植〗（種子的）砂藏；〖語言〗分層；層次。

strat·i·fy ['strætə,faɪ] 動 (**-fied**, ～**·ing**) 及 1 使分層。2〖社〗使階級化。3 將（種子）砂藏。—不及 成層，分層；〖社〗階級化，階層化。

stra·toc·ra·cy [strə'tɑkrəsɪ] 名 (複 **-cies**) U C 軍人政治；軍政府，軍人專政政體。

strat·o·cruis·er ['strætə,kruzɚ] 名 同溫層飛機。

stra·to·cu·mu·lus [,streto'kjumjələs] 名 (複 **-li** [-aɪ])〖氣象〗層積雲。

strat·o·sphere ['strætə,sfɪr, 'stre-] 名《the ～》1 平流層，同溫層。2 最上層，最高層級。**-spher·ic** [-'sfɛr-ɪk] 形

stra·tum ['stretəm, 'stræ-] 名 (複 **-ta** [-tə], ～**s**) 1 層；層次；〖地質〗地層：the ～ of loam 沃土層 / in *strata* 一層一層地。2〖生·生態〗（組織的）層；（群落的）層，層聚。3〖社〗階層：belong to a higher social ～ 屬於上流階層。4〖語言〗層（層次語法中語言結構的區分）。

-tous 形 由許多層所組成的，一層層的。

stra·tus ['stretəs] 名 (複 **-ti** [-taɪ])〖氣象〗層雲。

Strauss [straus] 名 **Johann**，（小）史特勞斯（1825–99）：奧地利指揮家兼作曲家，作有『藍色多瑙河』圓舞曲。

Stra·vin·sky [strə'vɪnskɪ] 名 **Igor**, 史特拉汶斯基（1882 –1971）：美國作曲家，出生於俄國，以『春之祭』芭蕾舞曲等而聞名。

:straw [strɔ] 名 1 一根稻草，一根麥稈；U《集合名詞》稻草，麥稈：draw ～*s* 抽籤 / a basket of ～ 一個草編籃子 / a house thatched with ～ 稻草屋頂的房子 / with a ～

S

in one's mouth 嘴裡叼著一根稻草。2《否定句》不值得的事物；一點點，極少量：*not* worth a ～一文不值。3 吸管。4 用稻草做成的東西；草帽。

a man of straw ⇨ STRAW MAN

a straw in the wind / a straw that shows how the wind blows 風向指標，（事情發展的）指標，跡象；徵兆；一葉知秋，見微知著。

clutch at a straws（在危難中）抓住任何微小渺茫的機會，抓住靠不住的東西。

make bricks without straw ⇨ BRICK 名（片語）

split straws ⇨ SPLIT 動（片語）

the last straw / the straw that breaks the camel's back 壓垮駱駝背脊的最後一根稻草；使人再也無法忍受的最後一擊，最終導致崩潰的一擊。

throw straws against the wind 螳臂擋車。

—形 1 稻草的；稻草做的。2 稻草色的，淡黃色的。3 無價值的，無用的。4 假的，偽的。

·**straw·ber·ry** ['strɔ,bɛrɪ, -bərɪ] 名（複 **-ries**）1 Ⓒ Ⓤ 草莓；草莓果實。2 Ⓤ 草莓色，深紅色。

'**strawberry ˌleaves** 名《the ～》公爵、侯爵、伯爵的爵位[身分]。

'**strawberry ˌmark** 名 草莓狀斑。

straw·board ['strɔ,bord, -,bɔrd] 名 Ⓤ 馬糞紙，紙板。

'**straw ˌcolor** 名 Ⓤ 稻草色，淡黃色。

straw-col·ored 形

'**straw ˌman** 名 1 稻草人。2 充當擋箭牌的人，充作掩護的人，遮人耳目的傀儡；替人作偽證的人。3 無足輕重的人；個性軟弱的人；沒有什麼財力的人。4 假想敵；很容易駁倒的相反論點，不堪一擊的假想對手（亦稱 **man of straw**）。

'**straw ˌvote [ˌpoll]** 名《美》（用以測試民意的）非正式投票，假投票。

straw·y ['strɔɪ] 形（**straw·i·er, straw·i·est**）1 稻草的，麥稈的；稻草般的。2 稻草做的；稻草屋頂的。

S

·**stray** [stre] 動 不及 1 迷途；走離，偏離；走脫，走失《*off, away / from...*》；迷失《*into...*》；漫無目標地走來走去，遊蕩，漂泊《*about...*》：～ *from* the street 偏離了街道 / ～ *from* one's companions 與同伴走失了 / ～ *off into* the woods 迷失在森林中。2 無意識地動。

—名 1 走失了的家畜；離群者，迷路的孩子；流浪者，無家可歸的小孩；野狗，野貓。2《～s》〖無線〗天電；〖電子〗雜散電容量。—形《限定用法》1 迷路的，走失的；離群的；失散的。2 零散的，零落的；偶爾發生的。

·**streak** [strik] 名 1 條，線，條紋；閃電，光線：～*s* of dirt 一抹灰塵 / like a ～ (of lightning) 閃電一般地，極迅速地。2（脂肪等的）層；條痕。3《通常作 **a** ～》氣質，性情；些微，少許《*of* ～》：*a* nervous ～ 有點神經質。4 一段期間，一陣：have a ～ of good luck 有一陣子幸運。5〖菌〗劃線。6《口》裸奔（的行為）。

—動 及 1《常用被動》劃條紋《*with...*》。2 排列成線狀。—不及 1 形成線。2（閃電等）閃現。3 飛跑，疾馳迅速地工作《*out, off, down*》。4《口》裸奔。

streak·ing ['strikɪŋ] 名 Ⓤ 1 條紋染。2 裸奔。**streak·er** 名 裸奔者。

streak·y ['strikɪ] 形（**streak·i·er, streak·i·est**）1 類似一層層的；有一層層的：～ bacon 肥瘦相間的醃燻肉。2《口》易怒的，易變色的；不一樣的，不均勻的。

:**stream** [strim] 名 1 河；溪，小溪。2 流；水流，海流，潮流，氣流；光線：～*s* of sweat 汗流 / a ～ of sunlight 一道陽光 / row against the ～逆流而划。3 不停的流動，連續，繼續《*of...*》：a ～ *of* curses 一連串的詛咒 / a steady ～ *of* traffic 車水馬龍，絡繹不絕。4《通常作 **the** ～》潮流，動向，趨勢，風潮：*the* ～ of political thought 政治思想的動向 / in *the* ～ 熟悉時勢 / go against *the* ～ of history 與歷史的潮流逆行。5〖教〗《主英》按能力編成的班級。

on stream 在生產中，在作業中。

(the) stream of consciousness (1)〖心〗意識流。(2)〖文〗意識流創作方法。

—動 不及 1 流，流出，流動。2 如流水般繼續地流動，接連不斷地移動，看來如同流水般在動。3 飄動；流水般隨風起伏。—及 1 使流，使流出；澆（於…）《*on ...*》。2 以液體充滿…《*with...*》。3 使飄動，隨風起伏。4《主英》〖教〗按能力分班。

stream·er ['strimɚ] 名 1 流動之物。2 長旗，旗旛；飄帶；狹長的東西；細長的飾帶。3（北極光等的）光芒；《～**s**》北極光。4〖報章〗《美》通欄標題。

stream·flow ['strim,flo] 名（河川的）流速和流水量。

stream·ing ['strimɪŋ] 名 1 Ⓤ 流，流動。2《英》能力分班。

stream·let ['strimlɪt] 名 小河，細流。

stream·line ['strim,laɪn] 名 流線；流線型。—形 = streamlined. —動 及 1 使成流線型。2 使有效率，使合理化；使現代化。

-lin·er 名 流線型交通工具。

stream·lined ['strim,laɪnd] 形 1 流線型的。2 簡化的，有效率的。3 現代化的，新式的。

stream-of-con·scious·ness ['strim əf'kɑnʃəsnɪs] 形 意識流的。

stream·y ['strimɪ] 形（**stream·i·er, stream·i·est**）1 多溪流的。2 成溪流的；流的。

:**street** [strit] 名 1 街道，街：a main ～大街。2 …街，…大街（略作：St.）：live on Main *S*- 住在梅恩街。3 車道：play next to the ～在車道旁邊玩。4 要道；《the S-》《俚》商業、金融等的中心地區。5《美俚》俗世，殘酷的現實社會。6《集合名詞》一條街上的居民，常出入於街道上的人。

down one's street = up one's STREET.

live on the streets 以賣淫為生，成為妓女。

not in the same street with... 《口》與…不能相比，遠不如…那樣好。

on easy street 《口》安樂地，生活優裕。

on the street (1) ⇨名 2. (2) 失業；無家可歸；賦閒，流浪。(3) 被解放。(4) 交易所營業時間外所做的。

streets ahead (of...) 《口》遠比…好得多[進步]。

the man on the street ⇨ MAN（片語）

up one's street 《口》在自己的擅長範圍內。

walk the streets 在街上到處走動，（妓女）為尋找客人而在街上徘徊。

—形 1 街道（上）的；通於街道的。2 外出用的。

'street ˌArab 名流浪兒；無家可歸的孩子。

·street·car ['strit,kɑr] 名《美》市區電車：ride (in) a ～乘市內電車。

'street ˌChristian 名街頭傳教者。

'street ˌcleaner 名清道夫。

'street ˌdoor 名臨街住宅的正門。

'street(-)ˌfighter 名 1 街頭鬥士。2 以富於侵略性或狡猾的手段對付他人的人。 **'street-ˌfight·ing** 名 U 巷戰。

'street ˌgirl 名 = streetwalker.

'street·light ['strit,laɪt] 名《美》路燈（《英》lamp post）。

'street ˌpeople 名 常在附近街上走動的街坊；街友，在街上遊蕩而無固定住所的人們。

'street ˌrailway 名《主美》有軌電車運輸公司。

'street·scape ['strit,skep] 名街景（畫）。

'street(-)ˌsmarts 名(複)《美口》對都市生存之道的通曉。 **'street-ˌsmart** 形 = streetwise.

'street 'theater 名街頭劇場。

'street ˌurchin 名流浪街頭的兒童。

'street ˌvalue 名（毒品等）街頭黑市價。

street·walk·er ['strit,wɔkɚ] 名阻街女郎，妓女。

street·wise ['strit,waɪz] 形熟悉市井生活的。

street·work·er ['strit,wɝkɚ] 名《美·加》街頭輔導員。

:strength [strɛŋθ, strɛŋkθ] 名 1 U 力，力量，力氣；體力：a man of prodigious ～一個力氣大得驚人的男子 / with all one's ～使出全部的力量。2 U 能力；心力；意志力，毅力：the ～ of his will 他的意志力 / the ～ to face the future 面對未來的勇氣。3 U 勢力，威力。4 U 兵力，戰力；兵員；艦數；人數；規定的人員，員額：be under ～未滿編制人數 / up to ～達到編制人數 / at full ～人員定額的 / in (great) ～人多勢眾；大舉。5 U C（論點等的）效力，說服力；（言行等的）強烈程度；果斷力：on the ～ of his word 憑藉他所說的話。6 U 耐力，抗力，強度：the ～ of a current 潮流的強度 / test the ～ of a rope 測試繩纜的強度。7 U（酒等的）強度，效力；（茶等的）濃度，強度：liquor of surprising ～烈得驚人的酒。8 U C 長處；力量的泉源，憑藉，依恃。9 U（價格等的）堅挺走勢。

on the strength 列入編制。

on the strength of... 基於…，根據…，依據…，憑著…，靠著…。

·strength·en ['strɛŋθən, 'strɛŋkθən] 動 及 1 強化，增強，加強，鞏固《*up*》：～ a bridge 加固橋樑。2 鼓勵，使振奮。—不及 變強；振奮起來。 ～·**er** 名

stren·u·ous ['strɛnjuəs] 形 1 活潑的，活力充沛的；熱誠的；激烈的，耗費體力的：a ～ existence 艱苦奮鬥的生活 / a ～ dance 激烈的舞蹈 / engage in ～ activities 從事激烈的活動。2 須用全力應付的，艱難的，辛苦的。

～·**ly** 副，～·**ness** 名

strep·to·coc·cus [,strɛptə'kɑkəs] 名(複 -ci [-saɪ])〖菌〗鏈球菌。

strep·to·my·cin [,strɛptə'maɪsɪn] 名 U〖藥〗鏈黴素。

·stress [strɛs] 名 1 U《偶作 a ～》重要性；強調，著重，注重《*on, upon...*》：lay (*a*) ～ *upon* honesty 注重誠實；強調誠實的重要性。2 U C〖語音〗重讀，重音；重（讀）音節；〖詩〗強音，揚音；〖樂〗強音；拍子。3 U C 壓力；張力。4 U C〖機·理〗應力；內部的抵抗力，內力。5 U C《偶作 a ～》緊張；（事態等的）壓力，緊迫；《常作 a ～》〖生理〗壓迫，壓抑：the ～ of economic hardship 經濟困境的壓力 / ～ diseases 緊張症。

—動 及 1 重讀，把重音放。2 把重點放在；強調。3 施加壓力，使緊張。4〖力〗使受到應力。

stress·ful ['strɛsfəl] 形充滿壓力的，充滿緊張的。 ～·**ly** 副

'stress ˌmark 名〖語音〗重音符號。

:stretch [strɛtʃ] 動 及 1 伸展，伸開，舒展；伸出；《口》使直直地躺下《*out*》：～ one's limbs 伸展手腳；舒展筋骨 / ～ *out* a helping hand 伸出援手。2 拉伸，伸延；張開；繃緊；扭傷：～ a muscle 扭傷肌肉 / ～ the material tight 把布料拉緊。3 使極度緊張；《反身或被動》使竭盡全力：～ one's nerves 神經繃得緊緊的 / ～ *oneself* to provide an education for one's child 為了提供子女教育而竭盡全力。4 拉長；拉得

太過分；《喻》延長，拖長《out》：～ out the meeting 延長會議。5 過度使用；曲解，勉強解釋；誇張；濫用：～ one's faith 曲解信仰。6 稀釋，摻入以增加其分量《with...》。—不及 1 直直地躺下《out》；伸展手腳，伸懶腰；伸手（去取或抓…）《for...》。2 伸展，擴展，延伸《to, toward, across...》。3（在時間上）長達，延續《over...》；達到。4（可）被拉長，具有伸縮性。5 誇大。

stretch a point ⇨ POINT（片語）

stretch one's legs ⇨ LEG（片語）

—名 1 伸展；伸懶腰；伸縮力。2 牽強附會；誇張；濫用《of...》。3 長度，距離，一段，一塊，一片；範圍，限度；一段連續的時間《of...》。4《口》（選舉等的）最後的階段；〖賽馬〗《美》直線跑道，終點之前的直線跑道。5《俚》徒刑；刑期，坐監期。6 散步。

at full stretch 完全伸展開來；全速地；竭盡全力地。

at a stretch (1) 一口氣地，連續不斷地。(2) 盡量設法地。

bring...to the stretch 使…伸展到最大限度。

on the stretch 處於完全施展狀態。

—形 1 有伸縮性的；用伸縮性質料做成的。2（亦稱 **stretched**）座位區特別加寬的。

·stretch·er ['strɛtʃɚ] 名 1 擔架。2 伸展東西的人[物]；拉伸工具，拉伸機，伸延器；用於撐大的器具，撐具；繫撐材料。

stretch·er-bear·er ['strɛtʃɚ,bɛrɚ] 名 擔架兵；擔架夫。

'stretch ,marks 名(複)擴張紋，妊娠紋。

stretch·y ['strɛtʃɪ] 形 (**stretch·i·er, stretch·i·est**) 1 易於伸展的；有伸縮性的。2（豬）長身的。

strew [stru] 動 (～**ed, strewn** 或～**ed,** ～**·ing**)及 1 散播《about, around / on, over, around...》；使散布著《with...》。2 散布：～ rumors among the students 在學生中散播謠言。～**·er** 名

stri·a ['straɪə] 名 (複 **-ae** [-i]) 1 窄溝，細槽，條紋。2〖地質〗線條，槽。

stri·ate ['straɪet] 動及加細槽，加條紋。—['straɪɪt, 'straɪet] 形 = striated.

stri·at·ed ['straɪetɪd] 形有窄溝的，有條紋的。

stri·a·tion [straɪ'eʃən] 名 1 Ⓤ 有條紋的狀態。2 平行的線條中的一條。

·strick·en ['strɪkən] 動 **strike** 的過去分詞。—形 1〖詩〗被擊中的，受傷的。2《常作複合詞》被侵襲的，受苦《with...》；煩惱的，被摧殘的，似痛苦的。～**·ly** 副

strick·le ['strɪkl] 名 斗刮，斗板：弄平斗面的穀物時所用的木棒或木片。

·strict [strɪkt] 形 1 嚴厲的，嚴格的，嚴重的；被嚴厲強迫的：～ laws 嚴格的法律 / ～ silence 緊張的沉默 / be ～ with a person 對某人嚴格 / be ～ on punctuality 嚴守時間。2 正確的，嚴密的；很謹慎的，周密的：a ～ interpretation of the law 對法律的嚴謹解釋 / in the ～ sense of the word 嚴格來說。3 完全的，全然的，絕對的：live in ～ seclusion 完全與世隔離生活。4〖植〗直立性的。

～**·ness** 名

·strict·ly ['strɪktlɪ] 副嚴密地；正確地；嚴重的，嚴厲地；完全地：～ speaking 嚴格來講。

stric·ture ['strɪktʃɚ] 名 1《通常作～**s**》批評，責難，酷評《on, upon...》：pass ～*s on*... 對…加以責難。2（食道等的）狹窄（病）。3 限制，拘束。

·stride [straɪd] 動 (**strode, strid·den** ['strɪdn̩], **strid·ing**) 不及 1 大步行走《along》。2 跨過《across, over...》：～ *over a* narrow creek 跨越狹窄小溪。—及 1 大步行走。2 跨，跨過。3 跨坐。—名 1 大步的步伐，闊步。2 大步，一跨的距離；（馬等的）一步；步幅。3 正常的進行。4《通常作～**s**》進步，發展。

hit** one's **stride 進入常軌，上軌道。

take...in** one's **stride 冷靜地應付。

'strid·er 名, **'strid·ing·ly** 副

stri·dent ['straɪdn̩t] 形不愉快的，刺耳的，發輾軋聲的。**-den·cy** 名

strid·u·late ['strɪdʒə,let] 動 不及 發尖銳聲，尖聲鳴叫。

strid·u·la·tion [,strɪdʒə'leʃən] 名 Ⓤ（昆蟲的）鳴聲；尖銳的聲音；摩擦聲。

·strife [straɪf] 名 Ⓤ 1 不和，反目，敵對；爭論；鬥爭；衝突；競爭：political ～ 政治鬥爭 / be at ～ 在爭論，不和。2《古》奮鬥，奮勵。

:strike [straɪk] 動 (**struck, struck** 或 **strick·en, strik·ing**) 及 1 打，敲，擊；打成：～ a person down 打倒某人 / ～ the ball with the bat 用球棒打球。2 給予（打擊等）；攻擊：～ a person a heavy blow 給某人重重的一擊。3 刺進《in, into, with...》：～ a knife *into* a person's breast 把小刀刺進某人的胸膛 / ～ a person *with* a dagger 以短刀刺某人。4 擦出（火花等）；劃（火柴）。5 碰上，撞上；落於；照射；重擊：～ two sticks together 以兩根棍子相擊。6 達到，觸及；捕捉。7 湧現，使想起。8 打動，給予強烈印象；使以為：～ a person's fancy 使某人喜歡。9 偶然走到；邂逅；忽然找到；挖掘到；遇到；抵達：～ gold 挖到金礦 / ～ a number of difficulties 碰到很多難題。10 紮（根）；使根伸展：～ root(s) 紮根 / ～ a cutting 使插枝生根。11 達成；商定，締結：～ a treaty 締結條約。12 取下；拆卸，拆毀。13〖海〗降下，撤下；卸下船艙。14〖釣〗使上鉤；咬上；打入魚叉。15 使平滑《out》；（用斗刮）刮平。16 擦掉，刪除，勾銷《off, out》。

S

17 鑄造，打製。18 砍下，割斷《away, off》。19 敲響報（時）。20 侵襲，打倒《down》；《常用被動》壓倒使痛苦《with...》: be *struck with* surprise 大吃一驚。21 使突然成爲: be*struck* speechless 突然趨於沉默。22 灌輸，使發生《into, to...》。23 很快滲透《to, into...》。24（以樂器）彈奏: ～ anote on a piano 用鋼琴彈出某音。25 採取姿態，進入（狀態）: ～ a serious pose 裝出嚴肅的樣子 / ～ a gallop（馬）突然飛奔。26 結算，清帳；提出，算出。27 停止，中止；拒絕工作，罷工。28《被動》《俚》熱中（於…）《on...》。─不及 1 打，毆打；攻擊；進攻《out / at...》；搏動: *S-* while the iron is hot.《諺》打鐵趁熱。2 撞上；觸礁《against, on, upon...》。3 照射，碰上《on, upon...》；通過，滲透。4 觸及，賦予印象。5 忽然想起，偶然遇見《on, upon...》。6（鐘、錶）鳴；（時刻）敲響；（時候）到來。7 燃火，發火。8 划水。9 演奏音樂。10 紮根；發芽。11（往…）去，（朝…）前進《out / for, toward...》。12 罷工《for, against...》。13 降旗；揚起投降的白旗。14 啣餌，上鉤；（毒蛇）咬住。

strike a happy medium 巧妙地採取中庸之道。

strike a line 找到門路。

strike home (1) 有效的一擊，擊中要害。(2)（一擊）有效；觸及要點；使感銘《to ...》。

strike in (1) 突然插嘴，突然介入；打攪。(2) 侵襲內臟。

strike it rich《美口》(1) 挖到豐富的礦脈。(2) 發意外之財。

Strike me dead if ... 如果…我的頭可以給你，絕對不會…。

strike...off / strike off... (1) ⇨動 及 16. (2) ⇨動 及 18. (3) 印刷。(4) 吊銷資格。(5) 立刻作；明確地畫出。

strike oil ⇨ OIL（片語）

strike out (1) ⇨動 不及 11. (2)〖棒球〗三振。(3) 游泳起來《for...》。(4) 打出直拳；猛烈打過去《at...》。(5) 失敗。

strike... out / strike out... (1) ⇨動 及 16. (2)〖棒球〗三振。(3) 作出，想出，創始。

strike...through / strike through... 劃線刪掉。

strike up 開始演奏；開始唱歌，開始唱（歌）《with...》。

strike...up / strike up... (1) 開始唱[奏]。(2) 使開始演奏。(3) 開始（結交等）《with ...》。

─名 1 打，打擊，毆打；刺；攻擊，轟炸。2 罷工。3〖棒球〗好球；〖保齡球〗首球全倒。4《主美口》（礦藏等的）發現；大賺；意外的成功[幸運]。

have two strikes against one《美口》處於不利的地位。

strike of day《文》黎明。

strike·bound ['straɪk,baund] 形 因罷工而被封閉的。

strike·break·er ['straɪk,brekɚ] 名 破壞罷工者（《英》blackleg）。

strike·break·ing ['straɪk,brekɪŋ] 名 U 破壞罷工（行爲）。

strike-out ['straɪk,aut] 名〖棒球〗三振。

strike·o·ver ['straɪk,ovɚ] 名 打字時的重複打（錯誤字未擦即再打上）。

'strike ,pay 名 U《英》罷工津貼。

strik·er ['straɪkɚ] 名 1 打擊者[物]。2 罷工參加者。3（鐘的）打器；（槍的）撞針。4〖美陸軍〗勤務兵，值勤（兵）。5 用魚叉刺魚的人；射手；〖捕鯨〗魚叉。6（足球的）前鋒。

'strike ,zone 名《the ～》〖棒球〗（投手所投之球的）好球區。

·strik·ing ['straɪkɪŋ] 形 1 打擊的；敲時刻的；可攻擊目標的: within ～ distance 在有效攻擊範圍內；極近的。2 引人注意的，令人印象深刻的；顯眼的，顯著的。3 罷工中的。～·**ly** 副

Strine [straɪn] 名 U《俚》澳洲英語。

:string [strɪŋ] 名 1 U C 帶，線；細繩；帶狀之物；《～s》操縱木偶的線: a ball of ～ 一團線。2 項鍊；（以線連接的）一串《of...》: a ～ *of* beads 一串小珠。3 一連，一排；一隊，群；同系列《of...》: a ～ *of* buses 成排的公車 / a ～ *of* falsehoods 一連串的謊言。4 上好的弦；《the ～s》《集合名詞》弦樂器（演奏者）: a ～ orchestra 弦樂隊 / touch *the* ～*s* 演奏樂器 / touch a ～ in a person's heart《喻》動人心弦。5（弓的）弦；（球拍的）網。6（豆莢等的）筋，（植物的）纖維。7（亦稱 **stringer**）〖建〗水平凸線層。8〖撞球〗爲決定初球所做的撞球。9 運動競賽者等之組，級。10《通常作～s》《美口》附帶條件。11 手段，方策；權宜之計: a second ～ to one's bow 別的方法，第二手準備 / pull every ～ 使出各種手段，竭盡所能。12《美俚》欺騙，謊言；《美口》惡作劇。13〖電腦·語言〗記號行列。

by the string rather than the bow《口》直截了當地。

harp on one string 反覆談著同一個話題，老調重彈。

have a person on a string《俚》隨心所欲地操縱。

have two strings to one's bow 備有兩手，留了後路；多才多藝。

on the string《俚》任人操縱。

pull (the) strings《口》暗中策動；利用他人力量達成目的。

─動 (**strung, strung** 或《罕》～**ed**, ～·**ing**) 及 1 連接線，上弦；穿線；拉直，伸展。2 上新弦《out》。3 用線吊起來《up》；用線捆紮。4 排成一列《out》；《被動》魚貫而進。5 調整緊度；栓緊弦以

S

調音。6 除去…的筋。7《常用被動》使緊張《 *up* 》。8《口》吊死，處以絞刑《 *up* 》。9《美俚》欺騙。
—不及 1 成一串列，排成一長列；魚貫地行進。2 拉長成絲；成線。3〖撞球〗以撞球來決定順序。
string along《俚》(1) 跟隨《 *with...* 》。(2) 贊同《 *with...* 》。
string...along / *string along...* (1) 使等候；不理。(2)《口》欺騙。
string out 延伸，排成一列。
string...out / *string out...* (1) 使延伸，使排成一列；吊。(2)《美》(時間上) 拉長，延長。

'string ˌbean 图《美》1 菜豆；豆的莢。2《口》高瘦的人。

string·course ['strɪŋˌkors] 图〖建〗(建築物外壁的) 凸出在外面的水平帶狀裝飾。

stringed [strɪŋd] 形《常作複合詞》有弦的，…弦的：～ instrument 弦樂器。

strin·gen·cy ['strɪndʒənsɪ] 图 U 1 嚴厲，嚴格。2 銀錢短少，銀根緊。3 說服力。

strin·gen·do [strɪn'dʒɛndo] 形 副〖樂〗漸速的[地]。

strin·gent ['strɪndʒənt] 形 1 嚴厲的；嚴格的。2 強制性的；緊急的；銀根緊的。3 具說服力的。

string·er ['strɪŋɚ] 图 1 串線的人[物]；上弦匠。2 橫樑；〖建〗縱樑；〖土木〗縱桁。3 特約記者。4《美》縱檁子；〖鐵路〗枕木。

string·halt ['strɪŋˌhɔlt] 图 U〖獸病理〗跛行症。

'string quar'tet 图弦樂四重奏曲。

'string ˌtie 图短而窄的領帶。

string·y ['strɪŋɪ] 形 (**string·i·er**, **string·i·est**) 1 似線的；以線狀物組成的。2 纖維質的，纖維質多的：～ meat 多筋的肉。3 成絲的，黏質的。4 肌肉發達的，瘦長而體格健壯的。
-i·ness 图

S

·strip¹ [strɪp] 動 (**stripped** 或 **stript**, **～·ping**) 及 1 剝皮；除掉，剝掉《 *off*, *from* ... 》：～ a banana peel *off* 剝香蕉皮 / ～ the bark *from* a tree 剝樹皮。2 剝光衣服；空出；奪去，剝奪，取去《 *of...* 》：～ oneself 脫衣服，裸露 / ～ a man *of* his rights 剝奪某人的權利。3 卸除《 *down* / *of...* 》；《口》爲了增加車速拆去不必要的裝備。4 自枝上摘下；去莖。5〖機〗磨掉螺紋。6 把 (鑄塊) 卸下模型。7〖織〗脫色；漂白。—不及 1 脫去衣服，裸露《 *off* 》。2 表演脫衣舞。3 剝，削，摘取。
strip down 脫衣服。
strip...down / *strip down...* (1)《反身》脫衣服。(2)(用溶劑) 剝落。

·strip² [strɪp] 图 1 狹條，帶狀物《 *of...* 》：a ～ *of* leather 狹長的皮革。2 連環漫畫。3〖空〗= airstrip. 4《偶作 **S-**》街道，大街；(連接郊外的) 主要街道。5《口》(足球選手等穿的) 制服。
tear a strip off a person《俚》嚴厲責罵，非難。

'strip 'artist 图脫衣舞孃。

'strip car'toon 图《英》= comic strip.

'strip ˌcity 图《美》(連接幾個都市的) 帶狀城市。

·stripe¹ [straɪp] 图 1 斑紋，條紋；有條紋的紡織品，條紋料：a blue shirt with white ～*s* 藍底白條紋的襯衫。2《 **～s** 》以細條組合的肩章：get one's ～*s* 升級。3《美》型，種類：artists of every ～ 各式各樣的藝術家。—動 及以條紋裝飾；加條紋。

stripe² [straɪp] 图一記鞭打；鞭痕。

striped [straɪpt] 形有條紋的。

'strip ˌlighting 图 U 管狀日光燈照明法。

strip·ling ['strɪplɪŋ] 图年輕人，小夥子。

'strip ˌmining 图 U《美》露天採礦。
'strip ˌmine 图露天採礦山。

strip·per ['strɪpɚ] 图 1 剝除者；削皮器；脫穀機；剝毛梳。2 表演脫衣舞者。

'strip ˌsearch 图 = skin search.
'strip-ˌsearch 動 及

'strip ˌshow 图脫衣舞表演。

stript [strɪpt] 動 **strip¹** 的過去式及過去分詞。

strip·tease ['strɪpˌtiz] 图，動 及 脫衣舞。

strip·y ['straɪpɪ] 形 (**strip·i·er**, **strip·i·est**) 有彩色條紋的。

·strive [straɪv] 動 (**strove**, **striv·en** ['strɪvən], **striv·ing**) 不及 1 努力；賣力，奮鬥《 *for*, *after...* 》；勤勉：～ to be impartial 盡力避免偏袒。2 抗爭，競爭《 *with...* 》；奮戰《 *against...* 》：～ *against* temptation 盡力克服誘惑。
'striv·er 图

strobe [strob] 图〖攝〗《口》1 = strobe light. 2 = stroboscope 2.

'strobe ˌlight 图高速閃光燈。

strob·ile ['strɑbɪl] 图〖植〗毬果。

stro·bo·scope ['strobəˌskop] 图 1 測速閃光器。2〖攝〗閃光燈，高速用照明。

strode [strod] 動 **stride** 的過去式。

·stroke¹ [strok] 图 1 打，打擊；(電的) 一擊：at a ～ 一擊之下，一舉 / with one ～ of the ax 在斧頭的一擊之下。2《通常作 **a** ～》(災難等的) 一擊；(腦溢血等的) 發作《 *of...* 》：*a* fatal ～ 致命的一擊 (腦溢血等)。3 (反覆運動的) 一動；〖機〗同一直線上的來回運動；(活塞等的) 前後往復運動，行程：a ～ of a pendulum 鐘擺的一次擺動。4〖運動〗(網球等的) 一擊；打法：an overhand ～ 由上往下打；上肩投法。5〖泳〗游法；一划；〖划船〗一划；搖法；尾槳 (手)。6 工作 (量)；努力，奮鬥；手腕；功勞；成功。7 一筆，一劃，一雕；一擊；筆畫；(一雕等的）痕跡；運筆，刀法；具有特色的筆法，神來一筆的潤飾。**8**（鐘等的）敲擊；鳴聲，打擊；脈動，脈搏。**9**（運氣的）偶遇，突發：a simple ～ of fate 命運的因緣。**10** 短斜線。

a stroke above... 比…高明。

—動 **(stroked, strok·ing)** 及 **1** 劃線；刪除《*out*》。**2**〖運動〗打（球）。

·stroke² [strok] 動 **(stroked, strok·ing)** 及 **1** 撫摸；撫平皺紋。**2** 撫慰《*down*》。**3**《美》（用奉承話）滿足自尊心。

—名 撫按，撫摸。

'stroke ˌoar 名〖划船〗尾槳；尾槳手。

'stroke ˌplay 名〖高爾夫〗= medal play.

·stroll [strol] 動 不及 **1** 漫步；散步：～ through the park 在公園散步。**2** 到處遊蕩，流浪。—及 蹓躂。—名《常作 **a～**》蹓躂，漫步。

stroll·er ['strolɚ] 名 **1** 漫步者。**2** 流浪者。**3**《美》（摺疊式的）嬰兒車（《英》push chair）。

stroll·ing ['strolɪŋ] 形《限定用法》巡遊的。

stro·ma ['stromə] 名（複～**·ta** [-tə]）**1**〖解〗基質，間質。**2** 菌類的子座。

:strong [strɔŋ] 形（～**·er**, ～**·est**）**1** 強的，有力氣的；體格健壯的；強健的，健康的：a ～ grip 強勁的握力 / the ～*er* sex 男性。**2** 堅強的；堅定的；道德上堅定的：a ～ will 堅強的意志 / a ～ resolve 斷然的決心。**3** 結實的，粗壯的，耐用的；強固的，牢固的：～ materials 堅實的材料 / a ～ foundation 堅強的基礎。**4** 強大的，優勢的；《置於數詞之後》兵力有…的，總數達…的：the placard-waving students —perhaps 10,000 ～ 揮動標語牌的學生總數可能有一萬多人。**5**（潮流等）強的，激烈的：a ～ current 激流。**6** 有才能的，拿手的《*in, at...*》：be ～ *in* English 擅長英語。**7** 有權力的：a ～ supporter 有力的支持者。**8** 有說服力的，有效果的；令人感動的：a ～argument 有力的論據。**9** 響亮的，高的；強烈的：a ～ glare 強烈的光。**10**（財力）強的：a～ economy 強大的經濟力。**11** 熱心的，熱烈的；徹底的；精力旺盛的：a ～ believer in UFOs 確信有幽浮的人。**12**（印象等）清楚的，顯眼的。**13** 濃的；含有酒精的；強的：a ～ cocktail 烈性的雞尾酒。**14**〖商〗行情上漲的，堅挺的。**15**〖文法〗⑴強變化的，不規則變化的。⑵表示格、數、性的語尾有變化的。**16**（詩）強讀的。**17**〖光〗倍率高的，折射力大的。

(as) strong as an ox 極為健壯的。

be strong on... 重視；喜歡。

by a strong arm 憑武力，用暴力，強迫性地。

—副 強勁地，強有力地，激烈地。

be going strong《俚》極為盛行，昌盛，順利進行；情形良好，健康，健壯。

come it strong《俚》激烈地做；誇大說話，誇張。

pitch it strong《英》誇張，說大話。

put it strong 罵得刻薄。

strong-arm ['strɔŋˌɑrm] 形《口》憑武力的，強迫的。—動 及 施用暴力；強奪。

strong·box ['strɔŋˌbɑks] 名 保險櫃，鐵櫃，貴重物品箱。

'strong 'breeze 名〖氣象〗強風。

'strong ˌdrink 名 烈酒。

'strong ˌform 名（發音的）重讀。

'strong 'gale 名〖氣象〗烈風。

strong·head·ed ['strɔŋ'hɛdɪd] 形 頑固的，固執的，倔強的。

strong·heart·ed ['strɔŋ'hɑrtɪd] 形 有勇氣的，勇敢的。

strong·hold ['strɔŋˌhold] 名 **1** 堡壘，要塞；安全的場所。**2** 最後的根據地；大本營。

strong·ish ['strɔŋɪʃ] 形 稍強的，較強的。

'strong 'language 名 Ⓤ《委婉》罵人的話，咒罵。

strong·ly ['strɔŋlɪ] 副 牢固地，堅固地；強勁地，強有力地；堅強地，堅定地；激烈地。

'strong ˌman 名 **1** 大力士。**2** 強人，有影響力的人；獨裁者。

strong-mind·ed ['strɔŋ'maɪndɪd] 形 **1** 意志堅強的；能獨立判斷的。**2**《蔑》主張男女平等的；剛強的。～**·ly** 副, ～**·ness** 名

strong·point ['strɔŋˌpɔɪnt] 名 **1** 優點，長處。**2**〖軍〗防守據點。

strong·room ['strɔŋˌrum] 名 貴重物品保管室，保險庫。

'strong ˌsuit 名 **1**〖牌〗長門花色。**2** 專長，特長。

strong-willed ['strɔŋ'wɪld] 形 意志堅強的，斷然的，頑強的，剛毅的。

stron·ti·um ['strɑnʃɪəm] 名 Ⓤ〖化〗鍶。符號：Sr

strop [strɑp] 名 **1**（磨剃刀用的）皮帶。**2**〖海·機〗支撐滑輪的帶索；索環。

—動 **(stropped, ～·ping)** 及 在皮帶上磨。

～**·per** 名（用皮帶）磨刀的人；磨器。

stro·phe ['strofɪ] 名 **1** 古希臘悲劇歌舞隊從右向左的迴轉舞動；其時所唱的合唱頌歌。**2**（自由詩的）節。

strop·py ['strɑpɪ] 形 **(-pi·er, -pi·est)**《英俚》愛爭吵的，好與人起衝突的。

·strove [strov] 動 **strive** 的過去式。

:struck [strʌk] 動 **strike** 的過去式及過去分詞。—形 因罷工而關閉的，罷工中的。

'struck 'jury 名《美》〖法〗特別選定的陪審團。

struc·tur·al ['strʌktʃərəl] 形 **1** 構造（上）的，結構（上）的；構造物的。**2**〖生〗結構的；形態上的；（岩石等）構造

S

的；〖化〗結構的：～ gene 結構性遺傳因子。3 政治或經濟結構的。～·ly 副

struc·tur·al·ism ['strʌktʃərəlɪzəm] 名 U 1 結構主義。2〖心〗結構心理學；〖語言〗結構語言學。-ist 名 形

'structural lin'guistics 名(複)《作單數》結構語言學（亦稱 **structuralism**）。

·struc·ture ['strʌktʃɚ] 名 1 U 構造，結構；組織，機構；構成，組成：the ～ of a government 政治機構。2 建造物，建築物，構造物；構成的事物，構成物。3 U C 體系。4 U C〖生·化〗結構；〖地質〗構造；（社會）結構。—動 (-tur-ed, -tur-ing) 及 把…加以構造，使系統化。

stru·del ['ʃtrudl, 'strudl] 名 C U 果餡奶酪捲。

:strug·gle ['strʌgl] 動 (-gled, -gling) 不及 1 拚命掙扎；搏鬥《 *against, with...* 》；鬥爭，奮戰：～ like a fish out of water 如同離開水中的魚般地掙扎 / ～ *against* adversity 與逆境搏鬥。2 拚命努力，奮鬥《 *for...* 》：～ *for* selfcontrol 盡力自制 / ～ not to cry 努力不哭出來。3 辛苦地前進；好不容易才達到《 *along, in, up / through ...* 》：～ *along* with little money 過著拮据的艱苦生活。—及 1 拚命掙扎地搬運。2《與 one's way 連用》拚命掙扎地前進，從人群中穿過。—名 1 掙扎，苦鬥；努力，奮鬥。2 搏鬥，奮戰《 *between...* 》；競爭《 *for ...* 》。3 需要非常努力才能達成的目標。

strum [strʌm] 動 (strummed, ～·ming) 及 輕輕地彈奏，用指甲彈，撥。—不及 用指甲彈奏《 *on...* 》。—名 彈奏弦樂器；彈奏弦樂器的聲音。

stru·ma ['strumə] 名 (複-mae [-mi]) 1〖病〗瘰癧；甲狀腺腫。2〖植〗（苔類的）瘤狀突起。

strum·pet ['strʌmpɪt] 名《古》娼妓。

·strung [strʌŋ] 動 string 的過去式及過去分詞。—形 神經緊張的，容易興奮的。

strung out 《美俚》麻醉藥中毒的，有毒癮的；（由於常用麻醉藥而）衰弱的。

S

strut[1] [strʌt] 動 (～·ted, ～·ting) 不及 裝模作樣地走《 *along* 》。—及 1 裝模作樣地走。2 賣弄，誇示。

strut one's stuff 炫耀自己的優點；大肆賣弄。

—名《通常用單數》裝模作樣地走。

strut[2] [strʌt] 名 交叉的支撐物；支柱。—動 (～·ted, ～·ting) 及 用支柱支撐。

strych·nine ['strɪknɪn, -naɪn] 名 U〖藥〗香木鼈素，馬錢子素。

Stu·art ['stjuɚt] 名 1 斯圖亞特王朝（之王）：曾統治蘇格蘭（1371－1714）及英格蘭（1603－1714）的英國王室。2 = Stewart.

stub [stʌb] 名 1 殘幹，樹樁，殘株；殘片，殘根；（牙齒的）根；短而突出的部分。2（鉛筆等的）殘頭；煙蒂。3 蹄鐵的粗短釘。4 存根；票根。—動 (stubbed, ～·bing) 及 1 使（腳趾）等碰撞（殘株或石頭）。2 去除；掘起；拔除，根除《 *up* 》。3 捻熄《 *out* 》。

stub·ble ['stʌbl] 名 U 1 殘株，殘梗；《集合名詞》殘株（田地）。2 殘株狀之物，鬍渣：a ～ of beard 短鬚。

-bly 形 殘株多的；（鬍子等）短的。

·stub·born ['stʌbɚn] 形 1 頑固的，剛愎的，固執的，乖僻的：a ～ old man 頑固的老人 / (as) ～ as a donkey 像驢般頑固的。2 堅決的，斷然的；頑強的；不屈服的；堅強的：～ opposition 不屈的抵抗。3 難處理的，難應付的；難控制[駕馭]的；難治癒的；堅硬而無法處理的；難以塑成型的。

～·ly 副, ～·ness 名

stub·by ['stʌbɪ] 形 (-bi·er, -bi·est) 1 像殘株的；殘株多的。2 短而粗的，矮胖的。3 短硬稠密的。-bi·ness 名

stuc·co ['stʌko] 名 U 1 灰泥；灰泥粉刷。2 粉刷，灰墁，灰泥裝飾。—動 及 塗以灰泥，粉刷。'stucco-,work 名 U 灰泥裝飾。

·stuck [stʌk] 動 stick[2] 的過去式及過去分詞。—形 1 卡住的；黏住的；被困住的。2 不得不做的。3 迷戀的。

be stuck on... 《英俚》迷戀。

stuck·hold·er ['stʌk,holdɚ] 名 手中持股被套牢者。

stuck-up ['stʌk'ʌp] 形《口》勢利的；傲慢的，自大的。

stud[1] [stʌd] 名 1 飾釘；（區分行車道的）路釘：reflector ～ 車道反光釘。2 按鈕，裝飾用的鈕釦。3〖建〗間柱；《美》自地板到天花板的高度。—動 (～·ded, ～·ding) 及 1 裝飾釘於。2 嵌鑲入《 *with ...* 》。3（規律性的）放置，散布。4 設間柱，用間柱支撐。

stud[2] [stʌd] 名 1 馬群。2 種馬飼養場，馬匹繁殖場。3《主美》種馬。4 繁殖用的雄性動物。5《俚》性慾強的男人。

at [in] stud 繁殖用的。

—形 1 種馬的。2 為繁殖而飼養的。

stud·book ['stʌd,bʊk] 名（馬的）血統簿，血統證明書。

stud·ded ['stʌdɪd] 形 密佈著；點綴著金屬飾片的。

stud·ding ['stʌdɪŋ] 名 U《集合名詞》間柱（建材）。

stud·ding·sail ['stʌdɪŋ,sel] 名〖海〗翼帆，補助帆。

:stu·dent ['stjudn̩t] 名 1 學生，學員；研究生：a ～ at Harvard 哈佛大學學生 / a history ～ 歷史系學生 / an honor ～ 優等生。2 研究者，學者，學究：a great ～ of psychoanalysis 偉大的精神分析學者。3《主英》公費研究生。～,ship 名 U（大）學生身分；C《英》大學獎學金。

'student 'council 名《主美》學生自治會。

'students' 'union 名《英》= student

union.

'student 'teacher 图實習教師，教育實習生。

'student 'union 图《美》1 學生活動中心。2（大學的）學生聯誼會。

stud·horse ['stʌd,hɔrs] 图種馬。

stud·ied ['stʌdɪd] 形 1 故意的，蓄意的，裝模作樣的：a ～ grin 不自然的笑。2 經慎重考慮的，深思熟慮的：a ～ answer 經慎重考慮的回答。～·ly 副，～·ness 图

·stu·di·o ['stjudɪ,o] 图(複～s [-z]) 1 工作室；畫室；雕刻室；攝影室。2（音樂等的）練習室。3 播音室，演播室；錄音室；攝影棚，製片廠；電影公司。

'studio a'partment 图《美》附有廚房及浴室的一間套房。

'studio ˌaudience 图《集合名詞》（廣播或電視）出現在節目中的現場觀眾。

'studio ˌcouch 图沙發床。

stu·di·ous ['stjudɪəs] 形 1 勤勉的，好學的，專心學習的；學問性的：a ～ girl 好學的女孩 / a ～ attitude 勤勉學習的態度。2 不惜辛勞的；熱心的，注意的《 *of*... 》；認真的《 *to* do 》：a child ～ in his efforts *to* catch insects 專心採集昆蟲的孩子。3 慎重的，用心的；刻意的。～·ly 副，～·ness 图

:stud·y ['stʌdɪ] 图(複 **stud·ies**) 1 Ⓤ 讀書，學習：be very fond of ～ 非常喜歡讀書。2 Ⓤ Ⓒ 研究；《常作 **studies** 》研討，研究；學業《 *of, in*... 》：the ～ *of* medicine 醫學研究 / under ～ 在研究中。3 研究對象；研究成果，論著《 *of, on*... 》；（當做論文題目的）研究《 *of*... 》；《 **a** ～ 》值得研究的東西：*studies on* air pollution 空氣污染研究。4 詳細檢討，調查：make a ～ of the cause of the accident 調查該事故的肇因。5 研究範圍，科目，學科：social *studies* 社會學。6《文》勤奮，努力；努力的對象：improve one's French by ～ 努力增進法語能力。7《常作 **a** ～》沉思，默想：fall into *a* brown ～ 陷入沉思中。8 書房，研究室，讀書室。9〖樂〗練習曲；〖美〗習作，練習作，素描，速寫，草稿；〖文〗習作，實驗的作品。10 背誦臺詞的演員：a quick ～ 臺詞背得快的演員。—動(**stud·ied**, ～·**ing**) 及 1 學，學習，研究。2 嚴密地調查，檢討。3 注意觀察，仔細端詳；熟讀，精讀。4 記熟，背誦，練習。5 深思熟慮；想出，想起。—不及 1 用功，唸書，學習，研究《 *for*... 》。2 努力，力圖。3《美》深思熟慮，仔細思考。

study out (1) 想出，擬出。(2) 解決。

study up on... 仔細調查，充分地檢討。

'study ˌgroup 图研討會；研究小組。

'study ˌhall 图《美》1 讀書室，自習教室。2 自習時間。

·stuff [stʌf] 图 Ⓤ 1 物質，成分；材料，素材，原料：a house built of poor ～ 用粗劣建材建造的房子。2（不問種類的）東西，商品；食品；飲料；藥：food ～ 食品 / green ～ 蔬菜類。3《英》紡織品；毛織品，呢絨：a ～ gown（律師所穿的）毛質長服，呢絨長袍。4 財產，所有物，持有物。5 本性，本領；素質，才能，器量。6《口》舉止，做法，言談。7 無價值的東西，無用之物，廢物；無價值的想法，蠢話，無聊話。8《口》作品，演奏，演技。9《口》（自己的）生意，本事，領域。10 大麻，迷幻藥，海洛因。11《 **the** ～》《俚》錢，現金。12〖棒球〗《俚》（投手的）配球；旋球，旋轉球。

and all that stuff 《口》其他等等。

do one's stuff 《口》大顯身手，亮出看家本領；做自己分內的事。

know one's stuff 《俚》精通自己的業務。

—動 及 1 裝塞，裝滿，填塞《 *with*... 》；塞入《 *into, in*... 》；在（枕頭等）中塞進東西。2 阻塞《 *with*... 》；阻住。3（為了製作標本而）剝製。4 填塞作料於《 *with*... 》。5 用食物填飽；餵飽《 *with, on*... 》。6 灌輸《 *with*... 》。7《美》以假的選票投入。8《粗》與（女性）性交。9《俚》（當做不用的東西）收拾掉。10《美》用力扣籃。—不及 飽食；狼吞虎嚥地吃。

stuffed [stʌft] 形 1 填充的，用填充物做成的：a ～ animal 填充的玩具動物 / a ～ fox 剝製的狐狸。2（鼻子）阻塞了的《 *up* 》。

Get stuffed!《英粗》夠了！胡扯！混蛋！

'stuffed 'shirt 图《美口》妄自尊大的人，道貌岸然的人。

stuffed·shirt·ism ['stʌft,ʃɝtɪzəm] 图 Ⓤ 頑固，自命不凡。

stuff·ing ['stʌfɪŋ] 图 Ⓤ 1 填充；填充物。2（填充於雞、鴨等腹中的）作料。3《口》內臟，腸。4（報紙等的）補白資料。

***knock the stuffing out of** a person* 《口》駁得啞口無言，挫敗銳氣；使虛弱。

stuff·y ['stʌfɪ] 形 (**stuff·i·er**, **stuff·i·est**) 1 通風差的，空氣不好的；（鼻子）阻塞了的；沉重的。2 無聊的，無趣味的。3《口》傲慢的；拘泥形式；《主英》保守的，古板的。

-i·ly 副，**-i·ness** 图

stul·ti·fy [stʌltə,faɪ] 動(**-fied**, ～·**ing**) 及 1 使顯得愚蠢，使顯得荒謬可笑。2 使無效，使無價值；〖法〗聲明（某人）精神錯亂不負法律責任。**-fi·'ca·tion** 图

stum [stʌm] 图 Ⓤ 1 未發酵的葡萄汁。2（使促進發酵的）再生葡萄酒。

—動(**stummed**, ～·**ming**) 及（添加未發酵的葡萄汁）促進發酵。

·stum·ble ['stʌmbl] 動 (**-bled**, **-bling**) 不及 1 絆倒《 *on, over*... 》；蹣跚而行《 *along, about* 》：～ *over* a rock 被石頭絆倒 / ～ *along* the road 在路上蹣跚而行 / ～ *about* the dark room 在黑暗的房間中蹣跚而行。2 躊躇，遲疑；結結巴巴地說話，停頓不順《 *at, over*... 》：～ *over* a word 結結巴巴地念一個字。3《文》失敗，失足；犯錯。4 偶

S

然遇見《on, upon, across...》；偶然進入《in, into...》：～ across a rare book in a used book shop 在舊書店偶然發現一本珍貴好書。—圖《古》1使絆倒，使失足；使蹣跚。2 使躊躇不決，使困惑。—图 1 跌倒，蹣跚。2 失敗，過失；道德上的錯誤。-bling·ly 副

'stumbling ˌblock 图絆腳石；(進步的)障礙物。

·stump [stʌmp] 图 1(樹的)經砍伐後殘株，殘根；基部，樹樁。2 殘肢；用剩的筆頭；殘燭；殘片：the ～ of a candle 蠟燭頭。3 義肢。4《～s》《口·諧》腳：Stir your ～s！快走！5 笨重的腳步(聲)。6 矮胖的人。7《美》政治演說的講壇；政治演說會：go on the ～ 巡迴作(競選)演說，遊說。8〖板球〗三柱門的一柱，棒柱。9《美口》挑戰。

fool around the stump《口》拖延；旁敲側擊。

put a person to his stump《口》迫使作出最大的努力。

run against a stump《口》遇上困難。

up a stump《口》處境尷尬，窮途末路。

—動及 1 砍成殘幹，使成殘株；《主美》清除殘株。2《美南部·口》意外地碰踢到。3《美口》巡迴作政治演說，作競選演說。4 使困惱，使迷惑，難倒。5《美口》挑戰。6〖板球〗判出局。7 用擦筆弄朦朧。—不及 1 用沉重的腳步走路，不靈活地行走《along, about》。2《美口》遊說，作競選演說；作競選活動。

stump it《俚》(1)一步一步地走。(2)《美口》遊說。

stump up《英俚》勉強付款，支付。

stump...up / stump up... 支付(金錢)。

stump·er ['stʌmpɚ] 图 1 難題，令人困惑的事物。2 伐除殘株的人。3《美口》競選演說家，說客。

'stump ˌorator [ˌspeaker] 图政治演說家。

'stump ˌspeech 图政治演說，競選演說。

stump·y ['stʌmpɪ] 形 (stump·i·er, stump·i·est) 1 似殘株的；多殘株的。2 矮胖的，粗短的。

·stun [stʌn] 動 (stunned, ～·ning)及 1 打昏，使不省人事。2 使嚇呆，使發楞，使目瞪口呆。3 震耳。—图 U C 使驚嚇的事物。

·stung [stʌŋ] 動 **sting** 的過去式及過去分詞。

'stun ˌgun 图鎮暴槍，電擊棒。

stunk [stʌŋk] 動 **stink** 的過去式及過去分詞。

stun·ner ['stʌnɚ] 图 1 使昏暈的人；使驚嚇的人。2《主英口》絕美的人[物]，尤物。

stun·ning ['stʌnɪŋ] 形 1 使人驚嚇的；使困惑的：a ～ announcement 令人大吃一驚的公告。2《口》極好的；極漂亮的；第一流的。～·ly 副

stunt¹ [stʌnt] 動及阻止，妨礙發育，使矮小；阻礙。—图 1 發育不良；生長或發育不良的人，發育不完全的生物。2 U〖植病理〗萎縮病。

stunt² [stʌnt] 图 1 絕技，特技，特技表演：do an acrobatic ～ 做雜技的特技表演 / pull ～s 做特技飛行。2 引人注意的行爲，噱頭，把戲，花招。

pull a stunt(愚蠢地)運用策略。

—動及不及 表演特技，做特技演出。

'stunt ˌdouble 图特技替身演員。

'stunt ˌman 图〖影〗特技演員。

stu·pa ['stupə] 图窣堵波，舍利塔，佛骨塔。

stupe [stjup] 图溫溼布，熱敷布。—動及用溫溼布敷。

stu·pe·fa·cient [ˌstjupə'feʃənt] 形使知覺麻痺的。—图 麻醉劑。

stu·pe·fac·tion [ˌstjupə'fækʃən] 图 U 1 麻痺；麻醉(狀態)，茫然。2 大吃一驚。

stu·pe·fac·tive [ˌstjupə'fæktɪv] 形引起麻痺的，麻痺性的，使失去知覺的。

stu·pe·fy ['stjupəˌfaɪ] 動(-fied, ～·ing)及 1 使失去知覺，使麻痺；使昏沉《with ...》：be *stupefied with* grief 悲傷得昏昏沉沉。2 使大吃一驚，使驚愕：be *stupefied* at winning the lottery 中了樂透彩呆若木雞。～·ing 形，～·ing·ly 副似失去知覺般地，茫然地。

stu·pen·dous [stju'pɛndəs] 形 1 令人吃驚的，驚人的。2 龐大的，巨大的。～·ly 副

:stu·pid ['stjupɪd] 形 1 頭腦遲鈍的，愚笨的；愚蠢的，無常識的。2 無聊的，乏味的：a ～ movie 一部無聊至極的電影。3 茫然的，麻木的《*from...*》；酩酊大醉的《*with...*》：be ～ *with* liquor 喝醉酒而神智不清。4《英方》頑固的，剛愎的，固執的。—图《口》傻瓜，笨蛋。～·ly 副，～·ness 图

stu·pid·i·ty [stju'pɪdətɪ] 图 1 U 愚蠢，愚鈍。2 U C 愚蠢的行爲。

stu·por ['stjupɚ] 图 U C 1 無知覺，知覺麻痺，無感覺狀態。2 昏迷，不省人事；發呆，茫然若失狀態；恍惚。

·stur·dy ['stɝdɪ] 形(-di·er, -di·est) 1 強健的；堅實的；茁壯成長的，耐寒性的：a ～ soldier 強壯的士兵。2 不屈不撓的，勇敢的，堅強的：come up against ～ opposition 對付頑強的抵抗。3 穩固的，堅牢的。

-di·ly 副，-di·ness 图

stur·geon ['stɝdʒən] 图 (複～, ～s) C U 鱘類；鰉鮫，鱘魚。

Sturm und Drang [ˌʃturmʊnt'draŋ] 图《the ～》狂飆運動：18 世紀後半德國以 Goethe, Schiller 爲中心的浪漫主義文學

S

運動。

stut·ter ['stʌtə-] 動 及 不及 結結巴巴；結結巴巴地說；口吃地說；發出一連串重複的聲音。一名口吃。～·er 名口吃者，說話結巴的人。～·ing·ly 副 結結巴巴地。

St. 'Vi·tus's 'dance [-'vaɪtəsɪz-] 名 U 〖病〗舞蹈病。

sty[1] [staɪ] 名(複 **sties**) **1** 豬舍，豬圈。**2** 污穢的場所；不正當的場所；娼寮。

一動 (**stied**, ～·**ing**) 及 不及 飼養於豬舍；住在骯髒場所。

sty[2], **stye** [staɪ] 名 (複 **sties**) 〖眼〗瞼腺炎，麥粒腫。

Styg·i·an ['stɪdʒɪən] 形 **1** (希臘神話之) 冥河的；地獄的。**2** 《文》黑暗的，陰森森的。**3** 具約束力的。

:style [staɪl] 名 **1** 型，樣式，形式；種類：different ～*s* of architecture 各式各樣的建築。**2** 做法，方法；生活方式：an awkward ～ of walking 笨拙的走路方法 / changes in ～*s* of living 生活方式的變化。**3** U 高雅的生活方式，排場：live in grand ～ 過著豪華的生活。**4** U C 樣式，類型，款式，高級的樣式；流行樣式；時髦；作風；品格；氣派風度：in ～ 流行的 / dress in the latest ～ 穿著最新款式的衣服 / go out of ～ 跟不上流行 / have no ～ 沒有風度的，無品格的。**5** U C 文體，措詞；說話的態度，語調；(文藝作品的) 表現方法；格調，風格；(藝術等的) 構成形式，流派；(報紙等的) 印刷樣式，體裁；排版體例：talk in one's usual ～ 以慣常的語調說話 / write in the ～ of Hemingway 用海明威式的文體寫作。**6** 稱呼，頭銜，尊稱：the ～ of President 總統的頭銜。**7** 尖筆；尖筆狀的東西；(日晷儀的) 指針。**8** 曆法。**9** 〖植〗花柱；〖動〗(昆蟲等的) 針，針狀突起。

cramp a person's style ⇨ CRAMP[2] (片語)

in style (1) ⇨ 名 4. (2) 富麗堂皇地。

put on style 《美俚》擺架子，要派頭；妄自尊大。

一動(**styled**, **styl·ing**)及 **1** 叫作；命名，稱呼。**2** 做成特定的型式；設計。**3** 做成特定的體裁；整理…的體裁。

style·book ['staɪl,bʊk] 名 時裝書刊。

'styling 'mousse 名 U 造型泡沫髮膠。

styl·ish ['staɪlɪʃ] 形 流行的，合乎流行的，時髦的，現代風格的；瀟灑的，漂亮的。

～·**ly** 副, ～·**ness** 名

styl·ist ['staɪlɪst] 名 **1** 刻意講究文體的人，文體家；會說話的人，名演說家。**2** (服裝等的) 設計師；花花公子；講究衣著或外表的人。

sty·lis·tic [staɪ'lɪstɪk] 形 文體 (上) 的；文體學的。-**ti·cal·ly** 副

sty·lis·tics [staɪ'lɪstɪks] 名(複)《作單、複數》文體學，風格學。

styl·ize ['staɪlaɪz] 動 及 使合於某種特定風格，使樣式化；使因襲化。

-**i·'za·tion** 名, -**iz·er** 名

sty·lo ['staɪlo] 名 (複 ～**s** [-z]) 《口》= stylograph.

sty·lo·graph ['staɪlə,græf] 名 尖頭型自來水筆。-**'graph·ic** 形 尖頭型自來水筆的；尖筆畫法的。

sty·lus ['staɪləs] 名(複 **-li** [-laɪ], ～·**es**) **1** 尖筆，鐵筆。**2** 唱針；(刻唱片音溝的) 刻畫針。**3** (地震儀等的) 自動記錄針；(日晷儀的) 指針。

sty·mie, -my ['staɪmɪ] 名 (複 **-mies**) **1** 〖高爾夫〗妨礙球。**2** 困難的處境。一動 及 妨礙，使受到挫折。

styp·tic ['stɪptɪk] 形 **1** 收斂性的。**2** 止血性的。一名 收斂劑；止血藥。

sty·rene ['staɪrin] 名 U 〖化〗苯乙烯。

Sty·ro·foam ['staɪrə,fom] 名 U 〖商標名〗泡棉，保麗龍。

Styx [stɪks] 名《the ～》〖希神〗冥河：(as) black as ～ (如地獄般) 黑暗的。

sua·sion ['sweʒən] 名 U 勸告，說服：moral ～ 道義上的勸告。-**sive** 形 勸告性的，有說服力的。

suave [swɑv] 形 **1** 溫柔的，彬彬有禮的，高雅的。**2** 柔和的，舒服的；溫和的。**3** 打光磨滑的，觸感好的。～·**ly** 副

suav·i·ty ['swɑvətɪ, 'swævə-] 名 (複 **-ties**) **1** U 溫和，友善，客氣。**2** 《-**ties**》和藹的態度，溫文爾雅的舉止。

sub [sʌb] 名 **1** = submarine. **2** = substitute. **3** = subeditor. **4** 〖攝〗《口》= substratum 3. **5** 《口》= submarine sandwich. 一動 (**subbed**, ～·**bing**) 不及 代替，代理《*for*...》。一及 **1** = subedit. **2** 〖攝〗《口》在 (底片) 上塗膠質。

sub- 《字首》**1** 表「下」、「下位」、「稍微」、「副」、「下級」、「次要」、「分支」、「亞」、「近」之意。**2** 〖化〗(1) 表「鹼性」、「鹼式」之意。(2) 表「低」、「亞」、「近」之意。

sub. 《縮寫》*sub*scription; *sub*stitute; *sub*urban; *sub*way.

sub·ac·id [sʌb'æsɪd] 形 **1** 有些酸味的，微酸性的。**2** 稍嚴苛的，有點尖刻的，稍帶諷刺意味的。

sub·a·gent [sʌb'edʒənt] 名 副代理人；代理人的代理者。

sub·al·tern [səb'ɔltə-n] 形 **1** 下位的，次位的。**2** 〖英軍〗官階在上尉以下的軍官的；中尉的，少尉的。**3** 〖理則〗特殊的。一名 **1** 地位低下的人，在下位的人。**2** 〖英軍〗中尉，少尉。**3** 〖理則〗特殊命題。

sub·al·ter·nate [sʌb'ɔltə-nɪt] 形 **1** 從屬的，下位的，次要的。**2** 〖植〗近互生的。

sub·ant·arc·tic [,sʌbænt'ɑrktɪk] 形 南極附近的，近南極的。

sub·a·que·ous [sʌb'ekwɪəs, -'ækwɪ-] 形 存在於水中的，適用於水中的。

S

sub·arc·tic [sʌb'ɑrktɪk] 形北極附近的，近北極的。

sub·ar·id [sʌb'ærɪd] 形半乾旱的，稍乾旱的。

sub·as·sem·bly [,sʌbə'sɛmblɪ] 名(複 **-blies**)配件，組件；局部裝配。

sub·at·om [sʌb'ætəm] 名〖化〗次原子。**-a·tom·ic** [-ə'tɑmɪk] 形在原子內部發生的；次原子的。

sub·au·di·tion [,sʌbɔ'dɪʃən] 名Ⓤ對言外之意的領會；Ⓒ言外之意，所意會的事物。

sub·base·ment ['sʌb,besmənt] 名地下第二層。

sub·class ['sʌb,klæs] 名〖生〗亞綱。—動因歸入亞綱之內。

sub·clin·i·cal [sʌb'klɪnɪkl] 形〖醫〗無臨床徵候的，徵狀不顯著的。

sub·com·mit·tee ['sʌbkə,mɪtɪ] 名附屬委員會；小組委員會。

sub·com·pact [,sʌb'kɑmpækt] 名超小型雙門汽車，迷你汽車。—形超小型的；迷你的。

sub·con·scious [sʌb'kɑnʃəs] 形 **1** 下意識的，潛意識的。**2** 半無意識的，意識模糊的。—名《**the** ～》潛意識。
～**·ly** 副, ～**·ness** 名

sub·con·ti·nent [sʌb'kɑntənənt] 名次大陸。**-'nen·tal** 形

sub·con·tract [sʌb'kɑntrækt] 名轉包合同，轉包契約。—[,sʌbkən'trækt] 動因不及訂立轉包契約。

sub·con·trac·tor [,sʌbkən'træktɚ] 名承攬轉包契約的人，轉包商。

sub·cul·ture [sʌb'kʌltʃɚ] 動因〖菌〗作再次培養。—['sʌb,kʌltʃɚ] 名ⓊⒸ **1**〖菌〗再次培養（菌）。**2**〖社會〗次文化，副文化。
-tur·al 形

sub·cu·ta·ne·ous [,sʌbkju'tenɪəs] 形皮下的；施於皮下的；寄生於皮下的。～**·ly** 副

sub·dea·con [,sʌb'dikən] 名（天主教的）副助祭，（正教會的）副輔祭，（新教的）副執事。

sub·deb ['sʌb,dɛb] 名《美口》= subdebutante.

sub·deb·u·tante [sub,dɛbju'tɑnt, sʌb'dɛbjə,tænt] 名《美》**1** 尚未進入社交界的15、16 歲少女。**2** 十幾歲的少女。

sub·di·vide [,sʌbdə'vaɪd] 動因 **1** 進一步分割；再分；分成幾份《*into*...》: ～ the land *into* lots 把土地細分許多塊。**2**《美》區分成住宅地，分讓。—不及再分，細分《*into*...》。

sub·di·vi·sion ['sʌbdə,vɪʒən] 名 **1** Ⓤ再分割，細分。**2** 再分成的一部分；《美》小塊地，分讓地。

sub·dom·i·nant [sʌb'dɑmənənt] 名形〖樂〗次屬音（性的）。

sub·du·al [səb'djuəl] 名Ⓤ征服；懾服；抑制；緩和。

·sub·due [səb'dju] 動(**-dued, -du·ing**)因 **1** 征服；使屈服，鎮壓，制止。**2** 使服從，懾服，使順從：be ～*d* by kindness 受親切感動而順從。**3** 抑制，壓抑。**4** 征服；開墾。**5** 使柔和；放低；緩和，減輕：～ pain 鎮痛 / ～ the glare with sunglasses 以太陽眼鏡緩和刺眼的強光。**-du·a·ble** 形可征服的；能壓抑的；可緩和的。

sub·dued [səb'djud] 形 **1** 柔和的，降低的，緩和的：～ tones 低沉的調子 / a ～ red 柔和的紅色 / in a ～ voice 輕聲細語地。**2** 溫和的，沉靜的。**3** 被（武力）征服的；被鎮壓的。

sub·ed·it [sʌb'ɛdɪt] 動因當助理編輯，擔任副主筆。

sub·ed·i·tor [,sʌb'ɛdɪtɚ] 名 **1** 副主編，副主筆，助理編輯。**2**《英》（報社等的）審稿員。

sub·em·ploy·ment [,sʌbɛm'plɔɪmənt] 名Ⓤ不完全雇用；半失業，就業不足。

sub·en·try ['sʌb,ɛntrɪ] 名(複**-tries**)分項；細目；內條目。

sub·e·qual [,sʌb'ikwəl] 形大致相等的。

sub·fam·i·ly ['sʌb,fæməlɪ] 名(複 **-lies**)〖生〗亞科；〖語言〗亞族。

sub·freez·ing [sʌb'frizɪŋ] 形冰點以下的。

sub·ge·nus [sʌb'dʒinəs] 名(複**-gen·er·a** [-'dʒɛnərə], ～**·es**)〖生〗亞屬。

sub·group ['sʌb,grup] 名 **1** 亞群，次位集團。**2**〖化〗副族；〖數〗子群。

sub·head ['sʌb,hɛd] 名 **1** 小標題，副標題（亦稱 **subheading**）。**2** 副校長。—動因標上小標題。

sub·hu·man [sʌb'hjumən] 形 **1** 低於人類的，不完全是人的。**2** 近似人類的，似人的。

subj. 《縮寫》*subj*ect; *subj*ective(ly); *subj*unctive.

sub·ja·cent [sʌb'dʒesənt] 形 **1** 直接在下面的；在下方的，在下層的。**2** 構成基礎的。**3**〖語言〗下接的。

:sub·ject ['sʌbdʒɪkt] 名 **1** 主題，問題，題目，話題，論題，題材；樂旨：the ～ of the debate 辯論的主題 / on the ～ of... 有關…的。**2** 教育科目，學科，科目：required ～*s* 必修科目。**3**《常作 **a** ～》緣由，原因；根據《*for*...》；對象：the ～ of investigation 調查的對象。**4** 臣下，家臣，被統治者；《通常作**the** ～》《集合名詞》國民，臣民：a British ～ 英國國民。**5**〖文法〗主語，主詞。**6** 在（他人或他物）支配下的人，崇拜者，醉心者。**7** 受檢驗者，患者；解剖用的屍體：a manic-depressive ～ 躁鬱症患者。**8**〖理則〗主辭，主題，主位；〖哲〗主體，主觀，自我；實體。—形 **1** 受支配的，服從的《*to*...》。**2**《敘述用法》易受…的，常遭…的，

易患…的；受控制的，被左右的《to...》。3《敘述用法》須獲得的《to...》。4《作副詞》在…條件下。—[səb'dʒɛkt] 動及 1 支配，征服，使服從《to...》。2 使暴露；提出，呈交，託付《to...》。3《用反身或被動》使遭受《to...》。

'subject ,catalog 名〖圖書館〗分類圖書目錄。

sub·jec·tion [səb'dʒɛkʃən] 名 U 1 受支配，征服，壓制，隸屬。2 支配狀態，服從，屈服，從屬《to...》: ~ *to* a higher authority 服從更高的權力。~·al 形

sub·jec·tive [səb'dʒɛktɪv] 形 1 主觀的；〖哲〗主觀上的: ~ grading 主觀性的評分 / ~ idealism 主觀觀念論。2 個人的；個性的；自我中心的：a ~ opinion 個人的意見。3 特定精神狀態的；可自覺的。4 本來具備著的，本來的。5〖文法〗主語的，主格的，主詞的。~·ly 副

sub·jec·tiv·ism [səb'dʒɛktɪvɪzəm] 名 U主觀主義，主觀論。

sub·jec·tiv·i·ty [,sʌbdʒɛk'tɪvətɪ] 名 1 U 主觀性。2 = subjectivism.

'subject ,matter 名 U 1 內容；主題，題目。2 素材，材料，題材。

sub·join [sʌb'dʒɔɪn] 動及 追加，增補《to...》。~·der 名 附言，附記，添加的東西。

sub ju·di·ce [sʌb'dʒudɪsi] 形〖法〗尚未判決的，審理中的。

sub·ju·gate ['sʌbdʒə,get] 動及 置於支配下，征服；使服從；抑制，克制。
-'ga·tion 名 U 征服；服從；從屬。
-ga·tor 名 征服者。

sub·junc·tion [səb'dʒʌŋkʃən] 名 U (被)追加，增補，附記；C增補之處[物]。

sub·junc·tive [səb'dʒʌŋktɪv] 形〖文法〗假設法的，假設語氣的: the ~ mood 假設語氣。—名 1《the ~》假設法，假設語氣。2 假設語氣中的動詞。~·ly 副

sub·lan·guage ['sʌb,læŋgwɪdʒ] 名 副語言，特殊用語。

sub·lease ['sʌb,lis] 名 轉租，分租。
—[sʌb'lis] 動及 把…轉租出去。

sub·let [sʌb'lɛt] 動 (-let, ~·ting) 及 1 轉租，分租。2 轉包出去。
—['sʌb,lɛt] 名 1 轉租，分租。2 被轉租出去的所有物。

sub·lieu·ten·ant [,sʌblu'tɛnənt] 名《英》海軍中尉。

sub·li·mate ['sʌblə,met] 動及 1〖化〗使昇華。2 使高尚，純化，淨化。3〖心〗使(性衝動等)昇華。—不及 昇華，純化。
—['sʌbləmɪt, -,met] 名〖化〗昇華物；昇汞。
—['sʌbləmɪt, -,met] 形 昇華的；純化的；氣質高貴的；高尚的。-'ma·tion 名

·sub·lime [sə'blaɪm] 形 1 崇高的，莊嚴的，雄偉的，壯大的，令人敬畏的。2 卓越的，超群的，有品味的，高尚的，高雅的。3《口》《偶為諷》再好也沒有的，達到極點的；異常的，極端的。—名《the ~》1 崇高的事物；崇高，高尚，雄偉，壯大。2 最高，極致，頂點，極限。—動 (-limed, -lim·ing) 及 1 使變高尚；使淨化。2〖化〗使昇華。—不及 1〖化〗昇華。2 提高，淨化，純化。
~·ly 副，~·ness 名

sub·lim·i·nal [sʌb'lɪmənl̩] 形〖心〗下意識的，潛意識的。

sub·lim·i·ty [sə'blɪmətɪ] 名 (複-ties) 1 U崇高，莊嚴，雄偉。2《-ties》崇高的人，莊嚴的事物。3 絕頂，極致。

sub·lu·nar·y [sʌb'lunərɪ], **-nar** [-nɚ] 形 月球下的；地(球)上的，人間的。

sub·ma·'chine ,gun [,sʌbmə'ʃin-] 名 衝鋒槍。

sub·mar·gin·al [,sʌb'mɑrdʒɪnl] 形 1〖生〗接近邊緣的。2 限度以下的；未達可獲利益邊緣的。3 不值得耕作的。

·sub·ma·rine ['sʌbmə,rin] 名 1 潛水艇(《口》sub)。2 海底動物[植物]。3 = hero sandwich. —[,sʌbmə'rin] 形 1 在海底的，在海底發生的，在海中生活的。2 潛艇的，用潛艇進行的。

'submarine ,chaser 名 驅逐艦。

sub·ma·rin·er [,sʌbmə'rinɚ] 名 潛艇人員。

'submarine ,sandwich 名《美》= hero sandwich (亦稱《口》sub)。

·sub·merge [səb'mɝdʒ] 動 (-merged, -merg·ing) 及 1 放入水中；沉入水中；淹沒；浸沒。2《通常用被動或反身》《喻》使遮沒；使淹沒《in...》。—不及 潛入水中；被淹沒，沉沒。-mer·gence 名 U 潛水；浸水；沉沒。

sub·merged [səb'mɝdʒd] 形 1 浸水的，淹沒的，沉入水中的。2 隱藏的，未知的。3 貧困的，窮苦的。

sub·merse [səb'mɝs] 動 及 不及 = submerge. -mer·sion 名

sub·mers·i·ble [səb'mɝsəbl] 形 1 能沉入水中的。2 水中用的，潛水型的；能潛航的。—名 能沉入水中之物，潛艇。

sub·mi·cro·scop·ic [sʌb,maɪkrə'skɑpɪk] 形 小到顯微鏡看不到的；極微小的，超微的。

sub·min·i·a·ture [sʌb'mɪnɪətʃɚ] 名 超小型照相機。—形 超小型照相機的；超小型的。

·sub·mis·sion [səb'mɪʃən] 名 1 U服從，屈服，順從，降服《to...》: in ~ *to* the divine will 遵從神的意旨。2 U 順從的言行舉止，恭順，柔順: with all due ~ 必恭必敬地。3 呈遞，提出，提交；所呈遞的事項，提交物，提案: the ~ of a passport for inspection 呈驗護照。4〖法〗(1) U C 提交仲裁；仲裁協議書。(2) 意見，看法。

sub·mis·sive [səb'mɪsɪv] 形 1 服從的，

S

順從的，恭順的，溫順的《to...》：a ～ wife 溫順的妻子 / be ～ to advice 遵從勸告。2 謙恭的，恭順的，柔順的。～·ly 副, ～·ness 名

·sub·mit [səb'mɪt] 動 (～·ted, ～·ting) 及 1 使服從；《反身》使接受，忍受《to...》：～ one's will to the divine will 使自己的意旨服從神的意旨 / ～ oneself to a person's insults 對某人的侮辱逆來順受。2 提出，提交，呈交《to...》：～ a plan to the committee 向委員會提出一項計畫案。3 呈報，提出；提議，主張，認爲。—不及 服從，屈服，順服；忍受；接受，遵從《to...》。

sub·nor·mal [sʌb'nɔrml] 形 低於正常的，常度下的。—名 智力低的人，低能者。-'mal·i·ty 名, ～·ly 副

sub·nu·cle·ar [sʌb'njuklɪɚ] 形〖理〗亞核（子）的，原子核內的粒子的；有關原子核內的現象的。

sub·or·bit·al [sʌb'ɔrbɪtl] 形 衛星不滿軌道一周的；作亞軌道飛行的：a ～ flight 亞軌道飛行。

sub·or·der [sʌb'ɔrdɚ, 'sʌb,ɔrdɚ] 名〖生〗亞目。

·sub·or·di·nate [sə'bɔrdṇɪt] 形 1 下級的；下屬的《to...》；較不重要的，補助的：a ～ position 下位 / ～ officials 下級官員。2 受支配的，從屬的；附隨的《to ...》。3〖文法〗從屬的；從屬連接詞的。—名 1 下級者，部下，屬下，部屬；附隨物。2〖文法〗從屬子句。

—[sə'bɔrdṇ,et] 動 (-nat·ed, -nat·ing) 及 1 使居於下位；當成次要的東西，看得較不重要《to...》。2 使附屬，使服從《to...》。～·ly 副

su'bordinate ˌclause 名〖文法〗從屬子句。

sub·or·di·na·tion [sə,bɔrdṇ'eʃən] 名 U 1 置於下位。2 服從，順從；從屬：in ～ to... 附屬於⋯。3〖文法〗從屬關係。

sub·or·di·na·tion·ism [sə,bɔrdṇ'eʃənɪzəm] 名 U〖神〗三位一體從屬說。

S **sub·or·di·na·tive** [sə'bɔrdṇ,etɪv] 形 1 從屬的。2〖文法〗從屬（子句）的，附屬（子句）的。

sub·or·di·na·tor [sə'bɔrdṇ,etɚ] 名 從屬連接詞。

sub·orn [sə'bɔrn, sʌ-] 動 及 1 賄賂；教唆。2〖法〗教唆做僞證。-or·'na·tion 名 U 賄賂他人犯罪，教唆犯罪；〖法〗教唆僞證罪。

sub·par [səb'pɑr] 形 低於標準的。

sub·plot ['sʌb,plɑt] 名（戲曲等的）次要情節，小情節。

sub·poe·na, sub·pe· [sə'pinə, səb'pinə] 名〖法〗（法院的）傳票。—動 及 以傳票傳喚，發出傳票。

sub·pro·fes·sion·al [,sʌbprə'fɛʃənl] 形 低於專業水準的；輔助專業人士的；爲專業訓練奠定基礎的。—名 形 = paraprofessional.

sub·pro·gram ['sʌb,progræm] 名〖電腦〗次程式。

sub·ro·gate ['sʌbrə,get] 動 及 1 使代理[代替]。2〖大陸法〗使取代（債權人），使代位。

-'ga·tion 名 U 代理，取代；代位（權），債權轉移，權利轉讓。

sub ro·sa [,sʌb'rozə] 副 秘密地，暗中地，私下。

sub·rou·tine ['sʌbru,tin] 名〖電腦〗次程式，小程式。

sub-Sa·har·an [,sʌbsə'hɛrən, -'hɑrən] 形 撒哈拉沙漠以南的。

·sub·scribe [səb'skraɪb] 動 (-scribed, -scrib·ing) 及 1 認捐，承諾捐贈，認繳；資助，捐贈《for, to...》；認購，訂購。2 簽名以示同意；表示贊成。3（在文件等的末端）寫上，簽上，署上《to...》。—不及 1 承諾捐助，認捐；捐助，資助，捐款《to, for...》。2 預約，訂購，訂閱（報紙等）《to, for...》；認購《for...》。3（在書信等上）簽名，署名《to...》。4 簽名表示同意；同意，贊成，支持，認可。

subscribe oneself 署名。

sub·scrib·er [səb'skraɪbɚ] 名 1 簽名者。2 同意者。3 捐贈者，捐助者，出資者。4 訂閱者；認購者；（電話等的）用戶《to ...》：a ～ to a newspaper 報紙的訂戶。

sub·script ['sʌbskrɪpt] 形 寫在下面的。—名〖印〗= inferior 2.

·sub·scrip·tion [səb'skrɪpʃən] 名 1 U 捐贈，認捐，認繳；認購，認股；出資；C 基金，資金；捐款，捐助金，認捐金額。2 U（刊物等的）訂購，訂閱（權）；C 預約金，訂費，訂閱費用《to...》：a ～ to newspaper 訂閱報紙。3《主英》（團體等的）會費。4 簽署；署名，書寫於文件等下面的東西；簽了名的文件。5 U 承諾，同意，認可。

sub'scription ˌbook 名 1 預約登記簿，訂戶名冊；認捐登記簿，捐款簿；認股簿。2 預約出版書。

sub'scription 'television [TV] 名 U《美》收費電視。略作：STV

sub·sec·tion ['sʌb,sɛkʃən, -'--] 名 小區分，細目，小節。

sub·se·quence ['sʌbsɪ,kwɛns, -kwəns] 名 1 U 隨後，其後，後來；接續。2 隨後發生的事情；餘波，結果。

·sub·se·quent ['sʌbsɪkwənt, -,kwɛnt] 形 1（繼⋯）之後的，後來的，其後的，隨後的《to...》：a function ～ to the coronation 加冕典禮之後的儀式 / ～ volumes of the series 一系列書籍的後續卷冊。2 接下去的，接續的，下面的。

sub·se·quent·ly ['sʌbsɪkwəntlɪ, -,kwɛnt-] 副 隨後，後來，之後《to...》。

sub·serve [səb'sɝv] 動 及 促進；有助於，有利於。

sub·ser·vi·ence [səb'sɝvɪəns] 名U 1 曲意順從迎合，卑躬屈節。2 幫助，裨益，補助。3 附屬，從屬。

sub·ser·vi·ent [səb'sɝvɪənt] 形 1 曲意順從的，卑躬屈節的，卑屈的。2 有幫助的，有用的，有裨益的；補助性質的《*to*...》。3 附屬的《*to*...》。～·**ly** 副

·**sub·side** [səb'saɪd] 動(-**sid·ed**, -**sid·ing**) 不及 1 平靜下來；消退，減退；沉默下來。2 下沉，下陷，陷落；退去，下降。3 沉澱，沉於底部。4《通常爲諧》沉入，坐進，躺臥《*into*...》。

sub·sid·ence [səb'saɪdṇs, 'sʌbsədəns] 名 U C 下沉，下陷，陷落；平息，消退；沉澱；C 沉澱物。

sub·sid·i·ar·y [səb'sɪdɪ,ɛrɪ] 形 1 輔助的，補助的，補充的：a ～ source of income 收入的補助來源。2 附屬的，從屬的；次要的：a ～ issue 次要的問題 / ～ crops 副作物。3 依賴補助金的，領取津貼的：～ troops（外國籍的）傭兵。4（公司）子的。—名 1 輔助者；補助物；附屬者；附加物。2 = subsidiary company. 3〖樂〗副主題，從屬主題。

sub'sidiary 'company 名 子公司。

sub·si·dize ['sʌbsə,daɪz] 動 及 1 支給補助金；補貼，資助。2（支付酬金而）獲得援助。3 賄賂，收買。

sub·si·dy ['sʌbsədɪ] 名 (複-**dies**) 1 補助金，獎助金，補貼，津貼；捐助金，贈款。2 財政援助。

·**sub·sist** [səb'sɪst] 動 不及 1 存在；存續，繼續存在；存在於；在於《*in*...》。2 生存，維持生活《*on, by*...》：～ *by* begging 乞食爲生 / ～ *on* rice and vegetables 以米和蔬菜爲生。—及 給…食糧，供養。～·**ing·ly** 副

sub·sist·ence [səb'sɪstəns] 名 U 1 存在，生存；存續。2 供養，維持生活。3 生計，生活；維生手段；生活所需：～ wages 維持生活的最低工資，生存工資。

sub'sistence al,lowance 名 1 生活預支金。2 生活輔助，生活津貼。3 代膳金，餐食費。

sub'sistence ,farming 名U 自給農業，自給式農業。

sub·sist·ent [səb'sɪstənt] 形 1 存在的，現存的；繼續存在的：～ symptoms 存留著的症狀。2 固有的。

sub·soil ['sʌb,sɔɪl] 名U 底土，下層土。—動及 耕底土，深翻。

sub·son·ic [sʌb'sɑnɪk] 形 1 音速以下的，次音速的。2 = infrasonic.

sub·spe·cies [sʌb'spiʃɪz, 'sʌb,spiʃɪz] 名 (複～s)（地理學、生態學上的）亞種。

·**sub·stance** ['sʌbstəns] 名 1 物質；物體；構成要素；材料，質地：a sticky ～ 黏性物質。2 U（思想等的）內容，主旨，旨趣，要義。3 U 實質，實體，內容；〖哲〗實體，本體，本質：an opinion short on ～ 沒有實質內容的意見。4 U 濃度，密度，厚度，堅實性。5 U 財產，資產，財富：a man of ～ 財主，有財產的人。6《*the* ～》大部分，大半《*of*...》。

in substance (1) 實質上，大體上，基本上。(2) 實際上，事實上。

sub·stand·ard [sʌb'stændɚd] 形 1 標準以下的，不合標準的，不合格的。2 非標準語的，不合規範的。

·**sub·stan·tial** [səb'stænʃəl] 形 1 真實的，實在的，實際的。2 堅固的，堅實的，結實的：a ～ house 堅固的房子。3 充分的，相當多的：a ～ salary 相當多的薪水。4 根本的，基本的；本質上的；重大的，重要的；具有實際價值的：two stories in ～ agreement 基本上一致的兩篇故事 / ～ reasons 充實的理由，實質理由。5 有財力的，富裕的；有勢力的：a ～ politician 有勢力的政治家。6 物質的，物質上的。—名《通常作 ～**s**》實質（的東西），實在物；有實際價值的東西。

sub·stan·tial·ly [səb'stænʃəlɪ] 副 1 實質上，大體上；事實上。2 充分地；豐富地；大量地。

sub·stan·ti·ate [səb'stænʃɪ,et] 動 及 1 確實，證明。2 使具體化，實現，鞏固，加強。-**a·tion** 名 U 證實，證明；證據；具體化，實現。

sub·stan·ti·val [,sʌbstən'taɪvl] 形〖文法〗實詞的，實詞性的，名詞性的。

sub·stan·tive ['sʌbstəntɪv] 名 1〖文法〗名詞；《古》作名詞用的詞。2 實詞。—形 1〖文法〗(1) 當名詞用的，名詞性的；實詞的，實詞性的。(2) 表存在的。2 獨立的，獨立存在的。3 實質上的，實質性的；實際的，確實的，實在的；持久的。4 相當多的。5〖法〗實體法的，規定權利與義務的。6 直接染上的。～·**ly** 副

sub·sta·tion ['sʌb,steʃən] 名 分站，分所，分臺；（郵局的）支局；變電所。

·**sub·sti·tute** ['sʌbstə,t(j)ut] 名 1 代替者[人]；替身，替身演員；替補者；代用品；代用食品《*for*...》：poor ～*s for* rubber 橡膠的粗劣代用品。2〖文法〗代用字。—動 (-**tut·ed**, -**tut·ing**) 及 1 以…代替《*for*...》。2 取代，代替。—不及 1 代替，成爲替代者《*for*...》。2〖化〗取代。—形 代替的，作爲替代者的；使用代用品的。-**tut·a·ble** 形

sub·sti·tu·tion [,sʌbstə't(j)uʃən] 名 1 U C 代替，取代，替補；〖數〗代換，代入；〖化〗取代；〖心〗代償（作用）。2 代替者，替代品，代用品。3 U C〖文法〗替代（作用）；替代法；代用語。～·**al**, ～·**ar·y** 形, ～·**al·ly** 副

sub·sti·tu·tive ['sʌbstə,t(j)utɪv] 形 代替的，替補的，代用的；（可以）作爲代替者的；能取代的。～·**ly** 副

sub·strate ['sʌbstret] 名 1 = substratum. 2〖生化〗酶解物，酶作用物；基質，培

S

養基。3〖電子〗(電路的)襯底。

sub·strat·o·sphere [sʌb'strætəsfɪr] 名《the ～》次同溫層,下平流層。

sub·stra·tum [sʌb'stretəm, -'stræt-, '-,--] 名(複 ta [-tə], ～s) 1 基礎,根基:have a ～ of fact 有事實基礎。2 下層,基層,底層:a ～ of sand 砂質基層。3 下層土,底土,心土;〖生〗基層。4〖語言〗底層(語言)。5 實體,本質。

sub·struc·ture [sʌb'strʌktʃɚ, '-,--] 名 1 下部結構,底層建築;地基,路基,基礎(工程)。2(組織的)基層。

sub·sume [səb'sum] 動及 包括;包含《in, into...》;納入(規則、原則內)《under...》。

sub·sur·face [sʌb'sɝfɪs, '-,--] 形表面下的;地(表)下的;水面下的。

sub·sys·tem ['sʌb,sɪstəm, səb'sɪstəm] 名子系統,輔助系統。

sub·ten·ant [sʌb'tɛnənt] 名(房子、土地等的)轉租人,次承租人,分租人。

sub·tend [səb'tɛnd] 動及 1〖幾何〗對向。2〖植〗長在旁邊;包住。

subter-《字首》表「在下面」、「偷偷地」之意的字首。

sub·ter·fuge ['sʌbtɚ,fjudʒ] 名藉口,遁詞,託詞;U欺騙。

sub·ter·ra·ne·an [,sʌbtə'renɪən] 形 1 地下的:a ～ shopping mall 地下商店街 / a ～ cable 地下電纜。2 在看不見的地方的;隱密的,祕密的,隱藏的。—名住在地下的人;在地下工作的人;在地下的東西;地下洞穴;地下室。～·ly 副

sub·text ['sʌb,tɛkst] 名U內在含意。

sub·til·ize ['sʌtl,aɪz, 'sʌbtl̩-] 動及 1 提升,使更加高尚:～ one's tastes 提高自己的品味。2 細加區分,詳加討論;使更加細微;使敏銳。3 使變得淡薄;精製,使純化。—不及 細加區分;詳加討論。-i·'za·tion 名, -iz·er 名

sub·ti·tle ['sʌb,taɪtl] 名 1 副標題,小標題。2《～s》〖電影〗字幕。—動及給…加上副標題;給…加上字幕。

S

·sub·tle ['sʌtl] 形(-tler, -tlest) 1 淡薄的,稀薄的:a ～ odor of perfume 淡淡的香水味。2 細微的,精細的;微妙的;難以捉摸的,神祕的,玄妙的;精妙的:a ～ charm 玄妙的魅力 / ～ irony 精妙的諷刺。3 敏銳的;清晰的:a ～ intelligence 敏銳的智慧 / her ～ brain 她敏銳的頭腦。4 靈巧的,精巧的;巧妙的;高妙的:a ～ diplomat 手腕高妙的外交家。5 狡猾的,狡詐的,陰險的:a ～ design to evade detection 掩人耳目的狡計。6 不知不覺中產生作用的;潛在性的。

～·ness 名, -tly 副

sub·tle·ty ['sʌtl̩tɪ] 名(複 -ties) 1 U淡薄,稀薄。2 U 細微;微妙;難以捉摸的性質;敏銳;細緻縝密,精細;高妙,巧妙;狡猾,陰險:the ～ of human psychology 人類心理學的微妙。3《常作 -ties》細微的差異;細微的事物;微妙的事物,微妙之處:the *subtleties* of his jokes 他的玩笑的微妙之處。

sub·to·pi·a [sʌb'topɪə] 名U C《英》《蔑》(喪失自然美景的)新興住宅區。

sub·top·ic ['sʌb,tapɪk, -'--] 名副主題,小主題。

sub·to·tal [sʌb'totl] 名(會計帳目等的)小計,部分和。—動(～ed, ～·ing 或《英》-talled, -tal·ling) 及求…的小計。

·sub·tract [səb'trækt] 動及扣除;〖數〗減掉,減去《from...》。—不及去除一部分《from...》;做減法。

sub·trac·tion [səb'trækʃən] 名U C減去,減除,扣除;〖數〗減法。

sub·trac·tive [səb'træktɪv] 形 1 減去的,減少的,扣除的。2〖數〗應減去的;有負號的,負的。

sub·tra·hend ['sʌbtrə,hɛnd] 名〖數〗減數。

sub·trop·i·cal [sʌb'trapɪkl] 形亞熱帶的。

sub·trop·ics [sʌb'trapɪks] 名(複)亞熱帶(地區)。

·sub·urb ['sʌbɝb] 名 1 近郊;鄰接都市的住宅區;《the ～s》《集合名詞》郊區:have a house in a New York ～ 在紐約市的市郊有一棟房子。2《～s》邊緣;近處,附近,周圍。

sub·ur·ban [sə'bɝbən] 形近郊的;郊區的,郊外的;住在郊區的;郊區特有的;《蔑》偏狹的,狹隘閉塞的;乏味的:a ～ point of view 偏狹的觀點。—名 1 郊區居民。2《美》旅行車。

sub·ur·ban·ite [sə'bɝbən,aɪt] 名郊區居民。

sub·ur·bi·a [sə'bɝbɪə] 名U《通常爲蔑》1《集合名詞》近郊;郊區;郊區居民;倫敦郊區。2 郊區居民的社交、文化生活;郊區居民的生活方式。

sub·ven·tion [səb'vɛnʃən] 名 1 補助金,津貼。2 救援,(對企業等的財政上的)援助。

sub ver·bo [sʌb'vɝbo]《拉丁語》《表參照的指示》在該字之下,見某字(亦稱 **sub voce**)。略作:s.v.

sub·ver·sion [səb'vɝʃən] 名 1 U顛覆,推翻,破壞;被顛覆,滅亡。2 造成顛覆的因素,滅亡的原因。

sub·ver·sive [səb'vɝsɪv] 形顛覆的,破壞的。—名顛覆分子。～·ly 副

sub·vert [səb'vɝt] 動及 1 顛覆,推翻,破壞,使覆滅。2 使腐敗。～·er 名顛覆者,破壞者。

sub·vo·cal [sʌb'vokl] 形不讀出聲的,默念的。～·ly 副

sub·vo·cal·i·za·tion [,sʌb,vokələ'zeʃən] 名默念。—動及不及不出聲地念。

:sub·way ['sʌb,we] 名 1《美》地下鐵(

路）(《英》underground,《英口》tube)：go downtown on the ～ 坐地鐵到市區 / take the ～ 搭乘地鐵。2《主英》地下道(《美》underpass)；地下路線。

:suc·ceed [sək'sid] 動 不及 1 成功，有成就《*in..., in doing*》；獲得成效：～ *in* (pass*ing*) the examination 考試及格 / ～ *in* overcom*ing* difficulties 順利克服困難。2 成功，發跡，出人頭地：～ in life 發跡。3 繼承，繼任《*to...*》：～ *to* the throne 繼承王位。4 繼續，接續發生。—及 繼續，繼…之後；繼承，代替。

suc·ceed·ing [sək'sidɪŋ] 形 繼起的，其次的，隨後的。～**·ly** 副

:suc·cess [sək'sɛs] 名 1 Ⓤ 成功，成就，順利：a resounding ～ 轟動的成功。2 Ⓤ 出人頭地，發跡：make a ～ of life 成功，發跡。3 成功的事情；大成功，轟動；成功者。4 Ⓤ 結果：good ～ 好的結果。

:suc·cess·ful [sək'sɛsfəl] 形 成功的《*in...*》；順利的《*with...*》；發跡的；好結果的，大豐收的：a ～ entrant 成功的參賽者 / highly ～ 非常成功的。

·suc·cess·ful·ly [sək'sɛsfəlɪ] 副 順利地，成功地。

·suc·ces·sion [sək'sɛʃən] 名 1 Ⓤ 連續，接續；Ⓒ 連續的事物：a ～ of errors 連續的錯誤。2 Ⓤ 繼承；繼承權；繼承順位；Ⓒ 後繼者《*to...*》：～ *to* the Presidency 繼任總統的職位 / by ～ 以世襲 / in ～ *to*... 當…的繼任者 / be first in the line of ～ 第一繼承順位。3 Ⓤ 讓渡，轉移：the ～ to the throne 王位的繼承。4 Ⓤ Ⓒ〖生態〗演替。～**·al** 形

·suc·ces·sive [sək'sɛsɪv] 形 1 連續的，接續的，接在後面的：for four ～ days 連續四天 / on the tenth ～ day 在第 10 天。2 繼承的，逐次的。～**·ly** 副 連續性地，接續地。～**·ness** 名

·suc·ces·sor [sək'sɛsɚ] 名 接替者；後繼者，繼承人《*to...*》：the retired servant and his ～ 退休的僕人及其接替人。

suc'cess ˌstory 名 成功者的故事，成功發跡的故事。

suc·cinct [sək'sɪŋkt] 形 簡潔的；(用字) 簡單明瞭的：a ～ memorandum 簡潔的備忘錄。～**·ly** 副, ～**·ness** 名

suc·cor,《英》**-cour** ['sʌkɚ] 名 Ⓤ《文》救助，援助；Ⓒ 救助者，救急的東西；《～**s**》援軍。—動 及 救助，援助。

suc·co·tash ['sʌkəˌtæʃ] 名 Ⓤ《美》玉米和大扁豆合煮的食物。

suc·cu·bus ['sʌkjəbəs] 名 (複**-bi** [-ˌbaɪ]) 1 (據說和在睡眠中的男人性交的) 魔女，女妖。2 惡魔，惡靈。3 娼妓，妓女。

suc·cu·lent ['sʌkjələnt] 形 1 多汁的，多水分的；多汁 (組織) 的。2 引人入勝的，富於趣味的。—名〖植〗多汁植物。**-lence** 名 Ⓤ 多汁，多液；津津有味。～**·ly** 副

suc·cumb [sə'kʌm] 動 不及 1 屈服於《*to...*》：～ *to* one's enemies 向敵人屈服 / ～ in a competition 競爭失敗。2 (因疾病等) 倒下去；《文》死於《*to...*》：～ *to* disease 病死。

～**·er** 名 屈服者。

:such [sətʃ,《強》sʌtʃ] 形 1《表種類、質量、程度、範圍》(1) 這樣的，如此的：any ～ men 某些這樣的人 / all ～ things 所有這樣的事 / thieves, murderers, and ～ scoundrels 強盜、殺人犯及這類的惡棍。(2) 像這樣的，如…一樣的：～ poets as Dante and Goethe 像但丁和歌德這樣的詩人 / on ～ an occasion as this 在像這樣的場合時。(3) 像…的。(4) 導致…的。(5) 如此…以至於…。2《口》《表強調》(1)《置於單獨的名詞之前》非常的，這樣的。(2)《置於與形容詞連用的名詞之前》那樣的，非常的。3《敘述用法》(1) (有關事情、狀況等) 如前述的，如前示的；上述的。(2)《表取代先行的形容詞》那樣的，這樣的。4《尤用於法規、商業文書上》上記的，前述的，上述的。5《表含混不明時》某某的，這樣那樣的。

such as it is 雖然是這樣但…，雖然不過如此但…。

—代 1《作單、複數》那種人[物]，同種類的人[物]。2《表取代先行的名詞》上述的人[物]。

...and such 等等。

such as... 譬如…等等。

'such and ˌsuch 形 某某的，這樣那樣：in ～ a place 在如此這般的地方。

such·like ['sʌtʃˌlaɪk] 形 像這樣的，像這類的。—代 這樣的人[物]。

·suck [sʌk] 動 及 1 用口吸；吸上《*up*》；吞沒《*in, down*》：～ juice through a straw 用吸管喝果汁 / ～ (*up*) smoke deep into one's lungs 把煙深深吸入肺部。2 將嘴附在…吸吮；吸…使其變成：～ the breast 吸奶 / ～ a lemon dry 吸乾檸檬汁。3 (含在嘴裡) 吸，吮；舔：a child ～*ing* (on) a candy cane 一個舔著棒棒糖的小孩。4 吸收《*in*》；獲得《*from, out of...*》：～ *in* information 吸收知識 / ～ every possible profit *out of* a deal 從交易中盡量獲取利益。—不及 1 吸 (液體、乳汁等)；吸 (煙斗等)；如舔吮般沖洗著《*away / at ...*》。2 發出空轉聲音而抽不上液體。3《美俚》糟透了，爛透了。

suck in《英俚》奉承，諂媚阿諛《*with ...*》。

suck...in / suck in... (1) ⇒動 及 1, 4. (2)《通常用被動》《俚》欺騙。

suck up to...《俚》阿諛，奉承 (人)。

—名 1 Ⓤ 吸吮，吸奶；吸引 (力)；吸的聲音。2 一口，一舔；《**a** ～》一口 (的酒等)《*of...*》。3《俚》失望，失敗。4《俚》奉承的人，阿諛的人。

·suck·er ['sʌkɚ] 名 1 吮吸的人[物]；嬰

S

兒；吃奶的小孩；斷奶前的動物，乳豬[鯨]。2〖動〗吸盤；有吸盤的魚；〖植〗吸根。3（機械的）吸嘴；活塞（瓣）。4《口》易受騙的人。5《美口》= lollipop 1.
—動 及 1 除去吸根。2《美俚》欺騙，玩弄。

suck·le ['sʌkl] 動 及 1 使吃奶，哺乳。2 養育。—不及 吃奶。

suck·ler ['sʌklɚ] 名 1 哺乳動物。2 = suckling.

suck·ling ['sʌklɪŋ] 名 吃奶的小孩，嬰兒；乳獸；乳臭未乾的人：babes and ～*s* 易受騙的人，幼稚天真的小孩。

'suckling ˌpig 名 乳豬。

su·cre ['sukre] 名 蘇克列：厄瓜多的貨幣單位。符號：S

Su·cre ['sukre] 名 蘇克拉：玻利維亞的正式首都。

su·crose ['sukros] 名 U 蔗糖。

suc·tion ['sʌkʃən] 名 1 U 吸，吸上，吸入吮；吸力；產生吸力。2 吸管。

'suction ˌpump 名 抽吸泵，抽水機。

suc·to·ri·al [sʌk'torɪəl] 形 適於吸入的，用作吸入的；有吸入器官的。

Su·dan [su'dæn] 名 蘇丹（民主共和國）：非洲東北部的一國，首都爲喀土木（Khartoum）。

-da·nese [-də'niz] 名 形 蘇丹人（的）。

su·da·to·ri·um [ˌsudə'torɪəm] 名（複 **-ri·a** [-rɪə]）蒸汽室；蒸汽浴。

su·da·to·ry ['sudəˌtorɪ] 形 1 發汗的。2 蒸汽浴的。—名（複 **-ries**）= sudatorium.

·sud·den ['sʌdn̩] 形 突然的，出其不意的，意外的，驟然的：a ～ offensive 奇襲 / a ～ stop 緊急停止。—名《僅用於下列片語》

(all) of a sudden / on a sudden 突然地。

～**·ness** 名

'sudden 'death 名 1 U C 暴斃，驟死病（sud）。2〖運動〗驟死賽：不分勝負時加賽決勝，先得分者勝出。

'sudden infant 'death ˌsyndrome 名 U 嬰兒猝死症候群（《英》cot death）。略作：SIDS

:sud·den·ly ['sʌdn̩lɪ] 副 突然地，驟然地，冷不防地。

su·dor·if·ic [ˌsudə'rɪfɪk] 形 發汗的，促進出汗的。—名 發汗劑。

Su·dra ['sudrə] 名 首陀羅：印度種姓制度的第四種階級，奴隸。

suds [sʌdz] 名（複）1 肥皂水，肥皂沫。2《美俚》啤酒。

in the suds《俚》在困境。

suds·y ['sʌdzɪ] 形 (**suds·i·er, suds·i·est**) 1 滿是泡沫的，起泡沫的。2 似肥皂沫的。

sue [su] 動 及 1 控告，控訴，提出控告《*for*...》。2 請求，懇求《*for*...》。
—不及 1 提起訴訟《*for*...》。2 請求《*for*...》。**su·er** 名

Sue [su] 名〖女子名〗蘇（Susan, Susanna(h) 的暱稱）。

suede, suède [swed] 名 U 1 麂皮。2 仿麂皮布料。—動 及 仿製成麂皮的樣子。

su·et ['suɪt] 名 U 板油。

Su·ez ['suɛz, su'ɛz] 名 1 蘇伊士：位於埃及東北部，Suez 運河南端的港市。2《**the** ～》**Gulf of,** 蘇伊士灣。3《**the** ～》**Isthmus of,** 蘇伊士地峽。

'Suez Ca'nal 名《**the** ～》蘇伊士運河。

suf., suff.《縮寫》*suff*ix.

Suff.《縮寫》*Suff*olk; *Suff*ragan.

:suf·fer ['sʌfɚ] 動 不及 1 遭受痛苦《*from, for*...》：～ *for* something one has done 爲自己所做的事受苦。2 患病；罹患。3 受損失，受損害《*from, through*...》。4 受刑罰；被處死刑；殉教，殉死：～ for one's sins 因犯罪受刑罰。—及 1 經歷，遭受；受到。2《主用於否定》《文》忍受，容忍。3《文》允許，默許，容許。

suf·fer·a·ble ['sʌfərəbl] 形 可忍受的；可忍耐的；可容許的。**-bly** 副

suf·fer·ance ['sʌfərəns] 名 U 1《通常前接 **on, by**》默認，容忍；寬容：*on* ～ 勉強地，由於勉強容忍。2 忍耐力。

suf·fer·er ['sʌfərɚ] 名 受苦者；罹難者，被害者；殉教者；病人。

·suf·fer·ing ['sʌfərɪŋ] 名 1 U 苦惱，痛苦，苦楚。2《常作～**s**》苦難，受難；損害，被害：the ～*s* of displaced persons 難民的苦難。

·suf·fice [sə'faɪs] 動 (**-ficed, -fic·ing**) 不及 足夠《*for*..., *for* doing》。—及 使變足夠，使滿足。

suf·fi·cien·cy [sə'fɪʃənsɪ] 名（複 **-cies**）1《通常作 **a** ～》充足，足量《*of*...》：*a* ～ *of* exercise 充分的運動。2 U 充分，足夠。3 充足的收入。

·suf·fi·cient [sə'fɪʃənt] 形 1 充足的《*for*...》；足夠的《*to* do》。2《古》有充分資格的。—名 充分（的數量）。

suf·fi·cient·ly [sə'fɪʃəntlɪ] 副 充分地，足夠地。

suf·fix ['sʌfɪks] 名 1〖文法〗接尾語，字尾。2 添加於末尾之物，附加之物。
—動 及〖文法〗加上字尾；附加，添加。

suf·fo·cate ['sʌfəˌket] 動 及 1 使呼吸困難；使喘不過氣。2 使窒息，悶死；悶熄；壓制；阻止發展。—不及 窒息（而死）；悶得透不過氣來。**-cat·ing** 形 窒息似的，呼吸困難的。**-'ca·tion** 名 U 窒息（狀態）；受壓制（狀態）。**-ca·tive** 形

Suf·folk ['sʌfək] 名 1 沙福克郡：英國英格蘭東部的一郡（略作：Suff）。2 沙福克種的上等食肉用羊、役馬或黑豬。

suf·fra·gan ['sʌfrəgən] 形 副主教，副監督。

suf·frage ['sʌfrɪdʒ] 名 1 U 選舉權，投票權：universal ～ 普選權 / female ～ 婦女選舉權。2 贊成票；U 贊成，同意：give one's ～*s* for... 對…投贊成票。3〖教會〗短禱；

《～s》〖英國教〗代禱。

suf·fra·gette [ˌsʌfrəˈdʒɛt] 名《英》主張婦女參政權的婦女。

suf·fra·gist [ˈsʌfrədʒɪst] 名參政權擴大論者，贊成婦女參政權論者。

suf·fuse [səˈfjuz] 動及瀰漫，充滿：cheeks ～*d* with a healthy color 充滿健康顏色的臉頰。**-fu·sion** 名 U C 籠罩，瀰漫；（臉等）漲紅。

sug- 《字首》在 g 之前 **sub-** 的別體。

:sug·ar [ˈʃugɚ] 名 **1** U 糖；〖化〗蔗糖；糖（類）；C 一塊方糖，一匙砂糖：a grain of ～ 一粒糖 / a spoonful of ～ 一匙糖。**2** 甜言蜜語，奉承的話。**3**《美口》親愛的，寶貝；哎呀！

一動 及 **1** 加糖於，使加糖而變甜。**2** 使易於被接受，使外觀變好看。一不及 變成糖；《美》製成楓糖《*off*》。～**·less** 形

ˈsugar ˌbeet 名 U〖植〗（可製糖的）甜菜。

ˈsugar ˌbowl 名糖罐。

ˈsugar ˈcandy 名 **1** U C 糖果；《英》冰糖。**2** 愉快悅目的人[物]。**3** 甜言蜜語，奉承的話。

ˈsugar ˌcane 名 U《集合名詞》甘蔗。

sug·ar-coat [ˈʃugɚˌkot] 動 及 **1** 加上糖衣。**2** 使易被接受《*with...*》。～**·ed** 形，～**·ing** 名 U 糖衣，作用類似糖衣之物；奉承，阿諛。

ˈsugar ˌcorn 名《美》= sweet corn.

ˈsugar ˌdaddy 名《俚》糖老爹：對（有親密關係的）年輕女人一擲千金在所不惜的中、老年富翁。

sug·ared [ˈʃugɚd] 形加糖的，有甜味的；甜蜜的，甜美的；甜美的：～ words 甜言蜜語。

sugar-free [ˈʃugɚˈfri] 形不加糖的，無糖的。

ˈsugar ˌloaf 名 **1** 塔糖。**2** 圓錐形的帽子。

sug·ar-loaf [ˈʃugɚˌlof] 形棒糖狀的，圓錐狀的。

ˈsugar ˌmaple 名〖植〗糖楓。

sug·ar·plum [ˈʃugɚˌplʌm] 名 **1**《古》圓形小糖果，糖球。**2** 甜言；賄賂。

ˈsugar ˌtongs 名(複)方糖夾子。

sug·ar·y [ˈʃugərɪ] 形 **1**（似）糖的。**2** 甜美的美妙的；討好的，奉承的，恭維的；充滿感情的。

:sug·gest [sə(g)ˈdʒɛst] 動 及 **1** 提出，建議，提議《*to...*》。**2** 暗示；委婉表示：a short story ～*ed* by an actual incident 依真實事件啓發而寫成的短篇小說。**3** 使人聯想起；使人想起；成爲…的動機。

suggest itself to a person 自然而然地浮現在某人心中。

～**·er** 名

sug·gest·i·ble [sə(g)ˈdʒɛstəbl] 名 **1** 易受暗示的，易受影響的。**2** 可建議的。

-ˈbil·i·ty 名 U 可暗示的性質，受暗示性。

:sug·ges·tion [sə(g)ˈdʒɛstʃən] 名 **1** U C 建議；暗示：at a person's ～ 依某人的建議。**2** U C 提議，忠告：make a ～ 提建議，陳述意見 / the ～ that the project be discontinued 中止此計畫的建議。**3** 意見，提案。**4** 跡象，（像…的）樣子《*of...*》：a ～ *of* rain 像要下雨的樣子。**5** U 聯想：by ～ 根據聯想。**6** U〖心〗暗示；誘發，挑動；C 被暗示的事物。

sug·ges·tive [sə(g)ˈdʒɛstɪv] 形 **1** 示意的；使人聯想的《*of...*》：a melody ～ *of* a tempest 使人聯想到暴風雨的旋律。**2** 具暗示性的。**3** 挑動色情的，含猥褻意味的。

～**·ly** 副，～**·ness** 名

su·i·cid·al [ˌsuəˈsaɪdl] 形自殺的；自殺性的；自暴自棄的：at a ～ pace 以拚命的步伐。～**·ly** 副

·su·i·cide [ˈsuəˌsaɪd] 名 **1** U C 自殺；自滅；U《喻》自殺性行爲，自取滅亡；C 自殺行爲：double ～ 殉情自殺 / commit ～ 自殺，自盡 / financial ～ 財政上的自取滅亡。**2** 自殺者：an attempted ～ 自殺未遂者。

一動 (**-cid·ed, -cid·ing**) 不及《口》自殺。

一及《反身》自殺。

ˈsuicide ˌpact 名自殺誓約。

su·i ge·ne·ris [ˈsjuɪˈdʒɛnərɪs] 形《拉丁》（某類）獨特的，獨自的；僅有的。

:suit [sut] 名 **1** 一套；一套衣服：a two-piece ～ 一套二件式的西裝 / a ～ of clothing 一套衣服 / in one's birthday ～ 赤裸裸地。**2** 一套，一組。**3**〖法〗訴訟：bring a ～ against... 控告 / win a damage ～ 在損害賠償的訴訟上勝訴。**4** U C 請願，懇求，請求，哀求：make ～ 請願，懇求 / have a ～ to... 對…有所請求。**5**《文》（向女性的）求婚。**6**〖牌〗同花色的一組牌。

follow suit (1)〖牌〗打出和前一個出牌者同花色的牌。(2) 照著做，模仿他人。

in suit with... 和…一致。

of a suit with... 和…一致的。

一動 及 **1** 相配；適合。**2** 使…配合《*to...*》。**3** 使穿戴整齊。一不及 配合；適合，合宜；相稱；彼此協調。

Suit yourself. 隨你的便。

suit·a·ble [ˈsutəbl] 形適合的，相配的；合宜的；（時間上）方便的《*for, to..., for doing*》。

-ˈbil·i·ty 名，**-bly** 副

·suit·case [ˈsutˌkes] 名小型旅行箱，小手提箱。

suite [swit] 名 **1**（東西的）一組，一套：a ～ of furniture 一套家具 / a bedroom ～ 一組臥室的家具。**2** 特別房，套房：reserve a ～ (of rooms) at the hotel 在旅館中訂下套房。**3**〖樂〗組曲。**4** 一行隨從。

suit·ed [ˈsutɪd] 形 **1** 適合的，相配的；一致的，吻合的《*for, to...; to be*》。**2** 穿著…（顏色的）衣服的。

suit·ing [ˈsutɪŋ] 名 U C 西裝料，套裝

S

布料。

suit·or ['sutɚ] 名 1《文》(向女性)求婚者。2〖法〗原告。3 請願者。

sulf-《字首》**sulfur**的複合形(亦稱 **sulfo-**,《英》**sulph-**)。

sul·fa ['sʌlfə] 形〖藥〗磺胺類藥劑的;由磺胺劑而來的。

sul·fate,《英》**-phate** ['sʌlfet] 名 U C〖化〗硫酸鹽。

sul·fide ['sʌlfaɪd] 名 U C〖化〗硫化物。

sul·fur ['sʌlfɚ] 名 U 1 硫,硫黃(符號:S)。2 硫黃色。

'sulfur di'oxide 名 U 二氧化硫。

sul·fu·re·ous,《英》**sul·phu-** [sʌl'fjurɪəs] 形 = sulfurous 1, 2.

sul·fu·ret ['sʌlfjərɪt] 名〖化〗硫化物。

sul·fu·ric,《英》**-phu·ric** [sʌl'fjurɪk] 形〖化〗硫黃的。

sul'furic 'acid 名 U 硫酸。

sul·fur·ous,《英》**-phur·ous** ['sʌlfərəs] 形 1 硫(黃)的。2 硫(黃)的,黃色的。3 如地獄之火的。4 興奮的,激昂的。5 不敬的;褻瀆的。

sulk [sʌlk] 動 不及 不悅,生悶氣《 *with* ... 》;生氣《 *at...* 》。—名 1《 **the ~s** 》鬧彆扭,不高興,生氣而噘著嘴的臉。2 鬧彆扭的人。

sulk·y ['sʌlkɪ] 形(**sulk·i·er, sulk·i·est**) 1 不和悅的,鬧彆扭的。2 陰鬱的,陰沉的。—名(複 **sulk·ies**)單座的雙輪輕便馬車。**-i·ly** 副, **-i·ness** 名

·sul·len ['sʌlən] 形 1 悶悶不樂的,生氣不講話的,愛鬧彆扭的;難以取悅的,不和悅的,不好的;難操縱的:a ~ attitude 愛理不理的態度。2 陰沉的:~ clouds 陰沉沉的雲。3 沉重的,緩慢的。**~·ly** 副, **~·ness** 名

sul·ly ['sʌlɪ] 動(**-lied, ~·ing**)及 玷污;損傷:~ a good reputation 損害好聲譽。—不及〖詩〗污損,沾上污點。

sul·pha ['sʌlfə] 形〖藥〗= sulfa.

sul·phide ['sʌlfaɪd] 名 1《英》= sulfide. 2 罩在透明玻璃內的陶瓷塑像。

sul·phur ['sʌlfɚ] 名《英》= sulfur.

sul·tan ['sʌltn̩] 名 1 蘇丹:回教國的君主。2《 **the S-** 》(昔日)土耳其皇帝。3 暴君。4 土耳其原產的白色雞。

sul·tan·a [sʌl'tænə] 名 1 蘇丹娜:回教君主的王妃、公主、皇太后、國王的姊妹。2 回教國王的嬪妃,國王或皇族的嬪妃。3 無子葡萄乾。

sul·tan·ate ['sʌltn̩ɪt, -,et] 名 1《通常作 **the ~** 》回教蘇丹的統治。2 由蘇丹所統治的國家或領土。

·sul·try ['sʌltrɪ] 形(**-tri·er, -tri·est**) 1 悶熱的,溽熱的;酷熱的;汗水淋漓的。2 熱情的;性感的;《俚》粗魯的;惡毒的;猥褻的。**-tri·ly** 副, **-tri·ness** 名

:sum [sʌm] 名 1 和,合計,總數;總金額,合計的金額;〖數〗和。2《通常前面放形容詞》金額,金額總計:a good ~ 相當大的金額。3《口》計算題;《 **~s** 》《主英》算術:be good at ~*s* 擅長算術 / do a ~ in one's head 心算;暗算某人。4 全體,彙集《 *of...* 》。5 要點,精華,摘要,概要:in ~ 總而言之,簡言之。—動(**summed, ~·ming**) 及 1 合計;總計《 *up* 》。2 彙集,敘述要點,立即判斷《 *up* 》。—不及 1 合計成《 *up / to, into...* 》。2 計算。3 總結,歸納,摘要《 *up* 》。

to sum up 歸納起來是,總而言之。

su·mac,《英尤作》**-mach** ['ʃumæk, 'sju-] 名 1〖植〗鹽膚木。2 U 鹽膚木的樹皮做成乾粉末。

Su·ma·tra [su'mɑtrə] 名 蘇門答臘:印尼西部大島。

sum·ma cum lau·de ['sumə,kum'laudɪ, 'sʌmə,kʌm'lɔdɪ] 副 以最高榮譽。

sum·ma·rize ['sʌmə,raɪz] 動 及 1 摘要;概述,簡要地說。2 做總結。**-riz·a·ble** 形, **-ri·'za·tion** 名

·sum·ma·ry ['sʌmərɪ] 名(複**-ries**)摘要,概要,概括,梗概;結論《 *of...* 》。—形 摘要的,概略的;簡潔的,簡略的。2 立刻的;即決的,迅速的,簡便的。

sum·mar·i·ly ['sʌmərəlɪ] 副 簡潔地;迅速地。

sum·mat ['sʌmət] 代《口》多少,有點。

sum·ma·tion [sʌ'meʃən] 名 1 U 加法,合計;C 和,總和,總數,總數量。2 總括,摘要。3〖法〗判決前法庭辯論的總結;事件概要的簡述。**~·al** 形

:sum·mer ['sʌmɚ] 名 1 U C 夏,夏季:during (the) ~ 夏季期間 / in (the) ~ 在夏天 / One swallow does not made a ~.《諺》孤燕不成夏;切勿過早下判斷。2 熱的時期;暖和的半年;(熱帶地方的)乾燥期。3《 **the ~** 》《文》繁盛,最盛期,成熟期。4《通常作**~s**》《詩》年齡,…歲:a girl of seventeen ~*s* 芳齡 17 歲的女孩。—形 夏天的;適合夏天的;像夏天一般炎熱的。—動 不及 度過夏天,避暑《 *at, in...* 》。—及 1 在夏季放牧;成爲夏天的放牧地。2 使…像夏天一般。

summer and winter 歷經寒暑;終年廝守在一起《 *with...* 》。

summer and winter... (1) 對…始終如一,始終忠於…;和…特別親密。(2)《蘇》從頭到尾討論。

~,like, ~·ly 形

'summer ,camp 名 夏令營。

'summer 'house 名《美》避暑別墅。

sum·mer·house ['sʌmɚ,haus] 名(複 **-hous·es** [-,hauzɪz])(公園或庭園裡的)涼亭。

'summer 'lightning 名《英》= heat lightning.

'summer re'sort 名 避暑勝地。

sum·mer·sault ['sʌmɚ,sɔlt] 名,動

S

不及 = somersault.（亦稱 **summerset**）

'summer ˌschool 名 U C 暑期研習會，暑期班；暑期學校。

'summer 'solstice 名《the ~》〖天〗夏至。

'summer 'squash 名 C U《美》〖植〗西洋南瓜。

sum·mer·time ['sʌmɚˌtaɪm] 名 1 U 夏季。2《英》= daylight saving time.

sum·mer·weight ['sʌmɚˌwet] 形 適合夏天的，（質地）較輕的，較薄的。

sum·mer·y ['sʌmərɪ] 形 (**-mer·i·er, -mer·i·est**) 夏天的；像夏天一般的；適合夏季的。

sum·ming-up ['sʌmɪŋ'ʌp] 名 (複 **sum-mings-up**) 概括；總結；證據概述。

·sum·mit ['sʌmɪt] 名 1 最高點，頂點，絕頂，峰頂。2《the ~》極限，頂點；最高狀態，顛峰：at *the* ~ of pow-er 處於權力的顛峰。3 最高首長會議，高峰會議；最高階層，首長級；《形容詞》高峰的，國家最高首長之間的，元首間的：a ~ talk 高峰會議。—動 不及 參加高峰會議。~·less 形

sum·mit·eer [ˌsʌmɪ'tɪr] 名 參加高峰會議者。

sum·mit·ry ['sʌmɪtrɪ] 名 U 高峰會議；舉行高峰會議（的方式）；高峰會議術，高峰會議外交手段。

·sum·mon ['sʌmən] 動 及 1《常用被動》召喚，傳喚，傳訊《*to, into...*》：~ a doctor 召來醫生 / be ~*ed into* the President's office 被召至總統辦公室。2 召開：~ Parliament 召開國會 / ~ a meeting of the board 召開董事會議。3 要求，命令：~ a person to si-lence 要求某人安靜。4 喚起，鼓起，奮起《*up*》：~ *up* all one's resolution 下定決心。5（要求）投降，召降。6 召喚。~·a·ble 形, ~·er 名

sum·mons ['sʌmənz] 名 (複 ~·es) 1 召喚，傳喚的命令；（議會等的）召集，召開。2 勸告；召降，勸降《*to* do》。3〖法〗傳喚命令；傳票。—動 及《常用被動》送傳票給（某人），傳喚。

sum·mum bo·num ['sʌməm'bonəm] 名《the ~》《拉丁語》至善（的境界）。

su·mo ['sumo] 名 U（日本的）相撲。**-ist** 名 相撲選手。

sump [sʌmp] 名 坑，池；污水池，化糞池；〖機〗液槽，水槽，油槽；《英》曲柄軸箱；〖採礦〗排水坑；導坑。

sump·ter ['sʌmptɚ] 名《古》馱獸。

sump·tion ['sʌmpʃən] 名〖理則〗大前提。

sump·tu·ar·y ['sʌmptʃʊˌɛrɪ] 形 節制個人花費的，禁止奢侈浪費的。

'sumptuary 'law 名 善良風俗法規。

sump·tu·ous ['sʌmptʃʊəs] 形 1 價值不菲的；耗費金錢的。2 華美的，華麗而宏偉的；奢侈的。~·ly 副, ~·ness 名

'sum 'total 名《the ~》1 總計，合計，總和；總數，總額；全部。2 本質，精髓；實質，要義，要旨。

:sun [sʌn] 名 1《the ~》太陽，日：Heav-en cannot support two ~*s*, nor earth two ma-sters.《諺》天無二日，民無二君。2 恆星。3《通常作 the ~》日光；太陽的光和熱：take *the* ~ 晒太陽；做日光浴 / let *the* ~ in 讓陽光照進來。4 太陽的圖案；帶有光芒的太陽圖案。5 如太陽般耀眼的東西；中心人物。6《文》(1) 氣候，風土。(2) 光輝，榮耀。

against the sun〖海〗和太陽的運轉反方向，朝反時針方向。

a place in the sun 有利的境遇，受矚目的地位；（每一個人在世界上、社會上）應該享有的地位。

catch the sun (1) 在日晒良好的場所。(2) 被太陽晒傷。

from sun to sun《古》從日出到日落，一整天。

hall the rising sun 巴結新興權貴。

have been (out) in the sun《俚》醉醺醺。

have the sun in one's eyes《俚》= have been (out) in the SUN.

hold a candle to the sun 多此一舉，做徒勞無益的事。

in the sun (1) ⇨ 名 3. (2) 暴露在大眾的視線下，為眾人所矚目。(3) 無憂無慮。

Let not the sun go down upon your wra-th. 生氣不要持續到隔天。

rise with the sun 早起。

see the sun 活著，有生命；出生，誕生。

under the sun 在世界上，在人世間，在天地間，天底下；《強調用法》到底，究竟。

with the sun〖海〗朝順時針方向。

—動 (**sunned**, ~·**ning**) 及 在陽光下曝晒；使沐浴在陽光中；《反身》使晒太陽；使做日光浴。—不及 晒太陽；做日光浴。

Sun., Sund《字首》*Sun*d*ay*.

sun·baked ['sʌnˌbekt] 形 1 用日晒法晒製的；被太陽晒乾的。2 飽受陽光照射的，陽光普照的。

'sun ˌbath 名 日光浴。

sun·bathe ['sʌnˌbeð] 動 不及 做日光浴。**-bath·er** 名 做日光浴者。

sun·beam ['sʌnˌbim] 名 1 太陽光，日光。2 散發快樂的人，天真爛漫的孩子。

Sun·belt ['sʌnˌbɛlt] 名《the ~》《美口》陽光地帶：美國南部從 Florida 州到 California 州的地帶，雨量少氣候良好。

sun·blind ['sʌnˌblaɪnd] 名《英》遮陽的簾幕，遮陽篷。

'sun ˌblock 名 防晒霜（亦作 **sunb-lock**）。

sun·bon·net ['sʌnˌbɑnɪt] 名 女用遮陽帽，太陽帽。

sun·burn ['sʌnˌbɝn] 名 U 1 皮膚晒紅發炎，晒傷；晒斑。2 晒黑。

S

—動(～ed 或-burnt, ～·ing) 及 不及 受到日炙，晒紅而發炎，晒傷。

sun·burned ['sʌn,bɚnd] 形《美》晒紅發炎的，被晒傷的（亦稱 **sunburnt**）。

sun·burst ['sʌn,bɚst] 名 **1**（雲縫中）陽光的突現：a ～ of popularity《喻》受歡迎程度的突然高漲。**2** 鑲有寶石的旭日形的飾針。

sun·dae ['sʌndɪ, -de] 名 C U 聖代：上面加有巧克力、水果、糖漿等的冰淇淋。

:Sun·day ['sʌndɪ, -de] 名 **1** 星期日；禮拜日，安息日（每週的第一天）（略作：Sun.）：last ～ 上星期日 / on ～(*s*) 在（每個）星期日。**2** 週日出刊的報紙。

a month of Sundays 很長的一段時間。

—形 **1** 星期日的；安息日的，禮拜日的；業餘的。**2** 適合週日上教堂的；最好的。

—動 不及《美俚》過星期日。—副《口》在星期日。

'Sunday 'clothes 名(複)《one's ～》《口》適合週日上教堂穿的衣服，最好的衣服。

Sun·day-go-to-meet·ing ['sʌndɪ,gotə'mitɪŋ] 形《口》適合週日上教堂的；最好的。

'Sunday 'punch 名〖拳擊〗《口》決定性的一擊，最厲害的一擊。

Sun·days ['sʌndɪz, -dez] 副《美》每逢星期日，在每個星期日。

'Sunday ,school 名 U C 主日學校；主日學校的學生和老師。

'sun ,deck 名日光浴用的平臺或屋頂；可做日光浴的上層甲板。

sun·der ['sʌndɚ] 動 及《文》使分離，分割，斷絕。—不及 被分開，離別《 *from* ... 》。—名《僅用下列片語》

in sunder 〖詩〗分離地，分散地。

sun·dew ['sʌn,dju, -,du] 名茅膏菜科草本植物。

sun·di·al ['sʌn,daɪəl] 名日規，日晷儀。

sun·dog ['sʌn,dɔg] 名= parhelion.

sun·down ['sʌn,daʊn] 名 U 日落（時分）。

S

sun·down·er ['sʌn,daʊnɚ] 名 **1**《英口》日落時喝的一杯酒。**2**《澳》流浪者，在日落時到人家求取食宿的流浪漢。

sun·drenched ['sʌn,drɛntʃt] 形《口》= sunbaked 2.

sun-dried ['sʌn,draɪd] 形 **1** 被太陽晒乾的。**2** 乾透了的，乾涸的。

sun·dries ['sʌndrɪz] 名(複) **1** 雜物；雜貨，無大價值的瑣碎物品。**2**〖簿〗雜項。

sun·dry ['sʌndrɪ] 形《限定用法》各式各樣的，種種的，雜的：～ matters 各式各樣的事情 / ～ goods 雜貨。—名《用於下列片語》

all and sundry《作複數》所有的人。

sun·fast ['sʌn,fæst] 形《美》日晒也不會褪色的，耐晒的。

sun·fish ['sʌn,fɪʃ] 名(複～, ～·es)〖魚〗**1** 翻車魚。**2** 黑鱒魚科的淡水魚。

sun·flow·er ['sʌn,flaʊɚ] 名〖植〗向日葵。

'Sunflower 'State 名《the ～》向日葵州：美國 Kansas 州的別稱。

:sung [sʌŋ] 動 sing 的過去分詞。

sun·glass ['sʌn,glæs] 名（取）火鏡，凸透鏡。

sun·glass·es ['sʌn,glæsɪz] 名(複)太陽眼鏡。

sun·glow ['sʌn,glo] 名《a ～》朝霞；晚霞。

sun-god ['sʌn,gɑd] 名太陽神，日神。

'sun ,hat 名遮陽帽。

:sunk [sʌŋk] 動 sink 的過去式及過去分詞。—形 **1**《敘述用法》《俚》下跌的；情緒低落的；沒有救的。**2** = sunken.

sunk·en ['sʌŋkən] 動 sink的過去分詞。—形 **1**《限定用法》下沉的，沉沒的；水面下的，水淹沒的。**2** 下陷的，凹進去的；低於一般平面的。**3**（臉頰等）凹陷的。

'sunk 'fence 名隱垣。

sun·kissed, -kist ['sʌn,kɪst] 形 **1** 受陽光照射的。**2**（水果因經常受陽光照射而）成熟的。**3** 快活的。

Sun·kist [sʌn,kɪst] 名〖商標名〗香吉士：美國產的柑橘類水果及果汁。

'sun ,lamp 名 **1** 太陽燈：人工紫外線燈。**2** 拍攝電影用的照明燈。

sun·less ['sʌnlɪs] 形 **1** 無陽光的，無太陽的，陰暗的。**2** 陰鬱的，無望的，陰沉的。

·sun·light ['sʌn,laɪt] 名= sunshine.

sun·lit ['sʌn,lɪt] 形陽光照耀的；被太陽照射的。

'sun ,lounge 名《英》= sun parlor.

Sun·ni ['sʊnɪ] 名 **1** 遜尼派：回教二大宗派之一。**2** = Sunnite. —形 遜尼派的。

Sun·nite ['sʊnaɪt] 名遜尼派教徒：回教二大宗派之一的信徒（亦稱 **Sunni**）。

·sun·ny ['sʌnɪ] 形(**-ni·er, -ni·est**) **1** 太陽照耀的，陽光充足的；在陽光直射下的：a ～ apartment 採光良好的公寓。**2** 太陽的，從太陽發出的，似太陽的；金黃色的：～ yellow 金黃色。**3** 活潑的，開朗的：a ～ disposition 爽朗的個性。**-ni·ly** 副, **-ni·ness** 名 U 向陽，陽光充足的狀況；《a ～》爽朗，快活。

'sun·ny-side 'up ['sʌnɪ,saɪd-] 形《美》（蛋）只煎一面的：fry two eggs ～ 煎二個只煎一面的荷包蛋。

'sun ,parlor 名用玻璃圍成的陽光充足的房間，日光浴室（《英》sun lounge）。

'sun ,porch 名 **1** 由玻璃圍成的陽臺（式房間）。**2** 籠底不著地的架高的鐵絲籠。

sun·proof ['sʌn,pruf] 形《限定用法》不透陽光的；日晒不褪色的；耐光性的。

·sun·rise ['sʌn,raɪz] 名 U C **1** 日出（時

分），拂曉；日出時的天空景色：at ～ 在日出時 / from ～ to sunset 從日出到日落，整整一天。**2** 初期，開始。

'sunrise ˌindustry 图ⓊⒸ朝陽工業，新興工業。

'sun ˌroof 图（汽車上可滑動而敞開的）遮陽頂篷，天窗。

sun·room ['sʌn,rum, -,rum] 图日光浴室。

'sun ˌscreen 图防晒霜。

sun·seek·er ['sʌn,sikɚ] 图 找尋有陽光處度假者。

:sun·set ['sʌn,sɛt] 图 Ⓤ Ⓒ **1** 日落，日沒（時分）；日落時的天空景色：watch the ～ 看日落。**2** 結局，末期；晚年；衰微，沒落（時期）。

'sunset ˌindustry 图 Ⓤ Ⓒ夕陽工業：逐漸衰微的工業。

'sunset 'law 图 Ⓤ Ⓒ《美》落日條款：規定政府的機構、委員會、計畫必須在設定的期間到達時自動失效。

sun·shade ['sʌn,ʃed] 图（照相機的）遮光罩；遮陽篷；遮陽傘，陽傘；《～s》太陽眼鏡。

:sun·shine ['sʌn,ʃaɪn] 图 **1**《常作 the ～》日光；陽光所帶來的光和熱；晴天。**2**Ⓤ向陽處，有陽光處。**3** Ⓤ 光明（的事物）；快活，可喜之事。**-shin·y** 形陽光明亮的；晴朗的；燦爛的；爽朗的，快活的。

'sunshine ˌlaw 图 Ⓤ Ⓒ《美》陽光法案，會議公開法：規定州政府機構、委員會的會議和紀錄有義務向一般民眾公開的法規。

'Sunshine 'State 图《the ～》陽光州：美國 Florida 州的別稱。

sun·spot ['sʌn,spɑt] 图 **1** 太陽黑子。**2**《英口》做日光浴等的陽光普照之處。

sun·stone ['sʌn,ston] 图Ⓤ日長石。

sun·stroke ['sʌn,strok] 图 Ⓤ〖病〗中暑，日射病。

sun·struck ['sʌn,strʌk] 形 中暑的；陽光影響到的。

sun·tan ['sʌn,tæn] 图 Ⓤ **1** 晒黑。**2** 晒黑的皮膚顏色，黃褐色。**'sun-ˌtaned**形晒黑的。

'suntan ˌlotion 图ⓊⒸ 防晒乳液。

'sun ˌtrap 图陽光充足而避風的地方。

sun·up ['sʌn,ʌp] 图《美》日出（時刻）。

'sun ˌvisor 图（附於汽車、飛機擋風玻璃上的）遮陽板。

sun·ward ['sʌnwɚd] 副 向陽地，朝太陽方向地（亦稱 **sunwards**）。—形朝向太陽方向的。

sun·wise ['sʌn,waɪz] 副 **1** 和太陽的運轉同一方向地。**2** 順時針方向的。

'sun ˌworship 图 Ⓤ **1** 太陽崇拜，太陽神信仰。**2** 喜歡做日光浴。

sup[1] [sʌp] 動 (**supped**, ～**·ping**) 不及 吃晚飯；《古》當晚飯吃《*on, upon, off...*》：～ out 在外面吃晚餐。

·sup[2] [sʌp] 動(**supped**, ～**·ping**)及《古》啜飲；一小口一小口地吃[喝]《*up*》。—不及啜飲；小口地吃[喝]《*up*》。—图《蘇·北英》《通常作 **a** ～》一口，一啜；少量《*of...*》。

sup. 《縮寫》*sup*erio; *sup*erlative; *sup*ine; *sup*plement(ary); *sup*ra.

su·per ['supɚ] 图 **1**《口》臨時雇員；臨時演員；不重要的人。**2**《口》(1)《美》= superintendent. (2) = supervisor. **3**〖商〗特級品，上等品；特大號。**4**（裝訂書背用的）上了漿的網眼棉布。**5** 分成一格格的儲藏蜂蜜的上層箱子。—形《口》**1** 面積的，平方的，表面的。**2** 超級的；極佳的，一流的，極優秀的；最強有力的；超大型的。**3** 極度的。—副非常地，極度的。

super- 《字首》表「以上」、「過度」、「極度」、「超過」、「超級」、「額外」、「附加」之意。

su·per·a·ble ['supərəbl] 形能征服的，能克服的，可超越的。

su·per·a·bound [,supərə'baʊnd] 動 不及 **1** 有極多，有大量《*in...*》。**2** 過多，過剩《*in, with...*》。

su·per·a·bun·dance [,supərə'bʌndəns] 图 Ⓤ Ⓒ 極多；過剩；過剩的部分。

su·per·a·bun·dant [,supərə'bʌndənt] 形極多的；過多的，過剩的。～**·ly** 副

su·per·add [,supɚ'æd] 動 及再添加上，再附加上《*to...*》。**-ˌad·'di·tion** 图

su·per·al·loy ['supɚ,ælɔɪ, ,--'--] 图 超級合金。

su·per·an·nu·ate [,supɚ'ænjʊ,et] 動及 **1** 因年老而使退休；給與退休金而使退休。**2** 宣稱為老朽無用；因陳舊過時而淘汰。—不及 變成老朽無用；因老弱而退職。

-ˌan·nu·'a·tion 图 Ⓤ年老退休；退休金；老朽；淘汰。

su·per·an·nu·at·ed [,supɚ'ænjʊ,etɪd] 形**1** 因老弱而不能勝任工作的；因老弱而退休的，領得養老金而退職的。**2** 因衰老而變得無用的；老朽的；陳舊的；跟不上時代的，過時的。

·su·perb [sʊ'pɝb, sə-] 形 **1** 絕佳的，最優秀的；一流的，最上等的；絕大的，無上的。**2** 豪華的；極華麗的；壯麗的；堂皇的，宏偉的；莊嚴雄偉的。～**·ly** 副，～**·ness** 图

su·per·bomb ['supɚ,bɑm] 图超級炸彈，氫彈。

'Super ˌBowl 图《the ～》超級盃：自 1967 年開始舉辦的美國職業美式足球年度冠軍賽。

su·per·car·go [ˌsupɚ'kɑrgo] 图(複～**es**, ～**s**)（商船上的）貨運監督員。

su·per·charge [,supɚ'tʃɑrdʒ] 動 **1** 使…增加負荷，使極度緊張，使情緒極度亢

S

奮；使…蓄滿《*with...*》。**2** 使增壓；加壓。

-charg·er 图〖機〗增壓器。**-charged** 形

su·per·cil·i·ar·y [ˌsupəˈsɪlɪˌɛrɪ] 形〖解·動〗**1** 眉的；(相當於) 眉部的。**2** 眼瞼上的。

su·per·cil·i·ous [ˌsupəˈsɪlɪəs] 形 傲慢的，目空一切的，輕蔑的。～**·ly** 副

su·per·cit·y [ˈsupəˌsɪtɪ] 图(複**-cit·ies**)大都市，超級大都會。

su·per·com·pu·ter [ˈsupəkəmˈpjutə] 图超級電腦。

su·per·con·duc·tive [ˌsupəkənˈdʌktɪv] 形 超導電性的。**-con·duc·ˈtiv·i·ty** 图 Ⓤ〖理〗超導電性。

su·per·con·duc·tor [ˌsupəkənˈdʌktə] 图超導體。

su·per·cool [ˌsupəˈkul] 動及 使過度冷卻。—不及 被過度冷卻。

su·per·crat [ˈsupəˌkræt] 图《美口》高級官員；超級官僚。

su·per·crit·i·cal [ˌsupəˈkrɪtɪkl] 形非常吹毛求疵的。～**·ly** 副, ～**·ness** 图

su·per·dom·i·nant [ˌsupəˈdɑmənənt] 图〖樂〗下中音。

su·per·du·per [ˌsupəˈdupə] 形《口》非常好的；極了不起的；極巨大的。

su·per·e·go [ˌsupəˈigo, -ˈɛgo] 图(複～**s**)〖精神分析〗超我。

su·per·em·i·nent [ˌsupəˈɛmənənt] 形 極高的，至高的；地位最高的；卓越的，出類拔萃的。**-nence** 图 Ⓤ 卓越超群，出類拔萃；至高的地位。

su·per·er·o·gate [ˌsupəˈɛrəˌget] 動不及 做職責以外的工作。**-ˈga·tion** 图 Ⓤ 職責以外的工作，額外工作；多此一舉。

su·per·e·rog·a·to·ry [ˌsupərəˈrɑgəˌtorɪ] 图 **1** 職責以外的，本分之外的，額外的。**2** 多餘的，不必要的。

·su·per·fi·cial [ˌsupəˈfɪʃəl] 形 **1** 面積的，平方的：～ dimensions 面積。**2** 表面的，接近表面的：～ wound 皮肉之傷，表皮上的傷。**3** 外觀上的；淺薄的，膚淺的，只重表面的；表面的，非實質上的：a ～ appearance of strength 表面上的強大力量，外觀上的強壯 / a ～ interpretation 膚淺的解釋。

ˌsuper·fi·ci·ˈal·i·ty 图 Ⓤ 淺薄，膚淺；Ⓒ 淺薄的事物。～**·ly** 副

su·per·fi·ci·es [ˌsupəˈfɪʃɪˌiz, -fɪʃiz] 图(複～) **1** 表面，外面；(立體圓形的) 面；邊界；表面積。**2** 外觀，外貌，外在，外表。

su·per·fine [ˌsupəˈfaɪn] 形 **1** 極好的，最高級的；最精緻的；最精細的。**2** 過分講究的。—图《～**s**》最高級的。

su·per·flu·i·ty [ˌsupəˈfluətɪ] 图 (複**-ties**) **1** Ⓤ Ⓒ 過剩，過多，多餘《*of...*》；過多的數量。**2**《**-ties**》多餘之物；奢侈品。

su·per·flu·ous [suˈpɝfluəs] 形 **1** 多餘的，過剩的。**2** 不必要的；不相關的。～**·ly** 副, ～**·ness** 图

su·per·gi·ant [ˈsupəˌdʒaɪənt] 图 **1**〖天〗超巨星 (亦稱 **supergiant star**)。**2** 巨無霸。—形 超級巨大的；巨無霸的。

su·per·gov·ern·ment [ˌsupəˈgʌvənmənt] 图 **1** 超政府 (組織)。**2** 超級政府。

su·per·heat [ˈsupəˌhit] 图 Ⓤ Ⓒ 過熱；過熱之量。—[ˌsupəˈhit] 動及 使過熱；使 (蒸氣) 過熱；使 (液體) 過熱。**-ˈheat·er** 图 過熱器。

su·per·heav·y [ˌsupəˈhɛvɪ] 形〖理〗**1** 超重的。**2** 超重元素的。—图 (複**-heav·ies**)超重元素。

su·per·he·ro [ˈsupəˌhɪro] 图 (複～**es**) **1** (現實中的) 超級英雄，極出色的人物。**2** (漫畫書等中的) 超級英雄。

ˈsu·per·high ˈfrequency [ˈsupəˌhaɪ-] 图〖無線〗超高頻率。略作：SHF

su·per·high·way [ˌsupəhaɪˌwe] 图《美》高速公路。

su·per·hu·man [ˌsupəˈhjumən] 形超人的，非凡的；非人世間的，神靈的。～**·ness** 图, ～**·ly** 副

su·per·im·pose [ˌsupərɪmˈpoz] 動及 **1** 置於《*on, upon, over...*》。**2** 添加，附上；使成為上司《*on, upon...*》。**3**〖映〗疊映《*on, upon, over...*》。

su·per·in·cum·bent [ˌsupərɪnˈkʌmbənt] 形 **1** 蓋在上面的；位於上方的；懸在上面的。**2** 來自上方的，由上方施加的。

su·per·in·duce [ˌsupərɪnˈdjus, -ˈdus] 動及 **1** 添加，另加《*on, upon...*》。**2** 另立。**3** 滋生，引起；併發。

su·per·in·duc·tion [sùpərɪnˈdʌkʃən] 图 Ⓤ 再增加，添加；引起併發症。

su·per·in·tend [ˌsuprɪnˈtɛnd] 動及 指揮，監督；督導，管理。

su·per·in·ten·dence [ˌsuprɪnˈtɛndəns] 图 Ⓤ 監督，督導，指揮，管理。

su·per·in·tend·en·cy [ˌsuprɪnˈtɛndənsɪ] 图(複**-cies**) **1** 監督區，監督者所負責的區域。**2** Ⓤ 監督者的地位；監督權。**3** = superintendence.

su·per·in·tend·ent [ˌsuprɪnˈtɛndənt] 图 **1** 監督者，管理者，督導員，督察員；監工；《美》(公寓、大樓的) 管理員。**2**《美》(地方教育委員會的) 教育長官，督學；《英》主日學校校長；《英》(陸海軍諸校等的) 校長。**3**《美》警政署署長，督察長；《英》警官。—形 監督的，指揮的，管理的。

·su·pe·ri·or [səˈpɪrɪə, su-] 形 **1** 高的，上級的；高級的，上等的，優良的；重要的，優先的；有價值的《*to...*》：one's ～ officer 上司，長官 / a ～ court 高等法院 / ～ electrical products 優良的電器產品 / orders from a ～ officer 上司所下達的命

令。**2** 超出一般標準的，優越的，卓越的；較多的，占優勢的：a ～ enemy 占優勢的敵人。**3** 高傲的，高人一等的，充滿優越感的：with a ～ smile 高傲地微笑著。**4**《敘述用法》不屈服的，不爲所動的，不被左右的《*to*...》：be ～ *to* bribery 不爲賄賂所動。**5** 在高處的。**6**〖植·動〗上的，上位的，在…上的；上位的；位於花萼或花其他部分的上部的。**7**〖印〗標在上角的，比同行中其他字母略高的。**8** 包括的範圍更廣泛的。

—图 **1** 上司，長官；前輩，長輩；（在…方面）占優勢者，更優秀的人《*in*...》。**2**〖印〗標在上角的數字，上角字碼。**3**《**S-**》〖教會〗修道院院長。～**·ly** 副

Su·pe·ri·or [sə'pɪrɪɚ, sʊ-] 图 **Lake**, 蘇必略湖：北美五大湖之一，在美國 Michigan 州與加拿大 Ontario 省之間，是世界最大的淡水湖。

su·pe·ri·or·i·ty [sə,pɪrɪ'ɔrətɪ, sʊ-, -'ɑr-] 图 Ⓤ 優越（性），優勢《*to, over*...》；高傲，優越感；不屈服，不爲所動《*to*...》。

superi'ority ˌcomplex 图 優越感，自傲心理；〖心〗優越情結。

superl.《縮寫》*superl*ative.

su·per·la·tive [sə'pɝlətɪv, sʊ-] 形 **1** 最高的，無上的，無比的；極度的；誇大的，過度的，誇張的。**2**〖文法〗（形容詞、副詞的）最高級的。—图 **1**《通常作 **the** ～》最高者，至高無上的人；典範。**2**《**the** ～》〖文法〗最高級，最高級語詞。**3**（事物的）極致，最高的程度。**4**《～**s**》誇張的言詞；最高的讚詞。

～**·ly** 副

su·per·lu·na·ry [ˌsupɚ'lunərɪ] 形 **1** 在月亮上方的，月亮外的。**2** 天的，天界的（亦稱 **superlunar**）。

su·per·man ['supɚˌmæn] 图（複**-men**）**1** 超人，具有超常人能力者。**2**（德國哲學家尼采的哲學中的）超人。**3**《**S-**》（漫畫中的）超人。

su·per·mar·ket ['supɚˌmɑrkɪt] 图 超級市場。

su·per·mun·dane [ˌsupɚ'mʌnden] 形 超越世俗的，超凡的，超俗的。

su·per·nal [sʊ'pɝnl] 形《文》**1** 天界的，天上的；神聖的。**2** 不屬於凡間的，超凡入聖的；至高無上的；崇高的，高雅的，神妙的，空靈的。**3** 天上的；高處的。

～**·ly** 副

su·per·nat·u·ral [ˌsupɚ'nætʃrəl, -tʃərəl] 形 **1** 超自然的，不可思議的；異常的，奇異的。**2** 極度的，遠遠超乎尋常的。**3** 神的；靈魂的。**4** 妖魔鬼怪的，神怪的；怪異的。—图 **1** 超自然的事物；奇蹟；神的力量。**2**《**the** ～》《集合名詞》超自然的存在。

～**·ly** 副，～**·ness** 图

su·per·nat·u·ral·ism [ˌsupɚ'nætʃrəlˌɪzəm, -tʃərəl-] 图 Ⓤ **1** 超自然性。**2** 超自然信仰。

su·per·no·va [ˌsupɚ'novə] 图（複**-vae** [-vi], ～**s**）〖天〗超新星。

su·per·nu·mer·ar·y [ˌsupɚ'njuməˌrɛrɪ, -'nu-] 形 **1** 額外的；編制以外的；多餘的。**2** 輔助正規人員的。—图（複**-ar·ies**）多餘的人[物]；冗員；編制以外的人員；臨時雇員；臨時演員，小配角，龍套。

su·per·or·di·nate [ˌsupɚ'ɔrdənet] 图 上級，上位。

su·per·phos·phate [ˌsupə'fɑsfet] 图 ⓊⒸ **1**〖化〗過磷酸鹽。**2** 過磷酸肥料。

su·per·pose [ˌsupɚ'poz] 動 及 **1** 重疊；放在上面《*on, upon*...》。**2**〖幾何〗使重疊。**-pos·a·ble** 形，**-po·'si·tion** 图

su·per·po·ten·cy [ˌsupɚ'potn̩sɪ] 图 Ⓤ 超強的能力。**-tent** 形

su·per·pow·er ['supɚˌpaʊɚ] 图 **1** Ⓤ 超強的力量；總合動力。**2** 超級強國。

su·per·scribe [ˌsupɚ'skraɪb] 動 及 **1** 題名在…上。**2** 寫上姓名住址。

su·per·script ['supɚˌskrɪpt] 形 寫在右上方的。—图 上標文字，上標符號。

su·per·scrip·tion [ˌsupɚ'skrɪpʃən] 图 **1** Ⓤ 寫上，刻上，標上。**2** 題字，題款，銘文，標註；標題；（信上等的）姓名住址。**3**〖藥〗處方上標。

su·per·sede [ˌsupɚ'sid] 動 及《常用被動》使變得過時，使遭到廢棄；取代；使被取代；接替，替代《*with, by*...》；接掌。

su·per·se·dure [ˌsupɚ'sidʒɚ] 图 **1** Ⓤ 代替，取代；廢棄；撤換，免職。**2**《美》= supersession 1.

su·per·sen·si·tive [ˌsupɚ'sɛnsətɪv] 形 **1** 極度敏感的；過敏的。**2**〖電子〗超靈敏的；〖攝〗感光性超強的。

su·per·ses·sion [ˌsupɚ'sɛʃən] 图 **1** Ⓤ 被取代的狀態。**2** = supersedure 1.

su·per·son·ic [ˌsupɚ'sɑnɪk] 形 **1** 超音速的：a ～ plane 超音速飛機。**2** 超音波的。—图 **1** Ⓤ 超音速；超音波。**2**《～**s**》《作單數》超音速學。**3** 超音速飛機。

S

super'sonic 'transport 图 超音速運輸機[客機]。略作：SST

su·per·speed ['supɚˌspid] 形 超高速的。

su·per·star ['supɚˌstɑr] 图 **1**（演藝界等的）超級巨星，天王巨星。**2**〖天〗超級巨星；發出強力電磁波的天體。～**·dom** 图 Ⓤ 超級巨星的地位。

su·per·state ['supɚˌstet] 图 超級強國；中央集權的國家。

·su·per·sti·tion [ˌsupɚ'stɪʃən] 图 ⓊⒸ **1** 迷信；盲信《*that* 子句》。**2** 迷信的習慣。**3** 莫名的恐懼，偶像崇拜；邪教。

su·per·sti·tious [ˌsupɚ'stɪʃəs] 形（有關）迷信的；迷信引起的；很迷信的。

～**·ly** 副

su·per·store ['supɚˌstor] 图《主英》超大型賣場，量販店。

su·per·stra·tum ['supɚ,stretəm, -,stræ-] 名 (複**-ta** [-tə], ~**s**)上層；上層（語言）。

su·per·struc·ture ['supɚ,strʌktʃɚ] 名 **1** 建築物；結構物；〖海〗船艛建築，上層建築。**2** 基本的思想架構；（馬克思主義中的）上層建築。

su·per·tank·er ['supɚ,tæŋkɚ] 名超級油輪。

su·per·tax ['supɚ,tæks] 名 **1** Ⓤ《主英》（所得稅的）超額累進附加稅。**2**《美》= surtax.

su·per·vene [,supɚ'vin] 動 不及 伴隨產生，接著發生，繼起《*on, upon...*》。—及 並隨發生，引起。**-ven·tion** [-'vɛnʃən] 名 Ⓤ Ⓒ 續發追加，附加。

·**su·per·vise** ['supɚ,vaɪz] 動(**-vised, -vis·ing**)及監督，管理，指揮。

su·per·vi·sion [,supɚ'vɪʒən] 名 Ⓤ 監督，管理，指揮：under medical ~ 在醫生的醫護下。

su·per·vi·sor ['supə,vaɪzɚ] 名 **1** 監督者，管理者；〖教〗輔導員；督學。**2**《英》（大學的）個人指導教授。

su·per·vi·so·ry [,supɚ'vaɪzərɪ] 形監督（上）的，管理（上）的。

su·per·wom·an ['supɚ,wumən] 名(複**-wom·en**)女超人，女強人。

su·pine [su'paɪn] 形 **1** 仰臥的；手掌向上的。**2** 漠不關心的，懶散的，怠惰的。—['--] 名〖文法〗**1**（拉丁文法中的）動名詞。**2** 帶to的不定詞。~**·ly** 副仰臥地；怠惰地。

:**sup·per** ['sʌpɚ] 名 **1** Ⓤ Ⓒ ⑴晚餐，晚飯。⑵簡便晚餐，宵夜：a small ~ 簡單的晚餐 / buffet ~ 自助晚餐 / have ~ 吃晚餐。**2** 晚餐會，（備有晚餐的）舞會。**3** 晚餐上的食物。**4** 晚飯時間。

sing for one's supper 量力回報。

~**·less** 形不吃晚餐的。

'**supper ,club** 名高級夜總會。

sup·per·time ['sʌpɚ,taɪm] 名 Ⓤ 晚餐時間。

sup·plant [sə'plænt] 動 及 **1** 取代；替代。**2** 奪取：~ the presidency 謀取總統的職位。

sup·ple ['sʌpl] 形 (**-pler, -plest**) **1** 柔軟的，易彎曲的：a ~ fabric 柔軟的布。**2** 靈活的，具順應性的。**3** 順從的；阿諛的，奉承的。

—動 及 不及 柔軟，變柔軟；順從，變順從。~**·ly** 副

·**sup·ple·ment** ['sʌpləmənt] 名 **1** 追加，補足，補充，補遺；增補，附錄，增刊《*to...*》：a ~ *to* the OED 牛津英語辭典補編。**2**〖幾〗補角；補弧。

—['sʌplə,mɛnt] 動 及 **1** 增補；附上補遺；填補，補充《*with, by...*》。**2** 彌補，填補。**-men·'ta·tion** 名

sup·ple·men·tal [,sʌplə'mɛntl] 形 **1** = supplementary 形 1. **2**（答辯狀、宣誓書的）補敘的。

sup·ple·men·ta·ry [,sʌplə'mɛntərɪ] 形 **1** 補充的；追加的《*to...*》：~ benefit《英》（政府發給的）生活補助金。**2**〖幾〗補角的：a ~ angle 補角。—名(複**-ries**)補充的人[物]。

sup·pli·ance² ['sʌplɪəns] 名 Ⓤ 請願，哀求，祈求。

sup·pli·ant ['sʌplɪənt] 名《文》請願者，哀求者，懇求者。—形請願的，哀求的；如哀求般的。~**·ly** 副

sup·pli·cant ['sʌplɪkənt] 形請願的，哀求的。—名= suppliant.

sup·pli·cate ['sʌplɪ,ket] 動 不及《文》請願，懇求，向神祈願，祈求《*for...*》：~ *for* forgiveness 懇求寬恕。—及 **1** 祈求，懇求《*for...*》。**2** 請求，懇求。

sup·pli·ca·tion [,sʌplɪ'keʃən] 名 Ⓤ Ⓒ 請願，懇求；祈願，祈禱。

sup·pli·ca·to·ry ['sʌplɪkə,torɪ] 形請願的，懇求的。

sup·pli·er [sə'plaɪɚ] 名《常作~**s**》供應者；原料供給地；零件製造商。

:**sup·ply** [sə'plaɪ] 動(**-plied, ~·ing**)及 **1** 供給，供應（某物）《*with...*》；將（物）供給（某人）《*to...*，偶用*for...*》；《美》給予：~ a village *with* electricity 供給村莊電力 / ~ an alibi *to* a person 提供某人不在場證明。**2** 補充，彌補；滿足：~ a demand for... 滿足…的需求 / ~ the requirement for better health facilities 滿足更佳之保健設施的需求。**3** 填補，代理。—不及 充任，代理，代理講道。—名(複**-plies**) **1** Ⓤ 供給，供應；軍需，補給；〖經〗供應力。**2** 供給量。**3**《偶作**-plies**》庫存（量），存貨（量），儲藏（量）。**4**《通常作**-plies**》必需品，糧食；《**-plies**》補給品，軍需物資。**5**《**-plies**》⑴《英》政府年度支出，經費。⑵開支，生活費。**6** Ⓤ（牧師等的）代理，補缺。**7**〖電〗電源，電力來源。—形《限定用法》供給的，供應的；電源的。

sup'ply ,teacher 名《英》（產假等的）臨時代課老師。

:**sup·port** [sə'port] 動 及 **1** 支撐，支持；支撐使其不致於倒塌。**2** 贍養，撫養；維持：~ oneself 養活自己。**3** 持續；使有力量；鼓勵，激勵。**4** 忍耐，容忍：~ an insult patiently 一聲不吭地忍受侮辱。**5** 支援，擁護，援助《*in...*》：~ an opinion 支持某種意見。**6** 證明，證實。**7** 當配角；幫助演出；演出。

—名 **1** Ⓤ支持，支撐，支援；Ⓒ支持者，地基，支座，支柱。**2** Ⓤ 贍養；Ⓒ 贍養者，供養者，經濟上的支援者；Ⓤ生計；生活費。**3** 援助者，幫助者；可幫助之物；精神支柱；〖軍〗支援（部隊）；預備（軍），援軍。**4**《亦作集合名詞》助演者，配角。**5** 畫布，畫板。**6** 贊助。**7**〖

樂〗伴奏。～·less 形無後援（者）的；沒有支持的。

sup·port·a·ble [sə'portəbl̩] 形可支持的，能供養的；可維持的；能忍受的。

sup·port·er [sə'portɚ] 名 **1** 支持物，支柱；維持者；贍養者；配角。**2** 腹帶，繃帶，護身帶。**3** 後援者，後盾，戰友，贊成者。

sup·port·ing [sə'portɪŋ] 形支持的，援助的；配角的：best ～ actress 最佳女配角。

sup·port·ive [sə'portɪv] 形支持的；支援的；鼓勵的；撫養的。

sup·pos·a·ble [sə'pozəbl̩] 形可想像的，可假定的。

sup·pos·al [sə'pozl̩] 名 U 想像；C 推測。

:sup·pose [sə'poz] 動 **(-posed, -pos·ing)** 及 **1** 假定，想像。**2** 假如…的話（怎麼辦）。**3** 猜想，相信，認爲；推想，推測。**4** 假定存在；（理論性的）意味著。**5**《被動》被預期，應該，應當。—不及 假定，推想，認爲。

-pos·er 名

sup·posed [sə'pozd] 形《限定用法》想像的，假定的；推定的；想像上的：a ～ situation 假定的情況。

sup·pos·ed·ly [sə'pozɪdlɪ] 副恐怕，也許多半，推測上，想像上。

sup·pos·ing [sə'pozɪŋ] 連假定是…的話，倘若，如果…的話。

sup·po·si·tion [ˌsʌpə'zɪʃən] 名 **1** U 假定，推定，想像：on the ～ that... 假定…，想像成。**2** 推測，臆測，假設。～**·al** 形假定上的。

sup·po·si·tious [ˌsʌpə'zɪʃəs] 形 **1** 由假設而來的，依推測而生的。**2** = supposititious.

sup·pos·i·ti·tious [səˌpɑzə'tɪʃəs] 形 **1** 頂替的，偷換的，假冒的；冒充的。**2** 假定的，推測的。

sup·pos·i·tive [sə'pɑzɪtɪv] 形 **1** 假定的，推測的；基於假設的，根據推測的；〖文法〗表假設的。**2** 假的，冒充的。—名〖文法〗表假設的連接詞。～**·ly** 副

sup·pos·i·to·ry [sə'pɑzəˌtorɪ] 名（複 **-ries**）〖醫〗塞藥，坐藥，栓劑。

·sup·press [sə'prɛs] 動 及 **1** 使停止活動；鎮壓，平定：～ agitators 鎮壓煽動者。**2** 不公布，隱藏，隱瞞；禁止發行。**3** 廢止，停止。**4** 壓抑，抑制；忍住；止住。**5**〖電〗抑制，減弱。**6**〖精神醫〗壓抑（意識上的思考、衝動等）。

sup·pres·sant [sə'prɛsn̩t] 名抑制（反應、作用等的）藥劑。

sup·press·i·ble [sə'prɛsəbl] 形可抑制的，可壓抑的；可隱藏的；能禁止的；能鎮壓的。

sup·pres·sion [sə'prɛʃən] 名 U **1** 壓制，鎮壓：～ of dissent 壓制反對意見。**2** 隱藏，隱瞞：～ of facts 隱藏事實。**3** 抑制：～ of desire 抑制欲望。**4**（出版等的）禁止；（書籍等的）刪減。

sup·pres·sive [sə'prɛsɪv] 形壓制的，抑制的；鎮壓的；隱瞞的；禁止發表的。

sup·pres·sor [sə'prɛsɚ] 名壓制者；鎮壓者；禁止發行者。

sup·pu·rate ['sʌpjəˌret] 動 不及 化膿，生膿。

sup·pu·ra·tion [ˌsʌpjə'reʃən] 名 U 化膿；膿。**'sup·pu·ˌra·tive** 形 名 化膿性的；催膿劑。

su·pra ['suprə] 副在前，在上，在前文中。

supra-《字首》表「上面的」、「在上的」、「在前的」之意。

su·pra·na·tion·al [ˌsuprə'næʃənl] 形超國家的。

su·pra·re·nal [ˌsuprə'rinl̩] 形〖解〗腎上的；腎上腺的。—名腎上腺，副腎。

su·prem·a·cist [sʊ'prɛməsɪst, sə-] 名至上主義者：a white ～ 白人優越論者。

su·prem·a·cy [sʊ'prɛməsɪ, sə-] 名 U **1** 至高，至上，無以倫比；最優，優越：white ～ 白人優越論。**2** 最高權力；霸權，統治權《*over...*》。

·su·preme [sə'prim, sʊ-] 形（偶用 **-prem·er, -prem·est**）**1**《常作 S-》（在地位等上）最高的，無上的：the ～ ruler 最高統治者。**2**（在品質等上）最高的，至高的；最大的，最大限度的，極度的，非常的：a ～ artist 最傑出的藝術家 / ～ devotion 無上的奉獻。**3** 終極的，最後的；至死的。—名《**the S-**》神，至高者；《**the** ～》絕頂。～**·ly** 副, ～**·ness** 名

Su'preme 'Being 名《**the** ～》《文》上帝，神。

su'preme com'mander 名最高指揮官，最高統帥。

Su'preme 'Court 名《**the** ～》《美》聯邦最高法院；（州的）最高法院。

Su'preme 'Soviet 名《**the** ～》最高蘇維埃：前蘇聯最高立法機關。

su·pre·mo [sə'primo] 名《英》最高權威者，總裁，首腦。

Supt., supt.《縮寫》*superintendent*.

sur-《字首》**super-** 的別體。

sur·cease [sɝ'sis] 動 及《古》停止，終了。—不及 使停止。—名 U 休止。

sur·charge ['sɝˌtʃɑrdʒ] 名 **1** 追加稅金，不足稅額，附加費，追繳金，追加費，加成費；〖法〗附加罰款。**2** 過高的要價。**3** 印戳，加蓋印戳的金額；《英》改值或改期的支票。**4** 超載，超重；過度充電。—[-'-] 動 及 **1** 使付額外的費用《*on, for...*》。**2** 使滿載貨物，使裝載過多貨物；使過度操心《*with...*》。**3** 加蓋變値戳記。**4** 指出脫漏，使無效。**-'charg·er** 名

sur·cin·gle ['sɝˌsɪŋgl̩] 名 **1**（馬的）腹帶。**2** 袈裟上的帶子。

S

sur·coat ['sɝ,kot] 图 1（中世紀騎士穿在盔甲上的）外衣。2《古》外衣，上衣。

surd [sɝd] 图 形 1〖語音〗清音（的），無聲（的）。2〖數〗無理數（的）。

:sure [ʃur] 形 (**sur·er, sur·est**) 1《敘述用法》堅信的，確信的，信心的《*of, about* ..., *that* 子句, *wh-* 子句, *wh- to* do, *whether* 子句》: be ~ *of* oneself 有自信心 / be ~ *of* victory 確信會勝利。2《敘述用法》一定的，必定的，確實的《*to* do》。3《限定用法》(1) 確切的，確實的，確定的；堅固的；穩當的，萬全的；真確的 : a ~ method 穩當的方法。(2) 可信賴的，可靠的 : a ~ adviser 可靠的顧問。4 必然的，不可避免的 : a ~ conclusion 當然的結論。

be sure and do《命令》《口》務必要…，一定要…。

for sure 肯定，確切地。

make sure (1) 確定，確保《*of*..., *that* 子句》。(2) 證實，查明，事先安排《*of*...》。(3)《用過去式》深信《*of*..., *that* 子句》。

sure thing《口》確實的事，一定。

to be sure (1) 確實，當然。(2) 的確。(3)《常有 **well** 放在其前》哎呀！真的啊！(*Well*), *I am sure* ! = to be SURE (3).

—副《美口》1 的確，真地，無疑地（《英》certainly）。2《通常用 **as** ~ **as**... 的句型》一定，必定。3 當然。

sure enough 實在地，一定，果真地。

~·**ness** 图 確實（性），實在（性）。

sure-e·nough ['ʃurə,nʌf] 形《美方》真正的，千真萬確的。

sure-fire ['ʃur,faɪr] 形《美口》一定會成功的，不會失敗的；預期得到的。

sure-foot·ed ['ʃur'futɪd] 形 1 不會跌倒的。2 踏實的，無失誤之虞的。

:sure·ly ['ʃurlɪ] 图 1 確實地；無疑地，的確。2《修飾全句，可放在句首、句中、句尾》無疑地，的確，一定。3 無可避免地，必然的；無誤的 : slowly but ~ 緩慢而穩當地。—副 1《用否定句表示不相信、不關心、嘲弄的心情等》絕（不…），萬萬也（想不到…），無論如何也，絕不至於！2 確實地。3《美》《回答時表肯定》是的，當然（《英》certainly）。

sure·ty ['ʃurtɪ,'ʃurətɪ] 图(複 **-ties**) U C 1 保證，擔保，抵押。2 保證人，債務保證人；教父（母）: stand ~ for a person 當某人的保證人。3 安全（性），可靠（性）；安全的保障。

surf [sɝf] 图 U 1 拍岸的碎浪；白色波浪；澎湃之浪。2 衝浪舞。—動 不及 衝浪，做衝浪運動；在澎湃大浪中游泳。—及〖電腦〗上網，瀏覽。

:sur·face ['sɝfɪs] 图 1 表面，面；表層 : the choppy ~ of the lake 波浪起伏的湖面。2《the ~》外觀，外面，外表 : get below *the* ~ with him 探索他的內心。3〖幾〗面；平面。4 陸上運輸。

come to the surface (1) 浮出水面的。(2) 表面化的。

—形 1 表面的，外面的；地球表面的 : ~ water 地表水。2 陸路的，船舶的。3 表面的，浮面的，只有外表的。4〖語言〗表層的。—動 (**-faced, -fac·ing**) 及 1 裝飾表面；磨平，碾平，鋪（路）《*with*...》；塗抹表層。2 使浮出水面。—不及 1 浮升。2《美》表面化，明朗化。4 在地面上工作。

'surface ,mail 图 U 水陸郵件，普通郵件。

sur·face-print·ing ['sɝfɪs,prɪntɪŋ] 图 U〖印〗凸版印刷；平版印刷。

'surface ,tension 图 U〖理〗表面張力。

sur·face-to-air ['sɝfɪstə'ɛr] 形《限定用法》地對空的 : ~ missile 地對空飛彈（略作 : SAM）。—副 自地面向空中地。

sur·face-to-sur·face ['sɝfɪstə'sɝfɪs] 形《限定用法》地對地的。—副 地對地地。

'surf and 'turf 图 海陸大餐。

surf·board ['sɝf,bord] 图 衝浪板。

surf·boat ['sɝf,bot] 图 衝浪艇。

'surf ,casting 图 U〖釣〗激浪投釣。

'surf ,duck 图〖鳥〗黑鳧。

sur·feit ['sɝfɪt] 图《通常作 **a** ~》1 過度，過多；過量，超額《*of*...》；供給過度 : *a* ~ *of* advice 過多而令人生厭的勸告。2 不適，噁心，腹脹；暴飲，暴食。—動 及 使飲食過量；使厭膩《*with*...》。—不及（飲食等）過度《*of, on, upon*...》；厭膩《*with*...》。

surf·er ['sɝfɚ] 图 衝浪運動者；（網路的）瀏覽者。

surf·ing ['sɝfɪŋ] 图 U 1 衝浪運動。2（網路的）瀏覽。3（看電視）不斷切換頻道。

surf·rid·ing ['sɝf,raɪdɪŋ] 图 = surfing.

surf·y ['sɝfɪ] 形 (**surf·i·er, surf·i·est**) 多拍岸之浪的；起大浪的；浪花的，似浪濤的。

surg.《縮寫》*surg*eon; *surg*ery; *surg*ical.

surge [sɝdʒ] 图 1 奔流，洶湧，潮湧，蜂擁，湧至《*of*...》: a ~ *of* interest 急增的興趣 / a ~ *of* smoke 滾滾的煙霧。2（海浪的）起伏；大浪。3〖氣象〗急進的氣壓變化。4〖電〗激變電壓，暴衝。

—動 不及 1 隨波浪搖動。2 浪濤洶湧；蜂擁而至。3 沸騰，洋溢《*up*》。4〖電〗激變，暴衝；突然鬆脫；〖機〗打空轉，顫動。—及 1 使在波浪中起伏；使似浪濤般起伏。2〖海〗放鬆。

:sur·geon ['sɝdʒən] 图 1 外科醫生 : ~ dentist 齒外科醫師 / ~'*s* knot 外科結。2 軍醫。

'surgeon 'general 图（複 **surgeons general**）《美》1 軍醫署長。2《**S- G-**》美國公共衛生局局長。

·sur·ger·y ['sɝdʒərɪ] 图 (複 **-ger·ies**) 1 U

外科手術（法）；外科；外科醫學：cosmetic ～ 美容外科。2 Ⓤ外科手術：accept ～ 接受外科手術。3 手術室；《英》醫院，診療所；Ⓤ Ⓒ《英》門診時間。4《口》政治門診（處）。

sur·gi·cal ['sɝdʒɪkl] 形 1 外科的；手術：～ operation 外科手術。2《限定用法》外科（手術）用的：～ spirit《英》消毒用的酒精。3 手術引起的。～·ly 副

'surgical 'strike 名〖軍〗快速而精準的空襲。

surg·y ['sɝdʒɪ] 形 波濤洶湧的。

Su·ri·nam [,surɪ'nɑm] 名 蘇利南（共和國）：南美洲北岸的獨立國；首都為 Paramaribo。

sur·ly ['sɝlɪ] 形 (-li·er, -li·est) 1 不和氣的，乖戾的，不友善的；兇猛的。2 陰沉的。

-li·ly 副不和悅地，繃著臉地。-li·ness 名

·sur·mise [sɚ'maɪz] 動 (-mised, -mis·ing) 及推測，推想。—不及推量，推想。
—['sɝmaɪz] 名預測；推論；意見，想法。

sur·mount [sɚ'maunt] 動及 1 登上，爬過，越過。2 翻越；克服；打贏，戰勝：～ incredible difficulties 克服難以置信的困難。3 放在頂上，高矗在頂上：a bell ～*ing* the church 矗立在教堂頂上的鐘。
～·a·ble 形可凌駕的，可超越的；可克服的。

·sur·name ['sɝ,nem] 名 1 姓。2 綽號，渾名，別號，外號。

·sur·pass [sɚ'pæs] 動及 1 勝過，凌駕《*in*...》。2 越過，超越：a faculty that ～*es* human capabilities 超越人類天賦的能力。
～·a·ble 形可勝過的。～·er 名

sur·pass·ing [sɚ'pæsɪŋ] 形《限定用法》無與倫比的；出類拔萃的；不凡的，令人稱奇的。～·ly 副卓越地；超絕地。

sur·plice ['sɝplɪs] 名 1〖教會〗袖子寬大的白法衣。2 胸前有重疊斜褶的衣服。
-plied 形 穿白法衣的。

·sur·plus ['sɝplʌs] 名 1 剩餘，多餘。2 多餘的量：in ～ 多餘的 / army ～ 陸軍剩餘物資。3《美》（政府買進的）過剩農產品；〖會計〗盈餘；公積金。—形《限定用法》過剩的，剩餘的。

sur·plus·age ['sɝplʌsɪdʒ] 名 Ⓤ 1 剩餘，盈餘。2 不必要的事物。3〖法〗多餘的辯解。

'surplus 'value 名 Ⓤ〖經〗剩餘價值。

sur·pris·al [sə'praɪzl] 名 Ⓤ驚駭，驚奇，意外的事物。

:sur·prise [sə'praɪz] 動 (-prised, -pris·ing) 及 1 使…驚訝；使感到意外《*at, by*...》。2 奇襲，突襲；當場逮住，意外撞見：～ the enemy 突襲敵人。3 使感到驚喜《*with*...》。4 出其不意地獲得《*from, out of*...》；出其不意地使…《*into*...》：～ a mistake *out of* one's opponent 突如其來使對手犯錯 / ～ a criminal *into* giving a confession 出其不意地使犯人招供。
—名 1 Ⓤ 驚訝，驚奇，吃驚。2《常作 a ～》意想不到的事物。3《常作 a ～》意想不到的禮物。4 Ⓤ突襲；當場逮住，意外撞見；攻其不備，出其不意。
take...by surprise (1) 出其不意地襲擊；出其不意地撞見。(2) 令（某人）措手不及。
—形《限定用法》突然的，無預告的。

sur'prise ,party 名《美》1 令人驚喜的宴會。2 令人驚喜的事情。

·sur·pris·ing [sə'praɪzɪŋ] 形驚人的，令人驚訝的；非預期的，出乎意料的：a ～ lack of data 資料的嚴重不足令人吃驚 / with ～ speed 以驚人的速度。

sur·pris·ing·ly [sə'praɪzɪŋlɪ] 副 1 驚人地。2《通常用於句首》令人感到驚訝地，出人意料地。

sur·re·al [sə'riəl] 形 超現實（主義）的；夢般怪異的，奇幻的。—名《the ～》超現實，奇幻。

sur·re·al·ism [sə'riəl,ɪzəm] 名 Ⓤ〖藝〗超現實主義。-ist 名形 超現實主義者，超現實主義的。
-'is·tic 形超現實（主義）的；像超現實主義繪畫般的，奇幻的。

·sur·ren·der [sə'rɛndɚ] 動 及 1 放棄控制權；交出；喪失《*to*...》。2《反身》投降；自首；深陷，沉迷，縱情；聽任擺布《*to*...》：～ *oneself* 投降 / ～ *oneself to* the police 自首，投案 / ～ *oneself to* despair 深深陷入絕望之中。3 讓出《*to*...》：～ his chair *to* the old man 把他的座位讓給老先生。4〖保〗解約，退保。—不及 投降，屈服；自首；沉迷，耽溺；聽任擺布《*to*...》。—名 Ⓤ Ⓒ 1 投降，屈服；讓與，讓渡；交出；放棄。2 自首。3〖保〗解約，退保。4 讓渡書；解約書。

sur'render ,value 名 Ⓤ Ⓒ 解約（歸還）金，退保金額。

sur·rep·ti·tious [,sɝəp'tɪʃəs] 形 1 暗中的，祕密的；偷偷的，鬼鬼祟祟的。2 以不正當的技倆獲得的，不合法的；欺詐的。～·ly 副

sur·rey ['sɝɪ] 名(複 ～s)《美》雙座的四輪輕便馬車。

sur·ro·gate ['sɝəgɪt] 名 1 代理人，代替者；代用品，替代物《*for, of*...》。2《美》負責驗證遺囑的司法官員。3〖教會〗《英》主教等教會司法官的代理。4〖精神醫〗代理人物，替代者。—動 及 1 做代理；指派為接替者。2 = subrogate.

'surrogate 'mother 名代理孕母。
'surrogate ,motherhood 名

:sur·round [sə'raund] 動 及 1 團團圍住；包圍；《喻》（危險等）籠罩住；被圍住《*with, by*...》：～ the enemy 包圍敵人。2 圍繞，環繞。—名 1《英》(1) 邊框，邊飾，鑲邊。(2)（牆壁和地毯周圍之間的）地板；其覆蓋物。2 圍繞物周圍的東西；周圍部分，周圍區域。3〖狩〗《美》圍捕

S

(法)；圍捕圈。

·**sur·round·ing** [sə'raʊndɪŋ] 图 **1** 圍繞物，周圍的人；圍住，包圍。**2**《~**s**》環境，周圍的事物：live in magnificent ~*s* 生活於奢華的環境中。一形《限定用法》包圍的；圍繞著的；周圍的，周遭的。

sur 'round(-),sound 图Ⓤ（立體）環繞音響：一種高傳真音響效果，使聽者有身在其中之感。**sur'round-,sound** 形

sur·tax ['sɝ,tæks] 图ⓊⒸ附加稅：所得稅附加稅，累進的附加所得稅。

sur·tout [sɚ'tut, -'tu] 图(複~**s**)〖史〗男用緊身大衣；女用附帽子的斗篷。

sur·veil [sɚ'vel] 動(**-veilled, -veill·ing**)及《美》嚴密監視。

sur·veil·lance [sɚ'veləns, -'veljəns] 图Ⓤ **1** 監視，看守；監察，偵測。**2** 監督。

sur·veil·lant [sɚ'velənt, -'veljənt] 形監視；監督的。一图監視者；監督者。

·**sur·vey** [sɚ've] 動及 **1** 眺望，俯瞰；縱覽，作通盤性的觀察。**2** 檢查，調查；勘查，鑑定；審視；測量，勘測。一不及作測量。

一['sɝve, sɚ've] 图(複~**s**) **1** 眺望，俯瞰，環視；縱覽，概觀，縱談。**2**ⓊⒸ調查，檢查，勘查；Ⓒ調查報告，調查書。**3** 抽樣調查。**4**Ⓤ Ⓒ測量，勘測地；Ⓒ測量紀錄，測量圖，實測圖；測量部[局]。~·**a·ble** 形

sur·vey·ing [sɚ'veɪŋ] 图Ⓤ測量；測量術[學]。

sur·vey·or [sɚ'veɚ] 图 **1** 測量者，測量員。**2** 監督者：a ~ of the highways 負責檢查公路的官員。**3**《美》檢驗員。**4**《主英》(度量衡等的) 檢驗官，鑑定人。

sur·vey·or·ship [sɚ'veɚ,ʃɪp] 图Ⓤ測量員的職務。

·**sur·viv·al** [sɚ'vaɪvl] 图 **1**Ⓤ保全性命，生還，倖存；殘存，遺留，存續：the ~ of the fittest 適者生存。**2** 倖存者，殘存者[物]，遺物，遺風。一形保全性命的，供緊急救難之用的；緊急救難用品的。

S

·**sur·vive** [sɚ'vaɪv] 動(**-vived, -viv·ing**)及 **1** 比…活得久。**2** 倖免於難，從…逃生；度過。一不及 **1** 保住性命，生存下來，生還，倖存；繼續存在，留存下來。**2** 仍然活得下去。

sur·vi·vor [sɚ'vaɪvɚ] 图生還者；生存者，倖存者；遺族；殘存物，遺留物。

sur'vivor ,guilt 图Ⓤ〖精神醫〗劫後餘生罪惡感。

sur·vi·vor·ship [sɚ'vaɪvɚ,ʃɪp] 图Ⓤ **1** 倖存，未死，保全性命，生還；殘存，遺留。**2**〖法〗生存者取得權。

sur'vivor ,syndrome 图〖精神醫〗劫後餘生症候群。

Su·san ['suzn̩] 图〖女子名〗蘇珊。

Su·san·na [su'zænə] 图 **1**〖聖〗蘇珊娜書；蘇珊娜（蘇珊娜書中貞女的名字）。**2**（亦作 **Susannah**）〖女子名〗蘇珊娜。

sus·cep·ti·bil·i·ty [sə,sɛptə'bɪlətɪ] 图(複**-ties**) **1**Ⓤ容易罹患；易受影響；易感性；感受性《*to*...》: have a ~ *to* influenza 容易染上流行性感冒。**2**《**-ties**》感情：wound a person's *susceptibilities* 傷害某人的感情。

sus·cep·ti·ble [sə'sɛptəbl] 形 **1**《敘述用法》易受影響的；易受感染的《*to*...》: be ~ *to* illness 容易生病。**2** 多感的，敏感的；易受感動的，易起感應的《*to*...》: a ~ young man 一位敏感的青年。**3**《敘述用法》可接受的，有…餘地的，允許的《*of, to*...》: a poem ~ *to* different interpretations 可做許多不同詮釋的一首詩。**-bly** 副

sus·cep·tive [sə'sɛptɪv] 形 **1** 富感受性的，敏感的。**2** 易接受的《*to*...》。

su·shi ['suʃɪ] 图〖烹飪〗壽司。

Su·sie ['suzɪ] 图〖女子名〗蘇西。

·**sus·pect** [sə'spɛkt] 動及 **1** 感覺到，察覺到：~ intrigue 覺得有陰謀。**2** 懷疑…不真實：~ the evidence 不相信證據。**3** 懷疑是…，認爲有…的嫌疑《*of*...》。**4** 猜想；懷疑。一不及 懷疑，疑心。一['sʌspɛkt] 图嫌疑犯，被懷疑者。

for suspect《英俚》當成嫌疑犯。

一['sʌspɛkt] 形《主要爲敘述用法》可疑的，遭到懷疑的。

·**sus·pend** [sə'spɛnd] 動及 **1**《常用被動》使懸吊《*from*...》；使懸浮：~ a banner *from* the window 把旗子從窗口掛下。**2** 使一端固定而其他部分可以自由移動《*on*...》: ~ a gate *on* its hinges 在門上安裝鉸鏈。**3** 保留，暫不做決定；延緩：~ a sentence 緩期處刑。**4** 暫時停止，中止；《美》處以休學的處分，暫時除名《*from*...》: ~ him *from* the team 暫時將他自隊中除名。**5** 使產生懸念。**6**〖樂〗使掛留。一不及 **1** 停止，暫停；暫時停止生效；停止支付。**2** 懸垂，垂吊；懸浮。

sus'pended ani'mation 图Ⓤ 生機停頓，休眠狀態。

sus'pended 'sentence 图緩刑。

sus·pend·er [sə'spɛndɚ] 图 **1**《通常作~**s**》(1)《主美》吊褲帶（《英》braces）：a pair of ~*s* 一雙吊褲帶。(2)《英》= garter 图 1. **2**（吊橋的）吊索。**3** 懸吊的人；懸吊物。

sus'pender ,belt 图《英》= garter belt.

·**sus·pense** [sə'spɛns] 图Ⓤ **1** 擔心，掛念，掛慮，忐忑不安；(電影、小說等的) 持續的緊張感，懸疑：wait in ~ 擔心地等待。**2** 躊躇不定，懸而未決：hold one's judgment in ~ for a few days 延緩數日暫不宣判。**3** 暫時的停止；〖法〗(權利的) 中止。~·**ful** 形充滿懸疑的。

sus'pense ac,count 图〖簿〗暫記帳(目)。

sus·pen·si·bil·i·ty [sə,spɛnsə'bɪlətɪ] 图Ⓤ可懸吊；可中止；懸而不決。

sus·pen·si·ble [sə'spɛnsəbl] 形 可懸掛的；可懸浮的；可中止的；可緩期的。

sus·pen·sion [sə'spɛnʃən] 名 1 Ⓤ懸掛，懸吊，垂吊。2 Ⓤ 停止；保留。3 Ⓤ（法令等的）暫時的取消，中止；停學，停職；停止支付，無力償債；中止進行，暫停，擱置：~ of a license 吊銷執照 / ~ of a project 計畫的中止。4〖化〗懸浮，懸浮物質；懸膠液。5 被懸吊物；懸吊器；Ⓤ Ⓒ（車子的）懸吊系統。

sus'pension ˌbridge 名吊橋。

sus'pension ˌperiods [ˌpoints] 名(複)省略號。

sus·pen·sive [sə'spɛnsɪv] 形 1 使暫停的，使停止的，使中止的：a ~ veto 致使（法令）停頓的否決。2 躊躇不定的；未決定的，未確定的，懸而不決的；懸盪不安的，不安定的。3 具有懸疑性的，充滿懸疑氣氛的：a ~ novel 一本充滿懸疑氣氛的小說。4 具有中止的效力的。~·ly 副

sus·pen·so·ry [sə'spɛnsərɪ] 形 1 懸吊式的，用於懸吊的。2 致使暫時停止的，致使懸而不決的。一名(複 -ries)吊帶，懸帶；懸肌，懸口帶。

·sus·pi·cion [sə'spɪʃən] 名 1 Ⓤ Ⓒ 懷疑，疑念；嫌疑，猜疑：arrest a person on (the) ~ of... 以…之嫌疑逮捕某人 / lay oneself open to ~ 做出使自己招致懷疑的行為。2《通常作 a ~》疑心，隱隱約約的意念，猜想《 *that* 子句 》。3《通常作 a ~》一點，些微《 *of...* 》: with a ~ *of* humor 帶有一些幽默。
一動及《非標準》懷疑。~·less 形

·sus·pi·cious [sə'spɪʃəs] 形 1 可疑的：~ circumstances 可疑的情況。2 多疑的；感到懷疑的《 *of, about...* 》。3 懷疑的，流露出疑念的，表示懷疑的：keep a ~ eye on... 對…保持懷疑的眼光。~·ly 副

sus·pi·ra·tion [ˌsʌspə'reʃən] 名 Ⓤ《文》長嘆。

sus·pire [sə'spaɪr] 動 不及《文》1 嘆息，長嘆。2 呼吸。一及長嘆著說道。

Sus·sex ['sʌsɛks, -ɪks] 名 薩西克斯郡：英國英格蘭東南部的一郡，1974 年分割成 East Sussex 和 West Sussex 二郡。

·sus·tain [sə'sten] 動 及 1 支撐；撐住，承受住重量。2 蒙受，受到，遭受；忍受，經得起：~ losses 蒙受損失 / ~ head injuries in the collision 在衝撞事件中頭部受傷。3 鼓舞，激勵，使振作。4 贍養，供養，養育；維持；使持續下去；（提供資金）維持：~ the listeners(') interest 使聽眾的興趣持續下去。5 支持；確認，批准；裁定…是正確的《 *in...* 》；證實。6 精彩的演出：~ the character of Hamlet 精彩的演出哈姆雷特一角。

sus·tain·a·ble [sə'stenəbl] 形 1 可持續的。2 不破壞環境的。

sus·tain·ed [sə'stend] 形 持續的，持久的，持久不變的：~ efforts 持續不斷的努力。

sus·tain·ing ˌprogram [sə'stenɪŋ-] 名《美》（電視、廣播的）公益節目，非營利性節目。

sus·te·nance ['sʌstənəns] 名 Ⓤ 1 生計。2 糧食，食物，營養。3 維持，支持；扶助，補助生計；贍養，供養，養育。4 被維持的狀態；持續，持久，耐久。

Su·sy ['suzɪ] 名〖女子名〗蘇西。

su·tra ['sutrə] 名〖印度教〗箴言；箴言集；〖佛教〗經；經典。

sut·tee [sʌ'ti, '--] 名〖印度教〗1 Ⓤ 寡婦的自焚殉死。2 貞女，殉死的寡婦。

su·ture ['sutʃə] 名 1〖外科〗縫合；縫合法；縫合線；〖解〗縫，骨縫；〖動·植〗接縫。2（布等的）接縫；縫合。-**tur·al** 形 縫合的；骨縫的；接縫的，位於接縫處的。

SUV [ˌɛsju'vi] 名《美》豪華休旅車。

su·ze·rain ['suzərɪn, -ˌren] 名 1 宗主（國）。2〖史〗封建主。~·**ty** 名 Ⓤ宗主權；封建主的地位。

s.v.《縮寫》*sub voce* 在指定字的下面。

svelte [svɛlt] 形(**svelt·er, svelt·est**) 1 身材纖細的，苗條的；纖柔的，婀娜的。2 溫文有禮的；文雅的，優雅高尚的：in ~ accents 用溫和的語調。3 線條清晰的，平滑的。

SW, Sw, s.w.《縮寫》*south*west (ern).

Sw.《縮寫》*Swe*den.

swab [swab] 名 1 拖把，抹布刷；槍炮刷。2 拭子，棉花棒，消毒棉，消毒紗布。3（用拭子取下的）化驗標本。一動(**swabbed**, ~·**bing**)不及 1（用拖把等）擦洗《 *down* 》；擦拭，拭乾《 *up* 》。2 用拭子消毒；用拭子等敷在（喉嚨、傷口等）上《 *with...* 》。

swab·ber ['swabə] 名 1 使用拖把的人[船員]。2 拖把。3 = swab 名 4.

swad·dle ['swadl] 動 1 用襁褓包裹。2 包住；束縛，限制。一名 1《美》襁褓。2 布帶，布條；限制，束縛。

'swaddling ˌclothes 名(複) 1 襁褓；嬰兒服。2 嬰兒期；不成熟時期。3 嚴格的監督，限制，束縛。

Swa·de·shi [swə'deʃɪ] 名（印度獨立運動中的）提倡國貨運動。

swag[1] [swæg] 名 1 下垂的一束；花飾：a ~ of taffeta 波紋綢垂褶。2 低溼地，窪地。3 搖晃；傾側。一動 (**swagged**, ~·**ging**)不及 1 搖擺，搖晃；傾側。2 下垂，下沉。一及 1 使搖晃；使傾側；使下垂。2 用垂飾裝飾；使形成垂飾。

swag[2] [swæg] 名 1 Ⓤ《俚》掠奪品，贓物；金錢；貴重物品。2 Ⓤ《澳》行李包，包袱。3 大量（的…）《 *of...* 》。
go on the swag 成為流浪者。

swage [swedʒ] 名 1 型鐵。2 型砧。一動及 1 錘鍛，用型鐵使彎曲。2 用型鍛法或擠鍛法使變尖細。

S

swag·ger ['swægə] ㊀動 不及 1 昂首闊步，大搖大擺地走。2 說大話，自鳴得意《*about...*》: ～ *about* one's wealth 吹噓自己的財富。—及 恫嚇《*into...*》；威嚇，嚇唬《*out of...*》。—名 昂首闊步，大搖大擺；自鳴得意；傲慢的言行態度；炫耀惹眼。—形 時髦的；豪華的。

swag·ger·ing ['swægərɪŋ] 形 昂首闊步的，大搖大擺的；自吹自擂的，自鳴得意的，傲慢的。～·**ly** 副

'swagger ˌstick [《英》ˌcane] 名（軍人有時攜帶的）短杖，短棍。

swag·man ['swægmən] 名（複 **-men**）《澳》1 流浪者；流浪的工人。2 扛著行李包四處旅行的人。

Swa·hi·li [swɑ'hilɪ] 名（複 ～s,《集合名詞》～）1 斯瓦希里人：住在非洲 Tanzania 及附近沿海一帶的 Bantu 族人。2 Ⓤ 斯瓦希里語。

swain [swen] 名《文》1 鄉下青年；鄉下情郎。2《諧》（男性的）追求者，情郎。～·**ish** 形 像鄉下少年般的。

S.W.A.K.《縮寫》sealed with *a* kiss 以吻封緘。

swale [swel] 名 1《主美》淺沼地，窪地。2 陰涼處。

:swal·low¹ ['swɑlo] 動 及 1 吞下，嚥下《*up*》。2 淹沒，籠罩住；吸收；用盡，耗盡《*up*》。3《口》毫不置疑地接受，輕易相信。4 取消，撤回：～ one's prediction 撤回自己的預言。5 忍耐，忍受；壓抑，忍住：～ an insult 忍受侮辱 / ～ one'spride 壓抑自己的自尊心。6 含糊地發出。—不及 吞嚥，吞下，嚥下。

strain at a gnat and swallow a camel ⇨ CAMEL（片語）

—名 1 吞嚥；一次所吞嚥之量，一口之量。2 吞嚥力，胃口；食道，咽喉。

·swal·low² ['swɑlo] 名 1 燕子。2 類似燕子的鳥。

'swallow ˌdive 名《英》= swan dive.

swal·low·tail ['swɑlo,tel] 名 1 燕尾；燕尾形的尾巴；形狀似燕尾的東西。2〖昆〗金鳳蝶；〖植〗燕尾柳。3《口》燕尾服。

swal·low-tailed ['swɑlo,teld] 形 燕尾的；燕尾形的：a ～ coat 燕尾服。

:swam [swæm] 動 **swim** 的過去式。

swa·mi ['swɑmɪ] 名（複 **-mies**）聖師：對印度教學者、聖人的尊稱。

·swamp [swɑmp] 名 Ⓤ Ⓒ 低窪的溼地，沼澤，土質鬆軟的溼地。—動 及 1 淹沒，使浸在水中；〖海〗使浸滿水，使進水而沉沒。2 使陷入沼澤。3 徹底打敗，擊垮，使無力招架；《常用被動》使有如陷身泥淖，使被淹沒，把…壓倒，使…窮於應付《*with, in...*》。4 把樹木或矮樹叢清除乾淨，清除掉樹木或矮樹叢而闢出（道路）《*out*》；（為了便於搬運而）去除的樹枝。—不及 1 浸滿水而沉沒；陷入沼澤。2 被壓倒，被壓垮，被壓得透不過氣來。

swamp·er ['swɑmpə] 名《美》1《口》沼澤地帶的居民；熟悉沼澤地帶地形的人；在沼澤地帶工作者。2 雜工；（卡車司機的）助手，（負責搬貨的）幫手。3 在森林中清出道路的人。

swamp·land ['swɑmp,lænd] 名 Ⓤ 低窪的溼地，沼澤地。

swamp·y ['swɑmpɪ] 形（**swamp·i·er, swamp·i·est**）1 低窪溼地的；沼澤般的，溼而鬆軟的。2 多低窪溼地的。

·swan¹ [swɑn] 名 1 天鵝。2 像天鵝一般的人，非常美的人；《文》歌聲優美的歌手，詩人。3《the S-》〖天〗天鵝座。

—動（**swanned**, ～**ning**）不及《英口》漫無目標地走動，四處漫遊，閒盪《*around*》；去旅行，去漫遊《*off*》。

swan² [swɑn] 動 不及《美方》發誓，聲明。—及 使驚訝。

'swan ˌdive 名〖游泳〗燕子式跳水（亦稱《英》**swallow dive**）。

swank [swæŋk] 名 1 Ⓤ《口》時髦，豪華，華麗；《～s》《美俚》漂亮的衣服。2 Ⓤ 炫耀，招搖；擺闊；高傲，擺架子。3（亦稱 **swank·pot** ['swæŋk,pɑt]）《英》愛炫耀的人。—形《美口》招搖的，炫耀的。—動 不及《口》昂首闊步，大搖大擺；自吹自擂；炫耀，招搖。

swank·y ['swæŋkɪ] 名（**swank·i·er, swank·i·est**）《口》1 華麗的，時髦的，豪華的。2（亦稱 **swank**）招搖的，炫耀的。

swan·ner·y ['swɑnərɪ] 名 天鵝飼養場。

swan(')s-down ['swɑnz,daun] 名 Ⓤ 1 天鵝絨毛。2 綴織的毛布料，天鵝絨。

'swan ˌsong 名 天鵝之歌：詩人、作曲家等逝世或退休前最後的作品、演出或值得紀念的言行等。

swap [swɑp] 動（**swapped**, ～·**ping**）及《口》1 交換，替換《*for..., with ...*》: Never ～ horses while crossing the stream.《諺》過河之際切勿中途換馬；切勿中途換將。2《俚》（為了魚水之歡而）交換（丈夫、妻子）。—不及 以物易物，做交易《*over, round*》。

—名 交換，以物易物；交換之物；《俚》交換伴侶，換妻，換夫。

'swap ˌmeet 名《美》（二手貨等的）交換會。

swa·raj [swə'rɑdʒ] 名 1 Ⓤ（印度梵語的）自治，獨立。2《the S-》獨立自治黨：從前英國統治時代印度爭取自治的黨派。

sward [swɔrd] 名《文》1 Ⓤ 草皮。2 一片草坪，草地。—動 及 鋪上草皮。—不及 被覆上草皮。

sware [swɛr] 動《古》**swear** 的過去式。

swarf [swɔrf] 名 Ⓤ（金屬的）鋸屑，碎片。

·swarm¹ [swɔrm] 名 1 蜂群。2《常作～s》一大群；一大批《*of...*》: a ～ *of* mosquitoes 大群的蚊子。3〖生〗浮游（單

的，珍愛的；《反語》艱苦的，厲害的；驚人的，非常的：a ～ sight 美麗的風景。6 溫柔的，令人有好感的；親切的，和藹的。7《美口》易處理的，易操作的。8 感傷的；令人厭膩的；非現實的。9 非酸性的，適合耕作的。

(as) sweet as a nut 《英口》非常輕鬆自在地；有利地。

at one's own sweet will 隨心所欲地，隨興所至地；隨意，任意。

keep** a person **sweet 取悅，討好。

sweet on... 《口》迷戀；愛上。

—副 甜美地，愉快地，可愛地。

—名 1 U 甜味，甘甜；芳香；甜美的聲音；甜的東西；味道好的東西。2 親愛的人，愛人；《My ～》《口》《稱呼語》親愛的，甜心。3《～s》《主美》放很多糖的麵包。4《主英》(1) 糖果（《美》candy）；甜食，蜜餞。(2) C U 餐後的甜點（《美》candy dessert）。5《通常作～s》《文》使人愉快的事物；樂趣，喜悅。

'sweet 'alyssum 名〖植〗香雪球。

sweet-and-sour ['switən'saur] 形 用糖醋（或糖和檸檬汁）調味的：～ pork 糖醋肉（中國菜）。

'sweet 'bay 名〖植〗1 = bay[4] 1. 2（產於美國的）維吉尼亞木蘭。

sweet·bread ['swit,brɛd] 名（供食用的小牛、小羊的）胰臟，胸腺。

sweet·bri·er ['swit,braɪɚ] 名〖植〗多花薔薇。

'sweet 'corn 名 U 甜玉米。

sweet·en ['switn̩] 動 及 1 使變甜《*up*》；加糖於；使變芳香。2 使變溫和；使酸性變弱。3《口》增加價值。4《口》賄賂，收買。

—不及 變甜；變甘美；變芳香；變悅耳，變美妙；變愉快。

sweeten up (1) ⇨動 及 1. (2) 博得歡心。

～·er 名（人工）甘味料；《口》賄賂物。

sweet·en·ing [switənɪŋ] 名 U C 甘味料；U 弄甜；嘗甜頭。

'sweet 'flag 名〖植〗白菖，水菖蒲。

sweet·heart ['swit,hɑrt] 名 1《指女人》戀人，愛人，情人。2 親愛的，甜心。3《口》易親近的人，友善的人，慷慨大方的人。

'sweetheart ,contract 名《俚》有利於雇主的祕密勞資協定。

sweet·ie ['switɪ] 名 1《口》= sweetheart 名 1, 2. 2《通常作～s》《英》糖果，甜食。

sweet·ing ['switɪŋ] 名 1 一種香甜的蘋果。2《古》= sweetheart.

sweet·ish ['switɪʃ] 形 稍甜的，略甜的；有點可愛的。

sweet·ly ['switlɪ] 副 1 心情好地，愉快地。2 溫和地，溫柔地；可愛地，漂亮地。3 簡單地，順利地。4 非常地，大大地。

'sweet 'marjoram 名 = marjoram.

sweet·meat ['swit,mit] 名《通常作～s》糖果，甜食；蜜餞。

sweet·ness ['switnɪs] 名 U 1 甜，甜味；芳香；新鮮。2 甜美，悅耳。3 溫柔，可愛；親切，溫和。

'sweet ,pea 名〖植〗香豌豆，甜豌豆。

'sweet 'pepper 名〖植〗甜椒，青椒；C U 其果實。

'sweet po,tato 名《美》1 甘薯，紅薯；C U 其根莖。2《口》= ocarina.

sweet-scent·ed ['swit,sɛntɪd] 形 香郁的，芳香的，香味好的。

'sweet ,shop 名《英》糖果店（《美》candy store）。

sweet·sop ['swit,sɑp] 名〖植〗蕃荔枝，釋迦樹；釋迦果。

'sweet ,spot 名（高爾夫球桿等上）最有效擊球點。

'sweet ,talk 名 U《美口》奉承，阿諛，諂媚的話。

sweet-talk 動 不及 及《美口》奉承，諂媚，用甜言蜜語勸誘。

sweet-tem·pered [,swit'tɛmpɚd] 形 性情溫和的，脾氣好的；友善的，親切的。

'sweet ,tooth 名《a ～》對甜食的喜好：have *a* ～ 愛吃甜食。

,sweet 'william 名〖植〗美洲石竹。

·swell [swɛl] 動（～ed, ～ed 或 **swol·len**, ～·ing）不及 1 變大，膨脹，隆起；鼓起；腫脹，發腫《*up*》。2 增加，增強，增大 音量漸增，變高；起波浪；高漲，水漲：a rapidly ～*ing* population 急增的人口。3 湧出，溢出。4（情緒等）高漲，充滿《*with...*》。5 得意自負，驕傲；自大地說[做]。—及 1 使體積增大。2 漸漸加強；增加數量。3 使膨脹。4 使充滿《*out* / *with...*》；使趾高氣揚《*with...*》。—名 1 U C 增加，增大，變大；腫脹；膨脹；鼓起。2《常作集合名詞》大浪，滾滾的浪潮。3 隆起的土地。4 U（音量的）逐漸提高；〖樂〗「漸強」到「漸弱」；C 漸強到漸弱符號。5 情緒的高漲。6《俚》(1) 衣著時髦的人，打扮花俏者。(2) 社會地位高的人，名人；了不起的人；極有才幹的人；專家，好手。

—形《俚》1 時髦的，漂亮的；高雅的。2 衣著時髦的；社會地位高的，名士的。3《美》了不起的，第一流的；極棒的，絕美的。

'swelled ,head 名《通常作 a ～》《美口》自負，自大（《英》swollen head）：have *a* ～ 自負。

swelled-headed ['swɛld'hɛdɪd] 形 自負的，自大的。

swell·fish ['swɛl,fɪʃ] 名（複～, ～·es）= puffer 3.

swell·head ['swɛl,hɛd] 名《口》驕傲自大的人；自負，自大。

swell·ing ['swɛlɪŋ] 名 1 U 鼓起，隆起，

S

膨脹。2 腫，脹，腫塊；〖病〗腫脹，腫大。3（土地）起伏，小山；突起。一形 1 增大的，高漲的，提高的；膨脹的。2 起伏的，隆起的。3 誇張的；驕傲自滿的。

swel·ter ['swɛltɚ] 動 不及 熱得發昏，熱得無力，中暑；汗流浹背。一及 1《主要用被動》使悶熱，使熱得發昏。2《古》滲出，流出。一名 1 悶熱，酷熱；滿身大汗；極度緊張的心情。

swel·ter·ing ['swɛltərɪŋ] 形 熱得發昏的，溽暑難受的；酷熱的。～·ly 副

:**swept** [swɛpt] 動 **sweep** 的過去式及過去分詞。一形 1 以彎曲棒做成的。2 往後傾斜的。3 = sweptback.

swept·back ['swɛpt'bæk] 名〖空〗1 有後掠角的。2 有後掠翼的。

swept·wing ['swɛpt,wɪŋ] 形 有後掠翼的。

swerve [swɝv] 動 不及 突然轉彎；突然轉向；背離，脫離正軌《*from...*》：～ *from* one's duty 背離職守。一及 使轉彎，使突然轉向，使在空中成曲線前進；使偏離正軌，使背離《*from...*》。一名 1 轉向，偏離；背離。2 偏離的東西。

·**swift** [swɪft] 形 1 快速移動的，快速的，迅速的：～ in motion 動作迅速的 / a ～ speed 快速。2 迅速到來的，立即的；易於《*to* do, *to...*》：～ with one's judgment 判斷迅速的 / ～ *to* take offense 易於發怒的。3《主詩》飛逝的。一副《常作複合詞》迅速地。一名 1〖鳥〗褐雨燕。2〖動〗針蜥蜴。3 線軸。～·**ly** 副 快速地；即刻，馬上。～·**ness** 名

Swift ['swɪft] 名 **Jonathan**, 斯威夫特（1667－1745）：英國作家；*Gulliver's Travels* 的作者。

swift-foot·ed ['swɪft'fʊtɪd] 形 能跑得快的，能疾走的。

swig [swɪg] 名《口》《**a**～》（酒的）一飲（之量），痛飲，牛飲：take *a* ～ from the jug of beer 從啤酒杯大口地喝啤酒。一動 (**swigged**, ～·**ging**) 及 不及 大口地喝，痛飲，牛飲《*off*》；持續地喝。

S

swill [swɪl] 名 1 U 流體飼料，廚房的殘肴，剩飯，餿水；剩飯殘羹。2 難吃的食物。3 牛飲，痛飲；劣酒。4《**a** ～》《主英口》沖洗，洗滌。一動 及 1 痛飲，大口喝《*down*》。2 用剩菜剩飯飼養。3《主英口》洗滌，沖洗《*out, down*》。一不及《口》痛飲，大口地喝。

:**swim** [swɪm] 動 (**swam**, **swum**, ～**ming**) 不及 1 游，游泳：～ on one's back 仰泳 / ～ like a stone 完全不會游泳 / go *swimming* in the river 到河裡游泳。2 浮，飄浮，浮游：dust particles *swimming* in the light 飄浮在光線中的塵粒。3 滑溜地前進，滑行。4 浸，泡《*in...*》；盈溢，充滿《*with...*》：eyes *swimming in* tears 淚珠盈眶的眼睛。5 眼花，暈眩；旋轉，搖晃。一及 1 游過。2 比賽游泳；游…式。3 使游泳；使浮起，漂浮。一名 1 游，游泳；游的時間。2 滑動；水舞。3 淵。4《**the** ～》潮流，趨勢。5《通常作 **a**～》眩暈，眼花。

swim·mer ['swɪmɚ] 名 游泳者。

swim·mer·et ['swɪmə,rɛt] 名〖動〗（甲殼類的）橈肢，游泳足。

·**swim·ming** ['swɪmɪŋ] 名 1 U 游，游泳；浮游；游泳的技巧；游泳比賽。2《**a** ～》頭暈，目眩。一形 1 游泳用的。2 能游的。3 盈滿淚水的，滿溢液體的。4 目眩的，暈眩的。

'**swimming ,bath** 名《英》室內游泳池。

'**swimming ,bell** 名（水母等的）傘蓋部，泳鐘。

'**swim(ming) ,bladder** 名〖魚〗鰾。

swim·ming·ly ['swɪmɪŋlɪ] 副 輕易地，順利地，成功地：get [go] on ～ with a person 和某人相處融洽。

'**swim(ming) ,pool** 名 游泳池。

'**swimming ,trunks** 名 (複) 游泳褲。

swim·suit ['swɪm,sut] 名 = bathing suit.

swim·wear ['swɪm,wɛr] 名 U《集合名詞》泳裝。

swin·dle ['swɪndl] 動 騙取，詐取《*out of...*》；詐騙。一不及 詐欺，欺騙，從事不正當的事。一名 1 欺騙，詐欺（行為）。2 偽製品，假冒物。

swin·dler ['swɪndlɚ] 名 騙子，詐欺者。

swine [swaɪn] 名 (複～) 1《美》《文》《集合名詞》〖動〗豬。2〖動〗野豬。3 下流胚，色狼；《口》討厭的人[物]。

swine·herd ['swaɪn,hɝd] 名《文》養豬者，牧豬人。

:**swing**[1] [swɪŋ] 動 (**swung** 或《古·方》**swang**, **swung**, ～·**ing**) 及 1 搖動，振動 使搖晃；使搖擺：～ one's legs under a chair 雙腿在椅子下擺動。2（以鉸鏈等）使旋轉；〖空〗用手旋轉；揮舞，揮動《*around*》。3 使成弧形旋轉。4 懸吊，掛。5《美口》如願地影響；操縱，完成，獲取：～ a presidential election this way or that 用這種或那種方式影響總統選舉。6 轉移，改變：～ public opinion in his favor 改變輿論使之有利於他。一不及 1 搖動，搖擺；盪鞦韆。2 開關，前後搖動；旋轉《*on...*》。3 似畫圓般地改變方向，轉向《*round, around*》；畫曲線。4 大搖大擺地行走；在空中搖盪。5 懸吊，懸掛，垂下。6 轉移注意《*to...*》；改變意見《*from ...*》；轉換方向《*round*》。7 毆打，打擊。8《俚》具現代味，充滿活力；投緣。9《口》受絞刑《*for...*》。10《俚》（以性為目的）交換，夫妻行性之亂交，團體做愛。

swing both ways《俚》身為雙性戀者。

swing it《英俚》(1) 成功地用詭計獲得。(2) 裝病，偷懶，逃避職責。

swing over one's shoulder(s)《英俚》毫不費力地經營，容易地處理。

swing round the circle (1) 在選舉區域內巡

迴演說。(2) 論及某問題的所有要點。(3) 相繼地抱持各種不同的看法。
swing the lead ⇨ LEAD² (片語)
There is no room to swing a cat (in). ⇨ CAT¹ (片語)
—名 1 Ⓤ Ⓒ 搖擺，擺動，振動，搖動；振動量，振幅；《喻》情勢，情況。2 Ⓤ Ⓒ 曲線運動；曲線路徑。3 搖擺身體的動作。4《a ～》毆打；打擊，揮擊。5 規則性變動。6《口》在正規的白天工作和夜晚工作之間的工作時間；休憩時間。7 Ⓤ 自由活動。8 活潑的活動；進行，發展。9 鞦韆。10〖美足〗回傳。11 (短程) 旅行，快速的旅行。
in full swing《口》正在全力進行；正在熾烈的時候，正起勁。
What One loses on the swings one makes on the roundabouts.《諺》失之東隅，收之桑榆。
—形 1 搖動的，旋轉的。2 (在選舉等) 決定性的。3 做成可搖動般的。4 輪班勞工的，輪班的。～·a·ble 形, ～·y 形

swing² [swɪŋ] 名 1 Ⓤ 搖擺樂。2 Ⓤ Ⓒ 音律，音調；節奏。—形 搖擺爵士樂的，演奏搖擺樂的，搖擺樂特有的。
—動 (swung, ～·ing) 及 以搖擺樂式演奏。—不及 1 演奏搖擺樂。2 具強勁旋律；以強勁節奏演奏。～·y 形

'swing ˌbridge 名 迴旋橋。

swing-by ['swɪŋˌbaɪ] 名〖太空〗借力式飛行路線。

'swing ˌdoor 名 = swinging door.

swinge¹ [swɪndʒ] 動 及《古》鞭打；處罰。

swinge² [swɪndʒ] 動 及《方》= singe.

swinge·ing ['swɪndʒɪŋ] 形《主英口》1 巨大的。2《俚》= swinging 2. 3《俚》= swinging 3.

swing·er¹ ['swɪŋɚ] 名 1 搖動的人[物]。2《俚》時髦人物，新潮人士。3 行性之亂交者。

swing·er² ['swɪŋɚ] 名 1《古》鞭打的人。2《俚》巨大的東西；彌天大謊。

swing·ing ['swɪŋɪŋ] 形 1 搖晃著的；前後擺動的；使搖動的；節奏明快的：a ～ gait 搖晃的步伐。2《俚》優秀的，一流的。3《俚》時髦的，不落伍的；現代化的。4《口》相像的。—名 Ⓤ 夫妻交換；性亂交。～·ly 副

'swinging 'door 名 迴旋門，彈簧門。

swin·gle¹ ['swɪŋgl] 名 打麻棒。—動 及 用打麻棒打。

swin·gle² ['swɪŋgl] 名《美》浪漫單身人。

swin·gle·tree ['swɪŋglˌtri] 名《英》= whiffletree.

'swing ˌmusic 名〖爵士樂〗= swing² 1.

swing·o·ver ['swɪŋˌovɚ] 名 (意見等的) 變化，轉變。

'swing ˌshift 名《美口》1 (工廠的) 中班。2《集合名詞》中班的全體勞工。

swing-wing ['swɪŋˌwɪŋ] 名 (飛機) 後掠翼式的。—名 後掠翼式飛機。

swin·ish ['swaɪnɪʃ] 形 1 似豬的。2 下流的；貪婪的；好色的。～·ly 副 如豬地，下流地。

swipe [swaɪp] 名 1《口》(板球等的) 猛擊，強打；橫擊：take a ～ at a person 使勁給某人一擊。2 (抽水機等的) 柄，桿。—動 及 1《口》用力揮打，猛擊。2《口》竊取，偷。—不及 1 用力揮打《*at...*》。2 大口飲 (酒)。

'swipe ˌcard 名 資訊卡，儲值卡 (晶片卡、磁卡等)。

swipes [swaɪps] 名 (複)《英口》味淡的劣質啤酒。

swirl [swɝl] 動 不及 1 旋轉，渦動，打漩，彈跳《*about*》。2 發暈，目眩。—及 使旋轉；將攪拌；使打漩《*around, round*》。—名 1 旋動，迴轉；漩渦。2 卷飾；漩渦卷線。3 混亂；小漩渦。～·ing·ly 副

swirl·y ['swɝlɪ] 形 (swirl·i·er, swirl·i·est) 搖晃旋轉的，打漩渦的；可扭曲的，彎彎曲曲的。

swish [swɪʃ] 動 不及 1 發出咻咻聲；發出嗖嗖聲地移動《*along, down*》；發出瑟瑟聲；作沙沙聲。2《美俚》像女生般地行動。—及 1 咻咻地揮動。2 突然移動《*off*》。3 激烈地打，鞭打。—名 1 發出咻地一聲的動作，嗖嗖聲，(衣服摩擦等的) 沙沙聲。2 鞭打人用的木棒；其一揮。3《俚》同性戀的男人，同性戀者。—形 1《口》俊俏的，時髦的；豪華的，一流的。2《美俚》無男人氣概的，男子當同性戀中的女方的。

·Swiss [swɪs] 形 瑞士 (人) 的；瑞士式的；瑞士風格的。—名 (複～) 1 瑞士人；《the ～》《集合名詞》瑞士國民。2 Ⓤ《偶作 s-》一種質地薄的瑞士織品，瑞士軟棉布，細洋布。3 Ⓤ Ⓒ 瑞士乳酪。

'Swiss 'chard 名〖植〗= chard.

'Swiss 'cheese 名 = Swiss 3.

'Swiss 'roll 名 Ⓒ Ⓤ《英》瑞士捲 (《美》jelly roll)：夾果醬、奶油等的捲筒蛋糕。

·switch [swɪtʃ] 名 1 枝條；嫩枝；軟鞭；鞭打；鞭子的一擊。2 (女性的長的) 假髮，假髮髻。3〖電〗開關，開閉器；旋鈕，栓；〖電話〗交換臺；〖鐵路〗轉轍器 (《英》point)：throw (over) a ～ 扳上開關。4 轉換，變更：a ～ of plans 計畫的變更。—動 及 1 鞭打；颼颼地揮動；有力地擺動；(搖著尾巴) 驅趕；猛然拉扯；抓取，攫取。2 交換，取代；移轉《*from ...*》；轉向《*to...*》。3〖電〗接通電流《*on*》；切斷電流《*off*》；將開關扳回原位《*back*》。4〖鐵路〗轉換；使轉轍；使聯結；作聯結或分離的準備工作；〖影·視〗轉換。5〖棒球〗替換。—不及 1 鞭打；(

S

貓的尾巴等）擺動，用動。2 變換；轉，換乘《*to, into...*》。3 取代，交換。4 打開開關《*on*》；切掉開關《*off*》；將開關扳回原位《*back*》；以開關轉換，轉轍《*into ...*》。
switch back (1) ⇨動不及 4. (2) 回復（舊做法等）《*to...*》。
switch...back / switch back... ⇨動及 3.
switch off (1) ⇨動不及 4. (2) 緘口不言；失去元氣。
switch...off / switch off... (1) ⇨動及 3. (2) 使沉默不語；使…意志消沉。
switch on ⇨動不及 4.
switch...on / switch on... (1) ⇨動及 3. (2)《通常用被動》《俚》（用麻醉毒品等）使陷入幻覺狀態；使出神；使追上潮流。
switch over (1) 轉換開關；（看電視時）變換頻道。(2)《喻》轉換，轉變（成其他的方法）《*to...*》。
switch...over / switch over... (1) 用開關轉換…。(2)《喻》更換成《*to...*》。
switch...round / switch round... (1) 移動；變換…的位置。(2) 使調換位置。
switch...through / ~ through... 轉接到另一支內線電話給另外一人《*to...*》。

switch·back ['swɪtʃ,bæk] 名 1 Z 字形的山路；《英》上下坡多的道路。2〖鐵路〗轉向線。3《英》= roller coaster.

switch·blade ['swɪtʃ,bled] 名 彈簧刀。

switch·board ['swɪtʃ,bord] 名〖電〗電話總機；配電盤。

switched-on ['swɪtʃt'ɑn] 形《俚》1 新潮的，流行的。2 受麻醉毒品影響的。

switch·gear ['swɪtʃ,gɪr] 名 U（電流）開關裝置。

switch(-)hit·ter ['swɪtʃ'hɪtɚ] 名 1〖棒球〗左右手都能打擊的打擊手。2《美俚》對兩件事都做得好的人；多才多藝的人。

switch·man ['swɪtʃmən] 名 (複 **-men**) 轉轍員，扳道工人（《英》pointsman）；鐵路調車場內協助車輛分離或連結的人員。

switch-off ['swɪtʃ,ɔf] 名 U 停電；關機。

switch·o·ver ['swɪtʃ,ovɚ] 名 = change-over.

'switch ,selling 名 U《英》誘餌銷售法（《美》bait-and-switch selling）。

switch·yard ['swɪtʃ,jɑrd] 名《美》（鐵路的）調車場。

·**Swit·zer·land** ['swɪtsɚlənd] 名 瑞士（聯邦）：在歐洲中部；首都爲 Bern。

swiv·el ['swɪvl] 名 1〖機〗插栓環，旋繼把手；轉環，旋軸，鉸丁環。2（迴旋炮、旋轉椅的）座臺；迴旋炮。—動 (**~ed, ~·ing**, 《英尤作》**-elled, ~·ling**) 及 1 使旋轉《*around, round*》。2 用轉環固定住，用轉環支住。—不及 在插栓環上旋轉；迴轉，旋轉《*around, round*》。

'swivel ,chair 名 旋轉椅。

'swivel ,gun 名 迴旋炮，旋轉炮。

swiz(z) [swɪz] 名 (複 **swiz·zes**)《英俚》詐欺，欺騙；上當。

swiz·zle ['swɪzl] 名 1 一種以甜酒爲主的雞尾酒。2《英俚》詐欺，欺騙。
—動 及《俚》暢飲。

'swizzle ,stick 名 攪拌棒。

swob [swɑb] 名，動 (**swobbed, ~·bing**) 及 = swab.

·**swol·len** ['swolən] 動 **swell** 的過去分詞。
—形 1 腫脹的，腫大的：~ eyelids 哭腫了的眼皮 / a ~ river 漲水的河流。2 誇張的；傲慢的。**~·ly** 副

swoon [swun] 動 不及《文》1 昏厥，暈倒，昏迷；神魂顛倒：~ for joy 因高興而暈倒。2 漸漸變弱。—名 昏迷，暈倒；神魂顛倒。

swoop [swup] 動 不及 飛撲，俯衝；猛襲（獵物等），猝然攻擊《*down / on, upon ...*》。—及 突然抓住，攫取，奪取《*up, away, off*》。
—名 突然的襲擊，猝然攻擊；俯衝，猛然下降。**~·er** 名

swop [swɑp] 動 (**swopped, ~·ping**) 及 不及，名 = swap.

·**sword** [sord] 名 1 劍；刀；像劍的東西。2《通常作 **the** ~》（象徵武力等的）寶劍：The pen is mightier than *the* ~.《諺》筆比劍更有力，文勝於武。3 死亡的原因；《通常作 **the** ~》戰爭，屠殺，暴力；軍事力量。
at the point of the sword / at sword point 在武力恐嚇之下。
be at swords' points 彼此交惡；劍拔弩張，一觸即發。
cross swords 決鬥；爭論《*with...*》。
draw the sword 拔劍，開始交戰，攻擊《*against, at...*》。
put a person to the sword 斬殺；屠殺；處死。
sheathe the sword 收劍入鞘；停止戰爭，講和。
throw one's sword into the scale 以武力影響局勢；以武力要挾。

sword-bear·er ['sord,bɛrɚ] 名《英》佩刀劍的儀杖員；佩劍者；有權勢者。

'sword ,belt 名 佩帶刀劍的腰帶。

'sword ,cane 名 內藏刀劍的手杖。

'sword ,dance 名 劍舞，刀舞。

sword·fish ['sord,fɪʃ] 名 1 (複 **~·es**, ~)〖魚〗旗魚。2《**the S-**》〖天〗劍魚座。

'sword ,knot 名 劍柄的帶結。

sword·play ['sord,ple] 名 U 1 劍術；擊劍。2《喻》鬥嘴，巧辯；鬥智，巧答；激烈的爭論。

sword(s)·man ['sor(z)mən] 名 (複 **-men**) 1 擊劍家：a good ~ 劍術高明的人。2 劍客；軍人，武士。**~,ship** 名 U 劍術；劍道；劍法；劍客的本事。

sword·smith ['sord,smɪθ] 名 打造刀劍的鐵匠。

'sword ,stick 名 = sword cane.

S

·swore [swor] 動 swear 的過去式。

·sworn [sworn] 動 swear 的過去分詞。
—形 1 發誓的，宣誓了的；經過宣誓而結合成的。2 公開宣言的；如宣誓般斷然的。

swot[1] [swɑt] 動 (~·ted, ~·ting) 及，名 = swat.

swot[2] [swɑt] 動 (~·ted, ~·ting) 不及《英俚》發憤用功《*at*...》；苦讀《*for*...》。—及 苦讀，用功學《*up*》。—名 拚命用功者，苦讀者（《美》grind）。

:swum [swʌm] 動 swim 的過去分詞。

:swung [swʌŋ] 動 swing 的過去式及過去分詞。

'swung ˌdash 名 波形記號（～）。

syb·a·rite ['sɪbəˌraɪt] 名《文》耽於奢侈逸樂的人；享樂主義者。

syb·a·rit·ic [ˌsɪbə'rɪtɪk] 形 奢侈享樂的，驕奢淫逸的。

Syb·il ['sɪbḷ] 名〖女子名〗西柏。

syc·a·more ['sɪkəˌmor] 名〖植〗1《美》美國懸鈴木。2《英》大楓樹。

syc·o·phan·cy ['sɪkəfənsɪ] 名 U 諂媚，奉承。

syc·o·phant ['sɪkəfənt] 名 奉承者，阿諛者，諂媚者。**-phan·tic** [-'fæntɪk] 形 諂媚的，奉承的。

Syd·ney ['sɪdnɪ] 名 雪梨：位於澳洲東岸的港市；New South Wales 省的首府。

sy·e·nite ['saɪəˌnaɪt] 名 U〖礦〗正長岩，黑花崗石。**-nit·ic** [-'nɪtɪk] 形

syl·la·bar·y ['sɪləˌbɛrɪ] 名 (複 **-bar·ies**) 音節表：the Japanese ～ 日語五十音圖，假名表。

syl·la·bi ['sɪləˌbaɪ] 名 syllabus 的複數形。

syl·lab·ic [sɪ'læbɪk] 形 1 由音節形成的，音節的。2 各音節要清楚發音的。3 基於音節數的；歌詞一音節唱一個音的。4〖語音〗成爲音節的核心的，構成音節主音的。
—名〖語音〗音節主音。**-i·cal·ly** 副

syl·lab·i·cate [sɪ'læbɪˌket] 動 及 分成音節。

syl·lab·i·ca·tion [sɪˌlæbɪ'keʃən] 名 U 音節的劃分；分音節法。

syl·lab·i·fi·ca·tion [sɪˌlæbəfə'keʃən] 名 = syllabication.

syl·lab·i·fy [sɪ'læbəˌfaɪ] 動 (**-fied**, ~**·ing**) 及 = syllabicate.

syl·la·bize ['sɪləˌbaɪz] 動 及 = syllabicate.

·syl·la·ble ['sɪləbḷ] 名 1 音節：in words of one ～ 簡單地說，直率地。2 按音節發音。3《**a** ～》《通常用否定》一言半語，片言隻字《*of*...》：*without a* ～ *of* comment 連片語隻字的評論都沒有。—動 (**-bled**, **-bling**) 及 按各個音節發音，清楚地發音；《詩》說。—不及 拼音，按音節發音；說話。

syl·la·bled ['sɪləbḷd] 形《用於複合字》由…音節構成的。

syl·la·bub ['sɪləˌbʌb] 名 = sillabub.

syl·la·bus ['sɪləbəs] 名 (複 ~**·es**, **-bi** [-ˌbaɪ]) 1 概要，摘要，要旨；教學大綱，課程進度表。2〖法〗判決要旨，判例要覽。

syl·lep·sis [sɪ'lɛpsɪs] 名 U 1〖文法〗軛式修飾法，兼用法。2〖修〗一語雙敘法。

syl·lo·gism ['sɪləˌdʒɪzəm] 名 1〖理則〗三段論法；演繹推理；演繹法。2 詭辯（理論）。

syl·lo·gis·tic [ˌsɪlə'dʒɪstɪk] 形（亦稱 **syllogistical**）由三段論法而成的，三段論法的；三段論式的，演繹性的。
—名 U（亦稱 **syllogistics**）1（理則學中）使用三段論法的部分。2 三段論法的推論。

syl·lo·gize ['sɪləˌdʒaɪz] 動 不及 用三段論法作推論。—及 用三段論法推論。

sylph [sɪlf] 名 1 窈窕的女人，苗條的少女。2 居住於空氣中的精靈。

sylph·like ['sɪlfˌlaɪk] 形 身材苗條的，體態窈窕的。

syl·van ['sɪlvən] 形《文》森林的，住在森林的，森林中有的；樹木繁多的。—名 住在森林中的鳥獸；森林的精靈。

Syl·ves·ter [sɪl'vɛstɚ] 名〖男子名〗席維斯特（亦作 **Silvester**）。

Syl·vi·a ['sɪlvɪə] 名〖女子名〗西薇亞。

sym-《字首》**syn-** 出現於 b, m, p 之前的別體。

sym.《縮寫》*sym*bol;〖化〗*sym*phony; *sym*ptom.

sym·bi·o·sis [ˌsɪmbaɪ'osɪs, -bɪ-] 名 (複 **-ses** [-siz]) U C〖生〗共生。**-ot·ic** [-'ɑtɪk] 形 共生的。

:sym·bol ['sɪmbḷ] 名 1 象徵，表徵，表象《*of*...》：a ～ *of* wealth 財富的象徵。2 符號，記號：a phoetic ～ 發音符號。3〖教會〗信條。4〖精神分析〗象徵，標記。

sym·bol·ic [sɪm'bɑlɪk] 形 1 成爲象徵的，象徵的《*of*...》：a bird ～ *of* peace 象徵和平的鳥。2 象徵的；用作象徵的；象徵性的，象徵主義的。3〖語言〗僅表示關係之語詞的。**-i·cal·ly** 副

sym'bolic 'logic 名 U 符號邏輯，數理邏輯。

sym·bol·ics [sɪm'bɑlɪks] 名 (複)《作單數》（基督教的）信條論；〖人類〗儀式研究。

sym·bol·ism ['sɪmbḷˌɪzəm] 名 U 1 象徵意義，象徵性；用象徵表示，象徵手法。2《集合名詞》象徵；記號體系。3 象徵主義；《**S-**》象徵主義（運動）。4 符號的使用。

sym·bol·ist ['sɪmbḷɪst] 名 1 使用符號的人。2《文·美》象徵主義者；《通常作 **S-**》（19 世紀後半的）象徵派的詩人。3《常作 **S-**》（宗教上的）象徵主義者。—形 象徵主義（者）的，象徵派的。

sym·bol·ize ['sɪmbḷˌaɪz] 動 及 1 象徵。2 用符號表示，象徵化。3 視爲象徵。—

S

不及使用符號。-i·'za·tion 名U象徵化。

sym·bol·o·gy [sɪm'bɑlədʒɪ] 名U 1 象徵學；符號論。2 符號的使用。

sym·met·ri·cal [sɪ'mɛtrɪkl] 形 1（左右）對稱的；相稱的，勻稱的。2〖幾何·數〗對稱的：～ curves 對稱曲線 / a ～ matrix 對稱矩陣。3〖植·化〗對稱的。～·ly 副

sym·me·trize ['sɪmɪ,traɪz] 動 及 使對稱；使相稱。

sym·me·try ['sɪmɪtrɪ] 名U 1 相稱，對稱。2 均衡；勻稱美。3〖數〗對稱；〖理〗等方性；〖植〗對稱。

·**sym·pa·thet·ic** [,sɪmpə'θɛtɪk] 形 1 同情的；由同情而發的；表同情的；有同情心的；引起同感的；贊同的《*to, toward...*》：～ understanding 同情的體諒 / be ～ *to* the plan 對此計畫持贊同態度。2 投緣的，和諧的，合意的。3〖解·生理〗交感神經（系統）的。4〖理〗共振的，共鳴的。一名〖解·生理〗交感神經（系統）-i·cal·ly 副

sympa'thetic 'ink 名U 隱形墨水。

·**sym·pa·thize** ['sɪmpə,θaɪz] 動 不及 1 表示同情《*with...*》。2 表示同意；產生同感《*with...*》：～ *with* a person's ambition to be an author 贊成某人想當作家的志氣。3 相和諧的，投契，意氣相投。

-thiz·ing·ly 副

sym·pa·thiz·er ['sɪmpə,θaɪzɚ] 名 同情者；贊成者，附和者，支持者；投契者。

·**sym·pa·thy** ['sɪmpəθɪ] 名(複 -thies) 1 U 同情，憐憫《*to, for...*》；《-thies》同情心；慰問信：feel a deep ～ *for* the poor 對窮人深表同情 / send one's *sympathies* on the death of Mr. Smith 去函悼念史密斯先生的死。2 U 共鳴，同感，同意；偏愛，好感《*with...*》。3 U 投契，意氣相投《*with...*》。4 U〖理〗共鳴，共振；〖生理〗交感。一形 同情的。

'sympathy ,strike 名 同情罷工。

sym·pet·al·ous [sɪm'pɛtələs] 形〖植〗合瓣的。

sym·phon·ic [sɪm'fɑnɪk] 形〖樂〗交響曲的，交響管弦樂的。-i·cal·ly 副

S

sym·pho·ni·ous [sɪm'fonɪəs] 形 調和的，協調的；調和的，和聲的，諧音的。

·**sym·pho·ny** ['sɪmfənɪ] 名(複 -nies) 1〖樂〗交響曲，交響樂；《美》交響樂團。2（交響樂團的）演奏會。3 U 調和性組合，色彩的調和；諧音。

'symphony ,orchestra 名〖樂〗交響樂團。

sym·phy·sis ['sɪmfəsɪs] 名（複 -ses [-,siz]）1 U C〖解·動〗（骨頭的）癒合（縫）。2 U〖植〗合生，癒生。

sym·po·si·um [sɪm'pozɪəm] 名(複～s, -si·a [-zɪə]) 1 討論會；宴會。2 評論集，論叢；討論會的紀錄。

·**symp·tom** ['sɪmptəm] 名 1《通常作 a ～》徵候，表徵；前兆，端倪《*of...*》。2〖病〗症狀：allergic ～*s* 過敏的症狀。

symp·to·mat·ic [,sɪmptə'mætɪk] 形 1 表示（…的）徵候的；成為前兆的；表示的，顯示的《*of...*》：a condition ～ *of* dysentery 顯示痢疾症狀的一種病。2 關於徵候的；根據症狀的。-i·cal·ly 副

syn-《字首》1 表「一起地」、「同時地」之意。2 表「合成的」之意。

syn.《縮寫》*syn*onym; *syn*onymous.

syn·a·gogue ['sɪnə,gɑg] 名 1 猶太教的禮拜堂。2《the ～》猶太教徒的集會。

syn·apse [sɪ'næps] 名〖生理〗突觸，神經鍵。

sync, synch [sɪŋk] 名U〖影·視〗《口》同步，同時性。一動 不及 及 = synchronize.

syn·chro- ['sɪŋkro-]《字首》表「同步的」之意。

syn·chro·flash ['sɪŋkro,flæʃ] 形 採用快門與閃光同步裝置的。

syn·chro·mesh ['sɪŋkrə,mɛʃ] 名U，形〖汽車〗齒輪同步嚙合裝置（的）。

syn·chro·nal ['sɪŋkrənl] 形 = synchronous.

syn·chron·ic [sɪn'krɑnɪk] 形 1〖語言〗共時的，同時期性的：～ linguistics 共時語言學。2 = synchronous.

syn·chro·nism ['sɪŋkrə,nɪzəm] 名 1 U 同時性；同時發生。2 U（在歷史等）事件的同時處理，綜合對照表示；C 歷史對照年表。3 U〖理·電〗同步（性）。4 U〖影·視〗聲音與畫面同步。

syn·chro·nize ['sɪŋkrə,naɪz] 動 不及 1 同時發生；同時進行，具同時性《*with* ...》。2〖影·視〗聲音與畫面同步；顯示標準時刻。一及 1 將時間校準；使具同時性；使以同一速度進行；使一致《*with* ...》。2（在歷史上）對照年代，使並列同一時代。3〖電·機〗使同步一致；〖影·視〗使同步一致；〖攝〗使同步一致。-ni·'za·tion 名，-niz·er 名 同步器。

'synchrobnized 'swimming 名U 同步游泳，水上芭蕾。

syn·chro·nous ['sɪŋkrənəs] 形 1 同時（發生）的；同時代的《*with...*》；以同一速度進行的；同時反覆的。2〖理·電〗同周期的；〖電腦〗同步的。3（人造衛星）同步的。～·ly 副

syn·chro·tron ['sɪŋkrə,trɑn] 名〖理〗同步加速器。

syn·cli·nal [sɪn'klaɪnl] 形 1 向相反方向各自傾斜以致相交於某一點上的。2〖地質〗向斜（褶曲）的。

syn·cline ['sɪŋklaɪn] 名〖地質〗向斜層。

syn·co·pate ['sɪŋkə,pet] 動 及 1〖樂〗改置（強音拍）；切分。2〖文法〗省略…的中間部分。

syn·co·pa·tion [,sɪŋkə'peʃən] 名 1 U〖樂·詩〗切分；切分音；切分法。2〖文法〗= syncope 1.

syn·co·pe ['sɪŋkəpɪ] 名U 1〖文法〗詞

中省略，中略。2〖病〗暈厥，昏厥。3〖樂〗切分（法）。

syn·cre·tism ['sɪŋkrɪ,tɪzəm] 名 U（哲學、宗教上的）不同學說或信仰的融合。

syn·cre·tize ['sɪŋkrɪ,taɪz] 動 及 不及（使）統一，融合。

syn·dic ['sɪndɪk] 名 1（大學管理委員會等的）理事，委員。2 地方行政官。

syn·di·cal·ism ['sɪndɪkḷ,ɪzəm] 名 U 工團主義。-ist 形 名 工團主義者（的）。

syn·di·cate ['sɪndɪkɪt] 名 1 企業聯合組織；籌措鉅資大量承購有價證券的集團。2 (1) 通訊社。(2) 影像資料供應社；同一經營體系下的報社。3（大學的）理事會，管理委員會。4《美》有組織的犯罪集團，黑社會組織。—['sɪndɪ,ket] 動 及 1 組成企業聯合組織，以企業組織經營。2 同時發稿，透過通訊社發表《*in*...》。—不及 組成企業聯合組織。**-'ca·tion** 名

syn·drome ['sɪndrom] 名 1〖病·精神醫〗症候群，綜合症狀。2 特徵群。3（特別的社會狀態、行動的）型式。

syn·ec·do·che [sɪ'nɛkdəkɪ] 名 U C〖修〗提喻法，舉隅法。

syn·ec·tics [sɪ'nɛktɪks] 名(複)《作單數》創意性解決法，群辯法，共同研討會。

syn·er·gism ['sɪnə·dʒɪzəm] 名 U 1 協力，協同作用。2 增效作用。

syn·er·gis·tic [,sɪnə'dʒɪstɪk] 形 聯合作用的；增效作用的（亦稱 **synergetic**）。**-ti·cal·ly** 副 合作地，協同地。

syn·er·gy ['sɪnədʒɪ] U 綜效；增強作用。

syn·fu·el ['sɪn,fjuəl] 名 = synthetic fuel.

syn·od ['sɪnəd] 名 教會會議；（正教會的）宗教會議。～**·al** 形

syn·od·ic [sɪ'nɑdɪk], **-i·cal** [-ɪkl] 形（教會）會議的；〖天〗會合的。

syn·o·nym ['sɪnə,nɪm] 名 1 同義字；近義詞《*for, of*...》。2 別稱，異名：〖植·動〗同物異名。3 轉喻詞《*for*...》。**-'nym·ic** 形, **-'nym·i·ty** 名 U 同義。

syn·on·y·mize [sɪ'nɑnə,maɪz] 動 及 列舉同義字；以同義字代換。

syn·on·y·mous [sɪ'nɑnəməs] 形 同義字的，同義的《*with*...》。～**·ly** 副

syn·on·y·my [sɪ'nɑnəmɪ] 名(複 **-mies**) 1 U 同義（性）。2 U 同義字研究；C 同義字集，同義字表；同義字疊用。

syn·op·sis [sɪ'nɑpsɪs] 名(複 **-ses** [-siz]) 1 梗概，要點，概要，大意；概略。2 綱要，摘要，一覽。

syn·op·tic [sɪ'nɑptɪk] 形 1 摘要的，通覽的。2 綜觀天氣的。

syn·op·ti·cal·ly [sɪ'nɑptɪkḷɪ] 副 概括性地。

syn·tac·tic [sɪn'tæktɪk] 形 造句法的，句法學上的；依句法規則的。**-tical·ly** 副

syn·tax ['sɪntæks] 名 U 1〖語言〗造句法；造句；句法學；句子構造。2〖理則〗造句論。3 有秩序的排列。

syn·the·sis ['sɪnθəsɪs] 名(複 **-ses** [-,siz]) 1 U 綜合；綜合法；C 綜合體。2 U〖化〗合成（法）。3 U〖哲〗（黑格爾辯證法的）（綜）合。4 U〖文法〗(1) 語詞的合成。(2) 複合字的形成。

syn·the·size ['sɪnθə,saɪz] 動 及 1 綜合；做綜合性處理。2〖化〗合成；（用合成法）製造。—不及 合成。**-si·'za·tion** 名

syn·the·siz·er ['sɪnθə,saɪzə·] 名 1 加以綜合的人。2 電子音樂合成裝置。

syn·thet·ic [sɪn'θɛtɪk] 形 1 綜合性的，合成的。2〖化〗合成的，人造的：～ rubber 合成橡膠 / ～ detergent 合成清潔劑。3 假想的；虛假的：a ～ smile 虛假不自然的微笑。4〖語言〗綜合性的；〖哲〗綜合哲學的（亦稱 **synthetical**）。—名 合成品；仿製品。**-i·cal·ly** 副

syn'thetic 'fuel 名 U C 合成燃料。

syn·the·tize ['sɪnθə,taɪz] 動 及 = synthesize.

syph·i·lis ['sɪflɪs] 名 U〖病〗梅毒。

syph·i·lit·ic [,sɪfḷ'ɪtɪk] 形 名〖病〗梅毒的（患者）。

sy·phon ['saɪfən] 名，動 及 不及 = siphon.

Syr·a·cuse ['sɪrə,kjus] 名 1 雪城：美國 New York 州中部的一個都市。2 敘拉古：義大利 Sicily 島東南部的一個港市。

Syr·i·a ['sɪrɪə] 名 敘利亞（阿拉伯共和國）：位於地中海東岸；首都 Damascus。

Syr·i·ac ['sɪrɪ,æk] 名 U，形 古敘利亞語（的）。

Syr·i·an ['sɪrɪən] 形 敘利亞的；敘利亞人的。—名 敘利亞人。

sy·rin·ga [sə'rɪŋgə] 名〖植〗山梅屬的植物；紫丁香屬的植物。

sy·ringe ['sɪrɪndʒ] 名 1〖醫〗唧筒；（皮下）注射器；灌腸器。2 注入器，吸液管；噴水器。—動 及 灌洗，沖洗；注入，注射。

syr·inx ['sɪrɪŋks] 名(複 **sy·rin·ges** [sə'rɪndʒiz], ～**·es**) 鳴管；牧羊神的笛；排簫。

syr·up ['sɪrəp] 名 U 1 糖汁，糖漿；〖藥〗糖漿。2《美》糖蜜，蜜。3（文體等的）多情感傷。—動 及 1 做成糖漿（狀）。2 加糖漿以調味（亦作《美》**sirup**）。

syr·up·y ['sɪrəpɪ] 形 1 糖漿狀的；濃厚的；甜膩的。2 多情感傷的。

:sys·tem ['sɪstəm] 名 1 系統；組織網：a water ～（河川）水系 / the metric ～ 公制計量法。2 體系，學說；〖天〗系；假說：a ～ of law 法律體系 / the Ptolemaic ～ 天動說。3 制度，機構；《通常作 **the** ～》體制：a legal ～ 法律制度 / adapt oneself to *the* ～ 順應體制。4 方式，步驟；U 正確的方針，正確順序的做法：teach English on a new ～ 用新的方法教英文 / bring ～ out of confusion 從雜亂中找出條理。5（天體的）系；世界；宇宙：the solar ～ 太陽系 / the great ～ 偉大的宇宙。6《**the**

～》〚生〛(身體器官的)系統，組織：*the* circulatory ～循環系統。**7**《 **the** ～, **one's** ～》身體，全身。**8** 性格，人格。**9**〚生〛(分類)法：biological taxonomic ～*s* 生物分類法。**10**〚地質·化·結晶〛系；《常作 ～**s**》〚電腦〛系統：the binary ～ 二進制系統。

·sys·tem·at·ic [ˌsɪstəˈmætɪk] 形 **1** 系統的；體系上的；有規律的：a ～ inquiry 系統性的調查 / a ～ treatise 有系統的論文。**2** 有條理的，規規矩矩的：a ～ person 中規中矩的人。**3** 有關分類的；分類法的：～ ornithology 鳥類分類學。**-i·cal·ly** 副

sys·tem·at·ics [ˌsɪstəˈmætɪks] 名(複)《作單數》分類學，系統學。

sys·tem·a·tize [ˈsɪstəməˌtaɪz] 動 及組織化，體系化；有系統性，分類。

-ti·ˈza·tion 名 U 組織化，體系化；分類。

-tiz·er 名 使系統化者；分類者。

sys·tem·ic [sɪsˈtɛmɪk] 形 **1** 體系的，系統的。**2**〚生理·病〛全身性的。**3**〚文法〛體系的。**-i·cal·ly** 副

sys·tem·ize [ˈsɪstəˌmaɪz] 動 及 = systematize.

ˈsystems aˌnalysis 名 U 系統分析。

ˈsystems ˌanalyst 名 系統分析師。

ˈsystems engiˌneering 名 U 系統工程學；組織工程學。

sys·to·le [ˈsɪstəˌli] 名 U〚生理〛心臟收縮(期)。**-tol·ic** [-ˈstɑlɪk] 形

S

T t

T[1], **t** [tɪ] 名(複 **T's** 或 **TS**, **t's** 或 **ts**) **1** Ⓤ Ⓒ 英文字母第 20 個字母。**2** 以 T, t 表示的音。**3** T 狀物。
cross the t's and dot the i's 在 t 字母上劃上短橫以及在 *i* 字母上點上圓點；一絲不苟，非常仔細而徹底。
to a T 正確地，絲毫不差地；完全地，完美地。

T[2] [tɪ] 名 Ⓤ（連續事物的）第 20 個，第 20 號之物。

't [t] 《縮寫》〖詩〗在動詞之前或之後 it 的縮略形：'tis, do't.

T. 《縮寫》*t*ablespoon (ful); *T*erritory; *T*uesday; *T*urkish.

t. 《縮寫》*t*ackle; *t*are; *t*easpoon; *t*enor; *t*ense; *t*ransitive.

ta [tɑ] 感《英口》謝謝！

TA [,ti'e] 名 = *t*eaching *a*ssistant 助教。

Ta 《化學符號》tantalum.

tab[1] [tæb] 名 **1**（衣服的）垂片；帶子末端的金屬包片；護耳；拉環。**2** 標記；標籤。**3**《口》帳；帳單；費用，價格；借據。**4**〖空〗調整片。**5**（書籍、帳簿等邊緣供索引用的）凸耳，提紐。**6**〖英軍〗有顏色的領章；《俚》參謀官。
keep tabs on... (1) 記在帳簿裡；記帳；記錄下來。(2) 觀察，監視。
pick up the tab 《美口》付帳《*for...*》。
—動 **(tabbed, tabbing)** 不及 **1** 加上垂片。**2** 貼上標籤，認為…《*as...*》。**3**《口》指定，擇定。

tab[2] [tæb] 名《口》= tabulator 2. —動 不及 及 = tabulate.

tab·ard ['tæbɚd] 名 **1** 傳令官官服。**2** 鎧甲罩袍。**3** 厚重的粗質短外套。

Tab·bas·co [tə'bæsko] 名 Ⓤ Ⓒ〖商標名〗塔巴斯科：一種辣醬油。

tab·by *['tæbɪ]* 名*(複* ***-bies****)* ***1*** 有斑紋的貓。**2**（尤指雌的）家貓。**3** Ⓤ 波紋織品，波紋絹。
—形《限定用法》**1** 有斑紋的。**2** 波紋織品的；有波紋的；平織（品）的。

tab·er·nac·le ['tæbɚ,nækl] 名 **1** 臨時住處；居所。**2**《常作 **T-**》〖猶太教〗帳幕，會幕；禮拜堂，聚會所。**3** 有頂的壁龕；聖體櫃。**4** 肉體，身體。

tab·la ['tɑblə] 名 對鼓：印度的二個一組的小手鼓。

:ta·ble ['tebl] 名 **1** 桌子；檯子：a work ～ 工作臺。**2** (1) 餐桌：sit (down) at ～ 在餐桌邊坐下來用餐 / set the ～ 擺餐桌。(2)《作單數》食物，飯菜，所供應的食物的分量：keep a good ～ 供應一桌佳肴。**3**《通常作 **the** ～》《作單數》《集合名詞》圍桌而坐的一桌人，同桌的人：put *the* ～ in a flutter 引起同桌的人一陣騷動。**4** 平面；平原；平地；高原，臺地；〖地質〗水平的岩石層。**5** 薄板，平板；銘板，碑板。**6**《**the** ～**s**》法版，表；法律，法典：the Twelve *Tables* of Rome 古羅馬的十二銅表法。**7** 表格，一覽表，目錄；乘法表：the multiplication ～ 九九乘法表 / a logarithmic ～ 對數表。**8** 西洋雙陸棋木盤的半面或四分之一面；《～**s**》西洋雙陸棋。
on the table (1) 在桌面上，在能清晰看見的地方；清楚可見地，公開地。(2)〖議會〗《美》被延期，被擱置；《主英》被提出，被列入議程。
turn the tables 使情勢完全改觀，扭轉局面；反敗為勝，主客易位《*on, upon...*》。
under the table 《口》(1) 醉倒。(2) 在檯面下；祕密地；私下行賄地。
wait (on) table(s) / 《主英》*wait at tables* 當侍者；侍候進餐。
—動 **(-bled, -bling)** 及 **1** 放在桌上。**2** 記入表中；列表顯示；製成表。**3**〖議會〗《美》擱置，延緩討論；《英》提出，列入議程：～ the motion《美》擱置動議；《英》提出動議。
—形《限定用法》**1** 桌子（上）的，供桌子上使用的。**2** 餐桌用的；適於食用的。

tab·leau ['tæblo, -'-] 名(複 ～**x** [-z], ～**s**) **1** 充滿戲劇性的景象，引人注目的場面；圖畫，畫面。**2** 活人畫。**3**《喻》栩栩如生的描繪。

'tableau ,curtain 名《通常作 ～**s**》〖劇〗由中間向上方兩角掀起的舞臺布幕。

'table ,board 名 **1** 餐桌桌面。**2** Ⓤ《美》膳食，包飯。

·ta·ble·cloth ['tebl,klɔθ] 名 (複 ～**s** [-,klɔðz, -,klɔθs]) 桌布。

ta·ble d'hôte ['tæbl'dot, 'tɑbl'dot] 名 (複 **ta·bles d'hôte** [～]) 特餐，客飯，定食。

'table ,knife 名 餐刀。

ta·ble·land ['tebl,lænd] 名《常作 ～**s**, 作單數》高原，臺地。

'table ,linen 名 Ⓤ 餐桌用布。

'table ,manners 名(複) 餐桌禮儀。

table·mat ['tebl,mæt] 名 隔熱墊。

'table ,salt 名 Ⓤ 餐桌用鹽，精製鹽。

·ta·ble·spoon ['tebl,spun] 名 **1** 大匙。**2** 一大匙（略作：T., tbs., tbsp.）。**3** 一大匙的量。**4** 湯匙。

ta·ble·spoon·ful ['tebl,spun,ful] 名 (複

～s) 一大匙的分量；二分之一液盎斯。略作：T., tbs., tbsp.

·**tab·let** ['tæblɪt] 名 **1** 便條簿，拍紙簿。**2** 板狀小片；錠劑，藥片：take two ～*s* after each meal 每次飯後服兩片藥。**3** 平板，碑，牌，匾。**4** 書板；《～s》書冊。**5**〖鐵路〗通行牌。

'table ˌtalk 名Ⓤ餐桌閒聊；茶餘飯後的閒聊話題。

'table ˌtennis 名Ⓤ桌球，乒乓球。

'table ˌtripod 名〖影·視〗（攝影機用的）矮三腳架。

ta·ble·ware ['tebḷˌwɛr] 名Ⓤ《集合名詞》餐具。

'table ˌwine 名ⓊⒸ佐餐酒，開胃酒。

tab·loid ['tæblɔɪd] 名 **1** 小報，通俗小報。**2** 摘要，大綱。—形《限定用法》**1** 小型報紙（般）的；摘要的，精簡扼要的。**2** 煽情的，低俗的。

ta·boo [tə'bu] 形 **1** 被視爲禁忌的，禁止的：～ words 禁忌語。**2**《敘述用法》禁忌的，禁止一般人使用或接觸的。

—名 (複～s) **1**ⓊⒸ 禁止，禁制。**2**ⓊⒸ 禁忌；忌諱，避諱；Ⓒ 被視爲禁忌的事物；禁忌語。**3**Ⓤ排斥，放逐。—動及 **1** 避諱，列爲禁忌；禁止，嚴禁。**2** 禁止交往，排斥。

ta·bor ['tebɚ] 名小手鼓。

—動及不及敲擊。

tab·o·ret, -ou·ret [ˌtæbə'rɛt, 'tæbərɪt] 名**1** 矮凳。**2** 工具櫃。**3** 小型手鼓。

tab·u·lar ['tæbjələ] 形**1** 表格的；被製成表的，列成表的；表（格）式的，多欄式的；按表格計算的。**2** 平板狀的，板狀的，扁平的；平坦而寬廣的；有兩個平行面的。

tab·u·la ra·sa ['tæbjulə'resə] 名(複 **tab·u·lae ra·sae** [-ˌlaɪ'rezaɪ, -saɪ]) **1** 純淨如白紙般的心靈；保持原來純淨狀態的事物；猶如白紙般的狀態。**2** 沒有寫上字的石板，白板。

tab·u·late ['tæbjəˌlet] 動及 做成表，列表顯示；〖電腦〗製表。—不及按（打字機等的）定位鍵；按（電腦的）標號鍵。

-'la·tion 名Ⓤ製表，列表。

tab·u·la·tor ['tæbjəˌletɚ] 名 **1** 製表的人；製表機，印表機。**2** 定位鍵，標號鍵。

ta·cet ['tesɛt] 動不及〖樂〗休止，停止。

tach[1] [tæk] 名《口》= tachometer.

tache, tach[2] [tætʃ] 名《古》扣環，扣鉤，鉤環。

ta·cho ['tæko] 名 (複～s [-z])《口》= tachometer.

tach·o·graph ['tækəˌgræf] 名轉速記錄器。

ta·chom·e·ter [tə'kɑmətɚ, tæ-] 名 轉速計；速度計，流速計。

tac·it ['tæsɪt] 形《限定用法》**1** 緘默的，默不作聲的；不發出聲音的，無言的：a ～ prayer 默禱。**2** 心照不宣的，默默的：～ agreement 默契。**3**〖法〗默示的。～**·ly** 副沉默地，默不作聲的；心照不宣地，默默地。

tac·i·turn ['tæsəˌtɝn] 形沉默寡言的，不愛說話的；陰沉的；不苟言笑的。～**·ly**副

tac·i·tur·ni·ty [ˌtæsə'tɝnətɪ] 名Ⓤ 沉默寡言，不苟言笑。

tack[1] [tæk] 名 **1** 平頭釘，揿釘：a thumb ～ 圖釘。**2** 假縫，粗縫。**3**〖海〗(1) ⓊⒸ 航向；之字形航程。(2)迎風轉帆。(3)帆趾索；帆趾。**4** ⓊⒸ 方針，政策：be on the right ～方向正確。**5** 之字形的行進。**6**《英》附帶條款。

go sit on a tack 滾開；少管閒事。

on the tack《俚》戒酒。

sharp as a tack (1)打扮得非常整齊。(2)敏銳的。

—動及 **1** 用平頭釘釘住《*up, down*》。**2** 略微固定住；用假縫法縫上，暫時縫住《*down, on*》。**3** 聯繫，結合《*together*》。**4** 添加，附加；加上《 *on* / *on, onto, to...* 》。**5**〖海〗使迎風轉帆《*about*》；使不斷曲曲折折地前進。

—不及 **1**〖海〗把船迎風轉帆《 *about* 》；迎風轉帆；曲曲折折地前進。**2** 突然改變路線，改變態度。

tack[2] [tæk] 名Ⓤ **1**《俚》食物，粗劣的食物。**2** 廢物，無用的東西。

·**tack·le** ['tækḷ] 名 **1** Ⓤ器具，裝備；釣魚用具：fishing ～釣魚用具。**2** ⒸⓊ 轆轤，滑車裝置；滑車起重機。**3**〖海〗滑車轆轤。**4** 抱住，扭倒。**5**〖美足〗擒抱：(1)左右衛和端線之間的球員。(2)擒抱的位置。

—動 **(-led, -ling)** 及 **1** 解決，應付。**2** 討論，交涉《 *about, on, over...* 》。**3**〖美足·足球·曲棍球〗扭倒，抱住。**4** 按倒，摔倒在地，抓住。—不及擒抱。

tack·y[1] ['tækɪ] 形 **(tack·i·er, tack·i·est)** 黏性的，膠黏的。

tack·y[2] ['tækɪ] 形**(tack·i·er, tack·i·est)**《美口》**1** 庸俗的；襤褸的；寒酸的，破舊的。**2**《俚》不愉快的。**-i·ness**名

ta·co ['tɑko] 名 墨西哥烹飪的一種，通常在玉米粉煎餅裡夾肉和蔬菜。

·**tact** [tækt] 名Ⓤ **1** 老練；圓滑；機智。**2** 感觸；觸覺。**3** 鑑賞力，審美力。

tact·ful ['tæktfəl] 形機智的，機敏的；圓滑的。～**·ly** 副, ～**·ness**名

tac·ti·cal ['tæktɪkḷ] 形 **1** 戰術的。**2** 策略的；審慎的。**3** 經過計算的，有計畫性的，得當的。**4** 權宜性的。 ～**·ly**副

tac·ti·cian [tæk'tɪʃən] 名 戰術家；策士，策略家。

·**tac·tics** ['tæktɪks] 名 (複) **1**《通常作單數》戰術；兵法：the ～ of surrounding the enemy 包圍敵人的戰術。**2** 作戰方式；策略；手腕：change one's ～ 改變策略。

tac·tile ['tæktḷ,'tæktɪl] 形**1** 觸覺的：～ sensation [perception] 觸感。**2** 可觸知的；有立體感的。**-'til·i·ty**名Ⓤ 感觸性。

tact·less ['tæktlɪs] 形 不機智的；缺乏手腕的；不圓滑的，直率的。～·ly副

tac·tu·al ['tæktʃuəl] 形 **1** 觸覺的，觸感的。**2** 傳遞觸感的，引起觸感的；根據觸覺的。～·ly副

tad [tæd] 名《美方》**1** 小（男）孩。**2** 些微之量：a ～ 有點兒，稍微。

Tad [tæd]〖男子名〗泰德（Theodore的暱稱）（亦稱 **Ted**）。

tad·pole ['tæd,pol] 名蝌蚪。

Ta·dzhik [tɑ'dʒɪk] 名＝Tajikistan.

tael [tel] 名**1** 兩：中國和東（南）亞的重量單位。**2** 銀兩：中國舊貨幣單位。

taf·fe·ta ['tæfɪtə] 名Ⓤ波紋綢；絲麻織品。一形（似）波紋綢的。

taff·rail ['tæf,rel] 名〖海〗**1**船尾的上部。**2** 船尾上的欄杆。

taf·fy ['tæfɪ] 名ⓊⒸ**1** 太妃糖（亦稱《英》toffee, toffy）。**2**《美口》阿諛，奉承。

Taf·fy ['tæfɪ] **1** (複 **-fies**)《英口》威爾斯人。**2**〖男子名〗塔菲。

Taft [tæft] 名 **William Howard**，塔虎特（1857－1930）：美國第 27 任總統（1909－13）。

·**tag**[1] [tæg] 名**1** 垂懸的牌子，標籤：a baggage claim ～行李寄存牌 / an identification ～ 名牌。**2** 小飾垂；領襻，襻帶。**3** 金屬箍，包頭；拉襻。**4**〖釣〗掛於蚊形魚鉤根部的金屬片。**5** 末尾，結尾；結尾的臺詞，引用語；勸誡語，結尾文句；常被引用的文句；陳腔濫調；花體；重疊字，最後的數行。**6**〖電腦〗標籤。**7** 附加問句。**8** 交通違規罰單；《美口》牌照，車牌。**9** 一綹頭髮；一簇糾結的羊毛；動物尾巴。

一動(**tagged**, ～·**ging**)及**1** 給…貼上標籤。**2** 稱爲；貼標籤於。**3** 開交通違規罰單給；盤問，責難《*for...*》。**4** 以引用語終結；附加於《*on* / *onto*, *to...*》；一起處理，使合併《*together*》。**5**《美口》緊跟著走。**6** 從（羊）身上剪下糾結的羊毛。**7** 被責備《*with...*》。**8** 附上價格《*at...*》。**9** 使押韻。一不及緊跟在後面，尾隨《*along*, *around*, *on to* / *behind*, *with*, *after...*》。

tag[2] [tæg] 名**1**Ⓤ捉迷藏：play ～ 玩捉迷藏。**2**〖棒球〗觸殺，刺殺。

一動 (**tagged**, ～·**ging**) 及 **1** 捉到。**2**〖棒球〗⑴觸殺《*out*》。⑵《美俚》用力打擊；連續擊中《*for...*》。**3**〖拳擊〗用力打擊。

tag up〖棒球〗使前進一壘。

Ta·ga·log ['tægə,lɑg, tə'gɑlɔg] 名 **1** (複 ～**s**,《集合名詞》～)（菲律賓群島的）塔加拉族（人）。**2** Ⓤ塔加拉語：菲律賓的主要語言。

'**tag ,boat** 名拖船。

'**tag ,day** 名《美》募捐日（《英》flag day）：捐贈者可得一枚小標籤。

'**tag ,end** 名**1**《**the** ～》末端，末期。**2**《通常作～**s**》殘渣，碎片，殘餘。

tag·ger ['tægɚ] 名 加貼標籤的人。

'**tag ,line** 名**1** 結尾語。**2** 標語，口號。

Ta·gore [tə'gor, 'tɑgor] 名 **Sir Rabindranath**, 泰戈爾（1861－1941）：印度詩人，諾貝爾文學獎得主（1913）。

'**tag 'question** 名〖文法〗附加問句。

tag·rag ['tæg,ræg] 名 社會低層的人，烏合之眾。

'**tag ,sale** 名＝garage sale.

'**tag ,team** 名〖角力〗交替比賽分組。

Ta·hi·ti [tɑ'hitɪ, -ti] 名大溪地：南太平洋社會群島的主要島嶼；首府爲 Papeete。

-ti·an [-tɪən]名形大溪地人[語]（的）。

t'ai chi (ch'uan) ['taɪ 'dʒi ('tʃuən)] 名Ⓤ太極拳：中國的一種拳法。

tai·ga ['taɪgə] 名大松林地帶

:**tail** [tel] 名**1** 尾巴。**2** 尾狀物；下襬；頭髮的辮子；〖天〗（彗星的）尾巴；〖印〗活字伸出於底線下的部分；（音符的）符尾：the ～ of a shirt 襯衫的下襬。**3** 末端，下端；〖空〗（飛機的）尾部，機尾。**4** 結尾：the ～ of the luncheon meeting 午餐會的尾聲。**5** 渣滓，碎物；晚輩，排在最後的人；《～**s**》〖化〗殘存物。**6**《通常作～**s**》錢幣的背面：Heads or ～*s*?（擲錢幣時）正面或反面? **7** 尾狀長蛇陣；列，行列；隨從人員，隨行者。**8**《～**s**》燕尾服；正式服裝：go into ～*s*（小孩長大了）開始穿燕尾服。**9** 足跡：put a ～ on a suspect 尾隨可疑者。**10**〖詩〗詩行。**11**《俚》屁股。**12** Ⓤ《粗》性交；（被當作性交對象的）女人。

get one's tail down 畏縮，垂頭喪氣。

keep the tail in waters《俚》興隆。

make head(s) or tail(s) of...⇨HEAD（片語）

on a person's tail 尾隨某人。

the tail that wags the dog⇨WAG（片語）

turn tail ⑴掉頭。⑵逃走，退縮。

twist the lion's tail ⇨ LION（片語）

with one's tail between one's legs 夾著尾巴；驚恐；垂頭喪氣。

with one's tail up 情緒高昂，心情愉快。

一形《限定用法》**1** 由後面來的。**2** 在後部的。一動 及 **1**《主美》附上尾巴。**2** 跟隨在後；接於…之後；《口》尾隨，跟蹤。**3**接在後面，繫於末端《*on*, *to*, *onto...*》。**4**〖建〗安上，嵌入《*in*, *into*, *on...*》。**5**剪短尾巴；抓住尾巴；去掉尾端。一不及**1** 排成一列隊伍；成行列前進。**2**《口》尾隨，跟蹤《*after*, *along*, *behind...*》。**3**〖建〗一端被固定（或嵌入）《*in*, *into...*》。**4** 逐漸消失《*away*, *off*》。**5**〖海〗船尾朝向（某個方向）。

tail·back ['tel,bæk] 名**1**〖美足〗後衛。**2**《英》車子阻塞形成的長列。

tail·board ['tel,bord]名《美》＝tailgate 1.

'**tail ,coat**名《英》燕尾服；禮服。

tailed [teld] 形 有尾巴的；《複合詞》有…（狀）尾巴的：long-*tailed* 長尾的。

T

'tail 'end 图《the ～》1 末端；《口》屁股。2 終結，結局：*the* ～ of the meeting 會議的尾聲。3〖棒球〗最後一名。

tail·end·er ['tel'ɛndɚ] 图 最後一名，倒數第一（的人）。

'tail ,fin 图尾部突出部分；尾鰭。

tail·gate ['tel,get] 图 1《美》尾板，後擋板。2《主英》（運河）下閘門。

一動不及 1 行駛。2 在車尾野餐。一及緊貼著（前車的）尾部行駛。

tail·ing ['telɪŋ] 图 1 磚石突出部分，邊樑的支撐物。2《～s》(1)〖建〗（經飾後留下的）砂石等。(2) 沉澱物，渣滓；礦渣。3 U 尾隨；跟蹤。

'tail ,lamp 图《英》= taillight.

tail·light ['tel,laɪt] 图尾燈。

·tai·lor ['telɚ] 图 裁縫，成衣工：The ～ makes the man.《諺》佛靠金裝，人靠衣裝。一動 不及 1 經營服裝店，做裁縫。2 被縫製。一及 1 縫製《*for*...》；《常用被動》使衣服合身。2 使適應《*to*...》。3 依男裝式樣裁製；訂做；改得合身。

tai·lor·bird ['telɚ,bɝd] 图〖鳥〗縫葉鳥。

tai·lored ['telɚd] 形 1 線條簡單的，腰身合體的。2 簡單明瞭的；乾淨俐落的。

tai·lor·ing ['telərɪŋ] 图 U 裁縫業，裁縫技術。

tai·lor-made ['telɚ'med] 形 1 訂做的，定製的；尺寸合身的（《主美》custom-made）；式樣簡單大方的。2 特製的《*for*...》。3《俚》機器捲成的。

一['--,--] 图 1《通常作～s》訂做的衣服。2《俚》機器捲成的香煙。

tail·piece ['tel,pis] 图 1 尾部，附加物。2〖印〗補白圖案。3〖建〗半端樑。4 繫弦板。

tail·pipe ['tel,paɪp] 图 1 後部排氣管，尾管。2 吸入管。

'tail ,plane 图〖空〗《英》（飛機尾部的）水平穩定裝置。

tail·race ['tel,res] 图（水車的）放水路。

tail·spin ['tel,spɪn] 图 1〖空〗尾螺旋。2《口》失去控制，混亂；突然的意氣消沉（亦作 **tail spin**）。

tail·wind ['tel,wɪnd] 图順風，尾風。

taint [tent] 图 U C 1 污點，污垢。2 痕跡《*of*...》；污染，墮落：a lingering ～ *of* malaria 久患瘧疾的後遺症。3 污辱；惡名：～*s* and honors 恥辱與榮譽。一動及 1 污染，沾污。2 使感染；使腐敗《*with*...》。3 污染。一不及沾污；感染，墮落。

～**·less** 形未沾污的；純潔的。

Tai·wan ['taɪ'wɑn] 图 臺灣：the ～ Strait 臺灣海峽。

Tai·wan·ese [,taɪwɑ'niz] 形 臺灣的，臺灣人的。一图(複～)臺灣人；U臺灣話。

Ta·ji·ki·stan [tɑ,dʒɪkɪ'stæn] 图 塔吉克：中亞的一個共和國；首都為 Dushanbe。

Taj Ma·hal ['tɑdʒmə'hɑl] 图泰姬瑪哈陵：位於印度 Agra，為白色大理石陵廟。

:take [tek] 動 (**took, tak·en, tak·ing**) 及 1 取，拿；〖西洋棋〗占取；抓：～ a fox in a snare 用陷阱捕狐狸。2 取下，拿走；奪取，盜用；奪（人）的命《*from, out of, off* ...》：～ the sack *off* one's shoulder 從肩膀上拿下袋子。3 罹患；侵襲：～ (a) cold 患感冒。4 領收，獲得：～ as much interest as is permitted by law 收取法律許可範圍內的利息。5 預約，租借；訂閱，訂購：～ a ticket to New York 買一張到紐約的車票 / ～ a beach house for a month 租用海邊房子為期一個月 / ～ out an ad in the local paper 在地方報紙上登廣告。6 拿來，引用《*from*...》。7 製作；拍攝；記下，留下：～ a likeness 畫肖像 / ～ a tape of a broadcast 製作廣播節目的錄音帶。8 調查，測量：～ a poll 調查民意 / ～ a person's temperature 量某人的體溫。9 吸引，使出神。10〖法〗取得。11 選擇，取（道）前進；進入：～ one'sown course 自己採取行動。12〖文法〗採用。13 吃，喝，吸；使用：～ dinner about seven 在七點左右吃晚飯 / ～ medicine before breakfast 早餐前吃藥 / ～ sugar in one's coffee 加糖到某人的咖啡裡。14 吸收；沾上；點：～ wet 濡溼 / ～ the flavor of... 沾上…的味道。15 專心從事；學習：～ ballet 學習芭蕾舞。16 處理，解決：～ enemies in succession 一個接著一個迎戰敵人。17 拿；拿走，抓；握：～ a book in one's hand 把書拿在手裡。18 懷有，抱持：～ pride in one's appearance 對自己的外表感到驕傲 / ～ a gloomy view 抱悲觀的看法。19 接受：～ a compliment with a smile 微笑地接受讚美 / ～ a dare 接受挑戰。20 迎進，接納；收（養子、弟子）；接受（房客）：～ a wife 娶妻 / ～ new members once a year 一年一度招收新會員。21 接受；忍受，忍耐；磨光，擦亮：～ treatment for one's disease 接受疾病的治療。22 理解，了解，明白；想成，當做（…），認為（…）是事實：～ things easy 把事情想得容易。23 承擔，承當；擔負；立（誓言）：～ the veil 當修女 / ～ an oath 立誓。24 利用，搭乘《*to*...》：～ a train 搭火車。25 謀求；採取 ：～ every possible means 採取每一種可能的手段。26《尤美》欺騙。27 帶走，搬運；導遊，帶領，接待。28 採取，實行；進行：～ a walk 散步 / ～ legal action 提起訴訟 / ～ the sun 做日光浴。29 扮演，擔任 ：～ the tenor (part) 擔任男高音。30 占，占據。31《常以 **it** 當主語》必要，需要；花費。32 度過。33（物）成（形式）：～ the shape of... 取…的形式。34〖棒球〗凝視。35《俚》性交。36〖樂〗演奏，唱。一 不及 1 銜接，嚙合，安裝。2 長根，開始生長；發芽；染，附著；點著；接種有效；發生效用。3 受歡迎，被接受。4 被捉住，被捕獲。5〖法〗取得所有權，繼承財產。6《

主美口》被染上。7《口》被照相。8 進行，前進。
take after...(1)相似。(2)模仿。(3)《美》追於…之後，追蹤。
take against...《主英》反對，反感，討厭。
take apart 分散，分解。
take...apart / take apart...(1)分解，分析。(2)嚴厲批評；《口》粗暴地對待。
take away (1)收拾餐桌；離去。(2)貶低，減損《*from*...》。
take...away / take away... 運走；除掉，除去。
take back...(1)拿回。(2)退回；收回退貨。(3)收回，撤回。
take down...(1)降下。(2)拆掉；解體；砍倒。(3)記下。(4)《口》使屈服。(5)吞下，喝入。(6)鬆開。
take... for...(1)認為是。(2)誤以為是。
take... for granted ⇨ GRANT動（片語）
take from... 減小，減弱，降低。
take...in / take in...(1)收進，吸收，吸；裝載。(2)縮短尺寸；捲。(3)留住，留宿。(4)包含，列入考慮；《美》列入預定行程。(5)熟悉；了解。(6)真，相信。(7)《口》欺騙。(8)凝視；凝聽。(9)《主英》訂閱，訂購。(10)帶回家做。(11)圍起來；合併。(12)《美》出席；參觀，訪問。
take it (1)接受，相信。(2)《俚》忍耐。
Take it or leave it. 要就要，不要就算了。
take it out in...《口》以…作損害賠償。
take it out of...《口》(1)使疲憊。(2)使賠償。(3)洩憤。(4)教訓，譴責。
take it out on a person 《口》向（人）洩憤。
take off (1)《口》迅速地離開。(2)起飛；跳起來。(3)急於售出。(4)停止。
take...off / take off... (1)脫掉，取下，摘下；自菜單中挑出。(2)切除。(3)帶去，帶走；救出。(4)使離開某處；領走。(5)奪走（人）命。(6)複印，翻版。(7)打折扣。(8)取得；請假。(9)停演。(10)《口》仿造。(11)停開。
take off at... 攻擊。
take on (1)《英》緊張；驚慌失措。(2)《口》受歡迎。(3)《口》裝模作樣，假裝。
take...on / take on... (1)僱用。(2)承擔；負（責任）。(3)呈現，帶有。(4)挑戰。(5)長胖。(6)感染。(7)裝載。
take or leave (1)任意取捨。(2)大約。
take out 出發，出門。
take...out / take out... (1)取出；去除。(2)獲得。(3)帶…出去；《美口》約會。(4)《美》外帶。(5)使無法生效。
take out...on... 將…發洩於。
take over (1)接收《*from*...》。(2)占優勢。
take...over / take over... (1)運走，帶走《*to*...》。(2)接管《*from*...》；接收。(3)超出。(4)欺騙。
take a person through... 和某人核對。
take to...(1)喜歡，沉迷於，養成習慣；照顧。(2)《口》喜歡。(3)驅向；向…去，逃進。(4)訴諸。
take up (1)停止。(2)恢復。(3)開始。
take...up / take up... (1)從事於。(2)剝奪；拿起。(3)費（時間）；占（地方）。(4)使搭乘。(5)援助。(6)逮捕。(7)吸收。(8)自中途加入。(9)連續話題。(10)打斷。(11)引起，使傾向於。(12)就（任）；開始著手；提出。(13)縮短；繫在樁上。(14)答應，承兌；借貸。(15)清償。(16)決定。(17)理解。
take up for... 偏袒某一方，擁護某人。
take a person up on... 答應某人的提議，接受；承擔。
take...upon oneself (1)擔負，接受。(2)開始，著手試辦。
take up with...《口》(1)交往；有興趣，熱中於，忙於。(2)提出。
—名 **1** 獲得，取得，收穫。**2**《通常用單數》獲得的東西；利益；《俚》漲價；捕獲量。**3**《美俚》分到的部分，所取得之分。**4**〖報章·雜誌〗一次發稿量，取材量；一次排版量。**5**〖影〗（一次拍攝的）場景，鏡頭。
on the take 《俚》(1)追求自己的利益。(2)接受賄賂。

take·a·way ['tekə,we] 名《英》外賣的食物（《美》takeout）。—形 外賣的。

take·home ['tek,hom] 形 帶回家做的：a ～ exam 帶回家做的考試。

'take-home ˌpay ['tek,hom-] 名U《美》實得薪資。

take-in ['tek,ɪn] 名《口》詐欺，欺騙。

:tak·en ['tekən] 動 **take** 的過去分詞。

take·off ['tek,ɔf] 名 **1**U C出發（點）；起飛；起跳（點）。**2** 幽默的模仿；滑稽劇；滑稽的詩文，諷刺畫。**3**〖經〗經濟起飛。

take·out ['tek,aʊt] 名**1**U拿出，取出。**2** 拿出的東西；《美》外帶的餐飲。**3** 插頁文章。—形（亦作 **take-out**）《美》買了帶走的，（供）外帶的（《英》takeaway）。

take·o·ver ['tek,ovɚ] 名 奪取，接管：a ～ bid（股票）吸收合併出價。

tak·er ['tekɚ] 名 **1** 取者；捕獲者；取得者。**2** 接受者，收取者。**3** 接受他人賭注的人。**4** 購閱者。

tak·ing ['tekɪŋ] 名**1**U取，獲得；捕獲。**2** 取得之物，捕獲量。**3**《～**s**》營業額，收入。
—形 迷人的，吸引人的；傳染性的：a ～ smile 迷人的微笑。

talc [tælk] 名 U **1**〖礦〗滑石。**2** = talcum powder.

'tal·cum ˌpowder ['tælkəm-] 名 U 滑石粉；撲粉，爽身粉。

:tale [tel] 名**1** 故事：make a ～ of one's exploits 述說自己的功績。**2** 虛偽；謊話。**3**《～**s**》傳言，謠言；敘述，報導；壞話，誹謗：Dead men tell no ～*s*.《諺》死人不會

T

洩密。4《文》總數，總計：tell the ～ of... 算出…的總數。
tell a tale 說明問題；透露某事；講故事。
tell one's own tale 從自己角度說明情況。
tell tales 洩漏祕密；揭人隱私，講他人的壞話；說謊。
tell tales out of school 洩漏祕密。
tell the tale 說令人無法相信的話，編說悲慘的故事。
Thereby hangs a tale. 其中必有文章。

tale·bear·er ['tel,bɛrɚ] 图搬弄是非的人；告密者；揭人隱私者。

·**tal·ent** ['tælənt] 图 1 Ⓤ Ⓒ 天才，天分《*for...*》。2 Ⓤ Ⓒ 才能，本事：a writer of ～ 有才能的作家。3《口》人才；演員，有表演天分和技巧的人：a TV ～ 電視藝人。4 Ⓤ《集合名詞》具有特殊才能的人；演員們。5 古代希臘、中東等地的重量單位。

tal·ent·ed ['tæləntɪd] 图有天才的；有才華的，有能力的。

tal·ent·less ['tæləntlɪs] 形無能的。

'talent ˌscout [ˌspotter] 图星探，人才發掘者。

'talent ˌshow 图才藝表演。

ta·ler ['tɑlɚ] 图(複～, ～s) = thaler.

tales·man ['telzmən, 'teliz-] 图(複-**men**) 候補陪審員。

tale·tell·er ['tel,tɛlɚ] 图 1 說故事的人。2 搬弄是非的人；揭人隱私者；告密者。

Tal·i·ban ['tælə,bæn] 图〖政〗塔利班：回教基本教義派在阿富汗建立的政權；或稱作「神學士政權」。

tal·i·ped ['tælə,pɛd] 形 彎曲的；畸形足的。─图畸形足的人[動物]。

tal·i·pot ['tælɪ,pɑt] 图〖植〗錫蘭行李葉椰子。

tal·is·man ['tælɪsmən] 图(複～**s**) 1 護身符，避邪物。2 能產生魔術或奇蹟般效果的東西。

:**talk** [tɔk] 動 不及 1 談論《*about, of...*》；說話，交談《*to, with...*》：～ *to* oneself 自言自語 / ～ back *to* a person 對某人頂嘴。2 商談，商量《*together* / *with...*》。3 發出類似說話的聲音。4 閒聊，說閒話《*against, of, about...*》：～ *of*you as a genius 說你是個天才 / People will ～.《諺》人們會說長道短。5 不停地說《*on, away* / *about...*》。6 演說，演講《*on, to, about ...*》。7 洩漏祕密，漏口風。8 傳遞想法《*with, by...*》。9 發揮影響力：Money ～*s*.《諺》有錢能使鬼推磨。─及 1 說，談論《*out, over, round*》。2 說服；奪取，使脫離；《反身》說得使成爲某種狀態。
get oneself talked about 使自己成爲眾人談論的話柄。
in talking about... 談到…。
Now you're talking.《俚》這才像話。
talk about... (1)談論。(2)談到《*doing*》。(3)《口》可說是太…，簡直是太…。
talk around [round]... 拐彎抹角地談。
talk a person around [round] / talk around [round] a person 說服某人。
talk at a person《美》影射某人；指桑罵槐地說某人。
talk away ⇨動 不及 5.
talk...away / talk away... (1)(以聊天)度過。(2)以說話消除。
talk back (1)⇨動 不及 1. (2)交換訊息。
talk down (1)《美》壓倒，駁倒。(2)貶低。(3)藉無線電給予指示以引導降落。
talk down to a person《口》以蔑視的態度對某人說話；用容易明白的話對某人說。
talk a person's head off《俚》對某人說個不停，對某人喋喋不休。
talk in = TALK down (3).
talking of ...《通常放在句首》談到…。
talk of ... (1) ⇨動 不及 1, 4. (2)說要，說有意《*doing*》。
talk out 商量解決。
talk...out / talk out... (1)⇨動 及 1. (2)〖英政〗將討論拖到議會休會而使(法案、動議等)擱置。(3)長談而使其疲倦。
talk over (1)⇨動 及 1. (2)說服《*to...*》。
talk over a person's head《口》講超過某人能聽懂的話。
talk sixteen to the dozen 說個不停。⇨ DOZEN(片語)
talk the hind leg(s) off a donkey《口》講個不停。
talk through one's hat《口》⇨HAT(片語)
talk to... (1) ⇨動 不及 1. (2)《口》斥責。
talk...to death (1)《美》以冗長的演說等阻撓(議案等)通過。(2)長談。
talk turkey《美口》⇨TURKEY(片語)
talk up (1)毫不猶豫地說。(2)《口》大聲而清楚地說話；傲慢無禮地說話《*to...*》。
talk...up / talk up... (1)爲引起對…的興趣而討論；熱烈地討論。(2)胡亂地吹捧。
─图 1 說話，講話；陳述，報告；談話《*about...*》；商量《*with...*》；《通常作～**s**》會談，會議《*on...*》。2 非正式的演講《*at, in, onto...*》。3 Ⓤ 閒話；傳聞，謠言《*about, of...*》；《常用**the** ～》閒談的主題，話題。4 Ⓤ 空言，空論。5 Ⓤ 說話的方式，語調。6 語言；方言；特殊用語，專門術語。7 Ⓤ 擬語聲；類似人的聲音。

talk·a·thon ['tɔkə,θɑn] 图《口》馬拉松式的演說；馬拉松式問答採訪談話。

talk·a·tive ['tɔkətɪv] 形多話的，愛說話的：a ～ girl 多話的女孩。～·**ly** 副

talk·ee·talk·ee ['tɔkɪ'tɔkɪ] 图 Ⓤ 1 閒聊，喋喋不休。2 蹩腳英語。

talk·er ['tɔkɚ] 图 1 說話者。2 健談者。3《口》拉客者。4 會說話的鳥。

talk·fest ['tɔk,fɛst] 图 懇談會，議而不決的會議。

talk·ie ['tɔkɪ] 图《口》= talking picture.

'talking 'book 图有聲書，錄音書本。

T

'talking 'doll 名會說話的玩偶。

'talking ˌhead 名(出現於電視畫面上的)說話者的特寫鏡頭。

'talking maˌchine 名留聲機。

'talking 'picture 名有聲電影。

'talking ˌpoint 名 1 對某方有利的論點。2 話題。

talk·ing-to ['tɔkɪŋˌtu] 名(複~s, -ings-to)《口》申斥,譴責。

'talk ˌshow 名《美》脫口秀;知名人士參加座談(或接受訪問)的節目(《英》chat show)。

talk·y ['tɔkɪ] 形 (talk·i·er, talk·i·est) 對話過多的;多話的,饒舌的。

:tall [tɔl] 形 1 身材高的;高聳的:a ~ building 高聳的建築物 / a ~, pillar-like cloud 如柱子般聳立的雲。2《與帶有數詞的名詞連用》有…高的。3 厚的;細長的。4《口》相當高的,過分的;多量的;令人難以置信的;誇大的,誇張的:a pretty ~ accusation 極爲過分的指控。—副 1《口》趾高氣揚地,驕傲地。2《俚》誇大地,誇張地。~·ness 名

tall·boy ['tɔlˌbɔɪ] 名 1〖英家具〗高腳櫥櫃(《美》highboy);雙層櫃。2 通風管。3 高腳杯。

'tall 'hat 名禮帽。

tall·ish ['tɔlɪʃ] 形 1 稍高的。2 稍誇張的。

'tall 'order 名難於做到的要求或建議。

tal·low ['tælo] 名 U 1 脂肪組織。2 動物脂肪,牛脂,羊脂。3 脂,油脂。—動 及 1 以動物脂肪塗。2 將(動物)養肥。

tal·low-chan·dler ['tæloˌtʃændlɚ] 名 製造獸脂蠟燭者。

tal·low-faced ['tæloˌfest] 形 臉色蒼白的,臉色發黃的。

tal·low·y ['tæləwɪ] 形 1 (似)(動物)脂肪的;肥胖的。2 蒼白的,泛黃的。

'tall 'ship 名高桅橫帆船。

'tall 'tale ['story] 名 誇大的故事;難以相信的話;吹牛。

tal·ly ['tælɪ] 名(複-lies) 1 符木,符契;刻痕,記號。2 結算(表),紀錄(表);自動計算器;《昔英》賒銷制;借貸的紀錄,比賽的得分:keep a daily ~ of accidents 記錄每天發生的事故。3 項目,條項。4(商品等)計算單位的記號。5 計算單位:by the ~ 按打計。6(計算單位的)整。7 標籤,牌子。8 一對中的一方;符合,一致。*live tally*《主方》未婚男女同居。

—動 (-lied, ~·ing) 及 1 刻符契於;記錄,以表列;算帳,計算,總計《*up*》。2 附上標籤。3 使一致。4〖海〗往船尾拉。—不及 1 符合,吻合;一致,符合《*with* ...》。2 記錄,記分。-li·er 名

tal·ly·ho ['tælɪˌho] 名 (複 ~s) 1《主英》由四匹馬拉的載客馬車。2「嗬」聲。—[ˌtælɪ'ho] 感嗬!嗬!

tal·ly·man ['tælɪmən] 名 (複~s) 1 計數員,理貨員。2《英》分期付款售貨的商人。

'tally ˌsheet 名 理貨單,計數單;《主美》投票數記錄紙。

Tal·mud ['tælmʌd, -məd] 名《the ~》猶太法典。-'mud·ic 形, ~·ist 名 猶太法典的編纂者;猶太法典的信奉者;精通猶太法典的人。

tal·on ['tælən] 名 1(尤指猛禽的)爪;似爪的指。2〖牌〗發剩的牌。3〖建〗爪飾。4 刃。

tam [tæm] 名 = tam-o'-shanter.

tam·a·ble ['teməbl] 形 可馴養的。

ta·ma·le [tə'malɪ] 名 U《美》玉米蒸粽。

tam·a·rack ['tæməˌræk] 名〖植〗美洲落葉松。

tam·a·rind ['tæməˌrɪnd] 名〖植〗羅望子;U 其果實。

tam·a·risk ['tæməˌrɪsk] 名〖植〗檉柳屬植物。

tam·bour ['tæmbur] 名 1 刺繡框;以刺繡框做成的刺繡品。2〖樂〗鼓(手)。3 活動桌面;摺疊式拉門。4 遮欄。5 鼓形石。

tam·bou·rine [ˌtæmbə'rɪn] 名 小手鼓,鈴鼓。-rin·ist 名

·tame [tem] 形 (tam·er, tam·est) 1 馴服的,被人飼養的;溫順的:a ~ cat 家貓;《喻》聽人擺布的人。2 順從的,唯命是從的;沒志氣的,膽怯的;不重要的,無實權的,無危險性的。3 乏味的,沉悶的,單調的:a ~ current 緩緩流淌的水流。4 被管理的。5《美》人工改良栽培的。6《謔》受人控制的,御用的。

—動 (tamed, tam·ing) 及 1 飼養,馴服。2 使服從;使變淡薄;使柔和《*down*》。3 管制,利用;耕作;栽培。—不及 變馴良,變溫順《*down*》。

'tame·ly 副, 'tame·ness 名

tame·a·ble ['teməbl] 形 = tamable.

tame·less ['temlɪs] 形 未馴服的。

tam·er ['temɚ] 名 馴獸師。

Tam·er·lane ['tæmɚˌlen] 名 = Timour.

Tam·il ['tæml, 'tæmɪl] 名(複 ~s,《集合名詞》~) 1 坦米爾族(的人):住在印度南部或錫蘭島上的一民族。2 U 坦米爾語。—形 坦米爾族[語]的。

Tam·ma·ny ['tæmənɪ] 形《限定用法》坦慕尼派的人的;坦慕尼派作風的。—名 = Tammany Hall.

'Tammany 'Hall 名《the ~》1 坦慕尼派,坦慕尼協會。2 坦慕尼會館。

tam-o'-shan·ter [ˌtæmə'ʃæntɚ] 名 (源於蘇格蘭的)圓頂無沿呢帽。

tamp [tæmp] 動 及 1 壓緊,壓實;搗塞,壓塞《*down / in, into...*》。2 用土等填塞。—名 用以填塞的工具。

tam·per¹ ['tæmpɚ] 名 1 做搗固工作的人;壓實工具,夯土機,搗棒。2(中子)反射體。

tam·per² ['tæmpɚ] 動 不及 1 亂動,擾

T

亂，干涉；擅自更改《*with...*》：～ records 擅改紀錄。**2** 暗中進行；偷偷參加；暗中交涉；以不正當的手段進行交涉《*with...*》: ～ *with* the jury 收買陪審團。—[及]竄改。～·**er**[名]

tam·per·proof ['tæmpə,pruf] [形]可防止他人亂動的。

tam·pi·on ['tæmpɪən] [名] **1** 木塞，炮口蓋。**2** 閉口音栓，上端塞。

tam·pon ['tæmpɑn] [名]〖醫〗塞子，棉塞，填塞物；(婦女生理期時用的)衛生棉條。

tam-tam ['tʌm,tʌm] [名] **1** 大鑼。**2** = tomtom.

·**tan**[1] [tæn] [動](**tanned**, ～·**ning**)[及] **1** 晒成褐色。**2** 鞣製，硝製。**3**《美口》重重鞭打: ～ a person's hide《口》痛打某人。—[不及]晒成褐色。—[名] **1**《通常作 **a** ～》晒成褐色的膚色；[U]黃褐色；《～**s**》黃褐色的衣料物品，鞣革色的鞋子。**2** = tanbark1. **3** [U]鞣液，鞣料；鞣質，單寧。**4**《**the** ～》《俚》馬戲表演場；馬術學校騎馬場的地面。

—[形](～·**ner**, ～·**nest**) **1** 黃褐色的；晒成褐色膚色的。**2** 鞣製成革(用)的。

tan[2] [tæn] [名]= tangent.

tan·a·ger ['tænədʒə] [名]〖鳥〗風琴鳥，鶯。

tan·bark ['tæn,bɑrk] [名] **1** [U]鞣質樹皮。**2** 鋪了鞣質樹皮屑的場地。

tan·dem ['tændəm] [副]一前一後地，成一縱列地：drive mules ～ 把騾排成一縱列趕著走。—[形]由一前一後排列的東西構成的，串聯的。—[名] **1** 排成一縱列拖著馬車的一組馬；前後由排成一縱列的馬拖拉的二輪馬車。**2** 一前一後排列著的一組，串列式的東西，串列式卡車。**3** 協力車。**4** [U]合夥，協調。

in tandem 同時地；協力地。

Tang, T'ang [tɑŋ] [名](中國的)唐朝(618−907)。

tang[1] [tæŋ] [名] **1** 強烈的味道，辛辣的味道，濃烈的氣味；獨特的風味；特性。**2** 意味，些微跡象《*of...*》。**3** 刀根，柄腳；榫頭。—[動][及] **1** 裝上柄腳。**2** 使帶有味道《*with...*》。

tang[2] [tæŋ] [名]鏜鏜聲，響亮的響聲。—[動][及] **1** 使鏜鏜作響。**2** 鏜鏜地發出[說出]。—[不及]鏜鏜作響。

tang[3] [tæŋ] [名][U][C]大型海藻。

Tan·gan·yi·ka [,tæŋgən'jikə] [名] **1** 坦干伊喀：原為非洲東部的一國，1964 年與 Zanzibar 合併成立 Tanzania 共和國。**2** Lake, 坦干伊喀湖：位於非洲中部剛果民主共和國與坦尚尼亞之間。

tan·gen·cy ['tændʒənsɪ] [名][U]接觸狀態。

tan·gent ['tændʒənt] [形] **1** 接觸的《*to...*》。**2**〖幾何〗正切的《*to...*》。**3** 偏離原來的路線的，脫離正軌的。—[名] **1**〖幾何〗切線，切平面。**2**〖三角〗正切(略作：tan, tg, tgn.)。**3**〖測〗直線路段。**4** 與原來的路線不同的方向，偏離正轉的路線：fly off on a ～ 突然脫離正軌，突然轉變。

tan·gen·tial [tæn'dʒɛnʃəl] [形] **1**〖數〗正切的，切線的；在切線方向的。**2** 僅僅稍微觸及的，沒有多大關聯的；脫離主題的。～·**ly**[副]

tan·ge·rine [,tændʒə'rin] [名] **1** [C][U]橘子；《俚》蜜橘；其果樹。**2** [U]橙紅色。

tan·gi·ble ['tændʒəbl] [形] **1** 可觸知的，可以觸摸到的；實質的；〖法〗有形的：～ assets 有形資產。**2** 實際的，實在的。**3** 明確的，明白的。—[名]《常作～**s**》可以觸摸到的東西；有形資產。-**bil·i·ty**[名], ～·**ness**[名][U]可以觸知的狀態，實質性；明確，確實。

-**bly**[副]實質地；明確地。

·**tan·gle** ['tæŋgl] [動](-**gled**, -**gling**)[及] **1** 使糾結；《被動》使糾纏在一起《*up* / *with ...*》；使變得混亂，使錯綜複雜。**2** 使捲入；使密切交往《*up* / *in*, *with...*》：get ～*d up with* some wild associates 和一些野朋友混在一起。**3** 用網捕捉；《常用反身》使落入圈套，使被套住：～ *oneself* in one's own snare 作繭自縛。—[不及] **1** 糾纏在一起，變得糾纏不清；糾纏《*in...*》。**2**《口》爭論《*with...*; *over...*》。—[名] **1** 糾結狀態；糾纏不清的一團。**2**《通常作 **a** ～》混亂的狀態；紊亂，困惑。**3**《口》衝突，爭執，爭吵《*with...*》。

tan·gled [tæŋgld] [形] **1** 糾結的，糾纏在一起的。**2** 糾纏不清的，混亂的。**3** 思緒紊亂的，困惑的。

tan·gly ['tæŋglɪ] [形](-**gli·er**, -**gli·est**)糾結的，糾纏不清的；混亂的；錯綜複雜的。

tan·go ['tæŋgo] [名](複～**s**)探戈舞；[U][C]探戈舞曲。—[動][不及]跳探戈舞。

tan·gram ['tæŋgrəm] [名]七巧板。

tang·y ['tæŋɪ] [形](**tang·i·er**, **tang·i·est**)有強烈味道的。

·**tank** [tæŋk] [名] **1** 槽，櫃；水槽《*for...*》: a gas ～ 瓦斯槽；(汽)油箱 / a water ～ 水槽。**2**〖軍〗坦克，戰車。**3**《美方》蓄水池；湖，池；游泳池。**4**《通常作 **the** ～》《俚》牢房。—[動][及]放進槽中；用槽處理。

get tanked up《俚》酒醉。

tank up (1)《通常用被動》《俚》吃飽，喝足，酒醉《*on...*》。(2)《口》加滿油。

tank·age ['tæŋkɪdʒ] [名][U] **1** 水槽的容量；桶槽設備；桶槽使用費。**2** 肥料，粗食。

tank·ard ['tæŋkəd] [名]大啤酒杯；一大杯的量。

'**tank ,car** [名]〖鐵路〗油車，槽車。

tanked [tæŋkt] [形] **1** 桶裝的，槽裝的。**2**《英俚》喝醉的。

'**tank ,engine** [名]蒸汽火車頭。

tank·er ['tæŋkə] [名]油輪，運油機，油車；〖空軍〗加油機。

'**tank ,farm** [名]石油儲藏地區。

T

'tank ˌfarming 图U 水耕法，水栽培法。

tank·ship ['tæŋk,ʃɪp] 图油船，載油船。

'tank ˌtop 图《美》背心裝。

'tank ˌtruck 图大槽車。

tan·nate ['tænet] 图U〖化〗單寧酸鹽。

tanned [tænd] 形1 已鞣製的。2 日晒的；黃褐色的。

tan·ner[1] ['tænɚ] 图 鞣皮工人，製革業者。

tan·ner[2] ['tænɚ] 图《英俚》(舊制的)六辨士銀幣。

tan·ner·y ['tænərɪ] 图(複-ner·ies)鞣革工廠，製革廠。

'tan·nic 'acid ['tænɪk-] 图〖化〗= tannin.

tan·nin ['tænɪn] 图U〖化〗單寧酸，鞣酸。

tan·ning ['tænɪŋ] 图1《口》鞭打。2U 鞣革術。3U 晒黑。4U 表皮變黑硬化。

tan·sy ['tænzɪ] 图(複-sies)〖植〗艾菊。

tan·ta·lize ['tæntḷ,aɪz] 動及 使嘗到可望而不可及之苦；逗弄。
-li·'za·tion 图

tan·ta·liz·ing ['tæntḷ,aɪzɪŋ] 形 挑逗性的；令人乾著急的。 ～**·ly** 副

tan·ta·lum ['tæntḷəm] 图U〖化〗鉭：稀有金屬。符號：Ta

Tan·ta·lus ['tæntḷəs] 图1〖希神〗丹達羅斯：Zeus 之子，因洩漏眾神祕密而被罰站在地獄的水中。2《t-》《英》鎖住的透明瓶酒櫃。

tan·ta·mount ['tæntə,maunt] 形 同等的，相等的《to...》。

tan·ta·ra [tæn'tærə, 'tæntərə] 图(似)喇叭聲，角笛聲。

tan·trum ['tæntrəm] 图 發脾氣，發怒：fly into a ～ 發脾氣 / throw a ～ 突然發脾氣。

tan·yard ['tæn,jɑrd] 图製革廠，鞣革廠。

Tan·za·ni·a [,tænzə'niə] 图 坦尚尼亞(共和國)：首都為 Dar es Salaam。
-an 形图 坦尚尼亞的[人]。

Tao·ism ['tauɪzəm, 'dauɪzəm] 图U 道教，道家(思想)。**-ist** 图形

·**tap**[1] [tæp] 動(**tapped**, ～**·ping**)及1 輕打《*on...*》；輕碰。2 輕輕地敲出《*out, down, in, back*》：～(*out*) the time of a song 輕輕地打出歌曲的節拍。3 輕敲，咚咚地敲《*on, against...*》；《美》加一層厚皮。4〖籃球〗撥傳。5 選舉，指定。

—不及 1 輕敲；以敲擊作暗號《*at, on, against...*》。2 輕聲踏《*away, off*》。3 跳踢躂舞。

—图1 輕打，輕敲；輕敲聲《*on, at...*》；小鼓的聲音。2 換補的皮，鞋前掌；鞋底的金屬片。3〖籃球〗撥球。4《～s》踢躂舞。5《常作 **a** ～》微量《*of...*》。

on one's tap 站立著；在活動中；忙碌的。

·**tap**[2] [tæp] 图1 栓；流出口，龍頭，活栓(《美》faucet)。2U 酒；《喻》特質，原味。3《英》酒吧，酒館。4 導管口。5〖電〗《美》分接頭。6 竊聽：put a ～ on... 竊聽。7《英》公債，國債。

on tap (1) 能隨時由桶中倒出的；能隨時飲用的；帶龍頭的。(2)《口》現成的；任何時候都能供應的。(3) 隨時都能買到的。

turn on the tap《口》哭出來。

—動(**tapped**, ～**·ping**)及1 打開龍頭倒出液體；裝上活嘴；拔出栓塞；拔出栓塞倒出《*off*》。2 作切口取出樹汁；〖外科〗放出。3 開發；開口說，打開話匣子。4 竊聽，私接。5 分裝支線；分接。6《俚》求取；探出《*for...*》。7 開拓商業之道。

'tap-ˌdance 動 不及 跳踢躂舞。**'tap-ˌdanc·er** 图

'tap ˌdancing 图U 踢躂舞。

:**tape** [tep] 图1U 帶子；線帶。2UC 紙條；膠帶；絕緣膠布：a roll of ～ 一卷膠帶。3 = red tape. 4 捲尺。5UC 細繩。6 UC 印字[收報]紙帶。7UC《美》錄音帶，錄影帶：a ～ of a speech 演講的錄音帶。—動(**taped, tap·ing**)及1 給…捆上帶子[貼上膠帶]。2 用帶子捆紮；用膠帶貼住《*up, down*》。3 用錄音帶錄下。4 用捲尺測量。—不及 1 以錄音帶錄音。2 測量。

have ...taped (out)《主英口》(1) 評斷，看透，認清(人的)弱點[底細等]。(2) 做決定。(3) 將…分類。

'tape ˌdeck 图錄音座。

tape·line ['tep,laɪn] 图 = tape measure.

'tape maˌchine 图 = tape recorder.

'tape ˌmeasure 图捲尺。

ta·per ['tepɚ] 動不及 1 變細狹《*away, down, off*》。2 漸減《*down*》；逐漸停止；漸漸變弱《*off*》。—及1 磨尖《*off, down*》。2 漸次地減少《*off*》。—图1 漸減；漸變尖；漸弱；尖細的東西。2 小蠟燭；燭心。3 微光；放出微光之物。—形 1 尖細的。2 累進的。 ～**·ing·ly** 副 依次遞減地；尖細地。

tape·re·cord ['teprɪ,kɔrd] 動及 以錄音帶錄下。

'tape reˌcorder 图錄音機。

'tape reˌcording 图1 錄音帶；UC 錄在錄音帶上的內容。2UC 錄音帶錄音。

tap·es·tried ['tæpɪstrɪd] 形1 用掛氈覆蓋的，掛著掛毯的。2 被織成掛毯似的。

tap·es·try ['tæpɪstrɪ] 图(複-tries)UC 織錦，掛氈，壁氈。

tape·worm ['tep,wɝm] 图〖動〗絛蟲。

tap·i·o·ca [,tæpɪ'okə] 图U 樹薯粉。

ta·pir ['tepɚ] 图(複～s,《集合名詞》～)〖動〗貘。

tap·is ['tæpi, -'-] 图(複～)地氈，罩氈；布幕；《主用於下列片語》

on the tapis 在審議中，在考慮中。

'tap ˌpants 图(複)燈籠褲。

T

tap·pet ['tæpɪt] 名〖機〗挺桿，凸子。
tap·room ['tæp,rum, -um] 名《英》酒吧。
tap·root ['tæp,rut] 名 **1**〖植〗主根，直根。**2** 主因。
tap·ster ['tæpstɚ] 名酒保，酒吧侍者。
tap·tap ['tæp,tæp] 名連續輕叩聲。
'tap ˌwater 名U生水；自來水。
·**tar**[1] 名U **1** 焦油。**2** 焦油瀝青。
beat the tar out of... 《口》毫不留情地毆打，狠狠地揍一頓。
lose the ship for a halfpennyworth of tar 因小失大。
—動(**tarred, ~·ring**) 及 **1** 塗焦油於，使蒙受污名；敗壞。**2** 引誘，唆使《*on*》。
be tarred with the same brush 有相同的缺點，是一丘之貉。
tar[2] [tɑr] 名《口》水手，船員。
tar·a·did·dle ['tærə,dɪdl] 名《英口》**1** 謊言。**2** 無聊的事。
ta·ra·ma·sa·la·ta [ˌtɑrəməsə'lɑtə] 名 U〖希臘菜餚〗魚子沙拉醬。
tar·an·tel·la [ˌtærən'tɛlə] 名 **1** 塔蘭泰勒舞：義大利南部一種快速活潑的舞蹈。**2** 塔蘭泰勒舞曲。
ta·ran·tu·la [tə'ræntʃələ] 名 (複~**s**, **-lae** [-ˌli])〖動〗**1** 毒蜘蛛。**2** 狼蜘蛛。
tar·boosh [tɑr'buʃ] 名土耳其帽。
tar·brush ['tɑr,brʌʃ] 名 **1** 焦油毛刷。**2** 《俚》《蔑》黑人血統。
tar·do ['tɑrdo] 形〖樂〗緩慢的。
·**tar·dy** ['tɑrdɪ] 形 (**-di·er, -di·est**) **1** 緩慢的，遲緩的：~ development 緩慢進展。**2** 《主美》遲到的《*for...*,《美》*to...*》。**3** 拖拉的，不情願的《*in...*》。—名 (複**-dies**) 遲到。**-di·ly** 副遲緩地。**-di·ness** 名U緩慢；遲緩；遲到。
tare[1] [tɛr] 名 **1**〖植〗野豌豆；其種子。**2** 《~**s**》〖聖〗毒草，毒麥；毒害。
tare[2] [tɛr] 名 **1** 包裝外皮；皮重。**2** 車身本身的重量。**3** 配衡體，砝碼。
targe [tɑrdʒ] 名《古》小圓盾，圓盾。
·**tar·get** ['tɑrgɪt] 名 **1** 靶，標的；目標《*for...*》：~ practice 射擊練習。**2** 目標額《*in, of...*》。**3** 對象，笑柄《*of, for...*》。**4**〖測〗《美》標板；標竿。
hit a target 中靶。
off target 方向錯誤的，不正確的。
on target 方向正確的，準確的。
—動及 **1** 將…作為目標；將…作為攻擊的目標。**2** 導向目標。
'target ˌdate 名預定（開始或完成的）日期《*for...*》。
'target ˌlanguage 名目標語言：**1** 被學習或教授的語言。**2** 譯文的語言。
'target ˌship 名靶艦，靶船。
·**tar·iff** ['tærɪf] 名 **1** 關稅（率）表；關稅（率）《*on...*》。**2** 關稅規則。**3** 運費表，收費表；《英》價格表。**4** 《美口》帳單，運費，使用費。**5** 協定率，協定價格。
'tariff ˌwall 名關稅壁壘。

tar·la·tan ['tɑrlətən] 名U〖紡〗一種薄紗。
tar·mac ['tɑr,mæk] 名 **1** = tarmacadam. **2** 飛機場的停機坪。
tar·mac·ad·am [ˌtɑrmə'kædəm] 名 **1** U柏油碎石混合鋪路料。**2** 柏油碎石道路。
tarn [tɑrn] 名山中小湖。
tar·nish ['tɑrnɪʃ] 動及 **1** 使晦暗，使失去光澤。**2** 使失去純粹性；沾污，損害。
—不及 **1** 晦暗，變色。**2** 沾污，傷害。
—名UC **1** 陰暗，失去光澤。**2** 污點；傷害。
ta·ro ['tɑro] 名(複~**s**) C U〖植〗芋頭。
ta·rot ['tæro] 名〖牌〗塔羅牌。
tarp [tɑrp] 名《美口・澳口》= tarpaulin.
tar·pau·lin [tɑr'pɔlɪn] 名 **1** U C防水帆布。**2** 防水帽；水手用外套。
tar·pon ['tɑrpɑn] 名 (複~**s**, ~)〖魚〗大鱂白魚。
tar·ra·gon ['tærə,gɑn] 名U〖植〗莪蒿（葉）。
tar·ry[1] ['tærɪ] 動 (**-ried**, ~**·ing**) 不及 **1** 《文》滯留，暫留《*at, in, on...*》；等待《*for...*》。**2** 遲到，磨蹭。—名 (複**-ries**) U C《古》滯留；居留。**-ri·er** 名
tar·ry[2] ['tɑrɪ] 形 (**-ri·er, -ri·est**) **1**（似）焦油的。**2** 塗了焦油的。**-ri·ness** 名
tar·sal ['tɑrsl] 形 **1** 跗骨的；跗的。**2** 眼瞼軟骨的，瞼板的。—名跗骨（關節）。
tar·sus ['tɑrsəs] 名 (複**-si** [saɪ]) **1**〖解・動〗跗，跗骨；（眼）瞼板。**2**〖鳥〗跗蹠骨；〖昆〗跗節。
·**tart**[1] [tɑrt] 形 **1** 辛辣的，酸的。**2** 嚴厲的，尖酸的，刻薄的。 ~**·ly** 副 酸地，辛辣地。~**·ness** 名
tart[2] [tɑrt] 名 **1** C U 水果蛋糕；《英》水果餡餅。**2** 《美俚》妓女；《主英俚》行為不檢的女人。—動及《英口》華麗而庸俗地打扮《*up*》。
tar·tan[1] [tɑrtn̩] 名 **1** U格子呢。**2** 格子花紋（圖案）。—形 格子呢的，用格呢做的。
tar·tan[2] [tɑrtn̩] 名單檣三角帆船。
tar·tar ['tɑrtɚ] 名U **1** 齒石，牙垢。**2** 酒石。
Tar·tar ['tɑrtɚ] 名 **1** 韃靼族；韃靼族後裔。**2** U韃靼語。**3** 《常作 **t-**》粗暴而難對付的人，兇暴的人。**4** 《**t-**》悍婦。
catch a Tartar 遭遇到難應付的對手。
—形韃靼人的；韃靼語的。
Tar·tar·e·an [tɑr'tɛrɪən] 形 Tartarus 的；地獄（般）的。
'tartar e'metic 名U〖化・藥〗吐酒石；酒石酸氧銻鉀。
'tar·tare ˌsauce ['tɑrtɚ-] 名 = tartar sauce.
tar·tar·ic [tɑr'tærɪk] 形從酒石中取得的；（含）酒石的：~ acid 酒石酸。
'tartar ˌsauce 名U塔塔醬。

Tar·ta·rus ['tɑrtərəs] 名〖希神〗1 地獄底下暗無天日的深淵。2 壞人接受懲罰的地方；地獄。

Tar·ta·ry ['tɑrtərɪ] 名 韃靼地方：一個歷史名詞，指在中世紀時期韃靼人所到的橫跨歐洲東部和亞洲的區域。

tart·let ['tɑrtlɪt] 名《英》水果餡小點心。

tar·trate ['tɑrtret] 名U〖化〗酒石酸鹽。

Tar·zan ['tɑrzən, -æn] 名 1 泰山：美國作家 Edgar Rice Burroughs 所作一系列叢林冒險故事的主角。2《t-》《常爲謔》具有超人體力、敏捷和勇氣的人。

Tash·kent [tɑʃ'kɛnt] 名 塔什干：中亞烏茲別克共和國的首都。

·task [tæsk] 名 1 工作，學業；職務：be at one's ～ 在工作中 / take a ～ upon oneself 接受工作。2 費力氣的工作。

take a person to task 斥責（某人）。

—動及《文》1 使過度勞累，強迫勞動。2 指派工作。

'task ˌforce 名 1〖美軍〗特遣部隊。2 專案小組，特別專門委員會。3《英》特遣搜索隊。

task·mas·ter ['tæskˌmæstɚ] 名 分派工作者；監工，工頭。

task·work ['tæskˌwɝk] 名U 1 分派的工作；按件計酬的工作。2 討厭的工作。

Tas·ma·ni·a [tæz'menɪə] 名 塔斯馬尼亞：位於澳洲東南方的一個大島，和鄰近諸島組成澳洲的一省；首府爲 Hobart。

Tas·'ma·ni·an 'devil [tæz'menɪən-] 名〖動〗袋獾。

Tas'manian 'wolf 名〖動〗袋狼。

Tass, TASS [tæs, tɑs] 名 塔斯社：前蘇聯的官方通訊社。

tas·sel ['tæsḷ] 名 1 縫纓，流蘇。2 穗狀的東西；雄花的穗。

—動(～ed, ～·ing 或《英》-selled, ～·ling) 及 加流蘇於；做成流蘇。

—不及（玉米）長穗。

tast·a·ble ['testəbḷ] 形 = tasteable.

:taste [test] 動 **(tast·ed, tast·ing)** 及 1 嘗；品嘗以評斷其味道；《常用否定》少量地吃喝：～ food 試食。2《常與 **can, could** 同時使用》感覺出味道，分辨出味道。3 經驗：～ defeat 嘗到失敗滋味。4《古》享受滋味；品嘗，欣賞；喜好。—不及 1 嘗試，試吃，試飲，嘗味道；《文》少量吃喝《*of...*》。2《常與 **can** 的否定形式連用》感覺出味道，辨別出味道。3 有（…的）味道《*of...*》。4 經驗，品嘗《*of...*》。

taste blood 嘗到勝利的滋味。

—名 1《通常作 **a** ～》(1) 試吃，試飲。(2)《口》少量。(3) 一口，一嘗《*of...*》。2《常作 **the** ～》味覺。3 U C 味道，風味。4 U C 喜好，嗜好；U 鑑賞力，審美力《*for, in...*》：*Tastes* differ.《諺》各人口味不同，人各有所好。5 U 品味《*in...*》。6 表現形式，樣式；手法，作風。7《**a** ～》少許的經驗；味道，滋味《*of...*》。

leave a bad taste in one's mouth 留下不良印象。

taste·a·ble ['testəbḷ] 形 可品嘗的，有風味的。

'taste ˌbud 名〖生〗味蕾。

taste·ful ['testfəl] 形 1 高雅的，風趣的。2 品味高尚的，具審美眼光的。

～**·ly** 副，～**·ness** 名

taste·less ['testlɪs] 形 1 沒味道的，難吃的；枯燥無味的，無聊的。2 不高雅的，庸俗的。3 無味覺的。～**·ly** 副

tast·er ['testɚ] 名 1 嘗食物味道的人，味道品評人；〖史〗嘗食僕從。2 食物品質檢查器；鑑定杯。3 嘗味樣品。4 = pipette. 5《口》《喻》原稿審核者。

tast·y ['testɪ] 形 **(tast·i·er, tast·i·est)** 1《口》好吃的，風味佳的。2《口》= tasteful1. 3 有趣的。**-i·ly** 副，**-i·ness** 名

tat¹ [tæt] 動 **(～·ted, ～·ting)** 不及 梭織。—及 用梭織編做。

tat² [tæt] 名U《英俚》品質差的東西。

tat³ [tæt] 名 輕打。

ta-ta ['tɑˌtɑ] 感《主爲幼兒語·英口》再見。

Ta·tar ['tɑtɚ] 名形 = Tartar.

Ta·ta·ry ['tɑtərɪ] 名 = Tartary.

ta·ter ['tetɚ] 名《美方》= potato.

tat·ter ['tætɚ] 名《通常作～**s**》破布，撕下（或懸垂著的）破布條；《～**s**》破爛的衣服；《喻》無用的廢物：tear...to ～*s* 將…撕得破破爛爛地；徹底駁倒。—動及不及 撕裂，撕碎。

-tered 形 破爛的；穿著襤褸的。

tat·ter·de·mal·ion [ˌtætɚdɪ'meljən] 名 穿著襤褸的人。—形 破破爛爛的；衣服襤褸的。

tat·ter·sall ['tætɚˌsɔl] 名U，形（用）鮮豔花格布（作成的）；格子花紋圖樣（的）。

tat·ting ['tætɪŋ] 名U 梭編。

tat·tle ['tætl] 動不及 1 告密，洩漏祕密《*on...*》。2 閒談，說閒話《*about, over ...*》。

—及 喋喋不休地說，在閒談中洩漏。

—名U 洩漏祕密，告密；閒談，閒聊。

-tling·ly 副

tat·tler ['tætlɚ] 名 1 閒聊天者，喋喋不休說話的人；洩漏他人祕密者。2〖鳥〗鷸。

tat·tle·tale ['tætḷˌtel] 名《口》說他人閒話者，打小報告者。—形 洩漏祕密的。

tat·too¹ [tæ'tu] 名 **(複～s)** 1《用單數》歸營號。2 連續不斷地敲擊聲《*on...*》；強烈跳動。3 軍隊野外分列式行進。

beat the devil's tattoo 用手指不停地敲打《*on...*》。

—動及 敲打。—不及 有節奏地敲打《*on ...*》。

tat·too² [tæ'tu] 名 **(複～s)** 紋身，刺青。

—動及 刺字（或圖案）；刺青（於皮膚）《*on...*》。

tat·too·ist [tæ'tuɪst] 名 紋身業者。

T

tat·ty ['tætɪ] 形 1 粗俗的；粗野的；俗氣的；破舊的，穿著襤褸的。2 毛茸茸的。3 打扮俗麗的。

tau [tɔ, tau] 名 U C 1 希臘字母的第 19 個字。2 T 字形，T 字形符號。

:taught [tɔt] 動 **teach** 的過去式及過去分詞。—名 《**the** ~》學生。

taunt[1] [tɔnt] 動 及 1 嘲笑；被辱罵[譏笑]《 *with, for ...* 》: be ~*ed for* stuttering 因說話口吃被嘲笑。2 辱罵《 *into doing* 》。—名《通常作~**s**》嘲諷，諷刺。~·**er** 名，~·**ing·ly** 副

taunt[2] [tɔnt] 形〖海〗(船桅）高又配備很齊全的。

taupe [top] 名 U，形 帶褐色的深灰色（的）。

tau·rine ['tɔrɪn, -raɪn] 形 1 公牛的；公牛般的。2 Taurus 的。

Tau·rus ['tɔrəs] 名 1〖天〗金牛座。2〖占星〗金牛宮（出生的人）。

taut [tɔt] 形 1 拉緊的。2 緊張的，繃緊的《 *with...* 》。3 嚴格的。4 配備齊全的，井然有序的；俐落的，乾淨的。~·**ly** 副，~·**ness** 名

taut·en ['tɔtn̩] 動 及 不及 拉緊，繃緊。

tau·tol·o·gy [tɔ'tɑlədʒɪ] 名（複-**gies**）U C 同義重複，贅言；同義字反覆的例子。-**to·log·i·cal** [-tə'lɑdʒɪkl] 形，-**to·log·i·cal·ly** 副，-**gous** 形，-**gous·ly** 副

tav·ern ['tævɚn] 名 1 酒館。2 旅店，客棧。

taw [tɔ] 名 1 彈石，彈珠；U 彈石、彈珠遊戲。2 彈石或彈珠遊戲的基線。

taw·dry ['tɔdrɪ] 形（-**dri·er**, -**dri·est**）華麗而庸俗的，廉價而俗麗的：the ~ Times Square area 俗麗的時報廣場地區。—名（複-**dries**）華麗而庸俗的裝飾。-**dri·ly** 副，-**dri·ness** 名

taw·ny ['tɔnɪ] 形（-**ni·er**, -**ni·est**）黃褐色的。—名 U 黃褐色。-**ni·ly** 副

taws [tɔz] 名《作單、複數》《主蘇》皮鞭。

:tax [tæks] 名 1 U C 稅；稅金，課稅；《美》國稅，地方稅《 *on, upon, to...* 》: lay [levy, impose] a ~ *on* a personal income 課個人所得稅 / pay fifty dollars in ~*es* 付稅五十元。2《美口》會費，分攤金額。—動 及 1 課稅；扣除稅金《 *away* 》。2 使負重擔；強迫，使受壓力。3 指責，責難《 *with, for...* 》。4《美口》附上價格；要求，開價。5〖法〗裁定。
~·**er** 名，~·**ing·ly** 副，~·**less** 形

tax·a·ble ['tæksəbl̩] 形 能徵稅的，成為課稅之對象的。

tax·a·tion [tæk'seʃən] 名 U 1 課稅，徵稅；課稅額；稅制：the ~ bureau 國稅局。2 稅收。

'tax aˌvoidance 名 U 節稅，避稅。

'tax colˌlector 名 收稅員，稅務員。

tax·de·duct·i·ble ['tæksdɪ,dʌktəbl̩] 形 可從稅中扣除的，扣除稅金的。

tax-de·ferred ['tæksdɪ'fɝd] 形 暫時不需繳稅的。

tax-dodg·er ['tæks,dɑdʒɚ] 名《口》逃稅者，避稅者。

'tax eˈvasion 名 U C 逃稅。

tax·ex·empt ['tæksɪg'zɛmpt] 形 1《美》免稅的。2《美》免課稅之收入的。—名 免稅債券。

'tax ˌexile 名 為了逃稅而移居國外者（亦稱 **tax expatriate**）。

tax-free ['tæks,fri] 形 副 免稅的[地]。

tax·gath·er·er ['tæks,gæðərɚ] 名 收稅員，稅務員。

'tax ˌhaven 名 避稅地區，免稅天堂。

:tax·i ['tæksɪ] 名（複~**s** 或 **tax·ies**）計程車：call a ~ 叫計程車。—動（~**ed**, ~·**ing** 或 **tax·y·ing**）不及 1 搭計程車。2 飛機滑行。

tax·i·cab ['tæksɪ,kæb] 名 計程車。

'taxi ˌdancer 名《美》職業舞女。

tax·i·der·my ['tæksə,dɝmɪ] 名 U（動物標本的）剝製術。-**mist** 名 標本剝製者。

'taxi ˌdriver 名 計程車司機（亦稱 **taxi-man**）。

'taxi ˌlight 名〖空〗導航燈。

tax·i·me·ter ['tæksɪ,mitɚ] 名 計程表，計價表。

tax·ing ['tæksɪŋ] 形 困難的，辛苦的。

tax·i·plane ['tæksɪ,plen] 名 出租飛機。

'taxi ˌrank 名《英》= taxi stand.

tax·is ['tæksɪs] 名（複 **taxes** [-siz]）U C 1 系統的排列，分類（法）；順序。2〖生〗向性，趨性。

'taxi ˌstand 名 計程車候車處，計程車招呼站（cabstand,《英》taxi rank）。

tax·i·way ['tæksɪ,we] 名〖空〗滑行道。

tax·man ['tæksmən] 名（複-**men**）1 收稅員。2《**the** ~》《英》國內稅務部門。

tax·on·o·my [tæk'sɑnəmɪ] 名 U 分類法[學]。

tax·pay·er ['tæks,peɚ] 名 納稅人。

'tax ˌrate 名 稅率。

'tax reˌturn 名（為了納稅的）所得申報。

'tax ˌsale 名 U C《美》因欠稅而舉行的欠稅人不動產拍賣。

'tax ˌselling 名 U〖證券〗減稅式出售。

'tax ˌshelter 名 逃稅手段。
'tax ˌshel·tered 形 逃稅（用）的。

'tax ˌstamp 名 印花。

'tax 'surcharge 名 附加稅。

TB, T.B., Tb《縮寫》*t*uberculosis.

Tb《化學符號》terbium.

T-bill ['ti,bɪl] 名《美》= treasury bill 1.

T-bond ['ti,bɑnd] 名《美》= treasury bond.

'T-bone 'steak ['ti,bon-] 名 C U 丁骨牛排。

tbs., tbsp.《縮寫》*tabl*e*sp*oon(s).

Tc《化學符號》*t*e*c*hnetium.

T

Tchai·kov·sky [tʃaɪˈkɔfskɪ] 名 **Peter Ilich,** 柴可夫斯基（1840–93）：俄國作曲家。

TCP / IP 《縮寫》*T*ransmission *C*ontrol *P*rotocol / *I*nternet *P*rotocol 傳輸控制協定/網際網路協定。

TD 《縮寫》*t*ouch*d*own(s).

te [ti] 名〖樂〗= ti.

Te 《化學符號》tellurium.

:tea [ti] 名 **1** U C 茶，茶樹；茶葉；紅茶：cold ~ 冰紅茶 / ~ and sympathy 《口》對不幸的人的熱誠招待以示同情。**2** 《**the** ~》茶具：lay *the* ~ 準備茶具。**3** U 飲料用的植物的葉；其植物熬成的汁。**4** U C 《英》下午茶：be at ~ 在喝下午茶。**6** U 《俚》迷幻藥，大麻煙：be on ~ 吸大麻煙。

one's cup of tea 《通常用否定》《口》嗜好，喜好。

—動 不及 喝茶。—及 向…奉茶，以茶點招待。

ˈtea ˌbag 名《主美》茶袋。

ˈtea ˌball 名《主美》濾茶器，濾茶球。

ˈtea ˌbreak 名《英》休息時間。

ˈtea ˌcaddy 名(複-**ies**)茶筒，茶葉罐。

tea·cake [ˈtiˌkek] 名 C U 喝茶時吃的糕餅茶點。

tea·cart [ˈtiˌkɑrt] 名《美》= tea wagon.

ˈtea ˌceremony 名（日本的）茶道；品茶會。

:teach [titʃ] 動 (**taught,** ~·**ing**) 及 **1** 教；訓練；《反身》自我訓練。**2** 使學習到，使領悟到。**3** 《口》教訓，告誡。—不及 教書，當老師。

teach school 《美》當老師，在學校教書。

teach·a·ble [ˈtitʃəbl] 形 **1** 可以教育的，聽從教導的。**2** 可教的，易教的。

~·**ness** 名, **-bly** 副

:teach·er [ˈtitʃɚ] 名 教的人；教師，老師；令人得到教訓的事件：a ~ of English 英文老師。~·ˌ**ship** 名

ˈteachers ˌcollege 名 U C 《美》師範學院。

ˈtea ˌchest 名 茶葉箱。

teach-in [ˈtitʃˌɪn] 名 (複~**s**)《美》演講會，辯論會，討論會《*on, about...*》。

·teach·ing [ˈtitʃɪŋ] 名 **1** U 教授，授業；教職：English ~ 英文教學。**2** 教學內容。**3** 《常作~**s**, 作單數》教義，教訓：the ~*s* of the Buddha 佛陀（釋迦牟尼）的教義。—形 教（學）的。

ˈteaching ˌfellow 名《美》兼任助教的研究生。

ˈteaching ˌhospital 名《英》（醫科大學的）附屬醫院，教學醫院。

ˈteaching maˌchine 名 教學機器；自動學習器。

ˈtea ˌcloth 名 裝飾的小桌布；抹布。

ˈtea ˌcozy [cosy] 名（茶壺）保溫套。

tea·cup [ˈtiˌkʌp] 名 **1** 茶杯。**2** = teacupful.

tea·cup·ful [ˈtikʌpˌfʊl] 名 (複~**s**) 一茶杯的量。

ˈtea ˌdance 名 茶舞。

ˈtea ˌgarden 名 **1** 茶圃，茶園。**2** 茶館。

ˈtea ˌgown 名 茶會服飾。

tea·house [ˈtiˌhaʊs] 名 (複-**hous·es** [-ˌhaʊzɪz]) 茶館，茶室。

teak [tik] 名 **1**〖植〗柚木。**2** U（亦稱 **teak·wood** [ˈtikˌwʊd]）柚木材。

tea·ket·tle [ˈtiˌkɛtl] 名 茶壺，燒水壺。

teal [til] 名 (複 ~**s,** 《集合名詞》~) **1**〖鳥〗小鳧。**2** U（亦稱 **teal blue**）帶暗綠色的藍色。

tea(-)leaf [ˈtiˈlif] 名 (複-**leaves** [-ˌlivz]) **1** 茶葉，茶渣；《通常作-**leaves**》茶杯中殘留的茶渣的圖案（用以占卜命運）。**2** 《英俚》小偷。

:team [tim] 名 **1** 《集合名詞》團隊，隊伍：in ~*s* of two 每二人組成一隊。**2** 一隊馬；一隊動物。**3** 《英方》一串。

a whole team 《美》有能力的人，專家。

in the team 為了監視而向外側排成一列。

—動 及 **1** 將（牛、馬等）弄成一隊；以一隊動物搬運。**2** 編成隊，使調和《*up / with*》。**3** 把…給承包人。—不及 **1** 駕馭一隊動物。**2** 協力《*up; together / with...*》。**3** 調和《*up / with...*》。

ˈteam ˌhandball 名〖運動〗手球。

team·mate [ˈtimˌmet] 名 團員，隊員。

ˈteam ˌspirit 名 U 團隊精神，合作精神。

team·ster [ˈtimstɚ] 名 **1** 趕牲口者。**2** 《美》卡車司機。

team-teach [ˈtimˌtitʃ] 動 不及 《美》進行協力教學。

ˈteam ˌteaching 名 U 協力教學。

team·work [ˈtimˌwɝk] 名 U **1** 共同作業，合作精神。**2** 由一團體所做的工作；使用一隊馬等做的工作。

ˈtea ˌparty 名 **1** 茶會。**2** 紛爭；騷動。

tea·pot [ˈtiˌpɑt] 名 茶壺，小茶壺。

:tear¹ [tɪr] 名 **1** 《通常作~**s**》眼淚：grammar without ~*s* 容易學的文法 / be easily reduced to ~*s* 易掉淚的 / bathe in ~*s* 淚如雨下 / be bored to ~*s* 無聊得很 / draw ~*s* from... 使掉眼淚。**2** 似淚珠的東西；固體的淚狀物。**3**〖玻璃〗玻璃器皿中裝飾用的氣泡；製品的小裂痕。**4** 《美俚》珍珠。—不及 流淚。

·tear² [tɛr] 動 (**tore** 或《古》**tare, torn** 或《古》**tare,** ~·**ing**) 及 **1** 撕碎，扯碎《*up*》；撕裂《*into, to, in...*》：~ the envelope open 撕開信封。**2** 撕下，拉下《*off, down, away, out / from, off ...*》：~ one's pajamas *off* 脫下睡衣 / ~ one's hair 拉扯頭髮。**3** 使拉傷；拉裂而造成《*up*》。**4** 用力拉開；《常用於否定》《反身》強迫離開；不情願地離去《*away / from...*》：be *unable* to ~ *oneself* (*away*) *from* a book 書看得放不下手。**5** 《常用被動》使非常悲傷《*by, with*

T

...》；《常用被動》使分裂《*apart*》: be *torn with* jealousy 因嫉妒而非常痛苦。—不及 1 裂開，破裂；產生裂痕。2 快速移動，瞬間逝去《*by*》。3 用力撕裂《*at* ...》。

be torn between... 在…之間難作抉擇。

tear...apart / tear apart... (1) 撕成粉碎。(2) 使痛苦；使傷心。(3) 拉開，拆散。(4)《口》挖苦，貶損；斥責。(5) ⇨動及 5.

tear around [*round, about*] 四處奔忙；到處遊蕩，過放蕩生活。

tear away (1)⇨動及 2. (2) 匆忙離去。

tear...down / tear down... (1) ⇨動及 2. (2) 拆，分解。(3)《美口》毀謗，貶損。

tear one's hair out 怒髮衝冠，狂怒。

tear a person's heart out =TEAR...apart(2).

tear into... (1) 用力撕開一個洞。(2) 猛攻。(3)《口》斥責，責難。

tear it《英俚》破壞機會，使計畫泡湯。

tear loose 脫落，分離，掉落。

tear off 飛奔，疾行。

tear...off / tear off... (1)⇨動及 2. (2)《俚》飛快地寫成。

tear...to pieces 嚴苛地批評。

tear...up / tear up... (1) ⇨動及 1. (2) 撕下，剝下；連根拔掉。(3) 破壞。

—名 1 Ⓤ 撕裂，裂開；Ⓒ 裂縫；破綻。2 憤怒。3《俚》狂鬧。

tear·a·way ['tɛrə,we] 名《英俚》魯莽衝動的年輕人。—形 野蠻的，強悍的。

'tear ˌbomb [tɪr-] 名 催淚彈。

tear·drop ['tɪr,drɑp] 名 1 一滴眼淚，淚珠；淚珠般的東西。2 淚珠狀的珠墜子；玻璃杯中的氣泡。

tear·ful ['tɪrfəl] 形 1 多淚的；哭泣的。2 引人落淚的。～·**ly** 副

'tear ˌgas ['tɪr-] 名 Ⓤ 催淚瓦斯。
tear-gas ['tɪr,gæs] 動及 對…用催淚瓦斯。

tear·ing ['tɛrɪŋ] 形 1 猛且急的；慌慌張張的。2 痛苦的，心如刀割般的。3《主英》絕妙的。4《口》粗暴的，魯莽的。—副《英俚》非常地，相當地。

tear·jerk·er ['tɪr,dʒɝkɚ] 名《口》賺人眼淚的故事[戲劇，電影等]。

tear·less ['tɪrlɪs] 形《文》1 不哭的，不流淚的。2 流不出眼淚的，不哭泣的。3 無情的。～·**ly** 副

tea·room ['ti,rum] 名 茶館，茶室。

'tea ˌrose 名 庚申薔薇，香水月季。

'tear ˌsheet ['tɛr-] 名《美》樣張；撕頁。

'tear ˌshell [tɪr-] 名 催淚彈。

tear-stained ['tɪr,stend] 形 淚溼的，帶淚痕的。

'tear ˌstrip ['tɛr-] 名 罐頭開封條。

tear·y ['tɪrɪ] 形 (**tear·i·er, tear·i·est**)（似）眼淚的；引人流淚的，悲傷的。

·tease [tiz] 動 (**teased, teas·ing**) 及 1 逗弄；揶揄《*about...*》: ～ a person *about* his accent 嘲笑某人講話的口音。2 欺凌《*into* ...》。3 百般請求《*for...*》；糾纏不休地請求：～ one's mother *for* some cookies 纏著向母親要餅乾吃。4 梳（羊毛等）《*out*》；切碎，削薄。5 倒梳（頭髮）；使（布等）起絨。—不及 逗弄人；嘲弄；百般央求《*for...*》。

tease out (1) ⇨動及 4. (2) 找出，獲得。

—名 1 逗弄者；取笑他人者；難題；艱難的工作。2 惱人的事。'**teas·ing·ly** 副

tea·sel ['tizl] 名 1〖植〗鍋萊草。2 起絨草刺果。3 起毛器。—動 (～**ed**, ～**·ing** 或《英》**-selled**, ～**·ling**) 及 使起絨毛。

teas·er ['tizɚ] 名 1 取笑他人者；揶揄者，逗弄者；《口》難題，難事。2《美俚》誘惑男人的女人。

'tea ˌservice 名 一套茶具。

'tea ˌshop 名 1 茶館。2《英》速簡餐廳。

·tea·spoon ['ti,spun] 名 1 茶匙，湯匙。2 = teaspoonful.

tea·spoon·ful ['tispun,ful] 名 (複～**s**) 1 一茶匙的量。2 液量單位：即 tablespoonful 的三分之一。

'tea ˌstrainer 名 濾茶器。

teat [tit] 名 1（哺乳動物的）乳頭；《主英》奶嘴。2 乳頭狀的東西。

'tea ˌtable 名 茶桌。

tea-things ['ti,θɪŋz] 名 (複)《英》茶具。

tea·time ['ti,taɪm] 名 Ⓤ 喝茶時間。

'tea ˌtowel 名 茶巾。

'tea ˌtray 名 茶盤。

'tea ˌtrolley 名《英》= tea wagon.

'tea ˌwagon 名 茶具車。

tea·zel, -zle ['tizl] 名，動及 = teasel.

tech [tɛk] 名《口》1 技師；Ⓤ 技術。2 ⓊⒸ《英》技術學校[學院]。—形 專門技術的。

tech.《縮寫》*tech*nical(ly); *tech*nician; *tech*nological(ly); *tech*nology.

tech·ne·ti·um [tɛk'niʃɪəm] 名〖化〗鎝。符號：Tc

tech·ne·tron·ic [ˌtɛknə'trɑnɪk] 形 科技與電子學的。

tech·nic ['tɛknɪk] 名 1 = technique. 2《通常作～**s**》專門事項，專門用語（的使用）。3《～**s**》《作單、複數》技能；工藝（學）。
—形 = technical.

·tech·ni·cal ['tɛknɪkl] 形 1 技藝上的，技術性的。2 專門性的；使用專門術語的：～ terms 專門術語。3 精通的，熟練的。4 工業的，工藝的。5 嚴格地依照某些規則來解釋的。6 人爲操縱的。

'technical 'college 名 ⓊⒸ《英》技術專科學校。

'technical 'foul 名〖運動〗技術犯規。

tech·ni·cal·i·ty [ˌtɛknɪ'kælətɪ] 名 (複 **-ties**) 1 Ⓤ 專門性，術語的使用。2《常作 **-ties**》專門性的問題；技術性問題；專門術語。

'technical 'knockout 名〖拳擊〗技術擊倒。略作：TKO

tech·ni·cal·ly ['tɛknɪklɪ] 副技術性地；規則上地，原則上地。

tech·ni·cian [tɛk'nɪʃən] 名 1 專家；技術人員。2 具有某種藝術專門技巧的人。

Tech·ni·col·or ['tɛknɪ,kʌlɚ] 名 U 1〖商標名〗特藝彩色。2《t-》鮮豔的色彩。

·tech·nique [tɛk'nik] 名 1（藝術等的）技法；風格。2 行家手法；表現法；熟練的方法。3 U技巧，技能。4 U《口》表現個人魅力的方法，吸引人的手腕。

techno-《字首》表「技術」、「工藝」之意。

tech·noc·ra·cy [tɛk'nɑkrəsɪ] 名 (複-cies) 1 U 技術官僚政治。2 專家治理的國家。

tech·no·crat ['tɛknə,kræt] 名 1 提倡專家治國論的人。2 高級技術人員，擔任管理工作的科技專家。**-'crat·ic** 形

tech·nog·ra·phy [tɛk'nɑgrəfɪ] 名 U 科技史，技術發展史。

tech·no·log·i·cal [,tɛknə'lɑdʒɪkl], **-ic** [-ɪk] 形 1 工藝的，技術上的；科學技術的。2〖經〗因技術進步而引起的。～**·ly** 副

tech·nol·o·gist [tɛk'nɑlədʒɪst] 名科學技術人員，科技專家；工藝學家。

·tech·nol·o·gy [tɛk'nɑlədʒɪ] 名 U 1 科技，工業技術；工（藝）學。2《集合名詞》專門術語。3 工業技術上的發明；應用科學。4 科技的特殊應用；技術應用。

tech'nology ,school 名 U C 工業學校，技術學校。

tech'nology ,transfer 名 U C 技術轉移。

tech·no·pho·bia [,tɛknə'fobɪə] 名 U 科技恐懼症。

tech·no·struc·ture ['tɛknə,strʌktʃɚ] 名科技階層。

tech·y ['tɛtʃɪ] 形 (**tech·i·er, tech·i·est**) = tetchy.

ted [tɛd] 動 (**～·ded, ～·ding**) 及 攤開（草）晒。

Ted [tɛd] 名 1《英俚》= Teddy boy. 2〖男子名〗泰德。

'teddy ,bear 名玩具熊。

'Teddy ,boy 名《常作 t- b-》男阿飛；犯罪青年，流氓。

Te De·um [tɪ'diəm, ti-] 名 1 讚美詩。2 此種讚美詩所用的樂曲。

·te·di·ous ['tidɪəs] 形 1 無聊的，冗長乏味的。2 令人厭煩的：～ talk 冗長煩人的談話。～**·ly** 副, ～**·ness** 名 U 無聊，乏味。

te·di·um ['tidɪəm] 名 1 U 無聊，單調，沉悶。2 無聊沉悶的時間。

tee[1] [ti] 名 1 T 字。2 T 字形的東西；T 形鋼。3 目標，標的。

to a tee 正確地，一點不差地。

tee[2] [ti] 名〖高爾夫〗1 開球區域。2 球座。—動 及 1〖高爾夫〗將（球）放在球座上《*up*》。2 準備，安排。

tee off (1)〖高爾夫〗從球座發球，開球。(2)《俚》發脾氣，責罵《*on*...》。(3)〖棒球〗猛擊（球）《*on*...》。

tee...off / *tee off*... (1)《俚》開始。(2)《通常用被動》《美口》使生氣。

'teeing ,ground 名〖高爾夫〗開球區域。

teem[1] [tim] 動 不及《文》充滿，富於《*with*..., *in*...》。

teem[2] [tim] 動 及 倒空；倒進。—不及 注入《*down*》；《以 it 當主詞》下大雨。

teem·ing ['timɪŋ] 形 1《文》充滿的，成群的《*with*...》。2 多產的；豐富的；肥沃的。3 傾盆大雨的。～**·ly** 副

teen [tin] 形 從 13 歲到 19 歲的。—名 從 13 歲到 19 歲的人。

-teen《字尾》表「十幾」之意。

teen(-)age(d) ['tin,edʒ(d)] 形 13 到 19 歲的，青少年的。

teen(-)ag·er ['tin,edʒɚ] 名 13 歲到 19 歲的少男少女，青少年。

teen·er ['tinɚ] 名 = teen(-)ager.

teens [tinz] 名 (複) 13 到 19 的數字；《**one's** ～》十幾歲；《**the** ～》某特定世紀的十幾年代：in one's ～ 年方十來歲。

tee·ny ['tinɪ] 形 (**-ni·er, -ni·est**)《口》小的，極小的。—名 (複**-n·ies**) 從 13 歲到 19 歲的少男少女，青少年。

tee·ny·bop ['tinɪ,bɑp] 形 十來歲少女的。

tee·ny(-)bop·per ['tinɪ,bɑpɚ] 名《美俚》1 十來歲的少女。2 熱中於流行音樂、流行式樣的少女。

tee·ny·wee·ny ['tinɪ'winɪ] 形《口》很小的。

tee·pee ['tipi] 名 = tepee.

'tee ,shirt 名 = T-shirt.

tee·ter ['titɚ] 動 不及《主美》1 玩蹺蹺板遊戲。2 搖晃，搖搖晃晃地前進；搖擺不定《*on*...》。—及 上下搖動；使搖晃。—名 1 蹺蹺板。2 上下搖動；搖晃；《喻》搖擺不定。

tee·ter·board ['titɚ,bord] 名蹺蹺板。

:teeth [tiθ] 名 **tooth** 的複數形。

teethe [tið] 動 不及〖齒〗《通常用進行式》長乳牙，長牙齒。

teeth·er ['tiðɚ] 1 嚙咬器。2 出牙期的幼兒，正在長牙齒的幼兒。

teeth·ing ['tiðɪŋ] 名 U〖齒〗出牙。

'teething ,ring 名出牙嚙咬環。

'teething ,troubles 名 (複) 初期所遭遇到的困難。

tee·to·tal [ti'totl] 形 1 絕對戒酒的，主張絕對戒酒的。2《美口》絕對的，完全的，徹底的。

～**·er**,《英》～**·ler** 名絕對戒酒（主義）者。～**·ism** 名 U 絕對戒酒（主義）。

tee·to·tum [ti'totəm] 名 1 小陀螺。2 四方陀螺。

TEFL ['tɛfl] 名英語外語教學。

Tef·lon ['tɛflɑn] 名 U〖商標名〗鐵弗

T

龍。

teg·u·ment ['tɛgjəmənt] 名〖植・動〗皮，殼，外被。

te·hee [ti'hi] 感嘻！嘻！一名嘻嘻聲，竊笑聲。一動不及發出嘻笑聲；竊笑。

Te·he·ran, Teh·ran [ˌtɪə'rɑn, ˌtɛhə'rɑn, tɛ'rɑn] 名德黑蘭：伊朗的首都。

tel. 《縮寫》*tel*egram; *tel*egraph; *tel*ephone.

tel·a·mon ['tɛləmən] 名(複-**mon·es** [ˌtɛlə'moniz])〖建〗男像柱。

Tel A·viv [ˌtɛlə'viv] 名臺拉維夫：以色列西部濱地中海的港市。

tele- 《字首》**1** 表「遙遠」、「傳送至遠處」之意。**2** 表「電視」之意。

tel·e·cam·er·a ['tɛləˌkæmərə] 名〖影〗電視攝影機。

tel·e·cast ['tɛləˌkæst] 動(-**cast**或～·**ed**, ～·**ing**) 及不及用電視播送節目。一名電視節目。～·**er** 名電視廣播員。

tel·e·com ['tɛləˌkɑm] 名U《或用複數》《口》電信。

tel·e·com·mu·ni·ca·tion [ˌtɛləkəˌmjunə'keʃən] 名《通常作～**s**, 作單數》遠距離通信，電信；電信學。

tel·e·com·mut·ing ['tɛləkəˌmjutɪŋ] 名U電傳工作。

tel·e·con·fer·ence ['tɛləˌkɑnfərəns] 名視訊會議。一動不及參加視訊會議。-**enc·ing** 名U，形舉行視訊會議（的）。

tel·e·cop·i·er ['tɛləˌkɑpɪɚ] 名電話傳真機。

tel·e·course ['tɛləˌkors] 名《主美》電視教學課程。

tel·e·di·ag·no·sis [ˌtɛləˌdaɪəg'nosɪs] 名UC電視診斷。

tel·e·fac·sim·i·le [ˌtɛləfæk'sɪməlɪ] 名CU電話傳真；電話傳真法。

tel·e·film ['tɛləˌfɪlm] 名電視影片。

tel·e·gen·ic [ˌtɛlə'dʒɛnɪk] 形在電視上很上鏡頭的，適合上電視鏡頭的。

·**tel·e·gram** ['tɛləˌgræm] 名電報（略作：tel., teleg.）：send a ～ to a person 打電報給某人。

·**tel·e·graph** ['tɛləˌgræf] 名**1** 電報機。**2**〖海〗傳令器。**3** U電報：～ posts《英》電（線）桿/～ wires 電報線路。**4**《**T-**》電訊報。

一動及**1** 用電報發送；發電報給；用電報通知；打電報叫。**2**《口》發出，揭示；使對方事先察覺，洩漏出。**3** 在揭示板上顯示出。一不及**1** 發電報《*to...*》；打電報《*for...*》。**2** 發出信號，示意《*by...*》。**te·leg·ra·pher** [tə'lɛgrəfɚ],《英》**te·'leg·ra·phist** 名電報員，報務員。

tel·e·graph·ese [ˌtɛləgræ'fiz] 名U《謔》電報文體，簡潔的說話方式。

tel·e·graph·ic [ˌtɛlə'græfɪk] 形**1** 電報機的。**2** 電報的；用電報傳送的；像拍電報般的：a ～ transmitter 發報機。**3** 電報體的，簡短的：a ～ style 簡潔的文體。-**i·cal·ly** 副

'**telegraph ˌline** 名電信線路，電線。

'**telegraph ˌplant** 名〖植〗舞草。

te·leg·ra·phy [tə'lɛgrəfɪ] 名U電報學，電報系統。

tel·e·mark ['tɛləˌmɑrk] 名《偶作**T-**》〖滑雪〗屈膝旋轉法。

tel·e·mar·ket·ing ['tɛləˌmɑrkɪtɪŋ] 名U電話行銷。-**ket·er** 名

tel·e·me·chan·ics [ˌtɛləmə'kænɪks] 名(複)《作單數》遙控機械學。

te·lem·e·ter [tə'lɛmətɚ] 名**1** 測距儀，測遠儀。**2**〖電〗遙測計；電傳計量器。

te·lem·e·try [tə'lɛmətrɪ] 名**1** U遙測法。**2** = biotelemetry.

tel·e·o·log·i·cal [ˌtɛlɪə'lɑdʒɪkl] 形目的論的，目的觀的。

tel·e·ol·o·gy [ˌtɛlɪ'ɑlədʒɪ, ˌti-] 名U〖哲〗目的論。

tel·e·op·er·a·tor [ˌtɛlɪ'ɑpəˌretɚ] 名遠距離操作裝置；自動遙控裝置。

te·lep·a·thist [tə'lɛpəθɪst] 名研究心電感應者；有心電感應力的人。

te·lep·a·thy [tə'lɛpəθɪ] 名U心電感應術。**tel·e·path·ic** [ˌtɛlə'pæθɪk] 形

:**tel·e·phone** ['tɛləˌfon] 名《通常作 **the** ～》電話，電話系統；電話機：automatic ～ switching 電話自動交換 / be on *the* ～ with... 正在和…通電話 / call a person on *the* ～ 叫某人聽電話。

一動(-**phoned**, -**phon·ing**) 及**1** 打電話給《*for...*》；用電話告訴。**2** 用電話傳達《*in / to...*》。**3**撥。一不及打電話《*to...*》；打電話進來《*in*》。

'**telephone ˌbook** 名電話薄。

'**telephone ˌbooth** 名公共電話亭。

'**telephone ˌbox** 名《英》= telephone booth.

'**telephone diˌrectory** 名 = telephone book.

'**telephone exˌchange** 名電話交換臺；電話局。

'**telephone reˌceiver** 名聽筒。

tel·e·phon·ic [ˌtɛlə'fɑnɪk] 形**1** 電話的。**2** 將聲音傳至遠方的。-**i·cal·ly** 副

te·leph·o·nist [tə'lɛfənɪst] 名話務員；接線員。

te·leph·o·ny [tə'lɛfənɪ] 名U電話學；電話通訊。

tel·e·pho·to ['tɛləˌfoto] 形遠距照相術的；電傳照相術的：a ～ lens 遠攝鏡頭。一名遠距攝得的照片。

tel·e·pho·to·graph [ˌtɛlə'fotəˌgræf] 名**1** 傳真照片。**2** 遠距攝影照片。一動及不及用遠攝鏡頭拍攝；用傳真法傳送（照片）。

tel·e·pho·tog·ra·phy [ˌtɛləfo'tɑgrəfɪ] 名U遠距照相術；電傳照片術。

tel·e·play ['tɛləˌple] 名電視劇。

tel·e·print·er ['tɛləˌprɪntɚ] 名《主英》

= teletypewriter.

tel·e·proc·ess·ing ['tɛlə,prasɛsɪŋ] 名 U〖電腦〗電傳處理，遠距處理。

Tel·e·prompt·er ['tɛlə,pramptɚ] 名《美》〖商標名〗電視提詞器。

tel·e·sales ['tɛlə,s'elz] 名 U = telemarketing.

·tel·e·scope ['tɛlə,skop] 名 望遠鏡。—形 套筒式的。—動 (**-scoped, -scop·ing**) 及 **1** 嵌進，套疊接合。**2** 縮短《*into...*》。—不及 **1** 依順序地套入；縮短；濃縮。**2** 互相撞嵌。

tel·e·scop·ic [,tɛlə'skapɪk] 形 **1** 望遠鏡（式）的；用望遠鏡（才能）看見的：a ~ sight 望遠瞄準器。**2** 能看得遠的；有先見之明的。**3** 套筒式的，可自由伸縮的。**-i·cal·ly** 副

tel·e·text ['tɛlə'tɛkst] 名 U 以電視型態播出的文字或圖形。

tel·e·thon ['tɛlə,θan] 名《美》（旨在募款等的）長時間電視節目。

tel·e·type ['tɛl,taɪp] 名 **1**《**T-**》〖商標名〗電傳打字機，打字電報機。**2** U 電傳打字機網路。—動 及 用電傳打字機傳送。—不及 操作電傳打字機。**-typ·ist** 名

tel·e·type·writ·er [,tɛlə'taɪp,raɪtɚ] 名《美》電傳打字機。

tel·e·view ['tɛlə,vju] 動 及 不及 收看電視。

tel·e·vise ['tɛlə,vaɪz] 動 及 不及 以電視播映。

:tel·e·vi·sion ['tɛlə,vɪʒən] 名 **1** U 電視，電視影像：speak on ~ 在電視上演說。**2** U 電視播映技術；電視傳播行業。**3** 電視螢幕（《英口》telly）。略作：TV
-'vi·sion·al 形, **-'vi·sion·ar·y** 形

tel·e·vi·sor ['tɛlə,vaɪzɚ] 名 **1** 電視播映裝置，電視（螢幕）。**2** 電視播映者[室]。

tel·e·vi·su·al [,tɛlə'vɪʒuəl] 形《尤英》電視播映的。

tel·ex ['tɛlɛks] 名 **1** U《亦作 **T-**》電傳打字通訊系統：by ~ 經由電傳打字通訊系統（傳送）。**2** 電傳打字電報。—動 及 用電傳打字機傳送。

tel·fer ['tɛlfɚ] 名 形，動 及 = telpher.

:tell [tɛl] 動 (**told**, ~·**ing**) 及 **1** 說，講述《*to...*》：~ a good joke 講了一個好笑的笑話。**2** 通告，傳達；告知，告訴；述說《*of, about...*》：~ a person no《美》對某人說不。**3** 用言語表達，說出；吐露；洩漏；密告《*on...*》：~ one's thoughts to a person 向某人吐露自己的想法。**4**《與 **can, be able to** 等連用；通常用於否定句、疑問句》斷定，知道；《主要用於插入句》斷言，保證。**5** 分辨出《*apart*》；區別，識別《*from...*》：~ the difference between them 區別他們。**6** 命令，吩咐。**7** 數，計算：~ the rosary (beads)（數念珠）祈禱讚頌。**8** 告示。**9** 顯示出。—不及 **1** 講，述說《*of, about...*》。**2** 搬弄是非，密告《*on...*》。**3**《與 **can, be able to** 等連用，通常用於否定句》確定地說出來，斷言《*about, with...*》。**4**《英俚》聊天，閒談。**5**《古》計數《*over*》。**6** 說明，顯示《*of ...*》。**7** 奏效，生效；命中。**8** 產生顯著效果，發生影響《*on, upon...; against...*》。

Don't tell me!《口》不至於吧！別瞎扯啦！我簡直不相信！真的。

I('ll) tell you what. / ***Tell you what.*** 你聽我說：我告訴你一個好主意。

I'm telling you.《口》《通常置於句尾》真的！的確！

I tell you. 真的。

I told you so! 你看吧！早就跟你說過！

tell a green man《美俚》說真話。

tell a tale ⇨ TALE（片語）

tell** a person **a thing or two《口》對某人據實相告；斥責某人。

tell it like it is《俚》坦白說，實話實說。

Tell me another (one)!《口》我不相信！

tell...off / ***tell off...*** (1)《稍古》數，計算。(2) 分派《*for..., to* do》。(3)《口》斥責，責罵《*for...*》；申斥，嚴加訓誡。

tell the tale ⇨ TALE（片語）

tell (the) time 看鐘錶報時。

tell the world《口》鄭重宣布，揚言；斷言《*that* 子句》。

tell** a person **where to get off《口》對某人反覆叮嚀。

Time will tell. 時間將證明一切。

You can never tell. / ***You never can tell.*** 無法預料，很難說。

You're telling me!《俚》(1) 絕不會，這種事叫人難以相信。(2) 用不著你說！我早就知道了！

tell·er ['tɛlɚ] 名 **1** 講述者。**2**《尤指美》出納員；計數者，計算者；計票人。

tell·ing ['tɛlɪŋ] 形 **1** 有效的，有力的；顯著的；給人深刻印象的，扣人心弦的；強而有力的：a ~ blow to the jaw 對下巴有力的一擊。**2** 真情流露的：a ~ eye 會說話的眼睛。—名 U 說話，敘述，計數。~·**ly** 副

tell·tale ['tɛl,tel] 名 **1** 密告者，搬弄是非者。**2** 洩漏祕密的事物；證據。**3** 自動指示器，登錄器。
—形《限定用法》**1** 洩漏祕密的，完全揭露隱藏的事物似的。**2** 報警的，警告的。

tel·lu·ri·um [tɛ'lurɪəm] 名 U〖化〗碲。符號：Te

tel·ly ['tɛlɪ] (複 **-lies**)《通常作 **the** ~》《英口》電視，電視機。

tel·pher, -fer ['tɛlfɚ] 名 空中纜車，電動纜車。—形 空中纜車搬運裝置的。—動 及 用空中纜車搬運。

Tel·star ['tɛl,star] 名〖商標名〗通訊衛星。

tem·blor [tɛm'blɔr] 名 (複~**s**)《主美》震動；地震。

tem·er·ar·i·ous [,tɛmə'rɛrɪəs] 形《文》

T

魯莽的，輕率的；蠻勇的。～·ly 副

te·mer·i·ty [tə'mɛrətɪ] 名 U《文》有勇無謀；輕率，魯莽；孟浪；蠻勇。

temp [tɛmp] 名《口》臨時雇員。
—動 不及 當臨時雇員。

temp《縮寫》*temp*erature; *temp*orary.

·tem·per ['tɛmpɚ] 名 1《通常置於形容詞前》情緒，心境；氣質，性情：a person of fierce ～ 個性暴躁的人。2 U C《常作 a ～》暴躁，憤怒：have*a* ～ 性急，沒耐性 / show one's ～ 焦躁；動怒。3 U 平靜，沉著：lose one's ～ with a person 對某人發怒。4 添加物。5 U 調和，調製；〖冶〗硬度，韌度；含炭量；冶煉。6 U《古》中庸；妥協。—動 及 1 使柔和，使緩和，抑制《*with...*》：God ～*s* the wind to the shorn lamb.《諺》樹小不招風，神爲弱者助力。2 適度地攪拌揉和；調整。3〖冶〗冶煉；使強化，使淬火；《喻》強化。4〖樂〗調整音律。—不及 緩和；變成適當的狀態；強化，硬化。

tem·per·a ['tɛmpərə] 名 U 蛋彩畫法。

·tem·per·a·ment ['tɛmprəmənt] 名 1 U C 體質，性情，脾氣：a nervous ～神經質的脾氣。2 U C 氣質：a sanguine ～多血質，開朗的性情。3 U 固執的脾氣；感情起伏激烈的氣質；神經過敏（症）。

tem·per·a·men·tal [,tɛmprə'mɛntl] 形 1 個性強的。2 易激動的，神經質的；性情不定的，反覆無常的。3 氣質的，性情的。～·ly 副 氣質上地。

tem·per·ance ['tɛmprəns] 名 U 1 謹慎，中庸；節制：～ in all things 對所有的事情都要自我克制；凡事中庸。2 節制，戒酒；禁酒：a ～ hotel 不賣酒的旅館。

·tem·per·ate ['tɛmprɪt] 形 1 謹慎的，有節制的；不過量的《*in..., in doing*》: be ～ *in* work as well as play 工作跟玩樂都有節制。2 不過度的，適當的：～ warmth 適度的溫暖。3 溫和的；溫和氣候的；溫帶（產）的。
～·ly 副, ～·ness 名

Temperate 'Zone 名《the ～》〖地〗溫帶。

:tem·per·a·ture ['tɛmprətʃɚ] 名 U C 1 溫度，氣溫：check the ～ 查一下氣溫。2 體溫；高燒，發熱狀態：take a person's ～量某人的體溫。3 強烈度。

'temperature ,gradient 名〖氣象〗氣溫梯度。

'Temperature Hu'midity 'Index 名 溫溼指數。略作：THI

tem·pered ['tɛmpɚd] 形 1 調和的，適度的。2《通常作複合詞》性情…的：a bad-*tempered* boy 性情暴躁的男孩。3 經適度攪拌的；〖冶〗經過冶煉的。4〖樂〗平均律的。

·tem·pest ['tɛmpɪst] 名 1 暴風雨，暴風雪。2 大騷動，大混亂：a ～ of tears 淚灑如雨。—動 及 使動亂。

tem·pes·tu·ous [tɛm'pɛstʃuəs] 形 1 大風暴的，暴風雪的；激烈的。2 騷動的，動亂的。～·ly 副, ～·ness 名

tem·pi ['tɛmpi] 名 **tempo** 的複數形。

Tem·plar ['tɛmplɚ] 名 1 神殿修道騎士。2 祕密組織 Knights Templars 的一員。3 律師，法學家，法學生。

tem·plate ['tɛmplɪt] 名 1〖鑄〗模板。2〖建〗承樑板，橫樑板；〖船〗型板。3〖遺傳〗模板。

:tem·ple[1] ['tɛmpl] 名 1 神殿；寺院，廟宇：a Buddhist ～佛寺。2《**The T-**》耶和華神殿。3 猶太教的禮拜堂。4 禮拜堂，教堂；新教徒的教堂；摩門教的教會。5 上帝所在地方，聖靈所宿之處，基督教徒的身體。6 殿堂，華麗的會場：a ～ of the arts 藝術的殿堂。7 (1)《**T-**》聖堂修道騎士團的殿堂。(2) 法學協會。

·tem·ple[2] ['tɛmpl] 名 1 太陽穴。2《美》眼鏡架的掛鉤。

tem·plet ['tɛmplɪt] 名 = template.

tem·po ['tɛmpo] 名 (複～**s**, **-pi** [-pi]) 1〖樂〗速度，拍子。2 速度，拍子，調子：pick up the ～ 呈現活潑氣氛，有朝氣。3〖西洋棋〗一著，一步。

tem·po·ral[1] ['tɛmpərəl] 形 1 時間的。2 現世的，塵世的：～ affairs 俗事。3 世俗的，俗人的：～ lords《英》神職者以外的上議院議員。4 暫時的，短暫的。5〖文法〗時間的，表示時間的；時態的。
—名《通常作～**s**》1 世俗上的所有物。2 暫時性的東西；世事，俗事。～·ly 副

tem·po·ral[2] ['tɛmpərəl] 形 名〖解〗太陽穴的（部分）：～ lobe 顳葉。

tem·po·ral·i·ty [,tɛmpə'rælətɪ] 名 (複 **-ties**) 1 U 暫時性，短暫性；C 暫時性的東西。2《通常作 **-ties**》教會的收入或財產。

tem·po·ral·ty ['tɛmpərəltɪ] 名《**the** ～》《集合名詞》《古》俗人。

tem·po·rar·i·ly ['tɛmpə,rɛrəlɪ, ,tɛmpə'rɛrəlɪ] 副 暫時性地。

·tem·po·rar·y ['tɛmpə,rɛrɪ] 形 暫時的，瞬間的；臨時的，暫時敷衍的，暫時權充的：～ pleasures 短暫的快樂。—名 (複 **-rar·ies**) 臨時雇員。

'temporary ,file 名〖電腦〗暫存檔案。

tem·po·rize ['tɛmpə,raɪz] 動 不及 1 因循，猶疑不決，不果斷；敷衍，應付《*with...*》。2 順應時勢，迎合潮流。3 商議，談判《*with...*》；妥協《*between...*》。

:tempt [tɛmpt] 動 及 1 誘惑，引誘《*away, off, out*》。2 吸引；引起。3 誘使；誘導《*into, to...*》：～ a person to steal 誘使某人偷東西。4《文》試探，嘗試；冒著觸怒…的危險：～ the storm 冒著暴風雨的危險。

·temp·ta·tion [tɛmp'teʃən] 名 1 U 誘惑；衝動《*to do*》：the ～ of young girls 對少

女的誘惑；少女的誘惑力。2 誘惑物，引起欲望的東西。

tempt·er ['tɛmptɚ] 名 1 誘惑者[物]。2《the T-》魔鬼，撒旦。

tempt·ing ['tɛmptɪŋ] 形 誘惑的，引起欲望的，有吸引力的：a ～ offer 令人心動的提議。～·ly 副

tempt·ress ['tɛmptrɪs] 名 色誘男人的女人，妖婦。

:ten [tɛn] 名 1 U C（基數的）十。2 表十的記號。3《作複數》十人[個]。4《美口》十美元紙幣；《英口》十英鎊紙幣。5 U 十時，十分，十歲。6《～s》數十位，十的位置。

in tens 每十人一組。

take ten《美口》休息十分鐘，小憩。

ten a penny《英口》十分尋常的；便宜貨的（《美口》a dime a dozen）。

ten to one《口》十之八九，很可能。

一形 十的，十人[個]的；很多的。

ten·a·ble ['tɛnəbl] 形 1 守得住的，可防禦的；可支持的，有條理的，站得住腳的。2 能持續的。

te·na·cious [tɪ'neʃəs] 形 1 緊抓不放的；頑強的《*of*...》。2 執拗的，固執的。3（記憶力等）強的。4 帶黏性的；有結合力的；有黏著力的，黏性強的。～·ly 副

te·nac·i·ty [tɪ'næsətɪ] 名 U 固執，執著；頑固；記憶力強；黏性。

ten·an·cy ['tɛnənsɪ] 名 (複-cies) 1 U 租借；保有；借地。2 租借期間。3 任職。

·ten·ant ['tɛnənt] 名 1 租地人，租戶，租屋人。2 占有者，房客：the ～*s* of the woods 樹林的居住者，鳥類。

一動 及《常用被動》租借，占有，居住。

一不及 住，居住《*in*...》。

ten·ant·a·ble ['tɛnəntəbl] 形 可租的；可住的。

'tenant ˌfarmer 名 佃戶，佃農。

ten·ant·ry ['tɛnəntrɪ] 名 1《集合名詞》租地人；佃農；租戶，房客。2 U 租地人的地位身分。

tench [tɛntʃ] 名 (複～·es, ～)〖魚〗歐洲鯉。

'Ten Com'mandments 名 (複)《the ～》〖聖〗十誡（亦稱 **Decalogue**）。

:tend[1] [tɛnd] 動 不及 1 傾向；有某種趨勢。2 有助於，有幫助《*to, toward*...》：～ *toward* tax reform 有助於稅制改革。3 前進，通向《*to, toward*...》。

tend[2] [tɛnd] 動 及 1 看管；栽培；照料，照顧；《美》接待客人：～ a garden 照料花園。2〖海〗守望，站守。

一不及 1《口》注意，留心《*to*...》。2 服侍；照顧，照料《*on, upon*...》。

tend·ance ['tɛndəns] 名 1 U 照顧，服侍。2《集合名詞》《古》侍者，隨從。

·ten·den·cy ['tɛndənsɪ] 名 (複-cies) 1 傾向，趨勢《*to, toward*..., *to* do》：an upward ～ in business 生意興隆的趨勢。2 性向《*toward, to*...》；癖好《*to* do》。3《通常作形容詞》特殊意圖：a ～novel 具有特殊傾向的小說。

ten·den·tious [tɛn'dɛnʃəs] 形《蔑》非持平之論的，有傾向性的；有明確目的的；宣傳性的。～·ly 副

:ten·der[1] ['tɛndɚ] 形 1 柔軟的；嫩的；多汁的：～ corn 嫩的玉蜀黍。2 柔弱的，纖弱的。3 年輕的，未成熟的：at a ～ age 在年幼時。4 柔和的。5 輕柔的。6 溫柔的，親切的，有愛心的：the ～ emotion 柔情。7《敘述用法》關切的，體貼的；生怕…的；不輕易給予的《*of*...》。8 一觸即痛的，（對侮辱等）敏感的；易感傷的，感受性強的：a ～ spot 痛處；《喻》弱點 / a man of ～ feelings 易傷感的人。9 易碎的，脆弱的；《喻》虛幻無常的。10 微妙的，棘手的：a ～ topic of discussion 難處理的討論主題。11〖海〗= crank[2].

·ten·der[2] ['tɛndɚ] 動 及 1 提出；致上《*to*...》；準備，提供：～ one's resignation *to* the President 向總統提出辭呈。2〖法〗(為償還債務等而）提供（金錢、物品）。

一不及 投標《*for*...》。一名 1 提出；提供。2 提供物。3〖商〗投標；〖法〗法定貨幣。

ten·der[3] ['tɛndɚ] 名 1 看護人，看守人。2 補給船，舢板。3〖鐵路〗給水車，給煤車。

ten·der·foot ['tɛndɚˌfʊt] 名 (複～s, -feet [-ˌfit]) 1 無經驗者，新手；新參與工作者。2 童子軍初級會員。

ten·der·heart·ed ['tɛndɚ'hartɪd] 形 心腸軟的，有同情心的。～·ly 副

ten·der·ize ['tɛndəˌraɪz] 動 及 使變嫩。-iz·er 名

ten·der·loin ['tɛndɚˌlɔɪn] 名 1 U C 里脊肉：腰部內側的嫩肉。2《T-》《美》撈油水區；城市犯罪淵藪。

ten·der·ly ['tɛndɚlɪ] 副 溫和地，親切地；柔弱地，柔軟地；敏銳地。

ten·der·ness ['tɛndɚnɪs] 名 U 柔軟；脆弱，敏感；難處理；溫和；親切。

ten·don ['tɛndən] 名〖解〗肌腱：the Achilles ～ 阿奇里斯腱。

ten·dril ['tɛndrɪl] 名〖植〗捲鬚。

ten·e·brous ['tɛnəbrəs] 形 黑暗的；陰鬱的；不清楚的。

ten·e·ment ['tɛnəmənt] 名 1 住家，住宅。2 = tenement house. 3 出租的房間；〖詩〗住所，家。4《～s》自由保有權。

'tenement ˌhouse 名《美》廉價公寓。

ten·et ['tɛnɪt, 'tinɪt] 名 主義，信條，教義。

ten·fold ['tɛnˌfold] 形 1 由十個部分所構成的。2 十倍的，十層的。

一['-'-] 副 十倍地，十層地。

'ten-gal·lon 'hat ['tɛnˌgælən-] 名《美》牛仔戴的帽子。

Tenn.《縮寫》*Tenn*essee.

ten·ner ['tɛnɚ] 名《口》《美》十美元紙幣；《英》十英鎊紙幣。

Ten·nes·see [ˌtɛnə'si] 名田納西州：美國東南部的一州；首府爲 Nashville。略作：Tenn.,《郵》TN

:ten·nis ['tɛnɪs] 名 **1** U 網球運動；網球賽，草地網球賽：play ～ 打網球 / ～ court 網球場。**2** = court tennis.

'tennis ˌball 名網球。

'tennis ˌelbow 名U網球肘。

'tennis ˌshoes 名(複)網球鞋。

ten·nist ['tɛnɪst] 名網球運動員。

Ten·ny·son ['tɛnəsn̩] 名 **Alfred, Lord** 丁尼生（1809－92）：英國詩人；桂冠詩人（1850－92）。

ten·on ['tɛnən] 名榫，凸榫。—動及在…上做榫；用榫連接。

·ten·or ['tɛnɚ] 名 **1**《通常作 **the** ～》旨趣，綱要：get *the* ～ of... 抓住…的大意。**2**《通常作**the** ～》進程，方向。**3** U〖樂〗男高音；次中音；C次中音聲部，男高音歌手。**4**〖法〗副本，謄本。**5**〖修〗(隱喻的）主要意義。—形〖樂〗次中音的，男高音的。

ten·pen·ny ['tɛnˌpɛnɪ] 形 **1** 價値十辨士的。**2** 三吋長的。

ten·pin ['tɛnˌpɪn] 名 **1**《～**s**》《作單數》《美》十柱球戲（《英》tenpin bowling）。**2** 十柱球戲的一個球柱。

'tens ˌdigit 名〖數〗十位數。

·tense[1] [tɛns] 形 **(tens·er, tens·est) 1** 拉緊的，拉滿的。**2** 緊張的《 *with...* 》：a face ～ *with* excitement 因興奮而顯得緊張的臉。**3**〖語音〗緊的。—動 **(tensed, tens·ing)** 及 使緊張《 *up* 》。—不及 變緊張《 *up* 》。

～**·ly** 副, ～**·ness** 名

·tense[2] [tɛns] 名U C〖文法〗時式，時態：the present ～現在式。

ten·si·ble ['tɛnsəbl̩] 形可延伸的，可拉長的。

ten·sile ['tɛnsl̩, -sɪl] 形 **1** 張力的，伸張的。**2** 可延伸的。

-'sil·i·ty 名U伸張性；張力。

T

tensile 'strength 名U（材料的）張力，抗張強度。

ten·si·om·e·ter [ˌtɛnsɪ'ɑmɪtɚ] 名張力計，拉力計。

·ten·sion ['tɛnʃən] 名 **1** U拉緊，繃緊。**2** U C（精神的）緊張，不安。**3**《常作～**s**》緊張狀態：reduce international ～緩和國際間的緊張情勢。**4** U〖力〗張力；膨脹力，壓力；〖電〗電力，電壓：surface ～ 表面張力。**5**〖機〗拉曳裝置。

～**·al** 形緊張的；張力的。

ten·si·ty ['tɛnsətɪ] 名U緊張；緊度。

ten·sive ['tɛnsɪv] 形引起緊張的；張力的。

ten·sor ['tɛnsɚ, -sɔr] 名〖解〗張肌；〖數〗張量。

ten-strike ['tɛnˌstraɪk] 名 **1**〖十柱球戲〗全倒。**2**《口》大勝利，成功之舉。

·tent[1] [tɛnt] 名 **1** 帳篷：pitch a ～搭帳篷。**2** 帳篷狀的東西。**3** 住屋。

—動及使在帳篷內宿營；用帳篷（或帳篷狀的東西）蓋住《偶用 *out* 》。—不及在帳篷內生活；（暫時地）居住。

ten·ta·cle ['tɛntəkl̩] 名〖動〗觸角，觸鬚；〖植〗觸絲；觸毛狀的東西。

-tac·u·lar [-'tækjəlɚ] 形, **-cled** 形有觸角[觸毛]的。

ten·ta·tive ['tɛntətɪv] 形 **1** 試驗（性）的，假定的；暫時的，暫定的：a ～ plan 嘗試性的計畫。**2** 不明確的，無自信的；不乾脆的，曖昧的；躊躇的，遲疑的。—名假設說法，試驗性提議；試驗。～**·ly** 副, ～**·ness** 名

tent·ed ['tɛntɪd] 形 **1** 搭帳篷的；住帳篷的。**2** 帳篷狀的。

ten·ter[1] ['tɛntɚ] 名 張布架，張布乾燥機。—動及繃在張布架上。

ten·ter[2] ['tɛntɚ] 名《英》看管人，機械工；見習生。

ten·ter·hooks ['tɛntɚˌhuks] 名《用於下列片語》。

on tenterhooks 煩躁不安，憂慮，如坐針氈。

:tenth [tɛnθ] 形 **1**《通常作 **the** ～》第十的；十號的。**2** 十分之一的。—名 **1** 十分之一，1 的十分之一（1/10）：three ～*s* 十分之三。**2**《通常作 **the** ～》（序數的）第十，第十位（的東西）；（每月的）十號。**3**〖樂〗十度（音程）；十度的和聲音響。**4** 小數後的第一位。

—副《與形容詞最高級連用》第十位地。

'tenth 'Muse 名才女。

'tent ˌpeg 名帳篷樁子。

'tent ˌtrailer 名帳篷式拖車。

ten·u·i·ty [tɛ'njuətɪ] 名U **1** 單薄，纖細；稀薄。**2** 貧弱；薄弱。

ten·u·ous ['tɛnjuəs] 形 **1** 纖細的；稀薄的，薄的。**2** 內容貧乏的，薄弱的；微妙的，精細的。～**·ly** 副, ～**·ness** 名

ten·ure ['tɛnjɚ] 名U **1** 保有，保持；不動產的保有。**2** 保有期間：during one's ～ of office 在職期間。**3**《美》終身職。

-ured（獲）終身職的。

te·nu·to [tɛ'nuto] 形副〖樂〗保持音量的[地]。—名(複～**s**)持續音。

te·pee ['tipi] 名（北美印第安人的）圓錐形帳篷小屋。

tep·e·fy ['tɛpəˌfaɪ] 動 **(-fied,** ～**·ing)** 及使微溫，使微熱。—不及變溫熱。

tep·id ['tɛpɪd] 形 **1** 微溫的，微熱的。**2** 不太熱烈的，缺乏熱情的。

te·'pid·i·ty, ～**·ness** 名, ～**·ly** 副

te·qui·la [tə'kilə] 名U C龍舌蘭酒。

ter. 《縮寫》*ter*race; *ter*ritory.

tera- 《字首》表「10^{12}」之意。

ter·a·byte ['tɛrəˌbaɪt] 名〖電腦〗一兆位

元組。

ter·a·tism ['tɛrətɪzəm] 名 1 U 怪物崇拜；怪物愛好。2〖生〗畸形。

ter·a·to·gen [tə'rætədʒən] 名〖生〗導致畸形的物質。

ter·a·tol·o·gy [,tɛrə'tɑlədʒɪ] 名 U〖生〗畸形學，畸胎學。

ter·bi·um ['tɝbɪəm] 名 U〖化〗鋱。符號：Tb

ter·cel ['tɝsl] 名〖鳥〗雄鷹，雄隼。

ter·cen·te·nar·y [tɝ'sɛntə,nɛrɪ] 形 三百年（間、紀念）的。—名 (複-nar·ies) 三百年紀念日。

ter·cen·ten·ni·al [,tɝsɛn'tɛnɪəl] 形名 = tercentenary.

ter·cet ['tɝsɪt] 名〖詩〗三行聯句；〖樂〗三連音符。

ter·e·bene ['tɛrə,bin] 名 U〖化〗松節油精。

Te·re·sa [tə'risə] 名〖女子名〗泰瑞莎。

ter·gi·ver·sate ['tɝdʒɪvɚ,set] 動 不及 1《文》支吾其詞，搪塞。2 變節；叛教，捨棄信仰。-'sa·tion 名

:term [tɝm] 名 1 用語，術語：medical ～*s* 醫學用語。2 字眼，語詞：《～s》說法，措詞：in no uncertain ～*s* 直言不諱地，單刀直入地。3 期間，任期；學期；刑期 in the short ～ 短期的 / in the spring ～ 在春季學期。4 期限，日期；〖法〗定期不動產權；不動產權保有的期間；《通常作the ～》《英》開庭期；《蘇》四季結帳日。5《～s》條件，條款；費用，價格: under the ～*s* of the contract 在該契約的條件下 / bring a person to ～*s* 使人信服。6《～s》關係，交誼；親密的關係：be on fighting ～*s* with a person 和某人關係不睦。7〖代數〗項；〖幾何〗界限點。8 預產期；分娩，生產：a ～ baby 足月生的嬰兒。9《古》結束，終結；界限，限制：set a ～ to... 給…定期限，對…加以限制。

come to terms with... (1) ⇨名 5. (2) 逆來順受，順從，習慣於；承認，接受；認定。

in terms of... (1) 用…語言；以…的措詞。(2) 有關…，按照，基於…；換算成…。

not on any terms / on no terms 絕不，無論如何不。

—動 及 命名爲，稱做；《反身》自稱爲。

ter·ma·gan·cy ['tɝməgənsɪ] 名 U（女人的）潑辣，兇悍，暴躁。

ter·ma·gant ['tɝməgənt] 名《文》1 性情暴躁的女子；好拌嘴的女人；潑婦，悍婦。2《T-》粗暴的神。—形 兇悍的；愛拌嘴的，愛爭吵的。

'term ,day 名 付款日；結帳日。

term·er ['tɝmɚ] 名《通常作複合詞》…服刑者：a second-*termer* 再犯服刑者。

ter·mi·na·ble ['tɝmɪnəbl] 形 1 能終止的，可設期限的。2 附期限的，有期限的。

·ter·mi·nal ['tɝmənl] 形 1 末端的；終結的，最終的：a ～ market 農產品集散市場。2 一定期間的；連續一定期間的；定期的，每期發生的：～ examinations 學期考試。3 終點的，終站的。4〖植〗頂生的。5 境界的。6 末期的；死期近的：a ～ disease 絕症。7《口》無可挽救的，毫無希望的；極嚴重的。

—名 1 末端（部）。2 終點站，終點（《英》terminus）；終點站的城鎮；機場航站大廈。3〖電〗端子，終端。4〖電腦〗終端機。5 學期考試，大考。～·ly 副

·ter·mi·nate ['tɝmə,net] 動 (-nated, -nat·ing) 及 1 使結束，使終結；使停止，使完結：～ one's effort 停止努力 / ～ one's life 結束生命。2 限定，了結；成爲末端。—不及 1 終結，終了；做終點《*at...*》；結束，結尾《*at, in, with...*》。2 結果爲《*in ...*》。—形 終止的，有界限的。-na·tive 形 決定性的，終局的。

-na·tive·ly 副

ter·mi·na·tion [,tɝmə'neʃən] 名 1 U C 終了，終結，終止：the ～ of a contract 契約的終止。2 U C 結束的場所；末端，末尾；界限；最後。3 U C 結尾，結果。4〖文法〗接尾詞；語尾。

ter·mi·na·tion·al [,tɝmɪ'neʃənl] 形 末端的；終止的；語尾的。

ter·mi·nol·o·gy [,tɝmə'nɑlədʒɪ] 名 U 1 術語，專門用語：the ～ of chemistry 化學用語。2 術語學。-no·'log·i·cal 形

ter·mi·nus ['tɝmənəs] 名 (複-ni [-,naɪ], ～·es) 1 終端，末端；終點，起點；終點站；目的地；終點都市。2 境界，界限。

ter·mite ['tɝmaɪt] 名〖昆〗《美》白蟻。

term·less ['tɝmlɪs] 形 1 無定約的；無條件的：～ peace 無條件講和的和平。2 無窮的，無限的。

'term 'paper 名 期末報告，學期論文。

tern[1] [tɝn] 名〖鳥〗燕鷗。

ter·na·ry ['tɝnərɪ] 形 1 由三個組成的；三重的；第三號的，第三（位）的。2〖化〗三元的；包含三種成分的。3〖數〗三進位法的；三元的。—名 (複-ries) 三個一組。

ter·nate ['tɝnɪt] 形 1 由三部分組成的；三個一組排列的。2〖植〗三葉的。

Terp·sich·o·re [tɝp'sɪkərɪ] 名 1〖希神〗特普斯歌麗：司歌舞的女神。2 U《t-》舞蹈術。

terp·si·cho·re·an [,tɝpsɪkə'riən] 形 1 舞蹈的。2《T-》舞蹈女神的。

terr. 《縮寫》*terr*ace; *terr*itory.

ter·ra ['tɛrə] 名 U 土；地，大地；灰白色山岳地帶，臺地。

·ter·race ['tɛrəs] 名 1 臺地，階梯地；地壇，坪；階丘。2 平臺屋頂。3 陽臺，涼臺。4《主英》並排聯頂房屋；高臺街，臺街。5《美》綠地。—動 (-raced, -rac·ing) 及 築成臺地；加陽臺。

'terraced 'house 名《英》連棟住宅（

T

連棟式同型房屋的一棟）。

'terra 'cot·ta [-'kɑtə] 名 U 1 赤土，赤陶。2 赤褐色，帶褐色的橙色。

ter·ra·cot·ta ['tɛrə'kɑtə] 形 赤土製的；赤褐色的。

'terra 'fir·ma [-'fɝmə] 名 U 堅硬的土地；大地；陸地。

ter·rain [tɛ'ren, 'tɛren] 名 1 U C 地形，地勢。2〖地質〗= terrane.

ter·ra in·cog·ni·ta ['tɛrəɪn'kɑgnɪtə] 名《拉丁語》未開拓地區，未知領域。

Ter·ra·my·cin [,tɛrə'maɪsɪn] 名 U〖藥商標名〗土黴素。

ter·rane [tɛ'ren] 名〖地質〗岩層。

ter·ra·pin ['tɛrəpɪn] 名 C U〖動〗食用龜。

ter·raz·zo [tɛ'rɑtso] 名 磨石子地。

ter·rene [tɛ'rin] 形 1 現世的，世俗的。2 泥土的，土質的；地球的。—名 1《the ～》地球。2 陸地；地區。～·ly 副

ter·res·tri·al [tə'rɛstrɪəl] 形 1 地球的，地球上的：the ～ globe 地球。2 陸地的，陸上的。3〖植〗陸生的；長在土裡的；〖動〗陸棲的。4 俗世的，現世的。

—名 地球上的生物。～·ly 副

:ter·ri·ble ['tɛrəbl] 形 1 恐怖的，可怕的。2 使人痛苦的；殘酷的；激烈的；困難的：～ heat 酷暑。3《口》極厲害的；惡劣的：～ beer 很難喝的啤酒。

·ter·ri·bly ['tɛrəblɪ] 副 1 恐怖地，驚人地。2《口》非常地，相當地。

ter·ri·er ['tɛrɪɚ] 名 㹴，小獵犬。

·ter·rif·ic [tə'rɪfɪk] 形 1《口》厲害的，非常的，過度的；極佳的：～ luck 非常幸運。2 恐怖的，可怕的：a ～ spectacle 令人毛骨悚然的景象。-i·cal·ly 副

·ter·ri·fy ['tɛrə,faɪ] 動 (-fied, ～·ing) 及 1 使毛骨悚然，使感到恐怖：《被動》(因…而）毛骨悚然《*by, at...*》；可怕《*of ...*》。2 威嚇使做（某事）《*into* doing》。

ter·rine [tə'rin] 名 1 陶製的蒸鍋。2 用此種器具蒸煮的食品。

ter·ri·to·ri·al [,tɛrə'torɪəl] 形 1（有關）領土的：the ～ imperative 動物的領土占領的本性。2（有關）土地的：～ property 地產。3（侷限於）一地域的，地區性的：a ～ industry 地方工業。4《T-》特區的；《美國、加拿大、澳洲的》準州的，尚未被認爲州的區域的。5《T-》〖軍〗《英》地方自衛隊的。6 有劃定界限範圍的習性的。

—名 1《T-》《英》地方自衛隊的隊員。2 地方軍士兵。～·ly 副

ter·ri·to·ri·al·ism [,tɛrə'torɪəlɪzəm] 名 U 1 地主制度。2 地方主義。3〖基督教〗政府決定人民宗教信仰制。

terri'torial 'waters 名 (複)《通常作 the ～》領海。

·ter·ri·to·ry ['tɛrə,torɪ] 名 (複-ries) 1 廣大的土地，地區。2 U C 領土，領地，版圖：British ～ 英國領土。3《T-》〖政府〗特區，地方，準州。4 U C 領域，範圍：the ～ of the sociologist 社會學者的領域。5 U C 負責區域，管轄區域。6 U C（動物的）生活範圍。

·ter·ror ['tɛrɚ] 名 1 U 驚駭，恐怖；《常作 a ～》恐怖的事《*to...*》：the King of *Terrors* 死神 / strike ～ into a person ('s heart) 使人惶懼。2《the T-》恐怖時代。3 恐怖（行爲）。4《口》難對付的人，頑皮鬼。

～·less 名

ter·ror·ism ['tɛrə,rɪzəm] 名 U 1 恐怖主義；恐怖行爲。2 恐怖狀態；恐怖政治。

ter·ror·ist ['tɛrərɪst] 名 恐怖分子，恐怖行爲者。

ter·ror·is·tic [,tɛrə'rɪstɪk] 形 暴力（主義）的。

ter·ror·ize ['tɛrə,raɪz] 動 及 1 使恐怖，使驚駭。2 施以暴力，鎮壓。

-i·'za·tion 名, -iz·er 名

ter·ror·strick·en ['tɛrə,strɪkən] 形 嚇破膽的，嚇得發抖的（亦稱 **terrorstruck**）。

ter·ry ['tɛrɪ] 名 (複-ries) 1 厚絨線圈。2 = terry cloth. —形 未剪開的絨毛線圈的。

Ter·ry ['tɛrɪ] 名 1〖男子名〗泰利。2（亦作 **Terri**）〖女子名〗泰莉。

'terry ,cloth 名 U《美》毛圈織物。

terse [tɝs] 形 (ters·er, ters·est) 簡明的，簡短的。～·ly 副, ～·ness 名

ter·tian ['tɝʃən] 形〖病〗隔日的。

—名 三日熱，隔日熱。

ter·ti·ar·y ['tɝʃɪ,ɛrɪ] 形 1 第三（次、位、期）的。2〖化〗第三（炭素）的。3〖鳥〗第三列長羽的。4《T-》〖地質〗第三紀的。5〖醫〗第三級的。—名(複-ar·ies) 1〖鳥〗第三列長羽。2《the T-》〖地質〗第三紀。

'tertiary 'care 名 U〖醫〗第三級診療。

ter·za ri·ma ['tɛrtsə 'rimə] 名 U〖詩〗三行體的詩。

Tes·co ['tɛsko] 名〖商標名〗特易購：英國最大的連鎖超市。

TESL ['tɛsl]《縮寫》*T*eaching *E*nglish as a *S*econd *L*anguage 作爲第二語言的英語教學。

TESOL ['tɛsɔl, 'ti-]《縮寫》*T*eaching *E*nglish to *S*peakers of *O*ther *L*anguages 教其他語言的人說英語的教學法。

Tess [tɛs] 名〖女子名〗黛絲（Theresa的暱稱）。

tes·se(l)·late ['tɛsə,let] 動 及 鋪成棋盤狀，做成方格花紋。—['tɛsəlɪt, -,let] 形 = tesse(l)-lated.

tes·se(l)·lat·ed ['tɛsə,letɪd] 形 棋盤狀（排列）的，方格花紋的。

tes·se(l)·la·tion [,tɛsə'leʃən] 名 U 方格花紋，棋盤狀的排列。

tes·ser·a ['tɛsərə] 名 (複-ae [-,ri]) 鑲嵌物：1 鑲嵌用的四角形大理石。2 骨片；木片。

tes·si·tu·ra [ˌtɛsɪ'turə] 名(複～s)〖樂〗音域，聲域。

:test [tɛst] 名 **1** 試驗；考驗；試金石：bear the ～ of time 經得起時間的考驗。**2** 檢驗，檢查；測試；測試方法：a breath ～檢查呼氣中的酒精量 / a ～ of character 一種測試性格的方法 / a means ～《英》家計調查。**3**〖教〗考試，測驗《*in*...》；〖心〗測驗，統計的檢定：a ～ *in* mathematics 數學考試。**4**〖化〗鑑定，試驗，分析；試藥，試劑；指標，證明。**5**《英》灰皿。**6**《英口》= test match. —動 及 **1** 試驗；檢查；考驗《*against*...》。**2**〖化〗對…加以試驗《*for*...》；〖冶〗《主英》評價分析，精製。—不及 **1** 接受試驗《*for*...》。**2** 做試驗鑑定《*for*...》。**3** 測試的結果是…。
test...out / test out... 試試看。

Test. 《縮寫》*Test*ament.

tes·ta ['tɛstə] 名(複-tae [-ti])〖植〗種皮。

tes·ta·cy ['tɛstəsɪ] 名 U 留有遺囑。

·tes·ta·ment ['tɛstəmənt] 名 **1**〖法〗遺言(書)，有關處理動產的遺囑。**2** 契約，誓約。**3**《the T-》聖經；《T-》(一本)新約聖經。**4**《口》信條的揭示。

tes·ta·men·ta·ry [ˌtɛstə'mɛntərɪ] 形 遺言的；遺囑的；根據遺囑的。

tes·tate ['tɛstet] 形 名 留下有效遺囑的[者]。

tes·ta·tor ['tɛstetɚ] 名 立遺囑者。

tes·ta·trix [tɛs'tetrɪks] 名(複-tri·ces [trɪˌsiz]) testator 的女性形。

'test ˌban 名 禁止核子試爆協定。

'test ˌbed 名 試驗台。

'test ˌcase 名〖法〗**1** 測驗案例。**2** 判例。

test-drive ['tɛstˌdraɪv] 動(-drove, -driv·en) 及 試車。**'test ˌdrive** 名 試車。

test·ed ['tɛstɪd] 名 檢查過的；試驗過的；可信賴的。

test·ee [tɛs'ti] 名 受測驗者，考生。

test·er[1] ['tɛstɚ] 名 試驗者，檢查者；試驗器，試驗裝置。

tes·ter[2] ['tɛstɚ] 名 天蓋。

tes·tes ['tɛstiz] 名 **testis** 的複數形。

test-fire ['tɛstˌfaɪr] 動 及 試射(火箭等)。

'test ˌflight 名(新飛機等的)試飛。

test-fly ['tɛstˌflaɪ] 動(-flew, -flown) 及 試飛(航空器或太空船)。

tes·ti·cle ['tɛstɪkl] 名〖解·動〗= testis.

tes·tic·u·lar [tɛs'tɪkjəlɚ] 形〖解·動〗睪丸的。

tes·ti·fi·ca·tion [ˌtɛstəfə'keʃən] 名 U 證明；作證；證言；證據。

·tes·ti·fy ['tɛstəˌfaɪ] 動 (-fied, ～·ing) 不及 **1** 作證，證明；成為證據《*to*...》：～ *to* a person's ability 證明某人的才能。**2** 宣誓；〖法〗作證《*against*...; *for*, *to*...》：～ *against* a person 對某人做不利的證言。—及 **1** 作證；〖法〗宣誓證明。**2** 表明，說明。**3** 公開宣布；告白，承認。

tes·ti·mo·ni·al [ˌtɛstə'monɪəl] 名 **1** 證明書；推薦函。**2** 獎狀，表揚狀，感謝狀；獎品，紀念品。—形 **1** 做為證明的，做為證據的；可當證明書的。**2** 表示感謝的：a ～ letter 謝函。

·tes·ti·mo·ny ['tɛstəˌmonɪ] 名(複-nies) **1** U C〖法〗宣誓證言；證言，證明：bear ～ to... 為…證明。**2** U 證據，證明；表明《*that* 子句》：produce ～ to... 提出…證據。**3**《通常作-nies》神的教訓；《the ～》摩西的十誡；聖經。

test·ing ['tɛstɪŋ] 形 吃力的，辛苦的；試驗的，作試驗用的。

tes·tis ['tɛstɪs] 名(複-tes [-tiz])〖解·動〗睪丸。

test-market ['tɛstˌmɑrkɪt] 動 及 試銷。

'test ˌmatch 名(板球、橄欖球的)國際比賽。

'test ˌpaper 名 **1** 試卷，答案紙。**2** U〖化〗試紙。

'test ˌpattern 名〖視〗檢驗圖。

'test ˌpilot 名〖空〗試飛員。

'test ˌrun 名(機器等的)試運轉；試車。

tes·tos·ter·one [tɛs'tɑstəˌron] 名 U 睪丸脂酮：男性荷爾蒙的一種。

'test ˌtube 名 試管。

test-tube ['tɛsˌtjub] 形 在試管內的；合成的；實驗性的；人工受精的。

'test-tube 'baby 名 **1** 人工受精嬰兒。**2** 體外受精嬰兒，試管嬰兒。

'test ˌtype 名 視力檢查表的文字。

tes·tu·do [tɛs'tjudo] 名(複-di·nes [dəˌniz]) **1**〖城〗龜甲狀盾牌；龜甲狀大盾。**2** 圓形天井。

tes·ty ['tɛstɪ] 形(-ti·er, -ti·est) 易怒的，暴躁的；憤慨的。**-ti·ly** 副, **-ti·ness** 名

te·tan·ic [tɪ'tænɪk] 形〖病〗僵直性痙攣的；〖醫〗破傷風的。

tet·a·nus ['tɛtənəs] 名 U **1**〖病〗破傷風(《口》lockjaw)；〖菌〗破傷風菌。**2**〖生理〗僵直性痙攣。

tetch·y ['tɛtʃɪ] 形(tetch·i·er, tetch·i·est) 易怒的，暴躁的；憤怒的。**-i·ly** 副, **-i·ness** 名

tête-à-tête ['tetə'tet] 形 二人面對面的，祕密的。—名(複～s [-s]) **1** 二個人面對面的談話；密談。**2** S形沙發。—副 僅二個人地；面對面地。

teth·er ['tɛðɚ] 名 **1** 繫繩，鎖鍊。**2** 限度，範圍：at the end of one's ～ 智盡技窮；到達忍耐的極限。—動 及 用繫繩繫於；束縛於《*to*...》。

tetra- 《字首》表「四」之意。

tet·ra·chlo·ride [ˌtɛtrə'klɔraɪd] 名〖化〗四氯化物。

tet·ra·chord ['tɛtrəˌkɔrd] 名〖樂〗**1** 四音音階。**2** 四弦琴。

tet·ra·gon ['tɛtrəˌgɑn] 名 四角形，四邊形。

T

te·trag·o·nal [tɛ'trægənl] 形 **1** 四角形的。**2**〖結晶〗四方晶系的。～**·ly** 副

tet·ra·he·dron [,tɛtrə'hidrən] 名 (複 ～**s**, **-dra** [-drə])〖幾〗四面體。**-dral** 形

te·tral·o·gy [tɛ'trælədʒɪ] 名 (複**-gies**) 四部曲，四聯劇；四部劇。

te·tram·e·ter [tɛ'træmətɚ] 名 形〖詩〗四步格(的)。

tet·ra·pod ['tɛtrə,pɑd] 名**1** 以混凝土製成的四腳砌塊。**2** 四足脊椎動物。

tet·ter ['tɛtɚ] 名 U〖病〗皮疹，皮膚病。

Teu·ton ['tjutn̩] 名 **1** 條頓人：日耳曼民族的一個部族。**2** 德國人，日耳曼人。

Teu·ton·ic [tju'tɑnɪk] 形 **1** 條頓人的。**2** 日耳曼人的；日耳曼語的。**3** = Nordic1. 一名 = Germanic.

Tex.《縮寫》*Texan; Texas.*

Tex·an ['tɛksn̩] 形 名 (美國) 德克薩斯州的[人]。

Tex·as ['tɛksəs] 名 德克薩斯：美國南部一州；首府爲 Austin。略作：Tex.,《郵》TX

Texas 'leaguer 名〖棒球〗落於內野手和外野手中間的飛球安打；德州安打。

·**text**[1] [tɛkst] 名 **1** U C 本文；原始句子，原文：stick to the ～ 不脫離原文。**2** 原本；社會上流傳的版本；不同版本；校訂本。**3** 措詞，表現。**4** 題目，主題，話題。**5** 歌詞。**6**《美》教科書。**7** 聖經的短文，聖經的文句；聖經。**8** = text hand. **9**《～**s**》指定研究的書籍。

text[2] [tɛkst] 動 及 (用手機) 傳簡訊給(某人)。

·**text·book** ['tɛkst,bʊk] 名 教科書：on a ～ basis 完全參照課本。

'text ,edition 名 供學校使用的教科書。

text·er ['tɛkstɚ] 名 過度使用手機傳簡訊者。

'text ,file 名〖電腦〗純文字檔。

'text ,hand 名 粗大的手寫體。

·**tex·tile** ['tɛkstɪl, 'tɛkstaɪl] 名**1** 紡織品，編織物。**2** 編織物的材料。一形 **1** 被織的；可織成的；適於編織的：a ～ fabric 紡織物。**2** 紡織的，編織的。

text·ing ['tɛkstɪŋ] 名 U 用手機傳送或接收簡訊。

'text ,processing 名 文書處理。

tex·tu·al ['tɛkstʃʊəl] 形 **1** 原文的；原本的；遵從原文的，基於原典故的：a ～ quotation 取自原文的引句。**2** 逐字的；依原文意義的。～**·ly** 副

tex·tu·al·ism *['tɛkstʃʊəlɪzəm]* 名 U 主張依據原文，原典主義。

tex·tu·ar·y ['tɛkstʃʊ,ɛrɪ] 形 (關於) 原文的。一名(複**-ar·ies**) 精通原文的人。

·**tex·ture** ['tɛkstʃɚ] 名 U C **1** 織法；織料，布料；織物；質地，觸感；結構，構造：cloth with a rough ～ 質地粗糙的布。**2** 本質，實質；〖美〗質感。**3** 構成要素。**4**〖樂〗音樂的構成要素。
一動 (**-tured, -tur·ing**) 及 **1** 織成…樣子。**2** 弄出…織紋。
-tur·al 形 構造上的。

-textured《字尾》表「質地…的」之意。

T-group ['ti,grup] 名 = encounter group.

Th《化學符號》thorium.

-th[1]《字尾》表「狀態」、「性質」、「動作」之意。

-th[2]《字尾》表序數的接尾詞。

-th[3]《字尾》**-eth** 的別體。

Thai [tɑɪ] 名 **1** 泰國人。**2** U 泰語。一形 泰國的，泰國人[語]的。

Thai·land ['taɪlənd] 名 泰國：首都爲 Bangkok，舊稱 Siam。

Thai·land·er ['taɪləndɚ] 名 泰國人。

thal·a·mus ['θæləməs] 名 (複**-mi** [-,maɪ]) **1**〖解〗丘腦；視丘。**2**〖植〗柱狀花托。

thal·as·se·mi·a,《英》**-sae·mi·a** [,θælə'simɪə] 名 U〖病〗地中海型貧血症。**-mic** [mɪk] 形 名 地中海型貧血症的(患者)。

tha·las·sic [θə'læsɪk] 形 **1** 海洋的。**2** 海灣的。**3** 海產的，生活在海洋中的。

Tha·les ['θeliz] 名 泰利斯 (640?–546? B.C.)：希臘哲學家。

Tha·li·a [θə'laɪə] 名〖希神〗瑟萊亞：**1** the Muses 之一，司喜劇中牧歌的女神。**2** 司美的三女神之一。

tha·lid·o·mide [θə'lɪdə,maɪd] 名 U〖藥〗沙利竇邁(一種鎮靜劑)：a ～ baby 沙利竇邁畸形兒。

thal·li·um ['θælɪəm] 名 U〖化〗鉈。符號：Tl **-lous** [-ləs] 形 (含) 鉈的。

thal·lus ['θæləs] 名 (複**-li** [-laɪ], ～**·es**)〖植〗葉狀體。

Thames [tɛmz] 名《**the** ～》泰晤士河：由英國英格蘭南部經倫敦注入北海。
set the Thames on fire《通常用否定》《主英》做出漂亮的事博得好評，做出驚人的事而成名。

:**than** [ðən,《強》ðæn] 連**1**《用於形容詞、副詞比較級之後》比…，比較：Something is better ～ nothing.《諺》聊勝於無，有總比沒有的好。**2**《用作關係代名詞》。**3**《用於 **anywhere, different(ly), else, other (wise)** 等表選擇，不同的語詞之後》除…，除…以外，和…不同的。**4**《用於 **prefer, preferable, rather, sooner** 等之後》與其…寧可…。**5**《用於 **scarcely, hardly, barely** 之後》= when.
一代《文》《用於受格的關係代名詞 **whom, which** 之前》和…比較，比…更。
more...than not ⇨ MORE (片語)
none other than... ⇨NONE (片語)
nothing more than... ⇨ MORE (片語)
not more than... ⇨ MORE (片語)

than·a·tol·o·gy [,θænə'tɑlədʒɪ] 名 U **1**

T

死亡學。2〖精神醫〗死亡心理學。

than·age ['θenɪdʒ] 图ⓊⒸ領主的土地（擁有權）；其身分。

thane [θen] 图 1〖古英史〗大鄉紳。2〖蘇格蘭史〗領主；族長。

:thank [θæŋk] 動 及 1 表示感謝《*for...*》: ~ one's (lucky) stars 感謝幸運之神。2《通常用未來式》《含強制要求或諷刺、責難之意》請求《*for...*》；拜託。

have (***only***) ***oneself to thank for***... / ***may thank oneself for***...自作自受。

have** a person **to thank for... 把…歸咎於某人。

Thank God ! / ***God be thanked*** !《感嘆》謝天謝地，感謝上帝《偶用 *that* 子句》。

—图 1《通常作~**s**》謝意，致謝。2《~**s**》謝謝。

no thanks to...《通常為諷》一點也不感謝，並非由於…。

Thanks be to God ! 感謝上帝！太好了！

thanks to... 幸虧，由於。

·thank·ful ['θæŋkfəl] 形 感謝的《*to*...; *for*...》；感激的《*to* do, *that* 子句》；表感謝的。

~**·ness** 图Ⓤ感謝，謝恩。

thank·ful·ly ['θæŋkfəlɪ] 副感謝地；《用於句首》謝天謝地。

thank·less ['θæŋklɪs] 形 1 不會令人心存感謝的，吃力不討好的。2 不知感謝的，不知感恩的：a ~ heart 不知感恩的心。

~**·ly** 副, ~**·ness** 图

thanks·giv·er ['θæŋks,gɪvɚ] 图 感謝的人，報恩的人。

·thanks·giv·ing [,θæŋks'gɪvɪŋ] 图 1 Ⓤ感謝，謝恩；Ⓒ感謝的話。2 感謝祈禱。3《**T-**》《美》= Thanksgiving Day.

Thanks'giving ,Day 图 感恩節。

thank-you ['θæŋk,ju] 形 感謝的，表感激的：a ~ note 感謝函。—图謝意的表達。

thank-you-ma'am ['θæŋkju,mæm] 图《美口》道路的坑坑窪窪。

:that [ðət,《強》ðæt] 代 I《指示代名詞》(複 **those**) 1 (1) 那個。(2)《指過去的時間》那時。2 前者。

and all that ⇨ALL 图（片語）

and that (1) 而且，加之：a perfect immovability of expression, *and* ~ rather a sullen one 一個完全不動的表情，而且是不高興的表情。(2)《在英為非標準》等，其他。

at that (1) 然而；雖然如此，儘管那樣。(2) 而且，加之。(3) 照那樣地，按原樣地。(4) 關於這一點就是如此。

for all that 儘管那樣，話雖那麼說。

Take that ! 嘗嘗這個吧！接下這個吧！

that is (***to say***) 亦即，換句話說。

That's it.《口》(1) 就是這樣子。(2) 應作的事全都作了；就那樣結束；就這樣地完成了；除此再也沒辦法了。

That's more like it. 就應該那樣；那才像話；漸漸變好轉了。

That's right.《口》就那樣；是的；《美》贊成。

That's so.《口》不錯，正是如此。

That's that.《口》就那樣吧；就是那麼一回事；就那樣決定了。

That will do. 那樣就夠了；將就將就吧。

with that 這樣說著；於是。

II《關係代名詞》《作關係子句的主詞或動詞、介系詞的受詞》…的人[事，物]。

—形 1 (1)《指人、物、事、時間或前面已敘述的內容等》那，那個。(2)《伴隨前置詞》似…的。(3)《指周知的事，或前面已敘述過的事》那，那個。(4)《含感情的》那個。2《對應於《指示代名詞》2 的用法》《**this**的反義語，指遠方的》那，別的。

that way (1) 向那裡；如那樣地；在那種狀態下。(2)《口》迷戀的，愛戀的；喜歡的《*about, for*...》。

—副 1《口》《限定表量、程度的形容詞和副詞》那樣地，那樣，那麼地。2《英方》《後接副詞子句，修飾程度》。

(***all***) ***that*** 非常。

—連 1《引導名詞子句》(1)《引導主詞子句》。(2)《引導補語子句》: The point is (~) ... 重點是…。(3)《引導受詞子句》。(4)《引導對等子句》。2《以 **it is**...*that* 的形式強調副詞或副詞子句》。3《引導副詞子句》(1)《表目的、意圖的副詞子句》。(2)《表原因、理由的副詞子句》。《表結果的副詞子句，主要以 **so, such** 為先行詞》。(4)《表範圍、限制的副詞子句》。4《文》《在省略主要子句的句子中，引導表願望、期望、悲傷、憤怒、吃驚等的子句》。

Now that... ⇨ NOW 連（片語）

that·a·way ['ðætə,we] 副《方》1 朝所指方向地。2 依所示的方式。

·thatch [θætʃ] 图 1 Ⓤ蓋屋頂的材料；椰子、棕櫚之類。2 稻草蓋的屋頂。3《口》《謔》蓬亂的頭髮。—動 及用茅草覆蓋：a ~*ed* roof 茅草蓋成的屋頂。

Thatch·er ['θætʃɚ] 图 **Margaret Hilda**, 柴契爾（1925– ）：英國第一位女首相（1979–90）。

:that's [ðæts] 1 that is 的縮略形。2 that has 的縮略形。

thau·ma·turge ['θɔmə,tɝdʒ] 图魔術師，創造奇蹟的人。**-'tur·gic** 形魔術師的；魔術的；奇蹟的。

thau·ma·tur·gy ['θɔmə,tɝdʒɪ] 图Ⓤ奇蹟，魔術。

thaw [θɔ] 動 不及 1 融解；解凍《*off, out*》；暖和起來，逐漸溫暖起來《*out*》。2《以 **it** 為主詞》冰雪融解似的變暖和。3 變融洽，變溫和；變緩和。—及 1 使融解《*out*》；使暖和起來；使接近常溫。2 使融洽，使和緩，使冰釋；使敵意緩和。

—图 1 融解；融雪，融霜，融冰；融雪的

T

時令；融冰期，解冰期：《the ～》融冰日。2 融洽，柔和；緊張的緩和，敵意的減少。

:the¹ [ðə, ðɪ,《強》ði]《定冠詞》1 (1)《指示已出現過的名詞》這個，那個。(2)《前面已提過或雖初次出現的名詞，但由其前後關係亦知其所指的事物時》。(3)《附著限定語句時》。(4)《指聽話者知道的事物》。2 (1)《用於專有名詞和準專有名詞前》：～ Philippines 菲律賓 / ～ Atlantic 大西洋 / ～ Vatican 梵諦岡 / ～ Ritz 麗池（大飯店）。(2)《用於專有名詞的複數》…家的人們，…一家人：～ Johnsons 強森一家人。3《普通名詞當專有名詞時》：～ Lake District（英國的）湖區。4《自然界唯一的東西，或與其相當的東西》：～ sun 太陽 / ～ sky 天空 / ～ air 空氣。5《用於人名》(1)《稱號·頭銜》：～ Reverend Robert Hall 羅伯霍爾牧師。(2)《演戲的角色等》。(3)《伴隨形容詞的人名》：～ late Mr. Smith 已故的史密斯先生 / ～ notorious MacDuff 惡名昭彰的麥克達夫。6 最適切的，最符合其名的；典型的；最重要的。7《泛指同類的用法》(1)《人、動物的種類》：language development in ～ child 有關兒童的語言發展。(2)《某種病名》：～ blues 憂鬱症。(3)《用於集合名詞》：～ elite 精英。8《用於單數普通名詞，表示性質或功能等》：*T*- pen is mightier than ～ sword.《諺》文比武強。9《指身體的一部分時，代替所有格》。10《與形容詞、過去分詞連用》(1)《指團體，作複數》：～ rich, ～ wellknown, and ～ able 有錢的人，有名的人和有能力的人。(2)《指一個人》：～ deceased 死者。(3)《指抽象概念，作單數》：have an eye for ～ beautiful 具有對美的鑑識力。(4)《用於專有形容詞，指多數》。11《指人的一生，或一世紀中的十年爲一階段時》：the world situation in ～ nineties 九〇年代的世界局勢。12《用於方位名》：～ south 南方。13《接於 **play, like** 等之後，用於樂器名》：play ～ piano 彈鋼琴。14《通常用於否定句》充分的。15《用於表單位的名詞》。16《與形容詞最高級、序數詞連用》：～ tallest building 最高的建築物。17《在片語中》：on ～ whole 一般而言 / in ～ wrong 犯錯誤。18《特別用於蘇格蘭，代替 **to-**》：～ day = *to*day / ～ morrow = *to*morrow.

the² [ðə《強》ði]（副）1《關係副詞》《修飾形容詞、副詞的比較級》愈發，更加：so much ～ worse 那樣更壞。2《指示副詞》*愈…愈…*。3《置於最高級之前》(1) 特別，尤其。(2) 非常：have ～ greatest difficulty with... 在…方面有非常大的困難。

the·ar·chy ['θiɑrkɪ]（名）(複 -chies) Ⓤ Ⓒ 1 神政，神權政治。2 眾神的系統。

:the·a·ter,《英》**-tre** ['θiətɚ]（名）1 劇場；電影院；觀眾：a drive-in ～ 可坐在汽車裡看的露天電影場 / a movie ～ 電影院。2 階梯教室；《英》手術室。3 劇團，一個劇團；《the ～》戲劇，演劇；《常作 **the** ～》《集合名詞》戲劇作品，戲劇文學：*the* Shakespearian ～ 莎士比亞的全部劇作。4 Ⓤ 戲劇上演的效果。5 舞臺，現場；〖軍〗戰區。6 梯狀山丘，階梯狀的土地。—（形）戰術上的。

the·a·ter·go·er,《英》**the·a·tre-** ['θiətɚ,goɚ]（名）戲迷，常看戲者。

the·at·ri·cal [θɪ'ætrɪkl]（形）1 演戲的：the ～ page 影劇版。2 戲劇般的，不自然的，誇張的。—（名）《～s》1 戲劇公演。2 演員，職業演員。**-cal·i·ty**（名），**～·ly**（副）

the·at·ri·cal·ize [θɪ'ætrɪkə,laɪz]（動）（及）1 戲劇化，角色化。2 裝模作樣地表演，爲達到演出效果而賣弄。

the·at·rics [θɪ'ætrɪks]（名）(複) 1《作單數》演戲法，演出法。2 戲劇性的手法；誇張手法。

The·ban ['θibən]（形）（名）底比斯的[人]。

Thebes [θibz]（名）底比斯：1 尼羅河上游的古埃及首都。2 古希臘的 Boeotia 城市。

thee [ði]（代）1《古》《**thou¹** 的受格》你。2 = thou 1.

·theft [θɛft]（名）1 Ⓤ Ⓒ 竊盜；竊盜罪：commit a ～ 行竊。2〖棒球〗盜壘。

theft·proof ['θɛft,pruf]（形）防盜的。

theign [θen]（名）= thane.

the·ine ['θiin]（名）Ⓤ 咖啡因。

:their [ðɛr,《弱》ðɚ]（代）《**they** 的所有格》1 他們的：～ rescuers 他們的救星 / ～ trip to New York 他們的紐約之旅。2《非標準》《接性別不明的單位名詞或代名詞，代替 **his, her**》那個人的；他的，她的。

:theirs [ðɛrz]（代）《**they** 的所有代名詞》1《作單、複數》他們的東西。2《非標準》《接性別不明的單位名詞或代名詞，代替 **his, hers**》他的（東西）。

the·ism ['θiɪzəm]（名）Ⓤ 1 人格神論；一神論。2 有神論。**-ist**（名）（形）

:them [ðəm,《強》ðɛm]（代）《**they** 的受格》1 他們，她們。2《非標準》《接性別不明的單位名詞或代名詞，代替 **him, her**》。3《作 **be** 的補語，或置於 **than, as** 之後》《口》= they. 4《作主詞》《非標準》= they. —（形）《非標準》那些。

the·mat·ic [θi'mætɪk]（形）主題的，論題的。

-i·cal·ly（副）

·theme [θim]（名）1 題目，主題：the ～ of the meeting 會議的主題。2《主美》論文，作文題。3〖樂〗主題；主旋律；主題曲。4〖文法〗詞幹。

'theme ,park（名）《美》主題遊樂園。

'theme ,song（名）主題曲；信號曲，團歌。

The·mis ['θimɪs]（名）〖希神〗席米斯：司法律、秩序與正義的女神。

:them·selves [ðəm'sɛlvz]（代）(複) 1《加強語意》(1) 他們本身，他們自己，那些東

西本身。⑵《作獨立構句形式上的主詞》。**2**《反身》他們本身。⑴《作動詞的直接受詞》。⑵《作動詞的間接受詞、介系詞的受詞》。**3** 本來的他們。**4**《非標準》⑴《前接人稱不定或性別不明的單數名詞或代名詞，代替 **himself, herself**》。⑵《加強語意，不一定有先行詞相對應》。

:then [ðɛn] 副 **1** 那時候，當時。**2** 其後，之後；其次。**3** 而且，加上。**4**《通常用於句首、句尾》那麼；在那種情況下；《接於 **if** 子句、表條件的命令句之後》那麼。**5** 因此。**6** 有時候。
and then some 而後更多，還有一些。
but then 可是一方面，不過。
(every) now and then ⇨NOW 副（片語）
now then ⇨ NOW 副（片語）
then again《表相反的可能性》不是這樣，若非如此。
then and not till then 到時候才…。
then and there / there and then 當時當地，立即。
well then 那麼。
—形《**the** ～》《限定用法》當時的。
—名Ⓤ《主要用作介系詞的受詞》當時。

thence [ðɛns] 副《文》**1** 從那地方。**2** 從那時起。**3** 基於此，於是。

thence·forth [,ðɛns'forθ] 副《文》從那時起。

thence·for·ward [,ðɛns'fɔrwɚd] 副 = thenceforth.

theo-《字首》表「神」之意。

the·oc·ra·cy [θi'ɑkrəsɪ] 名 (複-**cies**) **1** Ⓤ 神權政治；《**the T-**》僧侶政治。**2** 神權國家。

the·o·crat ['θiə,kræt] 名 神權政治家；神權主義者。

the·o·crat·ic [,θiə'krætɪk] 形 神權（主義）的。

the·od·o·lite [θi'ɑdl,aɪt] 名〖測·天〗經緯儀。

The·o·do·ra [,θiə'dorə] 名〖女子名〗希奧朵拉。

The·o·dor(e) ['θiə,dɔr] 名〖男子名〗希歐多爾（暱稱作 Teddy）。

the·og·o·ny [θi'ɑgənɪ] 名 (複-**nies**) Ⓤ Ⓒ **1** 眾神的起源。**2** 神統記；神統系譜學。

theol.《縮寫》*theol*ogical; *theol*ogy.

the·o·lo·gian [,θiə'lodʒən] 名 神學家。

the·o·log·i·cal [,θiə'lɑdʒɪkl] 形 **1** 神學（上）的，與神學有關的：～ virtue 宗教信仰的美德，神學之德。**2** 神意的；根據聖經的。～**·ly** 副

the·ol·o·gize [θi'ɑlə,dʒaɪz] 動 不及 研究神學。—及 使神學化，把…當作神學處理。

the·ol·o·gy [θi'ɑlədʒɪ] 名 (複-**gies**) **1** Ⓤ 神學。**2** Ⓤ Ⓒ 神學理論。

the·o·rem ['θiərəm] 名 **1**〖數·理則〗定理 **2** 法則。**3** 原理。**-re·mat·ic** [-rə'mætɪk] 形

the·o·ret·i·cal [,θiə'rɛtɪkl] 形 **1** 理論的；理論上的：～ linguistics 理論語言學。**2** 好理論的；好思索的。**3** 非基於實用的。**-cal·ly** 副 理論上。

the·o·re·ti·cian [,θiərə'tɪʃən] 名 理論家。

the·o·ret·ics [,θiə'rɛtɪks] 名 (複)《作單數》理論。

the·o·rist ['θiərɪst] 名 理論家；創造理論的人。

the·o·rize ['θiə,raɪz] 動 不及 建立理論《*about, on...*》。—及 創立學說《*that* 子句》。**-ri·'za·tion** 名

:the·o·ry ['θiərɪ, 'θɪərɪ] 名 (複-**ries**) **1** 理論，學說；方法論《*that* 子句》；〖數〗論：Einstein's ～ of relativity 愛因斯坦的相對論 / verify the ～ *that*... 證實…的學說。**2** Ⓤ 原理：economic ～ 經濟理論。**3** Ⓤ 不切實際的空論。**4** 推測，臆測；見解《*that* 子句》：My ～ is *that*... 我的推測是…。

the·os·o·phy [θi'ɑsəfɪ] 名 Ⓤ **1** 通神學，接神學[術]。**2** 通神學協會的信仰體系。
the·o·soph·i·cal [,θiə'sɑfɪkl] 形, **-phist** 名

ther·a·peu·tic [,θɛrə'pjutɪk], **-ti·cal** [-tɪkl] 形 治療（法）的；有療效的：a ～ community〖心〗集體精神療法團體。**-ti·cal·ly** 副

ther·a·peu·tics [,θɛrə'pjutɪks] 名(複)《作單數》《常作複合詞》治療學[法]。

ther·a·pist ['θɛrəpɪst] 名 治療專家（亦稱 **therapeutist**）。

ther·a·py ['θɛrəpɪ] 名(複-**pies**) Ⓤ Ⓒ《常作複合詞》治療，療法；物理療法；職業療法：radiation ～ 放射線治療。

:there [θɛr,《弱》ðə] 副
I《表場所、方向的副詞》
1 在那裡；往那裡：Look ～. 看那邊！**2**《談話、動作、事件進行中》在那地方。**3** 在那件事，在那點上。**4**《用於引起注意；常帶感嘆詞性質》嗨，嗳，啊：*T-* he comes！嗳！他來了！
II《用於句首，作無意義的形式主詞，後面是引導意義不定的真主詞的副詞，通常不重讀》
5《 **there is**...的句型》。**6**《與 **be** 動詞以外的表存在、發生、出現等義的不及物動詞連用》。**7**《作準動詞意義上的主詞》。
Are you there ?《電話中談話中斷時》喂喂！
be (all) there《口》細心，聰慧；正常。
have been there《俚》全都知道；經驗過；過來人。
here and there ⇨HERE 副（片語）
out there（在）那邊；在海外；在戰場。
over there ⇨ OVER 副（片語）
then and there / there and then ⇨THEN
there and back 往返；《被問及行蹤支吾其詞的答語》去那邊一下。
There is no doing 不可能…：*T- is no* ac-

counting for tastes.《諺》人的好惡無法以理由說明；人各有所好。
there or thereabout 大約，左右。
—图U《主作介系詞、動詞的受詞》那裡，那地方；那一點；那種狀態。
—形 1《口》《用於指示代名詞之後，或指示形容詞所修飾的名詞之後，加強語氣》那裡的。2《非標準》《用於指示形容詞與其修飾的名詞之間，加強語氣》那裡的。—感《表示滿意、安心、激動、安慰等》哎呀！好哇！來吧！
there, there《用於安慰》好啦好啦！別這樣了！

there·a·bout(s) [,ðɛrə'baut(s)] 副 1 在附近，在周遭：the largest hotel ~ 那一帶最大的旅館。2《常作 or ~》大約，左右。

there·af·ter [ðɛr'æftɚ, -'af-] 副《文》隨後，以後。

there·at [ðɛr'æt] 副《古》1 在當場，在那裡；當時。2 因此，於是。

there·by [ðɛr'baɪ] 副《文》1 藉以；從而。2 在那方面，在那一點上。3 在那一帶[附近]。

there·for [ðɛr'fɔr] 副因此，相對地。

:**there·fore** ['ðɛr,for, -fɔr] 副因而，因此，所以。

there·from [ðɛr'fram] 副《文》由那裡；從那個：the conclusion derived ~ 由那一點引出來的結論。

there·in [ðɛr'ɪn] 副《文》1 其中。2 在這點上。

there·in·af·ter [,ðɛrɪn'æftɚ] 副《文》於下文，以下。

there·in·to [ðɛr'ɪntu] 副《古》向其中；往那一點。

there·of [ðɛr'av] 副《文》1 從那個來源；關於那個。2 由於那個；由此。

there·on [ðɛr'an] 副《文》1 在其上；關於那。2 隨後就，於是立刻。

:**there's** [ðɛrz]《口》there is, there has 的縮略形。

The·re·sa [tə'rizə] 图《女子名》特瑞莎。

there·to [ðɛr'tu] 副《文》1 此外，又，加上。2 到那裡；到那種狀況（《古》亦稱 **there·un·to** [,ðɛrʌn'tu, -'--]）。

there·to·fore [,ðɛrtə'for] 副《文》在那許可之前；直到那時候。

there·un·der [ðɛr'ʌndɚ] 副 1《文》在其下；在其數目以下。2 在其許可之下；據此；隨之。

there·up·on [,ðɛrə'pan] 副 1 隨後就，於是立刻。2 於是；因此。3 關於那事。4 而且，加之。

there·with [ðɛr'wɪð, -'wɪθ] 副《文》1 與此；同時；因而；而且，另外，加上。2 接著，隨後。

there·with·al [,ðɛrwɪð'ɔl] 副《古》此外；而且；接著。

therm [θɝm] 图撒姆：熱量單位。

therm-《字首》**thermo-** 的別體。

ther·mal ['θɝml] 形 1 熱的；溫度的：~ agitation 熱騷動。2 溫泉的。3（衣服）保暖的。—图《氣象》上升暖流。~·**ly** 副

'**thermal 'barrier** 图《空》熱障。

'**thermal pol'lution** 图U 熱污染。

'**thermal 'spring** 图溫泉。

therm(e) [θɝm] 图《理》撒姆（熱量單位）。

ther·mic ['θɝmɪk] 形= thermal 1.

therm·i·on ['θɝ,maɪən] 图《理》熱離子。

therm·i·on·ic [,θɝmɪ'anɪk] 形《理》熱離子的：a ~ tube [《英》valve] 熱離子（電子）管。—图《~s》《作單數》熱離子學。

Ther·mit ['θɝmɪt] 图《商標名》= thermite.

ther·mite ['θɝmaɪt] 图U 鋁熱劑。

thermo-《字首》表「熱」之意。

ther·mo·dy·nam·ic [,θɝmodaɪ'næmɪk] 形 1 熱力學的。2 用熱動力的；熱源的。

ther·mo·dy·nam·ics [,θɝmodaɪ'næmɪks] 图U 熱力學。

ther·mo·e·lec·tric·i·ty [,θɝmoɪ,lɛk'trɪsətɪ] 图U 熱電（學）。-'**lec·tric** 形

·**ther·mom·e·ter** [θə'mamətɚ] 图溫度計。

,**ther·mo·'met·ric** 形溫度計上的；溫度測定上的。,**ther·mo·'met·ri·cal·ly** 副

ther·mom·e·try [θɝ'mamətrɪ] 图U 1 溫度測定學；溫度計學。2 溫度測量。

ther·mo·nu·cle·ar [,θɝmo'nuklɪɚ] 形 1 熱核反應的，原子核融合反應的。2 氫彈的：~ bomb 氫彈。

ther·mo·plas·tic [,θɝmo'plæstɪk] 形熱可塑性的。

Ther·mop·y·lae [θɚ'mapə,li] 图塞摩比利山口：位於希臘東部的一個山隘；波斯戰爭時斯巴達全軍覆沒之地。

ther·mo·reg·u·la·tion [,θɝmo,rɛgjə'leʃən] 图U 體溫調節。

ther·mos ['θɝməs] 图《T-》《商標名》熱水瓶。

ther·mo·scope ['θɝmə,skop] 图測溫器。

ther·mo·set·ting ['θɝmo,sɛtɪŋ] 形熱硬化性的。

ther·mo·sphere ['θɝmə,sfɪr] 图《the ~》電離層，增溫層。

ther·mo·stat ['θɝmə,stæt] 图溫度自動調節器，恆溫器。-'**stat·ic** 形溫度自動調節的。

the·sau·rus [θɪ'sɔrəs] 图（複-**ri** [-'raɪ], ~·**es**）1 知識寶庫；詞典，同義詞詞典。2 寶庫。3《電腦》名詞庫。

:**these** [ðiz] 代《this 的複數》這些。—形這些的。

The·seus ['θisjus] 图《希神》西修斯：

雅典王；殺死怪物Minotaur的英雄。

the·sis ['θisɪs] 名 (複-ses [-siz]) 1 論點，主張；學位論文：a graduation ～ 畢業論文。2 題目。3〖樂〗下拍，強拍。4〖哲·理則〗(需論證的) 命題，(辯證法中的) 正。

thes·pi·an ['θɛspɪən] 形 悲劇的；戲劇的。—名 演員，悲劇演員。

Thess. 《縮寫》*Thess*alonians.

Thes·sa·lo·ni·ans [,θɛsə'lonɪənz] 名 (複)《the ～》《作單數》〖聖〗帖撒羅尼迦前書[後書]。略作：Thes, Thess.

the·ta ['θetə] 名 Ⓤ Ⓒ 希臘字母中的第八個字母 (Θ, θ)。

thews [θjuz] 名 (複) 1 肌肉。2《文》體力，氣力。

:they [ðe] 代 (複) (主格 **they**, 所有格 **their**, 所有格代名詞 **theirs**, 受格 **them**) 1《**he**[1], **she**, **it**[1]的複數主格》他們，她們，它們。2 一般人，世人；人們。3《接出處不定或性別不明的單數名詞、代名詞》《口》= he, she. 4《後接形容詞子句》凡…的人；…者：*T*- who live in glass houses should not throw stones.《諺》躬自責而薄責於人。/ *T*- that live longest must die at last.《諺》人皆有一死。5 他們。

:they'd [ðed] they had, they would 的縮略形。

:they'll [ðel] they will, they shall 的縮略形。

:they're [ðɛr] they are 的縮略形。

:they've [ðev] they have 的縮略形。

T.H.I. 《縮寫》《美》*T*emperature-*H*umidity *I*ndex.

Thi·bet·an [tɪ'bɛtn̩] 形名 = Tibetan.

:thick [θɪk] 形 (～·**er**, ～·**est**) 1 厚的；《用於數量名詞之後》有…厚度的：a pillar two feet ～ 厚度兩呎的柱子。2 粗的，肥粗的；粗短的。3 密集的；茂密的，叢生的；濃密的；充滿…的，滿盈的《*with*…》：～ hair 濃髮 / a field ～ *with* wild flowers 開滿野花的原野。4 沉悶的，鬱悶的《*with*…》；濃的；深沉的：a ～ haze 濃霧。5 接連不斷的：a ～ shower of blows 一連幾拳。6 強烈的，明顯的。7 沙啞的，低沉的；不清楚的。8 濃稠的，厚重的；混濁的。9《口》親密的，友好的《*with*…》。10《英口》遲鈍的；愚蠢的，笨的；感覺遲緩的《*of*…》：as ～ as two short planks《俚》實在很笨。11《置於 **a bit, a little, too, rather** 等之後》《敘述用法》《英口》過度的，無法忍受的《*on*…》。

a thick ear 《英俚》揍得腫起的耳朵。

—副 1 厚厚地；肥大地；濃濃地，濃厚地。2 密集地，擁擠地；擠滿地；無數地，眾多地；不斷地，一直地。3 發音不清地，以嘶啞聲音地。

lay it on thick / put it on thick ⇨LAY[1] 動 (片語)

—名《通常作 **the** ～》1 肥大部分。2 最密集的部分；最深部分；最繁忙的時刻，正盛時，方酣。

in the thick of… 在…最激烈的時期。

through thick and thin 不論甘苦，不畏艱難。

thick·en ['θɪkən] 動 及 1 加粗。2 使密集；使密實；使茂盛；使濃厚。3 使混濁；使不清晰。—不及 1 密集化；變密實；茂盛起來；變濃；變混濁；變含糊。2 變激烈；變複雜；變頻繁。

thick·en·er ['θɪkənɚ] 名 1 Ⓤ Ⓒ 使變厚者；增稠劑。2 沉澱濃縮裝置。

thick·en·ing ['θɪkənɪŋ] 名 1 Ⓤ 變厚，變濃。2 Ⓤ Ⓒ 變厚的部分；濃化劑。

·thick·et ['θɪkɪt] 名 1 矮木叢，灌木叢，雜木林。2 類似矮木叢之物；《喻》密集的一堆；錯綜複雜的事物。

thick·head ['θɪk,hɛd] 名 傻瓜。

thick·head·ed ['θɪk,hɛdɪd] 形 笨頭笨腦的，愚蠢的。～·**ly** 副

thick·ish ['θɪkɪʃ] 形 稍厚的。

·thick·ly ['θɪklɪ] 副 厚地，粗胖地；濃濃地密集地；茂盛地；含糊地；嘶啞地；大量地；頻繁地；激烈地。

·thick·ness ['θɪknɪs] 名 1 Ⓤ Ⓒ 厚度；濃度深度；密集。2 Ⓤ 混濁；含糊；愚蠢。3 Ⓤ Ⓒ 粗細。4《通常作 **the** ～》厚的部分。5 層，一層，一張。

thick·set ['θɪk,sɛt] 形 1 繁茂的，茂盛的；密集的，擠在一起的《*with*…》。2 肥胖的，矮胖的。—名 1 草叢，樹叢。2 密實的棉質衣料。

thick-skinned ['θɪk,skɪnd] 形 1 厚皮的。2 無感覺的，厚顏的。

thick-wit·ted ['θɪk,wɪtɪd] 形 頭腦遲鈍的。

·thief [θif] 名 (複 **thieves**) 小偷；竊盜：Set a ～ to catch a ～.《諺》以賊捕賊；以毒攻毒。

thieve [θiv] 動 及 盜取。—不及 盜取，行竊。

thiev·er·y ['θivərɪ] 名 (複-**er·ies**) 1 Ⓤ 偷竊。2 偷竊來的贓物。

·thieves [θivz] 名 **thief** 的複數形。

thiev·ing ['θivɪŋ] 名 = thievery 1. —形 竊盜的；贓物的。

thiev·ish ['θivɪʃ] 形《文》1 有偷竊習慣的。2 小偷似的，偷偷摸摸的。～·**ly** 副 偷偷地；不正當地。～·**ness** 名

·thigh [θaɪ] 名 1 大腿，大腿部；腿部。2〖昆〗= femur 2.

thigh·bone ['θaɪ,bon] 名 大腿骨。

thill [θɪl] 名 轅，車把。

thim·ble ['θɪmbl̩] 名 1 頂針。2〖力〗套圈。3 鐵皮套，金屬筒。

thim·ble·ful ['θɪmbl̩,fʊl] 名 少量；《喻》些許。

thim·ble·rig ['θɪmbl̩,rɪg] 名 1 Ⓤ 隱豆戲法。2 玩這種戲法的人；以此戲法賭博的騙子。—動 (-**rigged**, ～·**ging**) 及 以此種

T

戲法騙：以快速手法的技巧欺騙。～·ger 图騙子。

:thin [θɪn] 形 (～·ner, ～·nest) 1 薄的：～ ice 薄冰。2 細的，瘦長的；筆劃細的，瘦的。3 不密集的，分散的。4 缺乏的，少的。5 稀薄的，缺氧的；不醇的，淡的；貧瘠的：～ wine 摻了水的酒，淡酒。6 沒有內容的；貧乏的；空洞的，淺薄的，一眼望穿的；有氣無力的，纖弱的；不起勁的：a ～ excuse 不充分的理由。7 淡的；微弱的；尖細而弱的：the ～ late afternoon sunshine 午後的微弱陽光。8《口》不愉快的，討厭的；乏味的。

into thin air ⇨ AIR[1]（片語）

out of thin air 破天荒；事出突然，出人意表。

thin on the ground《口》少數，稀少。

—副 1 薄地，細地。2 稀疏地。

—動 (thinned, ～·ning) 及 使稀疏[纖細]；使稀釋；使苗條；使稀落；抽掉；使減少《*down, out*》。—不及 變薄，變細；稀釋；變瘦；變稀疏；減少。

thine [ðaɪn] 代《古》1《thou 的所有格》你的東西。2《thou 的所有格，用於母音或不發音的 h 開頭的名詞之前》你的。

:thing [θɪŋ] 图 1 東西，無生物體：a ～ and its properties 物及其屬性。2 抽象之物：《～s》《常後置形容詞》《常爲謔》物，事實；問題。3 話；想法，意見；論題。4 事業；成就；行爲：do great ～*s* 做大事業。5《～s》事情，情勢，狀況。6《輕蔑或關切》人，生物，動物。7《無法明確表示》物，東西。8 實體，本體。9〖法〗物；動產，不動產。10 事項，細目。11《通常作 the ～》目的，目標。12 (1)《通常作～s》衣服，衣類；外出服。(2)《～s》道具，用具，用品；《one's ～s》隨身品，攜帶物品。13 特定種類。14《口》奇怪的態度；偏見；懷恨《*about...*》。15《the ～》《常與 quite, just 連用》時髦的事；得體的事；重要的事，要點：do not feel *the* ～ 不舒服。16 作品。17 引人注意之物；特性，特徵。18《口》完全符合興趣或才能的事情；發揮自己的本領。

above all things ⇨ ABOVE（片語）

among other things ⇨ AMONG（片語）

and things《口》等等。

a near thing 差之毫釐，千鈞一髮。

a thing or two《口》(1) 值得知道的事，特別或重要的消息。(2) 教訓。

be on to a good thing《口》尋找有利的事。

do one's (own) thing《口》做自己最喜歡的事。

***do the...thing by** a person*《與形容詞連用》以…對待（人）。

do things to... 給予…顯著的影響。

first things first《諺》事有先後；重要的事先做。

(for) one thing...(for another...) 一則…（二則…）。

have a thing about...《口》被迷住，懷有偏見。

hear things 產生幻覺。

***it's a good thing to** do* 做（某事）乃是聰明的作法。

It's a good thing. 那好極了。

just one of those things《口》沒辦法的事；不得不接受的事。

make a good thing (out) of...《口》利用…謀自己的利益；從…中得利。

make a poor things (out) of... 因…受損。

make a thing about... 把…提出來討論。

make a thing of... 過於強調…。

not get a thing out of... (1) 無法從…打聽出。(2) 無法理解。

of all things 竟有此事；怎麼搞的。

one of those things 常有的事；無可挽回的事。

see things《通常作進行式》產生幻覺。

taking one thing with another 綜合考量各種情況。

tell** a person **a thing or two《口》忠告某人。

the done thing 正當的行爲。

(the) first thing 立刻；第一件要做的事。

(the) last thing 最後。

(the) next thing 其次。

thing·um·a·jig, thing·a- [ˈθɪŋəmə,dʒɪg] 图《口》某某東西[人]。

:think [θɪŋk] 動 (thought, ～·ing) 及 1 思考；想；考慮；《與同源受詞 thought 連用》抱有（想法）；《與 cannot 連用》《口》明白。2 想，考慮；相信；猜想。3 把…當作。4 深思，熟慮《*over*》：～ the matter *over* 對那問題一再考慮。5 只想，就想。6《用於 cannot, try to 等之後》記得；想起。7《通常用於疑問、否定》(1)《口》記得。(2) 想到，發覺到。(3)《英》預期。(4)《英》打算。8 想得把…忘了《*away*》；《反身》想成了（某種狀態）。

—不及 1 想，考慮《*of, about...*》。2《常置於 cannot, try to 等之後》想起；腦海中浮現《*of...*》。3 認爲…是適當的；《常用進行式》考慮《*of* doing, *about* doing》。4 想到；考慮到；《用在 won't, wouldn't, couldn't 等否定詞之後》做夢都沒有想到《*of...*》。5 顧及《*of...*》：～ *of* the poor and the handicaped 體念窮人和殘障者。6 把（人、物）想作，看作。7 把（人、物）作一般的評價。8 預期，料想。

I don't think.《口》《用於諷刺、討厭的意味等之後》不敢苟同。

think again 改變想法；重新考慮。

think ahead 期盼《*to...*》。

think aloud 自言自語，邊想邊說。

think back 回想《*to...*》。

think better of... (1) 改變主意，重新考慮《doing》。(2) 評價更高。

think big 心懷壯志。

think fit to do 認為…是正當的。
think for oneself 有自主能力，有主見。
think nothing of... ⇨NOTHING（片語）
Think nothing of it.《口》《用於回答別人的道謝、道歉》哪裡；不謝。
think on one's feet 想得快；反應快。
think...out / think out ... (1)想通；想過之後理解。(2)想出，思考出。
think to oneself 心想；自忖。
think twice 熟慮，三思。
think up《主美》想出，思考出。
think the world of ... ⇨ WORLD（片語）
What do you think of...? 對於（事、物）認為怎樣？
一形《限定用法》《口》思考的；從事研究工作的；增進思考的；令人想起的；訴諸研究工作的。一名《通常作 a～》《口》思考；想法，見解，意見。

think·a·ble ['θɪŋkəbl] 形可思考的；可想像的。一名可想像的事物。

think·er ['θɪŋkɚ] 名 **1**《與形容詞連用》思考的人。**2** 思想家。

·think·ing ['θɪŋkɪŋ] 形《限定用法》**1** 思考的；思索的；有思考力的，明理的，有理性的：a ～ being 有理性的人。**2** 思慮深沉的，慎重的。一名思考；想法；判斷；見解。
～**·ly** 副

'thinking ˌcap 名專心思考的精神狀態。

think ˌtank 名智囊團，智庫。

thin·ly ['θɪnlɪ] 副 些微；稀薄，稀疏；瘦。

thin·ner[1] ['θɪnɚ] 名 **1** Ⓤ Ⓒ 稀釋液。**2** 使稀釋的人[物]。

thin·ner[2] ['θɪnɚ] 形 **thin** 的比較級。

thin·nish ['θɪnɪʃ] 形稍薄的；細的；零散的；弱的。

thin-skinned ['θɪn,skɪnd] 形 **1** 皮薄的。**2** 敏感的，臉皮薄的；易怒的。

thi·o·sul·fate [ˌθaɪo'sʌlfet] 名Ⓤ〖化〗硫代硫酸鹽。

:third [θɝd] 形 **1**《通常作 the ～》第三的；《a～》（任意順序中）第三的（略作：3d, 3rd）：*the* ～ floor《美》三樓，《英》四樓。**2** 三分之一的。**3** 第三級的。一名 **1**《通常作 the ～》第三，三號（之物）；《a ～》第三個人[物]。**2** 三分之一。**3** Ⓤ第三檔，第三速。**4**《通常作 the ～》第三位的人[物]；第三獎；《通常作 a ～》（成績評量的）可。**5**《通常作～s》〖法〗亡夫動產的三分之一。**6**〖樂〗三度音；三度音程。**7**〖棒球〗= third base. **8**《通常作～s》〖商〗三級品。
一副第三，位居三級地。

'third 'base 名 Ⓤ〖棒球〗**1** 三壘。**2** 三壘手守備位置。

'third 'class 名Ⓤ **1** 三級，三流。**2** 三等。**3**《美》第三類郵件。

third-class ['θɝd'klæs] 形 **1** 第三等級的；最下級的；劣等的。**2**《美》第三類（郵件）的。
一副 以第三等，以第三種。

'third de'gree 名《通常作 the ～》**1**《主美》拷問，盤問。**2** 共濟會，會員第三級。

third-de·gree ['θɝddɪ'gri] 動及《主美》拷問，疲勞審訊。一形《限定用法》第三級的，最嚴重的；第三級的：～ burns 第三級燒傷。

'third di'mension 名《 a～》**1** 第三次元，三度空間。**2** 逼真性。
third·di·mension·al 形

'third es'tate 名《 the ～》《偶作T- E-》第三階級，平民。

'third 'finger 名無名指。

'third 'force 名《偶作T- F-》第三勢力。

third·ly ['θɝdlɪ] 副第三地。

'third 'man 名《常作the ～》**1**〖板球〗第三守場員；其位置。**2**〖長曲棍球〗第一號球員；其位置。**3**《口》裁判員。

'third 'party 名《a ～》**1** 第三者，案外人。**2** 第三政黨。

'third 'person 名《the ～》**1**〖文法〗第三人稱。**2** 第三者。

'third 'rail 名 **1**《 the ～》第三軌：代替電車的高架電線。**2**《美俚》不受賄賂的正直者。

third-rate ['θɝd'ret] 形 **1** 三等[三級]的。**2** 劣等的，三流的。**-rat·er** 名

'Third 'Reich 名《the ～》第三帝國：1933－45 年希特勒統治的德國。

'third 'sex 名《 the ～》《集合名詞》《美俚》第三性；同性戀者。

'Third 'World 名《the ～》《偶作 t- w-》第三世界：原指亞非的不結盟國家，現指亞洲、非洲、拉丁美洲的開發中國家。

·thirst [θɝst] 名 **1** Ⓤ Ⓒ 乾，渴：quench one's ～ 解渴。**2** Ⓤ水分不足，脫水狀態。**3** Ⓤ《口》乾燥地帶，沙漠。**4**《常作a ～, 偶作the ～》渴望，熱望，切盼《*for, of* ..., *to* do,《文》*after*...》。一動不及 **1**《文》口渴；口渴而想喝《*for*...》。**2** 渴望，熱望，切盼《*for*...,《文》*after*...》。

:thirst·y ['θɝstɪ] 形 **(thirst·i·er, thirst·i·est)** **1** 口渴的；嗜酒的。**2** 乾的，乾涸的。**3** 很有吸收性的。**4**《通常為敘述用法》《文》狂熱的；渴望的，切盼的《 *for, after*...》：be ～ *for* knowledge 渴望知識。**5**《通常為限定用法》《口》令人覺得口乾舌燥的。
-i·ly 副, **-i·ness** 名

:thir·teen [θɝ'tin] 名 **1** Ⓤ Ⓒ（基數的）十三；Ⓒ 表十三的記號：the ～ superstition 認為十三不吉利的迷信。**2** Ⓤ十三歲；《作複數》十三人[個]。一形十三的，十三人[個]的。

:thir·teenth [θɝ'tinθ] 形 **1**《通常作 the ～》第十三的，十三號的。**2** 十三分之一

的。
—图1《通常作the ~》第十三，十三號。2《a ~, one ~》十三分之一。

:thir·ti·eth ['θɝtɪɪθ] 形 1《通常作 the ~》第三十的，三十號的。2 三十分之一的。
—图1《常作the ~》第三十，三十號（之物）。2《a ~, one ~》三十分之一。

:thir·ty ['θɝtɪ] 图 (複-ties) 1 Ⓤ Ⓒ（基數的）三十；Ⓒ表三十的記號。2 Ⓤ 三十分[歲]；《作複數》三十人[個]。3《the -ties》三十年代，三十度至三十九度之間；《常作 one's -ties, 偶作 the -ties》三十歲到三十九歲之間。4 Ⓤ〖網球〗兩分。
—形 三十的，三十人[個]的。

'thirty-'second ˌnote 图《美》〖樂〗三十二分音符。

thir·ty·some·thing ['θɝtɪˌsʌmθɪŋ] 形 三十歲到三十九歲的。—图 三十歲到三十九歲者。

thir·ty(-)two·mo [ˌθɝtɪ'tumo] 图（複 ~s [-z]）三十二開本。略作 : 32mo, 32°
—形 三十二開的。

:this [ðɪs] 代《指示代名詞》(複 these [ðiz]) 1《直接指事、物、場所、思考內容等》這個；這裡；《指人》這位，這個人。2《指時間》現在，今日，現代。3《與 that 相對，指近處》這邊，後者。4《指說過的或即將要說的》此事。
at this 知道了這件事後；隨即。
this and that 多方面，各種事情。
with this 因此；於是；接著就。
—形 1《對應於《指示代名詞》1的形容詞用法》這，這裡的。2《對應於《指示代名詞》2的形容詞用法》現在的，今日的。3《與 that相對，《指示代名詞》3 的形容詞用法》這，這邊的。4《口》《談話中》某一個[人]的。
this here《俚》這，這個。
this much《指即將說出的事》就這麼多。
—副《口》《與表程度、量的形容詞、副詞連用》這麼，這樣。

This·be ['θɪzbɪ] 图〖希神〗⇨PYRAMUS AND THISBE

this·tle ['θɪsl] 图〖植〗薊。

this·tle·down ['θɪslˌdaʊn] 图 Ⓤ〖植〗薊的冠毛。

this·tly ['θɪslɪ] 形 如薊的；有刺的；麻煩的 : a ~ personality 乖戾的性格。

thith·er ['θɪðɚ, 'ðɪðɚ] 副《文》往那邊，往那裡。—形 位於那一邊的；向那一邊的；遠離的。

tho, tho' [ðo] 連 副《口》= though.

thole[1] [θol] 图槳架，橈座。

thole[2] [θol] 動 及《主蘇》爲…所苦，蒙受…的苦。

Thom·as ['tɑməs] 图1〖聖〗多馬 : 基督十二使徒之一。2〖男子名〗湯瑪斯 : 暱稱 Tom,Tommy。

Thomp·son ['tɑmpsn̩] 图 **Francis**, 湯普森（1859－1907）: 英國詩人。

'Thompson subma'chine ˌgun 图湯普森式小型機關槍。

Thom·son ['tɑmsn̩] 图 **James**, 湯姆生（1700－48）: 出生於蘇格蘭的英國詩人。

thong [θɔŋ, θɑŋ] 图1 皮帶。2《美》人字拖鞋。3 丁字褲。

Thor [θɔr] 图〖北歐神〗雷神。

tho·rac·ic [θo'ræsɪk] 形 胸腔的。

tho·rax ['θoræks] 图(複~·es, -ra·ces [-rə,siz]) 1 胸廓；胸部。2 胸甲，護胸。

tho·ri·um ['θorɪəm] 图 Ⓤ〖化〗釷。符號 : Th

thorn [θɔrn] 图 1 刺，針；刺狀物；Ⓤ Ⓒ 荊棘；《常作複合詞》有刺的植物 : haw thorns 山楂子。2 刺形字（þ）。3 痛苦的原因，令人痛苦之物[人] : a crown of ~*s* 荊棘花冠；苦難 / a ~ in one's flesh 芒刺在背。

'thorn ˌapple 图〖植〗1 曼陀羅。2 山楂果。

thorn·y ['θɔrnɪ] 形 (thorn·i·er, thorn·i·est) 1 多刺的。2 長滿荊棘的。3 像刺的。4 痛苦的，心痛的；棘手的。

thor·o ['θɝo, 'θɝə] 形副《口》= thorough.

tho·ron ['θorɑn] 图〖化〗釷射氣。符號 : Tn

:thor·ough ['θɝo, -ə] 形 1 徹底的；周到的 : give a person a ~ scolding 嚴叱某人。2《限定用法》完全的，到底的，道地的。3 仔細的，任勞任怨的。—图（一般的）徹底的行動或政策。
~·**ness** 图

thor·ough·bred ['θɝoˌbrɛd] 形 1 純種的；優秀品種的。2 出身於良好家庭的，有氣質的；受過嚴格訓練的。
—图1《T-》純種賽馬。2 純種動物。3 有教養的人；最高級的汽車。

·thor·ough·fare ['θɝoˌfɛr] 图 1 道路，街道；大路；通道。2 Ⓤ通行 : No ~.《布告》禁止通行；此路不通。3 水路。

thor·ough·go·ing ['θɝoˌgoɪŋ] 形 1 做事徹底的，有始有終的；貫徹始終的。2《限定用法》完全的，十足的 : a ~ failure 完全的失敗。~·**ness** 图

·thor·ough·ly ['θɝolɪ, -ə-] 副 完全地；全然地；徹底地。

thor·ough·paced ['θɝoˌpest] 形 1（馬）習慣於一切步調的。2 完全的；徹底的。

:those [ðoz] 代《that的複數》《指示代名詞》1 那些。2《通常作 ~ who, ~ whom》人們，眾人 : ~ present 出席者。3《通常以 ~ of, 代替前面的複數名詞》那個。
—形 那些的。

thou[1] [ðaʊ] 代（《單數》主格 thou, 所有格 thy 或 thine, 受格 thee,《複數》主格 you 或 ye, 所有格 your 或 yours, 受格 you 或 ye）《古》〖詩〗你，汝。

thou[2] [θaʊ] 图 (複~s,《用於之後》~)《俚》一千美元；一千。

:though [ðo] 連 **1** 雖然，儘管。**2**《引領一個補充說明，置於主要子句之後》可是。**3**《常作**even** ～》縱然，即使。**4**《文》《～..., **yet** ...》。
as though... 宛若，好像。
What though...?《罕》縱令…也無妨。
一副《用於句尾或用作插句》可是，然而，但，卻。

:thought[1] [θɔt] 名 **1** Ⓤ《與其修飾語句連用》思潮；思想：scientific ～ in the 19th century 十九世紀的科學思潮。**2** 想法，觀念。**3** Ⓤ思考力，想像力：beyond the realm of human ～ 超出人的想像範圍。**4** Ⓤ思索，思考；沉思，冥想。**5** Ⓤ Ⓒ省察，考慮；熟思：give a ～ to... 對…作一省察 / spend some ～ how to do it 思索一下如何去做。**6** Ⓤ意圖，意向；預料，預期《*of*..., *of doing*》: with the ～ *of* doing 想要做…。**7** Ⓤ Ⓒ 顧及，關心《*for*...》: take ～ *for* tomorrow 考慮將來 / have no ～ *for* a person 對某人不關心。**8**《～**s**》判斷，信仰，信念：set one's ～*s* in order 整理自己的思緒。**9**《**a** ～》《作副詞》少許。
(as) quick as thought / at a thought / without a moment's thought 立刻，馬上，不加思索地。

:thought[2] [θɔt] 動 **think** 的過去式及過去分詞。

·thought·ful ['θɔtfəl] 形 **1** 沉思的，心事重重的：a ～ stroll 沉思漫步。**2** 意境深遠的，富有思想的。**3**《敘述用法》留意的《*of, about*...》: be ～ *of* one's reputation 對自己的名譽很在意。**4** 體貼的，周到的《*of, about, for*...》；表達心意的：be ～ *of* a person 體諒人。～**·ly** 副, ～**·ness** 名

thought·less ['θɔtlɪs] 形 **1** 輕率的，考慮不周的，不加思索的《*of, for*...》: be quite ～ *of* the future 一點都不考慮將來會如何。**2** 不體貼的，不親切的。**3** 無思考力的，愚蠢的。～**·ly** 副, ～**·ness** 名

thought-out ['θɔt'aʊt] 形《通常與副詞連用》仔細思考過的，考慮周全的。

thought-provoking ['θɔtprə,vokɪŋ] 形 發人深思的。

thought-read·er ['θɔt,ridɚ] 名 能看透人心者；察心術者。

'thought ,trans,ference 名 Ⓤ精神感應，心電感應。

:thou·sand ['θaʊzn̩d] 名 (複～**s**,《置於數字之後》～) **1**（基數的）一千；表一千的符號。**2** 一千人[個]；〖數〗千位。**3**《～**s**》多數，大量。
a thousand to one 幾乎確實的，必定的；渺茫的。
一形 一千的，一千人的；無數的。
a thousand and one 非常多的，無數的。

thou·sand·fold ['θaʊzn̩d'fold] 形 一千倍的；由一千個部分所構成的。
一副（亦稱 **thousandfoldly**）一千倍地。

Thousand 'Island 'dressing 名 Ⓤ〖美烹飪〗千島沙拉醬。

thou·sandth ['θaʊzn̩dθ] 形 **1**《通常作 **the** ～》第一千的，第一千個的。**2** 千分（之一）的。一名 **1** 千分之一。**2**《通常用 **the** ～》第一千（個）。**3**（十進位）小數點以下第三位。

Thrace [θres] 名 色雷斯：Balkan 半島東部的古地區；現分屬希臘及土耳其。

thrall [θrɔl] 名 **1** 奴隸；Ⓤ《通常前接**in**》奴隸的境遇，束縛。**2** 俘虜《*of, to*...》。
'thral(l)·dom 名 Ⓤ奴隸的身分；束縛；隸屬。

·thrash [θræʃ] 動 及 **1** 毒打，鞭打。**2** 揮動；拍打。**3**《口》痛宰，重挫。**4** 打。
一不及 **1** 翻來覆去，東碰西撞《*about, around*》；拍打《*against*...》。**2** 打穀。
thrash...out / thrash out ... (1) 徹底討論。(2)（討論後）獲得。
thrash the life out of *a person* 揍死某人；痛毆某人。
一名 **1** 打；打垮。**2** 打穀。**3**〖泳〗打水動作。
～**·ing** 名 鞭打；打穀；一次的打穀量。

thrash·er ['θræʃɚ] 名 **1** 鞭打的人；打穀機。**2**〖鳥〗美洲長尾鳥。

thra·son·i·cal [θre'sɑnɪkl] 形 驕傲的，自誇的，自大的。～**·ly** 副

·thread [θrɛd] 名 **1** Ⓤ Ⓒ 線，細絲；細絲，纖維；〖纜〗單線；《美》棉線；《英》粗棉線。**2** 細線狀物；絲；細流；細脈，細層：a ～ of pain 一絲疼痛。**3** 脈絡，線索：gather up the ～*s* 綜合（故事的）主要線索。**4** 螺紋。**5**《**the** ～》命脈，生命。**6**《～**s**》《美俚》衣物，衣服。
do not have a dry thread on *one* 全身溼透。
hang by a thread 千鈞一髮，岌岌可危。
thread and thrum 一切，所有，全部。
一動 及 **1** 穿線於；貫穿；穿在線上，穿連；裝入；裝軟片於。**2** 夾雜於《*with*...》。**3**《常以 **one's way** 作受詞》穿過《*through, among, between*...》。**4** 刻上螺紋。一不及 **1** 穿過（…）《*across, along, through*...》。**2** 變成細絲狀。**3** 曲折而進，蜿蜒。
～**·,like** 形, ～**·less** 形

thread·bare ['θrɛd,bɛr] 形 **1** 磨破的，穿舊的。**2** 穿破爛衣服的，衣衫襤褸的。**3** 寒酸的，粗陋的。**4** 老套的，陳腔濫調的：a ～ story 老套的故事。～**·ness** 名

'thread ,mark 名 綾紋。

thread·worm ['θrɛd,wɝm] 名 線蟲；蟯蟲。

thread·y ['θrɛdɪ] 形 (**thread·i·er, thread·i·est**) **1** 線（狀）的。**2** 黏稠的，拉絲的。**3** 微弱的；纖細的，有氣無力的。

·threat [θrɛt] 名 **1** 恐嚇，脅迫《*to*...》；威脅《*to* do, *that* 子句》；《常用單數》（對…）構成威脅的人[事物]。**2**《常作 **a** ～》前兆，徵候《*of*...》。

T

·threat·en ['θrɛtn̩] 動及 1 威脅，恐嚇。2 脅迫（去做…）《*into..., into doing*》；威脅（人）《*with...*》。3《文》逼迫，逼近。4 有…的前兆，似乎要…。—不及 1 脅迫，恐嚇。2 受脅迫。3 逼在眼前，似乎要發生。
～·er 名, ～·ing·ly 副

·threat·en·ing ['θrɛtənɪŋ] 形 1 恐嚇的。2（天氣、情勢等）要轉壞的，險惡的。

'threatening ˌletter 名恐嚇信。

:three [θri] 名 1 U C（基數的）三；C 表三的記號。2 U 三點鐘；三歲；《作複數》三人[個]。3（撲克牌、骰子等的）三點。4 三號的衣服。—形 三的，三人[個]的。

three-bag·ger ['θri'bægɚ] 名〖棒球〗《俚》= triple.

3C《縮寫》computer, communication and consumer electronic 電腦、通訊和消費性電子產品整合應用的資訊家電。

three-col·or ['θri,kʌlɚ] 形 三色的；三色製版法的。

three-cor·nered ['θri'kɔrnɚd] 形 1 有三個角的，三角的。2 含三方的，由三個組成的。

3-D, three-D ['θri'di] 形 立體的：～ movies 立體電影。—名 U C 立體。

three-deck·er ['θri'dɛkɚ] 名 1 三層甲板船；《昔》三層甲板軍艦。2 三層三明治。3 三層的東西；三冊一部；三層式講臺。4《口》重要的東西[人]。

three-di·men·sion·al [ˌθridə'mɛnʃənl] 形 1 三次元的，三度空間的；立體的，有立體感的。2 逼真的；栩栩如生的。3〖軍〗（戰爭等）陸海空聯合作戰的。4 完全的，全面性的。

three-fold[1] ['θri,fold] 名 三面布景。

three·fold[2] ['θri,fold] 形 由三部分構成的，三重的，三倍的：a ～ choice 三選一。
—副 三倍地：increase ～ 增加三倍。
—名 U 三（倍）。

3G《縮寫》the third generation of mobile communications 第三代行動通訊系統。

three-half·pence ['θri'hepəns] 名 U 一辨士半。

three-leg·ged ['θri'lɛgɪd] 形 1《口》三桅的。2 三腳的。

'three-line 'whip ['θrilaɪn-] 名《英》緊急通知，動員令。

'three-mar'tini ˌlunch 名《美》（商業上交際應酬時食用的）豐盛的午餐。

three-mast·er ['θri'mæstɚ] 名〖海〗三桅帆船。

'three-mile 'limit ['θri,maɪl-] 名《the ～》〖國際法〗沿海岸三浬領海界限。

three·pence ['θrɪpəns, 'θrɛp-] 名《英》1《作單、複數》三辨士（的金額）。2 三辨士的英國白銅幣。

three·pen·ny ['θrɪpənɪ, 'θri,pɛnɪ] 形《英》1 三辨士的：a ～ bit（舊）三辨士銅幣。2 便宜的，不值錢的。

three-phase ['θri,fez] 形〖電〗三相的。

three·piece ['θri'pis] 形（衣服、家具等）三件一套的。—名 三件式的服裝；三件一組。

three-ply ['θri'plaɪ] 形 三層的，三條合成的：a ～ rope 三股捻成的繩子。

'three-point 'landing ['θri,pɔɪnt-] 名 1 U C〖空〗三點著陸。2《口》漂亮的表演。

three-quar·ter ['θri'kwɔrtɚ] 形 1 四分之三的。2 半側面的；半身的。—名 1 四分之三。2 半側面的畫像。3〖橄欖球〗中後衛。

'three-ringed 'circus ['θri,rɪŋ(d)-] 名 1 同時在鄰接的三個表演場表演的馬戲團。2 熱鬧壯觀的場面；熱鬧混亂的演出。

'three 'R's 名(複)《the ～》1《作複數》初級教育三要素（讀、寫、算）。2《作單數》基本知識，基本技術。

three·score ['θri'skor] 形六十（歲）的；《作名詞》六十歲：～ and ten 七十歲。

three·some ['θrisəm] 形 1 由三個構成的，三重的。2 三人一起的。—名 1 三人一組；三人競技；三人一起的性交。2〖高爾夫〗一人對抗二人的比賽。

thren·o·dy ['θrɛnədɪ] 名(複 **-dies**)《文》悲歌，輓歌。**thre·nod·ic** [θrɪ'nadɪk] 形, **-dist** 名 輓歌作者；唱哀歌的人。

thresh [θrɛʃ] 動及 1 使其脫粒，打（穀）。2 吹得啪噠作響；拍打；搖擺。3 徹底討論《*out, over*》。—不及 1 打穀。2 打，揍。3 滾翻，打滾《*about*》。

thresh·er ['θrɛʃɚ] 名 1 打穀機；打穀的人。2〖魚〗長尾鯊。

'threshing maˌchine 名打穀機。

·thresh·old ['θrɛʃold, 'θrɛʃhold] 名 1 門檻；入口，門口：cross the ～ of... 跨過…的門檻。2《常用單數》開始，發端，出發點。3〖心·生理〗閾，界：the ～ of consciousness 意識閾，識閾。—形《英》物價指數波動調薪制的。

:threw [θru] 動 throw 的過去式。

thrice [θraɪs] 副《文》1 三次，三回；三倍。2《常作複合詞》非常地，極其。

·thrift [θrɪft] 名 U 1 節儉：exercise ～ 履行節約。2《美》《通常作～s》互助儲蓄銀行。3〖植〗濱簪花。

'thrift ˌshop 名《美》舊貨廉售店；慈善義賣舊貨商店。

thrift·y ['θrɪftɪ] 形 (**thrift·i·er, thrift·i·est**) 1 節約的，節儉的：a ～ household manager 節儉的家庭主婦。2 欣欣向榮的，繁茂的。3 繁榮的，興隆的。**-i·ly** 副, **-i·ness** 名

·thrill [θrɪl] 動及 1 使激動，使震顫《*with ...*》：～ a person *with* horror 使某人因恐懼而戰慄。2 使（地面、弦等）振動。—

不及 1 移動，穿過《*along, in, over, through...*》；怦然心動，興奮《*at, over, to, with ...*》。2 顫抖《*with...*》。—名 1 戰慄，顫抖。2 震顫感。3〖病〗震顫（音）。4《英俚》刺激驚險之物。

thrill·er ['θrɪlɚ] 名 1 令人興奮的事物。2《口》驚悚作品，恐怖刺激作品。

thrill·ing ['θrɪlɪŋ] 形 1 令人興奮的，驚悚的：a～adventure 驚險刺激的冒險。2 震顫的，顫抖的。

～**·ly** 副

thrive [θraɪv] 動（**throve** 或 **thrived**, **thrived** 或 **thriv·en**, **thriv·ing**）不及 1 興盛，繁榮；成功；發財：a *thriving* business 興隆的生意。2 欣欣向榮，繁茂：～ on milk 靠牛奶茁壯長大。**'thriv·ing** 形，**'thriv·ing·ly** 副

thriv·en ['θrɪvn̩] 動 **thrive** 的過去分詞。

thro, thro' [θru] 介《古》= through.

·**throat** [θrot] 名 1 咽喉，喉嚨；喉頭：a sore ～ 喉嚨痛 / be full (up) to the ～ 飽到喉頭。2 喉狀物；頸；煙囪口；管狀器官開口部分；拍面至柄之間的部分；錨臂的彎曲部分；袖口；狹隘通道。3 嗓音。4 鞋或靴前端的鞋面。

a lump in** one's **throat ⇨ LUMP[1]（片語）

at the top of** one's **throat 盡量大聲[高聲]。

be at each other's throats 激烈爭吵。

cut one another's throats 《口》互相殘害，兩敗俱傷。

cut** one's **(own) throat 自刎；自取滅亡。

cut** a person's **throat (1) 割斷某人的喉嚨。(2) 使某人毀滅。

give** a person **the lie in** a person's **throat 指責某人撒謊。

jump down** a person's **throat《口》厲聲嚴叱某人；使某人啞口無言。

lie in** one's **throat 撒謊，信口開河。

ram ... down** a person's **throat《口》強迫某人接受。

stick in** one's **throat 《口》（話等）哽在喉嚨；（提案等）難以接受；（骨頭等）哽在喉嚨。

throat·ed ['θrotɪd] 形《複合詞》有…的喉嚨的。

throat·y ['θrotɪ] 形 (**throat·i·er**, **throat·i·est**) 1 由喉嚨發出的，沙啞的，喉音的。2 喉嚨下垂的。**-i·ly** 副，**-i·ness** 名

·**throb** [θrɑb] 動(**throbbed**, ～**·bing**)不及 1 跳動，悸動；抽動，抽痛《*with...*》。2 顫動；律動；震動《*away*》。3 感動；興奮。

—名 1 悸動，跳動，搏動；振動；顫動。2 感動，興奮，心跳。

throes [θroz] 名(複) 1《文》劇痛，激烈的痛苦。2 苦鬥，掙扎；臨死時的痛苦；分娩時的痛苦，陣痛。

throm·bo·sis [θrɑm'bosɪs] 名 (複**-ses** [-siz]) U C〖病〗血栓症。

throm·bus ['θrɑmbəs] 名 (複**-bi** [-ˌbaɪ])〖醫〗血栓。

·**throne** [θron] 名 1 寶座，王座。2《the ～》王位；王權；主權者；國王，皇帝。3 神座。4《～s》座天使。

·**throng** [θrɔŋ] 名 1 群眾，人群：a ～ of people 一群人。2 多數，眾多。—動 不及 擁擠，蜂擁而至。—及 1 聚集在；擁至。2 填滿，充滿《*with...*》。

thros·tle ['θrɑsl] 名〖鳥〗《英》《詩》鶇，畫眉。

throt·tle ['θrɑtl̩] 名 1 槓桿，油門踏板。2 節流閥。

—動 及 1 勒住喉嚨使窒息，勒死；使窒息。2 壓制。3〖機〗調節流量；使降壓；使減速《*down, back*》；改變推進力。**-tler** 名

:**through** [θru] 介 1 通過，貫穿：drive ～ a red light 闖紅燈。2《通道》穿過。3《場所》遍經。4《時間》整整，自始至終：work ～ the afternoon 工作整個下午。5《美》《期間》到，迄。6《方法、手段》藉著，經由：talk ～ an interpreter 透過口譯員談話。7《過程、階段》經過，通過：numbers one ～ nine 一到九號。8《終了、完了、經驗》完，盡；經歷：go ～ an operation 接受手術。9《原因、動機、理由》由於，為了：advance ～ flattery 靠奉承而晉升。—副 1 貫穿地，從一端到另一端。2 直通《*to...*》。3《時間》整整。4（由最初）到完成，到終了。5 到最後。6 完全地，徹底地。7 做完《*with...*》；無用地，完了。8《電話》(1)《美》完畢。(2) 接通《*to...*》。

be through with... (1) ⇨ 副 7. (2) 絕交；《口》吹了；斷絕關係。(3)《口》厭煩。

through and through 完全，徹底；徹頭徹尾，各方面都。

—形《限定用法》1 穿孔的，貫通的；聯通的。2 直達的；直通的。

:**through·out** [θru'aʊt] 介 1《場所》到處，遍及。2《時間》整整，自始至終：～ the year 整年。

—副《通常用於句尾》1 全部，到處；徹頭徹尾，各方面，任何時候。2 始終。

through·put ['θruˌpʊt] 名 U 處理量；處理效能。

'**through ˌstreet** 名 幹道，直通街道。

through·way ['θruˌwe] 名《美》= thruway.

·**throve** [θrov] 動 **thrive** 的過去式。

:**throw** [θro] 動 (**threw**, **thrown**, ～**·ing**) 1《與表方向的副詞連用》投擲，擲；投給：～ an old suit away 把舊衣服丟棄 / ～ a package down 把包裹往下丟 / ～ in a bit of salt 投入少許的鹽。2 投過去；投向；使飽嘗：～ a rock at the window 對著窗戶丟石頭。3 丟棄；灑在，朝向，投向《*on, over...*》：～ light *on...* 把光朝向…；弄清楚…，闡明…。4 投入；投注於；使成為；放入轆轤《*into...*》。5 猛動；環繞《

T

about, around...》: ～ one's arms *around* a person's neck 抱住某人的脖子。6 架（橋等）: ～ a bridge across a chasm 在峽谷上架橋。7 撞及，碰觸。8 匆忙穿上《*on*》；匆忙脫掉《*off*》；蛻（皮）；掉落。9 放大（聲音）。10〖機〗《美》轉動；接通，切斷。11 打出，放棄；擲（骰子）；用骰子搖出（點數）。12 摔倒；震落，使墜馬。13《美口》故意輸掉（比賽）。14 產下（幼子）；出產。15《美口》使驚訝。16《口》舉行（宴會）。—不及 1 投，拋。2 跳向《*at...*》。3 擲骰子。

throw about 改變航向。

throw...about / throw about... (1) 亂丟。(2)《口》浪費《*on...*》。

throw aside 捨棄，放棄；拋棄。

throw...away / throw away... (1) ⇨動及1. (2)《反身》白費時光《*on...*》。(3)《主要用被動》使浪費《*on...*》；錯失，未加以利用。(4)〖劇〗無意中說出。

throw back (1) 回溯到《*to...*》。(2) 隔代遺傳《*to...*》。

throw...back / throw back... (1) ⇨動及1. (2) 伸直。(3) 延遲，阻止。(4) 使返回到…《*to...*》；重新提起…來指責某人《*at...*》。(5)《通常用被動》使依賴《*on, upon...*》。(6) 反射。

throw...down / throw down... (1) ⇨動及 1. (2) 拆除。(3) 放棄。(4)〖化〗使沉澱。(5)《反身》使臥下。(6)《俚》拒絕，否定。

throw down the gauntlet ⇨GAUNTLET[1]（片語）

throw in 合作，參加合夥經營《*with...*》。

throw...in / throw in... (1) ⇨動 及1. (2) 增添，附贈；偶爾插入（話語等），穿插《*that* 子句; *with...*》。(3) 使咬合；合作《*with...*》。(4)〖牌〗打出，放棄。

throw...in one's mind 把…記在心裡。

throw in the sponge 《俚》承認失敗；投降。

throw off (1) 開始打獵。(2) 說藐視人的話，出言傷人。

throw...off / throw off... (1) ⇨動及8. (2) 脫離；擺脫；治癒。(3) 甩掉。(4) 放出，發出。(5) 輕易地編寫。(6) 使驚慌失措；使混亂。

throw...open / throw open... (1) 砰然推開。(2) 開放《*to...*》。

throw...out / throw out... (1) ⇨動及 1. (2) 捨棄，袪除。(3) 發出，陳述；隨便說。(4) 趕起，攆走。(5) 不予考慮，拒絕；駁回，否決。(6) 使混亂；使犯錯《*in...*》。(7)〖棒球〗傳球使（跑壘者）出局。(8) 增建。(9) 鬆開。(10) 扭傷。

throw over (1) 捨棄；放棄。(2) 推翻。

throw oneself at a person (1) 討好某人。(2)《美口》想引起某人的注意。

throw oneself into... 全力從事於。

throw oneself on [upon]... (1) 依賴。(2) 猛攻，猛襲。

throw the bull 《俚》胡說八道，吹牛。

throw...together / throw together... 《常用被動》(1) 匆匆整理；草草完成。(2) 使交往，使成為同伴。

throw up (1) 急飛上升。(2) 嘔吐。

throw...up / throw up... (1) ⇨動及1. (2) 突然揮起；抬起。(3) 放棄；辭職。(4) 匆匆建造。(5) 吐出。(6) 指責《*to...*》。(7) 使起眼。(8) 產生。

—名 1 投，發射。2 投擲的距離；射程距離；擴音器到聽眾間的距離；放映的距離；舞臺燈的照明距離。3《口》冒險，孤注一擲。4 披肩，圍巾；《主美》薄的毯子。5（釣線等的）一拋。6（骰子等的）一擲；擲出的點數。7〖角力〗拋摔術。8《美口》（物品的）每一。

throw·a·way ['θroə,we] 名 1《美》廣告傳單。2 不經意的說詞。3 拋棄物；廢物: an astounding 60,000 million～*s* 驚人的六百億廢棄物。4《口》被家庭、學校或社會摒棄的青少年。—形 1 用完拋棄的。2 不經意說出的，隨口的。

throw·back ['θro,bæk] 名 1 拋回，扔回。2〖影〗閃回鏡頭。3 退步，開倒車；逆轉，倒行，倒轉；惡化；阻止。4 返祖現象，隔代遺傳者。

throw·er ['θroɚ] 名 拋擲者[物]。

throw-in ['θro,ɪn] 名 1（足球）擲邊線球。2〖棒球〗（由外野）擲回的球。

:thrown [θron] 動 **throw** 的過去分詞。

throw-off ['θro,ɔf, -ɑf] 名（打獵、賽跑等的）開始，出發。

'throw ,pillow 名 抱枕。

'throw ,rug 名《美》小塊地毯。

thru [θru] 介副形《美口》= through.

thrum[1] [θrʌm] 動 (**thrummed**, **～·ming**) 不及 1 不經心地彈奏吉他《*on...*》；發出彈奏的聲音；連續發出單調的聲音。2 敲打《*on...*》。—及 1 撥，彈。2 敲。3 單調地重複。—名 隨便彈奏（的聲音）；單調的聲音。

thrum[2] [θrʌm] 名 1 紗頭，線頭；《～s》接頭紗。2 線屑；散縷。3《～s》〖海〗羊線或麻線碎屑。—動 (**thrummed**, **～·ming**) 及 把繩屑嵌入。～**·my** 形 用線頭做成的；多毛的。

·thrush[1] [θrʌʃ] 名 1 鶇科鳥的通稱；畫眉鳥。2《俚》職業女歌手。

thrush[2] [θrʌʃ] 名 U 1〖病〗鵝口瘡。2〖病〗念珠菌陰道炎。

·thrust [θrʌst] 動 (**thrust**, **～·ing**) 及 1 強推，猛推；插入（…）《*in, into...*》；推開…而前進: ～ one's hands *in* one's pockets 把手插入口袋。2 刺殺《*with...*》；刺進《*into...*》。3 伸出；趕走《*out*》；延伸，伸展《*up*》。4 強行將（…）加於《*on, upon...*》；迫使《*into...*》；《反身》擠進，插入《*in, into...*》: ～ *oneself* through the crowd 擠過人群 / be ～ *into* fame 突然出名。—不及 1 用力推進，突刺，猛撲《

at...》。**2** 延伸《*up*》。**3** 推開（…）前進《*through...*》；衝進《*into...*》。—图 **1**《常作**a** ～》用力推。**2** 酷評，諷刺；攻擊，襲擊。**3**《美》目的，目標。**4** ⓊⒸ〖機〗推力；〖地質〗逆斷層。

thrust·er, thrus·tor ['θrʌstɚ] 图 **1** 推進物。**2**《英俚》鑽營者；強求名利者。**3** 推力引擎。

'thrust ˌstage 图（三面被座位環繞的）伸展舞臺。

thru·way ['θru,we] 图《美》高速公路。

Thu·cyd·i·des [θju'sɪdə,diz] 图 修西狄底斯（460?–400? B.C.）：希臘歷史學家。

thud [θʌd] 图 **1** 重擊聲；砰擊聲。**2** 重重的一擊。—動 **(～·ded, ～·ding)** 及 重擊。—不及 砰地撞中。

thug [θʌg] 图 殘忍的惡棍，暴徒，殺手。

thug·ger·y ['θʌgərɪ] 图 Ⓤ 暴徒行爲；暴力。

Thu·le ['θjulɪ, -li] 图 **1** 極北之地：Shetland 諸島，Iceland, Norway 等的古希臘語的名稱。**2** 盡頭；極限。**3** Greenland 西北部愛斯基摩人的居住地；美國空軍基地。

thu·li·um ['θjulɪəm] 图 Ⓤ〖化〗銩。符號：Tm

·thumb [θʌm] 图 **1** 拇指；（手套的）拇指（部分）。**2**〖建〗饅頭形裝飾。**3**《美口》搭便車（旅遊）：by ～ 以搭便車旅遊方式。**4**《美俚》大麻煙。

all thumbs 不靈活的，笨手笨腳的。

(a) rule of thumb 根據經驗得來的法則。

(as) easy as kissing my thumb《口》沒什麼，很簡單。

bite one's thumb 生氣，焦急不安；輕侮，蔑視《*at...*》。

stick out like a sore thumb 礙眼，不合時宜。

Thumbs down！《俚》不行！差勁！

Thumbs up！《俚》了不起！頂呱呱！

turn thumbs up / turn up the thumb(s) 贊成，表示滿意《*to, on...*》。

twiddle one's thumbs 旋弄大拇指，閒極無聊。

under a person's thumb / under the thumb of a person 照某人話去做，受某人控制。

—動 及 **1** 以拇指翻髒（書等）；用拇指打開；匆匆地瀏覽《*through...*》：～ a magazine 用拇指翻閱雜誌。**2** 笨拙地做；笨拙地演奏。**3**《口》翹起大拇指要求搭便車。**4** 用拇指檢查。—不及 **1** 翻書；匆忙過目《*through...*》。**2** 搭便車旅行。

thumb one's nose《美》輕視，蔑視《*at ...*》（《英》cock a snook）。

'thumb ˌindex 图 拇指索引。

thumb-in·dex ['θʌm'ɪndɛks] 動 及 加上拇指索引。

thumb·mark ['θʌm,mɑrk] 图（留在書頁上的）拇指痕。

thumb·nail ['θʌm,nel] 图 **1** 拇指的指甲。**2** 極小之物。**3**〖印〗抽印本；〖報章·雜誌〗報紙的正面半身照片。**4**《美俚》一元。—形 約拇指指甲那麼大的；簡要的：a ～ sketch 概略素描。

thumb·print ['θʌm,prɪnt] 图 拇指指紋。

thumb·screw ['θʌm,skru] 图 **1**〖機〗翼形螺釘。**2**《常作～**s**》拇指夾：一種刑具。

thumbs-down ['θʌmz'daʊn] 图《口》反對，不贊成。

thumb·stall ['θʌm,stɔl] 图 拇指套；頂針。

thumbs-up ['θʌmz'ʌp] 图 認可，同意；表同意的手勢。

thumb·tack ['θʌm'tæk] 图《美》圖釘（《英》drawing pin）。—動 及 用圖釘釘住。

·thump [θʌmp] 图 猛打，重擊；砰然之聲。—動 及 **1** 猛擊，猛撞；敲打成。**2**《口》猛打，揍；打垮。**3** 用力敲奏，敲出《*out*》。

—不及 **1** 砰然一擊，重擊《*at, on...*》；砰然倒下；砰然撞上《*against...*》；發出重擊聲而前進《*along, up*》。**2** 怦怦跳《*away*》。～**·er** 图 捶擊的人[物]；《口》龐然大物；瞞天謊言。

thump·ing ['θʌmpɪŋ] 形 **1** 發出很大聲音的；怦怦跳的。**2**《口》巨大的；輝煌的：score a ～ victory 獲得輝煌勝利。—副《口》非常地，極端地。～**·ly** 副

:thun·der ['θʌndɚ] 图 **1** Ⓤ 雷，雷聲；《通常作～**s**》《古·詩》打雷：a crash of ～ 一陣雷聲。**2**《常作～**s**》如雷般的聲音：the ～ of cannon fire 大炮的轟隆聲。**3** Ⓤ 威嚇；怒斥；怒吼。**4**《口》《用於表憤怒、感嘆、誓言、強調等的片語》：By ～！豈有此理！可惡！

like thunder《口》很生氣地，大發雷霆地。

steal a person's thunder 掠取某人的想法或觀念《*from...*》；搶先利用某人的方法，搶先推出某人的新發明。

—動 不及 **1**《用 **it** 作主詞》打雷。**2** 發出巨響，轟隆作響《*out*》；以驚人之勢前進。**3** 威嚇，嚴厲指責《*down / against, at...*》；咆哮，吼叫《*at...*》。

—及 **1** 發出巨響地轟擊《*out, forth*》。**2** 大聲說出《*out*》。

come thundering on... 突擊，一舉摧毀。

thun·der·bird ['θʌndɚ,bɝd] 图 雷鳥。

·thun·der·bolt ['θʌndɚ,bolt] 图 **1** 雷電，霹靂。**2** 意外的惡耗，晴天霹靂；狂暴的人；恐嚇，怒喝。**3** 雷石。

thun·der·clap ['θʌndɚ,klæp] 图 雷聲；晴天霹靂般的事件。

thun·der·cloud(s) ['θʌndɚ,klaʊd(z)] 图 **1** 雷雨雲，積雨雲。**2** 不吉之兆。

thun·der·er ['θʌndərɚ] 图 **1** 咆哮的人。**2**《**the T-**》= Jupiter 1. **3**《**The T-**》《英古·謔》（倫敦）泰晤士報。

T

thun·der·head ['θʌndə,hɛd] 名〖氣象〗積亂雲。

thun·der·ing ['θʌndərɪŋ] 形 **1** 打雷的；有雷的；轟然似雷的。**2**《口》非常的，極大的。一副《口》非常地，出奇地。一名雷（聲）。～**·ly** 副

thun·der·ous ['θʌndərəs] 形 **1** 形成雷的；多雷的。**2** 如雷的，轟隆巨響的：the actor's ～ voice 演員宏亮的聲音。**3** 轟動的，超乎尋常的。～**·ly** 副

thun·der·show·er ['θʌndə,ʃauə] 名雷雨。

thun·der·squall ['θʌndə,skwɔl] 名雷颮。

thun·der·storm ['θʌndə,stɔrm] 名大雷雨。

thun·der·struck ['θʌndə,strʌk], **-stricken** [-,strɪkən] 形 **1** 遭雷擊的。**2** 驚愕的。

thun·der·y ['θʌndərɪ] 形 **1** = thunderous. **2** 險惡的；不祥的。

thu·ri·ble ['θjurəbl] 名香爐。

Thur(s). 《縮寫》*Thursday.*

:**Thurs·day** ['θɝzdɪ, -de] 名星期四。略作：Th., Thur(s). 一副在星期四。

Thurs·days ['θɝzdɪz, -dez] 副在每個星期四，每星期四。

:**thus** [ðʌs] 副《文》**1** 如上所述，如此，這般。**2** 因此。**3**《主要用於修飾形容詞、副詞》如此地，到這種程度：～ far 迄今；到目前爲止。**4** 例如。～**·ly** 副

thwack [θwæk] 動 及使勁拍打。一名重擊，拍打聲。

thwart [θwɔrt] 動及阻撓，阻撓使之達不到目的；使受挫，挫敗：be ～*ed* in one's ambitions 野心受挫。

一名 **1** 座板。**2** 橫木。一形 **1** 橫貫的；斜的。**2** 不利的，不便的。

thy [ðaɪ] 代形《古·方》〖詩〗《 **thou**[1]的所有格》你的，汝之…。

thyme [taɪm] 名Ⓤ〖植〗麝香草。

thy·mol ['θaɪmol] 名Ⓤ〖化·藥〗百里酚。

thy·mus ['θaɪməs] 名(複～**·es**, **-mi** [-maɪ])〖解〗胸腺。

thy·roid ['θaɪrɔɪd] 形 **1** 甲狀腺的。**2** 甲狀軟骨的，喉結的。一名 **1** 甲狀腺。**2** 甲狀軟骨，喉結；甲狀腺血管。

'**thyroid ,gland** 名〖解〗甲狀腺。

thy·rox·in(e) [θaɪ'rɑksin, -sɪn] 名Ⓤ〖生化〗甲狀腺素；〖藥〗甲狀腺荷爾蒙劑。

thyr·sus ['θɝsəs] 名 (複**-si** [-saɪ]) **1**〖植〗密錐花序。**2**〖希神〗酒神杖。

thy·self [ðaɪ'sɛlf] 代《古》《 **thou** 與 **thee** 的強調同位語》你；《 **thee** 的反身代名詞》你自己。

ti [ti] 名(複～**s** [-z]) ⓊⒸ〖樂〗全音階的第七音（亦作 **si**）。

Ti《化學符號》titanium.

ti·ar·a [taɪ'ɛrə, -'er-, tɪ'ɑrə] 名 **1** 冠狀頭飾。**2**〖天主教〗三重教皇冠。

Ti·ber ['taɪbə] 名《**the** ～》臺伯河：位於義大利中部。

Ti·bet [tɪ'bɛt] 名西藏：中國西南部一自治區；首府爲 Lhasa。

Ti·bet·an, Thi- [tɪ'bɛtn̩] 形西藏的，西藏人[語]的。一名西藏人；Ⓤ西藏語。

tib·i·a ['tɪbɪə] 名(複 **tib·i·ae** ['tɪbɪ'i], ～**s**) 脛骨；脛節。

tic [tɪk] 名 **1**〖病〗（臉部）痙攣，（無痛）抽搐。**2**〖病〗抽搐性三叉神經痛。**3** 持續發生的行爲特徵；癖。

·**tick**[1] [tɪk] 名 **1** 滴答聲；心跳聲。**2**《主英口》短時間，瞬間：in half a ～轉瞬間。**3** 小印，小記號。

一動不及 **1** 發出滴答聲《*away*》。**2** 一分一秒地過去《*away, by*》；不斷傳來《*in*》。**3**《口》轉動。一及 **1** 滴答滴答地記錄《*away, out, off*》；滴答滴答地打出《*out*》。**2** 用記號勾出；列舉《*off*》。

make...tick 《口》引起行事。

tick...off / tick off... (1) ⇨動 及 1, 2. (2) 告知；認出，辨認。(3)《英口》罵，責備。(4)《美俚》使發怒。(5)《美俚》密告。

tick over 《英》(1) 空檔慢轉。(2)《常用進行式》《口》閒散地度日；平安順利地進展。

tick[2] [tɪk] 名 **1**〖動〗壁蝨。**2**《英口》討厭的人。

tick[3] [tɪk] 名 **1** 被套；枕頭套。**2**《口》= ticking.

tick[4] [tɪk] 名Ⓤ《英口》賒帳，信用貸款：buy things on ～ 以賒欠方式買東西。

一動不及及 賒賣。

tick·er ['tɪkə] 名 **1** 發出滴答聲之物；《俚》鐘錶。**2** 收報機；自動顯示器。**3**《俚》心臟。

'**ticker ,tape** 名Ⓤ《美》**1** 收報機收訊用的紙帶。**2** 彩色紙條。

:**tick·et** ['tɪkɪt] 名 **1** 票，券，入場券；車票《*for, to...*》；《喻》方法，手段《*to...*》：buy one's ～ *to* London 買去倫敦的票。**2**《口》罰單，傳單。**3** 標籤：a lottery ～ 獎券，彩券。**4**《美》被提名的候選人名冊；《喻》綱領；選票：be on the Republican ～被提名爲共和黨候選人。**5**〖銀行〗傳票。**6**《俚》執照；《英俚》薪水支領證。**7**《**the** ～》《口》適當的事情；正好適合的事物《*for, to...*》。

write one's own ticket 自行計畫，自行決定《*to...*》。

一動及 **1** 加上標籤；《喻》將…之名加諸（人）。**2**《美》發售票券；《口》開罰單《*for...*》；《口》放置違規停車的通知單。

'**ticket ,agency** 名《美》戲票代售處。

'**ticket ,agent** 名《美》車票、戲票代售者。

'**ticket col,lector** 名收票員。

'**ticket in,spector** 名《英》查票員。

'**ticket ,office** 名《昔美》售票處。

'ticket of 'leave 图 (複 **tickets of leave**) 《英》《昔》假釋許可證（《美》parole）。

tick·et·y-boo [ˌtɪkɪtɪ'bu] 形《英俚》很好的。

tick·ing ['tɪkɪŋ] 图 U 被套布料。

'ticking ˌoff 图 (複 **tickings off**) 責罵。

·tick·le ['tɪkl] 動 (**-led, -ling**) 及 **1** 對…呵癢；使發癢：～ his ribs 搔弄他的肋骨。**2**《常用被動》使感興趣；刺激；使滿足。**3** 喚起；鼓舞《*up*》；煽動《*into..., into doing*》：～ a person *into* say*ing* yes 煽動某人答應。**4** 輕觸；輕碰；輕彈；輕描《*up*》。**5** 用手抓。—不及 覺得癢；使人發癢。

be tickled pink [*silly, to death*]《口》覺得非常高興《*at, by, with..., that* 子句》。

—图《**a** ～》呵癢；使人發癢的事物；癢癢的感覺。—形 不穩定的，搖晃的。

tick·ler ['tɪklɚ] 图 **1** 使人發癢的人[物]；煽動的人。**2**《美》記事手冊，備忘錄。**3**〖會計〗《美》屆期事項記錄簿。**4**《口》難題；棘手的事。**5**《口》羽毛刷。**6**《口》藤杖，板子。

tick·lish ['tɪklɪʃ] 形 **1** 對癢敏感的。**2** 難對付的，麻煩的：a ～ job 難以處理的事。**3** 神經質的，易怒的《*on, about...*》；不穩定的，搖晃的；易變的。～**·ly** 副

tick·seed ['tɪkˌsid] 图〖植〗鬼針草。

tick·tack ['tɪkˌtæk] 图 **1** 滴答聲；心臟的跳動。**2**《美》鳴響器。**3**《英》（賽馬場的）莊家彼此用手交換的暗號。**4**《兒語》鐘錶。

tick-tack-toe [ˌtɪktæk'to] 图 U《美》井字遊戲（亦稱 **tick-tack-too, tit-tat-toe**）。

tick·tock ['tɪkˌtɑk] 图（鐘的）滴答聲。—動 不及 發出滴答聲。

tick·y·tack·y ['tɪkɪˌtækɪ] 图（複 **-tack·ies**）《美口》**1** U 廉價的材料。**2** 廉價材料做的東西。—形 單調而缺乏美感的；用便宜材料做的。

tid·al ['taɪdl] 形 **1** 潮的，受潮水影響的；潮水造成的；有漲落的；週期性的。**2** 依存於潮水狀況的；只有漲潮時出航的。

'tidal ˌwave 图 **1** 潮浪；海嘯。**2** 浪潮；大變動。

tid·bit ['tɪdˌbɪt] 图 **1** 一口，少量《*of...*》。**2** 有趣的短聞，珍聞《*of...*》：an interesting ～ *of* gossip 一則有趣的八卦消息。

tid·dler ['tɪdlɚ] 图《英口》**1**《兒語》棘魚；小魚。**2** 小孩。**3** 非常小的東西；《俚》半辨士銅幣。

tid·dl(e)y ['tɪdlɪ] 形《英》**1**《俚》微醉的。**2**《口》小的；不值錢的。

tid·dl(e)y·winks ['tɪdlɪˌwɪŋks] 图（複）《作單數》彈圓盤遊戲（亦稱《美》**tid-dledywinks**）。

·tide [taɪd] **1** 潮水，潮浪；潮流；漲潮。**2** 水流；〖詩〗海水。**3** 榮枯盛衰，消長：the ～*s* of business activity 事業的盛衰。**4**《**the** ～》傾向，動向：turn *the* ～ 改變局勢。**5** U〖教會〗祭日，節日；《複合詞以外爲古語》時期，季節；《古》好機會，良機：spring*tide* 春季 / Time and ～ wait(s) for no man.《諺》歲月不待人。

swim with the tide 順應潮流。

work double tides 日夜不停地工作。

—動 (**tid·ed, tid·ing**) 不及 **1**《主爲喻》如潮水般流；被潮水沖走，隨波逐流；〖海〗乘風破浪。**2** 勉強支持下去；殘存，劫後餘生《*on*》。—及 **1** 如潮水般地沖走；《主爲喻》使前進《*off*》。**2** 沖破《*over*》；使（人）克服《*over...*》。—形 = tidal. ～**·less** 形 沒有潮汐的。

'tide ˌgate 图 **1** 潮門，防潮門。**2** 潮水急速之處。

tide·land ['taɪdˌlænd] 图 **1** U 退潮時突現的陸地。**2**《常作～**s**》領海內的海底低地。

'tide ˌlock 图 潮水閘。

tide·mark ['taɪdˌmɑrk] 图 **1** 最高點。**2** 滿潮時最高水位點。**3**《口》（入浴的）浴水高度；髒垢，污垢。

tide·rip ['taɪdˌrɪp] 图 潮激；潮花。

'tide ˌtable 图 潮汐表，潮位表。

tide·wait·er ['taɪdˌwetɚ] 图 **1**《昔》海關稽查員。**2** 騎牆主義者。

tide·wa·ter ['taɪdˌwɔtɚ] 图 **1** U 潮水：(1)《美》受潮汐影響的河水。(2) 漲潮時淹沒沙洲的水。**2**《美》沿岸低地；海岸。

tide·way ['taɪdˌwe] 图 潮路；急流。

·ti·dings ['taɪdɪŋz] 图(複)《常作複數，偶作單數》訊息，消息：further～ 更多的消息。

·ti·dy ['taɪdɪ] 形 (**-di·er, -di·est**) **1**（人）愛清潔的；（房間等）整潔的，整齊的；（服裝等）整潔的；有條不紊的，清晰的：～ habits 愛清潔的習慣。**2**《主美口》非常好的；令人滿意的。**3**《口》相當多的：a ～ sum 很多錢。**4** 長得好看的；豐腴的，圓潤的；健康的。—動 (**-died, ～·ing**) 及 整理《*up*》；收拾《*away, out, up*》。—不及 收拾，整理《*away, up*》。—副《方》乾淨地；整齊地。—图 (複**-dies**) **1** 容器，垃圾過濾器。**2**《主美》（椅子等的）罩布。**-di·ly** 副, **-di·ness** 图

:tie [taɪ] 動 (**tied, ty·ing**) 及 **1** 捆綁《*up*》；縛，紮《*to*》；束縛《*down*》：～ *up* a package 捆包裹 / be ～*d* hand and foot 被綁住手腳；行動自由被剝奪。**2** 打（繩結）；繫（鞋帶）：～ a string into a knot 打結。**3** 連結起來；相關聯《*to...*》；〖樂〗用連結線連接；〖建〗結合。**4** 使緊緊地結合在一起；《口》使結婚。**5**《常用被動》束縛《*down / to...*》；《通常用被動》使限制：be ～*d to* a deadline 受截止日期的限制 / ～ a person's tongue 杜某人的口。**6** 不分勝負，平手。

—不及 **1** 打結。**2** 連接《*with...*》；（事）歸結（於…）《*to...*》。**3** 平手《*with...*》。

fit to be tied《俚》很生氣地。

T

tie...down / tie down... (1) ⇨動及 1, 5. (2)〖軍〗使進退維谷，箝制。

tie in (1) 關聯，連接《*with...*》。(2) 吻合，一致《*with, to...*》。

tie...in / tie in... (1)〖測〗測定位置。(2) 使有關《*with, to...*》。(3) 搭配著賣《*with...*》。

tie into... (1)《美俚》嚴叱，叱責；嚴厲地批評。(2) 興沖沖地做。(3) 狼吞虎嚥地吃。(4)〖棒球〗猛擊（球）；把（投手）打得無招架之力。

tie it off 《美俚》結束一天的工作；原封不動。

tie it up 《美俚》做完工作。

tie off 《美俚》中止談話，住嘴。

tie off... 綁緊；堵住通道。

tie on 《美俚》吃。

tie...on / tie on... 綁，繫上。

tie one on 《俚》喝得酩酊大醉。

tie to... 《美口》依賴，信賴；與…合作；感到特別投緣。

tie together 一致，相吻合。

tie up (1) 有關聯，合作，連接《*with...*》。(2) 停泊。

tie...up / tie up... (1) ⇨動及 1. (2) 包裝；包紮。(3) 停靠，繫《*to...*》。(4) 締結契約；使聯合《*to, with...*》。(5)《主用被動》《口》使忙於《*with...*》。(6)《口》完成。(7) 使停頓，使停止。(8)《口》使不能任意動用《*in...*》。

一名 **1** 線，索；鞋帶；領帶；《～s》《美》有帶子的短統靴。**2** 結；結飾，蝴蝶結。**3**《通常作～s》關係，血緣；束縛，拘束；羈絆《*on...*》。**4** 不分勝負；平手，加賽，決賽；淘汰賽。**5**〖建〗繫樑；《美》〖鐵路〗軌枕（《英》sleeper）。

tie·back ['taɪ,bæk] 名《英》**1** 拉窗簾的帶。**2**《常作～s》有拴簾帶的窗簾。

'tie ,beam 名〖建〗繫樑。

tie-break ['taɪ,brek] 名《英》**1**〖網球〗平手決勝局。**2** 加賽。

tie·break·er ['taɪ,brekɚ] 名 = tie-break.

'tie ,clasp [,clip, ,bar] 名領帶夾。

'tied 'cottage 名《英》雇工農舍。

'tied 'house 名《英》**1** 直營酒店，特約酒店。**2** 公司員工的住宅。

tie-dye ['taɪ,daɪ] 動及不及用紮染法給（…）染色。一名紮染（的服裝）。**'tie ,dy-eing** 名U 絞染。

tie-in ['taɪ,ɪn] 形《美》搭配銷售的：a ～ sale 搭配銷售。一名 **1** U C 搭配銷售（的東西）。**2**（直接、間接的）關係。

tie-on ['taɪ,ɑn] 形 繫上去的。

tie·pin *['taɪ,pɪn]* 名領帶別針，領帶夾（《美》stickpin,《英》scarfpin）。

tier¹ [tɪr] 名 **1**《～s》列，段，階。**2** 一排座位。**3** 層；階段；階層。**4**〖海〗排列錨鏈（錨鏈艙）。

一動及不及 一層層排列，重疊《*up*》。

ti·er² ['taɪɚ] 名 **1** 捆紮的人[物]。**2**《美方》圍兜。

tierce [tɪrs] 名 **1** U《常作 T-》〖教會〗三時課。**2** U〖西洋劍〗第三姿勢；C〖撲克牌〗連續的三張牌。

'tie ,tack 名《美》領帶別針。

tie-up ['taɪ,ʌp] 名 **1**《美》暫時停滯：a traffic ～ on the freeway 高速公路上的交通阻塞。**2**《口》關係，關聯；協力，合作《*with, between...*》：a ～ *between* the mayor and the criminal world 市長與黑道的勾結。**3**《美》繫泊處；《美方》牛圈，拴繫牲畜的地方。

tiff [tɪf] 名 **1**《a～》小口角，糾紛《*with ...*》。**2** 微怒；生氣。一動不及 **1** 發生小口角。**2** 微怒。

tif·fa·ny ['tɪfənɪ] 名U 絲羅紗。

Tif·fa·ny ['tɪfənɪ] 名〖商標名〗蒂芬妮：紐約的高級銀飾店。

tif·fin ['tɪfɪn] 名U《印度語》午餐，簡便餐飲。一動不及 吃午餐。

:ti·ger ['taɪgɚ] 名(複～s,《集合名詞》～) **1** 虎；似虎的動物；（徽章的）虎樣：work like a ～ 生龍活虎地幹活。**2** 殘忍的人；《口》（競技的）強敵；《英》耀武揚威的人。**3**《美》高呼聲；喝采。

have a tiger by the tail 《美》陷入意外的困境。

ride a tiger 騎虎難下；處於危境。

'tiger ,beetle 名〖昆〗斑蝥；虎甲。

'tiger ,cat 名〖動〗虎貓；山貓。

ti·ger·eye ['taɪgɚ,aɪ] 名 = tiger's-eye.

ti·ger·ish ['taɪgərɪʃ], **-grish** [-grɪʃ] 形 像虎似的；激烈的；猛烈的，兇暴的，勇猛的。～**·ly** 副, ～**·ness** 名

'tiger ,lily 名〖植〗虎紋百合，萱草。

'tiger ,moth 名〖昆〗燈蛾。

ti·ger's-eye ['taɪgɚz,aɪ] 名 **1** U C 虎眼石。**2** U《美》外觀看起來像虎眼石般的釉。

:tight [taɪt] 形(～·er, ～·est) **1** 紮實的；牢固的，堅固的：a ～ lid 緊密的蓋子。**2** 密實的；不會腐蝕的，無裂縫的；不透水的；《複合字》不透…的，防…的：watertight 防水的。**3** 嚴謹的，緊湊的。**4** 繃緊的：a ～ guitar string 繃得緊緊的吉他弦。**5** 擠滿的：be on a ～ schedule 工作表排得滿滿的。**6** 合身的；緊的，窄的；急轉的：a ～ skirt 窄裙。**7** 嚴格的。**8** 難以處置的，麻煩的：be in a ～ situation 陷入絕境。**9**《口》不相上下的。**10**《口》拘泥的《*about, with...*》；吝嗇的《*in...*》：be ～ *in* one's business dealings 做生意很吝嗇的。**11**《俚》親密的。**12**《俚》喝醉了的。**13** 不易到手的，貨不足的；不易借到的；困頓的；沒利益的；版面不夠用的：the movement from easy to ～ money 銀根的變動由寬鬆轉向緊縮。**14**〖棒球〗《口》內角的。**15**《方》有能力的；高明的；爽快的，清秀的；好看的。

be up tight 處於緊張狀態，焦慮不安。

一副 **1** 緊固地，牢固地；緊地；繃緊地，

緊張地。2《口》深沉地；完全地，徹底地；興沖沖地。

sit tight (1) 坐穩。(2)《口》不屈服於人的，堅持己見的。

—图1《口》困境，絕境。2（橄欖球）搶奪。

～·ness 图U堅固，緊迫；銀根緊縮。

tight·en ['taɪtn̩] 動及 使結牢；使嚴格起來《*up*》；綁緊，繫緊《*down, up*》；拉緊《*up*》；緊閉：～ *up* a screw 拴緊螺絲。—不及 變牢；變嚴格起來《*up / on...*》；拴緊；拉緊；結牢；緊迫。

tighten one's belt《諺》節儉；束緊腰帶。

tight(-)fist·ed ['taɪt'fɪstɪd] 形《口》吝嗇的，小氣的。

tight-knit ['taɪt'nɪt] 形 織得很密實的；緊密的。

tight-lipped ['taɪt'lɪpt] 形緊閉嘴巴的；三緘其口的；沉默的。

tight·ly ['taɪtlɪ] 形 牢固地；堅實地；繃緊地。

tight·rope ['taɪt,rop] 图 繃緊的繩索：walk (on) a ～ 走繩索；《喻》度險境。

tights [taɪts] 图（複）1 緊身衣；貼身的衣服。2《英》女用褲襪。

tight·wad ['taɪt,wɑd] 图《口》吝嗇鬼。

ti·gress ['taɪgrɪs] 图 1 雌虎。2 母老虎，粗暴殘酷的女人。

Ti·gris ['taɪgrɪs] 图《the ～》底格里斯河：從土耳其東南部經伊拉克注入波斯灣；古代美索不達米亞文化的發祥地。

T.I.H. 《縮寫》*T*heir *I*mperial *H*ighnesses.

tike [taɪk] 图 = tyke.

til·bur·y ['tɪl,bɛrɪ, -bərɪ] 图（複-bur·ies）無頂輕便雙輪馬車。

Til·da ['tɪldə] 图〖女子名〗蒂爾達。

til.de ['tɪldə] 图 1 波形號（~）。2 = swung dash.

·tile [taɪl] 图 1 地磚，花磚，瓷磚；瓦，瓦片。2 排水管；空心磚。3《口》帽子，絲質高禮帽。4（麻將的）牌。

be (out) on the tiles《俚》縱情狂歡。

have a tile loose《俚》精神有點不正常，有點瘋瘋癲癲。

—動 (tiled, til·ing) 及 1 鋪上磚；鋪上瓦片；覆蓋；鋪設排水管《*in*》。2（亦作 tyle）布置守衛；令（人）宣誓保密；保護（會議等）以防祕密外洩。

til·er ['taɪlɚ] 图 鋪瓦工人；磚瓦製造者。

til·ing ['taɪlɪŋ] 图U 1 鋪瓷磚；鋪瓦；《集合名詞》瓷磚，地磚，瓦片。2 鋪有瓷磚的地面或牆面等；鋪了瓦的屋頂。

·till[1] [tɪl] 介 1《表時間》直到：sit up ～ midnight 熬夜到半夜。2《置於否定語之後》直到…才。3《蘇》約，近…時分：come ～ evening 近黃昏時來到。4《美中·南部口》…之前：a quarter ～ five 五點差十五分。5《蘇》往，向：go ～ Edinburgh 前往愛丁堡。

—連 1《表繼續》一直到。2《表結果、程度》終於，直到。3《置於否定語之後》直到…才。4《古·方》《承接否定句的主要子句》當…之時。5《方》當…之時。

·till[2] [tɪl] 動及《文》耕種，翻耕；耕耘。—不及 耕作。

till[3] [tɪl] 图 現金抽屜，現金箱；現金，備用金；存放貴重品的抽屜，檔案架。

till[4] [tɪl] 图U 1〖地質〗冰磧（物）。2《英》硬黏土。

till·a·ble ['tɪləbl̩] 形 適於耕作的。

till·age ['tɪlɪdʒ] 图U《文》耕作（法），耕耘（法）；耕地；作物。

till·er[1] ['tɪlɚ] 图《文》耕種者，農夫，耕耘機。

till·er[2] ['tɪlɚ] 图〖海〗舵柄。

Til·lie ['tɪlɪ] 图〖女子名〗蒂莉（Matilda 的暱稱）（亦作 Tilly）。

·tilt [tɪlt] 動及 1 使傾斜；歪（頭）；上下移動《*over*》；傾倒下來，傾卸下來《*out, up*》：～ a ladder 斜放梯子。2 襲擊，攻擊，刺出。3 用鎚鍛（鐵等）。

—不及 1 傾斜；斜倒。2 刺，衝向；責難，諷刺《*at, against...*》；互爭《*with...*》。3〖史〗持矛衝刺；持矛比武。4〖地質〗傾斜。

tilt at windmills 與假想敵作戰。

—图 1 傾斜；傾斜面；歪倒。2 馬上刺矛比賽；比賽；刺擊；《喻》爭論，論戰。3 傾斜角度。4 輪鎚。5 上下前後移動。6〖釣〗浮標的一種。

at full tilt 盡全力；以全速。

come full tilt at ...以全速向…衝去。

tilth [tɪlθ] 图U 1《文》耕種；耕作深度；耕土；耕地。2 啓發，陶冶。

'tilt ,hammer 图（打鐵所用的）大鎚。

tilt·yard ['tɪlt,jɑrd] 图 騎馬刺槍比賽場。

Tim [tɪm] 图〖男子名〗提姆（Timothy 的暱稱）。

Tim. 《縮寫》〖聖〗*Timothy.*

·tim·ber ['tɪmbɚ] 图 1 U《集合名詞》《美》木材林；樹木；森林（地）。2 U《美》木材；《英》板材（《美》lumber）；C《～s》〖海〗肋材；一根木材。3 U《美》性格；素質；質地：of presidential ～ 當總統的料。4 U〖馬術〗《俚》木造障礙物。5 U《俚》腳。

—動及 用木材造；把木材鋪蓋；用木材支撐《*up*》。—感《美》會倒下來喔！《俚》幹得好！

tim·bered ['tɪmbɚd] 形 1 木造的；使用木材的；《複合詞》木質架構的：cedar ～ 杉木的。2 樹的，樹木繁茂的。

tim·ber-framed ['tɪmbɚ,fremd] 形 木材架構的。

'timber ,hitch 图〖海〗扭結。

tim·ber·ing ['tɪmbərɪŋ] 图 1 U《集合名詞》建築用材。2 = timberwork.

timber·jack ['tɪmbɚ,dʒæk] 图 伐木工人。

tim·ber·land ['tɪmbɚ,lænd] 图U《美》

森林地。

'timber ˌline 图《美》《the ～》樹木界線。

'timber ˌwolf 图〖動〗大灰狼。

tim·ber·work ['tɪmbɚˌwɝk] 图Ⓤ木材製品。

'timber ˌyard 图木材場，儲木場。

tim·bre ['tɪmbɚ] 图ⓊⒸ〖樂〗音色，音質；音品。

tim·brel ['tɪmbrəl] 图《古》附有小鈴的手鼓；鈴鼓。

:time [taɪm] 图 **1** Ⓤ《無冠詞》時間；歲月: *T-* flies like an arrow.《諺》光陰似箭。**2**《與修飾語連用》時間，期間：in an hour's ～ 約一個小時。**3** Ⓤ時刻，…點鐘：at the ～ when he died 他死的時候。**4** Ⓤ《one's ～》時候。**5**《常作～s》(1) 時代，時期：from ～ immemorial 遠古以來。(2) 最近：《the ～s》現代：the most important issues of *the* ～ 現代最重要的問題。(3) 時代，時勢：move with the ～*s* 隨著潮流。**6** Ⓤ季節。**7** Ⓤ 狀況。**8** Ⓤ《one's ～, the ～》時期；一生：*the* ～ for payment 支付期間。**9** 預定期間的終了。**10** 經歷一段…的時間：have a rough ～ 經歷了一段艱苦的日子。**11** 良機，適當時機《*for, to* do》。**12** Ⓤ餘暇，充分的時間《*for, to* do》: fill the ～ 打發時間。**13** Ⓤ《口》期間：do ～ 服役。**14** Ⓤ 上班時間（的薪俸）；鐘點費：ask for one's～ 要求支薪。**15** Ⓤ 所需時間《*to* do》；〖運動〗暫停；開始。**16** 情況；…次，…回；輪到：for the first ～ 第一次。**17**《～s》倍：three ～*s* as large as... 是…的三倍大。**18**〖詩〗韻律單位。**19** Ⓤ〖樂〗(1) 速度，節奏。(2) 音調或休止的持續時間。(3) 獨特的節奏。(4) 拍子。(5) 韻律：beat ～ with one's finger 用手指打拍子。**20** Ⓤ〖軍〗行進步伐：double ～ 快跑。**21** Ⓤ 懷孕期間。**22** Ⓤ 標準時；時間。

against time 爭取在有限的時間內完成，分秒必爭地。

ahead of time 提早，提前。

ahead of one's time 走在時代的前面。

all the time (1) 一直，總是。(2)《主美》任何時候。

any time...《作連接詞》隨時。

at all times 隨時，總是。

at no time 絕不。

at one time (1) 曾經，以前。(2) 同時。

(at) one time and another 在很多時候。

at the same time (1) 同時。(2) 儘管，仍然。

at times 有時候，不時。

beat a person's time《俚》勝過競爭對手。

behind the times 落伍的，舊式的。

for a time 暫時，暫且。

for the time being 暫時，目前。

from time to time 有時候，時常。

gain time (1)（鐘錶）走快。(2) 爭取時間。

half the time《口》屢次，再三。

have an easy time (of it)《口》輕易到手。

have a time doing 花工夫做。

have no time for... (1) 沒有時間做。(2) 輕視，討厭。

have the time (1) 有時間。(2) 知道幾點鐘。

in good time (1) 按時地，在一定的時間。(2) 及早。(3) 時間。

in no time 立刻，馬上。

in one's own good time 在自己方便時。

in time (1) 還早，來得及。(2) 總有一天，遲早。(3) 合拍子。

keep time (1) 記錄時間。(2) 守時；時間準確。(3) 打拍子。(4) 合拍子《*to, with...*》。

kill time 消遣，打發時間。

lose time (1)（時鐘）走慢。(2) 浪費時間。

make time (1) 迅速前進，加快速度。(2) 以…的速度前進。(3)《俚》約會，有不正常關係，求愛《*with...*》。

many a time 好幾次，屢次。

mark time (1) 停滯不前，沒有進展。(2)〖軍〗原地踏步。

of all time 史無前例的。

on one's own time 有空的時候；在工作時間以外。

on time (1) 準時。(2)《美》以分期付款。(3) 適切的。

out of time (1) 不合節拍，走調的。(2) 過時。(3) 錯過季節。

pass the time of day 寒暄性質的簡短交談，問候。

take one's time 慢慢來；從容行事。

take time by the forelock 盡量利用機會，把握機會迅速行動。

the time of day 時刻。

the time of one's life《口》一生中最快樂的時候。

time after time 反覆，不斷，一而再地。

time and (time) again 重複，屢次。

time in〖運動〗再比賽。

time off [《美》***out***] (1) 閒暇之時。(2)〖運動〗短暫休息時間。

time was when... 在從前…的時候。

with time 隨時光流逝，不久。

—形 **1** 時間的；表示時間經過的。**2** 限時的，定時的。**3** 分期付款的；延後付款的。**4**〖商〗見票後在一定期間內支付的。

—動 **(timed, tim·ing)** 及 **1** 計算；測定時間。**2** 決定時間；決定時間間隔。**3**《通常用被動》校準；調整，決定。**4** 決定拍子；和拍子《*to...*》。**5**〖樂〗根據節奏、重音加以區分。**6** 決定（行爲）的時間。

—動 不及 打拍子；配合節拍。

'time ˌbomb 图 **1** 定時炸彈。**2** 隱伏危機的形勢，不安的局勢。

'time ˌcapsule 图時空之囊，時代文物密藏容器。

time·card ['taɪmˌkɑrd] 图考勤卡。

'time ˌclock 图記時器，打卡鐘。

time-con·sum·ing ['taɪmkənˌsumɪŋ] 形需要很多時間的，耗時的。

timed [taɪmd] 形 **1** 定時的；定期的。**2**《主作複合詞》切合時機的：an ill-*timed* jest 不合時宜的玩笑。

'time deˌposit 图《美》定期存款。

'time ˌdiscount 图現金折扣。

'time exˌposure 图〖攝〗**1** Ⓤ Ⓒ 長時間曝光。**2** 以此種曝光方式拍得的照片。

'time ˌframe 图某時間的範圍。

time-hon·ored ['taɪmˌɑnɚd] 形由來已久的，綿延流傳的；因年代久遠而受尊敬的。

'time imme'morial 图 **1** Ⓤ（比人類的記憶、記錄還更早的）遠古，太古。**2**〖英法〗法律上有史以前的時代。

time·keep·er ['taɪmˌkipɚ] 图 **1** 記時員；作業時間管理員。**2**《英》《與形容詞連用》鐘錶。**-keep·ing** 图 Ⓤ 計時。

'time ˌkiller 图消磨時間的人；可供消遣之物，消愁解悶之物。

time-lag ['taɪmˌlæg] 图〖物〗時差，時間上的間隔。

time-lapse ['taɪmˌlæps] 形〖攝〗縮時照相的，微速攝影的。

time·less ['taɪmlɪs] 形 **1**《文》永久的，無限的。**2** 超越時間的，無特定時間限制的。～**·ly** 副, ～**·ness** 图

'time ˌlimit 图限定的時間，期限。

'time ˌline 图 **1** 作息時間表（亦作 **time line**）。**2** 歷史大事年表。

'time ˌloan 图定期貸款。

'time ˌlock 图定時鎖。

time·ly ['taɪmlɪ] 形 **(-li·er, -li·est) 1** 合時宜的，適時的，正合時機的。**2**《古》早的。—副《古》**1** 合時宜地，適時地。**2** 及早地。**-li·ness** 图

'time maˌchine 图時間機器。

'time ˌmoney 图 Ⓤ 定期貸款。

time-out ['taɪm'aʊt] 图《美》**1** 暫時中斷，暫停（亦作 **time out**）。**2**〖運動〗暫停；比賽的暫停。

time·piece ['taɪmˌpis] 图計時器；《罕》鐘錶。

tim·er ['taɪmɚ] 图 **1** 計時員；時間記錄員。**2** 計時器，定時裝置，跑碼錶。**3** 按時計酬的員工，兼差人員。

'time reˌcorder 图 = time clock.

Times [taɪmz] 图《**the** ～》（倫敦的）泰晤士報。

time·sav·ing ['taɪmˌsevɪŋ] 形省時的。**-sav·er** 图

time·scale ['taɪmˌskel] 图持續的時間，所需的時間。

time·serv·er ['taɪmˌsɝvɚ] 图趨炎附勢者；見風轉舵的人。

time·serv·ing ['taɪmˌsɝvɪŋ] 形趨炎附勢的；逢迎的，見風轉舵的。
—图 Ⓤ 見風轉舵，謀私利。

time·share ['taɪmˌʃɛr] 图分時享用度假房屋（亦稱 **time-sharing**）。—形以上述方式共用的。—動及 **1** 以上述方式共用。**2** 藉著不同的終端機同時共用。

time-shar·ing ['taɪmˌʃɛrɪŋ] 图 **1** Ⓤ〖電腦〗分時。**2**《美》= timeshare.

'time ˌsheet 图工作時間記錄表。

'time ˌsignal 图報時信號。

'time ˌsignature 图〖樂〗拍子記號。

'time ˌspirit 图 Ⓤ 時代精神。

'times ˌsign 图乘號（×）。

'Times ˌSquare 图時代廣場：美國紐約市的中心區，附近有很多劇院。

'time ˌstudy 图 Ⓤ（有關作業人員完成一定工作量所費）時間的研究（亦稱 **time and motion study**）。

'time ˌswitch 图定時開關。

time·ta·ble ['taɪmˌtebl] 图 **1** 時刻表，計畫表，預定表。**2**《英》時間表；大學簡介（《美》catalog）。—動及《通常用被動》《英》列入時間表，爲…安排時間表。

time-test·ed ['taɪmˌtɛstɪd] 形經過長時間考驗的。

'time ˌtrial 图計時賽。

'time ˌwarp 图時間扭曲。

time·work ['taɪmˌwɝk] 图 Ⓤ 按時計酬的工作。～**·er** 图

time·worn ['taɪmˌworn] 形 **1** 古老的，破舊的。**2** 陳腐的，老套的。

'time ˌzone 图時區。

·tim·id ['tɪmɪd] 形沒自信的，沒信心的；畏縮不前的，膽小的；感到害怕的《*of, about, with...*》；缺乏魄力的：be (as) ～ as a rabbit 非常膽小 / be ～ *about* beingleft alone 害怕被人遺棄。**ti·'mid·i·ty** [tɪˌmɪdətɪ] 图 Ⓤ 膽怯，小心。～**·ness** 图, ～**·ly** 副怯懦地，畏縮地。

tim·ing ['taɪmɪŋ] 图 Ⓤ **1** 時機的選擇；調整時間。**2** 計時；點火時間調整。

ti·moc·ra·cy [taɪ'mɑkrəsɪ] 图 Ⓤ Ⓒ 金權政治（制）。
ti·mo·crat·ic [ˌtaɪmə'krætɪk] 形

tim·or·ous ['tɪmərəs] 形 **1** 害怕的，恐懼的《*of...*》。**2** 膽小的；怯懦的。

Tim·o·thy ['tɪməθɪ] 图〖聖〗**1** 提摩太：使徒 Paul 的弟子。**2** 提摩太前書[後書]：Paul 寫給 Timothy 的兩封信之一（略作：Tim.）。**3**〖男子名〗提摩西。

'tim·o·thy (ˌgrass) ['tɪməθɪ-] 图 Ⓤ〖植〗貓尾草。

Ti·m(o)ur [tɪ'mʊr] 图帖木兒（1336?–1405）：征服中亞，建立了帖木兒帝國，統治撒馬爾罕（亦稱 **Tamerlane**）。

tim·pa·ni ['tɪmpəˌni] 图 **(複) (單 -no** [-ˌno])《常作單數》〖樂〗定音鼓。

tim·pa·nist ['tɪmpənɪst] 图定音鼓手。

·tin [tɪn] 图 **1** Ⓤ〖化〗錫（符號：Sn）。**2** Ⓤ 馬口鐵；Ⓒ《英》錫製的容器；淺底鍋；罐頭（《美》can）。**3** Ⓤ《英俚》銀幣；錢，現金；《美俚》警察；警察的徽

章；偵探，警察。—形 1 錫（製）的。2 卑賤的，不值錢的；仿製的，仿冒的。3 第十週年的。

put the tin lid on... 《英俚》= put the LID on....

—動 **(tinned, ～·ning)** 及 1〖冶〗在（鐵等）中加入錫，鍍錫。2《英》做成罐頭（《美》can）。**tinned** 形鍍錫的；《英》做成罐頭的。

tin·a·mou ['tɪnə,mu] 名〖鳥〗鵪科的鳥。

'tin 'can 名 馬口鐵罐頭。

tinct [tɪŋkt] 形著上淡顏色的；著色的；加入某種風味的。—名色；色調。

tinc·ture ['tɪŋktʃɚ] 名 1 Ⓤ Ⓒ〖藥〗酊劑。2《a ～》注入少許；一知半解（的知識）；氣味，風味帶有（…的）味道《*of* ...》。3 顏色，淡淡的色調。4 Ⓤ〖紋〗（徽章所用的）顏色、金屬、毛皮的總稱。—動及（用某種顏色）（淡淡地）染在；使帶有（希望、自傲等的）意味；充滿，注入《*with...*》。

tin·der ['tɪndɚ] 名Ⓤ 火絨；導火線。

tin·der·box ['tɪndɚ,bɑks] 名 1〖史〗火絨盒。2 易著火的東西；容易激動的人；容易引起紛爭的事物。

tin·der·y ['tɪndərɪ] 形 火絨般的；易燃的；有煽動性的。

tine [taɪn] 名尖銳末端，齒叉；枝角。**tined** 形

'tin 'ear 名《俚》1 = cauliflower ear. 2《主美》重聽：have a ～ 重聽。

'tin ,foil 名Ⓤ錫箔。

ting [tɪŋ] 動及不及叮噹作響。—名叮噹聲。

ting-a-ling ['tɪŋə,lɪŋ] 名叮噹聲。

·tinge [tɪndʒ] 動 **(tinged, ～·ing** 或 **ting·ing)** 及 1 使淡淡地染上顏色《*with...*》：mountains ～*d with* rose by the sinkingsun 被夕陽染成淡紅色的群山。2《常作被動》使染上《*with...*》。—名 1 淡色。2《a ～》淡淡的味道；些微的氣息；一知半解（的知識）《*of...*》。

tin·gle ['tɪŋgl] 動不及 1 刺痛，作痛《*with, from...*》。2 激動《*with...*》；令人興奮。3 發出輕微而連續的聲音。—及使刺痛；使心情激盪。—名 1 作痛，激動，興奮。2 叮噹聲。

tin·gly ['tɪŋglɪ] 形 **(-gli·er, -gli·est)** 刺痛的，作痛的；心情激動的。

'tin 'god 名 有權力而自命不凡的人，得勢的小人；受到過分崇敬的人[物]。

'tin 'hat 名《俚》鋼盔，安全帽。

tin·horn ['tɪn,hɔrn] 名《美俚》吹牛的人，虛張聲勢的人。—形 吹牛的，虛有其表的；劣等的。

tink·er ['tɪŋkɚ] 名 1 補鍋匠；技術拙劣的修補工；《主美》萬事通，無所不能的人。2 修理，修補。3《蘇·愛》吉普賽人；流動性工匠；流浪者；乞丐。4 小鮐魚。

—動不及 1 當補鍋匠。2 笨拙地修理《*away, about / at, with...*》。—及 1 修補。2 笨拙地修理《*up*》。

·tin·kle ['tɪŋkl] 動 **(-kled, -kling)** 不及 1 叮鈴作響，叮噹作響。2 漫不經心地[笨拙地]彈奏《*on...*》。3《口》《幼兒語》小便。—及 1 使叮噹作響；笨拙地彈。2 叮噹地報出；發出《*out*》。—名《作單數》1 叮鈴聲，叮噹聲。2《英口》一次電話。**-kling** 形叮咚叮咚響的（聲音）。**-kly** 形叮咚叮咚響的。

tin·kler ['tɪŋklɚ] 名會發出清脆的金屬（叮噹）響聲的東西；《口》小鈴。

tin·man ['tɪnmən] 名 **(複-men)** = tinsmith.

tin·ner ['tɪnɚ] 名 = tinsmith.

tin·ni·tus [tɪ'naɪtəs] 名Ⓤ〖病〗耳鳴。

tin·ny ['tɪnɪ] 形 **(-ni·er, -ni·est)** 1（似）錫的；品質差的；便宜的。2 含錫的。3 刺耳的；金屬聲的。4 有罐頭味的。5 空洞而無內容的，無聊不足取的。

-ni·ly 副, **-ni·ness** 名

'tin ,opener 名《英》開罐器。

tin-pan ['tɪn,pæn] 形刺耳的，金屬聲的；吵雜的。

'Tin-Pan 'Alley 名Ⓤ 1 城市中流行歌曲作曲家、出版商集中地區。2《集合名詞》流行歌曲作曲家、出版界。

'tin ,plate 名Ⓤ馬口鐵，鍍錫鐵皮（亦作 **tin-plate**）。

tin-plate ['tɪn,plet] 動及鍍錫。

'tin ,plater 名

tin-pot ['tɪn'pɑt] 形 下等的，不值錢的。

tin·sel ['tɪnsl] 名Ⓤ 1 金屬亮片；金屬線。2 閃亮而不值錢的東西；虛飾：the ～ of Hollywood life 好萊塢生活的虛浮。

—形 1 閃亮的。2 華麗而庸俗的，虛有其表的。—動 **(～ed, ～·ing** 或《英》**-selled, ～·ling)** 及 裝飾《*with...*》；使裝扮得花俏。

Tin·sel·town ['tɪnsəl,taʊn] 名《美俗》好萊塢。

tin·smith ['tɪn,smɪθ] 名 洋鐵匠，錫器匠。

tin·stone ['tɪn,ston] 名Ⓤ錫石。

:tint [tɪnt] 名 1《文》色彩；色調；淡色。2 色度，濃淡（的色調）。3〖雕〗線暈。4〖印〗淡底色。5 染髮劑。

—動及使淡淡染上顏色《*with...*》。

—不及 微微染色。**～·less** 形無色的。

tin·tack ['tɪn,tæk] 名《英》馬口鐵製的圖釘。

tin·tin·nab·u·la·tion [,tɪntɪ,næbjə'leʃən] 名Ⓤ Ⓒ 鈴聲。

tin·type ['tɪn,taɪp] 名Ⓤ〖攝〗鐵板照相法。

tin·ware ['tɪn,wɛr] 名Ⓤ《集合名詞》馬口鐵製品，鍍錫鐵皮器皿。

tin·work ['tɪn,wɝk] 名 1 Ⓤ 錫製品。2《～s》《作單、複數》錫礦採掘廠；馬口

鐵工廠。

:ti·ny ['taɪnɪ] 形(**-ni·er, -ni·est**)非常小的，小不點的。—名 (複**-nies**) 微不足道的東西；《通常作 **-nies** 》小孩子。

-tion 《字尾》用於把動詞改爲抽象名詞，表動作、狀態、結果、內容等。

-tious, -ious, -ous 《字尾》作形容詞，表「有…特徵」之意。

·tip[1] [tɪp] 名 **1** 末梢，尖端，頂端，頂點：the～ of a cone 圓錐的頂點 / from ～ to toe 從頭到腳；徹頭徹尾。**2** 黏在末梢之物，尖端部分；尖；鞘尾。**3**〖裝訂〗(黏附在書頁間裝訂處的）插頁。**4** （香煙頭上的）濾嘴。

to the tips of one's fingers 徹頭徹尾地，完全地，徹底地。

—動(**tipped, ～·ping**) 及 **1** 黏在末梢；加上尖頭；蓋住，裝飾（某物）的尖端《*with...*》。**2** 切除末梢；摘芽。**3**〖裝訂〗黏貼《*in...*》。

·tip[2] [tɪp] 動 (**tipped, ～·ping**)及**1** 使傾斜；翻倒；傾覆《*over...*》: ～ *over* a glass 把杯子弄翻。**2** 輕輕拿起《*to...*》。**3**《英》丟；倒空《*out*》。—不及 **1** 傾斜，歪倒《*up*》；倒翻《*over, up*》。**2**《英》拋棄，處理掉。—名**1** 傾斜。**2**《英》（礦山的）廢石丟棄場；垃圾場；《口》髒亂的地方。—形《限定用法》傾倒式的。

·tip[3] [tɪp] 名 **1** 小費，賞錢。**2** 內情，祕密消息；情報；建議，竅門《*about, for, on ...*》: a straight ～《俚》確實的情報；坦誠的忠告 / ～*s about* running 跑步的竅門。

—動 (**tipped, ～·ping**) 及 **1** 以…給（某人）作爲小費；給小費。**2** 猜測；推舉：～ a winner 猜測勝者。**3**《俚》提示。—不及 給小費。

tip...off / *tip off...*《口》將情報告訴；密報《*to, about...*, 偶作 *that* 子句》。

tip[4] [tɪp] 名 **1** 輕打。**2**〖棒球·板球〗觸擊，短打。—動 (**tipped, ～·ping**) 及 **1** 輕打。**2**〖棒球·板球〗以觸擊方式擊出。

tip-and-run ['tɪpən'rʌn] 形《英俚》閃電式的，打了就跑的；迅速的。

tip·cart ['tɪp,kɑr(t)] 名傾卸手推車。

tip·cat ['tɪp,kæt] 名U 棒擊遊戲。

tip-off ['tɪp,ɔf] 名《口》**1** 祕密情報，內情。**2** 暗示；警告《*on...*》。

'tip of the 'iceberg 名《 **the** ～》冰山的一角：指某個現象或問題所露出的一個小小的部分。

tip·per ['tɪpɚ] 名 **1** 給小費的人。**2**《英》傾卸卡車（tipper truck ,《美》dump truck）。

tip·pet ['tɪpɪt] 名〖史〗**1** 圍巾，披肩。**2** 細長下垂的部分，垂邊。**3**〖教會〗頸垂帶。

tip·ple[1] ['tɪpl] 動及啜飲。—不及 酗酒。—名（烈）酒。

tip·ple[2] ['tɪpl] 名**1** 貨車傾卸裝置。**2** 卸貨場，卸煤場。

tip·pler ['tɪplɚ] 名 酒鬼。

'tip ˌsheet 名（股市、賽馬等的）最新內情通報。

tip·staff ['tɪp,stæf] 名 (複 **-staves, ～s**) 前端裝有金屬物的木杖；《英》手持棍杖的官員。

tip·ster ['tɪpstɚ] 名《口》提供情報者，洩漏內情者。

tip·sy ['tɪpsɪ] 形 (**-si·er, -si·est**) **1** 微醉的；酒醉而蹣跚的：a ～ stagger 蹣跚的步伐。**2** 歪歪斜斜的。**-si·ly** 副, **-si·ness** 名

tip-tilted ['tɪp,tɪltɪd] 形（鼻等）尖端朝上的：～ eyes 鳳眼。

·tip·toe ['tɪp,to] 名 腳尖。

on tiptoe (1) 踮著腳尖。(2) 偷偷摸摸地，躡手躡腳地。(3) 殷切期望地，翹首以待地。

—動 (**-toed, -to·ing**) 不及 用腳尖走路。—形 **1** 踮著腳尖的。**2** 小心翼翼的，躡手躡腳的，偷偷摸摸的。**3** 殷切期待的，靜候的。**4** 努力向上的，有野心的。—副 切盼地；小心地；用腳尖地。

tip·top ['tɪp'tɑp] 名《通常作 **the** ～》**1** 頂，顛峰；《口》極致，全盛。**2**《英口》最高階級。—形《口》最高級的，優秀的，美好的。—副《口》無可挑剔地，非凡地。

tip-up ['tɪp,ʌp] 形 彈起式的，可翻起的。

ti·rade ['taɪred, tə'red] 名**1** 冗長的指責性演說《*against...*》；長篇的激辯。**2** 只含一個主題的一節[句]。

Ti·ra·na [tɪ'rɑnɑ] 名 地拉那：阿爾巴尼亞的首都。

:tire[1] [taɪr] 動(**tired, tir·ing**) 及**1** 使疲乏；《反身》使（自己）疲勞《*out*》；使勞損。**2** 使厭煩《*with...*》；使非常疲勞《*out*》: ～ (*out*) a person's patience 使某人不耐煩。—不及 **1** 疲倦，喪失活力。**2** 厭膩，厭煩《*of...*》。

·tire[2] [taɪr] 名 輪胎：a spare ～ 備胎。

flat tire《美俚》無聊的人。

tire[3] [taɪr] 動 及《古》裝扮。—名頭飾。

'tire ˌchain 名 輪胎鏈。

:tired [taɪrd] 形 **1** 疲倦的，疲乏的《*from ..., with...*》。**2**《敘述用法》令人厭煩的《*of..., of doing*》: get ～ *of* the whole business 對這整件事厭倦。**3**《口》令人無法忍受的，討厭的。**4** 老套的，陳腐的：a ～ joke 老掉牙的笑話。～**·ly** 副, ～**·ness** 名U 疲勞；倦怠。

tire·less ['taɪrlɪs] 形**1** 不疲倦的，不厭倦的。**2** 堅韌的，持久的。～**·ly** 副, ～**·ness** 名

·tire·some ['taɪrsəm] 形 令人疲勞的；無聊的，令人厭膩的；討厭的。

～**·ly** 副, ～**·ness** 名

tire·wom·an ['taɪr,wumən] 名 (複**-wom·en**) 侍女。

'tir·ing ˌroom ['taɪrɪŋ-] 名《古》後臺更衣室，化妝室。

T

ti·ro ['taɪro] 名 (複 ～s [-z]) = tyro.

Tir·ol ['tɪrəl] 名 = Tyrol.

Ti·ros ['taɪros] 名《美》電視紅外線觀測的人造衛星。

'tis [tɪz]《古》it is 的縮略形。

·tis·sue ['tɪʃʊ] 名 **1** U C〖生〗組織：muscle ～ 肌肉組織。**2** U C 薄的紡織品；亮麗的織錦物。**3**《**a** ～》一套，連篇《*of* ...》：*a* ～ *of* false hopes 一連串落空的希望。**4** U C (1) 柔軟得像紗布似的紙：*to*ilet ～ 衛生紙。(2) = tissue paper. (3) 用來複寫的薄紙。

'tissue ˌpaper 名 U 薄紙，棉紙。

tis·su·lar ['tɪʃələ˞] 形〖生〗組織的。

tit[1] [tɪt] 名 **1** (titmouse 等多種的) 小鳥。**2**《古》輕佻的女子。

tit[2] [tɪt] 名 **1** 乳頭；《～**s**》《俚》乳房。**2**《俚》按鈕。**3**《俚》低能者，傻瓜。

Tit.《縮寫》〖新約〗*Tit*us.

Ti·tan ['taɪtn̩] 名 **1**〖希神〗泰坦：生於 Uranus 與 Gaea 之間的巨人族之一。**2**〖天〗土星的第六衛星。**3**《**t-**》巨人，力大無比的人：a *t*- of the steel industry 鋼鐵工業的巨擘。—形《**t-**》= Titanic 形 2.

Ti·ta·ni·a [taɪ'tenɪə] 名 泰妲妮亞：Shakespeare 作品 *A Midsummer Night's Dream* 中精靈國的女王。

Ti·tan·ic [taɪ'tænɪk] 形 **1** 泰坦神的。**2**《**t-**》巨大的，強力的。—名《**the** ～》鐵達尼號輪船。

ti·ta·ni·um [taɪ'tenɪəm] 名 U〖化〗鈦。符號：Ti **-tan·ic** [-'tænɪk] 形 鈦的。

tit·bit ['tɪtˌbɪt] 名《英》= tidbit.

ti·ter,《英》**-tre** ['taɪtə˞] 名 U〖化〗滴定率，滴定度。

tit·fer ['tɪtfə˞] 名《英》= tit for tat 2.

'tit for 'tat 名 **1** C U 報復，一報還一報；C 議論，爭論：give ～ 以牙還牙。**2** (亦稱 **titfer**)《英俚》帽子。

tithe [taɪð] 名 **1**《偶作～**s**》農產品十分之一稅；(一般的) 十分之一稅。**2**《文》十分之一；《**a**～》《尤用於否定》絲毫。—動 及 向…課十分之一稅；把…的十分之一繳稅。—不及 納十分之一稅。

tith·ing ['taɪðɪŋ] 名 十分之一稅；什一稅；U 十分之一稅的繳納或徵收。

ti·tian ['tɪʃən] 名 U 赤褐色，金黃色。

tit·il·late ['tɪtl̩ˌet] 動 及 **1** 呵癢，使覺得癢。**2** 刺激使其感到快感。**-'la·tion** 名

tit·i·vate ['tɪtəˌvet] 動 及《口》《常作反身》打扮，裝飾《*off, up*...》。—不及 裝飾，打扮。**-'va·tion** 名

tit·lark ['tɪtˌlɑrk] 名〖鳥〗田雲雀。

:ti·tle ['taɪtl̩] 名 **1** 書名，題目，標題；標題；扉頁《*of, to*...》；《通常作～**s**》〖影視〗字幕。**2** U C 稱號，頭銜，尊稱；有爵位的人。**3**《通常作 **the** ～》〖運動〗冠軍。**4** U C 權利，資格《*to*...》；根據，理由《*to* do》。**5** U C〖法〗所有權《*to* ...》；權利證書；所有權的構成要件；篇，章；案由；訴訟的原因。**6** U 金的純度，成色。—動 (**-tled, -tling**) 及 加標題；加上字幕；授予頭銜；以頭銜稱呼。—形《限定用法》與題名相同的；冠軍的。**-tled** 形 有貴族頭銜的，有爵位的。

'title ˌcatalog(ue) 名〖圖書館〗書名目錄。

'title ˌdeed 名〖法〗所有權狀；產權契約；地契。

ti·tle·hold·er ['taɪtl̩ˌholdə˞] 名 **1** 擁有稱號的人。**2**〖運動〗冠軍，衛冕者。

'title ˌpage 名 扉頁，書名頁。

'title ˌrole 名 劇名或片名主角：do the ～ in Hamlet 在『哈姆雷特』一劇中飾演哈姆雷特。

ti·tl·ist ['taɪtlɪst] 名〖運動〗紀錄保持者；衛冕者。

tit·mouse ['tɪtˌmaʊs] 名 (複 **-mice** [-ˌmaɪs])〖鳥〗小山雀。

ti·trate ['taɪtret] 動 及 不及〖化〗作滴定，以滴定法測定。**-'tra·tion** 名 U C 滴定。

tit·ter ['tɪtə˞] 動 不及 竊笑，傻笑。—名 竊笑，偷笑。～**·ing·ly** 副

tit·tle ['tɪtl̩] 名 **1** 在文字上、下所加的小點。**2**《**a** ～》《通常用於否定》絲毫：do *not* care *a* ～ 毫不在乎。

not a jot or tittle 全然不，絲毫不。

to a tittle 正確地，絲毫不差地，準確地。

tit·tle-tat·tle ['tɪtl̩ˌtætl̩] 名 U 聊天，閒談。—動 不及 閒聊，漫談。

tit·ty ['tɪtɪ] 名 (複 **-ties**) 乳頭。

tit·u·lar ['tɪtʃələ˞] 形 **1** 有頭銜的；有 (正當) 權利的。**2** 標題的；作為名稱依據的：the ～ character in *Macbeth*『馬克白』一劇中的主角馬克白。**3** 虛有其表的，名義上的。—名 有頭銜的人；徒有頭銜的人；被借用名字的人[物]。～**·ly** 副

tit·u·lar·y ['tɪtʃəˌlɛrɪ] 形 = titular.

Ti·tus ['taɪtəs] 名〖聖〗提多書。略作：Tit.

tiz·zy ['tɪzɪ] 名 (複 **-zies**)《口》興奮緊張；狂亂激動。

T-junc·tion ['tiˌdʒʌŋkʃən] 名 丁字路；T 狀物，T 狀接合，T 狀接頭。

TKO, T.K.O.《縮寫》〖拳擊〗*t*echnical *k*nock*o*ut.

Tl《化學符號》thallium.

TM《縮寫》*t*rade *m*ark; *t*ranscendental *m*editation; *t*echnical *m*anual.

Tm《化學符號》thulium.

tme·sis ['tmisɪs, tə'misɪs] 名 (複 **-ses** [-siz]) U C〖文法〗分字法，分語法。

TMT《縮寫》*t*echnology, *m*edias and *t*elecommunications 科技、媒體和電信業。

TN《縮寫》*Ten*nessee.

Tn《化學符號》thoron.

tn.《縮寫》*t*o*n*; *t*ow*n*; *t*rai*n*.

TNT, T.N.T.《縮寫》〖化〗*t*ri*n*itro*t*oluene 三硝基甲苯，黃色炸藥。

:to [《強》 tu,《母音前》 tʊ,《子音前》 tə] 介 **1**《表到達點、前往地點》在；到：go ～ church 去做禮拜。**2**《表方向、方位》向，朝…的方向：stand withone's back ～ the fire 背向火站著。**3**《表狀態、遭遇變化的方向》趨於，傾向於。**4**《表接觸》觸及，在…之上：dance cheek ～ cheek 跳貼面舞。**5**《表時間的終點》直到…爲止，(幾點幾分)前：from sunset ～ sunrise 從日落到日出 / stay on ～ the last minute 留到最後一分鐘。**6**《表目標、目的》爲了：come ～ a person's aid 幫助某人 / sit down ～ a game of bridge 坐下來玩橋牌。**7**《表命運、境遇》處於，置於：be born ～ the purple 生於權貴之家。**8**《表作用，過程、結果、效果》以致，致使：be shocked ～ silence 被嚇呆了 / eat ～ one's content 盡情地吃 / sing a child ～ sleep 唱歌哄小孩睡覺。**9**《表好意、敬意、權利等的對象》對，向，爲了：*T-* your success!《乾杯時》祝你成功！**10**《表到達點、範圍、程度、限度》達到：be chilled ～ the bone 寒冷徹骨 / be rotten ～ the core 爛透了。**11**《表附加、附屬、附隨》…的；附加於，屬於：an addition ～ the White House (美國)白宮的增建部分 / join one thing ～ another 使某物與其他結合。**12**《表執著、固守》執著於：stick ～ facts 忠於事實 / adhere ～ one's principles 堅守自己的原則 / hold ～ one's opinion 堅持己見。**13**《表比較、對比》比：be superior ～... 比…優越。**14**《表適合、一致、伴奏》合乎，按照：adapt oneself ～ circumstances 順應環境 / make suits ～ order 定做衣服 / keep time ～ the music 合著音樂打拍子。**15**《表關聯、關係、反應、對應》對，對於，關於：an English man married ～ a Chinese 與中國人結婚的英國人。**16**《表相對、對立》對，面對：be opposed ～ the project 反對該計畫 / be opposite ～ what one expected 與自己的預期相反。**17**《美方》《表場所》在，在…之處。**18**《表比率》每：10 apples ～ a basket 每簍十個蘋果。**19**《古》《表資格》作爲：take her ～ wife 娶她爲妻。**20**〖數〗次方。**21**《方》以：an acre planted ～ wheat 小麥田。**22** (1)《與不及物動詞、被動語態動詞連用》及於：happen ～ a person 發生在某人身上 / bow ～ an acquaintance 向一位熟人點頭 / appeal ～ a person for help 求助於某人。(2)《與及物動詞連用，表間接受詞的關係》給：leave the rest ～ the imagination 其他的就任憑想像了。(3)《表形容詞、名詞的適用方向、範圍的限定》對於：a great pleasure ～ all of us 對我們大家而言非常愉快。**23**《引導不定詞》(1)《名詞性的用法》做…。(2)《形容詞性用法》需要，供，用來…的。(3)《副詞性用法》結果，爲了，由於。(4)《感嘆詞的用法》啊：Oh, ～ be young and carefree again! 啊！如果能夠還我青春和自由，該多好！一副 **1** 往經常的位置去，在定位；在停止的狀態；復甦過來。**2** 著手，開始。**3**〖海〗船首朝上風。

to and for 往復地，來回地。

·toad [tod] 名 **1**〖動〗蟾蜍；類似蟾蜍的動物。**2** 討厭[可惡]的人[物]。**3** = toady.

a toad under a harrow 常被迫害的人。

eat** a person's **toads 向某人諂媚。

toad·eat·er ['tod,itə] 名 諂媚者，拍馬屁的人。

toad·eat·ing ['tod,itɪŋ] 名 U 諂媚，奉承。

toad·fish ['tod,fɪʃ] 名 (複～, ～·es)〖魚〗蟾鰧魚。

toad-in-the-hole ['todɪnðə,hol] 名 C U《英》裹以麵糊烘烤而成的香腸。

toad·stool ['tod,stul] 名 蕈，毒蕈。

toad·y ['todɪ] 名(複 **toad·ies**) 諂媚者，馬屁精。一動 (**toad·ied, ～·ing**) 及 諂媚，拍馬屁。一不及 諂媚，拍馬屁《*to...*》。

～·ism 名 U 諂媚奉承，拍馬屁。

to-and-fro ['tuən'fro] 形 往復動的；來來回回的。一名 U 往復運動；動搖；爭論。一形 前後地，來來往往地。

·toast¹ [tost] 名 U 土司，烤麵包片：buttered ～ 塗奶油的土司。

as warm as (a) toast 暖烘烘的。

have** a person **on toast 任意擺布某人。

一動 及 **1** 烘，烤。**2** 烤暖。

一不及 烘，烤；取暖。

toast² [tost] 名 **1** 舉杯祝頌的對象；被誇獎的人物；公認的美女。**2** 乾杯；乾杯時的祝詞；乾杯的歡呼：drink a ～ to a person 爲某人乾杯。

一動 及 乾杯祝福；乾杯表敬意；乾杯祝(某人)健康。一不及 乾杯。

toast·er¹ ['tostə] 名 **1** 烤麵包的人。**2** 烤麵包機。

toast·er² ['tostə] 名 舉杯祝頌的人。

'toast·ing ˌfork ['tostɪŋ-] 名 (烤麵包用的)長柄叉。

toast·mas·ter ['tost,mæstə] 名 **1** 宴會的司儀。**2** 舉杯祝頌的人。

toast·mis·tress ['tost,mɪstrɪs] 名 宴會的女司儀。

'toast ˌrack 名 (餐桌上的)土司架。

toast·y ['tostɪ] 形 (**toast·i·er, toast·i·est**) **1** 似土司的。**2** 暖烘烘的。

:to·bac·co [tə'bæko] 名 (複～s, ～es) **1** U〖植〗煙草；煙草葉。**2** U C 煙絲。**3** U 抽煙，吸煙的習慣：give up ～ 戒煙。

to·bac·co·nist [tə'bækənɪst] 名 煙草商；香煙零售商。

to-be [tə'bi] 形《通常作複合詞》未來的；預定的：a mother-*to-be* 將做母親的人，孕婦。一名《**the** ～》未來。

To·bi·as [to'baɪəs] 名〖男子名〗托比亞。

To·bit ['tobɪt] 名〖聖〗托比書。

to·bog·gan [tə'bɑgən] 名 平底雪橇。

on the toboggan《美》趨向毀滅的；《美

俚》暴跌，走下坡的。
一動 不及 1 乘平底雪橇滑下斜坡。2《美口》暴跌，突然走下坡。～·er, ～·ist 名

to·by ['tobɪ] 名(複 -bies) 1 人形啤酒杯。2《美俚》細長廉價雪茄。

toc·ca·ta [tə'kɑtə] 名(複 -te [-ti])〖樂〗托卡塔曲。

toc·sin ['tɑksɪn] 名 1 警報。2 警鐘。

:to·day [tə'de] 名 U 1 今天：～'s newspaper 今天的報紙。2 現代，現在，當代：the writers of ～ 現代的作家。一副 1 在今日。2 現代，現在，最近。一形《口》今天的；現今的。

tod·dle ['tɑdl] 動 不及 1 蹣跚，搖晃而行。2《口》散步，信步走《*round*》。3《口》出門，前往；離去《*along, away, off*》。
一名 1 蹣跚行走；不穩的腳步。2 散步，漫步。3《口》蹣跚學步的小孩。

tod·dler ['tɑdlɚ] 名 蹣跚行走的人，學步的小孩。

tod·dy ['tɑdɪ] 名(複 -dies) U C 1 熱甜飲料。2 棕櫚酒。

to·do ['tə'du] 名(複 ～s [-z])《口》喧鬧，騷動：make a great ～ over ... 因…而大鬧。

·toe [to] 名 1 腳趾；相當於腳趾的部分；蹄：turn one's ～*s* out（走路時）腳尖朝外。2 足尖；腳趾狀的部分；角鐵的趾端；〖高爾夫〗球桿尖端。

a toe's length 極小的距離。

dig in one's toes《英》採取果斷的態度。

on one's toes (1) ⇨ 名 1. (2)《口》警覺的，準備行動的；準備好的。

step on a person's toes 令某人生氣，激怒某人；侵犯某人的領域。

stub one's toe over... 被…絆倒。

toes up《英俚》死。

toe to toe 正面相向。

turn up one's toes / turn one's toes up《俚》死，翹辮子。

一動 (toed, ～·ing) 及 1 裝上腳尖的部分。2 用腳尖接觸；踩熄《*out*》；用腳尖踢；踢出《*out*》。3〖高爾夫〗用球桿尖端打。一不及 1 站立，行走：～ in 腳尖朝內站立。2 用腳尖觸。

toe the line ⇨ LINE¹ 名

～·less 形 沒有腳趾的。

toe·cap ['to,kæp] 名 鞋尖裝飾；鞋頭。

toed [tod] 形 有腳趾的；《作複合詞》有…腳趾的：pigeon-*toed* 腳尖向內的，內八字的。

'toe ,dance 名 腳尖舞。

TOEFL ['tofl] 名 U《美》*T*est *o*f *E*nglish as a *F*oreign *L*anguage 托福考試。

'toe ,hold 名 1（登山時的）踏趾點。2 初步的立足點：gain a ～ in politics 在政界獲得一立足點。3〖角力〗扭對手足踝的招術。

TOEIC ['to,ɪk] 名 U *T*est *o*f *E*nglish for *I*nternational *C*ommunication 多益測驗。

toe·nail ['to,nel] 名 1 腳趾甲。2〖印〗《俚》小括弧。3 斜釘的釘子。

toe·shoe ['to,ʃu] 名《通常作～s》腳尖舞鞋

toe-to-toe ['totə'to] 形 副 正面交鋒的[地]，面對面的[地]。

toff [tɔf] 名《英口》講究穿著的人；紳士。

tof·fee, -fy ['tɑfɪ, 'tɔfɪ] 名(複 ～s, -fies) 1 = taffy 1. 2《英俚》《與 can't 連用》毫不。

tof·fee-nosed ['tɑfɪ,nozd] 形《英俚》勢利的；矯飾的；自大的。

toft [tɔft, -ɑ-] 名《英》1 宅地；宅地與耕地。2 山丘。

to·fu ['tofu] 名 U 豆腐。

tog [tɑg] 名 1 外套。2《英》《常作～s》衣服。一動 (togged, ～·ging) 及《常用反身或被動》給…穿上《*out, up / in...*》。

to·ga ['togə] 名(複 ～s, -gae [-dʒi]) 1 寬鬆外袍。2 制服。

to·gaed ['togəd] 形 穿寬外袍的。

:to·geth·er [tə'gɛðɚ] 副 1 一起，共同；一致地；互相：come ～ for debate 為辯論而聚在一起 / rub one's hands ～ 摩搓雙手 / strike two stones ～ 將兩石相擊 / hold the nation ～ 團結全國人民。2 全體地，總合地：taken ～ 總括起來。3 緊密地，前後連貫地。4 同時；一齊；連續地，不間斷地：for weeks ～ 連續好幾個星期。5 協同地，協力地，合力地。

get it (all) together《美俚》(1) 平安過活，平安度日。(2) 思想清晰冷靜，保持鎮靜。(3) 身材優美。

put two and two together 根據各種資料來推論。

together with... 與…一起；加上；以及。
一形《限定用法》《美俚》1 冷靜的，沉著的。2 協調的，合乎（某種用途）的。

to·geth·er·ness [tə'gɛðɚnɪs] 名 U 統一，一致；親睦，友誼；團結；同志意識。

tog·ger·y ['tɑgərɪ] 名(複 -ger·ies) 1 U《口》衣服。2《英》服裝店，服裝用品商店。

tog·gle ['tɑgl] 名 1 掛索椿，套索釘。2〖電腦〗切換鍵。3 棒形裝飾鈕釦。
一動 及 1 釘裝套索釘於。2 用套索釘釦住。3〖電腦〗切換。

'toggle ,joint 名〖機〗肘節。

'toggle ,switch 名〖電〗扳動式開關。

To·go ['togo] 名《the ～》多哥（共和國）：位於非洲西部；首都為 Lomé。

·toil¹ [tɔɪl] 名 1 U 辛勞，勞累；C 辛苦的工作：sparing no ～ 不辭辛勞。2《古》爭鬥；戰鬥。一動 不及 1 苦幹；辛勞地從事《*on / at, on, over, through...*》。2 艱苦地前進。一及 1 使過分操勞。2 辛苦完成《*out*》；辛苦跋涉。3 耕種。～·er 名 辛勤工作的人，勞苦者。

toil² [tɔɪl] 名《通常作～s》《文》（法律

等的）網；《喻》陷阱：be caught in the ~s of the law 陷入法網。

·toi·let ['tɔɪlɪt] 名 1 廁所；馬桶；《美俚》浴室；化妝室：be in the ~ 在上廁所 / visit the ~ 上廁所。2 U《one's ~》梳妝，打扮：make one's ~ 打扮。3 化妝道具；《古》化妝臺。4 U《古》衣服，服裝。5 U C〖外科〗換藥，理傷。6《形容詞》化妝[廁所]（用）的。—動不及 1 梳妝，打扮。2 大小便。

'toilet ˌpaper 名U衛生紙。

'toilet ˌpowder 名U爽身粉。

'toilet ˌroll 名 捲筒式衛生紙。

toi·let·ry ['tɔɪlɪtrɪ] 名 (複-ries)《通常作-ries》梳妝用品。

'toilet ˌset 名化妝用具。

'toilet ˌsoap 名U香皂。

'toilet ˌtable 名梳妝臺。

toi·lette [tɔɪ'lɛt, twɑ'lɛt] 名 (複 ~s) = toilet 名 2, 4.

'toilet ˌtraining 名U大小便訓練。

'toilet-ˌtrain 動及訓練大小便。

'toilet ˌwater 名U化妝水。

toil·ful ['tɔɪlfəl] 形辛苦的，勞累的；勤勞的。~·ly 副

toil·some ['tɔɪlsəm] 形 辛苦的，吃力的。~·ly 副, ~·ness 名

toil·worn ['tɔɪlˌworn] 形 疲憊的；可以看出勞累樣子的。

to·ing and fro·ing ['tuɪŋən'froɪŋ] 名 (複 to·ings and fro·ings) U C《口》團團轉，來來往往。

To·kay [to'ke] 名U C 1 匈牙利產的一種香甜葡萄酒。2 美國加州產的白葡萄酒。

·to·ken ['tokən] 名 1 表徵，象徵；記號《of...》: a ~ of respect 尊敬的表徵。2 紀念品；禮品。3 表示真實性之物；標記，徽章。4 代用硬幣；有票面價值之物；《英》商品（交換）券：a book ~《英》圖書禮券。5 代表全體的事物；樣品。

by the same token 同樣地；此外，而且；《文》基於此證據。

in token of... 作為…的表徵；表示。

more by token《古》越發，更。

—動及成為表徵，象徵。

—形 1 可作為表徵的。2 極少的，象徵性的；虛有其名的。

'token ˌcoin 名代用錢幣。

to·ken·ism ['tokənˌɪzəm] 名U《美》象徵主義，表面文章。-'is·tic 形

'token ˌmoney 名U 1 代幣。2 私鑄幣。

'token 'payment 名 象徵性償付；部分償付。

'token ˌstrike 名《英》象徵性罷工。

To·ky·o ['tokɪˌo] 名 東京：日本的首都。

'To·ky·o·ite [-ˌaɪt] 名 東京人。

:told [told] 動 tell 的過去式及過去分詞。

all told 總結，總計，全部。

To·le·do [tə'lido] 名 (複~s [-z]) 托利多劍：以前在西班牙 Toledo 市所造的劍。

·tol·er·a·ble ['tɑlərəbl] 形 1 可以忍受的，可容忍的。2 過得去的，差強人意的；《口》還算健康的：speak ~ English 英語講得過得去。'-bil·i·ty 名

tol·er·a·bly ['tɑlərəblɪ] 副 尚可容忍地，過得去地。

tol·er·ance ['tɑlərəns] 名 1 U寬容，容忍《for, toward...》；U C忍受，忍耐（力）《for, of...》；度量：have a (high) ~ for humidity（某人）有（強的）耐潮溼力。2 U C〖醫〗耐藥性，耐受性；〖生〗耐性，耐量《for, to...》: acquire a ~（某人）習得耐性。3 U C〖機〗公差，容許誤差。

'tolerance ˌlimits 名 (複)〖統〗寬限度，容許限度。

tol·er·ant ['tɑlərənt] 形 1 寬容的，寬大的，容忍的；《about, of, to, toward...》；對異教寬容的：be ~ of... 對…寬大的。2〖醫〗有耐藥性的；〖生〗有抵抗力的《of ...》: a plant ~ of heat 耐熱植物。~·ly 副

·tol·er·ate ['tɑləˌret] 動 (-at·ed, -at·ing)及 1 容忍，默認；忍受，忍耐：~ criticism 忍受批評。2〖醫〗有耐（藥）性；有耐受性。

tol·er·a·tion [ˌtɑlə'reʃən] 名U 1 寬容，容忍，忍受《toward...》。2 信教的自由。

·toll¹ [tol] 動及鳴，敲；報時《out》；鳴鐘告知；鳴鐘召集，鳴鐘解散《in; out》。—不及 鳴響；鳴鐘；鳴鐘告知《for...》: ~ for the meeting 鳴鐘召開會議。

—名《用單數》鳴鐘；鐘聲。

·toll² [tol] 名 1 使用費；運費；服務費；《美》長途電話費。2 使用費徵收權。3《常用單數》《文》代價；損失，損害；死傷人數：the death ~ from the earthquake 地震死亡的人數。

take toll(s) of... 抽取一部分；奪去。

—動及抽取…作為使用費；向…徵收使用費。

toll³, tole [tol] 動及《方》引誘…過來，誘捕；《美》引誘，誘惑《on》。

toll·age ['tolɪdʒ] 名U 使用費，通行稅。

'toll ˌbar 名遮斷橫木，關卡。

toll·booth ['tolˌbuθ] 名 (複 ~s [-buðz, -'buθs]) 1 收費站。2《蘇》= tolbooth 1.

'toll ˌcall 名《主美》長途電話。

toll-free ['tol'fri] 形《美》1 不收費的。2 不收使用費的。

toll·gate ['tolˌget] 名 通行費收費處；收費站。

toll·house ['tolˌhaʊs] 名 (複 -hous·es [-ˌhaʊzɪz]) 通行費收費處；收費亭。

toll·keep·er ['tolˌkipɚ] 名《英》收費員。

'toll ˌline 名長途電話線。

'toll ˌroad 名收費道路。

'toll ˌthorough 名U《英》（道路、橋樑等的）通行費。

toll·way ['tolˌwe] 名收費道路。

Tol·stoy ['tɑlstɔɪ] 名 **Leo Nikolaevich,**

Count, 托爾斯泰（1828－1910）：俄國的小說家，其主要作品為 *War and Peace*。

Tom [tam] 图 1《美俚》湯姆叔叔：指一如往昔的黑奴般順從白人的黑人。2〖男子名〗湯姆（Thomas 的暱稱）。3《t-》雄性動物；尤指雄貓。

Blind Tom 捉迷藏遊戲。

Tom and Jerry 《美》熱奶蛋花酒。

tom·a·hawk ['tamə,hɔk] 图 短柄斧頭，印第安斧，戰斧。

bury the tomahawk ⇨ HATCHET（片語）

dig up the tomahawk 開戰，宣戰。

·to·ma·to [tə'meto] 图 (複 ~es) 1 Ⓒ Ⓤ 番茄。2 Ⓤ 番茄色。3《主美俚》姑娘，女人。

·tomb [tum] 图 1 墓，墳墓，埋葬場所；陵廟，陵墓；（地下）納骨處，墓室。2 紀念碑，墓碑；作墳墓用的（紀念性）建築物。3《the ~》死亡。

give a person hark from the tomb 《美口》向（某人）嘮叨。

tom·bo·la ['tambələ] 图 彩票，獎券。

tom·bo·lo ['tombəlo, 'tam-] 图 (複 ~s [-z]) 連島沙洲，沙頸岬。

tom·boy ['tam,bɔɪ] 图 野丫頭，像男孩的女孩，男孩子氣的女孩。

~·ish 形 男孩子氣的，野丫頭般的。

tomb·stone ['tum,ston] 图 墓碑。

tom·cat ['tam,kæt] 图 1 雄貓。2《俚》登徒子，窮追女人的男子。一動 (~·ted, ~·ting) 及《俚》窮追女人《*around*》。

tom·cod ['tam,kad] 图 (複 ~, ~s)〖魚〗《美》霜鱈。

'Tom 'Collins 图 Ⓤ《美》湯姆柯林斯酒。

Tom, 'Dick, and 'Harry 图《俚》《前面常加上 every》一般人，任何人，普通人，張三李四。

tome [tom] 图 一冊，一卷；《常為謔》書，非常厚重的書，大部頭書，鉅著：take a dusty ~ from the shelf 從書架上取下蓋滿灰塵的一本大厚書。

-tome 《字尾》表「切割的器具」、「節」、「分段」之意。

to·men·tum [to'mɛntəm] 图 (複 -ta [-tə])〖植〗絨毛；〖醫〗血管絨毛。

tom·fool ['tam'ful] 图《常作 T- F-》大傻瓜，大笨蛋，呆子。一形 極傻的。

tom·fool·er·y [,tam'fulərɪ] 图 (複 -eries) Ⓤ 愚行，瞎胡鬧；Ⓒ 愚蠢的行為，無意義的事物。

Tom·my ['tamɪ] 图〖男子名〗湯米（Thomas 的暱稱）。

'Tommy 'Atkins 图 (複)《口》英國陸軍（白人）士兵。

tommy ,gun 图《口》小型輕機槍。

tom·my·rot ['tamɪ,rat] 图 Ⓤ《俚》廢話，胡說；蠢話；荒唐之舉。

to·mo·gram ['tomə,græm] 图（X 光的）斷層攝影照片。**-graph** 图 斷層攝影裝置。

to·mog·ra·phy [to'magrəfɪ] 图 Ⓤ〖醫〗斷層攝影術。

:to·mor·row [tə'mɔro, -'mar-] 图 Ⓤ《無冠詞》明天；未來，將來：~ morning 明天早上 / the day after ~ 後天 / *T-* never comes.《諺》永遠不會有那麼一天；明天永不會來到；切莫依賴明天。一副 明天；《轉用》將來（有一天）。

'Tom 'Thumb 图 1 大拇指湯姆：英國童話中的矮人。2 非常矮小的人，侏儒。

tom·tit ['tam,tɪt] 图〖鳥〗《英方》1 = titmouse. 2 雀科小鳥。

tom-tom ['tam,tam] 图 1 (1) 長筒鼓。(2) 用鼓槌敲打的現代大鼓。2 咚咚聲；單調的敲擊聲（亦作 **tam-tam**）。一動 不及 敲鼓發出咚咚聲。

·ton [tʌn] 图 1 (1)《重量單位》噸：《美》短噸，等於 2,000 磅；《英》長噸，等於 2,240 磅。(2) 公噸（相當於 2,204 磅）：two ~(*s*) of coal 兩噸煤。2《容積單位》載貨（容積）噸。3《船舶大小、載重能力單位》噸。4《常作 ~s》《口》很重的重量；許多，大量《*of...*》：~*s* and ~*s of* water 大量的水。5《a ~, the ~》《英俚》每小時 100 哩的速度：do *a* ~ 以時速 100 哩奔馳。6《俚》（比賽中的）一百分。一副《~s》…得多。

ton·al ['tonḷ] 形 1〖樂〗本調的，調性的。2〖畫〗色調的。~·ly 副

to·nal·i·ty [to'nælətɪ] 图 (複 -ties) Ⓤ Ⓒ 1〖樂〗調性。2 色調，顏色的配合。

to-name ['tu,nem] 图 別名，外號。

:tone [ton] 图 1 音；音質，音色：heart ~*s*〖醫〗心音 / a voice silvery in ~ 清脆的嗓音。2 口氣，語氣：speak in a friendly ~ 友善地說。3 說法，口音；〖語〗音的強弱高低；聲調；語調：the four ~*s* 四聲。4〖樂〗樂音；全音；全音程。5〖無線〗可聽音。6 明暗，濃淡；色澤；色相；〖藝〗色調；〖攝〗色調，光度：a light ~ 明亮的色調。7 Ⓤ〖生理〗（身心的）健康狀態。8 Ⓤ Ⓒ 情緒；氣質，性格；風格；氣氛，情調。9 語氣，筆調：make the ~ of a letter friendly 以親切的語氣來寫一封信。10 趨勢，風氣。

take a high tone 口氣強硬。

一動 (**toned, ton·ing**) 及 1《罕》調音；用某種調子發出；把（音）調為某種調子，賦予某種語調；改變調子；加入調子。2 改變色調；使成某種色調。3 使恢復正常。一 不及 具有某種聲調。

tone down 緩和，減弱，變柔和，收斂。

tone (in) with... 與…調和。

tone up (1) 提高；強化。(2) 提高調子。

'tone ,arm 图 唱機的唱臂。

'tone ,color 图 Ⓤ Ⓒ〖樂〗音色。

'tone con,trol 图 高低音調節。

toned [tond] 形《限定用法》1 淡顏色的。2《常作複合詞》有…音質的：a pure-

T

toned voice 純淨的嗓音。

tone-deaf ['ton,dɛf] 形〖病〗音盲的，不能分辨音調的。**'tone ,deafness** 名Ⓤ音盲。

'tone ,language 名聲調語音。

tone·less ['tonlɪs] 形無聲調的；無色調的；無情調的；不高雅的。

'tone ,poem 名〖樂〗音樂詩。

'toner ,cartridge 名碳粉匣。

'toner ,phoner 名電話詐騙者。

to·net·ics [to'nɛtɪks] 名(複)《作單數》聲調學，音調學。

tong¹ [tɔŋ] 名＝tongs. —動 及 用夾具夾[舉起，收集，撥動]。—不及 使用夾子。

tong² [tɔŋ] 名 **1** 堂，協會，政黨。**2**《美》祕密組織。**3** 祕密會社。

ton·ga ['tɑŋgə] 名小型兩輪馬車。

Ton·ga ['tɑŋgə] 名東加（王國）：紐西蘭東北的群島國；首都爲Nukualofa。

tongs [tɔŋz] 名(複)《通常作複數》夾具，鉗子，火鉗；夾子：a pair of sugar ～ 一把方糖夾。

would not touch...with a pair of tongs 不願觸及…，極討厭…。

:tongue [tʌŋ] 名 **1** 舌頭；似舌頭的器官：put out one's ～ 伸出舌頭；吐舌。**2** ⒸⓊ 豬（或牛、羊）舌頭：smoked ～ 燻製的舌。**3** 說話能力；（說出的）話，談話；閒談：the gift of ～*s*〖聖〗聖靈所賜的口才 / confusion of ～*s*〖聖〗言語的混亂 / lose one's ～ 說不出話 / find one's ～ 恢復說話能力 / give a person the edge of one's ～ 嚴斥某人 / Watch your ～！說話客氣一點！**4** 語言；方言；《常作～**s**》國民，民族：one's mother ～ 母語 / all ～*s* 萬民萬族。**5** 說話方式，談吐；措詞：have a fluent ～ 口若懸河 / judge a person by his ～ 以其談吐判斷某人。**6** 似舌的東西，舌狀物；火舌；舌蓋；鐘舌；簧舌；轅；榫；可移動的軌條；針；指針；岬角，狹長的海灣。

at one's tongue's end 詳背，熟記。

bite one's tongue 緘默，閉口不說。

give tongue / throw (one's) tongue (1)〖狩〗吠叫。(2) 說出來；大聲呼叫。

have one's tongue in one's cheek 開玩笑地說，假惺惺地說；譏諷，挖苦地說。

keep a civil tongue in one's head 言語謹慎。

lay (one's) tongue to... 說出，表達。

on the tip of one's tongue (1) 差點說出。(2) 就在嘴邊。

wag one's tongue 喋喋不休。

with one's tongue hanging out 口渴；《喻》期待。

—動 **(tongued, tongu·ing)** 及 **1** 用舌頭吹奏。**2** 用舌頭觸舐。**3**〖木工〗製榫頭；用榫頭接合。**4** 斥責，責怪。**5**《古》說；發出聲音。—不及 **1** 用舌頭在管樂器上吹出音調。**2** 說，多嘴，喋喋不休。**3** 似舌般地突出。

～**·less** 形沒舌頭的；不會說話的。

'tongue and 'groove 名Ⓤ〖木工〗槽榫接合。

tongued [tʌŋd] 形《作複合詞》**1** 有…的舌頭的，…舌的：double-*tongued* 不誠實的。**2** 措詞…的。

'tongue de,presser 名壓舌板。

tongue-in-cheek ['tʌŋɪn'tʃik] 形半開玩笑的，虛情假意的；譏諷的。

tongue-lash ['tʌŋ,læʃ] 動 及 不及 嚴厲責備。～**·ing** 名ⓊⒸ《口》嚴厲的斥責。

tongue-tie ['tʌŋ,taɪ] 名Ⓤ 結舌。—動 **(-tied, -ty·ing)** 及 使結舌，使說不出話。

tongue-tied ['tʌŋ,taɪd] 形 **1** 說不出話的，舌頭打結的。**2** 短舌的，結舌的。

'tongue ,twister 名繞口令。

ton·ic ['tɑnɪk] 名 **1** 補藥；滋養品，使人振奮的東西。**2**〖樂〗主音。**3**〖語音〗重音；重音節。**4** Ⓤ（加奎寧的）蘇打水。**5**《主新英格蘭》＝soft drink. —形 **1** 滋補的；鼓舞的，振奮的。**2**〖生理·病〗連續緊張的，強直的。**3**〖語言〗聲調的，以聲調區別字義的；有關聲調的。**4**〖語音〗有重音的。**5**〖樂〗主音的。

to·nic·i·ty [to'nɪsətɪ] 名Ⓤ滋補性；聲調性；肌肉的張力；強壯，強健。

'tonic sol-'fa 名Ⓤ〖樂〗首調唱名法。

'tonic ,water 名《英》＝tonic 名 4.

:to·night [tə'naɪt] 名Ⓤ《無冠詞》今夜，今晚。—副今夜。

tonn. 《縮寫》*ton*nage.

ton·nage ['tʌnɪdʒ] 名Ⓤ **1** 商船的裝載量，軍艦的噸位數。**2**《**the** ～》《集合名詞》船舶；《**a**～》（一個國、港口的）船舶總噸位。**3** 噸數。**4** 噸稅。

tonne [tʌn] 名＝metric ton. 略作：t.

ton·neau [tə'no] 名 (複 ～**s, -neaux** [-z]) **1** 汽車後部座位的部分。**2** 小型跑車的座位蓋。**3** 輕便兩輪馬車。

to·nom·e·ter [to'nɑmətɚ] 名 **1** 音調計，音叉。**2**〖醫〗眼壓計；液體張力計。

ton·sil ['tɑnsl] 名〖解〗扁桃腺。

～**·lar** 形

ton·sil·lec·to·my [,tɑnsl'ɛktəmɪ] 名 (複 **-mies**) ⓊⒸ〖外科〗扁桃腺切除術。

ton·sil·li·tis [,tɑnsl'aɪtɪs] 名Ⓤ〖病〗扁桃腺炎。

ton·so·ri·al [tɑn'sorɪəl] 形《常爲謔》理髮（師）的：～ care 整髮。

ton·sure ['tɑnʃɚ] 名 **1** Ⓤ 剃髮；Ⓒ剃去頭髮的部分。**2** Ⓤ〖宗〗剃度儀式。—動 及 **1** 爲…舉行剃度儀式。**2** 剃髮。

ton·tine ['tɑntin, -'-] 名聯合養老保險制。

ton-up ['tʌn,ʌp] 形《英俚》可開時速一百哩以上的；愛開快車的。—名《**the** ～》＝ton¹ 5.

To·ny ['tonɪ] 名 **1**〖男子名〗東尼（Anth-

T

ony 的暱稱）。2〖女子名〗東妮（Antoinette的暱稱）。

Tony Award 图《美》東尼獎：美國戲劇界的年度大獎。

:too [tu] 副 1《修飾全句》而且，又，也：be smart, handsome, and friendly ～ 機靈，英俊又友善。2 過分，太；超過程度；對…而言過於。3《通常與非強調用法的 **only** 連用》《口》甚，非常；遺憾的是。4《尤美口》《對否定的話予以強烈的肯定》真地，確實，然而。

all too...《時間》極，太。

cannot...too... 再怎麼…也不為過。

quite too《口》實在，簡直；極好。

too much (of a good thing) / too much 太過分，過量《*for...*》。

too too = TOO-TOO.

too·dle-oo [,tudəl'u] 感《英口》= goodbye.

:took [tʊk] 動 **take** 的過去式。

·tool [tul] 图 1 用具，工具；刀具：A bad workman quarrels with his ～*s.*《諺》笨工匠責怪工具。2 起工具功用的東西；手段。3 被當工具使用的人，傀儡。4〖裝訂〗壓印。5 小刷子。6《俚》陰莖。—動 及 1 用工具使成形；用鑿子在（石塊）上加工。2 壓印圖案。3《口》使慢慢跑《*through, down, along...*》；載（人）。4 裝置新式工具《*up*》。—不及 1 使用工具，用工具加工。2《口》開往《*along / along ...*》。3 安裝機器《*up*》。

tool·bar ['tul,bɑr] 图〖電腦〗工具列。

tool·box ['tul,bɑks] 图 工具箱。

tool·ing ['tulɪŋ] 图 U 1 手工藝；雕飾。2《集合名詞》工具，刀具；機床安裝。3〖裝訂〗壓印的裝飾。

tool·mak·er ['tul,mekɚ] 图 工具製造者。

-mak·ing 图

toon [tun] 图〖植〗紅椿，印度桃花心木；U 紅椿的木材。

toot¹ [tut] 動 不及 1 嘟嘟響；吹管樂器。2 叫。—及 1 吹響。2《美俚》用鼻吸。

toot one's (own) horn《美口》⇨HORN（片語）

—图 1 嘟嘟響，叭叭聲。2 U《美俚》古柯鹼；C（以鼻對古柯鹼的）一吸。

toot² [tut] 图 飲宴；痛飲。

:tooth [tuθ] 图（複 **teeth** [tiθ]）1 牙齒；類似牙齒功能者：pick one's *teeth* 剔牙 / gnash one's *teeth* 咬牙切齒。2 齒狀物；齒。3〖植〗緣齒；蘚苔類子囊口之齒狀突起。4 產生咬痛感的東西；起破壞作用的力量；《**teeth**》威力，強制力：the *teeth* of violence 暴力的破壞力。5 愛好，嗜好《*for ...*》。6 粗糙表面；較粗的一面。

between one's teeth 小聲地。

by the skin of one's teeth 好容易才，正好，恰巧。

cast in a person's teeth 責備，歸咎（某人）。

chip one's teeth 咬牙切齒露出憤怒的樣子。

cut one's (milk) teeth 長牙齒；開始懂事。

cut one's teeth on... 從小習慣於…；從小就學習…。

get one's teeth into... 投入於，熱中於；充分體會。

in the teeth 正面地，公然。

in the teeth of... (1) 與…相向，正面反抗。(2) 不把…放在眼裡，不顧。

long in the tooth 年老的；年過中年的。

pull a person's teeth 去除某人的破壞力。

put teeth in ... 使生效，加強效力。

set a person's teeth on edge (1) 使某人厭煩。(2) 使某人焦急。

set one's teeth 下定決心面對困難。

show one's teeth 威脅；表憤怒。

sink tooth into...《美口》(1) 吃。(2) 找到實質的東西。

take the bit in one's teeth ⇨BIT¹（片語）

tooth and nail 傾全力，用盡手段；拚命地。

to the teeth of a person《古》與某人正面相向；公然地，肆無忌憚地。

to the (very) teeth 完全，萬無一失。

—動（**toothed** [tuθt, tuðd], ～**·ing** ['tuθɪŋ]）及 1 給…裝上牙齒；給…加上齒狀物。2 咬。—不及 咬合，嚙合。

tooth·ache ['tuθ,ek] 图 U C 牙痛。

tooth·brush ['tuθ,brʌʃ] 图 牙刷。

tooth·comb ['tuθ,kom] 图 細齒梳，篦子。—動 及 用細齒梳梳理；仔細調查。

tooth·less ['tuθlɪs] 形 1 無牙的，缺牙的；無鋸齒的。2 無力的，無效的。

tooth·paste ['tuθ,pest] 图 U C 牙膏。

tooth·pick ['tuθ,pɪk] 图 牙籤。

'tooth ,powder 图 U 牙粉。

tooth·some ['tuθsəm] 形《文》1 好吃的，美味的。2 理想的；（女性）性感的，迷人的。

tooth·y ['tuθɪ] 形（**tooth·i·er, tooth·i·est**）1 露出牙齒的。2 好吃的，可口的。

-i·ly 副, **-i·ness** 图

too·tle¹ ['tutl] 動 不及 輕輕地吹。—图 吹笛子的聲音。**-tler** 图

too·tle² ['tutl] 動 不及《英口》從容開車前往；離去《*off*》。

too-too ['tu'tu] 形《口》很無聊的，沒價值的；極端的，過分的；矯飾的。—副 非常無聊地；極端地。

toots [tʊts] 图《美口》親愛的；寶貝。

toot·sy ['tʊtsɪ] 图（複 **-sies**）1《幼兒語》《諧》腳（亦作 **tootsie**）。2《美》= toots.

:top¹ [tɑp] 图 1《通常作 **the** ～》最上部，頂端，末端。2《通常作 **the** ～》表面；上部，上方。3《通常作 **the** ～》上端，高處；上座。4《通常作 ～**s**》長出地面部分；葉部；枝頭。5《**the** ～》最初，起首。6 最高位，首位；上流人，貴族。7

《the ～》最高度，絕頂：the ～ of the Stock Exchange 股票市場的最高值。8 最好的部分，精髓。9 蓋子，栓；頭；折疊式篷蓋；頂篷。10 Ⓤ《英》（汽車的排檔的）最高檔（《美》high）。11〖牌〗手中最大的牌，王牌。12〖運動〗擊中球的上半；向前旋轉。13〖棒球〗上半局。14 束，團；Ⓤ毛髮。15 靴口；《～s》鞋子的上部；（套裝的）上身部分。

be (sitting) on top of the world 因成功而興高采烈；覺得很幸福。

blow** one's **top《口》發怒；發瘋。

come out on top 比賽贏了獲得成功。

come to the top 成功，成名。

from top to bottom 從頭到腳；完全。

get on top of... 征服；使人難以應付。

go over the top 越過壕溝攻擊；毅然從事，採取最後的措施；超過分配額。

in (the) top (gear)《英》（排檔）用最高速檔（《美》in high (gear)）。

make the top 成功，成名。

off the top《美俚》從總收入中。

off the top《英俚》臨時起意地，不假思索地。

off** one's **top 精神失常；激動，激昂。

on (the) top of... (1) 在…之上。(2) 加之，再者。(3) 緊接著。(4)《口》完全控制著；完全精通。

on** a person's **top 罵某人，攻擊某人。

on top (1) 在上面，在上方。(2)《美口》成功地，占優勢。

the top and bottom 全體，全部。

top and tail (1)《the ～》全體，全部；結局。(2) 完全，絕對。

top or bottom《否定》完全，全然。

top over tail 顛倒。

tops and bottoms 兩極端；《俚》開演與壓軸；《美俚》作記號的骰子。

with the top of** one's **mind 心不在焉地，馬虎地。

—形 1 最高層的，頂上的；上方的，表面的；《英》首位的。2 最高的，最佳的。

—動 **(topped, ～·ping)** 及 1 加上屋頂，覆蓋；安置在；塗上；施（肥料等）《*with* ...》。2 到達…的頂上；上升到…的頂點；在…中占首位，領先。3 升到…的上方。4 優於，凌駕；超過。5 演好，將…演得唯妙唯肖。6 切除一頭《*off*》。7 跳過，超越。8〖化〗蒸餾。9〖高爾夫〗擊中（球）的上半。

—不及 1〖高爾夫〗擊中球的上半。2 高出某人；超越某人。

top off (1) 終了。(2) 舉行落成典禮。

top...off / top off... (1) ⇨ 動及 6. (2)《美》（以…）結束《*with...*》。(3) 使加滿，把…加滿。(4) 養肥（動物）供給市場。

top out (1) 達到顛峰。(2)《英》慶祝新廈落成。

top...out / top out... (1) 加屋頂，加蓋；完成。(2)《英》慶祝落成。(3) 選出。

top** one's **part 比以前演得好。

top oneself 創出自己前所未有的成績。

top up (1) 終了。(2) 充滿；給…充電；注滿；為倒滿一杯飲料。

to top it all (off) 再者，加上。

top² [tɑp] 名 1 陀螺：sleep like a ～ 睡得很熟，熟睡。2《俚》人，傢伙。

to·paz ['topæz] 名 Ⓤ Ⓒ 黃玉；黃寶石。

'top ba'nana 名《俚》主謊星，主要的丑角；領導者。

'top ˌboot 名《常作～s》馬靴。

'top 'brass 名《the ～》《俚》高級將領[官員]。

top·coat ['tɑpˌkot] 名 1 大衣。2 Ⓤ Ⓒ 油漆的表層。

'top 'dog 名 Ⓤ Ⓒ《口》勝利者，最高權威人物。**'top-ˌdog** 形 最高（權威）的。

'top-'down 形 由上而下的；專制的。

'top 'drawer 名《the ～》《英口》上流階級，佼佼者，要員。**top-drawer** 形《口》最高級的，最重要的。

top-dress ['tɑpˌdrɛs] 動 及 施肥《*with...*》；鋪石子。

'top ˌdressing 名 1 Ⓤ 施肥。2 Ⓤ Ⓒ 石子層；路床；《喻》虛有其表；裝模作樣。

tope¹ [top] 動 及 不及《文》酗酒，成為酒鬼；狂飲。**'top·er** 名 酒鬼。

tope² [top] 名〖魚〗星鯊，角鮫。

tope³ [top] 名 佛塔。

to·pee ['topi, to'pi] 名 印度的遮陽帽。

To·pe·ka [tə'pikə] 名 托皮卡：美國 Kansas 州的首府。

top·flight ['tɑp'flaɪt] 形《口》出眾的，卓越的，一流的。

top·gal·lant [ˌtɑp'gælənt, tə'g-] 名〖海〗上桅（帆）。

'top 'gear 名 Ⓤ《英》最高速排檔。

'top ˌhat 名 高筒絲質禮帽。

top-hat ['tɑp'hæt] 形《口》上流社會的，最高階層的。

top-heav·y ['tɑpˌhɛvɪ] 形 1 上部過重的；頭重腳輕的，不穩定的。2 微醉的。3〖財政〗財務構造過重的；資本過多的。

To·phet(h) ['tofɪt] 名〖聖〗陀斐特：1 耶路撒冷附近的一座神殿，用以把小孩作犧牲品以祭 Moloch 的地方。2 Ⓤ 地獄。

top-hole ['tɑp'hol] 形《英俚》第一級的，第一流的。

to·pi ['topi] 名 (複～s [-z]) = topee.

to·pi·ar·y ['topɪˌɛrɪ] 形〖園〗花木剪成各種花樣的。—名 **(複-ar·ies)** Ⓤ Ⓒ 1 裝飾修剪（技術）。2 庭園裝飾。

·top·ic ['tɑpɪk] 名 1 題目，話題；主題，標題：current ～*s* 當今的話題。2〖修·理則〗概論，序論。3 一般法則，原理；格言。

top·i·cal ['tɑpɪkl] 形 1 時事話題的，時局的；話題的：events of ～ interest 近來大家關注的事件。2 與主題相關的；項目

T

的。3 地方性的；〖醫〗局部的。～·ly 副

top·i·cal·i·ty [,tapɪ'kælətɪ] 名 (複 -ties) 1 U 話題性。2 時事問題；時下關注的問題。

'topic ,sentence 名 主題句。

top·knot ['tap,nat] 名 1 毛簇；冠毛。2 緞帶打的蝴蝶結。3《口》頭。4〖魚〗大菱口。

top·less ['taplɪs] 形 1 (婦女) 露胸的，上空的；有上空女郎的。2《古》非常高的。

～·ness 名

top-lev·el ['tap'lɛvl] 形《口》最高級的；首腦的，高階層的。

top·loft·y ['tap'lɔftɪ, -'laf-] 形《口》傲慢的，不可一世的。-i·ly 副, -i·ness 名

top·man ['tapmən] 名 (複 -men)〖海〗桅樓守望員。

top·mast ['tap,mæst,〖海〗-məst] 名〖海〗中桅。

top·most ['tap,most] 形 最高的，最上面的。

top·notch ['tap'natʃ] 形《口》第一流的，第一級的。一名《the ～》最高，第一流。

top(o)-《字首》表「場所」之意。

topog.《縮寫》*topo*graphical; *topo*graphy.

to·pog·ra·phy [to'pagrəfɪ] 名 (複 -phies) 1 地勢圖，地形圖；地誌。2 U 地勢，地形。3 U 地形學。4 構造特徵。

-pher 名 地形學家；地誌作者。top·o·graph·ic [,tapə'græfɪk], ,top·o·'graph·i·cal 形

to·pol·o·gy [to'paləd͡ʒɪ] 名 U 1〖數〗拓撲學，位相幾何學。2 地誌研究。

top·o·nym ['tapə,nɪm] 名 地名。

to·pon·y·my [to'panəmɪ] 名 U 地名學。

top·per ['tapɚ] 名 1 最上面的人[物]。2 上等貨。3 寬鬆輕便大衣。4《口》= top hat. 5《英俚》優秀人才；特級品；《俚》比前述更勝一籌的評論妙語；蓋過以前的事物。

top·ping ['tapɪŋ] 名 1 U 上部修剪。2《～s》剪下的樹枝。3 上端，頂部；捲毛；冠毛。4 U C 表漆；(蛋糕等的) 上層裝飾。一形 1 高聳的，屹然的；出眾的；最高級的，最佳的。2《英口》優秀的。3《美口》傲慢的。

top·ple ['tapl] 動 不及 1 倒塌，倒下《*down, over*》。2 搖搖欲墜。一及 1 推倒，使倒塌。2 推翻，顛覆，使沒落《*from ...*》。

tops [taps] 形《俚》最好的，最高的。

top·sail ['tap,sel,〖海〗-sl] 名〖海〗上桅帆。

'top 'sawyer 名 1 在上端的鋸工。2《英口》居高位者，重要人物。

top-se·cret ['tap'sikrɪt] 形 最高機密的，極機密的。

'top 'sergeant 名《美俚》士官長。

top·side ['tap,saɪd] 名 1 上側。2《通常作～s》〖海〗吃水線上的船側，上甲板。3 U《英》牛腰肉 (《美》rump roast)。4《美》最高權威的地位；《the ～》《集合名詞》高級幹部。一形 1 上甲板的。2《口》有權威地位的。一副 1 在上側；在高位。2 在甲板上。

top·soil ['tap,sɔɪl] 名 U 表土，土壤的表面。

'top ,spin 名 U 球在空中滾進的旋轉動作。

top·sy-tur·vy ['tapsɪ'tɝvɪ] 副 顛倒地，頭向下；相反方向地；混亂地，亂七八糟地。一形 相反的，顛倒的；混亂的，亂七八糟的。一名 U 倒轉，方向相反；混亂狀態。

一動 (-vied, ～·ing) 及 倒過來；使混亂。

toque [tok] 名 1《美》羽飾無邊絲絨帽。2 = tuque.

tor [tɔr] 名 岩石山頂；岩山。

to·ra(h) ['torə] 名《the ～》1 (猶太教的) 律法。2 舊約聖經的首五卷。

·torch [tɔrtʃ] 名 1 火把，火炬；《美》氣炬吹管 (《英》blow-lamp)；《英》手電筒 (《美》flashlight)。2《喻》光，光明，希望 (之光)。3 戀火。4《美俚》縱火者。

carry a torch for... (1)《美俚》對…燃起愛苗，單戀。(2) 參加改革運動，熱烈贊助。

一動 不及 像火炬似地燒起，火烈起來《*up*》；《美》用篝燈捕魚。一及 點燃火把；用手電筒照明。

torch·bear·er ['tɔrtʃ,bɛrɚ] 名 1 持火把的人。2《文》先驅，領導者；啓蒙者。

torch·light ['tɔrtʃ,laɪt] 名 U 火炬光；火把。

'tor·chon 'lace ['tɔrʃan-] 名 U 用麻線編成的粗質花邊。

'torch ,singer 名《美》演唱失戀或單相思歌曲的歌手。

'torch ,song 名《美》有關失戀、單戀等的感傷歌曲。

·tore [tɔr] 動 tear² 的過去式。

tor·e·a·dor ['tɔrɪə,dɔr] 名 騎馬鬥牛士。

·tor·ment [tɔr'mɛnt] 動 及 1 折磨；《被動》使痛苦《*by, with...*》: be ～*ed by* one's responsibilities 因責任重大而感到痛苦。2 使苦惱《*by, with...*》。3 攪動，攪起。

一['tɔrmɛnt] 名 1 U C 痛苦，折磨，劇痛。2 引起痛苦的原因，討厭的人[物，事]。3《古》拷問的工具；拷問 (的痛苦)。～·ed·ly 副

tor·men·tor [tɔr'mɛntɚ] 名 1 使人痛苦的人[物]，折磨者，擾人的人[物]。2〖劇〗固定布幕，邊幕；〖影〗防止回音幕。

·torn [tɔrn] 動 tear² 的過去分詞。

tor·na·do [tɔr'nedo] 名 (複～es, ～s) 1 龍捲風；雷雨；大旋風，大暴風雨。2 激發，爆發；猛烈。3《T-》龍捲風型戰機。

T

-nad·ic [-'nædɪk] 形

To·ron·to [tə'rɑnto] 名多倫多：加拿大東南部一都市，Ontario 省的首府。

tor·pe·do [tɔr'pido] 名 (複～es) 1 魚雷，水雷；埋設機雷。2《美》〖鐵路〗信號雷管；《美》雷管，爆破炸藥。3《美俚》殺手，保鑣。4〖魚〗電鰩。
—動 及 1 用魚雷攻擊。2《美》安置爆破炸藥；布水雷於…。3 使無效；粉碎。

tor'pedo ˌboat 名魚雷艇。

tor'pedo ˌtube 名魚雷發射管。

tor·pid ['tɔrpɪd] 形 1 遲鈍的，麻痺的；無力氣的。2 休眠的。
-'pid·i·ty 名, ～·ly 副

tor·por ['tɔrpɚ] 名 U 1 麻痺狀態，遲鈍；無氣力；麻木。2 休眠狀態。

torque [tɔrk] 名 1 U〖力〗轉矩。2 U〖光〗偏光面旋轉效應。3 U〖機〗轉矩，扭矩。4 古代高盧人、不列顛人的頸圈。

·**tor·rent** ['tɔrənt, 'tɑr-] 名 1 急流，奔流，激流。2《通常作～s》傾注。3《偶作～s》迸發，激發；連發，接二連三《*of* ...》：pour out a ～ *of* words 妙語如珠。

tor·ren·tial [tɔ'rɛnʃəl, tɑ-] 形 1 激流(似)的；由急流作用產生的。2 快如急流似的；傾瀉如注的。3 奔放的，激烈的；壓倒性的。～·ly 副

tor·rid ['tɔrɪd, 'tɑr-] 形 (more ～; most ～; ～·er, ～·est) 1 晒焦的，暴露於炎熱下的；炎熱的，乾燥的。2 熱情的，熱烈的：a ～ romance 熾熱的戀愛。-'rid·i·ty 名, ～·ly 副

'**Torrid ˌZone** 名《the ～》熱帶。

tor·sion ['tɔrʃən] 名 U 1 扭，扭轉；扭曲的狀態。2〖力·數〗扭力，扭率。
～·al 形, ～·al·ly 副

'**torsion ˌbalance** 名〖物〗扭秤。

tor·so ['tɔrso] 名 (複～s, -si [-si]) 1 (沒有頭和四肢的)裸體軀幹雕像。2 (人體的)軀幹。3 未完成的作品。

tort [tɔrt] 名〖法〗民事侵權行為[罪]。
'**tor·tious** ['tɔrʃes] 形

tor·til·la [tɔr'tijə] 名 (複～s[-z]) C U〖墨西哥烹飪〗未經發酵的玉米麵餅。

·**tor·toise** ['tɔrtəs] 名 1 (陸)龜。2 動作緩慢的人[物]。

'**tortoise ˌshell** 名 1 U 玳瑁；龜甲。2〖昆〗緋色蝶。3 花貓。'**tor·toise-ˌshell** 形 玳瑁色的；玳瑁製成的。

tor·tu·os·i·ty [ˌtɔrtʃu'ɑsətɪ] 名 (複 -ties) 1 U 迂迴，曲折；拐彎抹角；不正，邪惡。2 彎曲部分，扭曲部分。

tor·tu·ous ['tɔrtʃuəs] 形 1 彎曲的。2 不坦率的，拐彎抹角的。3 不正當的，邪惡的。
～·ly 副

·**tor·ture** ['tɔrtʃɚ] 名 1 U C 拷問(的方法)：by water ～ 灌水拷問。2 U C《常作～s》痛苦；非常苦惱：suffer great spiritual ～ 遭受精神上的苦惱。3 苦惱的原因。4 歪曲，曲解。—動 (-tured, -tur·ing) 及 1 拷問，虐待；逼供。2 使極端痛苦《*with...*》。3 強行扭曲。4 歪曲，曲解。
-tur·er 名 拷問的人，折磨的人[物]。

to·rus ['tɔrəs] 名 (複 **to·ri** ['tɔraɪ]) 1〖建〗座盤飾。2〖幾何〗環面，環體。3〖植〗花托；〖解〗隆凸，圓凸。

To·ry ['tɔrɪ] 名(複 -ries) 1〖英史〗保王黨黨員；《**the Tories**》保王黨。2 英國保守黨黨員。3《常作 t-》保守主義者。4〖美史〗(美國獨立戰爭時的)擁英派，保皇黨員。—形 1 保守黨(員)的。2《偶作 t-》保守的。～·ism 名

Tos·ca·ni·ni [ˌtɑskə'ninɪ] 名 **Arturo**, 托斯卡尼尼(1867–1957)：出生於義大利的美國指揮家。

tosh [tɑʃ] 名 U《英俚》胡說，廢話。

·**toss** [tɔs] 動(～·ed 或《詩》**tost**, ～·ing) 及 1 輕輕地拋擲；拋棄，扔掉《*away, aside*》；投給；〖運動〗拋(球)：～ the beggar a coin 扔一個銅幣給乞丐 / be ～*ed* into the fray 被捲入吵架中。2 使搖擺；打擾，擾亂；《反身》輾轉反側：～ oneself about in bed 在床上輾轉反側 / be ～*ed* by the waves (船)被浪濤打得顛簸不停。3 舉起，抬起；摔落；(牛)用角拋起：～ one's head 把頭一甩。4 突然插入；隨意地說《*out*》；《美俚》提出。5 擲(錢幣)決定《*up, for...*》：～ (*up*) a coin to see who will pay the check 擲硬幣決定由誰付帳。6〖烹飪〗輕輕攪拌《*with, in...*》。7〖冶〗析出，提煉。8《美俚》搜身。
—不及 1 搖擺；飄揚。2 翻來覆去。3 拋物；擲錢幣《*up / for*》。4 猛衝。
toss...down / toss down... 一口氣喝完。
toss...off / toss off... (1) 迅速完成。(2)《反身》《英俚》自慰。(3) 一飲而盡。(4) 猛然脫掉。(5) 揮去，拂去。
toss up ⇨ 動 不及 3.
toss...up / toss up... (1) ⇨ 動 及 5. (2) 匆忙準備。(3)《口》吐出。
—名 1 拋，擲；一拋；投擲距離。2 搖晃；動盪不安，興奮。3《the ～》擲錢幣；一半的希望。4 猛然擺動身體，猛抬，一甩。5《英》墜馬；(牛角的)突舉。
argue the toss《英口》對已決定的決議提出異議。
～·er 名, ～·ing·ly 副

toss·up ['tɔsˌʌp] 名 擲錢；《a ～》《口》碰運氣的事，輸贏各半的打賭。

tost [tɔst] 動 **toss** 的過去式及過去分詞。

tot[1] [tɑt] 名 1 小孩，幼兒：a tiny ～ 小不點兒。2《主英口》少量，一口，一杯。

tot[2] [tɑt] 動 (～·ted, ～·ting) 及《英口》加，合計《*up*》。—不及《英口》達…《*up / to...*》。
—名 1 合計。2《英口》加起來的數目。

:**to·tal** ['totl] 形 1 全部的，總計的；全體[總體，綜合]的：one's ～ personality 極為

強烈的個性。2 完全的：a ～ reform 全面改革。3 總動員的。—图 1 總額，總計。2 全部，全體。

in total 總計。

—動(～ed, ～·ing 或《英》-talled, ～·li-ng)図 1 總計，合計，計算總數《up》。2 合計達。3《美俚》完全毀壞；使無法行動，使受傷。—不及 1 合計《to...》。2《美俚》遭徹底破壞。

'total e'clipse 图〖天〗全蝕。

to·tal·i·tar·i·an [to,tælə'tɛrɪən] 形 極權主義的。—图 極權主義者。～·ism [-,ɪzəm] 图 Ⓤ 極權主義（的統治）。

to·tal·i·ty [to'tæləti] 图(複 -ties) 1 Ⓤ 完美，整體性。2 全體；總計，總額：in ～ 總共。3〖天〗全蝕（的持續時間）。

to·tal·i·za·tor ['totlə,zetə] 图 1 總額計算機。2 賭金計算器。

to·tal·ize ['totl,aɪz] 動図 1 合計，結算。2 摘要。3 使成爲總體。

to·tal·iz·er ['totl,aɪzə] 图 1 合計的人[物]；《主美》加算器。2 = totalizator 2.

to·tal·ly ['totlɪ] 副 一切，完全。

tote[1] [tot] 動図《口》1《美》搬運。2 攜帶。3 護衛。

tote tales 說壞話。

—图《美口》1 搬運；搬運的東西，貨物，行李。2 = tote bag.

tote[2] [tot] 图《英俚》= totalizator.

—動図 合計《up》。

'tote ,bag 图《口》女用大型手提袋。

'tote ,board 图《口》賠率顯示板。

to·tem ['totəm] 图 1 圖騰：北美印第安人視作氏族、家族象徵的自然物。2 圖騰像。

-'tem·ic [-'tɛmɪk] 形 圖騰的。

to·tem·ism ['totəmɪzəm] 图 Ⓤ 1 圖騰崇拜。2 圖騰組織。

'totem ,pole 图 圖騰柱。

toth·er, t'oth- ['tʌðə] 代 形《方》另一方（的），他方（的），另一人（的）。

tot·ter[1] [tɑtə] 動 不及 1 蹣跚，踉蹌。2 搖晃，搖搖欲墜；不安定，面臨危機。

—图 蹣跚，不穩的腳步。

-ter·y 形 腳步蹣跚的；搖擺不定的。

tot·ter[2] ['tɑtə] 图《俚》拾荒者，清道夫。

tou·can ['tukæn] 图〖鳥〗巨嘴鳥。

:touch [tʌtʃ] 動図 1 接觸，碰到；輕敲；觸摸《on...》；碰觸《with...》；觸及：～ a match to the stove 用火柴把火爐點燃。2 觸及，碰及；鄰接，毗鄰；〖幾何〗相切。3 加以潤飾《up》。4《常用被動》使帶有色彩《with...》: humor slightly ～*ed with* irony 帶點諷刺的幽默。5 停靠，停泊。6 達到，及於：～ success 接近成功。7《口》《通常用於否定》及得上，媲美《in, for...》；與（人）匹敵。8 影響；傷害，污損；《通常用被動》傷害；罹患，使精神有點錯亂：be ～*ed with* frost 受霜害。9 使感動；使產生同情；使生氣：be ～*ed with* remorse 後悔 / ～ a (person's) raw nerve 觸怒。10《通常用否定》用手取，吃，喝；插手；發生關係；干涉，干預。11 論及，觸及；就…寫，處理。12 與…有關係；對…而言很重要。13《口》向（人）借（錢）；討（錢）：～ a person for a sawbuck 向某人借十元。14 獲得，自行處理。—不及 1 用手觸摸，接觸《at...》。2《用複數主詞》互相接觸。3 因接觸而感覺到。4 接近，近乎《at, to, on, upon...》。5 簡略地言及[觸及]；與…有關聯。6 暫時停靠《at...》。7〖幾〗連接。8 觸診。

as touching... 關於。

touch and go (1) 輕觸水底而前進。(2) 稍微觸及後立刻移至其他事物上。(3) 好不容易才度過（險境等）。

touch base with... 與…接觸。

touch bottom ⇨ BOTTOM 图（片語）

touch down (1) 著陸。(2) 持球者在對方球門線內以球觸地。

touch...in / touch in... 潤色，修改。

touch it off to the nines 巧妙地完成。

touch lucky《英口》抓住好運。

touch...off / touch off... (1) 正確地描寫。(2) 發射；點燃。(3) 觸發。(4) 迅速地描繪出。(5) 潤色一番。(6) 掛斷。(7) 搶先。

touch...out / touch out...〖棒球〗刺殺。

touch pitch 參與壞事；與壞人有瓜葛。

touch the spot《俚》觸及痛處。

touch...up / touch up... (1) ⇨ 動 図 3. (2) 喚起。(3) 輕拍。(4) 輕輕鞭打。

touch wood 以手摸摸身邊的木頭以避惡運。

—图 1 Ⓤ Ⓒ 碰；觸；輕輕一擊；觸診；《喻》交涉，溝通。2 Ⓤ 觸覺。3 一筆；潤色；風格，筆觸；特徵；手法；Ⓤ（鋼琴琴鍵等的）觸感；曲調。4 Ⓤ 感受性，直覺，才華。5《a ～》少許，少量；輕微症狀《of...》；《作副詞》一點點，少許。6 共通的性質。7 Ⓤ《古》試金石，試驗。8《俚》金錢的乞討[借用]；借到的錢；被討錢的人；竊盜，揩油。9 Ⓤ〖橄欖球．美足〗邊線區域。10 印記。11 捉迷藏。

a near touch 千鈞一髮，九死一生（《美》a close call）。

in touch of... 在…的附近。

keep in touch with... 與…保持接觸。

～·a·ble 形, ～·er 图

'touch and 'go 图 Ⓤ Ⓒ 1 草率的行動。2 一觸即發的狀態，危險的處境。3〖空〗著地後不停而又立即起飛。

touch-and-go ['tʌtʃən'go] 形 1 倉促完成的；表面上的。2 危險的，不穩定的。

touch·back ['tʌtʃ,bæk] 图〖美足〗守方持球觸地。

touch·down ['tʌtʃ,daʊn] 图 Ⓤ Ⓒ 1〖美足．橄欖球〗達陣，觸地得分。2 降落；著陸。

tou·ché [tu'ʃe] 感 1〖擊劍〗點到！2 說

T

得好！

touched [tʌtʃt] 形1 感動的，動了心的。2《口》有點瘋瘋癲癲的；心理不平衡的：～ in the head 有點神經病。

touch·hole ['tʌtʃ,hol] 名點火孔。

touch·ing ['tʌtʃɪŋ] 形 動 人的，令人感動的。—介《文》關於，至於。

～·ly 副, ～·ness 名

touch·line ['tʌtʃ,laɪn] 名〖橄欖球·足球〗邊線。

touch-me-not ['tʌtʃmi,nɑt] 名 1〖植〗鳳仙花。2 驕傲自大的人；態度冷淡的女性。

'touch ˌscreen 名〖電腦〗觸控式螢幕。

touch·stone ['tʌtʃ,ston] 名 1 試金石。2 試驗，標準。

'touch ˌsystem 名《the ～》（不看鍵盤的）觸覺打字法。

touch-tone ['tʌtʃ,ton] 形按鍵式的。

touch-type ['tʌtʃ,taɪp] 動不及按指法打字。

touch·wood ['tʌtʃ,wud] 名U 1 易燃的朽木。2 一種捉迷藏遊戲。

touch·y ['tʌtʃɪ] 形 (**touch·i·er**, **touch·i·est**) 1 易怒的，暴躁的；敏感的。2 難處理的，麻煩的。3 易燃的。**-i·ly** 副, **-i·ness** 名

·tough [tʌf] 形 1 不易折斷的，不易磨損的；有黏性的；難咬動的：～ steel 硬金屬 / ～ clay 黏性強的黏土。2 刻苦耐勞的，強壯的；不屈的，強硬的：a ～ customer《口》難纏的顧客 / a ～ exconvict 頑固不化的前科犯。3 困難的，辛苦的；激烈的：have a ～ time of it 受責備。4 不愉快的；不佳的：～ luck《美口》霉運。5《美》行事不正當的；無賴漢常出入的：a ～ poolroom 地痞流氓聚集的撞球場。6 不可信的；不講理的：*T-*!《俚》怎麼會有這種事呢！7《美俚》頂好的，漂亮的。

(as) tough as old boots 非常硬的；鐵石心腸的。

—副《口》頑強地。—名《美》無賴漢，粗漢。—動及《口》不屈不撓《*out*》：～ it *out* 堅忍苦難。～·**ly** 副, ～·**ness** 名

'tough ˌcookie 名《美俚》毅力堅強的人。

tough·en ['tʌfn̩] 動及1 使硬化；使變強健。2 使變難。—不及 1 變硬，變堅韌，變健壯。2 變困難。

'tough ˌguy 名硬漢；無賴漢，惡棍。

tough·ie ['tʌfɪ] 名 (複 **-ies**)《美口》1 身材魁梧的人；頑強的人；愛惹是生非的人。2 困難的問題。

tough-mind·ed ['tʌf'maɪndɪd] 形 1 現實的，鐵石心腸的。2 意志堅強的，不易受影響的。～·**ness** 名

tou·pee [tu'pe] 名〖史〗1 假髮。2 掩飾禿處的假髮。

·tour [tur] 動不及1 旅行，周遊；遊覽《*about / through, about, round...*》。2 巡迴演出。3 漫行。—及1 旅遊，周遊；到處看。2 安排，巡迴演出；做巡迴演出。—名1《通常作 **a** ～》（小）旅行，遊覽；一周，巡迴；遠足。2 視察，參觀。3 巡迴表演。4〖軍〗外地執勤期間。5 輪流，值班。

tour de force [,turdə'fɔrs] 名 (複 **tours de force** [,turdə'fɔrs]) 1 傑作，精心作品；絕妙的表演。2 絕妙手法，絕技。

Tou·rette's syndrome [tu'rɛts-] 名U 妥瑞氏症候群。

'touring ˌcar 名大型敞篷式汽車。

tour·ism ['turɪzəm] 名U 1（觀光）旅行。2 觀光事業，旅遊業。3《集合名詞》觀光客。

:tour·ist ['turɪst] 名 1 旅行者，觀光客；運動選手：a ～ ticket 遊覽優待票。2 = tourist class. —形（適於）觀光客的；經濟艙的。—副乘坐經濟艙地。

'tourist ˌclass 名U 經濟艙。

'tourist ˌhome 名有房間租給觀光客的民宅。

tour·is·try ['turɪstrɪ] 名U 1《集合名詞》觀光團，旅行團。2 旅行，周遊。

'tourist ˌtrap 名敲詐觀光客的商店。

tour·ma·lin(e) ['turməlɪn] 名UC〖礦〗電氣石：十月份的誕生石。

·tour·na·ment ['tɝnəmənt, 'tur-] 名1 比賽；錦標賽。2〖史〗馬上比武大會；運動會。

tour·ney ['tɝnɪ, 'tur-] 名 (複～**s**)，動不及 選拔賽。

tour·ni·quet ['turnɪ,kɛt, -,ke] 名壓脈器，止血帶。

tou·sle ['tauzl̩] 動及1 粗暴。2 弄亂，弄皺；使荒蕪。—名 1 蓬亂的頭髮。2 雜亂。

tou·sled ['tauzl̩d] 形（頭髮）蓬亂的。

tout [taut] 動不及《口》1 糾纏不休地爭取；強行推銷；賣黃牛票《*for...*》：～ *for* votes 拉票。2〖賽馬〗《英》做預測者；探聽（參賽馬的）消息《*round...*》。—及 1 勸誘，央求；強行推銷；高價賣出。2〖賽馬〗《英》探聽有關（參賽馬的）消息；《美》誘人賭（賽馬）。3 監視，偵查。4 大肆宣傳，大加吹捧。

—名1 強行求得…的人；黃牛。2〖賽馬〗探聽參賽馬的消息者；《美》預測者。3 監視哨，把風者。4《北愛俚》警方的線民，密探。

tout à fait [,tuta'fe] 副《法語》完全地。

tout en·sem·ble [,tutan'sambl̩] 副《法語》一起。—名整體。

·tow¹ [to] 動及 拉《*with...*》；往內拉《*in, out*》；拖著走《*away, along*》。—名1 拖。2 拖船，曳引車；用來拖拉的繩子，拖纜；被拖的車[船]。3 = ski tow.

in tow 被拖。

take ...in tow (1) 指導，引導；保管；照料。(2) 拖帶，身後跟著。

T

under tow = in TOW.

tow² [to] 名U 1 短線，麻屑。2 化學纖維束。—形 化學纖維製的。

tow·age ['toɪdʒ] 名U 牽引；拖船費。

:to·ward [tord, tə'wɔrd] 介 1《表運動的方向》往…方向，朝向：lean ~ the opposite opinion 傾向反對的意見。2《表目的、準備、貢獻》為了：efforts ~ peace 為了和平所做的努力。3《表位置》在…附近；向著，面臨。4《表時間、數量》在…左右；大約。5《表態度、關係》對於；關於。—形 1《罕》《敘述用法》即將發生的，迫在眉睫的。2 順利的，有利的。3《罕》進行中的。

:to·wards [tordz, tə'wɔrdz] 介 = toward.

tow·a·way ['toə,we] 名形《美》強制拖走扣押（的）：a ~ zone 禁止停車區域，拖吊區。

tow·boat ['to,bot] 名 1 推船。2 拖船。

'tow ˌcar 名《美》= wrecker 2.

·tow·el [taul, 'tauəl] 名 毛巾；紙巾；手巾。

throw in the towel《口》(1)〖拳擊〗拋入毛巾以示認輸。(2) 認輸，投降。

—動 (~ed, ~·ing 或《英》-elled, ~·ling) 及 1 用毛巾擦《*down*》；用毛巾擦成某種狀態。2《英俚》打，毆打。

—不及 使用毛巾；用毛巾擦《*at...*》。

'towel ˌhorse 名 = towel rack.

tow·el·ing,《英》**-ling** ['tauəlɪŋ] 名U 毛巾布料。

'towel ˌrack [ˌrail] 名 毛巾架。

:tow·er¹ ['tauɚ] 名 1 塔：a ~ keep 瞭望樓。2 寨，要塞。3 塔形大樓，高樓。4 塔形戰車。5 安全場所；保護者：a ~ of strength 可依賴的人[物]，中流砥柱。

an ivory tower / a tower of ivory 象牙塔。

tower and town / town and tower〖詩〗有住家的地方；城市。

—動不及 1 高聳《*up, above / above, over ...*》。2 突出《*above, over...*》。3 高飛；直線上飛。

tow·er² ['toɚ] 名 拖的人[物]。

'tower ˌblock 名《英》高層建築物。

tow·er·ing ['tauərɪŋ] 形 1 非常高的，高聳的。2 極優越的，非凡的：~ abilities 非凡的才能。3 非常強烈的；大的；激烈的：a ~ rage 暴怒。~·ly 副

'Tower of 'London 名《the ~》倫敦塔。

tow·er·y ['tauərɪ] 形 有塔的；高聳的。

tow·head ['to,hɛd] 名 1 亞麻色[淡黃色]頭髮（的人）。2 沙洲。~·ed 形

tow·line ['to,laɪn] 名 拖繩。

:town [taun] 名 1 城鎮。2《口》自治村鎮，市。3《美》自治體；鎮區。4《the ~》都市：a man from *the* ~ 出身於城市的人。5《the ~》《集合名詞·作單數》城市的居民：the talk of *the* ~ 街談巷議。6《無冠詞》城市；主要城市；首都：《T-》《英》倫敦；都市的商業區，鬧區：go [come] (up) to ~ 進城。7《英》有定期市集的鄉鎮；《方》村落。8 市民：~ and gown 居民與大學裡的人員。

a man about town 活躍於交際場所的男子，花花公子。

blow town《美俚》逃避責任。

come to town (1) ⇨名 6. (2) 出現，抵達。(3)《口》出生。

do the town 上街去玩。

go to town《口》(1) ⇨名 6. (2) 成功。(3) 順利地進行《*on...*》。(4) 盡情狂歡。

on the town《美》(1) 受州、市、鎮的援助。(2)《俚》盡情作樂。

paint the town (red) ⇨ PAINT（片語）

—形 城鎮（特有）的：a ~ law 城鎮條例。

'town 'clerk 名《英》市鎮公所的書記；《美》鎮執事。

'town 'council 名《英》市鎮議會。

'town 'crier 名 市鎮公告傳告員。

town·ee [tau'ni] 名《英》= townie.

tow·net ['to,nɛt] 名（採集標本用的）拖網。

'town 'gas 名U《英》（工業及家庭用的）煤氣。

'town 'hall 名 鎮公所；市政廳。

'town ˌhouse 名 1 城市住宅。2《主英》= town hall. 3《美》邊牆共用，屋面相連的整排住屋（亦作 **town-house**）。

town·ie ['tauni] 名 城市人，都市人。

'town 'meeting 名 1 鎮民大會。2《美》市政會議。

'town 'planning 名 = city planning.

town·scape ['taun,skep] 名 1 都市風景（畫）。2 都市造景。

towns·folk ['taunz,fok] 名（複）《美》= townspeople.

town·ship ['taunʃɪp] 名 1《美》鎮區；《澳》城鎮，小城市；《南非》黑人居住區。2〖英史〗以教區劃分的地區。3 市郊居住區。

towns·man ['taunzmən] 名（複 **-men**）1 鎮民，市民；市鎮上的人。2（New England 區的）都市行政委員。

towns·peo·ple ['taunz,pipl] 名（複）1 鎮民，市民。2 在都市長大的人。

towns·wom·an ['taunz,wumən] 名（複 **-wom·en** [-wɪmən]）女鎮民。

town(-)talk ['taun,tɔk] 名U 話題，謠傳；街談巷議。

town·wear ['taun,wɛr] 名U 外出服。

tow·path ['to,pæθ] 名（複 ~s [-pæðz, -pæθs]）拖船道。

tow·rope ['to,rop] 名 拖繩。

'tow ˌtruck 名《美》= wrecker 2.

tox·(a)e·mi·a [tɑk'simɪə] 名U〖病〗毒血症。**-mic** 形

tox·ic ['tɑksɪk] 形 1 毒素引起的，中毒的：a ~ state 中毒症狀。2 有毒的。**-ic·i·ty** [-'

T

sɪsətɪ] 名U（有）毒性。

'**toxic 'shock ˌsyndrome** 名U 毒性休克症候群。

tox·i·cant ['tɑksɪkənt] 形有毒的，毒性的。—名毒物。

tox·i·col·o·gy [ˌtɑksɪ'kɑlədʒɪ] 名U毒物學。

-colo·gist 名毒物學者。

tox·i·co·sis [ˌtɑksɪ'kosɪs] 名U〖病〗中毒（症）。

tox·in ['tɑksɪn] 名毒素。

:**toy** [tɔɪ] 名**1** 玩具：make a ～ of... 把…當玩具，玩弄。**2** 不重要的事物；玩物；廉價品。**3** 小物件，個子小的人；小狗；小飾物。**4** 垂肩軟帽。—形 **1** 玩具（用）的，作玩具用的。**2** 像玩具似的；小型的。—動不及 **1** 戲耍，玩弄，當作玩具。**2** 調情，逢場作戲。

Toyn·bee ['tɔɪnbɪ] 名 **Arnold Joseph**, 湯恩比（1889－1975）：英國歷史學家。

toy·on ['tɔɪən] 名〖植〗柳葉石楠。

toy·shop ['tɔɪˌʃɑp] 名玩具店。

tp. 《縮寫》*t*ownshi*p*; *t*roo*p*.

tr. 《縮寫》*tr*ace; *tr*ain; *tr*anslated; *tr*anslation; *tr*anslator; *tr*anspose; *tr*easurer; *tr*ust; *tr*ustee.

·**trace**[1] [tres] 名**1**UC行蹤；痕跡《*of*...》：find ～*s of* prehistoric man 發現史前時代的人類遺跡。**2**《常作～s》痕跡；《古》足跡：(hot) on the ～*s of*...（緊緊）追蹤。**3** 極少量，微量；樣子《*of*...》；〖化〗微量：without a ～ *of* anger 不露怒色。**4**〖心〗＝memory trace. **5** 線；圖形，略圖；複寫；（自動記錄器的）紀錄。**6**〖數〗跡數，描跡。

—動 **(traced, trac·ing)** 及 **1** 跟蹤；發現；追查；探究，回溯《*back / to*...》。**2** 前進。**3** 畫，描《*out*》；《喻》策劃《*out*》；複寫《*over*》。**4** 製作圖案。**5** 用線記錄。**6** 細心寫。

—不及 **1** 追溯；來自《*back/to*...》。**2** 循路徑；循原路回去《*back/to*...》；前進，前往。**3** 用線記錄。

trace[2] [tres] 名《通常作～s》韁繩，繩索，鏈條：in the ～*s* 被皮條繫著；循規蹈矩地。

kick over the traces (1) 不聽指揮，不受駕馭。(2) 反抗，擺脫控制。

trace·a·ble ['tresəbl] 形**1** 可追溯的，可發現的；可描寫的。**2** 起因於，可歸因《*to*...》。

'**trace ˌelement** 名〖生化〗微量元素。

trace·less ['treslɪs] 形不留痕跡的。～·**ly** 副

trac·er ['tresɚ] 名**1**追蹤者[物]。**2**《美》搜索員；失物搜索單。**3** 轉印[複寫]工具。**4** 曳光彈。**5**〖化·生理〗放射追蹤劑。**6**〖電腦〗追蹤線路。

'**tracer ˌbullet** 名曳光彈，曳煙彈。

trac·er·y ['tresərɪ] 名(複**-er·ies**) U C**1**〖建〗哥德式建築的花飾窗格。**2** 網孔圖樣。

-ied 形有窗飾圖樣的。

tra·che·a ['trekɪə] 名 (複**-ae** [-kiˌi])〖解·動·昆〗氣管。

-al 形氣管的。

tra·che·i·tis [ˌtrekɪ'aɪtɪs] 名U〖病〗氣管炎。

tra·che·ot·o·my [ˌtrekɪ'ɑtəmɪ] 名U〖外科〗氣管切開術。

tra·cho·ma [trə'komə] 名U〖眼〗砂眼。

trac·ing ['tresɪŋ] 名**1** U追蹤，搜索。**2** 複寫（圖），描圖。**3** 自動記錄器的紀錄。

'**tracing ˌpaper** 名U複寫紙，描圖紙。

:**track** [træk] 名**1** 鐵軌，軌道：a single ～ 單軌。**2** 痕跡；轍；航跡；《～s》腳印；足跡：leave (one's) ～*s* 留下腳印。**3** 小路。**4** 路線，路徑：clear the ～ 讓路，開道；《命令》讓開 / wander from the ～ 離開道路；走入歧途。**5** 做法，方法；路線；方向：be on the right ～ 做法正確。**6** 連續，一連串。**7** 履帶；左右兩輪間寬度，輪距；輪面。**8** 跑道；《美》跑道；U《集合名詞》徑賽；《美》田徑賽。**9**〖電腦〗磁軌。**10**〖教〗《美》按能力分班。**11** = sound track. **12** 紋路，槽溝；音軌。

cover (***up***) ***one's tracks*** 滅跡；隱藏自己的行蹤。

follow the beaten track ⇨ BEATEN（片語）

have a one-track mind 死腦筋，腦袋不會轉彎，想法不會變通；死心眼；腦袋裡只有一個念頭。

have the inside track 跑在跑道的內側；《口》處在有利的地位；熟悉內情。

in the track of... (1) 仿…的例子。(2) 在…途中。

in one's tracks《美口》當場，立刻。

jump the track《美》(1) ⇨ 名**1.** (2) 脫離常軌。

keep track of... 不斷注意…的發展；跟上…的發展，掌握住…的動向；保持與…的聯繫，一直有…的消息。

lose track of... 跟不上…的發展，掌握不住…的動向；失去…的蹤跡[消息]。

make tracks《口》匆忙前往。

make tracks for... 追趕；朝向…前往。

off the beaten track ⇨ BEATEN（片語）

off the track 脫離正軌，偏離主題；弄錯；失去線索；失去獵物的蹤跡。

on the track of... 追蹤；獲得…的線索，掌握住…的訣竅。

the wrong side of the tracks《美》貧窮的地區。

—動 及 **1**追蹤；沿著《*to*...》；通過，橫過。**2**《美》留下腳印《*up*》；（泥土）隨著腳帶到某處。**3**〖鐵路〗鋪上鐵軌；《美》有…的寬度。**4**〖太空〗觀測；〖軍〗追蹤。

—不及1 留下痕跡。2《美》(前後輪)成一直線行進。3〖影·視〗= dolly. 4(唱針)順著唱片的溝紋轉。
track...down / track down... (1)追蹤。(2)查出徹底尋找。
—形跑道的;田徑賽的。~·er 名
track·age ['trækɪdʒ] 名《美》U《集合名詞》鐵路的總路線。
'track and 'field 名U《集合名詞》田徑賽。**track-and-'field** 形田徑賽的。
'tracker ˌdog 名搜索犬。
'track eˌvent 名徑賽項目。
track·ing ['trækɪŋ] 名《美》〖教〗= streaming 2.
'tracking ˌstation 名〖太空〗(人造衛星等的)追蹤站,觀測站。
track·lay·er ['træk,leɚ] 名《美》= section hand.
track·less ['træklɪs] 形1 沒有腳印的;無路的;人煙絕跡的;不留痕跡的。2 無軌的。
track·man ['trækmən] 名 (複-men)《美》1 鐵軌鋪設或養護工人,保線員。2 田徑選手。
'track ˌmeet 名《美》田徑運動會。
'track ˌrecord 名《美》田徑賽的成績;《口》工作成績,業績。
'track ˌshoe 名1 軌道刹車塊;閘瓦。2 釘鞋;膠底鞋。
'track ˌsuit 名運動裝(亦作 **tracksuit**)。
'track ˌsystem 名《美》〖教〗能力分班制。
track·walk·er ['træk,wɔkɚ] 名《美》鐵路軌道檢修員,保線員。
·tract¹ [trækt] 名1 廣大的一片;區域,地帶:a marshy ~ 沼澤地帶。2〖解〗管,道;束:the optic ~ 視神經束。3《英古》時間的延續;期間;時間的經過。
tract² [trækt] 名小論文,小冊子。
trac·ta·ble ['træktəbl] 形1 容易處理的;溫順的。2 易作精細加工的;有伸展性的。-'**bil·i·ty**, ~·**ness** 名, -**bly** 副
trac·tate ['træktet] 名論文。
'tract ˌhouse 名社區住宅。
trac·tile ['træktl, -tɪl] 形可伸縮的,有延展性的。-'**til·i·ty** 名U伸張性,延展性。
trac·tion ['trækʃən] 名U1 靜(止)摩擦。2 拉,拖;牽引(力);《集合名詞》曳引車;《美》電車。3《美》輸送。4〖醫〗牽引;收縮。-**al** 形
'traction ˌengine 名道路用牽引機,牽引車。
trac·tive ['træktɪv] 形拉的,牽引的。
·trac·tor ['træktɚ] 名1 曳引機,牽引(汽)車;兩輪的手推式曳引車。2 牽引的人[物]。3 螺旋槳;曳引式飛機。
trac·tor-trail·er ['træktɚ'trelɚ] 名 牽引式拖車。
Tra·cy ['tresɪ] 名〖男子名·女子名〗崔西。
trad [træd] 形傳統的。
—名U《俚》傳統的爵士樂。
:trade [tred] 名 1 U 商業,買賣;《口》交易;通商,貿易;《英》零售業;市場:a trick of the ~ 做生意的祕訣 / be in ~《英》做生意 / make money on the ~ 靠貿易賺錢。2 U C《美》買進,出售:in ~ for... 跟…作交易。3 職業,行業,工作:follow the ~ of... 從事…行業 / Two of a ~ never agree.《諺》同行是冤家。4《the ~》《集合名詞》從事某個職業的人,同行者;《英》酒的製造者;《通常作複合詞》…業,…界:*the* publishing ~ 出版業。5《the ~》《集合名詞》顧客,客戶。6《the ~s》= trade wind(s). 7《the ~s》《口》同業報紙[雜誌]。8《美》交涉,妥協。9〖棒球〗交換買賣。
—動 (**trad·ed, trad·ing**)及1 買賣;頻繁地買賣。2 交換《*with...*》;以(某物)交換(他物)《*for...*》。3 賣掉《*away, off*》。4〖運動〗用買賣方式與另一隊交換。
—不及 1 從事貿易《*with, between...*》;做買賣《*in...*》。2 交換《*with...*》。3 出賣;獲得不當的利益《*in...*》。4《美》經常買東西《*at, with...*》。5 出售《*at...*》。6 交涉,妥協。
trade in... (1) ⇨動不及1. (2) ⇨ 動不及 3.
trade...in / trade in... 減價賣出《*for...*》。
trade...off / trade off... (1) ⇨ 動及 3. (2) 交換。(3) 交換使用。
trade on ... 利用。
—形 1 生意的。2 行業的。3 同行的;勞工的。
'trade acˌceptance 名U C商業承兌(票據)。
'trade ˌbook 名1 一般書籍,供一般讀者看的書。2 = trade edition.
'trade ˌcycle 名《英》= business cycle.
'trade ˌdeficit 名貿易赤字。
'trade ˌdiscount 名U C〖商〗同業折扣,批發折扣。
'trade eˌdition 名普及版。
'trade ˌgap 名U貿易逆差,入超額。
trade-in ['tred,ɪn] 名《美》折價品,交換品;折價交易。—形折價(品)的。
trade·mark ['tred,mark] 名註冊商標。
—動及貼上商標;登記…爲註冊商標。
'trade ˌname 名1 商品名;商標名。2 商號,行號(亦稱 **brand name**)。
trade-off ['tred,ɔf] 名《美》公平交易;平等交換;協調。
'trade 'paperback 名精製的平裝本。
'trade ˌprice 名同業售價,批發價。
trad·er ['tredɚ] 名1 商人;貿易商。2 貿易船,商船。3 證券買賣業者。
'trade ˌreference 名1 商業徵信所。2 照會。
'trade ˌroute 名通商路線。
'trade ˌschool 名職業學校。

'trade ˌsecret 图商業祕密；企業祕密。
trades·folk ['tredzˌfok] 图(複)《文》商人；店主。
'trade ˌshow 图 商展。
trades·man ['tredzmən] 图(複 **-men**) 商人；《英》零售商。
trades·peo·ple ['tredzˌpipl] 图 (複) 商人；工匠；《集合名詞》《主英》店主。
'trade(s) ˌunion 图《英》工會（《美》labor union）。
'trade(s) 'unionism 图Ⓤ工會主義；工會制度。
'trade(s) 'unionist 图 工會會員；工會主義者。
'trade ˌsurplus 图貿易順差。
'trade ˌwind(s) 图《通常作 **the** ～》貿易風，信風。
'trading ˌcompany 图貿易公司。
'trading eˌstate 图《英》工商業區。
'trading ˌpost 图 1 商棧，交易站。2〖股票〗交易所。
'trading ˌstamp 图贈品交換券。
:tra·di·tion [trə'dɪʃən] 图 1 ⓊⒸ流傳後世，代代相傳；傳說：be handed down by ～ 流傳下來。2 ⓊⒸ 傳統，習慣，傳統方式，流派：be in the ～ of... 繼承…的傳統 / follow no ～ 不依傳統，破格。3〖法〗交付，引渡。～**·less** 形，～**·ist** 图傳統主義者；研究傳統者。
·tra·di·tion·al [trə'dɪʃənl] 形1 傳統的：a ～ custom 傳統的習俗。2 因襲的。3 舊式爵士樂的。～**·ly** 副
tra·di·tion·al·ism [trə'dɪʃənlˌɪzəm] 图Ⓤ 傳統主義。**-ist** 图
tra·duce [trə'djus] 動及中傷，毀謗。～**·ment** 图, **-duc·er** 图
tra·du·cian·ism [trə'djuʃəˌnɪzəm] 图Ⓤ〖神〗靈魂遺傳論。
Tra·'fal·gar 'Square [trə'fælgɚ-] 图（倫敦的）特拉法加廣場。
:traf·fic ['træfɪk] 图Ⓤ 1 來往，通行：《集合名詞》車輛，行人：heavy ～ on a street 某條街上交通擁擠 / be open to ～（鐵路等）通車；可通行。2 商品運輸（量）；交通運輸業：vessels of ～ 貨船。3《文》生意，交易；貿易，通商：carry on ～ with a person 與某人做生意。4 通話量。5 不正當交易《*in...*》：the drug ～ 毒品買賣。6 交往，關係《*with...*》；《文》互相交換：a lively ～ in ideas 意見的熱烈交換。
the traffic will bear《文》現況允許下。
一動 **(-ficked, -fick·ing)** 不及 1 貿易，通商；做不正當交易《*with...*》。2 有不正當的交往，串通《*with...*》。3 漫步。
一及 1 買賣，交換，做交易。2 出賣，犧牲《*away*》。3 通過，來往於。
traf·fi·ca·tor ['træfɪˌketɚ] 图《英》方向指示器（《英》traffic indicator,《美》turn signal）。
'traffic ˌcircle 图《美》交通圓環（rotary,《英》roundabout）。
'traffic ˌcone 图圓錐形交通警示器。
'traffic conˌgestion 图交通阻塞。
'traffic conˌtrol 图Ⓤ交通管制。
'traffic ˌcop 图《美口》交通警察。
'traffic ˌisland 图 安全島。
'traffic ˌjam 图交通阻塞。
traf·fic-jammed 形
traf·fick·er ['træfɪkɚ] 图 非法交易商，走私者《*in...*》。
'traffic ˌlight [《英》**ˌlights]** 图紅綠燈交通號誌。
'traffic ˌmanager 图 1 監督。2 運輸經理。3 業務分配員。
'traffic ˌpattern 图〖空〗起落航線。
'traffic ˌwarden 图《英》街道停車管理員。
tra·ge·di·an [trə'dʒidɪən] 图悲劇演員；悲劇作家。
tra·ge·di·enne [trəˌdʒidɪ'ɛn] 图 悲劇女演員。
·trag·e·dy ['trædʒədɪ] 图 (複 **-dies**) 1 ⓊⒸ悲劇性小說；Ⓤ悲劇。2 Ⓤ悲劇的創作[演出]。3 Ⓤ悲劇要素，悲劇性；ⓊⒸ悲劇性的事件，災難：the ～ of the Iraq War 伊拉克戰爭的悲劇。
·trag·ic ['trædʒɪk] 形1 悲劇的；演悲劇的：～ nobility 悲劇的莊嚴性。2 非常可悲的，悲慘的，恐怖的：a ～ accident 慘禍。3《**the** ～》《作名詞》悲劇要素。
-i·cal·ly 副
'tragic 'flaw 图〖文〗悲劇性格缺陷。
trag·i·com·e·dy [ˌtrædʒɪ'kɑmədɪ] 图 (複 **-dies**) ⓊⒸ 1 悲喜劇。2 悲喜劇事件。**-'com·ic, -'com·i·cal** 形
tra·gus ['tregəs] 图〖解〗耳珠，耳屏。
:trail [trel] 動 及1 循腳印追蹤。2《美口》落在後面，比（對手）慢到；跟在…之後而行。3 拖曳，拖著走：～ one's skirt 拖著裙子走。4 拖帶；飄（氣味）：racing boats ～*ing* sprays of water 拖帶著水花賽艇。5《美》踩出路，踩出足跡。6 延長，冗長地說《*out*》。7〖軍〗持（槍）：*T*- arms！《口令》持槍！8 沿水面拉（釣線）。一不及 1 拖《*along, behind / behind...*》；垂下《*down*》。2 呈長條狀地移動。3 跟在後面，慢慢走《*along, behind / behind...*》。4 拖釣。5 蔓生，攀爬；纏繞；爬行；蜿蜒。6 逐漸消失；離題《*off, away*》。7 落後。8 追蹤。
trail one's coat 挑戰，故意觸怒《*to...*》。
一图 1 小徑。2 痕跡，腳印，臭跡；線索，蹤跡。3 拖曳的東西；下襬；飄拂；行列。4〖炮〗架尾。5〖軍〗持槍：at the ～ 取持槍姿勢。
hit the trail《美》去旅行，出發。
'trail ˌbike 图越野機車。
trail·blaz·er ['trelˌblezɚ] 图開路者，拓荒者；開創者，先驅。

T

trail·blaz·ing ['trel,blezɪŋ] 形 開創性的，新奇的。

trail·er ['trelə] 名 1 蔓草。2〖影〗預告片。3 拖曳的人[物]；跟隨的人[物]；追蹤者，打獵者；獵狗。4 拖車。5《美》活動車屋（《英》caravan）。—動 及 用拖車運載。—不及 被拖車運載。

'trailer ˌcamp 名《美》拖車[活動車屋]用的停車場（亦稱 **trailer court**）。

'trailer ˌpark 名 = trailer camp.

:train [tren] 名 1 列車，火車：(a) ～ service 火車運輸 / travel on a ～ 搭火車旅行 / take a ～ for Hualien 搭往花蓮的火車 / on a ～ 在火車上。2 行列，隊伍：an ox ～ 牛車的行列。3 一串，一節；系列，過程，一連串後果，餘波《*of...*》：lose one's ～ *of* thought 失去思路，思路被打斷。4《集合名詞》隨從人員；同行者；隨扈：in the ～ *of* the king 陪同國王。5 Ⓤ 順序，次序：set things in ～ 按部就班，循序從事。6 拖曳之物；（衣服的）下襬；（鳥的）尾巴；〖天〗（流星的）長尾；飄拂。7 導火線。—動 及 1 教養，訓練…使其習慣《*up / to...*》；訓練，灌輸。2 培養《*for...*》；使熟練《*in...*》。3 調養身體，鍛鍊身體《*for...*》。4 把（東西）處理成理想的形狀；〖園〗修剪；使（藤蔓）爬向一定的方向。5 瞄準《*on, upon...*》。—不及 1 接受訓練《*for..., for* doing》；受訓練。2 練習，鍛鍊身體《*for...*》。3《口》搭火車，乘火車旅行《*to...*》。

train down 減肥。

train fine 嚴格訓練。

train it《口》搭火車前往。

train off ⑴鍛鍊過度以致體力減退；用運動和節食減肥。⑵打歪，沒打中。

'train·a·ble 形

train·bear·er ['tren,bɛrə] 名 牽紗者，牽禮服下襬的人。

'trained 'nurse 名 = graduate nurse.

train·ee [tre'ni] 名 1 受訓者；受職業訓練者；實習生；學徒。2《美》新兵。

train·er ['trenə] 名 1 訓練師，教練；馴獸師。2 訓練用具。3《英》運動鞋。

'train ˌferry 名 火車渡輪。

·train·ing ['trenɪŋ] 名 Ⓤ 1 訓練，教育，培養；調馴：on-the-job ～ 在職訓練。2 訓練後的狀況，訓練後所得的知識：be in ～（選手等）訓練有素；技巧純熟；體能狀況良好。—形 訓練的，練習用的。

'training ˌcollege 名 Ⓤ Ⓒ《英》師範學院（《美》teachers college）。

'training ˌschool 名 Ⓤ Ⓒ 1 技藝學校，訓練所。2 少年犯教養所。

'training ˌship 名 教練船，訓練艦。

train·load ['tren,lod] 名 列車裝載量。

train·man ['trenmən] 名（複 **-men**）《美》隨車服務員；煞車員，信號員。

'train ˌoil 名 Ⓤ 鯨油；魚油。

traipse [treps] 動 不及《口》漫步，閒逛《*along, about*》。—及《方》逛；漫步於。

—名《方》1 長途跋涉。2 邋遢女人（亦作《英》**trapes**）。

·trait [tret] 名 1 特徵，特色：admirable ～*s* like honesty and courage 像誠實與勇敢這類令人讚美的美德。2《罕》一筆一劃，筆法；一點，少量《*of...*》：a ～ *of* melancholy 一點憂鬱。

·trai·tor ['tretə] 名 背叛者，叛逆者《*to...*》；賣國賊，逆賊；背信者：turn ～ *to...* 背叛。

trai·tor·ous ['tretərəs] 形《文》1 背叛的；有二心的，不忠的；不實的。2 背叛（罪）的。

～**·ly** 副 背叛地。

tra·jec·to·ry [trə'dʒɛktərɪ] 名（複 **-ries**）1 曲線，弧；彈道，飛翔曲線；軌道。2〖幾何〗軌線。

tram [træm] 名 1《英》電車（tramcar,《美》streetcar）。2 路線，軌道；礦車軌道。3 運輸車，臺車；吊兜，吊車。

—動（**trammed**, ～**·ming**）不及《口》搭電車去。—及 以電車運。

tram it《口》乘電車去。

tram[3] [træm] 名〖紡〗緯絲。

tram·car ['træm,kɑr] 名 1《英》= tram 1. 2 臺車。

tram·line ['træm,laɪn] 名 1《英》電車軌道。2《～s》《英口》（網球場的）邊線。

tram·mel ['træml] 名 1《通常作～s》妨害，障礙；限制，束縛：the ～*s* of convention 傳統習俗的束縛。2 調整器（亦稱 **tram**）。3《作 **a pair of ～s**》橢圓規；長腳圓規。4 捕魚或鳥用的細孔網。5 萬能鑰匙。6 馬梏。

—動（～**ed**, ～**·ing** 或《英》**-melled**, ～**·ling**）及 1 妨礙…的自由，束縛。2 用網捕（魚、鳥）；《喻》抓住《偶用 *up*》。

·tramp [træmp] 動 不及 1 以沉重或穩定的步伐走；踐踏《*on, upon...*》：～ about 重步走來走去。2《口》步行；流浪；徒步旅行；《美》去郊遊。3《口》搭不定期貨船航海。—及 1 以重步行走於；《美》踐踏《*down*》：～ *down* a flower bed 踐踏花圃。2 徒步旅行，流浪；《口》徒步前往：～ the hills 在山丘漫步。3《口》使作不定期航行。—名 1 以重步行走；沉重或穩定的步伐。2《**the**～》沉重的腳步聲。3《口》徒步；徒步旅行；《美》徒步郊遊。4 流浪者，到處打工的人。5《美口》淫蕩的女人；妓女。6 不定期貨船。7 釘在鞋底的鐵片。—形 流浪的，居無定所的；不定期的。

tram·ple ['træmpl] 動 不及 1 沉甸甸地走；踐踏，踩碎《*on, upon, over...*》。2 粗野；《喻》糟蹋；損害；蔑視《*on, upon, over...*》：～ *on* the rights of others 完全不顧別人的權利。

—及 1 重踏，踩碎《*down*》；蹂躪《*in*》。

2 動粗；《喻》損害《*down*》。
—[名]重步而行（之聲），踐踏（聲）。
-pler [名]

tram·po·line [ˌtræmpəˈlin] [名]彈簧墊。
-lin·ing [名][U]彈簧墊運動。

ˈtramp ˈsteamer [名]不定期貨船。

tram·road [ˈtræmˌrod] [名]《主美》臺車道，（礦坑中的）小鐵路。

tram·way [ˈtræmˌwe] [名] **1**《英》電車軌道。**2**（纜車的）纜道；纜車軌。

trance [træns] [名] **1** 恍惚狀態；昏睡狀態；催眠狀態：speak in a ～ 在恍惚的狀態下說話。**2** 不省人事，神智不清；出神：send a person into a ～ 向人施催眠術；使人神智不清。**3** [U][C]〖心靈〗暫時性超現實狀態。

trank [træŋk] [名]《美俚》鎮靜劑。

tran·ny [ˈtrænɪ] [名]《英口》= transistor 2.

tran·quil [ˈtrænkwɪl, ˈtræŋ-] [形]（偶作～·er, ～·est 或《英》～·ler, ～·lest）**1** 寧靜的，安靜的：a ～ public park 幽靜的公園。**2** 平靜的，沉著的。～·**ly** [副]，～·**ness** [名]

tran·quil·i·ty,《英》**-li·ty** [trænˈkwɪlətɪ, træŋ-] [名][U]安靜；寧靜；冷靜。

tran·quil·ize [ˈtræŋkwɪˌlaɪz, ˈtræn-] [動][及][不及]鎮定，使沉著；穩定下來。

tran·quil·iz·er [ˈtræŋkwɪˌlaɪzɚ, ˈtræn-] [名] **1**〖藥〗鎮靜劑。

trans-《字首》**1** 表「超越」、「橫過」、「貫穿」、「通過」、「完全改變」、「往另一邊」、「往別的狀態場所」、「對面的」之意。**2**〖化·理〗表「超…」之意。

trans.《縮寫》*trans*action(s); *trans*itive; *trans*lated; *trans*lation; *trans*lator; *trans*portation; *trans*verse.

·trans·act [trænsˈækt, trænzˈækt] [動][及]進行，處理；完成：～ business with a person 與某人交易。—[不及]《罕》進行交易《*with...*》。
-ac·tor [名]交易者，承辦人。

·trans·ac·tion [trænsˈækʃən, trænz-] [名] **1** [U]《the ～》處理，執行，承辦《*of*...》。**2** 業務；《常作～s》生意，買賣：have business ～*s* with a person 與某人做生意。**3**《～s》報表，紀要，議事紀錄。**4**〖心〗交互關係。～·**al** [形]

tranˈsactional aˈnalysis [名][U]〖心〗交互關係分析。略作：TA

trans·al·pine [trænsˈælpɪn, trænz-] [形] **1** 阿爾卑斯山那邊的。**2** 穿越阿爾卑斯山的。

trans·at·lan·tic [ˌtrænsətˈlæntɪk, ˌtrænz-] [形] **1** 橫越大西洋的。**2** 在大西洋對岸的。—[名] **1** 大西洋對岸的人；《英》美國人；《美》歐洲人。**2** 橫越大西洋的船。

trans·ceiv·er [trænˈsivɚ] [名]〖無線〗無線電收發機。

tran·scend [trænˈsɛnd] [動][及] **1** 超過，超越。**2** 勝過，優於。**3**〖神〗超越。
—[不及]超越；卓越。

tran·scend·ence [trænˈsɛndəns] [名][U]超越；卓絕；超絕性。

tran·scend·ent [trænˈsɛndənt] [形] **1** 優秀的，突出的：～ judgment 超乎常人的判斷力。**2**〖神〗超越宇宙的，超絕的。**3** (1)〖經院哲〗超越的。(2)〖康德哲〗先驗性的。(3) 意識外的。**4** 不能理解的，模糊的。—[名] 卓越的人[物]；難以理解的人[物]。～·**ly** [副]

tran·scen·den·tal [ˌtrænsɛnˈdɛntl] [形] **1** 卓越的，出眾的。**2** 超出一般常識的，異常的；深奧的；模糊的。**3**《口》複雜的，深奧的；抽象的：a ～ concept defying definition 無法下定義的深奧概念。**4**〖哲〗超絕的；〖康德哲〗先驗的。
～·**ly** [副]

tran·scen·den·tal·ism [ˌtrænsɛnˈdɛntl̩ˌɪzəm] [名][U] **1**〖哲〗（康德的）先驗哲學；（愛默生的）超絕論。**2** 遠大崇高的思想。
-ist [名][形]

transcenˈdental mediˈtation [名][U]超越冥想法。略作：TM

trans·con·ti·nen·tal [ˌtrænskɑntəˈnɛntl] [形]橫貫大陸的；在大陸另一頭的。

tran·scribe [trænˈskraɪb] [動][及] **1** 全文寫下。**2** 抄下，謄寫。**3**〖語音〗標出。**4** 改寫，翻譯《*into...*》。**5**〖樂〗改編《*for...*》。**6**〖廣播·視〗錄製；播放。**7**〖遺傳〗轉錄。**-scrib·er** [名] 謄寫者，抄稿者；轉錄機。

tran·script [ˈtrænˌskrɪpt] [名] **1** 副本，拷貝；謄本。**2** 翻譯，音譯。**3** 成績單。

tran·scrip·tion [trænˈskrɪpʃən] [名] **1** [U] 抄寫，改寫，複印；[C] 副本，謄本。**2** [U][C]〖語音〗音標；標音。**3** [U][C]〖廣播·視〗錄音，錄影。**4** [U][C]〖樂〗編曲，改編。**5**〖遺傳〗轉錄。
～·**al** [形]，～·**al·ly** [副]

trans·cul·tur·al [trænsˈkʌltʃərəl] [形]跨文化的，文化融合的。

trans·cur·rent [trænsˈkɝənt] [形]橫過的，橫亙的。

trans·duce [trænsˈdjus] [動][及] **1** 把（能量等）變成另一種形式。**2** 轉導（遺傳基因）。

trans·duc·er [trænsˈdjusɚ] [名]（能量）轉換器。

tran·sect [trænˈsɛkt] [動][及]橫切，切開。

tran·sept [ˈtrænsɛpt] [名]〖建〗左右翼部；袖廊。

ˈtrans ˌfat [名][U]反式脂肪。

·trans·fer [trænsˈfɝ] [動]（-ferred, ～·ring）[及] **1** 移動，轉移；使調職《*from... to...*》：be *transferred to* a new post 轉任新職。**2** 改變，使變質《*into...*》。**3** 轉嫁《*to...*》：～ one's responsibility *to* a person 把責任轉嫁給某人。**4**〖法〗讓渡《*to...*》：～ property *to* one's son 把財產移轉給兒子。**5** 抄，轉印，臨摹《*to...*》：～ a pattern *to* a lithographic slate 把圖案拓印在石印板上面。—

T

不及 1 遷移，搬家；轉學；變更地址《from...to...》。2《美》換搭交通工具《from...to...》。—['--] 名 1 U C 移動的手段[方法]；移轉，搬運；C 移送地點；調職（者），轉移（者）；《英》轉換球隊（者）；《美》轉學證明書。2《美》轉車票證。3 手抄圖，臨摹的畫，版畫。4 U C 〖法〗讓渡（證書）。5 U C 〖金融〗（股票等的）過戶；C《美》匯兌；劃撥。
~·a·'bil·i·ty 名, ~·a·ble 形

trans·fer·ee [ˌtrænsfəˈri] 名 被調職者；〖法〗受讓人。

trans·fer·ence [trænsˈfɝəns] 名 U 移動；轉任；轉讓；〖精神分析〗情感轉移。

trans·fer·or [trænsfɝɚ] 名 讓與人，讓渡人；移交人。

trans·fer·(r)al [trænsˈfɝəl] 名 U C 移動，調職。

trans·fig·u·ra·tion [ˌtrænsfɪgjəˈreʃən] 名 1 U C 變形，改觀。2《the T-》基督的改變外貌；《T-》基督變容節（8月6日）。

trans·fig·ure [trænsˈfɪgjɚ] 動 及 1 改變外表。2 使理想化，使神聖化。

trans·fix [trænsˈfɪks] 動 (~ed 或 -fixt, ~·ing) 及 1 刺穿；釘住，使刺穿固定。2 使呆住，使當場愣住；《被動》呆立《with ...》: be ~ed with terror 驚恐得呆立不動。~·ion [-ʃən] 名 U 戳穿；愣住。

·**trans·form** [trænsˈfɔrm] 動 及 1 改變形狀，使變形《into, to...》。2 改變；使變成另一種物質《into, to...》: ~ oneself into a politician 把自己變成政客。3〖電〗使改變電壓，整流；〖理〗使轉換《into...》。4〖數〗變換。5 使轉化成遺傳因子。
~·a·ble 形, ~·a·tive 形 促使變化的，有變化力的。

trans·for·ma·tion [ˌtrænsfɚˈmeʃən] 名 U C 1 變化，改變，轉變：undergo a great ~ 歷經一次大變化。2〖生〗變形；形質轉化。3〖文法·理則·數〗變換；變形規則。4〖理〗變換；〖化〗轉換；〖電〗整流，變壓。~·al 形, ~·ist 名 進化論者。

T

transfor'mational ('generative) 'grammar 名 U〖語言〗變形（衍生）文法。

trans·form·er [trænsˈfɔrmɚ] 名 1 使變化之人[物]。2〖電〗變壓器。

trans·fuse [trænsˈfjuz] 動 及 1 注入；《喻》灌輸《to, into...》；滲入《with...》: ~ a love of nature to one's students 灌輸學生熱愛大自然的觀念。2〖醫〗輸血給（人）。

trans·fu·sion [trænsˈfjuʒən] 名 U C 注入，移注；輸血。

trans·fu·sion·al [trænsˈfjuʒənl] 形 輸血（引起）的。

trans·gen·der [trænsˈdʒɛndɚ] 形 變性的。

trans·gen·ic [trænsˈdʒɛnɪk] 形 基因改變的。—名 基因改變的動物或植物。

trans·gress [trænsˈgrɛs] 動 及 1 越過，超過：~ the bounds of reason 踰越理智的範圍。2 違背，違反。—不及《文》違背，違反《against...》。-gres·sion 名 U C 違反，犯罪；（宗教、道德上的）罪。-gres·sor 名

tran·ship [trænˈʃɪp] 動 (-shipped, ~·ping) 及 不及 = transship.

trans·hu·mance [trænsˈhjuməns] 名 U 山牧季移。

tran·sience [ˈtrænʃəns] 名 U 短暫；無常。

tran·sient [ˈtrænʃənt] 形 1 非永久性的，瞬間的，虛無的：a ~ look of bewilderment 瞬間迷惑的眼神。2《美》短暫停留的。3〖哲〗超越自己而對別人產生影響的。—名 暫時性的人[物]；《美》短期留宿的客人；到處流動的工人。~·ly 副

tran·sis·tor [trænˈzɪstɚ] 名 1〖電子〗電晶體。2《口》電晶體收音機。

tran·sis·tor·ize [trænˈzɪstəˌraɪz] 動 及〖電子〗裝置電晶體於；使電晶體化。

tran'sistor 'radio 名 電晶體收音機。

trans·it [ˈtrænsɪt, -zɪt] 名 1 U 通過，橫貫。2 U 運送，輸送；《美》運輸機構。3 通路，運輸線。4 U 變遷，移動；《喻》變遷。5 U C〖天·測〗凌日；中天；中星儀；經緯儀。—動 及 1 通過，橫貫，經過。2〖天〗通過；〖測〗使在水平橫軸上倒轉。—不及 1 通過，橫越。2〖天〗通過子午線。

tran·si·tion [trænˈzɪʃən, -ˈsɪʃən] 名 U C 1 變遷，轉移，變化；轉型期，過渡期《from... to...》: an age of ~ 轉變期。2〖樂〗暫轉調；變調。

tran·si·tion·al [trænˈzɪʃənl] 形 變遷的；過渡期的。

tran·si·tive [ˈtrænsətɪv] 形 1〖文法〗及物（性質）的：a ~ verb 及物動詞。2〖數·理則〗可遞的；遞移的。—名〖文法〗= transitive verb.
~·ly 副, ~·tiv·ity 名

'transitive 'verb 名〖文法〗及物動詞。略作：v.t., vt.

tran·si·to·ry [ˈtrænsəˈtorɪ] 形 暫時的，不持久的；短暫的：a ~ life 短暫的生命。-ri·ly 副, -ri·ness 名

'transit 'visa 名 過境簽證。

·**trans·late** [trænsˈlet, trænz-] 動 (-lat·ed, -lat·ing) 及 1 翻譯；變成，轉換，轉化《from... into...》: ~ plans into action 把計畫付諸行動。2 解釋，說明：~ his gestures to mean approval 把他的姿態視爲表示同意。3 搬移《to...》。4〖教會〗轉調。5《英》翻改。6〖數〗使平移；〖力〗使直線運動。7〖醫〗移轉。8〖遺傳〗轉譯。—不及 1 翻譯。2 可譯出。3〖教會〗轉任。

·**trans·la·tion** [trænsˈleʃən, trænz-] 名 1

ⓊⒸ翻譯；Ⓒ譯著，譯文：literal ～ 直譯 / free ～ 意譯。2ⓊⒸ解釋，說明；轉換。3 ⓊⒸ〖教會〗調職；轉移。4 ⓊⒸ〖力〗直線運動；〖數〗平移。5 Ⓤ〖遺傳〗轉譯。

trans·la·tor [træsns'letɚ, trænz-] 名翻譯家，譯者。

trans·lit·er·ate [træns'lɪtə,ret, trænz-] 動及字譯，音譯，拼寫《*into*...》：～ Chinese characters *into* Roman letters 把中國字譯寫成羅馬字母。**-'a·tion** 名

trans·lu·cent [træns'lusn̩t, trænz-] 形 1 半透明的。2 易懂的，明白的。**-cence** 名，～**·ly** 副

trans·lu·nar·y [træns'lunərɪ] 形 越過月球的；天上的；理想中的。

trans·ma·rine [,trænsmə'rin] 形 1（從）海那邊（來）的。2 橫越海洋的。

trans·mi·grant [træns'maɪgrənt, 'trænsməgrənt] 名移居者；移棲動物，被移植的植物。—形移居的；轉世的。

trans·mi·grate [træns'maɪgret, trænz-] 動不及1 移居。2 轉世。—及使轉世輪迴。

trans·mi·gra·tion [,trænsmaɪ'greʃən, ,trænz-] 名Ⓤ移居；輪迴，轉世。

trans·mis·si·ble [træns'mɪsəbl, trænz-] 形可以傳遞的，可以發送的。

trans·mis·sion [træns'mɪʃən, trænz-] 名 1Ⓤ 傳送，傳遞，傳播；Ⓒ被傳遞之物。2〖機〗傳動（裝置）：power ～ 送電，配電。3〖無線〗發報；無線電傳送；Ⓤ〖理〗傳導；〖生〗遺傳，傳染。4 Ⓤ轉讓。**-sive** 形

·**trans·mit** [træns'mɪt, trænz-] 動 (～**·ted**, ～**·ting**) 及 1 傳送，傳遞：～ the money by check 以支票匯錢。2 傳染，傳播《*to* ...》：～ a disease *to* others 把病傳染給他人。3〖理〗使傳導；〖無線〗傳送：～ TV programs in color 播送彩色電視節目。4 傳授《*to*... 》: be *transmitted* the news by radio《主美》由無線電獲悉消息。5 遺傳給；留傳《*to*...》：～ a faculty for analytic thought *to* one's children 把擅長分析思考的能力傳給自己的孩子。

—不及 1 用電波傳遞訊息。2〖法〗把權利義務留給繼承人。～**·ta·ble** 形

trans·mit·tal [træns'mɪtl] 名 = transmission.

trans·mit·ter [træns'mɪtɚ, trænz-] 名 1 轉交者，傳送者；傳送裝置。2 話筒；發報機；發射台。

trans·mog·ri·fy [træns'mɑgrə,faɪ] 動 (-**fied**, ～**·ing**)及以魔法等使…變成古怪或可笑的模樣。**-fi·'ca·tion** 名ⒸⓊ變形。

trans·mu·ta·tion [,trænsmju'teʃən, ,trænz-] 名ⓊⒸ1 變形，變化。2〖生〗演變。3〖理〗變質；將賤金屬變成貴金屬。

trans·mute [træns'mjut, trænz-] 動及改變《*into*...》：～ sorrow *into* joy 化悲為喜。—不及變質，變形《*into*...》。

trans·na·tion·al [træns'næʃənl] 形 超越國界的；關係到多國利害的；跨國企業的。—名跨國公司，跨國企業。

～**·ism** 名 Ⓤ 跨國公司的經營形態。

trans·o·ce·an·ic [,trænsoʃɪ'ænɪk, ,trænz-] 形 1 橫渡海洋的。2 海洋彼岸的。

tran·som ['trænsəm] 名 1〖建〗橫楣；橫木。2《主美》氣窗。

'**transom ,window** 名氣窗，門頂窗。

tran·son·ic [træn'sɑnɪk] 形〖空〗跨音速的（亦作 **transsonic**）。

trans·pa·cif·ic [,trænspə'sɪfɪk] 形 橫越太平洋的；在太平洋彼岸的。

trans·par·ence [træns'pærəns] 名 Ⓤ 透明；透明度。

trans·par·en·cy [træns'pærənsɪ] 名 (複 **-cies**) 1 Ⓤ透明，透明度。2 Ⓤ〖攝〗透明度；Ⓒ透明正片：a color ～ 彩色透明正片。3 透明物；透明圖，幻燈片。

·**trans·par·ent** [træns'pærənt] 形 1 透光的，透明的：(as) ～ as air 如空氣般透明。2 薄紗狀的：～ fabric 透明的織物。3 坦率的，率直的：～ earnestness 坦率的熱誠。4 明白的，顯然的。5 淺顯的，易懂的：lucid, ～ prose 清晰又淺近的散文。～**·ly** 副，～**·ness** 名

tran·spi·ra·tion [,trænspə'reʃən] 名 Ⓤ 蒸氣；蒸發，發散（作用）。

tran·spire [træn'spaɪr] 動不及 1 排出廢物，蒸發水分；排出，發散。2《以 **it** 為主詞》揭曉，洩漏《*that* 子句》。3 發生。—及 排出，發散。

trans·plant [træns'plænt] 動及 1 移植，移種。2〖外科〗移植。3 使移動；使移居：～ their traditions to the new world 把他們自己的傳統移到新世界。—不及耐移植。—['--] 名 1 移轉；移植；移居。2 移種植物。～**·plan·'ta·tion** 名，～**·er** 名

trans·po·lar [træns'polɚ] 形 橫貫北極或南極地區的。

tran·spon·der, -dor [træn'spɑndɚ] 名（自動）收發機。

·**trans·port** [træns'port] 動 及 1 運輸，輸送。2〖史〗放逐到，給以流放的處罰。3《被動》《文》使情緒激動《*with*...》。—['--] 名 1 Ⓤ 運送，輸送；運輸業；輸送工具（《美》transportation）；Ⓒ可以隨身攜帶的東西。2 運輸船，大型運輸機。3《常作～**s**》《文》興高采烈，狂喜的狀態。4〖史〗被放逐的人；流刑犯。5〖電腦〗傳送裝置。～**·a·ble** 形，～**·a·'bil·i·ty** 名

·**trans·por·ta·tion** [,trænspɚ'teʃən] 名 1 Ⓤ 運輸，輸送；《美》輸送工具，交通工具；（《英》transport）：means of ～ 交通工具。2 Ⓤ《美》運費，輸送費用。3 Ⓤ〖史〗流放，充軍，放逐：～ to the colonies 流放到殖民地。

'**transport ca,fé** 名《英》（公路旁的）小餐館。

trans·port·er [træns'portɚ] 名 運送者；

T

搬運用的機器；《英》大型運輸車。

trans'porter ˌbridge 图運輸橋。

trans·pos·al [træns'pozl] 图 = transposition.

trans·pose [træns'poz] 動及 1 調換，置換。2 改寫；翻譯《*into...*》。3〖數〗移項；〖樂〗變調。—不及 1〖樂〗轉調。2 調換。—图〖數〗轉置；移項。

trans·po·si·tion [ˌtrænspə'zɪʃən] 图 Ⓤ Ⓒ 1 調換，交換。2〖文法〗倒置；詞序的換置。3〖播〗倒轉；〖解〗變位，錯位。4〖數〗轉置；移項；〖樂〗轉調（曲）。

trans·ra·cial [træns'reʃəl] 形 不同人種間的，兩個人種以上的。

trans·sex·u·al [trænz'sɛkʃuəl] 图變性者。—形 轉換性別的；變性者的。
～·ism 图Ⓤ 變性慾。

trans·ship [træns'ʃɪp] 動 (**-shipped**, **～·ping**) 及改載，轉載。—不及改搭；轉載貨物。
～·ment 图Ⓤ 換交通工具；轉運。

trans-Sibe·ri·an [ˌtrænssaɪ'bɪrɪən] 形 橫貫西伯利亞的。

trans·son·ic [træns'sɑnɪk] 形 = transonic.

tran·sub·stan·ti·ate [ˌtrænsəb'stænʃɪˌet] 動 及 1 使變質《*to, into...*》。2〖神〗使化體。
-'a·tion 图Ⓤ變質；〖神〗化體。

tran·su·da·tion [ˌtrænsju'deʃən] 图 1 Ⓤ Ⓒ滲出。2 滲出物。

tran·sude [træn'sud] 動及不及滲出，滲透。

trans·u·ran·ic [ˌtrænsjʊ'rænɪk] 形〖化·理〗超鈾的。—图超鈾元素。

Trans·vaal [træns'vɑl, trænz-] 图特蘭斯瓦爾省：南非共和國東北部的一省，世界主要黃金產地。

trans·val·ue [træns'væljʊ] 動及 改變價值，重新評價。

trans·ver·sal [træns'vɝsḷ, trænz-] 形 = transverse. —图〖幾〗截線。

trans·verse [træns'vɝs, træz-] 形 1 橫的，橫切的，橫斷的：a ～ beam（建築物、船等的）橫樑。2 橫吹的。3〖幾〗橫軸的；橫截的。—图 1 橫貫物；橫貫道路，近路。2〖幾〗橫軸。
～·ly 副

'transverse 'wave 图〖理〗橫波。

trans·ves·tism [træns'vɛstɪzəm, trænz-] 图Ⓤ易裝癖（亦稱 **transvestitism**）。

trans·ves·tite [træns'vɛstaɪt, trænz-] 图有易裝癖者，喜歡穿著異性服裝的人（亦稱 **transvestist**）。

·trap[1] [træp] 图 1 陷阱；捕捉器；《喻》陷阱，圈套：be caught in a ～ 掉入陷阱，落入圈套。2 (1)防（臭）氣閥。(2)放洩彎管。3《～s》打擊樂器。4 (1) 發射器。(2)〖棒球〗短打觸地球的接球動作。(3)〖射〗放靶機。(4)起跑閘欄。5《英》兩輪輕便馬車。6 = trap door. 7 夠破處；油壺室。8《俚》嘴：Shut your ～. 閉嘴。9《英俚》警探，偵探。10《口》監視所。11《～s》直線跑道。
be up to trap《俚》早有提防的，狡詐的。
understand trap《英俚》有警戒心。
—動(**trapped** 或《古》**trapt**, **～·ping**)及 1 設陷阱捕捉；誘騙。2 禁閉；止住。3 布陷阱於。4 裝設防（臭）氣閥於；用防氣閥止住。5 (1)〖棒球〗將（球）於觸地彈跳起來時接住；以牽制球封殺。(2)〖美足〗= mousetrap.
—不及 1 布陷阱《*for...*》。2 以設陷阱捕獵爲業。3 用防氣閥堵塞於管中。

trap[2] [træp] 图 1《～s》《英口》隨身物品，輕便行李。2《通常作～s》馬飾。
—動(**trapped** 或《古》**trapt**, **～·ping**)及加馬飾於。

trap[3] [træp] 图Ⓤ〖地質〗暗色的火成岩；玄武岩。

'trap 'door, trap·door ['træp'dor] 图 1 活門，閘門。2〖礦〗通風口。

trapes [treps] 動及不及，图《英》= traipse.

tra·peze [træ'piz] 图（體操、馬戲用的）高空鞦韆：a ～ artist 高空特技藝人。

tra·pe·zi·um [trə'pizɪəm] 图 (複～s, **-zi·a** [-zɪə])〖幾〗《美》不規則四邊形；《英》梯形。

trap·e·zoid ['træpəˌzɔɪd] 图〖幾〗《美》梯形；《英》不規則四邊形。
—形（亦稱 **trapezoidal**）〖幾〗梯形的。

trap·per ['træpɚ] 图 設圈套者；獵人。

trap·pings ['træpɪŋz] 图(複) 1 裝飾；服飾，禮服：the ～ of power 象徵權力之物。2 裝飾用馬具。

Trap·pist ['træpɪst] 图〖天主教〗特拉比斯修道會修士。—形 特拉比斯修道會的。

trap·shoot·ing ['træpˌʃutɪŋ] 图Ⓤ 活靶射擊，飛靶射擊。**-shoot·er** 图

trash [træʃ] 图Ⓤ 1 無價值之物；《美》垃圾，廢物，破爛物。2 無意義的想法；廢話；拙劣作品。3《集合名詞》《美》無業遊民，社會渣滓；無用之人。4 剪下來的枯枝敗葉；甘蔗渣。5《美俚》任意破壞。—動 及 1 去除外葉。2 修剪多餘枝葉。3 當作垃圾處理。4《美俚》故意破壞，搗毀。—不及《美俚》任意破壞。

'trash ˌcan 图《美》（裝乾垃圾的）垃圾桶（《英》dustbin）。

'trash ˌtalk 图Ⓤ（對手之間的）冷嘲熱諷；誹謗。

trash·y ['træʃɪ] 形 (**trash·i·er**, **trash·i·est**) 如垃圾般的；無價值的，品質低劣的：a ～ opinion 拙劣的見解。

trau·ma ['traʊmə, 'trɔ-] 图(複 ～**·ta** [-tə], ～**s**) Ⓤ Ⓒ 1〖病〗外傷；創傷。2〖精神醫〗精神創傷；精神創傷經歷；打擊：a childhood ～（兒時經歷的）心靈傷害。

T

trau·mat·ic [trɔ'mætɪk] [形] 1 外傷性的；精神上留下創傷的；《口》不快的：a ~ experience 傷痛的經歷。2 治外傷的。**-i·cal·ly** [副]，**trau·ma·tism** ['trɔmə,tɪzəm] [名] [U] 外傷性傷害。

trau·ma·tize ['trɔmə,taɪz] [動] [及] 造成巨大創傷。

tra·vail ['trævel] [名]《文》1 [U]辛苦，勞苦；[C]嘔心瀝血之作。2 [U]痛苦，苦惱。3 [U]《古》陣痛：a woman in ~ 即將分娩的女人。—[不及] 艱辛勞動。

:trav·el ['trævl] [動] (~ed, ~·ing 或《英》-elled, ~·ling)[不及] 1 旅行：~ light 輕裝旅行 / ~ for one's health 為健康而旅行。2 步行；邊吃草邊移動；《英口》快速前進：~ to work 去上班。3 傳達，行進；移動，動。4 當推銷員到處巡迴推銷《*for*...》；兜售《*in*...》：~ *for* an insurance company 擔任保險公司的巡迴推銷員。5《口》交往《*with*...》：~ in good company 和益友交往。6 按一定的流程（轉）動。7〖籃球〗帶球走。—[及]1《與場所受詞連用》旅行；橫越；走。2《使役》《口》使移動。3 前往交涉。

travel it（徒步）旅行。

travel out of the record 脫離本題。

—[名] 1 [U]旅行；《通常作~s》（外國）旅行。2 遊記。3《美》旅客人數，交通（量）。4 運動，移動；（光、聲音等的）運行，傳播。

travels in the blue 發呆，做白日夢，沉思。

'travel ,agency [名]旅行社。

'travel ,agent [名]旅行業者。

trav·eled,《英》**-elled** ['trævḷd] [形]1 有豐富旅行經驗的；見聞廣的：a well-*traveled* old gentleman 遊歷四方的老紳士。2《通常與修飾語連用》（常）被旅行者使用的；旅客多的。3〖地質〗被沖走的，漂積的。

·trav·el·er,《英》**-el·ler** ['trævlɚ] [名] 1 旅行者，旅客。2《主英》外務員，巡迴推銷員，業務員（《美》traveling salesman）。3 (1) 移動的東西。(2)〖機〗移動式吊車；起重機。

'traveler's ,check [名]旅行支票。

trav·el·er's-joy ['trævəlɚz'dʒɔɪ] [名]〖植〗野生鐵線蓮。

trav·el·ing,《英》**-el·ling** ['trævəlɪŋ] [形] 1 旅行（用）的；巡迴的：a ~ exhibition 巡迴展覽。2 移動的，可動的。—[名] [U]旅行；巡迴；移動。

'traveling 'fellowship [名] 研習旅行獎學金。

'traveling 'salesman [名]《美》外務員，巡迴推銷員（《英》commercial traveller）。

trav·e·log,《英》**-logue** ['trævə,lɔg] [名] 1 旅行見聞演說。2 旅行紀錄影片。

'travel ,sickness [名]《英》= motion sickness.

'travel ,trailer [名]旅行拖車。

trav·erse ['trævɚs, 'trævɜ·s] [動] [及] 1 橫過，越過，渡過。2 往返，縈繞；來回走動。3 細心考察，探討，詳論。4 反對，反駁；否定，妨害；〖法〗否認，拒絕，加以抗辯。5 使移轉。6 Z 字型地爬上爬下。—[不及]1 橫越，橫貫[縱走]。2 旋轉。3〖測〗橫向迴旋。4 Z 字型地爬上爬下。5〖拳擊〗左右移動。—[名]1 橫過，縱走；橫越。2 妨礙，干擾。3 橫斷物；橫木，橫樑；橫牆，分隔壁，扶手，布簾。4〖機〗橫向移動（部分）。5〖建〗通廊。6〖海〗曲線航行。—[形]橫亙的，橫貫的。**-'vers·a·ble** [形]，**-'vers·er** [名]

trav·er·tin(e) ['trævɚtɪn] [名] [U]石灰華。

trav·es·ty ['trævɪstɪ] [名] (複-ties) 1 鬧劇化；滑稽模仿。2 仿造物，粗劣的模仿；曲解：a ~ of the law 對法律的曲解（糟蹋）。3 變裝，化裝。—[動] (-tied, ~·ing) [及] 1 使滑稽化；使通俗化。2 拙劣模仿；演砸…的角色。

trav·o·la·tor ['trævə,letɚ] [名]《英》（機場內的）電動行人輸送道。

trawl [trɔl] [名] 1 拖網。2《美》排鉤釣索。—[動] [不及]1 以拖網捕魚。2 用拖線釣魚。—[及]1 用拖網捕（魚）；拖（拖網）。2 放排鉤釣索釣魚。

trawl·er ['trɔlɚ] [名]拖網漁船。

'trawl ,net [名]= trawl 1.

·tray [tre] [名] 1 茶盤，托盤；盤子。2 裝菜肴的大長盤子；一盤的量《*of*...》：a breakfast ~ 盛早餐的盤子。3 有隔開的箱子，內盒；淺盒子；文件盤，檔案盤。

'tray ,agriculture [名]= hydroponics.

treach·er·ous ['trɛtʃərəs] [形] 1 不誠實的，有二心的《*to*...》：a ~ deed 背叛行為。2 靠不住的；不穩的，危險的：~ winds 變幻莫測的風。**~·ly** [副]，**~·ness** [名]

·treach·er·y ['trɛtʃərɪ] [名] (複-eries) 1 [U] 背信，欺瞞。2《通常作 -eries》背叛的行為；不安定的事[物]。

trea·cle ['trikḷ] [名] [U] 1《英》糖漿，糖飴（《美》molases）。2《口》（聲音、語言等的）甜蜜。

trea·cly ['triklɪ] [形]1 如糖漿般的。2 甜蜜的；做作的。

·tread [trɛd] [動] (trod或《古》trode, trodden 或 trod, ~·ing)[及] 1 踩，走在；走過：~ a dangerous path《喻》走險路。2 踐踏，踩碎；踩硬，踩成：~ a person's heels down 踏某人的腳跟；《喻》欺負某人，攻擊某人的弱點。3 蹂躪，踐踏；壓抑，壓制《*down*》。4《古》跳（舞）：~ a round 跳圓舞。5 交尾。6 追求：~ a just and upright path 追求清高。—[不及] 1 去，行：Fools rush in where angels fear to ~.《諺》傻瓜總是膽大妄為。2 踐踏，踩爛《*on, upon*...》：~ *on* a frog 踩到青蛙。

tread in a person's (*foot*) *steps* / *tread in*

T

the (foot) steps of a person 仿效某人；繼承（某人的）遺志。
tread lightly (1)輕輕地走。(2)小心地做。
tread on air ⇨ AIR[1]（片語）
tread on one's own tail 自作自受。
tread on sure ground 自信地談。
tread on the heels of... 緊跟著（某件事之）後發生。
tread on a person's toes / *tread on the toes of a person* 激怒某人。
tread...out / *tread out...* (1)踩熄（香煙）。(2)踩搾（果汁）。(3)鎮壓。
tread one's shoes straight 愼行其事。
tread the boards 上舞臺，當演員。
tread the deck 當船員；乘船。
tread this earth / *tread shoe-leather* 活著。
tread...under foot (1)踩爛，踩躪。(2)輕侮。(3)《喻》消滅。
tread water 〖泳〗立泳。
一名 **1** 踩，走；腳步聲；步伐。**2** 步幅；臺階，橫木；腳底板；底；踏板。**3**〖海〗踏板。**4** Ⓤ Ⓒ輪面；輪面的溝紋；左右兩輪間寬度，輪距；〖鐵路〗軌面。**5** 卵的胚點。

trea·dle ['trɛdl] 名（機器的）踏板。
一動 不及 踩踏板。

tread·mill ['trɛd,mɪl] 名 **1** 踏輪；踏車。**2** 乏味的工作。

tread·wheel [trɛd,hwil] 名踏車。

treas., Treas. 《縮寫》*treasurer; treasury.*

·trea·son ['trizn̩] 名Ⓤ **1** 叛逆（罪），叛國（罪）：high ～ 叛國罪。**2** 背叛，背信，不忠實《*to...*》。

trea·son·a·ble ['triznəbl] 形 叛逆的，謀反的；背信的，不老實的。

trea·son·ous ['triznəs] 形 = treasonable.

:treas·ure ['trɛʒɚ] 名 **1** Ⓤ《文》財富，財產。**2** Ⓤ Ⓒ 寶物，財寶：national ～*s* 國寶。**3** 貴重品，重要的東西。**4**《口》重要人物。**5**《口》《對孩子或年輕女性的稱呼》小寶貝，可人兒。一動 **(-ured, -ur·ing)** 及 **1** 珍藏，祕藏；銘刻於心，記在心裡；儲蓄《*up*》。**2** 器重，珍惜；珍重，景仰。

treas·ured ['trɛʒɚd] 形 珍藏的，珍貴的。

'treasure ,house 名寶庫；源泉：a ～ of art 藝術的寶庫。

'treasure ,hunt 名尋寶，覓寶。

Treasure 'Island 名『金銀島』：R. L.Stevenson 所著的探險小說。

treas·ur·er [,trɛʒərɚ] 名 **1** 寶物保管員。**2** 會計人員，財務經理，司庫；《美》出納官。

treas·ure·trove ['trɛʒɚ,trov] 名 **1** Ⓤ〖法〗埋藏物。**2** 有價值的發現（物），發掘物。

·treas·ur·y ['trɛʒərɪ] 名 **(複-ur·ies)** **1**《偶作 **the T-**》國庫，金庫。**2** 基金，資金。**3**《**the T-**》《美》財政部；《英》財政部，財務委員會：the Secretary of *the T-*《美》財務官。**4** 貴重物品的保管室。**5** 寶庫，寶典《*of...*》；傑作集：a ～ of American folk songs 美國民歌集錦。

'treasury ,bill 名《常作 **T-**》**1**《美》財政部短期國庫券（略作：T.B.）。**2**《英》短期國庫券。

'treasury ,bond 名（美國的）財政部（長期）公債。

'treasury ,note 名（美國的）財政部（中期）國庫券。

'treasury ,stock 名庫藏股票，公司股票，庫藏股份。

:treat [trit] 動 及 **1** 對待；把（人）（當作…）看待《*like...*》：～ a person with respect 禮遇某人。**2** 把…看作：～ his threat as serious 把他的威脅當真。**3** 治療：～ a wound 治療傷口。**4** 用藥品處理；處理，加工《*with...*》。**5** 招待，款待《*to...*》；《反身》享樂，慷慨解囊《*to...*》：～ a person *to* a drink 請某人喝一杯。**6** 處理，討論；表現：～ a subject briefly 簡單扼要地討論問題。一不及 **1** 處理，討論《*of...*》。**2** 交涉，折衝《*with...*》。**3**《美》招待，款待。
一名 **1** 招待，請客；款待；東道主；慰勞。**2** 喜悅；令人滿足之物。
go down a (fair) treat《英俚》順利進行。
trick or treat《美口》⇨ TRICK（片語）

treat·a·ble ['tritəbl] 形〖化〗可處理的；可治療的。**-'bil·i·ty** 名

trea·tise ['tritɪs] 名專著，論文《*on, upon ...*》：a ～ *on* social change 有關社會變遷的論文。

:treat·ment ['tritmənt] 名 **1** Ⓤ 處理；對待，待遇：give the silent ～《俚》忽視，抹殺。**2** Ⓤ Ⓒ治療（法），處置《*for...*》：be under medical ～ 在醫療中 / undergo medical ～ 接受醫療。**3** Ⓤ作法，表現法；《 **the (full)** ～》《口》對待方法，處理方式。

:trea·ty ['tritɪ] 名 **(複-ties)** **1** 條約，協定，條約文書：draw up a ～ 起草條約。**2** Ⓤ《文》協約，契約；（個人間的）約定，交涉。**3**《古》交涉：be in ～ with... 正在與…交涉中。

'treaty ,port 名〖史〗協定通商港埠。

·tre·ble ['trɛbl] 形 **1** 三倍的，由三部分組成的；三重的：sell for ～ the price 以三倍的價格出售。**2**〖樂〗最高音部的；《文》尖銳的：a ～ singer 高音歌手。
一名 **1** 三倍之物；三層之物；三倍得分；三重賭注。**2**〖樂〗最高聲部；最高聲部歌手。**3**《文》尖銳聲[音]。**4** 最高音。
一動 **(-bled, -bling)** 及 不及 以三倍計；成爲三倍。**-bly** 副

'treble 'clef 名〖樂〗高音譜號。

tre·cen·to [tre'tʃɛnto] 名 Ⓤ《常作 **T-**》十四世紀（風格），十四世紀美術。

T

:tree [tri] 图 1 大樹，喬木；樹幹部分；喬木狀的植物：the ～ of Buddha 菩提樹 / the ～ of knowledge (of good and evil)〖聖〗智慧之樹 / the ～ of life〖聖〗生命之樹。2 樹木狀之物；家譜；樹狀導管；〖化〗樹狀結晶；〖語言〗樹形圖，系統圖。3《主要作複合詞》木棒，椿，把手，柱，樑：a roof *tree* 棟樑。4 = boot tree. 5 = saddletree.

as trees walking 模糊，不清楚。

at the top of the tree 位居最高位。

bark up the wrong tree ⇨ BARK[1]（片語）

grow on trees 容易獲得。

in the green tree ⇨ GREEN（片語）

up a tree 陷入困境；進退兩難。

—動 **(treed, ～·ing)** 及 1 把（動物、人）趕上樹。2《美口》逼入窘境。3 在…上安裝木棒等；植樹於。4 把鞋楦插入。

—不及 1 逃到樹上。2 呈樹木的形狀。

'tree ˌdiagram 图〖語言〗樹形圖。

'tree ˌear 图木耳。

'tree ˌfern 图〖植〗木狀羊齒。

'tree ˌfrog 图〖動〗雨蛙，樹蛙。

'tree 'house 图樹屋。

'tree ˌlawn 图街心綠化帶。

tree·less ['trilɪs] 形無樹木的（區域）。

tree·lined ['triˌlaɪnd] 形沿途有樹的。

tree·nail ['triˌnel, 'trɛnl] 图木釘。

'tree ˌpeony 图〖植〗牡丹。

'tree ˌring 图年輪。

'tree ˌsurgery 图U樹木外科（術）。

'tree ˌtoad 图 = tree frog.

tree·top ['triˌtɑp] 图樹梢。

tre·foil ['trifɔɪl] 图 1〖植〗車軸草。2 三葉形圖案。—形三葉的。

trek [trɛk] 動 **(trekked, ～·king)** 不及 1 徒步旅行，前進；集體移動；《口》《廣義》去《*to*...》。2《南非》乘牛車旅行。

—图 1 徒步旅行。2《南非》牛車旅行；集體移居；一趟旅程。

trel·lis ['trɛlɪs] 图 1 格子。2 格子棚，格子籬笆；格子涼亭。3 格子狀的排列。

—動及 1 裝格子。2 以格子籬笆圍住；用格子棚支撐。

trel·lis·work ['trɛlɪsˌwɝk] 图 = lattice-work.

:trem·ble ['trɛmbl] 動 **(-bled, -bling)** 不及 1 顫抖，發抖《*at, with, for, from*...》：～ *at* the sound of a person's voice 聽到某人的聲音而顫抖。2 害怕，畏懼，擔心《*for*...》：～ *for* a person 擔心某人的安危。3 震動，搖擺；顫動：leaves *trembling* in the wind 迎風搖曳的樹葉。4 如風中殘燭。—及 1 使震動。2 以顫抖的聲音說《*out*》：～ *out* a prayer 以顫抖的聲音禱告。—图震動，搖晃，顫抖。

trem·bling ['trɛmblɪŋ] 图U 顫抖，發抖。—形發抖的，顫抖的。～**·ly** 副戰慄地；發抖地。

trem·bly ['trɛmblɪ] 形顫抖的，害怕的。

·tre·men·dous [trɪ'mɛndəs] 形 1 令人顫抖的，令人毛骨悚然的。2《口》驚人的；大得出奇的：eat with (a) ～ appetite 以驚人的食慾吃。3《口》非常優秀的：have a ～ time 過著美好的時光。

～**·ly** 副驚人地；美好地。～**·ness** 图

trem·o·lo ['trɛməˌlo] 图(複 **～s**)〖樂〗顫音，顫聲；顫音裝置。

trem·or ['trɛmɚ] 图 1 顫抖，發抖；情緒激動，興奮；膽怯，畏縮：without a ～ 毫不畏縮。2 震動，搖擺；（光的）閃爍，晃動；（聲音的）震顫：a ～ of the earth 地面的震動。3〖病〗顫動。

trem·u·lous ['trɛmjələs] 形 1 發抖的；害怕的，顫抖的《*with*...》：be ～ *with* joy 高興得發抖。2 畏縮的，膽小的：a ～ girl 膽小的女孩。3 搖動的；以顫抖的手寫成的：a signature in a ～ hand 顫抖的手所簽的字。4 過敏的，容易動搖的《*to*...》：be ～ *to* blame 很在意別人的指責。～**·ly** 副，～**·ness** 图

tre·nail ['triˌnel, 'trɛnl] 图 = treenail.

·trench [trɛntʃ] 图 1《常作～**es**》〖軍〗防禦陣地，戰線：man a ～ 在壕溝內派人員駐守。2 深溝，壕溝；〖地〗海溝：dig a ～ 挖深溝。

—動及 1 以壕溝圍住。2 挖溝；犂；放入壕溝中。3 刻劃；雕刻；《英》刻溝紋。—不及 1 挖戰壕《*along, down*》；切割，切開，將泥土沖刷成溝痕。2 侵害《*on, upon*...》。3 接近，近乎《*on, upon*...》。

trench·ant ['trɛntʃənt] 形 1 尖酸的，苛刻的：a ～ critic 刻薄的評論家。2 激烈的，強有力的，有效的：～ measures 有效的措施。3 清晰的，明確的。4《古》銳利的。～**·ly** 副

'trench ˌcoat 图防水大衣，雨衣。

trench·er ['trɛntʃɚ] 图 1 挖戰壕的人。2《古》一種木製盤碟；食物；飲食；美食之樂。—形木碟的；飲食的。

trench·er·man ['trɛntʃɚmən] 图 (複 **-men**) 1 食慾旺盛的人：a good ～ 食量大的人。2《古》食客。

'trench ˌfever 图U〖病〗戰壕熱。

'trench ˌfoot 图U〖病〗戰壕腳病。

'trench ˌmortar 图〖軍〗迫擊炮。

'trench ˌwarfare 图U壕溝戰。

·trend [trɛnd] 图 1 動向，趨勢《*of, in*...》；（往…的）傾向《*toward, to*...》；流行《*in*...》：the ～ *of* public opinion 輿論的趨勢。2 方向。

—動不及 1 傾向《*to, toward*...》。2 走向《*to, toward*...》。

trend·set·ter ['trɛndˌsɛtɚ] 图引領流行的人[物]。**-ting** 形引發流行的。

trend·y ['trɛndɪ] 形 **(trend·i·er, trend·i·est)**《英口·蔑》流行的；時髦的：a ～ hairstyle 流行的髮型。—图追求時髦的人。**-i·ly** 副，**-i·ness** 图

Trent [trɛnt] 图 1《the ～》特連特河：英

T

格蘭與蘇格蘭交界的河川。

tren·tal ['trɛntl] 图〖天主教〗連續三十天對死者的安魂彌撒。

Tren·ton ['trɛntn̩] 图 特蘭頓：美國 New Jersey 州的首府。

tre·pan [trɪ'pæn] 图 1 圓割刀，圓鋸；縱坑開鑿機。2〖外科〗環鋸。
—動 (-panned, ~·ning) 因 1〖機〗鋸。2〖外科〗鋸開。

tre·pang [trɪ'pæŋ] 图 海參。

tre·phine [trɪ'faɪn] 图〖外科〗環鋸，環鑽。—動 因 用環鑽施行手術。

trep·i·da·tion [,trɛpə'deʃən] 图 Ⓤ 1 戰慄，驚訝；狼狽。2 顫抖；〖病〗震顫。

·tres·pass ['trɛspəs] 图 1 ⓊⒸ〖法〗(1) 不法侵犯；施加暴力；非法侵入。(2) 訴訟。2《文》（道德、宗教上的）罪，違反，過失。3 ⓊⒸ（對他人生活、時間等的）侵犯，干擾，妨礙《*on, upon...*》: a ~ *on* a person's time 占用別人的時間。—動 不及 1〖法〗侵犯，非法侵入《*on, upon...*》。2《文》(1) 侵害，干擾。(2) 仗恃，乘隙而入。3《文》犯罪，違反《*against...*》。—因 踰越；違犯；背叛。

tres·pass·er ['trɛspəsɚ] 图 侵入者，侵犯者。

tress [trɛs] 图 1《通常作 ~es》《文》長髮，鬈髮。2《通常作 ~es》柔軟的嫩枝；光線。

tres·tle ['trɛsl] 图 1 支架；叉架；高腳架。2〖土木〗棧橋；構腳橋。

'trestle ,table 图 架臺式桌子。

tres·tle·work ['trɛsl,wɝk] 图 Ⓤ 構腳結構。

tret [trɛt] 图《昔》預估耗損添加量。

trews [truz] 图 (複) 蘇格蘭格子呢緊身褲。

trey [tre] 图（骰子、紙牌的）三點；《英俚》三個一組的東西；三辨士的貨幣。

T.R.H.《縮寫》*T*heir *R*oyal *H*ighnesses《英》殿下。

tri-《字首》表「三」之意。

tri·a·ble ['traɪəbl] 形〖法〗付諸審判的，可審判的。~·ness 图

T

tri·ad ['traɪæd, -əd] 图 1 三人一組，三個一組的東西。2〖化〗三價元素。3〖樂〗三和音。4《T-》三合會。

:tri·al ['traɪəl] 图 1 ⓊⒸ 審理，審判，公審：a case under ~ 審理中的案件 / stand (one's) ~ on a charge of... 因…之嫌而受審判 / be on ~ for... 以…罪被交付審判。2 ⓊⒸ 試驗，試用：a ~ of strength 力量試驗 / *run* a ~ 試行運轉 / by way of ~ 以試驗的方式。3 企圖；努力：make a ~ landing 嘗試登陸。4 考驗，磨練；苦難，痛苦；討厭的人[物]：a ~ to a person 對某人是一種苦難。5〖運動〗選拔（賽）。
a trial by battle〖英史〗以決鬥來裁判有罪或無罪的審判法。
on trial (1) ⇨图 1. (2) 被試行，在試用中。(3) 試驗性地。(4) 在受審中。
trial and error 反覆的試驗；嘗試錯誤。
—形 1 審判的，審理的。2 試驗性的；初選的。

'trial 'balance 图〖簿〗試算表。

'trial bal'loon 图 1 試探性言論（或行動），試探氣球。2 氣象觀測氣球。

'trial ,lawyer 图《美》專門出庭辯護的律師（《英》barrister (-at-law)）。

'trial 'marriage 图 ⓊⒸ 試婚。

tri·a·logue ['traɪə,lɔg] 图 三人對話；三方面的會談。

'trial 'period 图 試用期間。

'trial 'run 图 試車；試演；試行運轉。

·tri·an·gle ['traɪ,æŋgl] 图 1 三角形：a rightangled ~ 直角三角形。2 呈三角形之物；《主美》三角板（《英》setsquare）: a ~ of land 三角地。3 三個一組之物，三人一組，三幅一組；三角關係：the (eternal) ~（男女的）三角關係。4〖樂〗三角鐵；〖海〗三腳起重機。**-gled** 形

tri·an·gu·lar [traɪ'æŋgjəlɚ] 形 1 三角（形）的，三角柱的：~ numbers〖數〗三角形數。2 由三部分組成的，三重的；三者間的：a ~ love affair 男女的三角戀愛關係。~·ly 副

tri'angular 'trade 图 Ⓤ〖商〗三角貿易。

tri·an·gu·late [traɪ'æŋgjəlɪt, -,let] 形（由）三角形構成的；三角形的。
—[traɪ'æŋgjə,let] 動 因 1 使成三角形。2〖測〗三角測量。

tri·an·gu·la·tion [traɪ,æŋgjə'leʃən] 图 Ⓤ〖測·海〗1 三角測量（術）。2 三角網。3 分成三角形。

tri·ar·chy ['traɪɑrkɪ] 图 (複 -chies) 1 Ⓤ 三頭政治。2 三個統治者。3 三方聯邦。

Tri·as·sic [traɪ'æsɪk] 形〖地質〗三疊紀的。—图《the ~》三疊紀。

tri·ath·lon [traɪ'æθlən, -,lɑn] 图〖運動〗三項全能運動。

trib·ade ['trɪbəd] 图 女同性戀者，女同性戀中扮男性的一方。

trib·a·dism ['trɪbədɪzəm] 图 Ⓤ 女性間的同性戀。

trib·al ['traɪbl̩] 形 部落的，種族的：a ~ rite 部落的儀式。

trib·al·ism ['traɪbə,lɪzəm] 图 Ⓤ 1 部落制度，部落社會；部落的風俗習慣及信仰。2 部落主義；對種族的忠誠；部族意識。

:tribe [traɪb] 图 1 種族，部落：a nomadic ~ 遊牧民族。2〖動·植〗族，類：the feathered ~ 鳥類。3《謔·蔑》夥伴，伙，幫，批；《口》家族；《~s》多數人: the ~ of lawyers 律師同業者。4 (1)〖古羅馬〗族。(2) 支族。**'trib·al** 形, **'trib·al·ly** 副

tribes·man ['traɪbzmən] 图 (複 -men) 部落的人員，土著。

trib·u·la·tion [,trɪbjə'leʃən] 图 1 ⓊⒸ 痛苦，苦難，困苦：in great ~ 處於極大

的痛苦之中。2 難事，災難。

tri·bu·nal [trɪ'bjunl, traɪ-] 图 1 法院，法庭，裁決機關。2《the ～》法官席；裁判席。3（輿論的）裁判：be judged by the ～ of the news media 受到新聞媒體裁判的評斷。

trib·une[1] ['trɪbjun] 图 1 人民權利的保護者。2〖羅史〗護民官；軍團司令，執政官。

trib·une[2] ['trɪbjun] 图 1 講臺；演說壇。2 教堂的信徒席；賽馬場的觀眾席。3《T-》論壇，講壇：*The Chicago Tribune* 芝加哥論壇報。

trib·u·tar·y ['trɪbjə,tɛrɪ] 图（複 **-tar·ies**）1 支流；支脈：the *tributaries* of the Mississippi 密西西比河的支流。2 貢獻者，進貢國，屬國。─形 1 支流的；支脈的。2 貢獻的；贊助的。3 納貢的；隸屬的。4 進貢的；貢物的。**-i·ly** 副

·**trib·ute** ['trɪbjut] 图 1 感謝的表示，讚詞，贈物《*to*...》：a ～ in sculpture 以雕塑示紀念 / as a ～ of respect *to*... 表示對…之敬意 / pay (a) ～ *to* the memory of... 向…致悼詞。2 Ⓤ Ⓒ 貢物；〖史〗地租，貢稅；強制性的繳納品；納貢義務；進貢國的地位：pay (a) ～to a ruler 進貢給統治者。

tri·car ['traɪ,kar] 图 三輪汽車。

trice[1] [traɪs] 图《口》瞬間《主要用於下列片語》：in a ～ 馬上，立刻。

trice[2] [traɪs] 動及〖海〗1 用繩索拖。2 用繩子把（帆、帆桁）拉起縛住《*up*》。

tri·ceps ['traɪsɛps] 图（複 ～·**es** [-ɪz], ～**s**）〖解〗三頭肌。

tri·cer·a·tops [traɪ'sɛrə,taps] 图〖古生〗三角龍。

tri·chi·a·sis [trɪ'kaɪəsɪs] 图 Ⓤ〖病〗睫毛倒長。

trich·i·no·sis [,trɪkə'nosɪs] 图 Ⓤ〖病〗旋毛蟲病。**-nous** [,trɪkənəs, trɪ'kaɪ-] 形

tri·chlo·ride [traɪ'klɔraɪd] 图 Ⓤ〖化〗三氯化物。

trich·oid ['trɪkɔɪd] 形 毛（髮）狀的，似毛的：a ～ tube 毛細管。

trich·o·mo·ni·a·sis ['trɪkomə'naɪəsɪs] 图 Ⓤ〖病〗毛滴蟲病。

tri·chord ['traɪ,kɔrd] 图 三弦樂器，三弦琴。─形 三弦的。

tri·chot·o·my [trɪ'katəmɪ] 图（複 **-mies**）Ⓤ Ⓒ 三分（法）。

tri·chro·mat·ic [,traɪkro'mætɪk] 形 1 三色的；三原色的。2〖眼〗正常色覺的；能視三種原色的。

:**trick** [trɪk] 图 1 絕招，特技；魔術，把戲；需要技巧的事；〖影〗技巧：perform card ～*s* 表演撲克牌的戲法。2 巧妙的做法，祕訣《*of*..., *of* doing》：the ～*s of* the trade《口》做生意的祕訣。3 計謀；騙人的伎倆：a mean ～ 卑鄙的伎倆。4 幻覺，錯覺：a visual ～ 眼睛的錯覺。5 玩笑，戲弄：the ～*s* of fate 命運的作弄 / be up to one's ～*s* 開自己的玩笑。6 卑劣的行為：a mean ～ to play 卑鄙的手段。7 特徵；（怪）癖；風格，習慣《*of* doing》。8〖牌〗(1)《集合名詞》用以決定勝負而打出的一墩牌（通常四張）。(2) 點，分數。(3) 贏的牌。9 輪值，分攤的任務；〖海〗輪班：do one's daily ～ 做每天分內的事 / take one's ～ at the wheel 當班掌舵。10《美口》小孩；女孩。11《美》廉價的小玩意兒；《～s》小飾物，隨身物。

do the trick《口》達到目的，達到效果，奏效。

How's tricks?《口》近況如何？

know a trick worth two of that 知道更好的方法，通曉更高明的手段。

know a trick or two 精明的，見過世面的。

miss a trick《否定》《口》錯過有利機會。

the whole bag of tricks ⇨ BAG（片語）

trick or treat《美》惡作劇還是請客。

─形 1 技巧的，特技的。2 矯飾的，弄虛作假的。3 令人困惑的，容易答錯的；容易出問題的。─動及 1 欺騙，騙去做…《*into*..., *into* doing》；辜負。2 騙取；使受騙以獲取《*out of*...》。3《通常用被動》打扮，裝飾《*out, up / in*...》。4《美俚》拉（客）。5 用線描畫。─不及 1 欺騙；戲弄，玩弄《*with*...》。2 玩魔術。

trick·er·y ['trɪkərɪ] 图 Ⓤ 哄騙，詐欺；計謀，策略：by ～ 使詭計。

·**trick·le** ['trɪkl] 動（**-led, -ling**）不及 1 一點一點地流；滴下，淌下《*down*...》。2 三三兩兩地來；慢慢散去；漏出，慢慢地流出；《喻》漸漸洩漏出來《*out*》。

─及 使一點一點地流出。

─图 1 水滴；細流。2 三三兩兩而來；少量。**-ling·ly** 副

trick·ster ['trɪkstə-] 图 1 騙子；變戲法的人。2 愛惡作劇的淘氣精靈。

trick·sy ['trɪksɪ] 形（**-si·er, -si·est**）1 淘氣的，喜歡開玩笑的。2《古》狡猾的；難處理的；打扮漂亮的。

trick·y ['trɪkɪ] 形（**trick·i·er, trick·i·est**）1 狡猾的，詐欺的；詭計多端的，狡辯的。2 欺人的，耍花招的；需技巧的，不好處理的；巧妙的。**-i·ly** 副，**-i·ness** 图

tri·col·or ['traɪ,kʌlə-] 形 三色的；黑、白、黃褐色相間的；三色旗的國家（特指法國）的。─图《the ～》三色旗。

tri·corn ['traɪkɔrn] 形 有三隻角的，三角的。─图 三角帽（亦作 **tricorne**）。

tri·cot ['triko] 图 Ⓤ 1〖服〗一種斜紋毛織物。2 緊身衣。

tri·cus·pid [traɪ'kʌspɪd] 形 1（牙齒）三尖的。2〖解〗三尖（瓣）的：a ～ valve 三尖瓣。─图〖解〗三尖頭；三尖瓣。

tri·cy·cle ['traɪsɪkl] 图 三輪車；三輪自行車；三輪摩托車。

tri·dent ['traɪdn̩t] 图 1 三叉工具。2〖羅史〗三叉戟。3 三叉魚刺。4《T-》（美國

T

的）三叉戟核子潛艇；三叉戟核子飛彈。
一形 三叉的。

tri·den·tate [traɪ'dɛntet] 形 有三齒[三叉]的。

tri·di·men·sion·al [ˌtraɪdə'mɛnʃənl] 形 三度空間的，立體的。

:tried [traɪd] 動 **try** 的過去式及過去分詞。
—形 **1** 考驗過的，已經證明的；經過磨練的。**2** 可靠的。

tri·en·ni·al [traɪ'ɛnɪəl] 形 每三年一次的；連續三年的：a ～ election 每三年一次的選舉。—名 **1** 三週年紀念；三年一次的活動；每三年舉行一次對死者的追思彌撒。**2** 三年的期間。**3** 〖植〗三年生植物。
～**·ly** 副 每三年。

tri·er ['traɪɚ] 名 **1** 審判官。**2** 試驗者，檢驗者。**3** 努力工作的人。

:tri·fle ['traɪfl] 名 **1** 無益之物；瑣事：bother about ～*s* 爲區區小事耿耿於懷。**2**《通常作 **a** ～》少量；小額的錢；《副詞》稍微：*a* ～ early 稍早了點。**3** 輕鬆[無價值]的作品。**4** 錫與鉛及其他金屬的合金；《～**s**》錫鉛合金製品。**5** Ⓒ Ⓤ〖英甜點〗乳脂千層糕（或布丁）。
—動 (**-fled, -fling**) 不及 **1** ⑴ 敷衍，看輕。⑵ 玩弄；撥弄。**2** 談笑，開玩笑；說廢話。**3** 閒混，消磨時間。—及 浪費《*away*》。
-fler 名 詼諧者，慵懶的人。

tri·fling ['traɪflɪŋ] 形 **1** 不重要的，微不足道的；價值小的，小額的，少的：～ conversation 沒有內容的談話。**2** 玩笑性質的，輕薄的。**3**《美方》卑鄙的；無聊的。
—名 無聊的舉止；虛度光陰，浪費時間。
～**·ly** 副 玩笑地；輕率地；不重視地。

tri·fo·li·ate [traɪ'folɪɪt] 形 **1** 三葉的。

tri·fo·ri·um [traɪ'forɪəm] 名 (複 **-ri·a** [-rɪə]) 〖建〗拱廊。

tri·form ['traɪˌfɔrm] 形 由三部分構成的。

trig[1] [trɪg] 形《古·英方》**1** 整齊的，整潔的；漂亮的。**2** 健康的，正常的。
—動 (**trigged,** ～**·ging**) 及 收拾得整整齊齊《*out, up*》。～**·ness** 名

trig[2] [trɪg] 動 (**-trigged,** ～**·ging**) 及《方》制住滾動；減緩滾動。
—名 煞車，制動機。

trig. 《縮寫》*trig*onometric(al); *trig*onometry.

trig·ger ['trɪgɚ] 名 **1** 扳機；刺激，誘因。**2** 制動裝置。
be quick on the trigger《美口》⑴ 射擊快速的；動不動就開槍的。⑵ 反應快的；機敏的，警覺性高的。
have one's finger on the trigger 〖軍〗掌握作戰主導權；掌握先機。
—動 及 **1** 引起；消除《*off*》。**2** 扣（扳機）；啓動《*off*》。

'trigger ˌfinger 名（扣扳機的）食指。

trig·ger-hap·py ['trɪgɚˌhæpɪ] 形《口》動不動就開槍的；魯莽好戰的；冒戰爭危險的；好挑釁的。

tri·glyph ['traɪglɪf] 名 〖建〗多利斯式建築中的豎條紋壁飾。

tri·gon ['traɪgɑn] 名 **1** 〖占星〗= trine 2. **2** 三角豎琴。

trig·o·nom·e·try [ˌtrɪgə'nɑmətrɪ] 名 Ⓤ 三角學。**-met·ric** [-'mɛtrɪk], **-'met·ri·cal** 形, **-cal·ly** 副

tri·graph ['traɪgræf] 名 三字母一音。

tri·he·dron [traɪ'hidrən] 名 (複 ～**s, -dra** [-drə]) 〖幾〗三面體。

tri·jet ['traɪˌdʒɛt] 名 三引擎噴射機。

trike [traɪk] 名《英口》三輪（摩托）車。

tri·lat·er·al [traɪ'lætərəl] 形（有）三邊的。—名 三角形，三邊形。

tril·by ['trɪlbɪ] 名 (複 **-bies**) **1**《英口》軟呢帽（《美》fedora）。**2**《**-bies**》《俚》腳。

tri·lin·gual [traɪ'lɪŋgwəl] 形（使用）三種語言的。

trill[1] [trɪl] 動 及 **1** 以顫聲說唱；以顫聲演奏；抖顫地發出《*out*》。**2** 〖語音〗以顫音發出。—不及 **1** 抖顫地笑；顫聲鳴叫；以顫聲高唱。**2** 〖語音〗發出顫音。—名 **1** 顫抖聲；〖樂〗顫音；鳴囀。**2** 〖語音〗顫音。

trill[2] [trɪl] 動 不及《古》不停地轉，迴旋；潺潺地流，滴下。—及 使滴下。

tril·lion ['trɪljən] 名 (複 ～**s,**《置數詞之後》～)（美、法）兆；《英》百萬的立方，百萬兆。

tril·li·um ['trɪlɪəm] 名 〖植〗延齡草。

tri·lo·bate [traɪ'lobet] 形（葉子）三裂的。

tri·lo·bite ['traɪləˌbaɪt] 名 〖古生〗三葉蟲。

tril·o·gy ['trɪlədʒɪ] 名 (複 **-gies**) **1** 三部曲，三段式作品；三悲劇。**2** 三個一組。

·trim [trɪm] 動 (**trimmed,** ～**·ming**) 及 **1** 修剪整齊；剪掉；〖木工〗刨成，去掉（稜）角：～ the bushes 修剪樹叢。**2** 去除《*away, off / off...*》；刪減：～ *away* the ragged edges 剪掉破爛的邊 / ～ (down) expenditures 縮減開支。**3** 調整。**4** 〖海·空〗使保持平衡；〖海〗《文》配合風向調整（帆）。**5** 裝飾《*with...*》；《美》裝飾得漂漂亮亮；《反身》《古》打扮《*up*》：～ *oneself up* 打扮自己 / ～ *up* the house 把屋子整理乾淨。**6**《美口》痛罵，毆打；使全輸；打敗，欺騙；騙取金錢。
—不及 **1** 〖海〗保持平衡；《文》調整船帆。**2** 採中間路線；騎牆；妥協。
trim a person's jacket ⇨ JACKET（片語）
trim the sails ⑴ 隨風調帆。⑵《口》順應情勢。
—名 **1** Ⓤ 狀態；整頓，準備；狀況，情形。**2** Ⓤ Ⓒ 〖海〗吃水調整；平艙；浮力。**3** 飾邊；外表；盛裝；裝備。**4** 裝飾（物）。**5**《美》⑴ 商品擺設。⑵ 〖建〗木

工部分。(3) 內部裝潢；外表。**6** 修剪；被剪除之物；整髮。

一形 (～·mer, ～·mest) **1** 漂亮的，整齊的；情況良好的。**2** 《古》準備妥當的。一副整齊地，漂亮地，完備地。～·ly 副整齊地，漂亮地。

tri·ma·ran [ˈtraɪməˌræn] 名三體船。

tri·mes·ter [traɪˈmɛstə] 名《美》三個月的期間；三學期制的一個學期。

trim·e·ter [ˈtrɪmətə] 名三音步（的詩行）。一形三音步的，三音格的。

trim·mer [trɪmə] 名 **1** 修剪者；《美》整理布置櫥窗的人員。**2** 修剪器具。**3**〖建〗《美》托樑；承接處；《英》橫木架。**4** 吊貨機；操縱吊貨機的人。**5** 觀望者，見風使舵者。**6** 浮標。**7** 《口》責備者；《英》刺手的人[物]。

trim·ming [ˈtrɪmɪŋ] 名 **1** Ⓤ整理。**2** Ⓤ修剪，整修；裝飾；〖攝〗修片。**3** 《～s》剪下的東西，裁下的碎物。**4** 《通常作～s》裝飾品；《口》配菜；配料：turkey with all the ～*s* 配料齊全的火雞。**5** 《美口》責罵，大怒。**6** 《美口》敗北。

tri·month·ly [traɪˈmʌnθlɪ] 形每三個月一次的。

tri·nal [ˈtraɪnl] 形由三部分構成的；三重的。

tri·na·ry [ˈtraɪnərɪ] 形由三部分構成的；三個一組；第三的。一名三個一組，三幅一套。

trine [traɪn] 形 **1** 由三部分構成的，三重的，三層的。**2**〖占星〗三分一對座的。一名 **1** 三個一組，三人一組。**2**〖占星〗三分一對座。**3** 《T-》〖基督教〗= Trinity 1.

Trin·i·dad and To·ba·go [ˈtrɪnəˌdædəndtəˈbego] 名千里達及托貝哥共和國：由西印度群島中的 Trinidad 和 Tobago 兩島組成；首都爲 Port-of-Spain。

Trin·i·tar·i·an [ˌtrɪnəˈtɛrɪən] 形 **1** 三位一體（說）的。**2** 《t-》三個一組的；由三部分形成的；三重的，三倍的。一名三位一體論的信奉者。

tri·ni·tro·tol·u·ene [traɪˌnaɪtroˈtɑljuˌin] 名Ⓤ〖化〗三硝基甲苯。略作：TNT

Trin·i·ty [ˈtrɪnətɪ] 名 (義 3, 4 的 複 -ties) **1** 《the ～》三位一體的神；三聖；三一神。**2** = Trinity Sunday. **3** 三位一體的象徵。**4** 《t-》《文》三個一組，三人一組。

Trinity ˈSunday 名Ⓤ〖宗〗三位一體的主日。

trin·ket [ˈtrɪŋkɪt] 名小裝飾品，小飾物；不值錢的物品。一動不及 密謀。

tri·no·mi·al [traɪˈnomɪəl] 形 **1**〖數〗三項（式）的。**2**〖動·植〗（用）三名法的。一名 **1**〖數〗三項式。**2**〖動·植〗三名法。

tri·o [ˈtrio] 名 (複～s) **1**〖樂〗三重奏；三重奏曲；三重奏團：a string ～ 弦樂三重奏團。**2** 三段曲式的中段。**3** 三人一組，三個一組：the usual ～ of reading, writing and arithmetic 一般的讀、寫、算三種技能。**4**〖牌〗三條。

tri·ode [ˈtraɪod] 名〖電子〗三極真空管。

tri·o·let [ˈtraɪəlɪt] 名法國風格的八行兩韻詩。

:trip [trɪp] 名 **1** 旅行，短途旅行；航行；觀光旅行；遠足：round ～《美》往返旅行；《英》周遊 / make a ～ to... 到…旅行。**2** 通勤，出差：one's monthly ～ to the head office 每月一次的前往總公司。**3** 短距離移動；載運行程。**4** 《文》跌倒，失足，絆倒。**5** 過失；失言；失策：make a ～ of etiquette 失禮。**6** 輕快的步伐。**7**〖機〗跳動，跳脫。**8** 一次航海的捕獲量[漁獲量]。**9** 《俚》吸食迷幻藥；迷醉感；幻覺症狀；刺激的經驗；妄想；著魔似的舉動：have a bad ～ on LSD 因迷幻藥的影響出現幻覺。**10** 《俚》逮捕；移送。**11** 《俚》風趣的人。

一動 (tripped, ～·ping) 不及 **1** 絆倒，跌倒而踉蹌《*on, over, in...*》。**2** 弄錯；支支吾吾，結結巴巴《*on, over, in...*》。**3** 輕快地走；輕快地脫口而出。**4** 《罕》旅行，遠足。**5** 傾斜，歪倒；〖海〗被浪濤沖洗。

一及 **1** 使絆倒；摔倒。**2** 使失敗，妨害；使犯錯；挑毛病《*up*》。**3** 使傾斜。**4**〖海〗由海底撈起；使垂直。**5**〖機〗使突然鬆開。**6** 打下楔子。**7** 輕快地踩踏。

trip it 旅行。

trip out 《俚》陷入幻覺狀態《*on...*》。

trip the light fantastic 跳舞。

tri·par·tite [traɪˈpɑrtaɪt, ˈtrɪpəˌtaɪt] 形 **1** 分成三部分的；由三部分構成的。**2** 一式三份的。**3**〖植〗（葉）三深裂的。**4**〖國際法〗三者間的。一名分成三部分的文件；三國條約。

tripe [traɪp] 名《英》**1** 第一和第二個胃；Ⓤ牛肚。**2** Ⓤ《口》無聊的話；拙劣之作。

trip·ham·mer [ˈtrɪpˌhæmə] 名〖機〗大鎚。一形連續而強烈的。

triph·thong [ˈtrɪfθɔŋ] 名 **1**〖語音〗三重母音，三元音。**2** 《俚》三重音的字。

tri·plane [ˈtraɪˌplen] 名〖空〗三翼飛機。

tri·ple [ˈtrɪpl] 形 **1** 三倍的，三重的；由三部分形成的：a ～ knot 三重結。**2**〖國際法〗= tripartite 4. **3**〖樂〗三拍的。一名 **1** 三倍之數量。**2** 三個一組；三倍之物。**3**〖棒球〗三壘安打；〖保齡球〗連續三次全倒。一動及 **1** 加三倍於。**2**〖棒球〗以三壘安打護送跑壘者。一不及 **1** 成爲三倍。**2**〖棒球〗擊出三壘打。**-ply** 副

ˈTriple Alˈliance 名《the ～》〖史〗三國同盟。

ˈtriple ˈcrown 名 **1** 三重皇冠。**2** 《the T- C-》（棒球、賽馬等的）三冠王。

tri·ple-dig·it [ˈtrɪplˈdɪdʒɪt] 形《尤美》三位數的。

ˈTriple Enˈtente 名 **1** 《the ～》〖史〗

T

三國協約。2 三國協約的加盟國。

'triple ,jump 名《the ~》〖田徑〗三級跳遠（亦稱 **hop, step, and jump**）。

'triple 'play 名〖棒球〗三殺。

tri·plet ['trɪplɪt] 名 1 三胞胎中的一個；《~s》三胞胎。2 三個一組：a ~ of magnates 三巨頭。3《~s》〖牌〗同點的三張牌。4〖樂〗三連音（符）。

'triple 'threat 名 1 精通三門學科的專家；全能運動員。2〖美足〗踢、傳、跑三項全能的足球員。

'triple ,time 名〖樂〗三拍子。

tri·plex ['trɪplɛks] 形 1 三倍的，由三部分構成的；做三種動作的；有三重效果的：~ glass 三層玻璃。2 有三戶住處的；三樓的。—名 1 三個一組；《美》三樓的建築物；〖樂〗三拍子。2《常作 T-》《英》〖商標名〗安全玻璃。

trip·li·cate ['trɪplə,ket] 動 及 1 使成為三倍。2 使作成一式三份。—['trɪpləkɪt] 形 一式三份的；三重的，三倍的。—[-kɪt] 名 三個一組中之一；《~s》三個一組。

tri·pod ['traɪpɑd] 名 1 三腳架。2 三腳椅[桌，臺]。**tri·'pod·ic** 形 使用三腳架的；有三隻腳的。

trip·o·dal ['trɪpədl] 形 三腳（架）的。

Trip·o·li ['trɪpəlɪ] 名 的黎波里：北非國家 Libya 的首都。

tri·pos ['traɪpɑs] 名（複 ~·es）（英國劍橋大學文學士資格的榮譽學位）考試；其及格者名單。

trip·per ['trɪpɚ] 名 1 步伐輕快的人；使人絆倒的人[物]。2《英口》觀光旅行者：a day ~ 一日遊的旅客。3《美俚》迷幻藥吸食者。4〖機〗卸料裝置，傾卸裝置。

trip·ping ['trɪpɪŋ] 形 1 輕快的，敏捷的。2 順暢的，流利的；順利的。~·ly 副

trip·tych ['trɪptɪk] 名 1〖美〗三張相連的祭壇畫；三集，三部成套。2 三折式寫字板。

trip·wire ['trɪp,waɪr] 名（觸動陷阱、警鈴等的）絆索。

tri·reme ['traɪrim] 名〖古史〗三層槳座的戰船。

tri·sect [traɪ'sɛkt] 動 及 三等分；使分成三份。**-'sec·tion** 名 三等份。

tris·mus ['trɪzməs] 名 U〖病〗牙關緊閉；破傷風。**-mic** 形

Tris·tan ['trɪstən] 名 崔斯坦：亞瑟王的圓桌武士之一；因與 Mark 王的妃子 Isolde 相戀而出名（亦作 **Tristram**）。

tri·syl·la·ble [traɪ'sɪləbl, trɪ-] 名 三音節（的字）。

trite [traɪt] 形（**trit·er, trit·est**）老套的，陳腐的；乏味的。~·**ly** 副，~·**ness** 名

tri·the·ism ['traɪθɪɪzəm] 名 U〖神〗三神論，三位異體論。

trit·i·um ['trɪtɪəm] 名 U〖化〗氚，超重氫符號：T 或 H^3

Tri·ton ['traɪtn̩] 名 1〖希神〗特萊頓：海神 Poseidon 的兒子，半人半魚的海神。2《t-》〖貝〗梭尾螺（的殼）。

trit·u·rate ['trɪtʃə,ret] 動 及 搗碎，使碾成粉。—名 粉末狀的東西；藥粉。

trit·u·ra·tion [,trɪtʃə'reʃən] 名 1 U 磨成粉，研碎；粉末，細粉。2〖藥〗研製劑。

·tri·umph ['traɪəmf] 名（複 ~s [-s]）1 勝利，成功；成就，偉業：the ~ of reason over brute passion 以理性克制獸慾。2 U 勝利感，勝利的喜悅；得意的表情：with a cry of ~ 帶著勝利的呼聲。3《古》慶祝活動；〖羅史〗凱旋（典禮）。—動 不及 1 獲勝，克服《*over...*》；成功；繁榮。2 好大喜功；得意洋洋。~·**er** 名

tri·um·phal [traɪ'ʌmfl] 形 勝利的；慶祝勝利的；凱旋（儀式）的。

tri·umph·al·ism [traɪ'ʌmfəl,ɪzəm] 名 U 優越感；得意洋洋。

tri·um·phant [traɪ'ʌmfənt] 形 1 勝利的，成功的：~ ambitions 獲勝的雄心。2 得意洋洋的：a ~ laugh 得意的笑聲。~·**ly** 副

tri·um·vir [traɪ'ʌmvɚ] 名（複 ~s, **-vi·ri** [-və,raɪ]）1〖羅史〗三執政官之一。2 三人委員之一。

tri·um·vi·rate [traɪ'ʌmvərɪt] 名 1〖羅史〗三頭政治，三執政官的職務。2 三人聯合執政；三人委員會。3 三人小組。

tri·une ['traɪjun] 形 三位一體的：have faith in the ~ God 信仰三位一體的神。—名《the T-》三位一體。

tri·u·ni·ty [traɪ'junətɪ] 名（複 **-ties**）= Trinity 4.

tri·va·lent [traɪ'velənt] 形〖化〗三價的。

triv·et ['trɪvɪt] 名 1《美》餐桌矮腳架。2 火支子；三腳架。

(as) right as a trivet《口》很健康；很順利穩當。

triv·i·a ['trɪvɪə] 名(複)《偶作單數》瑣碎的事：waste time on ~ 把時間浪費在無關緊要的事上。

·triv·i·al ['trɪvɪəl] 形 1 瑣碎的，不重要的；粗淺的；無足輕重的：~ objections 不值得一提的反對意見。2〖生〗（學名上）表種的：a ~ name 種名；俗名，通稱。3《古》平凡的：~ phenomena of nature 常見的大自然現象。**-'al·i·ty** 名 無價值之物；U 平凡。~·**ly** 副

triv·i·al·ize ['trɪvɪəl,aɪz] 動 及 使變為瑣碎；使微不足道；使平凡。

triv·i·um ['trɪvɪəm] 名（複 **-i·a** [-ɪə]）三門基礎學科。

tri·week·ly [traɪ'wiklɪ] 副 形 每三個星期一次地[的]；每週三次地[的]。—名（複 **-lies**）每週出版三次或三週出版一次的定期刊物。

-trix《字尾》構成名詞，表女性者，主為法律用語。

tro·cha·ic [tro'keɪk] 形〖詩〗揚抑格

的，強弱格的。—图 **1** = trochee. **2**《~s》揚抑格的詩。

tro·che ['trokɪ] 图〖藥〗錠劑，片劑。

tro·chee ['troki] 图〖詩〗長短格；強弱格，揚抑格。

·trod [trad] 動 **tread** 的過去式及過去分詞。

·trod·den ['tradn̩] 動 **tread** 的過去分詞。

trode [trod] 動《古》**tread** 的過去式及過去分詞。

trog·lo·dyte ['traglə,daɪt] 图 **1** 穴居人。**2** 隱居的人，遁世之人；厭世的人。**3** 野蠻的人。**4**〖動〗類人猿。

troi·ka ['trɔɪkə] 图 **1**（俄式的）三頭馬車。**2** 三人集團，三人小組。

Troi·lus ['trɔɪləs, 'troɪ-] 图〖希傳說〗特洛伊勒斯：Troy 的 Priam 王之子；與 Cressida 相戀而出名。

Tro·jan ['trodʒən] 形古城特洛伊的；特洛伊人的。—图 **1** 特洛伊人。**2**《口》勤勉的人：work like a ~ 勤奮地工作。

'Trojan 'horse 图 **1**《**the** ~》〖希神〗特洛伊木馬。**2** 內部顛覆活動；搞顛覆活動者。**3**〖電腦〗木馬程式電腦病毒。

'Trojan 'War 图《**the** ~》〖希神〗特洛伊戰爭。

troll[1] [trol] 動 及 **1**《古·方》朗朗而唱[說，談]；輪唱。**2** 垂釣；釣（魚）。

—不及 **1**《古》朗朗而唱[談]；輪唱；很會動。**2** 垂釣，拖釣《*for...*》。

—图 **1** 輪唱曲。**2** 垂釣；假餌。**3** 邋遢而放蕩的女人。~**·er** 图

troll[2] [trol] 图 住在洞穴或地下的巨人；好惡作劇而友善的侏儒。

trol·ley ['tralɪ] 图 (複 ~s, **-lies**) **1**《美》電車（trolley car,《英》tram）。**2** 高架移動式滑輪，吊運車。**3** 觸輪；集電器。**4** 臺車；《英》手推車（《美》handcar）；兩輪兩層小車；《英》四輪擔架車。

be off* (*one's*) *trolley 失去理智，瘋狂。

—動 及 不及 用電車運輸，搭電車前往。

'trolley ,bus 图《英》無軌電車。

'trolley ,car 图 = trolley 1.

'trolley ,line 图電車行駛路線[系統]。

trol·ley·man ['tralɪmən] 图(複 **-men**)《美》電車服務員。

'trolley ,pole 图（電車的）觸輪桿。

trol·lop ['traləp] 图 邋遢的女人；妓女，蕩婦。

trol·ly ['tralɪ] 图 (複 **-lies**)，動 及 不及 = trolley.

trom·bone ['trambon, tram'bon] 图〖樂〗伸縮喇叭，長號。**-bon·ist** 图 吹奏伸縮喇叭者。

·troop [trup] 图 **1** 群，隊，一群；大批《*of...*》：a whole ~ *of* children 一大群小孩。**2**〖軍〗⑴《~s》軍隊，士兵；警隊：reserve ~*s* 預備軍。⑵ 騎兵中隊：get one's ~ 晉升為騎兵中隊長。**3** 童子軍中隊（或團）。—動 不及 **1** 群集，成群《*up, together*》；成群結隊而行。**2**《口》匆匆地走《*away, off*》。**3** 交往，結交《*with...*》。**4**〖英軍〗掌旗從部隊前面走過。

troop·er ['trupɚ] 图 **1** 騎兵，騎兵之馬。**2**《美》騎警；州警察。**3**《英》運兵船。**4** = paratrooper.

swear like a trooper 破口大罵。

troop·ship ['trup,ʃɪp] 图 運兵船。

trope [trop] 图 **1**〖修〗《美》比喻，借喻；言詞的比喻用法。**2** 附加句。

troph·ic ['trafɪk] 形〖生理〗營養（上）的，有關營養的：~ disorders 營養失調。

tro·phied ['trofɪd] 形 以戰利品裝飾的。

·tro·phy ['trofɪ] 图 (複 **-phies**) **1**《文》戰利品；狩獵紀念物。**2** 優勝紀念品；獎杯。**3** 代表勝利的紀念物；戰勝紀念碑。

-trophy《字尾》表示「營養」、「生長發育」之意。

·trop·ic ['trapɪk] 图〖地·天〗**1**《偶作 **T-**》回歸線。**2**《**the** ~**s**》熱帶地區。

the Tropic of Cancer 北回歸線，夏至線（北緯 23°27'）。

the Tropic of Capricorn 南回歸線，冬至線（南緯 23°27'）。

—形 熱帶地方的，熱帶地方特有的。

-tropic, -tropal《字尾》表「對某刺激產生反應」、「向…性」之意。

·trop·i·cal[1] ['trapɪkl] 形 **1** 熱帶（地方）的，熱帶性的；產於熱帶的：a~ cyclone 熱帶氣旋。**2**〖天〗回歸線的。**3** 非常熱的，酷暑的：~ weather 酷熱天氣。**4** 熱烈的，熱情的。~**·ly** 副

trop·i·cal[2] ['tropɪkl] 形 隱喻的，比喻性的。

'tropical 'year 图 回歸年，太陽年。

'tropic ,bird 图 熱帶鳥。

tro·pism ['tropɪzəm] 图 Ⓤ〖生〗向性，趨性。**-'pis·tic** [-'pɪstɪk] 形

trop·o·sphere ['trapə,sfɪr] 图《**the** ~》〖氣象〗對流層。**-spher·ic** [-'sfɛrɪk] 形

·trot [trat] 動 (~**·ted**, ~**·ting**) 不及 **1**（馬）疾行，快步走。**2**《口》（人）快步走；急走，小跑步《*along, away, off*》；《口》走，去：~ *off* to school 快步走向學校。

—及 **1** 使疾行，使快步行走。**2** 使小跑步帶領（或陪伴）（某人）去某地。**3** 騎馬小跑於。**4** 將（小孩）放在膝上搖。

trot in double harness《口》⑴ 同心協力去做。⑵ 夫妻和睦生活。

trot...out / trot out...《口》⑴ 騎（馬）快跑以讓人看。⑵ 出示，炫耀。⑶ 提出。⑷ 將（某人）當作嘲笑對象。⑸《俚》帶著同行。

trot oneself off《口》稍微出去一下。

—图 **1**《通常作 **a** ~》（馬等的）疾走，快步；（人的）急行；小跑。**2** 跑步聲。**3**《通常作 **the** ~》奔走。**4** 騎馬旅行；騎馬。**5**《美俚》習題解答；翻譯本。**6**《**the** ~**s**》《作單、複數》《俚》腹瀉。

T

on the trot(1)不停地。(2)《俚》連續地。(3)《俚》逃跑中。

troth [trɔθ, troθ] 图Ⓤ《古》**1** 忠實，誠實；真實，實在：by my ~ 我發誓，我保證。**2** 約定；婚約：plight one's ~ 山盟海誓，訂婚。—動及答應，保證；訂婚。

Trot·sky ['trɑtskɪ] 图 **Leon**, 托洛斯基（1879－1940）：俄國革命領袖、作家。~·**ism** [-ɪzəm] 图Ⓤ托洛斯基主義。

Trot·sky·ite ['trɑtskɪ,aɪt], **-ist** [-ɪst] 图托洛斯基國際共產主義者。—形托洛斯基（派）的。

trot·ter ['trɑtɚ] 图 **1** 快步走的馬，受過快步疾走訓練的馬。**2** 做事勤快者，積極的人。**3**《通常作~**s**》（供食用的）動物的腳。**4**《口》《諧》人的腳。

trou·ba·dour ['trubə,dur, -,dɔr] 图吟遊詩人。

:**trou·ble** ['trʌbl] 動 **(-bled, -bling)** 及 **1** 使苦惱；使痛苦，使煩惱《*with...*》；《被動》受困擾《*with*, by...》：be ~*d by* [about] a groundless rumor 因無稽的謠言而煩惱 / be ~*d with* rheumatism 苦於風溼症。**2** 打擾《*for...*》；麻煩。**3** 弄混濁；使起浪；使擾亂[激動]。

—不及 **1** 辛苦，賣力；刻意，費心，費神。**2** 痛苦，苦惱；憂慮，操心《*over, about, with...*》。—图 **1** ⓊⒸ 困難；苦惱；不幸，災難。**2** ⓊⒸ 紛爭，混亂。**3** ⓊⒸ痛苦，操心（事）。**4**（令人）煩惱之物[人]；難對付的人《*to...*》。**5** Ⓤ努力，勞苦。**6** ⓊⒸ疾病；不適，體弱。**7** Ⓤ（機器的）故障。**8**《**the Troubles**》1920 年代愛爾蘭或 1970 年代北愛爾蘭的社會動亂時期。

ask for trouble 《口》自找麻煩，自討苦吃。

get into trouble 招致麻煩。

get** a person **into trouble 使（某人）惹上麻煩。

in trouble(1) ⇨图1, 2. (2) 處於困境中；倒霉；受責備。(3)《俚》入獄，坐牢。(4)《口》《委婉》懷孕。

meet trouble halfway 自尋苦惱。

trou·bled ['trʌbld] 形 **1** 不安的，爲難的；紛亂的，擾亂的：solace for a ~ spirit 爲憂慮心情的一種安慰。**2** 洶湧的；動亂的：fish in ~ waters 混水摸魚。

trou·ble·mak·er ['trʌbl,mekɚ] 图撥弄是非者；惹事生非者。

trou·ble·proof ['trʌbl,pruf] 形不易動搖的，不怕勞苦的；不易故障的。

trou·ble·shoot ['trʌbl,ʃut] 動及調停，仲裁；修理。不及擔任仲裁者。

trou·ble·shoot·er ['trʌbl,ʃutɚ] 图 **1** 調停者，仲裁者。**2**《美》修理人，故障檢查員。

·**trou·ble·some** ['trʌblsəm] 形 **1** 惹麻煩的；使人苦惱的；費事的，困難的：a ~ dilemma 困境 / a ~ chore 麻煩的工作。**2**《古》充滿苦難的。

trou·blous ['trʌbləs] 形《文》**1** 紛亂的，騷亂的；狂暴的：~ years 動盪時代。**2** 煩躁不安的；麻煩的，費事的。

~·**ly** 副, ~·**ness** 图

trough [trɔf] 图 **1** 食槽，水槽。**2** 洗滌槽；揉麵槽。**3** 排水槽，邊溝。**4** 地溝，浪間的凹處；〖氣象〗（氣壓的）槽；〖經〗經濟周期的低谷期。

trounce [trauns] 動及 **1**《文》痛打；痛懲，嚴責。**2**《口》擊敗。

troupe [trup] 图〖劇〗戲班，劇團。—動不及《美》巡迴演出。

troup·er ['trupɚ] 图 **1** 劇團團員；演員。**2** 有經驗的老牌演員。**3**《口》忠實可靠的人。

trou·ser ['trauzɚ] 图左右褲管之一；（偶指）一條褲子。—形褲子（用）的。

trou·sered ['trauzɚd] 形穿著長褲的。

trou·ser·ing ['trauzərɪŋ] 图ⓊⒸ褲料。

:**trou·sers** ['trauzɚz] 图(複)長褲：a pair of ~ 一條褲子。

wear the trousers [《美俚》***the pants***]《英口》神氣活現，囂張；欺壓丈夫，掌權當家。

'**trouser ,suit** 图《主英》= pantsuit.

trous·seau ['truso, tru'so] 图（複 ~**x** [-z], ~**s**）嫁妝，妝奩。

·**trout** [traut] 图(複~, ~**s**) **1**〖魚〗鱒魚。**2**《 **old** ~》《英俚》老太婆。

trove [trov] 图貴重的發現（物）；珍貴的蒐集品。

trow [tro] 動及不及《古》相信，以爲：as I ~ 如我所想。

trow·el ['trauəl] 图鏝刀；〖園〗鏟子。

lay it on with a trowel ⇨ LAY[1]（片語）

—動(~**ed**, ~·**ing** 或《英》**-elled**, ~·**ling**) 及以鏝刀抹平；以鏟子挖。

troy [trɔɪ] 形金衡的，以金衡表示的。—图= troy weight.

Troy [trɔɪ] 图特洛伊：小亞細亞西北部的古城，荷馬史詩 Iliad 所述戰爭的地方。

'**troy ,weight** 图Ⓤ金衡：貴重金屬或寶石等的計量法。

tru·an·cy ['truənsɪ] 图(複 **-cies**) ⓊⒸ 曠課，擅自缺席。

tru·ant ['truənt] 图逃學的學生；《蔑》工作偷懶的人，玩忽職務者：play ~ from school 逃學。—形《限定用法》逃學的，怠惰的；遊盪的。—動不及逃學，擅自缺席；荒廢職務。

'**truant ,officer** 图學校訓導人員。

truce [trus] 图ⓊⒸ **1** 休戰，停戰；休戰協定：a flag of ~ 休戰的白旗 / arrange a ~ with... 與…訂立停戰協定。**2** 中斷，中止：a ~ to one's pain 痛苦的暫緩。

·**truck**[1] [trʌk] 图 **1**《主美》貨車，卡車（《英》lorry）。**2** 手推車。**3** 手推搬運車。**4** 賣商品用的手推車；《美》廚房用餐車。**5**〖鐵路〗臺車；《英》無蓋貨車。**6** 木製

小車輪，滾輪。7 冠帽。—(動)(及) 1 以卡車運送；放到卡車上。2 = dolly. —(不及) 1 以卡車運貨；《美》駕駛卡車（等）。2 = dolly. 3《美俚》悠哉地走。—(形) 卡車（用）的。

truck[2] [trʌk] (名)(U) 1 物物交換，交易；《集合名詞》商品，交易品。2《集合名詞》《美》供應市場的蔬菜（或水果）。3《集合名詞》(1) 零碎商品，雜貨。(2)《口》廢物；廢話。4《口》交易，交往：have no ~ with... 與…沒有關係；不與…交易。5 以實物償付工資。
—(動)(及) 交換《*for*...》；交易《*with*...》。
—(不及) 以物易物，交易。

truck·age ['trʌkɪdʒ] (名)(U)《美》運送，搬運；貨車搬運費。

truck·er[1] ['trʌkɚ] (名)《美》貨車司機；貨運業者。

truck·er[2] ['trʌkɚ] (名) 1《美》菜園業者，菜農。2 以物易物者，交易者。

'truck ˌfarm (名)《美》蔬菜農場（亦稱《英》**market garden**）。**'truck ˌfarmer**, **'truck ˌfarming** (名)

truck·ing[1] ['trʌkɪŋ] (名)(U)《美》貨車運輸（業）。

truck·ing[2] ['trʌkɪŋ] (名)(U) 1《美》以出售為目的的蔬菜種植（業）。2 交易，以物易物。

truck·le[1] ['trʌkl̩] (動)(不及) 屈從；諂媚；盲從《*to*...》。**-ler** (名)

truck·le[2] ['trʌkl̩] (名) 1 滑輪；腳輪。2 = truckle bed. —(動)(及)(不及) 用小輪轉動。

'truckle ˌbed (名) 腳下裝有小輪的矮床。

truck·load ['trʌkˌlod] (名) 一卡車量的貨物。

truck·man ['trʌkmən] (名)(複 **-men**) 1 = trucker[1]. 2 消防人員。

truc·u·lence ['trʌkjələns, 'trukjə-], **-len·cy** [-lənsɪ] (名)(U) 1 好鬥；兇猛；殘酷。2 粗野；苛刻；下流。

truc·u·lent ['trʌkjələnt, 'trukjə-] (形) 1 殘酷[兇猛，蠻橫]的；挑釁[好鬥，具反抗性]的。2 尖酸的，猛烈的，毫不寬容的。

trudge [trʌdʒ] (動)(不及) 走，步履維艱地走：~ through the mud 走過泥濘。—(及) 吃力地走。—(名) 沉重的步伐，蹣跚的腳步；長途跋涉。

trud·gen ['trʌdʒən] (名)(U)〖泳〗爬泳。

:true [tru] (形)(**tru·er, tru·est**) 1 確實的；真實的，真正的，一點不假的，正確的《*of*...; 偶用 *for, with*...》：a ~ account 真實的報導。2 純正的；純種的：~ silver 純銀。3 與標準完全一樣的，絲毫不差的《*to*...》：~ *to* life 與原物一模一樣的 / ~ *to* nature 逼真的。4 誠實的，不虛偽的；忠誠的，忠實的《*to*...》：~ *to* one's convictions 忠於自己的信念 / (as) ~ as steel 非常忠實的。5 原來的，本質上的；合適的，恰當的：the ~ sense of the word 單字的原義。6 名副其實的，不辱其名的；可靠的；沒有錯誤的：a ~ indication 明確的徵兆。7 始終一致的，不變的。8 正當的，合法的。9 製作精密的；在正確位置的；調子正確的：have a ~ voice 音調正確的聲音。
come true 實現，成真；實踐。
hold true 有效，適用。
—(名) 1《the ~》真實的事物，真理。2 (U) 正確；恰當。—(副) 1 真實地，老實地。2 正確地。3 與原種相同地。
—(動)(**trued, tru·ing** 或 **~·ing**)(及) 正確地塑造成，正確地調整《*up*》。

'true 'bill (名)〖法史〗原案通過。

'true 'blue (名) 1 (U)（不褪色的）藍色（染料）。2 忠實的人。

true-blue ['tru'blu] (形) 1 忠實的。2《英》頑固的，保守派的。

true·born ['tru'bɔrn] (形) 嫡系的；道地的，純粹的；純種的。

true·bred ['truˌbrɛd] (形) 1 有教養的。2 純種的。

'true-'false ˌtest (名) 是非題測驗。

true·heart·ed ['tru'hɑrtɪd] (形) 忠實的，誠實的，誠懇的。**~·ness** (名)

true-life ['tru'laɪf] (形) 寫實的，實際發生的：a ~ story 真實故事。

true·love ['truˌlʌv] (名) 1 情人，愛人。2〖植〗輪葉王孫。

'true-lover's ˌknot (名) 同心結（亦稱 **true-love knot**）。

'true 'north (名)(U) 正北，真北。

true-to-life ['trutə'laɪf] (形) 逼真的。

truf·fle ['trʌfl, 'trufl] (名)(C)(U) 1〖植〗松露。2 奶油巧克力軟糖。

trug [trʌg, trug] (名)《英》木製淺籃；木製牛乳桶。

tru·ism ['truɪzəm] (名) 自明之理；真理；公理；陳腔濫調。**-'is·tic** (形)

trull [trʌl] (名)《古》賣淫的女人，妓女。

·tru·ly ['trulɪ] (副) 1 真實地，不假地；正確地：testify ~ 真實無偽地作證 / state ~ 真實地敘述。2《修飾形容詞》完全地，實在地：~ great 實在偉大。3 忠實地；誠實地；由衷地：Yours ~. 《商業書信之結尾用詞》敬具。4 適切地；合法地，正當地。5《通常作插入語》說實話，老實說。

Tru·man ['trumən] (名) **Harry S.**, 杜魯門（1884–1972）：美國第三十三任總統（1945–53）。

trump[1] [trʌmp] (名) 1〖牌〗王牌；《常作 **~s**, 作單數》王牌的一組：no ~ 沒有王牌的比賽。2《喻》最後的手段，法寶：hold some ~*s* 握有良策。3《口》可信賴的人，好人；人傑，才俊。
play a trump 打出王牌；使出絕招。
put a person to his trumps 迫使（人）打出王牌；使（人）訴諸最後的手段。
turn up trumps《英口》(1) 比預期為佳。(2) 走好運。
—(動)(及) 1〖牌〗出王牌而勝過。2 打出；

採取；打敗。—不及〖牌〗出王牌，以王牌取勝。

trump...up / trump up... 捏造，虛構。

trump² [trʌmp] 名《古·詩》喇叭（聲）：the ~ of doom 最後審判日的喇叭聲。—動不及 吹喇叭。—及（以喇叭）通知，慶賀。

'trump ˌcard 名 1〖牌〗王牌。2 ['-'-]《口》最後手段，最後良策：play one's ~ 用最後手段，使出絕招。

trumped-up ['trʌmpt'ʌp] 形捏造的：~ charges 捏造的罪名。

trump·er·y ['trʌmpərɪ] 名U 1《集合名詞》無價值的東西，虛有其表的東西。2 無意義的話，蠢話。3 欺騙。—形 1 無價值的，微不足道。2《文》膚淺的，無聊的。

·trum·pet ['trʌmpɪt] 名 1〖樂〗(1) 喇叭：blow a ~ 吹喇叭。(2) 風琴的簧管音栓。2 小號吹奏者；小號手；《喻》自吹自誇者。3 喇叭形之物；喇叭形助聽器；喇叭形擴音器。4 響亮聲音；吼聲。

blow one's own trumpet 《英》自吹自擂。

the Feast of Trumpets 猶太教的新年狂歡。

—動不及 1 吹喇叭。2 發出喇叭聲似的吼聲。—及 1 吹喇叭通知。2 大聲宣告；宣傳，吹噓。

'trumpet ˌcreeper 名〖植〗紫葳。

trum·pet·er ['trʌmpɪtɚ] 名 1 小號吹奏者；號手。2 宣傳者，自我吹噓的人。3〖鳥〗長頸鳥；野天鵝；帚鴿。

be one's own trumpeter 自吹自擂，自誇。

'trumpet ˌflower 名〖植〗1 開喇叭形花的植物；喇叭花。2 貫葉忍冬。3 = trumpet creeper.

'trumpet ˌlily 名〖植〗麝香百合。

'trumpet ˌvine 名 = trumpet creeper.

trun·cate ['trʌŋket] 動及 1 截去上部；《喻》截短。2〖結晶〗截去而成平面。

—[-kɪt] 形 1 = truncated. 2〖生〗平截形的；截平的：a ~ leaf 平截形葉。

-'ca·tion 名U 切掉頂端，切斷的狀態；《詩》音節省略。~**·ly** 副

T

trun·cat·ed ['trʌŋketɪd] 形 1 切掉頂端的；《喻》刪減了的。2〖幾〗斜截頭的；〖結晶〗無稜線的：a ~ cone 截頂圓錐。3〖生〗= truncate 2. 4《詩》不完全的。

trun·cheon ['trʌntʃən] 名 1 短棒；《主英》警棍。2 權杖。3 樹枝，枝幹突出的部分。

trun·dle ['trʌndl] 動及 1 滾動，使不停地旋轉；推《*along, down*》：~ a hoop 滾鐵環。2 以馬車搬運。3〖板球〗扔。

—不及 1 滾動，旋轉；跑動。2 坐車去。3 以滾動的方式前進。4〖板球〗扔球。—名 1 小車輪，腳輪；滾輪。2 燈籠齒輪；齒輪軸。3 小型手推車。

'trundle ˌbed 名《美》= truckle bed.

:trunk [trʌŋk] 名 1 幹，樹幹：the ~ of a maple 楓樹的樹幹。2 軀幹；身軀。3 物之主體，主要部分。4 大型旅行皮箱，大衣箱。5《美》（汽車的）行李箱（《英》boot）。6（運河的）主要水道；（道路的）主幹，本線。7《~s》《英》長途電話。8 象鼻。9 導管，水管；通風管。10《~s》（拳擊、游泳等用的男用）緊身褲；運動褲。11〖建〗柱身。

'trunk ˌcall 名《主英》長途電話（《美》long-distance call）。

trunk·ful ['trʌŋkful] 名（複 ~s）一滿箱（之量）：a ~ of... 一滿箱的…；《口》大量的，很多的。

'trunk ˌhose 名《集合名詞，作複數》（16－17 世紀流行的）大褲管男用短褲。

'trunk ˌline 名 1（鐵路的）幹線。2（電話的）中繼線。

'trunk ˌroad 名《英》幹道，大路。

trun·nion ['trʌnjən] 名 1 炮耳。2〖機〗空樞；耳軸。

truss [trʌs] 動及 1 綁住，捆綁《*up*》。2 以桁架支撐（屋頂、橋等）。3 將翅反綁固定《*up*》：~ *up* a duck 將鴨子的翅膀反綁固定。—名 1〖建〗桁架，托架。2〖醫〗疝氣帶。3 束，把；《主英》乾草的一束，一串。4 穗狀花；群集成串的果實。

'truss ˌbridge 名〖土木〗桁架橋。

:trust [trʌst] 名 1 U 信賴，信任《*in...*》：betray a person's ~ 辜負某人的信任。2 U 篤信，期望，希望《*in...*》：have ~ *in* the future 對將來有信心。3 被信賴的人[物]。4 U 信用貸款，賒帳：buy a piece of jewelry on ~ 賒帳買珠寶。5 U 委託，保管；照料；C 委託物：put one's money in ~ 把自己的錢委託保管。6 U 義務，責任：a misplaced ~ 誤託的責任。7 U〖法〗信託；受託人的權利；C 受託者，被信託之人：investment ~ 投資信託。8〖商〗企業聯合，托辣斯。

on trust (1) ⇨名 4. (2) 盲信地。

—動不及 1 相信；信賴。2 確信；抱著希望，期待。3 賒賣。—及 1 信賴；相信。2 有信心地期待著，確信。3 安心地讓；信任：《口》《命令句中亦可將 **You can** 置於前面》相信（人）一定（做…）。4 信任而委託…《*to...*》；託付，委任《*with ...*》。5 賒賣給，向（人）作信用貸款《*for...*》。

'trust ˌcompany 名信託銀行。

'trust ˌdeed 名〖商〗信託契據。

trus·tee [trʌs'ti] 名 1 董事，理事。2 受託人，保管人：a ~ in bankruptcy 破產者財產的管理人。3 受託管國。4 = trusty.

trus·tee·ship [trʌs'tiʃɪp] 名 1 U C〖法〗trustee 的職務[地位]。2 U 託管。3 = trust territory.

trust·ful ['trʌstfəl] 形充滿信任的，相信的。~**·ly** 副, ~**·ness** 名

'trust ˌfund 名信託資金。

trust·ing ['trʌstɪŋ] 形 = trustful.
～·**ly** 副 相信地；信賴地。

trust·less ['trʌstlɪs] 形 **1** 不可信任的，不可靠的；不誠實的。**2** 不信任的，懷疑的《of...》。～·**ly** 副, ～·**ness** 名

'trust ˌterritory 名 託管地。

·**trust·wor·thy** ['trʌstˌwɝðɪ] 形 值得信賴的，可靠的。-**thi·ly** 副, -**thi·ness** 名

trust·y ['trʌstɪ] 形 (**trust·i·er, trust·i·est**) **1**《文·古》可信賴的，忠實的。**2**《古》相信的，堅信不疑的。—名 (複 **trust·ies**) **1** 可信賴之人[物]，可靠之人[物]。**2**《美》模範囚犯。
-**i·ly** 副, -**i·ness** 名

:**truth** [truθ] 名 (複 ～**s** [truθs, truðz]) **1** 真相，實情：in ～《文》實際上，事實上 / the ～ about one's health 健康狀況的真相 / *T-* is stranger than fiction.《諺》現實生活比小說更離奇。**2** Ⓤ 符合事實的事，真實的事；真實性：the ～ of a statement 聲明的真實性 / ～ to theoriginal 忠於原作。**3** Ⓤ Ⓒ 命題，原理；《常作**T-**》真理；《**T-**》真實的事物；神：～*s* of nature 自然的真理 / the ～ of the universe 宇宙的真理。**4** Ⓤ 現實，實在：the ～ of God 上帝的實存。**5** Ⓤ 正直，誠實；《古》忠誠，貞節。**6** Ⓤ Ⓒ 自明之理；老套的話。**7** Ⓤ 合於標準；逼真性，寫實；精確：out of ～ 故障，出毛病。
home truths 論及本身的逆耳忠言，令人不愉快的實話。
the moment of truth 緊要關頭；頓悟之際。

·**truth·ful** ['truθfəl] 形 **1** 誠實的，正直的。**2** 真實的，正確的；寫實的：a ～ characterization 真實的人物刻畫。～·**ly** 副, ～·**ness** 名

truth·less ['truθlɪs] 形 不誠實的，不可靠的；不真實的，虛偽的。～·**ness** 名

'truth ˌserum 名 Ⓤ Ⓒ 使人吐露真言的藥物。

:**try** [traɪ] 動 (**tried**, ～·**ing**) 及 **1** 嘗試，試著做：～ one's best 盡全力。**2** 想要；努力。**3** 試驗…的效力《on...》；試…的品質；試用《out》；試著推推…看是否關上：～ a new TV program 看看新的電視節目 / ～ *out* a new medicine 試用新藥 / ～ a doorknob 試著轉動門把。**4** 使遭受考驗；使緊張；使擔負重任，使煩惱；使疲勞：～ a person's patience 考驗某人的耐性。**5**〖法〗審問，裁決；判決；交付審判；《美》提交審判：～ her for treason 判她叛國罪。**6** 使溶解而提煉油《out》。**7**《古》解決，判別是非曲直《out》；證實…正確性。—不及 試做，試試看；嘗試，努力：～ hard 非常努力。
try and do 竭力，盡量。
try back《英》(1) 再試一次。(2) 折回來尋臭跡。(3) 重新回到《to...》。
try for...《英》想要得到；企圖達到。
try...on / try on... (1) 試穿，試戴。(2)《英》試行《with...》。
try...out / try out... ⇨ 動 及 3.
try out for...《美》(1) 參加競爭以得到。(2) 成為…的一員參加比賽，出場。
try...over / try over... 嘗試，試演。
try...up / try up...〖木工〗刨平，刨滑。
—名 (複 **tries**) **1** 試，嘗試；努力《at, for ...》。**2**〖橄欖球〗觸球。

try·ing ['traɪɪŋ] 形 難堪的，勞累的《to ...》；難忍的，令人生氣的；考驗的：be ～ *to* the health 對身體是個痛苦的折磨。
～·**ly** 副

try-on ['traɪˌɑn] 名《口》**1** 試衣服樣子，試穿。**2**《英》欺騙。

try·out ['traɪˌaʊt] 名《美口》試驗；〖運動〗選拔賽；〖劇〗預演。

tryp·a·no·some ['trɪpənəˌsom] 名〖生〗錐形蟲。

tryp·sin ['trɪpsɪn] 名 Ⓤ〖生化〗胰蛋白酶。

try·sail ['traɪˌsel,〖海〗-sl] 名〖海〗斜桁帆。

'try ˌsquare 名 直角定規。

tryst [trɪst, traɪst] 名《古·文》**1** 約會，幽會：keep one's ～ (with a person) 遵守（與某人的）約會。**2** 會晤，幽會。**3** 約會的地點。—動 及 不及 約會，訂定會面的時間或地點。

'tryst·ing 'place ['trɪstɪŋ-, 'traɪst-] 名 = tryst 3.

tsar [zɑr, tsɑr] 名 = czar.

tsa·ri·na [zɑ'rinə, tsɑ-] 名 = czarina.

Tschai·kov·sky [tʃaɪ'kɔfskɪ, -'kɔvskɪ] 名 = Tchaikovsky.

'tset·se ˌfly ['tsɛtsɪ-] 名〖昆〗采采蠅。

T.Sgt., T/Sgt《縮寫》〖美軍〗*Tech*nical *S*er*g*eant.

T-shirt ['tiˌʃɝt] 名 圓領短袖汗衫；運動衫。

tsp(.)《縮寫》*t*ea*sp*oon(ful).

T ˌsquare 名 T（型）定規，丁字尺。

tsu·na·mi [tsʊ'nɑmi] 名 (複～**s**, ～) 海嘯。

TT《縮寫》*t*ee*t*otal.

T-time ['tiˌtaɪm] 名 Ⓤ（火箭、飛彈等）發射時第一次點火時間。

Tu.《縮寫》*Tu*esday.

·**tub** [tʌb] 名 **1** 桶，盆；一桶（的量）：a ～ of water 一桶水。**2** 浴盆，浴缸；《英口》沐浴，洗澡：take a ～ 沐浴。**3**《口》行駛緩慢的船；練習用賽艇。**4**《俚》《蔑》胖子。
a tale of a tub 無稽之談。
—動 (**tubbed**, ～·**bing**) 及 **1** 裝入桶裡。**2**《英口》在澡盆為…洗澡。
—不及 **1**《英口》用浴盆洗澡。**2** 在盆中洗滌。

tu·ba ['tjubə,'tubə] 名 (複 ～**s**)〖樂〗**1** 土巴號，低音大喇叭；此種樂器的吹奏者。

T

2 管風琴大號音拴。3 (複 **-bae** [-bi]) 古代羅馬的軍用喇叭。

tub·al ['tjubl] 形 管（狀）的；〖解〗輸卵管的；耳管的；卵管的。

'tubal li'gation 名 U 〖醫〗輸卵管結紮。

tub·by ['tʌbɪ] 形 (**-bi·er, -bi·est**) 1 桶狀的；矮胖的。2 鈍音的。**-bi·ness** 名

·tube [tjub] 名 1 管，筒：an iron ~ 鐵管。2〖解·動〗管狀器官；〖植〗管，筒狀部分：the fallopian ~*s* 輸卵管。3《**the** ~，常作 **the T-**》《英口》地下鐵路（《美》subway）：go by ~ 搭地鐵去。5 = inner tube. 6〖電子〗真空管；《美》熱離子管；陰極射線管。7《**the** ~》《美口》電視。

***go down the tube*(*s*)**《美俚》= go down the DRAIN.

—動 (**tubed, tub·ing**) 及 1 將管裝於；使成管狀。2 以管輸送，裝入管裡。

—不及《英口》搭地下鐵（去）。

tube it《英口》搭地下鐵（去）。

tube·less ['tjublɪs] 形無管的；無內胎的。

tu·ber ['tjubɚ] 名〖植〗塊莖；〖解〗結節。

tu·ber·cle ['tjubɚkl] 名 1 小結節。2〖病〗結節；結核。

'tubercle ba,cillus 名結核菌。

tu·ber·cu·lar [tju'bɝkjəlɚ] 形 1 結核（性）的，患結核病的；結核（患者）用的。2 結節（狀）的；有結節的。3 不健全的。—名結核病患者。~**·ly** 副

tu·ber·cu·lin [tju'bɝkjəlɪn] 名 U〖醫〗結核菌素（注射液）：the ~ test 結核菌素檢驗。

tu·ber·cu·lo·sis [tju,bɝkjə'losɪs] 名 U〖病〗結核病；肺結核。略作：TB., T.B.

tu·ber·cu·lous [tju'bɝkjələs] 形 = tubercular 1.

tube·rose ['tjub,roz] 名〖植〗月下香，晚香玉，荷蘭水仙。

tu·ber·os·i·ty [,tjubə'rɑsətɪ] 名 U 1 隆起；結節。2〖植〗塊莖。

tu·ber·ous ['tjubərəs] 形 1 有結節的，結節（狀）的。2〖植〗塊莖的，有塊莖的：a ~ root 塊莖。

T

tub·ful ['tʌbful] 名一桶之量。

tub·ing ['tjubɪŋ] 名 U 1 管形材料；《集合名詞》管子。2（一截）管子。3 配管，敷設管道。4（坐在汽車內胎上）輪胎內胎滑雪（或滑水）運動。

tub-thump·er ['tʌb,θʌmpɚ] 名《口》《常爲蔑》慷慨激昂的演說者。

-ing 名 U，形 慷慨激昂之言詞（的）。

tu·bu·lar ['tjubjəlɚ] 形 1 管的；節形的，管狀的；由管做成的。2〖植〗筒狀的。3〖生理·病〗管狀的；小管的。

tu·bu·late ['tjubjə,let] 形 = tubular.

—動 及 製成管狀；將管裝於。

tu·bule ['tjubjul] 名小管；〖生〗細管。

tu·bu·lous ['tjubjələs] 形 1 管狀的；由管組成的。2〖植〗筒狀的；有筒狀花的。

TUC《縮寫》*T*rades *U*nion *C*ongress 英國工會會議。

·tuck [tʌk] 動 及 1 將…塞置於，將…隱藏起來《*up, away / in, into, under...*》；蓋於不引人注目之處《*away*》：~ oneself *away in* a corner of the room 躲在房間角落。2 摺起下襬《*up, in / in, into, under...*》：have one's trousers ~*ed into*one's boots 將褲管塞進長靴裡。3 將（人）裹在《*up / in, into...*》；圍捲《*up / around*》：~ oneself *into* bed 上床鑽進被窩。4 捲起《*in, up*》；折進；〖縫〗打褶：~ *up* one's skirts 捲起裙子。5《英俚》大吃，盡情地吃喝《*in, away*》。6 用小網從大網中把（魚）撈出。—不及 1 縮攏，收攏；打皺摺。2《俚》大吃特吃，大口喝《*in, away / into...*》。3 合身，適合。

be tucked up《英口》疲乏已極。

tucked** one's **tail 夾起尾巴；丟臉。

—名 1〖縫〗縫褶。2 塞進去之物。3〖運〗蹲抱姿勢，前傾姿勢。4 U《英俚》食物，點心類。

tuck·a·hoe ['tʌkə,ho] 名〖植〗茯苓。

tuck·er[1] ['tʌkɚ] 名 1 打褶之人[物]，打褶裝置。2 領邊，飾紗。3 U《澳》食物。

bib and tucker ⇨BIB（片語）

tuck·er[2] ['tʌkɚ] 動 及《美口》使疲倦《*out*》。

tuck·er·bag ['tʌkɚ,bæg] 名《澳》攜帶食糧用的袋子。

tuck·et ['tʌkɪt] 名喇叭聲。

tuck(-)in ['tʌk,ɪn] 名《通常作 **a** ~》《英口》盛饌，豐宴。

tuck-shop ['tʌk,ʃɑp] 名《英俚》（尤指校內的）糖果食品店。

-tude《字尾》構成抽象名詞之字尾。

Tu·dor ['tjudɚ] 形 1 英國都鐸王朝（1485－1603）的。2 都鐸王朝時代的。

—名都鐸王室的人。

Tues.《縮寫》*Tues*day.

:Tues·day ['tjuzdɪ,-de] 名星期二。

—副《口》在星期二。

Tues·days ['tjuzdɪz, -dez] 副每星期二。

tu·fa ['tjufə, 'tufə] 名 U〖地質〗石灰華。

tuff[1] [tʌf] 形《美俚》極佳的，了不起的。

tuff[2] [tʌf] 名 U〖地質〗凝灰岩，凝成岩。

tuft [tʌft] 名 1 一簇；飾穗。2 一叢。3 叢生花（或葉）。4 金纓；《英古》貴族學生；《俚》身帶金色纓穗之人。5 髮鬚。6〖解〗叢；蟠管。—動 及 1 以纓穗裝飾，加飾穗於；整理成穗狀。2 以卷束固定。—不及 成穗（狀），叢生。~**ed** 形 穗狀的；有穗飾的。

tuft·y ['tʌftɪ] 形 (**tuft·i·er, tuft·i·est**) 多簇的；飾以簇飾的；成簇的，叢生的。

·tug [tʌg] 動 (**tugged,** ~**·ging**) 及 1 強拉，

拖曳：～ a suitcase along 拖著行李箱走。2 以拖船拖。—不及 1 強拉，拉扯《at...》。2 奮鬥，掙扎。3 競爭。—名 1《通常作 a ～》強拉。2 努力，奮鬥。3 = tugboat; 拖滑翔機的飛機。4 拖繩；拖具；挽繩，挽韁，拖的部分。

tug·boat ['tʌg,bot] 名 拖船。

tug-of-war ['tʌgəv'wɔr] 名 (複 **tugs-of-war**) Ⓤ Ⓒ 拔河比賽；權利之爭。

tu·i·tion [tju'ɪʃən] 名 Ⓤ 1 教學，講授：give private ～ in Italian 作義大利語的個別教授。2 學費：～ scholarship 學費獎學金 / ～ and fees 學雜費。

tu·i·tion·al [tju'ɪʃənl], **-ar·y** [-ʃən,ɛrɪ] 形 教學的；講授的；學費的。

tu'ition ,fee 名 學費。

·**tu·lip** ['tjuləp] 名〖植〗鬱金香；鬱金香花（或球根）。

'tulip ,tree 名〖植〗百合樹。

tu·lip·wood ['tjuləp,wud] 名 Ⓤ 百合樹木材。

tulle [tjul, tul] 名 Ⓤ 薄紗。

tum [tʌm] 名 弦音器、鼓所發出的音。

·**tum·ble** ['tʌmbl] 動 (**-bled, -bling**) 不及 1 跌倒；絆倒，摔倒《over...》；頭朝下摔下《off, out of, from...》；滾下《down...》：～ *off* a ladder 從梯子上跌下來 / ～ *over* a cliff 從崖上滾下。2 塌落，倒塌《down》；搖晃。3 暴跌；驟然失去地位。4 翻觔斗；翻滾。5 輾轉反側《about, over》；動盪：～ *about* in one's bed 在床上輾轉反側。6 偶然遇見《in, into, upon, on...》。7 匆促地行動；急忙地穿戴《into...》。8《英俚》突然想起，恍然大悟《to...》：～ *to* the game 識破詭計。—及 1 使跌落《over》；射落，擊倒。2 亂扔，翻亂；使紊亂。3 拉下，使喪失地位《from, out of ...》。4 破壞。5 用研磨機磨。6 用滾筒式乾衣機烘乾。

tumble home 向內側傾斜。

—名 1 跌倒，跌落；滾落，墜落。2 翻滾的表演，翻觔斗。3 下跌，暴跌；喪失地位，沒落。4 信號，表示。5《a ～》混亂的狀態，雜亂。

tum·ble·bug ['tʌmbl,bʌg] 名〖昆〗金龜子。

tum·ble-down ['tʌmbl,daun] 形《限定用法》搖搖欲墜的，破爛的。

,tumble 'dryer 名《英》滾筒式乾衣機。

tum·bler ['tʌmblɚ] 名 1 雜技表演者；體操選手。2 大玻璃杯；一杯的量：a ～ of water 一大玻璃杯的水。3（鎖的）制栓部分，槓桿。4 機心，倒鉤。5 研磨機。6〖機〗轉臂；滾筒。7 滾筒式乾衣機。

tum·bler·ful ['tʌmblɚ,ful] 名 一大杯（之量）。

tum·ble·weed ['tʌmbl,wid] 名 Ⓤ 風滾草。

tum·bling ['tʌmblɪŋ] 名 Ⓤ Ⓒ（徒手體操中的）翻觔斗。

tum·brel, -bril ['tʌmbrəl] 名 1 死囚押送車。2 糞車，拖肥車。

tu·me·fy ['tjumə,faɪ] 動 (**-fied, ～·ing**) 及 使腫脹，使腫起。—不及 1 腫起，腫脹。2 得意，自大。**-'fac·tion** 名 Ⓤ 腫脹；Ⓒ 腫起部分。

tu·mes·cent [tju'mɛsn̩t] 形 腫的；微腫的；變大的，腫脹的。**-cence** 名 Ⓤ 腫起。

tu·mid ['tjumɪd] 形 1 腫起的。2 浮誇的。

tum·my ['tʌmɪ] 名 (複 **-mies**)《兒語·口》肚子：～ button 肚臍。

tu·mor,《英》**-mour** ['tjumɚ] 名 1〖病〗腫瘤。2 腫脹，隆起。3 Ⓤ《古》自大；說大話；浮誇。～**·ous** 形

tu·mor·i·gen·e·sis [,tjumərɪ'dʒɛnəsɪs] 名 Ⓤ 腫瘤生成。

tu·mor·i·gen·ic [,tjumərɪ'dʒɛnɪk] 形 能致腫瘤的；致癌性的。

-ge·nic·i·ty [-dʒə'nɪsətɪ] 名

tu·mult ['tjumʌlt] 名 Ⓤ Ⓒ 1 騷亂，動亂。2 煩亂，激動，激昂：in a ～ 激動地。

tu·mul·tu·ar·y [tju'mʌltʃu,ɛrɪ] 形 1 吵雜的，喧嘩的；騷動的。2 混亂的，無秩序的，驚慌失措的。3 無紀律的。

tu·mul·tu·ous [tju'mʌltʃuəs] 形 1 騷動的，動亂的；引起騷亂的，無秩序的，喧鬧的。2 興奮的，激動的。～**·ly** 副

tu·mu·lus ['tjumjələs] 名 (複 ～**·es, -li** [-,laɪ]) 古墳，塚。

tun [tʌn] 名 1 大桶，大酒樽。2 酒類的容量單位。—動 (**tunned, ～·ning**) 及 裝入大桶儲藏。

tu·na ['tunə] 名 (複 ～, ～**s**) 鮪魚；Ⓤ 鮪魚肉。

tun·a·ble, tune- ['tjunəbl] 形 1 可調音的。2《古》和諧的，音色優美的。～**·ness** 名, **-bly** 副

tun·dra ['tʌndrə] 名 Ⓤ 凍土帶，苔原。

·**tune** [tjun] 名 1 樂曲，曲；歌曲；Ⓤ Ⓒ 調子，旋律：hum an old ～ 哼一首老歌。2 Ⓤ 調整，調音。3 Ⓤ 協調，一致《with ...》：be not in ～ *with* the modern world 不能適應現代社會。

call the tune（依自己的意思）發號施令，命令。

carry a tune《常用於否定》哼唱一首小歌。

change one's tune 改變意見，改變態度。

dance to a person's tune 唯命是從，聽從某人的領導，按某人的意思行事。

sing a different tune / whistle a different tune = change one's TUNE.

to some tune 非常，相當。

to the tune of... (1) 與…調和。(2)《口》總數高達。

—動 (**tuned, tun·ing**) 及 1 調音《up》。2 使…調和；使…合調；將…調整到最好情

T

況((*up*))。3〖無線〗將…調至某頻道，使…同調((*to*, on...))。4((詩))奏；演奏；以音樂形式表現。—不及 1 調整樂器((*up*))。2 發出樂聲。3 調和；合調。
tune in (1) 開收音機[電視]，將頻率調到((*to*...))。(2)((俚))理解((*to*...))。
tune... in / tune in... (1) 調整，調到((*to*...))。(2)((通常用被動))傾聽((*to*...))。
tune out ((俚))不理會，拒絕參與。
tune oneself to... 使自己的行動配合。
tune up (1) ⇨動不及1. (2) 調成同一音調。(3) 開始唱。(4)((謔))哭起來。(5)((美))練習運動，準備動作。
tune...up / tune up... ⇨動及1, 2.

tune·ful ['tjunfəl] 形富有旋律的，旋律優美的；發出悅耳之音的。~·**ly** 副，~·**ness** 名

tune·less ['tjunlɪs] 形 1 無韻律的，不成調子的。2 不能發出樂聲的。~·**ly** 副

tun·er ['tjunɚ] 名 1 調整音調之人，調音師。2〖無線電〗波長調整器，調諧器。

tune-up ['tjun,ʌp] 名((美))（引擎等的）調整；準備運動；調音。

'tung ,oil ['tʌŋ-] 名 U 桐油。

tung·sten ['tʌŋstən] 名 U〖化〗鎢。符號：W

Tun·gus, -guz [tun'guz] 名 (複 ~es,((集合名詞)) ~) 1 通古斯人：西伯利亞東部的蒙古族之一支。2 U 通古斯語。

tu·nic ['tjunɪk] 名 1((英))緊身短上衣。2 長袍似的外衣。3 束腰女上衣。4〖教會〗= tunicle. 5〖解·動〗被膜；〖植〗膜皮。

tu·ni·cate ['tjunɪ,ket] 名〖動〗被囊類動物。—形（亦稱 **tunicated**）1〖動〗有被囊的；被囊類的。2〖植〗有外皮的。

'tuning ,fork 名〖樂〗音叉。

Tu·ni·sia [tju'nɪʃɪə, -'nɪʃə] 名 突尼西亞（共和國）：位於非洲北部；首都 Tunis。
-sian 形名突尼西亞的[人]。

·tun·nel ['tʌnl] 名 1 隧道，海底隧道：dig a ~ through the mountains 挖一穿山隧道。2 坑道；穴。
—動(~**ed**, ~·**ing** 或((英)) **-nelled**, ~·**ling**) 及 1 開隧道，掘地下道於。2 穿過。
—不及 1 挖隧道，挖洞穴；穿過((*in, into, through*...))。2〖理〗通過。
~·**er**, ((英)) ~·**ler** 名挖隧道的人；隧道挖掘機。

'tunnel 'vision 名 U 1〖精神病〗隧道性視野。2((喻))目光短淺，心胸偏狹。
'tunnel-'visioned 形

tun·ny ['tʌnɪ] 名 (複~, **-nies**) = tuna.

tup [tʌp] 名 1((主英))公羊。2 槌頭，衝面。—動 (**tupped**, ~·**ping**) 及((主英))交尾。

tu·pe·lo ['tupə,lo] 名 (複 ~**s**)〖植〗山茱萸；U 山茱萸之木材。

tup·pence ['tʌpəns] 名((英口)) = twopence.

tup·pen·ny ['tʌpənɪ] 形((英口)) = twopenny.

tuque [tjuk] 名毛線編織的筒形帽。

tu quo·que [tju'kwokwɪ] 名((拉丁語))你也不例外。

Tu·ra·ni·an [tju'renɪən] 形烏拉阿爾泰語族的，都蘭人的。—名 烏拉阿爾泰語族[都蘭]人；U烏拉阿爾泰[都蘭]語。

tur·ban ['tɝbən] 名包頭巾；（婦女、兒童的）無邊帽。
-baned 形包頭巾的。

tur·bid ['tɝbɪd] 形 1 混濁的，不透明的。2 濃密的，瀰漫的。3 混亂的。
-'bid·i·ty 名 U 混濁（度）。~·**ly** 副

tur·bi·nate ['tɝbənɪt, -,net] 形 1 螺旋狀的，漩渦形的；陀螺形的。2〖解〗鼻甲骨的。
—名 1 螺旋形貝殼。2〖解〗鼻甲骨。
-'na·tion 名

tur·bine ['tɝbɪn, -baɪn] 名渦輪（機）。

turbo- **turbine** 之複合形。

tur·bo·charge ['tɝbo,tʃardʒ] 動及裝配一個渦輪增壓器。

tur·bo·charg·er ['tɝbo,tʃardʒɚ] 名渦輪增壓器（簡稱 **turbo**）。

tur·bo·cop·ter ['tɝbo,kaptɚ] 名渦輪直升機。

tur·bo·e·lec·tric [,tɝboɪ'lɛktrɪk] 形（使用）渦輪發電機的。

tur·bo·jet ['tɝbo,dʒɛt] 名 1 = turbojet engine. 2 渦輪式噴射機。

'turbojet ,engine 名〖空〗渦輪噴射推進器。

tur·bo·prop ['tɝbo,prap] 名〖空〗1 = turboprop engine. 2 渦輪推進（飛機）。

'turboprop ,engine 名〖空〗渦輪推進引擎。

tur·bot ['tɝbət] 名(複 ~, ~**s**)〖魚〗1 比目魚；鰈魚；U比目魚（或鰈魚）魚肉。2 眼鏡紋魚。

tur·bu·lence ['tɝbjələns] 名 U 1 狂亂；激盪；動盪，混亂。2〖氣象〗亂流。

tur·bu·lent ['tɝbjələnt] 形 1 狂暴的，暴風雨的。2 動亂的，混亂的；暴亂的，粗暴的。~·**ly** 副

Tur·co·man ['tɝkəmən] 名 (複 ~**s**) = Turkoman.

turd [tɝd] 名 1 大便，糞塊。2((粗))廢物；令人討厭的傢伙。

tu·reen [tju'rin] 名有蓋的深碗。

·turf [tɝf] 名 (複 ~**s**, ((尤英)) **turves** [tɝvz]) 1 U草坪，草地；C草皮。2 泥炭；泥炭塊。3((美俚))街路；人行道。4 青少年幫派的地盤；領域，興趣範圍。5((the ~))跑馬場；賽馬。
on the turf (1) 以賽馬爲業。(2)((美俚))以賣春爲業。
—動及 1 植草皮於，覆以草皮。2((英俚))用暴力趕出；拋出((*out / out of*...))。

'turf ac,countant 名((英))賭馬業者，接受賽馬賭注的莊家。

turf·man ['tɝfmən] 名 (複 **-men**)《美》賽馬狂，熱中於賽馬的人。

turf·ski ['tɝf,ski] 名(複 ~**s**) 滑草橇。
~·**ing** 名 = grass skiing.

turf·y ['tɝfɪ] 形 (**turf·i·er**, **turf·i·est**) **1** 草皮的；覆有草皮的。**2** 泥炭質的。**3** 賽馬的。

Tur·ge·nev [tʊr'gɛnjɪf, -'gen-] 名 **Ivan Sergeevich**, 屠格涅夫（1818–83）：俄國作家（亦作 **Turgeniev**）。

tur·ges·cent [tɝ'dʒɛsn̩t] 形 **1** 腫脹的，變大的。**2** = turgid.

tur·gid ['tɝdʒɪd] 形 **1** 腫脹的，腫起的。**2** 誇張的，華而不實的。
-'gid·i·ty 名, ~·**ly** 副

Tu·rin ['tjʊrɪn, tjʊ'rɪn] 名 杜林：義大利西北部一都市。

Turk [tɝk] 名 **1** 土耳其人。**2**《古》回教徒。**3** 講土耳其語系的人。

Tur·ke·stan [,tɝkɪ'stæn, -'stɑn] 名 土耳其斯坦：中亞的廣大地區。

Tur·key ['tɝkɪ] 名 土耳其（共和國）：跨越亞洲西部及歐洲東南部的國家；首都安卡拉(Ankara)。

·tur·key ['tɝkɪ] 名 (複 ~**s**,《集合名詞》~) **1**〖鳥〗火雞；Ⓤ 火雞肉。**2**《俚》缺乏魅力的人[物]；無用的人[物]。**3**《美俚》差勁的戲；失敗作品。**4**〖保齡球〗《俚》連續三次一球全倒。**5**《美俚》藥效低的麻醉毒品，假的麻醉毒品。
cold turkey ⇨COLD TURKEY
talk turkey 坦白地說；直截了當地說。

'turkey ,cock 名 **1** 公火雞。**2** 裝腔作勢的人。

'Turkey 'red 名 Ⓤ 土耳其紅；鮮紅色；鮮紅色棉布。

Turk·ish ['tɝkɪʃ] 形 土耳其的，土耳其人的；土耳其語的。—名 Ⓤ 土耳其語。

'Turkish 'bath 名 土耳其浴（室），蒸汽浴（室）。

'Turkish 'coffee 名 Ⓤ Ⓒ 土耳其咖啡。

'Turkish de'light 名 Ⓤ Ⓒ 土耳其軟糖。

'Turkish 'Empire 名《**the** ~》土耳其帝國⇨OTTOMAN EMPIRE

'Turkish 'towel 名 土耳其毛巾。

Tur·ki·stan [,tɝkɪ'stæn, -'stɑn] 名 = Turkestan.

Turk·men ['tɝkmɛn] 名 土庫曼人；Ⓤ 土庫曼語。

Turk·men·i·stan [,tɝkmɛnɪ'stæn] 名 土庫曼（共和國）：位於中亞的共和國；首都為阿什哈巴德 (Ashkhabad)。

Tur·ko·man ['tɝkəmən] 名 (複 ~**s**) **1** 土庫曼人：住在伊朗、阿富汗一帶的土耳其人。**2** Ⓤ 土庫曼語。

tur·mer·ic ['tɝmərɪk] 名 Ⓤ〖植〗鬱金。

tur·moil ['tɝmɔɪl] 名 Ⓤ Ⓒ 騷動，騷擾；混亂；不安，動盪：mental ~ 精神的不安。

:turn [tɝn] 動 及 **1** 使旋轉；轉動：~ a steering wheel 轉動方向盤 / ~ the tap on 開水龍頭。**2** 使顛倒，翻過來《*back, down*》；翻（書）；翻耕《*up*》；疊捲；折起作記號；翻折《*back, down, up, in*》：~ a steak (over) 把牛排翻過來。**3** 使改變方向；改變傾向；使偏移；使朝反方向前進，使後退；擊退：~ a blow 避開一擊。**4** 朝向（…）《*to, on...*》；專注於，集中於《*to, toward, on*》；移開《*away / from ...*》；《反身》專心從事（於…）《*to...*》：~ a deaf ear *to* ... 不聽… / ~ one's back *on* a friend's distress 對朋友的疾苦無動於衷 / ~ one's back *to* the audience 背向聽眾 / ~ one's steps homeward 踏上歸途。**5** 使變成，使起變化；使變質；翻譯成，改換（為…）《*into, to...*》：~ love *to* hate 轉愛為恨 / ~ the Chinese version *into* English 把中文譯成英文。**6** 使…變成為，把…改變為。**7** 使作嘔；使挫傷，使扭傷；使紛亂，使發狂；使顛倒：~ a person's brain 使某人精神恍惚 / ~ everything topsy-turvy 把所有的東西都弄得亂七八糟。**8** 轉過，繞到相反一邊，迂迴經過：~ a bend in a road 轉過道路的彎口。**9** 到達，超過。**10** 將…車圓；拿到車床上車；弄圓；剝下；《喻》做得好看，弄得像樣；說得動聽：~ pretty compliments 說動聽的恭維話。**11** 趕出；放開，釋放《*away, out / from...*》：~ a beggar *from* one's door 讓乞丐吃閉門羹。**12** 加以思索，熟慮《*over*》：~ a thing *over* in one's mind 仔細考慮某件事。**13** 使轉向《*to...*》；使改變《*from...*》；使背叛，使拒絕《*against...*》；加以反駁《*on...*》。**14** 使週轉，銷售；賺到。**15** 注入，傾倒。**16** 扭彎。**17** 使變鈍：~ the edge of a joke 減弱笑話的幽默感。**18** 翻（觔斗）。—不及 **1** 旋轉，繞行《*around, round / around, round...*》。**2** 視…而定，在邏輯上歸結於。**3** 朝向；改變方向，轉彎；改變方向；轉變成《*to, toward...*》。**4** 把眼睛朝向（…）《*to, toward...*》；將目光移開，轉身（離開…）《*away / from ...*》；將思考朝向（…）《*to, toward...*》；將注意力移開《*away / from*》；轉向（…）《*to...*》；專心從事（於…）《*to...*》。**5** 改變方向；回頭《*around, round*》；逆轉，傾覆《*over*》。**6** 翻身，滾轉《*over*》；亂翻亂滾；傾斜《*up; down*》。**7** 彎曲；被削圓，在車床上操作。**8** 變成不鋒利，變鈍。**9** 反胃，作嘔；紛亂，錯亂。**10** 暈眩《*around*》。**11** 改變生活方式《*from ...*》；改變信仰《*to...*》；變心，背叛…《*from...*》；改變態度；對立，反對…《*against...*》。**12** 轉身向，出其不意地攻擊。**13** 變成《*into, to...*》；變色；變為。**14** 變酸，腐敗。**15** 改變航向，搶風行船。**16** 折起；翻書；〖報章·雜誌〗轉（

下一頁）。**17**（財產）歸別人所有；《美》銷售出去。

turn about (1)〖軍〗= TURN around (2). (2) 散步。

turn around [round] (1) ⇨動不及 1, 10. (2) ⇨動不及 5. (3) 攻擊，責難《*on, upon*...》。(4) 改變主意，變節；採用新意見。(5) 呈現和以前相反的傾向。

turn...around / turn around... (1) 使旋轉。(2) 使改變態度，使變節。(3) 使乘客下來以準備再次開航。(4)《美》使好轉。

turn aside (1) 繞道，偏離道路。(2) 脫離《*from...*》。(3) 把場所讓給某人。

turn...aside / turn aside... (1) 使轉變方向。(2) 使平靜下來。

turn away (1) ⇨動不及 4. (2) 離開。

turn...away / turn away... (1) ⇨動及 4. (2) ⇨動及 11. (3) 拒絕，不援助。(4) 禁止進入《*from...*》。

turn back 折回，回到；回到以前之事。

turn...back / turn back... (1) 使折回；趕回去，使退卻。(2) 撥慢：～ *back* the hands of time 把時鐘撥慢。(3) 折（毯子）。(4) 翻過來。

turn down (1) 折疊，折回。(2) 向下彎，進入支道。(3) 衰退，減弱。(4) ⇨動不及 6.

turn...down / turn down... (1) 翻過來；把角折回；將（紙牌）蓋著放。(2) 轉弱；使聲音轉小；調暗，轉弱；減慢。(3) 拒絕，駁回：～ *down* an invitation 謝絕邀請。(4) 往下摺轉。

turn in (1) 進入，順便進去。(2)《口》上床。(3) 向裡彎。

turn...in / turn in... (1)《美》交出；提出；歸還《*to...*》。(2)《口》（將嫌疑犯等）交給（警察）；密告《*to...*》。(3) 折入，折疊。(4) 向內彎。(5) 翻土使滲入土裡。(6)《口》停止，不想做。(7)《英》交換《*for, on...*》。(8) 獲得，記上；達成，演出。

turn...inside out (1) 翻過來。(2) 搜查。

turn into... (1) ⇨動不及 13. (2) 進入，乘坐車輛等進入。

turn...into... ⇨動及 5.

turn in upon oneself (1) 自我深思；不想和別人接觸，過隱居生活。(2) 孤立，不與他國往來。

turn** a person **in upon oneself 使（某人）與他人斷絕來往而自我省思。

turn off (1) 分岔，分開；進入支道。(2)《俚》厭膩，失去興趣；停止，退出。(3)《與補語連用》轉成為，變成。(4)《英》變壞，腐壞。(5) 岔出。

turn...off / turn off... (1) 關掉（自來水、瓦斯等）。(2) 關（收音機、電視）；熄（燈）。(3) 躲開，避開：～ *off* the question 避開問題。(4) 進入支道。(5)《俚》使厭膩，使失去興趣。(6) 趕走，攆走；《主英》解僱。(7) 做出；完成。(8)《俚》絞首。(9)《英俚》《謔》讓…結婚。(10) 突然停止。(11) 賣出，販賣。

turn on (1)《俚》吸食麻醉毒品；吸食麻醉毒品變得興奮。(2) ⇨動不及 2, 12.

turn...on / turn on... (1) 打開（自來水、瓦斯等）。(2) 開（燈、電視、收音機）。(3) 使轉動；使提高。(4) 突然做出，表示。(5)《俚》引誘吸毒。(6)《俚》刺激，使興奮；使產生性慾。(7) 開始。

turn out (1) 變成為…的結果；結局變成；顯然是…：as things ～*ed out* 事情結果是…。(2)《口》出席，聚集。(3)《口》起床。(4) 向外彎。

turn...out / turn out... (1) 關（燈、瓦斯等）。(2) 生產，做出；訓練。(3) 趕走；解僱。(4)《常作被動》《通常與表示狀態的副詞連用》使穿戴；裝備。(5)〖海〗命令（船員）結束休息開始工作；打開。(6)《英》出空，清掃；翻出來；倒出來；拿出來。(7) 向外彎。(8) 放到牧場上；召集。

turn over (1) ⇨動不及 5. 6. (2) 改變方向。(3) 發動。(4) 噁心，想吐。(5) 激烈跳動；轉動。

turn...over / turn over... (1) ⇨動及 12. (2) 使改變方向。(3) 翻過來，弄倒；翻裡作面；翻耕；翻閱；翻過來檢查。(4) 讓渡；交給（警察）；委任《*to...*》。(5) 發動。(6)〖商〗買賣；運用，週轉。

turn to (1) 開始工作。(2) 求助於；求教於；懇求《*for...*》；參照，查閱；翻開；從事，努力於《偶用 do*ing*》。

turn up (1) 突然發生。(2) 出現，到達。(3) 找到，發現。(4) 被看到，顯眼；《與補語連用》了解。(5) 向上。(6) 起飛，上升。(7) ⇨動不及 6.

turn...up / turn up... (1) 捲起；豎起；折起。(2) 翻起；發掘。(3) 找到，發現；暴露出來。(4) 將開大；聲音轉大；開得更亮；加快速度。(5) 朝上。(6) 使向上彎，向上折轉。(7)〖牌〗翻（牌），亮（牌）。(8)《英》查（字等）；翻閱，參照。(9)《英俚》使感覺要吐；使在道德上感到不快。(10) 使仰躺；《喻》殺死。

turn up** one's **nose at... ⇨NOSE（片語）

turn... upside down (1) 使顛倒；弄得亂七八糟。(2) 搜索。

—名 **1** 旋轉，轉一圈；轉變；轉身。**2** 輪班；機會，時機。**3** 進行方向的改變；彎曲；折回；轉變；轉身；迂迴，方向轉換。**4** 彎曲處，屈折點；拐角，彎曲部；潮水的轉折點。**5**《**a** ～》方向，傾向；變化，轉變；《**the** ～》轉機，轉捩點：take *a* ～ for the better 好轉。**6** 勤務（時間）。**7** 彎曲；扭，擰；（鑄造物的）形狀，式樣。**8**（把繩索捲在帆柱上）纏繞；（繩索的）一圈。**9**（掛在旋轉把手上的）金屬小掛鉤；車床；旋盤。**10** 文體；說法，措詞：a happy ～ of expression 美妙的措詞。**11** 散步，騎馬，駕車；（工作等的）一段落；（尤指角力等中的）攻擊的一個段落，一個勝負：take a ～ in the park on a bicycle 騎腳踏車在公園繞一圈。**12**《通常作

T

a ～》性向，氣質，性格；適應性，才能《*for...*》: of *a* humorous ～ 幽默的性格。13（疾病等的）發作；（感情的）激發；《通常作**a** ～》《口》吃驚，嚇一跳：The accident gave him *a* real ～. 這個意外使他大吃一驚。**14**《通常接在 **good, bad, ill, evil, kind** 等之後》行爲，舉止，品行：do a person a *good* ～做一件有利於某人的事。**15**《主作**serve one's** ～ 之形》必要，緊急情況；要求，目的：*serve one's* ～ 滿足某人的要求。**16**（尤指有關文學、藝術作品的形式、內容的）論點，看法，想法；表現；作法：give one's poetry a new ～ 在自己的詩裡加入新的風格。**17**《英》（股票等的）賣價與買價之差（所得的利益），利潤。**18**《主英》（馬戲團、夜總會、酒館等之）短暫的演出節目；（演此節目的）演藝人員。

at every turn 在每一個角落，到處；每次，經常地。

by turns 輪流地，依序地。

do a hand's turn 工作。

in turn（兩人）輪流地；（三人以上）依順序地。

in one's turn 輪到自己；值班。

on the turn (1) 正在轉變，就要轉變：Our fortunes are *on the* ～. 我們的命運正在轉變。(2)《口》（牛奶）發酸腐壞中。

out of (one's) turn (1) 不依順序地。(2)《口》不合時宜地；輕率地，魯莽地，冒然地，莽撞地，不加思索地。

take turns 輪流《*in, at, about, with...*》: *take* ～*s* (*at*) watching the children《口》輪流照顧孩子們。

to a turn(1)（食物）適度，恰到好處。(2) 完全地，毫無問題地。

turn (and turn) about（兩人）替換地。

turn of the screw 施壓力。

turn·a·bout ['tɝnə,baʊt] 名 **1** 方向轉變。**2**（意見、政策、忠誠等的）變化，轉變。**3** Ⓤ 報仇，報復：*T-* is fair play. 報復是正常的作法；以眼還眼以牙還牙是公平的手段。**4**《美》旋轉木馬。**5** = turncoat. **6** 正反兩面都可以穿的衣服。

turn·a·round ['tɝnə,raund] 名 **1** 方向轉換；《喻》（態度、政策、忠誠等的）變更，轉向。**2**（船舶、飛機等）回航所需的準備時間。**3** 車輛倒車場。**4** 作完一件事所需要的時間；周轉。

turn·buck·le ['tɝn,bʌkl] 名 鬆緊螺旋扣，套筒螺母。

turn·coat ['tɝn,kot] 名 背叛者。

turn·cock ['tɝn,kɑk] 名《英》= stopcock.

turn·down ['tɝn,daʊn] 形 翻摺式的；翻下的：a ～ bed 折疊式的床。—名 **1** 拒絕，謝絕：get a ～ from a chick 遭少女回絕。**2** 翻折的部分。**3** 下降。

turn·er[1] ['tɝnɚ] 名 **1** 車床工人；鏇匠。**2** 轆轤；翻攪機。

turn·er[2] ['tɝnɚ] 名 **1** 體操選手；體操教練；翻觔斗的雜技演員。**2**《美》體操協會會員。

turn·er·y ['tɝnərɪ] 名 (複-**er·ies**) **1** Ⓤ 車工工藝。**2** 車床廠。

turn·ing ['tɝnɪŋ] 名 **1** Ⓤ 旋轉；轉向；逆轉，反轉；彎曲；變化。**2** 分歧點，彎曲處。**3** 車工工藝；《～**s**》（使用車床所產生的）車削屑。**4** 車削工件。**5** Ⓤ（碑文、文學作品等的）形成，構成。

'turning ,point 名 **1** 轉捩點；危機；（病情的）轉機。**2** 圖表的轉折點。**3**〖測〗移（器）點。

tur·nip ['tɝnɪp] 名 **1** Ⓤ Ⓒ〖植〗蕪菁。**2**《俚》懷錶。**3**《俚》糊塗蟲；無聊的工作。

turn·key ['tɝn,ki] 名 (複 ～**s**) 看守，獄吏。—形（工程、房屋、工廠設備等）一切齊全可立即使用的。

turn·off ['tɝn,ɔf, -,ɑf] 名《美》**1** 支線；（高速公路出口的）匝道；分歧點。**2**（由織布機織出的）成品。**3**（送往市場的）家畜出貨數量。**4**《俚》掃興的事。

turn-on ['tɝn,ɑn] 名《俚》**1** 因迷幻藥引起的陶醉。**2** 令人興奮或刺激（的事或人）。

turn·out ['tɝn,aʊt] 名 **1**（集會、投票等的）出席者，出席人數：There was a large ～ at the festival. 有許多人參加慶祝會。**2** 生產額。**3** 起床；集合；出勤，出動。**4** 裝束，裝扮；服裝；（東西的）裝備（法）。**5**〖鐵路〗會車避讓線；（道路的）會車避讓處，減速車道。**6**《英》罷工，參加罷工者。**7**（包含馬、駕車者的）馬車。

turn·o·ver ['tɝn,ovɚ] 名 **1** 翻倒；翻轉。**2**（房客、顧客等的）更替，異動；（立場、意見等的）變更，轉換；人事變動：Large department stores have a rapid ～ of merchandise. 大百貨公司裡商品迅速更新。**3** 補充工人的總數；雇用率。**4** 營業額。**5** 商品的更替率；資本的投資次數；資本週轉率；存貨的出售速度。**6** 材料加工率[量]。**7** Ⓒ Ⓤ 半圓捲餅。

—形 **1** 翻折的；可翻折的。**2**（如領子般）有翻折部分的。

turn·pike ['tɝn,paɪk] 名《美》收費道路；（尤指）收費的高速公路；主要高速公路；道路收費站。

turn·round ['tɝn,raund] 名《英》= turnaround.

turn-screw ['tɝn,skru] 名 螺絲起子。

'turn ,signal 名（車子的）方向指示燈。

turn·spit ['tɝn,spɪt] 名 **1** 旋轉式烤肉叉。**2** 烤肉鐵叉旋轉器；操作旋轉烤肉叉的人。

turn·stile ['tɝn,staɪl] 名 旋轉木門，十字轉門。

turn·ta·ble ['tɝn,tebl] 名 **1** 唱機的轉盤。**2** 旋轉桌。**3**〖鐵路〗轉轍臺。

turn·up ['tɝn,ʌp] 名 **1** 翻折；翻折的部

T

分；《英》折邊（《美》cuff）。2《口》突發事件；預想不到的事。—形 折疊式的。

tur·pen·tine ['tɝpən,taɪn] 名 U 松節油。—動 及 1 塗以松節油。2 採集松節油。

tur·pi·tude ['tɝpə,tjud, -,tud] 名 U 卑劣，卑鄙；卑劣的行爲。

turps [tɝps] 名 1《英》= turpentine. 2《澳俚》含酒精的飲料，(尤指) 啤酒。

tur·quoise ['tɝkwɔɪz, -kɔɪz] 名 1 U C 〖礦〗土耳其玉，綠松石。2 U 藍綠色，靛藍色。—形 青綠色的。

tur·ret ['tɝɪt, 'turɪt] 名 1 (建築物的) 角樓，小塔。2〖軍〗(戰爭、軍艦的) 旋轉式炮塔；(戰鬥機的) 槍座。
~·ed 形 有小塔的；〖貝〗有塔狀螺紋的。

·**tur·tle** ['tɝtl] 名 (複 ~s,《集合名詞》~) 龜，海龜；鱉，甲魚；《美》陸龜；U 海龜肉；甲魚肉：*turtle*-slow barges 像龜爬那麼慢的舢板。
turn turtle (1)〖海〗翻覆，傾覆。(2) 把海龜翻過來捕捉。

tur·tle·back ['tɝtl,bæk] 名 1〖船〗龜甲形甲板。2〖考古〗龜甲狀石器。3 龜甲 [殼]。

tur·tle·dove ['tɝtl,dʌv] 名 1〖鳥〗斑鳩；雉鳩。2 情人；感情好的夫婦。

tur·tle·neck ['tɝtl,nɛk] 名 翻摺的高領 (《英》polo neck)；套頭高領毛衣。

turves [tɝvz] 名《主英》**turf** 的複數形。

Tus·can ['tʌskən] 形 1 (義大利) 托斯卡尼的；托斯卡尼方言的。2〖建〗托斯卡尼的。—名 托斯卡尼人；U 托斯卡尼語。

Tus·ca·ny ['tʌskənɪ] 名 托斯卡尼：義大利中西部的一行政區；首府 Florence。

tush[1] [tʌʃ] 感《表示不耐煩、輕蔑、叱責》啐！—名 啐聲。

tush[2] [tʌʃ] 名 犬齒；長牙。

tush[3] [tuʃ] 名《俚》屁股。

tusk [tʌsk] 名 1 (象、海象的) 長牙。2 長牙狀的突出物；暴牙。
—動 及 不及 以長牙挖 [刺戳]。

tusk·er ['tʌskɚ] 名 有長牙的動物；《口》象。

tus·sah ['tʌsə] 名《美》1 U 野蠶絲；野蠶絲織物。2 野蠶，山蠶。

tus·sle ['tʌsl] 動 不及 劇烈爭鬥，扭打《*with...*》。—名 打鬥；扭打；苦戰。

tus·sock ['tʌsək] 名 草叢；簇。

tus·sore ['tʌsor] 名《英》= tussah.

tut [tʌt] 感《表示輕蔑、侮辱、不耐煩》噓！嘖！—名 嘖嘖聲。—動 (~·ted, ~·ting) 不及 發出嘖嘖聲。

Tut·ankh·a·men [,tutaŋ'kamən] 名 杜唐卡門：西元前 14 世紀的埃及第 18 王朝的國王，其墓於 1922 年被發現。

tu·te·lage ['tutl̩ɪdʒ, 'tju-] 名 U 1 保護，監督；指導，教導：under the ~ of... 在…的指導下。2 受託管，受保護。

tu·te·lar·y ['tutl̩,ɛrɪ, 'tju-] 形 監護 (人) 的；保護 (者) 的；守護 (者) 的。—名 (複 -lar·ies) 守護者；守護神。

·**tu·tor** ['tutɚ, 'tju-] 名 1 家庭教師。2〖英大學〗個人指導教師；講師；《美》助教。3 監護人。—動 及 1 當家庭教師教。2 抑制；鍛鍊，指導。—不及 1 當家庭教師。2《美》跟家庭教師學習。

tu·tor·age ['tutərɪdʒ, 'tju-] 名 U 1 家庭教師的職務。2 家庭教師的薪酬；指導費。

tu·tor·ess ['tutərɪs, tju-] 名 **tutor** 的女性形。

tu·to·ri·al [tu'torɪəl, tju-] 形 家庭教師的，指導教師的。—名 1 個別指導時間。2《美》密集的指導課程。~·ly 副

tu·tor·ship ['t(j)utɚ,ʃɪp] 名 U **tutor** 的職務。

tut·ti-frut·ti ['tutɪ'frutɪ] 名 C U 蜜餞百果；摻有蜜餞百果的冰淇淋。

tut-tut ['tʌt'tʌt] 感 名，動 不及 = tut.

tu·tu ['tutu] 名 (複 ~s [-z]) 芭蕾舞女演員所穿的短裙。

Tu·va·lu [tu'valu, 'tuvə,lu] 名 吐瓦魯：太平洋中部一島國；1978 年獨立；首都爲 Funafuti。

tu·whit tu·whoo [tu'hwɪttu'hwu] 名 貓頭鷹的鳴聲。—動 不及 發出鳴聲。

tux [tʌks] 名《美口》= tuxedo.

tux·e·do [tʌk'sido, -də] 名 (複 ~s) 男人穿的黑色晚禮服 (《英》dinner jacket)。

TV ['ti'vi] 名 1 (複 ~s 或 ~'s) 電視機。2 U 電視。

TVA《縮寫》*T*ennessee *V*alley *A*uthority《美》田納西河流域管理局。

T,V 'dinner ['ti,vi-] 名 盒裝電視餐。

twad·dle ['twadl̩] 名 U 廢話。
—動 不及 說廢話。—及 說，寫。

twain [twen] 形《古》= two.

Twain [twen] 名 **Mark**, 馬克吐溫 (1835–1910)：美國作家，本名 Samuel Langhorne Clemens。

twang [twæŋ] 動 不及 1 發出彈撥聲。2 發鼻音；帶鼻音說話。3 產生痙攣。4 發出響聲射出。—及 1 使發出錚錚聲；演奏。2 帶鼻音地說出。3 拉 (弓)；射 (箭)。—名 1 撥弦聲。2 鼻音；帶鼻音的語調。3 (劇) 疼。
~·y 形 發出弓弦聲的；帶鼻音的。

twan·gle ['twæŋgl̩] 名，動 及 不及 = twang.

'twas [twaz,《弱》twəz]《詩》it was 的縮略形。

twat [twat] 名《俗》1 女性陰部；作爲性對象的女人。2 令人厭惡的人。

tweak [twik] 動 及 1 擰，扭。2 輕輕地捏 [擰] 鼻子。—名 擰；扭。

twee [twi] 形《俚》矯飾的，矯揉造作的。

tweed [twid] 名 1 U 斜紋軟呢。2《~s》斜紋軟呢製的衣服。

twee·dle·dum and twee·dle·dee [,twidl̩'dʌmən,twidl̩'di] 名 (複) 非常相

似的兩人；難以區別的兩個人。

tweed·y ['twidɪ] 形 **(tweed·i·er, tweed·i·est) 1** 用（類似）斜紋軟呢製成的。**2** 穿著斜紋軟呢的。**3** 習慣於戶外生活的。

'tween [twin] 介《詩》= between.

tween·y ['twinɪ] 名（複 **tween·ies**）《英口》女傭幫手。

tweet [twit] 名啾啾聲。
—動不及 發出啾啾聲。

tweet·er ['twitɚ] 名 高頻率揚聲器。

tweeze [twiz] 動 及《美》用鑷子拔《*out*》。

tweez·ers ['twizɚz] 名(複)《常用複數》《常作 **a pair of** ～》鑷子，鉗子。

:twelfth [twɛlfθ] 形 **1**《常用 **the** ～》第十二的，第十二個的。**2**《常作 **a** ～》十二分之一的。—名 **1**《常作 **the** ～》第十二（個）；十二日。**2** 十二分之一。**3**〖樂〗十二度（音程）。

Twelfth ˌDay 名〖宗〗主顯節：耶誕節後第十二日（一月六日）。

Twelfth ˌNight 名〖宗〗**1** 主顯節前夕。**2** 主顯節之夜。

:twelve [twɛlv] 名 **1** Ⓤ Ⓒ（基數的）十二；Ⓒ代表十二的符號（12, xii, XII）。**2**《作複數》十二人，十二個。**3** 十二個一組的事物；第十二個之物。**4**《～**s**》十二開。**5**《 **the T-**》耶穌的十二使徒。—形 十二個的。

twelve·fold ['twɛlv,fold] 形 **1** 有十二個部分的。**2** 十二倍的。—副 十二倍地。

twelve·mo ['twɛlvmo] 名(複～**s**)十二開（的書）。—形 十二開的。

twelve·month ['twɛlv,mʌnθ] 名《通常作 **a** ～》《主英古》一年，十二個月：this day ～ 一年前的今天。～**·ly** 副

twelve-tone ['twɛlv'ton] 形 十二音（制）的；使用十二音技法的。

:twen·ti·eth ['twɛntɪɪθ] 形 **1**《通常作 **the** ～》第二十的，第二十個的。**2**《通常作 **a** ～》二十分之一的。—名 **1**《通常作 **the** ～》第二十，第二十個；（每月的）二十日。**2** 二十分之一。

:twen·ty ['twɛntɪ] 名（複 **-ties**）**1** Ⓤ Ⓒ（基數的）二十；Ⓒ 代表二十的符號（20, xx, XX）。**2**《作複數》二十人。**3**《**-ties**》20 到 29 的時期，20 到 29 歲期間，二十年代。**4** 二十個一組的東西。**5**《口》二十元鈔票。—形 二十的，二十人的，二十個的。

twen·ty·fold ['twɛntɪ,fold] 形 **1** 有二十個部分的。**2** 二十倍的。—副 二十倍地。

twen·ty-four·mo [ˌtwɛntɪ'formo] 名（複 ～**s**）二十四開（的書）。略作：24 mo, 24°

twen·ty·mo ['twɛntɪmo] 名（複 ～**s**）二十開（的書）。略作：20 mo, 20°

twen·ty-one ['twɛntɪ'wʌn] 名 **1** Ⓤ Ⓒ（基數的）二十一；《作複數》二十一人[個]。**2** Ⓤ《美》〖牌〗二十一點（blackjack,《英》pontoon）。

twen·ty-twen·ty ['twɛntɪ'twɛntɪ] 形〖眼〗視力正常的：a ～ vision 正常的視力。

'twere [twɚ,《詩》twɝ]《詩》it were 的縮略形。

twerp [twɝp] 名《俚》可鄙的人；無足輕重的人。

:twice [twaɪs] 副 **1** 兩次，兩回；再次，再度：once or ～ 一兩次。**2** 兩倍：at ～ the price 原價的兩倍 / a kid ～ his age 年齡大他一倍的少年。

at twice《口》(1) = in TWICE. (2) 第二次。

in twice《口》分兩次，經過兩次。

think twice ⇨THINK 動不及（片語）

twice-told ['twaɪs'told] 形以前說過的；說過兩次的；陳舊的：a ～ tale 眾所皆知的故事，陳腔濫調。

twid·dle ['twɪdl] 動及 撫弄，玩弄。
—不及 **1** 玩弄，擺弄《*with, at...*》。**2** 迅速地轉動，旋轉。

twiddle one's thumbs 無聊地玩弄兩個拇指；無所事事。
—名撫弄；轉動。

·twig¹ [twɪg] 名 嫩枝，小枝。

hop the twig《口》死去。

twigged 形

twig² [twɪg] 動 **(twigged, ～·ging)** 及《英口》**1** 看出，注意到；認識，發現：～ the change in her looks 注意到她表情的變化。**2** 了解，領悟《*wh-* 子句》。—不及了解。

twig·gy ['twɪgɪ] 形 **(-gi·er, -gi·est) 1** 小枝的，嫩枝的；纖細的；柔弱的。**2** 小枝多而茂密的。

·twi·light ['twaɪ,laɪt] 名Ⓤ **1** 黎明，黃昏（時）；曙光；薄暮：in the ～ 在黃昏（時）。**2** 微弱的光線。**3** 含混不明確的狀態。**4**《喻》衰退時期：the ～ of a person's life 人生的暮年時期。

The Twilight of the Gods〖北歐神〗諸神的黃昏。
—形微明的，模糊的；黃昏時出現的。

'twilight ˌsleep 名Ⓤ〖醫〗半麻醉狀態。

'twilight ˌzone 名 **1** 光線可及的海洋深處。**2** 神祕區域，模糊的地區。

twi·lit ['twaɪ,lɪt] 形 微明的，朦朧的。

twill [twɪl] 名Ⓤ斜紋布，斜紋織物。
—動及織成斜紋。

'twill [twɪl]《古·詩》it will的縮略形。

:twin [twɪn] 名 **1** 雙胞胎之一；《～**s**》雙胞胎：fraternal ～*s* 異卵雙胞胎。**2** 一對極相似的人（或物）中的一個；《～**s**》雙；對。**3**〖結晶〗雙晶。**4** 雙人房。**5**《 **the Twins** 》〖天·占星〗雙子座。—形《限定用法》**1** 孿生的，孿生之一的。**2** 一對的；一對中之一的；極相似之兩人的。**3**〖植·動〗雙生的。**4**〖結晶〗雙晶的。
—動 **(twinned, ～·ning)** 及 使成對；使結成姐妹城市《*with...*》。—不及生雙胞胎。

'twin 'bed 名 一對單人床之一。

T

'twin-ˌbed·ded 形

twin·born ['twɪnˌbɔrn] 形雙胞胎的。

'Twin 'Cities 名(複)《the ～》雙子城：即美國明尼蘇達州的 St. Paul 與 Minneapolis 兩市，隔 Mississippi 河相對。

·**twine** [twaɪn] 名 1 U合股線；麻線，麻繩。2 U 編織；編結。3 U C 纏繞，纏繞的東西；盤曲；糾結。—動 (**twined, twin·ing**)及 1 搓合，使搓合《*with...*》；編成《*into...*》。2 以纏繞的方式插入（…）《*in, into...*》。3 纏繞《*about, around...*》。4 圍住《*with...*》；纏繞在；《反身》纏繞（於…）《*around, round...*》。—不及 1 纏（在…）《*about, around, round ...*》。2 蜿蜒。

twin-en·gine ['twɪn'ɛndʒən] 形雙引擎的。

twinge [twɪndʒ] 名 1 刺痛，劇痛：a ～ of pain 劇痛。2 痛苦，懊惱，責備：a ～ of conscience 良心的責備。—動及使突然感覺劇痛；使良心不安而感到痛苦。

—不及 感覺刺痛；懊惱。

twi-night ['twaɪˌnaɪt] 形〖棒球〗從黃昏開始賽到夜晚的。

·**twin·kle** ['twɪŋkl] 動 (**-kled, -kling**)不及 1（星星、遠處的燈光等）閃閃發光，閃爍，閃耀。2（眼睛）閃耀著光輝《*at, with ...*》。3 輕快地移動；飄動。4《古》眨眼。—及 1 使閃閃發光。2《古》眨（眼）。—名 1 閃爍。2 閃爍的光輝。3 輕快的動作。4 瞬間。5《古》眨眼。

:**twin·kling** ['twɪŋklɪŋ] 名《用單數》1 閃耀，閃爍。2 瞬間，眨眼間：in a ～《諺》轉瞬間。

—形 閃爍的，閃耀的，閃閃發亮的。

twin-screw ['twɪn'skru] 形〖海〗雙螺旋槳的。

'**twin ˌset** 名《英》顏色與花樣相同的套頭衣和開襟毛衣。

twirl [twɝl] 動及 1 迅速地旋轉[轉動]《*around, about*》：～ a cane 旋轉手杖。2 漫不經心地耍弄：～ one's thumbs 不停地擺弄拇指。3〖棒球〗《俚》投（球）。—不及 1 迅速地旋轉。2〖棒球〗《俚》投球。—名 1 迅速旋轉的動作。2 螺旋形之物；漩渦。

twirl·er ['twɝlɚ] 名 1 旋轉者，旋轉物。2〖棒球〗投手。3 樂隊指揮。

twirp [twɝp] 名 = twerp.

·**twist** [twɪst] 動及 1 搓，捻《*together*》；搓成《*from...*》；編織《*into...*》：～ three strands *together* 把三條線搓在一起。2 纏繞（在…）《*with, in...*》；捲繞；《反身》纏繞《*around, round, on...*》：～ a rope *round* one's body 把繩索纏在身上。3 扭轉，擰；擰掉《*off*》；旋轉以拔出《*out*》；旋進去《*in*》：～ a wet towel 扭乾溼毛巾。4 使歪扭；使扭曲《*up*》；扭傷：a face ～*ed* with anger 因憤怒而扭曲的臉。5 曲解，歪曲；《英口》欺騙。6《通常用被動》使扭曲。7 使彎彎曲曲，使蜿蜒而行《*through, along...*》。8 使旋轉。9 扭轉；使改變方向：～ one's neck to get a better view 轉過頭以便看得更清楚。

—不及 1 扭曲；彎曲；成螺旋形；纏繞，捲住。2 扭動身體《*about*》；掙脫《*out, away*》。3 彎彎曲曲；彎曲通過《*through, along...*》。4 旋轉前進。5 轉向，回頭《*around, round*》。6 跳扭扭舞。7《俚》作壞事，欺騙。

twist a person's arm 扭某人的手臂；《喻》逼迫某人。

twist the lion's tail ⇨LION（片語）

twist a person around one's (little) finger ⇨FINGER（片語）

twist up (1) ⇨動及 4. (2) 使混亂，扭曲。

—名 1 搓，捻；扭，擰；捻向；數股捻成的線，捻線。2 扭曲，歪斜；糾結《*in...*》。3 U C 扭傷。4 花捲麵包；U C 捻捲煙。5 U C 螺旋狀；旋轉的動作。6 U C《美》曲球。7（道路、河流的）彎曲。8 曲解，歪曲；詐欺。9《常為蔑》乖僻，扭曲。10 意外的變化。11《the ～》〖舞〗扭扭舞。12《美俚》神經質的興奮。

round the twist《英俚》發狂的。

～·**y** 形 彎彎曲曲的；不正的。

twist·er ['twɪstɚ] 名 1 搓捻的人；捻接工；捻線機；捻捲煙。2《英》說謊話的人；不老實的人。3 棘手的事，難題；繞口令。4 曲球；曲球投手。5《美口》旋風，龍捲風。6 跳扭扭舞的人。

twit[1] [twɪt] 動 (～·**ted**, ～·**ting**) 及 嘲笑，責備，挖苦《*with, on, about...*》。—名 1 嘲笑，譴責。2《英俚》愚蠢的人，傻瓜。

twit[2] [twɪt] 名 U 紡線因捻搓過度而容易斷的部分。

twitch [twɪtʃ] 動 及 1 急拉；急扯，搶去，奪走《*away, off*》：～ a person's sleeve 扯某人袖子。2 使抽搐，使抽筋。—不及 1 抽動，痙攣《*away*》。2 猛拉《*at ...*》。3 刺痛。

—名 1 痙攣；抽筋。2《通常作 a ～》猛拉的動作。3（身心的）劇痛。

at a twitch 立刻。

twit·ter ['twɪtɚ] 動不及 1 吱吱叫，鳴囀《*away*》；絮絮叨叨，喋喋不休《*on, away / about...*》；吃吃地笑。2 顫抖；心撲通撲通地跳。—及 鳴囀發出；如鳥鳴般唧唧喳喳地講。—名 1《the ～》鳴囀；吃吃笑聲。2 興奮，顫抖：(all) in a ～ 緊張地，忙亂地。～·**y** 形

'**twixt** [twɪkst] 介《詩》= betwixt.

:**two** [tu] 名 1 U C（基數的）二；兩人，兩個；U 兩點鐘，兩歲；第二號；《～s》（第）二號的東西；兩元：*T-* and ～ make(s) four. 二加二等於四；不言而喻的道理。/ *T-* is company, (but) three is crowd.《諺》兩人成伴，三人不歡。2 表示二的符號（2, ii, II）。3 兩個一組的事物：～ and ～ 兩個兩個，一對一對。4（撲克牌、骰

T

子等的）二，兩點，兩分。

in two 分成兩半。

put two and two together（根據事實）作推論作一極顯然的結論。

Two can play at that game.《口》你會這一套，我也會這一套。

—[形] 二的，兩人的；《用於名詞之後》第二的。

two-bag·ger ['tu'bægɚ] [名]〖棒球〗《俚》二壘安打。

two-bit ['tu,bɪt] [形]《美俚》**1** 二角五分的。**2** 不重要的，沒什麼價值的。

two-by-four ['tubə'for, -baɪ-] [形] **1** 厚度與寬度為 2:4 的。**2**《口》狹窄的，狹小的。**3**《俚》無價值的，不重要的。—[名] **1** 四吋寬、二吋厚的木材。**2** 非常狹窄之物。

two-di·men·sion·al ['tudə'mɛnʃənl] [形] **1** 二度空間的，平面的。**2** 沒有深度的。

two-edged ['tu'ɛdʒd] [形] **1** 雙刃的。**2** 正反兩面的；具有雙重效果的。

two-faced ['tu'fest] [形] **1** 有兩面的。**2** 偽善的，兩面派的。

two·fer ['tufɚ] [名] 二合一；買一送一；廉價商品。

two-fist·ed ['tu'fɪstɪd] [形] **1** 能用雙拳的。**2**《美口》精力充沛的，強壯的。

two·fold ['tu'fold] [形] **1** 有兩部分的。**2** 二倍的，二重的。—[副] 二倍地，二重地。

two-four ['tu'for] [形]〖樂〗四二拍子的；四分之二拍子的。

two-hand·ed ['tu'hændɪd] [形] **1** 需要使用兩隻手的。**2** 雙人用的，二人玩的。**3** 有兩隻手的；左右手使用得同樣好的。

two-leg·ged ['tu'lɛgd, -'lɛgɪd] [形] 兩隻腳的，有兩條腿的。

'two-par·ty 'system ['tu,partɪ] [名]〖政〗兩黨制。

two·pence ['tu,pɛns, 'tʌpəns] [名]《英》**1**《作單、複數》二辨士：～ colo(u)red 好看而不值錢的。**2** 二辨士銅幣；二辨士銀幣。**3**《與否定語同時使用》微不足道的事（亦作 **tuppence**）。

two·pen·ny ['tu,pɛnɪ, 'tʌpənɪ] [形]《英》**1** 二辨士的，值二辨士的。**2** 不足道的，低廉的（亦作 **tuppenny**）。

two·pen·ny-half·pen·ny ['tʌpənɪ'hepnɪ] [形]《英》**1** 二辨士半的。**2** 微不足道的；不值錢的。

two-piece ['tu'pis] [形][名] 分為上下兩件的（衣服），兩件式的（衣服）；兩截式的（泳裝）。

two-ply ['tu'plaɪ] [形] 雙重的；雙層的；雙股的。

two-seat·er ['tu'sitɚ] [名] 雙座汽車。

two-sid·ed ['tu'saɪdɪd] [形] **1** 有兩邊的；兩方面的。**2** 表裡不一的；偽善的。

two·some ['tusəm] [形] **1** 由兩個組成的。**2** 雙人的：a ～ dance 雙人舞。—[名] **1** 兩個一組。**2**〖高爾夫〗雙人比賽。

two-speed ['tu,spid] [形] 二段變速的。

two-step ['tu,stɛp] [名] 兩步舞（曲）。

two-time ['tu,taɪm] [動] [及]《口》對…不忠實；欺騙。—[形] 兩次的。

'two-'tim·er [名] 叛徒；不貞者，不忠實者，劈腿的情人。

two-tone ['tu'ton] [形] 有兩種顏色的；同一顏色有兩種不同色度的。

'twould ['twʊd]《詩》it would 的縮略形。

two-way ['tu'we] [形]《限定用法》**1** 雙向的：a ～ thoroughfare 雙向通行的幹道 / a ～ mirror 魔鏡。**2** 收發兩用的；雙向的；兩路的：a ～ circuit 雙向電路。**3** 相互的；需要互相同意的。**4** 二者之間的；二方面的。**5** 兩種方法皆可的。

TX《縮寫》*Texas.*

-ty[1]《字尾》表 10 的倍數之數詞字尾。

-ty[2]《字尾》表「性質，狀態」之意。

ty·coon [taɪ'kun] [名] **1**《常作 **T-**》大君：外國人對日本德川幕府時代將軍的稱呼。**2**《口》大亨，鉅子：oil ～*s* 石油大王。

ty·ing ['taɪɪŋ] [動] **tie** 的現在分詞。

tyke, tike [taɪk] [名] **1**《英》野狗，雜種狗。**2**《蘇》粗鄙的人；鄉下人。**3**《美》小孩子，頑皮的兒童。

tym·pan ['tɪmpən] [名] **1**〖印〗壓紙框。**2** 鼓。**3** = tympanum 3. **4** = tympanic membrane.

tym·pa·ni ['tɪmpənɪ] [名] (複) = timpani.

tym·pan·ic [tɪm'pænɪk] [形] **1**（似）鼓的。**2**〖解·動〗鼓膜的；鼓室的。

tym'panic 'membrane [名]〖解·動〗耳鼓，鼓膜。

tym·pa·nist ['tɪmpənɪst] [名] = timpanist.

tym·pa·ni·tis [,tɪmpə'naɪtɪs] [名][U]〖病〗中耳炎。

tym·pa·num ['tɪmpənəm] [名] (複 ～s, **-na** [-nə]) **1**〖解·動〗中耳；鼓膜。**2**〖電〗振動膜。**3**〖建〗山牆的三角面部分；拱楣空間。

Tyne and Wear ['taɪnənd'wɪr] [名] 泰因與威爾郡：英國英格蘭東北部的一郡。

:type [taɪp] [名] **1** 型，類型：this ～ (of) car 這種類型的車。**2** 典型，式樣；《口》…型的人：a civil service ～ 一個典型的公職人員。**3**〖印〗(一個) 鉛字，活字；[U]《集合名詞》鉛字，印刷文字，字體：set ～ 排字，排版 / in ～ 用鉛字排成的，作好印刷準備的；排印中。**4**〖生〗型，模式；〖生理〗病型，血型，菌型；〖化〗型；體型，特徵；〖哲〗類型；〖言〗型。**5** 原型，模型；模樣，圖樣。**6** 預象。

true to type 典型的。

—[動] (**typed, typ·ing**) [及] **1** 以打字機打《*out*》；排印《*up...*》。**2**〖醫〗驗明。**3** 使成為典型。**4** 預示。—[不及] 打字。

type in 打字後加入本文中。

-type《字尾》表「型，形式」之意。

T

type-cast ['taɪp,kæst] 動(-cast, ～·ing)及不及鑄造，鑄鉛字。

type-cast ['taɪp,kæst] 動 (-cast, ～·ing)及〖劇〗分配適當的角色。

type·face ['taɪp,fes] 名鉛字的字體，書寫體。

'type ,founder 名活字鑄造工。

'type ,foundry 名活字鑄造廠。

type·script ['taɪp,skrɪpt] 名UC以打字機打出的原稿，打字稿。

type·set ['taɪp,sɛt] 動(-set, ～·ting)及排版，排成鉛字。一形排好版的。
～**·ting**名U，形排版（的）；排字（的）。

type·set·ter ['taɪp,sɛtɚ] 名排字工人；排字機。

type·write ['taɪp,raɪt] 動 (-wrote, -writ·ten, -writ·ing) 及不及《通常用過去分詞》以打字機打，打字。

·type·writ·er ['taɪp,raɪtɚ] 名打字機。

type·writ·ing ['taɪp,raɪtɪŋ] 名U **1** 打字；打字技術。**2** 打字印刷物。

type·writ·ten ['taɪp,rɪtn̩] 動 **typewrite** 的過去分詞。一形用打字機打出來的。

typh·li·tis [tɪf'laɪtɪs] 名U〖病〗盲腸炎。

ty·phoid ['taɪfɔɪd] 名U〖病〗傷寒。一形傷寒的；類傷寒的。

ty·phon ['taɪ,fɑn] 名 **1**〖海〗氣笛。**2**《T-》〖希神〗百頭怪獸。

·ty·phoon [taɪ'fun] 名 **1** 颱風。**2** 大風暴。

ty·phus ['taɪfəs] 名U〖病〗斑疹傷寒。

·typ·i·cal ['tɪpɪkl̩] 形 **1** 典型的。**2** 獨特的，特有的《*of...*》: a person's ～ walk 某人特有的走路步伐。**3**〖生〗典型的，模式的。**4** 象徵的，象徵性的《*of...*》。

typ·i·cal·ly ['tɪpɪklɪ] 副典型地；照例地。

typ·i·fy ['tɪpə,faɪ] 動(-fied, ～·ing)及 **1** 成爲…的典型，表示…的特徵。**2** 成爲…的象徵；預示。
-fi·'ca·tion 名

typ·ing ['taɪpɪŋ] 名 U打字；打字工作。

·typ·ist ['taɪpɪst] 名打字者；打字員：～*s'* pool 打字室。

ty·po ['taɪpo] 名(複 ～s) **1**《美口》排印錯誤；打字錯誤。**2** = typographer.

typo- type 的複合形。

ty·pog·ra·pher [taɪ'pɑgrəfɚ] 名活版排字工人，印刷商。

ty·po·graph·ic [,taɪpə'græfɪk], **-i·cal** [-ɪkl] 形印刷術的，印刷上的：a ～ error 排印上的錯誤。**-i·cal·ly** 副

ty·pog·ra·phy [taɪ'pɑgrəfɪ] 名 **1** U活版印刷（術）。**2** UC印刷的體裁，印刷品的式樣。

ty·pol·o·gy [taɪ'pɑlədʒɪ] 名U **1**〖聖〗預象論；〖哲·心·言〗類型學。**2** 象徵論。

ty·ran·ni·cal [tɪ'rænɪkl, taɪ-] 形暴君的，專制的；專制君主的。
～**·ly** 副

ty·ran·ni·cide [tɪ'rænə,saɪd, taɪ-] 名 **1** U誅殺暴君。**2** 誅殺暴君者。**-'cid·al** 形

tyr·an·nize ['tɪrə,naɪz] 動不及 **1** 壓制，施行暴政《*over...*》。**2** 獨裁地統治；行專制政治《*over...*》。一及施行暴政，壓制。**-niz·er** 名

ty·ran·no·saur [tɪ'rænə,sɔr] 名暴龍，霸王龍。

ty·ran·no·sau·rus [tɪ,rænə'sɔrəs] 名 = tyrannosaur.

tyr·an·nous ['tɪrənəs] 形 = tyrannical.

tyr·an·ny ['tɪrənɪ] 名 (複 **-nies**) **1** U暴虐，殘酷；《常作～s》殘暴的行爲。**2** U專制（政治）；C專制政治的國家。**3** U（古希臘的）僭主政治。

ty·rant ['taɪrənt] 名 **1** 專制君主。**2** 暴君；暴虐專橫的人。**3** 僭主。

·tyre [taɪr] 名，動及《英》= tire².

Tyre [taɪr] 名泰爾：古代腓尼基的海港。

Tyr·i·an ['tɪrɪən] 形 **1** 泰爾人的。**2** 泰爾紫色的，古代紫色的：～ purple 泰爾紫（染料）；紅紫色。一名泰爾居民。

ty·ro ['taɪro] 名(複～s) 初學者，生手。

Tyr·ol, Tir·ol ['tɪrəl, tɪ'rol] 名《the ～》提洛爾：奧地利西部與義大利北部阿爾卑斯山區之一地方。

Ty·ro·le·an [tə'rolɪən] 形提洛爾（人）的。
一名提洛爾人（亦作 **Tirolean**）。

Tyr·o·lese [,tɪrə'liz] 形，名 (複～) = Tyrolean.

tzar [tsɑr, zɑr] 名= czar.

tza·ri·na [tsɑ'rinə] 名 = czarina.

'tzet·ze ,fly ['tsɛtsɪ-] 名 = tsetse fly.

Tzi·gane [tsɪ'gɑn] 形《常作 t-》吉普賽人的。一名（尤指匈牙利的）吉普賽人。

T

U u

U¹, u [ju] (複 **U's** 或 **Us, u's** 或 **us**) **1** Ⓤ Ⓒ英文的第 21 個字母。**2** U 狀物。
U² [ju] 代《口》= you.
U³ [ju] 形《主英口》語音等上流社會特有的；適於上流社會的。
U⁴ [ju] 名 **1**（順序中的）第 21 個。**2**《化學符號》uranium. **3**《英》普級電影。—形《限定用法》《英》電影普級的。
U. 《縮寫》*u*niversity.
UAE 《縮寫》*U*nited *A*rab *E*mirates.
UAW, U.A.W. 《縮寫》*U*nited *A*utomobile *W*orkers 美國汽車工會。
u·biq·ui·tous [ju'bɪkwətəs] 形（在同時間內）到處都有的，無所不在的。~**·ly** 副
u·biq·ui·ty [ju'bɪkwətɪ] 名 Ⓤ **1**（在同時間內）到處存在，無所不在。**2**〖神〗神的無所不在。
U-boat ['ju,bot] 名（第一、二次世界大戰中）德國潛艇。
u.c., uc 《縮寫》〖印〗*u*pper*c*ase（排版時）放大寫字母的鉛字盤。
UCCA ['ʌkə] 名《縮寫》*U*niversities *C*entral *C*ouncil on *A*dmissions《英》大學入學聯合審查委員會。
UCLA 《縮寫》*U*niversity of *C*alifornia at *L*os *A*ngeles（美國）加州大學洛杉磯分校。
ud·der ['ʌdɚ] 名（牛、羊等有許多乳頭之動物的）乳房；乳腺。
u·do ['udo] 名(複 ~**s** [-z])〖植〗當歸。
u·dom·e·ter [ju'dɑmətɚ] 名雨量計。
UFO, U.F.O [juɛf'o, 'jufo] 名(複~**'s**, ~**s**) 不明飛行物體，飛碟（Unidentified flying object）。
u·fol·o·gist [ju'fɑlədʒɪst] 名不明飛行物體的研究者。
u·fol·o·gy [ju'fɑlədʒɪ] 名 Ⓤ 飛碟學。
U·gan·da [ju'gændə, u'gɑndɑ] 名烏干達（共和國）：位於非洲東部；首都爲 Kampala。
-dan [-dən] 形名烏干達的[人]。
ugh [ux, ʊ, ʌx] 感《表示嫌惡、恐懼等》噁！啊！
ug·li·fy ['ʌglə,faɪ] 動(**-fied**, ~**·ing**) 及使變醜，損壞美觀。
·ug·ly ['ʌglɪ] 形 (**-li·er**, **-li·est**) **1** 醜陋的，難看的：an ~ birthmark 難看的胎記。**2** 令人厭惡的；醜惡的，邪惡的：an ~ odor 令人厭惡的氣味 / an ~ crime 邪惡的罪行。**3** 險惡的，不利的；會造成不安的；（傷害）嚴重的：an ~ situation 險惡的情況 / the ~ truth 難堪的事實。**4**《主美口》乖戾的，脾氣壞的，好爭吵的：an ~ disposition 好爭吵的性情 / an ~ temper 易怒的個性。**5** 天氣等陰沉的：~ clouds 烏雲密布。
—名 醜陋之人[物]。**-li·ly** 副, **-li·ness** 名
'ugly 'duckling 名 醜小鴨：相貌平庸難看的小孩或不起眼的事物，後成爲顯赫的人或事物。
UHF, U.H.F., uhf 《縮寫》*u*ltra*h*igh *f*requency.
uh-huh ['ʌ'hʌ] 感《主美》《表肯定、同意、滿足》嗯哼！
uh·lan, u·lan ['ulɑn] 名（昔日波蘭、普魯士等的）持矛騎兵。
uh-uh ['ʌ'ʌ] 感《表否定》哼！
Ui·gur, -ghur ['wigʊr] 名 **1** 維吾爾人。**2** Ⓤ 維吾爾語。—形 維吾爾族的。
U.K. 《縮寫》《the ~》*U*nited *K*ingdom.
u·kase ['jukes, ju'kez] 名 **1**（沙皇的）勒令。**2**《美》法令，公告。
U·kraine [ju'kren, 'jukren] 名《the ~》烏克蘭：位於東歐；首都 Kiev。
U·krain·i·an [ju'krenɪən] 形烏克蘭人的；烏克蘭語的。—名 **1** 烏克蘭人。**2** Ⓤ 烏克蘭語：屬斯拉夫語系。
u·ku·le·le, u·ke- [jukə'lelɪ] 名（夏威夷土著的）四弦琴。
-ular 《字尾》表「與…相關」之意。
ULCC 《縮寫》*u*ltra-*l*arge *c*rude *c*arrier 超大型油輪（噸位在四十萬噸以上的油輪）。
ul·cer ['ʌlsɚ] 名 **1**〖病〗潰瘍：a gastric [a stomach] ~ 胃潰瘍。**2** 腐敗的狀態；弊病，病根。
ul·cer·ate ['ʌlsə,ret] 動 不及 形成潰瘍。—及使產生潰瘍；使腐敗：an ~*d* stomach 患潰瘍的胃。
ul·cer·a·tion [,ʌlsə'reʃən] 名 Ⓤ〖病〗潰瘍。
ul·cer·a·tive ['ʌlsə,retɪv] 形 潰瘍（性）的。
ul·cer·o·gen·ic [,ʌlsəro'dʒɛnɪk] 形〖病〗致潰瘍的。
ul·cer·ous ['ʌlsərəs] 形潰瘍（性）的；患潰瘍的：~ lesions 潰瘍性的病變。
-ule 《字尾》表「小」之意。
ul·lage ['ʌlɪdʒ] 名 Ⓤ **1**（容器內的液體因蒸發或漏出所造成的）漏損量。**2**（火箭液體燃料因蒸發所造成的）耗損量。
ul·na ['ʌlnə] 名 (複 **-nae** [-ni], ~**s**)〖解·動〗尺骨。
ul·nar ['ʌlnɚ] 形 尺骨的。

Ul·ster ['ʌlstɚ] 图 1 阿爾斯特：即今北愛爾蘭。2 阿爾斯特：愛爾蘭共和國北部的一省。3《口》= Northern Ireland. 4《u-》阿爾斯特式大衣：有腰帶的禦寒長大衣。

ult.《縮寫》*ult*imate; *ult*imately; *ult*imo.

ul·te·ri·or [ʌl'tɪrɪɚ] 形 1 隱秘的，不可告人的：with an ～ motive 抱著不可告人的動機。2 那邊的；更遙遠的；(與…) 關係遙遠的，脫離的《*to*...》: a point ～ *to* the argument 跟議論不相干的論點。3 以後的；更進一步的：～ measures 未來的措施。～·ly 副

ul·ti·ma ['ʌltəmə] 图 字的最後一個音節。

ul·ti·ma·ta [,ʌltə'metə] 图 **ultimatum** 的複數形。

·ul·ti·mate ['ʌltəmɪt] 形 1 最遠的，至極的：the ～ origin of life 生命的最初起源。2 (1) 終極的，決定性的，總計的：the ～ objective 終極的目標 / ～ victory 最終的勝利。(2) 最高的，極限的：the ～ power 最高權利。3 無法分析的；根本的；本源的：～ analysis 〖化〗元素分析 / (an) ～ truth 根本的真理。
—图 最後階段，終極點；最高；基本的事實，根本原理；《the U-》神。
～·ness 图

'ultimate con'stituent 图〖文法〗終極構成要素。

ul·ti·mate·ly ['ʌltəmɪtlɪ] 副 終極；終結。

ul·ti·ma Thu·le ['ʌltəmə'θuli] 图《the ～》1 世界的盡頭。2 無人知的遙遠地區。3《拉丁語》極限，最大目標。

ul·ti·ma·tum [,ʌltə'metəm] 图 (複～s, -ta [-tə]) 1 最後通牒，哀的美敦書：deliver an ～ 發出最後通牒。2 最後結論；根本原理。

ul·ti·mo ['ʌltə,mo] 形《置於名詞之後》《商業書信》上個月的：your letter of the 10th ～ 臺端上個月十日的來函。

ul·tra ['ʌltrə] 形 過激的，極端的：an ～ conservative 極端保守主義者。—图 急進分子，偏激論者。

ultra-《字首》1 表「超…」、「在…之外」、「過…」之意。2 表「極端地」、「極度地」之意。

ul·tra·con·serv·a·tive [,ʌltrəkən'sɝvətɪv] 形 極端保守的。

'ul·tra·high 'frequency ['ʌltrə,haɪ-] 图 U〖無線〗超高頻（率）。略作：uhf, UHF

ul·tra·ism ['ʌltrəɪzəm] 图 U 極端論，偏激主義；過激的行為。

ul·tra·left [,ʌltrə'lɛft] 形 極左的。
—图《the ～》極左派。～·ist 图 極左分子。

ul·tra·ma·rine [,ʌltrəmə'rin] 形 1 海外的。2 深藍色的。—图 U 1 深藍色。2 群青：一種顏料。

ul·tra·mi·cro·scope [,ʌltrə'maɪkrə,skop] 图 超（倍）顯微鏡。-mi·cro·'scop·ic 形

ul·tra·mil·i·tant [,ʌltrə'mɪlətənt] 形 極端好戰的。—图 極端好戰者。

ul·tra·mod·ern [,ʌltrə'madɚn] 形 超現代的：～ furniture 超現代的家具。

ul·tra·mon·tane [,ʌltrə'manten] 形 1 山那邊的；阿爾卑斯山南方的，義大利的。2〖天主教〗教皇至上論的。—图 1 山那邊的居住者，阿爾卑斯山南邊的人。2《常作 U-》〖天主教〗教皇至上論者。

ul·tra·mon·ta·nism [,ʌltrə'matən,ɪzəm] 图 U〖史〗教皇至上主義。

ul·tra·mun·dane [,ʌltrə'mʌnden] 形 1 世界之外的，太陽系以外的。2 超俗世的。

ul·tra·na·tion·al·ist [,ʌltrə'næʃənlɪst] 图 極端民族主義者。—形（亦稱 **ultranationalistic**）極端民族主義者的。-,ism 图 U 極端民族主義。

ul·tra·red [,ʌltrə'rɛd] 图《俗》= infrared.

ul·tra·short [,ʌltrə'ʃɔrt] 形 極短的；〖無線〗超短波的：～ waves 超短波。

ul·tra·son·ic [,ʌltrə'sanɪk] 图 形 超音波（的）。
-i·cal·ly 副

ul·tra·son·ics [,ʌltrə'sanɪks] 图(複)《作單數》超音波學。

ul·tra·sound ['ʌltrə,saʊnd] 图 U〖理〗超音波。

ul·tra·trop·i·cal [,ʌltrə'trapɪkl] 形 熱帶圈外的，較熱帶平均溫度更高的。

ul·tra·vi·o·let [,ʌltrə'vaɪəlɪt] 形 紫外（線）的：～ rays 紫外線。—图 紫外線。

ul·tra vi·res [,ʌltrə'vaɪriz] 形〖法〗超越權限的，越權的。

ul·u·lant ['juljələnt] 形 嗥叫的；嗚嗚地叫的；哀鳴的。

ul·u·late ['juljə,let] 動 不及（狼等）嗥叫；（貓頭鷹等）嗚嗚地叫；哀鳴。-la·tion 图

U·lys·ses [ju'lɪsiz] 图 1 尤里西斯（Odysseus 的拉丁文名）。2『尤里西斯』：James Joyce 所著的心理小說名。

um·bel ['ʌmbl] 图〖植〗繖狀花序。

um·ber ['ʌmbɚ] 图 U 1 赭土（黃褐色的土，可用作顏料）：raw ～ 生赭土；黃褐色 / burnt ～ 鍛赭土；紅褐色。2 黃褐色。—形 黃褐色的。—動 及 著上褐色。

um·bil·i·cal [ʌm'bɪlɪkl] 形 1 肚臍的；臍帶的；肚臍附近的。2 (似) 以臍帶聯繫的；有密切關係的。3 如臍帶之作用的。—图 = umbilical cord 2.

um'bilical ,cord 图 1〖解〗臍帶。2〖太空〗《俚》生命帶，輸送帶。

um·bil·i·cus [ʌm'bɪlɪkəs, ,ʌmbə'laɪkəs] 图 (複-**bil·i·ci** [-'bɪlɪ,saɪ, -bə'laɪsaɪ], ～·es) 1〖解〗臍。2〖植〗種臍。3〖幾〗臍點。

um·bo ['ʌmbo] 名 (複 **um·bo·nes** [ʌm'boniz], ～s) **1** 盾心：盾中央的浮雕裝飾。**2**（雙瓣貝類的）殼頂。**3**〖解〗（耳朵的）鼓膜臍。

um·bra ['ʌmbrə] 名(複 **-brae** [-bri]) **1** 陰影；〖天〗本影；太陽黑子的中心暗黑部分。**2**〖古羅馬〗宴會不請自來的客人。**-bral** 形

um·brage ['ʌmbrɪdʒ] 名 Ⓤ《文》**1** 不悅，生氣：give ～ to...使生氣 / take ～ (at...) 生氣。**2**（表露敵意等的）細微的跡象；懷疑；引起懷疑的理由。**3**《古·詩》陰影。**4** 生蔭的葉簇。

um·bra·geous [ʌm'bredʒəs] 形《文》**1** 多蔭的：an ～ grove 多蔭的樹林。**2** 易怒的；多疑的。

:um·brel·la [ʌm'brɛlə] 名 **1** 傘，雨傘。**2**（水母的）傘膜；傘蝶。**3** 保護物；護衛機隊，炮火掩護幕；庇護，保護：a nuclear ～ 核子保護傘 / under the ～ of the U.N.在聯合國的保護下。一形 **1** 如傘狀的。**2** 包羅性的。一動 及 以傘保護。

um'brella ˌstand 名 傘架。

um'brella ˌtree 名 **1** 傘形樹。**2**（北美產的）傘木蘭。

Um·bri·a ['ʌmbrɪə] 名 安布利亞：**1** 古代義大利介於Tiber和Adriatic之間一地方。**2** 現在義大利中部的一區。

Um·bri·an ['ʌmbrɪən] 形 安布利亞的：the ～ school 安布利亞畫派。一名 安布利亞人；Ⓤ 安布利亞語。

um·friend ['ʌmˌfrɛnd] 名 有曖昧或不可告人關係的朋友；伴侶。

u·mi·ak ['umɪˌæk] 名 愛斯基摩人所用的木框皮舟。

um·laut ['ʊmlaʊt] 名 **1** Ⓤ 母音變化（如英語的 man 變爲 men 等）。**2**（由以上的變化而產生的）變母音。**3** 母音變化符號（ä, ö, ü 上的兩點）。一動 及 **1** 以曲音變化。**2** 加曲音符號於。

ump [ʌmp] 名，動 及 不及《口》= umpire.

umph [ʌmf] 感 = humph.

um·pir·age ['ʌmpaɪrɪdʒ] 名 Ⓤ **1** 仲裁人的職權。**2** 仲裁人的裁定；裁判員的判定。

·um·pire ['ʌmpaɪr] 名 **1**（運動比賽的）裁判員：a plate ～（棒球的）裁判。**2** 仲裁人，公斷人《*in*...》。**3**（軍事演習的）裁判官。一動 (**-pired, -pir·ing**) 及 **1** 裁判。**2** 裁決。
一不及 當裁判員。

ump·teen ['ʌmp'tin] 形《口》許多的，無數的。一代《口》許多，極多。

ump·teenth ['ʌmp'tinθ] 形《口》（許多次之後）又一次的，又一個的：the ～ translation of that novel 那部小說又一次的被翻譯（亦稱 **umteenth**）。

ump·ty ['ʌmptɪ] 形《常作複合詞》幾十的，若干的。

umpty-umpth ['ʌmptɪ'ʌmpθ] 形《美》= umpteenth.

·UN, U.N. 《縮寫》《the ～》United Nations.

'un, un [ʌn] 代《口》傢伙，人；東西：a young ～ 小孩子，小傢伙。

un-[1] 《字首》用於形容詞、副詞、名詞之前，表「無」、「不」或「相反」之意。

un-[1] 《字首》用於動詞之前，表示做出與某種行爲相反的行爲，或表「去除」、「解開」之意。

un·a·bashed [ˌʌnə'bæʃt] 形 無羞恥心的，滿不在乎的；泰然自若的。

un·a·bat·ed [ˌʌnə'betɪd] 形 未減輕的，未減弱的。～**·ly** 副

:un·a·ble [ʌn'ebl] 形 **1** 不能的，不會的《*to* do》。**2**《古》不夠格的，無能的；虛弱的：an ～ athlete 差勁的運動選手。

un·a·bridged [ˌʌnə'brɪdʒd] 形 未刪節的，完全的。

un·ac·cent·ed [ʌn'æksɛntɪd] 形 不重讀的；非強調的；不顯眼的。

un·ac·cept·a·ble [ˌʌnək'sɛptəbl] 形 不能接受的；不稱心的；不受歡迎的。

un·ac·com·mo·dat·ed [ˌʌnə'kɑməˌdetɪd] 形 **1** 不適應的，不適合的。**2** 無設備的；缺乏必需品的。

un·ac·com·pa·nied [ˌʌnə'kʌmpənɪd] 形 **1** 無伴的《*by, with*...》。**2**〖樂〗無伴奏的。

un·ac·com·plished [ˌʌnə'kɑmplɪʃt] 形 **1** 未完成的。**2** 無才藝的，技巧不成熟的。

un·ac·count·a·ble [ˌʌnə'kaʊntəbl] 形 **1** 不負責的《*for*...》。**2** 不能說明的，不可解的。**-bly** 副 不能說明地，不可解釋地。**-'bil·i·ty** 名

un·ac·count·ed-for [ˌʌnə'kaʊntɪdˌfɔr] 形 未予說明的；原因不明的。

un·ac·cus·tomed [ˌʌnə'kʌstəmd] 形 **1**《限定用法》不尋常的；新奇的：her ～ cheerfulness 她不尋常的愉悅。**2** 不習慣的《*to*..., *to doing*》：be ～ *to* country life 不習慣鄉村生活。～**·ness** 名

un·ac·quaint·ed [ˌʌnə'kwentɪd] 形 不知道的，不熟悉的《*with*...》。

un·a·dapt·a·ble [ˌʌnə'dæptəbl] 形 不能適應的。

un·a·dorned [ˌʌnə'dɔrnd] 形 未裝飾的，原來的，樸素的，未加裝飾的。

un·a·dul·ter·at·ed [ˌʌnə'dʌltəˌretɪd] 形 **1** 食物未摻雜別物的，道地的。**2** 完全的；真正的。

un·ad·vised [ˌʌnəd'vaɪzd] 形 **1** 未得到忠告的。**2** 欠缺考慮的；魯莽的，輕率的。
-vis·ed·ly [-'vaɪzɪdlɪ] 副, **-vis·ed·ness** 名

un·af·fect·ed[1] [ˌʌnə'fɛktɪd] 形 自然的，純樸的；真正的。真誠的。～**·ly** 副

un·af·fect·ed[2] [ˌʌnə'fɛktɪd] 形 不受影響的；未被感動的《*by*...》。～**·ly** 副

U

un·aid·ed [ʌn'edɪd] [形]無助的，獨自的；獨立的。

un·al·ien·a·ble [,ʌn'eljənəbl] [形] = inalienable.

un·al·loyed [,ʌnə'lɔɪd] [形] **1**（金屬）純粹的：～ metals 純質金屬。**2** 完全的，真正的：～ triumph 完全的勝利。

un·al·ter·a·ble [ʌn'ɔltərəbl] [形]不能改變的。**-bly** [副], **～·ness** [名]

un·al·tered [ʌn'ɔltɚd] [形]未改變的；依然如故的。

un·am·big·u·ous [,ʌnæm'bɪgjuəs] [形] 清晰的，不含糊的。**～·ly** [副]

un·am·bi·tious [,ʌnæm'bɪʃəs] [形]無名利心的，無野心的；不顯眼的，樸實的。

un-A·mer·i·can [,ʌnə'mɛrəkən] [形] **1**（風俗等）非美國（式）的。**2** 反美國的：～ activities 反美活動。

u·na·nim·i·ty [,junə'nɪmətɪ] [名] [U]意見一致：～ of opinion 意見一致 / the ～ of the Cabinet 內閣全體一致 / with ～全體一致。

·u·nan·i·mous [ju'nænəməs] [形] **1** 意見一致的《*in doing, in, for, as to, about...*》。**2**（意見等）全體一致的：by a ～ show of hands 全體舉手通過。**～·ly** [副], **～·ness** [名]

un·an·nounced [,ʌnə'naunst] [形]未宣布的；未預先通知的。

un·an·swer·a·ble [ʌn'ænsərəbl] [形] **1** 難以回答的。**2** 不能反駁的，決定性的：an ～ objection 無可辯駁的反對意見。**-bly** [副], **～·ness** [名]

un·an·swered [ʌn'ænsɚd] [形] **1** 無回答的。**2** 未加反駁的。**3** 未回應的：～ love 單戀。

un·ap·peal·a·ble [,ʌnə'piləbl] [形]不能上訴的。**-bly** [副], **～·ness** [名]

un·ap·peal·ing [,ʌnə'pilɪŋ] [形]無吸引力的，無趣的。

un·ap·pe·tiz·ing [ʌn'æpə,taɪzɪŋ] [形]引不起食慾的；無吸引力的。**～·ly** [副]

un·ap·pre·ci·at·ed [,ʌnə'priʃɪ,etɪd] [形] 未受賞識的；未受感謝的。**-ci·a·tive** [-ʃɪ,etɪv] [形]無鑑賞力的；不知感謝的。

un·ap·proach·a·ble [,ʌnə'protʃəbl] [形] **1** 不能靠近的；冷淡的。**2** 無以倫比的，無敵的：～ talent 無比的才能。**-bly** [副]

U

un·apt [ʌn'æpt] [形] **1** 不適宜的，不適當的《*for...*》：an ～ quotation 不適當的引語。**2** 無傾向的，不習慣的《*to* do》。**3** 笨拙的，遲鈍的《*at..., to* do》：be ～ *at* figures 拙於計算 / be ～ *to* learn 拙於學習。

un·ar·gu·able [ʌn'ɑrgjuəbl] [形]毫無爭議的。

un·ar·gu·ably [ʌn'ɑrgjuəblɪ] [副] 毫無疑問地。

un·ar·gued [ʌn'ɑrgjud] [形]不受懷疑的，沒有辯論的；未受反對的，受到承認的。

un·arm [ʌn'ɑrm] [動] [及]解除武裝，使繳出《*of...*》：～ a person *of* his dagger 繳下某人匕首。

un·armed [ʌn'ɑrmd] [形] **1** 非武裝的，徒手的：～ neutrality 非武裝中立。**2**（動植物）無防衛器官的。

un·a·shamed [,ʌnə'ʃemd] [形] **1** 不知恥的。**2** 毫無愧意的，泰然自若的。
-sham·ed·ly [-'ʃemɪdlɪ] [副], **～·ness** [名]

un·asked [ʌn'æskt] [形] **1** 未經邀請的。**2** 未經要求的：～ financial assistance 主動撥給的財政援助。

un·as·sail·a·ble [,ʌnə'seləbl] [形] 攻不破的，無懈可擊的，無可反駁的。
-bly [副], **～·ness** [名]

un·as·sum·ing [,ʌnə'sumɪŋ] [形]不裝模作樣的，謙遜的。**～·ly** [副], **～·ness** [名]

un·at·tached [,ʌnə'tætʃt] [形] **1** 未繫好的，分開的。**2** 中立的，獨立的。**3**《古》未結婚的。

un·at·tain·a·ble [,ʌnə'tenəbl] [形] 難到達的，難得到的。

un·at·tend·ed [,ʌnə'tɛndɪd] [形] **1** 無伴的，無隨員的：～ women 無護花使者的女士們。**2** 無（危險等）伴隨的《*with, by ...*》：a plan not ～ *by* risks 頗具冒險性的計畫。**3** 未包紮的，未治療的。**4** 無人管理的，乏人照顧的：an ～ station 無人管理的車站。

leave...unattended 把（人、物）置之不顧。

un·at·trac·tive [,ʌnə'træktɪv] [形] **1** 不吸引人的。**2** 不能引起興趣的。**～·ly** [副]

un·au·thor·ized [ʌn'ɔθə,raɪzd] [形]未經許可的。

un·a·vail·a·ble [,ʌnə'veləbl] [形]不在手邊的，無供應的；不能利用的；（人）不在的；不能採用的。

un·a·vail·ing [,ʌnə'velɪŋ] [形]無效果的，無益的。**～·ly** [副]

un·a·void·a·ble [,ʌnə'vɔɪdəbl] [形] **1** 無可避免的：an ～ postponement 不可避免的延遲。**2** 不能取消的。**～·ness** [名]

un·a·ware [,ʌnə'wɛr] [形] **1** 未察覺的，不知道的《*of..., that* [句子]》：be ～ *of* the energy problem 沒有意識到有能源問題。**2**《文》魯莽的；輕率的。—[副] = unawares.
～·ness [名]

un·a·wares [,ʌnə'wɛrz] [副] **1** 不知不覺地，無意地。**2** 突然，意想不到地：take a person ～ 出其不意地襲擊某人。

at unawares 突然，意外地。

un·backed [ʌn'bækt] [形] **1** 無後援的，沒人支持的；（賽馬等）無人押注的。**2** 無背書的。**3**（馬）未被乘騎的，未馴服的。**4**（椅子）無靠背的。

un·baked [ʌn'bekt] [形] **1** 未烘焙的。**2** 未成熟的。

un·bal·ance [ʌn'bæləns] [動] [及] **1** 使不平衡，使不均衡。**2** 使錯亂；使心情紊亂。
—[名] [U]不均衡，失去平衡；精神錯亂。

un·bal·anced [ʌn'bælənst] [形] **1** 不平衡

的，不穩定的；判斷欠妥當的。2 精神錯亂的。3 未結算的。

un·bap·tized [ʌn'bæptaɪzd] 形 未受洗（禮）的，非基督徒的；世俗的。

un·bar [ʌn'bɑr] 動 (**-barred**, ～**·ring**) 及 拔開…的閂；卸除…的橫木；打開。

un·bear·a·ble [ʌn'bɛrəbl̩] 形 不堪忍受的，難以忍受的。

-bly 副

un·beat·a·ble [ʌn'bitəbl̩] 形 無敵的；最高的。

un·beat·en [ʌn'bitn̩] 形 1 無敵的。2 未受踐踏的，人跡未至的：～ paths 人跡未至的小徑；前人不曾嘗試的辦法。3 未受擊打的，未經搗碎的。

un·be·com·ing [ˌʌnbɪ'kʌmɪŋ] 形 1 不相配的，不合適的；行為等不適合（於…）的《*to, for...*》: an ～ hat 不相配的帽子 / speech ～ (*to*) a lady 淑女不該說的話。2 不適當的，失禮的。～**·ly** 副

un·be·known [ˌʌnbɪ'non] 形《敘述用法》不為（某人）所知的《*to...*》。—副 不為所知地《*to...*》（亦稱 **unbeknownst**）。

un·be·lief [ˌʌnbə'lif] 名 U 不相信，無（宗教）信仰。

un·be·liev·a·ble [ˌʌnbə'livəbl̩] 形 難以相信的。**-bly** 副

un·be·liev·er [ˌʌnbə'livɚ] 名 1 懷疑者。2 不信仰宗教者。

un·be·liev·ing [ˌʌnbə'livɪŋ] 形 1 懷疑的。2 沒有宗教信仰的。～**·ly** 副 懷疑地。

un·bend [ʌn'bɛnd] 動 (**-bent** 或《古》～**·ed**, ～**·ing**) 及 1 使鬆弛，使休息：～ oneself [one's mind] 鬆弛身心。2 使變直，伸直：～ one's leg 伸直腳。

—不及 1 鬆弛，寬舒。2 變直，伸直。

un·bend·ing [ʌn'bɛndɪŋ] 形 不彎的，堅硬的；不屈的，堅定的，頑固的。

—名 = relaxation.

un·bent [ʌn'bɛnt] 動 **unbend** 的過去式及過去分詞。—形 1 不彎的。2 不屈服的。

un·bi·ased [ʌn'baɪəst] 形 無偏見的。

～**·ness** 名

un·bid(·den) [ʌn'bɪd(n̩)] 形 1《文》未奉命令的，自發的。2 未受邀請的：an ～ visitor 不速之客。

un·bind [ʌn'baɪnd] 動 (**-bound**, ～**·ing**) 及 1 釋放，使脫離束縛。2 解開，拆散。

un·bleached [ʌn'blitʃt] 形 未經漂白的。

un·blem·ished [ʌn'blɛmɪʃt] 形 1 無污垢的。2 無瑕疵的，無污點的，潔白的。

un·blessed, -blest [ʌn'blɛst] 形 1 未受祝福的，未蒙神佑的。2 被詛咒的，邪惡的。3 悲慘的，不幸的。

un·blink·ing [ʌn'blɪŋkɪŋ] 形 1 不眨眼的。2 不動聲色的。3 不動搖的；不畏懼的。

un·blush·ing [ʌn'blʌʃɪŋ] 形 不害羞的，厚顏的。

un·bod·ied [ʌn'bɑdɪd] 形 1 無形體的；無定形的。2 離開軀體的，精神上的。

un·bolt [ʌn'bolt] 動 及 1 拔開（門、窗等的）閂。2 旋開…的螺絲釘。

un·bolt·ed[1] [ʌn'boltɪd] 形（門、窗等）閂已開啓的，打開的。

un·bolt·ed[2] [ʌn'boltɪd] 形 未篩過的，粗糙的。

un·born [ʌn'bɔrn] 形 未出生的；後世的：～ generations 後世，後代 / an ～ child 胎兒。

un·bos·om [ʌn'bʊzəm] 動 及 吐露，表白《*to...*》。—不及 表白心跡《*to...*》。

unbosom oneself 吐露心事《*to...*》。

un·bound [ʌn'baʊnd] 動 **unbind** 的過去式及過去分詞。—形 1 未裝訂的。2 束縛已經解除了的。

un·bound·ed [ʌn'baʊndɪd] 形 1 無限制的，無邊際的；極廣大的。2 未約束的：with ～ glee 欣喜若狂地。～**·ly** 副, ～**·ness** 名

un·bowed [ʌn'baʊd] 形 1（膝、腰等）不彎曲的。2《文》不屈服的。

un·brace [ʌn'bres] 動 及 1 鬆開，解開。2 鬆弛（精神等）。3 使…虛弱。

un·braid [ʌn'bred] 動 及 解開（辮子或其他編織物）。

un·bred [ʌn'brɛd] 形 1 沒有教養的，粗野的。2 未交配的。

un·bri·dle [ʌn'braɪdl] 動 及 1 除去韁轡。2 解除約束：have an ～*d* tongue 喋喋不休。

un·bro·ken [ʌn'brokən] 形 1 未破損的，完整的。2 連續不斷的：～ rainy weather 連續不斷的雨天。3 未馴服的。4 未開墾的。5 不亂的，6 未被違反的。7（紀錄）未被打破的。

～**·ly** 副

un·buck·le [ʌn'bʌkl] 動 及 解開…的釦子。

un·bur·den [ʌn'bɝdn̩] 動 及 1 使卸下重負；卸下（負荷）《*of...*》: ～ a mule 卸下騾的馱負 / ～ him *of* his bags 替他拿手提袋。2 吐露；傾訴：《反身》表露《*of...*》: ～ *oneself* to a person 向某人吐露心事 / ～ one's troubles 傾吐煩惱。

un·but·ton [ʌn'bʌtn̩] 動 及 1 解開（衣服等的）鈕釦。2《口》開啓（心扉等）；吐露（心事等）：～ one's lips 吐露心事。

—不及 解開鈕釦。

un·cage [ʌn'kedʒ] 動 及 從籠中放出，釋放。

un·called-for [ʌn'kɔld,fɔr] 形 1 無必要的，多餘的。2 無緣無故的；無理由的；不當的：an ～ insult 莫名的侮辱。

un·can·ny [ʌn'kænɪ] 形 (**-ni·er**, **-ni·est**) 1 神祕的；怪誕的；可怕的：an ～ sight 可怕的景象。2 神奇的：～ insight 神奇的洞察力。

-ni·ly 副, **-ni·ness** 名

un·ca·non·i·cal [ˌʌnkə'nɑnəkl] 形 1 不

U

合教規的。2 不合聖經的。

un·cap [ʌn'kæp] 動 (-capped, ~·ping) 及 脫掉…的帽子。2 打開…的蓋子。3 《喻》揭開。—不及 脫帽以示敬意。

un·cared-for [ʌn'kɛrd,fɔr] 形 無人照顧的；未被注意的，被忽略的。

un·ceas·ing [ʌn'sisɪŋ] 形 不斷的。

un·cer·e·mo·ni·ous [,ʌnsɛrə'monɪəs] 形 1 無任何儀式的；不拘禮儀的，隨便的。2 無禮的，唐突的。~·ly 副, ~·ness 名

·**un·cer·tain** [ʌn'sɝtn̩] 形 1 不清楚的，不能確定的：an ~ outline 模糊的輪廓 / a play of ~ authorship 作者不詳的一齣戲劇。2 不確知的；《敘述用法》無自信的《*of, about...*》。3 易變的，無常的；不穩定的；不可靠的：~ promises 靠不住的承諾 / an ~ temperament 反覆無常的性情。4 忽明忽暗的，閃爍不定的：an ~ glimmer 閃爍不定的微光。

in no uncertain terms （說話）直截了當地，清晰有力地。

~·ly 副, ~·ness 名

·**un·cer·tain·ty** [ʌn'sɝtn̩tɪ] 名 (複-ties) 1 Ⓤ 不確定的，不確知。2《常作-ties》不確定的事物。3 Ⓤ 不明確，曖昧；變化無常：the ~ of a person's affections 某人在感情方面的多變。

un'certainty ,principle 名〖理〗測不準原理。

un·chain [ʌn'tʃen] 動 及 解開鎖鍊；解放。

un·chal·lenged [ʌn'tʃælɪndʒd] 形 不成問題的，（問題等）未引起爭論的；未受到挑戰的。

un·change·a·ble [ʌn'tʃendʒəbl] 形 不變的，不能改變的，安定的。-**bly** 副

un·changed [ʌn'tʃendʒd] 形 不變的。

un·char·i·ta·ble [ʌn'tʃærətəbl] 形 嚴厲的，苛刻的；無情的。~·**bly** 副, ~·**ness** 名

un·chart·ed [ʌn'tʃartɪd] 形 海圖上未記載的；未探索過的；未知的。

un·chaste [ʌn'tʃest] 形 1 不貞潔的；不純潔的。2 淫蕩的，猥褻的。

~·ly 副, ~·ness 名

un·chas·ti·ty [ʌn'tʃæstətɪ] 名 Ⓤ 不貞；淫蕩。

U

un·checked [ʌn'tʃɛkt] 形 1 未被阻止的。2 未經檢查的。

un·chris·tian [ʌn'krɪstʃən] 形 1 非基督徒的，異教徒的；違反基督教義的。2 不仁慈的；野蠻的；《口》氣人的；可怕的。

un·church [ʌn'tʃɝtʃ] 動及1 將…逐出教會。2 剝奪作為教會的…權利。~·**ed** 形 不屬任何教會的；不去教堂作禮拜的。

un·cir·cum·cised [ʌn'sɝkəm,saɪzd] 形 1 未受割禮的；非猶太人的。2 異教的；未得救（再生）的。

un·cir·cum·ci·sion [,ʌnsɝkəm'sɪʒən] 名 1 未受割禮。2《*the* ~》《集合名詞》未受割禮者，非猶太人。

un·civ·il [ʌn'sɪvl] 形1 不文明的。2 = uncivilized. ~·**ly** 副

un·civ·i·lized [ʌn'sɪvə,laɪzd] 形 野蠻的，未開化的。

un·clad [ʌn'klæd] 動 **unclothe** 的過去式及過去分詞。—形《文》未穿衣服的，赤裸的。

un·claimed [ʌn'klemd] 形 無人認領的。

un·clasp [ʌn'klæsp] 動 及 1 打開…的扣針：~ a brooch 打開胸針的扣針。2 鬆開。—不及 鬆開，打開。

un·clas·si·fied [ʌn'klæsə,faɪd] 形 1 未分類的。2 非機密的：~ documents 非機密性文件。

:**un·cle** ['ʌŋkl] 名 1 伯父，叔父，姑丈，姨丈，舅父。2《口》《對年長男性的稱呼》叔叔，伯伯，老伯。

Bob's your uncle 《俚》這樣子可以了。

cry uncle 《美口》投降，屈服。

un·clean [ʌn'klin] 形 1 骯髒的。2〖聖〗污穢的，不潔的：~ practices 不潔的儀式。3（道德上）不潔的，齷齪的；邪惡的：an ~ thought 齷齪的想法。~·**ness** 名

un·clean·ly[1] [ʌn'klɛnlɪ] 形 不潔的，髒的。

-**li·ness** 名

un·clean·ly[2] [ʌn'klinlɪ] 副 不貞潔的；淫亂地。

un·clear [ʌn'klɪr] 形 不清楚的。

un·clench [ʌn'klɛntʃ] 動 及 不及（使）鬆開，放開：~ one's hands 鬆開握緊的手。

'**Uncle** '**Sam** 名《口》山姆大叔：美國人民或政府的俗稱。

'**Uncle** '**Tom** 名《美》《蔑》湯姆叔叔：指對白人卑躬屈膝的美國黑人。

'**Uncle** '**Tomish** 形 向白人卑躬屈膝的。

un·cloak [ʌn'klok] 動 及 1 脫下…的外套。2 暴露，揭露：~ a mystery 揭開謎團。—不及 1 脫下外套。2 暴露，揭露。

un·clog [ʌn'klag] 動 (-**clogged**, ~·**ging**) 及 除去堵塞，排除難題。

un·close [ʌn'kloz] 動 及 1 打開。2 揭開，暴露。—不及 顯露出來，打開。

un·clothe [ʌn'kloð] 動 及 1 使…脫下衣服，使…赤裸。2 除去覆蓋物，顯露：~ the secrets of one's heart 說出心中的祕密。

un·cloud·ed [ʌn'klaʊdɪd] 形 1 無雲的，晴朗的。2《喻》明朗的，明晰的；視力未減的：~ happiness 圓滿的幸福。

un·clut·tered [ʌn'klʌtɚd] 形 整潔的。

un·co ['ʌŋko] 形《蘇·北愛》奇異的；顯著的。—副 非常地，顯著的。—名 (複 ~s) 1 = stranger. 2《~s》= news.

un·coil [ʌn'kɔɪl] 動 及 解開，鬆開。—不及 解開，展開；（蛇）解開盤繞的身

體。

un·col·ored [ʌn'kʌlɚd] [形] 1 未著色的。2 未渲染的，未修飾的。

un·come-at-(t)a·ble [ˌʌnkʌm'ætəbl̩] [形]《口》難接近的；難得到的。

:**un·com·fort·a·ble** [ʌn'kʌmfɚtəbl̩] [形] 1 使人不舒適的：an ~ pair of shoes 一雙穿起來不舒適的鞋子。2 不愉快的；不安的；不自在的；困窘的：an ~ silence 令人不安的沉默。~·**ness** [名]，-**bly** [副]

un·com·mer·cial [ʌnkə'mɝʃəl] [形] 非商業的；非營利的；違反商業道德的。

un·com·mit·ted [ˌʌnkə'mɪtɪd] [形] 1（犯罪等）未遂的：an ~ crime 未遂罪。2 不負義務的，不受諾言約束的；中立的，自由的：~ voters 自主選民。

·**un·com·mon** [ʌn'kɑmən] [形] 1 稀有的，罕見的。2 不尋常的，非凡的：a statesman of ~ quality 氣質非凡的政治家。—[副]《英》= uncommonly. ~·**ness** [名]

un·com·mon·ly [ʌn'kɑmənlɪ] [副] 非常地，顯著地；稀奇地：not ~ 常常。

un·com·mu·ni·ca·tive [ˌʌnkə'mjunəˌketɪv] [形] 沉默寡言的；含蓄的。

un·com·plain·ing [ˌʌnkəm'plenɪŋ] [形] 不抱怨的；忍耐的；順從的。~·**ly** [副]

un·com·pres·sion [ˌʌnkəm'prɛʃən] [名]〖電腦〗解壓縮。

un·com·pro·mis·ing [ʌn'kɑmprəˌmaɪzɪŋ] [形] 不妥協的，堅持的；固執的；堅定的：an ~ nationalist 徹底的民族主義者。~·**ly** [副]

un·con·cern [ˌʌnkən'sɝn] [名] [U] 漠不關心，冷淡；不在乎，不介意。

un·con·cerned [ˌʌnkən'sɝnd] [形] 1 不相關的《in...》；漠不關心的《at, with ...》：be ~ *with* politics 對政治不關心 / be ~ *at* the rate of inflation 對通貨膨脹漠不關心。2 不在乎的；不憂慮的《about, with ...》。

un·con·cern·ed·ly [ˌʌnkən'sɝndlɪ] [副] 漫不經心地，不在乎地，漠不關心地。

un·con·di·tion·al [ˌʌnkən'dɪʃənl] [形] 無條件的，絕對的：demand ~ surrender 要求無條件投降。~·**ly** [副]

un·con·di·tioned [ˌʌnkən'dɪʃənd] [形] 1 無條件的，絕對的。2〖心〗無條件的，本能的：an ~ reflex 無條件反射。

un·con·form·i·ty [ˌʌnkən'fɔrmətɪ] [名] [U] 1 不一致；不相稱。2〖地質〗不整合。

un·con·ge·nial [ʌnkən'dʒinjəl] [形] 1 令人討厭的。2 不合適的。

un·con·nec·ted [ˌʌnkə'nɛktɪd] [形] 不連結的，個別的；無關的，不連貫的；沒有親友的。

un·con·quer·a·ble [ʌn'kɑŋkərəbl̩] [形] 難以征服的，不能克服的：an ~ will 不屈不撓的意志。

un·con·quered [ʌn'kɑŋkɚd] [形] 未被征服的。

un·con·scion·a·ble [ʌn'kɑnʃənəbl] [形] 1 不受良心控制的，肆無忌憚的：an ~ liar 肆無忌憚的說謊者。2 不合理的，不正當的；過度的：an ~ commission 過高的佣金。

~·**ness** [名]，-**bly** [副]

·**un·con·scious** [ʌn'kɑnʃəs] [形] 1 未察覺的，不知道的《*of*..., *of* doing》：be ~ *of* a change 對變化毫無察覺。2 不省人事的：~ from carbon-monoxide inhalation 因一氧化碳中毒而不省人事。3 不知不覺的。—[名]《the ~》〖精神分析〗無意識。~·**ly** [副] 無意識地，不知不覺地。

~·**ness** [名]

un·con·sid·ered [ˌʌnkən'sɪdɚd] [形] 1 未經考慮的，不注意的。2 被忽視的。

un·con·sti·tu·tion·al [ˌʌnkɑnstə'tjuʃənl̩, -'tu-] [形] 違憲的。-'**al·i·ty** [名]，~·**ly** [副]

un·con·strained [ˌʌnkən'strend] [形] 1 自由的。2 不勉強的，出乎自然的。

un·con·test·ed [ˌʌnkən'tɛstɪd] [形] 沒有爭奪的，無競爭的；明白的，無須爭論的。

un·con·trol·la·ble [ˌʌnkən'troləbl̩] [形] 難以控制的，無法管束的。-**bly** [副]

un·con·trolled [ˌʌnkən'trold] [形] 不受抑制的，不受控制的，自由的。

un·con·ven·tion·al [ˌʌnkən'vɛnʃənl̩] [形] 不依慣例的，非因襲傳統的；異乎尋常的，不落俗套的，自由的。

un·con·ven·tion·al·i·ty [ˌʌnkənˌvɛnʃə'nælətɪ] [名] (複-**ties**) [U] [C] 非因襲常規，不依慣例；獨創性。

un·con·vert·i·ble [ˌʌnkən'vɝtəbl̩] [形] 不能改變的；不能兌換的。

un·con·vinced [ˌʌnkən'vɪnst] [形] 不相信的。

un·cooked [ʌn'kukt] [形] 未煮過的。

un·cork [ʌn'kɔrk] [動] [及] 1 拔去…的塞子：~ a bottle of wine 拔去酒瓶塞子。2 吐露，發洩（感情等）。

un·count·a·ble [ʌn'kaʊntəbl̩] [形] 1 數不清的，無數的：an ~ number of acquaintances 相識之人多得數不清。2 不可數的：an ~ noun 不可數名詞。—[名]〖文法〗不可數名詞。

un·count·ed [ʌn'kaʊntɪd] [形] 1 未數過的，未計算的。2 無數的，數不清的。

un·cou·ple [ʌn'kʌpl] [動] [及] 解開（犬等）的皮帶；分開（車輛等）的連結掛鉤《*from*...》：~ the trailer *from* the cab (of a truck) 把拖車與（貨車的）車頭分開。

un·cour·te·ous [ʌn'kɝtɪəs] [形] 粗野的，無禮的。~·**ly** [副]

un·court·ly [ʌn'kɔrtlɪ] [形] 1 不適於宮廷的；不典雅的，無禮的；粗野的。

un·couth [ʌn'kuθ] [形] 1 笨拙的；無禮的，粗魯的；荒涼的，人煙罕至的：~ language 粗野的言詞。2 古怪的；奇妙的。~·**ly** [副]，~·**ness** [名]

U

·**un·cov·er** [ʌn'kʌvɚ] 動及 **1** 打開…的蓋子。**2** 揭露，洩漏：~ a plot 揭露陰謀。**3** 《文》(脫去衣物)使暴露：~ one's chest 暴露胸部。**4** 除去掩護。—不及 **1** 移開覆蓋物。**2** 《文》脫帽致敬。

un·cov·ered [ʌn'kʌvɚd] 形 無遮蓋的；脫帽的；(票據等)無擔保的：an ~ porch 無遮蓋的門廊。

un·crit·i·cal [ʌn'krɪtɪkl] 形 **1** 不加批判的；缺少批判力的：an ~ audience 無批判力的聽眾。**2** 非循評判標準的；無批評的：an ~ evaluation 馬虎的評價。~·ly 副

un·cross [ʌn'krɔs] 動及 使不交叉。

un·crossed [ʌn'krɔst] 形《英》小額支票未劃線的。

un·crown [ʌn'kraʊn] 動及 奪去王位，使退位；《喻》使失去權威；(在競賽中等)奪去冠冕。

un·crowned [ʌn'kraʊnd] 形 尚未登基的；未舉行加冕禮的。

un·crush·a·ble [ʌn'krʌʃəbl] 形 **1** 壓不碎的；不易起皺的。**2** 《文》百折不撓的。

unc·tion ['ʌŋkʃən] 名 U **1** (醫療用)軟膏，藥膏；塗油。**2** 〖宗〗聖膏，聖油；塗油禮；賦予的靈力：extreme ~ 臨終塗油禮。**3** 安慰之物。**4** 宗教的熱忱；虛假的熱情，(裝出來的)令人感動的言詞；熱情：deliver a speech with ~ 熱情洋溢地演說。

unc·tu·ous ['ʌŋktʃʊəs] 形 **1** 油質的，油膩的；似油的。**2** 虛情假意的，油腔滑調的。~·ness 名, ~·ly 副

un·cul·ti·vat·ed [ʌn'kʌltə,vetɪd] 形 **1** 未開墾的；野生的。**2** 無教養的。**3** 未經教育的。

un·curl [ʌn'kɝl] 動及 不及 使變直。

un·cut [ʌn'kʌt] 形 **1** 未切割的。**2** 未切齊的，毛邊的；未刪節的：an ~ edition 完整的版本 / an ~ film 未經剪接的電影毛片；一刀未剪的電影。**3** 未雕琢的：an ~ diamond 未雕琢的鑽石。

un·damped [ʌn'dæmpt] 形 **1** 未受潮的。**2** 不灰心的。**3** 〖理〗振幅不減的。

un·dat·ed [ʌn'detɪd] 形 無日期的；未定日期的。

un·daunt·ed [ʌn'dɔntɪd] 形 無畏的《*by* ...》；大膽的，勇敢的。~·ly 副

U

un·de·ceive [,ʌndɪ'siv] 動及 使不受迷惑；使醒悟《*of...*》：be ~*d* 從迷惑中醒悟過來。

un·de·cid·a·ble [,ʌndɪ'saɪdəbl] 形 無法決定的。

un·de·cid·ed [,ʌndɪ'saɪdɪd] 形 **1** 未解決的；結果尚未分曉的。**2** 優柔寡斷的；未做決定的《*about, of..., wh-* 子句, *wh- to* do》：an ~ character 優柔寡斷的性格 / be ~ *about what to* do 尚未決定做什麼。**3** 天候未定的，不穩定的。~·ly 副, ~·ness 名

un·de·clared [,ʌndɪ'klɛrd] 形 未申報關稅的；未宣告的。

un·de·feat·ed [,ʌndɪ'fitɪd] 形 未曾失敗過的。

un·de·fend·ed [,ʌndɪ'fɛndɪd] 形 未設防的；無辯護的。

un·de·filed [,ʌndɪ'faɪld] 形 未污染的，潔白的。

un·de·fined [,ʌndɪ'faɪnd] 形 **1** 不明確的，模糊的：an ~ feeling of sadness 不明所以的感傷。**2** 未下定義的。

un·de·liv·ered [,ʌndɪ'lɪvɚd] 形 **1** 無法投遞的。**2** 未被釋放的。

un·dem·o·crat·ic [,ʌndɛmə'krætɪk] 形 不民主的，非民主性的。

un·de·mon·stra·tive [,ʌndɪ'mɑnstrətɪv] 形 (感情等)不露於外的，克制的。

un·de·ni·a·ble [,ʌndɪ'naɪəbl] 形 **1** 不能否認的，無可爭辯的。**2** 不可拒絕的。**3** 確實優秀的。~·ness 名, -bly 副

un·de·nom·i·na·tion·al [,ʌndɪ,nɑmə'neʃənl] 形 不受特定教派拘束的，非教派的。

:**un·der** ['ʌndɚ] 介 **1** 《表位置、場所》在…之下，在…之中；被覆蓋於…下：a field ~ wheat 種植小麥的土地 / ~ one's eyes [nose] 眼前，目前 / ~ separate cover 用別的信封 / ~ the bridge 在橋下 / live ~ the same roof 生活在同一屋簷下 / dive ~ water 潛入水中 / draw a line ~ the word 在單字下畫線。**2** 《表承受著負擔、壓迫、痛苦、治療》在…之下[中]：groan ~ oppression 在壓迫下呻吟 / ~ the burden of many debts 在沉重的債務重擔之下 / be ~ surgery 在手術中。**3** 《表分類、所屬》在…項目之下[中]：matters that come ~ this head 屬於這個項目的事情。**4** 《表名字、頭銜、藉口》在…掩飾之下：~ the pretense of helping 以助人爲藉口 / escape ~ cover of night 趁黑夜逃走。**5** 《表程度、數量、年齡、價格》少於，未滿…：boys ~ age 未成年的少年 / ~ an acre in area 在一英畝範圍以內 / run 100 meters (in) ~ 11 seconds 以不到 11 秒的時間跑完 100 公尺。**6** 《表地位、階級》低於；《表價值、重要性》在…之下。**7** 《表保護、抑制、支配、指示、監督》在…之下：England ~ the Stuarts 斯圖亞特王室統治下的英國 / be held ~ the auspices of... 在…贊助下舉辦 / take a person ~ one's wing 保護某人 / ~ article 11 依第 11 條條款。**8** 《表師事、教導》在…門下：study ~ a professor 師事某教授 / ~ the guidance of... 受…的指導。**9** 《表狀況、條件、作用、影響》在…之下：~ these circumstances 在這些情況之下 / ~ the influence of drink 在酒精的作用下。**10** 《表權威、保證、契約》根據，在…前提下：receive $400 ~ a disability insurance policy 憑傷殘保險單領取 400 美元賠償金 / ~ a vow of secrecy 基於嚴守祕密的誓約 / ~ one's signature 以簽名爲根據。**11** 《表行動、判斷等的準則》基於，

遵照：rights ～ the law 法律認可的權利 / ～ the provisions of the law 基於法律的條款。**12**《表狀態、過程》在…進行之中：the terms now ～ discussion 討論中的條件。—副 **1**（位置、場所等）在下，在下面。**2**（數量、程度等）少於，以下地。**3**（地位、身分等）從屬地。**4** 在（壓抑等的）狀態下。

go under ⇨ GO（片語）

—形 **1** 下面的，下部的。**2** 比較少的，不足的。**3** 從屬的，低微的。**4** 受人等支配的；在藥物等影響下的。

under-《限定用的字首》(1) 表「在…之下」、「在下方」之意。(2) 表「地位低於…」、「次於…」之意。(3) 表「不足」、「不充分」之意。

un·der·a·chieve [ˌʌndərəˈtʃiv] 動 不及〖教〗(依智力測驗的得分判定）未達到應有的學業成績；成果等未達預期目標。**-chiev·er** 名 學業成績低於智商的學生；表現低於預期水準者。～**·ment** 名 U（尤指在學業上）低於預期水準的表現。

un·der·act [ˌʌndɚˈækt] 動 及 不及 = underplay.

un·der·age [ˌʌndɚˈedʒ] 形 未達法定年齡的；未成年的。

un·der·ap·pre·ci·at·ed [ˌʌndərəˈpriʃɪˌetɪd] 形 未予充分重視的。

un·der·arm [ˈʌndɚˌɑrm] 形 **1** 腋下的。**2** = underhand 2

un·der·armed [ˌʌndɚˈɑrmd] 形 武器裝備不充足的。

un·der·bel·ly [ˈʌndɚˌbɛlɪ] 名 (複**-lies**) **1** 下腹部；（動物的）後腹。**2**《喻》易受攻擊的地區；要害。

un·der·bid [ˌʌndɚˈbɪd] 動 (**-bid, -bid·den,** ～**·ding**) 及 喊價比他人低；〖橋牌〗喊出低於手中紙牌的點數。～**·der** 名

un·der·boss [ˈʌndɚˌbɔs] 名《美俚》（黑社會幫派的）二頭目。

un·der·bred [ˌʌndɚˈbrɛd] 形 **1** 無教養的，鄙俗的。**2** 非純種的。

un·der·brush [ˈʌndɚˌbrʌʃ] 名 U《美》下層林叢，矮樹叢（亦稱 **underbush**）。

un·der·budg·et·ed [ˈʌndɚˈbʌdʒɪtɪd] 形 預算不夠的。

un·der·car·riage [ˈʌndɚˌkærɪdʒ] 名 **1**（汽車的）底盤。**2**（飛機的）起落架。

un·der·cart [ˈʌndɚˌkɑrt] 名《英》= undercarriage **2**.

un·der·charge [ˌʌndɚˈtʃɑrdʒ] 動 及 **1** 索價過低《*for*...》；少收價錢。**2** 火藥裝填不足；充電不足。—不及 索價低於代價。—[ˈ-ˌ-] 名 索低價。

un·der·class [ˈʌndɚˌklæs] 名 **1** U 下層階級，下層社會。**2**《～**es**》《美》（大學、中學的）低年級。

un·der·class·man [ˌʌndɚˈklæsmən] 名 (複**-men**)《美》（大學、中學的）低年級生（一、二年級生）。

un·der·clothes [ˈʌndɚˌkloðz] 名(複) 內衣褲。

un·der·cloth·ing [ˈʌndɚˌkloðɪŋ] 名 = underclothes.

un·der·coat [ˈʌndɚˌkot] 名 **1** 穿在大衣裡面的上衣；《方》襯裙。**2**〖動〗(長毛下的）下層絨毛。**3** C U 底漆。—動 及 在…上塗以防鏽底漆。

un·der·cov·er [ˌʌndɚˈkʌvɚ] 形 祕密（行動）的，從事間諜活動的：an ～ scheme 祕密計畫 / an ～ detective 祕密偵探。

un·der·cur·rent [ˈʌndɚˌkɝənt] 名 **1** 暗流，潛流。**2**（感情、意見等的）隱晦的意向：speak with an ～ of resentment 隱含恨意地說話。

un·der·cut [ˌʌndɚˈkʌt] 動 (**-cut,** ～**·ting**) 不及 **1** 切取下部，削落下部。**2**（比競爭者）低價賣出，拿較低的薪水工作。**3**〖高爾夫·網球〗用下旋法擊（球）。

—[ˈ--ˌ-] 名 **1** 下部切取。**2**《美》（為決定樹木倒下的方向而做的）切口。**3**〖高爾夫·網球〗下切球。**4**〖齒〗底部割法。**5**《主英》（含牛里脊的）軟腰肉。—形 切取下部的；下切球的。

un·der·de·vel·op [ˌʌndɚdɪˈvɛləp] 動 及 不及（使）發展不足，發育不全；〖攝〗（使）顯影不足。

un·der·de·vel·oped [ˌʌndɚdɪˈvɛləpt] 形 **1** 發育不完全的；低度開發的。**2**〖攝〗顯影不足的。

un·der·de·vel·op·ment [ˌʌndɚdɪˈvɛləpmənt] 名 U **1**〖攝〗顯影不足。**2** 發育不全；不發達，開發不足。

un·der·do [ˌʌndɚˈdu] 動 (**-did, -done,** ～**·ing**) 不及 及 **1** 未盡全力做，**2** 未完全煮熟。

un·der·dog [ˈʌndɚˌdɔg] 名 **1** 弱者；（社會不公正等的）受害者；（生存競爭的）失敗者：side with the ～ 袒護社會上受欺壓的人。**2**（在比賽等）勝算小的一方；敗北者。

un·der·done [ˈʌndɚˈdʌn] 形 未煮熟的，未充分烹調的；《主英》半熟的。

—動 **underdo** 的過去分詞。

un·der·drain·age [ˈʌndɚˌdrenɪdʒ] 名 U 暗渠排水，地下排水。

un·der·dress [ˌʌndɚˈdrɛs] 動 不及 穿過於隨便的服裝。—[ˈ--ˌ-] 名 內衣，襯裙。**-dressed** 形

un·der·ed·u·cat·ed [ˌʌndɚˈɛdʒəˌketɪd] 形 未受足夠教育的。

un·der·em·ployed [ˌʌndɚɪmˈplɔɪd] 形 **1** 受僱做低於本身能力的工作。**2** 未充分就業的。—名《集合名詞》未充分就業者。

un·der·em·ploy·ment [ˌʌndɚɪmˈplɔɪmənt] 名 U **1** 就業不足。**2** 未充分雇用。

un·der·es·ti·mate [ˌʌndɚˈɛstəˌmet] 動 及 不及 低估。—[-mɪt, -ˌmet] 名 估價過低；輕視。**-ˈma·tion** 名 U 輕視，低估。

U

un·der·ex·er·cise [͵ʌndɚ'ɛksɚ͵saɪz] 動 不及 運動不足。

un·der·ex·pose [͵ʌndərɪk'spoz] 動 及〖攝〗使曝光不足。

un·der·ex·po·sure [͵ʌndərɪk'spoʒɚ] 名 U C 曝光不足；曝光不足的底片。

un·der·fed [͵ʌndɚ'fɛd] 動 **underfeed** 的過去式及過去分詞。—形 營養不良的；沒有餵飽的。

un·der·feed [͵ʌndɚ'fid] 動 (**-fed**, ~**·ing**) 及 未充分給予食物或燃料：~ one's livestock 未給家畜餵足飼料。—不及 減食，吃得不夠。

un·der·felt ['ʌndɚ͵fɛlt] 名 U 鋪於地毯和地板之間的毛氈。

un·der·fi·nanced [͵ʌndɚfə'nænst] 形 資金不足的。

un·der·floor ['ʌndɚ͵flɔr] 形（暖氣設備）埋設於地板下的。

un·der·foot [͵ʌndɚ'fut] 副 **1** 在腳下。**2** 礙手礙腳地：get ~ 礙手礙腳。—形 **1** 腳下的。**2** 被踐踏的，被鄙視的。**3** 礙手礙腳的。

un·der·gar·ment ['ʌndɚ͵gɑrmənt] 名 內衣。

·**un·der·go** [͵ʌndɚ'go] 動 (**-went**, **-gone**, ~**·ing**) 及 **1** 經歷，遭受：~ a medical checkup 接受健康檢查 / ~ a totally new experience 經歷一次全新的體驗。**2** 忍受：~ trials 忍受考驗。**-go·er** 名

un·der·grad ['ʌndɚ͵græd] 名《口》= undergraduate.

un·der·grad·u·ate [͵ʌndɚ'grædʒuɪt] 名 形 大學部學生（的），大學肄業生（的）：take an ~ course 選大學部的課。

·**un·der·ground** [͵ʌndɚ'graund] 副 **1** 在地下。**2** 隱祕地。—['--͵-] 形《通常爲限定用法》**1** 地下的；在地下發生的；地下用的：an ~ tunnel 地下隧道。**2** 祕密的，隱蔽的；非法的，祕密反抗的；前衛的：go ~ 轉入地下 / ~ church 地下教堂（不屬於既定的或有組織的宗教派系）。—名 **1** 地下（的空間）。**2** 地下活動。**3** 前衛運動，前衛團體。**4**《主英》地下鐵。—動 及 埋在地面下。

'underground 'railroad 名 **1**《美》地下鐵（《英》亦稱 **underground railway**）。**2**《**the U- R-**》〖美史〗幫助奴隸脫逃的祕密組織。

un·der·grown ['ʌndɚ͵gron] 形 **1** 發育不全的。**2** 長在大樹下的：an ~ bush 林下的灌木。

un·der·growth ['ʌndɚ͵groθ] 名 U **1**（大樹下的）矮樹叢。**2** 發育不全。**3**（皮毛下的）細絨毛。

un·der·hand ['ʌndɚ͵hænd] 形 **1** 非光明正大的，陰險的，祕密的。**2**（打球時）低手投球的。—副 **1** 祕密地；陰險地。**2** 低手投球地。

un·der·hand·ed [͵ʌndɚ'hændɪd] 形 **1**《美》= underhand. **2** 人手不足的。~**·ly** 副, ~**·ness** 名

un·der·hung [͵ʌndɚ'hʌŋ] 形 **1**〖解〗下顎突出的；有突出下顎的。**2** 以軌道滑動的。

un·der·lain [͵ʌndɚ'len] 動 **underlie** 的過去分詞。

un·der·lay[1] [͵ʌndɚ'le] 動 (**-laid**, ~**·ing**) 及 **1** 放在…之下。**2** 墊起，支撐。**3** 貼在底部；鋪設電纜。—['--͵-] 名 **1** 墊在下面的東西。**2**〖印〗（鉛字的）襯底。

un·der·lay[2] [͵ʌndɚ'le] 動 **underlie** 的過去式。

un·der·lay·er ['ʌndɚ͵leɚ] 名（其他層之下的）基層，底層。

un·der·lease ['ʌndɚ͵lis] 名〖法〗轉租，分租。

un·der·let [͵ʌndɚ'lɛt] 動 (**-let**, ~**·ting**) 及 廉價出租；轉租，分租。

·**un·der·lie** [͵ʌndɚ'laɪ] 動 (**-lay**, **-lain**, **-ly·ing**) 及 **1** 橫躺在下。**2** 成爲基礎，成爲根據，產生，引起：the social conditions *underlying* the present turmoil 引發現在混亂局面的社會情勢。**3**〖金融〗擔保等優先於。

·**un·der·line** [͵ʌndɚ'laɪn] 動 (**-lined**, **-lin·ing**) 及 **1** 在…下畫線。**2** 強調：~ one's points with emphatic gestures 以誇張的手勢強調自己的觀點。—['--͵-] 名 **1**〖印〗插圖下的說明。**2**（標出的）底線。

un·der·ling ['ʌndɚlɪŋ] 名《蔑》下屬，部下。

un·der·lip ['ʌndɚ͵lɪp] 名 下唇。

un·der·ly·ing [͵ʌndɚ'laɪɪŋ] 形 **1** 在下面的。**2** 基礎的，根本的。**3** 潛在的：the ~ meaning 隱藏的含意 / his ~ motives 他內心的動機。**4**（擔保等）第一的，優先的：an ~ mortgage 第一順位抵押。

un·der·manned [͵ʌndɚ'mænd] 形（工廠等）人員不足的。

un·der·men·tioned [͵ʌndɚ'mɛnʃənd] 形《英》下述的。

un·der·mine [͵ʌndɚ'maɪn] 動 及 **1** 在…下面挖掘（洞穴）；使…的基礎崩潰：~ a foundation 挖洞破壞基座。**2** 使…漸漸衰微。**3** 用卑劣的手段攻擊；暗中破壞（名聲等）。**-͵min·er** 名

un·der·most ['ʌndɚ͵most] 形 副 最下的[地]，最低的[地]。

·**un·der·neath** [͵ʌndɚ'niθ] 介 **1** 在…的表面下；在…正下方，在…底面：sit ~ a tree 坐在樹下。**2** 受支配；隸屬於。**3** 隱藏在…之下，在…的外表下。—副 形 在下面（的），在下部（的）。—名 下面，下部；最底部。

un·der·nour·ish [͵ʌndɚ'nɝɪʃ] 動 及 未給予充分的營養。**-ished** 形 營養不良的。~**·ment** 名 U 營養不良。

un·der·pants ['ʌndɚ͵pænts] 名 (複) 內褲，(男用的) 襯褲。

un·der·pass ['ʌndɚ,pæs] 名 陸橋下通道；地下道。

un·der·pay [,ʌndɚ'pe] 動 (**-paid**, ～**·ing**) 及付給低薪資；少付。

un·der·pin [,ʌndɚ'pɪn] 動 (**-pinned**, ～**·ning**) 及 **1** 自下方支撐《*with...*》；強化基礎：～ a sagging building 加強地基以支撐逐漸下陷的建築物。**2** 支持；加強；鞏固；證實，為…的正當性作證：the police apparatus which ～*s* all totalitarian states 支撐著極權國家的警察機構。

un·der·pin·ning ['ʌndɚ,pɪnɪŋ] 名 **1** Ⓤ 支柱；基礎；牆基。**2** Ⓒ《常用～**s**》《喻》基礎，根據。**3**《～**s**》（婦女的）內衣。**4**《～**s**》《口》（人的）腳。

un·der·play [,ʌndɚ'ple] 動 及 **1** 保守地演出。**2**〖牌〗打出小牌以扣著大牌。—不及 表演角色不夠充分；表演有所克制以達到某種效果。

underplay one's hand 未完全使出本身的力量。

un·der·plot ['ʌndɚ,plɑt] 名 **1**（小說等的）次要情節。**2** 陰謀，詭計。

un·der·pop·u·la·tion [,ʌndɚ,pɑpjə'leʃən] 名 Ⓤ 人口不足，人口稀少。**-,lat·ed** 形 人口稀少的。

un·der·pre·pared [,ʌndɚprɪ'pɛrd] 形 未予充分準備的。

un·der·priv·i·leged [,ʌndɚ'prɪvəlɪdʒd] 形 被剝奪應有權利的；貧窮的。

un·der·pro·duce [,ʌndɚprə'djus] 動 及 生產…不足所需。—不及 生產不足。

un·der·pro·duc·tion [,ʌndɚprə'dʌkʃən] 名 Ⓤ 生產不足。

un·der·pro·duc·tive [,ʌndɚprə'dʌktɪv] 形 生產力能力不足的。**-'tiv·i·ty** 名

un·der·proof [,ʌndɚ'pruf] 形 含酒精成分低於標準的。

un·der·quote [,ʌndɚ'kwot] 動 及 **1** 開價低於市價，減價。**2** 標價比（別人）更低。

un·der·rate [,ʌndɚ'ret] 動 及 低估。

un·der·re·act [,ʌndɚrɪ'ækt] 動 不及 反應不夠。**-'ac·tion** 名 Ⓤ Ⓒ 過度平淡的反應。

un·der·score [,ʌndɚ'skɔr] 動 及 **1** 在下面畫線。**2** 強調。—['--,-] 名 底線。

un·der·sea ['ʌndɚ,si] 形 海底的：～ mining 海底採礦。—副 = underseas.

un·der·seas [,ʌndɚ'siz] 副 在海底，在海面下。

un·der·sec·re·tar·y [,ʌndɚ'sɛkrə,tɛrɪ] 名 (複 **-tar·ies**)《常作 **U-**》次官，次長，副部長：a parliamentary ～《英》政務次長 / *U-* of State《美》助理國務卿。

un·der·sell [,ʌndɚ'sɛl] 動 (**-sold**, ～**·ing**) 及 **1** 售價比競爭對手低，削價賣出，拋售。**2** 有節制地宣傳；保守地陳述（商品等的）優點。

un·der·serv·ant ['ʌndɚ,sɝvənt] 名 當副手的人；打雜的傭人。

un·der·sexed [,ʌndɚ'sɛkst] 形 性慾不足的。

un·der·sher·iff ['ʌndɚ,ʃɛrɪf] 名《美》代理州保安官；《英》代理郡長。

un·der·shirt ['ʌndɚ,ʃɝt] 名《主美》汗衫，緊身內衣。

un·der·shoot [,ʌndɚ'ʃut] 動 (**-shot**, ～**·ing**) 及 **1** 射中目標的下方。**2**〖空〗（飛機）未達（跑道）即降落。—不及 射中目標的下方。

un·der·shorts ['ʌndɚ,ʃɔrts] 名 (複)《美》（男性用的）襯褲。

un·der·shot ['ʌndɚ,ʃɑt] 形 **1** 下顎（的前牙）突出的。**2** 水車靠下面水流轉動的，下沖式的。—動 **undershoot** 的過去式及過去分詞。

un·der·shrub ['ʌndɚ,ʃrʌb] 名 小灌木。

un·der·side ['ʌndɚ,saɪd] 名 **1** 下面，下側。**2**《喻》隱蔽面。

un·der·sign [,ʌndɚ'saɪn] 動 及 在文件等的末尾簽名。

un·der·signed [,ʌndɚ'saɪnd] 形 簽名於（文件的）末尾的，在下端署名的。—['--,-] 名《**the** ～》《作單、複數》（文件末端的）簽名者，署名者。

un·der·size(d) [,ʌndɚ'saɪz(d)] 形 比普通小的；身材短小的。

un·der·skirt ['ʌndɚ,skɝt] 名 襯裙。

un·der·sleeve ['ʌndə,sliv] 名 內袖。

un·der·slung [,ʌndɚ'slʌŋ] 形 懸掛式的；從上面支撐的，（汽車的底盤）裝於車軸之彈簧上的；重心在低部的，矮胖的。

un·der·song ['ʌndɚ,sɔŋ] 名 **1** 伴唱的歌；伴奏曲，低音伴奏。**2** 弦外之音。

un·der·staffed [,ʌndɚ'stæft] 形 人員不足的：～ universities 教授太少的大學。

:un·der·stand [,ʌndɚ'stænd] 動 (**-stood**, ～**·ing**) 及 **1** 理解，了解。**2** 熟悉；精通：～ a poem 精通詩句。**3** 聞知。**4** 認為，推斷；相信；解釋；當作。**5**《常用被動》（因含意自明而）省略：the *understood* subject 被省略的主詞。—不及 理解；能理解；有理解力。**2** 了解《*about* ...》。**3** 諒解。

give a person to understand (1) 告訴。(2) 通知。

make oneself understood 使別人了解自己的想法。

understand each other (1) 互相了解。(2) 勾結，共謀。

un·der·stand·a·ble [,ʌndɚ'stændəbl] 形 可理解的，易了解的。

un·der·stand·a·bly [,ʌndɚ'stændəblɪ] 副《通常修飾全句》能理解地；清楚地。

·un·der·stand·ing [,ʌndɚ'stændɪŋ] 名 **1** Ⓤ《與形容詞連用，通常作 **an** ～》理解，了解，精通；技巧，手腕：to my ～ 據我的理解。**2** Ⓤ 智力；理解力，判斷力：

U

beyond human ～超越人類的理解力。3 友好，和睦：《 an ～》（心照不宣的）諒解：《英》非正式婚約；一致《 with... 》；協議，協定《 between... 》；決定，協定：*a* tacit ～ 默契 / work for better ～ *between* nations 努力促進兩國之間的了解 / reach *an* ～ 達成協議。4〖哲〗抽象思考力，理解力。

on the understanding that... 在…條件下，以…爲條件。

on this understanding 在此條件下，承認這個之後。

—㊂明白事物的，有理解力的；能體諒的。

～**·ly** ㊅，～**·ness** ㊀

un·der·state [ˌʌndəˈstet] ㊆㊈將…予以輕描淡寫，保守地說：～ the difficulty 把困難說得比事實輕。

un·der·state·ment [ˌʌndəˈstetmənt] ㊀Ⓤ有節制的陳述；Ⓒ不充分的陳述。

un·der·steer [ˈʌndəˌstɪr] ㊀Ⓤ（汽車）轉向不足，對方向盤反應遲鈍。

—[ˌ--ˈ-] ㊆不及汽車轉向不足。

:un·der·stood [ˌʌndəˈstʊd] ㊆ **understand** 的過去式及過去分詞。—㊂ 1 有過協定的；同意了的。2 不講自明的。

un·der·strap·per [ˈʌndəˌstræpə] ㊀《蔑》= underling.

un·der·study [ˈʌndəˌstʌdɪ] ㊆ (**-stud·ied**, ～**·ing**)㊈擔任替角《 *as...* 》。—㊀(複 **-stud·ies**)替角；代替（他人工作）的人。

·un·der·take [ˌʌndəˈtek] ㊆ (**-took**, **-tak·en**, **-tak·ing**)㊈ 1 承擔，承攬；許諾，負起責任：～ arrangements 擔任排定的工作。2 開始；著手進行：～ a difficult task 從事困難的工作 / ～ *to* campaign for funds 展開募款活動。3 保證，擔保。4 掌管，負責：～ the care of the children 負責照顧孩子們。

—不及《古》承擔，負責任；承諾；保證，當保證人《 *for....* 》。

un·der·tak·er [ˌʌndəˈtekə] ㊀ 1 承擔者，企業家，承辦人。2 [ˈ--ˌ--] 承辦殯葬者。

·un·der·tak·ing [ˌʌndəˈtekɪŋ] ㊀ 1 承擔；所承擔的工作；任務，企業，事業。2 承諾；保證；負責《 *to* do, *that* 子句 》：on the ～ *that...* 在…約定下。3 [ˈ--ˌ--] Ⓤ殯葬業務；喪葬事宜。

un·der-the-coun·ter [ˈʌndəðəˈkaʊntə] ㊂ 1 不法交易的。2 非法的；祕密的；未經認可的。

un·der-the-ta·ble [ˈʌndəðəˈtebl] ㊂ = under-the-counter.

un·der·things [ˈʌndəˌθɪŋz] ㊀(複)女用內衣褲。

un·der·tone [ˈʌndəˌton] ㊀ 1 低音，平靜的聲調，壓抑的語調：talk in ～*s* 小聲說話。2 淡色。3 含意；示意。4 市場的潛在傾向。5〖樂〗基礎音下的倍音。

·un·der·took [ˌʌndəˈtʊk] ㊆ **undertake** 的過去式。

un·der·tow [ˈʌndəˌto] ㊀ 1 退波。2（水面下的）底流。

un·der·val·u·a·tion [ˌʌndəˌvæljuˈeʃən] ㊀Ⓤ低估；看輕，輕視。

un·der·val·ue [ˌʌndəˈvælju] ㊆㊈ 1 低估。2 未十分尊重，輕視。3 減低價值，降價。

un·der·vest [ˈʌndəˌvɛst] ㊀《英》= undershirt.

un·der·waist [ˈʌndəˌwest] ㊀《主美》緊身背心；小孩的內衣。

un·der·wa·ter [ˈʌndəˌwɔtə] ㊂ 1 在水中使用的。2 存在水中的：an ～ park 海底公園。3 吃水線下面的。—㊅ 在水下面地。—㊀水面下的水；《～**s**》（海、湖等的）深處，深海。

un·der·way [ˌʌndəˈwe] ㊂進行中的。

un·der·wear [ˈʌndəˌwɛr] ㊀Ⓤ《集合名詞》內衣褲。

un·der·weight [ˈʌndəˌwet] ㊀ⓊⒸ標準以下的重量，重量不足。—[ˈ--ˈ-] ㊂未達標準重量的，重量不足的。

·un·der·went [ˌʌndəˈwɛnt] ㊆ **undergo** 的過去式。

un·der·whelm [ˌʌndəˈhwɛlm] ㊆㊈引不起…的興趣；使…失望。～**·ing** ㊂激不起人興趣的。

un·der·wood [ˈʌndəˌwʊd] ㊀ Ⓤ 生在大樹下的灌木叢。

un·der·work [ˌʌndəˈwɜk] ㊆㊈ 1 未盡全力做；未充分發揮作用：～ the personel 未充分使用人力。2 以較他人低的薪水做同樣的工作。—不及未充分發揮；未盡全力做事。—[ˈ--ˌ-] ㊀Ⓤ 1 次要工作。2 祕密工作。3 支持結構，基礎。

～**·er** ㊀

un·der·world [ˈʌndəˌwɜld] ㊀《 **the** ～》1 黑社會。2 地下，海中。3 對蹠地。4《文》陰間，地獄；（相對於天界而言的）地球，塵世。

un·der·write [ˌʌndəˈraɪt] ㊆ (**-wrote**, **-writ·ten**, **-writ·ing**) ㊈ 1《通常用過去分詞》寫在…之下；簽名於：the *underwritten* signatures 署名者 2 簽名同意；答應支付：～ a statement 簽名同意某項聲明。3 認購（股票、公司債券等）；在（保證書）上簽名；（簽名）承辦（海上）保險。—不及 1 寫在下面。2 經營（海上）保險業。

un·der·writ·er [ˈʌndəˌraɪtə] ㊀ 1 保險業者。2 證券承購者。

un·de·served [ˌʌndɪˈzɜvd] ㊂ 不應得的，不合理的：～ praise 不當的讚美。**-serv·ed·ly** [-ˈzɜvɪdlɪ] ㊅，～**·ness** ㊀

un·de·signed [ˌʌndɪˈzaɪnd] ㊂ 非預謀的，偶然的。**-sign·ed·ly** [-ˈzaɪnɪdlɪ] ㊅ 無意中地。

un·de·sir·a·ble [ˌʌndɪˈzaɪrəbl] ㊂不受歡迎的；令人不快的；不適當的；有害

U

實的；不變的：～ loyalty 忠誠不二。**2** 無窮盡的，不絕的，永久的。

un·fail·ing·ly [ʌn'felɪŋlɪ] 副 確實地，忠實地；永無止境地；的確地。

un·fair [ʌn'fɛr] 形 **1** 不公正的。**2** 不均衡的；不適當的。**3** 不正當的，狡猾的；(經營等)不當的。～**·ly** 副, ～**·ness** 名

un·faith·ful [ʌn'feθfəl] 形 **1** 不忠實的，不可信賴的；不貞的《*to*...》: an ～ lover 不忠實的情人 / be ～ *to* one's duty 不盡職。**2** 不正確的，不嚴密的。

～**·ly** 副, ～**·ness** 名

un·fal·ter·ing [ʌn'fɔltərɪŋ] 形 **1** (腳步等)堅定有力的，穩定的；(說話樣子等)不膽怯的，不顫抖的。**2** 不躊躇的，堅決的。

～**·ly** 副 斷然地。

un·fa·mil·iar [ˌʌnfə'mɪljə] 形 **1** 不熟知的，無深交的《*with*...》；(事物)(對人而言)不熟悉的；不精通的《*to*...》: He is ～ *with* the Japanese language. 他對日語一竅不通。**2** 不習慣的；新奇的。**-i·ar·i·ty** [-ɪ'ærətɪ] 名

un·fas·ten [ʌn'fæsn̩] 動 及 解開，使脫離；鬆開。—不及 脫落；解開，打開。

un·fath·o·ma·ble [ʌn'fæðəməbl̩] 形 深不可測的；不能理解的: an ～ personality 無法理解的性格。

un·fath·omed [ʌn'fæðəmd] 形 **1** 深不可知的，無底的。**2** (問題等)不可測知的，不能理解的: ～ depth of heart 無法測知的內心深處。

·un·fa·vor·a·ble, 《英》 **-vour·a·ble** [ʌn'fevərəbl̩] 形 **1** 不懷好意的，不友善的。**2** 不幸運的；不好的《*for*, *to*...》；不利的。**3** 凶兆的。**-bly** 副

un·feel·ing [ʌn'filɪŋ] 形 **1** 無感覺的。**2** 冷淡的，無情的: an ～ villain 冷酷的惡漢。

～**·ly** 副

un·feigned [ʌn'fend] 形 不虛偽的；發自內心的；誠實的。**-feign·ed·ly** [-'fenɪdlɪ] 副 真誠地，誠懇地。

un·fet·ter [ʌn'fɛtə] 動 及 **1** 除去…的腳鐐。**2** 《通常用被動》解開…的束縛；使…自由: a heart ～*ed* by common cares 一顆無憂無慮的心 / lead an ～*ed* existence 過著無拘無束的生活。

un·fin·ished [ʌn'fɪnɪʃt] 形 **1** 未完成的: the *U*- Symphony 未完成交響曲(舒伯特的第八交響曲)。**2** 未修飾的，粗加工的；未被琢磨的: ～ construction 未修整的工程。**3** (織物)未整理過的；未漂白的。

un·fit [ʌn'fɪt] 形 **1** 不適合的，不合乎的，不相稱的；不勝任的《*for*..., *for* doing, *to* do》: soil ～ *for* potatoes 不適合馬鈴薯生長的土壤。**2** (肉體上)有缺陷的。

—動 (～**·ted**, ～**·ting**) 及 使不適當，使不適任《*for*...》。～**·ly** 副, ～**·ness** 名, ～**·ting** 形 不適當的。

un·fix [ʌn'fɪks] 動 (～**ed** 或 **-fixt**, ～**·ing**) 及 **1** 解下，拆卸，放鬆: ～ a bayonet 卸下刺刀。**2** 使動搖，使不安；使(傳統等)鬆動。

un·flag·ging [ʌn'flægɪŋ] 形 不疲憊的，不減弱的；不鬆懈的，不中斷的: ～ efforts 努力不懈。

un·flap·pa·ble [ʌn'flæpəbl̩] 形 《口》不易驚慌的，鎮定的。**-bly** 副

un·fledged [ʌn'flɛdʒd] 形 **1** (鳥)羽毛未豐的。**2** 不成熟的，涉世不深的，年輕的，單純無知的。

un·flinch·ing [ʌn'flɪntʃɪŋ] 形 不畏怯的，不屈服的，果斷的: ～ courage 不屈不撓的勇氣。

·un·fold [ʌn'fold] 動 及 **1** 打開，展開: ～ a map 展開地圖 / ～ the last ballot 打開最後一張選票。**2** 漸漸吐露，洩漏；陳述，說明: ～ one's plan 說明自己的計畫。**3** 《常用反身》表現，顯示。—不及 **1** (花蕾)開，微開。**2** 展開，發展；明朗化。

un·forced [ʌn'forst] 形 未被強制的，不勉強的；自發性的，自然的。

un·fore·seen [ˌʌnfor'sin] 形 非預期的，預料不到的，偶然的，意外的。

un·for·get·ta·ble [ˌʌnfə'gɛtəbl̩] 形 難以忘懷的，不會被遺忘的。

un·for·giv·ing [ˌʌnfə'gɪvɪŋ] 形 **1** 不寬恕的。**2** 不容許差錯的。

un·formed [ʌn'fɔrmd] 形 **1** 未成形的；未發展起來的，粗糙的: an ～ scribble 潦草塗鴉。**2** 未被做成的。

·un·for·tu·nate [ʌn'fɔrtʃənɪt] 形 **1** 不幸的；不順利的；運氣不好的: an ～ marriage 不幸福的婚姻。**2** 不適當的，不合於目標的: an ～ place for business 不適合做生意的場所。**3** 招致不幸的；遺憾的，可嘆的；誘發同情的，痛心的: an ～ passion for gambling 對賭博令人痛心的沉迷。

—名 **1** 《通常作～**s**》不幸的人。**2** 被社會拋棄的人。

:un·for·tu·nate·ly [ʌn'fɔrtʃənɪtlɪ] 副 《通常修飾全句》不幸地，不湊巧地。

un·found·ed [ʌn'faundɪd] 形 **1** 無根據[理由]的。**2** 未確立的。

un·fre·quent·ed [ˌʌnfrɪ'kwɛntɪd] 形 人跡罕至的；行人稀少的。

un·friend·ly [ʌn'frɛndlɪ] 形 (**-li·er**, **-li·est**) **1** 不友好的；不親切的，不體貼的；疏遠的；有敵意的。**2** 《文》不適合的，不好的；不適於居住的。—副 不友好地，不親切地；帶敵意地。**-li·ness** 名

un·frock [ʌn'frɑk] 動 及 **1** 剝奪神職。**2** 脫掉法衣。

un·fruit·ful [ʌn'frutfəl] 形 **1** 無益的。**2** 不生子的；(土地等)不毛的；不結果實的。

un·ful·filled [ˌʌnful'fɪld] 形 未能履行的；未能實現的。

un·furl [ʌn'fɝl] 動 及 不及 (帆等)展開，

打開，抖開。

un·fur·nished [ʌn'fɝnɪʃt] 形 1 沒有家具的；沒有設備的。2 沒有準備的，未備有的《*with...*》。

UNGA 《縮寫》United Nations General Assembly 聯合國大會。

un·gain·ly [ʌn'genlɪ] 形 笨拙的，不雅的；難看的。—副 難看地，笨拙地。

-li·ness 名

un·gen·er·ous [ʌn'dʒɛnərəs] 形 1 吝嗇的。2 不寬容的；胸襟狹窄的：an ~ evaluation 毫不寬容的評價。~·ly 副

un·gird [ʌn'gɝd] 動 (~·ed 或 -girt, ~·ing) 及 1 鬆開…的帶子，解開…的帶子。2 (解下帶子、皮帶而) 將…脫下。

un·glazed [ʌn'glezd] 形 1 未上釉的，素燒的；(窗戶等) 未裝玻璃的。

un·god·ly [ʌn'gɑdlɪ] 形 (-li·er, -li·est) 1 不信神的，無神論的；罪孽深重的，不遵從教義的：~ people 無信仰的人。2《口》非常的，可怕的：an ~ shame 非常的羞愧。

-li·ness 名 U 無信仰；邪惡。

un·gov·ern·a·ble [ʌn'gʌvɚnəbl] 形 難治理的；無法抑制的。-bly 副

un·grace·ful [ʌn'gresfəl] 形 不雅的，無風度的；無禮的；難看的。~·ly 副，~·ness 名

un·gra·cious [ʌn'greʃəs] 形 1 無禮的，粗野的。2 徒勞的。3 討厭的。

~·ly 副，~·ness 名

un·gram·mat·i·cal [ˌʌngrə'mætɪkl] 形 不合文法的；非文法性的，非慣用的。

un·grate·ful [ʌn'gretfəl] 形 1 不感恩的，忘恩負義的《*to...*》；未報答的：an ~ person 忘恩負義的人。2《文》令人討厭的；徒勞無功的。~·ly 副，~·ness 名

un·ground·ed [ʌn'graʊndɪd] 形 無事實根據的，無理由的。

un·grudg·ing [ʌn'grʌdʒɪŋ] 形 慷慨的；誠心誠意的。~·ly 副

un·gual ['ʌŋgwəl] 形 有爪的，似蹄的。—名 爪，鉤爪，蹄。

un·guard·ed [ʌn'gɑrdɪd] 形 1 未被保護的，無守備的；不留神的；(撲克牌的紙牌等) 即將不保的。2 疏忽大意的，輕率的：in an ~ moment 一不留神。3 無安全裝置的；(柵欄) 無人看守的。

~·ly 副，~·ness 名

un·guent ['ʌŋgwənt] 名 U C (傷口、消炎用的) 軟膏。

un·gu·la ['ʌŋgjələ] 名 (複-lae [-ˌli]) 1〖幾〗蹄狀體。2 (一般的) 爪，指甲；〖植〗(花瓣的) 爪狀底部。-lar 形

un·gu·late ['ʌŋgjəlɪt, -ˌlet] 形 1 蹄狀的，鉤爪狀的。2〖動〗有蹄的；有蹄類的。—名 有蹄 (哺乳) 動物。

un·hal·lowed [ʌn'hælod] 形《文》不神聖的；不潔的；邪惡的；無信仰的；罪孽深的；褻瀆神聖的：~ ground 非神聖之地。

un·hand [ʌn'hænd] 動 及《通常用於命令》放開，鬆手放掉。

un·hand·some [ʌn'hænsəm] 形 1 不漂亮的。2 吝嗇的；器量小的。3 無禮的，粗魯的：an ~ remark 無禮的批評。

un·hand·y [ʌn'hændɪ] 形 笨拙的，不靈巧的；不合適的，難使用的；不方便的。

un·hap·pi·ly [ʌn'hæpɪlɪ] 副 1 不幸地；不湊巧地；悲慘地：live ~ 過悲慘的生活。2 不適當地。

un·hap·pi·ness [ʌn'hæpɪnɪs] 名 U 不幸；不吉利；惡運；悲慘。

:un·hap·py [ʌn'hæpɪ] 形 (-pi·er, -pi·est) 1 令人難過的，悲慘的，不幸的：by an ~ coincidence 不幸的巧合。2 不快樂的《*about, with...*》；(因某事) 感到不高興的《*at..., at* doing》；感到悲傷的《*to* do》。3 不利的，不吉利的。4 (措詞等) 不適切的，不適當的；笨拙的。

un·harmed [ʌn'hɑrmd] 形 未受傷的，平安無事的。

un·har·ness [ʌn'hɑrnɪs] 動 及 從 (馬、驢等) 解下套具；脫下甲胄；使解除武裝。

un·health·y [ʌn'hɛlθɪ] 形 (-health·i·er, -health·i·est) 1 不健康的；病弱的；表示不健康的：an ~ complexion 不健康的膚色。2 (1) 不衛生的，有害健康的：an ~ diet 對身體有害的飲食。(2) (在精神上) 不健康的；墮落的：an ~ pastime 不良的消遣。3《口》危險的，有不良影響的。

-i·ly 副，-i·ness 名

un·heard [ʌn'hɝd] 形 1 聽不見的。2 未能聽聞的，未被傾聽的；未予審訊的：go ~ 未被洗耳恭聽，無人理會。

un·heard-of [ʌn'hɝdˌɑv] 形 1 未被知曉的。2 前所未聞的。

un·heed·ed [ʌn'hidɪd] 形 未受注意的，被忽略的。

un·heed·ing [ʌn'hidɪŋ] 形 疏忽的，未加注意的。

un·hes·i·tat·ing [ʌn'hɛzəˌtetɪŋ] 形 不猶豫的；爽快的，迅速的《*in...*》；未動搖的：an ~ reply 毫不猶豫的回答。~·ly 副

un·hinge [ʌn'hɪndʒ] 動 及 1 把 (窗戶等) 從鉸鏈上卸下；打開；使分離《*from...*》。2 使錯亂。3 擾亂，使不安定：~ the exchange rate 擾亂外匯市場的匯率。

~·ment 名

un·hip [ʌn'hɪp] 形《俚》跟不上潮流的。

un·his·tor·i·cal [ʌnhɪs'tɔrɪkl] 形 不合史實的；非歷史性的。

un·hitch [ʌn'hɪtʃ] 動 及 解下 (拴住的馬等) 將 (車輛等) (從…) 解開《*from...*》。

un·ho·ly [ʌn'holɪ] 形 (-li·er, -li·est) 1 不神聖的，污穢的；無信仰的，罪孽深的，邪惡的。2《口》可怕的，非常的。-li·ness 名

un·hook [ʌn'hʊk] 動 及 解下 [鬆開] 掛鉤

[鈕子]；解開：～ a dress 解開衣服的鈕子 / ～ the gate latch 打開門閂。—不及 解開掛鉤。

un·hoped-for [ʌn'hopt,fɔr] 形 非預期的，意外的：an ～ development 意外的發展 / an ～ piece of good luck 意想不到的幸運。

un·horse [ʌn'hɔrs] 動 及 1《通常用被動》從馬鞍上摔下；將（騎者）摔落。2 打敗；推翻；使垮臺。

un·hur·ried [ʌn'hɝɪd] 形 從容不迫的；悠閒的。～·ly 副

un·hurt [ʌn'hɝt] 形 未受傷的。

uni-《字首》表「單一」之意。

u·ni·cam·er·al [,junɪ'kæmərəl] 形（議會）一院制的。～·ism 名, ～·ly 副

UNICEF ['junə,sɛf]《縮寫》*U*nited *N*ations *I*nternational *C*hildren's *E*mergency *F*und 聯合國兒童基金會（1953 年改爲 United Nations Children's Fund）。

u·ni·cel·lu·lar [,junɪ'sɛljələ] 形 單細胞的：a ～ animal 單細胞動物，原生動物。

U·ni·code ['junɪ,kod] 名〖電腦〗萬國碼：一種字元編碼標準。

u·ni·corn ['junɪ,kɔrn] 名 1 獨角獸。2 聖經中所提及的似牛獨角獸。3《the U-》〖天〗麒麟座。

u·ni·cy·cle ['junɪ,saɪkl] 名 單輪（腳踏）車。

un·i·den·ti·fied [,ʌnaɪ'dɛntə,faɪd] 形 身分不明的；國籍不詳的；未能確認的：an ～ airplane 不明國籍的飛機 / ～ illness 不明原因的疾病。

uni'dentified 'flying 'object 名 不明飛行物體。略作：UFO, U.F.O.

u·ni·fi·ca·tion [,junəfə'keʃən] 名 U 統一（的過程），聯合；一致；統一的狀態。

Unifi'cation 'Church 名《the ～》統一教：爲韓國人文鮮明創於 1954 年，乃結合基督教和佛教的教義而成。

:u·ni·form ['junə,fɔrm] 形 1 同形[型]的；一致的：the ～ stripes of the zebra 一律的斑馬條紋 / a building ～ with its neighbors in design 和周圍的房屋設計相同的建築物。2 始終如一的：at a ～ pace 以不變的步伐。3 統一的；同一標準的：a ～ wage 統一的薪資。4 均等的，均質的；均一的：bricks of ～ size 同一規格的磚塊 / a society that daily grows more ～ 一天比一天變得愈益均等的社會。5〖數〗均勻的，一致的。—名 1 C U 制服，軍服。2（在通訊時的）U 字。3《the ～》軍人。—動 及 1 使一律化；使成同形。2 使穿制服。～·ly 副 一樣地，一律地。

u·ni·formed ['junə,fɔrmd] 形 穿制服的。

u·ni·form·i·ty [,junə'fɔrmətɪ] 名 U 1 一樣；一律；均一性；均等（性）：～ of speech 演說法的一致性。2 不變性。3 成套，一致《of...》；類似；單調。

u·ni·fy ['junə,faɪ] 動 (-fied, ～·ing) 及 使一致，使一貫；使統一：～ the factions of a political party 統一政黨的派系 / ～ the people 統一民族。-fi·er 名

u·ni·lat·er·al [,junɪ'lætərəl] 形 1 單方面的；非互相的；片面的；單側的：a ～ ceasefire (in the war) 單方面的停戰。2〖法〗片面的：a ～ treaty 片面條約。3〖聲〗單邊音的。4〖病〗單側的：疾病僅在身體單側發生的狀態。5（僅父系或母系的）單系的。6〖植〗（花序）單側的。
～·ism 名, ～·ly 副

u·ni·lin·gual [,junɪ'lɪŋgwəl] 形 1 使用單一語言的：a ～ nation 使用單一語言的國家。
～·ism 名 U（做爲一國公定標準語的）單一語言使用。

un·im·ag·i·na·ble [,ʌnɪ'mædʒɪnəbl] 形 不能想像的；意外的。

un·i·mag·in·a·tive [,ʌnɪ'mædʒənətɪv] 形 缺乏想像力的；無趣的；散文性質的。

un·im·pas·sioned [,ʌnɪm'pæʃənd] 形 冷靜的，不爲感情左右的：an ～ presentation of the facts 事實的冷靜陳述。

un·im·peach·a·ble [,ʌnɪm'pitʃəbl] 形 無可指責的；不能非議的，無過失的。-bly 副, ～·ness 名

un·im·por·tance [,ʌnɪm'pɔrtn̩s] 名 U 不重要（性），瑣細（性），平凡（性）。

·un·im·por·tant [,ʌnɪm'pɔrtn̩t] 形 不重要的，瑣碎的，不足道的，平凡的。

un·im·proved [,ʌnɪm'pruvd] 形 1 未加以利用的，未開發的：～ oil reserves 未開採的石油資源。2（土地）未被耕作的；（道路）未改善的。3 未經品種改良的。4（性格等）未經教育的。5（健康狀態等）不佳的。6（可能性等）未提高的。

un·in·flu·enced [ʌn'ɪnfluənst] 形 未受影響的；公平的，無偏見的。

un·in·formed [,ʌnɪn'fɔrmd] 形 1 不知道的。2 無知的；無學識的。

un·in·hab·it·a·ble [,ʌnɪn'hæbɪtəbl] 形 不適於居住的。

un·in·hib·it·ed [,ʌnɪn'hɪbɪtɪd] 形 1 不受約束的；盡情的：～ behavior 放蕩不羈的行爲 / an ～ man 不受約束的人。2 未被禁止的，不受抑制的：an ～ license 無限制的許可。～·ly 副, ～·ness 名

un·in·jured [ʌn'ɪndʒəd] 形 未受傷害的，平安無事的。

un·in·spired [,ʌnɪn'spaɪrd] 形 沒有靈感的；缺乏創見的；平凡的。

un·in·stall [,ʌnɪn'stɔl] 動 及〖電腦〗解除安裝。

un·in·tel·li·gent [,ʌnɪn'tɛlədʒənt] 形 智能不足的；愚蠢的；無知的。-gence 名

un·in·tel·li·gi·ble [,ʌnɪn'tɛlədʒəbl] 形 不能理解的，難懂的。-'bil·i·ty, ～·ness 名 U 難理解。-bly 副

un·in·ten·tion·al [ˌʌnɪn'tɛnʃənl̩] 形非故意的，無心的。～·**ly** 副

un·in·ter·est·ed [ʌn'ɪntərɪstɪd] 形不感興趣的《*in*...》；無利害關係的。

un·in·ter·est·ing [ʌn'ɪntərɪstɪŋ] 形不引人入勝的，無聊的。～·**ly** 副

un·in·ter·rupt·ed [ˌʌnɪntə'rʌptɪd] 形連續的，未中斷的。～·**ly** 副

un·in·vit·ed [ˌʌnɪn'vaɪtɪd] 形未被邀請的，不請自來的；多餘的，管閒事的。

·**un·ion** ['junjən] 名 **1** Ⓤ聯合，結合；(國家等的）合併；團結，融合：in ～ 合力地 / strengthen ～ 增強團結。**2** 聯合會；協會；同盟；聯盟；聯邦。**3**《**the U-**》(1)(南北戰爭時的）美國：the State of *the U-* Message 美國總統的國情咨文。(2) = United Kingdom. (3) = Soviet Union. **4** 聯合標誌。**5** 工會：General Council of Trade *Unions* 工會總評議會。**6** Ⓤ Ⓒ結婚；性交；夫婦關係：a well-matched ～ 和諧的婚姻關係。**7** ⓊⒸ接合，連接；癒合（處）接合點。**8**《英》《昔》聯合教區；聯合教會的救濟院。**9**〖數〗聯集。**10**〖機〗活管套結。**11**〖纖〗交織線，混紡物。**12**《通常作 **the U-**》《美》學生會；學生活動中心。

'**Union ˌflag** 名《**the** ～》英國國旗。

un·ion·ism ['junjənɪzəm] 名 Ⓤ **1**(勞工）工會主義。**2** 統一主義。**3**《**U-**》〖美史〗(南北戰爭時的）聯邦主義；〖英史〗愛爾蘭與英國統一主義。

un·ion·ist ['junjənɪst] 名 **1** 聯合主義者；工會主義者；工會的成員。**2**《**U-**》〖美史〗(南北戰爭時的）聯邦主義者；〖英史〗(反對愛爾蘭自治而主張與英國統一的）統一黨黨員。

un·ion·ize ['junjəˌnaɪz] 動及 **1** 聯合。**2** 使組織工會；使遵從工會的規約。—不及聯合，合併；組織工會。**2** 加入工會。-**i**·'**za·tion** 名

'**union ˌjack** 名 **1** 表聯合的國旗；象徵聯合的旗子。**2**《**the U- J-**》英國國旗。

'**union ˌshop** 名工會工廠：**1** 雇用條件完全依勞資間協議決定的工商機構。**2** 在一定期間受雇人員必須加入工會的工商機構。

'**union ˌsuit** 名《美》連褲緊身內衣。

U

:**u·nique** [ju'nik] 形 **1** 獨一無二的，唯一的：a ～ proof 唯一的證據。**2** 無可匹敵的，極珍貴的；極罕見的《*in*...》: a man ～ *in* virtue 在美德上無人可比的人 / a ～ opportunity 難得的機會。**3** 獨特的《*to* ...》: a wildflower ～ *to* the Alps 阿爾卑斯山特有的野花。**4** 珍奇的。—名獨特的人[事物]，唯一的人[事物]。～·**ly** 副，～·**ness** 名

u·ni·sex ['junəˌsɛks] 形男女皆宜的。—名 Ⓤ男女皆宜。-**sexed** 形男女不分的。

u·ni·sex·u·al [ˌjunɪ'sɛkʃuəl] 形 **1**(動物、花）單性的。**2** = unisex. -'**al·i·ty** 名，～·**ly** 副

u·ni·son ['junəsn̩, 'junəzn̩] 名 Ⓤ **1** 一致，協調；和諧：in ～ 一致地。**2**〖樂〗同音，同調；齊唱；齊奏。

u·nis·o·nous [ju'nɪsənəs], **-nant** [-nənt] 形一致的；同音的。

·**u·nit** ['junɪt] 名 **1** 一個人；個體；〖軍〗部隊：a mobile service ～ 機動修護部隊。**2** 編制的單位：administrative ～*s* 行政單位。**3** 不可能分割的單位。**4**(以數值表示長度、容積、力量等作爲基準的）單位；〖免疫·藥〗單位（量）：～*s* of energy 能源的單位。**5**〖數〗最小整數；個位數；單位；可逆元素。**6**(有特定用途的）機械，裝置；一套設備：an air conditioning ～ 空調設備 / a complete functioning ～ 一套完整的發揮功能的裝置。**7**《美》〖教〗單位，單元。—形 **1** 單位的，由單位構成的。**2** 獨立存在的，單一的。**3**《作複合詞》組件式的。

u·ni·tar·i·an [ˌjunə'tɛrɪən] 名 **1** 唯一神論者；《**U-**》唯一神教派的信徒。**2**(政治上等的）單一政府主義者；中央集權主義者。—形《**U-**》唯一神教派的。～·ˌ**ism** 名

u·ni·tar·y ['junəˌtɛrɪ] 形 **1** 一（個）的；單位的；不能分割的，單一（制）的。**2** 統一的，提倡統一的：the ～ policy 統一的政策。**3** 一元（論）的。**4**〖政〗中央集權制的。-**i·ly** 副單一地。

'**unit ˌcost** 名 Ⓤ Ⓒ單位成本。

:**u·nite** [ju'naɪt] 動(-**nit·ed**, -**nit·ing**)及 **1** 使結合成一個[一體]；合併，聯合；接合，黏合，混合《*with*...》: ～ several neighboring villages 聯合鄰近幾個村莊 / ～ hydrogen and oxygen to make water 結合氫和氧造水。**2** 使結合在一起；(因姻親關係）結合；使結婚《*to*...》；統一。**3** 兼備(才能等)。—不及 **1** 合成一個[一體]；合併，兼併；結合《*with*...》；聯盟，聯合《*against*...》。**2** 結婚。**3**(行動）一致《*in*..., *in* doing》；協力，團結。

·**u·nit·ed** [ju'naɪtɪd] 形 **1**《限定用法》結合的；聯合的。**2** 團結的；一體的：a ～ front 聯合陣線。**3**(在…方面）一致的，和諧的《*in*...》。～·**ly** 副，～·**ness** 名

U'nited 'Arab E'mirates 名(複)《**the** ～》阿拉伯聯合大公國：在阿拉伯半島東部；首都爲 Abu Dhabi。

U'nited 'Brethren 名(複)《**the** ～》基督教聯合兄弟會。

:**U'nited 'Kingdom** 名《**the** ～》大不列顛與北愛爾蘭聯合王國：即英國；首都爲 London。略作：U.K.

:**U'nited 'Nations** 名(複) **1**《**the** ～》《作單數》聯合國（略作：U.N., UN）。**2** 聯合國會員國。

U'nited 'Nations 'Children's ˌFund 名《**the** ～》= UNICEF.

'**United 'Nations 'General As'sembly** 名《**the** ～》聯合國大會。略作：

UNGA

'United 'Nations Se'curity 'Council 图《the ～》聯合國安全理事會。略作：UNSC

:U'nited 'States 图(複)《the ～》《作單數》美利堅合眾國，美國：首都 Washington, D. C.。略作：US, U.S.

:U'nited 'States of A'merica 图(複)《the ～》= United States. 略作：U.S.A., USA

'unit 'price 图單價。

'unit 'pricing 图Ⓤ單位價格標示。

u·ni·trust ['junɪ,trʌst] 图〖金融〗單一信託基金。

'units ˌdigit 图〖數〗個位數。

'units ˌplace 图〖數〗個位。

'unit ˌtrust 图 **1** = fixed trust. **2**《英》= mutual fund.

·u·ni·ty ['junətɪ] 图(複**-ties**) **1** Ⓤ 單一（性）；個體，整體。**2** Ⓤ（依諸要素的）全體構成；統一（性），一致（性）；（目的、行動等的）一貫性，不變性。**3** Ⓤ合併；聯合；團結：achieve ～ among allies 在同盟國間達成團結。**4** Ⓤ（和…）和諧，協調《*with*...》：live in ～ *with* nature 與自然合為一體 / ～ between Government and people 政府和國民的和諧。**5** (1)〖戲劇〗三一律。(2)（文學、藝術作品之效果的）協調。**6** Ⓤ〖數〗單位；一；恆等式，單位元素。

univ. 《縮寫》*univ*ersal(ly) ; *univ*ersity.

Univ. 《縮寫》*Univ*ersalist; *Univ*ersity.

u·ni·va·lent [ˌjunə'velənt, ju'nɪvə-] 形〖化〗一價的，單價的；〖遺傳〗（染色體）單價的。

u·ni·valve ['junəˌvælv] 形單瓣的；單殼的。—图 單殼軟體動物（的殼）。

·u·ni·ver·sal [ˌjunə'vɝsḷ] 形 **1** 全體的；一般的；統括性的：～ price controls 全面的物價控制。**2** 普遍的；全面性的。**3** 宇宙的；全自然界的，萬物的：～ gravity 萬有引力。**4** 博學的，多才多藝的。**5**〖理則〗（命題）全稱的。**6**〖機〗萬能的，通用的。**7**〖金工〗以萬能壓延機壓延的；（壓延機）附有立形刀刃之壓延機的。—图 **1** Ⓤ 普通的特質；普遍性；普遍現象。**2** Ⓤ〖理則〗全稱命題。**3** Ⓤ〖哲〗(1) 一般概念。(2)具體的通性。～**·ness** 图

u·ni·ver·sal·i·ty [junəvɝ'sælətɪ] 图 Ⓤ **1** 普遍性，一般性；普及；全體普及。**2** 廣範性，多方面性，多才多藝。

u·ni·ver·sal·ize [ˌjunə'vɝsḷˌaɪz] 動 及 使一般[普遍]化，使普及。

uni'versal 'joint 图〖機〗萬向接頭。

uni'versal 'language 图 **1** 世界通用語言。**2** 人人都可懂的事物。

u·ni·ver·sal·ly [junə'vɝsḷɪ] 副 普遍性地，一般性地，無例外地：～ applicable 可普遍地應用的；放諸四海皆準的。

Uni'versal 'Postal ˌUnion 图《the ～》萬國郵政聯盟。略作：UPU

Uni'versal 'Product ˌCode 图 = UPC.

uni'versal 'suffrage 图 Ⓤ 普遍選舉權。

uni'versal ˌtime 图《常作**U- T-**》世界時。略作：UT

:u·ni·verse ['junəˌvɝs] 图 **1** (1)《the ～》宇宙；萬有，天地萬物。(2)銀河系；恆星與星辰系：reach a new ～ 到達一顆新的星系。**2**《the ～》全世界；全人類。**3** 世界；領域；〖理則〗議論的領域：an inner ～ of spirit 內在的精神世界。

:u·ni·ver·si·ty [ˌjunə'vɝsətɪ] 图(複**-ties**) **1** ⓊⒸ（綜合）大學：～ autonomy 大學的自治。**2** 大學附屬的校舍或建築物。**3**《the ～》《集合名詞》大學生；大學當局。**4** 大學球隊。

Uni'versity 'City 图大學城。

uni'versity 'college 图 **1**《美》（為教育成人而設的）夜間大學。**2**《英》(1)《**U- C-**》大學學院。(2)（於1800年代新設的）不授予學位的學院。

uni'versity ex'tension 图Ⓤ大學推廣教育。

Un·ix ['junɪks] 图〖電腦〗一種多使用者、多工處理的作業系統。

un·joint [ʌn'dʒɔɪnt] 動 及解開…的結，拆開連結處；割斷，使分開。

·un·just [ʌn'dʒʌst] 形不公平的；不正當的非正義的：an ～ decision 不公平的判決。～**·ly** 副

un·kempt [ʌn'kɛmpt] 形 **1** 未整理的，（服裝等）髒亂的：an ～ yard 零亂的庭院。**2**（頭髮）未梳理，蓬亂的。**3**《罕》生硬的，庸俗粗魯的。～**·ness** 图

:un·kind [ʌn'kaɪnd] 形 **1** 不體貼的，無慈悲心的。**2**《英方》（天候）險惡的，酷寒的。

～**·ness** 图 Ⓤ 無情；Ⓒ 不親切的行為。

un·kind·ly [ʌn'kaɪndlɪ] 形 **1** 不體貼的，無情的；心地不好的。**2** 嚴寒的，險惡的；不適農作物的。—副不親切地；心地不好地。

-li·ness 图

un·knit [ˌʌn'nɪt] 動（～**·ted** 或 **-knit**, ～**·ting**）及 **1** 解開；拆開；展開。**2** 削弱力量；弄垮。—不及 拆開，解開。

un·knot [ˌʌn'nɑt] 動（～**·ted**, ～**·ting**）及 解開…的糾結：～ a bow 解開蝴蝶結。

un·know·a·ble [ʌn'noəbḷ] 形不能明白的；超越人的智能的。

—图 **1** 不能理解的東西。**2**《the **U-**》〖哲〗不可知的事物。

un·know·ing [ʌn'noɪŋ] 形 無知的，未發覺的《*to, of, in*...》：do someone an ～ injury 無意中傷害到某人。～**·ly** 副不知不覺地，不知情地。

:un·known [ʌn'non] 形 **1** 未知的，不詳的，不熟悉的《*to*...》：a disaster of a scale

U

～ in recorded history 有史以來規模最大的災難。2 未發現的，未確認的，不明的：an ～ quantity 未知的數量；不了解的人。3 無法計算的。

unknown to... 爲…所不知的。

一图 1《the ～》默默無聞的人[物]，無名氏；未知的事物。2〖數〗未知量，未知數。

Un'known 'Soldier 图《the ～》陣亡的無名英雄（《英》Unknown Warrior）。

un·lace [ʌn'les] 動及 1 鬆開，解開…的帶子。2（鬆開帶子而）將衣物脫掉。

un·lade [ʌn'led] 動及 卸下。一不及 卸貨。

un·latch [ʌn'lætʃ] 動及不及 拉開（窗戶、門、百葉窗等的）插銷，鬆開（鞋）扣。

un·law·ful [ʌn'lɔfəl] 形 1 不合法的，違法的。2 非嫡出的，私生的。

～·ly 副, ～·ness 图

un·lead·ed [ʌn'lɛdɪd] 形 1（鉛字）在間隔中未插入鉛條的。2（汽油等）無鉛的。

un·learn [ʌn'lɝn] 動及 1 忘掉。2 拋棄（習慣、癖好、錯誤）。一不及忘掉學過的事物；（特意地）忘卻。

un·learn·ed [ʌn'lɝnɪd] 形 1 不學無術的；不通曉的《*in...*》。2 未受教育的；無知的；無學問的人的。3 [ʌn'lɝnd]不是由學習得到的；天生的。～·ly 副

un·leash [ʌn'liʃ] 動及 1 解開皮帶；使逃脫。2 釋放；放縱；爆發；發動《*on, upon...*》：～ one's wrath 大怒。

un·leav·ened [ʌn'lɛvənd] 形未發酵的。

:un·less [ən'lɛs] 連除非，如果不。

unless and until ⇨ UNTIL（片語）

一介除…之外。

un·let·tered [ʌn'lɛtəd] 形 1 未受教育的；目不識丁的；無知的；文盲的。2（墓碑、車等）無字的。

un·li·censed [ʌn'laɪsənst] 形 1 未許可的，無執照的。2 無節制的，放縱的。

un·licked [ʌn'lɪkt] 形不像樣的，粗魯無禮的：an ～ cub《喻》粗魯無禮的青年。

·un·like [ʌn'laɪk] 形不同的，不像的，不相等的：(as) ～ as chalk and cheese《喻》完全不同。一介不似，和…不同，相異於。2《罕用》不像，不適合。一图 不同的人[物]，不相似的人[物]。～·ness 图 U C 不相似；不同點。

un·like·li·hood [ʌn'laɪklɪ,hʊd] 图 U 不可能：the ～ of her coming to see you 她不太可能來看你。

un·like·li·ness [ʌn'laɪklɪnɪs] 图 = unlikelihood.

·un·like·ly [ʌn'laɪklɪ] 形 1 不像會發生的；不可能的《*to* do, *that* 子句》：an ～ story 不像是真的故事。2 不可能會成功的，沒有希望的。

in the unlikely event of... 萬一…。

一副 不可能地：not ～ 大概，多半。

un·lim·ber [ʌn'lɪmbə] 動及不及 卸下（炮）的牽引車準備發炮；（使）準備行動。

un·lim·it·ed [ʌn'lɪmɪtɪd] 形 1 無限制的；自由的；過度的：～ desires 無限的欲望。2 無條件的；《英》無限責任的：～ franchise rights 無條件的（獨家）銷售權。3（空間上）無限的；廣大的：an ～ expanse of ocean 一望無際的海洋。～·ly 副 無限地，非常地。

un·list·ed [ʌn'lɪstɪd] 形未放進目錄中的；（證券）非上市的；《主美》未登載於電話簿的（《英》ex-directory）。

·un·load [ʌn'lod] 動及 1 卸下貨物《*from* ...》：～ goods *from* a truck 從卡車上卸貨。2 除去（難對付的人）；放下（心中）的負擔；吐露《 *on...* 》：～ one's troubles to one's psychiatrist 向自己的精神科醫生吐露自己的煩惱。3 退出，取出彈藥。4 拋售。一不及卸下裝載的貨物，卸貨。

·un·lock [ʌn'lɑk] 動及 1 打開鎖；打開：leave the door ～*ed* 門沒有鎖。2 表白，透露，洩漏（祕密）：～ the mysteries of the universe 揭開宇宙的神祕。一不及 打開鎖；開啓。～·able 形

un·looked-for [ʌn'lukt,fɔr] 形未預期的，意外的。

un·loose [ʌn'lus] 動及 1《文》鬆開，解開。2 釋放，解放。

un·loos·en [ʌn'lusn̩] 動及 = unloose.

un·love·ly [ʌn'lʌvlɪ] 形 1 不漂亮的，無魅力的。2 令人討厭的。-li·ness 图

·un·luck·y [ʌn'lʌkɪ] 形(-luck·i·er, -luck·i·est) 1 不幸的；不順利的：be ～ in love 愛情不順利，失戀。2 不祥的。3 不湊巧的。-i·ly 副 不幸地；不湊巧地。

un·made [ʌn'med] 形未做好的；（床）未整理好的：an ～ bed 未鋪好的床鋪。

un·make [ʌn'mek] 動 (-made, -mak·ing) 及 1 使變形，使變質；將…分解。2 解任；降職。3 廢除。

un·man [ʌn'mæn] 動 (-manned, ～·ning) 及 1 使失去男子氣概；使氣餒。2 閹割。

un·man·age·a·ble [ʌn'mænɪdʒəbl] 形 棘手的，難處理的；難應付的。

-bly 副, ～·ness 图

un·man·ly [ʌn'mænlɪ] 形無男子氣概的；懦弱的；娘娘腔的。一副《古》無男子氣概地。

un·manned [ʌn'mænd] 形 遙控的，無人駕駛的：～ satellites 遙控的人造衛星。

un·man·nered [ʌn'mænəd] 形 1 粗魯無禮的。2 不裝模作樣的。

un·man·ner·ly [ʌn'mænəlɪ] 形《文》粗魯無禮的。一副《古》粗魯無禮地。

un·marked [ʌn'mɑrkt] 形 1 無傷痕的；未蓋印的；未作記號的。2 未加注的，未訂正的，（原稿）未硃批的；未打分數的。3 未受注目的。4〖語言〗無標記的。

un·mar·ried [ʌn'mærɪd] 形未婚的，獨身的：an ~ mother 未婚媽媽。

un·mask [ʌn'mæsk] 動及 1 揭除…的假面具。2 揭發真面目，暴露真相。
—不及 拿掉假面具；現出真面目。

un·match·a·ble [ʌn'mætʃəbl̩] 形 難以匹敵的，不能相配的。

un·matched [ʌn'mætʃt] 形 無以倫比的，無對手的；(顏色等) 不相配的。

un·mean·ing [ʌn'minɪŋ] 形 1 無聊的；無意義的。2 不聰穎的；無生氣的。

un·meas·ured [ʌn'mɛʒɚd] 形 1 無法測定的；無限的，無邊無際的。2 過度的，無節制的。3《詩》不按韻律的。

un·meet [ʌn'mit] 形 不合適的，不適宜的《*to* do, *for*...》。

un·men·tion·a·ble [ʌn'mɛnʃənəbl̩] 形 說不出口的；不可說出的。—名 1《通常作 the ~》說不出口的事。2《~s》(1) 褲子。(2)《謔》內衣褲。

un·mer·ci·ful [ʌn'mɝsɪfəl] 形 1 不慈悲的，無情的。2 毫無道理的，過分的。
~·ly 副, ~·ness 名

un·mind·ful [ʌn'maɪndfəl] 形《敘述用法》漫不經心的，常遺忘的《*of*...》；不注意的，疏忽的。~·ly 副

un·mis·tak·a·ble [,ʌnmə'stekəbl̩] 形不會誤解的，清楚明白的。-bly 副

un·mit·i·gat·ed [ʌn'mɪtə,getɪd] 形 1 未緩和的，未減輕的。2 純然的，完全的：an ~ liar 不折不扣的騙子。

un·mixed [ʌn'mɪkst] 形 無摻雜他物的。

un·moor [ʌn'mʊr] 動及 不及 (使) 起錨，(使…) 以單錨停泊。

un·mor·al [ʌn'mɔrəl] 形與道德無關的，不屬於道德範疇的。~·ly 副

un·mo·ti·vat·ed [ʌn'motə,vetɪd] 形 無動機的，無 (正當) 理由的。

un·moved [ʌn'muvd] 形 1 無動於衷的，不動搖的，堅決的；冷靜的。2 (位置等) 不動的，確定的。

un·mu·si·cal [ʌn'mjuzɪkl̩] 形 1 非音樂性的，走調的；刺耳的。2 對音樂不感興趣[沒有修養]的。

un·muz·zle [ʌn'mʌzl̩] 動及 1 解下 (狗等的) 口罩。2 解除言論的限制，給…言論自由。

un·named [ʌn'nemd] 形 1 無名的。2 未透露姓名的，未指名的。

un·nat·u·ral [ʌn'nætʃərəl] 形 1 不自然的；異常的；罕有的：an ~ phenomenon 反常的現象 / die an ~ death 死於非命。2 不近人情的；極殘酷的。3 人爲的；故意的，裝模作樣的：an ~ laugh 做作的笑聲；假笑。
~·ness 名

un·nat·u·ral·ly [ʌn'nætʃərəlɪ] 副 1 不自然地。2 做作地，故意地。
not unnaturally 《修飾全句》不無道理地，難怪地，當然地。

·un·nec·es·sar·y [ʌn'nɛsə,sɛrɪ] 形 不必要的；無益的：~ luxury 無益的浪費。
—名 (複 -sar·ies)《常作 -saries》不必要的東西。-i·ly 副不必要地；徒然。

un·nerve [ʌn'nɝv] 動及使氣餒，使沮喪。

un·no·ticed [ʌn'notɪst] 形不引人注目的，未受注意的，不顯眼的。

un·num·bered [ʌn'nʌmbɚd] 形 1 數不盡的。2 沒有編號的；未加計算的。

un·ob·jec·tion·a·ble [,ʌnəb'dʒɛkʃənəbl̩] 形 無可非議的，不致引起反對的。

un·ob·serv·ant [,ʌnəb'zɝvənt] 形不注意的；不遵守的《*of*...》。

un·ob·served [,ʌnəb'zɝvd] 形未被發覺的；未被觀察到的；未被遵守的。

un·ob·tru·sive [,ʌnəb'trusɪv] 形 不醒目的；不炫耀的；不冒昧的；謙遜的：make oneself ~ 使自己謙卑。~·ly 副不醒目地；悄悄地。

un·oc·cu·pied [ʌn'ɑkjə,paɪd] 形 1 (房子) 無人居住的；未被占領的。2 荒蕪的。3 無工作的，賦閒的。

un·of·fi·cial [,ʌnə'fɪʃəl] 形非官方的，非正式的：an ~ engagement 非正式的訂婚 / an ~ strike《英》非正式罷工 (《美》a wild-cat strike)。~·ly 副

un·o·pened [ʌn'opənd] 形 1 未被打開的；未被啓封的。2 書頁未分開的。

un·op·posed [,ʌnə'pozd] 形 無人反對的；無競爭者的。

un·or·gan·ized [ʌn'ɔrgə,naɪzd] 形 1 非有機物的。2 無系統的，無組織的；《主美》未加入工會組織的。3 (國境) 不明確的。

un·or·tho·dox [ʌn'ɔrθə,dɑks] 形 非正統的；異端的。

un·os·ten·ta·tious [,ʌnɑstən'teʃəs] 形 不矯飾的，不做作的；樸素的，不浮華的，不顯眼的。

un·pack [ʌn'pæk] 動及 1 解開，打開；取出 (箱子等) 內的東西：~ one's bags 打開袋子拿東西。2 從容器內取出；卸貨：~ one's belongings 取出自己的物品。3 卸下 (內心等) 的重擔；坦白說出。4 解釋，詮釋。
—不及 解開包裹，打開行李。

un·paged [ʌn'pedʒd] 形 未標明頁數的。

un·paid [ʌn'ped] 形 1 未付款的，未償還的：an ~ bill 未付款的帳單。2 無報酬的，無薪的，未支薪的。

un·paid-for [ʌn'ped,fɔr] 形 未付款的。

un·pal·at·a·ble [ʌn'pælətəbl̩] 形 1 難吃的。2 令人討厭的，令人不快的。

un·par·al·leled [ʌn'pærə,lɛld] 形 無雙的，無比的；前所未聞的。

un·par·lia·men·ta·ry [,ʌnpɑrlə'mɛntərɪ, -trɪ] 形違反議會慣例的：~ proceedings 違反議事程序。

un·pa·tri·ot·ic [,ʌnpetrɪ'ɑtɪk] 形 無愛

國心的，不愛國的。

un·peo·ple [ʌn'pipl̩] 動 及 遷移居民；使成爲無人之地。一名無個性的人群。
-pled 形 無居民的。

un·per·son [ʌn'pɝsn̩] 名(複～s) 喪失地位的人，被忘卻的人。一動 及 使喪失地位；使被忘卻。

un·pick [ʌn'pɪk] 動 及 拆散，解開。

un·pin [ʌn'pɪn] 動 (-pinned, ～·ning) 及 拔出別針；拔掉…之針；拔開…之栓；鬆開。

un·placed [ʌn'plest] 形 **1** 未得名的，前三名以外的。**2** 未被定位的；雜亂的。

un·play·a·ble [ʌn'pleəbl̩] 形 **1**（球）沒接到的；〖高爾夫〗（球）在無法揮桿之位置的。**2**（運動場）不適合比賽的。**3**（唱片）（因故障等而）不能聽的。**4**（音樂）（太難而）不能演奏的。

·**un·pleas·ant** [ʌn'plɛznt] 形 不愉快的，討厭的：make oneself ～ to... 使自己爲…所討厭。～**·ly** 副

un·pleas·ant·ness [ʌn'plɛzn̩tnɪs] 名 **1** Ⓤ 不愉快；煞風景；不快之感覺；Ⓒ 令人生氣的事，不快的經歷。**2** 爭吵；口角。

un·pleas·ant·ry [ʌn'plɛzəntrɪ] 名 (複 **-ries**) = unpleasantness.

un·plug [ʌn'plʌg] 動 (**-plugged**, ～**·ging**) 及 拔下插頭；去除障礙物。

un·plumbed [ʌn'plʌmd] 形 **1** 未用鉛錘測量過的。**2**（想法等）無法測知的。

un·pol·ished [ʌn'pɑlɪʃt] 形 未經磨光的；未潤飾的；無教養的，粗野的。

un·polled [ʌn'pold] 形 **1** 未投票的，（投票）未登記的。**2** 未作過民意調查的。

un·pop·u·lar [ʌn'pɑpjələ] 形 不受歡迎的，不流行的《*with, among...*》。**-lar·i·ty** [-'lærətɪ] 名 Ⓤ 不受歡迎，不流行。～**·ly** 副

un·prac·ti·cal [ʌn'præktɪkl] 形 不實用的，不實際的。～**·ly** 副

un·prac·ticed,《英》**-tised** [ʌn'præktɪst] 形 **1** 未經練習的，缺乏經驗的《*in...*》：with an ～ hand 以不純熟的手法。**2** 未實行的。

·**un·prec·e·dent·ed** [ʌn'prɛsə,dɛntɪd] 形 無前例的；嶄新的，新奇的。～**·ly** 副

un·pre·dict·a·ble [,ʌnprɪ'dɪktəbl̩] 形 名 不能預知的（事物）。
-bly 副

un·prej·u·diced [ʌn'prɛdʒədɪst] 形 無偏見的，不偏袒的。～**·ly** 副

un·pre·med·i·tat·ed [,ʌnprɪ'mɛdə,tetɪd] 形 沒有預先考慮過的；非預謀的。

un·pre·pared [,ʌnprɪ'pɛrd] 形 未加準備的；未做好準備的《*for..., to* do》。

un·pre·tend·ing [,ʌnprɪ'tɛndɪŋ] 形 不裝模作樣的，不矜持的，謙虛的；質樸的。

un·pre·ten·tious [,ʌnprɪ'tɛnʃəs] 形 不裝模作樣的，謙卑的，樸實的。
～**·ly** 副, ～**·ness** 名

un·priced [ʌn'praɪst] 形 未標價的；《詩》無價的，極貴重的。

un·prin·ci·pled [ʌn'prɪnsəpl̩d] 形 **1** 無原則的；無操守的；寡廉鮮恥的。**2**《古》對（某學科）原理一無所知的《*in...*》。

un·print·a·ble [ʌn'prɪntəbl̩] 形（因有傷風化等）不適合印出的。

un·priv·i·leged [ʌn'prɪvəlɪdʒd] 形 貧困的；未給以基本人權的；無特權的。

un·pro·duc·tive [,ʌnprə'dʌktɪv] 形 非生產性的，不毛的；無利益的；無效果的。

un·pro·fes·sion·al [,ʌnprə'fɛʃənl] 形 **1** 非專業的，外行的，業餘的。**2** 違背職業道德的。**3** 未成熟的。一名 非專業者，外行，門外漢。～**·ly** 副

un·prof·it·a·ble [ʌn'prɑfɪtəbl̩] 形 無利潤的；無益的。

un·prom·is·ing [ʌn'prɑmɪsɪŋ] 形 無前途的，希望不大的。～**·ly** 副

un·prompt·ed [ʌn'prɑmptɪd] 形 未經提示的，自發的。

un·pro·tect·ed [,ʌnprə'tɛktɪd] 形 **1** 無保護的；（工業等）未受關稅保護的。**2** 無防備的。

un·pro·vid·ed [,ʌnprə'vaɪdɪd] 形 **1** 未供給的《*with...*》: be left ～ *with* sufficient food 未獲充分供給食物。**2** 未被扶養的《*for...*》。**3** 無預備的。

un·pro·voked [,ʌnprə'vokt] 形 未受刺激的；無緣由的。

un·pub·lished [ʌn'pʌblɪʃt] 形 未公開的，祕密的；未發表的。

un·put·down·able [,ʌnput'daunəbl̩] 形 愛不釋手的；非常有趣的。

un·qual·i·fied [ʌn'kwɑlə,faɪd] 形 **1** 未具資格的；不適任的《*for..., to* do》。**2** 無限制的，無條件的；完全的。～**·ly** 副

un·ques·tion·a·ble [ʌn'kwɛstʃənəbl̩] 形 **1** 毫無疑問的。**2** 無缺陷的。

un·ques·tion·a·bly [ʌn'kwɛstʃənəblɪ] 副 無疑地，確實地。

un·ques·tioned [ʌn'kwɛstʃənd] 形 **1** 無人懷疑的。**2** 未被調查的。

un·ques·tion·ing [ʌn'kwestʃənɪŋ] 形 沒有疑問的，不懷疑的；不吹毛求疵的，絕對的，無條件的。

un·qui·et [ʌn'kwaɪət] 形 **1** 動搖的；不穩的：～ days 動亂的日子。**2** 心神不安的，焦躁的。**3**《古》不安靜的。一名 Ⓤ 不安，動搖。
～**·ly** 副, ～**·ness** 名

un·quote [ʌn'kwot] 動 不及 結束（文句的）引述。

un·rav·el [ʌn'rævl] 動(～**ed**, ～**·ing** 或《英》**-elled**, ～**·ling**) 及 **1** 解開，打開（線等）。**2** 解釋，闡明：～ a riddle 解開謎題。

U

一不及解開，鬆開。

un·read [ʌn'rɛd] 形 1（書籍）未經閱讀的。2（人）無學識的，未受教育的；無專門知識的

un·read·a·ble [ʌn'ridəbl] 形 1 不適於閱讀的；無閱讀價值的。2 難讀懂的，不能辨認的。

un·read·y [ʌn'rɛdɪ] 形 1 沒準備的《for ..., to do》；《英方》未打扮的：be ~ to proceed 未準備進行的。2 慌張的，不冷靜的。3 遲緩的。

-i·ness 名

un·re·al [ʌn'riəl, ʌn'ril] 形 1 不實在的，非真實的；虛構的，幻想的。2 虛假的，非現實的；不自然的。

un·re·al·is·tic [ˌʌnrɪə'lɪstɪk] 形 不切實際的，不實在的。

un·re·al·i·ty [ˌʌnrɪ'ælətɪ] 名 (複-ties) 1 U 不切實際，虛幻；C 不實在的東西。2 U 無能力；處理現實事物能力不足。

un·re·al·ized [ʌn'riəlˌaɪzd] 形 1 未實現的。2 未被了解的；未被人知的。3 僅帳面上的；只是文字上的。

un·rea·son [ʌn'rizn̩] 名 U 1 不合理，無理性。2 瘋狂；混亂。一動 及 發瘋。

·**un·rea·son·a·ble** [ʌn'rizn̩əbl] 形 1（人）無理性的，不講理的；不合理的。2 不合實情的，不適當的。3 過度的；（價錢等）不適當的：an ~ request 無理的要求。

~·ness 名, **-bly** 副

un·rea·soned [ʌn'rizn̩d] 形 不講理的，非基於理性的。

un·rea·son·ing [ʌn'rizn̩ɪŋ] 形 不理智的，不分皂白的；欠考慮的；不合理的，無理性的。~·**ly** 副

un·rec·og·nized [ʌn'rɛkəgˌnaɪzd] 形 未被認識的，未被認定的，未被承認的。

un·re·con·struct·ed [ˌʌnrikən'strʌktɪd] 形 堅持己見的，頑固守舊的。

un·re·cord·ed [ˌʌnrɪ'kɔrdɪd] 形 未記錄的；未寫在史料上的。

un·reel [ʌn'ril] 動 及 退捲，退繞；打開卷軸；展開（故事等）。一不及 解開（捲繞物）；展開。

un·re·fined [ˌʌnrɪ'faɪnd] 形 1 未被精製的。2 粗俗的，庸俗的。

un·re·flect·ing [ˌʌnrɪ'flɛktɪŋ] 形 1 不反射的。2 不反省的；不深思熟慮的。

un·re·flec·tive [ˌʌnrɪ'flɛktɪv] 形 未反省的；未事先考慮好的。~·**ly** 副

un·re·gard·ed [ˌʌnrɪ'gɑrdɪd] 形 被忽視的，不受重視的。

un·re·gen·er·ate [ˌʌnrɪ'dʒɛnərɪt] 形 1 不改過自新的。2 不信神的；頑固的。3 邪惡的，罪孽深的。一名 罪深的人，爲上帝所棄的人。

un·re·lent·ing [ˌʌnrɪ'lɛntɪŋ] 形 1 堅持己見的，不屈的；冷酷的，嚴峻的，不寬容的。2 速度未緩和的，努力不懈的。

~·**ly** 副, ~·**ness** 名

un·re·li·a·ble [ˌʌnrɪ'laɪəbl] 形 不可靠的。

-bly 副

un·re·lieved [ˌʌnrɪ'livd] 形 1 未受救濟的；未緩和的：a story of ~ tragedy 徹頭徹尾的悲劇故事。2 無變化的；單調的：~ darkness 單調的昏暗。~·**ly** 副

un·re·li·gious [ˌʌnrɪ'lɪdʒəs] 形 不信教的；和宗教無關的；非宗教的。~·**ly** 副

un·re·mit·ting [ˌʌnrɪ'mɪtɪŋ] 形 未間斷的，未鬆懈的：~ chatter 不間斷的閒談 / nearly 30 months of ~ study 將近 30 個月不懈的研究。~·**ly** 副

un·re·mu·ner·a·tive [ˌʌnrɪ'mjunəˌretɪv] 形 無報酬的，無利可圖的。

un·re·pair [ˌʌnrɪ'pɛr] 名 U 未修理狀態；荒廢，未整修。

un·re·quit·ed [ˌʌnrɪ'kwaɪtɪd] 形 未得到報答的，單方面的；無報酬的：~ love 單戀，單相思。

un·re·serve [ˌʌnrɪ'zɝv] 名 U 不客氣，率直，無保留。

un·re·served [ˌʌnrɪ'zɝvd] 形 1 率直的，坦誠的，無保留的。2 無限制的，無條件的；完全的。3 未預約的。

-serv·ed·ly [-'zɝvɪdlɪ] 副

un·re·solved [ˌʌnrɪ'zɑlvd] 形 1 未決定的；未解決的：an ~ problem 未解決的問題。2 不堅決的，無決心的。

un·rest [ʌn'rɛst] 名 U 不安，憂慮；動盪；不穩定：labor ~ 工潮。

un·re·strained [ˌʌnrɪ'strend] 形 未被抑制的，放縱的；自由的，縱容的。

-strain·ed·ly [-nɪdlɪ] 副

un·re·straint [ˌʌnrɪ'strent] 名 U 無拘無束，放縱；自由，縱容。

un·re·strict·ed [ˌʌnrɪ'strɪktɪd] 形 未受限制的，自由的；無速度限制的。~·**ly** 副

un·re·ward·ed [ˌʌnrɪ'wɔrdɪd] 形 未得到報酬的。

un·rid·dle [ʌn'rɪdl̩] 動 及 解答；解開謎題。

un·right·eous [ʌn'raɪtʃəs] 形 不公正的；邪惡的，罪深的；不義的。

~·**ly** 副, ~·**ness** 名

un·rip [ʌn'rɪp] 動 (-ripped, ~·ping) 及 1 切開，撕開，裂開；撕下。2 透露，洩漏：~ a plan 洩漏一個計畫。

un·ripe [ʌn'raɪp] 形 1 未成熟的；生的。2 時機未成熟的。~·**ness** 名

un·ri·valed,《英》**-valled** [ʌn'raɪvl̩d] 形 無敵的，無比的。

un·roll [ʌn'rol] 動 及 1 打開，展開（捲著的東西）：~ a picture scroll 打開畫卷。2 使…展現，使…顯露。一不及 1（捲著的東西）打開，展開。2（風景等）展現。

UNRRA ['ʌnrə]《縮寫》*U*nited *N*ations *R*elief and *R*ehabilitation *A*dministration 聯合國善後救濟總署。

un·ruf·fled [ʌn'rʌfl̩d] 形 1 平靜的；不

受騷擾的；未起波浪的。2（衣服）沒有皺紋的。

un·ruled [ʌn'ruld] 形 1 未被支配的，未被統治的。2 沒有畫格子的。

un·ru·ly [ʌn'rulɪ] 形 (**-li·er, -li·est**) 1 不守規矩的；難駕馭的；（頭髮等）散亂的：～ students 不守規矩的學生 / ～ hair 散亂而難梳理的頭髮。2 多風暴的；波濤洶湧的：～ rivers 洶湧的河流。**-li·ness** 名 U 蠻橫；任性。

UNRWA ['ʌnwə] 《縮寫》*U*nited *N*ations *R*elief and *W*orks *A*gency 聯合國難民救濟工作署。

un·sad·dle [ʌn'sædl] 動 及 1 解下馬鞍。2 使（人）從馬上落下。—不及 解下馬鞍。

un·safe [ʌn'sef] 形 危險的，不安穩的。

un·said[1] [ʌn'sɛd] 動 **unsay** 的過去式及過去分詞。

un·said[2] [ʌn'sɛd] 形 想到但未說出口的。

un·sal(e)·a·ble [ʌn'seləbl] 形 非賣品的，賣不出去的，滯銷的。

·un·sat·is·fac·to·ry [ˌʌnsætɪs'fæktərɪ] 形 不能令人滿意的。**-ri·ly** 副

un·sat·u·rat·ed [ʌn'sætʃəˌretɪd] 形 不飽和的；溶解不完全的。

un·sa·vor·y, 《英》**-vour·y** [ʌn'sevərɪ] 形 1 無（風）味的；味道不好的，難聞的。2 工作無吸引力的。3（道德上）可厭的：an ～ character 一個品德不佳的人。

un·say [ʌn'se] 動 (**-said, ～·ing**) 《文》取消，撤回（前言）。

UNSC 《縮寫》*U*nited *N*ations *S*ecurity *C*ouncil 聯合國安全理事會。

un·scathed [ʌn'skeðd] 形 未受傷害的。

un·schooled [ʌn'skuld] 形 1 未受教育的；無經驗的《*in*...》。2 天生的。

un·sci·en·tif·ic [ˌʌnsaɪən'tɪfɪk] 形 不科學的；無科學知識的。**-i·cal·ly** 副

un·scram·ble [ʌn'skræmbl] 動 及 1 恢復原狀。2 使（無線電、電話混雜的電訊）清晰；譯出密碼。

un·screw [ʌn'skru] 動 及 拔出…的螺絲釘；扭鬆螺絲；扭開，旋開蓋子。—不及 扭鬆螺絲。

un·script·ed [ʌn'skrɪptɪd] 形（臺詞等）沒有腳本的。

U

un·scru·pu·lous [ʌn'skrupjələs] 形 不擇手段的；無所不爲的；無廉恥的；肆無忌憚的：～ politicians 寡廉鮮恥的政客。～**·ly** 副, ～**·ness** 名

un·seal [ʌn'sil] 動 及 1 打開…的封緘；打開密封之物。2 使解脫束縛。

un·sealed [ʌn'sild] 形 1 未經密封的；未封緘的；已被啓封的。2 未證實的，未確定的。

un·search·a·ble [ʌn'sɝtʃəbl] 形 無法探索的；不能理解的；不能測知的。～**·ness** 名, **-bly** 副

un·sea·son·a·ble [ʌn'sɪznəbl] 形 1 不合季節的。2 不合時宜的：an ～ suggestion 不合時宜的建議。～**·bly** 副, ～**·ness** 名

un·sea·soned [ʌn'siznd] 形 1（木材等）未乾的；（食物）未調味的：～ wood 未乾燥的木材。2（人）不習慣於（氣候、工作）的；無經驗的。

un·seat [ʌn'sit] 動 及 1 將…從座位上推開；使落下馬。2 使退位；剝奪…的席位：be ～*ed* for bribery 因受賄被撤職。

un·se·cured [ˌʌnsɪ'kjurd] 形 1 不安全的；無擔保的：an ～ loan 無擔保的貸款。2（門戶等）不牢固的。

un·see·ing [ʌn'siɪŋ] 形 未注意的；視而未見的。～**·ly** 副

un·seem·ly [ʌn'simlɪ] 形 (**-li·er, -li·est; more ～; most ～**) 不體面的；不適當的；不合時宜的：an ～ joke 令人難堪的玩笑。

un·seen [ʌn'sin] 形 1 未被注意到的；看不見的；未被察覺的：～ natural resources 看不見的天然資源 / by ～ means 以隱祕的方法。2 未預先研讀的，即席的：an ～ translation 即席翻譯。—名 1《**the** ～》看不見的東西；靈魂世界。2《英》供即席翻譯的一段文字。

un·self·ish [ʌn'sɛlfɪʃ] 形 不自私的；無私的。～**·ly** 副, ～**·ness** 名

un·sell [ʌn'sɛl] 動 (**-sold, ～·ing**) 及 勸（人）勿輕信《*on*...》。

un·ser·vice·a·ble [ʌn'sɝvɪsəbl] 形 不能再用的。

un·set·tle [ʌn'sɛtl] 動 及 1 使不安定；擾亂；使（胃）不舒適。2 使動搖，使不安：*unsettling* news 擾亂人心的消息。—不及 變得不安定；失去平靜。

un·set·tled [ʌn'sɛtld] 形 1 不安定的；秩序未建立的；不穩的；未定居的；（意見、行動）猶豫不決的；（氣候）易變的：～ nomads 居無定所的遊牧民族 / the ～ autumn skies 易變的秋天氣候。2 無人居住的。3 未解決的；（帳目）未清的；（不動產）處分未定的；（訴訟事件）未結案的。

un·sex [ʌn'sɛks] 動 及 1 使失去性能力；割除卵巢；把…去勢。2 使失去性特徵（尤指女性）。

un·sexed [ʌn'sɛkst] 形 失去性特徵的；（嬰兒等）不能分辨其性別的。

un·shack·le [ʌn'ʃækl] 動 及 1 除去枷鎖。2 解除束縛。

un·shak·a·ble, un·shake- [ʌn'ʃekəbl] 形 不可動搖的，堅定的。

un·sha·ken [ʌn'ʃekən] 形 未被動搖的，堅決的。

un·shaped [ʌn'ʃept] 形 未成形的。

un·shap·en [ʌn'ʃepən] 形 1 無明顯形狀的；無形狀的；不明確的：an ～ fear 不可名狀的恐懼。2 醜怪的；奇形怪狀的。

un·shape·ly [ʌn'ʃeplɪ] 形 不好看的，樣子不好的；醜怪的；畸形的。

un·sheathe [ʌn'ʃið] 動 及 將（劍、刀）

拔出鞘：～ one's sword 拔劍；《喻》開戰，宣戰。

un·shell [ʌn'ʃɛl] 動 及 **1** 剝殼。**2** 自似殼的東西中取出。

un·ship [ʌn'ʃɪp] 動 (**-shipped**, ～**·ping**) 及 **1**（從船上）卸下（貨物）；使（乘客）下船。**2** 卸下（槳等）。—不及 下船；卸貨，卸下。

un·shod [ʌn'ʃad] 形 **1**《古》未穿鞋的，赤腳的。**2** 未釘上蹄鐵的；無外胎的。

un·shrink·ing [ʌn'ʃrɪŋkɪŋ] 形 不退縮的，不躊躇的，堅定的。

un·sight·ly [ʌn'saɪtlɪ] 形 難看的，不雅觀的。

un·skilled [ʌn'skɪld] 形 **1** 不具有某種技術訓練的；技術不熟練的。**2** 不需特殊技術的。**3** 技巧拙劣的。

un·skill·ful,《英》**-skil·ful** [ʌn'skɪlfəl] 形 技巧不純熟的；笨拙的：an ～ hand 笨拙的手。～**·ly** 副, ～**·ness** 名

un·sling [ʌn'slɪŋ] 動 及 取下；解開。

un·snap [ʌn'snæp] 動 (**-snapped**, ～**·ping**) 及 打開按扣；拉開，鬆開（按扣）。

un·snarl [ʌn'snarl] 動 及 解開糾結；解決；清理。

un·so·cia·ble [ʌn'soʃəbl̩] 形 **1** 不愛交際的；內向的；羞怯的。**2** 不與人親近的。**-'bil·i·ty** 名 U 不善交際；不和氣。
～**·ness** 名, **-bly** 副

un·so·cial [ʌn'soʃəl] 形 **1** 非社會的；反社會的。**2** = unsociable.

un·sold [ʌn'sold] 形 賣剩的。

un·sol·der [ʌn'sadɚ] 動 及 拆開（焊接之物）；使分開；使離開。

un·so·phis·ti·cat·ed [ˌʌnsə'fɪstɪˌketɪd] 形 **1** 不懂人情世故的；純真的，樸實的。**2** 不複雜的，不精巧的。**3** 純粹的。

un·sound [ʌn'saʊnd] 形 **1** 不健全的：be of ～ mind 精神不正常。**2** 腐爛的；有瑕疵的；敗壞的。**3** 不堅固的；根據薄弱的，不合理的：an ～ premise 不合理的前提。**4**（睡眠）不熟的。**5**（財政上）不穩固的；（公司、商店）無信用的。～**·ly** 副, ～**·ness** 名

un·spar·ing [ʌn'spɛrɪŋ] 形 **1** 不吝嗇的《*of, in...*》：be ～ *of* one's assistance 慷慨地提供援助。**2** 嚴厲的，不寬恕的。
～**·ly** 副, ～**·ness** 名

un·speak·a·ble [ʌn'spikəbl̩] 形 **1** 不能用言語表達的；說不出口的：～ relief 無法形容的慰藉。**2** 不堪言的，令人討厭的：～ confusion 極大的混亂。**-bly** 副 無法形容地，說不出口地，極度地。

un·spec·i·fied [ʌn'spɛsəˌfaɪd] 形 未明示的；未特別規定的。

un·spo·ken [ʌn'spokən] 形 **1** 會心的，無言的：～ approval 默許。**2** 不說話的《*to...*》。

un·sports·man·like [ʌn'spɔrtsmənˌlaɪk] 形 不像運動員的；不光明正大的。

un·spot·ted [ʌn'spatɪd] 形 **1** 無斑點的；無污點的，潔淨的。**2**《古》（道德上）無瑕疵的，完美的。

un·sta·ble [ʌn'stebl̩] 形 **1** 不穩定的；不固定的；可能倒塌的。**2** 易變的；情緒不穩的：～ weather 易變的天氣 / an ～ personality 善變的個性。**3** 波動的。**4**〖化〗易分解的。
～**·ness** 名, **-bly** 副

un·stead·y [ʌn'stɛdɪ] 形 **1** 不穩定的，不堅固的；搖搖晃晃的；搖動的，波動的：an ～ flame 搖曳的火焰。**2** 不堅強的，易改變的；意志薄弱的：be ～ of purpose 容易改變目的。**3** 不規則的，不勻稱的。**4** 行爲反覆無常的。—動 (**-stead·ied**, ～**·ing**) 及 使不安定；使動搖，使搖晃。**-i·ly** 副, ～**i·ness** 名

un·step [ʌn'stɛp] 動 (**-stepped**, ～**·ing**) 及 由桅座取下。

un·stick [ʌn'stɪk] 動 (**-stuck**, ～**·ing**) 及 **1** 扯開（黏著的東西）。**2**《口》使（飛機）起飛。

un·stint·ing [ʌn'stɪntɪŋ] 形 慷慨的；大量的，豐富的：～ support 全力的支持。
～**·ly** 副 不吝惜地。

un·stop [ʌn'stap] 動 (**-stopped**, ～**·ping**) 及 **1** 拔掉…的栓；打開（風琴等的）音栓。**2** 除去…的堵塞物。

un·stop·pa·ble [ʌn'stapəbl̩] 形 無法阻止的，擋不住的。～**·pa·bly** 副

un·strap [ʌn'stæp] 動 (**-strapped**, ～**·ping**) 及 解開…的皮帶；鬆開。

un·stressed [ʌn'strɛst] 形 **1** 不重讀的。**2** 不強調的。

un·string [ʌn'strɪŋ] 動 (**-strung**, ～**·ing**) 及 **1** 解下…的弦；鬆開…的弦。**2** 從細繩中解開；打開（錢包的）帶子。**3** 使（人）神經衰弱；使不安，使混亂。

un·struc·tured [ʌn'strʌktʃɚd] 形 鬆散的。

un·strung [ʌn'strʌŋ] 動 **unstring** 的過去式及過去分詞。—形 **1** 弦鬆的，未上弦的。**2** 神經衰弱的；煩惱不安的。

un·stuck [ʌn'stʌk] 形 **1** 鬆開的，分離的；未黏住的。**2** 混亂的；失去控制的；不行的：come (badly) ～《口》失敗，未按計畫做好。

un·stud·ied [ʌn'stʌdɪd] 形 **1** 不經學習而獲得的；不做作的：with ～ ease 從容自然地。**2** 欠學的；未學過的，不通曉的《*in...*》：be ～ *in* English literature 不了解英國文學。

un·sub·stan·tial [ˌʌnsəb'stænʃəl] 形 **1** 無事實基礎的；空想的。**2** 無實體的，無實質的；（食物）不豐富的。**3** 不堅固的。
～**·ly** 副

un·sub·stan·ti·at·ed [ˌʌnsəb'stænʃɪˌetɪd] 形 無確實證據的：make an ～ assertion 作出無根據的斷言。

un·suc·cess·ful [ˌʌnsək'sɛsfəl] 形 不成

功的；失敗的；成績不好的。～·ly 副

un·suit·a·ble [ʌn'sutəbl̩] 形 不適當的；不合適的。～·ness 名，-bly 副

un·suit·ed [ʌn'sutɪd] 形 1 不適合的，不適當的《to, for...》。2 不相稱的。

un·sul·lied [ʌn'sʌlɪd] 形《文》無污點的，清白的：an ～ name 清白無瑕的名聲。

un·sung [ʌn'sʌŋ] 形 1 未被唱的。2 未受歌頌的，未在詩歌中受讚頌的：an ～ hero 未被歌頌的英雄。

un·sure [ʌn'ʃur] 形 無自信的；不確定的；不穩定的；靠不住的。

un·sur·passed [,ʌnsɚ'pæst] 形 卓越的，無比的。

un·sur·pris·ing·ly [,ʌnsə'praɪzɪŋli] 副 不意外地，預料中地。

un·sus·pect·ed [,ʌnsə'spɛktɪd] 形 1 不被懷疑的《of..., of doing》。2 意想不到的；意外的。～·ly 副，～·ness 名

un·sus·pect·ing [,ʌnsə'spɛktɪŋ] 形不懷疑的。～·ly 副

un·swear [ʌn'swɛr] 動 (-swore, -sworn, ～·ing) 及 取消（先前發了誓的事）。—不及 毀棄誓言。

un·swerv·ing [ʌn'swɝvɪŋ] 副 1 不偏離的。2 堅定的，忠貞的。～·ly 副

un·sym·met·ri·cal [,ʌnsɪ'mɛtrɪkl] 形 不對稱的，不勻稱的。～·ly 副

un·sym·pa·thet·ic [ʌnsɪmpə'θɛtɪk] 形 1 不同情的，冷淡的。2 不共鳴的。3 個性不合的。-i·cal·ly 副

un·sys·tem·at·ic [,ʌnsɪstə'mætɪk] 形 無體系的，無系統的，無組織的。

un·taint·ed [ʌn'tentɪd] 形 無污點的，（品行）沒有污點的，無瑕疵的，清白的。

un·tan·gle [ʌn'tæŋgl] 動 及 1 解開（結）；解開糾結。2 解決，理清（糾紛）。

un·tapped [ʌn'tæpt] 形（木桶的栓）未打開的；未開發的，未被利用的。

un·taught [ʌn'tɔt] 動 **unteach** 過去式及過去分詞。—形 1 不教自會的；天生的。2 未受過教育的；無知的，無學問的；純樸的。

un·tem·pered [ʌn'tɛmpɚd] 形 1 未鍛鍊的。2 未調和的，未緩和的。

un·ten·a·ble [ʌn'tɛnəbl] 形 1 站不住腳的。2 不適合居住的。

U

un·ten·ant·ed [ʌn'tɛnəntɪd] 形 未出租的。

un·tend·ed [ʌn'tɛndɪd] 形未被照顧的。

un·thank·ful [ʌn'θæŋkfəl] 形 1 不感謝的《to, for...》。2 不被感謝的；不討好的：an ～ task 一項吃力不討好的工作。～·ly 副，～·ness 名

un·think [ʌn'θɪŋk] 動 (-thought, ～·ing) 不及 改變想法；打消念頭。—及 改變想法；打消念頭。

un·think·a·ble [ʌn'θɪŋkəbl] 形 1 不可思議的。2 完全不值得考慮的；極不可能的。

—名《通常作～s》無法想像的事：think the ～ 異想天開。-'bil·i·ty 名，-bly 副

un·think·ing [ʌn'θɪŋkɪŋ] 形 1 欠缺思考的，輕率的；不爲他人著想的；茫然的，空洞無神的：an ～ insult 輕率的侮辱。2 無思考力的；無思考習慣的；漫不經心的。～·ly 副

un·thought [ʌn'θɔt] 動 **unthink** 的過去式及過去分詞。—形 1 未想到的。2 意外的。

un·thought-of [ʌn'θɔt,ɑv] 形意外的，想不到的。

un·thread [ʌn'θrɛd] 動 及 1 抽出…的線：～ a sewing machine 抽出縫衣機的線。2 曲折地穿行過；解決：～ a maze 走出迷宮 / ～ one's emotional entanglements 解開感情上的糾纏。

un·ti·dy [ʌn'taɪdɪ] 形 (-di·er, -di·est) 邋遢的，不整潔的；雜亂的；雜亂無章的。—動 (-died, ～·ing) 及 使不整潔。-di·ly 副，-di·ness 名

·un·tie [ʌn'taɪ] 動 (-tied, -ty·ing) 及 1 解開，打開《from...》；解開帶子：～ a horse *from* a fence 把綁在柵欄上的馬解開。2 使擺脫束縛；使自由《from...》；解決。—不及（被）解開。

:un·til [ən'tɪl] 連 1 (1)《表動作、狀態的繼續》直到…爲止。(2)《表結果》最後，終於。2《與否定句連用》直到…才…。3《表程度》直到…，直到…程度。—介 1《動作、狀態的繼續》一直到。2《用於否定》不到…不做，直到…才。3《蘇·北英》(1) = to. (2) = unto. (3) 肯定句的*until* 用於表「狀態」的結束。(4) 否定句的 until 常表示事件、動作發生或開始的時間，含有中文「才」的意思。(5) 與 *until* 連接的子句是名詞的相當語句，可把 *until* 當作介系詞來用：～ late in the evening 直到很晚 / ～ ripe 直到成熟了 / ～ long after they die 直到他們死後很久。

un·time·ly [ʌn'taɪmlɪ] 形 1 不合時機的；不合時宜的；季節不對的：an ～ frost 不合季節的霜。2 時機尚早的，過早的：an ～ death 夭折。3 不遵守正確時間的。—副 不合時宜地；不湊巧地；過早地。-li·ness 名

un·tinged [ʌn'tɪndʒd] 形 1 未著色的。2（思想、感情等）不帶有…色彩的，未受…感染的《with, by...》；無偏見的：in a voice not ～ *with* regret 以惋惜的聲調說。

un·tir·ing [ʌn'taɪrɪŋ] 形 不懈怠的：one's ～ efforts 不懈的努力。～·ly 副

un·tit·led [ʌn'taɪtl̩d] 形 1 無稱號的；無標題的：an ～ poem 未加標題的詩。2 無權利的：～ citizens 無權利的市民。

un·to [《母音前》'ʌntʊ,《子音前》'ʌntə,《在句尾》'ʌntu] 介《古》1 = to. 2 = until.

un·told [ʌn'told] 形 1 未說出的；無說明的。2 無法用口表達的：～ pain 無法說出

的痛苦。**3** 說不盡的，無數的。

un·touch·a·ble [ʌn'tʌtʃəbl̩] 形 **1** 不能觸摸的；觸摸不到的；無形的。**2** 遠不可及的。**3**（令人厭惡得）不可接觸的。**4** 無可批評的。**5** 無敵的，無比的。

—名 **1**（原印度最下階層的）賤民。**2** 被社會排擠的人。**-bly** 副

un·touched [ʌn'tʌtʃt] 形 **1** 未被觸摸過的，原封不動的；人煙未至的；不變的；未提及的；尚未吃過的。**2** 未被影響的；未受傷的；未受感動的。

un·to·ward [ʌn'tord] 形 **1** 不幸的，不順利的：～ circumstances 逆境。**2** 不適當的：～ manners 不禮貌。**3**《古》倔強的，難對付的。～**·ly** 副

un·trained [ʌn'trend] 形 未受訓練的；（比賽等）未練習好的。

un·tram·meled,《英》**-melled** [ʌn'træmḷd] 形 不受束縛的；自由的。

un·trav·eled,《英》**-elled** [ʌn'trævḷd] 形 **1** 未到外國旅行的；無旅行經驗的；見聞狹窄的。**2** 旅行者常去的；人煙未至的；（路）未走過的。

un·tread [ʌn'trɛd] 動 (**-trod**, **-trod·den** 或 **-trod**, ～**·ing**) 及《古》回到，折回。

un·tried [ʌn'traɪd] 形 **1** 未經嘗試的；不確定的。**2** 未付諸審判的。

un·trod [ʌn'trɑd], **-trod·den** [-'trɑdn̩] 形 未被踐踏的；人煙未至的。

·un·true [ʌn'tru] 形 **1** 不真實的，假的。**2**《文》對…不忠實的《*to...*》：be ～ *to* a person's trust 辜負某人的信賴。**3**（尺寸、型式等）不合標準的：an ～ gauge 不正確的計量器。～**·ness** 名

un·trust·wor·thy [ʌn'trʌst,wɝðɪ] 形 不能信賴的，不可靠的。

un·truth [ʌn'truθ] 名 (複～**s** [-ðz, -θs]) **1** 不真實的事[物]；錯誤的事；謊言。**2** Ⓤ《古》不忠實。

un·truth·ful [ʌn'truθfəl] 形 **1** 欠缺真實性的；不正確的；不誠實的：an ～ report 不實的報導。**2**（常）說謊的：an ～ boy 愛說謊的孩子。

un·turned [ʌn'tɝnd] 形 未顛倒過來的：leave no stone ～ to do something 爲做某事用盡各種可能的方法。

un·tu·tored [ʌn'tutɚd, -'tju-] 形 **1** 未受教育的。**2** 天真的，單純的。

un·twine [ʌn'twaɪn] 動 及 鬆開；解開。—不及 鬆開；解開。

un·twist [ʌn'twɪst] 動 及 鬆開；解開：～ a knot 解開結。—不及 鬆開；解開，打開。

un·used [ʌn'juzd] 形 **1**（現在）不使用的：～ office space 辦公室剩餘的空間。**2** 未使用過的，新的。**3** [ʌn'just]《敘述用法》不習慣的《*to...*》。

·un·u·su·al [ʌn'juʒuəl] 形 不尋常的；例外的；不平常的；奇異的；不常見到的，獨特的：a writer of ～ talent 才華出眾的作家。～**·ness** 名

·un·u·su·al·ly [ʌn'juʒuəlɪ] 副 異常地；奇異地；不正常的；《口》非常地。

un·ut·ter·a·ble [ʌn'ʌtərəbl̩] 形 **1** 說不出的。**2** 非言語所能表達的，不可言喻的。

-bly 副 非常地。

un·var·ied [ʌn'vɛrɪd] 形 不變的；缺少變化的，單調的。

un·var·nished [ʌn'vɑrnɪʃt] 形 **1** 未修飾的；率直的，質樸的：give the ～ truth 說出真正的事實。**2** 未塗漆的。

un·var·y·ing [ʌn'vɛrnɪŋ] 形 不變的，一定的。

un·veil [ʌn'vel] 動 及 **1** 除去…的面紗；在揭幕儀式中揭開覆蓋物。**2** 揭露（祕密）。—不及 取下面紗；現出本來面目。

un·versed [ʌn'vɝst] 形《敘述用法》《文》不精通的，不熟悉的《*in...*》：be ～ *in* the latest techniques 不熟悉最新的技術。

un·voiced [ʌn'vɔɪst] 形 **1** 未出聲的，未開口的，沉默的：～ criticism 無言的批評。**2**〖語音〗無聲的。

un·want·ed [ʌn'wɑntɪd] 形 多餘的，無用的；空閒的；不必要的；不想生（小孩）的，有缺陷的，（性格）惡性的。

un·war·rant·a·ble [ʌn'wɔrəntəbl] 形 **1** 不能保證的。**2** 難允許的；無辯護餘地的；不正當的。**-bly** 副

un·war·rant·ed [ʌn'wɔrəntɪd] 形 **1** 無保證的，未獲保證的。**2** 不正當的：～ seizure 不當的扣押。**3** 未獲許可的。

un·war·y [ʌn'wɛrɪ] 形 未提防的，不注意的；輕率的：the ～ victim of some pickpocket 因輕忽而遭扒竊的受害者。

-i·ly 副, **-i·ness** 名

un·washed [ʌn'wɑʃt] 形 **1** 未洗的；不清潔的。**2** 未被海浪沖刷的，非沿岸的。—名《**the** ～》《集合名詞》無知的民眾；下層社會民眾：*the* great ～ 下階層民眾，下層社會。

un·wa·ver·ing [ʌn'wevərɪŋ] 形 不動搖的，堅定的。

un·weaned [ʌn'wind] 形 未斷奶的。

un·wea·ried [ʌn'wɪrɪd] 形 **1** 不疲倦的。**2** 不厭煩的，不屈不撓的：～ fighting spirit 不屈不撓的鬥志。

un·wel·come [ʌn'wɛlkəm] 形 **1** 不受歡迎的。**2** 不想要的，討厭的。

un·well [ʌn'wɛl] 形《敘述用法》**1** 身體不舒服的。**2**《口》在月經期的。

un·wept [ʌn'wɛpt] 形《文》**1** 無人惋惜的；無人哀悼的。**2**（淚）未流的。

un·wet [ʌn'wɛt] 形 未濡溼的；未被淚水濡溼的。

un·whole·some [ʌn'holsəm] 形 **1**（對健康）有害的；不衛生的；敗壞道德的。**2** 不健康的；討厭的：an ～ complexion 不健康的臉色。～**·ly** 副, ～**·ness** 名

un·wield·y [ʌn'wildɪ] 形 難搬動的；笨

U

重的，不便利的；笨拙的：an ～ load 笨重的擔子。

un·will·ing [ʌn'wɪlɪŋ] ㊎ **1** 非本意的；不情願的《*to* do》：willing or ～ 不管願意與否。**2** 對抗的；剛愎固執的。
～**·ly** ㊄非本意地，不願意地。～**·ness** ㊔

un·wind [ʌn'waɪnd] ㊐ **(-wound, ～·ing)** ㊋ **1** 解開，打開；《口》放鬆緊張的身心：～ a person with a drink 給某人喝酒使其放鬆心情。**2** 使擺脫。—不及 **1** 解開；展開。**2** 放鬆心情。～**·a·ble** ㊎，～**·er** ㊔

un·wise [ʌn'waɪz] ㊎愚蠢的，不智的，輕率的。～**·ly** ㊄ 愚笨地，不智地。

un·wished [ʌn'wɪʃt] ㊎不是想要的；不希望的。

un·wished-for [ʌn'wɪʃt,fɔr] ㊎不是想要的；不希望的。

un·wit·ting [ʌn'wɪtɪŋ] ㊎ **1** 不知道的；無意識的；不留神的《*of*...》：be ～ *of* the change 未注意到變化。**2** 不留神做了的；不知不覺的；偶然的：an ～ mistake 不留神犯下的錯誤。～**·ly**㊄無意識的，不留神地。

un·wom·an·ly [ʌn'wumənlɪ] ㊎不像女人的，不適合女性的。**-li·ness** ㊔

un·wont·ed [ʌn'wʌntɪd] ㊎ **1** 罕有的，不尋常的；非習慣性的。**2** 不習慣的。
～**·ly** ㊄不尋常地，非習慣性地。～**·ness** ㊔

un·world·ly [ʌn'wɝldlɪ] ㊎ **1** 非世俗的，精神上的。**2** 不諳世故的；天真的；純樸的。**3** 非塵世的；天上的。**-li·ness**㊔

un·worn [ʌn'worn] ㊎ **1**（雖使用而）未受損的；（感覺）清新的；不疲倦的。**2**（衣服）尚未穿過的，未穿破的。

·un·wor·thy [ʌn'wɝðɪ] ㊎ **1** 無價值的；不值得讚賞的：～ specimens 無價值的標本。**2** 不值得的《*of*...》；不夠格的《*to* do》：a small matter ～ *of* your attention 一件不值得你注意的小事 / He is ～ *to* live who lives only for himself.《諺》僅為自己而活的人不配活下去。**3** 不適合（當…）的；不相稱的《*of*...》。—㊔**(複-thies)**無價值的人。
-thi·ly ㊄無價值地，不相稱地；不體面地。

U

un·wound [ʌn'waund] ㊐ **unwind** 的過去式及過去分詞。—㊎ **1** 未捲起的，未捲繞的。**2** 捲起的東西已恢復原狀的：come ～（捲起物）展開。

un·wrap [ʌn'ræp] ㊐ **(-wrapped, ～·ping)** ㊋ **1** 解開…的包裝，打開（包好的東西）：～ a package 打開包裹。**2** 展開，打開：～ one's scarf from around one's neck 從頸部解下圍巾。—不及 被打開；被展開。

un·wrin·kle [ʌn'rɪŋkl] ㊐ ㊋弄平皺紋。—不及（皺紋）變平滑。

un·writ·ten [ʌn'rɪtn] ㊎ **1** 未寫下的；口述的；不成文的；依傳統或習俗的：an ～ song 口傳的歌曲 / an ～ rule 不成文的規定。**2** 空白的。

un'written 'law ㊔ Ⓤ Ⓒ 不成文法，習慣法。

un·yield·ing [ʌn'jildɪŋ] ㊎不屈服的，不讓步的，堅強的；不彎曲的；堅硬的。～**·ly** ㊄，～**·ness** ㊔

un·yoke [ʌn'jok] ㊐ ㊋ **1** 卸下…的軛；解除束縛。**2** 拆開，分開。

un·zip [ʌn'zɪp] ㊐**(-zipped, ～·ping)**㊋拉開拉鍊。—不及 拉開拉鍊。

:up [ʌp] ㊄ **1** 向上；往上；向空中；（自土中、水中等）向表面：climb ～ to the top of the tower 爬上塔的頂端。**2** 直立地，垂直地；（建築物）已蓋好：stand ～ 站起來。**3** 醒來的：sit ～ all night 整晚都沒睡，熬夜。**4** 水平線上地。**5**（地理、地圖上的）向上地，在上地；（紙面等的）向上方地；《主美》向北方地：dirve ～ from Los Angeles to San Francisco 從洛杉磯開車北上到舊金山。**6** 向源頭；向…接近；《主英》到倫敦，上牛津大學：go straight ～ to the door 向門直走 / go ～ to the city 進城去 / sail ～ 向上游航行 / go ～ to London 到倫敦去 / be ～ at Oxford 在牛津大學讀書。**7**（地位、身分、價值、大小、速度、成熟度、音量、明亮度等）從小變大地；自低變高地；（年齡）增加《*in*...》：move ～ the ranks 晉升 / bring ～ a child 養育孩子 / come ～ from poverty to fame 自貧困到成名。**8**（在賽跑、比賽等）領先地，超越地：catch ～ with the rest of the class 趕上班上其他同學。**9** 不落後地，不斷接觸地；（對學科等）擅長地《*on, in*...》：be *well* ～ *on* one's own field 精通自己的領域。**10** 活動地；開始動作地；有精神地；激動地；苦惱地：start ～ an engine 啓動引擎。**11** 在活動狀態中；被看見，出現；被提出《*before, for*...》；被控告《*for*...》：set ～ a new foundation 設立新的基金。**12** 保管地；處於封閉的狀態：lay ～ food for the winter 儲藏食物以備冬天之需。**13** 表示合計：add ～ all the debts 統計所有債務 / patch ～ a coat 縫補大衣。**14** 終了地；完全地：eat ～ 吃光 / pack it ～ neatly 整齊地包裝起來。**15**《通常和**draw, bring, fetch, pull** 等動詞連用》達到某一靜止的狀態。**16**〖棒球〗（打者）就打擊位置；（球隊）在攻擊中地；〖高爾夫〗（球）在果嶺地；（騎者）騎在馬上地。**17**《有時將 **it** 置於其前加強動詞的語氣》。**18**《美口》（在比賽中）各自，各個；《將數詞置於其前》同分地。**19**《在省略動詞的祈使句中》《*with*...》。**20** 朝上地：lie face ～ 仰臥。**21** 在不利的狀態下。**22** 打賭地：the money ～ in the game 賭局中的賭注。**23**（舞臺的幕）上升地，打開地。**24**《口》（雞尾酒）未加冰塊的。
be all up《*with*...》《通常以 **it** 當主語》萬事休矣。

be up against... 《口》面對，遭遇（困難等）。
be up against it 《口》（尤指經濟上）陷入困境。
be up and around 已能離開病床走動了。
be up and coming 《美》精力充沛；有進取心；有發展前途；（鄉鎮等）生氣蓬勃。
be up and doing 《俚》活躍，忙碌。
up and down (1) 上上下下地；從上到下地。(2) 來來去去地，來回地。(3) 各處地。
up front 《美口》預先地；在先期；在最前面。
up there (1) 在天國。(2) 在那邊，到那裡。
up to... (1) 到…，一直到（某個時間、程度、地點）。(2) 遵守；達到期望；完成；充分發揮。(3)（用於數字方面）達到。(4)《口》能；適合；能與…相比的。(5)《口》該由…負責，該負…義務。(6) 從事，計畫。(7) 對…樂意去做。
up to a thing or two 精明的，有經驗的。
—介 **1** 向…高處；向…上面；（身分、地位等）向…（更）高的地方。**2** 在…上頭；沿著（說話者、某地點、或遠離的方向）。**3** 向…上游；向…源頭；向…裡面；向…方位；向…（更）北部。**4** 逆，在…的相反方向。**5**《英》《非標準》向，到。—形《限定用法》**1**（車船等）上行的；向上方的。**2**（髮型）向上的。**3**《美俚》快樂的。—名 **1** 上升。**2**《通常作 ～s》繁榮。**3**（電車、電梯等）上行；上坡。**4** 榮耀的人；幸運的人；上階層的人；繁榮的事。**5** 漲價，高漲。
be on the up (-) and (-) up 《口》(1)《美》光明正大，誠實。(2)《英》越來越好。
the ups and downs of life 人生的浮沉。
—動 **(upped, ～·ping)** 及《口》**1** 舉起，抬高；增加，增大，促進。**2**《美》提高（價格）；（賭博時）下（比前一個賭金）更大的賭注。**3** 使爬升。
—不及 **1**《口》突然間做出。**2** 站起來。**3**《口》突然站起來。**4** 上升。**5** 舉起來《*with...*》。

up- 《字首》表「在上」、「向上」之意。**1** 做副詞接動詞或動名詞。**2** 用以造副詞、形容詞、名詞。**3** 當形容詞用。

up-and-com·ing ['ʌpən'kʌmɪŋ] 形《主美口》有希望的；有進取心的；精力充沛的；有才幹的，有為的。

up-and-down ['ʌpən'daʊn] 形 **1** 上下的；起伏的；多變動的。**2**《美》垂直的。**3**《主美》完全的，十足的：an ～ house cleaning 徹底的房子大掃除。**4**《英》= rough-and-tumble.

up-and-up ['ʌpənd'ʌp] 名《僅用於以下片語》
on the up-and-up (1)《美》正直的，誠實的。(2)《英》進步的，越來越好的。

U·pan·i·shad [u'pænɪˌʃæd] 名〖印度教〗奧義書。

u·pas ['jupəs] 名 **1**〖植〗有巴斯樹。**2** U 有巴斯樹的毒汁。

up·beat ['ʌpˌbit] 名〖樂〗弱拍；（指揮棒）向上揮舞。—形樂觀的；快樂的；爽朗的。

up·borne [ʌp'bɔrn] 形 被舉起的，被支撐的。

up·braid [ʌp'bred] 動及 責難，責備《*with...*》；譴責《*for doing*》: ～ him *with* his carelessness 責備他的大意。
～**·er** 名

up·braid·ing [ʌp'bredɪŋ] 名 U 叱責，譴責。—形 嚴厲叱責的。～**·ly** 副

up·bring·ing ['ʌpˌbrɪŋɪŋ] 名 U C 養育；培養（法）。

UPC [ˌjupi'si] 名《美》統一商品條碼。

up·com·ing ['ʌpˌkʌmɪŋ] 形《限定用法》《美》即將要來的，不久會發生的；最近發表的：talk about the ～ World Series 談論即將來臨的美國職業棒球大聯盟的總冠軍賽。

up·coun·try [ʌp'kʌntrɪ] 形 **1** 位於內陸的：an ～ village 內陸的村莊。**2**《蔑》天真的。—['-ˌ--] 名《**the** ～》內地，內陸。—副向內地；在內陸。

up·date [ʌp'det] 動及（以添加新資料或修改等方法）將書等做成最新式，更新。—['-ˌ-] 名 U C 最新情報，最新版。

up·draft ['ʌpˌdræft] 名 上升氣流。

up·end [ʌp'ɛnd] 動 不及 **1** 豎立；倒置。**2**《口》（在拳擊、買賣中）擊敗。**3**《口》劇烈地影響；將…推翻。—不及直立，顛倒。

up-front ['ʌp'frʌnt] 形《美口》**1** 前面的，前列的。**2** 先行投資的。**3** 領先的。**4** 顯著的。**5** 坦率的。

up·grade ['ʌpˌgred] 名 **1**《美》上坡。**2**《常用 **on the** ～》增加；進步。**3**〖電腦〗（電腦軟、硬體）升級。—形《美》（在）上坡的。—['-'-] 副《美》上坡地。
—[ˌ-'-] 動及使升，提高，增加重要性；改良（家畜）口種。**-grad·er** 名

up·growth ['ʌpˌgroθ] 名 **1** U 成長，發達 **2** 發育之物，成長物。

up·heav·al [ʌp'hivl] 名 U C **1** 舉起，抬起；〖地質〗（地殼的）隆起。**2** 舉起的狀態。**3** 動亂。

up·heave [ʌp'hiv] 動 **(-heaved** 或 **-hove, -heav·ing)** 及 **1** 舉起，抬起；使（地殼等）隆起。**2** 引起大騷動。—不及舉起；隆起。

·up·held [ʌp'hɛld] 動 **uphold** 的過去式及過去分詞。

up·hill ['ʌp'hɪl] 副 上坡地；上升地。
—形 **1** 上升的；上坡的；在高處的：an ～ drive 上坡的駕駛。**2** 費力的，辛苦的：an ～ battle 苦戰。—名向上斜坡；上坡路。

·up·hold [ʌp'hold] 動 **(-held, ～·ing)** 及 **1** 舉起，抬起；支撐：～ one's clenched fist 舉起握緊的拳頭。**2** 支持；鼓舞，激勵；同意；〖法〗確認，支持。**3**《英》(1) = upholster. (2) 維修。～·er 图抬起[舉起]者；支持者；確認者。

up·hol·ster [ʌp'holstɚ] 動 因 **1** 在（椅子、沙發）上裝覆蓋物；張掛布於。**2** 以壁飾裝飾（室內）。

up·hol·ster·er [ʌp'holstərɚ] 图 室內裝潢業者；家具商；室內裝飾用品的製造及買賣業者。

up·hol·ster·y [ʌp'holstərɪ] 图 Ⓤ **1**《集合名詞》室內裝飾用品；（椅子等的）裝填物；椅套，椅墊。**2** 室內裝潢業；家具業者。

UPI《縮寫》*U*nited *P*ress *I*nternational 合眾國際社。

up·keep ['ʌp,kip] 图 Ⓤ **1** 維修，保養；（家族等的）扶養《*of*...》: save a lot of labor on the ～ *of* the hedges 節省養護樹籬所需的大量勞力。**2** 維修費，保養費；扶養費。

up·land ['ʌplənd] 图 **1** 高地，山地。**2**《常作～s，作單數》高原，丘陵地區。
—形（屬於）高地的。

up·lift [ʌp'lɪft] 動 因 **1**《文》高舉，抬起，使（土地）隆起。**2**（在社會地位等）提高；使精神鼓舞：be ～*ed* by the news 因這個消息而精神鼓舞。**3** 提高：～ one's voice in song 唱歌時提高聲調。—不及 舉起，（土地）隆起。
—['-,-] 图 **1** Ⓤ 舉起，抬起；Ⓤ Ⓒ〖地質〗隆起。**2** Ⓤ（社會性、知識性、道德性的）提升（運動）：a moral ～ 道德的進步。**3** Ⓤ《主美》感情的高漲。**4**《俚》（使胸部集中托高的）調整型胸罩。～·ment 图

up·lift·ed [ʌp'lɪftɪd] 形 **1** 被提高的，向上的；高揚的，精神昂揚的。**2** 被抬起的。

up·load ['ʌp,lod] 動 因 不及，图〖電腦〗上傳。

up·man·ship ['ʌpmən,ʃɪp] 图 Ⓤ 勝人一籌。

up·mar·ket ['ʌp,mɑrkɪt] 形 高所得的，高級的。

up·most ['ʌp,most] 形 = uppermost.

:up·on [ə'pɑn] 介 = on.

·up·per ['ʌpɚ] 形《限定用法》**1**（場所等）更上面的，較高的：the ～ jaw 上顎 / notes in the ～ register（樂譜的）高音部記號。**2** 高地的；遠離海岸的；上游的；《美》北方的：the ～ Amazon 亞馬遜河上游 / ～ Georgia 喬治亞州北部。**3**（地位等）較高的：～ freshmen 第二學期的大一學生。**4**《常作 U-》〖地質〗後期的：the *U*-Carboniferous 石炭紀後期。—图 **1** 鞋幫。**2**《常用～s》最上等的圓木；上半身穿的衣物。**3**《口》（船艙等的）上鋪。**4**《通常作～s》上顎（義）齒。**5**《美俚》興奮劑。**6**《美口》感覺愉快的經驗。
be* (*down*) *on one's uppers (1) 皮鞋底剝落。(2)《喻》窮困不堪。

U

'Upper 'Canada 图 上加拿大：現爲 Ontario 省的一部分。

'upper 'case 图〖印〗大寫字母盤。

up·per-case ['ʌpɚ'kes] 形 **1** 大寫字母的。**2**〖印〗大寫字母盤的。—動 因 以大寫字母印刷[書寫]。—图 Ⓤ 大寫字母。

'upper 'chamber 图《通常作 the ～》= upper house.

'upper 'class 图 Ⓤ《the ～(es)》《集合名詞》上流社會（的人）。

up·per-class [,ʌpɚ'klæs] 形 **1** 上流（社會）的；上流階級特有的。**2**《美》（大學、高中的）高年級的。

up·per·class·man [,ʌpɚ'klæsmən] 图（複 **-men**）《美》（大學、高中的）高年級學生。

'upper 'crust 图 **1** Ⓤ Ⓒ（麵包等的）外皮。**2**《the ～》《集合名詞》《口》《常爲謔》上流社會，貴族階級。

up·per·cut ['ʌpɚ,kʌt] 图 **1**（拳擊的）上鉤拳。**2**〖牌〗吃上家牌。—動 (**-cut, ～·ting**) 因 **1** 使（對手）吃一記上鉤拳。**2**〖牌〗出較大的切牌逼使（對方）出更大點數的切牌來吃上家牌。—不及 擊出上鉤拳。

'upper 'deck 图〖海〗**1** 上甲板。**2** 上層船面，最上層的全通甲板。

'upper 'hand 图《the ～》優勢，支配權：get *the* ～ of... 勝過，比…占優勢。

'upper 'house 图《通常作 the ～》《常作 U- H-》（兩院制的）上議院，上院（亦稱 **upper chamber**）。

up·per·most ['ʌpɚ,most] 形 **1** 最高的，最上等的。**2** 首先的（亦稱的 **upmost**）。—副 在最高處地，在最高位地；最初地。

'upper 'story 图 **1** 樓上。**2**《the ～》《俚》頭腦。

'Upper 'Volta 图 上伏塔（共和國）：爲 Bourkina Fasso 的舊名。

'upper 'works 图（複）**1**〖海〗乾舷。**2**《俚》頭腦，智力。

up·pish ['ʌpɪʃ] 形《口》高傲的。
～·ly 副，～·ness 图 Ⓤ 狂妄自大，傲慢。

up·pi·ty ['ʌpətɪ] 形《美口》= uppish.

up·raise [ʌp'rez] 動《文》**1** 舉起，提高；使（地層）隆起。**2** 振奮，鼓舞。

up·rear [ʌp'rɪr] 動 因 **1** 使站起來，抬起，舉起，建立。**2** 提高地位，讚揚。**3** 撫養，養育。—不及 站起來。

·up·right ['ʌp,raɪt] 形 **1** 直立的，垂直的；垂直站立的，朝上的：～ posture 直立的姿勢。**2** 正直的；正當的：an ～ citizen 一個正直的市民。—图 **1** Ⓤ 直立的狀態。**2** 直立的東西；豎型鋼琴。**3**《通常作 ～s》〖主美足〗球門柱。—副 直立地，垂直地。—動 因 弄直，豎立。～·ly 副 直立地。～·ness 图

'upright pi'ano 图 豎型鋼琴。

up·rise [ʌp'raɪz] 動 (**-rose, -ris·en, -ris·ing**) 不及 **1** 站起來；起床。**2** 出現；發

生；湧現。**3** 發生暴動。**4** 登高。**5** 成為上坡。**6**（聲音）變大。—['-,-] 名 日出，黎明；上升；出現；暴動；上坡。

'up-,ris·er 名

up·ris·ing ['ʌp,raɪzɪŋ] 名 叛亂，暴動；站起來，起床；上升；隆起；上坡。

·up·roar ['ʌp,ror] 名 U C 騷動；喧囂，喧鬧 : be in (an) ～在一陣喧嘩中。

up·roar·i·ous [ʌp'rorɪəs] 形 **1** 騷動的，喧鬧的；喧嚷的；嘈雜的，大騷動的 : an ～ welcome 熱鬧的歡迎。**2** 非常滑稽的 : an ～ comedy 非常有趣的喜劇。

～·**ly** 副, ～·**ness** 名

up·root [ʌp'rut] 動 及 **1** 根除。**2** 使離開（生長的土地、環境），使遷出 : be ～*ed* from one's home 被趕出自己的家。**3** 根絕，滅絕；使（從某種習慣等）疏遠。—不及 根除；滅絕；改變生活方式。

up·rose [ʌp'roz] 動 **uprise** 的過去式。

'UPS 《縮寫》*u*ninterruptible *p*ower *s*upply 不斷電系統；*U*nited *P*arcel *S*ervice 《美》優比速快遞公司。

'ups and 'downs 名(複)（人生等的）沉浮。

up·scale ['ʌps'kel] 形《美口》所得和教育水準皆高的；（迎合）富裕階層的。—['-,-] 名《the ～》《作複數》富裕階層的人。—['-'-] 動 及 提高…的素質。

·up·set [ʌp'sɛt] 動 (**-set**, ～·**ting**) 及 **1** 將…傾覆；使（船）翻覆。**2** 使完全混亂；使發生故障；將（計畫等）破壞；弄亂 : ～ all previous theories 推翻所有以前的理論。**3** 使心煩意亂；使（胃等）不舒服。—不及 翻倒；翻覆。—['-,-] 名 **1** U C 傾覆；翻倒。**2**《美》意外的敗績。**3** 心煩意亂；（胃的）不適。**4** 混亂，雜亂。**5** 爭執。—['-'-] 形 **1** 顛覆的；傾覆的。**2** 混亂的。**3** 心緒煩亂的；煩惱的《*about, over* ...》；不適的。

'upset ,price 名《美》拍賣底價，最低價格。

up·shift ['ʌp,ʃɪft] 動 不及, 名（駕車時）換高速檔。

up·shot ['ʌp,ʃɑt] 名 **1**《**the** ～》結局；結論。**2**（爭論、論文的）要旨。

in the upshot 最後，終於。

up·side ['ʌp,saɪd] 名 **1** 上側，上方。**2**（價格等的）上升傾向。

get upsides with... 《英》向某人報復。

'upside 'down 副 **1** 顛倒地，倒轉地 : turn the box ～ 將箱子倒轉過來。**2** 亂七八糟地 : get everything ～ 將每件東西弄得亂七八糟。

up·side-down ['ʌp,saɪd'daʊn] 形 顛倒的；雜亂的。

'upside-'down ,cake 名〖烹飪〗水果夾心蛋糕。

up·si·lon ['jupsə,lɑn, -lən] 名 **1** U C 希臘字母的第 20 個字母（Υ, υ）。**2** 定義 1 的字母所發的母音。

up·stage ['ʌp'stedʒ] 副 在舞臺後方。—形 **1** 舞臺後方的。**2** 高傲的。—動 及 **1**（為了搶戲而站在舞臺後方）使（其他的演員）背向觀眾；搶戲。**2**（在社會上等）勝過。**3** 驕傲的。—名 **1** U 舞臺後部，後臺。**2** 在另一演員後方的舞臺位置。

:up·stairs ['ʌp'stɛrz] 副 **1** 往樓上；在樓上 : be ～ 在樓上 / go ～上樓。**2** 在更高的地位。**3**《口》在頭腦裡。**4**〖軍〗《俚》（飛機）在高空中。

kick a person upstairs 使某人擔任空有其名的職位。

—形（亦稱**upstair**）《限定用法》樓上的。—名(複 ～)《常作單數》樓上。

up·stand·ing [ʌp'stændɪŋ] 形 **1** 直立的；（姿勢）優美的。**2** 正直的；率直的；強健的。

up·start ['ʌp,stɑrt] 名 **1** 暴發戶。**2**（成為暴發戶後）無禮傲慢的人。—形 暴發戶的；無禮貌的，傲慢的。—['-'-] 動 不及 **1** 突然發跡或致富。**2** 突然發生。

—及 使突然發跡或致富。～·**ness** 名

up·state ['ʌp,stet] 名 U《美》遠離大城市的地方，北部地方，遠離海岸的地方，New York 州北部的地方。—['-'-] 形 州北部（出身）的。

up·stream ['ʌp'strim] 副 **1** 向上游地；逆流而上地。**2**〖商〗在上游。—形 **1** 在上游的，朝上游的；逆流的。**2**〖商〗上游的。

up·stroke ['ʌp,strok] 名（筆畫）向上挑的一筆。

up·surge [ʌp'sɝdʒ] 動 不及《文》（波浪、情緒）高漲；提高，增加。—['-,-] 名 湧現，高漲；提高；增加。

up·sweep [ʌp'swip] 動 (**-swept**, ～·**ing**) 及 將（頭髮用梳子）攏上去；將…塗抹上去；使向上彎曲。—不及《美》做成攏起的髮型；向上方彎曲。—['-,-] 名 **1** 攏上去；刷上去；向上方的彎曲；《美》梳上去的髮型。**2** 顯著的活躍現象。**3**（動物下顎的）向上彎曲。

up·swept ['ʌp,swɛpt] 形 **1** 向上面彎的。**2**《美》（頭髮等）往上梳的。

up·swing ['ʌp,swɪŋ] 名 **1**（鐘擺等的）向上的擺動。**2** 顯著的增加 : an ～ in student enrollment 學生註冊人數顯著的上升。—['-'-] 動(**-swung**, ～·**ing**) 不及 向上擺動；顯著地增加；向上。

up·take ['ʌp,tek] 名 **1**《**the** ～》理解，領會 : slow on *the* ～ 領會得慢。**2** 舉起，拿起；（生物體對物質）吸收。**3**（瓦斯等的）上升通風管；汲水管。

up-tem·po ['ʌp,tɛmpo] 形 快節拍的；快速度的。

up·thrust ['ʌp,θrʌst] 名 **1** 向上的一推。**2**〖地質〗隆起。

up·tick ['ʌp,tɪk] 名《美》**1**〖證券〗上揚購入。**2**（事業等的）上升趨勢，向上。

up·tight ['ʌp'taɪt] 形《俚》**1**《美》緊張

U

的；焦躁的，不安的；生氣的。2 限制過嚴的，鄭重其事的，頑固；極端保守的。3（財政上）陷入絕境的。4 最好的，完美的。～·ness 图

:**up-to-date** ['ʌptə'det] 形 1 一直到現在的；含有最新資料的；最近的：an ～ history 最近現代史 / bring a list ～ 在表上添加最新資料。2 現代的，最新的。
～·ly 副，～·ness 图

up-to-the-min·ute ['ʌptəðə'mɪnɪt] 形 最近的；最新式的。

up·town ['ʌp'taun] 副《美》遠離商業區地；在住宅區。—形 住在住宅區的；高級的。—['-,-] 图 住宅區。

up·trend ['ʌp,trɛnd] 图〖經〗上升傾向，上揚。

up·turn [ʌp'tɜn] 動 及 1 使朝上翻起，翻掘；使朝上。2 使混亂。—不及 朝上。
—['-,-] 图 1（社會等的）大變動，大動亂。2（價格等的）上升，好轉。

up·turned [ʌp'tɜnd] 形 1 朝上的；朝上翻的。2（被）翻過來的。

UPU《縮寫》*U*niversal *P*ostal *U*nion 萬國郵政聯盟。

up·val·ue ['ʌp,vælju] 動 及 將（原價的）尾數去掉以後進位；使（貶值的貨幣）升值。
-val·u·'a·tion 图

:**up·ward** ['ʌpwɚd] 副 1 向上地。2 在較高的地位：from childhood (and) ～ 從孩提時候起。3（數、量）在…以上：from $10 ～ 從十美元以上。4 比較高地；上半身地：from the waist ～ 自腰部以上。5 向大都市地（亦稱 **upwards**）。
upward of... 在…以上。
—形 1 向上方移動的，朝上的；在上方的，上升的；向上游的。2（聲音）變高的。
～·ly 副，～·ness 图

upward mo'bility 图 U〖社〗社會地位的提升。

up·well [ʌp'wɛl] 動 不及 向上噴出，向上流。

up·wind ['ʌp'wɪnd] 副 在上風地，逆風地。—形 在上風的，朝上的。—['-,-] 图 在上風，逆風；吹向上方斜面的風。

U

ur- [ur]《字首》表「原始的」、「最初的」、「原形的」、「本源的」之意。

u·rae·mi·a [ju'rimɪə] 图〖病〗= uremia.

u·rae·us [ju'riəs] 图（複～·es）古代埃及王冠上眼鏡蛇形的標誌（象徵至高權力）。

U·ral ['jurəl] 图 1《the ～》烏拉河。2 烏拉：俄羅斯一地區。—形 烏拉山的；烏拉河的。

U·ral-Al·ta·ic ['jurəlæl'teɪk] 形 1 烏拉阿爾泰地區（居民）的。2 說烏拉阿爾泰語的。
—图 U 烏拉阿爾泰語系。

U·ra·li·an [ju'relɪən] 形 烏拉（山脈、地區）的。

'Ural 'Mountains 图（複）《the ～》烏拉山脈：俄羅斯的山脈，爲歐洲與亞洲的界山（亦稱 **Urals**）。

u·ra·nal·y·sis [,jurə'næləsɪs] 图（複-ses [-,siz]）= urinalysis.

U·ra·ni·a [ju'renɪə] 图 尤蕾妮亞：1〖希神〗Muses 神之一，司天文的女神。2 愛神 Aphrodite 的別名。3 女子名。

·**u·ra·ni·um** [ju'renɪəm] 图 U〖化〗鈾（符號：U）：enriched ～ 濃縮鈾。

U·ra·nus ['jurənəs] 图 1〖希神〗優瑞拉斯神，天神。2〖天〗天王星。

urb [ɜb] 图《口》都市地區，大都會區。

·**ur·ban** ['ɜbən] 形 1 屬於都市的，都會的。2 住在都市的；都市特有的；都市化的。

'urban 'district 图 1 市區。2 準自治都市。

ur·bane [ɜ'ben] 形 都市風格的，有教養的，彬彬有禮的。～·ly 副，～·ness 图

'urban guer'rilla 图 都市游擊隊員：在都市地區進行恐怖暴力活動者。

ur·ban·ist ['ɜbənɪst] 图 都市計畫專家。

ur·ban·ite ['ɜbən,aɪt] 图 都市居民。

ur·ban·i·ty [ɜ'bænətɪ] 图（複-ties）1 U C 都市風格；優雅有禮的態度。2《-ties》高雅的舉止，禮節。

ur·ban·ize ['ɜbə,naɪz] 動 及 將…都市化；使變高雅：an～*d* society 都市化社會。**-i·'za·tion** 图

ur·ban·ol·o·gy [,ɜbə'nɑlədʒɪ] 图 U 都市學，都市問題研究。

'urban re'newal 图 U 都市更新計畫。

ur·chin ['ɜtʃɪn] 图 1 頑童；男孩，少年。2 = sea urchin. 3 小分梳棒。4 刺蝟。

Ur·du ['urdu, ɜ'du] 图 U 烏爾都語：巴基斯坦的官方語言。

-ure《字尾》表「動作」、「結果」、「職責」、「政府機關」等之意。

u·re·a [ju'riə, 'jurɪə] 图 U〖生化·化〗尿素。

u·re·mi·a [ju'rimɪə] 图 U〖病〗尿毒症。

u·re·ter [ju'ritɚ] 图〖解·動〗（輸）尿管。
～·al 形

u·re·than(e) ['jurə,θen] 图 U〖化〗胺基甲酸酯。

u·re·thra [ju'riθrə] 图（複-thrae [-θri], ～s)〖解〗尿道。-thral 形

u·re·thri·tis [,jurə'θraɪtɪs] 图 U〖病〗尿道炎。

·**urge** [ɜdʒ] 動（urged, urg·ing）及 1 推進；催促；鼓勵；驅策；驅趕；加速《*on, onward, forward*》：～ an enterprise *onward* 推動事業 / ～ a person's progress 鼓勵某人力求上進。2 強迫；驅策《*to, into...*》：～*d* by circumstances 受環境所迫 / ～ a person to accept an offer 促使某人接受提議。3 注意，關心；極力主張；要求《on, upon...》：～ the need of...力主…之必要。—不及 1 刺激；（向某方向）驅動。2 極力敘述…主張《for...; against...》。3 懇求；勸說。—名《罕用複數》1《通常an ～》驅策；驅策的力量；激勵，衝動《to do》。2 強烈的渴望。'urg·ing·ly 形

ur·gen·cy ['ɝdʒənsɪ] 名 U C 迫切，緊急；U（要求等的）堅持，強逼：a problem of great ～ 非常緊急的問題。

·ur·gent ['ɝdʒənt] 形 1 急需的，緊急的：an ～ meeting 緊急會議。2 強求的；糾纏不休的；煩人的《in, for...》：an ～ suitor 糾纏不休的求婚者。

-urgy《字尾》表「…的處理方法」、「…的製作工藝」之意。

U·ri·ah [ju'raɪə] 名〖聖〗烏利亞：Bathsheba 之夫，大衛王軍隊的部隊長，後為大衛王設計致死以娶其妻。

u·ric ['jurɪk] 形《限定用法》尿的；含尿的；取自尿中的。

U·ri·el ['jurɪəl] 名〖聖〗七大天使之一。

u·ri·nal ['jurənl] 名 1 小便池。2（檢驗用的）尿瓶。

u·ri·nal·y·sis [ˌjurə'næləsɪs] 名（複-ses [-ˌsiz]）U C 尿分析，驗尿。

u·ri·nar·y ['jurəˌnɛrɪ] 形 1 泌尿的。2（有關）泌尿器的。

'urinary 'bladder 名〖解·動〗膀胱。

u·ri·nate ['jurəˌnet] 動 不及 排尿。**-'na·tion** 名 U 排尿（作用）。

u·rine ['jurɪn] 名 U 尿：pass ～小便。

URL《縮寫》uniform resource locator 一致性資源定位址；網址。

urn [ɝn] 名 1 壺，甕，罈；（古代希臘的）投票用的甕。2〖詩〗骨灰罈；墳墓。3 附有龍頭開關的茶壺[咖啡壺]。4〖植〗壺：蘚類的胞子囊。

uro-¹《字首》表「尿」之意。

uro-²《字首》表「尾」之意。

u·ro·gen·i·tal [ˌjuro'dʒɛnətl] 形 泌尿生殖器的。

u·rol·o·gy [ju'rɑlədʒɪ] 名 U 泌尿學。**u·ro·log·ic** [ˌjuro'lɑdʒɪk] 形, **-gist** 名

Ur·sa Ma·jor ['ɝsə'medʒɚ] 名〖天〗大熊座。

Ur·sa Mi·nor ['ɝsə'maɪnɚ] 名〖天〗小熊座。

ur·sine ['ɝsaɪn] 形（有關）熊的；似熊的。

Ur·su·la ['ɝsjulə] 名〖女子名〗烏蘇拉（暱稱作 Ursa）。

ur·ti·car·i·a [ˌɝtɪ'kɛrɪə] 名 U〖病〗蕁麻疹，風疹塊。

U·ru·guay ['jurəˌgwe, -ˌgwaɪ] 名 烏拉圭（共和國）：南美洲東南部一共和國；首都 Montevideo。**-'guay·an** 名 形 烏拉圭人[的]。

:us [əs,《強》ʌs] 代《we的受格》1 我們。2《口》《置於動名詞之前》= our. 3《口》《當 **be** 的補語，或用在 **than, as** 之後》= we. 4《口》《主詞》= we. 5《古，詩》《美口》《反身》= ourselves. 6《在各種的省略、絕對、感嘆詞句中，都不用主詞和受詞》我們。7《英口》= me 1.

·U.S.《縮寫》《通常作 **the** ～》United States; Uncle Sam; United Service.

·USA, U.S.A.《縮寫》United States Army [of America].《通常作 **the** ～》United States of America; United States Army.

us·a·ble, use- ['juzəbl] 形 1 適於使用的。2 可用的。**-'bil·i·ty** 名 U 可用性，有用。

USAF《縮寫》United States Air Force 美國空軍。

·us·age ['jusɪdʒ] 名 1 U C 習慣，慣例，習俗；〖法〗慣用法。2 U C（語言的）慣用法；（某一特例的）用法：french ～ 法語慣用法。3 U 處理，對待；處理方法；使用：harsh ～ 粗暴的處置 / be broken by long ～ 因長期使用而損壞。

us·ance ['juzn̩s] 名 1 U〖商〗（票據上）支付匯票的習慣期限。2〖經〗利息；由財富所生的各種所得。3《古》使用；習慣，慣例。

USB《縮寫》universal serial bus 通用串列匯流排。

USCG《縮寫》United States Coast Guard 美國海岸防衛隊。

:use [juz] 動 (**used, us·ing**) 及 1 使用，行使：～ one's brains 思考 / ～ one's judgment 運用判斷力。2 利用，藉助：～ every opportuntiy 利用每個機會 / ～ a person's name（為了藉助某人的權威而）引用某人的名字。3 處理，對待：～ a person ill 虐待某人。4 花費，浪費。5 習慣於。—不及 慣常。

use up... (1) 用完。(2)《通常用被動》使筋疲力盡。(3) 辱罵，毒打；痛毆。

—[jus] 名（複 **us·es** [-ɪz]）1 U 使用，利用；使用量。2 U C 使用的方法；用途。3 U 使用的能力。4 U 有用，效用；利益，效果。5 U 必要，需要《for...》。6 U 習慣；慣例；習慣做法：U- is second nature.《諺》習慣是第二天性。7 U〖法〗（受託或占有財產的）使用權；（受託者的）收益權；被動信託。8〖教會〗儀式，禮拜方式。9〖金工〗粗割鍛造；（被粗割的）鑄塊。

have no use for... (1) 不需要，用不著。(2) 無視於，不將…當成對手。(3)《口》不喜歡，無法忍受。

make use of... 利用…，使用…。

(of) no use 無用處，無益。

put...to use 使用；利用。

with use 不停地使用。

use·a·ble ['juzəbl] 形 = usable. **-'bil·i·ty** 名

:used¹ [just] 動 不及 1 過去經常。2 如同往昔。

U

:used² [just] 形 **1** 習慣（於…）的《 *to...* 》。**2** [juzd]《主美》用過的；二手的，中古的：a ～ car 中古車。

:use·ful ['jusfəl] 形 **1** 有用的，有益的；有效的，有幫助的《 *to, for..., to* do 》：a few ～ hints 幾點有益的暗示 / come in ～（在必要的時候）派上用場。**2** 實用性的：the ～ arts 手工藝 / ～ work 實用性的工作。～**·ly** 副

use·ful·ness ['jusfəlnɪs] 名 U 用處，有效性，助益：outlive its ～ 因用得過久，而不再有用。

:use·less ['juslɪs] 形 **1** 無益的；無用的，無價值的。**2** 不能使用的；不實用的：a ～ gadget 不實用的裝置。～**·ly** 副，～**·ness** 名

us·er ['juzɚ] 名 **1** 使用者[物]；常服用的毒品者：a regular ～ of the subway 經常乘坐地下鐵的人 / a chronic ～ of marijuana 常抽大麻煙的人。**2**〖法〗（財產的）使用權，享有權；（財產使用權的）行使。**3**〖電腦〗用戶。

us·er-friend·ly ['juzɚ'frɛndlɪ] 形〖電腦〗容易操作的。**-li·ness** 名

U-shaped ['ju,ʃept] 形 U（字）形的。

·ush·er ['ʌʃɚ] 名 **1**（教堂、劇場等的）接待員，引座員；門口守衛。**2**《英》儀式官；任接待賓客職務的人；前導員。一動 及 **1** 擔任接待工作；引導，接待《 *in, out / into, to...* 》。**2** 成爲…的先進；宣告…的到來《 *in* 》。

一不及 擔任接待[前導]工作。

ush·er·ette [,ʌʃə'rɛt] 名（電影院、劇場等的）女服務員。

USIA《縮寫》*U*nited *S*tates *I*nformation *A*gency 美國駐外資訊局。

USIS《縮寫》*U*nited *S*tates *I*nformation *S*ervice 美國新聞處。

USMC《縮寫》*U*nited *S*tates *M*arine *C*orps 美國海軍陸戰隊。

USN《縮寫》*U*nited *S*tates *N*avy 美國海軍。

USNA《縮寫》*U*nited *S*tates *N*aval *A*cademy 美國海軍軍官學校。

USNG《縮寫》*U*nited *S*tates *N*ational *G*uard 美國國民兵。

USS《縮寫》*U*nited *S*tates *S*enate; *U*nited *S*tates *S*hip。

U

USSR《縮寫》*U*nion of *S*oviet *S*ocialist *R*epublics.

usu.《縮寫》*usu*al(ly).

:u·su·al ['juʒuəl] 形 **1** 平常的，通常的，習慣性的：the ～ time for dinner 平常的晚餐時間 / be busier than ～比平常更忙。**2** 平常經歷到的，普通的；平凡的：the ～ May weather 常見的五月天氣。

as per usual《諧·俚》= as USUAL.

as usual 照常，照例。

一名《 **the** ～, **one's** ～》日常的事，既定的事。～**·ness** 名

:u·su·al·ly ['juʒuəlɪ] 副 通常，平常：more than ～ late 比平常更晚地。

u·su·fruct ['juzjʊ,frʌkt, 'jus-] 名 U〖羅馬法·大陸法〗使用權；收益權。

u·su·fruc·tu·ar·y [,juzjʊ'frʌktʃuɛrɪ, -sjʊ-]〖羅馬法·大陸法〗形 收益權的。一名 (複 **-ar·ies**) 享收益權者。

u·su·rer ['juʒərɚ] 名 放高利貸者。

u·su·ri·ous [ju'ʒʊrɪəs] 形 **1** 以高利放款的。**2** 高利貸的；收高利的。～**·ly** 副

·u·surp [jʊ'zɝp] 動 及 **1** 以暴力取得的（地位、職位、權力等），霸占：～ the throne 篡奪王位。**2** 盜用：～ another company's patent rights 盜用其他公司的專利權。一不及 以暴力侵占，奪取《 *on, upon ...* 》。

u·sur·pa·tion [,juzɚ'peʃən] 名 U C **1** 霸占，侵害。**2**（王位的）篡奪。

u·surp·er [jʊ'zɝpɚ] 名 篡奪者，僭取者。

u·su·ry ['juʒərɪ] 名 U **1**（尤指超出法定利率）高利：with ～以高利。**2** 高利貸。

U·tah ['jutɔ, 'jutɑ] 名 猶他州：美國西部州名；首府 Salt Lake City。略作：Ut. ～**·an** [-ən] 形 名 猶他州的[人]。

·u·ten·sil [ju'tɛnsḷ] 名 **1**（尤指用於廚房的）用具，器具：household ～*s* 家庭用具 / cooking ～*s* 烹調用具。**2** 器皿，用具：writing ～*s* 書寫用具。

u·ter·ine ['jutərɪn] 形 **1**〖解〗子宮的。**2** 同母異父的。

u·ter·us ['jutərəs] 名 (複 **-ter·i** [-tə,raɪ])〖解〗子宮。

u·til·i·tar·i·an [,jutɪlə'tɛrɪən] 形 **1** 關於有用（性）的；實用性的：～ education 以實用爲主的教育。**2** 功利主義（者）的。一名 功利主義者。

u·til·i·tar·i·an·ism [,jutɪlə'tɛrɪənɪzəm] 名 U 功利主義，實用主義。

·u·til·i·ty [ju'tɪlətɪ] 名 (複 **-ties**) **1** U 有用，實用；有用性；〖經〗效用：marginal ～邊際效用 / of no ～ 無用的。**2** 有用之物；（尤指）電氣，瓦斯，自來水；《常作 **-ties** 》有用的因素。**3** 公用事業；《 **-ties** 》《主美》公用事業股票：～ companies 公用事業公司。**4** 幸福；最大多數人的最大幸福。**5** = utility man. 一形 **1** 多種用途的。**2** 實用的；爲謀利而飼養的。**3** 公共事業的。

u'tility ,man 名 **1** 什麼都會做的人；辦雜務的人。**2**（戲劇的）龍套。**3**〖棒球〗工具人，全能替補球員。

u'tility ,room 名 用具室。

·u·ti·lize ['jutḷ,aɪz] 動 及 利用《 *for...* 》：～ hemp *for* making rope 用麻製繩索 / ～ the sun as an energy source 利用太陽做能源。**-liz·a·ble** 形，**-li·,za·tion** 名，**-liz·er** 名

·ut·most ['ʌt,most] 形《限定用法》**1** 最大的，最高度的。**2** 最遠的，極限的：the ～ limits of the land 國土最遠的邊界 / the ～ outpost 最外的前哨站。**3** 最後的。

一图（亦稱 **uttermost**）《僅用單數》**1**《通常用 **the** ～, **one's** ～》最大的程度[數量]；（能力等的）最大限度，最高；最上，最好。**2** 極度，極限。

U·to·pi·a [ju'topɪə] 图 **1** 烏托邦：Sir Thomas More 所著的 *Utopia* 一書中所描述的理想國。**2**《通常作 **u-**》理想的社會，理想國；幻想的社會改革計畫。

U·to·pi·an [ju'topɪən] 形 **1** 烏托邦的；似烏托邦的。**2**《通常用 **u-**》理想中完美無缺的；非實際的；幻想的：a ～ scheme 不切實際的計畫。一图 **1** 烏托邦的居民。**2**《通常作 **u-**》幻想的政治社會改革者；夢想家。

u·to·pi·an·ism [ju'topɪən,ɪzəm] 图 Ⓤ《偶作 **U-**》烏托邦式的理想主義；幻想的政治社會改良計畫。

U·trecht ['jutrɛkt] 图 烏特勒克：荷蘭中部之一省。

·**ut·ter**[1] ['ʌtɚ] 動 因 **1** 說出；發出，出（聲）：～ a person's name 叫某人的名字 / ～ a terrible cry 發出恐怖的叫聲。**2**（用文字）表達；用語言表現：～ one's view on a subject 就一題目發表自己的意見。**3** 使（僞幣等）流通。一不及 **1** 說話；敘述；描述；行使。**2**（禁語等）被說出口。

～**·a·ble** 形，～**·er** 图

·**ut·ter**[2] ['ʌtɚ] 形《限定用法》**1** 完全的，徹底的：in ～ confusion 完全混亂地。**2** 無條件；斷然的：an ～ denial 斷然的拒絕。**3** 極爲異常的；非常奇怪的。～**·ness** 图

·**ut·ter·ance** ['ʌtərəns] 图 **1** Ⓤ發聲，發言；說出：give ～ to one's misery 說出自己的悲慘境遇。**2**《僅用單數》說話的方式；發音；《文》說話能力。**3** 言詞；意見；動物的鳴叫聲；被發出的聲音：a person's public ～*s* 某人公開的言論。**4** Ⓤ〖語言〗發話。

·**ut·ter·ly** ['ʌtɚlɪ] 副 完全地，徹底地：be ～ bewildered 完全不知所措。

ut·ter·most ['ʌtɚ,most] 形《爲 **utmost** 的文語》**1** 最遠的：to the ～ frontiers of civilization 至於文明最遙遠的邊境。**2** 最大（限度）的：her ～ confidence in him 她對他的無比信賴。一图《通常作 **the** ～, **one's** ～》最大的程度，最大限度。

U-turn ['ju,tɝn] 图 **1**（汽車等的）U 字型迴轉。**2**（政策的）大轉彎。

U.V., UV《縮寫》*u*ltra*v*iolet.

UVA《縮寫》*u*ltra *v*iolet *A* 紫外線 A（會使皮膚加速老化）。

UVB《縮寫》*u*ltra *v*iolet *B* 紫外線 B（會使皮膚晒傷及晒黑）。

u·vu·la ['juvjələ] 图 (複 ～**s**, **-lae** [-,li])〖解〗懸壅垂，小舌。

u·vu·lar ['juvjəlɚ] 形 **1** 懸壅垂的。**2**〖語音〗軟口蓋的，小舌音的。一图〖語音〗軟口蓋音，小舌音。

ux·o·ri·cide [ʌk'sorɪ,saɪd, ʌg'z-] 图 Ⓤ 殺妻；Ⓒ殺妻犯。

ux·o·ri·ous [ʌk'sorɪəs, ʌg'z-] 形 溺愛妻子的。

Uz·bek ['ʌzbɛk], **-beg** [-bɛg] 图 (複 ～**s**,《集合名詞》～) **1** 烏兹別克人。**2** Ⓤ烏兹別克語。

Uz·bek·i·stan [uz'bɛkɪ,stæn, ʌz-, -,stɑn] 图 烏兹別克（共和國）：位於中亞南部的國家：首都爲 Tashkent。

V v

V¹, v [vi] 名 (複 **V's** 或 **Vs, v's** 或 **vs**) **1** Ⓤ Ⓒ 英文字母中第 22 個字母。**2** V 狀物。

V² 《縮寫》*v*agabond;〖數〗vector; *v*elocity; *v*ictory;〖電〗volt(s).

V³ [vi] 名 **1** Ⓤ(連續事物的)第 22 個。**2** Ⓤ《偶作 v》(羅馬數字的) 5。**3**《化學符號》vanadium. **4**《口》五元美鈔。

v 《縮寫》velocity;〖電〗volt(s).

V. 《縮寫》*V*enerable; *V*icar; *V*ice; *V*iscount.

v. 《縮寫》valve; vector; vein; verb; verse; version; versus;《口》very; vicar; vice; violin; vision; vocative; volt; voltage; volume;《用於人名》von.

VA 《縮寫》*V*eterans *A*dministration;《郵》*V*irgini*a*;(亦作 **va**) volt-*a*mpere;(亦作 **Va**)〖樂〗viol*a*.

Va. 《縮寫》*V*irgini*a*.

V.A. 《縮寫》《美》*V*eterans *A*dministration; *V*icar *A*postolic; *V*ice-*A*dmiral;《英》(Order of) *V*ictoria and *A*lbert 維多利亞和亞伯特勳章。

vac [væk] 名《英口》**1** = *vac*ation. **2** = *vac*uum *c*leaner.

·va·can·cy ['vekənsɪ] 名 (複 **-cies**) **1** 空;空白;無人;Ⓤ空處,空間:the utter ~ of the desert 全無人影的沙漠。**2** 空地;空房;空缺,空位:No ~.《標示》客滿。**3** 間隙;裂痕,割痕。**4** Ⓤ 空虛;失神:a look of ~ in her eyes 她眼中茫然若失的神情。**5**〖結晶〗空格點。**6** Ⓤ《古》無所事事,閒暇。

·va·cant ['vekənt] 形 **1** 空的;空虛的;空洞的;空白的《*of...*》:stare into ~ space 凝視空處。**2** 空著的,無人借用的:a ~ parking space 空著的停車位。**3** 空缺的,缺人的:a ~ position 空職。**4** 無所事事的,閒暇的;無活力的,靜悄悄的:the ~ night 寂靜的夜晚。**5** 茫然的,心不在焉的,發呆的:a ~ answer 心不在焉的回答 / wear a ~ expression 帶著茫然的表情。**6**〖法〗未使用的,閒置的;無繼承人的,無主的:~ possession《英》《在不動產的廣告中》可即時擁有。~**·ly** 副, ~**·ness** 名

va·cate ['veket] 動 及 **1** 弄空,空出;去除。**2** 讓出,搬出;騰出;辭退;辭掉。**3** 使無效,取消:~ a previous court decision 使先前的法院判決無效。—不及 **1** 空出,讓出,騰出;辭職。**2**《美口》離開;休假,度假。

:va·ca·tion [ve'keʃən, və-] 名 **1** 休假,假期(《英口》vac);休會期;《主美》假日:take a ~ with pay 帶薪休假。**2** 解放,中止:a ~ from strife 紛爭暫時中止。**3** Ⓤ Ⓒ讓出;辭職,退休;空缺:~ of a good position 辭去很好的職位。—動 不及《美》放假,度假《*at, in...*》:go ~*ing* 去度假。

va·ca·tion·er [ve'keʃənɚ, və-], **-tion·ist** [-ʃənɪst] 名 度假者;夏天的避暑遊客,遊覽的旅客。

va·ca·tion·land [ve'keʃən,lænd, və-] 名《美》度假勝地。

vac·ci·nal ['væksənl] 形 疫苗的,種痘的;預防接種的。

·vac·ci·nate ['væksə,net] 動 (**-nat·ed, -nat·ing**) 及 **1** 種牛痘。**2** 做預防接種《*against...*》。—不及 種牛痘,接種疫苗

vac·ci·na·tion [,væksə'neʃən] 名〖醫〗**1** Ⓤ Ⓒ 疫苗接種,種牛痘。**2** Ⓤ 牛痘疤。

vac·ci·na·tor ['væksə,netɚ] 名〖醫〗接種員,爲人做疫苗注射的人;種痘刀,接種針。

vac·cine [væk'sin, -sɪn] 名 Ⓤ Ⓒ 疫苗;牛痘疫苗。—形 **1** 疫苗的,種痘的;牛痘的。**2** 牛的,由牛身上採取的。

vac·il·late ['væsl,et] 動 不及 **1** 搖盪,搖動;東倒西歪;振動,變動。**2** 搖晃,擺動《*between...*》;猶豫不決,躊躇:~ *between* hope and despair 在希望和絕望之間搖擺不定。

vac·il·lat·ing ['væsl,etɪŋ] 形 **1** 動搖的,搖擺不定的;躊躇的,優柔寡斷的。**2** 搖晃的,搖擺的;振動的,變動的(亦稱 **vacillant**)。~**·ly** 副

vac·il·la·tion [,væsl'eʃən] 名 Ⓤ Ⓒ **1** 動搖;優柔寡斷。**2** 搖晃;變動。

·vac·u·a ['vækjuə] 名 **vacuum** 的複數形。

va·cu·i·ty [væ'kjuətɪ, və-] 名 (複 **-ties**) **1** Ⓤ 真空,空白;空洞;空虛;虛無;空地,裂痕,坑窪。**2** Ⓤ Ⓒ 欠缺,無。**3** 不振的時代,空白期;無變化,單調。**4** Ⓤ 心不在焉,發呆,精神恍惚,心靈空虛;愚鈍,蠢材。**5**《通常作 **-ties**》愚蠢的事情,無意義的言詞。

vac·u·ous ['vækjuəs] 形 **1** 空的,空虛的;真空的。**2**《文》欠缺思考的,馬虎大意的;愚笨的;無表情的,空洞的;無內容的。**3** 無目的的;無意義的:lead a ~ existence 過著無目的的生活。 ~**·ly** 副, ~**·ness** 名

·vac·u·um ['vækjuəm] 名 (複 ~**s**, 義 **1, 2** **vac·u·a**) **1** 真空,真空室;真空狀態,真空度:a theoretical ~ 理論上的真空狀態。**2**《常用 **a** ~》空虛,空白;孤獨。**3**《

V

口》真空吸塵器；真空乾燥機。—形 1 由真空產生的，真空的；抽出氣體的；真空包裝的。2 真空裝置的。—動 及不及《美》用真空吸塵器打掃；用真空機器處理《*up, out*》：~ *up* the dirt 用吸塵器吸灰塵。

'vacuum aspi'ration 名〖醫〗真空吸引法。

'vacuum ˌbottle [《英》ˌflask] 名熱水瓶。

'vacuum ˌcleaner 名吸塵器。

'vacuum 'coffee ˌmaker 名吸水管式咖啡壺，真空煮咖啡器。

'vacuum ˌgauge 名真空計。

vac·u·um-packed ['vækjuəm'pækt] 形真空包裝的。

'vacuum ˌpump 名真空唧筒；抽氣幫浦。

'vacuum ˌtube [《英》ˌvalve] 名《美》真空管。

va·de me·cum ['vedɪ 'mikəm] 名 (複 ~s) 1 隨身攜帶的物品。2 手冊，指南。

vag·a·bond ['vægəˌbɑnd] 形 1 流浪的，浪蕩的，流浪者的，浪蕩者特有的：~ dropouts from society 流浪於社會的落伍者。2 生活不安定的：a ~ outcast 飄泊的流浪者。3 不足取的，不正經的：a ~ crew 一群流氓。4 方向不定的，飄蕩的：a ~ journey 無目標的旅行。—名 1 飄泊者，流浪漢；無家可歸者。2 漫不經心的人，無責任感的人；無賴，流氓。—動 不及 流浪，飄泊。

~·ish 形, ~·ism 名

vag·a·bond·age ['vægəˌbɑndɪdʒ] 名 U 1 流浪；流浪生活；流浪癖好。2《集合名詞》流浪者。

va·gar·i·ous [və'gɛrɪəs] 形 1 超出常軌的，古怪的；反覆無常的。2 流浪的，飄泊的。~·ly 副

va·gar·y [və'gɛrɪ, ve-, -'gerɪ] 名 (複 -gar·ies) 1 反覆無常的行為：the *vagaries* of life 人生的浮沉。2 變化無常的個性。

va·gi·na [və'dʒaɪnə] 名 (複 ~s, -nae [-ni]) 1〖解〗陰道。2〖植〗葉鞘。

vag·i·nal [və'dʒaɪnl̩] 形 1 陰道的。2 鞘狀的。

vag·i·ni·tis [ˌvædʒə'naɪtɪs] 名 U〖病〗陰道炎。

va·gran·cy ['vegrənsɪ] 名 (複 -cies) 1 U 遊蕩狀態；游手好閒；〖法〗遊蕩罪。2 (思緒) 天馬行空，變幻無常。

va·grant ['vegrənt] 名 1 流浪者，無固定住所的人；飄泊者。2〖法〗游手好閒者，流氓。—形 1 流浪的；流浪者特有的，流浪者的。2 方向不定的；蔓延的；《文》不著邊際的，朝三暮四的。~·ly 副

·**vague** [veg] 形 (va·guer, va·guest) 1 不明確的，籠統的：feel a ~ discomfort 感到一種莫名的不舒服。2 不清晰的，模糊的：~ odor 輕微的香味。3 不清楚的，不確定的。4 曖昧的，發呆的，心不在焉的。—名《the ~》未確定的狀態。

~·ly 副, ~·ness 名

va·gus ['vegəs] 名 (複 -gi [-dʒaɪ])〖解〗迷走神經 (亦稱 **vagus nerve**)。

·**vain** [ven] 形 1 無意義的，無聊的；無價值的；空虛的：the ~ pomp and glory of the world 世上虛幻的華麗和榮耀。2 虛榮的；自誇的，自負的《*of, about...*》：(as) ~ as a peacock 像孔雀般一樣虛榮的。3 白費的，徒然的；無益的；不順心的：a ~ pursuit of power 徒勞的權力追求。

in vain (1) 徒然地，白費地。(2) 胡亂地，隨便地，不尊敬地。

~·ness 名

vain·glo·ri·ous [ven'glorɪəs] 形 虛榮心強的，炫耀的：be ~ of... 對…很自負。

~·ly 副, ~·ness 名

vain·glo·ry [ven'glorɪ] 名 U 過分自負；虛榮，炫耀。

·**vain·ly** ['venlɪ] 副《修飾全句》1 徒然地，無效地。2 得意地，炫耀地：speak ~ of one's achievements 炫耀地誇自己的成就。

vain·ness ['vennɪs] 名 U 無益，徒然。

Vais·ya ['vaɪsjə] 名 吠舍：印度種姓制度第三階級的平民。

val·ance ['væləns] 名 1 帷幔；《美》上端裝飾。2 波浪狀的東西。

·**vale** [vel] 名《詩》山谷，河谷：this ~ of tears《喻》眼淚之谷；世界，塵世。

val·e·dic·tion [ˌvælə'dɪkʃən] 名 U《文》告辭，告別；C 臨別贈言。

val·e·dic·to·ri·an [ˌvælədɪk'torɪən] 名《美》畢業生代表。

val·e·dic·to·ry [ˌvælə'dɪktərɪ] 形《文》告別的，辭別的。—名 (複 -ries)《美》(畢業生代表的) 告別演說。

va·lence ['veləns], **-len·cy** [-lənsɪ] 名 1〖化〗原子價。2〖生〗(染色體等結合的) 數價。

Va·len·ci·a [və'lɛnʃɪə] 名 1 瓦倫西亞：西班牙東部的一省。2《通常作 v-》瓦倫西亞產的杏仁、葡萄乾。3《通常作~s》棉與毛織成的布料。4 (亦作 **Valentia**)〖女子名〗瓦蘭西雅。

Va·len·ci·ennes [vəˌlɛnsɪ'ɛnz] 名 1 華倫西安：法國北部的一城市。2 U 華倫西安手織的花邊。

val·en·tine ['vælənˌtaɪn] 名 1 在情人節送給情人的卡片、禮物。2 在情人節贈禮的對象；情人。3 表示愛情的書信；《通常作 V-》情歌。

Val·en·tine ['vælənˌtaɪn] 名 1 **Saint**, 聖華倫泰 (?–C270)：羅馬基督教的殉教者。2 華倫泰：羅馬教皇。

'Valentine('s) ˌDay 名 = Saint Valentine's Day.

va·le·ri·an [və'lɪrɪən] 名 1 U C〖植〗纈草。2 U 纈草根。

val·et ['vælɪt, væ'le] 名 1 侍僕，傭人。2 侍者，服務生。3 掛大衣的衣架。
—動及不及當侍從，侍候；照料（…的）衣服。

val·e·tu·di·nar·i·an [,vælə,tjudn̩'ɛrɪən] 名 1 健康不佳者，虛弱的人。2 過分注意健康者。—形 1 虛弱的；病弱的。2 過分注意健康的；經常爲身體發愁的。

val·e·tu·di·nar·y [,vælə'tjudn̩ɛrɪ] 名 (複-nar·ies) = valetudinarian.

val·gus ['vælgəs] 名 (複～·es)〖病〗1 外翻足，外八字。2 外翻足的人。—形外翻足的。

Val·hal·la [væl'hælə] 名〖條頓神〗1 英靈殿：Odin 神的神殿，爲奉祠陣亡英雄的紀念堂。2 祭拜名人或有特殊事蹟者的紀念堂。

val·ian·cy ['væljənsɪ], **-iance** [-jəns] 名U《文》勇氣，勇敢；英勇。

val·iant ['væljənt] 形 1 勇敢的，勇猛的；英雄的：a ～ warrior 勇敢的戰士。2 有價值的，極漂亮的，優秀的。—名 勇敢的人。
～·ness 名

val·iant·ly ['væljəntlɪ] 副 勇敢地，英勇地：try ～ 勇敢地嘗試。

·val·id ['vælɪd] 形 1 正當的，有根據的，妥當的；〖理則〗含有暗示結論之前提的；正確的：a ～ assumption 正確的假定。2 有效力的，有效的；有說服力的，有權威的：a ～ excuse 有力的藉口。3 依法律有效的；合法的：a passport ～ for five years 五年有效的護照。4《古》健壯的，魁梧的；健康的。
～·ly 副, ～·ness 名

val·i·date ['vælə,det] 動及 1 證明有效，使批准；使有效。2 使生效；批准，認可。-'da·tion 名

va·lid·i·ty [və'lɪdətɪ] 名U 1 妥當（性），正確（性）：the ～ of the opinion poll 民意測驗的正確性。2 合法（性）；有效（性），效力：expiration of ～ 有效期滿。

va·lise [və'lis] 名 1 手提箱；旅行背包。2 背包。

Val·kyr·ie [væl'kɪrɪ] 名〖條頓神〗英靈殿侍女。

:val·ley ['vælɪ] 名 (複～s) 1 山谷，溪谷。2 流域：the head of a ～ 河谷的發源地。3 最低點，谷底；〖建〗凹槽：the ～ between the breasts 乳溝。

V

val·or,《英》**-our** ['vælɚ] 名 U 英勇，勇猛，勇敢：deeds of ～ 英勇的事蹟。

val·or·ize ['vælə,raɪz] 動及規定價格。使維持市價。-i·'za·tion 名U 穩定物價政策。

val·or·ous ['vælərəs] 形《文》1 有勇氣的，勇敢的。2 勇猛的。～·ly 副

valse [vɑls] 名 (複～s [vɑls])《法語》= waltz.

:val·u·a·ble ['væljuəbl] 形 1 值錢的，有價值的；昂貴的，高價的：a ～ antique 貴重的古董。2 貴重的；寶貴的，重要的；有益的，有幫助的《for, to...》：～ data 寶貴的資料。3 可估價的，可換算成金錢的：good not ～ in terms of cash worth 無法用金錢買到的物品。—名《通常用～s》貴重物品。
～·ness 名, -bly 副

val·u·a·tion [,vælju'eʃən] 名 1 U 估價，預計；價值判斷，評價；C 評定價值：put a high ～ on... 把…估計太高，高估。2 U 認知，認識。～·al 形, ～·al·ly 副

val·u·a·tor ['vælju,etɚ] 名 評價者，價格審定員。

:val·ue ['vælju] 名 1 U 價值，價格；重要性，寶貴價值：the ～ of a good upbringing 良好教養的重要性。2 UC 交換價值，購買力；價錢，價格；評定價格，票面價值：～ in exchange 交換價值 / to the ～ of ... 有…的價值；金額爲…的。3 U 相對價值，正當的報酬，回報《for...》：pay a person the ～ of his lost books 付給某人遺失書本的錢。4 UC 評價，估價：set much ～ on... 高估，重視。5 UC 意思，意義：the ～ of a symbol 符號的意義。6 喜歡，愛好；愛情，好意：have a ～ for... 喜歡。7 U〖數〗值。8《～s》價值標準，價值觀。9 U〖畫〗明暗度：out of ～ 明暗度不調和。10 U〖樂〗音的長度；〖語音〗音值；〖生〗等級。—動 (-ued, -u·ing) 及 1 評價；估價；估計《at...》。2 尊重，重視：～ oneself on ... 誇耀。

'val·ue-,add·ed 'tax ['vælju, ædɪd-] 名U 加值稅。略作：VAT

val·ued ['væljud] 形 1 被尊重的，受重視的；貴重的：a ～ heirloom 貴重的傳家寶。2 被預估的，被查定的；《複合名詞》有價值的：many-*valued* 有多種價值的。

'value ,judgment 名UC 價值判斷。

val·ue·less ['væljulɪs] 形 無價值的，不足道的。

val·u·er ['væljuɚ] 名 1《英》= appraiser. 2 評價的人，價格核定者。

va·lu·ta [və'lutə] 名 幣值。

·valve [vælv] 名 1 閥，活門：a safety ～ 安全閥。2〖解〗瓣，瓣膜。3〖動〗（雙殼貝的）殼；矽藻的殼；〖植〗莢片。4〖電子〗《英》= vacuum tube.
—動 (valved, valv·ing) 及 以閥調節流量；加上瓣膜。—不及 利用活門，使用閥。
valved 形 有瓣的，有閥的。～·less 形

val·vu·lar ['vælvjəlɚ] 形 1 瓣狀的；有瓣的；以活門活動的。2 心臟瓣膜的。

va·moose [væ'mus] 動不及及《美俚》匆匆離去，逃亡，逃跑，開溜：*V*-, kid！小鬼，快跑！

vamp[1] [væmp] 名 1 靴面皮，鞋面。2 補釘；縫補的工藝。3〖爵士〗即席伴奏。
—動 及 1 換鞋面。2 加以補綴。3 修改；編造出，拼湊成《up》。4〖爵士〗即席演

奏《*up*》。—不及作即席伴奏。
～·er名, ～·ish形

vamp² [væmp] 名《口》妖婦，蛇蠍美人。—動及用美色引誘，惑騙。
—不及表現出妖婦的樣子。

vam·pire ['væmpaɪr] 名 **1** 吸血鬼。**2** 吸他人膏血者，搾取者。**3** 惡毒婦人，妖婦；扮演惡毒女人的演員。**4** 吸血蝙蝠（亦稱 **vampire bat**）。

van¹ [væn] 名《通常作**the** ～》**1** 前衛，先頭部隊。**2**《文》先鋒，先驅：in the ～ of... 在…的前端，做…的先驅。**3**《集合名詞》站在前頭的人群，領導者。

·**van²** [væn] 名 **1** (1)大型有蓋的搬運車：a livestock ～ 載牲畜車。(2)小卡車，輕型送貨車；大型載貨馬車：a florist's ～ 花店的小型貨車。**2**《英》行李車廂；有蓋的貨車。
—動(**vanned,** ～·**ning**)及用貨車搬運。

van³ [væn] 介《常作 **V-**》= from; of.

van⁴ [væn] 名《古》= wing.

van⁵ [væn] 名《英口》= advantage 3.

va·na·di·um [və'nedɪəm] 名〖化〗釩。符號：V

Van 'Allen ˌbelt [væn'ælɪn-] 名《 the ～》〖理〗范艾倫（輻射）帶。

Van·cou·ver [væn'kuvɚ] 名 **1** 溫哥華島：加拿大南部的島嶼。**2** 溫哥華：加拿大 British Columbia 省的港市。

Van·dal ['vændl̩] 名 **1** 汪達爾人：於西元五世紀侵入掠奪羅馬的日耳曼民族之一。**2**《**v-**》藝術文化的破壞者；故意破壞公物的人。—形 **1** 汪達爾人的。**2**《**v-**》破壞藝術文化的；野蠻的。

van·dal·ism ['vændl̩ˌɪzəm] 名U **1** 對藝術文化的破壞；破壞，污損。**2** 野蠻的行為。
-'si·tic形

van·dal·ize ['vændl̩ˌaɪz] 動及 摧毀；破壞。

Van Dyck [væn'daɪk] 名 **Sir Anthony,** 范戴克（1599－1641）：荷蘭畫家。

Van·dyke [væn'daɪk] 名 **1 Sir Anthony**（⇨VAN DYCK）。**2** 范戴克所作的畫。**3**《美》《偶作 **v-**》= Vandyke beard. **4**《偶作 **v-**》范戴克式衣領。—形范戴克式的。
—動及作鋸齒狀飾邊。—不及 歪歪斜斜地走。

Van'dyke 'beard 名范戴克（式）鬍。

Van'dyke 'brown 名U范戴克棕：畫家 Vandyke 所喜歡用的深棕色。

vane [ven] 名 **1** 風向標。**2** 翼，葉片。**3**〖鳥〗羽瓣。**4**〖海·測〗視準器，覘板。**5**〖弓〗箭翎。**6** 性情易變的人，反覆無常的人。**vaned**形

Van Gogh [væn'go] 名 **Vincent,** ⇨GOGH

van·guard ['vænˌgɑrd] 名《通常作 **the** ～》**1** 前鋒，先頭部隊。**2** 先驅，領導的地位；《集合名詞》領導者：be in *the* ～ of ... 成為…的先驅。

va·nil·la [və'nɪlə] 名 **1** U 香草香精。**2**〖植〗香草。**3** 香草豆。**4**〖電腦〗陽春型。
—形 **1**《限定用法》香草口味的。**2** = plain-vanilla.

·**van·ish** ['vænɪʃ] 動不及 **1** 消失，不見；消散《*from...*》：～ *from* sight 消失不見。**2** 離去，消滅，不存在，完了。**3**〖數〗成為零。—及使消失；使消滅。
～·er名, ～·ing·ly副, ～·ment名

'vanishing ˌcream 名U雪花膏：化妝品的一種。

'vanishing ˌpoint 名《通常作**the** ～》**1** 沒影點。**2** 消滅點，「零」。

·**van·i·ty** ['vænətɪ] 名(複**-ties**) **1** U 驕傲自滿；虛榮心：tickle a person's ～ 滿足某人的虛榮心 / What ～! 好驕傲自大啊！**2** 驕傲的表現；驕傲自滿的原因。**3** U 無價值；無實質內容，虛幻，空虛；C 無意義的事物。**4** = vanity case. **5**《美》= dressing table. **-tied** 形

'vanity ˌcase 名化妝包，化妝箱。

'Vanity 'Fair 名 **1** 浮華市集：(1)英國作家 Bunyan 所著 *Pilgrim's Progress* 一書中的市場名稱。(2) W.M. Thackeray 所作的小說的書名。**2**《常用 **v- f-**》充滿虛華的世界；上流社會。

'vanity ˌplate 名《美》自選車牌。

'vanity ˌpress [ˌpublisher] 名《美》專門提供由作者自費印書的出版社。

'vanity ˌsurgery 名U美容整形手術。

van·ner ['vænɚ] 名《美》擁有或開貨車的人；以貨車做為旅行交通工具的人。

van·pool ['vænˌpul] 名《美》共同搭乘一部貨車上下班（亦稱 **van pool**）。
—動不及 共乘一部 van 上下班。

van·quish ['væŋkwɪʃ] 動及《文》**1** 征服，戰勝；打敗，擊敗：～ one's opponent 打敗對手。**2** 克服，壓抑。
～·a·ble形, ～·er名, ～·ment名

van·tage ['væntɪdʒ] 名 **1** U有利的地位；有利；優越；優勢：avail oneself of the ～ of experience 利用有經驗這點優勢。**2**《古》利益。**3**〖網球〗《英》= advantage 3. **4** 眺望的好地點。

'vantage ˌground 名有利地位，上風。

'vantage ˌpoint 名 有利地點；立場：a good ～ to watch for ships 瞭望船隻的好地點。

Va·nu·a·tu [ˌvɑnu'ɑtu] 名 萬那杜（共和國）：南太平洋上一島國，昔稱 New Hebrides 群島；首都為 Port Vila。

van·ward ['vænwɚd] 形副先鋒的[地]，領先的[地]；向前方的[地]。

vap·id ['væpɪd] 形 **1** 平淡無味的，走味的：go ～ 走味了。**2** 無生氣的；無聊的，乏味的。～·**ness**名, ～·**ly**副

va·pid·i·ty [væ'pɪdətɪ] 名 (複**-ties**) **1** U 無滋味；無生氣，乏味。**2**《通常作**-ties**》無聊的話，乏味的言語。

·**va·por** ['vepɚ] 名 1 Ⓤ Ⓒ 霧氣，煙霧：蒸汽；氣：water escaping in the form of ～ 以蒸汽的形式散發出來的水。2 吸入用藥劑。3《古》奇妙的想法，夢想。4《古》虛幻無常的東西。5《the ～s》《古》(1) 憂鬱症，氣悶。(2) 有毒氣體，瘴氣。6《美俚》蒸汽浴；《～s》蒸汽浴室。—動及 1 使蒸發，使變成蒸汽；使化爲煙霧。2 使虛張聲勢。3《古》使憂鬱。—不及 1 蒸發，汽化；散發出蒸汽，散發。2 吹牛，誇大，說閒話。

va·por·ing ['vepərɪŋ] 形 1 蒸發的，汽化的。2 自吹自擂的，誇大的。—名《通常作～s》驕傲自滿；吹牛，說大話。～·ly 副

va·por·ish ['vepərɪʃ] 形 1 似蒸汽的，多蒸汽的。2 悒鬱的。～·ness 名

va·por·i·za·tion [,vepərə'zeʃən] 名 Ⓤ 1 蒸發，汽化；蒸發狀態。2〖醫〗蒸汽療法。

va·por·ize ['vepə,raɪz] 動及 使蒸發。—不及 1 蒸發，汽化。2《罕》驕傲自滿，吹牛，說大話。

va·por·iz·er ['vepə,raɪzɚ] 名 1 促使蒸發的人[物]。2 蒸發器，汽化器；霧化器，噴霧器；〖醫〗蒸汽吸入器。

va·por·ous ['vepərəs] 形 1 蒸汽的，霧狀的；多蒸汽的，蒸汽籠罩的；因蒸汽而模糊的；形成蒸汽的。2 不實際的，虛幻的；輕率的，浮躁的；極淺薄的；幻想性的；不能信賴的；靠不住的。
～·ly 副，～·ness 名

'**vapor ,trail** 名 = contrail.

va·por·y ['vepərɪ] 形 1 = vaporous. 2 = vaporish.

va·pour ['vepɚ] 名，動及不及《英》= vapor.

va·que·ro [vɑ'kɛro] 名 (複～s) 牧人，牛仔，家畜商販。

var.《縮寫》*var*iable; *var*iant; *var*iation.

Va·ra·na·si [və'rɑnəsɪ] 名 瓦拉那西。⇨ BENARES

·**var·i·a·ble** ['vɛrɪəbl] 形 1 不穩定的；善變的，反覆不定的：～ desires 善變的要求。2 可變的。3 多變的，多樣的 :the ～ transformations of Proteus 海神變幻無常的形態。4〖生〗變異的，變異性的；〖天〗亮度變化的；〖氣象〗方向改變的，易變的；〖數〗變數的，不定的。—名 1 會變之物；易變的性質。2〖數〗變數，變量；變項；變數符號；〖理則·語言〗變數，變項；〖天〗= variable star。
-'**bil·i·ty**, ～·**ness** 名, -**bly** 副

'**variable** '**star** 名〖天〗變光星。

var·i·ance ['vɛrɪəns] 名 1 Ⓤ 可變性，多樣性；變動，變化。2 Ⓤ Ⓒ 不一致，相左；不和，意見衝突，吵架：the ～ between the two reports 那兩個報告間的差異。3 Ⓤ〖統〗變異數；〖理·化〗變異度，變異；〖法〗不符，矛盾。4 變通措施。
at variance (1) 相違，矛盾《*with, among, between...*》。(2) 相爭，不和。

var·i·ant ['vɛrɪənt] 形《限定用法》1 種種的。2 不同的，相異的：a ～ pronunciation 另一種發音。—名 1 異人[物]，別體，變體。2 不同拼法，不同發音。3 異文；修訂版，修改曲。

·**var·i·a·tion** [,vɛrɪ'eʃən] 名 1 Ⓤ Ⓒ 變化，變動：～(*s*) on the same theme 老調新彈，換湯不換藥。2 變化量，變化的程度。3 異體，變體：a ～ of football 足球的變種。4 Ⓤ〖樂〗變奏；Ⓒ 變奏曲。5〖芭蕾〗一種單人舞。6 Ⓤ〖生〗變異；Ⓒ 變異個體；Ⓤ Ⓒ〖數〗變異，變分，變化。

var·i·cel·la [,værɪ'sɛlə] 名 Ⓤ〖病〗水痘。

var·i·ces ['værɪ,siz] 名 **varix** 的複數形。

var·i·col·ored ['vɛrɪ,kʌlɚd] 形 1 雜色的。2 各式各樣的。

var·i·cose ['værɪ,kos] 形 1 異常擴張的。2 靜脈曲張的。

var·i·cos·i·ty [,værɪ'kɑsətɪ] 名 (複-**ties**)〖病〗1 Ⓤ Ⓒ 靜脈曲張。2 = varix 1.

·**var·ied** ['vɛrɪd] 形 1 富於變化的，多樣的：～ interests 各種興趣。2 改變過的，變更過的。3 雜色的；斑駁的。
～·**ly** 副，～·**ness** 名

var·ie·gate ['vɛrɪ,get] 動及 1 使斑駁，使成雜色。2 使變化；使多樣化。-**gat·or** 名

var·ie·gat·ed ['vɛrɪ,getɪd] 形 1 雜色的，色彩多的。2 富有變化的，多樣化的。

var·ie·ga·tion [,vɛrɪ'geʃən] 名 Ⓤ 多樣化；多樣（性）；呈雜色。

:**va·ri·e·ty** [və'raɪətɪ] 名 (複-**ties**) 1 Ⓤ 不單調，不統一，多變化；相異：for ～'s sake 爲了有所變化。2 各種不同的東西；《a ～》各種《*of...*》：*a* dazzling ～ *of* ... 多種多樣的。3 種類：roses of every ～ 各式各樣的玫瑰。4 不同狀態，不同形體：*varieties* of chocolate 不同形狀的巧克力。5 變種；品種；〖郵票〗變體：a geographical ～ of maple 由於地理因素而產生的楓樹的變種。6 Ⓤ〖劇〗綜藝節目，雜耍。—形〖劇〗綜藝的。

va'**riety** ,**meat** 名 Ⓤ Ⓒ《美》動物內臟。

va'**riety** ,**show** 名 = variety 名 6.

va'**riety** ,**store** 名《主美》雜貨店。

var·i·form ['vɛrɪ,fɔrm] 形 各種形式的。

va·ri·o·la [və'raɪələ] 名 Ⓤ〖病〗天花。

var·i·om·e·ter [,vɛrɪ'ɑmətɚ] 名 1 磁力偏差計。2〖空〗爬升速率測定器。

var·i·o·rum [,vɛrɪ'orəm] 形 1 收錄各種版本之異文的。2 集注的，合注的。—名 異文版[本]，集注版[本]。

:**var·i·ous** ['vɛrɪəs] 形 1 各式各樣的，各不相同的；種種的，各種的：～ species 各式各樣種類 / ～ ways 各種方法。2 具有多種不同特質的，多方面的。3 雜色的，斑

V

駁的。4 互異的，不相似的；不同於標準的：their ～ character 他們迥然不同的性格。5 多數的，許多的：representatives from ～ countries 由許多國家來的代表。6 個別的，各自的。─代《作複數》《主美》幾個（不同之物），（…的）數個，數人《of...》：I spoke to ～ of them. 我跟他們之中好幾個人說過話。

var·i·ous·ly ['vɛrɪəslɪ] 副各式各樣地，（方法、時間等上）不同地；以各種名字：He had ～ held jobs as a waiter, taxi driver and salesman. 他曾經做過服務生、計程車司機、推銷員等多種工作。

var·ix ['vɛrɪks] 名(複 **-i·ces** ['vɛrə,siz]) 1〖病〗靜脈曲張。2〖動〗(卷貝的) 螺層。

var·let ['vɑrlɪt] 名《古》1 侍從，僕人；服侍騎士的童僕。2 不務正業者，惡棍，流氓。

var·mint, -ment ['vɑrmənt] 名 1《方》= vermin. 2 害蟲，有害動物。3《美》卑鄙的傢伙，不務正業的人。4 狐狸。

·**var·nish** ['vɑrnɪʃ] 名 1 Ⓤ Ⓒ 清漆；（類似假漆的）塗料，釉：oil ～ 油性清漆 / spirit ～ 酒精清漆。2 塗上清漆的表面；（如塗上清漆似的）光澤（面）。3 Ⓤ Ⓒ 表面的修飾，文飾：I want the truth without ～ . 我想知道事實的真相。4《英》指甲油。─動及 1 塗清漆於；使…有光澤。2 修飾，裝飾。3 粉飾，虛飾。

var·si·ty ['vɑrsətɪ] 名(複 **-ties**) 1《英》(學校、大學等，尤指運動的) 代表隊：the Kennedy High School ～ baseball team 甘迺迪高中的棒球代表隊。2《常作 V-》《英口》大學（尤指 Oxford、Cambridge 兩所大學）。

·**var·y** ['vɛrɪ] 動(**var·ied**, ～**·ing**) 及 1 改變…的形狀，修正：～ the rules 修正規則。2 使不同；使多樣化：The teacher *varies* his teaching materials every year. 那位老師每年改變教材。3〖樂〗變奏。─不及 1 變化，不同《*in...*》：The climate here *varies* from that of your country. 本地的氣候與貴國不同。2（形狀、外表、性質上）有變化；（隨著…）不斷變化《*with...*》；（範圍等）（從…至…）變化，分布《*from... to...*》：One's physical condition *varies with* the climate. 身體的狀況隨氣候改變。3 偏離，逸出《*from...*》：～ *from* a standard 不合標準。4〖數〗變化；〖生〗變異：Y *varies* directly with X. Y 和 X 成正比。

～**·ing·ly** 副

Vas·co da Ga·ma ['vɑskodə'gæmə] 名 ⇨ GAMA

vas·cu·lar ['væskjələ˞] 形 1〖生〗維管束的，導管的；血管的。2 熱烈的，熱情的。**-'lar·i·ty** 名

'**vascular 'plant** 名維管束植物。

vas·cu·lum ['væskjələm] 名(複 **-la** [-lə], ～**s**) 1〖植〗囊狀葉。2 植物採集箱。

·**vase** [ves, -z] 名 1 花瓶，花器。2 瓶形飾物；〖建〗瓶飾。3〖植〗(瓶形的) 萼。

vas·ec·to·my [væ'sɛktəmɪ] 名(複 **-mies**) Ⓤ Ⓒ〖外科〗輸精管切除術。

Vas·e·line, vas- ['væsl̩,in] 名 Ⓤ〖商標名〗凡士林。

vaso- 《字首》表「血管」之意。

vas·sal ['væsl̩] 名 1（封建時代的）封臣，諸侯；（一般的）屬下。2《文》販夫走卒；奴隸；隸屬者，屬下：become a ～ to one's fears 成了恐懼的奴隸。─形 1 封臣的，臣下特有的；有臣下地位的。2 隸屬的，從屬的：a ～ relationship 從屬關係。

vas·sal·age ['væsəlɪdʒ] 名 1 Ⓤ 封臣的地位；《集合名詞》〖史〗封臣們。2 Ⓤ 臣下之禮，封臣的效忠宣誓。3 封地。4 Ⓤ 從屬，隸屬：in ～ to... 成為…的俘虜。

·**vast** [væst] 形 1 非常廣的，廣大的；巨大的：～ mountains of sand 巨大的沙堆。2《英》龐大的，極大的：～ numbers of men 無數人。3《口》非常的，非同小可的。─名 1《古》《詩》茫茫，廣闊無邊。2《主方》龐大的數[量]。～**·ly** 副

vas·ti·tude ['væstə,tjud] 名 Ⓤ 1 廣大，巨大。2 廣闊的空間。

vast·ness ['væstnɪs] 名 Ⓤ 廣大，浩瀚；《常作～**es**》空曠廣大的區域：the ～*es* of the universe 浩瀚的宇宙。

vat [væt] 名 1 大桶，大缸；〖化〗甕，桶；甕還原劑。2 鞣皮用的桶，製紙用的桶；洗礦石、礦物用的木桶。3 鹽田。─動(～**·ted**, ～**·ting**) 及 放入大桶；放入大桶作染整處理。

VAT 《縮寫》《主英》*v*alue-*a*dded *t*ax.

Vat·i·can ['vætɪkən] 名 1《the ～》天主教教廷；梵諦岡宮殿。2 教皇權，教皇政治。─形梵諦岡的；教皇政治的。

ˌ**Vatican 'City** 名梵諦岡市：由羅馬教宗統治，位於義大利羅馬市內的獨立國。

va·tic·i·nate [və'tɪsə,net] 動及 不及《文》預言，預測，舉止似預言家。

vaude·ville ['vodə,vɪl, 'vɔ-] 名 Ⓤ 1 諷刺性流行歌曲。2 綜藝節目。3 輕歌舞劇。

vaude·vil·lian [ˌvodə'vɪljən, ˌvɔ-] 名 1 綜藝節目演出者；歌舞劇編劇者（亦稱 **vaudevillist**）。2《美》綜藝雜耍劇場（《英》music hall）。─形綜藝性的。

·**vault**[1] [vɔlt] 名 1 拱形屋頂，穹窿：a barrel ～ 筒形拱頂。2 拱形房間。3 地窖；倉庫，保管庫；金庫；地下納骨所，墓穴：a wine ～ 地下酒窖。4〖解〗蓋。5 洞穴；噴火口。6《詩》穹窿狀之物；天空，蒼穹：the ～ of heaven 蒼穹。─動及 1 安裝圓形天花板於，蓋拱頂於；造成圓頂形。2 呈拱形橫跨於。─不及 彎成拱形。

vault[2] [vɔlt] 動不及 1 跳躍：～ onto a fence 跳到牆上。2 一躍而至：～ into fame and success 一舉成名。─及跳過。
─名 1 跳過，跳躍。2 騰躍。～**·er** 名

vault·ed ['vɔltɪd] 形有拱頂的；穹窿的，圓頂的：a ～ passage 拱形的通道。

V

vault·ing[1] ['vɔltɪŋ] 名Ⓤ1 穹窿工程；圓頂建築物。2 拱形屋頂；《集合名詞》拱頂。

vault·ing[2] ['vɔltɪŋ] 形1 向上跳的；跳躍用的。2《文》過度的：～ ambition 狂妄的野心。—名Ⓤ撐竿跳；〖體〗跳馬。

'vaulting ˌhorse 名（體操用具的）跳馬。

vaunt [vɔnt] 動及不及《文》自誇地說；誇耀，自傲。—名自誇，大言不慚。

vaunt·ing ['vɔntɪŋ] 名 形 自誇（的），傲慢（的）。

v. aux《縮寫》*aux*iliary verb.

vb.《縮寫》verb(al).

V.C.《縮寫》*V*eterinary Corps; *V*ice-Chairman; *V*ice-Chancellor; *V*ice-Consul;《英》*V*ictoria Cross.

VCR《縮寫》*v*ideo*c*assette *r*ecorder.

VCD《縮寫》*v*ideo *c*ompact *d*isc 影音光碟。

V.D., VD, v.d.《縮寫》*v*enereal *d*isease.

V-Day ['viˌde] 名（第二次世界大戰的）勝利紀念日（1946 年 12 月 31 日）。

've have的縮略形：用於I, we, you, they的後面。

veal [vil] 名Ⓤ1 小牛。2 小牛肉。

vec·tor ['vɛktɚ] 名1〖數〗向量。2 航線彈道；飛機航線。3〖天〗矢徑。4〖生〗病原傳染媒體。—動及引導。

-'to·ri·al [-'torɪəl] 形

Ve·da ['vedə] 名吠陀：1《偶作 ～s》印度婆羅門教宗教文獻的總稱。2 義 1 的四卷之一。3《the ～s》義 1 的四卷加上 Brahmanas 及 Upanishads 的總稱。

'V-'E ˌDay 名 第二次世界大戰歐洲勝利紀念日：1945 年 5 月 8 日。

ve·dette [və'dɛt] 名1 小型巡邏艇。2 騎馬哨兵（亦稱 **vidette**）。

Ve·dic ['vedɪk] 形吠陀的；吠陀文學的。—名Ⓤ吠陀（梵）語。

veep [vip] 名《美口》副總裁，副主席；《V-》副總統。

veer[1] [vɪr] 動不及1 改變方向，轉身；改變，轉變：～ off the road 走入叉道。2 順轉；改變航路，轉為順風：～ and haul 風向交替變換。—及1 改變方向《*a-way, off*》。2 使順風航行。—名 變換，轉變：a ～ toward radicalism 轉變為偏激主義。

veer[2] [vɪr] 動 及 1〖海〗鬆開。2 妥善處理。

veg [vɛdʒ] 名ⓊⒸ《英口》蔬菜。

Ve·ga ['vigə] 名〖天〗織女星。

ve·gan ['vɛgən] 名純素食者。

～ˌism 名Ⓤ 絕對素食主義，純素食。

:veg·e·ta·ble ['vɛdʒətəbl] 名1 蔬菜；蔬菜的食用部分：garden ～*s* 園藝蔬菜。2 Ⓤ 植物：animal, ～ or mineral 動物、植物、礦物。3 無生氣的人；植物人。—形1《限定用法》蔬菜的；植物的；植物性的；由植物提煉的。2 植物似的；單調的，無生氣的。

-bly 副

'vegetable ˌmarrow 名食用葫蘆。

'vegetable ˌsponge 名= luffa 2.

veg·e·tal ['vɛdʒətl] 形1 植物（性）的，蔬菜（性）的；植物界的：a ～ diet 素食。2 生長的，生物作用的。

veg·e·tar·i·an [ˌvɛdʒə'tɛrɪən] 名素食者。—形素食主義的；只有蔬菜的。

～ˌism 名Ⓤ素食（主義）。

veg·e·tate ['vɛdʒəˌtet] 動不及1 生長；〖病〗增殖。2 生活得毫無生氣，過單調的生活。

·veg·e·ta·tion [ˌvɛdʒə'teʃən] 名Ⓤ1《集合名詞》植物，草木：arctic ～ 寒帶植物。2 植物的生長，植物的生長過程。3 無生氣的生活，單調的生活；無所作為，閒混日子：an intellect in a state of virtual ～ 無所作為的知識分子。

veg·e·ta·tive ['vɛdʒəˌtetɪv] 形1 生長的，有生長能力的。2 能使植物生長的，植物生長的；植物（界）的：the ～ world 植物界。3 有關生長與供給養分的。4 生長的；無性的。5 無意識的，不隨意變動的。6 呆板的，被動的。7 有促進植物生長之能力的。

～·ly 副, ～·ness 名

veg·gie ['vɛdʒɪ] 名《口》1 = vegetarian. 2 vegetable.

ve·he·mence ['viəməns] 名 Ⓤ 熱誠，熱心；激烈，猛烈。

·ve·he·ment ['viəmənt] 形1 熱心的，有精力的：a ～ supporter of human rights 人權的熱心支持者。2 激烈的，猛烈的；強烈的：a ～ protest 強烈的抗議 / a ～ blast of wind《文》一陣強風。～·ly 副

·ve·hi·cle ['viɪkl] 名1 搬運工具，交通工具：a passenger ～ 客車。2 傳達方法，媒介；媒介物，媒體；傳達方式；媒體；手段，工具《*for...*》：a ～ of disease 疾病的媒介。3〖劇·視〗能夠發揮演員才能的劇本《*for...*》。

ve·hic·u·lar [vi'hɪkjəlɚ] 形 1 搬運用的，作交通工具用的；車輛的：～ regulations 行車須知。2 用車搬運的，移動式的：a ～ library 流動性圖書館。

·veil [vel] 名1 面紗；紗帳，垂幕：a ～ of darkness 夜幕。2 面罩；《the ～》修女的生活。3 面具，藉口：under the ～ of religion 藉宗教之名。4〖生·解〗= velum 1, 2.

beyond the veil 在死後的未知世界，在黃泉。

draw a veil over... 對…避而不談。

take the veil 當修女。

—動及1 戴面紗於。2 隱藏，掩蓋；隱藏本性，偽裝起來。—不及 戴面紗。

veiled [veld] 形1 有罩紗的；戴面紗的：a ～ lady 戴面紗的婦女。2 掩飾的，隱藏的：～ threats 暗示性的恐嚇。3 朦朧的，

不明白的。**veil·ed·ly** ['velɪdlɪ] 副委婉地。

veil·ing ['velɪŋ] 名U **1** 覆上面紗。**2** 面紗。

·vein [ven] 名 **1** 靜脈；血管：the pulmonary ～ 肺靜脈。**2** 翅脈；葉脈；紋理。**3** 礦脈，礦層；岩脈；水脈，水路；地下水。**4** 《 **in** ～》狀態，情形；情緒，心情：be *in* the ～ 起勁。**5** 性格，氣質，風格；方法，手法：play the composition in a classical ～ 以古典風格演奏音樂作品。

—動及 **1** 加紋理；加脈絡似的條紋於。**2** 脈絡似地延伸。

veined [vend] 形有脈絡的；有紋理的；有條紋的：～ amber 有條紋的琥珀。

vein·ing ['venɪŋ] 名U **1** 脈的形成；脈的排列；脈搏。**2** 脈；脈理。

ve·lar ['vilɚ] 形 **1** 軟顎的。**2** 〖語音〗軟顎音的。—名〖語音〗軟顎音。

ve·lar·ize ['viləˌraɪz] 動及〖語音〗用軟顎發音；使軟顎化。

Ve·láz·quez, Ve·lás- [və'laskɛθ] 名 **Diego Rodriguez de Silvay**, 維拉斯凱（1599－1660）：西班牙畫家。

veld(t) [vɛlt] 名《 **the** ～》（南非的）草原。

vel·lum ['vɛləm] 名U **1** 精製羊皮革紙。**2** 羊皮革紙手抄本。**3** 仿羊皮革紙。—形小羊皮製的。

ve·lo·ce [vɪ'lotʃɪ] 形〖樂〗快板的。

ve·loc·i·pede [və'lasəˌpid] 名 **1** 三輪車。**2**《美》小孩用的三輪車。

ve·loc·i·rap·tor [və'lasəˌræptɚ] 名〖動〗迅猛龍。

·ve·loc·i·ty [və'lasətɪ] 名(複-**ties**) **1** UC 迅速，快速；敏捷。**2** U〖力〗速度；速率：at a ～ of 40 miles an hour 以時速 40 哩。

ve·lour(s) [və'lʊr] 名U **1** 絲絨似的布。**2** 絲絨般的毛氈。

ve·lum ['viləm] 名(複義 **1** 及義 **2 -la** [-lə], 義 **3** ～) **1**〖生〗緣膜；膜突，游泳盤。**2**〖解〗軟顎。**3** 帆狀雲。

vel·vet ['vɛlvɪt] 名 **1** U天鵝絨，絲絨：(as) smooth as ～ 似天鵝絨般光滑的。**2** U像天鵝絨的東西；柔軟；光滑；嫩皮：the ～ of her voice 她那輕柔的聲音。**3**《口》得天獨厚的地位，舒適愉悅的景況。**4** U《美俚》(1) 賭博所賺得的錢。(2) 獎金，獎品。(3) 利潤，盈利。

on velvet《口》(1) 處於穩賺的狀況。(2) 處於舒適的情況。

—形 **1** 絲絨製的（亦稱 **velveted**）。**2** 天鵝絨似的；柔軟的：walk with (a) ～ tread《文》腳步輕盈地走著。

vel·vet·een [ˌvɛlvə'tin] **1** U 棉質天鵝絨，棉絨。**2**《 ～**s** 》棉絨褲。

vel·vet·y ['vɛlvɪtɪ] 形 **1** 絲絨般柔軟而光滑的；柔軟的；摸起來舒服的。**2** 溫和的，香醇的。**-i·ness** 名

Ven. 《縮寫》*Ven*erable; *Ven*ice.

ve·nal ['vinl] 形 **1** 易被收買的，易受賄賂的；貪污的；可用錢買到的，可收買的。**2** 腐敗的，墮落的。～**·ly** 副依錢行事地，為錢賣命地。

ve·nal·i·ty [vi'nælətɪ] 名U受賄，貪污。

ve·na·tion [vi'neʃən] 名U **1** 葉脈序；翅脈相。**2**《集合名詞》葉脈；翅脈。

vend [vɛnd] 動及《文》販賣；到處兜售。—不及 **1** 賣東西，四處兜售。**2** 暢銷。

vend·ee [vɛn'di] 名〖法〗買方，買主。

vend·er ['vɛndɚ] 名= vendor.

ven·det·ta [vɛn'dɛtə] 名 **1**（昔日義大利各地及Corsica 島的）族間血仇，仇殺。**2** 長年的紛爭；積怨。

vend·i·ble ['vɛndəbl] 形可以賣的，銷得出去的。—名《通常用～**s** 》暢銷貨。

-'bil·i·ty 名

'vend·ing maˌchine ['vɛndɪŋ-] 名自動販賣機。

ven·dor ['vɛndɚ] 名 **1** 賣方；小販：a vegetable ～ 賣菜的小販。**2** = vending machine.

ven·due [vɛn'dju, -'du] 名《主美》公開出售，拍賣。

ve·neer [və'nɪr] 名 **1** UC 表層飾板；薄木片。**2** UC〖建〗表面加工。**3**《通常作單數》表面的裝飾，虛飾：a ～ of scholarship 貌似有學問。—動及 **1** 裝飾表面；罩住，覆蓋《 *with...* 》。**2** 合起製造合板。**3** 裝飾表面，虛飾外表《 *with...* 》。

·ven·er·a·ble ['vɛnərəbl] 形 **1** 可敬的，年高德劭的：a ～ old man 可敬的老人。**2** 神聖的；古色古香的，典雅的；歷史悠久的：a ～ sycamore tree 古老的無花果樹。**3** 古老的，昔日的；《諷》趕不上時代的，老式的：a ～ steam locomotive 老式的蒸汽機車。**4** (1)〖英國教〗對副主教的尊稱。(2)〖天主教〗《 **the V-** 》《名詞》對被列為聖者及福者之人的敬稱。—名可敬的人，高貴的人。

-'bil·i·ty, ～**·ness** 名, **-bly** 副

ven·er·ate ['vɛnəˌret] 動及尊敬，敬仰。

ven·er·a·tion [ˌvɛnə'reʃən] 名U **1** 尊敬，崇敬：attain ～ 受尊敬。**2** 尊敬的情感；敬意的表達。

ve·ne·re·al [və'nɪrɪəl] 形 **1** 因性交而感染的。**2** 性病的；染上性病的。**3** 適於治療性病的。**4**《文》性慾的；性交的；刺激性慾的。

ve'nereal di'sease 名UC 性病。略作：VD

ven·er·y[1] ['vɛnərɪ] 名U《古》性的滿足；性交；好色，縱慾。

ven·er·y[2] ['vɛnərɪ] 名U《古》狩獵。

Ve·ne·tian [və'niʃən] 形 **1** 威尼斯（市民）的。**2** 威尼斯式的。—名 **1** 威尼斯人。**2**《 **v-** 》《口》= Venetian blind.

Ve'netian 'blind 名活動遮陽百葉窗。

Ve'netian 'glass 名威尼斯製裝飾用的玻璃（器皿）。

V

Ven·e·zue·la [ˌvɛnəˈzwelə, -ˈzwilə] 图委內瑞拉（共和國）：位於南美洲北部；首都 Caracas。**-lan** 形图委內瑞拉的[人]。

·ven·geance [ˈvɛndʒəns] 图Ⓤ報仇，復仇：Heaven's ～ is slow but sure.《諺》天網恢恢疏而不漏。

with a vengeance (1)強烈地，激烈地，厲害地。(2)大大地，非常地；徹底地；極度地，令人驚訝地，簡直。

venge·ful [ˈvɛndʒfəl] 形1燃起復仇之火的；復仇心切的。2報復的，復仇心重的；利於報復的：a ～ plan 復仇計畫。～**·ly**副，～**·ness**图

ve·ni·al [ˈvinɪəl] 形可原諒的，可寬恕的，輕的：～ sin〖天主教〗小罪 / a ～ mistake 可以原諒的錯誤。**-ˈal·i·ty**图Ⓤ情猶可原；小過。～**·ly**副

Ven·ice [ˈvɛnɪs] 图威尼斯：義大利東北部的一港口都市。

ven·i·son [ˈvɛnəsn̩, -zn̩] 图Ⓤ鹿肉。

ven·om [ˈvɛnəm] 图Ⓤ1毒液；《古》毒：a ～ insect 毒蟲。2惡意，怨恨。—動及《古》使有毒，注入毒液於，下毒於；使懷恨。

ven·om·ous [ˈvɛnəməs] 形1有毒腺的；分泌毒液的；有毒的。2怨恨的，有惡意的。3《常爲謔》厲害的，令人不快的：～ cooking 令人作嘔的菜肴。～**·ly**副，～**·ness**图

ve·nous [ˈvinəs] 形1靜脈（性）的；在靜脈裡的；有靜脈的；多靜脈的。2葉脈（性）的；有葉脈的。

vent[1] [vɛnt] 图1孔，透氣孔。2〖動〗肛門，排泄孔。3火門。4出來的方法，出口。

vent[2] [vɛnt] 图1ⒸⓊ發洩；表達《*to, for...*》：They gave ～ *to* their joy by shouting. 他們以呼喊來表達內心的喜悅。2散發，排出。—動及1發洩，表露（感情、熱情等）：He ～*ed* his anger on his wife. 他拿妻子出氣。2使得以發洩內心的情緒。3公開表示。4排出；設出口。

—不及1（因爲得到宣洩）壓力得以消除。2（水獺等）浮出水面呼吸。

vent[3] [vɛnt] 图上衣的背部或側面的開叉。

vent·age [ˈvɛntɪdʒ] 图1（管樂器等的）指孔。2（感情等的）發洩口。

vent·hole [ˈvɛnt,hol] 图透氣孔。

·ven·ti·late [ˈvɛntl̩,et] 動(**-lat·ed, -lat·ing**) 及1使（房間、坑道等）換氣，使…空氣流通；給…裝通風設備，開換氣孔：～ a work area with a fan 在工作場所裝風扇以便空氣流通。2（空氣、風）在（房間等）之中流通；使接觸到新鮮空氣。3（以肺、鰓等）供給氧氣。4把（問題等）付諸公議，公開討論；表達。

·ven·ti·la·tion [ˌvɛntl̩ˈeʃən] 图Ⓤ1透氣，換氣；通風（狀態）。2換氣裝置。3（自由的）討論，議論；表露；公開。

ven·ti·la·tive [ˈvɛntl̩,etɪv] 形通風良好的；換氣的，通風的。

ven·ti·la·tor [ˈvɛntl̩,etɚ] 图換氣裝置，通風設備。

ven·tral [ˈvɛntrəl] 形1〖解·動〗肚子的，腹部的；在腹側的。2（人體器官）前面的，（動物器官）下面的。3〖植〗（花瓣的）內面的，（葉子的）下面的。—图（魚的）腹鰭。

ven·tri·cle [ˈvɛntrɪkl̩] 图〖解〗室：中空的器官或身體中的腔穴；心室、腦室等。

ven·tric·u·lar [vɛnˈtrɪkjəlɚ] 形1腔的，室的；心室的。2肚子的；腹狀物的。

ven·tri·lo·qui·al [ˌvɛntrɪˈlokwɪəl] 形腹語術的。

ven·tril·o·quism [vɛnˈtrɪlə,kwɪzəm] 图Ⓤ腹語術。**-quist** [-kwɪst] 图說腹語者。

ven·tril·o·quize [vɛnˈtrɪlə,kwaɪz] 動不及及說腹語，用腹語術說話。

ven·tril·o·quy [vɛnˈtrɪləkwɪ] 图＝ventriloquism.

·ven·ture [ˈvɛntʃɚ] 图1冒險性事業；冒險：make a ～ into the jungle 到叢林裡探險。2投機（事業），賭注；投機的對象：a profitable ～ 有利可圖的投機生意。

at a venture 靠運氣，全屬偶然；無計畫地，無爲地，胡亂地。

—動(**-tured, -tur·ing**) 及1使冒險；以（生命、財產等）爲賭注：Nothing ～*d*, nothing gained.《諺》不入虎穴焉得虎子。2冒險嘗試，冒險做…，大膽做：～ a swim in the sea at night 冒險於夜裡在海上游泳。3大膽表示。—不及1冒險前往。2冒險從事，膽敢《*on, upon...*》：～ upon [out *on*] an Arctic expedition 冒險前往北極旅行。3冒險從事，大膽從事。

ˈventure ˌcapital 图Ⓤ《美》〖經〗風險資本，創業投資。**ˈventure ˌcapitalist**图冒風險投資新行業者。

ven·tur·er [ˈvɛntʃərɚ] 图冒險家；投機者。

ven·ture·some [ˈvɛntʃɚsəm] 形1好冒險的；大膽地，魯莽的。2（行爲）具有危險性的。

ven·tur·ous [ˈvɛntʃərəs] 形1好冒險的，大膽的，魯莽的。2冒險的，危險的。

ven·ue [ˈvɛnju] 图1〖法〗（犯罪、不法行爲等的）做案地點，訴訟原因發生地；審判地。2事件發生地點，現場。3《美》立場，意見。

Ve·nus [ˈvinəs] 图1〖羅神〗維納斯。2(複～**·es**)大美人。3〖天〗金星，太白星。

Ve·nu·si·an [vəˈnuʃən, -ʒən] 形金星的。

ve·ra·cious [vəˈreʃəs] 形1實話實說的；誠實的，可靠的：a ～ witness 誠實的證人。2真實的，正確的：～ testimony 正確的證言。～**·ly**副，～**·ness**图

ve·rac·i·ty [vəˈræsətɪ] 图Ⓤ《文》直言不諱；誠實；真實性，正確性。

·ve·ran·da(h) [və'rændə] 图陽臺，走廊。

·verb [vɝb] 图〖文法〗動詞：an auxiliary ～ 助動詞。

ver·bal ['vɝbl] 形 **1** 字的，言詞的。**2** 就字的形態而論的；字面上的；空談的，言語上的：a ～ description 言語上的描述。**3** 口頭的：a ～ promise 口頭承諾。**4** 逐字的；照字面的：a ～ transliteration 逐字譯音。**5**〖語言〗聲音語言的。**6**〖文法〗動詞的，動詞性的；由動詞衍生出來的：～ inflections 動詞變化。—图 **1**〖文法〗準動詞。**2**《口》自白，口供。

ver·bal·ism ['vɝbə,lɪzəm] 图 **1** 語言的表達；Ⓤ說法，字的用法；字句的選擇。**2** Ⓤ 過分拘泥文字，咬文嚼字。**3** Ⓤ冗長；以詞害意。

ver·bal·ist ['vɝbəlɪst] 图 **1** 擅長言詞的人，雄辯家。**2** 拘泥措詞的人，好咬文嚼字的人。

ver·bal·ize ['vɝbə,laɪz]動 及 **1** 用言語表達：～ one's feelings 用言語表達感情。**2**〖文法〗變為動詞，作動詞使用。—不及 多言；言語冗長；用言語表達。

-i·'za·tion 图

ver·bal·ly ['vɝblɪ] 副 **1** 用言語地；口頭地。**2** 逐字地。**3** 作動詞地。

ver·ba·tim [vɝ'betɪm] 副形忠於原文地[的]，逐字地[的]。

ver·be·na [vɚ'binə] 图〖植〗馬鞭草屬植物。

ver·bi·age ['vɝbɪɪdʒ] 图Ⓤ囉嗦，冗贅。

ver·bose [vɚ'bos] 形囉嗦的，冗長的。～**·ly** 副, ～**·ness** 图

ver·bos·i·ty [vɚ'bɑsətɪ] 图Ⓤ囉嗦，冗長的話。

ver·dant ['vɝdn̩t] 形《詩》**1** 林木蒼翠的，草木蓊鬱的；綠色的：～ hills 綠色的山丘。**2**《文》經驗少的，不成熟的；天真的。

-dan·cy 图

Ver·di ['vɛrdɪ, 'verdi] 图**Giuseppe**, 威爾第（1813–1901）：義大利歌劇作曲家。

·ver·dict ['vɝdɪkt] 图 **1**〖法〗判決，答辯：bring in a ～ of not guilty 判決無罪。**2** 判斷，裁決；決定；結論，報告；意見：win a favorable ～ 贏得有利的裁決。

ver·di·gris ['vɝdɪ,gris] 图Ⓤ 銅鏽，銅綠。

Ver·dun [vɛr'dʌn, 'vɛrdən] 图凡爾登：法國東北部的一城市。

ver·dure ['vɝdʒɚ] 图Ⓤ《詩》**1** 綠，新綠青蔥的草木；綠草。**2** 新鮮，隆盛；生氣蓬勃。

ver·dur·ous ['vɝdʒərəs] 形 **1** 蒼翠的；新綠的；被草木覆蓋的。**2** 草木蒼翠的。

·verge[1] [vɝdʒ] 图 **1** 邊，緣；路邊，花壇邊緣；裝飾滾邊：the ～ of a forest 森林的邊緣 / the ～ of a flowerbed 花壇的邊緣。**2**《**the** ～》境界，界線；範圍；作為境界的帶狀物；《詩》水平線。**3**〖建〗屋簷；柱身。**4** 權杖。

on the verge of... 瀕於，正要…之時，在…的邊緣上。

—動(**verged, verg·ing**)不及 **1** 邊緣；接近，鄰近《*on, upon...*》。**2** 近於，幾乎等於《*on, upon...*》。—及形成邊界。

verge[2] [vɝdʒ] 動不及 **1** 傾向，朝向，推移；漸漸變成《*on, upon, to, toward...*》。**2** 西斜，西沉。

ver·ger ['vɝdʒɚ] 图 **1**《主英》教堂的司事。**2**《英》持權標人。

Ver·gil ['vɝdʒəl] 图 **1** 威吉爾（70–19B.C.）：羅馬詩人。**2**〖男子名〗威吉爾（亦作 **Virgil**）。**-gil·i·an** [-'dʒɪlɪən] 形

ver·i·est ['vɛrɪɪst] 形 **1**《文》無上的，絕對的，完全的。**2 very** 的最高級。

ver·i·fi·a·ble ['vɛrə,faɪəbl]形可證明的，可證實的。

ver·i·fi·ca·tion [,vɛrəfə'keʃən] 图 **1**Ⓤ確定，印證，證明；驗證，實證。**2** Ⓤ被確定的狀態；確證；證據，根據。**3** 證言，誓言。

·ver·i·fy [,vɛrə'faɪ] 動 (**-fied**, ～**·ing**) 及 **1** 證實，見證；作為證據：conclusions *verified* by numerous experiments 經由許多實驗證實的結論。**2** 對照，核對：～ accounts 核對收支帳目。**3**〖法〗⑴ 提出證據。⑵ 證明…屬實。**4**〖電腦〗查證。

ver·i·ly ['vɛrəlɪ] 副《古》真地，真實地。

ver·i·sim·i·lar [,vɛrə'sɪmələ˞] 形似乎是真的，可能的。

ver·i·si·mil·i·tude [,vɛrəsə'mɪlə,tjud] 图 **1**Ⓤ真實性；逼真。**2** 逼真之物[事]。

ver·i·ta·ble ['vɛrətəbl] 形《限定用法》真實的，真正的。**-bly** 副

ver·i·ty ['vɛrətɪ] 图(複**-ties**) **1**Ⓤ真實，真實性：in ～ 真正地，的確，實際上。**2**《通常作 **-ties**》真理。**3** 真實的陳述。

ver·juice ['vɝ,dʒus] 图Ⓤ **1** 酸果汁。**2** 尖酸刻薄。—形（亦稱 **verjuiced**）**1** 酸果汁的。**2** 不和悅的，尖酸刻薄的。

ver·meil ['vɝml̩] 图 **1**Ⓤ朱紅色，鮮紅色。**2** 鍍金的銀[青銅]。—形朱色的，鮮紅色的。

ver·mi·cel·li [,vɝmə'sɛlɪ] 图Ⓤ 義大利細麵條。

ver·mi·cide ['vɝmɪ,saɪd] 图ⓊⒸ 殺蟲劑。

ver·mic·u·lar [vɝ'mɪkjələ˞] 形 **1** 蠕蟲的；由蠕蟲造成的。**2** 蠕動的；彎曲的。

ver·mic·u·lite [vɝ'mɪkjə,laɪt] 图Ⓤ 蛭石。

ver·mi·form ['vɝmə,fɔrm] 形 蠕蟲狀的。

'vermiform ap'pendix 图《通常作 **the** ～》〖解·動〗闌尾，蚓突。

ver·mi·fuge ['vɝmə,fjudʒ] 形 驅蟲（劑）的，除蟲的。—图ⓊⒸ驅蟲劑，除蟲劑。

ver·mil·ion, -lion [vɚ'mɪljən] 图Ⓤ朱紅色；硃砂；銀硃。—形朱紅色的。

一動及 用硃砂染色，塗成朱紅色。

ver·min ['vɝmɪn] 名《通常作複數》**1** (1)《集合名詞》害蟲，寄生蟲。(2) 害獸；害鳥。**2** 爲害社會的人，社會的害蟲：regard prostitutes as social ~ 視妓女爲社會的害蟲。

ver·min·ous ['vɝmɪnəs] 形 **1** 害蟲的；似害蟲的。**2** 滋生害蟲的，被害蟲侵襲的。**3** 害蟲引起的。**4** 像害蟲一樣的，卑鄙的。

Ver·mont [vɚ'mɑnt] 名 佛蒙特：美國東北部的一州；首府 Montpelier-。略作：Vt.,《郵》VT

ver·m(o)uth [vɚ'muθ] 名U C 苦艾酒。

ver·nac·u·lar [vɚ'nækjəlɚ] 形 **1** 當地固有的：the ~ tongue 當地的語言，本國語。**2** 用當地語言寫成的；用當地話的；與當地話有關的。**3** 使用一般民眾日常用語的：the rhythm of ~ speech 民眾日常用語的抑揚頓挫。**4** 當地特有的。**5** 通俗的，俗稱的。**6** 地方的，風土的。

一名 **1**《the ~》當地話，方言；某地特有的用字或表達方式。**2** 專門術語，同行間的暗語。**3** 日常表達方式。**4**（動植物的）通稱，俗名。~**·ly** 副

ver·nal ['vɝnl] 形《文》**1** 春天的；出現在春天的：the ~ equinox 春分（點）。**2** 令人想起春天的，溫和的：~ weather 溫暖如春的天氣。**3** 青春的，年輕的：~ years 青春歲月。~**·ly** 副

Verne [vɝn] 名 **Jules**, 威恩（1828–1905）：法國小說家。

ver·ni·er ['vɝnɪɚ] 名 **1** 游標，游標尺。**2**〖機〗輔助裝置。**3**（亦稱 **vernier engine**）微調引擎。一形 有游標的。

Ve·ro·na [və'ronə] 名 維洛納：義大利北部，瀕 Adige 河的城市。

Ver·o·nal ['vɛrənl] 名U〖藥·商標名〗維洛那爾：一種催眠鎮靜劑；barbital 的商標名。

Ver·o·nese [,vɛrə'niz] 形 維洛納的。一名(複~) 維洛納出生的人。

ve·ron·i·ca [və'rɑnɪkə] 名 **1** U C〖植〗水苦賣屬的植物。**2**《偶作 **V-**》〖教會〗聖顏，聖像。

ver·ru·ca [və'rukə] 名 (複~s, **-cae** [-si]) **1**〖醫〗疣，疣腫。**2**〖動〗疣狀突起。

Ver·sailles [vɚ'saɪ, -'selz] 名 凡爾賽：法國巴黎西南部的一個城市；宮殿所在地。

ver·sa·tile ['vɝsətl] 形 **1** 多方面的，多才多藝的；知道變通的，能適應各種不同工作的：a ~ artist 多才的藝術家。**2** 多用途的，萬能的：a ~ *instrument* 萬能工具。**3** 易變的，不穩定的；喜怒無常的：a ~ disposition 反覆無常的性情。**4**〖植〗附在花絲上自由轉動的；〖動〗可轉性的：a ~ thumb 可轉性拇指。

~**·ly** 副, ~**·ness** 名

ver·sa·til·i·ty [,vɝsə'tɪlətɪ] 名U 多才多藝；多用途；易變。

ver de so·cié·té ['vɛrdə,sosje'te] 名U《法語》社交詩。

·**verse** [vɝs] 名 **1** U 詩歌，韻文；《集合名詞》詩；類似詩的韻文：modern lyrical ~ 現代抒情詩。**2**《俚》詩的一段：a ballad of four ~*s* 由四段構成的敘事詩。**3** 詩的一行；某種特別詩律的一行：a stanza of six ~*s* 六個詩行構成的一節。**4** 詩律，格律。**5**（聖經）節。一形 詩的；用詩寫成的。一動 (**versed, versing**) 及 用詩表達；作成詩。

versed [vɝst] 形 熟知的，精通的，熟練的《*in...*》。

ver·si·cle ['vɝsɪkl] 名 **1** 短詩，小詩。**2**〖教會〗唱和用的短句。

ver·si·fi·ca·tion [,vɝsəfə'keʃən] 名U **1** 作詩，賦詩；韻文化。**2** 韻文化之物。**3** 詩形；詩律；韻文構造；作詩法。

ver·si·fy ['vɝsə,faɪ] 動 (**-fied**, ~**·ing**) 及 **1** 用詩表達；作爲詩材。**2** 改爲韻文。一不及 賦詩，作詩。**-fi·er** 名

:**ver·sion** ['vɝʒən, 'vɝʃən] 名 **1** 翻譯，譯文，…版；《常作 **the V-**》（聖經的）譯本：*the* Authorized *V-* 欽定本英譯聖經。**2** 說明，看法：different ~*s* of the same problem 同一個問題的不同看法。**3** 特定型態；改變，改編；…版《*of...*》：the short ~ 濃縮版 / publish a different ~ *of* one's book 出版著作的另一種版本。~**·al** 形

vers libre [vɛr'librə] 名U《法語》自由詩。

ver·so ['vɝso] 名(複~s) **1** 背面。**2**〖印〗左頁。**3** 東西的內面，背面。

verst(e) [vɝst] 名 俄里：俄國的距離單位。

ver·sus ['vɝsəs] 介 **1**（訴訟、比賽等）…對…（略作 vs., v.）：plaintiff ~ defendant 原告對被告。**2** 相對，對照：death ~ dishonor 死與恥辱之比較。

ver·te·bra ['vɝtəbrə] 名 (複-**brae** [-,bri], ~s)〖解·動〗脊椎骨。

ver·te·bral ['vɝtəbrəl] 形 **1** 脊椎的。**2** 由脊椎構成的。**3** 類似脊椎的。

ver·te·brate ['vɝtə,bret, -brɪt] 形 有脊椎的；脊椎動物的。一名 脊椎動物。

ver·te·bra·tion [,vɝtə'breʃən] 名U **1** 脊椎的形成。**2** 堅固。

ver·tex ['vɝtɛks] 名 (複~**·es**, **-ti·ces** [-tɪ,siz]) **1** 頂，最高點，顛：the ~ of a hill 山頂。**2**〖解·動〗頭頂，頭蓋頂點；〖數〗頂點，角頂，交點；〖天〗天頂。

·**ver·ti·cal** ['vɝtɪkl] 形 **1** 垂直的，垂直移動的：a ~ plane 垂直面 / ~ drop 標高差。**2**〖解·動〗頭頂的；〖數〗垂直的，頂點的；〖天〗天頂的：a ~ sun 天頂的太陽。**3**〖植〗直立的；軸方向的，縱的。**4**〖經〗垂直性的，上下一貫的。**5** 層次分明的社會。一名 **1**《the ~》垂直線；垂直面；垂直的位置：out of *the* ~ 不垂直的，

傾斜地。2 豎杆。-'cal·i·ty 名

ver·ti·cal·ly ['vɝtɪklɪ] 副 垂直地。

ver·ti·cal·ly-chal·lenged ['vɝtɪklɪ,tʃælɪndʒd] 形 矮小的。

'vertical 'thinking 名U 垂直思考。

ver·ti·ces ['vɝtə,siz] 名 vertex 的複數形。

ver·tig·i·nous [vɝ'tɪdʒənəs] 形 1 旋轉的，迴旋的：～ winds 旋風。2（令人）暈眩的：a ～ dive 令人目眩的俯衝。3 易變的，不安定的。～·ly 副, ～·ness 名

ver·ti·go ['vɝtɪ,go] 名U〖病〗頭暈，暈眩。

ver·tu [vɝ'tu] 名 = virtu.

verve [vɝv] 名U 1 熱情，氣魄；活力，精力。2《古》天才，才能。

:ver·y ['vɛrɪ] 副 1 非常，很。⑴《修飾形容詞、副詞的原級》：～ large 很大 / ～ useful animals 很有用的動物。⑵《修飾形容詞化的現在分詞》：a ～ interesting story 很有趣的故事。⑶《修飾形容詞化的過去分詞》：a ～ devoted mother 疼愛子女的母親。2《用於否定詞之後》不太，不怎麼：the production of a *not* ～ spectacular movie 場面不怎麼壯觀的電影的製作。3《the ～》《加強語氣》《原作形容詞》的確；簡直，分寸不差。⑴《強調最高級形容詞或類似的字，尤其 **best, last, next, first**》：at *the* ～ *best* 無論怎麼好 / drink to *the* ～ *last* drop 喝到最後一滴。⑵《強調**same, opposite, reverse** 等表「同一」或「相反」的字》。

very good《英》《含敬意之贊同、承諾》是，好的。

one's very own (...)《特指對孩子說話或孩子本身說話時所用》自己擁有的。

very well《英》《表達不情願或勉強的贊同、答應》好吧！。

—形 (**ver·i·er, ver·i·est**) 1《限定用法》《和 **this, that, the, one's** 連用》《強調適應性等》正好，合適；《強調同一性》完全一樣，就…：*the* ～ thing for the purpose 最合乎這個目的之物。2《通常作 **the** ～》僅僅，只是；甚至。3 ⑴《古》真的，名符其實的。⑵ 全然的：steal for the～ fun of it 只為了好玩而偷竊。4 實際的：the～act of stealing 就是竊盜行為。5《通常作 **the** ～》真正的，最後的：in ～ truth 真正地，實際上 / cut to *the* ～ quick 深深地傷害。6《用於作名詞使用的 **many, much, few, little** 之前》極為，非常：a ～ *little* 極少。7《廢》合法的，當然的：the ～ vengeance of the gods 眾神的正當復仇。

'very ,high 'frequency 名U 特高頻率，超短波。略作：VHF

'Ver·y ,light (,signal) ['vɛrɪ-] 名 閃光式信號彈。

'very ,low 'frequency 名U〖無線〗特低頻率。略作：VLF

'Very ,pistol 名 ⇨ VERY LIGHT

ves·i·cal ['vɛsɪkl] 形 1 囊的；膀胱的。2 囊狀的，長圓形的。

ves·i·cle ['vɛsɪkl] 名 1 小囊，小疱。2〖解〗小水疱，小液疱；〖病〗小水疱。3〖地質〗氣孔。

ve·sic·u·lar [və'sɪkjulɚ] 形 小囊疱的，有小囊疱的。

ves·per ['vɛspɚ] 名 1《V-》金星，黃昏星。2《古》傍晚，夜晚。3 晚鐘。4《偶作 V-》《～s》〖教會〗晚禱。—形 1 傍晚的。2 晚禱的。

ves·per·tine ['vɛspɚ·tɪn] 形 1 傍晚的。2〖植〗在傍晚開的；〖動〗傍晚出現的。3 日落後消失的。

ves·pine ['vɛspaɪn] 形（似）黃蜂的；（似）胡蜂的。

Ves·puc·ci [vɛs'putʃɪ] 名 **Amerigo**, 維斯浦奇（1451–1512）：義大利商人、航海家、冒險家。

·ves·sel ['vɛsl] 名 1 船：a fishing ～ 漁船。2 飛船。3 容器。4〖解·動〗管；血管；〖植〗導管。5〖聖〗人：a weak ～ 不可靠的人。

·vest [vɛst] 名 1《主美·英商》背心，女用背心（《英》waistcoat）。2 胸前飾布。3《英》內衣，襯衫（《美》undershirt）；《美》針織襯衫。4《古》衣服；外衣；法衣，神職服。5 防護背心。

play it close to the vest《口》謹慎小心行事以避免不必要的冒險。

—動 及 1《文》穿上衣服；披上祭袍。2《常用被動》授與。—不及 1 穿衣服，穿上法衣。2 歸屬《*in...*》。

Ves·ta ['vɛstə] 名 1〖羅神〗維斯太：古羅馬的女灶神。2《v-》臘製短火柴。

ves·tal ['vɛstl] 形 1 奉獻給女灶神的。2 處女的；貞潔的，純潔的。—名 1 = vestal virgin. 2 純潔的未婚女性，處女。

'vestal 'virgin 名 灶神守護祭司。

vest·ed ['vɛstɪd] 形 1〖法〗既得的；確立的，既定的。2 穿衣服的，穿法衣的。

'vested 'interest 名 1〖法〗特權，既得權利；終身俸。2 固定的興趣。3 既得利益集團。

ves·ti·bule ['vɛstə,bjul] 名 1 入口處，前廊。2〖鐵路〗《美》連廊。3〖解·動〗前庭，前室：the ～ of the inner ear 內耳前庭。

'vestibule ,school 名《美》訓練班，研習所。

'vestibule ,train 名《美》連廊列車（《英》corridor train）。

ves·tige ['vɛstɪdʒ] 名 1 痕跡；遺物，遺跡；遺留《*of...*》：～*s of* an ancient religion 古代宗教的遺跡。2《通常與否定語連用》極少《*of...*》。3〖生〗退化的器官。4《古》足跡。

ves·tig·i·al [vɛs'tɪdʒɪəl] 形 似痕跡的，殘留的；〖生〗退化的：～ organs 退化之器官。

V

～·ly副

vest·ment ['vɛstmənt] 名《文》1 外衣。2《～s》衣服，服裝。3 禮服；〖教會〗法衣，祭服。4 覆蓋物：a valley with a rich ～ of flowers and trees 爲花木覆蓋的山谷。～·al形

vest-pock·et ['vɛst,pɑkɪt] 形《美》1 可置於口袋中的；袖珍型的。2 非常小的：a ～ park 小公園。

ves·try ['vɛstrɪ] 名(複-tries) 1 祭服室，聖具室。2 禮拜室。3〖美聖公會〗教區委員；〖英國教〗教區總會。

ves·try·man ['vɛstrɪmən] 名(複-men)教區委員。

ves·ture ['vɛstʃɚ] 名U1〖法〗地面生長物；地上收穫物。2《古》衣服，衣類；覆蓋物，遮蓋物。—動及《古》穿上衣物；覆蓋。

Ve·su·vi·an [və'suvɪən] 形 維蘇威火山的；火山（性）的。—名1《v-》耐風火柴。2《v-》= vesuvianite.

ve·su·vi·an·ite [və'suvɪə,naɪt] 名U〖礦〗符山石。

Ve·su·vi·us [və'suvɪəs] 名 **Mount**, 維蘇威火山：義大利西南部，位於Naples附近的一座活火山。

vet[1] [vɛt] 名《英口》獸醫。—動(～·ted, ～·ting)及1 診療（動物、人）。2 檢查，審查。

vet[2] [vɛt] 名形《美口》= veteran.

vetch [vɛtʃ] 名UC大巢菜，野豌豆；巢菜屬的植物；其種子[果實]。

·vet·er·an ['vɛtərən] 名1 老兵。2 老手《*of...*》。3 服過兵役的人；退役軍人。4 老樹。5 長期使用而變得老舊的東西。

—形《限定用法》1 身經百戰的：a ～ soldier 身經百戰的士兵。2 老練的，老資格的；純熟的，老手特有的。

'Veterans(') ,Day 名《美·加》退伍軍人節。

vet·er·i·nar·i·an [,vɛtərə'nɛrɪən] 名《美》獸醫。

vet·er·i·nar·y ['vɛtərə,nɛrɪ] 名(複-nar·ies) 獸醫。—形獸醫（學）的：a ～ surgeon《英》獸醫。

'veterinary 'medicine 名U獸醫學。

·ve·to ['vito] 名(複～es) 1 U C否決權；否決權的行使：exercise one's ～ 行使否決權。2《美》否決通告書。3 禁止；否認；否決《*on, upon...*》：put a ～ *on* his entrance 禁止他入場。

—動(～ed, ～·ing)及1 否決。2 禁止，反對。—形否決（權）的。

·vex [vɛks] 動及1 使人焦急，使惱怒，使煩惱；《被動》焦躁，生氣，痛苦《*at, about..., at doing, that*子句, *to* do》；發怒《*with...*》：be ～*ed* at his indifference 由於他的冷淡而生氣。2 長期議論，長期不休地爭論。3《古》使洶湧[激盪]。

vex·a·tion [vɛk'seʃən] 名 1 U苦惱，煩惱；焦躁，發怒：in ～ 焦躁不安。2 苦惱的原因，令人生氣的事：a daily ～ 每天令人苦惱的事。

vex·a·tious [vɛk'seʃəs] 形 1 令人厭煩的，令人焦急的，氣人的：a ～ complication 煩雜的情況。2 沒有秩序的，雜亂的。3〖法〗無確實證據的。～·ly副

vexed [vɛkst] 形1 焦急的，生氣的：a ～ expression 生氣的面孔。2 爭論不休的。

vex·ed·ly ['vɛksɪdlɪ] 副

vexing ['vɛksɪŋ]形令人苦惱的，厭煩的。

VFW《縮寫》《美》*V*eterans of *F*oreign *W*ars of the United States 美國海外服役退伍軍人協會。

V.G.《縮寫》*V*icar-*G*eneral.

VGA《縮寫》*v*ideo *g*raphics *a*dapter 視訊繪圖轉接卡。

VHF《縮寫》*v*ery *h*igh *f*requency.

VHS《縮寫》*v*ideo *h*ome *s*ystem 視頻家用系統。

v.i.《縮寫》*v*erb *i*ntransitive.

·vi·a ['vaɪə] 介 1 經由；經過：fly to Paris ～ London 經由倫敦飛往巴黎。2《主美》憑藉，以：succeed ～ hard work 以辛勤工作而獲致成功。

vi·a·bil·i·ty [,vaɪə'bɪlətɪ] 名U生存能力，(胎兒、新生嬰兒的）發育能力。

vi·a·ble ['vaɪəbl] 形1 能活的，在子宮外能存活的；〖生理·植〗可以生長發育的。2 活生生的；逼真的；可行的。3 有成長可能的。

vi·a·duct ['vaɪə,dʌkt] 名陸橋，高架橋。

Vi·ag·ra [vaɪ'ægrə] 名〖商標名〗威而鋼：一種治療男性性無能的藥。

vi·al ['vaɪəl] 名小瓶子，藥瓶。

pour out vials of wrath on...《口》報復，洩憤。

vi·a me·di·a [vaɪə'midɪə] 名《拉丁語》中庸之道。

vi·and ['vaɪənd] 名1 一件食品。2《～s》《文》食物，菜肴。

vibes[1] [vaɪbz] 名(複)《通常作單數》《口》顫片琴。

vibes[2] [vaɪbz] 名(複)《俚》= vibration 3.

vi·brant ['vaɪbrənt] 形1《文》震動的；振響的。2 回響的。3 顫抖的《*with...*》。4 生氣勃勃的《*with...*》；精力充沛的，活潑的；精神振奮的：a ～ presence 活潑的態度。5〖語音〗有聲的。—名有聲音。**-brancy, -brance**名

vi·bra·phone ['vaɪbrə,fon] 名《英》顫片琴。**-phon·ist**名

·vi·brate ['vaɪbret] 動 (-brat·ed, -brat·ing) 不及1 來回擺動，振動。2 回響，振盪《*with...*》；含有《*with...*》。3 悸動；心中打顫《*with...*》。4 動搖，猶豫。—及1 使搖擺；振動著發出。2 振動表示。3 以搖晃或振盪方式壓擠。

vi·bra·tile ['vaɪbrətɪl, -taɪl] 形 1 可振動的；振動的。2 振動性的。**-'til·i·ty**名

V

·vi·bra·tion [vaɪ'breʃən] 名 1 Ⓤ Ⓒ 震動；震顫；〖理〗振動；音響振動。2 Ⓤ Ⓒ 超自然發射。3《通常作~s》《俚》感受。4 Ⓤ Ⓒ 動搖，猶豫。~·al 形

vi·bra·to [vi'brɑto] 名 (複~s)〖樂〗顫音。

vi·bra·tor ['vaɪbretɚ] 名 1 引起振動的人[物]。2 振動器；電動按摩器。

vi·bra·to·ry ['vaɪbrə,torɪ] 形 引起振動的；會振動的；振動性的；顫動的。

vi·bris·sa [vaɪ'brɪsə] 名 (複-sae [-si]) 1〖解〗鼻毛。2〖動〗大貓鬚，鬚；羽鬚。

vi·bro·graph ['vaɪbrə,græf] 名 振動記錄儀。

Vic. 《縮寫》*Vic*ar; *Vic*arage; *Vic*toria.

vic·ar ['vɪkɚ] 名 1〖英國教〗教區牧師代理人；教區牧師；〖美聖公會〗傳道牧師；主教助理；〖天主教〗主教代理。2 代理（人）。

vic·ar·age ['vɪkərɪdʒ] 名 1 牧師館，教區牧師住宅；薪俸。2 vicar 的職位。

'vicar apos'tolic 名 (複 **vicars apostolic**)〖天主教〗代理主教。略作：V.A.

vic·ar-gen·er·al ['vɪkɚ'dʒɛnərəl] 名 (複 **vic·ars-gen·er·al**)〖天主教〗主教總代理；〖英國教〗總代理。

vi·car·i·ous [vaɪ'kɛrɪəs] 形 1 暫代他人行事的，做替身的；代理的，代行的：~ prerogatives 被付託的特權。2 如同身受的：~ pride 由於共鳴而感受到的驕傲。3〖生〗代償的，替代性的：~ gratification 代償性滿足。~·ly 副

·vice¹ [vaɪs] 名 1 Ⓤ Ⓒ 罪惡，邪惡；不良操行，惡行；Ⓒ 墮落行爲，惡習：~ and virtue 惡與善。2 Ⓤ 性的不道德，賣淫。3 缺陷，缺點；《古》肉體上的缺陷，疾病：a stylistic ~ 文體上的缺陷。4 Ⓤ Ⓒ（馬的）惡癖；《諧》人的惡習。5《V-》代表罪惡的角色。

vice² [vaɪs] 名，動及《英》= vise.

vi·ce³ ['vaɪsi] 介《文》代替，取代。

vice- 《字首》表「副…」、「代理…」、「次…」等之意。

vice-ad·mi·ral ['vaɪs'ædmərəl] 名 海軍中將。

vice-chair·man ['vaɪs'tʃɛrmən] 名 (複 **-men**) 副主席，副委員長；代理主席。

vice-chan·cel·lor ['vaɪs'tʃænsəlɚ] 名 1 副官，代理長官。2 副大法官；副校長。

vice-con·sul ['vaɪs'kɑnsḷ] 名 副領事。

vice·ge·rent [vaɪs'dʒɪrənt] 名 1 代理執政者。2 代理人。—形 有代理權的。

vice-gov·er·nor ['vaɪs'gʌvɚnɚ] 名 副總督；副省長。

vice·like ['vaɪs,laɪk] 形《英》= viselike.

vi·cen·ni·al [vaɪ'sɛnɪəl] 形 二十年的；每二十年一次的。

vice-pres·i·dent ['vaɪs'prɛzədənt] 名 1 副總統[總裁，會長，社長，總經理，校長]。2《常作 **Vice-President**》〖美政府〗副總統。略作：V.P., V. Pres. **-den·cy** 名, **-'den·tial** 形

vice·re·gal [vaɪs'rigl] 形 總督的。

vice-re·gent ['vaɪs'ridʒənt] 名 副攝政。—形 副攝政的。

vice·reine ['vaɪsren] 名 總督夫人。

vice·roy ['vaɪsrɔɪ] 名 總督。

vice·roy·al·ty [vaɪs'rɔɪəltɪ] 名 (複 **-ties**) 1 Ⓤ Ⓒ 總督的職位、權限、任期。2 總督的統治地區。

'vice ,squad 名《集合名詞》治安警察隊。

vi·ce ver·sa ['vaɪsɪ'vɝsə, 'vaɪs-] 副 相反地，反過來；《省略句，主作 **and** ~》反之亦然。略作：v.v.

'Vi·chy (,water) ['viʃɪ-, 'vɪ-] 名 維琪礦泉水：產於法國中部的溫泉地 Vichy。

vic·i·nage ['vɪsṇɪdʒ] 名 Ⓤ 附近；周遭，鄰近地區；住在附近地區的人；鄰居。

vic·i·nal ['vɪsṇəl] 形 1 附近的；鄰接的，鄰近的；《文》地方性的；本地的：a ~ railway 本地的鐵路。2〖結晶〗微斜的；〖化〗鄰位的。

·vi·cin·i·ty [və'sɪnətɪ] 名 (複 **-ties**) 1 附近，周遭《*of*...》: Taipei and its *vicinities* 臺北及其附近地區。2 Ⓤ 左右，接近《*to, of* ...》: the ~ *of* $500,000 約五十萬元。

·vi·cious ['vɪʃəs] 形 1 缺德的，墮落的；可惡的，不檢點的，易學壞的：~ habits 惡習。2 壞心眼的，有惡意的：~ remarks 惡毒的話。3 惡劣的，嚴重的：a ~ wound 嚴重的傷。4 不完全的，有缺點的；有錯誤的，不合理的：~ reasoning 錯誤的推理。5 殘暴的；難駕馭的。6 危險的；易受騙的：a *vicious*-looking knife 看起來很危險的刀子。~·ly 副, ~·ness 名

'vicious 'circle 名 1〖理則〗循環論證。2 惡性循環（亦稱 **vicious cycle**）。

'vicious 'spiral 名 惡性循環。

vi·cis·si·tude [və'sɪsə,tjud] 名 1《~s》改變，浮沉《*of*...》: the ~*s of* life 人生的浮沉。2 變化《*of*...》。3《古·詩》周期性交替《*of*...》: the ~ *of* the seasons 季節的周而復始。4 變動。**-'tu·di·nous** 形

Vick·y ['vɪkɪ] 名〖女子名〗維琪（Victoria 的暱稱）。

Vict. 《縮寫》*Vict*oria; *Vict*orian.

·vic·tim ['vɪktɪm] 名 1 犧牲者，受害者，罹難者《*of, to*...》；俘虜《*to, of*...》: ~*s of* the storm 暴風雨的受害者 / fall (a) ~ *to* one's own ambition 成爲自己野心的俘虜。2（亦稱 **vic** [vɪk]）受騙的人；剝削對象《*of*...》: the ~ *of* a fast-talking salesman 善於花言巧語的推銷員欺騙的對象。3〖史〗供物，供品《*to*...》。

vic·tim·ize ['vɪktɪm,aɪz] 動及 1 使受害；折磨；欺騙。2 殺…作爲祭品。**-i·'za·tion** 名, **-,iz·er** 名

·vic·tor ['vɪktɚ] 名 征服者，戰勝者；勝

V

者，優勝者。一形勝利（者）的。

Vic·tor ['vɪktɚ] 名 **1** 與 Jupiter, Mars, Hercules 連用的古羅馬別號。**2**〖男子名〗維克多（暱稱作 Vic）。

Vic·to·ri·a [vɪk'torɪə] 名 **1** 維多利亞女王（1819–1901）：英國女王（1837–1901）。**2** 勝利女神。**3**《v-》輕型四輪有篷馬車；敞篷汽車。**4** 維多利亞：⑴ 澳洲東南部的一省。⑵ 非洲 Seychelles 的首都。**5 Lake,** 維多利亞湖：位於非洲東部，為世界第二大淡水湖。**6**〖女子名〗維多利亞（暱稱作 Vicky）。**7**《v-》〖植〗（中南美洲產的）大睡蓮。

Vic'toria 'Cross 名《the ～》維多利亞十字動章。略作：V.C.

Vic'toria 'Falls 名(複)《the ～》維多利亞瀑布：非洲 Zambezi 河上的瀑布。

Vic·to·ri·an [vɪk'torɪən] 形 **1** 維多利亞女王的；維多利亞女王時代（1837–1901）的，維多利亞式的；〖建〗維多利亞時代風格的。**2** 具維多利亞女王時代諸特徵的：～ morality 偽善的道德。一名 維多利亞女王時代的人[物]，維多利亞時代的文學家。

～**·ism** [-,ɪzəm] 名 U 維多利亞時代的風格。

Vic·to·ri·a·na [vɪk,torɪ'ɑnə] 名《集合名詞》維多利亞時代（風格）的物品。

Vic'toria Ny·'an·za [-nɪ'ænzə, -naɪ-] 名 維多利亞湖的別名。

·vic·to·ri·ous [vɪk'torɪəs] 形 **1** 得勝的，獲得的《*over...*》；優勝的《*in...*》。**2** 勝利的，戰勝的。～**·ly** 副

:vic·to·ry ['vɪktərɪ] 名 (複**-ries**) **1** U C 克服，戰勝，勝利征服《*over...*》；勝利《*to, for...*》；勝仗：a narrow ～ 險勝 / a ～ *over* adversity 對逆境的戰勝 / a 2–0 ～ *over* the Baltimore Orioles 以二比〇擊敗巴爾的摩金鶯隊。**2**《V-》〖羅·希神〗勝利女神。

'victory ,garden 名 菜園，戰時菜園。

vict·ual ['vɪtl] 名 **1**《～s》《方》糧食。**2**《古》食物，食品。一動 (～**ed**, ～**·ing** 或《英》**-ualled**, ～**·ling**) 及《文》供給糧食；堆糧食於。一不及《文》**1** 裝儲糧食。**2**《古》吃飯；吃東西。

vict·ual·er,《英》**-ler** ['vɪtlɚ] 名 **1**〖史〗糧食供給者；補給船。**2**《英》旅店老闆。

vi·cu·ña, -na [vɪ'kjunə] 名 **1**〖動〗野生羊駝。**2** U 羊駝毛織品。

vid.《縮寫》*vide.*

vi·de ['vaɪdɪ] 動 及《拉丁語》《尤指請讀者參照本文之一部分所用的》請參見：*V-* page 3. 參照第三頁。/ ～ *ante* 見前 / ～ *infra* 見下 / ～ *post* 見後 / ～ *supra* 見上。

vi·de·li·cet [vɪ'dɛləsɪt] 副《拉丁語》《為了舉例以便細說時用》亦即，也就是說。略作：viz.

·vid·e·o ['vɪdɪ'o] 名《美》**1** U（電視的）影像。**2** 電視。**3** 錄影帶[機]。一形《限定用法》**1** 電視的，影像的。**2** 電視錄影的。

'video 'cas,sette 名 卡式錄影帶。

'videocassette re,corder 名 卡式錄放影機。略作：VCR

vid·e·o·con·fer·ence ['vɪdɪo,kɑnfərəns] 名 視訊會議。**-enc·ing** 名 U 視訊會議之舉行。

vid·e·o·disk,《英》**-disc** ['vɪdɪo,dɪsk] 名 影碟：a ～ player 影碟機。

'video dis'play ,terminal 名〖電腦〗螢幕終端機（《英》visual display unit）。略作：VDT

vid·e·o·fit ['vɪdɪo,fɪt] 名 合成照片。

'video ,game 名 電視遊樂器。

vid·e·o·gen·ic [,vɪdɪə'dʒɛnɪk] 形 = telegenic.

'video ,jockey 名 電視節目主持人。略作：VJ

'video 'nasty 名《英》暴力影片。

vid·e·o-on-de·mand ['vɪdɪoɑndɪ'mænd] 名 隨選視訊系統。

vid·e·o·phone ['vɪdɪo,fon] 名 視訊電話。

video re,corder 名 = videotape recorder.

vid·e·o·tape ['vɪdɪo,tep] 名 U 錄影帶；電視錄影（亦作 **video tape**）。一動 及 給…錄影（亦稱《英》**video-record**）。

videotape re,corder 名 錄影機。略作：VTR。

vid·eo·text ['vɪdɪo,tɛkst] 名 U 電傳視訊。

vi·dette [və'dɛt] 名 = vedette.

vie [vaɪ] 動 (**vied, vy·ing**) 不及 競爭《*with ...*》；爭《*for...*》；互爭《*in..., in* doing *with...*》。

一及 **1**《古》使產生競爭。**2**《廢》賭。

Vi·en·na [vɪ'ɛnə] 名 維也納：奧地利的首都。

Vi'enna 'sausage 名 C U 維也納香腸。

Vi·en·nese [,viə'niz] 形 維也納的；維也納風格的。一名 (複～) 維也納人。

Vi·et·cong [vi,ɛt'kɑŋ, vjɛt-] 名 (複～)《the ～》越共。略作：VC

Vi·et·nam [vi,ɛt'nɑm, 'vjɛt-] 名 越南（社會主義共和國）：首都河內（Hanoi）。

Vi·et·nam·ese [vi,ɛt nɑ'miz, ,vjɛ t nə-] 名 (複～) **1** 越南人。**2** U 越南語。一形 越南的；越南人[語]的。

'Vietnam 'War 名《the ～》越戰（1964–75）。

:view [vju] 名 **1** 看，觀察，視察；現場檢查，實地查證：on (a) closer ～ 再仔細查看之下。**2** U 視覺，視力；眼界，視野：a field of ～ 視界，視野 / be exposed to ～ 看得見 / disappear from (one's) ～ 從視野中消失，看不見。**3**《a ～, the ～》風景，景色；展望，眺望：*a* fine ～ of the Rhine 萊茵河的美麗景觀。**4** 風景畫，風景照片《

of...》；展望圖。5《通常與修飾語連用》角度，面；景，（視）圖：a front ～ 正面圖 / from a practical ～ 由實際的角度來觀察。6 Ⓤ考察，檢查；考慮，熟慮：leave something out of ～ 對某事不加考慮。7 ⓊⒸ 目的；意向，意圖；計畫；目標：with this in ～ 由於這個目的，以此爲目標。8 遠景；希望《*of, for...*》：the ～ *for* the near future 對不久的將來所抱持的希望。9《a～》概論，概說；概觀；調查《*of...*》。10《與修飾語連用》看法：take a grave ～ of ... 重視… / take the long ～ 眼光遠大。11《常作 ～s》想法；見解，意見；說明；印象《*on, of...*》：form a correct ～ *of* ... 對…有正確認識 / hold opposite ～*s on* ... 對…持相反意見 / meet a person's ～(*s*) 附和某人意見。

in view of ... (1) 在看得見…的地方。(2) 鑑於；爲了。

keep...in view (1) 記住；期望。(2) 一直注視著；置於看得到的地方。

on view 公開供人觀看；陳列著。

with a view to... 以…爲目的；期盼，希望。

—動 及1 看，眺望；參觀；檢查，調查。2 揣度，考慮；以特定觀點觀察；視爲，看作是。3《口》看（電視節目）。—不及 看電視。

view·er ['vjuɚ] 名 1 觀看者，觀察者，參觀者；《口》電視觀眾：heavy ～*s* 酷愛看電視者。2〖攝〗擴大透視裝置。3《口》觀察器；取景器。～·**ship** 名Ⓤ 電視觀眾。

view·find·er ['vju,faɪndɚ] 名〖攝〗取景器。

'view hal'loo 感名 喲哈：獵人看見狐狸從洞中跳出時發出的叫喊聲。

view·less ['vjulɪs] 形 1 看不見的；沒有景色的。2《主美》沒意見的。

·view·point ['vju,pɔɪnt] 名 1 觀測點《*of* ...》；觀察位置。2《與修飾語連用》觀點，立場《*of...*》：from the ～ *of* ... 由…的觀點來看。

vig·il ['vɪdʒəl] 名 1 ⓊⒸ 徹夜不眠；守夜。2 Ⓤ不眠不休。3《the ～》〖教會〗守夜；《偶作～s》徹夜祈禱；節日的前夕，戒齋前夜的祝禱儀式。

keep vigil 徹夜看護《*over...*》；夜間警戒《*over, against...*》。

vig·i·lance ['vɪdʒələns] 名Ⓤ 1 警戒，留意《*against...*》；守夜：exercise ～ 警戒。2〖病〗警醒症，失眠症。

'vigilance com,mittee 名《美》自治保安團。

vig·i·lant ['vɪdʒələnt] 形 1 警戒著的，極留神的《*over, against...*》；極細心的：a ～ guard 警覺的守衛。2 徹夜守望的。

vig·i·lan·te [,vɪdʒə'læntɪ] 名《美》《蔑》自治保安團團員。

vi·gnette [vɪn'jɛt] 名 1 圖案；裝飾圖案，蔓葉花樣。2 輪廓逐漸模糊的肖像。3 圖片；風景畫。4 優雅的小品文。—動及 把（照片等的邊緣）弄模糊。

·vig·or,《英》**-our** ['vɪgɚ] 名Ⓤ1 活力；健康的體力，精力；精神，生命力：a man of great physical ～ 一個體力好的人 / with ～ 精神煥發。2 有力行動；強度；氣魄：the ～ of his argument 他的論點強有力。3 強健的成長力。4〖法〗《美》效力；法律的約束力。

vi·go·ro·so [,vɪgə'roso] 形副〖樂〗強力的[地]，活潑的[地]。

·vig·or·ous ['vɪgərəs] 形 1 充滿活力的，精神飽滿的；精力充沛的；結實的；強壯的：a ～ volleyball game 充滿活力的排球賽。2 有魄力的，有力的。3 強制性的。4 生長旺盛的：～ weeds 茂盛的雜草。～·**ly** 副

Vi·king ['vaɪkɪŋ] 名 1 維京人：第八至十世紀擾亂歐洲北部、西部海岸一帶的斯堪的那維亞海盜。2 海盜。3《口》斯堪的那維亞人。

·vile [vaɪl] 形 (**vil·er, vil·est**) 1 極惡的；非常討厭的，令人不悅的；令人討厭的，使人噁心的；不乾淨的，髒的：～ housing 陋屋。2 卑鄙的，墮落的；下流的，粗鄙的：～ language 下流話。3 寒酸的，貧乏的；拙劣的，粗俗的，境遇不佳的；卑微的。4《古》幾無價值的；微不足道的。～·**ly** 副

vil·i·fy ['vɪlə,faɪ] 動 (**-fied, ～·ing**) 及 說壞話，謾罵。**-fi·'ca·tion** 名, **-fi·er** 名

vil·i·pend ['vɪlə,pɛnd] 動 及 1 藐視，輕侮。2《文》詆毀，貶低。

·vil·la ['vɪlə] 名 1 大宅邸；別墅。2《英》郊區住宅。3（古羅馬的）莊園。

—形 別墅（風格）的。

:vil·lage ['vɪlɪdʒ] 名 1 村莊；《美》自治地區。2《the ～》《集合名詞》村民，村裡的人。3 群落，群居處。

—形 村落的。

'village com'munity 名〖經〗村落社會。

·vil·lag·er ['vɪlɪdʒɚ] 名 村民，村人。

·vil·lain ['vɪlən] 名 1 惡棍，無賴；《口》《主謔》小子，搗蛋鬼；《英口》犯人：(You) *V*-！你這混蛋！2《the ～》壞人，反派角色：be cast as *the* ～ 被指派扮演反派。3〖史〗農奴。

vil·lain·ous ['vɪlənəs] 形 1《文》兇惡的，殘暴邪惡的。2 胡作非爲的，極下流的。3 非常不愉快的，惡劣的：speak in ～ Spanish 說著極差的西班牙語。～·**ly** 副

vil·lain·y ['vɪlənɪ] 名 (複**-lain·ies**)《文》1 Ⓤ惡行，腐化墮落。2《通常作**-lainies**》卑鄙的行爲，惡劣的作風。

-ville《字尾》1 地名字尾，尤用於美國西南部。2《主美俚》表「處於…狀態」、「由…而來」之意。

vil·lein ['vɪlɪn] 名（中世紀歐洲的）農

奴。

vil·lein·age ['vɪlɪnɪdʒ] 名U 1 農奴制。2 農奴的身分地位。

vil·lus ['vɪləs] 名 (複-li [-laɪ]) 1〖解〗絨毛，腸絨毛。2〖植〗長軟毛。

vim [vɪm] 名U《口》精力，活力；熱誠：~ and vigor 精神，活力。

VIN 《縮寫》vehicle *i*dentification *n*umber 汽車牌照號碼。

vin·ai·grette [,vɪnə'grɛt] 名 1 小瓶子。2 香醋調味醬。

Vin·cent ['vɪnsn̩t] 名〖男子名〗文生。

Vin·ci ['vɪntʃɪ] 名 ⇨ LEONARDO DA VINCI

vin·ci·ble ['vɪnsəbl] 形 可征服的，可克服的。

vin·di·ca·ble ['vɪndəkəbl] 形 可證明為正當的，可辯護的。

vin·di·cate ['vɪndə,ket] 動 及 1 澄清罪名；挽回。2 顯示是正確的，使正當化；辯護，支持；證實是正當的：~ his actions 證實他的行為是正當的。3 擁護，維護；主張，要求：~ one's liberty 維護本身的自由。4〖羅馬法·大陸法〗收回所有權；請求歸還，要求所有權。5《文》為…報仇：~ one's father's death 為父親之死報仇。

-'di·ca·tive, -ca·'to·ry 形, **-ca·tor** 名

vin·di·ca·tion [,vɪndə'keʃən] 名 1 U 公開聲明；作證，證明；維護，支持；要求。2 U 辯白《*of, for...*》：in ~ *of...* 辯明。

vin·dic·tive [vɪn'dɪktɪv] 形 1 有報復心理的，懷恨在心的。2 旨在報復的；顯示出恨意的，充滿惡意的：a ~ policy against one's enemies 為報復敵人的政策。3《英》懲罰性的。~·ly 副

·vine [vaɪn] 名 1 藤蔓植物；蔓。2《英》葡萄樹（《美》grapevine）。

die on the vine 半途而廢。

vine·dress·er ['vaɪn,drɛsɚ] 名 藤蔓植物栽培者。

·vin·e·gar ['vɪnɪgɚ] 名U 1 食用醋；〖藥〗醋劑：pickle...in ~ 用醋醃。2 不悅的言詞；乖戾：with a heavy dose of ~ 非常不悅地。3《美口》活力，精神。—動及 施以醋。

'vinegar fly 名 果蠅。

vin·e·gar·ish ['vɪnɪgərɪʃ] 形 1 酸的。2 不和悅的，惡意的；諷刺的。

vin·e·gar·y ['vɪnɪgərɪ] 形 1 有醋的性質的；似醋的；酸的：~ wine 酸性強的酒。2 惡劣的，不和悅的。

vin·er·y ['vaɪnərɪ] 名(複-er·ies) 1 栽培藤蔓植物的園地；《主美》葡萄園。2 U《集合名詞》藤蔓植物。

·vine·yard ['vɪnjɚd] 名 1 葡萄園。2 活動場所。

vingt-et-un [,vɛ̃nte'œ̃] 名〖牌〗= blackjack 名4.

vin·i·cul·ture ['vɪnɪ,kʌltʃɚ] 名 = viticulture.

vin·i·fy ['vɪnə,faɪ] 動 (-fied, -fy·ing) 及 釀造；釀成酒。—不及 釀酒；被釀成酒。

vi·no ['vino] 名(複~s) U C《口》（廉價）葡萄酒。

vi·nous ['vaɪnəs] 形 1 葡萄酒的；含有葡萄酒的；具葡萄酒性質的，類似葡萄酒的；葡萄酒特有的。2 嗜酒的；顯示出嗜酒的跡象的；因喝酒而造成的：deep ~ sleep 喝了酒後的沉睡。3 酒紅色的。

vin·tage ['vɪntɪdʒ] 名 1 葡萄酒。2 U…年份的葡萄酒：the rare 1928 ~ 1928 年釀造的珍貴葡萄酒。3《通常作單數》葡萄的收獲（期）；葡萄酒釀造期；葡萄酒的釀造。4 U 代表型式：a 1950s-*vintage* television set 五〇年代製造的電視機。5 年齡；古舊的程度：a scandal story of some 20 years' ~ 已有二十年歷史的醜聞。6 風格相似之人。—形《限定用法》1 葡萄酒的。2 冠有年號的。3 最佳的；陳年的，古老而有價值的。4 落伍的，過時的。—動及 採收；釀造。—不及 採收葡萄。

'vintage 'wine 名U C 陳年葡萄酒。

'vintage 'year 名 1 陳年葡萄酒的釀造年份。2 釀葡萄酒的最佳年份；《喻》豐收的一年。

vint·ner ['vɪntnɚ] 名 1 葡萄酒釀造業者。2《英》葡萄酒批發商，葡萄酒商人。

vin·y ['vaɪnɪ] 形 (vin·i·er, vin·i·est) 1 藤蔓植物的；像藤蔓植物的。2 多藤蔓的。

vi·nyl ['vaɪnəl] 形〖化〗含有乙烯基的。—名U C 乙烯（基）。

vi·ol ['vaɪəl] 名 六弦提琴。

vi·o·la[1] [vɪ'olə] 名 中提琴。

vi·o·la[2] ['vaɪələ, vaɪ'olə] 名 1 堇菜。2 三色紫羅蘭的一種。

Vi·o·la ['vaɪələ] 名〖女子名〗懷娥拉。

vi·o·la·ble ['vaɪələbl] 形 可被觸犯的，易污損的。

vi·o·la da brac·cio [vɪ'olədə'brɑtʃo] 名(複~s) 次中音中提琴。

vi·o·la da gam·ba [vɪ'olədə'gɑmbə] 名(複~s) 古低音大提琴。

·vi·o·late ['vaɪə,let] 動 (-lat·ed, -lat·ing) 及 1 違反；破壞，違背：~ an oath 違背誓言。2《文》污辱，褻瀆；羞辱：~ a shrine 褻瀆神聖的殿堂。3 擾亂，妨礙；侵害：~ a person's privacy 侵犯某人的隱私權。4 強暴，姦淫。-la·tor, -lat·er 名

vi·o·la·tion [,vaɪə'leʃən] 名U C 1 妨害，侵入；侵害；違反，違背；干擾《*of...*》；違法行為：~*s of* privacy 侵犯隱私權 / a parking ~ 違規停車。2 冒犯神聖；褻瀆。3 強暴，強姦。4 歪曲。

·vi·o·lence ['vaɪələns] 名U 1 強烈，猛烈《*of...*》：ring the bell with ~ 大鳴警鈴。2 暴行，暴力；〖法〗強暴，強姦：~ in the movies 電影中的暴力行為。3 暴力活動：threaten a person with ~ 以暴力威脅某

V

人。4 粗暴，激烈((*of...*)): the ～ *of* passion 感情的激昂。5 歪曲，竄改。

do violence to... 對…施暴；違反；損害；褻瀆；曲解。

·vi·o·lent ['vaɪələnt] 形 1 激烈的，強烈的，極度的：～ cold 酷寒 / ～ colors 強烈刺眼的顏色。2 暴力的，蠻橫的；暴力造成的；暴力鏡頭多的：a ～ death 橫死。3 激昂的；激動的，興奮的：a ～ denunciation 激動的譴責。4 曲解原意的；牽強的：～ editing 歪曲原意的剪輯。

vi·o·lent·ly ['vaɪələntlɪ] 副 激烈地；粗暴地；猛烈地。

·vi·o·let ['vaɪəlɪt] 名 1〖植〗堇菜的通稱；紫羅蘭。2 Ⓤ 紫羅蘭色，青紫色。3 過分拘謹的人：a shrinking ～ 害羞的人，畏首畏尾的人。

'violet ,rays 名 紫光線；((誤用)) 紫外線。

:vi·o·lin [,vaɪə'lɪn] 名 1 小提琴。2 ((通常作 ～s)) ((口)) 小提琴手：the first ～ of an orchestra 管弦樂團的第一小提琴手。

play first violin 拉第一提琴；((喻)) 居於重要地位，擔任指導任務。

～**·ist** 名 小提琴手。

vi·ol·ist[1] ['vaɪəlɪst] 名 viol 琴手。

vi·o·list[2] [vɪ'olɪst] 名 ((美)) 中提琴手。

vi·o·lon·cel·list [,viəlɑn'tʃɛlɪst, ,vaɪə-] 名 = cellist.

vi·o·lon·cel·lo [,viəlɑn'tʃɛlo, ,vaɪə-] 名 (複 ～s) = cello.

vi·os·ter·ol [vaɪ'ɑstə,rol] 名 Ⓤ〖生化〗維他命 D_2 的別名。

VIP [,viaɪ'pi] 名 (複～s, ～'s) ((口)) 重要人物，要人：receive (the) ～ treatment 受到盛大招待。

vi·per ['vaɪpɚ] 名 1 蝮蛇。2 毒蛇。3 ((文)) 心懷惡意的人：a ～ in one's bosom ((喻)) 隨時會背叛自己的人。

vi·per·ish ['vaɪpərɪʃ] 形 = viperous.

vi·per·ous ['vaɪpərəs] 形 1 蝮蛇的。2 蝮蛇般的。3 陰險的，惡毒的。～**·ly** 副

vi·ra·go [və'rego, vaɪ'rego] 名 (複～es, ～s) 潑辣的女人，潑婦。

vi·ral ['vaɪrəl] 形 濾過性病毒的；濾過性病毒引起的。

vi·res·cence [vaɪ'rɛsəns] 名 Ⓤ〖植〗綠化，變綠。

vi·res·cent [vaɪ'rɛsənt] 形 帶綠色的，淡綠色的；〖植〗變綠的。

Vir·gil ['vɝdʒəl] 名 = Vergil.

·vir·gin ['vɝdʒɪn] 名 1 處女；未婚女性，小姐。2〖教會〗童貞女，聖處女。3 ((**the V-**)) 聖母，聖母瑪麗亞；((**V-**)) 聖母瑪麗亞的畫像：*the* (Blessed) *V-* (Mary) 聖母瑪麗亞（略作：B.V.M.）。4 未曾交配的雌性動物，單性生殖雌蟲。5 ((**the V-**))〖天〗處女座；〖占星〗處女宮。6 童貞男子。

— 形 1 ((限定用法)) 處女的，童貞的；未受精而產卵的。2 處女特有的；純潔的，清白的：～ blushes 處女的羞澀。3 未被接觸過的，未被玷污的；初次的，最初的；還未開墾過的；未曾使用過的，初次使用的；新鮮的。4 沒經驗過的，首次經驗的 ((*of...*))。5 純粹的，天然的；由礦石直接提煉的。

vir·gin·al[1] ['vɝdʒɪnl] 形 1 處女的；維持處女的。2 潔白無瑕的，未受污染的；沒人到過的：the ～ surface of the moon 尙無人煙的月球表面。～**·ly** 副

vir·gin·al[2] ['vɝdʒɪnl] 名 ((當作 **pair of ～s**)) 維金納琴。

'virgin 'birth 名 ((**the** ～)) ((常作 **V-B-**))〖神〗處女生產。

Vir·gin·ia [vɚ'dʒɪnjə] 名 1 維吉尼亞：美國大西洋岸的一州；首府為 Richmond（略作：Va.）。2 Ⓤ Ⓒ 維吉尼亞煙葉。3〖女子名〗維琴尼雅。

Vir'ginia 'creeper 名〖植〗美國常春藤。

Vir·gin·ian [vɚ'dʒɪnjən] 形 維吉尼亞州的。— 名 維吉尼亞州人民。

Vir'ginia 'reel 名 維吉尼亞土風舞。

'Virgin 'Islands 名 ((**the** ～)) 維京群島：位於西印度群島東北部，Puerto Rico 東方的小群島，現分屬美國和英國。

vir·gin·i·ty [vɚ'dʒɪnətɪ] 名 Ⓤ 1 處女身分；童貞；未婚生活：lose one's ～ 喪失童貞。2 純潔；清純；新鮮。

'Virgin 'Mary 名 ((**the** ～)) = Mary 1.

'Virgin 'Queen 名 ((**the** ～)) 處女女王：英國女王 Elizabeth I 的別名。

Vir·go ['vɝgo] 名 1〖天〗處女座。2〖占星〗處女宮。

vir·gule ['vɝgjul] 名 1 小斜線（/）。2 分割線。

vir·i·des·cent [,vɪrə'dɛsn̩t] 形 帶綠色的，淡綠色的；清新的，生意盎然的。

vi·rid·i·an [və'rɪdɪən] 形 綠的，青蔥的。

vi·rid·i·ty [və'rɪdətɪ] 名 Ⓤ 1 翠綠，新綠。2 ((文)) 年輕，新鮮；不成熟，純真。

vir·ile ['vɪrəl] 形 1 有男子氣概的，男性化的；壯年的。2 強健的；有魄力的，雄壯的。3 有生殖力的，生殖的。

vi·ril·i·ty [və'rɪlətɪ] 名 Ⓤ 1 男子氣概；魄力；成年，壯年。2（男性）生殖力。

vi·rol·o·gy [vaɪ'rɑlədʒɪ] 名 Ⓤ 病毒學。**-gist** 名 病毒學家。

vir·tu [vɝ'tu] 名 Ⓤ 1（藝術品、古董等的）價值。2 ((集合名詞·作複數)) 藝術品，古董。3 對藝術品的愛好（亦作 **vertu**）。

·vir·tu·al ['vɝtʃuəl] 形 ((限定用法)) 1 實質上的，實際上的；((古)) 有實效的，有效果的：the ～ head of state in the President's absence 總統不在時一國實際上的元首。2〖光〗虛像的；虛焦點的：a ～image 虛像。

-'al·i·ty 名 Ⓤ 實質，實際。

'virtual com'munity 名 網路虛擬社

V

群。

·**vir·tu·al·ly** ['vɝtʃuəlɪ] 副 實質上，事實上；約，幾乎。

'**virtual 'memory** 名 虛擬記憶體。

'**virtual re'ality** 名 U 虛擬實境。

:**vir·tue** ['vɝtʃu] 名 1 U 道德；善；廉潔，正直；C 美德，德目：a ruler of ～ 仁君 / *V-* is its own reward.《諺》善即善報。2 U 貞操，純潔。3 U C 優點，長處。4 U C 力量，效力；效果，效能。5《～s》力天使：九天使的第五級。

by virtue of... 由於，靠，因。

make a virtue of necessity 爽爽快快地做非做不可的事。

～·less 形 無德的；無優點的。

vir·tu·os·i·ty [,vɝtʃu'ɑsətɪ] 名 U 1 技巧，高超技巧，絕技。2 對藝術（品）的嗜好，對藝術的欣賞能力。

vir·tu·o·so [,vɝtʃu'oso] 名 (複～s, -si [-si]) 1 巨匠，行家。2 藝術品的收藏家。一形（亦稱 **vir·tu·o·sic** [,vɝtʃu'ɑsɪk]）行家的。

·**vir·tu·ous** ['vɝtʃuəs] 形 1 品德高尚的，善良的；貞節的。2《古》有效力的；強有力的。

～·ly 副, ～·ness 名

vir·u·lence ['vɪrjələns], **-len·cy** [-lənsɪ] 名 U 1 毒性，毒力。2 惡毒；敵意。

vir·u·lent ['vɪrjələnt] 形 1 有毒的；致命的。2〖醫〗傳染性強的，惡性的。3 充滿敵意的；尖酸的，壞心眼的；激烈的。

～·ly 副

vi·rus ['vaɪrəs] 名 (複～·es) 1 濾過性病原體；病毒，病原體；毒，毒液。2 不良影響，毒害，毒素：the ～ of bigotry 偏執造成的禍害。3〖電腦〗病毒。

vis [vɪs] 名 (複 **vi·res** ['vaɪriz])《拉丁語》力，力量。

Vis, Visc., Visct.《縮寫》*Vis*coun*t*(ess).

vi·sa ['vizə] 名 (複～s) 簽證，入境許可：be granted a ～ to a country 獲得進入某國的簽證。一動 及 1 准許，核准。2 給予簽證。

'**visa ,card** 名 威士卡：一種世界通行的信用卡。

vis·age ['vɪzɪdʒ] 名《文》1 臉，面孔；面容，容貌。2 外表，形像。

vis·aged ['vɪzɪdʒd] 形《常作複合詞》…面孔的。

vis·ard ['vɪzɚd] 名 = vizard.

vis-à-vis [,vizə'vi] 副 形《文》面對面，相向《偶用 *to, with...*》：sit ～ 相向而坐。一介 1 對；關於；與…相比。2 面對，與…相向。一 名 (複～) 1 相向的人。2 對象，同伴；同等地位的人。3 乘客面對面而坐的馬車；〖家具〗可面對面坐的 S 字狀沙發或座椅。

vis·cer·a ['vɪsərə] 名 (複) (單 **vis·cus** ['vɪskəs]) 1〖解·動〗(尤指腹部的）內臟。2《俚》腸子。

vis·cer·al ['vɪsərəl] 形 1 內臟的，腸子的；侵害內臟的；類似內臟的，似腸子的。2 本能的，感情上的；出自內心深處的。3 粗野的，沒有矯飾的。

vis·cid ['vɪsɪd] 形 1 黏的，黏著性的。2〖植〗覆有黏著性物質的。

-'**cid·i·ty** 名, ～·**ly** 副

vis·cose ['vɪskos] 名 U 1〖化〗纖維素黏液。2 纖維素黏液製成的人造絲。一形 1 纖維素黏液製成的。2 = viscous.

vis·cos·i·ty [vɪs'kɑsətɪ] 名 (複**-ties**) 1 U C 黏性；黏的物質。2 U〖理〗黏性；黏度。

vis·count ['vaɪkaunt] 名《常作 **V-**》子爵。

～·**cy** 名 U 子爵的爵位。

vis·count·ess ['vaɪkauntɪs] 名 子爵夫人；女子爵。

vis·count·y ['vaɪkauntɪ] 名 (複**-count·ies**) U 子爵的爵位。

vis·cous ['vɪskəs] 形 1 有附著力的，黏的。2〖理〗黏性的：(a) ～ liquid 黏性液體（亦作 **viscose**）。

vis·cus ['vɪskəs] 名 **viscera** 的單數形。

vise,《英》**vice** [vaɪs] 名 虎頭鉗：(as) firm as a ～ 堅如虎頭鉗。一動 及 用虎頭鉗夾；使盡全力夾住。

vi·sé ['vize] 名，動 及 = visa.

vise·like,《英》**vice-** ['vaɪs,laɪk] 形 夾得很緊的：a ～ grip 像虎頭鉗般的夾緊。

Vish·nu ['vɪʃnu] 名〖印度教〗護持神。

vis·i·bil·i·ty [,vɪzə'bɪlətɪ] 名 1 U 看得見的狀態；可見性。2 U C 視界；〖氣象〗視程，能見度：high ～ 良好的能見度。

:**vis·i·ble** ['vɪzəbl] 形 1 看得見的，可見的：a ～ ray〖理〗可視光線。2 顯而易見的；明顯的；醒目的，惹人注意的；易見的，一覽式的：a ～ index 一覽式索引。3 有意會客的，可以會客的。4 手邊現有的，手頭的：～ funds 手邊的資金。一名 1《通常用～s》看得見的東西。2《the ～》物質世界，現世。

'**visible 'speech** 名 U〖語音〗1 可見語言。2 視語法。

vis·i·bly ['vɪzəblɪ] 副 看得見地；肉眼可以看見地；明顯地。

Vis·i·goth ['vɪzɪ,gɑθ] 名 西哥德人：於第四世紀末入侵羅馬帝國，後於今法國及西班牙境內建立王國。-'**goth·ic** 形

·**vi·sion** ['vɪʒən] 名 1 U 視覺；視力；光景，景象；見，瞥見：the field of ～ 視界，視野 / come within one's ～ 進入視界。2 U 預見，先見；觀察力，洞察力；想像力：lack ～ in dealing with great problems 處理重大問題時，缺乏洞察力。3 幻覺，幻影；幽靈。4 夢想，空想，想像或理想中的一幅景象《*of...*》。5《通常作 **a** ～》《文》如夢似幻的景象，幻想性人[物]；絕景，絕代美人《*of...*》。一動 及《美》虛

幻地顯示，虛幻地看見；幻想，夢想。
~·less 形沒有視力的，眼睛看不見的；沒有洞察力的。

vi·sion·al ['vɪʒənl] 形 **1** 幻覺的；虛幻的，幻影的。**2** 出現幻像的；幻想的，空想的；非現實的。~·ly 副

vi·sion·ar·y ['vɪʒən,ɛrɪ] 形 **1** 耽於幻想的；夢想的，妄想的：a ~ mystic 耽於幻想的神祕主義者。**2** 虛幻的，想像的：a ~ castle 空中樓閣。**3** 非現實的，不可能實現的。**4** 幻覺的，幻想的。—名(複**-ar·ies**) 理想主義者，神祕主義者；空想者，夢想者。**-i·ness** 名

:vis·it ['vɪzɪt] 動及 **1** 拜訪；探望；造訪；參觀，遊覽。**2**《美》作客：~ an old friend for a week 在老朋友家中作了一個星期的客。**3** 視察，調查；出診。**4**《文》《通常用被動》侵襲；折磨；困擾；浮現於心中。**5**《文》施加《*on, upon...*》：~ one's indignation *on* a person 向某人洩憤 / The sins of the fathers are ~*ed upon* the children.《諺》父親的罪過報應於兒女身上。—不及 **1** 訪問《*at...*》；來往《*with...*》；前往視察《*at, in...*》。**2**《美》停留《*in, at...*》；投宿《*at...*》；留宿《*with...*》。**3**《美口》聊天，閒聊《*with...*》。
—名 **1** 訪問；探望；參觀。**2** 作客。**3** 視察，巡視，搜查；出診。**4**《美口》聊天，閒談。

go on a visit to... 參觀，拜訪。

pay a visit to...* / *pay...a visit 拜訪；參觀；遊覽。

vis·i·tant ['vɪzətənt] 名 **1** 滯留者，訪客；參觀者，巡禮者。**2**《文》靈界來的人，下凡的神仙；偶而有的感覺。**3** 候鳥。

vis·it·a·tion [,vɪzə'teʃən] 名 **1** 訪問；《口》久留不歸；探訪；參觀。**2** 正式性訪問《*by, of...*》；視察，巡視；搜查。**3** 降臨；巧安排，恩惠；審判，天罰；嚴厲的磨難；災難，災害；超自然力的顯現《*of...*》。**4**《通常作 V-》聖母；《V-》聖母訪問節：the Nuns of the *V-*〖主教〗聖母訪問童貞會。**5**（鳥、動物不合時節的）大群湧到。

visi'tation 'rights 名(複) 某方探望親生子女的權利。

vis·it·ing ['vɪzɪtɪŋ] 名 U 訪問，探望，視察，巡查：hospital ~ 前往醫院的探望。
—形《限定用法》訪問的，探望的；視察的，巡視的：~ nurse 巡迴護士。

'visiting ,card 名《英》= calling card.

'visiting ,day 名 會客日。

'visiting 'fireman 名《美口》**1** 重要的訪客，貴賓。**2** 揮金如土的觀光客。

'visiting pro'fessor 名 客座教授。

:vis·i·tor ['vɪzɪtɚ] 名 **1** 訪問者，來訪的人；探望的人；觀光客；滯留的旅客；參觀者，視察者，監察員，巡視員，督學：a ~*s'* book 訪客名冊薄。**2**《~s》遠征隊伍，客隊。**3** 候鳥。

vi·sor, -zor ['vaɪzɚ] 名 **1**〖甲冑〗（頭盔的）面甲。**2** 帽舌；帽沿。**3** 遮陽板。
—動及 用面甲蓋著；用面具遮住。

vis·ta ['vɪstə] 名 **1** 展望，眺望；遠景，景色；林蔭大道。**2** 回想；預測；知識展望。

'vista ,dome 名（火車的）瞭望臺。

·vis·u·al ['vɪʒuəl] 形 **1** 視力的；供人觀看的：~ acuity〖眼〗視力 / ~ flying 目視飛行。**2** 眼睛看得見的。**3** 光學上的；視覺的：the ~ focus (of a lens) 視焦點。**4** 顯現在心目中的，透過心靈來理解的。—名《通常用~s》視覺材料。

'visual 'aid 名《常作~》視覺教具。

'visual ,arts 名(複) 視覺藝術。

'visual dis'play ,unit 名《主英》= video display terminal. 略作：VDU

vis·u·al·ize ['vɪʒuəl,aɪz] 動 不及 **1** 想起，想像。**2** 具體化，形象化。
—及 **1** 使看得見，使視覺化，使形象化。**2** 想起，想像。**-i·'za·tion** 名 U 使事物、概念等視覺化，形象化，具體化；C 形象化的事物，浮現在心中的形象。**-,iz·er** 名 心靈的理解非常視覺化的人。

'visual 'literacy 名 U 視覺理解力。

vis·u·al·ly ['vɪʒuəlɪ] 副 眼睛可見地，視覺上地；有關視覺的；憑視覺地，用眼睛看地。

·vi·tal ['vaɪtl] 形 **1** 生命的；有關生命的；掌握生命的，生命之泉源的，維持生命所需：~ power 生命力，活力 / ~ organs 維持生命所需的器官 / ~ capacity 肺活量。**2** 有活力的，活潑的，充滿生氣的：a ~ style 生動活潑的文體。**3** 不可或缺的，必須的，重要的《*to, for...*》；極重大的，無上的：a matter of ~ importance 非常重要的問題。**4** 生死攸關的，致命性的：a ~ blow to him 對他致命的一擊。**5** 給予活力的，打氣的。

'vital 'force 名《通常作 the ~》《文》生命力（亦稱 **vital principle**）。

vi·tal·ism ['vaɪtl,ɪzəm] 名 U〖生·哲〗生機論，活力論。
-'is·tic 形

·vi·tal·i·ty [vaɪ'tælətɪ] 名 U **1** 活力，體力，生命力；朝氣，精神：a man of great ~ 精力充沛的人。**2** 持續力。

vi·tal·ize ['vaɪtl,aɪz] 動及 賦予生命；給予活力；鼓舞；使有朝氣。
-i·'za·tion 名

vi·tal·ly ['vaɪtəlɪ] 副 就生命來說地，不可或缺地，絕對；極重大地；關係生命地，致命地。

vi·tals ['vaɪtlz] 名(複) **1** 維生不可或缺的器官。**2** 重要部分，核心。

'vital ,signs 名(複) 生命特徵。

'vital 'spark 名《the ~》（音樂、小說、戲劇等的）生動性質。

'vital sta'tistics [名] (複)《作單、複數》 1 人口動態統計。2《口·謔》女性的三圍尺寸。

·vi·ta·min ['vaɪtəmɪn] [名] 1〖生化〗維他命，維生素。2《作形容詞》維他命的：(a) ～ deficiency 維他命不足。
～·i·'za·tion [名][U] 添加維他命。

vi·tel·lin [vɪ'tɛlɪn, vaɪ-] [名][U]〖生化〗蛋黃素。

vi·tel·lus [vɪ'tɛləs] [名] (複～·es) 蛋黃。

vi·ti·ate ['vɪʃɪ,et] [動][及] 1《文》毀損，污染；使墮落：Sentimentalism ～*s* his prose. 多愁善感破壞了他散文的特質。2 使無效。
-'a·tion [名]

vi·ti·at·ed ['vɪʃɪ,etɪd] [形] 1 受損的，被污染的；墮落的，腐敗的。2 失效的。

vit·i·cul·ture ['vɪtɪ,kʌltʃɚ] [名][U] 葡萄栽培。

vit·re·ous ['vɪtrɪəs] [形] 1 具有玻璃性質的；類似玻璃的；玻璃的。2 含玻璃的，玻璃製成的。

vit·ric ['vɪtrɪk] [形] 玻璃的；具有玻璃特性的；似玻璃的。

vit·ri·form ['vɪtrə,fɔrm] [形] 似玻璃的。

vit·ri·fy ['vɪtrə,faɪ] [動] (-fied, ～·ing) [及][不及] 1 使成玻璃。2 變成玻璃狀。

vi·trine [vɪ'trin] [名] 玻璃陳列櫥。

vit·ri·ol ['vɪtrɪəl] [名][U] 1〖化〗硫酸鹽，礬類；硫酸。2 尖酸刻薄的言詞，譏諷：dip one's pen in ～ 下筆尖酸刻薄。
—[動] (～ed, ～·ing 或《英》-olled, ～·ling) [及] 用硫酸處理，使硫酸化。

vit·ri·ol·ic [,vɪtrɪ'ɑlɪk] [形] 1 硫酸（鹽）的；類似酸（鹽）的；得自硫酸（鹽）的。2 尖酸的，尖銳的，激烈的。

vit·ri·o·lize ['vɪtrɪə,laɪz] [動][及] 1 硫酸化；以硫酸處理。2 用硫酸傷害，用硫酸燒傷。

vi·tu·per·ate [vaɪ'tupə,ret] [動][及] 斥責，謾罵。

vi·tu·per·a·tion [vaɪ,tupə'reʃən] [名][U] 斥責，謾罵；斥責的話。

vi·tu·per·a·tive [vaɪ'tupə,retɪv] [形] 責難的，謾罵的；斥責的。～·ly [副]

vi·va¹ ['vivə] [感] (v-)《義大利語·西班牙語》萬歲！—[名] 萬歲聲，歡呼聲。

vi·va² ['vaɪvə] [名] 口試。

vi·va·ce [vɪ'vɑtʃɪ] [形][副]〖樂〗活潑的[地]，生動的[地]。

vi·va·cious [vaɪ'veʃəs] [形] 1 生氣蓬勃的，活潑的；健康的，開朗的：a ～ style 生動的文體。2《古》長壽的。
～·ly [副], ～·ness [名]

vi·vac·i·ty [vɪ'væsətɪ] [名] (複-ties) 1 [U] 富於朝氣，活潑；健康；開朗。2《常用-ties》有朝氣的行動、言詞。

vi·var·i·um [vaɪ'vɛrɪəm] [名] (複～s, -i·a [-'vɛrɪə]) 小動物飼養箱。

vi·va vo·ce ['vaɪvə'vosɪ] [副][形] 口頭地[的]。—[名]（亦稱 **viva**）口試。

vive [viv] [感]《法語》萬歲！

Viv·i·an, -en ['vɪvɪən] [名]〖亞瑟王故事〗薇薇安：女魔術師，Merlin 的情婦。

·viv·id ['vɪvɪd] [形] 1 鮮明的，醒目的：a ～ plaid 色彩鮮明的格子花紋布。2 充滿朝氣的，有精神的。3 逼真的，栩栩如生的；強烈的，清晰的：a ～ description 生動的描述。～·ness [名]

viv·id·ly ['vɪvɪdlɪ] [副] 鮮明地，生動地，活潑地。

viv·i·fy ['vɪvə,faɪ] [動] (-fied, ～·ing) [及] 賦予生命，給予活力，鼓舞，使生動，使鮮明。-fi·'ca·tion [名][U] 甦醒；復活；復甦；賦予生命。-fi·er [名]

vi·vip·ar·ous [vaɪ'vɪpərəs] [形] 1〖動〗胎生的。2〖植〗母體發芽的。～·ly [副]

viv·i·sect [,vɪvə'sɛkt] [動][及][不及] 活體解剖。-sector [名]

viv·i·sec·tion [,vɪvə'sɛkʃən] [名][U][C] 1 活體解剖。2 嚴厲的批評。
～·al [形], ～·ist [名] 活體解剖者。

vix·en ['vɪksn̩] [名] 1 雌狐。2 壞女人，好爭吵的女人。～·ish [形] 壞脾氣的。

viz. [vɪz]《縮寫》*videlicet* 亦即，乃。

viz·ard, vis- ['vɪzɚd] [名]《文》面罩，假面具；帽沿，帽舌。

vi·zier [vɪ'zɪr] [名] 1《昔》(回教國家的) 大官，大臣。2 部會首長。

vi·zor ['vaɪzɚ] [名]，[動][及] = visor.

'V-'J ,Day [名]（第二次世界大戰的）對日戰爭勝利紀念日。

VL《縮寫》*Vu*lar *L*atin.

Vla·di·vos·tok [,vlædɪ'vɑstɑk] [名] 海參崴：俄國在東北亞的一海港。

VLF, vlf《縮寫》*v*ery *l*ow *f*requency.

VLSI《縮寫》*v*ery *l*arge *s*cale *i*ntegration 超大型積體電路。

V-mail ['vi,mel] [名][U]《美》V 郵件。

V.M.D.《縮寫》*D*octor of *V*eterinary *M*edicine 獸醫學博士。

'V ,neck [名] V 字型領口，雞心領。
V-necked ['vi,nɛkt] [形]

v.o.《縮寫》《表威士忌、白蘭地的酒齡》*v*ery *o*ld 陳年的 (6-8 年)。

VOA《縮寫》*V*oice *o*f *A*merica.

vocab.《縮寫》*vocab*ulary.

vo·ca·ble ['vokəbl] [名] 字，詞，語詞；與意義無關而視為語音或字母組合的字詞。

·vo·cab·u·lar·y [və'kæbjə,lɛrɪ] [名] (複 -lar·ies)《常作 a ～, the ～, one's ～》1 [U][C] 用語範圍，用語數目，詞彙；總語彙，全部詞彙：*the* ～ of economics 經濟用語 / increase *one's* ～ 增加語彙。2 單字表；符號集，記號表。3 表現方式，型式。

vo'cabulary ,entry [名] 詞條，詞目。

·vo·cal ['vokl] [形] 1 聲音的；發聲所需的：the human ～ faculty 人類的發聲能力。2 口頭的：a ～ communication 口頭傳達。3 聲

V

樂（用）的；發出聲音的；《詩》鳴，響遍四處的《 *with...* 》。**4**《口》愛說話的，意見多的，絮絮不休的。**5**〖語音〗母音的；有聲的。

一名 **1** 口中發出的聲音；〖語音〗母音，有聲音。**2**《常作～**s**》聲樂；獨唱曲；聲學。

～**·ly** 副 用聲音地，出聲地，口頭地。

'vocal ˌcords [ˌchords] 名(複)《**the** ～, **one's** ～》〖解〗聲帶。

vo·cal·ic [vo'kælɪk] 形 母音的；由母音構成的，母音多的。

vo·cal·ist ['vokəlɪst] 名 聲樂家，歌手。

vo·cal·ize ['vokəˌlaɪz] 動 及 **1**（口）發聲，用聲音表達；唱；說出。**2** 使發出聲音；〖語音〗使有聲化；母音化。**3** 加母音記號於。一不及 **1** 出聲，唱，說話；做發聲練習。**2**〖語音〗有聲化；母音化。

-iz·er 名

vo·ca·tion [vo'keʃən] 名 **1** Ⓤ 神的召喚，神命。**2**《常作 **a** ～》天職；使命，任務；職業，固定的工作：regard the teaching profession as *a* ～把教職視作天職。**3** Ⓤ 愛好，適應性，才能《 *for...* 》: feel no ～ *for* the work 對那種工作不感興趣。

·vo·ca·tion·al [vo'keʃənl] 形 職業的；工作上的；職業輔導的：～ schools 職業學校 / ～ counseling 就業輔導。～**·ly** 副 職業性地，職業上。

voc·a·tive ['vɑkətɪv] 形 **1**〖文法〗呼格的。**2** 呼喚的。一名〖文法〗呼格；呼喚語。～**·ly** 副

vo·cif·er·ant [vo'sɪfərənt] 形 大叫的，喧鬧的。一名 大聲吵鬧的人。

vo·cif·er·ate [vo'sɪfəˌret] 動 不及 及 大吼。

-'a·tion 名, **-a·tor** 名

vo·cif·er·ous [vo'sɪfərəs] 形 大叫的，喧嘩的；吵人的，喧鬧的。～**·ly** 副

vod·ka ['vɑdkə] 名 Ⓤ Ⓒ 伏特加酒：俄國出產的蒸餾酒。

·vogue [vog] 名 **1** Ⓤ Ⓒ 流行（式樣），流行物受歡迎的東西 [人]: bring ...into ～ 使流行 / make oneself a ～ in the musical world 成為音樂界的寵兒。**2** Ⓤ《偶作 **a** ～》流行，知名度。

be all the vogue 大流行，廣受歡迎。

in vogue 流行，受歡迎。

out of vogue 不流行，不受歡迎。

vogu·ish ['vogɪʃ] 形

:voice [vɔɪs] 名 **1** Ⓤ Ⓒ 聲音；叫聲：in [with] a deep ～ 以一種低沉的聲音 / under one's ～ 小聲地 / drop one's～ 降低聲音 / lift up one's ～ 提高說話的聲音。**2** 命令，意旨，啓示《 *of* ... 》: the ～ *of* Heaven 神的聲音。**3** Ⓤ 表達；表明，發言；意見，選擇，希望。**4** Ⓤ《偶作 **a** ～》發言權，決定權，投票權：have *a* ～ in the matter 對那件事有發言權。**5** 喉舌，代言人：become a ～ for the group 成為那一夥的代言人。**6** 發聲，聲調；歌手；聲部；音域：a mixed ～ 混聲 / in ～ 嗓子好，音質好 / a sixty ～ chorus 60 人的合唱團。**7**〖文法〗語態：the passive ～ 被動語態。

a voice crying in the wilderness 荒野裡的喊叫聲，不為社會所容的改革者之聲。

do voices 表演口技。

raise *one's* ***vioce*** (1) 提高嗓門；大聲叫，咆哮。(2) 抗議，抱怨。

the still, small voice 良心（之聲）。

with one voice 異口同聲，全場一致。

一動 **(voiced, voic·ing)** 及 **1** 以言詞表現，表達，表明，宣告。**2**〖樂〗調整⋯的音；寫⋯的聲部。**3**〖語音〗將⋯以有聲音發出。

'voice ˌbox 名《口》喉頭。

voiced [vɔɪst] 形 **1** 出聲的，用口頭表達的：a ～ objection 以口頭表達的反對意見。**2**〖語音〗有聲的。**3**《常作複合詞》聲音的：husky-*voiced* 聲音沙啞的。

voice·less ['vɔɪslɪs] 形 **1** 沒聲音的，沉默的，安靜的，不說出口的：～ opposition 無言的抗議。**2** 聲音不好的。**3** 沒有投票權的。**4**〖語音〗無聲的：～ consonants 無聲子音。～**·ly** 副, ～**·ness** 名

'voice ˌlift 名 聲帶整形手術（目的在使人的聲音聽起來較年輕）。

'voice ˌmail 名 語音信箱。

voice-o·ver ['vɔɪsˌovɚ] 名（電視、電影等的）旁白。一副 不出現於畫面，只用聲音地。

'voice ˌpart 名〖樂〗聲部。

voice·print ['vɔɪsˌprɪnt] 名 聲紋。

～**·ing** 名 Ⓤ 聲紋鑑定。

'voice ˌvote 名《美》口頭表決。

·void [vɔɪd] 形 **1** 空的，空虛的，空無一物的。**2**〖法〗無效的，無法律上約束力的。**3**《詩》無益的，徒勞的。**4** 欠缺，沒有《 *of...* 》: a proposal wholly ～ *of* sense 毫無意義的建議。**5**（房子、土地等）空的；（職位等）空缺的，空出的：a ～ lot 空地。一名 **1**《通常作 **the** ～》空間，虛空；真空，空白狀態：the earth hanging in *the* ～ of space 浮在太空中的地球。**2**《通常作 **a** ～》空隙；間隙，裂縫：a ～ in a cliff 峭壁的隙縫。**3** 空缺，缺額。**4**《通常作 **a** ～》空虛感，失落感，心靈的空虛：*a* ～ in one's heart which nothing can fill 無法用任何東西填補的心靈空虛。一動 及 **1** 使失效；取消。**2** 清理出來，排便。**3** 使變空，使乾淨《 *of...* 》。～**·ness** 名

void·a·ble ['vɔɪdəbl] 形 可使無效的；可撤銷的。

voile [vɔɪl] 名 Ⓤ 巴里紗：一種薄布料。

vol. 《縮寫》*vol*cano; *vol*ume; *vol*unteer.

vo·lant ['volənt] 形 **1** 在飛的，會飛的；〖紋〗作飛翔模樣的。**2**《詩》動作輕快的，迅速的。

vol·a·tile ['vɑlətl] 形 **1** 揮發性的。**2** 容易激動的；一觸即發的；見異思遷的，輕

浮的；爽朗的；靈活的：～ suspicions 一下子產生的懷疑。3 易變的；易逝的，暫時的。-'til·i·ty 图

'volatile ˌoil 图Ⓤ揮發性油，精油，香精。

vol·a·til·ize ['vɑlətḷˌaɪz] 動 不及 及 揮發，蒸發。-i·'za·tion 图

vol-au-vent [ˌvolo'vɑŋ] 图ⒸⓊ餡餅。

·vol·can·ic [vɑl'kænɪk] 形 1 火山的；火山噴出的，火山作用造成的；多火山的：～ activity 火山活動。2 似火山的；爆發性的，激烈的，猛烈的：a ～ rage 大怒。-i·cal·ly 副 激烈地，猛烈地。

vol'canic 'glass 图Ⓤ火山玻璃，黑曜岩。

vol·can·ism ['vɑlkənɪzəm] 图Ⓤ 火山活動[現象，作用]。-ist 图 火山學家。

·vol·ca·no [vɑl'keno] 图 (複～es, ～s) 1 火山：an active ～ 活火山 / an extinct ～ 死火山。2 強烈的情感；壓抑著的感情，即將爆發的感情：a ～ of hostility 仇恨中燒。

vol·can·ol·o·gy [ˌvɑlkə'nɑlədʒɪ] 图Ⓤ 火山學。

-o·log·i·cal [ˌvɑlkənə'lɑdʒɪkḷ] 形, -gist 图 火山學家。

vole[1] [vol] 图〖動〗田鼠類的通稱。

vole[2] [vol] 图〖牌〗全勝；滿貫。

go the vole (1) 孤注一擲。(2)(各種職業)樣樣嘗試。

Vol·ga ['vɑlgə] 图《the ～》窩瓦河：亦譯伏爾加河，在俄羅斯西部，注入裡海。

vol·i·tant ['vɑlɪtənt] 形 1《文》在飛的，會飛的。2 活動的，活動性良好的。

vo·li·tion [vo'lɪʃən] 图Ⓤ 1 意欲，意志作用。2 意志力，果斷力；意志。～·less 形 沒有意志的，無果斷力的。

vo·li·tion·al [vo'lɪʃənḷ] 形 意志的，意志性的，憑意志的，出自意志的：～ power 意志力。～·ly 副 以意志力。

Volks·wa·gen ['fɔlksˌvɑgən] 图〖商標名〗國民車，金龜車：德國福斯公司製的適合一般大眾的小型汽車。

vol·ley ['vɑlɪ] 图 (複～s) 1 一次發射，齊發《of...》；〖陸軍〗單發發射；〖軍〗禮炮的發射：in a ～ 一齊發射。2 一連串《of...》：a ～ of questions 接二連三的問題。3〖網球·足球·板球〗截擊；截踢。—動 及 1 齊發；接二連三地發出：～ a string of questions at a person 對某人問個不停。2 在落地之前擊回。— 不及 1 一齊射擊《at ...》；齊放；齊鳴；齊飛。2 一齊非常迅速地發出或飛出；連聲發出。3 把球在落地之前擊回。～·er 图 截擊球的人。

·vol·ley·ball ['vɑlɪˌbɔl] 图 1 Ⓤ 排球。2 排球比賽所用的球。

vol·plane ['vɑlˌplen] 動 及 空中滑翔。—图 空中滑翔。

vols. 《縮寫》*volumes*.

volt[1] [volt] 图〖電〗伏特。略作：V, v.

volt[2] [volt] 图 1〖馬術〗旋轉；環騎。2〖西洋劍〗閃避。

volt·age ['voltɪdʒ] 图ⓊⒸ〖電〗電壓，伏特數。

vol·ta·ic [vɑl'teɪk] 形〖電〗電流的；動電的。

vol'taic 'cell 图〖電〗伏特電池。

Vol·taire [vɑl'tɛr] 图 伏爾泰（1694–1778）：法國的啓蒙思想家、哲學家。

vol·tam·e·ter [vɑl'tæmətɚ] 图 伏特計，電壓計。

volt-am·pere ['volt'æmpɪr] 图〖電〗伏特安培。略作：VA, va.

volte-face ['vɑltˌfɑs] 图 (複～)《通常用單數》《文》方向轉換；逆轉，變卦；一百八十度的改變。

volt·me·ter ['voltˌmitɚ] 图〖電〗電壓計，伏特計。

vol·u·ble ['vɑljəbḷ] 形 1 口齒伶俐的，好說話的。2〖植〗會纏繞的。-'bil·i·ty 图 Ⓤ 流暢；能言善道。-bly 副

:vol·ume ['vɑljəm] 图 1 書，書籍；一卷，一冊，卷（略作：vol., (複) vols.）：a work in ten ～*s* 一本十卷的著作 / the 2002 ～ of *National Geographic Magazine* 2002 年卷的『國家地理雜誌』。2〖史〗卷宗，卷軸。3 體積，容量。4《通常作 ～s》多數，大量《*of*...》：buy cotton in ～ 大量購買棉花。5 Ⓤ 量，數額，總計：the entire export ～ for 2005 2005 年的總出口量。6 Ⓤ 音量，聲音的大小；Ⓒ 調節音量的旋鈕：turn the radio up to full ～ 把收音機開至最大聲。

speak volumes (1) …很有內容，意義深長。(2) 有力地說明，充分證明《*of*...》。

vol·umed ['vɑljəmd] 形 1 裝訂成冊的；《複合詞》有…卷的。2 (煙等) 縷縷的，成圈的。

vol·u·met·ric [ˌvɑljə'mɛtrɪk], **-ri·cal** [-rɪkl] 形 測定容積的。

vo·lu·mi·nous [və'lumənəs] 形 1 寬鬆的。2 多量的。3 肥胖的，廣大的。4 卷數多的；著作多產的，寫大部頭作品的。～·ness 图, ～·ly 副

vol·un·ta·rism ['vɑləntərɪzəm] 图Ⓤ 1〖哲〗意志論。2 (學會、學校等的) 樂捐主義；募兵制。

·vol·un·tar·y ['vɑlənˌtɛrɪ] 形 1 勇往直前的，自願去做的：a ～ donation 自動捐獻。2《限定用法》以樂捐方式維持的：～ institutions 以捐助或自願服務維持的設施。3 有意的，有自決力的。4 自然發生的，不知不覺發生的：a ～ smile 自然發出的微笑。5〖法〗(1) 任意的；故意的，有意圖的：a ～ appearance 自由參加 / a ～ misstatement 蓄意撒謊。(2) 無償的。6〖生理〗隨意的：a ～ reaction 隨意反應。—图 (複 -tar·ies) 1 自願做的事。2《古》即興演奏；風琴獨奏。-tar·i·ly [-ˌtɛrəlɪ] 副 自動地，任意地。

V

·vol·un·teer [ˌvɑlənˈtɪr] 图 1 志願者，志士《for...》；志願軍，義勇軍。2〖法〗自願行爲者；無償受贈者。3〖農〗自生植物。
—形 1 志願的，自動自發的；志願者的。2〖農〗自然產生的，自生的。
—動 不及 1 自告奮勇地做《for, in...》：～ *for* community service 當仁不讓地爲社會服務。2 當志願兵。—及 自動提供；義不容辭地提供；自告奮勇去做，當仁不讓地從事於：～ some information 自動提供情報。

vo·lup·tu·ar·y [vəˈlʌptʃʊˌɛrɪ] 图 (複-ries) 耽溺酒色的人，浪蕩子。—形 縱慾的，淫逸的。

vo·lup·tu·ous [vəˈlʌptʃʊəs] 形 1 淫逸的，享樂的。2 官能上的；好色的；淫亂的：a man of ～ tastes 好色之徒。3 感覺舒服的，美色的：～ grace 深具魅力的姿色。～·ly 副, ～·ness 图

vo·lute [vəˈlut] 图 1 螺旋狀之物，旋渦狀。2〖建〗裝飾，旋紋。3〖動〗旋渦紋；渦螺。4 旋渦狀室。—形 1 旋渦狀的，螺旋狀的。2〖機〗旋渦狀的，有旋渦部分的。

Vol·vo [ˈvɑlvo] 图〖商標名〗富豪汽車：瑞典富豪汽車公司生產。

vom·it [ˈvɑmɪt] 動 不及 1 吐出食物，嘔吐《forth, out, up》。2 大量地冒出，噴出。
—及 1 嘔吐；《文》口出《forth, out, up》：～ blood 吐血 / ～ *forth* malignant abuse against a person 對某人口出惡言。2 使嘔吐。3 大量噴出《forth》：～ *forth* ashes 大冒煙灰。
—图 1 嘔吐，噴出；U 嘔吐物。2 U 惡言，髒話。3 U 催吐劑。

vom·i·to·ry [ˈvɑmɪtorɪ] 形 1 令人作嘔的。2 嘔吐的。—图 (複-ries) 1 催吐劑。2 排出口。3 出入口。

von [vɑn] 介 從…的。

voo·doo [ˈvudu] 图 (複～s) 1《常作V-》U 巫毒教；C 巫毒教的術士。2《俚》黑魔術，邪術。—動及 施予巫毒教的咒術。～·ism 图 U 巫毒教儀式；咒術。

vo·ra·cious [voˈreʃəs] 形 1 食量大的；食慾旺盛的，狼吞虎嚥的：～ sharks 貪婪的鯊魚。2 難以滿足的：a ～ student 認真的學生。～·ly 副

vo·rac·i·ty [vəˈræsətɪ] 图 U《文》大吃大喝；食慾旺盛；貪婪；非常熱心。

vor·tal [ˈvɔrtl̩] 图〖電腦〗垂直入口網站。

vor·tex [ˈvɔrtɛks] 图 (複～·es, -ti·ces [-tɪˌsiz]) 1 旋渦，旋風；龍捲風；航跡雲；颱風眼；〖理〗渦旋；渦動。2《the ～》風潮《of...》：be drawn into *the* ～ *of* the struggle 被捲入爭論旋渦中。3 旋渦形，螺旋。

vor·ti·cal [ˈvɔrtɪkl̩] 形 1 旋渦的；旋渦狀的。2 旋轉的，起旋渦的。～·ly 副

vor·ti·cel·la [ˌvɔrtɪˈsɛlə] 图 (複-lae [-li], ～s)〖動〗鐘形蟲。

vot·a·ble [ˈvotəbl̩] 形 可提交表決的；付諸投票表決的；有投票權的。

vo·ta·ress [ˈvotərɪs] 图 **votary** 的女性形。

vo·ta·rist [ˈvotərɪst] 图 = votary.

vo·ta·ry [ˈvotərɪ] 图 (複-ries) 1 信徒，皈依者。2 經正式立誓的修道士。3 熱心者，愛好者；《文》虔誠信奉者。—形 1 誓願獻身給神的。2 發誓的。

:vote [vot] 图 1《通常作 a ～, the ～》表決，投票；票決《on, about...》：a secret ～ 無記名投票 / roll-call ～ 唱名表決 / ～ by acclamation 口頭表決 / come to *the* ～ 以投票決定 / put ... *to the* ～ 把…交付票決。2 選票；票，投票：a spoilt ～ 廢票 / a write-in ～《美》記名投票。3《通常作 the ～》投票權，票決權；選舉權：have *the* ～ 有選舉權。4《通常作 a ～, the ～》《集合名詞》得票，投票總數；團體票：poll *a* large ～ 獲得多數票 / *a* ～ projection 預測投票情況 / project *the* ～ count 預測票數。5《通常作 a ～, the ～》決議；決議事項《of...》：give a person *a* ～ *of* confidence 對某人的信任投票 / give *the* ～ *of* Parliament the authority of law 把議會的議決事項作成法制。

get out a vote 獲得預期的票數。

—動 (vot·ed, vot·ing) 不及 1 投票（贊成或反對…）《for...; against...》；投票《on, about...》。2《口》《以 I 作主詞》提出意見，提議《for...》。
—及 1 投票決定；投票把…交給；選出《onto...》。2 投票，投票支持。3 一致承認，決定。4 建議。5 使投票。

vote away 以投票驅逐。

vote...down / vote down... 否決。

vote...in / vote in... 選出《as...》。

vote...out / vote out... 投反對票；以投票方式驅逐《of...》。

vote through 投票通過。

vote·less [ˈvotlɪs] 形 1 沒有投票權的。2 被褫奪投票權的。

·vot·er [ˈvotɚ] 图 1 投票人。2 選民；選舉人。

vot·ing [ˈvotɪŋ] 图 U，形 投票（的），選舉（的）；行使投票權（的）：a ～ booth 投票所（《英》polling booth）/ ～ paper《英》選票，投票用紙（《美》ballot）。

vo·tive [ˈvotɪv] 形 1 立誓奉獻的，誠心祈求的。2 向神許願的。

vouch [vautʃ] 動 不及 1 證明真實性《for...》。2 保證，擔保；斷言《for...》：～ *for* the truth of a person's story 保證某人的話是真的。—及 1 加以證實；加以擔保。2 引用；旁徵博引。3 推薦。4 確認。

vouch·er [ˈvautʃɚ] 图 1 保證人，證人；證據，證物；證件。2 收據，繳費（免

繳）憑證；〖會計〗傳票，付款憑單。3《英》商品兌換證；優待券。

vouch·safe [vautʃ'sef] 動及 1 給予，賜予：～ a reply 給予答覆。2 恩准。—不及 親切地給予《*to* do》。～·**ment** 名

·**vow** [vau] 名 誓言，誓約《*of*..., *to* do》；許願：marriage ～*s* 結婚的誓言 / a ～ *of* celibacy 獨身的誓言 / be under a ～ *to* drink no wine 發過誓不喝酒 / perform a ～ 履行誓言。

take vows 立誓當修士、修女。

—動及 1 發誓《*to*...》；立誓，斷言，言明。2 立誓奉獻《*to*...》。—不及 1 立誓，誓約。2《罕》斷言。

·**vow·el** ['vauəl] 名 1〖語音〗母音。2 母音字母。

'**vowel mu'tation** 名 = umlaut.

'**vox 'pop** [vɑks-] 名《英口》= vox populi.

vox po·pu·li ['vɑks'pɑpju,laɪ] 名 1《the ～》平民之聲，輿論。2 市民之聲。

:**voy·age** ['vɔɪɪdʒ] 名 1 航海，航行：a ～ to the West Indies 航行到西印度群島。2 空中旅行；太空旅行：an aerial ～ 空中旅行。3 陸路的旅行；探險。4《常作 the ～s》旅遊記，航海記《*of*...》: *the* ～*s of* Magellan 麥哲倫航行記。—動 (-aged, -ag·ing) 不及 航海，航行，作海上旅行，旅行《*on*》。—及 旅行；航海；橫渡，渡過。

voy·ag·er ['vɔɪɪdʒɚ] 名 航海者，航行者；旅行者；海上探險者。

vo·yeur [,vwɑ'jɝ] 名 (複～s [-'jɝz]) 窺淫癖好者；偷窺他人性行爲癖好者。～·**ism** 名U 窺淫症；窺伺行爲。

-'**is·tic** 形

V.P., V. Pres. 《縮寫》*V*ice-*Pres*ident.

VRML 《縮寫》*v*irtual *r*eality *m*odeling *l*anguage 虛擬實境模式語言。

vroom [vrum] 名《美》（汽車或跑車加速時引擎所發出）轟隆聲。—動 不及 發出轟隆聲前進。

vs. 《縮寫》*v*er*s*e; *v*er*s*ue.

V-shaped ['vi,ʃept] 形 V 字形的。

'**V 'sign** 名 1 勝利的記號。2（用於表承認、可行的）V 記。3《美》（表和平的）V 標誌。

Vt., VT 《縮寫》*V*ermon*t*.

v.t. 《縮寫》*v*erb *t*ransitive.

V

VTOL ['vi,tol] 名U〖空〗垂直起降：a ～ port 垂直起降飛機場。

VTR 《縮寫》*v*ideo *t*ape *r*ecording.

Vul·can ['vʌlkən] 名〖羅神〗火及鍛冶之神。

vul·can·ite ['vʌlkən,aɪt] 名U 硬化橡膠。

vul·can·ize ['vʌlkən,aɪz] 動及 使硫化；加硫；修理（輪胎等）。

Vulg. 《縮寫》*Vulg*ate.

vulg. 《縮寫》*vulg*ar(ly).

·**vul·gar** ['vʌlgɚ] 形 1 沒教養的，低級趣味的；粗野的，下流的；粗俗的，庸俗的: a ～ man 粗野的男人。2 猥褻的，淫穢的: a ～ joke 淫穢的笑話。3 一般大眾的，平民的：the ～ crowd《蔑》民眾。4 眾所週知的，通俗的；平凡的：～ beliefs 一般的信仰。5 大眾使用的，俗語的，本國語的: the ～ tongue 本國語。—名《the ～》《古》平民；庶民，本國語。～·**ly** 副

'**vulgar 'fraction** 名 = common fraction.

vul·gar·i·an [vʌl'gɛrɪən] 名 下流的人，粗人；庸俗的有錢人。

vul·gar·ism ['vʌlgə,rɪzəm] 名 1 U 粗俗，庸俗。2《粗》鄙俗用語。

vul·gar·i·ty [vʌl'gærətɪ] 名 (複-ties) 1 U 下流，庸俗。2 粗野行爲，粗話。

vul·gar·ize ['vʌlgə,raɪz] 動及 使變得粗俗；使俗化；使大眾化。

-**i·'za·tion** 名U 粗俗化；通俗化。

-**iz·er** 名

'**Vulgar 'Latin** 名U 通俗拉丁語，民間拉丁文，（尤指）Romance 諸語之源的拉丁語。

Vul·gate ['vʌlget, -ɪt] 名 1《the ～》St. Jerome 在四世紀末翻譯的拉丁文聖經。2《v-》一般通用的經文。3《the v-》方言，非標準語。

vul·ner·a·bil·i·ty [,vʌlnərə'bɪlətɪ] 名U 易受傷害；易受攻擊《*to*...》；脆弱。

vul·ner·a·ble ['vʌlnərəbl] 形 1 易受損傷的；易受敵的，難防衛的。2 容易遭受的《*to*...》；脆弱的。3〖橋牌〗在奇數局決勝負中已勝一局的。-**bly** 副, ～·**ness** 名

vul·pine ['vʌlpaɪn] 形 1 狐狸的，狐狸特有的。2《文》狡猾的，奸詐的。

vul·ture ['vʌltʃɚ] 名 1〖鳥〗兀鷹；禿鷲。2 貪婪的人；掠奪或壓榨他人者；掠食性動物。

vul·tur·ine ['vʌltʃə,raɪn] 形 1 兀鷹的。2 兀鷹般的，貪婪的，掠奪成性的。

vul·va ['vʌlvə] 名 (複-vae [-vi], ～s)〖解〗外陰部，陰門。-**val**, -**var** 形

v.v. 《縮寫》*v*ice *v*ersa.

vy·ing ['vaɪɪŋ] 動 vie 的現在分詞。—形 競爭的，競賽的。

W w

W[1], **w** ['dʌblju] 名 (複 **W's** 或 **Ws, w's** 或 **ws**) **1** U C 英文字母的第 23 個字母。**2** W 狀物。

W[2] 《縮寫》 watt(s); *W*est(ern).

W[3] ['dʌblju] 名 **1** U（連續事物的）第 23 個。**2**《化學符號》tungsten. **3** = wolfram.

W[4] 《縮寫》 watt(s); *w*ithdrawn, *w*ithdrew; *w*ithheld.

W. 《縮寫》 *W*ales; *W*ashington; *W*ednesday; *W*elsh; *W*est(ern).

w. 《縮寫》 *w*anting; *w*arden; *w*att(s); *w*eight; *w*est(ern); *w*ide; *w*idth; 〖理〗 *w*ork.

WA 《縮寫》 *Wa*shington.

W.A. 《縮寫》 *W*estern *A*ustralia.

Waac, WAAC [wæk] 名《美》陸軍婦女輔助隊。

Waaf, WAAF [wæf] 名《英》空軍婦女輔助部隊（1939－48）。

Wab·ble ['wɑbl] 動 及 不及，名 = wobble.

Wac, WAC [wæk] 名《美口》陸軍婦女部隊隊員。

wack [wæk] 名《美俚》古怪的人，怪人。

wack·e ['wækə] 名 U 玄武石。

wack·o ['wæko] 形 名《美俚》= wacky.

wack·y ['wækɪ] 形 (**wack·i·er, wack·i·est**)《俚》荒謬的，古怪的；瘋狂的。—名瘋瘋癲癲的人。

wad [wɑd] 名 **1**（紙、棉等的）小塊，小團；軟填物，填料《 *of...* 》: a ~ *of* gum 一塊口香糖。**2** 硬圓物；一捆；《美口》一疊《 *of...* 》: a ~ *of* newspapers 一疊報紙。**3**《~s》《俚》大量，多數；鉅額（的錢）《 *of...* 》。**4** 彈塞，炮塞。**5**《英俚》小圓形麵包，三明治。

shoot one's wad 《俚·口》把錢花光；直截了當地說；孤注一擲。

—動 (**~·ded, ~·ding**) 及 **1** 揉成小球狀《 *up* 》。**2** 以彈塞等填塞。**3** 填塞《 *with...* 》。—不及 被揉成小團。

wad·ding ['wɑdɪŋ] 名 U（柔軟的）填充物，棉塞；團狀物。

wad·dle ['wɑdl] 動 不及 **1** 蹣跚而行；搖晃地走。**2** 搖擺而行。—名《常作 **a** ~》蹣跚；搖擺而走。**-dling·ly** 副

·**wade** [wed] 動 (**wad·ed, wad·ing**) 不及 **1** 在水中步行；（從泥濘等）費力行走，跋涉《 *across, into, through...* 》: ~ *across* a river 涉水過河 / ~ *into* a crowd 在人群中費力行走。**2** 在淺水中玩耍。**3** 艱苦前進，費力地通過《 *through...* 》: ~ *through* difficulties 好不容易克服困難。—及 涉過。

wade in (1) 進入淺水中。(2)《口》猛烈攻擊；精神飽滿地開始。(3)《口》干涉；積極地參加。

wade into... 《口》(1) 興致勃勃地開始。(2) 猛烈地攻擊；爭吵。(3) ⇨動 不及 1.

—名 **1**《通常作 **a** ~》跋涉，涉水；費力的前進。**2** 淺灘。

wad·er ['wedɚ] 名 **1** 涉水者；涉水器。**2**《英》涉禽。**3**《~s》防水長靴；連防水長靴的防水褲。

wadge [wɑdʒ] 名《英口》束，扎，捆，塊《 *of...* 》: a ~ *of* rugs 一塊破布。

wa·di ['wɑdɪ] 名 (複 **~s**) **1**（阿拉伯、敘利亞等的）乾涸河床，乾谷。**2** 流經義 1 的水流。**3** 沙漠中的綠洲。

'wad·ing ˌbird ['wedɪŋ-] 名 = wader 2.

'wading ˌpool 名（公園的）兒童戲水池。

wa·dy ['wɑdɪ] 名 (複 **-dies**) = wadi.

Waf, WAF [wæf] 名《美》空軍婦女隊。

wa·fer ['wefɚ] 名 **1** C U 薄甜餅。**2** 聖餅。**3** 封糊；封緘紙；（絕緣物等的）小薄圓盤。**4**〖電腦〗晶圓。

—動 及 **1** 用封緘紙貼；封貼《 *to...* 》。**2** 壓薄。~**·y** 形，~**·er** 名 壓片機，切片機。

wa·fer-thin ['wefɚ,θɪn] 形 極薄的。

waf·fle[1] ['wɑfl] 名 C U《主美》雞蛋餅，鬆餅。—形（亦稱 **waffled**）格子型的。

waf·fle[2] ['wɑfl]《英口》動 不及 說廢話《 *about...* 》；閒聊，瞎扯《 *on...* 》；說話支吾，含糊其詞《 *on...* 》。—名 U 廢話，胡說八道。

-fling 形 含糊的。

'waffle ˌiron 名（烘烤鬆餅的）鐵模，鬆餅機。

·**waft** [wæft, -ɑ-] 動 及 **1** 使（味道、聲音等）飄浮；飄送《 *to...* 》。**2** 輕輕地投《 *to, into...* 》: ~ a kiss *to...* 向…送飛吻。—不及 **1** 浮動，飄動。**2** 輕吹。—名 **1** 隨風飄來的聲音，一陣香氣，一陣風。**2** 飄動，浮動；《文》輕飄；（風等的）飄蕩，一陣《 *of...* 》。**3**〖海〗信號（旗）。**4**（鳥）輕拍翅膀。**5**《文》緩慢的動作。~**·er** 名

·**wag** [wæg] 動 (**wagged, ~·ging**) 及 **1** 搖動（尾巴）；擺動：~ one's finger at a person 指責某人 / ~ one's head 搖頭。**2** 不停擺動：~ one's tongue 不停地嘮叨，饒舌。—不及 **1** 不停地動。**2** 不停地喋喋不休。**3**《英口》離去；旅行；搖搖晃晃地走路。**4** 進行，變遷。**5**《英俚》曠課。

The tail wags the dog. 尾巴使狗動；小人物發號施令，下剋上，本末倒置。

—名 1《通常用單數》搖動，擺動《 *of* ...》；一搖一擺。2 詼諧的人；機智的人；《英俚》懶惰的人，逃課的學生。

·wage [wedʒ] 名 1《常作 ~s》工資，薪水；《通常作 ~s》〖經〗工資：a living ~ 能維持生活必需的工資 / get high ~*s* for... 以…獲得高薪。2《通常作 ~s，作單、複數》《古》報酬，報應《 *of*... 》。

—動 (**waged, wag·ing**) 及 1 實行，進行，從事。2《英方》僱用。

'wage ˌearner 名 靠工資維持生活的人，工資勞動者。

'wage ˌfreeze 名 工資凍結政策。

wage·less ['wedʒlɪs] 形 沒有工資的。

'wage ˌpacket 名《英》薪資袋。

'wage-push in'flation 名 U C 工資帶動的通貨膨脹。

·wa·ger ['wedʒɚ] 名 1 賭金，賭注。2 打賭；打賭的對象：make a ~ with a person 和某人打賭 / take a person up on a ~ 接受某人的賭注。

—動 及 1 賭（錢）《 *on*... , *that* 子句 》。2 擔保，確定，保證。3〖史〗立誓約。

—不及 賭，打賭。~**·er** 名

'wage ˌscale 名 薪資表。

'wage ˌslave 名《常爲謔》工資奴隸。

wage·work·er ['wedʒˌwɝkɚ] 名《主美》工資勞動者，靠工資過活者。

-work·ing 名 U，形 爲工資而工作（的）。

wag·ger·y ['wægərɪ] 名 (複 **-ger·ies**) 1 U 滑稽，詼諧，戲謔。2《常作 **-geries**》滑稽的言詞動作，惡作劇，開玩笑。

wag·gish ['wægɪʃ] 形 滑稽的，詼諧的。~**·ly** 副

wag·gle ['wægl] 動 不及《口》擺動，搖動；搖著屁股走路。—及 1 搖動，搖擺。2〖高爾夫〗在球上方搖動（球桿）。—名 1 搖擺；搖動。2〖高爾夫〗擺動球桿。**-gling·ly** 副

wag·gon ['wægən] 名，動 及 不及《英》= wagon.

Wag·ner ['vagnɚ] 名 **Richard**，華格納（1813–83）：德國作曲家，爲近代歌劇的創始者。

Wag·ne·ri·an [vag'nɪrɪən] 形 華格納作品的；有華格納風格的；善於演唱華格納歌曲的。—名（亦稱 **Wagnerite**）華格納的追隨者。

:wag·on ['wægən] 名 1 四輪運貨馬車：a horse and ~ 運貨馬車。2《英》鐵路貨車。3《美》嬰兒車。4 = station wagon. 5《美》餐點飲料服務車。6《**the** ~》《美》囚車。7《**the W-**》〖天〗北斗七星。8《美俚》汽車；戰艦。9 旋轉舞臺。

hitch one's wagon to a star 野心勃勃，懷有遠大的志向。

off the wagon《俚》不再戒酒。

on the wagon《俚》戒酒。

—動 及《美》用 wagon 輸送。

—不及《美》用 wagon 旅行。

wag·on·er,《英》**-gon·er** ['wægənɚ] 名 1 車夫。2《**the W-**》〖天〗御夫座。

wag·on·ette [ˌwægən'ɛt] 名 輕便四輪馬車。

wa·gon-lit [ˌvagõ'li] 名 (複 **wa·gon(s)-lits** [ˌvagõ'li])《法語》歐洲大陸的鐵路臥車。

wag·on·load ['wægənˌlod] 名 一馬車的裝載量。

'wagon ˌsoldier 名《美俚》野戰炮兵。

'wagon ˌtrain 名 輜重車隊；（向西部移民的）篷車隊。

wag·tail ['wægˌtel] 名〖鳥〗鶺鴒。

waif [wef] 名(複~**s** [-s]) 1 流浪者，流浪兒；迷路的動物。2（飼主不明的）動物；失主不明的拾得物；漂流物。

waifs and strays 流浪兒童們；雜亂物。

Wai·ki·ki ['waɪˌkiki] 名 威基基海岸：美國 Hawaii 州 Oahu 島 Honolulu 灣的海水浴場。

·wail [wel] 動 不及 1 哭號《 *with, in*... 》；（爲…而）哀號；悲嘆《 *for, over, about* ... 》：~ *over* one's losses 爲損失而哀嘆。2 發出嗚咽的聲音。3《俚》用音樂適當地表達感情；〖爵士〗演奏得很好。—及 哀嘆；爲…而哭泣《 *out* 》。—名 1 哭號；哭泣《 *of*... 》。2 哭叫聲，哀鳴。~**·er** 名，~**·ful** 形，~**·ful·ly** 副

'Wailing ˌWall 名《**the** ~》哭牆：Jerusalem 西側城壁的一部分，爲猶太人群集祈禱及哀悼之處。2 安慰物。

wain [wen] 名 1《**the W-**》〖天〗北斗七星。2 農場用的馬車。3《古》戰車。

wain·scot ['wenskət, -ˌskat] 名 U C 護壁板；《英》上好的橡木材料。

—動 (~**·ed**, ~**·ing** 或 ~**·ted**, ~**·ting**) 及 裝上護壁板。

wain·scot·ing,《英尤作》**-scot·ting** ['wenskətɪŋ -ˌskatɪŋ] 名 U 壁板材料；《集合名詞》護壁板。

wain·wright ['wenˌraɪt] 名 貨車製造者。

·waist [west] 名 1 腰；腰部：have a slender ~ 腰細。2（婦女、兒童的）一件式衣服的上身；《美》罩衫；兒童用背心。3 類似人腰的部分；（小提琴等的）中間凹入部分；〖動〗腰部《 *of*... 》。4〖海〗甲板的中間部分；船腰。5〖空〗機身後半部。~**·ed** 形 細腰的；《複合詞》…腰的。

waist·band ['westˌbænd] 名 腰帶。

waist·cloth ['westˌklɔθ] 名 (複~**s**) 圍腰布。

waist·coat ['westˌkot, 'wɛskət] 名 1《英》男用西裝背心（《美》vest）。2 背心。~**·ed** 形

waist-deep ['westˌdip] 形 副 深及腰部的[地]。

waist-down ['westˌdaʊn] 名 下半身。

waist-high ['westˌhaɪ] 形 副 高及腰部的[地]。

W

waist·line ['west,laɪn] 图 1 腰圍。2（女裝的）腰身。

:wait [wet] 動 不及 1 等候，等待《*for...*》：～ around《口》徘徊等待 / ～ *for* the gate to be opened 等待門開 / keep a person ～*ing for* a long time 使某人久等。2 伺候，當服務生：～ on tables 伺候用膳 / be accustomed to ～*ing* 習慣於侍候。3 準備好《*for...*》。4 被暫緩；被延擱。—及 1《口》等候，期待。2《使役用法》《口》（爲等候某人而）延緩，耽擱《*for...*》。3《美》侍候（進餐）。4 爲了…而準備。

wait and see 觀其發展。

Wait for it.《口》《命令》等一等；聽著。

wait on [***upon***]... (1) 侍候，照顧（人）。(2)《文》（帶有敬意地）拜訪。(3)《方》等待。(4) 伴隨…而產生。

wait out 在外面等候。

wait...out / wait out...《美·口》(1) 等待到最後；〖棒球〗等待（投手）投出四壞球。(2) 等待…好轉；等待（暴風雨等）過去。

wait up《口》(1) 不睡覺以等待《*for...*》。(2) 停下來等待《*for...*》。

—图 1 等待；延遲；停止；等待的時間。2 埋伏。3《*the* ～*s*》《英》聖誕節期間沿街唱歌報佳音的慈善募捐合唱團；都市爲慶典遊行而聘請的樂隊。

:wait·er ['wetɚ] 图(複～s [-z]) 1 等待者。2 服務生。3（送菜用的）托盤。

wait·ing ['wetɪŋ] 图 U 1 等待；等待的時間。2 侍候。

in waiting 侍奉（國王等）的：a lady-*in-waiting* 侍從女官。

—形 等待的；侍候的。

'waiting ,game 图 待機而動的戰術。

'waiting ,list 图 候補名單。

'waiting ,room 图 候車室，候診室，休息室。

wait-list ['wet,lɪst] 動 及 把…列在候補名單上。

·wait·ress ['wetrɪs] 图（複～·es [-ɪz]）女侍，女服務生。—動 不及 當女服務生。

waive [wev] 動 及 1 放棄，捨棄；〖法〗主動放棄：～ one's claim 放棄權利的主張。2 不堅持；拖延；耽擱：～ a question 拖延問題。

waiv·er ['wevɚ] 图〖法〗1 U 棄權。2 棄權聲明書。

:wake[1] [wek] 動 (**woke** 或 **waked**, **waked** 或 **woke** 或 **wok·en**, **wak·ing**) 不及 1 醒著；不眠；清醒過來《*up* / *from...*》：～ *up* early 早醒 / ～ *from* sleep 從睡眠中醒來。2《主用現在分詞》醒：during one's *waking* hours 在醒著的時候 / *waking* or sleeping 不論醒著或睡著。3 清醒，奮起，甦醒《*from, out, of...*》：～ *from* a stupor 從昏睡中醒來 / ～ *from* death 死而復生。4 注意到，領悟《*up* / *to...*》：～ *up to* one's responsibilities 覺悟到自己的責任。5《方·古》保持警覺；輪值夜班；《愛》守夜，守靈。

—及 1 吵醒，叫醒《*up*》。2 喚醒，使奮發《*up*》；使復活《*up*》；使察覺《*to...*》：～ a person from his torpor 使人從怠惰中奮起。3 激發；引起。4《文》劃破寂靜。

wake the echoes (1) 引起回響。(2) 引起騷動。

Wake up！奮起吧！醒醒吧！

—图 1 通宵禮拜；（葬禮前）守靈，守夜。2 醒著的狀態。～**·less** 形 熟睡的。

wake[2] [wek] 图 尾波，航跡；（物體通過的）痕跡。

in the wake of... (1) 在…之後；仿效；追隨…之後。(2) 作爲…的結果。

wake·ful ['wekfəl] 形 1 不能入睡的；清醒的：in one's ～ bed 躺在床上不能入睡 / a ～ night 不眠之夜。2 謹慎的，守夜的，警醒的。～**·ly** 副, ～**·ness** 图

'Wake 'Island 图 威克島：位於北太平洋。

·wak·en ['wekən] 動 及 1 使醒來：be ～*ed* by an earthquake 被地震驚醒。2 使覺悟《*up*》；使人注意到《*to...*》：～ a person's interest 引起某人的興趣。—不及 1 醒來《*up* / *from* / *out of...*》。2 覺醒，奮發《*from, out of...*》；注意《*to...*》。～**·er** 图

'wake ,surfing 图 U 滑水。

,wak·ey 'wak·ey [,wekɪ'wekɪ] 感《英俚》起床！

wak·ing ['wekɪŋ] 形《限定用法》醒著的，清醒的：one's ～ hours 清醒的時候。

Wal·den·ses [wɑl'dɛnsiz] 图(複)《作單數》華爾多教派：基督教派的一支。

Wal·do ['wɔldo] 图〖男子名〗華爾多。

wale [wel] 图 1（隆起的）傷痕。2（棉織品上的）條紋；質地。3〖海〗(1)《～*s*》補強用的木條或腰板。(2) 船舷的上緣。4〖工·建〗樑木。5（馬頸鍊上的）突起物。

—動 及 1 抽出血痕。2 使（織物）有突起的條紋。3〖工·建〗用樑木補強。

·Wales [welz] 图 威爾斯（Great Britain 島的一地區）：the Prince of ～ 威爾斯親王（英國王儲的封號）。

:walk [wɔk] 動 不及 1 走路，步行，散步：～ about / ～ around 走來走去 / ～ up to... 向…走近。2（幽靈等）出現：Spirits ～ at night. 幽靈在夜晚出現。3 (1)（因震動而）稍微移動。(2)（鐵塔等）跨立著。4《古·文》處世，生活《*in...*》；和…在一起《*with...*》：～ by faith 過有信仰的生活 / ～ *in* the light 過正常的生活 / ～ through life alone 一個人過日子。5〖棒球〗被保送上一壘；〖籃球〗帶球走。

—及 1 步行；徒步調查。2 以散步度過《*away*》。3 拉走，移開。4 牽著走；攙著走；拉，推；步行陪伴。5 使…走得（成某種狀態）。6 在…徒步查看。7 競走。8〖棒球〗保送上一壘；〖籃球〗帶（球）走。

walk (***all***) ***over...***《口》(1) 看見。(2) 無視…

W

的願望。(3) 欺負；把…當奴隸看待。(4) 散布。(5) 輕易取勝。

walk around 《美口》(1) ⇨動不及 1. (2)(和…)跳舞《*with...*》。

walk...around / walk around... (1) 從各個角度來考慮。(2) 慎重處理。(3) 迂迴通過。

walk a chalk ⇨ CHALK (片語)

walk away from... 《美》(1) 輕易勝過。(2) 安全度過。(3) 比…快速前進。

walk away with... 《口》(1) 輕易地取得。(2) 偷走，奪走。

walk...down / walk down... (1) 以步行消除。(2) 與(對手)競走。

walk in on... 《口》偶然遇見。

walk into 《口》⇨動不及 1.

walk...into / walk into... (1) 申斥；痛擊。(2) 狼吞虎嚥地吃。(3) 用完。

walk (it) 《口》(1) 去走走。(2)(賽馬)輕易地取勝。

walk off (1) 走開。(2) 停止。

walk...off / walk off... 以步行消除(激情等)；用步行減少(體重等)。

walk off with... 《口》(1) 輕易贏得。(2) 偷走。

walk on (1) 持續走路。(2)〖劇〗跑龍套。

walk on air ⇨ AIR[1] (片語)

walk out (1) ⇨動不及 1. (2)《口》罷工。(3) 生氣地退出。(4)《英》《古·婉》談戀愛；逢迎奉承《*with...*》。

walk out on... 《口》(隨意)離開，遺棄。

walk over (the course) 輕易取勝。

walk round a person 輕易地打敗某人。

walk tall 神氣十足。

walk one's chalks 《俚》⇨CHALK (語)

walk the hospital(s) 當實習醫生。

walk the plank ⇨ PLANK (片語)

walk the streets (1) ⇨動及 11. (2)《俚》當娼妓。(3) 四處奔走求職。

walk through (1) ⇨動不及 4. (2)〖劇〗(未背臺詞前的)動作排練。

walk...through / walk through... (1) 輕易完成。(2)〖劇〗馬虎地演出。

walk the boards 當演員，粉墨登場。

walk up (1) ⇨動不及 1. (2) 步行上樓。

walk...up / walk up... (1) 步行走上。(2)〖獵〗(用獵犬)把(鳥)驚動飛起。

—图 1 步行，散步。2(步行的)距離，路程。3 正常步伐；走路的姿勢。4 範圍，領域；社會地位；職業；生活方式。5 人行道；散步道路。6 (1)〖棒球〗四壞球保送上壘。(2) 競走。7 飼養場；牧羊場；(尤指)鷸鳥群。8 種植地，咖啡園；製繩所。9《英》(郵差等)通過的固定路線。

win in a walk 《美口》輕易取勝。

walk·a·bout ['wɔkə,baut] 图 1 Ⓤ(澳洲原住民的)休工徒步漫遊鄉間。2 徒步旅行。3(重要人物的)民情視察。

walk·a·way ['wɔkə,we] 图 輕易取勝的比賽。

walk·er ['wɔkɚ] 图 1(幼兒的)學步車；(病人、殘障者的)步行器。2 散步者；常散步的人；行商；競走選手；走禽類：a great ~ 很喜歡散步的人。3 溜狗等的人。4《通常作~s》輕便鞋。

walk·ie-look·ie ['wɔkɪ'lukɪ] 图 手提式電視攝影機。

walk·ie-talk·ie ['wɔkɪ'tɔkɪ] 图 攜帶式無線電話機(亦作 **walky-talky**)。

walk-in ['wɔk,ɪn] 形 1 從外面進來的；外部來的：a ~ intruder 外來干擾者。2 未經預約而來訪的：a ~ clinic 不需預約的診所 / ~ clients 突來的顧客。3 大得可供人進入的：a ~ closet 人可以進入的壁櫥。4(不經大廳而)可從路上直接進入的。—图 1 大得人可走進去的東西。2《美》從路上可直接進入的公寓。3《美口》輕易取得的勝利。4 未經預約就前去的人。5 志願者。

walk·ing ['wɔkɪŋ] 形《限定用法》1 步行的；能步行的；散步用的；適於散步的：a ~ tour 徒步旅行 / ~ patients 不需臥床休息的病患。2 活的：a ~ encyclopedia 活字典。3(器械等)走著操縱的。4(機械零件)行走式的。—图 Ⓤ 1 步行，散步；競走。2 步行場所的路面狀況。

'walking ,papers 图(複)《美口》解雇通知(《英》marching orders)(亦稱 **walking ticket**)。

'walking ,stick 图 1 手杖。2《美》〖昆〗竹節蟲。

'walking ,ticket 图《美口》解雇通知。

Walk·man ['wɔkmən, -,mæn] 图(複~s)〖商標名〗隨身聽。

walk-off ['wɔk,ɔf] 图 1 Ⓤ(匆匆)退去。2(爲表抗議的)退席，退出比賽。3 離開。

walk-on ['wɔk,ɑn] 图 配角。

walk·out ['wɔk,aut] 图 1 罷工。2《主美口》(爲表抗議的)退場。3 不買東西就走出商店的顧客。

walk·o·ver ['wɔk,ovɚ] 图 1 只有一匹馬參加的比賽。2 不戰而勝；輕鬆的工作。

walk-through ['wɔk,θru] 图 1〖劇〗草率的排練。2〖視〗不用攝影機的彩排。

walk-up ['wɔk,ʌp] 图《美口》沒有電梯設備的房子。—形《限定用法》1 沒有電梯的。2 臨街的。

walk·way ['wɔkwe] 图 通道，步道。

walk·y-talk·y ['wɔkɪ'tɔkɪ] 图(複 **-talkies**) = walkie-talkie.

:wall [wɔl] 图 1 (1) 牆壁；隔間牆：a composite ~ 組合式牆壁 / a plaster ~ 灰泥牆 / be up against the ~ 面壁而站；陷入絕境 / *Walls* have ears.《諺》隔牆有耳。(2)《常作~s》內壁：the ~ of the intestines 腸壁。2《通常作~s》圍牆，城牆。3 障礙，障壁。4《常作 a~》似牆壁的東西；(滑水)浪牆：*a* ~ of flames 火焰之牆；防護炮火 / *a* ~ of men 人牆。5 防波堤。

6《the W-》柏林圍牆；耶路撒冷的哭牆。7《通常作 the ～》路邊的護牆；《古》步道的靠牆部分。8〖登山〗岩壁，絕壁。

bang** one's **head against a** (**brick**) **wall ⇨ BANG（片語）

be hung by the wall 被束之高閣。

drive** a person **to the wall 《俚》使某人陷於困境。

drive** a person **up the wall 使某人發怒。

give** a person **the wall (1)讓路給（某人）。(2)把有利的地位讓給（某人）。

go to the wall (1)敗北。(2)破產。(3)被遺棄，被遺忘。

go over the wall 《俚》逃獄；還俗。

go up the wall(s) 焦躁，發怒。

jump over the wall 脫離教會。

off the wall 《美俚》奇特的，意外的。

with** one's **back to the wall ⇨ BACK[1] 图

with in four walls 在房屋內；祕密地。

—形 靠牆的；（植物）攀牆的。

—動 及 1 築牆防禦；用牆隔開《*in, off / from, into, off, out*》。2 將（入口等）用牆封閉《*up*》。3 將…關起來《*up*》。

wal·la·by ['waləbɪ] 图(複**-bies**,《集合名詞》～)〖動〗袋鼠。

Wal·lace ['walɪs] 图〖男子名〗華萊士。

wal·la(h) ['walə] 图《印度英語》處理某種事物的人：a ticket ～ 售票員。

wal·la·roo [ˌwalə'ru] 图(複～**s**,《集合名詞》～)〖動〗袋鼠。

wall·board ['wɔlˌbɔrd] 图人造壁板；牆板；壁材。

'wall ˌcreeper 图〖鳥〗旋壁雀。

·wal·let ['walɪt] 图 1 皮包，皮夾；皮製工具袋。2《英古》化緣袋，行囊。

wall·eye ['wɔlˌaɪ] 图(複～**s**,《義 1 集合名詞》～) 1《美》鼓眼魚。2 角膜白斑；散開性斜視。

wall·eyed ['wɔlˌaɪd] 形 1 患散開性斜視的；患角膜白斑的。2《美》鼓眼魚的：a ～ pike 鼓眼梭子魚。3《美》（因恐懼而）睜大眼睛的。4《俚》醉醺醺的。

wall·flow·er [wɔlˌflauə] 图 1〖植〗香羅蘭。2 壁花：在舞會中無舞伴的人。

'wall ˌnewspaper [**ˌpaper**] 图壁報。

Wal·loon [wa'lun] 图 1（比利時南部的）華隆人。2 Ⓤ華隆語。

wal·lop ['waləp] 動及《口》1 毆打；擊潰；猛擊：～ the ball out of the park 將球擊出公園外。2（比賽中）徹底打敗《*at* ...》。3《蘇》使蹣跚地走。—不及 1《口》蹣跚地走。2 沸騰地發聲。—图 1《口》(1)痛擊，痛毆；效力。(2)快感。2《口》笨拙的行動。3 Ⓤ《英俚》啤酒。

go (***down***) ***wallop*** 唏哩嘩啦地落下。

wal·lop·ing [waləpɪŋ] 图《口》1 重擊，毆打。2 潰敗。—形 極好的；巨大的。

wal·low ['walo] 動 不及 1（在雪地或泥潭中）打滾《*in*...》；左右晃動：～ *in* the mud 在泥中打滾；過無恥的生活。2 顛簸而行。3 奢侈地過日子；沉迷《*in*...》。4（煙、熱氣等）噴出。

be wallowing in money 《俚》富有。

—图 1 打滾；沉迷；顛簸。2（動物打滾造成的）水坑，池塘。3 Ⓤ墮落。

'wall ˌpainting 图 1 壁畫。2 Ⓤ壁畫畫法。

wall·pa·per ['wɔlˌpepə] 图 Ⓤ 1 壁紙。2〖電腦〗桌布。—動 及 糊壁紙。

wall·post·er ['wɔlˌpostə] 图大字報。

'Wall ˌStreet 图 1 華爾街：美國 New York 市的金融中心。2 Ⓤ美國金融界。

wall-to-wall ['wɔltə'wɔl] 形 1 整個地板鋪滿的。2《美口》充滿整個空間或時間的；到處都是的。—图鋪滿整個地板的地毯。

wal·ly ['walɪ] 形《蘇》1 一流的；漂亮的。2 魁偉的，健壯的。3 令人舒爽的。

·wal·nut ['wɔlnət] 图 1〖植〗胡桃樹；胡桃果實；Ⓤ胡桃木：over the ～*s* and the wine 在飯後吃水果和酒的時候。2 Ⓤ胡桃色，赤褐色。

Wal·'pur·gis 'Night ['val'purgɪs-] 图 1 五朔節（五月一日）的前夕。2 飲酒作樂。

wal·rus ['wɔlrəs] 图(複 ～·**es**,《義 1 集合名詞》～) 1〖動〗海象。2 肥胖難看的人。

'walrus mu'stache 图海象般鬍鬚。

Walt [wɔlt] 图〖男子名〗華特（Walter的暱稱）。

Wal·ter ['wɔltə] 图〖男子名〗華爾特（暱稱作 Walt, Wat）。

waltz [wɔlts] 图 1 華爾滋舞；圓舞曲。2《俚》輕鬆的工作。—形 華爾滋舞的。

—動 不及 1 跳華爾滋舞。2《口》輕快順利地前進《*in, out*》；大膽接近《*up*》。3《口》輕易地解決《*through*...》。—及 1 跳華爾滋舞。2《口》硬拉，硬拖。

waltz into... 攻擊，叱罵。

waltz off with... 輕易地得到（獎賞等）；獲得（競走）勝利。

～·**er** 图

wam·pum ['wampəm] 图 Ⓤ 1 貝殼串珠。2《美俚》錢。

WAN 《縮寫》wide *a*rea *n*etwork 廣域網路。

wan [wan] 形 (～·**ner**, ～·**nest**) 1 沒血色的，蒼白的。2 病弱的，有倦容的；暗淡的，微弱的：a ～ light 微光 / a ～ smile 淡淡的笑容。3 力量不足的，沒有成效的：～ efforts 徒勞。4《古》黑暗的，陰沉的。—動(**wanned**, ～·**ning**) 不及 使變得蒼白。

～·**ly** 副, ～·**ness** 图

wand [wand] 1（柳樹的）嫩枝；魔杖。2 權杖；指揮棒。3〖射箭〗《美》箭靶。

:wan·der ['wandə] 動 不及 1 漫遊，徘徊；閒盪：～ along the street 逛街。2 蜿蜒

前進。3 胡亂地動。4 錯亂；胡亂地說。5 迷路《*off, away*》；離題；脫離正軌《*away / from, off...*》：～ *off* the track 迷路。
—㊀ 漫步，徘徊，閒逛。—㊁ 散步；漫步；徘徊。

wan·der·er ['wɑndərə] ㊁ 漫步的人；徬徨的人；流浪者。

wan·der·ing ['wɑndərɪŋ] ㊅ 1 漫步的，漫遊的，流浪的；遊牧的。2 蜿蜒的。3 不得要領的。4 長藤的。5〖病〗恍惚的。
—㊁ 1 流浪；漫遊。2《通常作～s》沒有目的的漫遊。3《常作～s》支離破碎的思想；(發高燒時的) 囈語。～·ly ㊂

'**Wandering** '**Jew** ㊁ 1《the ～》流浪的猶太人：因在耶穌受難日侮辱了耶穌，被罰一直流浪到耶穌的再臨為止。2《常作 w- J-》紫露草之類的蔓生植物。

wan·der·lust ['wɑndə-,lʌst] ㊁ Ⓤ 流浪癖，旅行狂。

wane [wen] ㊉ 不及 1 (月) 虧，缺。2 衰微減弱：one's *waning* influence 式微的勢力 / ～ in power 力衰。3 接近終了。—㊁ Ⓤ 1《the ～》衰退；《通常作 the ～》(時代等的) 終了。2 (月) 虧，缺。3 (木材的) 缺損。
on the wane (1) (月亮) 漸虧。(2) (人緣等) 開始衰落；接近終了。

wan·gle ['wæŋgl] ㊉㊀《口》1 巧計獲得《*out of...*》；哄騙《*into..., into doing*》：～ ten dollars (*out of* a person) 騙走 (某人的) 十塊錢 / ～ a person *into* loaning one money 施詭計使某人借錢給他。2 粉飾，假造。—不及 用詭計；粉飾。—㊁ 哄騙，巧計獲得；虛飾，偽造。

wank [wæŋk] ㊁《英粗》手淫。
—㊉ 不及 手淫。

'**Wan·kel** ('**engine**) ['wɑŋkəl-,'v-] ㊁ 汪克爾引擎。

wank·er ['wæŋkə] ㊁《英俚》1《粗》手淫者。2 膚淺無能力的人。

wan·na ['wɑnə] ㊉《口》want to 的口語發音。

wan·na·be ['wɑnəbi] ㊁ 1《口》want to be 的口語發音。2 想成功的人。

:**want** [wɑnt, wɔnt] ㊉㊀ 1 要，想要。2 有事要找，想與 (人) 講話；徵求；通緝《*for...*》。3 希望做；期望。4《主英》需要；應該。5《口》必須。6 欠缺，缺少；《以 it 為主詞》不足，差《*of...*》：～ experience 缺乏經驗。—不及 1 窮困；欠缺；需要。2 希望，有意。
want in...《美口》想進來…。
want out...《美口》(1) 想從…出去。(2) 想擺脫。
What does one ***want with...***? (想要…) 做什麼?
—㊁ 1 Ⓤ《偶作 a ～》缺乏《*of...*》：～ *of* imagination 缺乏想像力。2 Ⓤ 窮困。3 Ⓤ《主要用於 in ～ of 的片語》需要。4《通常作～s》必需品。～·er ㊁

'**want** ,**ad** ㊁《美》招聘廣告。

want·ed ['wɑntɪd] ㊅ 1 徵求…的。2 被通緝的。

·**want·ing** ['wɑntɪŋ] ㊅ 1 缺乏的。2 缺少的《*in...*》；不夠格的《*to...*》：be ～ *in* common sense 缺乏常識 / be found (to be) ～ 被發現不夠格。3《主方》低能的，愚昧的。—㊃ 無，缺；只差。

·**wan·ton** ['wɑntən] ㊅ 1 惡意造成的；不當的；不合理的；為所欲為的；不顧正義的：～ exercise of power 權力的不當行使。2 淫亂的：a ～ girl 淫蕩的女孩 / ～ pleasure 偷情之樂。3 過分奢侈的。4《古》茂盛的。5《古》愛玩的，頑皮的；多變的。—㊁《文》輕浮的女性；淘氣的孩子；任性的孩子。
—㊉ 不及 1 玩弄，調戲。2 繁茂。3 輕浮；為所欲為。—㊀ 揮霍《*away*》。
～·ly ㊂, ～·ness ㊁

WAP《縮寫》*w*ireless *a*pplication *p*rotocol 無線應用通訊協定。

wap·i·ti ['wɑpətɪ] ㊁(複～s,《集合名詞》～)〖動〗(產於北美的) 麋鹿。

:**war** [wɔr] ㊁ 1 Ⓤ Ⓒ 武力衝突；交戰期間；戰爭，戰役：a civil ～ 內戰 / a defensive ～ 防衛戰爭 / declare ～ against … 對…宣戰。2 Ⓤ Ⓒ 紛爭，對抗：(a) class ～ 階級鬥爭 / a ～ of innuendo 含沙射影之爭 / a ～ within the administration 政府內部的紛爭 / man's ～ against nature 人類與大自然的抗爭。3 Ⓤ 軍事；戰略，戰術：the Department of *W*-《美》(第二次大戰前的) 陸軍部 / the *W*- Office《英》(原有的) 陸軍部 / the art of ～ 兵法 (學)。4《the *W*-》(正在進行中或最近才結束的) 戰爭。
a good war 戰時短暫的美好時光。
carry the war into the enemy's country (1) 展開反攻。(2) 反駁。
go to the wars《古》= go to WAR (1).
go to war (1) 出征。(2) 開戰《*against, with...*》。
have been in the war《謔》(1) (因事故而) 受傷。(2) 遭破壞。
make war on... / wage a war against... 向…開戰，與…對抗。
—㊉(**warred**, ～·**ring**) 不及 作戰，對抗《*with, against...*》。—㊀ 擊敗《*down*》。
—㊅《限定用法》戰爭的；用於戰爭的；因戰爭引起的。

'**war** ,**baby** ㊁ 戰時出生的嬰兒；戰時士兵的私生子；戰爭造成的不良產物。

war·ble[1] ['wɔrbl] ㊉ 不及 1 顫鳴；用顫音唱；《美》用真假嗓音反覆換唱。2〖電〗發出顫音。—㊀ 用顫聲唱；用歌表現《*out*》。
—㊁ 鳴叫聲；顫聲唱出的歌。

war·ble[2] ['wɔrbl] ㊁ (馬背上的) 鞍瘤；虻腫。

'**warble** ,**fly** ㊁〖昆〗牛蠅。

W

war·bler ['wɔrblɚ] 名 1 用顫聲唱歌的人；歌手；發出鳴囀聲的東西。2〖鳥〗(美洲的）山雀類食蟲鳥。

'war ˌbonnet 名（印第安戰士所戴的）羽毛頭飾。

'war ˌbride 名戰地新娘；戰時的新娘。

'war ˌchest 名戰爭基金；活動經費。

'war ˌcloud 名戰爭的徵兆。

'war correˌspondent 名戰地記者。

'war ˌcrime 名《通常作～s》戰爭罪。

'war ˌcriminal 名戰犯。

'war ˌcry 名 1（激勵士氣的）吶喊聲。2（政黨的）標語（亦稱 **battle cry**）。

·ward [wɔrd] 名 1（行政、選舉區劃分的）一區；（英格蘭、蘇格蘭的行政）區。2 病房；病室：an isolation ～隔離病房。3 牢房。4〖城〗空曠場地。5 被監護人；Ⓤ被監護；監護；保護；拘留，監禁，監視：have watch and ～ over a person 監護某人。6（西洋劍等的）防衛姿勢。7《通常作～s》鎖中和鑰匙相對應的齒凸；輪匙的凹痕。—動 及 1 收入病房。2 避開，格開《*off*》：～ *off* an attack 閃避攻擊。3《古》守護。

-ward《字尾》表「空間、時間的方向」之意。

'war ˌdance 名（原始部落出征前所跳的）戰舞。

'war ˌdebt 名ⓊⒸ戰債。

ward·en ['wɔrdn̩] 名 1 監視人，看守人；保管者；管理員。2《美》典獄長。3 鎮長；（加拿大的）郡長，地方議會議長；《昔》長官。4《英》(1)《W-》校長。(2)（倫敦市的）同業公會管理機構的一員。5 同業公會的幹部。6 教區委員。7《古》看門人。

ward·er ['wɔrdɚ] 名 1《主美》監視的人；衛兵。2《主英》獄吏。

'ward ˌheeler 名《美》拉票員；（在地方上為政黨拉票或遊說的）小政客。

ward·ress ['wɔrdrɪs] 名《主英》監獄女看守員。

·ward·robe ['wɔrdˌrob] 名 1《集合名詞》全部服裝；古裝：have a large ～ 擁有大量的服裝。2 衣櫥，衣櫃；（戲院的）藏衣室：a ～ master 戲裝管理員。3（王侯、貴族、富豪的）服裝管理部。

'wardrobe ˌtrunk 名衣櫥式衣箱。

ward·room ['wɔrdˌrum] 名 1 軍官室；軍官專用的餐廳兼休閒室。2《集合名詞》（艦長外的）全體軍官。

-wards《字尾》**-ward** 的別體。

ward·ship ['wɔrdʃɪp] 名 Ⓤ 保護，監督。

·ware[1] [wɛr] 名 1《常作 **one's** ～**s**》商品，貨物；智慧財產：a salesman and his ～*s* 推銷員及其商品。2 Ⓤ《常作複合詞》（特定種類的）商品，製品：earthen*ware* 陶器 / glass*ware* 玻璃器皿。3 Ⓤ陶器。

ware[2] [wɛr] 形《古》小心的，細心的；意識到的。—動 及《命令》注意。

ware·house ['wɛrˌhaus] 名（複 **-hous·es** [-ˌhauzɪz]）1 倉庫，貨棧。2《英》大零售商店。3 批發商店。4《美蔑》倉庫似的公立養老院。—['wɛrˌhauz] 動 及 1 放進倉庫（保管）。2 放入保稅倉庫。

ware·house·man ['wɛrˌhausmən] 名（複 **-men**）倉庫業主；倉庫管理員。

ware·room ['wɛrˌrum] 名商品展售室。

·war·fare ['wɔrˌfɛr] 名 Ⓤ戰爭狀態，交戰；武力衝突；軍事行動；衝突《*against* ...》：nuclear ～核子戰爭。

'war ˌgame 名〖軍〗（地圖上的）作戰摹擬演習。

war-game ['wɔrˌgem] 動 及 在桌上作演練。—不及 在地圖上做作戰演習。

'war ˌhawk 名好戰者，主戰者。

war·head ['wɔrˌhɛd] 名（飛彈等的）彈頭。

war-horse ['wɔrˌhɔrs] 名 1 戰馬。2 老兵飽經歷練的人。3 老掉牙的表演。

war·i·ly ['wɛrəlɪ] 副小心地，慎重地，警戒地。

war·i·ness ['wɛrɪnɪs] 名Ⓤ細心，慎重，小心。

war·like ['wɔrˌlaɪk] 形 1 戰爭的；備戰的。2 好戰的。3 有爆發戰爭危險的。4 軍事的：～ actions 軍事行動。

war·lock ['wɔrˌlɑk] 名《古》魔術師；占卜師。

'war ˌlord 名 1 將軍，總司令。2 軍閥。

:warm [wɔrm] 形（～·**er**, ～·**est**）1 熱度適中的；暖和的；常溫的；發熱的《*with, from*...》；保暖的：a ～ sweater 保暖的毛衣 / a ～ radiator 暖氣爐 / be ～ *from* exertion 因用力而身體發暖。2 暖色的，令人覺得暖洋洋的：～ colors 暖色 / a ～ sunset 暖洋洋的日落。3 真誠的，和藹的；親切的：a ～ person 和藹的人 / ～ relations 友好的關係 / a ～ greeting 親切的招呼 / a ～ embrace 熱烈的擁抱；《諷》痛加還擊。4 興奮的；生氣的；活潑的，熱情的；容易激動的：a ～ nature 暴躁的個性 / a ～ debate 熱烈的討論 / grow ～ 興奮起來。5 腥膻的，強烈的。6《口》（遊戲中）即將猜中的。7《口》不愉快的，討厭的；危險的。8《英口》富裕的；樂天的。9 好色的，淫穢的；挑逗的。

keep a place warm 為某人保留位子。

***make it warm for** a person* 使某人難堪。

—動 及 1 使溫暖《*up*》；《主美》把（菜）回鍋煮熱《*over, up*》；《喻》一再重複，炒冷飯。2 使開朗；給活力；使喜悅。3 使興奮。4《英俚》揍。—不及 1 變暖《*up*》。2 熱心起來，起勁《*up / to*...》。3 熱絡起來《*to, toward*...》。

warm** a person's **blood 使某人熱血沸騰。

warm up (1) ⇨動 不及 1, 2. (2)（賽前）做熱身運動。(3) 興奮亢進。(4) 更加友善；逐漸接納。

W

warm...up / warm up... (1) ⇨動 及 1. (2) 使有活力。(3) 重議，修整。(4) 使（機器）預熱。
—名 1《通常作 a ～》《口》暖，溫。2 Ⓤ 溫暖。3 溫暖之物。

warm-blood·ed ['wɔrm'blʌdɪd] 形 1（動物）溫血的。2 熱血的；熱情的。

warmed-o·ver ['wɔrmd'ovɚ] 形 1《主美》（菜肴）回鍋的。2 炒冷飯的，舊調重彈的。

warmed-up ['wɔrmd'ʌp] 形 = warmed-over 1.

warm·er ['wɔrmɚ] 名 加溫的人；加溫器。

'warm ˌfront 名〖氣象〗暖鋒。

warm(-)heart·ed ['wɔrm'hɑrtɪd] 形 熱心的，善體人意的。～·ly 副, ～·ness 名

'warming ˌpan 名（古代）烘熱床鋪用的長柄火盆。

warm·ish ['wɔrmɪʃ] 形 微溫的。

·warm·ly ['wɔrmlɪ] 副 1 溫暖地。2 熱心地，熱烈地；親切地。3 激烈地，勇敢地。

war·mong·er ['wɔrˌmʌŋgɚ] 名 戰爭販子。

-mon·ger·ing 名 Ⓤ, 形 挑起戰爭（的）。

·warmth [wɔrmθ] 名 Ⓤ 1 溫暖；適中的溫度；暖度。2 熱心，狂熱；誠意；溫柔；溫情，恩情。3 舒適感。4 保溫力。5 微慍，焦躁。

warm-up ['wɔrmˌʌp] 名 1 熱身運動：go through a ～ 做完熱身運動。2（引擎等的）預熱。3 預演，預選。

:warn [wɔrn] 動 及 1 警告《*of, against...*, *against* doing, *that* 子句》；提醒。2 通知，告知《*of...*》；通告，命令：～ the customers *of* the store's new hours 告知顧客新的營業時間。3 通告…退出；警告…勿靠近《*away, off / from, out of, off...*》：～ demonstrators *out of* a building 命令示威群眾離開建築物。
—不及 警告，提醒《*of...*》。～·er 名

·warn·ing ['wɔrnɪŋ] 名 1 Ⓤ Ⓒ 警告，警報；Ⓒ 作為警告之物：a ～ not to stay out late 勿久留在外的警告。2 Ⓤ 告誡；警惕；Ⓒ 作為告誡的事：take ～ from a person's example 把某人當作前車之鑑。3 通知，預告。4 前兆，徵兆《*of...*》。—形 警告的，忠告的。～·ly 副

'warning coloˌration 名 Ⓤ〖動〗警戒色。

'warning ˌtrack [ˌpath] 名〖棒球〗（全壘打牆前的）警戒區。

'war of 'nerves 名 Ⓤ Ⓒ 神經戰，心理戰。

·warp [wɔrp] 動 及 1 使翹起。2 使偏離正道。3 歪曲；曲解；使有偏見：a ～ed sense of patriotism 偏狹的愛國心。—不及 1 彎曲，翹起，變歪；（地層）彎曲。2 乖戾。—名 1 彎曲，翹起。2 歪曲，乖戾；偏見；乖張。3 Ⓤ 沖積土，沉泥。4 經線，縱線。5 基礎。～·age 名

'war ˌpaint 名 Ⓤ 1（印第安人出戰前塗在臉上或身上的）塗料。2《口》化妝品；盛裝。

war·path ['wɔrˌpæθ] 名(複 ～s [-ˌpæðz])（北美印第安人）出戰時通過的道路。
on the warpath (1) 求戰；作戰。(2) 生氣的；懷敵意的。

war·plane ['wɔrˌplen] 名 戰機。

:war·rant ['wɔrənt,'wɑrənt] 名 1 Ⓤ 許可，認可；理由，根據《*for...*》。2 保證人；作保證之物《*for, of...*》。3 證明書，許可證，委任狀；支付命令；收據：a dividend ～ 股息支付券。4〖法〗（刑事案件的）令狀，拘票：a search ～ 搜索狀 / a ～ of arrest 逮捕令。—動 及 1 授權，批准。2 使合理化。3 斷言，斷定；承諾。4 保證，確定，保證商品的售後服務：～ the quality of... 保證…的品質 / ～ a person kind treatment 保證善待某人。5〖法〗保證遺產的權限。

war·rant·a·ble ['wɔrəntəbl̩] 形 可以保證的；可認為是正當的。

war·ran·tee [ˌwɔrən'ti] 名 被保證人。

war·rant·er ['wɔrəntɚ] 名 = warrantor.

warrant ˌofficer 名〖軍〗《美》准尉；士官長。

war·ran·tor ['wɔrənˌtɔr, 'wɑr-] 名 保證人。

war·ran·ty ['wɔrəntɪ] 名 (複 -ties) 1 保證，保證書《*on...*》；〖法〗房地產的擔保契約：be still under ～ 還在保證期間。2 批准；（搜索等的）令狀。

war·ren ['wɔrən] 名 1 兔子的繁殖地；養兔場（的兔子）。2 擁擠的住宅；人口稠密區。3〖英法〗野生鳥獸飼養（特區）。

War·ren ['wɔrən] 名〖男子名〗華倫。

·war·ri·or ['wɔrɪɚ] 名 1《文》戰士，老兵；武士。2（政界等的）鬥士，老將。

War·saw ['wɔrsɔ] 名 華沙：波蘭的首都。

war·ship ['wɔrˌʃɪp] 名 戰艦，軍艦。

wart [wɔrt] 名 1 肉贅，疣。2 缺點，污點。3 樹瘤。
warts and all 不掩飾缺點地，據實地。

'wart ˌhog 名〖動〗疣豬。

war·time ['wɔrˌtaɪm] 名 Ⓤ 戰時：in ～ 在戰亂中。—形 戰時的；戰時特有的；戰時發生的。

wart·y ['wɔrtɪ] 形 (**wart·i·er, wart·i·est**) 有疣的；長滿疣的；似疣的。

war-wea·ry ['wɔrˌwɪrɪ] 形 1 厭戰的。2（飛機）壞得不能使用的。

'war ˌwhoop 名（打仗時的）吶喊聲。

War·wick·shire ['wɔrɪkˌʃɪr] 名 瓦立克郡：英格蘭中部的一郡；首府 Warwick。

war-worn ['wɔrˌwɔrn] 形 受戰爭影響顯著的；被戰爭破壞的。

·war·y ['wɛrɪ] 形 (**war·i·er, war·i·est**) 1 警

戒的；謹慎的《of...》: a ~ look 戰戰兢兢的眼神。2 謹防的 : be ~ of strangers 防範陌生人。-i·ly 副, -i·ness 名

:was [wɑz,《弱》wəz] 動 be 的第一人稱及第三人稱單數過去式。

:wash [wɑʃ] 動 及 1 洗，洗滌；適於洗滌；舔淨（身體等）: ~ one's hands clean 把手洗乾淨 / ~ oneself with soap 用肥皂洗。2 用水洗掉；搓洗掉《off, away / off ...》: ~ one's make-up *off* 把妝洗掉。3 洗清；洗刷《偶用 *away*》: ~ *away* the sin from one's soul 洗清靈魂的罪。4 沖擊；沖蝕，磨損《out, away, off》；沖成（渠）: rocks ~*ed* by the waves 被浪沖刷的岩礁 / a road ~*ed out* by a recent storm 被最近一場暴風雨沖毀的道路。5 襲捲，沖走；嚥下《up, down, along, away》。6 潤溼《with...》。7 以液體淨化；洗（礦石）《for...》。8 塗水彩於；薄薄地鍍《with...》: ~ the background (of a painting) in blue 把（圖畫的）背景塗成淡淡的藍色 / ~ steel *with* silver 在鋼上鍍上一層薄薄的銀。

—不及 1 洗澡；洗手《偶用 *up*》；洗衣；洗滌；洗礦。2（洗）掉，脫落《out, away, off》。3 耐洗；去污。4 被沖（走）；漂流，漂浮《away》。5（波浪）拍打；（水等）湧上《against, along, over...》；洶湧。6 被侵蝕，被磨損。7《否定、疑問》《口》經得起考驗，可靠，可信。8〖股票〗買空賣空。

wash away (1) ⇨動 不及 2, 4. (2) 不斷地洗。(3) 衰弱，力竭。

wash...away / wash away... ⇨動 及 3, 4, 5.

wash...down / wash down... (1) ⇨動 及 5. (2) 徹底沖洗。(3) 將…沖下。

wash one's hands off... 洗手不幹；與…斷絕關係。

wash in（潮水）漲滿。

wash...in / wash in... 將…沖向岸邊。

wash out (1) ⇨動 不及 2. (2)《俚》落榜，被淘汰。(3) 沖走。

wash...out / wash out... (1) ⇨動 及 4. (2) 以水力破壞。(3) 清洗內部。(4) 使延期[暫停]；使破滅。(5)《過去分詞》使疲憊。

wash over a person（噪音等）不影響某人。

wash up (1) ⇨動 不及 1. (2) 洗餐具。

wash...up / wash up... (1) ⇨動 及 5. (2) 收拾（晚餐等）；洗（餐具）。(3)《通常用被動》使告終；使疲憊。

—名 1《通常作 a ~》洗，洗滌。2《a~, the ~》《集合名詞》一次洗滌的衣物量，洗滌的衣物；《the ~》（洗衣店的）洗滌；洗衣店；清潔劑。3 塗料，染料；（水彩畫等的）塗層；（金屬的）薄鍍。4《the ~》沖擊，拍打；拍打聲；迸濺。5 浪，航跡。6 化妝水；《常作複合詞》洗滌液。7 Ⓤ 侵蝕；〖礦〗洗礦；沼澤地；淺灣；淺灘；（流水形成的）窪處，水道。8 Ⓤ《常作複合詞》廚餘，餿水；下流空洞的作品。9 Ⓤ 淡酒；淡味食物；發酵液；廢話；〖股票〗買空賣空。

come out in the wash《口》(1) 順利，獲得解決。(2)（恥辱等）傳遍四處。

—形《限定用法》《美口》耐洗的。

Wash. 《縮寫》*Wash*ington.

wash·a·ble ['wɑʃəbl̩] 形 耐洗的。

wash-and-wear ['wɑʃən'wɛr] 形 洗後免燙即可穿的。

wash·ba·sin ['wɑʃ,besn̩] 名《英》= washbowl.

wash·board ['wɑʃ,bord] 名 1 洗衣板。2〖建〗壁腳板；〖海〗防波板。3 凹凸不平的路。

wash·bowl ['wɑʃ,bol] 名《美》洗臉盆。

wash·cloth ['wɑʃ,klɔθ] 名 (複~s)《美》毛巾；洗碗巾。

wash·day ['wɑʃ,de] 名 Ⓤ Ⓒ（家庭中固定的）洗衣日。

washed-out ['wɑʃt'aʊt] 形 1 褪色的。2《口》筋疲力盡的；倦容的，憔悴的。3 被侵蝕的。

washed-up ['wɑʃt'ʌp] 形 1 洗淨的。2《口》疲憊的。3《俚》不中用的，一敗塗地的。

wash·er ['wɑʃɚ] 名 1 洗衣人；洗衣機；洗礦機。2（螺絲的）墊圈。

wash·er-dry·er ['wɑʃɚ,draɪɚ] 名 洗衣乾衣兩用機。

wash·er·man ['wɑʃɚmən] 名 (複**-men**) 洗衣工；（製造過程中的）洗衣機操作員。

wash·er·wom·an ['wɑʃɚ,wʊmən] 名 (複**-wom·en**) 洗衣婦。

wash·e·te·ri·a [,wɑʃə'tɪrɪə] 名 1 自助洗衣店。2《英》自助洗車場。

'wash ,goods 名 (複) 耐洗的紡織品。

wash·hand ['wɑʃ,hænd] 形《英》洗臉用的。

wash·house ['wɑʃ,haʊs] 名 (複**-hous·es** [-,haʊzɪz]) 洗衣房。

wash·ing ['wɑʃɪŋ] 名 1 Ⓤ 洗滌；沐浴。2《the ~》《集合名詞》換洗的衣物。3《常作 ~s》洗滌劑；洗掉的東西。4 Ⓤ 洗礦。5（金等的）薄鍍。6〖股票〗買空賣空。

get on with the washing 不再浪費時間。

—形 洗滌用的；耐洗的。

'washing ,day 名《英》= washday.

'washing ma,chine 名 洗衣機。

'washing ,powder 名 洗衣粉。

'washing ,soda 名 Ⓤ 洗滌鹼。

:Wash·ing·ton ['wɑʃɪŋtən] 名 1 **George**，華盛頓（1732–99）：美國第一任總統（1789–97）。2 華盛頓：美國西北部的一州；首府 Olympia。3（亦稱 **Washington, D.C.**）華盛頓：美國的首都，聯邦政府直轄地。

Wash·ing·to·ni·an [,wɑʃɪŋ'tonɪən] 形 居住於華盛頓州[特區]的。—名 華盛頓州

W

[特區]人。

'Washington's 'Birthday 图 華盛頓誕辰紀念日：2月22日；美國大多數的州定二月第三個星期一爲國定假日。

wash·ing-up ['waʃɪŋ,ʌp] 图 Ⓤ《英》1（飯後餐具等的）洗滌。2 骯髒待洗的餐具。

'washing-,up 'liquid 图 Ⓤ 洗碗精。

wash-leath·er ['waʃ,lɛðɚ] 图 Ⓤ（柔軟的）羊皮，麂皮；Ⓒ（用來擦拭東西的）軟皮。

wash·out ['waʃ,aut] 图 1 沙土流失；決堤之處。2《口》徹底失敗；無用之人；被退學者，留級生。

wash·rag ['waʃ,ræg] 图《美》= washcloth.

wash·room ['waʃ,rum] 图《美》（餐館等的）洗手間，廁所；（染織廠的）洗料室。

wash·stand ['waʃ,stænd] 图 洗臉臺；洗車場。

wash·tub ['waʃ,tʌb] 图 洗衣盆。

wash·wom·an ['waʃ,wumən] 图（複 **-wom·en**) = washerwoman.

wash·y ['waʃɪ] 形 **(wash·i·er, wash·i·est)** 1（飲料）淡薄的，稀釋的。2（顏色等）淡的，褪掉的。3（詩、文體等）缺乏氣勢的，乏味的；（人）無力的，脆弱的。

:was·n't ['waznt] was not 的縮略形。

wasp [wasp] 图 1〖昆〗黃蜂，胡蜂。2 暴躁的人，難侍候的人。3 引起刺激的東西。

～**·y** 形 類似黃蜂的。

WASP [wasp] 图《常爲蔑》盎格魯撒克遜裔的美國白人新教徒（亦作 **Wasp**）。

wasp·ish ['waspɪʃ] 形 1（似）黃蜂的。2 暴躁的，易怒的；惡毒的，懷有恨意的。3 身段苗條的。～**·ly** 副, ～**·ness** 图

'wasp ,waist 图 蜂腰，細腰。

wasp-waisted ['wasp,westɪd] 形 細腰的。

was·sail ['wasl,'wæsl] 图 1 乾杯時的祝詞。2 Ⓤ（昔日的）酒宴；《古》酒宴歌，聖歌。3 Ⓤ 慶祝酒。—動 不及 舉杯祝福；痛飲。—及 爲…乾杯。—感 乾杯！

wast [wast,《弱》wəst] 動《古》**be** 的第二人稱單數直述語氣過去式。

wast·age ['westɪdʒ] 图 1 Ⓤ 耗損，消耗。2 Ⓤ 損耗量。3 Ⓤ Ⓒ 廢屑，廢物。

:waste [west] 動 **(wast·ed, wast·ing)** 及 1 白費，浪費，消耗；將…虛擲《*on, over...*》：～ one's money *on* trifles 把金錢浪費在無謂的事情上。2《常用被動》逐漸破壞，磨損；使衰弱；使荒廢：a country ～*d* by fire and sword 被戰火踩躪的國家 / be ～*d* by disease 因病憔悴。3 錯失（機會等）。4《美俚》殺害。5〖法〗損毀。—不及 1 浪費掉；浪費：*W*- not, want not.《諺》不浪費則不匱乏；不儉則匱。2 逐漸消耗；消瘦，憔悴；式微，減少《*away*》：～ *away* to skin and bone 瘦得皮包骨。3（時間）流逝。

—图 1 Ⓤ《或作 **a** ～》浪費，白費《*of* ...》：(*a*) ～ *of* material 物質的浪費 / go [run] to ～ 糟蹋掉。2 Ⓤ（機會等的）錯過《*of...*》。3 Ⓤ 荒廢；Ⓒ 荒廢的地區；荒涼的地方，荒地；《**a** ～》荒漠《*of...*》。4 Ⓤ 破壞，損傷，衰弱。5 廢料；Ⓤ《偶作 ～**s**》屑，廢物；垃圾；廢棉紗頭。6《～**s**》排泄物。7 Ⓤ〖法〗（房屋、土地的）毀損。—形 1 未被利用的。2 未開墾的，不毛的，荒蕪的；化爲廢墟的。3（熱度等）殘留的；廢棄的，廢物的。4 排除廢物用的。

waste·bas·ket ['west,bæskɪt] 图《主美》廢紙簍。

waste·bin ['west,bɪn] 图 廢物箱。

wast·ed ['westɪd] 形 1 廢棄的，荒廢的。2 徒勞的；浪費的。3 虛弱的，衰弱的。4《俚》酒癮重的；麻醉藥癮深的。

·waste·ful ['westfəl] 形 1 揮霍的；奢侈的，豪華的；浪費的《*of, with...*》：be ～ *with...* 浪費。2 破壞性的。

～**·ly** 副, ～**·ness** 图

waste·land ['west,lænd] 图 1 Ⓤ Ⓒ 荒地，未開墾地；荒蕪的地區。2（精神、知識上）貧乏。

waste·pa·per ['west,pepɚ] 图 Ⓤ 廢紙。

'wastepaper ,basket 图 = wastebasket.

'waste ,pipe 图 排水管；〖機〗廢料排除管。

'waste ,product 图（製造過程中所產生的）廢物，工業廢棄物。

wast·er ['westɚ] 图 1 浪費者，造成浪費的物[事]。2 瑕疵品。3 破壞者。4《俚》= wastrel 2, 3.

waste·wa·ter ['west,wɔtɚ] 图 Ⓤ 廢水。

wast·ing ['westɪŋ] 形 1（疾病等）消耗性的；逐漸耗損的：a ～ illness 消耗性疾病。2（戰爭等）造成廢墟的，破壞性的；逐漸荒蕪的。～**·ly** 副

wast·rel ['westrəl] 图 1《文》浪費者。2 垃圾；廢物。3 不務正業者。4 次級品，瑕疵品。

:watch [watʃ] 動 不及 1 靜觀，注視；警戒《*out*》；監視《*on, over...*》；看守，值勤《*over...*》：～ *over* a person ('s welfare) 注意著某人（的福利）。2 靜候，等著《*for...*》：～ *for* a taxi 等候計程車 / ～ *for* the signal to change 等著信號變換。3 整夜守護，守夜。—及 1 靜觀，觀賞，注視；注意，看守。2 等待，靜候。3 注意；小心。4 照料，監督，監視；看守。

watch one's step 《口》注意腳下；謹慎行事。

—图 1 Ⓤ Ⓒ 注視，觀察；監視，警戒《*for, on, over, upon...*》。2 錶，手錶；天文鐘，經線儀。3 不眠不休地看護；值夜。4 Ⓤ Ⓒ 監視的時間；〖海〗值班（時間）值班船員；（古時區分夜間時刻的）更。

W

go one's way 動身。
have a way with... 善於處理（人、物）。
have a way with one 對某人有一套。
have it both ways 腳踏兩條船。
have way on 〖海〗在航行中。
in a bad way（經濟上的）困苦。
in a big way《美俚》大規模地，狂熱地。
in a fair way 可能會。
in a way 總算；有幾分。
(in) one way and another 以各種方法。
(in) one way or another 無論如何。
in the way 擋路，妨礙。
in the way of... (1) 關於…方面。(2) 有希望，在…上屬於有利地位。
in one's way (1) 就是那樣的。(2)《主用否定》拿手的。
in way of... 〖海〗在…附近。
know one's way around《口》熟悉地理環境；通曉《*in...*》。
lead the way 帶路；領先流行。
make one's way (1) 前進。(2) 被肯定，出人頭地，興隆。
make the best of one's way 盡快前進，飛奔而去。
make way (1) 使通過。(2) 退讓。(3) 進行；前進。
no way《美口》絕不。
once in a way 偶爾。
on the way (1) 在半路上；《喻》在（做…）當中。(2) 接近。
on the way out (1) 在出門途中。(2) 漸不合時宜。
out of the way (1) 不礙事的。(2)收拾好。(3) 置於死地。(4) 遠離人煙的。(5) 不適當的。(6) 異常的，脫離常軌的。
see one's way (clear)《通常用否定》願意；有可能（去做某事）。
set in one's way（老人等）固執自己的做法。
take one's way 出發。
under way (1) 在航行中。(2) 在進展中。
ways and means (1)《美》財源；（政府的）歲收。(2) 方法，手段。
win one's way 順利進行；賣力前進。
work one's way ⇨ WORK（片語）

way², 'way [we] 副 **1** 去那邊：down Nashville ～ 往納許維爾方向去。**2**《美口》《強調副詞、介系詞》很，…得多；遠遠地：～ off 在老遠地。

way·bill ['we,bɪl] 名 **1** 乘客名冊；貨物清單。**2** = air waybill.

way·far·er ['we,fɛrɚ] 名《文》旅客，（尤指）徒步旅行者；短期投宿的客人。

way·far·ing ['we,fɛrɪŋ] 形《文》旅行的。
—名 U 徒步旅行。

'way 'in 名入口。

way·lay [,we'le] 動 (-laid, ～·ing) 及 **1** 埋伏襲擊。**2** 攔住（人）問訊。

'way 'out 名 **1** 出口。**2**（困難等的）解決方法。

way-out ['we'aut] 形《俚》**1** 技術高超的，前衛的，嶄新的。**2** 標新立異的；難懂的；實驗性的，新穎的。

-ways《字尾》接於形容詞、名詞之後，作爲表「方向」、「位置」、「情狀」之意的副詞。

way·side ['we,saɪd] 名《the ～》路邊。
—形《限定用法》路旁的。

'way ,station 名《美》中途站。

'way ,train 名《美》（每站均停的）普通列車。

way·ward ['wewɚd] 形 **1** 不講理的；蠻橫的；任性的；剛愎的，不順從的。**2** 反覆無常的；動搖的，不規則的。**3** 意想不到的，不利的。～**·ly** 副, ～**·ness** 名

way·worn ['we,worn] 形 旅途勞頓的。

W/B《縮寫》*way*bill（亦作 **W.B.**）。

WbN《縮寫》*w*est *b*y *n*orth.

WbS《縮寫》*w*est *b*y *s*outh.

WC《縮寫》*W*est *C*entral（英國倫敦的）西中央郵遞區；《英》*w*ater *c*loset.

:we [wi,《弱》wɪ] 代（所有格 **our** 或 **ours**，受格 **us**）《人稱代名詞第一人稱複數主格》**1** I 的複數形。**2** 我們。**3** 人類，大家。**4**《報紙、社論中的用法》編輯，筆者。**5**（亦稱 **paternal "we"**）《對小孩、病人等表示親善》= you.

:weak [wik] 形 (～·**er**, ～·**est**) **1** 脆弱的，容易壞的；衰弱的；有病的；權力薄弱的：a ～ table 不牢靠的桌子 / a ～ seam 容易綻線的縫合處 / a ～ heart 心臟衰弱；怯懦的人 / a ～ leader 無能的領導者 / have ～ ears 聽力不好。**2** 不感人的；論據不足的：a ～ short story 不夠動人的短篇故事 / ～ reasoning 論據不足的推論。**3** 弱的；愚蠢的，意志薄弱的：a ～ will 薄弱的意志 / a ～ character 懦弱的性格 / ～ in faith 缺乏信心。**4** 拙劣的；不擅長的《*in, at...*》。**5** 微弱的：a ～ pulse 微弱的脈搏。**6** 稀薄的，淡的；（麵粉等）低筋的：～ tea 淡茶 / ～ flour 低筋麵粉。**7** 沒有重音的，弱讀的：～ stress 弱重音 / a ～ form 弱式讀法。**8**〖文法〗弱變化的。**9**〖攝〗（底片）反差弱的。**10**〖商〗疲軟的；有下跌趨勢的。
weak knees (1) 站不直的膝蓋骨。(2)《喻》沒有骨氣；優柔寡斷。

·weak·en ['wikən] 動 及 **1** 使懦弱，使無力：～ed eyesight 視力減弱。**2** 沖淡。
—不及 轉弱；變無力；衰弱；變得優柔寡斷。～**·er** 名

'weaker 'sex 名《the ～》《集合名詞》女性。

weak-head·ed ['wik'hɛdɪd] 形 **1** 易醉的。**2** 易感目眩的。**3** = weakminded.

weak·heart·ed ['wik'hɑrtɪd] 形 膽小的。

weak·ish ['wikɪʃ] 形 柔弱的。～**·ly** 副

weak-kneed ['wik'nid] 形 **1** 雙膝無力的。**2** 優柔寡斷的；沒有骨氣的。

weak·ling ['wiklɪŋ] 名 病弱者；懦夫。

W

—[形] 懦弱的；衰弱的。

·weak·ly ['wiklɪ] [形] (-li·er, -li·est) 病弱的。—[副] 衰弱地；病弱地；柔弱地。

weak-mind·ed ['wik'maɪndɪd] [形] 迷惘的；低能的。～·ly [副]

·weak·ness ['wiknɪs] [名] 1 [U] 衰弱；虛弱；脆弱；膽小；證據不充分：～ of mind 精神虛弱 / recover from one's ～ 由衰弱中復原。2 缺陷，弱點。3 異常的喜歡；《a ～》癖好；耽溺《*for...*》: have *a* ～ *for* opera 沉迷於歌劇。

weak-willed ['wik'wɪld] [形] 意志薄弱的。

weal[1] [wil] [名] [U]《古》安寧，福利；幸福：in ～ and woe 不管幸與不幸 / for the general ～ 爲了公共的福利。

weal[2] [wil] [名] 鞭痕。

weald [wild] [名] 1《the ～》《英》《詩》森林地帶；未開墾地帶。2《the W-》南英格蘭的原始森林地。

:wealth [wɛlθ] [名] 1 [U] 財富；財產；〖經〗財富：the ～ of a country 國家的財富 / a man of ～ 家財萬貫的人。2《a ～, the ～》豐富《*of...*》: *a* ～ *of* experience 豐富的經驗。3 資源：mineral ～ 礦物資源。4 富有，繁榮；《集合名詞》富豪階級。

'wealth ˌtax [名] [U] [C] 財產稅。

wealth·y ['wɛlθɪ] [形] (wealth·i·er, wealth·i·est) 1 富有的；財產多的：a ～ family 富裕家庭。2 豐富的《*in...*》: an essay ～ *in* philosophical insight 富於哲學見解的文章。

-i·ly [副], **-i·ness** [名]

wean[1] [win] [動] [及] 使斷奶《*from...*》；隔離《*away / from, off...*》: ～ a child *from* sucking his thumb 使孩子戒除吸吮拇指的習慣。

wean[2] [win] [名]《蘇》小孩；嬰兒。

wean·ling ['winlɪŋ] [名] 剛斷奶的幼兒。—[形] 剛斷奶的。

:weap·on ['wɛpən] [名] 1 武器；攻擊手段；《喻》武器：nuclear ～*s* 核子武器 / a ～ against inflation 防止通貨膨脹的手段。2〖動〗攻擊器官。—[動] [及] 武裝起來。～·less [形] 無武裝的。

weap·on·ry ['wɛpənrɪ] [名] [U] 1《集合名詞》武器類。2 武器製造學。

:wear[1] [wɛr] [動] (wore, worn, ～·ing) [及] 1 穿戴著；佩帶《*on, in...*》: ～ a shirt 穿著襯衫 / ～ glasses 戴著眼鏡。2 帶著（傷等）；蓄留：～ a beard 蓄著山羊鬍 / ～ one's hair long 蓄長髮。3《主爲喻》佩帶著（象徵物）；在…之位：～ the royal crown 當國王。4（面容）顯示出：～ a frown 面有慍色。5 磨損；使衰弱；用舊《*to, into...*》；使磨損：～ down the heels of one's shoes 磨壞了鞋跟。6 損壞；侵蝕；穿，鑿（洞、溝）。7 使疲勞；用完（物品）《*away, down, out*》。8 消磨《*away, out*》。9《通常用於否定》《主英口》承認，允許。

—[不及] 1（形狀、顏色）持久，耐用。2 磨破，磨滅《*away, down, out, off*》。3 慢慢地消逝《*away, on*》。4 值得長久交往；流傳久遠。

wear away ⇨[動] [不及] 2.

wear...away / wear away... ⇨[動] [及] 7.

wear down ⇨[動] [不及] 2.

wear...down / wear down... (1) ⇨[動] [及] 7. (2) 力克，堅忍地克服。

wear off (1) ⇨[動] [不及] 2. (2) 逐漸減少。

wear...off / wear off... 使磨損。

wear out (1) ⇨[動] [不及] 2. (2) 漸漸消失。

wear...out / wear out... (1) ⇨[動] [及] 7. (2) ⇨[動] [及] 8. (3) 耗盡。

wear the trousers 當家做主；掌權。

wear thin (1) 不再容忍。(2) 優勢漸失。

—[名] [U] 1 穿著，佩帶。2《集合名詞》《常作複合詞》衣料，服裝。3 磨損，磨破。4 耐力，持久性。

be the worse for wear 被用舊；疲憊。

wear and tear 磨破，破損。

wear[2] [wɛr] [動] (wore, worn, ～·ing) [及]〖海〗使（帆船）轉向下風。—[不及] 轉向下風。—[名] 帆船轉向下風。

wear·a·bil·i·ty [ˌwɛrə'bɪlɪtɪ] [名] [U]（衣物的）耐久性。

wear·a·ble ['wɛrəbl̩] [形] 可穿著的；適於穿著的；備好衣物的。—[名]《通常作～s》衣服，衣物。

'wear and 'tear [名] [U] 損傷，損耗；品質的降低。

wear·ing ['wɛrɪŋ] [形] 1 消耗的；令人疲倦的；慢慢減弱的。2 穿戴用的。

wea·ri·some ['wɪrɪsəm] [形] 1 令人疲倦的：a ～ trip 累人的旅行。2 無聊的；疲勞轟炸的：a ～ meeting 乏味的會議。～·ly [副]

wear·proof ['wɛrˌpruf] [形] 耐用的。

·wea·ry ['wɪrɪ] [形] (-ri·er, -ri·est) 1 疲憊的《*from...*》: ～ eyes 疲憊的雙眼 / ～ weather 沉悶的天氣 / ～ *from* too much reading 讀書過度而疲憊不堪。2 厭煩的《*of..., of doing*》。3 疲累的：～ work 疲累的工作。4 令人厭煩的；無聊的：a ～ tone of voice 使人厭煩的語調。

weary Willie《俚》流浪漢，懶人。

—[動] (-ried, ～·ing) [及] 1 使疲憊《*with...*》。2 使焦躁《*with...*》；使感到厭煩《*of...*》。—[不及] 1 感到無聊《*of...*》。2 疲倦。

-ri·ly [副], **-ri·ness** [名]

wea·sel ['wizl̩] [名] (複～s, 《集合名詞》～) 1〖動〗鼬鼠，黃鼠狼。2 狡猾卑鄙的人；《俚》告密者。3《主美》履帶車。—[動] [不及]《美口》逃避；爽約《*out / out of...*》；支吾其詞：～ *out of* one's responsibility 逃避責任。

'weasel ˌword [名]《通常用複數》《美口》遁詞。**'wea·sel-ˌword·ed** [形]

:weath·er ['wɛðɚ] [名] 1 [U] 天氣：good ～ for a walk 散步的好天氣 / in fine or foul ～ 不管天氣如何。2《集合名詞》惡劣的天

氣：in the ～ 在暴風雨中 / be open to the ～ 任由風吹雨打。3《通常作～s》（命運的）轉變，盛衰榮枯。

in all weathers (1) 在任何天氣下。(2) 無論何時。

make good weather〖海〗在暴風雨中順利前進。

make heavy weather (1)〖海〗因惡劣天候而激烈搖晃。(2) 大驚小怪《*of...*》。

under the weather《口》(1) 有點不適。(2) 宿醉。(3) 喝醉酒。

weather permitting 如果天氣良好。

—動 及 1 度過《偶用 *out*》：～ a crisis 度過危機。2 使暴露在風雨中；吹乾。3《通常用被動》使變色。4〖海〗往上風駛去。5〖建〗使成瀉水斜面。—不及 1 克服《*through...*》。2 經受風雨：boots that ～ well 耐風雨的靴子。3 因天氣而損壞。

weath·er-beat·en ['wɛðɚ,bitn̩] 形 受風吹雨打的；飽經風霜的：a ～ face 晒黑的臉。

weath·er·board ['wɛðɚ,bɔrd] 名 1 U〖建〗《主英》護牆板（《美》clapboard）；C 封簷板。2〖海〗擋風舷。

weath·er·board·ing ['wɛðɚ,bɔ rdɪŋ] 名 U 護牆板的鋪設；《集合名詞》護牆板。

weath·er-bound ['wɛðɚ,baʊnd] 形（船、飛機等）因天氣惡劣而延期的。

'weather ,bureau 名 氣象局。

weather·cast ['wɛðɚ,kæst] 名 氣象預報，氣象報告。

'weather ,chart 名 = weather map.

weath·er·cock ['wɛðɚ,kɑk] 名 1 風信雞；測風器。2 易變的人；意志不堅的人。

—動 及 安裝風信雞。—不及（飛機）轉向風的方向。

'weather ,eye 名 1 能看出天氣變化的眼力。2 警戒：keep one's ～ open《口》時時保持警惕。3 氣象衛星。

keep one's weather eye (for...) 預作防備。

'weather ,forecast 名 天氣預報。

'weather ,forecaster 名 天氣預報播報員。

'weather ,gauge 名 1〖海〗（比其他的船）居上風的位置。2 有利的地位；優越。

weath·er·glass ['wɛðɚ,glæs] 名 晴雨表。

weath·er·ing ['wɛðərɪŋ] 名 1 U 風化。2〖建〗《英》瀉水（斜面）（《美》wash）。

weath·er·ize ['wɛðə,raɪz] 動 及《美》將（建築物）加以整修以禦寒。

weath·er·man ['wɛðɚ,mæn] 名（複 **-men**）《口》天氣預報播報員；氣象學家。

'weather ,map 名 天氣圖，氣象圖。

weath·er·proof ['wɛðɚ,pruf] 形 耐風雨的。—動 及 使不受天氣影響。

'weather re,port 名 氣象報告。

'weather ,satellite 名 氣象衛星。

'weather ,ship 名 氣象觀測船。

weath·er-stained ['wɛðɚ,stend] 形 遭受風吹雨打而褪色的。

'weather ,station 名 氣象臺。

'weather ,strip 名 防雨片。

'weather ,vane 名 定風針。

weath·er-wise ['wɛðɚ,waɪz] 形 1 擅於預測天氣的。2 對輿論動向敏感的；擅於預測對手反應的。

weath·er·worn ['wɛðɚ,worn] 形 被風雨剝蝕的。

·weave [wiv] 動 (**wove** 或 **wo·ven** 或 **wove, weav·ing**) 及 1 編織成（布等）《*up / from / into...*》：～ a straw mat 編草席 / ～ a tapestry 編掛氈。2 編成（小說等）；作成《*up / into...*》：～ a story 編造故事。3 使曲折地前進：～ a car through traffic 開車穿梭於來往車輛間 / ～ one's way through a crowd 彎曲地穿過人群。4 結（網）。—不及 1 織布；糾纏。2 編成一個整體。3 曲折地前進。

get weaving《英口》立即著手（於…）。

—名 U C 織法。

weav·er ['wivɚ] 名 1 織者，編者；織工。2 = weaverbird.

weav·er·bird ['wivɚ,bɝd] 名〖鳥〗鶯類的鳥。

·web [wɛb] 名 1 編織品。2 蜘蛛網。3 蜘蛛網狀之物。4〖動〗蹼；〖鳥〗羽瓣；《集合名詞》羽枝。5（屋梁等的）腹板。6 廣播網。7 複雜的關係：a ～ of lies 一大篇謊言。8（印刷用的）一大卷紙。9〖機〗腹板；金屬薄片。10 網狀組織，網。11《the W-》= World Wide Web.

—動 (**webbed**, ～**·bing**) 及 1 結蜘蛛網。2 使陷於圈套中。—不及 結蜘蛛網。

Webb [wɛb] 名 **Sidney James**，衛布（1859–1947）：英國經濟學家及社會改革家，爲費邊主義者。

webbed [wɛbd] 形 1 有蹼的：～ feet 蹼足。2 蜘蛛網狀的。

web·bing ['wɛbɪŋ] 名 1 U（作吊帶等的）帶子。2 U C〖動〗蹼。3 U C 蜘蛛網狀之物；球拍的網。4 U（墊子等的）厚邊。

'Web ,browser 名〖電腦〗網頁瀏覽器。

web·cam ['wɛb,kæm] 名〖電腦〗網路攝影機。

We·ber ['vebə] 名 **Max**，韋伯（1864–1920）：德國社會學家、經濟學家。

web·foot ['wɛb,fʊt] 名（複 **-feet**）1 蹼足。2《W-》美國 Oregon 州居民的別名。3 有蹼足的動物。**'web-'foot·ed** 形 有蹼的。

web·log ['wɛb,lɔg] 名 部落格；網誌。

'web ,offset 名 U 輪轉式平版印刷。

'web ,page 名〖電腦〗網頁。

'web ,site 名〖電腦〗網站。

Web·ster ['wɛbstɚ] 名 1 **Noah**，韋伯斯特（1758–1843）：美國詞典編纂者。2 韋

W

氏詞典。

web-toed ['wɛb,tod] ㊊有蹼足的。

·wed [wɛd] ㊍(～·**ded** 或 **wed**, ～·**ding**) ㊋《文》**1** 與…結婚,嫁給,娶;使結婚《*to*...》: ～ one's daughter *to* a lawyer 把女兒嫁給律師。**2**《被動》固執,獻身《*to*...》。**3** 結合《*to, and, with*...》: ～ reason *to* morality and ethics 把理性與道德倫理相結合。—㊌《文》**1** 結婚《*with*...》。**2** 聯結,融合。

:we'd [wid,《弱》wɪd] we had [should, would]的縮略形。

Wed.《縮寫》*Wed*nesday.

wed·ded ['wɛdɪd] ㊊**1**《限定用法》結過婚的;婚姻的: a ～ couple 結了婚的夫妻 / ～ bliss 婚姻幸福 / ～ harmony 婚姻生活的和諧。**2**《敘述用法》連接在一起的《*to*...》。**3**《敘述用法》執著於《*to*...》。

·wed·ding ['wɛdɪŋ] ㊔**1** 婚禮,結婚儀式;結婚紀念日: the silver ～ anniversary 銀婚紀念 / one's ～ night 新婚夜。**2** 結合。

'wedding ,breakfast ㊔= wedding reception.

'wedding ,cake ㊔結婚蛋糕。

'wedding ,card ㊔喜帖。

'wedding ,ceremony ㊔結婚典禮。

'wedding ,chest ㊔(新娘的)嫁妝箱。

wedding ,day ㊔結婚日;結婚紀念日。

'wedding ,dress ㊔(新娘的)結婚禮服。

'wedding ,march ㊔結婚進行曲。

'wedding ,ring ㊔結婚戒指。

·wedge [wɛdʒ] ㊔**1** 楔;楔形物: drive a ～ into... 在…處打下楔子 / a ～ of pie 切成楔形的餡餅。**2** 楔形文字(的一劃)。**3** 造成分割之物;妨害。**4**〖高爾夫〗《美》頭部成楔形的球桿。**5**〖幾〗直三角柱。

the thin end of the wedge《主英》得寸進尺的開端;可能有重大後果的小事。

—㊍(**wedged, wedg·ing**)㊋**1** 把…楔住。**2** 劈開。**3** 擠進;塞入《*in* / *into*...》。

—㊌插入,擠進《*in, into, through*...》。

wedged [wɛdʒd] ㊊呈楔形的。

wedge-shaped ['wɛdʒ,ʃept] ㊊楔形的。

wedg·ie ['wɛdʒɪ] ㊔鞋底成楔形的高跟女鞋。

Wedg·wood ['wɛdʒ,wud] ㊔**1 Josiah**,威基伍(1730–95):英國陶藝家。**2** Ⓤ藍底白色圖案浮雕的陶器。

wed·lock ['wɛdlɑk] ㊔Ⓤ《文》婚姻生活。

born out of wedlock 庶出的,私生的。

:Wednes·day ['wɛnzdɪ,-de] ㊔星期三。略作: Wed.—㊏在星期三。

Wednes·days ['wɛnzdɪz, -dez] ㊏每星期三。

wee [wi] ㊊(**we·er, we·est**) **1**《蘇》小的: a ～ bit《口》極少。**2**《美》非常早的。—㊔《**a** ～》《蘇》極少量;一會兒。

·weed[1] [wid] ㊔**1** 雜草: dig (up) ～*s* 拔除雜草。**2** 令人厭惡之物[人]。**3** 弱不禁風的人。**4**《**the** ～》《口》香煙,劣等雪茄;《美俚》大麻煙。—㊍㊋**1** 除草《*out*》: ～ the lawn 拔除草坪的雜草。**2** 剔除《*out* / *from*...》。

—㊌除草。～**·less** ㊔

weed[2] [wid] ㊔**1**《～**s**》喪服。**2**(別在帽子上、臂上的)喪章。

weed·er ['widɚ] ㊔除草者;除草機。

weed-kill·er ['wid,kɪlɚ] ㊔除草劑。

weed·y ['widɪ] ㊊(**weed·i·er, weed·i·est**) **1** 長滿雜草的。**2**(人、動物)瘦長的。**-i·ly** ㊏

:week [wik] ㊔**1** 週,星期: a ～ from today 下週的今天 / a ～ ago today 上週的今天。**2** (1) 七天,一週: the ～ of July 5 從七月五日起的一個星期 / Easter ～ 從復活節算起的一星期。(2) Ⓤ(某一公定的紀念、運動等的)週: Traffic Safety *W*- 交通安全週。**3**(一星期中的)工作日(數): a 40hour ～ 一星期工作四十小時制。

a week of Sundays / ***a week of weeks***《口》長時間。

knock *a person* ***into the middle of next week*** 使某人倒楣;使某人嚇倒;把某人攆走。

week about / ***week and week about*** 隔週地。

week in, week out / ***week after week*** 週復一週。

—㊏《主英》一星期前[後]。

·week·day ['wik,de] ㊔平日,普通日。—㊊平日的。

week·days ['wik,dez] ㊏《美》在平日。

:week·end ['wik,ɛnd] ㊔週末。—㊊週末的: a ～ sale 週末降價活動。—㊍㊌度週末。

week·end·er ['wik,ɛndɚ] ㊔**1** 週末度假者;週末來訪的客人。**2** 週末旅行用的袋子。

week·ends ['wik,ɛndz] ㊏《美》每週末,在週末。

·week·ly ['wiklɪ] ㊊**1** 一週的,每星期一次的,每週的;按週計算的: a ～ magazine 週刊 / ～ pay 週薪 / pay ～ rent 按週付租。**2** 週工作日數的。—㊏每週一次;按週計算地: pay rent ～ 每週付房租。—㊔(複-**lies**)週刊,週報。

week·night ['wik,naɪt] ㊔平日的晚上。**-nights** ㊏《美》在平日的晚上。

ween [win] ㊍㊋《古》**1** 認爲,想《*that* 子句》。**2** 預期,期望,意圖《*to* do》。

wee·ny ['winɪ], **ween·sy** ['winzɪ] ㊊(**-ni·er, -ni·est**)《口》非常小的。

:weep [wip] ㊍(**wept**, ～**·ing**) ㊌**1** 流淚;哭泣《*for, over, at, with*...》: ～ in sympathy 流同情之淚 / ～ *for* joy 喜極而泣。**2**《文》滴水;分泌樹液;下雨;滴血。**3**(樹枝)下垂。

W

—及 1 為…落淚。2《文》滴出，滲出。3 哭著度過；邊哭邊做《*away, out*》；《反身》使哭泣《*to...*》: ~ the day *away* 哭了一天 / ~ one's heart *out* 哭得死去活來。
—名 1《常作~s》《口》一陣哭泣。2 流出，滲出。

weep·er ['wipɚ] 名 1 悲傷的人；《昔》(受僱參加葬禮的) 哭者。2《~s》喪章，黑面紗。3 排水口。4《俚》= weepie.

weep·ie ['wipɪ] 名《英口》令人感動得落淚的作品。

weep·ing ['wipɪŋ] 形 1 流淚的，啜泣的: ~ masses 悲泣的群眾。2 滲出液體的；流血的；下雨的。3 樹枝下垂的。~·ly 副

'weeping 'willow 名〖植〗垂柳。

weep·y ['wipɪ] 形 (**weep·i·er, weep·i·est**)《口》1 流淚的；含淚的；愛哭的。2《英方》流出水滴的；會漏的；滲出的。3《英俚》令人感動得落淚的: a ~ film 感人的電影。
—名 = weepie.

wee·vil ['wivl] 名〖昆〗象鼻蟲。

wee·wee ['wi,wi] 名《英》《幼兒語》小便。—動 不及 小便。

:weigh [we] 動 及 1 稱…的重量；稱出《*out*》: ~ *out* a pound of coffee 稱一磅的咖啡。2 重壓，折彎；使擔負《*down / with ...*》: be ~*ed down with* worries 被憂慮壓抑。3 斟酌；慎重考慮；權衡《*with, against...*》: ~ a proposal 慎重考慮某個建議 / ~ one's words in speaking 說話時慎重選擇用字。4〖海〗起(錨)。—不及 1 有重量；稱重量: ~ at ten pounds 重十磅。2 成為重擔，折磨《*on, upon...*》。3 具有重要性《*with, against...*》。4 斟酌，慎重考慮。5 起錨出航。

weigh anchor (1)〖海〗起錨；出航。(2) 著手預備；開始工作。
weigh...down / weigh down... ⇨動 及 2.
weigh in〖運動〗(賽前) 量體重。
weigh in with...《口》很自信地發表意見。
weigh out (拳擊手等) 競技後接受體重檢查。
weigh...out / weigh out... (1) ⇨動及 1. (2) (賽後) 量 (拳擊手等) 的體重。
weigh...up / weigh up... (試圖) 了解；仔細考慮；評價；比較考量而選擇。
—名 U 稱重量。
under weigh = under WAY[1].
~·a·ble 形, ~·er 名

weigh·bridge ['we,brɪdʒ] 名 地秤。

weigh-in ['we,ɪn] 名 U C (比賽前的) 量體重；行李重量檢查。

'weighing ,machine 名 稱量機，衡器。

:weight [wet] 名 1 U 重量；體重；重力；〖理〗重量: gain ~ 體重增加 / lose ~ 體重減輕。2 衡，重量單位。3 重量: a five-ton ~ of coal 重五噸煤。4 重擔；負荷重量；(拳擊等的) 級，量級: (a) heavy ~ 重量級。5 (秤的) 砝碼；錘。6《通常作 the ~, a ~》(精神上的) 重擔，壓力: *the* ~ of parental responsibility 做父母的重擔。7 U 重要性；影響力: a man of ~ 有影響之士 / a decision of great ~ 很重要的決定 / attach ~ to... 重視。8〖統〗權數。9《常作複合詞》重量，厚度: a light-*weight* suit 輕便西裝。

be under weight 重量不足。
by weight 按重量計。
carry weight 很重要；有影響力。
give short weight 偷斤減兩。
pull one's (own) weight 盡自己的本分；負個人應盡之責。
throw one's weight around《口》弄權，對人官架十足。
—動 及 1 加重於；使負擔過重《*down / with...*》。2《通常用被動》加重量於，折磨《*down / with...*》。3 使偏頗。

weight·ed ['wetɪd] 形 對…有利的。

weight·ing ['wetɪŋ] 名 U《英尤作》附加物；《偶作 a ~》物價調整津貼。

weight·less ['wetlɪs] 形 1 無重量的。2 不重要的；沒有影響力的。~·ly 副

'weight ,lifter 名 舉重選手。

'weight ,lifting 名 U 舉重。

weight ,training 名 U 重量訓練。

weight-watch·er ['wet,wɑtʃɚ] 名 節食者。

weight·y ['wetɪ] 形 (**weight·i·er, weight·i·est**) 1 沉重的。2《文》重要的，重大的。3 有影響力的。4 沉悶的；嚴肅的。
-i·ly 副, -i·ness 名

'Weils' dis,ease ['waɪlz-] 名 U〖醫〗威勒氏病：細螺旋體性黃疸。

weir [wɪr] 名 1 堰；測定流量用的堰。2《英》(河中捕魚用的) 魚梁。

·weird [wɪrd] 形 1 超自然的，不可思議的。2《口》奇特的，怪異的: ~ ideas 怪念頭 / a ~ fellow 奇怪的傢伙。3《古》命運的。~·ly 副, ~·ness 名

weird·o ['wɪrdo] 名 (複~s [-z])《美俚》= weirdy.

'weird 'sisters 名(複)《the ~》命運三女神。

weird·y, -ie ['wɪrdɪ] 名(複-**weird·ies**)《俚》奇怪的人。—形 奇怪的，古怪的。

welch [wɛltʃ,wɛlʃ] 動 不及 = welsh.

:wel·come ['wɛlkəm] 感《常與副詞(片語)連用》歡迎！: *W*-, friends！歡迎您！朋友！/ *W*- aboard. 歡迎搭乘本車！/ *W*- to Hawaii！歡迎光臨夏威夷！
welcome home (1) 歡迎返回家園。(2) 返鄉歡迎會。
—名 歡迎，款待。
bid a person welcome / say welcome to a person 對某人表歡迎之意。
in welcome 以表歡迎。
wear out one's welcome 逗留過久而不受歡迎。

W

—動 (-comed, -com·ing) 及 1 歡迎《*to, in, into, with...*》；接受；歡呼迎接…的歸來《*back*》。2 欣然接受。
—形 1 受歡迎的：a ～ visitor 受歡迎的訪客。2 可任意使用…的《*to..., to* do》。3 可喜的，難得的。
and welcome 《常作反語》請便，非我所知。
You are welcome. (1) 不客氣，哪裡。(2) 歡迎蒞臨。
-com·er 名

weld¹ [wɛld] 動 及 1 焊接《*to...*》；結合《*together*》。2 合併；結合《*into...*》。
—不及 被鎔接。—名 鎔接點；焊接。
～·er, 'wel·dor 名 焊接工人。

weld² [wɛld] 名〖植〗1 黃木犀草。2 U 用黃木犀草製成的黃色染料。

weld·ing ['wɛldɪŋ] 名 U 鎔接，焊接。

·wel·fare ['wɛl,fɛr] 名 1 U 幸福；福利：social ～ 社會福利 / the Department of Health, Education and *W-*《美》衛生教育福利部。2 = welfare work.
on welfare 靠政府所發救濟金度日。

'welfare ,fund 名 員工福利基金。

'welfare ho,tel 名（領福利救濟金者暫住的）福利旅館。

'welfare ,mother 名《美》靠社會福利救濟度日的母親。

'welfare ,state 名《the ～》《美》福利國家。

'welfare ,work 名 U 福利工作。
'welfare ,worker 名

wel·far·ism ['wɛl,fɛrɪzəm] 名 U 福利主義。
-ist 名 形 福利主義者[的]。

wel·kin ['wɛlkɪn] 名《the ～》《文》天空，蒼穹。
make the welkin ring 響徹雲霄。

:well¹ [wɛl] 副 (bet·ter, best) 1 良好地；合於理想地；順利地；好運地；富裕地：All's ～ that ends ～.《諺》結果好的事都是好事。2（道德上）端正地：conduct oneself ～ 品行端正。3 值得稱讚地；高明地；美好地：a task ～ done 圓滿完成的工作 / a ～ kept woman 端莊的女性。4 十分地；完全地；牢固地；仔細地：listen ～ 仔細聽。5 相當；頗為。6《置於動詞之前》正確地；容易地；大概。7 親切地；懷好意地：treat a person ～ 待某人很好 / speak ～ of a person 讚揚某人。8 清楚地：as you ～ know 正如你清楚地知道。9 風度良好地，沉著地。
as well (1) 而且；也。(2) 同樣地。
as well as... (1) 程度和…一樣地。(2) 除了…之外。
come off well 成功；順利。
do oneself well 生活優裕。
do well ⇨ DO¹（片語）
get on well with a person 相處融洽。
may as well do as... 做…和…是一樣的；與其…還不如。
may as well do (as not) 可以；最好。
may well do (1) 很有理由。(2) 可能。
might as well do (1) …算了；倒不如…。(2)《確切的命令》最好；務必。(3)《不太確定的回答》《省略動詞》是啊；那也好。
might as well do as do 如同做；與其…不如…。
might just as well do 比較好。
might well do 可能。
pretty well 幾乎，差不多。
well away 《英》(1) 順利進展《*on...*》。(2)《俚》快要醉了。
well out of... 僥倖逃過；幸而未涉入。
well up in... 精通於。
—形 (bet·ter, best)《除義 1 以外為敘述用法》1 健康的，心情好的；治好了的。2 令人滿意的；良好的；處於順境的；富裕的。3 適當的；理想的；難得的。
(all) very well / well enough 無可挑剔的，很不錯。
as well... 最好。
in well with... 《口》受…的信賴。
well and good 好吧！沒辦法。
—感 1《表驚訝等》噢！不過！這。2《表期待》那麼，然後。3《表默許、死心等》啊！總算！4《表讓步》好吧！5《用於接下去說或改變話題時》唔，那麼。
—名 U 幸福；幸運；成功。
leave well enough alone 這樣已經很好，不要管它。

·well² [wɛl] 名 1 井：an oil ～ 油井 / dig a ～ 鑿井。2《詩》泉；源；《比喻》泉源：a ～ of wisdom 智慧的泉源。3 井狀的穴；窪；井孔；電梯（樓梯）井；墨水管；船艙中安置抽水機的小室。4《英》（法庭的）律師席。
—動 不及 湧出《*up, out, forth*》。—及 使湧出。—形 似井的。

:we'll [wil,《弱》wɪl] we will 或 we shall 的縮略形。

well-ad·vised ['wɛləd'vaɪzd] 形 明智的；謹慎的。

well-ap·point·ed ['wɛlə'pɔɪntɪd] 形 設備齊全的。

well-bal·anced ['wɛl'bælənst] 形 1 均衡的。2 理智的；穩健的。

well-be·haved ['wɛlbɪ'hevd] 形 有教養的。

·well-be·ing ['wɛl'biɪŋ] 名 U 幸福；健康；福利。

well-be·lov·ed ['wɛlbɪ'lʌvɪd, -vd] 形 深受熱愛的；非常受尊敬的。—名 最愛的人。

well·born ['wɛl'bɔrn] 形 出身高貴的，出身名門的。

well-bred ['wɛl'brɛd] 1 有教養的；高尚的。2（動物）良種的。

well-built ['wɛl'bɪlt] 形 造得堅固的；體格好的。

W

well-chos·en ['wɛl'tʃozn̩] 形 (**bet·ter-chos·en, best-chos·en**)精選的，適切的：at a ～ moment 在適當時機 / in a few ～ words 以幾句適當的話。

well-con·di·tioned ['wɛlkən'dɪʃənd] 形 **1** 健康的。**2** 誠實的，正直的。

well-con·nect·ed ['wɛlkə'nɛktɪd] 形 **1** 有顯貴親戚的，有良好社會關係的。**2** 脈絡貫通的。

well-de·fined ['wɛldɪ'faɪnd] 形 定義明確的；輪廓明顯的。

well-dis·posed ['wɛldɪ'spozd] 形 **1** 爲人很好的；懷有好意的《*to, toward...*》。**2** 排列整齊的。

well-do·er ['wɛl'duɚ] 名 善人，有德行的人。

well·do·ing ['wɛl'duɪŋ] 名 U 善行。—形 表現好的；做好事的；勤快的。

well-done ['wɛl'dʌn] 形 做得好的；全熟的。

well-dressed ['wɛl'drɛst] 形 打扮入時的。

well-earned ['wɛl'ɝnd] 形 應得的。

well-en·dowed ['wɛlɪn'daud] 形 **1** 很有錢的；很有才能的。**2** 女子胸部豐滿的；男子性器官很大的。

well-es·tab·lished ['wɛlə'stæblɪʃt] 形 固定不動的；確立的：a ～ belief 堅定的信念。

well-fa·vored ['wɛl'fevɚd] 形《古》漂亮的。～**·ness** 名

well-fed ['wɛl'fɛd] 形 肥胖的；營養良好的。

well-fixed ['wɛl'fɪkst] 形《口》有錢的，富裕的。

well-formed ['wɛl'fɔrmd] 形〖語言〗合文法的。～**·ness** 名

well-found ['wɛl'faund] 形 設備齊全的。

well-found·ed ['wɛl'faundɪd] 形 基礎穩固的；根據充分的：a ～ economic theory 論據充分的經濟理論。

well-groomed ['wɛl'grumd] 形 儀容整潔的；收拾整齊的；細心照料的。

well-ground·ed ['wɛl'graundɪd] 形 **1** 有充分理由的。**2** 基礎深厚的。

well-han·dled ['wɛl'hændl̩d] 形 處理妥當的；管理良好的。

well·head ['wɛl,hɛd] 名 **1** 泉源；(石油、天然氣的)源：the ～ price of natural gas 天然氣的產地價格。**2** 井蓋。

well-heeled ['wɛl'hild] 形《美口》富裕的，有錢的。

well-hung ['wɛl'hʌŋ] 形《粗》**1** 女性胸部豐滿的。**2** 男性性器官大的。

well-in·formed ['wɛlɪn'fɔrmd] 形 博學的，消息靈通的《*in, on...*》。

Wel·ling·ton ['wɛlɪŋtən] 名 **1 1st Duke of** (*Arthur Wellesley*)，威靈頓 (1769–1852)：在 Waterloo 打敗 Napoleon 的英國將軍及政治家。**2** 威靈頓：New Zealand的首都。**3**《**w-**》威靈頓靴：高至膝蓋皮靴(亦作**wellington boot**)。

well-in·ten·tioned ['wɛlɪn'tɛnʃənd] 形 善意的。

well-kept ['wɛl'kɛpt] 形 保管良好的。

well-knit ['wɛl'nɪt] 形 (體格)結實的；組織嚴謹的。

:well-known ['wɛl'non] 形 **1** 十分明白的：the now ～ effects of smoking 目前很顯然的抽煙影響。**2** 熟知的；著名的：a ～ song 熟悉的歌 / a ～ artist 著名的藝術家。

well-lined ['wɛl'laɪnd] 形《口》裝滿錢的；(肚子)裝滿食物的。

well-man·nered ['wɛl'mænɚd] 形 有禮貌的。

well-marked ['wɛl'mɑrkt] 形 明確的；易懂的。

well-mean·ing ['wɛl'minɪŋ] 形 善意的。

well-meant ['wɛl'mɛnt] 形 出自善意的。

well-nigh ['wɛl'naɪ] 副《文》幾乎。

well-off ['wɛl'ɔf] 形(**bet·ter-off, best-off**) **1** 順利的。**2** 富裕的；供應充足的《*for...*》(亦作《敘述用法》**well off**)。

well-oiled ['wɛl'ɔɪld] 形 **1**《俚》微醉的。**2** 運作順利的。**3** 奉承的。

well-or·dered ['wɛl'ɔrdɚd] 形 安排得很好的。

well-pre·served ['wɛlprɪ'zɝvd] 形 保存得很好的；保養得很好的。

well-pro·por·tioned ['wɛlprə'porʃənd] 形 勻稱的。

well-read ['wɛl'rɛd] 形 涉獵廣泛的；博學的《*in...*》：～ *in* history 精通歷史。

well-round·ed ['wɛl'raundɪd] 形 **1** 圓滿的：a ～ personality 完美的人格。**2** 綜合的：a ～ curriculum 綜合性課程。**3** 表達良好的：a ～ phrase 有條理的短句。**4** 豐滿的。

well-set ['wɛl'sɛt] 形 安置恰當的；確立的；牢固的；(體格)結實的。

well-spo·ken ['wɛl'spokən] 形 **1** 雄辯的；得體的。**2**《英·文》談吐高雅的。

well·spring ['wɛl,sprɪŋ] 名 水源；《文》泉源。

well-suit·ed ['wɛl's(j)utɪd] 形 適當的；便利的。

'well ,sweep 名 (吊放井中水桶)如槓桿般的裝置。

well-thought-of ['wɛl'θɔt,ɑv] 形 評價高的。

well-timed ['wɛl'taɪmd] 形 適時的；步調一致的；被調整好(時間)的：a ～ protest 適時的抗議 / a ～ crew 步調一致的隊員。

well-to-do ['wɛltə'du] 形 富裕的；闊綽的：the ～《集合名詞》有錢階級。

well-tried ['wɛl'traɪd] 形 歷經多次考驗的；嘗試多次的；仔細檢查過的。

well-turned ['wɛl'tɝnd] 形 形狀優美的；外形好看的；表達適切的。

well-wish·er ['wɛl,wɪʃɚ] 名 爲他人祝

W

福的人；支持者。

well-worn ['wɛl'worn] 形 1 用舊了的。2 適切的。3 陳腐的，老生常談的。

welsh, welch [wɛlʃ] 動 不及《俚》(於賽馬時) 賴賭債；逃避；不守(約定)《*on...*》。

～**·er** 名

Welsh, Welch [wɛlʃ] 形威爾斯的；威爾斯人[語]的。—名 1《the ～》威爾斯人。2 U 威爾斯語。

'Welsh 'cor·gi [-'kɔrgɪ] 名威爾斯柯基犬。

Welsh·man ['wɛlʃmən] 名 (複**-men**) 威爾斯人。

'Welsh 'rabbit 名 C U 威爾斯乳酪土司。

'Welsh 'rarebit 名= Welsh rabbit.

Welsh·wom·an ['wɛlʃ,wumən] 名 (複**-wom·en**)威爾斯婦女。

welt [wɛlt] 名 1 鞭痕。2 痛打。3 (鞋底和鞋面的) 接縫處皮革；(服裝等的) 邊飾。

—動 及 1 鞭打；留下鞭痕。2 給 (鞋子) 縫上接皮；在 (服裝) 上縫上邊飾。

Welt·an·schau·ung ['vɛlt,an,ʃauuŋ] 名《德語》世界觀。

wel·ter[1] ['wɛltɚ] 動 不及 1 翻滾，打滾《*about*》。2 浸。3 耽溺，沉迷《*in...*》: ～ *in* luxury 淪於奢靡。4 起伏，翻騰。5 處於混亂 (的狀態) 中。—名 1 混亂。2 (波浪等的) 起伏，翻騰。

wel·ter[2] ['wɛltɚ] 名《口》= welterweight 1. —形 負重賽馬的。

wel·ter·weight ['wɛltɚ,wet] 名〖拳擊〗輕中量級的選手。

wen [wɛn] 名 1 (良性) 瘤。2《英俚》人口密集的大都市：the Great *W-* 倫敦。

wench [wɛntʃ] 名《古》少女；鄉下姑娘；女僕；妓女。—動 不及 嫖妓。～**·er** 名

wend [wɛnd] 動 (～**·ed** 或《古》**went**, ～**·ing**) 及《文》走往；前進：～ one's way home 踏上歸途。—不及《古》前往。

Wen·dy, -dey, -die ['wɛndɪ] 名〖女子名〗溫蒂。

'Wendy ˌhouse 名《英》兒童遊樂小屋。

Wens·ley·dale ['wɛnzlɪ,del] 名 1 U 溫斯利德爾奶酪。2 溫斯利德爾綿羊。

:went [wɛnt] 動 1 **go** 的過去式。2《古》**wend** 的過去式及過去分詞。

:wept [wɛpt] 動 **weep** 的過去式及過去分詞。

:were [wɚ,《強》wɝ] 動 不及 **be** 的過去式。

as it were ⇨ AS[1] 介 (片語)

were it not for... / if it were not for... 如果不是，要不是。

:we're [wir, wɪr] we are 的縮略形。

:were·n't [wɝnt,'wɝənt] were not 的縮略形。

were·wolf ['wɪr,wulf] 名(複**-wolves** [-,wulvz]) (傳說中的) 狼人。

wert [wɝt,《弱》wɚt] 動《古》**be** 的第二人稱單數直說法及假設法的過去式。

Wes·ley ['wɛslɪ] 名 **John**，衛斯理 (1703–91)：英國神學家、福音傳道士，衛理公會 (教派) 的創始人。

Wes·ley·an ['wɛslɪən] 形衛理公會 (美以美教派的一支) 的。—名 John Wesley 的信徒；《主英》衛理公會信徒。

Wes·ley·an·ism ['wɛslɪə,nɪzəm] 名 U 衛理公會教義；衛斯理主義。

Wes·sex ['wɛsɪks] 名威塞克斯：中世紀英格蘭南部 Anglo-Saxon 七王國之一。

:west [wɛst] 名 1《通常作 **the** ～》西；西方。2《通常作 **the W-**》西部。3《**the W-**》西洋。4《**the W-**》〖史〗西羅馬帝國。5《詩》西風。—形《通常爲限定用法》1 向西的；西部的。2 (風) 來自西方的。3〖教會〗聖堂西側的，與祭壇相反方向的。—副 往西；(風) 由西方來地；朝西方去地。

go west《俚》(1) 死，上西天。(2) 變成無用；用完。

'West 'Bank 名《**the** ～》西岸：指中東地區約旦河的西岸至以色列東界之間的地區。

west·bound ['wɛst,baund] 形往西行的。

'West 'Country 名《**the** ～》英國英格蘭西部。

'West 'End 名《**the** ～》倫敦西區。

west·er·ing ['wɛstərɪŋ] 形《詩》向西的；西移的：the ～ sun 西斜的太陽。

west·er·ly ['wɛstɚlɪ] 形 1 (往) 西的。2 由西邊吹來的：a ～ gale 強勁的西風。

—副 1 在西邊，向西方。2 由西邊吹來地。—名(複**-lies**) 西風。

:west·ern ['wɛstɚn] 形 1 西邊的，在西方的；向西的：～ expansion 向西方的擴展。2 由西吹來的。3《常作**W-**》西部的：*W-* settlers 西部的拓荒者。4《通常作 **W-**》西洋的；西方的。5《**W-**》西方教會的。—名 1 西方人；西部人；西洋人。2《常作 **W-**》《口》(美國的) 西部片，西部音樂。

'Western Aus'tralia 名西澳大利亞：澳洲西部一省；首府 Perth。

'Western 'Church 名《**the** ～》〖基督教〗西方教會；天主教會。

west·ern·er ['wɛstɚnɚ] 名《常作 **W-**》1 住在西方國家的人；《**W-**》《美》西部的人。2 西洋人。

'Western 'Hemisphere 名《**the** ～》西半球。

west·ern·ize ['wɛstɚ,naɪz] 動 及使西洋化；使具西方風格。

west·ern·most ['wɛstɚn,most] 形最西部的。

W

'Western 'Roman 'Empire 图《the ～》西羅馬帝國（395－476）。

'Western Sa'moa 图西薩摩亞：南太平洋群島國，現稱薩摩亞；首都 Apia。

'West 'Germany 图西德：位於歐洲中部，首都 Bonn；1990 年與東德統一。

'West 'German 形图西德的[人]。

'West 'Indian 形图西印度群島的[人]。

'West 'Indies 图(複)《the ～》西印度群島（亦稱 **Indies**）。

'West 'Midlands 图西密德蘭：英國英格蘭中部的一郡；首府爲 Birmingham。

West·min·ster ['wɛst,mɪnstɚ] 图 **1** 西敏區：位於英國 London 中央區的一行政區域，爲西敏寺、國會、白金漢宮所在地。**2**《英》英國國會議事廳；議會政治。

'Westminster 'Abbey 图西敏寺。

West·mor·land ['wɛstmɚlənd] 图西摩蘭：英格蘭西北部的舊郡名。

west-north·west ['wɛst,nɔrθ'wɛst] 图〖海·測〗《通常作 **the** ～》西北西。

—形副往西北西的[地]。略作：WNW

'West 'Point 图西點軍校。

west-south·west ['wɛst,saυθ'wɛst] 图〖海·測〗《通常作 **the** ～》西南西。

—形副 **1** 在西南西的[地]。**2** 由西南西吹來的[地]。略作：WSW

'West 'Sussex 图西薩西克斯：英國英格蘭東南部的一郡；首府爲 Chichester。

'West Vir'ginia 图西維吉尼亞：美國東部的一州；首府 Charleston。略作：W. Va.

'West Vir'ginian 图形

·west·ward ['wɛstwɚd] 形向西的：a ～ move-ment of people 人們向西方遷移。

—副向西方。—图《**the** ～》西部，西方。

west·ward·ly ['wɛstwɚdlɪ] 副形往西方（的）；由西方而來地[的]。

west·wards ['wɛstwədz] 副＝westward.

'West 'Yorkshire 图西約克夏：英國英格蘭北部的一郡；首府爲 Wakefield。

:wet [wɛt] 形(～·**ter**, ～·**test**) **1** 有溼氣的《*with...*》；潮溼的：a ～ towel 溼毛巾 / get ～ to the skin 溼透。**2** 未乾的。**3** 被雨淋溼的，多雨的：a ～ sky 下雨的天空 / a ～ breeze 帶溼氣的風 / ～ streets 被雨淋溼的街道。**4** 保存（在液體等之中）的，醃漬的：a ～ specimen in alcohol 泡在酒精中的標本。**5**（魚）未加工的，新鮮的：～ fish 剛捕獲的魚。**6**《美口》允許釀酒出售的：a ～ county 不禁酒的州郡。**7**《俚》酒醉的。**8**《英俚》多愁善感的。**9**〖化〗溼式的：a ～ process 溼式法。

all wet《俚》大錯特錯，全錯。

have wet feet 怕得不想做。

wet behind the ears《口》乳臭未乾的；剛畢業的《*from...*》。

—图 **1** Ⓤ溼氣，潮溼；《**the** ～》下雨，雨天。**2**《美口》反對禁酒的人。**3**《主英》酒。**4**《英俚》多愁善感的人。—動 (**wet** 或～·**ted**, ～·**ting**)及 **1** 使溼透。**2** 尿溼。—不及 **1** 濡溼。**2** 小便。

wet one's whistle ⇨ WHISTLE（片語）

～·**ly** 副, ～·**ness** 图

wet·back ['wɛt,bæk] 图《美口》《常爲蔑》非法進入美國的墨西哥勞工。

'wet 'blanket 图 **1**（滅火用的）溼毛毯。**2** 掃興的人[物]。

wet-blan·ket ['wɛt'blæŋkɪt] 動及 **1** 用溼毛毯滅火。**2** 掃興；澆冷水。

'wet 'cell 图〖電〗溼電池。

'wet ˌdock 图〖海〗有水船塢。

'wet ˌdream 图 **1** 夢遺。**2** 非常刺激的經驗。

weth·er ['wɛðɚ] 图閹過的公羊；由此公羊身上採得的毛。

wet·land ['wɛtlænd] 图《通常作～**s**》溼地；沼澤地。

'wet ˌnurse 图 **1** 奶媽。**2** 施恩寵的人。

wet-nurse ['wɛt,nɝs] 動及當奶媽；餵奶；過於呵護。

'wet ˌsuit 图保溫潛水裝。

'wetting ˌagent 图溼潤劑。

wet·tish ['wɛtɪʃ] 形稍溼的，有溼氣的。

wet·ware ['wɛt,wɛr] 图Ⓤ腦體，人腦。

:we've [wiv] we have 的縮略形。

wf, W.f.《縮寫》〖印〗*w*rong *f*ont 鉛字字體錯誤。

WFTU《縮寫》*W*orld *F*ederation of *T*rade *U*nions 世界工會聯盟。

W.G., w.g.《縮寫》*w*ater *g*auge; *w*ire *g*auge.

whack [hwæk] 動及 **1**《口》（用枴杖等）重打。**2** 趕（牲口）。**3**《俚》分配，切開《偶用 *up*》。**4**《主英》打敗。—不及《口》重打。

—图 **1**《口》重打。**2**《美口》嘗試；機會。**3**《俚》一份。**4**《美俚》（良好的）情況。

out of whack 有毛病，壞了。

～·**er** 图《主英口》重打的人；非常大的東西；漫天大謊。

whacked [hwækt] 形《英口》疲憊不堪的：be ～*ed* out《口》疲憊。

w(h)acked-out ['hwækt'aυt] 形《俚》**1** 筋疲力竭的。**2** 瘋瘋顛顛的。**3** 爛醉如泥的。**4** 吸毒後而亢奮的。

whack·ing ['hwækɪŋ] 形《英口》巨大的。—副非常。—图《通常作 **a** ～》打。

whack·y ['hwækɪ] 形(**whack·i·er, whack·i·est**)《美俚》＝wacky.

:whale[1] [hwel] 图(複～**s**, ～) **1**〖動〗鯨：a bull ～雄鯨。**2**《**the W-**》〖天〗鯨座。**3**（對…）特別熱中的人《*at, on, for...*》：a ～ *for* work 對工作熱中的人。

a whale of a...《俚》非常大的；美好的。

very like a whale《諷》（對謬論的諷刺）正如所說。

W

一動不及(**whaled, whal·ing**)捕鯨。

whale² [hwel] 動及《美口》毆打。一不及《美口》猛烈攻擊《*away*》。

whale·back ['hwel,bæk] 名〖海〗鯨背船；《美》龜甲形甲板。

whale·boat ['hwel,bot] 名 **1** 捕鯨船。**2** 捕鯨船式的救生艇。

whale·bone ['hwel,bon] 名 Ⓤ鯨鬚；Ⓒ鯨鬚製品。

'whalebone ,whale 名〖動〗鬚鯨。

whale-calf ['hwel,kæf] 名幼鯨。

'whale ,fishery 名 Ⓤ捕鯨業；Ⓒ捕鯨場。

'whale ,line 名（捕鯨）叉索。

whale·man ['hwelmən] 名 (**複-men**)《美》捕鯨者，捕鯨船員。

'whale ,oil 名 Ⓤ 鯨油。

whal·er ['hwelɚ] 名捕鯨者；捕鯨船。

whal·ing ['hwelɪŋ] 名 Ⓤ捕鯨（業）。

'whaling ,master 名 捕鯨船船長。

'whaling ,ship 名 捕鯨船。

wham [hwæm] 名 重擊（聲）。
一動(**whammed, ～·ming**)及不及重擊。
一副 轟然地；突然。

wham·my ['hwæmɪ] 名 (**複-mies**)《美俚》**1** 帶來厄運之物，不祥之物；魔力：put a ～ on a person 施魔法於某人身上。**2** 致命的打擊。

whang [hwæŋ] 名 **1**《口》重擊；重擊聲。**2**《方》皮帶，皮條；(製皮條用的)皮革。一動及不及《口》重擊。

·wharf [hwɔrf] 名 (**wharves** [hwɔrvz], **～s**) 碼頭。一動及設碼頭於；把（貨物）帶至碼頭；泊於碼頭；在碼頭裝卸。
一不及 被泊於碼頭。

wharf·age ['hwɔrfɪdʒ] 名 Ⓤ **1** 碼頭費；碼頭上貨物的運輸及儲藏。**2**《集合名詞》碼頭。

wharf·in·ger ['hwɔrfɪndʒɚ] 名碼頭管理人。

·wharves [hwɔrvz] 名 **wharf** 的複數形。

:what [hwɑt,《弱》hwət] 代 I《疑問代名詞》**1** (1) 什麼；若干。**2**《引導間接疑問》。**3**《用於感嘆句》。II《關係代名詞》**4**（…的）東西，事。**5**（任何）…的東西[事]；…的量[數]。**6**《導出插句》而。**7**《非標準》《作單一關係代名詞》…的（人、物）。

and what not 等等，其他種種。

give a person what for《口》責罵某人。

have (got) what it takes《美口》擁有所需要的條件。

know what's what 知道事情的真相。

So what ?《美口》《表不關心、討厭、輕蔑》那又怎樣？

What about...? (1) 對於…作何想法？(2) …怎麼了？

What do you know (about that) ?《表驚訝》真想不到！

What do you say to...?《問對方的意向》…如何《*doing*》？

What for...?《主方》哪一種的？

what have you《口》…等等。

What if...? (1) 萬一…會怎樣？(2)《表示不在乎》縱然…又怎麼樣？

what is called 所謂的。

what is more《插入》而且。

What is... like ? …怎麼樣？

what it is like to do 做…的感受如何？

What next ? (1) 下一步該如何？(2)《表驚訝、輕蔑》還有什麼愚蠢（荒唐）的事？

What of it ?《文》= So WHAT?

what's his name 那個人。

what though...?《文》= WHAT if...?

一名 **1**《通常作 **the** ～》本質；內容。**2** 用「what」一字構成的疑問[感嘆]。

一形 I《疑問形容詞》**1** 什麼的。**2**《感嘆》多麼的；《與形容詞連用》多麼意外的。II《關係形容詞》**3** 任何的；所有的。

what time (1) 何時。(2)《古》每當。

what way (1)《主英》如何。(2)《蘇》爲何。

一副 **1** 多少，幾分。**2**《與 **with** 連用》部分由於；一則因…一則因。

一感 **1**《常於疑問句中表驚訝等》什麼！咦，唉呀！**2**《談及數量時猶疑》這個嘛，唔，可以說。一連《方》充其量；盡力。

but what《主要子句爲否定或疑問句時用》(1)《用作連接詞》不是，不會；有關的事實。(2)《用作關係詞》無不。

not but what《方》《口》並非不。

what·e'er [hwɑt'ɛr] 代 形《詩》= whatever.

:what·ev·er [hwɑt'ɛvɚ] 代 **1**《關係代名詞 **what** 的強調》(1) 任何事[物]都。(2) 盡量，任何的。**2**《引導讓步子句》無論何事[物]；縱令…也。**3**《疑問代名詞 **what** 的強調》《美口》究竟是什麼。**4**《作 **or** ～的形態》諸如此類。一形 **1**《關係形容詞》任何。**2**《引導讓步子句》無論…都。**3**《用於否定、疑問以加強語氣》再…也；一點也。一副 總之，無論如何。

what·not ['hwɑt,nɑt] 名 **1** 難以描述的人[物]；叫不出名字的人[物]；微不足道的小東西。**2**（陳列裝飾品等的）架子。

:what's [hwɑts] **1** what is 的縮略形。**2**《口》what does 的縮略形。

what·so·e'er [,hwɑtso'ɛr] 代 形《詩》= whatsoever.

·what·so·ev·er [,hwɑtso'ɛvɚ] 代形《文》whatever 的強調形式。

wheal [hwil] 名（被蚊蟲叮過之後皮膚起的）小疙瘩；鞭痕。

:wheat [hwit] 名 Ⓤ 小麥：separate the ～ from the chaff《喻》挑選出較好的人[物]；判別優劣。

wheat·ear ['hwit,ɪr] 名 **1** 麥穗。**2**〖鳥〗麥穗鶇。

wheat·en ['hwitn̩] 形《文》麵粉製的；

小麥的。

'wheat ˌgerm 名 U 小麥胚芽。

whee [hwi] 感《表喜悅、興奮》哇！

whee·dle ['hwidl] 動 及 以甜言蜜語勸誘，以花言巧語哄騙《*into..., into doing*》。—不及 哄，騙。

-dler 名, **-dling·ly** 副

:wheel [hwil] 名 **1** 車輪，輪子，輪狀物；紡車；《美口》腳踏車；《～s》《俚》汽車：a toothed ～ 齒輪 / a potter's ～製陶器用的轆轤 / ～ and axle〖機〗輪軸。**2**《the ～》舵輪；方向盤。**3** 刑車，刑輪。**4**（時間等的）輪：Fortune's ～ 命運之輪；成敗盛衰的循環；流年 / the turning of the ～ of time 時間的推移。**5**《～s》機構，推進力：the ～*s* of government 政府機構。**6** 迴轉；（軍隊、艦隊等的）迴旋運動；輪轉煙火。**7**〖海〗蹼輪；螺旋推進器。**8**《美俚》大人物，有實力者：a big ～ 大人物。

at the next turn of the wheel 在下次時來運轉之時。

at the wheel (1) 掌舵，駕駛。(2) 支配，管理。

break a butterfly on the wheel 殺雞用牛刀。

go on the wheel 順利進行。

oil the wheels 使事情順利進展；以賄賂等不當手段使事情易辦。

on oiled wheels 迅速地，順利地。

on the wheel 搭車，乘車。

on wheels (1) 乘車的；移動的。(2) 順利地。(3)《俚》的確，一定。

put a spoke in** a person's **wheel 阻擾某人的計畫。

put** one's **shoulder to the wheel 開始工作，幫助他人。

wheels within wheels 造成某種結果的複雜情況。

—動 及 **1** 使迴旋；使作圓形運動。**2** 駕駛；用車子運送。**3** 在…上裝車輪。**4**《美》傳送（電力）。—不及 **1** 迴旋，旋轉；畫圓圈；轉動；〖英·軍〗變換方向，迴旋《*about, around, round*》。**2** 改變。**3** 暢行無阻。**4**《英口》騎腳踏車。**5** 暈眩。

wheel and deal《美俚》在商業或政治方面長袖善舞以求發展。

wheel·bar·row ['hwil,bæro] 名 單輪手推車；由他人抓住兩腳，用兩手走動的遊戲。—動 及 用單輪手推車運送。

wheel·base ['hwil,bes] 名〖汽車〗軸距。

wheel·chair ['hwil,tʃɛr] 名 輪椅。

wheeled [hwild] 形 **1**《常作複合詞》有車輪的，使用車輪的。**2** 靠車移動的。

wheel·er ['hwilɚ] 名 **1** 用手推車運貨的人；轉動的人[物]。**2**《常作複合詞》有車輪的東西：a two-*wheeler* 兩輪馬車。**3** = wheel horse 1. **4** = wheelwright.

wheel·er-deal·er ['hwilɚ'dilɚ] 名《美俚》手腕高明的企業家（亦稱 **wheeler and dealer**）。

'wheel ˌhorse 名 **1**（馬車的）後馬。**2**《美口》（為政黨、團體）勤勉而可靠的人。

wheel·house ['hwil,haʊs] 名〖海〗(複 **-hous·es** [-,haʊzɪz]) 舵輪室。

wheel·ing ['hwilɪŋ] 名 U **1** 用車搬運；騎單車。**2**（行車時的）路況。**3** 迴轉，旋轉。

wheeling and dealing《口》（不擇手段地）取得自己想要的東西。

wheel·man ['hwilmən] 名(複 **-men**) **1**《美》〖海〗舵手。**2**《俚》汽車司機。**3** 騎單車的人。

wheel·wright ['hwil,raɪt] 名 車輪製造匠，汽車車輪修理工。

wheeze [hwiz] 動 不及 **1** 呼吸困難。**2** 喘息。—及 喘息地說出《*out*》。—名 **1** 喘氣聲喘息聲。**2**《俚》老掉牙的笑話。**3**《英俚》巧妙的策略，構想。**'wheez·ing·ly** 副

wheez·y ['hwizɪ] 形 (**wheez·i·er, wheez·i·est**) 喘息（聲）的，呼吸困難的。**-i·ly** 副, **-i·ness** 名

whelk[1] [hwɛlk] 名〖貝〗《英》峨螺。

whelk[2] [hwɛlk] 名 面皰，粉刺。

whelm [hwɛlm] 動 及 **1** 壓倒。**2**《文·詩》淹沒，吞噬。

whelp [hwɛlp] 名 **1** 小狗；（獅子等的）幼獸。**2**《蔑》小子。—動 及 不及（獸）產（子）；生育；發生（壞事等）。

:when [hwɛn] 副 I《疑問副詞》**1**《問時間》何時。**2**《問狀況》在何種情況[時機]。**3**《引導不定詞或間接疑問子句》何時。II《關係副詞》**4**《限制用法》在…的（日子、時間等）。**5**《非限制用法》正當；而後。**6**《引導形容詞子句，修飾前面的名詞》…之時。

—連 I《導出時間副詞子句》**1** 在…之時；一…就；然後。**2** 每當。II **3**《引導對比、讓步、條件等的副詞子句》相反地；如果想；假如。

Say when！《口》（倒威士忌酒等時，依對方的酒量）當我倒夠了，你就說一聲！

—代 **1**《疑問代名詞》《作介系詞的受詞》何時。**2**《作關係代名詞》(1) 時候。(2)《文》當時。—名《the ～》時間，時日。

whence [hwɛns] 副《古·文》**1**《疑問副詞》從何處。**2**《關係副詞》(1) 從那裡。(2) 往來處；因此。—代 **1**《疑問代名詞》何處。**2**《關係代名詞》…之地。

—名《**the** ～, **one's** ～》出處，起源《*of ...*》。

whence·so·ev·er [,hwɛnsso'ɛvɚ] 副 連《古·文》無論從何處；無論任何理由。

when·e'er [hwɛn'ɛr] 連《詩》= whenever 連 **1**.

:when·ev·er [hwɛn'ɛvɚ, hwən-] 連 **1** 無論何時；每當。**2**《蘇·愛》…之時，就。

—副《口》《加強語氣》究竟何時。
or whenever 任何時候都。

when·so·ev·er [ˌhwɛnsoˈɛvɚ] 副 連《古·文》《**whenever** 的強調用法》無論何時。

:where [hwɛr] 副 I《疑問代名詞》**1**《問位置》在哪裡。**2**《問方向、抵達地點》往哪裡，往何處。**3**《問出處》由何處。**4**《問特定的關聯點》哪一點。**5**《問立場、狀況》在什麼立場。**6**《導出不定詞或間接疑問的子句》在哪個場所。II《關係副詞》**7**《限制用法》在…的場所。**8**《非限制用法》在那裡。—連 **1**《導出場所的副詞子句》(1)《位置》在…的地方；凡是…的地方。(2)《方向》往…的方向；到處。**2**《導出狀況的副詞子句》倘若：*W*～ignorance is bliss, 'tis folly to be wise.《諺》假如無知爲福，則知反爲愚；眼不見心不煩。**3**《導出對比、範圍等的副詞子句》相對地；就…方面。**4**《口》《導出名詞子句》…的事。—代 **1**《疑問代名詞》《作介系詞的受詞》《通常與 *from, to* 連用》何處。**2**《關係代名詞》(1) 場所。(2)《俚》《介系詞的受詞》（…的）場所，地點。
where it's at 活動的重心所在。
—名《**the ～s**》場所《*of...*》。

where·a·bouts [ˌhwɛrəˈbauts] 副 **1** 在哪邊。**2**《引導間接疑問子句》在哪裡。—[ˈ-ˌ-] 名《作單、複數》所在，下落，蹤跡。

·where·as [hwɛrˈæz] 連 **1** 反之；卻，而。**2**《用於句首》茲鑑於。—名 (複～·**es**)《**the**》～（指以 whereas 起首）前置的句子。

where·at [hwɛrˈæt] 副 連《文》**1**《關係詞》(1)《限制用法》在…之處。(2)《非限制用法》就…而論，因而。**2**《古》《疑問詞》爲何。

where·by [hwɛrˈbaɪ] 副 **1**《古》《疑問副詞》用什麼，如何。**2**《文》《關係副詞》靠那個；因此。

wher·e'er [hwɛrˈɛr] 連 副《古·詩》= wherever.

where·fore [ˈhwɛrˌfor] 副《口》**1**《疑問副詞》爲什麼。**2**《關係副詞》爲此。
—名《通常作 **the ～s**》原因，理由。

where·in [hwɛrˈɪn] 連《文》**1**《古》《疑問詞》在哪方面；在哪裡。**2**《關係詞》於…之處的；《非限制用法》由於這一點。
—副《疑問詞》在何處，在哪一點。

where·in·to [hwɛrˈɪntu] 連《文》《關係詞》在其中；《非限制用法》到…裡。

where·of [hwɛrˈɑv] 副《文》**1**《古》《疑問副詞》關於什麼，誰的。**2**《關係副詞》（關於）那事；關於那人。

where·on [hwɛrˈɑn] 副《古》**1**《疑問副詞》在什麼之上。**2**《文》《引導間接疑問的子句》在什麼上面。**3**《文》《關係副詞》於…之上。

where're [ˈhwɛrɚ] where are 的縮略形。

·where's [ˈhwɛrz] **1** where is 的縮略形。**2**《口》where has 的縮略形。

where·so·e'er [ˌwɛrsoˈɛr] 連《詩》= wheresoever.

where·so·ev·er [ˌhwɛrsoˈɛvɚ] 副 連《古》《**wherever** 的強調用法》到處都。

where·to [hwɛrˈtu] 副《文》《引導間接疑問的子句》向何處；爲什麼；《關係副詞》往那裡，對於那個。

where·up·on [ˌhwɛrəˈpɑn] 副 **1**《古》《疑問副詞》在什麼之上。**2**《文》《引導間接疑問的子句》在什麼上面；《關係副詞》於是，因此。

:wher·ev·er [hwɛrˈɛvɚ] 連《引導讓步的副詞子句》無論到哪裡。
—副 **1**《加強語氣》究竟到哪裡。**2**《用... **or wherever**》在任何地方都。**3**《關係副詞》在任何…地方都；在…的任何場合下。

where·with [hwɛrˈwɪθ] 副 **1**《關係詞》(1)《限制用法》用以。(2)《古》《非限制用法》因而。**2**《古》《疑問詞》由於什麼。
—代 用以…的東西《*to* do》。

where·with·al [ˈhwɛrwɪðˌɔl] 名《**the** ～》（必要的）手段；《口》資金，錢。
—副《文》《關係詞》因而。—代《文》= wherewith.

wher·ry [ˈhwɛrɪ] 名 (複-**ries**)《主美》（單人划的）輕舟；（單人）賽艇；《英》舢板，漁船。

whet [hwɛt] 動 (～·**ted**, ～·**ting**) 及 **1** 磨：～ a knife on a stone 在石頭上磨刀。**2** 激發：～ the appetite 增進食慾。—名 **1** 研磨。**2** 刺激物；《口》開胃物（如酒）。**3**《方》一段（短）時間的工作；短暫的時間。

:wheth·er [ˈhwɛðɚ] 連 **1**《引導間接疑問的名詞子句、名詞片語》是否。**2**《引導讓步的副詞子句》不管怎樣。
know whether one is coming or going 知道該怎麼做。
whether or no《口》無論如何。
—代《古》《疑問詞》（兩者之中）哪一個。

whet·stone [ˈhwɛtˌston] 名 **1** 磨刀石。**2** 刺激物。

whew [hwju] 感《表驚訝、害怕、鬆一口氣等》哎呀！唷！—名 哎呀；唷；驚嘆聲。

whey [hwe] 名 U 乳清。

which [hwɪtʃ] 代 I《疑問代名詞》**1** 哪一個。II《關係代名詞》**2**《限制用法》那個，那一些。**3**《非限制用法》（如前述的，已提到的）那（些）個。**4**《含先行詞》（一定數量的事物中）哪一個，任何一個。
Which is what!《口》什麼怎麼了！？
which is which 哪個是哪個？
—形 **1**《疑問形容詞》（從某特定數量的人、物之中）哪個的，哪一個。**2**《關係

W

形容詞》(1)《強調用法》哪一個，任何一個。(2)《非限制用法》其，該。

any which way 各方面；四面八方；凌亂。

·which·ev·er [hwɪtʃ'ɛvɚ] 代 1《關係代名詞》任何，無論哪一個。2《引導讓步子句》隨便哪一個。3《強調用法》究竟哪一個。—形 1《關係形容詞》《引導讓步子句》無論哪一個。2《強調用法》究竟哪一個。

which·so·ev·er [ˌhwɪtʃso'ɛvɚ] 代形《文》= whichever.

whiff [hwɪf] 名 1（風、煙等的）一陣；（香水等的）一噴；（香煙的）一口《*of...*》：a ～ of smoke 一縷煙 / take a ～ 抽一口。2 香氣；《喻》氣味《*of...*》：a ～ *of* danger 危險的氣息。3（脾氣的）輕微爆發《*of...*》。4《口》小雪茄。5《美口》（高爾夫球的）揮桿落空，（棒球的）三振出局。6《英俚》臭氣。—動 不及 1 輕吹；《主英》發出臭氣。2《美口》三次揮棒落空。—及 1 輕吹；吸入，吐出；抽（煙等）。2《美口》將（打者）三振出局。

whif·fet ['hwɪfɪt] 名《美》1 小狗；《口》小人物；無足輕重的人。2 輕吹。

whif·fle ['hwɪfl] 動 不及 1 輕吹出聲；（風、船等）改變方向，搖曳。2《主美》反覆無常，動搖不定。—及 輕吹，吹散。—名 1 不足取的事物。2（風的）輕拂。

whif·fler ['hwɪflɚ] 名 1 意見不定的人；（辯論時）想法不堅定的人。2《英》（隊伍前的）開道者。

whif·fle·tree ['hwɪflˌtri] 名《美》橫槓。

whif·fy ['hwɪfɪ] 形《口》發出陣陣臭氣的。

Whig [hwɪg] 名 1〖英政〗維新黨人員，輝格黨員；《*the* ～*s*》輝格黨，維新黨（1679–1832）。2 自由黨內的保守黨員。3〖美史〗(1)（獨立戰爭時支持革命的）獨立黨黨員。(2) 自由黨黨員（約 1834–55）。—形 維新黨黨員的；輝格黨的，輝格黨特有的。

Whig·ger·y ['hwɪgərɪ] 名 1 = Whiggism. 2《集合名詞》輝格黨黨員。

Whig·gism ['hwɪgɪzəm] 名 U 維新黨主義。

:while [hwaɪl] 名 1《通常作 **a** ～》（一點點的）時間，期間：*a* little ～ later 過一會兒 / *a* good ～ 長久，許久 / in *a* (little) ～ 不久，立刻。2《**the** ～, **one's** ～》（工作所需的）時間，勞力。

all the while 一直，始終；《連接詞》於…的整段期間中。

once in a (great) while 偶而，有時。

the while 其間；《詩》《作連接詞用》當…之時。

worth while ⇨ WORTH[1] 介（片語）

—連 1 當…之時；於…期間一直。2 與…同時。3《表反對、比較、對照、讓步》相反地，可是。—動 (**whiled, whil·ing**) 及 度過；排遣（無聊等）《*away*》。

—介《古·北英》= until.

whiles [hwaɪlz] 副《古》有時候。

whi·lom ['hwaɪləm] 形 以前的。—副《古》曾經。

whilst [hwaɪlst] 連《主英》= while.

·whim [hwɪm] 名 1 突發的念頭；怪想；性情多變：a ～ of youth 青年時期的幻想 / take a ～ to do 突然想做… / as the ～ takes me 隨興之所至。2〖礦〗捲揚機，絞盤。

whim·per ['hwɪmpɚ] 動 不及 啜泣，嗚咽；（狗等）悲嗥。—及 嗚咽地說，抽噎地說。—名 啜泣聲。～**·er** 名

whim·sey ['hwɪmzɪ] 名 (複 ～**s** [-z]) = whimsy.

whim·si·cal ['hwɪmzɪkl] 形 1 異想天開的，多古怪念頭的；反覆無常的。2 奇異的。～**·ly** 副

whim·si·cal·i·ty [ˌhwɪmzə'kælətɪ] 名 (複**-ties**) U 異想天開；易變的性情；《通常作 **-ties**》奇怪的行為。

whim·sy ['hwɪmzɪ] 名(複**-sies**) 1 U 反覆無常；奇特的表現。2 奇想，奇行；即興的產物。

whim-wham ['hwɪmˌhwæm] 名 1 奇異的事物；便宜貨。2 突發的奇想。3《口》神經質。

whin[1] [hwɪn] 名〖植〗《主英》金雀花。

whin[2] [hwɪn] 名 黑而硬的岩石。

whine [hwaɪn] 動 不及 1 發出哀怨的鼻音；悲嗥：～ for forgiveness 哀求寬宥。2 絮叨，發牢騷《*about...*》：～ *about* money 為錢發牢騷。3 發出高而尖的聲音。—及 用哀傷的鼻音說《*out*》。—名 哀鳴聲，（狗的）悲嗥聲；哀訴，牢騷。**'whin·er** 名《蔑》泣訴的人。**'whin·ing·ly** 副

whing·er ['hwɪŋɚ] 名 短劍，短刀。

whin·ny ['hwɪnɪ] 動 (**-nied**, ～**·ing**) 不及（馬）嘶叫。—及 以嘶聲表示。—名(複**-nies**) 嘶鳴，馬嘶聲。

·whip [hwɪp] 動 (**whipped** 或 **whipt**, ～**·ping**) 及 1 鞭打；嚴厲地責罵《*with...*》；驅使；激勵《*on, up*》；以鞭打來教訓《*into...; out of...*》：～ a horse *on* 鞭策馬 / ～ a person to death 鞭打某人至死。2 敲；（風、雨）猛打（窗戶等）。3 以反覆拋擲的方式垂釣：～ a stream 在小溪垂釣。4 突然移動，用力投入《*in, off, out*》；《英口》強奪：～ *off* one's cap 猛然脫帽。5《口》打垮，打倒。6（用滑車）拉起。7 纏線；纏繞《*around, round...*》；縫（布邊）。8 召集，集合；將…整隊。9《口》擊敗。10 攪拌《*up*》。11 使達到所期望的狀況。—不及 1 急速而突然地移動。2 擲釣。3 飄揚。

whip in《主美》集合（獵狗等）。

whip...into shape《口》使成形，使達到所期望的狀況；強制執行。

whip...off / whip off... (1) ⇨動 及 4. (2)《口》匆忙地寫。(3) 用鞭子驅逐。

whip out (1) ⇨動 不及 1. (2) 突然喊出。

W

whip...out / whip out... ⇨動及4.
whip round (1) ⇨動不及1. (2)《英口》勸募《for...》。
whip the devil around the stump 以間接或規避的方式處理事情。
whip...up / whip up... 《口》(1) 迅速地計畫。(2) 使興奮，煽動《to...》。(3) ⇨動及1.
—名 **1** 鞭子。**2** 鞭笞。**3**《主英》(在工作上) 使用鞭子的人，馬車伕。**4**〖狩〗指揮獵狗的人。**5** 政黨幹事，黨鞭；《英》(政黨發給該黨議員要求其出席投票表決的) 書面命令。**6** 滑車；風車的翼；(繩索) 兩端被纏繞的部分。**7** 彈性。**8** ⓒⓤ〖烹飪〗(一種把蛋及奶油等攪拌至起泡做成的) 甜點。**9**〖機〗(軸的) 斜動。
crack the whip 《口》以懲罰作威脅而使服從。

whip·cord ['hwɪp,kɔrd] 名 **1** 鞭繩。**2** 馬褲呢。**3** 腸線。—形 有活力的；肌肉發達的。

'whip ˌhand 名 執鞭的手；支配地位。

whip·lash ['hwɪp,læʃ] 名 **1** 鞭尾較軟的部分，鞭索。**2** = whiplash injury. **3** 刺激，鞭策。

'whiplash ˌinjury 名 (乘坐汽車被撞所引起的) 頭部受傷。

whip·per-in ['hwɪpɚ'ɪn] 名 (複 **whip·pers-in**) **1**〖狩〗《主英》= whip 3. **2**《英》= whip 2.

whip·per·snap·per ['hwɪpɚ,snæpɚ] 名 妄自尊大的年輕人，不重要的人。

whip·pet ['hwɪpɪt] 名《英》惠比特犬：一種用於獵兔及賽跑的狗。

whip·ping ['hwɪpɪŋ] 名 ⓤⓒ **1** 鞭打。**2**〖海〗繩頭紮束；繩頭纏以紮束。**3** 突然移動。**4** 攪拌。**5**《口》敗北。

'whipping ˌboy 名 **1** 代人頂罪者。**2**《昔》陪王子讀書及代王子受罰者。

whip·ple·tree ['hwɪpl,tri] 名 = whiffletree.

whip·poor·will [ˌhwɪpɚ'wɪl] 名〖鳥〗(產於北美的) 一種夜鷹。

whip·py ['hwɪpɪ] 形 (**-pi·er**, **-pi·est**) **1** 鞭 (狀) 的；很有彈性的。**2**《口》靈活的，健康的。

whip-round ['hwɪp,raʊnd] 名《主英》募捐 (信)；募捐的款項。

whip·saw ['hwɪp,sɔ] 名 鉤齒鋸。
—動 (~**ed**, ~**ed** 或 **-sawn**, ~**·ing**) 及 **1** 用鉤齒鋸。**2**《美》同時用兩種相反方法打敗。

W

whip·stitch ['hwɪp,stɪtʃ] 動 及 縫布邊，包縫。—名 **1** 布邊的縫法，包縫。**2**《美口》瞬間。

whip·stock ['hwɪp,stɑk] 名 (鞭子的) 握把。

whir [hwɝ] 動 (**whirred**, ~**·ring**) 不及 嗡嗡作響而急速轉動。—及 發出嗡嗡聲啓動。—名 **1**《**the** ~, **a** ~》嗡嗡聲。**2**《喻》忙亂；慌亂。

·whirl [hwɝl] 動 不及 **1** 迴旋，旋轉；突然轉向。**2** 疾馳。**3** 頭昏眼花。**4** (思想等) 泉湧。
—及 **1** 使旋轉。**2** 匆匆載走；捲走《*away, along, off*》。—名《**a** ~, **the** ~》**1** 迴旋，旋轉；旋渦。**2** 突然改變方向。**3** 疾走；《口》短途旅行。**4** (事件等的) 一連串《*of...*》。**5** 忙亂；(精神上的) 混亂。**6**《美口》嘗試。
~**·er**, ~**·ing·ly** 副

whirl·i·gig ['hwɝlɪ,gɪg] 名 **1** 旋轉木馬；陀螺；風車。**2** 旋轉運動；變遷。**3** 反覆無常的人；不斷變化的事物。**4**〖昆〗鼓蟲 (亦稱 **whirligig beetle**)。

'whirl·pool ['hwɝl,pul] 名 旋渦；混亂。

whirl·wind ['hwɝl,wɪnd] 名 **1** 旋風，龍捲風。**2** 類似旋風者；《喻》(鼓掌等的) 熱烈聲《*of...*》。
(sow the wind and) reap the whirlwind 惡有惡報。
—形《口》快速的，匆忙的。
—動 不及 旋風似地移動。

whirl·y·bird ['hwɝlɪ,bɝd] 名《美口》直升機。

whirr [hwɝ] 動 不及 及，名 = whir.

whish [hwɪʃ] 動 不及 颼颼地迅速移動，作颼颼聲。—名 颼颼聲。

whisk[1] [hwɪsk] 動 及 **1** (輕輕地) 趕走；拍打《*away, off, out*》；拂，撣《*off, from ...*》: ~ one's coat 拂去外套上的灰。**2** 迅速運走。**3** 迅速搖動。—不及 突然移動。
—名 **1** 輕拂；迅速搖動。**2** 一拂；急速的動作。

whisk[2] [hwɪsk] 動 及《主英》攪拌 (蛋等) 起泡沫《*up*》。—名 **1** 攪拌器。**2** 小掃帚。**3** = whisk broom.

'whisk ˌbroom 名《美》小掃帚，刷西裝的刷子。

·whisk·er ['hwɪskɚ] 名 **1**《通常作~**s**》腮邊的鬍子；鬍鬚；(貓等的) 鬚。**2**《口》一點點距離：within a ~ of... 在…的短距離內 / by a ~千鈞一髮之際。

whisk·ered ['hwɪskɚd] 形 有落腮鬍的。

whis·key ['hwɪskɪ] 名 (複 ~**s** [-z]) ⓤⓒ 威士忌酒。—形 威士忌做成的。

whis·ky ['hwɪskɪ] 名 (複 **-kies**)，形《英·加·澳》= whiskey.

:whis·per ['hwɪspɚ] 動 不及 **1** 耳語；竊竊私語《*to...*》: ~ *to* a person 在某人耳邊私語。**2** 偷偷地談論，密談《*about...*》。**3** (樹木等) 發出沙沙聲。—及 **1** 以耳語說，小聲說《*to...*》。**2** 偷偷告訴，暗中傳說。—名 **1** 耳語聲；暗地裡說的話。**2** 傳言，風聞。**3** 沙沙聲。**4** 暗示；極少量。

whis·per·er ['hwɪspərɚ] 名 耳語的人；撥弄是非的人。

whis·per·ing ['hwɪspərɪŋ] 名 **1** ⓤ 耳語；閒言閒語。**2** (風等的) 低語似的聲音。
—形 **1** 耳語似的；耳語聲的。**2** 散布流言

的。

'whispering cam,paign 图《主美》(有組織地散布謠言，以誹謗具聲望的人或組織的）耳語運動。

whist[1] [hwɪst] 图 Ⓤ 惠斯特：為橋牌的前身。

whist[2] [hwɪst] 感《英》《古·方》噓！安靜！—形《英》《古》安靜的。—图《主愛》沉默。

:whis·tle ['hwɪsl] 動 (**-tled, -tling**) 不及 **1** 吹口哨；吹口哨呼喚《*for, to...*》：～ *to* one's dog 吹口哨叫狗。**2** 發出口哨似的聲音；鳴笛；（鳥）鳴叫。**3**（裝置等）啾啾叫；（子彈等）咻地飛過。—及 **1** 吹口哨呼叫。**2** 用口哨吹（歌曲等）。**3** 將（子彈等）咻地射出。

let a person go whistle 《英》使死心。

whistle...down the wind 放出，放棄；任憑…自由。

whistle for... (1) 吹口哨呼叫。(2)《口》期望…也無效；對…不了了之。

whistle in the dark 《口》假裝有自信的樣子。

whistle...up / whistle up... 《口》迅速做好。

—图 **1** 口哨；笛子；哨子；警笛，汽笛。**2** 咻地飛掠聲；（葉子）在風中作響的聲音；（鳥的）叫聲。**3**《口》喉嚨。

(as) clean as a whistle (1) 很乾淨地。(2) 舒舒服服地。

blow the whistle on... 《美俚》(1) 使停止。(2) 告發。(3) 公開，揭露。

not worth a whistle 毫無價值的；全無利益的。

pay for one's whistle（做無益的事而）遭受責罵。

wet one's whistle 《謔》潤喉，喝酒。

whis·tle-blow·er ['hwɪsl̩,bloə] 图 揭發（壞事等）的人。

whis·tle-blow·ing ['hwɪsl̩,bloɪŋ] 图 Ⓤ 告密，揭發。

whis·tler ['hwɪslə] 图 **1** 吹口哨的人；發出笛音的鳥；發出噓聲的東西。**2** = thickhead 2. **3**〖動〗北美大土撥鼠。**4**（雷電造成的）嘯聲干擾。

'whistle ,stop 图 **1**（火車見到信號才停靠的）小站，（鐵路沿線的）偏僻小站。**2**（在火車後面突出部所做的簡短）政治演說；巡迴各地的短期公演。

whis·tle-stop ['hwɪsl̩,stɑp] 動 (**-stopped, ～·ping**) 不及《美》（競選者）巡迴各地並作簡短的競選演說。

whit [hwɪt] 图《a ～》《通常用於否定》《文》少量，極少：*not a* ～毫不 / eat up every ～吃光。

Whit [hwɪt] 形图 = Whitsun.

:white [hwaɪt] 形 (**whit·er, whit·est**) **1** 白的；帶白色的；有雪的；銀白的：a ～ dress 白衣 / a ～ Christmas 下雪的聖誕節。**2** 白種人的：a ～ neighborhood 白人住宅區。**3** 白髮的；穿白衣的：a ～ old man 白髮老人 / a ～ sister 白衣修女。**4** 變蒼白的《*with, from...*》：turn ～ *with* fear 因恐懼而臉色變蒼白。**5** 白熱的；激烈的：～ fury 激怒。**6** 透明的；（葡萄酒）淡黃色的；不髒的；《喻》潔白的；無害的；《俚》《通常用反語》正直的，可靠的：～ glass 透明玻璃。**7** 沒有寫什麼的：a piece of ～ paper 一張白紙。**8** 缺少音色的。**9** 極端保守的，反動的。

bleed...white 《口》把某人剝削得一乾二淨。

—图 **1** Ⓤ Ⓒ 白（色）。**2** Ⓤ Ⓒ 白色顏料。**3** 白人。**4**《～s》白色的東西；白色的制服；高級的麵粉。**5** Ⓤ 白色的衣料。**6** Ⓤ 白葡萄酒。**7** 白色的部分；Ⓤ Ⓒ 蛋白；Ⓒ（眼）白；《通常作 **the ～s**》（印刷品的）空白部分。**8** 白色（變）種；《**W-**》純白種的豬；〖昆〗白蝶。**9**《通常作 **the ～**》靶心。**10**〖西洋棋〗白棋；持白棋者。

in the white 沒有上過漆的；未完成的。

—動 (**whit·ed, whit·ing**) 及 **1** 在…上留白《*out*》。**2**《古》塗成白色。

'white a'lert 图 解除警報。

'white ,ant 图 白蟻。

white·bait ['hwaɪt,bet] 图 Ⓤ 銀魚。

'white 'bear 图 北極熊；《美》灰熊。

'white 'birch 图〖植〗**1** 歐洲白樺。**2** = paper birch.

'white 'blood ,cell 图 白血球。

'white 'book 图《美》白皮書。

'white 'bread 图 Ⓤ 白麵包。

white·cap ['hwaɪt,kæp] 图《通常作～s》白浪頭。

'white ,cedar 图〖植〗（產於美國東部的）白扁柏；Ⓤ 白扁柏木。

'white 'clover 图〖植〗白苜蓿。

'white 'coal 图 Ⓤ 白煤（作為動力來源的水流）；水力。

white-col·lar ['hwaɪt'kɑlə] 形 白領階級的，辦公人員的，腦力工作者的。

'white-,collar 'crime 图 白領階級犯罪案件。**'white-collar 'criminal** 图 白領罪犯。

'whited 'sepulcher 图 偽善者。

'white 'dwarf 图〖天〗白矮星。

'white 'elephant 图 **1** 白象。**2** 昂貴而無用的東西；《主美》累贅（物）。**3** 確知會失敗的嘗試。

'white 'ensign 图 英國皇家海軍旗。

white-faced ['hwaɪt'fest] 形 **1** 前面白色的。**2** 臉色蒼白的；臉色發青的。**3** 額上有白色斑點的。

'white 'feather 图《通常作 **the ～**》《主英》膽小的象徵；膽小者：show *the* ～表現出膽小的樣子。

white·fish ['hwaɪt,fɪʃ] 图（複～, ～·**es**）**1**〖魚〗鮭科淡水魚；《英》銀白色的食用魚；Ⓤ 鱈魚肉。**2**〖動〗白色海豚。

'white 'flag 图（表投降或休戰的）白

旗。

'White 'Friar 图卡美爾會修道士。

'white 'frost 图Ⓤ白霜。

'white 'gas ['gasoline] 图Ⓤ無鉛汽油。

'white 'gold 图Ⓤ 1 金和鎳或鉑的合金。2 白色的產物。

'white ˌgoods 图(複) 1 漂白過的棉麻紡織品。2《美》白布製的家庭用品；大型家庭用品。

white-haired ['hwaɪt,hɛrd] 形 = white-headed 1.

White·hall ['hwaɪt,hɔl] 图 1 白廳：英國London 中央政府機關集中的主要街道。2 Ⓤ英國政府；其政策。3（亦稱 **Whitehall Palace**）從前在 London 中心區的宮殿。

white·hand·ed ['hwaɪt'hændɪd] 形 1 有一雙潔白之手的；不勞動的。2 不參與壞事的；純潔的。

white·head ['hwaɪt,hɛd] 图青春痘；粟粒疹。

white-head·ed ['hwaɪt'hɛdɪd] 形 1 白髮的；（鳥等）頭部白色的。2《美》金髮的。3《美口》討人喜歡的。

'white 'heat 图Ⓤ 白熱；（感情等的）高度緊張狀態。

'white 'hope 图《口》大受期盼的人。

'white 'horse 图《通常作~s》白浪頭，白浪。

white-hot ['hwaɪt'hɑt] 形 1 非常熱的；（金屬）白熱狀態的。2 極熱烈的；非常激動的。

'White ˌHouse 图《the ~》《美》1 白宮。2《口》美國總統的職務。3 美國聯邦政府的行政部門。

'white 'knight 图 政治改革者；救星。

white-knuck·le ['hwaɪt'nʌkl] 形 1 感到恐懼的。2 驚險刺激的。

'white 'lead [-'lɛd] 图Ⓤ〖化〗白鉛，鹼式碳酸鉛。

'white 'lie 图小謊；善意的謊言。

'white 'line 图馬路中央的白線。

white-lipped [hwaɪt,lɪpt] 形嘴唇發白的。

'white ˌlist 图白名單：政府、企業、團體等公認爲優秀人才的名單。

white-liv·ered ['hwaɪt'lɪvɚd] 形 1 膽小的。2 沒生氣的；沒血色的。

white·ly ['hwaɪtlɪ] 副白色地，發白地。

'white 'magic 图Ⓤ旨在行善的法術。

'white ˌman 图 1《the ~》白人。2《口》優秀的人；高尚的人。

'white ˌman's 'burden 图《the ~》《通常爲諷》（殖民地體制下的）白種人的義務。

'white 'market 图白市：合法或官方核准的交易，與「黑市」相對。

'white ˌmatter 图Ⓤ〖解〗（腦的）白質。

'white ˌmeat 图Ⓤ白肉。

'white 'metal 图ⓊⒸ白色金屬；以錫（或鉛）爲基的合金；白合金的通稱。

'White 'Mountains 图(複)《the ~》懷特山脈：位於美國 New Hampshire 州北部。

whit·en ['hwaɪtn̩] 動及 1 將…變成白色；漂白：~ a wall 把牆壁塗白。2 使潔白；使看起來潔白。—不及 變成白色。~·**er** 图漂白者，漂白工人；漂白劑。

white·ness ['hwaɪtnɪs] 图Ⓤ（蒼）白；白色物；純粹，潔白。

'white 'night 图 不眠之夜。

'White 'Nile 图《the ~》白尼羅河：尼羅河自 Uganda 的源頭至 Khartoum 段。

whit·en·ing ['hwaɪtn̩ɪŋ] 图Ⓤ 漂白（劑）；白堊粉；白粉。

'white 'noise 图Ⓤ 1 一切可聽見的音波範圍內的噪音。2 用以掩蓋噪音的不刺耳的聲音。

'white 'oak 图〖植〗白橡樹；Ⓤ白橡樹木材。

white·out ['hwaɪt,aʊt] 图〖氣象〗白朦天，白盲：在南北極地區內由於雪的亂反射，造成方向、距離不明的現象。

'white 'paper 图 1 白紙。2 公報；白皮書。3（機構所發的具權威性的）報告書。

'white 'pepper 图Ⓤ白胡椒。

'white 'pine 图〖植〗白松；Ⓤ白松木材。

'white 'plague 图《the ~》〖病〗（肺）結核。

'white poˌtato 图= potato 1.

'white 'primary 图《美》《昔》（南部各州民主黨的）白人直接預選會。

'white 'race 图《the ~》《廣義》白色人種。

'White 'Russia 图= Byelorussia.

'White 'Russian 图 1 白俄羅斯人。2 白俄。

'white ˌsale 图白色織物大特賣。

'white ˌsauce 图ⓊⒸ白醬汁。

'White 'Sea 图《the ~》白海：位於歐洲俄羅斯西北部。

'white 'slave 图被迫到海外賣淫的女性。

'white 'slavery 图Ⓤ強迫爲娼。

white·smith ['hwaɪt,smɪθ] 图錫匠，鍍銀工匠。

'white 'spirit 图Ⓤ《主英》石油溶劑。

'white su'premacy 图Ⓤ 白人優越主義。'**white su'premacist** 图白人至上論者。

white·thorn ['hwaɪt,θɔrn] 图〖植〗山楂。

white·throat ['hwaɪt,θrot] 图白喉雀；白喉蜂雀。

'white 'tie 图 1 白色蝶形領結。2 Ⓤ 燕尾服；男性正式晚禮服。'**white-'tie** 形需要穿著正式服裝的。

'white 'trash 图Ⓤ《美》貧窮的白人。

W

'white 'war 图ⓊⒸ經濟戰。

white·wash ['hwait,waʃ] 图 1Ⓤ白色塗料。2ⓊⒸ(過失、缺點等的)粉飾,掩蓋真相。3ⓊⒸ《美口》(運動方面的)掛零。—動及 1 塗白色塗料於。2 掩飾,粉飾。3《美口》(運動比賽中)使(對手)掛零。~·er 图

'white 'water 图Ⓤ白浪,(瀑布)起泡沫的水;清澈見底的海面。

'white 'whale 图白鯨(亦稱 **beluga**)。

'white ,wine 图ⓊⒸ白葡萄酒。

white·wood ['hwaɪt,wʊd] 图 1 可採做白色或淡色木材的樹的總稱。2Ⓤ白色木材。

White·y ['hwaɪtɪ] 图《美俚》《蔑》白人;Ⓤ《集合名詞》白人,白人社會(亦作 **whit(e)y**)。

whith·er ['hwɪðɚ] 副《古·謔》《詩》1《疑問副詞》往何處,到哪裡。2《疑問副詞》至何種程度,到什麼地方;以什麼為目標;針對什麼。3《關係副詞》(1)《限制用法》(正當)…時候的(in which)。(2)《非限制用法》到那裡。(3)《表讓步的副詞子句》往哪裡都。

—連 任憑去哪裡。—图《**the** ~, **one's** ~》去處。

whith·er·so·ev·er [,hwɪðɚso'ɛvɚ] 連副《古》《**whither** 的強調形》無論到哪裡。

whit·ing[1] ['hwaɪtɪŋ] 图(複~, ~**s**)〖魚〗1(北美產的)鮸科食用魚。2(歐洲產的)鱈科食用魚。

whit·ing[2] ['hwaɪtɪŋ] 图Ⓤ白堊粉;白粉。

whit·ish ['hwaɪtɪʃ] 形 1 稍白的。2《與表顏色的字連用》淡的,薄的:*whitish*-blue eyes 淡藍色的眼睛。

whit·low ['hwɪtlo] 图Ⓤ〖病〗指頭疽;瘭疽。

Whit·man ['hwɪtmən] 图 **Walt(er)**,惠特曼(1819–92):美國詩人,其主要著作為 *Leaves of Grass*(1855)。

Whit·mon·day ['hwɪt'mʌndɪ, -de] 图 Whitsunday 後的第一個星期一。

Whit·ney ['hwɪtnɪ] 图 **Mount**,惠特尼峰:美國 California 州東部 Sierra Nevada 山脈中的最高峰,海拔 4,421 公尺。

Whit·sun ['hwɪtsən] 形 Whitsunday 的;Whitsuntide 的。—图 = Whitsunday, Whitsuntide.(亦稱 **Whit**)

Whit·sun·day ['hwɪt'sʌndɪ,-de] 图聖靈降臨節:復活節後的第七個星期日。

Whit·sun·tide ['hwɪtsən,taɪd] 图Ⓤ聖靈降臨週:從 Whitsunday 開始的一個星期,尤指最初的三天。

whit·tle ['hwɪtl] 動及 1 一點一點地削;削取;削(木頭等做成…)《*into...*》;(由木頭等)削成《*from...*》:~ wood into a spoon 把木頭削成湯匙。2 削減《*down, away, off*》:~ *down* the power of... 削弱…的勢力。—不及 1 削(樹木等)《*at* ...》。2《方》(因煩惱、憂慮等)令人疲憊。

—图《英方》大刀,屠刀。-**tler** 图

whit·y ['hwaɪtɪ] 形(**whit·i·er, whit·i·est**)《常作複合詞用》略呈白色的:a kind of ~ yellow color 黃白色。—图《俚》= Whitey.

whiz(z) [hwɪz] 動(**whizzed**, ~·**zing**)不及 發颼颼聲;掠風而飛[過]。—及 1 使嗡嗡地叫[飛]。2 將…離心脫水;使急速地旋轉。

—图 1Ⓤ嗡嗡聲;發出此種聲音的快動作。2《美》高手,專家《*at...*》。3《俚》極佳的東西。4《俚》成交;同意。

whiz(z)-bang ['hwɪz,bæŋ] 图 1〖軍〗小口徑高速炮的炮彈。2 爆竹的一種。—形《口》極好的,第一級的。

'whiz(z) ,kid 图極有才幹的年輕人。

:who [hu] 代(《所有格》**whose**;《受格》**whom**) 1《疑問代名詞》誰。(1)《置於直接問句中》。(2)《在疑問子句中》。2《關係代名詞》(1)《限制用法》…的人:Heaven helps those ~ help themselves.《諺》天助自助者。(2)《非限制用法》他;他們;那個人。3《古》《含先行詞的關係代名詞》…的人。

as who should say... 好像是說;可以這樣說。

who is who / who's who / who was who (1) 誰是誰。(2)《在 **who's who** 中》⇨ WHO'S WHO

who knows (1) 誰也不知道。(2) 或許。

WHO 《縮寫》*W*orld *H*ealth *O*rganization(聯合國)世界衛生組織。

whoa [hwo] 感《勒馬時的喊叫聲》嚇!停!

who'd [hud] who would 或 who had的縮略形。

who·dun·it [hu'dʌnɪt] 图《口》偵探小說。

who·e'er [hu'ɛr] 代《詩》= whoever.

:who·ev·er [hu'ɛvɚ] 代(《所有格》**whos·ev·er**;《受格》**whom·ev·er**) 1《關係代名詞》(1)《引導名詞子句》誰;任何人。(2)《引導讓步的副詞子句》不論誰。2《口》究竟是誰。

:whole [hol] 形 1《**the** ~, **one's** ~》《限定用法》全部的,總:*the* ~ country 全國 / with one's ~ heart 全心全意地 / run *the* ~ distance 跑完全程。2《通常作 **a** ~》《限定用法》齊全的;整個的,剛好的:*a* ~ week 整整一個星期 / *a* ~ set of Byron 整套拜倫全集。3 無恙的;沒受損的;《古》健康的;保持原樣的:of ~ mind and body 健全的身心。4《敘述用法》整個的。5 同父母的;純種的;純粹的:a ~ sister 同父母的姊妹 / ~ milk 全脂牛奶。6 健全人格的:education for the ~ man 人格教育。7 (1)《不加冠詞,與複數名詞連用》很多的,多數的。(2)《**a** ~》《與表多數、

多量的名詞連用》《口》大的，非常的：a ～ army of people 一大群人 / *a* ～ host of words 豐富的詞彙。**8**〖數〗整數的，不含分數的。
out of whole cloth《美口》無事實根據的。
—名 **1**《通常作 **the** ～》全部，全體。**2** 整體；統一體。
as a whole 從整體看，總而言之。
in whole 全部，整個。
on the whole (1) 整體看來。(2) 大致上。
—副 完全；全部。
～**·ness** 名 U 全體，一切；完全。
'whole 'blood 名 U **1** 全血。**2** 同一父母的血緣關係。
whole·food ['hol,fud] 名 U C《主英》《偶作～**s**》天然食品；《作形容詞》供應天然食品的。
'whole ˌgale 名〖氣象〗狂風。
whole-grain ['hol,gren] 名 穀物。
whole·heart·ed ['hol'hartɪd] 形 衷心的。
～**·ly** 副，～**·ness** 名
'whole 'hog 名《**the** ～》《俚》極端；全體；完全。
go the whole hog 做得徹底。
whole-length ['hol'lɛŋθ] 形 全長的，全身的；整體的。—名 全身像。
whole·meal ['hol,mil] 形《限定用法》《英》全麥的，用全麥做成的（《美》whole(-)wheat）。
'whole 'milk 名 U 全脂牛乳。
'whole ˌnote 名〖樂〗《美》全音符（《英》semibreve）。
'whole ˌnumber 名〖數〗整數；自然數。
'whole ˌrest 名〖樂〗全休止符。
·whole·sale ['hol,sel] 名 U 批發。
at wholesale (1) 以批發方式。(2) 大規模地。
—形 副 **1** 批發的[地]。**2** 大規模的[地]。
—動 (**-saled, -sal·ing**) 及 不及 批發。
-ˌsal·er 名 批發商。
·whole·some ['holsəm] 形 **1**（道德、精神上）健全的，有益的：～ advice 有益的忠告。**2** 有益健康的：～ food 有益健康的食物。**3** 看上去健康的。～**·ly** 副
whole-souled ['hol'sold] 形 衷心的，有誠意的。
'whole ˌstep [ˌtone] 名〖樂〗全音。
whole-wheat ['hol'hwit] 名 形 粗麵粉（的），全麥（的）（《英》wholemeal）。
:who'll [hul] who will 的縮略形。
:whol·ly ['holɪ] 副 **1** 完全地；全部地：be ～ recovered 完全康復。**2** 全體，總括性地：grasp the problem ～ 概括地掌握那問題。
:whom [hum] 代《**who** 的受格》**1**《疑問代名詞》誰。**2**《關係代名詞》那些人；他；他們。
whom·ev·er [hum'ɛvɚ] 代《**whoever** 的受格》**1**《關係代名詞》(1)《引導名詞子句》任何人。(2)《引導讓步的副詞子句》不管是誰都。**2**《口》《疑問代名詞 **whom** 的加強語氣》究竟是誰。
whom·so·ev·er [ˌhumso'ɛvɚ] 代《文》《**whosoever** 的受格》任何人。
whoop [hup, hwup] 名 **1**（喜悅、興奮等的）高呼聲《*of*...》；吶喊聲：give a ～ *of* joy 發出歡呼聲。**2**（貓頭鷹等的）鳴叫聲。**3**（百日咳特有的）咳嗽聲。**4**《美口》一點點：not care a ～ 一點也不介意 / not worth a ～ 毫無價值。
a whoop and a holler《美口》(1) 較近距離。(2) 大聲喧鬧。
—動 不及 **1** 大叫大嚷地走過；大聲叫。**2** 在歡呼喝采中通過《*through*...》。**3**（貓頭鷹等）鳴叫。**4**（百日咳特有的）吼叫式吸氣。—及 **1** 高聲說。**2** 大聲叫著追趕。**3**《主美》哄抬（價錢）。
whoop it up《主美俚》(1) 歡鬧，慶祝。(2) 捧場，大力支持。
—感《表興奮、歡喜》唷！哇！嘩！
whoop-de-do(o) ['hwupdɪ,du,'hup-] 名 (複～**s** [-z])《口》**1** U 熱鬧的歡宴，狂歡喧鬧。**2** U 大肆宣傳。**3**（公開的）熱烈辯論。
whoop·ee ['hwupi, 'hwu-] 名《主美口》《僅用於下列片語》
make whoopee 狂歡作樂。
—感《表歡喜》哇！嘩！
'whoop·ing ˌcough ['hupɪŋ-] 名 U〖病〗百日咳（亦稱 **chincough, pertussis**）。
'whooping 'crane 名〖鳥〗美洲鶴。
whoops [(w)ʊps] 感《美》唷！
whoosh [hwʊʃ] 名 嘶嘶聲。—動 不及 及 發出嘶嘶聲地迅速移動：a car ～*ed* past 一輛車呼嘯而過。—感《表驚訝等》哎呀！唉！（亦作 **woosh**）
whop [hwap] 動 (**whopped, ～·ping**) 及《口》**1** 擊打，鞭打。**2** 打垮。—不及 砰然落地。
—名《美俚》重擊聲；落地聲（亦稱 **wap, whap**）。
whop·per ['hwapɚ] 名《口》**1** 奇大無比之物。**2** 漫天大謊。
whop·ping ['hwapɪŋ] 形《口》非常大的。
whore [hor] 名 **1** 妓女。**2**《俚》賤婦。
—動 不及 **1** 賣淫；嫖妓。**2**《文》〖聖〗崇拜偶像；迷信邪教。
·who're [huɚ] who are 的縮略形。
whore·dom ['hordəm] 名 U **1** 賣淫；私通；背信行爲。**2**〖聖〗偶像崇拜。
whore·house ['hor,haʊs] 名 (複 **-hous·es** [-,haʊzɪz]) 妓院。
whore·mong·er ['hor,mʌŋgɚ] 名 嫖客；拉皮條的人（亦稱 **whoremaster**）。
whor·ish ['horɪʃ] 形 妓女似的；淫亂的。
whorl [hwɝl] 名 **1**〖植〗輪生體。**2** 渦旋

紋；渦旋狀之物。**whorled** 形 渦旋紋的；〖植〗輪生的。

whor·tle·ber·ry ['hwɝtḷ,bɛrɪ] 名（複 **-ries**）〖植〗越橘樹；越橘。

:who's [huz] who is [has] 的縮略形。

:whose [huz] 代《**who**，關係代名詞 **which** 的所有格》**1**《疑問代名詞》(1)《形容詞用法》誰的。(2)《名詞用法》誰的東西。**2**《關係代名詞》(1)《限制用法》那人的。(2)《非限制用法》那個人的…。

whos·ev·er [hu'zɛvɚ] 代《**whoever**的所有格》任何人的；不論誰的。

who·so ['huso] 代《文》= whosoever, whoever.

who·so·ev·er [,huso'ɛvɚ] 代《文》（《所有格》**whose·so·ev·er**;《受格》**whom·so·ev·er**）whoever 的強調用法。

'who's 'who 名 **1**《常作 **W- W-**》名人錄；通訊錄。**2**《**the** ～》《集合名詞》名人們。

:why [hwaɪ] 副 **1**《疑問副詞》爲何，什麼原因。**2**《接 **not** 爲婉轉的疑問句型》這樣子如何；當然可以。**3**《關係副詞》(1)《以 **reason** 作先行詞》…的原因，…的緣故。(2)《無先行詞》…的理由。

***Why don't you*...?** 何不…？

—名（複 ～**s** [-z]）《通常作～**s**》**1** 疑問。**2** 理由，原因。**3** 謎，難解的問題。

—感 **1**《表意外、驚訝》哇！唷！嚇！**2**《表示抗議》當然，怎麼回事。**3**《表異議、反對之意》。**4**《表深思、反省過程的暫停》這…，嗯…。**5**《在條件句中引導主要子句》那麼，屆時。

WI《縮寫》*Wi*sconsin.

W.I.《縮寫》*W*est *I*ndian; *W*est *I*ndies.

wick[1] [wɪk] 名 燭芯，燈心：get on (a person's) ～《英俚》《喻》使某人惱火。

wick[2] [wɪk] 名《英方》農場，酪農場；《古》小村落。

·wick·ed ['wɪkɪd] 形（～**·er**, ～**·est**）**1** 邪惡的；惡意的，壞心眼的；《**the** ～》壞人：～ deeds 劣行。**2** 兇悍的。**3**《古》惡作劇的：a ～ laugh 調皮的一笑。**4** 強烈的，（傷勢）嚴重的；不當的，過分的。**5** 非常危險的；不愉快的，討厭的：a ～ curve in a road 路上的一個急轉彎。**6**《俚》優秀的。

～**·ly** 副, ～**·ness** 名

wick·er ['wɪkɚ] 名 **1** Ⓒ Ⓤ 柳條，細枝。**2** Ⓤ 編條工藝（品）。—形《限定用法》**1** 柳條編成的：a ～ chair 柳條椅。**2** 以編條工藝品包裹的：a ～ jug 有護籃的細頸瓶。

wick·er·work ['wɪkɚ,wɝk] 名 Ⓤ 柳條工藝。—形 枝條編製的。

wick·et ['wɪkɪt] 名 **1** 偏門；旋轉木門；剪票口。**2**（銀行等的）窗口。**3** 水閘。**4**《英》(1)〖板球〗三柱門；兩個三柱門之間的球場；打者的次序；（兩人組的）可連續打擊的時限；一局。(2)〖槌球〗《美》柱門。

be on a sticky wicket《英》立於不利的地位。

wick·et·keep·er ['wɪkɪt,kipɚ] 名〖板球〗三柱門的守門員。

wick·ing ['wɪkɪŋ] 名 Ⓤ 燈心材料。

wick·i·up ['wɪkɪ,ʌp] 名（北美印第安人的）小屋；簡陋的小草屋（亦作 **wicky-up, wikiup**）。

wick·liffe ['wɪklɪf] 名 ⇨WYCLIFFE

:wide [waɪd] 形（**wid·er, wid·est**）**1** 寬的：a ～ river 寬廣的河流 / a table five feet ～ 五呎寬的桌子。**2** 廣大的，廣泛的：the ～ Pacific 浩瀚的太平洋。**3** 寬鬆的：a very ～ pair of slacks 一條寬鬆的長褲。**4** 範圍廣的：a ～ range of subjects 涉及範圍廣的主題 / ～ knowledge 淵博的知識。**5** 張開得很大的：with eyes ～ 睜大眼。**6** 遠的：a ～ age difference 懸殊的年齡差距。**7** 逸出，偏離（目標）的《*of*...》；〖棒球〗《口》偏外角的：～ *of* the mark 偏離目標；估計錯誤。**8**〖語音〗開口音的。**9**《英俚》細心的，審慎的。—副 **1** 廣大的；廣泛地。**2** 大開地；完全地，充分地。**3** 偏離（目標）地《*of*...》。**4**《主方》遠離地《*of*...》。—名〖板球〗暴投。

to the wide 全然，完全。

～**·ness** 名

-wide《字尾》表「全…的，…整體的」之意：city(-)*wide* 全市的[地]。

wide-an·gle ['waɪd'æŋgḷ] 形〖攝〗廣角的；〖影〗寬銀幕的。

wide-a·wake ['waɪdə'wek] 形 **1** 完全清醒的。**2** 謹慎的。—名 寬邊呢帽。

wide·bod·y ['waɪd,bɑdɪ] 名（複 **-bod·ies**）廣體客機。**'wide-,body** 形（客機）廣體的。

wide-eyed ['waɪd,aɪd] 形 張大眼睛的；吃驚的；天真的。

·wide·ly ['waɪdlɪ] 副 **1** 寬廣地，廣泛地：be ～ read 廣泛地被人閱讀。**2** 大大地：two ～ divergent opinions 兩種顯然不同的意見。

wide·mouthed ['waɪd,maʊðd] 形 **1** 大嘴的；寬廣的。**2**（因驚訝等）張大嘴的。

·wid·en ['waɪdṇ] 動 及 加寬，擴大：～ (out) a road 拓寬馬路。—不及 變寬。～**·er** 名

wide-o·pen ['waɪd'opən] 形 **1** 全部開放的；（限制等）全無的。**2** 不設防的。**3** 結果難測的。**4**《美口》取締不嚴的。

wide-screen ['waɪd'skrin] 形〖影〗寬銀幕的。

wide·spread ['waɪd'sprɛd] 形 **1** 展開的：～ wings 展開的翅膀。**2** 廣布的；普及的；廣受歡迎的：～ destruction 大範圍的破壞。

widg·eon ['wɪdʒən] 名（複 ～**s**,《集合名詞》～）〖鳥〗赤頸凫，水凫（亦作 **wigeon**）。

wid·get ['wɪdʒɪt] 名 **1**《口》小型機械裝

置。2 製造品。

·wid·ow ['wɪdo] 名 1 寡婦。2《複合詞》《俚》…寡婦：a grass ～活寡婦。3〖牌〗剩餘的牌。—動 及 1《通常用被動》成為寡婦。2 奪取《*of*...》。

-owed 形, **～·hood** 名 U C 孀居。

wid·ow·er ['wɪdəwɚ] 名 鰥夫。

-ered, **～·hood** 名

'widow's 'cruse 名《the ～》〖聖〗寡婦的罈子；《喻》取用無窮（之物）。

·width [wɪdθ] 名(複～s [-s]) 1 U C 寬度；C（布的）一定幅度：three ～*s* of cloth 三幅的布 / a painting 3 feet in ～ 寬三呎的畫。2 U C 廣博《*of*...》：the ～ *of* one's knowledge 知識的廣博。3《～s》寬廣處。

wield [wild] 動 及《文》1 使用，揮動：～ a sword 揮劍。2 運用，掌握，產生：～ authority 行使權威 / ～ influence over ... 對…產生影響。～**·er** 名

wield·y ['wildɪ] 形(**wield·i·er**, **wield·i·est**) 易使用的，得心應手的。

wie·ner ['winɚ] 名《美》1 = frankfurter. 2 C U《美》維也納香腸（亦稱 **wie·ner·wurst** ['winɚ,wɝst]）。

Wie·ner schnit·zel ['vinɚ'ʃnɪtsəl] 名 C U 油炸的小牛肉排。

wie·nie ['winɪ] 名《美口》= wiener.

:wife [waɪf] 名(複 **wives** [waɪvz]) 1 妻子，太太。2 (1)《方》女人。(2)《複合詞》女性：a fish*wife* 賣魚的女人 / a house*wife* 家庭主婦 / a mid*wife* 助產士。

all the world and his wife ⇨ WORLD

～**·hood** 名 U 妻子的身分；妻子的特質。

wife·like ['waɪf,laɪk] 形 = wifely. —副 妻子般地。

wife·ly ['waɪflɪ] 形 (**-li·er**, **-li·est**) 妻子的，妻子般的。**-li·ness** 名

wife-swap·ping ['waɪf,swɑpɪŋ] 名 U 換妻的性愛遊戲。

·wig [wɪg] 名 1 假髮。2 戴假髮的人。3《口》地位高的人。4《英口》叱責。5《美俚》頭髮；頭。

flip one's wig 發狂。

wigs on the green 激烈的纏鬥。

—形 厲害的，激烈的，驚人的。

—動(**wigged**, ～**·ging**) 及 1 戴假髮於。2《英口》申斥。—不及《英口》責罵。

wig out《美俚》(1)（因麻醉劑等而）感到飄飄然。(2) 變得非常興奮。

wigged [wɪgd] 形 1 戴假髮的。2《美俚》（因吸毒而）變得舒服的《*out*》；興奮的《*out* / *on*...》。

wig·ging ['wɪgɪŋ] 名《英口》叱責：get a ～ 挨罵。

wig·gle ['wɪgl] 動 不及《口》快速地擺動；溜走《*out of*...》。—及 快速地擺動，扭動；（以舵）使（船）搖擺：～ one's toes 扭動腳趾。—名 1 擺動；彎曲線。2 與奶油青豆拌煮而成的菜肴。

get a wiggle on《美俚》《通常用於命令》快點。

wig·gler ['wɪglɚ] 名 1 擺動的人。2〖昆〗孑孓。

wig·gly ['wɪglɪ] 形 (**-gli·er**, **-gli·est**) 1 擺動的，扭動的；蠕動前進的：a ～ child 不停扭動的小孩。2 波狀起伏的。

wight[1] [waɪt] 名《古·方》人。

wight[2] [waɪt] 形《英方》勇猛的；活潑的，敏捷的；強壯的，堅固的。

Wight [waɪt] 名《the ～》**Isle of**，威特島：英國英格蘭南岸的一島，行政上為一郡；首府為 Newport。

wig·let ['wɪglət] 名 局部假髮。

wig·wag ['wɪg,wæg] 動 (**-wagged**, ～**·ging**) 及 不及 1 揮動。2〖海〗用手旗打信號。—名〖海〗手旗信號；U《美》手旗信號（法）。～**·ger** 名

wig·wam ['wɪgwɑm, -wɔm] 名（北美印第安人的）帳篷。

wil·co ['wɪlko] 感〖無線〗照辦；來電收到即將照辦。

:wild [waɪld] 形(～**·er**, ～**·est**) 1 野生的，未馴養的：a ～ goose 雁 / ～ animals 野獸 / grow ～野生的。2 荒蕪的；無人煙的：the wet ～ wood 陰溼荒蕪的森林。3 未開化的，野蠻的：～ savages 野蠻人。4 猛烈的，瘋狂的：a ～ night at sea 海上暴風雨的一夜。5 瘋狂的；狂亂的；激動的；幾近瘋狂的《*with*...》：a ～ debate 激烈的爭辯 / ～ *with* anger 暴怒。6 粗暴的；狂野的：～ teen-agers 狂野的青少年時期。7 莽撞的；意外的；偏離目標的，出乎意料的；《美口》不尋常的，奇特突兀的：a dress with a ～ pattern 型式奇特的服裝 / make a ～ guess 亂猜。8 雜亂的：～ hair 亂髮。9《口》熱中的《*about*, *for*...》；渴望的《*to do*》：be ～ *for* adventure 渴望去冒險。10〖牌〗百搭的。

run wild 任其自生自長；放縱。

wild and wooly《美》未開化的。

—副 意外地；無遠見地；任意地；粗暴地。—名《常作 **the ～s**，作單數》荒野，荒地。

～**·ness** 名

'wild 'boar 名〖動〗野豬。

'wild ,card 名 1〖牌〗百搭牌，萬能牌。2《美》〖運動〗外卡選手。**'wild-,card** 形

'wild 'carrot 名〖植〗野生紅蘿蔔。

wild·cat ['waɪld,kæt] 名(複～s,《義 1 集合名詞》～) 1〖動〗山貓。2 暴躁的人；壞女人。3 不穩固的企業。4《美口》交換火車頭。5《美》（石油等的）試掘井。—形《限定用法》1《美》（經營）不健全的；非法的。2《美》（列車）臨時加開的。3（罷工）未經工會下令許可的：a ～ strike《美》非法的罷工。—動(～**·ted**, ～**·ting**) 及 不及《美》試掘（石油等）。

wild·cat·ter ['waɪld,kætɚ] 名《美口》1 石油探勘者。2 投機的企業家。3 沒有遠見的人。

W

Wilde [waɪld] 图 **Oscar**，王爾德（1854－1900）：愛爾蘭出生的劇作家、詩人、小說家。

wil·de·beest ['wɪldə,bist] 图(複～s,《集合名詞》～) = gnu.

wil·der ['wɪldɚ] 動不及及《古·詩》**1** 使迷路。**2** 使迷惘，不知所措。

Wil·der ['waɪldɚ] 图 **Thornton (Niven)**，懷爾德（1897－1975）：美劇作家、小說家。

:wil·der·ness ['wɪldɚnɪs] 图(《罕》複～·es) **1**《the ～》荒野，荒地。**2**《通常作 **a** ～》浩瀚的一片《*of*...》: *a* ～ *of* sea 一片汪洋大海。**3**《通常作 **a** ～》無數，大量《*of*...》: a ～ *of* tall buildings 無數的高樓。**4**（庭園中的）荒蕪之地。

in the wilderness《口》(1) 置身於孤獨。(2) 離開政壇。

wild-eyed ['waɪld,aɪd] 形 **1** 怒目的。**2** 無謀的，魯莽的: a ～ plan 草率的計畫。

wild·fire ['waɪld,faɪr] 图 U **1** 古代用來對敵船放火的燃燒物。**2** 鬼火；野火：spread like ～ 像野火般迅速地蔓延。

wild·fowl ['waɪld,faul] 图 野禽，獵鳥。

'wild-'goose ˌchase ['waɪld'gus-] 图 徒勞無益的追求；白忙一場。

wild·life ['waɪld,laɪf] 图 U《集合名詞》野生動物: ～ preserves 野生動物保護區。 **-lif·er** 图 野生動物保護論者。

wild·ly ['waɪldlɪ] 副 **1** 野性地，野蠻地。**2** 過度地：～ irrational situations 極不合理的狀況。

'wild 'oat 图 **1** 野生燕麥。**2**《～**s**》年輕時的縱情玩樂。

sow one's wild oats 年輕時縱情玩樂。

'Wild 'West 图《the ～》（拓荒時代的）美國西部邊陲地帶。

wild·wood ['waɪld ,wud] 图《詩》原始林。

wile [waɪl] 图《～**s**》詭計；圈套；詐欺。—動及 騙《*into..., into doing*》；誘騙；套出《*from...*》。

wile away... 消磨，蹉跎。

Wil·fred ['wɪlfrɪd] 图〖男子名〗威爾弗列德（亦作 **Wilfrid**）。

wil·ful ['wɪlfəl] 形《英》= willful.

Wil·helm ['wɪlhɛlm] 图〖男子名〗威廉。

:will¹ [wɪl,《弱》wəl] 助動（現在式第一人稱、第三人稱用 **will**，第二人稱用 **will** 或《古》**wilt**；過去式第一人稱、第三人稱用 **would**，第二人稱用 **would** 或《古》**wouldst**）**1**《單純未來》將…，要…。**2**《意志未來》(1) 想…，要…。(2)《說話者的命令、指示》我要你[他，她，它，他們]…。**3** (1)《詢問對方的意志》要[想]…嗎？(2)《客氣的請託、輕微的命令、勸誘》請…好嗎？**4**《對現在事態的推測》可能，…吧。**5**《主詞的強烈意志、主張；強烈的拒絕》一定要…；《否定》絕不…。**6**《表習慣、規則性動作》平常都…，屢次…。**7**《表傾向、習性、必然性》終究：Accidents ～happen.《諺》人有旦夕禍福。/ Money ～ come and go.《諺》錢有去有來（錢乃身外之物）。**8**《表可能、能力》可以，能夠。**9**《表提議、勸誘》。**10**《可用於間接敘述句，直接敘述句則 **will, shall** 皆可》。

if you will 假如你喜歡的話；如果你允許的話。

:will² [wɪl] 图 **1**《the ～》意志；意志力：the freedom of *the* ～ 意志的自由。**2**《**the** ～, **one's** ～》願望，意圖: *the* ～ to become President 想當總統的意願 / accomplish one's ～實現自己的願望。**3**《只用單數》目的；決心；心意《 *to* do 》: have one's (own) ～固執己見 / have the ～ *to* succeed 有成功立業的大志 / Where there's a ～, there's a way.《諺》有志者事竟成。**4**《**one's** ～, **the** ～》《文》命令。**5** U C 態度: a man of good ～善意的人。**6**〖法〗遺囑：draw up a ～立遺囑。

against one's will 事與願違；不得已。

at will 隨意地。

do the will of... 照…的意思做。

of one's own free will 出於自願。

with a will 熱心地，認真地，有決斷力地。

—動(～**ed**, ～·**ing**)及 **1** 欲，有意要。**2** 立志完成；使決心。**3** 遺贈，遺留；立囑。—不及 **1** 運用意志。**2** 決定，決心。

Will [wɪl] 图〖男子名〗威爾（William的暱稱）。

will-be ['wɪlbi] 图 未來有希望的人。

willed [wɪld] 形《通常用於複合詞》意志…的: strong-*willed* 意志堅強的。

wil·let ['wɪlɪt] 图(複～**s**,《集合名詞》～)〖鳥〗北美洲產的一種鷸。

·will·ful ['wɪlfəl] 形 **1** 故意的：～ distortion of the facts 對於事實的故意歪曲 / ～ violation of the law 蓄意違法。**2** 剛愎的，倔強的：～ disobedience 倔強的反抗 / ～ blindness 一味的無知。 ～·**ly** 副, ～·**ness** 图

Wil·liam ['wɪljəm] 图〖男子名〗威廉（暱稱作 Will, Bill）。

Wil·liams ['wɪljəmz] 图 **Tennessee**（本名為 *Thomas Lanier Williams*），威廉斯（1911－83）：美國劇作家。

Wil·liams·burg ['wɪljəmz,bɜg] 图 威廉斯堡：美國 Virginia 州東南部的一城鎮。

Wil·liams·port ['wɪljəmz,port] 图 威廉波特：美國 Pennsylvania 州中部的小城；世界少棒賽在此舉行。

'William 'Tell 图 威廉泰爾：瑞士傳說中的愛國英雄。

Wil·lie ['wɪlɪ] 图 **1**〖男子名〗威利（William 的暱稱）。**2**〖女子名〗威莉。

wil·lies ['wɪlɪz] 图(複)《通常作 **the** ～》《俚》一陣緊張；令人有毛骨悚然之感。

:will·ing ['wɪlɪŋ] 形 **1**《敘述用法》樂意

W

的，不嫌厭的《*to* do》；願意的，樂意的《*that* (*should*)子句》。2《限定用法》欣然從事的：a ~ listener 忠實的聽眾 / Do not spur a ~horse.《諺》不必畫蛇添足。3 情願做的。

·**will·ing·ly** [ˈwɪlɪŋlɪ] 副 欣然地。

will·ing·ness [ˈwɪlɪŋnɪs] 名 U 欣然，願意。

will-o'-the-wisp [ˌwɪləðəˈwɪsp] 名 1 鬼火。2 騙人的東西，幻影。

·**wil·low** [ˈwɪlo, ˈwɪlə] 名 1〖植〗柳樹；U 柳材。2《口》柳木製品，板球球棒。3 打棉機。

wear the willow (1) 失戀。(2) 悲嘆愛人的死。

—動 及 以打棉機清理。~·ish, ~·like 形

ˈ**willow ˌherb** 名〖植〗柳蘭；柳葉菜。

ˈ**willow ˌpattern** 名 U（英國瓷器上的）柳樹圖案。

wil·low·ware [ˈwɪloˌwɛr] 名 繪有柳樹圖案的瓷器。

wil·low·y [ˈwɪləɪ] 形 (**willow·i·er, willow·i·est**) 1 似柳的；身材苗條而婀娜的。2 多柳樹的。

ˈ**will ˌpower** 名 U 意志力：have a lot of ~有很大的意志力。

wil·ly [ˈwɪlɪ] 名 (複 **-lies**) = willow 3.
—動 (**-lied**, ~·**ing**) 及 拿到打棉機上處理。

Wil·ly [ˈwɪlɪ] 名 1〖男子名〗威利（William 的暱稱）。2〖女子名〗威莉（亦作 Willie）。

wil·ly-nil·ly [ˈwɪlɪˈnɪlɪ] 副 無可奈何地；不情願地。—形 優柔寡斷的。

Wil·ma [ˈwɪlmə] 名〖女子名〗威爾瑪。

Wil·son [ˈwɪlsn̩] 名 **Woodrow**，威爾遜（1856–1924），美國第廿八任總統（1913–21）。

ˈ**Wilson's disˌease** 名 U 威爾森氏病。

wilt¹ [wɪlt] 動 不及 1 枯萎，凋謝；衰弱，沮喪。2 衰微；勢衰。—及 使枯萎；使變弱；使衰弱。—名《通常作 a ~》枯萎；衰微。

wilt² [wɪlt] 動《古·方》《主詞爲 **thou** 時》**will¹** 的第二人稱單數直說法現在式。

wilt³ [wɪlt] 名 U〖植病理〗黃萎病；枯萎病。

Wil·ton [ˈwɪltən] 名 威爾頓絨氈。

Wilt·shire [ˈwɪltʃɪr] 名 威爾特郡：英格蘭南部的一郡；首府爲 Trowbridge（亦稱 **Wilts**）。

wil·y [ˈwaɪlɪ] 形 (**wil·i·er, wil·i·est**) 狡詐的：(as) ~ as a fox 像狐狸般狡詐。

W

wim·ble [ˈwɪmbl̩] 名 鑽；錐。—動 不及 鑽洞。

Wim·ble·don [ˈwɪmbl̩dən] 名 溫布頓：英格蘭東南部的一城鎮，國際網球大賽的比賽地。

wimp [wɪmp] 名《口》軟弱無能的人。
~·**y** [ˈwɪmpɪ] 形

wim·ple [ˈwɪmpl̩] 名 1（修女的）頭巾。2《蘇》（布等的）褶痕；迂迴曲折。
—動 及 1 用頭巾包住。2 使起漣漪。
—不及 1 起漣漪。2《主蘇》波浪起伏。

Wimp·y [ˈwɪmpɪ] 名《英》〖商標名〗（以一種鬆軟的小圓麵包所做的）漢堡。

:**win¹** [wɪn] 動 (**won**, ~·**ning**) 及 1 贏得勝利：~ a fight 在戰爭中得勝 / Slow and steady ~*s* the race.《諺》穩紮穩打者常可獲勝，欲速則不達。2 獲得；《文》達到：~ a victory 得勝 / ~ a conclusion 獲得結論。3 博得；說服（女性）使與之結婚；使獲得：~ a person's favor 得到某人的好感 / ~ honors *for* oneself 博得信譽。4 說服，使跟隨，拉攏過來，使依從《*over, round / to...*》。5《主方》收穫。
—不及 1 獲勝；勝（對方）。2 成功，達成《*out, through*》。3 成爲。

win back（努力之後）贏回。

win hands down 輕而易舉地成功。

win on... 吸引（人等）。

win the day 獲得勝利。

win one's way（憑努力、才能等而）達成。

you can't win. 你無論如何做都沒用。

—名 1 勝利；《美》（賽馬等的）第一名。2《常作~s》贏得的獎品。

win² [wɪn] 動 及 (**winned** 或 **won**, ~·**ning**)《愛·北英》把（乾草等）晒乾[晾乾]。

wince [wɪns] 動 不及 畏縮，退縮《*at, under...*》：make a person ~ 使某人退縮。
—名 畏縮，退縮。

win·cey·ette [ˌwɪnsɪˈɛt] 名 U《英》一種兩面有絨毛的棉絨布。

winch [wɪntʃ] 名 1 曲柄。2 絞盤，絞車。
—動 及 用絞盤吊起《*up, away, in*》。

Win·ches·ter [ˈwɪnˌtʃɛstɚ, -tʃɪstɚ] 名 溫徹斯特：英國英格蘭南部 Hampshire 郡的首府。

ˈ**Winchester** (ˈ**rifle**) 名 溫徹斯特來福槍。

:**wind¹** [wɪnd,《詩》waɪnd] 名 1 U C 風：a breath of ~ 微風 / a high ~強風 / a full sail of ~ 一帆風順 / It's an ill ~ that blows nobody any good.《諺》使人人都受害的風是壞風（指失之東隅，收之桑榆）。2 U C 強風；暴風：~*s* blowing at 95 miles an hour 時速 95 哩的強風。3《通常作 the ~》（人工的）風；U（胃腸內的）氣體：get ~（飯後等）腹脹 / break ~ 放屁。4 U《集合名詞》管樂器；《the ~s》（管弦樂隊的）管樂器部；《the ~》《作單、複數》管樂器演奏者。5 U 呼吸；肺活量；〖拳擊〗《俚》心窩 :catch one's ~ 喘口氣。6 影響力，趨勢；破壞力：the cold ~*s* of public opinion 輿論的譏評。7 U 警戒；預感。8 U（野獸的）氣味。9 U 虛僞的話；虛無；無意義；矯飾；自滿。10 方位：to the (four) ~*s* 向四面八方。

before the wind (1) 順風。(2) 順利地。

between wind and water (1)（船）在水線

處。(2)在危險的地方。
by the wind（帆船）逆風行駛；《喻》（話）在緊要關頭的。
cast...to the winds 將…任風吹去；將…完全忘記。
down the wind 在下風。
gain the wind of... (1)駛到（他船的）上風。(2)占有比…更有利的地位。
get the wind up《俚》緊張，害怕。
hang in the wind 處於尚未決定的狀態。
how the wind blows 風向如何；傾向如何。
in the teeth of the wind / in the wind's eye 逆風航行。
in the wind (1)在上風（處）。(2)即將被察覺。(3)迫近；（祕密地）醞釀中。
off the wind 順風；避開風。
on the wind 乘風地；盡可能逆風行駛。
***put the wind up** a person*《主英》使某人害怕。
raise the wind《口》籌款。
sail close to the wind (1)搶風航行。(2)節儉。(3)做幾近於失禮的事。(4)僅免（於被懲罰等）；冒險。
sail with every (shift of) wind 善於利用各種環境而能在人世中過活。
second wind (1)（運動後）呼吸恢復到正常狀態。(2)（體力的）恢復。
sound in wind and limb 身體健康。
sow the wind and reap the whirlwind ⇨ WHIRLWIND（片語）
take the wind out of** a person's **sails 摧毀（對方）的自信；使某人難堪；先發制人；使某人混亂。
twist in the wind 情緒變得不安。
under the wind 在風吹不到的地方；在下風（處）。
up the wind 逆風地。
wind and weather 風吹雨打。
within wind of... 在不遠的地方。
—動 及 **1** 將…暴露於風中。**2**（獵犬等）嗅出氣味；察覺出。**3** 使呼吸急促；使（馬等）喘一口氣。—不及 **1** 嗅到獵物的氣味。**2**《方》喘口氣歇一歇。

·wind² [waɪnd] 動 **(wound,**《罕》**~·ed, ~·ing)** 不及 **1** 彎曲；迂迴。**2** 螺旋狀地前進；纏繞《*about, around, round, upon ...*》。**3** 彎曲不平，翹曲。**4** 拐彎抹角地說；不露痕跡地做。**5**《與狀態副詞連用》上發條。**6**（馬）向左轉。—及 **1** 捲《*with...*》；裹住《*up / in...*》；纏繞《*around, about, on, round...*》：~ a band-age *on* one's ankle 將繃帶纏在腳踝上。**2** 捲，捲取《*off, from...*》：~ the thread *off* the bobbin 從線軸捲取線。**3**（以絞盤等）吊起《*up*》。**4** 扭緊發條《*up*》。**5** 繞…迂迴前進。**6** 委婉地寫於。
wind down (1)（時鐘因發條鬆而）慢下來，停止。(2)緩緩結束；漸減。(3)變得平靜，鬆弛。
wind** a person **round** one's **little finger 隨意操縱（某人）。
wind up《口》(1)《與副詞（子句）連用》變成；結束。(2)〖棒球〗揮臂準備投球。
wind...up / wind up... (1) ⇨動 及 3, 4. (2)捲起。(3)《通常用被動》使緊張；使興奮。(4)結束《*with...*》。(5)仔細算…；結算；把（話）結束。
wind** one's **way into... 巧妙地進入，巧妙地討好。
—名 **1** 捲；蜿蜒；曲折；（板子的）翹曲。**2** 一繞，一圈。
~**·a·ble** 形 可捲的。

wind³ [waɪnd, wɪnd] 動 **(~·ed** 或 **wound, ~·ing)** 及 **1** 吹（喇叭等）；將…吹響。**2**（用號角等）發出信號。

wind·bag [ˈwɪnd,bæg] 名 **1**（風笛的）風囊。**2**《俚》滿口空話的人。

wind-bell [ˈwɪnd,bɛl] 名 風鈴。

wind·blown [ˈwɪnd,blon] 形 **1** 被風吹的；（樹）馬尾狀的：a ~ summit 被風吹拂的山頂。**2**（髮型）風飄型的。

wind-borne [ˈwɪnd,born] 形（花粉等）靠風運送的；藉風作用的。

wind·break [ˈwɪnd,brek] 名 防風物；防風林。

Wind·break·er [ˈwɪnd,brekɚ] 名〖商標名〗《美》防風夾克。

wind-bro·ken [ˈwɪnd,brokən] 形 患氣喘病的。

wind·cheat·er [ˈwɪnd,tʃitɚ] 名《主英》防寒短夾克。

wind·chill [ˈwɪnd,tʃɪl] 名 = windchill factor.

ˈwindchill ˌfactor [ˌindex] 名 風寒因數，風寒指數。

ˈwind ˌcone 名 = windsock.

wind-down [ˈwaɪnd,daʊn] 名 逐步減縮，逐漸停止。

ˈwind ˌdrag [ˈwɪnd-] 名 空氣阻力。

wind·ed [ˈwɪndɪd] 形 **1**《通常作複合詞》呼吸的：short-*winded* 呼吸短促的。**2** 上氣不接下氣的。

wind·er [ˈwaɪndɚ] 名 **1** 捲曲的人[物]；彎曲的東西；使捲曲的人[物]；捲線機。**2**《~**s**》螺旋梯的梯級。**3** 攀附植物。

Win·der·mere [ˈwɪndɚ,mɪr] 名 **Lake**，溫德米爾湖：位於英國英格蘭西北部。

ˈwind eˌrosion 名 U（表土的）風蝕（作用）。

wind·fall [ˈwɪnd,fɔl] 名 **1** 被風吹落的東西。**2**《美》被風吹倒的樹；由被風吹倒的樹所蓋住的地區。**3** 意外收穫，橫財。

wind·flow·er [ˈwɪnd,flaʊɚ] 名〖植〗白頭翁。

wind·hov·er [ˈwɪnd,hʌvɚ] 名《主英》〖鳥〗茶隼。

wind·ing [ˈwaɪndɪŋ] 名 **1** U C 捲，纏；包裹；摺疊。**2** 被纏繞之物。**3** 紆曲；彎曲處。**4** 偏離主題。**5**〖電〗繞組；繞法。

W

—形 1 彎彎曲曲的；螺旋狀的；複雜的。2 搖晃的，站不穩的。～·ly 副

'winding ˌsheet ['waɪndɪŋ-] 名 裹屍布。

'wind ˌinstrument ['wɪnd-] 名 管樂器，吹奏樂器。

wind·jam·mer ['wɪnd,dʒæmɚ] 名《口》1 大型帆船。2 帆船的水手。

wind·lass ['wɪndləs] 名 轆轤；〖海〗捲揚機。—動 及（用捲揚機）吊起。

wind·less [wɪndlɪs] 形 1 無風的；平靜的。2 上氣不接下氣的。～·ly 副

·wind·mill ['wɪnd,mɪl] 名 1《英》風車（《美》pinwheel）。2 假想的敵人：to tilt at ～*s* 與假想的敵人作戰；做不可能做到的事。

fling** one's **cap over the windmill 下定決心，不顧一切地做；打倒因襲的事。

—動 及 藉風力使旋轉；使（像風車般）旋轉。—不及 風車似的旋轉。

:win·dow ['wɪndo] 名 1 (1) 窗：look out (of) the ～從窗口望出去。(2) 陳列窗，櫥窗。(3)（賣票處等的）窗口。2 窗玻璃。3 似窗之物；《喻》（某物的）窗：the ～ of an envelope 信封上的透明紙窗。4〖電腦〗視窗。

have all** one's **goods in the (front) window 虛有其表，膚淺。

throw the house out at (the) window 使陷入大騷亂中。

—動 及 裝窗戶。～·less 形

'window ˌbox 名 1（置於窗臺上的）花箱。2 窗框兩側空槽。

'window ˌdressing 名 U 1 櫥窗的布置與裝飾（法）。2 修飾外表；假帳。

'win·dow-ˌdress·er 名

'window ˌenvelope 名 開窗信封。

win·dow·pane ['wɪndo,pen] 名 窗玻璃。

'window ˌsash 名 窗框。

'window ˌseat 名 1（窗檻下的）座位。2（火車等）靠窗的座位。

'window ˌshade 名《主美》可捲窗簾布。

win·dow-shop ['wɪndo,ʃap] 動 (-shopped, ～·ping) 不及 瀏覽櫥窗。～·per, ～·ping 名

'window ˌsill 名 窗臺，窗檻。

wind·pipe ['wɪnd,paɪp] 名《俚》氣管。

wind·proof ['wɪnd,pruf] 形 防風的。

wind·row ['wɪnd,ro] 名 1 成排的乾草。2（被風吹積成堆的）枯葉。—動 及 將（乾草等）排成行。

'wind ˌscale ['wɪnd-] 名 風級，風力分級表。

wind·screen ['wɪnd,skrin] 名《英》= windshield.

'wind ˌshear ['wɪnd-] 名 風剪：風的速度和方向突變之狀況，對飛機造成損害。

wind·shield ['wɪnd,ʃild] 名《美》（汽車的）擋風玻璃。

'windshield ˌwiper 名《美》（汽車等擋風玻璃的）自動雨刷（《英》windscreen wiper）。

wind·sock ['wɪnd,sak] 名〖氣象〗風向袋，風向標。

Wind·sor ['wɪnzɚ] 名 溫莎：1 現今英國王室（1917–　）的名稱。2 英國 Berkshire 郡的一都市，為 Windsor Castle 的所在地。

'Windsor 'chair 名《偶作 w- c-》溫莎椅（亦作 **Windsor rocker**）。

'Windsor 'tie 名 溫莎領帶。

wind·storm ['wɪnd,stɔrm] 名 暴風。

wind·surf ['wɪnd,sɝf] 動 不及 玩風浪板。

～·**er** 名 玩風浪板的人。

wind·surf·ing ['wɪnd,sɝfɪŋ] 名 U 風浪板運動。

wind-swept ['wɪnd,swɛpt] 形 暴露在風中的；（被風）吹亂了的。

wind·tight ['wɪnd'taɪt] 形 不透風的。

'wind ˌtunnel ['wɪnd-] 名〖空〗風洞。

wind·up ['waɪnd,ʌp] 名 1《主美》終結；最後的行為。2〖棒球〗投球前揮臂的準備動作。—形《限定用法》1 捲起來的；裝有發條式的。2 結尾的。

wind·ward ['wɪndwɚd] 副（在）上風，逆風。—形 上風的，向風的。

—名 1 U 上風。2 上風側。

to the windward （在…的）上風；居於優勢的地位，在有利的位置《*of...*》。

·wind·y ['wɪndɪ] 形 (**wind·i·er, wind·i·est**) 1 有風的，風大的：the ～ season 風季。2 暴露在風中的，受風的：a ～ beach 有風的海濱。3 似風的，激烈的。4 無內容的；空洞的；《口》多話的；吹牛的：a ～ speech 空洞的演說 / a ～ person 吹牛的人。5 引起腸胃脹氣的：～ dishes 引起脹氣的菜肴。6《主英俚》受驚的。

on the windy side 在…的勢力所不及的地方《*of...*》。

'Windy 'City 名《the ～》風城：美國 Chicago 市的別稱。

:wine [waɪn] 名 1 U C 葡萄酒；酒：*W*-in, truth out.《諺》酒後吐真言。2 U C 水果酒：apple ～蘋果酒。3 U 葡萄酒色，暗紫紅色。4 給予人精神之物，令人愉悅之物。5《英》供應葡萄酒的社交聚會；（大學生所開的）葡萄酒宴會。

new wine in old bottles 舊瓶裝新酒。

—形 暗紅色的，紅葡萄酒色的。

—動 (**wined, win·ing**) 及 供給…葡萄酒；請…喝葡萄酒。—不及 喝葡萄酒。

wine and dine... / dine and wine... (1) 大吃大喝。(2) 熱烈款待。

'wine ˌbar 名《英》葡萄酒吧（檯）。

wine·bib·ber ['waɪn,bɪbɚ] 名 豪飲者，酒鬼。

wine·bib·bing ['waɪn,bɪbɪŋ] 名 U 豪

飲。

'wine ˌcellar 图酒窖；葡萄酒的儲藏。

wine-col·ored ['waɪn,kʌlɚd] 形 葡萄酒色的，暗紫紅色的。

wine-cool·er ['waɪn,kulɚ] 图葡萄酒冷卻器。

'wine ˌgallon 图舊加侖。

wine·glass ['waɪn,glæs] 图 酒杯。

wine·glass·ful ['waɪn,glæsfʊl] 图 一酒杯的量 。

wine·grow·er ['waɪn,groɚ] 图種葡萄釀酒者。**-grow·ing** 图 Ⓤ葡萄栽培兼葡萄酒釀造業。

'wine ˌpress 图葡萄榨汁器。

win·er·y ['waɪnərɪ] 图(複-er·ies)《美》葡萄酒釀造廠。

Wine·sap ['waɪn,sæp] 图美國紅蘋果。

wine·shop ['waɪn,ʃɑp] 图酒館。

wine·skin ['waɪn,skɪn] 图 **1** 皮製酒袋。**2** 豪飲者。

:wing [wɪŋ] 图 **1** 翼；翅膀。**2**《口》(人的) 胳臂；(四腳動物的) 前足。**3**(風車的) 翼，葉；機翼。**4**〖解〗翼；〖植〗翼瓣。**5** 箭尾羽毛。**6**〖建〗建築物旁邊擴建的部分，側廳，邊房；〖城〗翼面，翼壁；〖劇〗《~s》(舞臺的) 兩側。**7**〖家具〗椅背上端左右伸出的耳狀頭靠。**8**(政黨等的左右) 翼，派系：the right ~ 右翼。**9**〖運動〗邊鋒。**10**〖軍〗(對主力而言) 翼。**11**〖軍〗(1) 空軍聯隊。(2)《~s》空軍徽章。**12** 僚機的位置。**13**《英》擋泥板 (《美》fender)。**14**(雙扇門等的) 一扇。**15**《常作集合名詞》鳥；鳥群《of...》。

be hit under the wing《俚》醉了。

clip the wing of** a person / **clip** a person's **wings 限制某人的活動。

give wings《俚》(爲朋友等) 打海洛因。

in the wings (1) 在 (舞臺的) 兩側。(2) 準備 (出場)。

lend wings to... 使…加速。

on the wing (1) 在飛行中的。(2) 在活動中的；在移動中的；忙碌的。

on the wings of... 乘…之翼，以…迅速地被搬運。

on wings (因興奮而) 步伐輕快。

take to itself wings 飛快地消失。

take wing(s) (1) 有活力。(2) 飛開；迅速離去。

under** one's **wing 在某人的保護之下。

—動 及 **1** 給…裝上翼；給…裝上翼狀物。**2** 使飛，使迅速移動；使加速。**3** 放 (箭等)；使飛出。**4** 飛。**5** 傷到 (鳥等) 的翅膀；傷到 (人) 的胳臂。**6** 射落；擊落。

—不及 飛行，高飛。

wing it《美俚》即興表演。

~·like 形

wing·back ['wɪŋ,bæk] 图〖美足〗側翼後衛；側翼後衛的位置。

'wing ˌcase [ˌcover] 图= elytron.

'wing ˌchair 图安樂椅。

'wing comˌmander 图《英》空軍中校 (《美》lieutenant colonel)；《美》空軍聯隊長。

wing-ding ['wɪŋ,dɪŋ] 图《美俚》**1** 喧鬧的慶祝會。**2** 顛狂；一陣暴怒。

winged [wɪŋd, 《詩》'wɪŋɪd] 形 **1**《通常作複合詞》有翅膀[翼]的：a black-*winged* bird 黑翼的鳥。**2** 迅速的。**3** 翅膀受傷的；胳臂負傷的。**4** 崇高的。

wing·er ['wɪŋɚ] 图《英》(足球賽擔任) 左右兩翼的球員。

-winger《字尾》表「(政治方面) …翼的人」之意。

wing·less ['wɪŋlɪs] 形無翼的；(因翼退化而) 只留有翼之痕跡的。

'wing ˌnut 图翼形螺帽。

wing·span ['wɪŋ,spæn] 图翼展：兩翼尖間的距離。

wing·spread ['wɪŋ,sprɛd] 图翼幅；翼展。

Win·i·fred ['wɪnəfrɪd] 图〖女子名〗溫妮芙麗德 (暱稱 Winnie)。

·wink [wɪŋk] 動 不及 **1** 眨眼；眨眼示意《*at, to...*》：~ knowingly 會意地眨眨眼 / ~ *at* a girl 向女孩子眨眼。**2**(光、星星等) 閃爍；《英》(車燈等) 時明時滅 (《美》blink)。—及 **1** 眨 (眼睛)；使 (如眨眼般) 閃爍；使忽明忽滅。**2** 眨眼示意。**3** 眨眼使去除《*back, away*》。

(as) easy as winking 非常容易地。

like winking《俚》瞬間；起勁地。

wink at... 假裝沒看見，饒恕。

wink out 突然結束，消失。

—图 **1** 眨眼；眨眼示意。**2** 閃爍。**3**《a ~》一瞬間；極短的時間。**4**(睡眠的) 打盹。

forty winks ⇨ FORTY WINKS

tip** a person **the wink《俚》眨眼予以警告。

wink·er ['wɪŋkɚ] 图 **1** 眨眼睛的人。**2**(馬的) 眼罩。**3**《~s》《美口·北英》睫毛；眼睛；《~s》眼鏡。**4**《英口》(汽車的) 方向指示燈 (《美》blinkers)。

win·kle ['wɪŋkl] 图〖貝〗玉黍螺：*winkle*-pickers《俚》尖頭男鞋。—動 及《英口》挖出《*out*》；揭穿；逐出；探出 (消息等)《*out / out of...*》。

·win·ner ['wɪnɚ] 图勝利者；獲勝馬；得獎者；成功的事物：the ~'s circle (賽馬場中) 勝利馬的繞場表揚。

Win·nie, -ny ['wɪnɪ] 图 **1**〖男子名〗溫尼 (Winston 的暱稱)。**2**〖女子名〗溫妮 (Winifred 的暱稱)。

win·ning ['wɪnɪŋ] 图 **1** Ⓤ獲勝，勝利；Ⓤ Ⓒ獲得 (物)。**2**《通常作~s》獎金，獎品。—形 **1** 獲勝的，優勝者的。**2** 迷人的。**~·ly** 副迷人地。

win·ning·est ['wɪnɪŋɪst] 形最多勝的；常勝的。

W

'winning ˌpost 名（賽馬場的）終點的標柱，決勝點。

Win·ni·peg ['wɪnəˌpɛg] 名溫尼伯：加拿大 Manitoba 省的首府。

win·now ['wɪno, -ə] 動 及 1 篩（穀物等）；揚去（糠皮等）《*from...*》。2 篩選；《文》識別《*out / from...*》：～ truth *from* falsehood 辨別真假。3 細察：～ a set of documents for forgeries 細察文件是否僞造。4《文》吹去，吹散。5 振翅而飛。—不及 1 簸去糠皮。2 鼓翼。
—名 簸穀器。～·er 名

win·o ['waɪno] 名(複～s [-z])《美俚》（喝廉價酒的）酒鬼。

win·some ['wɪnsəm] 形 1 吸引人的，迷人的：a ～ face 可愛的臉。2 使人愉快的。
～·ly 副, ～·ness 名

:win·ter ['wɪntɚ] 名 1 U C 冬，冬季；寒季：a black ～沒有下雪的冬天。2 U 冷天。3《詩》一年：a man of seventy ～*s* 七十歲的人。4 暮年；蕭條期；逆境。5《形容詞》(1) 冬天的，冬天用的：～ sports 冬季運動 / the *W*- Olympics 冬季奧運。(2) 可儲藏過冬的：～ melons 可儲藏過冬的甜瓜。(3) 冬天播種的：～ wheat 冬小麥。
—動 不及 1 過冬《*at, in...*》。2 冬季飼養；越冬。—及 1 冬天期間照顧。2 保護…不受凍。
～·ish 副, ～·less 形, ～·ly 形

'winter 'garden 名冬園：冬季培育植物的溫室庭園。

win·ter·green ['wɪntɚˌgrin] 名 U 1〖植〗鹿蹄草。2 冬青油；其香味。

win·ter·ize ['wɪntəˌraɪz] 動 及《美》裝置禦寒設備；作防寒處置。

win·ter·kill ['wɪntɚˌkɪl] 動 及 不及《美》冷而枯萎，凍死。—名 寒害，冬日草木枯萎。～·ing 形 名

'winter 'sleep 名 U 冬眠。

'winter 'solstice 名《the ～》〖天〗冬至。

win·ter·tide ['wɪntɚˌtaɪd] 名《詩》= wintertime.

win·ter·time ['wɪntɚˌtaɪm] 名 U《偶作 the ～》冬天，冬季。

win·ter·y ['wɪntərɪ, -trɪ] 形 (**-ter·i·er, -ter·i·est**) = wintry.

win·try ['wɪntrɪ] 形 (**-tri·er, -tri·est**) 1 冬天的；如冬的：a ～ day 冬日。2 沒精神的；冷漠的；荒涼的；寒冷的：a ～ smile 冷笑。
-tri·ly 副

win-win ['wɪn'wɪn] 形《美口》（交涉等）雙贏的。

win·y ['waɪnɪ] 形 (**win·i·er, win·i·est**) 似葡萄酒的；有酒意的。

:wipe [waɪp] 動 (**wiped, wip·ing**) 及 1 輕擦，擦拭《*with, on...*》；擦掉《*away, off, out / from, off...*》：～ one's hands *on* a paper towel 用紙巾擦手 / ～ *away* the sweat 擦掉汗水 / ～ the sink *out* 將洗濯槽擦乾淨。2 擦拭；塗在（…的表面）《*on, over...*》。3 除去《*out*》；償除《*off*》；《喻》除去（污名等）《*away, off, out / from, off...*》：～ *away* a smear 拭去污漬 / ～ *off* a debt 償清債務 / ～ the surprise *off* one's face 一掃臉上驚訝之色。4《方》《俚》用力打；（以嘲笑等）攻擊。

wipe one's boots on... 對…給予大的侮辱。
wipe...down / wipe down... 將…擦乾淨。
wipe a person's eye ⇨ EYE（片語）
wipe one's hands of 撒手不管，斷絕關係。
wipe off the slate ⇨ SLATE[1]（片語）
wipe out（從衝浪板等）跌落。
wipe...out / wipe out... (1) ⇨動 及 1. (2) ⇨動 及 3. (3) 粉碎，徹底消滅。(4)《主美》殺死。(5)（物價上升等）使…失效。
wipe the floor with... ⇨FLOOR（片語）
wipe up 擦拭（盤子等）。
wipe...up / wipe up... (1) 將…擦掉。(2) 粉碎。(3) 擦乾。
—名 1 擦，拭。2 塗抹。3 揮擊。4《俚》拭擦之物。

'wiped 'out 形《美俚》1 喝醉的。2 筋疲力竭的。

wipe-out ['waɪpˌaʊt] 名《美俚》跌落；《美俚》全軍覆沒。

wip·er ['waɪpɚ] 名 1 擦的人；抹布，毛巾；《複合詞》…擦。2（汽車的）雨刷；〖電〗接帚；〖機〗起桿。

:wire [waɪr] 名 1 U C 金屬線；電線：copper ～銅線 / live ～通電電線。2 U 有刺鐵絲網。3 C U《美》電報，電信；《the ～》電話：send a person a birthday greeting by ～ 拍電報祝賀某人生日。4〖海〗鋼索。5《～s》操作木偶的牽線。6《常作～s》（樂器的）金屬弦。7《常作～s》《美》〖賽馬〗終線。8 金屬網圈套；《常作～s》金屬框。9 U 金屬絲製品，金屬絲網。

be (all) on wires 焦急，興奮。
down to the wire《美》直到最後。
get one's wire crossed《口》《美》誤解。
lay wires for...《美口》爲…作好準備。
pull (the) wires《美》幕後操縱。
under the wire《美·加》（在截止時限前）及時趕上。
—形 用金屬線作成的。
—動 (**wired, wir·ing**) 及 1 以金屬線穿過…；用金屬線捆…。2 把電線裝於…。3《口》以電報傳送；以電報告知。4 以金屬網捕捉。—不及《口》打電報《*to, for...*》。
wire in《英俚》傾全力。
wire into...《英俚》狼吞虎嚥地吃，專心致力地做…。

'wire ˌbrush 名鋼絲刷。

'wire 'cloth 名 U C 鐵絲網，濾網。

'wire ˌcutter 名剪金屬絲用的鉗子。

W

wired [waɪrd] ㊊ 1 有線的：by ～ radio 用有線收音機。2 以鐵絲作成的。3《俚》既興奮又緊張的。

wire·draw ['waɪr,drɔ] ㊍ (**-drew, -drawn, ～·ing**) ㊋ 1 將（金屬）抽成絲。2 拉長時間。3 歪曲。

'wire ,gauge ㊔ 1 鐵絲量規。2 Ⓤ 鐵絲規格。

'wire ,gauze ㊔ Ⓤ 細線金屬網。

wire-haired ['waɪr,hɛrd] ㊊（犬等）有剛毛的。

·wire·less ['waɪrlɪs] ㊊ 1 無金屬線的。2《英》無線的，無線電話[電報]的：send ～ messages 傳送無線電訊。3《英》收音機的。—㊔《英》1 Ⓤ 無線電信技術；無線電話[電報]。2《常作 the ～》收音機；無線電廣播（節目）。—㊍ ㊋ ㊌ 以無線電信傳達。

～·ly ㊎, ～·ness ㊔

'wireless 'telegraph ㊔ = radiotelegraph.

'wireless 'telephone ㊔ = radiotelephone.

wire·man ['waɪrmən] ㊔(複 **-men**) 1《主美》架設或修理電線的工人。2《美俚》竊聽專家。

'wire ,netting ㊔ Ⓤ 鐵絲網。

Wire·pho·to ['waɪr,foto] ㊔(複～**s** [-z])〖商標名〗有線電傳真（機）。—㊍ ㊋ 以有線電傳真機傳送。

wire·pull·er ['waɪr,pulɚ] ㊔ 1 牽線者。2《美》幕後操縱者。**-pull·ing** ㊔ Ⓤ 操縱傀儡；《美》幕後策動。

wir·er ['waɪrɚ] ㊔ 1 捲金屬線的人。2 用金屬網捕捉（野兔等）的人。

'wire re,corder ㊔ 鋼絲錄音機。

'wire re,cording ㊔ Ⓤ Ⓒ 鋼絲錄音。

'wire 'rope ㊔ 鋼索，鋼纜。

'wire ,service [,agency] ㊔《美》（新聞）通訊社。

wire·tap ['waɪr,tæp] ㊔《美》竊聽（器）。

—㊍(**-tapped, ～·ping**) ㊋ 竊聽，以竊聽手法獲得。—㊌ 竊聽電話。

～·**per** ㊔ 竊聽談話的人；（以竊聽方法獲得情報的）情報員。～·**ping** ㊔

wire·walk·er ['waɪr,wɔkɚ] ㊔《主美》走鋼絲藝人。

'wire ,wool ㊔ Ⓤ《英》鋼絲刷。

wire·worm ['waɪr,wɝm] ㊔ 1 叩頭蟲的幼蟲。2 線蟲。

wir·ing ['waɪrɪŋ] ㊔ Ⓤ〖電〗架線，配線。—㊊ 配線（用）的。

wir·y ['waɪrɪ] ㊊(**wir·i·er, wir·i·est**) 1 金屬線的；剛硬的：～ hair 剛硬的毛髮。2 身體瘦長結實的：a ～ little body 瘦小精幹的身體。3 金屬似細而尖的。**-i·ly** ㊎, ～**-i·ness** ㊔

Wis., Wisc.《縮寫》*Wis*consin.

Wis·con·sin [wɪs'kɑnsn̩] ㊔ 威斯康辛：美國中北部的一州；首府為 Madison。略作：Wis., Wisc.

:wis·dom ['wɪzdəm] ㊔ 1 Ⓤ 智慧，見識：*W-* is better than gold or silver.《諺》智慧勝過金銀。2 Ⓤ 學問，知識。3《集合名詞》格言，名言。4《常作 **W-**》《古》賢人。

'wisdom ,tooth ㊔ 智齒。

cut one's wisdom teeth 長智齒；開始懂事。

:wise[1] [waɪz] ㊊ (**wis·er, wis·est**) 1 聰明的，有智慧的《*to* do》；慎重的：a ～ man 賢人 / ～ counsel 明智的忠告。2《文》了解的《*in*...》。3《通常用比較級》了解事實的。4《美》機靈的，狡滑的。5《俚》發覺（祕密等）的；知道內幕的；察覺到的《*to*...》：put a person ～ *to*... 使某人知道…。

get wise《美俚》(1) 體會到…《*to*...》。(2) 無禮，放肆。

none the wise 仍然不懂。

—㊍ (**wised, wis·ing**) ㊋《俚》使變得聰明，使了解。

wise up 明白，了解《*to, on*...》。

～·**ly** ㊎

wise[2] [waɪz] ㊔ 方法，作法：in like ～ 同樣地 / in no ～ 絕不 / in some ～ 設法；有點 / on this ～ 如此 / in such ～ 那樣地。

-wise《字尾》1 表示樣態或方法。2 表示位置或方向。3 表示「就…方面而言」、「在…方面」。

wise·a·cre ['waɪz,ekɚ, 'waɪzəkɚ] ㊔ 1《常為譏、蔑》道貌岸然的人。2 = wise guy.

wise(-)ass ['waɪz,æs] ㊔ 聰明而自負的人。—㊊ 聰明而自負的。

wise·crack ['waɪz,kræk] ㊔《口》俏皮話，妙語。—㊍ ㊌ 說俏皮話。—㊋ 當作諷詞說。

'wise ,guy ㊔《口》自作聰明的人。

:wish [wɪʃ] ㊍ ㊋ 1 想；希望。2 祝，願；要求：～ her happy 祝她幸福 / ～ oneself far away 但願自己遠離當地。3《引導假設法》要是，但願。4 向…致（問候語）。5《口》推諉給，把…強加於：～ the hardest job on him 將最難辦的工作推給他。—㊌ 1 渴望，希望。2 許願《*on, upon*...》。

wish a person joy of... 希望某人高興；《諷》請盡情享受…。

—㊔ 1 願望，希望《*for*...》；意願《*to* do》：The ～ is father to the thought.《諺》願望是思想之父。2 所願望之物，所願望之事。3《通常作～**es**》希望的話，祝福。4（許）願。～·**er** ㊔

wish·bone ['wɪʃ,bon] ㊔ 1〖鳥〗叉骨。2 叉骨狀之物。

wish·ful ['wɪʃfəl] ㊊ 渴望的《*to* do》：with a ～ look 以充滿渴望的眼光 / be ～ *to* go 渴望能去。～·**ly** ㊎, ～·**ness** ㊔

'wishful 'thinking ㊔ Ⓤ 如意算盤，痴心妄想。

'wishing ˌcap 名（童話中的）魔帽。

wish-wash ['wɪʃ,waʃ] 名Ⓤ **1** 淡而無味的飲料。**2** 空洞無聊的話。

wish·y-wash·y ['wɪʃɪ,waʃɪ] 形 **(-wash·i·er, -wash·i·est)** **1**《口》淡而無味的。**2**（行爲、舉止等）軟弱的；無內容的。
-i·ness 名

wisp [wɪsp] 名 **1** 小束；（頭髮等的）一小綹：a ~ of straw 一把稻草。**2** ⑴ 一片，斷片；（煙等的）一縷：a ~ of smoke 一縷輕煙。⑵《 **a** ~》纖細的人《*of*...》：a ~ *of* a girl 纖弱的女孩 / a ~ *of* mist over the road 籠罩在路上的一層薄霧。**3**（鳥的）一群。—動 及 將…弄成束。

wisp·y ['wɪspɪ] 形 **(wisp·i·er, wisp·i·est)** 像小束的，小綹的；纖細的；稀疏的（亦稱 **wispish**）。

wist [wɪst] 動《古》**wit**[2] 的過去式，過去分詞。

wis·te·ri·a [wɪs'tɪrɪə] 名 Ⓤ Ⓒ〖植〗紫藤（亦作 **wistaria**）。

wist·ful ['wɪstfəl] 形 愁苦的；想望的，渴望的；欲望得不到滿足似的；沉思的：in a ~ mood 若有所思。~**·ly** 副, ~**·ness** 名

·wit[1] [wɪt] 名 **1** Ⓤ智力；理性；聰明；《通常作~**s**》才智。**2**《常作~**s**》機智：a man of slow ~*s* 腦筋遲鈍的人。**3** 富機智的人，才子：a celebrated ~ 大名鼎鼎的才子。**4**《通常作~**s**》心智活動；意識；神智：out of one's ~*s* 精神錯亂 / lose one's ~*s* 喪失神智 / be frightened out of one's ~*s* 嚇得不知所措 / the five ~*s*《古》五官 / collect one's ~*s* 鎮定下來。
at one's wits' end ⇨ END 名（片語）
have one's wits about one 保持警覺。
live by one's wits 靠小聰明混日子。

wit[2] [wɪt] 動 及 不及（現在式、單數，第一人稱、第三人稱 **wot**；第二人稱 **wost**；現在式、複數 **wit** 或 **wite**；過去式、過去分詞 **wist**；現在分詞~**·ting**）《古》知道。
to wit《文》即，就是。

·witch [wɪtʃ] 名 **1** 巫婆，魔女。**2**《喻》⑴ 醜婦，惡毒的女人。⑵《口》迷人的女人。—動 及 **1** 施巫術；施巫術使變成《*to*...》。**2** 迷住；蠱惑《*into, to*...》。—形 魔女的；避邪的。~**·y** 形 魔法的，女巫的。

witch·craft ['wɪtʃ,kræft] 名 Ⓤ巫術；魔力；魅力。

'witch ˌdoctor 名 巫醫。

witch-elm ['wɪtʃ,ɛlm] 名 = wych-elm.

witch·er·y ['wɪtʃərɪ] 名 Ⓤ **1** 巫術，魔法。**2** 魔力；魅力。

'witch 'hazel 名〖植〗金縷梅樹；Ⓤ由其葉和樹皮提煉出的外用藥。

witch-hunt ['wɪtʃ,hʌnt] 名 **1**〖史〗搜捕女巫加以迫害。**2** 對政敵的迫害。**witch-hunting** 名 形

witch·ing ['wɪtʃɪŋ] 名 Ⓤ施巫術；魅力，蠱惑。—形 **1**《限定用法》巫術的。**2** 迷人的。~**·ly** 副

wit·e·na·ge·mot ['wɪtənəgə,mot] 名〖古英史〗國會。

:with [wɪð, wɪθ] 介 **1**《表同在、同住》和…一起，同…；在一處；《在 **be** 之後》爲…之一員，受僱於…。**2**《表一致》⑴ 與…：swim ~ the current 順流而游。⑵《表比例》按照…的比例。⑶《表同時》與…同時，一…就：~ that 說了那些話 / rise ~ the sun 太陽一出來就起床。**3**《表擁有、攜帶》擁有，帶有：a man ~ good sense 有識之士 / a coat ~ two pockets 有兩個口袋的上衣。**4**《表附帶狀況》⑴《表狀況》在…狀態：~ tears in one's eyes 淚眼汪汪地。⑵《表條件》假如。⑶《表讓步》《常作 **with all**...的形式》雖有，儘管。**5**《表樣態》《通常伴同抽象名詞，作爲副詞句》…地：~ difficulty 困難地 / ~ care 小心翼翼地 / ~ ease 容易地 / study ~ enthusiasm 熱情地學習。**6**《表對象》⑴《動作的對象》與；關於：correspond ~ a friend 與朋友通信 / help a person ~ his scheme 援助某人的計畫。⑵《表關心的對象》對於：be pleased ~ the gift 對這份禮物很滿意。⑶《表命令》。**7**《表委託》委託給：leave something ~ a friend 把某件東西託給朋友。**8**《表工具、手段、材料》以，用：meet violence ~ violence 以暴制暴。**9**《表原因、理由》因，由於：die ~ pneumonia 因肺炎死亡 / tremble ~ fear 因恐懼而顫抖。**10**《表立場》對…而言。**11**《表分離》離開，斷絕關係：part ~ a thing 鬆手放掉某物 / break ~ a friend 與朋友絕交。**12**《表反對、敵對》與…，反對…：argue ~ a person 與某人辯論。
be with a person 理解某人所說的。
be with it《口》⑴ 最時髦的。⑵ 預感。
get with it《俚》集中注意。

with·al [wɪð'ɔl, wɪθ'ɔl] 副《古》**1** 而且，又，此外。**2** = nevertheless. **3** = therewith. —介《置於句尾》用，以。

·with·draw [wɪð'drɔ, wɪθ-] 動 **(-drew, -drawn, ~·ing)** 及 **1** 縮回《*from*...》：~ one's eyes *from* a scene 把視線從某一情景移開。**2** 使退學；撤退；（從銀行等）提出《*from*...》：~ savings *from* an account 從存款戶頭中提出存款 / ~ troops *from* a position 把軍隊撤離陣地。**3** 取消，撤銷；撤回；收回《*from*...》：~ an order 撤回命令。**4** 刪除《*from*...》：~ a name *from* a list 從名冊上刪除名字。—不及 **1** 退出，離開，隱退《*from*...; *into, to*...》。**2** 退出（競爭等）；撤退；休學；脫離《*from*...》。**3** 撤回提案[動議等]。**4** 停止使用（安眠藥等）《*from*...》。

with·draw·al [wɪð'drɔəl, wɪθ-] 名 **1** Ⓤ Ⓒ 縮回；引退；脫離；（約定等的）取消；（通貨等的）收回；（存款的）提出；

撤退；退學。2 Ⓤ（毒品等的）停止使用《*of, from*...》；脫癮症狀。

·**with·drawn** [wɪð'drɔn, wɪθ-] 動 **withdraw**的過去分詞。—形 1 孤立的。2 內向的，保守的。

·**with·drew** [wɪð'dru, wɪθ-] 動 **withdraw** 的過去式。

withe [wɪθ, wɪð, waɪð] 名（柳樹等的）細枝；柳條。—動 及 以枝條捆綁。

·**with·er** ['wɪðɚ] 動 不及 1 枯萎，凋謝；腐蝕《*up, away*》。2 褪色；（聲音）消失；衰退，幻滅；感到羞慚《*away*》。—及 1 使枯萎；使精力衰退《*up, away*》；使幻滅；使受損。2 使感到羞慚，使畏縮《*with*...》。

with·ers ['wɪðɚz] 名(複)馬肩隆，鬐甲。
wring a person's withers 使某人非常煩惱。

·**with·hold** [wɪð'hold, wɪθ-] 動(**-held**, ～·**ing**) 及 1 保留，不肯給與，拒絕《*from*...》: ～one's consent 不同意 / ～ one's opinion 保留意見 / ～ the truth *from* a person 不讓某人知道真相。2 抑制；制止，阻止《*from*...》: ～ one's rage 按住怒氣 / ～ a person *from* doing something 制止某人做某事。3（從薪資中）扣繳（稅款）。—不及 壓住，自制。～·**er** 名

with'holding ˌtax 名《美》雇主代政府從職員薪資中扣繳的所得稅。

:**with·in** [wɪð'ɪn, wɪθ'ɪn] 副 1 在內部；在裡面：～ and without 內外 / from ～ 從內部。2 在屋內；在裡面的房間；在僻靜的場所。3 在內心裡：keep one's thoughts ～ 把所想的隱藏在心裡 / be pure ～ 心地純潔。—介 1《表位置、場所》在…的內側。2 不超過，在…的範圍之內。
within an inch of... 差一點，幾乎。
within oneself 在心裡；未盡全力。
—名《**the** ～》內部，內側《*of*...》。—形 內部的，內側的。

with-it ['wɪðɪt] 形《俚》時髦的，趕上時代的。～·**ness** 名 Ⓤ 時尚。

:**with·out** [wɪð'aut, wɪθ-] 介 1 沒有，無，不：～ fail 必定 / a journey ～ peril 沒有危險的旅程 / There is no smoke ～ fire.《諺》沒有火的地方不會冒煙（無風不起浪）。2《文》《常用於與 **within** 對比》在…之外部：～ doors 在門外 / both *within* and ～ the house 在房子內外 / things ～ us 外界事物，萬象。3 超過…的範圍：whether within or ～ the realm of possibility 是否在或超出可能的範圍。—副 1《古·文》在外部；在房間之外。2《省略受格》在缺少的情況。3《古·文》外表上。
do without ⇨ DO[1]（片語）
It goes without saying that...《文》不用說，自不待言。
—名 Ⓤ《偶作 **the** ～》《文》外部，外側。—連《主方》除非。

·**with·stand** [wɪθ'stænd, wɪð-] 動(**-stood**, ～·**ing**) 及 抵抗；耐得住，禁得起：～ work and worry 面對工作與憂慮。—不及 抵抗，耐得住，禁得起。
～·**er** 名 反抗者。

with·y ['wɪðɪ, 'wɪθɪ] 名 (複 **with·ies**) 1〖植〗柳。2 = withe.

wit·less ['wɪtlɪs] 形 愚笨的，無才智的。～·**ly** 副, ～·**ness** 名

wit·ling ['wɪtlɪŋ] 名《古》自作聰明的人，假才子。

·**wit·ness** ['wɪtnɪs] 動 及 1 目擊，看到：～ a murder 目擊謀殺案。2 見證；簽名作證：～ a will 在遺囑上簽名作證人。3 作證；證明。—不及 證明，作證《*to*..., *to doing*》。
Witness Heaven!《古》老天為證！
—名 1 目擊者，見證人《*of, to*...》。2 證物《*to, of*...》；（在法庭等的）證人。3 Ⓤ 證據，證詞。4（遺囑等的）連署人，簽署人《*to*...》。
(***as***) ***witness***《文》作為證據；請閱。
bear witness to... (1) ⇨ 名 3. (2) 真實地說明。
call...***to witness*** 叫…作證人，對…發誓。

wit·ness-box ['wɪtnɪsˌbɑks] 名《主英》= witness stand.

'witness 'stand 名《美》（法庭的）證人席。

wit·ster ['wɪtstɚ] 名 有才智的人，聰明的人。

-witted《字尾》表示「有智力的」、「…之才能的」之意。

wit·ti·cism ['wɪtəˌsɪzəm] 名 名言，俏皮話，雋語。

wit·ting ['wɪtɪŋ] 形 知道的；有意的。—名《主方》知識。～·**ly** 副

wit·ty ['wɪtɪ] 形 (**-ti·er, -ti·est**) 1 富機智的，措詞巧妙的；風趣的。2《古·英方》聰明的，伶俐的。**-ti·ly** 副, **-ti·ness** 名 Ⓤ 機智。

wive [waɪv] 動 不及 娶妻。—及 娶…為妻；給…娶妻。

:**wives** [waɪvz] 名 **wife** 的複數形。

wiz·ard ['wɪzɚd] 名 1 男巫；魔術師。2（亦稱 **whiz, wiz** [wɪz]）《口》奇才《*at*...》: a financial ～ 生財有道的人 / a ～ *at* math 數學奇才。—形 1 巫術的，魔術（師）的。2《英俚》非凡的，極佳的。

wiz·ard·ly ['wɪzɚdlɪ] 形 像男巫的，神奇的。

wiz·ard·ry ['wɪzɚdrɪ] 名 Ⓤ 魔法，巫術；非凡的才能。

wiz·en ['wɪzn] 動 不及 及 凋謝，枯萎。—形 = wizened.

wiz·ened ['wɪznd] 形 枯萎的，皺縮的：a ～ face 滿是皺紋的臉（亦稱 **weazen**）。

wk.《縮寫》*weak*；(複 **wks.**) *week*; *work*.

WLM《縮寫》*w*omen's *l*iberation *m*ovement 女性解放運動。

Wm.《縮寫》*William*.

WML《縮寫》*w*ireless *m*arkup *l*anguage

W

無標記語言。

WNW 《縮寫》west-*n*orth*w*est.

W.O., WO 《縮寫》*W*ar *O*ffice; *W*arrant *o*fficer.

woad [wod] 名 U〖植〗菘藍；由此種葉子採得的藍色染料。～·**ed** 形

wob·ble, wab- [wabl] 動 不及 **1** 搖動；搖晃；震顫。**2** 猶豫，動搖。—及 使動搖，使搖晃。—名 擺動；震顫；動搖。-**bler** 名

wob·bling ['wablɪŋ] 形 猶豫的；使擺動的。

wob·bly, wab- ['wablɪ] 形 (-**bli·er**, -**bli·est**) 搖晃的，不穩定的；沒有主見的：be a bit ～ on one's legs 腳步有點蹣跚。

Wo·den, -dan ['wodn] 名 日耳曼神話的主神；相當於北歐神話的 Odin。

·**woe** [wo] 名《文》**1** U 悲哀：a tale of ～ 悲慘的故事 / a face of ～ 悲痛的臉。**2** 《通常作 ～**s**》痛苦的原因，災難：economic ～*s* 經濟上的困難。

in weal and woe 無論禍福。

Woe (*be*) *to*...! / *Woe betide*...! 《古》願…遭受災難。

Woe is me! 我真不幸啊！

Woe worth the day! 《古》今天真倒楣！

—感《表示悲傷、悲痛等》唉！啊！

woe·be·gone ['wobɪ,gɔn] 形 **1** 《文》愁眉苦臉的，悲哀的：a ～ look 滿面愁容。**2** 荒涼的：the ～ grassland 荒涼的草原。

woe·ful, wo- ['wofəl] 形 **1** 《文》悲哀的；不幸的；悲痛的：a ～ spectacle 悲傷的場面 / a ～ cry 悲傷的叫聲。**2** 可憐的，淒慘的：a ～ collection of stamps 集郵量少得可憐。

wog [wag] 名《英粗》中東國家的人。

wok [wak] 名 鑊，炒菜鍋。

:**woke** [wok] 動 **wake**[1] 的過去式。

:**wok·en** ['wokən] 動 **wake**[1] 的過去分詞。

wold [wold] 名 **1** 《常作～**s**》《主英》廣大的原野；高原。**2** 《**Wolds**》高原地區。

:**wolf** [wulf] 名 (複 **wolves** [wulvz]) **1** 〖動〗狼；狼的毛皮：(as) greedy as a ～ 貪婪如狼。**2** 〖動〗類似狼的動物的總稱。**3** 殘忍的人。**4** 《俚》色狼。**5** 《**the W-**》〖天〗豺狼座。

a wolf in sheep's clothing 披著羊皮的狼，偽君子。

cry wolf 發虛假的警報。

have a wolf by the ears 騎虎難下，進退維谷。

keep the wolf from the door 免於飢餓。

see a wolf (害怕得) 說不出話來。

—動 及《口》狼吞虎嚥地吃《*down*》。

—不及 獵狼。

'**wolf ,cub** 名 **1** 幼狼。**2** 《英》幼童軍。

'**wolf ,dog** 名 **1** 獵狼之犬。**2** 狼狗；狼與犬的混種。**3** 愛斯基摩犬。

Wolfe [wulf] 名 **Thomas Clayton**，渥爾夫 (1900–38)：美國小說家。

wolf·fish ['wulf,fɪʃ] 名 (複～, ～·**es**) 〖魚〗狼魚。

wolf·hound ['wulf,haund] 名 獵狼用的大型獵犬的總稱。

wolf·ish ['wulfɪʃ] 形 如狼的；貪婪的；兇殘的。～·**ly** 副, ～·**ness** 名

wolf·man ['wulf,mæn] 名 (複 -**men**) 《口》狼人。

wolf·ram ['wulfrəm] 名〖化〗= tungsten.

wolf·ram·ite ['wulfrə,maɪt] 名 U 鎢錳鐵礦。

wolfs·bane ['wulfs,ben] 名 U〖植〗附子草，牛扁。

'**wolf 'whistle** 名 (男性對女性表示讚嘆的) 口哨。

wol·ver·ine [,wulvə'rin] 名 **1** (複 ～**s**, ～) 〖動〗(北美產的) 狼獾；U 狼獾的毛皮。**2** (複～**s** [-z]) 《**W-**》美國 Michigan 州居民的綽號。

·**wolves** [wulvz] 名 **wolf** 的複數形。

:**wom·an** ['wumən] 名 (複 **wom·en** ['wɪmɪn]) **1** 女子，婦女：a ～ with a past 過去行為不軌的女人 / a ～ of the world 通曉世故人情的女性 / a ～ of the streets 阻街女郎，娼妓。**2** 《無冠詞》女性，女人：～'*s* intuition 女人的直覺 / Men make houses, *women* make homes. 《諺》男人建房，女人建家。**3** 《**the** ～，偶作 **a** ～》女人的個性，女人氣質。**4** 愛人，情婦；《主方》妻。**5** 《古》侍女。**6** 女傭人。

be one's own woman 做個獨立的女性。

born of woman 女人生的。

make an honest woman of... 與 (有過不正當關係的女人) 結婚。

the other woman 外遇的對象。

woman in the street 一般女性。

woman of the street(*s*) (街上的) 妓女。

—形 女性的，婦人的；像女人的。

wom·an-hat·er ['wumən,hetɚ] 名 憎惡女人的人。

wom·an·hood ['wumən,hud] 名 U **1** (女子) 成年期；女人氣質。**2** 《集合名詞》婦人，女性。

wom·an·ish ['wumənɪʃ] 形 **1** 《通常為蔑》娘娘腔的：a ～ walk 像女人的走路樣子。**2** 像女人的；適合女性的：her ～ walk 她那像女人的走路樣子 / ～ clothes 適合女性的衣服。～·**ly** 副, ～·**ness** 名

wom·an·ize ['wumə,naɪz] 動 及 使女性化，使柔弱。—不及 (男人) 玩女人，追逐女色。

wom·an·kind ['wumən,kaɪnd] 名 U 《集合名詞》女性，婦人；(某集團的) 婦女們：his ～ 他的女眷。

wom·an·like ['wumən,laɪk] 形 女性化的，似女子的。

wom·an·ly ['wumənlɪ] 形 (-**li·er**, -**li·est**) 像女人的，適合女性的：～ manners 像女人的舉止 / ～ modesty 像女人般的端莊穩

W

重。—副 像女人般地，適合女人地。**-li·ness** 名 U 女人味。

wom·an·pow·er ['wumən,pauə] 名 U 女權；女性勞動力。

'woman's 'rights 名 (複) = women's rights.

'woman 'suffrage 名 U 婦女選舉權，婦女參政權。

womb [wum] 名 1 子宮：leave the ～生（下來）/ the fruit of the ～子女，小孩。2 (1) 孕育處，發源地：in the ～ of time 尚未發生，在醞釀中。(2) 內部，核心。

from the womb to the tomb 從生到死，一生中。

wom·bat ['wambæt] 名〖動〗袋熊。

womb-to-tomb ['wumtə'tum] 形《主英》從生到死的，終身的。

:wom·en ['wɪmɪn, -ən] 名 **woman** 的複數形。

wom·en·folk ['wɪmɪn,fok] 名(複)婦女；女眷（亦稱《美偶作》**womenfolks**）。

'Women's 'Lib [-'lɪb] 名 U 婦女解放運動。

'women's libe'ration 名 U《亦作 **W-L-**》婦女解放運動（《口》Fem Lib）。～**·ist** 名 參與或支持婦女解放運動者。

'women's ,movement 名《亦作 **W-M-**》= women's liberation.

'women's 'rights 名(複)女權。

'women's 'room 名《美》女廁所。

'women's 'studies 名(複)女性研究。

:won¹ [wʌn] 動 **win¹** 的過去式及過去分詞。

won² [wan] 名(複～)圜：南北韓的貨幣單位。

:won·der ['wʌndə] 動 不及 1 驚訝，驚嘆《*at*...》。2 詫異，懷疑《*about*...》。

—及 1 對…感到驚奇。2 極想知道。

—名 1 奇事；奇才；奇蹟。2 U 驚訝《*at*...》。

and no wonder 難怪。

do wonders 創造奇蹟；（藥等）極有效。

for a wonder《諷》出乎意料之外。

It is no wonder (that)... 沒什麼奇怪的，難怪。

—形 令人驚奇的；特別有效的。

'wonder ,child 名 神童。

'wonder ,drug 名 特效藥。

:won·der·ful ['wʌndəfəl] 形 1 驚奇的，令人讚嘆的：a ～ sight 令人讚嘆的景象 / a ～ discovery 驚奇的發現。2 極好的：a ～ opportunity 絕佳的機會。～**·ly** 副 驚人的；絕妙的，非常地。～**·ness** 名

won·der·ing ['wʌndərɪŋ] 形 驚異的，驚嘆的：with ～ eyes 以驚異的眼光。～**·ly** 副 不可思議地，驚異地；驚嘆地。

won·der·land ['wʌndə,lænd] 名 1 奇異的國度。2《通常作單數》奇境，仙境：a scenic ～ 風景絕佳的地方 / a summer ～夏天的最好去處。

won·der·ment ['wʌndəmənt] 名 1 U 驚異，驚嘆。2 奇事，奇觀。3 U 好奇心。

won·der-strick·en ['wʌndə,strɪkən] 形 大吃一驚的（亦稱 **wonder-struck**）。

won·der·work ['wʌndə,wɝk] 名 令人驚奇的事物；奇蹟。**'won·der-,work·er** 名 創造奇蹟者。

won·drous ['wʌndrəs] 形《文·詩》令人驚異的，不可思議的。—副《形容詞之前》驚人地。

won·ky ['waŋkɪ] (**-ki·er, -ki·est; more ～; most ～**)《英俚》搖搖晃晃的，不穩的；靠不住的。

:wont [wont, wʌnt] 形《敘述用法》習慣的《*to* do》。—名 U《通常作 **one's ～**》習慣：as is one's ～和平常一樣。

use and wont 風習，慣例。

—動 (**wont, wont** 或～**·ed**, ～**·ing**) 及《古》《常用被動或反身》使習慣於《*to*...》。

:won't [wont, wʌnt] will not 的縮略形。

wont·ed ['wontɪd, 'wʌn-] 形《美》習慣的《*to*...》；《限定用法》通常的，慣常的：lose one's ～ calm 失去往常的冷靜。

woo [wu] 動 及 1《稍古》向（女性）求愛[求婚]；說服。2 努力求取；努力取得支持；拉攏：～ fame 求名。3 招致：～ one's own failure 自己招致失敗。

—不及 1 向女性求愛[求婚]。2 討好，懇請。—名《僅用於下列片語》

pitch (the) woo《美俚》愛撫，做愛。

:wood [wud] 名 1 U C 木質（部）；木，木材：hard ～硬木 / a table (made) of ～木製桌子。2 U 柴薪。3 U 木版。4《常作～s》樹林，森林。5《the ～》（不同於瓶的）木桶：beer (drawn) from *the* ～從木桶中倒出的啤酒 / wine in *the* ～桶裝葡萄酒。6《the ～》= woodwind. 7〖高爾夫〗頭部木製的球桿。

cannot see the wood for the trees 見樹不見林，顧全細節而忽略全局。

Don't halloo till you are out of the woods《諺》在你走出森林之前不要先歡呼；不要過早打如意算盤。

out of the woods 脫離困境。

saw wood《美口》(1) 專心工作；《命令》不要多管閒事。(2) 打鼾。

take to the woods《美口》逃出森林；辭去官職，逃避責任。

touch wood / 《美》*knock (on) wood* ⇨ TOUCH 動（片語）

—動 及 1 添加木材（作爲燃料）。2 植樹造林。

—形 1 木的，木製的；用於木材的。2 居住在森林的。～**·less** 形

'wood 'alcohol 名 U《美》甲醇。

'wood a,nemone 名〖植〗白頭翁類植物的總稱。

wood·bine ['wud,baɪn] 名〖植〗1 U 忍冬。2《美》= Virginia creeper.

'wood ,block 名 1 木版；木版畫。2 木

磚。

wood-carv·er ['wud,karvɚ] 图木雕師。

'wood ˌcarving 图 Ⓤ 木雕（技術）；Ⓒ木雕品。

wood·chat ['wud,tʃæt] 图〖鳥〗伯勞鳥。

wood·chuck ['wud,tʃʌk] 图〖動〗土撥鼠。

'wood 'coal 图 1 Ⓤ 木炭。2 = lignite.

wood·cock ['wud,kak] 图(複～s,《集合名詞》～)〖鳥〗山鷸。

wood·craft ['wud,kræft] 图 Ⓤ 1《主美》森林作業技能。2 森林學。3 木製品製造術；木雕（技術）。

wood·cut ['wud,kʌt] 图木版；木版畫，木刻。

wood·cut·ter ['wud,kʌtɚ] 图伐木者；木刻家。

wood·ed ['wudɪd] 形 1 林木繁茂的：a ～ hill 樹木繁多的小山。2《複合詞》木質…的：a soft-*wooded* tree 木質軟的樹。

:wood·en ['wudn̩] 形 1 木製的：a ～ table 木桌。2 (1)（木頭般）堅硬的；無表情的，茫茫然的：a ～ smile 僵硬的笑 / have a ～ expression on one's face 臉上毫無表情。(2) 笨拙的：a ～ gait 不靈活的步法。3 腦筋不靈活的；愚鈍的。

'wood enˌgraving 图 Ⓤ 木刻術；木版；Ⓒ 木版畫。

wood·en·head ['wudn̩,hɛd] 图《口》笨人，腦筋遲鈍的人。

wood·en-head·ed ['wudn̩,hɛdɪd] 形《口》呆頭呆腦的，愚笨的。～·**ness** 图

'Wooden 'Horse 图《the ～》特洛伊城的木馬。

'wooden 'Indian 图 1《美》印第安人的木雕立像。2《口》面無表情的人。

'wooden ˌspoon 图《英》最後一名的獎品，最後一名。

wood·en·ware ['wudn̩,wɛr] 图 Ⓤ（家庭用的）木器。

'wood ˌfiber 图 Ⓤ（尤指造紙用的）木質纖維。

'wood ˌhyacinth 图〖植〗風鈴草的一種。

·wood·land ['wud,lænd, -lənd] 图《常作～s，作單數》森林地帶：birds of the ～(*s*) 棲息於林中的鳥 / a stretch of ～遼闊的森林地帶。─['wudlənd] 形《限定用法》森林的，居住在森林的。

wood·land·er ['wudləndɚ] 图住在森林裡的人。

wood·lark ['wud,lark] 图〖鳥〗森林雲雀。

'wood ˌlot 图植林地。

'wood ˌlouse 图(複-lice)〖動〗土鼈，地鼈。

wood·man ['wudmən] 图(複-men) 1 森林[山林]的居民；樵夫。2《英》林務管理員。

wood·note ['wud,not] 图《通常作～s》1 森林樂曲；林中動物的叫聲。2 自然淳樸的詩歌。

'wood ˌnymph 图森林的女神。

wood·peck·er ['wud,pɛkɚ] 图〖鳥〗啄木鳥。

'wood ˌpigeon 图〖鳥〗斑鳩。

wood·pile ['wud,paɪl] 图柴堆。

'wood ˌprint 图木刻。

'wood ˌpulp 图 Ⓤ 木質紙漿。

wood·ruff ['wudrəf] 图〖植〗香車葉草。

wood·shed ['wud,ʃɛd] 图柴房。─動不及《美俚》作演奏練習。

woods·man ['wudzmən] 图(複-men) 居住在森林的人，在森林裡工作的人；熟悉山林情況的人；樵夫。

'wood ˌsorrel 图〖植〗酢漿草。

'wood ˌspirit 图 Ⓤ 木精，甲醇。

woods·y ['wudzɪ] 形 (wood·i·er, wood·i·est) 形《美口》森林（特有）的，令人想起森林的。

'wood ˌtar 图 Ⓤ 木焦油。

'wood ˌthrush 图〖鳥〗鶇的一種。

'wood ˌturning 图 Ⓤ 用車床製造木器。

wood·wind ['wud,wɪnd] 图 1 木管樂器。2《～s》（管弦樂團的）木管樂器部分。─形木管樂器的。

wood·work ['wud,wɝk] 图 Ⓤ 1 木製品；（房內門、梯等）木造部分。2 木工活。

wood·work·er ['wud,wɝkɚ] 图木工手工藝品師；木匠；木工機器。

wood·work·ing ['wud,wɝkɪŋ] 图 Ⓤ 木工技藝。─形木工（用）的；木工技藝的。

wood·worm ['wud,wɝm] 图〖昆〗蛀木蟲。

wood·y[1] ['wudɪ] 形 (wood·i·er, wood·i·est) 1 樹木繁茂的，多森林的：a ～ hillside 樹木茂密的山坡。2 木質的；木頭般的：a ～ fiber 木質纖維。

wood·y[2], **wood·ie** ['wudɪ] 图(複 wood·ies)《美俚》客貨兩用車。

woo·er ['wuɚ] 图《文》求婚者，追求者。

woof[1] [wuf] 图（纖維的）緯線；布料；《英》經線。

woof[2] [wuf] 感《狗的低吠聲》嗚！─動不及發出低吠聲。

woof·er ['wufɚ] 图低音擴音器。

·wool [wul] 图 Ⓤ 1 羊毛：(as) soft as ～如羊毛般柔軟的 / Much cry and little ～.《諺》雷聲大而雨點小。2 毛線：knitting(-) *wool*（編織用的）毛線。3 毛織品，毛織衣服：wear ～穿毛料衣服。4《通常作複合詞》羊毛狀之物；羊毛代用品；羊毛狀的人造纖維：rock ～石絨。5（毛蟲、植物等的）絨毛。6《口》捲髮；《謔》頭髮。

against the wool 逆毛地；性質不合。

all wool and a yard wide《美口》貨真價

實的；優秀的。
dyed in the wool 原毛在織之前染色的；徹底的。
go for wool and come home shorn 弄巧成拙。
Keep your wool on ! 不要生氣！
lose** one's **wool 《英俚》生氣。
pull the wool over** a person's **eyes 欺騙某人。
—形羊毛（製）的，毛織品的。

·wool·en, 《主英》**-len** ['wʊlɪn, -ən] 形《限定用法》羊毛製的；毛織的；羊毛的：~ cloth 呢絨 / ~ fabrics 毛織品 / ~ stockings 毛襪。—名 **1** ⓤ混紡毛線。**2**《~**s**》（紡）毛織品；毛織的衣服。

Woolf [wʊlf] 名 **Virginia**，吳爾芙（1882–1941）：英國女小說家、評論家。

'wool ˌfat 名ⓤ羊毛脂。

wool·gath·er·ing ['wʊlˌgæðərɪŋ] 名ⓤ心不在焉；茫然幻想：go ~沉迷於幻想。—形心不在焉的；沉迷於幻想的。

wool·grow·er ['wʊlˌgroɚ] 名《英》牧羊業者。

wool·len ['wʊlɪn, -lən] 名 形《主英》= woolen.

wool·ly ['wʊlɪ] 形(**-li·er, -li·est**) **1** 羊毛做成的；羊毛狀的：a ~ coat羊毛的外套 / ~ clouds 羊毛狀的雲。**2** 毛茸茸的；〖植〗長滿絨毛的。**3** 模糊的，無組織的，混亂的。**4**《美口》（如早期美國西部般）粗獷的：wild and ~粗野的。—名(複**-lies**) **1**《美西部·澳》有毛的動物；羊。**2** ⑴《通常作**-lies**》《口》羊毛內衣。⑵《主英》毛織衣服（亦作 **wooly**）。

wool·ly-head·ed ['wʊlɪ'hɛdɪd] 形 **1** 有捲髮的。**2** 頭腦糊塗的。

wool·pack ['wʊlˌpæk] 名 **1** 裝羊毛用的帆布袋；一捆羊毛。**2**〖氣象〗卷雲。

wool·sack ['wʊlˌsæk] 名 **1** 裝羊毛的袋子。**2**《**the** ~》《英》（椅墊內塞羊毛的）上議院大法官的座位；上議院大法官的職位：reach the ~當上議院大法官。

wool·y ['wʊlɪ] 形(**wool·i·er, wool·i·est**)，名(複 **wool·ies**)《美》= woolly.

wooz·y ['wuzɪ, 'wʊzɪ] 形(**wooz·i·er, wooz·i·est**)《美口》糊里糊塗的，暈眩的；身體狀況不佳的；醉醺醺的。**-i·ly** 副

wop [wɑp] 名《偶作 **W-**》《美口》《蔑》義大利人（後裔）。

Worces·ter·shire ['wʊstɚˌʃɪr, -ʃɚ] 名烏斯特郡：昔為英格蘭中西部一郡。

'Worcestershire ˌsauce 名ⓤ香辣醬油。

:word [wɝd] 名 **1** 字，單字：an obsolete ~ 廢字 / common ~*s* 一般用語 / a native ~ 本國字 / loan ~*s* 借用字，外來語 / technical ~*s* 專門術語。**2**《~**s**》爭論，口角：hot ~*s* 激烈的爭論 / have ~*s* with a person 與某人發生口角。**3** 表明，言論；《**the** ~》最適切的言詞；《**the** ~》口令，口號：a ~ of praise 讚賞的言詞。**4**《用單數、常不加冠詞》消息，報導；《罕》傳言：have ~ 接到通知 / send ~ 帶口信。**5**《常作~**s**》話；談話；言語：big ~*s* 大話 / a man of few ~*s* 沉默寡言的人 / agree without ~*s* 默許 / *Words* cut more than swords.《諺》言詞比劍利。**6**《**the** ~, **one's** ~》吩咐，命令《*to* do》：give the ~ *to* start 下令出發 / say *the* ~《口》允許；下令。**7**《通常作 **one's** ~》保證，諾言：one's ~ of honor 名譽保證的諾言 / a man of his ~守信的人 / upon one's ~誓必，一定 / keep one's ~ 守約 / break one's ~失約。**8**《~**s**》歌詞；臺詞。**9**（亦稱 **the Word of God**）《**the W-**》聖經；福音；基督的教義。**10**〖電腦〗= machine word. **11**《古》諺語，格言。
at a word ⑴（對命令、要求）立刻作出反應；立刻。⑵總而言之。
a word in the ear 祕密話，耳語。
be as good as** one's **word 言而有信。
be not the word for it 不是適切的詞句。
beyond words 無法形容的。
by word of mouth ⇨ MOUTH 名（片語）
eat** one's **words 認錯，為說錯話而道歉。
from the word "go" 《口》⇨ GO 名（片語）
give** a person one's **word 保證（…）《*for…, that* 子句》。
hang on** a person's **words 熱切地傾聽某人的話。
have a word with… 跟…說幾句話。
have not a word to throw at a dog 板著面孔不愛說話。
have no words for… 無法形容…。
in a word 總而言之。
in other words 換句話說
in so many words 清楚地；直截了當地。
in word（只是）口頭上。
in words of one syllable 簡言之。
not breathe a word ⇨ BREATHE（片語）
not mince words ⇨ MINCE（片語）
on the word 說了這話後立刻…。
play on words 說俏皮話。
put in a (good) word for… 讚揚，推舉，替…辯護。
suit the action to the word(s) ⇨ ACTION（片語）
take** a person **at his word 聽信某人的話。
take the words out of** a person's **mouth 搶先講出想講的話。
take (up) the word（繼某人之後）把話接著說下去。
the last word ⑴總結的話《*on…*》。⑵最新型式，最好的（品種）。
weigh** one's **words 措詞小心。
word for word 逐字地。
—動及用言詞表達，說。
—感《僅用於下列片語》
My word ! / ***Upon my word*** !《主英》《表示

W

驚訝》哎呀！

word·age ['wɝdɪdʒ] 图 1《集合名詞》字。2 字數。3 冗長。4 措詞，表達。

word-blind ['wɝd,blaɪnd] 形 患失讀症的。

'word ,blind·ness 图 U 失讀症。

word·book ['wɝd,bʊk] 图 1 詞彙，字典。2 (歌劇的) 腳本，歌詞集。

'word ,class 图〖文法〗詞類。

'word for,mation 图 U〖文法〗造字法。

word-for-word ['wɝdfɚ'wɝd] 形 副 逐字的[地]；逐字翻譯的[地]：a ～ translation 逐字翻譯 / repeat what a person said ～ 將某人說的話一字不差地重說一遍。

word·ing ['wɝdɪŋ] 图 U 用字，措詞；表現法；語法：careful ～謹慎的措詞。

word·less ['wɝdlɪs] 形 1 無言的，沉默的，啞的。2《限定用法》未表達的；無法表達的：～ shame 無法表達的羞愧。～**ly** 副

word-of-mouth ['wɝdəv'maʊθ] 形 口述的。

'word ,order 图 U 詞序。

'word ,painting 图 U 文字的生動描述。

word-per·fect ['wɝd'pɝfɪkt] 形《英》= letter-perfect.

'word ,picture 图 文字生動的描寫。

word·play ['wɝd,ple] 图 U 雙關語，俏皮話；巧妙的對答。

'word ,processing 图 U〖電腦〗文書處理。略作：WP **'word ,processor** 图 文書處理機；文書處理程式。

word·smith ['wɝd,smɪθ] 图 1 擅長使用文字者。2 以寫作爲業的人。

'word ,splitting 图 U 過於精密的字義區別，咬文嚼字。

Words·worth ['wɝdzwɚθ] 图 **William**，渥茲華斯 (1770–1850)：英國桂冠詩人，浪漫主義運動創始者。

word·y ['wɝdɪ] 形 (**word·i·er**, **word·i·est**) 1 多言的，冗長的：a ～ explanation 冗長的解釋。2 口頭的，言語的：a ～ war 論戰，舌戰。

:wore [wɔr] 動 **wear** 的過去式。

:work [wɝk] 图 1 U 勞動，辛苦；工作，研究：academic ～學業；學術工作 / three years of junior high ～三年的國中教育 / manual ～勞力工作 / All ～ and no play makes Jack a dull boy.《諺》只讀書而不玩的孩子會變笨。2 U《無冠詞》工作，職業：be without ～ 失業中 / go to ～ 去工作。3 U (1) 業務：construction ～建築業務。(2) 成果；本領；《常作～s》〖神〗事功，行爲：～*s* of imagination 想像的產物 / ～*s* of charity 善行。4 手工藝；手工藝品；針線活，刺繡；《集合名詞》材料，素材，工具：open ～透瓏鏤刻，透孔織物 / crochet ～鉤針織品。5 工藝品，著作；《集合名詞》作品：art ～《集合名詞》藝術品 / the ～ of Mozart 莫札特的作品。6《常作～s，作單數》《常作複合詞》《英》工廠：a tile ～*s* 磁磚工廠。7 建造物；《～s》土木工程，防禦工事；堡壘：public ～*s* 公共工程。8《the ～s》(機器的) 運轉機件，機械裝置：*the* ～*s* of a clock 時鐘的機件。9《**the (whole) ～s**》《俚》所有的附件；全部工程，全套；全套服務；整套工具：a hamburger with the ～*s* 材料、調味料全套的漢堡。10 U〖理〗功。

(all) in a day's work《口》正常地；理所當然地。

at work (1) 正從事 (…)《*on...*》。(2) (機器) 運轉中。(3) 起作用中。

busy work 費時的工作。

do its work 起作用。

get the works《俚》受虐待；被殺害。

get to work 開始工作，產生作用。

give a person the works《俚》(1) 折磨某人；虐待某人。(2) 將情報全部告訴 (某人)。

gum up the works《俚》把事情弄糟。

have (all) one's work cut out (for one)《口》工作已經排定；十分忙碌。

in the works《口》在籌劃中。

make light work of... 輕輕鬆鬆地完成…。

make short work of... 很快地解決掉；輕鬆地擊敗 (某人)；匆匆做畢。

out of work 失業。

put a person to work 使工作。

set to work (1) 開始工作；著手《*to* do, do*ing*, *at* do*ing*》。(2) 使開始工作。

shoot the works《俚》盡全力；孤注一擲。

work(s) of art 藝術品，美術品，工藝品；美的事物，天然的藝術品。

—形 工作用的，關於工作的。

—動 (～**ed** 或 **wrought**, ～**·ing**) 不及 1 工作，學習《*at...*》；從事《*up, upon...*》；不停地工作《*away, on*》。2 (在…) 工作《*at, in, for...*》。3 (機器等) 運轉；發生作用。4 起作用，影響；有效《*on, upon...*》。5 緩慢行進；漸漸變爲。6 抽動；激烈搖盪。7〖海〗搖擺；〖機〗(因缺陷或磨損而) 情況不良。8 (以特定的方法) 被加工。9 發酵。—及 1 使轉動；使開動。2 使工作。3《過去式及過去分詞常用 **wrought**》使產生；使成爲 (…的狀態)《*into...*》；完成。4 經營；耕作；使成爲工作場所；來回奔走工作於。5《過去式及過去分詞常用 **wrought**》製作；處理；加工；縫製；繡；捏…使其成爲《*into...*》。6《主美》解決；算出。7 以工作抵償，努力以達成：～ one's passage 以做工賺取旅費；《英俚》不厭其煩的工作，共赴難事。8《過去式及過去分詞常用 **wrought**》使慢慢轉變成；慫恿，勸誘《*into, to...*》。9《口》欺騙，詐騙；討歡心，得到利益；巧妙地利用。10 使發酵。

W

11 使…抽動。12 嫁接《on...》。13《俚》毆打。

work against... 反對…。

work around to... 不得不做…，做…的時機到了。

work in 滲入，(困難地)進入。

work...in / *work in*... 插入。

work...into... (1)⇨動 及 5, 8. (2)把…放入…。(3)把…溶入…。

work in with... 《口》與…合作。

work it 《口》做得好；設法，籌措。

work off (1)除掉。(2)用工作抵償。(3)發洩《*on*, *against*...》。(4)行(騙)；《反身》僞裝《*as*...》。(5)解決掉；賣掉。(6)《俚》殺死。

work on... (1)⇨動 不及 1. (2)⇨動 不及 4. (3)企圖影響。

work out (1)《口》外出賺錢。(2)進行順利，成功；《與副詞連用》成爲結果。(3)解決。(4)(選手)練習。(5)(帳款)總計《*at*...》；總數達到《*to*...》。

work...out / *work out*... (1)解決；達成。(2)解答；了解《*wh-* 子句, *wh- to* do》。(3)估計。(4)以工作抵付。(5)掘盡，採完。(6)導出，擬定出。

work...over / *work over*... (1)徹底地研究。(2)《俚》狠狠毆打；《美口》有計畫性地攻擊。(3)重做。

work oneself (1) = WORK one's way (1). (2)挑起情緒。

work the oracle 《俚》⇨ORACLE (片語)

work up (1)刺激，煽動；《用被動，反身》興奮。(2)準備，仔細地製作。(3)使能力提高。(4)辛苦地建立起(名望等)。

work up to... (1)晉升至…；達到…。(2)幾乎言明。

work one's way (1)排除困難前進，出人頭地《*into*, *through*...》。(2)獨立生活；一面賺旅費一面旅行。

～·**less** 形 無工作的。

work·a·ble ['wɝkəbl] 形 **1** 可使用的；可加工的。**2** 能實現的。～·**ness** 名

work·a·day ['wɝkə,de] 形《限定用法》**1** 工作日的。**2** 平凡的，日常的。

work·a·hol·ic [,wɝkə'hɑlɪk] 名 工作狂。

'work·a·,hol·ism 名 U 工作狂熱。

work·bag ['wɝk,bæg] 名 工作袋，針線袋。

work·bas·ket ['wɝk,bæskɪt] 名 工具箱，針線筐。

work·bench ['wɝk,bɛntʃ] 名 工作臺。

work·book ['wɝk,bʊk] 名 **1** 練習簿。**2** 工作手冊；工作進度表。

work·box ['wɝk,bɑks] 名 工具箱，針線盒。

'work ,camp 名 **1**(囚犯的)勞動營。**2**(宗教團體等的)志願服務社會營。

work·day ['wɝk,de] 名《美》工作日；一天的工作時間。

:work·er ['wɝkɚ] 名 **1** 工作者；勞動者，工人；研究者；社會運動的倡導者《*in*...》: a good ～優秀的工作者 / a ～ of miracles 創造奇蹟的人 / the ～*s* 勞動者(階級) / a social ～社會工作者 / a ～ *in* education 教育社會工作者，教育家 / a ～ for women's rights 女權運動的倡導者。**2**〖昆〗工蟻，工蜂。

'work ,ethic 名 U 工作倫理。

work·fare ['wɝk,fɛr] 名 工作福利計畫。

'work ,farm 名 少年感化農場。

'work ,force 名《the ～》全部勞動人口；勞動力。

work·horse ['wɝk,hɔrs] 名《美》**1** 拉車的馬；工作繁重的人。**2** 埋頭苦幹的人。**3** 耐用的車輛或機器。

work·house ['wɝk,haʊs] 名(複 **-hous·es** [-,haʊzɪz])《the ～》**1**《美》感化院。**2**《英》(昔時的)貧民收容所。

work-in ['wɝk,ɪn] 名 到職罷工，到校罷課。

·work·ing ['wɝkɪŋ] 名 **1** 活動；作用: the ～*s* of the brain 腦的活動。**2** U 工作，運轉，操作；經營。**3** U C 製作(法)；製造，建造。**4** U 解決，計算。**5** U 發酵(作用)。**6**《通常作～s》採掘場。**7** U 緩慢而費力的進展。**8**(臉等的)抽搐。—形《限定用法》**1** 工作中的。**2** 勞動的。**3** 有作用的；實用的；實務的；實際上可使用的。**4** 抽搐的。**5** 加工的。

'working ,asset 名〖會計〗流動資產。

'working ,capital 名 U **1** 營業資本。**2** 周轉資金。**3** 流動資金。

'working ,class 名 U 工人階級。

work·ing-class ['wɝkɪŋ,klæs] 形 工人階級的。

'working ,day 名 = workday.

work·ing-day ['wɝkɪŋ,de] 形 工作日的；平日的。

'working ,drawing 名 施工圖，設計圖。

'working hy'pothesis 名 作業假設。

work·ing·man ['wɝkɪŋ,mæn] 名 (複 **-men**) 勞動者，工人。

work·ing-out ['wɝkɪŋ,aʊt] 名 U **1** 算出；計算。**2** 細節的擬定。

'working ,party 名 **1**〖軍〗作業班。**2** 勞資共同委員會；專門委員會。

'working ,week 名《英》= workweek.

work·ing·wom·an ['wɝkɪŋ,wʊmən] 名(複 **-wom·en**) 女工。

'work ,load 名 工作量。

·work·man ['wɝkmən] 名(複 **-men**) **1** 工人；技工；《與形容詞連用》做工的人: a master ～ 工頭，技師 / A bad ～ quarrels with his tools.《諺》拙匠常怪工具差。**2** 勞力者。

work·man·like ['wɝkmən,laɪk] 形 **1** 像工人的；技巧精湛的。**2**《通常爲蔑》有工匠氣的。

work·man·ship ['wɝkmən,ʃɪp] 名 U **1**

手藝，熟練。2（製品的）巧拙：a cabinet of sloppy ～做工粗糙的櫥櫃。3 作品；精心傑作。

work·out ['wɝk,aut] 图《主美口》練習；練習比賽；體操；能力測試；試驗。

work·peo·ple ['wɝk,pipl] 图（複）《主英》《集合名詞》勞動者。

work·piece ['wɝk,pis] 图加工物件。

work·room ['wɝkrum, -,rum] 图工作室。

'work ,rules 图(複) 工作規章。

'works ,council 图《主英》員工福利諮詢委員會；勞資協議會。

'work ,sheet 图 1 作業單。2〖會計〗試算表；工作底稿。

·work·shop ['wɝk,ʃɑp] 图 1 工作坊；廠房。2 研討會，討論會。

work-shy ['wɝk,ʃaɪ] 形怕工作的；懶於工作的。

'work ,station 图 1 設備僅供單人工作的地方。2〖電腦〗工作站。

work-study ['wɝk,stʌdɪ] 图 Ⓤ 工作效率研究。

'work-'study ,program 图建教合作（計畫）。

work·ta·ble ['wɝk,tebl] 图工作臺；《主英》縫紉臺。

work·top ['wɝk,tɑp] 图（廚房的）流理臺。

work-to-rule ['wɝktə'rul] 图，動 不及《英·加》依規工作：完全按照規則工作，以達怠工目的，而迫使資方讓步。一形依規工作的。

work·wear ['wɝk,wɛr] 图 Ⓤ 1 工作服。2 仿工作服的服裝。

work·week ['wɝk,wik] 图《主美》工作週；一星期工作的天數：a four-day ～一星期工作四天的制度。

work·wom·an ['wɝk,wumən] 图（複 **-wom·en**）女工。

:world [wɝld] 图 1《通常作 **the** ～》地球，世界：a citizen of *the* ～四海爲家的人 / the civilized ～文明世界 / all over *the* ～在全世界。2《通常作 **the** ～》人類；世人；現世；世間；俗事：this ～這個世界，今世 / *the* other ～來世，天堂 / *the* ～ below 地獄 / *the* ～, the flesh, and the devil 世間的名利、肉慾與邪心 / a man of *the* ～熟悉世故的人 / rise in *the* ～飛黃騰達。3《通常作 **the** ～》界；領域：*the* fashionable ～ 社交界 / *the* ～ of letters 文學界，文壇。4《通常作 **the** ～》宇宙，天地；萬物：the creation of the ～宇宙的創造。5《**a** ～, **the** ～, ～**s**》(1) 大量，無限《*of...*》：～*s* of job 極大的喜悅 / a ～ of difference 很大的差別。(2)《～**s**》《副詞》非常，遠：～*s* apart 天壤之別。6 天體，行星：the starry ～*s* 群星。

(all) the world and his wife《口》《謔》不分男女。

as the world goes 照一般的講法。

be all the world（對某人而言）是他的一切，非常重要《*to...*》。

bring...into the world (1) 生（孩子）。(2) 接生。

carry (all) the world before one 迅速全面地成功。

come into the world 誕生；問世；出名。

dead to the world《口》睡著，完全沒有知覺。

enter the world (1) = come into the WORLD. (2) 進入社會。

for all the world (1)《加強否定》絕對，無論如何（亦作 ***for (the) world, for worlds***）。(2) 一點不差地。

give the world to do 不管怎樣也想要…，若能…一切在所不惜。

have the world before one 前途無量。

in the world (1)《加強否定》實在。(2)《加強疑問》究竟，到底。

make the best of both worlds (1) 兩全其美。(2) 從雙方獲得利益。

on top of the world《口》(1) 成功的。(2) 興高采烈的。

out of this world (1)《主美口》極好的。(2) 離開現實的；非現實的。

set the world on fire《通常用於否定》獲得極大的成功，名揚四海。

think the world of... 非常喜歡…。

worlds apart 南轅北轍。

world without end 永遠。

'World 'Bank 图《**the** ～》世界銀行。

world-beat·er ['wɝld,bitɚ] 图《主美》舉世無雙的人[物]。

world-class ['wɝld,klæs] 形世界級的；世界一流的。

'World 'Court 图《**the** ～》1（聯合國的）國際法庭。2 國際法庭（1921–45）：昔國際聯盟的機構。

'World 'Cup 图《**the** ～》1（足球賽等的）世界杯比賽。2 世界杯的獎杯。

world-fa·mous ['wɝld'feməs] 形舉世聞名的。

'world 'federalism 图 Ⓤ 世界聯邦主義。

'world 'federalist 图世界聯邦主義者。

'World 'Health Organi,zation 图《**the** ～》（聯合國）世界衛生組織。略作：WHO

'World 'Heritage (,Site) 图世界遺產地區：聯合國UNESCO所選定的世界自然及文化遺產。

world·ling ['wɝldlɪŋ] 图《文》世俗之徒，凡人。

·world·ly ['wɝldlɪ] 形 (**-li·er, -li·est**) 1 世間的，塵世的：～ affairs 俗事 / ～ wisdom 處世本領。2 庸俗的；俗人的；世俗的：～ success 庸俗的功名利祿。一副《除複合詞外爲古》庸俗地，世俗地。**-li·ness** 图

W

world·ly-mind·ed ['wɝldlɪ'maɪndɪd] [形]世俗的，追求榮華富貴的。～·ness [名]

world·ly-wise ['wɝldlɪ'waɪz] [形]老於世故的。

'world 'power [名]世界強國；（世界性的）強而有力的機構[制度]。

'World 'Series [名]《the ～》〖棒球〗美國職業棒球大聯盟總冠軍賽。

'world's 'fair [名]萬國博覽會。

world-shaker ['wɝld,ʃekɚ] [名]驚天動地的事物。

world-shak·ing ['wɝld,ʃekɪŋ] [形]震撼全球的，驚天動地的。

'world's 'oldest pro'fession [名]《the ～》娼妓業。

'world 'soul [名]宇宙萬物運轉的動力。

'world 'spirit [名]**1** 上帝。**2** = world soul.

'World ,Trade Organi'zation [名]《the ～》世界貿易組織。略作：WTO

World-view ['wɝld,vju] [名]世界觀。

'world 'war [名]世界大戰。

'World 'War Ⅰ [-wʌn] [名]第一次世界大戰（1914－18）。

'World 'War Ⅱ [-tu] [名]第二次世界大戰（1939－45）。

world-wea·ry ['wɝld,wɪrɪ] [形]厭世的。**-ri·ness** [名]

world(-)wide ['wɝld'waɪd] [形]遍及全世界的，世界性的：on a ～ level 世界性規模的。

'World ,Wide 'Fund for 'Nature [名]《the ～》世界保護自然基金會：前身爲 World Wildlife Fund。略作：WWF

'World ,Wide 'Web [名]《the ～》全球資訊網。略作：WWW, the Web

·worm [wɝm] [名]**1**〖動〗蠕蟲；《廣義》蟲：The early bird catches the ～.《諺》早起的鳥兒有蟲吃（提早行動可獲致成功）。**2** 像蟲之物；螺旋管；螺紋；螺旋輸送機；〖機〗螺齒桿；蝸桿。**3**《俚》可悲可鄙的人，可憐蟲。**4** 逐漸侵蝕之物；苦惱：the ～ of conscience 良心的譴責。**5**《～s》《作單數》〖病〗寄生蟲病。**6**〖電腦〗蠕蟲：造成電腦當機的程式。

be a worm 沒有精神。

have a worm in *one's* ***tongue*** 挑人家的小毛病。

—[動][不及]**1** 慢慢地蠕動。**2** 巧妙地討好《*in / into...*》；設法逃脫《*out of...*》。**3** 覓蟲；以蚯蚓等釣魚。**4**〖冶〗表面發生裂痕。—[及]**1** 使蠕行。**2**《用反身》設法漸漸博得信任《*into...*》。**3** 慢慢套出（祕密等）《*from, out of...*》。**4** 驅除…的寄生蟲。**5**〖海〗在（纜繩）上纏繞繩或線以將其紮緊。**6**《通常用被動》被蟲咬。

worm·cast ['wɝm,kæst] [名]蚯蚓糞。

worm-eat·en ['wɝm,itn̩] [形]**1** 蟲蛀的。**2** 陳舊的；落伍的。

'worm ,gear [名]蝸齒輪。

worm·hole ['wɝm,hol] [名]蟲蛀的孔。

'worm ,wheel [名]螺旋齒輪。

worm·wood ['wɝm,wʊd] [名][U]**1**〖植〗艾草屬植物的通稱，苦艾。**2**《文》苦惱。

worm·y ['wɝmɪ] [形](**worm·i·er, worm·i·est**) **1** 有蟲的，多蟲的；蟲蝕的。**2** 似蠕蟲的。**3** 卑鄙的；卑躬屈膝的。

:worn [worn] [動] **wear** 的過去分詞。—[形]**1** 磨損的，破舊的：a ～ coat 破舊的外套。**2** 疲倦的：look ～ 看起來疲倦的樣子。

worn-out ['worn'aʊt] [形]**1** 用舊的，磨損的。**2** 陳腐的：～ proverbs 陳腐的諺語。**3** 疲倦不堪的。

wor·ried ['wɝɪd] [形]憂心忡忡的，擔心的《*about...*》。

wor·ri·ment ['wɝɪmənt] [名][U]《主美口》**1** 煩擾，苦惱。**2** 擔心，不安。

wor·ri·some ['wɝɪsəm] [形]**1** 令人憂慮的，令人擔心的：a ～ question 令人憂慮的問題。**2** 經常憂慮的。～**·ly** [副]

:wor·ry ['wɝɪ] [動] (**-ried**, ～**·ing**) [不及]**1**（因…）憂慮，發愁《*about, over...*》：～ *over* one's health 擔心自己的健康。**2** 困難地前進。—[及]**1** 使操心，使苦惱《*with ...*》；《用被動或反身》悶悶不樂《*about, over...*》；使煩惱。**2** 使爲難《*for...*》；不斷央求。**3** 咬；不斷地觸碰；啄；嚙碎，撕扯；咬住…凌虐。**4** 挪動位置《*into ...*》；調整位置。

I should worry.《美口·反語》我一點兒也不在乎。

worry along《口》克服困難設法進行。

worry at... (1) 撕咬。(2) 不斷地想克服。(3) 纏著《*to* do》。

—[名](複**-ries**) **1** [U]擔心，操心；[C]操心的事，煩惱的事。**2**《常作**-ries**》操心的原因。**3** 撕咬著獵物。**-ri·er** [名]

'worry ,beads [名](複)解憂珠。

wor·ry·ing ['wɝɪɪŋ] [形]麻煩的，討厭的；令人擔心的；使人憂慮的；令人煩惱的。

wor·ry(-)wart ['wɝɪ,wort] [名]《口》杞人憂天者（亦稱 **worry guts**）。

:worse [wɝs] [形]（**bad, ill** 的比較級）**1** 更壞的，更惡劣的；更糟糕的；更有害的；更不愉快的；更不可喜的：～ than useless customs 不但無益反而有害的習慣 / to make bad things ～把事情越弄越糟 / be ～ than impossible 完全不可能。**2**《敘述用法》（健康狀況）惡化的：feel ～覺得更不舒服。

none the worse for... (1) 儘管…仍然是相同的狀態。(2) = none the WORSE [副].

the worse for... 因…而更厲害。

the worse for wear 使用得磨損或破舊；疲憊已極，憔悴。

to make matters worse / what is worse 更糟的是。

worse luck ⇨ LUCK（片語）

—[名][U]更壞的事；更糟糕的人。

for better or (for) worse ⇨ BETTER[1] [名]

for the worse 惡化。
have the worse of a situation 敗北。
—副（**bad, ill** 的比較級）**1** 更壞地，更差地。**2** 更激烈。
none the worse 還是，仍舊《*for*...》。
think none the worse of a person 仍然尊敬。

wors·en ['wɝsn̩] 動及不及使變得更壞，惡化。

:wor·ship ['wɝʃəp] 名 **1** Ⓤ崇拜《*of*...》；禮拜：the ～ *of* idols 崇拜偶像 / hero-*worship* 英雄崇拜 / public ～禮拜式 / a house of ～教堂，禮拜堂。**2** Ⓤ尊敬，讚美《*of*...》；尊敬的對象：the ～ *of* beauty 對美的讚賞。**3**《**W-**》《通常作 **his ～, your ～**》《主英》《對法官或市長等的尊稱》閣下。**4** Ⓤ《古》高潔的人格；值得尊敬的地位；名聲。
—動（～**ed**, ～**·ing** 或《英》**-shipped**, ～**·ping**）及崇拜；尊敬；讚美。—不及崇拜神；做禮拜；進香；尊敬，讚美。

wor·ship·er,《英》**-ship·per** ['wɝʃəpɚ] 名崇拜者；做禮拜者；香客。

wor·ship·ful ['wɝʃəpfəl] 形《限定用法》**1** 尊敬的；值得崇拜的：a ～ attitude 崇敬的態度。**2**《偶作 **W-**》《通常作 **the** ～》《主英》《對市長等的尊稱》尊貴的。～**·ly** 副

:worst [wɝst] 形（**bad, ill** 的最高級）《通常作 **the** ～》**1** 最壞的，最差的：*the* ～ day 最壞的日子 / *the* ～ packer 最差的包裝員。**2** 最不利的：be in *the* ～ position 處於最不利的地位。**3** 最無魅力的，最討厭的。
(*in*) *the worst way*《口》非常地，極度地。
—名《**the** ～, **one's** ～》最壞的事，最惡劣的狀態。
at (*the*) *worst* (1) 即使壞到極點，無論怎樣壞。(2) 處於最惡劣的狀態。
get the worst of it 輸，失敗。
give a person the worst of it 打敗（某人）。
—副（**badly, ill** 的最高級）最壞地，最差地，最惡劣地；最厲害地。
—動及《通常用被動》打敗。

worst-case ['wɝst,kes] 形情況最惡劣的：a ～ scenario 最壞的情況。

wor·sted ['wustɪd] 名Ⓤ **1** 絨線，毛紗。**2** 精紡毛織品。—形 絨線或毛紗製的。

wort[1] [wɝt] 名Ⓤ麥芽汁。

wort[2] [wɝt] 名《常作複合詞》植物；蔬菜。

W

:worth[1] [wɝθ] 形 **1** 有…的價值：a game not ～ the candle《文》一件不值得做的事 / be ～ nothing 絲毫沒有價值 / A bird in the hand is ～ two in the bush.《諺》一鳥在手勝於二鳥在林。**2** 擁有財產。**3**《常接動名詞》有…的價值，值得《*doing*》：advice ～ tak*ing* 值得接納的忠告 / a book ～ read*ing* 值得看的一本書 / be ～ the extra effort 值得格外努力 / What is ～ do*ing* at all is ～ do*ing* well.《諺》值得做的事就值得好好去做。
for all one is worth《口》盡最大努力。
for what it's worth 不論真僞。
worth (*one's*, *a person's*) *while* 值得花費時間的，值得（去做…）的。
—名Ⓤ **1** 價值；重要性，益處。**2** 量，分量《*of*...》。**3** 財富，財產。
put in (*one's*) *two cents worth*《美俚》提出自己的意見。

worth[2] [wɝθ] 動不及《古》降臨：Woe ～ the day！今天真是個倒霉日子！

·worth·less ['wɝθlɪs] 形無價值的，無用的；無益的：a ～ servant 無用的僕人。～**·ly** 副

worth·while ['wɝθ'hwaɪl] 形值得花費時間的，值得去做的；有價值的：do some ～ work 做有價值的工作。

:wor·thy ['wɝðɪ] 形(**-thi·er**, **-thi·est**) **1** 有價值的；可尊敬的：a ～ endeavor 可敬的努力。**2** 有…價值的《*of*...》；值得…的，配得上…的《*to* do》：an act ～ *of* praise 值得讚賞的行爲。—名(複**-thies**) **1** 傑出的人物，名人：The Brontë sisters hold a high position among English *worthies*. 布朗蒂姊妹在英國的名人中擁有崇高的地位。**2**《通常作諷或謔》人，大人物：swindlers, thieves, and other *worthies* 騙子、盜賊及其他一夥人。**-thi·ly** 副, **-thi·ness** 名

-worthy《字尾》表示「值得…」之意。

wot [wɑt] 動《古》**wit**[2] 的第一人稱及第三人稱單數現在式。

wot·cher ['wɑtʃɚ] 感《英俚》嗨（hello）！

:would [wud,《弱》wəd] 助動《**will**[1] 的過去式》**1**《於過去式句中表示過去的未來》會，將要：He told me that he ～ be free in a few minutes. 他告訴我他馬上就會有空了。**2**《於過去式句中表示未來完成》將會，將已：I knew that the old man ～ have preferred me to her. 我早知道那老人將會選我而不選她。**3**《於過去式句中表示對過去可能的事情所做的推測或假定》…吧：I ～ have been three years old when the San Francisco Earthquake occurred. 舊金山大地震發生時我想我大概已經三歲了吧。**4**《於過去式句中表示主詞的強烈意志、主張、固執；（否定句中）表強烈的拒絕》無論如何也想，一定要；怎麼也不：His income was still small, but she ～ marry him. 他的收入還是很少，但是她仍然執意要和他結婚。**5**《表示過去的習慣、習性、反覆的動作》有…的習慣，常，往往：After lunch he ～ take a nap. 午飯後他通常小憩一會。**6**《於過去式句中表示物的潛在能力》能：The barrel ～ hold two gallons of water. 那桶子能裝兩加侖的水。**7**《對條件句所作的推論》是會，是要：I ～ be happy if I had a PDA. 假如我有一部個人數位助理器我會很高興的。**8**《暗示隱含有省略

未說出的條件子句》《委婉、客氣的說法》或許是，大概…吧：I'*d* say it's too late. 我想太晚了吧。/ I ～*n't* think you (would) need her help. 我想你大概不需要她的幫忙吧。**9**《條件子句中》《表示主詞的意志》想，願意：You could do it, if you ～. 如果你想做你就能做得到。/ I just want to ask you one question, if it ～*n't* bother you. 假如不打擾你的話，我想問你一個問題。**10**《表願望》《文》要是…多好：I ～ I were young again. 要是能再回復年輕那多好。**11**《主詞第二、三人稱的疑問句》《客氣的請求》…好嗎：*W-* somebody please help me? 有誰幫我一下忙好嗎？

I would fain do. 《古·詩》我很高興…。

I wouldn't. 《口》我不做。

would like (1) 想《*to* do》：I ～ *like to* meet him. 我想見見他。(2)《以名詞作受詞》想得到：I'*d like* a guide to London. 我想要一本倫敦的旅行指南。/ *W-* you *like* another cup of coffee? 再來一杯咖啡好嗎？

would rather... (***than***...) 寧願，寧可…（也不…）：I'*d sooner* sell my car *than* this picture. 我寧可賣車也不賣這幅畫。/ I'*d* much *rather* you called me Joe. 我寧可你叫我喬。

—動及《文》（如果…）多好：*W-* that Christmas lasted the whole year through. 如果一年到頭都是聖誕節多好。

would-be ['wʊd,bi] 形佯裝的，假冒的；意欲的，意圖的：a ～ artist 假冒的藝術家。

:would·n't ['wʊdn̩t] would not 的縮略形。

wouldst [wʊdst] 動《古》**will**[1] 的直說法第二人稱單數過去式。

:wound[1] [wund] 名 **1** 傷，受傷；（植物組織的）傷：a mortal ～致命傷 / a flowing ～血流不止的傷 / get sap from a ～ in the bark of a gum tree 從橡膠樹的樹皮傷處採取樹液。**2**（心靈上的）創傷，痛苦；（對名譽的）損害，侮辱；《詩》戀愛的苦痛：a grievous ～ to national pride 對國家名譽的嚴重損害。—動及傷到，使…受到損害；傷害（名譽、感情）：～ a person's feelings 傷害某人的感情 / He was seriously ～*ed* in the war. 他在戰爭中受了重傷。—不及 傷害。

wound[2] [waʊnd] 動 **wind**[2], **wind**[3] 的過去式及過去分詞。

wound·ed ['wundɪd] 形負傷的；（感情、名譽等）受到傷害的。—名《常作 **the** ～》《集合名詞》負傷者，受傷者。

·wove [wov] 動 **weave** 的過去式及過去分詞。

wo·ven ['wovən] 動 **weave** 的過去分詞。—名織出來的布料。

wow[1] [waʊ] 動及《俚》博得…熱烈的喝采，討…的歡心。—名《主美俚》大成功：feel like ～覺得太棒了。—感《美口》《表示驚訝、高興等》噢！哇！嘿嘿！

wow[2] [waʊ, wo] 名 U 錄音機迴轉時所產生的變質的聲音。

W.P., WP, W.P. 《縮寫》*w*eather *p*ermitting; *w*ire *p*ayment; *w*orking *p*ressure; *w*ithdrawn *p*assing.

WPA 《縮寫》*W*ork *P*rojects *A*dministration《美》公共事業促進局。

WRAC [ræk] 名英國皇家陸軍婦女隊。

wrack [ræk] 名 **1** 破損的物品；漂流物；U 漂浮到岸上的海草。**2** U 破壞，毀滅：go to ～ and ruin 毀滅。**3** 殘骸。

—動不及隨風飄動。

WRAF [ræf] 名英國皇家空軍婦女隊。

wraith [reθ] 名 **1** 生魂。**2** 亡魂，幽靈。～·like 形

wran·gle ['ræŋgl] 動不及爭論，口角《*with...; about, over...*》。—及 **1** 爭辯；說服。**2**《美》照料。—名爭辯，口角。

wran·gler ['ræŋglɚ] 名 **1** 爭論者，爭吵者。**2**《美》（在牧場等）照料馬匹的人；牧馬者。**3**（Cambridge 大學的）數學學位考試一級及格者。

:wrap [ræp] 動（**wrapped** 或 **wrapt**, ～·**ping**）及 **1** 包裹，包住《*up*》；裹起來《*up* / *in, with...*》：～ *up* the package *in* paper 用紙將包裹包起來 / ～ one's head *in* a scarf 用圍巾包住頭 / ～ oneself *in* furs 將毛皮裹在身上。**2** 穿（衣服等）；將（毛毯等）纏繞《*around, round, about...*》。**3** 隱蔽。**4**《被動》專心《*in...*》。**5** 折疊；捲起來。**6** 完成拍攝作業。—不及 穿起《*up* / *in ...*》；裹住身體；纏繞《*over, around, about...*》。

be wrapped up in... (1) 被包在…之中。(2) 埋頭於…。(3) 與…緊緊牽連在一起。

wrap up 《通常爲命令》《英口》閉嘴。

wrap...up / ***wrap up***... (1) ⇨動 及 1. (2)《口》使結束；作總結說明。(3)《俚》使受嚴重損壞。(4) 隱蔽《*in...*》。(5) 連累。

—名 **1**《美》披肩，圍巾，頭巾；《～**s**》大衣。**2** 包裝物。**3**《～**s**》祕密；機密；檢查；限制。**4** 拍攝完畢。

wrap·a·round ['ræpə,raʊnd] 形 **1**（像圍裙般）一層一層包著的。**2** 包羅一切的。—名圍繞身體的衣服。

wrap·per ['ræpɚ] 名 **1** 包裹的人[物]；包裝員；包裝紙。**2** 寬鬆的長便袍；化妝衣。**3** 護封；《英》書套。**4**（雪茄的）外捲煙葉。

wrap·ping ['ræpɪŋ] 名《常作～**s**，作單數》**1** 包裝材料。**2** = wrapper 2.

wrapt [ræpt] 動 **wrap** 的過去式及過去分詞。

wrap-up ['ræp,ʌp] 名《主美口》總結說明，綜合報導。

wrath [ræθ, rɑθ] 名 U《文》暴怒，憤怒；報復，懲罰：the ～ of God 神的懲罰，天譴 / be slow to ～不易動怒。

wrath·ful ['ræθfəl, 'rɑθ-] 形激怒的；滿

懷憤怒的。～·ly 副

wrath·y ['ræθɪ, 'rɑθɪ] 形 (**wrath·i·er, wrath·i·est**)《口》憤怒的，狂怒的。

wreak [rik] 動 及《文》**1** 施加（報復等）；發洩《*on, upon...*》: ～ havoc 造成大災害 / ～ vengeance *on* a person 向某人報仇。**2** 花費《*on, upon...*》。～·**er** 名

wreath [riθ] 名(複～s [riðz]) **1** 花環，花冠 : a funeral ～葬儀的花圈。**2** 圈，環 : a ～ of mist 繚繞上升的霧。**3**（成環的）一圈。**4** 樓梯扶手的彎曲部分。

—動 及 不及 = wreathe.

wreathe [rið] 動(**wreathed, wreathed** 或《古》**wreath·en, wreath·ing**) 及 **1** 將…編成（環）《*int...*》；編（花圈）《*with...*》: daisies ～*d into* a garland 作成花圈的雛菊。**2** 圍繞《*with...*》；用花環蓋在。**3** 包住，籠罩；把…捲成環狀；將…環繞；使纏繞《*around, about...*》: a refusal ～*d* in kind phrases 婉言的拒絕。

—不及 **1** 圍成環狀；纏繞。**2** 繚繞。

·**wreck** [rɛk] 名 **1** U C 破損；失事，遇難 : save a ship from ～ 解救遇難的船隻。**2** 失事的船隻，殘骸；失事船的漂流物。**3** U 毀滅，失敗。**4** 健康受到損傷的人；落魄者。—動 及 **1**《主用被動》使遇難。**2** 破壞；損害（健康）；破壞。—不及 **1** 失事，遇難；毀壞；受到挫敗。**2** 營救失事船隻；劫掠失事的船隻。

wreck·age ['rɛkɪdʒ] 名 U **1** 失事，船難；破壞。**2**《集合名詞》漂流物；殘骸 : the ～ of dinner 晚飯的殘羹。

wreck·er ['rɛkɚ] 名 **1** 破壞者；（掠奪）使船失事的人；劫掠失事船隻物品者。**2** 救難人員；打撈失事船隻物品者；救難車；《美》拖吊車（《英》breakdown lorry）。**3**《主美·加》建築物拆除業者（《英》housebreaker）。

'**wrecker's ['wrecking] ˌball** 名《美》（以起重機吊起以撞擊拆毀建築物用的）大鐵球。

wreck·ing ['rɛkɪŋ] 名 U **1** 失事；破壞。**2** 救難作業。**3**《美》建築物拆除。—形 **1** 破壞性的。**2** 營救的。

wren [rɛn] 名〖鳥〗鷦鷯。

Wren [rɛn] 名 **Sir Christopher**，列恩（1632–1723）：英國名建築師，倫敦聖保羅大教堂等由其設計。

·**wrench** [rɛntʃ] 動 及 **1** 扭轉；擰掉《*off / off, from...*》；將…扭轉 : ～ the lid open 將蓋子扭開 / ～ an apple *off* a branch 從樹枝上摘下蘋果。**2** 扭傷。**3** 使感到憂傷。**4** 曲解，歪曲 : ～ a fact out of context 曲解事實。—不及 彎曲，扭歪；扭轉身體；扭轉《*at...*》。—名 **1** 扭轉。**2** 扭傷。**3** 曲解，歪曲。**4** 憂傷，痛苦。**5** 扳手，螺絲鉗（《英》spanner）。

wrest [rɛst] 動 及 **1** 扭轉，擰；強奪《*from, out of...*》: ～ a weapon *from* a person 從某人手中奪取武器。**2** 努力得到；苦心得到《*from, out of...*》: ～ a victory *from* the enemy 終於打敗了敵人 / ～ the facts *out of* a person 從某人那裡探出事實。**3** 歪曲，曲解《*from, out of...*》: ～ the facts to fit the theory 歪曲事實以求合乎理論。—名 **1** 擰，扭。**2** 曲解。**3**《古》（樂器的）調音鍵。～·**er** 名 故意作歪曲解釋的人。

·**wres·tle** ['rɛsl] 動(**-tled, -tling**) 不及 **1** 摔角，角力《*together / with...*》。**2** 搏鬥；深思，斟酌《*against, with...*》；奮鬥《*for ...*》: ～ *with* one's impulses 抑制衝動 / ～ *for* a prize 爲得獎而奮鬥。—及 **1** 格鬥；摔角。**2** 把…摔倒在地；抑制。**3** 搬運；奪取。**4**《美》（爲了打烙印而）將（牛等）摔倒。—名 **1** 格鬥；角力，摔角。**2** 奮鬥。

wrestle in prayer* / *wrestle with God 誠心禱告。

-tler 名 角力者，搏鬥者。

·**wres·tling** ['rɛslɪŋ] 名 U **1** 角力。**2** 搏鬥。

·**wretch** [rɛtʃ] 名 **1** 境遇悲慘的人，不幸的人 : a ～ of a boy 可憐的少年。**2** 卑鄙的人，無恥的人。**3**《詼諧或傾注愛情》傢伙 : the little ～小傢伙。

·**wretch·ed** ['rɛtʃɪd] 形 (通常作～·**er**, ～·**est**) **1** 不幸的；悲慘的；可憐的；使人感到悲慘的 : a ～ hovel 可憐的破房子 / spend a ～ night 度過悲慘的一夜。**2** 可恥的，卑劣的 : a ～ little miser 卑鄙的吝嗇鬼。**3** 差勁的；拙劣的；笨拙的；無用的 : a ～ poem 拙劣的詩 / ～ workmanship 粗糙的手工。

wreth·ed·ness ['rɛtʃɪdnɪs] 名 U 可憐，悲慘，不幸。

wrick [rɪk] 動 及 不及 扭傷。—名 扭傷。

wrig·gle ['rɪgl] 動 不及 **1** 蠕動；扭動；忐忑不安；蠕動前進。**2** 擺脫，欺瞞《*out of..., out of* doing》。—及 **1** 使蠕動。**2** 蜿蜒通過；《反身》拚命掙扎而造成。—名 蠕動；蜿蜒；扭動。**-gling·ly** 副

wrig·gler ['rɪglɚ] 名 **1** 扭動的人[物]；善於巴結的人。**2**〖昆〗孑孓。

wrig·gly ['rɪglɪ] 形 (**-gli·er, -gli·est**) **1** 蠕動的，扭動的。**2** 令人捉摸不定的；曚混的。

wright [raɪt] 名《主作複合詞》工人，製作者。

Wright [raɪt] 名 Orville，（1871–1948）；其兄 **Wilbur**，（1867–1912），萊特：美國的飛機發明家。

·**wring** [rɪŋ] 動 (**wrung**, ～·**ing**) 及 **1** 扭；擰掉《*off*》。**2** 擰，壓縮《*out*》；榨出《*from, out of...*》；擰成 : ～ the juice *from* a fruit 由果實榨出果汁。**3** 搾取，勒索，強求《*from, out of...*》: ～ a confession *from* a person 強迫某人提出自白。**4** 緊握；使歪扭。**5**《文》使痛苦，折磨。**6** 歪曲，曲解。

—不及 **1** 絞，擰掉。**2** 扭動身體，翻滾。

W

一图扭，絞。

wring·er ['rɪŋɚ] 图 **1** 絞扭的人，絞扭機；絞乾機。**2** 痛苦的經驗，艱難的考驗。

·**wrin·kle**[1] ['rɪŋkl] 图皺紋，褶皺《*in, on* ...》: smooth a ～ 將皺紋熨平。一動(**-kled, -kling**)因使起褶皺，使起皺紋。一不及起皺紋。

～**·less** 形

wrin·kle[2] ['rɪŋkl] 图《口》好主意，妙計；好忠告；技巧。

wrin·kly ['rɪŋklɪ] 形 (**-kli·er, -kli·est**) 起皺紋的；易皺的。

·**wrist** [rɪst] 图 **1** 腕；腕關節；袖口：take a person by the ～ 抓住某人手腕。**2** Ⓤ 腕力；《喻》手腕。

a slap on the wrist 《美》收效不大的懲戒。

wrist·band ['rɪst,bænd] 图（襯衫的）袖口。

wrist·let ['rɪstlɪt] 图 **1**（防寒用）腕套。**2** 手鐲；錶帶。**3**《俚》手銬。

'**wrist ,watch** 图手錶。

'**wrist ,wrestling** 图Ⓤ扳手腕競力。

wrist·y ['rɪstɪ] 形 (**wrist·i·er, wrist·i·est**) 手腕有力的。

writ[1] [rɪt] 图 **1**〖法〗令狀：a ～ of execution（法院的）執行令狀 / a ～ of habeas corpus 人身保護令狀。**2**〖英史〗（國王下的）正式書信；詔令。**3**《古》文件，文書：Sacred ～ 聖經。

writ[2] [rɪt] 動《古》**write**的過去式及過去分詞。

...***writ large*** 寫成大寫的…，擴大表示的…。

:**write** [raɪt] 動 (**wrote** 或《古》**writ, writ·ten** 或《古》**writ, writ·ing**) 因 **1** 書寫，（以打字機）打《*with, on*...》；寫字。**2** 寫信告知；《主美》寫信給：～ an answer 回信答覆 / ～ news from home 從家鄉寫信來報音訊。**3** 論述；寫作，論著；作（曲）；把…寫入《*into*...》: ～ one's thoughts 把想法寫出來 / ～ one's will 寫遺囑。**4**《通常用被動》刻…記號，將…銘記《*in, on, all over*...》。**5** 在（文件等）上面簽名；擔保。**6**《反身》自稱。**7**〖電腦〗將（資料）寫入。**8**〖證券〗出讓。一不及 **1** 寫。**2** 著作，作曲《*for*...》。**3** 寫信給；寫信通知《*about, of, on*...》。**4**（筆等）可以寫。

nothing to write home about 平凡的，不怎麼樣的。

write against... 寫文章批評。

write away for... 寫信訂購…。

write back 回信《*to*...》。

write down 寫得淺顯易懂。

write...down / write down... (1) 將…記錄下來。(2)（以文字）詆毀；《常用反身》將…寫成（是…）《*as*...》。(3) 使降低地位。

write in 寫信給《*to*...》；寫信訂購《*for* ...》。

write...in / write in... (1) 將…記入。(2) 將（要求事項等）以書面提出。(3)《美》以記名投票投給（未登錄在名冊上的候選人）。

write off 寫信寄出《*to*...》；寫信訂貨《*for*...》。

write...off / write off... (1) 將（債務）一筆勾銷。(2) 折舊。(3) 立刻寫；一口氣寫成。(4)《美俚》毀掉；結束掉。

***write off* A *as* B** 將 A 視爲 B。

write...out / write out... (1) 寫明。(2) 詳細地寫。(3)《偶用反身》（才能）用盡。

write up 寫匿名信《*to*...》。

write...up / write up... (1) 詳細寫明。(2) 將…記載到最近的事。(3) 讚揚，大作文章。(4) 揭示，公告。

write-in ['raɪt,ɪn] 图《美》選票上未列名的候選人；投給選票上未列名候選人的票。

一形記名的：a ～ vote 記名投票。

write-off ['raɪt,ɔf, -,ɑf] 图 **1** 勾銷；折舊。**2** 呆帳償還。**3**《口》無法修復的東西。

:**writ·er** ['raɪtɚ] 图 **1** 作家；作者；作曲家；記者：a ～ of verse 作詩的人 / be thriving as a ～ 作家生涯蒸蒸日上。**2** 書記；抄寫者。**3**《the ～》筆者，作者。

～**·,ship** 图 Ⓤ writer 的工作。

'**writer's 'block** 图作家臨時無法下筆的一種心理障礙。

'**writer's ,cramp** 图Ⓤ〖病〗指痙攣。

write-up ['raɪt,ʌp] 图 **1** 讚揚的報導。**2**〖會計〗《美》（資產的）估價過高的報告書。

writhe [raɪð] 動 不及 扭動；苦惱《*under, at, with*...》: ～ *with* pain 因痛苦而扭動的身體。一因 使扭歪；使扭轉。一图 扭動打滾；苦惱。

·**writ·ing** ['raɪtɪŋ] 图 **1** Ⓤ 寫。**2** Ⓤ 文字，寫成的狀態：put one's idea in ～ 將（自己的）想法整理成文章。**3** Ⓤ 筆跡；習字。**4** Ⓤ Ⓒ 信；文件，銘，碑文。**5** 文學作品；著書；《～**s**》著作集。**6** Ⓤ 著述（業）：support oneself by ～ 以文筆爲生。**7** Ⓤ（文學等的）形式，風格。

see writing on the wall ⇨ HANDWRITING（片語）

'**writing ,case** 图文具盒。

'**writing ,desk** 图 **1** 書桌。**2** 攜帶用文具盒。

'**writing ,ink** 图 Ⓤ 墨水。

writing ma,terials 图(複)文具。

'**writing ,pad** 图整本的便條紙。

'**writing ,paper** 图 Ⓤ 書寫用紙；信紙，信箋。

writing ,table 图寫字檯，書桌。

:**writ·ten** ['rɪtn̩] 動 **write** 的過去分詞。

一形 寫成的，書面的；〖法〗成文的：a ～ evaluation 書面的評價 / a ～ apology 道

W

歉書 / ～ evidence 書面證據 / ～ language 書寫用語 / a ～ law〖法〗成文法。

W.R.N.S.《縮寫》*W*omen's *R*oyal *N*aval *S*ervice 英國皇家海軍婦女隊。

:wrong [rɔŋ, rɑŋ] 形 **(more ～; most ～;** 偶作 **～·er, ～·est)** **1** 不好的，不正當的，邪惡的；誤解的；《口》有毛病的《*in...*》：a ～ act 不正當的行爲 / ～ *in* the head 頭腦有毛病，精神失常。**2** 錯誤的：a ～ guess 錯誤的推測 / go the ～ way 走錯路 / have the ～ man 認錯人。**3** 不合規則的：the ～ use of a word 某字違反慣例的用法。**4**《通常用敘述用法》故障了的，不舒服的《*with...*》。**5** 反面的：wear a kimono ～ side out 把和服反過來穿。

get* (*hold*) *of the wrong end of the stick 誤解。

get on the wrong side of a person 失去支持。

get out of bed on the wrong side 整天身體不舒服，情緒不佳。

on the wrong side of... 已過…歲。

What's wrong with him? 他怎麼了?《反語》他有什麼地方不對嗎？

—名 **1** Ⓤ 邪惡；不正。**2** Ⓤ Ⓒ 不正的行爲；虐待。**3** 壞事。**4**〖法〗權利侵害，不法行爲。

get a person in wrong《美口》使爲他人所討厭《*with...*》。

in the wrong 錯誤。

—副 邪惡地；錯誤地；相反地。

go wrong ⑴ 敗；做錯。⑵ 墮落，走錯路。⑶（機器、鐘）出毛病。

—動 及 **1** 虐待；傷害。**2** 冤枉；毀謗。

wrong·do·er ['rɔŋ'duɚ] 名 **1** 做壞事的人，（道德上的）違背者。**2**〖法〗違法者，犯罪者。

wrong·do·ing ['rɔŋ'duɪŋ] 名 Ⓤ Ⓒ 惡行，犯罪，不正當的行爲。

wrong·ful ['rɔŋfəl] 形 **1** 邪惡的；不公正的：a ～ accusation 找岔兒。**2** 非法的，違法的：～ detention 非法拘留。**～·ly** 副，**～·ness** 名

wrong-head·ed ['rɔŋ'hɛdɪd] 形 判斷錯誤的；固執的，堅持錯誤的。
～·ly 副，**～·ness** 名

wrong·ly ['rɔŋlɪ] 副《通常置於過去分詞之前》**1** 錯誤地：～ spelled 拼錯。**2** 不當地：～ condemned 判刑不當。

:wrote [rot] 動 **write** 的過去式。

wroth [rɔθ] 形《文》**1**《通常用敘述用法》生氣的，激怒的。**2** 狂暴的。

wrought [rɔt] 動《古》**work** 的過去式及過去分詞。—形 **1** 被打成形的。**2** 精製的，裝飾的。**3** 鍛鍊的：～ iron 鍛鐵。

wrought-up ['rɔt'ʌp] 形 興奮的；著急的《*over...*》。

·wrung [rʌŋ] 動 **wring** 的過去式及過去分詞。

wry [raɪ] 形 **(wri·er, wri·est; ～·er, ～·est)** **1** 愁眉苦臉的：a ～ smile 苦笑。**2** 扭歪的。**3** 彆扭的；牽強附會的；估計錯誤的；挖苦的。—動 及 不 扭轉，扭歪。
'wry·ly 副，**'wry·ness** 名

wry·neck ['raɪ,nɛk] 名 **1**《口》歪脖子（的人）。**2**〖醫〗斜頸。**3**〖鳥〗鶇鴷。

WSW, W.S.W.《縮寫》west-*s*outh-west.

Wt.《縮寫》weigh*t*.

WTO《縮寫》*W*orld *T*rade *O*rganization 世界貿易組織。

wurst [wɝst] 名 Ⓒ Ⓤ 香腸。

WV, W.Va.《縮寫》*W*est *V*irgini*a*.

WWF《縮寫》*W*orld *W*ide *F*und for *N*atural.

WWW《縮寫》*W*orld *W*ide *W*eb 全球資訊網。

Wy., WY《縮寫》*Wy*oming.

Wy·an·dotte ['waɪən,dɑt] 名〖鳥〗美國產的一種卵肉兼用雞。

Wych-elm, witch-elm ['wɪtʃ,ɛlm] 名〖植〗（歐洲產的）山榆。

wych-ha·zel ['wɪtʃ'hezl̩] 名 = witch hazel.

Wyc·liffe ['wɪklɪf] 名 **John**，威克利夫（1330–84）：英國神學家、宗教改革家及聖經譯者。

wynd [waɪnd] 名《主蘇》狹巷，小巷。

Wyo.《縮寫》*Wyo*ming.

Wy·o·ming [waɪ'omɪŋ, 'waɪəmɪŋ] 名 懷俄明：美國西北部的一州；首府爲夏安（Cheyenne）。略作：Wyo., Wy.

wy·vern ['waɪvɚn] 名 飛龍。

X x

X[1], **x** [ɛks] 名(複 **X's** 或 **xs**, **x's** 或 **xs**) 1 U C 英文字母第 24 個字母。2 X 狀物。

X[2] [ɛks] 名 1 U (連續事物的) 第 24 個。2 U《偶作 **x**》(羅馬數字的) 10。3 = Christ ; Christian. 4〖電〗= reactance 1. 5《美俚》十元美金的紙幣。6 成人電影。

X[3] [ɛks] 名 1 未知數[量]; 變數。2 (直角座標中的) X 軸。3 = ex[1] 1. 4 = experimental。5 (1) 乘算符號。(2) 表示長度的符號。6 (信上結尾表) kiss 的記號。7 (鏡頭的) 倍率。8 不識字者用以代替簽名的記號。9 成十字交叉狀。10 交配產生的後代。11 (表示選擇、答錯的) X 記號。12〖西洋棋〗(從對方獲得的) 棋子。13 未知的人[事物,要素等]。14 有問題的地方。

X[4] [ɛks] 動 (**x-ed**, **x'd** [ɛkst], **x-ing** 或 **x'ing** ['ɛksɪŋ]) 及 1 打 X 記號於; 在…打 X 記號表示刪除《*out*》。2 在 (選票、試題等) 上打 X 記號所作的表示選擇《*in*》。

Xan·a·du ['zænə,du] 名 世外桃源。

xan·thic ['zænθɪk] 形 1 黃色的,帶黃色的;〖植〗黃色的。2〖化〗黃酸的。

Xan·thip·pe [zæn'tɪpɪ] 名 1 贊娣比:蘇格拉底之妻。2 潑婦; 悍妻。

xan·tho·ma [zæn'θomə] 名 (複 ~**s**, ~·**ta** [-tə])〖病〗黃色瘤,黃疣。

xan·thous ['zænθəs] 形 1 黃色的; 帶黃色的。2 黃色人種的。

Xa·vi·er ['zævɪɚ] 名 **Saint Francis**,聖·查威爾 (1506–52):西班牙天主教耶穌會傳教士。

x-ax·is ['ɛks,æksɪs] 名 (複 **-ax·es** [-siz])〖數〗X 軸,橫軸。

X-Box ['ɛks,bɑks] 名 X-Box 遊戲主機:由微軟公司生產的多媒體遊戲主機。

X-C ['ɛks'si] 形《美·加》越野的: ~ skiing 越野滑雪。

'X ,chromosome 名〖生〗X 染色體。

xd, xdiv.《縮寫》〖證券〗ex *divi*dend 無股息的[地]。

Xe《化學符號》xenon.

xe·bec ['zibɛk] 名 地中海沿岸的小型三桅帆船 (亦作 **zebec(k)**)。

xen·o·bi·ot·ic [,zɛnəbaɪ'ɑtɪk] 名 異體。

xen·o·cur·ren·cy [,zɛnə'kɝənsɪ] 名 U C 境外通貨。

xe·nog·a·my [zə'nɑgəmɪ] 名 U〖植〗異株受精。

xen·o·gen·e·sis [,zɛnə'dʒɛnəsɪs] 名〖生〗1 U 異種生殖。2 世代交替。

xen·o·graft ['zɛnə,græft] 名 異種組織移植。

xe·non ['zinɑn,'zɛnɑn] 名 U〖化〗氙。符號: Xe

xen·o·phile ['zɛnə,faɪl] 名 喜愛外國人[文物]者,親外者。

xen·o·phobe ['zɛnə,fob] 名 仇視外國人者,畏懼外國人者,排外者。

xen·o·pho·bi·a [,zɛnə'fobɪə] 名 U 恐懼外國人; 仇視外國人; 怕生。**-bic** 形

Xen·o·phon ['zɛnəfən] 名 贊諾芬 (434?–355? B.C.):古希臘軍人、歷史學家及散文家。

xe·rog·ra·phy [zɪ'rɑgrəfɪ] 名 U 全錄影印法,乾式影印法。

xe·roph·i·lous [zɪ'rɑfələs] 形 旱生的; (植物、動物等) 喜愛乾燥的。**-i·ly** 名

xe·roph·thal·mi·a [,zɪrɑf'θælmɪə] 名 U〖眼〗乾眼病,眼球乾燥症。**-mic** 形

xe·ro·phyte ['zɪrə,faɪt] 名 旱生植物。

Xe·rox ['zirɑks] 名 1〖商標名〗全錄影印機; U 全錄影印 (法)。2《**x-**》影印本。—動 及 不及《**x-**》(以全錄影印法) 影印。

Xerx·es I ['zɝksiz] 名 澤克西斯一世 (519?–465B.C.):波斯國王 (485–465B.C.)。

xi [saɪ, zaɪ] 名 (複 ~**s** [-z]) U C 希臘字母中第 14 個字母。

-xion《字尾》《主英》**-tion** 的別體。

XL《縮寫》*e*xtra *l*arge. 特大號。

·Xmas ['krɪsməs] 名 Christmas 非正式的寫法。

XML《縮寫》e*x*tensible *m*arkup *l*anguage 延伸性標記語言。

Xn.《縮寫》Christian.

Xnty.《縮寫》Christiani*ty*.

X-ra·di·a·tion ['ɛks,redɪ'eʃən] 名 U X 光線放射[照射]。

X-rat·ed ['ɛks,retɪd] 形 1 (電影等) X 級的,禁止未成年者觀看的。2 淫猥的,下流的。

·x-ray, X- ['ɛks,re] 名 1《常作~**s**》X 光 (線),X 射線。2 X 光照相。3 (通訊上) X 的代碼字 (亦作 **x ray**)。—動 及 以 X 光線檢查[治療]; 拍…的 X 光照片。—形 X 光線的。

'x-ray as'tronomy 名 U X 射線天文學。

'x-ray dif,fraction 名 U〖理〗X 射線繞射。

'x-ray ,star [,source] 名〖天〗X 射線星。

'x-ray ,tube 名 X 射線管。

Xt. 《縮寫》Christ.
Xtian. 《縮寫》Christian.
Xty. 《縮寫》Christianity.
x-u·nit ['ɛks,junɪt] 图〖理〗X 單位。略作：Xu, XU
xy·lan ['zaɪlæn] 图Ⓤ〖化〗木糖膠。
xy·lem ['zaɪlɛm] 图Ⓤ〖植〗木質部。
xy·lene ['zaɪlin] 图Ⓤ〖化〗二甲苯。
xyl(o)- 《字首》**1**表「木」意。**2**〖化〗表「二甲苯的」之意。
xy·lo·graph ['zaɪlə,græf] 图木版印刷物；木版。
xy·log·ra·phy [zaɪ'lɑgrəfɪ] 图Ⓤ木版術，木刻術，木版印刷術。
xy·loid ['zaɪlɔɪd] 形〖植〗木質的；似木材的。
xy·lol ['zaɪlɑl] 图= xylene.
xy·lo·phone ['zaɪlə,fon,'zɪlə-] 图木琴。**-phon·ist** 图木琴演奏者。
xy·lose ['zaɪlos] 图Ⓤ〖化〗戊醛糖，木糖。
xys·ter ['zɪstɚ] 图（外科用的）刮骨刀。

Y y

Y[1]**, y** [waɪ] 图(複 **Y's** 或 **Ys, y's** 或 **ys** [-z]) **1** Ⓤ Ⓒ 英語字母中第二十五個字母。**2** Y 狀物。**3** 以 Y, y 字表示的音。**4** 《美口》= YMCA 或 YWCA.

Y[2] **1**（連續事物的）第 25 個；I 省略時爲第二十四。**2**《偶作 **y**》〖電〗= admittance 2. **3**《化學符號》yttrium. **4** = yen[1]. **5** = y-axis.

Y[3] [waɪ] 图 **1** 未知數[量]；變數。**2**〖數〗（直角座標的）y 軸。

-y[1] 《字尾》**1** 表「充滿…」、「由…形成」、「有…的性質」之意。**2** 表「有幾分…」、「呈現…」之意。**3** 表「有…傾向」之意。**4** 表「類似…」、「使人聯想到…」之意。

-y[2] 《字尾》表示暱稱（亦作 **-ey, -ie**）。

-y[3] 《字尾》**1** 由動詞形成，成爲表示行爲的名詞。**2** 形成抽象名詞的字尾。

·yacht [jɑt] 图(複~**s** [-s]) 快艇，遊艇：**1** 比賽用的輕快小帆船。**2** 豪華遊艇。
—動 不及 以快艇比賽；乘遊艇。

'yacht ˌchair 图 摺疊帆布椅。

'yacht ˌclub 图 遊艇俱樂部。

yacht·ing ['jɑtɪŋ] 图 Ⓤ 駕駛遊艇的（技術）；乘遊艇旅遊。

'yacht ˌrace [ˌracing] 图 快艇比賽。

yachts·man ['jɑtsmən] 图(複-**men**) 遊艇主人，遊艇駕駛者。

yack·e·ty-yak ['jækɪtɪ'jæk] 图 Ⓤ《俚》絮絮叨叨，滔滔不絕的蠢話。—動(**-yakked**, ~**·king**) 不及 喋喋不休地講，空談。

yah[1] [jɑ] 感《表示不屑或嘲笑等》喲！

yah[2] [jɑ] 副《口》= yes.

Ya·hoo ['jɑhu,'jehu] 图 (複~**s** [-z]) **1** 雅虎：Swift 所著 *Gulliver's Travels* 中的人形獸。**2**《**y-**》人面獸心的人。**3**《**y-**》《美》鄉巴佬，粗鄙的人。

Ya·hoo! [jɑ'hu] 图〖電腦〗雅虎：一入口網站公司名。

Yah·weh ['jɑwe], **-veh** [-ve] 图 耶和華：希伯來文聖經中上帝之名；希伯來文表示神名的 YHWH 的音譯（亦作 **Yahwe(h)**）。

yak[1] [jæk] 图(複~**s**,《集合名詞》~)〖動〗**1** 犛牛。**2**（馴養的）犛牛。

yak[2] [jæk] 图，動 (**yakked**, ~**·king**) 不及《美俚》= yackety-yak.

ya·ki·to·ri [jɑkɪ'tɔrɪ] 图 Ⓤ Ⓒ 日式燒雞。

Yale [jel] 图 耶魯大學：美國 Connecticut 州 New Haven 的著名大學；創立於 1701 年。

Yal·ta ['jɔltə,'jɑltə] 图 雅爾達：烏克蘭共和國南部臨黑海的港市；1945 年 2 月，美、英、俄三國元首曾在此舉行高峰會議，商討第二次大戰後的問題。

Ya·lu ['jɑ,lu] 图《**the** ~》鴨綠江。

yam [jæm] 图〖植〗**1** 薯蕷，山藥。**2**《美南部》番薯；《蘇》馬鈴薯。

yam·mer ['jæmɚ] 動 不及《美口》**1** 發出哀求聲；抱怨。**2** 大聲說個不停；大叫，大嚷。—不及 不停地抱怨。—图 不停抱怨；喧鬧的聲音。

yang [jæŋ] 图 Ⓤ《偶作 **Y-**》（中國哲學）陽。

Yang·tze(-kiang) ['jæŋtsɪ('kjæŋ)] 图《**the** ~》揚子江，長江。

yank [jæŋk] 動 及 不及《口》用力猛拉。—图 猛拉。

Yank [jæŋk] 图 形《英俚》= Yankee.

·Yan·kee ['jæŋkɪ] 图 **1**《英》《常爲蔑》美國人，美國佬。**2**《美》新英格蘭人。**3**《美》美國東北諸州的人，（南北戰爭時的）北軍士兵；《美南部》《常含有敵意》北方人，北方佬。—形 美國人的。

Yan·kee·dom ['jæŋkɪdəm] 图 Ⓤ **1** 美國；（尤指）新英格蘭地區或美國北方各州。**2**《集合名詞》美國人。

Yankee Doo·dle ['jæŋkɪ'dudl] 图 **1** 獨立戰爭時美國士兵流行的歌。**2** 美國人。

Yan·kee·ism ['jæŋkɪ,ɪzəm] 图 Ⓤ 美國人的氣質；美國人的腔調；美國式。

yap [jæp] 動(**yapped**, ~**·ping**) 不及 **1** 狂吠，叫，嚷。**2**《俚》吵嚷《*at*...》；喋喋不休《*away* / *about*...》。—及 吵嚷。—图 **1** 狂吠聲。**2** Ⓤ《俚》瞎扯；吵嚷；《美俚》嘴。**3**《俚》無賴，惡棍；愚人。

:yard[1] [jɑrd] 图 **1** 碼（長度單位）：three ~*s* of cloth 三碼布。**2**〖海〗帆桁：man the ~*s*（船）舉行登舷禮。**3** 很大的長度[量]。**4**《英》高約一碼的玻璃杯。

by the yard 冗長地

the whole nine yards《俚》所有的一切；全部。

:yard[2] [jɑrd] 图 **1**《英》接鄰[包圍]建築物的地面；內院；中庭，庭園；《美》哈佛大學（的操場）；《美》（尤指長草的）院子：the front ~ 前院 / a school ~ 校園，操場。**2**《常用於複合詞》…製造廠；工作場，作業場；堆置場；（家畜的）畜養欄；〖鐵路〗調車場：a navy ~海軍造船廠 / a brick*yard* 磚廠 / a lumber*yard* 木材堆置場 / a chicken ~養雞場。**3**《美》（鹿類）冬天的草場。**4**《**the Y-**》《英口》倫敦警察廳。**5** 菜園。—動 及 將（家畜）關入欄內。

一不及《美》(鹿等)聚集到冬天的草場《*up*》。

yard·age[1] ['jardɪdʒ] 名U以碼計量的長度或面積。

yard·age[2] ['jardɪdʒ] 名U(家畜的)站內欄舍的使用(權);站內欄舍使用費。

yard·arm ['jard,arm] 名〖海〗桁端,帆桁的一端。

yard·bird ['jard,bɝd] 名《美俚》**1** 新兵。**2** 囚犯。

'yard ˌgoods 名(複)《美》布疋,疋頭。

yard·mas·ter ['jard,mæstɚ] 名《美》(鐵路的)調車場主任。

'yard ˌsale 名《美》= garage sale.

yard·stick ['jard,stɪk] 名 **1** 碼尺。**2** 基準,標準,尺度。

yar·mul·ke ['jarmәlkә] 名〖猶太教〗(猶太男人作禮拜等時所戴的)小帽子。

·**yarn** [jarn] 名 **1** U 紗,線:woolen ~ 毛線。**2** U(金屬、塑膠、紙等的)長絲;(繩纜的)單股線。**3**《口》故事,冒險故事,虛構的故事:spin a good ~ 編造一個妙故事。

spin a yarn《口》長談;講述冒險故事;捏造故事。

一動不及《口》講故事,長談,吹牛。

yar·row ['jæro] 名UC〖植〗西洋蓍草。

yash·mak [jaʃ'mak, 'jæʃmæk] 名回教國家的婦女外出時所戴的面紗。

yat·a·ghan ['jætә,gæn] 名土耳其彎刀。

yaw [jɔ] 動不及及(船等)頭部搖動地航行;使偏離航線。一名船首搖動地前進,偏航。

yawl[1] [jɔl] 名 **1** 雙桅縱帆的小型帆船。**2** 船載小艇,艦載雜用船。

yawl[2] [jɔl] 名,動不及及《方》= yowl, howl.

·**yawn** [jɔn] 動不及 **1** 打呵欠:make a person ~ 使某人打呵欠,使某人覺得乏味。**2**《文》(裂縫、石罅等)裂開。**3** 船首左右搖晃。

一及 打著呵欠說:~ a hello 打著呵欠說哈囉。一名 **1** 打呵欠。**2**(地面、岩石等的)裂縫,罅隙。**3**《俚》使人索然無味的人[物]。

~·**er** 名

yawn·ing ['jɔnɪŋ] 形 **1**《文》(裂縫等)裂開的。**2** 打呵欠的。~·**ly** 副

yawp, yaup [jɔp, jap] 動不及 **1**《美口》高聲喊叫;發出大而刺耳的聲音。**2**《俚》喋喋不休,胡說。一名 **1**《口》尖叫,喊聲。**2**《俚》胡言亂語,廢話。

yaws [jɔz] 名(複)《**the** ~》《作單數》〖病〗雅司疹,熱帶黴疹。

y-ax·is ['waɪ,æksɪs] 名(複-**ax·es** [-siz])〖數〗y 軸。

Y

Yb《化學符號》*ytterbium.*

Y 'chromosome 名〖生〗Y 染色體。

y·clept, y·cleped [ɪ'klɛpt] 形《古》名字叫…的。

yd., yd《縮寫》*yard(s).*

yds.《縮寫》*yards.*

ye[1] [ji] 代《古·詩·謔》**1**《**thou** 的複數形用於第二人稱主格》你們。**2**《用於第二人稱單數主格》= you. **3**《用於第二人稱複數及單數受格》你,你們。**4**《古·方》《命令》: Look ~. 你看!

ye[2] [ji]《定冠詞》《古》= the[1].

yea [je] 副 **1** 是,不錯。**2**《古》的確,誠然;而且,不但。一名 **1** U 肯定,贊成(的回答)。**2**《常作~**s**》投票贊成(者)。

·**yeah** ['jɛ, jæ] 副《主美口》= yes.

yean [jin] 動不及(羊、山羊等)生產。

yean·ling ['jinlɪŋ] 名小羊,小山羊。一形剛出生的,幼小的。

:**year** [jɪr] 名 **1** 年,一年,一年裡:this ~ 今年 / every other ~ 每隔一年 / this day next ~ 明年此日 / New *Year's* Day 一月一日,元旦 / in the ~ 1998 在西元 1998 年 / in a ~*'s* time 在一年的時間裡 / in one's freshman ~ at Harvard 在哈佛大學一年級時 / the man of the ~ 年度風雲人物。**2**(依特定計算法的曆法,一般通稱的)年,年度;太陽年;陰曆年;(行星的)公轉週期;學年:the leap ~ 閏年 / a lunar ~ 陰曆年 / the academic ~(大學的)學年 / the school ~ 學年。**3**《~**s**》年齡,歲;高齡:a ten-*year* old boy 十歲的少年 / take the ~*s* well 雖然上了年紀但容貌不衰 / *Years* bring wisdom.《諺》年齡帶給人智慧。**4**《~**s**》多年;很久的時間:~*s* ago 多年以前。**5**《~**s**》時代:the ~*s* of Queen Elizabeth 伊麗莎白女王時代。

all the year around 一年到頭。

a year and a day〖法〗滿一年,整整一年又一天的時間。

for donkey's years ⇨ DONKEY(片語)

from year to year / year after year 每年,年年。

of late years / in recent years 近年來,近來。

year in and year out / year in, year out 年復一年地。

year·book ['jɪr,bʊk] 名 **1** 年鑑,年報。**2** 畢業紀念冊。

year-end ['jɪr,ɛnd] 名年終,年底。一形年底的;在年底發生的。

year·ling ['jɪrlɪŋ] 名 **1** 一歲的動物。**2**〖賽馬〗一歲的馬。一形一歲的,當年生的;一年期限的;連續一年的。

year·long ['jɪr'lɔŋ] 形連續一年的,一年期間的;《偶作》連續多年的。一副經過了一年地。

·**year·ly** ['jɪrlɪ] 形一年的,一年一度的;連續一年的;只有一年的:a ~ vacation 每年一度的休假 / ~ tickets 一年的車票 / a ~ plant 一年生植物。一副一年一度地,每年。

·**yearn** [jɝn] 動不及 **1** 切望,渴望,嚮

往，想念，戀慕《 *after, for...* 》；極想：～ *for* freedom 嚮往自由 / ～ *after* one's mother 懷念母親。2 同情，憐憫，覺得可憐《 *for, to, toward, over...* 》：～ *to* a person 同情某人。～·er 圖

yearn·ing ['jɝnɪŋ] 图 U C 嚮往，思慕；渴望《 *for, toward..., to* do 》：feel a ～ *toward* a person 對某人懷戀慕之情。—形 嚮往的，思慕的；渴望的。～·ly 副

'year of 'grace 图《 the ～ 》耶穌紀元，西元。

-year-old 《字尾》1 表「…歲的（人）」之意。2 表「…年的（事物）」之意。

year-round ['jɪr,raund] 形 全年的，全年使用的，全年開著的。

yeast [jist] 图 1 U 麴，酵母，酵母菌。2 = yeast cake. 3 U（啤酒的）泡沫。4 U 起因，開端，刺激物，影響力《 *of...* 》。5 U 動亂，騷動。—動 不及 發酵；起泡沫。

'yeast ,cake 图 1《主美》酵母餅，固體酵母。2 以酵母爲發酵材料製成的糕餅。

yeast-pow·der ['jist,paudɚ] 图 U 酵粉，發酵粉。

yeast·y ['jistɪ] 形 (yeast·i·er, yeast·i·est) 1 酵母的，似酵母的，含酵母的，發酵的。2 起泡沫的：～ billows 起泡沫的巨浪。3 年輕的，精力充沛的。4 不完全的，不成熟的。5 動盪的，不安定的；不沉著的，輕浮的：～ words 輕浮的話。

Yeats [jets] 图 **William Butler**，葉慈（1865–1939）：愛爾蘭劇作家、詩人、以及散文家。

yec(c)h [jɛk, jʌk] 感《俚》《表示厭惡之情》呸，哼。～·y 形《俚》令人厭惡的。

Ye·do ['jɛdo] 图 江戶：東京的舊稱。

yegg [jɛg] 图《美俚》盜賊，宵小，搶劫金庫者。

·yell [jɛl] 動 不及 大聲尖叫，呼喊，號叫《 *out / at...* 》：～ for the waiter 大聲召喚侍者 / ～ *at* a child 對孩子大吼。—及 大聲說，叫著說《 *out* 》。—图 1（高而尖銳的）叫聲，呼喊，哀號。2《美·加》（啦啦隊的）吶喊。～·er 图

:yel·low ['jɛlo] 形 1 黃色的：～ dresses 黃色的衣服 / turn ～（樹葉等）變成黃色。2（因年老等而變成）微黃的，帶黃色的，土色的。3 黃皮膚的；黃種人的；皮膚褐色的。4 嫉妒的，猜忌的：a ～ look 嫉妒的眼光。5《口》怯懦的，膽怯的。6（報紙等）煽情的，聳人聽聞的；歪曲事實的。

—图 1 U C 黃色。2 U 黃色顏料。3 U C 黃色的東西。4 U C 蛋黃《 *of...* 》。5 U《口》怯懦。

—動 及 不及 變成黃色，染成黃色。

'yellow a'lert 图 黃色警報。

yel·low·back ['jɛlo,bæk] 图 1《昔》（19世紀末的）廉價通俗小說。2《美》黃金公債券。

yel·low·bel·lied ['jɛlo,bɛlɪd] 形 膽小的，怯懦的。

yel·low·bel·ly ['jɛlo,bɛlɪ] 图 (複-lies) 膽小鬼，懦夫。

yel·low·bird ['jɛlo,bɝd] 图〖鳥〗1《英方》金鶯。2《美方》產於北美的一種金翅雀。

'yellow ,book 图 黃皮書。

'yellow ,cake 图《加口》鈾礦礦石。

'yellow 'dog 图 1《美》黃狗，野狗。2 懦弱而卑劣的人。

'yellow-'dog ,contract 图《美》黃狗契約：以不加入工會爲條件的雇用契約。

'yellow 'fever 图 U〖病〗黃熱病。

'yellow 'flag 图 1〖海〗檢疫旗。2〖植〗黃菖蒲。

yel·low·ham·mer ['jɛlo,hæmɚ] 图〖鳥〗1 蒿雀。2《美方》= flicker².

yel·low·ish ['jɛloɪʃ] 形 淡黃的。

'yellow ,jack 图 1《口》檢疫旗。2〖病〗= yellow fever. 3〖魚〗縞鰺。

yel·low·jack·et ['jɛlo,dʒækɪt] 图〖昆〗《美》黃蜂。

'yellow 'journalism 图 U《美》以煽情及低級趣味的報導來吸引讀者的作風。

yel·low·legs ['jɛlo,lɛgz] 图(複)《作單數》〖鳥〗（產於北美的）黃足鷸。

'yellow 'light 图 黃燈：警告交通信號。

'yellow 'metal 图 U 1 黃銅。2 黃金。

'yellow 'pages 图(複)《常作 Y- P- 》《美·加》（電話簿的）黃頁分類部分；分類電話薄。

'yellow 'peril 图《 the ～ 》《偶作 Y- P- 》1 黃禍。2 黃色人種。

'yellow 'pine 图〖植〗（產於北美的）黃松；U 其木材。

'yellow 'press 图《 the ～ 》黃色報刊；具煽動性且排外的報刊。

'yellow 'rain 图 U 黃雨。

'Yellow 'River 图《 the ～ 》黃河。

'Yellow 'Sea 图《 the ～ 》黃海。

'yellow ,spot 图〖解〗（視網膜上的）黃斑。

Yel·low·stone ['jɛlo,ston] 图《 the ～ 》黃石河：發源於美國 Wyoming 州西北部的河流。

'Yellowstone 'National 'Park 图 黃石公園：跨美國 Wyoming 州西部與 Montana, Idaho 兩州一部分的國家公園。

'yellow 'streak 图《口》（性格上的）懦弱，膽怯。

yel·low·tail ['jɛlo,tel] 图〖魚〗魚師屬的魚。

'yellow 'warbler 图〖鳥〗（產於北美的）金翅雀的一種。

yel·low·y ['jɛloɪ] 形 淡黃色的。

yelp [jɛlp] 動 不及 1 吠，嗥。2 尖叫，喊叫。—及 叫喊著說。—图 尖叫聲，短而尖銳的聲音，（狗）吠聲。

Yem·en ['jɛmən, 'jemən] 图 1 葉門（共和國）：位於阿拉伯半島西南部；首都

Y

Sana。

yen¹ [jɛn] 图(複～)圓：日本的貨幣單位。略作：Y, ¥

yen² [jɛn] 图《美口》熱望，渴望《*for*... *to* do》：have a ～ *for* knowledge 渴望知識。
—動(yenned, ～·ning)不及 渴望。

yen·ta ['jɛntə] 图《美俚》長舌婦，好管閒事的女人。

yeo·man ['jomən] 图(複-men) 1〖美海軍〗文書士官。2《古》(王室、貴族的)侍從，衛士；(州郡長官等的)部下，僚屬。3《英》自耕農。4〖英史〗《古》自由農民，小地主。5《英》(自由農民子弟組成的)義勇騎兵。
—形自耕農的。

yeo·man·ly ['jomənlɪ] 形 鄉紳的，鄉紳的地位的；勇敢的，剛毅的；忠實的。
—副 似鄉紳地；勇敢地。

'Yeoman of the 'Guard 图(英國王室的)儀仗衛士；衛士。

yeo·man·ry ['jomənrɪ] 图 U 1《集合名詞》《英》自由農民，小地主，自耕農。2《the ～》《英》義勇農騎兵團。

'yeoman('s) ˌservice 图 U 忠實的服務，有效的協助。

yep [jɛp] 副《美口》= yes.

-yer 《字尾》爲 w 之後的 **-er¹** 的別體。

:yes [jɛs] 副 1 (1)《表示肯定的回答》是。2《表示同意對方的話》是的，不錯。3《通常爲疑問的語氣，語調上升》(1)《回答對方的召喚》啊，什麼事。(2)《懷疑對方的話》是嗎，哦，真的嗎。(3)《促請對方說下去》的確，然後呢。(4)《向等待的人說》有什麼事。4《加強語氣，常用 **yes, and [or]...** 之形》不但如此，而且。—图(複～·es) 1 U C 是，同意。2《常作～es》意見的贊成；(投)贊成票(者)。

'yes ˌman 图 唯唯諾諾的人，應聲蟲。

yes·ter ['jɛstə] 形《古》昨日的。

yester- 《字首》《詩》1 表「昨日的」之意。2 表「昨…」、「去…」之意。

:yes·ter·day ['jɛstədɪ, -ˌde] 副 1 昨天。2 晚近，最近，稍前。—图 1 U 昨天。2 U《較文語的說法》近來，最近。3《通常作～s》過去。—形昨天的；最近的。
～·ness 图

yes·ter·night ['jɛstə'naɪt] 图 U，副《古》昨夜。

yes·ter·year ['jɛstə'jɪr] 图 U，副《文》(在)去年；(在)最近這幾年。

yes·treen [jɛs'trin] 副《蘇》昨夜，昨晚。

:yet [jɛt] 副 1《否定》還，至今，到現在還是。2《疑問》已經，到現在已經。3 (1) 還；還(沒有…)，即將(會…)《*to* do》。4 遲早，總有一天，不久，再過些日子。5《與表示最高級的字連用》到現在爲止，目前。6 更，加之。7《稍古》《加強 **nor**》何況，連。8《加強比較級》更。9《通常用 **and yet, but yet**》然而，但是。
as yet ⇨ AS¹ 介(片語)
just yet (1) 恰好現在。(2)《與否定語連用》(不會)馬上就。
—連 雖然…但是，可是，然而。
—形直到現在仍繼續存在的。

ye·ti ['jɛtɪ] 图《偶作Y-》(傳說生活在喜馬拉雅山上的)雪人。

yew¹ [ju] 图 1〖植〗紫杉屬植物的總稱。2 U 紫杉木材。

yew² [jʊ,《強》ju] 代 你：爲you的視覺方言。

YHA 《縮寫》*Y*outh *H*ostels *A*ssociation《英》青年旅館協會。

Yid [jɪd] 图《蔑》猶太人。

Yid·dish ['jɪdɪʃ] 图 U 意第緒語：德語、希伯來語及斯拉夫語的混合語言。—形意第緒語的。

·yield [jild] 動 及 1 出產，生產，生出(農作物等)。2 產生，造成，帶來，引起。3 放棄，捨棄，讓予《*up* / *to*...》；《反身》屈服，耽溺，放任《*to*...》：～ *oneself to* temptation 屈服於誘惑之下。4 讓，給予；承認…擁有：～ obedience 服從 / ～ one's consent 答應 / ～ possession to a person 將所有權讓給某人。—不及 1 獲得報酬，得到收穫；有收穫，生產作物。2 投降，屈服；屈服，讓步，服從，答應《*to*...》。3 讓出地位[權利，優勢等]；讓行《*to*...》；《美》(會議中)讓出發言權。4 (物理方面的)降伏，(因壓力而)移動，彎曲，凹陷，倒塌《*to*...》。5 (因治療等而)好轉《*to*...》。
yield up the ghost 《文》死亡。
—图 1 生產(力)，收穫；出產物；生產量，生產額。2 (因投資而獲得的)收益，利率。3 (核子爆炸的)爆炸力。4〖化〗收量，收率。

yield·ing ['jildɪŋ] 形 1 容易讓步的，順從的，唯命是從的：a timid, ～ nature 怯懦而唯命是從的天性。2 容易彎曲的，柔軟的，柔順的。3 肥沃的；生產多的，收穫量多的。
～·ly 副

'yield to ma'turity 图〖金融〗(債券的)期滿收益(亦稱 **maturity yield**)。

yin [jɪn] 图 U《偶作 Y-》(中國哲學上的)陰。

Ying·lish ['jɪŋglɪʃ] 图 U 意第緒式英語。

yip [jɪp] 動(yipped, ～·ping)不及《美口》(小狗等)吠叫，叫喊。—图 1 (小狗等的)吠叫聲。2 = Yippie.

yipe [jaɪp] 感《表示恐懼、驚訝等的叫聲》呀！啊！

yip·pee ['jɪpi] 感《快樂、狂喜時發出的叫聲》呀！哇！

Yip·pie ['jɪpi] 图《偶作 y-》《美》易痞：1960 年代後期年輕人反戰團體的一員。

YMCA 《常作 the ～》*Y*oung *M*en's *C*hristian *A*ssociation 基督教青年會。

yo [jo] 感《表示激動、警告》唷！

yob [jɑb], **yob·bo** ['jɑbo] 图(複～s [-z])《英俚》不良少年，太保。

yo·del, -dle ['jodl] 動(～ed, ～·ing;《英》-delled, -del·ling)及以岳得爾調唱。—不及以岳得爾調唱。—图岳得爾調。

Yo·ga ['jogə] 图 Ⓤ《偶作y-》〖印度教〗瑜珈，瑜珈術，瑜珈派。

yo·gh(o)urt ['jogɚt] 图= yogurt.

yo·gi ['jogi] 图(複～s [-z])瑜珈信徒，瑜珈派修行者（亦稱 **yo·gin** ['jogɪn]）。

yo·gurt ['jogɚt] 图 Ⓤ Ⓒ優酪乳，優格。

yo-heave-ho ['jo'hiv'ho] 感《昔日水手一起拔錨或起錨等時的叫喊聲》唷口！

yoicks [jɔɪks] 感《獵人用以催趕獵犬追捕狐狸時的呼叫聲》唷！

·**yoke**[1] [jok] 图(複～s [-s]) **1** ⑴軛：put the oxen to the ～ 套軛於牛上。⑵(複～)（套上軛的）一對牛或其他拖車用的動物：four ～ of oxen 四對共軛牛。**2** 像軛的東西；吊鐘的橫木；軛形扁擔；〖機〗繫鐵；（飛機的）二重操縱桿〖海〗橫舵柄；（起重機的）分布樑。（上衣等的）抵肩，裙子的腰。**4**〖建〗繫樑，窗上框；Y 形接口。**5**〖古羅馬史〗軛門。**6**《the ～》服從的象徵；束縛，壓迫；支配：pass under *the* ～ 受支配，屈服 / put a person under *the* ～ 使某人屈服 / groan under *the* ～ 在高壓政治下呻吟 / cast off *the* ～ of... 擺脫…的束縛。**7** 連結的關係，結合，束縛：the ～ of matrimony 不可分的夫妻關係。—動(**yoked, yok·ing**)及 **1** 上軛；以軛連結《*together*》。**2** 把（牛、馬）套上犁《*up* / *to...*》。**3** 使合在一起，使結合。—不及 結合，連合在一起；一起工作；相稱，相配。

yoke[2] [jok] 图= yolk.

yoke·fel·low ['jok,fɛlo] 图（工作等的）夥件，同事。

yo·kel ['jokl] 图《蔑》鄉下人。

yolk, yoke [jolk, jok] 图 **1** Ⓤ Ⓒ蛋黃；〖生〗卵黃。**2** Ⓤ羊毛脂。～·**y, yolked** [-t] 形

Yom Kip·pur ['jɑm'kɪpɚ] 图贖罪日。

'Yom 'Kippur 'War 图《the ～》贖罪日戰爭：1973 年 10 月 6 日到 24 日埃及、敘利亞對以色列的奇襲戰。

yon [jɑn] 形副《主北英》= yonder.
—代 彼處的物[人]。

yond [jɑnd] 副形《古》= yonder.

yon·der ['jɑndɚ] 形《文·方》**1** 更遠的，在更遠的那邊的：the ～ bank 對岸。**2** 那邊的：that highway ～那邊的那條公路。—副 在那邊，在彼處，那邊，彼處。

yonks [jɑŋks] 图 Ⓤ《口》極長的一段期間。

yoo·hoo ['ju,hu] 感《呼喊遠方的人》唷；喂。—動不及 發出唷聲呼叫。

yore [jor] 图 Ⓤ《通常用 **of** ～》《文》往昔。

York [jɔrk] 图 **1** 約克家族：英格蘭的王室（1461–85）。**2** = Yorkshire 1. **3** 約克：英國 North Yorkshire 的首府。

York·ist ['jɔrkɪst] 图約克王室的一員；約克黨員。—形 約克王室的；約克黨（員）的。

York·shire ['jɔrkʃɪr,-ʃɚ] 图 **1** 約克郡：英國北部的舊郡；首府為 York，1974 年分為 North, West, South Yorkshire。**2** 約克夏種的白豬。

'Yorkshire 'pudding 图 Ⓒ Ⓤ《英》約克郡布丁。

'Yorkshire 'terrier 图約克夏㹴。

Yo·sem·i·te [jo'sɛmətɪ] 图《the ～》（美國加州東部Yosemite國家公園的）優勝美地峽谷。

Yo'semite 'National 'Park 图（美國加州）優勝美地國家公園。

:**you** [ju,《弱》jʊ, jə] 代（主格**you**，所有格 **your, yours**，受格 **you**）《人稱代名詞第二人稱單數及複數形的主格及受格》**1** 你，你們。**2**《加於命令句中表示強調區別或溫和的命令》。**3**《在呼喚中作為同位語》。**4**《總稱用法》人，任何人：*Y-* can't judge a book by its cover.《諺》人不可貌相。**5**（特定地方的）人。**6**《修辭性地稱呼不在的人、已死的人、擬人化之物》。**7**《古》《反身》= yourself, yourselves.

Are you there ?《講電話時》喂喂。

between you and me 這是你我之間的祕密，不要告訴別人。

You and your... 你的…又犯了，你又…了。

You know who... 大家都知道的人。

—图(複～s [-z]) **1** 與說話的對象類似或難以分別的人[事物]。**2** 說話的對象的性格。

you-all, you all, y'all [jɔl] 代《美》《對多數人的直接稱呼》你們。

:**you'd** [jud,《弱》jʊd, jəd] you had 或 you would 的縮略形。

:**you'll** [jul,《弱》jʊl, jəl] you will 或 you shall 的縮略形。

:**young** [jʌŋ] 形 (**young·er** ['jʌŋgɚ], **yo-ung·est** ['jʌŋgɪst]) **1** 年輕的，年紀輕的，年少的，年幼的：a ～ child 幼童 / ～ people 年輕人 / a ～ man 青年 / a ～ family（家裡的）幼小者 / ～ things 年輕人 / ～ ones 小孩們；幼小的動物，雛 / one's ～*er* brother 弟弟。**2** 清新的，有朝氣的；似青年的，青年特有的；青春（時代）的：～ styles (of clothing) 有青春活力的（服裝）式樣 / a ～ hopeful 前途無量的青年；《反語》前途堪憂的年輕人 / in one's ～*er* days 在年輕時候。**3** 無經驗的，未成熟的，不熟練的：a man ～ in his trade 對自己的行業還是新手的人 / ～ in experience 人生經驗不足的。**4** ⑴（同名、同姓的）年紀小的。⑵《**the Younger**》年輕的。**5** ⑴歷史短的，新興的；（季節、時間）尚早的，

初期的：a ～ city 新興城市 / a ～ moon（弦月的）新月 / the ～ green of the trees 樹木的新綠。(2)（食物）未熟的；嫩而柔軟的：～ wine 尚未釀成的葡萄酒 / ～ pork 嫩軟的豬肉。6《通常作 Y-》進步的，進步派的，青年黨的。

—图 U 1《通常作 the ～》《集合名詞》年輕者；《 one's ～》《比較級》比較年輕的人；《最高級》最年輕的人，年紀最小的孩子。2《集合名詞》（動物、鳥等的）幼子，雛。

with young（動物）懷孕。

'young ˌadult 图 1 十多歲的青少年。2 成年期前半階段的人。

'young 'blood 图 U《集合名詞》青年；青年的思想，年輕人的活力。

young·ish [ˈjʌŋɪʃ] 形 相當年輕的；還年輕的。

'young 'lady 图 1《文》《通常作 one's ～》女朋友，女情人。2（未婚的）年輕女士，小姐。3《稱呼》小姐。

young·ling [ˈjʌŋlɪŋ] 图《詩》1 年輕人。2 幼小者。—形 年輕的；幼小的。

'young 'man 图 1 男朋友，男情人。2 男青年。3《稱呼》年輕人，小夥子。

·young·ster [ˈjʌŋstɚ] 图 1 小孩，少年；年輕人，青年。2 幼小的動物；幼馬。

youn·ker [ˈjʌŋkɚ] 图《古》= youngster.

:your [jʊr,《弱》jɚ] 代《 you 的所有格》1 你的，你們的：～ rights as citizens 諸君身爲公民的權利 / ～ accusers 控告你（們）的人。2《口》那，那個，所謂的；大家常說的，大家都知道的：～ modern girl 所謂的摩登女郎。3 人的。4《在表示時間的名詞之前》對你而言特別重要的。5《對高貴之人的尊稱》：Y- Majesty 陛下。

:you're [jʊr,《弱》jɚ] you are 的縮略形。

:yours [jʊrz] 代《 you 的所有格》1《所有格代名詞》你（們）的東西；屬於你（們）的東西。2 你的家人。3《用於書信的結尾》草上，敬上：Y-《用於親屬、朋友間》/ Y- truly《用於不太親密的朋友或商業信件》/ Y- sincerely [= Sincerely ～]《用於一般朋友、知己間》/ Y- faithfully《用於給長輩的信正式信函、商業信》/ Y- respectfully《給年長者、上司》/ Y- obediently《公文書》/ Y- ever《給親友》。

What's yours?《俚》你要喝什麼呢?

yours truly (1) 敬上。(2)《口·諧》我，在下，鄙人。

:your·self [jʊrˈsɛlf] 代（複-**selves**）《第二人稱單數複合代名詞》1《強調用法》(1) 你自己，你本身。(2)《作爲獨立分詞構句中語意上的主詞》。2《反身》你自己。3 本來的你；正常的你。4《非標準》《常置於複合的主詞、受詞裡，或比較的 **than, as** 之後，代替 **you** 》。5 = oneself.

:your·selves [jʊrˈsɛlvz] 代 **yourself** 的複數形。

:youth [juθ] 图（複～s [juθs, -ðz],《集合名詞》～）1 U 年輕；活力，精力，生氣；未成熟：keep one's ～ 保持青春。2 U 青年時代，少年時代，青春（期）：in one's ～ 在年輕的時候 / in my hot ～ 在我血氣方剛的時期 / be past one's ～ 過了青春期 / *Youth's a stuff will not endure.*《諺》青春稍縱即逝。3 U 初期；發育期：in the ～ of civilization 在文明的初期。4 U《集合名詞，通常作複數》《文》青年（層），青年：all the ～ of France 法國的青年 / today's ～ 現代的青年。5 青年，年輕人，男青年，年輕男子：～*s* of both sexes 青年男女。

·youth·ful [ˈjuθfəl] 形 1 年輕的：a ～ mother 年輕的母親。2 青年的，年少時的，年輕人特有的；（臉色）似青年的；有活力的：a ～ offender 不良少年，少年犯。3（季節）早的，（時代）初期的：the ～ season of the year 早春，春季。4〖地〗幼年期的。

～**·ly** 副, ～**·ness** 图 U 年輕；年輕的特性。

'youth ˌhostel 图 青年旅館。

'youth 'hosteler 图 住宿在青年旅館的人；青年旅館的會員。

:you've [juv,《弱》jʊv, jəv] you have 的縮略形。

yowl [jaʊl] 動 不及 發出長而淒慘的叫聲；號叫；長吼。—图 長而悲哀的叫聲；號叫；長吼。

yo-yo [ˈjojo] 图（複～s [-z]）1〖商標名〗溜溜球。2《美俚》傻子。—形《口》來回擺動的，上下波動的，不斷變動的。

—動 不及 1 上下移動。2 躊躇不決。3 變動無常。

Y.P. S.C.E 《縮寫》*Y*oung *P*eople's *S*ociety of *C*hristian *E*ndeavor 基督教少年勵志會。

yr. 《縮寫》*year(s)*; *younger* ; *your*.

yrs. 《縮寫》*years* ; *yours*.

yt·ter·bi·um [ɪˈtɝbɪəm] 图 U〖化〗鐿。符號：Yb

yt·tri·um [ˈɪtrɪəm] 图 U〖化〗釔。符號：Y

Y2K 图〖電腦〗千禧年危機：西元 2000 年的電腦程式錯亂危機。

yu·an [juˈɑn] 图（複～）元：中國的貨幣單位。

Yu·an [juˈɑn] 图 院：中華民國政府組織。

Yü·an [juˈɑn] 图〖中國史〗元朝（1279－1368）。

Yu·ca·tán, -tan [ˌjukəˈtæn,-ˈtɑn] 图（墨西哥東南部的）猶加敦半島；（該半島北部的墨西哥的）猶加敦州。

yuc·ca [ˈjʌkə] 图〖植〗絲蘭。

yuck [jʌk] 感 = yuk.

Yu·go·slav [ˈjugoˌslɑv, -ˌslæv] 图 1 南斯拉夫人。2 U《俚》塞爾維亞·克羅埃西亞語。

—图 南斯拉夫人。—形 南斯拉夫（人）

的。

Yu·go·sla·vi·a [ˌjugoˈslɑvɪə] 名 南斯拉夫（聯邦共和國）：首都 Belgrade；2006 年 6 月起完全解體。

yuk [jʌk] 感《俚》《表嫌惡、輕蔑》噁！—名 大笑；使人大笑的事物（亦稱 **yuk-yuk**）。—動 **(yukked, ～·king)** 及 不及 大笑。

Yu·kon [ˈjukɑn] 名 **1** 育康地區：加拿大西北部的一準州；首府為 Whitehorse。**2** 育康河：加拿大西北部一河流名。

yule [jul] 名《偶作 Y-》耶誕節（期）。

ˈyule ˌlog [ˌblock] 名 耶誕柴。

yule·tide [ˈjulˌtaɪd] 名 U，形《詩》耶誕節期（的）。

yum·my [ˈjʌmɪ] 形 **(-mi·er, -mi·est)**《口》**1** 美味的。**2** 美麗的，華麗的，極具魅力的。

yum(-yum) [ˈjʌm (ˈjʌm)] 感《飲食時表示滿意的聲音》嘖嘖！

yup [jʌp] 副《美口》= yep, yes.

Yup·pie, -py [ˈjʌpɪ] 名《偶作 **y-**》《美》雅痞：受過高等教育、高所得、住在都市的年輕專業人士。

yurt [jurt] 名 圓頂帳篷，蒙古包。

Y·vonne [ɪˈvɑn] 名〖女子名〗怡芳。

YWCA《通常作 **the ～**》*Y*oung *W*omen's *C*hristian *A*ssociation 基督教女青年會。

YWHA《通常作 **the ～**》*Y*oung *W*omen's *H*ebrew *A*ssociation 猶太教女青年會。

Z z

Z[1], **z** [zi] 图(複 **Z's** 或 **Zs**, **z's** 或 **zs** [-z]) **1** ⓊⒸ英文字母中第 26 個字母。**2** Z 狀物。
from A to Z ⇨A（片語）

Z[2] [zi] 图 **1**Ⓤ（連續事物的）第 26 個。**2**《偶作 **z**》（中古羅馬數字的）2,000。**3**〖化〗原子序數。**4**〖電〗= impedance.

Z[3] [zi] 图 **1** 未知數[量]；變數。**2**〖數〗Z 軸。**3** = zone.

Z《縮寫》zero; zine.

zaf·tig [ˈzɑftɪg], **zof-** [ˈzɔf-] 形《美俚》**1**（女性）豐滿而性感的。**2** 豐滿的；體態均勻的。

zai·ba·tsu [ˈzaɪbɑˈtsu] 图《作單、複數》（日本的）財閥。

Za·ire [zɑˈɪr] 图 **1** 薩伊（共和國）：位於非洲中部，原爲剛果民主共和國，現改回原名；首都 Kinshasa。

Zam·bi·a [ˈzæmbɪə, ˈzɑm-] 图 尚比亞（共和國）：位於非洲南部；首都 Lusaka。

za·ny [ˈzenɪ] 形 **(-ni·er, -ni·est)** 小丑的，荒謬可笑的；愚笨的。—图 **(複-nies) 1**〖史〗丑角。**2** 笨人，傻瓜。**3** 小丑。
-ni·ly 副, **-ni·ness** 图

Zan·zi·bar [ˈzænzəˌbɑr] 图尚西巴：印度洋中一島，於 1963 年獨立，並於 1964 年與 Tanganyika 合組 Tanzania 聯邦共和國。

zap [zæp] 動 **(zapped, ～·ping)** 及《美俚》**1** 殺死，射死。**2** 摧毀；（以電流、雷射光等）攻擊；（以言詞）打敗。—不及 快速移動。
—图 **1** 精力，活力。**2** 突如其來的攻擊。
—感 砰聲！咻聲。

zap·py [ˈzæpɪ] 形《口》= zippy.

Zar·a·thus·tra [ˌzærəˈθustrə] 图 = Zoroaster.

·zeal [zil] 图Ⓤ熱忱，熱心，熱情，熱中《*for*...》；熱誠《*in*...》: great ～ 極大的熱忱 / show ～ *for* one's work 對工作表示出熱忱。

zeal·ot [ˈzɛlət] 图 **1**《蔑》表現熱心的人；狂熱分子。**2**《**Z-**》〖猶太教〗猶太教中激進派的狂熱信徒。

zeal·ot·ry [ˈzɛlətrɪ] 图Ⓤ 狂熱，過度熱心。

·zeal·ous [ˈzɛləs] 形熱心的，熱烈的，狂熱的《*for, in*..., *to* do》: be ～ *for* peace 熱望和平 / make ～ efforts 熱心地努力 / be ～ *in* one's work 對工作熱心的 / be ～ *to* succeed 拚命地想成功。
～·**ly** 副, ～·**ness** 图

ze·bec(k) [ˈzibɛk] 图 = xebec.

Zeb·e·dee [ˈzɛbəˌdi] 图〖聖〗西庇太：聖徒雅各與約翰之父。

·ze·bra [ˈzibrə] 图(複～**s**,《集合名詞》～) **1**〖動〗斑馬。**2**《形容詞》像斑馬的，有斑紋的。

ˈzebra ˌcrossing 图《英》斑馬線。

ze·bu [ˈzɪbju] 图〖動〗瘤牛。

Zech.《縮寫》〖聖〗*Zech*ariah.

Zech·a·ri·ah [ˌzɛkəˈraɪə] 图 **1** 撒迦利亞：西元前六世紀的希伯來的先知之一。**2**（聖經舊約中的）撒迦利亞書。略作：Zech

zech·in [ˈzɛkɪn] 图 = sequin 2.

zed [zɛd] 图 **1**《主英》Z 字母。**2** Z 形鋼。

Zed·e·ki·ah [ˌzɛdəˈkaɪə] 图西底家：Judah 的最後一位國王。

zee [zi] 图《主美》Z 字母（《英》zed）。

ZEG《縮寫》*z*ero *e*conomic *g*rowth（經濟的）零成長。

Zeit·geist, z- [ˈtsaɪtˌgaɪst, ˈzaɪtˌgaɪst] 图《德語》《常作 **the** ～》時代精神[思潮]。

Zen [zɛn] 图Ⓤ **1**〖佛教〗禪宗。**2** 禪。
Zen·ist 图禪宗信徒。

ze·na·na [zɛˈnɑnə] 图（印度的）閨房；《集合名詞》在閨房裡的女人。—形閨房的；閨房的女人的。

ˈZen ˈBuddhism 图Ⓤ〖佛教〗禪宗。
ˈZen ˈBuddhist 图禪宗信徒。

Zend [zɛnd] 图〖祆教〗亞吠陀古波斯文經解。

Zend-A·ves·ta [ˌzɛndəˈvɛstə] 图《**the** ～》波斯祆教的經典。

ze·nith [ˈzinɪθ] 图 **1**《**the** ～》〖天〗天頂。**2** 頂點，絕頂；全盛，極致：at the ～ of one's fame 聲望處於巔峰狀態。

ˈzenith ˌdistance 图〖天〗天頂距。

Ze·no [ˈzino] 图 季諾（336?–264? B.C.）：希臘哲學家，斯多噶學派創始人。

ze·o·lite [ˈziəˌlaɪt] 图Ⓤ（泡）沸石。

Zeph·a·ni·ah [ˌzɛfəˈnaɪə] 图 **1** 西番雅：西元前七世紀的希伯來預言家之一。**2**（舊約聖經的）西番雅書（略作：Zeph.）。

zeph·yr [ˈzɛfɚ] 图 **1** 和風，微風；《**Z-**》《文》（擬人化的）西風。**2** 柔軟質輕的紡織品、纖維等。

ˈzephyr ˌcloth 图薄紗綢，輕羅綢。

Zep·pe·lin [ˈzɛpəlɪn, ˈzɛplɪn] 图 **1** 齊柏林飛船。**2**《**z-**》飛船。

:ze·ro [ˈzɪro] 图(複 ～**s**, ～·**es**) **1**（阿拉伯數字的）0，零，（作爲數學值的）0。**2** Ⓤ（作爲度量衡等基點的）零點，零位；零度；〖空〗零高度。**3** Ⓤ 無，空。**4** ⓊⒸ最低點。**5** 照準設定，某一射程內步槍瞄準儀的正確位置。**6** 無影響力的人物。

—動(～ed, ～·ing) 及 將（測量器等）歸零。

zero in 瞄準，《喻》把目標定在《*on...*》。

zero in on... 把注意力集中在…。

—形 1 零的，在零狀態的。2（價值）非正亦非負的。

ze·ro-base ['zɪro,bes] 形〖經〗零基的。—動及以零基法處理。

'ze·ro-based 'budgeting ['zɪro,bes(t)-] 名U《美》零基礎預算編制法。略作: ZBB

'zero 'defects 名(複)無缺點（計畫）。

'zero-'discount ˌnote 名減價無息公司債券。

'zero eco'nomic ˌgrowth 名U經濟零成長。略作: ZEG

'zero ˌgravity 名U無重力（狀態）。

'zero ˌgrowth 名U（經濟發展、人口增加等的）零成長。

'zero ˌhour 名 1 預定攻擊開始時間；預定發射時間。2《口》重要關頭，決定的瞬間。

'zero popu'lation ˌgrowth 名U人口零成長。略作: ZPG

ze·ro-sum ['zɪro,sʌm] 形盈虧相抵銷的。

'zero 'tillage 名免耕種栽培法。

ze·ro-ze·ro ['zɪro'zɪro] 形〖氣象〗水平及垂直能見度均爲零的。

zest [zɛst] 名 1 用以增加食物味道之物，香料；清爽宜人的風味。2 U令人感覺愉快的刺激，興趣，趣味。3 U熱忱；由衷的喜悅: lose one's ～ for study 失去學習的興趣 / with (a) ～ which is unusual for them 以一種對他們來說並不尋常的熱心。

—動 及 使增加趣味。

zest·ful ['zɛstfl] 形 1 有味道的，有風味的。2 趣味濃的；熱心的。

zest·y ['zɛstɪ] 形 1（食物等）辛香的。2 有活力的。

ze·ta ['zetə, 'zitə] 名U C 希臘文的第六個字母（Z, ξ）。

zeug·ma ['zugmə] 名U〖文法·修〗軛式搭配法。

Zeus [zus] 名〖希神〗宙斯: by ～ = by JOVE.

zib·el·ine, -line ['zɪbə,laɪn, -lɪn] 形黑貂的。—名 1 黑貂皮。2 一種毛長質地厚的毛織品。

zig·gu·rat ['zɪgʊ,ræt] 名古代巴比倫及亞述的寶塔式廟塔建築。

zig·zag ['zɪg,zæg] 名 鋸齒狀（之物）: walk in ～ 成 Z 字形地走。

—形 鋸齒形的。—副 成鋸齒形地，曲折地。—動(-zagged, ～·ging)及使…成鋸齒形。—不及 成鋸齒狀（前進）。

zilch [zɪltʃ] 名《美俚》1 U 零，無。2 無名小卒。

zil·lion ['zɪljən] 名（複 ～s,《在數詞之後》～）《美口》幾兆億（的大數目）。

—形 數不清的。

Zim·ba·bwe [zɪm'bɑbwe] 名辛巴威（共和國）: 非洲南部一共和國，原名 Rhodesia，1980 年獨立；首都 Harare。～·an 形名辛巴威的[人]。

·zinc [zɪŋk] 名 1 U〖化〗鋅（符號: Zn）: ～ roofing 馬口鐵屋頂材料。2（伏特電池裡所用的）鋅棒。

'zinc ˌblende 名〖礦〗= sphalerite.

zinc(k)·y, zinky ['zɪŋkɪ] 形 含鋅的；像鋅的。

zin·co·graph ['zɪŋkə,græf] 名鋅版（印刷品）。

zin·cog·ra·phy [zɪŋ'kɑgrəfɪ] 名U〖印〗鋅版術[法]。

'zinc 'ointment 名U C〖藥〗(氧化)鋅油膏（亦稱 **zinc oxide ointment**）。

'zinc 'oxide 名U〖化〗氧化鋅，鋅華。

'zinc 'sulfate [《英》**'sulphate**] 名U〖化〗硫酸鋅，鋅礬。

'zinc 'white 名U鋅白。

zing [zɪŋ] 名《口》1 U 熱情，活力，元氣。2 颼颼聲。—感 咻: 高速運動之物所發出的尖銳響聲。—動不及及 1 發颼颼聲。2《俚》生氣勃勃，充滿活力《*up*》。

zin·ga·ra ['tsiŋgɑrɑ] 名(複 **-re** [-re])《義大利語》吉普賽女人，女流浪者。

zin·ga·ro ['tsiŋgɑro] 名 (複 **-ri** [-ri])《義大利語》吉普賽人，流浪者。

zing·er ['zɪŋɚ] 名《俚》1 精力旺盛的人，精神抖擻的人。2 妙答；反駁。3 不尋常的事物。

zing·y ['zɪŋɪ] 形 興沖沖的；充滿活力的。

zin·ni·a ['zɪnɪə, 'zɪnjə] 名〖植〗百日草。

Zi·on ['zaɪən], **Si-** ['saɪ-] 名 1 錫安山: 耶路撒冷一座山名。2 以色列；U《集合名詞》猶太民族。3 天堂，天國。4 U（猶太人理想中的）神政政治；基督教會。

Zi·on·ism ['zaɪən,ɪzəm] 名 U 猶太人復國運動。**-ist** 名形

zip[1] [zɪp] 名 1（子彈等飛出時的）咻咻聲。2 U《口》精神，精力，活力。3《美口》（在運動中）得分爲零，零分。

—動 (zipped, ～·ping) 不及 1 發出咻咻聲《*along*》。2《口》猛衝，突進。—及《口》1 猛然地帶…去。2 給予活力《*up*》。

zip[2] [zɪp] 動 (zipped, ～·ping) 及1 以拉鍊打開或關上《*up*》；拉上或拉開拉鍊: ～ *up* one's jacket 將夾克的拉鍊拉上。2（拉開拉鍊）將…放入。3 安裝拉鍊於《*on*》。—不及1 以拉鍊關[開]《*up*》。2 拉上或拉開拉鍊。—名《英》拉鍊（《美》zipper）。

'zip ˌcode 名U C《美》郵遞區號（亦稱 **ZIP code, Zip code**）。

zip-code ['zɪp,kod] 動 及 填郵遞區號於…。

'zip 'fastener 名《英》= zipper 名 2.

zip·per ['zɪpɚ] 名 1 拉拉鍊的人[物]。2

《美》拉鍊（《英》zip fastener）。**3** 一種有橡膠或布製拉鍊之長靴。—動及不及= zip².

zip·pered ['zɪpɚd] 形 有拉鍊的；以拉鍊扣緊的。

zip·py ['zɪpɪ] 形 (-pi·er, -pi·est)《口》活潑的，精力充沛的。

zip-top ['zɪp,tɑp] 形 有拉環而易開啓的。

zir·con ['zɝkɑn] 名UC 鋯英石，風信子玉。

zir·co·ni·um [zɚ'konɪəm] 名U〖化〗鋯。符號：Zr

zit [zɪt] 名《美口》粉刺，面皰。

zith·er ['zɪθɚ] 名齊特琴。

zith·ern ['zɪθɚn] 名**1** = cittern. **2** = zit-her.

zizz [zɪz] 名《英俚》打盹，瞌睡：have [take] a ~ 打個盹兒。

zlo·ty ['zlɑtɪ] 名 (複~s,《集合名詞》~) 茲羅提：波蘭的幣制單位。略作：Zl

Zn 《化學符號》zinc.

-zoa 《字尾》動物學用以表「某類」之意。

zo·di·ac ['zodɪ,æk] 名 **1**《the ~》黃道帶。**2** 黃道十二宮圖。**3**（歲月等的）一周，周期。

the signs of the zodiac 黃道十二宮。

Zo·e ['zoɪ] 名〖女子名〗柔依。

zo·e·trope ['zoɪ,trop] 名 迴轉畫筒。

zof·tig ['zɑftɪg] 形 體態豐滿而性感的；使人神魂顛倒的。

Zo·la ['zolə] 名 **Émile**, 左拉（1840–1902）：法國小說家。

Zoll·ver·ein ['tsɔlfɛr,aɪn] 名《德語》關稅同盟。

zom·bi(e) ['zɑmbɪ] 名 (複~s [-z]) **1**（西非土著信仰的）蛇神；（西印度群島、美國南部巫毒教信奉的）蛇神。**2** U使死屍復活的超自然力。**3** 殭屍；藉超自然力使之復活的死屍。**4** UC由蘭姆酒、果汁及蘇打水混合成的雞尾酒。**5**《俚》遲鈍的人，笨人；《俚》奇妙的人，古怪的人。

zon·al ['zonl] 形 成帶的；帶狀的；劃分成地域的；東西方向的。

~·**ly** 副

·**zone** [zon] 名 **1** 地帶，地域，地區：green ~*s* 綠色地帶 / a combat ~ 交戰地區 / a neutral ~ 中立區。**2**〖地〗（依氣候將地球區分成的）帶：the Torrid *Z*- 北溫帶。**3**〖生地理〗（同種生物生長的）帶：the vegetated ~ 植物帶。**4**（都市中特定的）地區，區域：a residential ~ 住宅區。**5**（交通、運輸等的）同一收費區域；（美國郵政制度中的）郵遞區。**6**〖地質〗晶帶；晶層。**7**〖數〗帶。**8** 位於同一標準時間的地帶。**9**〖運動〗競技場內的特定部分。

—動 **(zoned, zon·ing)** 及 **1** 以繩帶圍繞。**2** 分成區域《*for...*》。

'zone ,time 名U〖海〗區時。

zon·ing ['zonɪŋ] 形《美》（都市中）分區的；區域劃分的。—名U（區域內的）建築規則；（郵政的）區域制。

zonked [zɑŋkt] 形《美俚》麻痺的，恍惚的，酒醉的（亦稱 **zonked out**）。

'Zon·ta ,Club ['zɑntə-] 名 崇她社。

Zon·ti·an ['zɑntɪən] 名 崇她社社員。—形 崇她社（社員）的。

:**zoo** [zu] 名 (複~s [-z]) **1** 動物園。**2** 擁擠混亂的地方。

zo(o)- 《字首》表「動物」之意。

zo·o·ge·og·ra·phy [,zoədʒɪ'ɑgrəfɪ] 名U動物（分布）地理學。

zo·og·ra·phy [zo'ɑgrəfɪ] 名U 動物誌。

zoo·keep·er ['zu,kipɚ] 名 動物飼育者；動物園管理員。

zo·o·log·i·cal [,zoə'lɑdʒɪkl] 形 動物學（上）的，動物學方面的；有關動物的。

zoo'logical 'garden 名 動物園。

zo·ol·o·gist [zo'ɑlədʒɪst] 名 動物學家。

·**zo·ol·o·gy** [zo'ɑlədʒɪ] 名 (複**-gies**) **1** U動物學；C動物學的論著。**2** 動物生態。**3** 某種動物的動物特性：the ~ of mammals 哺乳動物的特性。

zoom [zum] 動不及 **1** 發出轟隆聲而動。**2**（飛機等）陡直地上升《*up*》：~ off 以快速度離陸。**3**（價格等）暴漲《*up*》；暴跌《*down*》。**4**〖攝〗影像縮小或放大；〖影·視〗攝影機迅速拉近或拉遠鏡頭《*in, out*》。—及 **1** 使陡直上升。**2** 迅速上升越過。**3**〖攝〗調整（可變焦距鏡頭）。—名 **1** 陡直上升。**2** 嗡嗡聲。**3** 可變焦距鏡頭。

'zoom ,lens 名 可變焦距鏡頭。

zo·oph·i·lous [zo'ɑfələs] 形 由動物傳播花粉的；喜愛動物的。

zo·o·pho·bi·a [,zoə'fobɪə] 名U 動物恐懼症。

zo·o·phyte ['zoə,faɪt] 名植蟲；類植蟲。

zo·o·plank·ton [,zoə'plæŋktən] 名U 動物性浮游生物，浮游動物。

zo·o·plas·ty ['zoə,plæstɪ] 名U〖外科〗動物組織移植（術）（亦稱 **zoografting**）。

'zoot ,suit ['zut-] 名《主美口》一種 1940 年代流行的男裝：上衣長而有寬墊肩，褲管寬鬆而褲口窄。

'zoot ,suiter 名《美口》穿 zoot suit 的人。

Zo·ro·as·ter [,zoro'æstɚ] 名瑣羅亞斯德（628?–551? B.C.）：波斯國教祆教的創始人。

Zo·ro·as·tri·an [,zoro'æstrɪən] 形 瑣羅亞斯德的；祆教的。—名 祆教教徒，拜火教徒。

Zo·ro·as·tri·an·ism [,zoro'æstrɪə,nɪzm̩] 名U 祆教，拜火教。

Zou·ave [zu'ɑv] 名《偶作 **z-**》朱阿夫兵。

zounds [zaundz] 感《英古》《表示憤怒、輕蔑》咄！

Zr 《化學符號》zirconium.

zuc·chi·ni [zu'kinɪ] 名(複 ~, ~s)《主美》**1** 西洋南瓜的一種。**2** 結此種南瓜的植物。

Zu·lu ['zulu] 名(複 ~s,《集合名詞》~) **1** 祖魯族。 **2** Ⓤ 祖魯語。

Zu·rich ['zurɪk] 名 蘇黎世：瑞士北部之一州；其首府。

zwie·back ['tswi,bak, 'swi-] 名 一種加蛋的乾硬麵包。

zwit·ter(-)i·on ['tsvɪtə,aɪən] 名〖理化〗兩性離子。

zy·go·spore ['zaɪgə,spor] 名〖植〗接合孢子；接合芽孢。

zy·gote ['zaɪgot] 名〖生〗接合子；接合體。

zy·mase ['zaɪmes] 名 Ⓤ〖生 化〗酒 酵素；酵素。

zy·mo·gen ['zaɪmə,dʒɛn] 名 Ⓤ〖生化〗酶元，酵素原。

zy·mol·o·gy [zaɪ'malədʒɪ] 名 Ⓤ〖生化〗發酵學。

zy·mot·ic [zaɪ'matɪk] 形發酵的；酵性病的；傳染病的。

zy·mur·gy ['zaɪmɝdʒɪ] 名 Ⓤ 釀造學，發酵化學。

ZZZ ['zi'zi'zi] 名 打鼾聲；蜜蜂振翅聲；電動鋸等操作時的聲音（亦作 **z-z-z**）。